朱德发文集

第一卷

五四文学初探

茅盾前期文学思想散论

朱德发 著

山东人民出版社

国家一级出版社 全国百佳图书出版单位

图书在版编目(CIP)数据

朱德发文集:全10册/朱德发著.—济南:山东人民出版社,2014.1
ISBN 978-7-209-07570-1

Ⅰ.①朱… Ⅱ.①朱… Ⅲ.①朱德发—文集 Ⅳ.①I-53

中国版本图书馆CIP数据核字(2013)第304326号

责任编辑:李怀德

朱德发文集(第一卷)
朱德发 著

山东出版传媒股份有限公司
山东人民出版社出版发行
社 址:济南市经九路胜利大街39号 邮 编:250001
网 址:http://www.sd-book.com.cn
发行部:(0531)82098027 82098028
新华书店经销
山东临沂新华印刷物流集团印装

规 格 16开(169mm×239mm)
印 张 23.5
字 数 350千字
版 次 2014年1月第1版
印 次 2014年1月第1次
ISBN 978-7-209-07570-1
定 价 498.00元(共十卷)

如有质量问题,请与印刷单位调换。(0539)2925888

朱德发近照

朱德发 2010 年正在主编《现代中国文学通鉴》

朱德发于 2006 年 10 月乘海轮赴大连参加中国现代文学研究会第九届年会

2003年朱德发教授荣获首届国家级教学名师，山东师范大学为其举行庆祝座谈会

1994 年 3 月朱德发与学界好友登泰山在天街前合影。前排从右至左：严家炎、许志英、朱德发、叶子铭、郭志刚、蒋心焕，后排右起丁帆、范伯群、范培松等

朱德发所在中国现当代文学国家级重点学科的全体教师于 2010 年合影

朱德发 2008 年 3 月在学术研讨会上发言

2003 年朱德发在从教 50 周年座谈会上，与其所指导的参会的硕博研究生合影

朱德发独著作品

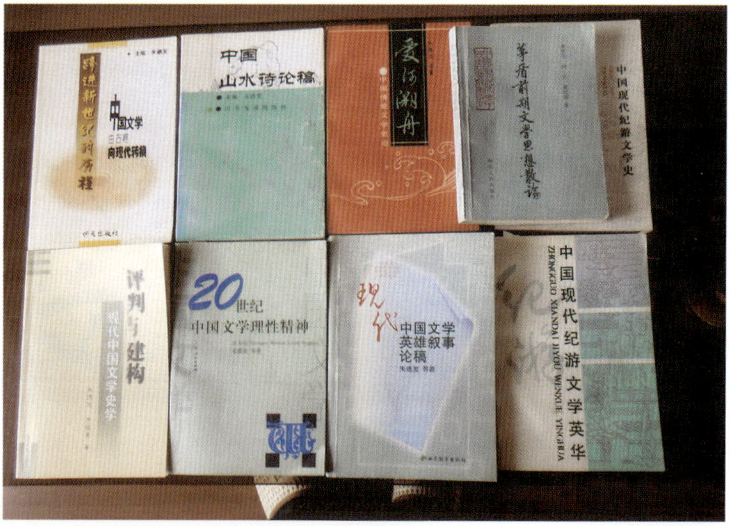

朱德发合著作品

朱德发主编作品

现代中国文学研究三十余载有感
(代弁言一)

反智主义思潮猖獗的年代,上大学多读书一旦成了知识分子,便在心底潜滋暗长出一种原罪意识,每逢"灵魂里面闹革命"总要对"小资产阶级思想王国"进行一次颠覆,以摘掉"知识有罪"的帽子。也许因为我资历浅知识少罪不大,于 1974 年夏秋有幸参加了全国十二院校《中国现代文艺思想斗争史》(内部教材)的讨论和编写。我们编写组遵照"教材要彻底改革"、"要抓意识形态领域里的阶级斗争"的最高指示,"阐述自一九一九年五四新文化运动至一九七四年底批林批孔运动深入开展的这段时间内,文艺战线上两个阶级、两种思想、两条路线斗争的历史,反映毛主席的革命路线在同形形色色的反动文艺思想和修正主义文艺路线斗争中的胜利,反映无产阶级文化大革命的成果,为当前的阶级斗争、路线斗争服务,为巩固无产阶级专政服务"①。如果说参与这种反智论教材的编写也算学术研究活动,那么我在大学从事学术研究的生涯就应从 1974 年算起,截至目下正好 36 年;但是能真正从著述中根据自己的感受和思考发出内在声音的学术论文却是发表于 1979 年第 5 期《山东师范大学学报》上的《评胡适的〈尝试集〉及其诗论》,以及同年天津人民出版社出版的《鲁迅作品教学初探》和山东人民出版社出版的《鲁迅作品讲解》(上下)两书中我所承写的鲁迅作品解读的文章。尽管这些论文仍残留一些"左"的印痕,然而已基本摆脱政治意识形态一元化思维模式的桎梏,可以依据自己的知识结构与独立思索作出判断或参与争鸣了,这也是我以一个知识者的独立姿态跨入现代中国文学研究学术园地的开始。历史的曲折孕育着社会进步的种子,个人道路的曲折也积蓄着发展的动力。反观这三十余载的现代中国文学研究之途并非平平坦坦、一帆风

① 《说明》,《中国现代文艺思想争史》,四川南充报社印刷厂 1975 年版。

顺,即使在“解放思想实事求是”的学术春天里也有“高天滚滚寒流急”的时日。感受着或迎击着这种乍暖还寒的气候,我在困惑中突围、在探索中求新,以自己有限的生命力、智力与魄力、识力撰写了三十多年的学术史。我这所谓“学术史”,或许是“满纸荒唐言”,然而“谁解其中味”呢?

一、突出重围

没有困惑就没有“问题意识”,没有“问题意识”就难以焕发学术激情,没有学术激情就不能进入研究状态,这条因果逻辑链的确是我20世纪70年代末80年代初进入现代中国文学研究领域的生命驱动力。1971年“复课闹革命”我被推上大学讲台,为工农兵学员讲授“现代文学专题课”,只能跟“风”讲鲁迅、浩然等的作品和“样板戏”,配合政治意识形态斗争的需要鼓舌呐喊,把诸多困惑挤压在心底,根本不能表述作为一个大学教师的社会良知和学术见解;1978年学界解冻,“大地微微暖气吹”,一方面我准备为本科生开设“五四文学研究”的选修课,一方面我参编了田仲济、孙昌熙主编的《中国现代文学史》[①],具体撰写“五四文学革命”一章并责成我给全书通稿。为准备选修课和编写文学史,我几乎翻阅了20世纪五六十年代编写的所有“中国现代文学史”,较为广泛地阅读了“五四文学革命”的有关史料、重要报刊和主要作家作品以及政治经典文本对“五四新文化运动与文学革命”的权威论述。通过反复比较与深入思考,我惊奇地发现五四文学革命现存史实所展示的历史本真面影与以往文学史的叙述和政治经典的判断相差甚远,仿佛坠入历史迷雾,困惑重重,禁忌多多。面对历史吐真言还是遮蔽历史本相?这是对一个初入学术之门的学者的探索勇气和理论胆识的严峻考验。经过激烈的思想斗争,克服心有余悸,战胜自己,于是我写下这样一段话以表当时的治学态度、问题意识、研究方法和学术追求:

> 马克思主义告诉我们研究社会科学领域的问题,绝对不能离开一定的历史范围,一定要坚持辩证唯物主义和历史唯物主义的实事求是态度,但因受某些时期政治气候的左右,唯心主义、形而上学的猖獗,越发给“五四”文学本来面目的恢复,带来一些“老大难”问题。例如:文

① 田仲济、孙昌熙:《中国现代文学史》,山东人民出版社1979年版。

学革命的指导思想究竟是以科学与民主为标志的民主主义呢还是马克思主义？鲁迅和茅盾的新文学观到底属于什么思想性质，胡适和周作人的革命文学主张究竟应该怎样作出科学的历史评价，《狂人日记》的主导思想倾向是人道主义呢还是无产阶级的阶级论？冰心的“问题小说”的思想意义到底该作出何种估价，等等。党的三中全会以来的大好形势，为这些问题的探究创造了良好的时代条件。遵照党的“双百”方针和解放思想的精神，为适应现代文学史的教学需要，我试图从原始材料出发，尽力从一些脱离史实的僵化的看法中挣脱出来，对“五四”文学一些问题作了点力所能及的蠡测……①

还历史一个真实面目，仅有突围的勇气和胆识是不够的，尚需有点攻坚的韧性和吃苦的耐性。我带着五四文学革命的诸多敏感而沉重的问题如同怀着一团团火，燃起我的生命激情，引发我的学术欲求，白天泡在图书馆埋入资料堆，晚上闭门谢客开灯夜战，孜孜不倦地在简陋的斗室里苦钻深研几个春秋，终于草成了一批万字以上的学术论文，并分别寄给国内有影响的报纸杂志，得到它们的鼓励与支持；尤其使我终生不能忘怀的是《文学评论》等国家级刊物一些编辑部的友人，对我这个“初出茅庐”的学界新手毫无“成见”地尊重我的探索成果，20世纪80年代初期连续录用拙稿，《文学评论》、《鲁迅研究》、《中国现代文学研究丛刊》等重量级国家刊物在四年内发表我独撰的8篇学术论文，给我的研究以莫大的关爱和扶持，从而奠定我一生献身学术事业的信心和决心。在对五四文学运动集中攻坚取得成效的基础上，形成《五四文学初探》和《茅盾前期文学思想散论》两部专著，由山东人民出版社于1982年和1983年先后出版推向社会，产生了广泛的影响。我不想对这些突出重围、开拓创新的研究成果作出王婆卖瓜式的自我评价，拟引用几段学术界的评说：“山东人民出版社出版的《五四文学初探》是一部具有较高水平的学术著作。它们分别探讨了‘五四’文学革命的指导思想，几个代表人物的文学主张和一些在当时产生过重大影响的文学作品。其要旨在于解决‘五四’文学研究中的一些重点和疑点问题。该书的主要价值，正在

① 朱德发：《五四文学初探》，山东人民出版社1982年版，第302～303页。

于它对这些重点和疑点的突破。”[①]“本书所论述的大都是‘五四’文学革命有争议的,或被湮没的历史问题。它基本上能以历史唯物主义和辩证唯物主义为指导,坚持实事求是的科学态度,从丰富的史料出发,对一些问题作出了深入的探讨。既不是简单地套上一些公式和原理去分析复杂的文学现象,又不是无视作家在文学史上的实际贡献而去裁判他在文学史上的地位,而是从大量的事实中形成观点,得出比较切合历史本来面目的结论。不论对‘五四’文学革命的指导思想,或者对某些倡导者的文学理论主张以及在当时产生过重要影响的作品,都作了比较具体深刻的分析和符合实际的评价,并对某些有分歧的重大问题,提出了有根有据的独到见解。”[②]“改革开放伊始,百废待兴的学术界与极左思潮尚有着千丝万缕的联系。朱先生面对观念僵化、方法陈旧、资料匮乏的学术困境,以异乎寻常的使命感和责任感,毅然冲到学术禁区的前沿,以‘五四文学’为突破口,连续发表长文对‘五四文学’革命的指导思想、鲁迅‘为人生’的文学观、胡适的白话文学主张、周作人的文学主张、《狂人日记》的人道主义思想倾向等一一论证,稍后结集为《五四文学初探》出版。该书匡正和澄清了‘五四’文学研究中一系列重大的原则问题,其中尤富思想冲击力的是关于‘五四文学’革命的指导思想问题的探讨。著者一反以往研究界从毛泽东《新民主主义论》出发对‘五四’新文学的定论,不同意‘五四文学’革命从1918年开始由马克思主义思想来领导的说法,并通过对‘五四文学’革命产生的特定国际历史背景及主导思潮,《新青年》的实际思想倾向,以及‘五四文学’革命的理论主张和创作实践的剖析和考察,指出‘五四文学’革命的指导思想呈现一种比较复杂的形态,它是各种‘新思潮’的混合体,但在构成这一复杂形态的带着各自不同色彩的新思想的诸方面中,‘民主主义和与之相联系的人道主义思想是主要方面,因之也占有主导地位’。当时的理论界尚在为‘异化’问题以及人道主义是不是‘马克思主义必不可少的因素’等问题争论不休,朱先生则以自己‘事实加雄辩’的批评实践率先对时代的要求作了掷地有声的回答。如何认识和评价‘五四文学’,革命的根本性质和指导思想,既是一个极为重要的理论

---

① 孙昌熙、魏建:《现代文学研究的新收获》,《山东师范大学学报》1983年第3期。

② 赵耀堂:《内容说明》,《五四文学初探》,山东人民出版社1982年版。

问题，也是一个富有原则性的方法论问题，它不但在一定程度上决定着对‘五四文学’在中外文学史上的历史意义和美学价值做出怎样的估价，而且直接影响到对‘五四文学’乃至整个现代时期的思潮流派与作家作品做出怎样的评判。显然，这些‘初探’的价值与意义已超越了现代文学史领域，而成为整个思想启蒙的有机组成部分。”①与《五四文学初探》同期问世的《茅盾前期文学思想散论》似可看成对五四文学研究的补充与深化，也是“第一部较为系统地研究茅盾前期文学思想的专著”，它“从各个不同的侧面对茅盾前期文学思想作了深入探讨，如茅盾‘五四’时期的新文学观、‘五卅’前后的无产阶级文学观、前期的新小说观、茅盾与白话运动等，探讨了鲜为人论及的课题，拓宽了研究领域”。“《散论》的作者具有比较开阔的研究视野，能站在历史的高度考察文学现象，并注意把宏观和微观结合起来分析。没有把茅盾前期文学思想作孤立的封闭式的研究，而是把它放在中国文学发展过程中和世界文学潮流中审视、评析、归纳、综合，从多维的社会空间进行全面考察，既注意到研究对象的时代规定性，又看到它的历史继承性、延续性。”②

研究旨在探讨真理、创新趋优、言说真话，然而要做到这样又谈何容易？通过对五四文学的生命体验与理性感悟，使我的文化人格里注入了人文精神与科学精神，增强了“诚”与“爱”的人性内涵，提升了真善美和谐统一的审美境界，激起了学术生命力的爆发力。正在我满怀豪情沿着“五四”文学的研究思路、价值取向以及现代学术传统向现代中国文学深广天地掘进之际，1983年骤然吹起“清除精神污染”的狂风，自由开放的学术园区回荡起“反右”、“文革”的阴声恶语。此时，我为五四文学指导思想、胡适评价发出的个人声音与一位同调老友便遭到“全国共讨之”的厄运，幸亏这股“狂风”及时被遏制；虽然这场狂风造成的灾害没有危及我的学术生命，但是它给我的心灵留下的阴影时刻在暗示着我：学术探讨没有绝对的自由，在现行体制内的人文科学研究切忌硬碰“政治高压线”，离它越远越安全；在安全的文化圈里开垦自己的学术园地，栽培生命之树，结出智慧之果。这种以退为进的

① 《朱德发教授与中国现当代文学研究笔谈》，《山东师范大学学报》2003年第6期。
② 张学军：《茅盾研究的新收获》，《齐鲁学刊》1986年第3期。

人生策略看似有点世故圆滑，实际上它给我的学术研究带来更大的效果，使我以理智破解困惑、从困惑中增长智慧，光靠冲动与激情是难以在科研阵地上坚持永远进击的韧性精神与锐意创新的恒久毅力的，也难以于不断的突围中提升学术境界。正如有的学者所说的那样："继'初探'之后不到四年的短短时间里，朱先生推出了观念新颖、资料翔实的《中国五四文学史》(山东文艺出版社，1986 年)。这部近 50 万言的著作作为第一部也是迄今唯一一部重要的'五四'文学断代史，以追索'人的文学'观念的来龙去脉为核心，上承 1917 年之前的近代文学，下启 20 世纪 20 年代中期的文学'转向'，纵横捭阖，气势雄势，为新时期现代文学史观的完型提供了坚实的实践基础。其中尤富学术史意义的是著者将研究对象视为一种灵魂的存在形式，'一种能激活的生命体'，它凝结着历史主客体的合规律性与合目的性的双重内涵。因此在这里，文学史写作实际上成为史家主体与对象主体的对话，成为当代学者的学术灵魂与历史上的审美灵魂圆融无间的沟通。后来在总结自己的文学叙述实践的经验时，朱先生特意将这种既入乎其中又出乎其外的'史识'称为具有统摄功能的现代文学史之'史魂'。马克思曾极精彩地说过这样的话：历史什么事情也没有做，创造这一切，拥有这一切并为这一切而斗争的，不是'历史'，而正是人，现实的、活生生的人。因此，'历史不过是追求着自己目的的人的活动而已'。朱先生孜孜求索的'史魂'不正是这种'人'的活动吗？应该说这既源于从'五四'先驱、从历史深处汲取价值资源的思想动因，也源于他在日益复杂的现代环境与文化格局中不断投射新思想、新困惑的需要。在 1995 年出版的《五四文学新论》(山东文艺出版社)中，著者在此前从政治社会学层面转向从文化意识层面探索'五四'文学精神的基础上，进而从生命意识上寻求'五四'文学精神的精髓与底蕴；并将'五四'文学与现代学术的建立、城市意识的觉醒、中西文化渊源等联系起来全面考察，既扩大了'五四'的内涵，也从一个侧面反映出 90 年代学术界新的研究范式与价值取向。"①正是突出重围的历险才使我的学术生命中凝成根深蒂固的挥之不去的"五四情结"，从中生发出的学术张力和创造动力并推动着我进入一个新的逻辑层次，对现代中国文学展开纵横捭阖的探究。

① 《朱德发教授与中国现当代文学研究笔谈》，《山东师范大学学报》2003 年第 6 期。

二、纵横求索

五四文学研究是我起飞的基地也是我的学术生命根源,但它并不是我终生追求的学术价值目标。因为科学探索总不能停留在一个基点与一个水平上,要不断求索、不断发现、不断开拓、不断前进,哪怕探索中有所失误甚至陷于"雷区"也要在所不惧,朝着既定的目标追求下去,总会有一天在你失误之处或"雷区"隐蔽处发现真理之光和原创之理,或者体验到人生真谛和审美真趣,逐步撕开眼帘被蒙蔽被欺骗所出现的学术假象和知识虚幻。鲁迅曾以金睛火眼识破瞒与骗的文艺并从瞒与骗的大泽中拯救众生,虽然我缺乏鲁迅睿智的识力与超群的魄力,但是以鲁迅为榜样在学术领域求真打假的雄心与毅力还是有的,不满足一孔之见或孤陋寡闻而立志在学海中纵横求搜获取新知卓见的决心与恒力也是有的。况且,现代中国文学是生成于中外古今文化纵横交错的坐标系上,不论文学运动、理论思潮或者文学流派、作家作品无不与中外古今文化形成的深广语境与生态心态有着千丝万缕的联系。如果说中外古今文化通过不同层次的冲撞、交汇、对话结成了一张立体型的深不可测、广不见边的大网,那你选择的或大或小的现代文学研究对象就是大网上的一根"绳子"或一个"结",无论是解开一根"绳"或者要剖析一个"结"都要触动这张大网,这就把我们的宏观、中观或微观的所有文学研究纳入一个错综复杂、宏阔深邃的文化背景之中。基于上述认识与追求,进入20世纪80年代中期到90年代中期,我的研究视野由今及古、由中向外,既把现代中国文学作为"世界文学"格局的有机组成部分,又把现代中国文学视为古代中国文学必然的转型,于是便从文学本体出发在"史通"与"史识"上下工夫。所谓"史通",主要指通过独撰、合著或主编《中国五四文学史》、《中国抗战文艺史》、《中国现代文学史教程》、《中国现代文学史新编》、《新编中国现代文学史》、《中国现代纪游文学史》、《中国新文学六十年》、《中国情爱文学史论》、《中国山水诗论稿》、《20世纪中国文学流派论纲》等断代史、专题史、流派史、通史,打通了近代、现代、当代三种形态文学史的联系,打通了古代中国文学史与现代中国文学史的联系,也打通了中外文学史的联系，并通过对中外古今文学史流变的粗略性的整体把握，从其相通性与差异性的文化特征和美学特征中发掘世界文学建构的共同规律与民族文学发展的特殊轨迹。所谓“史识”，一般指处理审读史料中而获得的“史识”，或者说是洞见规律性的思想，由资料中抽绎出的逻辑结论，体现出“资料的实证性与思维的超越性的统一”①；这里特指文学史观念（即文学史理念），在我看来，“文学观念是构筑一部文学史的关键，即有什么样的文学观念就有什么样的文学史，观念越正确文学史就越富有真实性和科学性”②。既然文学史观念是重写文学史的关键，是统摄文学史编著的灵魂，是文学史创新的本质规定，所以在我书写或主编的文学史中始终把追求文学史观念的更新放在首位，每部文学史著作我总要写个“导论”或“前言”，开宗明义地表述我的文学史理念以及依据此理念对整部文学史所作的框架设计与各章节的务实求真出新的要求。如《中国现代文学史新编》的“前言”我这样强调：“坚持历史唯物主义的人学思想和‘文学是人学’的观念，着重从文学与人（包括个体的人和群体的人、小我与大我等）这个视角来审视和探讨中国现代文学；所编著的文学史应是人性解放的形象史，人生奋斗的形象史，民族解放的形象史，阶级斗争的形象史，现代国人灵魂的衍化史。”③尤其纵贯中国几千年文学长河的情爱文学史与山水诗史的梳理与叙述，我以现代人学意识与美学意识相融合形成的文学史观及其价值尺度，对情爱文学的人性内涵和审美意蕴、山水诗的美学意境和丰富诗性，既进行了开创性的“史”的描述又进行了独到的“论”的阐释。我对《中国山水诗论稿》的编著意图作了这样的概述：一是“以古今山水诗作为研究对象，探索中华民族的山水审美意识，总结山水审美经验，揭示山水审美主体的心理机制和独特的艺术思维等，阐释历代山水诗人的审美体验、审美层次和审美能力”；二是“把山水诗这种艺术形态和文化现象作为研究对象，虽然我们将重点放在它的美学意义、文学史意义、文体史意义的探讨上，但并没有忽视它的自然科学、人文景观、绘画艺术的价值，对其宗教文化、人类文化、哲学诸方面的内

① 陈鸣树：《文艺学方法概论》，上海文艺出版社1999年版，第468页。
② 孙昌熙、朱德发：《中国现代文学史新编》，宁夏人民出版社1987年版，第1页。
③ 同上，第4页。

涵尤为关注,并予以较深入的阐释。正是从多视角进行透视,便在不同程度上显示出我们的编著意图,即它似一部山水诗美学,然而它的学术价值又不仅仅限于此,也许还蕴含着一定的文学史、诗歌史、文体史、山水文化史、宗教哲学史、山水科学、园林艺术等某些意义”。[①] 研究实践告诉我们,文学史观形成的编著意图能否实现,有待于研究成果的质量来证实和体现;研究成果能否贯彻编著意图且达到相当的学术创新层次,有待于社会历史的检验与众家学者的评说。

在纵横求索中问世的“这些文学史著,有的是为了大学中文教学而作,有的是为了学术的探索思考,但每一种著述都鲜明地体现着强烈的创新精神与突出的个性意识”;特别是“朱先生领衔主编的《新编中国现代文学史》可以说是最早向这两种模式(一是王瑶模式,一是丁易模式)进行突破尝试的史著。该著力图将王瑶模式与丁易模式糅合起来,尽量包容这两种模式的特点与优长,构建起一种综合性的文体与作家流派(群体倾向)相结合的体例”。“在这个意义上,朱先生的史著不啻是开风气之先的”[②]。《中国情爱文学史论》的出版引起《文艺报》的关注,发表了题为《爱与美的探索》的评论,说这部著作“从史的角度对中国古今的情爱——爱情文学名著进行了较为系列的纵向考查与研究,于纵横比较中探索了情爱文学发展的‘特殊规律’及总体审美特征,并作出了较为切合实际的评价”;在方法论上“作者放弃了传统的作家作品论的叙论方法,而选择在宏观考察的基础上对情爱文学的个体进行研究,使个体在整体系统中成为有机组成部分并显示出较深沉的理论意蕴来”[③]。有的评论者称赞《中国情爱文学史论》一书“以极为严肃的学术态度,以史的纵向序列和论的横向归纳,通过对中国文学史爱情现象的全面归结与分析,对其所包含的社会与美学内容做了多层次、多角度的深入探讨与透视。综观全局,这部著作不但可以视为一次十分有益的首举尝试,而且的确显示了相当的理论水准和学术价值”;“尤其具有填补空白的

① 朱德发主编:《中国山水诗论稿》,山东友谊出版社1994年版,第41~42页。

② 《朱德发教授与中国现当代文学研究笔谈》,《山东师范大学学报》2003年第6期。

③ 祝鲁:《爱与美的探索》,《文艺报》1991年11月23日第6版。

意义”[①]。《中国现代纪游文学史》出版后发表评论说，“这是一部具有拓荒性的文学专史著作，具有较高的学术价值，它将我国的现代纪游文学的研究向前推进了一大步”[②]。《二十世纪中国文学流派论纲》问世后引起的社会反响较大，仅1993年就在《中国现代文学研究丛刊》等刊物上发表了6篇评论文章，从《新文学流派研究的新视野新拓展》、《理论开拓与现象研究的深度契合》、《广度、深度、力度的有机统一》、《逻辑思维的新高度：文学流派研究的形而上思考》等标题上，便显示出这部“文学流派论纲”的价值和特点。正如最近有的评论者从比较的角度所论述的：“他的第一部文学思潮流派的专著《二十世纪中国文学流派论纲》在1990年代初问世，不同于已有文学思潮流派研究成果之处，就在于上述文学史研究的坚实积累和勇于质疑创新的文学史视野，课题研究的突破性追求十分鲜明：一是跳出了这一时期普遍集中在思潮流派各种‘史’的描述性的研究套路，大胆探索20世纪中国文学思潮流派的某些规律，积极思考和建构文学思潮流派研究的理论体系。近40万字的论著以探讨文学流派的‘形态论’、‘思潮论’、‘规律论’为主体构架，旨在寻求20世纪中国文学丰富多彩群体的自身理论系统。二是抓住了文学思潮中最为活跃、核心的文学流派为切入口，并以集中探究文学流派的‘美学形态和艺术风貌’、把握文学流派的‘构成要素’为中心点，将文学流派看做是‘一个极为活跃的生命流体’并寻找其基本特征，从而深化了文学流派本体的认知，也为文学史思潮研究的深入提供了条件。”“同许多文学史家一样，朱先生的文学思潮流派研究自然也是个人化的解读和探讨，但是他的理性和诗性智慧结合的研究却给我们提供了一种范式。我们对此可以认同，可以商榷，可以超越，却无法回避他所带来的思索。”[③]

三、重在建构

“突出重围”也好，“纵横求索”也好，这都不是我致力于现代中国文学研究的宗旨，仅仅是策略性的举措和行为，其目的是想在自己耕耘的学术园

① 齐飞：《严肃的探索 有益的开拓——评第一部系统研究中国爱情文学的专著》，《天津书讯》1991年版。

② 朱晓云：《纪游文学的拓荒之作》，《山东师范大学学报》1991年第4期。

③ 《朱德发教授与中国现当代文学研究笔谈》，《山东师范大学学报》2003年第6期。

地里有所收获有所建树。虽然进入现代文学研究的过程既要解构又要建构，但我认为解构只是手段而唯有建构才是最紧要的，所谓“突破”所谓“超越”终究要落实在建构上，即使那些高喊“解构一切”、“颠覆一切”的先锋学者也不想把自己的学术园地变成白茫茫的一片沙荒。建构固然重要，没有一个学者不想有所成就，可是要有所建树并不容易。我以为研究主体至少应具备这样一些现代知识者的人格素质：一是提高理性自觉，抓住时代机遇。日益开放、宽松、民主、和谐、富裕、昌盛的社会大环境，各国文化交流日趋信息化、高速化、一体化的国际大背景，以及主流意识形态日益敞开的广纳博取的宽容胸怀，都为学者人格的塑造、“现代学术精神”的建构提供了千载难逢的机遇。正由于一批具有理性自觉精神的学者抓住了这个良好机遇，才为“现代文学”的真正“学术化研究”开创了新格局与新景观。二是坚持科学的治学态度，遵循“解放思想，实事求是”的思想路线，去探讨和认识现代中国文学的本来面貌和内在规律，使自己的学术思维保持永久的活力，不断地有所发现、有所前进，既能超越前人也能超越自己；特别要敢于“破门而出”，冲决中国现代文学30年的传统界限或断代，真正按照中国新文学现代化的内在机制和基本规律重新规划“现代文学学科”的研究范畴，以体现出当代学者勇于探索的锐气和科学求是的精神。三是一个“真学者”不只是把致力于学术研究当成其生存方式或价值根基，具有一种自觉的以身殉业的奉献精神，而且应树立为学术而学术、为学问而治学的坚定信念，见到发财之道不动心，听到官场升迁不走神，你走你的阳关道，我走我的学术桥，只要能施展我的才能实现我的选择就感到其乐无穷、无限欣慰；只要能通过“现代文学”研究来破译历史和道法的权力结构，化解文本语言结构方式以维护全面的人性、人类完整的感性，从而释放审美主体的生命活力以争取精神完善和自我超越，于论文或著述中发出的是历史的真言和个人的真声，那就心满意足了。四是“学术本位”的执著追求从骨子里决定了“真学者”研究中的特立独行、耿直率真、光明磊落、刚直不阿的人格，既不怕受冷落也不怕遭围攻，为了探求学术真理、繁荣学术研究，哪怕献出生命也在所不惜。因而在“真学者”眼里学术无禁区，学术无国界，学术面前人人平等，即使在布满了陷阱的“现代文学”领域也敢于大胆驰骋任意开掘，不戴任何有色眼镜或褊狭眼光去“重新解读”、“重新评估”和“重新把握”，不管什么所谓“经典”、“大师”，也不管什么所谓“糟粕”、“谬种”，都要以“真学者”的心灵去感受去体悟去认识，从而作出与“历史”结论或“权威”话语相通或悖反的结论。五是与这种学术品格相一致的乃是学者们的日常生活追求，足现其可贵的精神境界，即不论在顺境里或逆境中都能经受住考验，且把逆境视为人难以回避的本体性存在，心不慌眼不跳，安然无恙地承受着，表现出一种正常的生活心态和乐观进取的情调。有位学者这样表述自己的感受与认识：“本来人生在世只活一次，已属无奈；有人偏偏又被区区官冕压得一点都不敢潇洒，实在不值。相比之下，学人则洒脱得多，只要有饭吃，有衣穿，有房住，尚能说话，再添一支笔，一张纸，一叠书，一颗独立思考的大脑，便能演绎人生的风味与丰采。只须你愿坐冷板凳，静得下心，沉得住气，铢积累寸，唯问耕耘，何愁不获？”（见夏中义《谒梁启超书》）

并非说我是这样的“真学者”，更不敢说我已具有现代学人的优秀素质，而是说我正是在努力学习“真学者”的治学态度、优秀品格、学术作风、价值观念、献身精神甚至生存方式的过程中，为实现自己的学术追求而积极探索、锐意进取，在建构上有所创新，这主要体现于两个大的层面：其一，文学史的建构。我以“重写文学史”的精神，在汲取前人研究成果和学术智慧的基础上，从体式与内涵的合逻辑地结合上开创性地建构了《中国五四文学史》、《中国现代纪游文学史》、《中国情爱文学史论》、《中国山水诗论稿》、《20世纪中国文学流派论纲》、《20世纪中国文学理性精神》、《现代中国文学英雄叙事论稿》等史论兼具的求新著作，并多次“新编”了《中国现代文学史》。其二，文学史理论与文学流派理论以及文学研究思维学的建构。《主体思维与文学史观》（1997年）、《评判与建构：现代中国文学史学》（2002年）、《世界化视野中的现代中国文学》（2003年）、《现代文学史书写的理论探索》（2010年）这四部专著是我20世纪90年代中期以来重建现代中国文学史学与新文学流派学以及文学研究思维学的理论反思与理论建设，并把我的理论追求、设计、体系概述在每部著作的“引言”或“绪言”中。为精简篇幅这里仅将《评判与建构：现代中国文学史学·绪言》的一段话摘录如下，由此可见一斑：

本书要探讨的既与一般意义的“文学史学”有关又有所不同，也与“中国现代文学史学”相关又有所区别，而是要重构“现代中国文学史学”。以“现代中国”来限定“文学史学”与以“中国现代”来规范“文学史学”，并不是完全同质的，其中有诸多差别（详见第一章）。我们无意对大半个世纪“中国现代文学史”的研究与编纂进行全面系统的历史考察与辨识梳理，著述一部中国现代文学编纂史或学术研究史，而是想重点联系近20多年重写中国现代文学史的实践和21世纪现代中国文学的研究趋向，从文学史哲学上探讨“现代中国文学史”学科重建应遵循的基本原理和基本规律，开拓21世纪现代中国文学史研究和书写的新局面。爱因斯坦能借助逻辑推理力量即“人的头脑应当独立地把形式构造出来”创立了“相对论”，我们虽不是天才的大科学家、大哲人，但是作为现代中国文学史的普通研究者，面对重大理论命题总是能焕发出一定的思维活力和创造力。因此，关于如何建构“现代中国文学史学”就有了这样一个逻辑思路或者说是总体想法：首先，以国家观念为理论基点，框定一个“上可封顶下不封底”的“现代中国文学史”学科范畴，在时空维度上，突破了传统的“中国现代文学史”学科，不仅涵纳了现代中国肇始以来所有的文学类型和文学样态，而且明确规范了“现代中国文学”不能急于进行“历史终结”。21世纪现代中国文学仍在延展，同时也把“现代中国文学史”总系统中的各个子系统的相互关联性及其各自的面貌特征作了探索。其次，“文学史学”的任务应从理论与实践相结合的不同角度，探讨“现代中国文学史”研究和编纂必须遵循的原则原理、思维规律、价值规范、框架结构、话语系统等，虽然对这些问题的回答各持己见、想法各异，但是总能找到趋同点，形成一定共识。如果文学史学科是重构过去现代中国文学历史的“想象的共同体”（吉登斯语），那么作为凌驾于“现代中国文学史”学科之上的“文学史哲学”就必须有一些研究者所认可的普遍原理和基本规范。在我看来，重构“现代中国文学史”的核心理念即文学史观应似“人的文学”，它既能折射出现代中国各种形态文学的本质规定，又可作为中心思想线索把现代中国文学连接成有机的整体。在核心文学史理念统摄下，现代中国文学通史的本体系统大致由文学运动形态、文学理论形态、文学创作形态“三大板块”及其相互之间纵横交错的张力关系构成，而文学创作形态乃是文学史的躯干，不管采取何种逻辑框架或体例结构都离不开文学史客体这“三大板块”。“现代中国文学史”重构毕竟是主体与客体的辩证统一，而在客体条件具备的情况下，要建构什么性质与样态的文学史关键在于研究主体的优化程度，其中最重要的是主体应自觉遵照创造性思维规律和发现逻辑机制。既要在文学史资料的搜求与辨识上下苦功夫，又要在文学‘史识’的发现与创新上下深工夫。文学史的研究与书写是与时俱进的，在当下全球化的历史文化语境下重构“现代中国文学史”，作为研究主体既要把传统的文学史眼光转换成面向世界、面向未来的开放性学术视野，又要坚持现代化与民族化辩证统一的价值规范以及历史的审美的价值尺度，将现代中国文学置于“中外古今”纵横交错的价值坐标上作出公正、公平、合理的科学评判；既要把经典文本解读作为文学史创新的源头活水而自觉地进行文学史释义，又要通过文学史话语实践来建立属于时代又属于自己的“现代中国文学史”书写的崭新话语系统；既要自觉地在研究实践中不断调整或更新“现代中国文学史”写作的理论框架和研究格局，又要积极地将“现代中国文学史”研究纳入真正的学术轨道；既要敏锐觉察并排除“现代中国文学史”研究的非智因素，又要及时总结“重写文学史”文本的经验教训。这既可以使重构“现代中国文学史”成为一种可能，也可以使“现代中国文学史学”在写作实践中得到验证、充实和升华。以上对“现代中国文学史学”建构的逻辑系统、焦点问题、学理创新以及实践预期效果作了粗略勾勒和蠡测。

当我的现代中国文学史理论和新文学流派理论以及文学研究思维学的探索与建构，通过不同渠道（或给研究生讲授或报刊上发表或出版社出版）流向社会的时候，引起同行专家和青年学者的关注和评述，尽管见仁见智各抒己见，但是他们的评说和见解既是对我理论思考和理论构建的匡正与补充又是对其严格的检验与接纳，因而我相信同行专家和青年学人的评价是严肃认真的，比起笔者的“自卖自夸”总是要公正得多、客观得多、审慎得多。

有位学者评述《主体思维与文学史观》指出："作者选择交叉学科的研究视角，着眼于思维与文学史关系的考察，自觉地反思在撰写文学史过程中所运用的思维方式、坚持的操作原则，形成的文学史观念和思维模式、惯用的理论框架和逻辑思路，这显然是将新文学史学学科创设的工作又向前推进了一大步。""作者在高校从事现代文学史研究与教学数十年，不仅著述甚丰，而且亲身经历了现代文学史研究变化发展的几个重要阶段，其间风风雨雨，喜忧得失，作者无不有切肤之感。所以，这本著作的一个十分重要的特色就是，在文学史学的阐述上并非泛泛而谈或悬空而论，其中许多见解是出自于作者几十年来对文学史编著历史的静观默察，凝聚着作者数十年的学术经验与教训，感之愈切，思之愈深。其见解也就独标新异，不同流俗。"①有位学者读了《评判与建构：现代中国文学史学》这样评说："在先生的学术建构中，他不满足于一般的文学史学和传统意义的'中国现代文学史'，而是在文学史学的理论研究中，建构起'现代中国学史学'的新的学科概念。应当说，先生的这种理论思维是超前的，也适时地指出了现代文学研究中的一个平常但又是需要认真研究的问题，有关学科的命名问题并不是学术界的讨论热点，但他却看到了正是学科命名的某些问题，限制了人们的思维，也束缚了学术研究的发展。'现代中国文学史学'不仅是学科名称的变化，而一种学科意识和文学史观念的根本性改变，是对现代文学的学科特征的充分尊重。'现代中国'和'中国现代'不仅仅是语序上的颠倒，它们是从不同的视野和不同的评价来判定'文学史'，从'现代中国'文学史来看中国文学，凡是'现代中国'历史时期生成的文学都是研究的对象，不管是否具有现代性也不管是哪个民族的文学，只要属于'现代中国'这个大家庭的文学都应平等对待、合理排位。因此，学科命名的必要性在于，以'现代中国'来限定'文学史学'与以'中国现代'来规范'文学史学'，并不是完全同质的，这里突出了现代文学的'现代'时间段落，而又强调了这一学科是'中国的'的这一属性，是对现代文学学科的文学规律的充分尊重，强调了它的'文学性'属性。在这个理论基础上所建构的'现代中国文学史学'学科，是文学史哲学的具体呈现，也是一个全新的文学史概念，体现出文学史家的学术情怀和学科意

① 谭桂林：《新文学史学建构中的主体思维研究》，《中国社会科学》1998 年第 5 期。

识，而由此建构的‘现代中国文学史’则是一个‘更具合理性、合法性、开放性、科学性和前瞻性’(《评判与建构》第19页)的学科，是对文学史的基本原则和基本概念的科学性、有效性、普适性和价值性的理论概括。”①

年关将近，春节气氛越来越浓，虽然岁月催人老，但我忆起执教50多年从研30余年的峥嵘岁月却心潮澎湃，如果老天保佑我的身体与精神依然充满活力，那我将在学术园地里持续地自由播种、辛勤劳作和怡然收获，即使历史再出现曲折、再发生危机、再落进误区我也会无悔地走完自己选择的学术人生！

朱德发

2004年1月初稿于济南，2010年11月重校

（本文最初编入《第二代中国现代文学学者自述》，由文化艺术出版社2011年出版）

① 《朱德发教授与中国现当代文学研究笔谈》，《山东师范大学学报》2003年第6期。

“文集”编选设想及其内容提要
(弁言二)

在现代中国文学研究领域孜孜求索数十年,笔者没有高远理想的驱动,也没有什么美梦的激励,仅仅为了走出瞒与骗的人生沼泽,从探讨学问或泛游书海中获些真知求点真理,逐渐地把自己的知识装置给以充实,将自己的思想灵魂给以洗涤,把自己的文化人格给以陶冶,使作为师者的我在“传道、授业、解惑”的过程中,少误人子弟或者不误人子弟,当教书育人的生涯终结时不会受到更多的良心谴责,对历史也有个明白交代。若这一追求实现了,那我也心满意足了;然而翻检三十多年“教学带科研、科研促教学”所书写的几百万字,究竟哪些是真知哪些是真理,是否造成误人子弟的后果,说实在的,我也辨识不清判断不准,对历史作不出明白交代,只有全靠历史作检验了。

既然书写的文字有赖历史来检验,那么编选“文集”务必切实做到:一是凡编入“文集”的著作或论文,除了错别字可改正外,绝对不要修改原著原文,尊重第一次出版或第一次发表,哪怕某些观点与当下认识相左或者某些注释格式不符合当下要求也必须尊重历史,总之最大限度地保持原著原文的历史面貌。二是以专著为单位来编辑文集,每卷文集控制在35万字上下,若专著35万字以上那本身就是一卷,若专著不足35万字那可选取同时期发表的论文作为补遗,若有的专著前后重复那就删除或存目,共编选10卷文集,平均每卷35万字左右。三是严格按照著作出版时间的先后顺序,来排列十卷文集的前后次序,忠于历史地呈示研究主体的学术思想的演变与研究对象的转换。

第一卷:收入1982年出版的专著《五四文学初探》和1983年出版的专著《茅盾前期文学思想散论》的大部分论文,并补遗了同时期公开发表的3篇论文。这两本著作写成于20世纪70年代末与80年代初,正值文艺界“拨乱反正”之际,坚持“思想解放,实事求是”的思想路线对五四新文化运动和文学革命的“老大难”问题,进行重新解读与重新评述。《五四文学初探》着重对五四文学革命的指导思想、鲁迅的"为人生"文学观、茅盾的文学观、胡适的白话文学主张、周作人的文学主张,以及冰心"问题小说"的思想意义、胡适的《尝试集》及其诗论、《狂人日记》的思想倾向,作了重解重评;特别是对五四文学革命是无产阶级思想领导提出了质疑,并认定"五四文学革命的指导思想呈现出一种比较复杂的形态,它是各种'新思潮'的混合体,但在构成这一复杂形态的带着各自不同色彩的新思潮的诸方面中,民主主义与之相联系的人道主义思想是主要方面,因之也占有主导地位"。《茅盾前期文学思想散论》除了对茅盾五四时期的新文学观作了总体评述外,并具体地探讨了茅盾前期的无产阶级文学观、文学上的自然主义、新小说观、文学批评观,以及对白话运动的看法、对文学"独创"问题的见解和茅盾历史小说的创作特色,所获取的学术成果在当时的茅盾研究史上则具有开创性。附录的3篇论文是对冯雪峰、鲁迅的研究,也是学术界"拨乱反正"时出现较早的研究成果。

第二卷:收入1986年出版的专著《中国五四文学史》。这是中国史学界也是现代文学界正式出版的第一部《中国五四文学史》。正如本书《后记》所说:"《五四文学初探》于一九八二年由山东人民出版社出版后,在老前辈和同行者的催促和鼓励下,结合'五四文学研究'选修课,我便开始了《中国五四文学史》的编写工作。""在编写过程中,力求坚持实事求是的态度,从原始史料出发,从纵向与横向、宏观与微观的结合上,探讨五四文学运动的来龙去脉及其演变规律,既不简单地套用现成的公式和某些流行的概念去评述复杂的文学现象,又不无视作家在文学史上的实际贡献而主观地去裁判其在文学史上的地位,尽力依据史实作出切合历史本来面目的结论。"全书的构成,有"绪论",下设"五四文学运动"、"五四新诗"、"五四小说"、"五四戏剧"、"五四教文"共五章;在"绪论"中,以"新的启蒙文学"、"'为人生'的平民文学"、"白话化的文学"、"体裁大解放的文学"、"面向世界的开放性文学"作为五四文学的"现代型"特征进行总体把握与概述,每章的书写都注意对"晚清文学改良"与"五四文学革命"之间关系的疏通。

第三卷:收入1992年出版的专著《二十世纪中国文学流派论纲》。对于本书的构想,《后记》给出这样的陈述:"先给研究生开文学流派选修课,边授课边思考,最后心里形成一个'图谱'。既不对每个文学流派从微观上进行具体考察和详细剖析,也不着眼于'史'的角度对新文学流派演进过程作具体的描述;而是从宏观上选取'形态论'、'思潮论'、'规律论'三个较大的相互联系的研究视角,对20世纪中国文学流派的发展规律、内部机制、基本特征以及复杂结构等进行深入探讨,力求能作出一些新的理论透视或理论概括,把历史的评判与美学的评判结合起来,把纵向的掘进与横向的联系结合起来,把'点'的深入和'面'的扫描结合起来,使那些纳入研究视野的文学流派或作家作品都能在纵横交叉的坐标点获得综合的分析和整体的把握。"全书由相互关联的五部分结构而成,"导论"从总体上概述20世纪中国文学流派的基本特征及嬗变规律,"形态论"从纵向上描述20世纪中国文学流派的演变态势,"思想论"从横向上阐述20世纪中国文学流派是现实主义、浪漫主义、现代主义三大美学思潮的艺术结晶,"规律论"揭示20世纪中国文学流派是以现代化与民族化相互变奏规律为制导的,"余论"抽样剖析20世纪中国两个文学流派的文学观念。

第四卷:收入1995年出版的著作《五四文学新论》,并补遗了发表于国内重要期刊的5篇论文。该集从多个维面对五四文学的有关问题作了开拓与深化,是继《五四文学初探》之后的再思考再探讨。上篇"思潮论",从生命哲学的高度剖析五四文学观念的深层文化意识,并从不同角度阐释了五四文学精神实质、现代学术与五四文学的关系、城市意识觉醒与城市文学新生的关系以及现代文化人格的建构;中篇"作家论",既探究了现代化与鲁迅批孔的关系、五四文化激变期郭沫若为何尊孔,又新解决鲁迅小说与现代主义文艺思潮的关系、茅盾的文体自觉意识、王统照的文学批评观和朱湘的诗歌主张;下篇"作品论",着重解读了鲁迅小说的忧患意识与中西文化渊源、鲁迅作品的主旋律、鲁迅杂文的美学特征,以及沈玄庐叙事诗《十五娘》的美学意蕴;"补遗篇",既对五四文学文体从多维度作了新探,又对中国文学在五四时期的现代转型与半个多世纪对五四文学革命的误读作了新解。

第五卷:收入1997年出版的著作《主体思维与文学史观》,又补遗了发表于期刊杂志上的与该书内容相关的论文3篇。本书的《引言》写道:"这些年我选择了交叉学科的研究视角,着眼于思维学与文学史关系的考察","一方面总结自己和学习他人的那些在文学史研究中行之有效的思维方式和思维规律,以调整自己的思维模式;一方面遵循各种思维规律和不同思路尝试性地开拓文学史研究的新天地,依仗思维的特殊功能和威力试图打通'中国新文学史'与中国古代文学的联系、与世界其他民族文学的联系;另一方面强化自身文学史观的调整和更新”，于是便凑成本著作。该书分上、中、下三篇。上篇“主体思维发微”，发微一是对新文学史研究主体思维的评判与建构，发微二是探索文学史研究收敛型思维的特征与功能，发微三是探究文学史研究发散型思维的开放性与创造性，发微四是研讨文学史研究主体思维构成的多样性与互渗性；中篇“宏观研究尝试”，尝试一是运用系统思维规律研究中国古典文学向现代文学转换的前奏曲，尝试二是运用思维交叉律对中国新文学总体反思与观照，尝试三是运用思维纵横律对中外情爱文学的宏观考察，尝试四是坚持思维重合律对中国现代纪游文学的综论；下篇“文学史观探索”，探索一认定构建科学的文学史观是问题的关键所在，探索二确立并坚持整体文学史观，探索三深化新文学史研究的断想，等等；“补遗篇”既剖析了现代文学史研究的非智因素，又探讨了现代文学史研究的框架格局与学术趋向。

第六卷：收入2003年出版的著作《世界化视野中的现代中国文学》，并在该书的下编“主体与文体”增补了三章作家的作品论，合成一集。该集以“三编”构成一个相互联系的逻辑系统，上编“转型与传统”六章，以世界化（或现代化）与民族化互动的学术视野，从宏观上对中国古典文学如何经过三个历史与逻辑阶段转变成中国现代文学的历史轨迹、内在机制、基本规律和主要特征，进行了开拓性的研究；随之又对现代中国百年文学遵循“两化”互动规律开拓前行的艰难历程及其形成的制导性的文学传统，予以揭示与阐述；最后以“两化”为价值坐标对现代中国各类文学形态的人学内涵作了深入探讨。中编“流派与思潮”五章，以文学流派与文学思潮为中观研究对象，坚持“两化”的研究思路，选取不同角度对现代中国文学流派与文学思潮的关系以及文学流派的现代性、民族性、主体性等特征予以开拓与发现，进而印证现代化与民族化相互变奏是现代中国文学发展的根本规律。下编“主体与文本”八章，选取现代中国文学史上著名作家的经典文本，从“两化”的视角进行微观探索与阐述，并把主体意识与文本营构结合起来，重新解读经典文本，既发现一些新意又概括一些新见。上述“三编”由宏观到中观再到微观，围绕“世界化（或现代化）与民族化相互变奏”这一逻辑中心，层层展开，形成一部自成系统的学术专著。

第七卷：收入2004年出版的著作《穿越现代文学多维时空》。“本书对‘现代中国文学’多维时空的三十余载的探索，并不完全是过去步履的叠印或重蹈，而是有所拓展、深化、开辟、填补的，以三大维度十五章组成专著的逻辑结构。”

(见《导论》)"文学史论之维"五章,首章以"现代国家观念"建构"现代中国文学史"学科意识,阐述了学科意识的基本内涵、功能特点和主要优长;接下的四章从不同角度对现代中国文学史的客体结构进行了具有深广度的探究与叙述,既开掘出文化意识与社会变革的互动关系在文学生成过程中刻下的双重叠影,又揭示出个人主义内化为创作主体意识对于重建现代文学史所具有的独特功能。若是重构现代中国文学史其本体应包括文学运动、文学理论和文学创作这三大形态,那么其中的文学创作形态则是重构文学史本体的关键之维;对于研究或书写主体来说,穿越现代中国文学史时空既要有"在困惑中探索"的坚韧,也要有"在探索中求新"的锐气。"文学思潮之维"五章,着重从文化哲学的高度选取多种与现代中国文学生成与演化紧密相关且研究薄弱的文化思潮进行重点的发掘与透析。理性思潮由西方传入又与传统理性在现代中国文学营造实践中相冲突相融合,从而形成了现代中国文学流贯的以人为本位的多元理性精神,它既是现代中国文学之魂又是文学史结构的重要线索,它不仅形成了现代文学创作主体的基本思维范式,同时也内化为创作主体的求真的人本的艺术思维。若说理性思潮属于精英文化思潮之于现代中国文学的探讨,那么政治文化思潮之于现代中国文学是属于主流意识形态与现代中国文学结下不解之缘关系的研究,而这里仅选取革命政治思潮中的重要范畴"英雄理念"进行了系统梳理与深入反思;并对上世纪40年代处于政治激变的战争状态的现代文学仍遵循"两化"互动规律前行以及鲁迅的"人国"思想,作了学理性的探讨。"作家作品之维"五章,着眼于现代中国文学多维时空的微观透析,是对个体作家或不同文本的解读,不论为作家立传、对文本人物形象剖析或者对作品审美价值或创作特色的论述,都是本书作者早期穿越现代文学时空的体认与把握,甚至残留一些僵化思维的印痕。

第八卷:收入2006年出版的著作《朱德发序评集》,并增补了该书出版后所写的序评,以合为本集。该序评集的"绪文"有这样一段话,似可算它的内容提要:"我没有主动地在学术界发现'新星',而且谁也没有赋予我做个伯乐的权利;但是有些青年学子或新朋故友总是把他(她)们用智慧才情写成的学术著作赠给我,并非常诚恳热切地渴求我为其书作'序'写'评',而我这个人不擅长这一手更不想借此炫耀什么,只是在盛情难却的情势下我才硬着头皮写起'序'和'评'来。其实'序'与'评'都一样,是对一个人的学养、眼力、胆识的考验,为他人作‘序’写‘评’最能掂出自己的斤两。对我来说，这是个学习他人学术优长、聪慧才智、新知卓识以充实提高自己的良机，尤其审读那些学术激情昂扬、创新之见迭出、思想火花迸发、思辨威力逼人的著述，我常常拍案叫绝、赞叹不已；当然也有些著作读起来既乏创意又乏深度，但字里行间充溢着的苦钻细研的探索精神和渴求进取向上的情怀却是感人至深的。因此，凡是进入评述视野的著作，我竭力从中发现其学术创新点和知识增长点，竭力揭示其创造性思维和发现逻辑机制，竭力总结其学术经验、思维规律及其独特的学术个性，有时也借题发挥表述自己的史识和见解，不过我从不过分的苛求亦不过多的指责，即使批评其缺点也是从肯定中或希望中指出，这样就使我作的‘序’写的‘评’具有了独立的学术价值和论文品格。”

第九卷：收入2010年出版的著作《现代文学史书写理论探索》，除去“思维篇”和“学科篇”首章，只存目录，其他篇章都保留；并新增“补遗篇”计6章，以合为本集。该集试图建构“现代中国文学史学”。“回望篇”三章，既从纵向上梳理了中国现代文学史书写由政治型向人本型转换的艰难探索过程，又从横向上阐述了政治型与人本型中国现代文学史文本的不同特征。“学科篇”三章，提出了建构“现代中国文学史”学科的新设想，既从理论阐述了重建现代中国文学史学科的充分根据及其功能特征，又探讨了建构现代中国文学史学科在地域上的三大板块和在本体上的三大板块。“史识篇”三章，论述了以“文学是人学”的人本文学史观作为统摄现代中国文学史建构的核心理念与中心线索，把各个文学系统或各种文学形态内在地联缀起来，形成一个有机的现代中国文学的静态与动态相结合的共同体。“价值篇”三章，对已用过的价值标准特别是新与旧、“左”与右二元对立的认知结构，进行了深刻反思，认为它们都不能对现代中国大家族的各态文学作出公正公平的合理评价，只有重建重释以人道主义为最高原则、真善美为三个亮点的价值评估体系，才有可能对现代中国的各态各色文学给出公正公平的评价。“思维篇”三章，着重探讨主体思维在书写现代中国文学史过程中应发挥的功能效用。“评述篇”三章，只是择取三部有创意的文学史书写文本，运用人学文学视野进行评述，以充实现代中国文学史学。至于“补遗篇”六章，是从不同角度来探讨现代中国文学史学科及其以此学科书写文学史应解决的难题，也是建构“现代中国文学史学”应有之义，或者是对“现代中国文学史学”的再探究，使其在学理上得以补充。

第十卷：本集是依据已发表的论文或者已出版著作的文章，重新设计而选编的，名之曰《古今文学通识》，尚未正式出版。全书分为三大篇："通论篇"10论，主旨是从不同的维度探讨"古代中国文学与现代中国文学之关系"，或综论传统文化与现代文学的关系或考析原创齐鲁文化与现代中国文学的关系，或论述以科学态度对待中国文化与文学传统或探讨中国古代文学在维新变法时期发生总体转换所呈示的现代性特征及其规律，或探察齐鲁文化的人学结构与五四时期周作人的人本思想的相通点或求索中国古代非理性思维与西方现代非理性思维在现代中国文学中的交汇与对接，或以文的自觉为审美现代性的重要标志来梳理古今中国文学的互通点或探究科学方法论对于中国文学的现代转型所起的作用，等等。"评论篇"13评，其中的前7评是从1991年出版的合著《中国情爱文学史论》一书中择取的，它们从不同的角度对1976年到1985年之间发表或出版的情爱文学作品进行了评论；后6评，是对郭澄清的短篇小说、郭沫若"十七年"的诗论、王蒙的文学研究、莫言的《丰乳肥臀》以及《闯关东》、《南下》两部电视剧所作的评论。"赏析篇"9文，其中大部分文稿是应中央电台之约，于上世纪80年代初撰写的"名作欣赏"广播稿，余者发表在当时的一些杂志上。

上述10卷提要，足见其大多是尝试之作或探索之作。虽在编辑中力避前后重复，但终究没有完全解决好。即使这样，弟子好友们仍多次建议敝人汇编成集，这是对我的高看和厚待；尤其为正式出版而筹资，这是多么不容易之举！我的感激之情难以言表，只能对山东出版集团的领导、山东人民出版社的负责者、特别是责编李怀德主任等的格外关照，以及山东师范大学及其中国现当代文学国家重点学科的竭诚支持，表示衷心谢意！

朱德发

草于2013年3月8日

目　录

附　录

五四文學初探

朱德发

山东人民出版社

试探五四文学革命的指导思想

五四文学革命,在中国文学演进的过程中,是一场继往开来的具有划时代意义的伟大革命。对于这场新文学运动的指导思想,数十年来众说不一,为中国现代文学史的教学或研究带来一些不容回避的、必须以正确的观点和可靠的史实予以回答的问题。

邓颖超同志在一九七九年中国社会科学院召开的"五四时期老同志座谈会"上的发言,对我们进一步探究五四文学革命的指导思想指明了方向。她说,理论战线的问题就是要抓住坚持马列主义、毛泽东思想这一根本,而"抓根本就是要学辩证唯物主义和历史唯物主义,要讲实事求是。拿五四运动来说,我看了一些材料,里面说五四运动是受十月革命的影响,受马列主义的影响。说受十月革命的影响,这符合事实,可以;但说受马列主义的影响,就不完全符合事实。我们许多人参加五四运动时知道十月革命,但还不懂得马列主义。今天看到一份材料,介绍台湾有人否认五四运动为中国共产党的成立从思想上组织上作了准备的这一事实。我认为,五四运动是在思想上和组织上为我们党的成立作了准备的。"[1]这里既指出一些人对五四运动的性质或指导思想的不切实的过高估价,又批判了"台湾有人"对五四运动的深远革命意义的歪曲诋毁,并为我们坚持辩证唯物史观、实事求是地评价五四运动作出了榜样。尽管邓颖超同志是从政治革命的角度总论五四运动,但因五四文学革命是其一翼,所以于我们探讨文学革命的指导思想也颇有意义。

在马克思主义看来,探讨任何社会问题,应当而且必须从实际出发,即从事实的全部总和与事实的联系中去把握事实,只有在这种意义上,事实不仅是胜于雄辩的东西,而且是最确凿最富有说服力的证据;如果只是片面地或者随意地宰割事实为某种"公式"或"信条"服务,那么这事实不仅是种儿戏,而且是违背历史唯物主义的。正如恩格斯给保尔·爱因斯特的信所指出:"不把唯物主义的方法当作研究历史的指导线索,而把它当作现成的公式,将历史的事实宰割和剪裁得适合于它,那末唯物主义的方法就变成和它相反的东西了。”[2] 正是在唯物史观的指导下,我们试对五四文学革命所提供的客观史实的全部总和作了初步考察,并从史实的联系中作了初步分析,因此深感如下的论断是值得商榷的:

> 中国现代文学的起点是一九一八年。从这一年起,文学革命的领导力量是具有初步共产主义思想的知识分子,领导思想是马克思主义。[3]

上述主要提出两个互相联系的问题:一是中国现代文学的起点,一是五四文学的指导思想。对于这两个问题,我的基本观点是:

中国现代文学的起点直接关系到五四文学革命的起止问题,弄清它有助于正确理解五四文学革命的指导思想,因为任何社会问题的研究和考察,都离不开特定的历史范畴。对于五四文学起止虽然说法不一,但是我同意这样的看法:五四文学革命并非从一九一九年五月四日这一天开始,而是有一个发展的过程,即从一九一七年初胡适、陈独秀正式提倡文学革命起,到一九二一年中国共产党成立前夕。茅盾的说法大体上是符合史实的:“‘五四’这个时期并不能以北京学生火烧赵家楼那一天的‘五四’算起,也不能把它延长到‘五卅’运动发生时为止。这应从火烧赵家楼的前二年或三年算起,到后二年或三年止。总共是五六年的时间。火烧赵家楼只能作为运动发展到实际政治问题,取了直接行动的斗争态度,然而也从此由顶点而趋于下降了。这样去理解‘五四’,方能够把握‘五四’的真正的历史意义。”[4] 他虽然是从政治运动来考察“五四”的历史范畴,但对于我们正确理解五四文学革命的起止日期却紧密相关,因为文学革命总是直接或间接地受着政治运动的制约,特别五四新文学同五四新文化运动和反帝爱国斗争的联系更为密切。既然五四政治运动有一个合乎规律的发展过程,那么五四文学革命当然也有个发展阶段,“突变”(指“五四”这天)的观点很难令人接受,以一九一八年作为文学革命的起点的说法也是违背史实的。诚然鲁迅的《狂人日记》在中国现代文学史上具有重要地位,它是从白话文学创作方面显示了文学革命的实绩,这是鲁迅听文学革命前驱者的“将令”而写的,但它并非新文学运动开始的标志,科学地说它是文学革命发展中在创作上的里程碑,是文学革命取得辉煌成就的标志。至于说《狂人日记》体现了无产阶级思想对新文学的领导,后面再提出异议。

由于五四文学革命的历史范畴直接关涉到对其指导思想的把握,因此上述仅仅从这一意义上对五四文学的起止时间作了粗略的说明;之所以这样划定的根据,也许在对五四文学指导思想的探究中能得到进一步阐述。正是从这一历史范畴着眼,我们初步分析了一些史实,认为"五四文学革命从一九一八年起由马克思主义思想来领导"的说法,并未建立在可靠的具有雄辩力的史料基础上,所以很难令人诚服。

本着学术问题应贯彻"百家争鸣"的精神,作为一个在社会科学领域里学步的幼稚者,我冒昧地提出以下的粗浅(或错误)看法,以就教于各位老前辈和同志们:

五四文学革命的指导思想呈现出一种比较复杂的形态,它是各种"新思潮"的混合体,但在构成这一复杂形态的带着各自不同色彩的新思潮的诸方面中,民主主义与之相联系的人道主义思想是主要方面,因之也占有主导地位;

十月革命对发展中的五四文学革命的确发生过影响,社会主义思想因素不论在文学革命主张或新文学创作中都存在着一定的"量",尽管它在五四时期并未对新文学起到实际上的主导作用,但五四以后随着民主主义革命的深入发展、中国共产党的成立、马克思主义和中国革命的具体情况日益结合,无产阶级思想才真正成为中国新民主主义文学的主导思想,并且强有力地指引着由五四时期开创的新文学沿着社会主义方向发展。

其主要根据如下:

一

发生在中外古今文学史上的任何性质的文学革命,大都有其特定的历史背景。这里仅就五四文学革命产生的特定的国际历史背景及主要思潮加以探讨,以作为判定其指导思想性质的不可忽略的依据之一。

对于五四文学革命产生的国际政治背景,李大钊在一九一九年元旦写的《新纪元》里作了比较确切的论述:

> 一九一四年以来世界大战的血、一九一七年俄国革命的血、一九一八年德奥革命的血,好比作一场大洪水——诺阿以后最大的洪水——洗来洗去,洗出一个新纪元来。这个新纪元带来新生活、新文明、新世界,和一九一四年以前的生活、文明、世界,大不相同,仿佛隔几世纪一样。
>
> 看呵,从前讲天演进化的,都说是优胜劣败,弱肉强食,你们应该牺牲弱者的生存幸福,造成你们优胜的地位,你们应该当强者去食人,不要当弱

者，当人家的肉。从今后都晓得这话大错，知道生物的进化，不是靠着竞争，乃是靠着互助。人类若是想求生存，想享幸福，应该互助友爱，不该仗着强力互相残杀。从前研究，解决人口问题的，都是说马尔查士说过，人口的增加是几何的，食物的增加是算术的……种种不公平背人道的事情，都起于这个学说。……从今以后，人心渐渐觉醒。欧洲几个先觉，在那里大声疾呼，要求人民的平和，不要皇帝，不要常备兵，不要秘密外交，要民族自决，要欧洲联邦，做世界联邦的基础。这都是差强人意的消息。这些消息，都是这新纪元的曙光。在这曙光中，多少个性的屈枉、人生的悲惨、人类的罪恶，都可望像春冰遇着烈日一般，消灭渐净。多少历史上遗留的偶像，如那皇帝、军阀、贵族、资本主义、军国主义，也都像枯叶经了秋风一样，飞落在地。这个新纪元是世界革命的新纪元，是人类觉醒的新纪元。我们在这黑暗的中国，死寂的北京，也仿佛分得那曙光的一线，好比在沉沉深夜中得一个小小的明星，照见新人生的道路[5]。

这便明确地揭示出人类新纪元的突出特征：一是新纪元从一九一四年第一次世界大战爆发开始，以“俄国革命”为真正的焦点；而“新纪元”的到来并不是自然进化的，乃是第一次世界大战的血、无产阶级革命的血和民主主义革命的血换来的，开辟了一个人类反侵略、反强权、反压迫，争取自由平等、和平友好，创造新生活的新时代，这是一个“劳工阶级要联合他们全世界的同胞，作一个合理的生产者的结合，去打破国界，打倒全世界资本的阶级”的新时代，而“总罢工，就是他们的武器”。二是经过第一次世界大战和世界革命斗争实践的检验，社会达尔文主义、马尔萨斯人口论都是为军国主义张目的强盗逻辑，对人类的自由平等、和平幸福生活的欲求毫无益处；世人真正从血的洗礼中认识到“互助友爱”精神则是人类“求生存”和“享幸福”的思想宝筏，这在一定程度暗示出无政府主义的“互助”论在“新纪元”中还有着广泛的影响。三是新世纪的曙光据当时李大钊的解释，不仅含有十月革命的社会主义思想光辉，而且主要是指“欧洲几个先觉”者所大声疾呼的“公理战胜强权”的民主主义精神。正如陈独秀在《〈每周评论〉发刊词》中所说的：“自从德国打了败仗，‘公理战胜强权’，这句话几乎成了人人的口头禅。列位要晓得什么是公理，什么是强权呢？简单说起来，凡合乎平等自由的，就是公理；依仗自家强力，侵害他人平等自由的，就是强权。”正是在这种“人道的警钟”的振动下和“自由的曙光”的照耀下，“新纪元是世界革命的新纪元，是人类觉醒的新纪元”。四是中国当时处在“国势陵夷，道衰学弊”[6]的黑暗沉寂时期，并没有出现俄国那种由布尔札维主义领导的革命，也没有发生象匈奥、德国、勃牙利、荷兰、瑞典、西班牙那种由“革命社会党”奋起领导的革命；尽管如此，但也“分得那曙光的一线”，“得到一个小小的明星，照见新人生的道路”。这不仅说明了新世纪的曙光照进黑暗中国的深远意义，而且也非常有分寸地指出新世纪的曙光尚未普照中国大地，中国人民还没有真正觉醒。正是在这样的国际背景上，在新世纪一线曙光照耀下，随着一九一四年世界大战序幕的拉开，古老中国的封建主义黑暗王国的上空，由远而近、由隐而显地传来了五四新文化运动和文学革命的春雷。

如果说，这“新世纪的曙光”正像有人所解释的那样，完全指苏联十月社会主义革命的曙光，是马克思主义真理的曙光，而且普照全国各个领域；那么，也许说五四文学革命的指导思想是“马克思主义”的，就会令人确信无疑了。但是历史事实胜于雄辩，它可以否定不完全符合历史本来面目的主观推断：新世纪的曙光对中国五四时期所照射的范围开始并不大，而是逐步扩展开来；同时上层建筑各个领域的感光强弱也大不一样；更重要的是，新世纪曙光中的社会主义思想光辉对五四时期中国的映射力量远不如“平民主义”思潮。对此，早期共产主义知识分子已反复强调过。李大钊不止一次地说，那时风靡世界的“绝大的潮流”是“平民主义”即民主主义；而这种平民主义“崛起于欧洲，流被于美洲，近更借机关炮、轮船、新闻、电报的力量，挟着雷霆万钧的声势，震醒了数千年间沉沉睡梦于专制的深渊里的亚洲。他在现在的世界中，是时代的精神，是唯一的权威者，和中世纪罗马教在那时的欧洲一样”；“无论是帝王，是教主，是贵族，是军阀，是地主，是资本家，只要阻碍了他的进路，他必把他们一扫而空之。无论是文学，是戏曲，是诗歌，是标语，若不导以平民主义的旗帜，他们决不能被传播于现在的社会，决不能得群众的讴歌。我们天天眼所见的，都是‘平民主义’战胜的旗，耳所闻的，都是‘平民主义’奏凯的歌，顺他的兴，逆他的亡。一切前进的精神，都自己想象着是向‘平民主义’移动着”，即使“自劳农俄国成立后”的“工人政治”（指苏维埃专政），亦是“本于‘平民主义’的精神而体现出来的”。李大钊所说的平民主义并不是科学社会主义，虽然他将苏维埃的“工人政治”的来源归于平民主义，这只能说他看到平民主义同科学社会主义的一定联系，但他并没有指出二者的本质区别。所谓平民主义，是指“把政治上、经济上、社会上一切特权阶级，完全打破，使人民全体，都是为社会国家作有益的工作的人，不须用政治机关以统治人身，政治机关只是为全体人民属于全体人民而由全体人民执行的事务管理的工具。凡是具有个性的,不论他是一个团体,是一个地域,是一个民族,是一个个人,都有他的自由的领域,不受外来的侵犯与干涉,其间全没有统治与服属的关系,只有自由联合的关系。这样的社会,才是平民的社会;在这样的平民的社会里,才有自由平等的个人。"这种"纯正的'平民主义'"虽然含有共产主义理想社会的合理因素,但它带有浓厚的空想社会主义的色彩,实质上是李大钊对被"资本主义的时代用烂了,已为卑鄙的使用玷污了"[7]的平民主义所作的新解说,本质上仍然属于民主主义思想范畴。这种平民主义,不仅是世界的"绝大潮流",而且也是五四时期思想解放运动的主潮,不仅是人类新纪元的时代精神,而且也是中国五四时期的时代精神,科学与民主便是这种精神的集中体现。正由于平民主义是压倒一切的强大思潮和"唯一的权威",所以毛泽东同志当时明确指出:"各种对抗强权的根本主义,为'平民主义'(德莫克拉西,一作民本主义,民主主义,庶民主义)。宗教的强权,文学的强权,政治的强权,社会的强权,教育的强权,经济的强权,思想的强权,国际的强权,丝毫没有存在的余地,都要借平民主义的高呼,将他打倒。"[8]可见,平民主义这种"浩浩荡荡的新思潮"随着五四运动的发展已波及到各个领域,成为当时纷纭复杂的新思潮中的一种起主导作用的新意识形态。五四文学革命虽然受到十月革命的社会主义思想影响,但其具体指导思想势必是民主主义的。

这里还必须指出,当我们肯定平民主义思想在五四时期的"权威"和地位的同时,实际上对十月革命的影响也作了相应的肯定,为了把"影响"说得更明确些,应该充分估计到这种"影响"的革命意义:一是中国民主主义革命的伟大先行者孙中山先生,曾于一九一八年初致电列宁和苏维埃政府说:"中国革命党对于贵国革命党员之艰苦卓绝的奋斗,表示极大的敬意;而且更希望中俄两国革命党团结一致,共同奋斗。"[9]从孙中山对列宁及其布尔札维主义党的"敬意"和"希望"中,透露出十月革命对他的积极影响,并唤起他争取民族独立解放的新希望;二是"十月革命帮助了全世界的也帮助了中国的先进分子,用无产阶级的宇宙观作为观察国家命运的工具,重新考虑自己的问题。走俄国人的路——这就是结论。"[10]李大钊等先进人物最早接受了十月革命的影响,尽管他们对"俄国人的路"的本质意义的认识上带有明显的民主主义思想的局限,但对中国革命要"走俄国人的路"是深信不疑的,是倾向社会主义的;真正能以无产阶级宇宙观作为观察中国社会问题的工具,并对"俄国人的路"具有深刻的本质的认识,是蔡和森一九二〇年八、九月份写的《关于中国革命问题致毛泽东同志的两封信》。可见十月革命对中国民主主义革命家和早期共产主义知识分子,都产生了程度不同的影响,这是不容否认的史实。

但是也必须承认,在五四文学革命中,不论是具有初步共产主义思想的知识分子或者是新文学的倡导者,都没有明确地提出我国的新文学应像政治革命那样“走俄国人的路”。一九一九年茅盾写过一篇《托尔斯泰与今日之俄罗斯》的长文,着重论述了十九世纪末俄罗斯现实主义文学对世界文学的影响以及托尔斯泰在俄国文学界和世界文学史上的地位,并未涉及到我国新文学同俄罗斯文学的关系问题,即使影射到了,那托氏的创作倾向也体现不出十月革命后苏联社会主义文学的方向。一九二〇年三月瞿秋白写的《〈俄罗斯名家短篇小说集〉序》,它考察了“俄罗斯文学的研究在中国却已似极一时之盛”的“最主要原因,就是:俄国布尔什维克的赤色革命在政治上,经济上,社会上生出极大的变动,掀天动地,使全世界的思想都受他的影响。大家要追溯他的远因,考察他的文化,所以不知不觉全世界的视线都集于俄国,都集于俄国的文学;而在中国这样黑暗悲惨的社会里,人都想在生活的现状里开辟一条新道路,听着俄国旧社会崩裂的声浪,真是空谷足音,不由得不动心。因此大家都要来讨论研究俄国。于是俄国文学就成了中国文学家的目标”。这虽然极为深刻地揭示出布尔什维克赤色革命同俄罗斯文学之间的关系以及我国研究俄罗斯文学的政治原因,显示出十月革命在中国文学界产生的一定影响;但它并没有指出或暗示出中国创造新文学应以十月革命后苏联无产阶级文学为师。一九二〇年十一月周作人曾在北京师范学校及协和医学校作了题为《文学上的俄国与中国》的讲演,他强调五四新文学应学习俄罗斯现实主义作家托尔斯泰、果戈里等的为人生的文学,并相信中国将来的新文学也是为人生的文学,但他却丝毫没有提及中国新文学应向十月革命后的苏联文学学习。即使一九二〇年十月出版的《新青年》第8卷第2号上译载的高尔基的《文学与现在的俄罗斯》,只说明在十月革命影响下有些人对苏维埃文学发展状况有所关注;郑振铎为此写的小序不仅未表明中国五四新文学应向苏俄十月革命后的文学学习,也没有提到五四文学应以布尔什维克主义为指导思想,可贵的是他看到了布尔什维克政府的建立为新文学的发展创造了有利的条件。为什么在十月革命影响下,早期共产主义知识分子比较明确地意识到中国在政治革命方面应“走俄国人的路”而在文学上只是强调向俄罗斯文学学习呢？这里的原因较复杂,其中的主要原因是:十九世纪末、二十世纪初俄国无产阶级文学虽已产生,如高尔基的《母亲》、绥拉菲莫维奇的

《沙漠中的荒城》、别德内依的诗歌等，且产生了一定的影响，但比起现实主义文学大师托尔斯泰、契诃夫等的这时期的作品在世界文坛的影响来，恐怕少得多；十月革命最初几年，苏联文艺界出现了"未来派"、"象征派"和"无产阶级文化派"等资产阶级文学派别，其中危害最大的是"无产阶级文化派"，虽然这时期有一批社会主义文学陆续问世并产生了积极的社会效果，俄共（布）《关于党在文学方面的政策》也于一九二五年发表，但对世界文学的影响并不大。鉴于苏俄社会主义文学处在初创期和文艺界的混乱，所以并未引起我国早期共产主义知识分子和新文学倡导者的十分关注和重视，反倒认为俄罗斯文学的现实主义优秀传统，正是五四文学革命急需借鉴的，因为它更切合五四时期反对封建旧文学、创造具有民主精神新文学的需要。

二

"五四运动没有组织"，即"没有有主义的政党领袖"[11]来领导；许德珩讲得更明确："五四运动是自发的运动，没有党的领导，没有马列主义。"[12]这虽然是指五四反帝反封建的爱国政治运动而论，但对于考察五四新文化运动和文学革命的组织领导和指导思想也具有深刻的启示，尽管有的提法并不严密，却基本符合史实。诚然五四运动缺乏一个"有主义的政党领袖"来统一领导，马克思主义也没有成为指导思想，但是从五四新文化运动和文学革命的演进过程来看，陈独秀主办的《新青年》却是思想解放运动和文学革命倡导并发动的主要阵地，围绕《新青年》所形成的新文学阵线实际上对新文学运动起了领导作用，《新青年》所宣传的主旨实际上成了新文学的指导思想。因此，具体剖析《新青年》的宗旨、宣言所表现的思想倾向，是判定五四新文学运动指导思想性质的重要根据。

《新青年》是五四时期集中宣传民主主义思潮以倡导思想解放运动，并充分体现新文化运动和文学革命指导思想性质的最主要刊物。从它创刊一直到党成立前夕，鼓吹科学与民主始终是《新青年》的总纲，是该刊同人共同遵守的宣言。一九一五年主编陈独秀在《青年杂志》（后改名《新青年》）创刊号发表的《敬告青年》一文，便鼓吹十八世纪法国资产阶级启蒙思想家提出的"人权、平等、自由"的民主主义思想，认为近世欧洲历史之所以为"解放历史"是因"人权平等之说兴"之故，而"科学之兴，其功不在人权说下，若舟车之有两辆焉"。很显然，“科学”与“民主”一开始即是该刊发动思想解放运动，打倒孔家店，奉答青年“修身治国之道”[13]的理论旗帜。一九一六年，陈独秀在《宪法与孔教》一文更清楚地指出：“欲建设西洋式之新国家，组织西洋式之社会，以求适今世之生存，则根本问题，不可不首先输入西洋式社会国家之基础，所谓平等人权之新信仰，对于与此新社会新国家新信仰不可相容之孔教，不可不有彻底之觉悟，勇猛之决心。”可见，“平等人权之新信仰”，既是《新青年》同人反对以孔教为核心的封建意识的思想武器，又是创建新社会的理论基础，也是反对“袁世凯复活”封建帝制的利剑。因为“法律上之平等人权，伦理上之独立人格，学术上之破除迷信，思想自由：此三者为欧美文明进步之根本原因，而皆为尊重国粹国情之袁世凯一世二世所不许”[14]。以民主主义反封建反礼教反复活帝制是五四新文化运动的中心口号之一；“科学”便是另一中心口号，它的意义主要地并不在于提倡自然科学的研究，而是在于它帮助“民主”开展反封建礼教的思想斗争，这是因为神权是封建制度和思想的重要支柱，反迷信斗争实际上就是反封建斗争的一部分。所以，科学和民主两个口号紧密相结合，它们成了五四时期《新青年》同人反封建反迷信的战斗纲领。一九一七年俄国十月革命的胜利，逐步地给中国送来了马列主义；于一九一八年《新青年》也改组了编辑部，李大钊、鲁迅参加了编辑工作；从是年起《新青年》出现了介绍马列主义的文章，五四高潮中曾编出“马克思主义专号”，可见十月革命对五四运动产生过影响，虽然当时它尚未起到主导思想的作用，但它的积极影响是不可否认的。许德珩曾回忆说：“五四运动时虽然有少数人信仰马克思主义，但大多数人对马列主义还是不懂的。大家当时受压迫很厉害，只看到十月革命后列宁领导的苏联很好。那时翻译的书很少，我的一个同学李季，翻译一本马克思传，但他不懂马克思主义，也不懂阶级斗争。马克思主义的理论很少介绍，列宁的著作介绍得更少。当时称列宁领导的党为‘过激派’。由于当时受帝国主义军阀压迫得很厉害，所以不少人有走苏联道路的愿望，可是没有书，只有李大钊写的几篇称赞列宁和俄国的文章。那些文章影响是很大的。大多数人是把马克思主义当成诸子百家，未当成救国良方。少数人自己摸索，如到法国去勤工俭学，探索马克思主义”，“有人说，五四运动是和马列主义相结合的，实际上不是这样”[15]。这是切合实际的历史唯物主义分析，既指出十月革命对五四运动的具体影响，又说明了大多数人不懂马克思主义，只把它当作诸子百家中的一家，对马列主义处在探索阶段，尚未把它当成救国的良方。看来，马克思主义是五四运动的指导思想的说法不够准确。

总的情况是这样的。那么具体说来,从一九一八年起,《新青年》为适应“思想革新”的需要,改组了编辑部,登载了宣传马列主义和俄国十月革命的文章,这是否意味着《新青年》的指导思想发生了“根本性质”的变化,新文化运动和思想解放运动便开始以马列主义为理论基础呢?应当承认从这一年起,《新青年》的面貌有些新的变化,但并没有完全发生质的变化。从哲学上的质量互变规律来看,量变不能代替质变,即使部分质变也不能说是从根本上发生质变,它们只是最后发生质变的准备。正因为这样,所以《新青年》的宣传宗旨并未从指导思想上加以根本转变,将“科学”与“民主”这两位德赛先生换成马克思主义思想的旗帜,陈独秀仍然是该刊的主要负责人和五四新文化运动的“自然领袖”,他为《新青年》撰写的文章依旧体现了它的指导思想,仍然带有纲领性和权威性。一九一八年十月十五日,他在《克林德碑》中指出:“现在世上是有两条道路:一条是向共和的科学的无神的光明道路;一条是向专制的迷信的神权的黑暗道路。”说明这时他尚看不清中国革命应走俄国人的道路,仍坚持民主主义和封建主义两条道路的斗争。五四反帝运动爆发前夕,他为《新青年》写的《本志罪案之答辩书》,有力地回击了整个封建营垒对新思潮的攻击和非难,重申了本志同人的共同主张,它既是对《新青年》宣传的“修身治国之道”的一个总结,又是该刊同人协力“救治中国”的宣言,充分体现出《新青年》鼓动新文化运动的指导思想。《答辩书》义正辞严地指出:“本志同人本来无罪,只因为拥护那德莫克拉西(Democracg)和赛因斯(Seience)两位先生,才犯了这几条滔天的大罪。要拥护那德先生,便不得不反对孔教,礼法,贞节,旧伦理,旧政治。要拥护那赛先生,便不得不反对旧艺术,旧宗教。要拥护德先生又要拥护赛先生,便不得不反对国粹和旧文学。”并坚定地表示:“西洋人因为拥护德赛两先生,闹了多少事,流了多少血;德赛两先生才渐渐从黑暗中把他们救出,引到光明世界。我们现在认定只有这两位先生,可以救治中国政治上道德上学术上思想上一切的黑暗。若因为拥护这两位先生,一切政府的压迫,社会上的攻击笑骂,就是断头流血,都不推辞。”极其鲜明地表明了“本志同人”的共同思想主张以及为实现这一主张不畏“断头流血”的牺牲精神。“五四”爱国运动以后,陈独秀在《实行民治的基础》(1919.11)一文,对杜威的“民治主义”予以推崇,同时以此为利具批判了“中华民国”只是挂了八年的“假招牌”,“却仍然卖的是中华帝国的药,中华官国的药,并且是中华匪国的药”。一九一九年十二月写的《〈新青年〉宣言》更进一步明确地宣布“本志同人”的共同思想主张:“本志具体主张,从来未曾完全发表。……现当第七卷开始,敢将全体社员的公共意见,明白宣布。就是后来加入的社员(笔者按:当然包括李大钊在内),也公同担负此次宣言的责任”。这“宣言”所宣布的虽然带有朦胧的“新主义”的因素,但基本思想倾向不是科学社会主义,而是民主主义即平民主义:“我们理想的新时代新社会,是诚实的、进步的、积极的、自由的、平等的,创造的、美的、善的、和平时、相爱互助的、劳动而愉快的、全社会幸福的”,这是与“世界上的军国主义和金力主义,已造成了无穷罪恶”的资本主义社会相对立的“新社会”。这就是《新青年》“全体社员的公共意见”,是他们为之奋斗的共同“理想”。这种“理想”带有浓厚的空想社会主义色彩,同李大钊所力倡的“纯正的平民主义”在思想系脉上是相通的,毕竟不是科学的共产主义思想体系。一九二〇年初,陈独秀在武汉文华大学讲演大纲里对五四时代精神的价值作了简要地全面概括,似可看成是对整个五四新文化运动和文学革命总的指导思想的解说:

(1)时代精神的价值(德莫克拉西)
(a)政治的德莫克拉西(民治主义)
(b)经济的德莫克拉西(社会主义)
(c)社会的德莫克拉西(平等主义)反对一切不平等的阶级特权
(d)道德的德莫克拉西(博爱主义)
(e)文学的德莫克拉西(白话文)

…………

这清楚地说明了,“德莫克拉西”(民主主义或平民主义)是五四“时代精神的价值”,它贯穿并体现于政治、社会、道德、文学等各个领域,似乎这是一种囊括一切新意识的总思潮,就连“社会主义”也包孕在内,说明“德莫克拉西”已被注进新的思想因素。虽然“德莫克拉西”是五四时期各个社会领域的共同时精神支柱,但由于各个部门的具体情状不同,因而又显示出不同的思想特色,即在政治上提倡民治主义,在经济上提倡社会主义,在社会上提倡平等主义,在道德上提倡博爱主义,在文学上提倡白话文。这就进一步地展示出,尽管《新青年》“社员各人持论,也往往不尽相同”,如有信仰人道主义的,有鼓吹实验主义的,有主张新村主义的,有喜谈无政府主义的,有坚信布尔札维主义的,但是提倡科学与民主,遵奉平民主义,反对封建宗法制度和思想,反对“世界上的军国主义和金力主义”，实现其“理想的新时代新社会”，却是他们的共同宗旨和主导思想，当然也是他们致力于五四新文化运动和文学革命的思想纲领。

在肯定了“德莫克拉西”是五四思想解放运动的主潮和《新青年》同人倡导新文化运动的共同思想基础的同时；我们还必须看到“布尔札维主义的流行，实在是世界文化上的一大变动”，尽管“《新青年》和《每周评论》的同人，谈俄国布尔札维主义的议论很少”[17]，但它却是真正的无产阶级思想体系，是科学社会主义，随着革命的深入发展和马列主义的广泛传播，它逐步成了中国新民主义文化革命和新文学运动的主导思想。一贯高举“德莫克拉西”大旗为五四新文化大军“前驱”的陈独秀，一九二〇年九月写的《谈政治》一文，对于“修正派社会主义”拿德莫克拉西来反对马克思主义阶级斗争学说，进行了尖锐批判，表现出他对无产阶级思想体系和“德莫克拉西”的本质区别有了清醒的阶级分析：“他们反对马格斯底阶级战争说很激烈，他们反对劳动专政，拿德莫克拉来反对劳动阶级底特权”，“他们只有眼睛看见劳动阶级底特权不合乎德莫克拉西，他们却没有眼睛看见戴着德莫克拉西假面的资产阶级底特权是怎样。他们天天跪在资产阶级特权专政脚下歌功颂德，一听说劳动阶级专政，马上就抬出德莫克拉西来抵制，德莫克拉西倒成了资产阶级底护身符了。我敢说：若不经过阶级战争，若不经过劳动阶级占领权力阶级地位底时代，德莫克拉西必然永远是资产阶级底专有物，也就是资产阶级永远把持政权抵制劳动阶级底利器。”虽然这时他并未彻底否认“德莫克拉西”，但他却不是一般地抽象地空洞地主张“德莫克拉西”了，而是明确地认识到：资产阶级专政是带着假面的“德莫克拉西”，无产阶级只有通过阶级战争，推翻资产阶级专政建立无产阶级专政，才能实现真正的“德莫克拉西”，否则在无产阶级夺取政权的时代，“德莫克拉西”将成为已经掌握“特权”的资产阶级反对无产阶级革命和无产阶级专政的“利器”，成了资产阶级的“护身符”和“专有物”。这种认识基本上是符合马克思主义的，虽然他只看到马克思主义同“德莫克拉西”有一定继承关系，但却看不清科学共产主义的理想同“德莫克拉西”毕竟属于两种不同性质的思想体系。如果说中国共产党成立前夕，早期共产主义者忙于为党的创建积极作思想和组织准备，为捍卫马克思主义和中国政治革命的正确道路而同形形色色非无产阶级思想政治派别进行论战，尚未明确地提出中国新文化运动应以马克思主义为指导思想；那么党成立后的一九二三年经过改组的作为党中央的理论性机关刊物《新青年》，却在它的“新宣言”中自觉而明确地提出：“真正的解放中国，终究是劳动阶级的事业；所以《新青年》的职志，要与中国社会思想以正确的指导，要与中国劳动平民以知识的武器。《新青年》乃不得不成为中国无产阶级革命的罗针。”由于“无产阶级在社会关系之中，自然处于革命领袖的地位，所以无产阶级的思想机关”——《新青年》，应当研究社会科学，“竭全力以指导中国社会思想之正常轨道”，这就明确地指出中国的文化思想革命当以无产阶级思想作指导，唯此才能将“社会思想”引上无产阶级轨道。“新宣言”最后表明：“中国幼稚的无产阶级，仅仅有最小限度的力量，能用到《新青年》来，令他继续旧时《新青年》之中国‘思想革命’的事业，行彻底的坚决斗争，以颠覆一切旧思想，引导实际行动，帮助实际行动，以解放中国，解放全人类，消灭一切精神上、物质上的奴隶制度，达到最终的目的：共产大同。”这篇“新宣言”同一九一九年底的《〈新青年〉宣言》来比照，虽然它们在思想脉络上有一定的联系，但是从阶级的思想范畴来看却有本质的区别，“旧时《新青年》”的“宣言”基本上表明“《新青年》同人”以民主主义思想来指导五四时期的新文化运动和思想解放运动，而《〈新青年〉之新宣言》是代表中国无产阶级及其政党自觉地表示应以无产阶级思想指导中国的文化思想革命，《新青年》则是“无产阶级思想机关”。这两篇不同思想性质的“宣言”，似可以看出无产阶级思想对中国新文化思想运动的指导，经过一个逐步深化的过程，也是一个由量变到质变的过程，即五四时期无产阶级思想对新文化运动产生了一定影响，但主导思想是“德莫克拉西”，中国共产党的成立，中国无产阶级有了自己的战斗司令部，才逐步自觉地以无产阶级思想来指导文化思想领域的革命。毛泽东同志曾以发展的观点，将新民主主义文化革命作为整个过程来考察，故作出这样的判断：“在五四以后，中国产生了完全崭新的文化生力军，这就是中国共产党人所领导的共产主义的文化思想，即共产主义宇宙观和社会革命论。”这就明确地指出，并非五四前或者五四中“产生了完全崭新的文化生力军”，而是“在五四以后”，这里的“以后”也不能机械地看成从一九一九年五月四日这一天算，主要指中国共产党成立以后，不然怎么说是“中国共产党人所领导的共产主义的文化思想”呢？如果我这种理解符合毛主席这段话的基本精神的话，那么更可证明五四时期“共产主义的文化思想”在新文化运动中并没有成为指导思想，它以“新的装束和新的武器，联合一切可能的同盟军，摆开了自己的阵势，向着帝国主义文化和封建文化展开了英勇的进攻”[18]，这是党成立后文化思想战线出现的新形势。我认为这样理解，不论在理论上或者史实上，都是有充分的雄辩的根据的。

的确如同李大钊所说：在五四时期，对于"布尔札维主义"的"议论很少"，真正能以历史唯物主义观点去认识十月革命道路的本质意义的更少。它不仅没有成为《新青年》同人的共同思想基础，就连新文化运动的主将鲁迅，对于李大钊介绍马克思主义和俄国布尔札维主义的文章"并未留心"[19]。鲁迅当时看到了新世纪的曙光，他主要以人道主义观点去理解这"曙光"的意义，故相信将来人道主义总要胜利的。即使李大钊本人，他虽是早期的杰出马克思主义者，"喜欢谈谈布尔札维主义"，积极地译介马克思主义，其卓著的功劳早已载入史册；但是对于这样的史实也不能回避：即在他介绍马克思主义的论著中，不时地把马克思主义、民主主义和人道主义等不同的思想的范畴相提并论，互相补充，彼此印证，均看成新学理新主义加以介绍和宣传。如在《法俄革命之比较观》(1918·7)里，他明确指出："俄国今日之革命，诚与昔者法兰西革命同为影响于未来世纪文明之绝大变动"；而"法人当日，固有法兰西爱国的精神，足以维持其全国之人心；俄国今日，又何尝无俄罗斯人道的精神，内足以唤起其全国之自觉，外足以适应世界之潮流，倘无是者，则赤旗飘飘举国一致之革命不起。且其人道主义之精神，入人之深，世无伦比。数十年来，文豪辈出，各以其人道的社会的文学，与其专擅之宗教政治制度相搏战。"这不仅表明了他认为俄国十月革命是人道主义精神唤起了全国人民革命的自觉，而且也表明了他认为十九世纪末、二十世纪初俄罗斯"文豪"们所创作的人道主义文学，在推翻沙皇专制统治、建立社会主义苏维埃的斗争中，发挥了战斗作用；并认为俄国这种"爱人的精神"倾向于世界主义，"足为和平之曙光"。"令俄人因革命之风云，冲决'神'与'独裁君主'之势力范围，而以人道、自由为基础，将统制一切之权力，全收入民众之手。"这就进一步指出"人道、自由"是俄国十月革命劳农政权的思想基础。因此，他号召"吾人对于俄罗斯今日之事变，唯有翘首以迎其世界新文明之曙光，倾耳以迎其建于自由、人道上之新俄罗斯之消息，而求所以适应此世界的新潮流，勿徒以其目前一时之乱象遂遽为之抱悲观也"。这虽然指明我们中国应关心"俄罗斯今日之事变"，应看到自己民族解放的新希望，克服悲观情绪，从而启迪"吾人"走俄国人的路；但是，他对苏联十月革命精神的理解，却是以"人道、自由"这些带有明显民主主义思想色彩的概念来表述。这不能认为李大钊是以唯物史观对十月革命所作的科学解释。因为他只看到社会主义同民主主义、人道主义并不是绝缘的，它们之间有一定的联系性和继承性，而不能从根本上划清科学社会主义同民主主义和人道主义的本质界限。可见，当时他不能完全用马克思主义的阶级观点来论证“法俄革命”之异同，基本上是以人道主义为思想武器。《庶民的胜利》(1918·11)虽然宣传了马克思主义，但不完全是马克思主义，其中掺杂着民主主义精神。他清楚地申述：“欧洲的战争，是‘大……主义’与民主主义的战争。我们国内的战争，也是‘大……主义’与民主主义的战争。结果都是民主主义的战胜，‘大……主义’失败。民主主义战胜，就是庶民的胜利。社会的结果，是资本主义失败，劳工主义战胜”。那么大家以什么思想武器去抵抗“强暴势力的横行”呢？“乃靠着互助的精神，提倡一种平等自由的道理。这种道理，表现在政治上，叫做民主主义。”“民主主义劳工主义既然占了胜利，今后世界的人人都成了庶民，也都成了工人。”很显然，这主要是以民主主义思想去认识第一次世界大战的胜利，即使对“工人”、“劳工主义”、“庶民”等概念的解释也不完全是马克思主义观点，而是带有全人类色彩的人道观。《布尔札维主义的胜利》(1918.11)这篇宣传马克思主义的著名论文，也没有完全脱尽民主主义和人道主义的思想影响，有时仍然将它们同布尔札维主义并提，公然宣称欧战的胜利“是人道主义的胜利，是平和思想的胜利，是公理的胜利，是自由的胜利，是民主主义的胜利，是社会主义的胜利，是 Bolshevism 的胜利，是赤旗的胜利，是世界劳工阶级的胜利，是二十世纪新潮流的胜利”。即使在《我的马克思主义观》(1919·5·11)这篇全面论述马克思主义三个组成部分的光辉论著中，他仍然“主张以人道主义改造人类精神，同时以社会主义改造经济组织。不改造经济组织，单求改造人类精神，必致没有效果。不改造人类精神，单求改造经济组织，也怕不能成功。我们主张物心两面改造，灵肉一致的改造”；并认为这是“近来哲学上有一种新理想主义的出现，可以修正马氏的唯物论，而救其偏蔽”。这说明他同意新理想主义者对“马氏学说应加纠正”的观点，即改造人类精神必须坚持人道主义，改造社会经济组织必须坚持社会主义，二者是相辅相成的，不可偏废。他这种以人道主义来“纠正”马氏学说“偏蔽”的看法，将人道主义和社会主义并用的思想，还体现在他为《少年中国》杂志写的《少年中国的“少年运动”》(1919.9)一文中。他认为要创建理想的“少年中国”必须开展两种文化运动：一种是精神改造的运动，必须本着人道主义精神，宣传互助、博爱的思想，以改造现代中国堕落的人心，使每个人都能拿出“人”的面目来对待自己的同胞；一种是物质改造的运动，必须本着勤工主义的精神，创造一种“劳工神圣”的组织，改造现代游惰本位掠夺主义的经济制度，把那劳工的生活从这种制度下解放出来，使人人都有工作干，而做工的人都能吃饭。因此他希望“少年中国”的“少年运动”，应该是物心两面改造的运动，是灵肉一致改造的运动。“为达到这条路程的终点，应该把这两种文化运动，当作车的两轮，鸟的双翼，用全生涯的努力鼓舞着向前进行，向前飞跃。”以上，我之所以不厌其烦地引述李大钊五四时期宣传马克思主义文章的原句或原意，旨在说明如下几个问题：

第一，民主主义与其相联系的人道主义是当时世界范围内的绝大的潮流，同时也是我国五四时期新文化运动的主潮，即使早期我国最杰出的共产主义知识分子如李大钊等，也不能不深受这种新思潮的影响。因此，他们在介绍马克思主义学说的同时，且将民主主义或人道主义混为一起介绍进来；在某种程度上并用民主主义或人道主义思想，对俄国十月革命的意义、布尔札维主义的精义、第一次世界大战的胜利以及马克思主义的有关原理，作了解释。从而说明了，早期共产主义知识分子用来反帝反封建、改造旧中国、创造新中国的思想武器，并不都是马克思主义，而民主主义或人道主义却占有相当大的比重，发挥了巨大的战斗作用。这就进一步证明了五四新文化运动起主导作用的思想主要不是马克思主义，而是民主主义或人道主义；具有初步共产主义思想的知识分子尚且如此，那些小资产阶级和资产阶级知识分子在五四新文化运动中所运用的思想武器更是不言而喻了。

第二，在五四时期，致力于马克思主义或俄国十月革命经验传播的共产主义知识分子，不能完全摆脱资产阶级世界观的局限并不奇怪，这是由中国落后的经济关系和腐朽的封建宗法制度及其思想意识决定的。正如列宁所深刻指出的：“在大工业发展程度最高的条件下，工人阶级和它的思想家领会马克思主义最容易，最迅速，最完整，最扎实。落后的或发展速度落后的经济关系，往往使一些拥护工人运动的人只领会马克思主义的某几方面，只能领会新世界观的个别部分或个别口号和要求，而不能坚决抛弃一般资产阶级世界观，特别是资产阶级民主主义世界观的一切传统思想。”[20]李大钊当时对马克思主义的领会不是“最完整”的，有时同资产阶级世界观划不清界限，这同我国彼时民族资本工业发展的程度、帝国主义的经济侵略和几千年落后的封建生产关系桎梏着生产力的迅猛发展以及中国工人运动尚处在自发阶段，紧密地联系在一起。对此，我们虽然不能苛求早期共产主义知识分子对马克思主义的理解，但为了科学地说清历史的本来面目和五四文化、文学运动的指导思想，也不能不指出其局限性。

第三,民主主义或人道主义,就其阶级实质来说,虽然属于资产阶级思想体系,但由于五四时期的特殊历史条件所决定,它作为新文化运动的指导思想不但没有丧失进步性,反而表现出相当强烈的革命性、战斗性。马克思主义者曾对文艺复兴时期人文主义、启蒙时期的民主主义,在反宗教反封建的斗争中所起的巨大作用,予以崇高的评价;列宁对车尔尼雪夫斯基的革命民主主义给以充分肯定,说他的著作洋溢着阶级斗争气息。这都说明民主主义或人道主义在人类思想发展史上曾写下光辉的篇章。当人类社会跨进了二十世纪的新纪元,这些西方资产阶级的思想武器在无产阶级革命面前,已显出它的腐朽性和反动性,为什么在东方的中国五四时期却具有进步性和革命性呢?列宁在《中国的民主主义和民粹主义》一文,通过评述伟大的民主派孙中山先生的民主主义纲领,已对这个问题作了精辟的马克思主义的回答。列宁以比较的方法,将"野蛮的、死气沉沉的中国的共和国临时大总统与欧美各先进文明国家的共和国总统"加以对照,从而深刻地指出:在欧美的资产阶级已经腐朽透顶,从头到脚沾满了脏污和工人的鲜血,他们早已抛弃了青年时代的一切理想;而在东方"亚洲的共和国临时大总统是充满着崇高精神和英雄气概的革命的民主主义者,这种精神和气概是这样一个阶级所固有的:这个阶级不是在衰落下去,而是在向上发展;它不是惧怕来来,而是相信未来,奋不顾身地为未来而斗争;它憎恨过去,善于抛弃死去了的和窒息一切生命的腐朽东西,决不为了维护自己的特权而硬要保存和恢复过去的东西。怎么?这是不是说唯物主义的东西已经腐朽了,只有神秘的、富有宗教色彩的东方才发出光辉呢?不,恰恰相反。这是说,东方已完全走上了西方的道路,今后又会有几万万人为争取西方已经实现的理想而斗争";先进的中国人,正在"从欧美吸收解放思想,但在欧美,摆在日程上的问题已经是从资产阶级下面解放出来,即实行社会主义的问题。因此必然产生中国民主派对社会主义的同情,产生他们的主观社会主义"。正因为如此,所以"孙中山纲领的每一行都渗透了战斗的、真诚的民主主义",它是"战斗的民主主义思想体系,首先是同社会主义空想、同使中国避免走资本主义道路、即防止资本主义的愿望结合在一起的,其次是同宣传和实行激进的土地改革的计划结合在一起的",故它比民主主义的含意更广泛。"没有真诚的民主主义的高涨,中国人民就不可能摆脱历来的奴隶地位而求得真正的解放",而"孙中山纲领的每一句话中都可以看出这种高涨"[21]。可见,在亚洲一个最落后的农民国家中,为了彻底"摧毁以各种形式表观出来的封建主义"的斗争需要,民主主义思潮在中国民主主义革命中是具有“战斗的、真诚的、彻底的”革命特色。五四时期仍然是民主主义革命阶段，新文化运动的主要使命是彻底反封建，把中国人的思想从野蛮落后的封建精神枷锁下解放出来，为复兴中华民族而掀动“真诚的民主主义的高涨”。因而，五四新文化运动以富有新的思想特色的民主主义作为指导思想依然具有战斗的革命的意义。不仅革命民主主义者同马克思主义者在五四时期是同一战壕的反帝反封建的革命战友，尚有不少的民主主义者在俄国革命影响下接受了马列主义而逐步变成共产主义者；而且民主主义思想和社会主义思想之间并非有一道不可逾越的鸿沟，在中国的历史条件下民主主义思想易于接受社会主义的某些部分，以使民主主义具有新的思想特色，或保存发展“革命民主主义内核”而形成马克思主义宇宙观。

第四，虽然早期李大钊接受马克思主义尚存有一定的民主主义局限性，然而在《新青年》的同人中却是一位最出色的马克思主义思想家，为党成立后共产主义文化思想大军的形成作出了不朽贡献，这是应该大书特书的。不过，还有这样一个史实要说明：五四时期李大钊并没有把马克思主义作为《新青年》的指导思想来提倡，他后来参与《新青年》编辑工作也没有改变以科学与民主为理论旗帜的编辑方针，更没有对陈独秀为《新青年》撰写的“宣言”，提出异议，他是《新青年》的成员非是“领导者”，他所信仰的“布尔札维主义”也没有成为《新青年》鼓动思想解放运动的事实上的“指导思想”；恰好相反，他主张以民主主义或人道主义来指导“伦理的运动”、“人道的运动”和“精神改造的运动”，而在经济组织的改造上则坚持社会主义，这一点同新文化运动的实际领导者陈独秀于一九二〇年初对五四“时代精神的价值”的看法是一致的；在他的论著中虽然不乏马克思主义文艺思想的因素，但尚未提出在文学上应以俄国十月革命以后的文学为榜样，也没指出新文学运动应以马克思主义文艺理论为思想基础，相反，他却对俄罗斯批判现实主义文学和宣扬平民主义精神的文学备加称赞，并公然声明当时文化运动和“文学运动”的指导思想是“支那的民主主义的正统思想”[22]。从这些不容否认的史实中，为我们正确判定五四时期新文化运动和文学革命的指导思想性质，提供了有力的根据。

三

五四文学革命是五四新文化运动的重要一翼。既然新文化运动的思想基础主要是民主主义和人道主义，那么文学革命的指导思想当然也应该是民主主义和人道主义。仅仅认识到此还是不够的，必须进一步从五四文学革命的理论主张和创作实践，加以考察。因为任何一种思想体系要对某种事业或运动，实行领导或指导，都是具体的，切实的，不是抽象的，架空的，它必定从某些主张或实践中充分体现出来，然后方可由体现出的这种思想因素的“量”的多少，来判断它究竟是否起到“领导”或“指导”作用。所以，五四文学革命的理论主张和创作实践，是检验何种思想对新文学运动起了“指导思想”作用的最重要的标准和根据。

从五四文学革命的理论基础来看，科学和民主是新文学运动的战斗旗帜，而同科学与民主相联系的人道主义，则是文学革命中占优势的文艺思潮。它们既是新文学阵营各种文学主张的共同思想基石，同时也是新文学倡导者们反对旧道德提倡新道德、反对旧文学提倡新文学的理论武器，因之民主主义和人道主义实际上成了文学革命的指导思想，虽然十月革命对新文学运动产生一定影响，但并没有改变文学革命主张的根本性质。对此，文学革命的“自然领袖”、倡导者、拥护者或评论者，在当时和稍后都作过切实分析和明确回答，对于我们探讨这一问题是十分有价值的。陈独秀当时反复指出德赛两先生是新文学的思想主旨，白话文学体现出的最有价值的时代精神是“德莫克拉西”；李大钊在同胡适论争中，直言不讳地指明陈、胡等倡导的文学运动的“正统思想”是“支那的民主主义”；胡适具体论述了新文学的“中心理论”只有“活的文学”和“人的文学”两种，五四文学革命的一切理论都可以包括在这两个中心思想里；蔡元培说“五四运动的新文学运动，就是复兴的开始”，而欧洲复兴时期则“以人文主义为榜样，由神的世界而渡到人的世界”，因此五四“反对文言提倡白话的运动，可以说是弃鬼话而取人话了”[23]；鲁迅后来在《〈草鞋脚〉小引》中回忆说：“最初，文学革命者的要求是人的解放，他们以为只要扫荡于旧的成法，剩下来的便是原来的人，好的社会了，于是就遇到保守家们的压迫和陷害。大约十年之后，阶级意识觉醒了起来，前进的作家，就都成了革命文学者”。这是以辩证唯物史观对五四文学革命到无产阶级革命文学的发展过程，作了准确而概括的评述，它不仅说明了五四文学革命者尚未获得无产阶级意识，而是以人道主义思想反对“旧的成法”，争取“人的解放”，同时也指出“前进的作家”经过十年的艰苦奋战、努力探索，才逐步获得“阶级意识觉醒”，成为“革命文学者”，足见五四时期的文学革命者尚未以无产阶级意识作为指导思想；瞿秋白也有类似的看法，他认为五四文学革命的"主要倾向只是个性和肉体的解放"[24]；茅盾认为，"从思想上看，'五四'的建设就是'人的发现'和'个性的解放'"，而"须在'德先生'和'赛先生'的精神下求解放"[25]；郭沫若"眼目中的所谓文学革命，是中国社会由封建制度改变为近代资本制度的一种表征"，它所"载"的是"自由平等""天赋人权"的"新道"，"这个道和封建社会的道根本是对立的"，所以这是"一个划时期的文艺上的革命"[26]；郑伯奇从比较的角度指出："《新青年》诸君子所提倡的，和十八世纪法国的启蒙文学，英国湖畔诗人所抱的思想并没有大的差异：我们欢迎赛先生和德先生，我们要用自己讲的话来写自己的文学"[27]。上述的说法尽管不完全相同，但有四点在精神上是一致的：一是这些新文学的倡导者或拥护者，谁也不承认五四文学是无产阶级思想作指导；二是五四文学革命同新文化运动一样，是"人的解放"运动，难怪郁达夫说"五四运动的最大成功，第一要算'个人'的发见"[28]；三是由于新文学运动是争取"人的解放"，故它的理论武器必然是德赛二先生和人道主义；四是五四文学革命的民主主义和人道主义思想同文艺复兴和启蒙运动的文艺思潮是一脉相承的。我认为，这些观点基本是符合史实的，因而是可信的；但他们看不出十月革命后社会主义思想的影响（尽管这些影响不起主导作用，总是一些最可贵的新思想因素），这不能不说是他们在认识上的局限性。

只要认真地审阅一下史料，不难发现《新青年》同人的文学革命主张，大都是以民主主义和人道主义为思想基础。胡适的白话文学主张，集中体现在《文学改良刍议》和《建设的文学革命论》两文中，它们标志着《新青年》同人倡导的文学革命发展的两个阶段，鲁迅所说的"《新青年》是提倡'文学改良'，后来更进一步而号召'文学革命'的发难者"正是指此，并不像有的研究者所推测的：鲁迅这里首先"驳斥了胡适一贯自封为文学革命的'发难者'"，标志着文化运动的"领导力量和指导思想的根本转变"，即一九一七年的"文学改良"是"资产阶级及其思想领导"的旧民主主义的文学改良，一九一八年的"文学革命"则是"无产阶级及其思想领导的新民主主义的文学革命"的开始。我认为这种分析，不仅曲解了鲁迅的原意，而且也不符合历史事实。一九一八年《新青年》进一步号召"文学革命"，是以胡适的《建设的文学革命论》为标志的。对此鲁迅说得很清楚，"'五四运动'前一年，胡适之先生所提倡的'文学革命'"[29]，便指一九一八年四月《建设的文学革命论》的发表；郑振铎更明确地指出："可算他们讨论了两年的一篇总结，也可以说是一篇文学革命的最堂皇的宣言"[30]。这一方面说明此文并非胡适个人的意见，而是对《新青年》同人从一九一七年提倡文学改良以来所讨论的意见作的总结，反映了大家的文学见解，一方面说明这篇文章是进一步开展文学革命的宣言书，在当时的确引起很大反响。不论是《文学改良刍议》或者是《建设的文学革命论》，它们所提出的文学革命主张，在精神实质上是一致的；所不同的是，前者侧重于破坏封建旧文学，后者侧重于建设新文学，两文都充满了破旧立新的民主主义精神。从彼时的史实看，由《建设的文学革命论》为“堂皇的宣言”，所掀起的一九一八年的文学革命热潮，从文学主张到创作实践，并没有表现出它是“无产阶级及其思想领导的新民主主义文学革命”；如果说这场文学革命热潮受到十月革命的影响，因之增添了些新的思想因素尚可，但这些新因素并未达到促使文学革命在根本性质上发生转变的量的积累，更没有改变文学革命指导思想的性质。从胡适等人的白话文学主张的思想基础来看，仍然是民主主义和人道主义。胡适曾于一九一八年六月《新青年》的“易卜生专号”上发表了《易卜生主义》，借介绍易卜生主义表明《新青年》同人的信仰是“健全的个人主义”即人道主义，并指出文学作品应敢于揭露“摧折个性，压抑个人自由独立精神”的专制制度。陈独秀的文学革命主张，从一九一七年到一九二〇年，其思想基础始终没有发生性质上的变化。《文学革命论》提出的文学革命“三大主义”，充满了革命民主主义精神，并指出中国文学革命应以“今日庄严灿烂之欧洲”文学为楷模，质问“吾国文学界豪杰之士，有自负为中国之虞哥左喇桂特郝卜特曼狄铿士王尔德者乎”？五四运动前夕，他号召《新青年》同人应拥护德赛二先生以反对封建旧文学，一九二〇年初，他以“德莫克拉西”作为白话文学的最有价值的时代精神加以充分肯定。当时从文学内容革新方面提出的文学主张，是周作人的《人的文学》、《平民文学》等，可以说《新青年》同人倡导文学内容革命的核心理论，大都包括在“人的文学”、“人道主义文学”、“平民文学”这一“中心思想”里面。所谓“人的文学”，即以“人道主义为本，对于人生诸问题，加以记录研究”的文学，而这种人道主义是一种“个人主义的人间本位主义”，它别于“世间所谓‘悲天悯人’或‘博施众济’的慈善主义”。这种“人的文学”是同宣扬“儒教道教”“神道鬼道”的“非人的文学”根本对立的新文学，朱自清称周作人提倡的“人的文学”是表达“时代的声音”的“人道主义文学”[31]，可见具有广泛的代表性。所谓“平民文学”，实际上是“人的文学”的具体化，它是平民主义精神在文学领域的体现。它要求新文学应反映“世间普通男女的悲欢成败”，不必描写“英雄豪杰的事业，才子佳人的幸福”，应宣扬

"一律平等的人的道德",反对"愚忠愚孝""殉节守贞"的封建道德,这便是以人道主义为思想基础的有别于封建贵族文学的"平民文学"。李大钊不仅褒扬俄罗斯"文豪"们所创造的人道主义文学在酝酿十月革命、反对沙皇专制政治斗争中所起的积极作用,而且指出现代世界的文学都以"平民主义"为旗帜。鲁迅是抱着"启蒙主义"步入五四新文坛,提倡文学"为人生,而且要改良这人生",而他这种"为人生"文学观的思想基础并非是无产阶级阶级论,乃是带有革命色彩的人道主义。因为他相信人道主义将来总会胜利,所以鼓励人们为维护"人道"而不惧踏着"铁蒺藜向前进"[32],去争取"人的解放",这就是五四时期他致力于为人生文学的主导思想。从以上《新青年》同人的文学主张来看,大都以民主主义和人道主义为思想基石。尽管他们之间在政治信仰、阶级立场等方面有明显差异,但是以文学来表现民主主义或人道主义精神,开展思想启蒙运动,彻底反对封建主义,争取人的权利,改良社会人生这一总目的是一致的。

不仅仅《新青年》以民主主义和人道主义,作为提倡文学革命的指导思想,即使五四时期的其他进步社团也是如此。与《新青年》同人关系密切的"新潮社",鼓吹民主主义、人道主义尤为起劲,他们"注重人道主义,以平等博爱诸德实行之"[33];该社的骨干傅斯年和罗家伦积极支持《新青年》倡导的"人的文学"、"平民文学"和洋溢着民主主义精神的白话文运动。《湘江评论》根据平民主义精神,曾提出"平民文学",并称这种文学才是"现代的文学,有生命的文学"。五四新文学运动后期出现的对中国现代文学发展作出重要贡献的大型文学团体"文学研究会"和"创造社",在初期阶段,尽管它们的创作倾向有的是现实主义有的是浪漫主义,但是它们文学主张的总指导思想却是民主主义和人道主义的,它们不仅拥护"人的文学"、"人道主义文学"和"平民文学",并且积极地进行创作实践,写出不少洋溢着民主主义和人道主义精神的文学作品。史实有力地说明,即使从一九一八年开始算起的文学革命,仅从文学主张来考察,总的看来也得不出"无产阶级思想领导"的结论。

文学革命主张尚且如此,那么五四新文学创作实践是否体现出无产阶级思想的指导呢?诚然,有的作品表现了对俄国十月革命的渴望或对列宁、马克思的歌颂或对工人、农民的同情等,如果说这是无产阶级思想因素的话,那也是些比较朦胧的无产阶级意识的表露,虽然它们给五四文学增添了新的思想特色,但它们仅仅是些极其宝贵的"新主义的因素",尚来达到决定五四文学指导思想发生根本转化的程度。当时新文学作品所体现的主导思想倾向,是民主主义或人道主义,这同文学理论主张的思想基础基本上是一致的。从新诗创作来看,不论是胡适、康白情、沈尹默、周作人的诗作,或者是刘半农、刘大白、朱自清、冰心、汪静之等的新诗,无不流贯着一种民主主义和人道主义精神;即使郭沫若的《女神》,虽然含有社会主义因素,但基本精神却是鼓吹个性解放和个性自由,"反抗不以个性为根柢的既成道德","反抗否定人生的一切既成宗教",表现"赤裸裸的人性"。朱自清曾评论说:"民七以来,周氏提倡人道主义的文学","至今还为新诗特色之一"[34]。以散文而论,同其他文学品种一样,是以"'个人'的发见"这种"觉醒的思想为中心,更以打破了桎梏之后的文字为体用,现代的散文,就滋长起来了",它的"最大特征,是每一个作家的每一篇散文里所表现的个性,比以前的任何散文都来得强"[35]。这既说明了中国现代散文是伴随着五四思想解放运动而产生,又说明它们充分体现出"从前的人,是为君而存在,为道而存在,为父母而存在,现在的人才晓得为自我而存在"的彻底反封建以争取个性解放的精神。话剧创作在五四时期虽然数量不多,但从仅有的胡适的《终身大事》、田汉的《咖啡店之一夜》和《获虎之夜》、汪仲贤的《好儿女》以及陈大悲等散见于《晨报》第七版上的剧本来看,无不以民主主义或人道主义思想为指导,来反映现实人生问题,根本体现不出无产阶级思想的影响。从小说创作来看,产生了一批表现人生种种问题的"问题小说",但它们总的思想倾向仍然囿于民主主义或人道主义思想范畴。不仅一般的作者如汪敬熙、罗家伦、杨振声、夬庵、俞平伯、陈大悲等人的小说思想倾向如此,而且那些写"问题小说"的能手如冰心、叶圣陶等人的小说,表现得尤为突出。冰心的"问题小说"既表现了反帝反封建的民主主义精神,又表现了与此相联系的浓厚的人道主义的博爱精神;叶圣陶的小说对下层被压迫的劳动人民表现出深切的人道主义同情,并希图把他们引导到"爱"和"美"的境界里,使其被损伤的灵魂得到安慰,这虽然不同于冰心所虚构的"爱的天国",但他们都是以人道主义作为指导思想的。即使文学革命主将鲁迅当时所创作的"显示文学革命实绩"的小说,也没有体现出"无产阶级思想的领导",所表现的主导思想倾向仍然是民主主义或人道主义的,特别《狂人日记》表现得尤为鲜明(见下文)。

从五四文学革命的理论主张和创作实践的考察中,可以明显地看出无产阶级思想对新文学运动尚未起到主导作用,而文艺思想的理论基础主要是民主主义和人道主义,这是史实所反复证明的。如果仅仅分析到此,我认为还是不够的,必须对五四时期译介的外国文学进行考察,看看这些外国文学是民主主义文学还是无产阶级文学,介绍的是资产阶级文艺思想还是马克思主义文艺思想,这也是说明五四文学革命何种思想为指导的不可忽略的重要根据之一。因为当时的新文学倡导者和实践者几乎没有一个不受到外国文学的影响而提倡或创造新文学的,差不多异口同声认为"要医中国文学上之沉疴,须从翻译外国文学入手",欧美的民主主义文学是我国新文学的"模范"。所以,那时译介的外国文学主要是资本主义世界的或资本主义尚未发展起来的弱小民族的民主主义文学,很难看到苏联十月革命后的社会主义文学。从文艺理论来说,译介来的主流是人道主义文艺思潮,如周作人接受了文艺复兴以来的人道主义文学观,陈独秀既爱批判现实主义又爱自然主义,胡适大谈易卜生主义,鲁迅、李大钊都相信人道主义,等等。从五四前后翻译的文学作品来看,主要是俄国、波兰、瑞典、捷克、芬兰、希腊、日本以及英、美、法、德等国家的,它们既蕴含着反侵略反压迫反宗教反封建的民族民主思想,又贮满了对被压迫者被侮辱被损害者的人道主义同情感。周作人当时在《新青年》、《每周评论》、《晨报》第七版等报刊上发表的翻译作品,大都是宣扬人道主义精神的,并把它们作为理想的"现代文学"加以推荐和介绍;一九一九年沈雁冰在《托尔斯泰与今日之俄罗斯》一文,通过与英法文学、古代文学的比较,全面地介绍了托尔斯泰的著作、文艺观等,对俄国表现民主主义、人道主义思想倾向的文学以极高评价,"俄国文学之势力竟直逼欧洲向来之文艺思想而变之,且浸浸欲逼全世界之思想而变之";鲁迅这个时期翻译的作品也离不开对人道主义精神的宣扬,一九二〇年亲自翻译了武者小路实笃的四幕话剧《一个青年的梦》,并对剧中以人道主义反对帝国主义发动的第一次世界大战极为赞赏,同时结合当时中国的社会情状阐明了人道主义精神的现实意义。总之,这个时期翻译作品的人道主义思想内容极为复杂,既有托尔斯泰式的博爱勿抗恶的人道主义,又有卜易生式的个性主义的人道主义,既有泰戈尔的"爱的哲学",又有夏目漱石的爱与美的人道主义,既有陀思妥耶夫斯基的同情被侮辱与被损害者的人道主义,又有希伯来文学宣扬的基督教式的人道主义。可见,人道主义是当时翻译作品的主导倾向,无怪周作人曾对这些翻译作品这样评道:"这大同小异的人道主义思想,实在是现代文学的特色。"[36]这不仅说明了这些翻译作品是我国现代文学初创期的重要思想营养,而且再次证明人道主义是五四文学指导思想的主要理论根源。任何一个国家民族,其文学事业的兴旺发达,都不能不积极输入其他国家民族的新鲜血液,五四新文学正是对外国文学采取"拿来主义"态度,取其新的思想乳汁,来滋养初生的现代文学幼苗。由于那时列宁领导的第一个社会主义国家刚成立，文艺界的形势比较复杂，既没有成熟的社会主义文学作品可资借鉴，又没有成套的符合马克思主义的文艺政策可供学习，加之五四新文学运动主要是反对封建旧文学；因此在这种特定的历史条件下，就不能不借助欧美民主主义、人道主义的强大思潮来同"支那民主主义的正统思想"相结合，以作为五四新文学运动的指导思想，实乃出于历史的必然。

四

从五四文学革命主张、创作实践以及翻译外国文学诸方面来看，新文学运动的基本指导思想是民主主义、人道主义的，恐怕是显而易见的了；但是有些研究者为了证明五四文学革命的指导思想是无产阶级的，不是对事实的全部总和及其相互联系进行具体分析而作出判断，或者抓住一点不及其余，寻找立论的"根据"，或者任意拔高，硬下"结论"，常见的主要有：

其一，鲁迅的《狂人日记》是无产阶级领导五四新文学的开始，它充分体现了无产阶级思想对文学革命的指导作用。这种说法是缺乏说服力的，既不符合小说所体现出的总的思想倾向，又混淆了民主主义和科学社会主义两种不同思想体系的本质界限。诚然，《狂人日记》深刻揭露了封建家族制度和礼教的吃人本质，喊出了推翻吃人社会救救孩子的呼声，表现了彻底反封建的战斗精神；但是作者当时并非听无产阶级"将令"进行创作，而是听《新青年》以德赛二先生鼓动新文化运动和文学革命的"将令"（当然后来有变化），因此小说的创作指导思想不是无产阶级阶级论，而主要是进化论和人道主义思想。对于《狂人日记》主题思想的提炼和孕育，鲁迅说得非常清楚，他是"偶阅《通鉴》，乃悟中国人尚是食人民族，因此成篇"[37]。从查阅中国古代历史中，作出了"中国人尚是食人民族"的论断，这非是无产阶级唯物史观，显然不是以阶级观点对中国历史进行分析，而是用笼统的人性观。正因在这种思想指导下，作者所描绘的人生的艺术图画，流露出明显的人道主义思想倾向。不仅对现实社会"吃人"的描写，分不清"吃人者"和"被吃者"的阶级属性，即"吃人者"也不都是封建剥削阶级，其中相当一部分是阶级意义上的被剥削者和被压迫者，"被吃者"也如此；而且对家庭和历史上"吃人"现象刻划，也是以人道主义思想为本。且不论对"大哥"的"人情感化"，就是以"吃人"二字概括中国几千年的封建社会的全部历史,也不完全符合“一切社会的历史(指有文字记载的历史)都是阶级斗争历史”的马克思主义历史观,尽管“吃人”是个形象化的说法,但从具体细节的描绘中显示不出阶级的分野,所表现的是“中国人是食人民族”这一论断。特别小说探讨中华民族传统里的“吃人”根性,不是着重去开掘经济的或政治的原因,而是从思想上去寻找根源。正是狂人所说:“大约当初野蛮的人,都吃过一点人。后来因为心思不同,有的不吃人了,一味要好,便变了人,变了真的人。有的却还吃”。这说明从原始的野蛮人进化到真的人,不是物质生产起了决定作用,而是由思想的进化和人性的异化所决定的,这显然是进化论和人道观。狂人同“大哥”的矛盾,从阶级性质来看是你死我活的对抗性冲突,可是狂人对“大哥”'的斗争仅止于“理性”的劝转和人情的感化上,并幻想以大哥为代表的吃人者能改恶从善、重做“真的人”;即使这“真的人”,也不像有的研究者所说的是指社会主义社会里的理想新人,而是指那种没有丧失“人道”的人,没有吃过人的人,人性“复归”的人。简言之,《狂人日记》从对社会、家庭、历史吃人现象的揭露到对“吃人者”和“被吃者”矛盾的解决以及对没有吃人的人活在世上的畅想,表现了“吃人者”和“被吃者”、“爱人之道”和“吃人之道”的斗争,体现出鲜明的人道主义思想倾向(详见《论〈狂人日记〉的人道主义思想倾向》一文)。

其二,李大钊的《什么是新文学》是无产阶级文艺观,“确实体现了当时具有初步共产主义思想的知识分子对文学运动的指导”。我觉得,倘以此文为据说明五四文学革命是以无产阶级思想为指导,不仅根据不足,而且说服力不强。这里,至少有这样一些问题值得商讨:究竟这篇短文是否完全是马克思主义文艺观?仅仅具有一定的“新主义的因素”是否能决定它是一篇马克思主义性质的文艺论文?此文发表于一九二〇年一月成都出版的《星期日》“社会问题”号上,这时五四新文学运动早日成势,它到底在文学革命中产生了多大的实际影响?

谁也不能否认,《什么是新文学》对文学革命提出一些重要的见解,并且含有一定的马克思主义思想因素,但从全文的总体来看,我认为不能说它全是无产阶级文艺观,也就是说基本上不是无产阶级文学主张。就它给“新文学”下的定义来说:“是为社会写实的文学”,“是以博爱心为基础的文学”,“是为文学而创造的文学”,这些提法比较笼统,缺乏明确的阶级观点,尚未对一九一七年倡导文学革命以来所提出的文学革命主张作出马克思主义解释,仍沿用陈独秀、周作人等人的观点,看不出实质性的突破。所谓“社会写实的文学”,不是同陈独秀反复提倡的“写实文学”、“写实主义文学”一脉相承吗？所谓“以博爱心为基础的文学”，莫非与周作人提出的以人道主义为本的“人的文学”还有什么本质不同吗？所谓“为文学而创造的文学”，联系起来看这里强调应该尊重文学本身的规律，捍卫新文学的纯洁性，反对“造出”一种“含着科举的商贾的旧毒新毒”的“广告文学”，只有这样才有可能创造出“社会写实的文学”和“以博心为基础的文学”。

至于此文对“新文学新运动的土壤、根基”的见解，基本精神与对“新文学”的解释是一致的。且不论把“宏深的思想、学理，坚信的主义，优美的文艺，博爱的精神”作为“新文学新运动的土壤、基础”的看法未免有些笼统含糊，就是联系李大钊前后发表的文章来考察，也不能简单地推断说：这里的“思想”就是指“无产阶级思想”，这里的“学理”就是指“马克思主义学理”，这里的“主义”就是“科学社会主义”，这里的“博爱的精神”就是指“解放全人类的共产主义精神”。当然，这种推想也不是找不出根据的；不过当我们全面综合分析一下，便会清楚地发现，在肯定了这里提到的“思想、学理、主义”含有马克思主义因素的同时，也必须正视这样的史实：当时李大钊宣传马克思主义，相信布尔札维主义，但也宣传平民主义，相信人道主义，并不反对空想社会主义、无政府主义和新村主义。他在《平民政治与工人政治》一文明确指出：“社会主义与共产主义都尚在孕育时期，故在今日尚不能明了的指出他是一种什么制度”；“德莫克拉西与社会主义在精神亦复相同。真正的德莫克拉西，其目的在废除统治与屈服的关系，在打破擅用他人一如器物的制度。而社会主义的目的亦是这样。无论富者统治贫者，贫者统治富者；男子统治女子，女子统治男子；强者统治弱者，弱者统治强者；老者统治幼者，幼者统治老者；凡此种种擅用与治服的体制均为社会主义的精神所不许。不过德莫克拉西演进的程级老多，而社会主义在目前则特别置重于反抗经济上的擅用罢了。”这是他对社会主义和德莫克拉西两种不同思想范畴的理解，更多地看到这两种主义在精神上的共同点，但是它们的本质区别何在并未准确地指出来。他认为在五四时期“不论高揭什么主义，只要你竭力向实际运动的方面去作，都是对的，都是有效果的”。正是基于这种认识，他指出“在清朝时，我们可用民主主义作工具去推翻爱新觉罗家的皇统。在今日，我们也可以用他作工具，去推翻那军阀的势力”，“在我们这不事生产的官僚强盗横行的国家”，也可以用社会主义作工具，“去驱除这一班不劳而生的官僚强盗”[38]。可见，他把民主主义和社会主义都作为反对封建军阀的工具。特别应该指出的是，在社会经济组织的改造方面，他坚持社会主义，认定“阶级竞争”是“改造社会组织的手段”[39]；而在精神改造方面却反复强调坚持人道主义，主张以“互助”“博爱”精神去改造“现代堕落的人心”。这是因为“人类应该相爱互助，可能依互助而生存，而进化；不可依战争而生存，不能依战争而进化”，况且“不论他是梦想的，或是科学的”社会主义，都是建立在“协合、友谊、互助、博爱的精神”基础上[40]。由是“互助”说和“博爱”观，便成了他倡导思想文化运动的主要理论旗帜，是用来配合“阶级竞争手段”以改革社会经济制度的重要思想武器；即使表现了无产阶级阶级论的《由纵的组织向横的组织》一文，他虽然对“纵的组织”和“横的组织”作了马克思主义的基本分析，但也流露出人道观。从以上简述中可以看出，《什么是新文学》里提出的“思想、学理、主义”并不纯是马克思主义或科学社会主义，内涵比较复杂，它应该包括五四新文化运动中各种具有进步意义的新思潮；特别那种“博爱的精神”，从李大钊前后的思想来看，主要是指现实意义上的人道主义精神的，并不是未来科学理想社会的共产主义的人道主义。尽管此文，基本上不是马克思主义文艺观，但对它含有的马克思主义思想因素，对当时新文学创作中存在着“刻薄、狂傲、狭隘、夸躁”和仅仅满足于用白话写作而忽视思想内容等偏向的尖锐批评以及写实主义原则的突出强调，都是符合新文学发展的要求，因之是极为可贵的，必须充分肯定的。

一种文学主张对五四新文学运动能否起到“指导思想”的作用，不仅要考察理论主张本身的进步性和革命性，最重要的应检验这种文学主张在实际运动中所产生的社会效果。《什么是新文学》不是写在五四文学革命的倡导期，也不是一九一八年的发展期，而是一九一九年底到一九二〇年初的新文学运动的后期。此文的发表并未改变新文学运动指导思想的性质，也没有改变新文学运动发展的根本方向；况且这篇文章又发表在地处边陲的四川成都的《星期日》上，既远离新文化运动和文学革命的策源地北京，又是一种影响并不太大的地方刊物。在这种不可否认的客观条件下，此文的发表究竟能产生多大影响，是不是能起到“五四文学革命指导思想的作用”，不能不令人怀疑。至少在北京上海两地出版的特重刊物上，见不到当时对此文的强烈反响，更没有五四新文学的倡导者或拥护者当时说过该文的重要指导意义，即使早期共产主义知识分子在回忆文章或谈话中也没有提到此文的“思想、学理、主义”完全指马克思主义、科学社会主义而言，并把它当成“当时具有初步共产主义思想的知识分子对文学革命运动的指导”。

上述分析决不是来贬低《什么新文学》的思想价值，旨在说明即使对早期共产主义知识分子的文学主张，也应该采取科学的历史唯物主义态度，不能任意地拔高，不能随意改换评价标准，也不能为证明自己观点的正确而不充分尊重文章的原意。无产阶级在社会科学领域里的党性原则，是通过实事求是地对可靠的史料进行具体分析来体现的，不能以主观主义的态度来改变历史的本来面目。

马克思主义哲学认为，事物的运动变化，总是先从量变开始，量的增加或减少，在一定的限度内不引起质的变化，即使在总的量变过程中发生了部分质变也不能说是事物总的质变已经完成；而量变和质变及其相互转化的原因在于事物内部新旧矛盾的斗争，当旧的一方居于矛盾主要方面而新的一方居于非主要方面时，事物的性质暂时不起变化，仍处于量变阶段，只有矛盾双方的力量对比发生了根本变化，新的方面由矛盾的非主要方面转化为主要方面，于是事物才发生根本质变。我认为中国新文学运动的指导思想在根本性质上发生变化，也经过一个由量变到质变的过程，并非新文学运动一开始就是无产阶级思想作指导。从一九一七年提倡文学革命直到党成立前夕，在总的指导思想上是比较复杂的，特别十月革命后，马列主义开始传播，不能不给新文学带来新的思想影响，但在总的指导思想里占主要地位的始终是民主主义和人道主义，新的思想因素在五四文学革命发展过程中只有量的增加，处于次要地位，并不能引起“指导思想”发生根本性质的转变，起主导思想作用的是“德莫克拉西”；随着中国共产党的成立和新文化运动的深入，马列主义普遍真理逐步同中国革命的具体实践相结合，共产主义思想文化大军的日益壮大，因而新文学运动的指导思想亦随之发生着质的变化，即通过无产阶级文化思想和资产阶级文化思想的又联合又斗争，前者逐步居于主要地位，后者逐步退居次要地位，最终掀起一场由一九二八年“革命文学论争”为爆发点的无产阶级文学运动，随之“中国左翼作家联盟”成立，标志着新文学由“文学革命”发展到“革命文学”的崭新阶段，中国新民主主义文学运动在无产阶级思想引导下，继承并发扬着五四文学革命的战斗传统，坚定不移地朝着社会主义方向迈进。

注：

[1]《五四运动回忆录(续)·五四时期老同志座谈会纪录》，中国社会科学

出版社1979年版

[2]《马克思恩格斯论艺术》(一)第178页

[3]《文学评论丛刊》第6辑第334页

[4]1931年8月《前哨·文学导报》第1卷第1期,署名丙申

[5]《新纪元》,1919年1月5日《每周评论》第3号

[6][13]1915年9月15日《〈青年杂志〉社告》

[7]李大钊:《平民主义》,见1923年1月商务印书馆出版的"百科小丛书"第15种

[8]毛泽东:《创刊宣言》,1919年7月14日《湘江评论》创刊号

[9]转引自中国人民大学出版社1979午出版的《中国现代文学史》上册第10页

[10]毛泽东:《论人民民主专政》

[11]陈太雷:《五四运动的意义与价值》,1925年5月2日《中国青年》第77-78期

[12]《五四运动回忆录》(续),1979年中国社会科学出版社第11页

[14]《独秀文存》卷1第128页

[15]《五四运动回忆录》(续),1979年中国社会科学出版社版第6-7页

[16]《我们为什么要做白话文?》,1920年2月12日《晨报》第7版

[17][22][38]李大钊:《再论问题与主义》,1919年8月17日《每周评论》第35号

[18]毛泽东:《新民主主义论》

[19]鲁迅:《南腔北调集·〈守常全集〉题记》

[20]《欧洲工人运动中的分歧》,《列宁选集》第2卷第393页

[21]《列宁选集》第2卷第424-428页

[23]《中国新文学大系·总序》

[24]《瞿秋白文集》第3卷第628页

[25]《"五四"的精神》,1938年5月《文艺阵地》第1卷第2期

[26]《文学革命之回顾》,见《文艺论集续集》第80-82页

[27]《中国新文学大系·小说三集·导论》

[28][35]《中国新文学大系·散文·导论(下)》

[29]《三闲集·无声的中国》

[30]《中国新文学大系·文学论争集·导论》

[31][34]《中国新文学大系·诗歌·导论》

[32]鲁迅:《热风·六十六生命的路》

[33]《论吾国今日道德之根本问题》,1919 年 2 月《新潮》第 1 卷 2 号

[36]周作人:《〈点滴一集〉序言》

[37][37]《鲁迅书信集》(上)第 18 页

[39][40]守常:《阶级竞争与互助》,1919 年 7 月 6 日《每周评论》第 29 号

鲁迅五四前后“为人生”的文学观

在中国文学发展史上,具有划时代意义的五四文学革命,为我国现代文学奠定了坚实的基础。“凡是关心现代中国文学的人,谁都知道《新青年》是提倡‘文学改良’,后来更进一步而号召‘文学革命’的发难者。”[1] 鲁迅积极献身于这场文学革命,创造出能够经得住历史考验的在中外文学史上闪烁着璀璨光彩的文学明珠,成为照耀我们中华民族攀登更加辉煌的文学高峰的路灯。当时,鲁迅究竟是在一种什么样的文学观指导下步入五四新文坛,为自己的民族创建了极其宝贵的文学遗产?对于这个问题的深究细探,是具有深远意义的。

虽然鲁迅当时没有留下论证五四时期文学观的较完整较系统的文章,但是从他回忆这时期文学思想的篇章或散见于杂文中的零星见解,尚可窥探其文学观的基本轮廓。三十年代初,鲁迅在《我怎么做起小说来》一文回忆说:“说到‘为什么’做小说罢,我仍抱着十多年前的‘启蒙主义’,以为必须是‘为人生’,而且要改良这人生。我深恶先前的称小说为‘闲书’,而且将‘为艺术的艺术’,看作不过是‘消闲’的新式的别号。”这清楚地表明,他反对“为艺术而艺术”的文艺观,理直气壮地坚持“为人生”和“改良这人生”的文学观,自觉地将文学艺术作为改良社会人生的武器,明确地同当时泛滥于文艺界的“超功利”的唯美主义等西方文艺思想划清界限。当时一些资产阶级文人如鸳鸯蝴蝶派等,极力鼓吹唯美主义,唱着“醉呀”、“美呀”的陈腔滥调,写着风花雪月、哥哥妹妹的无聊诗章,将文学当成一种纯粹的享乐、游戏的消遣品;即使一些进步文艺团体如创造社等,它们一方面同鸳鸯蝴蝶派进行斗争,一方面鼓吹那种“超功利”的“为艺术而艺术”的文艺思想。尽管它对于冲破封建文学的八股教条、抵制“文以载道”的谬说,不乏积极意义,但是联系五四前后人民最迫切需要艺术为救国救民服务的背景,这种文学主张不能不产生消极影响。鲁迅的卓识之处,不仅表现在坚持“为人生”而创作,而且主张“为人生”而译介。他反对“为艺术而艺术”的译介外国文学,要求通过翻译作品“传播被虐待者的苦痛的呼声和激发国人对于强权者的憎恶和愤怒”,决不能“从什么‘艺术之宫’里伸出手来,拔了海外的奇花瑶草,来移植在华国的艺苑”[2]。正是在这种进步的“为人生”文学观的指导下,他从一九一八年开始白话小说创作,多取材于病态社会不幸的人们中,揭出他们的病苦,以引起疗救的注意,陆续创作并发表了《狂人日记》、《孔乙己》、《药》等,“算是显示了‘文学革命’的实绩”[3]。这些作品都是为着改良人生“有所为”而发,“聊以慰藉那在寂寞里奔驰的猛士,使他不惮于前驱”,因之激动着千千万万青年的心,这是那些“无所为而为”的唯美主义、颓废主义文学无法类比的。上述清楚地说明,鲁迅是从“为人生”的文学主张同具体创作实践的结合上,探索并解决新文学如何“为人生”服务这一文艺上的根本问题。

五四时期“为人生”文学的广为倡导并非偶然,它有着深刻的时代原因。风雷激荡的五四运动开拓了中国革命的新阶段,以科学与民主为标志的思想解放运动唤起一代人的觉醒,关心国家命运,探索民族前途,思考人生问题,成了先进知识分子的普遍风尚。“中国现在最占势力的人生观念和历史上最占势力的人生学说,多半不是人生解释人生,总是拿‘非人生’破坏人生”;但在新思潮的启迪下,当时却有相当多的知识分子,以“为公众的福利自由发展个人”的“人生观念”来解释人生诸问题,这不只是“五四”思想潮流的“趋势”,也是研究人生问题离不开的“道路”[4]。正是在这样的背景上,“为人生”文学观几乎成了大多数五四文学革命倡导者和参与者的共同主张。他们希冀“从文学上起首,提倡一点人道主义思想”[5],通过思想启蒙,把“人”从几千年的封建宗法制度和思想的桎梏下解放出来,以期“改良社会”。不止《新青年》同人以这种人道主义与之相联系的民主主义作为“为人生”文学的“正统思想”[6],就是“新潮社”和稍后成立的“文学研究会”,也大都以此为其“为人生”文学观的指导思想。所以,用人道主义与其相联系的民主主义,来观察、反映人生种种问题,争取“人”的解放,是为人生派文学观的共同特征;它反映在创作上,没有谁认为小说是消遣的“闲书”,没有谁“以为小说”是“为艺术而艺术”的“脱俗文学”,“他们每作一篇,都是‘有所为’而发,是在用改革社会的器械”,这些作品虽“没有设定终极的目标”,但却“有一种共同前进的趋向”[7]。这是鲁迅对《新潮》上小说创作的评价,似可以看作是对五四时期“为人生”文学总特点的概括。然而,由于致力新文学创建的同人,阶级立场、政治倾向等不尽相同,因此在以为人生文学观指导下观察、体验、反映现实种种生活上,或选择题材或提炼主题或表现理想,却表现了明显的差异。其中鲁迅“为人生”文学观及其创作,呈现出异常鲜明的特征，下面试从理论和创作的联系上加以论述。

一

在人类社会里，特别进入阶级社会以后，绝对自由的文艺实际上是不存在的，任何作家妄想超时代超现实超人生，只不过是主观的幻影，即使有些人鼓吹的那种“为艺术而艺术”的变相“消闲”文学，也是没有时代价值和艺术生命力的。与此相对，鲁迅反对贵族式的“高雅脱俗”的文学观、文艺无目的论和彻底超功利说，坚定地主张文学“必须是‘为人生’，而且要改良这人生”。尽管这种提法，缺乏明确的阶级性，稍嫌笼统一些，但其基本思想是正确的，总的精神是积极的。它不仅指明了文学同“人生”的密切关系，同时强调了文学“改良这人生”的社会功能，说明不注重文学的“功利”是悖于社会人生的。因为文学艺术的目的不应该仅仅为了文学艺术本身，还应该为了社会人生；如果文学艺术彻底背离社会功利主义而去追求别的什么目的，那就从根本上毁坏了文学艺术。因此，“为人生的艺术”既符合“文学是生活的反映”的基本规律，又适应五四时期“扫荡废物，以造成一个使新生命得能诞生的机运”[8]的时代要求。当时能够将文学同现实人生的斗争联系起来，同“改良这人生”的目的结合起来，同为民众为民族的功利服务结合起来，不只是鲁迅“为人生”文学观的特征，可以说是“五四”为人生派的共同认识。周作人认为人生的文学实在是现代中国唯一的需要，它是“影响于人间生活幸福的文学”[9]；冰心强调自己做小说是为了“改良”人生社会，发挥其“感化社会”的作用，以勉励“大家努力去改良”[10]；沈雁冰指出为人生，文学必须“有表现人生指导人生的能力”[11]；郑振铎认为文学“决不是以娱乐为目的”，文学是“人生的反映”，它的“伟大的价值”就在于“通人类的感情之邮”[12]。为了自觉地遵循文艺的社会功利规律，更有效地发挥文学为现实人生服务、推动社会前进的积极作用，鲁迅在这一点上有独特的贡献，也是他为人生文学观的突出特征之一，即：

为达文学“为人生”并“改良这人生”之目的，促进五四新文学运动沿着健康的道路发展，鲁迅一开始便明确地提出“须听将令”而“呐喊”，[13]，并把自己的小说创作称为“遵命文学”[14]。这充分反映出鲁迅的远见卓识，在新文学初创期即敏锐地洞察到为人生文学的发展不能超越时代的规范，不能摆脱“革命的前驱者的命令”制约，不能出离文学的社会功利律，唯此新文学才能具有时代价值和艺术生命力，唯此文艺才能有广阔的灿烂的发展前景，唯此小说才能发挥其改造人生的社会职能，使读者在得到美感享受的同时收到教育上、认识上、道德上的积极效果。

鲁迅早在日本求学时，便认定欲改革社会人生，第一要著是在改变国民的精神，而善于改变精神的“当然要推文艺”；然而由于主客观条件的局限，当时他在提倡文艺运动“叫喊于生人中，而生人并无反应，既非赞同，也无反对，如置身毫无边际的荒原，无可措手了”。于是，他从沉痛的教训中，自谦地反省道：“我决不是一个振臂一呼应者云集的英雄。”但鲁迅并未因“寂寞的悲哀”而动摇自己以“提倡文艺运动”来“改良这人生”的志愿，乃是在沉默中寻求新的机运，在现实斗争中探求新的“主将”，所以倡导新文化运动和文学革命的《新青年》约他写文章，便自觉地“听将令”而“呐喊”，并且“一发而不可收”[15]。这说明他遵命为文绝非偶然，是其于沉痛的教训中获取的带有规律性的认识，自愿地使为人生的文学服务于新的革命时代，反映新的时代精神，服从体现历史发展方向的进步力量的呼唤。当然鲁迅所说的“遵命”，并非有的人认为的是遵无产阶级思想之命或是马克思主义之命或是早期共产主义者李大钊之命。更确切地说他当时遵奉的“革命的前驱者的命令”，是《新青年》同人提倡的以科学和民主为主导思想开展新文化和新文学运动之命，是以民主新思潮进行思想启蒙而争取“人”的解放之命。因为十月革命后，鲁迅虽然“知道‘新的’社会的创造者是无产阶级，但因为资本主义各国的反宣传，对于十月革命还有些冷淡，并且怀疑”[16]，他当时所相信的是“将来人道主义终当胜利”[17]。所以不能武断地说，鲁迅是遵无产阶级之命，应看到他在革命或文学的道路上，坚信“惟新兴的无产者才有将来”[18]，是经过一段漫长的认识过程；至于说他遵奉李大钊之命，也缺乏足够的根据：一是鲁迅应《新青年》之约步入五四新文坛，李大钊尚未参加《新青年》的编辑工作，当时催稿最积极的是《新青年》的主要负责人陈独秀和编辑钱玄同；二是鲁迅“最初看见守常先生的时候，是在独秀先生邀去商量怎样进行《新青年》的集会上，这样就算认识了”，但“因为所执的业，彼此不同，在《新青年》时代，我虽以他为站在同一战线上的伙伴，却并未留心他的文章”[19]。尽管如此，但由于鲁迅一贯坚信文学为人生必须“听将令”，故随着中国革命的深入和新文化运动的发展，他越来越明确地认识到应该使新文学同无产阶级领导的新民主主义革命“共同着生命”。

新文学“须听将令”是文学为人生并改造人生的社会功能决定的，是作为一个人民作家的高度责任感的表现，是符合文学的社会功利律的要求。试想在黑暗腐败到了极处的五四时期的中国社会里，立志以文学为改良社会人生服务，如果没有体现反帝反封建时代精神的“将令”来昭示，没有那些站在时代前哨的“革命的先驱”的指引，那新文学不但不能为改造社会人生的民主主义革命服务，相反会走到邪路上去。所以文学“为人生”是否能自觉地“听将令”，不只关系到新文学倡导者的发展前途问题，也关系着中国新文学的命运问题。为什么五四时期力倡新文学的胡适、周作人等后来背叛了新文学的革命方向，为什么钱玄同、刘半农等脱离了新文学战线，为什么有些作家迟迟不能跟上革命时代的步伐，虽然原因很复杂，但他们不能像鲁迅这样自觉地“听将令”而在文学上主张自由化不无关系；鲁迅之所以在文学革命的道路上由最初听民主主义的“将令”发展到听无产阶级的“将令”，与他始终如一地“遵命”从事文学事业紧密相关。他不仅在悲哀寂寞中“遵命”，在彷徨犹豫中“遵命”，而且也能在诬蔑谩骂中“遵命”，在围剿刀丛中“遵命”。可见坚定的政治方向是一个进步作家的生命线，也是革命文学的生命线。正由于鲁迅遵从“革命的前驱者的命令”，所以坚决反对那些“皇上的圣旨”和“金元和真的指挥刀”，也力排那些非“前驱者”的“命令”，绝不听他们的指挥。当时有些所谓“学者，文士，正人，君子”，咒骂鲁迅的揭出病苦、针砭时弊的为人生的创作，妄图把新文学诱进超人世的艺术之宫，对此鲁迅严正地指斥：“我以为如果艺术之宫里有这么麻烦的禁令，倒不如不进去；还是站在沙漠上，看看飞沙走石，乐则大笑，悲则大叫，愤则大骂，即使被砂砾打得遍身粗糙，头破血流，而时时抚摩自己的凝血，觉得若有花纹，也未必不及跟着中国的文士们去陪莎士比亚吃黄油面包之有趣”。[20]表现了鲁迅为遵革命“将令”而创造为人生文学的爱憎鲜明的立场和大无畏的乐观精神。

然而，决不能把鲁迅为人生的“遵命文学”，理解为“受命创作”，把文学变成某种“命令”的传声筒，或者当成宣传某些“主将”意志的工具，或者作为某些政治思想概念的艺术图解；他强调文学遵时代之命，要求新文学应展示历史发展的趋向，要体现时代精神并跟上革命前进的步伐。虽然文学作为一种社会审美意识同其他社会意识一样，都是社会生活的反映，并反作用于社会，它们遵守着共同规律；但就其反映生活的形式来说，文学的特殊规律在于：它是按照美的规律去挖掘世界，创造具有美的特征的作品。鲁迅深晓此理，故十分重视艺术本身的规律，认为“好的文艺作品，向来多是不受别人命令，不顾利害，自然而然地从心中流露的东西；如果先挂起一个题目，做起文章来，那又何异于八股，在文学中并无价值,更说不到能否感动人了”[21]。虽然这些意思表述得稍晚一些,但统观鲁迅对文学的“遵命”和“受命”的认识是辩证的。所谓“遵命文学”并不意味着“主将”定题目、作家做文章,而从根本上否认艺术创作的特殊规律;鲁迅是从为人生文学发展的总方向和作家进行创作的总指导思想着眼,说明文学为人生服务不能不“听将令”,但是作家具体创作是自由的,不能“受别人命令”,不能“先挂起一个题目”,必须遵循美的规律,从自己所熟悉的生活出发,写出内心的独特感受,力戒形式主义“八股”,应发挥独创性,只要求作品所体现的时代精神应同“将令”取得一致,这样的文学才能有“价值”,才能“感动人”,这正是鲁迅的卓识之处。如同列宁所说:“在这个事业中,绝对必须保证有个人创造性和个人爱好的广阔天地,有思想和幻想、形式和内容的广阔天地。”[22]离开了创作自由,听凭长官意志,受命写作,必定摆脱不了概念化、公式化的倾向,必定窒息艺术个性和艺术生命力。当然这里说的创作自由,并非有人所梦想的那种不受任何“框框”制约的自由化。对此,鲁迅后期认识得更深刻些,他认为“在阶级社会中,文学家虽自以为‘自由,自以为超了阶级,而无意识底地,也终受本阶级的阶级意识所支配”[23]。由于鲁迅比较正确地理解并处理了为人生文学的“遵命”而“不受命”的辩证关系,能够较自觉地遵守文艺上的社会功利律和美感律,致使他的小说创作体现出政治倾向性和艺术真实性的完美统一,即严格遵循文艺本身的规律,通过真实地反映病态社会的现实人生,让“倾向”从“场面和情节中自然而然地流露出来”[24]。当时的“主将是不主张消极的”,虽然鲁迅“听将令”地“不恤用了曲笔,在《药》的瑜儿的坟上平空添上一个花环”[25],使作品“显出若干亮色”,但这并非“受命定题作文”,只是在总的方向上使他的“作品在《新青年》上,步调是和大家大概一致的”,故“这些确可以算作那时的‘革命文学’”[26]。可见“主将”要求的那种昂奋向上的时代精神,并未形成对鲁迅创作的“横加干涉”,也没有限制他的创作自由,更没有让他违背文艺法则在作品中“特别把它指点出来”[27],而是照耀着他的“为人生”文学朝着革命文学的方向转化,愈发增强了他创作的时代感和崇高的情感美。小说《药》完全是根据自己经验的人生,真实地描绘出多重人生悲剧,即革命者的悲剧、劳苦群众的悲剧、辛亥革命的悲剧、中国人民精神被奴役的悲剧。通过这些悲剧的形象描写,让“唤起民众乃是革命当务之急”的思想倾向,非常自然地从小说的“买药”、“吃药”、“谈药”、“药效”四个场面和华夏两家构成的双线情节中流露出来;即使在瑜儿坟上添了个花环,这也是象征性的形象化描写,并非理念的说教，虽然是"平空添上"的，但也不是违背生活规律和情节发展逻辑，它正体现了"革命后继有人"的必然趋势。这个"花环"，不仅使《药》的阴冷悲剧增加了暖色，而且更本质地反映了现实人生，体现了时代精神。这是鲁迅为人生文学观最富有革命特色之所在。

二

五四文学革命中为人生派的文学观，总是不同程度地跟各自的忧国忧民的爱国主义思想联系在一起。当时"国家坏到了极处，人类苦到了极处，社会黑暗到了极处"[28]。凡是有民族感、爱国心的知识分子，谁能面对着风雨飘摇、苦难深重的祖国无动于衷、泰然处之呢？特别那些致力于新文化和新文学运动的倡导者，无不希望通过思想启蒙和文学革命的途径来改变国民精神，以实现其救国救民的愿望。胡适反对那种表现"亡国之哀音"的悲观感伤文学，提倡"奋发有为，服劳报国"[29]的爱国文学。陈独秀认为"阿谀夸张虚伪迂阔的国民性"同"雕琢的阿谀的贵族文学"、"陈腐的铺张的古典文学"及"迂晦的艰涩的山林文学"互为因果，"今欲革新政治"，救国救民，势不得不革新这种"所谓宇宙，所谓人生，所谓社会，举非其构思所及"[30]的旧文学，创造一种表现人生、反映社会的写实主义文学。文学研究会同人主张为人生的文学应是"一国国民性的反映，亦惟能表见国民性之文艺能有真价值"[31]。可见，把新文学同救国救民的爱国思想结合起来，是五四文学革命倡导者为人生文学观的又一共同特征。鲁迅早就树立了救国先救民、救民先救心、救心靠文艺的文学观，待到五四时期更自觉地将文学为人生的思想同彻底反帝反封建的爱国主义思想统一起来，使他的为人生文学观显现出又一新的思想特色。

从解放整个中华民族的思想高度来考察我国国民性，认定救国救民的中心问题是改造愚弱的国民性，即改革人的灵魂，而新文学则是改造国民性的有力武器。这是鲁迅为人生文学观的核心，也是他创作所触及的重点。

基于"我以我血荐轩辕"的强烈报国宏愿，鲁迅留学日本已深深地关心祖国的命运，他能从近百年外族的入侵和几千年中华民族的发展这样纵横广阔的背景上，来探索国民性问题："怎样才是理想的人性？中国国民性中最缺乏的是什么？它的病根何在？"[32]鲁迅多么渴望能从"国民性"问题的解决上寻求一条救国救民的途径！由于当时他尚未掌握科学的宇宙观，故不可能从经济基础或政治制度入手,来考察中国“怯弱,懒惰,而又巧滑”[33]的国民性所形成的“病根”,而只能以人道主义观点剖析了几千年上层建筑领域里的封建文化思想传统的流弊,认定中华民族最缺乏的是“诚和爱”[34],那些国民劣根性完全由“中国思想昏乱”造成的,这“正是我民族所造成的事业的结晶”。所谓“中国思想昏乱”,都源于“儒道两派的文书”,即封建文化思想。这种“民族根性造成之后,无论好坏,改变都不容易的”[35],说明封建文化思想的长期渗透所形成的习惯势力是一种最可怕的历史惰性。这是中华民族“不长进”的“根柢”,疗救方法即是以现代的“科学”和民主为思想武器,“扫除了昏乱的心思,和助成昏乱的物事(儒道两派文书)”,这样“不长进的民族”能“兴旺”[36]起来。五四新文学一开始,鲁迅便怀着忧国忧民的深情,从文学固有的规律和社会功能出发,探索如何以形象的手段,真实地剖析民族的劣根性、勾划国民的灵魂,以期达到改造国民性、拯救民族危亡的目的。这是鲁迅为人生文学观比同时期其他作家为人生文学观的独到和深刻之处。

古老的中华民族经过几千年的封建文化思想统治,鸦片战争后帝国主义入侵,又将其腐朽的文化思想与封建文化思想结成反动同盟,使我国陷于思想上备受“愚民的专制”的极端野蛮时期,吃人的礼教和无数的“祖传”的“老例”死死地紧箍着活人的头脑,严重地阻碍着民族的觉醒。目睹着中华民族这死气沉沉、“人们变成死相”[37]的历史和现实的可怕的生活真实,鲁迅深切地惊悟出“中国人尚是食人民族”[38],因此他大胆地喊出中国是个“四千年来时时吃人的地方”[39]。他是抱着“启蒙主义”从事为人生文学的创作,欲首先在文化思想领域里扫荡吃人的“愚民的专制”,彻底改造国民劣根性,真正实现“人”的解放。从这种意义上看,《呐喊》和《彷徨》两部小说集,是反对“人吃人”社会的控诉状和抗议书,也是改造“人吃人”人生、争取人的权利的宣言书,是剖析国民灵魂并疗治其思想创伤的严峻的艺术解剖刀。周扬曾说:“鲁迅一生最大的战绩,是在他是中国第一个站在最坚决的民主主义的立场,反对人吃人,主张人的权利的”,所以他“常把火力集中在攻击思想上的愚蒙、独断、谎骗等等上面,而以‘国民性的改造’、‘思想革命’为斗争的旗帜”[40]。这是有见地的,正道破了鲁迅战斗的为人生文学观的基本特征。

《狂人日记》是鲁迅第一篇彻底地全面地向吃人的“愚民的专制”的封建意识开战、改造“食人民族”的劣根性、拯救祖国的未来——“孩子”的誓言。它以独特的艺术构思,描写了狂人的似实非实、似虚非虚、似真非真、似错非错的系统的“意识流”,寓意深刻地展示出一幅“食人民族”的人生图画。它揭示出,从古及今,由社会到家庭,到处是“人吃人”,而这种“吃人”现象的造成是根源于封建的“家族制度和礼教”以及“仁义道德”。这种封建意识一直成为几千年中国社会人生的“统治思想”,形成了反动的“愚民的专制”主义,它不仅毒化了整个民族,而且麻痹了每个国民的灵魂,使其有意无意地变成了“食人者”。小说对这种“食人”的民族劣根性予以沉痛的针砭,并以人性观揭示出“吃人”和“救人”、“吃人者”和“被吃者的冲突,而民族吃人劣点和这种对抗性矛盾的解决,却主要靠“狂人”的人道主义的觉醒,这不能不给作品带来一定的历史局限性。诚然,狂人是在“食人民族”的典型环境中,首先觉醒的敢于向封建家族制度和吃人礼教挑战的民主战士,表现出全面彻底地反封建、反传统、反“食人民族”劣根性的“义勇”,并憧憬着将来没有吃人的人活在世上,还喊出了“救救孩子”的呼声;但是也应看到,狂人是个精神上极度孤独的战士,他觉醒的本身就含有悲剧因素。这主要表现在:一是运用的思想武器是人道主义,固然以“人道”反对“吃人之道”和“愚民的专制”,能发挥强大的思想威力,但是用它来“劝转”代表吃人的“家族制度和礼教”的“大哥”,非但未改变“大哥”吃人本性的一丝一毫,反倒使自己陷于失败的悲哀之中;二是他的觉醒对于周围的“食人”群众似乎没有起到疗救催醒的作用,不仅群众对他不理解,思想毫无相通之处,而且他本身对“食人”的群众也失去了希望,没有主动地进行广泛的思想启蒙鼓动,认为只有“没吃过人的孩子”才可以“救救”;三是他喊出的“救救孩子”的呼声,从小说的内在逻辑来看,并不像有的研究者所说的具有推翻吃人旧社会的撼天动地的力量。按照狂人的认识,孩子一生下来,“也从娘老子那里学会了吃人”,这如何能救出孩子呢?难怪鲁迅后来说当时“救救孩子”只是“空空洞洞”的喊叫。正由于狂人的觉醒带有悲剧的色彩,因此《狂人日记》的整个基调并未脱尽悲观的氛围,这也是鲁迅为人生文学观开始阶段的特色。正如他在《呐喊》自序中所说:“假如一间铁屋子,是绝无窗户而万难破毁的,里面有许多熟睡的人们,然而从昏睡入死灭,并不感到就死的悲哀。现在你大嚷起来,惊起了较为清醒的几个人,使这不幸的少数者来受无可挽救的临终的苦楚,你倒以为对得起他们么?”虽然他有这样的“确信”,却不能“抹杀希望,因为希望是在于将来,决不能以我之必无的证明,来折服了他之所谓可有,于是我终于答应他也做文章了,这便是最初的一篇《狂人日记》。”尽管如此“答应”了,但由于时代条件和作者世界观的局限——一是工农民众尚未形成自觉的反抗力量,二是《新青年》同人尚未明确地把新文学革命同新民主主义政治革命结合起来,三是鲁迅尚未找到先进的思想武器马列主义,所以即使“听将令”所创造的狂人这个正面反封建的民主战士的形象,也难以脱尽悲观色调。尤其应该指出的是,《狂人日记》探讨中华民族传统里的“吃人”根性,着重不是从经济的和政治的角度去挖掘原因,而主要从思想上去寻找根源。狂人说:“大约当初野蛮的人,都吃过一点人。后来因为心思(笔者加)不同,有的不吃人了,一味要好,便变了人,变了真的人。有的却还吃”。这说明从野蛮人进化到真的人不是物质生产起了决定作用,而是由思想变化所决定的,这显然是唯心史观。基于这种认识,所以要改造民族“食人”的劣根性,消灭“人吃人”的现象,开始阶段鲁迅寄希望于“启蒙主义”即“思想革命”,只要扫荡了造成“吃人”习性的几千年的封建思想文化,通过“劝转”的方式使吃过人的“改恶从善”,把没有吃过人的“孩子”救出来,这样就会有“真的人”问世,就会出现一个“容不得吃人的人活在世上”的“将来”,至于是否需要通过暴力革命从经济基础彻底推翻旧社会,至少在《狂人日记》的艺术细节中尚未明显地表露出来。

这里涉及到一个问题:如认识鲁迅为人生文学观同“启蒙主义”联系在一起,即欲改造国民性,必须坚持启蒙主义,进行思想革命?如果从文学本身的社会功能来考察,提倡文学启国民思想之蒙,唤起人们的民主民族意识的觉醒,改造国民劣根性,以促进人生的改良,这既符合文学社会功利律,又在一定程度上顺应了五四时期历史的发展,无疑是正确的。但从整个社会革命来考察,只鼓吹启蒙主义,单靠思想革命来彻底改变人的思想和改造国民性,显然是不正确的,而且也缺乏现实可能性。马克思主义认为,在改造客观世界的同时才能从根本完成主观世界的改造,唯有进行社会革命和政治斗争,推翻旧的经济制度和政治制度,人们的意识形态才能从根本上发生质的变化。正如列宁所指出的:“真正的群众教育永远是不能脱离群众本身的独立政治斗争,特别是不能脱离群众本身的革命斗争的。只有斗争才能教育被剥削的阶级,只有斗争才能使被剥削的阶级发现自己的力量,扩大自己的眼界,提高自己的能力,清醒自己的头脑,锻炼自己的意志。”[41]但是马克思主义者并不忽视思想启蒙,在某种意义上说是非常重视群众的思想教育,问题是他把思想革命作为社会革命和政治斗争的重要一翼,并不孤立地进行思想革命。这是马克思主义思想家和民主主义启蒙思想家的根本区别所在。鲁迅步入五四文学新军之所以把“蒙启主义”和“为人生”文学观联系起来,其主要原因:一是争取“人性”解放的时代要求,二是恪守文学的社会功利规律,三是受到西方民主主义思想启蒙家的影响,四是鉴于辛亥革命轻视思想启蒙尚未唤起民众的历史教训,五是鲁迅还未找到改造社会人生、救国救民的真正科学的思想理论武器。

如果说《狂人日记》主要从"中国人尚是食人民族"的总体上考察了国民性的弱点,只是从意识形态这个角度控诉了封建礼教的吃人罪恶,尚未同政治革命结合的话;那么随着革命的深入和鲁迅认识的提高,他深刻地思考着中国民主主义革命的中心问题,即被压迫者特别是农民问题。试图通过文学本身的艺术规律来探讨并回答:农民由于几千年封建宗法制度和思想统治和小生产狭隘地位局限所形成的无知、愚昧、保守、自私等弱点,怎样阻碍着他们接受或倾向民主主义革命?他们为争取民族解放和摆脱自身被奴役的地位,应该以什么样的思想和神态去迎接新的革命?当时能够自觉地把改造被压迫者国民性问题、农民解放的问题同总结旧民主主义革命失败教训结合起来描写,并从而为新的革命提供经验,这不仅标志着鲁迅为人生文学观增加了新的特色,而且说明他比同时期为人生派作家高出一筹。冰心是五四初期创作为人生小说的能手,但是她笔下的被压迫者的形象如翠儿(《最后的安息》),尚未置于民主主义革命的背景上来刻划她的命运,而是以基督教的"博爱"观来安慰她悲苦的人生,即使活在人间得不到"温爱",待到死后也能进入"爱的天国"而得到"最后的安息"。这是一种唯心主义的空想。叶圣陶早期的小说如《一生》、《阿凤》等,能够真实地写出下层被奴役者的悲惨命运,对黑暗的社会制度提出了控诉;可他作品这些被压迫者是地道的奴隶,作者并未从革命的角度来反映这个严肃的人生课题,妄图以"美"和"爱"来改变被压迫者的命运。正如茅盾所指出的:"他以为'美'(自然)和'爱'(心和心相印的了解)是人生的最大的意义,而且是'灰色'的人生转化为光明的必要条件。'美'和'爱'就是他对于生活的理想。"[42]周作人五四时期写的新诗,有些表现了下层人民的"非人的生活",但他并不想通过革命的道路,让他们摆脱"非人的生活"和"非人的道德",而是梦想经过"人情感化"的途径便会过上日本新村的"理想生活"[43]。其实这是空想社会主义。唯有鲁迅继《狂人日记》之后,在《药》和《阿Q正传》等小说里,将被压迫者特别是农民的精神状态和思想意识同辛亥革命的悲剧联系起来写,从而把改造国民性的弱点提到了社会变革和政治革命的高度来认识。当然这并非说鲁迅此刻已明察出新的革命性质、动力和方向等,而是指他通过为人生文学的创作,艺术地触及到这个重大的人生问题。《药》是将辛亥革命的失败悲剧同以华老栓等劳苦大众的精神悲剧有机地交错在一起，这不仅揭示了旧民主主义革命因脱离群众、不发动群众所造成的失败教训，更重要的是揭露了华老栓们愚昧无知、迷信麻木的精神状态是革命进行的巨大障碍，试看革命者的鲜血非但没有惊醒他们发木的灵魂，反而在客观上成了封建统治者施行杀人手段以镇压革命的默认者。这是对社会下层国民性弱点多么沉痛的针砭！它艺术地告诉新的革命者：可怕的不是凶相毕露的封建统治者，而是封建意识造成的“愚民的专制”下所出现的民众精神的“死相”；如果新的革命不首先通过“思想革命”唤醒沉睡的国民灵魂，彻底改造下层民众的思想劣点，那么振兴中华、拯救国民的革命大任是不会实现的。《阿Q正传》标明鲁迅为人生文学观达到一个新的高度。它以独特的悲喜剧交替使用的艺术手段，在辛亥革命前后的广阔历史背景上，真实地描绘出一个四千年“像压在大石底下的草一样”的“沉默的国民的灵魂”，写出了“中国的人生”[44]。鲁迅不是一般写被压迫农民的悲惨命运，也不是重点挖掘阿Q这样农民身上应具有的革命因素，而是侧重从被压迫农民同旧民主主义革命前后的阶级关系中画出了国民灵魂的核心“精神胜利法”的外部和内面的特点，从而针砭了阿Q身上因精神胜利法而产生的有碍于自觉参加革命的不利因素。“精神胜利法”虽然表现在阿Q这个雇农身上，但鲁迅并非按照政治学上的阶级概念来塑造阿Q，乃是从现实的中华民族的生活土壤及整个国民的思想和精神现状进行典型提炼，旨在“写出一个现代的我们国人的魂灵来”[45]，故他在很大程度上成了“中国民族的综合画像”[46]，具有广泛的深刻的典型意义，从而针砭了整个国民的弱点。“精神胜利法”诚然是阿Q性格的基本特征，但作者深刻的笔触没有仅仅停留在对“精神胜利法”的一般特点的刻划上，并从辛亥革命的演变过程中，深切地揭示出阿Q已经麻木到几乎丧失了作为一个独立的“人”的自主意识，甚而绑赴刑场连点“人”的尊严感和仇恨感也没有。他参加革命似乎完全根据“阿Q逻辑”去理解，很难看出他身上有什么民主意识和阶级意识的觉醒，他在革命中的活动基本体现了“阿Q革命方式”；直至他被所谓“革命”送上断头台，也在一定程度上反映了“阿Q主义”的“胜利”。总之，从小说深蕴的内在逻辑来看并非是要肯定“阿Q式”的革命，而主要是通过否定阿Q式的革命，说明辛亥革命之所以失败，其重要的原因之一在于缺乏觉醒了的国民作为基础，从而批判了辛亥革命无视国民灵魂的改造，并对国民劣根性进行了撼人心弦的鞭笞。这样便艺术地告诫新的革命者：革命离不开广大群众特别农民的参加，而他们身上的落后意识又成了革命的实际性的阻力，因此欲从根本上救国救民，首先应改造"现代的我们国人的灵魂"，使阿Q这样的国民能获得民族民主意识，懂得革命的真正意义和斗争的真正方式，此乃迫在眉睫的当务之急。但是能否从根本上改造好阿Q这样国民的灵魂，鲁迅当时的思想是有忧虑的。《阿Q正传》的悲剧结局，固然反映了旧民主主义革命的妥协性及封建复辟势力的嚣张，但像阿Q身上的"精神胜利法"得不到彻底改造，这样的悲剧是很难避免的。从发展上看，《阿Q正传》比《狂人日记》、《药》等，却概括了更为深广的思想内容，即不仅否定了阿Q的"精神胜利法"，而且也否定了阿Q式的革命，不仅彻底揭露了封建制度及其思想意识的"吃人"本质，而且从改造国民灵魂和总结辛亥革命失败教训的角度，深入地探索了推翻"暴君的专制"和"愚民的专制"的问题，它标志着鲁迅为人生文学观的深化。

由于鲁迅自觉地将"为人生"的文学观同救国救民的宏愿融为一体，因此他所创造的富有艺术魅力的小说，总表现着作者以"哀其不幸，怒其不争"的忧国忧民的深情，去拉开人物心灵的帷幕，揭开国民灵魂受毒最深的伤痕，非常诚挚地予以疗救，希冀彻底改造国民的弱点，以塑造现代国人的新灵魂，为振兴中华创造精神条件。从这一意义讲，鲁迅不愧为现代文学史上杰出的人类灵魂的工程师，不愧为国民灵魂的探索家和解剖家。

三

文学"为人生"的根本是解决新文学为什么人服务，也就是以什么人作为作品的主人公。"古之小说，主角是勇将策士，侠盗赃官，妖怪神仙，佳人才子，后来则有妓女嫖客，无赖奴才之流。"[73]说明真正的平凡的普通人在中国几千年的封建文学中并没有取得"主角"的地位和资格。五四文学革命揭开了中国文学发展史的新的一页，为人民大众登上文学的主人公的宝座辟开了道路。"为人生"文学观虽然比较笼统，从字面上看不清为哪些人的人生，但是联系五四新文学运动的人民大众的反帝反封建的民主主义性质和为人生派诸君的见解来考察，它主要指新文学应表现普通的人民大众，并为改良他们的人生服务，尽管说法不尽相同，基本精神却是一致的。李大钊说："无论是文学，是戏曲，是诗歌"都应该"导以平民主义的旗帜"[48]，意思是说新文学必须以平民为描写对象，宣扬平民主义精神。胡适要求新文学应表现"工厂之男女工人，人力车夫，内地农家，各处小负贩及小店铺，一切痛苦情形"[49]。周作人提出平民文学"只应记载世间普通男女的悲欢成败”，反对歌颂“英雄豪杰才子佳人”[50]。沈雁冰要求新文学“为平民的非为一般特殊阶级的人”[51]服务，特别作家应“在第四阶级社会内有过经验”[52]。鲁迅强调文学应表现“病态社会的不幸的人们”[53]。由上可看出，文学“为人生”主要为平凡的普通的人生，新文学要表现普通人的悲欢离合，反映他们的生存命运和愿望要求，这就同封建贵族文学从根本上划清了界限，表现了为人生文学观的进步倾向性。

在为人生文学观的指导下，为人生派作家纷纷写普通人的人生，从各自熟悉的生活角度显示了自己的创作特色。“新潮社”的作家，虽然有的写过贫苦渔民等下层劳动者的形象，但大多是反映青年男女的爱情婚姻的悲欢离合，其形象的深刻性、丰富性和生动性，都无法同鲁迅笔下的普通人的形象开比；叶绍钧虽然也写过一些下层被损害者的形象，但主要是描写小资产阶级知识分子的灰色人生，而且大多数形象不够丰满不够鲜明；冰心着重写那些带有软弱性的小资产阶级知识青年的前途命运，当然也写过翠儿这样的童养媳。不管这些普通人的形象在刻划上显得如何幼稚或肤浅，但是有三点必须肯定：一是普通人成了新文学的主要描写对象，二是通过下层人民的刻划体现了时代精神，三是初步显示了为人生文学观的先进性。但是真正在为人生文学观指导下，比较成功地塑造了普通人的形象，为现代文学写普通人开辟了新篇章的是新文学的主将鲁迅。在他的笔下，不论是农民、人力车夫、妇女、市贫，或者是不同类型的小资产阶级知识分子，都成了活生生的普通人的典型，如阿Q、闰土、祥林嫂、子君等达到了典型环境中的典型性格的高度。正是当时一位评论者所指出：鲁迅小说里“只是些极普通、极平凡的人，你天天在屋子里、在街上遇见的人，你的亲戚，你的朋友，你自己”[54]。这道出了鲁迅小说里普通人形象的典型意义及其重要的特色。但最能显示鲁迅为人生文学观在写平凡的普通人方面的突出特征和独特贡献的，是他在中国文学史上第一次站在革命民主主义立场上，以革命人道主义态度，真诚地描写了普通劳动农民的人生。其独到之处，并非一般地写农民的“田家乐”，也不是写农民的什么英雄业绩，而是以深刻的现实主义笔触刻划出一个个震撼灵魂的悲剧性格，充分表现出鲁迅为人生文学观的悲剧特色。

鲁迅在《再论雷峰塔的倒掉》一文中提出：“悲剧将人生的有价值的东西毁灭给人看。”这说明悲剧是体现着人生最美好的品格或者代表历史进步要求的最有价值的美的事物的被毁灭。五四时代正是黑暗与光明、新与旧、革命与反革命、有价值和无价值、真善美和假恶丑相冲突的激烈时代，被压在半封建半殖民地社会最底层的劳动农民处于水深火热之中，挣扎在死亡线上，封建宗法制度和思想所形成的物质的精神的枷锁，无情地扼杀和摧毁了普通农民的美的素质或美的愿望或美的生活。这就是鲁迅悲剧作品的现实基础。可以说，鲁迅是在比较科学的悲剧美学观指导下，高度真实地写出了半封建半殖民地的黑暗如漆的制度下中国劳动农民的悲剧人生，真切细致地揭示出普通农民身上的美质被毁灭的过程，深刻地暴露出农民悲剧根源不是什么个人命运而是吃人的宗法社会制度和反动封建意识，从而对整个的封建社会制度及其上层建筑予以无情批判和彻底否定。

鲁迅笔下的农民悲剧不是哀哀切切的惨剧，决不是以渲染悲剧主人公的悲苦遭遇为满足，而是首先把普通劳动农民身上有价值的东西揭示出来，接着按照生活发展的规律和性格的内在逻辑逐步写出主人公身上的美被毁灭的悲惨结局，使之前后形成强烈的对照，这不仅增强了悲剧的效果，而且真实地揭露出悲剧性格形成的根源。例如《祝福》里的祥林嫂，作者怀着深切的革命人道主义情感，真实地描绘出这位极普通的农村劳动妇女的悲剧一生。她是一个勤劳朴实、善良厚道的劳动妇女，作者在为人生文学思想指导下，以悲剧艺术作为批判旧制度旧意识的有力武器，将祥林嫂身上最有价值的东西撕毁给人们看，塑造了一个惊心动魄的悲剧典型。这是个最富有批判性的伟大的人生悲剧，充分表现出鲁迅为人生文学的战斗特点。

祥林嫂悲剧性格的深刻性突出的表现在她的美好的品格和求生的希望被残酷的毁灭的过程中：首先，她"现世"和"来世"的希望被撕毁。祥林嫂在鲁四老爷家一出现，政治上毫无权利，经济上一无所有，精神上备受折磨。她对生活的仅有希望是，以自己浑身的"力气"换取起码的做"人"的权利和"暂时做稳了奴隶"的所谓"安定"生活。如果祥林嫂这个"希望"是过分的或者根本脱离实际的，那她的"希望"的破灭，也许是带着眼泪的喜剧，不可能形成深刻的悲剧。然而，她的"希望"是对生活的最低要求和对一个"人"的价值的最起码争取，凭着她的一身力气和诚实勤快的劳动态度是应该达到的，是作为一个"人"应该得到的生存权，但却被残酷的黑暗现实逐一击碎，"希望"全部破灭，这是何等深刻的悲剧。试想，她是按照旧礼教的规范嫁给一个比自己小十岁的丈夫，不久丈夫的死和封建礼教的摧残，毁掉了她少女时对婚姻爱情的一切美好纯真的憧憬；年轻守寡的凄凉境遇，她并没有别的苛求，只是恪守着"从一而终"的封建信条，要求靠自己的劳力换得最低的物质生活条件，就感到满意了，即使在鲁四老爷家佣工从事繁重的劳动也从不计较，这种牛马般的奴隶生活反而使她“口角边渐渐有了笑影，脸上也白胖了”。这“笑影”是叩击人们灵魂的悲凉笑影，是暂时得到了生存和温饱的奴隶的凄冷笑影，也是她作了封建贞操观念的牺牲品而不觉和作了地主阶级的忠实奴隶而不悟的表现。的确，假如这种牛马般的生活不受到干扰，那样祥林嫂也会安安分分地守寡，无憾地度过一生。但是欲作奴隶而不可得，她又被婆家以暴力抢回，硬按着卖进深山，随之而来的天灾人祸，把祥林嫂及其亲人的美的品质和美的希望全部撕毁，又将她第二次推进鲁四老爷家这个吃人不见血的狼窝……为什么在中国封建社会，像祥林嫂这样勤劳善良、安分守节的青年寡妇，越是希望以自己的双手来维持起码的生活和做“人”的权利，越是遭到更大的不幸呢？寡妇不守节要受到旧社会的吞噬，寡妇要守节且要靠自己的生活本能来守节，为什么还要被吃掉呢？这是多么残暴、黑暗、不公平的罪恶社会！虽然祥林嫂抱着自己的“希望”不断地挣扎，但是她要做一个为封建礼教殉葬的“人的价格”始终没挣到，最终连那不到“人的价格”的生活条件也被完全剥夺了。这种“希望”的本身，无疑是对旧社会的血泪控诉，何况被残酷地“撕毁”乎？至于对“来世”，她只“希望”不被阎罗王锯开，保持一个完整的身躯，这本是上了神权的当，结果她花钱求神保佑反遭神权所害，临终怀着极大的恐怖走向死亡，使“来世”的“希望”也被完全毁灭。她的“现世”和“来世”的“希望”被撕毁的过程，正是对黑暗残酷的人间地狱的控诉、揭露过程。其次，祥林嫂的反抗挣扎带着深刻的悲剧性。她为实现自己的人生“希望”，以其特有的方式进行不断的抗争，但必须看到她的抗争是缺乏自觉的阶级意识，完全是自发的；不仅如此，更为可悲的是她是盲目地遵奉着封建理学的“饿死事极小，失节事极大”的信条和封建神权思想去抗争，因而她抗争的本身就含有深刻的悲剧性。她被婆家抢回卖给贺老六，虽然表现出“出格”的抗争，但她意识不到支配她反抗的思想动力是“从一而终”的封建贞操观念。对于封建势力借柳妈之手加在她“灵魂”上的迷信枷锁，她虽然千方百计地寻求解脱，但是却以迷信思想作指导，采取捐门槛的方式，来求赎神权所治之罪。鲁四老爷对她的种种污辱和打击，虽然没有使她完全倒下去，坚韧地挣扎着，但她至死没有意识到鲁四是杀害她的刽子手，封建理学是从精神上虐杀她的软刀子。死前她虽然对魂灵和地狱产生了怀疑，但是她仍然怀着神权观念走向死亡，死亡并非她悲惨生活的结束，而是更加可怕的地狱受难的开始。因而，她每每的挣扎和反抗，不仅没有摆脱痛苦,却总是自投罗网,陷入更深的痛苦中。再次,祥林嫂悲剧的深刻性还在于,鲁迅进一步开掘出造成这种悲剧的思想根源和社会根源。作者真正透彻了解普通劳动农民的心灵,因此不止是写出了祥林嫂肉体上的苦痛,更重要的是写出了一个真正的善良诚实的中国农村极平凡的劳动妇女在精神灵魂上难以忍受的苦痛,并从而揭示出造成这种致命苦痛和无情撕毁她身上有价值东西的深刻思想和社会根源。“政权、族权、神权、夫权,代表了全部封建宗法的思想和制度,是束缚中国人民特别是农民的四条极大的绳索。”这四条绳索,既是封建宗法社会的反动暴力,又是禁锢人民精神的锁链,它结成一张罗网罩在祥林嫂头上,她自已无论怎样挣扎也摆脱不掉,所以她的悲剧命运是必然的——是鲁四老爷所依仗的封建“政权”把祥林嫂一生的血汗榨干,是“族权”支持着婆婆、堂伯明目张胆地迫害祥林嫂,是“夫权”的“从一而终”思想毒害她苦苦守节,是“神权”这把无形的软刀子从精神上宰割她。就是这“四权”,从肉体到灵魂活活地把祥林嫂吃掉,这便是造成祥林嫂悲剧的深刻根源。可见,鲁迅所写的普通劳动农民的悲剧性格具有特大的思想深度。

诚然五四前后是一个灾难深重的时代,为人生派作家在描写普通劳苦者人生时都唱出悲剧的调子,作品的主人公或重或轻地涂上一层伤感色彩,尽管这与鲁迅笔下劳动农民身上浸染的时代悲剧色调有相似之处,但他所揭示的悲剧矛盾却比其他作家“忧愤深广”。其根本原因在于鲁迅真正站在被压迫被损害的普通劳动农民一边,所“悲”的并不像其他作家带有自我表现的性质,而是为祖国危亡和民众悲惨命运而忧虑,饱含着忧国忧民的爱国主义和革命人道主义的深切情怀。他所写的普通劳动者的人生悲剧,尽管读后给人以压抑感,但它却不使人悲观消极,而令人从悲痛中惊醒,激起疗救病态社会、拯救劳动农民不幸人生的强烈义愤。祥林嫂就是鲁迅观察了半封建半殖民地社会千千万万不幸的普通人的命运加以典型化了的一个完整的悲剧人物,这是亿万劳动人民被压迫被奴役的悲惨生活的真实写照。她的悲剧不仅是一篇对罪恶旧社会的血泪控诉书,而且也是一把戳穿封建意识形态的虚伪性和反动性的利剑,倾注着作者既深且广的忧愤和爱憎鲜明的感情。因而极大地引起疗救的注意,在摧毁以“四权”为支柱的封建社会,拯救祥林嫂这样被压在社会最底层的劳动人民的革命斗争中,这个普通的悲剧典型发挥了巨大的战斗作用。这是同时代作家笔下的劳动人民悲剧形象所无法比拟的,正显示了鲁迅为人生文学观的深刻性和批判性。

在五四文学革命中，正是从鲁迅开始，成功地塑造了一批光彩耀目的普通人形象，给中国文学史的发展带来根本性的变化，使普通劳动民众逐步作为历史创造的真正主人成为文学作品的主角，以新的人物形象给现代文学的发展开拓了广阔的新领域，这是为人生文学取得的重要成就，是鲁迅对新文学作出的特殊贡献。

四

鲁迅为人生文学观的总的倾向是现实主义的，基本精神是符合唯物主义的。五四时期既然是一个苦难时代，那么作为一个同祖国人民心连心的伟大作家，为了真实地反映病态社会的现实，表现普通人生的悲欢成败，使文学起到改良社会器械的作用，则必须坚持严肃的现实主义创作态度。对此，鲁迅比同时期任何一个为人生派作家都重视，显示出他的为人生文学观的异常深刻和独到：

其一，鲜明地提出了"反对瞒和骗"的真实性原则。鲁迅坚决反对"中国的文人，对于人生，——至少是对于社会现象，向来就多没有正视的勇气"，主张致力于新文学者应该敢于直面惨淡的人生，敢于正视淋漓的鲜血，"我们的作家"只有"取下假面，真诚地，深入地，大胆地看出人生并且写出他的血和肉来"，才能开辟"一片崭新的文场"，否则就要陷入"不敢正视人生，只好瞒和骗，由此也生出瞒和骗的文艺"的险境，"由这文艺，更令中国人更深地陷入瞒和骗的大泽中"。这是向瞒和骗文学决战的宣言，是创造新文学的伟大呼唤。鲁迅这时虽然尚未确立马克思主义文艺观，但这些精到的见解却闪烁着真理的光辉，使人们深刻地领悟到：一个关心人民和祖国命运的作家，必须具有敢于正视人生的无畏气魄和勇于为人民代言的赤胆诚心，不仅要站在人民的立场上，"真诚地，深入地，大胆地"观察、分析"人生"，而且应坚持唯物主义态度，忠实地毫不粉饰地写出人生的"血和肉"，真实地揭示出生活的本来面目，彻底"冲破一切传统思想和手法"，这样才能创造出"真的新文艺"[55]来；唯有如此的"新文艺"才能发挥其揭出病苦引起疗救注意的战斗作用，才能真正从根本上同传统的"瞒和骗的文艺"划清界限，使新文学沿着有利于人生改造的"正路"前进。在鲁迅看来，要创造为人生的新文学，必须同真实性相对的"瞒和骗"的虚假性彻底决裂。因为敢于不敢于"正视人生"、敢于不敢于写出人生的"血和肉"，这是区别坚持现实主义还是反现实主义、创造新文学还是“生出瞒和骗的文艺”的试金石。“瞒和骗”正是一切腐朽没落的旧文艺的不可救药的死症，敢于写出人生的“血和肉”正是一切生机勃勃的新文学的有力量的表现。前者反映出中国旧文人逃避现实、回避矛盾、粉饰“缺陷”、姑息“旧物”的反现实主义态度，后者则表现了新学者敢于揭露现实、敢于暴露矛盾、勇于解决矛盾的严峻的现实主义立场。这不只说明鲁迅具有高度的社会责任感，同时也表现出他同一切旧文学传统和手法实行彻底决裂的义勇。中国的“才子佳人小说作家”，为了和解“私订终身”与“父母之命媒妁之言”的封建婚姻制度之间的矛盾，总要以“才子及弟，奉旨成婚”收场。这种团圆主义的封建文艺，不仅抹杀了尖锐的矛盾，掩盖残暴、美化包办婚姻制度，失去了反封建的意义，而且歌颂了皇帝的“功德”，为封建王朝涂脂抹粉，这就是典型的虚伪的“瞒和骗”的文学。鲁迅认为“《红楼梦》中的小悲剧，是社会上常有的事，作者又是比较的敢于写实的”，真正坚持了真实性原则，打破了团圆主义的虚假公式，毫“无讳饰”地揭示出封建社会末期的生活真实；但是一些《红楼梦》的续作者由于“自欺欺人的瘾太大”，所以“非借尸还魂，即冥中另配，必令‘生旦当场团圆’”，造成了“小骗局”[56]。“凡事总要‘团圆’”，正是中国旧文人惯用地制造“瞒和骗”文学的传统手法。这种“瞒和骗”的文学只能维护封建旧秩序，对改造人生毫无益处；它们总是同没落的反动阶级及其腐朽意识结下不解之缘，谬种流传，绵绵不绝，中国古代有，五四时期有，林彪、“四人帮”横行时期更是沉滓泛起，“瞒和骗的文艺”成批生出。可见鲁迅当年反对“瞒和骗的文艺”的战斗精神，至今尚有积极意义。正由于他疾恶于“瞒和骗”的文学，坚持大胆地真诚地表现人生血和肉的文学观，所以鲁迅五四前后创作的大部分小说，完全打破了瞒和骗的团圆主义和虚假的乐观主义，异常深刻而又真实地反映了鲁迅生活的年代是一个并非人间的悲剧时代。当时为人生派作家大都坚持真实性的法则揭露旧社会的黑暗，反映悲苦人生的真实。这虽然与鲁迅小说真实地描写不幸的人们的生活命运有相似之处，但他所坚持的真实性原则已注入了“新主义”的因素，初步达到或接近革命现实主义的水平，而其他为人生派作家一般尚未超出批判现实主义的范畴。瞒和骗的文学不仅在内容上背离生活真实，宣扬虚情假意，而且在表现形式上都带着“瞒和骗”的性质，运用种种“遮眼法”掩盖内容的空虚，故意把文章做得朦胧、晦涩难懂。所以瞒和骗的文学，是没有什么生命力的，它的诞生便是它的死亡；唯有鲁迅这样的深刻反映社会人生悲剧的“真的新文学”，才具有不朽的生命力，它们随着历史的演进,愈来愈放射出耀眼的战斗光辉和不熄的艺术火花。

其二,强调"为人生"的文学必须"将旧社会的病根暴露出来",是五四时期为人生派文学观和创作实践的共同特点,非鲁迅所独有;鲁迅的独特贡献在于:一是他不仅敢于暴露,而且善于暴露。在新文学创作中,一般的都能暴露出旧社会的黑暗,对封建制度和礼教提出控诉和抗议,但往往也流露出小资产阶级在浓重的黑暗势力面前不敢彻底揭露、不敢勇猛批判的弱点;而鲁迅的小说则不论是对吃人的封建宗法制度和礼教的彻底暴露上,或是对各种恶势力和旧意识的猛烈批判上,都表现出同时代作家不可比拟的大胆勇敢和无所畏惧的气魄;从对旧制度旧思想本质揭露的深刻性上来看,更是无一可比。最为可贵的是,在暴露旧社会"病根"的过程中,他虽然尚未获得无产阶级意识,但却能从思想感情倾向上分清两种性质不同的"暴露":对剥削阶级的代表人物,如鲁四老爷、赵太爷、钱秀才、把总、假洋鬼子、七大人等,以及他们所代表的反动思想意识,以疾恶如仇的愤怒感情和势不两立的鲜明态度,予以无情的揭露和彻底批判,表现了毫不妥协的坚定的反封建精神;但是对于"暴露"被压迫被奴役人民身上的"国民性"弱点,如阿Q的"精神胜利法"、祥林嫂的麻木、华老栓的愚昧等,却完全是另一种感情和态度。鲁迅站在被压迫者一边,怀着"哀其不幸,怒其不争"的深情,暴露其"国民灵魂"的"鬼气",针砭其与改良人生、奋起革命不利的劣根性,疗治其因"愚民的专制"所形成的精神创伤。前者的"暴露"是为了彻底推翻,后者的"暴露"则完全为了拯救,故说鲁迅"善于暴露"。二是他不是为了暴露而暴露,在鲁迅看来"暴露"只是为人生文学的一种手段,不是什么创作目的;目的在于将"病根暴露出来,催人留心,设法加以疗治的希望"[57]。可见,鲁迅主张的"暴露"是同改造人生的"希望"联系在一起,手段和目的的关系摆得十分清楚。在五四初期为人生文学的创作中,虽然有些作者未表明是为了暴露而暴露,但作品本身所显示的思想倾向却说明它只是暴露出旧社会某些弊病,尚未暗示出催人疗救的希望。鲁迅的小说则不同,并非为暴露而暴露,它是在深刻挖掘造成病态社会的病根和民族堕落的渊薮的同时,从未忘记于病态社会的上下求索疗救的药方,即使暂时开不出高明的药方也没仅止于暴露,总是催促旧的灭亡新的诞生。稍后,他在《革命时代的文学》一文谈到:在世界文学中有一种"叫苦,鸣不平"的文学,这是一种被压迫阶级以及同情被压迫阶级的文学;但倘若仅止于叫苦、鸣不平,那这种文学并无力量,表明这个民族还没有希望。鲁迅的创作不止具有叫苦、鸣不平的愤慨,而且富有促人猛醒、催人疗救的鼓舞力量。《狂人日记》意在暴露家族制度和礼教的弊害，但它的战斗意义绝不止于"暴露"，它是通过"暴露"封建礼教、仁义道德的"吃人"本质，催人去拯救中国这个"食人民族"和尚来食人的"孩子"。在描写单四嫂子的孤苦无援、哀哀无告的悲境中，暴露出旧社会人与人之间的冷漠关系，旨在启示人们寻求改善这种关系的途径。透过祥林嫂悲剧的描写，深刻揭露了封建"理学"的吃人本质，目的在于引起人们探求如何拯救祥林嫂这样善良妇女的悲苦命运及被"理学"毒化了的整个病态社会的"药方"。究其实，"暴露"只是文学的一种固有手段，它由"文学是生活反映"的基本规律决定的。因为在任何人生的社会中，总是存在着真善美与假恶丑、先进与落后、前进与倒退、新与旧等矛盾；有了这些对立现象，必然要"暴露"，故"暴露"是为人生文学的必不可少的艺术手段。鲁迅的高明之处，在于创造性地运用了"暴露"，为新文学的创建和发展提供了可贵的经验。

其三，"暴露"或是"歌颂"，这是文学反映生活常常交替使用的两种艺术手段。在鲁迅为人生文学观中，除了强调"暴露"外，它没有忽视"歌颂"。他虽然没有像沈雁冰讲得这样明确："我相信一个民族既有了几千年的历史，他的民族性里一定藏着善美的特点；把他发挥光大起来，是该民族不容辞的神圣的职任"，并希望新文学"发挥这些美点"[58]。但鲁迅也指出"文艺是国民精神所发的火花，同时也是引导国民精神的前涂的灯火"[59]。很显然，鲁迅对"国民精神"也不是完全持否定态度，在"暴露"国民性弱点的同时，且看到了国民精神中尚有可以发扬光大的"火花"，主张暴露病苦的文学应当有"理想的光"[60]，这是他之所以未忘"歌颂"的认识基础；特别他又从新文学的社会功能上强调它是"引导国民精神的前涂的灯火"。这一点很重要，如果文学一味地"暴露"，不能在暴露现实的丑恶和黑暗时肯定那些可以引向光明的希望，毫不"歌颂"民族性的"美点"那就根本焕发不出理想的光辉，新文学怎能起到"灯火"的作用呢？鲁迅和沈雁冰在这一点上所不同的是，鲁迅强调以"暴露"病态社会的病根和国民性的弱点为主，沈雁冰强调"歌颂"民族性的"美点"为主。不过从中国现代文学发展的规律和民主主义革命的要求来考察，鲁迅的文学观更切实一些。因为五四运动刚刚拉开新民主主义革命的帷幕，黑暗势力相当浓重，中国人民的精神被封建枷锁牢牢地桎梏着，新的革命人物在现实生活中并不多见，工农英雄人物更是寥寥无几，所以作为表现人生的新文学一开始便以"暴露"为主，发挥其在五四新文化运动中的彻底反封建以争取"人"的解放的战斗作用，是适时的必要的。尽管如此,鲁迅还是自觉地“听将令”,在“暴露”黑暗现实中尽量删削些黑暗,装点些欢容,使作品比较的显出若干亮色来。鲁迅这样做,并非违背现实主义创作原则,硬在小说上加“政治尾巴”或“空喊口号”,它是符合当时的主客观条件的。从主观上看,鲁迅从不否定国民精神中尚有“火花”(也不能否认他对国民劣根性看得严重一些)和革新破坏者的“内心有理想的光”;从客观上看,尽管当时的现实生活漆黑一团,但毕竟投射进“新世纪的曙光”[61]。正因如此,鲁迅便在小说中于暴露封建黑暗王国种种罪行的同时,也赞美了一种朦胧的“理想”境界或“理想”人物,使作品透过悲剧的氛围射出一线光亮;在暴露普通人物身上的国民性弱点时,总是开掘或歌颂他们身上尚未丧失的“善美的特点”,如祥林嫂的纯朴、勤劳、善良和刚毅,爱姑的爽朗、泼辣,子君的勇敢、温柔,孔乙己的善良,即使阿Q性格中也有纯朴、勤劳的“美点”。不过,鲁迅对他们的“善美的特点”不是为了歌颂而歌颂,也不是因为明确地认识到他们有可能成为新的革命动力加以肯定,它主要的是作为暴露旧社会吃人罪恶的反衬,看看这些善良、勤劳、纯朴的普通人身上的人性美怎样被吃人的宗法制度和思想所毁掉,造成了如何惨重的人生悲剧,借以加强悲剧的批判力量和焕发人们推翻吃人制度的革命觉悟以及争取自身解放的斗争勇气。这正是鲁迅为人生文学观“歌颂”的特点之一。

既然“暴露”或“歌颂”是文学固有的艺术手段,鲁迅在创作中基本上能够从现实生活出发,灵活运用,操纵自如,该暴露则暴露,该歌颂则歌颂,或暴露中有歌颂,或歌颂中有暴露。所以,他的小说题材广阔,主题新颖,人物丰富,形式多样,没有什么不可“暴露”的“禁区”,也没有一味“歌德”的篇什。这里关键在于作者有个明确的“为人生”和“改良这人生”的创作目的,正确对待“暴露”或“歌颂”的态度,以及感受深切的生活基础。当然随着新文学的发展和革命的深入以及作者世界观的转变,到后来在历史小说创作中由“暴露”为主逐渐转化为以“歌颂”为主,从对三十年代左翼文坛新人新作的评论中也充分体现出来,这是符合规律的演变。

五

鲁迅为人生文学观是深刻的,丰富的,独具特色的;但它随着鲁迅整个思想发展却有个深化和提高的过程。早在日本留学期间,为了更有效地救国救民,力挽风雨飘摇的中华民族于垂危之中，他便从自然科学领域转入文学领域。鲁迅一开始致力于文艺运动，就不是为艺术而艺术，而是明确地把文学作为改良人生、改造国人精神的利器，并同“启蒙主义”结合起来。他在《文化偏至论》中指出“天下者，则根柢在人”，“人立而后凡事举”。即振兴中华、挽救民族的根本途径，首先应当将扼杀人性的封建主义黑暗王国变成人性解放的“人国”；而欲“立国”先要“立人”；而欲“立人”，关键在“尊个性而张精神”；而欲改变国人的精神，首当推文艺，唯此方能启人心之蒙，开发人性；“人各有己，而群之大觉近矣”[62]。鲁迅将文艺同“立人”“立国”的爱国爱民的宏愿联系起来，且把它看成改良社会人生的根本出路。如果以历史唯物主义的观点来看，这条救国救民的根本之途显然是唯心主义的；但是从文学本身的规律来考察，它基本符合文艺的功利主义，即从文学的多元化的社会功能中突出了改造人的精神的主要功能，这在一定程度上反映了鲁迅对文艺的朴素的唯物主义认识。诚然，为人生的文学思想在西方资产阶级革命时期已提出，鲁迅并深受其影响，尤其是“俄国的果戈理和波兰的显克微支”等对他的影响更大；但鲁迅并非生搬硬套，而是立足中国的现实，同历史上的我国古典现实主义优秀传统相融会，和他的爱国主义和革命民主主义思想相结合。这样就使他早期的为人生文学观比西方资产阶级为人生文艺思想更为深广，更富有新的战斗特色。不仅从“为人生”出发，强调指出“涵养人之神思，即文章之职与用也”[63]，即文艺主要的社会功能是陶冶人们的精神，改造国民性，而且希望为人生的文学具有“刚健抗拒破坏挑战之声”[64]，极力推崇拜伦、雪莱、裴多菲等摩罗诗人的“立意在反抗，指归在动作”的战斗精神；不仅要求为人生的文学应正视并揭露现实，真实地反映现实的本质，坚持现实主义创作原则；而且申明为人生文学并不排斥积极浪漫主义。他吸取了摩罗诗人的浪漫主义的反抗精神和理想因素，紧紧地扎根于现实，要求文学在现实的基础上表现一定的理想，故他早期为人生文学观带有浪漫主义色彩。不过，鲁迅这个时期的为人生文学观也有矛盾的地方，例如，他有时流露出“非功利”“无关心”的文艺观点，但有时又受到梁启超的“政治小说”论影响，过分地估计了文学的功利价值。到了五四文学革命时期，鲁迅虽然仍抱着十多年前的“启蒙主义”和“为人生”文学观踏进了五四新文坛，但由于新思潮的冲击和火热革命斗争的洗礼，作为一个彻底的民主主义者和伟大的人道主义者鲁迅，不仅纠正了早期文学观的某些混乱矛盾之处，并且结合新的现实斗争和时代特点，继承并发扬了早期为人生文学主张的现实主义战斗传统，使其为人生文学观增加了一些新的特征。但由于时代的局限，即五四时期随着马克思主义的传播并未把无产阶级文艺思想系统地介绍过来，因此鲁迅这时对一些文学问题尚未提到完整的理论高度来认识，为人生文学的思想倾向主要体现于创作中。不仅“为人生”的提法显得笼统，就是对一些西方资产阶级的“超功利”的文艺观在译介时也缺乏应有的批判。尽管“五四”阶段鲁迅为人生文学观的理论基础是具有时代价值的精神“德莫克拉西”[65]和与之相联系的人道主义文艺思潮；但是鲁迅的民主主义由于受新的时代条件所决定，已具有“彻底性”的特点，他的人道主义也不是那种伪善的人道主义，而具有“革命性”的色彩。如对被压迫被损害的不幸人民的深挚同情，发现社会中的人分为吃人者和被吃者，人与人的思想感情并不完全相通，在特定意义上作为一个人民作家必须致力于“遵命文学”等。这为他的世界观发生根本转变，能够较顺利地过渡到共产主义思想架起一座桥梁。因此待到二十年代末随着中国革命的转折和马克思主义的科学文艺论传到中国，鲁迅便稳妥地由五四时期抱着“启蒙主义”为争取“人的解放”来倡导为人生的文学，而变成一个提倡无产阶级文学的革命文学论者，其文学观由笼统地为人生服务发展到为“革命的劳苦大众”[66]或无产阶级服务，使新文学成为无产阶级革命事业的一翼，并把前期在探索中初步感受的文学思想升华到自觉高度，形成“理论系统”。但鲁迅并没有因为此时获得了“阶级意识”，确立了科学的无产阶级文学观，像当时的某些教条主义者那样把“五四”为人生文学的优良传统全部否定，而是对为人生文学观作了新的发展，纠正了它的偏颇，光大了它的合理内核，形成了具有自己特色的无产阶级文学理论思想。比如对国民性的改造问题，鲁迅并未放弃，是在新的思想指导下继续针砭国民痼疾，如果不承认这一点，就很难全面地了解鲁迅的文艺思想。正如许寿裳所说：“他对于文艺运动，——也就是对于国民性劣点的研究，揭发，攻击，肃清，终身不懈！”[67]鲁迅不仅具有为改造病态的国民性所表现出的“鞠躬尽瘁，死而后已”的精神，而且积累了“针砭民族性所开的方剂”[68]。这是宝贵的文化思想遗产，值得研究和重视的！

自从粉碎林彪、“四人帮”极左的反革命文艺路线以来，我国社会主义文艺出现了新的春天，“百花齐放，百家争鸣”的大好局面已初步形成。但由于极左文艺思潮阴魂不散，所以在大好的文艺春天里不时地吹来阵阵冷风，这对于社会主义文艺的进一步繁荣不能不产生阻力；另一方面，文艺领域也的确出现一些值得注意的缺点和错误，如资产阶级自由化倾向，个别作品与“四个坚持”的精神相悖。今天如果能够全面地认真地总结并学习鲁迅五四时期“为人生”文学的经验,那对于提高我们执行三中全会以来党的文艺政策的自觉性,促进社会主义文学更健康地发展,也许能起到借鉴作用。

文艺“为什么人的问题,是一个根本的问题,原则的问题”[69]。鲁迅五四时期主张文学“为人生”并“改良这人生”,实际上是在探索和解决这个“根本”的“原则”的问题;随着新文学运动的发展和思想认识的提高,鲁迅越来越明确认识到新文学必须为“劳苦的革命大众”和无产阶级服务;一九四二年,毛泽东同志总结了五四以来包括鲁迅在内的所创造的新文学的经验,并根据当时特定的历史条件,提出了“为工农兵”、“为政治”服务的文艺方针,为现代文学的发展开辟了一个新阶段;党的十一届三中全会以后,中央根据党在新时期的工作重点转移到社会主义建设上来,大规模的阶级斗争已不是主要矛盾的新的史条件,提出了“文艺为人民服务,为社会主义服务”的总口号,这是党的文艺方针在新的历史时期的重大发展,是文艺领域里的重大改革,是为了以更符合于文艺规律的方式坚持四项基本原则。它不仅肯定了五四以来新文学“为什么人”的正确经验,纠正了历史上的“左”的偏颇,且科学地概括了社会主义文艺的神圣使命和社会功能。可见,新文艺“为什么人”这一根本问题,虽然在不同的历史阶段显示出不同的思想特色,但它却如同一条红线贯穿于我国新文学发展的全过程,是五四以来新文学的基本特征。

为提高贯彻党在新时期的“二为”文艺方针的自觉性,首先应该学习鲁迅主动“听将令”的思想。这是他之所以能和“革命共同着生命”、由提倡为人生文学发展到倡导无产阶级文学的根本经验,但由于时代的局限,当时鲁迅的“听将令”只是笼统地听“革命的前驱者”的“令”。今天我们就是要自觉地听党中央的“令”,听“二为”文艺方针的“令”,在总的政治方向上使自己的文艺创作同四项基本原则取得步调一致,但决不能把某些人违背文艺规律的“横加干涉”或“乱扣帽子”或“瞎指挥”也当成“将令”。鲁迅从来也没有把“听将令”和“创作自由”对立起来,从来也没有因“听将令”离开文艺形象化的特性把文学变成某些“将令”的政治传声筒,从来也没有认为“将令”是束缚自己把艺术触角伸向广阔社会人生的“禁律”;所以,他才能遵守文学本身的固有法则,为现代文学宝库提供那么多优质量的文学产品。

其次,应学习鲁迅通过文学手段改造病态国民性的经验和严于解剖自己灵魂的精神,使自己成为名副其实的“人类灵魂的工程师”。不能否认鲁迅当年因世界观的局限对“国民性”的认识存有片面性，过分强调了暴露民族的劣根性，相对来看对国民的“美点”开掘不够；但也必须看到几千年“儒道两家”思想的毒化所形成的国民劣根性，确实根深蒂固，源远流长，如阿Q的“精神胜利法”等。生活在社会主义时代的中国人民的精神状态，虽然发生了根本变化，但由于“十年动乱”各种反动意识的泛滥，加上封建主义的阴魂未除和某些资产阶级思想腐蚀，致使人们的精神领域造成严重的创伤。社会主义文艺应当比“为人生”文学更自觉地担负起这项艰巨而光荣的使命，即通过塑造丰富多彩的典型形象，提高人们的精神境界，开阔人们的认识视野，满足人们多方面的审美需要，从而推动人们主动地改造自己的灵魂，建设社会主义的高度精神文明。今天作为一个与人民血肉相连的革命作家，应该比鲁迅当年站得更高看得更远，把塑造人民特别青年一代的健康优美的灵魂，作为自己崇高的革命职责。我们应像鲁迅那样是为了“疗救”中华民族而去“暴露”或“针砭”国民性的弱点，不是为着展览国民性的“假恶丑”而去“暴露”；特别是今天应根据“二为”方针的精神，从新的现实生活出发，以马克思主义观点正确处理“歌颂”和“暴露”的关系，即不但要恰切地暴露人们思想的弱点，而且也应尽力开掘人们身上的“美点”，展现出“美点”必然战胜“劣点”的历史趋势。为“暴露”而暴露固然不好，但认为社会主义文艺对人民只能“歌颂”不能“暴露”也是不当，关键在于是否具有鲁迅那种为人民塑造灵魂的高度革命责任感和“俯首甘为孺子牛”的精神。许寿裳称鲁迅是“针砭民族性的国手”；今天的文学工作者应立志做一个塑造人们共产主义精神境界的工程师。

为了社会主义文艺的大发展，为了给人民提供更多的优质的精神食粮，让我们继承并发扬鲁迅创建为人生文学的好思想好传统，“自觉地在人民的生活中汲取素材、主题、情节、语言、诗情和画意，用人民创造历史的奋发精神来哺育自己，这就是我们社会主义文艺事业兴旺发达的根本道路”[70]。

注：

[1][3][7]《〈中国新文学大系〉小说二集序》

[2]《坟·杂忆》

[4]傅斯年：《人生问题发端》

[5]周作人：《人的文学》

[6]李大钊：《再论问题与主义》

[8]《〈出了象牙之塔〉后记》;
[9]周作人,《新文学的要求》
[10]冰心:《我做小说何曾悲观呢?》
[11][51]沈雁冰:《新旧文学平议之评议》
[12]郑振铎:《新文学观的建设》
[13][15][25]《〈呐喊〉自序》
[14][26][57]《〈自选集〉自序》
[16]《答国际文学社问》
[17]《鲁迅书信集》(上)第8页
[18]《〈二心集〉序言》
[19]《〈守常全集〉题记》
[20]《〈华盖集〉题记》
[21]《革命时代的文学》
[22]列宁:《党的组织和党的文学》
[23]《"硬译"与"文学的阶级性"》
[24][27]恩格斯:《致敏·考茨基》
[28]毛泽东:《民众的大联合》
[29]胡适:《文学改良刍议》
[30]陈独秀:《文学革命论》
[31]《〈小说月报〉改革宣言》
[32][67]许寿裳:《怀亡友鲁迅》
[33][55][56][59]《论睁了眼看》
[34]许寿裳:《回忆鲁迅》
[35][36]《随感录三十八》
[37]《忽然想到[五]》
[38]《鲁迅书信集》(上)第18页
[39]《狂人日记》
[40]周扬:《一个伟大的民主主义现实主义者的路》
[41]《列宁全集》第23卷第247页
[42]沈雁冰:《中国新文学大系·小说一集导言》
[43]周作人:《新村主义》

[44][45]《俄文译本〈阿Q正传〉序》
[46]林毓生:《中国意识之危机》
[47]《〈总退却〉序》
[48]李大钊:《平民主义》
[49]胡适:《建设的文学革命论》
[50]周作人:《平民文学》
[52]沈雁冰:《社会背景与创作》
[53]《我怎么做起小说来》
[54]张定黄:《鲁迅先生》
[58]沈雁冰:《新文学研究者的责任与努力》
[60]《再论雷峰塔的倒掉》
[61]李大钊:《新纪元》
[62]《破恶声论》
[63][64]《摩罗诗力说》
[65]陈独秀:《我们为什么要做白话文?》
[66]《中国无产阶级文学和前驱的血》
[68]许寿裳:《鲁迅与民族性研究》
[69]毛泽东:《在延安文艺座谈会上的讲话》
[70]邓小平:《在中国文学艺术工作者第四次代表大会上的祝辞》

茅盾五四时期新文学观试评

中国现代文学史上的“五四时期”，虽然同西方“文艺复兴”时期有不同之处，但也有相似的地方，如产生了一批能够代表一个时代的文学巨匠就是其一。如果说，鲁迅在五四时期着重是从小说创作方面，郭沫若侧重于新诗创作方画，显示了作为中国现代文学巨匠的卓越才华的话，那么，茅盾则主要从新文学思想的探讨与建设方面，表现出一个文学巨匠的惊人的理论思维能力。

马克思主义的绝对要求，评价历史人物的功过得失必须置于一定的历史范畴。三十年代初茅盾评论五四运动的历史意义，曾把“五四”的起止时间理解为“从火烧赵家楼的前二年或三年算起到后二年或三年止。总共是五六年的时间”。[1]我基本同意这种划分，并拟以此时间范畴对茅盾五四时期的文学观加以评述，对于有的研究者把茅盾五四时期的文学主张延伸到一九二五年“五卅”运动，我是不赞成的。

五四时期作为一个发展过程来考察，新文化运动和文学革命呈现出几个既有联系又有区别的历史阶段。茅盾作为五四时代的先进青年，并非一开始就直接投身于以《新青年》为阵地所发动的文学革命之中。他是在以民主与科学为标志的思想解放运动的推动下和十月革命的影响下，于一九一七年开始在上海商务印书馆主办的《学生杂志》上发表鼓动青年学生积极参加新文化运动的论文，与《新青年》遥相呼应，号召青年“尤须有自主心，以造成高尚之人格，切用之学问，有奋斗力以战退恶运，以建设新业”，唯有这样，“浩浩黄胄，其果有振兴之日”，“暗暗社会，其果有革新之望”；而青年学生要成为“社会之中坚”，则必须“翻然觉悟，革心洗肠”，以个性解放、人格独立等民主主义思想作为“学术之利器”，力排有生以来所熏染于脑海中之旧习惯旧思想，以“吸收新知新学”，抱定“人定胜天之旨”，发扬“奋斗主义”精神，认清“时势创造英雄”的真理，创造吾族文明，做一个“创历史之新纪元者”[2]。可见，茅盾一踏进五四新文化思想论坛，便显示出一个青年思想启蒙家的特质，他虽然不是“新青年”派的成员，但是他提倡思想革新的文化主张，同《新青年》授予青年“修身治国之道”[3]的宗旨则是一致的，与《新青年》同人坚持民主与科学的时代精神反对封建旧思想旧文化以争取“人”的解放的步调是合拍的；尤其可贵的是，一开始他就自觉地把思想文化革命同改革社会、振兴中华、创造文明的政治抱负和爱国宏愿结合起来，同全球风靡的新思想新文化以及创造人类历史上的新纪元的博大胸怀结合起来，初步显露出他的思想认识是向着时代的深度和高度挺进的。

由于茅盾是以先进思想启蒙者的姿态献身于五四文化运动，因此一九二〇年他正式从理论上致力于新文学的倡导，便将文学革命同思想革命同“再生我中华民族”的政治理想结合起来。他当时明确地认识到“新思想一日千里，新思想是欲新文艺去替他宣传鼓吹的”[4]；倘能坚定地踏着文学革命这条路走，那一定能使中华民族的文学艺术“发皇滋长，开了花，结了果实”，而这“艺术之花”又能“滋养我再生我中华民族的精神，使他从衰老回到少壮，从颓丧回到奋发，从灰色转到鲜明，从枯朽里爆出新芽来”[5]。并且“敢代国内有志文学的人宣言：我们的最终目的是要在世界文学中争个地位，并做出我们民族对于将来文明的贡献”[6]。基于这种创造新文化传播新思想是为着振兴中华民族、为人类文明多作贡献的宏伟目标，所以他在大量译介外国文学的同时，积极探究新文学运动的理论主张，致力于新文学思想的创建。如果说，在五四文学革命的倡导期胡适、陈独秀、周作人等提出了较系统的新文学主张的话；那么，五四运动后的新文学运动的发展期即一九二〇年前后，茅盾便结合新文学发展的具体情况，博采西欧新文艺思潮之长，对文学革命先驱们的文学主张，则作了进一步地补充和发挥，并形成了具有自己思想特色的新文学观。

对于茅盾的新文学观只有放在这样的特定历史背景下来考察，才能比较全面地理解它的特殊意义：一是五四爱国运动后，“新青年”派对于文学理论主张的探讨，除了李大钊于一九二〇年初在成都《星期日》上发表的《什么是新文学》尚有一定的思想理论价值外，其他的主要成员如胡、陈、周等在文学思想上并没有什么新的建树，甚至胡、周的文学主张还有些倒退，“新潮社”的文学主张也没有什么大的进展；他们大都在白话文学的创建或戏剧改革方面发表了些意见，至于从文学思想方面进一步探索五四新文学的发展方向，似乎他们并未做出更新的努力。二是随着五四新文化运动的深入和马克思主义思想影响的日益扩大，“新青年”派在思想信仰上的分歧越来越大，发展到后来“新青年”团体从组织上解散了，虽然有的成员继承《新青年》的现实主义传统在彷徨中前进，但毕竟成了散兵游勇布不成阵;还有的成员离开了新文学战线或背离了五四文学革命的正确方向而向右转;当然也有些骨干成员成了马克思主义者,不过他们已把主要精力用于政治运动和实际性的革命工作了。茅盾曾回忆说:"'五四'时代初期的反封建的色彩,是明明白白的;但是'反'了以后应当建设怎样一种新的文化呢?这问题在当时并没有确定的回答。不是没有人试作回答,而是没有人的提案能得普遍一致的拥护。那时候,参加'反封建'运动的人们并不是属于同一的社会阶层,因而到了问题是'将来如何'的时候,意见就很分歧了。然而也不是没有比较最有势力的一种意见,这就是所谓'只问病源,不开药方'","同样这种意识当然也会反映到文艺的领域"[7]。正在"新青年"派倡导和发动的新文学运动面临着新的转机新的课题的关头,茅盾却满怀革命豪情,同继续前进的文学革命倡导者取同一步调,以《学生杂志》、《小说月报》等为阵地,发表了大量的文艺杂论和译介文章,提出一套更加完整的新文学主张。它不仅是文学革命先驱们文学思想的继承和发展,而且是为五四文学革命不停顿地向无产阶级思想指导的"革命文学"过渡在文学理论上作出的独特贡献,有力地推动着中国新文学沿着正确的道路向前发展。

一

五四时期茅盾的新文学观,若用简要的语言来概括,那就是为人生的"进化的文学"观。对此,他在《新旧文学平议之评议》一文中表述得十分清楚:"我以为新文学就是进化的文学,进化的文学有三件要素:一是普遍的性质;二是有表现人生指导人生的能力;三是为平民的非为一般特殊阶级的人的。唯其是要有普遍性的,所以我们要用语体来做;唯其是注意表现人生指导人生的,所以我们要注重思想,不重格式;唯其是为平民的,所以要有人道主义的精神,光明活泼的气象。"

如果从思想基础来考察,五四文学革命先驱的文学主张,大都建立在进化的文学观念上。胡适根据一时代有一时代文学的历史进化文学观,提出了白话文学主张;陈独秀依据新陈代谢的进化规律,提出了文学革命的"三大主义";周作人本着"从动物进化的人类"[8]的理论,提出了"人的文学"主张。虽然茅盾新文学主张也仍然建立在进化的文学观念上,但是他所说的"进化"同鲁迅的进化观在精神上是一致的,那主要是强调发展,强调革命,强调创造,因之他的文学观含有一定的辩证唯物主义因素，使其新文学主张具有新的思想特色。

新文学表现什么人、为什么人服务，是个根本问题和原则问题。茅盾的新文学主张在回答这个问题上，虽然尚未达到无产阶级阶级论的高度，但它却明确指出新文学是“为平民的非为一般特殊阶级的人”。他所谓的“平民”不能单纯理解为小资产阶级和资产阶级，而应当包括广大的人民群众，其中最主要的是那些生活在社会最低层的被侮辱被损害被压迫被奴役的普通的老百姓，尤其他提出新文学应表现“第四阶级”即无产阶级[9]。茅盾当时比较推崇十九世纪俄国近代文学，认为它们是“平民的呼吁”，非是英国文学家狄更斯站在上流人的立场上来“描写下流社会的苦况”，而俄国文学家如托尔斯泰、屠格涅夫等虽“出身高贵”，却能以“真挚浓厚的感情”来描写下流人的生活，因此看了他们的作品“如同亲听污泥里人说的话一般，决不信是上流社会的，其中高尔基该是苦出身，所以他的话更悲愤慨慷”[10]。这不但清楚地表明他所说的“平民”是与“上流人”相对立的“下流人”，而且也暗示出一个作家要真正反映下流社会的苦况、表现下流人的心声，必须解决自身的立场、感情问题，这是新文学能否表现好平民并为他们服务的关键。一九二一年他写的《评四五六月的创作》中，将当时发表的百数十篇的新作品归为“描写农民生活的”、“描写城市劳动者生活的”等六大类，其中他最佩服的是鲁迅描写农村题材的小说《故乡》，说它能够以“历史遗传的阶级观念”揭示出“人与人中间的不了解，隔膜”的真正原因。这进一步可以看出，他所认为的“平民”，主要指中国当时社会上以广大农民、城市劳动者为主体的人民群众，新文学创作应当把他们作为主角，以“阶级观念”来观察表现他们的生活，并为指导、改造他们的人生服务。茅盾所谓的“特殊阶级的人”，是指那些同“平民”处在尖锐对立阶级地位的“达官显宦，贵族阶级”[11]，联系当时中国社会的阶级状况，应是那些封建军阀、买办豪绅等统治阶级以及侵凌我国的帝国主义分子，这是中国人民的敌人，是新文学批判、鞭挞、否定的对象。茅盾彼时虽然还不是马克思主义阶级论者，但他在新文学表现什么人、为什么人这个问题上，至少能清楚地看到社会上“平民”与“贵族”是根本对立的两大阶级，对表现阶级对立的新文学作品也能指出作者是运用的“阶级观念”。这种认识，比文学革命倡导期胡适提出的新文学的描写领域要扩大到“工厂之男女工人，人力车夫，内地农家，各处小负贩及小店铺”[12]，以及周作人提出的“平民文学”的命题，不仅阶级色彩鲜明得多，更重要的是在一定程度上触及到作家的阶级观念、感情和立场问题。

但是,五四时期的茅盾毕竟不是马克思主义者,他思想中的阶级论因素并不居主导地位,因此在新文学表现什么人、为什么人这个问题上,常常流露出普遍的人性观点,强调新文学应宣扬人道主义精神。他不仅指出十九世纪俄国的平民文学是人道主义的开端[13],人道主义又是俄国文学的特色[14];而且从论述文学与人的关系中回答了中华国民文学为什么至今未确立、我们中华的文学为什么不能发达的和西洋一样的问题,其根本原因在于“我们一向不知道文学和人的关系”,总是把“文学当做圣贤的留声机”,当作“文以载道”的工具,从来不晓得“文学属于人(即著作家)的”或“人是属于文学的”,更不明白“文学的目的是综合地表现人生”。因此从文学的进化轨迹来看,他认为“文学者表现的人生应该是全人类的生活”,所表现的“思想和感情一定是属于民众的,属于全人类的”,这样的文学才是“人的文学”;文学家所负荷的使命,就本国而言,便是发展本国的国民文学和民族的文学;就世界而言,便是要联合促进世界的文学;在中国的现在,“文学家的大责任便是创造并确立中国的国民文学。”[15]他在《〈小说月报〉改革宣言》讲得更明确:“一国文艺为一国国民性之反映,亦惟能表现国民性之文艺能有真价值,能在世界文学中占一席地”。很显然,他是从文学与人的关系上考察了文学的社会功能和全世界文学发展的趋势,乃是创造人的文学,“文学家是为人类服务的”,文学作品是“沟通人类感情代人类呼喊的唯一工具”[16]。茅盾这里提出的“人的文学”或“国民文学”,同陈独秀提出的“建设平易的抒情的国民文学”、周作人提出的“人的文学”,在思想基础上是一致的,并没有实质性的突破。强调文学表现“人”、描写“国民”、为“人类服务”、宣泄“全人类的感情”,这是明显地鼓吹“普遍的人性和文学的‘全人类性’”,并不像有人所说是运用了不“准确的概念”[17]。无产阶级的文学批评没有必要为贤者讳,这正说明茅盾在探索新文学表现什么人、为什么人这个根本问题时,思想比较复杂,既受到西方人道主义文艺思潮的冲击,又受到无产阶级思想的一定影响,但起主导作用的是前者,这就决定了他五四时期的文学观基本上没有出离进化论和人道主义的思想轨道。

即使进化论或人道主义在五四时期的反封建斗争中,也是具有相当大的进步意义;况且茅盾当时已认识到“马克思的唯物史观,前半截是很不错的”[18],因而他的为人生的进化文学观愈发具有战斗的革命的特色。这不只是表现在文学为什么人的问题上有了一定的阶级倾向性,而且也反映在新文学究竟应表现什么样的生活内容、思想感情和时代精神的探讨上。“新青年”派的文学革命主张,不论是胡适、陈独秀、周作人或者是李大钊,他们在新文学的思想内容的建设方面都提出一些可贵的见解,具有相当大的进步性,尤其是李大钊提出的“宏深的思想、学理,坚信的主义”和“博爱的精神,就是新文学运动的土壤、根基”的观点,更是发人深省。茅盾正是在先驱们认识的基础上,对新文学的思想内容建设从理论上作了进一步的阐发,显示了他的为人生文学观的具体性和深刻性:

其一,强调新文学应表现人生、改良人生,是五四时期为人生派的共同主张,但是具体表现哪些人的人生,反映哪些人的生活,在认识上并不一致。由于茅盾明确地认识到表现人生的文学主要是为下层社会的广大人民群众服务的[19],因而他要求新文学应真实地反映人民群众的生活,当然他也要求文学家所表现的人生非是“一人一家的人生,乃是一社会一民族的人生”[20]。但是要真正做到实实在在地反映现实人生并不容易,他指出许多近代的艺术家把“表面的事实”当作“永久的真实”,他们想表现“永久的真实”而结果只写了“表面的事实”,他们不知“永久的真实”是潜伏在“表面的事实”之下的,已“进入于灵魂界或精神界”;而陀思妥耶夫斯基则是“用最高意义的所谓写实”,不仅是描写了“白痴的表面生活,却把他们的灵魂生活放大了描写出来”[21]。说明新文学要反映人民群众生活的本质真实,特别要把写实的笔触伸进人物的思想灵魂。联系当时中国的历史背景,他从社会思想上对现实人生作了具体分析,认为现社会中的人可分三种情况,一是丝毫没有受到西方文化影响的纯粹中国式的老百姓,一是受到西方新思潮的影响,主张“勇敢进取”的人,一是既不主张返古又不主张激烈的新主义中间派;而新文学则应真实地反映这三部分人的生活,尤其要把中国老百姓的生活和“青年的烦闷”等重大社会问题,在文学作品中表现出来,而且不是一般地表现,“应该把光明的路指导给烦闷者,使新信仰与新理想重复在他们心中震荡起来”[22]。这便指明新文学不只要真实地反映现实普通人生最关注的问题,并要为广大人民群众指出光明的道路来。当时描写悲苦人生、表现青年烦闷,是五四新文学的重要主题,但一般的作者并不能给主人公指出一条正确的合乎生活发展规律的前进途径,不论是叶绍钧或者冰心、郁达夫的小说,甚至鲁迅有些的作品,大都缺乏“新信仰与新理想”的思想光辉。可见,茅盾这一思想对于引导新文学正确地表现人生、指导人生具有深刻的历史意义。

其二,与此相联系的,强调指出“文学是描写人生,犹不能无理想做骨子”[23]，这说明新文学非但要描写现实人生的悲惨，同时要以新的理想作为新文学的灵魂，表现“人道主义的精神，光明活泼的气象”。茅盾认为波兰近代文学的泰斗显克微支的创作是“有理想有主张地表现人类的生活，喊出人类的吁求”，因此他的作品“不论是描写血肉横飞的战争，暗无天日的官吏乡绅土豪，在凄惨的表面的底下，一定有个面目完全不同的根本思想伏着：——这就是‘爱’，爱人类的‘爱’”[24]。托尔斯泰的作品不仅真实地描写下等社会生活的痛苦，而且“常常有个中心的思想环绕，这便是人道主义”，因此他作的“环境是现实的环境，他书中的陪衬人物，也都是现实的人；唯有书中的主人翁便不是现实的，而是理想的，是托尔斯泰主观的英雄”。特别高尔基的文学“革命性极强极烈，又极动人”[25]；他对鲁迅表现对“新生活”憧憬的《故乡》也是极为推崇的。这说明茅盾非常重视文学作品思想内容的理想性和革命性，尽管他所说的新思想新理想并非科学共产主义，然而当时新文学能表现人道主义理想和革命民主主义精神，那对激励人们积极投入反帝反封建的革命斗争也是具有巨大的鼓舞力量的。尤为可贵的是，那时一般的新文学创作重在暴露病态社会的病根和国民的劣根性，但茅盾却强调新文学应表现国民“美的特性”。他指出俄国国民美的特性，是“能忍苦地和黑暗反抗，能用彻底的精神做事，能爱他，能有四海同胞主义的精神”，这些国民性经戈格里等许多文学家的描写，不但在俄国有了很大的影响，并且在世界也发生了很大影响，惟这样的“国民性的文学才是有价值的文学”。因此他“相信一个民族既有几千年的历史，他的民族性里一定藏着善美的特点；把他发挥光大起来，是该民族不容辞的神圣的职责。中华这么一个民族，其国民性岂无一些美点？从前的文学家因为把文学的目的弄错了，所以不曾发挥这些美点，反把劣点发挥了。这些‘国粹文学’内所表见的中华国民性，我们不能承认是真的中华国民性。”[26]“把忠厚善良的老百姓，都描写成愚呆可厌的蠢物，令人诽笑，不令起同情”，这也算不上“真的文学”[27]。茅盾强调新文学表现新的理想、描写国民性的美点的见解，不只反映出他对现实生活和中华民族达到了一定的本质的认识，并显示出他文学观的新特色。

其三，新文学在真实地反映人民群众现实生活、表现新的理想的同时，还要体现出强烈的时代精神，这是由文学与时代的密切关系决定的。文学革命先驱的文学主张虽然不同程度地触及到这个问题，但是大都没有像茅盾对文学与时代的关系认识得那么深刻，对文学表现时代精神强调得那么突出。他反复指出“文学是时代的反映”[28]，“真的文学也只是反映时代的文学”，因此“是怨以怒的社会背景产生怨以怒的文学，不是先有了怨以怒的文学然后造成怨以怒的社会背景”，而“‘怨以怒’的文学正是乱世文学的正宗”[29]。这是从文学与社会、时代的内在联系上说明新文学必须受时代的制约，必须反映时代要求，体现时代精神，“怨以怒”的反抗情绪则是“新旧思想的冲突”、统治阶级与被统治阶级的斗争异常激烈在“乱世文学”中的时代精神的体现。那么，茅盾力倡的为人生文学应表现什么时代精神呢？他曾以进化论的发展观作了这样的说明：“人群进化的大路到底是无政府主义呢，是社会主义呢，原也难说。不过有一句话可以断定，就是德谟克拉西的思想是一盏明灯。举凡文学，美术，都欲德谟克拉西化，不能再为一阶级少数人的私有物。”[30]可见，“德谟克拉西”是新文学应表现的时代精神。这同陈独秀当时所说的白话文学最有价值的时代精神是德谟克拉西，与李大钊所说的世界绝大的思想潮流是平民主义，同毛泽东所指出的“各种对抗强权（包括文学强权）的根本主义，为平民主义（德谟克拉西）”[31]，在认识上是完全一致的；但是茅盾还认为“现在德谟克拉西已经放大范围”，它和“尼采所深恶的德谟克拉西”有些不同，即注进一些新的思想因素[32]。他的这种看法同早期共产主义者李大钊稍后在《平民主义》一文对德谟克拉西的解释基本上是吻合的。具体来考察，茅盾认为德谟克拉西这种时代精神在五四时期现实社会的各个领域又有不同的要求：他号召青年学生为革新思想应发扬个性解放精神，为建设新制度新文明应发扬创造精神，为振兴中华民族应发扬“切实力行，猛勇前进”的精神，为扫荡旧思想、旧文化、旧制度，创造“新价值”、“新原理”、“新标准”应发扬尼采的“从新估定一切的价值”的批判精神，为打倒上等贵族阶级及一切恶势力应发扬反抗精神，为争取被侮辱被压迫劳动大众的解放应发扬人道主义精神，等等。对于这种革命民主主义的时代精神，新文学应结合五四时期的特定的“社会背景”，选取各种不同题材从不同角度，遵从艺术法则予以表现。例如，“现时真应该有一部小说描写出在‘水深火热’之下的青年，不惟不因受了挫折而致颓丧，反而把他的意志愈炼愈坚，信仰愈磨愈固，拿不求近功信仰真理的精神，去和黑暗奋斗”，这样的作品“真是黑暗中的一道光明”，充溢着时代精神，此乃“我们所渴望”的新文学。他不仅强调新文学要表现德谟克拉西这种五四时代精神的主潮，更可贵的是他看到苏俄布尔什维主义对世界潮流的影响，明确地指出：“今俄之 B01she—Vism（布尔什维主义）已弥漫于东欧，且将及于西欧，世界潮流澎湃动荡”，“二十世纪后数十年之局面决将受其影响，听其支配”[33]。这既表现出他的政治远见，也反映其受到苏联十月革命的影响。虽然他在五四时期尚未明确提出新文学应表现科学社会主义精神，但从他积极译介俄罗斯文学、苏联建国后的文学、德国无产阶级文学，多次评介高尔基等活动中，可以看出他的政治倾向性，这也是他五四时期新文学观中具有新的无产阶级思想因素的重要原因之一。

由于“为平民的非为一般特殊阶级的人”的新文学，具有“普遍的性质”，即为全社会广大民众乃至全人类服务，所以必须“用语体来做”，即以白话文来表现。

茅盾是从新文学为什么人这个根本问题上，不但说明文学的思想内容必须进行彻底革新，而且也说明提倡白话体进行文学形式改革的重要性和必要性，这就同当时反对国语运动的复古派和主张“新旧并行”的“折衷派”划清了界限。“新青年派”提倡的新文学运动也“带着一个国语运动的性质”，由于“中国的国语此时为发始试验的时候，实在需要文学来帮助，我相信新文学运动的最终目的虽不在此，却是最初的成功一定是文学的国语，这是可以断言的”[34]。表明茅盾对“国语的文学，文学的国语”运动是坚定不移的，充满信心的。但是守旧派疯狂反对白话文学运动，极力维护文言，力排白话语体，而折衷派则主张“美文”用文言，“通俗的说理的”用白话，坚持“新旧平行”[35]。当时胡适的同乡黄觉僧曾在上海《时事新报》上发表《折衷的文学革新论》，认为“旧美术文无废除之必要”，主张“通俗的美术文与中国旧美术文可以并行”，反对以“文学的国语”取代文言；对此胡适写了《答黄觉僧君折衷的文学革新论》予以驳斥。茅盾对折衷派的“新旧平行”说，亦从理论和事实的结合上加以有力的“评议”，指出“美文”并不定是文言，白话的或不用典的，也可以成为美文。他主张“努力创作语体文学的人，应当有两个责任：一是改正一般人对于文学的观念，一是改良中国几千年来习惯上沿用的文法”，赞成“采用西洋文法的语体文”，但不要“离一般人能懂的程度太远”，这是“过渡时代试验时代不得已的办法”[36]。当有人对他“语体文欧化”的说法提出不同意见时，他对“欧化”作了这样的解释：“‘造名词’极难，不得已用了‘欧化’二字，遂引起许多人的误解，把记者的相对主张，认为绝对的主张，把‘化’字放大，认为一丝一毫都要‘欧化’”，其实“我们主张语体文的文字可以参用一点西洋文法，实即‘研究改良’的意思”[37]。经他这样补充说明，使他的语体文主张减少了片面性，增加了新特色。它对“用语体”创造新文学和建设我国的语法体系都具有一定的现实指导意义。当时有人主张诗应有声调格律，“反对没有声调[3]格律的白话诗，视白话诗若‘洪水猛兽’”，诬“白话诗即拾自由诗的唾余”。对复古派的诋毁,茅盾予以有力的回击:“古人所立的规式格律,当然是古人为表现自己的思想方便而设,何能以之为诗的永久法式?如果古人有这思想,那么这便是专制的荒谬的思想,如果古人本未曾有此思想,而后人强要奉之,则后人便是奴隶的不自尊的思想了。[38]”这为白话诗文的创作和发展扫清了道路,肯定了方向。

总之,茅盾五四时期的新文学观,不论在文学表现什么人为什么人这个原则问题上,或者在文学的思想内容和语言形式的革新上,对文学革命先驱的文学主张,都有所继承有所补充有所发展,它同封建主义文学观、为艺术而艺术等资产阶级文学观彻底划清了界限,非常突出地强调了新文学为改革社会人生、为振兴中华民族、为创造世界未来文明服务的社会功利作用。

在五四新文学运动中,守旧派死抱住封建文学观不放,鼓吹“文以载道”“代圣贤立言”,说什么“‘登高而赋’也一定要有忠君爱国不忘天下的主意放在赋中;触景作诗,也一定要有规世惩俗不忘圣言的大道理放在诗中。做一部小说,也一定要加上劝善惩恶的头衔”,因之“文章是替古哲圣贤宣传大道理,文章是替圣君贤相歌功颂德,文章是替善男信女认明果报不爽罢了”。这种封建文学是新文学的大敌,与茅盾的为人生的进化文学观格格不入。另一方面,在五四思想解放运动的浪潮下,西方各种思潮包括文艺思潮在我国广为传播,一些资产阶级文人把唯美主义当成时髦的货色,鼓吹文艺无目的论和“为艺术而艺术”的文学观,或者把文学当成一种纯粹的享乐和游戏,“只当作消遣品”;或者“得志的时候固然要借文学来说得意话,失意的时候也要借文学来发牢骚”,把文学完全看成是表现“自我”的工具,这种文学“只是作者一人的文学罢了,不是时代的文学,更说不上什么国民文学了”。无论是封建文学或者是消闲文学或者为艺术而艺术的文学或者自我表观的文学,茅盾认为都是“和人类隔绝的,是和时代隔绝的,不知有人类,不知有时代”,完全背离了社会人生、时代和人类对文学的功利要求,唯有进化的为人生的文学才是“真的文学”,才是人类的“最新的福音”[39],也是五四时期要竭力创造的新文学。当然,“为艺术而艺术”的文学观对反对封建的“文以载道”文学观是具有一定的进步作用,这也不能完全否定。

二

五四文学革命比较艰巨光荣的历史使命是在彻底推倒封建旧文学的基础

上创建白话语体的反映社会人生的表现时代精神的新文学，陈独秀、胡适、周作人等在如何创建新文学方面都提出了一些重要见解，尤其鲁迅和郭沫若从创作实践方面为新文学的创造提供了范例，为新民主主义文学这座大厦奠定了基石。茅盾在前驱的基础上，从理论上对新文学创建的途径、方法、标准、要求等作了进一步的探究，作出了自己的贡献，显示出他认识的睿智深切。

译介西洋文学是在“中国新文学运动”中创造真正有价值的新文学的“路子”[40]之一。这不仅是茅盾的认识，也是五四新文学倡导者和创造者的共同主张。陈独秀早提出新文学应以灿烂的欧洲文学为楷模，胡适主张以西洋近代文学为创造新文学的范例，周作人提出以西欧人道主义文学为榜样，同茅盾并肩协力战斗的郑振铎讲得更明确：“想在中国创造新文学，从那些纷如乱丝的，古典式的，陈陈相因的，大部分为非人的中国文学书中，是决不能成功的。所以不能不取材于世界各国，取愈多而所得愈深。新文学始可有发达的希望。我们从事文学者实不可放弃了这个介绍的责任。”[41]茅盾多次强调译介外国文学对创造我国新文学的重要性和迫切性，他曾从比较的角度指出：“中西文学程度相差之远，足有一世光景，所以现在中国研究文学的人，都先想从介绍入手，取西洋写实自然的往规，做个榜样，然后自己着手创造”[42]。他不止从中西文学的差距上说明译介外国文学的必要性及创造新文学的途径，并且还从文学的社会功能上阐述译介外国文学的意义。他指出“文学是人精神的粮食，他不但使人欣忭忘我，不但使人感极而下泪，不但使人精神上得相感通，而且使人精神向上，齐向一个更大的共同的灵魂”；然而要创造具有如此强烈的艺术感染力和社会效果的文学作品，“自古至今的文学家没有个人曾经独立完成了这件大工作，必须合拢来，乃得稍近于完成”，因此“翻译文学作品和创作一般地重要，而在尚未成熟的‘人的文学’之邦像现在的我国，翻译尤为重要；否则，将以何者疗救灵魂的贫乏，修补人性的缺陷呢？”[43]正基于这种认识，他在《纪念佛罗贝尔的百年生日》一文指出：“纪念他的百年生日，对于国内的将来不免有两层希望：一是希望把佛罗贝尔的科学的描写态度介绍过来，校正国内几千年文人的‘想当然’描写的积习；二是希望佛罗贝尔的‘视文学如视宗教’的虔诚严肃的文学观在国内普遍起来，校正数千年来文人玩视文学的心理”[44]。

如果说，在对于译介西洋文学的重要性的认识上，文学革命倡导者只有深浅之别的话；那么，在对待译介西洋文学的态度、方法等方面则有明显的差异，甚至有质的区别。在五四思想解放运动中，不少先驱者“对于现状，对于历史，对于外国事物,没有历史唯物主义的批判精神,所谓坏就是绝对的坏,一切皆坏;所谓好就是绝对的好,一切皆好"[45]。这种形式主义的思想方法表现在文学上,就成了盲目地否定中国文学遗产,盲目地模仿西洋文学,以及形形色色的文学上的"主义"的生搬硬套。当时能够以批判的眼光,一分为二的态度对待西方文学的并不多见。茅盾则能打破形而上学的羁绊,根据我们新文学建设的需要,基本上能以唯物主义的批判精神来译介外国文学,辨别各种思潮的真伪优劣,以备创造新文学所用。列宁曾说:"无产阶级文学并不是从天上掉下来的,也不是那自命为无产阶级文化专家的杜撰出来的。这完全是胡说。无产阶级文化应当是人类在资本主义社会、地主社会和官僚社会压迫下创造出来的全部知识发展的必然结果。所有这些大大小小的途径,无论过去、现在或将来,都通向无产阶级文化"[46]。但列宁却和盲目崇拜迷信资产阶级文化的资产阶级学者根本不同,他在强调必须"确切地了解人类全部发展过程所创造的文化"的同时,特别指出"要用批判的态度来领会这些知识,使自己的头脑不被一堆无用的垃圾塞满,而能具备现代有知识的人所具备的一切知识"[47]。茅盾对待过去一切时代文化遗产的认识和态度虽然尚未达到列宁主义这样的高度,但他的思想中却具有一定量的历史唯物主义因素。他当时清楚地认识到,"前人学说有缺点,只是意中事,不算前人不体面。后人倘然不能把他的缺点寻出,把他的优点显出,或者更发扬之,那才是后人的不体面呢"。因此,"我们无论对于那种学说,该有公平的眼光去看他;而且更要明白,这不过是一种学说,一种工具,帮助我们改良生活,求得真理的。所以介绍尽管介绍,却不可当他们是神圣不可动的;我们尽管挑了些合用的来用,把不合用的丢了,甚至于忘却,也不妨"[48]。基于这种认识,茅盾曾用批判的眼光介绍尼采学说,并未对其全部思想进行简单化地否定,而是采取"扬弃"态度,结合五四时期现实斗争的需要吸收了尼采"从新估定一切的价值"的思想,"借重来做摧毁历史传统的畸形的桎梏的旧道德的利器",在摧毁封建旧道德旧意识的新文化运动中"创造一种新道德"[49]。这不仅为新文化运动的顺利发展扫除了思想障碍,而且为新文学的创建打好了思想基础。

不论是对于西洋的各种文艺思潮或者外国作家作品,茅盾在大量地翻译评介的过程中,大都能采取具体的分析态度,力求取其精华去其糟粕,为创造新文学所用。他认为"介绍西洋文学的目的,一半果是欲介绍他们的文学艺术来,一半也为的是欲介绍世界的现代思想","凡是好的西洋文学都该介绍这办法"。

这说明对于好的外国文学既要吸收它的现代先进思想的营养，作为文学思想内容革新的借鉴，又要学习它的精巧的文学艺术，作为新文学形式改革的范例；然而西洋文学并不都是思想和艺术的完美统一体，其文艺思想也往往良莠交杂，因此评介时必须予以鉴别。例如，他认为英国唯美派王尔德的《人生装饰观》也不是篇篇可以介绍，他的"'艺术是最高的实体，人生不过是装饰'的思想，不能不说他是和现在精神相反"，对于这类著作，若漫不分别地介绍过来，于"成就新文学运动"委实是太不经济；唯有全然掌握了"文学批评的知识"，全然"了解这篇作品的意义，理会得这篇作品的特色"，才能使你的译介不失去"作品的真精神"。特别在"介绍时一定不能只顾着这作品内所含的思想而把艺术的要素不顾"，这是因为文学作品虽然"不同纯艺术品，然而艺术的要素一定是很具备的"，所以译介中一定要抓住文学作品"最重要的艺术特色就是该作品的神韵"，灰色的文学决不能译成红色，神秘而带颓丧气的文学决不能译成光明而矫健的文学[50]。只有这种具备真实文学价值的译述，方有利于新文学创造的借鉴与采用。学习外国文学作品的艺术技巧对创建新文学之所以重要，茅盾从内容与形式的辩证关系中认识到，"文学是思想一面的东西"，然而文学的构成却"全靠艺术"，例如"同是一个对象，自然派去描摹便成自然主义的文学，神秘派去描摹便成神秘主义的文学"，由此可知"欲创造新文学，思想固然要紧，艺术更不容忽视"[51]；况且"文学的描写技术实是创作家天才的结晶，离了创作品便没有文学技术可见"，故"把西洋文学进化的路介绍过来，把西洋的含有文学技术的创作品介绍过来，这件重要的工作大概须得翻译者去做了[52]。这些见解在五四文学革命中提出来，是颇为新鲜的精到的。

对于外国文学作品的译介，他是采取这种具体的批判态度，那么对于各种文艺思潮的介绍，不论是古典主义、浪漫主义或者是写实主义、表象主义等，他也都能运用"公平的眼光"予以评述和辨别，既指出可取之处，又点出毛病所在。例如对于写实主义，陈独秀、胡适、周作人等都介绍过，并把它作为五四新文学的主要创作思想和方法，但他们大都没有对写实主义作出具体的评判分析；茅盾对于写实主义，不仅努力介绍推崇，而且也能进行一分为二的评价，他在充分肯定写实主义的特长的同时，也尖锐地指出它的"毛病"：一是太重客观的描写，因为从"艺术方面"来看，本来不能专重客观，也不能专重主观，"专重主观，其弊在不切实；专重客观，其弊在枯涩而乏轻灵活泼之致"。二是"太重批评（即暴露）而不加主观的见解"，因为"批评"虽然是"写实主义的好处，同时也是写实主义的缺点”，它对社会种种问题尽管能揭穿其黑幕，“这一番发聋振聩的手段，原自不可菲薄；但是徒事批评而不出主观的见解，便使读者感着沉闷烦忧的痛苦，终至失望”[53]。为了弥补写实主义这个“老大毛病”，他主张创造新文学必须以“理想”为描写人生的“骨子”。

由于茅盾认准了以批判的眼光译介外国文学是创造我国五四新文学的重要途径，所以他在《〈小说月报〉改革宣言》中特别申明：“同人以为研究文学哲理介绍文学流派虽为刻不容缓之事，而移译西欧名著使读者得见某派面目之一斑，不起空中楼阁之感，尤为重要。”[54]茅盾关于译介外国文学的主张和实践，有利于五四时期反帝反封建争取民族解放的政治斗争，有利于以民主与科学为旗帜的新文化思想运动，并为新文学的创建作了极为有益的“艺术营料”和“精神食粮”的运输工作。此外，他对中国“旧文学”也并不像有的文学革命倡导者采取绝对否定的态度。他相信“现在创造中国的新文艺时，西洋文学和中国的旧文学都有几分的帮助。我们并不想仅求保守旧的而不求进步，我们是想把旧的做研究材料，提出他的特质，和西洋文学的特质结合，另创一种自有的新文学来”[55]。这种对于中国古代文学的科学态度以及中西文学“结合”的见解，在当时是高人一筹，难能可贵的。

“今日谭革新文学非徒事模仿西洋而已，实将创造中国之新文艺，对世界尽贡献之责任”[56]。这不但表现了他为我国创造新文学而树立的雄心壮志，而且明确地指出革新文学不在“模仿西洋”，而重在“创造”，这就进一步显示了他文学观的先进性和革命性。

陈独秀曾良莠不分地强调中国新文学应以西欧文学为模本；胡适把欧美文学看得完美无缺，带有“全盘西化”的倾向；周作人认为日本近代文学进步的重要原因是他们善于“模仿”，因此中国新文学的创建也应当学习日本的“模仿”精神。他们在五四新文学倡导期强调“模仿”西洋文学，创造新文学，是不乏积极意义的；但是“模仿”不能代替“创造”，唯有发扬创造精神，在借鉴外国进步文学的前提下，才能建设真正的具有中国民族特点的新文学，对于这一点他们尚未明确指出。然而，茅盾却看到了：“我国自改革以来，举国所事，莫非摹拟西人。然常此模拟，何以自立？”，为使我国在“二十世纪之发明史上”占一席地位，必“具自行创造之宏愿”[57]。国家民族的兴旺发达需要这种“创造”精神，新文学事业的创建和发展同样需要这种“创造”精神。他曾对当时文坛上一味摹拟而缺乏“创造”精神所带来的弊病，给以尖锐的批评：虽然介绍了西洋文学，但如果“没有创作,则我们的目的仍未完成”,所以“在现在这时期,创作的重要,正和介绍一般”;短篇小说之所以“缺乏活气和个性”,此弊根源在于“读了翻译的或原文的小说便下笔做小说,纯是模仿,而不去独立创造”,文学作品固然是人生的反映,但“必须先有了独立精神,然后作品能表见他的个性”。如果一个致力于新文学创造的作家只会“模仿”,那是最没有出息的,不仅不能尽到创造新文学的责任,而且要走到邪道上去,必然产生一些公式化、模式化的作品。这是因为“模仿的作品中的人物大都是借来,不是自己创造的,但是作品中的背景却不能不自造;借来的人物配上自造的背景是一定不能调和的”;既然人物是借来的,“便大都只能偷得一个样式,而作品的人物却决不能只是一个。所以结果是一篇作品的许多人物都只是一个模型里的出产品的,这还能有什么活气”;“其他如题材的无变化,布局的一例”,这些弊端“都源于模仿”,说明“模仿的小说实是大害”[58]。在新文学的初创期,针对小说创作的流弊,提倡“创造”反对一味“模仿”,既具有现实的战斗意义,又具有深远的历史意义,即使今天重温这些见解也颇感新鲜,对于克服现实创作中的公式化、概念化的毛病也不乏进步意义。

茅盾之所以反对“东抄西摘,生吞活剥”,“模仿着做”,是因为他认识到五四时期创造的新文学应是“民族的文学”,而民族的文学“则于个性之外更须有国民性”,也就是说民族的文学是个性与国民性的统一,若是一味地模仿西洋文学,那不但抹煞了新文学的个性,而且也抹煞了新文学的民族特性。“所谓国民性并非指一国的风土民情,乃是指这一国国民共有的美的特性”。可见,光“模仿”不“创造”是一定产生不出国民性的文学;只有在借鉴外国优秀文学遗产的条件下,扎根于中华民族的生活土壤里,真正发挥独创精神,才能创造出个性与国民性完美结合的“有价值的文学”[59]。

创造新文学应坚持以写实主义为主的多种创作方法。茅盾认为“写实主义在今日尚有切实介绍之必要;而同时非写实的文学亦应充其量输入”[60]。这不单能看出他对输入外国文学的态度,同时也表现出他对外国文学是博采众长的,而对写实主义尤为注重。虽然“奉什么主义为天经地义,以什么主义为唯一的‘文宗’,这诚然有些无谓;但如果看见了现今国内文学界一般的特点,适可以某种主义来补救校正,而暂多用些心力去研究那一种主义,则亦未可厚非”[61]。鉴于某些国人历来认为文学是消遣或游戏的糊涂认识和历史相传的“但求想当然,不求实地观察”的创作方法,”茅盾强调坚持写实主义是完全正确的,完全适时的;但他对其他的创作方法也不排斥,从创造新文学的需要出发,取其所长而用之。在五四文学革命中,为人生派的作家大都提倡并坚持写实主义,不过其中也有明显的差异。陈独秀、胡适都强调写实主义,但他们对写实主义和自然主义的界限分不清;周作人虽然基本上主张以写实主义创造"人的文学",但他也鼓吹带有空想色彩的理想主义;鲁迅坚持以严峻的写实主义为主体,以浪漫主义、象征主义为辅,他是开辟以多种创作方法创造新文学的大师;茅盾则是从理论上探求以多种创作方法相互为用来创造新文学的巨匠。

由于五四时期所创造的新文学是为人生的文学,必须真实地反映现实社会与人生密切相关的问题,必须反映与贵族阶级相对立的广大人民群众的苦难和抗争,所以只有坚持写实主义创作方法才有利于为人生文学的创造。因为"写实主义对于恶社会的腐败根极力抨击,是一种有势力的革命文学"[62],这种"新文学的写实主义,于材料上最注意精密严肃,描写一定要忠实"[63],它不是随便的取一种人生或社会现象描写之,"他的特质,实在于(一)科学的描写法与(二)谨慎的,有意义的描写对象之截取,而第二特质尤为重要",写实主义文学家左拉的《卢贡·马卡尔家族》、屠格涅夫的《猎人笔记》、托尔斯泰的《复活》、陀思妥耶夫斯基的《罪与罚》等作品,决不只是忠实地描写社会或人生的片断,而在截取这些生活片断时必定"融化有作者的最高理想在中间";中国当时文坛上充斥的"黑幕小说",仅是以描写社会的丑恶的状态为能事,绝对不能当作"写实主义的文学"[64]。欲坚持写实主义创造有价值的新文学,茅盾认为必须切实做到:

一是不能"为创作而创作",必须真实地描写人生经历,忠实地反映"劳动者的实际生活",如能像鲁迅的《风波》"把农民生活的全体做创作的背景,把他们的思想强烈地表现出来"[65],方为上品。

二是反对面壁虚造,主观杜撰。"关在一间小屋子里,日夜读小说,模仿着做,便真有创造天才的人也做不出好东西,何况没有天才的人呢"[66];"现今创作坛的条陈是'到民间去';到民间去先经验了,先造出中国的自然主义文学来。否则,现在的'新文学'创作要回到'旧路'"[67]。这从一定的意义上说,他为新文学指出一条唯物主义的认识路线和深入劳动农民生活的创作道路。

三是要真实地描写劳动者的生活状况和思想感情,必须消除"知识阶级中人和城市劳动者"的"隔膜"[68],这不仅触及到作家的思想改造问题,并且明确地提出要在无产阶级社会内体验生活。

四是应从现实生活出发，提炼并塑造具有“个性”的人物形象，不能像是“一个模型里铸出来”的。他曾批判当时的“恋爱小说”所创造的人物，都是一个面目，都是一样的思想，都是一样的举动，都说一样的话，所有的人都是一个个性，这种作品不是作者“自身经历的结晶，都是摹拟的伪品”[69]。何等深刻的见地。

五是新文学不仅要表现新思想，而这种新思想的表现“不说一句‘宣传’式的话”，要自然地表现出来[70]；同时还要反映对未来光明的信仰和国民性的善美特点，使作品闪耀着理想主义的光彩，这表明他的现实主义具有新的特色。

六是“创作文学时必不可缺的，是观察的能力与想象的能力”，这是熟悉人生了解人生反映人生表现理想的创作过程中的两个重要步骤，也是遵循形象思维进行艺术构思的关键环节。

茅盾不仅批判继承了写实主义，强调它在创造新文学中的作用，而且还能根据新文学创造的需要以及写实主义本身的局限，提倡表象主义（即象征主义）。他认为“写实主义的缺点，使人心灰，使人失望，而且太刺戟人的感情，精神太无调剂，我们提倡表象，便是想得到调剂的缘故”；加之“现在的社会人心的迷溺，不是一味药所可医好”；况且从文学的发展来看，“表象主义是承接写实之后，到新浪漫的一个过程，所以我们不得不先提倡”[71]。这便是茅盾提倡表象主义的理由。其实，表象主义是十九世纪末在法国兴起的颓废主义文艺思潮中的一个主要潮流，它的理论基础是唯心主义的，认为现实世界是虚幻的痛苦的，而“另一世界”则是真的美的，诗的象征便是沟通两个世界的媒介，目的在于暗示这所谓真的美的“另一世界”。对此，茅盾虽然未以批判的眼光予以辨别，显得含糊，但是从他提倡表象主义的动机来看还是积极的，意在取其合理因素补正写实主义的不足。

此外，他对新浪漫主义相当推崇，认为这是世界文学和中国新文学发展的趋向，并取其“兼观察与想象，而综合地表现人生”的特长，以指导新文学的创作。在他看来，世界万物，人类生活，莫不有善的一面与恶的一面，而浪漫派文学与自然派文学是各走一端，即前者偏在善的一面，后者偏在恶的一面，唯有新浪漫派的文学兼而得之，能够全面反映人生，创造有价值的“国民性的文学”[72]。一九二一年他在《十九世纪末丹麦大文豪约柯柏生》一文指出：他的作品早已具备现代新浪漫派的色彩，即“新的理想重复在人心中觉醒过来，心理描写而带主观气，喊出现代人烦闷而带新理想新信仰的文学便酝酿出来”[73]。他所认为的新浪漫主义带有积极浪漫主义的特点；其实，真正的新浪漫主义是十九世纪末、二十世纪初在欧洲兴起的资产阶级文艺思潮，它是象征主义、颓废主义、唯美主义与浪漫主义在新条件下的混合与发展，是现代主义的先驱。由于历史与认识的局限，茅盾对新浪漫主义尚未进行具体批判，只摄取它的“分析与综合”的创作手段和表现新理想的精神，旨在更有效地创造为人生的新文学。

总之，“博采众家，取其所长”，以多种创作方法指导新文学的创造，鲁迅和茅盾的认识是一致的，所不同的是，鲁迅在创作实践与理论探讨的结合上作出了独特的贡献，茅盾则是在理论建设和译介外国文学上作了极为有益的工作。

新文学的创造应该以真、善、美作为艺术标准，具备真、善、美的美学境界。在五四文学革命中，一些新文学的倡导者和创造者，虽然他们的美学倾向并不一致，对真善美的看法也有分歧；但是他们的文学主张和创作实践的积极与消极、成功与失败，总是同“真善美”的统一联系着。胡适在探讨新文学的创造方法和创作手段的过程中，曾多次触及到真善美问题，尽管表述不够科学，认识不够深刻，但他总是在真善美的关系中突出强调新文学的“真”，反对“说谎的文学”和“总是一个美满的团圆”的中国传统的戏剧观念，提倡敢于睁开眼睛来看世界的真实现状，敢于老实地把社会种种腐败龌龊的实在情形写出来的写实精神。周作人曾提出“以真为主，美既在其中”的美学见解，将新文学的“真”与“美”统一起来，并指出“真”是“美”的基础。鲁迅一贯地致力于“真善美”统一的追求，许寿裳在《我所认识的鲁迅》一书中指出：“鲁迅为反对不真，不善，不美而毕生努力奋斗，以期臻于真善美的境界。”五四时期，不仅他的小说、诗歌、散文、杂文创作坚持真善美统一的艺术规律，竭力创造出真善美的境界，而且在他的为人生的文学观里，真善美三者的奥妙一直成为他不断探索的命题。茅盾踏上五四新文学论坛，就反对“假恶丑”的伪文学，提倡“真善美”的新文学，不仅把真善美作为对中外古今文学批评的美学标准，并且号召新文学工作者要创造具有真善美艺术境界的新文学。虽然一开始他对真善美三者的关系表述所用的概念不够科学，但是其基本看法是正确的。

他认为，“最新的不就是最美的、最好的。凡是一个新，都是带著时代的色彩，适应于某时代的，在某个时代便是新；唯独‘美’‘好’不然。‘美’‘好’是真实。真实的价值不因时代而改变。”[74]这里，茅盾不止是对新文学的“新”作了精辟的解释，更重要的是提出“真”“好”“美”三者统一的艺术标准，试图从文学的本质上和发展上揭示五四新文学应遵循的艺术规律，尽管“真好美”同“真善美”在用语上不尽相同，但精神实质是吻合的，尤其在“真好美”三者关系的理解上，强调“真”是“好美”的基础，是文学永久不变的价值，基本上符合“真善美”三者之间的辩证关系。同时，他还认识到文学要创造真善美合一的艺术境界，是现实生活决定的，不是作者主观臆造的，因为，现社会现人生无论怎样缺点多，综合以观，到底有真善美隐伏在罪恶下面”[75]，一个民族的民族性里不管存有多少劣点，但是它总藏着一定的“善美的特点”。新文学的任务，就是要把现实人生的“真善美”和国民性中的“善美”特点挖掘出来，“综合地表现人生”，这样才能创造出符合“真善美”统一美学理想的新文学；否则，违背“真善美”艺术法则就会产生表现“假恶丑”的“伪品”。不只“文以载道”的封建文学、“消闲游戏”的鸳鸯蝴蝶派文学、专写丑恶的黑幕小说等，从根本上违背了“真善美”的艺术规律；就是当时一些新文学作品也不完全符合“真善美”的文学标准，如现在创作界内竟没有真实“反映痛苦的社会背景的小说”[76]。而要创造能够真实地表现社会生活的“真文学”，则必须把“真善美”合一的境界作为新文学创作的奋斗目标。在中国新文学初创期，茅盾便明确地提出新文学工作者要从封建文学的老八股老教条的僵死局面下解放出来，从“为艺术而艺术”的资产阶级文艺思潮的迷雾中走出来，按照“真善美”统一的艺术标准创造新文学，这对中国现代文学的创建是具有深远的历史意义的。

尤其可贵的是，茅盾当时试图从苏联十月革命后的社会制度、政权性质上来揭示文学艺术发展的根本原因。这不仅有利于推动中国新文学的创建与发展，并且暗示出新文学的社会主义方向。从他对苏联十月革命后社会主义文学艺术的介绍文章中，既可以看出他坚信“赤化后的俄国，更能促进艺术的进步，滋培新艺术的产生”[77]；又可以看出他坚决捍卫苏联社会主义文艺，驳斥一些人对无产阶级文学艺术的诋毁，以雄辩的事实说明唯有社会主义制度、“劳农政府”，才能保证文学艺术的更大发展。他明确地指出：“劳农俄国是很注意文学和艺术的发展的，他们有个全俄艺术会，会员多至十五万人；新近他们的中央执行部（全俄艺术会的中央执行部）发出通告给西欧各国的文字家与艺术家，谢他们对俄的好意，并劝告他们：只有第四阶级（即无产阶级）的执政时代能完全担保艺术的自由发展，不受一丝一毫的压制牵掣”，“高尔基现仍在莫斯科很受劳农政府的优待”，“劳农俄国现在对于文艺的注意，简直要比俄皇时代加上万万倍”[78]。正由于受到十月革命的影响，所以他预见到“无产阶级的自由活动于文艺界中，也许就是开始艺术史的一页新历史的先声”[79]。

三

茅盾五四时期为人生的进化文学观，不是他主观臆造的或头脑固有的，它是建立在唯物主义思想基础之上的。马克思对于“凡是人类思想所建树的一切，他都重新探讨过，批判过，根据工人运动的实践一一检验过，于是就得出了那些资产阶级狭隘性所限制或被资产阶级偏见束缚住的人所不能得出的结论”[80]。说明一个伟大的马克思主义思想家必须具有伟大的批判精神和实践精神，只有对人类思想发展史上所出现的思想成果经过自己的批判吸收和革命实践的检验，才能形成自己的思想体系。五四时期的茅盾虽然尚未转变为马克思主义者，但他基本上能运用唯物主义批判眼光来研究剖析世界文艺发展史上的各种文艺思潮，并从中国文学的发展历史、现实状况以及前进趋向出发，取其古典主义、浪漫主义、写实主义和新浪漫主义等文艺思想之所长，去其它们之所短，加以改造、发挥和利用，形成自己的独具特色的为人生的进化文学观。

一九二〇年他在《小说新潮栏宣言》里对西洋文学发展的轨迹作了简要的概括：“西洋古典主义的文学到卢骚方才打破，浪漫主义到易卜生告终，自然主义从左拉起，表象主义是梅德林开起头来，一直到现在的新浪漫派；先是局促于前人的范围内，后来解放（卢骚是文学解放时代），注重主观的描写；从主观变到客观，又从客观变回主观，却已不是从前的主观：这其间进化的次序不是一步可以上天的。我们中国现在的文学只好说尚徘徊于‘古典’‘浪漫’中间，《儒林外史》和《官场现形记》之类虽然也曾写到社会的腐败，却决不能就算是中国的写实小说”。正因中国文学发展同西欧文学来比，已落后了，连真正意义上的写实主义文学尚未出现，所以五四文学革命重在提倡“写实派自然派”的文学，茅盾认为这是文学发展的规律制约的。这里他虽然对各种“主义”尚未以批判的眼光作出评判，但却能根据世界文学进化的程序，结合中国文学发展的现状，明确指出提倡为人生的写实主义文学乃是五四新文学运动的当务之急；同时在与胡先骕的论争中写了《欧美新文学最近之趋势》，肯定了写实主义的历史功绩，驳斥了胡的写实文学“专写下级社会罪恶”的别有用意的诽谤，尖锐地质问：“文学既为表现人生，岂仅当表现贵族阶级之华贵生活而弃去最大多数之平民阶级之卑贱生活乎？”在五四时期不止茅盾的文学观建立在进化论的基石上，不过当时能像茅盾那样“想用不偏颇的眼光解说这个主义的意义和本身的价值”，“想用

‘鸟瞰’的记述说明文艺进化之路线”[81]的人并不多。一九二〇年他写的《文学上的古典主义浪漫主义和写实主义》长篇论文，就是以“公平的眼光”论述了“文艺进化之大路线”，并汲取其合理的思想因素，从而提出自己对五四新文学的见解。虽然不能说批判地接受西洋文艺进化路线上的各种文艺思潮，是茅盾五四时期新文学观形成的唯一理论来源，但是谁也不能否认它却是最重要的思想根源。

茅盾当时基本上还没有掌握马克思主义的辩证唯物史观，因此他的文学思想必不可免地存在一些矛盾和局限。例如：对于写实主义和自然主义、自然派作家和写实派作家，不能给以更明确更科学的解说，往往只看到它们的共同之处而指不出它们的异点，有时把二者混为一团。对于新浪漫主义文学只看到它的“革命的解放的创新的”、并能“综合地表现人生”的长处，但对其严重的缺陷，并未进行批判，直到一九五七年写《夜读偶记》时才真正对它作了马克思主义的具体分析，既指出“当时使用‘新浪漫主义’这个术语的人们是把初期象征派和罗曼·罗兰的早期作品都作为‘新浪漫主义’一律看待”，同“现代派”所用的“‘新浪漫主义’稍稍有点区别”，又指出“新浪漫主义”的“逃避现实，歪曲现实”的反现实主义的实质；况且他当时又把“新浪漫主义”当成最理想的新文学，越发显得不妥了。此外，对创作与社会背景、文学与人生关系的理解也没有完全摆脱机械唯物论的束缚。

一九二一年中国共产党诞生了，茅盾亦加入了共产党。随着中国革命的深入和马列主义的广泛传播，茅盾政治观的变化引起了他文艺观的相应变化，即他的文学观已由进化论的轨迹逐步向无产阶级阶级论的轨道过渡，一九二五发表的《论无产阶级艺术》，标志着他的文学观达到一个崭新的高度。

注：

[1]《“五四”运动的检讨》，1931.8《前哨·文学导报》第1卷第1期

[2][56]《一九一八年之学生》，1918.1《学生杂志》第5卷第1号

[3]1915.9.15《青年杂志社告》

[4][51][55][74]《小说新潮栏宣言》，1920.1《小说月报》第11卷第1号

[5][43][53][61]《一年来的感想与明年的计划》，1921.12《小说月报》第12卷第12号

[6]《新文学史料》第3辑

[7]《中国新文学大系·小说一集导言》

[8]周作人:《人的文学》

[9][29][76]《社会背景与创作》,1921.7《小说月报》第12卷第7号

[10][13]《俄国近代文学杂评上》,1920.1.25《小说月报》第11卷第1号

[11]《履人传》,1918.4.5《学生杂志》第5卷第4号

[12]胡适:《建设的文学革命论》

[14]《安得烈夫死耗》,1920.1.25《小说月报》第11卷第1号

[15][16][39][40]《文学和人的关系及中国古来对于文学者身份的误认》,1921.1《小说月报》第12卷第1号

[17]《茅盾早期思想研究》,《中国现代文学研究丛刊》第1辑

[18][32][48][49]《尼采的学说》,1920《学生杂志》

[19][23][25][30][53][81]《文学上的古典主义浪漫主义和写实主义》,1920·8《学生杂志》第7卷第9号

[20]《现在文学家的责任是什么?》,1920.1《东方杂志》第17卷第1号

[21]《塞尔维文学批评家拉夫令的〈陀思妥也夫斯基评〉》,1921.11《小说月报》第12卷第11号

[22][27][28]《创作的前途》,1921.7《小说月报》第12卷第7号

[24]《波兰近代文学泰斗显克微克》,1921.2《小说月报》第12期第2号

[26][34][50][58][59][66][72]《新文学研究者的责任与努力》,1921.2《小说月报》第12卷第2号

[31]《〈湘江评论〉创刊宣言》

[33]《托尔斯泰与今日之俄罗斯》,1919《学生杂志》第6卷第4-6争

[35]《新旧文学平议之评议》,1920.1《小说月报》第11卷第1号

[36]《语体文欧化之我观》,1921.6.10《小说月报》第12卷第6号

[37]《通讯》,1921.12.10《小说月报》第12第12号

[38]《驳反对白话诗者》,1922.3《文学旬刊》第31期

[41]《文艺丛谈》,1921.1.10《小说月报》第12卷第1号

[42]《答黄君厚生〈读小说新潮宣言的感想〉》,1920.4.25《小说月报》第11卷第4号

[44]《纪念佛罗贝尔的百年生日》,1921.12.10《小说月报》第12期第12号

[45]毛泽东:《反对党八股》

[46][47]《列宁全集》第31卷第254页

[54][57][60]《〈小说月报〉改革宣言》,1921.1.10《小说月报》第12卷第1号

[62][71]《我们现在可以提倡表象主义的文学么?》,1920,5.25《小说月报》第11卷第2号

[63]《什么是文学》,《中国新文学大系·文学论争集》

[64]郑振铎:《文艺丛谈》,1921.3.10《小说月报》第12卷第3号

[65][67][68][69]《评四五六月的创作》,1921.8.10《小说月报》第12卷第8号

[70]《春季创作坛漫评》,1921.4《小说月报》第12卷第4号

[73]《十九世纪末丹麦大文豪约柯柏生》,1921.10.10《小说月报》第12卷第5号

[75]《为新文学研究者进一解》,1921.9,15《改造》第3卷第1号

[77]《最近俄国文坛的各方面》,1922.1.10《小说月报》第13卷第1号

[78]《劳农俄国治下的文艺生活》,1921.1.10《小说月报》第12卷第1号

[79]《俄国戏院的近况》,1922.3.10《小说月报》第13卷第3号

[80]《列宁全集》第31卷第253页

评五四时期胡适的白话文学主张

引言

在中国现代文学史上,胡适是曾在五四文学革命中产生过重要影响的人物,对他评价也是个比较复杂的问题。解放后,对他的历史功过的评价,一度出现过简单化的倾向,忽略了他在中国现代史上有个演变过程,不是根据历史唯物主义的阶段论进行全面考察,而是抓住他后来走向反动否定了他的一生。如说:“胡适在‘五四’运动当中,一开始就是宣传了帝国主义的反动的文化观点的。他自捧为‘发难者’,是的,他正是帝国主义、封建主义和官僚资本主义在政治上、思想上向中国人民凶恶地进攻的‘发难者’;是披着‘学者’的外衣,企图为屠杀和奴役中国人民的刽子手的统治铺平道路的‘发难者”;在他当时“所发表的有关文学改革的几篇文章中,毫无例外地都充分显露了他的资产阶级改良主义、形式主义的反动文学思想。他是企图以其反动的文学主张,来反对新文学运动的革命内容,企图达到为反动统治者服务的目的”[1]。对于以上评述,稍微了解五四新文学运动的人,也觉得有点与历史事实并不完全符合。粉碎林彪、“四人帮”的极左路线以来,从已出版的中国现代文学史或散见于报刊上有关评述胡适的文章来看,不仅为五四文学革命中的胡适去掉一些不实之辞,而且在一定程度上肯定了,他对白话文学运动所起的重要作用。但是总的来看,对胡适的评价,不完全是“从事实的全部总和、从事实的联系去掌握事实”[2],进行实事求是的分析,作出符合历史的科学判断,仍有些观点囿于原先既定的框框。尚待进一步研究的带有实质的问题是:

胡适关于文学革命的主张,仅仅是形式主义的“文学改良”,还是具有革命意义的文学改革?

为弄清这个问题，拟从如下几个方面作一些初步考察，当否，祈专家和同志们指正。

从白话文学主张的内容实质来考察

五四文学革命，随着中国现代革命和新文化运动的深入展开，而逐步勃兴起来。由于中国社会的特点所决定，它大致经过酝酿、倡导、发展三个相互联系的历史阶段，而每个阶段又呈现出不同的历史特征。第一阶段（1917 年 1 月以前）酝酿期，仅限于几个人的磋商，虽提出了“文学革命”的口号，但并未在全国正式张起，更缺乏明确的系统的文学革命主张。第二阶段（从 1917 年初胡适《文学改良刍议》和陈独秀《文学革命论》的发表到 1918 年 4 月）倡导期，在高举科学与民主两面大旗的《新青年》上，不但正式提出“文学革命”的口号，同时明确阐述了文学革命的主张，在一定范围内展开了比较热烈的讨论，但这时的讨论偏重于白话文学主张本身，很少进行创作实践。第三阶段（从 1918 年上半年到党成立前）发展期，不只从理论上对白话文学主张进行了广泛深入的讨论，且有更多的作者以白话为工具实验创造新文学，尽管这个时期的新文学基本上属于资产阶级民主主义性质，但从文学主张和创作来看，已初步具有一定量的社会主义新因素。

在五四文学革命的演进过程中，胡适和陈独秀始终居于核心地位，无论是新文学的倡导者和拥护者，还是那些与新文学对抗的守旧势力，都是把他们视为“新文学的首领”，或赞扬或诽谤。胡适这个时期，发表了二十多篇有关“文学革命”的长短论文，比较系统地全面地阐明了白话文学主张，其中最有代表性的是《文学改良刍议》（1917.1）和《建设的文学革命论》（1918.4）。从它们的内容实质来看，其文学主张的革命性是显而易见的。

（一）

《文学改良刍议》是中国现代文学革命的第一篇正式宣言。“所谓革命者，为革故更新之义。”[3] 判断五四时期文学主张是否具有革命性质，我们认为重要的依据，是看它能否体现出反对文言文、提倡白话文，反对旧文学、提倡新文学的革命精神。《文学改良刍议》基本上体现了这一精神。只要我们考察一下文学改良“八事”的内容实质，就可以看出它们具有较鲜明的针对性和革命性，不只是具体地论述了旧文学的八大罪状，表现出破旧的革命精神，并且初步阐明了新文学的要求，表现出立新的革命立场。

“一曰，须言之有物。”开宗明义指出文学革命首先应提倡“言之有物”，反对“言之无物”。这就把文学内容的改革放在突出的地位。之所以如此立论，胡适的根据是：其一，“吾国近世文学之大病，在于言之无物”。说明这一条是针对“文学之腐败极矣”的现实而发，它击中了封建旧文学的“大病”。当时文学界也的确如此。从小说创作来看，大都是一些描写“风流案”“姨太太秘史”“盗案之巧”等“黑幕派”小说，千篇一律的“才子佳人”的“滥调四六派”小说，荒诞无稽的“胡思乱想”的“笔记派”[4]小说；以诗歌创作而论，如曾写过爱国诗篇的“南社诸人”（中间亦有佳者）到了此刻，其诗风也是“规摹古人”，“夸而无实，滥而不精，浮夸淫琐”[5]。文学革命首应扫荡这些“言之无物”的腐败的形式主义旧文学，创立“言之有物”的新文学。其二，从“文胜质”是造成“文学堕落之因”的角度，说明提倡“言之有物”，就是要“注重言中之意，文中之质，躯壳内之精神”[6]，这是挽救中国文学衰败的改革措施之一。其三，从文学的内容与形式的关系方面，强调“言之有物”的重要性。他认为“思想之在文学，犹脑筋之在人身。人不能思想，则虽面目姣好，虽能笑啼感觉，亦何足取哉？文学亦犹是耳。”同时批评了当时有些人“徒知‘言之无文，行之不远’，而不知言之无物，又何用文为乎”的不良倾向。胡适不仅说明了“言之有物”和“言之无物”是新旧文学的区别之一，而且也对“物”的涵义作了概括的说明——指文学的“思想”和“感情”而言。他所说的“思想”，不是封建文学所宣扬的孔孟之道，而是那种有“见地”、有“识力”、有“理想”的“新思潮”，这就与封建文人鼓吹的“文以载道”说划清了界限；他所说的“感情”，不是当时文坛上弥漫的空虚、没落、颓废的情调，而是那种“情动于中”的“真挚之情感”。

“二曰，不摹仿古人。”摹仿、因袭，是旧文学的通病，是当时文坛的恶风。那些所谓“文学大家”，“文则下规姚曾，上师韩欧，更上则取法秦汉魏晋，以为六朝以下无文学可言”。文坛上的“桐城派”和“选学派”尚且如此，诗坛上的摹拟病更为严重。胡适批判了南社的所谓“第一流诗人”陈伯严的“涛园钞杜句，半岁秃千毫”的一味摹仿古人的“奴性”。此种文学上的跟在古人脚后亦步亦趋的“摹仿”，不仅违背了“一时代有一时代之文学”的规律，而且扼杀了作者的独创精神和文学的生动进取的思想内容，必然导致文学走上脱离现实、脱离时代的反现实主义的复古道路。这是文学上的“封建主义的老八股、老教条”[7]。严正地指出“不摹仿古人”，实际是在一定程度上“揭穿这种老八股、老教条的丑态给人民看，号召人民起来反对老八股、老教条”[8]，摆脱文学创作上的“惰性”和“奴性”。

“三曰，须讲求文法。”“凡是一种语言，总有他的文法”[9]，即语言本身的规律。无论作文赋诗都应该遵循语言法则，以更好地表现思想内容。但我国古代文人向来不讲求文法，固守着“书读千篇，其义自见”的成规，赋诗作文更不注重文法，故经常闹出些笑话。就连大诗人杜甫因不讲文法，竟写出“香稻啄余鹦鹉粒，碧梧栖老凤凰枝”这样语法不通、令人费解的诗句。这不仅是旧文学的积弊，而且近世文艺界“作文作诗者”不讲求“文法之结构”的毛病甚多，至于那些“桐城之文”“江西派之诗”的语病更是屡见不鲜。这虽是文学形式方面的问题，但在新文学倡导之初提出来，不止是击中了旧文学的一大弊病，并且为新文学的创建立下一条规则；同时对我国现代语法学的建设也具有一定的意义。

“四曰，不作无病之呻吟。”这条批判了当时文坛上弥漫着的悲观失望、消极颓废的“亡国之哀音”，要求文学宣扬“奋发有为”的精神和“服劳报国”的思想，这就触及到文学与爱国的关系、新文学的基调、文学的教育作用等理论问题。他这种乐观主义和爱国主义文学思想，联系当时的政治背景采考察，其革命意义是十分明显的。时值袁世凯篡权称帝、日寇妄图独吞中国之际，面对这种内忧外患的祖国危在旦夕的情势，相当一部分“少年”和“老年”文人都在自己的诗文里发出“亡国”的悲观情调。胡适批评了这种“亡国”文学，痛斥那些“痛哭流涕”“丧气失意之诗文者”；同时号召“今之文学家作费舒特（德国哲学家，爱国者），作玛志尼（意大利爱国者）”，挥笔抒写爱国诗文。“然而病国危时，岂痛哭流涕所能收效乎。”这种将文学创作同挽救祖国危亡联系在一起的文学观，在当时是相当可贵的。

“五曰，务去烂调套语。”这条击中了旧文学的一种死症。封建文人赋诗填词惯用陈言套语来充塞，毫无生动活泼的真实思想内容，是货真价实的“死文学”。“至于当世，所谓桐城巨子，能作散文，选学名家，能作骈文，做诗填词，必用陈套语”，这是“变形之八股”[10]。这种“流弊”严重地障碍文学的发展。胡适提出“务去烂调套语”，实际上是号召致力于新文学者务必摧毁封建文学的老八股，从旧文学的桎梏下解放出来，“自己铸词”以形容描写“耳目所亲见亲闻所亲身阅历之事物”，“但求其不失真，但求能达其状物写意之目的”。这里，触及到文学与生活、文学的真实性和独创性等理论问题。

“六曰，不用典。”“胡君‘不用典’之论最精，实足祛千年来腐臭文学之积弊。”[11]钱玄同道破了这一条的革命意义，说明反对一般的用典恰是挖了旧文学的千年的病根。从中国文学发展史来看，齐梁以前之文学，很少用典，“如焦仲卿妻诗，皆纯为白描，不用一典，而作诗者之情感，诗中人之状况，皆如一一活显于纸上”；但“后世文人无铸造新词之材力，乃竟趋于用典，以欺世人；不学者从而震惊之，以渊博相称誉；于是习非成是，一若文不用典，即为俭之症。此实文学窳败之一大原因。胡君辞而辟之，诚知本矣。[12]”正由于胡适对旧文学的弊病摸得清，所以他对“拙典”所造成的恶劣影响概括为五条，说明它们严重地妨碍了文学的“达意抒情”。因之“为驱除用典计，亦以用白话为宜”[13]。但他并不反对那些用得自然、贴切的典故。

“七曰，不讲对仗。”他是从改革旧文学、创立新文学的革命意义上，提出“废骈废律之说”的。他认为过分讲究对仗平仄的“骈文律诗”是“言之无物”的“文胜质”的产物，是中国文学发展史上所出现的“文学末流”，其最大流弊是“束缚人之自由过甚”，妨害作者的思想解放及其独创性的发挥，不仅限制了文学内容的更生动更有成效地表达，而且阻碍着文学形式的创新和发展。当然他并非笼统地反对文学的对仗排偶，对于那种“近于语言之自然”者还是注重的。

尤其他对“白话小说”和“骈文律诗”敢于反其道而评之：封建统治者及其御用文人向来“鄙夷白话小说为文学小道”，是不能登大雅之堂的“雕虫小技”，而对那种近于死文学的“骈文律诗”却封为文学的大道者，是文学发展的“正宗”，此乃地道的封建文学观；胡适却认为“白话小说”才真正是文学的大道，“文学的正宗”，那种“骈文律诗乃真小道耳”。在当时封建复古势力猖獗、旧的习惯看法禁锢着人们头脑的情况下，这种文学见解是颇有革命意义的。

“八曰，不避俗语俗字。”这里胡适公然提出了白话文学主张。原本，以“俗语俗字”作诗作文是中国文学发展的优良传统和必然趋势，是文学反映人民大众需要的一种表现，但封建复古文人却极力反对“俗语俗字”入诗入文，诬说“白话之文学”在文学史上“不足以取富贵，不足以邀声誉”[14]。这是典型的封建贵族文学观。针对此，他断言“白话文学之为中国文学之正宗，又为将来文学必用之利器”，坚决“主张今日作文作诗，宜采用俗语俗字”，正式宣判了封建古文是“死文学”。这在一定意义上说，它为白话文学运动的开展，吹响了号角。

从对文学改良“八事”的内容实质的剖析中，清楚看出胡适提出的文学主张，不仅在一定程度上击中了封建旧文学的弊害，初步扫荡了当时文坛上的复古主义和形式主义倾向;而且在"破旧"的同时提出了一些对开展白话文学运动有意义的"刍议",并粗浅地触及到文学内容与形式的关系,文学与爱国的关系、文学的社会功能、文学的真实性和独创性、文学的语言、文学的时代性等"文学上根本问题"。因而可以说,《文学改良刍议》等文不是"形式主义的改良",它基本上是新文学运动倡导初期的反对文言文、提倡白话文,反对旧文学、提倡新文学的正式宣言,是"今日中国文界之雷音"[15],是文学革命的"一个'发难'的信号"[16]。它并没有"明显地暴露"出胡适的"改良主义的面貌",反倒表现出他在文学上基本是个"革故更新"的革命论者。

有人为了否认《文学改良刍议》的革命意义,从标题上的"改良"二字大做文章。说什么既然胡适自己也承认"全篇不敢提起'文学革命'的旗子",把"标题但称'文学改良刍议'"[17],这不明明是"十足的改良主义"吗?诚然,胡适这种表白有"胆子变小"的怯懦之嫌;但"怯懦"并不等于他的文学主张是改良主义的,"改良"和"改良主义"亦不是同一概念,况且他作为一个国外学子采取"文学改良"的提法,想表示"对于国内学者的谦逊态度",不致"引起很大的反感"[18],有利于问题的充分讨论,这也是一种符合情理的想法。然而,这些都不是足以判定问题实质的主要根据。

我认为要判定此文提出的文学主张是革命的还是改良主义的,重要的根据是看文学改良"八事"的内容实质,从上述对"八事"的具体分析中,得不出胡适的文学主张是"改良主义"的结论,倒是具有革命意义的改革。即使要从"改良"二字上找"定性"的根据,我觉得不能仅仅限于这篇文章,也不能只限于胡适一个人,可以多方面的考察一下:一九一五年九月十七日胡适写的《送梅觐庄往哈佛大学诗》,首次提出"文学革命",诗曰:"神州文学久枯馁,百年未有健者起。新潮之来不可止,文学革命其时矣。"[19]一九一六年二月三日他写的《与梅觐庄论文学改良》和《"文之文字"与"诗之文字"》两文,题目上前者出现"文学改良",而行文中却不时地提出"诗界革命"[20]。一九一六年四月五日写的《吾国历史上的文学革命》,反复强调"文学革命,在吾国史上非创见也","何独于吾持文学革命论而疑之"[21]。一九一六年四月十三日他写的《沁园春·誓诗》道:"文章革命何疑!且准备搴旗作健儿。"[22]一九一六年七月二十二日写的《答梅觐庄——白话诗》曰:"文章须革命,你我都有责。"[23]一九一六年七月三十日写的《一首白话诗引起的风波》,多次出现"文学革命之目的","文学革命的手段"、"文学革命之宣言书"[24]等语。一九一六年八月二十一日写了《文学革命八条件》[25]。一九一六年十月他在《新青年》上首次提出"文学革命"的口号和"八事";次年一月发表了《文学改良刍议》;此后他写的文章又不断出现"文学革命"的提法。从上述可以看出,"文学革命"是胡适由来已久的思想,《文学改良刍议》是他当时的"文学革命"观的较系统的表述;至于"文学革命"和"文学改良"两个概念,是当时的同义语,并没有质的区别,不但胡适用它们来表述自己的同一文学观,而且其他的文学革命倡导者亦这样用过。如陈独秀写了《文学革命论》,张起"文学革命"的大旗,但他在给胡适的《答书》里,多次提到"改良文学之声,已起于国中"、"改良中国文学,当以白话为文学正宗"[26]等。刘半农也把自己倡导文学革命的文章题为《我之文学改良观》,即使文学革命主将鲁迅不是亦提文艺要"改良思想"吗?为什么与胡适在新文学运动中一起战斗的盟友提"改良"的字眼,并不影响他们文学主张的革命性质,反要独独地苛求于胡适?

还有一种流行的观点,说胡适的《文学改良刍议》是地道的文学改良主义,陈独秀的《文学革命论》才是真正的"文学革命"主张,这正反映了新文学运动一开始就存在着"两条路线斗争"。这种将胡陈二人及两篇文章对立起来的观点,既悖于历史事实,又不符合两篇文章的精神实质。

在五四文学革命倡导期,陈独秀和胡适是同一战壕里的战友,他们之间并没有不可调和的路线之争。试问,如果文学革命一开始,他们就针锋相对不可调和,为什么能被公认为文学革命的"领袖",能成为复古势力攻击的对象呢?为什么他们能够互相声援、共同倡导文学革命呢?人们不会忘记这样的史实:陈独秀在《新青年》第一卷第三期上发表了《现代欧洲文艺史谭》,提出了十九世纪末"文学艺术,亦顺此潮流,由理想主义而为写实主义";又指出;"吾国文艺犹在古典主义理想主义时代,今后当趋向写实主义"。对此之说,胡适在《寄陈独秀》中表示"此言是也",予以充分肯定,并誉称陈"洞晓世界文学之趋势,又有文学改革之宏愿",故敢将他的文学革命之"八事"贡献于陈独秀[27]。一九一七年一月胡适的《文学改良刍议》在陈独秀主编的《新青年》上一发表,陈当即于次月发表了《文学革命论》,极赞胡适在新文学运动中的作用,说"首举义旗之急先锋,则为吾友胡适。余甘冒全国学究之敌,高张'文学革命军'大旗,以为吾友之声援。"当胡适在《新青年》上看到陈独秀的《文学革命论》时,深感"快慰无似!足下所主张之三大主义,适均极赞同"[28]。陈独秀在《答书》中坚定表示"改良中国文学,当以白话为文学正宗之说,其是非甚明"[29],对胡的主张予以支持，不容有迟疑的态度。这怎能说胡陈是站在对立的“两条路线”上呢？这种“路线斗争”说，似乎想提高陈独秀在文学革命中的地位，实际上是在贬低歪曲陈独秀。如果胡适以文学上的改良主义反对文学革命，那陈独秀声援、支持他，这岂不是认敌为友、同流合污吗？这岂不是在“路线斗争”中放弃原则立场吗？

从《文学革命论》和《文学改良刍议》两篇论文的精神实质来看，它们在反对文言文提倡白话文、反对旧文学提倡新文学的大方向上基本是一致的。陈文提出的文学革命“三大主义”，胡文提出的文学改良“八事”，都论述到文学革命的内容和形式的问题，都体现了文学革命的两“反对”和两“提倡”的革命精神，它们之间并没有对立之意，更不存在“路线”的原则分歧。当然两文也有些差异，主要表现在：(1)陈文明确地将文学革命同政治革命联系起来(尽管有的看法不够确切)，而胡文仅仅触及到这个问题，但不够明确。(2)陈文接触到“白话文学”问题，但没有像胡文明确地将“白话文学”提高到“中国文学之正宗”的地位，且又以白话为“将来文学之利器”。(3)陈文激昂慷慨，斩钉截铁，表现了陈独秀愿为革命军“前驱”的气魄；胡文以讨论的口气提出问题，“伏惟国人同志有以匡纠是正之”，这虽表现他身居异国对国内致力于文学革命的“同志”的尊重和谦恭，但总感魄力不大，气势不足，态度不硬，后来胡适自己也承认像他那种书生气态度，将延缓文学革命的进程，称颂文学革命的“最重要的急先锋是他的朋友陈独秀”[30]。(4)陈文公然提出我国文学革命应以“灿烂”的欧洲文学为楷模(但他分不清现实主义和自然主义、积极浪漫主义和消极浪漫主义作家的界限)，胡文没有明确地把中国文学革命同外国文学联系起来。虽然两文有些明显的差异，但并不影响他们文学主张的革命性质和共同为之奋斗的目标。

(二)

随着新文学运动的深入发展，胡适在一九一八年四月发表了《建设的文学革命论》。这“可算是他们讨论了两年的一篇结论，也可以说是一篇文学革命的最堂皇的宣言”[31]。如果说《文学改良刍议》是他们“提倡文学革命的人”，从“破坏一方面下手”提出了文学革命的“八事”，那么《建设的文学革命论》则着重论述了他们“对于建设新文学的意见”。虽然文中胡适说“国语的文学，文学的国语”十个大字是他们“所提倡的文学革命”的“唯一宗旨”和“根本主张”，未免有些片面性；然而实际上只能概括他们建设新文学的意见，并不能包容他们文学革命主张的全部。

有的研究者认为,“国语的文学,文学的国语”的白话文学主张,“完全是一种讳言文学思想内容的形式主义论调”[32]。其精神实质是这样吗?未必如此。

首先,创造“国语的文学”,仅就“国语”本身的改革来说亦是一场深刻的革命。

从语言发展史来看,白话语言是在一定民族的人民口头语的基础上产生的,随着社会生活的发展和人民口头语言的不断丰富,白话语言也不断地丰富和发展起来。人类最初的口头文学就与带有白话性质的人民口语紧密地结合在一起。作为汉民族统一的书面语言文言,最初是建立在人民口头的白话语言的基础上,但后来由于被统治阶级所垄断,与人民口头的白话语言的距离越来越远,因而逐渐趋向干枯、僵化,成为少数贵族和士大夫阶级对广大人民实行文化专制的得力工具,并把“文言”捧为中国语言发展史上的“正宗”,竟霸占了我国几千年的文坛、语坛。虽然自唐以后,“白话”语言有所复活,但总是几遭挫折,只在曲折的道路上发展着。胡适等提出创建“国语的文学”,且将“白话”作为汉民族的统一的“国语”和新文学的利器,这本身就是向少数统治阶级和封建御用文人以及旧习惯势力的勇敢挑战,它不仅将引起语言发展史上以“白话”取代“文言”的一场深刻革命,而且打破了贵族与平民在使用语言上的界限,取消了少数人对语言的垄断权。

从语言和思维的关系来看,白话“国语”能够更有效地促进思维活动,能够更精确地表现新思想新内容,将给新文学创作带来新的生命和不朽的价值,因此提倡“国语的文学”不单单是形式上的问题,它同作家的形象思维活动及其作品思想内容紧密联系在一起。“语言是思想的直接现实”[33],“思想是不能脱离语言而存在的”[34]。在文学创作活动中,作家观察、认识、反映生活的形象思维活动总是一时一刻也离不开语言的伴随;而形象思维的结果——或塑造某一形象或描绘某个场景或展示某一情思等,总离不开与之相适应的语言,从这一意义上说创造新文学就是创造新的语言艺术。可见,语言的优劣直接关系到文学作品的思想价值和艺术生命。正如高尔基所说:“语言是一切事实和思想的外衣。可是事实后面隐藏着它的社会意义,每种思想都包含着原因:为什么某种思想正是这样,而不是那样的。艺术作品的目的是充分而鲜明地描写事实里面所隐藏的社会生活的重大意义,所以必须有明确的语言和精选的字眼。”[35]正由于语言对作家的形象思维活动和文学作品的创造如此重要,所以在新思潮腾跃的五四时期胡适坚信:“若要使中国有新文学,若要使中国文学能达今日的意思,能表今人的感情,能代表这个时代的文明程度,和社会状态,非用白话不可”[36],而“死文言决不能产出活文学”。看来,他是从能否表现新时代的思想感情、新的社会状态和新时代的精神文明程度这样的认识高度,来提倡“国语的文学”的。因之,“国语的文学”不只是语言形式的改革,它与创建一个时代的新文学的思想内容紧密联系在一起的。

其次,提倡“国语的文学”,是研究了大量语言材料和我国文学发展的必然趋势所作出的革命结论。

胡适在占有大量材料的基础上,对文言和白话的优劣作了比较,并表现了他要为“村妪妇孺”造新文学和为我国造“第一流文学”的革命雄心。他认为文言白话之优劣在于:①今日之文言乃是一种半死的文字,因为不能使人听得懂之故。②今日之白话是一种活的语言。⑧白话并不鄙俗,俗儒乃谓之俗耳。④白话不但不鄙俗,而且甚优美适用。⑤凡文言之所长,白话皆有之,而白话之所长,则文言未必能皂及之。⑥白话并非文言之退化,乃是文言之进化。⑦白话可产生第一流文学,如白话诗词、语录、小说、戏剧等。⑧白话的文学为中国千年来仅有的文学,其非白话的文学,皆不足与于第一流文学之列。⑨文言的文字可读而听不懂,白话的文字既可读又听得懂,今日所需乃是一种可读、可听、可歌、可讲、可记的言语,“要读书不须口译,演说不须笔译;要施诸讲坛舞台而皆可,诵之村妪妇孺而皆懂。不如此者,非活的言语也,决不能成为吾国之国语也’决不能产生第一流的文学也。”正是基于这种认识,故他竭力“主张以白话作文作诗作戏曲小说”[37]。

创造“国语的文学”是“古今文学变迁之趋势”,因此它在我国文学发展史上是以“白话文学”取代“文言诗文”正宗地位的重大革命措施。胡适认为,“今日之文学,当以白话文学为正宗”,这是我国文学发展的历史趋势决定的。因为“白话之文学种子已伏于唐人之小诗短词。及宋而语录体大盛,诗词亦多有用白话者”,“元代之小说戏曲,则更不待论矣。此白话文学之趋势,虽为明代所截断,实不曾截断”,“明清之有名小说,皆白话也”[38]。只有这种以白话为工具所创作的文艺作品,才是我国文学史上真正有价值有生命的“活文学”,人们之所以“爱读《木兰辞》和《孔雀东南飞》”,“爱读杜甫的《石壕吏》《兵车行》诸诗”,其中的重要原因是它们大都“用白话做的”。他不仅认识到白话对创造“活文学”的重要性,而且也看到了不是所有“用白话做的书都是有价值有生命的”,即“白话能产出有价值的文学,也能产出没有价值的文学:可以产出《儒林外史》,

也可以产生《肉蒲团》”。这种认识是符合辩证法的，说明内容毕竟是文学价值高低的决定因素。既然白话“国语”是新文学重要的构成因素，创造“国语的文学”又是我国文学发展的必然，那么五四新文学运动中只有以白话取代文言的正宗地位，使白话真正成为新文学的“利器”，才能完成“推倒旧文学、建设新文学”的文学革命的使命。

再次，提倡“国语的文学”的革命意义，不仅仅因为“国语”是建设现代新文学的重要标志，而且涉及到文学为什么人和谁掌文学大权的问题。

胡适认为“文学在今日不当为少数文人之私产，而当以能普及最大多数之国人为一大能事”[39]，这在一定程度上反映了胡适提倡新文学的指导思想，触及到文学为什么人和谁掌文学大权等原则问题。正是从这一思想出发，他极力主张以“国语”为利器“建设一种浅近的，明瞭的，通俗的，平民的，写实的文学”，而要创造这种新文学，依靠那些“文学程度已高，与社会无甚关系”的封建文人是不行的，因为他们只能造一种“艰深的，晦涩的，贵族的，骈丽的文学”[40]。这就为新文学运动提出一项重要的革命任务，欲造为最大多数国人服务的新文学，必须彻底打破“文学在今日”仍为“少数文人之私产”的垄断局面。鸦片战争后中国的闭关自守的局面被打破，由于新政治、新经济的发展和新思想的传播，虽然有一些开明卓识的知识分子开始觉悟到文言文已经不适用，有革新文学的客观需要，认识到“至根本救济，远（黄远庸）意当从提倡新文学入手”，并曾出现过白话运动；但从总的方面来看并未改变文言文占统治地位的局面，尚未从根本上削弱和动摇古文在文坛上的“权威”，“上等社会的人”仍旧“吃肉”，“下等社会不配吃肉，只好抛块骨头给他们吃去”[41]。特别辛亥革命失败后，随着袁世凯篡权、张勋复辟等一幕幕丑剧的出现，社会上的“尊孔读经”的复古风甚嚣，八股文风弥漫整个文坛，僵死的古文大有神圣不可侵犯之势，“文学”大权仍操纵在少数人手里。面对着这种情况，胡适竟敢公然喊出“文学在今日不当为少数人之私产”，而当为“最多数的国人”服务的口号，并提出“国语的文学，文学的国语”的文学革命宗旨，这不能不说是震动当时整个文坛的雷音，是对旧文学及把持文坛大权的“少数人”的宣战。

最后，从“国语的文学，文学的国语”的辩证关系来看，它是自觉地有意识地把白话文学运动和国语运动结合起来的指导纲领，因此这十字“宗旨”的革命意义远远超出文学领域。

《建设的文学革命论》所提出的十字“宗旨”，其核心是“国语的文学”，“国语”则是造成这种“活文学”的极重要的利器，但要造“国语”首先应创建“国语的文学”。可见“国语的文学”是“文学的国语”的重要基础，是实现国语标准化的有力措施；而“文学的国语”正是“国语的文学”带来的积极有效的结果，它反转采又促进“国语的文学”的普及和流传，并为其提供更好的标准白话，作为创造“国语的文学”的利器。这种将“国语的文学，文学的国语”辩证统一在一起的文学主张，不仅是开展白话文学运动的“堂皇的宣言”，而且也是自觉地使文学革命同国语运动相结合的指导纲领，它必然在国语的标准化、教育的普及诸方面引起重大变革，其积极的革新意义远远超过白话文学本身。这是因为，国语教科书和国语字典，虽然对国语的标准化很紧要，但它们“决不是造国语的利器”，“真正有功效有势力的国语教科书，便是国语的文学”，“白话文学的势力，比什么字典教科书都还大几百倍”，唯有“国语的小说，诗文，戏本通行之日，便是中国国语成立之时”。胡适尽管对“白话文学”的作用估价有所偏高，但在当时对于彻底扫荡“文言”独霸语坛、文坛的“威权”，迅速推开新文学运动和国语运动，它是具有革命意义的。正因为“国语的文学”对造成“文学的国语”，如此重要，故他竭力主张“提倡新文学的人”先不必问今日中国有无标准国语，可以努力去创作白话文学，尽可能采用《水浒传》、《西游记》、《儒林外史》、《红楼梦》的白话，“有不合今日用的”，“便用今日的白话来补充，有不得不用文言，便用文言来补充”，这样造出的白话文学虽带有过渡性质，但对于创造新文学并为其发展打好基础，却是个切实可行的措施。胡适这种主张，并不是“向壁虚造”的，是他“几年来研究欧洲各国国语的历史”所作的结论。他认为标准国语的创造，从世界语言发展史来看，没有一种国语是教育部的老爷们凭空造成的，没有一种是言语学专家闭门造成的，它是文学家通过创作“国语的文学”而造成的。“意大利国语成立的历史，最可供我们中国人的研究”，这是因为“意大利是当年罗马帝国的京畿近地，在拉丁文的故乡”，故在意大利“提倡用白话代拉丁文，真正和在中国提倡用白话代汉文，有同样的艰难”，虽然当时反对的人很多，但是那时新文学家如但丁等，一方面努力创造国语的文学，一方面做文章鼓吹古文当废、白话必兴。正是“有了这种有意的主张，又有了那些有价值的文学”，才创造出意大利的“文学的国语”；而我们中国尽管有了一千多年的“白话文学”的优良传统，但并没有一种“标准的国语”其原因是没有人“明目张胆的主张用白话为中国的‘文学的国语’”。鉴于外国的经验和中国的教训，所以胡适有意识地提出“国语的文学，文学的国语”的白话文学主张。这不但表现他重视躬身实践、重视经验教训的崇实精神，而且也表现出他对倡导文学革命的自觉性、创造性和革命性。

归根结底，胡适的白话文学主张，是建立在他的进化的“历史的文学观念”上。这种进化的历史文学观，虽然植根于达尔文的进化论，但一经结合中国新文学运动的实际加以具体应用，就显示出它反对文言文、提倡白话文，反对旧文学、提倡新文学的进步性和革命性。他在《历史的文学观念论》中明确指出：“一时代有一时代之文学。此时代与彼时代之间，虽皆有承前启后之关系，而决不容完全抄袭；其完全抄袭者，决不成为真文学。愚惟深信此理，故以为古人已造古人之文学，今人当造今人之文学”。胡适虽然不能深刻地认识到每一时代文学的发展是由社会生活和阶级斗争的发展变化所引起的，但他却以进化论的观点指明了文学的发展是与时代的演进紧密联系在一起的，这不但触及到文学是时代的产物，而且也接触到每个时代的文学之间的继承关系问题。正是基于这种先进的文学观，他毫不让步地反对以文言作成的“死文学”及那些“生乎今之世，返古之道”的复古主义者，积极号召“今人当造今人之文学”，并“以全副精神实地试验白话文学”，[42]创造一种“是什么时代的人，说什么时代的话”的新文学。这既反映了我国文学发展的带有规律性的趋向，又体现了五四时期大多数人对文学的普遍要求，并适应了时代发展的需要。正如他自己所说：“中国白话文学的运动当然不完全是我们几个人闹出来的，因为这里的因子是很复杂的。……这些重要的因子：第一是我们有了一千多年的白话文学作品……还有几十年的政治原因。第一是科举制度的废除（1905）。……第二是满清帝室的颠覆，专制政治的根本推翻，中华民国的成立。”[43]尽管他对新文学运动产生的时代的社会的原因表述得不清楚欠精当，并突出了“几个人”的作用，但却在一定程度上说明了他们倡导白话文学运动所具备的历史的时代的条件。

（三）

以上，着重以《文学改良刍议》和《建设的文学革命论》为主，具体研究了胡适白话文学主张的精神实质，不难看出：就其总体来说，它不是形式主义的改良，而是富有革命意义的白话文学见解。为了进一步探讨白话文学主张的性质，再从胡适对文学革命的内容与形式之间关系的理解中试析之。

首先，胡适对文学革命的内容和形式关系的论述含有辩证法的因素，他既注意文学内容的改革，又重视形式（主要是语言）的改革，且认为内容是“灵魂”,是“文”(指形式)有无价值的决定因素。但随着新文学讨论的深入和白话与文言之争的展开,他突出地强调了语言形式的改革,提出了“国语的文学,文学的国语”的“唯一宗旨”,即使这个时候也没有把文学革命仅仅局限于形式的改革上,还是注意到思想内容的改革。一九一九年八月一日在《〈尝试集〉自序》中指出“先要做到文字体裁的大解放,方才可以用来做新思想新精神的运输品”[44],说明形式的改革目的在于更有效地表现思想内容。一九一九年八月十四日在《答黄僧君折衷的文学革新论》中明确提出“文学是社会的生活的表示”,故只操着“美术文”(文学语言)而“与社会无甚关系”的人,是“绝对的没有造作文学的资格”。一九一九年十月在《谈新诗》中更明确地论述了内容与形式的关系:“形式和内容有密切的关系。形式上的束缚,使精神不能自由发展,使良好的内容不很充分表现。若想有一种新内容和新精神,不能不先打破那些束缚精神的枷锁镣铐”;只要形式解放了,才能充分表现“丰富的材料,精密的观察,高深的理想,复杂的感情”,那种僵化的形式,“决不能委婉达出高深的理想和复杂的感情”。这里,他对新文学要表现的思想内容,虽然没作具体阐述,但联系当时他写的其他文章也不难理解。

胡适所说的新文学要“达出高深的理想”,主要指五四对期以“民治主义”和“科学”为核心内容的“新思潮”,即以人道主义、个性解放以及自由、平等、博爱等民主主义思想,揭露封建旧制度、旧礼教、旧道德、旧法律以及旧家庭、婚姻等罪恶,在中国建立一个“为社会全体谋充分的福利”、“充分容纳个人的自由,爱护个性的发展”的“好政府”[45]。他在一九一八年六月《新青年》上发表的《易卜生主义》,借介绍挪威现实主义剧作家易卜生的创作及政治思想,集中表达了他对新文学思想内容的要求:

第一,文学作品应老实地揭露现今的男盗女娼的罪恶社会。“人生的大病根在于不肯睁开眼睛来看世间的真实现状。明明是男盗女娼的社会,我们偏说是圣贤礼义之邦;明明是赃官污吏的政治,我们偏要歌功颂德;明明是不可救药的大病,我们偏说一点病都没有!却不知道:若要病好,须先认有病;若要政治好,须先认现今的政治实在不好;若要改良社会,须先知道现今的社会实在是男盗女娼的社会!”新文学应该敢于老实地写这样的“近世的社会”。易卜生的“长处”只在他肯说“老实话”,淋漓尽致地“把社会种种腐败龌龊的实在情形写出来叫大家仔细看”。

第二,文学作品不仅应该暴露旧家庭、旧社会的罪恶,而且还要揭露专制制度对个性的摧残。因为旧"社会最爱专制,往往用强力摧折个人的个性,压制个人自由独立的精神","顺我者生,逆我者死;顺我者有赏,逆我者有罚"。整个社会"如同一个大火炉,什么金银铜铁锡,进了炉子,都要熔化",一些"维新志士"很快被这种社会"同化",仍旧回到"旧社会去做'社会的栋梁'了",而对于"那班服从社会命令,维护陈旧迷信,传播腐败思想的人,一个个的都有重赏",或"升官"或"发财"或"享大名誉"。这样的专制社会对于"一切维新革命"都要给予"钉死烧死的刑罚",这是地道的反动专制主义。

第三,新文学应宣传维新革命,张扬个性解放。文学只有把家庭社会的"如此黑暗腐败"实写出来,"叫人看了觉得家庭社会真正不得不维新革命";但是要葬送旧社会"再造新社会","须要充分发达自己的天才性,须要充分发展自己的个性";而要"发展个人的个性,须要有两个条件":一是使个人有自由意志,一是使个人担干系,负责任,摈弃那种"没有自由权,又不负责任,便和做奴隶一样"的生活。只有个性得到自由发展,社会国家才有"改良进步的希望",才能再造那"自治的社会,共和的国家"。胡适之所以高度评价了《国民公敌》一剧中的"敢于说老实话攻击社会腐败"的斯铎曼医生,就是希望我们中国多出现斯锋曼医生这样"理想志士",起来揭露"社会的最大罪恶",为坚持真理敢于宣布:"世界上最强有力的人就是那个最孤立的人!"他要新文学表现的这种"新思潮",虽然没有超出资产阶级民主主义思想范畴,但是它在深受封建专制政治统治和备受帝国主义欺凌的中国五四时期的特定历史条件下,对于反抗封建军阀的残暴统治,对于揭露封建宗法制度和思想的流弊和罪恶,却具有强烈的革命性和战斗性。

其次,胡适在论述文学革命的内容和形式的关系中,的确有些文章过分强调了形式方面(主要是白话语言)的问题。是否可以据此简单地说他的文学主张是形式主义改良呢?上面已做了些分析,这里有必要从理论上并结合五四文学革命的历史特点略论之。

从理论上讲,在一般情况下文学内容和形式是辩证地统一在一起,即没有内容,形式就无法存在,没有形式,内容也无从表现,两者互相依赖,各以对方为存在条件,内容是主导,形式为内容服务,而形式又非被动的消极的依附于内容,它是主动地积极地服务于内容,并保持相对的独立性。但是在旧形式严重束缚对新内容的表达,不打破旧形式,新文学就不能诞生的特殊条件下,形式也会转化为起决定作用的主导方面,成了新文学的主要阻力,这时突出地强调变革旧文学形式,是符合内容与形式这对范畴的辩证发展规律的,因而也同样具有革命意义。

特别从文学的发展过程看,随着社会生活的发展、变化,文学的内容和形式也不断地发展、变化,但内容比形式的发展、变化,要活泼得多,迅速得多,往往内容的变化先于形式,由内容的变化而引起形式的相应变化。"五四"前后,我国正处于急剧变化的大动荡时代,新思潮如汹涌的波涛冲击着文化思想界,出现了我国现代史上第一次的思想大解放。要表现新思想,宣传新思想,反映新时代,歌颂新生活,那些陈旧的僵死的文言、八股、骈体格律等形式,已经不适应,且成了严重的桎梏。不彻底打破旧形式,不但阻碍着思想解放运动的发展,而且影响着与之相适应的新文学运动的开展。在这种情况下,胡适强调形式方面的改革,是符合五四新文学发展的必然趋势,是五四文学革命的重要任务之一。况且,由于文学"形式是具有内容的形式,是活生生的实在的内容的形式"[46],故强调形式优先改革,其革命意义并非局限于形式,它必然引起内容同时发生新的变化,因为没有内容的单纯形式是从来不存在的。正如别林斯基所说:"如果形式是内容的表现,它必和内容紧密地联系着,你要想把它从内容分出来,那就意味消灭了内容;反过来也一样:你要想把内容从形式分出来,那就等于消灭了形式"[47]。

尤其应当指出的是,从胡适强调形式改革的着眼点来看,也不是完全撇开思想内容,陷于单纯的形式主义,它是把从"文的形式"入手,作为文学革命的突破口和途径之一,其目的还是为了引起内容改革并使形式更好地为内容服务。早在一九一六年二月二日《答叔永书》中曾提出"今日欲救旧文学之弊,先从涤除'文胜'之弊入手",指出形式的改革是反对旧文学、创造新文学的首先攻坚的目标。后来,他表述得更清楚了:

> 近来稍稍明白事理的人,都觉得中国文学有改的必要。……但是他们的文学革命论只提出一种空荡荡的目的,不能有一种具体进行的计划。他们都说文学革命决不是形式上的革命,决不是文言白话的问题。等到人问他们究竟他们所主张的革命"大道"是什,他们可回答不出了。这种没有具体计划的革命,——无论是政治的是文学的,——决不发生什么效果。我们认定文字是文学的基础,故文学革命的第二步就是文字问题的解决。我们认定'死文字不能产生活文学',故我们主张若要造一种活的文学,必须用白话来做文学的工具。我们也知道单有白话未必就能造出新文学;我们

也知道新文学必须要有新思想做里子。但是我们认定文学革命须有先后的程序:先要做到文字体裁的大解放,方才可以用来做新思想新精神的运输品。[48]。

这种从文学形式入手的文学革命的"第一步",他认为既符合五四新文学运动特定的历史客观条件,又符合中外古今文学革命的一般规律。胡适指示,"文学革命的运动,不论古今中外,大概都是从'文的形式'一方面下手,大概都是先要求语言文字文体等方面的大解放。欧洲三百年前各国国语的文学起来代替拉丁文学时,是语言文字的大解放;十八、十九世纪法国、嚣俄、英国华次活等人所提倡的文学改革,是诗的语言文字的解放;近几十年来西洋诗界的革命,是语言文字和文体的解放"[49];文学革命表现在我国文学史上,"即以韵文而论,三百篇变而为骚,一大革命也。又变为五言七言,二大革命也。赋变而为无韵之骈文,古诗变而为律诗,三大革命也。诗之变而为词,四大革命也。词之变而为曲,为戏本,五大革命也"[50]。文学革命从形式入手,最终目的是为了"先打破那些束缚精神的枷锁镣铐",更好地以白话语言和自由的文体来表现"高深的理想"和"复杂的感情"[51],这一终极目标胡适是明确的。可见,认为文学革命从"形式入手"或强调文学形式的改革即是形式主义改良的说法,不论是从理论上或实际上,都是难以立论的。

从白话文学主张的社会效果来考察

"一切有意义的思想都会发生实际上的效果。这效果便是那思想的意义。"[52]检验胡适白话文学主张是改良主义的还是革命的,不仅要考察其文学主张的本身,重要的应考察它产生的社会效果。

(一)

胡适提出的白话文学主张,在封建文学营垒引起强烈的震动,守旧派极力反对以白话文学取代文言文,千方百计维护"文言"的正宗地位。这场"白话与文言的竞争",其阶级实质是革命派同守旧派的斗争,是白话新文学同封建文学谁战胜谁的斗争。

早在一九一六年夏,胡适提出"新文学主张",守旧派梅觐庄便"大攻我'活文学'之说";后来他作了首《答梅觐庄——白话诗》,嘲讽其对"中国要有文学”,“须用白话作文章”的攻击,但这首白话诗“竟闯下了一场大祸,开了一场战争”[53]。即使在胡适的朋友中,如任叔永、朱经农等也反对他以白话作诗作文的主张,但胡适并未“因有人反对遂不主张白话”。一九一七年一月,他的《文学改良刍议》在《新青年》一发表,古文家林纾首先起来反对,是年二月八日即在上海《民国日报》发表了《论古文之不宜废》,攻击白话文学主张,维护封建古文。一九一八年四月,胡适发表了《建设的文学革命论》,他的朋友任叔永、朱经农的态度转变了,对他的文学主张“大为赞成”,但顽固派对新文学运动的攻击更激烈了。一九一九年初,林纾借北洋军阀查禁“过激主义”、镇压“新思潮”的淫威,再次大打出手,妄图利用军阀徐树铮(林的学生)的势力,扼杀文学革命,讨伐白话文,他在上海《申新报》连续发表《妖梦》、《荆生》两篇小说,即反映了他这种阴暗心理,其中胡亥、狄莫就是影射攻击胡适;随后他公开写信给北大校长蔡元培,指控胡适、陈独秀提倡白话文学、反对文言文的罪状。一九二二年初,胡先骕、梅光迪等办起《学衡》杂志,猛烈反对白话文学,其攻击矛头对准胡适。胡先骕写了《评〈尝试集〉》的长文,斥责胡适“趋于极端”,因之“必死必朽”。一九二五年章士钊利用北洋政府的司法总长兼教育总长的大权,“屡次对于白话文学下攻击”[54],他写的《评新文化运动》、《评新文学运动》等文,都是点名批判胡适,把他作为新文学运动的首犯,但章士钊的诋毁咒骂,决“不能打倒白话文学的大运动”[55]。正如鲁迅所指出的:“记得初提倡白话的时候,是得到各方面剧烈的攻击的。后来白话渐渐通行了,势不可遏”[56],说明白话文学运动符合历史发展的要求,任何顽固派的诽谤和攻击都是徒劳的。尽管白话文学五四以后取得了决定性的胜利,但是文言与白话之争并未停息。一九二六年五月鲁迅写的《二十四孝图》愤怒指出:“我总要上下四方寻求,得到一种最黑,最黑,最黑的咒文,先来诅咒一切反对白话,妨害白话者。即使人死了真有灵魂,因这最恶的心,应该堕入地狱,也将决不改悔,总要先诅咒一切反对白话,妨碍白话者。”这深刻地说明了白话与文言这场斗争的尖锐性和艰巨性。一九二七年初,“还有一种说法,是思想革新紧要,文字改革倒在其次,所以不如用浅显的文言来作新思想的文章,可以少招一重反对。”对此鲁迅指出:“这话似乎也有理。然而我们知道,连他长指甲都不肯剪去的人,是决不肯剪去他的辫子的。”[57]直到三十年代中期,汪懋祖还主张以文言反对白话,鲁迅是“用主张文言的汪懋祖先生所举的文言的例子,证明了文言的不中用了”[58]。

简述白话与文言之争的历程,目的在于说明这样几个问题:

第一,以白话取代文言的正宗地位,不是形式主义的改良,而是一场尖锐的长期的革命斗争,不但封建遗老遗少群起而攻之,而且反动政权还罗集“过激主义”的罪名,加以镇压。这是因为以白话取代文言,直接戳穿了封建思想赖以存在的坚硬外壳,剥夺了统治阶级实行文化专制的得力工具,因此不仅激起了维护几千年语言旧习惯的守旧势力的恼恨,同时触怒了封建军阀反动统治及其御用文人的反对。这从反面证明胡适等人的白话文学主张不是改良主义的,而是革命的。

第二,令人深思的是,五四文学革命前后,在一些反对派中有的曾用文言译书作文宣传过新思潮,不管其是有意的还是无意的,总是在介绍西方文化科学知识、传播新思想方面起过一定作用,如林纾用文言译过大量西欧文学作品、严复以文言译过赫胥黎的《天演论》;他们为什么对新思潮、文学的思想内容不全部反对且成了传播者,而对文言取代白话却充当了激烈的反对派？还有的只是反对文言取代白话,反倒主张文学革命应主要革其内容,不要触动旧形式。如梅觐庄也同意“文学革新,须洗去旧日套腔”,更新思想,他反对以“俗语白话”代替文言,诋毁用“白话做文章”[59];南社爱国诗人柳亚子亦主张诗界革命,但他认为“文学革命所革在理想不在形式。形式宜旧,理想宜新”,所以他断言以白话写的诗是“改头换面为非驴非马之恶剧”[60];胡先骕提出诗学不昌盛,原因不在“工具(文言)不善”,而在“实质(内容)之不充”,因此他反对丢弃文言这“历代几经改善之工具”,应着重解决诗的“实质之不充”[61];吴宓说得更露骨,改良诗学只需“熔铸新材料以入旧格律”[62]。由此可见,彻底改革文言格律并非是仅仅文学形式的改革问题,而是同旧的习惯势力和顽固保守派所进行的一场深刻革命,说明胡适从形式入手进行文学革命的主张击中了封建文学的护身符和金外壳。

第三,在文学革命新军同封建文学维护者的斗争中,旧势力在较长一段时间把攻击的矛头对准胡适等,如果胡适在五四文学革命中不居要位,其主张又是改良主义,那为什么他竟成了守旧派的攻击之的呢？

(二)

旧势力的反对,是从消极效果方面证明了胡适的白话文学主张的革命性质;从白话文学主张在五四文学革命中产生的积极影响以及许多新文学的倡导者和拥护者的评价来看,更可以说明问题。

稍微了解新文学发展史的人,不会否认这样一个史实:当胡适的《文学改良刍议》和陈独秀的《文学革命论》在《新青年》发表时,他们都注意到文学内容和文学形式的改革,但当时的积极响应者所撰写的文章(或书信),大都侧重于文学形式方面的问题,这说明旧形式已成为文学革命的主要阻力;当胡适发表了《建设的文学革命》时,在文学革命阵营引起的反响更强烈,《新青年》、《新潮》、《每周评论》、《晨报》等主要报刊,发表了不少响应和讨论的文章,因此文学革命出现一个新的局面。在文学理论的探讨上,颇有"百家争鸣"之势;在新文学的创作上,大有"百花齐放"之貌;译介外国进步文学空前繁荣。正由于胡适等人的白话文学主张在新文学运动初期产生了积极效果,因此得到许多革命者和新文学倡导者的赞誉:

李大钊曾预言:

由来新文明之诞生,必有新文艺为之先声,而新文艺之勃兴,尤必赖有一二哲人,犯当世之不韪,发挥其理想,振其自我之权威,为自我觉醒之绝叫,而后当时有众之沉梦,赖以惊破。(《"晨钟"之使命》,1916.8.15《晨钟报》创刊号)

为我国"新文艺之勃兴"而"绝叫"的"哲人",恐怕应该包括胡适在内(笔者)。

陈独秀说:

吾国无写实诗文以为模范,译西文又未能直接唤起国人写实主义之观念,此事务求足下(指胡适)赐以所作写实文字,切实作一改良文学论文,寄登《青年》,均所至盼。(《陈独秀致胡适》,1916.10.5,见《胡适来往书信选上》第5页)

文学革命之气运,酝酿已非一日。其首举义旗之急先锋,则为吾友胡适。(《文学革命论》,1917.2.1,《新青年》第2卷第6号)

钱玄同说:

胡适之君之《文学改良刍议》,其陈义之精美,前已为公言之矣。(《寄陈独秀》,1917.3.1《新青年》第3卷第1号)

文学革命之盛业,得贤者(指胡适)首举义旗,而陈独秀刘半农两先生同时响应,不才如玄同者,亦得出其一知半解……(《寄胡适之》,1917.7.2,见《中国新文学大系·建设理论集》)

刘半农说：

文学改良之议，既由胡君适之提倡之于前，复由陈君独秀钱君玄同赞成之于后。不佞学识谫陋，固亦为立志研究文学之一人。(《我之文学改良观》，1917.5.1《新青年》第3卷第3号)

傅斯年说：

中国文学之革新，酝酿已十余年。去冬胡适之先生草具其旨，揭于《新青年》，而陈独秀先生和之，时会所演，从风者多矣。(《文学革新申议》，《新青年》第4卷第1号)

鲁迅说：

要恢复这多年无声的中国，是不容易的……首先来尝试这工作的是"五四运动"前一年，胡适之先生所提倡的"文学革命"。(《三闲集·无声的中国》)

凡是关心现代中国文学的人，谁都知道《新青年》是提倡"文学改良"，后来更进一步而号召"文学革命"的发难者。……胡适的《文学改良争议》发表了，作品也只有胡适的诗文和小说是白话。(《〈中国新文学大系〉小说二集序》)

廖仲恺说：

我辈对于先生(指胡适)鼓吹白话文学，于文章界兴一革命，使思想能借文字之媒介，传于各级社会，以为所造福德，较孔孟大且十倍。(《胡适来往书信上》第64页)

毛泽东说：

《新青年》是有名的新文化运动的杂志，由陈独秀主编。我还在师范学校做学生的时候，我就开始读这一本杂志。我特别喜欢胡适、陈独秀的文章。他们代替了梁启超和康有为做了我的崇拜人物。(斯诺：《西行漫记》)

五四运动时期，一班新人物反对文言文，提倡白话文，反对旧教条，提倡科学和民主，这些都是很对的。在那时，这个运动是生动活泼的，前进的，革命的。(《反对党八股》)

通过引述五四新学运动的倡导者、资产阶级革命家、无产阶级革命家对胡适及白话文学运动的评价，既可以有力地说明胡适对中国新文学运动的贡献，又可以说明他的白话文学主张是革命的，这早已为历史作出了结论。

（三）

白话文学主张所产生的强烈社会效果，不仅表现在新旧营垒的态度或评价上，重要的是体现在新文学的创作实践上。“一个文学运动的历史的估价，必须包括它的出产品的估价。”[63]胡适一面从理论上鼓吹白话文学主张；一面“自誓三年之内专作白话诗词”，“欲借此实地试验，以观白话之是否可为韵文之利器”，并把自己尝试“六七月”的白话诗结集，名之曰《尝试集》，号召有志于文学革命者，“大家齐来尝试尝试”[64]。在陈独秀的大力支持下和胡适的带动下，随着新文学运动的深入发展，白话诗蔚然成风。当时写白话诗的有胡适、刘半农、沈尹默、鲁迅、周作人、康白情、刘大白等，为我国新诗的发展奠定了基础。

《尝试集》是实践白话文学主张的初步成果，是我国新文学运动发展史上最早出现的白话诗集。虽然它在思想内容和艺术形式方面并非高明之作，但是只要我们不是过分地苛求，也不难发现它在现代新诗发展史上的不容低估的地位。从思想内容来看，它尽管缺乏《女神》那种狂飙突进的气魄和火山爆发式的激情，但也不乏新的意境和新的思想气息。有诅咒反动军阀黑暗统治的，如《一颗遭劫的星》、《乐观》等；有揭露封建礼教虚伪的，如《礼》；有揭示反动统治的压榨，奴隶们必然起来造反，推倒压在自己头上“威权”的，如《威权》；有歌颂为实现资产阶级民主主义革命理想而献身的烈士的，如《黄克强先生哀辞》、《四烈士冢上的没字碑歌》；有赞扬俄国资产阶级二月革命胜利的，如《沁园春·新俄万岁》；有反映劳动者悲苦凄惨生活，并给予人道主义同情的，如《人力车夫》；有抒发自己的爱国主义志向和积极进取精神的，如《文学篇》、《上山》；此外，还写了一些表现爱情、歌颂友谊、赞美大自然的诗篇，在一定程度上反映了作者的民主主义要求和愿望。当然，《尝试集》有的诗篇存有思想浅薄甚至不健康的弊病，但从思想内容的全部总和来考察，它不是“一本内容反动无聊”的东西，而是一部有进步思想内容的新诗集，在一定程度上反映了五四时代精神。从艺术形式来看，它虽然“还带着缠脚时代的血腥气”，[65]但在打碎旧的枷锁，“诗体的大解放”，创造新诗形式，以适应新内容的表现需要等方面却做了有益的尝试。《尝试集》第一编的诗词，大都是从旧诗词曲脱胎出来的，旧体痕迹比较明显。第二、三编的诗体同第一编相比，获得了较大解放，大抵能把古体诗词同自由体结合起来，创造了多种形式的新诗体式。《尝试集》的语言虽个别篇有点旧痕，但大致是经过艺术加工的白话语言，“干干净净没有堆砌涂饰的话”[66]，并能根据诗意不同运用不同色调的语言：写景诗鲜丽明艳，叙事诗真切朴实，抒情诗感情浓烈，政治诗准确犀利。尤其值得提及的，他很注重探求白话诗的音韵节奏的美，能在旧体诗词音节的基础上，经过一定的改制，创造新音节，以表达新内容，为我国新诗发展作出了有益的贡献。总之，《尝试集》不论是思想内容或是表现形式，可以说是中国新诗史上的“开风气的尝试”，具有一定的开创意义（详见《评胡适的〈尝试集〉及其诗论》一文）。此外，他对白话剧和白话小说，也作了尝试性的探索。

胡适对于实践白话文学主张在创作方面进行的大胆尝试，虽然成果并不卓著，但是对于他人创作的显示新文学运动实绩的白话作品，却给予热情的支持和高度的评价，这也反映出他对新文学的态度及其文学主张的实际革命意义。鲁迅的白话小说《狂人日记》等在《新青年》上陆续发表，真正从创作方面为五四新文学树立了丰碑，胡适赞扬鲁迅的白话小说是第一流的作品；对鲁迅写的白话诗，他认为不是“从旧式诗词曲里脱胎出来”的少有的“新诗”[67]。在中国现代文学史上，一九一七年兴起的新诗运动，胡适认定这是“辛亥大革命以来的一件大事”，因之对这时期出现的白话新诗予以充分肯定。他认为周作人的长诗《小河》是“新诗中的第一首杰作”；康白情的《窗外》所表现的“意思，若用旧诗体，一定不能说得如此细腻”；傅斯年的《深秋永定门晚景》达到“完全写实的地步”；俞平伯的《春水船》“这种朴素真实的写景诗乃是诗体解放后最足使人乐观的一种现象”。这些新诗“表示诗体解放后诗的内容之进步”；而这种进步不是“自然进化”，乃是一次“革命”，他指出：“自然趋势有时被人类的习惯性守旧性所阻碍，到了该实现的时候均不实现，必须用有意的鼓吹去促进他的实现，那便是革命了”[68]，这场新诗运动就是如此。稍后，胡适对年青诗人汪静之的新诗集《蕙的风》给予热情的肯定和高度评价。他认为文学运动初期的大部分白话诗“不能算是真正新诗”，唯有象汪静之这样的少年“生力军”起来创造的诗才称得上真正的新诗，他“很盼望国内读诗的人不要让脑中的成见埋没了这本小册子(指《蕙的风》)",虽然有些诗"很幼稚",但这是彻底解放了的新诗,说:"我现在看着这些彻底解放的少年诗人,就象一个缠过脚后来放脚的妇人望着那些真正天足的女孩子们跳来跳去,妒在眼里,喜在心头。"[69]很难想象,这样一个对青年作者如此扶植、对新文学创作如此推崇的白话文学的倡导者和拓荒者,其文学主张仅仅是"形式主义的改良",其本人是站在新文学运动的对立面?

(四)

白话文学运动所产生的巨大社会影响,远远超出文学领域,它波及到政治、教育、语言文字等上层建筑,这也是考察胡适等的白话文学主张是否具有革命性质的不可忽视的社会效果。

白话文学运动卓有成效地配合了五四反帝爱国政治运动。胡适一九一七年七月从美国回国,"船到横滨,便听见张勋复辟的消息;到了上海,看了出版界的孤陋,教育界的沉寂,我方才知道张勋的复辟乃是极自然的现象,我方才打定二十年不谈政治的决心,要想在思想文艺上替中国政治建筑一个革新的基础"[70]。说明胡适提倡白话文学、从事思想文艺活动有个明确的指导思想,旨在为中国的政治打下"革新的基础"。为使新文学运动更有效地服务于五四前后波澜壮阔的反帝爱国运动,"唤起那最大多数的民众来共同担负这个救国的责任",我国的"古文古字是不配做教育民众的利器的"[71],唯有白话文才能作为教育民众、宣传民众的利器,因而他极力提倡并从事"国语的文学,文学的国语"运动,积极创造国语的文学,以便迅速帮助民众掌握白话语言工具。随着白话文学运动的展开,当时宣传新思潮的白话报刊越来越多,有力地配合了日益高涨的爱国政治运动和思想解放运动。一九一八年冬除《新青年》改为白话,且新办了《每周评论》、《新潮》等白话刊物,北京《国民公报》也发表了"响应白话"的文章;到一九一九年五四爱国运动的爆发,各地爱国青年学生团体为适应反帝反封建的斗争需要,全用白话,略仿《每周评论》的形式,刊行了无数的小报纸,据估计这一年"至少出了四百种白话报",《星期评论》、《建设》、《解放与改造》、《少年中国》作出了"很好的贡献",北京《晨报副刊》、上海《民国日报》的"觉悟"、《时事新报》的"学灯"是三年来"最重要的白话文的机关";此外,还出版了"许多白话的新杂志",即使"国内几个持重的大杂志,如《东方杂志》、《小说月报》……也都渐渐的白话化了”[72]。这不仅说明五四爱国运动大大推动了白话文运动的蓬勃发展，而且也说明了白话文运动的开展有力地促进了五四爱国政治运动的深入发展。我们不妨设想一下，如果当时没有白话作为报纸杂志的宣传工具，没有白话作为青年学生报告、演讲的用语，那就很难以新思潮教育发动广大民众参加反帝反封建的政治斗争，先进的知识分子很难同工农民众有共同的语言，更谈不上思想感情的交流了。可见，白话文学运动是五四爱国政治运动轰轰烈烈开展的不可缺少的条件，进而说明了白话文学主张是具有革命意义的。

白话文学运动的开展大大推动了国民教育的发展。“我们的劳苦大众历来只被最剧烈的压迫和榨取，连识字教育的布施也得不到，唯有默默地身受着宰割和灭亡。繁难的象形字，又使他们不能有自修的机会。智识的青年们意识到自己的前驱的使命，便首先发出战叫。”[73]鲁迅以此来说明无产阶级文学的兴起对广大劳苦大众获得文化教育权利的重大意义，五四白话文学运动的倡导者们虽然缺乏这样明确的阶级意识，但是有一点必须肯定：胡适提倡的白话文学有意识地同改革教育“种种的弊病”结合起来，他认为当时“中国的教育，不但不能救国，简直可以亡国”[74]；“二十年前，教育是极少数人的特殊权利，故文言的缺点还不大觉得。二十年来，教育变成了人人的权利，变成了人人的义务，故文言的不够用，渐渐成为全国教育界公认的常识”，如果教育不改用“白话”，就要妨碍“大多数的平民”[75]受教育。因此他主张“现在一切的教科书，自国民学校到大学，都该用国语编成”，“国民学校全习国语，不用‘古文’”[76]，“人人能用国语（白话）自由发表思想，——作文，演说，谈话，——都能明白通畅，没有文法上的错误”[77]。但是造这种“国语”或“国语教科书”，不是教育部的老爷们造成的，也不是言语学专家们造成的，而是“国语的文学”运动造成的，因为“真正有功效有势力的国语教科书，便是国语的文学”[78]。正由于国语的文学同教育的改革有如此密切的关系，因此五四白话文学运动大大带动了教育的改革，促进了国民教育的发展。一九一九年以后的“白话文的传播真有‘一日千里’之势”，迫使教育部也不得不“颁布了一个部令，要国民学校一二年的国文，从九年秋季起，一律改用国语”[79]。这个“命令是几十年来第一件大事”，它可以“把中国教育的革新至少提早了二十年”[80]。胡适对教育部这道命令作用的估量虽然有些夸大，但它可以说明白话文学运动的胜利，的确为教育的革新创造了有利的条件，给中国平民教育的发展以有力推动。

与此紧密相关的，白话文学的兴起直接影响到国语运动的开展。一九一一年中华民国教育部曾召开读音统一会，拟定了三十九个注音字母，以统一汉文的读音，但当时并未"想到白话上去"，教育部将其公布后也没有立即形成国语运动；然而到了五四爱国运动发生，新文学运动形成高潮的时候，"白话公然叫做国语了"，注音字母也变成"中华民国的国语字母了"，于是形成了国语运动。但是一些守旧派对国语运动"只能谩骂一场，说不出什么理由来"[81]，责怪教育部不该过早宣布"这样重要一桩大改革"，硬要教育部先定一个"国语的标准"，以此为借口阻挠国语运动的进行。对于这种论调，胡适予以驳斥，认定"是错的"，因为它违背了为"欧洲近世各国国语的历史"所证明的国语产生的规律，即"凡是国语的发生，必是先有了一种方言比较的通行最远，比较的产生了最多的活文学，可以采用作国语的中坚分子；这个中坚分子的方言，逐渐推行出去，随时吸取各地方言的特别贡献，同时便逐渐变换各地的土语：这便是国语的成立"；"我们现在提倡的国语，也有一个中坚分子。这个中坚分子就是从东三省到四川、云南、贵州，从长城到长江流域，最通行的一种大同小异的普通话"；这种普通话已产生了有价值的"通俗文学"，"现在把这种已很通行又已产生文学的普通话认为国语，推行出去，使它成为全国学校教科书的用语，使它成为全国报纸杂志的文字，使它成为现代和将来的文学用语：——这是建立国语的唯一方法。"[82]这种注重从语言实践中建立标准国语的观点，不仅为国语运动的发展指明了具体的途径和切实的方法，而且也说明了国语的文学对建立标准国语所起的重要作用。由于五四白话文学运动的推动，国语运动出现一个波澜壮阔的局面。正如黎锦熙在《国语运动史纲》中所描绘的：一九一八年"《新青年》完全用白话做文章了，胡适于四月间做了一篇《建设的文学革命论》"，"这篇文章发表后，'文学革命'与'国语统一'遂呈双潮合一之观。……白话文，注音字母，新式标点，都打扮着正式登场了。思想解放，即从文字解放而来"，"这年作为中国'文艺复兴时代'的开场"；到了一九一九年，"'国语统一''言文一致'运动和《新青年》底'文学革命'运动，完全合作：这是要大书特书的一件事。那时'国语统一'和'文学革命'两大潮流，在主张上，既有'言文一致'的'白话文学'作了一个有力的媒介，而联合运动底大纛‘国语的文学，文学的国语’已打出来了”，“这两潮流合而为一，于是轰腾澎湃之势愈不可遏”。

（五）

不论是从白话文学主张本身或者是从它产生的社会效果来考察，胡适的文学主张及白话文学运动，其进步性、革命性是显而易见的。但有的研究者为了证明胡适不是文学革命的倡导者之一，其白话文学主张仅仅是形式主义的改良，竟说与晚清康梁等倡导的“诗界革命”“小说革命”“文体改革”等资产阶级文学改良运动没有什么质的不同。这显然是不符合史实的。

应当承认，在清末腐败死寂的黑暗王国里，是资产阶级改良主义者点燃了第一支火把，兴起一场资产阶级思想启蒙运动。为了适应这一文化思想运动的需要，“康梁的一班朋友之中，也很有许多人抱着改革文学的志愿。他们在散文方面的成绩只是把古文变浅近了，把应用的范围也更推广了。在韵文的方面，他们也曾有‘诗界革命’的志愿”，其中“成绩最大”是“黄遵宪和康有为两个人”。黄遵宪提出了“我手写我口，古岂能拘牵？即今流俗语，我若登简编，五千年后人，惊为古烂斑”的“诗界革命的一种宣言”[83]，并且自己亲手写白话诗，这在当时是产生了积极影响的。资产阶级这场文学改良运动的历史功绩及其对后来白话运动的影响，都应该予以充分肯定。陈独秀、胡适早期都受到晚清白话狂潮的影响，这也是不容否认的史实。但是也必须看到，由于时代和历史的局限，资产阶级改良派的文学主张及白话运动同胡适等的白话文学主张及新文学运动相比，有着显著的不同：

第一，无论是康梁还是黄遵宪等，虽然有改革文学的志愿，也提倡“白话报”“白话书”，也提倡“官话字母”“简字字母”，但是“没有人出来明明白白的主张白话文学”[34]，更没有提出以白话文学取代文言文正宗地位的口号，并且谁也没有下决心要在创作实践中完全脱弃文言而将白话作为文学的唯一“利器”。

第二，他们白话主张的最大局限，是把“社会分作两部分”，一部分是“上等社会的人”，他们可以作古文古诗，虽然文言难懂也不妨，坚信“吃得苦中苦，方为人上人”，因袭“学而优则仕”的士大夫阶级的道路；另一部分则是下等社会的“小百姓”，因为念他们“无知无识，故降格作点通俗的文章给他们看”[85]。

第三，由于他们没有认识到白话不单是“开通民智”的工具，白话乃是创造中国文学的唯一工具，所以他们只承认古文难懂，但并未“老老实实地攻击古文的权威，认他做‘死文学’”[86]，而大都是采取文言、白话并存的妥协态度。

第四，他们虽然在一定范围内展开了白话文运动，但因为其白话主张的严重局限性，未能在整个社会掀起一场声势浩大的反对文言文、提倡白话文的运动，给僵死的文言以致命打击；而五四白话文学运动则完全不同，不仅形成了壮阔的新文学运动，正式为古文“发讣文”[87]，而且通过文学运动、国语运动，真正实现了以白话取代文言的“正宗地位”的历史使命，表现了一种彻底的革命精神。

第五，他们提出的白话文主张，大都同其“保皇”、“保圣教”的政治立场联系在一起；而五四时期提倡白话文学则是为了更有效地宣传“科学”与“民主”的新思潮，为着彻底打倒孔家店、反帝爱国斗争的需要。

从上述简单比较中，恰好说明胡适等的白话文学主张是革命的，不是改良主义的。

从新文学的创作原则和方法来考察

创造“国语的文学”，光有白话语言作为利器还是不够的，尚须遵循一定的创作原则和方法。胡适为造新文学，环绕其“根本的主张”，提出一些新鲜的重要的现实主义创作原则和表现方法。这些文学理论虽然主要是从西方资本主义那里学来的，但在彼时中国新文学运动初期，不论是对文艺理论的建设或是对新文学创作实践的指导，都是起了重要的作用。

（一）

关于“收集材料”问题。这里触及到文学的题材，说明新文学创作不是面壁空想，必须建立在丰富而广泛的材料的基础上；只有这样才能言之有物，使新文学的内容充实，反映现实的真实生活。他认为“中国的‘文学’，大病在于缺少材料”，不仅那些古文家“没有一毫材料”，作那些空虚无聊的东西，就是近人的小说材料也只不过是“官场”“妓女”及“不官而官，非妓而妓的中等社会”。这说明旧文学题材窄狭，内容庸俗空浮，不是投合小市民的趣味，就是抒写士大夫阶级的无病呻吟之情，此乃“宣告文学家破产的铁证”，因此，新文学家必须力避旧文学的弊病，切实做到：

第一，“推广材料的区域”，即扩大题材的范围，不仅是“官场妓院与龌龊社会三个区域”，重要的是“今日的贫民社会，如工厂之男女工人，人力车夫，内地农家，各处小负贩及小店铺，一切痛苦情形”，都应在“文学上占一位置”；“一切家庭惨变，婚姻苦痛，女子之位置，教育之不适宜……种种问题，都可供文学的材料。”这既具体说明了新文学应广泛地反映现实社会下层民众的生活，又明确指出新文学的描写对象应包括工人和农民。

第二，主张作家要“注重实地的观察和个人的经验”，反对文人“关了门虚造”。这里面含有深入生活、观察生活、熟悉生活、体验生活的可贵思想。因而，他强调指出“真正文学家的材料”不是凭空捏造的，也不是头脑里自生的，大都有“实地观察和个人自己的经验做个根底”。不做实地观察不能做文学家，全没有个人经验也不能做文学家。这种文学见解在“五四”前夕提出来实在是新鲜得很。

第三，作家“要用周密的理想作观察经验的补助”。这里的所谓“理想”，含有想象的意思，即作家深入现实生活进行观察体验的时候，必须有“活泼精细的理想”进行分析综合，展开想象的翅翼，“从已知的推想到未知的，从经验过的推想到不曾经验过的，从可观察的推想到不可观察的”[88]。只有经过这样一个观察、体验、想象的思维过程，才能提炼主题，孕育形象。这实际上揭示出一个作家的从观察生活到进入创作的过程，尽管有些表述不够明确，却基本上是一条唯物主义认识路线。

（二）

关于结构问题。它是文学作品的形式构成因素之一，它并非纯技术性的，而是与作品的内容、作家的艺术构思紧密地联系在一起。亦即作家从现实生活中选取一定题材，在通过想象形成作品主题的同时，必然要考虑到如何安排这些材料，用以表现作品的思想内容，构成一部或一篇完整的文学作品，这便是结构问题。胡适把结构分成剪裁和布局两步。有了材料，先要剪裁，而要剪裁得当，必须量体剪裁，这是布局的前提；材料剪定了,为更好地突现主题,“须要筹算怎样做去始能把这材料用得最得当又最有力”,这就是“布局工夫”。但是“近来的文人全不讲求布局:只顾凑足多少字可卖几块钱,全不问材料用的得当不得当,动人不动人”,这样的文人绝对造不出“有价值的新文学”[89]。他之所以如此重视新文学的结构问题,是因为他认识到结构对内容表达的重要性:“论文学者固当注重内容,然亦不当忽略其文学的结构。结构不能离内容而存在。然内容得美好的结构乃益可贵”[90]。这就揭示出内容与结构的相辅相成的辩证关系,说明了完美的艺术结构有助于内容的更好地表达。实在是令人诚服的见解。

(三)

关于描写问题。这是个表现方法问题,但要运用得当并非容易。胡适对文学作品写人、写境、写事、写情都提出了较高的要求。不但写人要举动、口气、身分、才性等,都应有“个性”的区别;而且写境应一喧、一静、一石、一山、一云、一鸟等,都要有“个性”的区别。这里,触及到塑造人物、描写景物,应该抓住各自不同的特点,予以准确、鲜明、生动的描写,达到“个性化”。写人写境尚且如此,那么写事写情也各有不同的要求:写事要线索分明,头绪清楚,近情近理,亦正亦奇;写情要真,要精,要细腻婉转,要淋漓尽致。欲达到这种艺术境界,描写方法必须灵活多变,即“有时须用境写人,用情写人,用事写人;有时须用人写境,用事写境,用情写境”[91]等。这些从收集材料、观察体验到结构、描写等几个步骤,差不多揭示出创作新文学作品的具体写作过程;特别他所运用的文学理论概念在中国文艺界是空前的新颖,虽不是他的创造,但能结合当时我国文艺现状具体应用,这对五四新文学的创作是大有裨益的。

(四)

关于创作方法问题。创作方法是作家反映和表现生活的原则。当有了丰富的生活材料和经验积累,进入具体创作过程的时候,必须掌握一定的创作方法。为创造新文学,胡适很重视创作方法的研究和介绍。早在一九一五年八三月三日写的《读白居易与元九书》中,他就指出文学史上“大率可分为二派:一为理想主义(即浪漫主义),一为实际主义(即现实主义)”。前者的主要特点是:“以理想为主,不为事物的真境所拘域;但随意之所及，心之所感，或逍遥而放言，或感愤而咏叹；论人则托诸往昔人物，言事则设为乌托之邦，咏物则驱使故实，假借譬喻”，此乃“理想派之文学也”。这种界说虽然分不清积极浪漫主义和消极浪漫主义的区别，但它基本上概括出浪漫主义创作方法的特征。后者的主要特点是：“以事物真实境状为主，以为文者，所以写真，纪实，昭信，状物，而不可苟者也。是故其为文也，即物而状之，即事而纪之；不隐恶而扬善，不取美而遗丑；是则是，非则非。举凡是非，美恶，疾苦，乐观之境，一本乎事物之固然，而不以作者心境之去取，渲染影响之。是实际派之文学也。”[92]这种界说尽管分不清现实主义和自然主义的异同，但它却基本揭示了现实主义创作方法的基本特征。这种认识是符合文学史发展的“主要的‘潮流’或者是倾向”的：即“浪漫主义和现实主义”[93]。他特别推崇易卜生的“写实主义”，认为一个作家应该敢于“睁开眼睛来看世间的真实现状”，且要老老实实地把“家庭社会的实在情形写出来，叫人看了动心”，叫人看了觉得对于“如此黑暗腐败”的社会或家庭非起来“维新革命”不可，这就是“易卜生主义”[94]；他深恶那种“闭着眼睛不肯看天下的悲剧惨剧，不肯老老实实写天工的颠倒惨酷，他只图说一个纸上的大快人心”的“说谎的文学”[95]。联系当时的历史背景，认真想想胡适致力于中外创作方法的研究和介绍，这对于创造新文学所产生的积极影响是不言而喻的。

（五）

关于借鉴问题。各个民族的文学在发展过程中，既有自己的继承关系和独特的民族传统，同时也深受其他民族的影响。因此，重视吸取、学习、借鉴其他民族进步文学的精华，对于发展、繁荣本民族的文学必定会产生积极的影响。高尔基曾说：“外国的文学给了我丰富的作为比较有用的材料，并且它的那种惊人的技巧更使我为之惊叹。它把人物描绘得那样的生动、突出，这些人物在我看起来，就好像是在肉体上可以感触到的……对于是一个作家的我，有着真正而深刻的教育意义的影响的，这就是‘优秀的，法国文学——斯丹达尔、巴尔扎克、佛洛释尔”[96]。可见高尔基是有意识地接受优秀的法国文学的影响。五四时期的胡适对于借鉴外国文学来创造中国的新文学非常重视，尽管他的观点有些片面性，但那种如饥似渴的“拿来主义”精神是可取的。他指出“今日欲为祖国造新文学，宜从输入欧西名著入手,使国中人士有所取法,有所观摩,然后乃有自己创造之文学可言"[97]。有没有这种"取法"或"观摩",对于创造中国的新文学是大不一样的。闭门锁国,拒绝外国的精神文明,于中华民族文化的发达昌盛是有害无益的。胡适认为:"最近六十年来,欧洲的散文戏本,千变万化,远胜古代,体裁也更发达了……更以小说而论,那材料之精确,体裁之完备,命意之高超,描写之工切,心理解剖之细密,社会问题讨论之透彻……真是美不胜收。至于近百年新创的'短篇小说',真如芥子里面藏着大千世界;真如百炼的精金,曲折委婉,无所不可;真可说是开千古未有的创局,掘百世不竭之宝藏",因此,如果真要研究"文学的方法",不可不翻译"西洋的文学名著做我们的模范"[98]。我们且不论他对西欧的"第一流的文学名著"是否言过其实,但必须肯定他积极主张译介西欧名著作为新文学创作的借鉴,这对五四新文学的创建是产生了良好影响的。试想彼时在文学创作上有成就的作家,那一个没有受到外国文学的熏陶?至于对待中国古典文学,胡适虽然否定得较多,但他对白话文学的优秀传统,还是充分肯定的。他曾多次强调今日创造新文学所用的白话应尽量"采用《水浒》、《西游记》、《儒林外史》、《红楼梦》的白话",并以今日的白话或文言作"补助"。他所肯定的中国文学史上的白话作品,大都是我们今天认定的优秀的文学遗产。可见胡适对中国古代文学并未完全采取虚无主义态度,且进行了一定的具体分析和评价。他对近代文学的评判,不论是"桐城派""甲寅派",还是资产阶级改良派的文学,基本上是客观的[99]。胡适对借鉴与继承问题的看法,虽然离马克思主义文艺观尚远,但在五四时期能达到这样的认识水平也是不容易的。

(六)

关于体裁问题。文学体裁是文学作品的具体形式,一切作品的思想内容都要通过这样或那样的体裁来表现,没有体裁的作品是不存在的。为创造新文学,胡适很重视体裁的多样化,不论对新诗创作或者对小说、戏剧创作,都很关注,除自己"尝试"外,并对各种体裁提出一些有价值的文学见解。

首先,他是白话新诗的倡导者,又是拓荒者,不仅指出创造白话新诗对于创建中国新文学的重要性,同时提出了具体"实验"白话新诗的主张:①

新诗不能“无病呻吟”，应表现“簇新世界”[100]，以“乐观主义”入诗，这是“旧诗中极罕见”[101]的；②唯有诗体的解放，以新诗体式才能表现“丰富的材料，精密的观察，高深的理想，复杂的感情”[102]；⑧新诗的白话是一种“活的语言”，既能达意，又“优美适用”[103]；④新诗的表现手法，要“用具体的做法，不可用抽象的说法”[104]，即“用朴实无华的白描”[105]，增强“诗的具体性”，能引起“鲜明扑人的影像”，因而“诗越偏向具体的，越有诗意诗味”，以防新诗创作的理念化倾向；⑤“真正的白话诗”，须讲究诗的自然音节，要“语气自然，用字和谐”，该用“现代韵，不拘古韵，更不拘平仄韵”，“有韵固好，没有韵也不妨”，“节”要“依着意义的自然区分与文法的自然区分”，注意“顿挫段落”。这些新诗音节的见解，既回击了那些“攻击新诗的人，多说新诗没有音节”的谬论，又批评“一些做新诗的人也以为新诗可以不注意音节”[106]的误解。胡适对于新诗的见解，不仅为新诗创作提供了新鲜的诗论依据，而且也激起了新诗作者的创作勇气。难怪朱自清后来回忆说：“这些主张大体上似乎为新青年诗人所共信；《新潮》，《少年中国》，《星期评论》，以及文学研究会诸作者，大体也这般作他们的诗。《新诗论》差不多成为诗的创造和批评的金律玉律了。”[107]这种估价也许有点偏高，不过可以想见胡适的新诗主张在诗界革命中所产生的巨大影响。

其次，他虽然写过一篇不甚高明的短篇小说，但他对短篇小说的创作却极力鼓吹，以促其发展，增加新文学的品种。一九一八年三月十五日，他在北京大学国文研究所小说科发表了《论短篇小说》的讲演[108]。他认为“西方的‘短篇小说’在文学上有一定的范围，有特别的性质，不是单靠篇幅不长便可称为‘短篇小说’的”，于是他对短篇小说下了一个比较正确而在当时看来又非常新颖的“界说”：“短篇小说是用最经济的文学手段，描写事实中最精彩的一段，或一方面，而能使人充分满意的文章。”对此“界说”，他结合具体实例作了进一步说明：“一人的生活，一国的历史，一个社会的变迁，都有一个‘纵剖面’和无数‘横截面’。纵面看去，须从头看到尾，才可看见全部。横面截开一段，若截在要紧的所在，便可把这个‘横截面’代表这个人，或这一国，或这一个社会。这种可以代表全部的部分，便是我所谓‘最精彩’的部分。”此种解说是符合辩证法的，不仅涉及到短篇小说如何取材的问题，也触及到文学创作如何处理个别与一般、部分与整体的关系问题。所谓“最经济的文学手段”，即“增之一分则太长，减之一分则太短；着粉则太白,施朱则太赤”,“处处恰到好处”。根据这一定义,他论述了中国短篇小说的略史,指出最近世界文学的趋势,“都是由长趋短,由繁多趋简要”。造成这种发展趋向的原因不外是:①“世界的生活竞争一天忙似一天,时间越宝贵了,文学也不能不讲究‘经济’;若不经济,只配给那些吃了饭没事做的老爷太太们看,不配给那些在社会上做事的人看了”,初步揭示了文学的发展毕竟受着经济基础的制约;②既然“文学自身的进步,与文学的‘经济’有密切关系”,那么“文学越进步,自然越求‘经济’的方法”。胡适的主要目的不是为着对中国小说史和世界文学发展作什么理论探讨,而是着重在说明“今日中国的文学,最不讲‘经济’”,它既背离了中国小说发展的优良传统,又远离最近世界文学发展的趋势,因此必须提倡“真正的‘短篇小说’”,使中国的新文学赶上世界文学发展的潮流。在现代文学的初创时期,他这一“提倡”,对新小说的发展是颇有意义的。

再次,他对戏剧这种文学品种的改革也很重视,自己创作了话剧《终身大事》,还写了《文学进化观念与戏剧改良》等论文,提出一些进步的文学见解。他认为中国文学最缺乏的是“悲剧观念”,无论是小说还是戏剧,总是一个美满的大“团圆”,现今戏院唱完戏常有一男一女出来一拜,名曰“团圆”,其实是“中国人的‘团圆迷信’的绝妙代表”。这是对中国文学的切中的批评,的确有这样一些作家:“明知世上的真事都是不如意的居大部分,他明知世上的事不是颠倒是非,便是生离死别,他却偏要使‘天下有情人都成了眷属’”。这种“团圆”式的小说或戏剧,“根本说来,只是脑筋简单,思力薄弱的文学,不耐人寻思,不能引人反省”。因而,他极力提倡“悲剧观念”,希求戏剧作者敢于老老实实地描写“天下的悲剧惨剧”。这是一种“思力深沉,意味深长,感人最烈,发人猛省的文学”。唯有这种悲剧观念,才是“医治我们中国那种说谎作伪思想浅薄的文学的绝妙圣药”[109]。联系当时北洋军阀勾结帝国主义对中国人民实行最残酷统治的历史背景,胡适鼓吹“悲剧观念”,不正是号召作家以悲剧形式来揭露现实社会的种种罪恶和广大民众的悲惨生活吗?此外,他认为中国“大团圆式”的说谎文学正是民族文化“老性”的表现,此乃一种“死症”,几乎无药可医,现在只有生路一条,即“赶快灌下西方的‘少年血性汤’”[110],以西欧的戏剧文学来疗救“暮气攻心,奄奄断气”[111]的中国旧文学(他对中国旧剧的看法是有片面性的)。为此,他主张翻译西洋戏剧名著作为我们的“模范”,特别应重视那些专研究社会种种问题的“问题戏”或以嬉笑怒骂的文笔表达救世苦心的“讽刺戏”[112]等。这些见解对中国戏剧改革起过重要作用,早已为戏剧发展史所证明。

以上的有价值的文学见解,是胡适白话文学观的不可缺少的组成部分。谁能轻信这些文学观点仅仅是形式主义的改良,又谁能相信胡适一开始就破坏五四文学革命呢?

结 语

(一)

“判断历史的功绩,不是根据历史活动家没有提供现代所要求的东西,而是根据他们比他们的前辈提供了新的东西。”[113]“依据这一历史唯物主义观点,我们尽力从事实的全部总和、从事实的联系中”[114],就胡适白话文学主张及其对新文学运动态度的基本方面,提到一定的历史范围进行了考察和评判,着重肯定其进步的革命的历史意义。肯定了基本方面并不等于肯定了全部,因此还必须指出胡适白话文学主张及其对新文学态度的局限性和矛盾性。

五四前后的白话文学运动,总是直接或间接地受着当时反帝反封建政治斗争的决定和制约。虽然胡适在阐述白话文学主张时触及到文艺与爱国的关系,并“想在思想文艺上替中国政治建筑一个革新的基础”;但是必须指出,从总体来看他的白话文学主张,很少强调文学革命如何同当时反帝反封建的政治运动联系起来(事实上,文学革命有力地配合了五四反帝爱国运动),也没有明确地指出白话文学如何为以民主与科学为标志的思想启蒙运动服务。这并非是一时的疏忽,或是认识不到,而是有意地回避,这正是他“打定二十年不谈政治的决心”在文学主张上的表现。实际上,他的决心是脱离现实的,是同他从事的文学革命活动和自己的写作实践相矛盾的。试问,当时他写的哲学、道德等论文,那一篇没有鲜明的政治倾向性,创作的诗篇有多少是鼓吹“新革命”、奴隶造反、造一个好政府的?

新文学运动既包括文学形式(主要以白话取代文言)的革命,又包括文学内容(主要反对“文以载道”)的革命。胡适明确地认识到这两方面,特别在刚刚开始倡导文学革命时,总是兼及内容和形式的改革;但随着新文学运动的深入，他虽然在强调白话形式改革的同时，也注意到内容方面的问题，然而相比之下是更多地注重了白话形式，甚至把它强调到不适当的程度。如说什么"提倡文学革命，只是要替中国创造一种国语的文学"，而且这是"唯一宗旨"和"根本的主张"，等等。如果单从文学语言的改革方面着眼，对于推倒文言以立白话的正宗地位，那这一"宗旨"是革命的；如果从文学革命的内容和形式的辩证关系来看，在文学革命初期，文言形式成了新的思想内容充分表达的严重障碍，不废除文言新文学实难创造的条件下，那么这"根本的主张"的提法是不乏积极的革命意义的；如果在整个新文学运动发展过程中，一直把"国语的文学，文学的国语"作为唯一宗旨，而不着重强调一下文学思想内容的革命，那么这种片面性的观点，将会影响新文学创造的进程，或把新文学运动引到邪路上去。鲁迅、周作人、李大钊等，针对这种片面性，相继撰文进行批评，突出地强调了文学思想内容革命的重要性，以矫正胡适"唯一宗旨"说的片面性，使新文学运动继续沿着正确的方向发展。事实上，"唯一宗旨"说不仅同胡适白话文学主张的总体存在矛盾，而且同他的"实验"白话诗也存在矛盾。他尝试白话诗的创作，并非把运用"白话"作诗当成"唯一宗旨"，乃是从"形式入手"，旨在如何创造新的形式表现新思想新内容，因此他的诗作大部分的内容是反映了时代精神，反而表现形式（包括语言在内）倒保存着较多的旧诗痕迹，这表明他的创作实践同其"唯一宗旨"并不一致。

以白话作为造新文学的利器，无疑是正确的，但究竟什么是真正的"白话"，他的解释不仅含糊，而且有矛盾的地方。有时说《西游记》、《水浒传》、《儒林外史》、《红楼梦》几部"白话文学"是"标准白话"，有时说"白话的'白'，是戏台上说'白'的白"。这里，至少有三点没有搞清楚：一是古典白话同创造新文学用的白话，有联系也有区别，到底有何联系有何区别？二是戏台上的说白，有来自人民口头的生动语言，也有封建文人造的僵死语言，二者到底取谁？三是古典白话和戏台上的说白，前者主要是书面语言，后者主要是口头语言，虽有一定的联系，但毕竟差别很大，两者究竟如何结合起来形成一种新白话？再比如，他提出创造真正的白话，要多读"模范的白话文学"，即多读唐宋的白话诗词、元人戏曲、明清小说等。这虽然注意到向古典白话的优秀传统学习，但他没有指出它只是创造新白话的"流"，真正的白话语言唯有从人民群众生活中去找源泉，吸收群众中活的口头语言，适当地处理“源”和“流”的关系，创造一种新文学的白话语言。

为创造新文学做好准备工作，胡适强调学习西方文学名著的表现方法和创作技巧，即使夸得过分一些，这种心情也可以理解，不一定是“崇洋媚外”；但是使人不能接受的是：为了抬高西方文学的地位，反衬其优越性，引起众目的关注，不该有时对古代文学采取绝对否定的形而上学态度。如说“中国文学的方法实在是不完备，不够作我们的模范”，这也许是事实，然则作“模范”不够，并不一定没有可取之处，应该对古代文学的表现方法进行具体分析，予以批判继承。似乎在胡适眼里，中国的“散文只有短篇，没有布局周密，论理精严，首尾不懈的长篇；韵文只有抒情诗，绝少纪事诗，长篇诗更不曾有过；戏本更在幼稚时代，但略能纪事掉文，全不懂结构；小说好的，只不过三四部，这三四部之中，还有许多疵病；至于最精采的‘短篇小说’，‘独幕戏’，更没有了。”[115]这种对待古典文学的近似于虚无主义态度，还表现在对整个封建时代文学的总的看法上。他认为“这二千年的文人所作的文学都是死的”，故“中国这两千年只有些死文学，只有些没有价值的死文学”。这种偏激的说法，在反对旧文学提倡新文学的革命中也许有“不破不立”的革命意义，但是作为对中国二千年古代文学的论断，那不但不符合史实，而且同自己的某些文学观点相矛盾。应该看到，中国古代文学，既有文言文学，也有白话文学，相比之下，前者处在正宗地位，而优秀遗产并不多，后者虽不被封建文人重视，却大都具有不朽的文学价值。对此，胡适也认识到了，但有时为了强调继承白话文学的优秀传统，贬“古文”抬“白话”，常常出现自己打自己嘴巴的笑话：既然“二千年的文人所做的文学都是死的”，那么为什么文人做的白话又成了活文学，莫非活文学不包括在两千年的“文学”里吗？必须肯定，在我国文学史上曾产生过许多优秀的文学作品，即使文言写成的也不完全是毫无文学价值的“死文学”。如果要创造具有民族特点的新文学，吸取外国优秀文学的特长，必须同我国文学的优秀传统相结合，不是生搬硬套，更不是“全盘西化”，而是把它融铸于民族形式之中，创造为中国人民大众所喜闻乐见的新文学。胡适对西方文学和民族文学所表现出的形而上学的观点，随着五四文学运动的深入，极力向右的方面发展，致使他背叛了五四文学革命的道路。

正因为他对中国民族文学的优秀传统否定太多，把西方文学看成不可企及的高峰，所以他将中国新文学的创建推到遥远的将来。他认为五四时期还不具备创造新文学的条件,或掌握白话工具或学习西方写作方法,均是"创造新文学的预备",而"现在的中国还没有做到实行预备创造新文学的地步"[116]。这种认识,不仅同他自己的理论相矛盾,而且同五四新文学的创作实践相背离,是一种主观唯心主义的估量和推测。他曾多次谈到新文学的"形式和内容有密切的关系",但接触到如何创造新文学问题,就将文学内容和形式割裂开来,竟把构成新文学形式的白话语言与写作方法排斥于新文学之外,没有将掌握白话语言工具和学习西方写作技巧也当成创造新文学的有机组成部分。这种自相矛盾的理论会导致荒唐的结论:新文学的内容和形式可以各自独立而存在,双方不以他方为存在的条件,不是互相制约互相联系,构成一个完美的艺术整体,乃是可以任意分割的不成体态的艺术部件。胡适的创作实践和五四新文学创作的实绩,足以证明这种认识的谬误。就在他发表这种谬见的前后,不只他写了很多白话诗,同时周作人、鲁迅、康白情等也开始写白话诗,特别不久鲁迅发表了显示新文学实绩的白话小说《狂人日记》,逐步形成一个新文学创作的高潮。对白话新诗的创造,胡适写过《谈新诗》,给予较高的评价,并认定有些诗是真正的白话新诗;他对鲁迅的小说创作也认为"从四年前的《狂人日记》到最近的《阿Q正传》,虽然不多,差不多没有不好的"[117]。这些都是五四时期创作的新文学作品,不仅为中国现代文学奠定了基础,而且其中有的作品已列为世界优秀文学之林。由此可以说明,新文学的创造不是遥远的将来,而是在他认为的"预备期"便已经创造出来了。

胡适作为一个资产阶级学者,立誓"为大中华,造新文学"而"搴旗作健儿"[118],无疑表现他献身新文学运动的气魄和义勇。他不但敢于写长达千字的白话游戏诗嘲讽站在守旧立场反对文学革命的梅觐庄,而且勇于向当时成了旧文学桥头堡的旧体诗挑战,决心做白话新诗的拓荒者。刘半农曾回忆说:"在民国六年时,提倡白话文已是非圣无法,罪大恶极,何况提倡白话诗。所以胡适之诗中有'两个黄蝴蝶'一句,就惹恼了一位黄侃先生,从此呼适之为黄蝴蝶而不名;又在他所编的文心雕龙札记中大骂白话诗为驴鸣狗吠";更甚者,"文字狱的黑影,就渐渐的向我们头上压迫而来"[119]。但这些都没有阻挡住胡适等提倡白话文学、实地尝试白话诗的前进步伐。然而,从新文学运动的整个演进过程来看,胡适对提倡新文学的态度和立场,并非始终如一的沉毅勇敢、坚定无畏,有时表现出相当的软弱和动摇。

特别对白话文学主张，并不像陈独秀那样坚定自信，斩钉截铁，不容任何人“匡正”，相比之下，他便显得书生气十足，对新文学采取一种“不敢以吾辈所主张为必是而不容他人之匡正”的犹豫态度；对于守旧势力的进攻，他虽是首当其冲的被攻击的对象，但他并没有采取像钱玄同那种针锋相对、痛加驳斥的坚定立场，而常常保持一种带温和色彩的忍让或礼争的态度，这也许含有争取对立面、扩大新文学战线的策略思想在内，但在客观上却表现出对旧势力的妥协让步。为此，钱玄同曾尖锐地批评胡适：“老兄的思想，我原是很佩服的。然而我却有一点不为然之处：即对于千年积腐的旧社会，未免太同他周旋了。平日对外的议论，很该旗帜鲜明，不必和那些腐臭的人去周旋。老兄可知道外面骂胡适之的人很多吗？你无论如何敷衍他们，他们还是很骂你，又何必低首下心，去受他们的气呢？”[120]这是切中要害的批评，尽管胡适也表明他这样做有着“使人‘同’于我的‘异’”[121]的策略目的，但他无法为这种软弱性“辩护”。他在新文学运动中所表露出的立场和态度，正是自由资产阶级面对黑暗残暴旧社会的压迫，又要革命又怕革命的两面性的具体表现。

（二）

胡适在五四新文学运动中所表现出的，在理论上的进步性和局限性、在行动上的革命性和动摇性，乍看起来似乎这种矛盾现象很难理解，其实并不奇怪，它们在胡适身上都有着深刻的思想根源。

胡适倡导白话文学的思想基础，大致有二：一是爱国主义思想情感；一是历史观的二元论，思想方法的实验主义。

胡适开始倡导新文学是基于救国救民的爱国主义思想。五四时期他并不是帝国主义买办文化的代表，更不是里通外国的洋奴，他有着救国救民的爱国主义情感。早在美国留学，他虽然受的资产阶级教育，但他并未忘记自己的祖国，而是时刻关心着祖国的命运，并把自己的学习和将来“为国效奔走”的爱国志愿联系起来。初到美国，他“所志在耕种”，认为“文章真小技，救国不中用”，后采在朋友的开导下，“从此改所业，讲学复议政”，开始注意政治，关心国家大事；面对着“故国方造新，纷争久未定”的现实，立下“学以济时艰，要与时相应”[122]的志愿，表现了为“救国”而学习的爱国主义思想。他看到“国事真成遍体疮，治头治脚俱所急”[123]，同时也愿意为“弱与穷”的祖国“竭吾所能,为我所能为”[124]。因此,爱国主义成了他“为大中华,造新文学”的主要内在动力。回国途中听到张勋复辟,认定与文化教育落后有关,于是打谱二十年不谈政治,先搞思想文艺运动,为改革政治打好基础,即通过开展国语的文学运动,唤起最大多数的民众来共同担负这救国的责任。

胡适要“从根本上下手”[125]来挽救“国事败坏”,但他却选择了“文化救国”的道路,这主要因为他不是坚持历史唯物主义作为思想武器来观察和改造祖国腐败的社会,而是在历史观上坚持二元论,在思想方法上坚信实验主义,并认为它们是救国的绝好工具。

他怀疑历史唯物主义是一种科学的宇宙观,认为“唯物(经济)史观至多只能解释大部分问题”[126],不能解决所有的社会问题;他不承认教育、文化、道德、政治、思想、宗教、制度都是“经济的基础上面之建筑物”[127],而是“主张心物二元论”[128],即经济基础与上层建筑不是决定与被决定的关系,而是“弟兄”[129]之间的关系,它们都能“变动社会,解释历史,支配人生观”[130],否认“经济的变更”是根本的变更。正如陈独秀所批评指出的:“思想知识言论教育,自然都是社会进步的重要工具,然不能说他们可以变动社会解释历史支配人生观和经济立在同等地位。我们并不抹煞知识思想言论教育,但我们只把当做经济的儿子,不像适之把他当做经济的弟兄”。[131]这是历史唯物主义“一元论”同形而上学“二元论”的根本区别所在。由于胡适坚信知识、思想、言论、教育“可以打倒军阀,可以造成平民革命,可以打破国际资本主义”,因此五四时期他“辛辛苦苦地努力做宣传的事业,谋思想的革新”[132],积极倡导白话文学运动,而反对先从“经济组织”入手来“根本解决”中国社会问题,主张从文艺、思想、教育入手,此乃挽救“国事败坏”的“造因之道”[133]。这正是他“要想在思想文艺上替中国政治建筑一个革新的基础”的思想根源。从这一思想认识出发,他认定“现在国中的最大病根,并不是军阀与恶官僚,乃是懒惰的心理,浅薄的思想,靠天吃饭的迷信,隔岸观火的态度。这些东西是我们的真仇敌!他们是政治的祖宗父母”,这都是“二千年思想文艺造成的恶果”。因此,“打倒今日之恶政治,固然要大家努力;然而打倒恶政治的祖宗父母——二千年思想文艺里的‘群鬼’更要大家努力!”[134]他这种思想、文艺先于政治、经济、重于政治、经济的观念,虽然在反对旧道德、旧文化、旧文学,提倡新道德、新文化、新文学的五四文化运动和文学革命中起着积极的革命的作用，但对于引导人们先从旧中国的政治制度、经济组织入手进行彻底的根本的改革方面不能不产生消极作用；虽然给他的白话文学主张带来了强烈的革命性，但也带来了一定的局限性，比如未突出强调文学革命同现实反帝反封建的政治斗争相结合，过多地强调文学形式的改革先于思想内容和重于思想内容的改革等，都与这种“二元论”有关。

他坚信实验主义是救国救民的绝好工具，也是他倡导白话文学的重要哲学基础。胡适是个实验主义的信徒，“谈白话文也只是实行我的实验主义”[135]。既然实验主义是他提倡白话文学的理论基础，为什么其文学主张及创作实践还具有进步的革命的意义呢？

实验主义是一个比较复杂的哲学流派，在美国就有皮耳士、詹姆士、杜威等各有异同的实验主义，因此不能从总体上看它是一个唯心主义哲学流派，便不加具体分析地进行简单化的否定，应当承认往往一些形而上学或唯心主义哲学思想里还含有合理的因素，况且接受这种哲学思想的人，也不都是机械地教条地生吞活剥，死搬硬套，而常常是根据不同的历史条件、现实斗争的需要和个人的具体情况，有所取舍有所改造。胡适并非接受了全部的“实验主义哲学”，而是有所选择的。他曾说：“我的思想受两个人的影响最大：一个是赫胥黎，一个是杜威先生。赫胥黎教我怎样怀疑，教我不信任一切没有充分证据的东西。杜威先生教我怎样思想，教我处处顾到当前的问题，教我把一切学说理想都看作待证的假设，教我处处顾到思想的结果。”[136]说明赫胥黎的进化论思想（据胡适解释进化论是实验主义的组成部分）和杜威的实验主义，使他获得了观察、认识、解决问题的思想方法。赫胥黎的进化论使他形成了进化的历史观，坚信“文学乃是人类生活状态的一种记载，人类生活随时代变迁，故文学也随时代变迁，故一代有一代的文学”[137]。这种进化的文学观，至少在文学领域没有使他变成一个渐进的改良主义者，基本上是一个文学革命论者。因为他从“一代有一代的文学”的进化观出发，推断出白话文一定要取代文言文的“正宗地位”，今天的“活文学”一定要取代二千年的“死文学”的革命结论，在白话与文言、活文学与死文学之间没有调和的余地，非此即彼，坚定不移。杜威的实验主义，他认为“只是一个方法，只是一个研究问题的方法。他的方法是：细心搜求事实，大胆提出假设，再细心求实证。一切主义，一切学理，都只是参考的材料，暗示的材料，待证的假设，绝不是天经地义的信条。”[138]这种研究问题的思想方法，虽然不是科学的思想方法，但其中也含有一种从实际出发研究问题、解决问题的求实精神和敢于破除对天经地义的“永永不变的天理”的迷信的勇气。这种实验主义思想方法，体现在五四新文化运动和文学革命中，一是使他对神圣不可撼动的“吃人的礼教”和孔家“老店”，喊出了“捶碎，烧去”[139]的战斗口号。这正是胡适对孔孟之道二千多年产生的实际效果进行正确分析所作出的判断，他认为：“对于一种学说或一种宗教，应该研究他在实际上发生了什么影响：‘他产生了什么样子的社会制度？他所产生的礼法制度发生了什么效果？增长了或是损害了人生多少幸福？造成了什么样子的国民性？助长了进步吗？阻碍了进步吗？’”胡适运用这种“实际的效果”的客观标准，去评判儒家学说，必然得出封建社会的“种种礼法制度都是一些吃人的礼教和一些坑陷人的法律制度”[140]。这是实验主义思想方法具体用来观察、分析社会问题的表现。二是使他面对当时文坛上弥漫着的拟古主义和形式主义的文风，敢于提出“为大中华，造新文学”的大胆假设，并决心“实地试验”白话诗，坚信“自古成功在尝试”，愿以“数年之力”来“新辟一文学殖民地”[141]，表现出一种踏踏实实地为创造新文学而披荆斩棘的革命毅力，这是他的“实验主义态度”在文学革命运动中的具体“应用”。

进化论也好，实验主义思想方法也好，它们毕竟不是一种马克思主义的科学宇宙观，其局限性亦同样明显地表现在胡适的文学主张和实践活动上。比如，进化的文学观，使他看到了“一时代有一时代文学”的时代区别性和联系性，但是看不到每个时代的文学还有阶级性，因而他必然作出二千年封建时代的文言文都是“死文学”、白话文都是“活文学”的绝对化结论，不能对每个时代的文学进行具体的阶级的分析；再如，对待新思想与旧思想、新文学与旧文学之间的斗争，以进化论的“新陈代谢”观点来看，胡适还敢站在新的营垒对它们“作战”，但是对于维护旧思想、旧文学的“人”，他却采取人道主义态度。他曾说：“我们总希望作战的人都能尊重对方的人格，都能承认那些和我们信仰不同的人不一定都是笨人与坏人，都能在作战之中保持一种‘容忍’的态度；我们总希望那些反对我们新信仰的人，也能用‘容忍’的态度来对我们，用研究的态度来考察我们的信仰。我们要认清：我们的真正敌人不是对方；我们的真正敌人是‘成见’，是‘不思想’。

我们向旧思想旧信仰作战，其实只是很诚恳地请求旧思想和旧信仰势力之下的朋友们起来向'成见'和'不思想'作战。凡是肯用思想来考察他的成见的人，都是我们的同盟！"[142]这种只对"旧思想"不对"人"的想法，从争取一切可以争取的同盟者站在新文化战线上，一起向旧思想作战，也许有一定的策略意义，但是把旧思想同维护它的"人"绝对分开并采取"容忍"态度，显然在理论上是错误的，在行动上是软弱的。这正是实验主义思想方法局限性的表现。

在中国现代文学史上，不乏胡适这种复杂的历史人物。他们的确在新文学初创期发生过重要影响，以后由于种种原因走向新文学运动的对立面。对于这样人物，必须从史实出发，坚持实事求是的科学态度，进行全面的分析研究，具体评价其历史功过，这样有助于恢复现代文学史的本来面目。

注：

[1]刘绶松：《批判胡适在"五四"文学革命运动中的改良主义思想》，1955.1.30《文艺报》第1、2期

[2][114]《列宁全集》第23卷第279页

[3]陈独秀：《文学革命论》，1917.2.1《新青年》第2卷第6号

[4]《今日中国之小说界》，1919.1.1《新潮》第1卷第1号

[5][6]胡适：《寄陈独秀》，1916.10.1《新青年》第2卷第2号

[7][8]《反对党八股》，《毛泽东选集》第788页

[9]《国语文法概论》，《胡适文存》卷三第4页

[10][11][12][13]钱玄同：《寄陈独秀》，1917.3.1《新青年》第3卷第1号

[34][38][42]《历史的文学观念论》，《胡适文存》卷一

[15]陈独秀：《寄胡适》，1916.10.1《新青年》第2卷第2号

[16][31]郑振铎：《中国新文学大系·文学论争集·导言》

[17][18]胡适：《逼上梁山》，《中国新文学大系·建设理论集》

[19]《藏晖室札记》卷十一

[20][21][22]《藏晖室札记》卷十二

[26][29]《胡适文存》卷一第43页

[27]《胡适文存》卷一第5页

[28]《胡适文存》卷一第39页

[30][41][72][79][81][83][84][85][86][87][99][117]《五十年来中国之文学》,《胡适文存二集》卷二

[32]刘绶松:《中国新文学初稿》新版上卷第27页

[33]《德意志意识形态》,《马克思恩格斯全集》第3卷第525页

[34]《一八五七至一八五八年的经济学手稿》,《马克思恩格斯文论艺术》(一)第112页

[35]《和青年作家谈话》,《论文学》第332页

[36][40][76]胡适:《答黄觉僧君折衷的文学革新论》,《胡适文选》,新京大陆书局出版

[37][39][103]《藏晖室札记》卷十三

[43][63][71]胡适:《中国新文大系·建设理论集·导言》

[45]《胡适文存二集》卷三第25页

[47]《别林斯基论文学》第147页

[44][48][50][105][141]《〈尝试集〉自序》,《胡适文存》卷一

[46]列宁:《黑格尔〈逻辑学〉一书摘要》《哲学笔记》第89页

[49][51][67][68][102][104][106]《谈新诗》,《胡适文存》卷一

[52]《实验主义》,《胡适文存》卷二第86页

[54][55]《老章又反叛了》,1925.8.30《京报副刊·国语周刊》第12期

[56]鲁迅:《坟·写在〈坟〉后面》

[57]鲁迅:《三闲集·无声的中国》

[58]鲁迅:《花边文学·"此生或彼生"》

[60]《柳亚子寄杨杏佛书》,《藏晖室札记》卷十七

[61]胡先骕:《评〈尝试集〉》,《学衡》第1期

[62]吴宓:《论今日文学创作之正法》,《学衡》第15期

[64]《胡适文存》卷一第42页

[65]《〈尝试集〉四版自序》,《胡适文存二集》卷四第290页

[66]《答钱玄同书》,《胡适文存》卷一第55页

[69]《〈蕙的风〉序》《胡适文存二集》卷四

[70]《我的歧路》,《胡适文存二集》卷三第 79 页

[73]鲁迅:《二心集·中国无产阶级文学和前驱的血》

[74]《归国杂感》,《胡适文存》卷四第 8 页

[75]《国语文法概论》,《胡适文存》卷三第 18－19 页

[77]《中国国文的教授》,《胡适文选》第 206－207 页

[78][88][89][91][98][112][115][116]胡适:《建设的文学革命论》,1918.4.15《新青年》第 4 卷第 4 号

[80][82]《国语讲习所同学录序》,《胡适文存》卷一

[90]《胡适文存》卷一第 50 增 3

[92]《藏晖室札记》卷十

[93]高尔基:《我怎样学习写作》第 11 页

[94]《易卜生主义》,《胡适文存》卷四

[95][109][110][111][137]《文学进化观念与戏剧改良》,《胡适文存》卷一

[96]高尔基:《我怎样学习写作》第 43 页

[97]《藏晖室札记》卷十二第 845 页

[100][118]《沁园春·誓诗》,《尝试集》

[10][107]《中国新文学大系·诗集·导言》

[108]《论短篇小说》,《胡适文存》卷一

[113]列宁:《评经济浪漫主义》,《列宁全集》第 2 卷第 150 页

[119]刘半农:《〈初期白话诗稿〉序》

[120]《胡适来往书信选》(上)第 25 页

[121]《胡适来往书信选》(上)第 27 页

[123]《藏晖室札记》卷十一第 767 页

[124]《藏晖室札记》卷九第 654 页

[125]《藏晖室札记》卷十二第 816 页

[126][127][128][129][130][131][132]《胡适文存二集》卷二第 44－52 页

[133]《藏晖室札记》卷十二第 833 页

[134]《胡适文存二集》卷三第 88－89 页

[135]《胡适文存二集》卷三第 81 页

[136]《介绍我自己的思想》,《胡适文选》1931 年上海亚洲书馆版

[138]《我的歧路》,《胡适文存二集》卷三第 81 页

[139][140]《吴虞文录序》,《胡适文存》卷四

[142]《胡适文存二集》卷二第 24－25 页

论五四时期周作人的文学主张

历史,只有经过沉淀、净化,其本来面目才能逐渐显现出来。中国五四新文学运动,在某些时候,特别是"四人帮"横行时期,有些历史事件或历史人物的真相,被弄得模糊不清。随着批判林彪、"四人帮"极左路线斗争的深入,人们思想的逐步解放,致使在现代文学史的研究中敢于为恢复历史的本来样子作一些实事求是的探讨工作。曾对五四新文学发生过重要影响的胡适,已有不少文章对他的历史功过作了分析;但对周作人在五四文学革命中所起的历史作用如何估价,至今发表的研究文章不多,就是目前已公开出版的"中国现代文学史",或者避而不谈,或者轻描淡写,表现了极其慎重的保留态度。究其实,周作人在五四新文学运动中,不论是文学革命主张,或是新诗、散文创作,或是译介外国文学,都产生过不可低估的影响。我们不能因人废言,应该以历史唯物主义观点,予以评述。笔者不揣浅陋,拟就他在五四新文学运动中的理论主张,加以试评,祈专家和同志们指教。

一

从历史的演进着眼,经过比较,方能很好地鉴别。在五四新文学运动萌生、发展(一九一七年一月到一九二一年七月)中,环绕着"文学革命"这面旗帜,伴随着我国现代第一次以民主与科学为标志的思想解放运动的步伐,文艺阵地上曾出现过百家争鸣、各抒己见的生动局面,提出了多种文学革命主张。由于这些文学革命论者所代表的阶级倾向、所持的思想方法和文学理论修养有别,因而其文学主张的历史进步性和局限性,是有明显差异的。

文学革命主张的正式提出,应在一九一七年初(这之前一些进步刊物曾酝酿过)。是年一月,胡适在《新青年》上发表了《文学改良刍议》,对其一九一六年十月在《寄陈独秀》信中提出的“文学革命,须从八事入手”的主张,作了进一步的具体阐明。这是他鼓吹文学革命、提倡白话文学的第一篇正式宣言,也是文学革命的“一个‘发难’的信号”[1],对当时的思想文艺界震动很大。次年四月,他写的《建设的文学革命论》,把文学改良的“八事”改为“八不主义”,并将其文学革命的唯一宗旨概括为“国语的文学,文学的国语”十个大字。这被认为是文学革命“讨论了两年的一篇总结,也可以说是一篇文学革命的最堂皇的宣言”[2]。胡适的文学主张虽然也是早已存在的白话必然取代文言的一种合乎规律的历史趋势的反映,但是它与晚清康、梁等人的“小说革命”、“诗界革命”、“改良文言”的文学主张相比,却大大前进了。这不仅因为“他们老老实实的宣告古文学是已死的文学,他们老老实实地宣告‘死文字’不能产生‘活文学’,他们老老实实的主张现在和将来的文学都非白话不可”[3];而且还因为他们积极地主张用白话文创造各种新文学,彻底打破了上等社会的贵族与下等社会的“小百姓”用语有别的界限,造成了一场波澜壮阔的白话文学运动。尽管胡适的文学革命主张也注意到文学内容的改革,但总的而论,毕竟过分地强调了文学形式(主要是语言)的改革,认为文学革命只是文学工具的革命。从文学革命的内容与形式的辩证关系来看,如果在文学革命的初兴阶段,旧的形式严重束缚对新思想、新内容的表达,不打破旧形式,文学革命即不能前进,不废除文言新文学难以创造的特殊条件下,这种形式先于、重于内容改革的提法是具有革命意义的;如果随着新文学运动的深入发展,一直把语言形式的改革当成文学革命的“唯一宗旨”,而不突出强调一下文学思想内容的革命,这种片面性将会影响新文学创造的进程。当然,如果单从语言学的角度考察,以白话取代文言的提法也是具有革命意义的,不能简单地认为仅仅是形式主义的改良。

宣誓高举文学革命大旗,为五四新文学“前驱”,并“为吾友(指胡适)之声援”的是陈独秀。他于一九一七年二月发表了《文学革命论》,响亮地提出了文学革命的“三大主义”。它不但反对旧文学形式上的雕琢、铺张、艰涩等弊病,而且反对阿谀、陈腐、迂晦的封建文学内容,积极主张以白话文学为“正宗”,建设具有平易、抒情、新鲜、立诚、明了、通俗风格的“国民”、“写实”、“社会”的新文学,并指出新文学当以“今日庄严灿烂之欧洲”

文学为楷模。陈独秀比胡适的革命态度，坚定得多，激烈得多，彻底得多；但在方向上还是一致的。他们都注意到文学内容的改革，但重点却放在文学形式方面，当然这里面也有高低之分和深浅之别，显然陈比胡前进了一步。不过也必须看到，陈独秀要建立的"国民文学"、"写实文学"、"社会文学"，仍然缺乏具体的阐明，稍嫌笼统一些。在《新青年》张起的"文学革命"大旗下，钱玄同、刘半农等积极撰文响应，并从不同角度提出一些文学改革的措施。

文学革命的正式倡导初期，主要是在文学主张上作了一些探讨，尚来形成较广泛的运动。随着一九一八年后世界革命运动的高涨，特别是苏联十月社会主义革命的胜利，世界各种新思潮得以广泛传播，马列主义也开始传到中国，这就大大推动了我国现代的首次思想解放运动。在这种情势下，文学革命突破了前期的一些局限，逐步向一个新的历史阶段发展。不仅文学创作，如鲁迅的小说《狂人日记》、郭沫若等的新诗，充满了新的时代精神，显示了文学革命的实绩；而且在文学革命理论主张的探讨上，也出现了新的变化、新的突破。更多的人接受了文学"为人生"，"表现人生"和"写实主义"等创作思想，稍后且出现了含有马克思主义因素的文学主张。但这个时期占优势的文学主张是以革命民主主义和人道主义为思想基础的。此时，周作人相继发表了《人的文学》、《思想革命》、《平民文学》、《新文学的要求》等文艺论文，对其文学革命主张作了较系统的阐述，具有相当的代表性。这是他对"首举义旗"的胡适的白话文学主张和为文学革命大军"前驱"的陈独秀的文学革命论的进一步发挥和补充，提出了一套较完整的为人生的"人的文学"主张。

二

一篇或一部文学作品的内容和形式的关系是辩证统一的，一场文学运动的思想革命和形式改革也应该是辩证统一的。周作人对新文学运动的内容与形式之间的相互关系，是较早地提出重要见解的。

随着新文学运动的发展，"白话在社会上的势力，日见盛大"，这无疑是陈独秀、胡适等首倡的白话文学运动所取得的初步胜利。对此，周作人感到"乐观"，但他也发现文学革命中有一种片面强调语言形式改革而在一定程度上忽视思想内容革命的偏向(对此,鲁迅、李大钊都曾先后指出),于是他写了《思想革命》[4]一文,论述了文学革命的内容与形式变革的关系。

周作人从文学的内容和形式相统一、反对旧文学和反对旧思想相联系的含有辩证思想因素的观点出发,明确指出文学革命应包括思想革命和文字改革,而思想革命尤为重要。他认为,“表现思想的文字不良”,固然可以“阻碍文学的发达”,但若“思想本质不良”,即使好的语言文字,那有什么用呢?文学革命之所以反对封建旧文学,不只是因为文言“晦涩难解”,重要的是因为古文所表现的“思想荒谬”,对人们极其有害。为了进一步论证文学思想革命的重要性,他从中国封建时代古文演变的历史,指出几千年“儒道合成”的封建意识“寄寓在古文中间”,从未经过“廓清”,致使这荒谬的思想与晦涩的文言达到“融合为一”的境地。对于这种封建旧文学,就是将其表现荒谬思想的文言改成白话,那些封建文学卫道者的“心里的思想”也很难“一时变过来”,一旦他们“老瘾发时”,仍要“胡说乱道”,所不同的过去是用“古文”,现在是用“白话”,这样一来,其“荒谬思想”会更有害,如同信奉“君师主义的人,穿上洋装,挂上维新的招牌,难道就能实行民主政治”吗?这不止说明新文学运动要革旧文学荒谬思想的命,而且也指明应革封建卫道者的反动思想的命。最后,他从是否能将文学革命进行到底的高度指出:“单变文字不变思想的改革”,是决不能获得“文学革命的完全胜利”的。基于上述认识,他作出“文学革命上,文字改革是第一步,思想改革是第二步,却比第一步更为重要”的论断。周作人对文学革命内容与形式关系的理解尽管在表述上不尽恰当,但他能够根据文学革命形势发展的趋向,及时强调“思想革命”比文字改革是更为重要的一步,这不能不说是对胡适等的白话文学主张的重要补充,在当时是难能可贵的。

周作人对文学革命的看法,在当时曾发生过积极影响,增强了人们对文学革命的信心。“新潮社”的骨干傅斯年曾撰文[5]说,他从去年(一九一八年)秋天产生一种怀疑,怕“白话文学主义的真正价值”弄糟了,这种“白话文学发展得越快”,他“越替他的前途耽心”;但他从《每周评论》的第十一号里看到周作人的《思想革命》后,“很受点感动,觉得他所说的都是我心里的话”,鼓起了继续投入新文学运动的勇气。“新潮社”另外一个骨干罗家伦从这样的意义上予以肯定:周作人的“新文学的主张”是“把‘思想革命’‘文学革命’的意思,合在一起来讲,是分外明晰的;因为这两件东西,原来是分离不开。思想革命是文学革命的精神,文学革命是思想革命的工具:二者都是去满足‘人的生活’的”[6]。虽然表达得不够准确,但可想见周作人关于“思想革命”比“文字改革”更为重要的观点,对于新文学运动沿着正确道路发展起过一定作用。

反对旧文学、创造新文学是五四文学革命的战略任务。那么,具体来说,新文学运动要革除那些旧文学,建立以什么文艺思想为指导的新文学?对于这样一个重要而严肃的历史课题,就需要作出切实而明确的回答。鲁迅等着重从创作实践上回答了这一问题;从文学理论上探讨这一问题的人虽然不少,如陈独秀、胡适等都有些重要见解,但其中比较具体明确回答这一问题的是周作人。

三

周作人提出了新文学就是“人的文学”的主张[7]。它把“那个时代所要提倡的种种文学内容,都包括在一个中心观念里,这个中心观念他叫作‘人的文学’”[8]。

五四新文学是人民大众的彻底反封建的新民主主义文学,它虽然含有社会主义因素,但仍然是资产阶级性质的文学。周作人的“人的文学”主张基本上体现了五四新文学的精神。尽管“人的文学”的提法缺乏明确的阶级观点,然而就其主要方面来说,它却指明:新文学应以人道主义为指导思想,彻底抛弃宣传“儒教道教”或“兽道鬼道”的封建迷信的“非人的文学”,创造反映社会大多数被侮辱被损害人们的生活、表现新的“理想生活”的真文学。这种“人的文学”主张有四个突出的特点:

一　是必须以人道主义为本,观察、研究、分析社会“人生诸问题”,并以形象的文字予以反映。他所说的“人生诸问题”主要指“非人的生活”,也就是处在当时黑暗社会不幸人们的生活与命运;而要真实地反映“非人的生活”的“实在情状”,则作家一定要怀着“悲哀或愤怒”的感情,抱着认真、严肃的现实主义态度。希望将“非人的生活”改变为“人的生活”。这是一种改造不合理的人生社会的积极态度。他坚决反对那种“非人的文学”对于“非人的生活”所采取的“玩弄与挑拨”的极不严肃的“游戏”态度,这是一种“非人的道德”,是一种反现实主义的态度。中国封建文学中那些表现“儒教道教”的作品和当时充斥文坛的鸳鸯蝴蝶派、黑幕派等的小说，大都是以“游戏”的态度写的“非人的文学”。

二　是新文学不能仅止于反映了“人生诸问题”，而且要描写人们的“理想的生活”，即在物质生活上“各尽人力所及，取人事所需”，在道德生活上以“爱智勇信四事为基本道德”，这是与“忠孝节义”的封建道德相对立。当然这不是科学共产主义的理想生活，而是含有合理因素的周作人当时梦寐以求的空想社会主义的“新村生活”（下文详谈）。

三　是创造新文学所本的人道主义并非“世间所谓‘悲天悯人’或‘博施济众’的慈善主义，乃是一种个人主义的人间本位主义。”前者是一种“全藏着傲慢与私利”的“伪善”的人道主义，根本不能解决“自己与共同人类的命运”问题；后者是以人为世间本位的世界观，它要求先“从个人做起”，只有“自己有人的资格，占得人的位置”，才能“讲人道，爱人类”，这是资产阶级用来反神权、反专制，争取人权自由和个性解放，观察世界和改造世界的重要思想武器。这种人道主义思想具体表现在文学关系上，涉及的道德问题很广，比如写两性爱，一则写“男女两本位的平等”，二则写“恋爱结婚”，要求表现新的婚姻恋爱观，坚决反对表现封建婚姻、色情狂和禁欲主义；再如写亲子之爱，应表现“父母爱重子女，子女爱敬父母”的新型亲子关系，绝对不允许表现象《郭巨埋儿》所宣扬的封建“孝道”。这在一定程度上把反对封建旧文学同反对封建旧传统、旧道德联系起来，表现了鲜明的民主革命倾向。

四　是应在大破封建旧文学的基础上创造“人的文学”。因为从“儒教道教”里产生的中国旧文学，大都是违背“人道”的“非人的文学”，计有“鬼神”“妖怪”“奴隶”“强盗”“才子佳人”“黑幕”等十大类之多，它们都妨碍“人性”的生长，破坏人类的“理想的生活”，所以必须“排斥”；只有清除这些非人道的封建文学，真正的“人的文学”才能创立起来。

可见，他提倡的“人的文学”，是一种以人道主义为思想基础，真实反映并努力改造社会“人生诸问题”，表现带有浓厚空想社会主义色彩的“理想生活”，具有鲜明的反封建倾向的民主主义新文学。

周作人积极提倡“人的文学”，而强烈反对“非人的文学”，是基于生物学的进化观点。它承认“人是一种生物”，其一切生活本能都是“善的美的”，因此一切违背人性“善”与“美”的封建“习惯制度”，都应该排斥，以维护"人"的正当权利和纯洁本性;另一方面它又承认"人是一种从动物进化的生物",已脱弃动物界的"兽性",他的内面生活比其他动物更为复杂高深,且具有"改造生活的力量",终能达到"高上和平的境地",因此凡是阻碍人性发展的"兽性的余留"和"古代礼法",都应该扫除。他以生物进化观点解释"人性",坚决抛弃了灵魂和肉体的二元论以及两种实体并存说,而是把它们看成统一的物质实体,即"灵肉本是一物的两面,并非对抗的二元","人并无与灵魂分离的身体,而从身体发生的"力是唯一的生命",肉体和精神两方面的力量便是"人性","灵肉一致的人"才是"从动物进化的人",灵肉一致的生活才是"人类正当生活"。按照"灵肉二元"论的解释,人性的肉的一面,是"兽性遗传",灵的一面,是"神性的发端",两者"同时并存,永相冲突",人生的目的就是"灭了体质以救灵魂"。周作人反对这种把人性两方面对立起来的形而上学观点。这说明他对"人性"的认识在自然观方面是坚持了唯物主义,既反对"灭了体质以救灵魂"的古来宗教所推行的禁欲主义、苦行主义,又反对"不顾灵魂"的纵欲放荡、醉生梦死的所谓"快乐派"。法国唯物主义者霍尔巴赫曾说:"肉体的灵魂和肉体的需要所要求的是肉体的幸福和实在的事物,实物要胜过千百年来人们拿来饲养我们心灵的那些泡影。"[9]正是从这种"灵肉一致"的人性说出发,周作人强调"人的文学",应当研究"人"的理想生活,各人都须参加"劳作",消灭贫富差别,使"世上的人无一不利",人人都能享"自由真实的幸福生活",这样才能把世人"从非人的生活里救出,成为完全的人",让其在"灵肉"上作为一个独立的整体,取得崇高的尊严和完善的美德,登上人类的历史舞台,去迎接"二十世纪的新福音"(即他所追求的"日本新村主义")。这就是"人的文学"立论的基石,又是"人的文学"的终极目的。

作为"人的文学"的思想基础的人道主义,显然具有这样的特点:强调以人为本位肯定人的价值,维护人的权利,而它用以观察现实人生的准绳,始终是灵肉一致的"人类的本性"。可见,资产阶级人性论和人道主义是两个相似的概念,它们所说的人是抽象的人,只能看到人的自然属性和一些共同性,不能明确指出人的社会性和具体的人性,总是打着全人类的旗号,借全人类的名义,似乎它是站在全人类的立场上,为全人类的利益着想,实际上这是为资产阶级的利益和资产阶级人性穿上一件"全人类"的外衣。但是必须充分看到,人道主义这种思潮在历史上曾起过重大的进步作用。

它在资产阶级反对封建制度的历史时期，勇敢地向封建的等级特权制挑战，向作为封建制度的精神支柱的教义和神学开火，充分显示了新兴资产阶级反封建的强烈革命精神和人道主义思想巨大威力，因此它是资产阶级文艺复兴、思想启蒙的重要理论武器。

周作人五四时期把西方的人道主义作为"人的文学"的思想基础，是根据新文化运动的需要和当时中国的历史特点，将它当成一种反封建、"辟人荒"的思想武器来接受的。人道主义是在西欧封建社会后期出现了资本主义的生产关系之后产生的。它针对中世纪以神学为中心，贬低人的价值，否定现实生活意义，提倡禁欲主义等观点，新兴资产阶级提出了以人为中心的人道主义，所谓文艺复兴运动就是以这种思想为基本内容。歌颂人的伟大，赞扬人的价值，提倡尊重人的尊严，把人及人的意志自由，把人的尘世生活要求提到第一位，这是文艺复兴时期人道主义的基本特征。启蒙运动是继文艺复兴以后，法国资产阶级革命的又一次思想准备。文艺复兴时期的人道主义虽然实质上也是反封建的，但它对封建制度的批判寓于对宗教的批判中，而启蒙运动的人道主义主要锋芒是直接指向封建的等级特权制，正如恩格斯说的是"在毫不掩饰的政治战线上作战。"启蒙时期的人道主义突出表现为"天赋人权"的思想，竭力鼓吹"自由""平等"，向封建特权制开火，为资产阶级革命提供了理论根据，在历史上起过巨大的作用。中国当时的历史条件同西欧文艺复兴和启蒙运动时期颇多相似之处，因此周作人希望从文学上"提倡一点人道主义思想"，乃是具有重要的历史意义的。中国宗法封建社会，长期以来以儒教、道教、佛教作为精神枷锁套在人们脖子上，尤其是儒教孔学是扼杀人们思想灵魂的最毒的软刀子，"君君臣臣父父子子"的等级制度森严，"克己复礼"的"理学"信条神圣不可侵犯，"政权、神权、族权、夫权"四条绳索像一张罗网缚住人们的身心；鸦片战争以后，帝国主义的奴化教育同封建主义文化结成反动同盟，对中国人民的思想统治日益加剧。但是资产阶级领导的辛亥革命只赶跑了一个皇帝，并没有实现真正的民主主义政治，大权很快落在封建军阀手里，他们极力鼓吹尊孔读经。因此"国家坏到了极处，人类苦到了极处，社会黑暗到了极处"[10]，封建意识形态牢固地占据着文化思想阵地。此刻正值第一次世界大战爆发，由于帝国主义列强暂时放松对华侵略，中国民族工业得以迅速发展，既培养了中国民族资产阶级，也培养了中国无产阶级，激发了他们反帝反封建的革命要求。一些先进的知识分子感到社会革命的迫切,于是总结了辛亥革命未开展思想启蒙运动的教训,认识到要挽救民族危亡,真正在中国实行民主政治,必须大张旗鼓地宣传以人道主义为思想基础的资产阶级民主主义,像文艺复兴那样重讲"人的意义,从新要发现'人',去'辟人荒'",向禁锢人们思想、扼杀人性的封建文化思想和买办奴化思想猛攻。周作人提倡的以人道主义为本的"人的文学"正适应了新文化运动和思想解放的需要,它一度成了攻击封建等级制度、扫荡封建精神枷锁、摧毁"兽道、鬼道、神道"、解放个性、提高人的尊严的重要思想武器,它在很大程度上反映了人民大众包括资产阶级在内对新文学的要求。虽然随着新文化运动的深入发展,马列主义开始传到中国,新文化思想有所变化,但人道主义并未失去它反封建的战斗意义,仍是共产主义文化思想的重要同盟军,这是中国新民主主义革命仍是资产阶级民主主义性质革命的特殊历史条件决定的。当然,这并非说人道主义是最好的思想武器了,即使在五四时期它还有反封建的不彻底性和唯心史观的局限性。

四

在"人的文学"这个"中心观念"指导下,随后周作人又提出"平民文学"[11]。这实际上是"人的文学"的具体化,也是对陈独秀的"三大主义"中的"国民文学"的补充和发挥。

他强调指出,"平民的文学"与"贵族的文学"是两种性质"相反"的文学。平民文学是五四文学革命要创造的新文学,贵族文学是被排斥的封建旧文学,它们之间的区别并非说"这种文学是专做给贵族或平民看,专讲贵族或平民的生活,或是贵族或平民自己做的",而是说"文学的精神区别,指他的普遍与否,真挚与否的区别"。这种解释是缺乏明确的阶级观点的,没有指出平民文学和贵族文学的质的区别。因为在阶级社会里,文学为谁服务,即为谁写,写什么,谁来写,并非绝对自由的,总是受着阶级或集团利益的制约,对这些原则问题及两种文学的阶级实质,周作人的解释是含糊的、不明确的。尽管如此,但它毕竟认识到社会上有贵族与平民这两类人,及由此产生的两种"精神"有别的文学,这对于创造人民大众的反封建的新文学具有一定的指导意义。具体来说,他认为"贵族文学形式的缺点,是偏于部分的、修饰的、享乐的、或游戏的;这内容上的缺点,也是如此”。所谓“部分的”,主要指“贵族文学”不是表现“大多数”人的普遍的人生事实和“一律平等的人的道德”,而是以艰涩的古文体专写“英雄豪杰的事业,才子佳人的幸福”和“畸形道德”,为少数上等贵族歌功颂德;所谓“修饰的”,主要指贵族文学刻意雕琢,故弄玄虚,华而不实,内容空泛;所谓“享乐的”,着重指贵族文学只供“上等社会”玩赏欢乐,不是新文学所要求的“人生的艺术品”;所谓“游戏的”,着重指写作态度极不严肃,是在玩弄或取笑人生。这种贵族文学正是五四新文学运动要打倒的封建文学。

平民文学与贵族文学恰好相反,它是内容充实,即“普遍与真挚”两件事。具体来说,平民文学提倡以通俗的白话语言和为“大多数”所喜闻的文学体裁,描写人民大众(主要指资产阶级或小资产阶级)的真实生活,忠实地反映“世间普通男女的悲欢成败”,因为这样的题材具有“普遍”的意义;坚决反对表现那种“愚忠愚孝”、“殉节守贞”的封建道德,这是极不合理的“畸形道德”,积极主张表现那种为社会大多数人交互实行的“一律平等的人的道德”,这是具有“普遍”意义的“真道德”(其实是人道主义的道德);而要创造这样的新文学,必须反对那种“富贵人对贫贱人”说所谓“慈善”话的极其“傲慢与私利”的“慈善主义的文学”,必须以朴实真挚的文笔描写“大多数”人的“真挚的思想与事实”,表现“真意实感”,千万不能以“美妙动人”的华丽辞藻来伤害作品的“本意”,即反对那种词意肤浅、虚情假意的贵族文学。这种“平民文学”就是“以真为主,美既在其中”的人生艺术派的“人的文学”,正是五四新文学运动的不少倡导者着手创立的民主主义新文学。

周作人提倡的“平民文学”,是与当时“挟着雷霆万钧的声势,震醒了数千年间沉沉睡梦于专制的深渊里的亚洲”的“平民主义”政治思潮相吻合的。所谓“平民主义”就是“把政治上、经济上、社会上一切特权阶级,完全打破,使人民全体,都是为社会国家作有益工作的人,不须用政治机关以统治人身,政治机关只是为全体人民属于全体人民而由全体人民执行的事务管理工具。凡具有个性的,不论他是一个团体,是一个地域,是一个民族,是一个个人,都有他的自由的领域,不受外来的侵犯与干涉,其间全没有统治与服属的关系,只有自由联合的关系。这样的社会,才是平民的社会;在这样的平民的社会里,才有自由平等的个人”[12]。这种反对“一切特权阶级”、张扬“自由平等的个人”的“平民主义”，在五四时期具有强烈的反帝反封建的革命意义。正如毛泽东同志当时所指出：“宗教的强权，文学的强权，政治的强权，社会的强权，教育的强权，经济的强权，思想的强权，国际的强权，丝毫没有存在的余地，都要借平民主义的高呼，将他打倒。”在以“平民主义”为主潮的五四时期思想解放运动的冲击下，上层建筑各个领域“成功或将要成功许多方面的改革”，那“见于文学方面，由贵族的文学，古典的文学，死形的文学，变为平民的文学，现代的文学，有生命的文学”[13]。周作人的“平民文学”主张正是体现了这种时代精神和新文学发展的趋向。他不是明确地要求平民文学宣传“自主与互助两种道德”，以“科学观文学观”去启发教育人民大众的觉醒，真正使文学“应用在人生上”，发挥其“引路”的作用吗？这些见解在当时是何等的新鲜、可贵！

总而言之，周作人提倡的不论是“人的文学”或者是“平民文学”，都是以人道主义为主导思想的“为人生的文学”。名称虽有异同，“实质终是一样，就是个人以人类之一的资格，用艺术的方法表现个人的感情，代表人类的意志，有影响于人间生活幸福的文学”。这种文学是人性的，不是兽性和神性的，是人类的也是个人的；它所走的是写实主义道路，“俄国文学”就是榜样。因而这种“人生的文学实在是现今中国唯一的需要”[14]。

周作人的文学革命主张，同他当时所推崇的“日本新村运动”的政治理想是一脉相承的。他不止一次撰文宣扬“新村主义”，且于一九一九年七月亲访日本新村，说自己“体验到正当的人的生活的幸福”[15]。他为何如此神往日本武者小路实笃所搞的新村运动呢？因为他觉得新村运动真正体现了人道主义精神，实现了“人的生活理想”，在那里“主张泛劳动提倡协力的共同生活”，既赞美协力，又赞美个性，既发展共同的精神，又发展自由的精神；“同伴的益，便是我的益；同伴的损，便是我的损；同伴的喜，便是我的喜；同伴的愁，便是我的愁”；消除了劳动者与绅士、平民与贵族的差别，没有人剥削人、人压迫人的现象，人人平等，互助互利，友好相处，“不想用暴力来对抗暴力”，以“人间的理性”启发人的觉醒，使之回到“合理的自然的路上来”[16]。郭绍虞曾在《新村研究》[17]里这样评价新村运动：“新村的精神，便是万众的精神；新村的希望，便是万众的希望；所以新村的事业，亦即是万众的事业。待到新村的精神，普遍到万众的时候，万众的思想、意志，因受到新村的精神的刺激，生出一种觉悟，想要改造他的命运，那就不得不起来做新村的事业——人的生活”。实质上,周作人所鼓吹的“新村主义”是一种空想社会主义。对于十九世纪欧洲的空想社会主义,马克思、恩格斯曾肯定其在历史上的进步作用:一是它包含着对不合理社会制度的批判成分,“抨击现存社会的全部基础”,并“提供了启发工人觉悟的极为宝贵的材料”;二是它提出一些关于未来社会的积极理想,例如消灭城乡之间的对立,消灭家庭,消灭私人发财制度,消灭雇佣劳动制,提倡社会和谐,把国家变成单纯的管理生产的机关等。这些批判的、社会主义思想的萌芽,是科学社会主义的理论来源之一;但它的历史观是唯心主义的,是超阶级的人性论,因而这种学说的根本缺陷是不懂社会阶级斗争,反对暴力革命,妄图“通过和平的途径达到自己的目的,并且企图通过一些小型的、当然不会成功的试验,通过示范的力量来为新的社会福音开辟道路”[18]。实践是检验真理的唯一标准。中国革命的实践证明,这种美妙的预言已经落空,“新村运动”的空想社会主义道路走不通,唯有科学社会主义才能救中国,这就是历史的结论。不过,这种政治理想在当时的历史条件下,借以反对黑暗腐朽的封建法西斯专制统治及其反动思想意识,开启人们的反帝反封建的觉悟,是不乏进步作用的。周作人提倡的“人的文学”所表现的,“人的理想生活”,即是这种新村主义社会所实行的“人的生活”,这就给他的文学主张带来浓厚的空想主义的色彩。

五

周作人为人生的“人的文学”观的形成,除了在哲学上接受西欧文艺复兴和启蒙运动时期的资产阶级人性论和人道主义的影响外,同时,深受外国资产阶级文艺思潮的影响。一九一八年,他曾研究过日本近三十年的小说发展史,认为日本北村透谷等发起的“文学界”,其文学主张是“破坏因袭,尊重个性;对于从来的信仰道德,都不信任,只是寻求自己的理想”;他们的文学创作是“描写人生”,且使“文学与人生两件事,关联的愈加密切”,这是他们“新文学发达的一步”[19]。中国新文学欲兴盛,必须“摆脱历史的因袭思想”,真正地向西方先进文学学习,日本就是个榜样[20]。古代希伯来文学的精神与形式对周氏文学观形成也发生过影响。他认为希伯来文学的《旧约》,其“精神和形式”同中国新文学有密切的关系。不仅现代世界文学上的人道主义"一半"是从圣书上来的,"要想理解托尔斯泰、陀思妥也夫斯基等的爱的福音之文学,不得不从这源泉上来注意考察";而且《旧约》的文学形式"在中国语及文学的改造上也必然可以得到许多帮助与便利"[21]。他也从无政府主义者克鲁泡特金那里接受了"艺术家的目的,是将他见了自然或人生的时候所经验的感情,传给别人"的文学观。应特别指出的是,俄罗斯十九世纪为人生的文学对他文学观的形成尤为重要。一九二〇年他写过一篇《文学上的俄国和中国》,着重阐明了俄国近代文学的主要特色是"社会的、人生的",造成了一种"无派别的人生文学",可以称作"理想的写实派的文学;文学的本领原来在于表现及解释人生,在这一点上俄国的文学可以不愧称为真的文学了",其中戈里奇的为人生的文学创作中的"反抗的声调,在这黑暗时期里可算是一道引路的火光"。他认为"俄国文学的背景有许多与中国相似",因此号召中国致力于新文学者对于俄国"文学发达情形与思想的内容"尤其应该"注意研究",他相信"中国将来的新兴文学当然的又自然的也是社会的、人生的文学"。可见,周作人为人生的文学观的形成与东西方各种文学思潮的影响有密切关系。当然,这些文艺思想都没有超出资产阶级思想范畴,它既强化了他文学主张的历史进步性,也带来了一定的历史局限性。

六

周作人的为人生的"人的文学"主张,在五四新文学运动中具有一定的代表性。当时以人道主义为指导思想,来探讨新文学应表现人生、反映人生的文学革命主张,居相当的优势。有的认为"所以不满于旧文学,只为他是不合人性,不近人情的伪文学,缺少'人化'的文学",人们对于"白话文,只希望他是'人的'文学"[22];也有的认为"文学是人生的表现和批评,从最好的思想里写下来的,有想象,有感情,有体裁,有合于艺术的组织;集此众长,能使人类普遍心理,都觉得他是极明了,极有趣的东西"[23]。沈雁冰说得更明确:"进化的文学有三件要素:一是普遍的性质;二是有表现人生指导人生的能力;三是为平民的非一般特殊阶级的人的。唯其是要有普遍性的,所以我们要用语体来做;唯其是注重表现人生指导人生的,所以我们要注重思想,不重格式;唯其是为平民,所以要有人道主义的精神,光明活泼的气象。”[24]周作人的为人生的“人的文学”主张在五四新文学运动中，虽然没有茅盾稍后提出的为人生的文学观那么深刻，那么完整，影响那么大，但他提出得较早一些，论述得较系统一些，对文学革命的深入发展曾起过重要作用，也是事实。傅斯年看了《人的文学》激动地说：“我真佩服到极点了。我所谓白话文学的内心，就以他所说的人道主义为本。”[25]王丰园在《中国新文学运动述评》中说：“胡适的《文学改良刍议》奠定了新文学的形式，周作人的《人的文学》奠定了新文学的内容。”连胡适也不得不承认《人的文学》是一篇“最平实最伟大的宣言”[26]。这也许有点言过其实，不过它在当时的影响是可以想见的。

也许有人会提出问题：周作人的文学主张，只能代表新文学战线中的小资产阶级或资产阶级知识分子，不能代表早期的共产主义知识分子。是的，他的文学主张确实体现了小资产阶级或资产阶级知识分子对新文学的愿望和要求；但是有一铁的事实应该指出：小资产阶级或资产阶级知识分子在五四新文学运动中是一支重要的力量，不论是文学革命的理论主张还是显示文学革命实绩的文艺作品，大都出于他们的笔下，所以反映他们对新文学要求的文学主张同样具有普遍的进步意义。况且，周作人的以人道主义为思想基础的文学主张，并非同当时共产主义知识分子的思想绝缘，也不是同五四时代精神相悖，恰好相反：李大钊在《布尔什维主义的胜利》一文中明确表述第一次世界大战的胜利是“人道主义的胜利”，“一九一七年俄罗斯的革命，不独是俄罗斯人心变动的显兆，实是二十世纪全世界人类普遍心理变动的显兆”，这不是明显的“人性”“人道”的观点吗？他在《“少年中国”的“少年运动”》一文中进一步表明：“少年运动”的“精神改造的运动，就是本着人道主义的精神，宣传‘互助’‘博爱’的道理，改造现代堕落的人心，使人人都把‘人’的面目拿出来对他的同胞”[27]，这是地道的人道主义思想。毛泽东在《湘江评论·创刊宣言》中，不是也鲜明地提出当时“各种对抗强权的根本主义，为‘平民主义’，”新文学要向着“平民的文学”方向努力吗？李大钊在《平民主义》一文中讲得更清楚：“风靡世界的‘平民主义’”这一“绝大的潮流遍于社会生活的种种方面”，其中“文学”当然也“著他的颜色”；又指出“现在世界进化的轨道，都是沿着一条线走，这条线就是达到世界大同的通衢，就是人类共同精神联贯的脉络”，“平民主义”则是“这条线上的记号”，而“这条线的渊源，就是个性解放”。李大钊充分肯定了“人道主义”“平民主义”“个性解放”等新思潮对于“现代世界进化”所起的重要历史作用,那么周作人根据这种新思潮提出的“人的文学”“平民文学”,不是既符合当时世界的民主潮流又体现了五四时代精神吗?由此看来,以人道主义为思想基础的文学观在五四新文学运动中,不仅是资产阶级或小资产阶级批判封建文学、创建新文学的重要理论武器,而且早期共产主义知识分子也并非排斥它;它在五四文学革命中并不是共产主义思想的对头,一度曾是共同向封建文化思想进行战斗的“盟友”。

七

周作人的文学主张的历史进步性还具体表现在如下几方面:

第一,以人道主义作为新文学的核心思想,这就同封建文学的反动思想内容划清了界限。用人道主义观察人生,就是要求文学表现人性,表现人的尊严,把个性解放作为新文学宣传的主旨,使人性摆脱一切旧思想旧习惯旧制度的束缚,将自身的个性解放同全人类的个性解放结合起来。封建文学的思想支柱则是封建主义,即宗法制度和思想,所谓什么“三纲五常”“三从四德”“存天理灭人欲”等一套封建“儒教”“道教”“理学”;而以人道主义为本的新文学就是要摧毁一切表现孔学、道教、理学、鬼道、神道、兽道等乌七八糟的非人道德的封建文学,揭露封建主义如何灭绝人们的“平和、优美、博爱、仁慈的精神”[28],把人们从“非人的生活里救出”,使其成为“完全的人”。

诚然,人道主义是资产阶级文艺复兴时期提出的一个反宗教反封建的口号,是属于资产阶级的思想体系;然而这个口号不仅在西方资产阶级革命中起过推动历史前进的作用,而且在创建世界文学之林的过程中也产生过不可低估的作用。有多少世界文学名著,如莎士比亚、雨果、易卜生、屠格涅夫、托尔斯泰等的一些作品,都或深或浅、或明或暗地流贯着一种人道主义精神,程度不同地表现了人的伟大品格和崇高尊严,但并未因此而减弱这些作品在世界文坛上所放射出的不灭光辉。无产阶级对于人类在资本主义阶段所创造的精神财富,包括人道主义在内,也并非采取绝对否定的态度,而常常是除其糟粕,取其合理的成分,经过改造,为本阶级所用。伟大的马克思主义者不都完全抛弃人道主义。马克思在《经济学——哲学手稿》里提出了“人学”问题，一九七六年英国柏拉维尔教授在其著的《马克思与世界文学》一书里引证了马克思谈到的“人学”后指出：“文学研究应该成为‘人学’的一部分”。马克思对一些表现人性美、人情美的文艺作品也是赞许的，如他在分析长篇小说《巴黎的秘密》前半部的女主人公玛丽花时，指出她的出卖皮肉生涯的社会环境尽管那样恶劣，但她“仍然保持着人类的高尚心灵”、“人性的优美”，从而说明“她怎样在非人的境遇中得以合乎人性地成长”[29]。可见，评价五四文学时充分肯定“人的文学”主张，并没有什么后患。况且，五四时期正是新民主主义革命的序幕刚刚拉开，文化思想战线的主要战斗任务是彻底批判封建文化思想，要创建的是革命民主主义新文艺。在这种特定的历史条件下，周作人的文学主张的进步性不是显而易见的吗？

第二，“人的文学”的命题，揭示了文学与人与人生的关系，使文学创作把人作为描写的中心，并为人生服务。文学是以社会生活为描写对象的，而形形色色的社会生活现象总是通过各种不同的人表现出来，故文艺反映生活总是离不开人。高尔基说“文学是人学”；恩格斯主张创造“典型环境中的典型性格”，又提出“每个人都是典型，但同时又是一定的单个人”，而这“单个人”即指具有独特人性的个人。可见，表现人，将人作为描写的主要对象，乃是文学创作的一个带根本性的问题。周作人所说的写人也不是世界上所有的人。他反对写那些封建贵族的“英雄豪杰才子佳人”（其实也可以写，问题是以什么立场、态度去写），主张写“世上常见的人”，描写“世间普通男女的悲欢成败”，表现那些被侮辱被损害者的命运。他很赞赏陀思妥耶夫斯基的小说，因为“陀氏专写下等堕落人的灵魂”，且能写出这些被损害者灵魂里“时时露出美与光明”[30]来。这样有意识地将社会下层人们作为新文学的主要描写对象来提倡，对五四新文学创作是大有益处的。

文艺要不要为“人生”服务，这是“艺术派”与“人生派”在文艺主张上的根本区别。艺术派主张为艺术而艺术，否认文艺与人生的关系；人生派承认艺术与人生相关，不承认有与人生相悖的艺术。对于人生派强调文艺表现人生、为人生服务的唯物主义观点，周作人是予以肯定的，但他也看到这派的文学主张，由于忽视艺术规律易于导致“文艺为伦理的工具，变成一种坛上的说教”的弊病，于是他对人生派的文艺主张作了“正当的解说”，即“文艺应当通过了著者的情思，与人生有接触。换一句话说，便是著者应当用艺术的方法,表现他对于人生的情思,使读者能得艺术的享乐与人生的解释”[31]。这个定义表述得虽然不够准确,但它比较全面,既强调了文艺应当表现人生,表现作者对人生的思想感情,又指出应当按照“艺术的方法”即遵从艺术本身的规律去表现人生,这样的文艺才能更好地为人生服务,发挥文艺的美感作用、教育和认识作用。至于如何表现人生,他也作了说明。这对于具体指导作家以文艺表现人生、为人生服务是有意义的。

第三,提倡运用写实主义,即现实主义创作原则。陈独秀、胡适早已提到“写实主义”,周作人是作了些发挥,稍后的沈雁冰对现实主义的提倡更具有新的特点。他们为新文学的发展指出一条现实主义的道路。新文学要真实地反映人生,正确地表现下层人们的“非人的生活”,必须坚持现实主义创作方法。对此,周作人很重视。他既反对贵族文学那种修饰雕琢、华而不实的创作倾向,又排斥那种游戏玩弄的“非人的文学”的创作态度,主张坚持严肃的写实主义创作原则,真实地反映“非人的生活”。他认为“写实小说”,“受过了‘科学的洗礼’”,应表现“唯物论进化论的思想”;“写实小说的目的,是寻求真实解释人生八个字”[32]。他非常推崇俄国文学的“理想的写实主义”[33],并提出“以真为主,美既在其中”的创作准则。此外,他对新文学的语言、形式改革也有些可贵的意见。他强调文学思想内容改革的重要性,但也认为形式的改革甚为重要,因为旧形式“一定装不下新思想”,所以对表现新思想的文学形式也要作相应的改革;他很重视中国的“口语”,只信“口语”才能写出或译出好诗来。他对儿童文学、新体诗、理想的悲剧等,尚有些新鲜见解,在当时也是一新耳目。这些文学理论主张,不仅对破除封建旧文学、创建新文学起过历史作用,而且也对文学研究会的“为人生”的文学主张产生过一定影响,他为文研会起草的《文学研究会宣言》就体现了文学为人生的精神。

周作人的文学主张也存在明显的历史局限性,主要表现在:其一,“人的文学”或“平民文学”或“为人生”的文学,都同他极力鼓吹的日本新村主义的政治理想联系在一起,并要求新文学反映这种空想式的新村“理想生活”,这就不能不给他的文学带来消极性。因为当时中国社会的黑暗到了极处,帝国主义列强和封建军阀狼狈为奸,残酷地统治着中国人民,广大农村的地主封建势力根深蒂固,因而在如此尖锐的民族矛盾和阶级矛盾面前,“新村主义”的政治理想根本不能实现,尤其那条反对暴力革命的“新村”道路更是走不通。如果新的文学作品果真描写了这种“理想生活”和“新村”道路,那在一定程度上将会麻痹人们彻底反帝反封建的革命斗志,产生一些不切实的幻想。

其二,“人的文学”对封建文学来说是一次较深刻的革命,但它毕竟是以人性论为思想基础的文学主张,它只能从生物学的观点强调新文学应当表现人类共同相通的人性,而忽视了生活在阶级社会里的人也带有明显的阶级性。这种在形式上表现为超时代、超阶级的抽象人性,实质上是小资产阶级或资产阶级的民主主义要求。它虽然在五四新文学运动中具有进步性,但对于新民主主义文学沿着社会主义方向发展不能不产生些消极作用。

其三,为人生的文学主张在新文学发展上是个很大进步,虽然能分清“贵族”和“平民”两大层,但还嫌笼统些、抽象些。因为社会上的“人生”是阶级的人生,你为的是那个阶级的人生呢?为资产阶级人生吗?还是为小资产阶级的人生?抑是为工农的人生?这些问题并没有得到明确的解决。特别五四运动的高潮过去不久,周作人的为人生的文学主张有明显退步。他不仅公然指责艺术上的“功利”[34],而且突出地强调“文艺以自己表现为主体”[35],流露出“为艺术派”的倾向。

其四,以“人的文学”反对“非人的文学”,固然表现了他反对封建文学的积极态度,但从他列举的十类“非人的文学”来看,其中有《西游记》、《聊斋志异》、《水浒》等。对这些中国古代文学史上有影响的优秀作品加以排斥,不仅仅是归类的错误,且在一定程度上表现了他对我国古典文学所采取的是形而上学的态度。

其五,尤其值得指出的是,他是一个地道的个性主义者和人道主义者,他总是把自己积极的文学活动同满足自己某种“趣味”联系在一起。后来他曾回忆说,提倡人道主义文学能够“满足自己的趣味”也就“足为经营这些生活或艺术的理由”[36]。这种世界观的局限性,不能不说为他最终背叛了五四新文学的反帝反封建的方向而堕落成民族的罪人,埋下了伏线。

此文着重就周作人五四时期的文学主张作了评述,至于如何评价他一生的文学创作及思想发展道路,非本文所涉及的范围。

注:

[1][2]《中国新文学大系·文学论争集·导言》

[3]胡适:《五十年来中国之文学》

[4]刊于1919年3月2日《每周评论》

[5][25]《白话文学与心理的改革》,1919年5月《新潮》1卷5号

[6]《近代中国文学思想的变迁》,1920年9月《新潮》2卷5号

[7]《人的文学》,1918年12月15日《新青年》5卷6号

[8][26]《中国新文学大系·建设理论集·导言》

[9]《十八世纪法国哲学》,商务印书馆版第625页

[10]毛泽东:《民众的大联合》

[11]《平民文学》,1919年1月19日《每周评论》

[12][28]李大钊:《平民主义》

[13]毛泽东:《〈湘江评论〉创刊宣言》

[14][31][33]周作人:《新文学的要求》

[15]《访日本新村记》,1919年10月《新潮》2卷1号

[16]《日本的新村》,1919年3月15日《新青年》6卷3号

[17]刊于1919年10月《新潮》2卷1号

[18]马克思、恩格斯:《共产党宣言》

[19]周作人:《艺术与生活》第275页,1931年上海群益书社版

[20]周作人:《艺术与生活》第294页

[21]周作人:《艺术与生活》第77－80页

[22]傅斯年:《怎样做白话文?》,1919年2月《新潮》1卷2号

[23]罗家伦:《什么是文学?》,1919年1月《新潮》1卷2号

[24]《新旧文学平议之评议》,1920年1月《小说月报》11卷1号

[27]刊于《少年中国》1919年9月15日第3期

[29]《马克思恩格斯论艺术》第3册第49－50页

[30]周作人:《陀思妥也夫斯基之小说》,1918年1月《新青年》4卷1号

[32]周作人:《再论黑幕》

[34]周作人:《自己的园地》

[35]周作人:《文艺上的宽容》

[36]周作人:《艺术与生活·自序》

（该文曾发表在《文学评论》丛刊第八辑）

冰心早期"问题小说"思想意义新探

冰心是中国现代文学上最早出现的优秀女作家，是光耀五四文坛的一颗新星。三十年代初，她在《〈冰心全集〉自序》中自谦地写道：

> 从头看看十年来自己的创作和十年来国内的文坛，我微微的起了感慨，我觉得我如同一个卖花的老者，挑着早春的淡弱的花朵，歇担在中途。在我喘息挥汗之顷，我看见许多少年精壮的园丁，满挑着鲜艳的花，葱绿的草，和红熟的果儿，从我面前如飞的过去。我看着只有惊讶，只有艳羡，只有悲哀。然而我仍想努力！我 知道我的弱点，也知道我的长处。我不是个有学问的人，也没有喷溢的感情，然而我有坚定的信心和深厚的同情，在平凡的小小事物上，我仍宝贵着自己的一方园地。我要栽下平凡的小小的花，给平凡的小小的人看！

这是对早期自己创作道路的富有诗意的总结，也是对今后自己"仍想努力"创作的激励和鞭策。她对自己的创作既看到了长处又看到了弱点，表现了一种谦虚的实事求是的精神。冰心是五四文学园地的辛勤园丁，她以自己的汗水浇灌出一朵朵独具风采的艺术之花，为新文学的百花园增添了异彩。对于这些"小小的花"，解放以来的评价，总的倾向是贬多褒少，甚至有的被视之为消极或反动的作品。这种指责，既不符合冰心早期作品的内容实质，又不符合无产阶级和人民大众对新文学的要求。无产阶级肩负着解放全人类的伟大使命，她在文艺上并没有狭隘的阶级偏见，要求题材多样化。凡是有利于人成为真正的人，有利于人从压迫和奴役所造成的科学文化的愚昧状态下解放出来，有利于人从旧传统旧习惯里挣脱出来，有利于人的审美意识全面发展的一切题材，无产阶级和人民大众都是欢迎的。描写火热命斗争，鼓舞人们向光辉未来奋勇前进的题材，固然重要；而那些描写社会上各个阶级、各种人物的动态和心理，有助于人们认识世界的多样性和生活的复杂性的作品，也是不可缺少；即令写一首抒情短曲或写一篇"爱"的小说，只要能使人们在鉴赏中得到美的怡悦，也符合无产阶级和人民大众的审美需要。如果我们能从这样意义上评述冰心早期的“问题小说”的思想意义,也许会作出比较切近实际的判断。

五四时期波澜壮阔的思想解放运动和反帝反封建的爱国运动,焕发了冰心的民族民主意识的觉醒,开启了她的文学才华的闸门。她不仅以爱国者的姿态出现在五四游行队伍的行列里,同时以写“问题小说”的能手步入文坛。从此,一发而不可收,“几乎每星期有作品,而且多半是问题小说,如《斯人独憔悴》,《去国》,《庄鸿的姊姊》之类”[1]。这些“问题小说”是时代的产物。它们在某些范围内,以新的语言、新的结构,表现了新的人物和新的主题。既在一定程度上显示了五四文学革命的实绩;又强弱不同地体现了反帝反封建的时代精神,并且能从探索人生道路出发,触及到现实中一些重要的社会问题。

一

家庭、婚姻、爱情是一个问题的三个方面,它们同一个人的生活、命运、前途等息息相关,也同一个社会的法律制度、道德规范、思想意识联系在一起。因之,时代的变化和社会的更替,往往非常灵敏地从它们身上反映出来。“五四”时期是一个新与旧、光明与黑暗交替的伟大时代,是一个将争取“人”的解放和民族解放的斗争紧密结合的战斗时代。不少文学新人常常通过描写家庭、婚姻、爱情诸方面的题材,来反映时代风云的变幻和社会发展的动向,来表现反帝反封建的政治倾向和民主主义的思想要求。这是“五四”小说创作的重要思想特色之一。

冰心的处女作《两个家庭》,描写了五四时代两种不同类型的婚姻家庭。通过它们之间的相互对照,形象地回答了“家庭的幸福和苦痛,与男子建设事业能力的影响”问题。陈家是个痛苦的家庭,但这痛苦家庭的造成,主要与陈华民的婚姻直接相关。陈的“内人是个宦家小姐”。这位在封建官僚家庭娇生惯养长大的陈太太,不仅养成了好逸恶劳、享乐奢华、雇佣剥削的恶习,而且从她的阶级本性出发,错误地理解了五四时期的“妇女解放运动”。她把不务家政,应酬宴会,打牌跳舞的放荡游闲生活当成“妇女解放”的所为;谁要劝说她,就以“不尊重女权”“不平等”等争取个性解放的口号为盾牌,进行还击。实际上,她是一个披着“尊重女权”外衣的骨子里却充满了封建贵族臭气的“宦家小姐”。她不止是不理家,不教育子女,不关照丈夫;而且讲吃好穿,挥霍无度,造成家庭“经济拮据”,债务深重。陈华民和她结婚所组成的家庭,必然是痛苦的。作者刻画这样一个女性,在一定程度上揭露了封建贵族阶级的流弊,斥责了那种曲解“妇女解放运动”的谬说。陈华民悲剧的形成,固然与黑暗腐败的社会制度有关——他在英国留学壮志满怀,幻想通过“实业救国”的途径,“立刻要把中国旋转过来”,但回国后,“政府只给他一名差遣员的缺”,使他“素志不偿”,因而发出“这个时势,不游玩,不拼酒,还要做什么,难道英雄有用武之地”的愤慨,于是走上“自暴自弃”的道路;但是作者所着重揭示的却是深刻的家庭原因:他在社会上得不到支持,感不到温暖,心想有个幸福的家庭,有个能体贴他的妻子,使之在家庭得到精神上的慰安;然而恰恰相反,他与“宦家小姐”组成的小家庭如同封建社会的大家庭一样的冷酷、腐败。他每每带着苦闷失意的心情回到家,得到的不是妻子的温爱和孩子的亲昵,而是太太的吵闹和孩子的哭叫,使他“百倍的不痛快”。社会和家庭这两把无形的铁钳,将他脆弱的灵魂挤扁,使其走上“好闲纵酒”的道路。

这里,三哥和陈先生有一番发人深思的对话:

> 三哥叹了一口气说:“这话自道理,这个时势,就有满腔的热血,也没处去洒,实在使人灰心。但是大英雄,当以赤手挽时势,不可为时势所挽。你自己先把根基弄坏了,将来就有用武之地,也不能做个大英雄,岂不是自暴自弃?”
>
> 这时陈先生似乎是站起来……过了一会说:“也难怪你说这样的话,因为你有快乐,就有希望。不像我没有快乐,所以就觉得前途非常的黑暗了。”这时陈先生的声音里,满含愤激与悲惨。
>
> 三哥说:“这又奇怪了,我们一同毕业,一同留学,一同回国。要论职位,你还比我高些,薪俸也比我多些,至于素志不偿,是彼此一样的,为何我就有快乐,你就没有快乐呢?”陈先生就问道:“你的家庭什么样子?我的家庭什么样子?”

通过这段对话,揭示出几个具有深刻思想意义的问题:一是知识青年的报国宏愿能否得酬,同“时势”的优劣联系在一起。“时势”优越,便为壮志的实现提供了良好的社会条件;“时势”恶劣,就要埋没一个人的雄心,这便在一定程度上暗示出“科学救国”的道路在当时的社会情势下是走不通的,唯有改变黑暗社会的“时势”,才是五四时期知识青年的当务之急。二是有热血的知识青年,不能为腐败的“时势”所屈,更不能“自暴自弃”,应该有“赤手挽时势”的英雄气魄；陈先生那种小资产阶级的狂热病和患得患失情绪，恰是他“为时势所挽”的内在基因。三是旧中国一个有抱负的知识青年在社会上碰壁而感到痛苦不能自拔的时候，美满幸福的家庭和情投意合的妻子，不论对其生命前途的安危，或者对其社会责任感的保护，都将起着一定作用。陈华民悲剧的深刻性主要表现在：透过家庭问题触及到社会问题，主观上回答的是家庭好坏直接关系到知识青年的志向有否实现和前途命运如何的问题，客观上却艺术地暗示出“实业救国”的资本主义道路在半封建半殖民地的旧中国行不通；尽管作者过多的同情，影响了对他悲剧社会根源和思想根源的深入开掘。

与陈家相对照，三哥家是五四时期知识分子的幸福的理想家庭，它在一定程度上表现了作者对待家庭及儿童家庭教育的先进思想。三哥和亚蒨是一对情投意合的伴侣。三哥是留英学生，深受西方资产阶级民主思潮的熏陶，虽有为祖国建设事业献身的志向，但因“时势”的关系，致使“素志不偿”，流露出对腐败当局的不满情绪。他之所以未走上陈华民的“自暴自弃”的道路，除主观原因外，一个重要的客观因素，在于有个美满幸福的家庭。亚蒨是这个家庭的主妇，她受过高等教育，性格“和蔼静穆”，开朗活泼，精明强干，任劳任怨，是三哥家庭的坚强内助；并与三哥有着同样的事业心，是他事业上的得力助手，即使“礼拜”俩人也忙于翻译，“红袖添香对译书”正是他们志同道合的恩爱生活的生动写照。亚蒨不仅是三哥的理想爱人，同时也是位教育有方的新型母亲。她对孩子的教育完全废除了封建家庭那一套，既不读“圣贤书”，又不施“体罚”，而是从教育方式到教育内容作了根本的改革，能够根据儿童的心理特点和智力条件，进行循循善诱的教育，以促进孩子智力的发展和美德的增长。如教育孩子摆积木，唱歌，看图，剪花，懂礼貌，爱清洁，念字片，从不讲“神怪悲惨的故事，去刺激他的娇嫩的脑筋”，以保证孩子的思想性格得以健康成长。有人说这是宣扬镀了“金”的“中国封建式的贤妻良母主义”，这不仅是过分苛求，而且评之不当。关于封建式的贤妻良母主义对新民主主义道德是否有值得批判继承的合理因素暂且不议，就以亚蒨这个形象来说，从她受的教育、对待爱人和孩子的态度以及处理家庭关系的准则等方面来考察，她不像薛宝钗一类的封建主义理想的女辈，而是一个受到五四新思潮影响的资产阶级知识分子女性；由她和三哥所建立的家庭是带有中国民族特点的洋溢着西方文明气氛的新家庭。这样的家庭在五四时期是属于新式的进步家庭，虽然它居于上流社会，并没有普遍的社会意义，但它对封建宗法式的家庭制度和陈太太那种“家庭”却是有力的讥讽,对支持知识阶层的“男子建设事业能力”的发挥尚有一定积极作用。

婚姻家庭的性质,不仅直接影响到“男子建设事业能力”的发挥,而且紧密关系着立志为社会服务的女子的宏愿的实现。《秋风秋雨愁煞人》的主题触及到这个问题。小说描写了英云、淑平、冰心三个受到民主思潮激荡的知识女性,她们是同窗学友,均有学好本领为社会服务的抱负和理想,但三人的命运却是不同的。作者侧重以英云的悲剧命运指斥了封建婚姻对女知青社会理想的扼杀,具有鲜明的反封建倾向。英云在同学中,不论是道德或学问皆是“绝特的青年”,“性情更是十分的清高活泼,志向也极其远大”,立志中学毕业继续深造,“研究高深的学问”为“将来”的社会服务;但是残酷的封建婚姻制度断送了她的“理想”,官僚旧家庭葬送了她的才华。她在“父母之命”的威逼下同表兄士芝结了婚,但表兄并不是她的“理想”对象,只不过是一个司令的儿子和封建旧家庭的纨绔子弟;她的婆母完全按照封建妇道要求她,自己的亲生父母“总是觉得很满意,以为姨母家里从容”。在这样的家庭环境里,清高活泼的英云完全失去独立的人格和志趣的自由,抱负付诸东流,希望化为泡影。正是淑平病逝时她所预感到的:“率性死了,一切苦痛自己却不知道不觉得了,只可怜那肉体依是活着,希望却如同是关闭在坟墓里”,岂不知“希望死了,更是悲惨的事情啊!”英云虽然是个有志向有才华的女青年,但缺乏斗争性,敢怒不敢言,心怀不平不敢反,最终只能把“牺牲自己服务社会”的希望寄托在“生龙活虎一般”的冰心身上。小说透过英云的悲剧,不仅对小资产阶级知识分子的软弱性有所针砭,更主要的是鞭挞了封建婚姻制度和旧家庭对青年女性的“理想”和“才华”的有形或无形的扼杀,从如何解放知识女性实现其为社会服务宏愿的角度,提出了反封建的迫切性和重要性。

爱情是婚姻、家庭的基础,没有真正的爱情很难有美满的婚姻和幸福的家庭。至于什么样的爱情才是真正的爱情,作者在《两个家庭》里并未写男女双方的恋爱过程,也未明确表露自己的爱情观;《秋风秋雨愁煞人》只是从英云的婚姻悲剧中有所暗示,但她稍后写的小说《惆怅》却对这个问题作了形象的回答。《惆怅》通过描写炳星与蘧因、若蘩与炳星、希禔与蘧因之间的微妙恋爱关系,探求了知识青年应该以怎样的爱情观正确处理建立功业与爱情婚姻的关系,以什么样的道德观来妥善处理恋爱纠纷。小说曾借炳星对若蘩、蘧因谈“青年与婚姻”的机会,表述了作者的爱情观:“我主张的是理性的婚姻,恋爱是根基于理性上的。两方面相互的觉得自己的婚姻,不仅是为家庭的幸福,而且能为社会造幸福的，因着前途可成就的功业，所以两方面有永久互相帮助的需要，这样是以婚姻作一种建立事业的手续，这自然难为一般普通人说法，不过知识阶级的人，应有这样的理想。至于办法，在这过渡肘代，自然先应有家庭方面的赞成和嘉许，才是完全。像那些两方面盲目的浅薄的恋爱，不顾家庭方面，只凭自己一时的情感，我是绝对不赞成的。”炳星和蘼因的恋爱过程充分体现了这一恋爱婚姻观。炳星之所以深深地爱上蘼因女士，不仅因为她外貌美，华北大学的高材生，主要因为他们之间有着共同的思想基础，都愿把自己的前途、功业同爱情婚姻结合起来；蘼因之所以热恋着炳星，也主要因为炳星的“冷的理性”观点令她“慰安”和“佩服”，他的出众的才学和替社会尽义务的事业心为她倾倒，故她愿“将自己的前途，托付在你清洁高远的命运里”。最后他俩在双方老人的赞许下，由自己决定结成志同道合的爱侣。不过，他俩的恋爱得到美满的结果，并不是建立在夺人之美、伤害他人的不道德的基础上，而是以正确的道德观处理同其他人的关系问题。比如炳星对蘼因早有爱恋之心，当他听说希禔已爱着蘼因的时候，他积极成全他们，为不影响他们关系的正常发展，他决然辞去华北大学的聘请而远去杭州大学任职，直到他们大学毕业施因谢绝了希禔的求爱，他才正式向蘼因吐露了真情；而希禔对炳星的“一年的辅助”非常感激，并祝贺他得到施因作为“内助”。这篇小说可以作为《两个家庭》、《秋风秋雨愁杀人》的续篇，它触及到恋爱、婚姻的几个原则问题：其一，恋爱结婚是青年男女的终身大事，必须采取审慎严肃的态度，那种一见钟情的“盲目的浅薄的恋爱”不会给家庭带来多大幸福，也不会给社会带来多大益处，应该以冷静的“理性”的头脑慎重处理；其二，恋爱结婚不能单单看成是私人生活方面的问题，一味地沉醉于恋爱的甜蜜中和婚姻的幸福中，应该把恋爱婚姻同为社会谋福利结合起来，即“不仅是为家庭的幸福，而且能为社会造福的”；其三，真正的爱情必须建立在共同为社会创建“功业”的思想基础上，这样的爱情双方才“有永远互相帮助的需要”，且使婚姻同“前途的功业”紧密联系在一起，这就同为爱情而爱情的爱情至上主义和为婚姻而婚姻的世俗婚姻观划清了界限；其四，爱情婚姻首先应该由自己做主，但这并非排斥求得“家庭方面的赞成和嘉许”，这同“父母之命，媒妁之言”的封建包办婚姻是有根本区别的。五四时期反封建的重要内容之一，即是反对封建婚姻制度和封建道德，冰心当时能提出这样先进的恋爱婚姻观（当然是反映了小资产阶级或资产阶级对爱情、婚姻的要求），其进步性是可以想见的。

二

家庭的幸福和痛苦，对于一个有志于祖国建设的知识分子，能否充分发挥自己的聪明才智，固然能起一定的作用；但是起决定作用的是祖国的社会制度和政权性质。《两个家庭》虽初步接触到陈华民的怀才不遇、郁闷而死是与现实社会的"时势"有关，然而并没有直接地把矛头对准封建军阀政府。小说《去国》直接揭示了具有爱国壮怀的留学生同腐败无能的军阀政府之间的矛盾，表现了更富有时代意义的主题。英士是个留美七年的"学习土木工程"的爱国知识青年，他带着"全班第一"的毕业成绩回到祖国，一心想把自己的才能献给"少年的中国"；然而他没有料到梦中的"民国"已蜕变为封建军阀政府。他好歹得力于父亲的"后门"关系在政府"补了技正"，但他的"真才实学"却丝毫没有得到施展，只落得整天"守株"的下场。黑暗腐败的社会现实同他的爱国壮志发生了尖锐矛盾，使其喊出"我何不幸是一个中国少年，又何不幸生在今日的中国"的愤激之词。因而，他不愿"随波逐流，卷入这恶社会的漩涡里头"，更不愿把自己的"壮志雄心，消灭殆尽"，毅然决定暂去美国，完成他毕业时"发明了一件机器"的"初志"。在他看来，不是"我英士弃绝了"祖国，而是祖国"弃绝了我英士"；尽管如此，他对祖国的前途并未丧失信心，仍抱有希望，期待再回国时的"那个中国，不是我现在所遇见的这个中国"，英士"去国"的道路，在当时与那些为拯救祖国的命运而勇敢探索革命道路的猛士相比，不是一条积极的途径；但同那些与"恶社会"同流合污或是消磨意志或是悲观颓唐的知识青年相比，他选择的道路也是不可厚非的。这篇小说的思想意义，我认为主要不是表现在作者为矛盾的解决开的是什么"药方"，而是体现在对腐败军阀政府的深刻揭露上：由于南北方连年内战，"金钱都用在硝烟弹雨里"，使"国库空虚如洗"，那有款项办"铁路的事业"，因此英士学的"土木工程"无用武之地了，此其一；一些留美学生回国，原想办工厂"振兴实业"，"救济贫民"，并自己动手操办设备，但军阀政府毫不支持，使他们的计划全盘落空，此其二；政府内部派系斗争激烈，争权夺利，互相倾轧，尔虞我诈，职员们迟到早退，聊天扯淡，消磨时光，晚上不是打牌闹酒，就是纵欲嫖妓，腐化已极，此其三。如是的颓败无能的军阀政府，不知扼杀了多少爱国知识青年的报国宏愿，不知毁灭了多少有志于国的知识青年的才华，这就艺术地说明了"实业救国"的道路走不通，唯有祖国的命运改观了，政权的性质改变了，个人的聪明才智或许方能在祖国的建设事业上开花结果。虽然冰心当时不能明确地意识到这一点，但是作品的客观意义却显现出来了。

《去国》思想内容的深刻性还表现在，它触及到资产阶级领导的辛亥革命的沉痛教训。对此，作者着重通过刻画朱衡的形象来体现的。朱衡是个老同盟会员，“革命党中的重要分子”，打十八岁起即“废寝忘食，奔走国事”，并把“十万家财”的一半捐献给革命，清政府多次“通缉”他，他却无所畏惧地在敌人的“刀俎网罗里转来转去”，“剑外惟余肝胆在，镜中应诧头颅好”正是他当年的写照。广州起义，他带着一箱炸弹“雍容谈笑的进了广州城”，激昂慷慨地参加了起义队伍。他亲眼看到一百多革命志士在“枪声刀影”中“血肉横飞”，只因“吾党（指国民党）少年”大事未成，然而却留得“战场白骨艳如花”。此后，他为革命“蹈汤火，冒白刃，今日海角，明日天涯”，直至“共和已经造成了，功成身隐”。这是位孙中山领导的资产阶级革命的老英雄，他说明“中华民国”是先烈的头颅热血换来的。但是辛亥革命所建立的中华民国，徒有“共和”的空名，“只换得一个匾额”，没有民国之实。为此，朱衡极为悲愤地诉说：“要不是造成这样的共和，我还不至于这样的悲愤。只可惜我们洒了许多热血，抛了许多头颅，只换得一个匾额，当年的辛苦，都成虚空。数千百的同志，都做冤鬼。”对于这位退隐的资产阶级革命的失败的老英雄，作者怀有深深的同情，有肯定过分、批评不足之嫌。尽管如此，但透过这个形象所显示的思想意义却是相当深刻的：由于资产阶级革命的妥协性、不彻底性，致使辛亥革命只赶跑了一个皇帝，不久又钻出个袁皇帝，仅有民国的躯壳，而无民国之灵魂，政府大权落在封建军阀手里，造成了祖国内忧外患的日益深重的局面。英士的“去国”，实际上是对封建军阀政府的否定，也是对其父所参与的辛亥革命遭到如此惨败的不满。于一九一九年底，冰心对资产阶级领导的辛亥革命及其所建立的“民国政府”的认识能达到如此的高度，且能通过塑造艺术形象予以表现，的确是可贵的。

由于《去国》主题思想的深刻性和战斗性，当时一发表即引起强烈反响。“鹃魂”写了篇长文对《去国》进行评述：“我看了这篇《去国》的小说，触动了我无限的感慨，唤起了我无限的凄凉，我想中国现在，象那位英士的，正复不少呢！不如他的，那更多了！我只希望以后像那英士的那种人，不要去国，以后的国家不要再同自己开玩笑，要想法子，叫他们不致于去国！那就是我们国家的好现象了！所以我对于这篇《去国》，我决不敢当他是一篇小说，我以为他简直是研究人材问题的一个引子。我所说的,并不是借此发发自己的牢骚,吐吐个人的酸气,不过是把我曾经见过的事实,合那现在社会的状况,大声急呼,痛苦流涕的写出来,与大家作为研究这国家人材根本问题的材料罢了!我想这位冰心女士,做那篇《去国》的时候,一定也有无限的怀抱!所以做得那样的沉痛,那样的恳切,也具有醒世的苦心!"[2]这篇《盛言》虽然对封建军阀统治的"国家"存有一定的幻想,但它却倾诉了留学生怀才不遇的痛苦遭遇,揭露了军阀政府毁灭人材的罪恶,从而肯定了冰心小说的强烈的战斗意义。

三

五四运动是一场声势浩大的反帝反封建的爱国运动,"青岛问题"则是这场运动的导火线。在五四文学革命的创作实践中,直接以小说形式反映五四反帝爱国运动的实是罕见,可喜的是冰心却在她的小说《斯人独憔悴》中触及到这场斗争。表面看,它反映的是一个封建买办家庭的父与子之间的矛盾,实际上,则是从一个侧面展示出五四运动中爱国青年同封建军阀买办官僚之间的爱国与卖国的斗争。颖铭、颖石兄弟俩是爱国青年学生,都是学生会的代表和干事。他们面对着"日本从德国手里夺过"青岛而军阀政府的外交官又在巴黎合会上签字的丧权辱国事件,面对着祖国命运危在旦夕而"国民却仍然沉睡不醒"的悲痛现实,燃起胸中反帝反封建的爱国火焰,决然涌进了五四运动的革命浪潮。他们不仅积极参加演讲队,发动群众"购买国货"抵制日货,即使被困在家时闻说学生组成"请愿团",仍是心急如火,并未消沉下去。对于青年学生的反帝爱国运动,军阀政府非但不支持,反而采取种种手段进行镇压,妄图扑灭反帝爱国烈火,实现其媚日卖国的阴谋。小说初步揭露出:一是军阀政府派军队施以武装镇压,胁迫学生的爱国行动,颖铭就是在一次演讲活动中被其刺伤手臂。二是反动学校当局同封建家长相勾结,扼杀学生爱国热情。校长对爱国学生严加"惩办",欲造成"玉石俱焚"的惨局,并密谋其家长,暗中配合,以钳制学生的爱国行动。封建家长化卿是个地道的媚日卖国派,对其子颖铭、颖石采取极其残暴的手段:先是派人去南京将其驱回家,即使带伤住院者也不得迟误,把他们软禁在如监狱的院落里;继之就是声色俱厉地审判,不准其子申述爱国行动的正义性,狂暴地训斥儿子是"犯上作乱",且把茶杯花瓶摔得粉碎,以示威吓;然后翻检,撕毁其子的进步书刊,禁止他们同"学校里朋友的交际和通信",只准其看

《公言报》，埋进“制艺、策论和古文”等封建故纸堆里，以软刀子阉割他们的爱国反帝思想；最后索性断绝他们继续求学的愿望，唯恐其卷进“风潮”再“捣乱”，且利用权势为颖铭、颖石在军阀政府里“补了办事员”，这样便把儿子从封建的家门送进军阀的衙门。化卿对儿子爱国行动和思想的疯狂镇压，不单单是出于个人的老谋深算，而且体现了军阀政府的反动意图，且听他斥子的“妙论”：

> 要论到青岛的事情，日本从德国手里夺过的时候，我们中国还是中立国的地位，论理应该归于他们。况且他们还说和我们共同管理，总算是仁至义尽了！现在我们政府里一切的用款，哪一项不是和他们借来的？像这样缓急相通的朋友，难道便可以随随便便的得罪了？眼看着这交情便要被你们闹糟了，日本兵来的时候，横竖你们也只是后退，仍是政府去承当。你这会儿也不言语了，你自己想一想，你们做的事合理不合理？是不是以怨报德？是不是不顾大局？

这是一派彻头彻尾的卖国论调，深刻地揭露了化卿的媚日、崇日、恐日的投降嘴脸。从说话口气来看，他是同军阀政府唱着一个调，不仅为日本帝国主义的侵略行径辩护，把敌人说成“朋友”，把侵略视为“仁至义尽”；而且为军阀当局镇压爱国反帝运动的暴行开脱，竟诬蔑学生的正义行动是“以怨报德”和“不顾大局”。以这种人妖颠倒是非混淆的强盗逻辑，从化卿这个反面人物之口说出，这对于暴露军阀政府在五四爱国反帝运动中的反动面目，具有强烈的战斗性。作者能够在五四运动的高潮中刻画出化卿这个反面形象，这在中国现代文学早期的作品里是少见的。有人却说冰心的“问题小说”没有“直接而强烈地反对帝国主义”。我认为这是脱离实际的空论，且不说《斯人独憔悴》具有如此鲜明的反帝倾向，就是其他小说也有所表现，更为重要的是在于如何认识五四文学中反帝主题所表现的特点。应当承认五四时期小说创作中，直接把矛头对准帝国主义的比较少，直接反映五四反帝爱国运动的更少。但也必须看到，当时运用小说艺术来反帝的，主要是通过揭露封建军阀政府的腐败无能、媚外卖国的可耻行径，借以表现反帝政治倾向。这是因为当时的中国封建军阀实际上已成了帝国主义在华利益的代理人，它们互相勾结，狼狈为奸，奴役和蹂躏苦难的中国人民，镇压反帝反封建的爱国运动。化卿这个形象在某种程度上即是当时封建买办官僚的媚日投降嘴脸的活写真，故揭露这类人物的丑形就具有深刻的反帝思想意义。

谁也不能否认，颖铭、颖石并非是坚强的反帝爱国“英雄伟人”，诚然他俩在社会的反帝舞台上，面对反动军队的刺刀不屈服，颇有些“安邦治国平天下”的英雄浩气，不失一个“国民一分子”的本色；但是他们一回到家庭这个牢笼里，在其父的淫威下却表现得相当软弱。尽管他们胸中的反帝爱国火苗并未熄灭，然而已没有勇气冲出家门参加“请愿团”，或者忍气吞声，敢怒不敢言，或者以吟诗来抒发心中的愤懑之气，这两朵幼弱的爱国英雄之花在家庭的囚笼里“憔悴”了。作者刻画这两个爱国青年的形象在当时是有一定代表性，因之不乏进步意义的。不过作者对他俩的悲苦下场和软弱根性缺乏必要的批判，却给予了过多的同情和宽容，这不能不在一定程度上削弱了作品的战斗色彩。尤其对颖贞这个人物给以过多的褒意，几乎没有一句贬语，更增加了作品的消极成分。颖贞在学校里做了些反帝爱国的事，表明这位少女在“国家危险”之秋尚有“一分热肠”，然而回到家里却在父与子的冲突中采取中庸之道，既要做父亲的“孝女”，又要当弟弟的“好姐姐”。可惜她的钢丝绳走不稳，实际上更多的时候却站在父亲一边，利用她的特殊身分和姐弟之间的特殊感情，不自觉地充当了其父监视颖铭颖石爱国行动并扼杀他俩反帝思想的得力帮手；而这一切都是在一层姐弟之情的薄薄轻纱掩盖下进行的，起到了她父亲起不到的作用。作者在五四运动中能写出这样的女性，在客观上也能产生积极的批判意义。

四

五四时代也是妇女解放的时代。妇女“享受与男子同等的教育的机会”是五四女权运动的强烈要求，“女子教育机会的扩张似乎比承认参政权还要紧”[3]。但是在长期封建专制的中国旧社会，“男尊女卑”、“重男轻女”已成为千百万人的传统观念，妇女根本得不到与男子同等受教育的权利。因而，争取妇女受教育的权利则成了五四反封建斗争的重要内容之一。小说《庄鸿的姊姊》在一定程度上触及到这个社会课题。庄鸿的姊姊在“高等小学念书”，是一个有“材质”有“志气”的前途“不可限量”的女子，她刻苦“研究学问”，热心“谈论时事”，胸怀将来为祖国“做点事业，替社会谋幸福，替祖国争光荣”的宏愿。可以说，她是个受到妇女解放运动影响的新女性。但是，她渴求学习以获深造的美好理想，却在社会现实中遭到严重摧残，直至破灭。她不仅中途被迫退学，牺牲了自己的前途来栽培弟弟，而且操起繁重的家务，终日劳碌，精神极度苦闷，体魄日渐衰弱，不幸“抑郁失意”而死。她的悲剧究竟是怎样造成的？是谁剥夺了她受教育权利？又是谁扼杀了她希望同男子一起造福于社会的要求呢？是罪恶的旧社会，是可怕的“男尊女卑”的封建传统观念。作者借秋鸿之口向当时社会发出愤激的质问：“不明白为什么中交票要跌落？教育费为什么要拖欠？女子为什么不必受教育？”这就在很大程度上揭示出庄鸿姊姊悲剧的社会根源。“中交票要跌落”，正说明由于帝国主义的经济侵略，在中国开工厂办银行，控制了中国的经济命脉；加之军阀政府连年战争，国库已空，必然引起通货膨胀，“中交票”贬值，这是庄鸿姊姊失学的主要社会原因。“教育费为什么要拖欠”，正是对军阀政府腐败无能且把教育经费耗于战争的控诉，因为她叔叔是个小学教员，“薪水仅供家用”，不料“中交票跌落”，教薪拖欠，使她全家陷入困境，这是庄鸿姊姊失学的直接家庭原因。“女子不必受教育”，正说明女子在当时的社会和家庭里不能和男子享受同等受教育的权利，这是人们头脑中长期形成的“重男轻女”等封建传统观念作祟。庄鸿的祖母和叔叔在权衡他们姊弟谁上学谁退学时，他祖母的指导思想很明确，就是因为庄鸿是个男孩子，“将来可以做官，自然必须念书”，而他姊是“姑娘家，要那么大的学问做什么”。可见，“男尊女卑”的观念同“学而优则仕”、“升官发财”、“光宗耀祖”等封建思想结为一体，是决定他姊弟二人前途命运的思想基础。

庄鸿姊姊的悲剧在客观上告诉人们：一个女子要获得受教育的权利，要实现“替祖国争光荣”的志向，不仅仅是妇女自身的解放问题，它同整个社会的解放紧密相关；倘不能彻底摧毁半封建半殖民地旧中国的经济基础和桎梏中国人民几千年的封建意识形态，类似庄鸿姊姊的悲剧是不会结束的。尽管作者当时主观上不可能认识到这一点，但作品的形象描写却给读者留下这样推想的余地，这就是文学的“思想大于形象”的特殊教育功能。

庄鸿姊姊生活在一个曾用过“仆妇”的中产阶级家庭，且受过高等小学教育，最后尚是如此可悲的命运；至于生活在社会最低层的劳苦大众的女儿，不仅不能存有丝毫“享受与男子同等的教育”的希望，其悲苦命运连牛马也不如，终生的遭遇更是不堪设想。因而，救救贫苦女子的被污辱被损害的命运，显得更为迫切，更为重要。如果说《庄鸿的姊姊》只触及到中产阶级女子的受教育问题，其社会意义受到一定的限制，那么《最后的安息》的笔触却深进了社会的下层。它通过翠儿悲惨一生的描绘，揭露了封建童养媳制度的残酷性，提出了如何拯救翠儿这样的童养媳脱离苦海的问题，表现了较强的反封建倾向。

翠儿本来是个“温柔和气”、心地善良的穷苦人家的姑娘，四岁父母双亡当了童养媳,不幸过早地被童养媳制度吞噬了可爱又可怜的童年生命。她厉害的婆婆也是下层劳苦人民,只因深受封建婚姻制度及封建礼教的毒害,实际上成了残酷的童养媳制的得力推行者和维护者,成了戕害翠儿年轻生灵的直接凶手。她不仅用宿命论从精神上摧残翠儿,硬诬她"命硬,把公公克死了","成天里咒骂她","百般的凌虐她",像对待牲畜一样,驱使她从事繁重的家务,吃的连猪食不如,睡的连狗窝不及,说打就打,爱骂就骂,予以灭绝人性的折磨,使翠儿的身心受到致命的重创;而且如同对待囚犯一样监视翠儿,不允许她有一丝一毫向往自由的思想,当翠儿向惠姑发出呼救声被其听见时,就给翠儿一场致死的毒打,一下子扼杀了她的年轻芳龄和刚刚萌发的争取生存权的微弱希望。她婆婆之所以胆敢如此摧残翠儿,这是封建童养媳制度给她的权力,是整个封建宗法制度和思想助其淫威。在四周张起罗网的"贫,富,智,愚,差得天悬地隔"的黑暗社会,像翠儿这样贫苦女子的"脑中所充满的只有悲苦恐怖,躯壳上所感受的,也只有鞭笞冻饿。她也不明白世界上还有什么叫做爱,什么叫做快乐,只昏昏沉沉的度那凄苦黑暗的日子"。难道这不是作者向吃人的封建社会发出的扣人心灵的血泪控诉吗?

冰心不仅揭出了翠儿这样穷苦女儿的悲苦,引起社会上疗救的注意,并且还积极探索拯救翠儿出苦海的"药方"——惠姑的爱。作品中,惠姑的"爱"是作为婆婆的"恨"的对立物而出现的。婆婆的"恨"是源于吃人的封建童养媳制度,惠姑的"爱"是来自资产阶级人道主义。婆婆借着"恨"的淫威,把翠儿推进人世的苦海,惠姑欲凭"爱"的魔力将翠儿救出深渊。这样使婆婆的"恨"和惠姑的"爱"在翠儿身上发生了争夺战,实质上这是吃人的封建主义和资产阶级人道主义所进行的深微的较量。翠儿的悲剧,一方面说明封建宗法思想和制度所形成的传统势力依然强固地统治着农村社会和人们的意识,没有巨大的革命风暴是不会彻底动摇它们的;另一方面说明,以"爱"作为反封建的思想武器毕竟是软弱的,它不可能将翠儿救出苦海,引上妇女解放的道路,充其量只能把她的"灵魂"送到虚幻缥缈的"极乐世界",以享"最后的安息"。虽然"爱"的药方并非根治翠儿苦命的良药,然而在她所处的特定的历史环境也不乏一定的积极疗效:由于"爱"的启迪,使翠儿感到世上不光有冷酷无情的"恨",有婆婆那样冷心肠的人,而且还有"慈怜温蔼"的"爱",世上真有惠姑这样的"好人",使她"心中更渐渐的从黑暗趋到光明,她觉得世上不是只有悲苦恐怖和鞭笞冻饿",最后终于发出"救我"的呼声——在一定意义上说这是对童养媳制度的微弱的自发的反抗声，是对自由光明的朦胧的渴求声。她婆婆深知这呼声意味着什么，于是以残酷的毒打，将它窒息，此其一；由于“爱”的抚慰，翠儿“脑孔里充满了新意”，使她对生活有了一线希望，她不仅与惠姑一同汲水洗衣裳，一同说笑，而且产生了“识字”的受教育的要求，希望惠姑“每天多教给我几个字，或者过一两年就可以……”这里的删节号暗含着翠儿的美好理想，表明争取女子受教育权利的民主要求在社会最低层的女子心中也闪出微弱的火花，这与“爱”的启蒙不无关系，此其二；由于“爱”的作用，在翠儿和惠姑的天真幼稚的童心里造成一个虚幻的“和爱神妙的世界”，这在阶级对抗的社会，它固然对人们能产生一定的消极作用，但是也应看到它与当时黑暗冷酷的现实社会却形成强烈的对比，不能不激起人们对旧社会产生一定的憎恶之情和反抗之心，也不能不对“贫，富，智，愚，差得天悬地隔”的不合理社会发生一定的反讥作用，此其三。我们对“爱”的药方结合当时的历史背景作了某些肯定，并不意味着否定了“爱’在激烈的阶级斗争中可能出现的消极效果。

冰心以人道主义为本来观察并反映人生，没有仅仅局限于被损害被压抑的悲苦妇女身上，她把同情的笔也伸进到更广泛的下层社会，除了抒写劳苦大众的不幸命运外，还尽力开掘他们身上的美质。《还乡》通过民国政府局长以超“还乡”的心理活动和具体行动的描写，展示了农村的贫困化、愚昧化、落后化。这里，虽然“民国政府”已成立多年，但农民的物质生活和精神面貌没有丝毫改变，积习已深的封建旧风旧俗仍盘踞着农村文化思想阵地，人们把解除自身苦难的希望只是寄托在“局长”以超身上，对其送礼接风、毕恭毕敬，好像迎来了“救命菩萨”，这说明封建宗法制度和思想对农村统治之惨重，说明千百万人的习惯势力是社会进步的巨大阻力。尽管农民被封建礼俗紧紧地束缚着，然而他们身上仍闪耀着善良、热情、诚挚、淳朴的美德。“局长”以超具有一定的民主思想和人道主义精神，他“还乡”虽然尚未摆脱封建官吏“衣锦还乡”的余风，但他的思想是不习惯这一套的。到了乡村由于他能同乡亲一起“谈论”，所以“才晓得他们的生活，是很苦的，连妇女孩童都终年忙碌，遇见荒年，竟有绝食的时候”，“至于医药一切，尤其不方便，生死病苦，听之天命”。面对着乡亲的悲苦生活，以超不仅落了“眼泪”，表示深切同情，而且“心绪潮涌”“百感交集，忽然又想将他族人，都搬到城里去，忽然又想自己也搬回这农村来”，但始终没有想出一个正确地解决劳动农民苦难的答案，只能悲天悯人，忧心如焚，辜负众望。这也表现出作者世界观的局限性，不能给社会矛盾的解决开出正确“药方”。如果说《还乡》里的劳动农民身上刻着旧社会留下的"愚昧落后"的烙印,那么在《三儿》这篇小说中,作者却以赞颂的笔调写出了穷苦人民的骨气。三儿是个拾破烂的穷孩子,为了拾几个"活命钱"竟到靶场上拾弹头,结果中弹"送了命"。但是黑暗的旧社会是不讲理的,军官不仅不承担责任,反而斥三儿"不认得字""自己闯了祸"。对着这种没有穷人活路的世道,三儿毫不乞怜,"咬着牙,挣扎着站起来",同妈妈一起背筐回家,表现了劳苦人民的铮铮骨气。由于家穷无钱医治,流血过多而死,结果一条命只换了"二十元"。通过"三儿"的悲剧,小说对封建制度造成的社会贫困化、惨无人道,进行了血泪控诉。

五

五四运动前后,国际帝国主义卵翼下的"军阀专政和军阀割据的封建残局",成了中国社会的"乱源"[4]。由于"军阀互斗之故,战祸遍于全国,金融恐慌,运输停止,工商莫由发展","国家濒于破产",因而对内反对军阀割据混战、对外反对帝国主义入侵,乃是当时"扶危定乱的唯一方法"[15]。冰心对当时中国政治形势的认识虽然不可能达到这样的理论高度,但因她能够从社会现实出发,且以民族民主和人道主义思想作指导来提炼"问题小说"的题材,故写下一部分反对军阀混战、反映军队生活的小说,初步接触到这些重大社会问题。

《一篇小说的结局》通过梦涛的悲剧,揭露了军阀混战的残忍性及其给善良的"母亲"所带来的深重苦难。大小军阀为了争权夺利,到处抓兵拉夫,"驱可怜的同胞去杀可怜的同胞"[6]。梦涛就是被军阀的魔爪驱赶到战场,在枪声炮火中进行着同胞对同胞的残杀;但他对战争的性质一直是怀疑的,并向战争的发动者提出质问:"你们要爱国,为什么就要战争,就要杀人呢?"这里暗讽当时的军阀是打着"爱国"的旗号欺骗士兵去厮杀,在祖国母亲的怀抱制造"可怜的同胞去杀可怜的同胞"的内战惨祸,流露出作者的反战情绪。如果说这篇小说对战争发生的具体背景交代得不甚清楚,影响了战争性质明确表达的话,那么《一个军官的笔记》的政治倾向就异常鲜明了。冰心并不反对一切战争,她反对的是军阀混战的"非正义"战争,而对为"正义"去战的壮举却是赞许的。在这一战争观的指导下,她描写了一个军官在军阀混战中遭到重创的真实惨剧。小说以军官的所见所闻所思所感,控诉了军阀混战的残酷性,表现他对战争的态度。士兵们在军阀的驱使下"开往前敌",他们互相残杀,可是"为谁牺牲,为谁奋勇,都说不明白”,虽然战死了,却“都像一条狗一般,半点价值都没有”。这一方面说明军阀们为掩盖发动不义之战的卑鄙目的而欺骗士兵盲目瞎拼;另外还说明为军阀混战而死毫无价值,比鸿毛还轻。正因为他们“出师无名”,替反动军阀卖命,所以家人送行时连句“激励的话”也没有,朋友见了只是“冷笑”,也不“招呼”,这反映了人民群众的反战情绪。对此,“军官”感悟到:我“那里是荣誉的军人,分明是军阀的走狗”,“只恨我当初为何要入军校。原来战争的功用就是如此!战争的目的就是如此!”他自责“卑贱”,对不起朋友对不起自己;可他在“兵丁”面前由于主客观条件局限,他尽管有愧于进行战前动员,但却无勇气率军起义,最终仍“去死战”,徒作无谓受伤或牺牲。特别当他见到敌军的“队官”是自己伯父的儿子忠平哥时,思想斗争相当激烈:一是面对这不义之战,兄弟之间“何忍攻击”,产生了强烈的厌战情绪;一是倘此次战争“为公理正义”,即使阵前兄弟相遇,也“没有什么顾恋”。这种认识无疑是正确的,然而他在军阀的胁迫下终于在交战中遭到哥哥的重创而身残。小说不仅通过“军官”的惨剧,深刻揭露了军阀混战的惨无人道和非正义性,同时也触及到第一次世界大战的性质问题。“军官”有段发人深思的回忆:

> 当年的想象,以为军人为国效死……自从赴欧观战以后,看见他们的苦境,已经稍稍言得战争是不人道的,不想现在不但是不人道,而且是无价值,眼看得我们便要为少数的主战者,努力去做这不人道,无价值的事了,——太不值得了。

这就揭露了第一次世界大战是一场不人道的非正义战争,亦说明了不应为“少数的主战者”去从事眼前的不人道的军阀战争;同时也表明作者反对非正义之战是以人道主义为思想武器的。由于人道主义思想本身的历史进步性和局限性,所以给冰心的战争观亦带来两重性。她既反对少数“主战者”发动灭绝人性的不义之战,又让“军官”受伤身残后宽恕了战争凶手,幻想用“怜悯”和“爱”来感化“主战者”,以达消弭战争的目的。

冰心在小说中不仅对“战争的态度”提出“新的问题”,而且对于“兵”的看法也提出了“新的问题”,这在当时是具有一定的现实针对性的。因为“那时候,正是‘打倒军阀’的口号流行了不久。的确,一些资产阶级的政客造作了些‘有枪阶级’的名称,把一切小兵都当‘军阀’看待。这样的观念居然传播得很广。糊里糊涂地影响很多的人。这是很能引动一般市侩的‘学说’。那些主张‘文人政治’的政客,自己勾结着真正的军阀,却来散布这种厌恶痛恨小丘八的情绪——这是多么无耻和下贱呵。"[7]这种把"军阀"和"小兵"混为一团的论调，目的在于掩盖资产阶级政客同"真正军阀"狼狈为奸、祸国殃民的罪恶行径，妄图把人们反对封建军阀的仇恨矛头转移到替军阀当炮灰的"小兵"身上。冰心以自己的小说(或散文)，描写了不少兵丁和下级军官的正面形象，艺术地回答了他们同"真正的军阀"是不同的，给"文人政客"以回击。他们不仅是军阀混战的直接受害者，对这种不人道的战争具有厌倦情绪，而且他们身上仍保持着下层人民身上的一些优良品质，是值得同情和爱怜的。除了梦涛和那个"军官"的形象外，作者在著名散文《到青龙桥去》里刻画了七个"严肃而温柔"、"和平而庄重"的普通兵丁，形象地说明了不能青红皂白不分地把他们统统视为"那种兽性的沉沦的罪恶的军人"；有罪的是那些操着生杀大权的军阀，是这些军阀把"中华民国的青年男子"关闭在"黑暗恶虐的势力范围里，叫他们不住的吸收冷酷残忍的习惯，消灭他们友爱怜悯的本能"，并"驱他们到残杀同类的死地上去"，"叫他们穿着破烂的军衣"，"吃的是黑面，喝的是冷水"。对于这些惨遭军阀虐待的"勇健的血性的青年"，作者寄予深切的同情，并且发出挽救这些无辜青年的"人道"的呼声。小说《一个慈蔼的兵丁》刻画了一个十分慈爱诚挚的兵丁，他终年在军营，有家不能归，有子不得见，为寄托念子心切之情，他把天天上学经过军营的小玲当成儿子，像慈父一样温爱他，并给他做木枪。这既表现了一个"兵士"的善良、淳朴的美德，又在一定程度上映射出军阀混战给人们带来了背井离乡、终年漂泊打仗致使骨肉不得团聚的灾难。《一个不重要的军人》刻画了一个农民出身的心地善良、仁爱宽厚的士兵，他默默地为别人还"债务"，劝阻士兵不殴打百姓，最后被误伤而死。对这个极普通的士兵，作者表示了深深的赞美和哀悼之情。《鱼儿》写了一位在海战中被敌方炮弹轰掉右臂的"高个子兵"，为人厚道朴质，表现了作者对他的深切同情，并对摧残人类的战争以及指挥战争的"司令"流露出愤慨之情。冰心这类题材的小说尽管存在这样或那样的弱点，但是在五四时期她能就"士兵"、"战争"问题提出新的看法，并表明自己的态度，这说明她的眼界放宽了，描写的生活广阔了，触及的社会问题重大了，其积极的思想意义，无疑是主要的，是应该肯定的。

六

上面已对冰心五四时期的"问题小说"的思想意义，进行了初探，虽非她小说创作的全部，但就其思想性来说，是最有价值的一部分。过去有些研究者常常以“闺秀派作家”[8]冠之，妄图贬低冰心“问题小说”的社会意义和思想价值；甚至有的评论者说她的小说思想内容，基本上是“消极”的或“反动”的。这些评论，都是来削弱或否定冰心早期小说的思想意义。从上述的分析，我认为这些评论是不妥当的，至少是以偏概全。

现在要进一步讨论的是，冰心的“问题小说”是否是那种“知识分子没有勇气投入现实的战斗，便致力于抽象地探索人生意义，提出所谓“问题小说”？

统观五四文学革命中出现的“问题小说”，大都是五四时代的产物，是在如火如荼的反帝反封建的斗争生活土壤里长出的文艺之花；它们不是“抽象地探索人生意义”的概念化的产物，也不是对“人生意义”加以艺术图解的理念性的“问题小说”。当时“问题小说”的作者，在以科学和民主为旗帜的奔腾澎湃的思想解放运动的启迪下，沐浴着新世纪的曙光，呼吸到新时代的气息，看到了半封建半殖民地社会的种种丑恶黑暗现象，感受到了猛烈地震撼着帝国主义、封建主义统治的五四爱国运动的巨大威力，于是他们便努力探索民族的前途和国家的命运，积极追求真理、渴望光明，立志“社会改造”。正是在这样的现实背景上产生了别具思想特色的“问题小说”。它们不仅有鲜明的时代色彩，而且有深刻的社会意义。通过从现实生活中提炼妇女的悲剧形象，借以揭露封建宗法制度、礼教传统的吃人罪行，提出妇女解放问题，成了“问题小说”的重要主题。叶圣陶的《这也是一个人？》描写了童养媳“伊”的一生悲剧，《风雨之中》刻画了一个下层妓女的痛苦遭遇，从而为压在社会最低层的苦难妇女发出悲愤的控诉；夬庵的《一个贞烈的女孩子》写了一个十四岁阿毛被其父（封建举人）以惨无人道的手段活活饿死的悲剧。这些“问题小说”大多不是“抽象的探索人生意义”的结果，而是从现实生活中，揭示出妇女的个性解放和劳苦妇女的社会地位问题。以人道主义精神，描写被侮辱被损害的下层人民的形象及其悲惨生活遭遇，借以抨击封建统治者的残暴和军阀混战的罪行，也是“问题小说”具有强烈战斗意义的思想内容。如杨振声的《渔家》、《一个兵的家》、汪敬熙的《雪夜》、杨钟健的《一个好老百姓》等，都把对受苦受难人民的同情和揭露封建制度和军阀统治者的罪行结合起来，具有反帝反封建的意义。即使五四时期那些探索人生问题的“问题小说”，如许地山的《命命鸟》、庐隐的《海滨故人》等，也不是“抽象的探索人生意义”所产生的，而是从当时的现实生活出发，真实地反映了一部分青年经过五四时期的思想解放运动从“铁屋子”里醒过来，由狂热到冷静地探寻自己的人生道路。总之,从五四时代的生活出发,经过作者对生活的独立思考,运用艺术形象反映生活的本来面貌,体现五四时代的反帝反封建的革命民主主义精神,是大部分“问题小说”所坚持的现实主义原则。但也不能否认,五四时期“问题小说”有个发展过程,开始阶段,重客观描写,生活气息浓,后来有些探索人生的小说,偏重主观抒发,感情和理性色彩强了,生活气息淡了,但这些作品也不完全是从“抽象”概念“抽”出来的。坚持现实主义原则,从五四时代的现实生活提炼具有社会意义的题材,表现富有时代精神的主题,提出与社会人生迫切相关的问题,引起社会的普遍关注,这是“问题小说”的总的思想特色。

具体来考察冰心的“问题小说”,更可以看出她的小说,不仅不是“抽象的探索人生意义”的结果,而是从五四 的生活激流里所摄取的一朵朵浪花,是作者走出“闺秀”之门与教会学校之门,积极投身五四反帝反封建斗争实践,经过观察、体验所获得的新人物和新主题。正如作者回忆所说:“这奔腾澎湃的划时代的中国青年爱国运动,文化革新运动,这个强烈的时代思潮,把我卷出了狭小的家庭和教会学校的门槛,使我由模糊而慢慢地看出了在我周围的半封建半殖民地的中国社会里的种种问题,在我们的日常生活里,几乎处处都有问题。这里面有血,有泪,有凌辱和呻吟,有压迫和呼唤……我只想把我所看到听到的种种问题,用小说的形式写了出来。”[9]这说明她的“问题小说”植根于五四时期的社会现实生活的土壤,是从被压迫、被蹂躏、被侮辱、被损害的血泪人生里,通过自己对生活的思考与认识而提出的“种种问题”;她决心“要明白人生的意义;要创造我的人生观,要解决一切的问题,所有的用到这上面去”[10],一扫过去的“终日忧郁”,于是巨大的创作感情冲动的潜流,推动着她“白天上街宣传,募捐,开会,夜里就笔不停挥地写‘问题小说’”[11]。充分说明冰心一开始创作“问题小说”便坚持了现实主义创作原则,走的是一条唯物主义认识路线,决不是那条“没有勇气投入现实的斗争,便致力于抽象地探索人生意义,提出所谓‘问题小说’”的唯心主义创作道路。

由于冰心“问题小说”大都取材于五四时期的现实生活激流里,所以与同时期的一般写“问题小说”的作家相比,她的“问题小说”触及的社会面广泛,提出的社会问题尖锐,表现的思想意义深刻。从家庭问题到社会问题,从政治斗争到日常生活,从妇女问题到教育问题,从军阀战争到毁灭人材,从资产阶级到劳苦民众,从辛亥革命到五四爱国运动,从普通老百姓的命运到知识分子的出路等，在冰心“问题小说”中都得到不同程度地真实反映，从而揭示出一些发人深思的重大社会问题：建立什么样的家庭才利于有抱负的青年为国家的工业建设贡献力量；怎样的社会制度才能使有壮志有才智的青年为祖国建立功业；辛亥革命的沉痛历史教训是什么；“实业救国”的道路为什么在半封建半殖民地的中国走不通；一些爱国青年在五四反帝运动的风暴中不愧英雄的称号，为什么回到封建官僚家庭则唱起“斯人独憔悴”的哀音；一个志立为国争光、为社会服务的女子为什么得不到受教育的权利和为社会工作的权利；灾难深重的中国劳苦大众怎样才能摆脱物质上的极端贫困和精神上的奴役创伤；应该以什么态度对待五四时期的军阀混战以及充当炮灰的“士兵”？等等。这些重大的社会课题，具有鲜明的时代色彩，虽然作者不可能作出历史唯物主义的回答，但是在当时她能够敏锐地反映它并按照自己的世界观作了一定的解答，这也是难能可贵的。

这里，又提出另一个值得讨论的问题，即冰心的“问题小说”是否“只问病源，不开药方”呢？

以小说的形式反映社会人生的种种问题，揭示出半封建半殖民地社会的病苦根源，但提不出解决这种种问题的方法，这是一般“问题小说”的特点，例如叶圣陶、汪敬熙、杨振声、陈大悲等五四早期写的“问题小说”大致如此；但是冰心的“问题小说”仔细研究一下，仅用这个论断并不能完全准确地概括出它们的特色。她的小说不仅尖锐地提出一些重大的社会问题，并且触及这些问题的社会根源；同时，作者能面对着这些问题进行深刻地思索，尽管有时苦闷着彷徨着，但总是努力去探求解决病苦的“药方”，表现了一个年轻女作家的社会责任感；不过这些“药方”，由于作者当时世界观的局限，往往不是“治本”之方。这是冰心“问题小说”不同一般“问题小说”的独特之处。从她创作小说的目的，可体会到她做“问题小说”既“问病源”又想“开药方”，但实在开不出根治的“良方”：

> 我做小说的目的，是要想感化社会，所以努力描写那旧社会旧家庭的不良现状，好叫人看了有所警觉，方能想去改良，若不说得沉痛悲惨，就难引起阅者的注意，若不能升起阅者的注意，就难激动他们去改良。何况旧社会旧家庭，许多真情实事，还有比我写的悲惨到十倍呢。我记得前些日子，在《国民公报》的《寸铁》栏中，看见某君论我所做的小说，大意说：
>
> “有个朋友在《晨报》上，看见某女士所做的《斯人独憔悴》小说，便对我痛恨家庭习惯的不良……我所只晓得痛恨，是没有益处的，总要大家努

力去改良才好。”

这“痛恨”和“努力改良”，便是我做小说所要得的结果了。这样便是借着“消极的文字”，去做那“积极的事业”了。[12]

这里，突出地强调了她做小说的目的是为了“改良”社会，充分发挥小说“感化社会”的功能作用；要激励人们去“努力改良”社会，除了真实地描写社会或家庭的“沉痛悲惨”的现状，以“引起疗救的注意”外，毫无问题还要去探究“改良社会”的“药方”，这是作者做小说的明确目的性和社会责任感决定的。但由于主客观条件的局限，不能不给她在思索解决这些人生问题的“药方”的过程中，带来“烦闷”和“忧郁”。小说《一个忧郁的青年》的主人公彬君说的一段话，映射出冰心创作“问题小说”的探索精神和矛盾心境：

世界上的一切问题，都是相连的。要解决个人问题，连带着要研究家庭的各问题，社会的各问题。要解决眼前的问题，连带着要考察过去的事实，要想象将来的状况。……不想问题便罢，不提出问题便罢，一旦觉悟过来，便无往而不是不满意，无往而不是烦恼忧郁，先不提较大的事，就如邻家的奴婢受虐，婆媳相争，车夫终日奔走，不能养活一家的人，街上的七岁孩子，哄着三岁的小弟弟；五岁的女孩儿，抱着两岁的小妹妹，那种无知、痛苦、失学的样子，一经细察，真是使人伤心惨目，悲从中来。再一说，精神方面，自己的思想，够不够解决这些问题是一件事；物质方面，自己现在的地位、力量、学问，能不能解决这些问题，又是一件事，反复深思，怎能叫人不忧郁！

但是冰心对“各种问题”的探索如同彬君一样，并没有因主客观条件限制由“忧郁”走向“消沉”，而是随着时代的前进，通过自己“忧郁”地“深思”走上了“奋斗”的道路，正是：“忧郁是第一步，奋斗是第二步。因为凡事不满意，才忧郁；忧郁之极，才能去求那较能使我满意的，那手段便是奋斗了。”《一个奇异的梦》通过在梦境中“我”和“社会”的对话也表达了这个意思。即“我”在“社会”的开导下，“觉悟了，解除了时代忧郁病，不再悲观厌世，决定做一个‘不忘恩负义的青年’，将来积极为社会服务”。小说虽然对人格化的“社会”有点美化，但却反映了一个青年积极为改革旧社会尽力的觉醒。

冰心的这种对各种问题积极探索的结果及奋斗精神，具体反映在五四时期写的“问题小说”里，因之她的小说大都于沉郁中透露着昂奋，在悲愤中显示着光亮,即使那些“悲观”小说也能“引起阅者的注意”,“激动他们去改良”社会。尽管她的“问题小说”开了一些不高明的甚至是错误的“药方”:如解决青年知识分子为国家工业建设服务的问题,她主要提倡建立一个亚倩式的家庭,但没有提出改革旧社会制度(《两个家庭》),要解决留学生回国施展抱负问题,只是让他消极的“去国”,尚未把他们引导到推翻军阀政府的革命道路上(《去国》),欲解决封建迷信、不开化愚昧的问题,只是在“孝道”的轻纱的掩护下由青年学生做一些巧妙的抵制“迷信”的活动(《骰子》),要拯救被摧残的童养媳出苦海,只能把她引到不切实的“爱”的王国(《最后的安息》),反对军阀混战,仅止于对发动战争的“主战者”的人道主义劝说上(《一个军官的笔记》),等等;但是作者那种勇于探索的精神和改革旧社会旧家庭的积极进取态度以及这些不高明“药方”所产生的社会效果,却能激励人们去思索更深的社会人生问题,去探讨更有成效地改革旧社会旧家庭的“药方”,即“借着‘消极的文字’,去做那‘积极的事业’”。作品当时产生的社会效果是检验其思想意义的最好证据。《斯人独憔悴》在《晨报》一发表,即有人写文章说看了小说便“蹙眉顿足骂旧家庭的坏处”,不久又编成话剧搬上舞台演出;《去国》发表后,有人撰长文评述,并说自己“本来对于小说,不大很注意,但是见了这个题目,是很新鲜的”,于是“从头看去,愈看愈是高兴”,深感小说“具有醒世的苦心”,并“希望阅者诸君,万勿当作普通小说看过算了,还要请大家起来研究研究才好”。正因为“问题小说”在社会上发生如此强烈的反响,造成如此积极的社会效果,故冰心也获得了莫大荣誉,引起五四文坛上的瞩目。

这里,又提出第三个值得讨论的问题,即冰心的“问题小说”既具有鲜明的反帝反封建的民主主义倾向,比较尖锐地触及到一些时政的社会的重大问题,跳动着“挣扎”和“呼号”的革命音符;又在如何解决这些重大社会问题上,开了一些带温和色彩的或者消极的“药方”。那么,对于“问题小说”这种矛盾着的思想特点,应该怎样理解呢?

这首先反映出冰心当时的世界观是矛盾的,正如茅盾在《冰心论》里所指出的:“是那时的人生观问题,民族思想,反封建运动,使得冰心女士同‘五四’时期所有的作家一样‘从实出发’,然而‘极端派’的思想,她是不喜欢的”。这说明她能站在民族民主的立场上,坚持现实主义原则,忠实反映五四时期的现实生活,写出反帝反封建的主题,但由于她不喜欢“极端派”的思想——即最先进的革命思想,因而给她的作品带来了一定的调和色彩。既然“极端派”的思想她不喜欢,那么她喜欢什么思想呢?即是与民族民主思想相联系的人道主义思想,也就是说基督教义的“爱人如己”的“博爱观”、托尔斯泰宣扬的博爱与容忍的人道主义、泰戈尔的“爱的哲学”,对冰心的人生观都发生了影响。不过五四初期她的人道主义的“爱的哲学”尚未形成自己的思想体系,只是作为一种新的思潮接受过来,同民族民主思想一起,来观察人生、反映人生、改良人生。虽然她的人道主义是从托尔斯泰、泰戈尔、基督教义接受过来的,但是反映在她的“问题小说”中却具有了新的思想特点:其一,她提倡的人道主义不是那种发发慈悲、流流眼泪的虚伪的人道主义,而是那种为拯救被压迫者出苦难,“完全抛掷自己在他们中间,分担他们的忧患,减少他们的疾苦,牵扯他们到快乐光明的地上来”[13]的人道主义,《最后的安息》里的惠姑为救翠儿出苦海就表现了这种人道主义精神;其二,她不是对所有的人都讲“博爱”,作品里所流露出的人道精神是有冷暖之别、爱憎之分的。尽管如此,但由于人道主义固有的弱点所决定,在冰心借以暴露旧社会旧家庭以及军阀混战的不人道的罪恶的时候,常常表现出一定的调和性,缺乏那种针锋相对的斗争精神。

五四时期,虽然马克思主义已传到中国,在政治上一些早期共产主义知识分子已察觉到中国不可能实现资产阶级民主共和制,认定了革命必须走俄国人的路。但是在文学革命领域里,却没有人明确地提出以十月革命后的苏联文学为师,也没有提出无产阶级文学主张,人道主义仍是强大的文艺思潮,从文学理论到创作实践无不起着主导作用。“这大同小异的人道主义思想,实在是现代文学的特色”[14],周作人这里虽然指《新青年》上译介的外国作品,但在某种意义也点明了五四文学的思想特色。冰心的“问题小说”所体现的人道主义思想,虽然给作品的思想内容带来一定的局限性,但是进步的思想意义却是主要的。

冰心曾从新文学发展的过程着眼,相当谦虚地为她五四前后的小说在文学史上的地位作了形象的论述:“因为五四运动以来,新文学潮流的发展,有它一段一段的过程,这过程像一层一层的台阶。为要显示这发展过程的全面,即或是占着一层台阶的最低下最畸角的一块小石头,人们也不肯把它(指她的作品)挖出丢掉[15]”。我们对她早期的小说不是“挖出丢掉”,而是把它们看成是现代文学的初创期的瑰宝,珍重地赏析和评价它!

注：

[1][15]《〈冰心全集〉自序》

[2]鹃魂:《读冰心女士的〈去国〉感言》,1919.12.4《晨报》第7－8版

[3]守常:《现代的女权运动》,1922.1.18《民国日报》副刊《妇女评论》第25期

[4]蔡和森:《武力统一与联省自治——军阀专政与军阀割据》,1922.9.20《向导》第2期

[5]陈独秀:《对于现在中国政治问题的我见》,见《胡适文存二集》卷三

[6]李大钊:《被裁的兵士》,1919.11.23《新生活》第14期

[7]瞿秋白:《老虎皮》,《瞿秋白文集》第1卷

[8]李希同编《冰心论》第96页

[9][11]冰心:《从"五四"到"四五"》,1979年《文艺研究》第1期

[10]婉莹:《一个忧郁的青年》

[12]冰心:《我做小说何曾悲观呢?》,1919.11.11《晨报》第7版

[13]谢婉莹:《赈济报告集·发刊词》

[14]周作人:《点滴一集·序言》

评胡适的《尝试集》及其诗论

一

胡适的白话诗《尝试集》(《去国集》除外)写于一九一六年到一九二一年这个剧烈动荡的历史时期。资产阶级领导的辛亥革命只有民国之名而无民国之实,封建军阀背靠帝国主义演出一幕幕复辟倒退的丑剧,无产阶级领导的新民主主义革命经过五四运动逐步拉开帷幕,以提倡"民主"与"科学"为标志的中国现代史上的第一次思想解放运动蓬勃兴起,与此相适应的以《新青年》为阵地的新文学运动正在展开。这是一个新与旧、光明与黑暗、革命与反革命交替的伟大时代。在这伟大时代面前,不同阶级的知识分子总是要登台表演一番,亮明自己的立场和态度。胡适倡导白话诗、"尝试"白话诗是逆时代潮流而动呢,还是适应潮流发展并加以推波助澜呢?他于一九一六年四月写的《沁园春·誓诗》已作了明确回答:

> 更不伤春,更不悲秋,以此誓诗。任花开也好,花飞也好,月圆固好,日落何悲?我闻之曰,"从天而颂,孰与制天而用之?"更安用为苍天歌哭,作彼奴为!
>
> 文章革命何疑!且准备搴旗作健儿。要前空千古,下开百世,收他臭腐,还我神奇。为大中华,造新文学,此业吾曹欲让谁?诗材料,有簇新世界,供我驱驰。[1]

当时中国诗坛上,弥漫着一股拟古主义和形式主义诗风,"规摹古人","夸而无实,滥而不精,浮夸淫琐"[2],处处是陈言滥语,表现一种"伤春悲秋"的消极颓废的情调,与时代精神格格不入。面对诗坛上这股腐臭的诗风,胡适发出"制天而用之"的呼唤,决不为"苍天歌哭,作彼奴为",立誓"为大中华,造新文学"而"搴旗作健儿",表现他献身新文学运动的气魄和勇气,以顺应时代的要求。

正因他立下"为大中华,造新文学"的雄心,所以敢于向当时成了诗歌创作沉重桎梏的文言旧体诗挑战,极力倡导"白话诗",并反复陈述以白话作诗的理由:第一,从进化的观点出发,他认为"一时代有一时代之文学","古人已造古人之文学,今人当造今人之文学",而"白话之文学"乃是"古今文学变迁之趋势",因此"今日之文学,当以白话文学为正宗",我们要"以全副精神实地试验白话文学"[3],以白话作诗尤为紧要。第二,他从文与质的相互关系中,揭露了当时"旧文学之弊"在于"今人之诗徒有铿锵之韵,貌似之辞耳。其中实无物可言",它的"病根在于重形式而去精神,在于以文胜质",因此"欲救旧文学之弊","诗界革命当从三事入手:第一,须言之有物,第二,须讲求文法,第三,当用'文之文字'"[4],即用白话作诗,这是"涤除'文胜'之弊"的条件之一。第三,他从"古今中外"文学革命运动中,概括指出文学革命"大概都是从'文的形式'一方面下手,大概都是先要求语言文字文体等方面的大解放"[5];而"诗体的大解放",就是"要做真正的白话诗"。他之所以从"文的形式"入手,欲用白话作诗,主要是从"新内容和新精神"的要求出发,强调形式更好地为内容服务,因为他认识到"形式和内容有密切的关系。形式上的束缚,使精神不能自由发展,使良好的内容不能充分表现。若想有一种新内容和新精神,不能不先打破那些束缚精神的枷锁镣铐"[6]。第四,他认为"文字者,文学之利器也",而"文言决不足为吾国将来文学之利器",唯有白话才能充当新文学的工具;"施耐庵曹雪芹诸人已实地证明作小说之利器在于白话",但是"白话是否可为韵文之利器",则需要"实地试验",因此他决心"以数年之力"练习白话作诗,"新辟一文学殖民地"[7]。

胡适不仅认识到倡导的白话诗的重要性和必要性,而且也提出了具体"实验"白话诗的主张:其一,指出诗界革命的具体途径,即从诗体的解放入手,因为有了"诗体的解放","丰富的材料,精密的观察,高深的理想,复杂的感情,方才能跑到诗里去"[8]。其二,指出新诗要表现"簇新世界",不仅具体说明新诗要广泛地反映现实社会生活,而且明确点出新诗的表现对象应该包括工人农民在内[9]。其三,指出新诗不能"无病呻吟",发誓"无病而呻,壮夫所耻,何必与天为笑啼?生斯世,要鞭笞天地,供我驱驰"[10],批判当时那种"对落日而思暮年,对秋风而思零落,春来则唯恐其速去,花发又唯恐其早谢"[11]的哀伤诗风,提倡"乐观主义"入诗,这是"旧诗中极罕见"的[12]。其四,指出"真正的白话诗",要讲究诗的自然音节,要"语气自然,用字和谐";应该"用现代韵,不拘古韵,更不拘平仄韵”,“有韵固然好,没有韵也不妨”;“节”要“依着意义的自然区分与文法的自然区分”,注意“顿挫段落”,总之,“新诗的大多数趋势”,“是朝着一个共同方向走的,那个方向便是‘自然的音节’”[13]。其五,指出新诗的白话是“一种活的语言”,即“既可以读,又听得懂”,“诵之村妪妇孺而皆懂”,“能达意”,“优美适用”[14]。其六,指出新诗的艺术表现手法,即“要用具体的做法,不可用抽象的说法”。所谓“具体的做法”就是要采取形象化的手法,“用朴实无华的白描”,增强“诗的具体性”,“能引起鲜明扑人的影像”,因而诗“越偏向具体的,越有诗意诗味”[15];所谓“不可用抽象的说法”,就是反对“抽象议论”,纠正或防止新诗创作的理念化倾向。

胡适这些主张,在当时无疑是进步的,因之产生了很大的影响。朱自清曾回忆说:“《新诗论》差不多成为创造和批评的金科玉律了。”[16]这种说法也许是言过其实,不过也可以想见胡适的新诗主张在当时诗界革命中所起的重要作用。

胡适对白话诗的创建不仅提出一套较系统的理论,而且他也是白话诗的拓荒者之一。他认识到,“白话之能不能作诗”,“而在吾辈实地试验”[17]。凡事开头难,要打破旧诗体,创造表现“新内容和新精神”的白话诗,并不是一件简单的事情,它要遇到很大的阻力。这是因为文言旧体诗是在漫长的封建社会形成的,一直被视为封建正统文学,它在社会上有着很深的影响,在文化教育界尤为突出,这就形成一种传统力量;另外它背后还有政治势力维护它,并给它撑腰。刘半农曾回忆说:“在民国六年时,提倡白话文已是非圣无法,罪大恶极,何况提倡白话诗”,“文字之狱的黑影,就渐渐的向我们头上压迫而来”[18]。所以当时要“实地试验”白话诗,不仅需要脚踏实地的“尝试”精神,而且需要毅力和勇气,迎击旧势力的挑战。他对宋朝诗人陆游的“尝试成功自古无”的观点,反其道而用之,提出“自古成功在尝试”的论断,并以此为指导,开始进行白话诗的尝试。但他并不盲目乐观,充分估计到这场诗界革命不是件“容易事”,“小试便成功”是不可能的,因而作了“试到千百回”的思想准备,不仅有“成功”的坚定信念,而且也作了“前功尽抛弃”的打算;即使一旦失败也可记取教训,“告人此路不通行”,并希望“大家都来尝试”[19]。

胡适敢于“辟除”旧诗坛上的“荆棘”,大胆“尝试”。当他一九一六年七月十二日为其学友改一首诗,提出白话入诗时,就触怒了梅觐庄(即梅光迪,后来成了“学衡派”成员)。梅站在守旧派的立场上,反对以白话写诗,诬蔑“村农伧夫”的“俗语白话”,“鄙俚乃不可言”,以此作诗是“无永久价值的”[20]。针对梅光迪的攻击，胡适作了一首长达千字的白话游戏诗，不仅对梅光迪的复古守旧行径予以淋漓痛快的嘲讽，而且"有意试作白话诗"，"要求今日文学大家，把那些活泼泼的白话，拿来'锻炼'，拿来琢磨，拿来作文演说，作文作歌"，这样的"白话诗，胜似南社一百集"[21]。由于他在"尝试"白话诗的过程中，不断地排除守旧势力的反对和干扰，积极地"实地试验"，因而逐步扩大了白话诗的影响，过去"反对白话，且竟作白话之诗"[22]。一九一七年初，以《新青年》为阵地所倡导的文学革命运动刚刚兴起，封建文学的卫护者林纾就急忙在上海《国民日报》(1917 年 2 月 8 日)抛出《论古文之不宜废》，反对用白话作文作诗，反对废除僵死的文言；胡适当即写信给陈独秀，对林纾予以驳斥，并"自誓三年之内专作白话诗词"，"欲借此实地试验，以观白话之是否可以为韵文之利器"，同时把自己才尝试"六七月"的白话诗成集，"名之曰《尝试集》"，号召"国中之有志于文学革命者，请大家齐来尝试尝试"[23]。随着新文学运动的深入发展，白话诗蔚然成风，胡适的《尝试集》引起了强烈的反响。从一九二〇年四月起到一九二一年一月止，对《尝试集》展开通信讨论，"先后加入讨论的共有十多个人，各人的文章发表在三四种日报和杂志上，转载在五六种日报和杂志上"[24]；"《尝试集》在二年之中销售到一万部"[25]。这说明胡适的白话诗在社会上的影响之大。他的《尝试集》在新文学运动和广大读者中受到欢迎，并给予"开风气的尝试"的誉赞，但却引起封建复古派的诽谤，"学衡派"的胡先啸攻击"《尝试集》，死文学也。以其必死必朽也。不以其用活文字之故，而遂得不死不朽也。物之将死，必精神失其常度，言动出于常轨。胡君辈之诗之卤莽灭裂趋于极端，正其必死之征耳"[26]。这不止是攻击胡适的白话诗，而且诋毁整个新诗运动是"出于常轨"、"趋于极端"，这恰好从反面证明了胡适尝试白话诗冲破了封建文学的"常轨"，显示了新诗运动的威力。

胡适在我国白话新诗的初创期，从理论主张到实地试验，为中国新诗发展奠定了一定的基础。

二

《尝试集》是胡适大胆尝试的成果，也是中国现代文学史上出现最早的一部新诗集。应当承认，"白话诗是'古已有之'"[27]特别是近代资产阶级改良派诗人如黄遵宪提出"我手写我口"的诗歌主张，这固然在近代诗歌史上作出了自己的贡献,但他们从诗歌主张到创作实践,都没有自觉地兴起一场白话诗运动,更没有把用白话作诗放在正宗地位。然而胡适提倡白话诗运动,不仅把白话作诗放在正宗地位,提出"诗体的大解放",而且大胆地"尝试",积极从事白话诗创作。一九一七年新文学运动方兴,他第一在《新青年》2 卷 6 期发表八首白话诗,接着在《新青年》3 卷 4 期上发表四首白话词;在他带动和影响下,自一九一八年开始,《新青年》的白话诗逐渐多起来,形成了白话诗运动。《尝试集》就是我国白话新诗运动最早的成果。对此,不能过分地苛求于前人,必须给予历史的实事求是的评价。然而长期以来却对《尝试集》采取简单化的否定态度,直到现在有的大学编的现代文学史还这样写道:"《尝试集》是一本内容反动无聊,形式上非驴非马的东西。这个集子五花八门,像垃圾堆一样,名堂甚多,但没有一首真正的诗,更没有一首是新诗。"又说:"这里面有封建士大夫的陈词滥调,有游山玩水、花天酒地的交际应酬,有轻佻无聊的闺情,有失望的悲哀和得意忘形的叫嚷,有对于美国的崇拜和羡慕,还有虚伪的'革命'说教……'这个集子里可以嗅到胡适的亲美的买办阶级思想掺合着封建士大夫思想喷发出来的臭味'。"列宁指出:"如果从事实的全部总和、从事实的联系去掌握事实,那么,事实不仅是'胜于雄辩的东西',而且是证据确凿的东西。如果不是从全部总和、不是从联系中去掌握事实、而是片断的和随便挑出来的,那么事实就只能是一种儿戏,或者甚至连儿戏也不如。"[28]对胡适《尝试集》的评价应取这种科学态度。诚然,从这部集子里"随便挑出"几首诗或从某诗里摘出几句,可以说明它有消极不健康的情调,但这不是从"事实的全部总和、从事实的联系"中所得出的结论,并不能说明整个诗集的主导思想倾向。

《尝试集》(主要依据 1931 年 12 次的重版本)虽然缺乏《女神》那种强烈的狂飙突进的气魄和火山爆发式的激情,但也不乏新的意境和新的思想气息,对于扫荡旧诗坛上的萎靡腐朽的诗风起着不可低估的作用。

诅咒反动封建军阀的黑暗统治,揭露封建礼教的虚伪。封建军阀政府为维护其腐朽统治,对新文化运动中的先进知识分子和宣传"新思潮"的刊物实行疯狂镇压。《一颗遭劫的星》就是对《北京国民公报》因"响应新思潮最早"而遭到封建军阀查封、主笔被捕被判,表示极大的愤慨。它以"乌云"比喻军阀的黑暗统治,以"大星"比喻宣传新思潮的进步力量和进步刊物,含蓄而形象地说明了反动势力的残酷镇压必将破产;代表"光明"的进步思想和进步力量必定胜利,迎来光明的"世界"。《乐观》是为《每周评论》(李大钊,陈独秀主编)被封建军阀查禁而写的一首诗，它以比喻的手法，揭露反动势力对进步刊物的摧残，颂扬这些刊物所宣传的新思想在群众中所产生的广泛影响，说明反动派只能砍倒这棵“大树”，但它所撒下的“种子”定会发芽，长出更多的大树，为“辛苦的工人”造福，并暗示出封建军阀失败的下场。作者不仅对封建军阀进行了鞭挞，而且对维护其封建统治的礼教也予以嘲讽。《礼》是对维护封建“丧礼”的守旧势力的痛斥及其虚伪嘴脸的揭露，表现一种藐视封建礼教的叛逆精神。

作者对封建军阀政府没有停止在“诅咒”和“揭露”上；且揭示出反动统治势力的压榨，“奴隶们”必然起来“造反”，推倒压在头上的“威权”。为“陈独秀在北京被捕”和“日本东京有大罢工举动”而作的《威权》一诗展示了这样的思想内容。由于“威权”（喻指帝国主义和封建军阀）对“奴隶们”的残酷役使，他们一定要砸断“头颈上的铁索”，“同心同力”起来“造反”，“一锄一锄的掘到山脚底”，把“威权倒撞下来，活活的跌死”。《双十节的鬼歌》不仅揭露北京军阀政府借纪念辛亥革命以捞取政治资本的虚伪嘴脸，而且赞扬在辛亥革命中“威权也不怕，生命也不顾；监狱作家，炸弹底下来去”的革命英雄，号召“大家合起来，赶掉这群狼，推翻这鸟政府；起一个新革命，造一个好政府”。正因为作者向往重建新的中华民国政府，所以他对为实现资产阶级民主主义革命理想而献身的烈士谱下一首首颂歌。《黄克强先生哀辞》是为老一代资产阶级革命家写的赞歌，黄“将军”不仅自己为革命捐躯，而且写“家书”勉励儿子“努力杀贼”，这种前仆后继的精神，“使人慷慨奋发而爱国”；《死者》是为少年英雄姜高琦请愿而遭反动军人刺杀写的颂词，不止对他的死表示“恭敬”的哀悼，并且为后来的革命者总结了教训，指出“请愿而死”是“可耻的”，提倡“以革命而死”，“以力战而死”；《四烈士冢上的没字碑歌》是为“用炸弹炸袁世凯”、“炸良弼”而死的四位英雄好汉谱写的歌词，不仅赞扬“他们的武器：炸弹！炸弹！他们的精神：干！干！干！”，而且充分肯定了他们的功绩：“一弹使奸雄破胆！一弹把帝制推翻！”对那些只能“咬文嚼字”、“痛哭流涕”、“长吁短叹”的“革命者”进行了讥讽。这首歌由肖友梅作曲传唱，当时其影响之大是可以想见的。

作者不止为中国资产阶级旧民主主义革命写颂歌，而且也为俄国第二次资产阶级民主革命（通称二月革命）的胜利写赞词。当胡适在报纸上见到“俄京革命”中“大学生杂众中巷战”的情景，“喜之”作《沁园春》上半阕；后又读报见到“俄政府大赦党犯”，深感“此革命之所以终成功，而新俄之前途所以正未可量也”的原因，在于“爱自由谋革命者”不怕“挫辱惨杀”的大无畏牺牲精神，“遂续成前词以颂之”。这首词虽然两次写成,但基本主题是歌颂俄国二月革命胜利,既赞扬了为推翻沙皇统治、“张自由旗”而“指挥杀贼”的“轩昂年少”的英雄,又赞扬了“与民贼战”的“十万囚徒”,并“拍手高呼,‘新俄万岁!’”特别是“从今后,看这般快事,后起谁欤?”的富有鼓动性的结尾,进一步表现出作者对这场俄国革命的向往和期待。由于“新思潮”的影响,作者写的《人力车夫》,反映了劳动者悲苦凄惨的生活,且给予人道主义的同情;写的《平民学校校歌》竟提出“不做工的不配吃饭”的口号,并劝勉“大家努力做先锋,同做有意识的的劳动”。

《尝试集》流贯着一种爱国主义感情。这种感情不仅体现在对黑暗现实的憎恶、对“新革命”的渴望、对英雄的歌颂,而且表现在“为国效奔走”的志向上。《文学篇》抒写自己留学几次改变志愿,初到美国时,“所志在耕种”,认为“文章真小技,救国不中用”,后来在朋友的帮助下,“从此改所业,讲学复议政”,开始注意政治,关心国家大事;面对着“故国方造新,纷争久未定”的现实,立下“学以济时艰,要与时相应”的志愿,表现他为“救国”而学习的爱国主义思想。基于这种爱国思想,作者回国后曾赋诗自勉,激励自己努力“上山”,“头也不回,汗也不揩,拼命的爬上山去”,不仅克服了前进路上的艰难险阻,而且战胜了自己的“泄劲”思想,最后“猛省”,登上了“最高峰,去看那日出的奇景”,表现了一种坚韧不拔的进取精神。在生活道路上,他不相信有什么“诸仙”的恩赐,“异想天开”是极其可笑的,要想有所建树有所收获,必须做到“要那么收果,先那么栽”(《沁园春》),这也是一种积极进取的表现。

作者还写了许多表现爱情、婚姻的诗篇。这些诗的思想内容是否像有人所说是“一些靡乱的男女之情”呢?我认为这类诗的大部分的情调是健康的,所表现的虽是资产阶级的爱情观,但在当时反对封建婚姻、争取爱情自由的个性解放运动中,是有一定积极作用的。《新婚杂诗》写一对“相思”十三年的男女青年的新婚之夜,这里没有卿卿我我的缠绵之情,只告诉新婚伴侣要“牢牢记取”这一夜的“中天明月”,意思是要忠于爱情,让爱情像明月一样永放光辉。《老洛伯》是“推为世界情诗之最哀者。全篇作村妇口气,语语率真”,虽系译诗,但也反映了译者的爱情观。这首诗的意义不仅表现了农村劳苦人民吉梅、锦妮、老洛伯的爱情悲剧,说明吉梅和锦妮只有爱情而没有婚姻,老洛伯和锦妮只有婚姻而没有爱情;更重要的是揭示了造成这种悲剧的社会根源,指出没有“金钱”的穷苦汉在以金钱为轴心的社会是获不到爱情的。译诗《关不住了!》表现了对爱情的热烈渴求,写得颇有风趣,情感也比较真挚。《如梦令》两首词写自己同爱人的爱情生活，既表现了爱人重情、慎情、深情的娇羞之态，又表现出自己渴求爱情的急切心情，这里并没有秽词淫调，也没有低级下流的动作，主要反映了青年男女相亲相爱的欢悦之情。《应该》批评了“我”的爱情不专一的见异思迁思想，“我”本有所爱又去爱“他”；赞美了“他”的高尚品质，并不迷恋“我”的爱，而是“总劝我莫再爱他”，并让“我”把爱“他”的心去爱“我”原来的“爱人”。怎能说这样的爱情诗是“靡乱的男女之情”呢？《我们的双生日》写自己和爱人的互相体贴、以“吵嘴”为乐的美满家庭生活，感情比较朴挚，怎能说这是“轻佻无聊的闺情”呢？

恩格斯指出：“人与人之间的、特别是两性之间的感情关系，是自从有人类以来就存在的。性爱特别是最近八百年间获得了这样的意义和地位，竟成了这个时期中一切诗歌必须环绕着旋转的轴心了。”[29]既然爱情和婚姻是社会生活的有机组成部分，是一个具有长远的普遍意义的人生问题，并直接或间接地受阶级利益、阶级关系的支配，反映了社会矛盾的某些本质；那么，作为反映社会生活的文艺作品，当然要经常描写爱情、婚姻方面的生活。五四时期反对旧婚姻、要求个性解放、争取爱情自由，成了原封建斗争的重要内容之一，因而胡适这些爱情诗的基本倾向，是符合“五四”时代要求的。

与此相联系的，作者还写了些怀友诗。这些诗是否像有人说的那样都是“封建士大夫的陈词滥调”，没有一点进步意义呢？这也需要具体分析。《赠朱经农》抒写朋友久别重逢的“畅谈极欢”的情景，既有对过去“不长进”的自责，又有“你我都少年”的互勉，既有“年来意气更奇横”的豪情，又有“且喜皇帝不姓袁”的兴叹，但也有“吃饱喝胀活神仙，唱个‘蝴蝶儿上天’”的闲情。总之，这首诗的基本内容是积极的，尽管也流露出一定的消极情调。《朋友篇》既抒写了对朋友帮我“立身重抖擞”的感激之情，也道出了朋友之间的友谊基础是“学理互分剖，过失赖弹纠”，并且表示要在朋友的“鞭策”下“为国效奔走”，把交友同爱国结合起来。《许怡荪》抒写对死友的深切悼念，并牢记故友的“大处着眼，小处下手”的赠言，以策励自己。《我们三个朋友》写朋友之间的友谊并未随着山川风物的变化而疏远，相反越来越深了。《晨星篇》是送别之作，没有那种离恨别愁的哀婉情调，而是鼓励“朋友们”努力去“造光明”，“造几颗小晨星，虽然没有多大的光明，也使那早行的人高兴”。像这样一些歌颂友情的诗，反映了特定阶级、特定时代的内容，虽然表现的是资产阶级知识分子的友爱观，但却流露出一定的时代气息，它给人的不是“反动无聊”或“失望悲哀”之感，而基本上是一种积极的启示、向上的鼓励。这在光明与黑暗交替的五四时代,是不乏进步意义的。

《尝试集》尚有一些写自然景物的诗,或借景抒情,或托物言志,或赞美大自然的美。这些诗也不能武断地说是"游山玩水"的"无聊"之作,应该细心体会,分清真、善、美和假、恶、丑。《中夜》写中秋之夜的清光美景,它没有明显的阶级色彩,给人一种月明江清之美;《江山》也是写雨中江景,没有什么政治意义,却能激起读者对大自然的喜爱;《十二月五夜月》托月抒怀,抒的不是愁思哀绪,而是"心头百念消"的乐观心境;《鸽子》写一群鸽子在晚秋天气里自由自在的翱翔,"翻身映日","十分鲜丽",衬托出作者对目由的向往和对大自然的艳羡;《老鸦》加托物言志,表现一种不肯向"人家"讨好、不肯向"人家"折腰的刚直不阿的骨气;《三溪路上大雪里一个红叶》借赞红叶,抒发渴求光明之情;《希望》抒写种兰花草。"希望开花好"的心情,表达一种美好的愿望。这些写景抒情小诗,所写之景基本上是美的,所抒之情基本上是健康的,同那时的黑暗如漆、冷酷如铁的腐败社会现实形成鲜明对照,从这个意义上说,此类小诗也是反封建的一种表现。此外,还有几首抒写艺术家的甘苦和介绍作诗经验的诗,也能给人一定的启示。

从《尝试集》的"全部总和"来看,它不是"一本内容反动无聊"的东西,而是一部有进步思想内容的新诗集,在一定程度上反映了"五四"前后的时代精神。它那种反抗封建军阀的革命精神,"造个好政府"的政治理想,"为国奔走"的爱国感情,歌颂爱情、向往自由、乐观进取的个性解放精神,集中体现了作为"五四"新文化战线重要成员胡适的反帝反封建的资产阶级民主主义革命思想。

《尝试集》在"诗体的大解放"、诗的白话语言、音韵节奏诸方面,作了积极的"尝试",以适应表现新内容新意境新思想的需要。

"在五四以前,诗在旧时代已经僵化了,新诗从已经僵硬了的旧诗中解放出来,冲破各种清规戒律的束缚,打碎了旧的枷锁,复活了诗的生命。"[30] 胡适在这方面进行了有益的"尝试",作出了自己的贡献。"诗体的大解放",并非一件轻易的事情,他是经过一段艰苦的探索历程,正像他自己所总结的:"我现在(1922 年)回头看我这五年来的诗,很像一个缠过脚后来放大了的妇女田头看他一年一年的放脚鞋样,虽然一年放大一年,年年的鞋样上总还带着缠脚时代的血腥气。"[31] 的确是这样,打开《尝试集》便可以看到他在诗体解放的道路上所留下的印迹。他是在我国古典诗词曲的基础上开始了"诗体的大解放"的尝试,有的诗带着明显的古风、乐府或词曲的格调,并不完全是旧体的袭用,而是根据“新内容和新精神”的要求进行一定的改造，既保持了古风那种整齐匀称和词曲那种错落有致的形式美，又在某些方面打破了旧诗词的束缚，发挥了自由诗的特长。《尝试集》第一编的诗词，大都是从旧诗词曲脱胎出来的，有的从古乐府演化而来，有的从绝句演化而来，有的从五古演化而来，有的直接用词牌，有的是自由体。这编诗词的旧体痕迹比较明显，“血腥气”比较大。《尝试集》第二、三编的“诗体”同第一编相比，获得了较大的解放，大都能把古体诗词同自由体结合起来，创造出多种形式的新诗体式。如《鸽子》得力于古乐府，但经过改造，成了一首四、五、六、七、十言的自由体，而基本句式却是四、五言，保持了形武整齐的美；《湖上》虽保持“小令”的格调，但它却是一首形式完美的自由体诗；《希望》是自由体，却保持着五古的风味；《威权》、《乐观》、《上山》、《一颗遭劫的星》等，都是自然灵活的自由体，一洗旧体诗词的痕迹，把旧体的长处糅合于自由体中，成了新的诗体。但必须指出，在“诗体的大解放”中，胡适虽然从外国的诗中找到了借鉴，并把译诗《关不住了》作他的“新诗成立的纪元”，然而在新诗的“实地尝试”中，他并没有丢掉古典诗词的传统。

《尝试集》的语言，虽然个别诗篇有点文言的旧痕，但大致上是经过艺术加工的白话语言，明白易晓，自然现成，有的接近口语，并能根据不同诗篇的内容选用不同色调的语言：写景诗的语言鲜丽明艳，如《中秋》、《江上》、《鸽子》等诗；叙事诗的语言真切朴实，富有生活气息，如《老洛伯》等；抒情诗的语言淳挚亲切，感情色彩浓烈，如几首爱情诗；哲理性、政治性强的诗，语言准确有力，尖锐率直，如《上山》、《威权》、《四烈士冢上的没字碑歌》等。这一切为我国白话新诗的创作出了有益的贡献。

胡适很注意探求白话诗的音韵节奏美，能在旧体诗词音节的基础上，经过一定的改制，创造新音节，以表达新内容。《尝试集》第一编的诗词几乎全用的旧诗音节。第二编则作了大胆的尝试，如《老鸦》中的“我不能呢呢喃喃讨人家的喜欢”一句，用双声叠韵来增强音节的谐婉；《小诗》把原稿改了两个字，一是把“可免”改成“免得”，把“几度”改成“几次”。改的原因是，“免”字读音太响太重，前面不该加一个同样响亮的“可”字，改成“免得”一重一轻，就比较和谐了；“度”改成“次”字，变成齐齿音，这样“几、次、细、思”四个字都成了齐齿音，使人读起来产生一种“咬紧牙齿忍痛”的感情。诗的音节不能离开诗的意思而独立，因此“凡能充分表现诗意的自然曲折，自然轻重，自然高下的，便是诗的最好音节”[32]。这些“尝试”是有利于新诗发展的。

《尝试集》不论是思想内容或是表现形式，在中国新诗发展史上，可以说是“开风气的尝试”，这恐怕是毋庸置疑的事实。

三

我们根据历史唯物主义观点，对胡适在“五四”前后白话诗运动中的贡献，主要从诗歌理论和白话诗创作两个方面，作了必要的历史肯定；但是我们从来也不否认他的诗歌主张与创作，都存有历史局限性。

白话诗运动总是受着当时的政治斗争和思想革命决定并制约的，但是胡适的新诗理论很少强调诗界革命如何同当时反帝反封建的政治运动联系，也没有明确指出白话诗如何为以“民主”和“科学”为标志的思想启蒙运动服务，即使提到新诗要“有一种新内容和新精神”，也比较笼统，没有结合政治斗争和文化思想革命的任务加以具体说明。虽然他提出的“一时代有一时代之文学”的进化观点，点明了文学与时代的关系，但它却掩盖了文学史上的阶级斗争，把“文学的时代性”的意义缩小到诗体演变的范围，说不清为什么同一个时代有两种完全不同文学的对立现象。他提出古今中外的“文学革命”大概都是“从‘文的形式，方面入手”，虽然强调了打破旧诗形式在诗界革命中的重要性，但是这并不是问题的本质方面所在，更不是一条文学革命的内部规律；如果只把从“文的形式”入手当成诗界革命的途径之一，那不失为一个切用的方案，然而胡适却把“诗体时大解放”强调成诗界革命的首要任务，这就陷入了形而上学。一般说来，内容与形式这对范畴，是内容决定形式，内容是矛盾的主要方面；但是在新诗运动的倡导初期，旧诗体严重束缚对新思想和新内容的表达，不打破旧诗形式，诗界革命就不能前进一步的时候，在这种特殊条件下，形式也会转化为矛盾的主要方面，因此当新诗运动兴起的某一个特定阶段，强调“诗体的大解放”基本上是正确的，是革命的；如果在整个白话诗运动中一直把“诗体的大解放”作为主要任务而忽视诗的内容的革命，这种形式先于内容、形式，重于内容的观点显然是不正确的。他反复强调用白话作诗，这是符合反对文言文提倡白话文的新文学革命的要求的，但是“只有用白话作诗”才是诗界革命的“最基本”一条的提法，也是片面的，这仍然把诗界革命的主要任务局限于“白话文学工具”的改革上。胡适新诗理论的局限性与他忠实于实验主义哲学是分不开的。他公然声称“我的文学革命主张也是实验主义的一种表现；《尝试集》的题目就是一个证据。”[33]当然，对实验主义也应作具体分析，它作为一种哲学体系，是资产阶级唯心主义的；但是在马克思主义尚未在中国深入传播，中国诗界革命尚处于初期阶段时，胡适用“天地万物”没有“永久不变的‘天理’”[34]，对一切要“实地试验”、“大胆尝试”等实用主义观点，从当时诗坛腐朽的复古风出发，倡导白话诗运动，并作为自己“尝试”白话诗的指导思想，这对于打破旧体诗的僵死局面，冲开“老八股”、“老教条”的禁锢，开拓白话诗的新领域，是起了一定的进步作用；即使在这时期，实验主义哲学也给他的白话诗理论带来一些致命弱点，如对内容与形式的片面看法等，都是同实验主义思想联系在一起的。

《尝试集》的思想内容基本上是应该肯定的，但是也有些诗篇表现出与“五四”时期反帝反封建时代精神相背道的思想感情。《你莫忘记》一诗的内容就比较复杂。它虽然对“国家的大兵”（指封建军阀的反动武装）的杀人放火的暴行作了无情的控诉，但诗的结尾却唱出无计奈何的“亡国”论调，意思是，与其全家人惨死在“国家的大兵”的屠刀下，不如“亡给‘哥萨克’，亡给‘普鲁士’”，“总该不至——如此”，流露出崇外的思想。《病中得冬秀书》是他接到未婚妻冬秀的信而写的一首情诗。胡适的亲事是其母定的，他们双方未曾见面，但常有书信来往，他曾写信劝她“多读书识字”，并“在家乡提倡放足，为一乡除此恶俗”[35]；但此信引起他母亲的“疑虑”，怕他不满意这件婚事，于是写信劝他体谅母亲的“苦心”，接到母信胡适就写家书解释道：“所言冬秀之教育各节，乃儿一时感触而发之言，并无责备冬秀之意，尤不敢归咎吾母。儿对于儿之婚事并无一毫怨望之意。盖儿深知吾母为儿婚姻一事，实已竭尽心力，为儿谋美满之家庭幸福；……盖书中之学问，纸上之学问，不过百行之一端。吾见能读书作文，而不能为贤妻良母者多矣，吾又敢作责备求全之想乎？”[36]这是《病中得冬秀书》一诗的很好注脚，说明他的婚姻虽然是母亲包办的，但他是甘心情愿的，并以“贤妻良母”作为理想的择婚标准，因此他写出“分定长相亲，由分生情意”“情愿不自由，也是自由了”的诗句，尽管这里面含有难以明言之意，但毕竟表现出他对封建包办婚姻的软弱性和妥协性。也有的诗如《一笑》等，表现出资产阶级的轻浮的爱情观；也有的诗如《蝴蝶》，流露出过多的哀婉情调。此外，在“诗体的大解放”方面，不仅进步缓慢，而且有些诗的旧痕迹太重，这一点他自己也承认，“有几位少年诗人的创作，大胆的解放，充满着新鲜的意味”[37]，自愧不如；由于他过分地注意了新诗的语言形式的追求，致使个别诗篇词意浅露，近乎白话文字游戏。

胡适白话诗主张及创作的明显进步性和局限性，有其深刻的阶级根源和思想根源。从阶级根源来看，他是作为资产阶级知识分子的代表，带着资产阶级的两面性，参加了“五四”前后的新文化运动和文学革命，因之，资产阶级的两面性不能不在他的新诗主张和创作上留下烙印；从思想根源来看，他是以进化论和实验主义为核心的思想基础，参加了新文化运动和文学革命，因之，这种世界观的进步性和局限性必然反映在他的新诗主张和创作上。由于中国革命的特定历史条件和五四新文化运动主要是一场发扬科学与民主进行反封建的运动，因而使胡适所信奉的实验主义，就其作为一种反封建的思想武器，具有了进步性，就其作为资产阶级唯心主义哲学，同马克思主义对立，具有了反动性。中国资产阶级的两面性和实验主义的双重性，就决定了胡适在新文化运动和文学革命（包括白话诗运动）中的历史地位和作用；又因“五四”前后新文化运动的性质有所变化，致使胡适所起历史作用的大小也有个演变过程。胡适一九一七年从美国回国积极参加了这场新文化运动，同陈独秀一起倡导文学革命，而白话诗的主张与创作则是他致力于文学革命活动的重要组成部分，其主流是生动活泼的，前进的，革命的，适应了历史发展的要求。但是随着马克思主义在中国的传播，特别是五四运动的爆发，拉开了无产阶级领导民主主义革命的序幕，这就与胡适欧美式的资产阶级政治理想王国和杜威的实验主义哲学发生了矛盾，因而他看不惯“国内‘新’分子闭口不谈具体政治问题，却高谈什么无政府主义与马克思主义”，于是“发愤要谈政治”[38]，开始了他的资产阶级唯心主义哲学的宣传。从此以后，作为资产阶级知识分子代表的胡适在新文学战线中，“就绝无领导作用，至多在革命时期在一定程度上充当一个盟员，至于盟长的资格，就不得不落在无产阶级文化思想的肩上”[39]。虽然他的历史地位和作用发生了一定变化，但因为五四新文化运动的主攻方向是封建阶级及其意识形态，基本上也反映了资产阶级在政治上和文化思想上的要求，所以胡适在新文化运动中对于反对封建旧文学、创建新文学（包括白话诗）仍发挥一个“盟员”的进步作用。直到一九二二年五月，胡适离开《新青年》办《努力周报》，才开始公然诋毁中共“二大”提出的“消除内乱、打倒军阀”和“推翻帝国主义的压迫”的政治纲领，鼓吹“现在中国已没有很大的国际侵略的危险”[40]和为军阀割据张目的“联省自治”[41]。此后，由于他政治上日趋反动，致使他逐步走向新文化运动和文学革命的反面。这是中国资产阶级先天不足的软弱性、妥协性演变的必然结果，也是胡适顽固坚持杜威实验主义哲学的必然下场。

注:

[1]《藏晖室札记》卷十二第889–890页
[2]《寄陈独秀》,《胡适文选》大陆书局版第5页
[3]《历史的文学观念论》,《胡适文存》卷一第45–47页
[4]《〈尝试集〉自序》,《胡适文选》第175页
[5][6][8][13][15]《谈新诗》,《胡适文存》卷一
[7][17][19][20]《〈尝试集〉自序》,《胡适文存》,卷一
[9]《建设的文学革命论》
[10]《藏晖室札记》卷十三第896页
[11]《文学改良刍议》
[12][16]《中国新文学大系·诗集·导言》
[14]《藏晖室札记》卷十三
[18][27]刘半农:《〈初期白话诗稿〉序》
[21][22]《藏晖室札记》卷十四
[23]《寄陈独秀》,《胡适文选》第21页
[24]《〈尝试集〉批评与讨论》序
[25][31][37]《〈尝试集〉四版自序》,《胡适文存二集》卷四
[26]胡先啸:《评〈尝试集〉》
[28]《列宁全集》第23卷第297页
[29]《马克思恩格斯选集》第4卷第229页
[30]《郭沫若谈诗歌问题》,1956.12.15《光明日报》
[32]《〈尝试集〉再版自序》,《胡适文选》第197页
[33]《〈藏晖室札记〉自序》
[34]《实验主义》,《胡适文存》卷二
[35]《藏晖室札记》卷五
[36]《藏晖室札记》卷九
[38]《我的歧路》,《胡适文存二集》卷三
[39]毛泽东:《新民主主义论》
[40]《国际的中国》,《胡适文存二集》卷三
[41]《联省自治与军阀割据》,《胡适文存二集》卷三

论《狂人日记》的人道主义思想倾向

在中国文学发展史上具有划时代意义的“五四”新文学运动中，鲁迅以其第一篇白话小说《狂人日记》“显示了‘文学革命’的实绩”[1]，初步奠定了我国文学现代化的基础。

《狂人日记》通过狂人的自述，“意在暴露家族制度和礼教的弊害”[2]，揭露封建宗法制度和思想的“吃人”本质，喊出“救救孩子”的呼声。从这一意义上说，它是彻底反封建的宣言，是呼唤时代暴风雨的春雷，这反映了《狂人日记》达到了当时的新文学创作难以企及的思想高度和深度。对此予以充分估价是完全必要的。但是，并非像有的研究者所说的：鲁迅之所以能够在《狂人日记》里彻底揭露封建制度和礼教的“吃人”本质，是因为“受了当时传播的马克思主义思想的影响，对阶级社会的历史有了朴素的阶级观点”；我认为，鲁迅创作这篇小说的主要指导思想，不是受了马克思主义影响的阶级论，而是进化论、人道主义。本文拟就人道主义文艺思想对《狂人日记》的影响，谈点粗浅看法，祈专家及同志们指教。

一

《狂人日记》所蕴含的丰富思想内容，充分体现出人道主义倾向。

小说以饱蘸愤怒感情的笔触，描绘了一幅“非人的生活”图画，揭露了从社会到家庭的“吃人”现象，抨击了封建家族制度和礼教吃人本质。是以人道主义为本，来研究、表现这种不幸的人生社会问题。其表现在：

第一，对社会“吃人”的看法，基本上认为社会上几乎所有的人都是吃人者，唯有“我”和狼子村的“大恶人”等是被吃的。从这种“吃人者”和“被吃者”所构成的艺术画面视之，吃人者一方：既有“赵贵翁”、“七八个人”、“一路上的人”、“一伙小孩子”、“古久先生”、“娘老子”，又有“给知县打枷过的”、“给绅士掌过嘴的”、“衙门占了他妻子的”、“老子娘被债主逼死的”;既有“那个女人”、“狼子村的佃户”,又有那庸医“老头子”、“大哥”以及“父子兄弟夫妇朋友师生仇敌和各不相识的人”等,他们的“话中全是毒,笑中全是刀,他们的牙齿,全是白厉厉的排着,这就是吃人的家伙”。这对吃人者的阴险狡诈的揭露,固然入木三分,淋漓痛快;然而这些吃人者并不都是封建统治阶级,其中相当一部分是阶级意义上的被压迫者和被剥削者。他们在狂人眼里,却统统划入“吃人者”之列,对此只用狂人神经错乱、语无伦次来解释是难以令人信服的。这虽然可以反映出作为封建社会统治思想的孔孟之道对整个社会人们精神毒害之惨重,但小说的描写毕竟表现不出社会阶级对立的本质差异,而是混淆了阶级阵线。那里能看出作者运用阶级观点观察并反映社会现实,更何况是“马克思主义思想的影响”呢?

“吃人者”一方尚且如此,那“被吃者”一方是否显示出阶级观点呢?同样也是不清楚的。狂人“我”是“被吃者”,因为他是精神界的反封建战士,吃他就是封建阶级对反抗者的残酷虐杀,还可以说是反映了作者的“阶级观点”;那么把“大恶人”也列为被吃者,这作何解释?若以阶级论评之,“大恶人”被佃户打死,正是农村阶级斗争激化的表现,是农民自发的革命行动,反映了被压迫阶级对压迫阶级的正义斗争,理该肯定的。然而小说的描写,在这一点上恰好颠倒了被压迫者和压迫者的阶级关系,该肯定的变成了批判对象,应揭露的变成了同情的对象,并把真正的吃人者“大恶人”同反封建的民主斗士列在一起,这那里能表现出“阶级观点”?

不仅如此,即使由上述“吃人者”和“被吃者”两方所构成的矛盾对立的艺术图,同样也没有清楚地反映出封建社会的“阶级对立”,所能看清楚的主要是孤军作战的狂人同所有吃人者所形成的对立关系,但这并不完全像有的研究者所说是反映了封建社会“压迫剥削和被压迫剥削的关系”(当然其中也表现了某些阶级对立现象,下文谈)。

相反,小说的艺术描写却显示出,作者主要是以对“人”是行“人道”还是施“兽道”为标准,来观察、认识社会上人与人之间的关系,这不是无产阶级思想影响的阶级观点,恰恰是人道主义思想的反映。因为人道主义认为“人”的本性是善的,超阶级地强调人与人之间要讲“人道”,不仅“自己有人的资格”,而且要“爱人类”,否则就是对“人”施行吃人的“兽道鬼道”[3]。封建宗法制度和思想所统治的社会是“灭人欲”“毁人性”的,不仅统治阶级成了吃人者,就是被统治阶级里有的人也因不“人道”的礼教毒化而成为吃人者的帮手。凡是吃人者，大抵是背离人道而走入兽道鬼道；凡被吃者，大都深蒙“非人生活”的苦难。对前者一律加以痛斥，对后者统统予以关切。《狂人日记》着重以这种笼统的人道观点，描写了当时半封建半殖民地社会人与人之间的关系，基本上将“人”划为“被吃者”和“吃人者”两大层。这既表现了彻底反封建的革命性，又表现出阶级关系模糊的局限性，正是人道主义固有的两面性的具体反映。

第二，对家庭“吃人”的看法，同样以“人道”为准绳，分为“吃人者”和“被吃者”——维护家族制度和封建礼教的“大哥”是吃人者，具有民主要求的封建礼教的叛逆者狂人则是被吃者。家族制度是封建宗法制度的基础，是吃人封建社会的缩影。小说以家族为轴心，构成一张社会上的大多数人欲吃狂人这类少数人的罗网，这张吃人的罗网，是作者站在革命民主主义立场，以人道主义观点洞察五四前夕中国黑暗腐败的封建社会所结织的：“试看中国的社会里，吃人，劫掠，残杀，人身卖买，生殖器崇拜，灵学，一夫多妻，凡有所谓国粹，没有一件不与蛮人的文化（？）恰合。”[4]《狂人日记》所创造的以家族为中心的社会环境正是这种“中国的社会”的高度典型化，而造成这种“吃人”的社会现实，根系于悖人道而行兽道的“蛮人的文化”。

五四前夕的中国社会，处在“阶级斗争接近决战的那些时期，统治阶级内部的分化过程，整个旧社会的瓦解过程，就显得非常强烈，非常尖锐，这就使得统治阶级中间有一小部分人分化出来而归附于革命的阶级，即归附未来主人翁阶级”[5]。狂人这个封建家族的子弟就是在这种光明与黑暗、革命与反革命交替的历史关头，在民主思潮的启迪下，开始觉醒起来的叛逆者，这是符合马克思主义的阶级斗争规律的；但是小说并非以这种阶级观点而主要是以人道主义思想，揭示了狂人这类叛逆者所产生的社会历史条件：“东方发白，人类向各民族所要的是‘人’，——自然也是‘人之子’”，虽然当时中国社会黑暗如漆，“可是魔鬼手上，终有漏光的处所，掩不住光明：人之子醒了；他知道了人类间应有爱情；知道了从前一班少的老的所犯的罪恶；于是起了苦闷，张口发出这叫声”；“要叫出没有爱的悲哀，叫出无所可爱的悲哀”，“要叫到旧账勾消的时候”。“旧账如何勾消？我说，‘完全解放了我们的孩子！’”[6]请看，狂人这个形象何似“人之子”，他被民主思潮所唤醒，晓得人类之间应有“爱情”，于是便痛斥封建遗老遗少的吃人罪行，叫出世间惨无人道的“悲哀”，发出救救孩子的“叫声”。可见，作者塑造狂人这个典型并未赋予他受了无产阶级思想影响的阶级观点，不论他对社会上吃人现象的揭露，或是对家族制度和封建礼教吃人本质的抨击，大都是从对人应讲“人道”不行“兽道”、要“爱人”莫“害人”这种人道主义思想出发的。虽然他“语颇错杂无伦次，又多荒唐之言”，且具有怪异而跳跃的思维方式，然而他以人道反对吃人的家族制度和礼教的斗争大方向，始终是清醒的明确的。

狂人的主攻方向主要对准家族制的代表、吃人礼教维护者的“大哥”。这表明他深晓封建社会遵奉的是“君君臣臣父父子子”、“有父从父，无父从子”的信条，“大哥”在一个失去父辈的家族里是封建“四权”的操纵者，又是封建礼教的卫护者。小说里“大哥”的形象是封建宗法制度和思想“吃人”的化身，他不仅是戕害弟妹的凶手，而且是结伙吃人的罪魁；他不仅扼杀了封建家族和礼教的叛逆者，而且以儒家说教毒化幼小者的灵魂，为封建阶级训育“吃人者”；他不仅具有赤裸裸的吃人凶相，而且还有一幅罩着“仁义道德”轻纱的假面。这是一个货真价实的封建制度和礼教吃人的活典型。小说对于他的吃人罪行的揭露是极其深刻的，显示了以“人道”反“吃人之道”的巨大思想威力；但也必须看到，人道主义毕竟不是一种科学的世界观，由于它本身的局限性，决定了狂人对大哥的斗争最后止于人情感化“劝说”上，对母亲默认的“割股疗亲”的以“孝道”吃人的揭露上也不够有力，甚至连自己也受了大哥的骗，误吃“妹子的几片肉”，仿佛变成“吃人”的人了。

不过，狂人所奉行的人道主义不是那种靠“别人布施，捐助的”[7]伪善的人道主义；而是一种“个人主义的人间本位主义”，即凭自身奋斗争“人”的尊严和地位、且与人类共获自由解放的人道主义，它“要各人竭力挣来，培植，保养的”[9]。正因为狂人坚持的是这样的人道主义，所以敢于孤军奋战，以自己的“义勇和正气”同整个的吃人社会制度和封建礼教以及传统力量进行斗争，愤怒痛斥那些吃人的人，热切呼喊“救救孩子”，期待大家都做“真的人”。正因为狂人坚持这样的人道主义，所以他不止对大哥的假慈悲的虚伪性、何先生笑里藏刀的阴险性、“今天天气很好”者含含糊糊的卑鄙性，看得一清二楚，同时对罩着伪善外衣的“仁义道德”的吃人本质也揭露得淋漓尽致。可见这种人道主义，在五四时期具有强烈的反封建进步性。

第三，与揭露现实社会吃人现象相联系的，小说剖析历史上的“吃人”史实，同样也不是无产阶级思想影响的阶级观点，而着重以人道主义作为戳穿一部封建道德吃人史的思想武器。

从小说的艺术描写来看，透过狂人的独特心理和逻辑，将批判的锋芒刺进历史的纵深，挖掘了吃人的历史根源，刨开了封建社会几千年的祖坟。即："我翻开历史一查，这历史并没有年代，歪歪斜斜的每页上都写着'仁义道德'几个字。我横竖睡不着，仔细看了半夜，才从字缝里看出来，满本都写着两个字是'吃人'！"狂人对历史的观察极为深刻，以"吃人"二字，高度概括地揭示出几千年封建社会的历史是在"仁义道德"掩盖下的吃人历史。但这一概括并未达到无产阶级阶级论的高度，"吃人"只能概括出封建统治阶级及其思想意识的凶残虚伪的反动本质，而不能正确地揭示出整个封建社会历史的全部本质。因为马克思恩格斯早已指出，"一切社会的历史（指有文字记载的历史）都是阶级斗争的历史"[10]。中国几千年的封建社会是充满阶级斗争的社会，从本质上讲，既是一部封建统治阶级残害被压迫被剥削者的吃人历史，同时也是一部被压迫被剥削的广大人民不断反抗封建统治阶级的历史。但在艺术概括而成为蕴含着深微思想的《狂人日记》的细节描写中，并没体现出这种无产阶级思想影响的历史观，亦即历史上的"吃人"，究竟是哪些人吃哪些人，既看不出阶级的分野，又认不出这"人"的阶级烙印。当然，我们不能要求小说艺术像历史科学那样来写阶级斗争的历史，但是也不能像有的研究者那样脱离小说的实际描写，进行架空或拔高分析，硬说它"正确而深刻地"反映了中国封建社会几千年的人吃人的阶级斗争历史。

鲁迅谈到提炼《狂人日记》主题时曾说："偶阅《通鉴》，乃悟中国人尚是食人民族，因成此篇。"[11]说明鲁迅从阅读史书中获得了创作《狂人日记》的启示，不过他所"悟"的"中国人是个食人的民族"的论断，并非是阶级观点，而是笼统的人道观点。从《狂人日记》所创造的艺术环境和人物来看，不仅充分体现出"中国人是个食人的民族"，而且"从来如此"，由古到今。即"从盘古开天辟地以后，一直吃到易牙的儿子；从易牙的儿子，一直吃到徐锡林；从徐锡林，又一直吃到狼子村捉住的人。去年城里杀了犯人，还有一个生痨病的人，用馒头蘸血舐。"这些艺术描写所展示的一部吃人的历史，其中有封建统治集团内部的吃人，有封建统治阶级吃革命者，有被剥削者佃农吃"大恶人"，有反动派枪杀革命者，有受封建迷信毒害的人民群众吃革命者。据此，"书上写着这许多字"都在眼前吃人的现实社会得到了印证，于是狂人"今天才明白"他生在"四千年来时时吃人的地方"。这是从四千年历史的纵横两方面揭示出"中国人是食人的民族"。这固然增强了小说反封建主题的深度和广度，但是不能不看到艺术画面所显示的社会观、历史观并未达到无产阶级思想影响的阶级论高度，总带有以人道主义思想观察社会、剖析历史的明显局限性。因为人道主义认为：“世上生了人，便同时生了人道。无奈世人无知，偏不肯体现人类的意志，走正道，却迷入兽道鬼道里去”[12]。狂人也说：“大约当初野蛮的人，都吃过一点人。后来因为心思不同，有的人不吃人了，一味要好，便变了人，变了真的人”，走上了“人道”；“有的却还吃”，当然迷入“兽道鬼道”。以这种人道主义观点洞察我国几千年的历史，就会发现封建宗法制度是摧残人性的兽道，儒教理学是“灭人欲”的鬼道，它们把中华民族引上了邪道，由“真的人”异化为“吃人”的人。这种误入兽道鬼道的吃人者越来越多，“真的人”相对地越来越少，这样中国人就成了“食人的民族”，中国四千年的历史就成了一部吃人的历史。这就是《狂人日记》的历史观。它虽然能从由历史到现实的广阔背景上揭露封建宗法制度和思想所造成的吃人罪行，显示了彻底反封建的思想特色，但却不能指明在封建阶级统治下的“吃人”现象是有阶级区别的，性质是不同的。

二

小说通过狂人的特殊心理感受，揭露了封建社会的吃人者和被吃者的尖锐对立；但是通过什么途径、采取什么方式来解决这种对抗性的矛盾，即如何对待“大哥”这样狡猾、凶顽的吃人者呢？狂人却选择了“劝转”的方式，妄图通过讲“人道”使大哥转变吃人的念头，改恶从善，做“真的人”。实践证明这条道路是走不通的，“人情感化”对大哥所代表的封建阶级是不起作用的。

应该承认，狂人对大哥一伙吃人者的本质认识是深刻的，既看到他们“结成一伙”，死也不肯跨过改恶从善这条“门槛”，又看到“吃人的人”惨无人道，狡诈多端。既然狂人对大哥的吃人本质认识如此深切，倘若作者赋予狂人的是无产阶级思想影响的观点，那他就应该对吃人者进行不调和的斗争，一不能采取“劝转”的方式，二不能对其抱有“从真心改起”的幻想。妄图让大哥这样吃人者“放下屠刀，立地成佛”，而这正是人道主义思想在尖锐的阶级斗争面前常常暴露的弱点。

从狂人对大哥的“劝转”内容和态度来看，同样表现出人道主义倾向。狂人先从人类的进化史上，以不吃人的人与吃人的人作了人性善恶的比较，劝说大哥立刻丢弃吃人的心思，“放心做事走路吃饭睡觉，何等舒服”，这样也就“人人太平”;并相信大哥能像拒绝佃户减租的正当要求一样拒绝“吃人”。其实,大哥拒绝佃户减租和他要吃人,都是其剥削阶级反动本性的反映,他既然拒绝佃户减租的要求,就必然坚持吃人的立场,决不会改恶从善,在大哥身上是完全一致的。但狂人认不清这一问题的实质,致使他的苦口婆心的劝说也没改变大哥吃人本性的一丝一毫,反而招致吃人者对自己的冷笑和诬陷。然而狂人对劝说的失败并未接受教训,仍对大哥一伙抱有幻想,一直到他感到吃人的黑暗势力“万分沉重”,压得他“动弹不得”的时候,还是坚持“劝转”,期待吃人者“立刻改了,从真心做起”。这固然表现了狂人的韧性战斗精神,但是可悲的是他始终不悟“劝说”这种方式改变不了吃人者的本性,不晓得此路走不通。狂人“劝转”希望的落空,恰好说明人道主义既不能将吃人的“大哥”之流改变成“真的人”,又不能疗救中国病态社会,使吃人的现社会通向“不吃人”的未来。

我们虽然不能机械地把狂人的思想同作者划等号,也不能把狂人的思想当成作者的全部思想,但是不能不承认小说的主要正面形象往往是作者某些思想观点的体现者,总在一定程度上反映着作者思想水平所达到的时代高度及其局限。狂人对大哥这伙“吃人”者所采取的“劝转”方式,实质上是一条“人情感化”的道路,即企图以“人间的理性”[13]启发人的觉悟,使之回到“真的人”的路上来。这反映了鲁迅当时世界观的某些实情。但有的研究者对《狂人日记》里的“真的人”作了这样分析:鲁迅“因为十月革命的启示”已通晓了“理想的新社会”,“为争取人民的幸福和自由而战斗的‘真的人’已经挺立起来了,这是千千万万的新的人,他们用着翻天覆地的力量要把吃人的生活制度从人类社会生活中连根拔去,他们要创造一个新的将来”。这种“拔高”的主观推测,既脱离了小说的实际描写,又背弃了鲁迅五四前夕的思想实际。这里至少有两个问题值得商榷:

关于“真的人”问题。小说中狂人反复提到的“真的人”,是他理想中的人物,即没有丧失人道的“真的人”。这种“人”,人类历史上曾有过,即“野蛮的人”中后来“有的不吃人了,一味要好,便变了人,变了真的人”;然而“有了四千年吃人履历”的狂人却“难见真的人”,他只相信将来是“真的人”活在世上。可见,这种“真的人”不过是人道主义观念里的“讲人道,爱人类”的人,也就是“尤为高尚尤近圆满的人类”[14]。这种“真的人”虽然比较含糊抽象一些,但他们却是从本质上区别于大哥这伙吃人者的新人。能否把“真的人”理解为具有社会主义理想的人呢?如果硬说他们具有社会主义理想也可以,不过不是富有科学社会主义理想的人，而是带有浓厚空想社会主义理想色彩的人；这样的人当时既没有“千千万万”，也没有以“翻天覆地的力量”去推翻“吃人的生活制度”，况且鲁迅更没有看见“千千万万的新的人”。

关于“理想的新社会”问题。从狂人畅想的“将来容不得吃人的人”的社会来看，决不是科学社会主义。如果他能看清这一点，那就不会对大哥这样的吃人者采取“劝转”的和平方式，因为这种方式绝不是吃人的阶级社会通向科学社会主义的桥梁。从鲁迅当时的思想来看，他虽然望见了新世纪的曙光，但他对十月革命的道路是怀疑的，更没有看到中国的新的阶级力量，彼时他所相信的“理想社会”却是带有人道主义色彩的空想社会。他认为“大约将来人道主义终当胜利”[15]。由于“人类尚未长成，人道自然也尚未长成，但总在那里发荣滋长”，“将来总要走同一的路”，“不满是向上的车轮，能够载着不自满的人类，向人道前进”[16]。这种人道主义的理想社会，“不特没有解放的话，并且不起解放的心，更没有什么眷恋和凄怆；只有爱依然存在。——但是对于一切幼者的爱”[17]；“我们改良点自己，保全些别人；想些互助的方法，收了互害的局面”[18]。鲁迅这种理想社会反映在《狂人日记》里，即狂人所憧憬的那种“容不得吃人的人”的社会。这虽然反映了对未来光明前景的热切期待，但这种理想社会是朦胧的空想的，所以小说最后喊出的推翻现存吃人社会，救救没有受过封建礼教毒害的“孩子”的呼声，也显得“四平八稳”、“空空洞洞”。这又一次表露出人道主义思想的弱点。不过在五四前夕，以人道主义为理论基础的空想社会主义思潮，对于批判吃人的封建制度及礼教，对于唤醒“愚弱国民”的觉悟，还是大有进步意义的。

三

由上述可以看出，《狂人日记》的艺术描写所体现出来的审美观、艺术观、社会观和历史观的理论基础，并非是无产阶级思想影响的阶级论，基本上是人道主义。

虽然小说的描写也触及到社会上的一些阶级对立现象，但这不足以说明《狂人日记》运用了无产阶级的阶级观点来反映社会。这不仅因为作品对这些阶级对立现象的描写，划不清本质的阶级界限；而且即使能够明确地展示出社会阶级对立的现实，也不纯是无产阶级思想影响下的阶级观点，更不是马克思主义的阶级论。对此，马克思表述得非常清楚："至于讲到我，无论是发现现代社会中有阶级存在或发现各阶级间的斗争，都不是我的功劳。在我以前很久，资产阶级的历史学家就已叙述过阶级斗争的历史发展，资产阶级的经济学家也已对各个阶级作过经济上的分析。我的新贡献就是证明了下列几点：(1)阶级的存在仅仅同生产发展的一定历史阶段相联系；(2)阶级斗争必然要导致无产阶级专政；(3)这个专政不过是达到消灭一切阶级和进入无阶级社会的过渡"[19]。这就明确地指出，能够"发现社会中有阶级存在或发现各阶级间的斗争"，并非是马克思主义阶级论的基本特征，乃是资产阶级思想家都可以达到的认识高度；区别是否马克思主义阶级论的根本标志，是看其承认不承认阶级斗争必然导致无产阶级专政以及坚持这个专政达到消灭一切阶级而进入无阶级社会。当然，我们不能以此来苛求鲁迅彼时的世界观，但是反过来也不能降低马克思主义的标准，不能把《狂人日记》所触及到的阶级对立现象，说成是受无产阶级思想影响的阶级观点。

其实，深受人道主义影响的革命民主主义思想家或作家，他们并不都是抹杀阶级矛盾和阶级斗争的，是能够看到社会的阶级对立并在文艺作品中予以反映的，这对一个具有人道观点的作家来说不是难以企及的。五四时期的鲁迅同俄国革命民主主义者车尔尼雪夫斯基所处的时代和思想状态有些相似之处，从他们的比照中问题会看得更清楚。

十九世纪中叶，沙皇俄国是一个政治上反动、经济上落后的封建帝国。由于存在着极其腐朽的封建农奴制，不仅使俄国资本主义发展比西欧任何一个大国都缓慢，而且残酷的阶级压迫不断地激起农民骚动。出于发展资本主义的需要，俄国资产阶级也对农民问题以及废除农奴制表示一定关切，但由于俄国资产阶级和封建势力有着千丝万缕联系，故表现了对封建阶级一定的妥协性，和害怕农民对农奴制采取的"越轨"行动。资产阶级自由派作家屠格涅夫的《猎人笔记》、《木木》等作品反映了这种情况，甚而晚年他又向沙皇亚历山大二世写效忠信。但是同资产阶级右翼作家的妥协行径相对立的车尔尼雪夫斯基，"是彻底得多的、更有战斗性的民主主义者。他的著作散发着阶级斗争的气息。他毅然决然地实行了揭发自由派叛卖行为的路线"[20]。这不仅说明他当时代表了农民的革命民主主义要求，而且指出他的著作洋溢着"阶级斗争的气息"，再一次表明认识并承认阶级斗争并不是马克思主义的基本特征。但是从当时车尔尼雪夫斯基的世界观来看，他的革命民主主义思想并未超出旧唯物主义水平，即他的自然观是唯物主义的,历史观都是唯心主义的,深受人道主义影响。列宁对他的哲学观点作了全面的评价:一方面指出"车尔尼雪夫斯基是唯一真正伟大的俄国著作家,他从50年代起直到1888年,始终保持着完整的哲学唯物主义水平,能够摈弃新康德主义者、实证论者、马赫主义者以及其他糊涂虫的无聊的胡言乱语。但是车尔尼雪夫斯基没有上升到,更确切些说,由于俄国生活的落后,不能上升到马克思和恩格斯的辩证唯物主义"[21];另一方面又说明车尔尼雪夫斯基深受费尔巴哈的"人本学"即人道主义的影响,"确定不移地用自然界代替存在,用人代替思维",这种哲学——"无论是人本主义原理,无论是自然主义,都只是关于唯物主义的不确切的肤浅的表述"[22]。这说明车尔尼雪夫斯基的"人本主义"是从自然科学的唯物主义出发,对当时为维护沙皇专制制度大造舆论的宗教神学以及康德、马赫等唯心主义哲学进行了抨击,使自己的著作散发着阶级斗争气息。可见,含有人道主义的革命民主主义思想能够认识到社会上的阶级对立并与之进行阶级斗争。但是在历史上起过进步作用的理论,并不都是完全正确的。车尔尼雪夫斯基的"人本主义"把人的自然属性当作人的主要属性,这虽然在自然观上坚持了唯物主义,而在历史观上不能不陷入唯心主义。

《狂人日记》问世的五四时代,正是经过"一九一四年以来世界大战的血、一九一七年俄国革命的血、一九一八年德奥革命的血","洗来洗去,洗出一个新世纪来";"这个新纪元是世界革命的新纪元,是人类觉醒的新纪元",对"从前讲天演进化的,都说是优胜劣败,弱肉强食"的一套皆认为是"大错"了,真正"知道生物的进化,不是靠着竞争,乃是靠着友助。人类若是想求生存想享幸福,应该互助友爱,不该仗着强力互相残杀",说明社会达尔文主义已遭破产,而散发着人道主义气息的进化论却冲激并占据着人们的思想。"我们在这黑暗的中国,死寂的北京,也仿佛分得那曙光的一线,好比在沉沉深夜中得一小小的明星,照见新人生的道路"[23]。鲁迅创作《狂人日记》的时代,虽然同车尔尼雪夫斯基所处的时代有所不同,但是当时中国社会的历史特点却同沙皇统治的俄国有类似的地方。中国人民同俄国的农奴一样,长期受着封建制度的经济剥削和政治压迫,过着奴隶般的生活,从来没有争到过"人"的价格。鲁迅怀着和车尔尼雪夫斯基慨叹俄国"可怜的民族,奴隶的民族,上上下下都是奴隶"[24]一样的心情,慨叹中华民族从未摆脱奴隶的地位,或处在做稳了奴隶的时代或处于做奴隶而不得的时代。尤其中国亿万农民被压在社会最低层,备受帝国主义和封建主义的压迫。资产阶级领导的辛亥革命虽然赶跑了封建皇帝，但并没有真正实现民主政治，“耕者有其田”的口号也没给农民带来多大好处，革命果实很快被封建军阀所篡夺，导演出一幕幕复辟丑剧，使“国家坏到了极处，人类苦到了极处，社会黑暗到了极处”[25]。这时一些激进的革命知识分子记取了辛亥革命未重视思想启蒙运动的教训，于文化思想界掀起一场广阔的思想解放运动，向一切禁锢人们思想、扼杀人性的封建宗法制度和思想发起猛攻。鲁迅毅然抱定“十多年前的‘启蒙主义’”[26]做起小说来。不仅利用小说艺术戳穿了几千年封建礼教吃人的本质，而且较早地提出了新民主主义革命的一个严重问题在于启发农民的革命性。这充分表现了作为革命民主主义者鲁迅同车尔尼雪夫斯基相似，具有反封建的彻底革命精神和对农民命运深切关怀的博大人道主义胸怀，并使自己的作品散发着阶级斗争的气息。但是鲁迅当时的世界观也同车氏近似，并未越出旧唯物主义的水平而达到无产阶级思想影响的阶级论的高度，其自然观是唯物主义的，其历史观由于进化论、人道主义占主导，致使很多问题陷入唯心主义。

四

《狂人日记》的人道主义思想倾向，是深受外国文学的人道主义影响的。救国必先救人，救人必先启蒙，是鲁迅长期思索的问题，也是他接受外来新思潮的总出发点。当时他认为“中国社会上的状态，简直是将几十世纪缩在一时：……自‘食肉寝皮’的吃人思想以至人道主义”[27]。这里，鲁迅把“吃人思想”与“人道主义”作为两种根本对立的思想体系，前者统治了“几世纪”，后者是五四时代新思潮的主流，而今这两种思想“缩在一时”进行激烈交锋。《狂人日记》正是以人道主义思想彻底批判了几世纪的“吃人思想”，有力地配合了思想启蒙运动。而鲁迅当时用来批判“吃人思想”的人道主义却是从外国文学“拿来”的。《狂人日记》直接受到果戈理《狂人日记》人道主义思想影响，前者结尾呼出的“救救孩子”的呐喊，同后者含泪喊出的“妈呀，救救你可怜的孩子吧”的心声，无不充满着人道主义精神；不过鲁迅的《狂人日记》“却比果戈里的忧愤深广”[28]，其人道主义更具有战斗的思想特色。当时鲁迅对日本作家武者小路的话剧《一个青年的梦》所宣扬的以人类相爱的人道主义反对帝国主义的思想极为赞成，并把它译成中文登在《新青年》上。小路曾在《与支那未知的友人》一文说:“我正访求着正直的人:有真心的人;忍耐力很强,意志很强,同情很深,肯为人类做事的人。在支那必要有这样的人存在。这人必然会觉醒过来。这人就是人类等着的人”。《狂人日记》所期待的那种“真的人”不正是这样正直的真心的人吗?难怪鲁迅誉称《一个青年的梦》“思想很透彻,信心很强固,声音也很真”[29]。

虽然《狂人日记》的人道主义思想与外国文学影响密切相关,但鲁迅毕竟是个彻底的革命民主主义者和冷静的现实主义者,他在五四时期接受或一新思潮,都是立足于“扫荡废物,以造成一个使新生命得能诞生的机运”[30]。基于这种目的,他主要吸收了人道主义的合理内核,如肯定人的价值和尊严,谋求人的自由和解放,以及反神权、反封建、反偶像、反兽道的批判精神等,而对人道主义的调和中庸、伪善慈悲以及不切实的缥缈幻想等,有所舍弃,有所批判。鲁迅先后曾受过达尔文、易卜生、托尔斯泰、尼采等人的影响,但到了五四时期他根据反封建斗争的需要,着重肯定了他们敢于“改革”、争取“人道的光明”的精神,赞扬他们是“近来偶像破坏的大人物”[31]。易卜生的《玩偶之家》鼓吹妇女个性解放,曾轰动五四文坛,胡适拟作话剧《终身大事》,鲁迅作了《娜拉走后怎样》的讲演;但鲁迅并不像胡适那样充分肯定《玩偶之家》的人道主义,而对娜拉个人出走的人道主义改革行动表示不满,提出妇女解放必须同“经济制度”根本改革相结合的光辉思想,显示出鲁迅对问题的认识基于前人而又超出前人或同时代的某些人。当时不少作家受到“博爱”“慈善”人道精神的影响,但鲁迅却反对“别人布施”这种伪善的人道主义。五四运动过后,随着革命形势的深入发展和阶级斗争的激化以及马列主义的广泛传播,鲁迅逐步抛弃了人道主义的消极成分,进一步强化了斗争哲学。一九二五年他不仅明确地认识到“火与剑”、革命专政的必要性,提出了“痛打落水狗”的彻底革命的命题,而且批判了托尔斯泰的“勿抵恶”的人道主义,主张“以其人之道还治其人之身”。这就为鲁迅一九二七年后向无产阶级阶级论过渡打下了思想基础。

有的研究者认为,鲁迅从来不是人道主义者,即使前期或五四时期也没受过人道主义影响,似乎谁要说《狂人日记》是以人道反吃人之道,就会贬低了它的思想价值。诚然,人道主义是资产阶级文艺复兴时期提出的一个反宗教反封建的口号,是属于资产阶级思想范畴;然而,它在历史上不仅在欧洲资产阶级革命中起过重要作用;而且在世界文学之林的创建过程中,不知有多少不同国家的作家以人道主义为创作思想,筑起了丰富多彩的、各具特色的人物画廊。在这些艺术典型身上,既打上时代和阶级的烙印,又反映出人类所共有的某些思想、感情和愿望;既洋溢着人性的光辉和人情的美,又对一切反人道的东西喷发出正义的怒火,使这些作品具有强烈的艺术感染力和不朽的生命力。像世界文学史上著名作家莎士比亚、雨果、易卜生、托尔斯泰等的作品,无不流灌着人道主义精神,但并未因此减弱这些文学作品在人类文坛上所放射出的不灭光彩;鲁迅五四时期的小说创作也没有因受人道主义影响而在世界文学史上减色。

况且,无产阶级对于人类在资本主义阶段所创造的精神财富,包括人道主义在内,并不是采取绝对否定的态度。马克思主义是无产阶级思想体系,但构成这一体系的思想材料,却是"从以前的各代人的思维中"批判继承的,且又经过了无产阶级"自己的独立的发展道路"[32]。人道主义就是其中被扬弃的"材料"之一。众所周知,资产阶级人道主义的产生,是马克思主义以前人类历史上的一次伟大革命,它标志着人类开始自觉地研究人的本质、人的存在价值和意义、人与人之间的合理关系、人的优美品格以及人类理想社会等,这些积极的合理的思想因素曾哺育着后起的进步思想家。马克思主义哲学就是从研究人出发的,肯定"任何人类历史的第一个前提,无疑是有生命的个人存在"[33]。正是从这一论断出发,马克思认为共产主义运动"是私有财产即人的自我异化的积极扬弃,因而也是通过人并且为了人而对人的本质的真正的占有;因此,它是人向社会的人即合乎人的本性的人的自身的复归"[34]。恩格斯曾把性爱作为人的共有的感情来考察。他说:"人与人之间的、特别是两性之间的感情关系,是自从有人类以来就存在的。性爱特别是在最近八百年间获得了这样的意义和地位,竟成了这个时期中一切诗歌必须环绕着旋转的轴心了。"[35]这里,恩格斯不是把人的感情尤其是爱情作为某一时代某一阶级的特殊性的感情,而是当作自有人类以来不同时代不同阶级的共同感情,并且八百年的诗歌创作就以歌颂这一共同感情作为中心主题。可见,马克思主义对于人性论和人道主义并未作简单化的否定,而是进行了积极的"扬弃",即对于人道主义的合理思想因素予以吸收,并承认人类有共同的人性;但对资产阶级人道主义笼统抽象地抹杀人在阶级社会的阶级性、否定阶级斗争和暴力革命在无产阶级革命时期的历史作用,当然是反对的;同时从更高的科学意义上对人性、人道作了马克思主义的解释。正因为马克思主义融会了人道主义的一些积极因素,所以马克思、恩格斯或列宁对那些表现人性美、人情美的文艺作品,是极为赞许的。马克思曾分析长篇小说《巴黎的秘密》前半部的女主人公玛丽花,指出她的出卖皮肉生涯的社会环境尽管那样恶劣，但她“仍然保持着人类的高尚心灵”、“人性的优美”，并说明“她在怎样非人的境遇中得以合乎人性地成长”[36]。无产阶级革命导师对人道主义和体现人道主义精神的文艺作品，尚且采取历史唯物主义态度；我们对鲁迅《狂人日记》的人道主义思想倾向，不是也应该放在五四时期这个特定的历史背景上，作出科学的评价吗？

注：

[1][2][28]《且介亭杂文二集·〈中国新文学术系〉小说二集序》

[3][8][12]周作人:《人的文学》

[4]《热风·随感录四十二》

[5]《马克思恩格斯全集》第4卷第476页

[6]《热风·随感录四十》

[7][9][16]《热风·六十一不满》

[10]《共产党宣言》

[11][15]《鲁迅书信上·15致许寿裳》

[13]周作人:《日本的新村》

[14]《热风·四十一》

[17]《热风·六十三“与幼者”》

[18]《热风·六十四有无相通》

[19]《马克思恩格斯选集》第4卷第332－333页

[20]《列宁全集》第20卷第241页

[21]《唯物主义和经验批判主义》第363页

[22]《列宁全集》第38卷第78页

[23]《新纪元》,1919·1·5《每周评论》

[24]列宁:《论大俄罗斯人的民族自豪感》

[25]毛泽东:《民众的大联合》

[26]《南腔北调集·我怎么做起小说来》

[27]《热风·五十四》

[29]《〈一个青年的梦〉译者序》

[30]《〈出了象牙之塔〉后记》

[31]《热风·四十六》

[32]恩格斯:《致佛·梅林》

[33]《马克思恩格斯全集》第3卷第23页

[34]马克思:《1844年经济学——哲学手稿》第73页

[35]《马克思恩格斯选集》第4卷第229页

[36]《马克思恩格斯论艺术》第3册第49-50页

后　记[①]

“五四文学运动”是一个特定的历史范畴，它作为一个发展过程来看，并非仅指一九一九年五月四日这一天，实际上包括从《新青年》创刊到中国共产党成立前夕这段时间。五四文学革命是中国文学发展史上具有继往开来意义的伟大革命，是中国现代文学的奠基时期。由于特殊的历史条件决定，这场新文学运动比中国历史上任何一次“文学革命”，比西欧的“文艺复兴”，都具有新的特点；但其中有些问题也相当复杂，众说纷纭，给中国现代文学史的教学和研究提出一些值得深入探讨的课题。

马克思主义告诉我们研究社会科学领域的问题，绝对不能离开一定的历史范围，一定要坚持辩证唯物主义和历史唯物主义的实事求是态度，但因受某些时期政治气候的左右，唯心主义、形而上学的猖獗，越发给五四文学本来面目的恢复，带来一些“老大难”问题。例如：文学革命的指导思想究竟是以科学与民主为标志的民主主义呢还是马克思主义？鲁迅和茅盾的新文学观到底属于什么思想性质，胡适和周作人的文学革命主张究竟应该怎样作出科学的历史评价，《狂人日记》的主导思想倾向是人道主义呢还是无产阶级的阶级论？冰心的“问题小说”的思想意义到底应该作何估价，等等。党的三中全会以来的大好形势，为这些问题的探究创造了良好的时代条件。遵照党的“双百”方针和解放思想的精神，为适应现代文学史的教学需要，我试图从原始材料出发，尽力从一些脱离史实的僵化的看法中挣脱出来，对五四文学一些问题作了点力所能及的蠡测，虽然并不系统也难免重复，不过结集起来，也许能看出个眉目。其中大部分文章已在《文学评论丛刊》、《鲁迅研究》及省内刊物发表过，为了把问题讲得较充实一些，这次作了适当的补充，但基本看法并未改动。

由于笔者的马克思主义、专业水平所限，疏谬在所难免，恳祈专家和同志们指教。在编写过程中，得到山东人民出版社有关领导和编辑同志的支持和鼓舞，这里表示衷心谢意。

一九八二年元月十日于山东师范大学

---

① 本文为本书由山东人民出版社1982年7月第1次出版而写。

中國現代文學研究叢書

茅盾前期文學思想散論

朱德发 著

山东人民出版社

茅盾“五四”时期的新文学观

存目，详见《五四文学初探》

茅盾"五卅"前后的无产阶级文学观

"五四"和"五卅"是两个不同的伟大时代,后者为"第四期之前夜",即无产阶级以独立的阶级力量领导中国革命的前夜。"活跃于'五卅'前后的人物在精神上虽然迈过了'五四'而前进,却也未始不是'五四'产儿中最勇敢的几个"[1]。茅盾在"五卅"前后,不仅在激烈的政治斗争中,继承并发扬了五四时代彻底反帝反封建的革命传统,以勇敢的姿态出现在工人运动的洪流里;而且在新文学战线上,毅然积极地探讨无产阶级文学的基本原理,以"为无产阶级的艺术"[2]来充实和补正自己五四前后的为人生的进化文学观,并试图为中国新文学走上崭新的道路,提供比较全面的无产阶级文学理论主张。

早期共产党人和一些革命文学家,自五四文学革命以来,已关注"革命文学"的探讨,并提出一些含有马克思主义思想因素的文学见解,但是能够试用阶级观点逐步地比较系统地阐述无产阶级文学艺术的基本问题,接近或达到马克思主义高度的,不能不推崇茅盾。早在一九二二年党所领导的社会主义青年团第一次全国大会制定的决议中,即提出"使文学成为无产阶级化"[3]的口号;一九二三年党的机关刊物《新青年》发表的"新宣言"指出,由于无产阶级在社会关系中"处于革命领袖的地位",因而必须以无产阶级思想"竭力以指导中国社会思想之正常轨道"[4],其中当然应包括对革命文学的指导。这说明党成立后便注意引导新文学向着无产阶级的方向发展;不过,这仅仅是原则性的号召,尚未作具体阐述。一九二三年郭沫若提出了"我们的运动要在文学之中爆发出无产阶级的精神",要"反抗资本主义的毒龙",表现出明显的无产阶级思想倾向;但是他的提法又比较含糊,且把"爆发出无产阶级精神"同表现"精赤裸裸的人性"[5]混为一团。是年,秋士在《告研究文学的青年》中号召文学工作者"到民间去","诚心去寻找实际运动的路径",批评"现在还没有进煤窿的文学家"[6],这虽然在一定程度上为革命文学的创作指出一条深入工农斗争生活的唯物主义认识路线,但在表述上缺乏准确的鲜明的阶级概念。邓中夏强调革命文学应是“最有效用的工具”,“须多做能表现民族伟大精神的作品”,唯有“从事革命的实际活动”的诗人,方可“做出革命的诗歌”[7]。表明他不但重视革命文学的社会功利,而且非常关注作家对实际革命生活的体验和感受,这便触及到革命文学的一些重要问题。一九二四年恽代英在《文学与革命》一文中,对革命文学与革命感情的关系讲得更清楚一些,不仅指出“先有革命的感情,才会有革命文学”,同时告诫“你希望做一个革命文学家,你第一件事是要投身于革命事业,培养你的革命感情”[8]。如果说,上述对“革命文学”的探讨尚未明确的从无产阶级的角度着眼,那么,沈泽民对“革命文学”的解释,便显得清楚了。早在一九二二年他便注意无产阶级艺术的探索,由于受时代条件的限制,他当时着重通过译介“新俄艺术”来研究无产阶级文学的“面目”[9]。一九二四年他在《文学与革命的文学》里对于“无产阶级艺术何等面目”作了进一步解说,不止从文学与时代的关系上论述了无产阶级文学必然兴起,且要“胜过一切过去时代的文学”,同时从文学与民众的关系中指出“一个革命的文学者,实是民众生活情绪的组织者”;不止从文学与作家世界观的关系上说明只有革命思想的人才能创造“革命的文学”,同时从“文学始终只是生活的反映”的基本规律上强调作家只有深入“工人罢工的运动”,“了解无产阶级的每一种潜在的情绪”,才“配创造革命的文学”,这是“因为现代的革命的泉源是在无产阶级里面,不走到这个阶级里面,决不能交通他们的情绪生活,决不能产生革命的文学”[10]。这些看法虽然不够系统,但基本上接近马克思主义文艺观,同其他人对“革命文学”的见解相比,具有明显的无产阶级思想色彩。

一九二四年后的文艺界,蒋光慈曾同一些文艺青年于上海组织春雷社,提倡革命文学,并在一九二五年写的《现代中国社会与革命文学》中表明自己对“革命文学”的看法:“谁个能够将现社会的缺点,罪恶,黑暗……痛痛快快地写将出来,谁个能够高喊着人们向这缺点,罪恶,黑暗……奋斗,则他就是革命的文学家,他的作品就是革命的文学”;而要创造这样的革命文学,“近视眼不能做革命的文学家,无革命性的不能做革命的文学家,安于现社会生活的不能做革命的文学家,市侩不能做革命的文学家”,唯有《女神》的作者郭沫若才是“现在中国唯一的”革命文学家,叶绍钧、冰心的写实主义文学都是“市侩派的小说家”作品[11]。他强调“革命文学”或“革命文学家”都必须具有革命性、反抗性是正确的,说郭沫若是革命文学家也是对的,但是他把叶绍钧、冰心的写实小说统统视为“市侩派的小说”或“贵族式”的小说,却表现了一种“左”的倾向,特别对

“革命文学”的解释并未完全达到阶级论的高度。一九二五、二六年，鲁迅已注意马克思主义文艺的研究，并试图以马克思主义眼光来评判苏俄诗人的作品；一九二七年春他发表了《革命时代的文学》的讲演，从文学与革命的关系上论述了革命文学产生的时代条件，并提出了“革命人做出东西来，才是革命文学”的精当见解，但鲁迅这时对中国革命文学能否产生在估量上不无偏颇之处。“五卅”前后，郭沫若发表了《孤鸿——致成仿吾的一封信》、《文艺家的觉悟》、《革命与文学》等重要文章，标志着他的文艺观发生了重大转变，不仅明确地提出了“革命文学”的口号，而且对文艺与时代的关系、文艺与生活的关系、文艺与政治的关系、作家世界观与创作的关系等重要文艺理论问题，试图以马克思主义文艺观予以解答（见后文）；但这时他的文艺观从总体来看并不像有的研究者所说的已完全达到“马克思主义化”，它不止对革命文艺一些问题的解释存在简单化、片面性，同时以心理学理论来探讨文学“兴盛的原故”、文学的本质等问题，不免带上唯心主义色彩，尽管对此不能过分苛求，然而讳饰它也不是历史唯物主义态度。相比之下，从茅盾“五卅”前后发表的《论无产阶级艺术》（1925）、《告有志研究文学者》（1925）、《文学者的新使命》（1925）等重要论文来看，他的无产阶级文学观（初步形成）显得较全面较扎实一些，马克思主义阶级论的色彩较强烈一些，表现出一个共产党人“以苏联的文学为借鉴”来论述无产阶级文学所达到的时代水平[12]。

一

从无产阶级历史地位的变化上，探讨无产阶级文学形成的历史必然性。

“唯物主义本身包含有所谓党性，要求在对事变做任何估计时都必须直率而公开地站到一定社会集团的立场上。”茅盾在对“文学发展的史迹”的考察估量中，并非如同客观主义者那样只会“满足于肯定‘不可克服的历史趋势’”[13]，而是公然站在无产阶级的党性立场上，以较明确的阶级观点揭示出无产阶级文学的产生是“无产阶级由被治地位，一变而为治者”[14]的历史地位决定的，说明处于“治者地位”的“无产阶级应当保持、巩固、日益扩大自己的领导，同时要在思想战线许多新的区域中也占有适当的阵地”，而“在文学领域中夺取阵地，也同样地早晚应当成为事实”[15]。

从文学发展史来看，“文学作品描写的对象是由全民众的而渐渐缩小至于特殊阶级的”。这一方面揭示出文学作品以谁为描写对象是决定文学性质的重要因素，另一方面也指明以“特殊阶级”为文学作品的主角是进入阶级社会后文学发展的必然趋势。茅盾认为，欧洲中世纪的骑士文学以帝王贵族为描写对象，这是贵族文学的重要特征；而后，英国的李却特生和菲尔丁，虽然在小说里也写了平凡的小人物，但这并非是无产阶级文学；十九世纪初，由于在西欧占统治地位的阶级仍然是资产阶级，因之浪漫派的文学必然以“描写华贵的生活为中心点”，从根本上摒斥一般民众的平凡生活；随着无产阶级登上历史舞台后，不仅法国左拉的作品有专写劳动者的，而且“无产阶级生活乃始终成为多数作者汲取题材的泉源”。如罗曼·罗兰曾提倡“民众艺术”，并指出法国画家弥爱的《捡穗》等描绘田家风光的作品，即是“民众艺术”。但是茅盾并未停留在对描写劳动者作品的一般表面认识上，轻率地把描写无产阶级生活的或“民众艺术”当成真正的无产阶级艺术，而是以阶级观点对“民众艺术”的实质作了剖析，明确地指出所谓“民众艺术”只不过是“有产阶级智识界的一种乌托邦思想而已”。因为在充满阶级对立和阶级斗争的资本主义世界里，“‘全民众’将成为一个怎样可笑的名词？我们看见的是此一阶级和彼一阶级，何尝有不分阶级的全民众？”可见他对“民众艺术”的阶级实质的认识比以前有了质的飞跃，同时对文学的阶级属性及其社会政治功能的认识，也接近马克思主义的思想水准。由于在阶级社会里任何一个时代的统治思想始终都是统治阶级的思想，因而在资产阶级占统治地位的时代里，其“文化是资产阶级独尊的社会里的孵化品，是为了拥护他们治者阶级的利益而产生的”，而“那一向被骗着而认为尊严神圣自由独立的艺术，实际上也不过是治者阶级保持其权威的一种工具”[16]。这不仅揭示出资产阶级文学的阶级实质及其功能，而且也暗示出由资产阶级知识分子所创作的而又产生于资产阶级占统治地位社会的所谓“民众艺术”的性质，从而说明不是在无产阶级意识指导下只徒有描写“无产阶级生活”或者“为民众的，是民众”的“美名”的文学，决不能算是无产阶级文学。

既然以左拉为代表的写实派（或自然派）和以罗曼·罗兰为代表的新浪漫派（茅盾当时的认识）笔下的劳动者形象不是无产阶级文学的表征，那么到什么时候谁的作品才称得上真正的无产阶级文学呢？在中国新文学论坛上，茅盾较早地指出十九世纪后半期，高尔基描写无产阶级生活的作品，是真正的无产阶级文学（之前，一般都认为十九世纪后期高尔基的文学作品是写实主义的革命民主主义文学）。他的深刻之见，不在于指出高尔基真正以无产阶级作为文学作品的描写对象,更重要的是揭示了作品所表现的思想内容的阶级实质:即"第一个把无产阶级所受的痛苦真切地写出来,第一个把无产阶级灵魂的伟大无伪饰无夸张的表现出来,第一个把无产阶级所负的巨大的使命明白地指出来给全世界人看";也就是说他的作品能够真实地"表现无产阶级的灵魂,确是无产阶级自己的喊声"[17],把高度的艺术真实同鲜明的政治倾向统一起来,反映了无产阶级对新文学的根本要求和愿望。特别是苏联十月革命的胜利,建立了世界上第一个无产阶级专政的社会主义国家,无产阶级真正成了国家的主人,由过去的被统治地位一跃变成主宰自己命运、推动社会历史的"治者",于是"一向被视作愚昧无识污贱的无产阶级突然发展了潜伏的伟大的创造力,对于人类文化克尽其新贡献"。这说明"本世纪初"由于人类历史进入一个无产阶级革命的新时代,俄国无产阶级在十月革命中真正失去了"锁链"而获得了"整个世界",因此不仅在政治上发挥了空前的创造精神,而且也为无产阶级文学的创造揭开了新篇章,"无产阶级艺术这个名词正式引起世界文坛的注意",高尔基的作品也风行全世界。尽管因苏联革命最初几年的内乱外患以及物质上的缺乏,使无产阶级文学作品屈指可数[18],但是无产阶级文学的发展前景定会灿烂似锦。这是世界文学发展的必然趋势,也是无产阶级的伟大历史地位决定的。

从茅盾对无产阶级文学的探察中,与他早期的为人生的进化文学观相比,至少在文学表现什么人、为谁服务以及文学发展的根本原因和总的方向上,能够以比较明确的阶级观点加以阐述,初步显示出新的思想特色:一是修正了早期文学应表现人生、为人生、为人类服务的含糊说法,认识到文学在阶级社会里是同阶级利益联系在一起,同占统治地位的阶级意识联系在一起,故新文学必须表现无产阶级及一切劳动者的生活、愿望和要求,为无产阶级及人民大众的解放事业服务。二是由早期的以进化历史观来解释文学的发展,跃进到了以阶级观点来说明文学的发展,即推动文学发展的根本原因是阶级更替决定的,如果资产阶级取代了封建阶级的治者地位,那文学作品必然是以资产阶级作为主要描写对象,如果无产阶级取代了资产阶级的治者地位,那无产阶级文学才能真正繁荣起来。三是早期认为新浪漫主义(以罗曼·罗兰为代表)是最理想的文学,是新文学的发展方向,现在认识到罗曼·罗兰的新浪漫主义(这里主要指"民众艺术")充其量不过是资产阶级文学,真正代表文学发展方向的是无产阶级文学,苏联十月革命后刚萌发的无产阶级文学已展示了新文学发展的历史趋向。四是他早期往往站在笼统的人道或人性的立场上,来评述每个时代的文学，现在却初步站在无产阶级立场上，对资产阶级文学进行历史的评判，对无产阶级文学给予热情赞扬、充分肯定和积极扶植，表现出鲜明的政治倾向性。

二

从文学艺术的阶级意识上，考察无产阶级文学艺术的范畴，同一切非无产阶级文学艺术划清界限，揭示出无产阶级文艺的基本特征。

在现在世界上，一切文化或文学艺术都是属于一定阶级的观念形态，为艺术的艺术、超阶级的艺术，实际上是不存在的。茅盾正是从文学艺术的阶级意识上探讨了无产阶级文学同“农民艺术”、“革命文学”、“旧有的社会主义文学”的区别，从而说明无产阶级文学是一种新的文学，具有新的质的规定性。

同旧有的农民艺术相比，无产阶级文学艺术不仅仅是描写无产阶级的生活，重要的是表现无产阶级思想。茅盾认为，农民文学艺术如范尔泠的田园诗、克鲁依夫的农民诗，虽然极为透彻地表现了农民的痛苦生活，在某种意义上说也算描写农村无产者的悲苦，但这并不是无产阶级文学。无产阶级文学的最根本特征：一是在描写无产阶级生活的过程中，应以无产阶级精神为中心，创造一种适应并服务于无产阶级居于治者地位的新世界的文学；二是表现的无产阶级精神必须是集体主义的，摈弃“农民艺术”所宣扬的家族主义、宗教迷信等思想意识。可贵的是，茅盾不止揭示了无产阶级文学的阶级本质，而且能从农民的经济条件、生产地位、生产方式诸方面，剖析农民思想多倾向于个人主义、家族主义、宗教迷信的阶级根源，并说明农民那种绿林侠客的无组织的原始革命行动，决不能动摇资产阶级的统治基础。所以，即使描写农民这种“革命行动”或“革命精神”的作品，也不能算无产阶级文学；唯有看其是否表现集体主义精神，才是判定无产阶级文学还是农民艺术的试金石[19]。

同“革命的艺术”相比，无产阶级文学并不等于“革命文学”，“凡对于资产阶级表示极端之憎恨者，未必准是无产阶级艺术”。在茅盾看来，无产阶级文学与革命文学的根本区别在于：凡是含有反抗传统思想的文学作品，都可以称为革命文学，它的性质是单纯的破坏，即革命文学具有彻底否定和批判的特点；而无产阶级文学的目的，不仅是破坏是批判，它应该体现“阶级斗争的高贵的理想”，即描写和赞颂劳动者在无产阶级夺取政权的斗争中，必须以“如何勇敢奋斗”为描写中心，把对于资产阶级的憎恨心理的刻划作为衬托，以展示无产阶级不怕牺牲、英勇奋斗精神的阶级基础，否则，如果将对资产阶级的憎恨作为描写的中心点，那就与无产阶级以解放全人类为己任的伟大胸怀相悖。这是因为，无产阶级革命所坚决反对的，是“居于此世界中治者地位并成为世界战争的主动人的资产阶级，并不是资产阶级中的任何个人”，即革命是一个阶级对一个阶级的暴烈行动，无产阶级要攻击的首先是热衷于侵略战争的帝国主义分子，要推翻的是整个资产阶级及其国家机器，即使无产阶级“不得不诉之武力，很勇敢的战争”，目的也不是为了单纯的“复仇”，而是“为求自由，为求发展，为求达到自己历史的使命，为求永久和平”，因此坚决地反对那些尚可避免的“杀戮”。正是基于这种深刻认识，茅盾认为俄国十月革命后有些单纯描写红军如何痛快的杀敌的诗歌，不能“视为无产阶级艺术的正宗”[20]。

同旧有的社会主义文学相比，无产阶级文学同它的“理想相距甚近”，因而两者易于“相混”；但是，它们之间也有质的区别。旧有的社会主义文学，就是表同情于社会主义或宣传社会主义的文学作品，它的作者大都是在资产阶级社会里为资产阶级文化尽力的知识分子，“虽然有些知识阶级的作家对于劳动阶级极抱同情，对于社会主义有信仰，但是‘过去’像一根无形的线，永远牵掣他们的思想和人生观”，因而“他们的社会主义文学大都有的是一副个人主义的骨骼”。这不但说明了旧有的社会主义文学和无产阶级文学的根本区别，在于是以个人主义还是以集体主义作为创作的思想基础，而且还说明了一个致力于革命文学的作家，仅仅对无产阶级表同情、对社会主义有信仰，尚创造不出真正无产阶级文学，必须在思想感情上彻底斩断同资产阶级个人主义世界观的千丝万缕的联系，确立无产阶级的人生观和集体主义思想。茅盾认为，范尔海仑的戏曲《晓光》，怀着对无产阶级表同情的感情，描写了工人罢工的胜利，刻划了一个“好领袖”。之所以称此剧为旧有的社会主义文学而不是无产阶级文学，要害在于“这篇戏曲是把社会主义的轻纱，披在领袖的个人主义的骨架上”。具体来说，作品在个人主义的唯心英雄史观的指导下，描写了领袖与工人群众的关系，把领导罢工的“首领”写成一个决定胜利的“特出的超人”，是个“牧者”，而罢工的群众却是无知无识的“羊”，这是同无产阶级的唯物史观相背道的；“依无产阶级的集体主义，群众的首领不过是群众的集合的力量之人格化，是集合的意志之表现，是群众理想的启示者”[21]。这种对于无产阶级文学如何正确处理和描写领袖与群众关系的深刻见地，至今听起来仍发人深省。

从文学与思想意识的关系上来探讨新文学的本质特征和社会功能，茅盾早在五四文学革命中，就认识到“文学是思想一面的东西”，“新思想是欲新文艺去替他宣传鼓吹的”[22]，因而“自来一种新思想发生，一定先靠文学家做先锋队，借文学的描写手段和批评手段去‘震聋发聩’”，如人道主义劳动主义创于大文豪托尔斯泰，大勇主义始于大文豪罗曼·罗兰，社会主义由文豪萧伯纳、哈德曼积极提倡（以上举例虽然表述不准确，但他主要强调新思想需靠文学艺术来传播），现在中国正是新思潮勃兴之际，当然文艺应“表现正确人生观”[23]。这些见解在五四新文学运动中是具有相当的进步性和革命性，不过比较笼统含糊，究竟五四新文学表现的新思想是什么性质并不清楚，这表现出茅盾早期进化文学观的一定局限性；然而到“五卅”前后，他能以初步的无产阶级阶级论，比较准确地辨别无产阶级文学意识同农民艺术意识，革命文学意识、旧有社会主义文学意识的本质不同，清楚地揭示出无产阶级文学意识的根本点就是无产阶级的集体主义精神，它与形形色色的个人主义划清了界限；而无产阶级文学的崇高社会职能，则是为“无产阶级居于治者地位的世界”、为实现“阶级斗争的高贵的理想”[24]而效力。

三

从文学的内容和形式的和谐统一上，探讨无产阶级文学的内容和形式的具体创建，并从而批判了某些错误文学观点。

在对待文学艺术的内容与形式的关系上，茅盾批判了当对的两种错误看法：一是认为文学的内容和形式并无和谐统一的必要和可能，一是认为只要注重了内容，形式可以随随便便。前者否认了文学的内容和形式的必然联系以及形式对内容的反作用，后者从根本上否定了内容和形式对立统一的理论。无产阶级文学艺术是一种崭新的革命文艺，因此无产阶级作家不但“承认形式与内容须得谐和；形式与内容是一件东西的两面，不可分离的”，而且也相信“无产阶级艺术的完成，有待于内容之充实，亦有待于形式之创造”[25]。茅盾对无产阶级文学内容与形式辩证关系的理解，在很大程度上符合马克思主义文艺思想对无产阶级文学的要求，即“政治和艺术的统一，内容和形式的统一，革命的政治内容和尽可能完美的艺术形式的统一”[26]。这就是说，在无产阶级艺术中，思想内容和艺术形式是密不可分的，作品的成就不仅决定于思想内容构思的深度和创作倾向的先进性，而且也决定于艺术形式的完美性；如果一个革命作家不善于把所选择的内容,体现在完美的艺术形式中,必定歪曲作品的思想,因而贡献给人民的不是艺术品,而是臆造出来的公式[27]。

然而,在文学的内容与形式的辩证统一中,内容毕竟是起决定作用的。因此,茅盾首先通过考察苏联建国初期的文学现象,探讨了无产阶级文学在内容方面的具体要求:其一,无产阶级文艺的题材应多样化,必须“以全社会及自然界的现象为汲取题材之泉源”,作家“寻觅题材的范围”要扩大;只有这样,无产阶级文学的思想内容才能丰富多采,那种认为“无产阶级艺术的题材只限于劳动者生活,甚至有‘无产阶级文艺即劳动文艺’之语”,那是极错误的观念。苏联刚取得政权之初的艺术,其内容之所以浅狭,造成单调化,从客观原因来看,苏联十月革命后正是极端困难时期,“无产阶级艺术实在只是在萌芽”。从主观原因来看:一是作者“观念的褊狭”,只“喜取阶级斗争中的流血的经验作题材,把艺术的内容限制在无产阶级‘作战’这一方面”,把“本阶级作战的勇敢视为描写的唯一对象”,当然这是苏联无产阶级艺术草创期的必然现象,如果长此下去,将妨碍无产阶级文学内容的丰富充实;二是“作者缺乏经验,除劳动者生活外便没有题材”,而对过去文学作品常写的题材,如家庭问题的解决、人心中善念与恶念之交战等,作者又不敢触及。其实,这是不必要的担心,即使同一题材由于作者的观点立场不同,处理方法不同,也能一则成为无产阶级艺术,一则成为旧艺术。茅盾这些见解何等的正确和深刻!

其二,无产阶级文学应该表现无产阶级“建设全新的人类生活”的理想,即展示无产阶级为之力战而后能达到的共产主义理想;然而在苏联初期的无产阶级文学作品里,“最大的弊病却在失却了阶级斗争的高贵的意义”,“误以刺激和煽动作为艺术的全目的”,岂不知无产阶级通过流血的斗争所达到的理想,并不是破坏而是建设,即建设的新生活,不但是全新的,而且是无限的丰富,异常的和谐。这样的理想生活,不是单纯地描写作战和勇敢所能包括的,它要求无产阶级艺术具有与这种新生活同样丰富多采的题材和充实的内容;况且,提高无产阶级的革命精神,并不是靠无产阶级艺术的一时的“刺激与鼓动”,而主要依靠“认识了自己的历史的使命而生长的,是受了艰苦的现实的压迫而迸发的”须知过分的刺激常能麻痹读者的同情心,并能损害作品艺术上的美丽[28]。

其三,无产阶级文学必须反映时代精神,此乃“文学实是一阶级的人生的反映”的固有规律决定的。如果说五四时期茅盾主张文学为人生、表现时代精神比较含糊的话,那么“五卅”前后他已明确地认识到,文学表现人生并非是整个的人生而是"阶级的人生",文学反映的时代精神并非一时代所有阶级的思想感情意志,而是"治者阶级的意识便是时代精神的集中的表现"。由于"社会上每换一个治者阶级来作统治者,便有一个新的文艺运动起来",而今正是"劳资两大阶级对抗时代",因而随着无产阶级革命高潮而兴起的无产阶级文学,只有集中地表现无产阶级思想意识,才能使革命文学具有新的时代特色[29],这是决定无产阶级文学有无时代价值和艺术生命力的重要因素。

其四,无产阶级文学要写出人物性格的复杂性,应"直接观察现代社会的各色人等而取以为型"或选一"模特儿",不仅要描写人物的职业特性、性的特性、民族特性和地方特性,而且应刻划人物的阶级特性。"因为所属的阶级不同,人们又必有阶级的特性",但是"要描写阶级的特性,比描写职业的特性要艰难得多;其故在职业的特性是显而易见的,作家大都能见到,至于阶级的特性就比较深伏些",在世界文学人物画廊中,巴尔扎克对法国中产阶级的描写、屠格涅夫对俄国八十年代智识阶级的描写、高尔基对苏俄无产阶级的描写,"算是顶成功了"[30],其人物的阶级性表现得相当鲜明。尤其可贵的是,茅盾当时认识到,无产阶级文学对一个资本家的描写,既要揭露他作为"一阶级的代表并且他的行为和思想是被他的社会地位所决定的"资产阶级的反动阶级性,又要写出他作为社会关系总和的活人所具有的与其他阶级相通的品格[31](当然他把资本家说成"品格高贵的好人"是有片面性的)。从总的方面看,他对无产阶级文学内容的理解,力避形而上学的机械论和"杀杀打打"的"左"的倾向,尽力试图以辩证唯物史观予以解说。

思想内容对无产阶级文学的创建固然重要,但是内容与形式是相辅相成的,"新思想必须有新形式为体附"。究竟如何创造无产阶级艺术的新形式呢?茅盾主张:第一,"从利用旧有的以为开始",即批判继承前代宝贵的文学遗产,"最好是从前人已走到的一级再往前进,无理由地不必要地赤手空拳去干叫独创,大可不必";第二,在前人的基础上,"无产阶级应努力发挥他的艺术创造天才","自创新形式"来适应新内容表达的需要。这些见解是切实可行的,是符合艺术发展规律的,基本上体现了一个马克思主义文艺理论家的科学态度。

他所以主张批判、改造和利用旧的艺术形式,因为他认识到:一是内容与形式这对范畴,内容是最活跃的,容易变化的,而形式具有相对的独立性,比较稳定,变化较慢,故"不能像内容一样突然翻新";再是"形式是技巧堆累的结果,是过去无数大天才心血的结晶",这是一份宝贵遗产。"无产阶级首先从他的前辈学习形式的技术。这是无产阶级应有的权利,也是对于前辈大天才的心血结晶所应表示的相当的敬意,并不辱没了革命的无产阶级艺术家的身份"[32]。这种对待前辈文学遗产的态度,基本上符合列宁所指出的:"马克思主义并不把资产阶级时代底最珍贵的获得物完全抛弃,相反地,而是把人类思想及文化底两千年以上发展中的有价值的一切东西,加以摄取与改造。"[33]

为了更好地批判、学习,改造、利用前人的艺术形式,茅盾批判了"'左'倾的幼稚病的指向",即"误以为凡去自己时代愈远者即愈陈旧腐败","误认最近代的新派艺术的形式便是最合于被采用的遗产"。所谓最近代的新派艺术,即未来派、意象派、表现派、立体派等等。它们之所以不能作为无产阶级艺术继承的遗产,茅盾以深刻的阶级分析,揭露它们"只是旧的社会阶级在衰落时所产生的变态心理的反映",只是"传统社会将衰落时所发生的一种病象,不配视作健全的结晶"。这是因为,"凡一个社会阶级在已经完成它的历史的前进的使命而到末期并且渐趋衰落的时候,它的艺术的内容一定也渐趋衰落,所谓'灵思既竭'是也;跟着内容的衰落的,便是艺术的形式了。"这些近代"新派"的艺术,正是产生于资本主义到了没落腐朽的阶段,也就是资产阶级"渐为坐食的或掠夺他阶级劳动成果以自肥的时期"。它们妄图以"表现新的享乐与肉感的刺激之新艺术来促起将死的社会阶级之已停滞的生命感觉",因此这种已经腐烂的所谓"新艺术",不配做无产阶级文学的"滋补品";相反地,那些产生于资产阶级鼎盛时期的文学艺术,因它是"一个社会阶级的健全的心灵的产物",如"革命的浪漫主义文学",故可作为"无产阶级的真正的文艺的遗产",俄国文学的普希金、莱蒙托夫、戈格里、托尔斯泰等在"文学形式上的成绩是值得宝贵的,可以留用的"。也就是说,"除了几个带着立异炫奇的心理的新派如未来派立体派而外,余者都是抱了'先去利用已有的遗产,不足则加以创新'的态度的"。这是茅盾对于创建无产阶级文学艺术形式的主张,坚决反对那种对过去优秀文学遗产所采取的"践碎那些艺术的花"[34]的极左情绪。

早在五四文学革命时期,茅盾曾从文学的内容与形式的关系上探讨过为人生文学的创建,提出一些含有唯物辩证因素的文学见解。但是,究其实新文学在内容方面应该写什么样的题材、表现什么思想、反映什么时代精神、刻画什么人物等,总未超出民主主义或人道主义的文艺思想范畴,至于在艺术形式方面应该以什么为准则来批判、接受、利用前人的艺术成果,如何创造新的艺术形式,也缺乏明确的主张,特别对现代派文艺思潮更缺乏深刻批判;然而到了"五卅”前后，他对无产阶级文学的内容与形式的创造，却基本上提出了符合马克思主义文艺思想的主张，既表现了鲜明的阶级论色彩，又避免了“左”倾幼稚病的偏见。

四

从文学创作的特殊思维规律上，论述无产阶级文学产生的条件。

茅盾提出一个文学艺术产生的公式：“新而活的意象 + 自己批评（即个人的选择）+ 社会的选择 = 艺术。”实质上，前两个条件主要指文学艺术创造必须遵循形象思维规律，并以逻辑思维规律相辅助；后一个条件着重指文学艺术有无存在的价值，必须经过社会实践的检验。这是一条基本上建立在辩证唯物主义认识路线上的公式。

对于如何按照以形象思维为主以逻辑思维为助的规律创造新文学，茅盾在《告有志研究文学者》一文中作了具体解说：

> 意象可说是外界（有质的或抽象的）投射于我们意识镜上所起的影子；只要我们的意识镜是对著外物，而外物又是不息的在流转在变动，则我们意识界内的意象亦必不断地生出来，而且自在地结合，自在地消散。当这些意象在吾人意识界里方生方灭，忽起忽落的时候，我们意识界里却有一位“审美”先生将他们（意象）捉住了，要整理他们，要使他们互相和谐；于是那些可以整理可以和谐的意象便被留起来编制好了，那些不受整理无法和谐的，便被摈斥了。将编制好的和谐的意象用文字表观出来，就成了文学；那些集团的意象的和谐程度愈高，便是那“文学”愈好。和谐是极重要的条件，而使意象得成为和谐的集团的，却是审美观念。没有意象，固然无从产生文学；没有审美观念，亦不能有文学。

要而言之，“新而活的意象，在吾人意识里是不断地在创造，然而随时受着自己的合理观念与审美观念的取缔或约束，只把那些美的和谐的高贵的保存下来，然后或借文字或借线条或借音浪以表现之”，这便是文学艺术产生的思维过程。茅盾虽然在表述上用的概念不是十分准确的，但基本上是符合马克思主义的反映论。

他所说的“意象”，是指作家进入创作过程遵循着形象思维规律，外界五光十色的生活现象反映在作家头脑所形成的一些感性认识；所谓“审美观念”，即借助逻辑思维也就是理性的美学思想的指导，对一些具体的感性材料（即意象）进行分析评判，舍弃那些次要的非本质的意象，选择那些主要的带有本质特征的感性材料，进行艺术概括。这就是说，在整个创作过程中，主要运用形象思维，同时也要借助逻辑思维，唯此才能进行“将丰富的感性材料加以去粗取精、去伪存真、由此及彼、由表及里的改造制作工夫”[35]，创造出生动鲜明的艺术形象。无产阶级文学艺术的创造同样要遵循这一创作规律。茅盾特别强调“个人的选择”，而这种“个人的选择”同开展文艺批评联系在一起。即在无产阶级宇宙观和审美观指导下，站在本阶级的立场上开展文学批评，对创造无产阶级文学极为重要。他指出：“虽然自来的文艺批评家常常发‘艺术超然独立’的高论，其实何尝办到真正的超然独立？这种高调，不过是间接的防止有什么不利于被支配阶级的艺术之发生罢了。我们如果不愿意被甜蜜好听的高调所麻痹，如果不愿意被巧妙的遮眼法所迷惑；我们应该承认文艺批评论确是站在一阶级的立足点上为本阶级的利益而立论的；所以无产阶级艺术的批评论将自居于拥护无产阶级利益的地位而尽其批评职能，是当然无疑的。”[36]这里论述的是文学批评不是“超然独立”的，它具有鲜明的阶级性，无产阶级文艺批评当然应该为无产阶级利益服务，不仅要为无产阶级文学艺术的创建扫清道路，发挥“权威”的作用，即使在新文学的具体创作过程中，也应该在无产阶级审美观的指导下，通过文学批评，对“新而活的意象”进行筛选、提炼、概括，创造出合乎无产阶级利益的新文学。

茅盾认为，一种文学艺术创造出来，能否在当时社会生活中保存和提倡起来，是否具有时代价值和艺术生命力，还必须经过“社会的选择”，也就是要经过社会实践的检验。在阶级社会里，“社会的选择”也主要是阶级的选择，社会实践的检验也主要是阶级斗争实践的检验。因而这个选择或检验必须以“阶级利益为标准”，唯有反映某一时代处在统治地位的那个阶级的愿望和要求，适应时代需要的文学，才能“存在与扩大”。在“资产阶级支配一切的社会里的无产阶级艺术正处在土地不良空气陈腐而又有压迫的不利条件之下”，它虽然被无产阶级和人民群众所承认，却被资产阶级的社会选择力所制裁，所以“这个新的艺术之花难望能茂盛”，在现今世界里（指当时）唯有十月革命后的苏联，才能充分地发展无产阶级文学艺术。正是基于这种合乎文学发展规律的认识，茅盾在苏联无产阶级文学萌芽期便预见到：“大批的佳制尚在未来。”

五四文学革命中，茅盾尚未从形象思维规律上探讨新文学产生的条件，虽然他着重于“创作与社会背景”的关系上论述过新文学产生的时代条件,但那时还没有完全摆脱机械唯物论的束缚;“五卅”前后他不仅认识到文学的产生和发展取决于占支配地位那个阶级所提供的时代条件,而且也认识到反转来这种文学还要为占支配地位那个阶级的利益服务。无产阶级文学是一种全新的文学,因此“需要新的土地和新的空气来培养”。这些认识同早期比较已发生了质的飞跃;特别从思维规律上来论述新文学产生的条件,更是茅盾文艺观的重大突破和发展。

五

从文学对人类应有社会功利的角度,探讨无产阶级文学的伟大使命。

茅盾曾说:“我们是功利主义者,我们首先是从作品对于当时当地所产生的社会效果来评价一部作品的;但是,我们也反对只看到眼前效果而忘记了长远的利益。真正有价值的作品应当是在当时当地既产生了社会影响而且在数十年乃至百年以后也仍然能感动读者。[37]”由于他一贯坚持文学功利论,故早在《告有志研究文学者》[38]一文中,则就“文学对于人类的贡献”问题作了深入的研究。

首先对五种不同功利说进行具体分析:一种认为文学对人类尽的最大力量是“解释高尚的理想”,二种认为文学对于人类的贡献是“把人类本性解释明白”,三种认为文学是痛苦疲劳的人类的慰安品,四种认为文学对人群的最大贡献是“美的创造”,五种认为文学对人类最大的贡献是“解释时代精神”。众所周知,人们对于艺术作品功利效果的评价,实际上是把体现于艺术同现实关系中的真、善、美分别加以考察的,其中对真与善的社会功利评价,往往看得比对艺术作品的美的评价更重要;而这种社会功利评价,在阶级社会里,是以各阶级的经济利益、政治需要和道德范畴为标准;无产阶级对艺术作品的社会功利评价不同于其他阶级社会功利的评价之处在于,它是以是否符合社会发展的根本规律、符合最大多数人的根本利益为功利标准的。茅盾对于文学作品社会功利评价标准的理解,基本符合上述认识。因而他认为对文学作品评价的“五种说法”,虽然大都“说出了一部分的真理,所谓各有各见”,但是“都有缺点”。他承认文学可以“给我们以慰安”、“给我们以美的欣赏”,但这是“文学题中应有之义,似乎谈不到什么对于人类的贡献”;他也不否认文艺作品具有“解释高尚的理想"、解释"人类本性"、解释"时代精神"的社会作用,但总觉得这些说法"尚嫌含浑";唯有表现"一时代统治阶级的思想、意志、感情"即"时代精神"的,表现"阶级的人生"的文学,才算尽了对于人类的贡献。这因为他认识到,在人类社会发展史上,特别进入阶级社会之后,"凡此前仆后继的阶级统治,都是对于人类文化的演进,各尽了应尽的一分力的",故反映一时代统治阶级思想意识,即是体现时代精神的文学,它对于推动人类社会发展具有一定的进步功利作用。社会发展到无产阶级革命时代所产生的无产阶级文学艺术,才真正体现了人类对文学的社会功利要求。因为它既符合社会发展的规律,又反映了最大多数人的根本利益,充分表现出时代精神。正是从这一认识出发,茅盾不同意无产阶级文学把"刺激和煽动"作为"全目的",要求无产阶级文学"助成无产阶级达到终极的理想"[39],即为实现全人类的彻底解放达到共产主义而发挥巨大作用。这是文学艺术对人类尽的最大贡献,也是无产阶级文学的最神圣的社会职能。

根据无产阶级对文艺的社会功利要求,茅盾在《文学者的新使命》[40]一文里,结合当时中国革命的现状和新文学运动的实况,对那些致力于新文学运动的文学工作者,提出了"新使命":第一,新文学工作者"决不能离开现实人生,专去讴歌去描写将来的理想世界",在文学作品中必须处理好忠实地描写现实人生同表现将来社会理想的关系。第二,"文学者目前的使命就是抓住了被压迫民族与阶级的革命运动的精神,用深刻伟大的文学表现出来,使这种精神普遍到民间,深印入被压迫者的头脑,因此保持他们的自求解放运动的高潮,并感召起更伟大更热烈的革命运动来"。这不仅明确地指出了新文学者应自觉地以完美的文学艺术去表现无产阶级领导的新民主主义革命精神,而且突出地强调了这种反映革命时代精神的新文学,必须对被压迫民族被压迫阶级的解放运动产生巨大的推动作用。第三,"文学者更须认明被压迫的无产阶级有怎样不同的思想方式,怎样伟大的创造力和组织力",而后以精湛的文学艺术"确切地著名地表现出来",竭力宣扬无产阶级文学艺术的优越性。只有上述的"文学方足称为能于如实地表现实人生而外,更指人生向美善的将来,这便是文学者的新使命"。

茅盾在五四时期一踏进新文坛,便注重文学改造社会人生、沟通人类感情、宣扬德谟克拉西精神等社会功能作用,强调"文学家来为人类服务",并指出新文学者的责任是创造一种真正表现"国民共有的美的特性"[41]的民族文学。这些见解无疑具有相当的进步意义,但同“五卅”前后他对文学的社会功利、文学者的使命的认识相比,却有了明显差距。其主要表现在:五四时期着重以进化论和人性观去探究这一新文学的重大课题,显得观点“含浑”;五卅时期基本上用无产阶级阶级论为武器试探这一问题,其看法具有鲜明的阶级性。

六

统观茅盾“五卅”前后的文艺思想,对于无产阶级文学艺术一些根本问题的认识,他试图站在无产阶级党性立场上,基本上运用辩证唯物主义和历史唯物主义宇宙观来探讨。不仅同他自己早期的为人生文学观相比大都发生了质变,而且与同时代文艺观已“全盘变了”[42]的郭沫若相比,亦显出茅盾的初步无产阶级文学观所达到的马克思主义化的程度,要高一些,深一些,准一些(当然不是说他已经完全马克思主义化了)。这里并非要贬低郭沫若对无产阶级文学所作出的重要贡献,更不是想否认他的“革命文学”主张所达到的马克思主义水平,而是想通过比较对现代文学史上一些问题作出更符合历史本来面目的评判。下面不妨对郭沫若和茅盾的无产阶级文学观试作比较:其一,从对无产阶级革 命文学性质的理解来看,郭沫若认为,“今日的文艺,是我们现在走在革命途上的文艺,是我们被压迫者的呼号,是生命穷促的喊叫,是斗士的咒文,是革命豫期的欢喜。这今日的文艺是革命的文艺”[43]。这虽然在一定程度上揭示出“革命文艺”的战斗性、反抗性、理想性的特点,但总觉得阶级观点不够鲜明,况且“革命文艺”并不完全是“无产阶级文艺”。他还说过“现在所需要的文艺是站在第四阶级说话的文艺,这种文艺在形式上是现实主义的,内容是社会主义的”[44];“时代所要求的文学是同情于无产阶级的社会主义的写实主义的文学,中国的要求已经和世界的要求一致”[45]。显然,他对无产阶级文学本质的认识较前明确了,既指出文学内容是“社会主义的”,又指出形式上是“现实主义的”,尽管这些说法不够准确,但毕竟揭示了无产阶级文学应是“社会主义的写实主义的文学”这一本质特征。然而,同上面茅盾对无产阶级文学性质的理解来比较,便微嫌郭沫若的看法空泛一些,而且表述上也不够确切。其二,从对文艺与生活关系的理解来看,郭沫若到“五卅”前后才坚信“文艺是生活的反映”,又认识到“文艺是宣传的利器”[46],这虽然含有辩证唯物主义因素,但这种理解却是茅盾在五四文学革命时期已达到的水平;到了“五卅”茅盾不只认识到“文学决不可仅仅是一面镜子,应该是一个指南针"[47],纠正了早期在文学与生活关系理解上的机械唯物论的偏颇;并且还深刻地认识到无产阶级文学如何正确反映生活、怎样开拓表现生活的新领域以及文学如何发挥对生活的反作用。其三,从对文学的社会使命的理解来看,郭沫若认为"今日的文艺,只在它能够促进社会革命之实现上承认它有存在的可能。而今日之文艺也只能在社会革命之促进上才配受得文艺的称号"[48]。这虽然强调了文学对社会革命的功能,指出了革命文学的时代使命,但有些提法未免绝对化,固然文艺促进社会革命是它的重要社会职责,是决定文艺有无存在价值的重要条件,但这并非文艺的唯一社会职能,也不是它存在的唯一条件。茅盾上面对革命文艺新使命的论述是基本符合历史唯物主义的,显然比郭的认识深刻、具体、确切一些。其四,从对文学与革命关系的理解来看,郭沫若认为文学与革命"互为因果,有完全一致的可能",而且"文学的内容是跟着革命的意义转变的,革命的意义变了,文学便因之而变了"。这种认识是符合辩证唯物史观的,但有些说法就比较偏激,如"文学是永远革命的,真正的文学是只有革命文学的一种"、"文学这个公名中包含着两个范畴:一个是革命的文学,一个是反革命的文学"[49]等,这些观点看来"革命性很强",其实含有"左"的思想因素。茅盾在"五卅"前后对文学与革命的看法,基本上达到了马克思主义的高度,不止具体分析了无产阶级文学同革命文学、旧有的社会主义文学的区别和联系,并认识到无产阶级革命的兴起必然产生无产阶级文学艺术,更重要的是能从无产阶级夺取政权后已变为"治者阶级"的历史地位上揭示出无产阶级文学必然发生的深刻阶级根源。由以上简单比较中可以看出,郭、茅在"五卅"前后虽然都初步获得了无产阶级文学观,但在对待无产阶级文学的一些基本问题的看法上却表现出明显的差异。

茅盾"五卅"前后的文学观,从对一些基本问题的认识上来看,接近或达到马克思主义水平。但这并非偶然,它不但有个发展过程,而且也有个时代条件。

早在五四文学革命时期,茅盾在一九一九年发表的《托尔斯泰与今日之俄罗斯》一文中,不仅看到了苏联十月革命后的布尔什维主义的曙光将照耀全世界,而且还指出托氏创造的现实主义文学对十月革命的爆发起了"动力"作用。随着新文学运动的深入发展和茅盾成了中国共产党党员之后,他的为人生的进化文学观中不断增进无产阶级思想因素。一九二一年,他不但提出中国的作家应"在第四阶级(即无产阶级)社会有过经验"[50],新文学要"描写城市劳动者生活",而且号召作家"到民间去",消除知识分子同劳动者之间的"隔膜",用"阶级观念"写好农村题材[51]。同年,他在《劳农俄国治下的文艺生活》一文中指出:"只有第四阶级的执政时代能完全担保艺术的自由发展,不受一丝一毫的压制牵制"。一九二二年初,他赞美苏联建国之初的革命诗人布洛克的《十二个》是"最有力的革命诗",它不仅是"憎恨旧世界,憎恨懒的有产阶级"的丰碑,并且是"颂赞劳农俄国革命精神的祝词",特别《薛细亚人》一诗则是"宣传劳农精神,要求世界'起来呀!'的檄文"[53]。同时,进一步明确地指出:"赤化后的俄国,更能促进艺术的进步,滋培新艺术的产生"[53],预见到"无产阶级的自由活动于艺术界中,也许就是开始艺术史的一页新历史的先声"[54]。同年十月有人写信给茅盾说:"中国现代很少描写第四阶级的作品,有的也是很肤浅;推其所以缺少底原因,还是不晓得第四阶级底实在生活吧!就是说,中国现代文学者和第四阶级隔离,一方第四阶级还没有得到社会正当的位置!"对于这些见解,茅盾不仅欣然承认"尊沦极是",而且也批评"现在描写第四阶级生活的小说所以不很好,由于作者未曾熟悉第四阶级的生活"[55]。很明显地可以看出,茅盾对赤化后俄国的无产阶级文学的研究和译介越来越积极,在中国提倡第四阶级文学的态度越来越自觉,并且对无产阶级文艺本质的认识日益加深。一九二四年初,他借用德国文坛上年轻的革命作家土勒的话指出:"'无产阶级的艺术'的要点即在以无产阶级的智识界及灵魂界为描写的主点,务要取那震动全人类的变动(如革命)为题材;旧时专注重描写个人祸福得失的剧本是'有产阶级的艺术',已成为过去的陈迹了。[56]"同年四月,茅盾不但进一步认识到"政治的变动对于文学思想的影响甚大","革命的时期,文学必有蓬勃的朝气"[57],而且还从苏联新兴的无产阶级小说创作中,概括出"新写实主义"的具体特点[58]。他对无产阶级文学的这些基本看法,同他一九二五年发表的标志其已初步获得无产阶级文学观的长文《论无产阶级艺术》,在思想意脉上是一致的;况且,他从五四文学革命以来对文学与民众、文学与生活,文学与时代、文学与作家,真善美的统一、内容与形式、文学的使命等一系列问题的探讨,已含有辩证唯物史观的一些因素,这为他无产阶级文学观的初步形成打下了坚实的基础。正如他自己所说:"五卅"前后是"用'为无产阶级的艺术'来充实和修正'为人生的艺术'"[59],说明他的无产阶级文学观的初步获得,同早期的为人生的进化文学观既有联系又有区别,正是"为人生的艺术"向更新阶段的必然发展。

无产阶级文学在世界文学发展史上是一种崭新的文学,它是无产阶级革命运动的产物,是同无产阶级的革命斗争实践直接或间接地联系在一起,因此离开无产阶级革命的时代条件，就不可能产生无产阶级文学作品及其文艺思想。苏联十月革命的成功，为无产阶级文学的发展开拓了光辉前景，虽然最初几年由于内乱外患、物质上的困难以及文艺界出现了"未来派"、"象征派"、"无产阶级文化派"等文学派别，影响了无产阶级文学的正常发展；但是，无产阶级文学毕竟在新的时代条件下艰苦曲折地萌芽成长，特别一九二五年俄共(布)中央发表了《关于党在文艺方面的政策》，为苏联无产阶级文学的发展扫清了道路指明了方向，并先后出现了《铁流》、《毁灭》等优秀的无产阶级文学作品，高尔基便是苏联无产阶级文学的代表和首领。茅盾自五四文学革命以来，就非常重视苏联无产阶级文学的介绍和研究，这可以说是他无产阶级文学观初步形成的极为重要的国际条件。他曾回忆说：一九二五年中国还不存在无产阶级的艺术，我引用了许多苏联的材料，讨论的也是当时苏联文学中存在的问题，以苏联文学为借鉴来论述无产阶级文学的[60]。

诚然当时中国尚未有成熟的无产阶级文学作品，但是随着中国工人阶级革命运动的发展和新文学运动的深入，已经出现了一些带有无产阶级思想萌芽的创作；特别是一九二五年中国第一次大革命日趋高涨和"革命文学"口号连续提出，更激起茅盾积极探讨无产阶级文学的热情。这可以说是他无产阶级文学观初步形成的国内的时代条件。在中国新民主主义革命史上，"五卅"是"一个伟大的时代"[61]。在中国共产党领导下，第二次全国劳动大会于一九二五年"五一"劳动节在广州召开，五月三十日上海发生了震惊中外的"五卅"惨案，反帝爱国怒潮卷进了上海教育界。这时，茅盾不仅参加了发起上海教职员救国同志会，并起草"宣言"，而且直接负责商务印书馆的党的组织，领导罢工斗争。由于茅盾"和当时革命运动的领导核心有相当多的接触"[62]，并亲自参加了反帝爱国运动和工人阶级的革命斗争，真正看到了工人阶级力量的强大，因而预感到这是无产阶级革命的前夜。为了配合无产阶级领导的反帝反封建的革命斗争，茅盾利用"政治斗争"之余，围绕"五卅"惨案写了七篇散文，宣泄自己的感情和义愤，无情地抨击帝国主义的法西斯暴行，热情地赞扬工人阶级的正义斗争；同时于"五卅"前后写下了《论无产阶级艺术》等文艺论文，积极探讨并提倡无产阶级文学，以"指引中国的文艺创作走上崭新的道路"[63]。

茅盾后来追忆说：自己对无产阶级文艺理论的探讨，"在今天已是文艺工作者普通的常识，但在当时却成了旷野的呼声"[64]。其实，他关于无产阶级文学的一些见解，不仅在中国革命文学的初创期产生过重要影响，而且对于今天繁荣和发展社会主义新时期的文学，仍具有现实意义。诚然，中国的革命文学在十月革命后苏联无产阶级文学影响下，走过了自己的漫长而曲折的道路（茅盾本人的创作道路也有过曲折），现已取得了很大的成绩；但也必须看到，由于“左”的和右的干扰，致使茅盾当年“提到的一些问题，在今天也未圆满地解决”[65]。如果我们对茅盾有关无产阶级文学问题的思想遗产，能够加以深入地全面地系统地研究，那对于解决当前文学思想或创作中的一些问题，是大有益处的。

（1981.12.25）

注：

[1][61]《读〈倪焕之〉》，1929.7《文学周报》第8卷第20期

[2][12][14][16][17][18][19][20][21][24][25][27][28][31][32][34][36][39]《论无产阶级艺术》，1925.5－10陆续发表于《文学周报》

[3]1922.5《先驱》第8期

[4]1923.6.《新青年》季刊第1期

[5]《我们的新文学运动》，1923.5《创造周报》第3号

[6]1923.11《中国青年》周刊第5期

[7]《贡献于新诗人之前》，1923.12《中国青年》第10期

[8]1924.5《中国青年》第31期

[9]《新俄艺术的趋势》（译者附注），1922.8《小说月报》第13卷第8号

[10]1924.11《国民日报》附刊《觉悟》

[11]1925.1《国民日报》附刊《觉悟》

[13]《列宁全集》第1卷第379页

[15]俄共（布）中央一九二五年六月十八日决议：《关于党在文艺方面的政策》

[22]《小说新潮栏宣言》，1920《小说月报》第11卷第1期

[23]《现在文学家的责任是什么？》，1920.1《东方杂志》第17卷第1号

[26]毛泽东：《在延安文艺座谈会上的讲话》

[29][38]《告有志研究文学者》，1925.7《学生杂志》第12卷第7号

[30]《人物的研究》，1925.3《小说月报》第16卷第3号

[33]列宁:《论无产阶级的文化》
[35]毛泽东:《实践论》
[37]1959.3.22《给马尔兹的信》
[40][47]1925.9《文学周报》第190期
[41]《新文学研究者的责任与努力》,1921.2《小说月报》第12卷第2号
[42]《沫若文集》第11卷第299页
[43][46][48]《孤鸿——致成仿吾的一封信》
[44]《文艺家的觉悟》
[45][49]《革命与文学》
[50]《社会背景与创作》,1921.7《小说月报》第12卷第7号
[51]《评四五六月的创作》,1921《小说月报》第12卷第8号
[53]《海外文坛消息》,1922.1《小说月报》第13卷第1号
[53]《最近俄国文坛的各方面》,1922.1《小说月报》第13卷第1号
[54]《俄国戏院的近况》,1922.3《小说月报》第13卷第3号
[55]《通信》,1922.10《小说月报》第13卷第10号
[56]《海外文坛消息》,1924.1《小说月报》第15卷第1号
[57]《希腊新文学》,1924,4《小说月报》第15卷第4号
[58]《俄国的新写实主义及其他》,1924.4《小说月报》第15卷第4号
[59][60][63][64][65]《新文学史料》第2辑
[62]《〈茅盾选集〉自序》

茅盾与文学上的自然主义

探究茅盾前期为人生的进化文学观的源流，不能不对他与自然主义文艺思潮的关系，作一番具体深入的考察与分析。

从茅盾五四前后所译介的文章和撰写的文艺论文中，不难看出他对西方文学上的自然主义，不仅大力介绍过，而且也积极提倡过，即“主张吸取以左拉为首的兴盛时期的自然主义，作为当务之急”[1]。然而，最近在他出版的《我走过的道路》一书中却说：“我主张先要大力地介绍写实主义自然主义，但又坚决地反对提倡它们。[2]”这似乎并不完全符合史实。诚然，他在致力于介绍写实主义自然主义的过程中，曾一度不同意提倡它们；但全面以观，茅盾对自然主义的态度，往往是既怀疑又相信，而且前后还有变化。为搞清他与自然主义的真实关系，正确的做法，则是依据史料进行实事求是的具体分析。

首先，应该看到茅盾并不承认写实主义和自然主义是属于两个不同的思想范畴，而大致上把它们当成同一概念。有的研究者认为茅盾提倡的写实主义，就是现实主义，与自然主义无缘。这种说法，恐怕作者自己也难同意。综观他前期的论文，可以发现他不能完全明确地分清写实主义和自然主义的界限，常常混为一谈。有时用自然主义，有时提写实主 义，有时写实主义自然主义并列出现，表面一看似乎这是代表两种不同的艺术流派或创作方法，然而从其表述的思想内涵加以仔细推敲，大都阐明的是自然主义和写实主义相联系的内容。尽管他把写实主义自然主义视为一体，但有时也表现出他对二者关系的含浑犹豫。试想，如果他真正认定写实主义与自然主义是完全相同的概念，那为什么要将二者并提，这岂不是重复累赘，越发造成意念的混乱吗？由此只能说明茅盾把二者视为一物，心里并不踏实，总感觉它们之间还是有些微差别的，但自己又看不清主要的区别所在。他在肯定文学上的自然主义与写实主义实为一物的前提下，曾引用西方文艺批评家的看法，指出它们的区别在于描写方法上的客观化多少。客观化较少的是写实主义,较多的是自然主义;而且写实派作者观察现实,努力把所得的印象如实反映出来,既不用理性去解释,也不用想象来补饰,自然派只不过把这种手段更推之于极端罢了[3]。这虽然不能完全代表茅盾的观点,但至少反映出他对写实主义与自然主义的联系与区别曾在疑豫中进行过探索。正由于他对二者的关系认不清或疑豫,或以自然主义去理解写实主义,或以写实主义去解释自然主义,致使在他提倡的自然主义里含有写实主义成分,在写实主义里含有自然主义成分;甚至将一些现实主义作家都归入自然主义作家群中,如法国的巴尔扎克、福楼拜,俄国的契诃夫、托尔斯泰、高尔基等。这样必不可免地给他的文艺思想造成一种复杂形态,需要我们认真地研究和辨别。

其次,应该看到茅盾对自然主义的态度,前后是有变化的。一开始,他既主张提倡它,而又有所疑虑,甚至反对;后来却比较自信地积极地提倡起来了。一九二〇年一月,他在《小说新潮栏宣言》里,明确提出中国现在要介绍新派小说,应该先从写实派自然派介绍起,而且“本栏的宗旨也就在此”。这里的“介绍”不是为介绍而介绍,是含有“提倡”的意思,旨在为创造中国新文学作准备。是年二月,他在《我们现在可以提倡表象主义的文学么?》一文中指出:“我们提倡写实一年多了,社会的恶根发露尽了,有什么反应呢?可知现在的社会人心的迷溺,不是一味药所可以医好,我们该并时走几条路,所以表象该提倡了。”这清楚说明他们提倡自然主义一年余了,而且实践证明,光靠自然主义这一味药,很难治好社会人心的“迷溺”,则必须提倡象征主义。这既反映出他确实早在一九一九年就提倡自然主义或写实主义,又看出他对自然主义或写实主义并不完全肯定和相信。同年八月,他在《文学上的古典主义浪漫主义和写实主义》的长文里,以“不偏颇的眼光解说这三个主义的意义和本身的价值”,这是他通过文艺思潮进化的规程,比较客观地全面地介绍写实主义自然主义的文章,既肯定其长处又否定其短处,但以肯定为主。一九二一年一月,他在《〈小说月报〉改革宣言》一文中,仍以为自然主义或写实主义在今日尚有切实介绍之必要。与此同时,他在《为新文学研究者进一解》一文里,却又坚决反对提倡自然主义而主张提倡新浪漫主义了。他认为,自然派只用分析的方法去观察人生表现人生,以致见的都是罪恶,其结果是使人失望、悲闷,正和浪漫派文学(指十九世纪的消极浪漫主义)的空想虚无使人失望一般,都不能引导“健全的人生观”。所以浪漫主义文学固然有缺点,自然主义文学的缺点更大。而在社会黑暗特 甚,思想锢弊特甚，一般青年未曾彻底了解新思想意义的中国，提倡自然主义盛行自然主义，其害更甚；特别“现在中国提倡新思潮的，当然不想把唯物主义科学万能主义在中国提倡，则新文学一面也当然要和它步调一致，要尽力提倡非自然主义文学，便是新浪漫主义了”。这些分析尽管还有欠缺之处，但是他反对提倡自然主义文学而鼓吹新浪漫主义文学的立场是十分鲜明的，这同他前后对自然主义或写实主义的态度是有一定矛盾的。是年十二月，他在《一年的感想与明年的计划》里却指出：“现代文艺都不免受过自然主义的洗礼，那么，就文学进化的通则而言，中国新文学的将来亦是免不得要经过这一步的。”故不能不提倡自然主义了。一九二二年二月，他在“文学作品有主义与无主义的讨论”中，曾坚定地主张：“西洋文学进化途中所已演过的主义，我们也有演过之必要；特别自然主义尤有演过之必要，因为他的时期虽短，他的影响于文艺界全体却非常之大。”同年四月，茅盾在《语体文欧化问题和文学主义问题的讨论》中，讲得更明确：“科学方法已是我们的金科玉律，浪漫主义文学里的别的原素，绝对不适宜于今日，只好让自然主义先来了。”他把自然主义的客观描写方法当成金科玉律，故主张先行提倡它，而让浪漫主义文学靠边站了，这同他在《为新文学研究者进一解》对自然主义和浪漫主义的态度相比，有了明显的相反变化。是年，曾以《小说月报》为阵地开展过“自然主义的论战”，茅盾在论战中，不仅坚信自然主义，提倡自然主义，而且对自然主义本身的“缺欠”还作了一些解释。当时有的论者提出，自然派文学不应该“如实”地描写人类的丑恶；茅盾的看法是：“这也是从前一般反对自然主义的丑恶描写者所说过的；但是我们先要问：‘人间世是不是真有这些丑恶存在着？’既存在着，而自己不肯直说，是否等于自欺？再者，人间世既有这些缺点存在着，那便是人性的缺点；该不该改正？”又说：“‘自然主义者描写了人间的悲哀，不会给人间解决悲哀’……也是从前人反对自然主义文学的一个理由，我从前也有一时因此而不赞成自然主义文学。但是试问专一夸大地描写人间英雄气的浪漫文学何以会在十九世纪后半倒楣呢？是不是自然先生开了‘现实’之门，把人类从甜美的理想梦中惊醒了结果？”[4]很显然，这里茅盾对自然主义文学的认识比刚开始有了重大变化，他驳斥别人不同意自然主义的看法正是他以前反对提倡自然主义的重要理由，可见他由不同意提倡自然主义变为赞成自然主义文学了。这年七月，他在《自然主义与中国现代小说》的长文中，于批判“礼拜六”派旧小说的同时，积极“提倡文学上的自然主义”，并对一些不同意提倡自然主义的“理由”，逐一进行驳斥，反复申明自己提倡自然主义文学的理由。此文,似可看作是茅盾对一九二二年关于自然主义论战的一个总结,反映了他对自然主义文学的比较完整的看法;此后,他写的《"左拉主义"的危险性》、《文学与人生》、《"写实小说之流弊"?》等文,可以说是对上文的补充和发挥,仍然主张提倡自然主义文学。可见,说他始终坚决反对提倡自然主义,与史实并不完全相符。即使在五卅运动前后,由于茅盾初步获得了无产阶级文学观,虽然他对自然主义文学不再积极提倡了,但是自然主义对他以后的文学思想和创作实践仍留下或明或暗或深或浅的影响。

问题的实质不在于他提倡不提倡(即使提倡自然主义文学也不见得是一个历史的错误),而在于提倡自然主义文学的指导思想是积极的还是消极的,对自然主义是不加分析的生搬硬套,还是结合中国文学实况有批判地吸收,自然主义对他的为人生的现实主义文学观的形成是利多还是弊多?对于这些问题,应该进行历史的具体分析,作出比较切合实际的结论。

一

五四前后,如同政治思想战线不少人分不清科学社会主义和其他社会主义的本质界限一样,在新文学阵营中也有不少文学革命的倡导者分不清什么是写实主义什么是自然主义,但是把它们拿过来为创造新文学急需致用的总的想法,却是一致的。比较而言,茅盾当时虽然也弄不清写实主义和自然主义的根本区别,但是他热衷于介绍或提倡自然主义文学的指导思想,却显得更积极更切实一些。他不仅从世界文学思潮发展流程着眼,更重要的是从中国文学的具体实情出发,把介绍或提倡自然主义同世界文学的发展和中国新文学的创建紧密结合起来,作为一个既有联系又有区别的统一体来探究。

茅盾考察了一部近代西洋文学思潮史,认识到中国文学的发展大大落后于世界文学。他认为中国近代文学尚徘徊于古典主义和浪漫主义之间,《儒林外史》和《官场现形记》之类的小说虽然也曾描写到社会的黑暗腐败,但决不能算是中国的写实小说(此说不确切,这两部小说应属古典写实主义小说),因此必须把写实派自然派的文艺先行介绍或倡导[5]。这便是他介绍或提倡自然主义文学的指导思想之一。

五四时期,茅盾还不能自觉地以历史唯物主义观点,揭示世界文学发展的本质规律,他主要以进化论来阐述"文艺进化的大路线"。在他看来,古典主义、浪漫主义、自然主义、新理想主义,这是文学演进的四个不同历史阶段,后者否定前者,依次推进。不仅西洋文学的发展不能超越这一进化的规律,而且中国文学的演进也要受这个进化路线的制约。“治哲学的倘然不先看哲学史,看古来大哲学家的著作,不晓得以前各家本体论的说头怎样,现在研究到怎样,价值论认识论又怎样,而只看现代最新的学说,则所得的仍只是常识,不算是研究。”[6]正是基于这种唯物主义的认识,茅盾具体地研究了西方文艺思潮发展史,以“公平的眼光”对古典主义、浪漫主义、自然主义等的意义和本身的价值,作了比较全面深入的分析和评判[7],并认识到这些艺术流派或文艺思潮的进化的次序不是一步可以上天的,而是按顺序前进的。他的高明之处,不像当时有的新文学倡导者把西洋文学进化规程生吞活剥地照搬到中国来,而是根据中国文学发展的具体情况,作出抉择取舍。如果按照西洋文学的发展现状来看,已到了表象主义(即象征主义)或新浪漫主义阶段,那么中国五四时期新文学的创建是否就应该从表象主义、新浪漫主义开始呢?他的回答是否定的。虽然茅盾当时也提倡过表象主义,不过这仅仅是为了补救自然主义文学的缺陷而已;他虽然也提倡过新浪漫主义,不过这仅仅是指出中国新文学的发展方向而已(当然这个方向是不正确的)。然而总的来看,他是从现实需要出发,积极介绍或提倡自然主义文学。这是因为,通过中西文学的比较研究,他清楚地看到,“西洋小说已由浪漫主义进而为写实主义、表象主义、新浪漫主义,我国却还是停留在写实以前,这个又显然是步人后尘”[8],也就是说中国文学没有经过自然主义的洗礼;但是“就文学进化的通则而言,中国新文学的将来亦是免不得要经过这一步的。”所以他“觉得现在有注意自然主义文学的必要,现在再不注意,将来更没有时候”[9]。可见,茅盾介绍或提倡自然主义,既顺应世界文学进化倾向的要求,又合乎五四时期新文学革命的需要。

茅盾深入研究了中国旧文学的弊端,认识到“文以载道”和以“文学为游戏为消遣,这是国人历来对于文学的观念;但凭想当然,不求实地观察,这是国人历来相传的描写方法;这两者实是中国文学不能进步的主要原因。而要校正这两个毛病,自然主义文学的输进似乎是对症药”[10]。这便是他介绍或提倡自然主义文学的指导思想之二。

在茅盾看来,中国封建文学观念不外乎“文以载道”和“游戏态度”两种。主张文以载道的以为文学必包含圣贤之大道,把古代的儒家学说奉为圭璧。这种文学的“弊病尤在把真实的文学抛去,而把含有重义的非纯文学当作文学作品”，其贻害“非但把真正的文学埋没了，还使人不懂文学的真义”；“把文学当作游戏，吾国一般文人，多犯着这个通病，他们对于文艺作品，不过兴之所至，视为不甚重要，或且以为是不关人生的色彩饰物”，因此作品的思想“全是些游戏玩世的思想”，比如往往把风流与恋爱并提，把恋爱和花酒视为一样，不过逢场作戏，寻寻开心而已[11]。在这两种文学观念指导下所写的作品，表现在写作技术上的共同错误有二：一是忽视文学创作重在描写，而采取平庸琐碎的记账式的叙述法；一是不知客观的观察，只知主观的向壁虚造，使作品充满了虚伪做作的气味。封建旧文学这些流弊，不仅表现在充斥于当时文坛的礼拜六派的作品中；而且也污染了新文学的创作，比如“就描写方法而言，他们缺乏了客观的态度，就采取题材而言，他们缺了目的”。茅盾认为，自然主义恰巧可以补救这两个弱点，恰好是对症的特效良药。这说明他提倡自然主义文学的动机完全是为了除旧文学之弊，铺新文学之路。自然主义何以能担当这个重任？我们以为茅盾当时的看法，基本上是正确的，可信的。

首先，从写作方法看，左拉主张把所观察的照实描写出来，这种客观描写的最大好处是真实、细致，没有不合情理的地方，唯有用这种严格的客观描写法方能慢慢校正中国现代旧小说的记账式的不合情理的描写法。茅盾认为这种客观描写法符合真善美统一规律的要求。因为自然主义者的最大的目标是“真”，而“真”又是善与美的基础与前提，即“不真的就不会美，不算善”；但是若求严格的“真”，则必须事事观察，并将观察的结果以客观描写法真实地描写出来。中国旧文学否认客观描写，实际上违背了文学创作的真实性原则，违背了真善美统一的美学规律。所以主张客观描写法，是革除旧文学弊病的有效方法之一。

其次，茅盾认为自然主义者的实地观察精神是新文学工作者“所当引为‘南针’的”，因为这也是疗治中国旧文学病根的良药之一。这种实地观察确是西洋进步文学的优良传统和宝贵经验。即使浪漫派大家雨果的《哀史》的描写已颇有实地观察的功夫，而写实派大家巴尔扎克和福楼拜等人，更注意于实地观察，描写的社会至少是亲身经历过的，描写的人物一定是实有其人的；而这种实地观察的精神，到自然派便达到极点，他们不仅对于全书的大背景，一个社会，要实地观察一下，即使是写到一爿巴黎城里的小咖啡馆，他们也要亲身观察全巴黎城的咖啡馆，比较其房屋的建筑，内部的陈设及其空气，然后取其最普通的可为代表的，描写入书里。这是现代世界作家人人遵守的原则，然而中国旧派作家对此几乎完全忽视，新派作家也有大半不能严格遵照，致造成作品失真虚伪的恶果。而要纠正这一弊端，非经过长期的实地观察的训练不能成功，“这又是自然主义确能针对现代小说病根下药的一证”。

再次，自然主义尚能校正作者的不正确的创作动机。中国旧派小说家创作小说的动机，大都是发牢骚或是风流自赏，本来是极其严肃的社会政治问题，可到了他们的笔下便成了攻讦隐私，借文字以报私怨的东西。这主要因为，他们始终未用纯客观的心理去看待正经庄严的人生，始终不曾为表现人生而描写人生；自然派作者恰恰与其相反。他们“对于一桩人生，完全用客观的冷静头脑去看，丝毫不搀入主观的心理”，比如对于性欲的看法，简直和孝悌义行一样看待，读者从他们作品里所见到的不是性欲的描写，而是一桩悲哀的人生。自然主义的这一特点，对于“专以小说为‘发牢骚’，‘自解嘲’，‘风流自赏’的工具的中国小说家，真是清毒的药”[12]。

此外，自然主义尚可解决新文学创作内容浅薄的毛病。就取材而言，中国有志于新文学的人，虽然都想努力创作社会小说，然而难免浅薄之讥。茅盾认为，这是“因作者未曾学自然派作者先事研究的缘故”，缺乏科学原理指导所致。自然派作家大都研究过进化论和社会问题，霍普德曼在作自然主义戏曲以前，曾经热烈地读过达尔文的著作、马克思和圣西门的著作，就是一个现成的例。中国新文学作者要设法“免去内容单薄与用意浅显两个毛病”，则必须“学自然派作家，把科学上发现的原理应用到小说里，并研究社会问题，男女问题，进化论种种学说”，这也是自然主义能够针对现代新小说弊病下药的一证。

自然主义也是克服新文学创作中的雷同化的妙方。在五四前后的新作中，婚姻问题是个非常时髦的题材，这与当时反封建争取个性解放的时代精神联系在一起，但是组成表现婚姻主题的情节人物几乎篇篇相似：或是男女自幼以媒妁之言订婚，男的读书，女的不读书，而后男的要求女家读书，与未婚妻通信，其结果或失败或成功；或是男女因为读书后，觉悟了，各有所爱，故而宣告离婚，但是父母不允。这些雷同化的作品虽然反映了人生，但在艺术上是没有什么价值的。造成这种现象的原因，主要是作者缺乏实地观察，或靠一时的灵感，或靠主观上的想当然。如果依照自然派的描写方法，凡写一地一事，全以实地观察为准，莫泊桑小说中的人物多半是实在的，福楼拜作《萨兰坡》，除多考古籍外，且亲至该地。可见，“自然派的精神并不只在所描写者是实事，而在实地观察后方描写”。由于宇宙间的万事万物是千姿百态，各式各样的，所以“惟先做过绵密的观察而后写出来的,方才同做一题而内容不雷同”。新文学工作者若能学自然派这种实地观察而后描写的方法,“于创作之前,真曾努力对于事象去观察”,把握住人与事的共性和个性,那就能避免创作中的“雷同现象”[13]。

茅盾对自然主义作用的估价虽然有些偏高之嫌,他为医治中国文学病根所开的药方虽然也不都是灵丹,但是他提倡自然主义文学的指导思想却是积极的,正确的,而且对自然主义的分析也不乏精到之处。

质言之,不论是从世界文学进化轨迹着眼来介绍或提倡自然主义,或者是从纠正中国文学弊端出发来介绍或提倡自然主义,总的目的只有一个,那就是为了探究自然主义的合理的思想成分和艺术经验,使作家在初创期坚持自然主义,以创建中国为人生的新文学。这是茅盾介绍或提倡自然主义的指导思想之三。

创造新文学必须坚持“某种主义”。在新文学初创期,有的作家认为“只要是‘人的文学’就好了,斤斤于什么主义,什么派别,未免无谓”[14];也有的提出自然主义等成了“新镣铐”[15],束缚作家手脚。这就是说,文学创作是绝对自由的,任何主义也不能信奉。茅盾不同意这种看法,辩驳道:一是“奉什么主义为天经地义,以什么主义为唯一的‘文宗’,这诚然有些无谓;但如果看见了现今国内文学界一般的缺点,适可以某种主义来补救校正,而暂时的多用些心力去研究那一种主义,则亦未可厚非”。根据当时国人对于文学的传统观念和采取的描写方法,首先必须提倡并坚持自然主义,“不论自然主义的文学有多少缺点,单就校正国人的两大病而言,实是利多害少”[16]。二是“如果为要打破‘旧镣铐’,因而向慕新的某种主义,把新主义的精神融会了自己的心情,创造他自己的作品,’这新主义便不是镣铐了”[17]。这说明对新主义不能教条主义的搬用,必须融会贯通,具体结合创作实践,吸取有用的精神营养,以补救自身的弱点,提高创作水平。茅盾以为旧毒极深的中国文学界,现在要做到忠诚地描写自己对生活的感触,“先应该经过自然主义的淘洗”,虽然“自然主义在一方面看来,自然也是桎梏,但在今日而要一般人养成客观描写的习惯,似乎可以先学学自然主义”[18]。三是“文学上各主义的本身价值是一回事,而各主义在某时代的价值又是一事;文学之所以有现在的情形,不是漫无源流的,各主义之迭兴,也不是凭空跳出来的”,“一则因为‘时代精神’变换了,一则因为文艺本身盛极而衰故有反动”。这不仅说明了文学上各种主义的产生有着深刻的时代根源,也揭示出它们的出现是由文学本身的规律决定的。正由于这样,故文学上每一种新主义出现，总是“把前代的缺点救济过来，同时向前进一步”。根据中国文学的实况，浪漫主义文学（指消极浪漫主义）不适宜于今日[19]，只有先提倡自然主义才能纠正前代文学的缺点，推动新文学前进。四是“艺术当然要尊重自由创造的精神，一种有历史的有权威的主义当然不能束缚新艺术的创造，人类过去的艺术发展史早把这消息告诉我们了；但是过去的艺术发展史同时又告诉我们：民族的文艺的新生，常常是靠了一种外来的文艺思潮的提倡，由纷如乱丝的局面暂时的趋向于一条道，然后再各自发展”。当时中国文艺界“纷如乱丝”，连什么是文艺都不能人尽知之，“大部分作者在盲目乱动，于此而提倡自由创造，实即是自由盲动罢咧”。针对这种情况，茅盾认为只有先提倡自然主义，才能“赶快医治作者读者共有的毛病，领他们共上了一条正路”[20]。可见，无论从哪个方面来看，在五四前后的新文学初创阶段，文学界不能没有权威的主义，对任何主义都采取绝对否定的态度是有害于新文学的诞生与发展，从而说明在当时的特定历史条件下，提倡并坚持自然主义，对创建新文学是具有一定的紧迫感和必要性的。

创造新文学必须在艺术上“探本穷源”，而自然派的艺术则是首先应该探源索取的。茅盾先从文学的思想内容与艺术形式的关系上论述了欲创造新文学，思想固然要紧，艺术更不容忽视，说明在艺术上探本穷源的重要性。这是因为，虽然“文学是思想一面的东西”，然而“文学的构成，却全靠艺术”，比如同是一个对象，自然派去描摹便成自然主义的文学，神秘派去描摹便成神秘主义的文学。他这里所强调的“艺术”，不仅仅指文学的艺术表现形式，还应该包括艺术规律、创作方法、流派风格等。具体来说，新文学是属于新的观念形态，总是要表现一定的新的思想倾向；但是新思想的表现并不是抽象的逻辑推理，而是按照艺术法则，通过一定的审美评判，根据不同风格流派的要求，以艺术方法加以形象化的表现。当时各种新思潮汹涌腾跃，颇有“思想能够一日千里的猛进”之势，因此新文学欲表现新思想并不困难；但是“艺术”——不论是艺术规律，或者是艺术流派和艺术技巧，都是历代作家辛勤耕耘的结果，是创造性的经验积累，是艺术才华的结晶，并不像“新思想”那么活跃，发展得那么迅猛，它有相对的稳定性和独立性。因此要创造新文学，在艺术方面必须认真研究中外文学遗产，多方面地进行艺术上的“探本穷源”，即从中国旧文学里“提出他的特质，和西洋文学的特质相结合，另创一种自有的新文学出来”，否则，若“不探到了旧账本按次做去，冒冒失失‘唯新是摹’，是立不住脚的”，因为最新的艺术不就是最美最好的艺术。中国现在创造新文学,则应该首先把写实派自然派文学作为研究材料,从中提炼出艺术特质,吸取艺术养分,为我所用。只有从自然派那里攫取“客观的艺术手段,然后做问题文学做得好,能动人”。因此,当时茅盾列举了自然派写实派十二家的三十部著作,以资艺术的“探本穷源”参考。这一步艺术探源完成后,我们创造自己的新文学方有了坚实的艺术“基础”[21]。

总之,放眼世界文学发展的总趋势,面对中国文学界的历史和现状,立足创建一种自有的新文学,这是茅盾介绍或提倡自然主义的出发点和归宿点,也是他的总的指导思想。且不论他对自然主义的看法有这样或那样的不恰当之处,单就这一指导思想而言,便充分表现出茅盾不愧为中国新文学的巨匠和奠基者之一。

二

马克思主义对于凡是人类思想所建树的一切,都重新探讨过,批判过,并根据工人运动的实践一一检验过[22]。五四前后的新文学先驱们,大都缺乏批判精神,往往对西方的近现代文学陷入盲目崇拜,绝对的肯定,一切皆好。茅盾当时从世界观来看,虽然尚未达到马克思主义思想高度,但是在对待世界文学发展史上出现的各种文艺思潮,却表现出一种重新估价一切的批判精神(当然他的估价不无偏颇之处),并能把有批判地吸取前人的思想成果同解决五四文学革命运动的实际问题相结合。他对尼采学说尚能以“公平的眼光”去评判,汲取其“从新估定一切价值”的思想;那么对待文学上的自然主义,基本上也能采取公平的批评态度,取其积极因素,去其消极成分,以创立符合中国新文学运动要求的新的现实主义。

为了弄清茅盾对自然主义的评判正确与否,以及肯定了什么否定了什么、汲取了什么舍弃了什么,首先应该对以左拉为代表的文学上的自然主义有个大概的了解。

依照茅盾五四前后的理解,自然主义(即写实主义)是一种庞杂的艺术流派和文艺思潮,它产生于十九世纪中叶的法国,并把希腊荷马史诗当成自然主义的远祖,将批判现实主义者巴尔扎克和福楼拜说成自然主义的先驱,及至左拉手里自然主义始真正确立起来,到了莫泊桑手里才“光大而至于大成”;在德国,霍普德曼是最彻底的自然主义;“纯粹的写实主义和嫡派的自然主义在俄国文学中显见的，便是高尔基和乞呵甫两个人"等，然而自然主义的重镇却应推左拉、莫泊桑。很显然，他是把批判现实主义，自然主义，甚至高尔基的革命现实主义，都囊括在自然主义之中。这是很容易理解的。十九世纪技术革命、科学理论、实验方法等一系列新成果，使整个社会的物质基础、意识形态以及方法论，都发生了重大变革，盛极一时的浪漫主义在艺术领域里日益衰退，而批判现实主义和自然主义却应运而生。由于自然主义和批判现实主义是同一时代的产物，都打上了十九世纪科学时代的烙印，具有历史的血缘关系，所以造成了自然主义内涵的复杂化，难怪茅盾等人视自然主义和现实主义为一物，认为自然主义里有现实主义，现实主义里有自然主义。不过，茅盾当时着力推崇和提倡的却是左拉的自然主义。因此，这里有必要着重介绍一下左拉的自然主义的基本要点。

左拉的自然主义文艺观，集中体现在《戏剧上的自然主义》(1880)《实验小说》(先发表于俄国杂志《欧洲消息》，1893 年修订)等艺术论著中。它的核心思想是：自然主义作家首先应该是一位科学家、解剖学家、遗传学家、观察家和实验家，而不是道德家或政治家；在创作过程中既不注重艺术概括和提炼，也不强调艺术想象和虚构，唯一重视的是实地观察和实验方法，也就是客观描写法。具体来说：其一，自然主义不是出于一个人或一群人的主观愿望，它"发生于事物的永恒内核，发生于每一个作家所感到的基于自然的必要"。因而，"自然主义意味着回到自然"，如同"科学家们决定从物体和现象出发，以实验为工作的基础，通过分析进行工作，这时候他们的手法便意味着自然主义"一样，在文学上也是如此："自然主义是回到自然和人，它是直接的观察，精确的剖解，对存在事物的接受和描写"，以具体代替抽象，以分析代替公式。其二，自然主义作家"从人生的真源来认识人"，而不凭主观理想去发现典型，因此自然主义作品没有超现实的理想化人物或抽象化的人物性格，谎言式的发明和绝对的事物，"只有真正历史上的真实人物和日常生活中的相对事物"。其三，自然主义小说是对"自然种种存在和事物的探讨"，"想象不再具有作用"，它"不插手于对现实的增、删，也不服从一个先入观念的需要，从一块整布上再成一件东西"，而"自然"(指客观现实)就是自然主义小说的"全部需要"，必须从此开始"如实地接受自然，不从任何一点来变化它或削减它"，即原原本本地反映客观现实的本来面目，"无须想象出一场冒险事件，把它复杂化，并给安排一系列戏剧效果，从而导致一个最后的结局，我们只须取材于生活中一个人或一群人的故事，忠实地记载他们的行为”[23](以上引文出自《戏剧上的自然主义》)。其四,自然主义小说家须接受当代实验医学、生理学以及遗传与环境的科学知识,从怀疑直到实证,来理解人、解释人,中间则经过观察、实验和假设等步骤,而以实验为中心环节。也就是说,小说家是一位观察家,同样是一位实验家,即观察家“把已经观察到的事实原样摆出来,提出出发点,展示一个具体的环境,让人物在那里活动,事件在那里发展”;接着,“实验家出现了,并介绍一套实验,那就是说,要在某一故事中安排若干人物的活动,从而显示出若干事实的继续之所以如此,乃是符合了决定论在检验现象时所要求的那些条件的”。例如,《贝姨》中对于洛男爵这个人物的刻划,按照左拉的解释,巴尔扎克所观察到的一般事实,是一个男人的恋爱气质在家庭中、家族中和社会中所遭到的破坏;他选好这个主题后,就从已知的事实出发,接着便进行他的实验,“使于洛面向一系列的实验,把他放在某些环境中,从而展示他那感情的复杂机器如何在工作”,但是巴尔扎克“并不满足于对他所搜集的事实进行摄影,而是要直接干预,把他的人物放在某种情况之下,他自己则始终是这些情况的主人”。可见,自然主义小说“乃是小说家借助观察而对个人作出的真正的实验”,而在实验的过程中即客观描写中并不完全排斥作家对客观现实的直接干预。其五,自然主义小说家在实验中,“必须修改自然,而又不违背自然”,即“实验的观念本身就带有加工、修改的观念”,但“实验的观念的出现完全是自发的,它的性质绝对是个人的,以它所导源的精神为依据;它是一种特殊的感情、一个它所独有的东西,它构成每个人的创造能力、发明能力和天才”,因此“实验方法并不是把小说家局限在狭窄范围里,而是使他充分发挥那做为一个思想家的智力和作为一个创造者的天才”;但是“艺术家的个人感情总是从属于较高的真理规律和自然规律”。左拉虽然注意到作家主观感情在创作中的作用,而且同他强调的客观描写有所矛盾,但他终究不满意伯纳德“说一部文学作品完全在于个人感情”的主观决定论的见解,他认为“个人感情只是最初的冲动。往后一些,原已存在的自然却会使人们感觉到它,或至少感觉到科学已暴露其秘密的那个部分,关于这一部分的自然,我们不再有任何权利去加幻想”[24](这种见解也有片面性)。其六,自然主义的理论基础是泰纳的实证主义美学。泰纳继史达尔之后,在孔德的实证论和达尔文的进化论影响下,用自然科学规律解释文艺现象,探讨文学艺术发展规律,认为精神科学,文艺研究和自然科学在方法上是相似的,也应该持客观态度,由事实出发,对所有的文艺流派一视同仁,从而探索并证明文学艺术发展的规律。他在

《英国文学史》序言中着重以自然科学观点阐述了他所发现的文学规律，主张文学创作和它的发展决定于“种族”（亦译“人种”）、“环境”和“时代”三种力量：种族包含人的先天的、生理的、遗传的因素，它是“内部的主源”；环境包含地理因素，它是“外表压力”；时代包含文化的因素，它是“后天动量”。他认为，“在考察那作为内部主源、外部压力和后天动量的‘种族’、‘环境’和‘时代’时，我们不仅彻底研究了实际原因的全部，也彻底研究了可能动因的全部”。因此，在一部内容丰富的文学作品里所找到的，“会是一种人的心理，时常也就是一个时代的心理，有时更是一种族的心理”[25]。他的《艺术哲学》则是结合意大利文艺复兴时期的绘画、尼德兰的绘画、希腊的雕刻，进一步论证了上述规律。泰纳的文学思想，特别对生理和遗传的强调，对客观态度的注重，为德国自然主义奠定了理论基础。

在人类思想发展史上出现的每一种思潮，大都具有历史的进步性和局限性，大都含有合理内核和消极成分。所以，马克思主义者对待前人的思想成果，从不采取一概否定的形而上学态度，总是重新进行分析探讨，予以批判的吸收或利用，在新的历史或现实条件下加以改造或发展。对待文学上的自然主义也应该这样，不加分析地笼统否定或肯定，或只抓一点不及其余，都不是马克思主义科学态度，对发展无产阶级文学事业都是害多利少的。《苏联大百科全书》对文学上的自然主义采取了并非马克思主义的科学的态度：“自然主义是资产阶级文艺中的反现实主义的方法，它的实质是表面地描写现实的个别现象，轻视艺术的概括，对所描写的事物不作社会政治的、道德的和美学的评价。自然主义在描写生活事件的时候只求表面上似乎真实，对于个别现象只作记录式的描写，而不表现这些现象的内在意义，不显露本质的、典型的、合乎规律的东西。……自然主义的哲学基础是实证主义。实证主义否认现实有客观的法则，它把认识的作用归纳为对个别现象作表面的记录和描写，而把个别现象解释为感觉的综合。”这种对文学上自然主义的批判，虽然揭示出它的一些重要缺陷和严重局限，但是并不全面，不完全符合马克思主义的实事求是的批判精神，至少对左拉文学上的自然主义尚未作出科学的评判，或轻或重地犯了简单化、绝对化的形而上学的毛病。五四前后的茅盾对文学上自然主义的分析批判，虽然也没有完全达到马克思主义的认识水平，但是他能以公平的眼光、冷静的思索，进行比较的分析评判，肯定或否定、吸取或舍弃，都是采取审慎的态度，充分显示出他对待外国文学遗产的严谨而又机智作风以及敏锐认识。

以批判的态度,具体地,历史地重新估量自然主义的价值,肯定其所长,指斥其所短。茅盾首先从旧浪漫主义与自然主义(或写实主义)的比较中,评判其各自的优与劣。自然主义者毫不留情地反对在文学发展史上具有进步理想与想象的浪漫主义,非难浪漫派文学不合理,唯有自然派文学最合理。但是茅盾并不完全赞同自然主义者对浪漫主义的看法,他认为,若用旁观的态度,以艺术的见解批评"写实浪漫两派,便见两者各有好歹;并不是浪漫派的著作没有坏的,也不是写实的著作全是好的";不过,"写实派从思想一面攻击浪漫派的话,实是浪漫派老大的毛病",因为"浪漫文学大体都不替平民说话",这是不符合"德漠克拉西思想"的。这个评判是比较公允的,并且他还提纲式地指出写实主义和浪漫主义的不同:浪漫是注重想象,写实是注重观察,浪漫是主观的文学,写实是客观的文学;浪漫承认有相对的美,美待人人创造,不以古人的美是极点,而写实派不承认有美的存在,现实人生中所有的只是丑恶;浪漫主义文学专写上等社会的生活,写实主义文学专写下等社会的生活。这种比较评述尽管有些提法不够准确,但自然主义和浪漫主义的主要区别却明确地揭示出来。茅盾还看到"写实与浪漫各走一偏,原也不能分个究竟谁强谁弱"。这决不是折衷调和,而是比较切合实际的分析,况且他又指出写实主义文学的弊病所在,更足以说明他的认识是可贵的。他认为,自然主义的弊病:一是"太重客观描写",因为就艺术方面来看,"本来不能专重客观,也不能专重主观",应该是主客观统一,如果"专重主观,其弊在不切实",如果"专重客观,其弊在枯涩而乏轻灵活泼之致"。二是"太重批评而不加主观的见解",因为就批评而论,这既是写实主义的好处又是它的缺点,虽然它能彻底揭穿社会上的各种"黑幕",是一种"发聋振聩的手段",但因在批评的过程中"不出主观的见解"即指不出光明的路子,便使读者感到沉忧、痛苦,终至失望。在对自然主义和浪漫主义作了具体评判的前提下,茅盾作了肯定性的预言:"浪漫文学所本有的思想自由,勇于创造的精神,到万世之后,尚具有价值,永为文学进化之原素";"写实文学中所包有的批评精神和平民化的精神,我也敢决言永为文学中添出新气象的"[26]。中国的新文学发展,证明了茅盾的见解是比较稳妥的正确的。

其次,从新浪漫主义与自然主义(或写实主义)的比较中,对自然主义作了进一步评判。他明确地指出:"文学上的自然主义极盛于十九世纪末廿年,正和科学的唯物主义并行,又是对于浪漫主义文学末流的反动,在文学思潮进化史中自然有相当的贡献,但决不能靠他去创造最高格的文学"。这是因为:"观察和想象是文学的两大原则，自然派文学只重观察”，而轻视想象，唯有新浪漫主义才能纠正这个偏失；“分析和综合是表现人生的两种不同的方法”，但是自然派只用分析的方法去观察人生表现人生，唯有新浪漫主义才能综合地表现人生[27]。因此，茅盾当时认为将来最理想的文学是“新浪漫主义”（其实他对新浪漫主义的看法是有片面性的，后来有了新的认识，才对它作出正确评价）。

再次，茅盾在《“左拉主义”的危险性》一文中，对自然主义的评判较前更正确一些，它不是面面俱到，而是抓住要害，予以评点。他指出“自然主义的真精神是科学的描写法”，即“见什么写什么，不想在丑恶的东西上面加套子，这是他们的共同的精神”，这点精神“有永恒的价值”，“至少也是文学者的ABC，走远路人的一双脚”；即使“左拉那种‘专在人间看出兽性’的偏见，似乎是他个人所处的特殊环境的结果，设若我们的根本的观念不同，即使想勉强‘效颦’，未必竟能像他那样能够从处处视出兽性来”，“至于左拉的偏见是什么，毫不相干”（如左拉的人生观等）。这种分析虽然不能说完全符合马克思主义的批判精神，但至少表现出茅盾对自然主义能采取两点论，力避形而上学的绝对化。

由于茅盾对自然主义能够采取分析批判的态度，这就为他从实际出发，汲取自然主义的有益养分，为我所需，提供了良好的基础。五四前后，茅盾广泛地接触了西欧的各种文艺思潮，但他对每一种文艺思潮却不是生吞活剥，兼收并蓄，总是以批判的眼力，进行冷静的严肃的选择，取其所长，避其所短，为创造新文学而用。因此，他积极介绍或提倡自然主义，并没有号召人们学习自然主义的一切，更不是劝人们拜倒在自然主义文学脚下，而主要启发人们接受自然主义的有价值的部分。综合起来看，有这样几点是他当时所着重强调汲取和借鉴的：

第一，汲取了自然主义的理论基础——泰纳艺术哲学中的朴素唯物主义美学观点，探讨了文学与人生的关系。由于泰纳没有从社会经济基础、社会阶级关系，而只是以自然科学观点和实证论方法，来考察了文学艺术发展规律，因此不可能接触到问题的本质。茅盾虽然也受到泰纳美学思想中的消极成分的影响，但他主要接受其朴素的唯物主义成分，使其在对文学与人生问题的探讨上，表现了带有明显阶级论色彩的美学观。“‘文学是人生的反映’，人们忘掉生活，文学就把那种种反映出来。譬如人生是个杯子，文学就是杯子在镜子里的影子。”这虽然不符合辩证唯物主义的反映论，然而却含有朴素的唯物主义美学因素，特别他作出了“文学的背景是社会”的结论，进一步说明了文学反映的人生是社会的人生，并非生物学观点所认为的那种纯自然属性的人生。尤其可贵的是，茅盾这时已指出文学反映的人生社会是划分阶级的，有贵族阶级，也有平民阶级，城乡劳动者阶级和第四阶级，文学主要应表现绝大多数的被侮辱、被损害的不幸的人生。这在一定程度上揭示了文学与人生的本质关系，说明新文学首先源于社会的有阶级对立的人生。茅盾还认为，“讲文学与人生的关系，单是说明‘社会的’，还是不够的”，而且应该探究文学同人种、环境、时代以及作者人格之间的关系，这显然是受了泰纳的文学创作及其发展是由种族，环境、时代三种力量决定的观点的影响。不过，他没有把“种族”当成文学的“内部主源”、把“环境”当成文学的“外部压力”、把“时代”当成文学的“后天动量”，将它们的作用强调到不适当的程度。茅盾着重指出文学同它们之间的关系较紧密，它们也是人生的组成部分，不论文学创作，或者是文学的发展，都要受到它们的影响。他不仅看到了“人种的不同，文学的情调也不同，那一种人，有那一种的文学”，而且也看到了“环境在文学上影响非常厉害”，说明“一个时代有一个环境，就有那时代环境下的文学”；他不仅指出了“各时代的作家所以各有不同的面目，是时代精神的缘故；同一时代的作家所以必有共同一致的倾向，也是时代精神的缘故”，而且也指出了作者的人格对文学的影响也“甚重要”，“革命的人，一定做革命的文学”[28]。这些看法是符合唯物主义的，他尽管没有以明确的阶级观点解释“人种”、“环境”、“时代”这些概念，但比起泰纳的文艺观来，对这些问题的认识，茅盾的看法中社会的阶级的色彩要鲜明得多。泰纳所说的种族生活于其中的“环境”主要指自然环境，如地理、气候等，而他所强调的地理因素，根本无法说明同一种族的文学艺术在不变的土壤、气候等条件下所产生的不同的变革和发展；但是茅盾所强调的“环境”主要是社会环境，而这个社会环境“不是专限于物质的，当时的思想潮流，政治状况，风俗习惯，都是那个时代的环境，著作家处处暗中受着他的环境的影响，决不能脱离环境而独立”。泰纳所理解的“时代”比较笼统抽象，反映不出革命阶级的力量和阶级斗争的发展趋势，看不出什么先进的时代精神；但茅盾所阐述的时代，主要指“时代精神”，而这种“时代精神支配着政治、哲学、文学、美术等等，犹影之与形”[29]。中国当时处于一个“乱世”时代，反帝反封建的革命民主主义精神则是时代精神，而反映这种时代精神的创作应该是“怨以怒”的文学[30]。这说明茅盾为人生的文学思想，批判地吸收了泰纳实证主义文学论的合理成分，并且有所发展和突破。

第二，汲取了左拉自然主义的科学精神，提出了文学艺术的最大目标是

"真"。这在瞒与骗的虚假文学充斥当时文坛的情势下,确实是破石惊天之音。茅盾认为,科学的精神重在求真,故文艺也应该以求真为唯一目的[31]。左拉完全把科学家和文学家等同起来,完全把科学家的实验方法硬搬进文学创作领域,不免陷入机械唯物论;茅盾着重接受了自然主义的从真实的事实出发去"寻求真理"[32]的精神,要求作家应该有严格的科学态度,像科学家那样实事求是地去观察人生、研究人生、反映人生,心里怎样想,口里就怎样说,老老实实,不可欺人[33]。虽然他把"求真"提到文学艺术的最高目标和唯一目的的高度来认识,不免有点强调过分之嫌,但是也反映出他已认识到"真实"在文艺审美活动中的重要地位。他不仅指出文学要表现全体人生的真的普遍性,而且也要表现各个人生的真的特殊性,只有文学达到普遍的真和特殊的真的高度结合,才会"美"才算"善";而这种文学的普遍的真和特殊的真,正是宇宙万物莫有绝对相同的[34]的客观物质世界的真实反映。具体来说,茅盾所讲的"真",首先是指文学作品是现实社会人生的真实反映,它的内容必须具备客观实在性,即"实在人生的写真"[35]。强调这一点非常重要,因为没有社会人生的客观实在性,就没有文学艺术的物质基础,也就没有成功的文学艺术。别林斯基曾指出:"客观性是诗的条件,没有客观性就没有诗;没有客观性,一切作品无论怎样美,都会有死亡的萌芽。"[36]可见,文学艺术的第一性"真实",是客观实在的真实,而艺术内容的客观实在真实,正是来源于客观事物本身固有的真实。因此,他反复要求致力于新文学的作家,必须接触社会,经验人生,努力求真,坚决反对礼拜六派的虚假文学和中国旧文学的"大团圆"主义[37]。其次是指作家反映到作品里的主观感情的真实,也就是作家对自己所表现的社会人生,必须倾注真情实感。茅盾认为,这种感情不仅要"真挚",而且这种"思想和感情一定确是属于民众,属于全人类的,而不是作者个人的",唯有这样的文学才是"真的文学"[38]。这里值得提出研究的问题是:有人认为自然主义者都反对文学作品表现主观感情,只是强调反映现实人生的纯客观真实。其实,这种理解并不全面。最彻底的自然主义者霍普德曼的主张的确是这样的。他说"艺术品所呈现的状态应该完全和事实吻合,不要说不能掺杂一些主观,连剪也不能。凡是人生中所有的动作不论其怎样冗杂琐细,毫无意味,也当一一再现于文学作品中"[39]。这是纯粹的客观主义;但是左拉的自然主义对此是有矛盾的,有时主要强调纯客观描写,有时也不完全排斥作者的主观情绪。他虽然不同意说一部文学作品完全在于个人的感情,但他也不赞成把文艺作品当成客观世界的纯客观的照录,不仅指出可以“修改自然”,而且认为个人的感情是文学创作的最初的冲动,艺术家的这种个人感情总是要从属于较高的真理规律和自然规律的[40]。茅盾接受了左拉自然主义真实论的影响,因此在强调文学作品内容的客观真实的同时,也注意到它的主观真实(偶尔也有矛盾)。正因如此,所以他极力反对当时名士派的虚情假意的文学,指斥他们作品里的思想全是些游戏玩世的思想,全是些名士的风流牢骚,统统是假的;主张新文学必须具有普遍真的感情,“一定是全人类共有的真情感的一部分,一定能和人共鸣,决不像名士派之一味无病呻吟相比”。只有这种真的文学,才于社会有价值,才能尽到“文学的最大功用”[41]。当然,这时茅盾对文学真实性的认识,虽然吸收了左拉自然主义文艺观的合理成分,但也受到一些消极因素影响,因此他未达到辩证唯物论的美学观的真实论高度。

第三,汲取了左拉自然主义的注重实地观察的唯物主义的崇实思想,这同自然主义的严格求真的科学态度紧紧联系在一起。茅盾认为“实地观察”是自然主义者的共同主张,是我们所应当引为的指南,是自然主义带来的两种法宝之一。左拉主张小说家应该是个观察家[42],其小说所反映的主题、人物,描写的环境、事件,都必须源于被观察过的客观现实生活;不实地观察,作家就不能如实地描写客观世界的真实存在。茅盾主要接受了自然主义的崇尚实际的躬身观察的精神,他并不赞同自然主义者用生物学的观点来观察一切社会现象,把“人”看成只有动物的本能、消极地被环境和遗传决定着的动物;更不同意自然主义所认为的“社会环境是一群活着的人所造成的结果,而这一群活着的人绝对地服从物理的和化学的规律,这些规律对于活着的人一如对于没有生命的物体同样是起作用”[43]的物质机械的命定论。他当时主张文艺创作应该在革命民主主义思想(德谟克拉西精神)指导下,先“用科学的眼光去体察人生的各方面,寻出一个确是存在而大家不觉得的罅漏”,再“用科学方法整理、布局和描写”,最后“根据科学(广义)的原理,做这篇文字的背景”。这里,有些表述虽然不十分清楚,但根据同文他对“新潮派”几篇小说的评价可以看出,他所说的“科学眼光”,主要指唯物主义态度;所谓的“科学方法”,主要指遵循客观现实生活本身的规律;他所说的“科学原理”,主要指符合真理的“哲意”[44]。尤其可贵的是,他能根据实地观察的要求,号召作家到民间去,去亲身经验,只有这样才能创造出真正的中国的自然主义文学来[45]。当时一些新文学作品描写农村劳动者生活的,与劳动者的实际生活相差很远,描写第四阶级生活的,弄得非驴非马,主要因为作者“不曾实地观察”,对劳动者生活不熟悉,在心理上“很隔膜”[46]。这说明茅盾所强调的“实地观察”,在很大程度上突破了自然主义的纯客观主义态度的局限,突破了自然主义在观察中注重追求一些表面的局部的真实而忽视社会生活中真正本质的东西的局限。他在批判吴宓对写实小说的诽谤时指出:“写实派作家所谓‘实地观察’本来就不是定取实事做小说材料的意思,中国提倡写实主义的人,似亦未曾主张过”,“我以为中国不能有好的写实小说出世,实因这些‘小说匠’(主要指礼拜六派的小说家)以假乱真所致”[47]。在茅盾看来,真正在观察中舍弃典型的、本质的东西而专取一些平庸琐碎的,低级丑恶的“事实”作小说材料的,不是写实派小说家,而是那些礼拜六派的小说匠,这说明他对“实地观察”的认识已接近或达到现实主义高度。特别他强调作家在实地观察中,要像蓝煞罗一样,定了眼睛对黑暗的现实看,对杀人的惨景看;必须有钢一般的硬心,去接触现代社会的罪恶;“要以我们那几乎不合理的自信力,去到现代的罪恶里看出现代的伟大来”,坚决“诅咒一切命运论的文学”[48]。这种敢于正视罪恶的现实并从罪恶的现实中看出“伟大”来的观察态度,已完全摆脱了自然主义的机械的定命论的影响。

第四,汲取了自然主义的科学描写法,主张新文学必须注重客观描写。茅盾曾不止一次地申明:“我们要从自然主义学的,并不是定命论等等,乃是他们的客观描写与实地观察。自然主义者带了这两件法宝——客观描写与实地观察——在西方大都市里找求小说材料,所得的结果是受人诟病的定命论等不健全思想。但是如今我们用了这两件工具在中国社会里找小说材料,恐未必所得定与西方自然主义者找得的相同罢。”[49]这进一步说明他当时提醒人们所学习的,“并不是人生观的自然主义”,而是“自然派技术上的长处”[50]。必须看到,茅盾所说的科学描写法或客观描写,是同左拉鼓吹的实验方法一脉相承的。具体表现在创作过程中,“实地观察”是一部作品构成的基础和前提,而实验的方法则是这部作品能够真实地按照“真理规律和自然规律”,原原本本地反映“自然和人”的中心环节和唯一方法[51]。茅盾排除了左拉实验方法中机械定命论的思想,完全把它作为一种“写真的器具”[52]接受过来,针对着中国文学的弊病,力倡客观描写的科学方法。所谓“客观的描写”,别林斯基认为,“诗人所创造的一切人物形象对于他应该是一种完全外在于他的对象,作者的任务就在于把这个对象表现得尽可能地忠实,和它一致,这叫做客观的描写”[53];也就是“按照生活的全部真实性和赤裸裸的面貌来再现现实,忠于生活的一切细节”,

它"所要求的不是生活的理想而是生活的本身,按照它本来的样子"[54]。这同左拉所说的"自然主义小说不插手于对现实的增、删,也不服从一个先入观念的需要","必须如实地接受自然,不从任何一点来变化它或削弱它"[55]的观点,并没有根本区别,基本上是一致的。茅盾所主张的客观描写,虽然也强调过"丝毫不掺入主观的心理",照实地描写人生,老老实实地把社会实有的人生摹写出来[56],这未免带一点客观主义倾向;但是他并不完全同意自然主义者的"人生的主体实是黑暗的野蛮的","人在灵肉两方面都是脆弱的、个人绝对的不能反抗环境",必须如实地描写"下流人的酗酒、犯罪、兽欲"[57]实况的客观描写。他认为人生既有黑暗也有光明,既有野蛮也有文明,人性中既有美点也有劣点,现实社会既有罪恶也有伟大。因而,他对新文学的客观描写提出了新的要求:作家必须从观察的客观事实出发,忠实地全面地描写客观存在,但这种真实的客观描写并不完全是照录生活实况,而必须"合情合理"地分析人生、描写人生,反映人生的本来样子。他既反对礼拜六派小说家那种专记叙人物的许多连续动作的"记账式"的描写法——只会一笔不漏地抄录平庸、琐碎、卑陋的日常生活,它不是什么艺术创作,是"记账"似的生活报告,是一些"粗制的流水账式的事实的集合物"[58];同时也反对黑幕派小说匠那种专门"死抄实境"的一味披露阴私的实录黑幕的诲淫诲盗的小说。实质上,礼拜六派和黑幕派这种描写法才是真正地吮吸了自然主义的糟粕,并把自然主义的客观描写发展到恶性的极端。而茅盾所力倡的客观描写,却接近或达到了现实主义的要求,即:现实主义"对于人类和人类生活的各种情况,作真实的赤裸裸地描写"[59],"一方面认为它的描写对象是本来面目的生活本身,另一方面认为现实主义艺术家并不是一个奴隶似的摄影师和'自然主义者',他可说是用删除、抹掉一系列不需要的细节的方法,突出现实中的典型特征,对这个现实进行加工"[60]。可见,茅盾虽然择取了自然主义的客观描写,但他并未停留在自然主义的水平上,而是向新的创作方法探求。

总之,茅盾对左拉的自然主义采取了冷静的分析态度,认为"物质的机械的命运论仅仅是自然派作品里所含的一种思想,决不能代表全体,尤不能谓即是自然主义。自然主义是一回事,自然派作品内所含的思想又是一回事,不能相混。采用自然主义的描写方法并非即是采用物质的机械的命运论"[61]。这种比较科学的思想方法,致使他的文学观在接受了自然主义合理成分的基础上,很自然地升华到现实主义高度(尽管对他来说并不完全是自觉的)。

三

由于茅盾五四前后能够结合中国革命的历史特点和新文学发展的现状，以公平的批判的眼光吸取西方各种文艺思潮（古典主义、浪漫主义、自然主义或写实主义、象征主义和新浪漫主义），尤其是自然主义（吸来的虽有消极的东西，但合理成分居多），因此形成了他的独具特色的新的现实主义：其一，否定与肯定相结合。如果说当时鲁迅的现实主义主要具有彻底否定封建制度、礼教、传统、意识的特点的话，那么茅盾的现实主义一开始便显示了否定与肯定相结合的特点。它不仅要求新文学彻底揭露旧社会的黑暗和封建传统的罪恶，应给"恶社会的腐败根极力抨击"[62]，而且还指出反映社会人生的文学"必然含有对于当时时代罪恶反抗的意思和对于未来光明的信仰"，即"隐隐指出未来的希望，把新理想新信仰灌到人心中，这便是当今创作家最重大的职务"[63]。正因为他认识到真实地反映人生的文学必须有"理想做个骨子"[64]，故号召作家在暴露现代社会的罪恶里应开掘出潜藏的"伟大"来，在抨击旧社会的黑暗中要指出光明来。这说明，在茅盾看来，现实主义对现实社会的真实反映，不仅要彻底否定罪恶社会的"腐败根"，而且要肯定光明，展示理想，必须将二者有机地结合起来。这样，新文学才能做到综合地全面地表现人生，才能"担当唤醒民众而给他们力量的重大责任"[65]。由此出发，他主张文学家不但要鞭挞民族性的劣点，更重要的是挖掘民族性的美点，在文学作品里"把他发挥光大起来，是该民族义不容辞的神圣的责任"[66]。可见，茅盾的新现实主义不同于西方批判现实主义而具有中国社会和时代的鲜明特色。

其二，观察与想象相结合。茅盾认为观察和想象是新文学的两大原则，但是自然主义只重视观察而轻视想象（这里的"想象"亦含理想的意思），这不能不说是个严重的缺陷。因此，他在吸收了自然派的实地观察的唯物思想的同时，又采纳了浪漫派的主观想象，把观察与想象结合起来，作为他的新现实主义创作方法的两个相互联系的重要环节。正是他指出的，创作文学时必不可缺的是观察的能力与想象的能力，而两者偏一不可[67]，必须把它们统一起来。这一特点是受否定与肯定相结合特点决定并为其服务的。因为茅盾主张新文学反映人生必须在彻底否定旧社会罪恶的同时，必须肯定光明的未来，这样作家必须具有观察与想象两种能力。只有具备深刻的观察能力，才能认清现实的罪恶及其根源,为彻底否定提供条件,如果观察不深,认识不透,就不可能对罪恶的社会进行彻底否定;要在彻底否定的前提下肯定光明的未来,只有观察能力还是不够的,必须充分发挥想象能力,由此及彼,由表及里,从现实生活自身的逻辑预示生活的新动向,从社会发展规律想象出历史的趋向,预见光明的未来。

其三,分析与综合相结合。所谓分析,就是以解剖的手段剖析人生的假恶丑,是一种片面的认识人生、反映人生的手段;所谓综合,就是全面地认识人生反映人生的手段。因此茅盾认为,分析和综合是文学表现人生的两种必不可少的方法。如果像自然派那样只用分析的方法去观察、表现人生,以致所见的都是人生现实的罪恶,其结果使人失望与愁闷[68]。因此,他从新浪漫主义那里接受了综合表现人生的艺术手法,将分析与综合结合起来,以作为新现实主义的两个重要手段。因为在他看来,现实社会人生,无论怎样缺点多,但是综合以观,终究有真善美隐伏在罪恶下面[69],也就是说世间万象、人类生活,莫不有善的一面与恶的一面,真善美与假恶丑对立统一而存在着。若文学创作只崇尚分析的表现法,不是偏在真善美一面,就是偏在假恶丑一面,而自然派文学则偏在假恶丑一面。文学如果只表现假恶丑,诚然有一定的认识作用和艺术价值,但只是反映了人生的一方面,到底算不得完整无缺地忠实地表现人生[70]。只有分析与综合两种手段结合运用,才能全面正确地表现人生,才能按照生活实际存在的样子更真实更理想地反映现实。这一特点同第一个特点也是紧密联系在一起的,它是由第一个特点派生并为其效力的。

总之,茅盾新现实主义的特点,是由五四前后那个光明与黑暗、改革与保守、前进与倒退正在交战的大动荡时代决定的,它标志着现实主义历史上的一个重大进步。

茅盾当时对自然主义所采取的分析批判态度,从总体上看毕竟尚未达到辩证唯物主义和历史唯物主义的水平,因此不能不表现出一些认识上的矛盾性和局限性。归结起来,主要表现在:(一)刚开始对自然主义的态度是既主张提倡又反对提倡,后来经过自然主义问题论争,又积极赞同提倡,甚至把它看成创造为人生文学和医治中国文学痼疾的最好的创作方法;一开始对自然主义的缺陷看得多一些,认识清醒一些,后来看得少一些,甚至对某些缺欠还作了些辩解。(二)不论是泰纳的美学观或者左拉自然主义文艺观,总是局限于实证论、实验医学、遗传学等框框里,尚未接触到社会的阶级关系,阶级斗争及其发展方向与革命理想,只囿于自然科学观点和实验观点来探讨一些文学艺术问题,虽然有些可取的见解,但对文学的本质及其发展的根本原因等问题是解释不清的。如对文学的主要描写对象“人”的本质认识,自然主义不是从人的社会关系、社会的复杂结构去认识人描写人,往往从人的最原始的生理因素和关系中去认识人描写人,主张回到自然和人,不是以阶级观点来挖掘人的社会本质,而是以遗传规律来证明人的自然本能和生理因素决定人的情感欲望和社会道德及罪恶,对此茅盾尽管有所指斥,却不能以鲜明的阶级观点进行分析。(三)对产生于十九世纪的自然主义和写实主义(批判现实主义)基本上视为一物,只看清了它们在真实性、客观描写、实地观察等方面的共同点和一致性,而不能完全自觉地从理论上认准它们的分歧点,尽管有时也意识到它们之间有些微差别,但综合以观并未把两者进行比较分析,始终把自然主义和写实主义混在一起。比如关于细节描写的真实性问题,自然主义和写实主义都很重视,都很强调,但它们在细节问题上的分歧也很清楚:写实主义文学的细节描写始终是作品整体描写的一个有机组成部分,是为整体描写服务的,是为了艺术地渲染出整体的真实,并不特别显示它的独立意义;而自然主义文学的细节描写却具有头等重要的意义,罗列生活细节和照录生活细节成为自然主义真实性的主要标志。再如,写实主义和自然主义都强调文学的客观性,都重视客观事实,都认为文学的真实性来源于现实生活;但是写实主义并不认为生活事实完全等于生活的真实,也不认为艺术的真实就是照录生活事实,而是强调艺术提炼、艺术概括;自然主义往往认为生活事实是客观存在的事物,是真实的事物,只有如实地描写出来,作品就有了真实性,作家不必对生活进行删减,更不需要艺术概括和虚构。对这些分歧,茅盾虽然认识得不十分清楚,但是他也未完全接受自然主义在真实性问题上的一些缺欠。此外,他对于文学与人种、环境、时代的关系的理解,只注意到三者对文学的直接影响,但没有看到文学对它们的反映是能动的不是被动的;他只强调“人生是个杯子,文学就是杯子在镜子里的影子”,但没有进一步指出文学反映人生并非被动地照镜子。由于对自然主义认识上的局限,不免给他前期的文艺思想的某些观点带来机械论的色彩,或者残留着自然主义的消极影响。

尽管如此,但从总体上看,还是分析地批判地吸收文学上的自然主义,丰富和充实了他的新现实主义的内容,使其放射出耀目的思想光辉。

从对茅盾与文学上自然主义关系的初探中,不难发现一个带有规律性的问题:在现今世界上,一个民族文学的繁荣昌盛,或者在破旧的基石上重新创建新文学,都离不开批判地借鉴其他民族的优秀文学。茅盾在五四前后,为创建中国现代新文学并使之进入世界文学之林，同文学革命先驱们一道积极地译介西方各种文学流派，特别对自然主义在某些时候尤为注重，表现了宏伟的气魄和冷静的批判精神，作出了独特的贡献，这是值得我们认真研究和重视的。

(1982.6.15)

注：

[1]（日）松井博光著《黎明的文学》第96页

[2]《我走过的道路》（上）第135页

[3][50]《自然主义的怀疑与解答》，1922.6《小说月报》第13卷第6号

[4]《自然主义的论战》，1925.5《小说月报》第13卷第5号

[5][6][8][21]《小说新潮栏宣言》，1920.1《小说月报》第11卷第1号

[7][26][64]《文学上的古典主义浪漫主义和写实主义》，1920,8《学生杂志》第7卷第9期

[9][10][14][16]《一年来的感想与明年的计划》，1921.12《小说月报》第12卷第12号

[11][41]《什么是文学》，1924年出版的松江暑假讲演会《学术演讲录》第2期

[12][20][34][35][46][49][52][61]《自然主义与中国现代小说》，1922.7《小说月报》第13卷第7号

[13]《一般的倾向》，1922.4《时事新报》附刊《文学旬刊》第33期

[15][17]《为什么中国今日没有好小说出现?》，1922.3《小说月报》第13卷第3号

[18]《通信》，1922.7《小说月报》第13卷第7号

[19]《语体文欧化问题和文学主义问题的讨论》，1922.4《小说月报》第13卷第4号

[22]《列宁全集》第31卷第253页

[23][55]左拉：《戏剧上的自然主义》，见《西方文论选》下卷

[24][32][40][42][51]左拉：《实验小说》，见《西方文论选》下卷

[25]泰纳：《〈英国文学史〉序言》，见《西方文论选》下卷

[27][68][69]《为新文学研究者进一解》，1921《改造》第3卷第1号

[28][29][31][33][37]《文学与人生》,1923年出版的松江暑期演讲会《学术演讲录》第1期

[30]《社会背景与创作》,1921.7《小说月报》第12卷第7号

[36]《别林斯基全集》第2卷第419页

[38]《文学和人的关系及中国古来对于文学者身份的误认》,1921.2《小说月报》第12卷第2号

[39]希真:《霍普德曼传》,1926,6《小说月报》第13卷第6号

[43]王道乾译《左拉》,1955年平明出版社版,第59页

[44]《对于系统的经济的介绍西洋文学的意见》,1920.2《时事新报》副刊《学灯》

[45]《评四五六月的创作》,1921.8《小说月报》第12卷第8号

[47]《"写实小说的流弊"?》,1921.11《时事新报》附刊《文学旬刊》第57期

[48]《乐观的文学》,1922.12《时事新报》附刊《文学旬刊》第57期

[53]《别林斯基全集》第3卷第419页

[54]别林斯基:《论俄国中篇小说》

[56]《人物研究》,1925.3《小说月报》第16卷第3号

[57]希真:《霍普德曼的自然主义作品》,1922.6《小说月报》第13卷第6号

[58]《杂谈》,1923.2《时事新报》附刊《文学旬刊》第65期

[59]高尔基:《我怎样学习写作》第11页

[60]卢那察尔斯基:《论社会主义现实主义》,见于永昌译《苏联作家论社会主义现实主义》

[62]《我们现在可以提倡表象主义的文学么?》,1920.2《小说月报》第11卷第2号

[63]《创作的前途》,1921.7《小说月报》第12卷第7号

[65]《"大转变时期"何时来呢?》, 1923.12《文学周报》第103期

[66][67][70]《新文学研究者的责任与努力》,1921.2《小说月报》第12卷第2号

茅盾前期的新小说观

小说艺术作为一种独立的文体,早已出现于中国文学发展的长河里,但封建文人一直把它当成不能登大雅之堂的“闲书”,长期被剥夺了在文学史上的“正宗”地位;具有划时代意义的五四文学革命,彻底推翻了传统的封建文学,并开始创建富有新的时代特色的现代文学的高楼大厦,从此小说艺术获得了新的生命和新的价值。不仅文体本身发生了巨大变革,而且小说创作得到了欣欣向荣的发展,且以新的风貌踏上高尚的文学宝殿,已成为现代文学大厦的主体。五四前后,鲁迅着重通过创作实践,为现代新小说的革新作出了巨大贡献,提供了极为丰富的小说艺术经验;茅盾着重于新小说理论的探讨,通过评价外国现代小说或评论我国文坛的新人新作或批评旧小说等文学实践活动,形成了具有系统理论色彩的新小说艺术观。

茅盾早就指出五四文学革命诞生的新小说不能仅仅看成是“白话小说”,因为以“白话”作成的小说不完全是“新小说”;实际上,他是在与“旧式章回体小说”、“不分章回的旧式小说”、“中西混合的旧式小说”(主要是鸳鸯蝴蝶派小说)等比较研究中,对小说的创作目的、思想内容、人物性格、结构形态、创作手法诸方面作了深入的理论探讨,从而显示出他的小说艺术观的新特征。

一

历史唯物主义的美学论,并非把艺术的本身看成是艺术的全部目的,艺术所包含的美的价值仅仅是其一种目的,更为重要的是社会功利目的和社会实用价值。茅盾一踏进文学艺术领域便深晓此理,反复强调文艺的社会功利作用。他正是遵循文艺的社会功利律,首先从创作态度上彻底划清了中国现代的新旧派小说的根本区别。他说:“我们要在现代小说中指出何者是新何者是旧,唯一的方法就是在看作者对于文学所抱的态度;旧派把文学看成消遣品,看作游戏之事,看作载道之器,或竟看作牟利的商品,新派以为文学是表现人生的,诉通人与人之间的感情,扩大人们的同情的。"[1]对文学所抱的何种"态度"集中体现了一个作家对文艺社会功利目的认识正确与否和深刻与否。茅盾所要求的新小说的功利价值,非是个人的狭隘的功利观念,而是崇高的为社会人生的为广大民众的乃至全人类的功利目的。他所希求小说艺术表现的人生,决不是一人一家的人生,乃是一社会一民族的人生[2];他所希求诉通的感情,决不止是为了表现自我内心的冲动,而是为着沟通人类感情;他所求扩大的同情,决没有一毫私心,而这种同情感"一定确是属于民众的,属于人类的"。[3]这种功利目的,虽然缺乏鲜明的阶级性,但同当时旧小说的反动功利论和"超功利论"来比。却具有强烈的战斗性,革命性和明显的进步性。

茅盾在五四前后的新文坛上,力倡和坚持新小说的功利目的,是符合时代的要求和民众的愿望,是同现代的旧派小说的"文以载道"观和"游戏"观针锋相对的。"载道"的旧小说虽然也主张"有为而作",强调功利目的,但它并非为着改造社会人生,为了沟通人类的共同感情,而是"替古哲圣贤宣传大道","替圣君贤相歌功颂德"、"替善男恶女认明果报不爽"[4]。从这一反动功利目的出发,中了毒的中国小说家抛去了真正的人生不去观察不去描写,"只把圣经贤传上朽腐了的格言作为全篇的'柱意',凭空去想象出些人事,去附会他'因文以见道'的大作"[5]。这说明"载道"派的小说违背了文学是生活反映的根本规律,"把真实的文学弃去"[6],只将小说作为封建宗法制度和思想的传声筒,当成给帝王将相涂脂抹粉的装饰品,作为宣传封建迷信思想的留声机。它虽然并不"非功利",然而这种功利目的只能起到维护封建旧秩序、巩固封建统治、麻痹人民斗争意志、毒化社会人生、阻碍历史前进的反动作用。如果说中国古典的"载道"派小说的社会功能并不完全是反动的,尚有一部分小说具有一定的进步作用,那么五四前后泛滥于文坛的现代"载道"派小说,基本同五四时代的反帝反封建精神背道而驰,其反动的功利作用是显而易见的。茅盾不仅深刻尖锐地痛斥了"载道"派小说所抱的反动功利的态度,而且对名士派、唯美派的"游戏"态度或"超功利"态度也进行严肃的全面的批判。名士派的文人把小说当作游戏或消愁遣闷的玩意,"以为是不关人生的色彩饰物"。在他们看来,人生做事都没有什么意义,一味地崇高风流落磊,专从空想,不务实际,信奉虚无主义,一切都带上游戏滑稽的色彩;反映在小说里的思想几乎"全是些游戏玩世的思想",比如描写男女恋爱原是极严肃的事情,可到他们笔下便成了"浪子的风流",既不正经又游戏玩笑,视恋爱与花酒一样,不过逢场作戏寻开心而已。在这种游戏小说观的指导下,人类的一切行为反映在作品里无不变成了灰色:“奋斗以求改善生活,是可敬的行为,然而名士讥之为‘俗’;谨慎小心,动必以礼,也是可敬的行为,然而名士讥以为‘迂’;哀怜被损害与被侮辱者,原是人类最高贵的同情,然而名士却笑为‘妇人之仁’。”茅盾认为“文学的最大功用,在充实人生的空虚,而名士派的文学作品,叫人看了只觉得人生是空虚的”,这样的小说对人类社会毫无益处,只可供给“一班废物去玩赏,与全社会的健康分子是没有关系的”[7],当时泛滥成灾的礼拜六派的小说大部分是这种游戏消闲的物品。所谓唯美派,不过是名士派的变种,他们痛骂小说的社会倾向“是功利主义,是文学的商品化”,崇拜“无用的美”,鼓吹“为艺术而艺术”,“满口自然美,满口唯美主义,其实连何谓美,何谓艺术,都不甚明了”[8]。如他们在《礼拜六》、《快活林》等杂志上,视唯美主义为时髦,一个劲地鼓吹“醉呀”“美呀”的滥调,高唱小说无目的论和超功利论;甚至创造社一方面与超功利的唯美派进行斗争,一方面也主张“为艺术而艺术”,要求“除去一切功利打算,专求文学的全与美”[9]。茅盾对唯美派的“为艺术而艺术”主张的批判,虽然未能对它可以抵制“文以载道”、冲破八股教条尚有一定的积极的历史意义加以肯定,但他却能从五四前后特定的历史范畴着眼,从新小说必须具有改造人生的功能出发,对唯美派的超功利论的危害性作了具体分析。“五四”前后正是我国社会发生大变动、思想界处于大变革的时期,人们迫切要求小说艺术为“人”的解放和社会民族的解放服务,为反帝反封建的新民主主义革命服务;而唯美派的“超功利”论对于这一重大的人生课题,“非特无益,反又害之”,“把国家兴旺大事,等之春花秋月”。总之,“文以载道”或游戏态度,虽然是中国旧小说中的“两个相对的极端”,一个并不“非功利”,一个却是超功利,但是这种似乎矛盾的现象,却掩盖不了它们共同的本质,即反对“文学的目的是综合地表现人生”[10],反对小说通过它本身的艺术规律为改造人生变革社会服务。

茅盾根据文学艺术的功利律,对新小说的社会功能提出一些明确要求,这就从小说创作的功利目的和指导思想上同现代旧派小说划清了界限:新小说必须为改造人生服务,必须“为人类服务”,决不能把它当成自我表现的手段,更不是高兴时的游戏或失意时的消遣,它彻底地从个人的小天地里和帝王贵阀手里挣脱出来,成了全体民众改造人类社会的武器,“是沟通人类感情代全人类呼吁的工具”[12]。虽然由于时代和认识的局限,茅盾当时对小说艺术社会功利的阶级性看不十分清楚，有点笼统含混，但是认真分析起来，他所强调的为人生服务或为人类服务仍有具体的阶级内容。他不是要求新小说为一般的特殊阶级即上层贵族统治者或一切人类服务，而是为包括城乡劳动者在内的普通的平民服务，也就是为被侮辱、被损害的人生服务。从这一最根本的功利目的出发，联系五四前后的时代背景，茅盾要求新小说：第一，“滋养我再生我中华民族的精神，使他从衰老回到少壮，从颓丧回到奋发，从灰色转到鲜明，从枯朽里爆出新芽”[13]，这就要求新小说应在焕发中国人民的精神面貌，振兴中华民族的解放事业中发挥特殊的功能。第二，在当时恶浊的社会里，“最大的急务是改造人们使它们像个人”[14]，因而新小说家“要在非常纷扰的人生中寻求永久的人性”，使小说真正成为解放“人”和改造“人”的“精神食粮”，它“不但使人欣忭忘我，不但使人感极而下泪，不但使人精神深相感通，而且使人精神向上，齐向一个更大的共同灵魂”[15]。这虽然是以人性说论述了新小说在改造“人”方面应发挥的作用，但在五四时期彻底摧毁封建意识的精神枷锁以争取“人”的解放斗争中，却具有相当的进步性。第三，无情地暴露旧中国的“毒疮”，反抗一切的压迫，剥穿一切虚伪，针砭“老中国的儿女们的灰色人生”[16]。这是要求新小说在暴露黑暗社会、对罪恶的反抗、对灰色人生改造方面发挥战斗作用。第四，“激励人心的积极性”，担当起“唤醒民众而给他们力量的重大责任”[17]；随着茅盾的文艺观的阶级色彩的加浓，他对新小说的功利要求具体了，指出“目前的使命就是抓住了被压迫民族与阶级的革命运动的精神，用深刻伟大的文学表现出来，使这种精神普遍到民间，深印入被压迫者的脑筋，因以保持他们自求解放运动的高潮，并且感召起更伟大更热烈的革命运动来”[17]，这便进一步指明新小说在无产阶级领导的新民主主义革命运动中所具有的崇高职能。第五，“现时代是人心迷乱的时代，是青年彷徨于歧途的时代”[18]，新文学家就应该像鲁迅那样在小说创作中“指引青年一个方针：怎样生活着，怎样动作的大方针”[20]，也就是为他们展示一条前进的光明之路。总之，茅盾所要求的新小说的功利是被压迫阶级的功利，是人民大众的功利，是革命的功利。这种功利是一种符合人类社会前进要求的崇高的艺术功利主义，是真正小说艺术美的坚实基石；如果新小说背离广大民众这个审美主体的起码的功利要求，它绝不会有长久的美学价值。正是从人民大众的功利主义出发，他既反对那种供少数人赏玩的贵族式小说，又反对那种标榜唯美、为艺术而艺术，实际包含着少数人最狭隘功利主义的消遣游戏小说，更反对那种鼓吹圣贤之道、歌颂帝王将相的带有反动功利

目的的小说。这是茅盾从对小说所抱的态度及其功利目的上，揭示了新旧小说的根本区别以及新小说的重要特征之一

二

由于对小说所持的态度和功利目的不同，因而现代新旧小说所表现的思想内容当然也不同。所谓小说作品的思想内容，应是思想与生活两者融合无间的统一，是一个生动的具体的自身完整的艺术形象，它是由作家所选择、加工过的一定生活方面、生活现象所组成，并为作家对生活的认识和感情所统摄，既是对现实生活在其本质的统一性与现象的丰富性相结合的形态上的把握与反映，又是对作家在提炼、构思过程中所寄寓的思想感情和美学理想的表现，而作家的思想感情和理想又可能相应地反映和集中着一定时代一定阶级人的思想感情和审美理想。通常以主题，题材、人物等概念来概括小说的思想内容。

在茅盾看来，小说的最神圣崇高的社会职能是为全社会、全民族、全人类，一言以蔽之为整个人生。联系五四前后的生活现实来看，最大的人生课题是反帝反封建以争取"人"和民族的独立自由解放。正因如此，所以新小说的题材具有深广性、真实性的特点。作为小说题材的社会生活本身，它的不同侧面的社会意义是不相同的，它们与生活本质、历史主流的联系有广狭深浅的差别，因而不同题材在思想容量上存在着客观的差别。一般说来，社会历史进程中的巨大事件，波澜壮阔的革命斗争比日常生活片断，往往更能集中而充分地体现出人生社会的本质及其发展趋势，有可能成为表现更深广的、具有重大社会人生意义的主题的题材。茅盾当时虽然不能明确地以无产阶级观点阐明新小说选材的重要性，但却能以革命民主主义思想指明取材的范围。他并不排斥新小说描写日常生活，然而他更重视关切社会人生的重大题材，为题材的选择开拓了既深且广的生活领域。归结起来大致有这样几方面：一是中国现时代背景下的社会生活，尤其重要的是那些被侮辱被损害的悲惨人生；二是"全社会的病根"，国民的"普遍弱点"[21]；三是"正当广东东江战云弥漫的时候"，可从火线上选取战争题材[22]；四是现社会上的轰轰烈烈的斗争可做"小说材料"[23]，如民众对"罪恶的反抗"等；五是农民的生活、城市劳动者的生活，特别是第四阶级即无产阶级的生活；六是知识青年的苦闷，等等。从题材的选取范围，最充分地体现出茅盾的审美意识的倾向性，他所关注的不是全社会所有的阶级，主要是被压迫被

奴役的挣扎在半封建半殖民地社会最低层的广大民众，以及那些暂时患有时代苦闷症的知识青年；他所关注的事件不是那些缺乏人生意义的生活琐事，而着重是那些与改造社会人生，争取个人的、民族的、阶级的解放有重大关系的“轰轰烈烈”的事情；这些题材不仅同全体人民和中华民族的命运联系在一起，而且也同五四运动开始的新民主主义革命息息相关。新小说的取材，不止是既深且广——即莫停留于人生的表面现象，应深入“堂奥”，开掘人生的本质，莫局限于“一个人”，要放眼于“全人类生活”[24]；而且选材要“真”，——即必须从生活出发，从真正经验了的生活领域里，特别要从第四阶级的生活里选材，进一步开掘悲惨人生的“血”和“泪”之所以造成的旧社会的“腐根”。不仅选材要“真”，而且新小说的最大艺术目标就是要达到“真”的境界，即“一方面要表现全体人生的真的普遍性，一方面也要表现各个人生的真的特殊性”[25]。可见选材的真实与否，关系到新小说的生命，也关系新小说与现代旧小说能否从根本上划清界限。

与新小说题材的深广性和真实性相反，现代旧小说的题材具有狭浅性和虚假性的特征。从辛亥革命到五四前后，中国半封建半殖民地社会的经济基础和上层建筑包括意识形态领域，已濒临全面崩溃全面解体，特别经过具有划时代意义的五四运动，马列主义和民主主义思潮在我国广泛传播，反帝反封建的民主主义革命洪流汹涌澎湃，荡涤着旧中国大地上的一切污泥浊水，不仅阶级、阶层、各社会势力以及人与人之间的关系正在发生着深刻变化，而且人们的思想意识，伦理道德也正在同封建传统观念、儒家学说背道而行。在这种历史背景下，现代旧小说的“载道”派仍然抱着古代旧小说的糟粕不放，无视现实人生的最大课题，把选材的范围囿于大官贵人之家，地主豪绅之门，才子佳人之群，遗老遗少之中，很少触及广大民众的日常现实生活，更不顾及那些反映着人生本质、体现着时代主流和方向的重大题材。它们大都不是从现实生活中攫取创作题材，而是为着替封建阶级唱挽歌、替大官权贵抹粉、替圣经贤传张目，“只知主观的向壁虚造”，“满纸是虚伪做作的气味”[26]。这说明“载道”派小说的选材背离了五四前后的社会背景和时代的主流，造成了题材的狭窄肤浅虚伪做作。至于现代旧小说的“游戏”派等，其“题材包括从才子佳人式的艳史到无奇不有的武侠小说”[27]，越发背离了五四前后绝大多数人的现实的真实的人生。他们把小说完全当成为趣味而趣味、为娱乐而娱乐的消闲与消遣品，当成人生的游戏，鼓吹什么：“买笑耗金钱，觅醉碍卫生，顾曲苦喧嚣，不若读小说之省俭而安乐也。读小说则以小银元一枚,换得新奇小说数十篇,倦游归斋,挑灯展卷,或与良友抵掌评论,或伴爱妻并肩互谈,意兴稍阑,则以其余留于明日读之。”[29]为达小说这种消极褊狭的职能,其题材范围大致为言情,宫闱、武侠、侦探、黑幕、滑稽等。它们不是根据美学的真实律从现实生活中提炼的,大都是凭借小说家的想入非非,施展猎奇的本领,以荒诞无稽、哗众取宠为胜,以致造成现代旧小说题材的狭浅性和虚伪性。

茅盾主张的新小说不仅在题材上同现代旧小说具有明显的差异,同时在主题思想的提炼上更有本质的不同。小说的题材与主题紧密相关,很难把它们之间关系所表现出的复杂形态分得一清二楚。一般说,题材是构成已规定了的作品内容的基本材料,是作品的基础,主要是属于小说内容的客观方面,它显示着小说所反映的一定生活现象的范围;主题思想则是作品所反映的一定生活现象的社会意义和作家对这种生活现象的认识与评价,是寓于小说艺术画面中的带有普遍性的东西,它反映着作家对生活本质认识的高度和政治倾向。正如高尔基所说:“主题是从作者的经验中产生,由生活暗示给他的一种思想”[29]。说明主题思想是与生动具体的题材密切结合、从形象中自然流露出来的思想。茅盾要求现代新小说表现的主题思想,具有先进性、深刻性和含蓄性的特点。他不是站在一般的民主主义立场上看待小说主题思想的变革,而是站在含有无产阶级思想因素的革命民主主义的思想高度,从新文学的革命功利目的和改造人生的社会职能出发,来认识和论述新小说的主题思想的:其一,他认为新小说是“时代的反映,社会背景的图画”,因而或隐或显地必然含有对于当时旧社会罪恶进行反抗的意思和对于未来光明的信仰,指出新小说不仅要有暴露的主题,而且也应有歌颂的主题。这是由现实社会生活的客观辩证法决定的。五四前后的社会背景,“从表面看,经济困难,内政腐败,兵祸,天灾”,人民处于水深火热之中;但是从本质来看,被压迫被奴役被侵凌的中华民族正在觉醒,反帝反封建的怒火越烧越旺,痛苦中孕育着希望,斗争中包含着胜利。新小说创作既要揭露半封建半殖民地社会的吃人本质及其腐败黑暗的“病根”,又要“隐隐指出未来的希望,把新理想新信仰灌到人心中,这便是当今创作家最重大的职务”[30]。他当时所说的“新理想新信仰”,主要指革命民主主义和人道主义,并非科学社会主义,不过随着革命的深入发展和茅盾加入中国共产党,“新理想新信仰”的阶级性质也在逐步起变化。正因为如此,所以他指出新小说的“积极责任把德谟克拉西”透过形象予以显现,使作品放出平民精神光辉[31],具有人道主义精神，光明活泼的气象[32]。描写青年"烦闷"生活的小说，它应该是"现代青年心力的结晶，良心的呼声"，从艺术画面的"字缝里隐隐"地表现出"他们对旧习惯的反抗精神，对于新理想的追慕，以及宝爱自己刹那时的感情，努力要创造的诚意"[23]，并要把"光明的路指导给烦闷者"[34]；"新思想要求他们（作家）注意社会问题；同情于第四阶级，爱'被损害者与被侮辱者'"[35]，因之这类小说应"含有广大的爱，高洁的自己牺牲的精神"[36]。不仅要通过他们的不幸遭遇和悲剧命运，无情抨击吃人的黑暗社会制度及其反动思想意识，而且要表现出他们的不安于奴隶地位的反抗情绪和向往"善美的将来"的乐观精神，反映他们以"钢一般的硬心，去接触现代的罪恶"，以"几乎不合理的自信力，去到现代的罪恶里看出现代的伟大来"[37]。唯有这样，新小说才能真实地揭示现实人生的本质，展示历史发展的趋向，体现五四前后的时代精神，故它的主题思想具有先进性和深刻性。又由于茅盾强调新小说所表现的人生不是个人的局部的而是全社会的，所表现的思想感情不纯是作者个人的而是全体国民的全人类的，强调"描写全社会的病根"，或抒写全民众的思想感情，"便不得不请出几个人来做代表"[38]，也就是通过个别表现一般，将具有普遍意义的主题思想寓于典型的艺术画面之中，因而这便给新小说的主题思想带来含蓄性的特征。他认为主题思想的表达，决不能游离于艺术画面之外，更不能以抽象议论的方式喊出来，必须遵循小说艺术本身的规律，透过活生生的形象隐隐地暗示出来。他赞美鲁迅的小说《一件小事》的主题思想表达得"极明显"，然而"这里，没有颂扬劳工神圣的老调子，也没有呼喊无产阶级最革命的口号，但是我们却看见鸠首囚形的愚笨卑劣的代表的人形下面，却有一颗质朴的心，热而且跳的心"；鲁迅在小说里决不"板起脸教训"青年，而是通过艺术美感作用，"指引青年应该如何生活如何行动"[39]。

新小说主题思想的先进性、深刻性和含蓄性的特征同现代旧小说主题的陈腐性和单薄性特征形成鲜明的对立。由于大部分现代旧小说作家不是立足于时代的高度，以符合时代的新思想来认识评价生活并从而提炼主题，而是站在封建阶级卫道或资产阶级为艺术而艺术的立场上，一切从"文以载道"或游戏消闲的反动消极的功利目的出发，因此旧小说所表现的主题思想，大都具有没落陈腐、单薄浅窄的特征。它们不是社会人生的真实的本质的反映，或者"凭空去想象些人事"，借以宣扬忠孝节义的封建观念，为腐朽没落的贵族阶级唱挽歌，如"称赞张天师的符法，拥护孔圣人的礼教，崇拜社会上特权阶级的心理"；或者

“把人生的任何活动都当作笑谑的资料”[40]，几乎“全书涂满了灰色”，因之“思想方面自然也是卑鄙不足道，言爱情不出才子佳人偷香窃玉的旧套，言政治言社会，不外慨叹人心日非世道沦夷的老调”，他们“虽然也做人道主义小说，也做描写无产阶级穷困的小说，而其结果，人道主义反成了浅薄的慈善主义，描写无产阶级穷困的小说反成了讪笑讥刺无产阶级的粗陋与可厌了”[41]。当时泛滥于文坛的“礼拜六”派的小说大都属于这类货色：写哀情，往往是“有情人不能成为眷属”而抱所谓“终天之恨”，或宣扬宿命论或赞美封建道德或鼓吹悲观厌世主义；写社会，不是谴责而变为展览丑恶，使这类黑幕小说成了教唆吃喝嫖赌、杀人放火、奸淫拐骗的教本；写历史往往热衷于宫闱秘史之类的香艳猎奇的东西；写武侠常常宣扬炼丹修道、神魔鬼怪之类的迷信思想等等。实质上，这些以欣赏兽欲鬼窟、醇酒艳妇为特色的小说所宣泄的，不过是带着改良色彩的封建道德和笑骂一切的虚无主义、玩世主义。正是茅盾所指出的：“恋爱是人间何等样的神圣事，然而一到‘风流自赏’的文士笔下，便满纸是轻薄口吻，肉麻态度，成了‘诲淫’的东西；言社会言政治又是何等样的正经事，然而一到‘发牢骚’的‘墨客’笔下，便成了攻讦隐私，借文字以报私怨的东西”。这种小说是中了“书中自有黄金屋，书中有女颜如玉”的毒，中了“拜金主义”的毒，它们是“真文艺的仇敌”，是“摧残文艺萌芽的浓霜”[42]。这不仅深刻地揭露了现代旧小说主题思想的陈腐性、浅薄性，而且说明了这种小说对改造社会人生、对新文学发展所产生的严重危害性，它同茅盾所要求的新小说的主题思想有着本质的区别。

小说的主题不以思想的抽象形态存在，它是融贯于具体的形象中；而在小说的艺术画面中的人物形象又是具有核心地位。这是因小说艺术反映的对象，是作为社会本质与其丰富多彩的表现相统一的生动完整的现实生活，故带有时代、民族、阶级、个性特征的活生生的人，总是作品反映的中心对象。可见，描写怎样的人物，塑造什么形象，不止是决定着小说作品的内容实质，并且关系到小说的生命、价值、性质等问题。小说以什么人作为主人公是小说发展史上的一次革命，它是检验五四前后现代新旧小说的重要试金右。鲁迅曾指出：“古之小说，主角是勇将策士，侠盗赃官，佳人才子，后来则有妓女嫖客，无赖奴才之流”[43]。经过五四文学革命，小说的主角才开始发生带有根本性的变化。不过充斥五四前后文场的现代“礼拜六”派的大部分小说，却对“古之小说”的糟粕加以恶性发展，而把它的现实主义传统丢掉了，几乎所有小说的主人公大都是些将相侠客、达官贵人、遗老遗少、淫妇痴女、纨绔子弟、风流才子、牛鬼蛇神等，即使出现些劳动人民，不是被置于配角地位，就是被歪曲成奴才或滑稽小丑。由于现代旧小说家把小说看成“载道”的工具，因而在他们笔下出现的人物不是源于现实生活，而是根据宣扬封建道德或某些概念的需要，凭主观的搜索东拼西凑，虚造成一些“道德”的传声筒或某种“概念”的化身，好的绝对好，是某种“理念”的高级标本，坏的绝对坏，仿佛假丑恶集于一身。这些人物没有鲜明的活生生的个性特征，也没有复杂的心理活动，更谈不上是典型环境中的典型性格，单一性、理念化则是它们的主要特色。现代旧小说的人物不仅具有单一性的特征，而且富有荒诞性的特点。为了单纯地追求小说的娱乐性和趣味性，他们笔下的人物可以不受现实生活逻辑和人物性格逻辑的制约，随意的丑化，随意的美化，随意的神化，特别那些侠客、侦探形象被写得神乎其神，仿佛是一些不食人间烟火的“怪物”，甚至达到极其荒诞的程度。因为旧小说中的人物只是为着“载道”或消遣的需要，它不必从社会的复杂的人生关系中观察分析一切人、一切阶层、阶级和集团，提炼并创造各种具有鲜明个性的人物形象；只要从古代小说、野史、笔记等抄袭下来，加以改头换面，或者从外国小说如《福尔摩斯探案》等照抄照搬过来，加以涂脂抹粉，便构成了稀奇古怪的人物系列。所以，现代旧小说人物的雷同化、公式化的倾向特别严重，很难看出什么独创性，只见陈陈相因，大同小异。

茅盾站在彻底革除现代旧小说的弊端、创造综合表现人生的新小说的立场上，不仅揭露了旧小说在人物塑造上的种种劣点，而且对新小说人物的创造提出了一些精辟的见解，在中国现代小说发展史上具有开拓性的意义。由于他深刻地认识到新小说必须真实反映人生，特别要表现被损害者与被侮辱者的悲苦人生，因而小说的主角不再是那些贵族特权阶级的人物或什么才子佳人、侠盗赃官，应该是平民阶层的广大民众，是那些普通的老百姓，其中当然包括无产阶级和农民阶级。这些人物以主人公的姿态出现在小说创作中，在一定程度上体现了新文学的发展方向，标志着小说艺术发生了根本性的变化。为了强调新小说的描写对象，他在《创作的前途》等文中，对“现社会中人”即普通的中国人，从思想范畴划归“三流”，作了具体分析，指出“创作家很应该把上述形成社会的三流人们的思想行事，细细描写，在各方面都创出伟大的著作来”。他所要求新小说塑造的普通人形象，作者必须怀有平民主义和人道主义精神，不仅要写他们身上的弱点，同时也要写出他们身上的美点，不仅要写出他们的苦难遭遇，而且要隐隐指出来来的希望，决不能以玩弄和游戏的态度来歪曲和丑化他们。茅盾曾批评过去旧小说虽有些描写普通老百姓的生活和思想的小说,但大都“写坏了,把忠厚善良的老百姓,都描写成愚骙可厌的蠢物,令人诽笑,不令人起同情。严格说来,简直没有一部描写中国式老百姓的小说,配得上称为真的文学作品”。塑造这样完整的普通人形象,要开掘社会各种错综关系在人物身上的影响,并力求透过人物的复杂性格反映出现实人生的更多的本质方面,从而使其概括更广的社会内容和具有普遍的社会意义。茅盾当时曾指出阿Q这个人物的广泛深刻的典型意义,说:“阿Q这人,要在现社会中实指出来,是办不到的,但是我读这篇小说的时候,总觉得阿Q这人很面熟,是呵,他是中国人品性的结晶呵!……而且阿Q所代表的中国人的品性,又是中国上中社会阶级的品性!”[44]新小说的主人公既然应该具有复杂的性格特征,那就必须努力创造个性与共性相统一的典型形象。稍后茅盾在《人物的研究》一文中对此论述得比较深刻,他认为:人物的职业特性、阶级特性、性的特性、特种人的特性、民族的特性和地方的特性,这“种种特性是许多人共有的类性,而不是某人所特有的个性。如果作家只描写他的类性,而不于类之外再描写他的个性,那么我们就得不了一个典型人物”;尤为可贵的是,他指出要写出人物的阶级特性,“因为所属的阶级不同,人们又必有阶级的特性”,而阶级特性并不像“职业的特性是显而易见的”,它比较“隐伏些”,作家必须深入开掘,“高尔基对于无产阶级的描写,算是顶成功了”[45]。正是从这一先进的典型原则出发,他要求新小说的人物形象既要有共性,又要有鲜明的个性,在社会人生的各种错综复杂关系中创造出具有真正的复杂的性格特征的典型,茅盾当时便指出鲁迅《呐喊》集中的主要人物形象即是这种典型。新小说要创造具鲜明个性的典型形象,他最忌恨当时雷同的恋爱小说,因为“他们所创造的人物又都是一个面目,那些人物的思想是一个样的,举动是一个样的,到何种地步说何等话,也是一个样的。不但书中人物不能一个有一个的个性,竟弄成所有一切人物都只有一个个性”,这样的恋爱小说实在是“摹拟的伪品”[46]。茅盾认为要克服小说人物塑造的模式化、公式化的倾向,最重要的是作家应发挥独创精神,真正从现实生活出发,充分运用“观察的能力和想象的能力”,坚决反对闭门抄袭。“如果关在一间小屋子里,日夜读小说,模仿着做,便真有创造天才的人也做不出好东西,何况没有天才的人呢。模仿的作品中的人物大都是借来,不是自己创造的”,因此“大都只能偷得一个样式,而作品的人物决不能只是一个”,象这种“一篇作品的许多人物都只是一个模型里的产物,这还能有什么活气”[47]?

为塑造具有鲜明个性的性格内容复杂的典型形象,茅盾特别重视社会环境对人物形成的作用,因而他强调写好典型环境。他认为,作为新文学的重要品种小说艺术的“背景是社会”的,而社会环境“在文学上的影响非常厉害”,“在上海的人,作品总提着上海的情形;从事革命的人,讲话总带着革命的气概;生在富贵人家的,虽热心于平民主义,有时不期然而然的有种公子气出来”,故“一个时代有一个环境,就有那时代环境下的文学”[48]。由于社会环境对文学有如此密切关系,所以作家不能把小说描写的人物看成是脱离环境而存在的“超人”,或者视为主观抽象物,应看到他是错综复杂的人生关系所形成的社会环境的产物,它的性格不单单是自然属性,更主要是打着时代的社会的阶级的烙印,因此小说的典型社会环境的描写,是关系到能否刻划出典型性格的关键一环。茅盾当时曾批评“描写学校生活的小说和描写无产阶级生活的小说竟差不多,其中的人物是一样的”,缺乏个性特征,性格内容也比较“单调”其“真正原因还是作者的环境相仿佛”[49],即没有写好形成典型性格的典型环境。这不仅指明了写好社会环境对塑造具有个性特征的人物关系重大,而且也说明了环境描写和人物描写在新小说创作中具有极为重要的地位,即“小说的骨干却在有‘人物的个性’,和‘背景的空气’。没有这两者,该篇小说的著作是多事。换一面讲,要一篇小说出色,专在情节布局上着想是难得成功的,应该在人物与背景上着想”,因此“人物的个性和背景的空气愈显明愈好”[50]这是何等精到的见解!

综上所述,可以看到茅盾对新小说思想内容的认识同现代的旧小说有着本质的区别,他对旧小说流弊的批判是尖锐的深刻的,对新小说的见解基本上是正确的,颇有深刻的独到之见,在很大程度上反映出他的新小说观的革命的、战斗的、现实的、独创的特色。

三

创造新小说,思想内容固然要紧,“艺术更不容忽视”[51]。茅盾不仅对小说的内容革新作了深入的探讨,而且对艺术形式改革也进行了具体研究。他认为“结构(指情节)、人物、环境三项是一篇小说的显明的构成材料”[53]。如果在小说形成过程中尚未找到恰当的形式将它们组织起来时,那就不存在确定的内容,只存在可能构成小说的基本材料。所谓恰当的艺术形式,首先就是遵照生活自身的规律,发掘出事物之间的内在联系,从而根据主题的需要,从材料中选择必要的成分加以适当组织,即赋予材料一定的结构。可见结构是小说艺术形式的重要因素,它是把性格不同人物的相互关系、特定关系所形成的情节、环境和细节等,有重点而又协调、匀称、完整地加以巧妙组合,以便准确、充分、完善地表现主题思想的重要艺术手段。

不同的创作意图,不同的主题思想,规定作品的不同的结构,不同的形象的组织方式。如果说,古典小说的章回体结构曾筑成《红楼梦》、《水浒传》、《三国演义》等几部杰作,在组织情节和场面来揭示人物性格,从而表现主题方面,起过重要作用的话;那么,这种章回体结构到了现代旧小说家手里,由于他们死抱住"文以载道"和"游戏消闲"的创作目的不放,彻底"抛弃了真实的人生不写不察",完全依据宣扬封建道德和娱乐消遣的需要,把胡编假造的"人事"硬塞进章回体的格式里,抹杀了章回体结构形态的某些长处,却使它固有的弱点得到恶性发展,形成了旧小说结构形式的程式化、僵死化、单一化,不仅"束缚了作者的自由发挥",破坏了艺术形式的美,而且把小说艺术引进了死胡同。茅盾对现代旧派小说结构的流弊作了具体揭露:第一种是沿用旧章回体长篇小说结构,每回书的字数大略相等,回目要用一个对子,每回开头必用"话说""却说"等字样,结尾必用"要知后事如何,且听下回分解",并附两句诗;全书完全用商家"四柱账"的办法,笔笔从头到底一老一实地叙述,以能交代一切人物的结局为高手;对于小说中并行的几件事,往往又学劣手下围棋的方法,老老实实地从每个角做起,棋子一排排向外扩展,用这种呆板的手段造成所谓"穿插"的章法,每回末尾故作惊人之笔,使读者大吃一惊。对于这种程式化的结构,现代的章回体小说家尊为"义法",一味模仿,以至丑态百出。第二种是"不分章回的旧式小说"和"中西混合的旧式小说"结构,既沿袭了旧章回小说的结构法,又抄袭西洋小说的结构法,它们虽然废去章回体结构的某些法式,但就总的"布局而言,除少有改变外,大关节尚不能脱离离合悲欢终至大团圆的旧格式,仍旧局促于旧镣锁之下,没有什么创作精神"。第三种是短篇居多,虽然学到"西洋短篇小说里显而易见的一点特别布局法"[53],但从总的方面来看仍然不能完全摆脱僵死的章回体结构的桎梏。现代旧小说的结构不仅具有程式化、单一化的特征,更为严重的是"末后必有个大团圆"[54]的结局。这种形式主义的结构方式损害了小说情节的典型化,违背了现实主义创作原则。它不是根据社会生活的客观规律合理地构思小说的结构,而是完全出于作者的主观意图的需要,它在客观上掩盖了半封建半殖民社会各种尖锐的矛盾,造成作品的虚假性。

茅盾认为，现代新小说的创作目的和表现的主题同现代旧小说是根本不同的，它要求作者完全从现实人生出发，综合地表现人生并发挥改造社会人生的功能，而透过形象所展示的思想倾向不再是没落阶级的腐朽思想意识，乃是体现时代精神的新思想。因此，新小说必须根据新的创作目的和新的思想内容的要求，采取与之相适应的结构形式。如果说旧小说的结构形式具有程式化、单一化的特征，那么新小说的结构形态则应具有灵活性、多样性的特点。这是因为新小说是根据表达主题的需要，真正遵照生活的本来面貌和不同人物相互关系合理安排情节结构的，而生活本身及人与人之间关系又是纷纭复杂、千形百态，故它的结构形式必然具有很大灵活性，决不能依照僵死不变的结构形式硬套丰富多采的生活和多种多样的人物。茅盾非常重视小说“人物的串合”即合理安排结构。他认识到人物是构成新小说的核心，结构就是“怎样串合这些人物”，如何使这些人物合乎生活逻辑地“互相发生关系”；而反映现实人生的“小说中的人物，有主人与仆婢，有情人与情敌，有债户与债主，地主与佃农……他们的地位是相对的，生活是相反的，作家要把他们之间的关系支配得好，实在不容易的”。因此必须发掘出这些处在相对地位的人与人之间的内在联系，“按照书中各人物的身份而使他们在极自然的动作下发生彼此间的关系”，采取合理的灵活的结构态式。否则，将会“闹了大笑话”，那些“车载斗量的‘才子佳人’式的旧小说，差不多全犯了人物串合不得其法的毛病”[55]，其主要原因在于违背了生活本身的固有规律和人与人之间的真实关系。与新小说结构的灵活性相联系的则是它的多样性，这与旧小说的结构程式化所造成的单一性正好相反。他认为“宇宙间森罗万象都受一个原则的支配，然而宇宙万物却又莫有二物绝对相同”[56]。既然宇宙万物显现出“多样统一”的形态，那么作为忠实反映人生的新小说的结构必须服从“多样统一”的原则，这样才能表现复杂丰富的生活内容，展示人物丰满完整的性格，单一僵死的结构是绝对不能胜任的。鲁迅小说的结构形式是多种多样、变化多端的，当时茅盾赞美说：“在中国新文坛上，鲁迅君常常是创造新形式的先锋：《呐喊》里的十多篇小说几乎一篇有一篇的形式，这些新形式又莫不给青年以极大的影响”[57]，这不仅说明了鲁迅根据“多样统一”的美学原则在写作实践中创造了多样化的结构形态，为中国新小说的发展作出了独特贡献，而且也表现出茅盾在理论上对新小说的结构艺术提出了十分正确的见解，它对于指导新小说的创作起了不可低估的作用。正由于他重视新的结构形式的创造，所以不止是对现代旧小说的僵死化结构予以揭露，并且对新小说创造中的结构公式化的倾向也给以批评。他在《一般的倾向》中指出："描写男女恋爱的短篇小说，差不多都是叙述男女两个学生怎样在公园相见，怎样的通信，大谈其男女解放，怎样相爱起来，怎样的成为美眷，或者受父母的逼迫而不能如愿"等。像这样公式化的单调的"内容布局"，既不能真实地"反映人生"，又欠少"艺术上的价值"，其根本原因在于尚未通过实地观察从生活出发来安排结构。"因为从客观方面说，天下本无绝对相同的两件事，从主观方面说，天下亦决无两人观察一件事而所见完全相同的"。这种基本上达到了辩证唯物主义的认识，是他强调艺术结构灵活性和多样性的思想基础。

为使新小说真实地表现人生的丰富内容、揭示人物性格的复杂性，彻底清除现代旧派小说的流弊，纠正新派小说创作的缺点，茅盾在艺术表现上力倡"客观的描写"手法。这是在描写手段上同旧派小说划清了界限。他认为，现代旧小说没有真正意义上的描写，小说中"一个人物第一次登场，必须用数十字乃至数百字写零用账似的细细地把那个人的面貌、身材、服装、举止，一一登记出来，或作一首'西江月'，一篇'古风'以为代替"；又"喜欢详详细细叙述每一件事的每个动作，而不喜——恐怕实在亦即是不能——分析一个动作而描写之"。读者"看了这种'记账'式的叙述，只觉得眼前有的是个木头人，不是活人，是一个无思想的木人，不是个有头脑能思想的活人；如果是个活人，他做这些动作的时候，全身总该有表情，由这些表情，我们乃间接的窥见他内心的活动。须知真艺术家的本能即在能够从许多动作中拣出一个紧要的来描写一下，以表见那人的内心活动；这样写在纸上的一段人生，才有艺术价值，才算是艺术品！须知文学作品重在描写，并非记叙，尤不取'记账式'的记叙；人类的头脑能联想，能受暗示，对于日常的生活有许多地方都能闻甲而联想及乙，并不待'记账式'的一笔不漏，方能使人觉得亲切有味。现代的章回小说体派小说，根本错误即在把能受暗示能联想的人类的头脑看作只是拨一拨动一动的算盘珠"[58]。这段精辟的论述，深刻地说明了坚持"记账式"的叙述还是采取描写手段，并不是单纯的表现方法问题，而是直接关系到能否成功地塑造小说的人物形象问题，关系到对广大读者究竟采取什么态度的问题。运用记账式的叙述只能写人物的一些琐碎的外在动作，并不能揭示人物的本质特征和内心世界，所以给读者的印象不是现实生活中提炼出的有血有肉的活人，大多是一些没有思想灵魂缺乏鲜明个性的木头人；采取描写的手段，不仅要选择一些足以表现人物性格特征的动作加以细致的描写，而且要透过外在表情的描写来展示人物的内心活动，并为读者留下自由驰骋的想象余地，这样刻划的人物才能具有立体感，才是跃然于纸上的栩栩如生的活人。茅盾并不是一般地反对叙述，他所反对的是把活人写成木人，撇开现实人生全靠杜撰的记账式的叙述，因为这种“叙述”根本创作不出有价值的小说。

由于塑造人物是创造新小说的重心，所以描写手段主要用于人物的描写。至于如何运用描写手段写好典型人物，茅盾作了具体的探索：第一，小说的人物大凡分“静的人物和动的人物”。所谓“静的人物”，即在作品中一出现就定了形，直到情节结束性格也不发生大的变动；所谓“动的人物”，即不定型的发展中的人物，随着小说情节的发展，其性格有个演变的过程。对于前者，必须描写出他“如何应付各种环境”，从而在他与周围环境的接触和冲突中揭示其性格特征；对于后者，则“描写许多不同的环境或事变如何影响而变成一个性格”，也就是要求作家在复杂的矛盾冲突中描写人物的成长或转变。这实际上，触及到如何描写出典型环境中的典型人物的问题。第二，小说家描写人物，有写人物一生的，有写人物的半生的，也有只写人物生活的一片断的。如果作家是描写人物一生的，应展示“一个人格成长的全历史”，特别应指出“这个人格在发展的途程中究竟遇到什么助力与阻力”，进而揭示出是“怎样的环境与事变交互影响于此人格的形成”，这样便要求小说的情节逻辑发展和人物性格逻辑发展取得“步骤一致”；如果作家只写人物的半生经验，那么尤其“应暗示此人物前半生经验对于他现在性格有如何的影响”，这样“那人物方是活的立体的，不是死的平板的”。第三，在一部小说中不能仅有一个人物，多的有数十，少则也有五六个；如果这些人物都是相似的思想性格，便显得单调了。因此，作家创造人物时，必须“注意人物个性的相反”，形成鲜明的对照。可以从这种对照描写中，从“他们的极繁杂的关系中”，相互映衬，进一步展示人物的性格特征。第四，描写人物的方法，小说家可以用简笔，也可以用工笔，只要他手段好，一样的能传神，关键在于能否“传神”上。所谓“简笔”，即传神写意的白描手法，它不同于不分巨细地像流水账式的叙述；所谓“工笔”，即抓住足够显示人物本质特征的外形动作或表情，进行精雕细刻的精心描写，茅盾认为刻划人物，“用简笔以传神，比较的不容易，倒不如工笔描写来得妥当，容易见好”；而工笔又有两种方法：一是直接描写法，即“分析描写”，将人物的思想性格加以分析解剖，写得“愈详明愈好”；一是间接描写，又名“戏剧描写”，即作者对于“人物的思想性格不用抽象的话来说明，只着意描写该人物的动作，读者自去从动作中寻求该人物的思想性格”，或者“借书中别的人物的议论作旁面的表现,也可以”[59]。第五,不论描写人物的国民性或青年人的烦闷,都要透过鲜明个性的描写来揭示其思想性格的本质复杂性,不能使描写流于表面化和绝对化。比如描写青年的烦闷,“真应该有一部小说描写出在‘水深火热’之下的青年,不惟不因受了挫折而颓丧,反而把他的意志愈炼愈坚,信仰愈磨愈固,拿不求近功信仰真理的精神,去和黑暗奋斗”[60]。再如描写中国现代人的国民性,不仅要真实地写出“弱点”,而且也要写出“美点”这样才能描写出具有典型性的艺术形象。茅盾这些以描写手段来刻划小说人物形象的见解,今天看来也许是一般的写作常识了,但是在五四前后的新小说初创期,显得何等的精妙、独到而新鲜!

茅盾提出的新小说“重在描写”,不仅仅着眼于方法论,他是作为创作原则大力提倡的,不只是主张一般的“描写”,主要强调“客观描写”。他认为这种“客观描写”是持“纯客观的态度”,最大的好处是“真实与细致”,比如一个动作可以分析地描写出来,“细致严密,没有丝毫不合情理之处”,这恰好同现代旧小说的“记账式”叙述法或不合情理的描写法相反,它是达到写实主义的“最大的目标是‘真’”的重要手段。采取这种“客观描写”,既是根治旧派小说的“游戏消闲的观念”和“向壁虚造”的荒诞无稽弊病的对症药,又是校正旧小说的“记账式”叙述法和新派小说作者在“技术方面颇有犯了和旧派相同的毛病”的最佳良方。由于现代旧派小说的“记账式”的叙述法是建立在“游戏消遣的金钱主义的文学观念”和主观唯心主义思想基础之上,所以极力排斥“客观的描写”;因为新小说的“客观描写”是建立在“为人生”的文学观念和唯物主义的思想基础之上,所以不但反对旧小说的脱离现实人生的“不忠实的描写”,而且坚持“必须事事观察”,以达“表现全体人生的真的普遍性”和“真的特殊性”。可见“客观的描写”是以“实地观察”为前提的。唯有采取客观描写和实地观察的态度,才有可能做到:“小说家选取一段人生来描写,其目的不在此段人生本身,而在另一内在的根本问题”,也就是通过对一段人生的真实描写,小说可以揭示出更深广的带有规律性的社会本质问题。现实主义大家巴尔扎克、福楼拜等人,非常重视“实地观察,描写的社会至少是亲身经历过的,描写的人物一定是实有其人的”;现代中国的新派小说家之所以有些人在表现技术上犯了同旧派一样的“不能客观的描写”毛病,主要原因是“不曾实地观察”。虽然有些青年作者,“新思想要求他们注意社会问题,同情于第四阶级,爱‘被损害者与被侮辱者’,他们照办了,他们要把这种精神灌到创作中”,但由于“他们对于第四阶级的生活状况素不熟悉”,即使“手段怎样的高强”,“勉强描写素不熟悉的人生”,“总要露出不真实的马脚来”,甚至因为对第四阶级中人的心理很隔膜,故描写心理时“往往掺杂许多作者主观的心理,弄得非驴非马”[61]。正由于通过“实地观察”进行“客观描写”对于创作新小说如此重要,所以茅盾强调作家必须亲自到第四阶级中去体验生活,到民间去经验,否则“现在的‘新文学’创作要回到‘旧路’”[62]。这实际上为新小说的创造指出一条唯物主义创作路线,并在一定程度上暗示出新文学必须为工农的发展方向。

四

五四文学革命在中国文学发展史上是一场空前深刻而广泛的革命,不论是诗歌领域、戏剧领域或小说领域,都发生了带有根本性的变革,从文学思想到文学创作均取得了辉煌的成果,为我们现代文学的发展奠定了坚实基础,并提供了新鲜经验。其中小说艺术革新的成就,或理论探讨或创作实践都表现得相当显著。从创作看,鲁迅、叶圣陶、冰心、郁达夫等在小说艺术的革新方面作出了独特的贡献;从小说理论的探讨方面,写出了一批有一定理论价值并在实践上产生过积极影响的文章,如胡适的《论短篇小说》、刘半农的《诗与小说精神上之革新》和《中国之下等小说》、志希的《今日中国之小说界》等。它们或对充斥于当时文坛的现代旧派小说作了一定的批判,或对小说的发展作了一些探源,或对新小说的基本特征作了论述,其中《今日中国之小说界》一文充满了破旧立新精神,写得比较有分量。虽然它们在小说领域革命中起过不可忽略的作用,但是它们对现代旧派小说的批判或对新小说的建设,总嫌理论的先进性、战斗性、深刻性不足。五四文学革命发展期跃上论坛的茅盾,对于小说艺术的革新,从理论的角度作了广泛而深入的探索,写了很多专论、评论、评介,形成了自己的新小说观。同前驱或同时代作家的小说论相比,显得他的新小说观比较先进、完整、系统,且富有革命性和战斗性的色彩。

精神的堡垒需要精神的武器去摧毁。现代旧派小说主要指鸳鸯蝴蝶派(黑幕派、礼拜六派)等。它们当时成了五四前后小说领域进行彻底文学革命的最顽固的桥头堡,因而能不能摧毁这个旧精神堡垒已成了能否创建新小说艺术的带有关键性的战役。在这场批判现代旧派小说的战斗中,茅盾以《小说月报》、上海《文学旬刊》等为阵地,以先进的小说理论为思想武器,写了不少有深度有广度有分析有说服力的文章。不仅从旧派小说的创作动机、思想内容、艺术形式等方面进行了具体的批判，而且还从作者的极端利己主义世界观、作品的消极社会效果以及对小说艺术的严重危害等方面作了深入的挖掘。这对于清除旧小说的流弊、为新小说的发展铺平道路，具有强烈的现实意义。可见，茅盾的新小说观具有彻底破旧的战斗特色。

破旧是为了立新。在新小说的创建过程中，有没有一种先进的小说理论作指导，其成效是大不一样的。有了先进的理论指导，如同创作道路上有了明灯。方向明确了，既能同旧小说划清界限，保证新小说的发展速度和质量，又能减少盲目性，少走弯路或不走弯路，尤其在鸳鸯蝴蝶派小说泛滥的五四前后，先进理论的指导更为迫切和重要。茅盾对新小说艺术的社会功能、同人生和时代的关系，思想内容方面的题材、主题、人物、环境等具体特征，以及艺术形式方面的结构形态、表现方法甚至创作原则等，都作了深入的探讨，提出一系列比较正确的切实的见解，并以此为准则对当时的新小说创作进行了具体评述，尤其对鲁迅的小说作了充分的肯定。这不仅对新小说的创作实践具有理论的指导意义，为新小说艺术树立了楷模，即使对今天的小说创作也大有裨益。可见，茅盾的新小说观又具有立新的先进特色。

在我们对茅盾前期的新小说观作了肯定性的评价的同时，也应该指出它的明显的历史局限性。主要表现在：其一，茅盾以新小说理论对鸳鸯蝴蝶派等现代旧小说进行了比较彻底的深入的批判，在大方向上是正确的，并且也作了一些具体分析，如对古代的章回体就没有完全否定、对“中西混合的旧式小说”在布局方法上也作了一些肯定等。但总的来看，他当时的批判并未完全达到历史唯物主义思想高度，严格说来尚存在一定的片面性。曾有人指出：“五四运动以后，本来对一切非文艺形式的文字，完全予以否定的。而章回小说，不论它的前因后果，以及它的内容如何，当时都是指为鸳鸯蝴蝶派”。[63]茅盾对现代旧派小说虽然尚未达到绝对否定的程度，但总使人感到具体的历史的分析评判不够。现代旧派小说拥有庞大的作者队伍，创作编辑的报刊花样繁多，长短篇小说浩如烟海，据有人不完全统计仅长篇言情小说、社会小说约一千多余部，若加上武侠、侦探、宫闱小说近两千部。从总的创作目的、思想倾向和艺术倾向以及社会效果方面予以否定性的批判是无可厚非的，然而对一些少数作家少数作品在现代文学史上是否应该给予某些肯定，却应该取审慎态度和实事求是的做法。如张恨水前期的一些“揭露黑暗势力”的小说应该给予一定的历史地位；即使徐枕亚的《玉梨魂》这样的"鸳鸯蝴蝶派"的代表作品,在批判了它的维护封建礼教的反动倾向的同时,对主人公梦霞最后为资产阶级领导的辛亥革命壮烈捐躯的精神是否应作一定的肯定?特别对于现代旧派小说运用的章回体形式,在指出它的程式化、单一化的严重缺陷的同时,是否还应该考虑一下究竟它有没有可取之处,不然为什么现代章回体旧小说拥有那么多的读者,难道这些读者都是抱着游戏、消遣的目的来看闲书的"小市民"吗?如果说,由于当时创建新小说的大破大立的需要或者因为时代的认识的局限,对这派的小说不可能作出历史的公允的评价,那么今天研究或教授现代文学史就应该比当年茅盾对现代旧派小说的评判更科学一些,对过去的历史结论,正确的应该维护,不正确的或者有点片面性的,是否可以重新评论或者加以补充呢?其二,茅盾的五四前后的新小说理论,虽然含有辩证唯物主义因素,但从总体来看,并未出离西方资产阶级文艺思想范畴,因而给他的新小说观带来一定的矛盾性和局限性。如对西方的现实主义小说家和自然主义小说家,只看到他们创作倾向的一致性,对于区别性就含糊不清,所以便把自然主义小说和写实主义小说混为一团;西方自然主义小说固然同中国现代的旧小说相比,具有很多的优越性,其自然主义描写方法和实地观察态度可为疗救中国新旧小说弊病的对症之药,对此予以肯定是应该的,但是也应该具体指出自然主义小说的严重缺陷(当然也作了一定分析),否则容易给人以"排除众家独尊自然主义一家"的印象。

茅盾五四前后的新小说观,基本具有革命的、战斗的、辩证的思想特色,存在的不足仅是历史的局限;随着新文学运动的发展和自身世界观的转变,他的新文学观到了五卅前后基本接近或达到无产阶级思想的高度。

(1982.3.19)

注:

[1][5][25][26][35][41][42][53][56][58][61]《自然主义与中国现代小说》,1922.7《小说月报》第13卷第7号

[2][19][21][31][38]《现代文学家的责任是什么?》,1920.1《东方杂志》第17卷第1期

[3][4][11][12][24]《文学和人的关系及中国古来对于文学者

身份的误认》,1921.1《小说月报》第12卷第1号

[6][7][8]《什么是文学》,松江暑期演讲会《学术演讲录》第2期

[9]成仿吾:《新文学的使命》

[10][17]《"大转变时期"何时来呢?》,1923.12《文学周报》第103期

[13][15]《一年来的感想与明年的计划》,1921,12《小说月报》第12卷第12号。

[14]《介绍外国文学作品的目的》,1922.8《时事新报》附刊《文学旬刊》第45期

[16][20][39]《鲁迅论》,1927.10《小说月报》第18卷第11号

[18]《文学者的新使命》,1925.9《文学周报》第190期

[22][23]《现成的希望》,1925.3《文学周报》第164期

[27]夏志清:《中国现代小说史》

[28]《出版赘言》,1914.6《礼拜六》周刊

[29]高尔基:《文学论文选》第296页

[30][34][60]《创作的前途》,1921.7《小说月报》第12卷第7号

[32]《新旧文学平议之评议》,1920.1《小说月报》第11卷第1号

[33]《一般的倾向》1922.4《文学旬刊》第33期

[36][40]《"写实小说之流弊"?》,1921.11《文学旬刊》第54期

[37]《乐观的文学》,1922.12《文学旬刊》第57期

[43]鲁迅:《〈总退却〉序》

[44]《通信》,1922.2《小说月报》第13卷第2号

[45][52][55][59]《人物的研究》,1925.3《小说月报》第16卷第3号

[46][62]《评四五六月的创作》,1921.8《小说月报》第12卷第8号

[47]《新文学研究者的责任与努力》,1921.2《小说月报》第12卷第2号

[48][54]《文学与人生》,1823年松江暑期演讲会《学术演讲录》第1期

[49]《文学家的环境》,1922.11《小说月报》第13卷第11号

[50]《杂谈》,1923.2《文学旬刊》第65期

[51]《小说新潮栏宣言》,1920《小说月报》第11卷第1号

[57]《读〈呐喊〉》,1923.10《文学周刊》第91期

[63]《新文学史料》,1982年第1辑第86页

茅盾前期论现实主义文学批评

毛泽东同志说:“文艺界的主要的斗争方法之一是文艺批评。”现代的文学批评是伴随着五四文学革命的前进步伐登上历史舞台的。它以革命民主主义与其相联系的人道主义思想作指针,以现实主义美学原则作标准,敏锐地审视和洞察着文学领域,扫荡封建主义旧文学,培植民主主义新文学,为中国现代新文学的创建作出了重要贡献,显示出全新的文艺批评姿态。虽然文学批评古已有之,但“中国一向没有正式的什么文学批评论;有的几部古书如《诗品》、《文心雕龙》之类,其实不是文学批评论,只是诗赋、词赞……文体的主观的定义罢了。”[1]茅盾对中国古代文学批评的估价是否偏低,姑且不论,不过他指出了一个重要现象,即封建时代的文学批评并不十分活跃,特别缺乏系统的完整的文学批评论。到了近代,文学批评有所发展,它不仅继承了古代的评点式的,或词赞、诗话式的文学批评传统,而且出现了以梁启超的《小说与群治之关系》为代表的改良主义小说理论,以及《小说丛话》这样形式独特的文学批评。但从总体来看,近代文学批评并未脱开古代文学批评的旧套。五四时期的现代文学批评,由于紧密配合着彻底反帝反封的新民主主义革命,所以显示出生动活跃,尖锐泼辣,破旧立新,所向披靡的战斗风貌。不仅建立了许多重要的文学批评阵地,出现了文学批评队伍的雏型,而且在战斗的文学批评中,涌现了各种各样的文学批评形式,也初步有了不同思想色彩的文学批评论。

茅盾一跃上五四文学论坛,便表现出惊人的文学批评才能。他是五四新文学运动中,涌现出来的杰出的文学批评家,更是文学研究会的文学批评主将。如果说,侧重于社会批评的《新青年》和综合性的刊物《新潮》上面的文学批评,还显得零散,火力不集中;那么,一九二一年一月文学研究会成立,由茅盾接编并全面革新的《小说月报》,它不仅是一个纯文艺性的大型刊物,而且也是集中开展文学批评的重要阵地。茅盾高举现实主义文学批评大旗,以《小说月报》、上海《文学旬刊》等为阵地，积极倡导新文学理论，开展文学批评工作。不仅以战斗的文艺批评，同封建的、鸳鸯蝴蝶派的旧文学"扎硬寨，打死仗"，为新文学发展披荆斩棘，扫清道路，而且奖掖新人新作，批评不良的创作倾向，培育文学新生力量，促进了新文学创作的发展。在大方开展文学批评以推动文学事业发展这一点上，茅盾同俄国文学批评家别林斯基有相似之处。别林斯基认为，文学批评应当成为刊物的生命和灵魂，是它的经常工作，因而从一九〇〇年起，他多年都以杂志为阵地，对俄国文学进行概括的评述，从理论上阐明了文学的社会使命和美学价值。在中国，从一九二一年起，茅盾便以《小说月报》等为阵地，担负起评述当时我国文学的任务，不仅写了综合评述文学创作的文章，而且也写了一些作品论，流派论，提出一些新的文学创作中急待解决的重要课题，指导文学创作实践，向着健全的方向发展。比如《春季创作坛漫评》、《评四五六月的创作》、《〈创造〉给我的印象》、《读〈呐喊〉》等，则是五四文学批评活动中具有开拓意义的批评文章。可见，文学批评在早期的茅盾手里，成为他经常自觉地使用的文学武器。他的辛勤的劳绩为我国现代文学批评奠定了基础。

一

文学批评是对文学作品的是非、真假、美丑、善恶做理论上的鉴别和判断，也就是根据一定的欣赏实践，通过一定的理论分析，对文艺作品客观的社会价值和美学价值作出评价。因此，努力掌握先进的美学理论和文艺批评标准，是正确开展文学批评的重要条件和前提。茅盾当时认为："我们现在讲文学批评，无非是把西洋的学说搬过来，向民众宣传"[2]。这说明他最初开展文学批评的理论基础，主要吸取了"西洋的学说"。五四时期，他较系统地研究了欧洲的古典主义、浪漫主义、自然主义（或写实主义）、新理想主义等文学流派，也考察了先秦以来我国文学发展的历史，形成了他的为人生的进步的文学观，提出了真、善、美统一的美学主张，确立了现实主义文学批评标准。他认为，"最新的不就是最美的、最好的"，惟"'美'，'好'是真实"[3]。根据真、善、美统一的美学规律，他不仅强调为人生而艺术的现实主义文学应把"真"作为最大的目标，忠实地反映现实人生的本来面目；而且又把艺术上的真实性同社会的功利的"善"结合起来。从而提出了为人生的艺术要彻底揭露"全社会的病根"，并指出光明的路来，以激励人们向上的积极性，达到改革社会的目的。同时，这种真与善的文学必须是美的，是按照艺术规律创造的。茅盾当时的文学思想尽管还存在着某些机械论因素，但在文学与生活的关系上，基本上坚持了唯物主义美学原则。茅盾也非常注重时代和文学的关系，特别是时代和作家的关系。明确地指出“真的文学也只是时代的文学”[4]；“一个时代有一个环境，就有那个时代环境下的文学。环境本不是专限于物质的，当时的思想潮流，政治状况，风俗习惯，都是那个时代的环境，著作家处处暗中受着他的环境的影响，决不能够脱离环境而独立”[5]，并进一步强调文学作品应该反映作家所处的时代背景和社会生活；唯有真实地反映一定时代背景下的现实生活的文学，才是真正的为人生的文学。他认为不论是对当时文学创作状况的考察，或者是对具体作家作品的评论，都与当时时代、社会环境紧密联系在一起。这些先进的现实主义文学思想，正是他在五四时期开展文学批评所坚持的标准和前提条件。

二

茅盾的文艺批评，最突出的特点是同活生生的文艺实践联系在一起，总是以切实的考察和缜密的研究作为理论判断的基础，他从不主观武断，乱捧乱砍，因而他的立论精辟，分析扎实，有理有据，令人信服。他在进行文艺批评时，既不无的放矢地空发议论，也不玩弄一些概念，他总是从研究、考察文艺创作的实际状况入手，对一些具体作品进行有说服力的分析，并从而提出创作中应注意的问题。在五四文学革命初期，虽然鲁迅等作家，以《狂人日记》等作品，显示了新文学的实绩，但从所有的创作领域来看，真正称得上新文学的作品并不多。面对这种创作现况，究竟存在哪些突出问题？应该如何解决这些问题？茅盾通过切实的考察，不仅指出了新文学创作中的问题，并且提出解决问题的方法。例如在《春季创作坛漫评》中，他对从有关报纸杂志上看过的短篇小说八十七篇，剧本八篇，长篇小说两种，一一列出篇名、作者以及诸篇所发表的报刊，并分门别类地进行了评述，既肯定了一些符合现实主义美学思想的好作品，“表示是革命文学”，又指出一些作品“于观察现实方面欠些工夫”，并希望作家遵循“自然主义”去创造“为人生而艺术”的小说。他在《评四五六月的创作》一文里，将三个月中创作的一百二十多篇小说，共分为“描写男女恋爱的”、“描写农民生活的”、“描写城市劳动者生活的”、“描写家庭生活的”、“描写学校生活的”、“描写一般学校生活的”等六类，并列举出六类所属的篇数，根据六类中所包括的篇数,深入地探讨了当时创作坛的状况。茅盾独辟蹊径地运用类别三个月创作的方法,真是别开生面。他通过这种方式评述作品,既可以显出诸篇作品各所描写的社会的一角,又可以通过一角去窥察同属于一类创作的全貌,从中寻觅出共同的色彩与中心思想,以及描写技术方面的不同的格式;并根据创作中存在的“描写劳动者生活的作品显然和劳动者的实际生活不符”的问题,明确地提出了“现今创作坛的条陈是‘到民间去’;到民间去经验了,先造出中国的自然主义文学来”。这篇评述体现了茅盾的现实主义的文艺批评观,即:“当今批评创作者的职务不重在指出这篇好,那篇歹,而重在指出(一)现在的创作坛(从事创作的人们)所忽略的是哪方面,所过重的是哪方面,(二)在这过重的方面,——就是多描写的哪方面——一般创作家的文学见解和文学技术已到了什么地步。”可见,茅盾的文学批评是注重整个文学的倾向,注重总的趋向中每个作家的风格,注重每篇作品的色彩,及其反映的思想倾向。俄国文艺批评家车尔尼雪夫斯基曾说:“一般说,批评总是根据文学所提供的事实而发挥的,文学作品是批评结论必要的材料。”[6]茅盾有类似的见解,并且也是这样实践的。

三

强调和重视文学作品的思想性及其社会功利,是茅盾进步的文艺批评的又一特点。他在文学批评中非常强调和注重文艺作品的思想性,以及所产生的积极的社会作用,反对文艺作品的无思想性和超功利倾向。他认为“文学作品不是消遣品了,是沟通人类感情代全人类呼吁的唯一工具”[7],是改造人生的不可缺的利器;又说“文学是有激励人心的积极性的。尤其在我们这时代,我们希望文学能够担当唤醒民众而给他们力量的重大责任”[8];文学应当有“对当时时代罪恶反抗的意思和对未来光明的信仰”[9]。他号召新文学家“要有钢一般的硬心去接触现代的罪恶”、“要以我们那几乎不合理的自信力去到现代的罪恶里,看出现代的伟大来”[10]。可以看出茅盾强调的思想,即是指当时的文学作品要以革命民主主义思想为指导,真实地反映时代,彻底揭露当时黑暗的现实,同情社会底层的被压迫的人民,起到激励人心、唤醒民众以积极改造社会的教育作用。于是,他从对文学作品这一要求出发,针对当时文学创作的实际情况,锐敏地感到文学作品思想性的薄弱。因此,他对当时有些文学作品不能反映当时社会的罪恶、人民的痛苦的状况,极不满意,而对那些反抗时代的罪恶、同情被损害者，和激励人心、唤醒民众的作品及其作者，则表示敬意，并给以极大的鼓励。如他在《春季创作坛漫评》一文中，从他读过的春季创作的一些作品中，选取了二十四篇，进行了重点的精炼的分析，并对这二十四篇作品的思想性，作了肯定和赞扬："我对于上面的二十四位作家，表示非常的敬意，因为他们著作中的呼声都是表示对于罪恶的反抗和对于被损害者的同情，虽然他们的作品不怎样完全，这是不关紧要的。"他要求文学作品既然描写社会，反映人生，揭露时代罪恶，同情被损害者，那么作家就应当体察时代，了解人生，研究社会，只有这样，才有可能写出反映社会、反映人生，具有积极思想性和良好社会作用的作品。

尤其可贵的是，茅盾关于重视思想性评述的独特之处在于：看作品能否从人生观上指导人们，特别是青年一代，来作为评价小说主题思想的重要依据。他在《创作的前途》一文中，针对当时有些作品"把忠厚善良的老百姓，都描写成愚骇可厌的蠢物，令人诽笑，不令人起同情"；描写"新旧人物对于婚姻问题女子求学问题的小说"，大多不能赤裸裸地描写出新旧思想冲突的"根本原因"，往往造成悲剧；对于"青年的烦闷"，作品描写得过于悲观，"绝少光明"等情况，因而要求作者在描写此类题材时，应"隐隐指出未来的希望，把新理想新信仰灌到人心中，这便是当今创作家最重大的职务。"特别描写"青年人的烦闷"的作品，"应该把光明的路指导给烦闷者，使新信仰与新理想重复在他们心中震荡起来。"这是当时先进的革命者和知识分子在探索国家、民族，个人前途命运的时代特征，在茅盾文艺批评中的反映。

四

重视文学作品的艺术性，强调作家的艺术个性，是茅盾文学批评不可忽视的特色。文学作品主题的揭示，思想倾向的流露，以及对社会的教育作用，均靠艺术形象的描绘而体现出来。所以，艺术形象描绘得如何，关系到文学作品的成败得失。而艺术技巧的高低，又直接影响到艺术形象描绘得成功与否。对此，茅盾有深刻的认识。他在积极强调文学作品的思想性的同时，也极力主张文学作品应有高度的艺术性，要注重艺术形象的描绘。他在《小说新潮栏宣言》中，非常辩证地指出："文学是思想一面的东西，这话是不错的。然而文学的构成，却全靠艺术。同是一个对象，自然派去描摹便成为自然主义的文学，神秘派去描摹便成为神秘主义的文学，由此可知欲创造新文学，思想固然要紧，艺术更不容忽视。”即“文学作品虽然不同纯艺术品,然而艺术的要素一定是很具备的。”[11]他主张文学作品要有艺术性,绝不是提倡没有思想性的艺术性,而是把思想性和艺术性有机地统一起来,作为评价文学作品的标准。

茅盾从强调文学作品艺术性的角度出发,还要求作家要有自己独特的风格。他说:“真正的作家必有他自己独具的风格,在他的作品里,必能将他的性格精细地透映出来。文学所以能动人,便在这种独具的风格”[12]。茅盾在这里所说的作家“独具的风格”,即指作家的创作个性。作家的创作个性表现在作品中,便成为作品的风格。文如其人,作品的风格体现着作家的个性特点。由于作家所处的时代和社会地位、生活阅历、文化教养等方面的不同,便形成作家不同的个性特征。不同个性的作家,便创作出不同风格的作品。作家所创作的作品风格,是作家在长期创作实践中自然形成,和逐步发展起来的。助长和仿袭是形不成自己作品风格的。正如茅盾所说,作品的风格“最好因其自然,尽量发展,不必助长。若要去拟去仿张大家、王大家,那一定是‘画虎不成’。正如男人扮了女人,任是怎样驯熟,总不免有些扭扭捏捏,装腔作势;想将别人的风格移到自己的文章里,任你手段怎样高妙,也免不了有些做作气。明知吃力不讨好又何必白费心呢?”[13]他所反对的是离开作家及其作品的实际情况,不努力形成和发展自己作品的风格,而一味地“助长”和摹仿别人的艺术技巧;如果为了发展自己的个性和作品的风格,在作家自己个性及其作品的基础上,正确地借鉴别人成熟的艺术技巧,那么茅盾则是积极提倡的。他说:“所谓文学描写的技术实是创作家天才的结晶,离了创作品便没有文学的技术可见,这自是不错,所以,如果说凡创作家一定也就是创出一些新的从未有过的文学上的技术的,这话自然也不错;但如因此而谓别人所成就的文学技术于自己的创作时完全无影响无助力,这就似乎未必是了。”[14]正因为茅盾注重文学的艺术性和独创性,所以在评论中,对于那些思想性与艺术性达到较完美结合的,或者具有鲜明个性色彩的作品,他都予以充分肯定;而对那些艺术粗糙,或缺乏艺术性的作品给予尖锐的批评。

五

及时地指出创作中具有普遍性的不良倾向,是茅盾文艺批评的又一鲜明特点。他在《新文学研究者的责任与努力》、《春季创作坛漫评》、《社会背景与创作》、《评四五六月的创作》、《独创与因袭》、《一般的倾向》、《自然主义与中国现代小说》等文章中，都不同程度地、从不同的角度，指出了当时创作中存在的一些不良倾向。概括起来，主要有以下几方面：

因袭与模仿

力去陈言，勇于独创，是新文学发展的标志之一。当时创作界，能够这样做的，为数甚少，多数人的创作中，存在着因袭与模仿的弊病。茅盾认为这种弊病的存在，危害很大，不利于新文学的健康发展。对此，他进行了尖锐的批评："旧文学最显明的弊病是因袭与模仿。新文学革了旧文学的命，自当脱胎换骨，一新面目，才算是有出息。可是，两三年来，虽也有几个力去陈言，戛戛独造的作家，许多人总还不免有因袭与模仿的旧病"，"现在作品日盛，辗转承袭，痕迹易显；更有那贪便宜的，专以堆砌、模拟为事，每况愈下；因而现象很觉不好，仿佛要走还原路。近来有好多作品，竟是空得一无所有，除掉那流行的滥调和做作出来的别人的风格。这种东西，只好装装幌子罢了，配说是创作么？"[15]因袭的文学，在创作中就难以出新，新文学也就不能发展。模仿中国的旧文学和西洋文学的皮毛，作家就形成不了自己独具的风格。为了使新文学摆脱旧文学的束缚，能够脱胎换骨，一新面目，就必须扫除因袭与模仿的弊病，发挥独创性。所以，茅盾向当时创作界指出："文学贵在'创作'，文学不能不忌同求异。人家用过的，我固不必去拾唾余；就是我自创的，被别人或自己用熟了时，也得割爱"，"真正的作家必有他自己的风格，在他的作品里，必能将他的性格精细地透露出来。"[16]茅盾反对因袭与模仿，绝不是对旧文学和西洋文学一概摒弃不顾，他所反对的是一味地生吞活剥的照搬。至于旧文学和西洋文学中的有用的东西，应当积极地借鉴。这种借鉴，必须经过消化，变成自己的。不能为借鉴而借鉴，借鉴是为了从中吸取养料，以发展自己独具的风格。所以，茅盾强调："至于将他们消化，以供己用，原是极好，也是必要的。因为消化以后，他们已不是谁们的而是我们的了。我说'创作'，也得先有了消化了的材料，才行。"[17]

茅盾从发展新文学，文学贵在"独创"的观点出发，对当时创作中存在的作品虽多而变化太少、题材雷同、手法相似的弊端，极为不满。他通过阅读大量作品，深深感到这一弊端的严重性，及其对新文学的危害。例如，描写男女恋爱生活的作品，在当时创作中占绝大部分。当然，茅盾并不反对表现恋爱题材，也不是认为此类题材的作品就不好。他所反对的是这类作品的内容单薄，题材雷同，用意浅显，艺术手法相似。他曾在《评四五六月的创作》中，把所有这类题材的作品,概括为只有两种不同的形式:"①男女两人的恋爱因为家庭关系不能自由达到目的,结果是悲剧居多。②男女两人双方没有牵制可以自由恋爱了,然或因男多爱一女,或因女多爱一男,便发生了三角式的恋爱关系,结果也是悲剧居多。"问题并不仅仅在于这类题材作品格式上的类似,而主要在于这些作品中所创造的人物都是一样的面孔,甚至连人物的言语举动都一样,"不但书中人物不能一个有一个的个性,竟弄成所有的人物都只有一个个性,这样的恋爱小说实在比旧日'某生某女'体小说高得不多。"又比如,当时描写社会上贫富阶级不同等而寓有人道主义的作品,也是如此。茅盾将这样作品分为三种情况:"一是写汽车碰死人,二是写工厂里工人的死,三是写大洋房旁边冻死叫化子。"不仅这三类作品的题材如此,而且构思布局,描写方法大致相同。茅盾认为如此雷同相似的作品,实在是欠少艺术价值。对此,他毫不掩饰地阐明了自己的看法:这些作品所写的事实,"确是社会上常见的事实,而且大半是著作者身受的事,但是我总觉得这样的'反映人生'的作品,欠少了艺术上的价值。如果仅能从记述'人生实录'便算为艺术作品,那么,新闻纸第三张所记的琐事,岂非都成了小说么?我以为总不是的。"[18]

茅盾不仅在《一般的倾向》中,一针见血地指出了当时创作中存在着的这种弊病,而且从以下两方面入手,深入地分析了产生这种弊端的原因:

首先,他指出:"现在的创作所以如此雷同,因为作家太把小说'诗化'了。换句话,就是作家把做诗的方法去做小说,太执板了。"当时创作界的人们中多数认为:"小说要努力做,便不成好小说,须得靠一时的灵感。"茅盾反对这种流行的说法,他强调写小说,应在较长时间内对社会生活实地观察后,方能描写,"中外古今的大文豪的大杰作,何尝不是构思几年,修改数次而成的呢?"靠一时的灵感,或者说冲动是写不出成功的小说来的。"亦惟先做过绵密的观察而后写出来的,方才同做一题而内容不雷同。"这是因为"天下本无绝对相同的两件事",也决没有"两人观察一件事而所见完全相同的"。所以,从现实生活出发,在创作前对现实生活进行实地观察,在进入创作中要有丰富的想象能力。这样,即便写同一题材的作品,也是各有千秋,不会雷同。

其次,有的"作者只看了别人的创作里描写的人生世态,而自己不先深入自己周围的人生世态,不是自己捉来的,却是从别人那里看来的。"把别人作品里的人生世态,搬到自己作品里来,决不是创作中的什么"捷径",而是弯路。这样的作品,就必然雷同化。

内容单薄,用意浅显

内容单薄,用意浅显,几乎是当时文艺创作中,特别是小说创作中的通病。茅盾结合创作的实际情况,有针对性地批评了这一通病。他说:“譬如一篇描写男女恋爱的小说,所讲无非一男一女互相爱恋而因家属不许,‘好事多磨’,终于不谐,如此而已……描写青年烦闷的小说,只能写些某青年志向如何纯洁,而现社会却处处黑暗可谓悲观等等话头;描写‘父’与‘子’的冲突,只能写些拘守旧礼教的父怎样不许儿子自由结婚;总而言之,内容欠浓厚,欠复杂,用意太简单,太表面。”[19]造成这一通病的原因,固然与作者的观察力是否锐敏有关,但主要在于作者采取题材的目的不清楚。茅盾认为,作家选取什么题材,必须有明确的目的。作家创作作品的目的,并不在于作家所撷取的某一题材本身,而在于通过描写的题材,深刻挖掘和揭示的思想意义。正如他所指出的:“我们要晓得:小说家选取一段人生来描写,其目的不在此段人生本身,而在另一内在的根本问题。批评家说俄国作家屠格涅夫写青年的恋爱不是只写恋爱,是写青年的政治思想和人生观,不过借恋爱来具体表现一下而已;正是这意思。”[20]茅盾殷切希望现代新派小说作家,要照此方向努力,这样,方能写出反映社会,反映人生,激励人心,唤醒民众的真正文学作品。

以上所述,可见茅盾在前期进行的文艺批评工作中,所坚持的进步的现实主义文艺批评观点;针对当时创作情况指出的不良的倾向,对产生不良倾向的原因,所进行的有说服力的分析;以及对当时从事新文学创作的作家,所指出的努力方向。这不仅对当时新文学的发展,指导创作实践,起了积极的作用,就是对今天的创作来说,仍有强烈的指导作用和积极的借鉴意义。

六

帮助读者提高阅读和鉴赏能力,突出地强调向外国文学学习,是茅盾前期开展文艺批评的又一特点。

五四时期文学界便认识到文艺批评的“两重使命”在于:一是“指导着作家使遵守正当的途程”,一是“指导读者,使充分了解作品的真价值”[21]。对于完成这“两种使命”,茅盾作出了独特的贡献。他不仅通过批评文学创作的不良倾向,或评价新人新作,为作家指出了明确的现实主义创作原则,以及克服缺点、提高创作质量的具体措施和途径,而且根据读者的要求,及时进行指导,以培养和提高读者正确理解、鉴赏文学作品的能力。一九二二年冰心创作的《疯人笔记》在《小说月报》上发表后，有位名曰"啸云"的读者来信反映，感到这篇小说"迷离惝恍，莫名其妙"，不知所云，难以把握。茅盾为了帮助读者认识这篇小说的特点，及时地指出："疯人笔记是神秘而且带点象征的作品"，"我自知我的性情就不是能领悟神秘象征派的"[22]。鲁迅的名篇《阿Q正传》发表后，有的读者给《小说月报》去信，既称赞鲁迅的"一枝笔真正锋芒得很"，又指责他的笔"似是太锋芒了，稍感不真实，讽刺过分"。这里提出了一个关系到《阿Q正传》的艺术生命问题，即它究竟真实不真实，如何认识它的艺术真实？茅盾为了帮助读者正确认识鲁迅小说的伟大价值，从而提高他们阅读、鉴赏鲁迅小说的水平，根据美学的典型原则，给读者以深刻的指导："阿Q这人，要在现社会中去实指出来，是办不到的，但是我读这篇小说的时候，总觉得阿Q这个人很是面熟。是啊，他是中国人品性的结晶呀！"[23]

为了更好地开展文艺批评，以推动五四新文学的发展，茅盾突出地强调学习"西洋的学说"，对外国采取"拿来主义"。他不仅以批评的眼光接受并介绍过资产阶级民主主义、人道主义、进化论，甚至尼采的学说，而且也学习并介绍过社会主义、历史唯物主义。在文学方面，他较系统地介绍并研究过西洋的文艺思潮，特别对左拉的自然主义、泰纳的艺术哲学尤为注重介绍。可以说，他是博采众长，形成了自己的现实主义文艺批评观。在《读〈呐喊〉》中，他引用丹麦大批评家布兰兑斯的观点来总结鲁迅小说的创作经验，说明"有天才的人，应该也有勇气。他必须敢于自信他的灵感，他必须自信，凡在他脑膜上闪过的幻想都是健全的，而那些自然而然来到的形式，即使是新形式，都有要求承认的权利"，以此来论证鲁迅是位富有天才的敢于创新的小说家，是"创造'新形式'的先锋"。特别对"问题小说"、"社会小说"，或为人生的现实主义小说的大力提倡，无不受外国文艺思想的影响。总之，以批评的眼光学习外国的进步思想或文学观，结合中国文学的历史和现状开展文艺批评，不但是茅盾早期文艺批评的一个特点，而且也是他文艺批评思想的重要来源。

正由于茅盾能够结合中国文学的实际情况，善于向外国学习，所以他早期的文艺批评观带有历史唯物论因素的革命民主主义思想色彩，代表着五四时期现实主义文艺批评的最高水平。比如，鲁迅的小说是五四新文学创作中成就最高的代表，不论是思想性或艺术性都达到了同时代作家不可企及的高度。但在一九二三年前的文学批评文字中，真正能认识到鲁迅小说的伟大价值的并不多,甚至有的批评主观武断贬斥《呐喊》中的大部分小说。有的批评者曾说什么“《狂人日记》很平凡,《阿Q正传》的描写虽佳,而结构极坏,《孔乙己》、《药》、《明天》皆未免庸俗,《一件小事》是一篇拙劣的随笔”云云。然而茅盾却不同凡响地于一九二三年写出《读〈呐喊〉》,以敏锐的现实主义批评眼光,结合当时的历史背景,不仅深入地剖析了《呐喊》集小说的思想意义,并且以阶级对立的观点揭示了鲁迅小说人物形象塑造的深刻性,充分肯定了阿Q典型的真实性和普遍意义,由衷地推崇鲁迅在艺术上的勇于探索的精神。在五四时期,茅盾对鲁迅小说的价值评述就能达这样的认识高度,实在是可贵得很。

七

强烈的战斗性是茅盾早期文艺批评的又一重要特色。自一九二一年茅盾接编改革后的《小说月报》后,便自觉地担负起批评鸳鸯蝴蝶派小说的战斗任务,他同新文学阵营的其他批评者一道,对鸳鸯蝴蝶派展开一场围剿战,为五四新文学的健全发展清道铺路。早在一九二〇年一月,他发表的第一篇文学论文中便指出:文学是“‘血’和‘泪’写成的,不是‘浓情’和‘艳意’做成的,是人类中少不得的文章,不是茶余酒后消遣的东西。”这就初步地揭露了鸳鸯蝴蝶派小说的实质。此后,茅盾写了许多富有强烈战斗色彩的文章,从内容到形式,从创作动机到社会效果等方面,对鸳鸯蝴蝶派小说的消极性,作了比较深刻的、全面的剖析,特别是《自然主义与中国现代小说》一文,更是对鸳鸯蝴蝶派的沉重打击。它不但深刻地揭露了鸳鸯蝴蝶派文人的“文以载道”和“游戏消遣”文学观念的流毒,而且联系其小说作品,尖锐地指责它们在内容上“抛弃了真实的人生不察不写,只写了些佯啼假笑的不自然的恶札;其甚者,竟空撰男女淫欲之事,创为‘黑幕小说’,以自快其‘文字上的手淫’”,在形式上呆板地沿袭旧小说的章回体,在技术上只是“记账式”的叙述,同时对它们的“艺术观”和人生观也作出深入的剖析。茅盾不仅对鸳鸯蝴蝶派小说的本质作了入木三分的分析、批判,并且对那种把鸳鸯蝴蝶小说硬说成是新写实小说的鱼目混珠的论调,也进行了淋漓痛快的揭露,戳穿其卑鄙的目的和险恶的用心。一九二二年“学衡派”吴宓曾在《中华新报》上登出一篇《写实小说之流弊》的文章,别有用心地把写实小说和黑幕、礼拜六派小说混为一团,统统说成是“写实小说”,然后横加挞伐,冠以罪名。茅盾当即写了《“写实小说之流弊”?》一文,予以痛击,一针见血地揭穿了吴宓这种鱼目混珠以售其奸的险恶用心,进而揭露了鸳鸯蝴蝶派小说的弊端,捍卫了写实主义新小说的应有地位。鸳鸯蝴蝶派小说如同“病菌得了机会”就蔓延,后来借一九二三年创办的通俗刊物《小说世界》广为流布,虽然它们披着白话新小说的外衣,实质还是鸳鸯蝴蝶派的新反扑。上海《文学旬刊》连续几期载文集中火力鞭挞,形成围剿之势。在这场围剿战中,茅盾进一步发挥其文学批评的战斗威力。

以上着重对茅盾前期开展文艺批评的主要经验及功绩作了概括的评述。虽然一九二一年以后,茅盾的现实主义文艺批评已含有无产阶级思想因素,但是真正(或者说基本上)获得了马克思主义文艺批评观,是在一九二五年“五卅”运动前后。这时他明确地认识到:“批评论是站在一阶级的立点上为本阶级的利益而立论的。虽然自来的文艺批评家常常发‘艺术超然独立’的高论,其实何尝办到真正的超然独立?这种高调,不过间接的防止有什么利于被支配阶级的艺术之发生罢了。我们如果不愿意被甜蜜好听的高调所麻醉,如果不愿意被巧妙的遮眼法所迷惑;我们应该承认文艺批评论确是站在一阶级的立点上为本阶级的利益而立论的。所以无产阶级艺术的批评论将自居于拥护无产阶级利益的地位而尽其批评的职能,是当然无疑的。”[24]表明他当时对文艺批评的认识已接近或达到阶级论的高度了。

注:

[1][2]《“文学批评”管见一》

[3]《小说新潮栏宣言》

[4]《社会背景与创作》

[5]《文学与人生》

[6]《车尔尼雪夫斯基论文学》(上)第6页

[7]《文学和人的关系及中国古来对于文学者身分的误认》

[8]《“大转变时期”何时来呢?》

[9]《创作的前途》

[10]《乐观的文学》

[11]《新文学研究者的责任与努力》

[12][13][15][16][17]《独创与因袭》

[14]《一年来的感想与明年的计划》
[18]《一般的倾向》
[19][20]《自然主义与现代主义》
[21]《文学旬刊》第37期:《本栏的旨趣和态度》
[22]《通讯》,见《小说月报》第13卷第7号
[23]《通讯》,见《小说月报》第13卷第2号
[24]《论无产阶级艺术》

茅盾与白话运动

白话运动是五四新文学运动的重要组成部分，主要指语言、文体等形式方面的改革。早在一九一七年，胡适，陈独秀等新文学先驱，就把以白话取代文言、废除旧格律等字样写在文学革命的旗帜上，作为新文学运动的重要任务之一标示出来；一九一八年四月，胡适发表了《建设的文学革命论》，提出了“国语的文学，文学的国语”的白话文学主张，把文学运动和国语运动结合起来，于是“‘文学革命’和‘国语统一’遂呈双潮合一之观”；一九一九年“五四”爱国运动的爆发，大大推动了白话运动的蓬勃发展，几乎所有的报刊都“白话化”了。这样，新文学运动的以白话取代文言正宗地位的改革任务，便取得了决定性的胜利。从此，白话运动和文学革命两大潮流合而为一，“轰腾澎湃之势愈不可遏”[1]。

五四时期白话运动所取得的重要成就，应该载入史册；白话运动倡导者或捍卫者的历史功绩，应该充分肯定。但建国以后由于某些原因，曾影响了对白话运动及其倡导者或捍卫者的历史地位的公正评价。具体来说，我们今天无论评述哪一个中国新文学运动的倡导者或奠基者的历史功过，都不能不考察他对白话运动的态度及其白话主张。在对茅盾研究的专著或论文中，很少谈及他对白话运动的贡献。其实，茅盾踏上五四文坛，虽然没有像陈独秀、胡适、钱玄同、刘半农等人提出系统的白话主张，但是他在捍卫五四白话运动成果并将白话运动进行到底的斗争中，却表现出无比的坚定性和彻底性，而且提出一些重要的白话见解。

一

由于以白话取代文言的白话运动，直接戳穿了封建思想赖以存在的坚硬外壳，剥夺了统治阶级及其御用文人施行文化专制主义的得力工具，因此新文学运动一兴起，便激怒了维护几千年语言旧习惯的保守势力及封建统治阶级，遭到它们强烈反对。鲁迅曾指出:“记得初提倡白话的时候,是得到各方面剧烈攻击的。”[2]这场白话与文言的斗争持续了相当长的阶段,几乎贯穿了三十年的中国现代文学发展史的前二十年;其斗争实质,是革命派同守旧派的斗争,是白话新文学同文言旧文学谁胜谁负的斗争。鲁迅说:“总要上下四方寻求,得到一种最黑,最黑,最黑的咒文,先来诅咒一切反对白话,妨害白话者。即使人死了真有灵魂,因这最恶的心,应该堕入地狱,也将决不改悔,总要先诅咒一切反对白话,妨害白话者”[3],这不仅表现了鲁迅坚决反对一切反对白话者的大无畏精神,而且也深刻地反映了白话与文言之争的尖锐性和复杂性。但是,五四新文学运动的倡导者或拥护者,并不是都能将这场“文白之争”进行到底的,所表现的立场和态度也并非都是那样的坚定不移的。胡适曾是白话文学的积极鼓吹者,是五四时期文坛上风云一时的人物,并受到复古派的诋毁和攻击,但是随着新文化运动的深入和中国革命的发展,他却由一个新文学的倡导者逐步走向对立面,同复古派站到一条线上了;钱玄同、刘半农等在五四白话运动中,不愧为“新青年”派的战将,后来也逃离了“白话与文言之争”的火线。真正继承五四新文学运动的战斗传统的、坚决捍卫并发展白话运动战果的,是鲁迅、郭沫若、茅盾等为代表的革命文学新军。茅盾在“文白之争”中,始终同文化革命的旗手鲁迅站在同一战壕里,表现出立场坚定、头脑冷静、认识敏锐、批判有力、分析有理的战斗风姿。

批判折衷派的“新旧平行”说

在五四时期,“极力主张白话和极力主张文言两派”发生过激烈“冲突”,而主张白话的新文学阵营则对维护文言正宗地位的旧文学营垒进行了勇猛的反击。正在白话运动冲破复古势力的阻力蓬勃发展的时候,冒出一个折衷派,主张“新旧并行”,也就是:“美文的(文学作品)用旧——即文言”,“通俗的说理的(应用文)用新——即白话”[4]。这种表面看来不偏不倚的折衷论调,比赤裸裸地反对白话维护文言的主张带有更大的迷惑性和危险性,因而折衷派能起到复古派起不到的作用。一九一九年八月,胡适的同乡黄觉僧曾在上海《时事新报》上发表一篇《折衷的新文学革新论》,既不赞成“反对文学革新之国粹论者”,又不同意文学革命者以白话取代文言,主张“通俗的美术文(用于通俗教育者)与中国旧美术文”并行,即文言文与白话文分庭抗礼,实际上这是打着折衷的幌子为文言文张目。胡适当即予以驳斥,指出“若要使中国有新文学,若要使中国文学能达今日的意思,能表今人的感情,能代表这个时代的文明程度,非用白话不可”[5];他所以极力反对新旧美术文并存或文言白话并行,因为在他看来死文言只能做死文学,唯有白话才能做活文学。茅盾对折衷派的新旧并行说的批判,虽然没有像胡适那样从文学与社会与时代与个人情感的关系上,论述废文言倡白话的必要性;但他却能以进化论的发展观,从新文学的“普遍性质”(即广泛的群众性、社会性)及“美文”的本质上,阐明了提倡白话废弃文言的深远意义,并且避免了胡适的文言只能做死文学、白话才能做活文学的绝对化倾向,使他的批判显示出辩证法的威力。他认为,“所谓‘美文’并不是定是文言,白话或不用典的,也可以美”。这就比较辩证地指出,“美文”不仅文言可以作,白话也可以做,单从表现形式的角度看,这是符合文学史实的;但是判定新旧文学的性质,“不在形式”[6](主要指语言)而在内容实质。衡量文学内容实质不能只看“新”,因为“最新的不就是最美的”,唯有“真实”才是“美”[7]的。这比胡适的认识深刻得多,辩证得多了。既然文学的新旧在内容不在形式,那么五四新文学为什么先强调形式的改革、为什么必须用白话语体来做呢?这是因为决定新旧文学性质的主导因素——文学反映的社会生活内容已经发生“骤变”,文学的社会功利要求也变了。五四时代是一个彻底反帝反封建的时代,是一个争取人性解放和民族独立的时代,是一个平民主义精神大发扬的时代。因此,茅盾认为文学不能再是少数封建贵族阶级的“载道”或“游戏”的工具,它必须具有“表现人生、指导人生的能力”,它必须是“为平民的非为一般的特殊阶级的人的”。[8]由于新文学反映的生活或时代的内容及其社会功利发生巨变,故文学形式则必须进行相应的变革,僵化的文言势必要让位给白话。因为,唯有白话才能适应新文学的平民化、社会化的需要;唯有语体才能使新文学完成表现新内容新精神新人物的历史使命,才能使之胜任指导人生、改造社会的崇高职能,才能使白话文学“在意识形态的斗争上”发挥“更有效的工具”[9]作用。这就有力地回击了折衷派的主张,愈加助长了白话文学的威势。

驳斥反对白话诗者

新文学初兴之时,先驱们即提出“废骈废律之说”[10]并以旧诗坛作为文学革命的突破口。当时守旧派梅觐庄提出“小说词曲固可用白话,诗文则不可”[11];胡适坚决反对这种看法,他认为白话可以作小说之利器,也可以“为韵文之利器”,且要“实地试验”,以白话作诗,“辟一文学殖民地”[12]。由于文言格律诗是在漫长的封建社会形成，一直被视为封建正统文学，它在社会上有着很深的影响，受到保守势力的竭力维护，因而一开始打破旧格律，创造白话诗，便遇到很大阻力，激起守旧派的反对。刘半农曾回忆说："在民国六年时，提倡白话文已是非圣无法，罪大恶极，何况提倡白话诗。所以胡适之诗中有'两个黄蝴蝶'一句，就惹恼了一位黄侃先生，从此呼适之为黄蝴蝶而不名；又在他所编的文心雕龙札记中大骂白话诗为驴鸣狗吠"[13]。但是文学革命新军敢于辟除旧诗坛上的"荆棘"，大胆地进行白话诗词的"尝试"，随着五四新文学运动的深入发展，白话诗也蔚然成风，一九二〇年胡适的白话诗《尝试集》正式出版，受到新文学阵营的"开风气的尝试"的赞誉。这一下可惹恼了复古派，胡先骕攻击"《尝试集》，死文学也"，并咒其"必死必朽"[14]；吴宓更加露骨地诋毁白话诗，反对废格律弃文言，主张"熔铸新材料以入旧格律"[15]。针对一九二二年前后"反对没有声调（？）格律的白话诗"的声浪，茅盾撰写了《驳反对白话诗者》予以反击，以捍卫五四新文学运动的初步成果。他首先列举了反对白话诗者的论点，然后逐一驳斥：第一，反对白话诗者以为诗应该有"声调格律"，并"运用声调格律以泽其思想"；茅盾巧妙地反驳说："思想怎样可以运用声调格律来'泽'它？难道一有了声调格律，不好的思想就会变成好的么？难道这就称是'泽'么？"这不仅揭露了反对白话诗者的"不通"，已到了黔驴技穷的地步，而且也说明了旧体诗的声调格律根本没有那么大的神力，它已成了诗歌发展的镣铐，不砸碎它新诗运动是难以前进的。第二，反对者诬"白话诗即拾自由诗的唾余"；茅盾辩证地驳斥道："白话诗固与自由诗同，要破弃一切格律规式，但这并非拾取唾余，乃是见善而从"，并赞颂"近代欧美文学史上早已填满了这些自由诗作者的大名"。这既维护了白话自由诗的方向，又提出了一条学习外国进步文学以创建我国新文学的重要原则——"见善而从"。第三，反对者认为"白话诗只为'少年'所喜"；茅盾一针见血地指斥：因为少年"不屑徒为古人的格律规式的奴隶，那当然是喜欢白话诗啊"，并进一步揭露了保古派的奴隶嘴脸："古人所立的规式格律，当然是古人为表现自己的思想方便而设，何能以之为诗的永久法式？如果古人有这思想，那么这便是专制的荒谬的思想，如果古人未尝有此思想，而后人强要奉之，则后人便是奴隶的不自尊的思想了。"[6]这是充满辩证逻辑威力的驳斥：一是从内容决定形式、形式为内容服务的关系上，说明声调格律是由诗所表现的思想内容决定的，不同时代的诗歌要表现不同的思想内容，因此表现古代人思想的格律法式当然必不适应五四时代新诗所表现的思想内容需要；二是从世界观的高度，揭露反对白话诗者之所以墨守成规、维护旧诗格律，是因为不求改革的保守思想作怪，是奴隶性的表现。可见，茅盾的驳斥比起胡适来具有更大的雄辩力和锐利性，有理有据地斥退守旧派对白话诗运动的攻击，为保卫白话文学成果，为白话诗的发展扫清了道路，作出了贡献。

批判形形色色的复古派

在五四爱国运动高潮中，白话运动声威大振，取得了以白话取代文言正宗地位的决定性胜利；但随着五四运动走向低潮，各种反动政治势力的日趋嚣张，“文学界的反动运动”也逐步形成了。一九二二年出现的“学衡”派和“整理国故”派以及一九二五年复活的“甲寅派”，则是构成文学界反动运动的三股主要势力。虽然它们各自表演形态及其方式不同，然而“和其他反动运动一样，文学上的反动运动的主要口号是‘复古’。不论他们是反对白话，主张文言的，或是主张到故纸堆里寻求文学意义的，他们的根本观念同是复古”[17]；尽管他们编造了“一大套理由”，但无论怎样也掩盖不住他们反对革新、复古倒算的反动实质。茅盾在这场反对复古逆流、保卫五四白话文学运动成果的斗争中，站在文化革命新军的前列，自觉地挑起批判复古派的时代重任。因为，他深刻地认识到：“我明知时代先生的皮鞭落到 中国人的脊梁上，必不容中国人不朝前进，人类历史的长途本来作曲线进行，反动之后必有反反动，反动运动的生命是不会长久的，可是我们万不能竟把这幅担子交给时代先生，自己做个旁观者，我们要站在凶恶的反动潮流前面，尽力抵抗”[18]。说明他基本上能以唯物主义观点洞察这场斗争的规律，并能遵循它，驾驭它，鞭策自己做革命的促进派，不做时代的观潮派，勇敢地担起时代赋予的使命，对复古派的谬论进行了有理有力的批判。

白话与文言究竟孰胜孰败。经过五四运动，白话文已取得优势地位，但是一些“文言忠臣”始终不甘心，顽固地坚守文言阵地，恶意地诋毁白话，说什么文言无比优美，不可战胜，白话卑俗不堪，非能成气。一九二三年二月上海《民国日报》的《觉悟》上，登载了十几篇关于“文言白话之争”的文章。茅盾针对几位反对白话者的“妙论”，写下《杂感》(一)。它运用雄辩的外国“文白之争”的史实予以驳斥，深刻地揭示了文言必败、白话必胜的历史趋势。“中国人要发表思想、宣泄感情，须得学习两种‘工具’：一是文言，一是白话。”这虽是中国的“特别国情”，但在地球上类似这种情况的不乏其例，犹太民族和希腊民族则是通例。本世纪初，希伯来文是犹太族的“文言”，一种叫做 yiddish 的方言是他们的白话,而当时那些善用希伯来文的老宿常诬这种方言村俗不堪入文,正像我国文言"忠臣"对于白话的态度,根本否认白话能取代文言的正宗地位;可后来犹太新文人如潘莱士等极力提倡白话文,并用白话作文作小说作诗,虽曾遭到希伯来文的忠臣们的反对,但由于大势所趋,众心所向,终于"伧俗的 yiddish 战胜了古老历史的 希伯莱文",这是历史的必然,谁也阻挡不了。希腊的"文白之争"经过文艺复兴运动,白话逐步取代了文言,尽管希腊的国粹家竭力反抗,然而白话战胜文言的历史趋势是改变不了的。犹太、希腊的"文白之争"的结局尚且如此,那中国的"文白之争"的结果不是十分清楚了吗? 这种中外对照的批驳,不仅能使反对白话者理屈词穷、自甘失败,并且对致力于白话文者也是个深刻启示。最后,茅盾抓住复古派诬文学革命者是"迷新的疯子"的谬论,进一步指出:"在人类进化史上,疯人是不绝地出现的! 而且这种疯气原也是普遍的,非一民族所得专;且幸而不为一民族所专有","中国有之,西洋也有的"[19]。这是何等有力的批驳和辛辣的嘲讽。

白话与文言到底孰美孰丑。在"文白之争"中,反对白话者极力鼓吹"文言文所以能美,就在可以用典故";尤其危险的是,这种"假美主义"传染了做白话的人们,不仅"看不出那话头里的谬误,反以为有理,于是就极力把文言家用滥的词头儿搬到白话文的壳子里来,结果就造成了现在流行的'假美'的怪东西"。可见,夸文言"美"贬白话"丑",是复古派对五四白话文学运动反攻倒算的卑鄙伎俩,而且已毒化了一些新文学工作者,这是一种极为可怕的复旧情景。正是茅盾尖锐揭露的:"不幸近来我们的文艺者,捧出了美的神坛,做白话文的人们大家来讲究美,于是已经打破的旧观念忽又团结成形,居然有中兴之势,变相的用典主义(以用典为美的观念),渐渐扩张它的势力,遂成了今日的假美主义横行一时的局面。"其实,"自从文学革命的第一枪放出之后,已经把这个旧观念(用典主义)打破了"。为了击退这股复古恶流,以儆醒新文学工作者,因而必须摘清那样的语言才算真正的"美",文字的"美"究竟从哪里来的。对此,茅盾的见解是相当精到的,闪烁着真理的威力。他认为,不论是文言还是白话,它的"美"的最重要条件是,"排除因袭而自有创造",古诗人之所以用"螓""蛾"等字眼形容女子的头面,能使读者感到美丽,乃是因为第一次用这些字;后来诗人大都用起这些词汇,不仅见不得美,反见得讨厌了,根本缘由在于第一个诗人是创造,给人以新鲜感,所以就美;后来诗人再用,那是抄袭模仿,所以便不美了。这里,提出一个重要的美学标准,即"文章美不美,在乎他所含的创造的原素多不多”,“创造的原素愈多,便愈美”。“如果一篇文学作品的体裁、描写法和意境,都是创造的,那么这篇文章即使不用半个所谓美的词头儿,还是极美的一篇东西;不然,即使全篇里填满了前人用过的风花雪月,亦不过像泥水匠画照壁,虽然颜料用的是上等货,画出来的,终究不成东西”。复古派主张多用典故,不过是乱用陈词套语,因袭古人而已。这不仅不能增加文章的“美”,反而破坏了“真美”,从根本上违背了唯有独创的语言才能产生美感的美学要求。说穿了,文言家宣扬这种“假美主义”,实质上是为了反对白话维护文言的独尊地位。茅盾不但揭破了文言家鼓吹“用典主义”的卑鄙用心,同时还正告新文学工作者千万莫落进“‘用典主义’的陷阱里”,一定要“从创造中得美,不要偷了文言家的几个滥熟的词头儿,便自以为‘美在斯矣’”[20]。

剥开穿洋装复古派的自相矛盾的嘴脸。“他们自己也研究西洋文学,他们似乎也承认中国旧书里对于文学的研究不及西洋人那么精深;但是他们竭力反对白话。他们忘记了自己所钦仰的英美文学大家原来都是用白话做文章的。”这种自相矛盾的行径,正是这伙穿着西装的复古派的两面性决定的。因为他们盲目崇洋,必然带有洋奴的气味;由于他们迷恋封建文学,必然沾染上封建奴性。这两“性”的结合,就决定了他们在“文学界的反动运动”中的特点和态度。茅盾还从历史的发展趋向上,揭露这伙复古派反对白话维护文言的必败下场。“原来‘现代人作文须以现代语’,也和民主主义一样,是举所趋,不可抗的了。”即以白话取代文言的白话运动如同民主主义革命运动一样,是历史的潮流,谁若阻挡是决无好下场的。在这种新的革命时代,“不用白话做的文学作品”,实际上是“一种假古董,本身就没价值”。这支穿洋装的复古势力,虽然“无立足点”,也成不了大气候,但他们“间接造成的罪恶不少,这便是因为他们诱起了第二支的反动运动”。

所谓“第二支的反动运动”,则是以“甲寅”派为代表的复古势力。他们比穿洋装的复古派倒退得还远,不仅反对白话力倡文言,而且提出了“六经以外无文”的彻底复古的口号,妄图从“六经”里去“找求文学的意义”。他们认为“‘经’是文之极则”,说什么“西洋人的文学观念是中国古书所已有的,故当捧出自己的宝贝来,排斥洋货,不要弄成‘贫子忘己之珠’”。这是典型的妄自尊大的阿Q主义。茅盾斥责他们是“头脑陈腐,思想固陋,实不值一驳”的反动家伙;“他们本不敢如此猖獗”,之所以“引得这班糊涂虫因风起波,居然高唱复古了”,这与“近年来‘整理国故’的声浪大盛”有关。可见,胡适倡导的“整理国故”运动是逆时代潮流而动,为“开倒车的人”[21]大开绿灯。

揭露胡适主张“整理国故”所造成的危害

在二十年代这场文言与白话的斗争中,胡适处于一个特殊地位,他既是国故运动的鼓吹者,又是“学衡”、“甲寅”等复古派反对白话运动的攻击对象之一。胡适原是五四白话文学的积极倡导者,“五四”高潮刚过,他便鼓吹“国故学”,逐步煽起“整理国故”风浪,这说明他自己在否定自己,开始滑向新文化运动和白话文学运动的反面。但由于复古派大都一时看不清他的复古面目,所以仍把他作为白话运动的“领袖”来攻击。可见,他起到了复古派起不到的危害白话运动的作用。茅盾以敏锐的观察力和深刻的识力,对胡适及其“整理国故”运动进行了尖利的而又实事求是的分析批判。

首先,尖锐地指出新文学界这三年来是“进一步退两步”。所谓“进一步”,则是“大家都承认白话也可以作为发表意见抒写情绪的工具;大家也用白话来做论文,做小说,编剧本,做诗歌”,这是对白话运动所取得成绩的肯定。所谓“退两步”,表明“文学界的反动运动”和新文学运动本身所分化出去的右翼力量,严重地危害了白话文运动,造成了大倒退。其主要表现在:一是白话文的势力尚未巩固,而“做白话文的朋友”先怀疑起白话文是否能独立担负起发表意见、抒写情绪的重任,甚至怀疑到白话文要做“通”是否先要做通文言文,于是他们便由提倡白话而退到崇尚文言了;二是白话文在社会上尚未打下广泛牢固的根基,而“多数做白话文的朋友跟了几个专家的脚跟,埋头在故纸堆中,做他们的所谓‘整理国故’”,结果“社会上却引起了‘乱翻古书’的流行病”。由于新文学阵营有了“裂缝”,以胡适为首的原先做白话文的人对守旧势力的妥协退让,不仅造成了白话运动的倒退,并且助长了复古派的气焰,这样文学界便出现了“颇占优势的反动运动”。

其次,具体分析“整理国故”运动造成的危害。茅盾并不否认“整理旧的”是“新文学运动题内应有之事”,即新文学运动对古书也要研究,且是其分内的任务,这种看法就比较辩证些;“整理国故”的主要错误在于:第一,这个口号提出的时机不对,转移了斗争的大目标。“当白话运动的工作尚未完成,就是当白话还没有夺取文言的‘政权’,还没有在社会中树立深厚的根基的时候,我们应该目不旁瞬地做白话运动”,即使守旧势力咒骂“执而不化”,我们也“必须相信白话是万能的”,必须“发誓不看古书,我们要狂妄的说,古书对我们无用”,这是白话运动的主攻方向决定的，丝毫不能动摇退让；否则，一张扬“整理国故”，势必丧失白话文已夺取的阵地，“多数新文学的朋友忘记了他们的历史使命”，结果“弄成了事实上的‘进一步退两步’”。第二，“整理国故”为复古势力造成了可乘之机，“爆发了反动运动”，对新文学运动进行反攻倒算：“新文学运动的第一事——也就是第一成功，是‘说什么，写什么；现在反动派却令小学生读文言做文言了。新文学运动的第二成功，是把词曲歌谣白话小说升作文学正宗，请经史子另寻靠山自立门户”，即“改正中国数千年‘文以载道’的观念；现在反动派却又揭出‘六经以外无文’的旧招牌，叫人到经书里寻求文章的正宗了。新文学运动的第三事是介绍西洋文艺思想，研究西洋文艺作品；但是反动派却不问牛头不对马嘴，借了整理国故的光，大言西洋人的文艺思想乃中国古书里所固有，我们只要到自己家里去寻，不该乞诸于邻”。这种反动运动的势力，敢于如此猖狂，是与新文学阵线的分裂、胡适派的倒戈紧密相关。为“应付这种反动的攻势”，茅盾号召新文学界一是“须成立一个扑灭反动势力的联合战线”，二是“不可忘了自己的历史使命——白话运动的普遍的宣传与根基的巩固”[22]。表现出他在“文白之争”中的策略思想和战略观点。

在二十年代这一场击退文学界的“反动运动”的战斗中，充分显示出茅盾敢于斗争、善于批评、尊重事实、精于说理、论证严密、无懈可击的战斗特点。

批判“文言复兴运动”

三十年代中期，正当无产阶级领导的左翼文学运动蓬勃发展之际，汪懋祖在《申报》上发表两篇文章，高揭“中小学文言运动”的旗帜，煽起一股反对白话主张文言的黑风，这是二十年代文学战线的“文白论战”在新的历史条件下的延续，说明文言与白话的谁胜谁负问题，是经过了一个长期而艰巨的斗争历程，才逐步解决的。

茅盾站在时代的高度，以历史唯物主义观点，从白话运动以来存在的“文言与白话的明争暗斗”的历史，深刻地揭露了汪懋祖的复兴文言反对白话是“吉诃德先生式”的行动，并把“文白论战”发展到“一个新的阶段”。他指出，“自从《新青年》开始了‘白话运动’以来，文言和白话的明争暗斗不曾停止过”；不过五四前后文言派的“战术是很有点笨拙”，说“《新青年》诸先生不会做文言文这才提倡白话”，随后周氏兄弟《域外小说集》的翻印和胡适《中国哲学史大纲》的发表，完全证明复古派的论调站不住脚，于是他们又改变论调，说什么若做白话文非饱读古书不可,这样"文言家已经由'进攻'而变为'防御'战术;但是白话运动的倡导者胡适却很满意复古派的非饱读古书不可"的说法,于是他便从"建设国语文学"的口号里发现一个新东西,即"替白话文学编家谱,证明它也是旧家子而不是暴发户"。这表明胡适向封建复古派妥协了,并和他们共认了"祖宗",从此"成为他们的好朋友,而他们也不再反对'白话'"。这是因为,胡适已用实验主义考证给复古派看:"封建思想用'白话'也可以表达",这就从根本上否认了"文白之争"的实质是"新旧思想之争"。但是汪懋祖"竟看不出现在穿了'白话'衣的中小学国文课本大部分即是尧、舜、禹、汤、文、武、孔、孟一脉相传的圣道",还在那里"大声疾呼正面主张中小学教文言"。对于这种"吉诃德先生式"的行动,"实在不能给它太高的估价",只能说明他比那些老复古派还要愚笨得可笑。

茅盾深刻地总结道:"文言和白话之争不是一个简单的文字问题,而是思想问题;在反对文言运动的时候,应该同时抨击那些穿了白话衣服的封建文艺",对于"从种种不同的角度上倾向于'复古'或'逃避现实'的论调,应该给它严格的批评"[23]。说明三十年代中期他对"文白之争"的阶级实质的认识比二十年代更明确,批判文艺上的形形色色论调的态度更彻底,并且能自觉地把批判汪懋祖的文言复活运动同无产阶级"大众语文学的建立"结合起来,标志着他在"文白之争"中的批判水平达到了一个新的高度,并且说明"文白之争"随着中国革命和文学运动的发展出现了新的特点。

二

茅盾之所以能够自觉地同反对白话维护文言的守旧势力展开不懈的斗争,并决心将白话运动进行到底,除因为他具有坚定的革命立场,以及献身于中国新文学运动的崇高理想外,还在于他对白话运动的性质、意义有着深刻的认识,这为他积极投身白话运动,提供了正确的指导思想。

五四时期兴起的白话运动是新文学运动的重要组成部分,它所产生的社会影响,不仅仅局限于文学领域,可以毫无夸饰地说已波及到上层建筑的各个部门。茅盾不止认识到:白话运动这种巨大的影响,而且明确地看清了新文学运动与白话运动的不可分割的有机联系,即"新文学运动的第一步,一定是白话运动"[24]。也就是说,没有白话运动的蓬勃开展便没有新文学运动,新文学运动首要的任务是要开展"以白话取代文言正宗地位"的白话运动。这一认识同五四时期胡适的看法是一致的,说明他并没有因为胡适这时(1924 年)已成了复古派的"朋友"而对他早期的一些正确的文学见解也否定了。胡适于一九一九年针对那种"文学革命决不是形式上的革命,决不是文言白话问题"的"高谈文学革命"的空论,指出:"我们认定文字是文学的基础,故文学革命的第一步就是文字问题的解决。我们认定'死文字定不能产生活文学',故我们主张若要造一种活的文学,必须用白话来做他的工具。我们也知道单有白话未必就能造出新文学;我们也知道新文学必须要有新思想做里子。但是我们认定文学革命须有先后的程序:先要做到文字体裁的大解放,方才可以用来做新思想新精神的运输品。"[25]这种"白话运动"(包括文学的其他形式的改革)是文学革命第一步的看法,既符合内容与形式这对范畴的辩证发展规律,又切合五四文学运动的特定的历史条件。从理论上讲,在一般情况下文学内容是主导,语言形式为内容服务,但在旧形式严重束缚对新内容的表达、不打破旧形式新文学就不能产生的条件下,形式也会转化为起决定作用的主导方面,所以五四新文学运动先搞"白话运动",从语言形式的改革入手,是切合规律的;从文学的发展过程看,内容比形式的发展变化快,往往内容的变化先于形式,由内容的变化而引起形式的相应变化。"五四"正是我国处于急剧变化的时代,新思潮汹涌澎湃,思想解放运动腾跃发展。在这种情势下,文学的思想内容早已开始变化,但陈旧的文言、僵化的骈体格律等形式,已成了新文学表现新思想内容的严重桎梏;不彻底打破文言等旧形式、提倡白话等新形式,不但阻碍思想解放运动的深入,而且也影响新文学的顺利发展。可见,"白话运动"是文学革命的第一步的设想,是切实可行的。茅盾虽然认定白话运动对新文学的发展具有如此重要的地位,但是他并不承认"白话是新文学的目的",只是"确认白话是建设新文学的必要工具"[26];虽然他对白话是新文学的"利器"的看法同胡适的见解是一致的,但是他没有像胡适那样把"国语的文学,文学的国语"看成是新文学运动的"唯一宗旨"和"根本方针",他只是认为:

> 现在的新文学运动也带着一个国语文学运动的性质;西洋各国语言成立的历史,都是靠着一二位大文学家的著作做了根基,然后慢慢地修补写正,成了一国的国语文字。中国的国语运动此时为发始试验的时候,实在极需文学来帮忙;我相信新文学最终的目的虽不在此,却是最初的成功一定是文学的国语,这是可以断言的。现在尚有人们以为文言的文学看厌

了，所以欲改用白话，或者以为文言的文学太难学太难懂了，所以欲用白话：这实在误会已极！不先除去这些误会，新文学运动永无圆满成功的一日！[27]

这种认识虽然同胡适对新文学运动与国语运动密切关系的见解相比，没有重大的突破，但是茅盾的看法比较有分寸，力避把国语文学运动强调到不适当的程度，也没有把它当成“新文学最终的目的”，只认为它是“最初的成功”，充分体现出彻底的文学革命精神。茅盾对白话运动意义性质的认识的独到深刻之处，不仅仅表现在他从白话运动同新文学运动、国语运动的关系上作了探索，重要的是他能把白话运动与五四时期意识形态的斗争联系起来考察，认识到“新青年”派的白话文学主张是新兴资产阶级复杂的意识形态的反映，白话运动适应了意识形态斗争的需要，因此白话文则成了新兴资产阶级向封建意识进行斗争的最有效的工具[28]；这同胡适的认识相比深刻得多了，已接触到问题的本质了。由于茅盾有了这些明确而深刻的认识，所以他始终把白话运动作为中国思想解放运动、新文化运动和文学革命的互为一体的历史使命，以彻底的革命精神来完成和捍卫它。

白话运动是伴随着提倡科学与民主、反对封建意识，提倡新道德、反对旧道德，提倡新文学，反对旧文学的新文化运动和思想解放运动的产生而产生，发展而发展。因此，白话运动就不仅仅是个语言文字形式的改革问题，它渗透着两种思想意识、两种道德观念、两种文化文学形态的斗争。陈独秀曾说过“五四”最有价值的时代精神是“德谟克拉西”，表现在文学上则是“白话文”运动，这种说法虽然并不全面，但却指出了提倡白话运动就是民主主义时代精神的一种反映。这是复古派之所以疯狂地反对白话运动的本质原因所在。茅盾深刻地认识到这一点，以明确的阶级斗争观点指出文言和白话之争不是一个简单的文字问题，而是思想问题，因此便决定了这场文白之争在中国现代文学思想斗争史上的长期性、激烈性和复杂性的特点。正因为茅盾认清了“文白之争”的实质及其特点，所以他不仅具有识别形形色色的反对白话维护文言的复古派的嘴脸与论调的敏锐力，而且富有同守旧势力进行长期斗争的韧性精神。他始终和鲁迅站在同一战线上，为反对文学界的封建文学复活，捍卫白话文学运动的成果，坚持五四新文学的战斗方向，作出了自己的努力，这将永远光耀于中国新文学的史册里。

(1982.9)

注:

[1]黎锦熙:《国语运动史纲》

[2]鲁迅:《坟·写在〈坟〉后面》

[3]鲁迅:《朝花夕拾·二十四孝图》

[4][6][8]《新旧文学平议之评议》,1920.1《小说月报》第11卷第1号

[5]胡适:《答黄觉僧君〈折衷的文学革新论〉》,见《胡适文选》

[7]《小说新潮栏宣言》,1920.1《小说月报》第11卷第1号

[9][28]《关于"创作"》,1931.9《北斗》创刊号

[10]胡适:《文学改良刍议》

[11][12][25]胡适:《〈尝试集〉自序》

[13]刘半农:《〈初期白话诗稿〉序》

[14]胡先骕:《评〈尝试集〉》,《学衡》第1期

[15]吴宓:《论今日文学创作之正法》,《学衡》第15期

[16]《驳反对白话诗者》,1922.3.上海《文学旬刊》第31期

[17][18][21][26]《文学界的反动运动》,1924.5《文学周报》第121期

[19]《杂感》(一)1923.4 上海《文学旬刊》第70期

[20]《杂感》,1924.1《文学周报》第105期

[22][24]《进一步退两步》,1924.5《文学周报》第122期

[23]《对于所谓"文言复兴运动"的估价》,1934.8《文学》第3卷第2期

[27]《新文学研究者的责任与努力》,1921.2《小说月报》第12卷第2号

茅盾论文学的"独创"问题

在茅盾前期的文艺思想中,文学"独创"的问题具有不可忽视的地位。所谓文学的独创问题,主要指文学的创作个性问题,也就是作家的审美意识的个性差异在文学创作上的特殊表现。茅盾对文学独创问题的论述,不仅仅局限于理论上的意义,更重要的是具有文学革命实践的意义。只有从这样的角度来探讨这个问题,我们才能发现作为现代文学巨匠的茅盾,对中国新文学的创建和发展所作出的独特贡献,以及在文学思想上的卓识之处。

一

茅盾认为,"新文学的提倡差不多成为'五四'的主要口号,然而反映这个伟大时代的文学作品并没有出来"[1](这种看法有一定的片面性)。因此,在五四文学革命推翻封建旧文学的废墟上,如何创建具有时代特点的新文学,并推动中国文学的迅猛发展,以使我国文学赶上世界进步文学的步伐,这是有志于提倡新文学者的光荣而艰巨的战略任务。

为了完成这一战略任务,茅盾孜孜不倦地做了大量的艰苦细致的研究工作。除深入研究并积极介绍进步的外国文学,以资创造我国新文学借鉴外,尚对我国古代文学为什么"不能健全发展之原因"作了具体的探讨,旨在总结本国文学演进的经验教训,催促五四以后新文学的健全发展。

在研究中,他发现几千年中国封建时代的文学,不能健全发展的根本原因之一,则是"迷古非今",即"蔑视自己的创造力,专去摹仿古人"[2]。这不仅深刻地揭示出中国文学的一大弊病,而且总结出文学发展的一条值得借鉴的重要经验,即:一味地摹仿必然抹煞文学的独创性,影响文学的健全发展,导致文学的复古倒退;唯有文学家们充分发挥自己的创造能力,使创作具有鲜明的个性,才能对文学的发展作出独特的贡献,用自己的与众不同或与前人不同的作品来丰富人类的文学宝库,以满足社会的多种多样的审美需要。

但是,"我国文士一向迷信古代的便是好的,故摹仿古作的积习特浓厚",根本否认文学创作"须有作者的个性"。这种"今不如古"、漠视历代文学各有其独创性的观念,牢入人心,甚至著名的文学批评家也"硬派一时代的杰出作品乃是摹仿某时代的"。刘勰曾说:"楚之骚文,矩式周人;汉之赋颂,影写楚世;魏之策制,顾慕汉风;晋之辞章,瞻望魏采;推而论之……则楚汉侈而艳,魏晋浅而绮,宋初讹而新:从质及讹,弥近弥澹。何则?竞今疏古,风末气衰也。"[3]在他看来,似乎创作的得失都决定于能否苦心拟古。茅盾并不同意这种崇古贬今的观点,指出"前后代文学之间的影响,自然是有的,然而何尝象刘彦和所说的那样呆板"[4],即看不到每个时代文学的独创性呢?正是在这种否认文学独创性、只模仿古作的文学观念指导下,于我国文学发展的长河里,热衷拟古不求创新的复古逆流始终不断。例如,魏晋以前,屈原作《九章》,于是便有宋玉的《九辨》,王褒的《九怀》,王逸的《九思》,刘向的《九叹》,摹仿不已,九九无穷;扬雄作《连珠》,于是便有潘勖的《拟连珠》,王粲的《仿连珠》,陆机的《演连珠》,颜延之的《苍连珠》,王俭的《畅连珠》,不一而足;枚乘作《七发》,于是便有傅毅的《七激》,张衡的《七辩》,崔骃的《七依》,马融的《七广》,王粲的《七释》,张协的《七命》,桓麟的《七说》,凡诸拟作,章摹句写,何见创作个性?茅盾认为,"摹仿原是人类的天性,但中国文人之好拟作,却因是迷古。魏晋要返于两汉,两汉要返于周秦,周秦要返于唐虞,只思后退,不顾上前,便是中国文学的一大毛病","便是源远流长的中国文学不能健全发展的根本原因"[5]之一。

这种否认文学的独创性的一味拟古的恶流直到五四时期,仍在文坛上泛滥,形成了文学上的老八股老教条,严重地阻碍着文学的发展。正如胡适所揭露的:"观今之'文学大家',文则下规姚曾,上师韩欧;更上则取法秦汉魏晋,以为六朝以下无文学可言"。其实,这种"摹仿古人"是一种"奴性"的表现,根本创造不出具有独到色彩的"真正文学"[6],只不过为"文学界添几件赝鼎耳"[7]。因此,反对文学上的拟古主义、提倡"自铸新词"以"实写今日社会之情状"[8],则成了文学革命的任务之一。

茅盾的卓识之处,不仅表现他通过考察大量文学史实,已看到了迷古非今、抹杀个性是阻碍中国文学健全发展的根本原因之一,而且也表现在他能从"文学是人生的反映"这一基本原理上作了深入的探讨,指出"中国始终没有一个时代曾明确地认识文学须表现人生,须有作者的个性"[9],而只是把文学作为"代圣贤立言”的工具，作为游戏之物，这样势必走上否认作家独创性的摹仿古作或随心所欲的死胡同。他这里所提出的“作者的个性”，是一个值得深入研究的美学见解。它是同作家的独特创造能力紧紧联系在一起的；而这种创造能力既以运动的形态表现在作家的创作活动中，又以静止的形态表现在作家所创造的作品中。由于文学所反映的社会人生的美只能存在于无限丰富多样的感性具体形态之中，因而作家对它的审美感受也是无限丰富多样的，这样就能使其对社会人生美的反映具备了充分发挥个人独创性的空间；唯有作家主观方面的独创性又恰好是客观人生存在美的一种独特反映，才能形成真正的创作个性，才能创造出具有美学价值的文学。否则，如果作家不是从丰富多采的社会人生的客体出发，而是从封建圣贤的理念学说出发；不是根据现实人生的独特感受和认识，来探求与之相适应的独特的表现形态和方法，而是依照“载道”的需要墨守于既定的格局成规，这样必然要扼杀作家的主观独创性，“自然他们的作品内找不出人生并没有个性了”[10]，势必使文学的演进走上陈陈相因、毫无生气的死路。

可见，茅盾前期反复强调文学的独创性，旨在同封建文学的习惯拟古的因袭性彻底划清界限，这不仅对破除旧文学的老八股老教条具有革命意义，而且对于建设具有新颖独创的时代色彩的新文学也具有深远意义。

既然“旧文学最显明的弊病是因袭与模仿”，缺乏独特性，那么通过五四文学革命，“新文学革了旧文学底命，自当脱胎换骨，一新面目，才算是有出息”；但是，新文学创作的现状并非如此，真正能够“力去陈言，戛戛独造的作家”并不多，而不少人总还不免因袭与模仿的旧病，或辗转承袭，或以堆砌模拟为能事，因此竟使一些作品“除掉那流行的滥调和做作出来的别人底风格”外，根本没有自己独特的生活感受和独运的艺术匠心，丝毫表露不出自己的独具风格。有的作家深晓古代文学之所以不能健全发展，乃“因一班文人，只想摹古人底词调，偷古人底风格，却不能自立门户；白操了心，学古人总不及古人”，因而就不去模仿古人，但是却又去“模仿时人”。其实，“好古与趋时正是一件事底两面，都是忘了自己”，也就是忘了自己独具的创造能力。这不但“耽误了自己的前程”[11]，而且也延缓了整个新文学创建的进程。

当时，这种忘记自己的创作个性，一味“模仿时人”的恶风，主要表现在两个方面：一是生搬硬套西洋文学，以“模仿”代替“创造”。茅盾认为，有分析有目的地借鉴（或模仿）西洋进步文学，创造中国新文学，这本是现代文学初创期的重要途径之一;但是有些新文学工作者,却在读了翻译的或原文的外国小说便下笔做小说,“纯是模仿,而不去独立创造”,“缺少活气和个性”,根本没有什么文学价值。这些模仿作品中的人物大都是借用的,不是自己创造的,因此一篇作品的许多人物都只是“一个模型里的出产品”[12],根本见不到栩栩如生的人物个性。甚至有的作品“专门模仿西洋小说的皮毛”,如节译西洋的无聊小说而改用国人名,背景却是外国的,这根本“失了创作资格”[13]。实际上,这是茅盾对五四新文坛上的一种洋八股的揭露与批评,为创造具有民族特色的新文学扫清道路。二是新文学作者互相摹仿抄袭,造成创作的雷同化、公式化。茅盾认为,如果“文学是人生的反映,创作家是直接从人生中取材来”,而又能充分发挥自己独特的创造才能,那一定能创造出真有审美价值的真文学来;但是通过对一九二一年四五六月份新文学创作的考察,他发现描写男女恋爱、农民生活,城市劳动者生活题材的作品,互相模拟的雷同现象是相当严重。“他们对于描写的对象大概是抱了同一的见解和态度的,他们的描写法也是大概相同的,他们的作品都像是一个模型里铸出来的”,尤其是表现男女恋爱的作品的互相摹拟更为突出。它们不仅在情节布局的格式上类似;而且所创造的人物大都是一个面目,其思想又是一个样,举动也是一个样,何等地步说何等话也是一个样,这样作品中的人物不能一个有一个的个性,竟弄成所有的人物都只有一个性格。此类恋爱小说,不是社会人生的真实反映,也不是作者自身经历的结晶,而是“摹拟的伪品”[14]。

对于一个作家来说,如果没有自己的创作个性,缺乏文学的独创能力,只顾模拟中外大家名著,那么不论你的作品模拟得如何逼真,所反映的内容如何重大,所表现的知识如何丰富,其成果都不可能具有其他作家的作品所不能代替的特殊美和感染力,称不上真正的新文学作品;对于初建期的中国新文学来说,如果新文学作者缺乏自己鲜明的创作个性,对客观人生现实的美缺乏一种别于其他作家的独特感受力,在艺术传达上缺乏一种独特的探求精神,而只会机械地生搬,僵硬地仿造,其结果不但不能为现代新文学大厦的奠基增添色彩鲜明的坚固石子,反而堆上一些伪造的陈砖烂瓦。

茅盾正是从我国文学发展的历史和现状出发,以创造具有个性特点的新文学为宗旨,反复论述了文学独创问题的重要性和迫切性,表现出他为发展并建造中华民族的新文学的强烈责任感、认识的敏锐性和思考问题的深刻性。

二

茅盾前期文艺思想有个比较突出的特点是，从不发空论，放空炮，总是从实际出发，有的放矢地解决新文学发展过程中提出的重要课题。由于他敏锐地看到了“因袭模仿”，既是中国文学的弊病，又是新文学创建与发展的障碍，所以极力强调应提高作家的创造能力和增强文学的独创性，反对墨守成规，陈陈相因。但是茅盾并没有停留在一般的提倡或号召上，他具体地探讨了文学的独创问题，给作家如何形成并发挥自己的独创才能，怎样提高作品的独创性，从理论和实践的结合上指出了比较明确的方向。

茅盾并不反对必要的“模仿”，他认为每个文学家独创能力的形成，都同对前代文学家的伟大创作的批判继承分不开的。文学家只有广泛地从前代大师的成就中吸取适合自己需要的东西，才能形成、丰富和发展自己的创作才能。具体来说，文学家在形成文学独创性之前，开始都要经历对前代文学家的“摹仿”这样一个幼稚阶段，这是通过了解前人成就从中受到启发，进而发现自己特有的个性气质所必需的。茅盾深晓此理，所以他不是一般地笼统地反对文学上的摹仿，而是反对那种忽视自己个性气质，一味地机械地摹仿前人或洋人，不利于形成自己独创能力的奴性因袭；也就是反对那种生吞活剥前人或洋人的成果，不是把摹仿作为形成自己独特性的必要准备和手段，乃全然把它当成目的的所谓“摹仿”。而且，他更反对那种单凭自己一时的灵感所至去创作，对“古今来大文学家作的什么等等，全不用问”[15]的妄自尊大的虚无主义态度。他在反对那种“画虎不成”的机械摹拟的同时，曾辩证地指出：“并不是说别人用惯或用过的东西，我们一概屏弃不顾。那是做不到的，因为谁能完全离开过去的影响而有所建立呢？我们只不要生吞活剥罢了。至于将他们消化，以供己用，原是极好，也是必要的。因为消化以后，他们已不是谁们的而是我的了。我说‘创作’，也得先有了这消化了的材料，才行。[16]”对于应该批判地吸取前人的创作成果，并加消化以资提高自己独创能力，茅盾还有更深刻的见解。他认为，“独立创作自然是每个作家所应奉为格言的，但是决不可误认为独立创作，即是屏斥一切已成功的文学作品而不去研究”，正如同“企图思想独立的人，决不是闭目不看一切书籍，不研究古来各派思想，而在自己空洞洞的脑子里求思想之独立的；他必须先去博览深求，吞进了许多书籍，精研过各派思想，然后独辟蹊径，以成其独立的见解"一样,文学的独创性的形成亦然。即:"一个文学家必须知道他前辈的文学家,在艺术上是达到了如何的境界,据有它,熔化它,使变成自己的血肉,然后再抛弃了前人的成规,而来独立创造";但是当时却有些青年作家"侈言独立创造而全然忽略了古人成功的著作的研究"[17],这怎么能形成自己的创作个性,又怎能创造出超越前人且具独特时代色彩的新文学呢?这就十分明确地指出了,文学家独创性的形成,是同继承前人的文学成果这一历史条件分不开的;但这种"继承"不是生搬硬套的摹仿,而是要认真地研究它,既有所弃舍又有所吸收,也就是必须据有它,熔化它,使其变成自己的血肉,并同自己的个性气质有机地结合起来。这样,才有助于形成自己的独创才干,进而提高新文学的独创性,创造出无愧于伟大时代的文学作品来。

茅盾不仅指出了作家独创能力的形成,在客观上受着历史条件的制约,而且更强调作家创作个性的形成,在主观上是艰苦探索的结果。故号召作家深入实地观察,对现实的美必须具有独特的发现和寻找相应的独特表现手法。他认为,"文学的创作才能固有天赋授(指一定的先天条件),然而必须经过若干时的人生经历,印了很深的印象,然后能表现得有生气;也必须先有了独立精神,然后作品能表见他的个性。如果关在一间小屋子里,日夜读小说,模仿着做,便真有创造天才的也做不出好东西"[18]。这一闪烁着唯物主义思想光辉的认识,为作家独创才能的形成和新文学创作个性的获得,指出了正确途径。他曾多次号召作家要走出小屋,到民间去,到第四阶级中去,到广阔的人生社会中去,不是进行一般的实地观察,而是要进行独到的观察。透过观察不是获得对客观现实的一般的审美意识,而是对客观现实的美要具有区别于其他作家的独特感受、情感体验以及不同角度和深度的认识,并能探求到与之相适应的艺术表现手腕。这是构成文学独创性的最基本的东西。正如他所深刻认识到的:"文学无非是表现人生,这是不错的;但是文学之所以可贵,乃是它(文学)能够把一般人所看不见的人生的灵魂捉住了,而加以艺术的描写,使人深切的感受了。所以文学家的天职并非是仅仅描写人生,而应把一般人所看不见的人生的秘奥指出,换句话,就是文学家应该具有一双特别锐利的眼睛,能观察到普通人所不见所忽略的地方,能捉住了这一点用巧妙的艺术手腕表现出来,使不见者成为共见。这便是独到的观察。""谁也知道一篇文学作品首要描写得好;如何描写得好呢?这就在乎作家能用妥贴新颖的字句来表白。具有锐利观察力的作家能够从不同的物事中,找出他们的相似点作为比拟形容:这便造成了妥贴新颖的描写。如果作家没有这个本事，只把前人用过的滥调敷衍，他的失败是不可免了。”[19]可见，通过独到的观察对客观现实所获得的独特的审美感受，以及捕捉的与之相适应的艺术手腕，对于形成作家的独创才华，提高文学作品的独特审美价值，具有何等重要的意义。

他还深刻地启示作家，要使自己的创作避免雷同化、公式化、平庸化，首要的一点，就是必须在对人生现实的观察和认识上下苦功夫，努力发掘别人尚未认识或认识不深的方面、特点和意义，力争达到感受和认识的新高度和深度，这样才能产生具有美学价值的创新。“因为从客观方面说，天下本无绝对相同的两件事，从主观方面说，天下决无两人观察一件事而所见完全相同”[20]，这正是文学独创性形成的坚实的主客观条件。至于探索独特的艺术表现方式（包括艺术构思和表达），更需要付出呕心沥血的代价。因为“文学描写的技术实是创作家天才的结晶”[21]，是艰苦探索的艺术实践成果，非轻而易举便可成功的。当时，茅盾最敬佩和推崇的是鲁迅的小说。他认为鲁迅《呐喊》集里的小说，不论“题目，体裁，风格，乃至里面的思想，都是极新奇可怪的”，具有鲜明的独创色彩，表现了作者高超的非凡的创造才能。他说：“在中国新文坛上，鲁迅君常常是创造‘新形式’的先锋：《呐喊》里十多篇小说几乎一篇有一篇的新形式，而这些新形式又莫不给青年作者以极大的影响，必然有多人跟上去试验。丹麦的大批评家布兰兑斯曾说：‘有天才的人，应该也有勇气。他必须敢于自信他的灵感，他必须自信，凡在他脑膜上闪过的幻想都是健全的，而那些自然而然来到的形式，即使是新形式，都有要求承认的权利’。”[2]茅盾对鲁迅勇于探索的精神及其小说独创性的赞誉和肯定，为新文学工作者提高自己的创作能力、增强文学的创作个性树立了楷模。

茅盾不是用一成不变的静止眼光来看文学的独创性，而是以变化的发展观点进行具体考察，明确地指出“进化底原则普遍于人事，文学艺术自然也随时迁善”，因而“文学上的‘创作’（指独创）又该是绵延不绝的”。这不仅说明了文学的独创性是自觉不自觉地“随时”在变化，在更新，同时也说明作家的创作个性基本形成后，也需要不断地加以丰富和完善，这样文学的个性才能保持常新的生命；否则，那形成的创作个性就会逐步地变得贫乏，单调，枯竭，陈腐，甚至消失。

为了不断地丰富和发展文学的独创性，作为文学工作者本人来说，最重要的是要始终保持自己对现实人生所特有的活跃的和新鲜的感受，在不断地深入观察、一体验生活的过程中，不断开拓自己的创作新天地，并且在对艺术形式、表现技巧、语言等掌握和运用方面，尚须孜孜不倦地进行探索性的实践，永远不能满足既得的成就。"就以用词与表现式而论，固然不能无所凭依，但能避熟就生处，总以不落常套为是"，这样"用词与表现式"才能"新鲜活泼"，"才能引起读者强烈或微渺的兴趣"，才能给人以美感享受；不过，所谓新鲜活泼，"也是相对的说法"，因为"无论怎样新鲜、活泼的词，用得太熟，也将失去了刺激性，不复耐人寻味。这就是所谓滥调"。因此，文学上的独创是不断发展变化，"绵延不绝"的，决不能止步于已取得的成果上。

茅盾曾尖锐地批评当时新文坛上那种"陈陈相因的滥调"，说："近来作品里，满眼差不多都是些早已有了的东西；他们大概以为有了这些，已经一生吃着不尽，只消写就是了。可是这种堆砌运动，不太嫌不经济么？以新诗而论，近来最流行的有'自然'，'大自然'，'宇宙'，'爱'，'美'，'生命'，'诗人'，'上帝'等字样"。"这些词头在初用时，确有新鲜的意义；便是现在，若用在新鲜的调子里，也还可以耐人寻思。可是有些新诗人们，一味将他们放在刻板的表现式里，所以便觉千篇一律，了无意趣。这样饾饤的东西，果能算是文学么?"岂不知文学贵在"独创"，贵在"随时迁善"。因此，"人家用过的，我固不必去拾唾余；就是我自创的，被别人或自己用熟了时，也得割爱"[23]，必须不断地推陈出新，以丰富和发展创作个性。不但语言与表现式应不断地创新，就是描写的方法也要革新，而且"描写的方法愈'独特'愈好"。他指斥礼拜六派小说的"描写方法完全是因袭的抄来的"，甚至于"描写的字句也是抄袭的"，毫无可取之处；如果说"旧章回体小说写一个英雄出场总是用'只见得，'三字吊起一大段脸面身段和服装的描写"也算"有创造天才的小说家"的话，那么"现市面充塞的恶劣小说，连这一点都做不到"[24]。致力于新文学的创造者，不是礼拜六派这种"小说匠"，而是富有独创才能的文学家，因此必须根据作品反映生活内容不断更新的需要，不断地探求"独特"的描写方法或表现技能，墨守成规或故步自封是最没有出息的文学家。

以上茅盾用发展观论述文学独创性的精辟见解，对指引作家在生活实践和艺术实践中不断丰富和发展创作个性，具有多么深刻的意义。

尤其值得称道的是，茅盾提出"创造(即独创)的原素愈多，便愈美"的美学原则，指引作家遵照"美"的要求，"排去因袭而自有创造"，即充分发挥独创能力，提高作品的个性化程度，因为"文章的美不美，在乎他所含的创造的原素多少”。这些认识是相当深刻的，实在发人深思。现实美是美的客观存在形态，艺术美则是这种客观存在的主观反映的产物，而这一“反映的产物”并不是客观实在的机械复制，乃是美的创造性的反映形态，所以说作家的创造性劳动是决定文学作品美不美的重要因素。作家在创作活动中越是能充分施展独创才能，并敢于“自出心裁地去‘创作’”，越是能提高文学的独特性和审美价值；而那些只会死板地摹拟因袭中外古今文学名著的作家，绝对不能创造出比现实生活更美更新颖的文学作品，根本原因在于他们缺乏勇于创造、敢于标新的精神，也就是没有付出创造性的劳动代价。

即使文学作品一个字眼的美不美也同作家的能否进行“独创”联系在一起。茅盾曾以古代诗人用“蓁”、“蛾”等字形容女子头面的美丽为例，说明作家的“创造”精神对于文学作品的“美”至关重要。他指出第一次用这些字眼的诗能使读者感到说不出的美，后起诗人都用这些字样形容女子头面，那不仅不见得美，反而生厌了。“这全因为第一个诗人使用那些形容字，是创造的，所以就美；后来那些诗人使用时，就是模仿了，所以不美”。正因为作家的创造性劳动同文学的美不美紧密相关，所以他进一步强调指出：“一篇文学作品的体裁、描写法和意境，都是创造的，那么这篇文章即使不用半个所谓美的词头儿，还是极美的一篇东西；不然，即使全篇里填满了前人用过的风花雪月，亦不过像泥水匠画照壁，虽然颜料用的是上等货，画出来，终究不成个东西。”[25]这说明文学作品美不美，不只是在于字眼的新鲜与否，更重要的是从体裁、表现方法到意境（主要指内容），都更具有独创性。可见，要使新文学有别于前人或洋人的创作成果，具有独特性和审美价值，有赖于新文学作者在艺术实践中发挥创造性的劳动。

茅盾关于文学“独创”问题的见解，不是没有偏颇之处，但从基本方面来看，却显示出辩证唯物主义的美学威力。它不仅在二十年代我国文学初创期，对于指导作家创建具有时代的民族的个性特色的新文学起过重要作用，而且对于今天的作家如何创造出更多更好的无愧于社会主义新时期的文学作品，同样具有指导性的意义。

（1982.8.10 于山东师大）

注:

[1]《读〈倪焕之〉》,1929.5《文学周报》第8卷第20期

[2][4][5][9][10]《中国文学不能健全发展之原因》,1926.

[11]《文学周报》第4卷第1期

[3]《文心雕龙·通变篇》

[6][8]胡适:《文学改良刍议》

[7]胡适:《给陈独秀》

[11][16][23]《独创与因袭》,1922.1《时事新报》副刊《学灯》

[12][18]《新文学研究者的责任与努力》,1921.2《小说月报》第12卷第2号

[13]《春季创作坛漫评》,1921.4《小说月报》第12卷第4号

[14]《评四五六月的创作》,1921.8《小说月报》第12卷第8号

[15][17][19]《告有志研究文学者》,1925.7《学生杂志》第12卷第7号

[20]《一般的倾向》,1922.4《时事新报》附刊《文学旬刊》第33期

[21]《一年来的感想与明年的计划》,1921.12《小说月报》第12卷第12号

[22]《读〈呐喊〉》,1923.10《文学周报》第91期

[22]《杂谈》,1923.2《时事新报》附刊《文学旬刊》第65期

[22]《杂感》,1924.1《文学周报》第105期

茅盾历史小说的创作特色

茅盾的历史小说向来不为研究者所注意。茅盾自己也并不重视，甚至以为《大泽乡》“是一篇概念化的东西”，[1]似乎它们是并无可取之处的失败之作。但是，当我们把茅盾的历史小说置于一定的历史范畴进行探讨的时候，发现它们并不是无足轻重的。茅盾的自我批评，虽然不无道理，却未免言之过重，恐怕不能当作评价他的作品的唯一依据。总的说来，尽管茅盾的历史小说并非名篇佳作，并且确实存在着某种概念化痕迹，然而作为茅盾开拓的一个新的领域，它们基本上保持了作者描写现实生活小说的风格，而且表现出了若干新的特色，从而反映出作者关于历史小说创作的若干可贵的艺术见解。因之，探讨茅盾历史小说的成败得失及其创作主张，对于茅盾研究以及历史小说的创作并非是无益处的。

一

茅盾取材于我国历史或传说的小说，只写了《豹子头林冲》、《石碣》和《大泽乡》等三个短篇。如果我们把茅盾的历史小说作为其文学创作的一个环节来考察，特别是同它们之前的一些现实小说作些比较，便可以从中看到一些显而易见的特色。

题材的变化，从描写现实生活中的小资产阶级知识分子到描写历史上农民起义的造反者。一九三〇年夏，茅盾曾一度有过一个庞大的计划，酝酿写一部描写我国第一次农民大起义的历史小说，后来他感到“这是一种变相的逃避现实”而放弃了。从中拣出的一部分，写成了短篇小说《大泽乡》[2]。那时茅盾患着“更厉害的神经衰弱病和胃病”，病休之余，清晨“便也动动笔，二百字，三百字，至多五百字。《豹子头林冲》和《大泽乡》等三篇就那样的在养病时期中写成了。”[3]这三个短篇虽然都选取历史或传说作题材，但却都是写的农民起义，并且都以造反者为主人公,集中表现于他们的反抗性格,显示了人民伟大的力量和可贵的品格。这不是偶然的巧合,也不是如作者所说是"逃避现实"那样简单。作为现实主义文学大师,茅盾在文学创作中有一种执着探求的精神,总是努力开辟新的创作天地,不断创新。他说:"一个已经发表过若干作品的作家的困难问题也就是怎样使自己不至于粘滞在自己所铸成的既定的模型中;他的苦心不得不是继续地探求着更合于时代节奏的新的表现方法。"[4]就题材而言,应该说茅盾的这组历史小说也是表现了作者这样的苦心的。我们知道,茅盾亲身参加了轰轰烈烈的第一次大革命,对于青年知识分子在大革命前后的情况十分熟悉,长篇小说《蚀》和若干短篇小说都是以此为题材的。但是茅盾不满意于自己的旧作,并且要对旧作的题材重新估价,于是便有了改换题材的愿望。于是他第一次在题材上从自己所造成的壳子里钻出来,把眼光转向了我国历史,把艺术笔触伸进历史和传说,这才创作了这组历史小说,表现了一种执着的创新精神。之后,茅盾创作的题材又回到了现实,从都市生活到农村生活,从资产阶级、小资产阶级到破产农民,题材更是大大地扩大了。

形式的变化"第一回写的'短'"[5]。短篇不短,"无从剪短似的"问题,曾使茅盾一度十分苦恼。一九二八年二月,当茅盾的第一个短篇《创造》脱稿时,作者竟"觉得比较作长篇的还要吃力",甚至自以为"不会写短篇小说。"试看《创造》、《诗与散文》、《色盲》和《昙》等描写小资产阶级知识分子的短篇小说,每篇总有一、两万字的篇幅,从内容到形式,似也可说是压缩的中篇。对此,茅盾深以为非,决不当作寻常小疵而姑息。为了克服这一缺陷,他执着地努力于"横截面"的写法,这在《陀螺》中已初见成效,而《大泽乡》等三篇历史小说,则可说是名副其实的短篇了。这组小说每篇不过三、五千字,或写陈胜吴广起义之发端,或写玉臂匠金大坚对秘刻石碣的非议,或写豹子头林冲对黑暗社会现实的挑战,无一不是截取历史生活的一个横断面表现的。茅盾对短篇小说形式的孜孜追求,表现了极其严谨的创作态度,对我们今天的短篇创作仍有积极的意义。

格调的变化,从悲观消沉开始转变为积极乐观。作品的格调总是反映着作家的思想情绪。茅盾一九二七年九月至次年六月所写的《蚀》三部曲,描写了大革命前后一批小资产阶级知识青年的精神面貌,真实地表现了他们的理想与追求,苦闷与愤懑,动摇与幻灭,反映了小资产阶级知识分子的某种"时代病"。茅盾曾坦率地自我批评说:"我有点幻灭,我悲观,我消沉,我很老实地表现在三篇小说里。"并且表示:"我希望以后能够振作,不再颓唐;我相信我是一定能的。"[6]茅盾接着写的《自杀》、《一个女性》和《诗与散文》等短篇小说，格调虽有不同程度的改变，却依然存在着较浓厚的悲观色彩。至于一九二九年四月写的未完成的长篇小说《虹》，则在格调上发生了显著的变化，着重表现的是知识青年的觉醒、斗争和前进，基本上摆脱了《蚀》的失望情绪，渗透着乐观主义精神。而一年后写的《大泽乡》等一组历史小说，则是继《虹》之后反映茅盾思想变化的又一显著标志。这组小说没有悲哀，没有忧伤，没有幻灭，格调是深沉的，乐观的，向上的，着重表现了造反者们改朝换代的力量，昂扬的斗志，可贵的觉悟以及高尚的道德等等，贯串着健康、进步的思想内容。一九三〇年春天，茅盾在《蚀》初版题词中说："命名曰《蚀》，聊志这一段过去。"这时茅盾已认真回顾了自己的创作道路，清理和总结了自己的创作思想，医治了因大革命失败所造成的心灵创伤，以全新的姿态开始新的战斗了。茅盾在这组历史小说之后接着创作的长篇巨著《子夜》，其格调的明朗、雄壮和博大则是更不待言了。

从上述简单的比较中，可见茅盾的历史小说在题材、形式和格调方面的新变化，它们构成了茅盾这组历史小说的新特色。尽管这些变化多属表面性的，但确实存在于茅盾的历史小说之中，这在茅盾不断探索的创作道路上，是不可忽视的新收获，新成绩。正是在这样的意义上，茅盾两年后在《我的回顾》中，是亲切地把《大泽乡》作为自己文学生涯中的一个"里程碑"看待的。[7]当然，茅盾在创作这组历史小说之前创作的小说，自有它们自身的价值，而且不少是远在他的历史小说之上的。我们在它们之间进行比较（仅仅限于同历史小说有关的几个个别方面），只不过是为了说明问题方便罢了。

二

历史小说的创作同以现实生活为题材的现代小说的创作是大不一样的。由于历史生活年代久远，作家不可能去亲身体验，因而就有一个如何凭借史料去熟悉、认识和评价历史生活，把握历史真实的问题。"它的赖以进行概括的资料不是作家自己经历的生活经验。而是古人生活的记载或传说，因而作家必须在充分掌握史料（前人记载和民间传说的历史生活）、甄别史料、分析史料之后进行概括，——到此为止，作家是以历史家身分做科学的历史研究工作，他要严格地探索历史真实；此后，他又必须转变其历史家的身分为艺术家，在自己所探索得的历史真实的基础上进行艺术构思，并且要设身处地、跑进古人的生活中来进行艺术构思,否则,就不免会不自觉地把现代人的意识形态强加于古人身上了。"[8]茅盾六十年代所说的这段话,不仅指出了历史小说创作与现代小说创作的根本区别,而且阐明了进行历史小说创作的过程,这是茅盾从事历史题材作品创作和研究经验的宝贵总结。历史小说的作者首先做历史学家,进而作艺术家,运用逻辑思维对历史生活进行科学概括,运用形象思维进行艺术构思,把二者结合起来,就是要达到历史真实和艺术真实的统一。但由于作家的立场、观点和方法不同,所以在对史料的掌握、甄别和提炼等方面也各不同,这就使历史小说的创作较之现代小说更困难一些。茅盾以自己的创作实践,在《大泽乡》等一组历史小说中显示了鲜明的特色。

在历史生活的提炼和概括方面,闪烁着唯物史观的光芒。在我国悠久的历史长河中,各种史料和传说浩如烟海,纷繁复杂,而且大都罩有历史灰尘,掩盖着史实的本来面目。正如郑振铎所指出的:中国的历史一向是蒙着一层厚"幕或戴着一具假面具的。所谓文学侍从之臣,秉承着'今上皇帝'的意旨,任意的删改着文献,颠倒了是非。不要说关于老百姓们的事他们是往往抹煞真相,就是关于他们王家贵族,以及士绅阶级的事也往往在粪墙上乱涂白粉"[9]。这就要我们先下一番"去粗取精、去伪存真"的功夫。取材于《水浒》的《石碣》,在这方面是一个范例。按照茅盾的看法,《水浒》不是严格的或正宗的历史小说,而是在民间传说基础上的创作[10]。从总体上说《水浒》是一本好书,但是其中也不乏糟粕。《石碣》所揭示的,就是其中之一。在《水浒》的第七十一回,即"忠义堂石碣受天文,梁山泊英雄排座次"中,活灵活现地描写了宋江率众好汉祭天,天降石碣的情形,宣扬了唯心主义的天命观。石碣上不仅镌有"替天行道"、"忠义双全"的字样,而且排定了梁山泊好汉上应星魁的一百零八人的座次;从而顺利地解决了梁山泊的一个最大难题。其实,这不过是人为的一场把戏而已。在封建社会里,这样的把戏屡见不鲜,统治阶级借神权的力量以愚弄人民,而农民起义由于历史条件所限制,找不到先进的思想武器,也往往借之以号召群众,《大泽乡》所描写的"大楚兴,陈胜王"的狐嗥,从鱼腹中剖出的"陈胜王"素帛,镌有"始皇帝死而地分"的东郡陨石,以及声称"明年祖龙当死"的华山神人等等细节,莫不如此。它们在古籍和旧小说中出现,本来是不足为怪的。但是,今天我们创作中利用这样的题材时,就要重新认识,批判继承,正本清源。《石碣》以揭破这样的把戏为主题,廓清了历史唯心主义迷雾,披露了梁山泊好汉内部"出身"不同的矛盾,还了历史的本来面目,这是唯物史观的胜利。

在对历史材料认真研究和探索的基础上，茅盾在创作中着力发掘和表现了历史上人民群众的伟大作用。为了准备一部长篇历史小说（这部小说后来没有写），茅盾曾下了很大的工夫，“埋头于故纸堆中，研究秦国至商鞅以后的经济发展，战国时代一些重要的思想潮流，乃至典章文物等等”[11]。《大泽乡》正是在这样深厚的研究基础上写成的。在这个短篇中，茅盾站在历史唯物主义的高度，着重描绘和歌颂了大泽乡农民起义的伟大力量。风雨交加，“风是凯歌，雨是进击的战鼓，弥漫了大泽乡的秋潦是举义的檄文。”“地下火爆发了！……秦皇帝的全统治区域都感受到这大泽乡的地下火爆发的剧震。”在九百戍卒面前，解送的两军官“简直是到了异邦，到了敌营，到了只有闪着可怖的眼光的丘墟中。”两军官的弹压像是以卵击石一样，被农民起义的烈火轻而易举地吞没了。历史是人民创造的，农民起义是推动历史前进的动力，这就是《大泽乡》揭示出来的深刻主题，这就是历史的本质。从这个意义上说，茅盾的《大泽乡》使得《史记·陈涉世家》和其他所有关于大泽乡农民起义的旧作品都黯然失色。在我国数千年的历史生活中，茅盾不写帝王将相，才子佳人，侠客义士，而写农民起义，写农民群众和社会下层的造反者，并且都是持肯定和歌颂的态度，这就使这组历史小说达到了新的思想高度，闪耀着唯物史观的光彩。

在根据历史或传说进行艺术构思和小说创作中，十分强调历史真实性。历史唯物主义要求作家澄清历史迷雾，是为了认识历史的本质，还历史以本来面目，——决不是要以今变古，随意褒贬，甚至编造历史，把历史搞得面目全非。茅盾的历史小说，在严格探索历史真实的基础上，无论事件、人物还是主要情节，大都是有来历的，或依据史料，或依据传说，而这些史料或传说又是经研究认定为可以凭信的。只要我们把《大泽乡》与《史记·陈涉世家》、《豹子头林冲》与《水浒》对照一下，就可以看得很清楚：事件和人物自不待言，就是情节也是大同小异，只不过前者内容更丰富、更生动罢了。《石碣》的情节和主题虽同《水浒》迥异，但人物和事件却是原来就有的。可见，在坚持历史真实的前提下，茅盾十分尊重历史资料，在主要方面是严格忠实于史料或传说的。然而，历史小说毕竟是小说，要想“字字有出处，句句有来历”是不可能的。历史小说允许和需要虚构，问题是这种虚构是否符合历史的真实性。《石碣》的情节虽不见于《水浒》，但却是彼时彼地一定会发生的事，因而是合情合理的虚构。而让玉臂匠金大坚和圣手书生肖让来秘刻石碣，则是梁山泊上最合适的人选，他们对秘刻石碣一事因出身不同而持的不同态度是可信的。经过“去伪存真”的提炼，

《石碣》恢复了历史的本质真实。茅盾认为,历史小说的构思和创作,可以是真人假(想象)事,假人真事,乃至假人假事,但是"假人假事固然应当是那个特定时代的历史条件下所可能产生的人和事,而真人假事也应当是符合于这个历史人物的性格发展的逻辑而不是强加于他的思想或行动。"[12]茅盾的这一文学主张,既是衡量不见于正史的传说、异说以及旧小说中有关材料是否具有历史真实性的尺度,又是作家凭借想象进行艺术虚构的准则。它表现在茅盾的创作实践中,使他的历史小说有着严格忠实于历史,并且较好地达到了历史真实和艺术虚构相统一的鲜明特色。

在人物形象的塑造上,突出其鲜明的阶级性。茅盾在创作中,不仅以爱憎分明的思想感情颂扬正面形象,批判反面形象,而且十分重视在矛盾冲突中发掘人物性格的阶级性,在心理描写中揭示人物形象的阶级烙印,这是茅盾历史小说的又一特色。《大泽乡》所表现的矛盾冲突是你死我活的阶级斗争。"闾左贫民"生的渴望,挣脱枷锁的渴望,对土地的渴望;两军官的颟顸、专横和残忍;戍卒和军官之间深深的仇恨……所有这些,都被描写得十分深刻。小说确认九百戍卒为"被征服的失掉了土地并降为奴隶的六国农民,两个军官是升到统治地位的秦的富农阶级"[13],并以此出发规范人物的思想和言行,通过尖锐的矛盾斗争,使人物形象展现出明显的阶级色彩。同样的,《豹子头林冲》则是通过描写林冲在一个夜晚中的活动(主要是思想活动),着重表现了林冲"农民根性的忍耐和期待",朴质和善良,反抗和斗争;批判了"三代受了朝廷的厚恩,贵族的后裔的杨志"所抱的那种企图建功边庭,以求封妻荫子的仕途幻想;揭露了白衣秀士王伦的气量狭窄,"妒贤嫉能,卑污懦弱",等等;而《石碣》则,是通过对梁山泊好汉内部深微矛盾的描写,表现了玉臂匠金大坚正直的品格,圣手书生萧让精细的心计。所有这些,都切合人物的阶级身份,抓住了人物的阶级实质。我们知道,阶级论是历史唯物论的核心。茅盾在三十年代初就以之指导创作,把阶级观点鲜明地贯串于历史小说的创作中,突出描写人物的阶级性,这充分表明当时的茅盾已是具备了"进步的世界观"了。

在这组历史小说中,茅盾运用的创作方法依然是现实主义的。茅盾既按照历史生活的真实面貌来描写历史,并且注意细节描写的真实性,又十分重视环境特别是人物的典型性,努力使环境和人物统一起来,以揭示历史生活的本质和规律。《大泽乡》再现了我国历史上第一次农民大起义中的雄壮的一幕。悲凉萧索的秋风秋雨,剑拔弩张的敌我对垒,一触即发的阶级搏斗,正是当时历史生活的集中概括，达到了一定程度的典型化。声势强大的大泽乡农民起义，展示了历史发展的必然趋势。《豹子头林冲》可说是一幅林冲月夜徘徊图，茅盾以细腻的笔触，把林冲投梁山不得的苦闷、愤懑和对“大智大勇的豪杰”期待的心情描绘得淋漓尽致，预示了农民起义发展的广阔前景。《石碣》则几乎没有环境描写，而是着力于对话描写和心理描写，显现出金大坚的性格美，无异于一幅清淡的白描人物画。茅盾历史小说创作的成功，同他运用现实主义创作方法是分不开的。

三

尽管茅盾的历史小说寥寥几篇，而且也不能说取得了如何卓著的成绩，但是，却可以从中窥探茅盾关于历史小说创作的文学主张。作为一位文学大家，茅盾的文学主张是从不轻易改变的。解放后，茅盾曾就历史剧创作问题专门写了长篇论文，详尽地阐明了他对历史剧创作的基本观点。历史小说和历史剧都是关于历史题材的作品，在总的创作原则上是一样的。茅盾关于历史剧创作的文学主张，和历史小说的创作是一致的。因之，在我们从茅盾创作的《大泽乡》等作品出发，探讨他的历史小说创作的主张时，倘若联系他的历史剧创作的有关论述进行考察，那么就可以看得更为清楚。

“五四”以后，自鲁迅发其端，历史小说得到了不断地发展。特别是三十年代，由于国民党反动派严重的政治压迫，作家没有言论自由，为了寄情言志，借古喻今，借古讽今，因而不少作家从实际斗争出发，纷纷创作历史小说，除鲁迅和茅盾外，还有郭沫若、郑振铎、巴金等人，使历史小说的创作一度出现了较繁荣的局面。随着创作的发展，关于历史小说创作的不同见解和随之产生，在许多问题上发生了争论，直至今日，仍难统一。集中起来，主要问题是两个。而在这两个重大问题上，茅盾以自己的创作实践和以后的理论研究作出了明确的回答。

关于历史真实和艺术虚构的关系问题。如前所述，茅盾的历史小说是按照历史的本来面目描写历史，按照历史生活自身的逻辑来进行艺术虚构的。在这个问题上，茅盾有一系列精辟的论述，表明他的主张是一贯的，只不过后来更系统更深刻罢了。《大泽乡》等发表前后，茅盾没有就此讲过什么。一九三七年，他曾说：“另有作者，则思忠于事实。务要爬罗剔抉，显幽阐微，还古人古事一个本来面目。这也是脚踏实地的办法。”[14]从而肯定了宋云彬的历史故事集《玄武门之变》。十九五六年，茅盾在《给初学写作者的信》（五）[15]中指出：“写历史小说，可以加上相当成分的想象，但主要情节不能‘杜撰’。历史小说如此，根据传说来写的小说亦应当如此。”最透辟的，则是一九六一年在一篇长文中的论述：“我以为我们一方面肯定艺术虚构之必要，另一方面也必须坚持不能随便修改历史；此二者并不矛盾，因为艺术虚构不是向壁虚造而是在充分掌握史料，并用历史唯物主义和辩证唯物主义的观点和方法分析史料、对历史事实（包括人物）的本质有了明白认识以后，然后在这个基础上进行虚构的。这样的艺术虚构就能与历史真实相结合而达到艺术真实（即在艺术作品中反映的历史）与历史真实（即客观存在之历史）的统一了。”[16]茅盾的这些见解，今天仍然不失其积极的现实意义。

关于古为今用问题。茅盾曾就自己的创作说过：“我所能自信的，只有两点：一，是未尝敢粗制滥造；二，是未尝为要创作而创作——换言之，未尝敢忘记了文学的社会意义。”[17]这对茅盾的历史小说是同样适用的。茅盾的历史小说尽管没有一句涉及现实政治的话，但其意义却蕴含在小说的艺术画面之中。试想，在国民党反动派的法西斯统治下，在党领导的农村革命运动发展壮大的形势下，茅盾对秦王朝的封建暴政及其色厉内荏本质的揭露和批判，难道不就是对蒋家王朝的揭露和批判吗？而对农民起义的伟大力量及其光明前途的歌颂，难道不正是对中国共产党领导的工农红军的革命斗争以及土地革命中农民运动的歌颂吗？历史往往是有惊人的相似之处的。茅盾认为，“如果能够反映历史矛盾的本质，那么，真实地还历史以本来面目，也就最好地达成了古为今用。”[18]这是茅盾关于古为今用问题的基本见解。十分明显，茅盾的这一见解与鲁迅的主张是不一样的。我们知道，鲁迅的历史小说总有着明显的现实针对性，甚至往往在历史题材中加进若干“油滑的”现实材料。然而，茅盾对鲁迅的历史小说同样十分推崇，他高度评价说：“鲁迅先生以他特有的锐利的观察，战斗的热情，和创作的艺术，非但‘没有将古人写得更死’，而且古代和现代错综交融，成为一而二，二而一。”[19]与此同时，也正确地指出一般作者很难把鲁迅的写法学到手，往往“未能学而几及”，倒是“终未免进退失据，于‘古’既不尽信，于‘今’亦失其攻刺之的。”[20]茅盾对于古为今用问题的卓越见解，是发人深思的。

从上面两个问题的简略概括中，可以看到茅盾对历史小说既有创作实践，又有专门研究,他的见解卓有见地,切中肯綮,是很值得我们重视的。需要说明的是,我们指出这一点,并不以为茅盾关于历史小说的创作主张就是最完美的主张,更不是要以之代替和排斥其他创作主张。有比较,有鉴别,才能促进文学事业的繁荣。在文学创作理论方面,是可以而且应该各抒己见,百花齐放的。

茅盾的历史小说在其六十余年的文学生涯中,并不占有怎样的地位。夸大他们的价值,固然不妥;然而忽视甚至抹煞它们的价值,笼统地否定为"失败之作",也不公平。作为茅盾文学创作的一个组成部分,作为茅盾开拓的一个不容忽视的领域,我们着重指出茅盾历史小说的创作特色及其创作主张,无非是要说明:它们是历史小说百花园里的花朵,即使不是最美丽的花朵,却也有着自己的独特的光彩,然而决不是杂草。诚然,茅盾的历史小说确有它的失败之处,诸如有着明显的概念化的痕迹,人物形象不够丰满,性格不够鲜明,个别地方同历史生活不尽一致,等等。但是,同它的成功之处相比,这些缺陷毕竟是次要的。况且,如果把它们置于五十年前的历史条件下进行考察,那么是完全可以理解的:当茅盾以"进步的世界观"和重新投入战斗的满腔热情回国从事文学活动的时候,他在思想内容方面对自己过去的文学作品是颇不满意的,他要探求新的创作道路,改变作品的内容和主题,创作不同以往的新作。这样的指导思想无可非议,然而却或多或少地忽略了艺术创作的规律。同时也由于是新的尝试,因而在历史小说创作中过分突出人物的阶级性,却忽视描写性格的其他方面了。这可说是矫枉过正,不足为怪,倒是很可以给我们启示的。必须指出的是,茅盾历史小说的不足之处,并不是因为作家坚持以唯物史观指导创作的缘故,这同作品的概念化并无必然的联系;而是因为茅盾没有像这之前的创作那样,始终坚持从生活出发,充分按照艺术规律塑造人物形象,这才是造成概念化的根本原因。正因为这样,茅盾的历史小说未能取得重大的成功,这实在是一个很好的教训。作家确立马克思主义世界观对于艺术创作至关重要,这一点是任何时候也不能动摇的。"一个做小说的人不但须有广博的生活经验,亦必须有一个训练过的头脑能够分析那复杂的社会现实;尤其是我们这转变中的社会,非得认真研究过社会科学的人每每不能把它分析得正确。"[21]茅盾的这一经验之谈,是我们应该牢牢记取的。

(1981.6.1)

注:

[1][2][11][13]《茅盾文集》第七卷后记

[3][5][7]茅盾《我的回顾》,见《创作的经验》

[4]茅盾《〈宿莽〉弁言》

[6]均见茅盾《从牯岭到东京》

[8][10][12][16][18]茅盾《关于历史和历史剧》第137页、151页、107页、136页、106页

[9]郑振铎《〈玄武门之变〉序》

[14][19][20]茅盾《〈玄武门之变〉序》

[15]见《萌芽》1981年第5期

[17][21]苏姗娜·贝尔纳《走访茅盾》,见《新文学史料》第3辑,1979年5月

后　记[①]

茅盾是在国内外享有崇高声望的革命作家,他同鲁迅、郭沫若一样都是“五四”那个伟大时代造就的伟大人才,并一起为我国现代文学奠定了基础。他的光辉文学业绩是多方面的,本书试图探讨一下,他前期(“五四”到“五卅”)在建设我国文学批评、美学理论方面所作出的重要贡献。

茅盾是我国现代文学史上最早出现的有影响的文学批评家和文艺理论家之一,为我国文学批评与文艺理论的建设作出了极大的努力。从“五四”时期步入文坛到“五卅”前后,他的主要文学活动,是孜孜不倦地致力于外国文学的译介、文学理论的研究和文艺批评的开展。他早期着重提倡为人生的写实主义文学,基本上坚持了真、善、美统一的唯物主义美学原则;随着革命的发展和文学革命的深入,他的文学思想也是不断前进的,一九二三年有所变化,到了“五卅”前后他试图以马克思主义观点来回答无产阶级文学的问题,《论无产阶级艺术》则是其文学思想达到新高度的重要标志;此后,他的思想虽有起伏,但总是沿着无产阶级文学这个方向前进,三十年代以后则更自觉地沿着社会主义现实主义道路阔步向前。

茅盾前期的文学思想是极为丰富的,且自成体系;由于他是紧密联系我国活生生的文艺实践,博采西洋各种文艺思潮(主要是写实主义自然主义)的,因而也给他的文学思想带来了一定的复杂性。遗憾的是,我们大都是在文艺科学领域里的学步者,深感缺乏足够的力量来探讨茅盾前期丰富而复杂的文学思想体系,只能从不同的侧面进行些力所能及的初步试探,并将一些粗浅的理解和认识写成单篇文章,故曰“散论”,既不够系统又有重复之感,至于错误疏漏更是难免。热切希望茅盾研究者和广大读者,批评指教,容后修改。此外,《茅盾历

① 该文为本书1983年8月第1次出版而写,当时由3人署名,此次收入文集,将其他2人的名字及其所撰4文一并隐去。

史小说的创作特色》，因不是本时期的创作论，权作为外一篇附在后面，聊供参考。

对于山东人民出版社的约稿以及在撰写过程中的热情鼓励和大力支持，著者深表谢意。

著　者

一九八二年十月

附录

冯雪峰与左翼时期的几次文艺论争

左翼文艺运动的十年是中国新文学大发展的十年，作为此次运动的重要组织者和领导之一的冯雪峰同志，曾作出不可磨灭的贡献。值此“左联”成立五十周年纪念之际，认真回顾三十年代左翼文艺运动的历史，正确评述冯雪峰的历史功绩，从中总结经验教训，是有重要意义的。此文拟从几篇有代表性的论文，谈他在左翼时期几次文艺论争中的主要贡献。不当之处，祈指正。

一

一九二八年创造社、太阳社倡导的无产阶级文学运动，是左翼文艺运动大发展的开端，并为中国左翼作家联盟的成立作了准备，其历史功绩也不能否认。然而必须指出，当时一些革命文学倡导者，由于带着小资产阶级的弱点投入这场运动，且不同程度地接受了国内外“左”倾思潮的影响，对中国革命的性质、对象作了唯心主义估量，因此在倡导无产阶级革命文学的同时，极力排斥反帝反封建的革命民主主义文学，提出“打倒那些小资产阶级的学士和老爷们的文学”，甚至有的还把文化革命的主将鲁迅定为“双重反革命的人物”、“封建余孽”、“法西斯蒂”，当成无产阶级文学运动的最大障碍，表现了相当严重的“左”倾宗派情绪。

在革命文学论争中期，冯雪峰同志以画室为笔名写了《革命与智识阶级》（原载1928年9月25日《无轨列车》第2期），提出一些比较正确的见解，表现出他当时马克思主义理论水平所达到的高度。

如何认识中国知识分子队伍的状况，对其应采取什么态度和策略，这是论争中的一个重要问题。针对那种否定“中国智识阶级”历史作用的错误倾向，冯雪峰同志注意用历史唯物主义观点，从发展上分析知识分子随着革命的变化而变化的动向，肯定他们在我国民族民主解放运动中的历史功绩。

首先，以革命的观点指出“在大动摇的时代，革命的时代，十月到来的时代，中国的智识阶级必定演了它自己的角色”。这是因为革命是暴力，是变革现实的强大杠杆，它将毫无情面地“夺去了保障你底肉体的物质的资料，它是并要粉碎你底精神的生活的一切凭据”，“从前一切尊贵的，神圣的，不朽的东西，都成为失了色的死的东西”，所以“智识阶级”是一定要分化的，除了极少的“死心塌地地做反革命者”外，其他的“不能不演下面的二类角色”：一类是毅然决然、毫无惜情地“弃去个人主义的立场，投入社会主义”（按：这里表现出他对当时中国革命性质认识不清），以勇猛的姿态去“毁弃旧的文化与其所依赖的社会”；一类是“承受革命，向往革命，但他同时又反顾旧的，依恋旧的”，其结局便“徘徊着，苦痛着”，“为要不在革命上碰死自己，智识阶级也必须如此改移自己的立场”。这就较正确地揭示了无产阶级领导的革命运动同知识分子的关系，展观出一条带有普遍意义的规律，对于促进彼时中国知识分子向革命方向转化具有启示作用。他不仅指出“智识阶级”在革命风暴中的变化趋向，并且肯定了知识分子在无产阶级领导的革命运动中的地位和作用。“智识阶级虽不属于革命的主要力量，但革命没有特别看轻智识阶级的必要”，这不止是因为那些革命的知识分子可以增加革命的“力量和速度”，就是那些暂时处于动摇状态的知识分子也不会成为革命的“障碍”。尤为可贵的是，他尖锐地指出革命者必须留心“投机的智识分子”，因为他们以两面派的面孔出现，“貌似第一种人，一样地坚信，一样地勇敢的，革命有时也可利用他们，他们到底没有热心自己的地位那般地热心革命”。这种敏锐的见解，在当时无产阶级文学论争所处的错综复杂的斗争环境里，具有相当深刻的战斗意义。

其次，他联系中国革命的实际，具体论述中国知识分子在民族民主解放运动中所起过的历史作用以及在现阶段革命中的表现。“中国智识阶级，虽很薄弱，于过去的国民解放运动中却做了很不错的工作来，实是中国智识阶级是国民解放运动中形成的。”从五四运动，中经五卅运动，在“与封建势力斗争的一段上”，中国的知识分子“正确地抓着了当时的社会意识，很明确地认识了自己的历史任务”，如鲁迅的《坟》则反映了“最初的晨星似的文艺运动”已明确了自己的反封建的战斗任务，因此这时期“中国智识阶级做工做得最好”，充分肯定了他们在彻底反封建斗争中的战斗功绩。但随着中国革命的深入，“中国的工农跑上历史的舞台”，如果知识分子仍然“固定着站在资产阶级的民主主义的立场上”，不去获取“工农阶级的意识”，那反封建的斗争是不会“成功的”。既指出了知识分子反封建的历史局限性,又说明知识分子转变阶级立场、树立无产阶级世界观的重要性,表现了冯雪峰同志对问题认识的深刻。特别到了无产阶级单独领导中国革命的一九二八年,曾在五四、五卅运动中起过作用的知识分子并未全部投入蒋介石反动政权的怀抱,也没有成为"二重反革命",他们发生了深刻的分化,"有一部分人是完全成为反革命者,有一部分人是投入革命",有一部分人是处于"内心生活的苦痛"中。对于后者,当时有的文学革命倡导者采取极左的"击死"态度,但冯雪峰同志却主张"以极大的宽大态度对之",既指出他们是"极真实的,敏感的人",又指出他们常是"消极的,充满着颓废的气氛",无产阶级革命对他们不应该排斥,更不应该打倒,而应当"让他们尽量地在艺术上表现他们内心生活的冲突和痛苦,在历史上留下一种过渡时的两种思想的交替的艺术的痕迹"。在当时革命文学论争中"左"倾思想泛滥的情况下,这种认识不仅表现出他具有较高的认识水平,而且也表现了较高的政策和策略水平,这对于团结或争取大量的小资产阶级和资产阶级知识分子参加左翼文学运动,具有重要意义。冯雪峰同志在批评了革命文学论争中"左"的倾向的同时,且充分肯定了"无产阶级文学之提倡"和"辩证法之唯物论之确立"这两大"主题",说明他对二八年无产阶级革命文学的倡导和论争的认识比较正确,也比较全面。

针对"论争"中"创造社诸人及其他等"对鲁迅的排斥和攻击,他热情地肯定 鲁迅在中国新文化、新文学运动中的历史功绩,义正辞严地驳斥对鲁迅的诋毁,以捍卫鲁迅的旗帜。这是在中国现代文学史上第一次以初步的无产阶级革命观点来评价鲁迅,尽管有些提法欠妥当,但在当时的特定的历史环境里,该是多么可贵。

鲁迅是中国新文学的奠基者和主将,代表着中国新文化发展的方向,一九二七年"四一二"政变前后开始向共产主义者转化。冯雪峰同志彼时虽不能提到这样的高度来认识并评价鲁迅,但在一片围攻、否定鲁迅的声浪中,却能坚定大胆地肯定"鲁迅看见革命是比一般的智识阶级早一二年",指明找不出任何"空隙""断定鲁迅是诋毁过革命的"。不仅肯定了鲁迅对中国革命的态度,而且也对五四以来他在新文化新文学运动中的贡献作了比较切实的评述。鲁迅"在艺术上是一个冷酷的感伤主义者"(按:此说在表述上欠妥当),对"国民性与人间的普遍的'黑暗方面'",进行了无情的针砭和深刻的揭露,"但他没有在创作上暗示出'国民性'与'人间黑暗'是和经济制度有关系的",这既指出鲁迅现实主义创作上的进步性,又指出其局限性,虽然评述得未必确切;鲁迅在"文化批评上是一个理性主义者”,他“不遗余力地攻击传统的思想”,即从五四到五卅期间,“智识阶级中,以个人论,做工做得最好的是鲁迅”,肯定了鲁迅在反封建斗争中所立下的伟绩,但也指出鲁迅当时对封建文化思想的批判尚未站在无产阶级立场,还不是“社会主义者”。因此,无产阶级革命对待鲁迅这样的知识分子,非但不能排斥,更不能打倒,相反地,“必须欢迎与封建势力继续斗争的一切友方的势力”。这就清楚地指明鲁迅是无产阶级的朋友,应当携手战斗;而且旗帜鲜明地指出无产阶级文学革命仍要“与封建势力继续斗争”,完成新民主主义革命尚未完成的总任务。这与当时那些革命文学论者忽视或放弃文艺上反封建的战斗任务的倾向相比,不是明显地看出冯雪峰同志观点的正确性吗?在对鲁迅的历史功绩作了肯定性的评价的前提下,他从无产阶级事业的大局着眼,进一步指出创造社等人对鲁迅的攻击,于“革命的现阶段”是极其“不利”的,且“会有别的危险性”,明明“在鲁迅的言行里完全找不出诋毁整个的革命的痕迹来”,而一定要说“他是诋毁革命,‘中伤’革命,这对于革命有利的吗?而且不是可笑吗?”批评是极其尖锐的,然而却是摆事实,讲道理,态度是相当中肯的。创造社诸人之所以要攻击鲁迅,是“他们没有改变向来的狭小的团体主义的精神”,一针见血地揭出他们犯错误的思想根源。因为有了这种小团体主义必然排斥异己,搞孤家寡人政策,这就是问题的症结所在。然而对“创造社改变了方向,倾向到革命来”,他却作了充分肯定,指出“这是十分好的事”,显示了马克思主义批评的科学性和辩证性。

捍卫鲁迅的旗帜,肯定鲁迅的战斗方向,是三十年代左翼文艺运动的一项严肃的战斗任务。一九二八年革命文学论争中,敌对文人如梁实秋之流恶意地诋毁鲁迅及其战斗杂文。他在《新月》第八、九期上诬蔑鲁迅杂文的“长处是在有趣,好玩”,攻击鲁迅是“蝙蝠”。为捍卫鲁迅的革命现实主义战斗传统,正确估价鲁迅杂文的价值,痛斥梁实秋的诬陷,冯雪峰同志于1930年5月写了《讽刺文学与社会改革》。它开宗明义地指出,认为鲁迅的杂文只是“有趣,有趣”,“这种见解如果出之于改革者,那是取消自己底力量,帮助了敌人;如果出诸敌人,那是他底毒计”。梁实秋对鲁迅杂文思想价值的贬低,完全是出于“个人的目的和阶级的任务”。为了从理论上驳斥敌论,他首先从思想内容划清“讽刺文学”和“滑稽文学”的界限:前者“是有思想内容,是辛辣而严肃的,它有破坏旧的东西的社会目的,它的作用是属于新的一面”;后者则“常常没有思想内容的带着多量的游戏性质”,“往往是守旧的”,“是无理想的找不出出路的东西”。

而鲁迅的光辉杂文"不能找出一篇没有思想的内容及社会目的单是诺谑或滑稽的作品",即使《我的失恋》这首打油诗,也是"对着社会的或种病症而作的"。鲁迅和一切伟大的讽刺作家一样,他是"热烈的社会改革家",一切社会事情都要过问的,讽刺并非他的目的,乃是为了揭出病根,来疗救社会,改革现存制度,如他将"国家主义"、"无政府主义"、"好政府主义"、"狂飙主义"、"改良主义"等"劳什子都骂了",然而他偏偏"遗下了一种主义(即共产主义)和一种政党(即共产党)没有嘲笑过一个字,不仅没有嘲笑过,分明地他还在旁支持着它","使工农大众在地上建立起新世界及其文化"。热烈赞扬了鲁迅杂文为无产阶级和人民大众服务的鲜明倾向性和破旧立新的战斗性,说明鲁迅的杂文是"新的阶级"即无产阶级的文学。总之,"讽刺文学者"是"运用讽刺这有力的文学形式的政治的文学",是"最尖利的阶级斗争文学之一,它以破坏和否定旧社会为其直接的任务,同时间接地演着扶长新的社会的任务"。这就从理论和创作实践的结合上驳斥了梁实秋对鲁迅杂文的恶毒攻击,在中国现代文学史上第一次以初步的马克思主义文艺观肯定了鲁迅杂文的思想价值和艺术价值,捍卫了鲁迅杂文中所体现的战斗方向。

二

随着左翼文艺运动的发展,马克思主义文艺理论的传播,左翼作家为捍卫无产阶级文艺运动,曾同形形色色的资产阶级文艺思潮展开论战。其中对"自由人"、"第三种人"的"文艺自由论"的批判,是三十年代文艺战线的一次规模较大的论战。作为左翼文艺负责人的冯雪峰同志在这次论战中先后写了《"阿狗文艺"论者的丑脸谱》、《并非浪费的论争》、《关于"第三种文学"的倾向与理论》等重要文章,不仅在批判资产阶级"文艺自由论",捍卫马克思主义文艺思想的党性原则方面发挥了战斗作用,而且对于建设马克思主义文艺理论也作出了重要贡献。

揭穿胡秋原的伪装,坚持科学的论战态度,发展左翼文艺运动。胡秋原反对无产阶级文学运动,是以伪装的面目出现的。冯雪峰同志及时地敏锐地予以戳破:一破其借左联"清算"钱杏邨的错误而攻击整个普洛革命文学运动的阴谋;二破其以"自由人"的立场,借"反对民族主义文学的名义,暗暗地实行了反普洛革命文学的任务"的诡计;三破其以"真正马克思主义者应当注意马克思主义的赝品”的名义，以“清算再批判”的取消派的立场，公开地向普洛文学进攻的用心；四破其喊着“马克思主义”“列宁主义”口号，实则歪曲马列主义的嘴脸，还其“托洛斯基派和社会民主主义派的真面目”。这些无不表现他对敌斗争的鲜明的无产阶级立场和敏锐的政治洞察力。虽然他对论敌的立场是针锋相对的，不可调和的，但在具体论争中他却始终坚持科学的论战态度，决不采取“村妇主义的谩骂”，而是主张“深刻的讨论，辩难，尤其指出事实的本质，指鹿为鹿，指马为马”；并坚定遵循正确的政策和策略，严格划清两种界限：其一，是真的朋友还是虚情假意的朋友，前者是团结的对象，无产阶级“决不忽视真正朋友的意见”，对后者则采取“老实不客气的暴露”态度；其二，是主观上对普洛革命文学抱同情，客观上并非如此，还是主观和客观相一致的真正的“爱光明……的人”，对前者无产阶级采取“提醒，警告，批判他们”的态度，而后者则是极欢迎的“同路走”的人。区分这两种界限，既利于坚持文艺上的统一战线，克服“左”的关门主义，又利于开展对错误倾向和敌对思想的批判，分化瓦解敌人。冯雪峰同志对“自由人”斗争的坚定的无产阶级立场，科学的战斗态度，灵活的斗争策略，体现了马克思主义者论战的原则性、科学性和策略性。对于“第三种人”苏汶，由于对其作了“全面”分析，看到当时他“对于革命有利”的一面，因而没有简单化地将他当成敌人，“而是看作应当与之同盟战斗的自己的帮手”，并要同他“建立起友人的关系”。现在看来，冯雪峰同志当时对“第三种人”的态度是无可非议的，并非“认敌为友”，也不是妥协投降。因为苏汶是“左联”成员，虽然他的理论有严重的错误，但在当时毕竟同国民党的御用文人是有区别的，不能轻易地“指友为敌”，把一些应该努力争取的人推到敌人的营垒（这里指的是当时，至于后来苏汶的变化是另当别论的）。左翼作家只有“联合一切进步的，为着人类的前进的和光明而工作的文学者作家也同走”，这样才能把“中国最大多数群众从帝国主义与地主资产阶级下解放出来”，才能“从此创造新的中国和新文化”。

坚持列宁的文学党性原则，批判“文艺自由论”，建设马克思主义文艺理论。针对胡秋原“不能心服列宁的原则之在文学上的应用”，冯雪峰同志坚决主张“应该在普洛革命文学创作上，尤其在批评上来应用，发展；问题只在于应用得正确不正确”。这不止捍卫了列宁的文学党性原则，重要的是指出了要“发展”，要“正确”应用。所谓要“发展”，就不是机械地把党性原则当成千古不变的艺术教条，应结合无产阶级革命文学的实践，不断地丰富和发展；所谓要“正确”应用，则必须对列宁的文学党性原则作全面的正确的解释，决不能断章取义，各取所需。列宁关于文学党性原则的论述，历来被某些“左”派作了片面的理解，把文艺与政治等同起来，孤立地强调“齿轮与螺丝钉”的作用，其结果则把文艺的社会功能、文艺的认识和审美作用，加以简单化或干脆抹杀，使文艺变成了政治的传声筒和政治概念的图解；并且限制作家只能按照一定的主题、一定的题材、一定的框子去创作，“机械的平均，划一”，几乎除消了“个人创造性和个人爱好的广阔天地”。冯雪峰同志当年对列宁的文学党性原则虽未作全面的解释，但他对文艺问题的论述却比较正确地体现了这一精神。他对“文艺自由论”的批判，并未作简单化的绝对否定，而是以理服人。首先指出胡秋原“不能了解艺术的列宁的原则，不认识‘虚伪的客观主义’的错误，所以就不能了解关于艺术武器的作用的那复杂的辩证法的关系，于是乎就至少不自觉地走到资产阶级的自由主义的立场了”，言简意赅地点明问题的实质所在。其次，为进一步坚持文学的党性原则，批判“文艺自由论”，他以马克思主义观点辨清了几种关系：其一，争取言论自由和创作自由的关系。胡秋原把“所谓创作上的自由不自由”与政治上争取言论自由完全混同起来。前者是一个“创作理论上的问题”，后者是一个“政治斗争的问题”，在当时国民党白色恐怖下“争取言论自由”，无产阶级不仅“赞成”，而且正“为着这个而在斗争”，普洛革命文学正是站在无产阶级立场上去参加为“消灭阶级制度”而争取“人类的最大多数的解放”的斗争，并非用人道主义作品去“感化”人类。其二，左翼内部的所谓创作自由及对同路人政策的关系。这是两个完全不同范畴的问题，对同路人要团结一道前进，但这并非意味着要放弃对其错误的批判；对左翼内部的“各个作家有极端充分的创作自由，以及讨论的自由”，“指导大纲”是“各个团员的自由意志的结合”，并不是“谁对谁命令”。至于“一般的作家”，左翼“从未下过什么命令”，“大纲之类”只是一种“参考资料”，左翼批评家有批评一切作家的自由，但也允许一切作家有反批评的自由。其三，普洛文学作品和进步作家作品的关系。左翼作家没有“躬自薄而厚责于人”，鲁迅、茅盾的作品虽不能说是“严格的普洛文学”，但这并不妨碍“作品的价值”，即使叶绍钧的作品的价值也从来没有说过他是“反革命”；尽管这些作品“已经有价值”，但我们还要努力，去达到“更高的价值，达到正确的革命文学和严格的普洛文学”。这些见解何等的中肯，至今仍闪烁着马克思主义辩证唯物论的光辉。

坚持马克思主义阶级论，批判超阶级的“第三种文学”，捍卫无产阶级的文学。左翼同苏汶等论争的中心问题是文艺在阶级社会里有没有阶级性。苏汶也承认“在天罗地网的阶级社会里”文学有一定阶级性，但他却否认这种“阶级性”是作家“有意识有目的”的，认为作家反映某一阶级生活如同“镜子反映人形”，只是一种机械的反映，并不是有意识的能动反映。冯雪峰同志以马克思主义的阶级论予以分析批判，指出文学之所以有阶级性，一是“因为文学是阶级的意识形态的反映”，虽然文艺“还要反映着客观的现实，客观的世界”，然而这种“反映是根据着作者的意识形态，阶级的世界观的，到底要受着阶级的限制的”，从而批判了苏汶的“超阶级的镜子”说，指明作家反映客观现实是带着一定阶级意识的能动的反应，并非机械的照像；二是因为“现实的反映和真理的探求，也完全是为了阶级的要求和利益的”，对于处在特殊历史地位的无产阶级来说，“一切现实愈加真实的宣露出来，则对于它愈加有利，真理愈加能显露则愈加显出它是真理的表现着”。为强调无产阶级文学的阶级性及其“斗争武器”的作用，他进一步指出：一切的文学，都是斗争的武器（按：这种提法未免有点绝对化），但决不是只有狭义的宣传鼓动文学，才是斗争的武器；只有站在无产阶级的立场上，才能“真实地全面地反映现实，把握客观的真理”。同时对苏汶的观点采取分析的态度，指出“承认所有非无产阶级的文学，未必都就是资产阶级文学的苏汶先生的话是对的”，因为在现实中“有着小资产阶级文学以及革命的小资产阶级文学的存在”，而这种“作为中间阶级的文学”，在阶级斗争激烈时期，其“关系特别的复杂”，决不能简单化，必须实事求是的予以分析，从而批评了某些左翼批评家犯的机械论和“左”倾宗派主义的错误。最后，为扩大左翼文学的阵容，且给“第三种文学”指出了“真正的出路”：是一种“革命的和有革命意义的”，“多少能够反映现在社会的真实的现实”的小资产阶级文学，他们“应当和普洛革命文学联合起来”。总之，在这次论争中，冯雪峰同志不仅表现了较高的党的政策、策略水平以及无产阶级革命者的胸怀和气魄，而且也表现出较高的马克思主义理论水平。他基本上能正确运用马克思主义文艺观驳斥“自由人”“第三种人”的资产阶级文艺思想，对于建设马克思主义文艺理论，推动左翼文艺运动的健康发展起了重大作用。

三

“中国的新文学”发展到一九三六年，由于政治斗争形势发生“急转直下的变迁”，也“由于新文学运动的本身发展”，已跨进一个“新的阶段”。值此，左翼文艺运动内部发生一次“国防文学”和“民族革命战争的大众文学”的争论。对于这场论争，冯雪峰同志写下《对于文学运动几个问题的意见》(1936年9月15日《作家》第1卷第6号)，集中体现了他对“论争”的立场、观点和态度。

首先，他坚持“并存说”，主张“民族革命战争的大众文学与国防文学两个口号，是都可以用的”，因为它们“有前进意义”，又是“人人能做，人人所要求的大众的口号”。并根据党的抗日民族统一战线的政策，提出“抗日文学运动的‘三原则”’，对这两个口号又作了进一步补充说明。一是“一切文学家，任何派别与阶级的文学者，大家无条件地在抗日问题上联合起来！”二是为着抗日的文学的发展，“要求我们能够有创作的自由，发表的自由，我们也赞成各个作家自由写作，不受任何主义的束缚”；三是努力提倡“民族革命战争的大众文学”或“国防文学”，甚至提倡“现实主义的创作方法”，把一般的爱国的文学运动尽量地扩大。大众文学或文学大众运动决不能看作“某一派或某一阶级的主张，是差不多各派作家都同情或主张的”，“大众”二字在文学内容上固应体现“人民大众”之意，在文学形式上也应力求大众化，因此民族革命的大众文学运动，应当把这种大众文学放在很高的地位，竭力提倡，劝诱作家来写作。

其次，坚定贯彻党的抗日统一战线政策，批评文艺战线上的“关门主义”。在两个口号论争中，有的“国防文学”论者把统一战线的问题看成单纯的“文学上结合新团体”的问题，没有看成“这和别界的抗日统一战线一样首先应该是一个爱国的政治上的联合问题”，因而他们在某些理论和措施上表现了“关门主义”倾向，不仅在对“国防文学”口号的解释上表现了宗派主义，而且从拒绝“创作自由”这一口号也表现出来。岂不知，“要在爱国运动动中去扩大文学运动，则首先不应从文学问题上去来统一，而应从抗日的政治问题上去联合作家，然后在抗日联合的过程中，爱国工作的接触中使各派的作家和新文学更接近”；岂不知，“要在爱国运动中去扩大文学运动，则首先不应从文学问题上去来统一，而应从抗日的政治问题上去联合作家，然后在抗日联合过程中，爱国工作的接触中使各派的作家和新文学更接近”；岂不知，“‘创作自由’在现在是适当的，也是迫切的要求”，只有“有了创作自由”，做到“自由竞争”，新文学才能“不但获得多数的读者，并且也一定有别派的作者投入新文学中去”；“浓厚的关门主义”的存在，既不利于团结抗日，又不利于发展新文学，因此必须“即刻纠正”。

再次，坚持马克思主义文艺观，批评文学理论上的机械论。有的“国防文学”论者不仅在组织上表现出一定的关门主义倾向，而且在文艺理论上也存在机械的观点,主要表现在:一是对文学的阶级性作了机械的了解,过去曾抱着“非无产阶级文学即资产阶级文学”的观点,现在大有“非‘国防文学’即‘汉奸文学’的论断”;二是拒绝“创作自由”,不能将“文学是阶级的,党派的,决不是超阶级的自由的东西”这一原则和实际斗争活生生的联系起来,而只是不聪明地背诵公式,陷入教条主义;三是对“现实主义创作方法”作了机械的理解,认为“作家研究‘正确的世界观’,批评家宣传‘正确的世界观’,就‘保证’使作家走向正确的方向去”,把“研究‘正确的世界观’”同作家的实践生活与创作实践分开。冯雪峰同志在批评这些机械论的同时,提出一些重要的文艺观点:对文学的党性原则,文学的阶级性绝对不能采取教条主义态度,必须结合变化着的活生生的现实斗争,加以具体理解和运用,切忌死搬硬套;作家要获得“正确的世界观”,不能单凭读几本“唯物辩证法 ADC”,必须同生活实践和创作实践紧紧结合起来,因为“世界观是表现在作家对于现实的关系上的,所以只有在实践上才表现出来”;现实主义创作方法的运用和提倡必须同实际运动相并进,“说明摄取什么题材,怎样去摄取的问题,如何对照着我们文学发展的现在的程度,则是提倡现实主义的创作方面的首要的一步”,“批评家提倡现实主义的创作方法,系与创作家合作,共同研究”。这些精辟的见解,就是在今天也富有深刻的启示作用。

最后,学习马克思主义文艺批评家的“榜样”,批判那种图“空名”、横“指摘”、扣“帽子”的批评态度和作风。在“新文学运动”中,有的文学批评家受到“左”倾思想的影响,批评态度不够端正,作风不够正派,对此冯雪峰同志提出五点有针对性的建议:一是批评家从事文学运动,“应当不务高谈与空名,而应切实的脚踏实地的所谓‘实做’”,不要“出风头”,“东抄西袭”,应切切实实地“研究一部理论书或某一部作品”;二是“批评不应着重于消极的指摘,而应着重于积极的评价,分析与对作家的鼓励”,少说些口号和抽象的理论,多谈些实际问题,多研究些具体作品;三是批评家对于作家应保持着一种“同志的亲爱的态度”,“马克思对于海涅,列宁对于高尔基的那种亲爱的态度,应该给我们很好的榜样”;四是批评家不要“专靠抄一些名词在吓作家”,而要多学点常识,多学点社会经验,多学点文学理论,并要向作家学习,力求把“文章写的通顺点”;五是批评家即刻革除动不动称对手为“反革命”“汉奸”等恶习,提倡“理论论争,应以理论制胜,不应以大帽子压人”。这些宝贵意见,有利于促进我国马克思主义文艺批评的建设。

革命实践是检验真理的唯一标准,冯雪峰同志在两个口号论争中文艺观的基本方面正确与否，现在看来不是一清二楚吗？

四

在左翼时期，冯雪峰同志所参与的几次文艺论争，是在异常复杂的政治背景下进行的。国际上无产阶级文学运动蓬勃兴起，夹杂一些“左”倾思潮卷进中国文坛，尤其是苏联的拉普派和日本的福本路线的影响更大些，国内阶级矛盾、民族矛盾日益激化，蒋介石发动反革命军事“围剿”和文化“围剿”，日本帝国主义妄图把中国变成其殖民地；党内连续出现三次“左”倾机会主义路线。在这种情势下，冯雪峰同志参加文艺战线的斗争，虽然并未完全摆脱“左”倾思潮的影响，但他基本上能够保持比较清醒的政治头脑，对“左”的东西有所识别，有所抵制，能够有胆有识地力图以马克思主义回答并解决论争中所碰到的问题，以推动左翼文艺运动向着正确的方向发展，这是难能可贵的，不易做到的。

在每次论争中，他不仅相当重视党的统一战线思想的贯彻，分清文艺战线的敌我友，团结一切能够团结的“同路人”，不断地壮大左翼队伍，发展文艺的统一战线；而且始终不渝地捍卫鲁迅方向及其著作，紧紧环绕在鲁迅的旗帜下，展开一次次文艺论战。他不仅基本上能以马克思主义为思想武器来批判形形色色的资产阶级文艺思想和左翼内部的“左”的倾向，捍卫了无产阶级文学运动，而且尚能在论争中为建设马克思主义文艺理论而努力，不论对文学的党性原则、文艺的阶级性，还是对现实主义创作方法、马克思主义文艺批评等，都留下一些相当精当的见解，至今还放射着马克思主义的理论光辉。冯雪峰同志之所以能如此，这与其在论争中所显示出的两个重要特点是紧密相关的。

重视坚持实事求是的原则，对具体问题具体分析。他对左翼文艺内部的同志，如对鲁迅的评价能一分为二，达到了当时评价的较高水平；对某些革命同志的“左”的倾向敢于批评，勇于正视“左联”存在的宗派主义和教条主义，对创造社、“国防文学”都能采取两分法；对同路人苏汶等，既看到他当时的有利于革命的一面，又看到他错误的严重性和危害性，对其错误进行严肃批判，毫不留情姑息，而对他本人仍作为经过批判后可以团结、争取的对象。正因为冯雪峰同志具有这样实事求是的科学态度，所以对“左”倾思潮和机械论就有一定的识别能力，受其影响相对来说就少一些。

注重把学习马列主义同具体实践结合起来，这是实事求是精神在对待马克思主义态度上的具体表现。只有在实践中学,实践中用,才能克服教条主义,真正提高马克思主义思想水平。如,他以马克思主义阶级观点对“非无产阶级的文学”的分析,并未采取“非无产阶级文学即资产阶级文学”的机械论说法,而是结合中国现代文学的实际情况进行具体分析。这些非无产阶级文学主要是“小资产阶级的文学”,而小资产阶级文学既“有革命的要素”,又“有反革命(按:这种表述欠妥当)的要素”,前者“有利于无产阶级”,后者“有利于资产阶级”。由于对“非无产阶级文学”进行了具体的阶级分析,左翼就能对其采取正确的政策和策略。他在论争中,不仅自己注意坚持理论联系实际的原则,而且还劝诫作家要获得“正确的世界观”,必须把马列主义同生活实践、创作实践结合起来,反复强调“没有实践就没有理论”,若是“理论离开了实践,理论就是停止了的,死了的,灰色的东西”;同时还要求文艺批评家切忌空谈,少说“抽象的理论”,应把研究理论同研究作品结合起来。这种理论联系实际的好学风是党的优良传统,冯雪峰同志在卅年代文艺斗争中就努力加以实践,的确是值得敬佩和学习的。

当然,冯雪峰同志在几次论争中也是有缺点的,表现了明显的历史局限性。如对“第三种人”的“文艺超阶级”论的批判,根据当时阶级斗争的需要,强调文艺的阶级性及其“阶级斗争的武器”作用是可以理解的,但把文艺的阶级性强调到绝对化的程度,认为“一切文艺都有阶级性”,并由此观点出发,对作品内容和形式的关系、政治价值和艺术价值关系所作的解释也存在片面性,抹煞了形式、艺术的相对独立性,把它们看成都具有鲜明阶级性的不可分割的一体,忽略了对艺术规律的深入探讨。再如对鲁迅及其杂文的评价在中国现代文学史上是开创性的,但同后来瞿秋白同志、特别是同毛主席对鲁迅的评价相比,存有明显的差距,这固然是历史的认识的局限,即使从当时来看有些提法如“在艺术上是一个冷酷的感伤主义者”等,“在文化批判上是一个理性主义者”等,也是不确切的。这说明正确地科学地认识鲁迅、评价鲁迅,是不容易的,是经历了一个历史的认识过程的。再如对两个口号争论中某些“国防文学”论者的批评,用了些过激的言辞如“市侩”、“暴君”、“土皇帝”等,这不能不说是一种较严重的宗派情绪,它对于通过论争分清是非、统一认识、团结抗日是极其不利的。尽管这些同冯雪峰同志的历史贡献相比是次要的,但从总结历史经验以指导现实的意义上来说,我们不能不引以为训。

1979.12

(本文最初与冯光廉一起署名发表于1980年《山东师范学院学报》第2期)

鲁迅:给青年以“切实的精神的食粮”

鲁迅“一向就注意新的青年战士底养成”,特别成为共产主义者以后,更“急于要造出大群的新的战士”[1]。这既表现他把中国社会革新的希望寄托在青年身上的深刻见地,又反映他具有高瞻远瞩的战略眼光。

为造就新的年轻一代,鲁迅做了大量的艰苦细致的工作,积累了丰富的培育青年的经验,至今研究起来,颇感新鲜可贵,具有现实意义。

一个人的青少年时期,正是树立正确的人生观、增长知识才干、养成优美精操的大好时机,因而也最需要精神食粮的滋养。如果能提供优质的精神食粮,那青少年的思想建设就能打下良好的基础;要是精神食粮发了霉或者单调贫乏,那也会影响青少年的健康成长,甚至能腐蚀其纯洁的灵魂。鲁迅在造就新的青年战士的过程中,特别重视为青年提供精神食粮的工作,号召“甘为泥土的作者和译者”应“竭力运输些切实的精神的食粮,放在青年人的周围”[2],以解决哺育青年的精神养料的问题。因为他深知,精神食粮的优与劣、实与虚,丰与贫,精与粗,直接关系到青年的发展前途。鲁迅说:“用秕谷来养青年,是决不会壮大的,将来的成就,且要更渺小,那模样,可看尼采所描写的‘末人’(笔者注:这里借指一种无希望、无创造、平凡畏缩、浅陋渺小、无所作为的人)。”[3]可见,是以“切实”的精神食粮还是以“秕谷”来养育青年,这是决定着能否为人民革命事业培养出德才兼备的青年战士的大问题。

为给青年提供“切实”的精神食粮,并提高其辨别香果毒瓜的能力,鲁迅希望能有“几个坚实的、明白的、真懂得社会科学及其文艺理论的批评家”;因为“最初,青年的读者迷入广告式批评的咒语,以为读了‘革命的’创作,便有出路,自己和社会,都可以得救,于是随手拈来,大口吞下,不料许多许多并不是滋养品,是新袋子里的酸酒,红纸包里的烂肉,那结果,是吃得胸中痒痒的,好像要呕吐”[4]。正是基于这种沉痛的教训,所以急切需要能够操马克思主义枪法的批评家,从驳杂的精神食粮中,来鉴别何者是酸酒和烂肉,何者是滋养品,以提高青年的识别能力,多汲取补汁,少中些毒素。

鲁迅就是一位杰出的思想家、文艺批评家。为扫荡一切有害的文化艺术,不使青少年的精神食粮遭到腐蚀,他从五四时期起便勇敢地担当了思想文艺战线上的哨兵。鲁迅曾针对那些妄图诱导青年读经、尚古、逃避现实斗争的复古主义者的诓骗,提出青年应当少读或不读“中国书”,多读些“外国书”,目的是教青年从中获得更多的启蒙思想和革命理论,以便积极投入现实斗争,这“乃是用许多苦痛换来的真话”[5]。“中国人向来因为不敢正视人生,只好瞒和骗,由此也生出瞒和骗的文艺来,由这文艺,更令中国人更深地陷入瞒和骗的大泽中”[6]。鉴于瞒与骗的文艺其毒性如此之大,鲁迅号召“凶猛的闯将”起来予以扫荡,造一片“崭新的文场”,为国民特别是青年提供闪烁着国民精神火花的文艺。鲁迅之所以深恶这“瞒和骗的文艺”,乃是因为它毒化“现在青年”的灵魂,使他们变成“老成的子弟,驯良的百姓”,“造出奇妙的逃路来,而自以为正路”[7]。一九二六年正当北洋军阀政府和一些复古文人,妄图否定五四新文化运动,重印《男女百孝图全传》,借以毒害青少年之际,鲁迅写了《二十四孝图》。它不仅以愤怒的感情对“一切反对白话,妨害白话者”表示了极大的仇恨,一而且对《二十四孝图》所宣扬的“孝道”的虚伪性、残忍性和反动性作了淋漓尽致的揭露,为青少年的思想教育阵地扫除了阴霾毒雾。当鲁迅真正懂得了马克思主义社会科学和文艺理论后,更自觉更主动地扫荡腐朽的封建的资产阶级的文学艺术,为青年输送并创造切实的精神食粮打开了阻塞的航道。他不仅摈弃“为艺术而艺术”的文学,而且也厌恶那种“才子+流氓”“或才子+佳人”[8]的小说等。当然,鲁迅不是绝对禁止青年接触带毒的精神产品,他“主张青年也可以看看‘帝国主义’的作品,这就是古语的所谓‘知己知彼’。青年为了要看虎狼,赤手空拳的跑进深山里去固然是呆子,但因为虎狼可怕,连用铁栅围起来了的动物园里也不敢去,却也不能不说是一位可笑的愚人”[9]。这就辩证地说明了阅读好的文学作品是为了增进精神营养,以充实和丰富青年的思想灵魂,而看“帝国主义”的作品则完全是为了增强抵抗力和免疫力,做到“知己知彼”,心中有底,以便更有效地战胜它。但是对于“用有限的砒霜,和在食物中间,使青年不知不觉地吞下去,例如似是而非的所谓‘革命文学’,故作激烈的所谓‘唯物史观的批评’就是这一类。这倒是应该防备的。”[10]这里特别强调对于那些以“左”的面目出现的所谓精神“食物”,青年人必须提高警惕,千万莫上当,正显示出鲁迅眼光的敏锐,认识的深刻,批评的尖利。

鲁迅不仅为青年获得优质的精神食粮而清除航道的污泥浊水，并且为“运输些切实的精神的粮食”给青年而竭尽全力。他说：“我也算没有要将小说抬进‘文苑’里的意思，不过想利用他的力量，来改良社会。但也不是自己想要创作，注重的倒是在介绍、在翻译，而尤其注重于短篇，特别是被压迫的民族中的作者的作品。因为那时正盛行着排满论，有些青年，都引那叫喊和反抗的作者为同调的。”[11]这一方面说明了鲁迅从事小说创作是在“为人生”和“改良这人生”的文学观指导下；另一方面说明他特别重视“运输”那些洋溢着民主主义精神和充满了被压迫民族反抗呼声的文学作品，目的是为了灌输青年以革命思想，激起他们民族民主意识的觉醒。鲁迅除同周作人合译了《域外小说集》外，后来还译介了《一个青年的梦》、《爱罗先珂童话集》、《桃色的云》、《小约翰》、《小彼得》、《表》和《俄罗斯的童话》等，以满足青年的精神食粮的需求。在一九二八年关于革命文学论争中，鲁迅翻译了几本马克思列宁主义文艺理论书籍，他在《文艺与批评》一书的“译者附记”里写道：对于文学艺术，“要豁然贯通，是仍须致力于社会科学这个大源泉的。”[12]他看到当时一些青年读者喜欢看马列主义的书，认为是“一个正当的前进”[13]。他译介马克思主义，既是为了“从别国里窃得的火”来“煮自己的肉”，同时也是为培养新的青年战士输进最切实的精神食粮。三十年代初期，翻译曾“洪水泛滥”过一时，但不久因投机者的胡乱翻译使翻译的“身价”大跌，译稿不分良莠一律无出路。以自己的血和乳汁哺育着千万青年的鲁迅，面对此情此景非常痛心，认为把翻译不分好坏一律抹杀，无异于杜绝外洋输入的精神食粮，也无异于减杀了一部分新文化和新文学工作者的力量[14]。于是他积极主张：“我要求中国有许多好的翻译家，倘不能，就支持‘硬译’。理由还在中国有许多读者层，有着并不是全是骗人的东西，也许总有人会多少吸收一点，比一张空盘较为有益。”[15]这辩证的观点，有力地启发和激励了有良心的翻译者，澄清着翻译界的混乱。后来他决心发起创办纯文艺的翻译杂志《译文》，其目的仍在“竭力运输些切实的精神的粮食，放在青年们的周围”。直到他逝世前的几个月，还一丝不苟地翻译俄国果戈理的名作《死魂灵》。

除译介进步的或革命的外国文学以增进青年的精神养料外，鲁迅最大的功绩在于以自己那支幽默泼辣、精炼含蓄的文笔，为青年创造了取之不尽、用之不竭的“切实的精神的粮食”。五四时期鲁迅步入文坛，便同当时泛滥的鸳鸯蝴蝶派的“消闲”文学和“为艺术而艺术”的“超人世”文学划清了界限，决心走切切实实的“为人生”和“改良这人生”的现实主义创作道路，替在寂寞中奔驰的青年战士呐喊助威。正如他自己所说:写小说“不免夹杂一些将旧社会的病根暴露出来,催人留心,设法加以疗治的希望。但为达到这希望计,是必须与前驱者取同一的步调的,我于是删削些黑暗,装点些欢容,使作品比较的显出若干亮色,那就是后来结集起来的《呐喊》”,“这些可以说,是‘遵命文学’。不过我所遵奉的,是那时革命的前驱者的命令,也是我自己所愿意遵奉的命令”[16]。这清楚地说明了他当时为青年们提供的“精神的粮食”具有这样的思想特色:一是“暴露”旧社会的病根,但不是为暴露而暴露,目的在于“催人留心,设法加以疗治的希望”,表现出强烈的救国救民的革命精神;二是“遵命文学”,自觉地使精神食粮的生产同“前驱者取同一的步调”,充分体现出反帝反封建的时代精神,切合了历史发展的方向;三是小说虽多暴露旧社会的黑暗,描写人生悲剧,但由于能够主动“听将令”,因而作品减少了感伤暗淡的气氛,“装点些欢容”,“显出若干亮色”,透视出积极向上的乐观主义精神,给读者以鼓舞力量;四是尽管鲁迅开始写小说“未能忘怀于当日自己的寂寞的悲哀”[17],但为了给青年创造“切实”的精神食粮,“并不愿将自己以苦的寂寞,再来传染给了也如我那年青时候似的正做着好梦的青年”[18]。正因如此,所以《狂人日记》、《孔乙己》、《药》等在《新青年》上陆续发表,“颇激动了一部分青年读者的心”[19]。这表明鲁迅的小说创作,的确是培养青年革命精神、高尚道德和优美品格的极为“切实”的养料。“后来《新青年》团体解散了,有的高升,有的退隐,有的前进”[20],鲁迅仍在“沙漠中”坚持创作,由于看不清“新的战友在那里”,不免产生了彷徨苦闷之感,这不能不给他的《彷徨》、《野草》等作品带来一定的悲观色彩,但为了对青年负责,给青年以更多的积极向上奋发乐观的精神力量,所以他结集时“竭力抽掉”那些有“重压之感”的作品。与此同时,鲁迅创作的杂文,也是养育新的青年战士的极为丰腴极为“切实”的精神食粮,在那暗无天日的半封建半殖民地社会里,也不知有多少 青年“吃着它”立下了革命宏愿,汲取了斗争力量,获得了人生经验,增长了智慧才干,为中华民族的解放和民主主义革命的胜利而英勇献身。这些杂文,有的专为教育青年、鼓励青年而写,至今还闪烁着真理的光辉:鲁迅希望中国“青年应当有朝气,敢作为”[21],“只向上走,不必理会这冷笑和暗箭”,更“不必听自暴自弃者流的话。能做事的做事,能发言的发言。有一分热,发一分光,就令萤火一般,也可以在黑暗里发一点光,不必等候炬火”[22];“现在的青年最要紧的是‘行’不是‘言”[23];“要不怕做小事业”[24],只要“能下决心,能奋斗,一定会成功,有光明的前途”[25],等等。这些勉励、关怀青年的金声玉言，不仅在旧社会成为鞭策青年奋发有为的强大精神力量，就是在社会主义建设的今天也是激励青年为实现“四化”而英勇奋斗的座右铭。二十年代末，当鲁迅的世界观发生激变后，由创造“为人生”文学而变成无产阶级文学的倡导者和创造者，他在共产主义思想照耀下，为培育新的青年战士创制了更多更好的“切实的精神的粮食”——光辉的杂文。这些“精神的粮食”，一点“没有假慈悲的伪君子色彩”[26]，丝毫没有超现实超时代的“为艺术而艺术”的神秘空想味道，它们“最深刻有力”，充满了“辩证法”[27]，“是马克思主义化的”，“画出了黑暗势力的鬼脸，画出了丑恶的帝国主义的嘴脸”，洋溢着“斗争精神”和“牺牲精神”[28]；它们“是匕首是投枪，能和读者一同杀出一条生存的血路的东西；但自然它也能给人愉快和休息。然而这不是‘小摆设’，更不是抚慰和麻痹，它给人的愉快和休息是休养，是劳作和战斗之前的准备”[29]。这些“精神的粮食”，不但哺育了左翼文坛的文艺青年，造就了相当一批“新的青年的战士”，壮大了无产阶级文学的队伍，而且也培育了不少革命青年，为新民主主义革命事业训育了坚强的后备力量。

鲁迅为给青年创造“切实的精神的粮食”，表现出严谨的现实主义态度和高度负责的精神。他极力主张“选材要严，开掘要深，不可将一点琐屑的没有意思的事故，便填成一篇，以创作丰富自乐”[30]；创作应该“有真意，去粉饰，少做作，勿卖弄”[31]，“第一件紧要事是诚实，要确切的显示了事件或人物的姿态，也就是精神”[32]，并“当先求内容的充实和技巧的上达，不必忙于挂招牌”[33]。鲁迅“就怕我未熟的果实偏偏毒死了偏爱我的果实的人，而憎恨我的东西如所谓正人君子者偏偏都矍铄……因此作文就时常更谨慎……还记得三四年前，有一个学生来买我的书，从衣袋里掏出钱来放在我的手里，那钱上还带着体温。这体温便烙印了我的心，至今要写文字时，还常使我怕毒害了这类的青年，迟迟不敢下笔。”[34]这说明一个人民的作家，要为青年创造精神食粮，必须具有一颗赤子之心和认真负责、严肃谨慎的创作态度，这是革命作家的神圣天职，丝毫马虎不得，轻率不得，因为它关系到以什么精神材料来塑造青少年一代的思想灵魂问题，关系到一个民族一个社会未来的精神文明程度问题。

鲁迅不愧为给青年创造“切实的精神的粮食”的巨匠，不愧是培养新的青年战士的导师。他不止以自己创造的精神养料滋润文艺青年的健康成长，并且对于文艺青年所创造的“切实的精神的粮食”也予以热情支持和充分肯定，鼓励他们为无产阶级和人民大众创造更多更好的精神财富。三十年代初，“因为多年买空卖空的结果，文界就荒凉了，文章的形式虽然比较的整齐起来，但战斗的精神却较前有退无进”[35]，唯有“左翼文艺仍在滋长。但自然是好像压在大石之下的萌芽一样在曲折地滋长”[36]。对于这些用青年战士的血浇灌起来的革命文学新苗，鲁迅倍加赞美和异常关心。当看到叶紫《丰收》集的小说“为一大群中国青年读者所支持”并“得到世界的读者”时，鲁迅自豪地评道：“但我们却有作家写得出东西，作品在摧残中也更加坚实”，“这就是作者已经尽了当前的任务，也是对于压迫者的答复：文学是战斗的！”[37]“坚实”与“战斗”，这是无产阶级文学的特色，也是真正的为广大青年所渴望的“切实的精神的粮食”。对殷夫的诗集《孩儿塔》，鲁迅赞美说：“这是东方的微光，是林中的响箭，是冬末的萌芽，是进军的第一步，是对于前驱者的爱的大纛，也是对于摧残者的憎的丰碑。一切所谓圆熟简炼，静穆幽远之作，都无须来作比方，因为这诗是属于别一世界。”[38]这便痛击了反动文人对无产阶级文学的诽谤，捍卫了劳苦大众特别是广大青年的“切实”的精神食粮，使“荒凉”的三十年代初的“文界”逐步充实、活跃起来。

运输或创造“切实”的精神食粮固然重要，但要使广大青年有效地吸收精神食粮的营养，尚须具体指导．亦即劝导青年如何读书才能“扩大精神，增加智识”[39]。鲁迅认为：其一，多读与改造人生有关的书。鲁迅劝青年不要看那些“与实人生离开的书”，多读那些“与人生接触”[40]的书，也就是要读那种表现人生并能“改良这人生”的书；他在《叶紫作〈丰收〉序》里也说道：“与其看薄凯契诃，雨果的书，宁可看契诃夫，高尔基的书，因为它更新，和我们的世界更接近。”这清楚地说明，青年们吸收精神养分，最好读那些与改造社会人生切近的书。其二，读书要“专”，但也要“泛览”。鲁迅教导青年吸取精神食粮要“专”，即“抉择而入于自己所爱的较专的一门或几门”[41]；但是“爱看书的青年，大可以看看本分以外的书……即使和本业毫不相干的，也要泛览”[42]，“先前的文学青年，往往厌恶数学，理化，史地，生物学，以为这些都是无足轻重，后来变成连常识也没有，研究文学固然不明白，自己做起文章来也胡涂，所以我希望你们不要放开科学，一味钻在文学里”[43]。说明在精神食粮的宝库里，若要取得真才实学，做一个知识渊博的青年，必须处理好“专攻”和“泛览”的关系。其三，吸取精神养料必须和社会实际联系。鲁迅反对读死书，强调读书应善于思索，并用自己的眼睛“去读世间这一部活书”，“必须和社会接触，使所读的书活起来”[44]。这说明只有把读书和社会实际联系起来，才能获得真正有用的精神营养。后来他谈到学习马克思主义理论时说:"马克思主义,倘若不是为的实行和抽去了战斗精神,而只为的谈谈,那就不是马克思主义"[45]。其四,获取精神食粮应该同改造自己的思想结合。鲁迅在译介马克思主义文艺理论的书,不仅给文艺青年送来了真理的火光,而且也用这"火"来"煮自己的肉",以改造思想灵魂,驱除"鬼气"。这一切表明鲁迅不但善于"运输"和创造"切实的精神的粮食",同时还善于指导青年吸收和运用"切实的精神的粮食"。

鲁迅总是站在他处的时代的思想水平所达到的高峰,以热烈的爱投给了所有为着未来而奋斗的青年,不但竭力"运输"和创造丰富而切实的精神食粮,为培养青年一代鞠躬尽瘁;而且他从青年身上看到"理想的光",热切地希望他们"联合起来,向着似乎可以生存的方向走。你们多的是力,遇见森林,可以辟成平地的,遇见旷野,可以栽种树木的,遇见沙漠,可以开掘井泉的[46]"。表现了鲁迅对青年一代的殷切期望和无限信任,也表现了对祖国未来的热烈呼唤,这正是他孜孜不倦地为"造出大群的新战士"而"竭力运输些切实的精神的粮食,放在青年人的周围"的思想基础和力量源泉。现在是社会主义建设新时期,同鲁迅所处的时代相比已发生了翻天覆地的变化,但是给青年以"切实的精神的粮食",为实现"四化"而造就"大群的新的战士",仍然是一个人民作家的义不容辞的义务和神圣不可亵渎的天职,鲁迅便是我们学习的楷模!

(1981.6.24)

注:

[1]《二心集、对于左翼作家联盟的意见》。

[2][3][35]《准风月谈·由聋而哑》。

[4][13]《二心集·我们要批评家》。

[5][34]《坟·写在〈坟〉后面》。

[6][7]《坟·论睁了眼看》。

[8]《二心集·上海文艺之一瞥》。

[9][10]《准风月谈·关于翻译(上)》。

[11]《南腔北调集·我怎么做起小说来》。

[12]《〈文艺与批评〉译者附记》,二十卷本《鲁迅全集》第17卷第446页。

[14]黄源:《鲁迅先生与"译文"》,1956年人民文学出版社出版的《忆鲁

迅》

[15]《南腔北调集关于翻译》。

[16][18][20]《南腔北调集·〈自选集〉自序》。

[17]《〈呐喊〉自序》。

[19]《且介亭杂文二集·〈中国新文学大系〉小说二集序》。

[21]《坟·寡妇主义》。

[22]《‘热风’随感录四十一》。

[23][40]《华盖集·青年必读书》。

[24]《坟·未有天才之前》。

[25]《在厦门平民学校的演讲》,《中国现代文艺资料丛刊》第 3 页。

[26][28]毛泽东:《在陕北公学鲁迅逝世周年纪念大会上的讲话》。

[27]毛泽东:《在中国共产党全国宣传工作会议上的讲话》。

[29]《南腔北调集·小品文的危机》。

[30]《二心集·关于小说题材的通信》。

[31]《南腔北调集·作文秘诀》。

[32]《且介亭杂文二集·漫谈"漫画"》。

[33]《三闲集·文艺与革命》。

[36]《二心集·黑暗中国的文艺界的现状》。

[37]《且介亭杂文二集·叶紫作〈丰收〉序》。

[38]《且介亭杂文末编·白莽作〈孩儿塔〉序》。

[39][41][42][44]《而已集·读书杂谈》。

[43]《鲁迅谈创作》(中国青年出版社)第 49 页。

[45]冯雪峰著《回忆鲁迅》第 32 页。

[46]《华盖集·导师》。

(本文最初与冯光廉一起署名发表于 1981 年《东岳论丛》第 5 期)

逻辑思维与形象思维相统一的结晶

——鲁迅杂文略论

马克思主义认为,艺术和科学对世界的认识有不同的特点:科学是以抽象的概念的形式"掌握世界",艺术则借助于想象,用形象化的方式反映世界。[1]我们理解,这是说的逻辑思维和形象思维两种不同的思维方式。作为伟大的思想家、革命家和文学家,鲁迅把形象思维和逻辑思维有机地结合起来,创作出了杂文这种革命的政治内容与相当完美的艺术形式相统一的文体。鲁迅杂文独具特色,从根本上说是一种文艺性的政论,有着政治评论的科学性和战斗性,同时也具有文 学作品的艺术性。鲁迅杂文是一份极可宝贵的精神财富。从思维规律出发,探讨鲁迅杂文的基本特色,对于鲁迅研究和杂文创作;应该是不无益处的。

一

鲁迅杂文首先是一种政论文,"是感应的神经,是攻守的手足",[2]是战斗的匕首和投枪。鲁迅科学地运用逻辑思维,通过明确深刻的概念,精辟恰当的判断,准确明快的推理,以形式逻辑和辩证逻辑为武器,向整个旧世界展开了猛烈的进攻,显示了巨大的逻辑威力。在这方面,鲁迅的杂文具有自己的鲜明特色。

鲁迅运用形式逻辑总是同对象的具体特征紧密地联系在一起。在《论"费厄泼赖"应该缓行》中,鲁迅以"落水狗"这个形象的概念,揭露了反动派的丑恶本质和狼狈嘴脸。这个概念非常贴切,就是"你跑到天涯海角,它也跟着你走,怎么摆也摆不脱"。[3]鲁迅所以能把这一概念深深地烙印在对象身上,是因为准确地抓住了对象的本质特征。在"女师大事件"中,鲁迅同北洋军阀政府及其御用文人作过坚决的斗争。斗争的实践,在观察、分析、比较中,使鲁迅对反动势力由感性认识上升到理性认识,从而通过形象思维发生联想,把批判对象同“落水狗”类比,从而创造出了这个具有深刻含义的典型形象。离开了对象的本质特征,鲁迅的杂文是决不会有如此巨大的战斗力量的。

鲁迅还善于通过“思辩”的头脑,以精到谨严的判断,表达自己深刻的思想,给论敌以有力回击。《中国人失掉自信力了吗?》一文,是针对在日寇侵略面前国民党反动派的不抵抗政策,以及部分论者的悲观“自欺”的论调而发的。鲁迅先对“中国人”这个概念作了阶级的和历史的具体分析,批驳了“中国人失掉了自信力”的谬论,尖锐地指出真正“失去自信力”的是反动派,是民族败类;随之热情地赞颂了中国共产党和亿万人民群众是“中国的脊梁”;最后作出一个非常准确有力的判断:“说中国人失掉了自信力,用以指一小部分人则可,倘若加于全体,那简直是诬蔑。”文章不长,但环环紧扣,无懈可击,是运用形式逻辑进行驳论的典范之作。鲁迅的杂文,决不空洞地讲大道理,总是有感而发,从具体事情出发展开分析的。中国历史史实,巨细社会问题,乃至日常生活现象,鲁迅往往信手拈来,以小见大,洞幽烛微,在夹叙夹议中发掘出深刻的事理,令论敌瞠目,使读者称绝。鲁迅运用逻辑武器的工力是极其深厚的。

鲁迅善于运用各种形式的逻辑推理方法,其中最常见的是类比推理。在《文学和出汗》中,他以日常最普遍的“出汗”这一生理现象,同人的阶级性作类比,借以批驳梁实秋所兜售的文学应当描写“永久不变的人性”的资产阶级人性论。从“香汗”与“臭汗”的区别,类推到资产阶级和无产阶级的人性也有本质区别,从而以无产阶级的阶级论战胜了资产阶级的人性论。可以说,这一逻辑推理,是鲁迅逻辑思维的深刻性和形象思维的具体性相互为用的结果,使深刻犀利的思想锋芒,从微不足道的生活现象上显示出来,言简意赅地说明了一个争论纷纭的重大文学理论问题。毫不夸张地说,鲁迅运用形式逻辑进行战斗的本领,达到了炉火纯青的境地。

不仅如此。在圆熟地使用形式逻辑武器的同时,鲁迅还十分善于运用辩证逻辑进行战斗,这在他的后期杂文里表现得尤为突出。毛泽东同志指出:“鲁迅后期的杂文最深刻有力,并没有片面性,就是因为这时候他学会了辩证法。”[4]鲁迅成为马克思主义者后,无论斗争怎样复杂,他总能透过纷纭的现象抓住问题的要害。鲁迅运用辩证逻辑进行战斗,也是离不开形象思维的。《“丧家的”“资本家的乏走狗”》是一个范例。鲁迅在同资产阶级文人梁实秋的几次交锋中,逐步看清了他的卑劣行径和反动本质。但是,怎样把他的丑恶面目揭露出采，却需要在论证上下一番工夫。鲁迅在文章中首先抓住梁实秋是不是“资产阶级走狗”这一要害问题展开批驳，进而指出究竟为哪个阶级的利益服务是问题的关键所在。梁实秋“遇见所有的阔人都驯良，遇见所有的穷人都狂吠”，恰恰表明他是资本家的走狗。不仅如此，鲁迅还从梁实秋的自我表演中，进一步揭示出他的“丧家相”和“乏”相。这样，就不仅揭露了梁实秋一类走狗文人的共同本质，而且揭露了梁实秋的个别特征。在鲁迅笔上，梁实秋成为一个活生生的典型形象。鲁迅层层深入的论证，维妙维肖的画像，入木三分的判断，充分显示了辩证逻辑的战斗威力。而“走狗”一词的运用以及形象化的描写，又使杂文免于空洞的论述，大大增强了艺术感染力。在鲁迅的后期杂文中，辩证逻辑渗透到字里行间，是像一根红线那样贯串始终的。

总之，在逻辑思维方面，鲁迅是成功地运用了形式逻辑和辩证逻辑的。表现在杂文中，它们往往是紧密地交织在一起，而又有着显著的特色。

二

鲁迅杂文的文艺性同样有着鲜明的特色。鲁迅在创作中，十分注意形象思维的运用，为了使逻辑思维的抽象，即“合乎论理的结论”更深刻更生动地揭示事物的本质和规律，他采用了多种艺术手段，使杂文的形象化达到了新的高峰。毛泽东同志赞扬鲁迅简直是一位高等画家，用他那支又泼辣、又幽默、又锋利的笔，画出了旧中国形形色色的人物的嘴脸。毛泽东同志的评价是十分中肯的。鲁迅杂文取得的这一成就，是与鲁迅在形象思维中运用的若干形象化手法分不开的。

“取类型”。鲁迅具有敏锐的政治洞察力和高超的艺术表现力，十分善于从日常社会生活中，为“砭锢弊”而取类型，略加点染，便使对象形神毕现地出现在读者面前。鲁迅说：“盖写类型者，于坏处，恰如病理学上的图，假如是疮疽，则这图便是一切某疮某疽的标本。”请看他为陈西滢之流的“叭儿狗”画像：“它却虽然是狗，又很像猫，折中，公允，调和，平正之状可掬，悠悠然摆出别个无不偏激，唯独自己得了‘中庸之道’似的脸来。因此也就为阔人，太监，太太，小姐们所钟爱，种子绵绵不绝。它的事业，只是以伶俐的皮毛获得贵人豢养，或者中外的娘儿们上街的时候，脖子上拴了细链子跟在脚后跟。”[5] 在现实斗争中，鲁迅对“正人君子”陈西滢之类的人物深恶痛绝，对他们的阿谀奉承、谄媚巴结北洋政府的丑恶行径以及表面中庸实为两面派的嘴脸,有着十分深刻的认识。正是从这样的认识出发,鲁迅突出地勾勒出了叭儿狗的性情、形态、动作及其和主子的关系,借以同“正人君子”类比,使读者为之会心的一笑,发生了强烈憎恶之情。更重要的是,“叭儿狗”这个形象反证了鲁迅关于“非把它打落水里,又从而打之不可”的论点的正确性。鲁迅在谈到自己的杂文时说:“我的杂文,所写的常是一鼻,一嘴,一毛,但合起来,已几乎是或一形象的全体,不加什么原也过得去的了。但画上一条尾巴,却见得更加完全。”[6]鲁迅杂文里写到的狗,我们知道有落水狗、叭儿狗、丧家狗、鹰犬、乏走狗等等,如果把它们“合起来”,就会十分清楚地认识这些“狗”的本质特征及其个别特征,就会深入领会鲁迅着力创造出来的这些产生于半封建半殖民社会的“狗”的形象的重大意义。无须赘述,通过选取类型的方法突出杂文的形象性,较之仅仅止于抽象的论证,不仅会发生更大的艺术感染力,而且会大大加强杂文的战斗力。

鲁迅常常借用故事、传说、神话和寓言等加强杂文的形象性。它们一经采用,总是紧密地服务于现实斗争,被赋予了深刻的思想内容。《二丑的艺术》是鲁迅借用浙东戏班“二花脸”的故事,通过二丑同小丑的比较,突现二丑“身体比小丑高,而性格却比小丑坏”的特点;接着拿二丑与恶仆、义仆作对比,揭出二丑的两面派特点,使二丑的形象轮廓更具体;然后挖出二丑这种角色产生的原因。鲁迅勾画二丑形象的目的,是用来比附反动的帮闲文人,剖析他们的本质特征,活现了帮闲文人的身份、性格、本领及其必然垮台的下场。从这篇形象化的杂文中,我们可以看到鲁迅在构思的过程中,是将长期对帮闲文人准确而又深刻的观察所形成的合乎逻辑的本质认识,借助形象思维的丰富联想力,通过戏剧舞台上二丑的角色,入木三分地刻画出社会舞台上的“二丑”形象。一个平常的戏剧故事,在鲁迅笔下发挥出如此之大的战斗作用,展现出如此重要的思想政治意义,表现了鲁迅精湛的艺术造诣。像《二丑的艺术》这类杂文,在鲁迅作品中是不胜枚举的,或剖析敌人的本质,或阐明抽象的事理,或批驳论敌的谬论,鲁迅往往是从故事、传说等引发,由具体事物说开去,由此及彼,见微知著。

鲁迅善于运用比喻或比拟的手法增强杂文的形象性。或以之构成整篇,或取之布作段落,或把一个抽象的概念具体到一个贴切的比喻之上,或让一个精辟的判断蕴含于一个生动的比拟之中,凡此种种,像迅杂文所在多有。《拿来主义》整篇文章就是一个比喻。如何看待文化遗产,是一个重大的文学理论问题。鲁迅巧妙地把文化遗产比作一座大宅子,生动地阐明了必须批判地继承文化遗产的深刻道理,并精当地概括为"拿来主义"。《拿来主义》不仅整个比喻十分贴切,而且文中的各个比喻也都如此,如用鱼翅比喻旧遗产中的精华,要拿来;用鸦片比喻旧遗产中的既有用又有害的东西,要利用有用的,清除有毒的;用烟枪、烟灯来比喻人民根本不需要的一部分,原则上应予以"毁灭",却也可留少许送博物馆。这几个比喻深入浅出,准确透辟,足以抵得上一篇大文章。鲁迅在运用比喻或比拟方面达到如此得心应手的地步,当然是与他对事物的本质及其之间的内在联系的深刻认识分不开的,但从艺术规律考察,是不能忽视其高超的艺术表现力的。

形象化的语言。在鲁迅杂文中,逻辑论证的抽象化语言和文学创作的形象化语言达到了相当完美的统一。鲁迅杂文形象化语言艺术的成就是多方面的,这里仅就讽刺语言的特色略作论述。讽刺语言给读者带来的不是庄严的美感,而是滑稽的美感。试看鲁迅的《"商定"文豪》的描写:"一看杂志的广告,作者个个是文豪,中国文坛也真好像光焰万丈,但一面也招来了鼻孔里的哼哼声。"对于这类靠广告招摇撞骗的冒牌文豪,鲁迅用"招来了鼻孔里的哼哼声"的生动描写,表达了人们对文学骗子"蔑视鄙夷"的憎恶之感。"哼哼声"已够幽默了,加上"鼻孔里的"就更为诙谐。这一漫画式的情态勾勒,是鲁迅对所谓文豪的辛辣嘲讽。而题目《"商定"文豪》的"商定"一词,也同样是十分传神的。《夜颂》中有这么几句描写:"高跟鞋的摩登女郎在马路边的电灯光下,阁阁的走得很起劲,但鼻尖也闪烁着一点油汗。""阁阁的"这个修饰词活现出摩登女郎一派目中无人神气,却偏偏鼻尖上出油汗,而且这油汗还"闪烁着",这种不谐调的外表,揭示了人物不谐调的内心世界,从而勾画出了一个内外不一的矛盾形象,产生了微妙的讽刺效果。鲁迅杂文所以引人入胜,并不使人感到干巴枯燥.形象化的语言无疑是重要原因之一。

概括地说,正是由于鲁迅运用了上述种种形象化的艺术手段,这才使他的杂文具有撼人心魄的艺术感染力,这是鲁迅在杂文创作中运用形象思维的结果。如同政论性一样,文艺性是鲁迅杂文的又一根本特色。

三

上面我们对鲁迅杂文的政论性和文艺性分别作了粗浅的探讨,只是为了论述的方便。实际上,在鲁迅杂文中这两个方面是有机地统一在一起的。

从思维规律考察，鲁迅杂文政论性和文艺性的统一，正是逻辑思维和形象思维的统一。杂文虽然古已有之，但是由鲁迅创造的杂文却有着重大的发展，是杂文史上的一座丰碑。鲁迅杂文是政论，具有政论文的基本特点，但又不同于一般的政论文；从一定的意义上说，鲁迅杂文是文学形式的一种，但它并不同于小说、诗歌、戏剧等文学作品。鲁迅杂文的基本特征，在于它是形象化的政论，是诗与政论的统一体。鲁迅杂文这一新鲜而又成熟的文学现象告诉我们，作为思维的两种不同的方式，逻辑思维和形象思维是可以而且能够成功地统一到一起的。

我们知道，思维方式特别是形象思维问题，是学术界的一个众说纷纭的问题。这里，我们无意展开全面论述。我们认为，形象思维不仅是与逻辑思维并存的一种独立的思维方式，而且是艺术创作的规律。艺术掌握世界的思维的特点是艺术想象，想象的本质正是形象思维。而逻辑思维却是通过推理论证实现的。鲁迅杂文作为一种政论文，当然是逻辑思维的结果。然而，杂文的形象化，却决非逻辑思维所能达到的。鲁迅杂文离不开形象思维。正是由于形象思维的运用，鲁迅杂文中才总不脱离形象的、具体的东西，才能以生动的现象和细节反映本质，以个别反映一般，以具体的形象概括抽象的规律。

但是，鲁迅杂文中的形象思维却有着自己的特点。它和小说、诗歌，戏剧等文学作品的不同之处在于，那些文学作品主要是形象思维在起作用，尽管也伴随有逻辑思维；鲁迅杂文则正好相反，主要是逻辑思维在起作用，伴之以形象思维。它和一般政论文的不同之处在于，后者没有运用形象思维，即使有一点，也仅仅是零碎的，例如我们常见到的修辞上的比喻之类，决没有鲁迅杂文中的文艺性所占有的那么大的分量。实际上，在鲁迅杂文中逻辑思维和形象思维是交错进行的。在分析、概括和提炼中心思想时，在推理和判断的论证时，都是逻辑思维在起主导作用，形象思维作为助手，在描述具有特定意义的人物、事件和社会生活细节等方面，则起着辅助作用，二者不是对立的，而是相辅相成的。

逻辑思维和形象思维作为两种并行不悖的思维方式，是各有长短的。但是，作为认识世界的明确性、深刻性和直接性而言，形象思维是不及逻辑思维的。这是因为形象思维形诸文学作品，由于艺术规律所决定，总不免有一定的局限性。而逻辑思维则不同。鲁迅后期所以主要采用杂文作为战斗的武器，完全是出于现实斗争的需要，因为主要运用逻辑思维的杂文是更适于战斗的。

鲁迅杂文所达到的逻辑思维和形象思维的有机统一，不是偶然的。作为思维方式，不论是逻辑思维还是形象思维，尽管各有自己的规律，但都无可避免地受着思维者世界观的指导和社会生活实践的制约。毛泽东同志指出："社会实践的继续，使人们在实践中引起感觉和印象的东西反复了多次，于是在人们的脑子里生起了一个认识过程中的突变（即飞跃），产生了概念"，"循此继进，使用判断和推理的方法，就可以产生合乎论理的结论来"。[7]这里说的是逻辑思维的情形，认识离不开实践，实践、认识、再实践、再认识，正是马克思主义认识论。在马克思主义看来，科学的逻辑思维离不开社会实践，而科学的形象思维就更不待言了。正是因为鲁迅在长期的革命斗争实践中逐步树立了马克思主义世界观，同时又有着极其丰富的生活积累，所以就不仅能够运用自如地驾驭逻辑思维和形象思维，而且能够水乳交融地把二者结合起来，创作出鲁迅杂文这一独具特色的文体，树立了人们难以企及的一座文学高峰。在这座高峰中，蕴含着极为丰富的宝藏，既有博大精深的思想内涵，又有高超精湛的艺术造诣，它们都还远远没有被我们所发掘。

值此纪念鲁迅诞辰百周年之际，我们仅以拙作表达由衷的怀念和敬仰。不当之处，请专家和同志们批评指正。

（1981.9.5）

注：

[1]《马克思恩格斯选集》第2卷第104页

[2]《且介亭杂文·序言》

[3]《且介亭杂文二集·五论"文人相轻"——明求》

[4]《在中国共产党全国宣传工作会议上的讲话》

[5]《论"费厄泼赖"应该缓行》

[6]《准风月谈·后记》

[7]毛泽东《实践论》

（本文最初与翟德耀一起署名发表于1981年《学术论文集刊》）

朱德发文集

第二卷

中国五四文学史

朱德发 著

山东人民出版社
国家一级出版社 全国百佳图书出版单位

图书在版编目(CIP)数据

朱德发文集:全10册/朱德发著.—济南:山东人民出版社,2014.1
ISBN 978-7-209-07570-1

Ⅰ.①朱… Ⅱ.①朱… Ⅲ.①朱德发—文集 Ⅳ.①I-53

中国版本图书馆CIP数据核字(2013)第304326号

责任编辑:李怀德

朱德发文集(第二卷)
朱德发 著

山东出版传媒股份有限公司
山东人民出版社出版发行
社 址:济南市经九路胜利大街39号 邮 编:250001
网 址:http://www.sd-book.com.cn
发行部:(0531)82098027 82098028
新华书店经销
山东临沂新华印刷物流集团印装

规 格 16开(169mm×239mm)
印 张 28.5
字 数 460千字
版 次 2014年1月第1版
印 次 2014年1月第1次
ISBN 978-7-209-07570-1
定 价 498.00元(共十卷)

如有质量问题,请与印刷单位调换。(0539)2925888

目　录

中国五四文学史

中国五四文学史

朱德发 著

山东文艺出版社

HONG GUO WU SI WEN XUE SHI

绪　论

五四文学"现代型"特征的宏观审视

五四文学在中国文学史的长河中是一种具有"现代型"特征的新文学，从宏观上加以俯视，它既是新的启蒙文学，又是"为人生"的平民文学；既是白话化的文学，又是文体大解放的文学，也是面向世界的开放性文学。

新的启蒙文学

启蒙家呼唤着新文学，新文学服务于思想启蒙。随着思想启蒙运动和思想解放运动的兴起和发展，五四时代的启蒙家对新文学发出强烈呼唤，要求新文学为思想启蒙和思想解放鸣锣开道，摇旗呐喊，致使新文学带上了浓重的启蒙色彩。

所谓启蒙主义，有广义和狭义之分。广义的启蒙，就是以现代的科学与民主意识反对蒙昧主义，反对封建主义，启发人们觉醒，争取人性解放和民族解放；狭义的启蒙，是指十八世纪欧洲文化史上的资产阶级思想启蒙运动，它是继文艺复兴后又一次规模宏大的、影响深远的文化思想运动，并产生了许多为宣传启蒙思想服务的著名作家和作品，而这些启蒙文学家又多是启蒙思想家和社会活动家，他们以自由、平等、博爱、天赋人权等民主思想为武器，把人性从宗教迷信、封建专制和蒙昧主义的精神锁链下解放出来。五四时期的思想启蒙运动及由此而产生的启蒙文学，虽然受到西方启蒙运动的影响，但由于时代条件和文化心理结构不同，致使五四启蒙文学具有一些新特点。一是新启蒙文学的思想内涵是由复杂的现代意识构成，它是各种对立于封建意识的新思潮的混合体。不仅文学巨匠鲁迅的启蒙文学的思想内涵深邃复杂，就是冰心等的启蒙小说的思想倾向也是相当复杂的。不过启蒙文学的思想都属于现代意识范畴，都担负着启封建之蒙的时代使命。周作人提倡以新文学宣传人道主义，讲人意辟人荒;李大钊提倡新文学应导以平民主义;沈雁冰主张德谟克拉西是一切文学艺术的明灯,等等,这都是从不同的角度指出启蒙文学思想内涵的灵魂是平民主义和人道主义。这种崭新的现代意识已剔除晚清启蒙文学内容中的封建意识残余,并随着马克思主义的传播,融合进一定的社会主义思想因素。二是启蒙文学的社会功能是广阔的,并不是狭窄而单一的。从文学作品来考察,有的作品是为着唤起人的觉醒,争取人的解放,肯定人的尊严和价值;有的作品表现自我内省,反映自我认识能力和价值观念的多重性以及心智活动的复杂性,这是侧重于情感启蒙;有的作品是从吃人的封建制度和礼教下发出救救孩子的呼声,目的在于唤起一代沉睡于铁屋里青年的觉醒;有的作品把个性解放同唤起民众的觉醒结合起来;有的作品把提高全民族的觉悟同唤醒现实革命的觉悟联系起来;有的作品把表观赤裸裸的人性同唤起集体主义精神结合起来;有的作品把政治思想、伦理道德的启蒙和情感的启蒙结合起来。由于五四时期的政治斗争极其尖锐复杂,不可能像胡适设想的那样先单独搞思想启蒙和文学革命,然后再搞政治革命;它们几乎是同步的,这与十八世纪法国启蒙运动先于政治大革命不尽相同。因此五四启蒙文学的政治思想或民族意识的启蒙任务,要重于、大于个性、理智、情感的启蒙。鲁迅是抱着"启蒙主义"从事新文学创作的,他的启蒙小说最能体现五四时期新文学的启蒙功利特色。鲁迅的启蒙小说总是把唤起民众的觉醒同改造整个社会人生联系起来,总是把改造国民性同探讨辛亥革命的教训联系起来,总是把个人解放同整个国民的解放联系起来,所以鲁迅的启蒙文学比西方启蒙文学具有更深广的历史内容和更崇高的功利价值。三是启蒙文学家大都是人类灵魂工程师和国民灵魂的解剖师,启蒙文学的中心任务在于能否真实地画出现代国人的灵魂来;所以五四启蒙文学的突出特征则是勾画出一幅幅国民灵魂图,若综合以观仿佛在广阔的文化历史背景上展开一部中华民族心理发展史和一幅现代国人灵魂的纵剖图。有的作品从灵魂深层综合地刻画出国民精神的斑斑伤痕,几乎把几千年传统文化积淀凝成的民族心理的弱点或劣点全盘托出;有的刻画出五四青年的充满危机感、焦灼感、苦闷感、孤独感、悲伤感甚至颓废感的灵魂;有的作品勾勒出被历史和现实的传统习惯或丑恶势力扭曲了的变态了的灵魂;有的作品描写出灰色知识分子的卑鄙、庸俗、自私的灵魂;有的作品刻画了下层不幸人们的被侮辱被损伤的灵魂和麻木愚昧的心理世界;也有的作品开掘出人们心灵深处的人性美和人情美以及善美的品质;也有的作品刻画了被奴役被压迫人民那颗不安或愤怒的心,等等。

刻画现代国人的种种灵魂并不是启蒙文学的目的，旨在通过针砭、疗治、改造或赞扬，来塑造国民的理想人性，来锻造具有现代意识的国人灵魂，从而真正唤起人的觉醒、国民的觉醒和民族的觉醒。四是五四启蒙文学带有鲜明的理性或思辨色彩，虽然思辨显得深度不够，但同西欧启蒙文学相比尚未流入理念化。五四启蒙文学的理性或思辨大都蕴含在人物形象的刻画或情节的组合中，或宣扬某种主义、原理和思想，或表现某种人生观、宇宙观和人生思考，基本上能同人物或情节的描绘交融为一体。鲁迅的小说大都具有一种发人深思的哲理意味和一种理趣美；当然也有的作品所表现的理念显得空泛，或流入说教。

启蒙性是五四文学的“现代型”特征之一，它从本质上区别于中国传统的“载道文学”。古代文学的“文以载道”，大多载的是儒家、道家、佛家之道或理学之道，所产生的社会效果则是扼杀了人性、人情、人的价值、人的尊严，乃至毒化了民族心理，养成了民族惰性；新的启蒙文学似乎也强调“载道”，不过它载的是民主之道、人性之道、科学之道、爱国之道、革命之道，目的在于解放人性，启封建之蒙，唤醒人的觉悟，肯定人的价值，从而使中华民族觉醒起来，争取民族的独立、自由和解放。

“为人生”的平民文学

五四文学的启蒙性特征与它的“为人生”的平民性特征紧紧胶合在一起，即新文学的启蒙目的在于改良人生，而这人生不是贵族的人生乃是平民的人生。当然，新文学为平民的人生是个含义极宽泛的概念，不能仅仅理解为平民的人生单是物质条件问题，也包括人们对平民生活的态度、人的价值和精神价值的认识问题。文学为平民的人生，不只是文学的服务对象或描写对象发生了根本性变化，而且文学家自身的价值或地位也发生了根本性变化，所以文学与平民的人生联系在一起，是五四文学别于旧文学的极为重要的特征，是新文学“现代型”的显著标志。

试把一部二十四史翻开，查查它的文苑列传；试把古来大文学家的文集翻开，查查他们的文学定义，我们不难发现古代文学者的地位及文学的价值。就文学者自身来说，即那些词赋之臣，常常被帝王视为粉饰太平的装饰品，所谓“待诏金马之门”，名称虽颇动听，实际只是帝王的“弄臣”，所以东方朔要忿忿不平，扬雄也说“雕虫小技，壮夫不为”；至于那些达官贵人富商土豪可以用金钱雇佣一些文学之士，装点门面，附庸风雅，连吕不韦得志时还招收文人做部《吕氏春秋》。文学之士在这种空气下，当然只有少数有骨气的文人不肯“为王门筝人”，而多数文人则自己辱没自己，不仅甘心处于为帝王将相豪门贵族粉饰太平装点门面这种附属品的地位，而且还认为自己“际此盛世”莫大之幸也，一些“史臣”也执笔大书特书皇帝陛下如何崇奖文士。可见，“在中华的历史里，文学者久矣失却独立的资格，被人认作附属品装饰物了”。就居于正统地位的古代文学来说，不仅“登高而赋”一定要有忠君思想放在赋中，而且触景做诗也要有规世惩俗不忘圣言的大道理放在诗中，即使做篇小说也一定要加上劝善惩恶的头衔。总之，“文章是替古哲圣贤宣传大道理，文章是替圣君贤相歌功颂德，文章是替善男恶女认明果报不爽罢了”①；至于那些得志时借文学来说得意话、失意时借文学来发牢骚的消遣品，更没有什么社会价值和美学价值了。不论“文以载道”或者消遣性文学都不是平民的文学，不是人生的文学，而是贵族的文学。虽然中国古代文学在演化过程中也出现些带平民色彩的文学，但从文学总体的构成来看贵族文学始终占正统地位，“儒教道教”、“神道兽道”成了贵族文学的主导思想倾向，大多数古来的文学者只晓得有古哲圣贤的遗训，只晓得帝王将相达宫贵阀或佳人才子，不晓得还有广大民众，不晓得还有平民人生及人类共同感情。所以中国古代文学，既没有解决文学者与人生、文学与人生的关系，也没有确立文学“为人生”的观念，更少有放射出平民主义精神的作品。

从世界文学的进程来考察，大致有和中国文学相似的情况。西欧中世纪的文学不仅是帝王贵阀的文学，也是僧侣的文学。比如英国就经过一个朝廷奖重文学、贵阀巨室奖重文学的时代，就这一点来说与中国封建贵族文学差不多；所不同的是英国文学家不曾把文学当作圣贤的留声机，不知“文以载道”，他们却从文学中发现了一个东西叫做“个性”，次第又发现了社会、国家和民众，所以他们的文学进化到了现在的阶段。西欧文艺复兴以人文主义精神批判了中世纪的贵族文学和僧侣文学，特别启蒙运动以后将世界文学纳入平民主义思想轨道，从根本上解决了文学与人生、作者与人生的关系问题；随着平民主义思潮磅礴于全世界，文学的人生化、平民化几乎成了文学发展的总趋向或世界近代文学的共同特征。罗家伦曾把中国古代文学同西洋近代文学作了比较研究，说道：“西洋文学是切于人生的，中国文学是见人生而远避的；西洋文学是为唤起

① 沈雁冰：《文学和人的关系及中国古来对于文学者身分的误认》。

人类同情的，中国文学是个人私自说法的；西洋文学是求真相的，中国文学是说假话的；西洋文学是平民的、天然的，中国文学是贵族的、矫揉的；西洋文学是发展个性的，中国文学是要同古人一个鼻子出气的"[1]。

五四时期是平民主义左右一切的时代，"对抗各种强权的根本主义，为'平民主义'"[2]。无论是文学、戏曲、诗歌，"若不导以平民主义的旗帜，它们决不能被传播于现在的社会，决不能得到群众的讴歌"。[3] 平民主义是五四时期的主要社会思潮，它以强大的思想威力冲破了一切传统的文化观念，改变或调整了全社会的文化结构和思想结构的位置和性质，当然也更新了一代文学观念，不管从什么角度来概括文学，如白话文学、国民文学、写实文学、社会文学、人的文学、"为人生"的文学、表现自我的文学等，从总体上讲，都流贯着平民主义精神，而平民化的"为人生"的文学可以囊括一切新文学的思想内涵。因此，唯有到了五四时期，平民化的"为人生"文学才同贵族化的古代文学和高兴时的游戏或失意时的消遣的文学实行彻底断裂，文学不再是帝王圣贤的装饰品或留声机，不再是达官贵阀的随心所欲的游戏工具。"文学的目的是综合地表现人生，不论是用写实的方法，是用象征比喻的方法，其目的总是表现人生，扩大人类的喜悦和同情，有时代的特色作它的背景"。况且，"文学到现在也成了一种科学，有它研究的对象，便是人生——现代的人生；有它研究的工具，便是诗（Poetry）剧本（Drama）说部（Fiction）"[4]。

五四时期的平民化的"为人生"文学作为一个整体，它的内涵是极为丰富的。它所表现的人生不是特殊阶级的人生，而是包括城乡劳动者的广大平民的人生；不是一人一家的人生，乃是一社会一民族的人生；即使那些强调表现自我的作品或称为"自叙传"的文学，也是透过表现自我的内心世界或自我生活经历来折射民众的人生。鲁迅、叶绍钧等作家的"为人生"文学固然是五光十色的普通平民人生的镜子，郁达夫、郭沫若等作家的表现自我的作品难道就不是对人生的观照吗？不过前者所表现的人生是向外的、偏重于客观的，后者表现的人生是向内的、偏重于主观的；无论是向外的还是向内的，都离不开平民的人生、社会的民族的人生这个大本源。"为艺术而艺术"的口号虽然在新文学黎明期

① 《什么是文学》。
② 毛泽东：《湘江评论·创刊宣言》。
③ 李大钊：《平民主义》。
④ 沈雁冰：《文学和人的关系及中国古来对于文学者身份的误认》。

有人喊得很响，但它并没有多大的实践意义和社会效果，那呼着为艺术的创造社诸君，大都没有忘记中国民众的多灾多难多悲多苦的现实人生，并没有钻进艺术的象牙塔。"郭沫若的诗，郁达夫的小说，成仿吾的批评，以及其他诸人的作品都显示出他们对于时代和社会的热烈的关心。所谓'象牙之塔'一点也没有给他们准备着。他们依然是在社会的桎梏之下呻吟着的'时代儿'"①。"为人生"的文学或重艺术的文学，归根到底离不开广大平民的人生，这不仅是中国特定的社会的时代的条件决定的，也是新文学者本身所处的历史地位和社会责任感决定的。新文学所表现的人生不只是广大平民的苦难的悲剧的人生，也表现平民的理想生活和理想的人生；"为人生"文学描写的中心对象，不再是帝王将相、达官贵阀、侠盗赃官、神仙妖怪、才子佳人、妓女奴才，而是普通的平民百姓，即由城乡劳动者、平民知识分子以及各种不幸的人们等，构成了作品主角的人物系列。特别应该指出的是：其一，"为人生"的平民文学具有个性色彩。"中国始终没有一个时代曾明确地认识文学须表现人生，须有作者的个性"②。五四时期出现的平民化的"为人生"文学是带着作者个性的，虽然不能说每篇作品都达到了个性化的审美要求，至少大多数作家能自觉地遵循"创作须有个性"的艺术目标去探索去奋斗，所以在较短的时间内便涌现出一批具有鲜明个性色彩的作家和作品。"新文学革了旧文学的命，自当脱胎换骨，一新面目，才算是有出息"③；唯有新文学者充分发挥独创性，才能创造出面目一新的具有个性色彩的新文学。提倡平民化的"为人生"文学，它本身就为作者提供了发挥创造力、展示才华的自由思维空间，必然能极大的解放艺术生产力，使黎明期的新文学有了个性和活气。当然也要看到当时还有些模仿之作和雷同之篇。其二，平民化的"为人生"文学是一种自觉求"真"的文学。新文学者的美学倾向虽不一致，对真、善、美三者关系的理解也有分歧，但其文学主张和创作实践无不证明，他们都在自觉地求"真"，不论是注重客观描写的作家还是强调表现自我的作者，都把"真"字作为平民文学的最高品格。胡适提倡"为人生"的"问题剧"，突出强调易卜生那种敢于睁开眼睛看世间真实状况并敢于老实地把社会人生的种种腐败写出来的求实求真精神；周作人提倡平民文学，突出强调"以真为主，美即在其中"的美学见解，将平民文学的"真"与"美"统一起来；郭沫若、郁达夫非

① 《中国新文学大系·小说三集导言》。
② 沈雁冰：《小国文学不能健全发展之原因》。
③ 沈雁冰：《独创与因袭》。

常重视内心情感表现的率真和真挚，要求赤裸裸地表现人性；鲁迅“为反对不真，不善，不美而毕生努力奋斗，以期臻于真善美的境界”①；沈雁冰把“真”字作为“为人生”文学的最高目标，并强调只有综合地表现人生才能创造出平民化的“真文学”。自觉地求“真”，不仅是新文学倡导者的普遍的审美观念和美学理想，而且几乎是所有新文学建设者在不同样式的作品中竭力创造的艺术境界。不论是一篇篇“为人生”的小说或者是一首首平民化的诗章，大都是真实的人生镜子或平民心灵的镜子；即使那些透过表现自我来影射人生的作品，也有个真的自我或真的人生在里面。因此可以说，求真是五四新文学的崇高品质，真实感是平民化“为人生”文学的最突出的美学特征。中国古代的“文以载道”或“代圣贤立言”的贵族文学，以及为游戏而游戏的消遣文学，从根本上违背了“真”的艺术法则，虚假性是其突出的特征。正是在“真”字上五四新文学同贵族文学和游戏文学划清了界限，特别那些以悲剧为审美特征的平民文学同传统的以大团圆为结局的旧文学从本质上区别开来。总之，平民化的“为人生”文学是“真”的文学，是人类的“最新福音”②，是“现代型”新文学区别于中国古来正统文学的重要特征之一。

白话化的文学

新文学的启蒙性和人生化平民化，必然带来五四文学的语体化，即白话化，这是“现代型”新文学区别于文言化典雅化的中国古代文学的又一特征。

“新文学运动也带着一个国语文学运动的性质；西洋各国成立的历史，都是靠着一二位大文学家的著作做了根基，然后慢慢地修补写正，成了一国的国语文字。中国的国语运动此时为发始试验的时候，实在极需要文学来帮忙，我相信新文学运动最终的目的虽不在此，却是最初的成功一定是文学的国语，这是可以断言的。”③国语文学运动就是白话文学运动，新文学运动的开始往往伴随着国语运动；完成以白话文取代文言文正宗地位的历史任务，使白话国语成为新文学的唯一语言工具，这是西欧文学由中世纪的贵阀文学或僧侣文学跨入人的文学、平民文学阶段的必经之路，也是世界文学进化的带有普遍性的规律。

---

① 许寿裳：《我所认识的鲁迅》。
② 沈雁冰语。
③ 沈雁冰：《新文学研究者的责任与努力》。

欧洲各国新文学运动最先是从国语运动开始的。胡适曾说过,意大利最早的国语是拉丁文,相当于中国古代的文言文,那时欧洲各国著书通信皆用拉丁文;直到十四世纪初意大利大文学家但丁极力主张用意大利话代替拉丁文,并以本国白话创作了《神曲》,不到一百年意大利便以白话国语取代拉丁文,并都用白话创作文学了。英国是个岛国,有数种方言,现在通行世界的英语是十四世纪以前伦敦附近的方言,叫做"中部土话";到了十四世纪出现了乔叟、威克列夫两位文学家,他们用"中部土话"进行创作和翻译,便把"中部土话"变成英国的标准国语,全国通用的白话;到了十六、十七世纪,莎士比亚和伊丽莎白时代的许多文学家则用英语创造新文学。德国、法国及其他各国的国语,大都是靠文学的力量才变成了标准国语,即全国通用的白话;而国语运动又为文学的发展提供了得力的语言工具。可见,西欧各国的国语运动不仅促进了各国语言的统一化白话化,而且也打通了由中世纪文学过渡到文艺复兴后的近现文学的渠道。

中国晚清兴起的白话文运动虽然没有进行到底,但却缩短了中国古语文学变为俗语文学、白话文取代文言文的历史进程。到了五四文学革命时期,新文学的先驱们自觉地有意识地以进化的文学史观探讨中外文学变迁的趋势,认定现代新文学必须以白话文学为正宗,白话国语是新文学的唯一利器,因此把以白话文取代文言文作为文学革命的重要使命之一。随着平民主义思潮的激荡,思想解放运动的高涨,五四爱国运动的爆发很快取得了白话文代替文言文正宗地位的决定性胜利,完成了晚清白话运动尚来完成的历史任务,奠定了新文学白话化的根基,使中国新文学涌进了世界近代俗语文学的潮流。

文学语体化或白话化,不仅仅是五四新文学"现代型"的特征之一,不仅仅是语言形式改革的成果,它的意义和价值远远超出文学语言本身。文学白话化不只是大大推动了国语运动,加快了国语标准化统一化的步伐,不只是带动了教育改革,使教育向平民化靠近一步,不只是更有效地发挥文学的教育民众、唤醒民众的社会功能,有力地配合了五四反帝反封建运动;而且文学白话化促进了作家思维的发达,有助于更新思维方式,增强思维活力,可以更精确地表现新思想新内容,特别有利于现代意识的复杂性和心理结构的多层次的表达,这必然给新文学带来新的生命力和不朽的价值。因为语言是思想的直接现实,思想不能离开语言而存在,人的思维活动一时一刻也离不开语言的伴随;尤其作家进入创作过程的一系列的形象思维活动及其思维成果,总是和相应的语言胶结在一起的。正如高尔基所说:"语言是一切事实和思想的外衣。可是事实后面隐藏着它的社会意义，每种思想都包含着原因：为什么某种思想正是这样，而不是那样的。艺术作品的目的是充分而鲜明地描写事实里面所隐藏的社会生活的重大意义，所以必须有明确的语言和精选的字眼。”①正由于语言的白话化与作家的思维能力和文学作品的价值密切相关，所以新文学先驱坚定地相信：“若要使中国有新文学，若要使中国文学能达今日的意思，能表今日的感情，能代表这个时代的文明程度，和社会状况，非用白话不可”②。文学语言的白话化，不仅能开拓作者的思维，促使文学自身功能的变化；如果从接受美学的角度看，白话文学更有利于读者阅读、欣赏、感知、理解、吸收、辨析、选择、深省、彻悟，既能拓宽自由想象的空间，又能鼓动起联想的翅翼。因为“书中每一个字都是魔灵的手指，它只拨动我们脑纤维的琴弦和灵魂的音板，而激发出来的声音却与我们心灵相关”③。文言字眼虽然也能拨动读者思维的琴弦，也能敲响灵魂的音板，但由于文言的艰涩古奥、呆板僵硬，它的拨动力和敲击力是极其微弱的，能量是极其有限的；有一定文化水平的现代读者的接受、赏析尚且受到障碍，至于那些文化层次低的读者更只好对着作品或书本发呆，茫无所知或食而不知其味。若用白话作为文学作品的信息符号，作为魔灵的手指，那可以更有力地扣动读者思维的琴弦和心灵的音板，发出强烈的反馈信息，引起相应的共鸣。更为重要的是，白话文学的读者层不只是知识分子，可以扩大到广大民众，使越来越多的人成为新文学的接受者和欣赏者。可见，文学的白话化，不仅仅是个语言形式问题，它直接关系到现代中国人民的思维能力的开拓，关系到新文学生命力的增强和社会影响的扩大，关系到全社会审美心理和文化结构的变化，关系到整个新文学事业的平民化。难怪陈独秀把白话文视为“文学的德谟克拉西”。

由于文学的白话化具有划时代的意义，所以白话文学的提倡遭到守旧势力的多方面的诋毁和攻击，直到一九二六年鲁迅写《二十四孝图》还愤怒地表示“要上下四方寻求，得到一种最黑，最黑，最黑的咒文，先来诅咒一切反对白话，妨害白话者”，以捍卫白话文学的成果。可以想见，作为新文学“现代型”特征之一的白话化，获之不易，得之实难。

---

① 《和青年作家谈话》。

② 胡适：《答黄觉僧君折衷的文学革新论》。

③ 郎士：《乐园之花》第12节。

体裁大解放的文学

体裁似乎属于文学形式的范畴，被一定的内容所决定所制约；但是它不像内容那样活跃，经常处于动态，而常常呈现着稳固的态势，往往内容变化了体裁仍然如故。五四文学革命中，相对来说文学内容的革命要快于大于体裁形式改革的步伐，新的内容新的思想向旧体裁进行一次次挑战和冲击，它的变化仍适应不了内容变化的趋势。因此，新文学先驱们在特定的阶段对体裁（包括语言）的改革看得重于或先于内容的改革，把体裁的革新作为文学革命的前哨战或突破口，下大力气提倡各种体裁的解放，冲破旧体裁的陈规戒律，砸碎旧体裁的镣铐，创造适应启蒙运动需要的能够比较完美地表现新内容新思想的新体裁，以铸成平民化的"为人生"文学。而这种种新体裁同中国已程式化的古代文学体裁相比，具有自由化的倾向，这是新文学"现代型"的又一特征。究其根底，各种新体裁的自由化倾向，是与新时代精神及新文学表现内容联系在一起。澎湃的思想启蒙运动狂涛必然带来思想界的大活跃大解放，一切老八股老教条、旧框框旧格局统统被排除，整个社会现实、人生形式和社会心理在发生剧烈变化，作家们的艺术思维得到空前的自由舒展，这些都急切要求新文学的各种体裁应该自由化、新颖化，那些程式化僵硬化的旧体裁不彻底改革是没有活路了。

从体裁改革入手以创造自由活脱的新体裁，进而建设一代新文学，这是带有世界性的文学现象。处在西欧中世纪文学大断裂期的但丁，对意大利文学进行改革，从某种意义上说也是由体裁革新开始的。他创作的《神曲》，标志着他对文体革新作出的劳绩，即不仅以意大利的白话取代了拉丁文，而且按照民间诗歌常用的一种叫"三韵句"的格律写成的。法国浪漫主义文学领袖雨果，于一八三〇年创作了五幕剧《艾那尼》。围绕它的公演，守旧派和革新派展开了激烈斗争。斗争的焦点主要集中在体裁形式的革新上。《艾那尼》完全打破了古典主义戏剧"三一律"的框架，摆脱了"三一律"的束缚把错综复杂的情节，结构在五幕剧的不同地点和时间，并冲破古典主义悲喜剧之间不可逾越的界限，把悲喜剧糅合在一个剧本里。实际上它在呼唤戏剧体裁的大解放，这是资产阶级自由主义精神在戏剧文学上的反映；由于这场斗争的胜利，从此开了法国积极浪漫主义文学的一代新风。中国晚清文学改良，虽然诗歌、小说、散文、戏剧等各种体裁有所改革，发生了局部变异，向着体裁的自由化逼近一步；但是从整体上看尚未彻底更新各种体裁的格局。五四文学革命兴起后，随着新思潮的澎湃激荡及人们艺术思维的空前活跃，各种体裁的革新再也不能修修补补，再也不能在旧体裁的范围内兜圈子，必须敞开胸怀，以巨大的容纳力去吸取域外各种文学的体裁，对中国古代文学各种体裁进行彻底改革。“诗体大解放”是文学革命率先提出的体裁革新的口号，尽管在尝试、探索、创新的过程中，新诗体裁尚未以新的格律取代旧诗词格律，但自由体却取得了优势地位，呈现出诗体自由化的趋向；虽然五四以后有人提倡新格律诗，然而并没有改变中国新诗体的自由化的主导倾向。小说体裁的革新是从短篇开始的，那种传统的章回体在新文学者眼里完全失去了存在的价值，外国那种以人物性格为轴心的自由活脱的小说体裁毫不迟疑地被拿过来，将中国传统的以情节取胜的短篇小说体同以人物为中心的短篇体来了个大换位，使传统的纵向结构被横向或纵横交错的结构所取代，使传统的侧重于传奇性偶然性的情节提炼被侧重于平易性合理性和必然性的情节组合所代替，使传统的单一的说话人的叙述角度被多样化的叙述角度所代替，使传统的多以行动和言语来展示人物心理变化被大量的直剖式的心理描写所代替，总之短篇小说的体裁发生了根本性的蜕变，完全以崭新的自由体式取代了传统的章回体，把中国小说的发展纳入了世界近代小说发展以短篇为主体的总趋向。五四戏剧革命，首先对传统戏曲的种种体裁进行否定，力图引进外国戏剧形式从整体上来解决旧剧的老化、程式化，于是真正的自由新颖的话剧体裁诞生了。尽管戏剧改革的深广度比诗体大解放、小说体大解放稍为逊色，但却显示出中国戏剧发展的方向；特别是“问题剧”的大量出现，使戏剧与社会人生贴近了，趋于平民化，“悲剧”的涌现，彻底打破了传统戏曲的“大团圆”结局。五四散文的有意地自觉地进行革新，虽然在文学革命中起步较晚，但却在体裁更新上获得了巨大成功，不仅创造了叙事与抒情并重的小品散文，更重要的是创造了杂感文体这种独特的新形式。如果说新诗的自由体、短篇小说的自由体、现代话剧和抒情散文等形式，都可以借助外国文学体裁作为楷模；那么五四时期的杂感文体则更多地带有独创的色彩，显示了一代杂感能手如鲁迅、李大钊、陈独秀、钱玄同、刘半农等的才华。特别杂感文体经过文学巨匠鲁迅的千锤百炼，日臻完美成熟，形成一种在中国文学史和世界文学史上大放异彩的自由灵活的新体裁；它结束了从属于散文这个大家族的历史地位，以独立的完美的艺术形态出现于新文坛，可以说这是中国新文学黎明期的一个奇迹。

致力于各种新体裁的创造，是五四新文学家对时代对民族作出的不朽贡献，是他们为创建“现代型”中国新文学立下的丰功伟绩。一种独特的文学体裁，它不单是形式上的革新，不只是一般语言或章法上的优长，而是语言、形式所蕴含的文学家的全个性、全风格以及创造才能的巨大差异，任何伟大的作家都有自己独创的文体。五四时期不是一种或两种文学体裁的革新与创造，而是几乎所有的文体都进行了革新或再创造，充分显示了一代新文学家的创作个性和艺术才华。可以毫无夸饰地说，五四文学革命各种新体裁的创立，是思想启蒙运动的产物，是艺术思维大解放的成果，是新文学者聪明才智的结晶；在世界文学史上各种体裁的大换班能像中国这样迅速而有成效的国家还是少见的，这足以表明中华民族有气魄有能力有胆识有才性使自己的文学事业以崭新的面貌独立于世界优秀文学之林。由于这些新体裁是在新文学者思想获得大解放，在民主与科学的旗帜下创造的，所以它们都具有自由化的倾向：即冲决了旧形式旧教条旧格律旧成规的镣铐之后，尚未受到新法规新教条新格律的束缚（这是个优点但也带来一些不足），总是那么无拘无束，自由自在，舒展自如，灵活多变。

面向世界的开放性文学

五四新文学的基本特征或构成素质无不源于西方文学。即在中西文化的大接触大交流大撞击中使中国文学得到了新生，逼近或赶上世界文学发展的总潮流，这样便使新文学具有面向世界的开放性形态。这是五四新文学“现代型”的又一特征。

并非说中外文化的交流融合只是近代或五四才开始的。其实魏晋南北朝时期就是一个文学的自觉时代，是我国第一次从域外引进佛教文化的时代，这是中外文化较大规模的交流；后来唐玄奘取经更进一步引进佛教文化。虽然这一次次中外文化的接触和碰撞，给我国思想界一度带来活跃气氛，也促进了文学的发展；但总的看来并没有改变中国传统文化体系的结构，也没有冲破中国文学的封闭形态，中国传统文学带着因袭的沉重的镣铐越到后来越走上拟古主义道路。诚然，中国古代文学在漫长的演进过程中也经过几次革新，在某种程度上也推动了文学的发展，但并未从根本上改变中国传统文学的性质和因袭保守的特征；这与中国宗法社会的自给自足的经济形态，封建王国的政治结构与意识形态结构的一体化，以及对外的闭关自守、固步自封分不开。所以在中国封建社会结构形态尚未大解体之前，尽管中外文化发生过交流（非是民主性文化）、文学自身进行多次改革，然而无论如何也冲不破传统文学的封闭凝固的硬壳而获得文学的开放性形态。中国文学由古代进入近现代文学潮流，不同于西欧中世纪文学着重随着本国资本主义的萌发和民主主义、人道主义思想的产生，通过本身的自我否定、自我扬弃而更新换代的；它主要借助于外力的轰击，随着宗法封建社会的总解体，西洋的科学技术和文化思潮的大量输入，冲开了中国文化的封闭体系，使那些先觉的知识者和有识之士从“先生打学生”的枪炮声中和文化侵略的屈辱感中，以及出洋留学所获得的世界眼光里，真正地醒悟过来，自觉地意识到中国文化、文学的新生必须凭借汲取、输入、借鉴、改制外国文化、文学来实现。因此中国“现代型”新文学的创造，并没有打着复古的旗帜进行文学革新，也没有依靠民间文学作为营养基地建设一代新文学，也没有凭借某些哲人创造某种新文艺理论体系然后革除旧文学来创立新文学，也没有依靠中国古代文学自身的力量进行革故更新；几乎完全借鉴外国文学的楷模、借用西洋近现代文学的冲击波对中华民族的古老文学传统进行更新换代的。可以说，任何时代也没有像五四时期的作家那样自觉地有意识地把借鉴外国文学视为中国文学改革和创新的重要途径和关键所在，几乎无一个新文学者不是借重外国文学特别欧洲文学——或革新文学观念以创建新文学理论体系，或以外国文学为范本来创造各种新文体的具有现代色彩的文学作品。也就是说，在五四时期的中西文化、文学的空前规模的大交流、大输入、大吸取中，差不多每个新文学者的心目中都有自己所喜爱的一个或几个外国文艺思想家、小说家、诗人、戏剧家、散文家作为崇拜的对象，作为研究中外文学联系的纽带，作为创造中国新文学的榜样，因此使他们的文学观念或文学作品深深打上一个或几个外国作家渗透和影响的烙印，甚至在艺术趣味或审美倾向上也有惊人的相似之点。正是在世界各国文学的广泛接触中，沈雁冰从各民族文学的内在联系上预测出世界文学发展的总趋向以及中国新文学的近景与前景。他认为世界文学事业发展到现代，“装饰品”的时代已经过去，文学者现在是站在世界文化进程中的一分子，文学作品已不再是消遣品，乃是沟通人类感情代人类呼吁的唯一工具，从此世界不同色的人种可以融化可以调和；就是说，翻开西洋文学的变迁史是由古典——浪漫一写实——新浪漫演化而来，“这一步进一步的变化，无非欲使文学更能表现当代全体人类的生活，更能宣泄当代全体人类的情感，更能声诉当代全体人类的苦痛与期望，更能代替全人类向不可知的命运作抗争与呼吁。不过在现时种界国界以及语言差别尚未完全消灭以前，这个最终的目的不能骤然达到，因此现时的新文学运动都不免带着强烈的民族色彩。例如爱尔兰的新文学运动，犹太的新文学运动都是向着这倾向，对全世界的人类要求公道的同情的。我们中国的新文学运动也不能不是这性质了"①。且不论他的预见是否科学，但至少有一点是正确的，即中国新文学既是世界的又是民族的，"文学家所负荷的使命，就他本国而言，便是发展本国的国民文学，民族文学；就世界而言，便是要联合促进世界的文学"②。

文学的开放性或世界性，虽然是世界文学进入近现代历史进程以后一个带有规律性的普遍文学现象，但是中国五四时期的"现代型"新文学却有些特殊性值得探讨。一是新文学先驱们虽然不约而同地把目光集聚到西洋文学上，几乎公认欧洲文学是中国新文学的楷模；然而中国新文学并未因此而"全盘西化"或"洋化"，没有把文学的开放性或世界性同民族性对立起来，没有以文学的现代化排斥文学的民族化。不仅在理论上他们认识到中国新文学虽然属于世界文学的组成部分，带有世界性，但也看到新文学毕竟是中华民族的国民文学，必然染上浓郁的民族色彩。新文学者之所以要对西洋文学采取拿来主义态度，目的是为了对中国文学实行革故更新，如果没有现代化的西洋文学作为标准就不可能对中国文学进行"革故"，即使"革"了"故"，也很难创造出符合现代审美意识的新文学。尽管他们在理论上或口号中有时只注重强调学习借鉴西洋文学，似乎出现了这样或那样偏差；但就实际文学创作来看，谁也没有走上全盘西化的道路，不论思想内容或艺术形式都具有明显的民族性。似可作出这样的判断，即在借鉴外国文学以创造新文学这一点上，先驱们是高度自觉的有意识的；而在继承中国传统文学的有益成分以创造中国新文学这方面，是不自觉的，大都缺乏明确的指导意识。但在具体创作过程中由于每个新文学者一般具有较深的民族文学修养和古文功底，便不知不觉地把中国传统文学的合理因素注入新文学作品中；加之新文学又诞生于中华民族的土壤，这样就使"现代型"的五四新文学没有"全盘西化"却具有了新的民族特色。况且，文学的民族化是个发展的概念，也是个相对的概念。每个时代对文学民族化的审美要求是不同的，今天认为"欧化"或"洋化"的文学特征也许明天或后天则成了民族化的东西。五四新文学的民族化是以借鉴外国文学为前提的，如果没有域外文学的输入、吸

---

① 《新文学研究者的责任与努力》。
② 《文学和人的关系及中国古来对于文学者身份的误认》。

收，就没有新文学的民族化，也可以说新文学的民族化是透过现代化体现的，没有新文学的现代化就没有新的民族化，否则五四文学革命就没有实际意义了，也没有必要了，那只能导致国粹派或折衷派最重视文学“民族化”的结论。实践证明，新文学者越是大胆地严正地汲取域外文学营养，对中国传统文学从内容到形式作了认真的否定，他越能在更高更新的层次上发展民族文学，给中国文学带来新的生机。在文学更新换代的五四时期，可怕的不是那些具有世界眼光和开拓精神的彻底改革派，而是那些打着保存国粹保存传统抵制开放反对改革的守旧派和折衷派，因为他们会借助千百万人的习惯势力和历史积淀下来的惰性，将“现代型”的新文学扼杀在摇篮里。

二是五四时期是中国文化、文学上的空前开放的时代，但这个开放并不完全是当时国家政权操纵者的自觉的对外政策，也不是情愿地敞开闭门锁国的大门，而大多是被侵略者的大炮轰开的，被强权政治一次次冲开的。因此这个开放时代，对中华民族是个带有悲剧性质的时代，对帝国主义列强则是个带有侵略性的时机。正是在这样的背景上，随着中华民族的民主意识的觉醒，不少作者怀着沉重的忧国忧民的情思、悲苦凄凉甚至屈辱难忍的心境，致力于外国文学的借鉴和中国新文学的创造。明明晓得欧美列强给中华民族制造了深重灾难，实际上却于文化、科学、技术、文学诸方面还要尊他们为“先生”；明明晓得他们在中国办的教会学校带有文化侵略的性质，实际上却从中学到不少现代文化、文学知识，为从事新文化、新文学建设提高了文化、文学素养。由于这样，便使五四新文学（其中原因之一）染上或深或浅的悲剧色彩和感伤情调，甚至给某些作品的思想倾向或艺术境界带来复杂性。

三是文化、文学的开放，一般来说应该是双向的，即向外输送或向内输入是并重的或同步的；然而中国五四时期的新文化、新文学的开放，虽然也通过不同的渠道将中国的文化、文学“放”到外国去，但主流却是大量地输入外国文化、文学，可以说五四前后中国成了外国文化、文学汹涌而至的大市场。如果说晚清文学改良时期对外国文化、文学的引进尚带有一定的盲目性；那么五四时期对域外文化、文学的“放进”则具有一定的自觉性，一般能根据创造中国新文化、新文学的需要，以比较公正的审美眼光有重点有选择地引进。五四时期输入的外国文学，其主流是“为人生”的文学或表现自我的文学、文艺理论思潮主要是写实主义和浪漫主义，特别对那些充满反抗精神的被压迫被侮辱的弱小民族的文学尤重视翻译和介绍。这个时期之所以放出去的少而放进来的多，主要因为我国文化、文学落后于世界文化、文学的发展，特别在国际上我国处在一种被奴役被欺凌的屈辱地位；也因为中国急待改变文化、文学的落后状态而赶上世界文化、文学的总潮流，这就造成了“开放”流向的失调。

四是五四文学革命时期，就世界文学发展的趋向看，现代主义文艺思潮正在崛起和蔓延；但新文学先驱们并没有把主要注意力放在对现代派文学的吸取或介绍上。即虽然把整个资本主义时期的文学作为汲取的营养基地，而重心却放在从文艺复兴到批判现实主义文学上，当然在某种程度上也受到现代主义的影响。这主要因为新文学者考察了西欧文学演进的历程，并同中国文学作了比较，认定中国文学犹在古典主义、理想主义时期，今后当趋向写实主义，所以他们大力推崇西欧的自然主义或写实主义，特别重视对英、法、俄十九世纪批判现实主义文学的译介，认为中国文学只有经过写实主义阶段，才能赶上世界文学的步伐。那些强调文学是表现自我的作家，为适应个性解放的需要，更重视以主观性和抒情性为特征的浪漫主义文学的译介，故使欧美浪漫主义文艺思潮曾在五四前后风靡一时。其次还由于中国特定的历史条件和时代氛围决定的，当时中国正处在国难当头、民族矛盾和阶级矛盾尖锐化、社会改革政治革命高于一切重于一切的时代，必然要求新文学具有明确的功利目的，充分发挥其社会职能，所以对西洋那些功利性较强的文学特别重视。鲁迅、沈雁冰、周作人等推崇外国的“为人生”文学，即使重视艺术美的创造社诸君虽然口头上说文学是无目的，实际上他们的作品大都不是为艺术而艺术，乃担负着时代的使命。这并不是说现代派文艺思潮与中国新文学“现代型”的形成没有丝毫关系。其实隶属现代派的象征主义、唯美主义、表现主义、新浪漫主义等，都在五四时期不同程度地传播到我国新文坛，并对五四新文学产生了或深或浅的影响，为新文学的现代化增添了新因素。问题的实质在于现代派文学思潮始终没有决定中国新文学的现代性质，也没有左右中国五四新文学的发展方向。沈雁冰等曾在五四时期设想过中国新文学的发展趋向该是新浪漫主义，即现代主义文学，应和西方文学的发展取同一步调；但是他的预测在中国新文学进程中并没有实现，而且到了一九二五年前后他自己对现代派文学也进行了批判，认定中国新文学应该由“为人生”向为无产阶级的目标发展。

总之，五四新文学的“现代型”特征表现于多方面，可以从不同的角度进行考察，这里择其要者略述之，以作为本书的“绪论”。

第一章　五四文学运动

第一节　晚清文学改良与五四文学革命

晚清文学改良运动是一场带有改良色彩的资产阶级启蒙文学运动，它既是中国封建文学总解体的开始，又是具有划时代意义的五四文学革命的预演和先导，为新文学运动的勃兴作了一定准备，在多方面孕育着五四文学革命。

所谓晚清文学改良运动，主要指戊戌变法时代的新文学运动，约从十九世纪七十年代始到二十世纪头十年。这场文学改良运动同近代资产阶级改良派发起的新文化运动或思想启蒙运动，有着血肉相依、因果相续、影响相成、成败相共的关系，即是随着资产阶级的维新思想的发生而发生，发展而发展的。近代启蒙思想家为了政治上推行改良主义的需要，他们特别重视以文学作为启蒙武器，希冀借此开发民智，激发民情，廓清社会蒙昧，唤起民众觉醒，以反对封建主义和蒙昧主义的新文化运动和思想解放运动，来推动政治改良运动的开展。

近代改良主义思想的真正产生和出现是在十九世纪的七十、八十年代，其代表人物有王韬、马建忠、薛福成、郑观应、陈炽等。他们一度曾是洋务派的“船坚炮利”方案的拥护者，后来开始指责洋务运动“徒袭皮毛”，没有抓住富国强兵的根本，因此主张发展民族工商业，使国家富强以抵抗外侮；并初步提出改革封建君主专制制度的要求，由要求学习西方资本主义经济制度进到要求学习西方资本主义政治制度，对于改革文化、教育、文学、语言尤为重视。不过这个时期改良派在理论思想上比较守旧，他们几乎排斥和否定西方资产阶级的思想体系，拥护中国封建主义的“纲常名教”，认为“中学为西学之祖”，西学的工艺科学和政法制度都不过是“器”，而“道”与“本”乃中国的“圣人之道”也。适应维新改良思想的发生发展，文学改良运动也开始萌发，给当时的文坛带来一些新气息。王韬于一八七一年最早翻译了法国著名的《马赛革命歌》，他问世于十九世纪八十年的八卷《弢园文录外编》，思想见解新鲜，形式自由活泼，预示着散文的改革；郑观应出版的《盛世危言》从八股文、桐城派古文和骈文中解放出来，它是创造新文体的一种尝试，并表现出较完整的资产阶级改良主义思想。到了十九世纪九十年代，改良派的维新思想达到了顶峰，标志着改良主义思想的成熟，文学改良运动也得到蓬勃发展，其代表人物有康有为、梁启超、谭嗣同、严复、黄遵宪等。一八九四年中日甲午战争以后，帝国主义侵略者卷起了瓜分中国的浪潮，沉重的民族危机激起广大民众和社会各阶层进步人士的强烈愤怒之情和同仇敌忾之心，出现一个波澜壮阔的救亡图存的热潮；随着外国资本的直接侵入的刺激，中国民族资本主义有了它的真正的初步发迹，而资产阶级社会力量的成长致使改良派的维新运动有了比较坚实的阶级基础。在救亡图存的爱国高潮中，维新变法思想突破了以前狭小的藩篱，在中上层官吏和士大夫中得到了广泛传播。这时期，不仅出现了许多要求变法的奏议、文章、书籍，出现了宣传维新变法的报纸，其中康有为的《上皇帝书》、梁启超主办的《时务报》上发表的政论，则是代表作；而且维新变法由宣传走上了实践阶段，全国自发组织了维新变法的学会、报馆、学堂，据梁启超统计达五十一所，其中著名的有"强学会"、"南学会"、"时务学堂"等。为了适应这些新文化活动和维新思想宣传的需要，文学改良运动也勃兴起来。这个时期变法运动和新文化运动的中心人物和领导者是康有为，他也是十九世纪改良派思潮的最大代表。他提出一套完整而系统的改良主义方案，比上一个时期的改良主义思想有了重大发展。它的新特点还主要不是表现在变法维新的具体政治经济主张中，而表现在社会政治观和哲学思想上，即开始产生了资产阶级性质的社会政治理想和哲学观点，如历史进化论的社会发展观和美化在社会主义大同空想理论里的资产阶级人权平等的政治道德学说等，以此作为维新变法思想的理论基础，也是文学改良运动的指导思想。康有为领导着党徒们为了中国政治上的大革新而演出一场压轴戏，虽然遭受到以慈禧太后为首的顽固势力的幕前幕后和台上台下的惨重打击而告失败，但是随之而起的新文化和文学改良运动却方兴未艾。也就是说，"变法维新"这出戏，从政治观点来看，它是彻底失败了，成了中国政治舞台上的一个大悲剧；但是从文化思想或文学艺术的观点来看，改良主义文化或文学运动却有了新的发展。虽然这时的领导人物已不是康有为，因为他于戊戌政变后日益成为一个褪了色和落了伍的人物，然而他的门徒梁启超却取代了他的领导地位。梁启超逃往日本后，由于从失败的教训中认识到由上而下的政治改革是行不通的，欲想在政治上实行改良维新则必须自下而上地更广泛地开展新文化运动和思想启蒙运动，以开通民智，激发民情，把“蚩蚩之氓”改造成“新民”，这才是根本之策。于是他继续发扬在“戊戌政变”前的创学会办报刊的精神，先后在日本创办了《清议报》、《新民丛报》、《新小说》、《政论》、《国风》等报刊，以推进新文化运动和文学改良运动。其中《新民丛报》影响很大，“国人竞喜读之；清廷虽严禁，不能遏。每一册出，内地翻刻本辄十数，二十年来学子之思想，颇蒙其影响”①。由于梁启超认识到“欲强吾国，则不可不博考各国民族所以自立之道，汇择其长者而取之，而补我之不足”②，所以他借所办报刊既大量译介日本典籍以阐发西学西说，希望中国知识界尽到时代启蒙的责任，又选取西制西法以资我国改革仿行，并著文讽喻清代朝政以为资产阶级改良张本。虽然这个时期，改良派在政治上仍然坚持君主立宪以对抗资产阶级革命派的政治主张，但是为开启民智、唤醒民众而开展的文学改良运动却有了长足发展。在“诗界革命”、“小说界革命”、“戏剧改良”、文体革新和白话主张的号召下，文学改良运动呈现出空前繁荣的局面，不论是新文学理论的建设或小说、诗歌、戏剧、散文的创作，还是文艺杂志的创办，都取得了可观的成就。虽然晚清文学从总体上看良莠并存，瑕瑜杂陈，但是它却显示出中国文学必须通过改革向“现代文学”发展的历史趋向，它像一支火炬照亮了晚清衰朽的封建文化领域的上空，开拓一个群星灿烂的资产阶级文学改良时代。由于文学改良是思想启蒙或新文化运动的有机组成部分，所以借文学改良所宣传的“新学的思想，有同中国封建思想作斗争的革命作用，是替旧时期的中国资产阶级革命服务的”③；即使在资产阶级革命派兴起并在政治斗争中占主导地位以后，文学改良运动的积极影响也没有消失。中国资产阶级民主革命派从崛起到辛亥革命主要忙于政治活动，或同改良派论战或从事革命实践，不仅对思想启蒙运动重视不够，而且在文学领域里也没有积极自觉地开展广泛的文学革命运动，虽然在文坛上涌现出一些革命作家和作品，也创立了文学团体“南社”等；但是并没有产生真正有影响的文学理论观念或无愧于时代的伟大文学作品，甚至出现了一些相当复杂的情况，往往一个作家在政治上是资产阶级革命派和革命理论家，而在文学上却成了主张复古的国粹主义者。因此可以说晚清文学改良运动取得的成就要大于辛亥革命

① 梁启超：《清代学术概论》。

② 《释新民之义》。

③ 毛泽东：《新民主主义论》。

时期的文学，对后来文学影响之深远不是后者而是前者。况且，在戊戌时代的新文化运动中，八股文、试帖诗、策论废除了，科举制度也废除了，这就为中国文学的发展和新文学的产生，解除了人们的思想枷锁，扫除了前进道路上一大障碍。无论从哪个角度考察，可以清晰地看出晚清文学改良是五四文学革命的先声，它们之间有着千丝万缕的联系。

对文学革命先驱们的积极影响

任何一场文学革命的倡导和发展，都离不开先驱们的作用。当着主客观条件具备的情况下，没有先驱们的登场高呼，摇旗呐喊，一场文学革命是不会拔地而起的。因此先驱们的时代感、胆略见识以及善于学习借鉴，是其能否成功地导演一出文学革命活剧的极其重要的条件。五四文学革命的先驱们不仅具有革命胆识，敏于时代潮流，而且善于学习借鉴，即利用已经积累下来的思想资料和创作成果。可以说，他们无不直接或间接地受到晚清思想启蒙和文学改良的积极影响和深切启迪。五四文学革命的倡导者之一的胡适曾说："变法党的领袖是康有为、谭嗣同、梁启超等。谭嗣同与同志五人死于政变，但他的著述，在他死后仍旧发生不少的影响。康有为是'今文家'的一个重要代表，他的《新学伪经考》与《孔子改制考》等书，在这五十年的思想史上，自有他们的相当位置。他的文章虽不如他的诗，但当他'公车上书'以至他亡命海外的时代，他的文章也颇有一点的势力，不过他的势力远不如梁启超的势力的远大了。梁启超当他办《时务报》的时代已是一个很有力的政论家；后来他办《新民丛报》，影响更大。二十年来的读书人差不多没有不受他的文章的影响。"①"五四"前后有不少知识分子在思想和精神上、文风上受到梁启超的影响，只要不是固守孤陋或有意隐讳，都应该承认这个史实。五四文学革命的主将鲁迅在辛亥革命之后还是梁启超文章的热心读者②；郭沫若回忆自己在辛亥革命前后所受到的影响时，他把梁启超和章太炎的文章作了比较，他肯定了梁启超文章的"新兴气锐"，说那时的青少年"无论是赞成还是反对，可以说没有一个没有受过他的思想或文字的洗礼的"，因而"他的功绩，实在不在章太炎辈下"③。散文家曹靖华在《"五四"琐记》一文中也讲到在辛亥革命后他仍为梁启超的解放文章所大大地吸引

---

① 《五十年来中国之文学》。
② 周启明：《鲁迅的青年时代》。
③ 《沫若文集》第6卷，第112～113页。

着;陈独秀、胡适这两位五四新文学的发难者都受过晚清白话狂潮的影响,陈胡曾亲自办过白话报。这一切,都说明了晚清改良派发动的思想启蒙运动和文学改良运动,对五四文学革命的先驱们产生了深远影响,表明晚清文学改良与五四文学革命有着深蕴的内在联系。

指导思想上的共同点

晚清资产阶级改良主义运动,就其思想范畴而论是一场带有温和色彩的思想解放运动。梁启超、严复等直接或间接地大量地译介西方的哲学、政治学、经济学以及自然科学论著,并用西方的新观点新方法把西洋思想与中国传统思想进行比较分析,然后得出了这样的结论:西方之所以强盛,得利于民主与科学;中国之所以贫弱,受害于政治上的专制和思想上的纲常礼教,致使人民大众愚昧无知,麻木不仁。他们认识到,要想救亡图存,首先应提倡科学与民主,把人们的思想从儒家思想特别是程朱理学中解放出来,因此晚清的思想界一度出现一个"百家争鸣"的解放时代,它为文学改良运动提供了思想武器,奠定了指导思想基础。晚清文学改良的指导思想比较复杂,但主要的有二:一是初步接受了西方的科学与民主的思想,给儒家思想以批判,这与五四新文化运动初期高举科学与民主两面大旗"打倒孔家店",在思想意脉上有着一定的联系。严复于一八九五年写的《辟韩》一文,曾震动当时文坛,具有石破天惊的思想威力,它以西方的民治主义思想,批驳了韩愈的尊君抑民的谬说,揭露皇帝推行愚民政策,培养国民的奴性,以巩固其封建世袭统治。他尖锐地指出:"秦以来之君,正所谓大盗国者耳!国谁窃?转相窃之于民而已。斯民也,固斯天下之真主也,必弱而愚之,使其常不觉,常不足以有为而后吾可以长保所窃而永世。"谭嗣同在《仁学》这部杰作里,提出了"冲决网罗"之说,即不但要冲破君主之网罗,而且要冲决伦常、佛法等一切网罗。他表示"吾将流涕哀号,强聒不舍,以速其冲决网罗。……初当冲决利禄之网罗,次冲决俗学若考据,若词章之网罗,次冲决全球群学之网罗,次冲决君主之网罗,次冲决伦常之网罗,次冲决天之网罗,终将冲决佛法之网罗。"他主张冲决一切网罗,实质上是对旧制度旧思想的一种总反抗总挑战,体现出一种大胆打破偶像、勇猛反对旧传统的革新精神。并且他还指出:"地球上不论何国,但读宋明腐儒之书,而自命为礼仪之邦者,即是人间地狱。"甚而在《仁学》中他还提出了绌君、排满和发扬民治的主张,与康有为的政治学说大相径庭,倒和资产阶级革命派的主张不谋而合。谭嗣同是晚清资产阶级改良运动中的最激进者，他的冲决网罗之说促成了近代思想之解放，它与五四新文化运动的彻底反封建精神可以说是一脉相承的。不过从总体上看资产阶级改良派大都没有直接而明确地提出反孔，也没有直截了当地提出推翻封建政权的革命主张。二是受到达尔文进化论的影响，初步形成了进化史观，这与五四文学革命初期的一些先驱者的指导思想有着一定的内在联系。严复当时翻译了英人赫胥黎的《天演论》，出版后如一声春雷震动了思想界，一时"物竞天择"、"优胜劣败"几乎成了知识分子的口头禅，并在思想方法上得到一些更新，不少人形成了进化史观，借以指导资产阶级改良主义运动和文学革新运动。当时康有为、梁启超、谭嗣同及其他进步思想家，都相信并坚持事物发展进化的观点。康有为在《自编年谱》中指出"人由猿猴变出"的，显然受了达尔文进化论影响；梁启超在进化论影响下形成了文学的进化观，他根据中外文学进化的轨程，揭示出"古语之文学变为俗语之文学"之必然趋势；无名氏于一九〇二年作《论中国文章宜改革》一文，明确提出"历史进化的文学观念"，他认为"古国时代有古国之文，史汉时代有史汉之文，苏韩时代有苏韩之文"，"欲用数千年前有限之死语，写今日无数之活事，安能悉中肯棨哉？"因此文章必须革新；王国维于一九〇九年写的《宋元戏曲考》也是以进化的文学史观指出："凡一时代有一时代之文学，楚之骚，汉之赋，六代之骈，唐之诗，宋之词，元之曲，皆所谓一代之文学，而后世莫能继者焉。"这些历史的进化观念与五四时期胡适等人倡导文学革命的思想基础何等相似！

文学思潮的一致性

晚清出现的短暂的思想解放运动必然带来文学思潮的活跃，它与五四时期波澜壮阔的新文学思潮相比，不仅在撇开中国古典美学传统、向西方美学思想吸取营养上有着相同之点，而且在对中国美学理论没有探讨或探讨尚少的情况下所形成的新文学观有着更多的一致性。没有新文学思潮就没有新文学运动，文学革命往往是由新文学思潮的探讨或介绍开始的，五四文学革命的兴起就是由新文学思潮的研讨或译介诱发的。因此弄清文学改良时期新文学思潮同五四新文学思潮的某些一致性，更可以说明它们之间的继承关系和必然联系。

晚清"小说界革命"、"诗界革命"作为一文学思潮，是由梁启超、严复、夏曾佑、黄遵宪、王仲麟等从西方美学理论汲取或介绍过来的。它们开拓了文学改良者的艺术视野，展开了一个新的美学世界，启发人们探讨新的文艺理论，遂形成新的文学观念。它们与五四时代的新文学观有好多相似之点。就文学的本源论来说,首先他们认识到文学是现实的反映,文学的本源是“今社会”。狄平子在《论文学上小说之位置》一文中强调文学要抓住现实,必须描绘现境界,即“小说者,社会之X光线也”。侠人在《小说丛话》中指出小说最终是当时社会之反映,即“小说者,‘今社会’之见本也。无论何种小说,其思想总不能出当时社会之范围,此殆如形之于模,影之于物矣”。康有为提出“新世瑰奇异境生”①,指明新文学的意境是源于簇新的世界;黄遵宪强调要“用今人所见之理,所用之器,所遭之时势,一寓之于诗”②,指出诗歌内容之构成既有“所见之理”又有“所遭之时势”。这都是从文学的本源上说明文学是现实社会生活的反映,是时代的反映。其次,他们不仅认识到文学是“现境界”的反映,而且也看到了文学还能表现“他境界”,即对于人们怀抱的想象,可以“彻底而发露之”。这说明文学既源于客观现实生活而又不能仅仅满足于此,必须表现内在的真情实感或一定的理想。梁启超在《论小说与群治之关系》一文中讲得很透彻,他说“凡人之性,常非能以现境界而自满足者也”,“故常欲于其直接以触之受之外,而间接有所触有所受,所谓身外之身,世界外之世界也”。这是从读者或欣赏者的角度指出文学既要反映现境界也要表现他境界,以满足人们的审美需求。同时他又从文学的主要描写对象“人”的内在思想感情的复杂性上,进一步说明表现“他境界”的重要审美意义。他说:“人之恒情,于其所怀抱之想象,所经历之境界,往往有行之不知,习矣不察者,无论为哀为乐,为怒为怨,为恋为骇,为忧为惭,常惹知其然而不知其所以然。欲摹写其状,而心不能自喻,口不能自宣,笔不能自传。有人焉,和盘托出,彻底而发露之,则拍案叫绝曰:‘善哉善哉,如是如是。”再次,他们指出文学不是源于一般的社会现实,而是“专为下等社会写照”、“叙家常平淡之事”、“刻画市井卑污龌龊之事”、“特叙家常至琐至屑无奇之事迹”,这是现代文学本源论的一个重要特点,也是五四时期“为人生”文学观的一个突出特征。对此,林纾在《〈孝女耐儿传〉序》、《〈块肉余生述〉前编序》等文作了详细论述,显然受了英国现实主义大作家狄更斯文学观的影响。最后,他们还强调文学是人类共同人性的表现,这是受了资产阶级人性论的影响,使对文学本源的认识进到了一个复杂的层次。严复、夏曾佑在《〈国闻报〉附印说部缘起》一文中说,凡为人类“莫不有一公性情焉”,而“此公性情者,原出于天,

① 《康有为诗文选》。

② 《与梁启超》。

流为种智”;“所谓公性情?一曰英雄,一曰男女”。文学就是英雄崇拜和男女之情的表现,“非有英雄之性不能争存;非有男女之性不能传种也”,决定一个国家兴亡的,都是英雄加上美女。这种带有抽象色彩的人性说教,很难科学地说明人类社会以及历史发展的任何问题。当然谁也不能否认文学是要表现人性的,但是人性不是绝对的抽象物,它表现在文学里是历史的具体的,极其复杂多样的,任何人的人性都是从以往的历史发展和现在的社会关系中获得自己的现实的具体的规定性;这并不排斥人性除了它的社会属性还有它的自然属性,也不排斥人性除了它的具体性还有它的人类之间共同相通的东西。晚清的人性说没有对于文学表现人性作出正确的解释。总之,改良派理论家关于文学本源论的一些见解,无论是正确的还是错误的,都可以从五四时期的文学理论中找到它们的遗传痕迹。

就文学的功能论来说,五四新文学观念与晚清文学理论有其相通之处。梁启超为代表的改良派文艺理论家既然大多是从宣传维新思想、推进改良主义政治运动出发倡导文学改良,并且又认识到文学的本源是客观的社会现实,是下层社会被侮辱被损害人生的反映;因此他们特别强调文学的社会功利,强调文学的巨大而崇高的社会职能,甚至认为文学的社会功能大到既能亡国又能兴邦,不仅是根治“吾国群治腐败”的灵丹妙药,也是改革社会的最有力的武器。可以说这种“重功利”的文学观是改良派文学理论的核心,是其最基本的命题。他们从文学与改良社会、振兴实业、改良群治、救国救民等多角度考察了文学的社会职能。在梁启超看来,文学(他主要强调小说)与群治与革命与国家的关系太密切了,把它视为决定改良主义新政治的命运、国家的命运的法宝。他不仅认为西方政治上的改革从小说开始,而且中国政治上的改革也应从小说革命始;他把“今后社会之命脉”看作“泰西”是“操于小说家之手”,不只是当时“中国群治腐败之总根”在于小说之影响,即使以后中国的富强也要靠新小说来“振兴”①,他不是一般地把小说作为改革社会的器械来看待,甚至把它视为推动社会新陈代谢的根本动力。正如他明确表述的:“欲新一国之民,不可不先新一国之小说。故欲新道德,必新小说;欲新宗教,必新小说;欲新政治,必新小说;欲新风俗,必新小说;欲新学艺,必新小说;乃至欲新人心,欲新人格,必新小说。”②在梁启超这种“重功利”、“重政治”的文学社会功能观的影响下,有些人继续夸

① 《告小说家》。
② 《小说与群治之关系》。

大文学的社会职能。王仲麒在《论小说与改良社会之关系》一文中说:“今日诚欲救国,不可不自小说始,不可不自改良小说始。”把小说改良同救国大业联系起来,似乎文学得到改良国家也就得救了;陶曾佑在《论小说之势力及其影响》一文中指出:“欲革新支那一切腐败之现象,盍开小说界之幕乎? 扩张政法,必先扩张小说;欲提倡教育,必先提倡小说;欲振兴实业,必先振兴小说;欲组织军事,必先组织小说;欲改良风俗,必先改良小说。”当时以“小说救国新民”是一种代表性的文学功能观,甚至早期的鲁迅也深受其影响。他曾在《月界旅行·辨言》中指出,“苟欲导中国人群以进行,必自科学小说始”。如此强调文学艺术的社会功能或政治功能,对于充分发挥文学的社会作用,提高文学特别是小说的社会地位和价值观念,推进文学的改良或革新,无疑是具有积极意义的;但是梁启超等把作为观念形态的文学当成社会发展的根本因素或历史前进的动力,而勿视社会的经济基础、物质生产等是决定社会历史发展的根本原因,这种本末倒置的观点显然是唯心的,形而上学的。当然对于改良主义文学的社会功能的强调,在当时的特定历史条件下是具有更多的合理因素。包括小说在内的文学,它既不能是政治的附庸,一味地追求庸俗的政治功利,又不能是脱离社会政治的超功利的“为艺术而艺术”,它总是把自己作为一种特殊意识形态去配合符合历史潮流发展方向的社会改革运动而当成自己的天职。从这种意义说,晚清的文学功利观强调小说应发挥“开通民智,涵养民德”,宣传改良主义思想的社会作用,是合理的,是尽文学的职能;问题在于这种文学功利观过分地夸大了小说的社会作用,片面地强调文学直接为政治服务,一味追求文学上的急功近利,并且把文学的社会职能或社会效果作了简单化的理解。五四时期的新文学功利观虽然比晚清的文学功能观要全面,深刻一些;但是五四文学革命先驱们自觉地把文学革命与思想革命、政治革命结合起来、提倡功利主义文学的基本指导思想以及观察文学问题的角度和方法,与梁启超等人多有相通之处,即使五四时期风行的“为人生”而文学的社会功利观也汲取了晚清文学功利观的合理成分。这里,还要指出的是,梁启超等人虽然过分夸大了文学的社会功能,而且也没有认真地深入地探讨文学的内部规律及其美学特征,但这并非说他们对文学本身的特点毫不注意,如梁启超把小说的特点概括为“熏”、“浸”、“刺”、“提”四个字,基本上指出了小说艺术产生的社会作用则必须通过其自身的潜移默化的特点,并提出了创作方法有现实主义与浪漫主义之分。这显然受了西方文艺思潮的影响,同五四新文学观念有着内在的联系。

就文学批评来看，初步运用了现实主义批评标准开展文学评论，至少有两点与五四时期的现实主义文学批评相贯通。一是从思想政治意义和社会功利上来评价文学作品的得失，力排文学“无用论”或“消遣论”。天僇生(即王仲麒)写的《中国三大小说家论赞》，着眼于思想政治价值，赞施耐庵的《水浒》是“生民以来，未有以百八人组织政府而人人平等者，有之，惟水浒传”；论王弇州的《金瓶梅》是“言富人之淫恶”，“伤女界之秽乱”，“悲友道之衰微”，“痛宦途之黑暗”；说曹雪芹的《红楼梦》是“讥刺满人，富有民族思想”。这种以简单的理念去分析综括文学作品丰富复杂思想内容的批评方法，虽然显得不够全面，但是他能够以民主民族思想为准绳，从思想意义上来考察一部文学作品，在当时是比较进步的。特别侠人写的《小说丛话》，它在晚清评论界对《红楼梦》这部现实主义巨著以种种方法加以曲解、散布索隐派观点的时候，能够以激进的民主主义思想对《红楼梦》的反封建意义作出高度评价，颇有见识，难能可贵。他认为“吾国之小说，莫奇于《红楼梦》，可谓之政治小说，可谓之伦理小说，可谓之社会小说”。从政治学、伦理学、社会学三个角度审视了《红楼梦》的思想价值：所谓之政治小说，主要表现在“其叙元妃归省也，则曰：‘当初既把我送到见不得人处，”；虽然“绝不及皇家一语，而隐然有一专制君主之威，在其言外，使人读之而自喻”，此关系于政治上者也。小说中“两陈纲常大义，一出于宝钗之口，一出于探春之口，言外皆有老大不然在。中国数千年来家族之制，与宗教密切相附，而一种不完全之伦理，乃为鬼为蜮于青天白日之间，日受其酷毒而莫敢道。凡此所陈，皆吾国士大夫所曰其神秘的刺冲，虽终身引而置之他一社会之中，远离吾国社会种种名誉生命之禁网，而万万不敢道，且万万无此思想也。而著者独毅然而道之，此其关于伦理学上者也。”“且中国之社会，无一人而不苦者也。置身其间，日受其惨，往往躬受之而穷不能道之。今读《红楼梦》十二曲中，凡写一人，必具一人之苦处，梦寐者以为褒某人，贬某人，不知自著者大智、大慧、大慈、大悲之眼观之，直无一人而不可怜，无一事而不可叹，悲天悯人而已，何褒贬之有焉？此其关于社会上者也。”尽管侠人的某些说法不一定妥当，但总的看来，他的见解同当时的索隐派的见解有着根本的不同，初步显示出现实主义文艺批评的民主的战斗的特色，不论在批评标准上或者评论方法上都能给五四时期现实主义文艺批评的建立以有益借鉴。二是从艺术典型创造的角度评价作品，批判索隐派的研究方法。王国维在《红楼梦论》中，批评索隐派对《红楼梦》研究所采取的错误方法。他认为，“作者之姓名，与作书之年代，其为读此书者所当知,似更比主人公之姓名为尤要”,但当时却“无一人为考证”;反而却不惜力气地去考证《红楼梦》的主人公是“述他人之事”还是“作者自写其生平”,这是本末倒置的研究。王国维则是根据现实主义美学的典型创造原则批评了这种错误的研究方法,并指出。“夫美术(文学艺术)之所写者,非个人之性质,而人类全体之性质也。惟美术之性质,贵具体而不贵抽象,于是举人类全体之性质置诸个人之名子之下,譬诸副墨之子,洛诵之孙,亦随吾人之所好,名之而已。善于观物者,能就个人之事实而发见人类全体之性质,今对人类之全体,而必规规焉,求个人以实之,人之知力相越岂不远哉?故《红楼梦》之主人公谓之贾宝玉可,谓之子虚乌有先生可。”他对“人类全体之性质”的看法虽然带有抽象的人性论色彩,但是他能够认识到阅读或评价文学作品必须通过具体形象来审视其对社会人生的反映,文学艺术必须遵循个别反映一般的法则进行创作,这正揭示了艺术形象的典型化的基本原则,他反对“规规焉”以个人来理解艺术典型的深广内涵。这种精辟见解超过了旧红学家的审美水平,并对以后的文学创作和文艺批评具有深远的意义。晚清的文艺批评虽然留下一些好传统或精到的见解,但也有些文艺批评存在着乱骂瞎捧的坏作风;并且从总的方面来看,文艺批评落后于文学创作,真正的文艺批评的建立历史地落到了五四文学革命先驱们的肩上了。

白话文主张的相通点

晚清文学改良的先锋们提出了一套各具特色的白话文主张,它与五四文学革命中胡适等人的白话文学理论有着更多的相通之点。

一是积极提倡“俗文学”,为改良主义“思想之普及”服务。梁启超在《小说丛话》里以进化的文学史观指出:“文学之进化有一大关键,即由古语之文学变为俗语之文学是也。各国文学史之开展,靡不循此轨道。中国先秦之文,殆皆用俗语……故先秦文界之光明,数千年称最焉。寻常论者,多谓宋、元以降,为中国文学退化时代。余曰:不然。夫六朝之文,靡靡不足道矣。即如唐代韩、柳诸贤,自谓起八代之衰,要其文能在文学史上有价值者几何?昌黎谓非三代、两汉之书不敢观,余以为此即其受病之源也。自宋以后,实为祖国文学之大进化。何以故?俗文学大发达故。末后俗文学有两大派,其一则儒家、禅家之语录,其二则小说也。小说者,决非以古语之文体而能工者也。”他不仅从文学能否发展、有无价值的认识高度强调了“俗文学”的重要性,而且明确提出“欲思想之普及”则所有文学品种都要采用“俗语”之文体。实际上,梁启超是在提倡白话文学,他的基本思维方法和白话文学主张与五四时期胡适等人何其相似。

二是主张语言和文字合一,指出中国文学必然要走上言文合一的道路。黄遵宪在《日本国志·学术志》里,从语文发展的观点提出他对文学改良的看法:“泰西论者谓五部洲中以中国文学为最古,学中国文字为最难,亦谓语言文字之不相合也。然中国自虫鱼云鸟,屡变其体,而后为隶书,为草书。余乌知乎他日者不又变一字体为愈趋于简。愈趋于便者乎?……周秦以下,文体屡变。逮夫近世,章疏移檄,告谕批评,明白晓畅,务期达意,其文体纯为古人所无。若小说家言,更有直用方言以笔之于书者,则语言文字几乎复合矣。余又乌知他日不更变一文体为适用于今,通行于俗者乎?嗟乎,欲令天下之农工商贾、妇女幼稚皆能通文字之用,其不得不于此求一简易之法哉!”他之所以极力主张言文合一,因为他深感中国文学最古最难学之其基本病根在于语言和文字不能一致;只有达到言文合一,才能使“天下之农工商贾、妇女幼稚皆能通文字之用”,才能有“适用于今,通行于俗”的文学作品出现。这不仅揭示出中国文学在语言形式上的症结所在,而且也指出中国文学发展的一个必然趋向。这与五四时期胡适的一些白话文学见解是前后呼应的。

三是提倡报纸、著书撰文改用白话,以开通民智。陈子褒是近代第一个明确主张把报纸改用白话的人。他在一八九九年发表的《论报章宜改用浅说》,明确地提出要改革文言:“今夫文言之祸亡中国,其一端矣,中国四万万人之中,试问能文言者几何?大约能文言者不过万人中得百人耳,以百分一之人,遂举四万九千九百分之人置于不议不论,而惟日演其文言以为美观,一国中若农、若工、若商、若妇人、若孺子,徒任其废聪塞明,哑口瞪目,遂养成不痛不痒之世界,彼为文言者曾亦静思之原耶?”他从“亡中国”的认识高度揭示了“文言之祸”,从而说明改革文言的严重意义,表现了一种强烈的爱国责任感。如果“不改文言,则四万九千九百分之人日居于黑暗世界之中,是谓陆沉,若改文言,则四万九千九百分之人,日嬉戏于琉璃世界中,是谓不夜”。因此,他认为“大抵变法,以开民智为先,开民智莫如改革文言”;“若改为浅说,则从前须识六千字者,今则识二千字可矣,从前须解二千字者,今则解一千字可矣”,公然主张以浅说作报纸,大开民智,而“作报论者,亦惟以浅说为输入文明可矣”。为改革文言提倡白话,他还论述了俗与雅的辩证关系,进而说明运用白话的重要性。他认为,“人人共晓之话谓之俗,人人不晓之话谓之雅,十得二者亦谓之雅。今日所谓极雅之话，在古人当时俱俗话也，今日所谓极俗之话，在千百年后又谓之雅也”①。由于俗话是日常生活所用之语，故大家都会说也听得懂；而古语却离现代人的生活用语太远，一般不说，即使有人说“雅话”，也是“手口异国，动须翻译”，这对于开民智、兴变法极为不利。严复、夏曾佑从文章尤其小说能否广为流传、保持永久生命力的角度，提倡运用世俗口语著书撰文。他们认为，“书中所用之语言文字，必为此种人所行用，则其书易传。其语言文字为此族人所不行者，则其书不传”；“若其书之所陈，与口说之语言相近昔，则其书易传。若其书与口说之语言相远者，则其书不传。故书传界之大小，即以其与口说之语言相去远近为比例”②。这就具体指明了，著书作文欲产生广泛的社会影响，则必须运用全民族通行的语言，最好不用书面语言而用口说之语言。

四是明确提出“崇白话而废文言”的口号，具体说明了兴白话的“八益”。裘廷梁一八九八年在《苏报》上发表的《论白话为维新之本》，他之所以敢于提出“崇白话废文言”的战斗口号，充当白话文运动的急先锋，则是因为他从资产阶级改良政治的强烈要求出发，认识到“愚天下之具，莫如文言，智天下之具，莫如白话”，“文言兴而后实学废，白话行而后实学兴，实学不兴，是谓无民”，中国二千年来的文言窒息“黄人聪明才力”，阻碍中国科学技术的发展，陷人民于落后，愚昧状态，使“一人之身而手口异，实为二千年文字一大厄”也。所以他主张“崇白话而废文言”，并具体论述了兴白话的“八益”：一曰省日力，二曰除憍气，三曰免枉读，四曰保圣教，五曰便幼学，六曰炼心力，七曰少弃才，八曰便贫民。这“八益”既反映出裘廷梁白话主张的历史进步性，又表现出他借白话来“保圣教”的历史局限性；不过在当时他能提出“崇白话而废文言”的口号，并编辑白话通俗读物，使贫民通过读“农书商书工艺书”学得“浅识薄技”，以“各就其业”，这也是难能可贵的。狄平子在《新小说》第七号上发表的《论文学上小说之位置》，进一步提倡“俗语文体”，并主张以白话作为文学语言。他认为，近今欧美各国学校，倡议废希腊、罗马文者日盛，即如日本近今著述，亦以盲文一致体为能事；中国文字衍形不衍声，故言文分离，此俗语文体进步之一障碍，而即社会进步之一障碍也。为今之计，能造出最适之新字，使言文一致上者也；即未能，亦必言文参本焉；若能百尺竿头，更进一步，剥去铅华，专以俗语提倡一世，则后此祖国思想言论之突飞，殆未可量。而此大业，必自小说家成之。

---

① 《陈子褒教育遗议》，第1页。

② 《国闻报馆附印说部缘起》。

五是创造六十个"官话字母",主张用两拼法"专拼白话",走拼音化道路。戊戌变法的领导者之一王照,不仅提倡白话文,而且发誓要创造六十个"官话字母",用两拼法"专拼白话",主张"语言必归一致",以便民用,并以北京话作标准。他在《官话合声字母原序》中说,"吾国古人造字,以便民用,所命之音,与当时语言无异,此一定之理也,而语言代有变迁,文亦如之……故孔子之较夏殷之文,则改变句法,增添新字,显然大异,可知系就当时言俗肖声而去,著之于简,欲妇孺而即晓,凡也、已、焉、乎等助词为夏殷之书所无者,实不啻今之白话文增入呀、么、哪、咧等……后世文人欲借文以饰智惊愚,于是摩古为高,文字不随语言,二者日趋日远。文字既不足当语言之契符,其口音即迁流愈速……异者不可复同,而同国渐如异域。"这是明确地提倡"言文一致",要求文字"当语言之符契",跟着话的语言来变迁;而且他主张拼白话的字母有许多地方和后来提倡白话文学的人相同。胡适曾说:"王照是一个很有见识的人,他的主张很有许多地方和后来主张白话文学的人相同。"①这后来主张白话文学的人,主要指五四时期胡适等人,表明他们的白话文学主张与王照的见解有一脉相承的地方。

在梁启超、黄遵宪、陈子褒、裘廷梁、严复、夏曾佑、王照等人提出的白话文主张的指导下,适应资产阶级改良主义政治运动的需要,在东南沿海地区尤其长江下游各省掀起一场白话文运动,白话读物大量涌现出来,据不完全统计白话报纸有十多种,白话教科书有五十多种,白话小说有一千五百多种,白话文成了传播新思想的工具。晚清这场白话文运动是五四白话文运动的前奏,是五四白话文学狂潮的源头,不仅所提出的白话文主张与五四文学革命的白话文学理论颇多一致之处,而且五四文学革命的先驱们大多受到这场白话运动风浪的冲击。

文学创作的继承性

在晚清文学改良运动中,在比较新的文学观念的指导下,文学创作一度有了生气,小说、散文、诗歌、戏剧等涌现出一批能够显示改良主义文学运动实绩的作品,而且它们所表现出的反帝反封建的进步思想倾向以及文体、语言革新等方面取得的成果,大都在五四新文学创作实践中得到了继承和发展。

从文学作品的思想倾向来考察,总的说来民主主义和爱国主义是贯穿所有

① 《中国新文学大系·建设理论集导言》。

进步作品的主线，是晚清文学的主要思想特色。“几乎是全部作家，除掉那极少数极顽固的而外，是有共同的地方，即是认为除掉提倡维新事业，如兴办男女学校，创实业，反一切迷信习俗，和反官僚、反帝国主义，实无其他根本救国之道”①。所以反映在他们所创作的文学作品里，反帝反封建的爱国、民主倾向占了主导地位。就以《官场现形记》、《二十年目睹之怪现状》等“谴责小说”来说，继承了《儒林外史》的批判现实主义传统，其主要的思想锋芒表现在对清朝专制统治的揭露、讽刺和谴责上。作者怀着爱国忧民的激情和愤世嫉俗的愤慨，对清末的黑暗社会现实作了沉重抨击，特别对清政府的封建专制统治和官僚机构的腐败予以无情鞭挞，对清廷的卖国嘴脸和大小官吏向帝国主义献媚的丑态进行了辛辣的讽刺，表现了明显的反帝反封建的思想倾向；虽然这些作品对帝国主义本质揭露不深，对人民力量有所轻蔑，对封建皇权有所维护，对资产阶级革命有所诋毁，但从整个作品显示的思想内容来看却是次要的。虽然这些作品只给千疮百孔的清代封建王朝提供了一张改良主义药方，但由于它们对腐朽的封建社会作了广泛揭露、辛辣嘲讽、无情谴责，故在当时的反帝反封建的斗争中或改良社会人生中也产生了积极的社会效果。尽管有的作者逐步成了历史前进的障碍，在文化思想上成了顽固派，甚至到了五四时期成了新文化运动的论敌，但是他们创作的“谴责小说”的进步思想。倾向、批判现实主义的战斗威力，对五四新文学运动不能不带来积极影响。就改良派的诗歌来看，既具有民主主义的启蒙思想，表现了与传统封建宗法制度、伦理教育进行决裂的情怀，如黄宗仰的《读学界风潮有感》、谭嗣同的《夜成》和《狱中题壁》等诗；又表现了炽烈的爱国主义思想情感，如黄遵宪的《逐客篇》、《台湾行》、《出军歌》廿四首等，以及蒋观云的《醒狮歌》；而且这些诗篇洋溢着积极浪漫主义精神，具有丰富的想象、奋发的激情、深沉的思想，有着独树一帜的新境界。如黄遵宪是位杰出的现实主义诗人，但他也有些诗篇富有积极浪漫主义风格，如长诗《今别离》、《出都留别诸公》、《崆峒》等。晚清诗歌的民主精神、爱国情感以及浪漫风格，都能给五四时期的新诗创作以良好影响。

从文学作品的艺术形式来考察，总的说来晚清的小说、散文、诗歌等在艺术上都表现出程度不同的革新。在人物刻画上，晚清小说初步注意把普通人引进文学领域，并通过人物言行的描写展示其心理特征，“烘云托月”和白描手法也

① 阿英：《晚清小说史》。

被大量运用;特别在语言上有所改良,试图以白话写小说,往往在用中国方言写的大段对话中夹杂着半洋半土的文字,虽不是纯白话,但大多接近于白话。晚清的改良诗歌,大多是旧瓶装新酒,即旧风格含新意境;在语言上不避方言俗语,力求浅显平易,持律不太严,选韵尤放宽,甚至有的诗近似于通俗新鲜的民歌。散文从八股文、桐城派古文,骈体文中解放出来,创造一种"新文体"或"时务文"。这些艺术形式方面的改良,无疑对五四文学革命能起到借鉴作用。在"继承"这个概念里,不仅应该包括作者自觉地有意识地吸取的东西,而且也应该包括作者自己并非觉察却已引进作品的东西。因此当我们探讨五四文学创作与晚清文学创作的继承关系时,对于五四新文学作者是否明确地意识到晚清文学创作有这样或那样的新特点,在自己的创作里是什么时候继承或发展了这类相似的东西,都是无关紧要的。

晚清文学改良与政治、思想、文化的改良一样,都处于激烈的变革之中。作为这场文学改良的自身任务来看,除了更新文学观念外,在文学创作上主要进行了思想内容上的革新和探索符合新思想内容要求的新艺术形式,不论它们所取得的进步思想成果或新的艺术成就,都为五四新文学运动提供了思想资料和可资借鉴的经验。晚清文学改良运动既然是中国古代文学的终结和中国五四文学革命的预演,自然在文学理论观念上或文学作品的思想内容和艺术形式上,都有一些不同于中国古代文学传统又不同于五四新文学的特点。

五四文学革命虽然在很多方面同晚清文学改良有着相通点,继承了晚清文学的优良传统;但它毕竟是在新的历史条件下发生的一场具有划时代意义的真正的文学革命,是从整体上否定了中国旧文学而创建了一代具有现代性的完整特征的新文学的光辉开端,因此五四文学革命同晚清文学改良相比又有着较大的差异性,甚至是带有根本性质的区别。

五四文学革命是五四新文化运动的有机组成部分,它以革命民主主义、人道主义、社会主义等全新的思潮作为思想基础;而晚清文学改良则是资产阶级改良主义文化运动的构成部分,它是以带有改良色彩的民主主义作为思想基础。康梁维新派要求变法,并不想从根本上动摇封建经济基础和皇权统治,只要求在经济基础和上层建筑领域里进行一些有利于资产阶级的革新,试图建立资产阶级的君主立宪;虽然在他们涉及时势的文章里对封建君主专制和官僚制度进行了一定的批判,对"天不变,道亦不变"的传统观点提出了异议,表现出反封建的民主倾向,但是在批判封建制度时总是和保皇权联系在一起,在批判封建文化思想时总是同保圣教卫孔学联系在一起，即使最激进的维新派人物谭嗣同在痛骂君主的残暴的同时仍得出换一个皇帝的“易君”的结论。同这条改良主义政治路线联系在一起的文化运动和文学运动，不论是思想基础、文学观念、理论主张、创作实践，都打上了或深或浅的改良主义烙印。但是五四文学革命一兴起就成为五四时期彻底反封建文化运动的重要一翼，最初它以激进的民主主义、人道主义为思想武器，高举民主与科学的大旗，大张旗鼓地宣传新思想、新道德、新文化，从整体上而不是局部地反对封建主义的旧思想、旧道德、旧文化，把抨击的矛头直接指向封建时代的圣人孔子，掀起了“打倒孔家店”的反封建热潮，这是晚清康梁维新派不敢大胆提出来的战斗口号。特别一九一七年俄国十月革命胜利后，中国一些先进知识分子开始接触无产阶级思想体系——马列主义，这便使五四新文化运动和文学革命的思想基础增进了新的思想因素。当然，中国知识界接触马克思主义并不始于五四时期，早在戊戌政变时康梁维新派就看到资本主义国家不可避免地要发生社会主义革命，但是他们却得出相反的结论：只有主张变法维新来抑制资产阶级革命，才能避免更“可怕”的社会主义革命的发生；梁启超有的文章也表示赞成社会主义，其实他所认为的社会主义只不过是资本主义社会的某些改良政策。到了五四时期一些先进知识分子接受马列主义则不同了，虽然他们还没有系统地学习马列主义理论，但是他们学到一个马列主义基本观点，便能和中国的反帝反封建的群众政治斗争结合起来，这是一个新的特点；并把马列主义同民主主义、人道主义结合起来，作为反封建的思想武器。一九一九年“五四”反帝爱国运动爆发，新文化运动和学生爱国运动相辅相成，互为因果，即新文化运动为“五四”爱国运动作了思想舆论准备，而通过“五四”爱国运动中国思想界又经历了一次巨大的激荡。当时各种新思潮汹涌而至，纷然杂陈于知识分子和爱国青年面前，如平民主义、人道主义、实用主义、社会改良主义、无政府主义、各种社会主义、马列主义等等，显得思想界空前活跃，而且接受马克思主义的人也逐步多起来。这就为五四新文化运动和文学革命奠定了丰厚的思想基础，并展示出新的发展方向。同晚清文学改良的思想基础相比，五四文学革命已发生了整体性的变化。

五四文学革命提出了一套比晚清文学改良更激进的“文学革命”的口号和主张，初步建立起比晚清文学改良更完整更系统的文艺理论体系。晚清提出的“诗界革命”、“小说界革命”等口号对封建旧文学是一次沉重冲击，但是它并没有推翻封建旧文学的殿堂，掀动一场真正的新文学革命；而五四时期高揭起“文学革命”的大旗，不仅向封建旧文学进行了整体性的否定和全面的攻击，而且提出的文学革命主张充分体现了五四时代精神，具有彻底反对旧文学创立新文学的革命的战斗的特色。晚清梁启超等人建立的文艺理论体系，尽管惊世骇俗，大开时代之风，但是同五四时期创立的新文艺理论体系相比缺乏科学性和独创性，而且有些理论见解比较简单肤浅，甚至流露出一些错误观点。如梁启超不仅宣扬小说的感染力是“遗传性”，诬蔑《红楼梦》和《水浒传》是“诲淫诲盗”，而且在《论小说与群治之关系》中对下层人民的起义采取咒骂的敌视态度，却对那些“或言忠、或言孝、或言节义”的某些宣扬封建思想的小说予以赞扬，陶曾佑在《中国文学之概观》中虽然攻击了封建专制主义，但在他提出的文学的根本作用是“载道、明德、纪政、察民”的命题里，却明显地看出封建正统思想是其立论的基础。可见晚清的文学思想缺乏一个先进的理论体系作为支柱，往往自相矛盾，把民主主义同封建主义有时交混在一起。到了五四时期，初步建立起的新文艺理论体系则是以革命民主主义、人道主义作为思想基石，“五四”以后并渗入了无产阶级思想因素。它剔除了晚清文学理论中的封建主义杂质，在整体性上同传统的封建文学观念划清了界限。由于五四时期是个社会大动荡、大变革的时代，是思想次解放的时代，一切有作为有志向的文学革命倡导者根据破除旧文学创建新文学的需要以及自己的审美兴趣和美学追求，在大量地输入西方的现实主义、浪漫主义、自然主义、象征主义、新理想主义等文艺思潮的基础上，进行选择、汲取、改制，使一代文学观念得到了完整的而不是局部的更新，初步建立了现实主义和浪漫主义两大理论体系，现代派的一些思想观念也占有一定的市场。这些文艺理论或文学观念，虽然都存在一定的历史局限性，并不是最先进的文艺思想体系，但是在当时马克思主义文艺思想尚未传入中国文坛的历史条件下，它却具有全新的思想色彩，不仅同封建传统文学思想在本质上是对立的，而且同改良主义文艺理论相比具有明显的先进性、科学性和深刻性，特别“五四”后有些文艺观点已含有马克思主义思想因素。此外，小说理论、诗歌理论、戏剧理论、散文理论都比晚清文学理论有了突破和发展，富有全新的思想特色。

五四文学革命提出了比晚清白话文主张更富有革命意义和实践意义的白话文学理论，它虽然与晚清白话文主张有着明显的相似之处；但这并非像有人所说是“抄袭”或“盗窃”，它是在新的时代条件下的继承和发展，同晚清白话文主张相比是有所不同的。诚然裘廷梁提出了“崇白话而废文言”的口号，但它并没有变成大多人的行动纲领，只用白话作文办报，并没有真正废弃文言，更没有推翻文言文在文坛上的权威地位；五四时期不仅更明确更自觉地提出了以白话文取代文言文正宗地位的革命口号、改革措施及施行步骤，而且真正从实践上把白话文学运动同国语运动、教育改革等上层建筑部门的革新相结合，借着五四时期彻底反帝反封建的政治东风，在很短的时间内取得了白话文替代文言文正宗地位的决定性胜利，白话不只是成了新文学的唯一利器，几乎全社会的用语也白话化了。特别五四时期提出的白话文主张是完全建立在反对贵族化实现平民化的平民主义思想之上，使白话成为全社会广大民众表情达意、交流思想的工具；晚清的白话文主张虽然也是为了"开通民智"或"新民"，但是它始终没有完全突破社会上层的人和下层的人使用语言的界限。它似乎把社会上的两大层次的人作了这样的规定，即上等社会的人可以作古文古诗，尽管文言文难懂难作也信守着"吃得苦中苦，方为人上人"的贵族立场，而下等社会的"小百姓"因念其无知无识，故降格作点通俗文章给他们看。胡适曾对王照作过评述，他认为王照主张"言文一致"、提倡拼音文字，颇有卓见，影响后世；但王照等却把"社会分作两个阶级，一边是'我们'士大夫，一边是他们'齐氓细民'。'我们'是天生聪明睿智的，所以不妨用二三十年窗下苦功去学那'万国没有能逮及之'的汉字汉文。'他们'是愚蠢的，是'资质不足以识千余汉字之人'，所以我们必须给他们一种求点知识的简易法门。'我们'不厌烦难，而'他们'必求简易。在这种心理状态之下，汉文汉字的尊严丝毫没有受打击，拼音文字不过是士大夫丢给老百姓的一点恩赐，决没有代替汉文的希望"①。而五四时期提倡白话文、提倡国语运动、提倡文字改革，都贯穿着为国民大多数兴利除弊的思想，要解决文学大权、语言大权、文字大权是为少数私人还是为大多数民众所占有的问题，从根本上打破了贵族与平民的界限。总之，晚清白话文主张虽然不乏除旧立新的民主精神，但它又和"保皇权"、"保圣教"的政治上立场有着一定联系；而五四时期提倡白话文反对文言文则完全是立足于革命民主主义立场，为着更有效地宣传以民主与科学为核心的新思想，以适应打倒孔家店的思想解放运动和反帝反封建政治斗争的需要。

五四新文学论坛出现的崭新的文艺批评，它比晚清的文艺批评有了重大突破，显示出新的特色。晚清的文艺批评比古代的评点式的文艺批评大有进步，

① 《中国新文学大系·建设理论集导言》。

但总的说来开展文艺批评的思想标准或艺术标准所凭据的理论基础并不完全是时代最先进的,往往掺杂一些消极思想因素,所采取的批评形式尚未完全摆脱传统的评点式的老路,缺乏那种有理论深度的综合性的评述。五四时期的文艺批评作为新文学运动的一方面军,以全新的姿态活跃在文学战线,它主要以革命民主主义和人道主义的思想标准和真善美相统一的艺术标准审视着文学的各个领域,破旧扶新,为中国现代文学的创建清基铺路。不论《新青年》、《新潮》、《每周评论》,或是《小说月报》、《文学旬刊》、《学灯》、《觉悟》等,都是开展文艺批评的重要阵地,并出现了各式各样的批评形式和一批较有影响的文艺批评者。同晚清的文学批评相比有了明显的进展:一是强烈的战斗色彩。五四时期的文艺批评担负着扫荡一切封建旧文学弊端的历史使命,不仅对形形色色的复古势力和封建文学的陈规积弊进行了有力而全面的批判,而且对黑幕小说、礼拜六派的消遣文学观及其创作也进行多次批判,充分发挥了文艺批评的战斗作用。二是掌握思想与艺术统一的标准。五四时期的文艺批评,或对旧文学的批判,或对新文学的评述,往往在以革命民主主义或人道主义的思想标准进行审视评判的同时,也初步注意到以真善美相统一的美学标准来衡量其艺术性的优劣。三是有的放矢的具体评述。五四时期的文艺批评大都能从实际存在的文学现象、文艺动态、创作实践、不良倾向和作家作品出发,进行切实的切中要害的批评,从不说空话放空炮,隔靴搔痒,不着边际,基本上能做到两分法,通过具体分析作出比较公允的评判,如沈雁冰的小说评述、胡适的新诗评述,都具有这种特点。四是批评形式多样化。五四时期的文艺批评形式可谓花样翻新,多姿多态,有书信式的批评,有综合性的批评,有单篇作品评,有作家专集评,有专栏批评,有创作漫评,有比较文学等,沈雁冰、周作人是五四时期创造不同形式批评的能手。总观五四时期的文艺批评,虽然与晚清的文艺批评有一定的继承关系,但就整体而言却是一种全新的文艺批评,为中国现代文学批评的建立和发展奠定了基础。

五四时期的新文学创作同晚清文学创作,虽然在思想内容,语言文体革新、现实主义传统继承诸方面有一定的联系,但它们毕竟差异悬殊。晚清进步文学作品的突出特点偏重于暴露和谴责,具有明显的反帝反封建的思想倾向,目的是激发国人的自强心理和爱国情感,但由于作家世界观里反帝反封建官僚与保皇卫道的封建意识杂陈并存,因而在作品里不时地流露出一些消极思想;在艺术形式方面,小说语言虽改用白话,却并非真正的白话,半文半白是也,仍沿用章回体，散文的“新文体”也没有完全冲破古文的樊篱，诗歌大多是旧瓶新酒，并未冲破格律体的桎梏。五四新文学创作从内容到形式都发生了根本性的变革，是在对旧文学进行全面否定的基石上开始创建真正具有现代特色的一代新文学，使小说、诗歌、散文、戏剧等各种体裁的文学作品，以全新的形态取代了各种形式的旧文学，为中国文学的现代化开拓了广阔的道路，为中国文学进入世界现代文学的画廊架起了桥梁。

五四文学革命是中国文学史上真正具有现代意义的伟大革命，但是这场文学革命的兴起却有着深厚的现实根基和历史根据的，晚清文学改良运动则是其重要的历史根据之一。

第二节　新文学运动兴起的复杂背景

资产阶级鼓动辛亥革命的时候，并没有自觉地有意地在晚清文学改良运动的基础上，发动一场真正的文学革命；却偏偏在辛亥革命失败后的一九一七年，一些先驱们才正式举起“文学革命”的大旗，逐步在中国文学发展历程上掀起一场具有划时代意义的新文学运动。这决非是单因子决定的，它有着复杂的背景，即具有深刻的历史根据和现实根据。

辛亥革命失败的沉痛教训，使一些有识之士深刻地感受并认识到，新的思想启蒙运动在革命阶级夺取政权和巩固政权斗争中的重要性。辛亥革命之所以在一九一一年出人意料地取得了政权而不能巩固，并出人意料地导演出一幕幕封建复辟丑剧，其中一个重要原因则是缺乏一次强有力的思想启蒙运动和真正的文学革命运动。如果单从近代思想史的角度来考察，李泽厚认为中国资产阶级革命派孙中山、陈天华、朱执信等思想发展的主导倾向，是爱国而革命，即由抵抗外国侵略、要求祖国富强而奋起推翻清政府，是为了国家的独立、自由、富强而革命；这与欧洲资产阶级上升时期和民主革命中洛克、卢梭等人强调个人的自由、平等、独立、人权，为这些东西而斗争而革命，并不完全相同。孙中山曾这样解释“民族主义”：“外国革命是由争自由而起，奋斗了两三百年，生出了大风潮，才得到自由，才得到民权。……民族主义就是为国家争自由，但欧洲当是为个人争自由。到了今天……万不可再用得个人身上去。要用得国家上去。个人不可太过自由，国家要得到完全自由，到了国家能行动自由，中国便是强盛的国家。要这样做去,便要大家牺牲自由”①。因此法兰西革命时提出的“不自由毋宁死”的战斗口号始终没有响彻辛亥革命前后中国大地的上空,救亡图存、爱国御侮成了中国近代压倒一切的大问题,其他重要任务便被掩盖了。辛亥革命虽然凭着“驱除鞑虏,恢复中华”的口号推翻了清朝政府,造成一种谁想复辟帝制谁就必定垮台的社会心理,但是如何在更深远的内容上或层次上于经济、政治、军事、文化等各方面实现资产阶级民主,以真正战胜封建主义,资产阶级革命派始终没有重视思想启蒙工作,做好充分的思想武装和舆论准备。因此辛亥革命前邹容等革命派宣传的资产阶级民主、共和、自由、平等并未实现,而且对封建旧势力旧传统以各种新形式继续维护统治甚至反攻倒算,丝毫没有认识到,任凭封建文化思想泛滥。资产阶级民主思潮在中国大地上并没有生根,而根深蒂固的封建传统观念和小生产者的狭隘意识的两者结合,遂构成了中国历史前进、社会发展的巨大思想障碍,与近代民主主义思潮格格不入的蒙昧、等级、专制、封闭、因循、世袭、帝王权术“政治”以及形形色色的传统守旧意识,则成了习以为常的思想状态和正统力量;维护封建皇权统治的封建思想牢固地禁锢着人们的思想意识,使广大民众处于愚昧落后的状态,他们根本不理解辛亥革命的民主主义性质,一些革命应该依靠的力量倒反成了革命的阻力。尤其是“尊孔读经”的黑浪随着封建势力政治上的复辟,甚嚣尘上。鉴于辛亥革命失败的历史教训,一些政治敏锐、头脑清醒的知识分子积极鼓吹与披着各种现代形式的封建意识相对抗的新文化思想,希冀在中国混乱的思想界掀起一场新的思想解放运动,使中国人民大众的思想真正从封建思想或传统观念的桎梏下挣脱出来。一九一五年九月陈独秀创办《新青年》,标志着五四时期的新文化运动和新的思想解放运动的开始;李大钊一九一六年在《晨钟报》上发表的《“晨钟”之使命》也发出了开展思想启蒙运动的号召。这场思想解放运动,既是补旧民主主义革命的思想课,又是开新民主主义革命的启蒙篇。为了适应新文化新思想运动的兴起和发展,文学革命运动的诞生是势所必然的;况且思想解放运动又为文学革命的倡导扫清了思想道路,提供了反对旧文学建立新文学的新思想武器。

五四时期思想解放运动的中心要求:一是提倡民主,即“德谟克拉西”,彻底打倒“孔家店”,坚决反对封建宗法制度和思想;一是提倡科学,即“赛因斯”,反

① 《民权主义第二讲》。

对迷信、盲从、独断的封建哲学和宗教。一言以蔽之，就是运用以民主与科学为旗帜的新思想，彻底批判以孔孟之道为核心的封建主义，将人们的思想从封建精神或传统观念的枷锁里解放出来，唤起民众新的觉醒，达到救国救民的目的。《新青年》从创刊一直到一九二〇年前后，尽管介绍过各种新思潮，但是鼓吹民主与科学始终是它的基本纲领，并以此来引导思想解放运动、新文化运动和文学革命。它在创刊号上发表的《敬告青年》，就是思想解放运动和新文化运动的誓词和宣言。文章极力宣扬十八世纪法国启蒙思想家提出的“人权、平等、自由”的民主主义思潮，确认近世欧洲历史之所以为“解放历史”是因为“人权平等之说兴”之故，而“科学之兴，其功不在人权说下，若舟车之两轮焉”。很显然，民主与科学一开始就是《新青年》发动思想解放运动，打倒孔家店，奉答青年“修身治国之道”的思想依据。一九一六年陈独秀在《宪法与孔教》一文中更清楚地指出：“欲建设西洋式之新国家，组织西洋式之社会，以求适今世之生存，则根本问题，不可不首先输入西洋式社会国家之基础，所谓平等人权之新信仰，对于与此新社会新国家新信仰不可相容之孔教，不可不有彻底之觉悟，勇猛之决心”。在“民主”与“科学”这一中心口号的感召下，陈独秀以《新青年》为阵地，团结了一批在当时颇具激进思想的知识分子，如钱玄同、刘半农、胡适、李大钊、吴虞、易沙白、鲁迅、周作人等，大张旗鼓地以新的思想武器对束缚人们思想的封建精神罗网发动了猛烈的冲击，一场思想解放的新启蒙运动轰轰烈烈地展开了。它的主攻目标就是以维护封建专制为中心意识的孔学儒教，陈独秀则是打倒“孔家店”的主帅，鲁迅是反孔的主将（当时掀起批孔运动是必要的，适时的，至于对孔学如何正确评价则是个学术问题）。陈独秀从一九一六年开始，先后发表了《一九一六年》、《吾人最后之觉悟》、《驳康有为致总统总理书》、《宪法与孔教》、《孔子之道与现代生活》、《再论孔教问题》、《复辟与尊孔》、《偶像破坏论》等讨孔檄文，把思想批判同政治批判结合起来，大大推动了思想解放运动；鲁迅以杂感为武器对以孔教为核心的封建意识形态，进行了尖锐、深刻、彻底的批判，《热风》、《坟》等杂文集收录了五四时期鲁迅反孔批儒的战斗成果。在围剿“孔家店”的战斗中，易沙白面对封建势力的嚣张气焰拍案而起，一面抨击袁世凯是“大盗崛起”，一面痛斥孔子是“百世之傀儡”，他写的《孔子评议》、《诸子无鬼论》，都是犀利的战斗论文；吴虞是打倒“孔家店”的英雄，他发表了《家庭制度为专制主义之根据论》、《吃人与礼教》等批孔论文；李大钊的《青春》、《今》、《真理之权威》等文，反对一切传统思想和偶像崇拜，要求思想解放。环绕《新青年》

反对旧道德旧思想和提倡新道德新思想，提出很多重大的社会课题，诸如青年、妇女、家庭、婚姻、贞烈、父权、宗教、人生、国民性、个性解放、人格独立等问题，.并介绍了西方各种新思潮，在思想文化界和知识青年中掀起了思想大解放的热潮。急剧发展的思想解放运动推动了文学革命的兴起和发展，文学革命于一九一七年的正式揭竿而起则又反转来为新的思想启蒙运动提供了更为锐利的武器，从而扩大了思想革命的阵地。

一九一七年初，陈独秀被聘为北京大学文科学长，《新青年》编辑部由上海迁移到北京，这时北大文科一批思想进步的教授也参与了；自一九一八年起，《新青年》编辑部逐步改组和扩大，除陈独秀外，李大钊、鲁迅、胡适、钱玄同、刘半农、沈尹默、周作人等，都先后参加了编辑工作，进一步结成了以反封建为主攻方向的文化思想联合战线，造成了前所未有的声势浩大的思想解放运动。一九一九年一月发表的陈独秀为《新青年》写的《本志罪案之答辩书》，有力地回击了整个封建营垒对思想启蒙运动的攻击和非难，重申了本志同人倡导新文化运动、发起思想解放运动和文学革命的共同主张，这既是对《新青年》宣传的“修身治国之道”的一个总结，又是该刊同人进一步发动新文化运动和思想解放运动的战斗号角。《答辩书》义正辞严地指出：“本志同人本来无罪，只因为拥护那德莫克拉西(Democraeg)和赛因斯(Seience)两位先生，才犯了这几条滔天的大罪。要拥护那德先生，便不得不反对孔教，礼法，贞节，旧伦理，旧政治。要拥护那赛先生，便不得不反对旧艺术，旧宗教。要拥护德先生又要拥护赛先生，便不得不反对国粹和旧文学。”并坚定地表示：“西洋人因为拥护德赛两先生，闹了多少事，流了多少血；德赛两先生才渐渐从黑暗中把他们救出，引到光明世界。我们现在认定只有这两位先生，可以救治中国政治上道德上学术上思想上一切的黑暗。若因为拥护这两位先生，一切政府的压迫，社会上的攻击笑骂，就是断头流血，都不推辞。”一九一九年十二月他写的《〈新青年〉宣言》更进一步明确地宣布了“本志同人”的共同思想主张。他们不仅继续利用以民主与科学为标志的新思想武器来清扫一切封建意识形态，将人们的思想从封建老八股老教条的禁锢中解放出来；而且有些先进知识分子已不满足于只用民主主义思想作为武器来反封建，初步接触了马克思主义，这样便使他们所运用的新的思想理论武器中增进了无产阶级思想因素，从而也使这场以民主与科学为旗帜的思想解放运动增加了新的思想色彩。在日益高涨的思想解放运动的推动下，不论文学思想内容的革命或文学形式的革新都出现了新的风貌，将文学革命运动推上一个新的阶段。从某种意义上说，没有五四时期的思想解放运动便没有五四文学革命的发生发展，思想解放是五四文学革命发生发展的内在动力。由于思想解放运动或新文化运动同新文学运动有机地结合在一起，几乎很难把它们清晰地分解开来，因此在五四时期致力新文学运动的先驱者们，没有一个纯粹的文学家、作家、诗人，他们首先是一个新文化运动的倡导者或思想解放运动的启蒙者。

新的经济新的政治力量，是五四新文化运动和文学革命得以产生并发展的社会基础，这是新的时代所提供的最基本的历史条件。如果没有新的政治新的经济条件，陈独秀等人无论怎样鼓吹或倡导，也不可能那么迅速地掀起一场新文化运动和文学革命。归根结底，思想文化（包括文学在内）是政治经济的反映，从历史的角度看，经济是历史的骨骼，政治是历史的血肉，思想文化是历史的灵魂，文学是历史的镜子。因此，考察一场新文化运动和新文学运动产生并发展的根本原因所在，就不能不研究当时的经济政治状况。当然文学的产生和发展也有其自身的固有规律，并非说政治经济发生了新的变化立即就能产生与之相适应的新文学，这里有很多复杂因素在起作用；不过有一点必须看到，当着文学按着自身规律演进到必须发生突变才能向更新阶段发展的时候，非有新的经济新的政治力量作为坚强的后盾，提供根本的保证不可。

辛亥革命这场资产阶级民主主义革命虽然很快地失败了，并连续发生封建复辟活动；但是它毕竟推翻了清朝政府的封建专制统治，建立了中华民国，要求民主、渴望自由，坚持进步、反对复辟，已成了时代的潮流，所以袁世凯的称帝和张勋的复辟很快就失败了。这就为新文化运动和文学革命的倡导和开展提供了一定的政治条件。作为五四新文学运动的倡导者之一的胡适在追述文学革命产生的政治原因时，曾指出，第一是科举制度的废除。八股废了，试帖诗废了，策论又跟着八股试帖废了，那笼罩全国文人心理的科举制度现在不能再替古文学做无敌的保障了。第二是清朝帝室的颠覆，专制政治的根本推翻，中华民国的成立。这个政治大革命虽然不算大成功，然而它是后来种种革新事业的总出发点，因为那个顽固腐败势力的大本营若不颠覆，一切新人物与新思想都不容易出头。戊戌的百日维新，当不起一个顽固老太婆的一道旨谕，就全盘推翻了。我们若在清朝时代主张打倒古文，采用白话文，只需要一位御史的弹本就可以封报馆捉拿人了；当我们在民国时代提倡白话文的时候，林纾的几篇文章并不曾使我们烟消灰灭，然而徐树铮和安福部的政治势力却一样能封报馆捉人，幸而帝制推翻以后，顽固势力已不能集中作福作威了，白话文运动虽然时时受到障碍,究竟还不到“烟消灰灭”的地步。“这是我们不能不归功到政治革命的先烈的”①。胡适的分析并不完全正确,但至少他看到了文学革命倡导期的政治环境同晚清慈禧太后实行封建独裁专制相比已有所不同了。况且,辛亥革命的胜利果实被封建军阀篡夺后,资产阶级革命派的代表人物如孙中山、黄兴等人并没有放弃革命,他们发动了“第二次革命”、“护国运动”、“蔡锷起义”等,表明新的民主力量正在发展壮大;与此同时,工农运动也此起彼伏地发展起来。即使北洋军阀之间的互相夺权争权,也不敢明目张胆地砸碎“民国”的招牌。这些政治条件有利于新文化运动和文学革命的兴起和发展。

特别一九一四年第一次世界大战爆发后,中国现代工业资本主义一度得到迅猛发展。此时各帝国主义国家对于中国的经济侵略暂时处于停顿状态,伴随着欧战而来的金价的跌落使得工业上需用的机械价值跌落,也给中国资本薄弱的企业家以扩展工业的机会。于是在第一次世界大战的四年之间中国的纺织业有了突飞猛进的发展,制造日常用品的工业也陆续发展起来,可以说沿海一带以及长江下游地区已进入资本主义初期,中国民族资产阶级也随之发展壮大起来;随着民族工业曙光而来的金融资本的活动——中国银行团也在金融界有了绝对的势力,同时工业资本家为摆脱金融资本家的控制也建立自己的金融机构,这样金融资本家和工业资本家便构成了中国新兴资产阶级的骨骼。但是好运不长,欧战终了后帝国主义以加倍的力量侵略中国,尤其日本帝国主义趁其他帝国主义忙于欧战不能东顾之机在中国成了独占的优势,政治上它把北洋军阀政府抓在手里,经济上不仅成了满铁王国,而且在上海建立了巨大的纺织工业,压迫新兴的中国纺织业,并独占山东半岛。在这种情势下,英美帝国主义要想在中国保持和发展自己的势力,都和日本帝国主义发生了正面冲突,于是英美的联合力量便扶植军阀中之直系以对抗日本卵翼下的奉系和皖系,导致了直皖系军阀战争以及后来的两次直奉战争。“中国新兴的资产阶级于此感到严重的两重压迫:外国帝国主义和本国军阀。直皖奉各系军阀的扩充军备加给中国资产阶级以严重的经济负担,使他们的企业发展更加无望。而此时中国的统治阶级就政权的形式而言,是封建军阀(背后是官僚买办阶级豪绅地主,帝国主义等),新兴资产阶级不但并无分润到政权,并且还是居于被剥削的地位。但是新兴资产阶级本身的力量(虽然在两重压迫下不能再往前发展)却已经强大到争

① 《中国新文学大系·建设理论集导言》。

夺政权的地步,并且处境的困难使他们更加感得争取政权之必要"①。虽然新兴资产阶级本身也有矛盾,但是为了自身的生存和发展不能不同危害其政治的经济的利益的帝国主义和封建主义进行斗争。基于政治斗争的需要,新兴资产阶级迫切要求"文学"能够成为"最有力的组织意识形态的工具",目的在于使"中国新兴资产阶级的意识形态以斗争的形式在要求民众接受",企图借此组织民众的意识。陈独秀等先驱以《新青年》为阵地,提倡白话文反对文言文,提倡新文学反对旧文学,"反对旧礼教,攻击儒家的人生哲学",鼓吹"德谟克拉西的政治主张"②,正是在很大程度上反映了新兴资产阶级对意识形态的要求。

随着民族资本主义经济的发展,中国工人阶级的力量也逐步壮大起来,这是决定中国历史命运的新的阶级力量。由于他们身受三重压迫,即帝国主义、封建势力和资产阶级,所以工人阶级在经济上要求活下去、在政治上要求解放的愿望更为强烈。不过当时中国工人阶级尚未形成足以夺取封建军阀政权的自觉的阶级力量,他们同民族资产阶级之间虽然也存在着矛盾,但是社会基本矛盾却不是工人阶级同民族资产阶级的矛盾,而是中华民族同帝国主义、人民大众同封建主义的矛盾,因此在反帝反封建这个总目标上他们又有一致性。这样,新文化运动和文学革命所宣传的民主与科学的新思潮,提倡新文学反对旧文学、提倡白话文反对文言文的口号,在一定程度上也符合工人阶级及广大民众在政治上的需要。这就为新文化运动和文学革命的产生与发展提供了广泛而厚实的社会基础。特别一九一七年苏联十月社会主义革命的胜利,传来了马克思列宁主义思想信息,中国人民逐步见到了新世纪的曙光;一九一九年五月四日爆发了震惊中外的反帝反封建的政治运动,六月三日以后工人群众加入了斗争的行列,更壮大了运动的声势。这场"五四"爱国斗争同《新青年》发动的新文化运动和文学革命是互为因果的,即新文化运动和文学革命为"五四"政治运动的爆发作了思想舆论准备,提供了有力的宣传工具;而"五四"政治运动的发动又为新文化运动和文学革命的开展打开了广阔的局面,把新文化运动和文学革命推上新的发展阶段。

五四文学革命是一场开放型的具有现代化色彩的新文学运动,因此离不开国际上提供的各种有利条件。也就是说,如果没有国际条件的催生,五四文学革命的产生并得以迅速发展是不可能的。

① 茅盾:《"五四"运动的检讨》。

② 茅盾:《"五四"运动的检讨》。

从一九一四年第一次世界大战爆发到一九一九年前后，世界范围内出现了一个新的革命高潮，特别社会主义革命开始在世界上一些国家里得到迅猛的发展，俄国十月革命的胜利为殖民地半殖民地国家的民族民主革命开辟了新的道路，从此人类进入一个新纪元。对于五四文学革命产生的国际政治背景，李大钊在一九一九年元旦写的《新纪元》里作了比较确切地论述：

> 一九一四年以来世界大战的血、一九一七年俄国革命的血、一九一八年德奥革命的血，好比作一场大洪水——诺阿以后最大的洪水——洗来洗去，洗出一个新纪元来。这个新纪元带来新生活、新文明、新世界，和一九一四年以前的生活、文明、世界，大不相同，仿佛隔几世纪一样。
>
> 看呵，从前讲天演进化的，都说是优胜劣败，弱肉强食，你们应该牺牲弱者的生存幸福，造成你们优胜的地位，你们应该当强者去食人，不要当弱者，当人家的肉。从今后都晓得这话大错，知道生物的进化，不是靠着竞争，乃是靠着互助。人类若是想求生存，想享幸福，应该互助友爱，不该仗着强力互相残杀。从前研究解决人口问题的，都是说马尔查士说过，人口的增加是几何的，食物的增加是算术的……种种不公平背人道的事情，都起于这个学说。……从今以后，人心渐渐觉醒。欧洲几个先觉，在那里大声疾呼，要求人民的平和，不要皇帝，不要常备兵，不要秘密外交，要民族自决，要欧洲联邦，做世界联邦的基础。这都是差强人意的消息。这些消息，都是这新纪元的曙光。在这曙光中，多少个性的屈枉、人生的悲惨、人类的罪恶，都可望像春冰遇着烈日一般，消灭渐净。多少历史上遗留的偶像，如那皇帝、军阀、贵族、资本主义、军国主义，也都像枯叶经了秋风一样，落在地。这个新纪元是世界革命的新纪元，是人类觉醒的新纪元。我们在这黑暗的中国，死寂的北京，也仿佛分得那曙光的一线，好比在沉沉深夜中得一个小小的明星，照见新人生的道路。

这便明确地揭示出：一是新纪元从一九一四年第一次世界大战爆发开始，以“俄国革命”为真正的起点，而“新纪元”的到来并不是自然进化的，乃是第一次世界大战的血、无产阶级革命的血和民主主义革命的血换来的，开辟了一个人类反侵略、反强权、反压迫，争取自由平等、和平友好，创造新生活的新时代，这是一个“劳工阶级要联合他们全世界的同胞，作一个合理的生产者的结合，去打破国界，打倒全世界资本的阶级”的新时代，而“总罢工，就是他们的武器”。二是经过第一次世界大战和世界革命斗争实践的检验，社会达尔文主义、马尔萨斯人口论都是为军国主义张目的强盗逻辑，对人类的自由平等、和平幸福生活的欲求毫无益处；真正从血的洗礼中认识到“互助友爱”精神则是人类“求生存”和“享幸福”的思想宝筏，这在一定程度暗示出无政府主义的“互助”论在“新纪元”中还有着广泛的影响。三是新世纪的曙光据当时李大钊的解释，不仅含有十月革命的社会主义思想光辉，而且也指“欧洲几个先觉”者所大声疾呼的“公理战胜强权”的民主主义精神。正如陈独秀在《〈每周评论〉发刊词》中所说的：“自从德国打了败仗，‘公理战胜强权’，这句话几乎成了人人的口头禅。列位要晓得什么是公理，什么是强权呢？简单说起来，凡合乎平等自由的，就是公理；依仗自家强力，侵害他人平等自由的，就是强权。”正是在这种“人道的警钟”的振动下和“自由的曙光”的照耀下，“新纪元是世界革命的新纪元，是人类觉醒的新纪元”。四是中国当时处在“国势陵夷，道衰学弊”①的黑暗沉寂时期，并没有出现俄国那种由布尔札维主义领导的革命，也没有发生像匈奥、德国、勃牙利、荷兰、瑞典、西班牙那种由“革命社会党”奋起领导的革命，尽管如此，但也“分得那曙光的一线”，“得到一个小小的明星，照见新人生的道路”。这不仅说明了新世纪的曙光照进黑暗中国的深远意义，而且也非常有分寸地指出新世纪的曙光尚未普照中国大地，中国人民还没有真正觉醒。正是在这样的国际背景上，在新世纪一线曙光照耀下，随着一九一四年世界大战序幕的拉开，经过辛亥革命洗礼的仍旧是封建主义黑幕笼罩的中国上空，由远而近、由隐而显地传来了五四新文化运动和文学革命的春雷。当时一些先进的知识分子在苏联十月革命胜利之后开始注意研究俄国人的革命道路，并从探索俄国革命的思想动力的角度开始研究俄罗斯文学，认为俄国十九世纪批判现实主义文学对俄国十月革命的发生起了重要作用，并从而意识到在中国发动一场文学革命对推动中国革命的紧迫性和必要性。李大钊写的《法俄革命之比较观》，明确指出十九世纪末、二十世纪初俄罗斯文豪们所创造的人道主义文学，在推翻沙皇专制统治、建立社会主义苏维埃的斗争中，发挥了战斗作用。瞿秋白写的《〈俄罗斯名家短篇小说集〉序》，考察了“俄罗斯文学的研究在中国却已似极一时之盛”的“最主要原因，就是：俄国布尔什维克的赤色革命在政治上、经济上、社会上生出极大的变动，掀天动地，使全世界的思想都受他的影响。大家要追溯他的原因，考察他的文化，所以不知不觉全世界的视线都集中于俄国，都集中于俄国的文学，而在中

① 《〈青年杂志〉社告》。

国这样黑暗悲惨的社会里,人都想在生活的现状里开辟一条新道路,听着俄国旧社会崩裂的声浪,真是空谷足音,不由得不动心。因此大家都要来讨论研究俄国。于是俄国文学就成了中国文学家的目标。"这就极为深刻地揭示出俄国文学同布尔什维克赤色革命之间的关系以及我国文学界研究俄罗斯文学的政治原因,并从而说明苏联十月革命对中国五四文学革命的发展产生了深远影响。

五四文学革命的兴起和发展同第一次世界大战以来磅礴于全世界的新思潮有着更为密切的关系,它为中国新文学运动提供了强大的思想武器。李大钊不止一次地说,那时风靡世界的"绝大的潮流"是"平民主义",即民主主义;而这种平民主义"崛起于欧洲,流被于美洲,近更借机关炮、轱船、新闻、电报的力量,挟着雷霆万钧的声势,震醒了数千年间沉沉睡梦于专制的深渊里的亚洲。他在现在的世界中,是时代的精神,是唯一的权威者,和中世纪罗马教在那时的欧洲一样";"无论是帝王,是教主,是贵族,是军阀,是地主,是资本家,只要阻碍了他的进路,他必把他们一扫而空之。无论是文学,是戏曲,是诗歌,是标语,若不导以平民主义的旗帜,他们决不能被传播于现在的社会,决不能得群众的讴歌。我们天天眼所见的,都是'平民主义'战胜的旗,耳所闻的,都是'平民主义'奏凯的歌,顺他的兴,逆他的亡。一切前进的精神,都自己想象着是向'平民主义'移动着",即使"自劳农俄国成立后"的"工人政治"(指苏维埃专政),亦是"本于'平民主义'的精神而体现出来的"。李大钊所说的平民主义并不是科学社会主义,虽然他将苏维埃的"工人政治"的来源归于平民主义,这只能说他看到平民主义同科学社会主义的一定联系,但他并没有指出二者的本质区别。所谓平民主义,是指"把政治上、经济上、社会上一切特权阶级,完全打破,使人民全体,都是为社会国家作有益的工作的人,不须用政治机关以统治人身,政治机关只是为全体人民属于全体人民而由全体人民执行的事务管理的工具。凡是具有个性的,不论他是一个团体,是一个地域,是一个民族,是一个个人,都有他的自由的领域,不受外来的侵犯与干涉,其间全没有统治与服属的关系,只有自由联合的关系。这样的社会,才是平民的社会;在这样的平民的社会里,才有自由平等的个人。"这种"纯正的'平民主义'"虽然含有共产主义理想社会的合理因素,但它带有浓厚的空想社会主义的色彩,实质上是李大钊对被"资本主义的时代用烂了,已为卑鄙的使用玷污了”[1]的平民主义所作的新解说,本质上仍然属于民主主义思想范畴。这种平民主义,不仅是世界的“绝大潮流”,而且也是五四时期思想解放运动的主潮,不仅是人类新纪元的时代精神,而且也是中国五四时期的时代精神,科学与民主便是这种精神的集中体现。正由于平民主义是压倒一切的强大思潮和“唯一的权威”,所以毛泽东当时明确指出:“各种对抗强权的根本主义,为‘平民主义’(德莫克拉西,一作民本主义,民主主义,庶民主义)。宗教的强权,文学的强权,政治的强权,社会的强权,教育的强权,经济的强权,思想的强权,国际的强权,丝毫没有存在的余地,都要借平民主义的高呼,将他打倒。”[2]可见,平民主义这种“浩浩荡荡的新思潮”随着五四运动的发展已波及到各个领域,成为当时纷纭复杂的新思潮中的一种起主导作用的新意识形态。

这里还必须指出,当我们肯定平民主义思想在五四时期的“权威”和地位的同时,实际上对十月革命的影响也作了相应的肯定,为了把“影响”说得更明确些,应该充分估计到这种“影响”的革命意义:一是中国民主主义革命的伟大先行者孙中山先生,曾于一九一八年初致电列宁和苏维埃政府说:“中国革命党对于贵国革命党员之艰苦卓绝的奋斗,表示极大的敬意;而且更希望中俄两国革命党团结一致,共同奋斗。”从孙中山对列宁及其布尔扎维主义党的“敬意”和“希望”中,透露出十月革命对他的积极影响,并唤起他争取民族独立解放的新希望;二是“十月革命帮助了全世界的也帮助了中国的先进分子,用无产阶级的宇宙观作为观察国家命运的工具,重新考虑自己的问题。走俄国人的路——这就是结论。”[3]李大钊等先进人物最早接受了十月革命的影响,尽管他们对“俄国人的路”的本质意义的认识上带有明显的民主主义思想的局限,但对中国革命要“走俄国人的路”是深信不疑的,是倾向社会主义的。李大钊虽是早期的杰出马克思主义者,“喜欢谈谈布尔扎维主义”,积极地译介马克思主义,但是在他介绍马克思主义的论著中,不时地把马克思主义、民主主义和人道主义等不同的思想范畴相提并论,互相补充,彼此印证,均看成新学理新主义加以介绍和宣传。如在《法俄革命之比较观》(1918,7)里,他明确指出:“俄国今日之革命,诚与昔者法兰西革命同为影响于未来世纪文明之绝大变动”;而“法人当日,固有

① 《平民主义》。
② 《〈湘江评论〉创刊宣言》。
③ 毛泽东:《论人民民主专政》。

法兰西爱国的精神，足以维持其全国之人心；俄国今日，又何尝无俄罗斯人道的精神，内足以唤起其全国之自觉，外足以适应世界之潮流，倘无是者，则赤旗飘飘举国一致之革命不起。且其人道主义之精神，入人之深，世无伦比”。这不仅表明了他认为俄国十月革命是人道主义精神唤起了全国人民革命的自觉，并认为俄国这种“爱人的精神”倾向于世界主义，“足为和平之曙光”。“今俄人因革命之风云，冲决‘神’与‘独裁君主’之势力范围，而以人道、自由为基础，将统制一切之权力，全收入民众之手。”因此，他号召“吾人对于俄罗斯今日之事变，惟有翘首以迎其世界新文明之曙光，倾耳以迎其建于自由、人道上之新俄罗斯之消息，而求所以适应此世界的新潮流，勿徒以其目前一时之乱象遂遽为之抱悲观也”。这虽启迪“吾人”走俄国人的路，但他对苏联十月革命精神的理解，却是以“人道、自由”这些带有明显民主主义思想色彩的概念来表述。他只看到社会主义同民主主义、人道主义并不是绝缘的，它们之间有一定的联系性和继承性，而不能从根本上划清科学社会主义同民主主义和人道主义的本质界限。《庶民的胜利》(1913,11)宣传了马克思主义，但不完全是马克思主义，其中掺杂着民主主义精神。他清楚地申述：“欧洲的战争，是‘大……主义’与民主主义的战争。我们国内的战争，也是‘大……主义’与民主主义的战争。结果都是民主主义的战胜，‘大……失败’。民主主义战胜，就是庶民的胜利。社会的结果，是资本主义失败，劳工主义战胜”。那么大家以什么思想武器去抵抗“强暴势力的横行”呢？“乃靠着互助的精神，提倡一种平等自由的道理。这种道理，表现在政治上，叫做民主主义。”“民主主义劳工主义既然占了胜利，今后世界的人人都成了庶民，也都成了工人。”《布尔扎维主义的胜利》(1918.11)这篇宣传马克思主义的著名论文，也没有完全脱尽民主主义和人道主义的思想影响，有时仍然将它们同布尔扎维主义并提，宣称欧战的胜利“是人道主义的胜利，是平和思想的胜利，是公理的胜利，是自由的胜利，是民主主义的胜利，是社会主义的胜利，是Bolshevism的胜利，是赤旗的胜利，是世界劳工阶级的胜利，是二十世纪新潮流的胜利”。即使在《我的马克思主义观》(1919.5—11)这篇全面论述马克思主义三个组成部分的光辉论著中，他仍然“主张以人道主义改造人类精神，同时以社会主义改造经济组织。不改造经济组织，单求改造人类精神，必致没有效果。不改造人类精神，单求改造经济组织，也怕不能成功。我们主张物心两面改造，灵肉一致的改造”；并认为这是“近来哲学上有一种新理想主义的出现，可以修正马氏的唯物论，而救其偏蔽”。他这种以人道主义来“纠正”马氏学说“偏蔽”

的看法，将人道主义和社会主义并用的思想，还体现在他为《少年中国》杂志写的《少年中国的"少年运动"》(1919.9)一文中。他认为要创建理想的"少年中国"必须开展两种文化运动：一种是精神改造的运动，必须本着人道主义精神，宣传互助、博爱的思想，以改造现代中国堕落的人心，使每个人都能拿出"人"的面目来对待自己的同胞；一种是物质改造的运动，必须本着勤工主义的精神，创造一种"劳工神圣"的组织，改造现代游惰本位掠夺主义的经济制度，把那劳工的生活从这种制度下解放出来，使人人都有工作干，而做工的人都能吃饭。因此他希望"少年中国"的"少年运动"，应该是物心两面改造的运动，是灵肉一致改造的运动。"为达到这条路程的终点，应该把这两种文化运动，当作车的两轮，鸟的双翼，用全生涯的努力鼓舞着向前进行，向前、跃。"以上之所以不厌其烦地引述李大钊五四时期宣传马克思主义文章的原句或原意，旨在说明民主主义与其相联系的人道主义是当时世界范围内的绝大的潮流，同时也是我国五四时期新文化运动的主潮，即使早期我国最杰出的共产主义知识分子如李大钊等，也不能不深受这种新思潮的影响。因此，他们在介绍马克思主义学说的同时，且将民主主义或人道主义混为一起介绍进来；在某种程度上并用民主主义或人道主义思想，对俄国十月革命的意义、布尔扎维主义的精义、第一次世界大战的胜利以及马克思主义的有关原理，作了解释。从而说明了，平民主义思潮的传播为五四文学革命的发生发展提供了重要的思想理论武器，十月革命的炮声将马列主义送到中国后又使新文学的思想基础增进了无产阶级思想因素，特别五四运动爆发后随着马列主义的广泛传播，共产主义文化思想大军的逐渐壮大，新文学运动的思想理论基础愈来愈先进，愈来愈雄厚。

外国文学的大量翻译和介绍，对五四新文学的兴起和发展起了直接的催生和推动作用。鲁迅曾指出："旧文学衰颓时，因为摄取民间文学或外国文学而起一个新的转变，这例子是常见于文学史上。"[①]如果说在五四新文学的兴起和发展过程中吸取民间文学的营养没有得到大多数作者的足够重视的话，那么摄取外国文学的乳汁来滋润或哺育新文学，并促使中国文学"起一个新的转变"，文学先驱们却显示出极端的重视和异常的热情，博采异域文学之长，拿过来为我创造新文学所用，似乎成了盛极一时的时代风尚，出现了空前的翻译外国文学的热潮。特别对北欧、东欧及巴尔干诸国文学作品的译介热情更高，对欧洲各

① 《门外文谈》。

国文艺思潮的介绍更为努力。这表明五四时期的新文学者并不盲目地胡乱翻译,而是根据文学革命、思想启蒙、反帝反封建的需要有选择地有鉴别地进行翻译。当然这是就其主流而论,并非所有翻译文学都是精华。

从一定的意义上说,中国现代新文学是从翻译文学开始的。早在晚清时期世界文学思潮及其创作成果的翻译介绍已盛行起来,这是晚清文学作为五四文学革命先导的标志之一。"随着资产阶级的发展,随着贸易自由的实现和世界市场的建立,随着工业生产以及与之相适应的生活条件的趋于一致,各国人民之间的民族隔绝和对立日益消失了。"[①]晚清翻译文学开始繁荣,正是鸦片战争以后中国闭关锁国的大门被打开,西方工业文明和近代文化汹涌而至的结果,也是晚清改良主义者掀起维新变法运动带来的结果。据阿英的《晚清戏曲小说目》的不完全统计,从一八七五年到一九一一年仅外国小说的翻译就达六百多种。近代翻译文学并不是着眼于文学的目的,而主要意图是借此宣传西方的政治和科学,为改良主义运动服务。梁启超明确认定美、英、德、法、奥、意、日本诸国政界之日益进化,乃政治小说之功焉;他在《译印政治小说序》一文中公开提倡政治小说,"特采外国名儒所撰述,而有切于今日中国时局者,次第译之"。如《经国美谈》、《十五小豪杰》、《美国独立记演义》、《瑞西独立警史》等一批政治小说被翻译进来;还出现了风行一时的"林译小说",它为中国翻译文学史写下了辉煌的一页。据有人统计林纾翻译外国文学作品一百六十多部,其中有著名作家莎士比亚、笛福、狄更斯、托尔斯泰、巴尔扎克、大仲马、小仲马、雨果、欧文、史托活夫人、易卜生、塞万提斯、德富健次郎等的作品,广为流传的《巴黎茶花女遗事》、《黑奴吁天录》、《鲁滨孙漂流记》、《大卫·科波菲尔》、《唐·吉诃德》、《莎士比亚戏剧故事集》等的最早中译本,都出自林纾的手笔。此外,独立苍茫子、苦学生、朱树人、吴梼、苏曼殊、陈冷血、包天笑等也翻译过一些所谓政治小说。特别值得提及的是鲁迅和周作人为纠正林译小说的误译,也从事外国文学的翻译,《域外小说集》则是他们翻译的成果,"所译偏于东欧和北欧的文学,尤其是弱小民族的作品,因为他们富于挣扎、反抗、怒吼的精神",其译文"字字忠实,丝毫不苟,无任意增删之弊,实为译界开辟一个新时代的纪念碑"[②]。为了宣传近代科学,开化民智,出现了鲁迅译的《月界旅行》、《地底旅行》,海天独啸子译的《空中飞艇》,杨德森译的《梦游二十一世纪》,包天笑译的《千年后之世界》

---

① 《共产党宣言》。

② 许寿裳:《亡友鲁迅印象记》。

等科学小说。与此同时,西方文艺思潮也开始被译介进中国来,鲁迅的《摩罗诗力说》、《文化偏至论》则系统地简要地介绍了近代文艺思潮。虽然对近代翻译文学的初步繁荣有些人采取排斥异端或不屑一顾的蔑视态度,但是大多数的有志之士却从翻译文学的进步思想内容或新颖艺术形式等方面,汲取了营养;特别五四文学革命的先驱者如鲁迅、郭沫若、周作人、沈雁冰、冰心等,大都从晚清翻译文学尤其是从"林译小说"中摄取一些创造我国新文学的养分。当然也要看到晚清翻译文学到了后来出现一种偏向,侦探、冒险小说竟占翻译小说的一半。鲁迅在《祝中俄文字之交》中追述说:当时在梁启超所办的《时务报》上,看见了《福尔摩斯包探案》的变幻,后来林琴南大译英国哈葛德的小说,我们又看见了伦敦小姐之缠绵和非洲野蛮之古怪,这些"包探,冒险家,英国姑娘,非洲野蛮的故事,是只能当醉饱之后,在发胀的身体上搔搔痒的"。

五四时期对外国文学的翻译和介绍,正是在近代翻译文学的基石上展开的,它是随着《新青年》开始的新文化运动和思想解放运动的发展而逐步形成翻译文学热潮,呈现了"收纳新潮,脱离旧套"的新局面,对新文学的兴起和发展起了重要的催生和推动作用。新文学倡导者比近代作家更明确地认识到必须通过译介外国文学来医治中国文学上的沉疴,创建一种新型的现代文学。陈独秀在《文学革命论》中公开地号召中国新文学要以"今日庄严灿烂之欧洲"的民主主义文学为榜样,并表示:"予爱卢梭巴士特之法兰西,予尤爱虞哥左喇之法兰西。予爱康德赫克尔之德意志,予尤爱桂特郝卜特曼之德意志。予爱培根达尔文之英吉利,予尤爱狄铿士王尔德之英吉利。吾国文学界豪杰之士,有自负为中国之虞哥左喇桂特郝卜特曼狄铿士王尔德者乎。有不顾迂儒之毁誉,明目张胆以与十八妖魔宣战者乎。予愿拖四十二生的大炮,为之前驱。"这种热衷于向外国文学学习以推翻中国旧文学创造新文学的大声疾呼,差不多反映了中国现代文学史上第一代文学工作者的共同的心声和普遍的看法。钱玄同于一九一七年十一月二十日给胡适的信中指出,中国要创造最有价值的文学,"第一步是译,第二步是新做";胡适在《建设的文学革命论》中论及要获得创造新文学的方法,"只有一条法子,就是赶紧多多的翻译西洋的文学名著做我们的模范",并指出只译名家著作不译第二流以下的著作,不用古文全用白话文翻译;一九二〇年沈雁冰在《小说新潮栏宣言》中更明确地宣告:"我们相信在创造中国的新文艺时,西洋文学和中国的旧文学都有几分的帮助。我们并不想仅求保守旧的而不求进步,我们是想把旧的做研究材料,提出他的特质,和西洋文学的特质结合，另创一种自有的新文学来。”他比较全面而辩证地指出了汲取域外文学的特质和中国旧文学的特质以创造具有中国特色的新文学具有同等重要的意义。胡愈之还从翻译文学与中国文艺思潮关系的角度，指出翻译文学和我国文艺思潮的发展关系极大，俄国近代文学之所以盛极一时，它的起源却是实受德国浪漫文学、法国写实文学的影响，日本近年文艺思潮之所以勃兴，也是翻译文学的功劳，所以翻译西洋重要文学对发展中国文艺思潮、促进新文学是“现在的一件要事”①。在这种思想指导下，翻译文学出现了前所未有的好势头，《新青年》发其端，随之《新潮》、《每周评论》、《晨报》第七版、《少年中国》、《小说月报》、上海《民国日报》副刊《觉悟》、《时事新报》副刊《学灯》、《新社会》、《解放与改造》等报纸杂志，都成了发表翻译文学的重要阵地，有力地催促了新文学的产生和发展。

与近代翻译文学相比，五四时期的翻译文学有着明显的特点；一是翻译面广泛且又集中。据统计自一九一八年到一九二三年仅介绍小说作家达三十多个国家的一百七十余人，虽然也涉及到英美一些作家，但没有“林译小说”那么突出，而主要集中于俄国、法国、日本及北欧一些国家的作家身上，批判现实主义和自然主义作家显得尤为突出。有人统计《新青年》、《晨报》第七版上载有出自十九位作家的四十八篇俄国文学作品，其中托尔斯泰、契诃夫、屠格涅夫、科罗连珂、库普林等五位现实主义作家就占三十三篇；法国作家二十七篇，除龚古尔兄弟一篇，莫泊桑一人就占了二十六篇，而这两位作家都和法国自然主义流派有关。《小说月报》以大量篇幅译介俄国近代文学和欧洲被压迫的弱小民族的文学，刊出了“俄国文学研究”专号和“被损害民族的文学号”。二是短篇作品翻译多于长篇作品翻译，小说、戏剧、诗歌、散文等翻译作品中以小说为多。仅“五四”前后翻译的短篇小说集就有：《现代小说译丛》（鲁迅、周建人译）、《点滴》（周作人辑译）、《欧洲大陆小说集》（周作人、沈雁冰、胡愈之等译）、《近代英美小说集》（胡愈之、沈雁冰等译）、《短篇小说集》（文苑邨、郑伯奇、刘复等译）、《现代日本小说集》（鲁迅、周作人译）、《太戈尔短篇小说集》（沈雁冰、邓演存等译）、《近代俄国小说集》（胡愈之、耿济之、郑振铎等译）、《高尔基小说集》（宋桂煌译）、《普希金小说集》（赵诚之译）、《柴霍甫短篇小说集》（耿济之、耿勉之译）、《托尔斯泰短篇小说》（瞿秋白、耿济之译）、《近代法国小说集》（谢冠生等

① 《写实主义与浪漫主义》。

译），等等；此外戏剧翻译也比较活跃。三是外国各种文艺思潮随同文学作品的译介，大量涌进“五四”文学阵地，使新文学的幼苗得到灌溉和催生。早在一九一五年十一月、十二月的《新青年》一卷三、四期上就发表了陈独秀的《现代欧洲文艺史谭》，对西方的近代文艺思潮作了比较系统的介绍，使新文学的萌芽得到理论之风的鼓动。一九一八年胡适在《新青年》四卷六期上发表了《易卜生主义》，对易卜生的现实主义戏剧思想作了介绍。沈雁冰在介绍外国文艺思潮方面作出了独特贡献。后来他在《我走过的道路》一书中说：五四时期“受新思潮影响的知识分子，如饥似渴地吞咽外国传来的各种新东西，纷纷介绍外国的各种主义、思想和学说。大家的想法是：中国的封建主义是彻底要打倒了，替代的东西只有到外国找，‘向西方寻找真理’。所以，当时‘拿来主义’十分盛行。”可贵的是沈雁冰在介绍外国文艺思潮时并不是精芜不分、全盘接受。他清醒地认识到，“我们无论对于那种学说，该有公平的眼光去看他；而且要明白，这不过是一种学说，一种工具，帮助我们改良生活，求得真理的。所以介绍尽管介绍，却不可当他是神圣不可动的；我们尽管挑了些合用的来用，把不合用的丢了，甚至于忘却，也不妨。因为学说本来是工具，不合用的工具，当然是薪材的胚子了。”①正是依据这种“合用”的标准，沈雁冰对西方近代文艺思潮几乎都作了有鉴别有分析有选择的评介。一九二〇年他写了《文学上的古典主义浪漫主义和写实主义》，拟“用不偏颇的眼光解说这三主义的意义和本身价值”，这是继陈独秀的《现代欧洲文艺史谭》之后的评介西方文艺思潮的最系统最深刻的长篇论文，它结合社会背景和时代特点考察了古典主义、浪漫主义、现实主义、新浪漫主义等文艺思潮的历史渊源、基本特征、进步性和局限性，以及演变轨迹；同年他还写了《我们现在可以提倡表象主义的文学么？》从新文学创造的需要及写实主义本身的局限出发，介绍并提倡表象主义（即象征主义），他不是全盘吸收，只是取它能暗示“理想”、含蓄蕴借等合理因素来补充写实主义思潮的缺陷；同时他还介绍了新浪漫主义思潮（即现代主义的先驱），主要摄取它的“分析与综合”的创作手段及表现新理想的精神；不过他更多的是介绍并提倡自然主义文艺思潮，而他对西方自然主义的理解往往又和现实主义联系在一起，既吸取了自然主义文学思想的“实地观察”和“客观描写”，又摈弃其自身的局限性，并以象征主义或新浪漫主义的合理因素来补救自然主义的缺陷。总之，沈雁冰在五

① 《尼采的学说》。

四时期基本上能运用唯物主义的批判眼光，来研究剖析西方各种文艺思潮，并从中国文学的发展历史、现实状况以及前进趋向，取古典主义、浪漫主义、写实主义（或自然主义）及新浪漫主义等文艺思潮之所长，去其所短，加以改造和利用，使其更好地在中国新文学的产生和发展过程中发挥应有的效能。对外国文艺思潮的介绍，除了发表在报刊上的单篇文章外，“五四”后翻译出版了托尔斯泰的《艺术论》（1921 年耿济之译）、厨川白村的《近代文学十讲》（1921—1922 年罗迪先译）、《社会的文学批评论》（1923 年蒲克、傅东华译），等等。四是翻译的文学作品，不论是思想内容还是艺术形式、表现手法，都是复杂而多样的。就思想倾向而论，主要体现了一种民主主义或人道主义精神，或反强暴反侵略反奴役的爱国思想或抗争精神，其中最突出的是那些探索人生、揭示人生病苦、反映青年男女个性解放、描写被侮辱被损害的下层人们贫困与苦难、表现亡国人民的屈辱和反抗以及反战等作品，这既符合五四时代革命斗争的需要，又为五四新文学如何反映社会人生提供了借鉴；当然也有些翻译作品的内容存在消极因素。就艺术形式而论，不仅各种文学体式大致具备，而且新的艺术表现手法也比较多样化。

鲁迅后来曾指出：“五四运动时代的启蒙运动者”急于事功，“竟没有翻出有价值的作品来”①；沈雁冰也说过：“西洋文学名著被翻译过来的，少到几乎等于零，因而所谓‘学习技巧’云者，除了能读原文，就简直谈不到。”②虽然五四时期的翻译文学存在这些不足，但是新文学的诞生和发展是深受其惠的，不论是文学理论主张或者是创作的各种文学作品，无不受到外国文艺思潮或文学作品的或深或浅的影响，差不多都可以找到渊源关系。因此从这种意义上讲，没有大量的翻译文学的催生或借鉴，就不可能产生具有现代意义的五四新文学运动。

五四新文学运动的兴起和发展，不仅在客观上具备了国内外的政治的、经济的、思想的、文学的复杂背景，而且在主观上也具有中国文学自身发展的内在的历史原因。“晚清文学改良与五四文学革命”一节，已经比较详细地论述了晚清文学改良是五四文学革命的先导，并揭示了它们之间的内在的联系性和继承性，不宜赘述了。这里不妨再从五四文学革命以白话文取代文言文是中国文学发展的必然趋势这个特定角度，进一步考察一下文学革命兴起并发展的内在原因。

---

① 《准风月谈·由聋而哑》。

② 《中国新文学大系·小说一集导言》。

远在唐朝韩愈提出“文从字顺各识职”的古文标准以后，曾掀起一个古文运动，反对六朝以来的浮艳文风和骈俪文体，恢复先秦两汉的文章传统，提倡创造一种融化古人词汇语法而又适合反映现实表达思想的文学语言，并用这种新颖的语言创造一种自由流畅、直言散行的新形式。从此以后，中国一些古文大家朝着“文从字顺”的方向努力，顺着这条路使那些已僵死的古文字勉强地得以运用，宋之欧、苏，明之归有光、钱谦益，清之方苞、姚鼐，都比唐之韩、柳的古文通顺了；到了十九世纪中叶以后，曾国藩等人使桐城派古文得到中兴，可以说姚鼐、曾国藩的古文差不多统一了十九世纪晚期的中国散文，古文的应用范围比过去任何时期都广泛，或时务策论或政论或学术著作或翻译文学，往往也学桐城古文，即使后起的谭嗣同、梁启超、章士钊等也是先从桐城古文入手的。虽然古文经过桐城派的廓清勉强挣扎几十年，但要想用这种古文体适应一个骤变时代的需要那只是痴心妄想，因为时代变得太快了，新的事物太多了，新的知识太复杂了，新的思想太广博了，那种简单的古文体无论怎么变化，终不能应付这个新时代的要求，所以失败了。曾国藩一班人中兴桐城派古文的失败，如同他们丧心病狂地镇压太平天国革命军丝毫挽救不了清朝王室的覆没一样，这一度的古文中兴只可算是肺病将死的人的“回光返照”，仍救不了古文的衰亡。历史进入了维新变法时期和辛亥革命时期，古文受到时势的逼迫也不能不翻新花样，其代表人物是严复、林纾、谭嗣同、梁启超、章炳麟、章士钊等。胡适把他们的文章划为四派，即严复、林纾一派的翻译文章，谭嗣同、梁启超一派的议论文章，章炳麟一派的述学文章，章士钊一派的政论文章。这四派的古文在清末民初文学史上占一个很重要的位置，虽然他们的渊源和主张有很多不同的地方，但从历史上看这四派都是应用古文，都可以叫做“古文范围以内的革新运动”，他们都不肯从根本上做一番改革的工夫，都不知道古文只配做一种奢侈品，只配做一种装饰品，却不配做应用的工具。故章炳麟的古文，在四派之中自然是最古雅的了，只落得个及身而绝，没有传人。严复、林纾的翻译文章，在当日虽然勉强供应了一时的要求，究竟不能支持下去。周作人兄弟的《域外小说集》便是这一派的最高作品，但在适用一方面他们都失败了。失败之后，他们便成了白话文学运动的健将。谭嗣同、梁启超一派的文章，应用的程度要算很高了，在社会上的影响也要算很大了，但这一派的末流，不免有浮浅的铺张，无谓的堆砌，往往惹人生厌。章士钊一派是从严复、章炳麟两派变化出来的，他们注重理论，注重文法，既能谨严，又能委婉，颇可以补救梁派的缺点。甲寅派的政论文在民国初年几乎成了一个重要文派。但这一派的文字，既不容易做，又不能通俗，在实用的方面，仍旧归于失败。因此，这一派的健将，如高一涵、李大钊、李剑农等，后来也都成了白话散文的作者①。胡适的评述着重以"应用"为标准，这未必完全科学，但他却揭示出一条规律，即中国的古文发展到近代，无论怎样变换花样，都挽救不了它的厄运，唯有进行一场根本改革，以白话文取代文言文，才能使其适应骤变的时代要求，可见五四时期的文学革命是势在必行了。

当着时代的历史的条件已经具备的时候，没有几个先驱者奋起倡导，大力鼓动，新文学运动也不会应运自发而起。李大钊一九一六年在《"晨钟"之使命》一文中便指出："由来新文明之诞生，必有新文艺为之先声，而新文艺勃兴，尤必赖有一二哲人，犯当世之不韪，发挥其理想，振其自我之权威，为自我觉醒之绝叫，而后当时有众之沉梦，赖以惊破。"一九一七年五四文学革命的正式兴起，与陈独秀、胡适、钱玄同、刘半农等人的大声绝叫，积极倡导，蔡元培的大力支持分不开。特别是蔡元培的支持对文学革命的发生、发展起了不可磨灭的历史作用。

五四新文化运动和文学革命的具体策源地是北京大学，它正在北洋军阀政府的眼皮底下。北大之所以能够成为新文化运动和文学革命的提倡和指挥中心，固然原因很多，而当时北大校长蔡元培的积极支持却是个重要因素。蔡元培是资产阶级民主革命的元老派，是中华民国的第一任教育部总长，是孙中山的好朋友，也是鲁迅的好朋友，在当时的政界、文化教育界享有崇高威信。这样，他有条件做新文化运动和文学革命的后台和保护人，事实上也是如此。他在北大提倡学术自由，各抒己见，各种思想都可以在北大这块园地里萌芽壮长；特别他坚持"兼容并包主义"，广泛笼络各种各样的人才：有国学名宿刘师培、黄侃，有中西学渊博、拖着辫子、玩世不恭的辜鸿铭，有带着辫子主张复辟的罗振玉和王国维，有提倡新文化运动和文学革命的陈独秀、胡适、钱玄同、刘半农、周作人等，有信仰马克思主义的李大钊等。但是蔡元培的立场是鲜明的，他积极支持进步力量，支持北大师生参加新文化运动和文学革命，当复古派攻击诽谤新文化运动和文学革命的倡导者们，甚至打上门来质问的时候，他仗义执言给以回击，保护新文化运动和文学革命，《新青年》、《新潮》、《每周评论》等倡导文化运动和文学革命的主要刊物都是北大师生主办的，同时他自己还发表文章提

① 以上见胡适：《五十年来中国之文学》。

倡“劳工神圣”。陈独秀、胡适等首先举起文学革命的大旗，敢于冒全国学究之敌，表现出为破旧文学立新文学而不怕担风险的义勇精神。

从以上对五四文学革命兴起的复杂历史背景的审视，可以总结出一些带有规律性的东西。一是一场旧的政治革命失败之后和一场新的政治革命兴起之先，往往会萌发产生一场新的文学运动，五四文学革命就是发生在旧民主主义政治革命浪潮相对平息下来和新民主主义政治革命正在孕育潜行，尚未采取全民性的大规模的政治行动的交替时期，它以文学革命的成果反映五四思想革命对旧民主主义革命失败的沉思和总结，并为即将开始的新民主主义政治大革命作好了思想准备。二是在统治阶级实行反动文化专制的黑暗王国里，要想发动一场有损于统治阶级政治地位的彻底的文学革命，是难能成功的，大多是被扼杀在摇篮里；常常在统治阶级立足不稳或者发生大动摇，社会阶级发生大分化，或者统治阶级内部互相争权夺利、武装割据的时候，利用一些统治薄弱的地带或间歇地区，才可以发动文学革命运动。辛亥革命失败后，尽管封建军阀篡夺了统治权，但它的统治并不稳固，除了社会民主力量的冲击外，封建军阀之间互相争权连年混战，这就为五四文学革命的兴起造成了可乘之机。三是任何一场真正的文学革命总是伴随着一场彻底的思想解放运动的兴起而兴起，发展而发展，若是没有思想解放运动清基铺路，没有进步思想作为强大的思想武器，不仅旧文学推不倒，新文学也建设不起来，即使发生了新文学运动也会很快夭折或流产。因此从某种意义说五四文学革命的胜利是思想解放运动的胜利，是各种新思潮特别是马克思主义因素为文学革命的兴起及其发展提供了思想保证。四是现代任何一个国家或民族，欲进行一场文学革命，使本民族的文学涌进世界文学发展的潮流，实现文学艺术现代化，必须对外国文学持拿来主义态度，广纳博采，在批判继承传统文学的基础上，创造一种具有民族特点的又是开放型的现代文学。

第三节　文学革命的演变过程——酝酿、倡导

在具备了主客观条件的特定历史背景下兴起的五四文学革命，如同其他的社会运动一样，必然有一个合乎规律的演变过程。茅盾三十年代初在《“五四”运动的检讨》一文中对五四运动的历史进程作了这样的界定：“五四’这个时期并不能以北京学生火烧赵家楼那一天的‘五四’算起，也不能把它延长到‘五

卅’运动发生时为止。这应从火烧赵家楼的前二年或三年算起，到后二年或三年止，总共是五六年的时间。火烧赵家楼只能作为运动发展到实际政治问题，取了直接行动的斗争的态度，然而也从此由顶点而趋于下降了。”这是从政治的角度来考察五四运动的历史进程，尽管文学革命有其自身的演变规律，其发展轨迹并不完全相同，但它在总的趋向上或步调上基本上同五四政治运动保持着一致。因此五四文学革命的起止时间，似应以一九一七年初到一九二一年为宜，此后便是文学革命向革命文学逐步过渡的发展期，而五四文学革命的进程中由于内外因的影响，又呈现出明显的相互联系和区别的阶段性，以及每个阶段文学运动的不同历史特点。

一九一七年初，胡适在《新青年》上发表了《文学改良刍议》、陈独秀发表了《文学革命论》，这是倡导文学革命的正式宣言书，它标志着五四文学革命运动的真正开始。但是，“文学革命之气运，酝酿已非一日”，即文学革命之酝酿，应该从一九一五年九月《新青年》杂志在上海创刊算起，直到一九一七年初。这时伴随着以《新青年》为阵地所鼓动的新文化运动，文学革命也开始萌动。《新青年》从第一卷第一号到第二卷第四号共出了十本，发表的有关新文化思想的文章约五十多篇，其中的《现代欧洲文艺史谭》以及陈独秀、胡适、张永言的关于“文学革命”的磋商信，已透露出文学革命正在孕育萌蘖的信息。

在这酝酿阶段，只限于少数人的磋商或者通过书信交换意见，初步意识到文学革命势在必行，但没有形成一定规模的运动，这是总的特点。

一九一五年胡适在美国留学，虽然已同梅觐庄、任鸿隽等几个留学生围绕“文学革命”问题展开过论争，但他们的主张并没有在国内公开发表，只限于少数人之间的讨论，在社会上没有产生什么影响。一九一五年底陈独秀在《新青年》第一卷第三、四号上发表了《现代欧洲文艺史谭》，初步揭示了近代欧洲文艺发展的轮廓，它启发人们认识到文学艺术没有一成不变的，与世界其他事物一样文艺也在不断进化之中，这种文艺进化论成了文学革命发起的理论支柱之一；张永言受到此文的启迪，寄信陈独秀询问我国文艺界的情况，陈在是年十二月回张永言的信中答曰：“吾国文艺犹在古典主义理想主义时代，今后当趋向写实主义。”实际上他是主张以写实主义文学扫荡我国文艺界的拟古主义、形式主义和反现实主义的腐败恶风。一九一六年十月胡适从美国寄信给陈独秀，说：“今日偶然翻阅旧寄之贵报，重读足下所论文学变迁之说，颇有鄙见，欲就大雅质正之。足下之言日，‘吾国文艺犹在古典主义理想主义之时代，今后当趋向写实主义。'此言是也。"在信中对《新青年》刊载某人的古典主义诗歌提出了批评,并根据自己一年来思虑观察所得,以为今日欲言文学革命,须从八事入手;

一曰,不用典。

二曰,不用陈套语。

三曰,不讲对仗。(文当废骈,诗当废律。)

四曰,不避俗字俗语。(不嫌以白话作诗词。)

五曰,须讲求文法之结构。

此皆形式上之革命也。

六曰,不作无病之呻吟。

七曰,不摹仿古人,语语须有个我在。

八曰,须言之有物。

此皆精神上之革命也。

这是胡适针对"今日文学之腐败极矣"的现状,第一次公开提出的"文学革命"的八条纲领。他认为,综观我国文学堕落之因,盖可以"文胜质"一语包之;所谓"文胜质"者,有形式而无精神,貌似而神亏之谓也,而欲救此"文胜质"之弊,当注重言中之意,文中之质,躯壳内之精神。胡适提出的"八事"虽然既注意到文学"精神上之革命",又顾及到文学"形式上之革命",但比较笼统,仅仅是略具要领而已;他希望"洞晓世界文学之趋势,又有文学改革之宏愿"的陈独秀,能够把这"八事"揭载于《新青年》,供世人展开直言不讳之讨论。陈独秀不仅发表了胡适文学革命的"八事",而且认为它是"今日中国文界之雷音",除了"五八二项"他提出不同见解外,对其余六事"十分赞叹"。与陈独秀、胡适的"文学革命"讨论相呼应的还有李大钊、黄远庸等人。一九一六年八月李大钊在其主编的《晨钟报》上发表了《"晨钟"之使命》,发出"文艺之勃兴,尤必赖有一二哲人,犯当世之不韪"的号召,并称赞一八三〇年后德国出现的"青年德意志派"作家主张以文艺宣传社会改革,"破坏一切固有之文明,扬布人生复活国家再造之声",因此希望海内青年以他们为榜样"闻风兴起",来改革使青年男女堕落的文坛。黄远庸子一九一六年曾写信给章士钊(此信发表在《甲寅》上),提出社会改革"当从提倡新文学入手",以使"吾辈思潮"与"现代思潮相接触",虽然遭到章士钊的反对,但胡适却认为这是"中国文学革命的预言"①。

① 《五十年来中国之文学》。

通过少数人的商讨酝酿,虽然他们的文学革命主张或呐喊在社会上没引起大的反响,但却显示出文学革命必然兴起的趋向。他们认识到"由来新文明之诞生,必有新文艺为之先声",宣传现代新思潮必须借助新文学,即"新潮之来不可止,文学革命其时矣";然而我国文学界的现状却是"神州文学久枯馁"(胡适《誓诗》),仍然停留在古典主义理想主义阶段,赶不上现代世界文学的潮流,因此文学革命的兴起是势所必然。而适应这一文学革命新潮的最早的先驱者则是陈独秀、胡适,他们以《新青年》为阵地首先发出了文学革命的信号,与之相呼应的则是李大钊、钱玄同、刘半农等。

一九一七年初,胡适、陈独秀在经过一段磋商、酝酿的基础上,正式拉开了五四文学革命的帷幕,登上了文学革命的舞台,高举起文学改良或文学革命的大旗,将文学革命由酝酿阶段导入真正的倡导阶段(到 1918 年上半年)。在这个阶段,文学革命随着新文化运动和思想解放运动的深入发展,显示出一些新的历史特点。

胡适和陈独秀提出了比较具体而系统的文学革命主张,不论是胡的文学改良"八事"还是陈的文学革命的"三大主义",都具有"革故更新"的革命意义。它们是五四时期提倡白话文反对文言文,提倡新文学反对旧文学的基本纲领,是清除一切旧文学弊端的战斗檄文,是催动文学革命军前驱的响亮号角。

胡适的《文学改良刍议》是在新文化运动和文学革命的首领陈独秀的支持和催促下写成并发表的。一九一六年十月十五日陈给胡的信中说:"文学改革,为吾国目前切要之事。此非戏言,更非空言,如何如何?《青年》文艺栏意在改革文艺,而实无办法。吾国无写实诗文以为模范,译西文又未能直接唤起国人写实主义之观念,此事务求足下赐以所作写实文字,切实作一改良文学论文,寄登《青年》,均至所盼。"于是胡适便把同年十月给陈独秀信中提出的文学革命的"八事"加以具体化、系统化,写成《文学改良刍议》,同时分寄予《新青年》和《留美学生季报》发表。陈独秀接到胡适的信稿,"快慰无似"地将其发表在《新青年》二卷五号。它标志着中国文学史将揭开新的一页。

《文学改良刍议》就其内容实质来考察,它具有较鲜明的针对性和革命性,不只是具体地论述了旧文学的八大罪状,表现出破旧的革命精神,并且初步阐明了新文学的要求,表现出立新的革命立场。

"一曰,须言之有物。"开宗明义指出文学革命首先应提倡"言之有物",反对“言之无物”。这就把文学内容的改革放在突出的地位。之所以如此立论，胡适的根据是：其一，“吾国近世文学之大病，在于言之无物”。这一条是针对“文学之腐败极矣”的现实而发。从小说创作来看，大都是一些描写“风流案”、“姨太太秘史”、“盗案之巧”等“黑幕派”小说，千篇一律的“才子佳人”的“滥调四六派”小说，荒诞无稽的“胡思乱想”的“笔记派”①小说；以诗歌创作而论，如曾写过爱国诗篇的“南社诸人”（中间亦有佳者）到了此刻，其诗风也是“规摹古人”，“夸而无实，滥而不精，浮夸淫琐”②。文学革命首先应扫荡这些“言之无物”的腐败的形式主义旧文学，创立“言之有物”的新文学。其二，从“文胜质”是造成“文学堕落之因”的角度，说明提倡“言之有物”，就是要“注重言中之意，文中之质，躯壳内之精神”③。其三，从文学的内容与形式的关系方面，强调“言之有物”的重要性。他认为“思想之在文学，犹脑筋之在人身。人不能思想，则虽面目姣好，虽能笑啼感觉，亦何足取哉？文学亦犹是耳。”胡适不仅说明了“言之有物”和“言之无物”是新旧文学的区别之一，而且也对“物”的涵义作了概括的说明——指文学的“思想”和“感情”而言。他所说的“思想”，不是封建文学所宣扬的孔孟之道，而是那种有“见地”、有“识力”、有“理想”的“新思潮”，这就与封建文人鼓吹的“文以载道”说划清了界限；他所说的“感情”，不是当时文坛上弥漫的空虚、没落、颓废的情调，而是那种“情动于中”的“真挚之情感”。

“二曰，不摹仿古人。”摹仿、因袭，是旧文学的通病，是当时文坛的恶风。那些所谓“文学大家”，“文则下规姚曾，上师韩欧，更上则取法秦汉魏晋，以为六朝以下无文学可言”。文坛上的“桐城派”和“选学派”尚且如此，诗坛上的摹拟病更为严重。胡适批判了南社的所谓“第一流诗人”陈伯严的“涛园钞杜句，半岁秃千毫”的一味摹仿古人的“奴性”。此种文学上的跟在古人脚后亦步亦趋的“摹仿”，不仅违背了“一时代有一时代之文学”的规律，而且扼杀了作者的独创精神和文学的生动进取的思想内容，必然导致文学走上脱离现实、脱离时代的反现实主义的复古道路。

“三曰，须讲求文法。”“凡是一种语言，总有他的文法”④，即语言本身的规律。无论作文赋诗都应该遵循语言法则，以更好地表现思想内容。但我国古代

① 志希：《今日中国之小说界》。
② 胡适：《寄陈独秀》。
③ 胡适：《寄陈独秀》。
④ 胡适：《国语文法概论》。

文人向来不讲求文法，固守着“书读千篇，其义自见”的成规，赋诗作文更不注重文法，故经常闹出些笑话。这虽是文学形式方面的问题，但在新文学倡导之初提出来，不止是击中了旧文学的一大弊病，并且为新文学的创建立下一条规则。

“四曰，不作无病之呻吟。”这条批判了当时文坛上弥漫着的悲观失望、消极颓废的“亡国之哀音”，要求文学宣扬“奋发有为”的精神和“服劳报国”的思想，这就触及到文学与爱国的关系、新文学的基调、文学的教育作用等理论问题。时值袁世凯篡权称帝、日寇妄图独吞中国之际，面对这种内忧外患的祖国危在旦夕的情势，相当一部分“少年”和“老年”文人都在自己的诗文里发出“亡国”的悲观情调。胡适批评了这种“亡国”文学，痛斥那些“痛哭流涕”、“丧气失意之诗文者”；同时号召“今之文学家作费舒特（德国哲学家，爱国者），作玛志尼（意大利爱国者）”，挥笔抒写爱国诗文。这种将文学创作同挽救祖国危亡联系在一起的文学观，在当时是相当可贵的。

“五曰，务去烂调套语。”这条击中了旧文学的一种死症。封建文人赋诗填词惯用陈言套语来充塞，毫无生动活泼的真实思想内容，是货真价实的“死文学”。“至于当世，所谓桐城巨子，能作散文，选学名家，能作骈文，做诗填词，必用陈套语”，这是“变形之八股”①。胡适提出“务去烂调套语”，实际上是号召致力于新文学者务必摧毁封建文学的老八股，从旧文学的桎梏下解放出来，“自己铸词”以形容描写“耳目所亲见亲闻所亲身阅历之事物”，“但求其不失真，但求能达其状物写意之目的”。这里，触及到文学与生活、文学的真实性和独创性等理论问题。

“六曰，不用典。”“胡君‘不用典’之论最精，实足祛千年来腐臭文学之积弊。”②钱玄同道破了这一条的革命意义，说明反对一般的用典恰是挖了旧文学的千年的病根。从中国文学发展史来看，齐梁以前之文学，从无用典，“如焦仲卿妻诗，皆纯为白描，不用一典，而作诗者之情感，诗中人之状况，皆如一一活显于纸上”；但“后世文人无铸造新词之材力，乃竟趋于用典，以欺世人；不学者从而震惊之，以渊博相称誉：于是习非成是，一若文不用典，即为俭学之症。此实文学窳败之一大原因。胡君辞而辟之，诚知本矣。”③胡适对“拙典”所造成的恶劣影响概括为五条，说明它们严重地妨碍了文学的“达意抒情”。因之为驱除用

① 钱玄同：《寄陈独秀》。
② 钱玄同：《寄陈独秀》。
③ 钱玄同：《寄陈独秀》。

典计，亦以用白话为宜。但他并不反对那些用得自然、贴切的典故。

"七曰，不讲对仗。"他认为讲究对仗平仄的"骈文律诗"是"言之无物"的"文胜质"的产物，是中国文学发展史上所出现的"文学末流"，其最大流弊是"束缚人之自由过甚"，妨害作者的思想解放及其独创性的发挥，不仅限制了文学内容的更生动更有成效地表达，而且阻碍着文学形式的创新和发展。当然他并非笼统地反对文学的对仗排偶，对于那种"近于语言之自然"者还是注重的。尤其他对"白话小说"和"骈文律诗"敢于反其道而评之：封建统治者及其御用文人向来"鄙夷白话小说为文学小道"，是不能登大雅之堂的"雕虫小技"，而对那种近于死文学的"骈文律诗"却封为文学的大道者，是文学发展的"正宗"；胡适却认为"白话小说"才真正是文学的大道，"文学的正宗"，那种"骈文律诗乃真小道耳"。在当时复古势力猖獗、旧的习惯看法禁锢着人们头脑的情况下，这种文学见解是颇有革命意义的。

"八曰，不避俗语俗字。"这里实际上提出了白话文学主张。原本，以"俗语俗字"作诗作文是中国文学发展的优良传统和必然趋势，是文学反映人民大众需要的一种表现，但封建复古文人却极力反对"俗语俗字"入诗入文，诬说"白话之文学"在文学史上"不足以取富贵，不足以邀声誉"①。针对此，他断言"白话文学之为中国文学之正宗，又为将来文学必用之利器"，坚决"主张今日作文作诗，宜采用俗语俗字"，正式宣判了封建古文是"死文学"。这在一定意义上说，它为白话文学运动的开展，吹响了号角。

从对文学改良"八事"的内容实质的剖析中，清楚看出胡适提出的文学主张，不仅在一定程度上击中了封建旧文学的弊害，初步扫荡了当时文坛上的复古主义和形式主义倾向；而且在"破旧"的同时提出了一些对开展白话文学运动有意义的"刍议"，并粗浅地触及到文学内容与形式的关系、文学与爱国的关系、文学的社会功能、文学的真实性和独创性、文学的语言、文学的时代性等"文学上根本问题"。因而可以说，《文学改良刍议》是新文学运动倡导初期的反对文言文、提倡白话文，反对旧文学、提倡新文学的正式宣言，是文学革命的一个"发难"的信号。

为了声援和支持胡适的文学革命主张，为了进一步发动文学革命的理论动员的需要，文学革命的实际领袖陈独秀特撰写了《文学革命论》，发表在一九一

① 胡适：《历史的文学观念论》。

七年二月一日的《新青年》二卷六号上，勇敢地高张起“文学革命军”的大旗，坚定而明确地发出了反对旧文学提倡新文学的战斗号召。如果胡适是以学者的态度提出了文学改良“刍议”，那么陈独秀则以革命者的态度提出了文学革命纲领，表现出当时激进文学革命者坚定不移的信念和无坚不摧的气魄。

陈独秀(1880—1942)，字仲甫，安徽怀宁人，早年留学日本，回国后编过白话报纸《民国日日报》，受过晚清白话狂潮的冲击；他曾参加辛亥革命的反清斗争和“二次革命”的反袁斗争；一九一五年到上海创办《新青年》，举起民主与科学两面大旗，义不容辞地充当新文化运动的急先锋和文学革命的首领。他在《文学革命论》中，首先以欧洲革命的成功史和中国三次革命的失败史的经验教训，说明了文学革命的必要性和紧迫性，把文学革命作为社会的思想革命和政治革命的有机组成部分。“自文艺复兴以来，政治界有革命，宗教界亦有革命，伦理道德亦有革命，文学艺术亦莫不有革命，莫不因革命而新兴而进化”，故“今日庄严灿烂之欧洲，乃革命之赐也”。但是我们近代“政治界虽经三次革命，而黑暗来尝稍减”，其主要原因在于“盘踞吾人精神界根深蒂固之伦理，道德，文学，艺术诸端，莫不黑幕层张，垢污深积”，致使国民“疾视革命”，根本不晓得革命是“开发文明之利器”。很显然，他主张以文学革命来摧毁维护封建制度及其伦理道德的旧文学，以新的思想来唤醒“畏革命如蛇蝎”的“苟偷庸懦之国民”，从而确保改造黑暗社会的政治革命的成功，使中国也能变得像“庄严灿烂的欧洲”那样。这种把文学革命同思想革命、政治革命联系起来的文学主张，不仅是对胡适文学主张的一个重要补充和发展，而且真正地开拓了文学革命和政治革命相结合的战斗传统。

其次，陈独秀在文章中又从中国文学发展进程的大量史实中，进一步揭示了文学革命的必然性和重要性，既强调了文学的语言形式应该改革，更注重文学的思想内容必须革命。虽然中国文学在漫长的演进道路上不乏优良的文学传统，但是“文以载道”和代圣贤立言的封建贵族文学、古典文学和山林文学的“正宗地位”始终没有动摇过，而且越到后来越得以恶性发展，严重地阻碍着中国文学沿着时代前进的轨程发展。特别到了五四文学革命前夕，“吾国文学，悉承前代之弊：所谓‘桐城派’者，八家与八股之混合体也；所谓骈体文者，‘思绮堂’与‘随词’之四六也；所谓‘江西派’者，‘山谷’之偶象也。求夫目无古人，赤裸裸的抒情写实，所谓代表时代之文豪者，不独全国无其人，而且举世无此想。文学之文，既不足观；应用之文，益复怪诞”。因此，为使中国文学适应“世界文学之趋势”,体现“时代精神”,继承中国文学的自“国风”和“楚辞”以来的优秀传统,则必须进行文学革命,即“凡属贵族文学,古典文学,山林文学,均在排斥之列”。他郑重地宣布文学革命军的“三大主义”:

曰,推倒雕琢的阿谀的贵族文学,建设平易的抒情的国民文学;曰,推倒陈腐的铺张的古典文学,建设新鲜的立诚的写实文学;曰,推倒迂晦的艰涩的山林文学,建设明瞭的通俗的社会文学。

这三大主义有破有立,从内容与形式的结合上概括地指明了文学革命的战斗目标和建设任务。

最后,陈独秀在文章里表明自己对庄严灿烂欧洲的思想界文学界的著名人物的热爱态度,并号召中国文学界的豪杰之士应该以“虞哥、左喇、桂特郝、卜特曼、狄铿士、王尔德”为楷模,敢于“不顾迂儒之毁誉,明目张胆以与十八妖魔宣战”,“予愿拖四十二生的大炮,为之前驱!”充分表现出作为文学革命军首领的勇猛无畏的气概。他的文学革命主张和态度,对五四文学革命的发动和发展起了重要作用。正如郑振铎后来在《中国新文学大系·文学论争集导言》里说的那样:“他是这样的具有烈火般的熊熊的热诚,在做着打先锋的事业。他是不动摇,不退缩,也不容别人的动摇与退缩的!革命事业乃在这样的彻头彻尾的不妥协的态度里告了成功。”

正是在胡适和陈独秀这两篇发难文章的鼓吹和引导下,一场具有划时代意义的文学革命伴随着新文化运动和思想解放运动的发展而蓬勃兴起了,响应“文学革命”号召的进步知识分子和青年学生越来越多,正如陈独秀当时所指出的“今日谈文学改良者众矣”,由最初少数人冷冷清清地酝酿磋商趋向大家争相讨论的局面,使五四新文学运动初具规模。从一九一七年初《新青年》第二卷第五号到一九一八年第四卷第四号共出版十二本,上面发表的讨论文学革命的主要文章:除了胡适、陈独秀的两篇重要发难文章外,尚有刘半农的《我之文学改良观》、胡适的《历史的文学观念论》和《建设的文学革命论》、易明的《改良文学之第一步》、钱玄同的《寄独秀》和《〈尝试集〉序》、傅斯年的《文学革新申义》和《文言合一草议》,等等。从这些讨论文章中,不仅表现出文学革命越来越红火的势头,而且也显示出一种倾向,这便是本阶段新文学运动的第二个特点。

即胡适、陈独秀的发难文章都触及到文学内容和文学形式的两方面的革新问题(当然胡文更多的强调文学形式的改革),但是在大家的讨论中最引人注目的和关心的却主要是文学的语言形式的改革,也就是从形式入手掀起了五四文学革命的历史巨潮，这也许是中外文学发展史上的一种带有规律性的现象。

从理论上讲，在一般情况下文学内容和形式是辩证地统一在一起，即没有内容，形式就无法存在，没有形式，内容也无从表现，两者互相依赖，各以对方为存在条件，内容是主导，形式为内容服务，而形式又非被动地消极地依附于内容，它是主动地积极地服务于内容，并保持相对的独立性。但是在旧形式严重束缚对新内容的表达，不打破旧形式，新文学就不能诞生的特殊条件下，形式也会转化为起决定作用的主导方面，成了新文学的主要阻力，这时突出地强调变革旧文学形式，是符合内容与形式这对范畴的辩证发展规律的。特别从文学的发展过程看，随着社会生活的发展、变化，文学的内容和形式也不断地发展、变化，但内容比形式的发展、变化，要活泼得多，迅速得多，往往内容的变化先于形式，由内容的变化而引起形式的相应变化。“五四”时期，我国正处于急剧变化的大动荡时代，新思潮如汹涌的波涛冲击着文化思想界，出现了我国现代史上第一次的思想大解放。要表现新思想，宣传新思想，反映新时代，歌颂新生活。那些陈旧的僵死的文言、八股、骈体格律等形式，已经不适应，且成了严重的桎梏。不彻底打破旧形式，不但阻碍着思想解放运动的发展，而且影响着与之相适应的新文学运动的开展。在这种情况下，强调形式方面的改革，是符合五四新文学发展的必然趋势，是五四文学革命的重要任务之一。况且，由于文学“形式是具有内容的形式，是活生生的实在的内容的形式”①，故强调形式优先改革，其革命意义并非局限于形式，它必然引起内容同时发生新的变化，因为没有内容的单纯形式是从来不存在的。正如别林斯基所说：“如果形式是内容的表现，它必和内容紧密地联系着，你要想把它从内容分出来，那就意味消灭了内容，反过来也一样：你要想把内容从形式分出来，那就等于消灭了形式”②。

尤其应当指出的是，从强调形式改革的着眼点来看，也不是完全撇开思想内容，陷于单纯的形式主义，它是把从“文的形式”入手，作为文学革命的突破口和途径之一，其目的还是为了引起内容改革并使形式更好地为内容服务。胡适早在一九一六年二月二日《答叔永书》中曾提出“今日欲救旧文学之弊，先从涤除‘文胜’之弊入手”，指出形式的改革是反对旧文学、创造新文学的首先攻坚的目标。后来，他表述得更清楚了：

---

① 列宁：《黑格尔〈逻辑学〉一书摘要》。

② 《别林斯基论文学》，第147页。

近来稍稍明白事理的人,都觉得中国文学有改革的必要。……但是他们的文学革命论只提出一种空荡荡的目的,不能有一种具体进行的计划。他们都说文学革命决不是形式上的革命,决不是文言白话的问题。等到人问他们究竟他们所主张的革命"大道"是什么,他们可回答不出了。这种没有具体计划的革命,——无论是政治的是文学的,——决不发生什么效果。我们认定文字是文学的基础,故文学革命的第一步就是文字问题的解决。我们认定"死文字不能产生活文学",故我们主张若要造一种活的文学,必须用白话来做文学的工具。我们也知道单有白话未必就能造出新文学;我们也知道新文学必须要有新思想做里子。但是我们认定文学革命须有先后的程序:先要做到文字体裁的大解放,方才可以用来做新思想新精神的运输品。①。

这种从文学形式入手的文学革命的"第一步",既符合五四新文学运动特定的历史客观条件,又符合中外古今文学革命的一般规律。胡适认为,"文学革命的运动,不论古今中外,大概都是从'文的形式'一方面下手,大概都是先要求语言文字文体等方面的大解放。欧洲三百年前各国国语的文学起来代替拉丁文学时,是语言文字的大解放;十八十九世纪法国嚣俄、英国华次活等人所提倡的文学改革,是诗的语言文字的解放;近几十年来西洋诗界的革命,是语言文字和文体的解放"②;文学革命表现在我国文学史上,即以韵文而论,文体方面有"五大革命也"③。文学革命从形式入手,最终目的是为了"先打破那些束缚精神的枷锁镣铐",更好地以白话语言和自由的文体来表现"高深的理想"和"复杂的感情"④。因而可以说,文学革命本身就是形式与内容的辩证统一体的不断运动的过程。文学革命的发难之初,文言文的形式成了文学改革的主要障碍,当然先驱们的努力便集中于突破旧的形式上及如何创立文学新形式上,以白话文取代文言文的正宗地位则成了探讨的中心议题。

北京大学是文学革命的策源地,该校的进步教授和学生成了文学革命的中坚力量,其中钱玄同、刘半农、傅斯年在这阶段表现得异常活跃,不仅态度积极而坚定,而且对文学革命提出了建设性的意见。钱玄同的文学革命主张,概括

① 《〈尝试集〉自序》。
② 《谈新诗》。
③ 《〈尝试集〉自序》。
④ 《谈新诗》。

起来：一是对胡适的《文学改良刍议》表示赞同，承认其“陈义之精美”，但也提出了自己的不同见解。胡主张“不用典”，顾又谓“二者偶一用之，未为不可”，钱则认为凡用典者，无论工拙，皆为行文之疵病，不只文学之文不用典，普通应用之文也要不用典，都老老实实讲话，以用白话为宜，务期老妪能解。除用典外尚有一事，其弊与用典相似，亦为行文所当戒绝者，则人之称谓是也，今后作文凡称人悉用其姓名，不可再以郡望别号地名等等相摄代①。二是对于刘半农关于文学革新的主张表示佩服，认为同胡适的《文学改良刍议》正如车之两轮相辅而行，废一不可，但对刘的《我之文学改良观》也提出不同意见。刘文认为酬世之文，一时不能尽废，钱则主张“寿序”、“祭文”、“挽对”、“墓志”之类是顶没有价值的文章，必须绝对地排斥消灭，因为这是中国人二千年以来受了儒家“祖宗教”的毒，专门借此来表自己的假孝心和假厚道，到了现在总该有些觉醒和进步，再不能用这些宣扬封建伦理道德的老八股了。钱玄同还主张尽量采用新名词，他认为中国旧书上的名词决非二十世纪时代所够用，如从根本上解决中国的文字那只有送博物馆的价值，若为此数十年之内暂时应用计则非将“东洋派之新名词”掺进中国文里不可。虽然他的废除中国文字的意见有点过激，但是他主张吸收外来新名词以充实和丰富中国的语言还是有见地的。此外，他对刘半农提出的“造新韵”和“以今语作曲”之说，赞为最有价值之论，并作了进一步的阐发和补充②。三是对胡适“自誓三年之内专作白话诗词，欲借此实地试验，以观白话之是否可为韵文之利器”，他认为“此意甚盛”；并为《尝试集》作序，说胡适是以身作则采用俗语俗字作诗，可“做社会的先导”，但他也指出胡适的白话诗未能脱尽文言窠臼。特别值得提及的是，他主张做成一种“言文一致”的合法语言。他认为，古人造字的时候，语言和文字，必定完全一致，因为文字本来是语言的记号，嘴里说这个声音手下写的就是表达个声音的记号，断没有手下写的记号和嘴里说的声音不同的。为什么两千年语言和文字相去越来越远，其主要缘故有二：第一，让那些独夫民贼弄坏的，因为他们最喜欢摆架子，无论什么事情都要和平民两样，才可使那野蛮的封建宗法体制尊崇起来，不仅吃的住的穿的甚至妻妾的等级都定得不近人情，而且文字的使用也有贵贱之分；又因为中华国民有“尊古”的麻醉性，于是便利用这一点定出许多野蛮的款式来，凡是做文章尊贵，对于卑贱必须要装出妄自尊大的口吻，卑贱对于尊贵则要装出

① 《寄陈独秀》。

② 详见《新文学与今韵问题》。

屈膝谄笑的口吻，照这个办法行得久了，习非成是，这就是言文分离的原因之一。第二，让那些文妖弄坏的，因为周秦以前的文章大都是白话，到了西汉言文已分离，扬雄做了文妖的“原始家”，六朝的骈文满纸堆垛词藻，毫无真实的情感，《昭明文选》是第一种弄坏白话文的文妖，明清以来的“桐城派”拼命做韩、柳、欧、苏的死奴隶，定什么作文“义法”，搅得昏天黑地，这是第二种弄坏白话文章的文妖。这两种文妖最反对那老实的白话文章，致造成言文分离。由于钱玄同从封建宗法制度及其御用文人这个角度深刻地开掘了言文分离的原因，因此他主张坚持言文一致的白话文传统，“认定白话是文学的正宗；正是要用质朴的文章，去铲除阶级制度里的野蛮款式：正是要用老实的文章，去表明文章是人人会做的，做文章是直写自己脑筋里的思想，或直叙外面的事物，并没有什么一定的格式”。四是提出应用文改革大纲十三事，由文学革命进而扩大到应用文的亟宜改良。这十三事是：应用文必以国语为之；所选之字，皆取最普通常用者；凡一义数字者，止用其一，亦取最普通常用者；关于文法之排列，制成一定不易之“语典”；书札之落款或称谓，务求简明确当；凡小学教科书，及通俗书报、杂志、新闻均旁注“注音字母”；无论何种文章，必施句读及符号；印刷用楷体，书写用草体；数目字改用阿拉伯数码，用算式书写；凡纪年，尽改用世界通行之耶苏纪元；改右行直下为左行横迤，印刷之体，宜分数种。此十三事中第一事是根本之改革，即把应用文全改为白话。[①]。总之，钱玄同的文学革命主张就其整体来看，不如胡适、陈独秀的全面而系统，但就某些见解而论，却比胡适、刘半农的深刻、激进（当然也有片面性），他的独特之处在于较早地提出了系统而具体的日常应用文的改良方案，这就把白话文运动由文学领域引向整个社会，以唤起国人的注意。

刘半农在《我之文学改良观》一文中开篇便对文学革命的发难作了这样的概括：文学改良之议，既由胡适提倡之于前，复由陈独秀、钱玄同赞成之于后，作为立志研究文学之一的我，除对胡君所举八种改良、陈君所揭三大主义及钱君所指旧文学种种弊端，绝对表示同意外，并提出自己对文学改良的看法。一是他对“文学”作了新的界说，所谓文学为美术之一，固已为世界文人所公认；至于一切作物（指所有文字写成的东西）应分为文字与文学两类，“文学之文”与“应用之文”是相对的，不能混为一谈，文学之文不能应用，应用之文不能视为文学

① 以上见《论应用之文亟宜改良》。

（有点绝对化）。因此，他认为应用之文当讲文法，所记之事物如记账，只须应有尽有，如实记录下来，不必矫揉造作，自为增损；文学乃为有精神之物，故作者必能运用其精神，使自己之意识情感怀抱一一藏纳于文中，而后所作之文始有真正之价值，始能立于文学界之中。二是他以为“认定白话为文学之正宗与文章之进化，则将来之期望”，但并非一蹴而成，目下可以从文言与白话两方面力求进行之策。文言一方面则力求其浅显使之与白话相近，于白话一方面除竭力发达其固有之优点外，更当使其吸收文言所具之优点，至文言之优点尽为白话所具，则文言必归于淘汰，而文学之语言遂为白话所独据。这种做法虽然“成效之迟速不可期，而吾辈意想中之白话文学，恐尚非施（施耐庵）曹（曹雪芹）所能梦见”。三是提出“破坏旧韵重造新韵”之说，并对如何以白话创造散文、诗歌、戏曲等作了具体的探讨，特别有关文学形式的改革谈了些具体的意见，如分段、句逗、标点符号等，且认为“改造新韵”和“今语作曲”是最“足唤起文学界注意者二事”。四是他在《应用文之教授》一文中，揭露了国文教授方法存在的“老八股”和“新八股”的弊端，对于改革应用文的教授在如何选文、讲解、出题、批改诸方面提出一些具体措施。这就把文学改革扩展到应用文之改革，并把应用文的改革同教育改革联系起来。

傅斯年在《文学革新申议》与《文言合一草议》两文中，概述了“今日中国之政治社会风俗学术等皆为时势所挟大经变化，则文学一物，不容不变”；具体言之，“中国今日革君主而定共和，则昔日文学中与君主政体有关系之点，若颂扬铺陈之类，理宜废除。中国今日除闭关而取开放，欧洲文化输入东土，则欧洲文学中优点为中土所无者，理宜采纳”，因而他“深信文学之必趋革新，而又极望其革新”，自胡适、陈独秀于《新青年》倡导文学革命以来，“时会所演，从风者多矣”。基于这种认识，他不仅对旧文学的弊端从纵向作了详细披露，而且对怎样建设白话文学提出了具体见解。他对于“废文词而用白话”坚信不疑，但他认为“用白话者，非即以当今市语为已足，不加修饰，率而用之也”；他主张“以白话为本，而取文词所特有者，补苴罅漏，以成统一之器”，即“文言合一”。具体来说，他认为代名词、介词位词、感叹词、助词全取白话，“一切名静动状，以白话达之，质量未减，亦未增者，即用白话”。至于“文词所独具，白话所未有，文词能分别，白话所含混者，即不能曲徇白话，不采文言”；白话之不足用在于名词或形容词，也可以文词益之；在白话用一字，而文词用二字者，可从文词；凡直肖物情之俗语，宜尽量采用；文繁话简，而量无殊者，即用白话，等等。一言以蔽之，即取白话为素质，而以文言词语所特有者补其未有，是也。此外，他围绕“文言合一与制定国语”这个议题，尚提出了文学改革的“八事”，如“采用各地语言，制成标准之国语，宜取决于多数；将来文言合一的语文，与其称之为天成，毋宁号之曰以人造也；制定国语之先，制定音读尤为重要，音读一经统一便有统一之国语发生”，等等。傅斯年的“文言合一”主张是有见地的，他并没有完全否认二千多年来文言词语的可以吸取的优良传统，强调以白话为本取其文言词语的某些优点，创造一种新的白话语言，这是切合语言演变规律的。

在这阶段，作为文学革命的主帅陈独秀以《新青年》为发祥地，除了编辑发表有关文学革命的发难文章，组织并引导开展讨论外，还利用与胡适、钱玄同等人的通信，进一步阐发文学革命的主张：一是提倡通俗的新文学，而“今日之通俗文学，亦不必急切限以今语。惟今后语求近于文，文求近于语，使日赴‘文言一致’之途，转为妥适易行”①。二是在“改良文学之声，已起于国中，赞成反对者各居一半”的情况下，他坚定不移地主张“改良中国文学，当以白话为文学正宗之说，其是非甚明，必不容反对者有讨论之余地，必以吾辈主张者为绝对之是，而不容他人之匡正也”②，以坚定先驱们文学革命的信心和决心。三是把破除旧道德的文化革命和革除旧文学的文学革命紧密结合起来，他深刻地指出“旧文学与旧道德，有相依为命之势。其势目前虽不可侮，将来必与八股科举同一命运耳”③；又说：“旧文学，旧政治，旧伦理，本是一家眷属，固不得去此而取彼；欲谋改革，乃畏阻力而牵就之，此东方人之思想，此改革数十年而毫无进步之最大原因也”④。这就明确地告诉人们必须以彻底的革命精神把文化革命和文学革命进行到底。

一九一八年四月胡适发表了《建设的文学革命论》，这可算是他们一年多来讨论文学革命的一篇总结。如果说《文学改良刍议》是从“破坏一方面下手”提出的文学革命的“八事”，那么《建设的文学革命论》则着重论述了他们“对于建设新文学的意见”。尽管胡适说“国语的文学，文学的国语”十个大字是他们“所提倡的文学革命”的“唯一宗旨”和“根本主张”，未免有绝对化之嫌，然而实际上这只概括了他们从形式入手建设新文学的意见，并不能包括他们文学革命

① 《答曾毅》。
② 《再答胡适之》。
③ 《答张护兰》。
④ 《答易宗埜》。

主张的全部内容。

《建设的文学革命论》所提出的十字"宗旨",其核心是"国语的文学","国语"则是造成这种"活文学"的极重要的利器,但要造"国语"首先应创建"国语的文学"。可见"国语的文学"是"文学的国语"的重要基础,是实现国语标准化的有力措施,而"文学的国语"正是"国语的文学"带来的积极有效的结果,它反转来又促进"国语的文学"的普及和流传,并为其提供更好的标准白话,作为创造"国语的文学"的利器。这种将"国语的文学,文学的国语"辩证统一在一起的文学主张,不仅是开展白话文学运动的"堂皇的宣言",而且也是自觉地使文学革命同国语运动相结合的指导纲领,它必然在国语的标准化、教育的普及诸方面引起重大变革,其积极的革新意义远远超过白话文学本身。这是因为,国语教科书和国语字典,虽然对国语的标准化很紧要,但它们"决不是造国语的利器","真正有功效有势力的国语教科书,便是国语的文学","白话文学的势力,比什么字典教科书都还大几百倍",唯有"国语的小说,诗文,戏本通行之日,便是中国国语成立之时"。胡适尽管对"白话文学"的作用估价有些偏高,但在当时对于彻底扫荡"文言"独霸文坛的"威权",迅速推开新文学运动和国语运动,它是具有革命意义的。正因为"国语的文学"对造成"文学的国语"如此重要,故他竭力主张"提倡新文学的人"先不必问今日中国有无标准国语,可以努力去创作白话文学,尽可能采用《水浒传》、《西游记》、《儒林外史》、《红楼梦》的白话,"有不合今日用的","便用今日的白话来补充,有不得不用文言,便用文言来补充",这样造出的白话文学虽带有过渡性质,但对于创造新文学并为其发展打好基础,却是个切实可行的措施。胡适这种主张,并不是"向壁虚造"的,是他"几年来研究欧洲各国国语的历史"所作的结论。他认为标准国语的创造,从世界语言发展史来看,没有一种国语是教育部的老爷们凭空造成的,没有一种是言语学专家闭门造成的,它是文学家通过创作"国语的文学"而造成的。我们中国尽管有了一千多年的"白话文学"的优良传统,但并没有一种"标准的国语",其原因是没有人"明目张胆的主张用白话为中国的'文学的国语"。鉴于外国的经验和中国的教训,所以胡适有意识地提出"国语的文学,文学的国语"的白话文学主张。

"国语的文学,文学的国语"是他们的根本主张,但是怎样实现这个主张以创造新文学,胡适提出了三个步骤,即工具、方法、创造,前两步是预备,后一步是实行。所谓工具,即白话是新文学之利器,而要预备白话工具一则多读模范的白话文学，二则用白话作各种文学；所谓方法，一是收集材料的方法，二是结构的方法，三是描写的方法，而要预备这些高明的文学方法就要赶紧地多多地翻译西洋文学名著作为我们的模范，以充实中国文学方法之不完备；所谓创造，就是以纯熟的白话工具和文学方法创造中国的新文学。

这阶段对文学革命的探讨，虽然思想活跃，各抒己见，但是并没有根本性的分歧，大都围绕胡适的文学改良“八事”和陈独秀的文学革命“三大主义”，从不同的侧面和角度着重研究文学革命怎样从形式方面入手进行改革。他们的讨论并没有只限于文学本身，而是从横向上作了一些扩展，即把文学的改革同应用文、国语、教育、文字、出版等改革联系起来，实际上是把文化革命和文学革命有机地统一在一起。尽管探讨的重心偏于文学形式特别是语言的改革，然而他们的主张谁也没有完全脱离开文学内容的改革空谈形式，总是或深或浅或远或近地牵动着文学内容的革新问题。

发难者们对文学革命的畅所欲言的讨论，一开始就摆脱了言之无物的空论，联系着中国文学的历史和现状以及外国文学的发展，有针对性地研究问题分析问题，选择文学革命的突破口，把理论提倡同创作实践结合起来。于是，几乎与理论鼓动同步，先从诗歌领域开始以白话写诗的实验。从一九一七年三月胡适在《新青年》上发表三首白话词起，到一九一八年元月号《新青年》便发表了胡适、沈尹默、刘半农三人的九首白话诗，不仅数量有所增多，而且质量有所提高，特别刘半农的白话诗初步显示了文学革命在诗歌改革方面的实绩。此后，白话诗创作蔚然成风，揭开了中国诗歌史上的新篇章。这是本阶段文学革命的第三个特点。

第四节　文学革命的演变过程——发展、深入

文学革命发难后，一九一八年五月鲁迅发表了真正显示文学革命实绩并为新文学发展奠定坚实基石的白话小说《狂人日记》；同月《新青年》全部改用白话，标志着以白话取代文言的正宗地位已初步获得带有决定性的胜利。从此文学革命进入了发展阶段（直到党成立前夕），新文学运动呈现着生机勃勃的局面。这与新文化运动的高涨紧密地联系在一起。一九一九年“五四”爱国运动的爆发，标明新文化运动由思想领域的革命已发展到直接采取行动的政治革命，它把思想启蒙运动同反帝反封建的政治斗争有机地结合起来。为适应新的

政治运动的高涨和思想革命的深入，不仅平民主义思潮磅礴于世，马克思主义传播日益广泛；而且致力于新文化运动和思想革命的社团、报刊如同雨后春笋般地涌现出来，相继创刊的有《每周评论》(1918.12)、《国民》(1919.1)、《新潮》(1919.1)、《晨报副刊》(1919.2 改组的第七版)、《湘江评论》(1919.7)、《星期评论》(1919.6)、《觉悟》(上海《民国日报》副刊，最早一期是 1919.6.16)、《建设》(1919.8)、《少年中国》(1919.7)、《星期日》(1919.7)、《新生活》(1919.8)、《曙光》(1919.11)、《新社会》(1919.11)、《人道》(1920.8)、《觉悟》(1920.1)、《解放与改造》(1919.9)，等等。在五四爱国运动热潮和新文化运动高潮的推动下，文学革命由着重于理论倡导进入一个全面发展的新阶段，呈现出一些新的特点。

对文学革命理论主张的探讨较前一阶段既广泛又深入，思想进一步活跃，认识进一步开放。如果说前一阶段侧重于文学形式方面改革的讨论，那么这阶段的重心已逐步移向对文学内容革命的探索，初步形成了以现实主义和浪漫主义为主体的多元的新文学思想体系。这是重要特点之一。本阶段在《新青年》、《少年中国》、《小说月报》、《曙光》等刊物上发表的重要的文艺美学论文有：胡适的《易卜生主义》、《谈新诗》、《文学进化观念与戏剧改良》，鲁迅的《渡河与引路》，陈独秀的《本志罪案之答辩书》，周作人的《思想革命》、《人的文学》、《平民文学》、《新文学的要求》，李大钊的《什么是新文学》，沈雁冰的《现在文学家的责任是什么》、《小说新潮栏宣言》、《新旧文学平议之评议》、《文学上的古典主义浪漫主义和写实主义》、《文学和人的关系及中国古来对于文学者身份的误认》、《新文学研究者的责任与努力》、《为新文学研究者进一解》，王统照的《美育的目的》、《美性的表现》、《中国的艺术革命》，田汉的《诗人与劳动问题》、《平民诗人惠特曼的百年祭》、《新罗曼主义及其他》，一九一九年至一九二〇年郭沫若与宗白华、田汉的通信集《三叶集》，等等。从这些文艺美学论文所阐述的文学主张来看，有的倾向于现实主义，有的倾向于浪漫主义，甚至有的把新浪漫主义作为中国新文学的发展目标。这里特别应该提出的是鲁迅、周作人、李大钊、沈雁冰等人的文学主张，至于胡适、陈独秀、钱玄同、傅斯年等，虽然在这个阶段仍发表了一些有意义的文学革命见解，但从总体来看较前段没有重大的突破，甚至有的文学主张显出退步的趋向，所以这里不再重点概述了。

鲁迅是五四新文化运动和文学革命的主将，尤其是在小说、杂文等创作方面为新文学建设作出不朽的贡献；虽然他当时没有留下论述自己文学革命主张的较完备的理论文章,但从散见于杂文中的零星见解也可以窥探其文学观的先进性。一九一八年上半年随着新文学的发展,白话在社会上的势力日见盛大,但在文学革命中也出现一种片面强调语言形式改革而在一定程度上忽视了思想内容革命的偏向。为了不失时机地把文学革命引上正确的发展轨道,及时纠正那种应该强调思想内容革命而不着重强调却依然坚持唯语言形式改革是根本途径的片面性,鲁迅写了《渡河与引路》一文。他明确地指出,白话文学运动只是一味地强调语言形式的改革,"倘若思想照旧,便仍然换牌不换货;才从'四目仓圣'面前爬起,又向'柴明华先师,脚下跪倒;无非反对人类进步的时候,从前是说 no,现在是说 ne;从前写作'咈哉',现在写作'不行'罢了,所以我的意见,以为灌输正当的学术文艺,改良思想,是第一事"。鲁迅从内容与形式的辩证统一规律的角度,着重强调了文学思想内容的革命比起语言形式的改革来更重要;当然不能认为鲁迅不重视语言形式的改革或否认前一阶段对文学形式改革的讨论。

周作人于一九一九年三月发表的《思想革命》,对文学的内容革命与形式变革的相互关系,作了更为具体的论述。他从文学的内容和形式相统一、反对旧文学和反对旧思想相联系的含有辩证思想因素的观点出发,明确指出文学革命应包括思想革命和文字改革,而思想革命尤为重要。他认为,"表现思想的文字不良",固然可以"阻碍文学的发达",但若"思想本质不良",即使好的语言文字,那"有什么用"呢?文学革命之所以反对封建旧文学,不只是因为文言"晦涩难解",重要的是因为古文所表现的"思想荒谬",对人们极其有害。最后,他从是否能将文学革命进行到底的高度指出:"单变文字不变思想的改革",是决不能获得"文学革命的完全胜利"的。基于上述认识,他作出"文学革命上,文字改革是第一步,思想改革是第二步,却比第一步更为重要"的论断。周作人对文学革命内容与形式关系的理解尽管在表述上不尽恰当,但他能够根据文学革命形势发展的趋向,及时强调"思想革命"比文字改革是更为重要的一步,这不能不说是对胡适等的白话文学主张的重要补充,在当时是难能可贵的。

周作人对文学革命的看法,在当时曾发生过积极影响,增强了人们对文学革命的信心。"新潮社"的骨干傅斯年曾撰文①说,他从去年(一九一八年)秋天产生一种怀疑,怕"白话文学主义的真正价值"弄糟了,这种"白话文学发展得越

① 《白话文学与心理的改革》。

快”,“越替他的前途耽心”;但他从《每周评论》的第十一号里看到周作人的《思想革命》后,“很受点感动,觉得他所说的都是我心里的话”,鼓起了继续投入新文学运动的勇气。“新潮社”另外一个骨干罗家伦从这样的意义上予以肯定,周作人的“新文学的主张”是“把‘思想革命’‘文学革命’的意思,合在一起来讲,是分外明晰的,因为这两件东西,原来是分离不开的。思想革命是文学革命的精神,文学革命是思想革命的工具:二者都是去满足‘人的生活’的”①。虽然表达得不够准确,但可想见周作人关于“思想革命”比“文字改革”更为重要的观点,对于新文学运动沿着正确道路发展起过一定作用。

周作人不仅对新文学运动的内容与形式之间的辩证关系提出了重要见解,而且根据文学思想革命的需要提出了“人的文学”主张。它把“那个时代所要提倡的种种文学内容,都包括在一个中心观念里,这个中心观念他叫作‘人的文学”(胡适语)。这种“人的文学”,他认为:一是必须以人道主义为本,观察、研究、分析社会“人生诸问题”,并以形象的文字予以反映。他所说的“人生诸问题”,主要指“非人的生活”,也就是处在当时黑暗社会不幸人们的生活与命运;而要真实地反映“非人的生活”的“实在情状”,则作家一定要怀着“悲哀或愤怒”的感情,抱着认真、严肃的现实主义态度,希望将“非人的生活”改变为“人的生活”。这是一种改造不合理的人生社会的积极态度。他坚决反对那种“非人的文学”对于“非人的生活”所采取的“玩弄与挑拨”的极不严肃的“游戏”态度,这是一种“非人的道德”,是一种反现实主义的态度。中国封建文学中那些表现“儒教道教”的作品和当时充斥文坛的鸳鸯蝴蝶派、黑幕派等的小说,大都是以“游戏”的态度写的“非人的文学”。二是新文学不能仅止于反映了“人生诸问题”,而且要描写人们的“理想的生活”,即在物质生活上“各尽人力所及,取人事所需”,在道德生活上以“爱智勇信四事为基本道德”,这是与“忠孝节义”的封建道德相对立的。当然这不是科学共产主义的理想生活,而是含有合理因素的周作人当时梦寐以求的空想社会主义的“新村生活”。三是创造新文学所本的人道主义并非“世间所谓‘悲天悯人’或‘博施济众’的慈善主义,乃是一种个人主义的人间本位主义。”前者是一种“全藏着傲慢与私利”的“伪善”的人道主义,根本不能解决“自己与共同人类的命运”问题;后者是以人为世间本位的世界观,它要求先“从个人做起”,只有“自己有人的资格,占得人的位置”,

---

① 《近代中国文学思想的变迁》。

才能“讲人道,爱人类”,这是资产阶级用来反神权、反专制,争取人权自由和个性解放,观察世界和改造世界的重要思想武器。

在“人的文学”这个“中心观念”指导下,随后周作人又提出“平民文学”①。这实际上是“人的文学”的具体化,也是对陈独秀的“三大主义”中的“国民文学”的补充和发挥。

他强调指出“平民的文学”与“贵族的文学”是两种性质“相反”的文学。平民文学是五四文学革命要创造的新文学,贵族文学是被排斥的封建旧文学,它们之间的区别并非说“这种文学是专做给贵族或平民看,专讲贵族或平民的生活,或是贵族或平民自己做的”,而是说“文学的精神区别,指他的普遍与否,真挚与否的区别”。具体来说,平民文学提倡以通俗的白话语言和为“大多数”所喜闻的文学体裁,描写人民大众(主要指资产阶级或小资产阶级)的真实生活,忠实地反映“世间普通男女的悲欢成败”,因为这样的题材具有“普遍”的意义,坚决反对表现那种“愚忠愚孝”、“殉节守贞”的封建道德,这是极不合理的“畸形道德”,积极主张表现那种为社会大多数人交互实行的“一律平等的人的道德”,这是具有“普遍”意义的“真道德”(其实是人道主义的道德);而要创造这样的新文学,必须反对那种“富贵人对贫贱人”说所谓“慈善”话的极其“傲慢与私利”的“慈善主义的文学”,必须以朴实真挚的文笔描写“大多数”人的“真挚的思想与事实”,表现“真意实感”,千万不能以“美妙动人”的华丽词藻来伤害作品的“本意”,即反对那种词意肤浅、虚情假意的贵族文学。这种“平民文学”就是“以真为主,美既在其中”的人生艺术派的“人的文学”,正是五四新文学运动的不少倡导者着手创立的民主主义新文学。

总而言之,周作人提倡的不论是“人的文学”或者是“平民文学”,都是以人道主义为主导思想的“为人生的文学”。名称虽有异同,“实质终是一样,就是个人以人类之一的资格,用艺术的方法表现个人的感情,代表人类的意志,有影响于人间生活幸福的文学”。这种文学是人性的,不是兽性和神性的,是人类的也是个人的;它所走的是写实主义道路,“俄国文学”就是榜样。因而这种“人生的文学实在是现今中国唯一的需要”②。他这种“为人生”的“人的文学”主张虽然带有抽象性和空想色彩,但在五四新文学运动中却具有相当的代表性,对文学革命的发展起过重要推动作用。傅斯年看了《人的文学》激动地说:“我真佩服

---

① 《平民文学》。

② 《新文学的要求》。

到极点了。我所谓白话文学的内心，就以他所说的人道主义为本。"①王丰园在《中国新文学运动述评》中说："胡适的《文学改良刍议》奠定了新文学的形式，周作人的《人的文学》奠定了新文学的内容。"连胡适也不得不承认《人的文学》是一篇"最平实最伟大的宣言"。尽管如此，但它同沈雁冰稍后提出的"为人生"的文学主张相比，其深刻性、完整性、先进性，都有明显差异。

五四文学革命进入发展阶段，年轻的沈雁冰步上新文坛，在致力于新文学理论的探索与建设方面，显示出惊人的理论思维能力。他结合新文学发展的具体情况，考察了世界近代文学进化轨程，博采西欧新文艺思潮之长，对文学革命先驱们的文学主张作了进一步的补充和发挥，形成了自己早期的"为人生"的"进化的文学"观。他明确地表述："我以为新文学就是进化的文学。进化的文学有三件要素：一是普遍的性质；二是有表现人生指导人生的能力；三是为平民的非为一般特殊阶级的人的。唯其要有普遍性的，所以我们要用语体来做；唯其是注重表现人生指导人生的，所以我们要注重思想，不重格式；唯其是为平民的，所以要有人道主义精神，光明活泼的气象。"②具体来说，一是他主张新文学必须为平民服务，而他说的"平民"并非单指小资产阶级和资产阶级，也包括广大的人民群众，即那些生活在社会低层的被侮辱被奴役的普通老百姓，当然也有"第四阶级"（无产阶级）在其中。新文学对他们的人生要起到批评或指导作用。二是他强调新文学应以语体白话真实地表现人生，忠实地反映人民群众的生活，不只是描写"表面事实"，应将写实主义笔触"进入于灵魂或精神界"，达到"最高意义的所谓写实"。三是他指出"文学是描写人生，犹不能无理想做个骨子"，即新文学不但要真实地写出人生的悲惨，揭露旧社会的罪恶，而且应以新的理想作为灵魂，表现出"人道主义精神，光明活泼的气象"来。四是他反复强调文学是时代的反映，必须体现时代精神；而当时他认为的时代精神则是"德谟克拉西"。他说："人群进化的大路到底是无政府主义呢，是社会主义呢，原也难说。不过有一句话可以断定，就是德谟克拉西的思想确是一盏明灯。举凡文学，美术，都欲德谟克拉西化。"③这说明他当时的文学主张虽然含有一定的社会主义思想因素，但就总体来看仍在民主主义思想轨道上演进。五是他主张新文学应坚持以现实主义为主体的多种创作方法。新文学的写实主义，"于材料上

---

① 《白话文学与心理的改革》。
② 《新旧文学平议之评议》。
③ 《新文学研究者的责任与努力》。

最注意精密严肃，描写一定要忠实”，“观察的能力与想象的能力”则是“创作文学时必不可缺的”，故定要重视“实地的观察”和“客观的描写”。为了弥补写实主义创作方法之不足，他汲取新浪漫主义、象征主义的合理因素，一致使他的现实主义具有新的思想特色。沈雁冰的文学主张是文学革命先驱们写实主义文学思想的继承和发展，它有力地推动着中国新文学循着正确的轨道发展。

李大钊在这个阶段虽然其主要精力和时间用于政治革命活动，但是他对五四文学革命的发展却起了重要的推动作用。一是他于一九一八年正式参与《新青年》的编辑活动，并在“五四”高潮中负责主编了“马克思专号”，同时与陈独秀一起主办《每周评论》，具体参加了新文学运动的组织和领导工作。二是通过传播马列主义，宣传苏俄十月社会主义革命，介绍共产主义宇宙观和社会革命论，为五四文学革命的指导思想增添了新的因素，特别“五四”后他发表了《我的马克思主义观》、《物质变动与道德变动》、《唯物史观在现代史学上的价值》等论著，比较系统地介绍了马克思主义的基本原理，力图以唯物史观来研究历史、分析社会现象和社会意识形态等问题，虽然这些文章没有专论文学问题，但他所宣传的马克思主义观点，对于促进五四文学革命指导思想的根本转变起了重要作用。三是他直接撰写文艺论文，提出含有马克思主义思想因素的文学主张，给五四文学革命以具体指导。《什么是新文学》是他的有代表性的文艺论文，还有些文艺论述散见于其他文章中。他针对僵死的封建文学和“商贾”文学，提出了“为社会写实”的文学主张，明确指出“我们所要求的新文学，是为社会写实的文学，不是为个人造名的文学”，而这种写实的文学则必须扎根在“宏深的思想、学理，坚信的主义，优美的文艺，博爱的精神”的土壤里。他强调新文学改造社会的使命，特别“五四”以后由于他以更多的精力致力于工人运动和其他社会革命活动，故从革命的需要出发把文学作为教育、发动劳苦大众的一种宣传武器。在《劳动教育问题》中指出，“现在的著作不许拿古典的文学专门去满足那一部分人的欲望，必须用通俗的文学，使一般苦工社会也可以了解许多的道理。”这为新文学发挥教育功能提出了明确的要求。

如果说鲁迅、周作人、沈雁冰、李大钊等的文学主张，基本上体现了现实主义精神；那么郭沫若于一九二〇年初发表的《生命底文学》、《论诗三札》等，则体现了这阶段的浪漫主义文学主张。他从强烈的个性解放的思想出发，大力提倡文学艺术必须反映人民群众追求个性解放的斗争要求。他认为，人是追求个性的完全发展的，个性发展得比较完全的人，表示他的个性愈彻底，便愈能满足读者的要求，因而可以说，个性最彻底的文艺便是最有普遍性的文艺，民众的文艺[①]。这就把作者的个性解放与作者的文学创造、作者的个性解放与作品对群众的影响明确地联系起来。他从个性解放思想出发，还提出了创造"生命的文学"主张。他指出："生命与文学不是判然两物。生命是文学底本质。文学是生命底反映。离了生命，没有文学。""生命底文学是个性的文学，因为生命是完全自主自律的。"这与日本文艺评论家厨川白村对文学本质的判断是一致的："文艺是纯然的生命的表现；是能够全然离了外界的压抑和强制，站在绝对自由的心境上，表现出个性来的唯一的世界"[②]。他们都是从文学与生命的关系这个角度来探讨文学的本质；但结合中国五四时期特定的历史条件来考察，郭沫若提出的创造"生命的文学"的主张，完全是为了适应反封建斗争的需要，完全是为了对僵死的封建文学作斗争的需要。这种"生命的文学"是要求打破封建主义的枷锁，创造与封建主义完全对立的充满生命活力的具有活跃个性的全新文学。他从个性解放思想出发，又提出"自我表现"的文学主张，强调诗是人格创造的表现，是人格创造冲动的表现，是情绪自身的表现，是真情实感的"自然流露"；因此，只有人格比较圆满的人，才能成为真正的诗人，只有经过"艺术训练"、"美化感情"的作家，才能创造出必真必善必美的"生命底文学"来。注重表现人的内在感情、表现人的生命、表现自我，正是浪漫主义文学的突出特征。郭沫若不同意把五四时期的写实的为人生的文学主张和艺术的自我表现的文学主张对立起来。他认为和人生无关系的艺术不是艺术，和艺术无关的人生是徒然的人生，问题要看你的作品到底是不是艺术，到底是不是有益于人生[③]。

在这些较之前段更为深刻更为系统的多元的新文学理论主张的鼓动和指引下，文学创作比前一阶段有了新发展，诗歌、小说、散文、杂文、话剧、报告文学等各种文学品种，都绽开了鲜艳的花朵，不论是思想内容或者是文体形式、表现手法、语言艺术，均展现出新的风姿。特别是创造了一批初步显示文学革命实绩的并为新文学深入发展奠定坚实基础的作品。鲁迅、冰心、王统照、叶绍钧等的小说，郭沫若、刘半农、刘大白、康白情等的新诗，鲁迅、李大钊、刘半农等的杂文，周作人等的散文小品，胡适、田汉等的话剧，都是文学革命这棵大树上结出的最早的果实，呈现着一些新的特色。就主题而言，不仅出现了歌颂"劳工神

① 《论诗三札》。
② 《苦闷的象征》。
③ 《论国内的评坛及我对于创作上的态度》。

圣”和苏联十月革命胜利的崭新主题，而且反封建主题成了压倒一切的优势，并体现出反封建的多角度和多层次；就人物而言，劳动人民真正成了作品的主人公，一大批具有民主倾向的觉醒了的平民知识分子带着鲜明的时代色彩第一次走进现代文学的殿堂；就文体形式而言，诗歌打破了旧格律体创造了自由体，并打破了白话不能入诗的神话，小说由章回体发展到现代白话自由体新小说，散文由桐城派的僵死散文发展到白话新体散文，戏剧由旧戏曲发展到新话剧，并新创了杂感文学和报告文学，就创作方法而言，除了现实主义、浪漫主义，还有新浪漫主义，象征主义、表现主义、唯美主义、颓废主义等。这是本阶段文学革命发展的又一特点。

这个阶段，白话文学运动的发展远远超出文学领域，它的巨大影响波及到政治、教育、语言文字等上层建筑部门，并取得了以白话代替文言的决定性胜利。忽视或低估这方面的影响，既不能认清五四文学革命的重大意义，又难能辨明新文学运动的历史特点。

白话文学运动有效地配合了五四反帝反封建的政治运动。为使文学服务于波澜壮阔的爱国运动，唤起那最大多数的民众来共同担负这个救国责任，我国的古文古字是不配做教育民众的利器的，唯有白话文才能作为教育民众、宣传民众的利器。因而极力提倡并从事“国语的文学，文学的国语”运动，积极创造国语的文学，以便迅速帮助民众掌握白话语言工具。随着白话文运动的展开，当时宣传新思潮的白话报刊越来越多，有力地配合了日益高涨的爱国政治运动和思想解放运动。一九一八年冬除《新青年》改为白话，且新办了《每周评论》、《新潮》等白话刊物，北京《国民公报》也发表了“响应白话”的文章；到一九一九年五四爱国运动的爆发，各地爱国青年学生团体为适应反帝反封建的斗争需要，全用白话，略仿《每周评论》的形式，刊行了无数的小报纸，据估计这一年“至少出了四百种白话报”，其中《星期评论》、《建设》、《解放与改造》、《少年中国》作出了“很好的贡献”，北京《晨报副刊》、上海《民国日报》的“觉悟”、《时事新报》的“学灯”是三年来“最重要的白话文的机关”；此外，还出版了“许多白话的新杂志”，即使“国内几个持重的大杂志，如《东方杂志》、《小说月报》……也都渐渐的白话化了”①。这说明五四爱国运动大大推动了白话文运动的蓬勃发展；也说明白话文运动的开展有力地促进了五四爱国政治运动的深入发展。我

① 《五十年来中国之文学》。

们不妨设想一下，如果当时没有白话作为报纸杂志的宣传工具，没有白话作为青年学生报告、演讲的用语，那就很难以新思潮教育发动广大民众参加反帝反封建的政治斗争，先进的知识分子很难同工农民众有共同的语言，更谈不上思想感情的交流了。可见，白话文学运动是五四爱国政治运动轰轰烈烈开展的不可缺少的条件。

白话文学运动的开展大大推动了国民教育的发展。“我们的劳苦大众历来只被最剧烈的压迫和榨取，连识字教育的布施也得不到，惟有默默地身受着宰割和灭亡。繁难的象形字，又使他们不能有自修的机会。智识的青年们意识到自己的前驱的使命，便首先发出战叫。”[①]鲁迅以此来说明无产阶级文学的兴起对广大劳苦大众获得文化教育权利的重大意义，五四白话文学运动的倡导者们虽然缺乏这样明确的阶级意识，但是有一点必须肯定：他们提倡的白话文学有意识地同改革教育“种种的弊病”结合起来，他们认为当时“中国的教育，不但不能救国，简直可以亡国”[②]；“二十年前，教育是极少数人的特殊权利，故文言的缺点还不大觉得。二十年来，教育变成了人人的权利，变成了人人的义务，故文言的不够用，渐渐成为全国教育界公认的常识”，如果教育不改用“白话”，那就要妨碍“大多数的平民”[③]受教育。因此他们主张现在一切的教科书，自国民学校到大学，都该用国语编成，国民学校全习国语。但是造这种国语或国语教科书，不是教育部的老爷们造成的，也不是言语学专家们造成的，而是“国语的文学”运动造成的。正由于国语的文学同教育的改革有如此密切的关系，因此五四白话文学运动大大带动了教育的改革，促进了国民教育的发展。一九一九年以后白话文的传播真有“一日千里”之势，迫使教育部也不得不颁布了一个部令，要国民学校一二年的国文，从一九二〇年秋季起，一律改用国语；这个“命令是几十年来第一件大事”，它可以“把中国教育的革新至少提早了二十年”[④]。胡适对教育部这道命令作用的估量虽然有些夸大，但它可以说明白话文学运动的胜利，的确为教育的革新创造了有利的条件，给中国平民教育的发展以有力推动。

与此紧密相关的，白话文学的兴起直接影响到国语运动的开展。一九一一

① 《中国无产阶级文学和前驱的血》。
② 胡适：《归国杂感》。
③ 胡适：《国语文法概论》。
④ 胡适：《国语讲习所同学录序》。

年中华民国教育部曾召开读音统一会，拟定了三十九个注音字母，以统一汉文的读音，但当时并未想到白话上去，教育部将其公布后也没有立即形成国语运动；然而到了五四爱国运动发生，新文学运动形成高潮的时候，“白话公然叫做国语了”，注音字母也变成，“中华民国的国语字母了”，于是形成了国语运动。但是一些守旧派对国语运动“只能谩骂一场，说不出什么理由来”①，责怪教育部不该过早宣布“这样重要一桩大改革”，硬要教育部先定一个“国语的标准”，以此为借口阻挠国语运动的进行。对于这种论调，胡适予以驳斥，认定“是错的”，因为它违背了为“欧洲近世各国国语的历史”所证明的国语产生的规律，即“凡是国语的发生，必是先有了一种方言比较的通行最远，比较的产生了最多的活文学，可以采用作国语的中坚分子；这个中坚分子的方言，逐渐推行出去，随时吸取各地方言的特别贡献，同时便逐渐变换各地的土语：这便是国语的成立”；“我们现在提倡的国语，也有一个中坚分子。这个中坚分子就是从东三省到四川、云南、贵州，从长城到长江流域，最通行的一种大同小异的普通话”；这种普通话已产生了有价值的“通俗文学”，“现在把这种已很通行又已产生文学的普通话认为国语，推行出去，使它成为全国学校教科书的用语，使它成为全国报纸杂志的文字，使它成为现代和将来的文学用语——这是建立国语的唯一方法。”②这种注重从语言实践中建立标准国语的观点，不仅为国语运动的发展指明了具体的途径和切实的方法，而且也说明了国语的文学对建立标准国语所起的重要作用。由于五四白话文学运动的推动，国语运动出现一个波澜壮阔的局面。正如黎锦熙在《国语运动史纲》中所描绘的：一九一八年《新青年》完全用白话做文章了，胡适于四月间做了一篇《建设的文学革命论》，“这篇文章发表后，‘文学革命’与‘国语统一’遂呈双潮合一之观。……白话文，注音字母，新式标点，都打扮着正式登场了。思想解放，即从文字解放而来”，“这年作为中国‘文艺复兴时代’的开场”；到了一九一九年，“‘国语统一’‘言文一致’运动和《新青年》底‘文学革命’运动，完全合作。这是要大书特书的一件事。那时‘国语统一’和‘文学革命’两大潮流，在主张上，既有‘言文一致’的‘白话文学’作了一个有力的媒介，而联合运动底大纛‘国语的文学，文学的国语，已打出来了”，“这两潮流合而为一，于是轰腾澎湃之势愈不可遏”。

在这个阶段，文学革命发展的另一些特点是：刊登新文学作品的综合性文

① 《五十年来中国之文学》。

② 《国语讲习所同学录序》。

化刊物或报纸副刊越来越多，纯文艺性的刊物或文学社团正在孕育或筹备，以迎接更加蓬勃的新文学运动热潮的到来；随着文学革命的兴起，新旧文学营垒的论争日益尖锐化，守旧派公开地从正面向新文学运动发起攻势，新文学阵营为捍卫文学革命的初战成果及其发展方向，进行了颇有威力的反击，到了一九二〇年以后，以《新青年》为中心形成的文学革命大军已开始逐步分化，各向着不同的方向走去。陈独秀、李大钊等人由新文化战线转入实际的革命斗争，参与筹建中国共产党的活动，刘半农、钱玄同等人渐渐离开新文化运动和文学革命的斗争漩涡，走上学术研究的道路；胡适、高一涵等脱离《新青年》，办起《努力周报》和《读书杂志》，热衷于“整理国故”，在文化或文学上仍然坚持资产阶级方向，在政治上日趋反动；鲁迅、周作人这时被称为文学革命“双柱”的周氏兄弟，五四高潮后虽然共同创办《语丝》，继承了五四文学革命的战斗传统，但经过一段痛苦的探索却逐步地分道扬镳了。这就是历史的辩证法。

把五四文学革命作为一个特定的历史时期来考察，它经过一个由酝酿、倡导到发展的演变过程，出现了三个各具特色而又相互联系的阶段。文学革命固然因五四爱国运动的爆发进入一个新的历史阶段，但是它并非完全同五四反帝反封建政治斗争同步而行，其自身是有独特发展规律的。一九二一年后，新文学运动没有因为五四运动走向低潮也随着陷入危机，更没有因为《新青年》为核心结成的新文化战线的分化而导致新文学运动的流产；恰恰相反，新文学运动跨进新的深入发展时期，而这个时期的总的历史特征则带有由“文学革命”到“革命文学”的过渡性质。如果说五四时期的新文学运动，侧重于文学革命的理论提倡，侧重于破除陈腐的僵死的封建文学，侧重于推翻文言文的正宗地位确立白话文的绝对优势，而对新文学作品的创造大多处于尝试阶段的话；那么从一九二一年到一九二五年前后的这个过渡性的新时期，则是新文学继承和发扬五四文学革命的优秀传统获得了全面的大发展，特别在新文学的建设方面取得了辉煌成就，为“文学革命”向“革命文学”过渡准备了充分的条件，提供了丰富的经验。遗憾的是由于“左”倾思想的干扰，五四文学革命的宝贵传统和这个过渡时期积累的新文学经验，并没有完全被一九二八年正式兴起的“革命文学”运动继承下来，发扬下去，这该是后话了。

中国共产党成立后，一些早期共产党人比较自觉地以无产阶级思想和具有马克思主义倾向的文学主张，引导新文学运动继续发扬“五四”文学革命中“新青年”派的反帝反封建的革命功利主义传统和战斗的现实主义精神，不断地把“文学革命”导向“革命文学”的发展轨道。

早期共产党人中有相当一部分是五四新文化运动和文学革命的领导者或组织者或参与者，他们对新文学运动是极为关心和熟悉的。《新青年》这个新文化运动和文学革命的总指挥机构分化并解散后，他们相当明确而自觉地指引新文学运动沿着新民主主义革命道路发展。一九二二年党所领导的社会主义青年团第十次全国代表大会制定的决议中，即指出“对于各种学术研究会，须有同志加入，组成小团体活动及吸收新同志；使有技术、有学问的人材，不为资产阶级服务而为无产阶级服务；并使学术、文艺成为无产阶级化”。同年，李大钊、邓中夏、刘仁静等曾号召少年中国的文学家“创造动人的文学以冀民众的觉醒”，并加入“革命的民主主义运动”。一九二三年党中央理论刊物《新青年》季刊发表的“新宣言”指出，由于无产阶级在整个社会关系中“处于革命领袖的地位”，因而必须以无产阶级思想“竭力以指导中国思想之正常轨道”，其中当然应包括对新文学运动的指导，这是党成立后明确地引导新文学向着正确方向发展。邓中夏一九二四年初发表的《思想界的联合战线》，公开号召在文学思想战线要联合“社会化的文学家”向封建复古派进行斗争。特别早期共产党人的文学主张比起五四时期的文学主张带有鲜明的马克思主义思想因素，它对于引导“文学革命”向“革命文学”过渡发挥了具体指导作用。沈雁冰在一九二一年初就指出，只有第四阶级（即无产阶级）的执政时代能完全担保艺术的自由发展，劳农俄国现在对于文艺的注意简直比俄皇时代加上万万倍①；同年八月他又号召作家到民间去经验，并像鲁迅写《故乡》那样以“阶级观念”去反映农民的生活②。一九二二年八月沈泽民在《新俄艺术的趋势》“译者附注”中指出：“世上既有‘资产阶级的艺术’，即将来必有与‘资产阶级艺术’相等的‘无产阶级的艺术’。无产阶级艺术何等面目，我们现在不能确实知道；但现在正处于无产阶级统治下的俄国的艺术，至少也可视为确是‘无产阶级艺术’的先驱罢！”实际上这是对中国无产阶级文学的诞生作了预测。同年九月沈雁冰发表的《文学与政治社会》，以雄辩的史实说明文学在阶级社会、革命时代无法超越政治，它必然具有革命的功利目的，并且也指出“中国将兴的新文学”的发展趋势，即“革命文学”必定带有政治的功利目的，这是由中国当时的政治形势和历史背景决定的，那

① 《劳农俄国治下的文艺生活》。

② 《评四五六月的创作》。

些醉心于艺术独立的人们"要把带些政治意味和社会色彩的作品都摒出艺术之宫的门外",只不过是一厢情愿而已,人民群众是不会答应的。正由于他明确地认识到中国将兴的革命文学必须具有革命功利性,所以次年底他发表的《杂感——读代英的〈八股〉》,不仅赞成恽代英对唯美主义者的超功利观的批判,而且非常称道恽代英对新文学提出的革命功利要求。这表明五四时期"新青年"派的进步功利观已向无产阶级革命功利观转化。早期共产党人邓中夏、恽代英、萧楚女、瞿秋白、沈泽民、蒋光慈等,通过党、团刊物《新青年》季刊、《先驱》和《中国青年》,从一九二三年到二六年间发表了多篇探讨"革命文学"的文章,不仅提出了"革命文学"的口号,而且对于如何创作"革命文学"提出很多重要的见解。萧楚女在《艺术与生活》中以经济基础与上层建筑的辩证关系的观点,论述了文学艺术是被经济基础所决定的表层建筑物之一,它是随着人类的生活方式之变迁而变迁的东西。蒋光慈在《无产阶级革命与文化》中阐明了包括文学在内的无产阶级文化产生的必然性。他们非常重视引导作家深入社会实际生活,创作具有革命功利的文学作品。邓中夏在《贡献于新诗人之前》中敬告作家多做描写社会实际生活和表现民族伟大精神的作品,使新文学成为惊醒人们革命自觉和鼓起人们革命勇气的"最有效的工具"。恽代英在《八股?》中则要求新文学能激发国民的精神,使他们从事于民族独立与民主革命的运动。沈泽民在《文学与革命的文学》里,从文学与时代的关系上论述了无产阶级文学必然兴起的趋势,指出"一个革命的文学者,实是民众生活情绪的组织者";同时还从文学与作家世界观的关系上,说明只有革命思想的作家才能创造出"革命的文学",强调作家深入"工人罢工运动",了解"无产阶级的每一种潜在的情绪",这才"配创造革命的文学"。"五卅"前后,沈雁冰写下了《论无产阶级艺术》、《告有志研究文学者》、《文学者的新使命》等重要文艺论文,对无产阶级文学艺术的一些基本问题作了比较深刻而系统的论述。早期共产党人这些文学理论主张从总体上看并不完整,本身有不少弱点,虽然强调了文学的革命功利,但对文学的美感规律却有所忽视,甚至有些观点存有"左"的倾向。尽管如此,但他们的文学理论主张毕竟适应了新民主主义革命发展的需要,在中国新文学园地播下了初步的马克思主义文艺思想的种子,指导着"文学革命"向"革命文学"发展,为中国无产阶级文学运动的正式兴起作了理论准备。

与此同时,马克思主义经典作家的文艺论著和国际无产阶级文艺思想,随着中国共产党的成立也逐渐地译介到中国来,这对于引导"文学革命"向"革命文学”过渡起了重要指导作用。一九二一年前对苏俄文艺现状、文艺政策的译介较少，一九二一年至二三年间仅《小说月报》、《觉悟》、《晨报》、《新青年》季刊、《文学周报》等，就译载了《新俄艺术的趋势》、《革命俄罗斯底文学》《劳农俄罗斯的文化政策及其设施》等，介绍的文章有《战后俄国文学概述》、《劳农俄国的新文学家》、《最近俄国的文学问题》、《苏维埃俄罗斯的革命诗人玛霞考夫斯基》等；一九二五年后任国桢编译的《苏俄的文艺论战》出版；列宁的《托尔斯泰与当代工人运动》被翻译过来，载于一九二五年二月十二日《民国日报·觉悟》，《党的组织与党的文学》以《论党的出刊物与文学》为题，译载于一九二六年《中国青年》周刊。当然，这些翻译介绍的文章并不都是马克思主义文艺思想，也包括一些国际无产阶级文学运动中的“左”的错误。这一切都为中国无产阶级文学的兴起埋下伏线。

在早期共产党人革命文学主张的引导下和国际无产阶级文学运动的影响下，一九二四年出现了蒋光慈、沈泽民等倡导革命文学的“春雷社”，杭州的“悟悟社”以提倡革命文学、鼓舞革命性为宗旨，革命文学主张在广大的文艺青年和小资产阶级作家中所引起的反响更强烈，尤其值得称道的是五四文学革命的主将鲁迅和郭沫若到了本时期，也关注革命文学的倡导。一九二五至一九二六年鲁迅已重视马克思主义文艺的研究，并试图以马克思主义眼光来评价苏俄诗人的作品；一九二七年春他发表了《革命时代的文学》的讲演，从文学与革命的关系上论述了革命文学产生的时代条件，并提出了“革命人做出东西来，才是革命文学”的精辟见解。郭沫若在“五卅”前后发表了《孤鸿——致成仿吾的一封信》、《文艺家的觉悟》、《革命与文学》等文，明确地提出“革命文学”的口号，指出“今日的文艺，是我们现在走在革命途上的文艺，是我们被压迫者的呼号，是革命穷促的喊叫，是斗士的咒文，是革命豫期的欢喜。这今日的文艺是革命的文艺”；他还指出“现在所需要的文艺是站在第四阶级说话的文艺，这种文艺在形式上是现实主义的，内容是社会主义的”，“时代所要求的文学是同情于无产阶级的社会主义的写实主义的文学，中国的要求已经和世界的要求一致”。鲁迅和郭沫若对“革命文学”的认识不无偏颇之处，尤其郭沫若的见解有些“左”的痕迹；但是这并不能削弱他们对于“文学革命”不停顿地发展到“革命文学”历史阶段所产生的举足轻重的作用。

所有上述一切，从理论主张上、文学队伍上为后来无产阶级文学运动的展开做好了准备。这是本时期文学运动向纵深发展的重要标志之一。

众多的受过五四运动洗礼的觉醒了的知识分子或文学青年，在平民主义和个性主义思潮的激荡下，或继承五四文学革命的“为人生”的现实主义传统或继承强烈要求表现自我的浪漫主义传统，于一九二一年后纷纷结成文学团体，创办文学刊物，致力于新文学的创建，推动文学革命向深度和广度发展。这是本时期新文学运动深入的又一重要标志。

五四文学革命时期没有纯文艺性质的社团和刊物，《新青年》是提倡文学革命的大本营，却是个综合性的文化刊物；继之而起的《新潮》、《少年中国》等，都是综合刊物。虽然这时文学新军已初步形成，不同流派已开始孕育；但是随着五四运动高潮的过去，“新青年”团体发生严重分化，“新潮社”的“几位骨干主将都先后出国，维持者缺乏当时发起者的一股魄力，群众无主，也就逐渐消沉而归于消灭”，“少年中国学会”也因内部不一致而难能“维持它的生命”①。特别“五四”以后，各帝国主义列强在背后扶植封建军阀作为其在华的代理人，煽动各军阀连年混战，中国人民处于水深火热之中。面对着黑暗的社会现实和沉闷的政治气氛，许多经受五四新思潮冲击已初步觉醒的知识分子，较普遍地患有时代忧郁症。由于他们仍以平民主义或个性解放思想作为追求的目标和探求人生问题的武器，因而常常陷于苦闷、悲哀和迷惘之中。他们为倾吐内心的忧郁、探索人生的道路、追求光明的前程，便组织文学社团、筹办文艺刊物。叶绍钧曾说：“刊物是心与心的航线，当时一般青年感得心里空虚，须要装载一些东西来容纳进去，于是读刊物，同时又感得心里饱胀，仿佛有许多的意思许多的事情要向人家诉说，于是办刊物。在这样的情形下，刊物就像春草一般萌生，名称大概含有一个‘新’字，也可见一时人心的趋向了。”②再由于文学运动本身的发展，“五四”以后已由侧重于理论提倡转变为侧重于创作实践，已由侧重于对旧文学的摧毁转变为侧重于对新文学的建设，因而这种新的客观重任就要求有大批专门的文学社团和文艺刊物来承担。在这种变化了的主客观历史条件下，各种思想和艺术倾向的纯文学社团和纯文艺刊物便应运而生，蔚然成风。后来茅盾曾说：“这几年的杂乱而且也好像有点浪费的团体活动和小型刊物的出刊，就好比是尼罗河的大泛滥，跟着来的是大群的有希望的青年作家，他们在狂猛的文学大活动的洪水中已经练得一副好身手，他们的出现使新文学史上第一个

① 郭绍虞：《关乎文学研究会的成立》。
② 《倪焕之》。

‘十年’的后半期顿然有声有色!”[①]据统计,从一九二一年到一九二三年全国出现的大小文学社团四十个,出版文学刊物五十二种,截止一九二五年出现的文学社团和刊物各不下百余,几乎遍布各大中城市,其中比较活跃的有:文学研究会和创造社是两个成立最早的规模最大的文学社团,前者于一九二一年一月正式成立北京,后者于一九二一年七月在日本东京组成。它们的出现标志着新文学运动形成了独立的大军,在北京,先后建立的曦社发刊《爝火》,星星文学社出版《文学周报》,婴孩社出版《婴孩的》和《星花》,劳动文艺研究会出版《火球》,蔷薇社刊行《疏星》,语丝社发行《语丝》,以浅草社为其前身的沉钟社出版《沉钟》,未名社出版《未名》半月刊和三种丛书,新月社以《现代评论》、《晨报副刊》为活动阵地,在天津及河北省,前后建立的绿波社刊行《诗坛》,天津南开学校的文学会出版《文学》半月刊,冀县第六师范的文学研究会出版《微笑周刊》;在江苏,先后出现的玫瑰社刊行《心潮》,诗学研究社出版《诗学半月刊》,南通的文艺共进社刊行《嫩芽》,苏州的晓光社出版《晓光》,松江的弥洒社出版《弥洒》;在上海,民众戏剧社出版《戏剧》月刊,南国社创办《南国》半月刊,狂飚社(活动于京沪两地)出版《狂飚》周刊,神州文学社出版《文学季刊》,东风社刊行《东风季刊》;在浙江、宁波最为热闹,春风周报社出版《春风周报》,日月文学社出版《日月旬刊》,飞蛾社发行《飞蛾》,杭州的湖畔诗社出版《湖畔》等诗集和刊物《支那二月》,绍兴爱美文艺社出版《爱美》;在广东,广州文学研究会分会出版《文学旬刊》,潮汕火焰文学社刊行《火焰》周刊;在湖南,长沙是中心,湖光文学社出版《湖光》,旭光社刊行《旭光》,鸡鸣社出版《鸡鸣》,晨光刊行《晨光》;在四川,草堂文学研究会出版过《草堂》、《浣花》和《小露》;在云南,云波社刊行《云波旬刊》,还出版过《翠湖之友》;在湖北,星野社出版《星野》,武昌大学的艺林社出版《艺林旬刊》;在东北,吉林的白杨社刊行《白杨文坛》,奉天的东光社出版《东光周刊》;安徽的芙蓉社刊行《芙蓉》,太原的红光文学社出版《红光》,等等,不一而足[②]。可见,当时整个中国到处有新文学活动的踪迹,文学团体和文学刊物如璀璨的繁星布满了神州大地。虽然从事这一活动的主体是青年知识分子和大中学生,虽然有相当多的社团和刊物如同彗星一闪即逝,但是他们在中国新文学的黎明时期所留下的闪光足迹将长久地辉映着文学史册。

文学社团的涌现,文艺刊物的丛生,必然给多样化文学派流的形成提供充

① 《中国新文学大系·小说一集导言》。
② 《中国新文学大系·小说一集导言》。

实的历史条件。由于各文学社团的组成人员的艺术趣味、思想气质、生活经历、美学追求等不尽相同,因而在对文学与现实、文学与自我关系的理解上,在文学反映生活和表现内在感情的方式上以及文学功能的认识等方面,便体现出不同的美学倾向,即有的倾向现实主义,有的倾向浪漫主义,有的倾向象征主义,有的倾向唯美主义等;而这种美学倾向体现在一个作家或社团身上并不是纯而又纯,也不是凝固不变的,这里是仅就某一个阶段的主导方面而论的。由这些作家所组成的各种文学社团便孕育出不同美学风格的文学流派,其中影响较大、成绩显著的是现实主义和浪漫主义两大流派。就其主导倾向来说,文学研究会和语丝社是现实主义流派的代表。文学研究会继承《新青年》的“为人生”“为平民”的现实主义传统,在以周作人、朱希祖、耿济之、郑振铎、瞿世英、王统照、沈雁冰、蒋百里、叶绍钧、郭绍虞、孙伏园、许地山等十二个人署名的发起“宣言”中,公开声明“文学是一种工作,而且又是于人生很切要的一种工作”,他们利用改组后的《小说月报》、《文学旬刊》等为阵地,反对无病呻吟的消遣游戏的文学,提倡“为人生”的血和泪的文学和表现社会生活的真文学,强调文学表现人生、改造人生的社会职能,要求在平凡的人生际遇中发掘富有社会意义的内容来,并把对人生的思考溶解于普通人的生活、追求和命运之中。正如郑振铎后来指出的,文学研究会“鼓吹着为人生的艺术,标示着写实主义的文学的,他们反抗无病呻吟的旧文学;反对以文学为游戏的礼拜六派的‘海派’文人们。他们比起新青年派更进一步地揭起了写实主义的文学革命的旗帜的。他们不仅推翻传统的恶习,也力拯青年们于流俗与沉迷之中,而使之走上纯正的文学大道”①。语丝社也是现实主义文学团体,成立于一九二四年,刊行《语丝》周刊,主要成员有鲁迅、周作人、林语堂、刘半农、孙伏园、钱玄同等;虽然没有独立的文学主张,却提倡“任意而谈,无所顾及,要催促新的产生,对于有害于新的旧物,则竭力加以排击”②。这表明它继承五四新文学的现实主义战斗传统,并主要以杂文、散文为武器从事社会批评和文化批评,形成一种具有泼辣幽默风格的“语丝文体”。就其主导倾向来说,创造社、南国社、弥洒社是浪漫主义文学流派的代表。创造社继承了五四新文学的强调表现主观情感的浪漫主义传统,由郭沫若、成仿吾、郁达夫、郑伯奇、张资平等人发起成立,被称为“异军突起”,立志急挽文学革命的狂澜。成仿吾当时给郭沫若的信指出:“新文化运动已经闹

① 《中国新文学大系·文学论争集导言》。
② 鲁迅:《我和〈语丝〉的始终》。

了这么久,现在国内杂志界的文艺,几乎把鼓吹的力都消尽了。我们若不急挽狂澜,将来不仅那些老顽固和那些观望形势的人更嚣张起来,就是一班新进亦将自己怀疑起来。"[①]开始,他们发扬了狂飚突进的时代精神,成为新文坛一支反帝反封建的劲旅,在文学上积极提倡表现"内心的要求"的浪漫主义,强调"统一人类的感情和提高个人的精神"是文学的"两种伟大使命"[②]。虽然他们认为文学只求美与全,除去一切功利打算,但是又指出文学富有启发民众救国救民自觉的职能。创造社大多数成员深受西欧浪漫主义和我国古代浪漫主义的影响,为了表现自己对帝国主义和封建主义双重压迫的切身体验,抒发自己内在个性解放要求和爱国主义激情,他们选取了浪漫主义这种最恰当的表现方式。"历史告诉我们,在反封建的斗争中必然要发展出个人主义以及文学上的浪漫主义,所以创造社的浪漫主义文学运动的出现及其风靡一时,可谓势所必然"[③]。虽然提倡浪漫主义的创造社一度也带上唯美主义色彩,但真正代表唯美主义的文学流派则是出现较晚的新月社,它自一九二三年成立便视艺术美是至高无上的,不过这个流派的成员比较复杂,其文学倾向也是良莠混杂,对其在现代文学进程中的积极或消极影响应作具体分析。

到了"五卅"前后,一些影响较大的文学社团都程度不同地发生深刻分化或转化,有相当部分的小资产阶级作家的政治态度、世界观、美学理想和创作倾向朝着"革命文学"的方向移动,尤其鲁迅、郭沫若、沈雁冰等新文学巨匠的变化更为显著。文学研究会受到"五卅"革命浪涛的巨大冲击,且不说早期共产党人沈雁冰兄弟已关注无产阶级文学艺术的倡导,就是叶绍钧、郑振铎、朱自清等作家的思想和创作也发生了新的变化。创造社在"五卅"前后的变化更大一些,郭沫若不仅在政治上由革命民主主义者向共产主义者转变,而且在文艺观上也发生了带有根本性的变化,他同成仿吾、郁达夫等骨干成员直接到广东参加革命活动,这为创造社后期倡导无产阶级文学运动奠定了基础。语丝社在分化中继续前进,虽然有的作家"五卅"后逐步避开斗争的火线,离现实社会生活越来越远了,但是鲁迅等却呼唤着革命的暴风雨勇猛向前,经过一段追求和探索之后坚定地走向革命文学阵营,世界观也开始向无产阶级思想轨道上运转。湖畔诗社的冯雪峰、应修人、潘漠华"五卅"运动后都参加了实际的革命工作,并先后参加

① 《新文学史料》1985 年第 2 辑,第 124 页。
② 郭沫若:《文艺之社会的使命》。
③ 茅盾:《关于"创作"》。

了中国共产党。大革命失败后在上海倡导无产阶级文学的基本作家队伍，是由“五四”以后涌现出的大批文学社团的骨干成员组成（当然并不全是），他们把“为人生”的现实主义文学传统和表现自我的浪漫主义传统发展到以无产阶级思想为基础的革命现实主义和革命浪漫主义的新历史阶段。这也许是中国现代文学发展的特殊规律。

本时期新文学运动向纵横深入的第三个重要标志，是文学创作的大丰收大繁荣。同五四文学革命倡导时期相比，这是一个建设新文学、推进新文学的新时期，是一个需要探索能够探索的时代，是一个思想继续解放并在思想与艺术上允许自由追求（当然是有限度的）的时代。旧的艺术领域个个被攻破，新的艺术天地不断被开拓，生活的丰富性和多面性、心灵的复杂性和多层性开始在各类文学体裁中得到深浅不同的反映和表现，对于广阔社会内容的开掘和多层自我意识的解剖以及复杂人生的哲理思考，增强了新文学创作的深度和广度。生活内容的多样性决定着文学艺术的多样化，思想内容的不断更新必然要求艺术形式的更新，即要求作家以自己独特的感受、情愫和思想，去渗透、融化和深化生活素材，寄寓自己的人生态度和美学理想，不仅使文学风格日益多样化，而且具有鲜明艺术个性的作家日益增多。由于大多数作家敢于探索生活勇于探索艺术，致使不同文学品种和美学风格的作品大批涌现出来。据阿英的不完全统计，从一九二一年到一九二七年光出版的创作总集有十三部之多，诗歌总集及别集约八十部，小说总集及别集约一百多部，戏剧总集及戏剧集约二十多部，散文集约四十多部。

这个时期在文学创作上之所以题材、体裁、风格多样化，取得空前丰收，考其主要原因（亦是带有规律性的东西）在于：一是五四时代的第一次思想解放运动的余波仍在漫延，马克思主义在深入，民主与科学还在流传，极大地解放了进步文学工作者和文学青年的思想，进一步开拓了他们的视野，“一切价值的重新估定，渐渐成为流行的观念。对于思想学术，对于风俗习惯，对于政治制度，都要把它们考试一下，重新编排它们的等列；而主试者就是觉悟青年的心。这好像是一件随便什么时候会发生的事，其实不然。一切既已编定了等列，人们就觉更没有可疑；那是甲等，那是乙等，完全信奉下去，倒是非常普通的事。若问到甲等的是否真该甲等，乙等的是否必须乙等，这常在人心经过了一阵动摇之后。明明是宝贵的东西，何以按求实际，竟一点也不见稀奇？明明是相传有某种价值的东西，何以生活里边撞见了它，竟成不兑现的支票？疑问越多，动摇越厉害；枝枝节节地讨究太不快意了，索性完全推翻，把一切重行考试一下吧。这才教既定的等列变更一番。而思想上的这一切动态，通常就称为‘解放’①。”正由于文学青年和作家的思想获得大解放，才能大胆地破旧创新，毫无束缚地进行艺术实践，凭着自己对生活的独特感受和独立思考以及美学追求，去反映生活去表现自己，因而创造出大批的具有新思想新内容新形式新风格的作品；也因为思想解放，才使作家的艺术才华和独创能力得到充分发挥，产生了一些具有卓越的多方面的文学才能的现代文学巨子，在各个文学领域获得了丰硕成果。二是与这个时期的政治形势有着密切联系。从五四运动以后到“四一二”反革命政变，中国人民反帝反封建的怒潮一个浪头高过一个浪头，到“五卅”惨案达到一个新高潮，人民力量相对强大起来，帝国主义和封建军阀势力暂时处于招架地位而又互相争斗，致使军阀之间连年混战，因而存在着某种程度的创作自由、出版自由的外界空间，尽管各地军阀也查禁进步或革命的书刊，但实际上五四运动后的出版物却如同雨后春笋般地破土而出，全国文学刊物不下几百种，文学研究会、创造社等文学社团不仅出版数种刊物且发行过多种丛书。可见政治环境能否为作家提供某种程度的创作自由和出版自由，是关系整个新文学事业能否繁荣发展的至关重要的问题；只有具备了一定创作与出版自由的客观条件和作家思考自由与想象自由的主观条件，文学创作才能丰收，多样化的创作风格和鲜明个性的作家才能出现于文坛。三是各种文学社团或流派之间展开相互的批评和竞赛，各个文学社团或流派内部的作家与作家之间也进行相互批评和竞赛，这势必造成文学创作上争奇斗艳、百花怒放的局面。当时，不论文学研究会的所谓“为人生派”的大部分作家，或是创造社的所谓“为艺术派”的大部分作家，以及它们同新月社之间，即使诗坛上的自由诗派、象征诗派和格律派之间，都能相互展开批评，进行自由竞赛，冲破了一个个旧文学的因袭领地，开垦了一块块新文学的处女地。如文学研究会在批评“海派”文人或其他流派的同时，积极开展创作上的竞赛，以货真价实的文学作品和其他流派争誉媲美。这就大大促进了文学创作的繁荣昌盛。四是一九二一年以后新文坛出现了比五四文学革命时期对欧洲文学思潮或作家作品更加广泛的翻译和介绍的热潮，在每个作者面前打开一个崭新的文学世界，差不多每个作家都读过一些世界文学名著，心中都珍藏着几个自己所喜爱的文学作家，思想上都受到一种

① 叶绍钧：《倪焕之》。

或几种外国近代文艺思潮的吸引，几乎想着在短短的几年内把欧洲近代文学几百年进化的路线都走完，使我国新文学迅速赶上世界文学潮流，缩短中国文学现代化的里程。这也是造成本时期文学创作的千姿百态、风格多样化的重要原因之一，说明中国新文学的发展是离不开与世界文学的广泛联系，离不开对世界近现代文学的借鉴和汲取。

特别值得重视的是，尽管这个时期"苦闷彷徨的空气支配了整个文坛"，给相当一部分文学创作染上或深或浅的忧郁感伤的色彩，但也必须承认具有无产阶级思想倾向和美学风格的作品却日益增多，不仅瞿秋白、蒋光慈、张闻天、顾仲起等创作了相当数量的革命文学作品，而且鲁迅、郭沫若、郁达夫、叶绍钧等重要作家的创作也明显地增进了新的思想因素。这在一定程度上展示了"文学革命"向"革命文学"发展的趋向。

由上述可以清楚地看到，本时期的新文学运动带有由五四文学革命向无产阶级文学过渡的历史特征，这是文学革命向深度和广度深入发展的新时期。

第五节　文艺思想的论争

五四新文学运动是一场深刻的思想革命，不论文学的内容或形式，不论文学理论观念或社会审美意识，都要革故更新，破旧创新。因此文学革命的演进过程必然充满了不同思想的论争，有的是带着敌意的新旧势力的斗争，有的是认识上的分歧而引起的争辩，有的是学术性的讨论，总之正是这样那样的论争在很大程度上推动了新文学的发展。"在革新运动里，没有不遇到阻力的；阻力愈大，愈足以坚定斗士的勇气，扎硬寨，打死战，不退让，不妥协，便都是斗士们的精神的表现。不要怕'反动'。'反动'却正是某一种必然情势的表现，而正足以更正确表示我们的主张的机会。三番两次的对于白话文学的'反攻'，乃正是白话文运动里所必然要经历过的途程。"[①]这是郑振铎从新文学阵营同敌对势力的反复斗争中对文学革命进程所作的带有规律性的总结。

与折衷派的论争

胡适与陈独秀于一九一七年初在《新青年》上真正揭起文学革命的大旗，虽

① 《中国新文学大系·文学论争集导言》。

然没有很有力的反对势力，但却出现了一种凡庸的折衷论，而且随着文学革命的演进这种折衷论并未消失，新文学倡导者不断地同它们进行论辩。这些折衷论者并不完全反对文学革命，且在一定程度上给以赞助和拥护。一九一七年四月曾毅《与陈独秀书》中表示，对《文学革命论》和《文学改良刍议》甚感佩服，足下的伟论可使吾人精神界顿换一新天地，特别“主张写实，主张通俗，此二者足以破千古文学之的”，但他又不同意立即以今天的通俗语言取代文言，主张“取古今文人之诗文”选为课本，使一般青年“知有宗向”，实际上这是把古代的通俗文学作为五四文学革命的楷模和方向。李濂镗在《与胡适书》中极赞《文学改良刍议》议论精当，识见高超；但又认为“不用典不讲对仗两款，确有矫枉过正之弊”。方孝岳在《我之改良文学观》一文中，既称赞文学革命之声倡之于胡适张之于陈独秀，二君皆欲以西洋文学之美点输入我国，其事甚盛；但又认为以白话为各种文字，恐矫枉过正，不必全用俗字俗语。余元濬在《读胡适先生文学改良刍议》中，对文学改良的“八事”既赞成又“不敢取绝对的服从，则有折衷之论在乎”。[①] 对于上述的折衷派的论调，作为当时远在异国的胡适则采取容许“国中先生质疑问难”的态度；而在国内亲自领导文学革命的陈独秀却表现出坚定不移的立场。他说：“改良文学之声，已起于国中，赞成反对者各居其半。鄙意容纳异议，自由讨论，固为学术发达之原则，独至改良中国文学，当以白话为文学正宗之说，其是非甚明，必不容反对者有讨论之余地，必以吾辈所主张者为绝对之是，而不容他人之匡正也。其故何哉？盖以吾国文化，倘已至文言一致地步，则以国语为文，达意状物，岂非天经地义，尚有何种疑义必待讨论乎？”[②]

胡适回国后，于一九一八年四月发表了《建设的文学革命论》，当时在美国留学的朱经农、任鸿隽见到《新青年》四卷四号，虽然他们同胡适是老同学老朋友，并对白话文学主张表示了一些赞同意见，但基本态度却是折衷的或不同意的。朱经农坚决反对钱玄同的将文言与白话一概废除而采用罗马文字作为国语的主张；对胡适的以白话取代文言的主张也并不完全赞同。他认为“主张专用文言而排斥白话，或主张专用白话而弃绝文言，都是一偏之见”，因此他主张“文学的国语”对于文言和白话应该采取兼收而不偏废的折衷态度。胡适对于朱经农能用白话文体写信论辩文学革命问题表示欢迎，但对他的白话与文言兼收并存说是不同意的，重申“文学的国语”就是中国今日比较的最普通的白话，

---

① 以上引文见《新青年》3 卷 2、3 号。

② 《胡适文存》卷 1，第 43 页。

而这种国语的语法文法全用白话的语法文法。任鸿隽对胡适的《建设的文学革命论》大为赞成;但他并不同意立即把白话作为新文学的利器。他认为"现在讲改良文学,第一当在实质上用工夫;第二要有完全驱使文字的能力,能用工具而不为工具所用",他特别反对钱玄同的废汉文汉语的主张。对于前者,胡适的回答是:我们深信文言不是适用的工具,白话才是很合用的工具,我们因为要"用工具而不为工具所用",故敢决然弃去那不适用的文言工具,而专采用那合用的白话工具;对于后者,钱玄同坚定的回答:汉文一日未废灭即一日不可不改良,譬如一所很老很破的屋子,既不可久住,自须另造新屋!新屋未曾造成以前,居此旧屋之人自不得不将旧屋东补西修以蔽风雨!但决不能因为旧物既经修补,便说新屋不该另造也。他认为每个爱国之士,"惟其爱他,所以更替他想法,要铲除这种'昏乱'的'历史,文字,思想,'不使复存于'将来子孙的心脑中?'要不长进的民族,变成了长进的民族,在二十世纪的时代,算得一个文明人。要是现在自己不去想法铲除旧文字,则这种'不长进'的'中国人种',循进化公例,必有一天要给人家'灭绝'"①。胡适对折衷派的态度较在国外时有所改变,对白话文学主张不再容他人匡正了,但是比起钱玄同的态度还是温和得多,当然钱的废汉文的主张不是没有可议或偏颇之处。

一九一九年八月,胡适的同乡黄觉僧在上海《时事新报》上发表一篇《折衷的新文学革新论》,虽然他敬佩《新青年》诸君共张文学革命之旗,也不赞成"反对文学革新之国粹论者",但他却反对文学革命论者以白话取代文言,而主张"通俗的美术文(用于通俗教育者)与中国旧美术文"并行,即文言文与白话文分庭抗礼,并指斥胡适的白话文学见解有偏激之处,他主张不纯用白话。胡适对这种折衷论不再宽容了,坚定地回答道:若要使中国有新文学,若要使中国文学能达今日的意思,能表今人的情感,能代表这个时代的文明程度和社会状态,非用白话不可,若要使中国有一种说得出听得懂的国语,非把现在最通行的白话文用来作文学不可。因此胡适极反对黄觉僧的"并行说",他坚决主张现在的中国人应该用现在的中国话做文学,不该用已死的文言作文学,虽然"古文文学"是中国文学的一小部分,但决不是文学的正宗,更不能以它阻碍国语文学的发展②。沈雁冰同折衷派的"美文的(文学作品)用旧——即文言""通俗的说理的(应用文)用新——即白话"的"并行说"的争辩,虽然没有像胡适那样从文学

① 以上引文见《新青年》5卷2号。

② 《胡适文存》卷1,第150~156页。

与社会与时代与个人情感的关系上论述废文言倡白话的必要性,但他却以进化论的发展观,从新文学的普遍性质(即广泛的群众性、社会性)及美文的本质上,阐明了提倡白话废弃文言的深远意义,并纠正了胡适的文言只能做死文学、白话才能做活文学的绝对化倾向。他辩证地指出,"美文"不仅文言可以作,白话也可以做,单从表现形式的角度看这是符合文学史实的,但判断新旧文学的性质不只是语言形式,而在于内容实质,即使衡量文学内容实质也不能光看"新",因为"最新的并不就是最美的",唯有"真实"才是"美"①。这就有力地回敬了折衷派的主张,助长了白话文学的威势。朱希祖在《非"折衷派的文学"》等文中,以进化论的发展观对所谓折衷派作了比较深刻的分析。他认为文学只有新的旧的两派,无所谓折衷派,新文学有新文学的思想系统,旧文学有旧文学的思想系统,断断调和不来;况且文学的新旧不能只在文字上看而要在思想主义上考察,若从文字上看以为做了白话就是新文学,那么宋元以来的白话文很多难道就是新文学吗?所谓折衷二字是新旧杂糅的代名词,就是把旧材料用新法组织的代名词,或是旧材料新材料并用的代名词,这是中国社会上最流行的思想和主义。按照进化的公例总是新的胜于旧的,一味的折衷调和,得过且过,社会是不会进步的。一代的文学家须要做一代的新细胞新生命,才是对社会有用,若做那半新半旧的细胞,半死半生的病人,所谓维持现状的办法是断断靠不住的;因而"新文学的思想,对于旧文学的思想,本来已经进一步,断不能退转来,与旧文学折衷调和"②。特别他针对"白话的文与文言的文,皆是不可灭的"论调,在《白话文的价值》中从正面论述了白话文的价值,给予有力地驳斥。他认为白话的价值分功用上的价值和本质上的价值两个层次。所谓白话文功用上的价值有三:一是作白话的文不必用功于作文,只要用功于说话,演说难讲,随时随地可以为练习文章之用,所以有了思想口可以表达的笔亦可以表达,说话与作文成为一件事的两面,一举而有两利,二是学文言作文须一二十年成功,学白话作文四五年即可成功,学白话文的知识超出于学文言文约数十百倍,三是作白话的文照他的口气写出来,句句是真话,确肖其为人,白话的文是不妆点的真美人,自然秀美,文言的文是妆点的假美人,全无生气。所谓白话文本质上的价值有二;一是文言的文只能伪饰贵族文人,至于社会全体的真相,非白话俗语不能传神毕肖;白话的文学领土,既能容纳一国的全社会,又能容纳外国的各社会,

① 《小说新潮栏宣言》。
② 《新青年》,6卷4号。

运用自如,活泼泼的,而文言的文既以古为质范围又狭,与现代社会现代人生不相应,竟与死一样。二是文学之对于人生与食物同,若从消化的角度看白话的本质仿佛就是粥、饭、面包、牛乳和鸡子,而文言的文远不及白话的文消化容易;因为文言文以古为质,读的人往往食古不化,不仅无补于人生,反使社会毫无活力,惟有白话文的营养料才能被读者尽吸收,于人生社会有所裨益。正由于白话文具有如此重要的价值,所以不能将文言与白话并存,必须以白话取代文言的正宗地位[①]。蔡元培也不同意白话与文言并存的折衷论,他强调国文的问题最重要的就是白话与文言的竞争,而将来白话派一定占优胜。因为"白话是用今人的话,来传达今人的意思,是直接的";况且"提倡白话的人,是要大家公用一种普通话借着写的白话,来统一各地方的话,并且用读音统一会所定的注音字母,来帮助它",所以他断定白话派一定占优越,决不能调和折衷或者搞平行,特别应用文一定要全用白话,至于美术文(文学作品)或许"有一部分仍用文言"[②]。经过反复论争,坚定了白话文必然取代文言正宗地位的方向。

同守旧派的论争

鲁迅曾指出:"记得初提倡白话的时候,是得到各方面激烈攻击的。"[③]一九一七年一月胡适《文学改良刍议》一发表,古文家林纾便在是年二月八日出版的上海《民国日报》上发表《论古文之不宜废》,反对胡适的白话文学主张,维护古文的正宗地位。公正地说,林纾可算是近代著名文学家,曾参加过晚清文学改良运动,鼓吹过进步的小说理论,较早地翻译了大量的外国小说,若从历史的联系上来看他的这些文学活动对五四文学革命的兴起是起过积极作用的,但是,历史的辩证法又是无情的,在五四新文学运动中他的确又扮演了一个维护文言文反对白话文的角色。林纾开始放过一枪后,似乎沉默了一个阶段,守旧派对文学革命这面大旗,好像始而漠然无睹,继而则鄙夷不屑与辩;新文学倡导者们也感到不曾遇见过一个有力的敌人,仿佛尽在空中挥拳,自己的见解也不能发挥尽致。在这种背景下,一九一八年三月的《新青年》上便导演了一场"双簧戏",在《文学革命之反响》这个总题目下,发表了两篇针锋相对的文章:"一是钱玄同托名王敬轩写的《王敬轩君来信》,集中了守旧派对新文学的攻击诋毁之

① 以上两文见《新青年》,6卷4号。

② 《国文之将来》。

③ 《写在〈坟〉后面》。

词;一是刘半农执笔写的《复王敬轩书》,逐条驳斥守旧派的谬论。这一出“苦肉计”演得好,在社会上产生了不小的反响。《新青年》四卷六号上发表了化名“崇拜王敬轩者”的短文,他认为王敬轩对新文学运动的诽谤是“崇论宏议”,令人佩服;而对刘复的反驳却视为“肆口侮骂”,有悖“自由讨论学理”。对这种是非颠倒的论调,陈独秀予以驳斥,并申明本志对反对言论所采取的三种态度:“立论精到,足以正社论之失者,记者理应虚心受教。其次则是非未定者,苟反对者能言之成理,记者虽未敢苟同,亦必尊重讨论学理之自由虚心精益。其不屑与辩者,则为世界学者业已公同辩明之常识,妄人尚复闭眼胡说,则唯有痛骂之一法,讨论学理之自由,乃神圣自由也”①。

真正有力的反对新文学的守旧势力终于嚣张起来了。刘师培、黄侃于一九一九年初创办《国故》月刊,以昌明中国固有之学术为宗旨,极力推崇魏晋以上的古文,诋毁白话文学运动。经过一段沉默的林纾又站起来,接连不断地向新文学阵营发射炮弹,大有一下子扑灭新文学运动之势。一九一九年二、三月间,连续在上海《新申报》上发表了《妖梦》和《荆生》两篇影射小说,对新文学运动的先驱陈独秀、胡适、钱玄同等极尽丑化诬蔑之能事,假借“侠士”之口鼓吹“中国四千余年,以伦纪立国”,幻想有一个“伟丈夫”(实指安福系军阀徐树铮)来铲除新文学运动诸如陈、胡、钱等“妖魔”。同时他在《论古文白话之相消长》一文中,极力维护文言的正宗地位,反对以白话取而代之。他讽刺“废古文用白话者,亦正不知所谓古文也”;主张“古文者白话之根柢,无古文安有白话”,并哀叹“吾辈已老,不能为正其非,悠悠百年,自有能辩之者”。其实并没有等到“百年”,林纾迫不及待地写信给北大校长蔡元培,亲自出马“正其非”了。他对于新文化运动的“覆孔孟,铲伦常”横加指责,并以外国的民主主义思潮来维护孔孟之道,说什么“外国不知孔孟,然崇仁,仗义,矢信,尚智,守礼,五常之道,未尝悖也,而又济之以勇。弟不解西文,积十九年之笔述,成译著一百二十三种,都一千二百万言,实未见中有违忤五常之语”;他对白话文学更是极尽藐视之词,说“天下唯有真学术真道德始足独树一帜,使人景从。若尽废古书,行用土语为文字,则都下引车卖浆之徒所操之语,按之皆有文字,不类闽广人为无文法之啁啾。据此,则凡京津之稗贩,均可用为教授矣。”②

对于守旧派的攻击和诋毁,新文学阵营给予有力的驳斥和论辩。陈独秀一

---

① 《讨论学理之自由权》。

② 林纾:《致蔡鹤卿书》。

针见血地指出，守旧派攻击《新青年》的主张，"是根本上立在反对的地位了。他们所非难本志的，无非是破坏孔教，破坏礼法，破坏国粹，破坏贞节，破坏旧伦理（忠孝节），破坏旧艺术（中国戏），破坏旧宗教（鬼神），破坏旧文学，破坏旧政治（特权人治），这几条罪状"①。李大钊在《新旧思潮之激战》中正告那些顽旧鬼祟，抱着腐朽思想的人；你们应本着你们所信的道理，光明磊落地出来同这新派思想家辩驳、讨论；你们若是不知道这个道理，总是隐在人家的背后；想抱着那位伟丈夫的大腿，拿强暴的势力压倒你们所反对的人，替你们出出气，或是作篇鬼话妄想的小说快快口，造段谣言宽宽心，那真是极无聊的举动。须知中国今日如果有真正觉醒的青年，断不怕你们那伟丈夫的摧残；你们的伟丈夫，也断不能摧残这些青年的精神，滔滔滚滚的新思潮和蓬蓬勃勃的新文学运动谁也阻挡不住。蔡元培在《答林君琴南函》中义正辞严地回答了林纾对新文学运动和文学革命策源地北京大学的责难，保护了新文学运动的先驱们。针对林纾的"《水浒》、《红楼》作者，均博极群书之人，总之非读破万卷，不能为古文，亦并不能为白话"的指责，蔡元培申明："北京大学教员中，善作白话文者，为胡适之，钱玄同，周启孟诸君。公何以证知为非博极群书，非能作古文，而仅以白话藏拙者？胡君家世从学，其旧作古文，虽不多见，然即其所作《中国哲学史大纲》言之，其了解古书之眼光，不让于清代乾嘉学者。钱君所作之《文字学讲义》，《学术文通论》，皆古雅之古文。周君所译之《域外小说》，则文笔之古奥，非浅学者所能解。然公何宽于《水浒》、《红楼》之作者，而苛于同时之胡钱周诸君耶？"并且表示北大对于各派学说，仿世界各大学通例，循"思想自由"原则，取兼容并包主义，无论为何种学派，苟其言之成理，持之有故，尚不达自然淘汰之运命者，虽彼此相反，而悉听其自由发展。鼓啸殊在《古迷》一文中，揭露守旧派想把《新青年》推翻骂倒，这是"古迷病患者的代表，他们的文章就是他们的病状报告书"，其得意的论调则是"世道不古"、"人心不古"、"士风不古"、"斯文不古"、"斯学不古"，公开提倡国粹，以对抗新文化运动和文学革命。鲁迅视反对新文化新文学的守旧派为"现在的屠杀者"，斥责他们"明明是现代人，吸着现在的空气，却偏要勒派朽腐的名教，僵死的语言，侮蔑尽现在，这都是'现在的屠杀者'。杀了'现在'，也便杀了'将来'。——将来是子孙的时代。"②沈玄庐指出中国"这一片干净土上，已经被旧思想的旧文学占领许多年了。现在我们要在这片土地上下种

① 《本志罪案之答辩书》。
② 《随感录五十七·现在的屠杀者》。

子，暂时要认他作为战场，能够在这个战场上把旧东西扫除得干干净净，才算得完全光复了领土。我希望提起笔来替人写字的青年，就此杀进去罢。”①实际上这是号召文学青年拿起笔来同旧思想旧文学以及维护它们的守旧派进行斗争。一九一九年四月《每周评论》第十七、十九两号上，刊出了《对于新旧思潮的舆论》的特别附录；《新青年》也辑录了林纾等人的谬论，刊于篇末“什么话”一栏。实际上这是对守旧派的一次群起而攻之的“围剿”，也是新旧思潮新旧文学的一次较量。通过新文学阵营同守旧派的正面对垒，越发显示出封建旧文学的腐败和新文学的无比威力，推动了白话文学运动和新文化运动的发展。

与“学衡派”的论争

随着新文学运动向纵深发展，自称“学贯中西”的“学衡派"活跃起来，他们站在复古的立场上与新文学潮流相对抗。这一派由南京东南大学的几个教授出版《学衡》杂志而得名。杂志的主编是吴宓，撰稿人有胡先骕、梅光迪等，于一九二二年一月创刊。他们都是留学英美的穿洋装说洋话的复古派，比起林纾来他们对青年带有更大的迷惑性和欺骗性。虽然他们以“中正之眼光”、“无偏无党”、“不激不随”的折衷态度相标榜，实际上是一伙地道的复古派。

早在《学衡》创刊之前，胡先骕就撰写《中国文学改良论》，对文学革命的理论主张和创作实践进行全面诋毁。从中外文学中寻找一些自相矛盾或并不成立的例证，来反对以白话文取代文言文的新文学宗旨；并声明：今日而言创造新文学，必以古文学为根基而发扬光大之，则前途当未可限量，否则徒自苦耳。罗家伦在《驳胡先骕君的中国文学改良论》一文中，对胡先骕的论点和论据作了具体而深入的批驳，并进一步阐明了白话文学主张，最后带有嘲讽口吻地指斥：“胡君此文的全体，名为《中国文学改良论》，实是自己毫无改良的主张和办法。只是与白话文学吵嘴。而且意义文词，都太笼统，不着边际。所以我把各段分析开来的时候，多费了许多唇舌”②。

一九二二年一月《学衡》创刊号发表了梅光迪的《评提倡新文化者》，不仅对各种新思潮予以诋毁，而且给新文化和新文学的倡导者冠上“诡辩家”、“模仿家”、“功名之士”、“政客”等帽子。其实，他并没有什么“惊人的高论”，只是明显地暴露出他维护孔学儒教、反对新思想，维护文言旧文学、反对白话新文学的

① 《新旧文学一个大战场》。
② 《新潮》1 卷 5 号。

复古立场。胡适在《五十年来中国之文学》中驳斥道："这种议论真是无的放矢，正为古文之后还有那背时的骈文；白话已兴之后，还有那背时的骈文、古文，所以有革命的必要！若古文之后无骈体，白话之后无古文，那就用不着谁来提倡有意的革命了。"胡先骕在两万余言的《评尝试集》中，继续反对白话文学主张。他认为"文学之死活，以其自身之价值而定，而不以其所用之文字之今古为死活"。据此他断定"《尝试集》死文学也；以其必死必朽也：不以其用活文字之故，而遂得不死不朽也。物之将死，必精神失其常度，言动出于常轨。适之君辈之诗之卤莽灭裂，趋于极端，正其必死之征耳"。对于胡先骕这种诅咒式的理论，胡适认为"不值一驳"，只是带着嘲讽的口气说道："不论如何，我自己正在愁我的解放不彻底，胡先骕教授却说我卤莽灭裂，趋于极端'，这句话实在未免过誉了。至于'必死必朽'，倒也不在我的心上。"①

就其实质来看，"学衡派"是借着推崇西方希腊以来的古典哲学及东方孔学佛教，激烈反对卢梭以来的浪漫主义潮流，进而诋毁中国新文化运动和文学革命。在他们眼里，古希腊亚里士多德的美学思想是万世不变的楷模，并把希腊古典美学的核心归结为"中庸"，即"希腊哲学家言中庸，孔子言中庸，佛言中道，非仅立身处世则然，即于美术亦莫不然也"；他们谬说卢梭以后直到托尔斯泰都是"浪漫派"，而浪漫派则"尚情感而轻智慧，主偏激而背中庸"，"凡艺术上之规律抛弃罄尽"②。借用这些思想武器，"学衡派"反对新文学运动以白话文取代文言文，反对诗体大解放，鼓吹古典诗词已进于"技术完美之域"，若搞文体革新必使"文体芜杂"；诬新文学作品是"堕落派"文学，是"劣诗"，是"淫秽之作"，妄图要新文学"笃守中庸之道"，以回到旧文学的老路上去。这里应该特别指出的是，古希腊美学思想具有很多宝贵见解，不仅对西方美学史产生过深远影响，而且五四新文学也曾汲取过营养，即使"中庸美"（中和美）在审美意识中也不能完全否定。"学衡派"之所以能借用希腊古典美学为他们复古文学主张服务，重要的原因在于：一是他们带着主观偏见无限地曲解并抬高古典主义，尽力贬低浪漫主义及其此后的种种文艺思潮，过分片面地尊崇中庸美而排斥非中庸美，旨在全面否定五四新文学；二是古典主义诗学规定了繁琐而严格的法规，形式主义较严重，即使"新古学派"也是"格律整齐"，这些与五四时代的张扬科学民主争取个性解放的时代精神、同文学上的"诗体大解放"主张，是背道而驰的。

---

① 《〈尝试集〉四版自序》。

② 胡先骕，《评尝试集》。

可见“学衡派”是伙伪古典主义者。

对于“学衡派”的文化思想，新文学阵营从不同的角度给以批判。早期共产党人邓中夏从政治上揭露了“学衡派”与研究系、政学系、联省自治派、无政府党等是一丘之貉，号召大家结成联合战线，向“梅光之迪”们分头迎击[1]。沈雁冰对于穿着洋装的复古派，一是揭穿他们自相矛盾的面目。“他们自己也研究西洋文学，他们似乎也承认中国旧书里对于文学的研究不及西洋人那么精深；但是他们竭力反对白话。他们忘记了自己所钦仰的英美文学大家原来都是用白话做文章的。”这种自相矛盾的行径，正是“学衡派”的两面性决定的。因为他们盲目崇洋，必然带有洋奴的气味；由于他们迷恋封建文学，必然沾染上封建奴性。这两“性”的结合，就决定了他们在“文学界的反动运动”中的特点和态度[2]。二是对“学衡派”攻击白话诗的谬论，沈雁冰在《驳反对白话诗者》中作了有力的反驳，捍卫了五四新文学运动的初步成果。鲁迅在《学衡》杂志一问世，便写了《估“学衡”》，无情地嘲讽了这群自命“学贯中西”的人物，抓住他们的文言文中的许多谬误之处予以辛辣剖析：“诸公抨击新文化而张皇旧学问，倘不自相矛盾，倒也不失其为一种主张。可惜的是于旧学并无门径，并主张也还不配。倘使字句未通的人也算是国粹的知己，则国粹更要惭惶煞人！‘衡’了一顿，仅仅‘衡’出了自己的铢两来，于新文化无伤，于国粹也差得远。”后来又在《对于批评家的希望》一文中，再次指斥这些人“靠了一两本‘西方’的旧批评论”，“仗着中国固有的什么天经地义之类的，也到文坛上来践踏”。这就含蓄地揭示出“学衡派”赖以攻击新文学运动的思想武器只不过是伪古典主义和孔孟学说而已。

经过这场论争，白话文学的地位更加稳固，“学衡派”的刊物虽然仍在出版，但它已掀不起什么大浪了，“四面八方的反对白话声”也有所减弱。当然文学战线上的“文言与白话之争”并没有止息。

同“甲寅派”的论争

若说“学衡派”这群“学贯中西”的教授是打着“论究学术，阐求真理”的旗号，来否定新文学运动、维护所谓“国粹”的话；那么“甲寅派”向新文化运动进攻则有鲜明的政治背景，即他们是在军阀政府的卵翼下和支持下肆意反对新文

① 《思想界的联合战线问题》。

② 《文学界的反动运动》。

化和新文学,并把它们这种在文化思想战线上向新文化新思想新文学的反扑,同军阀政府对人民反帝反封建怒潮的暴力镇压结合起来,同为军阀政府的倒行逆施作辩护直接联系起来。因此,新文化和新文学阵营同"甲寅派"的论争不限于文化思想、伦理道德、文学艺术领域,已扩大到现实的尖锐的政治斗争。这与当时总的政治形势和新文学运动的总趋向相关联。同"甲寅派"展开论争的一九二五年前后,正值国共第一次合作之际,新的革命高潮正在形成,"文学革命"正向"革命文学"发展。这就决定了与"甲寅派"论争的新特点。

"甲寅派"是由一九二五年在北京复刊的《甲寅》周刊而得名。该刊是章士钊于一九一四年在日本东京创办的,后来停刊了;这次复刊,是当时担任段祺瑞政府司法总长兼教育总长的章士钊,专来攻击新文化和新文学运动的。其实,章土钊在一九二三年八月二十一日至二十二日的《新闻报》上发表的《评新文化运动》,则对新文化和新文学作了诋毁,只因他拿不出新货色,所唱的仍是守旧派的老调,故受到胡适的"不值一驳"的冷遇;《甲寅》复刊,章土钊不仅把此文重新发表,并撰写了《答适之》、《评新文学运动》等文,对新文化和新文学发起新的攻击。虽然《甲寅》周刊成了复古派反对新文化和新文学的大本营,但他们所使用的武器大都是破铜烂铁,主攻目标是对准白话文学,除了谩骂,讲不出什么道理。诬中国青年"以适之为人帝,绩溪为上京,一味于'胡氏文存'中求文章义法,于《尝试集》中求诗歌律令";骂做白话的人"智出英伦小儿女之下","以鄙倍妄为之笔,窃高文美艺之名,以就下走圹之狂,隳载道行远之业……陷青年于大阱,颓国本于无形";诽谤"白话太简单,没有选词择句的余地",公然提出取消"白话文学"这个概念。瞿宣颖在《文体说》中公开申明《甲寅》"揭橥文体纯正,不取白话之说";"甲寅之文字,自是民国十四年之文字,其所标举,乃是文言,以对今日通行之白话"。

对于"'甲寅派"的复古思潮,"思想界联合起来"进行了"分头迎击"。由于参加这场论争的成员比较复杂,所以表现出不同的论争方式和思想特色。鲁迅在与"甲寅派"论争的过程中,把政治批判同文化批判结合起来,并且运用了辛辣嘲讽的杂文笔法,显得异常的尖锐、深刻。针对"甲寅派"鼓吹的"读经救国";鲁迅写了《十四年的"读经"》,指出"读经"与"救国"毫不相干,这只不过是那些"学而优则仕"的人想把它当成玩把戏的工具而已;针对"甲寅派"的"废弃白话"、"标举文言"的复古主张,鲁迅写了《古书与白话》、《再来一次》、《答KS君》等杂文,回敬和嘲讽了章士钊们。"倘说这是复古运动的代表,那可是只见得复古派的可怜，不过以此当作讣闻，公布文言文的气绝罢了。”这有力的批判，坚定地捍卫了新文化和新文学运动的成果。沈雁冰的《文学界的反动运动》、郁达夫的《咒〈甲寅〉十四号〈评新文学运动〉》、健攻的《打倒国语运动的拦路“虎”!》、涤洲的《雅洁和恶滥》、荻舟的《驳瞿宣颖君〈文体说〉》、成仿吾的《读章氏〈评新文学运动〉》、唐钺的《告恐怖白话文的人们》和《文言文的优胜》等文，都对“甲寅派”所掀动的复古思潮作了有理有据的分析和批判，表现了鲜明的捍卫新文化和新文学运动的坚定立场。“甲寅派”为代表的复古思潮比穿洋装的复古思潮倒退得还远，不仅反对白话力倡文言，而且提出“六经以外无文”的彻底复古的口号，妄图从“六经”里去“找求文学的意义”，说什么“‘经’是文之极则”，“西洋人的文学观念是中国古书所已有的，故当捧出自己的宝贝来，排斥洋货，不要弄成‘贫子忘已之珠”，可见他们是一伙“头脑陈腐，思想固陋，实不值一驳”的地道的“开倒车的人”（沈雁冰语）。唐钺把章士钊等复古派攻击白话文的理由归纳为六点，一一予以驳斥；并引用陶孟和文章的话对五四新文学运动作了充分肯定：“……等白话文风行全国，人人都可以多少用文字发表他的意思，那士的阶级向来所居奇的能力也就无所施其技也。……中国文字的通俗化，对于人民一方面是使他们得到一个新的发表意思的工具，几千万以先缄默的人如果学到三五百字就可以发表他们简单的意思，而对于士的阶级一方面正是剥夺了他们唯一的武器。他们所宝贵的奥秘完全为人所吐弃了。老先生们反对白话文不是无意识的；那正是他们最末次的奋斗，他们生命最终的光焰。”这是一九二三年针对那些反对白话文的“老先生”而发的；到了一九二五年反对白话文的人则“以次轮到中年先生们——乃至少先生们”①。正因为“甲寅派”代表着中少年复古者向新文化和新文学进攻，特别章士钊又操纵着军阀政府的司法、教育大权，问题显得格外严重，所以新文学阵营有的人便发出“打倒国语运动的拦路‘虎’”（指老虎总长章士钊）的战斗号召。“咱们的国语运动，就好比‘唐僧取经’，没有魔难显不出‘法力’，不受魔难修不深‘道行’。”“咱们个个都是孙行者，咱们个个都该起来，一心皈依‘圣僧’，普度众生。现在魔难当前，大家抖擞精神，奋力厮杀，打倒国语运动的拦路‘虎’!”②这既反映了白话文运动已深入人心，其声势不可阻挡，也表现出大家对以章士钊为代表的复古派的愤慨和将国语运动进行到底的决心。这个时候的胡适、徐志摩、高一涵等虽

① 《告恐怖白话文的人们》。

② 《打倒国语运动的拦路“虎”》。

然在政治上表现出资产阶级右翼的立场，吴雅晖成了无政府主义者，但在与以章士钊为代表的复古思潮论战中，他们基本上是在捍卫新文化和新文学的成果，主张白话文反对文言文的。胡适在《老章又反叛了！》一文中，尽管对章士钊的批判不够严肃，甚至有某些妥协的腔调，然而他捍卫白话文学运动的态度是坚定的，对章士钊的“悻悻的怒骂”是揭露的。他正告章士钊：“白话文学的运动是一个很严重的运动，有历史的根据，有时代的要求。有它本身的文学的美，可以使天下睁开眼睛的共见共赏，这个运动不是用意气打得倒的。今日一部分人的谩骂也许赶得跑章士钊君；而章士钊君的谩骂决不能使陈源胡适不做白话文，更不能打倒白话文学的大运动。”吴雅晖在《章士钊、陈独秀、梁启超》一文中指斥道：“章先生近来思想结晶之全部，就是那篇《评新文化运动》。胡适之先生所谓‘不值一驳’，章先生愤极，一登再登于《新闻报》及《甲寅续刊》。那篇文章，尽是村学究语，自然不值一驳。做那种文章简直失了逻辑学者的体面”，“我们万不料多年崇拜的章行严先生，他胸中正是这么一套。”徐志摩在《守旧与“玩”旧》中揭露道：“在他（指章士钊）的文字里，我们至少看着了旧派思想部分的表现。有组织的根据论辩的表现。有肉有筋有骨的拳头，不再是林琴南一流棉花般的拳头了；在他的思想里，我们看到了一个中国传统精神的秉承者，牢牢的抱住几条大纲，几则经义，决心在‘邪说横行’的时代里替往古争回一个地盘”。这就比较深刻地剖析出以章士钊为代表的守旧派的顽固立场。

通过与“甲寅派”的论争，又一次显示了新文化和新文学的威力，显示了新思潮必定战胜旧思潮的历史趋势，从此后复古派的气焰随着新文学运动的深入也逐渐消失了。

关于“整理国故”问题

“整理国故”是五四新文化运动和文学革命演变过程中的一个复杂现象，肯定它或否定它都应该对历史事实的总和进行全面考察和分析。“整理国故”并非胡适最早提出来，但他却是个积极鼓吹者和实践者。一九一九年新文化运动和文学革命进入高潮，守旧派刘师培、黄侃等创办《国故》杂志，打着挽救“国学”的旗号反对新文化和新文学，以维护旧思想旧文化。针对守旧派以“抱残守缺”的态度来“保存国粹”，毛子水在《新潮》上发表了《国故和科学的精神》一文予以批判，并提出以“科学的精神”来整理国故。一九一九年八月胡适写的《论国故学——答毛子水》一文中，在纠正毛子水整理国故主张“有一点太偏”的同时,初步提出自己对“整理国故”的看法:一是“研究学术史的人更当用‘为真理而求真理’的标准去批评各家的学术。学问是平等”的;二是“现在整理国故的必要,实在很多。我们应该尽力指导‘国故家’用科学的研究法去做国故的研究”。这些见解的本身同守旧派的“保存国粹”的论调相比是带有根本性的不同;当然胡适一开始就把“整理国故”的意义过分夸大,说什么“发明一个字的古义,与发现一颗恒星,都是一大功绩”,这必然给“整理国故”带来一些消极影响。一九二〇年四月胡适写的《新思潮的意义》把新文化运动概括为四句话,即“研究问题,输入学理,整理国故,再造文明”,意思是说应该介绍西方的新思想和新方法,对中国的现实问题要认真加以研究,对中国的古有文化要进行重新评价,然后创造中国的新文明。可见,胡适是将“整理国故”作为整个新文化运动的有机组成部分来看待的,是作为新文化运动一个历史任务提出来的。对于何谓“整理国故”,他作了进一步阐述:整理就是从乱七八糟里面寻出一个条理脉络来,从无头无脑里面寻出一个前因后果来,从胡说谬解里面寻出一个真意义来,从武断迷信里面寻出一个真价值来。为什么要整理呢?因为古代的学术思想向来没有条理,没有头绪,没有系统,故第一步是条理系统的整理;因为前人研究古书,很少有历史进化的眼光,故从来不讲究一种学问的渊源,一种思想的前因后果,所以第二步是要寻出每种学术思想怎样发生,发生之后有什么影响效果;因为前人读古书,除极少数学者以外,大都是以讹传讹的谬说,故第三步是要用科学的方法,作精确的考证,把古人的意思弄得明白清楚;因为前人对于古代的学术思想,有种种武断的成见,有种种可笑的迷信,故第四步是综合前三步的研究,各家都还他一个本来真面目,各家都还他一个真价值。这就叫做“整理国故”。胡适所提倡的“整理国故”与守旧派的“保存国粹”是不同的,他指斥“现在有许多人自己不懂得国粹是什么东西,却偏重高谈‘保存国粹’。林琴南先生做文章论古文之不当废,他说,‘吾知其理而不能言其所以然!’现在许多国粹党,有几个不是这样糊涂懵懂的?这种人如何配谈国粹?若要知道什么是国粹,什么是国渣,先须要用评判的态度,科学的精神,去做一番整理国故的工夫。”[①]至于以什么方法去整理、怎样整理以及读什么书,他发表了一系列文章。胡适完成于一九二一年的《清代学者的治学方法》,具体介绍了清代朴学大师们研治国学的方法;一九二二年他创办《努力》周报(后又附出《读书杂志》),随后

① 《胡适文存》卷4,第162~163页。

创刊《国学季刊》并发表“创刊宣言”，积极提倡“整理国故”；一九二三年春应清华同学之请，胡适在《努力周报》上发表了《一个最低限度的国学书目》，他说：“这虽是一个书目，却也是个法门。这个法门，可以叫做‘历史的国学研究法’。这个方法，就体现在这个目录之内，即用历史的线索，做我们的天然系统。用这个天然继续演进的顺序，做我们治国学的历程。而这个书目，便是依着这个观念做的。”

“新潮社”毛子水倡导在先、胡适大力鼓动于后的“整理国故”运动逐步开展起来。文学研究会一成立便把“整理中国旧文学”写进简章里，并在“宣言”中指出“中国的文学研究，在此刻正是开端”，“整理旧文学的人，也须应用新的方法”；随后《文学旬刊》发表了整理旧文学的文章，《小说月报》开展了“整理国故与新文学运动”的专题讨论。创造社主办的《创造周报》也发表了郭沫若“整理中国的古书”的文章。“整理国故”运动在当时产生了较大的社会反响，在学术界、文艺界曾引起强烈的争论，由于各种人物从不同角度以自己的观点来评述和解释这场运动，因此毁誉不一、分歧较大。

李求实在《评胡适之的“新花样”》中着重从政治的角度批判胡适提倡“整理国故”把青年引上“闭门读书”的道路，阻止他们参加爱国运动。鲁迅对“整理国故”的态度前后是有变化的。开始鲁迅对胡适整理中国古典小说是肯定的，后来“整理国故”出了些流弊，鲁迅是不满的；特别胡适又为普通青年大开“国学书目”，鲁迅着重从政治上揭露了胡适这些做法对爱国青年是极为有害的，并针锋相对地指出“现在的青年最要紧的是‘行’，不是‘言’”，要“少看中国书”①。李茂生也是从“整理国故”对青年的危害这个角度来反对胡适等，指斥道：“你们侵占了教育上的权力，你们于中学的课程中，涂上了国故的色彩。对于学生们演讲，开书目，又复‘笔锋常带感情’，是不是个个学生都要走上你们的路，才算得平平常常，正正当当的人。”②后来胡适也认识到引导青年们走上整理国故的道路是错误的，因此他劝告青少年不要再走这条死路。“现在一般少年人跟着我们向故纸堆里乱钻，这是最可悲叹的现状。我们希望他们及早回头，多学一点自然科学的知识与技术，那条路是活路，这条故纸堆的路是死路。”③

如果从“整理国故”与发展中国学术的关系、与新文化运动和新文学运动的

---

① 《青年必读书》。

② 《国故大家应负的责任》。

③ 《治学的方法与材料》。

关系来考察,那么对“整理国故”运动的动机和效果都不能采取绝对肯定或绝对否定的形而上学态度。郑振铎对“整理国故”在新文化和新文学方面的意义是充分肯定的:一是他认为通过整理国故可以把守旧派反对白话文的中心论点,进行深入批判,使他们的旧观念自然地冰消瓦解;二是通过整理国故,“重新估定或发现中国(旧)文学的价值,把金石从瓦砾中找出来,把传统的灰尘,从光润的镜子上拂拭下去”,借以“建设我们的新文学观,创作新的作品”,质言之“新文学运动,并不是要完全推翻一切中国固有的文艺作品”①。胡适通过整理国故所编写的《白话文学史》,旨在说明“五四”兴起的白话文学运动不是几个人凭空捏造出来的,白话文学是有很长又很光荣的历史的,今天的国语文学乃是一千几百年历史进化的产儿;国语文学“若不是历史进化的结果,这几年来的运动决不会有那样的容易,决不能在那么短的时期内变成一种全国的运动,决不能在三五年内引起那么多的人的响应与赞助”;《新青年》的贡献只是在白话文学的缓步徐行的演进历程上“猛力加上一鞭”②。这说明胡适“整理国故”还有一种为新文化和新文学运动寻找历史根据的意图,而且在实践上他已实现了。虽然郑振铎、胡适对“整理国故”的积极作用作了肯定,但是却没有从广泛的社会效应上指出“整理国故”对新文化和新文学运动所带来的消极影响。对此,沈雁冰在《进一步退两步》、《文学界的反动运动》等文中作了具体分析。虽然他对“整理国故”运动的积极意义缺乏足够认识,只提到整理旧的是“新文学运动题内应有之事”,然而他对“整理国故”所造成的消极后果却作了深刻揭示:即提出“整理国故”口号的时机不对,转移了斗争的大目标。“当白话运动的工作尚未完成,就是当白话还没有夺取文言的‘政权’,还没有在社会中树立深厚的根基的时候,我们应该目不旁瞬地做白话运动”,即使守旧势力咒骂“执而不化”,我们也“必须相信白话是万能的”,必须“发誓不看古书”,这是白话文运动的主攻方向决定的;否则,若大张旗鼓地“整理国故”,不仅会使“多数新文学的朋友忘记了他们的历史使命”,“跟了几个专家的脚跟,埋头在故纸堆中,做他们的所谓‘整理国故”,结果“社会上却引起了‘乱翻古书’的流行病”,必然丧失一些白话文已夺取的阵地,而且守旧派也会借用“整理国故”的旗号,为旧文化旧文学找到护身符,这就助长了复古势力的气焰,造成了文学界“颇占优势的反动运动”。成仿吾在《国学运动的我见》一文中对“整理国故”运动的评述比沈雁冰更偏激

① 《新文学之建设与国故之新研究》。

② 《白话文学史·引子》。

一些。他认为这种国学运动的“神髓可惜只不过是要在死灰中寻出火烬来满足他们那‘美好的昔日’的情绪，他们是想利用盲目的爱国的心理实行他们倒行逆施的狂妄”①。郭沫若对“整理国故”运动的评价比较公允一些，他既不满意胡适等人把“整理国故”的意义吹得那么高，声势造得那么大，也不同意吴稚晖、成仿吾等对“整理国故”在态度和认识上的偏激之处。他认为，国学有无研究价值，“我们要解决它，我们便不能不研究它。研究的方法要合乎科学的精神，研究有了心得之后才能说到整理。而且这种整理事业的评价我们尤不可估之过高。整理的事业，充其量只是一种报告，是一种旧价值的重新估评，并不是一种新价值的从新创造，它在一个时代的文化的进展上，所效的贡献殊属微末”。“这并不是蔑视考据家或者国学研究家的尊严，实在国学研究或考据考证的评价原是只有这样。它只是既成价值的估评，并不是新生价值的创造”。因此“国学研究家就其性近力能而研究国学，这是他自己的分内事；但他如不问第三者性情如何，能力如何，向着中学生也要讲整理国故，向着留学生也要宣传研究国学，好像研究国学是人生中唯一的要事，那他是超越了自己的本分，侵犯了他人的良心了”。如今四处向人宣传整理国故的人，大有打锣打鼓的风势，使“国学运动才在抬头，便不得不招人厌弃，实在是运动者咎由自取”。但他并不反对“整理国故”，他主张“凡事只能各行所是，不必强于人同。只要先求人有自我的觉醒，同是在良心的命令之下作为，则百川殊途而同归于海，于不同之中正可以见出大同，不必竞竞焉强人以同，亦不必兢兢焉斥人以异。国学研究也正当是这样。只要研究者先有真实的内在的要求，那他的研究至少他自己便是至善。我们不能因为有不真挚的研究者遂因而否认国学研究的全部，更不能于自我的要求以外求出别项的势力来禁止别人。吴雅晖的态度我觉得最难使人心服。仿吾亦失之偏激”②。

“整理国故”实质上是一个在新文化运动和文学革命中如何批判继承数千年中华民族的文化遗产问题；但在“五四”前后那班新人物“对于历史”却是缺乏历史唯物主义的批判精神，所谓坏就是绝对的坏；所谓好就是绝对的好③。对待“整理国故”运动，不仅那些反对者对中国历史上的文化遗产存在着形式上学观点，就是胡适等积极倡导者也表现出严重的形式主义。胡适提出整理国故的

① 《创造周报》，第28号。

② 《整理国故的评价》，载《创造周报》第36号。

③ 毛泽东：《反对党八股》。

口号，其目的是在中国文化上开辟一个资产阶级文化的新时代，他是以资产阶级的哲学观点与治学方法来从事古代文化研究的，尽管在这方面他取得的成绩是可观的，影响是大的，但也明显地暴露出他作为资产阶级右翼学者在政治立场上的某些反动性和在学术观上的不少形而上学和唯心论。

自文学革命倡导以来在文学思想上出现的一次次论争，似乎大都表现为“白话与文言之争”，实质上则反映了“五四”前后整个意识形态领域的错综复杂的斗争。白话文学运动是伴随着提倡民主与科学、反对封建意识，提倡新道德、反对旧道德，提倡新文学、反对旧文学的新文化运动和思想解放运动的产生而产生，发展而发展。因此，白话文学运动不仅仅是个白话文取代文言文的正宗地位问题，而且它充满了新旧思想意识、新旧道德观念、新旧文化文学观念的斗争；而这些思想领域的斗争又直接或间接同这个历史阶段社会上的错综复杂的政治斗争联系着。通过多次论争，虽然揭露了封建旧文学和文言文的弊害，捍卫了新文学运动的胜利成果和前进方向，推动了新文化运动和文学革命的发展；但也反映出同封建思想意识的斗争并不能一劳永逸，它将是文学思想战线的一个长期而复杂的任务；特别在同封建文化思想斗争中所暴露出的资产阶级文化思想的弱点，将是“文学革命”发展到“革命文学”历史阶段的主要斗争任务。

第六节　文学观念的更新

文学革命的倡导与发展离不开新的文学思想的鼓动和指引；新旧文学思想的论争离开新的理论武器，新文学就不能战胜旧文学。因此，文学观念的更新是五四新文学运动得以胜利发展的带有关键性的问题，也是文学革命取得的辉煌成就的重要标志之一。从特定的意义上讲，文学革命的演进过程就是文学观念不断更新的过程，新旧文学思想论争的过程就是新旧文学观念取代的过程。

文学的进化思想深入人心

文学进化思想是文学革命兴起和发展的重要理论支柱，是新文学倡导者心目中树起的较有权威的新文学观念。恩格斯肯定并同意达尔文学说中的进化论；而进化论的核心则是发展的观点，文学的进化论是从这个核心引申出来的。当时大多数新文学倡导者并非在阐发达尔文的生物进化论原理，而是确立文学进化的历史的观念。他们认为文学艺术如同达尔文在生物界所揭示的进化规律一样,它不是凝固不变的,是不断发展变化的,是随着时代的演进而不断更新的。进化论被引进文学领域并没有使新文学倡导者变成和平进化论者,而大多成了文学革命论者,就连胡适这个一向被人视为文学改良主义者也强调五四文学革命不是“自然进化”(即缓步徐行的和平进化)乃是“革命。”他认为,“自然趋势逐渐实现,不用有意的鼓吹去促进他,那便是自然进化。自然趋势有时被人类的习惯性守旧性所阻碍,到了该实现的时候均不实现,必须用有意的鼓吹去促进他的实现,那便是革命了。”①。

僵死的中国封建文学思想如同中国封建传统道德伦理观一样,是在中国漫长的封建历史上沉积了数千年的封建思想观念,是建立在“天不变道亦不变”的唯心论基础之上。为了撼动封建旧文学的思想基石,破除凝固的腐朽的封建传统文学观念以及封建文学所造成的习惯性的社会审美心理,新文学倡导者较普遍地寻找到文学进化论,以此为武器进行新文学的倡导和旧文学的破坏,在死水般的封建文学的世袭领地里掀起一场摧枯拉朽的文学革命风暴。陈独秀于一九一五年借介绍西方文艺思潮演变轨程便启迪人们认识到,文学艺术不是一成不变的,它和世界一切事物的进化一样,文艺也是不断进化的。正是在这种文学进化观的指导下,他提出中国文学当趋向写实主义的重要论断;不过陈独秀的文学进化观更带有激进的革命色彩,他强调文学艺术“莫不因革命而新兴而进化”②,要进化就要革命,不能凭其缓慢的渐渐进化,必须以革命推动进化。胡适的文学进化观虽然没有陈独秀那么激进,但他基本上也是个文学革命论者。胡适倡导文学革命时说:“文学者,随时代而变迁者也。一时代有一时代之文学”,“此非吾一人之私言,乃文明进化之公理也”;“吾辈以历史进化之眼光观之,决不可谓古人之文学皆胜于今人也”,因为“文学因时进化,不能自止”,故“今日中国,当造今日之文学”③。胡适这种进化的历史文学观,虽然植根于达尔文的进化论,但一经结合中国文学的历史和现状加以具体应用,则形成一种以反对旧文学、提倡新文学,反对文言文、提倡白话文为主体内容的发展的文学观。他认为,“一时代有一时代之文学。此时代与彼时代之间,虽皆有承前启后之关系,而决不容完全抄袭;其完全抄袭者,决不成为真文学。愚惟深知此理,

① 《谈新诗》。
② 《文学革命论》。
③ 《文学改良刍议》。

故以为古人已造古人之文学,今人当造今人之文学”。胡适虽然不能从根本上解释每个时代文学的发展乃是由社会生产力的发展以及由这种发展带来的生产方式和生活方式的发展所引起的,但他却能以进化的观点说明文学的发展是与时代的演进更替紧密联系在一起。这不仅触及到文学是时代的产物,而且也接触到每个时代的文学之间的继承关系问题。正是基于这种进化的文学观,他毫不让步地反对以文言作成的“死文学”,反对文学上的拟古主义、模仿主义,以及那些“生乎今之世,返古之道”的复古主义者,积极号召“今人当造今人之文学”,并“以全副精神实地试验白话文学”[①],创造一种“是什么时代的人,说什么时代的话”的新文学;他坚定不移地相信白话文一定能取代文言文,国语文学一定能取代封建遗老遗少所维护的死文学。这种进化的文学观,反映了我国文学发展的带有规律性的趋向,体现了五四时期大多数人对文学的普遍要求,适应了时代发展对文学的要求。它与数千年来“天不变道亦不变”的封建文学观是根本对立的,是同形形色色的守旧派“保存国粹”、反对革新的种种论调是针锋相对的。钱玄同、刘半农、周作人的新文学主张也同进化的文学思想相关联,即进化论是他们文学主张的重要理论支柱之一。钱玄同认为“社会进化,有一定的路线;固不可不前进,亦不能跳过许多级数,平地升天”;文学的进化也是如此,故每个时代有每个时代“最有价值之文学”,决不能离开一定时代的文学价值标准去苛求任何时代的文学,“正如周秦诸子,希腊诸子,释迦牟尼诸人,无论其立说如何如何不合科学,如何如何不合伦理学,如何如何悖于进化真理,而其为纪元前四世纪至六世纪之哲人之价值,终不贬损丝毫也”[②]。这说明一个时代有一时代最有价值的文学,到了五四时代就应该有五四时代最有价值的文学。刘半农指出。“吾辈主张之白话新文学,依进化之程序言之,亦决不能视为文学之止境;更不能断定将来之人不破坏此种文学,而建造一更新之文学。吾辈生于斯世,惟有尽思想能力之所及,向‘是’的一方面做去而已。”[③]傅斯年以进化论进一步阐述了“文学一道,亦应有新陈代谢作用”,今天兴起的文学革命乃“为时势所促,生于兹时也”,“文学界中一大革新,亦是文学一大进化”,“旷观此千年中,变古者大开风流,循旧者每况愈下”[④],只有革故更新,才能创造一代新文

① 《历史的文学观念论》。
② 《寄胡适之书》。
③ 《我之文学改良观》。
④ 《文学革新申议》。

学。罗家伦认为,“按照进化论的道理,万物的进化,都是由于适合,适合不外被动自动两种:被动的适合,都是由于天然的偶合,所以这生物不能自己做主,全凭天择,他的命运,最为危险。自动的适合,是这生物的境遇,本来与他不适合,而他能以自己的力量,战胜境遇,使他适合。世界的进化,全靠这种自动的适合;这种自动的适合,全靠创造性,所以近代学者,极力提倡创造”。他正是汲取了进化论这种创造精神,根据“历代的进化,文学随语言而变迁,语言亦随文学而进化”的规律,遵循“国语的文学,文学的国语”的宗旨,努力创造白话语言为利器的新文学①。

周作人积极提倡“人的文学”而强烈反对“非人的文学”,是基于生物学的进化观点。它承认人是一种生物,其一切生活本能都是善的美的,因此一切违背人性“善”与“美”的封建习惯制度,都应该排斥,以保护“人”的正当权利和纯洁本性;另一方面它又承认“人是一种从动物进化的生物”,已脱弃动物界的“兽性”,他的内面生活比其他动物更为复杂高深,且具有“改造生活的力量”,终能达到“高上和平的境地”,因此凡是阻碍人性发展的“兽性的余留”和“古代礼法”,都应该扫除②。他以生物进化观点解释“人性”,坚决抛弃了灵魂和肉体的二元论以及两种实体并存说,而是把它们看成统一的物质实体,即“灵肉本是一物的两面,并非对抗的二元”,“人并无与灵魂分离的身体”,而从身体发生的“力是唯一的生命”,肉体和精神两方面的力量便是“人性”,“灵肉一致的人”才是“从动物进化的人”,灵肉一致的生活才是“人类正当生活”③。按照“灵肉二元”论的解释,人性的肉的一面,是“兽性遗传”,灵的一面,是“神性的发端”,两者“同时并存,永相冲突”,人生的目的就是“灭了体质以救灵魂”。周作人反对这种把人性两方面对立起来的形而上学观点。这说明他对“人性”的认识在自然观方面是坚持了唯物主义,既反对“灭了体质以救灵魂”的古代宗教所推行的禁欲主义、苦行主义,又反对“不顾灵魂”的纵欲放荡、醉生梦死的所谓“快乐派”。法国唯物主义者霍尔巴赫曾说:“肉体的灵魂和肉体的需要所要求的是肉体的幸福和实在的事物,实物要胜过千百年来人们拿来饲养我们心灵的那些泡影。”④正是从这种“灵肉一致”的人性说出发,周作人强调“人的文学”,应当研

---

① 《驳胡先骕君的中国文学改良论》。
② 《人的文学》。
③ 《人的文学》。
④ 《十八世纪法国哲学》,第625页。

究“人”的理想生活，各人都须参加“劳作”，消灭贫富差别，使“世上的人无一不利”，人人都能享“自由真实的幸福生活”，这样才能把世人“从非人的生活里救出，成为完全的人”，让其在“灵肉”上作为一个独立的整体，取得崇高的尊严和完善的美德，登上人类的历史舞台，去迎接“二十世纪的新福音”（即他所追求的“日本新村主义”）。按照这种生物进化的观点来解释“人的文学”，虽然有点空泛、抽象，但是它的基本精神是同封建的迷信的“非人的文学”观相对立的，试图把达尔文的生物进化观引进反对封建“礼法”、反对“儒道合一”的文学思想革命的领域。

进化论本身含有机械唯物论的成分，如果说陈独秀对待西欧文艺思潮演变的认识、胡适对待一时代有一时代文学的解说，总带有程度不同的机械论色彩——或把各种文艺思潮截然对立起来，认为“越新越好”，或把古代文学与现时代文学对立起来，一是“死文学”一是“活文学”；那么沈雁冰的文学进化思想却具有辩证唯物论的因素，他不论对中国古代文学进化的分析或者对西欧文艺思潮进化路线的探讨，大都能以“公平的眼光”进行具体的历史的考察。比如他一九二〇年写的《文学上的古典主义浪漫主义和写实主义》长文，他“想用不偏颇的眼光解说这三主义的意义和本身的价值”，以及“想用‘鸟瞰’的记述说明文艺进化之大路线”。这篇论文的确反映出，沈雁冰基本上能够以带有辩证唯物论因素的批判眼光来剖析西欧各种文艺思潮，并从中国文学的发展历史、现实状况以及前进趋向出发，取古典主义、浪漫主义、写实主义（或自然主义）和新浪漫主义等文艺思想之所长，去弃所短，加以改造、发挥和利用，形成自己的独具特色的“为人生”的进化文学观。它对于推动五四新文学沿着正确的道路发展和促进新文学观念的形成，大有裨益。

文学革命主将鲁迅在五四时期把进化论作为一根重要的思想柱石，不仅支撑他成为一个彻底反封建的文化战士，而且也支撑他创造出雄称一代杰作的新文学作品，也就是说他的小说、杂文的反封建思想内涵之所以那么深刻与进化论思想的具体指导和渗透直接有关。《狂人日记》形象地体现了鲁迅进化论思想的战斗特色。作品有这样一段描写：“大约当初野蛮的人，都吃过一点人，一味要好，便变了人，变了真的人。有的却还吃，——也同虫子一样，有的变了鱼鸟猴子，一直变到人。有的不要好，至今还是虫子。这吃人的人比不吃人的人，何等惭愧。”这显然是以进化论观点剖析了中国历史上“吃人”现象产生的渊源及其进化过程。如果说野蛮的人（即原始人）“吃过一点人”因处于历史发展的初期阶段尚可谅解的话，那么当人类历史进入新的历史阶段即封建社会，吃人的人仍然带着“野蛮的人”的“吃人”兽性，丝毫不思悔改，并依仗着封建家族制和伦理道德的淫威而变本加厉地“吃人”，那这种“吃人”的人从根本上背离了“变了真的人”的进化道路，他比那些尚未进化的虫子还可恶还可耻。鲁迅不是用凝固不变的“人性”标准对中国旧社会这个“食人民族”进行批判，而是以进化的发展的人性观来批判封建家族制和封建道德对人的灵魂的戕害和肉体的摧残，并把这种批判同整个人类历史的发展、社会的进步以及“容不得人吃人”的理想结合起来，同改造中华民族的“吃人”根性而变为“真的人”的历史使命结合起来。可见，鲁迅以进化论的发展观来指导“人”的文学的创造，就使他的进化文学观带上了深刻的彻底的反封建的战斗色彩。

五四新文学的倡导者们就是这样的结合批判旧文学创建新文学的具体实践，根据自己的理解和思考，从达尔文进化论里选取各自需要的切用的思想武器，没有一个是把进化论的完整体系生搬过来，大都是经过各取所需后而对进化论或一个观点进行改制、溶化、发挥或补充，形成了具有中国历史特色和个性色彩的新的文学进化观念，差不多支持着五四初期整个新文学大厦的奠基工作，从文学观念的更新到新文学创作实践，无不闪烁着进化论的思想威力。

“为人生”的现实主义文学观的形成

在文学革命的进程中，新文学倡导者不断地批判“文以载道”、“代圣贤立言”的封建文艺观，不断地批判游戏人生的消遣文学观；逐步建立起以严肃的态度表现人生、为人生，反映社会、为社会的现实主义文学观，为中国现代文学的发展开拓了广阔的现实主义道路。这既是中国古代文学特别近代文学的优秀现实主义传统的合乎规律的继承和发展，更是对外国文艺思潮及现实主义美学理论的汲取和借鉴；它不仅适应了“五四”这个大变动时代的政治革命和思想解放运动的客观要求，而且在很大程度上反映了五四时期整个宇宙观朝着新的唯物主义转变的总趋向。

陈独秀积极提倡写实主义文学。他早就认为“文章以纪事为重，绘画以写生为重，庶足挽今日浮华颓败之恶风”[①]。随后他明确地提出建设国民文学、写实文学、社会文学的口号；并对封建文学观进行了批判：“文学本非为载道而设，

① 《答张永言》。

而自昌黎以讫曾国藩所谓载道之文,不过抄袭孔孟以来极肤浅极空泛之门面语而已。余尝谓唐宋八家文之所谓'文以载道',直与八股家之所谓'代圣贤立言',同一鼻孔出气"。[①] 他在《答曾毅》一文中,把古人的"文以载道"文学观同西欧的写实主义文学从思想内涵上作了比较分析:唯古人所倡文以载道之"道",实谓天经地义神圣不可非议之孔道,故文章家必依附六经以自矜重;欧洲自然派(当时他分不清现实主义和自然主义的界限,常常互用或并提)文学家,其目光唯在实写自然现象,绝无美丑善恶邪正惩劝之念存于胸中,彼所描写之自然现象,即道即物,去自然现象外,无道无物,此其所以异于超自然现象之理想派也[②]。虽然他对现实主义的认识并未摆脱自然主义的局限,但他却赞扬"实写社会,即近代文学家之大理想大本领"(《答陈丹崖》);同代人也认为陈独秀"提倡文学写实主义,一扫亘古浮夸之积习,开中国文学之一大新纪元"(见上)。不过,他并不一般地反对"文以载道",他所斥责的是那些载孔孟之道的封建文学,那些"目光不越帝王权贵,神仙鬼怪,及个人之穷通利达"的贵族文学;提倡把"所谓宇宙,所谓人生,所谓社会"作构思重心的写实主义文学,也就是"为人生"为社会的文学。胡适早在一九一五年写的《读白居易与元九书》中就指出中国文学史"大率可分为二派:一为理想主义(即浪漫主义),一为实际主义(即现实主义)",并对现实主义作了这样的解说:"以事物真实境状为主,以为文者,所以写真,纪实,昭信,状物,而不可苟者也。是故其为文也,即物而状之,即事而纪之;不隐恶而扬善,不取美而遗丑;是则是,非则非。举凡是非,美恶,疾苦,乐观之境,一本乎事物之固然,而不以作者心境之去取,渲染影响之。是实际派之文学也。"如果说陈独秀的写实主义思想主要源于西欧的自然主义或现实主义思潮',那么胡适对现实主义的认识其中也继承了中国古典现实主义理论。他反对封建文学的"文以载道",斥责旧文学的"言之无物",尽管他对"文以载道"或"言之无物"的解说比较含混笼统,但却指出了新文学必须"言之有物",而且对"物"的含义作了说明,即情感和思想,应该自己铸词去实写"以其耳目所亲见亲闻所亲身阅历之事物,去表现"真挚之情感"和"见地,识力,理想"(《文学改良刍议》)。稍后,胡适的现实主义文学观更加明确一些。他特别推崇易卜生的写实主义,认为一个作家应敢于"睁开眼睛来看世间的真实现状",且要老老实实地把"家庭社会的实在情形写出来,叫人看了动心",叫人看

① 《文学革命论》。
② 《独秀文存》卷3,第84页。

了觉得对于如此黑暗腐败的社会或家庭非起来“维新革命”不可(《易卜生主义》);他深恶那种“闭着眼睛不肯看天下的悲剧惨剧,不肯老老实实写天工的颠倒惨酷,他只图说一个纸上的大快人心”的“说谎的文学”(《文学进化观念与戏剧改良》)。如果说陈独秀对新文学表现人生论述得不够具体的话,那么胡适则比较具体地说明新文学应广泛地反映现实社会下层被侮辱被奴役的民众的人生,不仅要写官场、妓院与龌龊社会,更重要的是应写“今日的贫民社会”,即广大工人、农民等劳动民众的人生;而要真实地反映广大民众的人生,作家决不能“关了门虚造”,必须以“实地观察和个人自己的经验做个根底”,并且要以周密的想象“作观察经验的补助”,在具体描写中不论刻画人物或勾勒景物,都要抓住各自的不同特点予以准确、真实、生动的描写,达到“个性化”(《建设的文学革命论》)。周作人的“为人生”的现实主义文学观也有自己的特点:他对于人生派强调文艺表现人生、为人生服务的唯物主义美学观,是予以肯定的,但他也看到这派的文学主张由于忽视艺术规律易于导致“文艺为伦理的工具,变成一种坛上的说教”,因而他对人生派的文学观作了这样的解说,即“文艺应当通过了著者的情思,与人生有接触。换一句话说,便是著者应当用艺术的方法,表现他对于人生的情思,使读者能得艺术的享乐与人生的解释”①。他的表述不够准确,但这个解说却比较完整一些,既强调了文艺应当表现人生,表现作者对人生的思考和情感,又应当按照“艺术方法”即遵从艺术规律去表现它们,这样的文学艺术才能更有效地为人生服务。至于如何表现人生,他提倡运用写实主义创作方法。周作人既反对贵族文学那种修饰雕琢、华而不实的创作倾向,又斥责那种游戏玩弄的“非人的文学”的创作态度,他主张坚持严肃的写实主义创作原则,真实地反映“非人的生活”和平民的生活,表现“唯物论进化论的思想”,要言之,写实主义文学的目的“是寻求真实解释人生八个字”②,所以他非常推崇俄国文学的“理想的写实主义”③。罗家伦的“为人生”的现实主义文学观更带有时代的功利的色彩。他认为,文学的生命是附于人生的,文学的用处是切于人生的,人生变故文学不能不变,因为人生所占的不过一个时代,既然我们承认文学有表现人生和批评人生的价值,所以不能不承认“为人生”的文学同样具有

---

① 《新文学的要求》。
② 《再论黑幕》。
③ 《新文学的要求》。

时代的价值①。

鲁迅虽然当时没有留下论述五四时期文学观的较完整的文章，但从他回忆这时期文学思想的篇章或散见于杂文中的零星见解，尚可窥探其“为人生”的现实主义文学观的一些特色。他当时反对“为艺术而艺术”的文艺观，坚持“为人生”和“改良这人生”②的现实主义文学观，自觉地将文学作为改良社会人生的武器，明确地同泛滥于文艺界的“超功利”的唯美主义文艺思想划清界限。为达到文学“为人生”并“改良这人生”的目的，鲁迅一开始便自觉地提出“须听将令”而“呐喊”，并把自己的创作称为“遵命文学”。这反映出他的远见卓识，在新文学初创期即敏锐地意识到“为人生”文学的发展不能摆脱“革命的前驱者的命令”制约，不能超越时代的规范；唯此新文学才能具有时代的价值和艺术生命力，新文艺才有广阔的灿烂的发展前景。当然决不能把鲁迅“为人生”的“遵命文学”理解为“受命创作”，或当成某种“命令”的传声筒或当成宣传某些“主将”意志的工具；他是强调文学要遵时代之命，新文学应展示时代发展的趋向，并且是按照美的规律去表现“遵命”。他曾说“好的文艺作品，向来多是不受别人命令，不顾利害，自然而然地从心中流露的东西；如果先挂起一个题目，做起文章来，那又何异于八股，在文学中并无价值，更说不到能否感动人了”③。虽然这些意思表述得稍晚一些，但统观鲁迅对文学的“遵命”和“受命”的认识是比较辩证的。这是鲁迅“为人生”文学观的第一个特点。怀着忧国忧民的深情，从文学的固有规律出发，探索如何以形象的手段真实地剖析民族的劣根性，勾画国民的灵魂，以期达到改造国民性、拯救中华民族的目的，这是鲁迅“为人生”文学观的独到深刻之处。古老的中华民族经历了几千年的封建文化思想统治，吃人的礼教和无数的祖传老例死死地紧箍着活人的头脑，严重地阻碍着民族的觉醒。目睹着中华民族这死气沉沉、人们变成死相的历史和现实的可怕的生活真实，鲁迅深切地惊悟出“中国人尚是食人民族”，因此他自觉地抱着“启蒙主义”从事“为人生”文学的创作，欲首先在文化思想领域进行一场彻底反封建的思想革命，改造国民劣根性。周扬曾说：“鲁迅一生最大的战绩，是在他是中国第一个站在最坚决的民主主义的立场，反对人吃人，主张人的权利的”，所以他“常把火力集中在攻击思想上的愚蒙、独断、谎骗等等上面，而以‘国民性的改造’、‘思想

① 《驳胡先骕君的中国文学改良论》。

② 《我怎么做起小说来》。

③ 《革命时代的文学》。

革命'为斗争的旗帜"[①]。这正道出了鲁迅的"为人生"文学观的战斗特征。鲁迅"为人生"文学观的主导倾向是现实主义，当然也糅进了一些浪漫主义或象征主义的因素。这就使他坚持的现实主义具有特异的深刻之处：一是反对"中国的文人，对于人生，——至少是对于社会现象，向来就多没有正视的勇气"，"只好瞒和骗，由此也生出瞒和骗的文艺"，极力主张致力于新文学者要敢于直面惨淡的人生，敢于正视淋漓的鲜血，只有"取下假面，真诚地，深入地，大胆地看取人生并且写出他的血和肉来"，才能创造出"真的新文艺"[②]。二是强调"为人生"的文学必须"将旧社会的病根暴露出来"。在鲁迅看来，"暴露"只是"为人生"文学的一种手段；目的在于将"病根暴露出来，催人留心，设法加以疗治的希望"[③]；也就是把"暴露"同改造人生的"希望"结合起来，使文学真正成为"国民精神所发的火花，同时也是引导国民精神的前途的灯火"[④]。这标明鲁迅的现实主义具有新的思想特色。总之，鲁迅"五四"前后的"为人生"的现实主义文学观是极为深刻的，而且随着他的整个思想的发展是不断升华的。

"五四"运动以后出现的文学研究会（下称"文研会"），就其主导美学倾向来看，继承和发扬了五四文学革的"为人生"的现实主义传统。尽管"当时的文坛正愉快地走上了热情奔放的灵感主义的路"[⑤]，不少会员的文艺观也带上浪漫主义美学倾向；但是他们很快由对热情奔放或虚幻感伤的浪漫主义的追求转到对现实主义的深入探索，并结合新文学运动的实际，广泛地汲取域外文艺思潮的液汁，充实"为人生"的现实主义文学观，使之比五四时期的"为人生"的文学思想更加完美，更富有新的特征。其一，"为人生"，表现人生，反映人生，批评并指导人生，可以说是文研会现实主义文学观的核心和根本特征。他们主张文学"为人生"并不是为社会上一般特殊阶级的人生，而是为平民阶级的人生，即普通的老百姓、城乡劳动者、知识分子等的人生，要求文学与广大民众的人生结合起来；特别文学反映人生并指导人生的命题，进一步揭示了文学与现实生活的辩证关系，触及文学的本源及其反作用问题。正是在这一点，文研会的"为人生"的文学观同"为艺术而艺术"的文学观产生了分歧，也同"游戏文学"观划清了界限。王统照认为"文学与人生是不能相离的"；它源于人生并非根于思想，

① 《一个伟大的民主主义现实主义者的路》。
② 《论睁了眼看》。
③ 《〈自选集〉自序》。
④ 《论睁了眼看》。
⑤ 茅盾：《关于"创作"》。

"想像任其如何高妙,艺术任其如何精密,但人是社会的动物,他的种种的思想,无论如何,是由他所处的社会的提示,激动,反映与他的"[①];俞平伯指出文学与生活不是"两个分立的,而其实文学只是人生底一部分,是他底自动的表现",人生的真相只有从自己反射出来的影子里去窥探,"决不能拿外物来说明"[②];郑振铎认为文学是一国历史的反映,文学是超出个人的出产品,它决不应为地域或时代的见解所限,而应当视它为一个整体,为一面反映全体人类的忧闷、痛苦、喜悦与微笑的镜子[③];也就是"文艺所表现的是整个的人生,并非一个小圈子的人生"[④]。虽然这些表述并不十分周严,但大都坚持了唯物主义美学观。广大民众的人生或喜或悲或乐或忧,总是同所处的时代联系在一起,时代的命运和人生的命运是密不可分的,所以文研会在提出文学是人生的表现的同时,强调了文学同时代的关系,特别是作为文研会的文艺理论家和批评家的沈雁冰更关注"为人生"文学的时代性,他曾多次指出现实主义文学必须是"时代的反映"。其二,与当时的消遣的游戏文学或为艺术而艺术的文学所不同的,文研会大部分会员热衷于"人生问题",并试图用一种新思想或抽象哲理来阐释或解答人生问题。因此在理论上强调文学要宣传新思想以指导人生,在创作上力图表现一种"人生观"。王统照说表现人生的文学"必须有作者人生观在内",因为文学创作有了"自己深沉坚实的哲学思想,然后能致用艺术的文字笔之于书,方成为杰作"[⑤]。瞿世英把哲学与文学作了比较研究,指出两者的对象都是人生,哲学是研究并解答人生问题的世界观和人生观,文学则是以艺术手段来表现人生、批评人生,而文学家对于人生的表现和批评"是本着他们的人生观和世界观,是显示或解释他们的人生观和世界观"[⑥]。正因为"为人生"的现实主义文学同思想感情或人生观世界观的关系如此密切,所以文研会特别重视新文学与新思潮的结合。早在五四新文学运动倡导和发展期,一些文学革命先驱就主张"为人生"的写实主义文学应宣传人道主义或表现带有空想社会主义色彩的新村主义或导以平民主义精神,初步意识到新文学应与民主主义新思潮结合,这反映了小资产阶级或资产阶级对新文学思想倾向的要求;稍后李大钊提出为社会人生

① 《法郎士之死》。
② 《文艺杂论》。
③ 《文学的统一观》。
④ 俞平伯:《文艺杂论》。
⑤ 《文学观念的进化及文学创作的要点》。
⑥ 《创作与哲学》。

写实的文学必须以学理、思想、主义作根基，虽然还不能说他言及的学理、思想和主义完全指无产阶级思想体系，但却含有马克思主义思想因素，这是他最初从理论的角度揭示了中国现实主义新文学与先进思想融合的苗头。文学研究会光大了五四文学革命创立的新文学与新思潮相融合的现实主义，更加自觉地主张新文学应作"新思想宣传的急先锋"，更加重视新思想对"为人生"文学创作的指导作用。《文学研究会丛书缘起》公开主张文学是"人生的镜子，能够以慈祥和蔼的光明，把人们的一切阶级，一切国种界，一切人我界，都融合在里面，用深沉的人道的心灵，轻轻地把一切隔阂消除掉，惟有他，能够立在混乱屠杀的现实界中，呼唤出人类一体的福音，使得压迫人的阶级，也能深深同情于被压迫的阶级。他是人们的最高精神与情绪的交流的介绍者。"虽然文研会大多数会员所宣传或表现的"新思想"或人生观基本上尚来出离资产阶级民主主义思想范畴，但也必须看到有少数会员如王统照、郑振铎、沈雁冰、沈泽民等人所主张的"新思想"已有朦胧的社会主义因素。文研会对新文学如何同新思潮相融合的探索，丰富了"为人生"的现实主义文学观。其三，文研会大多数会员从文学与人生、文学与时代、文学与思想等关系中，初步认识到文学作品是真善美的统一体，因而他们并不把"美"作为文学的唯一价值，也不把艺术作为全部目的，深刻地认识到文学的社会功利目的、社会实用价值更为重要。虽然一开始他们大多接受了现实主义的朴素唯物论的美学功利观，使其在对"为人生"文学的广阔的社会功利要求中透露出一点笼统的"全人类"或"全民"的观点，但是从总体来考察他们对文学的社会功利要求又不完全是抽象的、超时代的超阶级的，而明显地带有时代的阶级的社会功利价值的印痕，他们认定任何文学艺术都不能超越现社会功利规律的制约。特别是沈雁冰于一九二二年左右就在强调文学的多种功能中已认清了文学的政治功能，批判了那些醉心于艺术独立的人们"要把带政治意味和社会色彩的作品都摒出艺术之宫的门外"的妄想，以世界文学发展的可靠史实说明了文学在阶级社会、革命时代无法超越政治，它必然具有政治的功利目的，"中国将兴的新文学"①也必定带有革命的功利目的。沈雁冰对文学革命功利的认识高于文研会一般人的思想水平，呈现出崭新的思想特色，它对于文研会的"为人生"文学朝着革命功利主义的方向发展无疑起了引导作用。其四，文研会大都受到西方各种文艺思潮特别是自然主义和批判现实主

① 《文学与政治社会》。

义的影响或熏陶，并能结合中国的历史特点和新文学的发展状况加以批判吸收，形成了适合“为人生”文学需要的现实主义创作方法论。真实性是现实主义文学的最高品格，他们对文学真实性的认识有着独到之处，即主张外相的真与内在的真统一起来，如果“专写事情的外相，而不能表现内在的真际”①，那就创作不出真的新文学，主张客观的真实与感情的真挚相统一，而客观的真实是第一性的，至于所表达的真挚感情也并不完全是“自我”的，它“一定是属于民众，属于全人类的”②；主张文学家既要有真情实感也要有独特的个性，并把自己的个性与描写的人和事的个性溶合在一起，这实质上已触及到文学的典型性。欲创造具有真情实感的“为人生”的文学，他们强调要把实地观察和主观想象有机地联系起来，作为创作过程的两个相互作用的重要环节。王统照认为“丰富的想象，深锐的观察，与高超的思想”③是“为人生”文学的根本要素；沈雁冰指出“创作文学时不可缺的，是观察的能力与想象的能力，二者偏一不可”④。由于他们十分重视“实地观察”，所以反复强作家到“民间”去观察体验，然后方能创造出真正的现实主义文学。俞平伯曾明确指出：“谁愿意做平民的文学，谁先得去生活着平民的生活，不要在花园中尽看着他们冷笑”，“所谓到民间去，并不只是观察游说，是要去生活着，若不能把自己投进民间的生活去，而想为文学开一新疆土，终久只是一个好梦”⑤。他们不仅把观察和想象结合起来作为现实主义创作的法宝之一，而且也要把“客观的描写”作为法宝之一，即从观察体验过的客观事实出发，忠实地全面地描写人生，真实地反映生活的本来样子。由上述可见，文学研究会的“为人生”的现实主义文学观比较完整比较深刻，尤其到了“五卅”前后如沈雁冰等已初步形成为无产阶级而艺术的革命现实主义文学观，深切地影响着中国新文学发展的方向。

重主观尚情感的浪漫主义文学观的确立

“热情奔放的天才的灵感主义的中国浪漫主义文学由创造社发动而且成为‘五四’期的最主要的文学现象”⑥。虽然创造社是五四时期浪漫主义文学思潮

① 叶绍钧：《创作的要素》。
② 沈雁冰：《自然主义与中国现代小说》。
③ 《对于“创作”者的两种希望》。
④ 《新文学研究者的责任与努力》。
⑤ 《文艺杂论》。
⑥ 茅盾：《关于“创作”》。

的代表，但是他们并非最早的倡导者。文学革命兴起之前，鲁迅就受到西方积极浪漫主义文艺思潮的深刻启示，极力推崇以拜伦为代表的“摩罗诗派”的浪漫主义的“最雄桀伟美”的艺术风格，并期望借此唤起中国精神界之战士，立志创造出“力足以振人”的积极浪漫主义文学。尽管鲁迅早期的浪漫主义思想给文学观念的重大转变带来了可喜的信息，但因历史条件的限制，其影响极其微弱，尚未成为一时的风尚；唯有到了争取个性解放、争取民族解放的反帝反封建的风雷激荡的五四时代，鲁迅早期发出的浪漫主义呼声如同涓涓细流汇入到创造社的浪漫主义的宏涛巨浪里，掀起了风靡一时的浪漫主义文艺大潮，给封建文学观念以巨大冲击，带来了文学观念的重大变革。

中国“五四”新文学革命的文学观念的更新，并不同于西欧文艺复兴后出现了相对的比较单纯的浪漫主义、现实主义、自然主义、新浪漫主义等文学观念的演变程序，它呈现着错综复杂的文学革新局面，差不多每个文学社团及其成员的新文学观，都是多元的或杂多的统一，其文学思想的构成并不那么单一或纯粹。我们说创造社是浪漫主义文学思想的代表如同说文学研究会是“为人生”的现实主义文学观念的代表一样，是就其主导思想倾向而论，其实各种不同色彩的新文学观念是在互相渗透、补充、融合或向各自相反的美学倾向转化。浪漫主义文学观念的建立也如同现实主义文学观形成一样，是与破除封建文学思想同时进行的。“某个时期在社会中占统治地位的那个阶级，也在文学和艺术中占有统治地位，它把自己的观点和概念带进文学和艺术”①。以孔孟学说为基础所建构的传统文学观念一直控制着中国文学的发展，从孔子提出的“兴观群怨”说到宋代理学家的“文以载道”说，无不强调文学为封建制度及其伦理道德服务，妄图以“存天理，灭人欲”的理学信条扼杀个人情感或自由意志的发展，反映到文学上则完全摒弃主观感情和自我要求，把文学引上一条专为帝王将相歌功颂德或代圣贤立言或替儒教孔学张目的极端庸俗狭窄的功利道路。针对着陈陈相因、根深蒂固的封建传统文学观念，“异军突起”的创造社借助西方浪漫主义文学思潮作为自己的理论支柱，以明确的自觉意识肩负起彻底变革旧文学观念的历史使命，大胆而勇猛地同维护正统文学观的复古派展开论争，逐步建立起具有个性解放色彩的重主观崇情感的浪漫主义文学观念。

个性解放思想是五四时期浪漫主义文学观的根基。“最初，文学革命者的

---

① 普列汉诺夫：《尼·加·车尔尼雪夫斯基》。

要求是人性的解放，他们以为只要扫荡了旧的成法，剩下来的便是原来的人”①。这种人性解放的要求是以个人为本位的个性主义为思想基础，是对封建伦理观念肆意压抑和扼制人性发展、否定和贬低人的价值的彻底反抗。这种反抗虽然是从个性主义思想出发，着重以人们个人的被摧残了的个性、被压抑了的主观意志向整个封建制度及其意识形态发出控诉和愤怨，但却带有时代的反封建的战斗色彩。周作人提出的“人的文学”是以人道主义为本反对非人的文学（即否定人的价值、抹杀人性合理发展的封建传统文学），而他所本的人道主义并非“世间所谓‘悲天悯人’或‘博施济众’的慈善主义，乃是一种个人主义的人间本位主义”，即以争取个性解放为核心的个性主义。正是从这种个性主义的人道主义出发，他要求中国五四新文学应像文艺复兴那样“还要讲人的意义，从新要发现‘人’，去‘辟人荒’”②，向禁锢人们个性发展的封建文化和歪曲扼杀人性的非人文学进攻。这种“人的文学”观不仅适应了新文化运动和思想解放的需要，它一度成了攻击封建吃人之道，摧毁“兽道、鬼道、神道”，解放人的个性，提高人的价值的思想武器；而且在很大程度上反映了资产阶级或小资产阶级欲借新文学表现内在自由情思的要求。创造社早期的成员，大都要求文学表现赤裸裸的人性，表现内心的自我要求，也就是个性解放要求。郭沫若曾说，创造社是“本着我们内心的要求，从事于文艺活动”③，也就是本着个性主义思想进行文学创作。郁达夫的个性主义思想倾向更突出一些。他认为，“‘自我就是一切，一切都是自我’，个性强烈的我们现代的青年，那一个没有这种自我扩张 Erwej—terung deslchs 的信念”④。郭沫若认为“生命底文学是个性的文学，因为生命是完全自主自律”⑤。可以说，从个性主义思想出发，强调表现自我是浪漫主义文学观的核心，是同封建文学观的根本分歧所在。如果说个性主义是西方浪漫主义文学思想和中国五四时期浪漫主义文学观念的共同思想纽带，那么中国的浪漫主义文学观并没有完全囿于个性主义，即当创造社强烈地要求新文学表现内在的自我个性解放要求时，他们的视线已经越过了“自我”，看到了民族解放和民众解放的新希望，因此他们的个性解放要求并未趋向极端个人主义，而是逐步地同中华民族的解放和大多数民众的解放融合为一体。这是创造社浪漫主义

① 《鲁迅〈草鞋脚〉小引》。
② 《人的文学》。
③ 《编辑余谈》。
④ 《郁达夫文集（五）·自我狂者须的儿纳》。
⑤ 《生命底文学》。

文学观的独特之处。

重视主观，突进内心是浪漫主义文学观的根本特征。在对待文学与现实的关系上，“为人生”的现实主义文学观是将文学的本源归于外在的客观现实人生，而浪漫主义文学观则把理论触角伸进作家的主观世界，将文学视为“内心欲求”，源于作家的主观情感。这是因为追求自我个性解放的思想往往颠倒了主观和客观的关系，把个人的愿望和欲求看得高于一切，反映在文学与现实的关系上常常流露出唯心主义倾向，或认为自我情感重于客观现实或认为主观理想优于社会人生，故浪漫主义者更侧重于到作家的主观世界去探求文学之源，在他们看来文学不是客观现实的再现而是内心情感的自然流露。郭沫若认为，“文艺的本质是主观的、表现的，而非没我的、模仿的”①，因此“真正的作品应该是充实了的主观的产品”，是作家的心灵所升华的一个象征世界。郁达夫认为文学是“人们内心欲求的表现”，衡量一部作品价值的高低主要看其能否把人的内心的要求表现得最完全最真切。他们都把作家的主观感受、自我体验作为文学的本源，将作家的内心要求、自我情感看得比客观现实重要，成仿吾甚至说作家的内心要求是一切文艺创作的“原动力”，赋予作家的主观能动性以崇高地位。虽然主观性是浪漫主义文学观区别于为人生的现实主义文学观的主要特征，但创造社在强调文学的主观性时并没有完全抛弃“感官的材料”。郭沫若承认文学的营养要仰诸外界，也重视对现实生活的切身体察。郁达夫认为客观现实人生构成一切创作素材，而创作过程则是将这种素材加以主观升华的能动活动。可见创造社虽然把作家的主观自我感受、内心欲求作为文学的主要来源，但他们的出发点或归宿点又没有抛开客观现实，仍把外界客体作为审美主体的一定依据。

崇尚情感，强调文学的感情性，是浪漫主义文学观又一基本特征。在创造社的文学观念中情感性具有至高无上的地位，视情感为文学艺术的本质特征，这与他们对文学本源的主观唯心主义看法是紧密联系在一起的。郭沫若认为“本来艺术的根底，是立在感情上的”②，并强调作家内心情感的“自然流露”；成仿吾说“文学始终是以情感为生命的，情感便是他的终结”③。当然他们所追求的情感性是同“自然流露”的真实性联系在一起，虚情假意绝对不是浪漫主义的

---

① 《文艺论集》，第225页。
② 《文艺论集》，第87页。
③ 《诗之防御战》。

美学要求。重视情感性并非浪漫主义文学观所独具，可以说是一切文学艺术的共同特征，不过惟有浪漫主义文学观把情感作为自己的核心和灵魂，把它作为自己全部文学思想的出发点或总的纽带，将它视为文学艺术诸要素中最重要的要素。

强调直觉、灵感、想象在创作过程中的巨大作用，是创造社浪漫主义文学观又一重要特征。由于浪漫主义以主观感情为本，所以非常推崇直觉、灵感、想象在创作过程中的重要性。郭沫若认为"凡是艺术品最不经意时得来的，便是神品"①；实际上这是强调作家在创作中的本能性或直觉性。他曾多次描述灵感袭来时凭着艺术冲动、借助美妙想象直觉地进行创作的动人情状。"我想诗人底心境譬如一湾清澄的海水，没有风的时候，便静止着好像一张明镜，宇宙万汇的印象都涵映着在里面；一有风的时候，便要翻波涌浪起来，宇宙万汇底印象都活动在里面。这风便是所谓直觉、灵感(Inspirat)，这起了的波浪便是高涨着的情调。这活动着的印象便是徂徕着的想象"②。郭沫若以形象的语言说明了直觉、感灵和想象在创作中的相互作用；而且他们把这种创作灵感、直觉视之与自觉意识的理性相对立的。成仿吾把创作与理智对立起来，认为理智是文学艺术的"不忠的奴仆"；郭沫若则强调"诗人是感情的宠儿，哲学家是理智的干家子"，尚情感抑理智，把感情与理智割裂开，认为创作是"纯粹的直观活动"③。但是全面以观，他们并没有走上非理性主义道路，郭沫若指出："诗人虽然是感情的宠儿，他也有他的理智，也有他的宇宙观和人生观"④。这正反映了早期创造社在文艺观上不可克服的深刻矛盾性。特别要提及的是，想象在浪漫主义文学观里比起现实主义文学思想来具有关键性的意义，主情的浪漫主义文学一时一刻也离不开想象的活动，作家的主观情感唯有依赖想象才能把无形的精神活动转化为有形的具体可感的艺术形象。郁达夫说："无论诗歌小说里，若没有这一种想象作用，那么情绪也不能发生，思想也无从传播"⑤。成仿吾强调"运用我们的想象，表现我们的情感"⑥，便是诗。这都在说明想象在浪漫主义文学观里如同直觉、灵感一样占着至关重要的地位。

---

① 《三叶集》，第45页。
② 《三叶集》，第9页。
③ 《三叶集》，第16页。
④ 《三叶集》，第15页。
⑤ 《诗论》。
⑥ 《诗之防御战》。

由于早期创造社的浪漫主义文学观偏重于强调作家的主观感受、自我情感是文学内容的本源,因此他们十分重视作家的个人的修养和人格的锻炼。他们认为"艺术家是最能纯粹表现自己的人"①;"个性发展比较健全的人,表现他的个性愈彻底,便愈能满足读者的要求"②。然而并不是每个作家的个性都那么健全,也不是每个作家的人格都那么完美;所以他们非常重视作家自身的修养和人格的锻炼。郭沫若明确地指出:"诗——不仅是诗,是人格的表现,人格比较完满的人才能成为真正的诗人"③。他要求诗人要养成完满高尚的人格,"创造生命底文学,第一当创造人"④;并指出作家个性形成的具体途径,即必须在大自然中活动,在社会中活动,必须加强美觉的涵养,提高哲理的思辩。⑤。由于创造社注重作家的个性是在社会活动中形成和发展的,因而使他们的个性内涵具有深刻的社会内容,即在他们抒发的自我感受、个人情感和自我追求中已含有广大民众的普遍愿望和要求,自我情感同人类感情相统一。郭沫若说歌德把"人生一切的痛苦都要在他内部的自我中领略,把一切的甘苦都积在胸中,把自己的小我已推广成人类的大我"⑥。他自己的文学观何尝不是如此。郭沫若在创作中所体现出的个性色彩,应似主观自我与社会民族的融合,"小我"与"大我"的统一。

文学的社会职能在早期创造社的浪漫主义文学观里是个复杂的矛盾的问题,即他们一方面把文学视为无目的无社会功利的"纯艺术",或把文艺自身当成目的;一方面却强调文学负有时代使命,具有社会价值,对反抗旧社会、改良人生都能发挥重大作用。五四时期是个思想解放的时代,是个挣脱封建精神枷锁争取个性解放的时代,创造社成员那种内在的个性解放要求和摆脱封建"文以载道"观禁锢的愿望,使他们对西方浪漫主义那种过分夸大艺术的对立性及其特殊规律的理想,甚至"为艺术而艺术"的唯美主义,发生了某些共鸣,并吸取过来,造成创造社文学观的某些非功利的纯艺术的唯美倾向。然而他们大多生活在二十世纪的中国,强烈的爱国主义思想和彻底反封建的民主倾向又使他们不能忘记文学的时代使命,不能否认文学的社会职能,因此他们特别强调文艺首先应以巨大的感情感染力量作用于社会,启迪于人心,给人以强烈的情感教

---

① 《郁达夫文集》,第181页。
② 郭沫若:《文艺论集》。
③ 《文艺论集》。
④ 《生命底文学》。
⑤ 《三叶集》。
⑥ 《文艺论集》,第117页。

育和美的教育，以陶冶人的性情，提高人的精神境界。郭沫若认为文学既能统一人类的感情又能提高个人的精神，并使生活得以美化①。郁达夫从文学与人生的联系中，指出了那些看来与人生联系似乎较少的浪漫派作家，往往他们对人世社会的疾愤和抗议却是最深最强的②。虽然他们并不否认文学的社会价值，不过这种社会价值在他们看来却是文学自身的客观效果，它深蕴在美感价值中，非是有意识有目的而为之。郁达夫说"艺术虽然离不了人生，但我们在创作的时候，总不该先把人生放在心里。艺术家在创作之后，他的艺术的影响及于人生，乃是间接的结果，并非作家在创作的时候，先把结果评量定了，然后再下笔的"③。创造社在文学职能认识上想调和而调和不了的深刻矛盾性，推动他们去探索更先进更完备的文学功能观。到了"五卅"前后，早期创造社的大部分成员世界观发生了迅速转化，文学观也向更高层次的美学境界逼进，在他以历史的自觉性开始倡导革命文学的同时已扬弃了"自我表现"的浪漫主义，向无产阶级文学飞快过渡，郭沫若明确地提出了社会主义现实主义。可见"五卅"以后出现了"为人生"的现实主义文学观与重主观尚自我的浪漫主义文学观相融合为革命现实主义文学观的新趋向。

我们既要充分肯定五四时期文学观念革新的巨大理论意义和实践意义，又要看到某些新文学观的局限性及对文学革命带来的消极影响。如肯定人性的价值、提倡个性解放具有不可低估的反封建意义，但是对人性的理解难免有些抽象，反映在文学观上或主张"人的文学"或提倡"为人生"而艺术，总是有意无意地抹杀了人或人生在阶级社会里所带上的阶级烙印；甚至有的新文学工作者提倡文学要表现"永恒的人性"，认为真挚的人性 + 审美的形式 + 热情 = 永远的革命文学④，妄图把超阶级跨时代的永恒的人性与革命文学糅合起来，这显然是行不通的。再如文学革命的倡导者和拥护者们在汲取异域文艺思潮更新自己的文学观时，往往对"世纪末"的文艺思潮结出的果子如象征主义、颓废主义、唯美主义等，缺乏一种批判精神和辨别能力，不管是精华还是糟粕都拿过来，"为艺术而艺术"的唯美思想差不多成了一时的风尚，王独清甚至主张最完美的诗是(情 + 力) + (音 + 色)，诗人要以"自命疯狂"的姿态向"朦胧"中寻求"明

① 《三叶集》，第49页。
② 《郁达夫文集》，第5卷。
③ 《〈茫茫夜〉发表以后》。
④ 成仿吾：《革命文学与他的永远性》。

瞭”①。大量的史实证明，“世纪末”的文艺思潮以其“最新”的时髦招牌骗取了不少文学工作者的青睐，其结果把这些作者引进艺术的象牙塔，影响了新文学运动的健康发展。比较敏锐地察觉到“世纪末”文艺思潮带来消极影响的是早期共产党人，他们曾对“为艺术而艺术”的倾向作了较有分量的批判，把文学观念的更新引进一个更先进更科学的美学思想范畴。

总之，五四时期及其稍后文学观念发生了一场深刻的革命，几乎整个社会的审美意识都发生了巨变，尽管这些更新的文学观念尚未达到马克思主义美学思想高度，但是却为中国更完美更先进更系统的文学观念的建立奠定了基础，并对文学革命的兴起及新文学的深入发展起了重要的推动和引导作用。

① 《谭诗》。

第二章　五四新诗

第一节　从“诗界革命”到新诗运动

五四新诗运动是五四新文学运动的重要组成部分，是五四文学革命的急先锋。它的兴起如同五四文学革命一样是由多种原因促成的。从诗歌本身的内在规律来看，它既顺应了中国诗歌发展的历史趋势，又直接继承了晚清“诗界革命”以来的优良传统。

纵观中国文学发展史，仅就韵文（主要是诗歌）的体式革新而论，竟达五次之多。即“三百篇变而为骚，一大革命也。又为五言七言，二大革命也。赋变而为无韵之骈文，古诗变而为律诗，三大革命也。诗之变而为词，四大革命也。词之变而为曲，为剧本，五大革命也。”①这一次次诗歌体裁形式的革新，在一定程度上促进了中国诗歌的发展；而且无论哪种体式的诗歌或者词曲都曾有自己的光辉灿烂时代，并涌现了一些优秀诗篇和卓有成就的诗人。但也必须看到，中国旧体诗的形式或格律越来越严密，越来越规格化、凝固化，使旧体诗固有的优长逐步变成陈规陋习，不思改革不谋创新，陈陈相因，摹仿照搬，严重束缚着诗歌的发展，尤其到了宋元以后旧体诗的局限性暴露得更加突出了，尽管在形体上进行过某些“革新”，却未挽回旧体诗的颓势；到了清代诗坛，一些所谓正统诗人，极力鼓吹复古，使旧体诗走上了形式主义绝路。清统治者入主中原以后，二百多年来以怀柔与高压两种办法，对思想界实行严密控制，进步的社会思想和民族意识几乎被一网网的文字狱打尽，不少知识分子吓得钻进故纸堆，不仅学术研究上拟古主义风气极盛，而且诗歌创作上也一味地摹拟和因袭，着重于形式主义的追求，脱离现实，远离时代，绝少艺术生命力，发展到晚清愈加拟古化、

① 胡适：《〈尝试集〉自序》。

形式化。其代表性的所谓正统诗派：有“同光体”，即师承黄山谷等人的诗，如陈三立、张之洞、范当世等；有汉魏六朝诗派，如王闿运等；有中晚唐诗派，宋元白温李的，有樊增祥、易顺鼎等。这些诗派，不论是步六朝还是规唐模宋，都是拟古主义者，不仅挖空心思地讲求声调格律，千方百计地用典用套语，而且思想内容大多脱离现实，远离生活。如果说唐宋的优秀古典诗歌尚有鲜明的人民性和时代精神的话，那么晚清正统派手里的拟古诗则大都成了无病呻吟或风花雪月的无聊庸俗之作，失掉了中国古典诗歌的优秀传统，使诗歌陷入了绝境。尤其“同光体”在晚清诗坛上泛滥，对诗歌的发展危害极大。所谓“同光体”，后来陈衍回忆他于一八八六年与郑孝胥论诗的谈话说：“丙戌（1886）”在都门，苏戡（郑孝胥）告余：“‘有嘉兴沈子培者，能为同光体。’同光体者，余与苏戡戏目同、光以来诗人不专宗盛唐者也。”[①]这是一个继承宋诗派衣钵在新的历史条件下而有所变异的诗歌流派，盛行于光绪、宣统年间，影响及于辛亥革命时期；其具体主张是，诗人不必专宗盛唐，应特别推崇宋诗，认为诗莫盛于三元，即开元年间的杜甫、元和年间的韩愈、元祐年间的黄庭坚；它发展了宋诗派的“以涩为贵，恶熟恶俗”的作法，刻意在冷僻的典故和艰涩的字句中去“求新”。陈衍公开提出：“诗最患浅俗。何谓浅？人人能道语是也。何谓俗？人人所喜语是也。”[②]反对诗歌朝着生动、活泼、通晓、流畅的方向变革。同光体诗人大都是些封建没落文人，他们对维新变法、民主革命潮流，感到忧虑哀伤，常常以曲折隐晦、生涩艰深、拙屈奥衍的诗歌来寄托其颓废情绪，实际上成为一个美化、粉饰清王朝封建专制统治的御用诗派，清末民初是其兴盛期。它不仅与晚清“诗界革命”相对抗，也是与南社和五四新诗相对抗的旧诗派。

伴随着资产阶级在政治上逐步掀起一场改良主义运动，戊戌政变前后出现了“诗界革命”，它正是对于“同光体”的直接反拨，不论在理论上或实践上都曾自觉和不自觉地和“同光体”诗派进行过斗争。一般说来，“诗界革命”作为一个进步的文学思潮和文学流派被正式提出，并得到一些志同道合的人的承认和重视，大约在一八九六年至一八九七年间。梁启超曾在《饮冰室诗话》中记载：“复生（谭嗣同）自憙其新学之诗。……盖当时所谓新诗者，颇喜挦扯新名词以自表异。丙申、丁酉间，吾党数子皆好作此体。提倡之者为夏穗卿（夏曾佑），而复生亦綦嗜之。”这是“诗界革命”初期从形式改革入手的情况，创作所谓“新派

① 《石遗室诗话》卷一。
② 《石遗室诗话》卷二十二。

诗”。谭嗣同于一八九六年在金陵刊刻的《莽苍苍斋诗·自叙》中说过:“天发杀机,龙蛇起陆,犹不自惩,而为此无用之呻吟,抑何靡与? 三十前之精力,敝于所谓考据词章,垂垂尽矣。勉于世,无一当焉。愤而发箧,毕弃之。”他已认识到在新的历史形势下旧诗必须改革,独辟新界而作新学之诗。一八九七年春黄遵宪在《酬曾重伯编修》中也说:“废君一月官书力,读我连篇新派诗。”他第一次把自己的诗标榜为“新派诗”。至于“诗界革命”的首倡人、被梁启超称为“晚清思想革命的先驱者”夏曾佑,究竟有何新的诗歌见解无可考了。如果说初期的“诗界革命”主要限于形式的改革,在内容上尚未开拓出新的艺术境界;那么经过戊戌政变后,“诗界革命”作为一个文学思潮和文学流派则在一个更高的层次上,被人们用理论和实践丰富着和发展着。梁启超曾总结说:“过渡时代必有革命。然革命者当革其精神,非革其形式。吾党近好言诗界革命。虽然,若以堆积满名词为革命,是又满洲政府变法维新之类也。能以旧风格含新意境,斯可以举革命之实矣。苟能尔尔,则虽间杂一二新名词,亦不为病。”[①]这是他代表“诗界革命”这一流派对初期那种“满纸新名词”的新诗而作的轻微否定,标志着此后新诗创作将形成一个崭新的诗风,表明“诗界革命”更注重对诗歌的“精神”进行改革了。当时改良派的社会活动家和思想启蒙家,大多数又是新派诗人,其主要宣传阵地《新民丛报》在一九〇二年到一九〇四年间开辟了“诗界潮音集”专栏,先后刊载了新派诗五百余首,作者有四十多人。这些诗歌初步显示了“诗界革命”的实绩,它们在一定程度上反映了当时社会的矛盾和时代风貌,表达了人民的愿望,透露出明显的民主主义、反帝爱国的思想倾向。这些诗歌在精神上有所革新,以旧风格含新意境,这无疑是对以“同光体”为代表的晚清诗坛上的拟古诗风的强烈冲击。这场“诗界革命”无论是理论主张或者是创作实践,都为五四新诗运动作了先导和准备。

“诗界革命”的倡导者们提出的诗歌理论主张,具有一定的革故更新的意义。康有为发出了“新世瑰奇异境生,更搜欧亚造新声”的号召,批判了旧诗歌的“吟风弄月”的陈腐诗风,他是从诗歌与新现实、借鉴外国文学与创造民族文学的关系上揭示了诗歌改良的途径。梁启超针对当时“鹦鹉名士”派(实指同光体)诗风,积极鼓动“诗界革命”,指出要像哥伦布发现新大陆一样去开拓诗歌的新意境,并且具体论述了“诗界革命”的主张:一是要新意境,新语句,又须以古

① 《饮冰室诗话》,第51页。

人之风格入之；二是新意境须向欧洲搜求，他虽不能诗，却竭力输入欧洲之精神思想，供给作者以新诗料①；三是强调革新诗歌内容，以旧风格含新意境。他的诗歌主张虽然没有完全突破旧诗形式的束缚，实现诗体的真正解放，而是提倡旧瓶装新酒，但在当时形式主义诗风流行的背景下他着重突出诗歌内容的革命却是十分可贵的。黄遵宪是晚清“诗界革命”的主将，提出了更全面更积极的“诗界革命”主张：一是强调新诗应通过诗人的独特感受来表现自己的时代，即“诗之外有事，诗之中有人，今之世异于古，今之人亦何必与古人同”②，故“务使诗中有人，诗外有事，不能施之于他日，移之于他人”③。这里，他所说的“诗中有人”，即诗歌要表现作者自己的独特感受和审美意识，必须有鲜明的个性色彩，决不能以他人的感受体验或个性取而代之；他所说的“诗外有事”，即诗歌所表现的内容毕竟同作者处的时代息息相关，必须通过自己的感受来反映自己的时代。正是从这一认识出发，他对当时泛滥于诗坛的墨守儒家诗教的泥古不化的腐败诗风作了尖锐批判：“俗儒好尊古，日日故纸研。六经字所无，不敢入诗篇。古人弃糟粕，见了口流涎。沿习皆剽窃，妄作丛罪愆。黄土同抟人，今古何愚贤？即今忽已古，断自何代前？”④他反对拟古的诗风，却并非一概地排斥传统，而是从资产阶级的改良立场出发，顺应历史潮流，批判继承前人的文学遗产，“去古人之糟粕，而不为古人所束缚”，创作出自身“耳目所历”的为“古人未有之物、未辟之境”的“不失为我之诗”来。他说：“尝于胸中设一诗境：一曰复古人比兴之体；一曰以单行之神，运排比之体；一曰取《离骚》、乐府之神理而不袭貌；一曰用古文家伸缩离合之法以入诗”；“其炼格也，自曹、鲍、陶、谢、李、杜、韩、苏，讫于晚近小家，不名一格，不专一体，要不失乎为我之诗。”⑤就是说，他要继承我国古代诗歌的现实主义和浪漫主义传统以及各种表现手法，博采众长，创造自己独特风格，以更有利于表现自己的深切感受和新时代的生活现实。他所提倡的“新派诗”的独特之处，就在他能以新理想、新事物和新语句入旧风格。二是为使诗歌更有力地表现时代风貌，发挥其“诗虽小道，然欧洲诗人出其鼓吹文明之笔，竟有左右世界之力”的社会功能，他公开主张“我手写吾口”，以“流俗语”入诗。他说：“我手写吾口，古岂能拘牵！即今流俗语，我若登简编。五千

---

① 以上见《夏威夷游记》。

② 《人境庐诗草自序》。

③ 《与梁启超》。

④ 《杂感》。

⑤ 《人境庐诗草自序》。

年后人，惊为古斓斑！”实际上这是要求解放诗体，摆脱远离口语的文言诗体，在当时的历史条件下这是极为大胆的富有改革意义的设想；并且批判了自来诗人尊古贱今的荒谬思想。胡适称赞黄遵宪的“我手写吾口”和以“俗语方言”入诗的主张，是“诗界革命”的一种“宣言”①。

在“诗界革命”口号的感召下和诗歌改良主张的导引下，晚清诗坛上出现了“新体诗”，它与“同光体”的没落拟古诗风相比具有新的特色。即其内容注进了近代新思潮，其形式在某种程度上突破了旧体诗的限制，其语言也有了新的变化。黄遵宪是“诗界革命的霸主”（梁启超语），是当时新诗坛的“哥伦布”，他的诗集《人境庐诗草》、《日本杂事诗》等是显示“诗界革命”成绩的代表作，不论诗的意境或形体、语言，皆有新的探索。他晚年向民主主义跨进一步，曾说“取卢梭、孟德斯鸠之说读之，心志为之一变，以谓太平世必在民主”②。所以他能写“人言廿世纪，无复容帝制，举世趋大同，度势有必至”这样富有民主主义精神的诗篇；由于他二十多年的外交僚属生活，使他“足迹五洲多异想”，写出了很多表现民族矛盾的爱国诗章，具有鲜明的时代独特性和历史具体性。虽然他在格律上仍袭用五七言旧诗的形式，但也有些微突破，一般都相当散文化，而胎息于山歌民谣之类的作品在其诗集里也所在多有，这是他的能使“天下之农工商贾、妇女幼稚皆能通文字之用”的近似通俗化的诗歌。正如他自己所说：“十五国风妙绝古今，正以妇人女子矢口而成，使学士大夫操笔为之，反不能尔，以人籁易为，天籁难学也。”③由此，可见他在诗歌的通俗化方面是作了苦心探求。当然我们对黄遵宪的“新体诗”在内容或形式改革上所取得的成就，也不能作过高估价。钱钟书在《谈艺录》中曾对他作过公正的评论：“近人论诗界维新，必推黄公度。人境庐诗奇才大句，自为作手。五古议论纵横，近随园欧北，歌行铺比翻腾处似舒铁云；七绝则龚定庵，取迳实不甚高，语工而格卑，伧气尚存，每成俗艳。……大胆为文处，亦无以过其乡宋芷湾，差能说西洋制度名物，掎摭其声光电化诸学，以为点缀，而于西人风雅之妙，心性之微，实少解会，故其诗有新事，而无新理致。”当时在诗中加入一些新名词几乎是改良派诗作的一种风尚。不过，“近世诗人，能熔铸新理想以入旧风格者，当推黄公度。”“《人境庐集》中有一诗，题为《以莲菊桃杂供一瓶作歌》，半取佛理，又参以西人植物学化学生理学诸说，实

① 《五十年来中国之文学》。

② 《饮冰室师友论学笺》。

③ 见《逸经》第25期。

足为诗界开一新壁垒。”①

从历史的联系上看,“诗界革命”算不得一场真正的彻底的文学革命,的确在一定程度上带有改良主义性质,不仅旧的形式和风格还没有完全摆脱旧传统的束缚,一些新诗理论观念常有新旧交替的烙印和轨迹,而且在艺术地把握现实的广度和深度上尚不及我国古典的优秀诗歌;因之随着历史的前进,“生育于此种‘学问饥荒’之环境中,冥思枯索,欲以构成一种‘不中不西,即中即西’之新学派,而已为时代所不容”②。尽管如此,但是“诗界革命”作为一种进步的文学流派和文学思潮,以及在它的影响和指导下所出现的大量的所谓“新派诗”,不仅对聚集到拟古主义旗帜下的“同光体”的旧派诗人及其诗作以猛烈冲击,而且也总算推动了晚清那个寂寞诗坛向前跨进了一步;特别“诗界革命”作了五四新诗运动的先声,它的成功经验或失败教训都将对五四新诗革命的崛起起到借鉴作用,它的进步的诗歌理论和诗歌作品,将作为优良传统被五四新诗运动继承下来,并在新的历史条件下得以发扬光大。朱自清曾指出,“诗界革命”虽然“失败了,但对民七的新诗运动,在观念上,在方法上,却给予很大影响”③。

资产阶级改良派的“诗界革命”并没有从全局上完成诗歌革命的历史任务,代之而起的则是辛亥革命时期的比较进步的带有更明显的资产阶级革命性质的新文学流派④,便登上了近代诗坛。南社成立于一九〇九年冬,其组织者和领导者之一的柳亚子曾在成立大会上赋一首七律:“寂寞山河歌舞尽,无端豪俊又重来。天边鸿雁联群至,篱角芙蓉晚艳开。莫笑过江典午鲫,岂无横槊建安才!登高能赋寻常事,要挽银河注酒杯。”以表达他们致力于诗歌创作的豪情壮志。南社是辛亥革命时期的一个革命文学团体,柳亚子、高旭和陈去病三个主要代表人物都是同盟会的成员,他们的共同特点既是爱国志士又是热情澎湃的诗人,把从事革命活动和文学活动结合起来,希冀以文艺为武器,提倡“气节”,呼唤“国魂”;并继承了“诗界革命”的传统,要求“以文学来鼓吹民族革命”⑤,把诗歌作为“唤醒国民之精神之绝妙机器”⑥。因此,主张文应当有为而发,“世界日

① 《饮冰室诗话》。
② 梁启超:《清代学术概论》。
③ 《中国新文学大系·诗集导言》。
④ 如南社等。
⑤ 《柳亚子自传》。
⑥ 高旭:《漱铁和尚遗诗序》。

新，文界，诗界，当造出一新天地”①。南社的诗歌是以每年出版两三期《南社丛刻》来发表的，还有报纸上的文艺副刊作阵地以及小册子式的宣传刊物。南社成立后其影响迅速扩大，爱国知识分子纷纷入社，并在各地组织类似的文学团体，成为南社的卫星，如绍兴的越社（鲁迅曾参加过）、苏北的淮南社等，形成了一个带有政治革命色彩的新文学流派。以南社为代表的资产阶级革命派的诗歌，在内容上突破了传统诗歌的题材、主题、意境、情感，创造出一批具有强烈爱国感情的反帝反封建的战斗诗篇；特别是投身民族民主革命的领导者或战士，如孙中山、黄兴、赵声、宋教仁、章太炎、邹容等，以及秋瑾、徐锡麟、杨振鸿、林文、陈更新、周实等著名烈士，他们在革命实践活动中获得了社会生活的深切感受和进步的审美意识，所创作的诗歌更加激情洋溢，给人以强烈的感染和深刻的启迪。由于这些诗人大都是为资产阶级的民主自由理想而斗争的，故使他们的诗作表现出积极的浪漫主义色彩，或是直接抒发革命理想和豪情壮志，让炽烈的感情通过豪壮的诗句直接表露出来，如徐锡麟的《出塞》、杨振鸿的《述怀》、秋瑾的《无题》、柳亚子的《金缕曲》、邹容的《革命歌》、黄兴的《赠友》等；或是采用幻想、夸张等浪漫主义手法把革命理想和激情表现出来，如邹容的《狱中答西狩》、秋瑾的《对酒》、周实的《痛哭》、高旭的《登富士山放歌》等，都充溢着积极浪漫主义诗情。但也应该看到辛亥革命时期革命先驱和南社诸诗人创作的诗歌，不论内容或形式都存在着明显的局限性或弱点。从历史的联系来看它继承了“诗界革命”的优良传统并在诗意诗境上有了新的开拓，但总的诗歌理论和创作成就却不及“诗界革命”。就诗歌的内容而论，有些诗受了“尊王攘夷”思想和资产阶级狭隘民族主义思想的影响，以为革命就是“反满”、“大复仇”、“除异族”、“逐胡人”、“驱满奴”；还有些诗反映了革命受到挫折转入低潮时的悲凉感伤情绪，孤独感、忧郁感、消极悲观充溢着诗篇。就诗歌的形式而论，无论艺术概括、表现手法、遣词造句、音韵格律，都不及前代优秀作品；特别在艺术形式的革新方面远不及“诗界革命”，所使用的形式基本上仍是传统的旧格律体、文言体，即使那数量不多的形式比较自由、语言比较通俗的诗歌也仅仅保持着黄遵宪、康有为、梁启超等人所开创的所谓“新体诗”的传统，艺术没有新的突破。南社著名诗人高旭早年算得上最不受旧格律束缚，但他却认为“新意境、新理想、新感情的诗词，终不若守国粹的、用陈旧语句为愈有味也”②，足见资

① 高旭：《愿无尽斋诗话》。

② 《愿无尽庵诗话》。

产阶级革命派在艺术上具有一种保守复古倾向,守住旧格律旧风格在古人的艺术圈子里翻筋斗。特别随着辛亥革命夭折以后,南社有些诗人倾向拟古、复古,走进形式主义死胡同。胡适曾尖锐指出:“南社诸人,夸而无实,滥而不精,浮夸淫琐,几无足称者。(南社中间亦有佳作。此所讥评,就其大概言之耳。)更进,如樊樊山陈伯严郑苏盦之流,视南社为高矣,然其诗皆规摹古人,以能神似某人某人为至高目的,极其所至,亦不过为文学界添几件赝鼎耳”①。陈伯严曾作一诗云:“涛园钞杜句,半岁秃千毫。所得都成泪,相过问奏刀。万灵禁不下,此老仰弥高。胸腹回滋味,徐看薄命骚。”自画出拟古、仰古、崇古的奴性心理。可见,辛亥革命出现的资产阶级文学流派并没有真正地担负起诗歌革命的历史任务,旧诗坛上的拟古主义诗风和形式主义倾向有增无减,严重地阻碍着诗歌的发展,从而说明了发动一场新诗运动已到了刻不容缓的地步,是势在必行了。刘半农对“五四”前,旧诗坛的颓风作了这样的描述:

> 现在已成假诗世界。其专讲声调格律,拘执着几乎几仄方可成句,或引古证今,以为必如何如何始能对得工巧的,这种人我实在没工夫同他说话。其能脱却这窠臼,而专在性情上下功夫的,也大都走错了路头。如明明是贪名爱利的荒伧,却偏喜作山林村野的诗。明明是自己没甚本领,却偏喜大发牢骚,似乎这世界害了他什么。明明是处于青年有为地位,却偏喜写些颓唐老境。明明是感情淡薄,却偏喜作出许多极恳挚的“怀旧”或“送别”诗来,明明是欲障未曾打破,却喜在空阔幽渺处立论,说上许多可解不解的话儿,弄得诗不像诗,偈不像偈。诸如此类,无非是不真二字,在那儿捣鬼。自有这种虚伪文学,他就不知不觉,与虚伪道德互相推波助澜;造出个不可收拾的虚伪社会来。至于王次回一派人,说些肉麻淫艳的轻薄话,便老着脸儿自称,为情诗。郑所南一派人,死抱了那“但教大宋在,即是圣人生”的顽固念头,便摇头摆脑,说是有肝胆有骨气的爱国诗,亦是见理未真之故。……

他认为“此等没价值诗,尚无进古物院资格,只合抛在垃圾桶里”②。

如果说清除旧诗坛的僵化腐败诗风的必要性和迫切性,“诗界革命”以来近代诗歌革新的经验和教训,为五四新诗运动的兴起提供可能的历史条件,它是

① 《寄陈独秀》。

② 《诗与小说精神上之革新》。

五四时期在诗歌领域进行一次彻底革命的内在根据；那么风雷激荡的五四时代的斗争现实，则是促成五四新诗运动的直接原因，是把新诗革命的可能性变成现实性的根本条件。随着以“反对旧道德，提倡新道德，反对旧文学，提倡新文学”为两大旗帜的新文化运动和文学革命的蓬勃发展，作为最能迅速反映时代变化的诗歌必然要捷足先行。然而当时的旧诗坛却奄奄一息，无法承担反映新时代的伟大历史使命，而且在批判旧道德和旧文学的斗争中必然要清除旧诗词中所包藏的封建思想意识，这就使旧诗坛的现状同五四时代的革命实践及其对诗歌提出的新要求发生了尖锐矛盾；特别五四运动又是一场思想解放运动，各种新思潮的鼓动和各种思想观念的更新，都迫切要求诗歌予以及时地表现和抒发，而旧诗格律或文言体不打破是难以适应思想启蒙运动需要的。为了解决这些突出的矛盾，必须对旧体诗从内容到形式进行一次比“诗界革命”有着质的区别的大革命，在全面否定旧体诗的过程中创造出以崭新的形式和语言反映时代风貌、表现五四精神、抒发新的情感、宣传新的观念的新体诗。于是，一场新诗运动继承着晚清“诗界革命”以来近代诗歌的优良传统，在五四时代的沃土上萌发了。

具有现代色彩的新诗运动是同世界近代诗歌有着密切联系，因此除时代条件外，域外诗歌的影响或渗透也是五四新诗革命勃兴的重要的客观原因。“诗界革命”的倡导者们已初步意识到欲革新诗歌需要向外国诗歌借鉴；到了五四时期一些新诗运动的先驱们自觉地翻译介绍外国诗歌，并把借鉴外国诗歌作为创造现代新诗歌的重要途径之一。不只是外国诗歌理论对五四新诗运动起了指导作用，而且外国诗歌作品从精神到形式都对五四新诗创作起到催生或借鉴作用。以郭沫若为代表的新诗人特别推崇拜伦、雪莱、惠特曼等外国民主主义革命诗人，学习和借鉴他们在诗歌中所表现的反抗精神和民主思想，以及那种长于表现新思想新精神的自由诗体。郭沫若深感“惠特曼那一切旧套摆脱干净了的诗风和五四时代的狂飚突进的精神十分合拍”，因此他学习惠特曼那种豪放的浪漫主义诗风创作出《女神》里那些“男性的粗暴的诗”来①，而且在诗体形式和表现手法上都受了惠特曼的影响。胡适公开声明《关不住》这首译诗是他诗作的新纪元；并把《老洛伯》这首译诗收进《尝试集》，推它为“世界情诗之最哀者”。虽然这两首诗的翻译含有创作成分，但原诗毕竟是外国诗歌。这既可

① 《我的作诗经过》。

以看出外国诗歌对中国现代新诗的诞生所起到的重要借鉴作用，又可以窥测出新诗运动一开始便与世界诗歌发生了密切联系。

可见，从“诗界革命”发展到五四新诗运动并不像有的人所说的那样，“至胡适登高一呼，四方呼，而新诗在文学上的正统以立”①；它的兴起并确立正统地位，既有中国诗歌发展本身的原因，也有历史的时代的原因，既有客观因素也有主观因素。对此上述已有简略分析，其实康白情早在一九一九年写的《新诗底我见》中就对新诗的诞生与确立的种种原因作了比较全面的考察：一是由于社会上经济组织不完善，民不聊生，于是人们对于旧制度旧文物产生了怀疑，“而各色新的主义应运而生，就诗坛也不能不受其潮流底撼动”；但是“严谨的格律，简单的形式，不能装入我们深远的思想，那么只好另辟境界了”。二是庚子事变以后，外国“学术思想，逐步输入中国，中国人逐渐有了科学的脑筋，于是在诗里也不免要得一些具体的观念，旧诗拘于形式，不能应我们底要求，只得革命”。三是“辛亥革命后，中国人底思想上去了一层束缚，染了一点自由，觉得一时代底工具只敷一时代底应用，旧诗要破产了。同时日本英格兰美利加底‘自由诗’输入中国，而中国留学生也不免有些受了他们底感化”，这样“由惊喜而摹仿，由摹仿而创造”，新诗产生了。四是“物穷则变，诗由三百篇而辞赋，而乐府，而五言，而七言。而词，而曲，都是循着一定的程径，由体裁底束缚而变为自由的”，这是诗歌本身的内部发展规律决定的。五是“从历史上看，人群思想底进化，是从法古而至于法今”；“新诗以当代人用当代语，以自然的音节废沿袭的格律，以质朴的文词写人生而不为一地底故实所拘，是在进化底轨道上走的”。

在主客观条件具备的情况下，五四新诗运动的兴起是势所必然。一九一五年陈独秀创办的《新青年》，既是五四新文化运动的发祥地，也是五四文学革命、新诗运动的发祥地。一九一七年初文学革命正式倡导，便把诗歌革命作为先锋，即从诗歌领域突进去，一面在理论上动员，一面胡适尝试以白话写诗作词。一九一八年一月《新青年》经过改组，从四卷一期起全部改用白话，同期也发表了白话诗，随后北京、上海等地的一些报刊陆续发表白话诗，并在新诗理论上进行鼓动，逐步形成了一个与晚清“诗界革命”有着一定联系但又有着本质区别的五四新诗运动。如果说“诗界革命”仅仅是对中国旧体诗进行改革的初步尝试，那么五四新诗运动一开始便以破旧立新的全面改革精神对当时已经僵化腐败

① 《新诗年选·1919年诗坛纪略》。

的旧体诗作了根本否定；如果说“诗界革命”的理论主张尚带有改良主义色彩，那么五四时期新诗主张则显示了鲜明的战斗性和强烈的民主性；如果说“诗界革命”的倡导者大多是改良主义者，那么五四新诗运动的发难者和倡导者大多是勇敢的开拓者和民主主义革命者；如果说“诗界革命”中创作的诗歌主要表现出朦胧的民主主义思想意识，那么五四新诗运动中涌现出的诗歌不仅表现了鲜明的革命民主主义或人道主义思想倾向，而且也有的诗透露出明显的社会主义意识；如果说“诗界革命”在诗歌形式上仅仅进行了小修小改，大多是旧瓶新酒，在语言上仅仅掺杂些新名词或流俗语，尚未以白话取代文言，那么五四新诗运动则完全打破了旧诗形式的镣铐，实现了诗体大解放，并用接近人民大众口语的白话和自由多样的形式表现新时代的新思潮和现实人生以及内在的真情实感。因此，较之晚清“诗界革命”，五四新诗运动才称得上真正的具有现代意义的诗界革命。

作为一部五四文学史的新诗史，这里尚有两个重要问题，应作历史的具体的说明，似可显示出一些规律性。

其一，五四文学革命在倡导阶段，并非在所有的文学领域里全面展开，而是先从诗歌领域入手，白话自由诗的尝试充当了新文学的开路先锋，这是为什么？考其主要原因在于：一是当时充斥文坛的腐败旧文学，以旧体诗的腐败最为严重。一些“文人沾沾于声调字句之间，既无高远之思想，又无真挚之感情”，只会在诗词里“对落日而思暮年，对秋风而思零落，春来则唯恐其速去，花发又惟惧其早谢”，无病呻吟，言之无物；在形式上乱用套语，规模古人，死守着凝固的格律。面对着旧体诗衰败到如此程度，并严重桎梏着诗歌发展的情状，文学革命的先驱们认识到，如果不首先在诗歌领域来一次彻底革命，那文学革命的难关打不开，整个的改革局面很难全面推开。二是文学革命的倡导者们认为，用白话写小说和散文是一个怎样推广、普及和发展前人已有的成果问题，而以白话为利器作诗歌不论内容或形式都要进行彻底创新，难度比小说和散文的革新要大得多。因此他们感到以白话写新诗能否成功没有充分的把握，倒是用白话作小说则有《红楼梦》、《水浒传》、《儒林外史》作楷模；若是通过创作实践能够证明白话既可以作为小说散文的利器又能成为诗歌的利器，那么文学革命成功的希望就更大了，于是他们有意识地首先进行白话诗的尝试，为文学革命的长驱直入攻下最坚固的桥头堡。正如胡适答友人所说：“我私心以为文言决不足为吾国将来文学之利器。施耐庵、曹雪芹诸人已实地证明作小说之利器在于白话。今尚须人实地试验白话是否可为韵文之利器耳。……我自信颇能用白话作散文,但尚未能用于韵文。私心颇欲以数年之力,实地练习之。倘数年之后,竟能用文言白话作文作诗,无不随心所欲,岂非一大快事?我此时练习白话韵文,颇似新辟一文学殖民地。"①三是文言旧体诗是在漫长的封建社会里形成的,经过一个产生、发展、成熟、衰落的过程,而且中间经过几次文体形式的改革,的确在它的变迁中出现过一些优秀的诗人和作品,在社会上广泛流传,产生了深远的影响,一直被视为中国文学的正统,特别在文化教育界的传播和影响更深广一些。这就造成一股庞大的维护它的社会势力和牢固的传统心理,即使旧体诗的糟粕在一些人眼里也是"国粹",谁也不敢触动它,改造它,革新它,否则便是非圣无法,大逆不道,群起而攻之。因此,文学革命最先打好旧体诗改革这一仗,对于扫荡封建旧文学、创造新文学是具有严重意义的。

其二,五四新诗运动一开始,对于如何实现诗体解放、创造新诗格式则成了诗界革命的关键。不论是晚清诗歌改良或是南社初期诗歌革新,都主要侧重于内容的突破,而在诗歌形式上没有进行大的改革,更没有创造出完美的诗歌格式,基本上还是沿用旧格律体。五四新诗革命运动究竟是在中国古典诗歌基础上创造新诗格式,还是在民间歌谣或民歌基础上提炼新诗格式,还是着重借助外国诗歌建立新诗格式;虽然新诗运动的先驱们对前两者曾作过尝试,但并未取得成功的经验,倒是外国的自由诗体广泛地被接受过来,则成了五四新诗的压倒一切的主要诗体形式,它是对中国古典诗歌的格律体的全面挑战。这似乎造成一种特异的文学现象,即五四新诗运动既撇开了中国古典诗歌的传统又舍弃了民歌民谣的形式,独独尊崇外国的自由体,这究竟如何理解?一是中国古典诗歌体式发展到"五四"前夕,由于历代诗人的刻镂雕琢,已经定型化,特别明清以来拟古主义诗风盛行,越发使旧诗体式达到僵硬化,它已成了中国诗歌发展的主要障碍,近代诗坛不少有志之士想改革一下旧诗体式都没获得成功,而一些守旧势力却拼命地维护它。在这种情况下,让五四新诗的倡导者们冷静地耐心地在批判借鉴古典诗体②的前提下来创造新诗体式已是不可能的;况且他们大都是抱着否定一切旧传统的形而上学观点来看待中国传统诗词的,更不可能在砸碎旧诗格律镣铐的同时汲取其合理因素以铸造新诗形式。当然这并不否认胡适、俞平伯等曾在旧体诗的音节、韵律诸方面作过探索和尝试,写出一些

① 《〈尝试集〉自序》。
② 特别格律体。

带有旧体诗痕迹的白话诗;虽然这种尝试与探索对如何继承诗歌民族传统以创建新诗体是有益的,然而在当时并不被大家所公认这是中国新诗发展的正确道路,而且他们自己也不满意这些放脚式的白话体诗。尽管从总体上来看,新诗的倡导者和建设者对传统的古典诗体采取了全面否定的态度,有意识地抛弃了旧诗格律形式,但由于他们具有深湛的古典新歌修养,因而在新诗创作实践中又无意识地汲取了传统古典诗歌形式的营养,使一些新诗格式并没有完全变成西方诗歌的自由体,而保持着明显的民族形式的特点。二是在民歌基础上提炼新诗格式于五四新诗运动中也没有由可能性变成完全的现实性。这是因为当时的新诗倡导者大多是小资产阶级或资产阶级知识分子,其中不少人到外国资本主义社会受过教育和熏陶,他们的阶级偏见、欣赏习惯及审美倾向限制了艺术视野,不可能承认中国民歌民谣等民间文学是建立新诗格式的营养基地,更不可能把注意力集中在民歌形式的采用和借鉴上。当然谁也不能不承认这样的史实:一九一八年曾掀起一个歌谣采集运动,一些白话新诗的创建者如刘半农、刘大白等,亲自采集民歌,还尝试创作一些民歌体新诗,这是极可贵的探索;可遗憾的是,这场歌谣采集运动对新诗创建所产生的影响远远不及对资产阶级社会学、人伦学、民俗学的影响大,向民歌学习以创建新诗体也没有形成风气,民歌体更没有像自由体那样成为新诗的主导形式。三是由于上述两条途径创造新诗格式没有走通,它们更没有取得可观的成就,因而新诗提倡者和建设者们的审美力不约而同地集中在外国诗歌的自由体形式上,使它在诗体大解放的形式革新运动中很快便取得了优势地位,成了五四新诗的主要格式,也成了中国新诗体式的主流。自由体形式之所以在五四新诗运动中得到广泛的采取和借鉴,不仅因为致力于新诗建设的知识分子以惊羡的眼光在学习西方文化科学的同时毫不迟疑地也把西方表现新思潮的自由体诗也接受过来,更重要的是自由体对中国传统格律来说是一个全面突破,它本身所具有的优长更适合于表现五四时期的狂飚突进的时代精神,能够有效地迅速地反映大时代骤变的生活事态和腾跃激越的思想解放运动。归根结底,还是内容决定形式,自由体诗的风行终究是由五四时代的特定的历史内容决定的。当然,这并不是说五四时期形成的白话自由诗传统,是完美无缺的(实际上有些诗存在散文化倾向),是“洋化”的结果,完全割断了与中国古典诗歌的联系。究其实,大多数自由体诗还是带有或深或浅的中国民族形式的色彩,它们同外国自由体诗相比是有明显差异的。因为它们毕竟是中国诗人以中国白话语言在民族的生活和艺术土壤里提炼的诗意诗境，不可避免地要受到中国传统诗歌和民间歌谣的影响，这就决定了它们是中国式的自由体白话诗。同晚清“诗界革命”的“新体诗”相比，五四时期的新诗自由体式才是真正的具有现代色彩的新诗体，它为中国现代诗歌的发展奠定了基石。

第二节　白话诗的倡导与新诗的勃兴

五四新诗运动几乎是和五四文学革命同步的，自然它也有一个合乎规律的倡导和发展过程。

从诗体解放入手尝试白话诗

一九一七年初，以《新青年》为阵地正式举起文学革命的大旗，白话诗的倡导则是文学革命的总口号里一个喊得最响亮的具体口号。胡适的《文学改良刍议》虽然是为整个文学革命提出了“八事”，但就其“八事”的具体内容看，相当一部分是对诗歌革命而发的，初步揭示了从诗体解放入手尝试白话诗的主张（当然他也没有忽视诗歌内容的革新）。

所谓从诗体解放入手，就是破除旧诗词的声韵、格律、骈偶、典故、文言等凝固化的旧体式的束缚，以白话语言为利器，采取自由诗体，表现新的感情、新的理想、新的思潮和新的时代。一九一五年《新青年》刚创刊，伴随新的思想启蒙运动的发起，诗歌革命也开始酝酿；差不多同一时间，在美国留学的胡适从研究中国诗歌史中悟出一个道理，即“诗国革命何自始？要须作诗如作文。”①也就是主张用白话写诗，并填了一首《沁园春》词，名曰《誓诗》，以表示自己用白话创造新诗的决心：

> 更不伤春，更不悲秋，以此誓诗。任花开也好，花飞也好，月圆固好，日落何悲！我闻之曰，“从天而颂，孰与制天而用之？”更安用，为苍天歌哭。作彼奴为！文章革命何疑？且准备搴旗作健儿，要前空千古，下开百世，收他臭腐，还我神奇！为大中华，造新文学，此业吾曹欲让谁？诗材料，有簇新世界，供我驱驰！

从此胡适发誓以“活泼泼的白话”作诗，并希望新诗坛出现“几个白话的东坡”，

---

① 《〈尝试集〉自序》。

号召大家要“用全力去实验作白话诗”;但在留美同学中响应者寥寥,反对者颇多。这时国内的新文化运动和文学革命正在兴起,胡适的同乡汪孟邹给他寄去《新青年》,并受陈独秀之托约胡适为《新青年》写稿。一九一六年十月,胡适在《寄陈独秀》信中,一面表示赞同陈独秀的论文学变迁之说,一面批评《新青年》发表的一首约用古典套语一百例的长篇律诗,指出“足下论文学已知古典主义之当废,而独啧啧称誉此古典主义之诗”,这岂不自相矛盾?于是他提出自铸新词以作白话诗的见解;次年一月,胡适把在美国酝酿讨论几年的白话文学(包括白话诗)主张整理为《文学改良刍议》在国内正式发表,公开反对旧诗词的无病呻吟、滥调套语,反对用典对仗,主张废律废骈,提倡以俗语俗字以实写今日之社会情状,抒发真挚的感情和有见地有识力有理想的新思想。陈独秀在《文学革命论》中,不仅指出东晋而后崇尚骈丽,演至唐朝遂成骈体,诗之有律文之有骈皆发源于南北朝,大成于唐代,更进而为排律为四六,此等雕琢的阿谀的铺张的空泛的贵族古典诗文,没有什么文学价值,必须废除;而且主张创造通俗的抒情的写实的新诗文。胡陈的主张既是五四文学革命的号角,也是诗歌革命的雷音。

钱玄同积极响应《新青年》提倡白话诗运动。他在一九一七年二月廿五日写给陈独秀的信中,虽然赞美的是胡、陈的整体文学革命思想,但也包含着他对新诗革命的一些见解。他同意胡适的“不用典”之说,却不赞成胡的“二者偶一用之”的看法。他主张在诗里什么典也不要用,如焦仲卿妻诗皆纯为白描,不用一典,而作者之感情,诗中人之状况,皆一一活现于纸上,至今越一千七百年,读之犹如作诗之人同我们面谈。在用不用典上,钱玄同的主张比胡适更激进一些,但在对待律诗上他显得比胡适又保守一些。他“以为今后之文学,律诗可废,以其中四句必须对偶,且须调平仄也。”是年四月九日胡适在《寄陈独秀》信中除对陈独秀的文学革命论极表赞同外,还对钱玄同的评述作了回复;同时重申“自誓三年之内专作白话诗词”,欲借此实地试验,以观白话之是否可为韵文之利器,并号召“国中之有志于文学革命者,请大家齐来尝试尝试”。

刘半农是白话诗运动的积极倡导者,对诗歌内容革新和诗体解放较早地提出一些新的倡议。一九一七年五月他在《新青年》上发表的《我之文学改良观》,不仅全力支持胡适、陈独秀、钱玄同的文学革命和新诗运动的主张,而且对于包括诗歌在内的韵文改革提出了三点建议:一是破坏旧韵重造新韵,二是增多诗体,除律诗排律当然废除外,三是提高戏曲在文学上的位置。他着重对诗体的解放作了具体的探讨，尤其重造新韵的见解对白话诗的尝试更富有指导意义。一九一七年七月他又在《新青年》上发表了《诗与小说精神上之革新》，指出“作诗本意，只须将思想中最真的一点，用自然音响节奏写将出来便算了事，便算极好”；但现在有些诗人，灵魂中本来没有一个“真”字，又不能在自然界及社会现象中以真本能去探出一个“真”字来，却看了别人作诗急得眼红手痒，也想勉强胡诌几句，自附风雅，于是真诗亡而假诗出现于世。

钱玄同不仅坚决支持胡适尝试白话诗，极赞成刘半农“破坏旧韵，重建新韵”的主张，明确地表示“今后当以‘白话诗’为正体，其他古体之诗及词，曲，偶一为之，固无不可，然不可以为韵文正宗也”①；特别一九一八年一月他又为胡适的从诗体解放入手尝试写成的白话诗集《尝试集》作了序言，这既是对新诗尝试的积极支持，又在理论上对新诗写作的具体指导。他强调“现在做白话韵文，一定应该用现在的句调，现在的白话”。这是因为用今语达今人的情感，最为自然，而那用古语的无论做得怎样好，终不免有雕琢硬砌的毛病；况且为除旧布新计，非把旧文学的腔调全数删除不可，至于各人所用的白话不尽相同或用了方言或用了外来语，这对于尝试白话诗是有益无害的，并没有什么妨碍。为了进一步说明创造白话诗的必要性和重要性，胡适在《建设的文学革命论》的长文中，又从中国诗歌史上择取例证加以论述。他认为我们之所以爱读《木兰辞》和《孔雀东南飞》，是因为这两首诗全用白话写的，之所以爱读陶渊明的诗、李后主的词以及杜甫的《石壕吏》和《兵车行》诸诗，也是因为他们的诗词是白话写的；之所以不爱读韩愈的《南山》诗，因为他用的是死字死语，纵观自《诗经》三百篇以来的一些有价值有生命的诗词，“都是白话的，或是近于白话的”。尽管胡适的观点有一定的片面性，但它对于白话诗运动的兴起还是有着积极的鼓动作用。

诚然，五四诗歌革命作为一个运动过程来考察，它是经历了从诗体形式改革到思想内容革命的两个相互联系的发展阶段，这同整个新文学运动的演变轨程基本上是一致的；不过它也有自身的特殊性。为了论述的方便，还是以“五四”爱国运动爆发这一天为界分成两个阶段为好。这也许是不准确的或机械的界定，其实这两个发展阶段是有机地联系在一起的。我们只能就运动的主导方面来说，“五四”以前这个阶段对诗歌革命的倡导或尝试，侧重在语言、音韵、形

① 《给胡适信》。

式等诗体的解放上(即使在这个阶段也没有完全忽视思想内容的革命)。

由于胡适、陈独秀、钱玄同、刘半农等的发难、倡导,在白话诗理论的指导下,白话诗的创作尝试也一步一步形成热潮。一九一七年随着白话诗倡导的开始,胡适便在《新青年》第二卷第六号上发表了八首白话诗,接着在《新青年》第三卷第四号上又发表了白话词。虽然他尝试白话诗开始于一九一六年,但公开在国内发动新文学运动的主要阵地上揭载却是一九一七年;郭沫若写白话诗虽然也始于一九一六年,但公开发表却是见于一九一九年的《时事新报。学灯》上。胡适这些尝试之作尽管没有达到"诗体的大解放"的要求,尚带着较深的从旧诗词脱胎出来的痕迹,然而他那种敢于冲破旧势力的诋毁、旧镣铐的禁锢、在诗体解放上进行探索的精神,对于当时那些有志于诗歌改革者却是一种激励和鼓舞。一九一八年一月《新青年》四卷一期,完全改用白话文,并发表了三名文学革命先驱的白话诗,这就打破了由个人尝试白话诗的冷寂局面,为白话诗的创建开拓了一个新的境界。这三个人的白话诗是:胡适的《鸽子》、《人力车夫》、《一念》、《景不徙》,沈尹默的《鸽子》、《人力车夫》、《月夜》,刘半农的《相隔一层纸》、《题女儿小蕙周岁日造象》。从此以后,《新青年》陆续刊登白话诗,至一九一九年五月十五日发行的六卷五期,它共发表了六十多首。如胡适的《老鸦》、《新婚杂诗》、《关不住了》(译诗)等,沈尹默的《落叶》、《大雪》、《除夕》、《雪》、《耕牛》、《三弦》等,刘半农的《车毯》、《游香山记事诗》、《学徒苦》、《卖罗卜人》、《译诗十九首》等,陈独秀的《丁巳除夕歌》,李大钊的《山中即景》,唐俟(鲁迅)的《梦》、《爱之神》、《桃花》、《他们的花园》、《人与时》,沈兼士的《真》、《山中杂诗二首》等,周作人的《两个扫雪的人》、《小河》、《路上所见》、《北风》等,此外李剑农、陈衡哲等也偶尔发一首。可见,白话诗的尝试逐步形成风气,尝试者越来越多,白话诗的数量和质量也有了相应的提高;不仅有真正的自由体的白话诗,有半解放式的白话诗,而且还有散文诗,有翻译的白话自由体诗。这些诗,从总体上来看,虽然在思想内容的深浅上有明显的差异,但大都在一定程度上体现了时代精神,透露出或浓或淡的新的生活气息;虽然在诗体上有相当一部分白话诗带着从旧诗、词、曲脱胎出来的印痕,但不能不承认它们是解放了的或半解放的诗体,总是在诗体解放的道路上跨出了可喜的步履。特别是刘半农的白话诗显示了尝试阶段白话自由体诗的社会现实意义和艺术生命力;李大钊、陈独秀带头写白话诗,对于推动新诗运动的发展大有裨益;鲁迅和周作人写的白话诗"全然摆脱了旧镣铐"(朱自清语),是真正的白话自由体诗。

虽然鲁迅是鉴于诗坛的寂寞才“打打边鼓，凑凑热闹”写了几首白话诗，但是写得含蓄、清新、刚健、美丽，是尝试阶段白话诗的珍品。刘半农在《〈初期白话诗稿〉序》中语重意深地写道：

我把这部稿子印出来，真是了无足奇，亦许有许多思想比我们更进步的人要在旁冷笑，以为这算得了什么东西呢。不差，以鞋子里塞棉絮的假天足，和今日“裙翻鸵鸟腿”的真天足相比，那算得了什么东西呢？然而假天足在足的解放史上可以占到一个相当的位置，总还是事实。

这部稿子里有几点是值得说明的。第一，李守常先生不大作诗，亦许生平就只做过《山中即景》一首（按，此说不准），而这一首的原稿可保存下来了。第二，陈仲甫先生白话文做得很多，旧体诗做得很好，白话诗就我所知道的说，只有《除夕》一首，这一首的原稿也保存下来了。李先生已在数年前做了牺牲，陈先生日下正在过他的看守所生活，这两首诗稿就愈见珍贵了。第三，鲁迅先生在当时作诗署名唐俟，那时他和周岂明先生同住在绍兴县馆里，诗稿是岂明代抄，鲁迅自己写了个名字。恐怕不会再有那样合作的机会，这一点稿子，也就很可珍贵了。

这些尝试性的白话诗在中国新诗发展史上的地位是确定了，摆好了，也许不会有人否定它们的开风气的历史作用，尤其李大钊、陈独秀、鲁迅的白话诗稿对新诗的推动作用更值得充分肯定。

一九一九年一月由傅斯年、罗家伦等在北京创办的《新潮》月刊，紧密配合以《新青年》为阵地所掀起的白话诗热潮，发表了周作人、叶绍钧、胡适、俞平伯、罗家伦、傅斯年、康白情等的白话诗作，在一定程度上助长了白话诗的声威。

在白话诗的尝试阶段，于一九一八年初开始兴起了歌谣运动，从某种意义上说这也是五四新诗运动的有机组成部分。如果从诗体解放入手要建立具有民族特色的新诗体，除在中国古典诗歌传统中和外国诗歌里汲取养分外，那就要重视民间韵文特别民歌民谣的优良传统。一九一八年二月新文化运动和文学革命的策源地的北京大学，校长蔡元培亲自倡导成立“歌谣征集处”，号召动手搜集全国近世歌谣，并在《北大日刊》上陆续发表，由刘半农、钱玄同、沈尹默、钱玄同等主持此事。在颁布的“征集全国近世歌谣简章”上，公开申明“歌谣文俗，一仍其真，不可加以润饰。俗字俗语，亦不可改为官话”，“歌谣之有音节者，当附注音谱”，“有关一地方，一社会，或一时代之人情风俗，政教沿革者”，或“寓意深远，有类格言者”，或“征夫野老游女怨妇之辞，不涉淫亵，而自然成趣者”，或“童谣讦语，似解非解，而有天然之神韵者”等，都是可以入选之歌谣。不仅《北大日刊》开辟了“歌谣选”专栏，每日选登一首歌谣，陆续刊登了一百四十多首；而且稍后北大还成立了“歌谣研究会”，出版了《歌谣周刊》，编印了歌谣丛书，如常惠收集的《北京歌谣》、顾颉刚集的《吴歌集》、台静农集的《淮南民歌》等八种。当时征集这些歌谣虽然主要不是为着创造新诗歌的借鉴需要，其中有研究民俗学的意图在内，把它作为民俗学的重要资料之一；但是无论从主观或客观来考察，这次广泛地收集歌谣运动对新诗的诞生与发展不能不产生积极影响。如李大钊、鲁迅、刘半农、刘大白等，亲自收集过民歌，还借鉴民歌形式，尝试着写民歌体白话诗。尽管从当时搜集各地歌谣的情况来看，大都不是用文学的审美眼光选择那些真正富有文学意味的“风诗”，供诗人的吟咏取材，似乎作诗的人也很少晓得民歌里有许多可供取法的风格和方法，不能不说是“今日诗国的一桩缺陷”①；但是就民歌与新诗的关系而论，“民歌的最强烈最有价值的特色，是他的真挚与诚信，这是艺术品的共通的精魂，于文艺趣味的养成，极是有益的。”由于民歌“是真挚的做成的，所以有那一种感人的力，不但适合于同阶级，并且能感及较高文化的社会”，这种感人之力“便是最足新诗的汲取的”②。因此，决不能因为有些民谣搜集者和诗作者不理解民歌与新诗的密切关系，或者不习惯运用大众所喜闻乐见的歌谣体，从而不充分估价采集歌谣运动对于创建白话自由诗所产生的积极影响，以及对增强新诗的民族特色所起的良好作用；特别这场采集歌谣运动本身就是五四时期那种平民主义精神的体现，不仅对封建贵族文学是一次有力的冲击，而且也是对那些传统的鄙视民间文学的旧文学观念的有力否定，这在客观上壮大了新诗运动的声势。

“五四”狂飙大大推动了新诗运动

如果说“五四”运动爆发以前的新诗运动主要处于发难、倡导阶段，不论新诗理论的探讨或者新诗创作的尝试，大都着力于诗体的解放，新诗运动还是初具规模；那么“五四”运动的猛烈狂飚卷起以后，随着新文化运动和文学革命出现新的高潮，新诗运动的发展也达到一个新的阶段，呈现出一些新的特点。

“五四”后，新诗理论的鼓动更加有力更加全面，不论出现的总结白话诗创作经验的论文或者探讨新诗理论的专论，都不是只着眼于诗体解放，而是从新

① 胡适：《北京的平民文学》。

② 周作人：《自己的园地·歌谣》。

诗的形式、内容、风格等多方面进行论述，对新诗的发展起了有力的指导作用。一九一九年十月胡适写的《谈新诗》，可以说是对一九一七年开始尝试白话诗以来的一个总结。它从诗体解放的角度评述了周作人、康白情、傅斯年、俞平伯等的白话诗的得失，还从内容与形式的辩证关系上论述了诗体解放的重要性以及从诗体解放入手尝试白话诗的必要性和合理性，并对新诗的音节提出了有见地的看法。朱自清认为胡适"这些主张大体上似乎为《新青年》诗人所共信"，《新潮》、《少年中国》、《星期评论》以及文学研究会诸作者，大体上也这般作他们的诗，因此"《谈新诗》差不多成为诗的创造和批评的金科玉律了"[①]。同时，胡适还写了《〈尝试集〉自序》，追述了自己尝试和倡导白话诗的历史，进一步说明"诗体的大解放就是把从前一切束缚自由的枷锁镣铐，一切打破；有什么话说什么话；话怎么说，就怎么说。这样方才可有真正的白话诗，方才可有表现白话的文学的可能性"；并且交代了他印行《尝试集》的理由有三：一是这一年来白话散文传播得很快很远，而大多数人对白话诗仍抱怀疑甚至反对态度，故印行这本白话韵文集可引起人们注意，或赞赏或反对都可作为一种参考材料；二是把试验三年的白话诗供献给国内文人，作为自己的试验报告；三是让大家看到这本诗集所代表的"实验的精神"；最后以"自古成功在尝试"一语鼓励大家进一步创造白话诗。此后他还写过《〈尝试集〉再版自序》、《评新诗集》、《〈尝试集〉四版自序》、《〈蕙的风〉序》等，以推动新诗运动。虽然胡适的白话诗主张也触及诗歌内容的革新，但始终侧重于诗体的大解放，可以说他是五四时期"诗体大解放"口号喊得最响的一个。不过他创作的白话诗并没有真正实现"诗体的大解放"，正是他自己所总结的："我现在回头看我这五年来的诗，很像一个缠过脚后来放大了的妇人回头看他一年一年的放脚鞋样，虽然一年放大一年，年年的鞋样上总还带着缠脚时代的血腥气。"若说胡适在诗体大解放方面是个得力的鼓动者；那么俞平伯根据对《新青年》倡导新诗运动以来的现状而写出的《白话诗的三大条件》、《社会上对于新诗的各种心理观》等诗论，则是从诗体解放和内容革命两个方面，对新诗的创建提出了比胡适更加全面的新诗主张。他认为，诗歌同一般的通俗文章相比难度更大一些，要求更高一些。因为诗歌"确是抒发美感的文学，虽主写实，亦心力求其遣词命篇之完密优美"，所以白话诗的创造应具备三个条件：一是用字要精当，造句要雅洁，安章要完密；二是音节务必谐

① 《中国新文学大系·诗集导言》。

适，却不限定句末用韵；三是说理要深透，表情要切至，叙事要灵活。为了使新诗有个坚固的基础，促进新诗进一步发展，以取代古诗在文学史上占据的重要地位，他对五四时期的新诗运动进一步提出要求：作新诗不要只追求数量，更要“增加他的重量”，不只多采取作诗的材料，重要的是要经过精心的选择，不只作诗要有完美的外壳，重要的是应具有新精神，“新诗万不可放进旧灵魂”，“新诗的大革命，就在含有浓厚人生的色彩上面”，不能为艺术而艺术，要“勉力做主义和艺术一致的诗”；在艺术表现上，不仅应注重实地的描写，使用材料的调和，并要注意造句安章的错综，限制文言的借用。特别他从宏观上指出了，诗歌的发展是受空间和时间支配的，因此中国诗歌的改造，可以把西洋近代文学的新精神做旁证，可以把历史上变迁的痕迹做直证，现在的新诗虽不是新文学的“中坚”，总还是“急先锋”，将来诗的发展，一定要跟着这条路慢慢地向前去，“新诗现在虽很幼稚，却大有长成的希望；虽不很完美，却可以努力进步使他完美”。康白情于一九二〇年三月写了一篇《新诗底我见》，较全面地阐述了自己的新诗主张：一是从新诗与旧诗、新诗与散文的比较中，说明“以热烈的感情浸润宇宙间底事物而令其理想化，再把这些心象具体化了而谱之于只有心能领受的音乐，正是新诗底本色”；二是从社会经济基础同上层建筑的关系、从诗歌自身发展的规律、从辛亥革命后中国人的思想状况等方面，比较正确地揭示了新诗兴起和发展的“必然的倾势”；三是从形式和内容两个侧面，具体地论述了新诗的要素，就形式说“音乐的是音节，刻绘的是写法”，就内容说“有情绪的和想象的两种意境”；四是根据新诗的大旨，提出了诗的陈腐规矩须一律打破，新诗和旧诗是从形式上分别的，新诗的精神端在创造，诗和词的分别也只在乎形式而不在乎精神，新诗也可以唱的，诗是主情的文学，诗起源于自己表见底艺术冲动，“平民的诗”是理想是主义、而“诗是贵族的”却是事实是真理，等八条具体意见。这些意见大多是正确的，有的意见是片面的或错误的，特别最后一条带有明显的阶级局限性；五是对于如何创造新诗，结合自己的经验，提出了选意、布局、环境化、随心写、反复读五个步骤；六是论述了作一个新诗人应具备的修养，如高尚的理想、优美的情绪、完美的人格、丰富的知识、精湛的艺术等。康白情的新诗论，尽管有些不确切或谬误之处，但从总体上看却是具有进步意义的、有一定系统性和理论深度的新诗主张，它不仅有利于新诗运动的发展，而且也标志着五四新诗运动达到了一个新的水平。

如果说康白情的新诗论既蕴含写实成分又具有浪漫因素的话，那么田汉于一九一九年七月发表在《少年中国》创刊号上的《平民诗人惠特曼的百年祭》、一九二〇年二月发表在《少年中国》第八期上的《诗人与劳动问题》及同年《少年中国》十二期上发表的《新罗曼主义及其他》、《恶魔诗人波陀雷尔的百年祭》、《歌德诗中所表现的思想》等，则系统地介绍了浪漫主义文学思潮，提出了带有鲜明浪漫色彩的新诗主张，尤为可贵的是他的新诗理论带有某些社会主义因素。他认为诗歌应该讴歌劳动，而无产阶级多属社会下层，地位不安固，故今日无产阶级为社会问题、劳动问题之中心，知识者的同情不在资产阶级应是无产阶级；诗人不仅要同情劳动阶级，并要进而成为劳动者。田汉反复地说明“在人类的存在上，最不可缺的便是劳动，不赞美讴歌这种神圣劳动的诗人，可不算真正的诗人。”把劳动和劳动阶级作为新诗讴歌的对象提出来，并从能否成为一个真正诗人的高度来强调，这不论对新诗创作实践的指导或对新诗理论的建设，都是具有重要意义的。虽然这个时期田汉的思想主体是民主主义，但是社会主义思想的影响却是显而易见的，表现出一种激进的革命精神。郭沫若和宗白华于一九一九年至一九二〇年的论诗通信，提出了积极浪漫主义诗歌主张。郭沫若强调新诗是“我们心中的诗意诗境的纯真表现”，强调诗歌“得以‘自然流露’为上乘。”很显然，这是他追求个性解放的思想在新诗主张上的反映，也是他浪漫主义新诗理论的核心内容。他的积极浪漫主义的新诗主张，不仅指导着自己创造出开一代诗风的浪漫主义诗篇，而且也深深地影响了其他诗人的新诗创作。一九二〇年二月宗白华在《少年中国》第八期上发表了《新诗略谈》，从新诗的“形”与“质”两个方面探讨诗歌的基本特征。他认为“新诗的创造，是用自然的形式，自然的音节，表写天真的诗意与天真的诗境。诗人的养成，是由‘新诗人人格’的创造，新艺术的练习，造出健全的，活泼的，代表人性、国民性的新诗。”特别值得注意的是，宗白华提出了“音乐的作用”和“绘画的作用”，以构成诗的“空间时间中极复杂繁富的‘美’”。这对以后闻一多提出的“音乐的美、绘画的美、建筑的美”的有名的新诗“三美”，不能不产生影响。此外，周无写的《诗的将来》、郑振铎发表的《论散文诗》、周作人写的《论小诗》等诗论，对新诗的建设，都提出些可贵的见解。总之，这些新诗理论尽管存在这样或那样的不足，甚至有的观点有错误，但从总体来看比尝试阶段的新诗主张完备得多、系统得多、深刻得多、正确得多、丰富得多。它们不仅为中国新诗理论的建设作出了重要贡献，而且对于推动中国新诗的发展以及五四时期写实派和浪漫派两大新诗流派的形成，都起了积极的作用。

“五四”爱国运动爆发后，新诗创作出现了新的局面，不仅新诗的数量增多，而且质量也大大提高。其中大多数诗篇体现了五四时代的狂飚突进精神，在诗体大解放上迈出了更大的步伐，出现一批诗体自由完美的新诗章；不仅发表新诗的阵地越来越多，写新诗的人越来越多，而且陆续出版了白话新诗专集、诗论集，还创办了新诗刊物，这都标志着新诗运动的欣欣向荣发展。《新青年》是新诗运动的发祥地，从“五四”运动后的六卷六期起到一九二二年七月的九卷九期止，发表了大量的新诗篇，其中有些诗篇在内容和形成上都可以称为真正白话新诗。刘半农继前又发表了《D—！》、《烟》、《小湖》、《桂》、《敲冰》、《牧羊儿的悲哀》、《地中海》、《奶娘》、《一个小农家的暮》、《稻棚》、《回声》、《夏天的黎明》等，胡适又发表了《威权》、《乐观》《礼》、《四烈士琢上的没字碑歌》、《死者》、《平民学校校歌》、《希望》等，周作人继前发表了《东京炮兵工厂同盟罢工》、《爱与憎》、《儿歌》、《秋风》、《山居杂诗》、《病中的诗》，李大钊又发表了《欢迎独秀出狱》，陈独秀又发表了《答半农的 D——诗》，沈尹默又发表了《小妹！》、《白杨树》、《秋》等，俞平伯发表了《绍兴西郭门的半夜》、《莺儿吹醒的》等，鲁迅又发表了《狭的笼》，沈雁冰发表了《一个骑马的人》，此外还有夬庵、汪静之、刘大白等人的诗。特别应该指出的是，这些诗篇大多体现了新的思想特色，其中有的诗表现了强烈的反帝反封建的革命意识，有的诗如《欢迎独秀出狱》具有鲜明的无产阶级思想倾向。此外《新潮》、《少年中国》、《星期评论》等刊物也是活跃的新诗阵地，北京《晨报副刊》、上海《民国日报》副刊《觉悟》、《时事新报》副刊《学灯》等，都是新诗的重要基地。如《少年中国》曾出版过“新诗专号”，应修人、宗白华、李大钊、邓中夏、康白情、田汉等都在该刊上发表过新诗作；刘大白的一些具有社会主义倾向的《红色新年》、《劳动节歌》、《五一运动歌》等，都先后发表在《民国日报》的副刊《觉悟》上；郭沫若从一九一九年到一九二〇年在《学灯》上发表了《女神》中的大部分优秀诗篇，可以说《学灯》是最初培养郭沫若这位伟大浪漫主义诗人的摇篮，为中国新诗发展开拓了广阔道路。这些刊物并不是纯文艺性的，却在中国新诗的孕育、诞生和发展过程中建立了不可磨灭的功绩。随着一九二一年文学研究会、创造社等纯文学社团的成立，涌现出一些纯文艺性的刊物，发表了一些新诗作品，且于一九二二年一月在上海创办了《诗》月刊，由叶圣陶和刘延陵主编，这是我国新诗坛上第一个诗刊。自一九二〇年三月胡适的《尝试集》正式出版起至一九二三年，先后出版了郭沫若、田汉、宗白华的诗论集《三叶集》（1920 年）、许德珩编辑的《分类白话诗选》（1920

年)、郭沫若的第一部新诗集《女神》(1921 年)、文学研究会编辑的八人新诗合集《雷朝》(1922 年)、俞平伯的诗集《冬夜》(1922 年)、康白情的诗集《草儿》(1922 年)、潘漠华等四人的《湖畔》诗集(1922 年)、徐玉诺的诗集《将来之花园》(1922 年)、汪静之的诗集《蕙的风》(1922 年)、郭沫若第二个诗集《星空》(1922 年)、冰心的诗集《繁星》和《春水》(1923 年)、陆志苇的诗集《渡河》(1923 年)、闻一多的诗集《红烛》(1923 年)、宗白华的诗集《流云小诗》(1923 年)等。

新诗革命呼唤着五四运动的爆发,五四运动的狂飚又呼唤着新诗运动,推动着新诗运动不断地发展。因此从诗歌与时代的特定关系来说,新诗是五四运动的产物,并生动形象地表现了这个伟大时代的主导精神。可以毫不夸饰地说,没有风雷激荡的五四时代,中国的新诗运动不可能在这样短的时间内基本上完成了破除旧体诗的桎梏、创造白话自由诗的历史使命。同小说、散文相比,诗歌革命更艰巨更复杂一些,阻力更大一些。晚清"诗界革命"口号的提出要比"小说界革命"早,但是从取得的效果来看,诗歌改良的成绩远不如小说改良的成就,这说明诗歌革命的难度大、任务重。但是到了五四时期,诗歌革命由于大时代的推动,特别五四爱国运动的推动;加上一些文学革命先驱们的"有意的鼓吹去促进他的实现",冲破了"人类的习惯性守旧性"的阻碍和那些"束缚精神的枷锁镣铐"(胡适《谈新诗》),因此使新诗运动取得比中国诗歌发展史任何一次所谓"文学革命"的历史功绩都大,初步创造出从形式到内容区别于中国历史上任何一个时代诗歌的白话自由体新诗。这些新诗不仅具有新的思想、新的感情、新的意境、新的气息,而且也具有新的体式、新的布局、新的语言、新的风格。当然,由于这些白话诗是新诗革命草创期的作品,难免幼稚、肤浅,甚至留有旧痕迹,这是不可回避的历史局限;但是从新诗的总体和趋向着眼,谁也应当承认五四时期的新诗开了一代诗风,为中国的新诗发展开拓了广阔的前景。

第三节　诗歌革命论争与新诗理论建设

诗歌革命之论争

诗歌革命既是《新青年》所倡导的文学革命的急先锋,尝试白话自由体诗比小说、散文都早,所以在发难、倡导的过程中,遇到的阻力大,遭到的非难多,即

“独以新体诗招人反对最力”①。可以说，新诗运动是在一般人的怀疑、守旧派的反对、正统诗人的诋毁中诞生、发展的。新诗坛为了推进诗歌革命、扫除新诗前进路上的障碍，捍卫白话诗尝试的成果，就不能不同怀疑派、守旧派、正统派文人展开论争。

新诗刚刚呱呱落地，“文字狱”的阴影便笼罩着新诗坛。刘半农在三十年代写《初期白话诗稿》序言时，深有感慨地说：白话诗虽是“古已有之”，但“谈到正式提倡要用白话作诗，却不得不大书特书：这是一九一七年中的事。从一九一七年到现在，已经整整过了十五年。这十五年中，国内文艺界已经有了显著的变动和相当的进步，就把我们这班当初努力于文艺革新的人，一挤挤成了三代以上的古人，这是我们应当于惭愧之余感觉到十二分喜悦与安慰的。”不过，“在一九一七年时，提倡白话已是非圣无法，罪大恶极，何况提倡白话诗。所以适之诗中有了‘两个黄蝴蝶’一句，就惹恼了一位黄侃先生，从此呼适之为黄蝴蝶而不名，又在他所编的《文心雕龙札记》中大骂白话诗文为驴鸣狗吠。其实，胡适之诗中用了黄蝴蝶就该称为黄蝴蝶，黄季刚文中用了驴鸣狗吠就不该称为黄驴鸣黄狗吠么？然而古老的国粹先生决不肯作这种反省功夫。黄侃先生还只是空口闹闹而已，卫道的林纾先生却要于作文反对之外，借助于实力——就是他的‘荆生将军’，而我们称为小徐的徐树铮。这样，文字之狱的黑影，就渐渐的向我们头上压迫而来，我们就无时无日不在栗栗畏惧中过活。”不过林纾的阴谋未得逞，当时“没有任何人在明白宣布的提倡白话诗文的罪名之下遭到逮捕——这就不得不有慨于北洋军阀的宽宏大度，实远在读圣贤书、深明忠恕之道的林琴南先生之上”了。

其实，围绕着诗歌该不该进行彻底革命，该不该实现“诗体大解放”，该不该采用白话作诗等问题，早在一九一五年到一九一六年间便在胡适与梅觐庄（即梅光迪）、任叔永等人之中展开了论争。当时胡、梅、任都是留美学生，胡适发誓以白话作诗，却遭到梅觐庄的驳斥，任叔永也不同意。梅认为诗歌“革新须洗去旧套腔，务去陈言”，但绝对不能“以俗语白话代之”；胡适于是做了一首一千多字的白话游戏诗回答他们，并进一步表明以白话作诗作文的主张。可是梅、任两位大不以为然，梅觐庄大骂胡适，讽刺胡剽窃“不值钱之新潮流以误国人”，同时也提出了“小说词曲固可用白话，诗文则不可”的观点。可见他们争论的焦点

① 俞平伯：《白话诗的三大条件》。

在于白话是否可为诗歌的利器，梅觐庄也不否认诗歌要进行某些改良，也不反对小说可以用白话。任叔永也认为“白话自有白话用处（如作小说演说等），然不能用之于诗。”胡适坚定主张白话可以入诗，并指出“白话之能不能作诗，此一问题全待吾辈解决。解决之法，不在乞怜古人，谓古之所无，今必不可有，而在吾辈实地试验”①。直到一九一七年初文学革命正式倡导，白话诗已公开在《新青年》上发表，一九一八年四月胡适又发表了《建设的文学革命》，他的留美老同学朱经农、任叔永才同意了白话文学主张。朱经农赞胡适的白话诗“是很好的，念起来有音，有韵，也有神味，也有新意思，我不敢妄加反对”；但是他主张白话诗应该立几条规则。胡适对朱经农支持文学革命感到高兴，可他不同意“白话诗应该立几条规则”，强调“做白话诗的大宗旨，在于提倡‘诗体的解放”。他认为，凡文的规则和诗的规则，都是那些做《古文笔法》、《文章轨范》、《诗学入门》、《学诗初步》的人所定的，从来没有一个文学家自己定下做诗做文的规则，我们做的白话诗现在不过在尝试的阶段，我们自己也还不知道什么叫做白话诗的规则，且让后来做《白话诗入门》、《白话诗轨范》的人去规定白话诗的规则罢②。任叔永的态度也转变了，对胡适的《建设的文学革命论》大为赞成，不过他对“诗体的大解放”有异议，认为“做新体诗，一面要诗意好，一面还要诗调好，一人的精神分作两用，恐怕有顾此失彼之嫌，若用旧体旧调，便可把全副精神用在诗意一方面，岂不于创造一方面更有希望呢？”实际上他不赞成打破旧诗体创立新诗体。胡适不同意任叔永的看法，说明“我们现在有什么诗料，用什么诗体；有什么话，说什么话：并不一面顾诗意，一面顾诗调。那些用旧调旧诗体的人，有了料，须要截长补短，削成五言，或凑成七言；有了一句，须对上一句；有了腹联，须凑上颈联；有了上阕，须凑成下阕；有了这韵，须凑成那韵；……那才是顾此失彼呢。”③

随着白话诗的倡导和尝试的风气越来越盛，社会上维护旧传统的习惯势力或斗方名士派对新诗运动的非难、诋毁声也越来越高。俞平伯于一九一九年三月曾在《白话诗的三大条件》一文中对这些非难者诋毁者作了具体的分析评判：一种是一知半解的人，他们只知道古体律体五言七言，算是中国诗体正宗；斜阳芳草，春花秋月，这类陈腐的字眼，才足以装点门面；看见诗有用白话做的，登时

① 《〈尝试集〉自序》。
② 胡适：《答朱经农》。
③ 胡适：《答任叔永》。

慌恐起来,以为诗可以这般随便做去,岂不是把他们斗方名士派辱没了吗?这种人正合屈原所说的"邑犬群吠兮吠所怪也。"还有一种非难白话诗的人,却有点见识,他们并不从根本上反对白话诗,不过从组织结构方面,肆其攻击。这种评论倒可以引起我们对创造白话诗的更加精心推敲,力求遣词命篇之完美。同年四月俞平伯在《新潮》一卷四期上又发表了《社会上对于新诗的各种心理观》,对新诗出世以来社会各方面对新诗的攻击或诋毁作了更加深入的分析评判。他认为当时社会上对新诗革命表示同感的人少怀疑的人多,仅就反对的人来说又有种种不同情况,即有根本反对的,有半反对的,也有不反对诗的改造而骂个人的。具体来说有四类情况:一是反对诗的改造,这派人的代表则是那些封建遗老遗少和斗方名士。他们之所以反对白话诗,因为他们受古典文学的熏陶最深,而且他们的生活又是非人生活,弄得神经起了变态,一点正确的思想也没有;加上从前受了冬烘的八股教育,读了几句古诗便偷窃模仿起来,居然也自命"文彩风流",似乎除此再没有诗味了。这班人非但没有真正的文学观念,就是中国旧有的文学也是根柢浅薄,他们要大骂特骂我们原是不足怪的。还有一种国粹派,其旧文学的知识总比上列这种人充足得多,但是他们的大病总是头巾气太重,他们既没有正确的文学观也没有文学变迁的知识,因而他们蔑视白话诗反对诗歌的改造也是自然的事了。二是反对中国诗改造的另一派人和第一种人没有多大区别,只是他们外国文学的知识较充足一点,读过几本外国诗也晓得诗是可以用白话做的,但他们总不肯赞成中国诗的改造,这似乎有点矛盾,即既承认白话可以做诗为什么又要反对新体诗呢?因为他们有个奇怪的逻辑,就是"一国有一国特殊的文学,唐宋以来的近体诗,是我国最纯粹的出品,何必'削趾适履'去学外国呢。"实质上这是"中学为体西学为用"的论调,就其心理来说还是喜欢古董,不过在中国古董之外添几个外国古董而已,他们是一班中外合璧的古董家。三是反对改造中国诗的这一派人并不攻击新诗本身,而是攻击做新诗的人。他们说什么"诗是可以用白话做的,诗是极该用白话做的,诗不但要有新的介殼,并且要有新精神的;但是你们这班人都没有诗人的天才,要来冒冒昧昧改造中国诗是决不行的,好比一个极好的题目,给'冬烘先生'糟糕了,你看《新青年》《新潮》登载的白话诗,不中不西,像个什么!"这种人的头脑是清醒的,对新诗的认识也没有错误;但是所鼓吹的"天才论"却是有害于新诗发展的。"尽管不是天才,学做几首诗,也没有多大害处,果然真有极好的诗出现,我们自然愿意'改途易辙'的",况且天才既没有一定的标准,也不是"生而知之"的，现代的人做现代的诗不论好坏，总没有什么不可以的，至于谁是天才谁不是天才，将来自然知道。四是盲目赞成中国诗改造的人，他们并不晓得新诗的真正精神和价值，只是看新诗这个东西很流行很时髦，用了浅显的白话，不讲对仗不押韵脚不用古典，认为随口胡乱诌几句，似乎很容易，所以很喜欢它。这一派人和从前有一派文人喜欢寻古字僻典来夸耀门面，实在是一般无二，其对新诗前途的发展很有妨碍，他们乱作乱投稿，弄到后来社会上对于新诗自然要抱一种嫌恶轻蔑的态度，这样新诗社会化的成功就很难预期了。就当时的批评水平来看，俞平伯上述的分析评判是切实的，深刻的，击中要害的，有助于清除新诗途中的障碍、推动新诗运动的健康发展。

"五四"以后，随着诗歌革命的不断发展，涌现出一批接近成熟或成熟的白话自由体诗；可是一九二一年初又出来了中外合璧的文人，如胡先骕、吴宓、梅光迪（即梅觐庄）等，对新诗运动仍抱着敌视态度。梅光迪在美留时曾围绕要不要以白话作诗曾同胡适展开论争，他回国后并没有像任叔永、朱经农那样改变对新文学的态度，依旧站在新文学运动的对立面，对文学革命和诗歌革命肆意诋毁。胡先骕是"五四"后对新诗运动攻击最激烈者。他在《中国文学改良论》中，强调诗歌必有声韵，指出中外名家的诗不是白话诗，故"诗家不能尽用白话"，说什么刘半农之《相隔一层纸》一诗何如杜工部之"朱门酒肉臭，路有冻死骨"写得尽致，沈尹默之《月夜》、《鸽子》、《宰羊》等诗毫无诗意存于其间，总之，他反对以白话作诗。胡适的《尝试集》问世，标志着白话新诗的尝试和提倡取得了初步成果，却引起了不少人的怀疑和讥评，其中胡先骕写的《评尝试集》既攻击胡适又攻击新诗运动，可以说这是五四新诗革命兴起以来反对派投掷的最重也是最长的矛刺。他认为，胡适的《尝试集》"无论以古今中外何种眼光观之，其形式精神，皆无可取"；并结合《尝试集》对胡适的新诗论和白话主张进行了全面否定和诋毁。攻击胡适"不能运用声调格律以泽其思想，但感声调格律之束缚，复摭拾一般欧美所谓新诗人之唾余，剽窃白香山陆剑南辛稼轩刘改之之外貌，以白话新诗号召于众，自以为得未有之秘，甚而武断文言为死字，白话为活字，而自命为活文学家，实则对于诗人之精髓，从未有深刻之研究，徒为肤浅之改革谈而已"；并说胡适之诗与诗论的最大缺点即认定以白话为诗，不知拣择之重要，不知白话固可入诗，然文言尤为重要也。因此，"《尝试集》之价值与效用，为负性的"，它可以告诫"迷途之少年"认识到"今日新诗人创作新诗之方法错误"，"此路不通"；胡适"亦犹创乱者陈胜吴广"并不是真正的新诗人。在对白话诗运动肆意攻击的同时，胡先骕也对旧诗的内容流露出不满，似乎也有一种要求"产出新诗之心"，但是他却始终迷恋着旧诗语言形式的"骸骨"，实质上走着一条"中学为体，西学为用"的改良主义折衷道路。吴宓同胡先骕唱着类似调子，也是反对诗体大解放，主张"作诗之法，须以新材料入旧格律"，即仍用古今各体，旧有之平仄音韵之律，以及他种艺术规矩，不可更张废弃；今日旧诗所以为世诟病者，非由格律之束缚，实由材料之缺乏，因之"今欲改良吾国之诗，宜以杜工部为师，而熔铸新材料以入旧格律"。他所谓的新诗材料，并不是五四时代的新思潮、新精神或新的现实新的生活，而是"五大洲之山川风土，国情民俗；秦西三千年来之学术文艺典章制度宗教哲理史地法政科学等之书籍理论；亘古以还，名家之著述，英雄之事业，儿女之艳史幽史，奇迹异闻；自极大以至极小，靡不可入吾诗也"，等等。总之吴宓主张用旧瓶装新酒（其实酒也不新）的方法来改良中国诗歌，其实比晚清改良派梁启超等人的"诗界革命"的主张还要保守。从李思纯在《学衡》杂志十九期发表的《与友人论新诗书》可以看出，如果说胡先骕、吴宓的诗歌见解尚有一定的改良色彩，那么李思纯则是一个彻底的新体诗的反对者。他以为"单音独体之汉字"根本不能"强用之以造作拼音文字式之诗"，坚决反对白话自由诗向西洋诗歌学习，并诬中国人学西洋文学是"天下之至愚不灵"。现已成为国粹派的章炳麟于一九二三年发表了《答曹聚仁论白话诗》一文，他认为"诗之有韵，古无所变"，他不承认无韵的白话自由诗是诗。这些形式主义或改良主义的论调，虽然同林纾那种复古派的腔调不完全一样，但是在反对诗体大解放、反对白话入诗、反对废除旧律旧韵这些根本点上是一致的，目的都是为了维护文言旧体诗的正统地位，即使对中国传统体诗作某些修修补补也决不能动摇旧体诗的世袭领地，更不能让自由体的白话诗取而代之。

针对胡先骕、吴宓等诋毁白话自由体诗的谬论，新文学工作者与之进行了有力的论争。沈雁冰当时以朗损为笔名写了《驳反对白话诗者》，对"反对没有声调（?）格律的白话诗"的种种论调予以驳斥。其一，反对白话诗者极力鼓吹诗的"声调格律"，并说什么可以"运用声调格律以泽其思想"。对此，沈雁冰巧妙地反驳说："思想怎样可以运用声调格律来'泽'它？难道一有了声调格律，不好的思想就会变成好的么？难道这就是'泽'么?"揭露了反对白话诗者的"不通"，且说明了旧体诗的声调格律已成了诗歌发展的镣铐，不破除它新诗运动是难以开展起来的。其二，反对者诬蔑"白话诗即拾自由诗的唾余"。对此，他极为辩证地驳斥道："白话诗固与自由诗同，要破弃一切格律规式，但这并非拾取唾余,乃是见善而从”,并赞扬“近代欧美文学史上早已填满了这些自由诗作者的大名。”这既维护了白话自由诗的方向,又提出一条学习外国自由体诗以创造我国新诗的重要原则,即“见善而从”。其三,反对者认为“白话诗只为‘少年’所喜”,好像成年都不喜欢。沈雁冰一针见血地指斥:因为少年“不屑徒为古人的格律规式的奴隶,那当然是喜欢白话诗”,并进而揭露反对白话诗者的奴隶嘴脸,即“古人所立的规式格律,当然是古人为表现自己的思想方便而设,何能以之为诗的永久法式?如果古人有这思想,那么这便是专制的荒谬的思想,如果古人未尝有此思想,而后人强牵奉之,则后人便是奴隶的不自尊的思想了”。这就有理有据地驳斥了反对白话诗者对白话诗运动的攻击,捍卫了白话自由体诗取得的最初成果,为新诗的发展扫清了道路。

论争的激烈,正表明诗歌革命具有突变的特点;论争的复杂,正表明诗歌革命的艰巨程度。不过,关于诗歌革命的论争,并非都是对抗性的阶级斗争的反映,有些论争显然是属于旧的传统观念、旧的习惯势力作怪所造成某些人的怀疑、不理解而引起的。作为文学史对这些论争缘由的揭示应该是尊重历史事实,俞平伯等人当时在文章对那些怀疑、反对新诗运动者的社会心理分析,即使对今天我们研究文学史的人来说也可以受到启示,当然由于历史的认识上的局限,他对有些问题的剖析并不深刻也不准确。的确在反对诗歌革命的声浪中,相当多的是由封建统治阶级及其遗老遗少发出的狂嚣,他们害怕在诗歌革命中失掉独霸诗坛的地位,特别那些封建文人一贯地把诗词格律视为求官谋利、炫耀其才、取媚于世的“敲门砖”,因此更害怕正统文言诗词被白话自由体诗所取代。梅光迪曾毫无隐讳地吐露自己这种阴暗心理,即若是白话入诗“则人间才智,选择、教育诸事皆无足算,而村农、伧夫,皆足为诗人、美术家矣”[①]。但是也应该看到,有不少的怀疑者是因为受传统诗歌的熏陶太深或者本身写惯了旧体诗所致。他们在新诗尝试阶段必不可避免要带着一种怀旧厌新的心理和习惯性的偏见来看待刚问世的白话新诗,特别同中国历史上那些黄金时代的诗歌和历代著名诗人的佳作相比,怎能不怀疑甚至诋毁白话自由体诗呢,怎能不担心中国诗歌的所谓“美德”被丢掉呢?在一场革故更新的革命或改革中,往往人们心理上的保守性习惯性会对革命或改革造成意想不到的巨大阻力,有时比来之敌对阶级的反抗还难以在较短时间内战胜。尤其五四时期的诗歌革命不同于

① 胡适:《〈尝试集〉自序》。

中国历史上几次诗歌改革是自然的渐进的,并不采取激进的革命方式;所以有些人见到五四诗歌革命以突变的革命行动在几年内推翻了几千年的诗歌音韵格律,实行诗体大解放,不仅不理解,看不惯,非难怀疑,甚至还要激烈反对。虽然这些人不同于封建阶级及其文人,但在客观上却助长了反对诗歌革命的气焰。总之,无论来自那方面的非难和攻击,只能推动新诗运动在克服自身的缺点的同时,以不可压制的巨大潜能向新的高度前进,阻力越大发展越快,这就是历史的辩证法。

新诗理论之建设

没有新诗主张的鼓动不可能产生新诗运动,没有白话自由体诗的尝试和创作新诗理论很难得到充实;没有新诗理论为武器不可能取得诗歌革命论争的胜利,没有诗歌革命的论争新诗理论也很难得到发展。因此,五四时期是在诗歌革命的倡导、尝试和论争过程中,比较迅速地建设起中国新诗理论的初步体系,它不仅是新诗运动取得的理论成果,而且也为我国新诗美学奠定了基石。

五四时期的新诗理论虽然比较驳杂,甚至有点幼稚,并没有达到完美的程度;但是却相当丰富斑斓,有现实主义的,有浪漫主义的,还有带象征主义、现代主义色彩的,当然也混进一些谬误。从总体来看,这些新诗理论具有先进性、战斗性、民主性和新颖性的基本特征。

何谓"诗体的大解放",从哪些方面建设新诗体?这是五四时期诗歌革命首先应该在理论上作出回答的问题。胡适曾多次提到,诗体大解放就是要彻底打破旧诗那些束缚自由精神的枷锁镣铐,即破除僵死的文言,废除旧韵格律等,有什么话说什么话,话怎么说就怎么说,让诗歌朝着无拘无束的自由体发展。诗体大解放后究竟怎样建设新诗体,先驱们从语言、音韵、形式等方面作了探讨。就语言而论,在用白话入诗这一点上,意见是一致的,但对什么是白话语言的理解并不相同。胡适认为白话就是清白的"白"、戏台道白的"白"或是《红楼梦》、《水浒》等古典白话小说的"白"。一开始他对白话语言的解释含糊,后来才逐步认识到白话语言主要是那些"话怎么说,就怎么说"的口头语言;不过他终究没有讲清楚新诗对语言的特殊美学要求。俞平伯认为"中国现行白话,不是做诗的绝对适宜的工具",但他并不是反对以白话作诗,而是对作诗的白话语言提出了更高的要求。虽然他看到了在当时的情势下白话实在是比较最适宜的作新诗的工具,再寻不到比它更好的工具了,然而他"总时时感用现今白话做诗的苦痛"，"在理想上却很不能满足"，尤其觉得现今有些白话"缺乏美术的培养"[1]。因此他提出白话诗"用字要精当，造句要雅洁，安排要完密。这是凡白话文都应该注意的，而且用白话入诗尤甚，因为如没有这种限制，随着个人说话的口气，作起诗来，一天竟可以有几十首，还有什么价值呢？自己先没有美感，怎么能动人呢？用白话作诗，发挥人生美，虽用不着雕琢，终与开口直说不同，这个是用通俗的话作美术的诗之第一条件"[2]。可以说，俞平伯对新诗用语的见解，是对胡适关于新诗白话语言的含混不清解释的批评和补正。康白情认为白话诗的语言运用必须讲究，并不是用白话作的诗都是新诗。白话新诗的遣词要质朴而命意要含蓄，修辞的功夫虽不可少，但绝不可流入过饰，葩藻之词盛，自然言志之功则隐了，所以作新诗要在质朴、真挚、清洁里讨生活，不要在典丽、矫饰、秾艳里讨生活；当然不要过饰并非说可以蓬头跣足，如同西施花钿宫装固有损她的自然美，要是让她蒙一块下灶布见客，人又不能不掩鼻而过之了[3]。他对诗歌在白话的运用上提出了重要的美学原则。

新诗究竟讲不讲音韵，这是诗体大解放后在理论上探讨得较多的问题，也是建立新诗体的重要问题。刘半农主张"破坏旧韵，重造新韵。"所谓旧韵，他认为就是梁代沈约所造的四声谱，即通用之诗韵，其实它在旧文学中已失去存在的资格，今日创造白话新诗当然要破除它；至于破除旧韵如何造音韵，他提出三条解决之法：一是作者各就土音押韵，并在诗作中注明土音出之何处；二是以北京音为标准，由长于京语者造一新谱；三是希望"国语研究会"以调查所得，撰编一个新韵谱行之于世；此外，他还主张除有韵诗外，也可以写无韵，决不能以音律械其手足，古人尚且晓得"音声本为天籁，古人歌咏出于自然"，为什么我们今人作诗就不能押自然韵，"必欲以人籁代天籁"[4]呢？钱玄同也赞成打破旧体格律的平仄音韵，以制造合乎自然的新韵。俞平伯认为诗歌是一种韵文，这是它区别于散文的重要特征之一，所以不能不用韵，作白话诗的人固然不必细剖宫商，但对于声气音调顿挫之类还当考求，即"音节务求谐适，却不限定句末用韵"[5]。康白情对新诗形式美提出一个重要的观点，即"音乐的是音节"，也就是自然的音节。他认为旧诗的音乐的表现，是专靠音韵平仄清浊等为满足感官的

① 《社会上对于新诗的各种心理观》。
② 《白话诗的三大条件》。
③ 《诗底我见》。
④ 《我之文学改良观》。
⑤ 《白话诗的三大条件》。

东西,竟嗅不出诗的气味,故必须排除旧格律,只提倡自然的音节。自然音节之所以具有音乐美,在于"情发于声,因情的作用起了感兴,而其声自成文采",这种文采便是自然的音节;当我们的感兴到了极深的时候,所发自然的音节也极和谐,其轻重缓急抑扬顿挫无不中乎自然的律吕,这种自然音节的和谐,不但可以悦耳,并足以悦心,使我们同它起同一的感兴,这便是诗的音乐美。他还主张,"新诗重在精神,不必拘韵,就是偶然用韵以增美的价值,也要不失自然"①。胡适在《谈新诗》一文中也强调新诗的"自然的音节"。他认为"自然的音节"是大多数新诗发展的一个共同方向,而且他对"音"作了这样的解释,即音就是诗的声调,白话诗的音只有轻重高下,没有严格的平仄,押韵乃是音节上极不重要的一件事,有韵固然好没有韵也不妨,新诗的声调乃在骨子里,故有无韵脚都不成问题,即使要用韵,那就用现代韵,不拘古韵,更不用平仄韵;至于音节的"节"就是"诗句里面的顿挫阶落",新体诗句子的长短是无定的,即句里的节奏也是依着意义的自然区分与文法的自然区分。总之,新诗的音节全在于语气的自然节奏,每句内部所用字的自然和谐。郭沫若认为平上去入、高下抑扬、强弱长短、宫商徵羽、双声迭韵,甚至句中押韵,统统是外在韵律或有形律,"大抵歌之成分外在律多而内在律少",而"诗应该是纯粹内在律,表示它的工具用外在律也可,便不用外在律的也正是裸体美人"。所谓内在的韵律便是"情绪的自然的消涨",故"内在韵律诉诸心而不诉诸耳",这就是"诗的精神"②。由上可以看出,他们对于新诗是否讲究音韵,在看法上并不一致,有的主张创造新音韵,有的主张自由用韵,有的主张用自然音节,有的主张用内在韵律;但是无论他们提倡的是外在韵律或者是内在韵律,都没有否认新诗应该讲究音韵,而这种音韵完全是自然的律吕,是"音乐的音节"。这种音韵见解虽然有对传统韵律的批判继承,但更多的却是接受外国自由体诗的影响,它不仅合乎五四时期那种开放性的时代精神需要,而且对开创我国新的一诗风起着有力的引导作用。尽管这些理论并不完全正确,然而在当时来说却是新颖独到,具有明显的进步性,是对旧格律的反动。

"美在诗里底形式的表见,属于空间的是词句,是体裁;属于时间的是音节,是风格。"这是康白情当时对诗的形式美说过的一句发人深思的话。如果说这句话的美学内涵是正确的,那么构成诗的形式美除了语言、音节,还应该考察一

① 《新诗底我见》。

② 《论诗三札》。

下他们对新诗体裁的见解。建设白话自由体诗,这是新诗研究者的共见,所以自由体诗成为五四新诗坛的最大流派,使无韵的有韵的、内在律的外在律的、分行的不分行的,各种体式的自由诗得到迅猛发展。正如刘半农所主张的那样,新诗要"增多体裁",或自己创造或从国外输入,有韵的无韵的都可以。康白情主张做诗的散文和散文的诗,就是说作散文要讲音节,要用作诗的手段,作诗要用散文的语风,至于诗体列成行不列成行,是没有什么关系。实际他是提倡一种兼有诗与散文所长的自由体的散文诗。他认为,即使体裁是一种形式的东西,也各有独具的精神,如诗如词如曲以至新诗、新词、新曲,都各有其领域,不能相混,做旧诗就要守格律,填词就要依声,作曲就要按谱,若依格律作一首白话诗只能叫它非古典主义的古诗或律诗,决不能叫它新诗;"新诗的精神端在创造,做一首诗就要使这首诗有独具的人格,因袭的模仿的便失去了新诗的本色"①。胡适曾结合对白话诗作的赏析,表述了自己对新体诗的看法。他认为鲁迅、周作人写的白话诗是真正的新体诗,其他大都从旧式诗、词、曲里脱胎出来的。沈尹默的新诗是从古乐府化出来,傅斯年、俞平伯、康白情的新诗都是词曲演化出来。这说明五四时期的自由体新诗的创建并没有完全扯断与中国诗词曲传统的联系,乃是一个重要的不自觉的构成基因。郑振铎积极提倡散文诗。他认为诗与散文的区别在精神而不在有韵与否的形式,具体来说诗与散文的区别在于:一是诗比散文更相宜于智慧的创造;二是诗是适宜于表现自己或自己的感情,散文偏于文学的实用主义;三是诗是偏于暗示的,散文则多为解释的;四是诗的感染力比散文更甚,五是诗比散文更适宜美的表现。尽管如此,但是诗可以用散文写出采,这便是散文诗。也有的文章从中外文学史上论述了散文诗体的由来和发展。散文诗这个名词我国是没有的,最先用它是法国波特莱尔,屠格涅夫的散文诗非自己所称而是《欧洲告知》的主笔称的,法国自波特莱尔以后作散文诗很多;我国古代虽然没有散文诗这个名词,但散文诗是存在的。所谓散文诗,就是用"散文写的诗"或"诗化的散文",表现刹那间的感情,不为向来的韵律所束缚,毫无顾忌的倾吐,舒适的发展,而自成格调,这便是散文诗的特征。五四新诗坛,大部分是自由体诗,散文诗极少,所以"我不得不希望有真的散文诗出现,于新诗坛上开一新纪元"②。此外,周作人还提倡小诗体,这是根据当时新诗的发展趋势而提出的。"所谓小诗,是指现今流行的一行至四行

① 《新诗底我见》。
② 滕固:《论散文诗》。

的新诗。这种小诗在形式上似乎有点新奇,其实只是一种很普通的抒情诗。”这种小诗体有其独特的长处,本来凡诗都非真实简炼不可,但在小诗尤为紧要。“情之热烈深切者,如恋爱的苦甜,离合生死的悲喜,自然可以造成种种的长篇巨制,但是我们日常的生活里,充满着没有这样迫切而也一样的真实的感情;他们忽然而起,忽然而减,不能长久持续,结成一块文艺的精华,然而足以代表我们这刹那的内生活的变迁,在或一意义上说这倒是我们的真生活。如果我们‘怀着爱惜这在忙碌的生活之中浮到心头又复随即消失的刹那的感觉之心’,想将它表现出来,那么数行的小诗便是最好的工具了。”正是因为小诗体具有这样的特点,所以在那新旧交替、瞬息万变的大动荡的五四时代便很快地兴盛起来。中国的新诗在各方面都受欧洲的影响,独有小诗仿佛例外,因为它的来源是在东方的印度和日本。这些对于自由体诗、散文诗、小诗体等各种新诗体裁的探讨,不仅促进了五四新诗坛各种诗体争奇斗妍,并且推动着中国白话新诗向着多种形体发展。

与“诗体的大解放”直接相关联的问题,即新诗的特质和职能是什么?这也是五四时期新诗倡导者探讨较多的问题。诗歌区别于小说、戏剧等文学样式的内在本质特征,乃是诗主情、抒情,或说重在抒情或说写人的情绪或说是人的内心表现,这是大家都能认识到的一种由中国古诗论而来的传统看法。胡适虽然更多地强调了诗的语言、音节等外在属性,但是他也根据“情动于中而形诸言”的古训提出了“情感者,文学之灵魂”的观点,指明了新诗的内在本质。特别是浪漫主义诗歌理论对此论述得最充分,强调得最突出。“诗是主情的文学”,没有情绪不能作诗,有而不丰也不能做好,无论我们的情绪为欢乐为悲哀,都可以引起我们美的感兴,而催我们作诗;甚至可以说“诗人就是宇宙的情人”,我们要对宇宙绝对有同情,再让它绝对地同情于我们,有这样浓厚的情绪就不愁了。康白情不仅认识到诗是主情的文学,同时也指出“情绪是主观的,而引起或寄托情绪的是客观”①。田汉从诗的形式和内容的辩证关系上指出,“在心为志,属诗的内容,发言为诗,属诗的形式”,“诗的内容以感情为生命,诗的形式与韵律相联属”,故“诗歌者是托外形表现于韵律的一种情感的文学”②。郑振铎认为情绪、想象、思想、形式是诗歌构成的四元素,而“情绪”是最重要的元素,不只抒

① 《新诗底我见》。

② 《诗人与劳动问题》。

情诗是这样，就是叙事性的史诗也“少不了情绪的要素”①。王平陵对郑振铎的观点作了进一步发挥，认为“诗”本是文艺里最纯洁的一种内心表现，也是“美”的最明了的一种形象；不过他也看到“诗是与人生有关系的离不掉人生的”，若离却了人生，诗只是物体假象的表现，决不是真正的好诗。表面看他的观点似乎矛盾，其实并不如此。他主要从诗的感人价值和创作途径这种特定角度，指出要创造真正有价值的好诗“舍丰绪富情，提高想象以外，决计找不到第二条路径”②。周无说诗歌有两种实体，一是主观的抒情一是客观的解释，但归根结底“诗是主情的，是想象的，是偏于主观的”③。周作人认为，“诗人见了常人所习见的事物，犹能比常人更锐敏的受到一种铭感，将它艺术地表现出来，这便是诗”，也就是说诗便是“用自己的话来写自己的情思”④。这一见解应该说是正确的，但这种提法就不恰当了，即“诗的创造是一种非意识的冲动，几乎是生理的需要，仿佛是性欲一般”⑤。宗白华认为诗的内容分为“形”与“质”两部分，而诗的定义则是：用一种美的文字、音律绘画的文字，表写人的情绪中的意境，这能表写的适当的文字就是诗的“形”，那所表写的“意境”就是诗的“质”，换一句话说，诗的“形”就是诗中的音节和词的构造；“质”就是诗人的感想情绪，可见他也强调感想情绪是诗的特质。郭沫若讲得更清楚更明确，“情绪的律吕，情绪的色彩，便是诗”，诗是人格的表现，是人格创造的表现，真正的诗真正诗人的诗便是吐诉他自己的哀情，这都是在强调诗的特质是人格或情绪的表现；他还进一步指出：“诗只要是我们心中的诗意诗境之纯真的表现，生命源泉中流出来的Strain，心琴上弹出来的Melody，生之颤动，灵的喊叫，那便是真诗，好诗”⑥。也有人认为诗要表现“簇新世界”，要表现包括工人农民在内的下层社会人们的苦难生活，主张新诗表现客观生活的范围极为广泛，田园的、自然的、人生的、社会的、平民的、劳动的、爱情等等，都可以作为诗料；也有人进一步指出新诗不能只满足于表现自然的或社会的表相，对于自然要“穷究宇宙底真蕴”，对于社会要“透见人心底真相”，而且也要表现“主义”或“思想”。

至于新诗的职能是和诗的特质、内容联系在一起的一个问题，当时在诗论

---

① 《论散文诗》。
② 《读了〈论散文诗〉以后》。
③ 《诗的将来》。
④ 《自己的园地 · 论小诗》。
⑤ 《自己的园地 · 诗的效用》。
⑥ 《论诗三札》。

上的见解大体可分为：一是倾向浪漫主义的功能观，认为“诗的本职专在抒情”①，即主要的功用是表现自我的内心情感。郭沫若曾多次强调，只有那种是“我们心中的诗境诗意的纯真的表现”的好诗真诗，才能“融筋化骨”，才是“人类欢乐的源泉，陶醉的美酿，慰安的天国。”宗白华的看法同郭沫若的观点有所不同。虽然他们都认为诗的主要功用在于写人的感情或人性，但宗白华所强调的重点不在诗人自身，而是说“诗人最大的职务就是表写人性与自然。而人性最真切的表示，莫过于在社会中活动——人性的真相只能在行为中表示——所以诗人要描写人类人性的真相，最好是自己加入社会活动，直接的内省与外观，以窥看人性纯真的表现”②。周作人曾不止一次地强调“诗是人情迸发的声音”，是表现自己情思的，如果“个人将所感受的表现出来，即是达到了目的”，也有了诗的效用；虽然“功利的批评也有一面的理由，但是过于重视艺术的社会的意义，忽略原来的文艺的性质。”因此他只注重诗是“著作者感情生活的表现，感人乃其自然的效用，现在倘若舍己从人，去求大多数的了解，结果最好也只是‘通俗文学’的标本，不是他真的自己的表现了”③。显然他是只强调新诗表现自我感情的功能而漠视或否定新诗应有的社会职能。二是倾向现实主义的功能观，认为“现今社会的生活是非常黑暗悲惨”，我们做诗必须把它“赤裸裸的描写表现出来”，因为“文学家老老实实表现人生，是他惟一的天职”④；“诗人以人生做它底血肉，不是离去人生，而去批评或描写人生的”，因此“诗是人生的表现，并且还是人生向善的表现”⑤，这就是新诗的社会职能。正是从诗的为人生的社会功能出发，俞平伯强调诗的主要素质是平民性，号召“恢复诗的共和国”。王平陵对于新诗的社会功能的理解比俞平伯更具体一些。他认为“诗是文学的一部，文学是表情的工具，是代人的泄露潜在意识下的压逼和烦闷的一种最适宜的工具，也是代人的表示喜悦和快慰的工具；但用诗来表示，是比较他那种小说，论文，更为经济而且美丽，更容易感动人，这便是诗的真价。”他还说新诗“无论是描写自然界，描写人生界，诚能完着一种美意，放出许多香泽来，调和人们底忧思；能表出许多美感来，愉快人们底心意；能直接改造人们底生活，使达于圆满，纯洁高尚富丰的境界；间接使人们底志趣，超过利害，卑鄙，混入流俗的观

---

① 郭沫若：《论诗三札》。

② 《新谈略谈》。

③ 《自己的园地·诗的效用》。

④ 俞平伯：《社会上对于新诗的各种心理观》。

⑤ 俞平伯：《诗底进化底还原论》。

念，这才是诗底真精神，这才是诗底真价值”[1]。不过王平陵对新诗社会功能的估价有偏高之嫌。鲁迅对于新诗的功能有个重要的观点，即“诗歌是本以抒发自己的热情的，但也愿意有共鸣的心弦”[2]。他批评当时某些诗人满足于抒发一己之情，而应该力争在广大群众中拨动“共鸣的心弦”，发挥新诗的社会作用。这是鲁迅对我国现代诗歌理论建设的重要贡献。

“诗有独具的本体，这种本体是自然、人生和个人的情意的一种结合”[3]。究竟坚持什么创作原则、采取哪些表现手法，才能创造出这种完美“结合”的新诗呢？当时的新诗论者大都认识到这个问题的重要性和迫切性，对此作了多方面的研讨，有些见解至今还具有发人深思的美学意义。一是诗贵含蓄，即“诗的效用本来不在明说而在暗示，所以最重含蓄”[4]。这是衡量一首新诗是否具有浓郁的诗意诗美诗味的重要标准，也是创作新诗必须考虑的原则之一。俞平伯结合白话诗写作对“含蓄”讲得既具体又深切。他认为“诗尤与文不同，在文可以直说者，诗必当曲绘，文可以繁说者，诗只可以简括。所以诗的说理表情叙事，均比较散文深一层”，应该更含蓄一些。特别“用白话入诗，比较更难”，说得太多太真便失去了诗的面目，就没有什么诗味了，“太包括了，又怕笼统含糊，意义欠清晰”，所以“真正有价值的白话诗，比某先生某翁大作难做得多”[5]。二是“造成直觉灵感”，这是“一切高等艺术产生的源泉，是一切真诗好诗的Goniale-konceptiouo”。因为诗的意境是诗人的心灵，与社会或自然的神秘互相接触映射时造成的直觉灵感。比如，在直接观察自然现象的过程中，便能感觉到自然的呼吸，窥测到自然的神秘，听到自然的音调，观察到自然的图，那水声风声松声潮声都是诗声的乐谱，那花草的精神、水月的颜色，“都是诗意诗境的范本”[6]。所以诗人通过观察自然或社会所造成的直觉灵感是一首好诗真诗的源泉。郭沫若特别强调灵感的作用，他认为一首真的诗就是诗人的“灵底喊叫”；康白情、周作人所说的“感兴”也是“灵感”的意思。康白情认为诗人被某种事情触动灵感，产生感兴，然后才能进入创作；周作人主张写诗的第一条件是须表现实感，“便是将切迫地感到的对于平凡的事物之特殊的感兴，迸跃地倾吐出来，几乎是

① 《读了〈论散文诗〉以后》。
② 《诗歌之敌》。
③ 周无：《诗的将来》。
④ 周作人：《论小诗》。
⑤ 《白话诗的三大条件》。
⑥ 宗白华：《新诗略谈》。

迫于生理的冲动，在那时候这事物无论如何平凡，但已由作者给与新的生命，成为活的诗歌了”；也就是说，“做诗的人只要有一种强烈的感兴，觉得不能不说出来，而且有恰好的句调，可以尽量地表现这种心情，此外没有第二样的说法，那么这在作者就是真正的诗”①。可见“灵感”或“感兴”在新诗创作中极为重要。三是发挥想象的作用，即当诗人有了灵感或产生感兴，进入创作时，只有借助想象的作用，才能达到“神与物游”、“思与景偕”的美学境界。康白情对想象在诗歌创作中的作用做了充分的说明，即有浓厚的情绪而没有丰富的想象去安排它，毕竟也不中；我们要让死气的世界都带上生气，都着了情的彩色，非想象不为功；要把所有的诗料加以剪裁，使其适合尺度，也非想象不为功；要把所得的诗料加以调整，构成所要的东西，更非想象不为功；总之“想象抽这一个印象底一节，又抽那一个印象底那一部，构成一个新意境，构成一个诗的世界”②。郭沫若更重视想象力的作用。他说自己是一偏于主观的人，想象力比观察力强，一有了写诗的冲动时就好像一匹奔马，张开想象的翅翼，任其驰骋。郑振铎把“想象”作为构成诗的四大元素之一，说“许多人都定义诗为‘想象的文字’”③。四是采取形象化的表现手法，即“诗要用具体的作法，不可用抽象的说法”。凡是好诗都是具体的，越趋向具体的越有诗味，越能在我们脑子里发生一种或多种明显逼人的影像；“朴实无华的白描”就是形象化手法，这正是诗的具体性特征所决定的④。康白情说的“刻绘作用”、宗白华说的“绘画作用”，都是强调形象化表现手法在新诗创作中的重要性。前者认为，“刻绘的作用，在把我底感兴，完全度与读的人。我的感兴所以这样深，是由于对于对象得了一个具体的印象；读的人是否能和我起同一的感兴，就看我是否能把我所得于对象底具体的印象具体的写出来。我们写声就要如听其声；写色就要如见其色；写香若味若触若温若冷，就要如感受其香若味若触若温若冷。我们把心底花蕊开在一个具体的印象上，以这个印象去勾引他底心；他得到了这个东西，便内动的构成一个，引起他自己底官快；跟着他再官快进而为神怡，得到美的享乐”⑤。宗白华是从新诗如何能够引起读者的共鸣从而产生强烈美感这样的角度，比较深刻地说明了具体的形象化表现手法对新诗创作极为宝贵。后者认为，在新诗创作中，

---

① 《论小诗》。
② 《新诗底我见》。
③ 《论散文诗》。
④ 参见胡适的《谈新诗》、《〈尝试集〉自序》。
⑤ 《新诗底我见》。

音乐的作用可以听出音乐式的节奏与谐和,绘画的作用可以表写出空间的形相与彩色,凭借极简单的物质材料(纸上的字迹)表现出时空中极复杂繁富的美;况且图画本是空间中静的美,音乐则是时间中动的美,而诗恰是用空间中闲静的形式——文字的排列——表现时间中变动的情绪思想。所以我们要使诗的"形"得到图画形式的美,使诗的"质"(情绪思想)得到音乐式的情调,就应该充分发挥音乐的作用和绘画的作用,也就是采取造形艺术的形象化手段①。宗白华是从诗歌形式美的角度强调形象化手法对表现诗"美"的重要作用。五是主情派认为"诗要写不要做;因为做足以伤自然美"②;"诗不是'做'出来的,是'写'出来的",诗"得以'自然流露'为上乘"③。写实派提倡严格选材,"注重实地的描写"。诗料的缺乏可以使诗人破产,若诗料不加选择也可以损坏诗的价值,因之不能不加选择地任意挥写,更不能"肚里空空稍些吃点东西,立刻就吐出来",或者"借点玄想,结构一个'空中楼阁'拿来应付"。所以"做诗非实地描写不可,'想当然'的办法,根本要不得。实地描写果然未见得定做出好诗,但比那'想当然'其实'不然'的空想毕竟要强得多"④。这两派的意见提出的角度不同,各有千秋,均有可取的地方。六是应讲究用词造句章法结构,这不仅关系到新诗的形式美,也关系到新诗的构思、意境的完美。胡适认为,研究内部的词句应该如何组织安排,方可发生和谐的自然音节,也即"层次,条理,排比,章法,句法,乃是音节的最重要方法"⑤。这是从新诗自然音节形成的角度说明遣词造句、结构布局的重要性。由于诗歌是一种"抒发美感的文学,虽主写实,亦应力求其遣词命篇之完密优美",因此新诗"用字要精当,做句要雅洁,安章要完密",用白话作诗尤其应该重视遣词谋篇,如果没有这种限制,随着各人的口气随意做起诗来,即使一天做几十首,还有什么价值,新诗怎能"发挥人生的美"⑥呢?俞平伯并提出一条重要原则,即造句安章要错综,不能有凝固的规定的格式,章法句法应有变换,"目的总在引起人的注意,鼓动人的兴味"⑦。新诗作者对于创作原则和表现手法的探讨,现在看来并不是什么高见卓识,但在新诗草创期

① 《新诗略谈》。

② 康自情:《新诗底我见》。

③ 郭沫若:《论三诗札》。

④ 俞平伯:《社会上对于新诗的各种心理观》。

⑤ 《谈新诗》。

⑥ 俞平伯:《白话诗的三大条件》。

⑦ 《社会上对于新诗的各种心理观》。

却具有十分明显的意义，不仅有助于克服新诗创作中的艺术手法幼稚、形式单调、内容粗浅等缺点，而且对于提高新诗的艺术质量也具有一定的指导作用。

归根结底，新诗创建的最根本的是新诗人的修养问题。康白情在《新诗底我见》中明确指出，新诗是新诗人创造的，若要准备新诗的工具，那根本上就要创造新诗人，即加强新诗人的修养：一是“先要诗人有高尚的理想，优美的情绪；要得他有高尚的理想，优美的情绪，先要他有高尚的人格；要得他有高尚的人格，先得不可不让他作人格底修养”。二是要有知识修养，杜甫说“读书破万卷，下笔如有神”就是强调知识修养的重要性。当然读书不能只限于诗学一类书，更须涉及美学、修辞学、社会学种种，自然科学也要涉猎；不仅要获得书本知识，而且也要通过观察捕取经验的知识。三是要有艺术修养，既要多读有价值的中国的或外国的好诗歌美散文，又要学习美术、音乐，提高绘画技巧和音乐欣赏能力。四是加强感情修养，而感情中的最重要因素是同情，诗人应在社会活动中增强对人间的浓厚同情感。宗白华在《新诗略谈》一文中，对康白情的见解表示赞成，并进一步指出：要想写出好诗真诗，一方面要做诗人人格的涵养，养成优美的情绪，高尚的思想，精深的学识；一方面要作诗的艺术的训练，写出自然优美的音节，谐和适当的词句。但要达到这两种境地，关键在于诗人通过“哲理研究、自然中的活动、社会中的活动养成健全的诗人人格”。尽管他们对诗人修养的主张存有难免的历史局限性，但是在当时来说却显得新鲜独到，初步地揭示出一条带根本性的创作规律，即新诗人要创造出优秀诗篇必须具备崇高的理想、正确的世界观、优美的情感、丰富的生活经验、广博的知识以及精湛的文学修养。

以今天的诗论水准来看，五四时期的新诗理论是不够成熟的，甚至有某些谬误，但是从诗歌理论发展史的角度来考察，它比古代或近代诗歌理论却增加了很多新的东西，初步建立起具有现代特色的新诗理论体系，不仅促使五四时期新诗创作作了各种形式和风格的探索，而且引导新诗向着更广阔的道路发展。

第四节　胡适的《尝试集》与郭沫若的《女神》

胡适的《尝试集》和郭沫若的《女神》，都是五四诗歌革命初期的创作成果。虽然就其思想意义和美学价值而论，《尝试集》大大地逊色于《女神》，但是从中国现代诗歌史的角度来看,《尝试集》却是第一部白话新诗集,较前人的白话诗提供了一些具有现代特色的新东西;《女神》则是我国新诗史上出现最早的成就最高的新诗集,充分显示了五四新诗运动的辉煌成绩。如果说这两部新诗集都具有"开风气"的历史地位,那么《尝试集》主要是开了白话诗风、写实主义诗风,《女神》则是大开了自由体诗风、浪漫主义诗风。

胡适的《尝试集》

胡适(1891—1962),原名胡洪骍,字适之,安徽省绩溪县上庄人,出身于官僚地主兼商人家庭,自幼在家母严教下攻读程朱之学。一九〇四年入上海公学等校求学,正值资产阶级改良运动失败、革命运动酝酿之际,他开始接触资产阶级文化,并受到晚清文学改良的影响。一九一〇年考取第二批"庚款留学生"赴美留学,先入康乃尔大学附设的纽约州农学院学农,三个星期后转入康大文理学院习学哲学,并对中国及世界文学发生浓厚兴趣,初步立下了"复振中国文学"的志愿。一九一五年九月胡适考入哥伦比亚大学哲学研究部,成为实验主义哲学家杜威的学生,并试图以实验主义为指导进行"文学革命"的尝试。这个时期他一面响应国内陈独秀以《新青年》为阵地所倡导的新文学运动,一面在《留美学生季报》上发表文学革命的主张,同时以白话为利器尝试写诗作词。一九一七年毕业于哥大,获博士学位回国,任北京大学教授,并直接参加了陈独秀等发动的新文化运动和文学革命,曾先后在《新青年》、《每周评论》、《新潮》、《晨报》第七版等报刊上发表白话新诗。他辑成的《尝试集》,一九二〇年三月正式出版,产生了较广泛的影响。

《尝试集》[1]虽然缺乏《女神》那种强烈的狂飙突进的气魄和火山爆发式的激情,但也不乏新的意境和新的思想气息,对于扫荡旧诗坛上的萎靡腐朽的诗风起着不可低估的作用。

诅咒反动封建军阀的黑暗统治,揭露封建礼教的虚伪。军阀政府为维护其统治,对新文化运动中的先进知识分子和宣传"新思潮"的刊物实行镇压。《一颗遭劫的星》就是对北京《国民公报》因"响应新思潮最早"而遭到封建军阀查封、主笔被捕被判,表示极大的愤慨。《乐观》是为《每周评论》(李大钊、陈独秀主编)被封建军阀查禁而写的一首诗,它以比喻的手法,揭露反动势力对进步刊

① 依据1922年增订4版本。

物的摧残，颂扬这些刊物所宣传的新思想在群众中所产生的广泛影响，说明反动派只能砍倒这棵“大树”，但它所撒下的“种子”定会发芽，长出更多的大树，为“辛苦的工人”造福，并暗示出封建军阀失败的下场。作者不仅对封建军阀进行了鞭挞，而且对维护其封建统治的礼教也予以嘲讽。《礼》是对维护封建“丧礼”的守旧势力的痛斥及其虚伪嘴脸的揭露，表现一种藐视封建礼教的叛逆精神。《我的儿子》一诗，表现了反抗封建孝道的强烈意识，曾受到封建卫道者的激烈反对。

作者对封建军阀政府没有停止在“诅咒”和“揭露”上；且揭示出反动统治势力的压榨，“奴隶们”必然起来“造反”，推倒压在头上的“威权”。为“陈独秀在北京被捕”和“日本东京有大罢工举动”而作的《威权》一诗展示了这样的思想内容。《双十节的鬼歌》不仅揭露北京军阀政府借纪念辛亥革命以捞取政治资本的虚伪嘴脸，而且赞扬在辛亥革命中“威权也不怕，生命也不顾；监狱作家，炸弹底下来去”的革命英雄，号召“大家合起来，赶掉这群狼，推翻这鸟政府；起一个新革命，造一个好政府”。正因为作者向往重建新的中华民国政府，所以他对为实现资产阶级民主主义革命理想而献身的烈士谱下一首首颂歌。《黄克强先生哀辞》是为老一代资产阶级革命家写的赞歌；《死者》是为少年英雄姜高琦请愿而遭反动军人刺杀写的颂词；《四烈士冢上的没字碑歌》是为“用炸弹炸袁世凯”、“炸良弼”而死的四位英雄好汉谱写的歌词，这首歌由肖友梅作曲传唱，当时其影响之大是可以想见的。

作者不止为中国资产阶级旧民主主义革命写颂歌，而且也为俄国第二次资产阶级民主革命（通称二月革命）的胜利写赞词。当胡适在报纸上见到“俄京革命”中“大学生杂众中巷战”的情景，“喜之”作《沁园春》上半阕；后又读报见到“俄政府大赦党犯”，深感“此革命之所以终成功，而新俄之前途所以正未可量也”的原因，在于“爱自由谋革命者”不怕“挫辱惨杀”的大无畏牺牲精神，“遂续成前词以颂之”。这首词虽然两次写成，但基本主题是歌颂俄国二月革命胜利，既赞扬了为推翻沙皇统治、“张自由旗”而“指挥杀贼”的“轩昂年少”的英雄，又赞扬了“与民贼战”的“十万囚徒”，并“拍手高呼，‘新俄万岁！’”特别是“从今后，看这般快事，后起谁欤?”的富有鼓动性的结尾，进一步表现出作者对这场俄国革命的向往和期待。由于“新思潮”的影响，作者写的《人力车夫》，反映了劳动者悲苦凄惨的生活，且给予人道主义的同情；写的《平民学校校歌》竟提出“不做工的不配吃饭”的口号，并劝勉“大家努力作先锋，同做有意识的劳动”。

《尝试集》流贯着一种爱国主义感情。这种感情不仅体现在对黑暗现实的憎恶、对“新革命”的渴望、对英雄的歌颂上，而且表现在“为国效奔走”的志向上。《文学篇》抒写自己留学几次改变志愿，初到美国时，“所志在耕种”，认为“文章真小技，救国不中用”，后来在朋友的帮助下，“从此改所业，讲学复议政”，开始注意政治，关心国家大事；面对着“故国方造新，纷争久未定”的现实，立下“学以济时艰，要与时相应”的志愿，表现他为“救国”而学习的爱国主义思想。基于这种爱国思想，作者回国后曾赋诗自勉，激励自己努力“上山”，“头也不回，汗也不揩，拼命的爬上山去”，克服了前进路上的艰难险阻，战胜了自己的“泄劲”思想，最后“猛省”，登上了“最高峰，去看那日出的奇景”，表现了一种坚韧不拔的进取精神。

作者还写了许多表现爱情、婚姻的诗篇。这些诗的思想内容大部分是健康的，所表现的虽是资产阶级的爱情观，但在当时反对封建婚姻、争取爱情自由的个性解放运动中，是有一定积极作用的。《新婚杂诗》写一对“相思”十三年的男女青年的新婚之夜，这里没有卿卿我我的缠绵之情，只告诉新婚伴侣要“牢牢记取”这一夜的“中天明月”，意思是要忠于爱情，让爱情像明月一样永放光辉。《老洛伯》是“推为世界情诗之最哀者。全篇作村妇口气，语语率真”，虽系译诗，但也反映了译者的爱情观。这首诗的意义不仅表现了农村劳苦人民吉梅、锦妮、老洛伯的爱情悲剧，说明吉梅和锦妮只有爱情而没有婚姻，老洛伯和锦妮只有婚姻而没有爱情；更重要的是揭示了造成这种悲剧的社会根源，指出没有“金钱”的穷苦汉在以金钱为轴心的社会是获不到爱情的。译诗《关不住了!》表现了对爱情的热烈渴求，写得颇有风趣，情感也比较真挚。《如梦令》两首词写自己同爱人的爱情生活，既表现了爱人重情、慎情、深情的娇羞之态，又表现出自己渴求爱情的急切心情，这里并没有秽词淫调，也没有低级下流的动作，主要反映了青年男女相亲相爱的欢悦之情。《应该》批评了“我”的爱情不专一的见异思迁思想，“我”本有所爱又去爱“他”；赞美了“他”的高尚品质，并不迷恋“我”的爱，而是“总劝我莫再爱他”，并让“我”把爱“他”的心去爱“我”原来的“爱人”。《我们的双生日》写自己和爱人的互相体贴、以“吵嘴”为乐的美满家庭生活，感情比较朴挚。五四时期反对旧婚姻、要求个性解放、争取爱情自由，成了反封建斗争的重要内容之一，胡适这些爱情诗的基本倾向是符合“五四”时代要求的。

与此相联系的，作者还写了些怀友诗。《赠朱经农》抒写朋友久别重逢的

“畅谈极欢”的情景，既有对过去“不长进”的自责，又有“你我都少年”的互勉，既有“年来意气更奇横”的豪情，又有“且喜皇帝不姓袁”的兴叹，但也有“吃饱喝胀活神仙，唱个‘蝴蝶儿上天’”的闲情。《朋友篇》既抒写了对朋友帮我“立身重抖擞”的感激之情，也道出了朋友之间的友谊基础是“学理互分剖，过失赖弹纠”，并且表示要在朋友的“鞭策”下“为国效奔走”，把交友同爱国结合起来。《许怡荪》抒写对死友的深切悼念，并牢记故友的“大处着眼，小处下手”的赠言，以策励自己。《我们三个朋友》写朋友之间的友谊并未随着山川风物的变化而疏远，相反越来越深了。《晨星篇》是送别之作，没有那种离恨别愁的哀婉情调，而是鼓励“朋友们”努力去。“造光明”，“造几颗小晨星，虽然没有多大的光明，也使那早行的人高兴”。像这样一些歌颂友情的诗，它给人的是一种积极的启示、向上的鼓励。

《尝试集》尚有一些写自然景物的诗，或借景抒情，或托物言志，或赞美大自然的美。《中夜》写中秋之夜的清光美景，它给人一种月明江清之美；《江山》也是写雨中江景，能激起读者对大自然的喜爱；《十二月五夜月》托月抒怀，抒的不是愁思哀绪，而是“心头百念消”的乐观心境；《鸽子》写一群鸽子在晚秋天气里自由自在的翱翔，“翻身映日”，“十分鲜丽”，衬托出作者对自由的向往和对大自然的艳羡；《老鸦》托物言志，表现一种不肯向“人家”讨好、不肯向“人家”折腰的刚直不阿的骨气；《三溪路上大雪里一个红叶》借赞红叶，抒发渴求光明之情；《希望》抒写种兰花草“希望开花好”的心情，表达一种美好的愿望。这些写景抒情小诗，所写之景基本上是美的，所抒之情基本上是健康的，同那时的黑暗如漆、冷酷如铁的社会现实形成鲜明对照。此外，还有几首抒写艺术家的甘苦和介绍作诗经验的诗，也能给人一定的启示。

从《尝试集》的“全部总和”来看，它是一部有进步思想内容的新诗集，在一定程度上反映了“五四”前后的时代精神。它那种反抗封建军阀的革命精神，“造个好政府”的政治理想，“为国效奔走”的爱国感情，歌颂爱情、向往自由、乐观进取的个性解放精神，集中体现了作为“五四”新文化战线重要成员胡适的反帝反封建的资产阶级民主主义革命思想。

《尝试集》在“诗体的大解放”、诗的白话语言、音韵节奏诸方面，作了积极的“尝试”，以适应表现新内容新意境新思想的需要。

“在五四以前，诗在旧时代已经僵化了，新诗从已经僵硬了的旧诗中解放出来，冲破各种清规戒律的束缚，打碎了旧的枷锁，复活了诗的生命。”①胡适在这方面进行了有益的“尝试”，作出了自己的贡献。“诗体的大解放”，并非一件轻易的事情，他是经过一段艰苦的探索历程，正像他自己所总结的：“我现在(1922年)回头看我这五年来的诗，很像一个缠过脚后来放大了的妇女回头看他一年一年的放脚鞋样，虽然一年放大一年，年年的鞋样上总还带着缠脚时代的血腥气。”②的确是这样，打开《尝试集》便可以看到他在诗体解放的道路上所留下的印迹。他是在我国古典诗词曲的基础上开始了“诗体的大解放”的尝试，有的诗带着明显的古风、乐府或词曲的格调，并不完全是旧体的袭用，而是根据“新内容和新精神”的要求进行一定的改造，既保持了古风那种整齐匀称和词曲那种错落有致的形式美，又在某些方面打破了旧诗词的束缚，发挥了自由诗的特长。《尝试集》第一编的诗词，大都是从旧诗词曲脱胎出来的，有的从古乐府演化而来，有的从绝句演化而来，有的从五古演化而来，有的直接用词牌，有的是自由体。这编诗词的旧体痕迹比较明显，“血腥气”比较大。《尝试集》第二、三编的“诗体”同第一编相比，获得了较大的解放，大都能把古体诗词同自由体结合起来，创造出多种形式的新诗体式。如《鸽子》得力于古乐府，但经过改造，成了一首四、五、六、七、十言的自由体，而基本句式却是四、五言，保持了形式整齐的美；《湖上》虽保持“小令”的格调，但它却是一首形式完美的自由体诗；《希望》是自由体，却保持着五古的风味；《威权》、《乐观》、《上山》、《一颗遭劫的星》等，都是自然灵活的自由体，一洗旧体诗词的痕迹，把旧体的长处糅合于自由体中，成了新的诗体。

《尝试集》的语言，虽然个别诗篇有点文言的旧痕，但大致上是经过艺术加工的白话语言，明白易晓，自然现成，有的接近口语，并能根据不同诗篇的内容选用不同色调的语言：写景诗的语言鲜丽明艳，如《中秋》、《江上》、《鸽子》等诗；叙事诗的语言真切朴实，富有生活气息，如《老洛伯》等；抒情诗的语言淳挚亲切，感情色彩浓烈，如几首爱情诗；哲理性、政治性强的诗，语言准确有力，尖锐率直，如《上山》、《威权》、《四烈士冢上的没字碑歌》等。这一切为我国白话新诗的创作作出了有益的贡献。

胡适很注意探求白话诗的音韵节奏美，能在旧体诗词音节的基础上，经过一定的改制，创造新音节，以表达新内容。《尝试集》第一编的诗词几乎全用的

① 《郭沫若谈诗歌问题》。

② 《〈尝试集〉四版自序》。

旧诗音节。第二编则作了大胆的尝试,如《老鸦》中的"我不能呢呢喃喃讨人家的喜欢"一句,用双声叠韵来增强音节的谐婉;《小诗》把原稿改了两个字,一是把"可免"改成"免得",把"几度"改成"几次"。改的原因是,"免"字读音太响太重,前面不该加一个同样响亮的"可"字,改成"免得"一重一轻,就比较和谐了;"度"改成"次"字,变成齐齿音,这样"几、次、细、思"四个字都成了齐齿音,使人读起来产生一种"咬紧牙齿忍痛"的感情。诗的音节不能离开诗的意思而独立;因此"凡能充分表现诗意的自然曲折,自然轻重,自然高下的,便是诗的最好音节"①。这些"尝试"是有利于新诗发展的。

胡适以具体的逼真的写实主义方法创造白话新诗,不仅写景咏物真实可感,而且抒发情感也真挚动人;特别那些现实性较强的诗篇大都能以写实手法创造出形象真切、含蓄有力的意境,寓明确的思想于真实的形象之中,增强了诗篇的艺术感染力。

《尝试集》不论是思想内容或是表现形式或是创作方法,在中国新诗发展史上,可以说是"开风气的尝试",这恐怕是毋庸置疑的事实。以上对胡适《尝试集》的内容和形式作了较具体的分析和必要的肯定,从而说明胡适对现代白话新诗的产生和发展作出了一定贡献;但是也应指出他诗作的历史局限性。

《尝试集》有些诗篇表现出与"五四"时期反帝反封建时代精神相背道的思想感情。《你莫忘记》一诗的内容就比较复杂。它虽然对"国家的大兵"(指封建军阀的反动武装)的杀人放火的暴行作了无情的控诉,但诗的结尾却唱出无计奈何的"亡国"论调,意思是,与其全家人惨死在"国家的大兵"的屠刀下,不如"亡给'哥萨克',亡给'普鲁士'","总该不至——如此"。《病中得冬秀书》是他接到未婚妻冬秀的信而写的一首情诗。他的婚姻虽然是母亲包办的,但他是甘心情愿的,并以"贤妻良母"作为理想的择婚标准,因此他写出"分定长相亲,由分生情意"、"情愿不自由,也是自由了"的诗句,尽管这里面含有难以明言之意,但毕竟表现出他对封建包办婚姻的软弱性和妥协性。也有的诗如《一笑》等,表现出资产阶级的轻浮的爱情观;也有的诗如《蝴蝶》,流露出过多的哀婉情调。此外,在"诗体的大解放"方面,进步缓慢,有些诗的旧痕迹太重,这一点他自己也承认,"有几位少年诗人的创作,大胆的解放,充满着新鲜的意味"②自愧不如;由于他过分地注意了新诗的语言形式的追求,致使个别诗篇词意浅露,近

① 《〈尝试集〉再版自序》。
② 《〈尝试集〉四版自序》。

乎白话文字游戏。

尽管《尝试集》从思想到艺术存在着这样那样的缺陷,甚至有的诗作有明显的消极因素,它同《女神》的差距是无法缩短的;但是胡适首先尝试的白话新诗的历史功绩以及《尝试集》的独特地位,是别人以及其他诗集所不能代替的。其一,同"诗界革命"的主将黄遵宪相比,胡适的诗歌主张比黄激进得多,尝试白话诗的勇气和胆量比黄大得多。胡适踏上探索新诗的道路始终抱定"自古成功在尝试"的决心和宗旨,锲而不舍。越尝试越大胆越放手,并不像黄遵宪晚年自订诗集时将一些俗语俗字写的诗全部删掉,他是首先选取白话诗辑成《尝试集》,并对其中那些放脚式的白话诗表示不满,而带着一种欣喜的心情赞扬《蕙的风》那样天足式的真正白话新诗,表现出一个新诗改革者的气魄。其二,在我国现代诗歌史上,胡适是第一个自觉的有意识地尝试白话诗者,一九一六年开始"尝试",一九一七年二月便在《新青年》上公开发表;郭沫若也是一九一六年试写白话诗,他是在一九一九年才公开发表于《时事新报》的《学灯》专栏,并且一发而不可收。虽然他同胡适都在国外(一个在美国,一个在日本)同时起步写白话诗,表明自由体白话诗代替旧格律体诗已是大势所趋,但是他们谁先谁后尝试新诗的次序以及各自新诗集出版的时间,是不能任意颠倒的;特别是一九一八年一月以后,沈尹默、刘半农等群起响应白话诗的尝试,李大钊、陈独秀、鲁迅、也表示赞助,不仅尝试白话新诗的人越来越多,而且发表新诗的阵地也越来越广,逐步形成了创作白话诗的热潮,这虽然不能完全归功于胡适的带动,但与他积极尝试并公开出版《尝试集》的影响,也有一定的关系。其三,如果说郭沫若的《女神》是标志着近代诗歌发展到五四开始的现代新诗的最高成就的代表,是中国现代新诗史上第一块丰碑,那么胡适的《尝试集》则是顺应了晚清"诗界革命"的余波将旧体诗真正改造为并有意识地过渡到现代新诗的一座桥梁,它不只是从形式到内容突破旧体诗或近代诗歌的陈陈相因的老框框,为中国白话自由体诗的建立和发展跨出了幼稚的然而却是可喜的第一步,并且初步确定了白话新诗的地位,为中国新诗发展开拓了新的领域。

正因为这样,所以胡适的《尝试集》一出版,便激起社会的强烈反应,热情赞扬者有之,死力反对者大有人在。从一九二〇年四月起到一九二一年一月止,《时事新报》、《神州日报》等近十家报刊,围绕着《尝试集》的成败得失展开讨论,胡怀琛曾把这次讨论的信稿汇编成《"尝试集"的批评与讨论》。当时的知识界、学生界无不晓知有本《尝试集》,仅在二年之内销售到一万部,达到当时一般文艺作品售额的最高水平，并在一段时间里争学胡适白话诗者不是少数，出现了所谓“胡适体”，这不能不说《尝试集》对新诗发展的影响是有着相当的广度。特别是新文学阵营的同人，积极赞助《尝试集》，钱玄同为它的初版作序，充分肯定其在白话文学运动上的先导地位，鲁迅、康白情、沈尹默等为其篇目的增舍修删提出不少宝贵意见，表现出他们对新诗运动尝试成果的热情关注和支持，以及对整个新文学运动所持的积极态度。但是社会上的守旧势力却对《尝试集》肆意讥讽，《学衡》派的胡先骕、吴宓等的攻击尤为激烈，诅咒《尝试集》是“必死必朽”的“死文学”，这正是从反面证明了这部诗集是一部新诗集，对初期白话新诗的创建起过不可漠视的积极作用。特别《尝试集》带有明显的现实主义倾向，这也是主张以写实手法作文作诗的实践成果，尽管有些诗的现实感并不强，而且对现实的开掘也不深，但是从总的创作倾向看，它确是一部现实主义诗作，为中国新诗的现实主义传统的形成最早地铺下一块基石。

郭沫若的《女神》

伟大的时代总会造就出伟大的诗人，总会熔铸成伟大的诗篇。郭沫若是五四时代的肖子，《女神》是五四时代的最强音。在五四新诗运动的初期，郭沫若继胡适之后完全以崭新的风貌、宏伟的气魄冲上新诗坛。时代呼唤着诗人，诗人呼唤着时代，诗人首先奉献给伟大时代的重礼就是《女神》这颗光辉璀璨的艺术明珠。虽然《女神》于一九二一年出版比《尝试集》晚一年，但它所取得的辉煌成就远远超过《尝试集》，其思想意义和美学价值之大是空前的，其历史地位之高是空前的，其影响之广也是空前的。它确实像一座雄伟的纪念碑屹立在中国现代诗歌的阵地上，众目注视，群口颂扬。

周扬曾以比较的方法对《女神》进行了中肯的评述：“在五四的老人中，郭沫若先生还是比较后起的。不用说第一个尝试白话诗的是胡适，就是周作人、沈尹默、刘半农、康白情、俞平伯几个，在诗坛上都似乎比他露面得要早一些。然而，他却后来者居上了！他的诗比谁都出色地表现了‘五·四’精神，那常用‘暴躁凌厉之气’来概说的‘五·四’战斗精神。在内容上，表现自我，张扬个性，完成所谓‘人的自觉’，在形式上，摆脱旧诗格律的镣铐而趋向自由诗，这就是当时所要求于新诗的。这就是‘五·四’精神在文学上的爆发。初期的诗人们大抵都是循着这个道路走的。郭沫若自然也是走的同样的道路。然而，你看，他是走得何等地与众不同呵。在诗的魄力和独特性上讲，他简直是卓然独步的。”①胡适在冲破旧诗的束缚、尝试白话新诗的战线上是打头阵的，但是他的魄力远不如郭沫若，他的《尝试集》在诗体解放方面没有像《女神》那样彻底，创立了崭新的自由体，在诗意诗境方面也没有像《女神》那样充分而强烈地体现了时代精神；周作人的诗作虽然同胡适相比，在诗体解放上显得更开放一些，写出一些堪称自由体新诗，但是诗的内容同胡适一样地缺乏那种狂飙突进的时代精神，大大逊色于《女神》；沈尹默虽然也写出像《三弦》这样的意境和音节都比较完美的新体诗，但从总体上看他的白话诗不仅思想境界不能同《女神》媲美，就是诗体形式依然存留较多的旧诗词的痕迹；俞平伯的白话诗在锤炼词句、创造自然和谐音节方面下了些功夫，但是有些诗的境界不高，不时地流露出一种与时代精神格格不入的感伤颓唐情绪，这更不能与《女神》相提并论；康白情新诗的成就可以说超过胡适、周作人、沈尹默、俞平伯，不论在诗体解放或表现时代方面，都写出一些具有新颖感和时代感的好诗，但是也有相当一部分不够真实，格调不高，其成就和影响也不能与《女神》比肩；刘半农、刘大白的白话诗是五四时期现实主义的上品，不仅透射出新时代的最先进的思想光辉，多方面地反映了社会下层人民生活的本质真实，而且创造了多种形式的白话诗，确立了朴素清新的新诗风格，虽然他们的成就超过了上述白话诗人，但是和《女神》相比总觉得反映现实的深度不够、反抗精神不够猛烈、现代个性解放意识不够强烈、某些诗体的解放不够彻底。总之，在五四新诗运动中，最杰出的最富有才华的诗人是郭沫若，思想成就最高艺术魔力最强的新诗集是《女神》。

郭沫若一踏上五四新诗坛就成了赫赫有名的新诗人，并不是偶然的，而有着深刻的主客观原因。一是受到多方面的诗的熏陶和教养。郭沫若（1892—1978）出生在四川省乐山县峨眉山麓的沫、若二水相汇流的沙湾镇，在童年时代就受到母亲的诗教的引导，学背了不少唐人绝句，短短几年的塾师教育，使他诵读了《诗品》、《千家诗》和《唐诗三百首》，喜爱上陶渊明、王维、孟浩然、李白、柳宗元等著名的古代诗人，深深地受到古典诗歌的熏陶，完成了写作旧诗的严格训练；进入新式小学后更是大作其诗，到了中学阶段他在家乡秀丽山川的诱发下，激起了写作诗歌的心情，“不是用杜工部的《秋兴八首》的原韵拟出一些感时愤俗的律诗，便是学学吾家景纯做几首游仙或拟古”②这种旧诗写作有利于他创

① 《郭沫若和他的〈女神〉》。

② 《沫若文集》6卷，297页。

作自由体诗吸取民族诗歌的特长。一九一四年一月东渡日本留学,郭沫若与外国文学作品和文艺思潮广泛接触,开始醉心于泰戈尔、海涅、雪莱、歌德和惠特曼等人的诗,除写旧诗且尝试着新诗的样式。正因为作者大量地接受了外国诗歌的精华,又有中国古典诗歌的修养和尝试新诗的锻炼,所以在五四高潮期他登上了自己创作的高峰。二是爱国主义和民主主义思想的形成,泛神论思想的确立,社会主义思想的影响,是郭沫若诗歌爆发期的思想基础。他在少年时代就接受了爱国主义教育,初步确立了爱国主义思想,随着现实革命的发展其爱国思想和不同历史阶段的革命相结合,具有不同的思想特色。郭沫若曾说"在年青的时候,是个爱国主义者,倾向于实业救国"①;当一九一〇年资产阶级革命者在全国发动国会请愿运动时,他积极投入这一运动,辛亥革命爆发他又参与四川人民反对铁路国有的护路斗争,从而接受了民主主义思想,曾崇拜过孙中山、章太炎等民主革命领袖。资产阶级辛亥革命失败后,虽然因"共和理想"的破灭他一度陷入苦闷,然而他的爱国热情和革命精神并未消失。一九一四年到日本留学后,他一时一刻也没有忘记灾难深重的祖国,并从资产阶级共和国的理想中清醒起来把斗争的锋芒指向反动军阀,特别当日本帝国主义趁第一次世界大战之机向中国政府提出"二十一条件"(丧权辱国的廿一条)的时候,他愤然于一九一五年一度回国表示抗议,并写下"我欲屠蛟上大堤"、"归作沙场一片泥"的反帝爱国誓言。五四爱国运动的爆发,给郭沫若以巨大的震动,进一步激发了他的爱国热情,强化了他的革命民主主义思想;同时社会主义因素也不断地渗入他的意识,正是他自己所说,列宁领导的十月革命爆发了,"虽然没见到太阳,但对太阳的热和光已经感受了"②。

不过,在创作《女神》过程中,社会主义因素于郭沫若世界观里并不占主导地位,而且也缺乏明确意识,显得朦胧含混;民主主义思想是他世界观的主导,泛神论是其哲学思想基础。如果说中学阶段是郭沫若泛神论思想的潜伏期,那么日本留学阶段则是他泛神论思想的形成期。他不仅从阅读王阳明的著作受到启发而对《庄子》作了新的理解,并进而对孔子的"把一切事业由自我的完成出发"的哲学思想产生了新感悟,由耽读泰戈尔的诗进而接触了印度《奥义书》哲学,由热读歌德的作品而熟悉了斯宾诺莎的泛神论。在斯宾诺莎泛神论的启迪下,他把庄子、孔子、王阳明等的思想及《奥义书》的"梵"的思想混合起来,统

① 《郭沫若同志答青年问》。
② 《郭沫若同志答青年问》。

称之为“泛神论”。由于诗人不是接受了先哲们的全部学说，只是站在爱国主义和民主主义立场上从五四时代的需要出发而吸取了一部分，并以自己的领悟把它们加以混合或结合，因此决定着郭沫若的泛神论思想有其独到的特色。他曾在《〈少年维特之烦恼〉序引》中对自己的泛神论思想作了这样的表述：“泛神便是无神。一切自然只是神的表现，自我也只是神的表现。我即是神，一切自然都是自我的表现。人到无我的时候，与神合体，超绝时空，而等齐生死。人到一有我见的时候，只看见宇宙万汇和自我之外相，变灭无常而生生死存亡的悲感。”斯宾诺莎在《用几何学证明的伦理学》等书中赋予泛神论以最清晰的内涵，指出一切事物的存在不是由物外之神（或上帝或人造的神）创造的，乃一切自然界的实体和存在都是神，一切都在神内，一切都依神的无限本性的法则而运用，人的本质是由神的属性的某种样式所构成，并不受“上帝”和“人帝”的支配。实质上这种泛神是无神论，是“坚持从世界本身说明世界”①的朴素唯物观。郭沫若强调泛神便是无神、一切自然和自我都是神的表现，正是从斯宾诺莎的泛神论中汲取的唯物主义思想。但是那种“我即是神，一切自然都是自我的表现”的观点并非源于斯宾诺莎，而是从《奥义书》中的“梵”的概念、庄子和王阳明的思想里接受来的。“梵即我”是《奥义书》的基本命题，所谓“梵”并不是指“实体”或“自然”，而是“全能全智全嗅全味者”，“乃吾之精神”也。“梵即我”显然是把人的主观精神作为万物本源的唯心主义观点。郭沫若把这两种根本对立的观点混合为一，这反映了他的所谓泛神论思想的矛盾性，不过他对斯宾诺莎的泛神论唯物主义观点吸取得更多一些，形成他泛神论的主导倾向即唯物观和发展观。郭沫若正是在由多种思想因素构成的进步的世界观指导下，创作了《女神》。

三是伟大的五四时代是《女神》产生的根本条件。郭沫若的丰厚的文学修养、进步的世界观固然是《女神》诞生的重要主观条件，但是没有澎湃激荡的五四时代精神的洗礼和实际斗争生活的冲击，《女神》是不可能产生的。正如周恩来同志指出，郭沫若“一出手他已经在‘五四’前后，他的创作生活，是同新文化运动一道来的，他的事业发端是从‘五四’运动中孕育出来的。”②郭沫若总是同自己的时代联系着，即使出国在日本也是投身留日学生的反帝爱国运动，五四爱国运动爆发他在福冈带头组织“夏社”，出版揭露日本帝国主义侵略行径的刊

① 恩格斯：《自然辩证法》。

② 《论鲁迅与郭沫若》。

物,把日本侵华言论和资料搜集起来,译成中文投向国内的报刊发表在,以实际行动响应五四爱国运动,并决然弃医从文,以文艺为武器“鼓动起热情来改革社会”①。于是从一九一九年九月十一日开始在《学灯》上发表新诗,真正以诗为武器参加五四新文化阵线,使诗人与伟大的五四时代结合起来。正因为和时代的结合,新的时代浪潮进一步激发了他胸中的诗情,便出现他创作的爆发期;而他的诗作欲的爆发又是具体地和五四时期重要新诗阵地《学灯》联系在一起。他后来在《创造十年》里说:使我的创作欲爆发了的,应感谢一位朋友、编辑《学灯》的宗白华,那时候但凡我做的诗寄了去无有不登,“我自己就好像作诗的工厂一样,诗一有销路,诗的生产便愈加旺盛起来。在一九一九年与一九二〇年之交的几个月间,我几乎每天都在诗的陶醉里,每每有诗的发作袭来,就好像生了热病一样,使我作寒冷,使我提起笔来战颤着有时候写不成字”。正因为“个人的郁积、民族的郁积、在这时找到了喷火口”,所以诗人“也找出了喷火的方式”②,从此诗情如火山爆发,创作出《女神》,不久又写出《星空》和《瓶》等诗集。而其中最有代表性的《女神》诗集则把五四新诗创作推上了高峰,在中国诗歌界掀起一阵狂涛巨浪,开创了一代浪漫主义的新诗风,真正标志着中国的诗歌跨进了一个崭新的时代。

出版于一九二一年八月的《女神》,除序诗外,收诗五十六首,最早的诗写于一九一六年,绝大部分写于一九一九年到一九二〇年间。全诗集大致分为三辑,若以时间来看,第一、二辑包含五四高潮和低潮两个阶段的诗作,最早的一些诗歌编入第三辑。这三辑诗歌的不同格调和境界反映了诗人在五四时期思想的急剧变化和诗歌风格的多样性。“五四”以前的诗作是第一阶段写的,显然数量较少,内容并不厚实,但格调比较清新纤细,它们似小波小浪的涟漪,不像大波大浪的洪涛,显然受了泰戈尔诗风的影响,称不上《女神》的代表作。“五四”高潮中写的诗作是第二阶段即诗人的“诗的创作爆发期”的创作,不仅数量多,而且思想艺术成就也高,是最能体现五四时代精神的惠特曼式的新诗,最足以显示作者的雄浑豪放风格的诗章。写于“五四”落潮期的诗歌是诗人第三阶段的作品,由于作者炽烈的激情受到落潮期冷风侵袭,似乎诗的基调有所微变,虽然高潮期那种火山爆发式的豪气仍在诗篇中流贯,但并不是一味的高亢昂扬,当然也不似第一阶段那样清新静谧,而是冷热交错,雄淡相间,悲喜交织。

---

① 《郭沫若选集·自序》。

② 《序我的诗》。

尽管《女神》三辑在思想成就、艺术风格上有明显差异，然而从主导方面看，它却是一部全新的诗集，真正从诗意诗情或诗体语言等方面显示了五四诗歌革命的辉煌成绩。

对诗歌内容实行了彻底革命

胡适等人的白话诗虽然在内容方面进行了破旧立新的革命，不同程度地反映了五四时代精神，但是在诗意诗情中总是掺和着一点旧意识或旧情绪；相比之下，《女神》的出现才彻底打破晚清以来诗歌的陈腐、空泛的诗意诗情，实行了诗歌内容的大革命，给新诗完全注进了新思想新感情的血液，从而创造了新的意境和新的格调。所谓新思想，就是那种体现五四时代精神的摧毁旧世界的彻底革命思想和创造新世界的崇高理想；所谓新感情，则是那种火热的爱国激情和爱憎感情；所谓新意境，就是那种形象宏伟、思想深邃、胸怀开阔、豪情激越、气势磅礴、囊括宇宙的艺术境界；所谓新格调，则是那种激昂高亢、雄健浑厚、明朗欢快、进取乐观的格调。当然，并不是《女神》的每首诗都是如此，这是就主导倾向而论。具体来说，它在思想内容的革命上取得新的突破和新的成就。

一是突破了狭隘的爱国主义的局限，将崇高的爱国主义思想感情同彻底破坏彻底创造的革命民主主义精神融合在一起。也可以说《女神》所体现出的反抗旧制度旧思想旧传统的精神和创造新世界新文明新个性的精神，都来自崇高的爱国主义思想的总光源。最富有这种崭新思想境界的就是长诗《凤凰涅槃》，而它的强烈的爱国主义思想感情，着重透过对旧中国旧我的焚毁和对新中国新我的更生所蕴含的爱憎深情而体现出来的。这首诗剧由序曲、凤歌和凰歌、群鸟歌、凤凰更生歌四部分组成，它借凤凰“集香木自焚，复从死灰中更生”的故事，所表现的那种摧毁一切、创造一切的火山爆发式的激情和狂飙突进的气魄，有力地烘托出五四时代精神。诗人借凤在自焚前的悲歌，对旧世界进行了强烈的诅咒和控诉：“茫茫的宇宙，冷酷如铁！”“黑暗如漆！”“腥秽如血！”“你脓血污秽着的屠场呀！你悲哀充塞着的囚牢呀！你群鬼叫号着的坟墓呀！你群鬼跳梁着的地狱呀！你到底为什么存在？”这充满了愤怒之情的诗句，有力地揭露了旧世界的丑恶面目，抨击了旧中国的黑暗现实，这是以挑战的姿态向旧世界进击，这是对旧中国的彻底否定。如果说“凤歌”是一曲响彻宇宙的反抗战歌，那么“凰歌”则是一首抚今追昔的个性解放的反抗悲歌，对自己以往的人生作了彻底否定。凰对一切旧传统旧镣铐及自身内的一切因袭影响，作了强烈的诅咒和彻底的决裂，即“环绕着我们活动着的死尸，贯串着我们活动着的死尸”必须同时毁灭，透视出凰对新生的渴求和对自由的向往。“群鸟歌”具有深刻的象征意义，它既是对现实中形形色色丑类的嘲讽，又是对凤与凰的崇高、坚贞的反衬。“凤凰更生歌”是全诗的高潮，是一首华美壮丽的凤凰新生的颂歌，是新世界新中国在烈火中诞生的赞歌，从而表达了作者对五四时代精神的热烈讴歌，对美好理想的由衷赞美。“光明之前有浑沌，创造之前有破坏，新的酒不能盛容于旧的革囊。凤凰要再生，要先把尸骸火葬。我们的事业，在目下浑沌之中，要先从破坏做起。我们的精神为反抗的烈火燃得透明。”①这是对“凤凰更生歌”所蕴含的深刻真理的充分揭示和阐述。“凤凰和鸣”歌同“序曲”前后呼应，形成鲜明对照的两种不同的艺术境界。“序曲”是凤凰自焚前的悲歌，充溢着一种萧瑟的气氛，“凤凰和鸣”是“涅槃”后的赞歌，洋溢着新鲜、净朗、芬芳、热诚、欢乐、挚爱、自由、雄浑的气氛，展现了诗人对祖国、民族和自我的美妙理想前景的神往，虽然这种理想是朦胧的，但却闪烁着一种崇高的爱国主义思想和革命民主主义思想光辉。《女神之再生》、《棠棣之花》、《湘累》、《炉中煤》、《晨安》、《黄浦江口》等，都是著名的爱国诗篇，它们既没有古代爱国诗章那种“忠君”思想，也没有那种狭隘的民族意识或亡国之音，而总是把崇高的爱国感情同改造现实的高度责任感联系起来，希望寻求一种改变丑恶现实的力量和道路。《浴海》唱道：“趁着我们的血浪还在潮，趁着我们的心火还在烧，快把那陈腐了的旧皮囊全盘洗掉！新社会的改造全赖吾曹！”充分表现出作者自觉地改造自己以担负改造社会重任的责任感和决心。诗人的爱国主义感情并没有停留在对“混浊的世界”的诅咒上，更多地表现在对祖国壮丽山河的由衷歌颂和理想祖国的深挚赞美上。《晨安》是诗人献给祖国的颂词，他站在博多湾海岸上深情地向着年青的祖国、新生的同胞、南方的扬子江、北方的黄河、横亘祖国大地的万里长城以及雄立于西部边陲的喜马拉雅山，遥祝“晨安”，尽情抒发来自内心的爱国之情。《炉中煤》更是诗人对祖国的“恋歌”，他把“五四”以后的中国比作“年青的女郎”，视为“心爱的人儿”，而把自己比作因思念祖国而熊熊燃烧着的炉中煤，这是一首洋溢着炽烈爱国情思的诗篇，完全是一种新的思想新的感情与俊美的艺术形象而凝铸的新意境。“女神三部曲”是以雄壮为基调的爱国诗篇：《湘累》通过爱国诗人屈原之口尽力倾吐诗人眷恋祖国之情；《女神之再生》透过女神们

① 郭沫若：《我们的文学新运动》。

英雄形象的塑造，表达了诗人要去“创造新的光明”、“新的温热”、“新的太阳”的爱国理想；《棠棣之花》借古代英雄聂政姐弟的崇高的爱国主义思想，表现了诗人愿鲜红的血液“迸发出自由之花，开遍中华”的爱国壮志雄心，以及为祖国解放事业而英勇献身的精神。

二是把泛神论思想同个性解放要求结合起来，使个性解放思想突破了单纯为了个人解放的局限，而将个性解放同中华民族的解放联系起来。几乎在《女神》的所有的诗篇里，都有一个“自我形象”，而这个“自我”同泛神论思想一结合，便顶天立地、高大无比，仿佛是一个巨人，这在五四时期的小说创作中很难找到这样的形象。《天狗》塑造出一个具有力大无比、气吞日月的“自我”形象，唱出了个性解放的最强音，表现出一种破坏一切创造一切的大无畏精神：

> 我是一条天狗呀！
> 我把月来吞了，
> 我把日来吞了，
> 我把一切的星球来吞了，
> 我把全宇宙吞了，
> 我便是我了。

这个“自我”形象是个反抗者的形象，他要挣断一切锁链，从封建伦理道德和政治压迫下真正挣脱出来，焕发出勇猛的雄伟的力量：“我是月底光，我是日底光，我是一切星球底光，我是 X 光线底光，我是全宇宙底 Energy 底总量！”这个“自我”的巨人形象不仅能摧毁一切封建权威和一切束缚个性解放的罗网，而且能够踏倒一切偶像。诗人既“崇拜炸弹，崇拜悲哀，崇拜破坏”，又“崇拜偶像破坏者，崇拜我！我又是个偶像破坏者哟！”[①]也就是说他崇拜一切破坏的力量，崇拜破坏的精神，而且自己也要成为破坏的力量和体现破坏的精神。这表明他的个性解放思想所产生的破坏力量已同一切破坏的力量融汇在一起。这种自我扩张的力量是建立在泛神论思想之上，即“我赞美我自己！我赞美这自我表现的全宇宙的本体”，把“自我”和宇宙的“本体”结合起来，导致个性解放思想无限夸大了个人的力量。“我效法造化底精神，我自由创造，自由地表现我自己。我创造尊严的山岳、宏伟的海洋，我创造日月星辰，我驰骋风云雷雨，我萃之虽仅

---

① 《我是偶像的崇拜者》。

限于我一身,放之则可泛滥乎宇宙。”[①]这个无限扩张的自我力量,既是个性解放思想的具体表现又是泛神论的“自然即神”、“我即神”的表现。这种自我扩张虽然带有一定的唯心主义色彩,但它却极度地反映了五四时期青年知识分子个性解放的强烈愿望和要求,在彻底反帝反封建的斗争中发挥了重要的战斗作用,是符合五四时代精神的。考察一下《女神》出现的“自我”形象,她不仅是个性解放思想与泛神论思想的结晶体,而且也是诗人和中国人民大众争取民族独立解放的意志、理想的形象体现,是把个性解放同祖国自由解放相融合的具体反映。从这个意义看,《女神》中的“自我”形象是个爱国者、破坏者、创造者的光辉形象,这就极大地开拓了新诗的思想境界和雄浑豪放的艺术风格。《女神》既把泛神论和个性解放相融合,同时也把歌颂大自然的无限生命力和创造力相结合。由于诗人在泛神论思想的启迪下认识到自然界具有无限的生命力和创造力,因此他在诗篇里极力赞美大自然的雄奇和伟大。《太阳礼赞》热情歌颂一切生命的源泉和光明的化身“太阳”;《光海》以绚丽的彩笔描写“无限的大自然成了一个光海”,到处充满了生命的光波,到处洋溢着新鲜的情调和浓郁的诗意;《浴海》表现了诗人的“血和海浪同潮”、“心和日火同烧”;《站在地球边上放号》以急骤的旋律和昂扬的情调,歌颂了大自然自强不息的力量,“无限的太平洋提起他全身的力量来要把地球推倒”,这是“力的绘画,力的舞蹈,力的音乐,力的诗歌,力的律吕”,由衷地赞美了大自然的创造力。这种狂飙突进的精神不能不说是得力于泛神论思想,并进而拓宽了《女神》的表现境界,增强了气势。正如郭沫若自己所说,“诗人底宇宙观以 Pantheism(泛神论)为适宜”[②]。

三是糅进了社会主义因素,突破了民主主义和泛神论思想的某些界限,使《女神》的某些诗篇呈现出先进的思想境界,接近了新思潮的最高层次。所谓社会主义因素,就郭沫若在五四时期的思想状态来看,虽然他“连无产阶级和共产主义的概念都还没有认识明白”[③],但他的确感受到了十月革命的阳光,受到了社会主义思想的某些影响。在《女神》里所体现出的社会主义因素总是同民主主义思想或泛神论思想交织在一起,尽管有些朦胧含混之感,然而毕竟突破了民主主义和泛神论的某些局限,给《女神》带来了新的思想信息。对十月革命的憧憬、对革命导师列宁的敬仰、对工人农民的歌颂等,是表现在《女神》中的可贵

① 《湘累》。
② 《三叶集》。
③ 《创造十年》。

的也是主要的社会主义因素。《匪徒颂》一诗,对"倡导社会改造的狂生,瘐而不死的罗素呀!倡导优生学的怪论,妖言惑众的哥尔栋呀!亘古的大盗,实行'波尔显维克'的列宁呀!"这些"一切社会革命底匪徒们"作了由衷的歌颂,虽然诗人分不清是哪些阶级的"匪徒",但是他却直接把领导苏联十月革命的导师列宁作为歌颂的对象,这反映了社会主义思想对他的一定影响。诗人不是一次而是多次地在诗篇中歌颂列宁。《巨炮之教训》一诗把列宁和托尔斯泰作了对照描写,以列宁的斗争学说否定了托尔斯泰的克己无抗的调和主义,表现对工农至高理想的赞美和对革命胜利的坚信。针对托尔斯泰的克己无抗的信条,列宁在一旁"酣叫":

"为自由而战哟!
为人道而战哟!
为正义而战哟!
最终的胜利总在吾曹!
至高的理想只在农劳!
同胞!同胞!同胞!……"
他这霹雳的几声,
把我从梦中惊醒了。

"为自由而战""为人道而战""为正义而战"虽然是资产阶级革命的口号,表明他是以革命小资产阶级思想来理解列宁及其革命学说,分不清民主主义色彩的战斗口号和社会主义色彩的战斗口号;然而诗人却认识到"至高的理想只在农劳",认识到列宁和托尔斯泰坚持的是根本对立的两条社会改革的道路,这又表现出他的思想越出民主主义思想范畴,获得了一些朦胧的社会主义因素。正是从"至高的理想只在农劳"这一新的认识出发,诗人以诚挚的感情对工农等劳动者进行了热情歌颂(当然,这里面也有"劳工神圣"思想的影响)。《三个泛神论者》一诗虽然没有突破泛神论思想,但诗人却把他们作为靠劳动吃饭的人来赞美;《西湖纪游》里以真挚热切的感情歌颂一个锄地的老人,并请愿跪下"把他脚上的黄泥舐个干净";《地球,我的母亲》一诗,既歌颂了全人类的褓母——田地里的农人,又赞美了全人类的普罗米修斯——炭坑里的工人,从而肯定了工人农民为人类生存创造物质财富的崇高地位;《辍了课的第一点钟里》把工人作为解放自己的"恩人"来歌颂,表明诗人对工人的理解有所加深。但是从总的方面看,郭沫若在《女神》中对工农的认识并没有达到科学社会主义思想的高度。

比如他尽管把工人作为一个解放者来赞颂，然而工人“解放”后却又回到“自然”；他尽管在《序诗》里宣布“我是个无产阶级者”、“我愿意成了共产主义者”，然而他却不明白无产阶级和共产主义的涵义。当时“浪漫的小资产阶级的学生，或者可说是急进‘民主派’的学生，他们都因在反帝国主义的斗争中，感觉到自己的孤立，须要找一个共同奋斗的同盟军。这一同盟军在他们的实际经验中，认为就是新兴的工人阶级”①。郭沫若在五四时期就是这样一个富有浪漫气质的小资产阶级知识分子，他对工农劳动者及无产阶级的歌颂是站在小资产阶级民主派的立场上而从实际斗争的感受出发的，同时也受到了社会主义思想、“劳工神圣”等思潮的影响。正因这种朦胧的社会主义因素融进了《女神》，致使郭沫若的新诗比同时代的新诗具有更多的新的思想特色。

四是把科学知识引进诗歌领地，从科学技术、现代物质文明中汲取诗料获得灵感，给《女神》带来新的思想气息。“科学”和“民主”是五四运动中最响亮的战斗口号，在反对封建制度及其思想意识、一切旧传统、迷信灵学的斗争中发挥了重要的思想威力，因此歌颂“科学”实际上就是歌颂革命民主主义精神。郭沫若原本是学医科的留学生，曾钻研过科学知识，并受到“富国强兵”、“科学救国”思想的影响，五四时期又是个科学、民主精神大放光彩大发扬的时代，他当时生活在的日本是科学技术、现代化工业比较发达的国家，况且他本身对新事物又是那样的敏感。因此这些主客观因素必然给《女神》注进“科学的成分”和“近代精神”②，铸成了一些新的诗意诗境。晚清“诗界革命”的主将黄遵宪曾在诗歌中颂扬过火车、轮船、电报等现代物质文明，给诗歌增添一些科学气息；但是这个传统在五四时期的诗歌革命中继承者甚少，郭沫若在《女神》中比较多地开拓了这个新主题，远远超越了前人和同时代人。他是以浪漫主义的奇特而丰富的想象，在诗中表现了自己的广博的科学知识和对现代物质文明的深切感受。他不仅三呼伟大的科学家哥白尼、达尔文“万岁”，而且热烈歌颂近代物质文明。《笔立山头展望》一诗赞道：“黑沉沉的海湾，停泊着的轮船，进行着的轮船，数不尽的轮船，一枝枝的烟筒都开着了朵朵黑色的牡丹呀！哦哦，二十世纪的名花！近代文明的严母呀！”以奇异的联想和比喻，赞美了人类的科学创造和近代物质文明。诗人运用大量的科学知识来抒发胸中的火热的爱国情感和澎

① 邓中夏：《中国职工运动简史》。

② 闻一多：《女神之时代精神》。

湃的民主精神，例如：“我是X光线的光，我是全宇宙底energy底总量！”[①]“我想我的前身，原本是有用的栋梁，我活埋在地底多年，到今朝才得重见天光。”[②]“你去，去寻那与我的振动数相同的人；你去，去寻那与我的燃烧点相等的人。”[③]还有散见于诗集中的许多人体上的名词术语如脑筋、神经纤维、骨髓、血液、呼吸等。这些只“不过诗中所运用之科学知识，见于形式上的。至于那讴歌机械底地方更当发源于一种内在的科学精神。在我们的诗人底眼里，轮船的烟筒开着了黑色的牡丹，是‘近代文明底严母’，太阳是亚波罗坐的摩托车前的明灯；诗人底心同太阳是‘一座公司底电灯’；云日更迭的掩映是同探海灯转着一样；火车底、跑同于‘勇猛沉毅的少年’之努力，在他眼里机械已不是一些无生的物具，是有意识有生机如同人身一样。机械底丑恶性已被忽略了；‘在幻象同感情底魔术之下他已穿上美丽的衣裳了呢。这种伎俩恐怕非一个以科学兼诗人底人不办。因为先要解透了科学亲近了科学，跟他有了同情，然后才能驯服他于艺术指挥之下”[④]。《女神》的诗篇里涉及到物理学、医学、化学、天文学、生物学、地质学、生理学等多方面的科学知识；特别是有意无意地把“内在的科学精神”同民主精神有机地融合起来，不仅充分体现了五四时期以科学与民主为主潮的时代精神，而且对于诗歌内容的革命作了多方面的开拓和尝试，使新诗具有崭新的独特的思想色彩和诱人的艺术美感；并为新诗如何表现现代科学技术、讴歌科学精神、赞颂现代物质文明比较早地提供了新鲜经验。

《女神》在思想内容的革命方面所取得的成就是巨大的，多方面的，以上所述是就其主流或本质而论。当然这并非说它的思想内容已达到了尽善尽美的境地，除在上面论述过程中提到的局限性外，还有些诗流露出与五四时代精神不合拍的消极思想。如《春愁》、《司健康的女神》、《晚步》等早期诗歌中，所表露的烦恼怅惘之情或沉醉于大自然而逃避现实的心境等。这仅是白璧微瑕。《女神》的主导思想倾向则是全新的思想境界，即崇高的爱国主义思想感情如同一条红线把多侧面多层次的思想内容结构成一个新的思想体系。从爱国主义思想出发，诗人以破坏一切创造一切的革命民主主义精神去摧毁旧世界的旧中国，从而建设一个新世界新中国；从爱国主义思想出发，诗人借助泛神论的思想

① 《天狗》。
② 《炉中煤》。
③ 《序诗》。
④ 闻一多：《“女神”之时代精神》。

威力，尽情地赞美祖国壮丽山河和富有生命力创造力的大自然，试图把争取个性解放的要求同中华民族的解放结合起来；从爱国主义感情出发，诗人朦胧而又兴奋地憧憬和赞美苏联十月革命的胜利和农劳的至高理想，诚挚地歌颂工农劳动大众；从爱国主义思想出发，诗人在批判封建愚昧、迷信落后的旧中国的黑暗腥秽的现实的同时，尽力鼓吹科学精神、先进技术以及现代物质文明。这些新思想新感情新意境，正是五四时期思想解放运动所取得的新的思想成果在《女神》诗集中的反映。正由于崇高的爱国主义思想能够把个人的奋斗、人民大众和民族的解放三者联系在一起，正由于积极浪漫主义和泛神论思想的启迪使诗人张开任情腾飞的想象翅膀，正由于神奇精妙的艺术构思所具有的囊括一切的艺术概括力，正由于惠特曼式的新诗提供了有力的喷火方式；所以整个宇宙的风雷闪电、星辰日月、山川海洋、大自然的一切、古今中外的历史等，都尽收诗人的笔底，才创造出宏伟深邃、浑阔豪迈的意境，形成了《女神》的雄壮明快的格调。当然《女神》的意境或格调还有妩媚绚丽的一面，这里是就那些足以体现五四时代精神的惠特曼型的诗篇而论。

对诗歌形式进行了大改革

《女神》不仅以崭新的思想性登上五四新诗坛的高峰，而且以诗体大解放的新的艺术成就压倒群芳。胡适、刘半农、刘大白等人在诗体大解放方面进行了艰苦的探索和尝试，并取得了一定成就，但是他们的新诗形式总带着一些从旧形式演化出来的旧痕迹，而《女神》却对诗的形式（包括语言等）进行了彻底改革，创造了独特的新诗艺术。

一是在诗体大解放的基础上，创造了带有民族特色的自由体的新诗形式。周扬曾说过，郭沫若“为他的诗，他觅取了适当的形式。惠特曼对他的影响，是有益的，在他的面前展开了一条自由诗的坦坦大道。不同于‘五·四’的许多诗人的都留有旧诗词的调子，他和旧传统作了最大的决裂，也没有像后来的所谓格律一样自造新镣铐给自己套上。他是那样的厌恶形式，主张在形式上绝对自由，他与其艺术地矫作，是宁可自然而粗糙。正如他所曾自比的，他的创作冲动来时就如同一匹野马，没有什么东西可以驾驭得他。他的诗正是那样奔放，这里也就正有着形式与内容的自然和谐”。[①] 这说明诗人所采取的自由体正好适

① 《郭沫若和他的“女神”》。

应了他那种火山爆发式的内在感情和野马般的豪放不羁的气势。他主张诗的形式绝对的自由,绝对的自主,“打破一切诗的形式,来写自己能够体味的东西”(《凤凰·序》)。《女神》的诗体形式是多种多样的,自由灵活的,或押韵或不押韵,或中间换韵或一韵到底,没有什么规律可循,完全打破旧诗传统格律的束缚,“随便地乱跳乱舞”①。当然这并不是说他的诗完全抛弃了继承和借鉴,也不是说他从根本上否定了规律。其实,郭沫若并不否认“新诗也有束缚性,任何艺术形式、任何事物都有一定的规律,规律就是束缚,有规律性的自由是真解放,无规律的自由是狂乱而已”②。这可以看作是他后来对五四时期那种强调诗的形式绝对自由观点的补正。诚然,《女神》在吸收中外古今优秀诗歌体裁的精华,以惠特曼的自由诗的形式做基础,创造了多种多样的新的诗歌形式,形成了一种无拘无束的自由体没有什么统一的格律可循,这只是就总体而论;但是细分析起来,有些诗的本身仍存在某种统一的格律,这是《女神》自由体的新特点,它同旧体诗那种凝固化的格律根本不同。《女神》有相当一部分诗篇力求形式的完美,即使惠特曼式的《立在地球边上放号》也注意到使韵脚与内容的和谐一致,至于泰戈尔式的《鸣蝉》只有三行,每行都是三顿,以求节奏和谐,这是某种格律的体现。特别诗人重视诗的节奏和内在的旋律,虽然有些诗在形式上并不押韵,更没有固定的格律,但是读之朗朗上口,听之悦耳动人,这是内在韵律的一种特征。如《雪朝》的情绪律动是先扬再抑后扬,一动一静,静而又动,节奏明快强烈;《凤歌》和《凰歌》的内在旋律是先抑后扬;《天狗》的节奏如同一声霹雳,短促而强烈。谁都承认《女神》的自由体主要得力于外国诗歌的影响,但是很少人注意到《女神》所受到的民歌影响。五四时期的郭沫若曾推崇过民歌,说“抒情诗中的妙品最是些俗歌民谣”③;他创作的《别离》、《司春女神歌》也带点民歌的格调。在对待中国古典诗词的格律,他采取彻底破除的态度,强调新诗形式的绝对自由,这只表明他自觉地有意识地主张诗歌形式的大改革;但实际上由于他具有深厚的古典诗词的修养,因而不自觉地或无意识地在创作中则吸收了古典诗词的某些格律的特点。如古典诗词都押韵,《女神》大部分诗篇也注意押韵,古典诗词在诗节构成上多以偶数句,《女神》不少作品也是这样。正因为《女神》汲取了民歌、古典诗词在形式上的某些特点,同惠特曼式的自由体融

① 《论诗通讯》二。

② 《诗歌漫谈》。

③ 《与宗白华书》。

合起来,所以才使郭沫若的自由体并不完全相同于惠特曼的自由体,或深或浅地带上了一定的民族色彩。

二是在语言上较彻底地清除了那些僵死的缺乏生命力的文言词汇,锐意改革求新,在广泛开掘的词汇矿藏中,为新诗创作选取了精炼、优美、形象、新颖的语言,比起胡适《尝试集》的语言显得更加口语化、更富有词彩、更含有诗意,显示出新诗语言所取得的重要成就。《女神》语言的精炼主要表现在,诗人能选用准确的词汇表现内在的诗意诗情或描绘事物的某些突出特征。如《天狗》采用了星球、宇宙、X光线、电气、心脏、脑筋、宇宙等词语,极度夸张地表现出"天狗"那种大无畏的气吞山河的叛逆精神;《光海》中的"山在那儿燃烧,银在波中舞蹈"一句诗,前句描写山岭用"燃烧"一词就赋予了山岭以热烈的生命力和蓬勃的精神,后一句描写海浪则用"舞蹈"一词,显得形象飞动,给人以新颖感。《女神》语言的形象性特点,主要表现在能够运用具体生动的语言或象征性的比喻,或塑造时代巨人的形象或表现诗人的深刻丰富的思想情感。如以"天狗"为喻,描绘出五四时代的具有顶天立地气概的争取个性解放的"自我"形象,用凤凰自焚和更生作比喻,形象地表现出旧中国旧我的彻底毁灭、新中国新我在烈火中重新诞生的宏深思想;《春之胎动》以"雌虹般的彩色"、"俄尔带紫"、"俄尔深蓝"、"俄尔嫩绿"等形象语言,生动地描绘出初春时的特有景色,并借以表现诗人内心的喜悦明朗的感情和对社会生活的美好憧憬。《女神》语言的新颖特点,主要表现在诗人彻底抛弃那些陈词滥调,选用那些鲜活生动的语言,把日常的事物和现象描绘得极为鲜明具体,富有个性,给人以新鲜的色彩感和活泼的生命力。如《晨安》一诗,以带有主观色彩的词语来描绘"大海"、"旭光"、"白云"、"丝雨"、"海山"、"晨风"这些平常的景物,使这些客观景物性格化,富有新鲜飞动的生命力;特别那些描写大自然的晚态、朝容、白雪、红日、飞鸟、雨势、晴姿的生气勃勃的语言,更富有新颖感和色彩感。郭沫若不仅重视语言的色彩感,而且还注意诗的语言的音乐性。《女神》虽然实现了诗体大解放,但它并没有流入散文化,还是注意了韵律和节奏,这恰好是它的语言音乐性的重要表现。他曾说:"诗的韵律恐怕是最难的,不管有脚韵无脚韵;韵律的推敲总该放在第一位。"①既然韵律和节奏是《女神》语言音乐性的体现,那我们从它的韵律和节奏的自然和谐上,便可体会到它的语言的音乐美。《炉中煤》全诗押 ang 韵,高亢

① 《怎样运用文学语言》。

响亮，同诗的眷恋祖国的情绪完全合拍；全诗四节，每节的韵式都是一、三、五隔句押韵，有规律地反复出现的脚韵使诗的音节和谐，这就增强了语言的音乐美。还有些诗用不同顿数的排比句、对偶句构成诗节或全诗；也有的诗把句子的参差和整齐有规律地排列着，这都能使节奏和谐并富有变化，使诗的语言具有音乐性。

《女神》在诗体解放方面虽然取得了高于同时期一般诗集的成就，但也存在一些缺点。如有的诗在形式革新上总是拘泥于惠特曼型的自由体或泰戈尔型的诗体；有的诗在语言上或艺术手法上稍嫌欧化，更有的诗以外文入诗，甚至个别诗篇残留着旧诗词的格调。这些缺点并不影响《女神》在诗体解放上的独特的历史地位。

开了一代浪漫主义诗风

如果说胡适、刘半农、刘大白等人的白话诗，初步开了中国现代诗歌的现实主义诗风；那么郭沫若的《女神》则为中国现代诗歌的浪漫主义诗风奠定了坚实基础，真正开拓了中国新文学的浪漫主义先河。《女神》浪漫主义诗风的形成，既与诗人所处时代、阶级及其世界观有关，又有明显的继承性。高尔基曾说，浪漫主义是“过渡时代社会”人们情绪的一种反映①。五四时代是中国社会的大动荡时期，革命与反动、进步与倒退、革新与保守的斗争异常激烈复杂，严峻急骤地拷打着人们尤其是知识分子的灵魂，催促其在大时代面前作出抉择，激起人们情绪的强烈变化。那些没落阶级的人们唱着挽歌，流露出悲哀、颓废的音调，反映在文学上则成了消极浪漫主义；那些富有革新精神、代表着新生阶级愿望的人们，迎着大时代的狂飙，为着理想的实现而勇敢地呼啸着前进，反映在文学上则成了积极浪漫主义。郭沫若正是在“五四”高潮中高举积极浪漫主义旗帜，创作了响彻时代的《女神》。因此，《女神》积极浪漫主义诗风的形成，首先是由伟大的五四时代、诗人的革命民主主义立场和泛神论哲学观决定的。泛神论“把宇宙全体从新看作个有生命、有活动性的有机体”，这正同积极浪漫主义和谐一致，《女神》凭借它创造了不少富有积极浪漫主义诗意的独特境界。其次继承了中外古今浪漫主义诗人的艺术经验。他不仅从屈原、李白的浪漫主义传统汲取了营养，而且更多地从外国积极浪漫主义思潮和诗歌创作中受到了深刻

① 《俄国文学史》，第70页。

影响，并将它们融会贯通，创造性地运用于五四新诗写作中。这就决定了《女神》的浪漫主义诗风具有自己的特色。

鲜明的理想色彩。理想主义是浪漫主义的灵魂，也是各种浪漫主义的共同要求。如果从表现特点上看，把悲观的、衰朽的、倒退的东西当成理想来讴歌，那应该是消极浪漫主义；把光明、欢乐、美妙、太阳作为理想来歌颂，却又显得对未来的憧憬是朦胧的抽象的，是乌托邦式的，那应该是积极浪漫主义；能够展示出理想世界是现实的必然发展，是历史的必然规律决定的，那应该是革命浪漫主义的表现。以此来衡量，《女神》所表现的理想主义既不是消极浪漫主义也不是革命浪漫主义，而是积极浪漫主义。它以最好也是最多的诗篇来赞美社会理想，来赞美洋溢着光明、华美、欢乐、和谐的新世界。虽然这理想的境界里撒满了阳光，但是这究竟是个什么性质的理想社会，诗人当时不可能作出明确回答，因此《女神》中所表现的理想主义带有朦胧、空泛的特点。为了歌颂美好的理想，诗篇出现了多种方式：一是通过诅咒或反抗黑暗世界以表现对光明未来的追求，对理想境界的创造，《凤凰涅槃》、《女神之再生》等则体现了这一点；二是借历史题材和神话传说，加以改造，赋予新时代的理想精神，并与历史神话中英雄的壮美精神相融合，使诗篇具有浓郁的理想色彩，如《棠棣之花》、《女神之再生》、《湘累》等便是；三是通过“自我”形象的塑造，来表达对光明理想的追求和向往。实际上《女神》所塑造的“自我”形象，具有五四时代革命青年的一些特征。他具有震撼宇宙的个人力量，澎湃汹涌的热情，勇猛刚强的意志，并富有炽烈的爱国热忱、憧憬未来和追求光明的理想境界。这种理想主义的表观，显现出《女神》壮美清丽的浪漫主义风采。

火山爆发式的激情。《女神》所表现的火热的激情是同它的理想主义色彩融为一体的。“激情”既来之诗人对丑恶现实的极端仇视和对美好理想的热烈追求，又反过来推动着诗人去毁灭旧世界创造理想的新世界。大凡抒情诗都要有“激情”，而《女神》的“激情”非同一般，它是火山爆发式的“激情”，这便构成了郭沫若浪漫主义独到的特点。诗人从五四时代找到了喷火口，从惠特曼的《草叶集》里找到了喷火方式，所以个人的积郁、民族的积郁，如同火山爆发一样，猛烈地喷射出来，使《女神》中那些惠特曼型的诗篇洋溢着积极浪漫主义激情，形成了一种雄伟的气魄，英雄的格调，瑰丽的色彩，高昂的节拍，把五四时代人民大众那种冲决一切罗网朝着个性解放和民族解放道路上迅跑的英雄主义精神，有力地烘托出来。如《天狗》、《立在地球边上放号》、《匪徒颂》、《晨安》等诗，就充满着火山爆发式的“激情”。

大胆的想象，极度的夸张，丰富的比喻，新颖的象征，这是《女神》为表现火山爆发式的激情和美好的理想所采用的积极浪漫主义手法。想像作为一种创作方法出现在《女神》中，它不仅表现为一种奇特瑰丽的想像，而且这种想像常常和比喻、夸张、象征等联合使用，创造出深蕴着浪漫主义诗情的意境。诗人以超乎寻常的想象力，神游四方，把宇宙的万物捕捉笔下，化为形形色色的形象，以表达胸中之激情及对理想的追求。《地球，我的母亲》一诗中，不仅把地球比拟成具有人格化的母亲，而且把自然界的一些现象化为多种鲜明亲切的形象，以表达诗人热爱祖国的情怀和对理想生活的向往；《新阳关三叠》以丰富的想象，把太阳具化为穿着云衣的光明巨人，并且自己渴望着和这位太阳巨人同行。这种飞动的想象力和奇特的比喻，构成了《女神》的浪漫主义特点。象征手法和夸张手法如同比喻手法一样，也是得到普遍运用；不过，《女神》中的象征手法则表现出宏伟、深邃的特点，如《凤凰涅槃》是象征着中国的再生，《女神之再生》是象征着当时中国的南北战争，这是多么宏伟的象征，这种象征手法所表现的诗意又是何等深邃。《女神》的夸张手法用得大胆，且取多种方式，如形象的夸张、意境的夸张、感情的夸张等。虽然个别诗篇夸张失当，但总的来看由于夸张手法的运用，增强了《女神》的浪漫主义诗情诗意。

《女神》以它鲜明的积极浪漫主义特色，为中国现代诗歌史树立了第一面浪漫主义旗帜，大开了一代浪漫主义诗风，成了中国现浪漫主义新诗流派的源头，其影响之大、流传之广，很少有一部新诗集可以与它相比。

无论从思想内容的革命或者从语言形式的革新来考察，《女神》无疑是五四新诗运动所取得的最丰硕的成果之一，是屹立在新诗坛的一座瑰丽的奇峰。因此它一问世便震动了整个新诗界，引起了巨大反响，得到了普遍的赞誉。有的说郭沫若的诗笔力雄劲，不拘于艺术的雕虫小技，实在是大方之家（康白情语）；有的说郭沫若是新诗运动中的有力人物（谢康语）；在一片赞扬声中，要数闻一多一九二三年发表的《“女神”之时代精神》一文对《女神》的评价比较全面和深刻：既指出了“不独艺术上他的作品与旧诗词相去最远，最要紧的是，他的精神完全是时代精神”，因此“《女神》不愧为是时代的一个肖子”。《女神》不仅在当时新诗坛产生巨大影响，而且对中国新诗发展也具有深远意义，后起的诗人如冯至、殷夫、王亚平、田间等，或多或少都受到《女神》的启迪和哺育。正如冯至深有体会地说：“有了《女神》，我才知道什么样的诗是好诗，我对于诗才初步有了欣赏和批判的能力；有了《女神》，我才明确一首诗应该写成什么样子，对自己提出了较高的要求，应该向那个方向努力。”①这道出了“五四”及“五四”以后不少受到《女神》哺育的青年诗人的共同感触。如果“从文艺运动方面看，则一九二四年以前，中国文坛上主力不是一派而是两派：郭沫若为代表的浪漫主义及鲁迅为代表的写实主义”②。新文学中的积极浪漫主义是《女神》开了先河，它源源不断地滋润着浪漫主义文学的发展。刘白羽在《雷电颂》一文中说：“我接触最早，印象最深的是郭老的文学作品，特别是《凤凰涅槃》，他歌颂火、歌颂火中的更生，这火爆裂开那冷酷如铁，腥秽如血，黑暗如漆的茫茫宇宙，迎来庄严壮丽的火的欢唱，火的翱翔。这一切在我心灵深处扎了根，我站在黑暗的门槛上望见了闪耀的黎明。我在文学上是倾向于这样的浪漫主义的，郭老的每一首诗，每一部小说，每一篇散文都在我心中激起狂澜与热潮。从那时候起，半个世纪过去了。如果说我胸中有一点点浪漫主义的火星，这火星是郭老播下来的了。”这说明《女神》所开创的浪漫主义传统影响了新民主主义时期的浪漫主义文学的发展，也波及到社会主义时期的文学。《女神》的灿烂光辉将永远映照着中国新文学发展历程。

第五节　《新青年》与《新潮》的白话诗作

五四诗歌革命如同整个新文学运动一样，既没有纯诗歌社团，也没有纯诗歌刊物，甚而纯专业诗人也少见，只是到了一九二一年文学研究会和创造社相继出现之后，专门致力于新诗创造的文学社团、诗歌刊物和专业诗人才逐步产生了，不过这时新诗运动已经由开创期进入了发展期。尽管如此，但是五四初期那些带有综合性的文化社团及其所主办的刊物，却义不容辞地担负起白话新诗创业的重任，为中国新诗的创建立下了不可磨灭的功绩。当时致力于白话诗写作的人，大多是文化运动和文学革命的多面手，既能以新思潮为武器对旧思想旧传统进行批判，又能在清除旧文学的废基上对新文学品种作多方面的尝试，尤其是对白话诗的实验，几乎所有的新文学的倡导者和开拓者都拿起了笔，在新诗的处女地上进行耕耘。为白话诗创业的大多数人，并不是为了当诗人，一些新文化团体也并未想建立新诗流派，主要是以实际行动参加新文学运动和

① 《我读〈女神〉的时候》。

② 茅盾：《也是漫谈而已》。

诗歌革命，首先攻下诗歌这块为旧派诗人所垄断的领地，为文学革命的开展充当先锋。最早发表白话诗的报刊有《新青年》、《新潮》、《每周评论》、《晨报》第七版、《星期评论》、《民国日报》的副刊《觉悟》、《时事新报》的副刊《学灯》、《少年中国》等，一大批为白话诗拓荒的人将自己尝试的成果分别发表在这些阵地上，有些人以后成了中国现代诗坛上第一代新诗人，有些人后来出版白话诗集，也有些人既没留下新诗集也没有成为新诗人，但他们的创业之功是应载入史册的。虽然这些白话诗的开创者，大多数人尚未形成独特的艺术风格，但从总体上看却为中国现代诗歌的现实主义和浪漫主义两大流派的形成奠定了基础。一般说来，艺术流派是由一批风格相近的文艺家或诗人所形成，或由于其思想情感、创作主张（也体现于创作实践）的共同点，或由于其气质上的接近或由于取材范围的一致或由于表现手法艺术技巧的类似，而以这一切与另一批风格相近的文艺家或诗人相区别。如果不从严格意义来区别而是大而划之，那些发表在《新青年》、《星期评论》、《觉悟》等上面的诗歌，更多地体现出现实主义艺术倾向，那些发表在《中国少年》、《学灯》等上面的诗歌，更多地体现出浪漫主义艺术倾向，那些发表现在《新潮》等刊物上的新诗，写实主义和浪漫主义诗风兼而有之；如果仔细地加以分辨，不仅同一刊物上发表的新诗的创作风格大不相同，就是一个人写的白话诗所体现出的艺术倾向也往往迥异，这正反映了新诗初建期大家进行多方面探索和尝试所带来的共同特征。不过，比较突出地反映了五四时代的主要社会思潮和审美理想，并在创作方法上有所创新的，应该说是现实主义和浪漫主义两大流派（只能算是雏型）。前面已专节论述了胡适的《尝试集》似可看作是开写实主义之风的最初的白话诗，郭沫若的《女神》真正开了积极浪漫主义的一代诗风；下面准备从《新青年》、《新潮》、《星期评论》、《少年中国》等刊物上发表新诗的作者，择其有代表性的分别加以评述，以显示五四白话新诗的实绩及各个作者对中国新诗的创建所作出的独特贡献。

《新青年》是发表白话诗最早的阵地。从一九一七年二月起到一九二一年前后，胡适、沈尹默、刘半农、陈独秀、李大钊、鲁迅、俞平伯、周作人，李剑农、陈衡哲、沈兼士等，都先后发表过白话新诗，其中写得较多、成就较大的应数胡适、刘半农、沈尹默、周作人；李大钊、陈独秀、鲁迅虽然写的数量少，但在新诗发展上却具有特殊意义。继《新青年》之后而出现的《新潮》杂志，努力提倡并发表新诗创作，傅斯年、罗家伦、俞平伯、康白情、朱自清、叶绍钧、周作人、刘半农、胡适等，都是该刊白话新诗的主要作者；其中有代表性的作者是康白情、朱自清、俞平伯,他们的诗风同《新青年》的诗风相似,但又有新的发展。

李大钊的白话新诗

李大钊是五四时期杰出的共产主义知识分子,是新文化运动的倡导者之一;同时对五四新诗运动也是大力赞助,并手写了六首白话诗,为白话新诗擂鼓催阵,以推动新诗运动的迅猛发展。《山中即景》(二首)、《山峰》、《岭上的羊》、《山中落雨》、《欢迎独秀出狱》等新诗,如果从题材上分可归为两类:前五首是写景抒情诗,后一首是政治抒情诗,都体现出一种现实主义精神。

五首写景诗是在他的家乡昌黎五峰山创作的,一反旧体诗那种风花雪月、无病呻吟的老腔老调,虽然它们继承了借景抒情、托物言志的一些传统写法,但却创造了新的意境,表现了新的思想情感,流贯着一股新的时代气息,体现出一种新的现实主义风格。《山中即景》(1918.9《新青年》)是两首写景诗,极尽对祖国大自然美的歌颂,语言质朴简炼,意境清新高远,虽带有古典诗歌的韵味,但却是具有新质的白话诗,整个诗的气氛和形象感,流露出一种真挚的爱国之情,透视出诗人的坚定而开朗的性格气质。“云在青山外,人在白云内。云飞人还在,尚有青山在。”这既是写景又是写人,将人化的大自然形象同主宰大自然的人的形象交相辉映,相互衬托,虽然笼罩山峰的云层是游动飘忽的,但雄伟的青山还在,屹立在青山上的人还在,仿佛一个充满了新的活力的坚定乐观的巨人形象出现在大时代的峰巅之上。《山峰》(1919.9《少年中国》)一诗同《山中即景》的意境格调颇有相同之处。它虽然以写实主义手法描写了挺拔的苍松和雄伟的山峰的坚韧昂扬的形象,但它的高超的意境却是借大自然的景物抒写自己对真理坚贞不渝的情怀,寄情于景,象征意味很浓。《山中落雨》(1919.9《少年中国》)诗,实写山中的雨景,歌颂大自然的美,但透过雨景又可看到某种社会情况,寄寓着深远的思想。如果说上面几首写景诗,着重抒发了诗人的个人情怀,表现了诗人的气质和品格;那么《岭上的羊》①一诗,则通过对云山雾岭上的黑白羊群的描写,真实地烘托出劳苦大众的悲惨命运,抒写出对下层人民痛苦生活的真切感受。作者笔下的羊群是“纤弱带着仁慈,悲哀含着战栗”的被侮辱被损害的弱者形象,地位极其卑下,终日爬山越岭,历尽艰辛,饱受苦难。作者深情地表示:“我不怕你,并且怜你,就是你的胜利。”这种对劳苦大众的态度远

① 1919.9《少年中国》。

远超过了胡适《人力车夫》一诗中对劳动者的一般的人道主义同情，它不仅表现出诗人的带有革命色彩的人道主义精神，而且也透露出作者愿为劳苦大众的解放而献身的信念。

发表于一九一九年十一月出版的《新青年》第六卷第六号上的《欢迎独秀出狱》一诗，是现代诗歌史上出现得较早地表现革命主题、歌颂真理的诗篇，是一首充满战斗激情的政治抒情诗，它不是借景抒情，着重于烘托、暗喻、象征，而是直抒胸臆，尽情倾吐革命情感，诅咒人间地狱。这首诗是为陈独秀被捕、出狱而写。一九一九年六月十一日陈独秀在北京前门散发《北京市民宣言》，当场被军阀政府的便衣警察逮捕，后来在全国的舆论呼吁和反对下，将囚禁了八十三天的陈独秀释放出狱。当时新诗坛围绕陈独秀被捕事件写了一些诗篇，如胡适写了两首，但是从思想的高度和深度来看没有一首能与李大钊这首新诗相媲美的。这首诗的深刻性，不仅仅表现在以战斗的激情歌颂了陈独秀为"拥护真理"而敢于同反动军阀的暴力进行不屈不挠斗争的无畏精神，即"什么监狱什么死，都不能屈服了你；因为你拥护真理，所以真理拥护你"；而且也表现在透过对陈独秀捍卫真理精神的抒写，赞美了"很多的好青年"在敌人的监狱镣铐的淫威下奋然崛起，真理"好像花草的种子，被风吹散在遍地"；同时以诗的语言和情思揭示了"监狱"与"研究室"的辩证关系，即"有许多的好青年，已经实行了你那句言语：'出了研究室便入监狱，出了监狱便入研究室'。他们都入了监狱，监狱便成了研究室；你便久住在监狱里，也不须愁着孤独没有伴侣。"当时很多有志于社会改革的知识青年在研究室在学校在图书馆探讨真理，并同反帝反封建的实际斗争结合起来。因此不少革命青年同陈独秀一样被捕入狱；即使他们进了监狱也把它作为钻研真理的研究室，把真理作为同敌人进行斗争的精良的思想武器。可见，这些青年不仅是真理的追求者和拥护者，而且是真理的实践者和社会的改革者，他们是旧社会的坚定批判者和掘墓人，是五四时代与陈独秀在同一战壕进行战斗的"伴侣"。这首诗既洋溢着革命现实主义精神又透射出一束革命理想主义光辉；在艺术上也比较完美，语言流畅，音节和谐，结构严谨，句式错落有致，风格刚健清新，它不愧为五四时期白话新诗中的优秀的革命诗篇。

李大钊留给我们的白话新诗虽然不多，但它们在中国新诗史上的地位却应该予以充分重视和肯定：一是他的写景诗没有散文化的倾向，更不见那种消闲伤感的调头，而是内容充实，寓意深刻，格调清新，感情真挚，音节谐美，语言流畅，结构完美，特别对借景抒情、寓情于景的传统手法的活用更增加诗意诗美，为白话新诗的创建带了个好头。二是他的诗是早期共产主义者的诗，虽然他当时在文学观上尚来达到马克思主义美学的高度，但是他的诗篇却蕴含着无产阶级思想情感因素；而这些先进的理性成分并不是一些理念的教条或政治口号，它完全同形象、激情融合为一体，成了整个诗章的灵魂，这就为中国现代诗歌中革命诗派的形成打下了初步基础。三是他的新诗虽然运用了比喻、烘托、象征等表现手法，但是基本创作倾向却是现实主义的；而他的现实主义诗风同胡适的《尝试集》的现实主义诗风又有明显的差异，即他的现实主义是带有革命理想主义色彩的现实主义，这对中国现代新诗的现实主义传统的开拓也是大有裨益的。

鲁迅的白话新诗

鲁迅对五四新文学的贡献是多方面的，中国新文学的诞生和发展总是同鲁迅的战斗业绩联系在一起，虽然小说、杂文是鲁迅取得的最突出的文学成就，但是他对新诗的倡导和尝试所作的贡献也应载入史册。早在日本留学时期，他翻译过《红星佚史》中的十六首诗和《显克微支小说》中的诗，且于一九〇八年在留日学生杂志《河南》上发表了著名论文《摩罗诗力说》，评述了摩罗诗人拜伦以及在他影响下出现的欧洲浪漫派诗人，并对摩罗诗派的刚健、诚真、宏伟的积极浪漫主义诗风大加推崇，号召学习和借鉴“异邦”的“新声”，造成本民族的“立意在反抗，指归在动作”的积极浪漫主义诗风。由于时代条件的局限，鲁迅呼唤新的诗歌革命运动的“先觉之声”并未变成现实；直到五四新诗运动的兴起，鲁迅倡导新诗的愿望才有实现的可能。最早尝试新诗的是胡适、刘半农、沈尹默等人，他“只因为诗坛寂寞，所以打打边鼓、凑凑热闹”①。于是鲁迅从一九一八年五月起到一九一九年四月连续创作了六首白话诗，均发表在《新青年》上。

《梦》、《桃花》、《他们的花园》、《人与时》、《爱之神》、《他》这六首白话诗出现在中国新诗的初创阶段，与胡适等人的白话诗相比，真是别具风采，富有独创性。一是这些白话诗在诗体大解放方面，完全冲破了旧体诗的镣铐，获得了真正的自由，如果说当时“多数作家急切里无法甩掉诗词的调子”，那么“只有鲁迅氏兄弟全然摆脱了旧镣铐”②；并且以自己的独创精神，根据新诗内容表达的需

① 《集外集·序言》。

② 《中国新文学大系·诗集导言》。

要，创造了各具特色的自由诗体式，虽然这些自由诗体不一定都是新诗的楷模，但在打破旧诗格律探索新诗道路上却跨出了大胆的创新的步伐。二是这些白话诗在内容方面实现了彻底革命，完全清除了旧思想旧观念旧诗风，充分表现了新时代的新思想新精神新诗风；它们的独到之处，在于鲁迅将杂文家的风格和思想家的理性融入新诗的意境，因而使这些新诗具有强烈的讽刺性、批判性和战斗性，以及浓郁的理性色彩。三是这些白话诗都具有深蕴含蓄的特征，如同他的小说一样取材于日常生活之中而表现的主题思想却是那样的深刻，寄寓的忧愤却是那样的深广；与之相适应的表现手法，既有实写的白描又有虚写的象征，既有真物真景的如实描绘又有拟人比喻的影射烘托，因此体现出现实主义精神并透视出理想主义光辉，这不仅增强了诗意也加浓了诗味。

《梦》是一首活泼的自由体，虽然它真实地表现出诗人在新与旧、黑暗与光明交替的五四时代的深刻感受以及对理想的憧憬，在抒情中透视出深刻的哲理意味，但是全诗所采取的并不是现实主义手法而是象征手法。梦，不是真的做梦，而是以此作为象征，来表达诗人的现实感和朦胧的理想。不论是“前梦”或是“后梦”都是“黑如墨”，而且自夸“看我真好颜色”。这既象征着处在五四高潮期的鲁迅的新旧思想的激烈斗争，并决心驱除“前梦”和“后梦”以迎接新思潮的洗礼；又象征着五四时期各种学理、主义一齐涌来，杂陈于知识青年面前，各自夸“好颜色”，一时难以辨清，所以“暗里不知，身热头痛”。“你来你来！明白的梦。”这是全诗的主旨所在。它既象征着诗人的思想从“前梦”与“后梦”的冲突中挣脱出来，见到新世纪的曙光，热切渴求着新的希望；又象征着一批如鲁迅一样的追求真理的知识分子渴望“明白的梦”的急切心情，也就是说“明白的梦”是一种理想的象征。总之，这首诗用了“许多的梦”作为象征，寓意深刻，哲理性强，虽有点朦胧之感，却具有耐人寻味的“诗美”。《桃花》一诗，既是实写一种真实情况，即“桃花红、李花白”，并没有谁说“桃花不及李花白”，然而桃花却生气了，涨红了面孔，颇有大发脾气之势；又是以此为象征，表现实际生活中人与人的关系。诗中对桃花那种爱虚荣、顾面子、好嫉妒、讳真实、尚虚假、唯我独美等恶习性的讽刺，实际上影射批判了现实社会中具有桃花恶习的那种人。这种恶劣作风的存在，既不利于五四新文学的百家争鸣、百花争妍的局面的形成，又会妨碍新事物的成长，社会的发展。这首自由体诗，写得生动形象，语言朴实自然，声调自然流畅，特别运用了对话形式，显得更活泼。《他们的花园》同《桃花》的风格相似，它以含蓄的语言、象征的手法，层层深入地揭示了旧传统思想扼杀新生事物的深刻主题。全诗以小娃子作为构思的焦点，他是旧中国新生力量的象征，浑身充满了活力，勇敢地"走出破大门"即冲破传统观念旧势力的束缚，到"邻家"的花园里去采撷"许多好花"，用尽心机得到一朵百合花。这象征着新生力量大胆地向外国寻求真理，借鉴新思潮，表现出一种为追求理想而孜孜不倦地百折不挠地进行探索的坚毅精神。《人与时》更近似杂文的笔法，它以人与时的对话，尖锐而深刻地揭露当时社会上三种类型人物的嘴脸，并批判他们的各自的错误主张。第一种人属于"将来派"，妄图以空想代替现实的执着的战斗；第二种人属于复古派，妄图开倒车阻挡时代潮流，以维护旧秩序；第三种人属于混世派，既不幻想未来又不迷恋往昔也不关心现实，糊糊涂涂，混混而已。"时"这位拟人化的战斗者，一针见血地批判了上述三种人主张的要害，具有辛辣的讽刺意味，促人猛省，发人深思。《爱之神》和《他》比前四首诗的象征意味和浪漫主义情调更浓一些，虽然它们仍然体现着现实主义精神。《爱之神》是一首爱情之歌也是一首理想之歌，它借用罗马神话中爱之神丘比特的形象来象征美和幸福，并巧妙地同中国五四时期的现实生活联系起来，以现实主义和浪漫主义为主体，采用象征手法创造了一种新颖的意境，表现了冲决封建罗网、争取个性解放、争取民主自由的深刻主题。如果说《爱之神》依然含有前几首诗那种讽刺或批判的意味，那么《他》这首诗则是以象征手法、浓重的抒情笔调，歌颂了"他"（实际上是美女的化身）所象征的理想和真理，表现了人们追求真理、渴望理想之光的急切心情。

鲁迅这六首白话诗颇有特色，不论思想或艺术都取得了独特成就，虽然数量较少，但对中国新诗的创建来说不只是起了敲边鼓的呐喊助威作用，而且也为中国新诗开拓了一条现实主义、浪漫主义、象征主义相互作用、渗透、融合，以创造新诗的道路。

刘半农的白话新诗

刘半农（1891—1934），名复，字半农，江苏江阴人，童年便能作对吟诗，二十一岁偕弟刘天华在上海谋业，曾担任《中华新报》、《中华书局》的编译员，一度受过鸳鸯蝴蝶派的影响；一九一五年《新青年》创刊，不久便为《新青年》撰稿，并参加编辑工作，积极投入新文化运动和文学革命，"他跳出鸳蝴派，骂倒王敬轩，为一个‘文学革命’阵中的战斗者”①。他从《新青年》四卷一期起，就同胡适、沈尹默一起发表白话诗，正式开始了他的白话诗的创作活动。这之前，他曾在理论上为新诗催生呐喊，提出了具有积极意义的诗歌理论主张；一九一八年初，他以新诗开拓者的姿态，走上现实主义创作道路，为中国现代新诗的现实主义传统奠定了基石。他于一九一七年至一九二〇年写的大量白话诗辑为《扬鞭集》，后又出版民歌体诗集《瓦釜集》。

刘半农的白话诗显示了五四初期新诗创作取得的最高现实主义成就。郭沫若的新诗是代表浪漫主义诗作最高成就，胡适虽然早于刘半农写白话诗但其现实主义成就却是低于刘半农的。刘半农敢于直面社会人生，坚持真实性的原则，从下层劳动民众的生活中提炼诗材，真切地描写人民大众的苦难人生，因此他的大部分写实诗篇是中国劳动人民的悲愤史和抗议书，是旧中国阶级对立生活的真实写照。他的处女作《相隔一层纸》，构思巧妙，透过屋里与屋外的“仅仅相隔只有一层纸”，勾画出贫富尖锐对立的两个不同世界、“老爷”和“叫化子”两个鲜明对立的不同阶级，高度概括地揭示了旧社会的极端不合理，无情戳穿了掩盖剥削阶级无耻罪恶的“一层纸”，作者的强烈爱憎之情蕴含在真切朴实的笔调之中。《游香山纪事诗》第十首，同杜甫的《石壕吏》一样，仅仅十句诗所构成的意境含溶了农民无限的血泪恨和阶级仇，抒发了劳苦大众的悲愤和不平，向剥削阶级的残酷压迫提出抗议；“五四”以后写的《拟拟曲》等诗，直接把矛头指向北洋军阀政府，洋溢着不妥协的反封建精神。正由于作者对旧社会充满了恨、对劳动人民怀有深切同情，所以他用那支逼真的写实笔触勾勒出一幅幅下层人民的悲惨图画：有被旧社会伪警察所捣了灶、砸了锅硬逼着搬家的城市贫民；有整年靠“挑八根绳儿”以养家糊口的“卖菜小贩”；有被饥饿的烈火燃烧着的穷人家的孩子；有在梦里看见拍着自己孩子的“奶娘”；有为资本家争夺财富而落得无家可归的雇佣兵士；有作了旧社会牺牲品的薄命妓女、可怜的弃婴以及潦倒穷愁的老乐师，等等。通过对这些血泪人生的描写，向罪恶的旧社会提出了强烈控诉，表达被奴役被损害人们的愤怒之音和反抗之声。刘半农的诗笔没有停止在暴露和批判上，也写了一些歌颂性的诗篇。《铁匠》一诗以接近劳动人民的审美眼光，歌颂了那日夜辛苦操劳的铁匠，表现了劳动人民的崇高品质；《敲冰》这首长诗，赞美了为大众不辞劳苦，艰难破冰，开拓航道，追求光明的撑

---

① 鲁迅：《花边文学·趋时和复古》。

船人。这首诗洋溢着坚韧、进取、乐观、自信的精神，透视出五四时期那种蓬勃高涨的时代精神。即使那些以田园为题材的诗或写景诗，也不全是为写景而写景或写成农家乐，不仅具有积极的社会内容，也流露出一种朴实无华、清新健康的生活情趣。当然也有思想境界不高、暴露某些思想弱点的诗，但从总体上看他的诗对于开拓现实主义新诗传统，其贡献是大于胡适的。

刘半农为更好地探索表现新思想新感情的诗歌形式，他发扬了大胆的创造革新精神，在诗体革新方面取得了重要成就，表现出鲜明的独创性。一是在五四新诗坛上要数他创造的新诗形式最多。正如他自己所说："我在诗的体裁上是最会翻新花样的，当初的无韵诗，散文诗，后来的拟'拟曲'、拟'儿歌'，都是我首先的尝试。"①他主动地学习搜集民歌，并利用民歌形式写诗。《瓦釜集》的诗全用江阴方言，并仿照江阴民歌形式写成的。全集连同开场的歌共分为二十二歌，每一歌以头一句为题，这是吸收了民歌里首句往往借以起兴起唱的手法。从第一歌起到二十一歌止，使形形色色的题目和它们形形色色的内容，在意义上完全取得了和谐一致。这二十一歌，有讽喻歌，有劳动歌，有情歌，有农歌，有女工歌，有悲谚，有渔民歌，有船歌，有牧歌，有滑稽歌，诗体各式各样，句子长短不一，字数多少不拘，这不是单纯的模仿，是带有创造性的，是运用群众喜闻乐见的形式表现新内容新意境。这是刘半农为新诗在形式方面的大众化作出的可贵贡献。特别值得提及的，他是我国现代文学史上散文诗的最早开拓者。一九一八年他先后在《新青年》上发表了印度拉坦·德维的散文诗《我行雪中》、屠格涅夫的散文诗《狗》和《访问》等译作，自己并创作了散文诗《饿》、《卖萝卜人》、《雨》等。这是一种富有诗意的散文，形式自由，篇制短小，没有节奏，不拘韵律，为现代散文诗开了先河。二是与诗体革新联系在一起的语言工具的改造，刘半农也取得了新成就，即注重群众口语的运用。他认为，"我们要说谁某的话，就非用谁某的真实的语言与声调不可，不然终于是我们的话。"②因此他敢于以方言俚语入诗，可以说他的大部分白话诗是用北京方言和江阴方言写成的。在他看来民歌民谣是学习诗歌语言的源泉。因为民歌"能用最自然的言词，最自然的声调，把最自然的情感抒发出来"；"在歌谣中能见到情致很绵厚，风神灵活，说话恰到好处的歌辞"③。虽然他认识到从民间歌谣中学习语言的重

① 《〈扬鞭集〉自序》。
② 《瓦釜集·代自序》。
③ 《〈海外民歌〉序》。

要性，并且运用人民口头语言创作了大量白话诗，但是这种优良传统他并没有坚持下去，也没有得到诗歌界的普遍重视。三是在新诗的表现手法上，刘半农也作了多方面的尝试和探索。除了成功地运用白描手法写了不少优秀的现实主义诗篇外，还刻意运用象征手法来点染哲理思想，如《敲冰》等则以象征手法来暗示哲理思想，也有的诗是把白描手法和象征手法结合使用，如《晓》这首散文诗则是用这两种手法交融起来写成的。

刘半农对中国现代新诗在发轫期的创建是作出了独特贡献，尽管他有的诗写得直、露、浅，但是情感真挚、写实精神强烈，特别对新诗形式的革新及新表现手法的采用等方面是颇有成绩的。周作人在《扬鞭集序》中说五四时期《新青年》上“做新诗的人实在不少，但据我看来，容我不客气地说，只有两个人具有诗人的天分，一个是尹默，一个就是半农”。茅盾在《论初期白话诗》一文中也指出：“五四运动以前，在白话诗方面尽了开路先锋责任，除胡适之而外，有周作人，沈尹默，刘复、俞平伯，康白情。”这都说明了刘半农在中国新诗史上的先锋地位是摆好了的，确定了的。

沈尹默的白话新诗

沈尹默(1882—1971)，原名沈实，字尹默，又名君默，浙江省吴兴县人，留学日本擅长书法，旧诗词功力深。一九一七年应蔡元培邀请任教于北大，并积极向蔡荐举陈独秀，充任《新青年》的编辑，致力于文学革命；一九一八年初同胡适、刘半农一起在《新青年》上发表白话诗，成了现代新诗的开路先锋之一。他先后在《新青年》上发表了十几首白话诗，虽然后来没有专集问世，但当时出版的新诗选都选录了他较多的白话诗。一九二〇年出版的《分类白话诗选》选中他的《三弦》、《生机》、《人力车夫》、《月夜》、《耕牛》、《鸽子》、《月夜》、《除夕》、《大雪》等十四首。这些诗在内容和形式上都作了大胆的探索和革新，显示出一些新特色。

在诗的内容上充溢着一种明朗乐观的气息和人道主义精神，透露出五四时代的新信息。《生机》一诗，沈尹默是“用最具体的写法”表现了“乐观”这个“很抽象的题目”①，“对于未来光明的确信，被压迫者之终于胜利”②完全融在诗的整体形象里：

---

① 胡适：《谈新诗》。

② 茅盾：《论初期的白话诗》。

枯树上的残雪渐渐都消化了；那风雪凛冽的余威，似乎敌不住微和的春气。

园里一树山桃花，他含着十分生意，密密的开了满枝。

不但这里桃花好看，到处园里，都是这般。

刮了两日风，又下了几阵雪。

山桃虽是开着，却冻坏了夹竹桃的叶，地上的嫩红芽，

更僵了发不出。

人人说天天这般冷，草木的生机恐怕都被挫折，谁知

道那路旁的细柳条，他们暗地里却一齐换了颜色！

“凡是好诗都是具体的；越偏向具体的，越有诗意诗味。”①，这是一首颇有浓郁的诗意诗味的好诗，在现代诗歌的草创期它可算作新文苑的一枝奇葩。全诗没有一句抽象的说教，都是活鲜鲜的形象描绘，却不是为写景而写景，意境中则深含着诗人对五四时代的敏锐感受和深刻的哲理思考，洋溢着乐观向上、胜利在望的时代感奋。《鸽子》一诗，透彻对三种鸽子不同命运的生动描写，表现出对个性受压抑的不平，揭示了个性解放的主题。《人力车夫》一诗流露出人道主义精神，它同胡适的《人力车夫》相比在思想深度或感情浓度上都有所不同。沈尹默没有把诗笔仅仅停留在对人力车夫的人道主义同情上，而是以对比的手法，将车夫和车上人作了鲜明对照，揭露了贫富悬殊的不合理的旧社会制度。这些诗，都体现了现实主义精神，既有对旧社会的指斥，又有对光明的确信和追求。

在诗的形式上作了艰苦的探索和精心的锤炼，对于诗体解放作出了可贵贡献。沈尹默很重视新诗音节的和谐，他的名诗《三弦》一向为人所赞美，的确在音节上取得了独特成就。胡适当时就称道《三弦》“这首诗从见解意境上和音节看来，都可算是新诗中一首最完全的诗”。后来茅盾在《论初期白话诗》一文中对《三弦》音节的和谐作了具体论述和充分肯定：这首诗第二段“旁边……”一长句共三十二字靠了二十多个舌音的，重唇音的，阴声的和阳声的双声叠韵字参错夹用，既摹写了三弦的声响，又显出三弦的抑扬鼓荡。这首诗的意境是三段，写式亦只是依意境而分为三段，完全是散文的写式，然而读了只觉得是诗，比我们常见的分行写成长短一样的几行而且句末一字押韵的诗是更其“诗些”的。但是不要误会作者先定了怎样摹写三弦的声浪，刻定了那些舌音的阴声阳

① 胡适：《谈新诗》。

声的双声叠韵字，然后写作。完全不是那么一回事。作者达到了这艺术的境地，由于诗人的"烟士披里纯"，而这"烟士披里纯"也不是凭空来的，却由于诗人写作前深刻的实感。这首诗不仅在音节上力求声响的抑扬顿挫，和谐悦耳，而且注意意境的含蓄蕴借，耐人咀嚼。由于沈尹默的旧诗词的修养深，所以他写作白话新诗也适当地吸取旧诗词的优良传统，不论声韵音节或炼字炼句，都带旧诗词的意味，这不是因袭乃是在吸取旧诗有益成分而进行的创新。这正是他的新诗与其他新诗不同的独特之处。

沈尹默在五四新诗坛的活动时间并不长，一九一九年东渡日本游学便停止了新诗创作，但是他作为中国现代新诗的先锋者的地位及其白话诗所取得的成就，将永远留在史册里。

周作人的白话新诗

周作人(1885—1966)，字启明，笔名仲密，浙江绍兴人，为鲁迅的胞弟。一九〇六年赴日留学，曾同鲁迅一起翻译了《域外小说集》；辛亥革命时由日本回国，五四运动前任教于北京大学，积极参与新文化运动和文学革命。不仅在《新青年》、《每周评论》上发表文章，提倡"人的文学"和"平民文学"，而且经常在《新青年》、《新潮》等刊物上发表白话新诗和小品散文。他的第一首新诗《小河》发表于一九一九年二月《新青年》第六卷第二期上，当即引起新诗界的注目，此后陆续发表一些诗作，辑集为《过去的生命》。虽然周作人"五四"以后由"战士"而"隐士"，但是他在五四时期的文学活动却具有进步意义，对新文学的创建是作出了自己的多方面贡献，白话新诗则是其一。

同其他的白话诗人相比，周作人的白话诗有着鲜明的特色：思想内容充溢着平民主义和人道主义精神，艺术形式力求自由开放，风格情调冲淡自然含蓄细腻。《两个扫雪人》描写了两个扫雪不歇的劳动者，表达了对城市劳动者的敬意和"祝福"，赞美了他们的坚韧和勤劳，流露出一种平民主义精神；《画家》表现出对耕作的农民、卖菜的人、流浪者以及赤脚的小儿的困倦生活的深切的人道主义同情；《背枪的人》称颂那些指示交通道路、维持社会秩序的警察，并把他们视为"我们的朋友，我们的兄弟"，《偶成》和《东京炮兵工厂同盟罢工》两诗的思想境界较前几首略高一些，前者表示对那些在五四爱国运动高潮中被军阀政府拘捕的进步学生的"我的敬意"，同时激励进步学生"立志反对军国主义"，后者描写日本工人的罢工斗争，并对军国主义和工厂主镇压工人斗争的暴行表示愤慨。这些新诗,不论从选材、主题或作者赋予的思情来看,都体现出一种强烈的平民主义精神和深切的人道主义同情感;当然“五四”以后他的《爱与憎》、《歧路》等也暴露出他思想中的弱点,为他日趋消极颓唐留下些思想痕迹。他的白话诗在诗体解放上更加彻底一些,开放广些,自由一些。胡适在《谈新诗》中说:“我所知道的‘新诗人’,除了会稽周氏兄弟之外,大都是从旧式诗、词、曲里脱胎出来的。”把周作人在诗体解放上取得的长足进步同鲁迅并提;朱自清在“诗集导言”中也称道:“只有鲁迅氏兄弟全然摆脱了旧镣铐,周启明氏简直不大用韵。”特别《小河》一诗“虽然无韵,但是读起来自然,有很好的声调,不觉得是一首无韵诗”①。茅盾认为,周作人的《小河》是白话诗史上的第一首长诗,“就是写成散文的形式,读起来,可仍然和散文的味儿大有区别。因为它们不但是‘诗的文字’,而且句中字的音节很和谐,你慢慢地读着就会感到”②。这里摘录它的头两段:

一条小河,稳稳的向前流动。经过的地方,两面全是乌黑的土,生满了红的花,碧绿的叶,黄的果实。

一个农夫背了锄来,在小河中间筑起一道堰。下流干了,上流的水被堰拦着,下来不得,不得前进,又不能退回,水只在堰前乱转。水要保她的生命,总须流动,便只在堰前乱转。堰下的土,逐渐淘去,成了深潭。水也不怨这堰,——便只是想流动,想同从前一般,稳稳的向前流动。

十分注意音节的和谐,自由自在,无拘无束,完全冲破了旧诗的镣铐。虽然有点“散文化”,但在那种冲淡自然的笔调里却满贮着浓郁的诗意;虽然它所表现的个性解放思想缺乏郭沫若《女神》那种汹涌澎湃的冲击力量,但是它对个性解放的河水受到重重阻拦所造成的压抑痛苦,却表现得比较深沉、蕴借,发人深思,耐人寻味。

俞平伯的白话新诗

五四时期“在白话诗方面尽了开路先锋的责任的”,还有俞平伯,而且“继续写白话诗比较久远的,似乎只有俞平伯”③。

---

① 胡适:《谈新诗》。

② 《论初期白话诗》。

③ 茅盾:《论初期白话诗》。

俞平伯一九〇〇年生于浙江德清县一个书香世家，"五四"前，在北京大学读书，参加了新文学运动，特别对新诗的创建作出了积极贡献。不仅在新诗理论的建设上提出很多新的见解，而且在新诗创作上也是努力尝试，先后在《新青年》、《新潮》等刊物上发表了不少白话诗，辑集为《冬夜》，于一九二一年出版，是五四新诗运动中出现的第三个白话新诗集。"五四"以后于一九二二年一月与朱自清、郑振铎，叶绍钧等创办《诗》月刊，继《冬夜》之后又出版了诗集《西还》(1924 年)、《忆》(1929 年)。他是《新潮》诸诗人中具有代表性的诗人。

《冬夜》汇集了俞平伯五四时期的主要作品。虽然他提出了诗要"表现人生"、"要平民化"等现实主义诗歌主张，但是他的创作实践同新诗理论并不完全一致。他的理论比他的诗作更进步一些，贡献更大一些；而其诗歌的倾向较为复杂，既有民平化的诗又有沾染贵族习气的诗。《冬夜》五十八首诗，若从思想倾向来归类，可以分为两大部分：一是"平民化的诗"。如《打铁》、《挽歌》、《一勺水啊》、《最后的洪炉》，"稍有平民的风格"①；其实，颂扬劳工的《无名的哀思》、《绍兴西部门头的半夜》、《在路上的恐怖》，对旧社会表示愤慨的《可笑》，激励奋斗的《破晓》、《歧路之前》等诗，也透视出五四时代的平民主义精神。闻一多在《冬夜评论(一)》中曾指出《冬夜》中的《黄鹄》、《孤山听雨》、《凄然》等，这些情缘景生、景随情感的借景抒怀诗是"上等作品"，却对那些"平民化"的诗篇持冷默态度，并未肯定这些诗歌的思想价值。之所以得不到闻一多这位诗人兼评论家的赞赏，固然原因是复杂的，但主要是因为：除了欣赏角度和审美标准的差异外，还有这些"平民化"的诗歌从思想内容到艺术形式并没有达到真正"平民化"，所表现的仍是知识分子的思想情感或艺术情趣。二是借景抒情、托物寄怀的表现自我的抒情诗。这些诗虽然流露出一种凄然、孤寂、苦闷的思绪，但它们却是诗人对真景实物的深切感受、是对内心情感的真挚表露。正是他在《冬夜自序》中所说的"诗底心正是人底心，诗底声音正是人的声音"。当然这部分诗的时代感没有第一部诗强烈，在风格上也是冲淡和平、柔弱纤细，不过这些诗的确是诗人自己的诗，真实地表现出自我感受、自我意识、自我情趣。闻一多认为《冬夜》的诗歌，不论是咏花草的、咏动物的或是咏自然的、纪游的，还是那些不能分类的杂品，都"带点很淡的情绪，有的比较地浓一点；但都可包括在下面这几种类里——讽刺、教训、哲理、玄想、博爱、感旧、怀古、思乡，还有一种

① 《"冬夜"自序》。

可以叫做闲愁”①。概括地说明了俞平伯早期白话诗的复杂的思想倾向,说明了他的诗歌创作与其现实主义新诗主张之间存在着矛盾和差距。

在诗体解放上,俞平伯的白话诗同其他白话诗人比较,尽管旧诗词的痕迹多一些重一些,甚至某些诗的意境也带着旧诗词的气息;但是他的新诗艺术也有自己的独到之处,对于新诗的创建也作出了自己的贡献。关于他的白话诗在艺术上的得失,朱自清、闻一多、胡适都有过比较公正的评价。朱自清认为,“俞平伯氏能融旧诗的音节入白话,如凄然;又能利用旧诗里的情境表现新意,如《小劫》;写景也以清新著”②。闻一多说:“《冬夜》给我最深刻的印象是它的音节。关于这一点,当代的著作家没有能与俞君比的,这也是俞君对于新诗的一个贡献。凝炼、绵密、婉细,是他们的音节的特色,这种艺术本是从旧诗和词曲里蜕化出来的”,如“《凄然》一首为全集最佳的音节举隅,不滑不涩,恰到好处,兼有自然和艺术之灵的音节,再没有能超过这一首的了”。不过,《冬夜》里的词曲音节成分过多,这是它的优点,也是它的劣点,不仅限制了意境的开拓,还带来了啰唆、破碎、重复的缺欠。胡适曾指出,俞平伯虽长于描写,但他偏喜欢说理,他本可以作诗,但他偏兼作哲学家,反叫他的一些好诗被哲理埋没了③。

虽然俞平伯初期的白话诗,在内容和形式上存在这样或那样缺点,但是他为“创造民众的诗”所作的努力、某些诗情诗境的真切无伪、写景抒情的清新婉曲、精炼的词句和音节,却对新诗的发展起了良好的作用。

康白情的白话新诗

康白情(1898—?),字洪章,四川安岳人,五四运动时正在北京大学上学,一九二〇年北大毕业赴美留学。由于受到五四新思潮的冲击,积极投入文学革命和新诗运动,曾参加过“新潮社”、“少年中国学会”,是“新潮社”中具有代表性的新诗人。他和俞平伯一起活跃于新诗坛,都对新诗的理论建设和创作实践作出了贡献;但是他同俞平伯相比,不仅新诗创作成就在初期高于俞平伯,而且理论主张也不同,即俞主张诗的平民化,他主张诗的贵族化,俞提倡写实,他认为诗是主情的,然而在创作实践中主张平民化的俞平伯却写了一些贵族味较浓的诗,而主张贵族化的康白情倒写了些平民化的诗。一九一八年前,康白情曾写

① 《冬夜评论》。

② 《诗集导言》。

③ 《胡适文存》2集卷4。

过旧体诗,他写白话新诗的真正开始应在一九一九年初,创作新诗只不过一年多的时间。从他一九一九年二月在《新青年》发表了《雪后》、《棒子面》和《先生和听差》三首新诗起,直到一九二〇年九月出国前写的,《别少年中国》,是他创作白话新诗的高峰期,以后由于思想的蜕变就很少写新诗了。他初期的白话诗先后发表在《新青年》、《新潮》、《少年中国》等刊物上,后来辑集为《草儿》,于一九二二年三月同俞平伯的《冬夜》一起出版,一九二三年印第三版时改《草儿》为《草儿在前集》,删去《俞平伯序》及一部分诗,又增加一些在美国作的诗。

《草儿》除附录的旧体诗外,共收五十多篇白话新诗,这是他一年多创作的成果,在新诗坛引起较大的影响。胡适在《康白情的〈草儿〉》一文中说:“在这几年出版的许多新诗集之中,《草儿》不能不算是一部最重要的创作了。”“白情这四年在新诗界,创造最多,影响最大。”这虽然有评价过高之嫌,不过也可以看出他的白话诗在当时是受到了较广泛的赞誉。从内容上看,《草儿》诗集有这样几个突出特色:

一是表现工农劳动者生活,透露了“劳工神圣”的思想气息。虽然在理论上他主张诗是贵族化,但由于他受到五四时期“劳工神圣”思潮的影响,却写出一些“民众化”的诗篇。《女工之歌》对女工的形象虽然刻画得不够真实,但却触及到工人的问题,流露出人道主义的同情;《和平的春里》一诗虽然写遍江北的野色都绿了,但作者并不单纯为了写农村春天的野景,透过“穷人的眼儿也绿了”的“绿”字描写,不是也暗示出穷人在“和平的春里”并未感受到春意的温暖仍在饥饿线上挣扎吗?《妇女》描绘一幅洋溢着浓郁生活气息的农村风情画,虽然没有什么深刻的思想意蕴,但却生动地表现农民男女趁着麦种完、驴犁苦的农闲季节走娘家的欢悦心情和相亲相爱的真挚朴实的感情,流露出作者对劳动人民的赞美之情;《朝气》写劳动农民一家的男女老少起早耕种的情景,“肩头肩锄头;背的背背篼,提的提篓篓——一夥儿上坡去”,斩草开荒,挖坑种麦,换来好收成。这虽然有点“农家乐”的味道,但是重点歌颂的却是劳动农民的起早带晚、辛勤耕作、以自己的劳动换取温饱的朴素品格。在这类诗里,《草儿》一首写得最好,思想和艺术达到了较完美的结合。它通过描写“我”和“耕牛”一前一后埋头犁地的艰苦情景,虽然没有触及到造成这种不平现象的社会根源,但却生动地表现出劳动农民过着像牛马一样的悲苦生活,乍看是写耕牛的艰辛,其实是在暗衬同它一起犁地的“人”,在那暗无天日的黑暗社会,劳苦农民的命运如同耕牛,吃的是“草”,受的是鞭挞之苦。

二是剪裁出一幅幅五四运动的侧影，表现“热血少年”的爱国激情。《草儿》大部分诗篇产生于五四运动高潮中，是在“新文化运动里随着群众的呼声”而诞生的，因此它们是“剪裁时代的东西，表现个人的冲动”[1]，洋溢着强烈的时代气氛。《送许德珩杨树浦》一诗，表现爱国青年学生在五四运动的昂扬激奋的情态和慷慨激越的呐喊；《三十日踏青会》一诗，描绘出五四运动后爱国青年举行踏青讲说会，表现了他们勇于探索的精神和生气勃勃的英姿；《慰孟寿椿》一诗，真实地描写了爱国青年在五四运动中所遭到的迫害，流露出一定的愤慨之情；《送刘清扬往南洋》、《别北京大学》等诗，表现了一群热血少年五四运动高潮后离别的心情及互相激励的友情。这部分诗篇所表现的社会内容是有着独特的思想意义。

三是谱写出《别少年中国》、《鸭绿江以东》、《送客黄浦》等优秀诗篇，表现了强烈的爱国主义感情，抒发了对美好理想的向往之情，带有浓郁的浪漫主义色彩，它们是作者的“诗是主情的”主张的形象体现。《别少年中国》直抒情怀，把当时的旧中国比成“少年中国”，既寄寓着诗人的爱国深情又寄托着作者的美妙理想；全诗一咏三叹地表达诗人对祖国对人民的深切情意，不仅赞美了“江南草长，群莺乱、”的祖国山河的无比壮丽，并“酬我青春的泪”向祖国向人民“辞行”，尽情地抒发了对理想祖国的憧憬：

我底少年中国呀！
愿我五六年回来
你更成我理想的少年中国！
我底兄弟姊妹们呀！
愿我五六年后回来
你们更成我理想的中国少年！
我底妈呀！
我底婆呀！
愿把我青春的泪
染你们底白发，
愿我五六年后回来
摩挲你们青春的发呵！

① 《“草儿”自序》。

《鸭绿江以东》充溢着炽烈的爱国主义思想感情，作者不仅讴歌了祖国的锦秀山河，赞颂祖国的父老兄弟姊妹，而且抒发了“溅我黄儿千头血，染红世界自由花”的崇高理想。《送客黄浦》一诗，抒写送别朋友的真挚情感，表现了一种“世界上只有光，只有花，只有爱”的美好向往。这些诗以豪放激越的抒情取胜，充满了浪漫主义气势和炽烈的激情。

四是“《草儿》在中国文学史的最大贡献，在于他的纪游诗”，“这是用新诗体来纪游的第一次大试验，这个试验可算是大成功了”①。《日光纪游》第六首诗，“看来毫不用心，而自具一种有所异乎人的美”，颇是好纪游诗；《庐山纪游》三十七首诗，“这里面有行程的纪述，有景色的描写，有长篇的谈话：但全篇只是一大篇《庐山纪游》。自十六至二十三，纪五老峰探险，写的最有情采”。此外，作者还写了一些“触物宣性”的自我欣赏的写景诗或情诗，虽然抒发了个人的孤独之感或缠绵悱恻的情爱，缺乏积极的思想意义，但是它们抒情真挚，写景细腻逼真。

《草儿》集在诗体解放方面最能脱离传统，取得了重要成就。胡适认为康白情“只是要做诗，并不是有意创体”，只是要“自由吐出心里的东西”，“他无意于创造而创造了，无心于解放然而他解放的成绩最大”②。如果说他一九一九年写的白话诗除《窗外》、《送客黄浦》、《日观峰》、《疑问》是些好的解放体诗外，其他白话诗还带点矜持的意味的话，那么一九二〇年他写的白话诗则成了真正的新体诗，是比较完美的自由体了。他之所以能写出这样好的自由体诗，主要具备了两个条件：第一有敏捷而真确的观察力，第二有聪明的选择力。朱湘认为，“康君别的都不能算作劳，只有他的描写，才是对于新诗的一种贡献”。在他诗作中，不论是对城市景物的描写或是对农村景物的描写或是对自然风光、山川花木的描写，大都能够达到“诗中有画，画中有诗”的艺术境界。不过，由于他过分强调天才，主张放任挥写，虽然给他的诗体带来了大开放，但也带来一些难免的缺点，即散文化过度，不少诗只是散文的分行排列，缺乏诗味，也有的诗沾染了贵族习气。

从总体来看，康白情的白话诗在中国新诗的发轫期的确尽到了向旧体诗示威、为新诗开路的作用。尽管五四运动以后他逐步成了一个开倒车的人物，但是他对初期白话诗运动的贡献是不能抹杀的。

---

① 胡适：《康白情的〈草儿〉》。
② 《康白情的〈草儿〉》。

第六节 《星期评论》与《少年中国》的白话诗作

北京的《新青年》、《新潮》等是发表白话诗的主要阵地，上海创办的《星期评论》周刊、《觉悟》和《学灯》副刊等也是白话诗的发祥地。《星期评论》是个进步的思想刊物，却发表了很多白话新诗，其中刘大白、沈玄庐的诗篇影响较大，成就较高；与此同时，他们还在《民国日报》的《觉悟》上发表诗作。从主导倾向来看，他们的诗歌体现了现实主义精神，有的诗章含有社会主义因素。《少年中国》是"中国少年学会"的会刊。该会正式成立于一九一九年七月一日，它不是个文学社团或诗歌团体，却是五四时期出现的会员最多、分布最广、成员最复杂、历史最长的一个社团，而且有很多成员致力于新文学和新诗的创建；《少年中国》不仅有发表新诗的专栏，还有新诗理论研究的专栏，它是继《新青年》、《新潮》之后推动新诗发展的又一重要阵地。在《少年中国》上发表新诗的有田汉、宗白华、周无、黄日葵、郑伯奇、黄仲苏、王光祁、邓中夏、沈泽民、李大钊、康白情、应修人等。其中具有代表性的作者是田汉、宗白华，他们新诗的主导倾向与刘大白、沈玄庐的不同，主要体现了积极浪漫主义精神。下面依据刘大白、沈玄庐、田汉、宗白华的主要诗作加以评述，进一步展示五四初期白话诗所取得的成就。

刘大白的白话诗作

刘大白（1880—1932），名靖裔，浙江绍兴人，出身于一个书香人家，从小受过严格的诗书训练。他在五四时期创作的白话诗所取得的现实主义成就可以和刘半农比肩。"五四"前，，刘大白和陈望道、夏丏尊等在浙江第一师范任教，曾受到新思潮的影响，开始投入新文学运动；五四高潮期，他放下写惯旧诗词的笔，登上了新诗坛，成了创作白话诗的急先锋，《星期评论》、《觉悟》副刊是他发表白话诗的主要刊物，因而他本身也荣得了初期优秀白话诗人的称号，成了《星期评论》有代表性的诗人。最初写的白话诗汇集为《旧梦》，于一九二三年正式出版，共收诗六百多首，后来由作者将此书分编为《卖布谣》、《丁宁》、《再造》、《秋之泪》四集（1930 年重印）；五四运动以后写的白话诗，集为《邮吻》，一九二六年正式出版。这里仅就《旧梦》集中的白话新诗，试论一下刘大白对中国现代新诗建设所作出的历史贡献。

在初期白话诗中，刘大白的新诗题材广泛，写有社会诗、哲理诗、写景诗、爱情诗等；这些诗不仅内容深刻，体现了踏实的现实主义精神，而且有的诗受到苏联十月革命的影响，带有明显的社会主义倾向。虽然初期白话新诗不乏歌颂“劳工神圣”的诗篇，但是在同一首诗中，能够把赞美工农劳苦大众创造世界的伟业壮举同歌颂苏联十月革命建立的红色新政权、开创的人类新纪元有机地结合起来，这样的诗篇可谓凤毛麟角，并不多见。刘大白的《红色的新年》一诗则达到这样的思想境界。这首诗的构思巧妙完整，写法自然灵活，开始通过“拿锤儿”的工人和“拿锄儿”的农民在除夕之夜促膝谈天，既赞颂了工农劳苦大众在创造人类物质世界这项巨大工程中所建立的丰功伟绩，又对工农创造的物质财富被剥削被掠夺发出了“不公！不公!！不平！不平!！”的强烈的控诉和愤慨之声，如同一道闪电划破了除夕之夜的黑漆漆的上空，表现出被压迫被榨取的工农劳动大众热切盼望着黎明：

朦朦胧胧地张眼一瞧，
黑暗里突然地透出一线儿红。
这是什么？——
原来是北极下来的新潮，
从近东卷到远东。
那潮头上涌着无数的锤儿锄儿，
直要锤匀锄光了世界的不平不公
呀，映着那初升的旭日光儿，
一霎时遍地都红，
惊破了他们俩底迷梦！

喂！起来！起来!！
现在是什么时代？——
一九一九年末日底二十四时完结了，
你瞧！这红色的年儿新换，世界新开！

这明显地抒写出工农大众对苏联十月革命胜利的憧憬和新世界的向往，也反映出十月革命的炮声送来的社会主义新福音对中国工农大众及进步知识分子所产生的巨大引力。《劳动节歌》赞美世界国际劳动节，“除开政府资本家，不分国界种族界，劳动节，劳动节，世界的劳动节，世界的劳动者的劳动节”；《五一运动歌》赞颂五一运动是劳动者第一成功,然而这一成功来自不容易,它是劳动者的头颅和鲜血换来的。《各各做工》一诗进一步抒写出诗人所理想的社会则是"各各做工,各各做工,谁该富有,谁该困穷?大家努力,生产归公,各取所需,各各享用",这虽然带有空想社会主义色彩,但同其他诗篇联系起来看,它的确蕴含着科学社会主义理想的因素。至于如何实现这种理想的社会,诗人没有鼓吹当时一些人主张的新村道路或人情感化或文化教育救国的道路,而是通过总结过去革命的教训,明确指出:"要给全世界人类创造光明,只有再仗着壮烈的牺牲,别无途径。历史底意义是过去的,人生底意义是未来的,从过去中求得未来的教训是什么?——革命。"①这些诗篇的思想倾向虽然不能说完全达到无产阶级思想高度,至少带有朦胧的社会主义因素。

刘大白敢于面对阶级对立的现实社会,从被压迫被剥削劳动人民的痛苦或反抗生活中提炼题材,写出一些富有强烈的现实主义精神和反抗意识的诗篇。《卖布谣》以群众所喜闻乐见的歌谣体,表现了中国农村手工业遭受帝国主义侵略所面临的危机,揭露了帝国主义和封建势力对广大劳苦农民的摧残和压榨,暗示出中国人民的反帝反封建的愤怒情绪,抨击了封建官吏同帝国主义狼狈为奸欺压劳动人民的走狗嘴脸;《龟》则以漫画的讽刺手法,勾画军阀官吏的装腔作势、又蠢又凶的丑态,指斥他们是"掠夺阶级底标本"。《田主来》、《布谷》、《脱却布裤》、《收成好》、《金钱》、《渴杀苦》等诗以阶级对立的观点,描绘出一幅幅被压迫阶级的悲惨生活图,有力地抨击了豪绅地主阶级的罪恶行径。其中《田主来》一诗具有代表性。它以写实的笔触,尖锐地揭露了地主阶级对农民的凶狠剥削和残酷掠夺的强盗面目:"贼是暗地偷,狗是背地咬,都是乘人不见到。怎象田主凶得狠,明吞面抢真强盗!"地主阶级的残酷剥削和疯狂压榨,必然激起农民的反抗。《每饭不忘》、《成虎不死》等诗,歌颂了农民的自发反抗。前者,描写一个姓李的农民因反抗地主被迫害"死在萧山县监狱里",作者赞颂"他是中国农民牺牲者第一";后者,刻画一个农民自发反抗者成虎,虽然成虎已经牺牲了,"然而你底心是不会烂的,活泼泼地在无数农民底腔子里跳着","你底身死是田主们底幸,你底身死心不死,正是田主们底不幸啊!"表明被压迫农民的反抗烈火是扑不灭的,正如"风吹得灭的,只是星星之火,可奈燎原之火何!——火到燎原,风没有不反作火的助手的呵!"②刘半农也写了一部分反映

① 《国庆》。

② 《旧梦之群》五十九。

下层劳动人民悲苦的诗，也表现了社会阶级的对立，但是同刘大白这些诗相比，反抗意识没有刘大白表现得这样强烈，对豪绅地主的揭露和抨击没有这样尖锐有力。

刘大白还写了很多哲理诗、写景诗、爱情诗，其中不乏名篇。《将来的人生》、《门前的大路》等诗，表现了作者对人生道路的哲学思考；《旧梦之群》第三十六，寄寓着发人深思的人生哲理，即“少年是艺术的，一件一件地创作；壮年是工程的，一座一座地建筑；老年是历史的，一叶一叶地翻阅。”《秋晚的江山》（《邮吻》集）是一首画中有诗、诗中有画的写景诗，笔调清新，风格明快；《西湖的山水》《秋夜湖心独出》、《西渡钱塘江遇雨》等，都是优美的写景诗，极尽对祖国锦绣山川的赞美之情。《是谁把?》、《我愿》、《想望》、《秘密之夜》等爱情诗，写得大胆、坦率，表现了一种新的爱情诗风格；尤其《爱》这样的情诗，毫无顾忌地赤裸裸地抒写内心的恋情，与那种隐晦曲折的情诗格调是大不一样的，这也是一种个性解放思想的表现。当然，刘大白的新诗也并不是首首珠玑，有不少诗流露出伤春悲秋、离愁别恨的思绪，情调消极低沉，也有些诗抽象议论多，缺乏形象感。虽然早期他受到社会主义和“劳工神圣”思潮的影响，写过一些具有先进思想倾向的社会诗，但五四运动以后随着他的思想退步，其诗歌的思想内容亦显得苍白空虚，《邮吻》诗集表现得尤为明显突出。

刘大白的初期白话新诗所取得的重要成就，不仅仅表现在思想内容方面，也表现在诗体解放方面。尽管他有些诗如同胡适的诗一样刚从旧诗词中脱胎出来，带有一定的旧痕迹，但他却是努力摆脱旧诗体的影响，创造具有自己特色的新体诗：一是解放式的自由体诗，如《红色的新年》、《五一劳动歌》、《成虎不死》；二是“传统气味太重”的白话诗体，固然这指出他的白话诗存在较多的旧印痕，但完全否定旧诗“传统”，若从新诗发展上看也不完全是好事；三是学习民歌体，写出了一些形式活泼、通俗晓畅、格调明快、语言朴实的好诗，如《卖布谣》、《田主来》、《收成好》等；四是写了相当多的抒情小诗，往往以几行诗句来表达脑子里刹那间涌现出的形象、感触或意念，如《泪痕之群》等。这对新诗的发展具有开拓性的意义。但也有些诗在表现上“用笔太重，爱说尽，少含蓄”①。

沈玄庐的白话新诗

沈玄庐（1878—1929），名定一，笔名玄庐，浙江萧山人。五四运动时，参与

---

① 《〈旧梦〉付印自记》。

主编《星期评论》。该刊于一九一九年六月创刊，一九二〇年六月终刊，它以研究和介绍社会主义特别是世界和中国的劳动运动获得了盛名，在当时知识界产生过较大影响。沈玄庐除了主编刊物，经常写些宣传新思潮的政治论文外，还积极从事白话诗的创作，和刘大白一起成了《星期评论》上有影响的诗作者。他在《星期评论》上发表了《种田人》、《入狱》、《兵官》、《打更》、《哀湘江》、《光》、《工人乐》、《富翁哭》、《农家》、《起劲》等，约二十首诗；尚在《国民日报》的《觉悟》上发表了《乡下人》、《除夕》、《年初一》、《地主》、《请客》、《你嫌龌龊吗?》、《一个青年的梦》、《读大白的"对镜"》、《卖书》、《十五娘》、《双十节》、《人与两间牢狱》等诗，约四十多首；也有些散见于《新青年》杂志。这些白话诗，《玄庐文存》只收一部分，未出过专集，《分类白话诗选》(1920年版)收进一部分，《中国新文学大系·诗集》仅收了二首。虽然五四运动以后，沈玄庐的思想越来越向右转，但是他在新文学运动发轫期为白话新诗的建设所作的努力，还是应该予以肯定的。

他对中国现代新诗的独特贡献在于一九二〇年十二月廿五日在《觉悟》上发表了新诗坛的"第一首叙事诗"[①]——《十五娘》，这在新诗史上是具有开拓意义的。

这是一首现实主义诗篇，也是沈玄庐白话诗中写得较深切的一首，不论主题思想的开掘、人物形象的塑造或者艺术形式与表现手段的追求上，都取得了一定成就，显示了一些新的特色。一是通过十五娘和五十这对农村劳动夫妻的惨痛遭遇和悲剧命运，揭示了一个具有典型意义的主题。在半封建半殖民地社会里，像十五娘夫妻所处的小农经济地位是极不稳固的，自足自给的生活是保不住的，随时随地面临着天灾人祸的危机和不可挽救的悲剧性遭遇。诗篇虽然没有深刻地开掘出造成十五娘及其丈夫不幸命运的社会根源，对半封建半殖民地社会的批判也不够有力，但是透过整个艺术画面及十五娘夫妻俩的悲惨命运，至少在客观上控诉了吃人的旧社会，抒发了劳动人民的怨愤。特别通过五十的惨死，艺术地展示出由于农村的贫困化或小农经济的破产，农民远离故土赴外乡谋生活出路，或到地主家抗活当长工或到农业资本主义的垦荒场做苦工，最后的结局多是悲剧性的，五十的死就说明了在半封建半殖民地的社会制度下农业资本主义的发展是以吞噬千百万劳动人民的生命为代价的。作者这

① 《中国新文学大系·诗集导言》。

样描写五十在垦荒农场的惨死："料不到勇猛的'五十'一朝陷落在环境底铁蒺藜上。工作乏了他也——不是，瘟疫染了他也——不是，挖地底机器，居然也妒嫉他来，把勇猛的五十榨成了肉酱"。这难道是对无生命的"机器"的控诉吗？不是，而是以五十的血淋淋的躯体向占有机器和垦荒地的农场主的视苦工生命如草芥的凶残行径提出控诉。从这样的角度，表现这样的富有战斗意义的主题，在早期白话诗中是少见的。二是真实地刻画了十五这个普通农村劳苦妇女的感人形象，这在早期的白话诗中也是罕见的。刘半农笔下虽然也出现过下层劳动妇女的形象，但是比较单薄，缺乏必要的血肉；十五娘是作品中的主人公，主要情节是围绕她展开，尽管她的形象达不到典型化的高度，但在当时白话诗出现的妇女形象中她还是一个血肉比较丰满的、有一定个性的典型。她勤劳善良，不是养蚕就是纺纱，日夜艰辛地操劳，由于"田地和山荡"都不是自己的，依然在饥寒交迫中挣扎；为了摆脱贫困，她支持丈夫去外地"垦荒"，但是内心却展开激烈冲突：即"欢喜和悲伤"在她的"心窝中横冲直撞"，"一夜没睡，补缀了些破衣裳，一针一欢喜，一针一悲伤，密密地从针里穿过线里引出，默默地'祝他归时，不再穿这衣裳；更不要丢掉这衣裳！"丈夫走后她一个人挑起了生活担子，一面辛勤地采桑纺纱，一面为远方的丈夫裁制新衣裳，昼夜憧憬着和丈夫的重逢，虽然到了深夜"伊便停住摇车，但是这从来不断的情丝，一直牵伊到枕上，梦中，还是乌乌，接着纺。"既表现了十五娘的勤劳朴实的高尚品质，又展示出她温柔多情的内心世界；特别"卖掉茧来纺纱织布做衣裳。一件又一件，单的夹的棉的，堆满一床，压满一箱"，专等丈夫回来"试新衣裳"的描写，全盘托出一颗纯洁、善良、坚贞、深情的劳动妇女的心。即使丈夫悲惨地死去之后，"满抱着希望的独眠入睡在合欢床上"仍作着"甜蜜的梦"；但是残酷的现实给这个善良女性带来的却是无情的打击，难以忍受的命运悲剧。作者对十五娘形象的刻画，主要不是动作的外在描写，而着重于内心的剖析，所以显得她的形象比较厚实、深刻，其善良、勤劳、温柔的个性较为突出。三是艺术结构严密，内在线索清晰。作为叙事诗，应该具有完整的情节和精心的布局安排，这首诗虽然情节没有充分展开，也缺乏大的波澜，但它的情节还是完整的，布局也是讲究的。全诗十一节，以十五娘的悲惨遭遇及其心理演进为内在的主线，将各个具有独立意境的画面紧密地串联在一起，形成一个疏密相间、详略得当的极为精炼含蓄的艺术整体，有力地服务于主人公性格的刻画；特别结尾的设计更是匠心独运，它把十五娘的甜梦和五十的惨死作了对照，深化了主题，给读者留下想象的余地。四是采取叙事和抒情相结合的表现方法。虽然是叙事诗却带有浓烈的抒情诗的意味，如果说开头几节以叙事的笔调，着重于客观的描写，那么从五十决定离家出走开始，便转向着重于抒情的描写，特别是刻画十五娘内心世界那些诗节，可以说尽量地抒写感情，而情节的发展则在叩击心灵的抒情中徐徐推进，最后抒情达到高潮，这场劳苦农民的人生悲剧也在抒情高潮中结束。此外，这首叙事诗的诗体也是解放式的，尽管朱自清说它"词曲调太多"，但它并没有因袭旧诗词曲的传统，只是在音节上、语言上对旧词曲有所借鉴，并没有留下很深的旧痕，而完全消融在自由体之中。这是一种有益的尝试，对新诗发展是有利的。

沈玄庐初期白话诗还有一些较好的短篇，触及到社会改造问题、劳工问题、青年问题、妇女问题等，摄取的生活较广，从各个角度表现了社会人生：有歌颂劳动节的，描写工人生活的；有赞扬革命精神，抨击旧社会制度的；有表现农民悲苦生活，揭露地主阶级剥削行为的；有描写城市贫富悬殊的非人生活的；有表现反迷信反偶像的，等等。这些诗从不同的侧面揭示了中国人民大众同帝国主义、封建主义的矛盾，在一定程度上体现了五四时代精神。这些短诗同《十五娘》一起，显示出比较强烈的现实主义倾向。当然也要指出，大部分诗作偏重于暴露，批判的火力不足，反抗力量的开掘不够。

田汉的白话新诗

田汉(1898—1968)，字寿昌，生于湖南长沙县东乡茅坪田家塅一个农民家庭里，因早年丧父，靠舅父易梅臣的扶持和资助，在长沙师范学校读书，当时既与戏剧结下不解之缘，又对古典诗词产生极浓的兴趣，开始学习作诗填词。一九一六年秋，田汉在长沙师范毕业，由徐特立校长推荐，并经舅父易梅臣安排，东渡日本留学。一九一七年俄国十月革命爆发，田汉在日本报刊上获悉这个震动全球的消息，在舅父的开导和启迪下积极关心社会问题，并撰写《俄国革命的经济原因》，对十月革命的必然性作了简要分析，此文引起李大钊的注意，从北京写信对他加以鼓励。田汉后来回忆说："倘使当时按照大钊同志的方向继续前进，我早已是一个马克思主义者了。不幸大钊同志后来在北京牺牲了，梅园先生(他舅父)也死在军阀赵恒惕之手，失掉了指导我的人，同时我的兴趣被吸引到文学戏剧方面去了。”[①]新的曙光启迪了田汉的激进民主主义思想，五四运动爆发他在东京参加了日本留学生围攻北洋军阀政府驻日公使馆的行列。一九一九年七月少年中国学会在北京成立，他参加了该会，并在会刊《少年中国》上发表了很多篇新诗论和白话诗作，成了《少年中国》有代表性的诗人。与此同时，经宗白华介绍，田汉与郭沫若相识成交，他们三人通信讨论诗歌艺术问题，结集为《三叶集》，于一九二〇年正式出版；一九二一年七月他与郭沫若、郁达夫、成仿吾、郑伯奇等在东京发起组织创造社，积极投入五四新文学运动。田汉一生的文学功绩主要表现在戏剧创作方面，是我国现代文学史上的著名剧作家和戏剧活动家，然而他步入新文坛，却是从诗歌理论研究、白话诗创作开始的。五四时期，田汉提出自己的富有积极浪漫主义精神诗歌理论主张，并在《少年中国》上发表新诗，不论在数量上或质量上都称得上是个有影响的诗作者，曾两次独占了该刊的诗歌专栏。主要诗篇有《梅雨》、《朦胧的月亮》、《竹叶》、《夜》、《火》、《一个日本劳动家》、《黄昏》、《七夕》、《初冬之夜》、《咖啡店之一角》、《珊瑚之泪》、《东都春雨曲》、《暴风雨后的春潮》等二十多首；《分类白话诗选》收入六首，一九二二年曾出版过诗集《江户之春》。

这些诗大多写于日本，反映了诗人在异国的独特思想感受，其中思想性现实性较强的诗篇并不多，《一个日本劳动家》、《罪恶》则是代表作了。《一个日本劳动家》描写日本军国主义穷兵黩武、扩军备战给广大日本劳动人民带来的深重苦难：

这时候，有一辆拖货物的空车，
　　横傍着一间关了门的矮屋。
阶级边躺着一个劳动家，
吞声的在那儿痛哭！

只有一盏昏暗的街灯，
　　照着他那凄凉的面目。
这时候，人家都忙着过年，
　　谁还来管他的死活？

① 《我所认识的十月革命》。

电车空窿窿的来！
　又空窿窿的去！
炮兵工场的里面，
　还劈里啪啦的打个不住！

这首诗以平民主义精神和深切同情的心情，描写了日本劳动者的悲惨命运，以鲜明的对照手法愤怒地谴责了日本军国主义的罪行。《暴风雨后的春朝》一诗是一首玲珑剔透的写景诗，但也蕴含着“颂和平，伤战争”的思想。《罪恶》以恢宏的笔调、强烈的激情，高度概括地描写了半封建半殖民地社会上海这个畸形发展的大城市的光怪陆离、五光十色，“都被那暗沉沉的云雾裹着”；而“这沉沉的烟雾里！埋藏着许多罪恶！！东方已张了黑幕，西方是阳如火，恐怕夕阳菩萨，也分不出此间谁是罪恶，谁是自我！”最后诗人向“罪恶”提出勇敢的挑战：“待投将烟雾里去！看还是罪恶战胜我？我战胜罪恶?”表现出一种强烈的“反叛”精神。《雁语》一诗以孤雁自喻，表达自我或像我这样受过五四新思潮洗礼的青年对光明对理想孜孜不倦的追求精神。虽然飞倦了、叫哑了，但是“润一润叫哑了的喉，整一整飞倦了的翼，叫破了这个长空，飞穿了这个大气。向有爱的地方，寻我的光明。向有爱的地方，寻我的宿地！”田汉上述这些诗篇，如同郭沫若的积极浪漫主义诗章一样，具有惠特曼的诗风和气势，在体式上自由奔放，节无定句，句无定字，灵活多样，错落有致；在内容上也类似惠特曼的诗，“他说的是天真，写的是心血”①。

田汉有相当多的抒情写景诗是表现自我感受自我情绪的，如《七夕》抒写他和爱人易漱瑜思念故乡之情，《黄昏》抒写自己内心的一种沉闷思绪，《春月的下面》抒写一翩翩少年（自喻）对爱情的依恋和怀念。这些诗虽然缺乏深刻的思想意义，但是在艺术上重视意境创造，含蓄凝炼，耐人寻味，诗体自由灵活，色彩明艳鲜丽，具有一种隽永蕴借的诗美。

宗白华的白话新诗

宗白华一八九七年生于江苏常熟县，原名宗之櫆，五四运动前，曾先后在青岛大学、上海同济德语学校学习德文，爱上了德国文学和哲学，深受歌德、席勒、赫德尔林等人的诗歌和康德、叔本华、尼采等人的哲学影响；同时对中国古代诗

① 《平民诗人惠特曼的百年祭》。

人王维、孟浩然、韦应物、柳宗元等人的诗也发生了兴趣。他认为欲养成诗人的人格，除了读书穷理，还要多多直接观察自然现象的过程，感受自然的呼吸，窥测自然的神秘，听自然的音调，观自然的图画。因此他青少年时代酷爱大自然，在青岛读书是大海的风吹醒了他的诗心，度过一段最富于诗境的浪漫生活，为他以后创作那清丽新颖的短诗积累了养料。一九一九年春他参加过“少年中国学会”的筹备工作，是年七月正式被选为学会第一届评议员和编辑员，并担负了《少年中国》的付印和校勘的责任；与此同时，他应上海《时事新报》的邀请，担任副刊《学灯》的主编。由于五四新思潮的激荡和新文学运动催促，由于审阅郭沫若、康白情等人诗稿所受到的启迪，致使他产生了写白话新诗的念头。于是写成《向祖国》一首，最初发表在《学灯》(1919.8.30)上，同年九月又重刊于《中国少年》，这是他在初期白话运动中仅有的一首诗。一九二〇年五月宗白华经巴黎赴德国留学，专攻美学和哲学。这时广阔世界的接触和多方面人生的体验，使他的精神兴奋，从沉默的静思转到了生活的飞跃，三个星期中间他的足迹踏遍巴黎的文化区域，罗丹的《生动的人生造像》是他那时最崇拜的诗，对于近代人生的悲壮剧，他有所了解，对于都市的韵律、力的姿式以及近代各种问题，他都感兴趣，并“期待着一个更有力的更光明的人类到来”。在这种情况下，他产生写诗的新冲动。他曾这样描述自己当时写诗的心境：“一轮冷月俯照这动极而静的世界，不仅有许多遥远的思想来袭我的心，似惆怅，又似喜悦；似觉悟，又似恍惚。无限幽凉之感里夹着无限热爱之感。似乎这微妙的心和那遥远的自然同那茫茫的广大的人类打通了一道地下的接触。我的《流云》小诗多半是在这样的心情中写出的。”①他这些短诗寄回祖国，连续发表在《学灯》上，后集成《流云》诗集，一九二三年出版。宗白华本来是“五四”以后出现的新诗人，但由于他对五四初期白话诗所作出的特殊贡献，又是《少年中国》的具有代表性的诗人，故在这里加以评述。

宗白华对中国新诗发轫期的特殊贡献是，他以《学灯》副刊主编的身份，热情地支持中国新诗的巨匠郭沫若，并向广大读者推荐。不仅为郭沫若提供发挥诗才的阵地，而且同他和田汉利用通信展开诗歌问题讨论，出版了新诗论《三叶集》。这就为我国浪漫主义诗歌流派的形成建立了功绩。虽然郭沫若从一九一六年开始尝试白话诗的写作，但他一直没有正式发表，后因他阅读《时事新报

① 《少年中国学会回忆点滴》。

报》,在《学灯》上第一次见到中国白话诗,才激起了他投稿的兴趣。是《学灯》主编首先发现了郭沫若的惊人的诗才,于是以极大的热情扶持他,宣传他,以扩大郭沫若新诗的影响。宗白华曾回忆说:"我主编《学灯》的一年期间,每天晚饭后去报馆看稿子,首先是寻找字体秀丽的日本来信,这就是郭沫若从日本不断惠寄的诗篇,我来不及看稿就交与手民当晚排印,我知道《学灯》的读者也像我一样每天等待着这分珍贵的、令人兴奋的精神粮食。"①可见,郭沫若的浪漫主义诗情的汹涌勃发而凝铸成诗集《女神》,与宗白华对郭沫若诗才的赏识、支持是分不开的。同时,宗白华在郭沫若新诗的启迪和影响下,也创作了一首洋溢着爱国主义感情和浪漫主义色调的新诗《向祖国》:

祖国!祖国!
　你这样灿烂明丽的河山
怎蒙了漫天无际的黑雾?
　你这样聪明多才的民族
怎堕入长梦不醒的迷途?
　你沉雾几时消?
　你长梦几时寤?
我在此独立苍茫,
你对我默默无语。

虽然这首诗所表现的爱国感情没有郭沫若爱国诗篇那么炽烈、激越,但它表现得却异常的深沉、厚重、纯洁,传达出五四时代爱国青年的忧国忧民的共同的急切心声。这首具有时代感的诗篇,即使汇入郭沫若等积极浪漫主义诗歌所组成的五四时代交响乐,也是一个较强的音符。

《流云》集的抒情短诗,最能显示宗白华写诗的艺术功力及其诗格的风格。这些抒情短诗,如果从思想内涵来考察:一部分是抒写自我情思,表现自我的愿望和理想,反映五四时代个性解放要求。这部分诗带有浓郁的泛神论色彩,与郭沫若、冰心的某些诗有相似之点。宗白华曾主张"诗人的宇宙观,以泛神论为最适宜"②,所以他在一些诗中给大自然披上"神"的外衣,赋予自然以生命,借以抒发自己的情怀。《信仰》一诗显然受到泛神论影响,借助泛神论思想的威力

① 《少年中国学会回忆点滴》。
② 《论诗三札》。

催开了想象的翅翼,让“自我”驰骋于宇宙之间,透过人化的自然万物尽情地抒发个性解放的要求和愿望。这首诗虽然颇似郭沫若的诗风,但郭诗的气势更加奔放更加雄浑,它却显得有点淡雅柔和。二是有些诗也触及到现实人生的黑暗,抒发了对人间的不平和愤慨。“我每不忍夜深归来,只为是怕看见那街头憧憧黑影。黑影里蕴藏着无限的命运!黑影里蕴藏着无限的悲哀!……啊!黑影里的命运,黑影里的悲哀,我冷月的心,也和着你们在战栗了!”虽然流露出一定的哀感,对黑暗现实缺乏反抗的力量,但是内蕴的悲愤是深沉的,仇恨的意志是坚定的。“一切群生中我颂扬投火的飞蛾!唯有他,得着了光明中伟大的死”一短诗,赞美了飞蛾这种为追求光明而英勇献身的精神;《晨兴》歌颂太阳光“流到人间”,使“人间添了一分春色”。这首诗不是也透视出诗人对理想的追求吗?他曾说自己不完全是“夜”的爱好者,在朝露满窗时我赞美过红日的初生,我爱光,我爱美,我爱大众里的千万心灵,“我不是诗人,我却主张诗人是人类底光明的预言者,人类光明的鼓动和指导者”①。他这种美学理想在很大程度上反映在这部分诗里,这说明他既有揭露现实黑暗的诗篇,也有歌颂理想的短曲。三是有相当一部分小诗,着重以柔婉的笔调写大自然的静美,写母爱和童真。它们与冰心的小诗有近似之处,表现的思绪比较复杂,即似惆怅又似喜悦,似觉悟又似恍惚,无限的幽凉之感里夹杂着无限热爱之感,缺乏深刻的现实性,其中还有的带有神秘朦胧色彩和晦涩的哲学成分。这部分诗比较地能体现宗白华新诗的风格。

在艺术上,《流云》集抒情短诗的最突出特征是:富有哲学的内涵和美学的意蕴,大都借自然界的太阳、月亮、群星、彩虹、流云、蓝天、海风、异花、绿荫等优秀景物,抒写自己的情思、人生思考和理想追求,以增强诗意诗美,把景、情、理交融为一体,给人以深刻的启示和美的感受,此其一;在诗体上这些短诗虽然受到唐人绝句的影响,但并没有旧痕迹,表现出开放的形态,句式长短不一,不讲究韵律,重视意境美,具有玲珑剔透、清丽隽秀的格调,语言颇见推敲锤炼的功夫,比喻的新奇用词的贴切更见出匠心,此其二。

总之,宗白华和田汉的新诗,在《少年中国》诗作者群中是较为突出的,在整个初期白话新诗运动中所作出的贡献是值得重视的;特别他们的浪漫主义诗歌理论和新诗作品同郭沫若的《女神》一起,奠定了中国新诗的浪漫主义传统。

---

① 《我和诗》。

第七节　白话诗的总体特色及其新发展

初期白话诗是积极拓荒的收获，是大胆尝试的成果。以上，对胡适、郭沫若、刘半农、沈尹默、李大钊、鲁迅、俞平伯、康白情、刘大白、宗白华等人新诗的简述，既可看出他们各自对新诗创建作出的独特贡献，又可窥测出初期白话诗的总体特色。

初期白话诗，虽然有的尚残留旧思想旧感情的印痕，但就总体而论，却表现了崭新的现代意识，体现了新的时代精神，它们的意境具有强烈的现实感和历史感，且透射出理想的光彩。十月革命的影响，中国人民的空前觉醒，汹涌澎湃的反帝反封建的浪潮，都在新诗中得到不同程度的表现。中国历史上任何时代的作者也没有像五四时期新诗作者那样，以大量的篇幅来展示旧社会的贫富尖锐对立，无情地鞭挞封建专制主义的罪恶，深情地关心被压迫被奴役被侮辱被摧残的劳动大众的悲苦命运。杜甫的“朱门酒肉臭，路有冻死骨”固然高度概括了旧社会的贫富悬殊，但它只是《赴奉先县咏怀五百字》中的两句，并不能代表整首诗的意境；五四时期的白话新诗是从意境构成的整体性上对不合理的旧社会进行揭露，而且触及到造成这种贫富对立的社会根源。陈独秀的《丁巳除夕歌》，其主题的深刻性不在它揭示了旧社会除夕之夜的贫富悬殊，而在它把笔锋指向封建统治阶级赖以生存的、造成人民群众贫穷愚昧的神权。刘半农、刘大白、沈玄庐、郭沫若等描写社会贫与富、贵与贱对立的诗篇，并没有止于对旧社会的抨击上和对劳动人民的同情上，而是尽力开掘旧制度的埋葬者——工人阶级身上的崇高品质，加以赞美和颂扬；特别有些诗，已触及到工农是物质世界的创造者、世界是劳动者的世界，至高的理想只在农劳这样崭新的时代课题。虽然他们尚未明确地意识到改革社会人生的真正动力、道路所在，但却勇敢地直面人生，积极探索人生的意义，寻求改革社会人生的途径。有些诗直接取材于火热的革命斗争，或歌颂那些在改革社会的狂涛中破浪勇进的猛士，或赞美那些在五四反帝爱国运动被捕被杀害的爱国青年和革命者，或为“六三”运动谱写具有“历史文件”性质的纪念曲，或者反映“五四运动的群众的呼声”①，或号召奴隶们起来造反推翻压在头上的“威权”。如果说这些“金刚怒目”式的诗篇是

① 《新诗年选·编者按语》。

从整个社会、民众人生的角度，来揭示社会变革、人生改造的历史动律或趋势，那么还有大量的诗篇则是从个性解放的角度，来反对封建专制的禁锢和各种旧传统旧观念的精神束缚，从而探索人生的意义，在不同程度上展示出改造旧社会、改良苦人生的必要性和合理性。有些诗不是吐露内心的个性解放要求，而是托物或借景抒写了自我思想受压抑、个性遭摧残的苦恼或愤懑，甚至流露出无可奈何的感伤、迷惘情绪；也有些直接抒发内心的个性要求，谱写出一曲曲自我解放的激越赞歌，甚至把这种个性解放力量加以无限的夸大，仿佛它是整个宇宙能的总量，可以说这是五四时期一代青年争取个性解放呼喊的最强烈最集中的反映；个性解放要求常常透过爱情婚姻问题流露出来，有不少白话诗以爱情婚姻为主题，实际上这是被封建礼教压抑了数千年的青年的灵魂，被五四运动的惊雷闪电震醒了，照亮了，如同被长期捆绑的人一旦得到解放一样，毫无拘束地自由放肆地歌唱起来，既要控诉封建伦理道德对个性的扼杀，又要倾吐内心的自由向往和个性解放要求。或采取直露式的或采取隐喻式的表现方法来描写爱情，同古代的爱情诗相比，都具有新的突破。朱自清在《中国新文学大系·诗集导论》中说："中国缺少情诗，有的只是'忆内''寄内'或曲喻隐指之作；坦率地告白恋爱者绝少，为爱情谈爱情的更是没有"。这一判断虽然有点绝对化，但的确指出了五四时期爱情诗的一个重要的突破，即不是那种同古诗相似的隐喻之作，而是那些坦率地告白式的爱情诗，赤裸裸地表述男女青年在恋爱上的欲望和要求，不受传统道德观念的束缚，表现出一种蔑视旧礼教的反叛精神和对自由婚姻的热烈向往。由于五四时代是中国人真正觉醒的时代，也是相当一部的群众在封建意识长期毒害下尚未迅速觉醒并认识自身力量的时代，因此初期白话诗表现个性解放思想或个性主义，重新认识估定人生的意义或人这个世间本位的价值，则具有冲破传统网罗、反对偶像崇拜的反封建的现实意义。尤其可贵的是，初期白话诗在反映现实人生苦难，揭露旧社会制度罪恶的同时，抒写了人们对理想社会的憧憬和对光明前景的展望，往往把反封建同歌颂理想交融在一首诗的意境中，尽管颂扬的理想带有朦胧空泛的色调，但它毕竟透露出中国历史运动的总趋向，特别那些含有社会主义因素的诗篇更具有明朗乐观的积极进取的思想倾向。郭沫若、刘大白等人的不少诗篇则表现这种崇高的思想境界；即使汪敬熙的《方入水的船》一诗，也表现出五四青年追求理想、探索道路的坚韧勇猛的精神。

还有相当多的白话诗以写自然景物取胜，虽然有的诗篇从意境中流露出一些不健康的情调或思绪，但大多数写景诗是有积极意义的，不论托物言志或者借景抒情或者赞美大自然或者讴歌祖国秀丽河山，都能在感情上给人以美的享受、在思想给人以深刻启示，特别那些带有哲理意味的写景抒情诗更富有诗意诗美。虽然这部分写景咏物诗不如取材于社会世态人情的诗那样强烈地体现了时代精神，但是它们也不是脱离大时代为写景而写景，为咏物而咏物，总是或强或弱地跳动着时代的脉搏，它们的意境或多或少地透视出作者对五四时代的感受或者保留着或淡或浓的时代的投影。当然也要看到，由于五四时期的新诗作者政治观、社会观、道德观、伦理观、审美观的差异，因此他们所赋予新诗的思想感情是有差异的，反映时代精神的强弱是不同的，思想成就的高低是不一样的。尽管如此，然而从总体以观，五四时期的白话诗富有新的意境，表现了新的思想内容，在主题的开掘上具有深刻性、真实性和广泛性的特点，在思想情感的表达上具有真挚性、先进性和理想性的特征。

初期白话诗为适应表现新的主题思想的要求，首先从诗体解放入手对诗歌艺术进了比较彻底的革新，虽然诗体的解放经过一个从放脚式的半解放到天足式的全解放过程，但是它始终体现着破旧立新的精神，致使新诗的体式、音节、语言等都取得新的成就，显示出新的特色。由于初期白话诗作者自觉地意识到，有了诗体的解放，丰富的材料、精密的观察、高深的理想、复杂的感情，才能得到完美的表现，因此他们逐步打破旧诗的镣铐，摆脱了格律平仄的束缚，创造了各种各样的适应新内容新思想表达需要的新诗体式，如自由体、散文体、民歌体、剧诗体、楼梯式体、十四行体，还有中西糅合的新格律体等。虽然这些新诗体并未达到尽善尽美的程度，但是尝试者的大胆探索和革新精神却将激励着后起者继续为中国新诗的发展去创新去开拓，并且为以后诗体的多样化奠定了基础。茅盾曾指出：现在提起初期白话诗，一般总觉得这是“三代以上”的事了，而且一般的意见大概是这样：“好，初期白话诗，让文学史家去研究，给它估定历史上的价值罢！”不用说，文学史家是要研究初期白话诗的，但是文学史家以外的青年诗人也可以研究初期白话诗，要是它的确有值得我们取法的地方，就不应当因为它是“三代以上”而加以抹杀。初期白话诗的突出特长之一，则是“力求解放而不作怪炫奇”。康白情的《草儿在前》是“最能脱离了旧传统”的新诗体式之一。这首诗里有两个字占一句的，是当时新诗中少见的“新式”，然而我们只觉得很自然，非这么办不可，作者也觉得非这么办不可而这么写下的，绝没有想用形式的新奇来刺激一下读者的眼睛的意思，因此“只有不存心作怪炫奇，然后他所创造的新形式是有价值的”①。初期白话诗的另一个突出的艺术特色则是音节的和谐，特别注重句中音节的和谐，不论是有韵诗或是无韵诗，大都达到了这种艺术境界。周作人的《小河》、沈尹默的《三弦》等诗是以音节和谐著称，俞平伯的白话诗也非常讲究音节的自然和谐，康白情的白话诗兼有自然与艺术之美的音节，他能从语言中选择最好的音节。新诗作者对音节如此重视，并取得可喜的成就，是与其新诗主张相呼应，相印证，即真正的白话诗必须讲究音节的自然，语气的自然用字的和谐以及句中的节奏。初期白话诗真正以接近人民大众口头的白话语言取代了那些陈腐的滥调和艰涩的文言，使白话成了新诗的利器，这是取得的第三个重要成就，也是初期新诗所具有的第三个艺术特色。文学（包括诗歌）是一种语言艺术，它的自身就是一个完整的世界，初期新诗的首要成功应该是以白话取代了作诗历来必须用文言的正宗地位，使人们在中国诗歌史上第一次自觉地有意识地用白话写诗。康白情在《新诗短论》中说：“新诗以当代人用当代语，以自然的音节废沿袭的格律，以质朴的文词写人情而不为地方底故实所拘，是在进化底轨道上走的”。初期白话诗所用的语言因人而异，又显示出不同的新诗语言风格。虽然大多数诗作者是从日常口语中提炼新诗语言，力求通俗、准确、简洁、生动，但由于各种原因的促使，特别艺术气质或美学追求的不同，形成了同中有异的语言特色。胡适的古朴自然、刘半农的朴质淳厚、沈尹默的清丽典雅、俞平伯的隽永秀美，康白情的精密健美，郭沫若的豪放雄丽，等等，是各自在诗的语言艺术上所追求的美学风格。初期白话诗洋溢着亲切、清新、晓畅、扎实的诗情诗意，这是它的第四个艺术特色。不论是白描式的直叙诗或是说理色彩较浓的诗或是直抒胸臆的诗，大都能够表达出一种由白话所带来的亲切感、新鲜感、明朗感和真实感。特别以说理入诗几乎成了初期白话诗的一种风气。胡适是学哲学的，喜欢以理入诗，或阐述一种民主思想或表现一种意念或抒发一点感慨；俞平伯本来长于描写，可他偏爱说理，往往越说越含混；郭沫若的诗也带有哲理意味，不过他能将某些理念融化在强烈的感情里；那时一般的青年作者以诗说理的也不算少数，“大概不出胡先生和郭先生的型式”。因为“那时是个解放的时代。解放从思想起头，人人对一切传统都有意见，都爱议论，作文如此，作诗也如此。他们关心人生，大自然，以及被损害的人。关心人生，便阐发自我的价值，关心大自然，便阐发泛神论；关心被损害

① 《论初期白话诗》。

的人，便阐发人道主义”，这样“新诗的初期，说理是主调之一”①。看来五四时期以说理入诗是新诗艺术的一个特色，但说理太多太露也是个缺点。初期白话诗在艺术表现上，有的擅长写景，能达到“诗中有画，画中有诗”的艺术境界；有的擅长真诚抒发对生活的感情体验，往往通过“情感”来寄托哲理思考；有的擅长以寓言方式或象征手法抒写生活实感或内在情思，使诗篇富有象征意味，这是白话诗的第五点艺术特色。总之，诗歌艺术是一个给人以美感和精神陶冶的奇妙世界，也是一种精深的思想和独特的感受完美结合的优雅形体，因此一个形象一句话甚至一个用得不准确的词，都会损坏整个作品的诗情和诗意。初期白话诗，有些内容欠深刻，体验较浮浅，有些诗语言、形式自由开放而缺乏应有的约束，这样就为新诗的发展留下了怎样克服直露和散漫的问题。

初期白话诗就其创作倾向来看，虽然有些诗篇带有象征主义或现代主义的印痕，但是主导倾向却是现实主义，其次便是浪漫主义。特别在《新青年》、《新潮》、《每周评论》、《星期评论》、《觉悟》副刊等报刊上发表的新诗作品，“一贯而坚定的方向是写实主义”②。它们敢于面向残酷黑暗的社会现实，直面惨淡悲苦的人生，从不同的角度、以不同的思想武器，抒写反对封建宗法制度及其意识形态的对抗情绪和愤恨心理，表现出一个新时代的黎明期所赋予诗作者的新思想、新精神和新感受，甚至有的诗篇在反映不合理的现实中流露出社会主义思想内素，朦胧地揭示出中国历史发展的必然趋向；但更多的诗篇则是对非人的不合理的社会现实进行真实的揭露和无情的抨击，充溢着比较鲜明的民主主义或人道主义思想。这是初期白话诗的现实主义精神的主要特征。在表现方法上，大都能采取具体的形象的描写，一般不空发议论或者进行抽象论述，“所以初期白话诗里没有看见一首半首反封建的标语口号”③。在反映现实、表现人生中，特别强调真实性，反对旧诗词里那种无病呻吟或望风扑影的虚假性和空泛性。较早出版的初期白话诗《新诗集》和《分类白话诗选》，不论是写实诗还是写景诗，大多是诗作者生活中的所见所闻，比较真实地描绘了旧中国的社会生活画面和自然界真状实景，体现了写真的精神，同他们所反对的“假诗世界”是完全两种境界。特别“初期白话诗中有好多‘历史文件’性质的作品。例如周作人的《偶成》，据北社《新诗年选》编者的案语：‘这当是‘五四运动’里‘六三运

---

① 朱自清：《新诗杂话·诗与哲理》。
② 茅盾：《论初期白话诗》。
③ 《论初期白话诗》。

动'的一段写实。当日北京大学法科做了临时监狱,被拘的学生八百多人。后来文科也拘了二百多人。这是法科门外的样子。'这首诗长了点,这里抄不了,这诗在艺术上也许比不上《小河》,然而在中国的自由解放斗争史中,这诗将被记录。又俞平伯的《他们又来了》,似乎也是同一事件的纪实。孟寿椿的《狱中杂诗》,反映着'五四运动里群众呼声'"①。从特定意义上讲,这些白话诗具有史诗的价值。刘半农、刘大白、沈玄庐的一些诗篇,极力从阶级对立的现实中,开掘历史的某些本质真实,比起胡适、周作人某些描写社会现实的诗歌来,达到了一定的深度,代表当时现实主义诗作的较高水平。当然也有些诗篇所反映的现实比较浮浅或者事件不够典型,缺乏应有的深度和社会意义;也有些诗在表现上似乎惯于说尽,明快有余,含蓄不足。尽管五四时期的现实主义白话诗还存在不足之处,但是他们能大胆地接受外国现实主义诗歌的积极影响,并注意继承我国古典诗歌的优良传统,从而形成了我国新诗的现实主义传统或流派,为我国现代诗歌的现实主义主流奠定了基础。

初期白话诗的主导创作倾向是现实主义的,但是浪漫主义倾向也比较明显,而且"五四"稍后越来越突出,以致形成新诗坛上的两大艺术流派。由于一些诗作者在理论上提倡诗是主情的、诗是内心情感的自然流露,因此在诗歌创作中偏重于情感的抒写,或于感情的奔放中表现自己,或于强烈的反抗中追求个性解放,或于理想的讴歌中抒发对光明的向往,使诗作带有浓郁的浪漫主义色彩;在表现手法,大多采取比喻、暗示、影射、象征、联想等。五四时期的浪漫主义虽然受到十九世纪初欧美浪漫主义的影响,甚至有的诗人对十九世纪末的新浪漫主义感兴趣;但是这些浪漫主义思潮一经被接受过来,就同诗作者在五四时代的新觉醒、新感受、新体验、新生活结合起来,甚至有的诗作者同自己所受到的十月革命的影响结合起来,因此使新诗中呈现出的浪漫主义具有一种新的特色。即白话诗的浪漫主义是从现实中迸发出来的,一时一刻也没有离开五四时期的新生力量与衰朽势力、先进科学与封建迷信、新道德与旧道德、新礼教与旧礼教激烈斗争的现实土壤,而且所抒写的理想在朦胧中闪烁着社会主义光亮。特别是郭沫若那种具有火山爆发式的炽烈激情和雄浑豪放的气势以及高亢宏壮的格调的浪漫主义诗篇出现在新诗坛,浪漫主义立即风靡一时,蔚然成风,形成了中国现代诗歌的浪漫主义艺术流派。虽然有人的浪漫主义诗歌流露

① 《论初期白话诗》。

出一些感伤情调,但从主流上看,大多数浪漫主义诗歌是健康的、积极的,总是和现实主义有着血肉联系,但又对未来充满了美好的理想,既具有一定的现实深刻性和历史真实性,又富有积极浪漫主义色彩,因此具有更强烈的感染力和鼓动性。总之,五四新诗运动以其创作实践,为中国新诗的发展开拓了一条既有现实主义又有浪漫主义的创作道路,并积累了可资借鉴的新诗艺术经验。

如果说五四时期的白话诗是中国现代新诗的草创期或发轫期,那么一九二一年以后新诗运动在革命浪潮的推动下和新文化运动深入的带动下则有了新的发展。其主要标志在于:

新诗集大量出版,发表新诗的报刊迅速增多,使"五四"开创的白话新诗出现了空前繁荣的局面。从一九二一年到一九二五年前后正式出版的新诗集,除前面提到的《女神》、《草儿》、《冬夜》、《扬鞭集》、《旧梦》、《流云》等以外,还有俞平伯的《西还》和《忆》、朱自清的《踪迹》(诗文合集)、王统照的《童心》、陆志伟的《渡河》、冰心的《春水》和《繁星》、郭沫若的《星空》和《瓶》、汪静之的《蕙的风》、徐玉诺的《将来之花园》、李金发的《微雨》、王独清的《圣母像前》、闻一多的《红烛》、穆木天的《旅心》、朱湘的《夏天》、徐志摩的《志摩的诗》、蒋光慈的《新梦》等,文学研究会的诗人出版了诗合集《雪朝》,湖畔诗社出版了诗合集《湖畔》和《春的歌集》,据统计共出版新诗集五十余种。与此同时,发表新诗的阵地进一步扩大,不仅创办了诗刊《诗》(月刊)、《晨报诗镌》(周刊),而且《创造季刊》、《创造周报》、《小说月报》、《文学周报》及一些报纸副刊等,也发表了大量新诗。这不只壮大了新诗运动的声威,且显得更有组织性更专业化了,使新诗真正成为新文学的一个部门。

新诗理论的建设得到进一步充实,不论是现实主义诗歌主张还是浪漫主义诗歌见解,都比五四时期的新诗理论有所丰富和发展,但没有实质性的重大突破,除郭沫若等人的新诗理论的无产阶级文艺思想因素有了明显增长外,大多数诗论没有发生质的变化。在这个阶段,新诗理论的发展对中国新诗有着独特的益处:其一,适应新诗创作的空前繁荣,诗歌评论初步开展起来,为中国现代新诗评论工作奠定了基础。早期共产党人邓中夏在《中国青年》上发表了《新诗人的棒喝》、《贡献于新诗人之前》等新诗论文,首先批评了一些青年新诗人专门做"欣赏自然"、"讴歌恋爱"、"赞颂虚无"一类诗歌,"他们对于社会全部的状况是模糊的,对于民间的真实疾苦是淡视的;他们的作品,上等的不是怡性陶情的快乐主义,便是怨天又尤人的颓废主义,总归一句话,是不问社会的个人主义;

下等的，便是无病呻吟，莫明其妙了”。若长此下去，民智日昏，民气日沉，亡国灭种，永不翻身，这不是此辈新诗人之罪吗？针对新诗创作中这种不良倾向，邓中夏对新诗人提出三点要求：一是多创作表现民族伟大精神的诗歌，借以儆醒已死的人心，抬高民族的地位，鼓励人民奋斗，使人民有为国效死的精神；文体务求壮伟，气势务求磅礴，造意务求深刻，遣词务求警动，史诗尤宜多做。二是新诗人应多做描写社会实际生活的作品，彻底骨露地将黑暗地狱尽情披露，引起人们的不安，暗示人们的希望，以达到改造社会的目的。三是新诗人须从事革命的实际活动，像拜伦投身帮助希腊革命那样写出《哀希腊》这种风行全球、脍炙人口的好诗；如果你是坐在深阁安乐椅上做革命的诗歌，无论你的作品，辞藻是如何华美，意思是如何正确，句调是如何铿锵，人家知道你是一个空嚷革命而不实行的人，那你的诗歌也不会深刻地感动人。这不仅是对新诗人的热切期望，而且为新诗运动的发展特别是革命诗歌的创作指出了方向。与此同时，闻一多发表了《〈女神〉之地方色彩》和《冬夜评论》，朱自清发表了《短诗与长诗》、《白采的诗》，胡适继《谈新诗》后发表了《〈蕙的风〉序》、《评新诗集》（包括康白情的《草儿》和俞平伯的《冬夜》两篇诗评），朱湘发表了《评徐君志摩的诗》、《评闻君一多的诗》、《尝试集》、《草儿》、《郭沫若的诗》等，俞平伯发表了《〈冬夜〉自序》，陆志韦发表了《我的诗的躯壳》，周作人发表了《〈扬鞭集〉序》，等等。这些新诗评论，虽然是对某一诗集或某个作家的新诗所作的评论，但却具有普遍的指导意义。特别是有的批评文章所总结出的带有规律性的论断或提出的诗歌见解，不仅充实了中国的新诗理论体系，而且对于新诗运动的发展和新诗创作水平的提高，都能起到积极作用；同时，新诗理论批评的开展，也是新诗运动达到成熟阶段的一个标志。其二，提出新格律诗的理论，这在中国新诗史上可以划出一个新时期。五四时代自由诗的兴盛，是同当时的思想解放运动完全合拍，摆脱旧诗格律，实行诗体大解放，是诗作者的共同要求和决心，这当然有它的必然性、合理性和革命性；但也出现了片面性和绝对化的偏颇，即诗作者把重心放在对旧形式的破坏上，还不太注意新诗艺术美的建设，甚至有些诗作者产生了写新诗最容易，只要把说的话分行分节写在纸上便是诗的误解，因此自由诗“多半是一匹摆脱了鞍辔的野马，一点规律都谈不上”①，“那些白话调都趋向于散文化”②。虽然在五四新诗运动中有少数诗作者在踏破旧形式的藩篱的同

① 饶孟侃：《新诗的音节》。
② 朱自清：《诗的形式》。

时,开始精心于自由诗形式美的建设,特别注意了音节美;但是从总的方面来看,新诗形式的散漫倾向并没有真正解决。虽然在理论上,胡适、俞平伯、康白情等对新诗的音节,都提出些有益见解,但在创作实践上没有引起足够的重视。徐志摩、闻一多、饶孟侃、朱湘等人在一九二六年发起了新诗形式运动,致力于新格律诗的创造,并在理论上对新诗形式美作了探讨。虽然徐志摩等人对于诗的"新格式与新音节的发见",成绩斐然,但是"新理论的建立得靠闻先生"①。闻一多在《诗的格律》一文中提出建立新格律诗的一些重要见解:我们尽可以拿下棋来比作诗,棋不能废除规矩,诗也就不能废除格律,"差不多没有诗人承认他们真正给格律束缚住了。他们乐意戴着脚镣跳舞,并且要戴别个诗人的脚钉";诗之所以能激发感情,完全在它的节奏,而节奏便是格律,对于一个作家来说格律便成了表现的利器,因为世界只有节奏比较简单的散文,决不能有没有节奏的诗。所谓格律从表面上看包括视觉和听觉两方面,属于视觉方面的格律有节的匀称,有句的均齐,属于听觉方面的格律有格式、有音尺、有平仄,有韵脚,但是没有格式也就没有节的匀称、没有音尺和句的均齐了。因此"诗的实力不独包括音乐的美(音节),绘画的美(词藻),并且还有建筑的美(节的匀称和句的均齐)"。但是新诗的格律与旧体律诗的格律至少有三点不同:一是旧体律诗永远只有一个格式,而新诗的格式是层出不穷的。因为旧律诗无论什么题材或意境都要挤进一种固定的格式,新诗的格式则是根据内容表达需要出发相体裁衣。二是旧律诗的格律和内容不发生关系,新诗的格律则是根据内容的精神制造的。三是旧律诗的格式是别人替我们定的,新诗的格式可以由我们自己的意匠来随时构造。正是这三点不同,决定着新诗格律不是复古而是创新,是进化而不是退化。尽管闻一多的"格律说"不无偏颇之处,但是他提出的"三美"见解、新诗格律与旧诗格律的三点区别以及"相体裁衣"等观点,不仅丰富了我国新诗的表现力,而且对新诗发展产生了一定影响;特别在新格律说的指导下,尝试新格律诗的出现,标志着新诗进入建立自己形式美的阶段。

"五四"以后新诗深入发展的一个最重要的标志,是不同的新诗流派的初步形成和不同风格的诗人诗作的大量涌现,新诗如雨后春笋一样破土而出。

发扬光大"五四"初期李大钊等人的革命诗歌的战斗传统,瞿秋白发表了革命诗篇《赤潮曲》(1923 年《新青年》季刊),邓中夏发表了《过洞庭》、《胜利》、

① 朱自清:《新诗杂话·译诗》。

《悼歌》等①，蒋光慈出版了革命诗集《新梦》(1925 年上海书店出版)，初步形成了中国新诗坛上的革命诗派。这些诗作表现了更加强烈的时代精神，深刻地反映了现实生活的本质和主流，以昂扬的歌声赞颂革命，号召人们起来投入新民主主义革命的洪流，洋溢着浓郁的战斗气息。瞿秋白的《赤潮曲》宣告了东方古国已"惊醒了五千余年的沉梦"，面前呈现出一片"赤潮澎湃，晓露飞动"的革命景象，为实现"光华万丈"的"共产同"的光辉理想，诗人号人民群众"猛攻、猛攻，捶碎这帝国主义万恶丛！奋勇，奋勇，解放我殖民世界之劳工，无论黑、白、黄，无复奴隶种！"这首诗把深刻的革命思想、炽烈的革命激情，生动的艺术形象和鲜明的民族风格，完美地融合为一体。邓中夏的《过洞庭》，以寓情于景的表现手法，抒写了革命者的胸怀和气魄；《胜利》一诗描绘出一个不屈不挠、奋勇猛进的正在与"豺虎"战斗的革命者的形象；《悼歌》以沉痛的心情和哀动的哭诉声，抒发了作者对无产阶级革命领袖列宁逝世的由衷悼念和无限敬仰之情。蒋光慈的《新梦》是他一九二一年至一九二四年在苏联留学期间写的四十二首诗，这是中国现代新诗史上出现的第一部革命诗歌集。作者以直接抒情的手法，歌颂了十月革命，歌颂了红色劳农的国度，抒写了远大的革命理想和怀念祖国之情；愤怒地抨击了帝国主义掠夺和侵略的暴行，并热情地号召全世界人民同帝国主义进行殊死斗争，号召"中国劳苦的同胞"挺起胸来，"高举鲜艳的红旗，努力向那社会革命走，这是我们自身的事情，快啊，快啊，快动手"(《中国劳动歌》)；特别《哭列宁》一诗，勉励大家化悲痛为力量，沿着列宁为人类开辟的航程继续前进："倘若我们是列宁的学生啊，且收拾眼泪，挺起胸膛，继续列宁的未竟之志。"这些诗篇不仅把诗人对列宁领导的苏联的热爱同对祖国的热爱交融在一起，而且把深挚的爱国主义感情和崇高的国际主义思想交织在一起，形成一股强烈的思想威力和感情激流，启发着、冲击着、感染着读者的心灵。孟超曾在《〈蒋光慈选集〉序言》中指出："在没有认识他以前，我是早已被他的《新梦》等诗歌触发了革命热情，而且当时不只是我一个人受到他的激励，不少青年也因他昂扬的歌唱而得到鼓舞，迈上了革命的第一步。"瞿秋白、邓中夏、蒋光慈等的革命诗篇，带有鲜明的无产阶级思想倾向，虽然在创作方法上瞿秋白、邓中夏倾向于现实主义、蒋光慈倾向于浪漫主义，但是他们的诗作都是中国新诗坛上出现较早的战斗的革命诗篇，为中国革命诗派的发展奠定了基础；特别在二十

① 1924 年《平民周报》。

年代初、中期出现，如同在忧郁苦闷的新文坛上炸响一声春雷，射进一道闪电，对整个新文学向着“革命文学”的方向发展具有不可低估的意义。

继承《新青年》、《星期评论》等现实主义的诗歌传统，文学研究会成立后使“为人生”派的诗歌有了发展，当时影响较大的有一定代表性的是朱自清、冰心、王统照等人的诗作。虽然他们有些诗歌带有浓厚的浪漫主义色彩，但总是同探索人生、表现人生、批评人生这样一个终极目的直接或间接联系在一起——归根结底是扎根于现实人生，即使表现自己或抒写内在感受也是离不开人生这个信息源。朱自清虽然不是最早用白话写诗的人，但他的诗却“远远的超过《尝试集》里的任何最好的一首”①；特别他参加文学研究会后写出的一些颇有影响的诗篇，标明他是当时诗歌创作成就较高的诗人。他的诗收在《雪朝》集里十七首，余者大都收在《踪迹》集里。这些诗篇虽然所表现的思绪较为复杂，但总是与自己的或社会的人生、同时代联系着，既印下了诗人心灵演变的轨迹，也刻下了时代车轮的辙痕。和当时许多年青诗人一样，他在五四浪潮的鼓动下借助那些发光或向阳的物体来抒发内心的感受，赞美那发出“赤和热”的并给人们以“美丽而光明”的煤，歌颂那“光明海”和照得“道路坦坦”的路灯，实际上这是五四运动给中国带来的新时代信息和光明前景在诗人心灵中的投影；他不仅歌唱光明，而且意识到光明决不会从天而降或别人赐与，必须是“你要光明，你自己去造！”②特别在《送韩伯画往俄国》和《赠 AS》两首音调最激越的诗篇里，表现出明显的社会主义倾向。前首诗刻画一个勇敢追求真理的先进知识分子形象，后首诗勾画一个敢于披荆斩棘创造新世界的时代英雄，通过这两个闪烁着新思想光辉的形象，作者把个人抒情和对十月革命的歌颂结合起来、把抨击旧世界和赞美新世界结合起来。“我们现在需要最切的，自然是血与泪底文学，不是爱与美底文学；是呼吁与诅咒底文学，不是赞颂与咏歌底文学”③。因此在赞美光明或理想的同时，诗人的笔触并没有离开血与泪的现实人生，而是对半封建半殖民地社会的丑恶与黑暗予以猛烈的抨击。《血歌》是诗人为“五卅”惨案谱写的战歌，强烈控诉了帝国主义和封建军阀屠杀中国人民的血腥罪行；《小舱中的现代》透过为可怜的生存而进行生死搏斗的残酷场面描写，深刻反映了半封建半殖民的黑暗冷酷的现实人生；《羊群》借自然现象揭露弱肉强食的残酷人生。

① 郑振铎：《五四以来文学上的论争》。
② 《光明》。
③ 朱自清：《〈蕙的风〉序》。

这些表现血泪人生的诗篇具有强烈的现实主义精神。但是诗人在“五四”以后的低潮期也写了相当一部分带有哀伤情绪的诗篇，这是作者世界观矛盾的一种反映，也是那个时代的一种压抑气氛的表现。《转眼》一诗表现了诗人在五四高潮期所憧憬的光明破灭后而在低潮期所产生的苦闷心情，但作者并没有变为悲观主义者，他仍在烦忧矛盾中挣扎，在纷繁的现实中探索着前进，长诗《毁灭》则真实反映出诗人这种思想苦闷矛盾、挣扎探索的复杂心境。这首长篇是诗人的化身，深刻地寄寓着他对人生的感受和态度，既是他思想斗争的告白又是他对人生积极探索的宣言，全诗流贯着一种脚踏实的坚持向前的精神。为表现这些多层次的思想内容，诗人实现了诗体大解放，创造了多姿多态的新诗体式，如有表现哲理的散文诗，有表现革命激情的政治抒情诗，有抒发盘旋回荡思绪的长诗，有表现一时情感火花或感兴的短诗或小诗；在艺术表现上更是不拘一格，挥洒自如，采取多种手法来创造新诗意境，或借景抒情或托物言志或直抒胸臆或象征暗示，都能娴熟地运用；语言清新自然，比喻贴切，表现出诗人精湛的语言功力。总之，朱自清是“为人生”派的有较大影响和较高成就的诗人，也是中国新诗创造的奠基者之一。冰心在五四高潮中登上了文坛，以擅长于“问题小说”的创作而著称，一九二一年初她参加文学研究会后进入“苦闷期”，在创作宣扬“爱的哲学”的小说、散文的同时，开始发表小诗，直至一九二三年才把这些小诗辑为《繁星》（164 题）和《春水》（182 题）两个诗集正式出版。“所谓小诗，是指现今流行的一行至四行的新诗。这种小诗在形式上似乎有点新奇，其实只是一种很普通的抒情诗”。这是五四时期“新诗发生以后，诗的老树上抽了新芽，很有复荣的希望”（周作人《论小诗》）。冰心这些小诗在当时颇有影响，一时被称为“冰心体”，是小诗创作热潮中较有代表性的作品。这些小诗玲珑剔透，哲理味很浓，思想倾向极为复杂。其中大量诗篇是歌颂母爱、童心、自然美的，虽然没有很深刻的社会意义，但也不是与社会人生无关的消遣品。她之所以讴歌母爱，童心和大自然的美，在一定程度上反映了她对苦难人生的关注、对污浊社会的愤恨，对专制现实的不满，以及对美好、崇高、纯真、秀丽境界的追求；当然这些小诗以人类爱思想为其主旨，也流露出一些缺乏积极意义的思绪。还有一部分小诗现实性比较强，反映了一定的时代精神，奏出了时代的音响，虽然它们缺乏《女神》那种时代的激情和磅礴的气势，但也是整个时代交响乐中一个不可缺少的音符，直接或间接地透视出时代的面影和气息，这是些较有积极社会意义的小诗。如《繁星·六一》以人在黑夜中秉烛回家途中见到风的情景来表现社会的黑暗，影射人生道路多艰难；“三六”题直接表现五四时代精神，以诗的形象说明了被压抑的弱小事物只要敢于反抗就能冲裂压在身上的磐石，“解放了你幽囚的自己”；《春水·一一一》不仅揭露杀机四伏的黑暗旧社会，而且在“四六”题中表现了“不解放的行为造就了自由的思想”的具有积极意义的主题，特别“八七”题向进步青年发出了跟着时代“不住的前进”的呼唤，“只能白了青年人的发，不能灰了青年人的心”一诗更抒发了时代青年的坚定不移的壮志豪情；《繁星》的“五四”题和“七〇”题表现出一种以新思想刷洗旧灵魂的自我改造精神；此外也有些哲理小诗能启迪人们的思考，加深对某些事物的理性认识。冰心的小诗不仅在思想内容方面有可取之处，而且在艺术上也具有独到的地方。“小诗的第一个条件是须表现实感，便是将切迫地感到的对于平凡的事物之特殊的感兴，迸跃地倾吐出来”；第二个条件也是最重要的是“含蓄”，不在明说而在暗示，在篇幅短小的诗里更要讲究字句的经济①。《繁星》和《春水》基本达到了这两条美学要求，所以在风靡一时的小诗派的诗人中她影响最大，这也是她对新诗发展作出的独特贡献。王统照在五四时期便开始写白话诗，但他的相当一部分诗篇却是写于参加文学研究会之后，一九二五年出版的新诗集《童心》收集了诗人自一九一九至一九二四年的新作一六六首。这些诗篇大多是对人生问题的探索，是现实生活的一面明镜，既透射出时代面影又映照出诗人的“外形与内心”。作者曾说：“我相信诗的真实创作更是一个明镜，能够照自己的外形与内心。只要作者不是存心开玩笑，骗世人，谁能够逃避开这不容情的现实，老是仰头去看空中的楼阁？我们这时代，风卷波澜；我们这人生，水深火热”②。《童心》的思想内容极为丰富，它以对人生的执着探索和对“美”与“爱”的理想孜孜追求为中心思想线索。《人间》、《虚伪》、《裸露的真诚》等诗，揭露了人间的丑恶，撕破了人生的假面，即“虚伪与人生何尝离却，人生的背面，就是着色的面具与刮肤的利刃”；《疲倦》、《一夕话》、《夜行》等诗，表现出一种同情劳苦大众的人道主义精神和为探索人生的未来、寻找“美”与“爱”的理想而苦苦追求的决心。尽管“人间终是夜中行路”，但是他坚信“前路定有明光，阴影终将退去”，因之“情愿到人生之网中去冲撞”。即使他笔下那些讴歌自然赞美田园的风景诗，也是把对自然风物的感受同人生问题交织在一起。王统照“对于大自然是敏感的，深情的，不论对于色彩、声音、形象，都感觉入微，描写细致。在大

① 《论小诗》。

② 《这时代·序》。

自然的描写中加入生问题，使得这些风景诗的意义更加深了一层”（臧克家《王统照先生的诗》）。如《初冬京奉道中》、《明湖夜游》、《海的余光》等诗则是对景生情，把自然与人生联系起来的诗篇。当然他在诗中所追求的“爱”与“美”的理想是比较空泛的，也是难以实现的，因之往往流露出一种迷惘情思。总起来看，《童心》少有虚伪浮浅的弊病，多有坦露真诚的诗美，不论所反映的时代、社会、人生、大自然以及诗人的内心世界，大都描写真实，情感真挚，且有一定的深度。叶绍钧曾在《诗的泉源》中说，王统照的诗“发抒烦闷，就成为切至的悲声，赞美则充满春意，咒诅则力显深痛，感情是深浓热烈的，思虑是周博正确的”。在艺术表现上，想象丰富新丽、形象优美生动，手法灵活多变，形式自由解放，新颖多姿，如自由诗、散文诗，叙事诗、抒情小诗等，不拘一格；它的不足之处，主要表现在有些诗过于散文化、过于雕琢，流于隐晦难解，有的诗句过长，带点欧化。但是《童心》的成就是值得重视，诗人为中国新诗的创建与发展所作出的积极探索与实践是值得肯定的，与同时期出版的新诗集相比它也是新诗百花园中的一枝新花。文学研究会这三位诗人如同“五四”前后的大多数新诗者一样，大都是新文学的多面手，虽然他们的成就并不一定是新诗创作方面，但的确显示了他们的诗才和各自的诗风，为新诗的创建和发展作出了自己的贡献；尽管他们有些诗篇带有浪漫色彩或象征意味，然而基本创作倾向却是为人生的，在很大程度上体现了五四初期白话诗的现实主义传统的新发展。

五四时期新诗坛出现的《女神》如同一颗艺术明珠放射出耀眼的浪漫主义的灿烂光辉，以郭沫若为代表的创造社成立以后继承和发展了《女神》的浪漫主义精神，形成了中国新诗史上的最早的浪漫主义诗派。其浪漫主义诗风的影响所及，不仅仅限于创造社诸作家，也波及到同时代的和后来的其他诗人。郭沫继《女神》之后写的新诗分别收在《星空》、《瓶》和《前茅》三个诗集中。它们同《女神》相比虽然减少了一些火山爆发式的诗情诗意，甚至有些诗的基调显得低沉一些；但由于诗人从日本回国后对现实生活有了进一步接触、思想认识有了进一步提高，因而对旧中国黑暗现实的揭露更为深刻，思想感情的表现更为深沉，斗争的意志更加坚毅，渐次取代了《女神》那种较为朦胧的理想色彩和稍微空泛的表现“自我”的反抗激情，使浪漫主义中的现实主义成分增强了。《星空》（1923年版）收诗廿三首，写于二九二一年九月至一九二二年十二月，正是五四运动的退潮期和作者思想感受到苦闷寂寞之时，因此诗集中明显地留下了退潮的微波和诗人的由热烈而冷静下来的忧思，显露出哀伤而又悲壮、低沉而又怀着希望的基调。既有《洪水时代》这样的号召“近代的劳工”——“未来的开拓者”掀动“第二次的洪水时代”的积极向上的诗篇，又有《孤竹君之二子》借古人的皮毛来抒写自己低沉情绪的剧诗，既有《星空》、《南风》、《白云》、《，暮》等透过赞美大自然借以抒情寄怀、发泄对黑暗旧社会不满的写景抒情诗，又有《吴淞题上》、《黄海中的哀歌》这样直面惨淡的现实、抨击帝国主义和各种反动势力对中国人民进行残酷蹂躏的现实感和历史感很强的诗篇，也有《天上的街市》、《新月》、《两个大星》、《广寒宫》等这样带有神秘色彩和童话风味的优美诗章。这些诗篇虽然见不到天狗式的激越雄浑的诗风，却体现出一种优美、细腻、缠绵、幽婉的风格，并未失去一个积极浪漫主义诗人的本色。《前茅》出版于一九二八年，但绝大部分诗歌写于一九二一年八月到一九二四年初，主要反映了诗人这个时期思想的一个侧面。如果说在“五四”的退潮期作者的思想是循着时高时低的曲线形态发展的话，那么《星空》诗集则主要体现了低沉消极的一面，《前茅》集着重体现出高昂积极的一面(这只是相对而言)。它的相当多的诗篇描写了人生的苦难，抨击了半封建半殖民地社会现实的冷酷与黑暗。如《哀时古调》有几首揭示了旧社会知识分子的悲苦命运，从而抨击了不合理的社会制度和军阀统治，《黄河与扬子江对话》一诗对封建军阀的揭露更为尖锐，批判更为深刻，这是些洋溢着现实主义精神的诗篇；也有些诗如《上海的清晨》、《我们在赤光中相见》等，把抨击现实和畅想未来结合起来，迸发出理想和希望的火花。并借黄河与扬子江的口表述自己的政治见解，即在批判“非战”思想、“爱的哲学”和封建迷信的同时，提出了流血的主张，从而向中华民族发出呼喊：“人们哟，醒！醒！醒！已往的美与法——是十八世纪的两大革命，已兴的俄与中——是二十世纪的两大革命。二十世纪的中华民族大革命哟，快起！起！起！快在这二十世纪的世界舞台上别演一场新剧！”这种革命畅想虽然并不完全是无产阶级的，但也透露出中国应走俄国革命道路的社会主义思想倾向。为了引导人们去实现美好的理想，不仅在《暴虎辞》中歌颂古代英雄李禹可的英勇耿直、视死如归、蔑视威权的英雄气概，而且在《太阳没了》一诗中以无限悼念和赞美的深情讴歌了列宁这位功德无量的无产阶级英雄，并号召人们化悲痛为力量，“各秉着赤诚的炬火，前走！前走！”《前进曲》是一首铿锵有力的革命进行曲，向人民大众呼唤着“点起我们的火炬，鸣起我们的金钲，举起我们的铁槌，撑起我们的红旗，前进！前进！前进！”为了跟上大时代的步伐，有些诗篇表现了诗人的思想在不断地自我否定中前进，虽然所流露出的思想情绪比较复杂，但主导方面是向着一个新的思想体系靠近。《前茅》的艺术成就显然比不上《女神》,也没有《星空》那么迷人,比较空泛一些;从创作倾向来看,如果说《星空》的浪漫主义色彩浓烈而现实主义成分稍弱一些,那么《前茅》的浪漫主义基调中溶进了更多的现实主义因素。不论是《星空》或是《前茅》,都是五四新诗运动深入发展的重要标志之一,也是新诗浪漫主义流派的代表作之一。《瓶》出版于一九二七年,却写于一九二五年初,晚于《前茅》集中的诗。这是郭沫若最早的也是唯一的一本爱情诗集,它由四十二首诗组成,以"我"与姑娘的爱情故事为线索将全部诗结构成一个艺术整体,充分表现了"我"对一个少女的爱慕心情及种种复杂的矛盾思绪,也就是把"我"内心隐秘的爱和炽烈的情赤裸裸地展示出来,毫不掩饰他在《少年维特之烦恼》的卷头上曾写道:"青年男子谁个不善钟情?妙龄女子谁个不善怀春?这是我们人性中的至圣至神;啊,怎么从此中有惨痛飞迸?"整个诗集以美好的回忆与热烈的追求开始,最后以"我"的失望结束,虽然流露出一点阴暗神秘的色彩,但是坦露的感情却是真诚的,动人的;幽婉缠绵的语言、柔和动人的音响、抑扬有致的节律、曲折回旋的思路,构成《瓶》的独到的艺术特色。总之,继《女神》之后郭沫若创作的这三部诗集,尽管思想与艺术各有所差异,但基本创作倾向却是浪漫主义的,标志着中国的新诗运动将进入一个新的历史阶段。郑伯奇在留日期间参加"少年中国学会",便开始在《少年中国》上发表《别后》、《落梅》、《赠台湾的朋友》等白话诗,创造社成立以后他又在《创造季刊》和《创造月刊》上发表了《梅雨》、《梅月间》、《断章》、《无题》、《问日》等新诗。最能显示郑伯奇浪漫主义诗风的是《别后》和《赠台湾的朋友》:前者颇有郭沫若《女神》诗的风格,虽然诗中抒写了作者送别后的寂寞心情,但是见到太阳后他的感情激越,"心花开了!灵魂笑了!举头望着太阳;低头理着杂想",并把太阳比成"生命的父亲",要以太阳的光、热、能"重把世界改造",充分表现出诗人的火一样的创造激情和改造旧世界创建新世界的理想。后者同《别后》一样,洋溢着浪漫主义诗情,沸腾着诗人对台湾同胞的火热的感情,体现了强烈的爱国主义精神。诗人以高亢的情调歌颂神圣的祖国:"我们共享有四千余年最古文明的荣称!我们共拥有四百余州锦绣河山的金城!这些都不算什么?我们还有更大的,我们的生命在未来;我们的未来全在你!"不仅热爱祖国的古老文明和大好河山,更热爱祖国的光辉未来,把对祖国的挚爱同对理想的追求有机地结合起来。诗人最后向台湾同胞高呼:"我们的前途渐来了!呀!创造,奋斗,努力!""来!协力,互助,打破命运这恶魔!"这首充满深情厚意和浪漫主义激情的赠答诗，不仅显示了诗人的浪漫主义的诗才诗情，而且在新诗史上也是一首值得珍重的佳作。王独清是创造社前期的一个诗人，有诗集《圣母像前》等。他的诗如《吊罗马》等，颇近似拜伦的积极浪漫主义，“他为罗马招魂，就是为他的长安招魂”，不仅借赞美古罗马的“那创造时代的伟绩”，表现对祖国古代优秀文化遗产的怀念，而且期待着罗马同“长安一样的旧都”再兴！再兴！再兴！但是他更多的诗带有消极浪漫主义倾向。穆木天曾说王独清的诗“歌唱出他前两种主要的动机：第一是对于过去的没落的贵族的世界的凭吊，第二是对于现在的都市生活之颓废的享乐的陶醉与悲哀”；即他是“在法国深受了浪漫主义和象征主义的影响”，他“想学法国象征派诗人，把‘色’与‘音’放在文字中”[①]。他的诗有的接近积极浪漫主义；有的酷似象征主义，流露出浓重的颓废感伤的情调。总之，创造社所代表的浪漫主义诗歌流派，体现在各个诗人身上其思想与艺术倾向是有明显差异的。郭沫若的新诗真正显示着由积极浪漫主义向革命浪漫主义发展的趋向，王独清的诗歌则表现由“过去同贵族的浪漫的诗人相结合（缪塞、拜伦），而在现在同颓废派象征派诗人起了亲密的连系”的消极浪漫主义趋向。

“湖畔诗社”由潘漠华、冯雪峰、应修人、汪静之组成，于一九二二年在杭州成立，先后出版过诗集《湖畔》、《春的歌集》、《支那二月》（以上为合集），以及汪静之的《蕙的风》、《寂寞的国》等。作为“五四”以后出现的一个新诗流派来说，“湖畔”派的四位诗人，都受过五四运动的洗礼和个性解放思潮的冲击，都汲取了五四新文学的果汁，都是些人世不深的天真烂漫的青少年，他们有着共同的意愿和美学追求，大都以抒情小曲见长，因此形成了“湖畔”诗派的有别于其他流派的风格。当然他们四人的诗作也有着明显的个性差异：“潘漠华氏最是凄苦，不胜掩抑之致；冯雪峰氏明快多了，笑中可也有泪；汪静之氏一味天真的稚气；应修人氏却嫌味淡些”[②]。即“漠华的使我苦笑；雪峰的使我心笑；静之的使我微笑”[③]。尽管如此，但他们四人的诗有着接近的思想和艺术倾向。从内容上看，有少数诗刺讽不合理的社会人生，有些诗写下层人们的悲苦，有些诗写友情，有些诗讴歌母爱，更多的诗则是描写爱情。这大量的爱情诗既显示了他们的共同特长，又是他们对中国新诗的独特贡献。朱自清认为，自白话诗诞生以

① 朱自清：《中国新文学大系·诗集》。
② 《中国新文学大系·诗集导言》。
③ 应修人：《心爱的》。

来,“真正专心致志做情诗的,是‘湖畔’的四个年轻人”。他们敢于冲破封建伦理道德的罗网,毫无顾忌地大胆坦率地抒写男女之间的倾慕与爱情,这是现代人觉醒的表现,从来歌颂爱情自由的诗也没有“湖畔”诗派这么大胆、真切、热烈而又未流入猥亵庸俗。他们不仅长于写表现新的道德观念和爱情观的情诗,而且也善于写抒情主人公的童心美,即不少写社会人生、自然景物的诗都是少年抒情者的天真的眼光和心理的折光。朱自清在《蕙的风》序中说:“小孩子天真烂漫,少经人间世底波折,自然只有‘无关心’热情弥满在他的胸怀里。所以他的诗多是赞美自然,咏歌恋爱。所赞颂的又只是清新,美丽的自然,而非神秘,伟大的自然;所歌咏的又只是质直,单纯的恋爱,而非缠绵,委曲的恋爱。这才是孩子们洁白的心声,坦率的少年的气度!”这不只是对汪静之新诗的童心美的分析,也是对整个“湖畔”诗派的共同特征的概括。在艺术倾向上,“湖畔”诗派更多地继承了《新青年》、《新潮》的诗风,既有写实的又有主抒情,既体现出现实主义精神又洋溢着浪漫主义色彩;响应五四新诗运动的“诗体大解放”的呼声,虽然有些诗体注意整齐、音韵、节奏,但大多数诗篇采取自由式,特别那些源于日本的俳句与和歌小诗体可以自成一派。值得重视的是,在《湖畔》和《蕙的风》出版之后,他们在继续写自由体诗的同时,逐渐对格律诗发生了兴趣,并开始探索新格律诗,虽然“湖畔”诗派没有像“新月”社那样提出过较系统的格律诗的理论,在创作实践上也没有多大影响,但是他们却是开格律诗体风气之先的探路者和尝试者。

“新月社”成立于一九二三年,作为一个“五四”以后出现的新诗流派来看,同当时其他的新诗流派比较,它的艺术倾向更接近于唯美主义;一九二六年该社徐志摩、闻一多、朱湘等人又发起一个新诗形式运动,他们对新诗的形式美在理论上和实践上都作了一番努力。前期“新月社”的有影响的代表性的诗人是闻一多和徐志摩,他们对中国新诗的发展作出了各自的贡献,当然也带来一些消极影响。闻一多在五四运动高潮期就开始写诗,并逐步形成唯美主义思想,提出了“为艺术而艺术”的文学主张,《红烛》(1923 年版)诗集的大部分作品带有唯美主义倾向。一九二二年出国前他在《清华周刊》上发表的《西岸》、《美和爱》、《时间的教训》、《深夜的眼泪》、《死》等九首新诗表现了明显的唯美主义理想,即生命在于创造,生活的充实就是快乐,为生命、灵魂而死是为了生命、灵魂的健全,努力于创造之途为的是发挥自己的个性,做一个完全的人;《红荷之魂》则是唯美诗人的自我写照。一九二二年至一九二五年留美期间,进一步强化了他的唯美主义观点,同时又培养了他的深沉的爱国主义思想感情。写于美国的《孤雁篇》、《红豆篇》等诗,虽然带有浓郁的重主观、重感觉、富有幻想的唯美主义色彩,但却表现了诗人的爱国思乡之情和憧憬光明与理想的情怀;不过《红烛》诗集中大部分诗篇则是对爱情的抒写和对人生的咏叹。闻一多的为艺术的唯美主义创作倾向曾被郭沫若视为同调,这说明他们的美学倾向有相似之处,但他们的新诗主张和作品也有明显不同。即郭沫若主要接受了十九世纪上半期的浪漫主义影响,在诗作中歌颂大自然,破坏现实世界;闻一多主要受到十九世纪末新浪漫主义影响,在诗作中崇拜艺术美,逃避社会现实。一九二五年闻一多回国后面对着中国社会的急剧变化和发展,渐次抛弃了唯美主义,写了一些深刻反映现实、抨击社会黑暗的诗篇,收入第二个诗集《死水》中,并在新诗形式上进行了积极探索,由主要写自由体诗转向写新格律诗,这不仅标明诗人的思想和诗作有了新发展,也说明中国新诗的形式美的创建引起人们自觉的重视和积极的实践。徐志摩是新月社最有代表性的诗人,一九二一年在英国留学开始写诗歌,他“五四”以后创作的诗辑成《志摩的诗》,于一九二四年底出版。他的文艺思想深受英国唯美主义、印象主义、新浪漫主义等现代派思潮的影响,因此给他前期的诗作带来极为复杂的思想与艺术倾向。他在谈到诗集《志摩的诗》时曾说:“我这第一本当然是一碗杂碎,黄瓜与西瓜拌在一起,羊肉与牛肉烧成一堆,想着都有些寒伧。”的确是这样,既有些描写劳动人民痛苦生活,抨击封建军阀黑暗统治的带有现实主义倾向的诗篇,又有抒写理想与爱情,表现资产阶级个性解放的带有浪漫主义色彩的诗篇,更有一些诗作流露出消极悲观情调和哀怨感伤思绪,带有浓重的唯美主义倾向。此后徐志摩写的诗集《翡冷翠的一夜》,标志着他向脱离社会现实的唯美主义方向转化,更热衷于爱情和风景的描写,很多诗篇罩上了一层忧郁、感伤、颓唐和逃避现实的重彩,甚至有的诗篇流露出反动思想情绪。胡适在《追忆志摩》一文中曾说:“他(指徐志摩)的人生观真是一种单纯的信仰,这里只有三个大字:一个是爱,一个是自由,一个是美。他梦想这三个理想的条件能够会合在一个人生里,这是他的单纯信仰。他的一生的历史,只是他追求这个单纯信仰的实现的历史”;“他的失败是因为他的信仰太单纯了,而这个现实世界太复杂了,他的单纯的信仰禁不起这个现实世界的摧毁”。这虽然是对他一生历史的概括,但也可以看作是从人生观的角度对他前期诗歌的复杂思想内容的开掘。徐志摩前期对于新诗形式美的探求,他的贡献虽然逊于闻一多,但他在新格律诗上所作出的努力是应该引起重视的;况且有不少新诗评论者如朱自清、蒲风、卞之琳等对他新诗所取得艺术成就和历史地位已作了充分肯定。当然我们对他新诗的消极倾向,特别一九二七年以后的一些诗,也应该持批判态度。“新月社”作为一个新诗流派,它是“五四”运动后出现的一个有影响的带有唯美主义倾向的资产阶级文学社团,不论其成员或诗作都比较复杂,只有承认它才能恢复其在中国现代文学史特别新诗史上的本来面目。

朱自清在新文学史上第一次给象征诗派一个显要位置,并把它作为五四新诗运动“在前进的”一个标志。在“五四”前后的新诗创作中,运用象征手法来写白话新诗的是大有人在,但诗作的主导倾向是象征主义的并不多见;李金发确是新文学头十年“象征诗派”的代表诗人。他从一九二〇年在法国留学开始写诗,深受法国象征主义思潮的影响,“五四”以后他连续创作了《微雨》(1925年版)、《食客与凶年》(1927年版)和《为幸福而歌》(1926年版)三个诗集。李金发这些象征主义诗歌出现在“五四”以后的新诗园地,很快引起新诗评论者的注意,众说纷纭,誉毁不一。就思想内容而论是极为迷离恍惚、纷纭复杂的。虽然大量的诗篇是透过表现“自我”,哀人生之多艰,悲前途之渺茫,表现出一种矛盾痛苦、愁绪忧思、消极颓废、绝望厌世的情绪;但也有些诗篇表现了积极内容。如《故乡》、《风》、《雨》等诗,抒写了怀念家乡眷恋故国的情绪,表现了爱国主义思想情感,虽然没有闻一多的《孤雁》、《忆菊》等爱国诗那么深沉炽烈,但所表现的思乡爱国情感却基本相同;再如《寒夜之幻觉》、《丑》、《悲》等诗,揭露了资本主义世界的腐朽不堪和血污斑斑的罪恶,当然诗作中也流露出一种幽怨悲伤的哀调;还有的诗描写了异国风情,给人以新颖感,如《钟情你了》写西方劳动妇女的恋爱方式和内心世界,充溢着风趣幽默感。这说明李金发的诗歌内容并不完全是消极的,而是瑕瑜互见、菁芜并存,应进行全面的具体的历史的评述。李金发是在象征派故乡法国,吸取了象征派特别是魏尔伦的奶汁成长起来的,毫无批判地把象征主义拿过来;他甚至否定诗歌的意境的明确性和语言的确定性,使他的许多诗成了难解的“谜”,失去了作品的社会功能和积极的审美意义。当然这并不是说李金发采取的象征主义手法毫无可取的地方。朱自清对他的诗歌艺术作过比较中肯的评价:“不注重形式而注重词的色彩与声音”;“充分发挥词的暗示力量;一面创造新鲜的隐喻,一面参用文言的虚字,使读者不致滑过一个词去”;他的艺术触角是在“穿透熟悉的表面向未经人到的底里去”,乃是

“向精细的地方发展”[①]。李诗的主要缺点是“没有寻常的章法，一部分一部分可以懂，合起来却没有意思”，而且“句法过分欧化，教人像读着翻译；又夹杂着文言里的叹词语助词，更加不像——虽然也可以说是自由体制”[②]。李金发前期的象征主义诗作虽然同其他流派的新诗相比，在思想与艺术上没有多高的价值，但是从中国新诗发展史上看，却是一个否定不了的诗歌流派的代表，至少为中国象征诗派开了先河。

从上述可以看出，初期白话诗运动在“五四”以后有了新发展，呈现出一些新特色。

① 《新诗杂话》。

② 《中国新文学大系·诗集导言》。

第三章 五四小说

第一节 从“小说界革命”到新小说诞生

近代小说观念的改良始获新成果

在中国文学的源远流长的演进过程中，小说艺术从它成为一个独立的文学系统起，总算是一个有成绩的部门，不论是短篇体或长篇体小说都留下一些不朽的佳作，特别是《三国演义》、《水浒传》、《西游记》、《红楼梦》、《儒林外史》等的相继问世，标志着中国古典小说有了巨大发展。但奇怪的是，小说的家族在中国古代文学史上从来也没有像西欧文学那样，与诗歌、散文享有同等的待遇或一视同仁的地位，不是把小说作为文学的正宗，而是看成“邪宗”，作小说的决不能登上文学家的宝座，小说艺术只不过是君子弗为的“雕虫小技”而已。不改变中国小说这种不公平的地位，不打破人们对小说这种不合理的传统观念，要使小说以新的姿态去感应近代的新经济、新政治、新文化、新思想，去顺乎近代世界文学的新潮流，那是不可能的。近代一批改良主义思想启蒙家，为了启迪民智，唤起中国民众变法图强的觉醒，他们首先从文学的武库中选取小说作为其政治改良和思想启蒙的有力工具，这一下子便提高了小说的历史地位，改变了人们对小说的价值观念。由于近代改良主义者是从政治家、启蒙家而不单是从文学家的角度来考察和认识小说的功能，因之小说从此就和政治、思想运动结下了不解之缘，相对来说它自身的艺术价值或美感规律不能不被畸形膨胀起来的政治功能或社会职能所淹没或取代。不过从主导方面来看，晚清文学改良运动中对小说观念的革新，的确为中国现代新小说的诞生作了一定的舆论准备和理论准备。

对于视小说为“小道”或“邪宗”或“闲书”等传统观念的挑战，虽然并不始于梁启超，但是真正将小说的传统观念打破，把它推到文学殿堂的最高宝座应是以梁启超为代表的资产阶级改良派。一八九六年梁启超在《论幼学》中提出“今宜专用俚语，广著群书”，即用通俗的语言创作小说书，以揭露“官途丑态，试场恶趣，鸦片顽癖，缠足虐刑”，使小说成为抨击社会黑暗、激发国耻的有力工具。实际上这是要以批判现实主义的小说观取代中国传统的小说观，其主旨是通过强调小说的崇高而巨大的社会职能以提高小说的历史地位，这是改良派革新小说观念的核心和要害。严复和夏曾佑于一八九七年发表的《本馆附印说部缘起》以人类社会进化的观点来考察小说的社会功能，认为“欧、美、东瀛，其开化之时，往往得小说之助”。把欧洲各国、美国以及日本的民族开化、国家强盛归之于小说之力，显然是夸大了它的社会作用；然而以此来激发中国人的救亡图存的信心和对小说的重视，也不无益处。特别他们通过比较的分析，强调小说“入人之深、行世之远”而在经史子集之上，为小说争得了文学正宗地位。维新派的领袖康有为从历史的时代的高度来认识小说的社会影响。仅就读者群而论，“经史不如八股盛，八股无如小说何”，小说在书肆的销量中居首位。梁启超写于一八九八年的《译印政治小说序》，进一步发挥了严复、夏曾佑、康有为的一些观点，特别强调政治小说在美、英、德、法、奥、意、日本各国政界的进化史上“功最高”，小说在中国的启蒙教育作用大大超过六经、正史、语录、律例；正因“小说为国民之魂”，故从今日中国时局出发，则必须充分发挥小说启蒙思想、改良社会的巨大功能。真正改变了小说在中国文学史上的“邪宗”而取得了“正宗”地位的，真正称得起“小说界革命”宣言的，应是梁启超写于一九〇二年的《论小说与群治之关系》。这篇重要的论文是“小说界革命”的纲领，把小说的社会职能和历史地位提到一个惊人的高度，从根本上改变了传统的小说价值观念。在梁启超看来，小说本身具有的熏、浸、刺、提四种功能，足以支配人道，足以改变一代社会；故“今日欲改良群治，必自小说界革命始，欲新民，必自新小说始”。在梁文的影响和推动下，掀起一个革新小说观念的热潮，纷纷撰文从不同角度来阐发梁启超的小说观。夏曾佑于一九〇三年发表的《小说原理》，从人们审美的娱乐要求出发，强调“小说遂为独一无二可娱之具”，这可看作是对梁启超观点的补充。狄平子于一九〇三年发表的《论文学上小说之位置》，肯定了梁启超的“小说为文学之最上乘”、“足以支配人道，左右群治者”等观点；并且从对文学性质的简与繁、古与今、蓄与浅、雅与俗、实与虚的五对矛盾的分析中指出，“所谓良小说者，即禀后五端之菁英以鸣于文坛者也。故取天下古今种种文体而中分之，小说占其位之一半”，进而说明小说在中国文学史上的正宗地位。王无生在《论小说与改良社会之关系》中，从救亡图存的高度指出，小说者不特为改良社会、演进群治之基础，而且“今日诚欲救国，不可不自小说始，不可不自改良小说始”；“今当四国协约之后，人人有亡国之惧，以图存救亡为心者，颇不一前引人”，只有充分发挥小说的教育职能才能提高大多数国民的爱国思想，才能加速国民更生之期的到来。陶曾佑在《论小说之势力及其影响》一文中，竟认为小说有无量不可思议之大势力，即“小说者，实学术进步之导火线也，社会文明之发光线也，个人卫生之新空气也，国家发达之大基础也”；因此“欲革新支那一切腐败之现象，盍开小说界之幕乎？欲扩张政法，必先扩张小说；欲提倡教育，必先提倡小说；欲振兴实业，必先振兴小说，欲组织军事，必先组织小说；欲改良风俗，必先改良小说”。《论小说之教育》一文主张用白话小说作为普及教育的有力工具，即一以小说改良戏剧而教育之，一以小说改良平话而教育之，一以小说附诸图片而教育之，“移动吾民之劣根性”，尽指导社会之责。总之，这都是从不同的角度不同的侧面向传统的小说观挑战。虽然他们把小说的社会功用强调到重于一切、高于一切、大于一切的程度，未免陷入唯心主义，但对于更新小说的价值观念，确立小说在文学史上的正宗地位，推动小说的发展是会起到积极作用的。围绕对小说功利价值的探讨，触及到小说的现实主义和浪漫主义创作方法，小说的艺术感染力，小说的体裁、语言及民族形式等问题。这为现代小说的诞生在观念更新上作了一定准备。

在辛亥革命时期，资产阶级革命派对小说观念的革新虽然没有出现一个像资产阶级改良派那样的“小说界革命”的狂潮，尚未形成一个探讨小说理论的新局面；但是他们在繁多的革命政治活动之余也注意到小说理论的研究，提出一些有价值的观点。黄摩西于一九○七年初发表的《〈小说林〉发刊辞》，对小说的社会价值提出了新见解，既反对那种视小说为“闲书”的传统观念，也不同意改良派把小说的社会作用估价过高，即“昔之视小说也太轻，而今之视小说又太重也”；特别对当时那种“出一小说，必自视国民进化之功，评一小说，必大倡谣俗改良之旨”的过分重功利的倾向，表现出勇敢的批评精神。徐念慈在《余之小说观》的“小说与人生”一题中，对小说的社会价值提出了更为深刻正确的见解：“小说者，文学中之以娱乐的，促社会之发展，深性情之刺戟者也。昔冬烘头脑，恒以鸩毒莓菌视小说，而不许读书子弟一尝其鼎，又不免失之过严，近今译籍稗贩，所谓风俗改良，国民进化，咸惟小说是赖，又不免誉之失当。余为平心论之，则小说固不足生社会，而惟有社会始成小说者也”；“小说与人生，不能沟而分之，即谓小说与人生不能阙其偏端，以致仅有事迹，而失其记载，为人类之大缺憾”。这不仅揭示出小说既有社会职能也有娱乐性，而其促进社会发展则要通过深情去感动去刺激去启迪人们，同时也指出了小说与人生的辩证关系，是社会始成小说，而小说不足生社会，它只能促进社会之发展。尤其可贵的是，他们从美的角度来探讨小说的价值。黄摩西认为“小说者，文学之倾于美的方面之一种”，这是“小说之实质”；并指出“文学之有高格可循者，一属于审美之情操，尚不暇求真际而择法语也”①。徐念慈借助黑格尔等人的美学观来论述小说的美学价值，虽然难免谬误，但是有些提法如“美之究竟在具象理想，不在于抽象理想”、“美的概念之要素，其三为形象性”、“美之第四特性，为理想化”②等，不只是令人耳目一新，且表现出一种勇于探索小说新路的开拓精神。此外晚清革命派小说家对小说主题、题材、人物、情节、语言等方面的探讨，都有些新的突破，向现代小说观念跨进了一步；特别徐念慈在《余之小说观》的最后一题“小说今后之改良”中，把形式、体裁、文字、旨趣、价值等五方面作为小说改革之道，并要求小说的革新“务合于社会之心理”。这些新的理论见解，对于呼唤现代新小说的诞生不能不产生积极作用。

在资产阶级改良派和革命派从传统的小说观解放出来而逐步探索新的小说观念的演进过程中，潜滋暗长起与之相对立的一种小说观，这就是萌蘖于清末民初的鸳鸯蝴蝶派的游戏文学观。虽然这个流派的主导倾向是消极的，对现代新小说的诞生起着毒害作用；但由于它的构成人员比较复杂、主办的报纸杂志繁多，而且有个漫长的演化过程，因而不论对其创作倾向或文学主张，都应该持具体分析态度。仅就鸳鸯蝴蝶派的小说观念来考察，就呈现出一个复杂的理论形态。把小说只看成是娱乐之具、消遣之资，这是鸳鸯蝴蝶派小说观的核心，也是主导方面。诚然，小说本身就具有娱乐性或消遣性的功能，但这并非它的重要职能，唯有社会职能才是小说崇高而重要的职能；如果以娱乐性或消遣性取代了或抹杀了小说的社会功能，那小说就失去了真正意义和存在的实际价值，相反会对人生对社会起消极作用，这正是鸳鸯蝴蝶派游戏文学观的危害性所在。从表面看来，似乎这种游戏小说观念是对改良派小说家的过分重社会功利的小说观的反动，实质上它是同传统的视小说为“闲书”的封建文学观一脉相

① 《〈小说林〉发刊词》。
② 《〈小说林〉缘起》。

承的。当然鸳鸯蝴蝶派的小说观还有其复杂的一面。就整体察之,谁也不能否认他们的小说观过分强调了小说的娱乐性或消遣性。有的说,"文林诗海消闲料,说部歌坛醒睡丸。谁道书成了无益,茶余酒后尽人欢"[①];有的说,"仗我片言,集来尺幅,博人一噱,化去千愁,此《消闲钟》之所由刊也"[②];也有的说,"人岂不欲往戏园顾曲,往酒楼觅醉,往平康买笑,而宁寂寞寡欢,踽踽然来购读汝之小说耶?余曰,不然。买笑耗金钱,觅醉碍卫生,顾曲苦喧嚣,不若读小说之省俭而安乐也;且买笑觅醉顾曲,其为乐转瞬即逝,不能继续以至明日也。读小说则以小银元一枚,换得新奇小说数十篇,游倦归斋,挑灯展卷,或与良友抵掌评论,或伴爱妻并肩互读,意兴稍阑,则以其余留于明日读之,晴曦照窗,花香入座;一编在手,万虑都忘,劳瘁一周,安闲此日,不亦快哉!故人有不爱买笑,不爱觅醉,不爱顾曲,而未有不爱读小说者"[③]。为消遣而消遣,为娱乐而娱乐,至于人生社会在他们眼里只不过是游戏、玩弄、笑谑的资料而已,这是鸳鸯蝴蝶派小说观的消极倾向,与人生与社会是有害无益的。但是问题的复杂性恰恰在于,鸳鸯蝴蝶派的小说观并非完全是消极的,当全面分析之后便会发现他们的小说观尚有值得肯定之处:一是有的成员并没有把小说完全当成游戏工具,而是"借游戏之词,滑稽之说,以针砭乎世俗,规箴乎奸邪也","虽名属游戏,岂得以游戏目之哉?且今日之所谓游戏文字,他日进为规人之必要"[④],表明他们尚未完全否定小说的揭露作用和教育作用。有的成员也不满于本派那些专供"野老闲谈之料,茶余酒后备人消遣之资,聊寄闲情,无关宏旨",失去小说效用的消极倾向,公开主张小说者,可称之曰现在世界之调查录,未来世界之试验品,即是现实社会的反映又是对理想社会的表现;尤抱有三大主义,以贡献于社会:一曰个人之志气也。小说界于教育中为特别队,于文学中为娱乐品,促文明之增进,深性情之戟刺,抗心义侠,要离之断头何辞,矢志国难。一曰祛社会之习染也。穿耳缠足,有妨体育,迎神赛会,浪掷金钱,谈星相则妄邀天幸,虐奴婢则惨无人理,尔虞我诈,信誓皆虚,积垢丛污,卫生不讲,凡兹恶点,相习成风。小说界以罕譬曲喻之文,作潜移默化之具,冀以挽回末俗输荡新机。一曰救说部之流弊也。凡事不能有而无害,自说部发达,其势力遍于社会,但也带来一些消极

① 1914 年《繁华杂志》创刊号题辞。
② 1914 年 5 月《消闲钟》发刊辞。
③ 1914 年 6 月《礼拜六》出版赘言。
④ 1913 年 11 月《游戏杂志》序。

影响，故创办《中华小说界》以救之[①]。这些见解虽不精到，但却有可取之处，至少指出了小说艺术具有多种功能，既看到了它的娱乐性又强调了它的社会职能。即使《眉语》这样的典型鸳鸯蝴蝶派刊物也没有否认小说的“感化之功”：“锦心绣口，句香意雅，虽曰游戏文章、荒唐演述，然谲谏微讽，潜移默化于消闲之余，亦未始无感化之功也”[②]。《小说大观》的“例言”公开声明：所载小说，均选择精严，宗旨纯正，有益于社会，有功于道德之作，无时下浮薄狂荡诲盗导淫之风[③]。二是有的鸳鸯蝴蝶派成员明确地认识到“文学进化之轨道必由古语之文学变而为俗话之文学”，因而提倡小说以白话为正宗，全用白话体，取其雅俗共赏，凡闺秀学生商界工人，无不咸宜[④]。这些小说观念具有一定的进步性，虽然它不能代表鸳鸯蝴蝶派小说观的主导倾向，也不能单依靠这些理论主张来判定这一派小说的总倾向，但是有一点应当承认，即他们的小说观并不都是消极的或反动的，各个成员或杂志的文学主张是有明显差异的。因此他们小说观的可取之处对现代白话小说的产生不是毫无理论意义。

总之，不论是资产阶级改良派或者是革命派甚至鸳鸯蝴蝶派的个别小说家，他们都为小说观念的改革作了一些探索工作，并初步获得了含有现代小说理论因素的新成果。尽管这些小说观念并不完美，也不够深刻，甚至尚有片面性或谬误之处，但它同传统的小说观念相比，终究是更新了，前进了；尤其是小说价值观念的改变，使小说在整个中国文学史上的历史地位发生了带有根本性的变化。这无疑是呼唤现代新小说诞生的先声，是必要的理论开路。

近代小说创作繁荣初展新风貌

在“小说界革命”旗帜的感召下，在小说观念革新的带动下，清末民初的小说创作一度繁荣，同古代小说相比虽然整体面貌尚未发生本质的变化，但在局部上已呈现出新的风姿新的特色，为我国现代新小说的诞生带来新的希望，展示出一些新的苗头，积累了一定的经验和教训。

晚清小说创作的一度繁荣，并不是产生于资产阶级改良主义政治运动的高潮期，而是处在改良派于政治上遭到失败而日趋反动、资产阶级革命派正在酝

① 1914 年 1 月《中华小说界》发刊词。
② 1914 年《眉语》宣言。
③ 1915 年《小说大观》第 1 集。
④ 1917 年 1 月《小说画报》。

酿新的革命高潮的交替时期，即二十世纪头十年。鲁迅曾说："光绪庚子（一九〇〇）后，谴责小说之出产特盛。盖嘉庆以来，虽屡平内乱（白莲教，太平天国，捻，回），亦屡挫于外敌（英，法，日本），细民暗昧，尚啜茗听平逆武功，有识者则已翻然思改革，凭敌忾之心，呼维新与爱国，而于'富强'尤致意焉。戊戌变政既不成，越二年即庚子岁而有义和团之变，群乃知政府不足与图治，顿有掊击之意矣。其在小说，则揭发伏藏，显其弊恶，而于时政，严加纠弹，或更扩充，并及风俗。"[①]这是谴责小说繁荣的深刻社会原因，也是整个晚清小说繁盛的社会根源。既然社会需要在呼唤"小说界革命"，资产阶级改良派又在理论上积极鼓动"小说界革命"，这就必然促成小说创作一度昌盛的局面。而小说一度繁荣的主要标志，似可概括为：一是改良派的领袖以身作则，依据自己提出的理论主张从事小说创作，其本人则是政治家、理论家、小说家、报刊主编集于一身，梁启超则是典型的代表。他既是晚清改良派的政治领袖之一，又是改良派小说理论的泰斗，他既是"小说界革命"的倡导者，又是小说改良的实践者，既是《新民丛报》（1902 年 2 月 8 日创刊）的主编，又是《新小说》（1902 年 11 月 14 日创刊）的主笔。他曾尝试写成《新中国未来记》，这是部对话体的"发表政见，商榷国计"的近于政论性质的小说，主要鼓吹理想的君主立宪运动，反对民主革命；还有小说集《小说零简一册》等。梁启超带头从事小说创作，不管其思想内容或艺术形式有无可取之处，只是从他这种举动的影响来看，便可说明晚清小说的一度繁荣了。二是出现大量的发表或倡导小说创作的报纸杂志，为小说的繁荣提供了广阔的阵地。据阿英的《晚清文艺报刊述略》所统计，晚清仅在上海地区创办的曾发表过小说的报纸，就有《演义白话报》（1897 年创刊）、《世界繁华报》（1901 年创刊）、《笑林报》（1901 年创刊）、《苏州白话报》（1902 年创刊）、《花世界》（1903 年创刊）、《上海白话报》（1910 年创刊）等，此外《杭州白话报》（1904 年创刊）、《新民丛报》（1902 年创刊）、《民报》（1905 年创刊）等也发表了不少小说。晚清发表小说的主要期刊有：《新小说》的创刊标志着晚清小说发展的新阶段，是我国近代初具规模的新型小说刊物，号称晚清四大小说杂志之首。阿英曾评曰："《新小说》可称之为'开山祖'，小说地位之提高有赖乎此。"[②]《绣像小说》半月刊，是晚清四大小说杂志之一，一九〇三年创刊于上海，李伯元主编。阿英评介说："《绣像小说》，在侦探小说风靡一时，能独持异议，不刊此类作品，

---

① 《中国小说史略》第 28 章。
② 《清末小说杂志略》。

实为难能。而所刊者,又皆以能开导社会为原则,除社会小说外,极少身边琐事,闺阁闲情之著作。”[1]《月月小说》月刊,一九〇六年创刊于上海,吴沃尧、周桂笙主编,也是晚清四大小说刊物之一,它所刊载的小说内容“是瑕瑜互见的,没有《新小说》、《绣像小说》的严肃”[2],是第一个刊载短篇小说的刊物。《小说林》月刊,一九〇七年创刊于上海,由黄摩西主编,也是晚清四大小说杂志之一,它新辟“小说小话”一栏,与《新小说》之“小说丛话”均是这个时期论小说的杰作。此外,一九〇三年资产阶级革命派创办的《浙江潮》、《湖北学生界》(后改名《汉声》)、《江苏》等刊物,把文学运动和革命运动结合起来,发表了不少小说;《新新小说》(1904 年创刊于上海)、《新世界小说社报》(1906 年创刊)、《小说七月报》(1906 年创刊)、《中外小说林》(1907 年创刊于广州)、《广东戒烟新小说》(1907 年创刊)、《竞立社小说月报》(1907 年创刊于上海)、《新小说丛》月刊(1908 年创刊于香港)、《扬子江小说报》(1909 年创刊于汉口)、《十日小说》(1909 年创刊于上海)、《小说时报》(1909 年创刊于上海)、《小说月报》(1910 年创刊于上海)等杂志,也是繁衍小说的重要园地。三是长短篇小说创作特别是长篇小说如灿烂群星辉映着晚清文坛,虽然约千种以上(据阿英统计)的小说尚未发现一部或几部可以与古典小说《红楼梦》、《水浒传》等相媲美的,但是在数量众多的群星中总有几颗比较耀眼的明星,足可以代表这一个时期小说创作在思想和艺术上所达到的水平。除了经常为人所称道的晚清著名小说《官场现形记》(李伯元写于 1901 年到 1905 年)、《二十年目睹之怪现状》(吴趼人于 1909 年写完)、《老残游记》(刘鹗作,1906 年正式出版)、《孽海花》(曾朴作,1906 年由小说林社印行)外,还有一些值得提及的小说:忧患余生写的《邻女语》,反映庚子国变事颇详确,文笔清隽可喜,是历史小说中别开生面者;吴沃尧写的《恨海》也是反映庚子事变的动乱情况和帝国主义的侵略恶果,他还写了《痛史》、《九命奇冤》、《新石头记》、《糊涂世界》、《劫余灰》等十余部;李伯元写的《文明小史》也是集中揭露晚清官场对新政新学的虚伪态度的重要小说,他写的《海天鸿雪记》是一部通过描写妓女生活揭露半殖民地上海社会黑暗的吴语小说;海天独啸子写的《女娲石》是正面鼓吹革命、表现“国民之新思想”的小说;王妙如女士写的《女狱花》是一部宣传妇女参加革命的小说;陈天华写的《狮子吼》是一部鼓吹资产阶级革命的小说;无著者姓名的《苦社会》是一部华工血

① 《清末小说杂志略》。

② 《晚清文艺报刊述略》。

泪生活史，是反美华工禁约运动的代表作；暑颐琐述的《黄绣球》是反映妇女解放运动的小说；壮者著的《扫迷帚》是一部反迷信的启蒙小说，等等，不一而足。

概述晚清小说一度繁荣的面貌，并非为了说明"小说界革命"取得了不可磨灭的成绩，而是想展示晚清小说的繁盛为中国现代新小说在五四时期诞生已作了准备。从小说的内容看，虽然表现出复杂的思想倾向，但是大多数作品所表现出的强弱不一的反帝爱国思想、反封建民主思想、变革黑暗现实人生的强烈愿望、推翻封建帝制统治的民族民主革命思想等，不能不对五四新小说产生内在影响；从小说的功利目的来看，晚清大多数作家都是自觉地有意识地以小说为武器或为资产阶级改良主义或为资产阶级民主主义革命服务，或为思想启蒙或为唤醒国民民族民主意识服务，这种明确的功利主义倾向不能不波及到五四新小说的创作目的；从创作倾向来看，虽然有些小说表现了不同的社会理想和人生希望，但大多数作家却走上了批判现实主义道路，大部分小说体现出以揭露、抨击、谴责、批判为主的创作特色，这正是批判现实主义创作方法的基本特征。这种创作的主导倾向，既是对欧洲批判现实主义的借鉴，又是对中国古代文学中现实主义精神在新历史条件下的发展，它将直接或间接影响着五四新小说的现实主义传统的创立；讽刺艺术是中国文学的优秀传统之一，晚清小说特别谴责小说是继承了这一传统，虽然有些"笔无藏锋，甚至过甚其辞"，但是那种对腐败、丑恶、虚伪、狡诈无情嘲讽公开鞭挞的讽刺精神，以及巧妙的夸张和漫画化的手法，却为五四讽刺小说的创造提供了借鉴的经验；从小说的结构、描写手法、语言艺术来看，虽然章回体的长篇结构并没有突破，但也有新的探索，特别短篇小说样式的出现、心理描写的注重、白话语言的大量运用，这都能对以后现代新型小说的诞生发生良好影响。

这里要着重谈谈晚清小说的人物描写。五四时期小说艺术发生巨变的最突出标志，是由传统的以写事为主的情节小说转向以写人为主的性格小说。翻开中国古典小说特别是短篇小说史，便会发现大部分小说是以写事为主的情节小说，以写人为主的性格小说比较少。当然这并非说以写事为主的情节小说就不写人了，也不是说以写人为主的性格小说就不注重情节了，而是说古典小说大多偏重于追求情节的曲折生动，常以"无稽之语，演之以神奇，浅近之言，出之以情理，于是人竟乐闻，趋之若鹜焉。"①因此，中国古典小说在构思过程中最重

① 蠡勺居士《昕夕闲谈·小序》。

视想象，在描写上最注重夸张，致使情节具有奇特性甚至流入荒诞，人物具有理想色彩甚至流入滑稽。这种艺术倾向始于魏晋南北朝的志怪志人小说，发展到唐传奇和宋元话本已基本定型。唐传奇《柳毅传》、《南柯太守传》诸篇，完全以情节的波澜起伏取胜；宋元话本是同发源于民间讲故事的说话艺术联结在一起的，所以更加重视故事情节的生动曲折、扣人心弦，极力突出情节因素在话本小说中的地位，而人物的描写则必须服务于情节的延伸和发展。我国古代小说以写事为主的追求情节奇特的艺术风尚几乎成了世代相传的不可动摇的传统，不论是长篇还是短篇小说无不沿着这个传统发展下去，很少突破它，开辟新径，大都陈陈相因，墨守成规。即使明代的《三言》、《二拍》，尽管在人物刻画上比宋元话本有所前进，出现了杜十娘这样较出色的形象，但毕竟寥寥无几，在总体上没有突破以写事为主的追求情节的奇特性这个艺术格局，甚至有相当一部分小说的情节更加怪诞离奇了。到了清代初期或稍后出现的一些长篇小说，如《水浒后传》、《隋唐演义》、《说岳全传》、《济公传》、《施公案》、《镜花缘》等，虽注意了人物性格的刻画，但更多的是在人物的外部形态的生动性、奇特性上着墨，很少把笔触伸进人物的心灵世界，侧重于内在思想、感情、心理的开掘；从总的艺术构思来看，仍然以情节的曲折跌宕取胜，即使情节的描写也颇多偶然性。中国古典小说在演进中，始终没有彻底改变以构思情节、巧编故事为主导艺术倾向的总体性格局。当然这并非否认中国古典小说尚有注重人物刻画这一史实，谁也不能不承认《三国演义》、《水浒传》、《聊斋志异》、《金瓶梅》、《红楼梦》、《儒林外史》等，各自塑造了众多的栩栩如生的人物形象，不仅鲁迅在《中国小说史略》等著作中予以高度评价，就是梁启超在发动“小说界革命”中也充分肯定了《红楼梦》和《水浒传》的一些人物描写的成功。其中《红楼梦》在塑造人物上尤为出色，可以说，曹雪芹是中国文学史上最早的以明确的创作思想将人物描写视为比情节描写更重要的作家，虽然他也注意悲欢离合、兴衰际遇的描写，但是对这些不寻常事件的描写，总是按踪顺迹地为刻画他在这半世亲见亲闻的几个女子的性格服务。这些重视人物描写的小说，毕竟是凤毛麟角，并不能从根本上扭转以写事为主的总体艺术倾向，曹雪芹那种勇于开拓的精神及其宝贵的艺术经验也没有在同期或此后小说创作中得到足够的重视和成功的运用。总观中国古典小说以情节取胜的艺术传统，既有长处也有短处，但随着历史的推移由于它本身没有得到有意识的改制，因而它的短处越来越明显地暴露出来，阻碍着小说艺术在不断更新中发展，却使小说艺术由生动新鲜变成庸俗冗赘、由引人入胜变成令人生厌的程式化;特别这种以情节曲折取胜而带着强烈传奇色彩的艺术传统不彻底革新,很难使小说艺术自觉地更有效地塑造出无愧于时代的具有高度历史真实的艺术形象。因为传奇小说家们“尽记载一些从不存在、将来也不可能存在的人物,过去没有的、也决不可能发生的事迹”,只要“一旦涉及人的行动和性格,他们的著作便不那么真实可靠了”①。可见,能否突破中国古典小说以写事为主、以情节取胜的艺术格局,是能否创造中国现代新型小说的关键一环,也是中国古典小说艺术能否发生质的飞跃的重要标记。那么晚清“小说界革命”所涌现的大量小说,究竟对中国古典小说有什么突破,它对五四新小说的诞生提供了哪些可资借鉴的艺术经验?要言之,晚清改良派或革命派所写的小说,已受到西方文学思想、小说作品以及梁启超、徐念慈等小说理论的影响,不仅小说结构、叙述方法等同古代小说相比已有所不同,并能较自觉地真实地刻画人物,大量地运用心理描写手段,注重对人物内在思绪的披露和个性的刻画,小说的艺术格局有所变化。不论《老残游记》或《孽海花》等作品,都很重视人物个性的刻画,特别刘锷长于以大段的心理描写来刻画人物,故事情节在这些小说中已不占重要地位了。这一改观虽然是初步的,尚未使整个小说艺术发生根本变化,但却是相当宝贵的,它意味着中国现代小说艺术的胚胎正在孕育着发展着。

历史的车轮进入辛亥革命时期,即一九一一年前后到一九一七年文学革命正式兴起之前,小说的发展出现了极为复杂的倾向。清末民初兴起的鸳鸯蝴蝶派的小说创作更多地继承了晚清小说的不良风尚,而南社等作家的小说则着重承受了晚清小说的批判现实主义传统,当然这两派小说创作的思想或艺术倾向也不是绝缘的,它们之间互相渗透相互影响。鸳鸯蝴蝶派小说创作的盛行可以说已超过前期谴责小说的繁荣,这派小说虽滥觞于一九〇八年左右,但真正的风行起来却在辛亥革命之后。它的主要繁殖地,一是南方大城市上海,一是北方大城市天津,其创作人员的思想倾向或艺术倾向是极为驳杂的。他们的小说创作如同其小说观念一样并不是那么统一,就其主导方面来说,惯于写才子佳人的哀艳悲剧,并常用鸳鸯蝴蝶来比喻这些才子佳人,人们称之为鸳鸯蝴蝶派,这也许是他们的共同创作倾向。其实,这派小说的内容含量还要广得多,如言情、哀情、艳情、神怪、黑幕、侦探等,都是他们描写的中心领域。并不是说凡写

① 见《西方文论选》(下)菲尔丁的《约瑟夫·安德路斯》。

才子佳人或黑幕侦探的小说，都是消极的或者反现实主义的，而是说这派小说有相当一部分是发展了晚清描写妓女生活的《九尾龟》、《海上花列传》、《海上繁花梦》等小说的不良倾向，有意地宣扬趣味主义，一味地迎合社会上一些人的低级色情趣味；大部分黑幕小说是承受了清末谴责小说的余绪，把描写的范围扩大到党、军、政、警、学、商等各个领域，并不是说对它们的黑幕魔窟不该揭露不该抨击，而是说黑幕小说对它们的揭露则太多地采取了自然主义态度，客观主义地描述那些阴私或丑行，简直成了教唆杀人放火奸淫拐骗的教本。这派小说在艺术上，大都千篇一律，有一个固定的模式。即"言情之作，汗牛充栋，其最落窠臼者，大率开篇之始，以生花笔描写艳情，令读者爱慕，不忍释手；既而转入离恨之天，或忽聚或忽散，或乍合而乍离，抉其要旨，无非为婚姻不自由而发挥文章而已"①。发表这派小说的报刊在这时期大量涌现，仅上海地区出版的就有一百六十二家，发表哀情小说六十二种，言情小说三百八十三种②；其主要刊物除了前期的《小说时报》、《小说月报》外，还有《礼拜六》（1914）、《民权素》（1914）、《眉语》（1914）、《小说丛报》（1914）、《小说新报》（1915）等。这些重要阵地为鸳鸯蝴蝶派造就了一大批作家和作品，如徐枕亚的《玉梨魂》、《雪鸿泪史》，吴双热的《孽冤镜》、《兰娘哀史》、《断肠花》，李定夷的《贾玉怨》、《美人福》，李涵秋的《广陵潮》、《情场之秘密》、《孽海鸳鸯》等等，都是这个时期鸳鸯蝴蝶派有影响的作家和有代表性的长篇小说；还出版了《枕亚浪墨》、《铁冷碎墨》等短篇小说集。综观鸳鸯蝴蝶派这个时期的小说创作是繁荣的，其思想和艺术倾向是复杂的。虽然就其主导方面来考察，不论小说的内容或形式都存有庸俗陈腐、消极低劣等弊病，这对中国现代新小说的诞生只能产生腐蚀或污染作用；但也不能忽视这派小说创作的复杂性。即不仅同一个作家创作的小说有优劣之分、积极与消极之别，就是一部小说中往往也是良莠并存优劣混杂：况且这么一个庞杂的作家群并非铁板一块，这么些浩如烟海的长短篇小说也不是一个模型里铸造的。因而在对这派小说的不良倾向予以否定的同时，还要开掘它们的可取之处，也要看到它们对中国传统小说艺术的改观不无一点积极作用。《玉梨魂》是这一派的代表作，思想内容或艺术形式可以肯定的东西并不多，即使这样一部小说，只要仔细分析一下，也可发现一些可以称道的地方。在民国之初封建礼教像一张严密的罗网笼罩着男女青年的命运、禁锢着他们的爱情要

① 蒋箸超：《〈白骨散〉弁言》。

② 见徐佩珺的《谈鸳鸯蝴蝶派小说》。

求的时候，年青寡妇白梨影和乡村教师何梦霞敢于书信往还、诗词酬答偷偷相爱，而且爱得那么深切那么专一，虽然这种爱“发乎情止乎礼义”，没有超越封建礼教的规范，但是他们这种恋爱的要求和愿望毕竟透露出一点民主主义的时代气息；特别何梦霞在辛亥革命攻打武昌战役中牺牲的情景，还是比较壮烈的。《孽冤镜》通过写王可青与薛环娘自由订婚而遭男方家长阻挠双双殉情的悲剧故事，旨在“鼓吹自由结婚”，“为多情儿女向其父母乞怜请命”，这个主题比《玉梨魂》富有意义。《广陵潮》是鸳鸯蝴蝶派前期社会小说的代表作，它以扬州云、伍两家的人物为主线，联系旧民主主义革命时期各阶层人物的种种活动，既揭露了社会丑闻，刻画了一些封建遗老遗少的丑态，又描绘了儿女的情爱，特别从一个特定的角度对变法维新、辛亥革命，袁世凯称帝、张勋复辟等政治事件作了比较真实的反映，基本上是一部批判现实主义小说。这些长篇小说对于人物的刻画，大都比较重视；也竭力仿照西洋小说的结构，试图打破中国古代小说从头到尾叙写故事的传统方法，并运用了大段心理描写、场景烘托、插白议论和抒情等。这些，对于呼唤现代新小说的诞生，也应该算作新的信号吧？这一派的短篇小说虽然总的倾向和长篇小说一样，断不了鸳鸯蝴蝶的味道，但也有些值得提及的小说。周瘦鹃的短篇《此恨绵绵无绝期》、《恨不相逢未嫁时》写的是男女青年的爱情悲剧，是比较有代表性的所谓哀情、惨情、苦情小说，虽然在构思上还未摆脱此类小说的公式化的风尚，但却注重对人物性格命运的刻画；他还写过反映劳动人民痛苦生活的小说《檐下》、鼓吹爱国反抗外来侵略的小说《为国牺牲》等。恽铁樵的短篇《工人小史》是篇有名的反映工人生活的小说，它着重描写韩蘖人从家乡带着妻子儿女到上海谋生，在工人李自发的帮助下到一个外资工厂当工人所遭受的残酷剥削和难以忍受的凌辱，虽然没有充分表现出工人的斗争性，但却反映了工人的悲苦命运是同帝国主义的残酷压榨联系在一起，这就在一定程度上揭示了工人阶级和反动统治阶级之间矛盾的尖锐性。这篇小说发表于一九一三年底，正是五四文学革命的前夜，它的取材、主题以及人物，都透露出现代新小说即将诞生的新信息。

南社是辛亥革命前夕结成的革命文学团体，是辛亥革命时期的一个人数多达千余的比较进步的文学流派，尽管它前后的思想和艺术倾向有着明显的变化、成员之间矛盾重重，但是它在当时文坛上总是强调过文学的现实性和战斗性，继承和发扬了晚清文学的现实主义传统。南社社员的主要创作是诗歌，也有些人致力于小说创作。苏曼殊(1884—1918)就是一个比较有成就的小说家，尽管有人把他的具有代表性的小说《断鸿零雁记》(1912)归为鸳鸯蝴蝶派小说,但其小说的总倾向还是进步的,在艺术上带有一些新旧小说交替期的过渡色彩。《断鸿零雁记》在叙述视角上打破了中国古代小说传统的第三人称叙述法,而是用第一人称来叙述。写一个雪梅女子坚贞不渝地等待所爱的人的爱情悲剧,虽然继母逼迫她出嫁于富有之家,但她却忠于自己的爱情,意以绝食而死来抵抗封建势力;并从而揭示出这一悲剧的社会根源还在于贫富悬殊的对立。不管这部小说尚有多少消极因素,只就它的叙述方法、主题表现的进步性、人物刻画被置于重要地位而论,它在一定程度上已突破中国古典传统小说的樊篱。他于一九一五年发表在《甲寅》上的《绛纱记》和《焚剑记》,前者以第一人称叙述法,通过描述昙鸾和麦五姑等的爱情故事,既写了华侨资本家之间的倾轧,又写了辛亥革命前的革命局势,既写了世道的进步,也写了世道的虚伪罪恶,既写以金钱为轴心的资产阶级婚姻关系的卑鄙,又写了西方资产阶级腐化生活方式对中国的恶劣影响,章士钊和陈独秀都为这篇小说写过序;后者着重描写独孤灿和刘阿兰的爱情故事,表现了一个女子为争取爱情的自由和婚姻幸福而敢于反抗恶势力的干涉。一九一五年《新青年》创刊,拉开了新文化运动的序幕,苏曼殊于一九一六年在该刊上发表了具有反封建色彩的《碎簪记》。他的小说不只是在叙述方法上有了新的突破,在思想内容上带有反封建的民主色彩和揭露资产阶级腐朽生活的批判力量,而且在艺术描写上善于刻画人物心理和细致传神的绘景状物。这标明他的小说已逼近中国现代新小说殿堂的门前。

这个时期鲁迅和叶圣陶的小说创作,虽然是文言写成,但从它的思想内容和艺术探求来看,比同时代的其他小说家的作品增多了现代新小说的因素。鲁迅写于一九一二年发表于一九一三年的短篇小说《怀旧》,是一篇具有革新意义的小说。从叙述方法来看,它采取第一人称,来叙述资产阶级领导的辛亥革命在农村各种人物之间引起的反响,真实描写辛亥革命时期的人情世态;从反映的现实内容来看,它已不满足晚清小说那种一味谴责和揭露,而是通过农村不同阶层的人对辛亥革命的不同感受和反响,敏锐地抓住一些足以引起人们深思的重大社会问题,即辛亥革命为什么没有给农村带来大的历史变动,广大农民为什么对这次革命如此麻木无知,这就增强了小说主题表现的尖锐性和深刻性;从艺术构思来看,它已突破了古代小说以写事为主、情节取胜的传统程式,而是更多地注重人物描写以及社会环境的描写,它既没有离奇的故事也没有曲折的情节,而是在辛亥革命这个大背景上透过一些日常生活的描写,刻画了惶惶然若丧家之犬的豪绅地主金耀宗的形象、为封建地主出谋划策的帮闲文人秃先生的形象以及那些麻木愚昧的长工佣人形象，这标志着中国的短篇小说在由以写事为主向以写人为主的历程上跨出了一大步；从描写手法上看，它既有对人物心理的精当描写，又有漫画化手法的巧妙运用，也有对场景气氛的随意点染；从结构布局上看，它并未沿袭中国古代短篇小说那种纵式结构，而是采用了横式结构，截取生活的一个横断面来反映生活全貌，集中笔力刻画人物。如果《怀旧》不是文言所写，无论从哪个角度考察那它应该算作一篇现代新小说了，由于这一局限只能把它视为中国现代新小说的先声。叶圣陶在这个时期，先后于鸳鸯蝴蝶派的刊物上发表了十多篇文言短篇小说，如《玻璃窗内之画像》、《穷愁》、《博徒之儿》、《终南捷径》、《贫女泪》、《依闾之思》、《黑梅夫人》、《痴心男子》等。他曾回忆说："开头作小说记得是民国三年；投寄给小说周刊《礼拜六》，被登载了，便继续作了好多篇。到后来，'礼拜六派'是文学界中一个卑污的名称，无异'海派''黑幕派''鸳鸯蝴蝶派'等等。我当时的小说多写平凡的人生故事，同后来相仿佛，浅薄诚有之，如何恶劣却未必，虽然所用的工具是文言，也不免贪懒用一些成语典故。作了一年便停笔了。"[①]这些文言小说虽然从表面看与鸳鸯蝴蝶派的小说有近似之处，有较浓的趣味色彩，有的小说还用骈体文；但是认真考察一下，他的文言小说不论在思想内容或艺术表现上，都有自己的独到的特色。象《翁牖新梦》、《终南捷径》等小说，是在"滑稽小说"或"艳情小说"的或轻松或庸俗的笔调中，无情地嘲讽和揭露了社会现实的丑恶。前者通过偏僻黔地一个姓李的塾师在辛亥革命后想自立为皇帝的梦境描写，嘲讽了社会上妄图复辟帝制的种种丑行和反动思想；后者通过对清朝旧吏某甲利用美人计而当上驻沪特派员的描写，揭露了新官僚的肮脏历史和卑鄙灵魂。象《穷愁》、《贫女泪》这样小说更富有现实意义，不仅写出贫苦人民的悲惨命运，表现出深切的人道主义同情，而且也赞美这些被侮辱被奴役人们身上的优秀品质。《穷愁》写丝厂工人阿松因工厂倒闭而失业，他只好靠卖饼以奉养老母，不幸被警察抓去判刑罚款；潘媪是位靠缝衽以自活的老寡妇，她在阿松失业后借钱给他贩饼卖，当阿松入狱后，她亲自照顾阿松的老母，并把自己房子让出一半给他母子住，充分表现出贫苦之人身上的友爱精神。正如作者写道："侠情高义，往往于贫贱求之，惟贫民窟乃多和蔼乐善之人。"《贫女泪》写妇女的悲惨命

---

① 《未厌居习作·过去随谈》。

运，表现出作者的深切同情之感。这些小说表明作者反映社会人生的态度，并不是玩弄的游戏的，而是积极的严肃的。与内容上的特色相适应，这些小说的艺术构思也是值得称道的。新颖巧妙，凝炼集中，把丰富的想象和细致的描写结合起来，对人物心理的描写显得更深细些。虽然这些文言小说在思想和艺术上尚有缺陷，但它们的积极因素却孕育着现代新小说的胚胎。

总之，不论清末改良派或革命派的小说，还是辛亥革命时期的鸳鸯蝴蝶派或南社的小说，还是鲁迅、叶圣陶的文言小说，尽管都存在这样那样的局限、缺陷，甚至消极性大于积极性，但是它们不同程度地为中国现代新小说的诞生作出了贡献，特别有些小说已开始突破中国古典小说的程式化传统，靠近了现代新小说的艺术大门。

近代翻译小说的活跃送来新信息

近代小说观念的改良或小说创作的革新，没有完全冲破中国封建文学的总体形态，只是在局部上有所突进有所更新。即使这点改良或革新的成绩，也主要是借助外国小说理论或作品作为楷模而对中国古典小说传统实行改革而获得的。如果说鸦片战争以前中国文学封闭在一个牢不可破的传统体系里，那么鸦片战争以后随着中国整个封建社会开始解体，外国经济、政治、文化的冲击，中国传统文学的封闭形态也逐渐松动了。这并非靠它自身的力量冲破了自身的惰性，而主要依仗外国文学的强力。正如马克思所指出："与外界完全隔绝曾是保存旧中国的首要条件，而当这种隔绝状态在英国的努力之下被暴力所打破的时候，接踵而来的必然是解体的过程，正如小心保存在密闭棺木里的木乃伊一接触新鲜空气便必然要解体一样。"①中国的旧文学正是接触了外国文学的新鲜空气才开始了自身真正解体的过程，尽管近代这个解体的过程是缓慢的，直到晚清资产阶级改良主义文学运动的兴起才加快了解体的步伐，但是它却揭示出一条规律，即中国旧文学的解体、新文学的创立须臾离不开对域外文学的借鉴、汲取和学习。这是因为"随着资产阶级的发展，随着贸易自由的实现和世界市场的建立，随着工业生产以及与之相适应的生活条件的趋于一致，各国人民之间的民族隔绝和对立日益消失了"。② 因此"各民族的原始闭关自守状态则由于日益完善的生产方式、交往以及因此自发地发展起来的各民族之间而消灭

① 《马克思恩格斯选集》第2卷，第3页。

② 《共产党宣言》。

得愈来愈彻底,历史就在愈来愈大的程度上成为世界历史"①。不仅物质生产的发展离不开与世界各民族的联系,就是作为精神生产之一的文学事业再也不能于一个闭关自守的封闭状态的国度里求发展了,必须敞开民族文学的大门让域外文学冲进来,以使本民族文学在广阔的世界文学的背景上进行革故更新,创造出具有现代特色的民族文学。正因为这样,所以近代文学的翻译小说显得异常活跃,据阿英统计从光绪元年到辛亥革命之间翻译小说达六百多种。特别从晚清提倡"小说界革命"开始,不论是改良派小说家还是革命派小说家,或是新小说的先驱鲁迅,甚至鸳鸯蝴蝶派的小说家,无不重视翻译外国小说,无不重视借鉴或模仿域外小说。梁启超于一九〇二年创办《清议报》,发表了《译印政治小说序》,主张要模仿美、英、德、法、意、日等国的政治小说,创造中国的政治小说。近代翻译小说的活跃,虽然给中国文学带来些不良影响,但积极的影响则是主要的。即不仅为中国小说的改良带来了新意识新思潮,送来了新鲜的艺术经验和表现技巧,多方面地促进了中国小说形式的发展和艺术手段的更新;而且借助外国小说的营养来滋补新的小说家,五四时期的新文学巨匠鲁迅、著名小说家冰心等,无不从"林译小说"或直接从外国小说中汲取有益的养分,以提高文学修养。由于近代翻译小说的活跃,源源不断地送来世界近代小说的新信息,这就为中国新型小说的诞生起了积极的催生作用。

既然近代小说观念的改良、小说创作的繁荣、翻译小说的活跃,为新小说的诞生准备了必要条件,那为什么它们始终没有彻底冲破中国古代小说的固有传统,催生出一代完全崭新的小说呢？这里面的原因固然很多,但重要的是尚缺乏一场彻底否定中国封建的整个意识形态、整个文化体系的思想解放运动和新文化运动,尚缺乏一场彻底地反对文言文提倡白话文、反对旧文学提倡新文学的真正的文学革命运动,尚缺乏一种彻底打破"中学为体,西学为用"的思想禁锢,大胆而勇敢地借鉴外国文学以改造中国文学的识见和气魄。这些条件不具备,富有现代特征的新小说很难从中国古代传统小说艺术的母体里脱颖而出。

新文化和新文学革命的号角催动着新小说的诞生

一九一五年《新青年》的创刊拉开了五四新文化运动和新的思想解放运动的序幕,以晚清改良运动和辛亥革命未曾有的战斗姿态,开始对整个封建文化

① 《德意志意识形态》。

思想系统进行彻底批判和全面否定，特别对封建意识形态的核心孔学儒教予以集中围剿，使中国民众的思想获得空前的解放，这就为中国小说的全面革新奠定了思想基础。随着新文化运动和思想解放运动的深入，于一九一七年初文学革命的大旗也在文学阵地上飘扬起来，它正式宣告了整个封建旧文学的大厦将要倾倒，新文学的殿堂将在清除旧文学的废墟上建造起来。从此后，文学革命的巨浪不停地为新小说的诞生清基铺路，文学革命的理论口号不断向新小说的诞生发出呼唤。

胡适的《文学改良刍议》和陈独秀的《文学革命论》是五四文学革命的宣言；当然也是五四小说全面革新的宣言；特别他们提出的以白话文取代文言文正宗地位的口号，或从形式入手进行文学革新的途径，为小说语言的改革和艺术形式的更新指明了方向。先驱们把清除旧小说的不良影响和提倡小说全面革新结合在一起来进行。早在一九一六年李大钊便撰文批判旧派小说的危害："以视吾之文坛，堕落于男女兽欲之鬼窟，而网克自拔，柔靡艳丽，驱青年于妇人醉酒之中者，羞有人禽之殊，天渊之别矣。"[①]；一九一七年刘半农由原来写作红男绿女小说转向提倡新小说，并指斥那些"小书摊上所卖'穷秀才落难中状元，大小姐后园赠衣物'的大丛书"[②]，都是些消愁解闷的书；同年胡适在给钱玄同的信中批判了张春帆写嫖妓的小说《九尾龟》；一九一八年胡适曾多次批判鸳鸯蝴蝶派、黑幕派的一些小说，对它们淫秽的内容和拙劣的技巧都进行了否定。一九一九年以后对黑幕小说、鸳鸯蝴蝶派小说的批判逐步走向高潮。一九一九年初宋云彬指斥黑幕小说简直可称作杀人放火奸淫拐骗的讲义；钱玄同批判黑幕小说、鸳鸯蝴蝶派小说都是淫书者的嫡系；周作人连续写了两篇批判黑幕小说的文章，指斥这派专揭人隐私的黑幕书比虚构的小说更为恶劣[③]，喜欢讲下流话和人家的坏话，这正是一种堕落的国民性[④]；同年初罗家伦在《新潮》上发表的《今日中国之小说界》，对旧派小说的弊端作了比较具体深入的分析批判；同年十一月鲁迅在《新青年》上发表了《有无相通》一文，揭露了黑幕小说、鸳鸯蝴蝶派小说的恶劣倾向。一九二〇年初《小说月报》这块鸳鸯蝴蝶派的小说阵地进行了革新，由沈雁冰主办"小说新潮"专栏，同旧派小说家直接交锋；一九二一

① 《〈晨钟〉之使命》。
② 《诗与小说精神之革新》。
③ 《论"黑幕"》。
④ 《再论"黑幕"》。

年文学研究会成立,《小说月报》实行全面改革,已变成新文学阵营的刊物,于是发动了一场对鸳鸯蝴蝶派的“围剿战”。新文学者一次次地批判旧派小说,虽然存有简单化、绝对化的倾向,对这派小说的复杂性缺乏实事求是的具体分析,但是批判的主导倾向是对的,清除旧派小说的恶劣影响、为新小说清扫道路的动机和效果都是积极的。也正是在对旧派小说的不断批判中推动了新小说的诞生和发展。

批判旧派小说的过程也是文学革命倡导者探讨小说新路、尝试小说创作的过程。早在胡适留学美国酝酿提倡文学革命的一九一六年,与他志同道合的陈衡哲女士就以白话尝试写小说,《一日》这个短篇是她的最早尝试之作,发表于一九一七年《留美学生季报》,这也是中国现代文学史上较早的以现代白话创作的小说。它着重写人的心理活动和感情起伏,笔调生动活泼,运用白描手法和白话语言。它只能算作现代新小说的尝试品,并不是真正意义上的现代新小说;不过作者这种敢于探索勇于拓荒的精神,是值得称赞的。以白话尝试写小说在文学革命先驱们的眼里并不像以白话写新诗的难度大、任务重,因此他们主张先以现代白话尝试写新诗,从这里打开一个使文学革命长驱直入的缺口,而对小说的全面革新在文学革命正式提倡后只是停留在理论探讨上,在创作实践上晚于白话诗的尝试。这也与他们认为中国古代小说里已创作了一些白话小说,运用白话写小说并不是个很难的问题有关。胡适在《文学改良刍议》中对中国古代小说中的白话小说系统就非常推崇,不仅批评了那种“鄙夷白话小说为文学小道”的传统观点,肯定了施耐庵、曹雪芹、吴趼人为文学正宗,而且认为中国的文学足与世界第一流文学媲美而无愧色者独有白话小说,吴趼人、李伯元、刘锷之所以能创作出世界上第一流小说是得力于《儒林外史》、《水浒传》、《石头记》。且不论这个评论是否得当,只要考察一下这几部小说本身的审美价值就可以看出,胡适不光是从白话语言这个角度充分肯定它们的价值和地位,重要的是这几部著名小说主要是以写人为主的性格小说,已初步突破了古代小说以情节取胜的艺术规程。因此大力推崇这些优秀的古代白话小说,就具有如何继承、借鉴中国白话小说的优秀传统以创造现代新小说的启迪性和引导力。值得注意的是,文学革命发难之初,胡适、钱玄同、刘半农之间曾围绕怎样评价中国古典小说、如何总结以往小说的经验教训,曾展开一场有助于小说发展的讨论。钱玄同于一九一七年二月在《寄陈独秀》信中,赞同胡适以“情感”和“思想”作为评判小说价值之标准,也认为《水浒传》、《红楼梦》、《儒林外史》、《官场现行记》、《二十年目睹之怪现状》、《孽海花》六部小说为有价值者，苏曼殊所作小说足为新文学之始基；他不同意胡适推崇《老残游记》，而且对《七侠五义》、《西游记》、《三国演义》、《聊斋志异》、《说岳》大加贬斥。显然他的看法有正确一面也有偏激之处，他重视写实派的文学而轻视浪漫派文学，强调思想标准而漠视艺术标准。胡适在一九一七年五月写的《再寄陈独秀答钱玄同》信中，他承认钱玄同对《老残游记》评价尤中肯，但不同意钱的“《聊斋志异》诸书直可谓全篇不通”的观点；也不赞成钱贬低《西游记》。他认为神怪小说在中国文学史上自有一种位置，其功用在于启发读者之理想，《西游记》之妙处在于荒唐而有情思，诙谐而有庄意，在世界神话小说中实为不可多得之作；至于《七侠五义》在第二流小说中尚可称佳作，其描写人物略有《水浒》之遗风，如蒋平、智化两个形象刻画得栩栩如生，《三国演义》是世界历史小说中有数的名著，具有不朽的艺术魔力。胡适不同意钱玄同只从思想内容来论定小说的价值，他主张“论文学者固当注重内容，然亦不当忽略其文学的结构。结构不能离内容而存在。然内容得美好的结构乃益可贵”。实际上他是坚持思想与艺术相统一的标准来评定文学作品的价值，这对于创造现代新小说也具有指导性的作用。同年七月钱玄同在答书中，同意胡适对《聊斋志异》、《西游记》的评述，但不同意他对《三国演义》的评价，仍坚持自己的意见，认为它在文学上没有什么价值；值得注意的是他对《金瓶梅》提出一个大胆的反传统的观点，即认为“若抛弃一切世俗见解，专用文学的眼光去观察，则《金瓶梅》之位置，固亦在第一流也”。同年十一月胡适再答钱玄同书中，不同意钱对《三国演义》的评价，他认为只以“小说的魔力论，此书实具大魔力耳”；他也不赞成钱对《金瓶梅》的评述，“以为今日中国人所谓男女情爱，尚全是兽性的肉欲。今日一面正宜力排《金瓶梅》一类之书，一面积极译著高尚的言情之作，五十年后，或稍有转移风气之希望。此种书即以文学的眼光观之，亦殊无价值。何则？文学之一要素，在于‘美感’。请问先生读《金瓶梅》，作何美感?”后来钱玄同又给胡适去信，仍认为《三国演义》没有文学价值，它之“所以具有这样的大魔力者，并不在乎文笔之优，实缘社会心理迂谬所致”；至于对《金瓶梅》的评价，他同意了胡适的意见，不但认为“《金瓶梅》流弊甚大，就是《红楼》，《水浒》，亦非青年所宜读”。本来他对《金瓶梅》的见解有可取之处，这一修正倒比胡适还退化了。刘半农的见解基本上和胡适一致，但也有独到之处。即他主张“吾辈欲建造新文学之基础，不得不首先打破此崇拜旧时文体之迷信。使文学的形式上速放一异彩也”[①]。特别他认为白话工具也不是一成不变的，曹雪芹、施耐庵小说所运用的白话只能称雄于曹、施的时代，而我们这一代欲创造的白话小说非曹、施所能想象到的。总之，一九一七年关于如何评价五四新文学运动以前诸家小说的思想与艺术价值的讨论，它的意义决不只局限于这场讨论的本身，对于革新小说观念、批判继承中国传统文学遗产、促进现代新小说的诞生，都将起到积极作用；尽管他们的看法并不一致，其见解也不全是正确无误，不过有些观点还是相当精到而新鲜的，在晚清小说理论中是难以找到的。

文学革命的先驱们积极鼓吹创造现代新小说。钱玄同指出：“中国今日以前的小说，都该退居到历史的地位，从今日以后，要讲有价值的小说，第一步是译，第二步是新做。”[②]。胡适在一九一八年四月发表的《建设的文学革命论》中，不仅为创造新小说指明了解决白话工具的应急办法，即“尽量采用《水浒》，《西游记》，《儒林外史》，《红楼梦》的白话；有不合今日的用的，便不用他；有不够用的，便用今日的白话来补助；有不得不用文言的，便用文言来补助”；而且对于创造新小说所采取的创作方法、选材的领域和途径、剪裁布局、描写手段以及刻画人物个性等，都作了比较具体的论述，并提议“赶紧多多的翻译西洋的文学名著”，以作为创造新小说的借鉴。尤其值得提及的，他于同年三月作的《论短篇小说》的讲演，极为精辟地论述了现代短篇小说的基本特征，指出短篇小说是近代世界文学发展的趋向，因此主张多创作短篇小说。把翻译外国新小说作为创造中国新小说的途径，几乎是五四新文学倡导者的共同设想，从来也没有将汲取域外小说营养提高到如此自觉的高度加以重视。不只是钱玄同、胡适鼓吹学习和借鉴外国近代小说，罗家伦也非常推崇托尔斯泰、莫泊桑的写实小说，并指出只有多读西洋小说，才能创作出好的小说[③]；沈雁冰对于翻译外国小说借以创造中国新小说更为重视，提出不少宝贵的建议，还设想了一个翻译左拉、莫泊桑、司汤达、果戈理、屠格涅夫、陀思妥耶夫斯基、契诃夫、易卜生、郝卜特曼、赫尔岑等作家三十多部长篇小说的计划。由于积极的提倡，创造新小说的急切需要，使五四时期的小说翻译比起晚清来显得更为活跃更为繁荣，而且翻译质量大大提高。如果说晚清的翻译小说多用文言，往往以中国传统的小说结构模式

① 《我之文学改良观》。
② 《钱玄同答胡适书》。
③ 《今日中国之小说界》。

去改造外国小说原有的结构形态，常常以中国传统的道德观伦理观去掺和外国小说固有的新思想新道德的话；那么五四时期的翻译小说则全用白话，大都忠于原著的思想和艺术，尽力保留它们原有"神韵"。这样忠诚地翻译、介绍外国近代小说，对于更好地摄取、借鉴外国小说，以实现对中国小说艺术的全面革命，催促新的一代小说的诞生，从一定意义上说起着关键作用。

在整个新文化运动和文学革命巨潮的推动下，在小说观念全面更新的引导下，在域外小说的催生下，于一九一八年五月十五日《狂人日记》问世了。它是中国小说发展进程中的光辉里程碑，真正显示五四小说艺术全面革新的实质。鲁迅这篇白话短篇小说在《新青年》上一发表，便以它表现的深切和格式的特别颇激动了一部分青年读者的心。虽然《狂人日记》的"题目，体裁，风格，乃至里面的思想，都是极新奇可怪的"；然而由于"那时《新青年》方在提倡'文学革命'，方在无情地猛攻中国的传统思想，在一般社会看来，那一百多面一本《新青年》几乎是无句不狂，有字皆狂的，所以可怪的《狂人日记》夹在里面，便也不见得怎样怪，而曾未能邀国粹家之一斥。前无古人的文艺作品《狂人日记》于是遂悄悄地闪了过去，不曾在'文坛'上掀起了显著的风波"①。是的，《狂人日记》确实"新奇可怪"，确实"前无古人"，这正标明它在思想和艺术上已经完全突破了中国传统小说的格局，以全新的姿态出现在五四文坛上，它使中国小说在漫长的渐变道路上突然发生了质变，不只是将中国小说推进到一个崭新的时代，而且为整个中国文艺界开辟了一个新纪元。

第二节　新小说美学的形成

所谓小说美学，就是从哲学、心理学、社会学的角度，对小说艺术的本质、创作与欣赏规律等进行探讨和研究。

五四时期的小说美学同晚清"小说界革命"所出现的小说美学思潮相比，在某些方面存在着明显的异同。一是晚清小说美学思潮和五四时期的小说美学思潮出现的背景有着共同点，即西方的哲学、美学以及文学作品被译介到中国，给人们的眼前打开一个新的美学世界，启示人们在小说美学中关注新的课题，采用新的角度，提出新的观点。不过，晚清文学改良时期对于外国小说的翻译

---

① 沈雁冰：《读〈呐喊〉》。

不但量少而且多用文言，对小说美学论著的译介更少；到了五四时期，不只是翻译文学昌盛；并且各种新思潮其中包括各种美学思想被大量介绍进来，为中国现代小说美学的建设提供了极为丰富多彩的借鉴资料。二是晚清文学改良和五四文学革命的小说美学，虽然在对待中国古典小说美学没有作过系统的研究、更没有认真的批判继承这一点上是一致的，就是说尚未做到在总结中国传统小说美学的基础上发展近代现代小说美学；但是五四时期的胡适、鲁迅、沈雁冰等并没有像梁启超等否定中国古典小说，而且还对古典小说美学进行了一定的探讨。三是晚清小说美学虽然从认识论、心理学、人性论的角度对小说艺术的特性作了比过去较深入的解释，对小说的社会地位和社会功能作了异常突出的强调，甚至陷入唯心主义，但是对小说艺术的创作规律、塑造人物的法则等美学问题很少触及，况且从总体来看尚缺乏系统性、深刻性和丰富性，显得单薄、粗浅，更没有结合小说创作实践从哲学的高度作出理论概括。五四时期的小说美学比较系统、丰富、生动、深刻，具有实践性、战斗性、民主性、现代性、先进性的特点。特别值得注意的是五四时期的小说美学，是在批判黑幕派、鸳鸯蝴蝶派、名士派等现代旧小说的前提下，紧密结合现代新小说创作的实践需要，广取博纳外国小说美学思潮，而逐步建立起来的。它不仅对五四新小说诞生起了重要鼓动和指导作用，且为五四以后的中国无产阶级思想烛照的多层次的小说美学理论体系的建筑打下了坚实基础。

对小说体裁特性的探讨

小说艺术同诗歌艺术、戏剧艺术、散文艺术等，虽然它们同属文学这个美学范畴，有其共同的属性，但是它们各自又有不同的特性。关于小说体裁特性如何把握，这是五四小说美学首先触及到的问题。按照新小说家一般的看法，小说就是讲故事，由人物、情节、环境依据一定的方式结构而成。这种认识无疑是正确的，虽然它对小说艺术的特性的概括尚待进一步研究，但同当时一些旧小说家的认识相比，却先进得多了；特别旧派文人对短篇小说的认识更加糊涂，简直说不懂短篇小说是什么，他们认为凡是笔记杂纂不成长篇小说的都可以称短篇小说，竟把鸳鸯蝴蝶派的滥调小说作为短篇小说的楷模加以推崇。

针对旧派文人对短篇小说美学内涵的错误解释，适应五四时期现代白话短篇小说创作的需要，胡适在《论短篇小说》的演讲中，对什么是短篇小说作了比较正确的解说，澄清了一些糊涂或错误认识，把新兴的短篇小说创作引上了现代化的轨道。他从小说反映的内容、采取的艺术手段、产生的艺术效果诸方面，对短篇小说的特质作了这样的界定："短篇小说是用最经济的文学手段，描写事实中最精彩的一段，或一方面，而能使人充分满意的文章。"所谓"事实中最精彩的一段或一方面"，就是集中描写生活的"横截面"，如同把大树的树身锯断，看了树身的横截面，数了树的年轮，便可知道这树的年纪一样；一个人的生活，一个国家的历史，一个社会的变迁，总有一个"纵剖面"和无数个"横截面"，若从纵面看去须从头至尾方可看见全部，若从横面截在要害部位，便可把这个"横截面"代表这个人，或这一国家或这一社会。这是短篇小说在取材上所坚持的美学原则。所谓"最经济的文学手段"，就是采用极其精炼准确的描写手法，穷尽"横截面"的形与质、貌与神，即"增之一分则太长；减之一分则太短，着粉则太白，施朱则太赤"，恰如其分地透过塑造活生生的人物形象来反映生活的本来面目。这是短篇小说在描写上应坚持的美学原则。唯有这样的小说，才能在有限的艺术境界里囊括现实生活的全部真实，收到以少胜多的艺术效果，产生丰富的审美价值和深刻的社会意义。为了说明短篇小说的基本特征，胡适考察了中外的短篇小说史略。一八七〇年在欧洲历史上曾发生过法兰西和普鲁士大战，结果法国大败。如果历史学家要记叙这场大战，必定要上溯两国开战的远因，中记战争的详细经过，下索这次战争的影响，这样顺次记来可满数十史册；但这件大事到了短篇小说家手里，只用最经济的手腕去描写普法战争最精彩的一段或一面，则可收到见一斑窥全豹的效果。如《最后一课》是反映普法之战的短篇，整篇小说并没有描写战争的惨烈场面，只是以法国割给普国两省中一省的一个小学生的口吻，写割地之后普国下令不许再学法语，教师上完最后一课法文，这样法国战败后的一切惨状都从这个小学生的眼中看出，口中写出。《柏林之围》《二渔夫》等也是从一个侧面反映普法之战的优秀短篇。这些都是"用最经济的手腕，描写事实中最精彩的片断，而能使人充分满意"的短篇小说。中国的短篇小说古已有之，而且不乏优秀短篇，但是真正能算得上具有现代特色的白话短篇小说实在少见。《今古奇观》是明清两代古典白话短篇小说的代表作，它在中国小说发展史上是一大进步，但是它还不具备现代短篇新小说的体裁特征。五四时期的小说美学，不仅明确地揭示了短篇小说的特点，而且从宏观上指出"最近世界文学的趋势，都是由长趋短，由繁多趋简要"。之所以趋向短篇小说这类最经济的体裁，主要因为：一是现代生活竞争一天忙似一天，时间越来越宝贵，文学也不能不讲究"经济"，否则文学只配给那些吃了饭没事做的老爷太太们看，不配给那些在社会上做事的人看；二是文学自身的进步，与文学的“经济”有密切关系，文学越进步越要求最“经济”的描写手段。当时充斥于文坛的鸳鸯蝴蝶派等旧小说最不“经济”，是中国小说发展的末流，欲发展中国的小说艺术，首先应提倡真正的白话短篇小说，以赶上世界文学发展的趋向。这些见解今天看来不一定完全正确，但是在五四文学革命时期，对短篇小说的体裁特性及其发展趋势能作出这样的界说，不能不承认它对中国短篇小说艺术美学的建设具有开拓意义。

五四时期对讽刺小说的美学特征也作了理论探讨。不仅中国古典文学有着讽刺小说艺术的美学传统，而且世界文学也有着讽刺小说的流脉。鲁迅曾对清之讽刺小说作了研究，精辟地论述了吴敬梓的《儒林外史》“乃秉持公心，指擿时弊，机锋所向，尤在士林；其文又慼而能谐，婉而多讽：于是说部中乃始有足称讽刺之书”①；至于清末之谴责小说，“虽命意在匡世，似与讽刺小说同伦，而辞气浮露，笔无藏锋，甚且过甚其辞，以合时人嗜好，则其度量技术之相去亦远矣，故别谓之谴责小说”②。鲁迅对讽刺小说提出了严格的美学要求，“慼而能谐，婉而多讽”，可以说概括出讽刺小说的美学风格的突出特征，连晚清的谴责小说还算不上真正的讽刺小说。五四时期鲁迅创作的《阿Q正传》把中国小说讽刺艺术推上了高峰，完全可以同世界文学宝库中最优秀的讽刺小说媲美。正是在《阿Q正传》同外国讽刺小说的比较研究中，周作人从理论上对讽刺小说的美学内涵作了界说：

> 讽刺小说是理智的文学里的一支，是古典的写实的作品。他的主旨是“憎”，他的精神是负的。然而这憎并不变成厌世，负的也不尽是破坏。美国福勒忒在《近代小说史论》中说，“关于政治宗教无论怎样的说也罢，在文学上这是一条公理：某种的破坏常常即是唯一可能的建设。……但真正的讽刺实在是理想主义的一种姿态，对于不可忍受的恶习之正义的愤怒的表示，对于在这混乱的世界里因了邪曲腐败而起的各种污辱损害之道德意识的自然的反映。……其方法或者是破坏的，但其精神却还在这些之上。”因此在讽刺里的憎也可以说是爱的一种姿态。“摘发一种恶即是扶植相当的一种善；在心正烧的最热，反对明显的邪曲的时候，那时他就最近于融化在

① 《中国小说史略》。
② 《中国小说史略》。

那哀怜与恐怖里了，——据亚里士多德说，这两者正是悲剧的有净化力的情绪。即使讽刺是冷的，如平常变为反语的时候大抵如此，然而他仍能使我们为了比私利更大的缘故而憎，而且在嫌恶卑劣的事物里鼓励我们去要求高尚的事物。”

所以讽刺小说虽然与理想小说表面相反，其精神却是一致的，而且在表现手段上有一种相似的夸张的倾向。这是因为理想家和讽刺家都着眼于人生的善或恶的一方面，将同类的人或事积累起来，加以放大，再把他复写在纸上，这样便是一幅人生的善或恶的扩大图。在这幅人生的放大图中，于善人里表现出恶的余烬，于恶人里表出善的微光，只有真正伟大的现实主义作家才能够做到，非一般的作家所能企及，否则易流入感伤主义的小说。这是讽刺文学独特的美学要求，在当时昏迷黑暗的中国尤其需要这种讽刺小说。《阿Q正传》里的讽刺是一种冷的讽刺，在中国近代小说里只有《镜花缘》与《儒林外史》的讽刺略有相近，《官场现形记》和《二十年目睹之怪现状》等谴责小说多是热骂，和“冷嘲”的性质有所不同，尽管这些小说也属于讽刺小说的范围之内；如果索其《阿Q正传》的讽刺艺术之源，主要是借鉴于果戈理、显克微支、夏目漱石、森鸥外等人的小说（《周作人与〈阿Q正传〉》）。这种从理论和实践的结合上来阐明讽刺小说的美学特征，既充实了中国现代小说美学的丰富内涵，又具体导以讽刺小说的创作实践。

历史小说的美学特性在五四时期作了初步探讨，虽然它同反映现实题材的小说在审美特征方面有些不同，但相同之点颇多，仍属于小说艺术美学体系中的一支。早在清朝毛宗岗评点《三国演义》时，就对历史小说的美学特性提出自己的看法。他认为历史小说的突出特点是“据实指陈，非属臆造”，即“叙帝王之实，真而可考”，强调历史小说对历史事件的依赖性。显然他这种观点，混淆了历史小说和历史著作的区别，尚未看清历史小说不仅要求符合历史上某一时期社会生活的本质真实性，而且在不违背历史逻辑的前提下也可以虚构。正因为不能真正划清历史小说和历史著作的界限，故对《三国演义》这部历史小说发生了不少误解。到了五四时期，鲁迅在《中国小说史略》中指出《三国演义》“实多虚少，所以人们或不免并信虚者为真”，说明了历史小说不能过多地拘泥于历史事实，必须讲究虚构，做到虚实并举。胡适对历史小说的美学特性作了这样的概括：凡做历史小说，不可全用历史上的事实，却又不可违背历史上的事实，如果全用历史事实，那便成了“演义”体，如《三国演义》和《东周列国志》，没有真正“小说”的价值(三国所以稍有小说价值者,全靠其能于历史事实之外,加入许多小说的材料的),若违背了历史事实,如《说岳传》写岳飞的儿子挂帅印打平了金国,虽可使一般人快意,却又不成历史小说了。最好是能于历史事实之外,造成一些似历史又非历史的事实,写到结果又不违背历史事实。这是历史小说既不是历史著作又不是反映现实的一般小说的最重要的特点,也是创作历史小说必须坚持的美学原则;实际上它触及了历史小说的根本问题,即历史小说的真实性问题,也是对历史小说的性质如何认识。胡适意识到历史小说的真实性审美要求不同于历史著作对真实性的要求,历史小说的真实性如同反映现实生活的小说一样并非“全用历史事实”,乃是合情合理地符合历史逻辑的真实,在不违背历史发展的必然性和规律性的大前提下,可以根据人物形象塑造的需要,虚构一些似历史又非历史的人或事,达到更理想的艺术真实,这些见解无疑是正确的;但是他并未从欣赏者的角度对历史小说的真实性提出审美要求。因为历史小说毕竟是写给现代人看的,它不仅应使现代读者感到亲切动人,而且也应使现代读者易于了解接受,所以它的艺术表现形式和语言运用必须着眼于现代语言规范和整个社会民族的文化水平和欣赏习惯。黑格尔曾指出,文学艺术反映历史题材,“艺术家应该注意到当代现存的文化、语言等等”,比如“在特洛埃战争的时代,语言表现方式乃至整个生活方式都还没有达到我们在《伊利亚特》里所见到的那样高度的发展,希腊人民大众和王室的出色人物也没有达到我们在读埃斯库罗斯的作品和更为完美的索福克勒斯的作品时所惊赞的那种高度发展的思想方式和语言表现方式”。这种对历史文学作品在表现形式(特别语言)上提出的现代美学要求,虽然看来似乎“破坏所谓妙肖自然的原则”,但这“正是艺术所必有的反历史主义,表现作品的内在实质并没有改变”,只是已进一步发展的文化使得语言表现和形象必然受到改变;“从这方面来看,我们固然应该要求大体上的正确,但是不应剥夺艺术家徘徊于虚构与真实之间的权利”①。可以把黑格尔的论述,作为对胡适关于历史小说特质解说的补正。

对小说思想内容的探讨

五四时期的小说美学不仅对小说体裁特点作了初步的理论分析,而且对其思想内容作了较全面深入的探讨,提出了一些很有价值的美学见解。

---

① 黑格尔:《美学》第1卷,第348.352.353页。

从辩证唯物主义的美学高度来认识，小说的思想内容，应该是思想与生活的有机统一，是一个生动的具体的艺术形象整体，它既是作家对现实生活在本质的统一性与现象的丰富性相结合的形态上的把握，又是作家在构思过程中所寄寓的思想感情和美学理想的表现。五四时期对小说思想内容的认识虽然达不到这样的理论深度，但是它却能通过现代新旧小说的思想内容对比，以新的观点批判旧小说的消极思想内容，而对新小说的思想内容从总体上提出了审美要求。

五四小说革命所面对的主要对象不是中国古代小说而是清末民初兴起的现代旧派小说，就其所表现的思想内容看，大多具有消极性、虚假性、陈腐性的特征。志希在《今日中国之小说界》一文中对这些披着现代外衣的旧小说作了具体的分析批判、把它们归结为“黑幕派”、“滥调四六派”、“笔记派”。所谓黑幕派大多写“某某之风流案”、“某小姐某姨太之秘密史”、“某女拆白党之艳质”、“某处之私娼”、“某处盗案之巧”等等，以骗取金钱唆人为恶。所谓滥调四六派小说，大多写才子佳人的艳情或哀情，缠绵悱恻，卿卿我我，哀哀切切，是教青年写无聊情书的好材料，是毒害有为学子的书籍。所谓笔派小说，大多是写艳情哀情或写狐鬼神怪，没有什么积极的思想意义。这些现代旧小说的思想内容与五四时代精神格格不入，相抵相触。刘复对那种“杂凑无理”、“凭空结撰”的所谓“下等小说”[①]的思想内容作了深刻剖析：一是捧皇帝的思想，这本来是中国人万劫不灭的恶根性，在下等小说里，更觉荒谬绝伦；二是迷信鬼神的思想，充溢于小说形体之中；三是崇拜状元的思想，成了下等小说常见的主题，中状元毒者大有人在；此外，伦理思想、诲淫诲盗思想、厌世思想、催促妇女自杀思想、玩弄妓女思想，等等无不见之于下等小说。其实这些思想大都是封建意识形态，正是五四新文化运动和文学革命要铲除的反动腐朽思想。钱玄同对这些黑幕、艳情尺牍、香闺艳语、鸳鸯蝴蝶派小说，不仅指斥它们的内容腐败荒谬，并且从政治上揭露它们泛滥的社会根源：“清末亡时，国人尚有革新之思想；到了民国成立，反来提倡复古，袁政府以此愚民，国民不但不反抗，还要来推波助澜，我真不解彼等是何居心”[②]。郑振铎严正指出：小说家的重要任务本不在揭发或布露人间的黑幕，至于揭发某某人的阴私，更是“自桧以下”的无聊乃至卑下的举动；而这种以暴露某某人的阴私为目的举动，使小说的尊严被污辱了，使尊荣的

① 《中国之下等小说》。

② 《〈黑幕〉书》。

小说家被人看得卑贱了,将永远被人视为轻薄的无赖和刻毒的下流人①。

从辛亥革命到五四时期,中国封建意识形态已濒临全面崩溃和解体,特别经过五四运动使民主主思潮和马列主义在我国得到广泛传播,反帝反封建的民主主义革命洪流汹涌澎湃,不仅各种社会势力以及人与人之间的关系正在发生深刻变化,而且人们的思想意识、道德观念也在同封建传统观念、儒道两家学说发生决裂。然而现代旧派小说家却逆时代潮流而行,不是站在时代的高度以新思想来评价生活并从而提炼小说的题材和表现新的主题,反倒站在封建卫道者的立场,单凭面壁虚构的伎俩,靠主观去臆造一些人物或故事,借以宣扬忠孝节义的封建观念,为没落的贵族阶级唱挽歌。正如沈雁冰所深刻揭露的:称赞张天师的符法,拥护孔圣人的礼教,崇拜社会上特权阶级的心理;或者把人生的任何活动都当作笑谑的资料②,几乎整个小说涂满了灰色,思想内容卑鄙不足道,泛滥于小说界的"礼拜六"派小说大都属这类货色。如写衷情往往是有情人不能成眷属而抱终天之恨,或宣扬宿命论或赞美封建道德或鼓吹悲观厌世;写社会往往变成阴私或丑恶的欣赏展览,成了教唆吃喝嫖赌、杀人放火、奸淫拐骗的教本;写历史往往热衷于宫闱秘史之类香艳猎奇的内容;写武侠常常宣扬炼丹修道、神出鬼没之类的迷信思想,实质上这些以赞赏兽欲鬼窟、醇酒艳妇为特色的小说,所宣泄的思想不过是带着改良色彩的封建伦理道德和笑骂一切的虚无主义和厌世主义。"恋爱是人间何等样的神圣事,然而一到'风流自赏'的文士笔下,便满纸是轻薄口吻,肉麻态度,成了'诲淫'的东西;言社会言政治又是何等样的正经事,然而一到'发牢骚'的'墨客'的笔下,便成了攻讦隐私,借文字以报私怨的东西",表现这种思想内容的小说是中了"书中自有黄金屋,书中有女颜如玉"的毒,中了"拜金主义"的毒,它们是"真文艺的仇敌",是"摧残文艺萌芽的浓霜"③。这就多侧面地揭露了现代旧小说思想内容的消极、浅薄和陈腐,并从而对五四时期新小说的思想内容提出新的美学要求,即新小说的思想内容必须富有真实性、深广性和先进性的特征。

为"制造平民派的新小说打破绅士派的旧小说"④,五四时期强调新小说的最神圣的职能是真实表现或反映除封建豪绅买办官僚以外的最广大的人生,即

① 《谴责小说》。
② 《"写实小说之流弊"?》。
③ 《自然主义与中国现代小说》。
④ 刘复:《中国之下等小说》。

整个平民大众的人生。虽然古典小说美学理论和近代小说美学思想都触及到小说应表现“平民”的生活，但是在对于“平民”概念的理解上，随着时代的变化和人们认识的深化有所不同。不论古代或近代小说理论，都把“平民”解释为平民百姓，主要指下层人民（当然也包括市民阶层）；而五四时期所说的“平民”的范围更广一些，除贵族阶级以外所有的阶级、阶层的人们都囊括在内，即不仅有小资产阶级和资产阶级及其知识分子，而且也有刚登上政治舞台的无产阶级及早期共产主义知识分子，也就是全社会的广大人民群众。新小说的基本题材或主题都应从这广大的平民人生中摄取或提炼。由于五四时期致力于小说理论研究者的世界观或美学观有所差异，因此他们在对新小说思想内容总的美学要求大体相同的前提下，各自强调的重点或显示的思想色彩并不完全一致。

狄子平于一九〇三年发表的《论文学上小说之位置》，曾从认识论的角度强调“小说者，社会之X光线”，“今社会”应是小说之本源；但是小说的基本内容究竟该概括现社会哪些阶级或阶层的人生，他是指不出来的。五四时期的小说美学，不仅强调小说是客观现实的真实反映，而且指明是“一社会一民族的人生”的表现①，是反映全体人类的忧闷、痛苦、喜悦与微笑的镜子②。如果说这些提法稍显笼统的话，那么结合当时中国特定的历史条件来理解他们的见解，不难发现新小说所表现的思想内容的具体性。

一是新小说所反映的人生应是充满矛盾和苦难的现实人生，是民族侵略阶级压迫日益深重的社会人生。正是沈雁冰所指出的：“中国当此内忧外患交迫，处在两重压迫——国外的帝国主义和国内的军阀专政——之下的时候，唯一的出路是中华民族底国民革命”③。新小说就是要反映这样的人生现实。可以说，这是把新小说反映的人生内容，同中国半封建半殖民地社会的基本矛盾以及通过“国民革命”展开反帝反封建斗争联系起来，同人民大众的根本利益和最大愿望联系起来。从这一认识出发，他们不仅强调新小说要描绘人民大众的日常生活，更要抉取社会人生的重大题材。如被侮辱被损害的悲惨人生、旧社会的病根、国民的普遍弱点、军阀混战造成的灾难、轰轰烈烈的革命、民众对罪恶的反抗、妇女解放运动、知识青年探索人生出路、城乡劳动者的生活特别是第四阶级（即无产阶级）和贫苦农民的人生，等等。可见，他们所要求新小说表现的人生

① 沈雁冰：《现文学家的责任是什么?》。

② 郑振铎：《文学的统一观》。

③ 《对于太戈尔的希望》。

内容不是全社会所有的阶级，主要是被压迫被奴役的挣扎在半封建半殖民地社会最底层的广大民众，以及那些正在探索人生奥秘的或患有时代忧郁症的知识青年；所反映的事件不是那些缺乏人生意义的生活琐事，而着重于那些同改造旧社会和苦难人生，同争取人的、民族的、阶级的解放有重大关系的事件。这些内容不仅与全体人民、中华民族的命运联系在一起，也与五四运动开始的新民主主义革命息息相关。这既表明新小说思想内容的先进性又表明其深广性。

二是新小说所反映的现实人生，不只是要表现人民大众的苦难悲惨，而且要为苦难的人民指出光明之路，不只是要表现国民的弱点也要反映国民的美点，不只是要揭露旧社会的黑暗腐败，也要表现人生社会的真善美必定战胜假恶丑的历史趋向。沈雁冰对此认识得比较深刻。他不满意自然主义者以为人生的主体实是黑暗的野蛮的，所以其最爱取下流人的酗酒，犯罪，兽欲，以为题材；并以为人在灵肉两方面都是脆弱的，个人绝对不能反抗环境①。沈雁冰认识到现实人生无论如何黑暗总是隐藏着真善美，一个民族的特性无论存有多少劣点总有善美的特点保留着，一个社会无论如何腐败总有伟大的反抗力量在潜行。五四时期，虽然经济困难，内政腐败，兵祸天灾连续不断，人民大众处于水深火热之中，但是从本质上看，被奴役被侵凌的中华民族正在觉醒，反帝反封建的斗争烈火越烧越旺，痛苦中孕育着希望，斗争中包含着胜利。因此强调新小说既要有暴露的主题又要有歌颂的主题，是符合现实社会生活的客观辩证法的。这种美学要求是符合辩证逻辑的认识规律的，它同西欧批判现实主义小说的思想内容相比也具有先进性。批判现实主义小说所表现的人生内容，虽然无情地批判了资本主义制度的罪恶，但由于看不清资本主义灭亡的历史必然性，因此只能把劳苦人民作为怜悯的对象来描写，在揭露了贫富悬殊的不合理的社会之后只寄希望于某些社会改良，而不能根据社会发展规律揭示出一条光明的前进之路。如俄国批判现实主义的一些小说，“或叙述战争的罪恶，制度的黑暗，生活的悲惨，人心的灵感，都着了很深沉的色彩，很庄重惨苦的音调。字字里包含无量的痛苦，无量待决问题”②，只是赤裸裸地揭露社会人生的惨案，批判黑暗社会的罪恶，尚未给苦难的劳动大众指出一条反抗的道路。五四时期的新小说在思想内容方面，既要揭露旧社会的吃人本质及其黑暗腐败的“病根”，又要“隐隐指出未来的希望，把新理想新信仰灌到人心中，这便是当今创作家最重

---

① 《霍普德曼的自然主义作品》。

② 王统照：《俄罗斯文学的片面》。

大的职务”①。

三是新小说的思想内容既是主客观的统一体，那就必然在反映现实人生的过程中要注入作者的主观感受、思想情感、审美理想等。王统照对文学与现实人生与作者思想感情的关系作了辩证的解释：无论“艺术的文学”还是“人生的文学”都离不开人生，没有不受社会状况支配的，社会背景为文学所由生，“艺术的文学”虽取材不切于人生，但不能抛开人生，即使它们所表现的喜怒哀乐的自我感情，也是从人生得来的；然而文学创作“必须存作者的人生观在内”，因为文学创作中没有我自己在内，是没有价值的，惟作者有了“自己深沉坚实的哲学思想，然后能致用艺术的文字笔之于书，方成为杰作”，所以哲学的人生观、热烈的感情、丰富的智慧在文学创作中“非常的重要”②。整个文学创作尚且如此，作为文学殿堂的重要支柱小说艺术的思想内容更应是客观现实的真实性和丰富性同主观思想的先进性和感情的真挚性的高度融合，即“自我底精神与宇宙同化，与万物表同情”，使小说作品“有至情至理表现出来”③。晚清梁启超的小说理论虽然也指出小说要描绘现实之境界也要创造“他境界”即理想之境界，表现作者的主观审美意识；但是他既看不清小说内容的现实之境和理想之境的辩证关系，又对“他境界”究竟应表现什么思想、情感、理想说不明白。五四时期的小说美学对于这些问题的回答，既同现代旧小说如黑幕派、礼拜六派等划清了界限，又比晚清的小说理论有了新的突破。郑振铎明确地指出小说的重要任务：

> 把永在的忧郁与喜悦，把永在的恋爱与同情，写在小说中，使人喜，使人悲，使人如躬历其境，又且句句话是他们自己所欲说而未说，而不能说的。人的同情心因而扩大；人的劳苦，忧郁，牺牲，自己所未能告诉的，作者已为他告诉出，叙写出了。他给读者以理想的世界以希望的火星，他把他自己的热情，自己的心脏都捧献出……④

这里提出了非常重要的两点：一是作者在小说里表现的思想感情应该同人民大众的思想感情息息相通，为大众而忧为大众而喜，真正表达出人民想说而说不出的内在的思想感情；二是作者在小说里所表现的思想感情不应该是消极的低沉的悲观的，应该是那种闪烁着“理想世界”、爆发着“希望的火星”的思想感

① 沈雁冰：《创作的前途》。

② 《文学观念的进化及文学创作的要点》。

③ 王世英：《怎样去创作》。

④ 《谴责小说》。

情。而这些思想感情在小说内容中不是外加的游移的干巴巴的,它们应该是小说作品的灵魂,完全同小说对人生社会实况之真实描写融合为一体。五四时期的大多文学革命的倡导者,主张以包括小说在内的新文学来宣传人道主义或表现空想社会主义或导以平民主义,但也有人如李大钊朦胧地意识到应以含有马克思主义思想因素的学理、思想;主义作为新文学的思想基础。王统照认为高尔基在苏联十月革命时代所创作的带有无产阶级思想倾向的革命现实主义作品和批判现实主义所宣扬的"仁爱"等人道主义思想的文学是"迥乎不同"的两种性质的文学,开拓了"俄罗斯散文文学的一个新时代"①。沈雁冰曾多次强调新小说要宣传新思想表观新理想,虽然他所说的新思想新理想主要指革命民主主义思想或人道主义理想,但是也要看到他指出的"德谟克拉西的思想是一盏明灯"同一般意义的"德谟克拉西"(民主主义)有所不同。他认为"现在德谟克拉西已经放大范围"②,已注进新的思想因素;这种认识同稍后李大钊在《平民主义》中对德谟克拉西的解释基本吻合,即是含有无产阶级思想因素的民主主义。新小说的思想内容应该"德谟克拉西化",这表现了他们的小说美学观的先进性。

四是小说的思想内容务求真实,这是从根本上提出的区别于现代旧小说思想内容的虚假性的美学要求。真实性是唯物主义美学的重要原则,真实律是美学的三大规律之一;小说思想内容的真实性决定着它的生命力和艺术价值。因此五四时期的小说美学非常强调以"真实"的美学标准来衡量小说作品内容的审美价值:莫停留在人生的表面现象,应深入"奥堂",开掘人生的本质真实;必须从生活出发,从真正经验了的生活领域,特别是第四阶级的生活里选取小说题材,进而挖掘悲惨人生的"血"和"泪"之所以造成的社会根源,此其一。把外相的真与"内在的真际"统一起来。叶绍钧曾指出当时一些新小说"专写事情的外相,而不能表现出内在的真际",若小说作品"单摹外相,无论如何工致精密,不过如照相片一样,终不能成为有生命的东西",因此他要求作家必须注意"取材的精当",并"表现一切内在的真际"③,此其二。应该把客观的真实与情感的真挚统一起来,而客观的真实是第一性的。沈雁冰指出小说首先是"实在人生

① 《俄罗斯文学的片面》。
② 《尼采学说》。
③ 《创作的要素》。

的写真”[①],正如左拉说的“小说家最高的品格就是真实感”,而“真实感就是如实地感受自然,如实地表现自然”[②];但沈雁冰的认识并未停留于此,他还强调小说家反映在作品里的主观感情也要“真挚”,而这种真挚的感情不只是属于作者个人的,也是属于民众的,属于全人类的,同时所描写的客体对象的感情也要是真实的;叶绍钧要求小说作品所写的“合于事理的真际”或“本于内心”的感情,都要“求诚”[③]。此其三。唯有把人和事的普遍真和特殊真统一于小说的内容里,才能具有高度真实感。即文学作品“一方要表现全体人生的真的普遍性,一方也要表现各个人生的真的特殊性”[④],只有在小说中使普遍的真和特殊的真达到高度结合,才“会美”才“算善”,真善美的和谐统一正是小说内容的最完美最理想的境界。此其四。

对人物形象塑造的探讨

小说艺术美的集中体现是人物形象的塑造。虽然五四时期的小说美学对典型形象的理论概括不够准确和完整,但也有一些值得重视的人物形象典型化的见解。

小说的内容不是以思想的抽象形态存在,它是融贯于活生生的形象画面中,而在小说的艺术画面中的人物形象又具有核心地位。因此塑造什么人物形象、怎样塑造形象,则是关系着小说的生命、价值和性质。小说如同剧本一样,“一定要拿一两个特定的人来做主人翁”[⑤],但是究竟以什么人作为小说的主人公,可以说这是中国小说美学史上的一次革命。古代小说大多以勇将策士、侠客盗贼、清官酷吏、妓女嫖客、佳人才子等作主人公,即使产生于清末民初的黑幕派、礼拜六派等所谓现代旧小说其主人公依然是这类人物,尽管也出现些社会下层人物或劳动人民,不过他们不是被置于配角地位就是被歪曲为奴才或滑稽小丑。如果说古代小说中的上述人物还有一定的真实价值和美学意义的话,那么充斥五四前后旧文坛那些现代旧小说中的此类人物,无论从哪个方面看并没有多大的积极意义。因为这些人物出现在那些所谓小说家的笔下,往往根据宣扬某些封建伦理信条,单凭主观搜索,虚造出某种“道德”的传声筒或某种“概

① 《自然主义与中国现代小说》。
② 莫泊桑:《小说》。
③ 《诚实的·自己的话》。
④ 沈雁冰:《自然主义与中国现代小说》。
⑤ 说难:《我对于创作家的希望》。

念”的标本；或者为着单纯的娱乐和趣味，对人物随意的丑化，随意的美化，随意的神化，甚至达到极其荒诞的程度。这些人物不仅存在着理念化、荒诞性的弊病，而且雷同化、公式化、脸谱化的倾向特别严重。五四时期的小说美学正是在批判了现代旧小说在人物塑造上的种种劣点的前提下，对新小说的主人公提出了新的美学要求。

新小说的主人公应是普通人的形象，即广大的人民群众，如工人、农民、职员、知识分子、妇女等等，也就是说除了贵族阶级之外的所有的平民，都可以作为小说的主角。沈雁冰在《创作的前途》一文中，曾联系当时的社会背景对“现社会中的人”即普通的中国人，以是否受到新思潮的冲击为标准划为“三流”：一是丝毫不曾受到西方文化思想影响的纯粹的中国式的老百姓；二是受到西方新文化思潮的影响，主张勇敢进取的弄潮儿；三是介乎上述两种人之间，既不主张复古又不主张激烈的温和派或中间派。这三流人物构成了“三条对角线”，而“这三条对角线的伸缩就形成了现在中国社会思想之外壳，中国社会情形将来变成什么样子，也全恃乎这三条对角线伸缩的程度谁强谁弱而定。”作为以描写中国普通民众为中心人物的新小说，“一方面描写这三条对角线的现象，一方面又隐隐指出未来的希望，把新理想新信仰灌到人心中去，这便是当今创作家最重大的职务”；特别对于第一流人物，即忠厚善良的带着中国式思想安于社会现状的千千万万的老百姓，“应该有几部大著作来描写他们”，也就是以长篇小说来塑造他们的形象。沈雁冰这种归类或认识不一定准确，但他却指明了新小说应该大力地描写中国现代社会普通人的形象，这是新小说家的最重要的社会职责。

“一种小说必有一种主张，而小说中的人物便各人有各人的见解”，“无论哪一种小说都表示一种人生观和人生的问题。小说是直接表现人生的。不论是哪个小说家，是哪一种小说，所叙述，所想象的都是人生的一部或全部。讲的是人与人的关系，人们的思想，人们的感情，人们的行动，以及人们的喜怒哀乐，和人们的成功与失败。这样说来，可见小说家决不能没有确定的人生观和世界观了。”[①]正因为如此，所以新小说塑造普通人的典型形象，必须在作家的正确人生观和世界观的指导下，以严肃的创作态度进行刻画，决不能以玩弄或游戏的态度来丑曲和丑化他们。沈雁冰曾批评过去有些描写中国式老百姓的生活和思

① 瞿世英：《创作与哲学》。

想的旧小说,大都缺乏正确的世界观作指导或态度不端正,“只可惜都描写坏了,把忠厚善良的老百姓,都描写成愚矣可厌的蠢物,令人诽笑,不令人起同情。严格说来,简直没有一部描写中国式老百姓的小说,配得上称为真的文学作品”①。能否以正确的世界观和人生观为指导来塑造人物形象,这不仅关系到新小说主人公的有无生命力和美学价值,而且也关系到新小说能否深刻反映人生问题,关系到能否透过人物形象正确显示作者对现实人生的审美判断和哲学思考。

人是社会关系的总和,因之人的思想性格受着社会人生的多种关系的制约、影响。新小说要塑造成功的普通人的形象,必须揭示社会各种错综复杂关系在人物身上的或明或暗或深或浅的投影,并把笔触深入到人物灵魂的深处,刻画出那种浮雕式的带有综合性的国民典型。沈雁冰当时指出阿Q是“中国人品性的结晶”,“而且阿Q所代表的中国人的品格,又是中国上中社会的品性”;“阿Q这个人,要在现社会中去实指出来,是办不到的,但是我读这篇小说的时候,总觉得阿Q这个人很面熟”②。周作人非常赞同沈雁冰对阿Q这个普通国人的典型形象的评说,并补充道:“阿Q这人是中国一切的‘谱’——新名词称作‘传统’——的结晶,没有自己的意志而以社会的因袭的惯例为其意志的人,所以在现社会里是不存在而又到处存在的。”果戈理的小说《死魂灵》的主人公契契珂夫也是这样的艺术典型,不过“契契诃夫是‘一个不朽的万国的类型’,阿Q却是一个民族的类型(实际上阿Q也成了不朽的万国的类型)。他像神话里的‘众赐’一样,承受了恶梦似的四千年来的经验所造成的一切‘谱’上的规则,包含对于生命幸福名誉道德各种意见,提炼精粹,凝为个体,所以实是一幅中国人品性的‘混合照相’,其中写中国人的缺乏求生意志,不知尊重生命,尤为痛切,因为我相信这是中国人的最大的病根。”③阿Q这个国民典型是五四时期最成功的最有代表性的艺术典型,他的问世不仅标志着中国小说革新在人物塑造上取得了辉煌成就,而且蕴含着鲁迅塑造典型的极为丰富深刻的美学经验。沈雁冰、周作人当时从阿Q性格内涵的复杂性上进行整体性的把握和理解,明确地从思想意识范畴指出阿Q是中国人品格的结晶或中国人一切传统的结晶,并说明这种人物在生活中似实非实似像非像似有非有的特点,具有普遍的典型意

① 《创作的前途》。
② 《通信》。
③ 《周作人与阿Q正传》。

义。这些见解不仅丰富了五四时期的小说美学理论，而且为新小说的人物形象塑造提供了依据。

新小说的主人公要具有像阿Q这样的复杂的多样性统一的性格特征，那就必须进行高度的典型概括。即小说的主人公“所叙述的固然是个人的事实，但作者眼光同时要注意到社会的全体，而且要注意到自然界的全体，不过拿个人做社会全体及自然界全体的代表罢了”①。这种对典型化的理解虽然肤浅一些，但是它却比“原来我们中国人做小说，一向很喜欢用真实的人物为书中的人物”②的传统的做法前进一大步。它表明五四时期的小说理论已突破了以真人真事作为塑造人物的定律的局限性，并不满意《儒林外史》所写的人物，差不多个个都是真的人，杜少卿、慎卿就是作者及他的哥哥，更不满意《品花宝鉴》叙写毕秋帆、袁子才、蒋苕生、张船山诸人；而是着重强调新小说的人物塑造一定要遵循典型化的原则，写出个性鲜明的形象，不能拘泥于真人真事，更不能雷同化。要克服小说人物塑造的模式化、雷同化的倾向，做小说的人必须用精确的眼光，观察一切事物，充分发挥想象力，坚决反对“闭门造车”③或“闭门抄书”；如果关在一间小屋子里，日夜读小说，模仿着做，便真有创造天才的人也做不出好东西，何况没有天才的人呢。模仿的作品中的人物大都是借来，不是自己创造的，大都只能偷得一个样式，而作品的人物决不能“只是一个”，像这种“一篇作品的许多人物都只是一个模型里的产品，这还能有什么活气”④，这怎能刻画出栩栩如生的人物形象？

为塑造个性鲜明性格内涵复杂的人物形象，五四时期的小说美学非常强调社会环境或时代背景与人物性格关系的描写。沈雁冰当时曾多次指出刻画人物一定要写好社会背景，比如在上海的人，作品总提着上海的情形；从事革命的人，讲话总带着革命的气概；生在富贵人家的，虽热心于平民主义，有时不期而然的有种公子气出来。正因为社会环境对人物性格的影响或制约如此大，所以他批评当时有些描写学校生活的小说和描写无产阶级生活的小说竟差不多，特别人物性格是一样的，缺乏个性特征，其“真正原因还是作者的环境相仿佛”⑤，没有写好形成人物性格的不同的社会环境；须知“一篇出色的小说，专在情节布

① 说难：《我对于创作家的意见》。
② 郑振铎：《谴责小说》。
③ 希志：《今日中国之小说界》。
④ 沈雁冰：《新文学研究者的责任与努力》。
⑤ 《文学家的环境》。

局上着想是难得成功的,应该在人物与背景上着想","人物的个性和背景的空气愈显明愈好"①。

此外,新小说欲塑造世间常见人的形象,特别那些被侮辱被损害者,不仅要像陀思妥耶夫斯基的小说那样写出"下等堕落人的灵魂",也要写出他们的灵魂里"时时露出美与光明"②。这说明对一些愚弱国民灵魂的刻画,不能只是画出思想的劣点,也要开掘心灵深处尚未失去的人性美。

对小说社会功能的探讨

唯物主义美学并不将小说艺术的本身视为小说艺术的全部目的,更看重它的社会功利目的和社会实用价值;当然小说艺术的社会功能是要通过它的美感作用才能得以发挥的。五四时期虽然也有提倡"为艺术而艺术"的文学者,不承认文学艺术有什么功利目的(实际上他们创作的新小说同样发挥了积极的社会作用);但是大多数人是抱着明确的功利目的从事小说创作的。鲁迅后来回忆自己在五四时期开始创作小说就是为了"改良人生",把小说作为器械,每篇小说都是有所为而发。因此小说的社会功利是五四小说美学的一个重要内容;况且小说的社会功利又同小说思想内容的真实性和人物形象的完美性紧密联系为一体。

"要在现代小说中指出何者是新何者是旧,唯一的方法就是去看作者对于文学所抱的态度;旧派把文学看作消遣品,看作游戏之事,看作载道之器,或竟看作牟利的商品,新派以为文学是表现人生的,诉通人与人之间的感情,扩大人们的同情心的"③。这是从文学的社会功利目的上来划清现代新旧小说美学的总区别。旧派的"载道"小说,虽然也主张"有为而作"强调功利目的,但它并非为着改良社会人生,沟通人民大众的感情,唤醒民众的觉醒,而是"替古哲圣贤宣传大道","替圣君贤相歌功颂德"、"替善男恶女认明果报不爽"④,以维护封建统治,将小说作为宣传儒教道教的传声筒,当成给帝王将相涂脂抹粉的装饰品。这种抱着消极或反动目的写出的"载道"小说曾一度泛滥于五四前后的旧文坛,是同五四时代在思想文化战线的彻底反封建的战斗精神相对抗的。那些

① 《杂谈》。
② 周作人:《陀思妥也夫斯基之小说》。
③ 沈雁冰:《自然主义与中国现代小说》。
④ 沈雁冰:《文学和人的关系及中国古来对于文学者身份的误认》。

名士派文人只把小说当作游戏或消闲的玩意，反映在小说里的思想几乎“全是些游戏玩世的思想”，叫人看了只觉得人生是空虚的，是一片灰色的，只可供“一班废物去玩赏，与全社会的健康分子是没有关系的”[①]，对人类社会的进步是起抵销作用的。“载道”或“游戏”虽然是中国旧小说中的两个相对的极端，一个并不“非功利”，一个喊着无功利，但这种看来似乎矛盾的现象，却掩盖不住它们的共同本质，即反对“文学的目的是综合地表现人生”，反对新小说通过美感规律发挥改造社会人生、推动人类历史前进的崇高的社会职能。至于黑幕派的小说在当时社会上所产生的消极作用，一些新文学倡导者看得更清楚，并纷纷撰文揭露。五四时期小说美学的功利观正是在批判现代旧派小说的消极功利主义或非功利倾向的前提下，逐步形成并完善的。

诚然，强调小说的社会功利，重视小说的社会职能，并不始于五四文学革命，晚清时代改良派梁启超等便从“欧洲各国变革”和批判现实主义文学中受到启示，非常突出地强调了小说艺术在资产阶级改良运动中所具有的政治价值及在改良社会中的巨大功能，但是他们把小说的社会职能扩大化，过分化，特别不把“中国群治腐败之总根源”归结为封建社会的经济制度和政治制度，而归罪于那些具有消极倾向的旧小说，这不免陷于唯心史观。五四时期的文学革命先驱们，自觉或不自觉地吸取了梁启超为代表的改良小说的功利观的合理成分，排除其过分重功利、重政治的庸俗功利主义，并且深深受到欧洲现实主义文学和积极浪漫主义文学的社会功利的影响，从而对五四时期的新小说提出一些具有进步意义的社会功利要求。

“小说第一个责任，就是要改良社会，而且写出‘人类的天性’”[②]。当时大多数致力于新文学的建设者，都认为小说艺术应在争取“人性”解放、争取民族解放的反帝反封建的斗争中、在改良人生和改造社会的斗争中，发挥本身的功能。刘半农从教育学、心理学的角度指出，“小说为社会教育之利器，有转移世道人心之能力”；而要使新小说收到如此社会效果、具有如此的社会职能，小说家在描写人生时必须“根据真理立言，自造一理想世界。如施耐庵一部《水浒》，只说了‘做官的逼民为盗’一句话，是当时虽未有‘社会主义’名目，他心中已有了个‘社会主义的世界’；再如“提福之《鲁滨生》一书，则以‘社会不良，吾人是否能避此社会？’及‘吾人脱离社会后，能否独立生活？’两个问题，构成一个‘人有绝

① 沈雁冰：《什么是文学》。

② 志希：《今中国之小说界》。

对的独立生活力'的新世界"①。虽然他对两部小说的"理想世界"的分析并不确切,但是却提出一个重要的美学见解,即欲使新小说具有"社会教育"、"转移世道人心"的功能,小说在反映社会生活过程中必须在"真理"的照耀下创造一个"理想世界",使人们在黑暗如漆的旧社会能够见到希望的微光,并从而受到"理想"的鼓舞,产生一种为"理想"而奋斗的力量。《文学研究会丛书缘起》对包括小说在内的新文学的社会作用估价得更高一些:"他的伟大与影响,是没有什么东西能够与之相并的。他是人生的镜子,能够以慈祥和蔼的光明,把人们的一切阶级,一切国种界,一切人我界,都融合在里面,用深沉的人道的心灵,轻轻的把一切隔阂扫除掉。惟有他,能够立在混乱屠杀的现世界中,呼唤出人类一体的福音,使得压迫人的阶级,也能深深的同情于被压迫的阶级。他是人们的最高精神与情绪的交流的介绍者。被许多层次的隔板所间断的人们,由他的介绍,始能恢复这个最高精神与情绪的流通。"这显然在某种程度上受到梁启超的小说"重功利"观的影响,对新小说的社会功能看得有点偏高,但它主要强调的却是小说在沟通人与人之间的思想感情方面的作用。

应该特别提及的是沈雁冰,他对新小说的社会职能,从多方面作了论述,其见解和同时代论者相比,显得更完整更先进一些:一是从社会学的角度,他认为新小说必须为改造人生服务,必须为人类服务,成为全体民众改造人类社会的武器。因此它应该无情地暴露旧中国的"毒疮",反对一切压迫,剥穿一切虚伪,针砭灰色人生;开掘旧社会的"病根",在改造苦难人生中发挥其战斗功能。二是从人性论的角度,指出在当时秽浊的社会里小说家的"最大的急务是改造人们使他们像个人"②,要在"非常纷扰的人生中寻求永久的人性",使小说成为改造"人"和解放"人"的"精神食粮"。它"不但使人欣忭忘我,不但使人感极而下泪,不但使人精神上得相感通,而且使人精神向上,齐向一个更大的共同的灵魂"③。这种认识虽然笼统,但在五四时期彻底摧毁封建精神枷锁以争取"人性"解放的斗争中,却具有相当大的进步作用。三是从教育学的角度,指出"现时代是人心迷乱的时代,是青年彷徨于歧途的时代",新小说应该像鲁迅那样在小说里"指引青年一个方针:怎样生活着,怎样动作的大方针"④;特别在小说中

① 《诗与小说精神上之革新》。
② 《介绍外国文学作品的目的》。
③ 《一年来的感想与明年的计划》。
④ 《鲁迅论》。

要以"新理想新信仰"开导一些患有时代烦闷症的青年,为他们展示一条前进的光明之路。四是从心理学的角度,他认为新小说"是沟通人类感情代全人类呼吁的唯一工具"①,它"能宣泄当代全体人类的感情,更能声诉当代全体人类的苦痛与期望,更能代替全体人类向不可知的命运作奋抗与呼吁"②。据沈雁冰后来解释,当时他们所说的"全体人类"是指全体民众,新小说就应该成为宣泄人民群众内在情感、交流人与人之间感情的工具。五是从认识论角度,指出新小说既可以表现人生也能够批评人生,它可以揭示社会生活的"哲意",提高人们的认识,唤醒民众的觉悟,"滋养我再生我中华民族的精神,使他从衰老回到少壮,从颓丧回到奋发,从灰色转到鲜明,从枯朽里爆出新芽"③。六是从政治革命的角度,沈雁冰批判了当时文坛上醉心于艺术独立的人们"要把带政治意味和社会色彩的作品都摒出艺术之宫的门外"的非功利主义倾向,以雄辩的世界文学发展的史实说明了文学在阶级社会、革命时代无法超越政治,小说作品必然具有革命的政治功利目的;但是他也认识到并非所有时代所有国家的所有文学,都要成为宣传革命的工具,都要做政治斗争的武器,他主要从"政治社会"这样特定的历史环境"对于作家有极大的影响"这方面,指出进步的或革命的文学(包括小说)必然"带些政治意味"④,不过它是一种不能脱离文学本身美感规律的特殊革命工具。总之,沈雁冰的新小说功利观是带有进步的革命的理论色彩,他的功利观是一种符合人类社会前进要求的崇高的艺术功利主义,是新小说艺术美的坚实基石。正因为他的功利观符合广大民众这个审美主体对小说艺术的功利要求,所以它经受住了历史的考验,至今还闪烁着进步美学思想的光辉。

对小说形式美及艺术手法的探讨

小说艺术的特定思想内容或独特的人物形象总是要求与它的特点相适应的特定形式,因此一篇小说的思想内容的美或人物形象的美总是和形式的美有机地结为一体。五四文学革命的先驱者们在探讨小说思想内容、人物形象的美学特征的同时,对小说的形式美也作了探讨。尽管这方面的论述并不丰富,但

① 《文学和人的关系及中国古来对于文学者身分的误认》。
② 《新文学研究者的责任与努力》。
③ 《一年来的感情与明年的计划》。
④ 《文学与政治社会》。

也有些值得重视的见解。

结构，是小说艺术形式的重要构成因素，它是把性格不同的人物的相互关系及特定关系所形成的情节、环境和细节等，有重点而又协调、匀称、完整地加以巧妙组合，以便完善、准确、充分地表现思想内涵的重要手段；这也是对结构这种形式美的独特的审美要求。但是充斥于当时小说界的现代旧派小说的结构，基本上破坏了小说艺术的形式美。如那种滥调四六派的小说，“只会套来套去，做几句滥调的四六，香艳的诗词”，“论起他们的辞藻来，不过把几十条旧而不旧的典故，颠上倒下”，一篇小说中“翩若惊鸿宛若游龙”、“芙蓉其面杨柳其眉”的句子，也不知要重复多少次；特别是它们的结构几乎千篇一律，开头总是某生如何漂亮，遇着一个女子也是如何漂亮，两人一见钟情，暗订婚约，正在爱力最高的时候忽然又分开，若作艳情小说便把他们硬凑合在一起，若作哀情小说便将他们永远分开，或一个死于某地留下几句香艳诗几封言情信①。试想这种小说的语言、结构具有什么独特的审美价值？沈雁冰在《自然主义与中国现代小说》的长文中，对这些现代旧派小说的结构形式的流弊作了具体的分类剖析：第一类是沿袭旧章回体长篇小说的结构形式，它抹杀了传统的章回体结构形态的长处，却对它固有的弱点加以发展，使小说结构趋向程式化、僵死化，“束缚作者的自由发挥”，损坏了艺术形式的美。如每回小说字数相等，回目必用一个对子，开头总要出现“话说”、“却说”等字样，结尾必用“要知后事如何，且听下回分解”。对于这种凝固化的结构形式，现代旧派小说家尊为“义法”，一味摹仿，陈陈相因，毫无创新之意，以致把小说艺术引进死胡同。第二类是不分章回的旧式小说和中西混合的旧式小说结构形式，它们既沿袭了旧章回体的结构法式，又抄袭了西洋小说的结构程式，虽然弃去了章回体的某些法式，但就总的布局而言，除少有改变外，大关节尚不脱离悲欢离合终至大团圆的旧形式，仍局限于旧镣锁之下，没有什么创新精神。第三类是短篇居多，它们虽然运用了西洋短篇小说里的显而易见的一点布局法，但从总体来看仍然不能完全摆脱章回体结构形式的桎梏。至于所谓“中国之下等小说”的结构形式也没有什么独特的审美意义，正是刘复指出的：“做下等小说的，大都没有在文学上用功夫，所以描写中下等社会的情状，虽然维妙维肖，字句中却全没有审美的工夫，文体的构造上也全不讲究，往往一篇之中，开场甚好，到后来便胡说一番，闹了不成话。”②五

① 志希：《今日中国之小说界》。

② 《中国之下等小说》。

四小说美学对于小说形式美的见解,正是在破现代旧派小说形式的弊端中汲取了西洋小说美学思想而提出来的。

新小说的结构形态应该具有灵活性、多样性的特征。沈雁冰通过评述鲁迅小说的创作,对新小说的形式美提出了这样的要求:他说"在中国新文坛上,鲁迅君常常是创造新形式的先锋,《呐喊》里的十多篇小说几乎一篇有一篇的形式,这些新形式又莫不给青年以极大的影响。"①由于宇宙万物呈现出"多样统一"的形态,即"宇宙间森罗万象都受一个原则的支配,然而宇宙万物却又莫有二物绝对相同"②;因此真实反映宇宙万物或错综复杂人生的小说的结构布局,必须遵循"多样统一"的美学原则,这样才能表现丰富多彩的生活内容,展示丰满完整的性格,那种程式化公式化的凝固型的结构是绝对办不到的。但是在新小说创作中,能够真正像鲁迅那样富于创造性地根据不同的题材内容和人物形象的表现需要,采取灵活多样的结构形式,这并不容易做到。当时不少描写男女恋爱的短篇小说,差不多都是叙述男女两个学生怎样在公园相见,怎样的通信,大谈其男女解放,怎样相爱起来,怎样的成为美眷,或受父母的迫逼而不能如愿等,这种雷同的单一的"内容布局"既不能真实地反映人生,又缺乏"艺术上的价值"③,那有什么形式美可谈呢?

剪裁要得当,布局要得力,这是胡适对包括小说在内的新文学作品的结构形式提出的美学标准。他认为,在作家从现实生活中选取一定题材,通过想象形成作品主题的同时,必然要考虑如何组织这些材料,如何安排谐调人物与人物之间的关系,以构成一部或一篇完整的文学作品。为了使结构更好地职务于内容,胡适把结构分成剪裁和布局两步:第一步剪裁要得当,即有了材料,先要剪裁,而要剪裁得当则必须量体剪裁,这是布局的前提;第二步布局要得力,即材料剪好了,为更好地突现主题,"须要筹算怎样做去始能把这材料用得最得当又最有力",这就是"布局的工夫"。但是"近来的文人(指现代旧派文人写的消遣或游戏文学作品)全不讲求布局:只顾凑足多少字可卖几块钱,全不问材料用的得当不得当,动人不动人",这样的文学决不是有美学"价值的新文学"④。他之所以如此重视新文学作品的结构形式美,是因为他认识到结构形式对内容表

① 《读〈呐喊〉》。
② 《自然主义与中国现代小说》。
③ 沈雁冰:《一般的倾向》。
④ 《建设的文学革命论》。

现的重要性:"论文学者固当注重内容,然亦不当忽略其文学的结构。结构不能离内容而存在。然内容得美好的结构乃益可贵"①。这就揭示出新文学的内容与结构形式的相辅相成的辩证关系。

属于再现艺术的小说,不论其表现手法如何丰富和复杂,其运用必须服从于一定的艺术内容的表达,并与欣赏者的审美能力相适应;而且不同艺术个性的小说家对表现手法的选择、掌握和运用也是自由的,因此也是各有侧重的。五四时期的小说美学在艺术手法的选取上同旧派小说也是不同的。

新小说在艺术表现上提倡采用描写手法。描写手法虽然以客观描述为主要特征,但描写不等于机械地如实地再现对象,而是在对客观对象的典型的描述中表现作家的感受、体验和态度,没有"纯客观的"描写。沈雁冰曾多次提倡的"客观描写",就是这种描写手法。他认为现代旧派小说并没有真正意义的描写,只能算是"记账式的叙述",看了这种叙述"只觉得眼前有的是木头人,不是活人,是一个无思想的木人,不是个有头脑能思想的活人;如果是个活人他做这些动作的时候,全身总该有表情,由这些表情,我们乃间接的窥见他内心的活动。须知真艺术家的本能即在能够从许多动作中拣出一个紧要的来描写一下,以表见那人的内心活动,这样写在纸上的一段人生,才有艺术价值,才算是艺术品!须知文学作品重在描写,并非记述,尤不取'记账式'的记述;人类的头脑能联想,能受暗示,对于日常的生活有许多地方都能闻甲而联想及乙,并不待'记账式'的一笔不漏,方能使人觉得亲切有味。现代的章回小说体派小说,根本错误即在把能受暗示能联想的人类的头脑看作只是拨一拨方动一动的算盘珠"②。这既从欣赏者的角度,深刻说明了描写手法优于"记账式"的叙述手法;又从人物形象的成功塑造和思想内容更有效表达的角度,有力地论述了描写手法高于"记账式"的叙述。胡适对描写手法提出了更高的要求,即不但写人要动举、口气、身分、才性等,都应有"个性"的区别;而且写境应一喧、一静、一石、一山、一云、一鸟等,也要有"个性"的区别。这就是说,塑造人物、描写景物,应该抓住各自不同的特点,予以准确、鲜明、生动的描写,达到"个性化";而且写事也要真,要精,要细致婉转,要合情合理,要淋漓尽致。欲达到这种艺术境界,描写方法要灵活多变,即"有时须用境写人,用情写人,用事写人;有时须用人写境,用事

① 《胡适文存》卷一第50增3。

② 《自然主义与中国现代小说》。

写境,用情写境”[1]。

“若是作者有劝世的心思”,想通过小说艺术达到教育的目的,最好采取烘托的暗示手法[2],不能像黑幕派小说那样赤裸裸地展览“人类的罪恶”或某某人的阴私,或“狗血淋头”的乱骂,这决不是新小说所应效法的。所谓烘托的暗示手法,其主要的特点在于并不直接地原原本本地再现所要再现的生活一切,而是通过直接再现的生活的某些方面,间接地再现与这一方面有密切关系的其他方面,把丰富复杂的生活或思想内容用极精炼含蓄的烘托手法加以暗示性的表现。这种表现手法继承了,我国古典美学中的“情在意中,意在言外,含蓄不尽,斯为妙谛”[3]的追求含蓄美的传统。

此外,五四时期的新小说美学对于创作小说的原则和途径也提出一些具有实践意义的指导性建议:一是必须坚持“实地观察”,这是“客观描写”的前提和基础。现实主义小说大家巴尔扎克、福楼拜等,非常重视“实地观察,描写的社会至少是亲身经过的,描写的人物一定是实有其人的”(按:不一定所写的事或人都是这样的)。当时新文坛上有些青年作者,“新思想要求他们注意社会问题,同情于第四阶级,爱被损害者与被侮辱者”,但是由于他们不能坚持“实地观察”,对第四阶级的生活极不熟悉,即使手段怎样的高强,总要“露出不真实的马脚来”[4]。二是“做小说很要紧的是‘想象’,‘想象’是真实底设想,和幻想迥然不同,所以想象还是根据事实。倘若作者对于社会情形不熟悉,写来与实际相差太远,纵使极细微底地方,也要失去文艺上真的价值。所以凭空虚构底小说,还是不能不根据事实,小说家不明白社会真相,是不成功的!”[5]三是作为小说家要写出“人类的天性”,必须先研究社会学,再研究心理学,进而研究社会心理学、人生哲学,以上几种学问具备了,“再去游历各地,以八面留心的眼光,观察各种的境遇。俄国法国各派的小说,都是从观察中得来的”[6]。四是创作新小说要适合多数人的理解力和欣赏习惯,因此对于所用的语言工具不能不费一番苦心。“第一事就是新术语务要少用,我们社会对于科学的常识,还是贫乏,比不得他们较进步的社会已将此等术语当作寻常茶饭的”,小说中若使用此等术语

---

① 《建设的文学革命论》。
② 志希:《今日中国之小说界》。
③ 梁廷枏:《曲话》。
④ 沈雁冰:《自然主义与中国现代小说》。
⑤ 王世英:《怎样去创作》。
⑥ 志希:《今日中国之小说界》。

太多,结果必使读者不能卒读,而且有时过于多用新术语,颇有害于小说内容之真实性。"第二事,叙述的语法,不宜过于欧化;我不反对欧化文的,而且我相信将来通行语言的组织可有一大部分趋于欧化",但此时尚"没有全欧化的必要",为了适应全社会全民族的欣赏习惯,小说创作的"欧化文主义是不易贯彻,而且不宜贯彻的"[1]。应该把合乎中国语法规律的人民大众能够理解的白话语言作为新小说创作的利具。从美学意义讲,小说是语言艺术中的一种影响最大的文学体裁,它能充分发挥语言艺术便于描绘广阔的现实生活画面,便于刻画人物的性格和内心活动的特点。因此五四时期重视对小说的语言艺术研究和探讨,是具有重要的美学意义,并且对新小说创作将产生深远影响。五是若要"做好小说,除以上的法门而外,还须多读多看西洋的小说。西洋小说界近来的杰作,实在很多","已为后人开无限法门"[2]。虽然他并未说明如何借鉴西洋小说的"法门",却指出了五四时期创作新小说的一种共同趋向和重要的途径之一。周作人认为,"中国讲新小说也二十多年了,算起来却毫无成绩(判断片面),其重要原因之一"在中国人不肯模仿不会模仿。因为这个缘故,所以旧派小说,还出几种;新文学的小说就一本也没有。""我们要想救这弊病,须得摆脱历史的因袭思想(指'不肯自己去学人,只愿别人来像我'的思想)。真心的先去模仿别人(指外国近代进步小说)。随后自能从模仿中,蜕化出独创的文学来,日本就是榜样。"总之,"中国要新小说发达,须得从头做起;目下所缺第一切要的书,就是一部讲小说是什么东西的《小说神髓》"[3]。

总之,五四时期的小说美学思想同晚清以梁启超为代表的近代小说美学相比,虽然要丰富得多,系统得多,先进得多,特别对小说艺术的审美价值及其创作规律作了有见地的探讨;但从总体来看,有些论点不确切,有些概念不够明确,对中国古典小说美学继承不够,对民初以来的所谓现代旧派小说绝对否定,缺乏实事求是的分析评判态度。上述,着重从唯物主义美学的角度对五四小说理论作了粗略考察,对浪漫主义或现代主义小说美学在五四新文学中的地位和价值尚未涉及到。究其实,五四时期的新小说美学是复杂的多元的,它们对中国现代新小说的诞生或发展,既起了理论上的鼓动作用,又在创作中发挥了指导作用。

① 说难:《我对于创作家的希望》。
② 志希:《今日中国之小说界》。
③ 《日本近三十年小说之发达》。

第三节　小说革新的整体面貌

五四小说美学观念的革新，它非局部的而是带有整体性的。即对小说艺术的一系列理论问题均初步获得了既不同于古代传统小说观念也有别于近代小说观念的崭新的认识，而这些具有现代色彩的小说理论大都源于西方小说美学。小说观念革新的意义主要不在理论本身，更重要的是它推动或指导了五四时期的小说创作，使创作界由寥寥可数的几篇尝试之作逐步趋向繁荣，由幼稚而走向成熟，终于在中国新文学的黎明期出现了小说创作蓓蕾怒放的春天。

《狂人日记》的问世虽然标志着中国现代小说的新纪元的开端，但是开端并不意味着立即就会繁荣昌盛。鲁迅自己也承认，他的《狂人日记》、《孔乙己》、《药》发表之后，“从《新青年》上，此外也没有养成什么小说的作家”①。茅盾讲得更具体一些，他说：“民国六年（一九一七），《新青年》杂志发表了《文学革命》的时候，还没有‘新文学’的创作小说出现。民国七年（一九一八），鲁迅的《狂人日记》在《新青年》上出现的时候，也还没有第二个同样惹人注意的作家，更其找不出同样成功的第二篇创作小说。民国八年（一九一九）一月，《新潮》杂志发刊以后，小说创作的‘尝试者’渐渐多了，然而也不过汪敬熙等三人，也没有说得上成功的作品；然而‘创作’的空气是渐渐浓厚了。民国十年（一九二一）一月，《小说月报》也革新了，特设‘创作’一栏，‘以俟佳篇’；然而那时候作者不过十数人，《小说月报》（十二卷）每期所登的创作，连散文在内，多亦不过六七篇，少则仅得三四篇。而且那时候常有作品发表的作家亦不过冰心，叶绍钧，落花生，王统照等五六人。那时候（民国十年春），《小说月报》每月收到的创作小说投稿，——想在‘新文学’的小说部门‘尝试’的青年们的作品，至多不过十来篇，而且大多数很幼稚，不能发表。然而青年的‘尝试者’在一天天加多，却是可以断言的！”②这一概括不免带有一点粗略性和片面性，却基本上描述出文学革命初期小说创作的轮廓，展示出它经历了一个由寂寞到兴旺的演进过程。作为文学史，不仅要大书特书鲁迅为中国现代小说的创建所立下的丰功伟绩，即使对那些最早的尝试者在拓荒道路上所留下的哪怕是蹒跚学步的足迹也应该珍视，也要给予一席地位。仅从一些刊物发表的小说数量来看，由鲁迅率先而逐

---

① 《中国新文学大系·小说二集导言》。

② 《中国新文学大系·小说一集导言》。

步形成一个小说作者群，他们积极尝试新小说的创作，为一代新小说诞生共同努力，勇敢探索。《新潮》从一九一九年一月到一九二〇年六月共发表了汪敬熙的《雪夜》、罗家伦的《是爱情还是苦痛》、杨振声的《渔家》、欧阳仔倩的《断手》、叶绍钧的《这也是一个人》、俞平伯的《花匠》、任铧的《新婚前后七日记》、郭弼藩的《洋债》、鲁迅的《明天》、K. S 的《砍柴的女儿》等十个作者的十八篇小说。鲁迅当时就指出："《新潮》里的《雪夜》，《这也是一个人》，《是爱情还是苦痛》（起首有点小毛病），都是好的。上海的小说家梦里也没有想到过。这样下去，创作很有点希望。"[①]《晨报》第七版也是培育新小说的重要园地，冰心从一九一九年九月起到一九二一年四月，就在该版上发表了《谁之罪》[②]、《斯人独憔悴》、《秋风秋雨愁煞人》、《去国》、《庄鸿的姊姊》、《最后的安息》、《一个兵丁》、《一个军官的笔记》等十几篇小说。据有人统计从一九一九年二月到一九二〇年十二月《晨报》第七版上共发表了新小说九十多篇，虽然多数作者在文学史上只是昙花一现，但他们的积极尝试却为当时小说阵地增添了繁荣。《新生活》从一九一九年八月到一九二〇年六月发表了白话新小说《两个东洋车夫》、《嗳，这就叫做婚姻》、《村长的儿子》、《大兵来了》、《黄金杀人》、《可怜的童养媳》、《新旧家庭》、《一个顶好的少年》、《可怜的工人》等近三十篇；此外北京的《每周评论》、《国民》、《曙光》、《新社会》等都发表过短篇小说，王统照的小说《真爱》和《卖饼人》都发表在后两个刊物上。在上海，值得重视的是《民国日报》副刊《觉悟》，有人统计仅一九二〇年就发表新小说一六七篇，其中有萧楚女的《卖水饺的恩爱》，张静庐的《无期徒刑》、《两头大》、《是那一个错》、《捉赌》，沈玄庐的《阿二的儿子》、《一个水手》、《工人的滋味》、《两个小学生谈话》，等等。《劳动界》从一九二〇年八月到一九二一年一月发表了《一个铁匠底日记》、《一个人力车夫底日记》、《苦工日记》等十四篇小说。《少年中国》、《少年世界》、《星期日》、《工人周刊》、《北京大学生周刊》、《太平洋》、《新妇女》、《新人》、《平民》等刊物，在这个阶段都发表过新小说，郭沫若的短篇小说《牧羊哀话》就是发表在一九一九年十一月的《新中国》杂志上。可见，从一九一八年五月鲁迅在《新青年》上发表了《狂人日记》之后，截止一九二一年初，在这不长的时间里，中国第一代的新小说创作，很快便打破了寥寥无几的寂寞局面而走上欣欣向荣的道路。尽管这些尝试之作成熟者少幼稚者多，但是不经过尝试，哪能出现一九二

① 《对于〈新潮〉一部分的意见》。

② 即《两个家庭》。

一年以后小说创作的更加繁荣的景象，中国短篇小说艺术怎能在如此短的时间里日臻成熟起来呢？如果按照我们对五四新文学范围的界定，那只能对小说创作考察到一九二一年，为了弄清由五四诞生的新小说的整体面貌，拟适当地延伸到"五卅"前后，虽然这并非本文学史的重点，但也要略加评述。

一九二一年以后小说创作的繁荣，与大量纯文学社团和各种文艺刊物的涌现是联系在一起的。"那几年的杂乱而且好像有点浪费的团体活动和小型刊物的出版，就好比是尼罗河的大泛滥，跟着来的是大群的有希望的青年作家，他们在那狂猛的文学大活动的洪水中已经练得一副好身手，他们的出现使得新文学史第一个'十年'的后半期顿然有声有色"①。据《星海》上册的附录，说在一九二四年上半季全国的文艺刊物就有周刊十五种，旬刊十种，半月刊二种，月刊三种，季刊十种，不定期十三种，共五十三种。自然这是个不完全的统计，不过它可以说明纯文艺刊物的增多为小说创作的发展提供了阵地。仅就一九二一年《小说月报》的两次统计来看，足以证明小说日益繁盛的好势头。那年的一月到三月发表的短篇小说约计七十篇，到了四月至六月间短篇小说则发表了一百二十多篇，比春季增加了一倍光景。这里，且不必对一九二一年后各种文艺杂志或报刊上发表的小说进行一一统计，只要粗略地考察一下这个时期正式出版的小说总集或专集，亦足见小说创作之活跃程度。一九二一年前所见到的小说作品只登在各种综合性的文化思想刊物或各类报纸上，尚未见到出版的小说集；一九二一年以后的情况则大不相同了，据阿英统计：一九二二年小说研究社出版了《小说年鉴》三卷，共收短篇小说四十三篇；小说总集则有创造社编的《灰色的鸟》和《木犀》，《晨报》社出版的《小说第一集》和《小说第二集》，文学研究会编的《小说汇刊》，艺林社编的《长湖堤畔》；小说别集有鲁迅的《呐喊》(1923)和《彷徨》(1926)，郁达夫的《沉沦》(1921)和《茑萝集》(1923)等，叶绍钧的《火灾》(1923)，《隔膜》(1922)、《稻草人》等，王统照的长篇小说《一叶》(1923)和《黄昏》(1925)以及短篇小说集《春雨之夜》，冰心的《超人》(1923)，张资平的长篇小说《冲积期化石》(1922)和《雪的除夕》(1926)等，蒋光慈的《少年漂泊者》(1925)，孙俍工的《生命的伤痕》(1926)，赵景深的《失恋的故事》(1925)，倪贻德的《玄武湖之秋》(1923)，冯文炳的《竹林的故事》(1925)，许钦文的《回家》(1926)，李劼人的《同情》(1924)，顾一樵的《芝兰与茉莉》(1923)，冯沅君

① 《中国新文学大系．小说一集导言》。

的《卷葹》和《春痕》(1926)等,庐隐的《海边故人》(1925),张闻天的长篇小说《旅途》(1925),黎锦明的《烈火》(1926),郭沫若的《落叶》(1926),刘大杰的《黄鹤楼头》(1925),周全平的《梦里的微笑》(1925),落花生的《缀网劳蛛》(1925),等等,约计近一百部个人的短篇或中长篇小说专集。

对小说创作发表或出版的数量作一定的考察,从这些枯燥的但却有雄辩力的数字里,虽然可以窥见自《狂人日记》诞生后中国的新小说在较短的时间内活跃起来,旺盛起来,呈现出生机勃勃、欣欣向荣的面貌;然而如果我们的考察只停留于此,那是没有什么实质性的意义的,只有当我们从这个繁荣景象的表面深入下去,才可以清楚地看到五四时期小说创作的思想与艺术全面革新的概貌,才能明确地领悟到一些带有规律性的东西。

以全新的完整的思想体系与整个的封建宗法制度及其伦理观念相对抗,这是五四小说在思想内容革新方面的基本特征。

从不同的角度、选取不同的题材、用不同的方式,对封建主义制度及其意识形态进行全面否定和彻底批判,是五四小说压倒一切的中心主题;它所借以反封建的思想武器是从全新的思想体系里选取的。诚然中国古典优秀小说或近代一些小说,也表现了不同程度的反封建的民主倾向,特别近代谴责小说出现了无情批判封建官僚吏制腐败的主题;但是必须指出它们并非站在彻底否定整个封建宗法制度及其意识形态的自觉高度进行反封建,更缺乏一个全新的完整思想体系与根深蒂固的封建意识相抗衡,因此古典小说所表现出的反封建民主思想总是同"劝善惩恶"观念或忠君卫道、只反贪官不反皇帝、褒清官扬仁政等思想或补天的改良思想,混杂在一起,而近代一些进步小说的反封建民主倾向虽比古代小说更为鲜明、强烈一些,但总是拖着一条改良主义尾巴,与孔学儒教划不清思想界限。五四时代的新小说作者无不深受新思潮的启蒙,从封建意识的禁锢下猛醒起来,比较自觉地站在个性解放或革命民主主义立场上,以小说为武器同封建制度及一切传统观念进行誓不两立的对抗,把个性解放、人生改革乃至整个中华民族的解放统一起来,使五四小说的思想性质发生了整体性的深刻变化,表现出以全新的思想武器彻底否定和全面批判封建主义的激进的民主主义思想倾向。这与五四时期出现的同科学和民主密切联系着的人道主义的强大文艺思潮息息相关。

远在"五四"以前人道主义就是人们争取民主自由、进行反封建斗争的武器,反映到作品里便在某种程度上使中国小说思想面貌发生些微的或局部的变化;只有到了五四时期人道主义才形成了强大的社会文艺思潮,并同其他的新思想因素相结合,构成五四新文学的思想基础,改变了中国文学的思想面貌。当然也改变了中国小说的思想面貌。晚清资产阶级改良派康有为、梁启超、谭嗣同、严复等,大都借用西方资产阶级的“天赋人权”的学说,鼓吹其“君主立宪”的政治主张,由于他们更多地同封建制度和封建意识保持着千丝万缕的联系,因而总是把资产阶级人道主义思想同孔子的“托古改制”和儒家的“仁爱”思想混杂在一起,甚至想用孔学儒教来改造或解释人道主义思想。正如蔡元培所指出:“康氏有《大同书》本礼运的大同义而附以近代人文主义的新义,谭氏有《仁学》,本佛教平等观,而冲决一切的罗网,在当时确为佼佼者。然终以迁就时人思想的缘故,戴着保皇尊孔的假面,而结果仍归于失败。”①到了辛亥革命时期,资产阶级革命派孙中山、朱执信、邹容、陈天华等人,抛开了孔学经书从资产阶级人道主义的人权、自由、平等、博爱思想出发,对封建皇权专制及伦理道德进行过抨击,但由于他们对思想启蒙运动重视不够,更侧重于发动民族革命以推翻清王朝的政治宣传,因此没有以民主主义和人道主义为武器对封建思想进行全面挑战,发起总的攻势。这样一来,不论是资产阶级革命派还是改良派都不可能以民主主义和人道主义思想同封建思想意识形成针锋相对的抗衡,更不可能在意识形态领域完成反封建的历史使命,作为意识形态之一的近代小说的思想性质因之不可能发生根本性的变化,人道主义也不可能形成一股独立强大的社会文艺思潮。唯有到了五四时期,科学和民主成了新文化运动的战斗旗帜,平民主义成了对抗各种强权的强大思想武器,与之相联系的人道主义则成了新文学运动的巨大的社会文艺思潮。无论从人类思想发展史或世界文学发展史来看,人道主义作为一种强大独立的社会文艺思潮出现,都是历史发展进程的一次飞跃,它的思想体系核心是同封建思想的专制主义、等级观念、蔑视人的尊严和扼杀人性发展的封建伦理道德观相对立的,它强调以人为本位,肯定人的价值,反对桎梏个性自由发展的封建神权、皇权和特权。五四文学革命所提倡的人道主义,虽然由于科学社会主义和形形色色的其他牌号的社会主义思想的影响呈现出斑斓驳杂的色彩,并深深地打上我国新民主主义革命开端时代的烙印,同西欧文艺复兴、启蒙时期的人道主义同中有异,但是它同样也是我国思想史和文学史上的一个飞跃。由于民主主义政治思潮和人道主义文艺思潮

---

① 《中国新文学大系·总序》。

相互渗透共同烛照,使五四初期的小说创作铸成了高举革命民主主义和人道主义旗帜彻底地全面地否定和批判封建主义、封建思想、封建道德、封建传统的总的思想主题。同五四以前的中国小说相比,还没有像五四新小说这样同封建意识从整体上划清了界限,还没有像五四小说这样表现出一种广泛而强烈、坚决而彻底与封建制度及意识形态实行全面决裂的战斗精神,还没有像五四小说这样大胆真诚地反映人们的个性解放要求、深切的人道主义同情和带有浓厚革命民主主义色彩的理想,这标志着中国小说在思想性质上开始发生质的飞跃。

"凡是伟大的作家,都是伟大的人道主义者。毫无例外的。他们是富于人性的,富于理想的。他们的作品,反映了他们对于现实的这种态度,把人道主义从文学中拉出去,那文学就没有什么东西了。"①五四时期的小说家,不论是鲁迅、郭沫若、郁达夫还是冰心、叶绍钧、王统照的小说创作,都体现出明显的人道主义思想倾向。虽然他们在反映社会人生时有着不同的审美选择,但总是以人道主义为本。或从社会关系的角度来探索现实社会中穷人和阔人、上等人和下等人、贵族阶级和平民阶级的严重对立,以表现人生的血与泪,从而对吃人的封建社会及其思想意识发出强烈的义愤和无情的控诉,对那些被损害被奴役的下层人民流露出深切的人道主义同情或发出拯救他们的战斗呐喊;或从道德关系的角度探索人与人之间的真与假、善与恶、美与丑的交锋,极力贬斥那些根源于封建思想意识的假恶丑的虚伪道德观,尽力开掘人们之间尚未被封建道德泯灭的善良与美好的真挚的人情关系,褒扬人与人关系中固有的情感美和道德美;或者从自我意识的角度探索内在的个性要求和情感欲望与封建社会及其伦理礼教形成的尖锐对立,尽力表现自我对黑暗现实和封建礼教的强烈反抗或无比憎恨或无计奈何的苦闷和怨尤,以及自我的合情合理的个性解放要求和对理想世界的憧憬;等等。这种种的审美选择,组成五四小说特有的人生视景,无不蕴藏着人道主义的思想内涵;尽管人道主义在每个作家的作品里呈现着不同的思想特色,在与封建意识对抗中表现出强弱不一的战斗威力,但是从总体上以观,巨大的人道主义思潮却构成了五四小说的基本思想特征。周作人在《点滴》一集的《序言》中说:"这些并非同派的小说中间,却仍有一种共同的精神——这便是人道主义的思想。无论乐观的,或是悲观,他们对于人生总取一种真挚的态度。"又说:"这大同小异的人道主义思想,实在是现代文学的特色。"这虽是就五

① 孙犁:《文学和生活的路》。

四翻译小说而论，但借以概括五四新小说的思想内容也是较为贴切的。以五四小说的奠基作《狂人日记》来说，它深刻地揭露了封建家族制度和封建礼教的吃人本质，喊出了推翻吃人社会救救孩子的呼声，表现了彻底反封建的战斗精神和与整个封建意识形态决裂的义勇，以及对没有人吃人的理想社会的向往，总之它是一篇全面地反对吃人的封建主义的宣言，是一首人道主义终将胜利的畅想曲。小说的整个艺术构思体现出它是以进化论和人道主义作为审美选择的主导思想。从对社会、家庭、历史吃人现象的揭露到对"吃人者"和"被吃者"矛盾的解决以及对没有吃人的人活在世上的畅想，表现了"吃人者"和"被吃者"、"爱人之道"和"吃人之道"的斗争，体现出鲜明的人道主义思想倾向。虽然五四初期的小说创作所表现出的思想倾向，大都没有达到《狂人日记》这样以全新的思想与整个封建意识相对抗所表现出的彻底性和深刻性的思想主题，但其他小说创作却从不同的侧面以新思想新观念通过描写人生或表现自我来反封建，丰富或充实了小说思想革新所获得的成果。

形成了一代以写人为主的性格小说，出现了新的人物形象系列，这是五四小说艺术全面革新的又一特征。

中国古代小说特别是短篇小说大都不是以人物作为整个构思的中心，往往以情节的曲折奇特取胜；这个传统在近代小说中虽然有局部突破，但从整体上看仍未打破中国古典小说以写事为主的传统格局。到了五四时期，个性解放思想的鼓吹，人道主义文艺思潮的激荡，是导致小说创作注意写人——写人的思想、情感、心理、情绪、性格的思想契机和理论前提；文学革命的先驱们比较自觉地提倡创作人的文学，刻画人的个性，衡量小说优劣的标准之一则是"人物的个性"，而读者"所欣赏于他们的，是灵魂的搏战与人格的发展，决不是忽离忽合像做梦似的'情节'"①。正是在人道主义思潮和以刻画人物为主的理论主张的鼓动下，由鲁迅《狂人日记》开小说以写人物内心世界为主的新风，于是比较顺利地形成了五四小说以描写人和刻画人物心理为主体的新的艺术面貌。在小说中有意识地刻画人物，开掘人的内面世界，不仅鲁迅的《狂人日记》、《孔乙己》、《药》等作出了榜样，稍后登上新小说界的冰心、叶绍钧、汪敬熙、罗家伦、振声声、郁达夫、郭沫若等小说，无不把写人作为重心，或真实地描写人的痛苦命运和不幸的遭遇，或把笔触伸向人物的内心表现其带有时代色彩的某种情思、感

① 沈雁冰:《杂谈》。

受。但是一开始他们笔下的人物大都缺乏鲜明的个性，如果说写的是些典型人物，那或许降低了对人物的典型化要求，不如说更多的小说是侧重于写人物内心的某种典型情绪或独特感受或哲理思考更为恰切些。纵观五四小说，除鲁迅等个别作家外，在人物塑造上大都经历了一个由不成熟到成熟的过程。最初阶段，一般的人物形象显得单纯，缺乏丰富的个性和独特的气质，由于它们不是在鲜明的特定的社会背景下通过人物的复杂个性来揭示人与人关系的某些共性，故不能不导致小说中人物的雷同化，这种倾向到了一九二一年上半年在一些描写男女爱情或家庭婚姻的小说中还没有解决。沈雁冰曾尖锐地指出；“不幸他们所创造的人物又都是一个面目的，那些人物的思想是一个样的，举动是一个样的，到何种地步说何等话，也是一个样的。不仅书中人物不能一个有一个的个性，竟弄成所有的一切人物都只有一个个性，这样的恋爱小说实在比旧‘某生某女’体小说高得不多。如果文学是人生的反映，创作家是直接从人生中取材来的，那我可以说这些创作一定不是作者自身经历的结晶（因为个人的经验不会人人相同至如此），却是摹拟的伪品。”①这虽然有些苛刻，但也看出新小说的初创期对人物塑造的美学要求是相当高的，能否写出人物的独特个性是新小说区别于那些旧体小说的重要标志之一。即使五四时期较有名的小说家王统照、叶绍钧、冰心、郁达夫、许地山等，一九二一年前的小说，在人物塑造上虽没有千人一面的雷同现象，却难免单纯幼稚之通病（当然不是他们所有的小说）。叶绍钧初期的小说重视人物描写，却过分渲染情绪或表现情感，不能采取多种艺术手段由面及里地多侧面地刻画人物，显得有些形象不够鲜明有力；郁达夫早期小说的人物构成了一个风格统一的形象体系，由于他更着重于人物情绪或主观意念的描写，似乎对全面刻画人物并不关心，致使他笔下的人物多是情绪型的很少性格型的；冰心早期的小说出现了很多人物形象，作者的笔触主要伸进人物的心理世界以揭示其情绪、心境和人生思考，很少注意对人物性格的丰富性、复杂性的刻画；王统照较早的几篇小说如《湖中的夜月》、《雪后》、《沉思》、《遗音》等，注重人物心理的精心描写，着力于情绪的渲染，但由于对人物的多侧面刻画不够，不能不使人物性格显得单调、模糊。总之，五四初期的小说在注重写人这一点固然革新了古典小说的传统，从整体上改变了小说的艺术格局，但是要使这种新的小说观念在创作实践中得到成熟的表现，必然要有一个过程，这

① 《评四五六月的创作》。

是合乎规律的。因此新小说创作之初出现某些雷同现象或单纯幼稚的毛病，这是不足为怪的。这正表现出小说作者的多方面的开拓进取精神，尽管在探索中带着一种童年的幼稚味，然而它却预示着中国的新的性格小说很快便会成熟起来的美好前景。一九二一年以后，从整体上来看，一些重要的小说家已注意克服早期在人物塑造上的单纯性、幼稚性，到“五卅”前后个性鲜明的性格小说越来越多了。热衷于刻画人物的心理活动，这是五四初期小说的重要特点；一九二一年以后这个特点得到进一步的光大，不论在人物心理活动描写的深入程度上还是普遍程度上，都有了适度的发展。不仅在人物心理描写上有所前进，而且更多的作者注重联系背景调动多种艺术手段刻画人物的个性。叶绍钧从《饭》以后，比较注重通过行动描写和心理描写相结合的手法，冷静地刻画小资产阶级灰色知识分子的性格，到了一九二三年写《潘先生在难中》时已注意在大的时代环境里刻画个性鲜明的内涵复杂的有血有肉的性格；郁达夫从《胃病》、《茫茫夜》以后，虽然也注意对人物情绪的渲染，但更侧重于人物性格的刻画，特别到了写《春风沉醉的晚上》和《薄奠》时，更多地改变了早期那种以抒情的笔法放纵地倾泻主观意识，而注意通过情节因素和白描手法合乎逻辑地刻画人物性格；冰心从《超人》以后虽然写了些宣扬“爱的哲学”的小说，但是从人物刻画来看并不都是观念化的人物，她还是着力地塑造一些有个性的人物形象；王统照的小说从《醉后》、《警钟守》以后出现了描写人物的成熟趋向，并能层层深入地揭示人物的复杂心灵，两个长篇《一叶》和《黄昏》虽然没有塑造出无愧于时代的典型形象，却表现出作者注重描写人物性格的变化及其复杂的心理活动，特别《黄昏》对复符、英茗两个女性以对照的白描手法刻画之，鲜明毕肖地展示出她们各自的个性及不同遭遇。此外，许地山、庐隐、王鲁彦、张资平、倪贻德、王思玷、冯沅君、冯文炳等多数作家的小说，在塑造人物的真实性、丰满性、深刻性诸方面，比五四初期进步了，艺术上显得成熟了。五四小说注重写人的艺术倾向的形成和发展，标明一代性格小说在中国新文苑初展新姿，它对中国小说艺术风貌的整体性转变具有划时代意义。

由于从《狂人日记》始在五四时期小说界真正出现了以写人为重的艺术新风，每个小说作者虽然生活感受和体验不尽相同，艺术修养的深浅不一，思想气质和美学倾向的差异较大，但是他们都想在小说里写出自己所熟悉的或不十分熟悉或想象中的人物，或全面刻画人物的性格或着重于挖掘人物的心灵世界或表现一种情感或反映心内的一种思绪，无论从哪个角度写或采取什么手段写，都是以“人”为轴心。因此五四时期的小说中出现了各式各样的人物形象，也许有些人物既算不上严格意义上的“形象”又称不上“艺术典型”，只可以看作是某种精神的体现者或某种情绪结晶体或某种感受的寄托者或某种思想的表达者，但不管怎么样，他们终究是沐浴着五四时代精神的阳光而萌生成长起来的具有新的色彩的“人物形象”，谁也不能因为这众多的人物形象不够完美或不够典型而把它们逐出中国现代小说的人物画廊。从总体上看，“五四”以前中国小说的人物系列组成，正如鲁迅所说的，主角多是勇将策士、侠盗赃官、妖怪神仙、才子佳人，后来则有妓女嫖客、无赖奴才之流，虽然也出现过一些劳动者的形象或具有民主倾向的知识分子，但他们很少成为作品的主人公；五四时期新小说的人物大多是些普通人，或城乡劳动者或青年学生或各种类型的知识分子或被侮辱被损害者，等等，他们成了真正的主角，而一些压迫者剥削者吃人者等各种丑类，大都被置于次要的受审判的地位。在这个杂多的人物形象总体中，最值得提及的是知识分子的形象系列和城乡劳动者的形象系列。

五四时期既是中国现代知识分子的最活跃最兴奋的时期，又是他们在苦闷中探索在孤独中思考的时期。五四时期的小说作者大多是五四高潮期的弄潮儿、落潮期的彷徨者，由于他们亲自经验和切实感受了这段人生，特别经受了五四狂潮对自己思想的冲击，因此他们各有侧重地运用小说艺术形式敏捷而真实地描写出各类知识分子的人生图画，刻画出各种知识分子的形象，展示了他们的不同命运、思想、气质、意志、愿望以及心理活动与精神趋向，从而形成了五四小说的知识分子形象系列图。

第一个子系列是先进知识分子形象。而这一形象系列若从思想觉悟程度来考察又可分为三个层次：一是从中国人民和帝国主义的对立关系中，刻画出直接参加五四反帝斗争的爱国者的形象。如冰心的《斯人独憔悴》中的颖铭和颖石兄弟，他们反帝是坚决的勇敢的，但是在封建家长的淫威面前却成了“敢怒不敢言”的怯弱者，因此他们的觉悟主要是建立在爱国主义思想基础上，尚缺乏反封建的民主主义觉悟。二是从中华民族同封建制度及传统的封建意识的对抗中，刻画彻底反封建的精神界战士的形象。如《狂人日记》中的狂人是彻底地不妥协地反封建的五四时代精神的体现者和礼赞者。三是从知识者同劳苦大众的关系中，刻画出知识分子的新觉醒。这不仅表现在他们自觉地意识到劳动者具有崇高的道德美，及其在与劳动者的对照中所体现出的自我解剖精神和重新认识自己的深刻思考（如《一件小事》中的“我”、《春风沉醉的晚上》和《薄奠》中的“我”),而且也表现在他们以先觉者的历史主动精神和改良人生的社会责任感,担负起以民主主义批判精神和人道主义同情感来针砭劳动者身上残留的愚弱的国民性以唤起他们新的觉醒的历史使命感(如鲁迅小说中的“鲁迅形象”)。毛泽东同志曾说:“在中国的民主革命运动中,知识分子是首先觉悟的成分。辛亥革命和五四运动都明显地表明了这一点,而五四运动时期的知识分子则比辛亥革命时期的知识分子更广大和更觉悟”①。但是在五四小说的知识分子形象的总系列中最先觉悟的知识分子并不多,特别缺乏具有初步共产主义觉悟的知识分子形象,即使站在大时代的前列勇敢地同整个封建思想体系挑战、满怀豪情迎接新思潮洗礼的知识分子巨人形象也很少见,这与文艺复兴时期小说中出现的知识者形象有所不同。直到一九二四年张闻天写成的长篇小说《旅途》,才塑造出王钧凯这个知识分子如何由自发反抗走上自觉反抗的革命者的形象。他从十月革命后的苏联看到了方向,毅然从美国回国参加革命,并将自己的最后一滴血洒在人生旅途上。为什么五四时期产生了一大批早期共产主义知识分子和激进的革命民主主义思想启蒙家,而在小说艺术画卷里却没留下他们的身影? 其主要原因也许是:当时的小说作者几乎都是资产阶级或小资产阶级知识分子,而且多是青年学生或留学生,不论从他们的生活体验或思想水平来看,都缺乏塑造共产主义知识分子的条件;早期的共产主义知识分子虽然信仰马克思主义,向往社会主义苏联,但是如何把马列主义真理同中国革命的具体实践结合起来正在探索中,特别他们的思想和行动很少为小说作者所理解所熟悉,如李大钊在五四时期宣传马克思主义的文章鲁迅当时都没有看过,这怎么让小说作者去描写他们呢? 加上当时苏联十月革命后的无产阶级文学尚未或很少译介到中国来,欲在小说中塑造共产主义知识分子的形象连借鉴的材料也没有;从小说艺术本身的特征来看,它不同于诗歌、散文,可以即兴式地抒发内心的激情和诗意的感受,小说则需要一定的生活积累、深沉的艺术构思,较长时间的推敲、加工,这也许是原因之一吧。

第二个子系列是探索人生问题的知识分子形象。既然五四时代是知识分子摆脱传统观念的束缚而走上觉醒的时代,那么一些被新思潮吹醒了的知识青年面对着错综复杂的人生问题,便以“重新估定一切价值”的新观念对人生究竟是什么进行了多方面的探索。因而反映到小说中就涌现出众多通过各种途径

---

① 《五四运动》。

或方式来探索人生问题的知识分子形象。这些“为着宇宙，为着众生”而积极探索的知识分子形象若从其探索的途径来看，大致又可以分为两种类型：一是坚持对现实人生问题进行孜孜不倦探索的知识分子，但由于他们在探索中所运用的思想武器主要是民主主义或人道主义，因此探索的结果或者留下些待决的问题或者开出一些不切实的“药方”，如冰心《去国》中刻画的英士，他是个留美七年的知识分子，是个探索如何为祖国建立功业的形象，他一心想把自己的知识和才华献给“少年的中国”，但是从美国回到祖国后，黑暗的军阀政府统治与他为祖国为众生建立功业的理想发生了尖锐矛盾，最后他提出一个“我何不幸是一个中国少年，又何不幸生于今日的中国”的人生课题，当时他没有像那些拯救祖国命运而探索革命道路的勇士那样，而是走了“去国”的消极之路。早期的“问题小说”中出现了不少探索人生现实问题的知识者形象。二是由现实人生、升到哲学王国去探索人生奥秘的知识分子形象。这类小说的作者和作品的主人公常常带着现实人生问题、升到玄妙的哲学世界里去寻找人生答案，知识者形象虽然也不乏个性鲜明的，但大多数往往成了某种思想观念的体现者和寄托者。王统照早期小说中的知识青年无不关心人生问题，但他们大多带着人生问题到抽象的“爱”与“美”的观念里去寻找解决的途径；冰心写的宣扬“爱的哲学”的小说，有些探索人生问题的知识青年形象常常成了“母爱”、“母性爱”的说教者。当然这些知识青年对人生的某些哲理思考尚未进入高度抽象化的境界，往往附着于或寄托于某些具体的形象身上；特别他们所追求的哲学大都不是唯物主义而是唯心主义的“爱的哲学”，故对人生问题开不出正确“药方”，常常经过一段冥想苦思之后由玄妙的理想王国回到严酷的现实社会，有的仍继续探索人生新路，有的陷入迷惘苦闷，有的消极颓废。

第三个子系列是追求个性解放的知识分子形象。如果说第二个子系列的知识分子着重为众生为社会探索人生问题；那么这一系列的知识分子则是些个性解放者，侧重于为自我解放而探索。这类个性解放的追求者若从思想境界来看大致分为两个层次：一是由追求个性解放而向封建礼教或家庭专制进行挑战的知识青年形象。这类形象在五四小说中比比皆是，主要出现在一些描写婚姻爱情或性的苦闷等题材的小说中。他们呼喊着“人性解放”、“人格独立”、“婚姻自主”、“恋爱自由”、“我就是我自己”等口号，冲破封建伦理道德的束缚和传统习惯势力的禁锢，朝着“个性解放”的道路上奔跑。五四小说从不同角度真实地描述了这一代知识青年在争取个性解放道路上的心灵演变历程和多是悲剧型的结局。当时写知识青年个性解放最大胆最直率的小说是郁达夫、冯沅君、杨振声等的一些作品，所不同的是郁达夫的小说着重从性的苦闷来写知识青年个性解放的悲剧，而冯沅君、杨振声着重从家庭封建专制扼杀男女知识青年婚姻自由的角度，来展示知识分子的个性解放要求。二是由个性解放的悲剧而朦胧地思考着社会解放的知识分子形象，这是由一般的个性解放要求者向新的社会解放者的高层次跨进。在五四小说中这类形象是罕见的，不过《伤逝》中的子君与涓生的爱情悲剧已初步接近了这样的认识高度，特别涓生在悲伤中对人生新路的思考，更富有深刻的启示性。

以上三个子系列的知识分子形象是五四小说知识分子形象系列中的主体部分，他们都是属于受过五四运动洗礼和新思潮启迪的具有现代意识的新的一代知识分子形象。虽然他们分属于不同的子系列，而每个子系列又有不同的层次，但是他们却按照一定的结构方式或内在线索，即觉醒、抗争、探索三部曲组成五四时期现代知识分子形象体系。此外，还有几类知识分子形象不能完全归属于现代知识分子形象系列，可他们是五四小说中刻画得比较成功的知识分子形象：一是孔乙己式的知识分子，他们是封建制度和封建思想的殉葬品；一是吕纬甫、魏连殳式的落伍者的知识分子形象，他们大都是在辛亥革命失败后的黑暗年代埋葬了自己理想和希望的悲剧型形象；一是潘先生式的灰色的小市民知识分子形象，他们的思想品格往往同大时代精神格格不入，或苟且偷生，庸庸碌碌，或处处为己，自私卑琐，等等。这些知识分子形象同现代知识分子形象系列有着明显不同，甚至有着质的差异。现代知识分子形象打着鲜明的五四精神的烙印，虽然他们不是共产主义思想的礼赞者，却是平民主义或人道主义思想的体现者；他们的内心世界充满了复杂的心理冲突，由于这些内在的思想矛盾得不到解决，故他们身上往往染上了带有普遍性的苦闷和孤独色彩；小说中出现的知识分子形象大都是作者本人的生动写照，而这些知识分子形象中不仅流贯着作者的思想感情，甚至个性气质、生活遭遇乃至思考问题的方式，也与作者有颇多相似之处，虽然五四小说出现这么多现代知识分子形象的身影或面影，但是缺乏那种能与阿Q媲美的世界第一流的艺术典型，也缺少那种足以代表整个五四时代知识分子的典型形象，他们只能以群体形象表现着反映着推动着自己的时代。

五四时代不仅是知识分子的觉醒时代，有大量的初步觉醒的知识者涌向小说作者的笔底；而且也是中华民族觉醒的时代，是平民主义精神大普照的时代，一些最先觉悟的平民知识分子开始关注和研究以城乡劳动者为主体的广大平民的人生,并试图以平民主义、人道主义乃至社会主义思想来唤起民众的觉醒。因此一些进步的小说作者注意写城乡劳动者的生活命运以及他们的思想状态、求生出路,致使五四小说中形成一个城乡劳动者的形象系列。在这个形象系列中,城乡劳动者主要是工人的形象并不多。虽然五四运动的爆发,标志着中国工人阶级登上政治舞台,但在五四小说中真正的先进的工人阶级形象并没有出现,更没有反映出他们在现实社会生活中的新的历史地位和所起的领导作用。这或许因为当时的小说作者大多是出身于资产阶级或小资产阶级的知识分子,他们没有和工人阶级进行广泛接触,不熟悉不了解,很难描写;况且中国工人阶级的政党中国共产党是在“五四”以后成立的,无产阶级作为独立的阶级力量要在革命斗争中真正地充分地显示出来尚须有一个过程,这也许是五四小说家没有注重刻画工人阶级先进形象的原因之一。尽管如此,但小说中也出现一些工人形象,如人力车工人、烟厂女工等。作者不是从政治上着眼来写他们的政治觉悟和斗争精神,着重从道德的角度来写他们的“道德美”,展示他们的优秀品质;而这种道德美的开掘往往是在与知识分子的强烈对照中,是在知识者的自我深切感受中。城市劳动者的形象不多,却个个身上闪耀着道德美的光彩。乡村劳动者主要是指农民形象,他们是构成五四小说城乡劳动者形象系列的主体,也是刻画得较出色的形象。农民问题在世界上任何国家的民主主义性质的革命中也没有像中国这样严重,辛亥革命没有发生农村大变动结果失败了,“五四”开始的新民主主义革命农民问题显得异常突出。虽然五四小说家不一定在思想上对此有清醒而自觉的认识,但是从他们的体验或感觉中——特别那些采自农村的小说作者,不能不悟察到农民问题是中国现代人生的最大问题,不仅他们的物质生活最困苦,而且精神创伤最厉害,欲改良人生首先应改良广大农民的人生,欲思想启蒙首先应启农民思想的蒙。这种自觉不自觉的意识使那些进步的小说作者把笔触伸向广阔的农村,写出一批不同性格命运的农民形象,其中鲁迅笔下的农民形象刻画得最成功。如果仔细分析一下,五四小说的农民形象系列大致有这几类形象构成:

一是从农村社会矛盾的对抗中,侧重写那些被压榨被奴役被摧残的农村劳动者的形象。这些形象往往带有浓厚的悲剧色彩,不仅在经济上受到残酷剥削、肉体上遭到非人的摧残、人格上受到难以容忍的凌辱,而且精神上所受到的封建思想、传统观念的毒害更为惨重。叶绍钧写的《晓行》和《苦菜》中的农民形象，前者侧重揭示地租剥削给农民经济上造成的灾难，地主邵和之对农民的敲诈达到发疯的程度；后者侧重表现地租剥削给农民精神造成的戕害，使福堂这个原来热爱土地的农民因还地租所存无几而从思想感情上厌恶土地了。稍后王统照的《沉船》，写农民刘二曾一家破产后闯关东渡海遇难的悲惨遭遇，"不冻死，饿死，烧死，究竟还得淹死"；潘训的《乡心》的主人公阿贵是个手艺高超的木工，为生活所迫也不得不离开乡村出走杭州；王思玷的《风雨之下》写出一幅农民在烈风雷雨的摧残下痛苦挣扎的图画，《偏枯》中的刘四妻是个性格鲜明的农村妇女形象，她"站在'母性爱'与'饿死'的交点上"①，为了生计不得不给财主当奶妈，甚至割掉自己的心头肉，她的内心充满了痛苦，小说着力揭示她善良、坚韧的性格。对这些农民形象的刻画，虽然大多个性不够鲜明，但作者总是怀着人道主义的同情感，尽力开掘他们贫困的物质生活和痛苦的精神生活造成的社会根源和思想根源，或隐或显地把抨击的矛头指向封建制度。特别鲁迅笔下的闰土是这类农民形象刻画得最突出的一个。不仅性格特征鲜明，而且对其命运悲剧的社会根源也开掘得极为深刻，即"多子，饥荒，苛税，兵，匪，官，绅"的交相煎迫，使闰土赤贫如洗；鲁迅是站在革命民主主义立场上，以与农民打成一片的火热真挚的感情来表现农民的不幸遭遇和悲剧的。二是从启蒙主义思想出发，为改造国民劣根性以适应社会变革的需要，在小说中塑造出一些带着或轻或重精神创伤的农民形象。且不说阿 Q 这个赤贫的农民已染上可悲可怕的精神胜利法，深受封建宗法制度和思想的摧残，造成惊人的精神大悲剧；就是其他一些农民形象，他们的思想灵魂无不遭受到封建礼教、传统观念的毒害，变得那样的麻木、愚昧。阿 Q 精神不只是阿 Q 身上独有的，别的农民灵魂里也有，在不少农民性格的刻画中得到或明或暗的表露。稍后王任淑写的《疲惫者》中出现的运秧驼背，与阿 Q 的性格气质、精神状态有明显的相似之处；蹇先艾写的《水葬》，那个被送"水葬"的骆毛所说的"再过几年，不又是一条好汉"的话，岂不是阿 Q 精神胜利法的再现吗？王鲁彦的《阿长贼骨头》和许钦文的《鼻涕阿二》，不论是阿长的形象或者是鼻涕阿二的形象，都如同阿 Q 一样，愚昧麻木已占有了整个灵魂。虽然这些形象都表现出农民精神上的严重创伤，但他们并不显得雷同，而是各有独特的生活遭遇和个性特征的。三是从农民之间的朴素的关系中，描写具有人性美或道德美的农民形象，而这些形象往往带有理想的色

① 《中国新文学大系·小说一集导言》。

彩。在鲁迅笔下的农民形象不仅具有严重的国民劣根性,而且也含有民族性格的美点,即使阿Q性格中也有勤劳、诚实的美点,《社戏》中那群农民孩子多么的见义勇为,慷慨大方,天真活泼!稍后废名写的《竹林的故事》,刻画了卖菜的三姑娘,她身上焕发着农村少女特有的生命活力和女性的传统美德,外在的朴素美与内在的纯真美完全融为一体;《浣衣母》中的李妈具有宽厚的美德和慈祥的母爱;《河上柳》的陈老爹身上具有一种淳朴的善良的人性美。四是从探索农民的求生出路出发,五四小说中出现了一些在苦难中挣扎的农民形象,虽然他们的挣扎缺乏自觉的阶级意识来指引,往往是盲目的挣扎;但是他们的挣扎却揭示了一条规律,即由于长期的封建宗法制度和思想的严密统治和小生产者地位的局限,决定着中国农民走上反抗道路要经过一段艰苦的历程。特别进入新民主主义革命时期,农民要由自发的抗争汇入反帝反封建的洪流,则必须有革命民主主义思想的启蒙或无产阶级思想引导,使自己从传统的封建意识的毒害下和小生产者狭隘观念的束缚下挣脱出来,置身于无产阶级所领导的革命斗争,才能走上正确的反抗道路,才能找到翻身解放的出路。五四时期的农民虽然有所觉醒,但从总体上看还是处在自发地盲目地挣扎或反抗之中,所以这个阶段小说中出现的一些抗争的农民形象都缺乏民主主义觉悟,不论王任淑《疲惫者》运秧驼背的挣扎或是彭家煌《今昔》描写的农民由怯弱到抗争的转变,虽然反映了农民精神面貌的变化,但他们的挣扎或反抗毕竟还带有极大的盲目性。"五卅"前后在中国共产党领导下南方农村掀起如火如荼的农民运动,但是新小说并没有敏锐而迅速地予以反映。所以在五四时期及稍后的小说中未出现新型的具有自觉阶级意识的农民形象。总之,五四小说的农民形象系列,着重由这四类组合成,其中最富有历史感、真实感的是那些悲剧型的农民形象。作者能以观察中国农民问题的眼光去针砭农民精神世界的历史沉淀物,尽力去开掘造成精神悲剧的历史的社会的思想的甚至阶级的根源,同时也没有忽视对农民身上道德美、人性美或革命潜能的揭示;尤其一些农村劳动妇女的形象极为真实感人,她们在五四小说艺术构图里留下的不只是一些悲苦的面影或不幸的身世,也有愤怒的情绪、憎恨的诅咒和无望的抗争;从典型化的角度来看,相当多的农民形象缺乏丰富而鲜明的个性色彩,但是值得庆幸的是鲁迅却为中国新文学史塑造出阿Q、祥林嫂这样的成功典型,一下子把农民形象的塑造提高到世界第一流艺术典型的水平。

各种创作方法的广泛尝试,交互使用,相互渗透,而总的趋向又是导入现实主义巨流，这是五四小说艺术全面革新在创作方法上显露的新特征。

《狂人日记》是在特定的时代氛围里依据特定的创作意图写成，它的创作方法并不是单一的，既有冷峻的现实主义描写，又有直抒胸臆倾泻忧愤表达理想的浪漫主义情调，也有象征主义手法的运用，但基本倾向却是现实主义的。随之出现了一批“问题小说”，虽然也流露出一些浪漫主义情愫，但主导倾向却是运用的力求真实表现生活、反映人生问题的现实主义创作方法；与此同时也出现一些带有强烈的主观色彩和浓郁的抒情笔调的浪漫主义小说。特别进入五四运动由高潮走向低潮时期，浪漫主义风靡一时，差不多所有的小说作者都向往浪漫主义，并在自己的小说创作中加以具体运用。创造社在当时文坛上高张浪漫主义旗帜，强调主观观照、自我表现、情感流泻和艺术创新；郁达夫的小说就是五四时期浪漫主义创作方法的代表作。他的小说不注重客观地描绘现实世界而热衷于个人主观情感的袒露，特别长于刻画内心思绪的细微变化轨迹。郭沫若的《牧羊哀话》洋溢着浪漫主义的绮丽诗情，他是以抒情诗人的浪漫主义艺术构思和才情来写小说的。文学研究会的小说家，虽然高揭现实主义旗帜，曾一度同创造社的浪漫主义对垒，但在实际创作中不少的小说作品却涂染上浪漫主义色彩。冰心“五四”后的小说是地道的“能表现自己的文学”，吟唱出一曲曲“爱的哲学”的浪漫主义颂歌；庐隐的小说中主观的热情呼号、对“人生是什么”的焦灼而苦闷的呼问，构成了作品的主调；王统照早期的小说赞扬“美”与“爱”，具有理想的诗意境界；即使严谨的现实主义作家叶绍钧早期的小说也流露出较多的主观色彩。与创造社浪漫主义创作，倾向近似的弥洒社和浅草社，他们的作品虽然带有或深或浅的唯美主义色调，但基本上还是浪漫主义的。它们“在挖掘自己的魂灵，要发见心里的眼睛和喉舌，来凝视这世界，将真和美歌唱给寂寞的人们”①。总之，“在五四运动以后，浪漫主义的风潮的确有点风靡全国青年的形势，‘狂风暴雨’差不多成了一般青年常习的口号。当时簇生的文学团体多少都带有这种倾向”②。这阶段在小说中表现出的带有普遍性的浪漫主义创作倾向，既可以看出现实主义和浪漫主义两种创作方法能够互相渗透也有统一的可能性，它们并不是完全绝缘的，只是现实主义和浪漫主义对客观现实与主观情感各有侧重而已；又可以发现五四小说的浪漫主义既有别于中国古典小说《西游记》等的浪漫主义又不完全像欧洲十八和十九世纪之交的浪漫主

① 《中国新文学大系·小说二集导言》。

② 《中国新文学大系·小说三集导言》。

义的典型形态，即没有塑造出带有幻想或理想色彩的巨人形象，更缺乏奇特的想象、大胆的夸张、偶然性的情节、神鬼虚幻的世界。也许在五四新诗中能找出一些这样的浪漫主义特征，但在小说中见到的浪漫主义则更多的是人物内心感情激流的倾泻，浓郁的主观抒情色彩，总是在浪漫主义精神里透视出现实主义因素，即使那些浪漫主义小说的代表作也是与现实生活贴得很近的。更值得注意的是，当浪漫主义在五四小说界风靡时，现代主义的新浪漫主义、象征主义、唯美主义、表现主义等，也当作先进的创作方法为一些小说家所使用。五四时期是个收纳新潮、脱离旧套的时代，对每个小说家来说无论选取外来的那种创作方法都没有偏见，甚至想全部拿过来尝试实验一番；不过有些小说的尝试较为成功，有些小说的实验是失败了，现代主义创作方法终究没有在中国小说界成为一种独立的能与现实主义和浪漫主义相鼎立的创作方法，只是它的一些合理的因素和表现技巧，补充或丰富了中国现实主义和浪漫主义创作方法。随着时代的发展，以浪漫主义创作方法为主导倾向的小说创作，很快出现了以现实主义为主流的小说作品，大约在一九二三年前后大多数作家在经过各种创作方法的尝试后选中了现实主义创作道路。在他们的小说中所见到的不再是个人主观的狭小天地或以自我为轴心了，而放眼客观社会的广阔世界，生活视野大大扩大了；并把自己从主观世界或自我的小圈子里拉出来，逐步地走向生活的激流，使小说更贴近踏实的地面，力图真实地深刻地表现人生，由主观向客观、由个人向众生转变，因之小说的美学风格也由热情感伤趋向深沉凝重。不仅文学研究会的小说作家大都坚持严峻的现实主义创作方法，就是像郁达夫这样具有代表性的浪漫主义小说家，他的小说创作也增加了现实主义成分，注意对客观现实的真实描写。尽管一九二三年以后大部分小说创作体现了现实主义倾向，但这只是就其主流或主导方面而论，其实浪漫主义在某些作家的小说里仍占重要地位，即使那些具有严格意义的现实主义小说也仍含有浪漫主义情愫。所以现实主义和浪漫主义创作方法在“五四”及稍后的小说创作实践中并不是互相排斥的，而是相互渗透、各有侧重的；我们说某个阶段或某些作家的小说是现实主义或浪漫主义的，只是就其主导倾向说的，像西欧小说中那种严格意义上的现实主义小说或浪漫主义、象征主义小说，在中国五四时期的小说中是很少见的。

在小说艺术方面，不论是情节结构或是叙述方法或是描写手法或是语言工具或是表现体式，都进行了革新，并取得了可喜的成果。

从小说的情节结构来看,由于五四时期正处在以写事为主的情节小说向以写人为主的性格小说的转变时期,因此新小说的情节提炼或结构安排,都发生了重大变革。中国传统的短篇小说在情节提炼方面,往往注重搜求那些带有偶然性的事件,从中提炼出的情节不一定符合生活发展逻辑而主要以离奇曲折取胜,并且常常以大量的巧合作为推动情节发展的关键,"大团圆"的结局成了屡见不鲜的公式;当然这并非否定古典小说在情节提炼上值得继承的特长,而五四小说的情节提炼恰恰忽略了古典小说情节的完整性、生动性和曲折性的优点,出现了一些不大注意情节提炼的散文化的小说。尽管如此,但五四小说在情节提炼方面大多有了新的突破,即在提炼情节的过程中力求遵循生活本身的规律去选取那些能反映必然性的生活现象或典型事件,注意剔除那些带有巧合性的偶然因素,从生活的纵向或横向的内在联系上或相互牵连的因果关系中提炼主要的矛盾线索,以构成情节冲突;作者并不以主观的随意性去改变矛盾发展的必然趋向,而是顺理成章地去展示矛盾结局的悲剧性,这也许是五四小说悲剧型的特别多的原因之一,即使那些侧重于描写人物心灵演变轨迹的小说,也是按照人物性格发展逻辑或心理活动规律去安排情节。中国古典短篇小说结构大多是纵式的,有利于保持故事情节有头有尾、来龙去脉的清晰性和完整性;而五四小说大都突破了这种传统的结构形态,一般是根据人物性格刻画的需要或主题思想表现的需要来结构情节,致使小说结构呈现出一种多样化和自由化的形态。

从采取的叙述方法来看,中国古代短篇小说比较单一,第三人称几乎成了唯一的叙述方法,晚清以来的近代小说有所改进,但真正使小说的叙述方法多样化,乃是五四小说艺术的一个特点。中国古代小说由于说书话本的影响,作者本人大都像说书人似的,直接抛头露面向读者叙述故事,很少设计出另外的叙述者以代替自己的直接出场。五四前后问世的新小说对叙述方法进行了革新,利用多种多样的叙述方法来组织情节刻画人物:一是采取第一人称的叙述方法,"我"既是故事的叙述者又是小说的主人公,作者完全沉潜在"我"的意识的内部,以"我"对客观世界的所见所闻所思所感来反映外界现实,同时也完成了"自我塑造"的任务,如《狂人日记》则是;二是采取第三人称的叙述方法,不直接剖析主人公的内心世界,而是通过对主人公外部形态的冷静描写以暗示出精神状态,或者叙述者直接出场,通过他从旁边观察来刻画主人公的性格,或者叙述者隐于故事情节背后,让小说的艺术境界自动地展示出来;三是第一人称和第三人称的叙述方法交互使用，以第一人称“我”作为叙述者，作为故事情节的穿针引线者，而“我”不轻易走进主人公的内心世界，把最大的描写自由让给第三人称(即主角)的外貌及社会环境或自然环境，着重于人物悲剧性格根源的揭示，等等。总之，不论采取那种叙述方式，五四时期的小说特别是描写青年知识分子题材的小说，具有这样一个共同特点，即作者、主人公、读者之间似乎不存在什么“艺术间距”，叙述者、表现对象简直集于一身融为一体，这在叙述方法上是个重大的突破和创新。尽管大多数小说作者对于叙述方法的革新并不是那么自觉，但是从欣赏的角度却可以看出他们创作小说在叙述方法上所作的多样尝试。

从描写手法采看，五四时期的小说除承受了一些中国古典小说的传统手法外，更多的是汲取了外国优秀小说的描写手法，如重视社会背景对人物性格形成或发展影响的客观描写，特别是心理描写有着突出的进展。中国古典小说或近代优秀小说不乏心理描写的精彩之例，但五四小说的心理描写与它们相比却有新的突破：一是直接的心理描写几乎成为刻画人物心灵的主要艺术手段，尤其对那些青年知识分子形象的心理描写胜于或多于对城乡劳动者的心理描写。这固然与小说作家自身熟悉知识青年的心理活动有关，更主要的是因为青年知识分子在社会大变动或新思潮腾涌时期，其心理活动比较敏感比较多变比较复杂且带有动摇性，唯有多用直接的心理描写才能更有效地揭示其性格特征；二是采取开放式的心理描写，通过对主人公心理活动的真实而坦率地披露，将其最隐秘的心灵窗口打开，向读者宣示内心世界最深处的奥秘；三是采取层层深入的灵魂拷问，把心理世界看成一个多层次的组合体，由上意识一直开掘到潜意识，使心理描写显得很有层次性，等等。总之，将心理描写作为小说人物塑造的主要手段，切入人物丰富的精神世界，这是中国小说艺术“现代化”的重要标志之一。英国的爱迭斯·华东说过：“近代小说真正的开始就是在把小说的动作从稠人广众的街巷间移转到了心理上去的这一点。”[①]可见从小说以动作描写为主过渡到以心理描写为主是小说艺术的长足进步。

五四小说的语言工具全部白话化，这同古代或近代白话小说相比，虽然不是完全意义上的革新，但也是小说艺术方面取得的重要成就。这不仅因为中国古、近代的白话小说只是整体小说系列中的一部分，所运用的白话又是夹杂着

① 转引自《郁达夫文集》第6卷，第108页。

文言的半解放式的白话；而且也因为五四小说的白话大多是接近人民口语的白话，甚至不少作家的小说语言已形成了独特的艺术风格，或叙述语言或人物语言都达到了相当高的审美要求。如有的小说语言自然朴实，有的优美典雅，有的精炼含蓄，有的诙谐幽默，有的深沉蕴借，有的奔放流畅，等等，不一而足，初步显示了现代白话语言的优越性及五四小说语言艺术风格的多样化。此外，从表现体式来看，中国古代小说多是章回体，当然这种体式有其自身的优长，但是发展到近代，尽管不少的改良派或革命派的小说已在局部上突破了章回体，而就总体来看却仍然沿袭章回体，并且有些小说的章回体已趋向程式化、僵死化，特别是鸳鸯蝴蝶派的小说，这就阻碍着小说艺术的发展。五四前后的新小说完全打破了旧章回体的格局(缺乏分析批判)，根据新的思想内容表现的需要和以写人为主的性格小说的艺术构思，大胆地借鉴外国小说的表现体式，创造出多种多样的自由活泼的新体式，鲁迅就是变革小说表现体式的多面手。

可以这样说，中国现代小说是在鲁迅手中开始又在鲁迅手中成熟的，这在历史上是不多见的现象；但在五四前后的小说园地里鲁迅并不孤立，如果把郁达夫、冰心、叶绍钧、王统照等比成是灿烂的群星，那么鲁迅则是放射着耀眼光辉的北斗。五四前后的小说虽然在整体面貌上发生了带有根本性的变化，为中国现代小说的发展奠定了雄厚的基础，但也必须正确地认识和对待它本身的不足，这样才有利于全面地总结五四小说创作的经验教训。

为了从宏观上把握五四前后小说的思想和艺术的全面貌，至少还有两个问题应该加以考察：一是五四前后的新小说，反封建主题是个具有普遍意义的影响最大的主题，而反帝主题却没有得到充分表现；虽然冰心、郁达夫、郑伯奇、郭沫若等的一些小说，程度不同地流露出反帝爱国思想倾向，而主要又是对准日本帝国主义，但却没有形成一个具有普遍意义的反帝主题，当然这里指的反帝主题并非指或明或暗地同反封建主题相关连的而是指直接表现反帝内容的主题。这是否说五四前后的新小说没有完成时代赋予的历史使命？问题并不这么简单，应从多方面分析：首先，当时社会的基本矛盾虽然是中国人民同帝国主义和封建主义之间的矛盾，但问题的复杂性却在帝国主义列强正忙于第一次世界大战，暂时放松了对中国的侵略，唯有日本帝国主义想趁机夺取德国帝国主义在华的利益，而日本帝国主义又是主要靠外交手段，通过支持封建军阀以达其侵略之野心；“五四”以后忙于世界大战的帝国主义虽然又回到中国，然而它们并没有从正面武装入侵，乃隐在台后各支持一个军阀，挑起军阀混战。这样以来中国人民同封建军阀的矛盾显得异常尖锐，唯推翻封建军阀中国才有出路则成了全国人民的迫切要求。面对着如此复杂错综的现实矛盾，新小说予以及时反映，必然是反封建的主题异常突出，反帝主题差不多都隐没在反封建主题里，而直接反帝主题却相对地显得少了。其次五四前后的小说作者也许对日本帝国主义的本来面目认识得比较清楚，而对英美帝国主义的认识至少不够深刻和全面，甚至尚抱有一定的幻想；特别当时的新文学理论和文学作品大都从欧美一些资本主义国家译介过来的，这样就造成了一种复杂关系，即“洋人”在政治上是中国人民的敌人而在新文学新文化上则成了“先生”；加上一些帝国主义国家在中国兴办学校，有的新小说家就是直接从这些教会学校培养出来的，还有些是欧美留学生，这就限制了他们对英美帝国主义的本质认识，即使对直接侵略中国的日本帝国主义，有的新文学倡导者一面痛恨它一面又提倡明治维新以来的日本近代小说。这就在帝国主义的真实面目上制造了层层迷雾，不能不影响五四小说反帝主题的普遍形成。再次五四运动就其文化领域来说，主要是一场彻底地反对封建文化运动，主攻目标是封建主义，在绝大多数青年知识分子心目中反封建以争取个性解放是当务之急，因此新小说反封建主题具有压倒一切的优势；特别大部分新小说的作者来自农村，出身于封建家庭，不只是对农民备受封建阶级的压迫和封建意识的毒害感受得比较深，而且自身争取人格独立或婚姻自由的要求直接同封建宗法制度和思想形成尖锐对立，这也是造成五四小说反封建主题多直接反帝主题少的原因之一。从中国现代小说的发展看，直接反帝主题的形成，经过一个逐步深化过程，直到三十年“九一八”事变后具有普遍意义的反帝主题才在小说创作中渐渐出现。二是五四前后的小说大多是短篇体式，即使出现几个长篇也只能算是尝试之作或是严格意义上的中篇。之所以出现了这种文学现象，考察起来不外乎有这样几个原因：其一，五四文学革命的倡导者有意识地提倡短篇小说，并认为短篇小说是世界范围内近代小说发展的总趋向，而我们中国的现代小说当然要适应这个总潮流，故短篇小说创作便多起来；其二，五四前后中国小说艺术正处于革新的初期，短篇小说的改革较比长篇小说来得容易，而且尝试起来，成果出得快，易于见成效，但长篇小说的改革难度大，创作起来需要长时间的生活积累，孕育构思，非短时间能写出成功之作来；其三，五四前后正是中国革命新旧交替、各种新思潮汹涌而至之际，迫切要求新文学予以敏锐的迅速的反映，而短篇小说比之长篇具有反映现实生活快、敏捷灵活的特点；其四，五四前后活跃于文坛的小说作者，除鲁迅、郁达夫、冰心、叶绍钧、郭沫若等有较深的文学修养外，大部分是缺乏充分的生活准备、艺术准备的文学青年，他们热情有余功力不足；特别当时可资借鉴的外国小说大多是短篇的，而一些长篇名著尚未大批地译介到中国来。这些都是造成短篇小说处于绝对优势地位的主要原因，至于长篇小说经过王统照、张资平、张闻天、蒋光慈等的尝试后，直到一九二八年叶绍钧的《倪焕之》和茅盾的《蚀》三部曲问世，才标志着中国具有现代意义的长篇小说已趋向成熟。

第四节　新文学巨星鲁迅的小说

鲁迅(1881—1936)是中国现代小说的开山祖，是光耀五四小说园地的巨星。因为他步上文坛使我国黎明期的新文学顿然光辉灿烂，因为他的小说问世使中国小说艺术进入世界文学之林。继《狂人日记》诞生后，一发而不可收，不论五四高潮期或低潮期鲁迅总是在辛勤耕耘，到一九二五年共创作了二十五篇小说。一九二三年出版的《呐喊》收集了一九一八年到一九二二年发表的十四篇小说(初版还收有《不周山》)，大都写在五四高潮期，格调显得明朗，热烈；一九二六年出版的《彷徨》收集了一九二四年到一九二五年发表的十一篇小说，大都写于五四的低潮期，格调显得冷峻，沉郁。虽然这两部小说集产生于不同时期，但其总的思想特色和美学风格却基本上一致；根据本文学史的体例，拟重点放在《呐喊》集的探讨上，当然也要兼及对《彷徨》的分析。

鲁迅创作这两部小说的总目的或指导思想是："我仍抱着十多年前的'启蒙主义'，以为必须是'为人生'，而且要改良这人生"①。很明确，他是坚持"启蒙主义"的"为人生"的文学观致力于小说创作，使小说成为启蒙主义思想的武器和改良人生的器械。这和同时代的小说功利倾向是一致的："这时的作者们，没有一个以为小说是脱俗的文学，除了为艺术之外，一无所为的。他们每作一篇，都是'有所为'而发，是在用改革社会的器械，——虽然也没有设定终极的目标。"②这可以作为我们估价鲁迅小说的思想意义和艺术价值的总的理论依据。

"我仍抱着十多年前的'启蒙主义'"，那应追溯到鲁迅留学日本时期。早在南京读书，鲁迅便从严复翻译的赫胥黎《天演论》中接受了社会必然进化和必须奋发自强的进化论观点，以作为自己思想的指南；一九〇二年东渡日本留学，

① 《我怎么做起小说来》。

② 《中国新文学大系·小说二集导言》。

虽然所受的西方文化思想的影响相当庞杂，但他的世界观仍以进化哲学为核心，伦理观则以人道主义为主导，追随于启蒙思想家后进一步接受了民主主义思想，于是形成了一个完整的启蒙主义思想体系。所谓启蒙就广义而论，就是反对蒙昧主义，启发人们的觉悟；就狭义而言，就是十八世纪欧洲文化史上的一场资产阶级思想启蒙运动，它为一七八九年的法国资产阶级大革命作了充分的舆论准备；并在这次运动产生了许多为宣传启蒙思想服务的著名作家和作品，而启蒙文学家又多是启蒙思想家和社会活动家，他们以自由、平等、博爱、天赋人权等资产阶级民主主义思想作为武器，主要矛头对准宗教迷信和封建专制制度以及蒙昧主义。鲁迅虽然较早地接受了西方的启蒙思想，但他不是把西方启蒙思想生硬地照搬到中国来，而是根据中国社会的实际和自己的战斗实践有批判地予以吸收。鲁迅生活在半封建半殖民地的中国，他清醒地看到了古老的中华民族经过几千年的封建文化思想统治，鸦片战争后帝国主义入侵又将其腐朽的文化思想同封建文化思想结成反动同盟，使我国人民陷于思想备受“愚民的专制”的极端野蛮时期，吃人的礼教和无数的祖传老例死死紧箍着活人的头脑，严重地桎梏着民族的觉醒；目睹着中华民族这死气沉沉的人们变成死相的历史和现实的可怕的真实，鲁迅呼唤着“精神界之战士”[①]，起来改变人们的精神面貌，使民众觉醒起来。他推崇拜伦的“举一切伪饰陋习、悉予荡涤”的反抗精神与“不克厥敌、战则不止”的坚定意志，力图以“立意在反抗，指归在动作”的革命民主主义思想来激发中国人民反抗封建宗法制度及其意识形态的觉悟。鲁迅的启蒙主义思想同西方启蒙主义相比带有更深广的历史内容和更强烈的战斗性，而且同他的改造国民性思想联系在一起。在日本留学他就开始探讨国民性问题，并想用文艺去启发群众的觉悟。

“怎样才是理想的人性？中国国民性中最缺乏的是什么？它的病根何在？”[②]鲁迅多么渴望能从“国民性”问题的解决上寻求一条救国救民的途径！由于当时他尚未掌握科学的宇宙观，故不可能从经济基础或政治制度入手，来考察中国“怯弱，懒惰，而又巧滑”[③]的国民性所形成的“病根”，而只能以人道主义观点剖析了几千年上层建筑领域里的封建文化思想传统的流弊，认定中华民族最缺乏的是“诚和爱”，那些国民劣根性完全由“中国思想昏乱”造成的，这

① 《摩罗诗力说》。

② 许寿裳：《怀亡友鲁迅》。

③ 《论睁了眼看》。

"正是我民族所造成的事业的结晶"。所谓"中国思想昏乱",都源于"儒道两派的文书",即封建文化思想。这种"民族根性造成之后,无论好坏,改变都不容易的",说明封建文化思想的长期渗透所形成的习惯势力是一种最可怕的历史惰性。这是中华民族"不长进"的"根柢",疗救方法即是以现代的"科学"和民主为思想武器,"扫除了昏乱的心思,和助成昏乱的物事(儒道两派文书)",这样"不长进的民族"方能"兴旺"①起来。这说明鲁迅的启蒙主义思想紧紧地同救国救民的宏愿,同改造社会人生结合在一起。

所谓"为人生"是一个含义极为宽泛的概念,不能仅仅理解为"人生"问题就是简单的物质生活条件问题,也包括人们对待生活的态度以及对人的价值和人的精神价值的认识问题。在封建制度和封建思想的长期统治下,中国人民的物质生活穷到了极处,苦到了极处,精神上遭到了无以复加的摧残,人性被毁灭被扼杀,人的价值被否定。鲁迅把"为人生"和启蒙主义联系在一起,就是把思想革命同改良人生、改造社会联系在一起;而要改良人生、改造社会,首先必须进行思想启蒙,即以民主主义与之相联系的人道主义思想为武器彻底批判传统的封建制度和封建思想文化,把人们的精神或人性从封建枷锁下解放出来,真正提高做人的自觉,真正认识人的价值和人的精神的价值。鲁迅的人的价值观比当时一般的单纯争取个性解放者的价值观要崇高得多。在他看来,人的真正价值在于要同那种"寇盗奴才"的"据为己有"或"占些目前的小便宜"的思想和心理实行决裂,必须是一个"内心有理想的光"的"革新的破坏者"②,敢于破坏传统旧思想旧道德旧习惯以及整个封建制度,以创造合理的充满着人道主义精神的新社会,使黑暗的人生变为光明的人生,使吃人的人变成"真的人",这就把人的价值同社会改革有机地联系起来。鲁迅正在这种启蒙主义的"为人生"的文学观的指导下,开始了小说创作。

启蒙主义宣言书

鲁迅的小说是反对"人吃人"社会的控诉状和抗议书,是改造"人吃人"的人生、争取人的价值的战斗檄文,是剖析国民灵魂的严峻的艺术解剖刀,是启蒙主义的宣言书。

《狂人日记》是鲁迅第一篇彻底地向吃人的"愚民的专制"的封建意识开

---

① 《随感录三十八》。

② 《再论雷峰塔的倒掉》。

战、改造“食人民族”的劣根性、拯救祖国的未来——“孩子”的誓言。它以独特的艺术构思，描写了狂人的似实非实、似虚非虚、似真非真、似错非错的心灵的“意识流”，寓意深刻地展示出一幅“食人民族”的人生图画。它揭示出，从古及今，由社会到家庭，到处是“人吃人”，而这种“吃人”现象的造成是根源于封建的“家族制度和礼教”以及“仁义道德”。这种封建意识一直成为几千年中国社会人生的“统治思想”，形成了反动的“愚民的专制”主义，它不仅毒化了整个民族，而且麻痹了每个国民的灵魂，使其有意无意地变成了“食人者”。小说对这种“食人”的民族劣根性予以沉痛的针砭，并以人性观揭示出“吃人”和“救人”、“吃人者”和“被吃者”的冲突，而民族吃人劣点和这种对抗性矛盾的解决，却主要靠“狂人”的人道主义的觉醒，这不能不给作品带来一定的历史局限性。诚然，狂人是在“食人民族”的典型环境中，首先觉醒的敢于向封建家族制度和吃人礼教挑战的民主战士，表现出全面地反封建、反传统、反“食人民族”劣根性的“义勇”，并憧憬着将来没有吃人的人活在世上，还喊出了“救救孩子”的呼声；但是也应看到，狂人是个精神上极度孤独的战士，他觉醒的本身就含有悲剧因素。这主要表现在：一是运用的思想武器是人道主义，固然以“人道”反对“吃人之道”和“愚民的专制”，能发挥思想威力，但是用它来“劝转”代表吃人的“家族制度和礼教”的“大哥”，非但未改变“大哥”吃人本性的一丝一毫，反倒使自己陷于失败的悲哀之中；二是他的觉醒对于周围的“食人”群众似乎没有起到疗救催醒的作用，不仅群众对他不理解，思想毫无相通之处，而且他本身对“食人”的群众也失去了希望，没有主动地进行广泛的思想启蒙鼓动，认为只有“没吃过人的孩子”才可以“救救”；三是他喊出的“救救孩子”的呼声，从小说的内在逻辑来看，并不像有的研究者所说的具有推翻吃人旧社会的撼天动地的力量。按照狂人的认识，孩子一生下来，“也从娘老子那里学会了吃人”，这如何能救出孩子呢？难怪鲁迅后来说当时“救救孩子”只是“空空洞洞”的喊叫。正由于狂人的觉醒带有悲剧的色彩，因此《狂人日记》的整个基调并未脱尽悲观的氛围，这也是鲁迅为人生文学观开始阶段的特色。正如他在《〈呐喊〉自序》中所说：“假如一间铁屋子，是绝无窗户而万难破毁的，里面有许多熟睡的人们，然而从昏睡人死灭，并不感到就死的悲哀。现在你大嚷起来，惊起了较为清醒的几个人，使这不幸的少数者来受无可挽救的临终的苦楚，你倒以为对得起他们么？”虽然他有这样的“确信”，却不能“抹杀希望，因为希望是在于将来，决不能以我之必无的证明，来折服了他之所谓可有，于是我终于答应他也做文章了，这便是最初的一篇《狂人日记》。”尽管如此“答应”了,但由于时代条件和作者世界观的局限—— 一是工农民众尚未形成自觉的反抗力量,二是《新青年》同人尚未明确地把新文学革命同新民主主义政治革命结合起来,三是鲁迅尚未找到先进的思想武器马列主义,所以即使“听将令”所创造的狂人这个正面反封建的民主战士的形象,也难以脱尽悲观色调。尤其应该指出的是,《狂人日记》探讨中华民族传统里的“吃人”根性,着重不是从经济的和政治的角度去挖掘原因,而主要从思想上去寻找根源。狂人说:“大约当初野蛮的人,都吃过一点人。后来因为心思(笔者加)不同,有的不吃人了,一味要好,便变了人,变了真的人。有的却还吃”。这说明从野蛮人进化到真的人不是物质生产起了决定作用,而是由思想变化所决定的,这显然是唯心史观。基于这种认识,所以要改造民族“食人”的劣根性,消灭“人吃人”的现象,开始阶段鲁迅寄希望于“启蒙主义”即“思想革命”,只要扫荡了造成“吃人”习性的几千年的封建思想文化,通过“劝转”的方式使吃过人的“改恶从善”,把没有吃过人的“孩子”救出来,这样就会有“真的人”问世,就会出现一个“容不得吃人的人活在世上”的“将来”,至于是否需要通过暴力革命从经济基础彻底推翻旧社会,至少在《狂人日记》的艺术细节中尚未明显地表露出来。

这里涉及到一个问题:如认识鲁迅为人生文学同“启蒙主义”联系在一起,即欲改造国民性,必须坚持启蒙主义,进行思想革命?如果从文学本身的社会功能来考察,提倡文学启国民思想之蒙,唤起人们的民主民族意识的觉醒,改造国民劣根性,以促进人生的改良,这既符合文学社会功利律,又在一定程度上顺应了五四时期历史的发展,无疑是正确的。但从整个社会革命来考察,只鼓吹启蒙主义,单靠思想革命来彻底改变人的思想和改造国民性,显然是不正确的。马克思主义认为,在改造客观世界的同时才能从根本完成主观世界的改造,唯有进行社会革命和政治斗争,推翻旧的经济制度和政治制度,人们的意识形态才能从根本上发生质的变化。正如列宁所指出的:“真正的群众教育永远是不能脱离群众本身的独立政治斗争,特别是不能脱离群众本身的革命斗争的。只有斗争才能教育被剥削的阶级,只有斗争才能使被剥削的阶级发现自己的力量,扩大自己的眼界,提高自己的能力,清醒自己的头脑,锻炼自己的意志。”①但是马克思主义者并不忽视思想启蒙,在某种意义上说是非常重视群众的思想教

① 《列宁全集》第23卷,第247页。

育，问题是他把思想革命作为社会革命和政治斗争的重要一翼，并不孤立地进行思想革命。这是马克思主义思想家和民主主义启蒙思想家的根本区别所在。鲁迅步入五四文学新军之所以把“蒙启主义”和“为人生”文学联系起来，其主要原因：一是争取“人性”解放的时代要求，二是恪守文学的社会功利规律，三是受到西方民主主义思想启蒙家的影响，四是鉴于辛亥革命轻视思想启蒙尚未唤起民众的历史教训，五是鲁迅还未找到改造社会人生、救国救民的真正科学的思想理论武器。

如果说《狂人日记》主要从“中国人尚是食人民族”的总体上考察了国民性的弱点，只是从意识形态这个角度控诉了封建礼教的吃人罪恶，尚未同政治革命结合的话；那么随着革命的深入和鲁迅认识的提高，他深刻地思考着中国民主主义革命的中心问题，即被压迫者特别是农民问题。试图通过文学本身的艺术规律来探讨并回答：农民由于几千年封建宗法制度和思想统治和小生产狭隘地位局限所形成的无知、愚昧、保守、自私等弱点，怎样阻碍着他们接受或倾向民主主义革命？他们为争取民族解放和摆脱自身被奴役的地位，应该以什么样的思想和神态去迎接新的革命？当时能够自觉地把改造被压迫者国民性问题、农民解放的问题同总结旧民主主义革命失败教训结合起来描写，并从而为新的革命提供经验，这不仅标志着鲁迅为人生文学增加了新的特色，而且说明他比同时期为人生派作家高出一筹。鲁迅继《狂人日记》之后，在《药》和《阿Q正传》等小说里，将被压迫者特别是农民的精神状态和思想意识同辛亥革命的悲剧联系起来写，从而把改造国民性的弱点提到了社会变革和政治革命的高度来认识。当然这并非说鲁迅此刻已明察出新的革命性质、动力和方向等，而是指他通过为人生文学的创作，艺术地触及到这个重大的人生问题，《药》是将辛亥革命的失败悲剧同以华老栓等劳苦大众的精神悲剧有机地交错在一起，这不仅揭示了旧民主主义革命因脱离群众、不发动群众所造成的失败教训，更重要的是揭露了华老栓们愚昧无知、迷信麻木的精神状态是革命进行的巨大障碍，试看革命者的鲜血非但没有惊醒他们发木的灵魂，反而在客观上成了封建统治者施行杀人手段以镇压革命的默认者。这是对社会下层国民性弱点多么沉痛的针砭！它艺术地告诉新的革命者：可怕的不是凶相毕露的封建统治者，而是封建意识造成的“愚民的专制”下所出现的民众精神的“死相”；如果新的革命不首先通过“思想革命”唤醒沉睡的国民灵魂，彻底改造下层民众的思想劣点，那么振兴中华、拯救国民的革命大任是不会实现的。《阿Q正传》标明鲁迅为人生文学达到一个新的高度。它以独特的悲喜剧交替使用的艺术手段，在辛亥革命前后的广阔历史背景上，真实地描绘出一个四千年“像压在大石底下的草一样”的“沉默的国民的灵魂”，写出了“中国的人生”①。鲁迅不是一般写被压迫农民的悲惨命运，也不是重点挖掘阿Q这样农民身上应具有的革命因素，而是侧重从被压迫农民同旧民主主义革命前后的社会关系中画出了国民灵魂的核心“精神胜利法”的外部和内面的特点，从而针砭了阿Q身上因精神胜利法而产生的有碍于自觉参加革命的不利因素。“精神胜利法”虽然表现在阿Q这个雇农身上，但鲁迅并非按照政治学上的阶级概念来塑造阿Q，乃是从现实的中华民族的生活土壤及整个国民的思想和精神现状进行典型提炼，旨在“写出一个现代的我们国人的魂灵来”②，故他在很大程度上成了“中国民族的综合画像”，具有广泛的深刻的典型意义，从而针砭了整个国民的弱点。“精神胜利法”诚然是阿Q性格的基本特征，但作者深刻的笔触没有仅仅停留在对“精神胜利法”的一般特点的刻划上，并从辛亥革命的演变过程中，深切地揭示出阿Q已经麻木到几乎丧失了作为一个独立的“人”的自主意识，甚而绑赴刑场连点“人”的尊严感和仇恨感也没有。他参加革命似乎完全根据“阿Q逻辑”去理解，很难看出他身上有什么民主意识和阶级意识的觉醒；他在革命中的活动基本体现了“阿Q革命方式”；直至他被所谓“革命”送上断头台，也在一定程度上反映了“阿Q主义”的“胜利”。总之，从小说深蕴的内在逻辑来看并非是要肯定“阿Q式”的革命，而主要是通过否定阿Q式的革命，说明辛亥革命之所以失败，其重要的原因之一在于缺乏觉醒了的国民作为基础，从而批判了辛亥革命无视国民灵魂的改造，并对国民劣根性进行了撼人心弦的鞭笞。这样便艺术地告诫新的革命者：革命离不开广大群众特别农民的参加，而他们身上的落后意识又成了革命的实际性的阻力，因此欲从根本上救国救民，首先应改造“现代的我们国人的灵魂”，使阿Q这样的国民能获得民族民主意识，懂得革命的真正意义和斗争的真正方式，此乃迫在眉睫的当务之急。但是能否从根本上改造好阿Q这样国民的灵魂，鲁迅当时的思想是有忧虑的。《阿Q正传》的悲剧结局，固然反映了旧民主主义革命的妥协性及封建复辟势力的嚣张，但像阿Q身上的“精神胜利法”得不到彻底改造，这样的悲剧是很难避免的。从发展上看，《阿Q正传》比《狂人日记》、《药》等，概括了更为深广的思想内容，即不仅否定了阿Q的“精神胜利

① 《俄文译本〈阿Q正传〉序》。
② 《俄文译本〈阿Q正传〉序》。

法”，而且也否定了阿Q式的革命，不仅彻底揭露了封建制度及其思想意识的“吃人”本质，而且从改造国民灵魂和总结辛亥革命失败教训的角度，深入地探索了推翻“暴君的专制”和“愚民的专制”的问题，它标志着鲁迅为人生文学的深化。

由于鲁迅自觉地将“为人生”的文学同救国救民的宏愿融为一体，因此他所创造的富有艺术魅力的小说，总表现着作者以“哀其不幸，怒其不争”的忧国忧民的深情，去拉开人物心灵的帷幕，揭开国民灵魂受毒最深的伤痕，非常诚挚地予以疗救，希冀彻底改造国民的弱点，以塑造现代国人的新灵魂，为振兴中华创造精神条件。从这一意义讲，鲁迅不愧为现代文学史上杰出的人类灵魂的工程师，不愧为国民灵魂的探索家和解剖家，不愧为伟大的革命民主主义的启蒙思想家。

鲁迅小说是普普通通人生的真实写照，尤其是中国贫苦农民悲惨人生的一面镜子，既为劳动人民筑起一道艺术形象画廊，又为普通知识分子绘成一轴人物画卷。

启蒙主义的“为人生”的文学观，将鲁迅的眼光引向普通人的人生，更引向农民的人生。在鲁迅看来，封建制度及其思想意识所造成的中国人生问题莫过于农民的人生最痛苦、问题最严重；若是农民的人生问题得不到解决，人生不能改良，那么整个国民的人生问题也得不到解决，人生也得不到改良。因此他特别注重描写农民的人生，着力刻画农民形象。当然在五四小说作者中不只是鲁迅写普通人的人生，描写普通人的形象，而是形成一种带有普遍性的风尚。他们从各自熟悉的生活角度显示了自己的创作特色。“新潮社”的作家，虽然有的写过贫苦渔民等下层劳动者的形象，但大多是反映青年男女的爱情婚姻的悲欢离合，其形象的深刻性、丰富性和生动性，都无法同鲁迅笔下的普通人的形象相比；叶绍钧虽然也写过一些下层被损害的形象，但主要是描写小资产阶级知识分子的灰色人生，而且大多数形象不够丰满不够鲜明；冰心着重写那些带有软弱性的小资产阶级知识青年的前途命运，当然也写过翠儿这样的童养媳。但是真正在为人生文学观指导下，比较成功地塑造了普通人的形象，为现代文学写普通人开辟了新篇章的是新文学的主将鲁迅。在他的笔下，不论是农民、人力车夫、妇女、市贫，或者是不同类型的小资产阶级知识分子，都成了活生生的普通人的典型，如阿Q、闰土、祥林嫂、子君等达到了典型环境中的典型性格的高度。正是当时一位评论者所指出：鲁迅小说里“只是些极普通、极平凡的人，你天天在屋子里、在街上遇见的人，你的亲戚，你的朋友，你自己”①。这道出了鲁迅小说里普通人形象的典型意义及其重要的特色。最能显示鲁迅为人生文学在写平凡的普通人方面的突出特征和独特贡献的，是他在中国文学史上第一次站在革命民主主义立场上，以革命人道主义态度，真诚地描写了普通劳动农民的人生。其独到之处，并非一般地写农民的“田家乐”，也不是写农民的什么英雄业绩，而是以深刻的现实主义笔触刻画出一个个震撼灵魂的悲剧性格，充分表现出鲁迅为人生文学的悲剧特色。

鲁迅在《再论雷峰塔的倒掉》一文中提出：“悲剧将人生的有价值的东西毁灭给人看。”这说明悲剧是体现着人生最美好的品格或者代表历史进步要求的最有价值的美的事物的被毁灭。五四时代正是黑暗与光明、新与旧、革命与反革命、有价值和无价值、真善美和假恶丑相冲突的激烈时代，被压在半封建半殖民地社会最底层的劳动农民处于水深火热之中，挣扎在死亡线上，封建宗法制度和思想所形成的物质的精神的枷锁，无情地扼杀和摧毁了普通农民的美的素质或美的愿望或美的生活。这就是鲁迅悲剧作品的现实基础。可以说，鲁迅是在比较科学的悲剧美学观指导下，高度真实地写出了半封建半殖民地的黑暗如漆的制度下中国劳动农民的悲剧人生，真切细致地揭示出普通农民身上的美质被毁灭的过程，深刻地暴露出农民悲剧根源不是什么个人命运而是吃人的宗法社会制度和封建意识，从而对整个的封建社会制度及其上层建筑予以无情批判和彻底否定。

鲁迅笔下的农民悲剧不是哀哀切切的惨剧，决不是以渲染悲剧主人公的悲苦遭遇为满足，而是首先把普通劳动农民身上有价值的东西揭示出来，接着按照生活发展的规律和性格的内在逻辑逐步写出主人公身上的美被毁灭的悲惨结局，使之前后形成强烈的对照，这不仅增强了悲剧的效果，而且真实地揭露出悲剧性格形成的根源。例如《祝福》里的祥林嫂，作者怀着深切的人道主义情感，真实地描绘出这位极普通的农村劳动妇女的悲剧一生。她是一个勤劳朴实、善良厚道的劳动妇女，作者以悲剧艺术作为批判旧制度旧意识的有力武器，将祥林嫂身上最有价值的东西撕毁给人们看，塑造了一个惊心动魄的悲剧典型。这是个最富有批判性的伟大的人生悲剧，充分表现出鲁迅为人生文学的战斗特点。

① 张定黄：《鲁迅先生》。

祥林嫂悲剧性格的深刻性突出的表现在她的美好的品格和求生的希望被残酷的毁灭的过程中：首先，她“现世”和“来世”的希望被撕毁。祥林嫂在鲁四老爷家一出现，政治上毫无权利，经济上一无所有，精神上备受折磨。她对生活的仅有希望是，以自己浑身的“力气”换取起码的做“人”的权利和“暂时做稳了奴隶”的所谓“安定”生活。如果祥林嫂这个“希望”是过分的或者根本脱离实际的，那她的“希望”的破灭，也许是带着眼泪的喜剧，不可能形成深刻的悲剧。然而，她的“希望”是对生活的最低要求和对一个“人”的价值的最起码争取，凭着她的一身力气和诚实勤快的劳动态度是应该达到的，是作为一个“人”应该得到的生存权，但却被残酷的黑暗现实逐一击碎，“希望”全部破灭，这是何等深刻的悲剧。试想，她是按照旧礼教的规范嫁给一个比自己小十岁的丈夫，不久丈夫的死和封建礼教的摧残，毁掉了她少女时对婚姻爱情的一切美好纯真的憧憬；年轻守寡的凄凉境遇，她并没有别的苛求，只是恪守着“从一而终”的封建信条，要求靠自己的劳力换得最低的物质生活条件，就感到满意了；即使在鲁四老爷家佣工从事繁重的劳动也从不计较，这种牛马般的奴隶生活反而使她“口角边渐渐有了笑影，脸上也白胖了”。这“笑影”是叩击人们灵魂的悲凉笑影，是暂时得到了生存和温饱的奴隶的凄冷笑影，也是她作了封建贞操观念的牺牲品而不觉和作了地主阶级的忠实奴隶而不悟的表现。的确，假如这种牛马般的生活不受到干扰，那祥林嫂也会安安分分地守寡，无憾地度过一生。但是欲作奴隶而不可得，她又被婆家以暴力抢回，硬按着卖进深山，随之而来的天灾人祸，把祥林嫂及其亲人的美的品质和美的希望全部撕毁，又将她第二次推进鲁四老爷家这个吃人不见血的狼窝……为什么在中国封建社会，像祥林嫂这样勤劳善良、安分守节的青年寡妇，越是希望以自己的双手来维持起码的生活和做“人”的权利，越是遭到更大的不幸呢？寡妇不守节要受到旧社会的吞噬，寡妇要守节且要靠自己的生活本能来守节，为什么还要被吃掉呢？这是多么残暴、黑暗、不公平的罪恶社会！虽然祥林嫂抱着自己的“希望”不断地挣扎，但是她要做一个为封建礼教殉葬的“人的价格”始终没挣到，最终连那不到“人的价格”的生活条件也被完全剥夺了。这种“希望”的本身，无疑是对旧社会的血泪控诉，更况被残酷地“撕毁”乎？至于对“来世”，她只“希望”不被阎罗王锯开，保持一个完整的身躯，这本是上了神权的当，结果她花钱求神保佑反遭神权所害，临终怀着极大的恐怖走向死亡，使“来世”的“希望”也被完全毁灭。她的“现世”和“来世”的“希望”被撕毁的过程，正是对黑暗残酷的人间地狱的控诉、揭露过程。其次，祥林嫂的反抗挣扎带着深刻的悲剧性。她为实现自己的人生"希望"，以其特有的方式进行不断的抗争，但必须看到她的抗争是缺乏自觉的阶级意识，完全是自发的；不仅如此，更为可悲的是她是盲目地遵奉着封建理学的"饿死事极小，失节事极大"的信条和封建神权思想去抗争，因而她抗争的本身就含有深刻的悲剧性。她被婆家抢回卖给贺老六，虽然表现出"出格"的抗争，但她意识不到支配她反抗的思想动力是"从一而终"的封建贞操观念。对于封建势力借柳妈之手加在她"灵魂"上的迷信枷锁，她虽然千方百计地寻求解脱，但是却以迷信思想作指导，采取捐门槛的方式，来求赎神权所治之罪。鲁四老爷对她的种种污辱和打击，虽然没有使她完全倒下去，坚韧地挣扎着，但她至死没有意识到鲁四是杀害她的刽子手，封建理学是从精神上虐杀她的软刀子。死前她虽然对魂灵和地狱产生了怀疑，但是她仍然怀着神权观念走向死亡，死亡并非她悲惨生活的结束，而是更加可怕的地狱受难的开始。因而，她每每的挣扎和反抗，不仅没有摆脱痛苦，却总是自投罗网，陷入更深的痛苦中。再次，祥林嫂悲剧的深刻性还在于，鲁迅进一步开掘出造成这种悲剧的思想根源和社会根源。作者真正透彻了解普通劳动农民的心灵，因此不止是写出了祥林嫂肉体上的苦痛，更重要的是写出了一个真正的善良诚实的中国农村极平凡的劳动妇女在精神灵魂上难以忍受的苦痛，并从而揭示出造成这种致命苦痛和无情撕毁她身上有价值东西的深刻思想和社会根源。"政权、族权、神权、夫权，代表了全部封建宗法的思想和制度，是束缚中国人民特别是农民的四条极大的绳索。"这四条绳索，既是封建宗法社会的反动暴力，又是禁锢人民精神的锁链，它结成一张罗网罩在祥林嫂头上，她自己无论怎样挣扎也摆脱不掉，所以她的悲剧命运是必然的——是鲁四老爷所依仗的封建"政权"把祥林嫂一生的血汗榨干，是"族权"支持着婆婆、堂伯明目张胆地迫害祥林嫂，是"夫权"的"从一而终"思想毒害她苦苦守节，是"神权"这把无形的软刀子从精神上宰割她。就是这"四权"，从肉体到灵魂活活地把祥林嫂吃掉，这便是造成祥林嫂悲剧的深刻根源。可见，鲁迅所写的普通劳动农民的悲剧性格具有特大的思想深度。

诚然五四前后是一个灾难深重的时代，为人生派小说家在描写普通劳苦者人生时都唱出悲剧的调子，作品的主人公或重或轻地涂上一层伤感色彩，尽管这与鲁迅笔下劳动农民身上浸染的时代悲剧色调有相似之处，但他所揭示的悲剧矛盾却比其他作家"忧愤深广"。其根本原因在于鲁迅真正站在被压迫被损害的普通劳动农民一边，所"悲"的并不像其他作家带有自我表现的性质，而是为祖国危亡和民众悲惨命运而忧虑，饱含着忧国忧民的爱国主义和革命人道主义的深切情怀。他所写的普通劳动者的人生悲剧，尽管读后给人以压抑感，但它却不使人悲观消极，而令人从悲痛中惊醒，激起疗救病态社会、拯救劳动农民不幸人生的强烈义愤。祥林嫂就是鲁迅观察了半封建半殖民地社会千千万万不幸的普通人的命运加以典型化了的一个完整的悲剧人物，这是亿万劳动人民被压迫被奴役的悲惨生活的真实写照。她的悲剧不仅是一篇对罪恶旧社会的血泪控诉书，而且也是一把戳穿封建意识形态的虚伪性和反动性的利剑，倾注着作者既深且广的忧愤和爱憎鲜明的感情。因而极大地引起疗救的注意，在摧毁以“四权”为支柱的封建社会，拯救祥林嫂这样被压在社会最底层的劳动人民的革命斗争中，这个普通的悲剧典型发挥了巨大的战斗作用。这是同时代作家笔下的劳动人民悲剧形象所无法比拟的，正显示了鲁迅为人生文学的深刻性和批判性。

从启蒙主义思想出发，鲁迅不仅描写不觉悟的劳动人民的人生悲剧，透过这些普通人形象的刻画，艺术地显示出个人的价值被封建制度和思想所控制的整个社会舆论和可怕传统观念毁掉的历史真实；而且深刻地反映了觉醒知识分子的人生悲剧，并通过对这些进步知识分子形象的有血有肉的描绘，艺术地再现了他们的可悲不只是遭到封建统治的迫害更在于得不到尚被封建精神枷锁束缚的广大民众的理解，处于极端孤立的地位，从而说明觉醒了的知识分子如果不能自觉地抨击被封建意识毒化了的整个社会思想，不能对麻木愚昧的广大群众进行民主主义思想启蒙，那么自己已获得的人生价值或个性自由或民主觉醒也会陷入封建思想的汪洋大海而被毁掉，造成更加可怕的悲剧。《狂人日记》中狂人的形象，从思想启蒙的角度来看，他是个精神界战士的典型，尽管他以进化论和人道主义揭露了封建家族制和封建礼教的吃人本质，并且以新的价值观来判定人的价值，充分地肯定了“真的人”活在世上的价值，否定了那些吃人的人存在的价值；但是他的觉醒和义勇却得不到周围下层民众的理解和同情，反倒他们成了吃人者大哥的社会基础，若不对这众多的被封建宗法制度和思想毒害的人们进行民主主义和人道主义思想启蒙，那“救救孩子”的历史使命是实难完成的。稍后鲁迅写《在酒楼上》和《孤独者》分别刻画了吕纬甫和魏连殳两个知识分子形象，真实表现了他们的人生悲剧，从思想启蒙的角度看，不论吕纬甫或魏连殳都是觉醒者，即由封建统治阶级推行的蒙昧主义下觉醒了，初步意识到自己是人，有了人的觉醒。但是“人生最苦痛是梦醒了无路可以走”①，他们的痛苦感和孤独感大都由此而来。吕纬甫在辛亥革命时期就是个觉醒了的青年，他敢于闯进城隍庙去拔神像的胡子，积极议论改革中国的方法，表现出热情、敏捷、激烈的性格特点，把他自己的觉醒同救国救民、改革社会联系起来，这无疑是正确的；但是后来他完全变了，变成一个精神颓唐的落伍者，更可悲的是其思想变化之大。他的巨变悲剧若从思想角度考察，不难发现当初他的觉醒于伦理观上表现为温情的软弱的人道主义，在辛亥革命失败后的逆境中当他埋葬了改革社会的理想的同时，便陷入被封建伦理道德罗网罩住的家庭关系或人情关系中，这时他伦理观上的人道主义怎能应付封建传统观念的挑战？只能迁就妥协，一败再败，丧失了反封建的意志与热情。如为小弟的迁葬一事，这里既有老母之命又有兄弟之情，更是一种封建迷信习俗，但他却以人道主义思想心安情愿地去对待这一切；不远千里为船家女儿送剪绒花，对他毫无实际意义，也是人道主义的同情心支配他去做的。这不仅仅暴露了人道主义思想的弱点，而且也表明思想启蒙的武器只靠人道主义思想是不够的。它既不能维护自己的尊严和人生价值，也不能取胜于一切封建势力和传统观念的挑战。若从社会的角度来考察，吕纬甫梦醒后，为追求人的价值，追求人的人生虽然有些越轨的举动，但他并没有真正走上改革中国社会的道路，况且小说的描写重心并不在此，而集中笔力揭露被几千年封建思想统治着的整个社会，不允许一个内心闪着理想之光的初步觉醒者有任何破坏古老传统的越轨行动，即使对生活有些独特想法也要遭到所谓社会舆论的“指责”。这表明吕纬甫最终放弃对人的价值、人生意义的追求，主要是整个旧社会逼的，是整个社会思想的麻木愚昧造成的。从这一意义说，他的悲剧既是个人悲剧又是社会悲剧；后者的深刻性正在于它艺术地说明了只有开展一场彻底反封建的思想启蒙运动，唤醒整个社会民众的觉悟，已觉醒者才能有路可走，未觉醒者才能迅速觉醒。魏连殳比吕纬甫更具有顽强的抗争力，他本身的孤独感就含有一种不同封建传统的陈规俗礼和旧社会的凡夫俗物同流合污的反抗力量，但最后被摧折了，不仅毁灭了他的新的价值观，而且吞没了他为追求人生意义而孤军奋战的力量。作者对他一生悲剧的刻画，主要不是要针砭这类知识分子身上的弱点，而着重说明他的悲剧是个社会悲剧，是那个容不得一点人生有价值的东西存在的半封建半殖民地社会把这个

① 《娜拉走后怎样》。

"吃洋教"的"新党"的人生价值观毁掉了，将他送上了丧志失意、自暴自弃、精神反常的灭亡道路。可见，没有强大的思想革命运动来唤醒整个中华民族的觉悟，任何个人的价值、任何社会改革和人生改良都难以实现。《伤逝》中描写的涓生和子君的人生悲剧，重点也不是表现这是场争取个性解放的爱情悲剧，而是一幕发人深思的社会悲剧，是社会悲剧中的爱情悲剧。作为爱情悲剧，它反映出个性主义的狭隘性和脆弱性，说明通过思想启蒙运动而觉醒了的青年仅靠个性主义思想还是对付不了整个旧势力旧思想旧习惯旧观念的反扑，必须继续追求新的思想武器，以巩固或扩大已获得的个性解放成果。作为社会悲剧，它既反映了"经济权"是人生的最根本的物质基础，是争取人的社会价值的最重要的依据；离开它个性解放的胜利就要毁于一旦；又说明构成旧社会的维护封建社会秩序、伦理道德的总体需要与被统治者、被奴役者的个人生存欲望和做人的权利相互对立的基本结构不动摇、不改变，只是在以个人为本位的小圈子内获得解放，那也难免悲剧的命运。

在鲁迅的启蒙主义的"为人生"的小说里，刻画了不同层次的知识分子形象，如有封建科举制度的殉葬品孔乙己的不朽典型，有严于解剖自己虚心向劳动人民学习的先进知识分子的面影；但最富有特色、含有深蕴意义的是那些觉醒之后经过挣扎终于无路可走的知识分子形象。由他们身上可以看出进行彻底地反封建的思想启蒙运动，唤醒整个社会大多数民众的觉悟，对于改良人生或改造社会乃是当务之急。

鲁迅的启蒙主义小说的深刻性和局限性往往交织在一起。当它深刻地揭露封建思想意识和古老的传统观念对中国人民精神世界的惨重摧伤时，总感到对人民性格中的美点和巨大的潜能开掘不够；当它积极地探索改造国民劣根性的途径时，总感到过分地重视思想启蒙而忽视了党成立后中国无产阶级的革命领导作用，特别一九二一年后描写农村题材的小说中透视不出一点新的时代气息；当它在普通人的悲剧人生中强烈地表现出反封建的思想启蒙运动的迫切性和重要性时，实际上这场思想革命运动只局限在知识分子的范围内，而且时间较短，并没有波及到下层的不幸人们之中，即使那些疗救者也没有对此高度重视。这是因为当时特定的历史条件不允许中国像西欧资产阶级革命时期那样搞一场彻底的思想启蒙运动，只能在五四思想革命取得一定的思想成果的前提下立即进入直接的政治革命或武装斗争。鲁迅小说的局限是作者本人思想的局限，也是五四时期思想解放运动的局限。当然也要看到鲁迅的启蒙主义的为人生的小说，同十八世纪法国的启蒙主义文学并非没有区别。法国的启蒙主义文学所肩负的历史使命和鲁迅的启蒙主义小说有相似之处，但法国的思想启蒙是发生在资产阶级大革命之前，而鲁迅的启蒙小说是产生于资产阶级辛亥革命失败之后新民主主义革命兴起之时，尽管在作品中都是把矛头对准维护封建专制统治的上层建筑及意识形态，然而鲁迅的小说不论是农村题材的或知识分子题材的，都带有总结辛亥革命的经验教训，在客观上为新民主主义革命作思想和舆论准备的新特色。法国启蒙主义文学虽然极力鼓吹资产阶级的平等、自由、博爱、人权、个性解放等民主主义思潮，但是这种思潮很少从劳苦大众的形象中体现出来；鲁迅的启蒙小说则是站在革命民主主义立场上，怀着深厚的人道主义感情，以劳苦农民为主人公，对其深爱封建思想毒害造成的精神悲剧完全采取哀其不幸怒其不争的态度，真诚地渴望他们觉醒起来，以改良悲惨的人生。而且鲁迅的小说所表现的启蒙思想倾向，也没有像法国启蒙文学把“人”从封建制度及思想意识的桎梏下解放出来，仅仅达到了个性解放要求为满足，乃是把人的意识觉醒同改造国民性联系起来，也就是同广大民众的思想觉醒联系起来；至于那些描写觉醒知识分子人生的小说，拟把个性解放引上社会改造、经济制度变革的道路上。

鲁迅继承了西欧启蒙主义文学的优良传统，重视小说的思想倾向性，提出了改良人生的明确功利要求；但是鲁迅并没有忽视小说艺术的固有的美学特征，所以他的小说并没有出现西欧启蒙文学那种重“理”轻“情”、重逻辑演绎轻形象思维的概念化倾向，而是依据艺术法则和灵感规律去创作启蒙的“为人生”的小说，使深刻的思想性和完美的艺术性达到和谐统一，显示出精湛的小说艺术技巧。

塑造典型的高超手法

中国古典小说的作者常常在塑造人物时所采用的典型化手法，是把同类人的道德品质、才华能力一下子都集中在一个人物身上，使贤者愈贤，恶者愈恶，美者愈美，丑者愈丑。鲁迅在《中国小说的历史的变迁》中曾说：《三国演义》“描写过实，写好的人，简直一点坏处都没有，而写不好的人，又是一点好处都没有。其实这在事实上是不对的，因为一个人不能事事全好，也不能事事全坏。”这种绝对化的创造典型形象的方法，不可能全面概括出作为社会关系总和的人的性格的多面性、心灵的复杂性，难免类型化或单一化的倾向。五四前后出现的新小说虽然大多数作者重视人物性格的刻画，但尚未塑造出无愧于时代的不朽典型，唯有鲁迅等少数作家才创造出一些具有立体感的个性鲜明的内涵复杂的典型形象，初步突破了古典小说塑造人物类型化的手法，为创造性格丰满厚实的人物形象提供了新鲜经验。特别鲁迅笔下的阿Q、祥林嫂塑造得尤为成功。虽然他们是在短篇小说的艺术天地刻画出来的，却可以与外国著名长篇小说塑造的堂·吉诃德、葛朗台、高老头、安娜·卡列尼娜、玛丝洛娃等并称之为不朽的典型。

翻开中国小说史，罕见阿Q这样的性格内涵极为丰富个性色彩极为鲜明的艺术典型，他不是那种性格单一化的人物形象，是个综合型的多侧面的复杂的典型形象，是由各种性格因素构成的有机整体；而各种性格因素又不是等量地分布在阿Q的形象中，精神胜利法则是其性格的主导方面，但它又不能包容其性格的全部内容；虽然其性格各构成因素之间充满了矛盾，却并未造成性格分裂，而是和谐地有机地统一在阿Q这个个性鲜明的赤贫身上。似乎他既是现实社会中的阿Q又是生活在幻想世界的阿Q，他的杂多的矛盾的性格特征总是从外部和内面活生生地显露出来：有时他目空一切，神气十足，妄自尊大，显得与他的现实地位极不谐调，但有时他的自轻自贱、奴颜屈膝又表现得异常突出；他性格中存有中国人民传统的勤劳、质朴、诚实的美德，但有时却表现得那么泼皮无赖，甚至沾染一些游手好闲的习气；有时他表现得任性大胆，无所顾忌，敢于冲破传统的陈规戒律，但有时又那么盲目地遵从儒家之道，卫护传统的伦理道德；有时他比谁都争强好胜，仿佛什么他都应该数他第一，但在失利的情况下他表现得又是那么毫无羞耻的忍让，什么自尊心、自信心都丧失殆尽，简直成了个窝囊废；有时他好像比谁都向往革命，一心想参加革命党，但是革命的真正意义、什么是革命党，他是一窍不通，尤其可悲可笑的是假洋鬼子不准他革命而他也不准别人革命，是那样的排斥异端，独来独往；他本来是个上无片瓦下无立锥之地的穷光蛋，从阶级本能出发他是憎恶那些压迫他奴役他的封建权贵的，但有时他又那样的攀附权贵，总是念念不忘过去比赵太爷还阔的权势和地位；他本来是个弱者，处处受人欺侮，过着非人的生活，表现得十分懦弱无能力，但有时他却凶得很，称王称霸，蛮不讲理，欺侮比他更弱的人；他有时过分的敏感禁忌，仿佛比谁都虚荣，但有时变得异常健忘，麻木愚昧到惊人的程度，这等等的多色彩的性格因素铸造成了阿Q这个复杂的典型。这极为深刻而丰富的性格内涵非是一个阶级所独有，似乎包容着中国旧社会各个阶级躯体上所共有的一些性格因素;但它们却是高度集中在阿 Q 身上,即透过阿 Q 这个赤贫出身的独特个性表现出来。为什么鲁迅能够在中国新小说的诞生期如此神妙运用短篇(或中篇)小说的形式创造出阿 Q 这样的世界性的不朽典型?当然原因是多方面的,比如深刻的思维能力,精湛的理论修养,丰富的生活体验,广博的知识结构,厚实的文学根底和高度的艺术鉴赏能力等;特别与他能够娴熟地运用典型化的创作方法有着密切关系。

纵横概括,熔现实与历史生活形象于一身,是鲁迅创造典型的手法之一。

鲁迅曾这样概括自己创造典型人物的经验:“模特儿不用一个一定的人,看得多了,凑合起来的。”①又说:“所写的事迹,大抵有一点儿见过或听到过的缘由,但决不全用这事实,只是采取一端,加以改造,或生发开去,到足以几乎完全发表我的意思为止。人物的模特儿也一样,没有专用过一个人,往往嘴在浙江,脸在北京,衣服在山西,是一个拼凑起来的角色。”②这说明鲁迅总是在广阔的复杂的社会矛盾中,在人与人之间直接或间接的错综关系中,努力开掘现实的和历史的生活形象的共同相通的性格素质,加以高度地提炼概括,创造出具有深广社会内容和历史内容的典型。鲁迅对现实生活作纵横考察时,往往善于联系历史生活,把对现实生活的思考同历史生活的思考有机地结合起来,历史是现实的过去,现实是历史的发展,熔历史生活形象与现实生活形象于一身,使所塑造形象的内在性格逻辑与从历史到现实的生活本质规律相吻合。狂人的形象就是熔现实生活与历史生活于一体,概括出从古到今的中国封建社会的家族制度和伦理道德是一部吃人史,而狂人就是对这部吃人史首先奋起揭露和抨击的精神界的战士。阿 Q 这个复杂性格的典型性就是经过纵横概括,集现实与历史生活形象于一身的艺术典型,用切削的单一的静止的类型化的方法都创造不出阿 Q 这样典型。可以说,阿 Q 身上凝聚了现实的和历史的各种错综复杂关系中所映射出的光照。如阿 Q 典型的主导性格精神胜利法,既是从辛亥革命前后的不同阶级、阶层人物身上概括出来的,又是从历史上不同阶级、阶层人物身上提炼出来的。虽然阿 Q 生活在现代,但他的复杂的性格内涵却具有深广的历史内容,精神胜利法可以说是中华民族几千年在封建制度和思想统治下所形成的民族劣根性,是现实和历史的各阶级、各阶层人物身上的形形色色的精神胜利法的最集中的体现。祥林嫂这个成功的典型,虽然性格内涵没有阿 Q 典型那么复

① 《答北斗杂志社问》。

② 《我怎么做起小说来》。

杂,但她的悲剧性格也概括了几千年中国妇女的悲惨命运;她是鲁迅深刻观察现实社会最低层劳动妇女的地位和长期研究中国历史上妇女命运而创造出的不朽典型。

形似神似,把精神灵魂的透视与外部肖像的点染结合起来,是鲁迅创造典型的手法之二。

西欧现实主义美学理论强调描写的逼真,我国传统艺术美学侧重表现的传神;鲁迅在小说创作中吸取了二者的长处,把逼真与传神结合起来,使人物塑造能达到形似神似、形神兼备。鲁迅曾说:“正如传神的写意画,并不细画须眉,并不写上名字,不过寥寥几笔而神情毕肖,只要见过被画者的人,一看就知道这是谁”①。这种“画眼睛”的手法要求作者善于抓住最富有特征、最足表现人物精神面貌的细节加以点染,不须在无关或关系不大的枝节上费笔墨。正是他自己所解释的:“要极省俭地画出一个人的特点,最好是画他的眼睛。我以为这话是极对的。倘若画了全副的头发,即使细得逼真,也毫无意思。”②这是因为眼睛是人物心灵的镜子,人的内心世界的奥秘往往通过眼睛集中地反映出来。如对祥林嫂眼睛的几次描写,传神地反映出她悲剧性格深刻变化的历程和内心世界的累累创伤。当然不能简单地把“画眼睛”手法理解为就是对眼睛的刻画。从鲁迅小说的描写来看,主要集中笔力表现人物的内心世界,刻画人物突出的性格特征。鲁迅表现人物的心灵世界,既没有采取大段的分析人物心理,则按照某种逻辑程序演变的心理描写方式;又没有采取直接剖析人物心理复杂状态和火热激情的心理描写方式,也不多见那种抒情独白式的心理刻画,而常见的心理描写方法则是透过对人物行动或对话的极简朴的描写以显示人物的内心世界。如对祥林嫂、孔乙己、子君、涓生、闰土、吕纬甫等人物心灵世界的揭示和性格特征的刻画,主要通过传神的动作或对话的极简短的描写完成的,常常把精神面貌的刻画与外部肖像勾勒结合起来。刻画孔乙己的性格,只抓住他穿长衫站着喝酒的外部特征和他满口子乎者也等细节以及他的肖像变化,便揭示出他深受科举制度和儒家学说毒害的心灵和可悲可笑的性格特征。写闰土前后性格、精神的变化,只选用两个富有特征的细节,一是闰土称“我”为“老爷”一是闰土挑选香炉和烛台,既揭示出他性格前后的巨大变化又展示出他受封建等级观念和迷信习俗毒害的精神世界。写祥林嫂听到柳妈迷信说教后所引起的精

① 《五论文人相轻——明术》。

② 《我怎么做起小说来》。

神变化，主要抓住她到土地庙捐门槛前后的一系列动作的描绘，表现出她单纯、朴实而又有强烈求生欲望、不甘受命运支配的坚韧性格，也表现出她的愚昧及其受神权思想毒化之深。鲁迅长于以简短的动作和对话描写，传神地表现人物的独特的内心世界和突出的性格特征，似可看作是鲁迅对中国古典小说传统手法的继承和发展。虽然古代小说塑造人物性格多采取动作和对话描写，然而这些动作或对话往往突不破以情节离奇取胜而不是以人物为主的总的艺术框架，因之动作或对话的描写不都是富有典型意义的，往往带有浓厚的传奇色彩；而鲁迅的动作或对话描写完全服从于人物性格的塑造，毫无离奇之感，更没有游离于人物性格的多余之笔，他所描写的动作或对话是经过严格筛选和提炼的，更贴近于生活，更能显示人物性格及其内心世界。这是鲁迅对我国传统小说艺术的革新和发展。

情节结构的朴素平实

由于鲁迅创作的新小说大都是以写人为主的性格小说，因此它在情节结构、构思布局上呈现出崭新的艺术面貌。小说所蕴含的深广的思想内容，所刻画的丰富多彩的人物形象，都浓缩在简洁而凝练的艺术境界里，着重通过朴素的艺术构思和平实的情节结构胶合成一个个完美的艺术整体。“艺术上最大困难和最高境地，却是自然地朴素地描绘和写作。”①

鲁迅小说的构思布局像生活本身一样平实、朴素、自然，没有丝毫的矫揉造作，没有丝毫的匠艺气息，无论处理大的矛盾或是描写一个人物或是勾勒一个场景，总是简简单单，平平实实，朴朴素素，不故弄玄虚，也不有意追求离奇，无一不是常见的人，无一不是常见的事，竭力从平凡的普通的人生中提炼出不平凡的诗情画意。《孔乙己》展开的是一幅最平实的中国小市镇的风俗画，它如同作者在单调寂寞的小市镇谱写的素描，也好像作者在密林里顺手撷取的一枝一叶。总之，一切都是那样平凡，质朴，真切。它令读者惊佩的不是勾魂摄魄的曲折离奇的情节，而是作者在朴素的构思中能严格遵循生活本身的逻辑历历如绘地表现出那平凡的却又是真实的普通人的生活，使整个小说艺术画面蕴含着朴质的诗情画意。鲁迅喜欢从平凡的生活中进行审美选择，并不意味着他所提炼的题材没有社会意义。其实，他所处理的重大社会问题又总是从平凡的生活矛

① 《罗丹艺术论》第五章。

盾这一特定的审美角度加以提炼的，而这种审美选择的特点则决定了他小说构思布局的平实、朴素。鲁迅反对那种在构思布局上过于巧合，在一刹那间于一个人身上，会聚集了一大堆难堪的不幸；要求艺术的真实一定要建立在生活真实的基础上，情节布局一定要从生活出发，那种过分离奇的情节虽能取得哗众取宠的效果，但会损伤艺术的生命力。总观鲁迅小说的结构，都是经过精心安排的，每篇的结构形式不同，各异其趣，新颖别致；但却有着共同的艺术倾向，即既没有紧张警拔的开头又没有骇人听闻的结尾，既没有曲折离奇的故事插叙又没有错综复杂线索的铺设，既没惊心动魄的场面描写也没有突如其来的倒逆，一切都好像按照生活的本来面目剪裁的，又是根据人物塑造或主题思想表现的需要安排的，平平实实，朴素自然。当然情节结构的平实并非平淡无奇或平淡无味。“好奇以为文，非真奇也。至平至实之中，狂生小儒，皆有所不能道，是则天下之至奇也。”[①]鲁迅的小说大都达到了这样的艺术境界。对于一个作家来说，写一些激昂慷慨的词句，编造一些离奇曲折的情节，是比较容易的；若能在平实的情节布局或朴素的构思中蕴含深刻的思想内容或人生哲理，令读者深思，那并非容易的。别林斯基曾说：“一篇引起读者注意的中篇小说，内容越是平淡无奇，就越显示作者才能过人”；又说“现实诗歌中的朴素，是真正的诗歌，真正而又成熟的才能的最可靠的标志之一。”[②]可以毫无夸张地说，鲁迅的小说艺术在五四文学革命中真正达到了这样的美学境界。

悲剧色彩和喜剧色彩糅合为一体

鲁迅写的每篇悲剧小说，总带有强烈的喜剧性的兴奋，即将悲剧因素与喜剧因素熔为一炉。具体表现在人物塑造上，如阿 Q、孔乙已、吕纬甫、魏连殳等，既具有悲剧色彩又具有喜剧色彩，并将两者糅合为一体通过一个人物形象体现出来。这是鲁迅对中国古典讽刺艺术的继承和发展。曹雪芹笔下的刘姥姥、吴敬梓笔下的范进，都是悲剧与喜剧熔为一炉的艺术典型。虽然曹雪芹和吴敬梓怀着很大的同情写了人物的辛酸，给他们蒙上一层悲剧色彩；然而曹雪芹更多地写了刘姥姥攀高亲、打秋风、乐于为富贵人家凑趣帮闲的喜剧性格，吴敬梓更多地嘲讽了范进热衷功名的思想。所以这些人物的喜剧色彩更浓于悲剧色彩，笑更多于泪。鲁迅笔下的阿 Q、孔乙已等，不仅深刻地揭示了他们在那个时代

① 魏禧:《答施愚山侍读书》。

② 《别林斯基选集》第一卷，第 182、183 页。

的悲剧命运的必然性，而且对他们喜剧性格的嘲讽首先基于深深地同情他们，即“怒其不争”首先是因为“哀其不幸”。所以鲁迅刻画这些人物往往悲剧色彩比喜剧色彩更突出一些，眼泪比笑声更多一些。

由于鲁迅善于把悲剧色彩和喜剧色彩交融在一起，所以有些小说具有沉郁的幽默感和强烈的讽刺性。即使《祝福》这样的悲剧，在沉郁中也蕴含着讽刺的激情；而那些喜剧气氛较浓的小说所造成的幽默感也决不是轻松愉快的玩笑，而是掩盖在滑稽之下的沉郁和严肃，因为这种沉郁的幽默总是“倾于对社会的讽刺”①。《阿Q正传》似乎充满了幽默的笑，但是你越读心情越沉重越悲痛越愤怒，无论如何也笑不起来，以至读得热泪盈眶，悲愤已极。这是把悲与喜、笑与泪交织在一起而编成的带有喜剧色彩的人生大悲剧。鲁迅小说讽刺幽默的突出特点：一是把讽刺的武器对准封建统治阶级，把幽默的笔调伸向麻木愚昧的劳动人民。《风波》的讽刺带有强烈的政治性，通过临河场上演出的一场喜剧性的“风波”，既讽刺了辛亥革命并未动摇封建统治的基础，又无情地嘲讽了反动营垒的复辟行径，也针砭了群众的麻木、愚昧、保守。二是准确地抓住反面人物的性格特征，把道德的讽刺和政治讽刺结合起来，把戳穿假面与讽刺灵魂结合起来。鲁迅笔下的四铭和高老夫子这两个外表道貌岸然、灵魂极其丑恶的人物，小说针对他们“善于变化，毫无操持”的道德上的致命弱点，透过道德上的揭露达到政治讽刺的目的；即这些卫道者在北洋军阀政府的庇护下鼓吹复古，以适应封建军阀维护其政治统治之需要。三是对人民内部的讽刺一般不用令人发笑的喜剧手法，而是把含蓄深邃的讽刺与深情缱绻的抒情结合起来，形成了沉郁的“有情的讽刺”②色调。如对子君和涓生的讽刺极为严峻，透过他们的生活遭遇和悲剧命运，提出一个令人深思的人生课题，促使读者思考其悲剧根源，这就使严峻的讽刺中含有意蕴深邃、情意缱绻的特点。

鲁迅小说这种悲剧与喜剧熔为一炉所形成的独特幽默讽刺风格，不仅为中国小说艺术而且也为世界文学艺术增添了新的色彩。深晓中国文学的苏联文艺批评家华西里耶夫曾说：“鲁迅是反映中国大众的灵魂的作家，其幽默的风格，是使人流泪，故鲁迅不独为中国的作家，同时亦为世界的一员。”③

鲁迅曾说：“新的艺术，没有一种是无根无蒂，突然发生的，总承受着先前的

---

① 鲁迅：《从讽刺到幽默》。

② 《热风·题记》。

③ 《准风月谈·后记》。

遗产”[1];又说:“采取外国的良规,加以发挥,使我们的作品更丰满是一条路;择取中国的遗产,融合新机,使将来的作品别开生面也是一条路。”[2]鲁迅的小说是中国现代文学发轫期出现的第一批成熟的小说,开创了一条崭新的艺术道路。但它们是有根有蒂的。不仅是对中国传统的民族文学的继承和发展,是一种带有整体性的全面革新;而且从外国文艺思潮和文艺作品中汲取营养,作为创作新小说的借鉴。因此从这特定意义上说,鲁迅的小说是中国文学的优良传统与外国文学相融合的产物。

鲁迅小说“写得透彻、优雅、自然、逼真、有力,是地地道道的中国风格”[3],是得力于他精湛的传统民族文学的修养。鲁迅不论对中国的神话传说或是历代的小说或是经史野史或是民间文学,都进行过精心研究,获得了广博的知识、深切的感受和独特的见解,为他的小说创作提供了雄厚的思想资料和艺术资料。《狂人日记》、《阿Q正传》、《孔乙己》等小说,表现出来的敏锐的历史主义眼光和对现实生活的深广忧愤,无不与鲁迅丰厚的民族文化修养紧密相关。他广泛地择取古代文学艺术的各种优长,是为了创造无愧于时代的超越古人的崭新小说艺术;无论小说的立意、人物、手法等,都是在继承中国传统小说的前提下所作的新颖独到的创新。正如他所说:“此后如要创作,第一须观察,第二是要看别人的作品,但不可专看一个人的作品,以防被他束缚住,必须博采众家,取其所长,这才后来能够独立。”[4]作为小说家的鲁迅,适应五四时代的历史要求,创作的小说固然有域外文学营养的滋补,却也继承了《红楼梦》和《儒林外史》的现实主义传统。他曾说:“在中国,小说是向来不算文学的。在轻视的眼光下,自十八世纪末的《红楼梦》以后,实在也没有产生什么较伟大的作品。”[5]鲁迅的《中国小说史略》对《红楼梦》和《儒林外史》在小说发展史上的地位非常推崇,并正确地总结它们的现实主义艺术经验,《儒林外史》的讽刺艺术和《红楼梦》的如实描写人物的手法,《呐喊》与《彷徨》不但继承了更重要的是发展了。比如鲁迅小说的含蓄深刻,言简意远,也可以说与取法于《儒林外史》有关。许钦文曾回忆说:“他讲的虽然是《中国小说史略》;可是他在阐述古典作品中,随时提到小说的作法。其中对我帮助最大的是要注意描写,不要随便明白直说

① 《致魏猛克》。
② 《〈木刻纪程〉小引》。
③ 埃德加·斯诺《鲁迅——白话大师》。
④ 《致董永舒》。
⑤ 《〈草鞋脚〉(英译中国短篇小说集)小引》。

的原则"[1]。《风波》写赵七爷,鲁迅对他的极大憎恶之情没有"明白直说",行文中无一贬词,完全渗透于对他的读《三国志演义》的神气、严厉喝问剪去辫子的七斤的凶相、模仿张飞手握丈八蛇矛的架式、重盘辫子念书的丑态等如实的描写中,真是含蓄蕴藉,响彻弦外之音。对赵七爷在临河场上表演亮相的刻画,比《儒林外史》马二先生西湖之游的著名描写有过之而无不及。鲁迅小说惯用的白描与传神相结合的手法,也是对中国古代传统艺术的继承和发展。总之,鲁迅善于继承中国古有的民族文学传统对小说艺术进行全面革新,把中国的小说引上一条新的艺术道路。

鲁迅的小说作为五四新文学的一面旗帜,它不仅同我国传统的民族文学遗产有着一定的气脉相通的联系;而且更多地汲取和融汇了域外文学的有益营养,使我国小说艺术发展到一个新的历史阶段。鲁迅在回顾我国小说面貌在新文学运动中发生根本性变革时说:"一方面是由于社会的要求的,一方面则是受了西洋文学的影响。"[2]"摄取"域外文学的营养,开创中国小说的现代化局面,是鲁迅以豪迈的气魄所取得的光辉业绩。"我所取法的,大抵是外国作家"[3];开始写小说"大约所仰仗的全在先前看过的百来篇外国作品"[4]。正由于鲁迅对外国文学敢于"博采众家,取其所长",而又能摆脱生硬地照搬和机械地模仿,进行大胆而独立地创新,所以他奉献给中国文坛的第一篇白话小说,就为中国小说艺术现代化拓开了一个光辉的前景。

"鲁迅一生所吸收的世界文化的影响,也当然是很广泛的,综合多方面的。他对世界文化史的注意和兴趣是很广阔的,他的心胸对文化的见识决不狭窄;这是从他青年时代起就是如此。但所有这一切,通过鲁迅一生,都从一个基本的大的革命动机出发,只有一个中心思想决定着鲁迅的兴趣和态度,以及他所搜集的研究对象,就是:如何才能使被压迫的民族起来反抗压迫者,如何才能使衰弱的民族从灭亡里脱救出来,以及如何使落后的民族急起直追而走上世界的进步的人类大路。"[5]这是从总体上来论述外国文学对鲁迅的影响以及鲁迅吸取外国文学的指导思想。五四时期鲁迅正是适应大时代的需要,为创造启蒙主义的"为人生"的文学,广泛地也是有选择地吸取外国文学特别是俄国文学的营

---

① 《跟鲁迅先生学写小说》。
② 《〈草鞋脚〉(英译中国短篇小说集)小引》。
③ 《致董永舒》。
④ 《我怎么作起小说来》。
⑤ 冯雪峰:《鲁迅创作的独立特色和他受俄国文学的影响》。

养，以创造“为人生”的现实主义小说。他认为“俄国文学，从尼古拉斯二世时候以来，就是‘为人生’的，无论它的主意是在探究，或在解决，或者堕入神秘，沦于颓唐，而其主流还是一个：为人生”①；又说：“后来我看到一些外国的小说，尤其是俄国、波兰和巴尔干诸小国的，才明白了世界上也有这许多和我们的劳苦大众同一命运的人，而有些作家正在为此而呼号，而战斗。而历来所见的农村之类的景况，也更加分明地再现于我的眼前。偶然得到一个可写文章的机会，我便将所谓上流社会的堕落和下层社会的不幸，陆续用短篇小说的形式发表出来了。”②这清楚地说明了鲁迅那些描写下层社会的不幸，揭露上层社会堕落的“为人生”的现实主义小说，是受到俄国、波兰和巴尔干诸国的现实主义文学的深刻影响而创造出来的；当然鲁迅创作小说并不是照搬和模仿这些被压迫民族的现实主义文学，而是从五四时代精神出发，扎根于中国农村的土壤，得力于深厚的民族文学修养，以小说艺术为前驱们呐喊助威，这就使鲁迅的“为人生”的现实主义小说具有了新特色。对鲁迅小说产生直接的重要影响的是果戈理，不仅他的《狂人日记》影响了鲁迅的《狂人日记》，而且他的现实主义创作经验，资助鲁迅把中国旧小说的以情节取胜、以写男女性爱为偏向，扭转到以写人为主、以写社会真相为主体的轨道上来。周作人曾说：鲁迅“最受影响的却是果戈理，《死魂灵》还居第二位，第一重要的还是短篇小说，《狂人日记》，《两个伊凡尼支打架》，以及喜剧《巡按》等”③。此外，陀思妥耶夫斯基、契诃夫、安特莱夫、迦尔洵等人的小说，都对鲁迅的小说发生过较深影响。鲁迅小说的变化多姿、新鲜活泼的艺术格局，固然体现了鲁迅的独创精神，但从艺术锤炼的角度看，他也得力于外国短篇小说的结构艺术和剪裁技巧。鲁迅汲取域外文学的营养，能够博采众长，融会贯通，以意用法，既不落窠臼，又没有雕琢痕迹，以革新的彩笔勾勒出我们现代小说的新貌，实在值得敬佩和赞美。

鲁迅的小说是中华民族在蓬勃的五四时代开始觉醒所焕发出的高超艺术创造力的光辉体现，也是中华民族有意识地摄取域外文学的营养与传统文学相融合而创造新的民族文学的拿来主义精神的光辉体现；鲁迅的小说既是中国古典小说“融合新机”的结果，又是中国现代小说走向“别开生面”新路的开端；鲁迅小说的成就既表明中华民族有能力有魄力改造旧文学以创造具有现代特色

---

① 《〈竖琴〉前记》。

② 《英译本〈短篇小说选集〉自序》。

③ 周启明：《鲁迅的青年时代》。

的新文学，又表明中华民族具有开放的眼光在与世界文学的广泛联系中创造出自立于世界文学之林的民族文学。因此鲁迅的小说不仅在中国文学史上具有独特的崇高的历史地位，而且在世界文学史上也具有重要而深远的意义。

第五节 “为人生”的“问题小说”

作为小说界革故更新的最初成果，是“为人生”的“问题小说”的兴旺昌盛。就广义而论，鲁迅写的启蒙主义的“为人生”小说，代表着“问题小说”的最高成就。开始鲁迅在《新青年》上连续发表几篇颇有影响的“为人生”的启蒙小说，的确起了带头作用；随之，《晨报》第七版上的冰心，《每周评论》上的胡适，《新潮》上的叶绍钧、罗家伦、汪敬熙、杨振声，《星期评论》上的沈玄庐，以及稍后出现的文学研究会的其他一些作家如王统照、庐隐、许地山等，都写过“为人生”的“问题小说”，于是形成一个创作“问题小说”的热潮。如果不从严格意义上来界定的话，那么把“为人生”的“问题小说”看成一个文学流派也未尝不可。虽然致力于“问题小说”创作的作者，阶级立场、政治倾向、审美追求等不尽相同，但是从总体上来考察便可发现，他们共处于五四前后这个特定历史时期，不论其思想倾向或者创作方法、审美趣味，以及小说的题材范围、艺术风貌，基本上表现出大体的一致性或相似性，故称其为中国新文学黎明期的最早的小说艺术流派也不无根据。

作为一种突出的文学现象，“为人生”的“问题小说”的兴盛有着深刻的社会背景和多方面的原因。首先同五四前后社会上广泛流行的“为人生”思潮联系在一起。轰轰烈烈的五四运动开辟了中国革命的新阶段，以民主与科学为旗帜的思想解放运动唤起了一代人的觉醒，关心国家命运，探索民族前途，思考人生问题追求人生价值，研究各种各样的社会问题，成了觉醒知识分子的普遍风尚。“历史上最占势力的人生学说，多半不是人生解释人生，总是拿‘非人生’破坏人生”；但在新思潮的启迪下当时已初步觉醒的知识分子，不仅敢于睁开眼睛察看严酷的社会现实，而且能以“为公众的福利自由发展个人”的人生观念来解释人生诸问题，这不只是五四思想潮流的“趋势”，也是研究人生问题的“道路”①。五四前后的思想界相当活跃，虽然是百家争鸣、各抒己见，但大都环绕着

① 傅斯年：《人生问题发端》。

启蒙主义的“人生问题”。从一九一九年下半年到一九二〇年上半年各地出版新文化刊物大约有四百多种，从一九二一年纯文艺团体出现后到一九二五年也创办了不下百种文艺刊物，这些刊物尽管宣传的社会学说、文学主张的倾向不完全相同，然而“人生问题”却是它们关注的中心。特别五四运动高潮过去以后，大部分被新思潮唤醒的知识分子陷入苦恼烦闷之中，怀着一种失落感、孤独感和悲痛感仍在探索人生问题，可以说这是弥漫全国文坛的一阵时代风气。正是在这样的背景上，“为人生”的“问题小说”便应运而生并逐渐兴盛起来。他们希冀“从文学上起首，提倡一点人道主义思想”①，放出人道主义精神，鼓吹一日千里猛进的“新思想”②，凭借思想启蒙运动把“人”从几千里的封建制度和思想统治下解放出来，以期“改良社会”，并探索人生新路。《星期日》周刊表述得最清楚：人人应该自觉的是什么？人生的究竟，世界的究竟；人人应该摆脱的是什么？现世界里一切束缚的、阶级的、掠夺的、残酷的无形制度，无形学说、风俗、习惯等等，自己旧生活里的一切不自由、不平等、不道德、不经济的种种日常生活、精神生活。所以我们要“从这黑暗世界里，促起人人的觉悟，解脱了眼前的一切束缚，根据着人生的究竟，创作人类公同享受的最幸福的世界”③。“为人生”的“问题小说”的兴盛，既是适应了这一思想启蒙运动的需要，又是这一思想启蒙运动的一种结果。一个觉醒的时代总是会把传统的一切放在理性的审判台前，重新加以检验和审查；中国传统小说正是在五四这个觉醒时代经过思想启蒙所获得的新理论成果的审判而加以扬弃，并在新的现实和思想土壤里培育出“为人生”的“问题小说”。其次，“为人生”的“问题小说”的兴盛也与新文学工作者的自觉倡导分不开。外因总是通过内因才能起作用。为了适应五四时代和思想启蒙运动的客观要求，新文学阵营公开提倡为人生的“问题小说”。不仅胡适提倡过“问题剧”，号召新文学作者描写“社会种种问题”，而且周作人多次提出新文学就是人的文学、平民的文学、“为人生”的文学，并强调“问题小说，是近代平民文学的出产物”④。特别文学研究会的初期更是大张旗鼓地提倡“为人生”的文学，当然也包括“为人生”的“问题小说”在内，这就更助长了创作“问题小说”的声势，并从理论主张上给“问题小说”的作者以指导。一九二一

① 周作人：《人的文学》。

② 沈雁冰：《小说新潮栏宣言》。

③ 《本报的过去和将来》，载《星期日》第26期。

④ 《中国小说里的男女问题》。

年《民国日报》副刊《觉醒》上登载了沈雁冰、刘大白、李达、陈望道四人编写的《文学小辞典》，其中有"问题小说"的条目，并从理念上明确地回答了什么是问题小说。这种有意识地提倡"为人生"的"问题小说"，无疑推动了"问题小说"的兴起和发展。再次，从五四文学革命起，先驱们就十分重视借鉴外国文学特别是俄国、东欧和北欧的文学，以创造中国新文学；他们在吸取域外文学营养中受到了能够提出种种问题的欧洲"为人生"文学的影响，其中影响最大的是俄罗斯文学和挪威易卜生的作品。高尔基称俄罗斯文学是"提出问题的文学"，可以说"没有一个问题是它所不曾提出和不曾企图去解答的"[①]；《新青年》出专号介绍过易卜生的"问题剧"，"文学中讨论到社会上种种问题，实是易卜生开始"[②]。这些"问题文学"的翻译和介绍，对"为人生"的"问题小说"的兴盛至少能起到借鉴作用。总之，"为人生""问题小说"的繁盛，原因是多方面的，以上只是择其要者而略述之。

统观五四前后出现的"为人生"的"问题小说"，大都是时代的产物，是人生的镜子，是思想启蒙的成果，是小说艺术革新的先锋。概括之，有这样一些共同性的特征：一是顾名思义，"为人生"的"问题小说"是人生的反映，并提出了很多人生问题，不过这些被触及到的社会人生问题往往是"只问病源，不开药方"，即使有的小说开了药方也不是治本的高明药方，甚至还有错误药方。这些小说的可贵之处不在于它们开没开药方，而在于它们真实地提出了为人们所关心的人生或社会问题，以引起疗救的注意。它们是平民文学的产物，与传统的"教训小说"或"载道小说"是有着质的差异性。周作人对两者的区别作了这样解释："凡标榜一种教训，借小说来宣传他，教人遵行的，是教训小说。提出一种问题，借小说来研究他，求人解决的，是问题小说。问题小说有时也说出解决的方法，但与教训小说截然不同。教训小说所宣传的，必是已经成立的过去的道德。问题小说所提倡的，必是尚未成立、却不可不有的将来的道德。一是重新旧说，一是特创新例，大不相同。"[③]这主要是从小说的思想内容把"问题小说"和"教训小说"作了比较，虽然不够全面，有些表述不甚明确，但却点清了"问题小说"的灵魂所在，要害所在。二是"问题小说"由于和广大民众的人生联系在一起，同敏感的经过五四运动洗礼的知识分子的一生联系在一起，所以它们所涉及的题

① 《俄罗斯文学·序言》。
② 沈雁冰：《近代文学体系的研究》。
③ 《中国小说里的男女问题》。

材范围极为广泛，从不同的侧面或各个角度接触到社会的重大问题或人生的重要课题，透露出五四前后的特有的时代气息。其中触及最多的问题，即劳动者的命运问题、妇女解放问题、男女青年的婚姻恋爱问题、人生的目的和道路问题、知识分子的忧郁症问题、教育问题、劳工问题、儿童问题、军阀混战造成的战祸，等等问题，不一而足。若从中国小说发展来看，哪个时代的小说也没有像"为人生"的"问题小说"这样关心广大的民众人生问题；而且在反映这些人生问题时，大多数作者是站在民主主义立场上，表现了诚挚的人道主义情感。三是"问题小说"与传统小说相比，不论艺术格局、创作方法、表现手法、组织结构等，都呈现出革新的面貌；特别是创作方法与当时泛涌着的多元的域外文艺思潮一样，虽然主导倾向是现实主义的，但具体到每个作家或每篇小说却显得异常复杂，只可以说有的倾向于现实主义，有的倾向浪漫主义，有的是现实主义与象征主义的融合，有的是现实主义与浪漫主义的结合，有的开始倾向浪漫主义后来则倾向现实主义，有的开始倾向现实主义后来则倾向浪漫主义。

"新潮"社的"为人生"的"问题小说"

新潮社成立于一九一八年冬，它以一九一九年一月创刊的《新潮》为阵地，培养出"为人生的文学的一群"，紧跟《狂人日记》发表之后便创作出一批"为人生"的"问题小说"，显示了最初阶段"问题小说"的一些特色。尽管"技术是幼稚的，往往留存着旧小说上的写法和情调；而且平铺直叙，一泻无余；或者过于巧合，在一刹时中，在一个人上，会集聚了一切难堪的不幸。然而又有一种共同前进的趋向，是这时的作者们，没有一个以为小说是脱俗的文学，除了为艺术之外，一无所为的。他们每作一篇，都是'有所为'而发，是在用改革社会的器械，——虽然也没有设定总极的目标。"①这个评述，在艺术上对新潮社作者的小说并没作什么肯定，只是说它们刚刚从旧小说脱胎出来并留有明显的旧痕；鲁迅所肯定的主要是它们在内容上与"脱俗的文学"划清了界限，具有明确的功利目的。尽管新潮社的问题小说在艺术上有些作品比较粗糙、幼稚；然而它们却自然、清新、健康，没有矫揉造作之感，并且有的小说在艺术上也取得了可喜的成就，当时鲁迅也曾高兴地指出过，认为小说创作"很有点希望"。

在《新潮》上发表小说的重要作者有汪敬熙、罗家伦、杨振声、叶绍钧、俞平

① 《中国新文学大系·小说二集导言》。

伯等。他们的小说虽然在思想和艺术上的成就难以同鲁迅相比，但是他们却是为我国现代小说开路的人，从总的创作倾向来看与鲁迅的小说保持着一致性，大都体现出现实主义精神，以比较客观的态度去描写现实，表现人生，批评人生，自觉地把小说当成思想启蒙的工具和改革社会的器械；不过它们没有成为某种思想或观念的传声筒，还是尊重小说艺术规律的，总是把笔力集中在对人物的刻画上，特别重视心理描写，以展示人物的心理活动或某种具有时代色彩和独特生活感受的思想情绪，小说语言也比较清新、自然、朴实。整个小说洋溢着一种平民主义或人道主义精神，显示着一种新的艺术姿色。实际上，这是"为人生""问题小说"的最初形态，是开风气之作。由于各个作者的思想水平、生活阅历、审美感受和艺术趣味以及文学修养、个人气质等不尽相同，因而反映在小说的思想上或艺术上初步显示出不同的个性。汪敬熙(1897—1968)在《新潮》一卷一号和二号上连续发表四篇小说，其中《雪夜》和《一个勤学的学生》是两篇值得称道的好小说。作者曾说："我写这些篇小说的时候，是力求着去忠实的描写我所见的几种人生经验。我只求描写的忠实，不搀入丝毫批评的态度。虽然一个人叙述一件事实之时，他的描写是免不了受他的人生观的影响，但我总是在可能的范围之内，竭力保持一种客观的态度。"[①]"忠实的描写"表现出他对人生的严肃的现实主义态度；"不搀入丝毫批评的态度"这是不符合实际的，其实他的"为人生"小说不论对人物的刻画或情节的提炼都表现出鲜明的审美倾向性，是表现人生、批评人生、指导人生的启蒙作品，不是纯客观的生活实录。且不说《雪夜》以人道主义的同情笔调真实地描写了贫苦家庭的灾难，从而提出了一个普遍关心的穷苦人们悲惨命运的问题；就以《一个勤学的学生》这篇力作来说，作者并非"客观"地对待人生，他是以嘲讽的态度和辛辣的笔调来刻画"一个勤学的学生"丁怡的热心仕途、一心想当北洋军阀政府"文官"的丑恶灵魂。这篇小说的深刻意义，不仅表现在它触及到知识分子的道路问题、教育改革问题，而且也表现在它揭露了挂着中华民国招牌的北洋军阀政府实际上推行着封建科举考试制度，这说明五四反封建必须与反对北洋军阀政权结合起来。丁怡虽然是个五四时期的大学生，但是他的思想与五四时代精神格格不入，仍然迷恋清末孔乙已的"学而优则仕"的人生道路，所以他的人生悲喜剧比孔乙已更惨更可耻。作者以行动描写、肖像勾勒、心理剖析等多种手法刻画了丁怡的神态

① 《〈雪夜〉序》。

风貌和内心世界，着重突现了他的热衷于仕途、疯狂追求功名的思想性格。小说不仅有传神的肖像描写，表现出他看到自己考中乙等第十一名如同范进中举一样如痴如狂的大喜大笑，几乎手舞足蹈起来；更重要的有绝妙的心理描写，尤为精彩的是对他考中后的梦境勾勒，透过潜意识活动深一层地开掘出这个二十年代初的大学生的升官发财、纳妾媚上的肮脏灵魂，真是入木三分。这是一幅具有新的时代色彩的知识分子升官图，讽刺之辛辣，揭露之深刻，颇有《儒林外史》的遗风。罗家伦(1897—1969)新潮社的骨干，他是在“文学是人生的表现和批评”的明确思想指导下从事小说创作的，发表在《新潮》一卷三号上的《是爱情还是苦痛》是篇典型的问题小说。它通过男主人公对自己的爱情婚姻悲剧的切身感受和体验，提出了五四时期知识青年普遍关心的爱情婚姻问题。小说是以第一人称写的，“我”既是小说的中心线索又是作品的主人公，侧重透过“我”(程叔平)的独特感受来写知识分子的爱情婚姻不幸和感慨。“我”在上海某大学读书，有“爱情自由”的追求，不久同素瑛女士发生了爱情；但因“我”屈从于父母之命，不得不同钱家姑娘结了婚，酿成了有情人不能成眷属、无情人却成婚配的人生悲剧。虽然“我”的婚后生活极其痛苦，却没有勇气向封建礼教挑战，只得以“人道主义”来调和，直到最后才发出了“我一生的幸福，前半是把家庭送掉的，后半是把‘人道主义’送掉的”哀叹。通过对这个软弱的知识分子爱情悲剧的刻画，其独特的思想价值不只是表现在对封建婚姻制度的控诉上，主要表现在它对当时风行的人道主义思想的局限性作了一定揭露，说明光靠人道主义并不能从根本上解决人生悲剧；当然作者对待人生问题的批评并没有出离人道主义范围，小说有这样的描写：“我近来主张人类相处，必有一点人类的乐趣；现在一点乐趣没有的家庭，岂不是活地狱吗?”似可看作是作者对人生的批评，尽管是肤浅的，却也符合思想启蒙运动的精神，适合“许多知识青年们的公意”①。这篇小说是罗家伦当时认为的“从最好的思想里写下来的，有想象、有感情、有体裁、有合乎艺术组织”②的“为人生”小说的尝试之作，也是新潮社“问题小说”的代表作。杨振声(1890—1956)在《新潮》上曾发表《渔家》、《贞女》、《磨面的老王》等短篇小说，五四高潮以后还陆续写过《一个兵的家》、《阿兰的母亲》、《抛锚》、《玉君》等。其中写于五四高潮期的《渔家》是他的名作。如果说汪敬熙、罗家伦小说的思想意义着重体现在对青年知识分子人生的真实描写上，那

① 《中国新文学大系·小说二集导言》。
② 《什么是文学》。

么杨振声小说的思想价值主要表现在对下层被剥削被摧残的贫苦人生的如实刻画上。由于他少年时代在家乡蓬莱度过的,对农村现实的黑暗和劳苦人民的悲惨感受得深,所以《渔家》、《贞女》和《磨面的老王》,从不同的角度表现了劳苦人民的悲剧,对旧社会的恶势力和吃人教礼具有强烈的控诉力量,提出了下层人民的命运问题。《渔家》以深切的人道主义同情感,真实地描写了渔民王茂一家的悲惨遭遇,对穷人连口饭也吃不上、财主拿馍馍喂狗以及水上警察敲诈勒索的黑暗现实作了深刻揭露,小说不仅把批判矛头对准地主老财也指向了反动暴力,这就触及到贫苦渔民悲剧的社会根源。这篇小说提出的社会问题带有普遍意义,特别在艺术表现上它注重从社会贫富对立上写渔民的悲苦,又重视以自然界几天风雨来烘托渔民面前不可抗拒的灾难,增强了小说的真实感和悲剧气氛。俞平伯在《新潮》上发表了《花匠》、《炉景》、《狗的褒章》等短篇小说,其中《花匠》是篇有特色的作品。这篇小说从美学倾向看,既是写实的又带象征意味。从写实角度分析,《花匠》刻画一位四十上下的花匠,为供"阔人"玩赏,以便赚几个钱吃饭,不惜破坏了花枝的"可爱的天真, 自然的美",发出了"黄的白的钱是世界上顶好的东西"的愤慨,流露出对阔人的"钱"主宰的世界的不满;从象征的角度分析,小说以富有天真、自然美的花枝被摧残,象征人的个性遭压抑得不到自由发展的悲剧,表现了作者的人世间都"应该屏绝矫揉造作,任其自然"的人生理想。

在新潮社的"为人生""问题小说"的作者群里,叶绍钧的小说更值得重视。在五四高潮期,他在《新潮》上发表了《这也是一个人!》[①]、《春游》、《不快之感》、《伊和他》等短篇,于其他报刊如《妇女杂志》、《小说月报》等发表过《秋之夜》、《"你的见解错了!"》、《欢迎》、《低能儿》、《一个朋友》等小说,这都是他初期的"为人生"的"问题小说"。这些小说同他五四文学革命以前写的文言小说相比,虽然在思想系脉上有相通之处,但是从全貌来看却已发生新的变化,不只是全用白话写的,而是从思想到艺术都呈现着崭新的姿态。这不是戴着旧小说的镣铐写的半解放式作品,乃是摆脱各种枷锁在思想解放、创作自由的时代条件写出的全新小说。尽管在艺术上并不十分完美成熟,但却是开"创作的风气"[②]之作。他回忆当时的创作情形说:"那时写东西总感到很容易,没有什么条件框框。我不相信'小说作法'或所谓指导思想一类的东西。一个作家,绝不

---

① 收集改为《人生》。

② 顾颉刚:《〈隔膜〉序》。

会是先有了理论而后才有小说，而是作家在生活中观察、体验，发现了其中的这种意义，那种意义，逼着他非动笔不可。那时候，有些人物，有些故事，来到我的脑子里，大体上一结构，我就一两天可以写出一篇小说。”①

叶绍钧的“为人生”的“问题小说”，最为可取的是，他并不只表现自己，更多的是关注社会下层人们的人生，特别是贫苦妇女的解放问题。如果说有的作者以人道主义思想为本，表现人生、批评人生尚带有一定的抽象笼统色彩，那么叶绍钧的人道主义却是体现在对普通人民的不幸人生的具体描绘上；似乎他的人道主义既不是以“个人”为本位也不是以“上层”为本位，而是以“下层”为本位，故他的人道主义精神具体表现为对城乡劳动人民和下层知识分子的悲苦生活的深切同情和透彻理解上，并且把造成下层社会人生不幸的社会根源或思想根源揭露出来，以引起疗救的注意，同《新潮》杂志上的其他小说比较起来，其忧愤更广一些，对旧社会的揭露更深一些。《一生》中的“伊”的一生，是苦难的一生，是悲剧的一生。她是贫苦农民的孩子，幼小时“简直是很简单的一个动物”，根本就没有受教育的机会，麻木，愚昧，无知，从未意识到“人”的权利和人的价值。这不只是因她的家里穷造成的，主要是整个旧制度统治和封建思想奴化的结果；这不是她个人的不幸而是整个贫苦农民孩子不幸的缩影。她长到十五岁，遵照父母之命出嫁；她婆家并不把她当成“人”，或视她为生孩子、传宗接代的工具，或视她为“抵半条耕牛”使用的牲畜，孩子死了婆婆怨恨公公诅咒，丈夫是个赌棍连她出嫁的大袄也当掉。就是这样一个完全失去了个人价值的奴隶，还遭到她婆婆和丈夫的毒打，她实在忍受不了，私跑城里当佣妇，这种挣扎的本身说明她并不甘心当一个任人宰割的奴隶，但这决不是争取做人的权利的觉醒，其实她逃出来佣工并没有改变奴隶地位；最后还是被夫家索回又当一条耕牛卖掉，“把伊的身价充伊丈夫的殓费”。“伊”的一生悲剧，乍看起来似乎是她亲生父母和婆婆公公造成的，实际上“伊”的悲剧是那个吃人的旧社会和旧礼教造成的。这样就把批判的矛头指向封建制度和封建礼教，使小说具有强烈的反封建的思想启蒙作用。旧社会的广大农民的物质生活和精神生活苦到了极点，被压在社会最底层的农村劳动妇女的命运更苦更惨。如果说《一生》刻画的劳动妇女当丈夫死后成了寡妇只是被当作牲畜出卖了，那么《欢迎》所写的“清节堂”却是一个终身囚禁失去丈夫的寡妇的活地狱，从而深刻地揭露了封建节烈

① 吕剑：《在叶圣陶家里》。

观念及其“清节堂”这种恶风劣俗的吃人本质，对那种虚伪的陈腐的惨无人道的旧礼教予以辛辣的嘲讽。在中国现代文学的发轫期，通过小说艺术来表现下层劳动妇女的悲剧命运，并且以严肃的态度提出妇女解放的人生课题，叶绍钧也许是最早的作者之一；这也是适应反封建的启蒙思想运动出现得较早较坚实的“为人生”的“问题小说”。《低能儿》通过对主人公阿菊的刻画，是从另一侧面表现出作者对劳动人民子女的关心，与《人生》中表现出的对劳苦妇女的关心属于同一性质，都说明作者的人道主义同情心主要倾向下层人民，这是难能可贵的；所不同的是，《人生》的人道主义同情渗透在对劳动妇女悲剧命运的真实描写上，作为代言人把她们的悲惨遭遇公诸于世，以达到反封建的思想启蒙目的，《低能儿》的人道主义同情则表现在对劳动人民子女的积极关怀上，不只是写出阿菊生下来就没有幸福的境遇，更重要的是让这个低能儿在学校受到女教师的爱抚，尝到了爱的温暖。虽然作者为解决阿菊人生中遇到的问题所开的药方不是治本之方，但是这种来自女教师的爱的温暖对一个从来没跨进学校大门的贫苦子女的发蒙不无积极作用。总之，妇女问题和儿童问题是叶绍钧“为人生”小说最早的关注的课题。虽然在小说艺术上作了全面革新，对人物形象的刻画已置于小说布局的中心地位，注意人物的个性描写，能够从日常平凡的素材中提炼富有典型的潜在意义的题材，语言的运用也具有朴实无华的特点；但是这些小说毕竟是尝试之作，刻画人物还不能熟练自如地调动多种艺术手段，也不善于在强烈的冲突中揭示性格，往往重于人物内心感受的描写，如《低能儿》是从主人公阿菊的内心感受这个角度来写的，《伊和他》是从母亲内心感受这个角度来写的，如何通过言语、行动来写人物尚未放在突出位置；特别有的小说构思不够精巧，时代背景不够鲜明。小说的不足之点往往同大胆尝试和敢于创新联系在一起，任何一个步入五四小说新园地的作者大都经历一个由不成熟到成熟的过程，叶绍钧也不例外。

冰心的“为人生”的“问题小说”

十九岁的冰心在五四大潮的推拥下刚步上文坛，就显示了非凡的艺术才华，成为一个惹人注目的女作家。她是在《晨报》第七版上崭露头角的写“问题小说”的高手，不论小说的量或质在当时小说界都是较为突出的。据统计《晨报》从一九一九年二月到一九二〇年十二月发表的九十六篇新小说中就有冰心的十八篇。可见，她的小说在中国现代小说诞生期具有何等令人瞩目的地位，难怪《晨报》创刊周年纪念把她的名字、作品同胡适、鲁迅、周作人及其作品列在一起了。可是在解放后的某个时期对冰心早期写的“为人生”的“问题小说”，并没有给予应有的历史地位，甚至有些贬斥或指责。这种指责既不符合冰心早期作品的内容实质，又不符合无产阶级和人民大众对新文学的要求。无产阶级肩负着解放全人类的伟大使命，她在文艺上并没有狭隘的阶级偏见，要求题材多样化。凡是有利于人成为真正的人，有利于人从压迫和奴役所造成的科学文化的愚昧状态下解放出来，有利于人从旧传统旧习惯里挣脱出来，有利于人的审美意识全面发展的一切题材，无产阶级和人民大众都是欢迎的。描写火热革命斗争，鼓舞人们向光辉未来奋勇前进的题材，固然重要；而那些描写社会上各个阶级、各种人物的动态和心理，有助于人们认识世界的多样性和生活的复杂性的作品，也是不可缺少；即令写一首抒情短曲或写一篇“爱”的小说，只要能使人们在鉴赏中得到美的怡悦，也符合无产阶级和人民大众的审美需要。如果我们能从这样意义上评述冰心早期的“问题小说”的思想意义和艺术价值，也许会作出比较切近实际的判断。

五四时期波澜壮阔的思想解放运动和反帝反封建的爱国运动，焕发了冰心的民族民主意识的觉醒，开启了她的文学才华的闸门。她写的“问题小说”在某些范围内，以新的语言、新的结构，表现了新的人物和新的主题。既在一定程度上显示了五四文学革命的实绩；又强软不同地体现了反帝反封建的时代精神，并且能从探索人生道路出发，触及到现实中一些重要的社会问题。

其一，家庭、婚姻、爱情是一个问题的三个方面，它们同一个人的生活、命运、前途等息息相关，也同一个社会的法律制度、道德规范、思想意识联系在一起。因之，时代的变化和社会的更替，往往非常敏感地从它们身上反映出来。冰心写的“问题小说”常常通过描写家庭、婚姻、爱情诸方面的题材，来反映时代风云的变幻和社会发展的动向，来表现反帝反封建的政治倾向和民主主义的思想要求。《两个家庭》描写了五四时代两种不同类型的婚姻家庭。通过它们之间的相互对照，形象地回答了“家庭的幸福和苦痛，与男子建设事业的影响”问题。陈家是个痛苦的家庭，他的悲剧固然与黑暗腐败的社会制度有关，但是作者所着重揭示的却是深刻的家庭原因：陈在社会上得不到支持，感不到温暖，心想有个幸福的家庭，有个能体贴他的妻子，使之在家庭得到精神上的慰安；然而他与“宦家小姐”组成的小家庭，如同封建社会的大家庭一样的冷酷、腐败。他每每带着苦闷失意的心情回到家，得到的不是妻子的温暖和孩子的亲昵，而是太太的吵闹和孩子的哭叫,使他“百倍的不痛快”。社会和家庭这两把无形的铁钳,将他脆弱的灵魂挤扁,使其走上“好闲纵酒”的道路。与陈家相对照,三哥家是五四时期知识分子的幸福的理想家庭,它在一定程度上表现了作者对家庭及儿童家庭教育的先进思想。三哥和亚倩是一对情投意合的伴侣。三哥是留英学生,深受西方资产阶级民主思想的熏陶,虽有为祖国建设事业献身的志向,但因“时势”的关系,致使“素志不偿”,流露出对腐败当局不满的情绪。他之所以未走上陈华民的“自暴自弃”的道路,除主观原因外,一个重要的客观因素,在于有个美满幸福的家庭。亚倩是这个家庭的主妇,她受过高等教育,性格“和蔼静穆”,开朗活泼,精明强干,任劳任怨,是三哥家庭的坚强内助;并与三哥有着同样的事业心,是他事业上的得力助手,即使“礼拜”两人也忙于翻译,“红袖添香对译书”正是他们志同道合的恩爱生活的生动写照。亚倩不仅是三哥的理想爱人,同时也是位教育有方的新型母亲。她对孩子的教育完全废除了封建家庭那一套,既不读“圣贤书”又不施“体罚”,而是从教育方式到教育内容作了改革,能够根据儿童的心理特点和智力条件,进行循循善诱的教育,以促进孩子智力的发展和美德的增长。由她和三哥建立的家庭是带有中国民族特点的洋溢着西方文明气氛的新家庭,它对封建宗法式的家庭制度和陈太太那种“家庭”都是有力的讥讽,对支持知识界的“男子建设事业能力”的发挥尚有一定的积极作用。婚姻家庭的性质,不仅直接影响到“男子建设事业能力”的发挥,而且也关系着立志为社会服务的女子的宏愿的实现。《秋风秋雨愁杀人》的主题触及到这个问题。小说描写了英云、淑平、冰心三个受到民主思潮激荡的知识女性,她们是同窗学友,均有学好本领为社会服务的抱负和理想,但三人的命运却是不同的。作者侧重以英云的悲剧命运,指斥了封建婚姻对女知青社会理想的扼杀,具有鲜明的反封建倾向。英云在同学中,不论是道德或学问皆是“绝特的青年”,“性情更是十分的清高活泼,志向也极其远大”,愿为“将来”的社会服务;但是残酷的封建婚姻制度断送了她的“理想”,官僚旧家庭葬送了她的才华。小说透过英云的悲剧,不仅对小资产阶级知识分子的软弱性有所针砭,更主要的是鞭挞了封建婚姻制度和旧家庭对青年女性的“理想”和“才华”的有形或无形的扼杀,从如何解放知识女性实现其为社会服务宏愿的角度,提出了反封建的迫切性和重要性。

其二,家庭的幸福和痛苦,对于一个有志于祖国建设的知识分子,能否充分发挥自己的聪明才智,固然能起一定的作用;但是起决定作用的是祖国的社会制度和政权性质。《去国》直接揭示了具有爱国壮怀的留学生同腐败无能的军阀政府之间的矛盾,表现了更富有时代意义的主题。英士是个留美七年的“学习土木工程”的爱国知识青年,他带着“全班第一”的毕业成绩回到祖国,一心想把自己的才能献给“少年的中国”;然而他没有料到梦中的“民国”已蜕变为封建军阀政府。他好歹得力于父亲的“后门”关系在政府“补了技正”,但他的“真才实学”却丝毫没有得到施展,只落得整天“守株”的下场。黑暗腐败的社会现实同他的爱国壮志发生了尖锐矛盾,使其喊出“我何不幸是一个中国少年,又何不幸生在今日的中国”的愤激之辞。因而,他不愿“随波逐流,卷入这恶社会的旋涡里头”,更不愿把自己的“壮志雄心,消灭殆尽”,毅然决定暂去美国,完成他毕业时“发明了一件机器”的“初志”。在他看来,不是“我英士弃绝了”祖国,而是祖国“弃绝了我英士”;尽管如此,他对祖国的前途并未丧失信心,仍抱有希望,期待再回国时的“那个中国,不是我现在所遇见的这个中国”。英士“去国”的道路在当时同那些为拯救祖国的命运而勇敢探索革命道路的猛士相比,不是一条积极的途径;但同那些与罪恶社会同流合污或是消磨意志或是悲观颓唐的知识青年相比,他选择的道路也是不可厚非的。这篇小说的思想意义,主要不是表现在作者为矛盾的解决开的是什么“药方”,而是体现在对腐败军阀政府的深刻揭露上:由于南北方连年的内战,“金钱都用在硝烟弹雨里”,使“国库空虚如洗”,那有款项办“铁路的事业”,因此英士学的“土木工程”无用武之地了,此其一;一些留美学生回国,原想办工厂“振兴实业”,“救济贫民”,并自己动手采办设备,但军阀政府毫不支持,使他们的计划全盘落空,此其二;政府内部派系斗争激烈,争权夺利,互相倾轧,尔虞我诈,职员们迟到早退,聊天扯淡,消磨时光,晚上不是打牌闹酒,就是喝雉呼虑,腐化已极,此其三。如是的颓败无能的军阀政府,不知扼杀了多少爱国知识青年的报国宏愿,不知毁灭了多少有志于国的知识青年的才华,这就艺术地说明了“实业救国”的道路走不通,唯有祖国的命运改观了,政权的性质改变了,个人的聪明才智或许能在祖国的建设事业上开花结果。虽然冰心当时不能明确地意识到这一点,但是作品的客观意义却显现出来了。由于《去国》主题的深刻,当即引起反响,“鹃魂”写文对《去国》进行评述:“我对于这篇《去国》,我决不敢当它是一篇小说,我以为它简直是研究人才问题的一个引子,我所说的并不是借此发发自己的牢骚,吐吐个人的酸气,不过是把我们曾经见过的事实,合那社会的状况,大声急呼,痛苦流涕的写出来,与大家作为研究这国家人材根本问题的材料罢了!我想这位冰心女士,做那篇《去国》的时候，一定也有无限的怀抱！所以做得那样沉痛，那样的恳切，也具有醒世的苦心："①

五四运动是一场声势浩大的反帝反封建的爱国运动，"青岛问题"则是这场运动的导火线。在五四文学革命的创作实践中，直接以小说形式反映五四反帝爱国运动的实是罕见，可喜的是冰心却在她的小说《斯人独憔悴》中触及到这场斗争。表面看，它反映的是一个封建买办家庭的父与子之间的矛盾，实际上，则是从一个侧面展示出五四运动中爱国青年同封建军阀、买办汉奸之间的爱国与卖国的斗争。颖铭、颖石兄弟俩是爱国青年学生，都是学生会的代表和干事。他们面对着"日本从德国手里夺过"青岛而军阀政府的外交官又在巴黎和会上鉴字的丧权辱国事件，面对着祖国命运危在旦夕，而"国民却仍然沉睡不醒"的悲痛现实，燃起胸中反帝反封建的爱国火焰，决然涌进了五四运动的革命浪潮。对于青年学生的反帝爱国运动，军阀政府非但不支持，反而采取种种手段进行镇压，妄图扑灭反帝爱国怒火，实现其媚日卖国的阴谋。小说初步揭露出：一是军阀政府派军队施以武装镇压，胁迫学生的爱国行动，颖铭就是在一次演讲活动中被其刺伤手臂。二是反动学校当局同封建汉奸家长相勾结，扼杀学生爱国热情。校长对爱国学生严加"惩办"，欲造成"玉石俱焚"的惨局，并密谋其家长暗中配合，以钳制学生的爱国行动。封建家长化卿是个地道的媚日卖国汉奸，对其子颖铭、颖石采取极其残暴的手段，对儿子爱国行动和思想进行疯狂镇压。这不单单是出于个人的老谋深算，而且体现了军阀政府的反动意图，从他斥子的"妙论"中活现出他的媚日、崇日、恐日的汉奸嘴脸。当然也不能否认，颖铭、颖石并非是坚强的反帝爱国"英雄伟人"。诚然他俩在社会的反帝舞台上，面对反动军队的刺刀不屈服，颇有些"安邦治国平天下"的英雄浩气，不失一个"国民一分子"的本色；但是他们一回到家庭这个牢笼里，在其父的淫威下却表现得相当软弱，尽管他们胸中的反帝爱国的火苗并未熄灭，然而已没有勇气冲出家门参加"请愿团"，或者忍气吞声，敢怒不敢言，或者以吟诗来抒发心中的愤懑之气，这两朵柔弱的爱国英雄之花在家庭的囚笼里"憔悴"了。作者刻画这两个爱国青年的形象在当时是有一定代表性，因之不乏积极意义的。

其三，五四时代也是妇女解放的时代，妇女"享受与男子同等的教育的机会"是五四女权运动的强烈要求，"女子教育的扩张似乎比承认参政权还要

① 《读冰心女士的〈去国〉感言》。

紧”①。但是在长期封建专制的中国旧社会,“男尊女卑”、“重男轻女”已成为千百万人的传统观念,妇女根本得不到与男子同等受教育的权利。因而,争取妇女受教育的权利则成了五四反封建斗争的重要内容之一。小说《庄鸿的姊姊》在一定程度上触及到这个社会课题。庄鸿的姊姊在“高等小学念书”,是一个有“材质”有“志气”的前途“不可限量”的女子,她刻苦“研究学问”,热心“谈论时事”,胸怀将来为祖国“做点事业,替社会谋幸福,替祖国争光荣”的宏愿。可以说,她是个受到妇女解放运动影响的新女性。但是,她渴求学习以获深造的美好理想,却在社会现实中遭到严重摧残,直至破灭。她不仅中途被迫退学,牺牲了自己的前途来栽培弟弟,而且操起繁重的家务,终日劳碌,精神极度苦闷,体魄日渐衰弱,不幸“抑郁失意”而死。她的悲剧究竟是怎样造成的?是谁剥夺了她受教育权利?又是谁扼杀了她希望同男子一起造福于社会的要求呢?是罪恶的旧社会,是可怕的“男尊女卑”的封建传统观念。作者借秋鸿之口向当时社会发出愤激的质问:“不明白为什么中交票要跌落?教育费为什么要拖欠?女子为什么不必受教育?”这就揭示出庄鸿姊姊悲剧的社会根源。

庄鸿姊姊生活在一个曾用过“仆妇”的中产阶级家庭,且受过高等小学教育,最后尚遭如此可悲的命运,至于生活在社会最低层的劳苦大众的女儿,不仅不能存有丝毫“享受与男子同等的教育”的希望,其悲苦命运连牛马也不如,终生的遭遇更是不堪设想。因而,救救贫苦女子的被污辱被损害的命运,显得更为迫切,更为重要。如果说《庄鸿的姊姊》只触及到中产阶级女子的受教育问题,其社会意义受到一定的限制,那么《最后的安息》的笔触却深进了社会的下层。它通过翠儿悲惨一生的描绘,揭露了封建童养媳制度的残酷性,提出了如何拯救翠儿这样的童养媳脱离苦海的问题,表现了较强的反封建倾向。翠儿本来是个“温柔和气”,心地善良的穷苦人家的姑娘,四岁父母双亡当了童养媳,不幸过早地被童养媳制度吞噬了可爱而又可怜的生命。在四周张起罗网的“贫,富,智,愚,差得天悬地隔”的黑暗社会,像翠儿这样贫苦女子的脑中所充满的只是悲苦恐怖,躯壳上所感受的也只有鞭笞冻饿。她也不明白世界上还有什么叫做爱,什么叫做快乐,只昏昏沉沉度那凄苦黑暗的日子。冰心不仅揭示了翠儿这样穷苦女儿的悲苦,引起社会上“疗救的注意”,并且还积极探索拯救翠儿出苦海的“药方”——惠姑的爱。在作品中,惠姑的“爱”是作为婆婆的“恨”的对

① 守常:《现代的女权运动》。

立物而出现的。婆婆的“恨”是源于吃人的封建童养媳制度,惠姑的“爱”是来自资产阶级人道主义。婆婆借着“恨”的淫威,把翠儿推进人世的苦海,惠姑欲凭“爱”的魔力将翠儿救出深渊。这样使婆婆的“恨”和惠姑的“爱”在翠儿身上发生了争夺战,实质上这是吃人的封建主义和资产阶级人道主义所进行的深微的较量。翠儿的悲剧,一方面说明封建宗法思想和制度所形成的传统势力依然强固地统治着农村社会和人们的意识,没有巨大的革命风暴是不会彻底动摇它们的;另一方面说明,以“爱”作为反封建的思想武器毕竟是软弱的,它不可能将翠儿救出苦海,引上妇女解放的道路,充其量只能把她的“灵魂”送到虚幻缥缈的“极乐世界”,以享“最后的安息”。虽然“爱”的药方并非根治翠儿苦命的良药,然而在她所处的特定的环境里也不乏一定的积极疗效:由于“爱”的启迪,使翠儿感到世上不光有冷酷无情的“恨”,而且还有“慈怜温蔼”的“爱”,使她“心中更渐渐地从黑暗到光明”,最后终于发出“救我”的呼声。此其一;由于“爱”的抚慰,翠儿“脑孔里充满了新意”,使她对生活有了一线希望,产生了“识字”的受教育的要求,希望惠姑“每天多教给我几个字,或者过一两年就可以……”这里的删节号暗含着翠儿的美好理想,表明争取女子受教育权利的民主要求在社会最低层的女子心中也闪出微弱的火花。此其二;由于“爱”的作用,在翠儿和惠姑的天真幼稚的童心里造成一个虚幻的“和爱神妙的世界”,它与当时黑暗冷酷的现实社会形成了强烈的对比,不能不激起人们对旧社会产生一定的憎恶之情和反抗之心。

冰心以人道主义为本来观察并反映人生,没有仅仅局限于被损害被压抑的悲苦妇女身上,她把同情的笔也伸进到更广泛的下层社会,描写广大劳苦大众的不幸命运,尽力开掘他们身上的美质。《还乡》通过民国政府局长以超“还乡”的心理活动和具体行动的描写,展示了农村的贫困化、愚昧化、落后化。这里虽然“民国政府”已成立多年,但农民的物质生活和精神面貌没有丝毫改变,积习已深的封建旧风旧俗仍盘踞着农村文化思想阵地,人们把解除自身苦难的希望只是寄托在“局长”以超身上,对其送礼接风,毕恭毕敬,好像迎来了“救命菩萨”,这说明封建宗法制度和思想对农村统治惨重。尽管农民被封建礼俗紧紧地束缚着,然而他们身上仍闪耀着善良、热情、诚挚、淳朴的美德。如果说《还乡》里的劳动农民身上刻着旧社会留下的“愚昧落后”的烙印,那么在《三儿》这篇小说中,作者以赞颂的笔调写出了穷苦人民的骨气。三儿是个拾破烂的穷孩子,为了拾几个“活命钱”竟到靶场上拾弹头,结果中弹“送了命”。但是黑暗的旧社会是不讲理的，军官不仅不承担责任反斥三儿“不认识字”，“自己闯了祸”。对着这没有穷人活路的世道，三儿毫不乞怜，咬着牙，挣扎着站起来，同妈妈一起背着筐回家，表现了劳动人民的铮铮骨气。由于家穷无钱医治，流血过多而死。通过“三儿”的悲剧，小说对封建制度造成的社会贫困化，惨无人道，进行了血泪控诉。

此外，五四运动前后，国际帝国主义卵翼下的“军阀专政和军阀割据的封建残局”成了中国社会的“乱源”①。

冰心写下一部分反对军阀混战、反映军队生活的小说，初步接触到这一重大社会问题。《一篇小说的结局》通过梦涛的战死，揭露军阀混战的残忍性及其给善良的“母亲”所带来的深重的苦难。大小军阀为争权夺利，到处抓兵拉夫，“驱可怜的同胞去杀可怜的同胞”②。梦涛就是被军阀的魔爪驱赶到战场，在枪声炮火中进行着同胞对同胞的残杀；但他对战争的性质一直是怀疑的，并向战争的发动者提出质问：“你们要爱国，为什么就要战争，就要杀人呢?”这里暗讽当时的军阀是打着“爱国”的旗号欺骗士兵去厮杀，就在祖国母亲的怀抱制造“可怜的同胞去杀可怜的同胞”的内战惨祸，流露出作者的反战情绪。如果说这篇小说对战争发生的具体背景交待的不甚清楚，影响了战争的性质明确表达的话，那么《一个军官的笔记》的政治倾向就异常鲜明了。冰心并不反对一切战争，她反对的是军阀混战的“非正义”战争，而对为“正义”去战的壮举却是赞许的。在这一战争观的指导下，她描写了一个军官在军阀混战中的真实悲剧。小说以军官所见所闻所思所感，控诉了军阀混战的残酷性，表现他对战争的态度。

由于冰心“问题小说”大都取材于五四时期的现实生活激流里，所以与同时期的一般写“问题小说”的作家相比，她的“问题小说”触及的社会面广泛，提出的社会问题尖锐，表现的思想意义深刻。从家庭问题到社会问题，从政治斗争到日常生活，从妇女问题到教育问题，从军阀战争到毁灭人材，从资产阶级到劳苦民众，从辛亥革命到五四爱国运动，从普通老百姓的命运到知识分子的出路等，在她“问题小说”中都得到不同程度地真实反映，从而揭示出一些发人深思的重大社会问题。虽然作者不可能作出历史唯物主义的回答，但是在当时她能够敏锐地反映它并按照自己的世界观作了一定的解答，也是难能可贵的。

冰心的“为人生”的“问题小说”比新潮社的作家群的“问题小说”，不仅在

① 蔡和森：《武力统一与联省自治——军阀专政与军阀割据》。

② 李大钊：《被裁的兵士》。

题材提炼上、主题表现上或人物刻画上，都显示出一些独特的色彩；而且在艺术革新上也取得了新的成果，有了较大幅度的突破，初步显示出一个女作家的创作个性。在当时出现的“问题小说”中，虽然在艺术上都进行了革新，作了可贵的探索，除了鲁迅的小说艺术、叶绍钧个别小说达到较高艺术水平外，但大多数“问题小说”在艺术上不够成熟，有不少作品近似速写、散文，尚不具备小说的完美形态。冰心的“问题小说”在艺术的成熟程度上当然不及鲁迅的小说，且存在一些明显的不足，可是与其他作者的小说相比却显示出较高的艺术水准，具有不可低估的小说艺术革新的意义。从叙述方法来看，她的“问题小说”非常重视第一人称的使用，不仅用“我”作线索，有时“我”就是作品的重要人物；而这个“我”往往就是作者自己，仿佛整个小说“充满了‘真’的自己”，自己全身心晃动于小说的字里行间，不论是人物的抒情独白，或者是亲切委婉的叙述口气，或者是含情脉脉的景物描写，都带着作者的主观感情色彩。冰心比较注重以多种方法刻画人物形象，尽管她笔下的人物性格还不够丰满，但有些人物已具有个性色彩；她不仅着眼于人物周围的环境气氛的渲染烘托，而且重视从人物的相互对照中以展示其不同性格，也注意通过言语、行动的描写来显示性格，甚至有的小说把人、事、景、情糅合在一起，创造一个带有浓郁诗意的艺术境界，使人物性格从诗情画意中显现出来。小说语言既有白话的流畅特点，又吸取了文言的简洁长处，形成了一种表现力较强的既朴实又有文采的艺术语言。从总体考察，冰心的“问题小说”具有清新委婉、亲切细腻、含蓄蕴借的艺术风格，虽然主导倾向是现实主义的，但却带有主观性和抒情性的浪漫主义特质，它已预示出冰心参加文学研究会后所创作的“为人生”的“问题小说”将具有浪漫主义倾向了。

文学研究会前期的“为人生”的“问题小说”

成立于一九二一年初的文学研究会，不少成员是“为人生”而艺术的积极倡导者或是五四高潮期创作“问题小说”的能手，他们继承和发扬了发轫期的“为人生”的“问题小说”的优良传统，把“问题小说”的创作推上一个新的历史阶段。革新后的《小说月报》是发表“为人生”小说的极为重要的阵地。茅盾曾以一九二一年为界，从《小说月报》这个特定角度，透视一九二一年后“为人生”小说的新风姿：

我们看见了描写学徒生活的《三天劳工底自述》（利民，《小说月报》十三卷六号），我们又看见了描写年青而好胜的农村木匠阿贵的悲哀的《乡

> 心》(潘训,《小说月报》十三卷七号),我们又看见了很细腻地表现了卖儿女的贫农在骨肉之爱和饥饿的威胁两者之间挣扎的心理的《偏枯》(王思玷,《小说月报》十三卷第十一号),我们又看见了巧妙地暴露世俗所谓"孝道"的虚伪的《两孝子》(朴园,见同上)。这几篇,不但在题材上是新的东西,就是在技巧上也完全摆脱了章回体旧小说的影响,它们用活人的口语,用"再观"的手法,给我们看一页真切的活的人生图画。……许多面目不同的青年作家在两三年中把"文坛"装点得颇为热闹了。……那时有满身泥土气的从乡村来的人写着匪祸兵灾的剪影(如同徐玉诺),也有都市的流浪者声诉他"孤雁"似的悲哀(如王以红),也有渴慕"海"的自由者"疯人"似的说教(如同孙俍工),也有以憎恶的然而同情的心理写了农村的原始性的丑恶(如同许傑)。创作是在向多方面发展了。题材的范围是扩大得多了。作家的视线从狭小的学校生活以及私生活的小小波浪移转到广大的社会的动机。"新文学"渐渐从青年学生的书房走到十字街头了。然而是在十字街头徘徊。①

从茅盾的概括性的描述中,可以窥见一九二一年后的"为人生"的"问题小说"比五四高潮期的"问题小说",不论是反映现实生活的广度和深度,还是表现技巧的完美程度,都有新的进展。仅就文学研究会的会员冰心、叶绍钧、王统照、庐隐、许地山等人的小说来看,无不显示出这个时期"为人生"的"问题小说"的新特色。

冰心一九二一年后写的"为人生"的"问题小说",比五四高潮期的"问题小说",其主观性和抒情性更强烈了,带有明显的浪漫主义美学倾向。一九二一年问世的《超人》是篇浪漫色调极浓的小说,标志着她的"问题小说"由着重探索现实人生问题而转向对于"爱的哲学"天国的探求,希冀从中取来救世的药方。主人公何彬是五四落潮期的患有时代忧郁症的悲观颓丧的知识青年,小说通过"爱的哲学"启迪,使他从悲观恨世中醒悟过来,最后走上热爱人生、改造环境的道路。这虽然是冰心以小说为武器继续探索人生的表现,但是她主观设想的这种"母爱"的治病救世药方是违背客观规律的,只是自己的善良愿望、美妙幻想和感时愤世情绪的一种真诚的倾吐。此后她写了一系列这样的小说,如《爱的实现》、《最后的使者》、《离家的一年》、《烦闷》、《疯人笔记》、《遗书》、《寂寞》、

① 《中国新文学大系小说一集导言》。

《往事》、《悟》、《剧后》、《别后》等。其中《烦闷》可以看成是《超人》的续篇，不仅表现了当时一部分知识青年的思想危机，也表现了作者的思想危机，即“爱的哲学”解除不了青年的精神苦闷，也不能使自己摆脱烦闷的境界，终日“不能升天，不甘入地，悬在天上人间的中段”。《悟》是冰心“爱的哲学”理想的集大成，借着主人公星如的口极力宣扬“爱的哲学”，整个作品充满了“真”的自己，主观抒情色彩十分浓重；不过这个“真”的自己所崇尚的“爱”的理想却是“参与那造化的妙功”，借助于“万能的上帝”[1]了；这也是冰心的“只有这幻秘冷静的态度，可以促进他的艺术，可以永远维持他艺术的动人的力量”[2]的美学追求的艺术体现。当然，这并非说她宣扬“爱的哲学”的这部分小说就没有积极的思想价值了，这里尚须从宏观上加以考察。这些“为人生”小说中所表现的“爱”的内容，不仅包括母爱、对儿童的爱、对大自然的爱，而且还蕴含着对祖国的爱。可以说，冰心在小说中讴歌母爱、童真和大自然的美，是由爱国主义感情激发的；正由于她深挚地热爱祖国、关心祖国的命运，一心要改良人生、改造社会，所以她尽情地歌颂母亲的神圣崇高的爱、儿童天真无邪的纯真美以及祖国大自然的秀丽雄壮。当我们读着这些讴歌母爱、描绘儿童美和大自然风光美的小说时，仿佛见到冰心的赤子之心在跳动。如果把这些小说置于当时半封建半殖民地社会的黑暗现实的背景上，那就可以进一步地发现它们的思想价值。即冰心在小说中之所以讴歌母爱的神力，旨在改造当时的人性泯灭、兽性横行的吃人社会所造成的悲剧人生，给那些受苦受难的众生或思想烦闷的青年指一条通向爱的天国的路，尽管这是虚幻的，但作者的动机是善良的，也是对“无爱”的旧社会的一种间接的控诉；她之所以歌颂宁静、柔和、清秀、美丽的大自然，正是她不满于现实人生的黑暗、追求比现实更美好的人生的曲折反映；她之以赞颂儿童的童真美，也是她对吃人社会憎恶的愤慨情绪的一种流露。虽然她小说中所表现的“爱的哲学”，从正面歌颂了人道主义的道德理想，如纯洁的感情、维护人的尊严、敬重父母、关心儿童、同情受苦人等，不无进步意义；但是把以爱为核心的人道主义作为改良人生、改造社会的思想武器，却有着不可忽视的局限性，特别把母爱的力量无限夸大——既是拯救陷入苦闷之中的知识青年的良药，又是解决社会人生问题的法宝，这只能是一种唯心主义的空想。直到一九二五年冰心还没有从“爱的哲学”天国里走出来，真正立足于现实去探索人生之路。

---

① 冰心：《人格》。

② 冰心：《介绍一个艺术家》。

叶绍钧是文学研究会初期创作“为人生”的“问题小说”获得丰收的代表作家,如果说在五四高潮期他写的“问题小说”不及冰心丰盛,那么这个时期的“问题小说”却超过冰心了。从一九二一年到一九二五年创作的短篇小说,大都收集在《隔膜》、《火灾》、《线下》、《城中》等小说集里。同冰心这个时期的基本创作倾向比较,叶绍钧是个冷静地谛视人生以严峻的现实主义美学风格著称的作家;尽管如此,但他初期的小说并没有摆脱当时风靡文坛的浪漫主义思潮的影响,他在五四高潮期的“问题小说”已露端倪,参加文学研究会之初写的“为人生”小说则明显地表现出他对人生是抱着一种“理想”,往往在描写的灰色人生或苦难人生上点缀着一两点所谓光明的理想,这就给真实地反映现实人生的艺术画面上涂上一层主观色彩。他认为“美”(自然)和“爱”(心心相印的了解)是人生的最大意义,而且是“灰色”的人生转化为“光明”的必要条件;不过他在小说中所表现的“美”和“爱”并不完全与冰心宣扬的“爱的哲学”相同。他对“美”与“爱”的追求尚未在小说中形成一个系统,也没有过分地渲染它们的所谓救苦救难的莫大神力,更没有把小说作为“美”与“爱”的教本;而且在很短时间内就见不到他在小说里鼓吹“美”与“爱”了。就是说,他始终没有改变其客观地表现人生的现实主义的主导倾向。

与“为人生"派的其他作家的小说相比,叶绍钧这个时期的小说具有新的思想特色。人道主义思想是叶绍钧观察人生、表现人生、批评人生以及进行思想启蒙的主要武器,在五四高潮期写的“问题小说”明显地流露出这种思想倾向,参加文学研究会初期写的小说仍然保留这种思想基调。“唤起世界的精魂,鼓吹全人类对于人的本性都有眷恋的感情、寻觅的愿望,这是圣陶的责任。”[①]似可看作对叶绍钧早期一部分小说的思想特点和启蒙作用的概括。《阿凤》可以说是《一生》的续篇,都是写下层妇女的悲惨命运;所不同的是,《一生》的人道主义思想着重体现在对吃人的封建制度的有力控诉和对被侮辱被损害者的深切同情上,而《阿凤》的人道主义思想主要体现在阿凤这个贫苦佣妇备受虐待后而对“爱”的理想的迫切追求上。她欲爱人而不得最终爱上一只猫,并与猫之间有了一种真挚和谐的感情。小说以赞颂的笔调写道:“世界的精魂若是‘爱’、‘生趣’、‘愉快’,伊就是全世界。”在“爱”的启迪和作用下,阿凤化苦难为光明、化悲痛为愉快,这是作者的人道主义理想的体现。但这并不代表叶绍钧小说的主

① 《〈火灾〉序》。

导倾向。“五四”以后，人道主义在我国文艺界的影响是极为复杂的，在西欧蔓延了几百年的倾向纷异的人道主义思想体系以浓缩的形式几乎同时在中国表现出来，造成了受其影响的各个作家的人道主义的明显差异性。鲁迅的人道主义与他的人民群众的坚定立场、革命民主主义思想觉悟联系在一起；冰心的人道主义思想带有浓厚的虚幻缥缈的色彩。叶绍钧的人道主义既有与冰心的人道主义的相似之处，幻想有一个“美”与“爱”的天国出现，人的“天性”则在天国得以实现；更有和鲁迅的人道主义相近之处，总是同他的为下层人民群众代言的人民立场和严峻的现实主义态度联系在一起。从小说中表现出的虚幻的“爱”与“美”的理想来看，即使《阿凤》这篇具有代表性的小说也透露出作者对“爱”与“美”的理想并不那么自信的消息，阿凤最后不得已而在同猫的情谊中寻求寄托，这本身就标明对人间“美”与“爱”的绝望；随着这种“美”与“爱”理想的破灭，作者的现实主义笔触深入到社会生活的各方面，极为尖锐地提出了社会人生急需解决的问题，他的人道主义思想不再表现为对虚幻的“美”与“爱”的歌颂，而主要同革命民主主义思想相结合去揭露现实生活的多侧面的矛盾冲突，强化了对旧制度旧思想旧习惯的批判力量，加重了对灰色人生的针砭和抨击，并在揭露社会现实矛盾和针砭灰色人生的过程中，把“美”与“爱”理想的实现寄托在下层人民群众身上。这才是叶绍钧前期小说的主导思想倾向，也是他的人道主义思想的突出特点。正由于他以人道主义思想为武器进行创作时，在主导倾向上是以此来揭露现实人生的矛盾，并充实了革命民主主义的实际内容，所以他在“为人生”的小说中所触及的社会问题比文学研究会其他小说家要深刻得多。《隔膜》提出一个较为深刻的社会问题，即根据人道主义的标准，人与人的关系应该是相互了解、真心相待的；但是现实生活中的人与人之间却没有一点真情友谊，而是那样的“隔膜”，使怀有“美”和“爱”理想的“我”感到异常的孤独、凄凉、寂寞。虽然人道主义的局限不可能使作品深刻地开掘出造成这种“隔膜”的社会根源；但是从作者以现实主义笔触所描写的人生画面上却暗示出这“隔膜”的形成，是与几千年来在封建伦理道德统治下所积淀成的旧风陋俗、习惯势力有关，是旧社会人们精神状态的本质表现。当一般具有人道主义倾向的小说家正倾注全力歌颂人的觉醒、肯定人的价值的时候，叶绍钧的小说却没有把主要目标放在小资产阶级知识分子的自我表现上，而是从各个角度反映小市民知识分子的生活，并对知识分子身上的弱点予以批判，从而提出了改造灰色人生的问题。因为灰色知识分子人生与作者的人道主义理想格格不入，要使“灰色”人生转化为“光明”的人生，则须以人道主义为武器批判灰色人生，并暴露其腐败的社会根基。《饭》通过小学教员吴先生灰色人生的描写，不仅针砭了知识分子的懦弱、屈从的缺点，而且揭露了无理克扣教员薪俸、以办学为赚钱手段的学务委员的吸血鬼面目，把矛头指向旧教育制度。《校长》描写几个教员的灰色人生，这些知识分子根本没有什么民主、人道的觉醒，终日置教学工作于不顾，或聚集赌博或勾引妇女，把学校闹得乌烟瘴气，致使校长的“理想学校”化为泡影，从而提出一个教育改革的问题。《潘先生在难中》把对知识分子灰色人生的描写置于军阀混战的社会背景上，不仅加强了对知识分子弱点的批判力量，而且增强了小说主题思想的深度和广度。通过对小市民知识分子灰色人生的描写，着重暴露旧中国教育界的腐败黑暗，从一个特定的角度反映出旧社会整个肌体的腐败，这是叶绍钧前期小说取得的重要成就，也是异于其他“为人生”派小说家的独到之处。钱杏邨曾说：“他可以说是现代中国文坛上的教育作家”，“他的教育小说的成就，在他的创作中是最好的”[①]。由于叶绍钧前期的人道主义思想具有独特的色彩，并在某种程度上突破了一般人道主义思想范围，所以他的小说创作到“五卅”前后，其思想倾向有了新的变化。

在艺术上叶绍钧一九二一年后的小说日趋成熟，成为文学研究会独树一帜的小说艺术家。由于他对二十年代初期的种种社会相有深刻的了解，对各种社会生活特别是市民生活有透彻的感受，又能以比较客观冷静的笔触予以真切的刻画，所以他的一些“为人生”的“问题小说”比其他文学研究会的小说家的小说显示出一种更为踏实冷峻的艺术风格。在情节设计和结构安排上已注意人物性格的刻画和故事情节描写的和谐统一。《饭》比较重视调动情节因素和行动描写来刻画吴先生的形象，他的辛酸感和懦弱性格不只是借助于心理描写而且也通过一系列与生计问题相关切的情节来展现；《义儿》在情节安排上初步做到了情节的紧张性与形象的生动性相统一，在比较尖锐的冲突中刻画出一个具有独立性和反抗性的义儿的形象；《祖母的心》刻画了祖母固执自矜的性格，《小铜匠》勾勒出陆根元早熟的性格，《两样》写出伟如夫妇婚前婚后不同阶段的性格变化，《校长》刻画了易于感动而缺乏坚定的叔雅的性格。这些具有个性的人物形象，大都借助于朴实的情节描写和真实的细节描写来显示的；特别是《潘先生在难中》塑造的潘先生这个苟且自私、卑怯庸俗的知识分子形象，是现代文学

① 《现代中国文学作家·叶绍钧的创作的考察》。

史上不可多得的成功典型，他的刻画与情节的巧妙安排和细节的逼真描写取得了和谐统一。对于一个小说家来说，心理描写的基本功比动作、肖像描写更为重要。叶绍钧善于掌握人物心理发展的逻辑，既能区别不同人物的心理差异又能分辨同一人物在不同境遇中的心理差别，既能从纵向上把握人物思想变化的轨迹又能从横向上抓住人物思想波动的网结。潘先生的心理刻画尤为出色。小说循着他的心理变化逻辑，描写他的内心波动，层层深入地剖析他的胆小、疑惧、彷徨、苟安等心理特征；虽然他的心理变幻莫测，但万变不离其宗，即极端利己主义（外在表现则是四条性命一个皮包）。作者对潘先生的心理刻画，始终抓住利己主义这条内在的思想主线，细针密线地进行纵横描写，不仅有音乐的旋律感且有绘画的层次感。叶绍钧还善于运用反衬手法来烘托人物的内心世界。如《孤独》写一个风烛残年的老人，多用一些所谓光明、热闹来反衬其孤独苦寂的心境，又反过来以衰老者的孤苦寂寞反衬出社会人世的冷漠无情，从这个灵魂悲剧中展示出社会悲剧的阴暗投影。《演讲》、《一包东西》等小说，都是以心理描写取胜的名作。这个时期，叶绍钧的小说语言越加凝炼、准确、朴实、纯洁。他长于把朴实的日常用语或字眼，用得恰如其分，准确得体，富有表现力和暗示力。《抗争》写教职员联合会决定向教育局进行抗争，要求改善教员的待遇，并推举会长和一个发言激烈的高高的人去见局长。作者抓住在场的三个人的位置、动作、眼神、心理、谈吐，运用极为准确、精炼、朴实的语言，勾画出一幅绝妙的讽刺图。“风格的美在于明晰而不流于平淡。最明晰的风格是由普通字造成的”[①]。叶绍钧小说的美学风格是得力于他的语言艺术。从中国现代小说史的角度来看，在文学研究会的作家群里，叶绍钧的小说艺术技巧在这个时期达到了比较成熟的程度，显示了五四小说艺术革新又有了新发展。

王统照（1879—1957）对五四文学革命作出了多方面贡献，是文学研究会的发起者之一和卓有成就的作家，其诗歌、散文、长短篇小说的创作显示了他的艺术才华。单从小说创作来看，他一九一七年十月就写成白话小说《纪念》（次年发表）；五四高潮中他的创作欲望很强烈，“用不结实，不生动的文字写青年，恋爱，虚浮的幻想”[②]；参加文学研究会后积极从事“为人生”的“问题小说”创作，集成《春雨之夜》（1919—1923）、《霜痕》（1923—1924）短篇小说集，同时还创作了《一叶》、《黄昏》两个长篇。如果说这个时期冰心的“为人生”的“问题小说”

① 亚力斯多德：《诗学》第22章。
② 《〈王统照短篇小说集〉序》。

倾向于重在表现自我的浪漫主义，叶绍钧更多地注重严峻的现实主义，那么王统照的小说则介乎写实派和浪漫派之间，呈现出现实主义和浪漫主义相融合的趋向。他的小说在表观人生，试图解释人生、了解人生之谜时，非常重视对五四低潮期知识青年的苦闷和矛盾心理的反映，而这些小说的描写并不算太冷静太客观，更多地注入了主观抒情和幻想因素。短篇小说《沉思》一方面以写实笔触揭露了现实的丑恶势力对"人生真美"的破坏，另一方面以浪漫笔调抒写了作者对爱与美的追求。他不是脱离现实去美化人生，也不是无界限地对一切都爱，而是真诚去追求人生的美和爱，展示出美与爱的人生理想同丑恶的现实社会存在着不可调和的矛盾。瞿世英曾说过："剑三是对于人生问题下功夫的。他以为人生应该美化，美为人生的必要，是人类生活的第二生命"，因此在他的小说里"诅咒的是与爱和美的生活不调和的生活，想象中建设的爱和美的社会"①。虽然王统照小说中所表现的美与爱同叶绍钧小说中所表现的美与爱有相似之处，但也有不同之点。叶绍钧是把美与爱作为灰色人生转化为光明人生的必要条件；王统照所说的美与爱是一件东西的两面，他认为高超纯洁的爱便是美，而且由此两者的"交相融而交相成"，然后"普遍于地球"的"烦闷混扰"的人类，使之能"乐其生"而"得生当之归宿"②。王统照是把这种唯心主义地去看待人生问题所作出的哲理思考，以强烈的抒情或议论的方式掺和在对现实人生的客观描写中；而叶绍钧只是把美与爱的理想作为一种主观情愫渗透或点缀在客观描写上，从未改变其客观地冷静地表现人生的现实主义主导倾向。但是王统照的小说并没有像冰心那样较长时间沉醉在"爱的哲学"天国里不能自拔，他一九二三年以后写的小说如《黄昏》、《沉船》等则越来越明显地表现出现实主义美学倾向。他曾回忆说："虽然并没有几年的时间，而对人生苦痛的尖刺愈来愈觉得锋利，对解决社会困难的希求也愈来愈加迫切"，不像前些年"只是从理想中祈求慰安"，而是"想更向现实生活深入分析"③。如果说他一九二二年写的长篇小说《一叶》，在真诚地描写苦难的人生中，抨击了半封建半殖民地的罪恶社会，表现了对爱与美生活的渴望，提出了很多待决的人生问题，尚带有浓郁的感伤的浪漫色调；那么他一九二三年写的长篇小说《黄昏》则体现着比较严峻的现实主义精神，它没有爱与美的说教，是以写实的笔触揭露了旧社会的带有买办性

① 《〈春雨之夜〉序》。

② 《中国新文学大系·小说一集导言》。

③ 《〈王统照短篇小说集〉序》。

的豪绅地主阶级同被压迫被奴役的不幸人们之间的不可调和的矛盾，反映出作者对痛苦人生的表现并没有停留在只提出问题上，而是以积极的态度去探索解决人生问题的药方（虽然看不清）；特别值得提及的是，小说不只是对反动势力予以无情批判，揭露了人生悲剧的社会根源，同时展示出被压迫的普通妇女要求解放、争取自由的美好愿望，以及她们虽陷入豪绅赵建堂的魔掌但仍然保持着善良的本性。这部小说不仅标志着王统照小说创作倾向的转变，而且在某程度上也艺术地反映出文学研究会大多数“为人生”派作家对人生问题的理解以及如何以现实主义创作方法去表现人生、指导人生。

这里不准备对王统照在这个时期创作的“为人生”“问题小说”作全面而具体分析，只就长篇小说《一叶》的思想艺术得失加以探讨，以观王统照这个时期小说的概貌及其在现代文学史上的地位。《一叶》虽然不是成功之作，但也不是失败之作，它是中国现代文学史上出现得最早的长篇白话新小说之一，是在大家热衷于短篇小说创作的背景下他对长篇小说的可贵尝试。小说在广阔的历史背景上，以李天根的不平凡的生活道路及其在“迷网的渊里”探索人生的奥秘为线索，通过其父和慧姐的悲剧以及云涵和柏如悲惨遭遇的真实描写，在一定程度上抨击了吃人的封建制度，揭露了北洋军阀篡夺辛亥革命政权后所推行的封建法西斯统治，表现了患有时代苦闷症的知识青年面对着残酷的现实在灵魂深处所经历的深刻而痛苦的思想矛盾：“人果然是相谅与相亲啊！为何人生之弦音上，都鸣出不和谐的调子？为何生命是永久地如一叶的飘堕地上？为何悲哀是永久而且接着结在我的心底？”①一九二二年前后反映知识青年的烦闷苦恼，成了新文学的重要题材，也是进步作家所关注的时代课题，故使苦闷彷徨的空气一度支配了整个文坛。王统照《一叶》的独特的思想意义，不止表现在与当时同类题材小说一样地真实地反映了“青年苦闷”这重要的历史问题，而且主要表现在：它不是孤立地写青年的苦闷，而是紧密联系家庭、社会和时代思潮来揭示知识青年苦闷忧郁所形成的历史根源、社会根源及思想根源，并从对这些历史的社会的思想的根源的掘进中映射出某些时代的本质特征以及社会人生的苦难。因此可以说，《一叶》的真正思想价值，不仅在它为我们提供了认识那个时代知识青年苦闷彷徨找不到正确出路的一面真实的镜子，而主要在它从贵族阶级的破产及其分化出来的知识青年的不幸遭遇这样一个特定的角度，为我们

① 《〈一叶〉诗序》。

提供了认识那个半封建半殖民地社会的动荡不安、灾难深重的人生的艺术画卷，借以引起疗救的注意。从人物形象塑造来看，主要表现在作者尽力挖掘人物性格中的善美的特点，刻画出一些身上的美的善的有价值的东西如何被罪恶的旧社会撕毁而造成痛苦、不幸或死亡的悲剧形象。在当时一些“问题小说”着眼于剖析人物心灵的创伤或针砭人物性格的弱点的风气中，王统照的小说则着重于人物性格善美特点的刻画，这是难能可贵的。悲剧并不一定是惨剧，因此作者不能以渲染悲剧人物的悲惨遭遇或不幸命运为满足，而应当首先把悲剧人物身上有价值的东西揭示出来。王统照正是这样来刻画那些痛苦的不幸的或死亡的悲剧形象。小说中张柏如这个资产阶级知识分子形象，作者不仅真实地描写了他的悲惨遭遇，而且尽力发掘他身上有价值的东西，如“好读书而勤恳”，重视友谊，珍惜爱情，有着强烈的为社会工作的责任感，在敌人的严刑拷问下不屈服，即使身体、精神蒙受了严重的创伤后仍希望中国几年后“要有不可思议的大变动”。越是表现他身上这些美好的品质越能激起人们对摧残毁坏这些有价值东西的封建军阀反动政权的愤恨，越能使人更强烈地同情柏如的悲惨遭遇。柏如的妻子绿存是个贤慧温柔的女性，她是“很少的好女子的榜样”，作者花了不少笔力来刻画她身上的情爱美人品美。就是这样一个“好女子”却遭到了不幸，不仅她心爱的丈夫险些被恶势力夺去了生命，而且她与他所建立起的美满幸福家庭也在风雨飘摇之中。这就把人间美好的东西撕毁给人们看，由此可以产生强烈的悲剧效果。天根的母亲虽然是个大家闺秀，“望族”大家庭的少妇，但她的命运却是极其不幸的；作者从多方面描写了她作为一个贤妻“慈母”形象的美点，尽管她出身在封建贵族家庭，然而她身上很少封建地主阶级的反动性、残忍性和自私性、腐朽性的烙印，她身上更多的是善良、贤淑、慈爱、温和、通达、明慧等美德。就是这样一个妇女，在那种暗无天日的旧中国却遭到封建家族制的无情摧残和打击，使她年纪轻轻地做了寡妇，沉重的家庭担子和精神压力折磨着她。如果这个人物身上打着很深的阶级烙印，缺少人类的一些固有的美点，即使她的遭遇再惨也不会引起人们的同情。慧姐的悲剧之所以具有惊心动魄的悲剧力量，主要因为作者把她塑造成一个美的典型。她不仅外在美，更重要的是具有浓郁的人情美，正是这样一个美丽聪颖的青年少女被封建包办婚姻制度虐杀死，这怎能不激起人们对造成这一悲剧的旧社会制度的愤怒之情和反抗之心呢？芸涵这个形象的刻画，作者不但写了她的极其悲惨痛苦的人生遭遇，而且极力发掘她的俊美、聪明、温柔、活泼、深沉、热情的性格特点。她的悲剧不止是“悲”在罪恶的旧社会吃掉了她的双亲、玷污她的纯洁的心灵、凌辱了她少女的身子，同时也“悲”在她变成一个虔诚的宗教徒而不悟的精神悲剧上。因而，她的悲剧既能引起人们对黑暗旧社会的愤懑情绪，也能激发人们的深思：帝国主义伴随着武装侵略在中国推行的宗教活动，不仅腐蚀麻醉了一些中国人的美好灵魂，使其丧失民族意识，并能使其“感恩戴德”地跟随洋人离开自己的祖国。总之，这部小说在“原质”上的美学价值，主要表现在作者比较真实地开掘出这些悲剧人物身上潜藏的“价值”，尽量把他们内心世界的美揭示出来。虽然这些悲剧染上一定的定命论色彩，但基本上艺术地显示出他们的悲剧之源并不是个人命运而是吃人的半封建半殖民地的社会制度。沈雁冰当时曾说过：“一个民族既有几千年的历史，他的民族性里一定藏着善美的特点；把他发挥光大起来，是该民族义不容辞的神圣的职任。中华这么一个民族，其国民性岂无一些美点？从前的文学家因为把文学的目的弄错了；所以不曾发挥这些美点，反把劣点发挥了。”①可见，在文学作品中能否开掘中华民族的国民性里“藏着善美的特点”，能否充分发扬这些“美点”，这是新旧文学的重要区别之一，也是创造有价值的“国民性的文学”的重要标志之一。从小说的美学境界来看，作者在艺术上追求一种朴素美。所谓朴素美，是寓华于朴，平中有奇，返朴归真的一种美学境界；他在作品中表现的“善”和“知”，都是不露痕迹地融化于这种朴素的艺术境界之中。《一叶》朴素美主要表现在：其一，取材朴素。很少奇险惊心的事件和大波大澜的斗争，而是开掘普通平凡的生活题材，除了作者熟悉的家庭、学校生活，就是所见所闻的能引起自己共鸣的日常的人和事，基本上能从自己感受最深的生活出发，遵循生活的逻辑去构思作品，寓“自己的哲学思想”于朴实无华的题材之中。其二，情感的真实与笃诚。不论是写人状物或者是写景抒情，所表现出的喜怒哀乐之情感，都是真实的。既没有忸怩作态的故作多情，又没有大喊大叫的空泛之情，也没有那种违心的虚情，这种朴素的感情是从作者心灵中自然流露出来的。正如作者在《诗序》中说到的：“我真诚地要诅咒人间！我愿凭其热如火的月光，来洗涤互相欺侮的罪恶！我助着秋夜之雨哭呢！我随着悲咽之琴鸣呢！且是，我每每地向我的笔尖祈祷！”表明他是以“白白袒露的真诚”进行创作，这必然给作品带来真实朴素的美。其三，语言朴素清新。没有华丽词藻的堆砌，也没有那些过分夸张的空话浮语，更没有陈词滥调的充

① 《新文学研究者的责任与努力》。

塞，作者把语言的锤炼功夫用在形象描写的逼真上和情思表达的准确上，即使那些描绘自然景色的语言也是用得相当贴切的。虽然有些句法带有欧化倾向，但并不损害整个小说语言的朴素美。作者当时对于艺术朴素美的追求，具有革新的意义，因为彼时充斥文坛的现代旧派小说存在着一种专事藻饰、感情虚假、追奇逐异的倾向，王统照的《一叶》以朴素的美问世，这本身就是对旧文学的一种示威，并从美学风格上同旧派小说划清了界限。总之，《一叶》在思想上和艺术上虽然都存在一些明显的不足，特别是全篇小说缺乏一个栩栩如生的典型人物形象；但是也必须肯定它是中国现代新小说史上最早的长篇小说之一，是大胆尝试的成果，对过去的或当时的旧小说来说无疑具有重大的革新意义，不论思想内容或艺术形式都表现出现代新小说的一些基本特征，尤其在体式上冲破了章回长篇小说的程式化的格局，使长篇小说获得了解放和自由。如果说鲁迅在五四前后是短篇小说格式创新的巨匠，建立了不朽的功绩；那么王统照在长篇小说的体式的革新上也表现出独到的才能，作出了独特的贡献。沈雁冰当时曾对现代旧派小说的章回体（这种体式也有可取之处）的流弊作了具体的深刻的揭露，指明章回体到了现代旧派小说家的手里已抹杀了这种体式的固有长处，而使它本身的局限性得到恶性发展，日趋程式化僵死化，破坏了艺术形式美，把小说艺术引进了死胡同。在这种情况下，王统照连续写了《一叶》和《黄昏》两部长篇新小说，突破了章回体的格式，创造了自由灵活的新的长篇小说体式，尽管它还不完美，但它在中国新文学史上的开拓意义和奠基作用却是很明显的。

庐隐（1898—1934）和冰心一样是“被‘五四’的怒潮从封建的氛围中掀起来的，觉醒了的一个”①，是文学研究会致力于“为人生”“问题小说”创作的知名女作家。从一九二一年二月在《小说月报》上发表第一短篇小说《一个著作家》起到一九二四年这个时期的作品，集成《海滨故人》，共收入十四篇小说，其中《海滨故人》是她的代表作。虽然她初期的小说以广大的社会生活为题材，触及到很多社会人生问题，但是其中写得最为出色的是青年男女的爱情悲剧，故被称作“描写男女恋爱的专家”。在刚刚冲破封建礼教桎梏的五四前后，男女青年的恋爱或婚姻是个相当重要的社会问题，以此作为探索“人生究竟是什么”的突破口，表现觉醒一代青年对人生意义的追求，披露这种热情追求因为封建势力

① 茅盾：《庐隐论》。

和传统观念作祟而酿成的种种悲剧，正是切合当时的形势和时代的要求。正如作者自己所说："悲剧的描写，则多沉痛哀戚，而举世的人，上而贵族，下而平民，惨凄苦痛的事情则无人无之，所以这样作品至易感人，而能引起人们反省。"①庐隐小说的情调、风格总是同这种特定的题材内容联系着。她的小说带着很浓厚的自叙传性质，主观性和抒情性比较强烈，与冰心的小说相似，倾向于浪漫主义；所不同的是，她比冰心的小说更带有哀怨、忧郁、感伤的情调，她"简直成了悲哀的叹美者"②。《海滨故人》中十多个青年，不论自己的写照露莎或者她的好友玲玉、莲裳、云青、宗莹等，都是人生问题的苦苦探索者，她们"几乎全是一些'追求人生意义'的热情的然而空想的青年那里苦闷徘徊，或是一些负荷着几千年传统思想束缚的青年在狂叫着'自我发展'，然而他们的脆弱的心灵却又动辄多所顾忌"；而这些青年女性每每有着不幸的身世和坎坷的经历，或远离故土到处飘零流徙，或寄人篱下孤苦无依，或先饱尝好友星散之痛苦后经受恋爱之熬煎，或未婚前有短暂的欢乐而婚后则发出所嫁非人的哀怨。她们无不发生精神危机或饥渴，到处寻找精神寄托。如果说冰心、王统照、叶绍钧笔下的人物在人生中尚发现了美与爱，那么庐隐笔下的青年只觉得人生一团糟，无处不是憎与恨，只觉得一切都该诅咒，一切都只是欺骗，并没有探索出"人生究竟是什么"的答案，于是发出了"我何尝游戏人间？只被人间游戏了我。"③"只有悲哀，它是永驻于我灵宫的骄子。"露莎、倩芳（《憔悴梨花》）、素璞④等女性，都在命运的鞭子面前自伤沦落，发出喟然哀叹。"唯有最真实的生气或忧愁的人，才能激起人们的愤怒和忧郁"⑤。这些渗透着作者血泪的人物描写，映射出女作家寻求人生究竟的全部真诚，反映出庐隐灵魂的内在世界，具有真实感人之力。她是以女性之手来刻画女人之心的，对于女性的复杂而深微的心理变化以及那些微妙的意欲、情愫和感触，都作了率直而大胆的描写，毫无矫揉伪饰的文笔。这正证实了托尔斯泰的名言，即凡没有真实的为艺术家亲身体验过的感情的地方，那里也就没有真正的艺术；作者自己也曾说过，"足称创作的作品，唯一不可缺的就是个性——艺术的结晶，便是主观——个人的情感"⑥。

---

① 《创作的我见》。
② 《庐隐自传》。
③ 《或人的悲哀》。
④ 《女人的心》。
⑤ 亚里士多德：《诗学》。
⑥ 《创作的我见》。

许地山(1893—1941)是文学研究会的一个风格特异的“为人生”的小说家，他不同于庐隐那样苦闷焦灼忧伤，也异于冰心、王统照、叶绍钧那样对爱与美的追求，他的每一篇小说都试图表现一种他认为合理的人生观；而这种人生观是二重性的，即“一方面是积极的昂扬意识的表征，(这是‘五四’初期的)，另一方面却又是消极的退婴的意识(这是他创作当时普遍于知识界的)”，这是“反映了当时第三种对于人生的态度的”①。这种所谓合理的二重性的人生观大都体现在一九二一年以后发表的《命命鸟》、《商人妇》、《换巢鸾凤》、《黄昏后》、《缀网劳蛛》等小说中。他的小说主要写男女爱情，在这一点与庐隐相似，但他的题材多取自异域生活，而且爱情悲剧的描写也没有像庐隐那么浓的忧郁感伤情调，只是大多带有点宗教色彩。他曾说：“我立愿尽此生，能写一篇爱情生活，便写一篇；能写十篇，便写十篇；能写百、千、亿、万篇，便写百、千、亿、万篇。”②他在小说中刻画的敏明③、惜官④、尚洁⑤等女性形象，都以所谓合理的宁静的人生态度来处理自己爱情不幸：敏明为争取恋爱自由反抗封建礼教和习俗而与男朋友携手走进湖水深处，安然地双双殉情；惜官帮助破产的丈夫到南洋谋生，但丈夫发迹后另娶妻室并把她卖给印度商人做第六个老婆，印商死后她因生了印度血统的孩子又不能返回祖国；尚洁是个童养媳，靠长孙可望的救助离开祖国到马来与长孙可望同居，而长孙可望怀疑尚洁不贞并以刀误伤，后经牧师感化长孙可望才与尚洁破镜重圆。通过这些独特的形象系列，既透露出作者的人生理想和态度，又曲折地表现出对黑暗社会的痛恨和对不合理人生的贬斥。他的人生观的二重性体现在创作方法上，既有现实主义成分又有浪漫主义因素；如果从小说的巧妙的构思、浓重的传奇色彩、丰富的想象来看，给人的审美感受却是奇异的浪漫主义色调。

总之，“五四”前后出现于文坛的“为人生”的“问题小说”，形成一个多色的复杂的文学系统，在中国文学史上具有极为重要的独特地位，尽管它们的思想倾向、美学追求、艺术成就呈现着明显的差异性和复杂性，但是它们所开创的“为人生”文学的优秀传统将流传百世的。

---

① 《中国新文学大系·小说一集导言》。

② 《无法投递之邮件》。

③ 《命命鸟》。

④ 《商人妇》。

⑤ 《缀网劳蛛》。

第六节　重艺术的“自我表现”小说

伴随思想解放运动的勃兴，五四前后的文学艺术界具有宏大的吞吐力，在短短的几年间不仅吐出了几千年封建文学的糟粕，而且吞进了西欧两个世纪在文学上经历过的浪漫主义、现实主义、象征主义、新浪漫主义、甚至表现派和未来派等尚未成熟的倾向。由于没来得及仔细地消化、吸收，致使有些文学思潮只露过一下面目或者很杂乱的出现过，唯有浪漫主义和现实主义却在五四前后文坛上获取了得天独厚的地位；反映在小说领域里，“为人生”的“问题小说”则更多倾心于现实主义，重艺术的“自我表现”小说更多地迷恋于浪漫主义，当然这并不是绝对的，只是就其主流而言。前者的代表主要是新潮社、文学研究会前期的作家群，后者的代表主要是创造社前期的作家群。

向来称创造社是为艺术派或为艺术而艺术，这并非没有根据，但不够准确，不够全面。与“为人生”的诸作家相比，在真、善、美三者的相互关系中，创造社的多数作家过分地强调了美和内心的真；相对来看对善（即文艺的社会功利）重视不够或有点否定，在某种程度上显露出超功利的唯美倾向，并不像“为人生”派小说家那样自觉地坚持文学为人生、改良人生的功利目的。但这不是说创造社诸作家，忘记了时代，抛却了社会，淡漠了人生，完全钻进为艺术而艺术的“象牙之塔”，毫无顾忌小说的社会作用。郑伯奇说得比较中肯：“若说创造社是艺术主义者的一群那更显得是不对的。固然郁达夫在他的《文艺私见》中曾有过‘文艺是天才的创造物，不可以规矩来测量的。’这样的语句。郭沫若、成仿吾诸人也常用‘艺术之神’这样的字眼，其实这不过是平常的说话，并不足以决定他们是自称天才，或者自诩为‘艺术之神’的宠儿。真正的艺术至上主义者是忘却了一切时代的社会的关心而笼居在‘象牙之塔’里面，从事艺术生活的人们。创造社的作家，谁都没有这样的倾向。郭沫若的诗，郁达夫的小说，成仿吾的批评，以及其他诸人的作品都显示出他们对于时代和社会的热烈的关心。所谓‘象牙之塔’一点没有给他们准备着。他们依然是在社会的桎梏之下呻吟着的“时代儿’”。他们之所以有“好象是倾向于艺术至上主义者的表示，其实，不过是不满于‘粗制滥造’而发出的一种高调。他们排斥模仿，鄙视不努力，要求对于艺术的严肃态度，不料旁人却给他们戴上‘艺术派’的帽子了。”①可见，说创造社是“艺术派”未免失之偏颇，没有看到其创作倾向的复杂性；然而也不能否认他们比“为人生”派诸作家更强调艺术的美和全，更崇尚“神会”、“直觉”、“灵感”乃至“天才”这些带有形象思维特点的美学观点，更注重文学是出自内心的要求或感情的自然流露或内心智慧的表现或自己内心世界的赤裸裸的暴露。因此把他们的小说，称之为重艺术的（不是单纯的为艺术）“自我表现”小说较比妥当一些。创造社大部分作家的小说则体现出重艺术的“自我表现”的这个总特色。一是遵循美感规律反映自己的生活经历、内在感受和情感波动，把“表现自我”作为艺术构思的中心，即使第三人称的写法也尽量使主人公与“我”相拥抱，通过“表现自我”来透视整个人生社会或一个时代；二是赤裸裸地描写人的内心世界的一切奥秘，毫不掩饰作伪，特别是对那种忧郁、感伤、灰暗、颓废的情绪，甚至性生活的苦恼、官能刺刺以及变态心性，敢于露骨的刻画；三是不重视人物的外部形态的客观描写，而着力于人的内心境界的真实刻画，即使写外界事件或自然景色、社会环境往往也是从“表现自我”这样的特定角度来写，使对外界的一切描写带上“自我”的情感色彩；四是强烈的主观情绪和浓郁的抒情色彩，是其浪漫主义的主要特征，它们似乎缺乏西欧浪漫主义创作方法那种追求情节离奇、创造绮丽境界的特点，而是从“表现自我”出发，着重吸取浪漫主义的主观性和抒情性；五是大部分重艺术的“自我表现”小说是地道的抒情小说，既别于中国传统的以情节取胜的情节小说，又异于五四前后那些以塑造典型性格为中心的新小说。因此它们在结构安排上并不像古代小说那样依据故事有头有尾的纵向发展轨程而层层展开，也不像性格小说那样围绕典型人物的刻画来布置典型环境或组织与之相适应的情节，而是根据主人公（或自我）内心感情的波动或思绪的变化或心理演变轨迹为主线，来组织一种自然流动的抒情结构，或展开一幅人物心灵流动的艺术画卷；六是小说的主人公往往不是那种栩栩如生的具有立体感的性格典型，而是具有个性色彩的抒情形象或某种情绪典型，它们不仅富有抒情散文的格调，且大都是自叙传。以创造社为主体所形成的重艺术的“表现自我”的小说流派（其实文学研究会有些小说也具有这些特点），如果从五四小说艺术革新的角度来看，虽然它们也继承中国传统小说的某些特长，但从本质上却是一反古代小说的传统，着重根据五四前后的时代需要、

① 《中国新文学大系·小说三集导言》。

作者的创作需要以及社会审美心理的渴求，大胆地汲取了域外文艺思潮和小说艺术，创造具有崭新特色的“表现自我”的一代新小说。它们与“为人生”的“问题小说”相互辉映，使五四前后的小说界顿然生色。

侧重于表现内心要求的“自我小说”，并不只是表现以个人为本位的自我，而且也包括“大我”在内。正如郭沫若所说：“我要高赞这最初的婴儿，我要高赞这开辟鸿荒的大我”①；“我们是不甘于这样缺陷充满的人生，我们是要重新创造我们的自我”②。他所说的“大我”或“自我”都不仅仅局限于个人，这里含有更宽泛的内容。即在小说中不只是要赤裸裸地表现自我的内心世界，也要把个人问题社会化，使主人公的内心的镜面上既能映出“自我”又能显示“大我”。五四前后的小说园地里之所以能产生一批重艺术的“表现自我”的小说，考察起来原因是多方面：其一，外国浪漫主义、唯美主义、现代主义等文艺思潮的影响。创造社每个小说作者的心目中，几乎各有自己崇拜的外国浪漫派及其他流派的作家。“歌德而外，海涅，拜伦，雪莱，基慈，恢铁曼，许果，斯宾挪莎，太戈儿，尼采，柏格逊，这些浪漫派诗人和主观的哲学家也是他们所最崇拜的。其次，因为各人的偏向，有人喜欢淮尔特，也有人喜欢罗曼罗兰。这虽似乎偏向到两个极端，然而，在尊重主观，否定现实上，却有一脉相承之点。象征派，表现派，未来派，也都经创造社的同人介绍过。这些流派，实在和浪漫主义在思想上，是有血缘的关系。”③可见，创造社诸作家不是把或一派的文艺思潮都接受过来，主要汲取它们的尊重主观、强调主情的浪漫主义思想，以指导其小说创作。其二，直接对创造社小说作者发生影响是日本的“自我小说”（即私小说）。因为他们大多是日本留学生，而且有些小说就是取材于日本或在日本写成的。日本的“自我小说”也称之为“自叙”小说，强调作者把自己的生活道路、心情变化露骨地表现在小说里，即使观察对象也要从作者人生观的感触中表现出来，总之“我”就是小说艺术的基础。其三，创造社诸作家对外国浪漫主义及其他流派的主观性和主情性如此的感兴趣，对日本的“自我小说”如此的引以为鉴，主要在于：“第一，他们都是在外国住得很久，对于外国的（资本主义的）缺点，和中国的（次殖民地）的病痛都看得比较清楚；他们感受到两重失望，两重痛苦。对于现社会发生厌倦憎恶。而国内国外所加给他们的重重压迫只坚强了他们反抗的心情。第

① 《创造者》。

② 《创造工程之第七日》。

③ 《中国新文学大系·小说三集导言》。

二,因为他们在国外住得很久,对于祖国便常生起一种怀乡病;而回国以后的重重失望,更使他们感到空虚。未回国以前,他们是悲哀怀念;既回国以后,他们又变成悲愤激越;便是这个道理。第三,因为他们在外国住得长久,当时外国流行的思想自然会影响到他们。哲学上,理知主义的破产;文学上,自然主义的失败,这也使他们走上了反理知主义的浪漫主义的道路上去"①。况且,新思潮腾跃的五四时代正是中国人的意识觉醒的时代,特别是知识青年争取"人性"解放的时代,是重新估定自我价值的时代,因此强烈地要求文学艺术来"表现自我";而浪漫主义的主观性和抒情性以及日本"自我小说"的独特功能,恰好适合创造社诸作家赤裸裸地表现自我的需要。不过,他们强烈表现自我的小说,不仅仅表现自我的低诉、呻吟、忧郁、苦痛,更重要的是表现出自我的呐喊、嘲骂、反抗。总之"毫不客气的把我们胸中的所有思想感情等等一切都叫喊出来","这是时代对于我们的要求,也是我们应该投掷于时代的礼物"②。这样,重艺术的"表现自我"的小说就以新的姿色出现在五四前后的新文苑,同"为人生"的"问题小说"在众多流派的竞争中各自大放异彩。

虽然创造社初期的重艺术的"自我表现"的小说具有一些共同特征,并且大都倾向浪漫主义;但由于各个作家出身的阶级或阶层、所处的特定环境、经验的人生、思想和文学修养、个性气质等不同,因此各自的小说便有其独特色彩。

郭沫若同鲁迅一样都是在五四文学革命的阵地上升起来的新文学巨星,虽然他的光辉主要是从新诗创作中放射出来的,并照亮了中国浪漫主义新诗发展的道路,然而他的小说创作也迸发出几朵火花。他是以浪漫主义抒情诗的笔调从事小说创作,所以他的小说如同他的新诗一样具有相似的特点。郑伯奇评述说:"郭沫若受法国浪漫派的影响最深,他崇拜自然,尊重自我,提倡反抗,因而也接受了雪莱,惠特曼,太戈儿的影响;而新罗曼派和表现派更助长了他的这种倾向。"③"尊重自我,提倡反抗"是郭沫若浪漫主义小说的最突出的特色,从他前期创作的《牧羊哀话》(1919)、《鼠灾》(1919)、《未央》(1920)、《残春》(1922)、《月蚀》(1923)、《漂流三部曲》(1924)、《喀尔美萝姑娘》(1924)等小说中,则明显地体现出来。《牧羊哀话》是"借朝鲜为舞台,把排日的感情移到了朝鲜人民的心里"(《创造十年》),这是寄托异域的人与事来抒发自己的情感,

① 《中国新文学大系·小说三集导言》。
② 郑伯奇:《寒灰集批评》。
③ 《中国新文学大系·小说三集导言》。

可称为寄托性的"表现自我"小说。它通过赞颂闵崇华、尹子英、佩荑的热爱祖国、仇恨日本帝国主义、维护民族尊严的高尚品格,寄托了作者自己内心的反抗帝国主义侵略的怒火,特别那首《怨日行》诗就是作者反帝爱国情绪的自白;如果说《牧羊哀话》表现自我的反帝爱国激情是采取假托的方式,那么《未央》、《残春》、《月蚀》等,则是直接通过自我的亲身经历和独特感受来表现自己的强烈的爱国情感和激烈的反抗情绪。《来央》的主人公爱牟实际是作者的写照,通过乔居日本而自己的孩子却遭到日本儿童的欺侮辱骂的描写,表现了爱牟对民族歧视的愤怒情绪及对祖国的怀念深情;《残春》通过知识分子贺君因报国无门、忧愤成疾最终跳海自杀的不幸遭遇,借以表现自我的爱国无路的怨愤情绪;《月蚀》着重表现"我"的反帝仇恨,不仅写出"我"怒愤地诅咒帝国主义及其帮凶是天狗,揭露其想吃掉为人类造福的日月;并且写出了民众将以"击钟鸣鼓"的办法驱逐天狗,免除它对宇宙的威胁。这样就使作者的反帝爱国情绪同广大民众的反帝爱国思想联系在一起,也就是把"小我"与"大我"结合起来。这些所谓表现自我的"身边小说",虽然同日本的"自我小说"[①]在取材上有一致性,大都写作家的身边生活或一段经历,但是郭沫若的"表现自我"小说突破了单纯表现"自我"的狭隘界限。它们能从人的社会关系来写"我"的反抗情绪,而这种反帝爱国思想正是一代爱国青年的共同思想情绪,体现出五四时代精神。正如他自己所说:"写的动机也依然一贯,便是通过自己看出一个时代"[②]。《漂流三部曲》是透过"表现自我"来影射一个时代的具有代表性的作品。这是篇自叙传式的小说,主人公爱牟和日本一个牧师的女儿相爱结婚,虽然他们的生活很艰苦,却能够患难与共。妻子为了支持丈夫的文学事业,自甘牺牲,抛家离国,放弃富贵荣华,情愿做一个"殉情的乞儿";而爱牟是一个怀抱"转移社会"志向的留日爱国知识分子,从日本回到中国后弃医从文,但"在文学不值一钱的中国,他的物质生涯也就像一粒种子落在石田,完全没有生根茁芽的希望"。于是他发出了激愤地感叹:"我们真正是牛马!我们的生活是值不得一些儿同情,我们的生活是值不得一些儿可怜!我们是被幸福遗弃了的人,无涯的痛苦便是我们所赋与的世界!"实际上,这是作者内心忧愤的自白,是从表现自我的角度向黑暗的半封建半殖民地社会发出的强烈控诉。这篇小说通过爱牟与妻子(实际是郭沫若同安那)的一段漂流生活的描写,不仅表现出他们之间的纯洁高尚的

① 即私小说。
② 《〈沫若自传·少年时代〉序》。

真挚爱，而且表现出男主人对旧社会的反抗情绪；虽然这种反抗怒火燃烧在“自我”胸中，但却代表了五四时代广大进步青年的共同心声，是向整个吃人社会提出的强调抗议。正如爱牟从心底所发出的愤慨：“医学有甚么！我把有钱的人医好了，只使他们更多榨取几天贫民。我把贫民的病医好了，只使他们更多受几天富儿们榨取。”“医学有甚么！能够杀得死寄生虫，能够杀得死微生物，但是能够把培养这些东西的社会制度灭得掉吗？”这是对贫富对立的吃人社会制度的淋漓痛快的抨击和揭露。《行路难》是《漂流三部曲》的续篇，爱牟与妻子从上海返回日本，生活更加艰难，异族的歧视带来更大的精神压力；但是爱牟并没有向多难多艰的黑暗现实屈服，他心中翻腾着反抗的怒潮，踏着“崎岖的道路”不停地向前。郭沫若前期的“寄托小说”或“身边小说”，都体现了“尊重自我，提倡反抗”的独特色彩，“主观的燃烧强烈地吸引读者”。正由于他的充满了愤怒的反抗激情和男女之间真挚情爱，主观抒情性特别强烈，致使小说具有浓厚的浪漫主义抒情诗的气息。正如钱杏村所指出的，他的小说读起来“使人感到这是诗！意境是诗，句子也是诗”①。如《牧羊哀话》描写子英与佩荑放牧在海边、月光下相依而睡的情景，充满了诗情画意，作者的赞美之情蕴含于这幅淡雅恬静的意境描写中；《行路难》以拟人化的手法，借大江奔流不息的特点，赞美其不怕道路崎岖奋勇向前的精神。即“把头去冲，把血去冲，把全身的力量去冲，把全部灵魂去冲”。这种人格化的描写，既增强了小说的浓郁诗意，也表现出一种奔放激越的诗情。域外的或中国古代的浪漫主义小说往往注重以故事情节的曲折离奇取悦于读者，而郭沫若早期小说虽然在情节提炼上比“为人生”的“问题小说”注意故事性，但是它们的引人入胜的魔力，主要不是靠情节而着重依靠自我内在激情的赤裸裸的抒发，以及心灵世界的最隐秘的情思的坦率而真诚的暴露。《行路难》中爱牟那种如痴如狂如怨如诉的内心复杂感情的倾吐，颇能增强小说的诗情诗意。特别是“自我形象”的塑造达到了相当的高度，当然这并非指典型化程度而言，而是指小说的主人公和作者“自我”完全交融在一起。以亲身经历和感受从不同侧面或不同阶段来刻画“自我”的性格，着重展示“自我”的丰富而复杂的内心世界。如《漂流三部曲》刻画出爱牟这个知识分子的心灵历程，表现出他的全部的思想感情，实际上这是处在五四前后这个特定历史条件的郭沫若对“自我”的内心世界的赤裸裸地展示，是对自己心理内涵的复杂

① 《诗人郭沫若》。

性的直接剖露。这样就把一个具有强烈的革命民主主义思想、爱国主义情感、坚强的斗争毅力,内心充满了忧愤、痛苦、孤寂、感伤情绪的有血有肉的知识分子形象推上了五四新文坛。为了深入地开掘"自我"形象的内心世界,作者非常重视潜意识的描写。对于《残春》的心理描写,作者曾说"着力点并不是注重在事实的进行,我是注重在心理的描写。我描写的心理是潜在意识的一种流动"[①]。这篇小说的潜意识描写主要指对主人公爱牟的梦境刻画,表现了他见到S姑娘产生一种隐爱,由于已婚便把这种私欲压抑在潜意识中,于是在做梦中满足了现实中得不到的欲望。在梦境中出现的一系列的荒诞不经的事情,正是爱牟潜意识的流动,从而揭示了他内心深处的隐秘,这就深化了心理刻画的层次。象征主义手法也是郭沫若小说常用到的,或以梦幻象征现实社会或以自然物象象征人生,这不仅增强了小说的含蓄性也使之带有哲理意味。即使有的小说如《万引》、《叶罗提之墓》等,虽然用的第三人称而比较客观化的,但依然是抒情色彩很浓厚。总之,郭沫若前期的小说大都是重艺术的"表现自我"的浪漫主义小说,反抗性、抒情性、主观性、诗意化是其突出特点。当然,他还有的小说流于一般的描述,没有深入的生活开掘和灵魂的剖析。

张资平(1893—1947)是创造社早期的多产小说作者,一九二一年便完成了长篇小说《冲积期的化石》的创作,短篇集有《爱之焦点》、《雪的除夕》、《不平衡的偶力》、《蔻拉松》、《植树节》等。他的小说同郭沫若小说相比,仅就创作态度和方法而论,则有着明显的差异。郭沫若偏于主观,张资平则侧重于客观。"因此便有人称他是写实主义的作家。不错,他常常是写实的,但他所'写'的'实'只是表面的现象,不曾接触事实的核心";他所说的"'观察',为一个文学家诚然必要。但文学家所要表现的人生社会,不比自然科学,光凭观察是不能够理解的。这一点似乎他当时还没有觉得罢"。因此他的一些小说带有自然主义倾向。他早期在日本写的小说,大多取材于留日学生生活,表现了某种程度的爱国情思。"《学艺》上发表的他最初的小说《约檀河之水》,《创造》上发表的《一班冗员的生活》,《她怅望着祖国的天野》,《孤军》上所发表的《银踯躅》等,都是这样性质的作品"。其中《她怅望着祖国的天野》是这类小说的代表作。它通过对秋儿的被侮辱被损害被欺骗的不幸遭遇的描写,既鞭挞了那些朝三暮四的轻薄男子,又揭露了日本的以金钱为轴心的资本主义社会的黑暗,以及人与人之

① 《批评与梦》。

间的虚伪诈骗关系；特别赞美了秋儿的怀念中国、思念亡父故乡的深情。她虽然从小生在日本，母亲也是日本人，并且入了日本国籍，但她并没有忘记父亲是中国人，更没有忘记父亲的故乡。小说这样写道："秋儿是中国人，她爹爹林商死后，她虽然恨中国人，但她不恨中国。她不但不恨中国，并且很思慕中国。她很想回中国去看她（中国）特有的庞大的壮丽山河！"这篇小说以现实主义手法刻画了秋儿的形象，但富有创造社"表现自我"小说的一些特点，即具有浓郁的抒情色彩，洋溢着一种思念故乡怀念祖国的感情。一九二二年回国后，张资平就教于武昌师范大学，"但因他的负担太重，也不免对生活发生诅咒"，他的一些表现自我的"身边小说"就是这个时期写的，如《小兄妹》等。从这些小说中可以看到"主人公为着家庭拖累，受了不少的气，发了不少的牢骚。这里，他虽然也还用客观的手法去写，可是主观的情感不时爆发"。这进一步表明，他的小说尽管现实主义成分多一些，然而仍含有创造社重主观尚抒情的浪漫主义色调。"描写两性间的纠葛是他最擅长的地方。在初期，他描写两性关系的小说，还提供一些社会问题。或者写义理和性爱的冲突，或者写因社会地位而引起的恋爱悲剧。《梅岭之春》是这种倾向中最好的作品"①。这篇小说描写女主人公保瑛的不平凡的经历和不幸的遭遇。她从小当了童养媳，是封建婚姻制度的受害者；当她读完小学上了教会学校读书时，受到了个性解放思想的影响，越发对自己的婚事不满了。正在这个当口，她与在教会学校教书的吉叔相爱了，在吉叔母亲死后便与吉叔发生了两性关系。这本身就是对旧礼教和基督教规的反叛，是大逆不道的。但是保瑛并不畏惧，认为"恋爱不是罪恶"，是"自然而神圣"的，并且忠于自己的爱情，表现出大胆的叛逆精神和坚贞的爱情观；相比之下，吉叔并不值得她钟爱。他是个卑鄙、自私、胆小的不负责的人，竟慑于教规的制裁和社会上舆论的威压，把她遗弃了。她离开吉叔回到原来的婆家生下"可怜的婴儿"，她虽然遭到社会冷嘲热讽，但她仍然写信给吉叔，义正辞严地宣布："叔父你要知道我们间的恋爱不算罪恶，对我们间的婴儿不能尽父母之责才算是罪恶哟！"这个女性形象的独特思想意义，不仅表现在对封建婚姻制度、封建伦理道德、旧的习惯势力和传统观念的大胆的批判和否定上，而且表现在对外国传教士推行的基督教规的蔑视上以及对那些不负任何社会责任的卑鄙自私的轻薄男性的斥责上。在描写上，作者长于刻画处于青春期少女的微妙的心理

① 以上引文均见《中国新文学大系·小说三集导言》。

变化，特别对其体态的美和性心理萌动更是带着赞赏的笔调去写。甚至有的渲染过分或自然主义的写法，即宣扬一些不健康的趣味。正如郑伯奇指出的："性生活的观察渐渐引他入了歧路。他写了不少的恋爱游戏的小说，他也发表了不少的恋爱性欲的作品。"

成仿吾(1897—1984)是创造社的著名文艺批评家，但他也写了四篇小说，其中《灰色的鸟》、《牧夫》、《流浪人的新年》是带有表现自我倾向的"身边小说"，《深林的月夜》是新浪漫派小说。与张资平的初期小说不同的，虽然他也写了客观化的作品，但他更强调小说的时代色彩。他在《新文学之使命》中说："我们是时代潮流中的一泡。我们所创造出来的东西，自然免不了要有它的时代的色彩。"这表明他在本着内心的要求去创作表现自我的小说时，并没有忘记所处的时代，总是通过新文学创作去担负时代使命，这必然给小说带来一定的时代感和历史感。《灰色的鸟》不只是写作者本人的经历和身边琐事，而把笔触伸向社会人生，通过对佩帏、颜碧湘、丁伯兰、密司刘等几个知识青年的不同遭遇及对人生的不同追求的描写，触及到一些社会黑暗，也表现出对人生问题的一些新的看法，并对一些丑恶的人生观作了一定的揭露。这篇小说虽然还带有"表现自我"小说的某些特点，但是基调比较明朗，注意客观地表现人生问题，在情节布局上也不是单靠自我感情的流动作线索，而注意情节本身的逻辑性，对人物的刻画既注重内心的剖析也重视性格外在的行动、对话的描写。就这些方面来看，它已接近"为人生"的"问题小说"了。这也说明五四前后的各个流派的小说并不是封闭的绝缘的，它们之间是互相影响，互相渗透，互相转化。

早期参加创造社的何畏、方光焘的小说也倾向于写实，并注意社会人生问题。何畏写的《黄昏》，描写了江南民间劳苦人民的悲惨，生活的重担压得夫妻之间争吵打骂，"悲惨，恐怖，仇恨，凶狠，绝望，惊惶，哀哭在暗淡的屋中交响"；方光焘是一个相当写实的人道主义作家，他的小说《疟疾》描写愚昧无知的贫苦人家的妇女在疟疾的暴威之下挣扎，而唤起读者同感的则是女主人公的母性爱。滕固的小说如《壁画》、《二人之间》等，虽然取材只限于周围的知识分子生活，也注意作品中主观的燃烧，但是他倾向于写实，不论人物性格的刻画或者情节的发展都比较真实。稍后在创造社刊物上发表作品的，"周全平的小说相当写实，并且还带着点人道主义的色彩，他又写过几篇关于小孩子的作品，这些都和张资平有点接近，但他毕竟年青，他的主观的情绪常常妨害他的客观的写实；他又常常受他的几个先进作家的影响，弄得他的作风不甚统一。象《林中》，象

《爱与血的交流》都是在当时的浪漫的倾向之下产生的;但如《呆子和俊杰》和《落霞》,他却很想保持写实的态度。假使能把这两个倾向统一了,也许可以生出更好的力量,可是,这并不是容易的事”。和周全平相比较,“倪贻德的作风相当是一贯的。他始终保持着他的感伤情调。他也带着欷歔叙述自己的身世,有时还带点低调的愤慨”,如《花影》是写两小无猜时代的恋爱,充满着回忆的悲调,《零落》写一个旧家的没落,在感伤的情调中还运用着写实的笔致。从富于感伤情调这一点来看,“倪贻德有点像郁达夫”①。严良才发表的小说不多,取材也不广,主要写他周围人们的悲哀和无告人的痛苦,如《最后的安慰》,虽然也富于感伤的色调,但笔致比较质朴一点;白采在《创造周报》上发表过三篇小说,如《病狂者》、《被摈弃者》、《微青》,他精于心理描写,更喜好写变态心理,而对性的变态心理,他更大胆地做深刻的描写。叶灵凤也喜欢写性的变态心理,但与白采大不相同。白采所刻画的是主人公的性格,那种变态性格的描写是有迫人的力量;叶灵凤所注意的是故事的经过,那些特殊事实的叙述颇有诱惑的效果。“所以白采的作品比灵凤的深刻,而灵凤的小说比白采来得有趣”②。

创造社的小说作者群尽管他们在小说中所体现出来的创作风格、个性色彩有着程度不同的差异,但是“尊重主观,主张自我表现,不能冷静地观察事实,描写客观现象”,却是他们小说中带有普遍性的浪漫主义色调。不过到了《洪水》创刊的时候,情形就不同了。社会的动荡、革命形势的发展,迫使创造社的作者不得不放弃一己的主观,小说创作更加倾向社会人生的“客观化”了。郭沫若在其创作集《塔》的前面写道:“无情的生活一天一天地把我逼到了十字街头,像这样幻美的追求,异乡的情趣,怀古的幽思,怕没有再来顾我的机会了。啊,青春哟!我过往了的浪漫时期哟!我在这儿和你告别了!”

在创造社初期的重艺术的“自我表现”小说创作中,最足以体现其浪漫主义特征及其艺术风格的,并且取得了重要成就的,应该是郁达夫的小说。

郁达夫(1896—1945)出生在“中国正和日本战败后的第三年”,成长在国家极为衰败、民族备受凌辱的时期,因之时代、民族、社会都使他感到极度失望;早年丧父带来生活困窘,包办婚姻在心灵里刻下了伤痕,身体虚弱又患上了肺病。这一切不幸铸成他的既多愁善感又嫉恶如仇,既刚强自尊又自卑自贱的复杂性格。特别到日本留学后,亲眼看到资本主义文明的弱点及其侵略扩张的野蛮

① 《中国新文学大系·小说三集导言》。

② 《中国新文学大系·小说三集导言》。

性，切肤地感受到民族歧视给弱国子民带来的不堪痛苦和莫大屈辱。正如他在《忏余独白》中说的："我的这抒情时代是在那荒淫残酷的军阀专政的岛国里过的。眼看到故国的陆沉，身受到异乡的屈辱，与夫所感所思，所经历的一切，剔括起来没有一点不是失望，没有一处不是忧伤，同初丧了夫主的少妇一样，毫无气力，毫无勇毅，哀哀切切，悲鸣出来的，就是那一卷当时很惹起了许多非难的《沉沦》。"由日本留学回国后，他所见的半封建半殖民地社会的腐败、封建军阀政治的黑暗，人心的阴险丑恶，使他感到更大的幻灭，但是他并没有自甘堕落，走上绝望的道路，仍然在苦闷中探索，在悲伤中思考，在"茫茫夜"中忍受着心灵中的各种矛盾冲突搏击，忧伤失望的情绪常常包围着他。正是在这种环境和心情下，创作了《银灰色的死》(1920)、《沉沦》(1921)、《南迁》(1921)、《友情和胃病》(后改题《胃病》,1921)、《茫茫夜》(1922)、《怀乡病者》(1922)、《风铃》(后改题《空虚》,1922)、《春风沉醉的晚上》(1923)、《薄奠》(1924)、《秋柳》等。这些富于浪漫主义伤感情调的小说，是在这样的文学观念指导下写成的："我觉得'文学作品，都是作家的自叙传'这一句话，是千真万确的。客观的态度，客观的描写，无论你客观到怎么样一个地步，若真的纯客观的态度，纯客观的描写是可能的话，那艺术家的才气可以不要，艺术家存在的理由也就消失了。"所以，"作家的个性，是无论如何，总须在他的作品里头保留着的。作家既然有了这一种强的个性，他只要能够修养，就可以成为一个有力的作家。修养是什么呢？就是一己的体验。"①"自传体"最能表现自己，而且显得格外真实、亲切、动人。他早期的小说大都是以自己作为小说的主人公，所写的大多是自己的亲身经历或所思所感或心理活动轨迹，并且能够赤裸裸地将自己暴露出来，那种大胆的真诚的坦率的描写在当时的小说作者群中是一个惊异。他的《沉沦》一问世便引起文艺界的巨大震动，那些旧道德旧礼教的维护者指斥它是不道德的文学，是"淫书"，甚至郁达夫的人身也遭到攻击；而新文学阵营则对这篇惊世骇俗之作给以充分肯定，指出它对五四小说的全面革新所带来的意义。郭沫若在《论郁达夫》中说："他的清新的笔调，在中国的枯槁的社会里面好像吹来了一股春风，立刻吹醒了当时的无数青年的心。他那大胆的自我暴露，对于深藏在千年万年背甲里面的士大夫的虚伪，完全是一种暴风雨似的闪击，把一些假道学假才子们震惊得至于狂怒了。为什么？就因为有这样露骨的真率，使他们感受着作假

① 《创作生活回忆录》。

的困难”。鲁迅《狂人日记》等小说的诞生曾轰动五四文坛，冰心“问题小说”的出现曾风靡一时，郁达夫的“表现自我”小说的问世又产生如此大的反响；不过同鲁迅、冰心的小说相比，郁达夫小说的思想内涵、创作倾向显得更为复杂一些，虽然早有人送他个“颓废派”的称号，实质上并不能全面而准确地概括出郁达夫早期小说的主导倾向。

自叙传色彩浓郁的《沉沦》等小说，着重描写留日学生生活，塑造了一些患有时代忧郁症的不幸青年的形象，流露出比较复杂的思想感情倾向。最早写的《银灰色的死》，以象征性的银灰色调给小说罩上凄凉、悲哀的气氛。主人公“他”漂零在异邦日本，怀着悼念亡妻的深切哀痛或买醉于日本的酒家或沉湎于日本少女静儿的温情，终因经济拮据、一贫如洗、静儿的出嫁及她母亲的歧视而借酒浇愁，暴死在远离故国的异邦他乡的银灰色的月光之下，所留下的只是一张告示一具尸体。作者透过这个不幸青年的悲剧，寄寓着自己对虐待爱妻致死的封建家庭关系的愤慨和弱国子女在异国受歧视的怒恨，并赞美了“他”与静儿之间的纯真的两性爱。《沉沦》是自叙传小说的代表作，它跳动着五四时代觉醒青年要求个性解放和个性自由的脉搏，既有爱国思想情感的抒发，又有性欲苦闷的倾泻，这就使主人公的忧郁症的病源不只是与生理上的性苦闷联系着，也与黑暗的社会人生联系着。即“伊”的不幸遭遇、心内极度忧伤以及悲惨结局，不只是直接地由日本或中国的反动统治者造成的，而是由整个黑暗现实、不合理的社会、传统观念和习惯势力造成的；不过小说是通过性的苦闷这个独特的角度来开掘其悲剧命运的社会根源。主人公身上具有作者的影子，他是一个有着强烈个性解放要求的渴求爱情自由的五四青年，又是一个备受异国歧视而个人的自尊心和民族自尊感遭到严重戕害的染上“时代病”的弱国子民。他热爱生活却不被人理解，才华横溢却又无所作为，他酷爱自由而又感到生活在异国他乡处处委屈自卑，他具有很强的自尊心却因遭受民族歧视而感到悲观失意，他希望祖国富强而又找不到正确出路，他的民族自尊感蒙受屈辱一心想复仇却得不到支持和同情，他热切渴求真诚实意的爱情而又找不到一个爱他的女性，于是他从心底发出个性解放的呼救：“知识我也不要，名誉我也不要，我只要一个能安慰我体谅我的‘心’。一副白热的心肠！从这一副心肠里生出来的同情！从同情而来的爱情！我所要求的就是爱情！若有一个美人，能理解我的苦楚，她要我死，我也肯的。若有一个妇人，无论她是美是丑，能真心真意的爱我，我也愿意为她死的。我所要求的就是异性的爱情！”他对爱情的要求是这样的大胆坦率，炽烈如火，但条件并不高，只要一颗体贴理解自己的“心”，而他甘心情愿为爱人作出一切牺牲。无论他的爱情要求多么合情入理，但在“支那人”不如猪狗的日本人眼里是得不到支持和同情的。正是在这种极度痛苦的心境下，他由爱情的失意转向对性欲刺激的追求，由青春期的性苦闷走上自我戕害的道路。他幻想女性的挑逗，不仅旅馆主人女儿的浴室洗澡声牵动着他的心，就是在苇草里听到青年男女的野合声也能给他带来极度的性苦闷，但是他又缺乏勇气和力量去追求，所以一再地自我犯罪，一再地自我痛悔，一再地自我宽慰，一再地自我麻醉，并且以一种变态心理进行反抗；特别在日本酒肆寻妓因自己是“支那人”受到歧视冷淡的时候，竟发怒地在心里大骂那些日本侍女：“狗才！俗物！你们都敢来欺侮我么？复仇复仇，我总要复你们的仇。世间哪里有真心的女子！那侍女的负心东西，你竟敢把我丢了么？罢了罢了，我再也不爱女人了。我再也不爱女人了。我就爱我的祖国，我就把我的祖国当作了情人吧。”但是他要爱的祖国正在遭受帝国主义和封建军阀的践踏和蹂躏，是那样的贫穷又是那样的衰弱，因此他深感“世上的人又都在那里仇视我，欺侮我，连我自家的亲兄弟，自家的手足，都在那里挤我出去到这世界外去。我将何以为生，我又何必生在这多苦的世界里呢！”最后终于无路可走，投海自杀了。投海前还望着故国天空的明星，喊出自己的痛苦和期望：“祖国呀祖国！我的死是你害我的！你快富强起来，强起来吧！你还有许多儿女在那里受苦呢！”虽然这是一个不幸青年在临终前发出的缺乏力度的“哀哀切切”的“悲鸣”，但却是一个不甘沉沦而又无力自拔的弱国子民的对民族压迫的强烈控诉，对帝国主义侵略和军阀横行所造成祖国的深重灾难的无比愤恨，并真诚地倾吐出对美好人生的追求和对祖国富强的渴望。虽然小说也流露出一些孤独的颓废的情绪，甚至有点色情的描写，然而这并非作品的主导思想倾向。透过主人公的悲剧，清楚地展示出他的忧郁病或变态心理并非天生的，而是有着深刻的时代原因和社会原因，是他个性解放理想被封建制度及伦理道德造成的恶风旧俗所扼杀的结果，是饱受异族歧视而个人自尊感和民族自信心遭到严重戕害的结果。所以他的悲剧不仅仅是个性解放者的悲剧，也是弱国子民的时代悲剧和社会悲剧。小说的独特之处在于，主人公的爱国情感或复仇愤怒虽然以直抒胸臆的方式喊出来，但它并不显得空泛化理念化。这是因为他的思国复仇之念同他的情欲追求的抑郁而炽烈的情思交织在一起，性的苦闷由于渗透着弱国子民的爱国之情使之免于低级庸俗，爱国之感由于交融着个性追求的情怀使之免于空洞的呼喊。《沉沦》之后写的《南迁》,主人公伊人也是留日青年,虽然因为追求名誉、金钱、爱情的三大理想的破灭而走上纵情酗酒的消极颓废道路,但是他并没有忘记作为一个弱国子民备受凌辱而应该复仇,也没有忘记对资本主义世界的权势者的愤怒诅骂和强烈抨击,更没有忘记自己祖国的深重灾难是封建军阀的罪恶记录。这进一步地说明了,郁达夫笔下的不幸青年由苦闷而产生的颓废情绪和变态心理,是那个时代的产物,是旧社会本身造成的悲剧。当然也要看到,伊人的思想感情比较复杂,既有对劳动者的同情,忧国忧民的情思以及对权势者的仇恨,又有对耶稣教义和托尔斯泰主义的信仰,使他的思想意识显得混乱而苍白,这就削弱了小说的启示力量。以上三篇小说汇成《沉沦》集,于一九二一年由泰东图书局出版,它是中国现代文学史上最早的白话小说集。它确立了郁达夫小说的善于表现自我、富于感伤情调的自叙传体的基本风格。小说的主人公虽然年龄、经历、身世、思想、行为不尽相同,但他们的主导性格、心理活动、感情倾向,却极其相似,初步形成了具有个性色彩的感伤青年的形象系列。即他们既多情又脆弱,既对现实不满又见不到正确出路,既拼命挣扎不甘沉沦而又陷入苦闷不能自拔,既想洁身自好又苦苦地追求性的刺激,既要探索人生真谛却又缺乏坚韧的毅力,既有忧国忧民的情思又耽于幻想,既有个性解放的欲求却又勇气不足,往往陷入绝望悲观的境地,甚至走上绝望自杀的道路。这些主人公的经历、性格、思想、情感、心理、气质等,无不深深地打上郁达夫自己的印记,但也并不仅仅局限于"自我",实际已超越"自我",概括了更多的社会内容。这种基本色调一直贯串于郁达夫此后的大部分小说。

一九二一年九月,郁达夫回国后,以在社会上为生计奔波而感受的苦难作题材写成的小说,也带有浓重的"自叙传"色彩,并且赤裸裸地写性的苦闷和变态心理。虽然小说的主人公由于经济的困迫,时刻感到失业的威胁而与自己的理想事业发生尖锐矛盾,产生了哀伤的心理和自暴自弃的苦闷,并从而对旧社会的控诉更加深刻了;然而过多的性苦闷、肉欲追求的变态心理描写,仿佛成了作者的"偏嗜",不仅增多了小说内涵的杂色,而且主人公的心灵愈发显得破碎。《茫茫夜》和《秋柳》是这方面的代表作。写成一九二二年二月的《茫茫夜》,主人公于质夫从日本回国决心戒烟戒酒戒女色,但到了殖民地化的上海不仅没有戒烟酒,并与吴迟生发生了变态的同性恋,他面对着处于茫茫长夜的中国黑暗现实,极度的悲感忧伤;到 A 地学校去任教,亲眼见到军阀、政客及其爪牙的明争暗斗和学校空气的污浊,他的精神世界发生危机,既同女学生相爱又性欲大发，竟到贫民窟去偷看女性，甚至向商家女骗取用过的针和手帕以寻求一种女性的快感，这种变态心理促使他用商女的旧针在自己脸上刺出“玛瑙珠似的血”来，以发泄性的苦闷；后来于质夫进出娼妓之家，结识了妓女海棠。他同《沉沦》三篇小说的主人公相比，更加忧郁、颓唐，也更加软弱、浮躁，其思想灵魂显得愈加杂乱破碎。当然他的忧郁症、病态心理和精神悲剧，归根到底是同当时半封建半殖民地的畸形的病态社会联系在一起，这本身就是对旧社会的一种控诉。完成于一九二二年七月的《秋柳》可以看作《茫茫夜》的续篇，主要人物是相同的，情节发展是连贯的。主人公于质夫结识了妓女海棠后，学校的风潮并没有解决，他的心里充满了矛盾。既怕风潮慢解决而使自己变成极度神经衰弱症者，又怕风潮快解决而影响自己同海棠的多幽会；风潮解决后他见到校长被军阀逼迫辞职而悲愤已极，却无处泄恨，只好又去逛妓院；既同海棠风流相恋，又骂自己是“以金钱来蹂躏人的禽兽”；既下决心要救世人先从救己入手，又感到周围环境压得自己苦闷难忍，无力自拔，于是又陷入酗酒迷色的颓唐、孤独、悲观的境地。这两篇小说的主题、人物、格调与《沉沦》一脉相承，不过反映的社会问题更严重了，对黑暗现实的揭露更直接更深切了，主人公的“时代病”更沉重了，性苦闷和变态心理越发厉害了，感伤的情调更浓了。

与此同时，郁达夫还创作了《春风沉醉的晚上》、《薄奠》等这样带有“客观化”倾向的具有积极意义和审美价值的小说，它们在题材、主题、人物、风格等方面都有些新特色。这两篇小说通过“我”的独特感受和认识，真切地描写了被剥削被侮辱的贫苦工人的悲惨命运，对不合理的社会提出了愤怒的控诉。《春风沉醉的晚上》刻画了淳朴、善良、诚挚的女工形象陈二妹。她对剥削、侮辱她的厂主和管理人怀着满腔仇恨，在一定程度上展示了工人阶级和资产阶级的矛盾；但她对贫苦的知识分子“我”却能从生活，道德方面给予亲切的关怀和爱护，表现出工人阶级那种真诚淳朴、正直光明的高贵品质，这是在五四前后的小说中罕见的女工形象。《薄奠》刻画了一个勤劳、忠厚、诚实又有一定生活愿望和反抗性的人力车工人形象。虽然他被生活压得喘不过气来，但仍希望通过自己的拼命劳动，能挣到一辆洋车，以摆脱洋车主的压榨；他的生活极端贫穷，却仍保持着劳动人民的高尚情操，他那种拾金不昧的精神是极其感人的。这两篇小说描写了两个进步知识分子形象，表现了他们同贫苦工人之间的真诚友谊，“多少也带有一点社会主义的色彩”[①]。《春风沉醉的晚上》刻画了一个贫困的进步知识分子,不仅写出了“我”对那个孤苦伶仃、淳朴真诚的女工的敬意和感激,而且也写出“我”从陈二妹的高贵品质中于黑暗的生活里见到一线光明。《薄奠》刻画了“我”这个深深同情劳动人民的知识分子形象,“我”对洋车夫倾囊相助、热情相待,不仅在车夫死后以微薄的奠品去慰安他的灵魂,而且对汽车中的贵人代死去的车夫发出愤怒的控诉,初步触及到造成人力车夫悲剧的社会根源。这篇小说对劳动人民的真挚恳切感情,纯属自然的流露,没有丝毫的虚情假意或矫揉造作;在艺术表现上,心理刻画细腻,笔调清新、凝炼、自然,字里行间蕴含着浓郁的诗情,情节结构较前严谨多了,没有过于散漫、冗长的毛病。但是它们的“自叙传”色彩仍然很明显,不仅整个艺术画面尚笼罩着暗淡、感伤的气氛,而且表现自我的主观抒情性依然很强烈,特别对“我”与劳动人民之间那种“同是天涯沦落人”的感伤情怀的抒写,尤为感人。这两篇小说的写实成分虽然增强了,但抒情主人公“我”在作品仍处于中心地位,浓烈的主观性和抒情性仍是创作方法的基本特征。只能说浪漫主义精神融合于写实手法中,主导倾向还是浪漫主义,现实主义因素的增强并未改变这种基本倾向。

以《沉沦》为代表的小说,的确富于一种忧郁感伤的情调,主要体现在某些所谓“颓废”或“色情”的描写上。尽管如此,但郁达夫的小说并不是颓废主义文学或黄色小说。他小说中的所谓“颓废”描写不同于产生十九世纪末的颓废主义,如果说它受点影响尚可,但并没有形成一种颓废倾向,只能说它是一种忧郁感伤的艺术表现;他小说中的所谓“色情”描写,并不是单纯的肉欲描写,尚未堕落为黄色小说,它主要把性的苦闷、性爱的追求、情欲的冲动,作为有意识的描写对象,从特定的角度表现五四青年的个性解放悲剧,当然也有些过分的渲染或失“度”之处。应当承认,《沉沦》等小说表现的“哀哀切切”的彷徨、忧郁、苦闷、感伤、颓唐的音调,反映了当时社会上一种“时代病”,是窒息的时代气氛下一部分知识分子的普遍情绪,特别在五四低潮期这种“时代病”尤为严重。虽然这种情绪的大量宣泄给小说的艺术画面蒙上一层感伤灰冷的色调,影响着艺术表现的强度;但是在这种消沉忧郁中总是包孕着反抗、复仇的火苗,并没有真正的沉沦下去,堕落下去,而是在沉沦中挣扎,在堕落中呼救。并且这种感伤忧郁的情调与郁达夫的忧郁而旷达、敏感而脆弱、易兴奋而易消沉、自尊孤傲而又

---

① 郁达夫:《自选集序》。

自卑懦怯、豪爽而纤细的矛盾性格联系在一起。由于他性格的忧郁、脆弱和纤敏，故在小说中常常以不幸的“弱者”形象出现，仿佛是一个天生的孤独者。即在四周黑暗势力的包围中，既不敢挺身进行韧性的苦战也不能放开喉咙发出愤怒的呐喊，又不甘心于在现实矛盾面前沉沦下去或玩世不恭或独善其身或逃之夭夭。但他的脆弱而刚强、纤敏而豪爽的性格却又决定着他采取一种特殊的反抗或复仇方式，即以变态心理来倾吐悲愤，以性的苦闷来喷射复仇怒火，只不过这种抗争是极其无力的；特别他的性格又那么旷达、坦率，感情又那么丰富外露，这就使他在小说中毫无顾忌地宣泄自己内心苦闷忧郁情绪，赤裸裸地展览自己灵魂深处的一些隐情或性追求，越发增强了小说的感伤色彩。同时这种忧郁感伤的情调与郁达夫的美学追求也有关系。他认为“悲哀之词易工”①，所以在小说中极力渲染青年人的不幸遭遇和悲苦命运，着力开掘人们心灵世界的创伤和精神上的危机，有意识地表现人物思想中或心理上的阴暗的消极的一方，甚至把那些莫名其妙的性苦闷、情欲追求、异性刺激、消极颓唐、自杀念头等，一股脑儿地全盘端出来，以造成一种忧郁感伤的美学境界。赫尔岑曾说：“对浪漫主义来说，再没有比不幸再高的幸福了，再没有比悲伤和哀痛再高的欢乐了。”②郁达夫的这种美学追求、审美选择和艺术情趣，不但与他的性格气质有相通之处，而且同他观察、理解、反映社会人生的独特角度有着一致性。他认为“这世上快乐者少，而受苦者多，且现代人都带有厌世的色彩，而以血气方刚的青年为尤甚”③。当然这种忧郁感伤的艺术情调也有消极因素，若从文学的社会功能来看，一味暴露人生的丑恶或宣泄性的苦闷，容易使人消沉或产生不良后果，过分强调个人感情的价值或两性爱的重要，也无助于社会大变动时期的改造社会和改良人生的需要；若从美学追求来看，片面地崇尚忧郁美也会使小说艺术表观缺乏力度，感伤的意境也会影响作品的格调。至于郁达夫小说中某些所谓“色情”描写，应该看到它是过分地突出了生理因素，有点孤立地渲染性欲的追求和刺激，而没有同时对作为社会关系总和的人的其他的复杂社会生活和精神生活展开充分而有力的描写，致使主人公的在现实意义上的本质性格得到表现，严重影响了人物性格的丰富性和完整性。当然在更多的描写中，他是把性的苦闷和人生的苦闷有机地结合起来，把生理现象同社会生活现象有机结合起来，把

① 《炉边独语》。
② 《赫尔岑论文学》，第123页。
③ 《文艺赏鉴上之偏爱价值》。

人性的悲剧同社会的时代的悲剧联系起来；而且那些所谓“色情”描写并不是游戏笔墨，更不是猎奇或寻求低级趣味，它是作为人的“灵与肉”、“情欲与道德”冲突所造成的精神悲剧来写的，态度是严肃的，笔调是沉重的，在很大程度上是向虚伪的传统观念和封建礼教进行大逆不道的宣战，是五四时期要求个性解放的社会思潮在肯定人的情欲方面的具体表现。当然这种挑战的本身就相当软弱，不可能动摇几千年形成的传统习惯势力和传统道德观念。这种所谓“色情”描写，其美学效果也是极为复杂的，应具体分辨。

郁达夫的早期小说富于独特的浪漫主义创作风格。他认为，小说与科学哲学，在真理的追求这一点是相同的，其不同之点，是在于表现的方法，而小说的表现，重在感情，所用的都是具体的描写①。因此他在《沉沦》等小说创作中，特别突出感情的抒发，强调主观性和抒情性，这正是“表现自我”的浪漫主义小说的基本特征。

同其他的重艺术的“表现自我”小说相比，他的小说的主观色彩既浓厚又强烈。他的小说大都是“自叙传”，自己的生活经历和独特感受。这不仅是他小说的基本素材，而且也往往是他迫切表观的题材，因此他的小说所展开的一幅幅的艺术画卷，既是他的不幸的生活遭遇的写照，也是他的斑斑伤痕的思想灵魂的演变史。他在小说中对自己身边杂事或亲身经历的描写主要不是靠外向的洞察力而进行冷静的客观描写，它着重凭着强烈的内向感受力而以饱蘸着独特的主观体验和情绪的诗笔进行抒情描写，那种急切宣泄情绪的抒情欲望往往比再现生活的客观化描写兴趣要强烈得多，致使小说具有浓郁的诗情诗意；而这种抒情描写的笔触又不能由“自我”的生活领域伸进更广阔的社会生活天地，只把内心的感情火焰烛照在“自我”的周围，使小说的主观色彩在这个比较狭窄的空间里显得异常的强烈而浓重。特别小说里塑造的主人公形象几乎都是作者自己的艺术形象，不论是《银灰色的死》里的“他”还是《沉沦》和《南迁》中的“伊人”，或是《茫茫夜》和《秋柳》中的于质夫，都是以“我”为中心刻画出一个具有个性化的抒情形象。可以说“自我”形象成了大部分小说的构思核心和焦点，由“我”的行动轨迹和生活经历构成小说的情节，由“我”的情绪波动起伏形成小说的内在线索，由“我”对外界接触的所见所闻作为小说的社会背景，由“我”的性格冲突逐步形成小说的高潮；并且透过“我”的内在体验和心灵感受来折射

① 《小说论》。

外界客观现实。因为作者"自我"内心的忧郁、苦闷、感伤都是由现实社会的摧残压抑所致,所以人们能从他的悲哀里认识到他们自己的悲哀,从他的心灵里认识到他们自己的心灵。郁达夫曾说:"我相信暴露个人的生活,也就是代表暴露这社会中一阶级的生活"①。在艺术表现上,他以反复咏叹的抒情方式直抒胸臆,不惜调动文字通过大段大段的写景来烘托主人公的思想情绪和心理活动,有时运用长篇独白,有时加上精神幻觉和梦境的描写,尽量揭示"我"的精神世界和主观感受。这就铸成了郁达夫小说的浓重而强烈的主观色彩。

与浓重的主观色彩相联系的则是郁达夫小说的哀切的抒情性,这是他的浪漫主义创作风格的又一重要特征。浓郁的抒情性是前期创造社重艺术的"表现自我"小说的共同性,但带有感伤色彩和哀切音调的抒情性却是郁达夫小说所独有的,不论《沉沦》或《茫茫夜》等小说的抒情都具有这种哀哀切切的倾向。《沉沦》中的"他"从日本卖酒家出来,酒醒后自怨自艾地说:"我怎么会走上那样的地方去的?我已经变了一个最下等的人了。悔也无及,悔也无及。我就在这里死了罢。"并看着自己又瘦又长的身影极为痛苦地说:"可怜你这清影,跟了我二十一年,如今这大海就是你的葬身地了。我的身子,虽然被人家欺辱,我可不该累你也瘦弱到这步田地的。影子呀影子,你饶了我罢!"这种悲切哀伤的忧愤抒情是笼罩郁达夫前期小说的艺术气氛,它完全由一种发自肺腑的带着血泪的心声所形成。与这种抒情倾向相适应,作者往往采取单纯的自白式的抒情方式,以宣泄主人公由于过于敏感而经常引发的情感波动或哀伤感叹;而这种单纯的直剖内心的抒情带有一种情绪的流动感和强烈的议论色彩,显得非常的真实、坦率,没有一点掺假的成分,是灵魂世界的赤裸裸的大暴露。借景抒情也是郁达大小说常用的抒情方式。即他擅长通过对瞬息万变的自然景色的描写来烘托人物的内在感情的流动或变化,在小说中创造出一个个情景交融的意境,增强了作品的诗情画意;不过这种意境所透露的感情倾向是哀切、忧郁的。可以说,郁达夫的小说是以抒情为轴心的,不仅情节结构是以主人公的内心情感的抒发为线索,人物形象的刻画以感情的逻辑为依据,而且一切表现手法的选择或语言的运用也是适应抒情的需要。所以他的小说缺乏严谨的结构、精心的布局、巧妙的穿插,也没有什么悬念或伏笔,形成一种不拘一格的自由体式,带有散文化倾向。这与他的"小说的表现,重在感情"②的美学追求联系着,致使

---

① 许雪雪:《郁达夫先生访问记》。

② 《小说论》。

他在小说中特别重视抒情，极力渲染感情的波澜，调动各种艺术手段——尤以自白式的抒情方式，抒发主人公（也是作者自己）那种痛不欲生的苦闷之感、忧伤之情，形成了小说的哀切感伤的格调。

浪漫主义最突出的而且也是最本质的特征是它的主观性，它把情感和想象提到首要的地位。由于主观性特别强，在题材方面，内心生活的描写往往超过客观世界的反映；以爱情为主题的作品特别多，自传式的写法也比较流行。由于作家个人大半和社会处于矛盾对立，所以浪漫主义作品一般富于感伤忧郁的情调，似乎把“浪漫的”和“感伤的”视作同义词；自然景物的描绘给浪漫主义作品带来绚烂的色彩，可以说人与自然在情感上的共鸣（移情作用）在浪漫主义作品中是个突出现象①。郁达夫早期的小说创作正体现了浪漫主义的基本特征。虽然他也吸取了写实主义的“脚踏实地，不枯燥，不假断，研钻事实的真相”②等特点，但是并没有改变他小说的浪漫主义创作倾向。“在每一个艺术家身上都有一颗勇敢的种籽，没有它，就不会设想会有才能”③。在中国新文学的黎明期，郁达夫以勇敢的精神于小说园地里进行探索与耕耘，创作了很多令人瞩目的独具特色的浪漫主义小说，显示了文学革命的实绩，为中国现代新小说的发展开拓了新领域。

① 摘引自朱光潜：《西方美学史》下册对浪漫主义的概括。

② 《文学概说》。

③ 《歌德文学语录选》。

第四章　五四戏剧

第一节　从戏剧改良到戏剧革命

戏剧改良促使话剧萌芽

十九世纪末和二十世纪初，晚清的文艺阵地上卷起一场文学改良的风暴，不仅提倡“诗界革命”和“小说界革命”，也主张戏剧改良，以适应当时中国社会在政治、经济、文化、思想各方面正经历着一次大变动的需要。中国近代戏曲的发展经过鸦片战争和太平天国革命时期暂告停顿后，到了十九世纪八十年代随着通商口岸的开辟，工商业的渐趋发达，城市人口的增多，以及社会的相对安定，有了一定的发展，京剧完全取代了昆曲的地位，地方戏曲一时蔚然成风。“道光之末，忽二黄盛行”①；“都中向有梆子腔，多市井鄙秽之剧”②。李世忠编的《梨园集成》十八卷刊行，共收京剧、昆剧剧本四十八种；余治编的《庶几堂今乐》初集和二集也刊行，这是一本皮黄戏的别集。但是随着帝国主义势力的侵入和清政府的日益腐败，救亡图存的爱国主义思想和资产阶级改良主义思潮的高涨，人们对当时的戏曲界越来越不满，要求改良中国戏剧。统治阶级不只是利用昆曲这种“原始的艺术，来施行其奴隶教育”，而且还利用皮黄这种“平民艺术的自由的形式，去挽救自己艺术的没落。于是乎请乱弹登大雅之堂”，使之“重新走上所谓‘雅化’的道路”③；清末的京剧也失去它固有的旺盛生命力，特别京剧舞台上出现了大量的宣扬封建伦理道德、迷信荒诞、色情淫杀及歌颂变节行为、诋毁农民起义等坏戏，虽然也有些具有进步意义的剧目，但其总的思想

① 曼殊、震钧：《天咫偶闻》。
② 李慈铭：《越缦堂日记》。
③ 瞿秋白：《乱弹·代序》。

倾向是不符合人们日益增长的爱国觉悟和民主思想的要求。可见,戏剧改良势在必行。

为了改良晚清戏剧界的不良倾向,有些开明文人致力于新戏曲剧本的创作,尽量反映现实重大事件。一八九六年出版的钟祖芬《招隐居传奇》十六出,虽然在内容上带有浓厚的神话色彩,但却隐隐地触及到英帝国主义把鸦片输入中国而造成的祸害;陈季衡一九〇一年出版的《武陵春》传奇八出,反映庚子八国联军侵略中国的经过;黄吉安写的《金牌诏》、《林则徐》、《杜十娘》等,有的歌颂了反抗异族侵略的民族英雄,有的表现了对被压迫被侮辱妇女的深切同情。为了繁荣新戏曲创作,庚子事变后的文学刊物上登载了许多戏曲剧本;特别一九〇四年十月创刊于上海的《二十世纪大舞台》(由陈去病、柳亚子主编),是我国最早的戏剧刊物,公开鼓吹戏剧要为民族民主革命服务,提倡戏剧改革,希望组成一支"梨园革命军"。据阿英《晚清戏曲小说目》统计,一九〇四年是晚清戏曲创作最多的一年,共刊行戏曲剧本二十七种,其中有陈季衡著《非熊梦》传奇八出、幽并子著《黄龙府》传奇、感惺著《断头台》和《三百少年》杂剧,逋飞著《俄占奉天》时事新剧等,大都具有反抗异族侵略、表现爱国思想、鼓吹革命的进步思想倾向。围绕一九〇七年秋瑾女士被害事件,创作了《六月霜》传奇(嬴宗季女著)、《轩亭血》传奇(啸庐著)、《轩亭秋》杂尉(吴梅著)、《碧血碑》杂剧(龙禅居士著)、《鉴湖女侠传奇》(肖山湘灵子著)等,揭露清政府惨无人道的罪行,歌颂秋瑾烈士不朽的革命精神。这些新的戏曲剧本具有密切联系现实、反映外族侵略和民族压迫、鼓吹民族民主革命的思想特点。

尤其应该重视的,从事晚清戏剧改良的主要是"旧的与新的戏子们"即戏曲艺术者,他们又编又演,着重从舞台实践方面进行戏剧改良。洪深在《中国新文学大系·戏剧集导言》中说:"旧的戏子中,最早的能够自己创作剧本,发挥他个人底感时伤世的心怀而对观众为'发聋振聩'的呼号的,要推汪笑侬了。在光绪宣统年代,他只在上海汉口等处的租界内上演。民国前一年武昌起义山东响应之后,他才到了济南和天津。民国成立之后,他才入北京的。他的戏,并不主张政治的或社会的革命,但是影射时事讥刺当局的意义是非常浓厚的。那时候的中国人,外有列强底累积的加紧的侵略,内又面对着政府底极端的无能与腐败,稍为有点知识的,都不免有'国亡无日'之慨,所以看了他底戏,如《哭祖庙》(刘阿斗投降的故事,写亡国的惨痛),《六军怒》(唐明皇宠用杨国忠的故事,斥宠幸的专横),《桃花扇》(骂奸佞的误国),《张松献地图》(叹恨一国的重臣,暗中卖国)等等,都会受感动而起愤激。这便使我们不得不承认,汪底戏剧是有鼓吹改善政治的目的的,虽然他所采用的形式,完全是传统的旧戏。”比汪笑侬稍后的有上海的夏月润、潘月樵、夏月珊以及北方的金月梅等,都是改良中国旧戏的重要戏曲艺人,他们从内容到形式对京戏进行了不同程度的改良。夏月润曾到日本认识了市川、左团次,回来与志同道合的友人组织“新舞台”,并在上海造一新式剧场,“那戏台可以转的,布景等一切,有了相当的便利,那戏的性质,不知不觉的,趋于写实一途了。演员们穿了时装,当然再用不来那拂袖甩须等表情。有了真的,日常使用的门窗桌椅,当然也不必再如旧时演戏,开门上梯等,全须依靠代表式的动作了。虽是改革得不十分彻底,有时还有穿着西装的剧中人,横着马鞭,唱一段西皮,但表演的格式与方法,逐渐的自由了。而且模仿式的动作也多了。他们最初所演的《新茶花》,《黑籍冤魂》,稍后所演的《明末遗恨》,《穷花富叶》等‘新戏’,不但多少含着些民族思想,社会思想,尤其是那编剧表演的结果,能使得妇孺皆晓。当时观众不复是被强迫着,去听那不愿听的京腔,不大懂的戏白,与看那非经过训导说明不能了解的动作,这就是他们的贡献了”①。虽然这种京剧改良给中国戏剧界带来一定的新信息,但由于改良本身存在着很大局限性,而且又是少数艺人在探索着。因此整个戏曲文学仍是旧剧目占优势,京剧舞台仍弥漫着保守闭塞的空气,它不可能适应当时社会急剧变化的需要。

为了推动戏剧改良,提高戏曲文学的地位,改变人们对戏剧的传统观念,一些有见识的知识分子把中国的旧剧同外国近代戏剧进行比较,从理论上积极提倡戏剧改良:一是从戏剧的社会效果出发,强调戏剧改良的重要性和必要性。《观戏记》(1903)指出法国之所以能成为欧洲一大强国,与巴黎建一大戏台专演德法战争之事有关,“凡观斯戏者,无不忽而放声大哭,忽而怒发冲冠,忽而顿足捶胸,忽而磨拳擦掌,无贵无贱,无上无下,无老无少,无男无女,莫不磨牙切齿,怒目裂眦,誓雪国耻,誓报公仇,饮食梦寐,无不愤恨在心。故改行新政,众志成城,易于反掌,捷于流水,不三年而国基立焉,国势复焉,故今仍为欧洲一大强国。演戏之为功大矣哉!”日本“观其所演之剧,无非追绘维新初年情事”,致使其“政治年年改良进步,日本人乃有今日自由之乐,与地球六大强国并立”。可见多演慷慨悲壮的戏剧,“其激发国民爱国之精神,乃如斯其速哉? 胜于千万

① 《中国新文学大系·戏剧集导言》。

演说台多矣！胜于千万报章多矣！”并联系当时中国的时势和戏剧界情况，明确地提出“欲先善国政，莫如先善风俗；欲善风俗，莫如先善曲本。曲本者，匹夫匹妇耳目所感触易入之地，而心之所由生，即国之兴衰之根源也”。这种把改良戏曲剧本的创作提到关系着国家兴衰的高度，虽然过分地夸大了戏曲文学的社会功能，但对于引起人们对戏剧改革或创作剧本的重视和关注也是有益处的。中国历来的迂腐之儒士视演戏为贱业，把戏曲说成“无用”之学，针对这种谬见，有的论者指出：“戏园者，实普天下人之大学堂也；优伶者，实普天人之大教师也”①。这不仅改变了人们对戏剧事业的传统观念，并从而提高了戏曲文学及演剧者在整个社会中的地位，有利于戏曲的改良。甚至有的提出“开智普及之法首以改良戏本为先”的主张，因为“中国文字繁难，学界不兴，下流社会，能识字阅报者，千不获一，故欲风气之广开，教育之普及，非改良戏本不可”②。二是借鉴西洋戏剧，对改良中国戏曲提出具体刍议。三爱在《论戏曲》一文中条述五项改良措施：宜多新编有益风化之戏；采用西法，戏中有演说最可长人之见识，或演光学、电学各种戏法，则又可练习格致之学；不可演神仙鬼怪之戏；不可演淫戏；除富贵功名之俗套。惟戏曲改良，则可感动全社会，虽聋得见，虽盲可闻，诚改良社会之不二法门也。这些改良戏曲的主张，着重于戏曲内容的改良，特别强调学习西洋戏剧的方法，这对于推动中国新戏剧运动来说是个极为重要的见解。还有的论者针对中国之戏剧“有喜剧，无悲剧”的情况，极力提倡外国悲剧，不仅从社会功利上论述了悲剧比喜剧重要，而且联系外国戏剧界的状况，说明“今欧洲各国，最重沙翁（即莎士比亚）之曲，至称之为惟神能造人心，惟沙翁能道人心。而沙翁著名之曲，皆悲剧也。要之，剧界佳作，皆为悲剧，无喜剧者”；中国“欲保存剧界，必以有益人心为主，而欲有益人心，必以有悲剧为之”。他们不只是在理论上主张“采用西法”改良戏剧，且把《莎士比亚故事集》翻译过来，译者林纾、魏易，一九〇四年出版，题为《英国诗人吟边燕语》，实际上包括莎士比亚十个戏剧故事，我国最初上演的莎士比亚戏剧多以此书为蓝本改编台词。有的论者明确指出：“中国旧日喜阅之寇盗、神怪、男女数端，淘汰而改正之。复取西国近今可惊、可愕、可歌、可泣之事，如波兰分裂之惨状、犹太遗民之流离、美国独立之慷慨、法国改革之剧烈、以及大彼得之微行，梅特涅之压制、意大利

① 三爱：《论戏曲》。
② 箸夫：《论开智普及之法首以改良戏本为先》。

之三杰、毕士麦之联邦，一一详其历史，摹其神情，务使须眉活现，千载如生”①。实际上这是为中国戏剧改良如何“采用西法”从取材方面作了具体说明。虽然这些戏剧改良理论并不深刻也欠系统，但却是中国戏剧改良应取法西洋话剧的最早的动员令。当时已经出现过像《官场丑史》、《六君子》、《经国美谈》、《义和团》这样的新旧杂陈的反映现实的针砭时政的剧目，它们或多或少采取西洋话剧的表现方法，以白为主，但又像杂以音乐和锣鼓的改良京剧，即既含有西洋话剧的因素又包容着时事京剧的因素，是由戏曲向话剧过渡的一种形式。总之，晚清的戏剧改良催动了中国话剧的萌芽。

早期话剧的诞生与衰落

中国早期话剧的诞生，是在晚清戏剧改良的基础上，是在资产阶级民主革命的推动下，是以春柳社和春阳社等中国最早的话剧团体为摇篮。一九〇五年资产阶级的革命组织同盟会在日本东京成立，改良派和革命派的斗争更加明朗化；而春柳社正是在同盟会的影响下于一九〇六年冬在东京成立的艺术团体，虽然它分设戏剧、音乐、诗歌、绘画等部门，但却以戏剧为主，故称之为中国最早的话剧团体。它公开申明“无论演新戏、旧戏，皆宗旨正大，以开通智识，鼓舞精神为主”②。其主要创始人有曾孝谷（1873—1937）、李叔同（1880—1942）等，他们都是早期话剧（新剧）活动家，曾根据美国小说《黑奴吁天录》改编成我国早期话剧第一个剧本，李叔同参加话剧《茶花女》和《黑奴吁天录》的演出深得观众好评；稍后加入的还有欧阳予倩、陆镜若、马绛士等。他们曾借国内徐淮告灾，在日本举行赈灾游艺会，为我国公演话剧（这时叫新剧，又名文明戏）的开始，主要演出《茶花女》和《黑奴吁天录》两个改编的剧目；一九〇九年夏又上演了根据法国浪漫派作家蘼都的小说《杜克思》改编的话剧《热血》，对宣传民主革命具有较大的社会意义。辛亥革命后，春柳社从日本回国在上海用“春柳剧场”名称，继续公演为民主革命服务的话剧，后来随着新剧脱离现实、戏剧艺术上的四不像，于一九一五年解散。春柳社的早期话剧主要受外国话剧的影响，具体来说就是直接受日本新派剧或日本新剧的影响，也得到日本著名新派演员的支持。洪深曾指出：中国的戏剧，为求新异，为求进步，虽是竭力的向模仿写实的路上走，但始终不敢完全背叛了北剧的规矩，始终不曾脱离了北剧的范围。

---

① 箸夫：《论开智普及之法首以改良戏本为先》。

② 《春柳社演艺部专章》。

那勇敢而毫不顾虑地，去革旧有戏剧的命，另行建设新戏的先锋队，不是中国的戏剧界，而是在日本的一部分中国留学生。他们最初看到了川上音工郎，与他夫人川上贞奴，所干的浪人戏，他们要从事戏剧的欲望，已经很有力地从内心威逼出来。后来认识了籐泽浅二郎，得了他的帮助与指导，成立了一个春柳社。在春柳社的影响下，我国早期话剧（新剧）开始诞生并兴起，一九〇七年上海演出新剧的团体陆续出现：一月朱双云、汪仲贤、瞿保年等组成开明演剧会，曾演出《五大臣出洋考察宪政》等新剧，与春柳社的演出活动一样，在新剧为现实服务的道路上进行有意义的探索；同月上海南翔镇南翔小学组织演出新剧《黑龙江》，剧情激昂慷慨，抒发民众对沙俄侵占黑龙江的愤怒之情；二月任天树、金应谷联合组成益友会，在张园演出新剧；十月由王钟声与从日本回国的春柳社成员任天知所组织的春阳社在上海正式成立，这是国内第一个职业化的新剧剧团，曾演出过《黑奴吁天录》、《迦茵小传》、《张汶祥刺马》、《秋瑾》等，在国内产生了较大影响，而且自从春阳社出现后上海增添了不少新剧团，形成了各自的典型角色，逐步走向职业化，故春阳社的成立对我国早期话剧的提倡具有开拓作用。它们演出的话剧与传统戏曲或已有的“新剧”不同，所有演传统戏曲的动作、调子、道具全不用了，所有京剧昆曲的代表与简捷的作法全都改为模仿与写实了，歌唱完全废除而全剧只用对话了，没有上下场而用幕布与布景了，也就是基本上采取了欧洲话剧的分幕分场和布景化妆等表演方法了。当然这并非说中国早期这些话剧与传统戏剧完全绝缘，事实上在早期话剧的孕育过程中，与接受外国话剧形式的同时也受到传统戏曲和时事京剧的影响，即“文明戏——也就是初期话剧——是用了外国的话剧形式，从自己的土地上生长起来的东西”①。及至辛亥革命推翻清王朝以后，从日本回国的春柳社在上海演出大为轰动，于是新成立的表演文明戏的团体乃如风起云涌，这是文明戏的全盛时代，也是中国早期话剧诞生的时代。一九一一年反映辛亥革命的戏曲文学计有传奇杂剧十一种、戏文五种，发表的改良的新剧本有七种；一九一二年春柳社成员陆镜若、欧阳予倩等从日本回到上海，三月成立新剧同志会，后又成立春柳剧场，在上海、无锡、长沙等地出演反映民主革命要求的《黄花岗》、《社会钟》、《家庭恩怨记》等；此后的一、二年间，它和同时期的春阳社、进化团、开明演剧会等新剧剧团的演出活动，在反对袁世凯称帝的二次革命推动下，促进了新剧运动在

① 欧阳予倩：《谈文明戏》。

全国各地的开展,不仅广东、福建、河南、湖南、浙江一带成立了新剧剧团,而且上海还专门出版了宣传和研究新剧的《新剧杂志》。这些都表明辛亥革命初期中国话剧运动曾一度呈现出新的气象。

中国早期的话剧活动之所以出现了勃兴景象,并赢得广大民众的欢迎,主要因为经过辛亥革命,"在一个政治和社会大变动之后,人民正是极愿听指导,极愿受训练的时候。他们走入剧场里,不只是看戏,并且喜欢多晓得一点新的事实,多听见一点新的议论。而在戏剧者(编剧演剧排剧布景的人),此时也正享受着绝大的自由,一向所不能演出,不敢演出的戏,此时都能演了。那满清的威权,令人侧目,将及三百年了,一旦推翻,凡是描写满清宫闱的戏,都是人们所要看的。那官吏的腐败,人民无可如何的,也长久了,凡是攻击官僚的戏,也是人们所要看的。那旧时的道德观念,人民不象从前这样尊重或怕惧了。凡是发挥爱情,如取材于《红楼梦》诸戏,也是人们所要看的。那时才经了一番政治奋斗;第一次革命,好容易成功,凡是可以激发爱国心,如译自法国的《热血》等戏,也是人们所要看的。那时人民兴高望奢,正欲与世界大国,较长争强,凡是叙说外国的情形,如《不如归》《空谷兰》等戏,也是人们所要看的。在看戏的人,正热诚的希望着文明戏成功。即使偶有幼稚粗糙不妥的地方,也都原谅了。至于艺术方面,如春柳社这个团体,是很有根底的。欧阳予倩,受了河合武雄,及木下吉之助不少的影响。马降士是学习喜多村缘郎的。陆镜若竟拜藤泽浅二郎为师,并且自甘到日本的剧场里,扮演小角,以求获得实地的经验。他又是在东京帝大及早稻田受过许多大名家的陶融。他们初在上海谋得利出演的时候,布景是请一位日本技师画的。综以上的种种原因,那文明戏才能在民国初年,有空前的成功"①。这就具体地揭示了辛亥革命之初话剧运动一度兴盛的原因,也触及到中国早期话剧文学的一些特点。从内容上看,早期的话剧作品既暴露黑暗又歌颂革命,这是它们的主导思想倾向,在一定程度上表达了人民群众的斗争与要求。《东亚风云》反映弱小民族对外国奴役的反抗,《黑奴吁天录》揭露种族压迫,《新茶花》直接表现富国强兵以抵抗外国入侵,《社会钟》揭露了人与人之间的不平等,表现出一种反对人压迫人的思想情绪,《不如归》从美满爱情婚姻被破坏的角度揭露封建势力的罪恶,《家庭恩怨记》从家庭变故的角度在一定程度上揭露某些"新贵"借革命以营私的面目,《黑籍冤魂》揭露了"烟花"所

① 《中国新文学大系·戏剧集导言》。

造成的社会毒害。这些暴露性的主题缺乏深刻性和彻底性,即尚未开掘出造成种种罪恶的社会根源,很少对帝国主义和封建主义进行有力的抨击。当然,这些初期话剧没有停止在对社会黑暗的暴露上,虽然尚未展现出一条冲破黑暗奔向光明的完全正确的道路,但却表现出对西方资产阶级革命道路的向往。《黄金赤血》、《共和万岁》、《黄花岗》等剧,直接通过国内革命现实的反映,来歌颂资产阶级革命理想;《徐锡麟》、《秋瑾》等则赞颂了为实现资产阶级革命理想而英勇献身的革命者;《血蓑衣》、《热血》是改译外国资产阶级反对专制统治、争取民主自由的剧本,在当时演出产生了很大影响。尽管这些剧目存在着这样那样的历史局限,但是在当时确实起到积极的进步的作用。从艺术上看,这些早期话剧的确很幼稚很粗糙,但是也有值得肯定之处:同传统的戏剧相比话剧的艺术形式有便于迅速反映现实生活的优长,可以及时地把现实生活搬上舞台,欧洲易卜生式的近代话剧就具有这样的特点;当然中国早期话剧除受到外国近代话剧的影响外,也受到改良京剧的影响,采取一些适合中国观众欣赏习惯的表现方式,如多采用顺序发展、有头有尾、一贯到底的纵式结构,注意情节的故事性或曲折性,场幕安排得较多,语言比较接近生活等等。这些草创期的话剧在艺术形式上就很不完美的,带着明显的萌芽话剧的缺点;特别有些剧团不用剧本演出而采取幕表的形式,越发助长了早期话剧艺术上的粗制滥造。更应当注意的是,当时"有许多人,把这种戏看得太容易了。他们看见在文明戏里,既不须歌唱;而表演又好像是没有什么规则成法,可以从心所欲的,他们都要加入一试了。甚至不会说国语,便说苏州上海宁波绍兴南京江北的土话,或是土话化,四不像,令人发笑的国语。那表现文明戏的团体,一天一天增多起来,这就是文明末日的开场"①。这既是造成初期话剧文学艺术低劣的原因之一,也是早期话剧活动很快走向衰退的原因之一。

从一九一三年到一九一七年五四文学革命兴起,中国早期话剧日趋衰落,可以说辛亥革命失败不久即走上一蹶不振的下坡路。虽然一九一三年在上海演出的新剧团陆续增多,似乎辛亥革命失败后的新剧又在上海兴盛起来,但是新剧的思想性较前大大减弱,"家庭戏"和"言情戏"充斥着舞台。尽管这些戏也在一定程度上暴露旧社会的黑暗,但往往对一些罪恶行为或污秽的情节采取自然主义态度,甚至有的戏目在渲染淫恶生活时还宣扬了封建思想或因果报应

① 《中国新文学大系·戏剧集导言》。

观念。进步的话剧团体或因受到旧势力的排斥而解体或因上演进步戏而被迫解散；致力话剧活动的队伍也发生严重分化，有的牺牲，有的退出，有的徘徊，有的投机；虽然在当时也有些正直的艺人，如陆镜若等于一九一四年组织春柳剧场想力挽戏剧界的颓风，但在反动势力的高压下也不得不强化“为艺术而艺术”的倾向，也拿不出好剧目与那些品格低劣的家庭戏、哀情戏、滑稽戏、宫闱戏等相抗衡，所以不到两年自己就解体了。当然不能说这个时期就没出现过进步倾向的新剧，如嘲讽袁世凯窃国行为的《皇帝梦》、抨击军阀统治的《隐痛》等；但这些新剧挽救不了整个早期话剧运动失败的命运。到了五四文学革命的前夕，“所谓文明戏，是整个的倒坍了。戏与演员，同时退化，同时失败的”。从戏剧的取材来看，不但不直接向人生寻觅创作题材，甚至外国的好剧本小说亦无能使用，而专取坊间流行的弹词唱本，如《珍珠塔》、《珍珠衫》、《三笑姻缘》等第三四流腐败的故事；从演员表演来看，因欲博得观众的拍掌或发笑，往往任意动作，任意发言，什么剧情身分性格，甚至情理，一切都不管，所演的戏竟至全无意识，不及儿戏了；从演员本身的生活来看，一味地放任自己，去干许多在他们头脑清醒不疯狂的时候所决不允许自己去干的事，他们不但降低破坏了他们的艺术，而且失去了观众的尊敬好感与同情，因而也破坏了自己。“在这个时代，所谓文明戏，是怎样一个东西呢。（一）从来没有一部编写完全的剧本的，只将一张很简单的幕表，贴在后台上场处。（二）有时连这张幕表，也不肯郑重遵守。（三）绝对不排练，不试演，不充分预备的。（四）有时演员上场，甚至连全剧的情节，还不大清楚。（五）演员在外面，过了很放荡的生活，到台上时，疲倦，想瞌睡，没有精神。（六）新进的演员，未受教育，亦无大志，目的只在混饭吃。（七）没有艺术的目的，自好者仅知保全饭碗，不良者欲借戏为工具，以获得不正当的出名。（八）即有要好努力的演员，也只能自顾自，无术使全部改善。（九）布景道具灯光编剧等，不顾事实，不计情理。——这样一个东西，还能够不失败么！结果，好一点的人才，都另外去寻途径了。”①当然，我们从文学史的角度来研究早期话剧走向衰落的原因，不能简单地只归咎于当时的戏剧工作者，还应该从多方面去考察：一是辛亥革命失败后政治上的反动势力日益嚣张，不仅统治者采取暴力手段摧残戏剧界的进步力量，禁演进步剧目，如一九一五年民鸣社的顾无为因演《皇帝梦》而被捕；而且一些买办商人、恶棍流氓大肆活动，他们把持了

① 《中国新文学大系·戏剧集导言》。

上海等大城市的大部分剧场，胁迫新剧团按他们的意图演戏，否则就要驱逐或挤垮。欧阳予倩曾在《谈文明戏》一文中指出："当专以言论为主的宣传戏已经吃不开，而袁世凯为着排除异己，布置在各地的爪牙嫉视新剧并加以压迫的情况之下，新剧走向演家庭戏，有客观的原因。"二是辛亥革命失败后文化界出现了复古逆流，而在这股复古思潮的催动下，一些内容陈腐的旧戏曲又活跃在戏剧舞台上，一些抱着旧剧不肯改良的顽固不化的艺人也得到复古主义者的吹捧；在这股复古逆流中，即使那些曾演过新剧的团体和艺人，也有的迷失了方向，或演出一些内容陈腐的旧剧，或将新剧改造成应适复古思潮的东西。三是早期一些新剧团体的组成人员是极为复杂的，既有倾向民主革命的国内学生和留日学生，也有因生活困难暂以演剧作为谋取生活手段的人，既有演过旧戏而不肯放弃演新戏机会的艺人，也有以演新戏来渔利获名的投机者和游手之徒；当辛亥革命失败后反动势力的压迫逼来的时候，这些新剧团体必然发生严重分化，大部分成员走上与早期话剧相悖的道路，助长了戏剧界种种恶劣倾向的发展。四是早期话剧的倡导者和实践者，虽然也提出一些改革戏剧的主张，但是他们的理论主张从整体上看并没有超越晚清戏剧改良派的戏剧观念，不仅缺乏一个明确而彻底的戏剧改革的行动纲领，而且对话剧的发展方向、话剧艺术的提高以及话剧本身一些理论问题，都没有认真探讨过；虽然他们强调过戏剧对改革社会的巨大作用，然而又过分地夸大了戏剧的社会功利，把戏剧力量置于政治力量之上，这种颠倒了二者关系的见解很容易使他们在革命高潮过去之后而钻进"艺术之宫"，把具有鲜明革命功利倾向的新剧引上死胡同。

总之，中国早期的话剧（新剧或文明戏）经过短短十年的历程，它是应运而生，又是因势而亡，这里面是有内在的规律可以探寻的，无论它的经验或教训，对五四话剧运动的兴起都有借鉴的价值。

新文学运动促进五四戏剧革命的兴起

正当辛亥革命初期兴起的新剧（文明戏）运动急遽走向堕落和衰败的时候，一九一五年以《新青年》为阵地掀起一场新文化运动，随之新文学运动也吹响了向旧文学进军的号角，戏剧革命作为五四文学革命的一个方面军也摆开了自己的阵势。"文学革命的泉水经过了一段长久的伏流时期，在五四运动的前后才突然爆发出来，成了一个划时期的运动。主持这个运动的机关，谁也知道是《新青年》，主持《新青年》的人，谁也知道是陈独秀。陈独秀本来并不是一个文学家，他的行径同梁任公、章行严相同，他只是一个文化批评家，或者文化运动的启蒙家。他的起初其实也不外是一个资产阶级的代言人。对于封建社会旧文化的抨击，梁任公、章行严辈所不曾做到乃至不敢做到的，到了《新青年》时代才毅然决然的下了青年全体的总动员令”。

在《新青年》的“总动员令”的号召下，五四戏剧革命首先是从理论上提倡现代话剧、从行动上清除旧戏的弊端和“我国新剧界”的衰败而开始的。早在一九一六年九月宋春舫写的《世界新剧谈》就指出“我国新剧界”每况愈下，“春柳社而后，广陵散盖绝响矣。呜呼，靡靡之音，足以亡国！剧虽小道，亦与世道人心，大有关系者也。改弦而更张之，是所望于有志之士矣。”文学革命进入倡导阶段的一九一八年，他在《戏剧改良平议》中揭示了新剧衰败的原因，即“近数年来，新剧（即白话剧）之失败，固非以白话体裁而失败也。剧本之恶劣，新剧伶人道德之堕落，实有以致之。然其废弃旧有之音乐，而以淫词芜语代之，或为其失败原因之一欤”。这些对新剧衰败原因的探究，虽然没有抓住要害，但却号召有志之士起来清除新剧的流弊，“改弦而更张之”。戏剧革命的倡导者们更多的注意力则是集中在旧戏曲的改革上，不过他们对传统戏曲的态度是不完全一致的，甚至尖锐对立。钱玄同坚决反对皮黄戏和昆曲，即必须彻底清除旧戏曲才能发展西洋派之真戏。他认为“今之京调戏，理想既无，文章又极恶劣不通，固不可因其为戏剧之故，遂谓为有文学上之价值也”；特别中国旧戏专重唱工，所唱之文句听者本不求甚解，而戏子打脸之离奇，舞台设备之幼稚，无一足以动人情感[①]。至于昆曲更没有文学上的价值，如果把二黄西皮比作“八股”，那昆曲不过是《东莱博议》“八家”，既然“八股”“八家”该废，皮簧昆曲也该除。所以“要中国的真戏，非把中国现在的戏馆全部封闭不可”，如同要建设平民的通俗文学自然该推翻贵族的艰深文学一样；“如其要中国有真戏，这真戏自然是西洋派的戏，决不是那‘脸谱’派的戏。要不把那扮不像人的人，说不像话的话，全数扫除，尽情推翻，真戏怎么能推行呢？”[②]。钱玄同的戏剧革命论，虽然比晚清戏剧改良主张要激烈得多，彻底得多，而且充满了破旧立新的坚定革命精神；但是不能不看到他对中国传统戏曲缺乏批判分析态度，对西洋戏也缺乏分析，只是绝对的否定或绝对的肯定。与此同时，刘半农在《我之文学改良观》中并不同意完全废除中国传统戏曲，而主张保留且加以改良，提高戏曲的文学地位。即无

① 《给陈独秀信》。

② 《随感录》。

论南词北曲皆须用当代方言之白描笔墨为之，特别要移其心力于皮黄之改良，以适应时势之所需。并强调指出："然余决非认皮黄为正当的文学艺术之人……只以现今白话文学尚在幼稚时代，白话之戏曲，尤属完全未经发见，故不得不借此易于着手之已成之局而改良之，以应目前之急。至将来白话文学昌明之后，现今之所改良之皮黄，固亦当与昆曲同处于历史的艺术之地位。"可见，刘半农对于京剧的改良只是为了应目前之急，并不承认戏曲文学有永久的艺术价值。他虽然并没有像钱玄同那样废除旧戏曲，但是他只主张对皮黄戏进行改良，并不同意保持昆曲的地位，所以他们的主张没有原则上的分歧。宋春舫既不同意钱玄同等"激烈派之主张改革戏剧，以为吾国旧剧，脚本恶劣，于文学上无丝毫之价值；于社会亦无移风易俗之能力"的见解；也不赞成我国旧剧保守派的"一国有一国之戏剧"不能与欧美戏剧相混合的观点。他主张歌剧应与白话剧并存，即中国的旧戏可视为中国的歌剧，只要加以改良是可以永远保存下去，同时他也承认"白话剧对于社会有远大之影响"①，这种话剧可同中国戏剧并存下去。从表面看这种主张似乎有点折衷，实际上是比较正确的，而且中国现代戏剧的发展证明他的见解是经住了历史的检验。一九一八年四月，胡适发表了《建设的文学革命论》，对一九一七年初文学革命倡导以来大家关于文学革命问题的讨论作了总结，并提出他的建设新文学的全面主张，其中他提到中国戏剧改革应该同诗歌、小说、散文的改革一样，要学习"西洋文学方法"，应"赶紧翻译西洋的文学名著，做我们的模范"。因为在胡适看来，欧洲最近六十年的戏本千变万化，远胜古代，体裁也更发达了，最重要的如"问题戏"，专研究社会的种种重要问题，"象征戏"专以美术的手段作的"意在言外"的戏本，"心理戏"专描写种种复杂的心境，作极精密的解剖，"讽刺"戏用嬉笑怒骂文笔，达愤世救世的苦心，总之西洋文学方法之完备，足可作我们建设新文学的楷模。胡适虽然在对待中国传统戏曲和外国戏剧上表现了形而上学的态度，但是他提出的学习西洋戏剧的方法，改良中国旧戏剧，创造新的白话剧的主张，在当时却产生了相当大的影响。

随着新文化运动和文学革命的蓬勃发展，一九一八年下半年以后，戏剧革命引起社会上越来越多的人关注，《新青年》曾两次出版戏剧专号讨论戏剧改革。是年六月十五日出版的四卷六号为"易卜生专号"，发表了胡适的《易卜生

① 《戏剧改良平议》。

主义》、袁振英的《易卜生传》、张厚载的《新文学及中国旧剧》以及易卜生的剧本《娜拉》、《国民之敌》、《小爱友夫》等,通过介绍易卜生的戏剧创作及其现实主义戏剧主张,以推动五四戏剧革命。这年十月十五日出版的五卷四号为"戏剧改良专号",发表了胡适的《文学进化观念与戏剧改良》、傅斯年的《戏剧改良各面观》和《再论戏剧改良》、欧阳予倩的《予的戏剧改良观》、张厚载的《我的中国旧剧观》、宋春舫的《近世名剧百种目》等;此后周作人、钱玄同的通信《论中国旧剧之应废》发表在《新青年》五卷五号。这些讨论戏剧改革的文章或通信,可以说是各抒己见,使文学革命倡导之初的关于戏剧革命的论争显得更热烈更深入了。主要的争论焦点集中在旧剧的存废、新剧(文明戏)的改造、西洋剧的借鉴三个问题上。胡适写的《易卜生主义》对中国五四时期戏剧革命及话剧发展影响很大,其实他是借介绍挪威近代剧作家易卜生的现实主义戏剧文学的思想和艺术成就,来表述自己对包括戏剧文学在内的五四新文学的明确要求:第一,戏剧作品应老实地揭露现今的男盗女娼的罪恶社会。"人生的大病根在于不肯睁开眼睛来看世间的真实现状。明明是男盗女娼的社会,我们偏说是圣贤礼义之邦;明明是赃官污吏的政治,我们偏要歌功颂德;明明是不可救药的大病,我们偏说一点病都没有! 却不知道:若要病好,须先认有病;若要政治好,须先认现今的政治实在不好;若要改良社会,须先知道现今的社会实在是男盗女娼的社会!"新文学应该敢于老实地写这样的"近世的社会"。易卜生的"长处"只在他肯说"老实话",淋漓尽致地"把社会种种腐败龌龊的实在情形写出来叫大家仔细看"。第二,戏剧作品不仅应该暴露旧家庭、旧社会的罪恶,而且还要揭露专制制度对个性的摧残。因为旧"社会最爱专制,往往用强力摧折个人的个性,压制个人自由独立的精神","顺我者生,逆我者死;顺我者有赏,逆我者有罚"。整个社会"如同一个大火炉,什么金银铜铁锡,进了炉子,都要熔化",一些"维新志士"很快被这种社会"同化",仍旧回到"旧社会去做'社会的栋梁'了",而对于"那班服从社会命令,维护陈旧迷信,传播腐败思想的人,一个个的都有重赏",或"升官"或"发财"或"享大名誉"。这样的专制社会对于"一切维新革命"都要给予"钉死烧死的刑罚",这是地道的法西斯主义。第三,戏剧文学应宣传维新革命,张扬个性解放。文学只有把家庭社会的"如此黑暗腐败"实写出来,"叫人看了觉得家庭社会真正不得不维新革命";但是要葬送旧社会"再造新社会","须要充分发达自己的天才性,须要充分发展自己的个性";而要"发展个人的个性,须要有两个条件":一是使个人有自由意志,一是使个人担干系,负责任，摈弃那种"没有自由权，又不负责任，便和做奴隶一样"的生活。只有个性得到自由发展，社会国家才有"改良进步的希望"，才能再造那"自治的社会，共和的国家"。胡适之所以高度评价了《国民公敌》一剧中的"敢于说老实话攻击社会腐败"的斯铎曼医生，就是希望我们中国多出现斯铎曼医生这样"理想志士"，起来揭露"社会的最大罪恶"，为坚持真理敢于宣布："世界上最强有力的人就是那个最孤立的人！"由于胡适对易卜生话剧的推崇及易卜生主义的阐发，所以易卜生的戏剧很快地有许多本被译成中文，而且在创作实践上不少作家把易卜生剧中的思想、人物、结构甚至连表现形式，都加以摹仿。为了进一步表明自己的戏剧改良观，胡适在《文学进化观念与戏剧改良》一文中比较深入的论述了：一是以文学的进化观念，考察了中国戏曲的演变，不仅说明一代应有一代的戏剧文学，而且指出中国戏剧史上实在有一种革新的趋向，但这种趋向在现行的俗剧（即京剧、昆曲、梆子等）中非但不曾完全达到目的，反被种种旧戏的恶习所束缚，到如今弄成一种既不通俗又无意义的恶劣戏剧，大大阻碍了中国戏剧的发展，如果不清除戏台上的"打筋斗，爬杠子，舞刀要枪的卖弄武把子"这种"遗形物"，中国戏剧永远没有完全革新的希望；"现在中国戏剧有西洋的戏剧可作直接比较参考的材料，若能有人虚心研究，取人之长，补我之短；扫除旧日的种种'遗形物'，采取西洋最近百年来继续发达的新观念，新方法，新形式，如此方才可使中国戏剧改良进步的希望"。二是中国戏剧最缺乏悲剧观念，总是一个美满的大团圆，"现今戏园里唱完戏时总有一男一女出来一拜，叫做'团圆'，这便是中国人的'团圆迷信'的绝妙代表"，实际上这种"闭着眼睛不肯看天下的悲剧惨剧"的"只图说一个纸上的大快人心"的团圆戏，便是"说谎的文学"。而西洋戏剧有着极深密的悲剧观念，有了"这种悲剧的观念，故能发生各种思力深沉，意味深长，感人最烈，发人猛醒的文学"；而这种悲剧观念乃是"医治我们中国那种说谎作伪思想浅薄的文学的绝妙圣药"。三是中国的戏剧最不讲经济的方法，如《长生殿》至少可演四五十个钟点，《桃花扇》全本须用七八十个钟点方可演完；而西洋戏剧最讲经济的方法，大都能遵守"三一律"，即一个地方一个时间一桩事实，故编写戏剧应注意"时间的经济"、"人力的经济"、"设备的经济"、"事实的经济"等各种经济的方法。他认为中国的戏剧文学已到了暮气攻心、奄奄断气的时候，唯有赶快灌进西方戏剧的"少年血性汤"，或许还有返老还童的希望。胡适的戏剧革命论虽然存在否定传统戏剧独尊西洋话剧的片面性，但是在五四戏剧革命中却具有破旧立新、革故更新的积极意义。对中国传统戏曲采取否定态度的除了胡适、钱玄同以外，还有周作人。他认为中国旧戏没有存在的价值，主要的理由有二：从世界戏曲的发达来看，不能不说中国旧戏是野蛮的，此其一。他所说的野蛮毫不含恶意，是指中国戏多含原始的宗教的分子，如五光十色的脸谱、舞蹈般的动作、夸张而象征的科白，这些中国戏的精华，在野蛮民族的戏中无不全备。中国人虽然久已看惯了旧戏，换点新花样恐怕看不惯，但在现今的时代已不甚相宜，应该努力求点长进，收起千年老谱才是。况且旧戏有害于“世道人心”，内中的有害分子如淫杀、皇帝、鬼神等是会毒害人民精神的，此其二。由于旧戏在民间的努力比各种说书要大得多，所以旧戏中含有的有毒思想对“世道人心”的危害也大，如果旧戏不废除，这些野蛮的思想就会借着戏曲广布民间。至于如何建设中国的新戏剧，周作人的意见与胡适是一致的，即“只有兴行欧洲式的新戏一法。现在有一种大惊小怪的人，最怕说欧洲式，最怕说‘欧化’。其实将他国的文学艺术运到本国，决不是被别国征服的意思；不过是经过了野蛮阶级蜕化出来的文明事物在欧洲先发现；所以便跳了一步，将他拿来，省却自己的许多力气。既然拿到本国，便是我的东西，没有什么欧化不欧化了。倘若亚洲有了比欧洲更进化的戏，自然不必去舍近求远；只可惜没有这样如意的事”①。对于学习西欧近代戏剧的新法，来创造中国现代话剧，周作人“拿来”的思想比胡适向西洋戏剧学习的见解带有更多的辩证色彩。

傅斯年赞成胡适等人的戏剧革命主张，指出“当今之时，总要有创造新社会的戏剧，不当保持旧社会创造的戏剧”②；并且具体分析了中国旧戏就是中国的独夫、宦官、宫妾、权臣、奸雄、谋士、佞幸的争国、割据、吞并、阴谋、宴乐、流离的历史写照，就是豪贵鱼肉乡里、盗贼骚扰民间、崇拜金钱势力官爵、信仰妖精鬼神道士灾祥的中国社会的反映，因此作为旧社会教育机关的旧戏曲便不能不推翻。但是他对于胡适赶快翻译西洋戏作为我们创造新话剧的观点，提出异议。他认为西洋剧本是用西洋社会做材料，中国社会却和西洋社会隔膜得很，如果在中国戏台上排演直译的西洋戏剧，那观看的人不知所云岂不更糟。因此他主张“直译的剧本，不能适用，变化形式，存留精神的改造本，却是大好”；并且对创作新话剧提出六个具体条件：一是剧本的材料应当在现在的社会里取出，只有对现实社会有了内心的观察和透彻的见地，才可以运用好材料；二是希望未来的新剧本不再犯中国旧剧结尾的大团圆的通病；三是剧本里描写的事迹总要是

① 《论中国旧戏之应废》。

② 《戏剧改良各面观》。

我们的日常生活,这样才可以亲切感人;四是剧本里刻画的人物总要是平常人,是平常人的行事,因为平常人才可以时刻作个榜样;五是新剧的创作,总要引起人们批评判断的兴味;六是创作的新剧本务必使观众感到在戏的动作言语外还有一番真切道理做个主宰[①]。这些积极的创作理论,实际上为新话剧的编写提出了现实主义的美学原则,特别触及到剧中人物的典型化、主题思想的含蓄深蕴等重要问题,比胡适的戏剧创作主张更富有建设性的意义。张厚载赞同胡适、钱玄同、刘半农的"戏剧为高等文学"的看法,但他不同意胡适等否定中国旧戏曲的观点。他认为"中国的戏曲,其劣点固甚多;然其本来面目,亦确有其真精神"[②]:一是中国旧戏把一切事物都用抽象的方法来表观,"很有戏游的兴味,和美术的价值";二是中国旧戏无论文戏武戏,都有一定的规律;三是中国旧戏向来与音乐有密切关系,它的感动力量常常靠音乐表示种种感情。因此他主张中国旧戏是中国历史社会的产物,也是中国文学美术的结晶,可以完全保存;社会急进派必定要如何如何的改良,多是不可能,除非竭力提倡纯粹新戏,和旧戏来对抗[③]。他对中国传统戏曲"好处"的分析有一定道理,纠正了胡适等人把旧剧说得一无是处的片面性;但是也要指出张厚载的旧剧观又陷于另一个片面性,即肯定过分,尚来指出旧戏的严重局限,特别从戏剧革命的角度来看他的主张是偏于保守的,对于清除旧戏的糟粕、创造具有崭新思想内容和艺术形式的新话剧是不利的。

文学革命倡导以来,戏剧界的革命引起越来越多的人的重视和注目;但是这个时期的戏剧革命"理论非常丰富,创作却十分贫乏"[④],值得称道的剧本有胡适的《终身大事》。也就是说这个时期戏剧革命理论的提倡没有同现代话剧创作实践有机地结合起来,戏剧创作落后于戏剧理论。同晚清的戏剧改良相比,五四时期有些戏剧革命主张虽然继承了晚清强调戏剧社会功能和"采取西法"的观点;但是它们更多的是清除中国传统戏曲的弊端,废除旧戏以创造新剧,实行戏剧的彻底革命,也没有像晚清戏剧改良把注意力放在旧戏改革上,编写出一些改良京剧或时事京剧。同民国初年的早期话剧运动相比,五四时期关于戏剧革命有着较丰满的新理论主张,标志着中国话剧运动在清理旧戏剧和

① 《再论戏剧改良》。
② 《新文学及中国旧戏》。
③ 《我的中国旧戏观》。
④ 《中国新文学大系·戏剧集导言》。

“文明戏”的基地上向新的历史阶段跨进；虽然在创作数量上没有产生早期那么多话剧，但从仅有的几个剧本来看也标明五四时期的话剧更富有现代话剧的色彩，并预示出欣欣向荣发展的趋向。

五四运动狂潮推动戏剧革命的发展

一九一九年爆发了震惊中外的五四运动，它不仅把整个新文化运动和文学革命推上了高潮，也使戏剧革命有了新的发展，其主要标志是：其一，出现了自觉倡导现代话剧的文艺团体和刊物。一九二一年五月，沈雁冰、郑振铎、陈大悲、欧阳予倩、汪仲贤、徐半梅、柯一岑、滕若渠、熊佛西、张静庐等十三个人，组成一个民众戏剧社。他们以提倡艺术的新剧为宗旨，其宣言是：

> 萧伯讷曾说：“剧场是宣传主义的地方”；这句话虽然不能一定是，但是我们至少可以说一句：“当看戏是消闲”的时代，现在已经过去了。戏院在现代社会中，确是占着重要的地位，是推动社会使前进的一个轮子，又是搜寻社会病根的X光镜；又是一块正直无私的反射镜：一国人民程度的高低，也赤裸裸地在这面大镜子里反射出来，不得一毫遁形……这样的戏院，正是中国目前所未曾有，而我们不量能力薄弱，想努力创造的……我们将先出一种月刊，名为《戏剧》，借以发表我们的主张，介绍西洋的学说；并且想与国人讨论。①

适应当时中国社会革命和人生改良的需要，“宣言”突出强调了现代戏剧的崇高社会职能，体现一种为人生而艺术的现实主义美学倾向。他们没有停留在一般的号召上，乃是为创造中国新的戏剧事业而努力实践。《戏剧》是中国现代文学史上第一个戏剧文学刊物、由上海中华书局印行，一共出了六期，不仅发表了本社成员许多介绍戏剧理论、表述具体主张的文章，而且也发表了社外人员如蒲伯英、王统照、耿济之、翟世英谈论戏剧的文章以及宋春舫的翻译剧本和叶绍钧的剧作。该社的成立，对中国旧戏的批判和新剧的建设，都发挥了重要作用，对中国现代话剧的发展产生了很大影响。一九二一年成立的文学研究会、创造社是两个大型的综合性的文学团体，但它们也积极从事戏剧革命，不仅它们的骨干成员撰写戏剧论文、创作新话剧，它们主办的《小说月报》或《创造季刊》等也是发表戏剧论文和剧作的重要阵地。一九二一年上海戏剧协社成立，主要社员

---

① 《民众戏剧社宣言》。

有应云卫、谷剑尘、欧阳予倩、洪深等，致力于中国戏剧改革。稍后田汉在上海创办《南国半月刊》，出至第四期停刊，这是二十年代初对中国戏剧革命作出努力的刊物。田汉曾说："《南国半月刊》之发刊，正当一面帮着编辑由中华书局出版的《少年中国》，一面与创造社底关系渐疏的时候。这时我对于社会运动与艺术运动持着两元的见解。即在社会运动方面很愿意为第四阶级而战，在艺术运动方面却仍保持着多量的艺术至上主义。……所以《南国半月刊》第一期有一简单宣言，即'欲在沉闷的中国新文坛鼓动一种清新芳烈的艺术空气'。所谓空气自然也是模糊的感觉，而无一定的明确的创作的意识。"①这些戏剧文学社团或刊物的出现，把戏剧革命推向高潮。

其二，在戏剧理论的探讨上，既注意破更重视立，即把破坏旧戏观念同建设新的戏剧理论结合起来。若说前一个时期重在对旧戏的批判上，那这个时期的重心则移向新剧理论的建设上。蒲伯英、郑振铎、陈大悲等对旧戏的不适用和文明戏的腐败的批判比胡适、钱玄同、傅斯年等的指斥更切合实际更深入一些。他们认为旧戏不适合国情，简直对于国情是一剂毒药，不论是"京派"或"海派"旧戏所产生的社会效果，都能妨碍社会进步②；至于那时流行的"文明戏"，他们称它为"假新戏"，虽然它在形式上把旧戏的场面改造了，但其内容仍是诲淫诲盗，提倡迷信③，"把一个萌芽婴儿般的新剧舞台，霎时间变成了堕落阶级底殖民地"④。但是这个时期最重要的理论贡献，不是表现在对旧戏和"文明戏"的批判上，而是体现在对于新戏剧理论的建设上：一是既指出了戏剧的社会功能，也强调了戏剧的娱乐性，即给观众以正当的娱乐，这也戏剧本身的职能。戏剧"要使得辛苦一天的劳工们能得道德上与体力上的休息"，而这种娱乐是正当不过的"养神储力"的办法，决不是中产阶级的引起肉感诱进堕落的娱乐⑤；"我们对于现代的戏剧，应该说他一面是'教化的娱乐'，一面是'为教化而艺术'"，他们把这种教化叫做"再生的教化"，就是它能使民众精神常在自由创造的新环境里活动，这是现代戏剧的神圣职责⑥，实际上提出了一条寓教育于娱乐之中的重要美学原则。二是创作的新剧既要重视它的文学性也要注意它的表演，即一个新

---

① 《我们自己的批判》。
② 蒲伯英：《戏剧要如何适应国情》。
③ 郑振铎：《光明运动的开始》。
④ 陈大悲：《戏剧指导社会与社会指导戏剧》。
⑤ 沈雁冰：《民众戏院的意义与目的》。
⑥ 蒲伯英：《戏剧之近代的意义》。

剧作仅有“纸面上的戏剧”是不够的，还必须是“舞台上的戏剧”，适合于表演，讲究表演方法，注重演作的表情以及舞台技术等①。三是仅仅满足于对西洋戏剧的翻译是不能建立起中国新话剧的艺术大厦，还需要自己动手创造一种真的话剧。即使翻译的西洋剧本也不能毫无改样地取来排演，一定要经过一番改造，适合中国人民的口味，否则“真的新剧一辈子都不会普遍到民众去的”②。陈大悲号召“中国自己劳心劳力实事求是”地“来创造一种有益于人类的真的新剧（自然要从剧本方面做起）”；如果“一味要做西洋梦，那就非把西洋现成的舞台搬运到中国来不可，不但是舞台，就连西洋的演剧人，西洋的看戏人，甚至于西洋的金本位纸币也得完全搬到中国来。这才能够尽量的过我们底西洋瘾”③。这是对盲目的崇洋而忽视自己独创性和自主性的倾向，所进行的尖锐批评，实在令人深思。四是明确地指出“倡导好的戏剧固然要有好的编剧家与好的演剧家，但是没有好的看客与好的评剧家还是不能成功的”④，特别强调要有好的戏剧评论家的见解是极为可贵的，对于推动现代话剧运动的发展会起到重要作用；并主张戏剧的从业员以演出进步的戏，来提高伶界在社会上的地位，“凡有脑筋的‘新剧家’，从今日此时起，应当从速觉悟，不但自己要觉悟，还得顺应人类底爱力去觉悟我们可怜的昏聩沉沦的同类，使他们大家知道自己底责任，不但我们自己绝对不许迎合社会中最下乘的心理，演引人入邪途的戏剧，就是眼见了他种戏剧灌输土匪，强盗，浪子，荡妇知识的，我们也应当引为我们底奇耻大辱”⑤。因此他们认为“理想中的指导社会的戏剧家是‘爱美的’Amateur 戏剧家（即非职业的戏剧家）。爱美的戏剧家不受资本家底操纵，不受座资底支配”，这样中国的戏剧事业才能得到根本改造⑥。这种爱美的戏剧家及其爱美剧团在当时的历史条件下只是个良好的愿望，是不可能实现的，爱美剧也不是根本解决的办法。五是有的论者指出，“诅咒现代的社会组织，表同情于孤苦无告的被虐阶级，高倡博爱同胞的人道主义，带有革命民主的色彩的，就是近代剧所共有的精神。不过作者对此，也有如易卜生、萧伯讷等一样，取理智的讽刺的态度的，也有如斯曲林堡、托尔斯泰等一样，取感觉的直接的现实暴露的态度的，更

---

① 汪仲贤：《随便谈》。
② 陆明悔：《与创造新剧诸君商榷》。
③ 《演剧人的责任是什么》。
④ 陈大悲：《要求今晚新明剧场观众的三件事》。
⑤ 《戏剧》1 卷 1 号。
⑥ 陈大悲：《戏剧指导社会与社会指导戏剧》。

有如好泊脱曼等一样,取殉情的情调的态度的不同罢了"①。此外,还有的论者提出"新的演剧家是现在需要的,新的编剧家尤其需要"②,等等。这些建设性的戏剧理论,虽然并不完备,也存在一定局限,但是在中国现代话剧的初创期却产生了积极影响,标志着中国的话剧运动经过了民国初年"文明戏"的兴衰后又走向新的历史阶段。

其三,既重视戏剧理论的探讨,更重视戏剧实践活动,这同五四初期相比有了突出的发展。这主要表现在:一是一九二一年春,汪仲贤动员上海新舞台夏月润、夏月珊等旧戏艺人去表演萧伯纳的名剧《华伦夫人之职业》。这是一部在萧伯纳的祖国至今还禁止公演的戏,他们敢于把它搬上中国舞台演出,这不能不说是一个勇敢的试验,虽然演出并不成功,但是当时产生的影响是很大的,在中国现代话剧运动史上是有意义的。正如汪仲贤在《优游宝剧谈》一文中写道:"上海新舞台开演《华伦夫人之职业》,狭义的说来,是纯粹的写实派的西洋剧本第一次和中国社会接触;广义的说来,竟是新文化底戏剧一部分与中国社会的第一次接触";"此番开演纯粹新剧,是旧剧家第一次脱离锣鼓与唱工的束缚,并且大家震于剧本底大名"。虽然这次演出新剧的活动并没有收到预想的效果,可以说是一次失败的尝试,然而他们却从《华伦夫人之职业》的演出失败中总结了经验教训,进一步探讨了现代话剧的有关问题。正如洪深所指出的:"如果《华伦夫人之职业》的失败,能够使得以后的从事者对于戏剧运动,采取更客观的态度,更能顾到现实的环境,那末他们这一次总算不是白'跌'了"。③ 二是一九二二年冬蒲伯英出资在北平创办人艺戏剧专门学校,这是他提倡职业戏剧主张的具体实践。他认为"营业性质的戏院,是院主把演员当猪仔,指着他身上赚钱;职业的戏剧,是演员以专精的艺术得生活上的报酬,即以生活上的报酬助长他艺术底专精;两件事截然不同的"。这种见解同爱美剧的主张更切近。当时的"戏剧界底空气,污浊极了,淫赌大烟,差不多成了戏班子底普通知识;欺诈倾轧,种种恶德,也是应有尽有"。为了彻底改革戏剧界,所以他创办人艺剧专,培养"演剧的人才,编剧的人才,戏剧的模范生",以创造"理想中的戏剧界",即"要从头建设一个有新空气的,决不是劝人乱投营盘加入现在混饭骗人的这个

① 郁达夫:《戏剧论》。
② 沈雁冰:《中国旧剧改良我见》。
③ 《中国新文学大系·戏剧集导言》。

社那个社”[1]。正是本着这样的宗旨，要想通过人艺剧专造就一群职业但品行高尚的从事戏剧工作的人才。到了次年五月，人艺剧专的学生就在北京的新明剧场演出了陈大悲编写的《英雄与美人》。虽然这个学校后因经济不充裕、内部起了纠纷而在一九二四年冬停办，但是它在中国现代戏剧运动史上的贡献是不能抹杀的。三是陈大悲提倡“爱美剧”（即业余的戏剧，既不以盈利为目的也不视戏剧为专业），并一九二一年和李健吾等组织北京实验剧社，积极开展爱美剧活动，在青年学生中造成极广泛影响。“爱美的戏剧在北京城里出现的时候，是民国九年九、十月间，那时候北方几省正闹着旱荒，非常危急，所以当时演剧底近因是要筹赈灾的款子，其远因却因为《新青年》杂志及各处鼓吹新文化运动的报纸上，常常有讨论戏剧的文字——止水先生独立经营的《实话》报上，差不多没一天没有一篇关于戏剧研究的文章，一般青年都已到了跃跃欲试的境地”[2]。在这种情况下，不论学校纪念日或筹款赈灾或征募孤寡抚恤基，都能促成临时性的爱美剧团组织，而且每每举行游艺会总有数幕新剧演出。这种爱美的戏剧活动是在文明戏衰败，五四戏剧革命拉开序幕的关口出现的，既不受资本家操纵也不以赚钱为目的，而是把戏剧当成一种业余文娱活动，参加演出的主要是青年学生，这不仅为戏剧领域造就了新生力量，而且适应了时代和社会的需要。于是在很短时间内，出现了以北京为中心的爱美剧活动的热潮，它是反对商业化的戏剧运动，它造成了全国学校剧团的普遍流行。“爱美的戏剧在北京社会里为平民学校、水旱兵灾、赎路基金、童子军等种种事业尽过许多力”[3]。当然爱美的戏剧活动开展以来遇到不少问题，也存一些缺欠，如多数学生演员缺乏艺术准备和技术训练，不够严肃认真，剧本内容浅薄、情节离奇等，但这一切都抵消不了爱美的戏剧活动所产生的积极影响。四是致力于现代话剧创作的作者越来越多，而且出现了一些比较有影响的剧本，既可以演出又可以阅读，具有一定的文学价值，初步显示了五四时期戏剧革命在创作实践方面取得的成绩。这些都是戏剧运动深入发展的标志。

五四时期的戏剧革命是晚清戏剧改良运动和民国初年早期话剧运动的合乎规律的在更新历史阶段上的发展。虽然它们之间有一定的继承性，五四戏剧革命也存在不足；但是必须看到，惟有经过五四戏剧革命，中国戏剧史上才出现

① 《我主张要提倡职业的戏剧》。
② 陈大悲：《爱美的戏剧在北京》。
③ 《爱美的戏剧在北京》。

了真正意义的现代话剧运动,才有了真正的话剧文学。

第二节 萌芽期话剧创作概观

周扬曾说过:“话剧是最现代的进步的戏剧形式,但它是从西洋输入,并且作为中国旧剧的彻底否定者而兴起来的(这个否定在‘五四’当时是有革命作用的),而且又完全是在都市生长起来的,它在内容上和小市民血缘极深,它的形式是欧化的,始终没有摆脱洋教条的束缚。”①“五四”前后的戏剧革命主要借用西洋话剧来革中国旧戏的命,以创造中国现代新话剧;但是这场戏剧革命作为整个文学革命的一个组成部分,它的总特点是理论探讨较为活跃,不同观点争辩较为热烈,剧本创作却是相当的少,比起小说、诗歌创作的成绩来大为逊色。如果从中国现代话剧的发展来看,这个时期的话剧创作却为现代话剧文学奠定了基础,同民国初年的早期话剧相比有了全新的突破。不仅有反映现实人生的悲剧,也有嘲讽社会虚伪、丑恶现象的喜剧,又有歌颂觉醒青年背叛封建家庭走上个性解放道路的正剧;既有社会性的问题剧,也有借古喻今的历史剧,又有追求情节奇特的爱美剧;既有现实主义风格的话剧,也有浪漫主义情调的话剧,又有唯美主义色彩的话剧。虽然这些萌芽期的话剧不论是思想内容或是艺术形式,都存在明显的缺欠;但是它们所表现的题材或现实的或历史的都具有鲜明的针对性,都强弱不同地体现了五四时代精神,充溢着一种新的生活气息,所刻画的人物大都是普通的人,特别是觉醒的知识青年以新的姿态出现在戏剧中,在艺术形式上大多采用西洋新剧的体式、结构及表现手法,有的带有明显的模仿痕迹,有的能够融会贯通,把借鉴与创新结合起来,有的注意到在取法西洋戏剧的同时也吸收中国传统戏剧的某些技法。当时致力于话剧创作的虽然没有小说、诗歌的队伍强大,但也有些剧作者做了可贵的探索,初步显示了一定的才华,特别有些多面手的作家在话剧创作上也留下鲜明的足迹。如胡适、叶绍钧、陈大悲、汪仲贤、欧阳予倩、洪深、田汉、郭沫若、丁西林等,在“五四”前后都创作了一些现代话剧。虽然这些剧作所取得的成就有高有低,参差不齐,但由于他们是努力按照五四时代的要求、戏剧革命的目标、自己的生活体验和美学追求以及表现技巧去进行创作的,故在各自的剧作中也显示了不同的思想和艺术特

① 《表现新的群众的时代》。

色，给草创期的话剧园地带来了艺术春天的信息。

胡适作为五四文学革命倡导者和实践者之一，不仅在诗歌和小说领域里边倡导边尝试，而且在戏剧革命中也是一面鼓吹戏剧改革、宣扬易卜生主义，一面动手创作出中国现代文学史上第一部话剧《终身大事》(1919)。虽然这部话剧有模仿的印记，却不是"典型的模仿易卜生的作品"，它是借鉴西洋新剧，取材于五四时代社会现实而尝试创作的中国现代话剧。洪深在《中国新文学大系·戏剧集导言》里作了比较中肯的评价：在当时"只有胡适底《终身大事》一部剧本，是值得称道的。这部戏，作者认为是'游戏的喜剧'(即趣剧)，这在田太太和田先生两个人底'性格描写'的夸张上，是可以这样说的。可是田亚梅是那时代的现实的人物，而《终身大事》这个问题在当时确又是一个亟待解决的问题，所以也可以说是一出反映生活的社会剧。这出戏他原是应美国留学的朋友们底请求，用英文写的。后来有几个女学生要排演，才把他译成中文。可是，因为这戏里的田女士跟人跑了，胡适说：'这几位女学生，竟没有人敢扮演田女士。况且女学堂似乎不便演这种不很道德的戏！所以这稿子又回来了。'是的，在封建势力仍然强盛的中国，是没有女子敢'做'娜拉的！但这正说明了这出戏的意义。"如果说《终身大事》的创作借鉴了易卜生的名剧《娜拉》，那是作者"因为要建设西洋式的新剧，要高扬戏剧到真的文学底地位，要以白话来兴散文剧"；"还因为Ibsen敢于攻击社会，敢于独战多数，那时的绍介者，恐怕是颇有以孤军而被围于旧垒中之感罢"①。就《终身大事》的情节冲突而论，虽然是在一个半新半旧的中西合璧的家庭里展开的，主要表现在父母与女儿之间，但是这一矛盾冲突却具有相当广泛的社会基础。在五四时期受过个性解放思潮洗礼的知识青年要求爱情自由、婚姻自主，像田亚梅这样的人物大有人在；但是几千年的封建礼教、婚姻制度、迷信观念形成的社会势力和传统习惯，成了男女青年争取婚姻自由的严重障碍，田先生和田太太就是这方面的代表。所以由田亚梅与其父母构成的戏剧冲突是具有较普遍的社会意义，正是人生中急待解决的社会问题，也是五四时期以民主与科学进行反封建反迷信的时代精神在婚姻问题上的体现。从争取婚姻自由这样的角度来表现反封建是五四新文学中一个带有普遍性的主题，《终身大事》的独特性在于：一是它所刻画的封建势力和传统观念的代表人物不是那种顽固不化的封建式家长，而是两个半新半旧的父母。他们都

① 鲁迅：《〈奔流〉编校后记三》。

不是声色俱厉地以“父母之命,媒妁之言”的封建信条来反对女儿的婚姻自主,母亲主要是靠观音菩萨和算命先生的“籤诗”来判定儿女的终身大事;父亲虽然不赞成其妻问卜求神的做法,并认为那是骗人的一套,似乎他比她开明一些,但是他却靠封建的族谱祠规这个传统法宝来阻挠女儿的婚姻,转弯抹角,花言巧语,比其妻更狡猾一些。试想这样一个中西合璧的家庭对女儿的终身大事就如此地横加干涉,那些典型的封建家庭的青年男女不是更没有主宰自己终身大事的权力吗?这样表现的反封建主题不是更具有严重的社会意义!二是没有停留在一般的反对封建婚姻制度和封建礼教上,而是把侧重点放在对封建迷信和宗法制的祠规族谱的揭露上。几千年来各种迷信把戏也不知坑害多少青年男女,那套从孔子《论语》里找到了根据的族谱祠规更是吃人的“法宝”。剧本从这个侧面来描写,所表现的反封建主题的意义不是更深广一些吗?三是五四文学作品中出现的争取个性解放的女性形象多是悲剧型的,而《终身大事》中的田亚梅却是个争取婚姻自主的胜利者(至少在剧中是这样表现的)。她的命运同娜拉不一样,她的所爱是与自己留学东洋的陈先生,而且相识相恋多年,尽管她父母千方百计阻挠她与陈先生结婚,但是她毫不让步,母亲的眼泪没有征服她,瞎子算命和观音娘的籤诗丝毫没动摇她的爱情信念,父亲的老谋深算的说教更没有打消她决心嫁陈先生的主意,最后到了决定自己终身大事的关键时刻,她留下“孩儿应该自己决断”的字条,冲出了这半新半旧的家庭,实现了自己的爱情追求和婚姻理想,无所顾忌地同陈先生结合了。从这个形象的刻画,进一步深化了主题,即青年男女要主宰自己的终身大事就应该像田亚梅这样勇敢地冲破家庭的一切束缚,按照自己的意志和愿望去决断终身大事。当然田亚梅这个形象并不丰满也不鲜明,而且她的抗争也没有更高的社会意义;不过她却是个五四时代的争取个性解放得到暂时胜利的新女性形象。在艺术表现上,结构比较完整,情节发展自然且有波澜,特别讽刺喜剧手法的运用使田先生和田太太形象带上了漫画色彩,使写实的社会剧增加了喜剧趣味,语言朴实流畅,没有欧化倾向。但从整体上看,这部独幕话剧毕竟是尝试之作,不仅反映现实的深度不够,刻画人物缺乏鲜明的个性和丰富的心理内涵,而且艺术上也没有脱尽幼稚气;如果从现代话剧发展史上来看,它却开了社会问题剧的新风气。

叶绍钧在五四新文学创作的各个领域,都取得了可喜成果,虽然他的主要成就是在小说创作里,但是话剧创作也有可称道的剧本。他曾和何明斋共同创作了为儿童所喜爱的童话歌剧《蜜蜂》、《风浪》,并在民众戏剧社主办的《戏剧》

一卷五期发表了三幕话剧《艺术的生活》,还在一九二一年七月的《小说月报》上登载了独幕话剧《恳亲会》,此剧可以说是代表作者戏剧艺术水平的著名剧作。它同胡适的《终身大事》一样,都属于以现实主义创作方法写的社会问题剧;但它比《终身大事》的思想意义和艺术价值要大得多,高得多。它的戏剧冲突是围绕学校召开的恳亲会(即家长会)展开的。虽然社会的恶势力并没有从正面出场,但是你总感到有一个无影无踪的反面人物藏在暗场,放暗箭要阴谋,在破坏恳亲会的召开,尽管在场的正面人物比较多,然而他们要改革小学教育的计划和召开恳亲会的设想终究在恶势力的攻击和反对下破产了。作者以现实主义笔触,真实地描写了教育改革者与社会恶势力之间的尖锐的对抗冲突,不仅揭示了一个在旧社会制度尚来彻底推翻之前妄图通过局部教育改革的改良道路来解决中国问题必然要失败的深刻主题,启迪人们去探索新的途径,而且从强烈的冲突中刻画了具有鲜明个性的艺术形象,显示了作者塑造人物形象的艺术功力。主人公黄隶青是个热心于小学教改革的知识分子形象,他是校长,不满教育现状,立志改革,但却又耽于幻想,一旦当他冷静地面对现实时又感到"环绕我们的人"并不理解和支持教育改革;他认为"人和人之间大体总是相同的,只须揭破隔阂,就可以互相融和而为一心"。正是在这种人道主义思想指导下,他召开恳亲会,希望借此"揭破隔阂"。结果在恶势力的攻击下恳亲会未开成;他的美丽的设想虽然破灭了,但他并不绝望,憧憬着未来的开创者。剧本透过黄隶青在戏剧冲突中的动作和言语,展示他的灵魂深处的演变轨迹,以及改良主义道路走不通的必然性。女教师毕宜天真幼稚而又热心于改革,她相信恳亲会能够开成,是校长教育改革计划的支持者,剧本着重表现了她的单纯、热情、富有追求与思索精神的性格。教师秦佩瑜的性格刻画得最为鲜明,他深于世故却不乏正义感,对学校推行改革办农园他并不反对,却主张招人专种蔬菜无须学生参加,当恶势力同校长之间的矛盾尖锐化时,他又站在改革者一边,义形于色地斥责恶势力,恳亲会失败后他对黄隶青深表同情。园艺家邵柳村是校长改革教育事业的积极支持者和赞助者,他不仅把自己的农园规划图样交给黄隶青参看,而且当恶势力攻击黄隶青时他衷心地鼓励和安慰他,剧本在情节冲突中着力突出他的直爽、诚挚、奔放的艺术家的性格。作者能在一个短短的独幕剧中刻画这么多各具个性特征的形象,并没有把这些人物简单化、平面化,既写出他们性格的多面性又开掘了他们的心理内涵,这是剧本取得的最重要的现实主义成就;整个剧本的构思别致,把一个复杂而尖锐的社会矛盾化为戏剧冲突后能够集中于一个恳亲会命运问题上展开，显得矛盾尖锐，结构紧凑，虽然反面人物并未出场同改革者进行面对面的冲突，然而主人公的命运和恳亲会的命运却紧紧扣动着读者的心弦。洪深对此剧作了这样的评述：《恳亲会》"我最近复读了一遍，仍然能使得我感动"，"剧本中几个教员，写得是太热诚了太真实了"①。

陈大悲是"五四"前后戏剧界极为活跃的人物，是爱美戏剧的倡导者，是话剧创作的尝试者。向培良曾把陈大悲和胡适在新文学史上的地位作了比较分析："他们同是早期的奋斗者，同是在茫昧中开辟着道路，而且是不了解他们自己所宣传、所拥护的艺术。正如胡适之没有文学的天才一样，陈大悲也没有戏剧的天才。也正如胡适之一样，他开辟了道路，而同时在所开辟的道路上留下了许多荆棘妨害后来的人。还有一宗，他们同样粗率地开辟了一点道路之后，便不再进行，从他们自己所提倡的艺术那里退开了。"②作为中国话剧最早的开路者之一的陈大悲，留下的剧本很多，主要有《英雄与美人》、《幽兰女士》、《平民的恩人》、《父亲的儿子》等。他的剧作表现了社会现实的一些问题，如《幽兰女士》的中心是揭露私产的罪恶，"他对于私产制的攻击用自然主义（即写实主义）表现出来，不说一句'宣传'式的话，实是不容易企及的手段。篇中写丁葆元的思想，丁幽兰的思想都恰到好处，各人的身段口吻也都很称，只是那个李氏（丁妻）却似乎少点神采。创铸的三个女角色（幽兰、许三小姐、邱姑太太）确是很好；许三小姐口中的半失望半自弃的玩世而讽刺的尖锐话里面含有极深的悲哀，使我感着非常的印象，对于这位聪明绝世而自暴自弃的女士表示无限的惜惋与爱怜。我敢说，许三小姐是篇中最动人的脚色。其次是丁葆元，再次是幽兰女士。"总之"《幽兰女士》总算是成功的剧本了，除了一二点不好（如第四幕写幽兰在成衣铺中遇凤冈被打，挺身出救，护送到医院，而第五幕中忽然又说凤冈在他房里，中间过节，实在欠明白一些），大体是好的；大悲君虽然自己很谦抑，说不配讲什么主义，然而依我看来，这篇已经很可以算得是自然主义的剧本了"③。这五幕长剧的基本倾向是现实主义的，并触及到旧社会中私产是罪恶这样严肃问题。从这样一个角度来考察，陈大悲的剧作也应列为社会问题剧，同胡适、叶绍钧的剧作倾向大致相似，都体现了写实主义风格。《英雄与美人》也

① 《中国新文学大系·戏剧集导言》。

② 《中国戏剧概评》。

③ 沈雁冰：《春季创作坛漫评》。

是陈大悲早期有一定影响的话剧，蒲伯英创办的人艺曾公演过。他创作这部剧的目的是“为要打破国人对于‘英雄’与‘美人’的痴梦”①。它以写实的笔触、讽刺的手法，刻画了英雄与美人的蜕变经过，并把他们置于辛亥革命的背景上。革命党人张汉光（英雄）曾与林雅琴（美人）相恋，后张去日本，林逃家为生活所迫而沦为暗娼，并把清朝侦探长作为情人；辛亥革命胜利后张汉光当了督统又与林雅琴言归于好，但张汉光开始怠于改革，而林雅琴与其情夫又想阴谋陷害他。当阴谋败露后，在潜逃中林雅琴被张汉光的好友王建人打了一枪，临死才向张表示忏悔，张也因忏悔而自杀。作者通过这个比较曲折的戏剧冲突，所刻画的英雄实际是一个丧失革命警惕、被糖衣炮弹打中的革命党人，在国民革命军中是具有一定的代表性；所刻画的美人，实际上是一个具有争取婚姻自由的个性解放思想而在黑暗社会被腐蚀掉了的堕落女性，这个人物也有一定的典型意义。从剧本的取材、冲突的提炼、人物的刻画来看，基本上体现了作者现实主义态度。但是陈大悲的剧作也有与胡适、叶绍钧剧作在艺术追求上的独特之处。即“他的剧本都是极富于刺激性的，这也许就是为了他是直接从文明戏来的，深知道一般观众的心理需要刺激，为了达到这目的，在他的剧中常常不惜破坏了舞台的空气，破坏了人物的个性，把种种能刺激观众的场面如自杀、教训等加进去②。这虽然把他剧作的不良倾向估计过重，却也说明了他的“刺激性”的艺术追求（不完全是消极的）在某种程度上削弱了其剧作的现实主义力量。后来陈大悲在思想和艺术的蜕变与他的这种艺术趣味也有一定的内在联系。“一个巨浪迎头赶来，他老先生感于生之疲惫，不能不做中流砥柱，而却与世浮沉，以致被留在海滩等于没落，几乎完全被人忘却，而不知道他老先生却在人世间的犄角里靠着写礼拜六体的小说赚稿费来维持个人的生活呢”③。

欧阳予倩（1889—1962），曾在一九一三年编演过五幕剧《运动力》来讽刺革命党人的蜕变；五四戏剧革命中他于一九二二年创作了话剧《泼妇》，是以写实手法描写现实问题的社会剧，戏剧冲突是由爱情不专一引起的。于素心是一个具有反抗精神的女性，却被封建势力视为“泼妇”；她的想法和做法都是从妇女解放和夫妻平等出发的，但遭到了男主角慎之等人的责斥和反对，暴露了封建道德观念的虚伪以及封建势力的偏见。最后“泼妇”愤而离家，这虽然不是解决

① 《答谢明霄先生论〈英雄与美人〉》。

② 马彦祥：《现代中国戏剧》。

③ 怡：《话剧先锋陈大悲》。

这种社会问题的根本途径，但却表现了大胆地反封建的民主精神；作者对“泼妇”是歌颂的，对封建道德的虚伪是揭露的。“泼妇”的性格比胡适笔下的田亚梅要大胆得多，泼辣得多，坚强得多。

洪深(1894—1955)留美期间于一九一六年便写了同情劳苦民众的《贫民惨剧》，一九二二年回国积极从事戏剧改革，在组织戏剧改进社的同时，于一九二二年写了剧本《赵阎王》。它是较早的以话剧形式表现反对军阀混战主题的剧本。主人公赵阎王是个“做好人心太坏，做坏人心太好”的“兵痞”形象。作者没有把人物性格简单化，而是从特定的社会背景上写出了赵大性格的复杂性，在一定程度上揭示了他由穷苦农民堕落为“兵痞”赵阎王的社会根源以及他后来初步醒悟的思想演变轨迹，从而揭露了封建军阀统治的罪恶。当然剧作的开掘尚有明显的局限。即“我只想说这样的罪恶者是这样的社会造成的，而我没有能够接着说出应该有的结论，即是，倘不改变这样的社会，将无法消灭像赵阎王所作的那些罪恶”[1]。在艺术表观上，注意剧情的曲折性，尤其善于对人物内心世界进行细致的描写；剧作的前一部分以写实主义的有力笔触刻画了人物性格，触及到社会的重大问题，具有强烈的现实感，而后一部分则采用虚拟手法大量描写主人公在特定环境下灵魂交战所形成的幻觉世界，长段铺写其变态心理，这给剧作涂上浓厚的神秘色彩，这不能不削弱全剧的现实主义批判力量。

丁西林(1893—1974)于一九二三年创作的《一只马蜂》，虽然也属于现实主义的社会问题剧，但它却是一部比较成功的具有独特美学风格的幽默喜剧。剧中的吉太太是个表里不一言行不一的两面性人物，表面上主张婚姻自主，口头上宣称不管儿女的婚姻，实际上却千方百计包办儿女婚事，她是一个装得很“趋时”骨子里却信守封建婚姻那一套的老太婆。她尽管装得像，玩得挺圆，但终究斗不过吉先生和余小姐的机智，只是以“说谎”瞒过了她，达到了恋爱自由的目的。剧作的构思巧妙，安排得体，语言幽默，手法高超；用一串反话和谎话便造成了喜剧的强烈效果，使吉太太的市侩嘴脸得到有力的嘲讽。剧本的现实主义力量就是借助于对吉太太的嘲笑，委婉地抨击了社会上的一种虚伪现象；但是这种嘲讽的喜剧手法的运用并没有流于肤浅庸俗，却给人以深刻的启示。

总之，“五四”前后出现的现代话剧，有相当一部分是属于社会问题剧，体现出程度不同的现实主义创作倾向和五四时代精神，它们既适应了当时整个社会

① 《〈洪深选集〉自序》。

思潮和文化思潮的需要，也表现了整个五四新文学对人生、社会问题的密切关注以及作者的自觉的历史使命感。

田汉(1898—1968)是中国现代话剧运动的重要开拓者之一，也是“五四”前后话剧创作的杰出作家。同上述作者的话剧相比，虽然他的剧作也是取材于现实，但却带有浓重的浪漫主义色彩。在日本留学期间，一九一九年初他构思的第一部剧本《歌女与琴师》[①]便是一篇鼓吹新浪漫主义的戏曲。“所谓新罗曼主义，便是想要从眼睛看得到的物的世界，去窥破眼睛看不到的灵的世界，由感觉所能接触的世界，去探知超感觉的世界的一种努力”[②]。当然他并不满意这篇带有消极浪漫主义倾向的剧本，一向把他于一九二〇年冬写的独幕剧《咖啡店之一夜》作为“出世作”。他曾说：“我的处女作应该是《环珴璘与蔷薇》[③]。但那个作品实在太不成熟，在它戏曲的结构本身，取材本身既成问题，所以虽经卢芳先生替我把原作找来，我连修改都觉无从下笔。就只好弃置不顾了，但对于封建的压迫与剥削下的歌女生活，十年以来颇有新的接触，我想把我观察所得写一个同一题材的剧本来代替它。所以这个第一集我仍把《咖啡店之一夜》放在首篇，来纪念我剧曲创作生活的发轫，因为它事实上是比较能介绍我自己的‘出世作”[④]。这个独幕剧所表现的题材与欧阳予倩的《泼妇》相似，都是写爱情离弃；不过欧阳予倩则是以辛辣的讽刺见长，田汉却以一种激越的控诉来打动读者。剧本所描写的情节冲突是穷秀才之女白秋英同富商儿子李乾卿之间的爱情纠葛。白秋英父母双亡贫苦无靠，只好到省城某咖啡店做侍女，寻机与早已相爱的情人李乾卿相会；而李乾卿因白秋英不能升学，便喜新厌旧与另一女子订婚。一天晚上当他在咖啡店与白秋英相遇时，将她视为陌路人，并想以钱赎回他以前写给她的情书；白秋英悲愤已极，一气之下便把钱和情书统统烧掉，以示反抗。通过白秋英被遗弃的悲剧，作者所要批判的不同于当时一般描写婚姻爱情的剧作，主要把矛头指向封建主义，而着重揭露了唯利是图的资产阶级在爱情问题上的虚伪和庸俗。对于李乾卿昔日骗取白秋英的爱情今日又拿钱来买回情书的卑鄙行径，作品通过白秋英的口作了深刻的批判，把李乾卿父子俩“真会做买卖”的市侩嘴脸戳穿，从而说明了在以金钱和地位为中心的旧社会男女之

① 即是后来发表在1920年12月版的《少年中国》上的《环珴璘与蔷薇》。

② 田汉：《新罗曼主义及其他》。

③ 五幕剧，曾发表于《少年中国》。

④ 《田汉戏曲第一集自序》。

间的爱情不能建筑在剥削者与被剥削者阶级调和的基础上，提出了穷人和阔人的手始终握不牢和应该去握什么人的手的重要社会问题，这正是剧作的深刻之处。虽然作品把生活的黑暗面暴露出来，也触及到一些人生问题，但是究竟怎样解决，作者当时还不可能作出正确的回答。所以白秋英当对李乾卿的欺骗行为作了愤怒而沉痛的揭露之后，便感到人生的悲哀和寂寞，忍不住内心的悲痛就借酒浇愁，给形象涂上一层感伤色彩。剧作还描写了与白秋英同病相怜的林泽奇的不幸婚姻和小学教师酒客甲的"人生得意须尽欢，莫使金樽空对月"的颓废生活，以及弹着吉他唱悲歌的俄国盲诗人的凄凉声调，越发加浓了剧作的感伤色彩，这显然有损于作品的积极思想意义。当然这种忧郁感伤情调，也显示了田汉早期剧作的独特艺术风格，表明作者是以浪漫主义抒情诗人的敏感，透过对人物内在情感的观察和体验，多以抒情独白来抒写其胸中的真情或哀怨或忧愁，这不仅增强了剧本的诗意，而且使作品带上感伤的浪漫主义色调。读着它，你会感到剧中人物的内在情感如奔腾的江水借着长长的台词倾泻而出；你也会看到如实描写的现实主义成分少于浪漫主义的主观抒情成分。这就初步构成了田汉剧作的浪漫主义风格。《咖啡店之一夜》出现在现代话剧文学的发轫期，无论就其思想意义或美学价值来看，都有相当重要的收获；从现代话剧文学的发展来看，它既是田汉话剧的奠基作，也是浪漫主义话剧传统的较早的开篇作。

一九二一年田汉从日本回国，他更多地接触了中国的社会现实，不论其思想或艺术都有新的发展。回国后的重要剧作，一是《获虎之夜》①一是《午饭之前》②。《获虎之夜》是田汉早期的优秀剧作之一，以反对封建婚姻为主题，比较成功地塑造了莲姑这一叛逆女性，赞颂了男女青年的反抗精神和真挚爱情。剧本的构思比较奇特。幕起富裕猎户魏福生正同妻子喜形悦色地谈论女儿莲姑要嫁给高门大户陈家的喜事，当晚便准备打一只老虎为女儿添一件虎皮床褥的嫁妆；但在这欢乐的气氛中却潜伏着悲剧的冲突。这是因为莲姑早已与表哥黄大傻相爱，虽然魏福生嫌贫爱富早把黄大傻赶出门，但是莲姑与黄大傻的相爱之心并没有分开。剧作以喜剧开场，有意地渲染喜庆的气氛，造成了一个悬念；特别魏福生有声有色地讲述捕捉老虎的故事，以及魏家长工到山上去安放"抬枪"，等老虎来上圈套，更加紧了同剧作的中心矛盾的联系，强化了戏剧效果。

---

① 写于1921年，最初发表在《南国半月刊》第二期。

② 最初发表在《创造季刊》第二期，后改名《姊妹》。

当魏福生讲完捕虎故事之后，“忽听得上山抬枪一响”，真正剧中冲突揭开了。大家都出去抬那中枪的老虎，而莲姑却哭着告诉母亲不愿出嫁，显然矛盾的主要方面代表不是母女而是父女；但是这时矛盾并没有激化，当众人抬上来的不是老虎而是黄大傻时，矛盾渐趋尖锐化，莲姑见黄大傻中枪哭得说不出话来，魏福生却逼女儿走开，并骂她滚开，从此父女的矛盾明朗化尖锐化。但是黄大傻为什么会中枪的悬念尚未解开，作者这里巧妙地安排了让黄大傻倾吐内心悲愤和爱情的机会。他一面斥责魏福生势利眼，硬把他和莲姑的爱情拆散；一面深情地倾吐他每晚到山上望莲姑房里灯光，以寄托思慕悬想之情，不料误中抬枪。莲姑闻此，胸中燃起反抗怒火，同魏福生展开面对面的争吵，并向黄大傻表示“生、死，我都不离你”，于是父女的矛盾冲突达到了白热化，迅速推向高潮。这时莲姑紧紧握着黄大傻的手，以示爱情的坚贞和反抗的坚定；而魏福生却偏要拆开他们的手，以示封建家长的专横和残暴。当矛盾冲突推向高潮后，立即全剧出现了悲剧结局，魏福生在房间毒打莲姑而黄大傻操起猎刀自杀了。这一悲剧的造成，表明了在封建势力相当强大、嫌贫爱富的传统观念相当牢固的情势下，男女青年争取婚姻自由的愿望很难实现，必然会出现这样那样的悲剧。在强烈的戏剧冲突中，作者成功地刻画莲姑这位农村少女的形象。她善良淳朴，温柔深情，坚贞不渝，有胆识敢反抗，誓死不动摇对黄大傻的爱恋，她比白秋英更富于反抗性，性格更统一。她在出嫁前内心充满了痛苦，虽然封建势力强迫她出嫁，但她并没有忘记自己所钟爱的表哥，更没有因为表哥的穷和陈家的富而改变自己的爱情追求。如果说黄大傻中枪前莲姑的爱恋之情还深埋在心底、对封建专制的愤恨尚未化为反抗怒火的话；那么到黄大傻中枪后，她的性格立即有了升华，不论她对黄大傻的爱或对封建势力的恨，都化为行动了。在众人面前，她再也没有少女的羞怯心理，而是大胆倾吐内心的爱情，并向自己的爱人表示生死不渝的誓言，紧紧地握住表哥的手，这是多么勇敢的行为；封建家长魏福生虽然粗暴蛮横，但莲姑毫不示弱，坚定地进行反抗，即使遭到残暴的毒打也没有屈服，表现了坚强不屈的反封建的斗争精神。相比之下，黄大傻的身上却带有感伤的痕迹，缺乏莲姑那种有胆识的反抗性；当然黄大傻的性格弱点也是可以理解的，作者的描写也是符合他的身世的。在那种贫富对立的黑暗社会，黄大傻父母双亡，孤苦伶仃，贫困交加，寄人篱下，但他却又和表妹莲姑深深相爱，这在他所处的特定环境里是绝对不允许的。所以遭到魏福生的打骂和驱赶，他不敢反抗，只好悲伤忧郁，咀嚼着人生的苦味，以一种特殊方式表达对莲姑的相思,并聊以宽慰自己。无论怎样,他的形象比起勇敢大胆的莲姑来,显得苍白,这也不能否认。从创作风格上看,《获虎之夜》的浪漫主义色调中的感伤成分比《咖啡店之一夜》大大地削弱了,而写实主义成分增强了。剧作所反映的封建家长破坏男女青年爱情自由的矛盾冲突,在"五四"前后的社会上是屡见不鲜的,是现实人生的重要问题,这就增强了作品的现实主义成分;但是戏剧情节的构成却带有传奇性;人物的描写也带有强烈的主观抒情性,这又构成了作品的浪漫主义基调。虽然现实主义成分的增强,使剧作的浪漫主义更富有现实的战斗色彩,但由于黄大傻身上仍存有感伤的印痕,这又给作品蒙上了淡淡的哀愁。

《午饭之前》是从侧面来反映工人的"年关斗争"。剧作是以家庭为背景,从正面描写老妇的贫穷生活和三个女儿的思想分歧,而把工人阶级同资本家,传教士及反动统治者的主要矛盾放在暗场处理。与《咖啡店之一夜》和《获虎之夜》相比,《午饭之前》至少有两点突破:一是从着重通过描写婚姻爱情题材对旧社会进行道德批判发展到侧重透过社会基本矛盾的描写而对半封建半殖民社会制度进行政治批判。剧本写了工人同资本家和传教士的斗争,初步反映了工人阶级的觉醒,揭露了资本家的残酷剥削和宗教的虚伪,这是带有鲜明政治倾向的批判。正如二姑娘所揭露和批判的:"帝国主义者把我们的血吸的快干了,那班走狗还劝我们爱敌人。""资本家是随时预备把我们做牺牲的。我们不和他们斗争,他们连你最后一粒饭也要剥削去。"她还劝姊姊不要"相信救主",要"拚命和这个不合理的社会制度斗争",并咒骂上帝是"恶魔",让他快"滚到地狱里去"。二是由刻画一般的争取婚姻自由的反抗女性发展到塑造反抗资本家和帝国主义传教士的女工形象。作者写了三个女工形象,是现代话剧文学中第一次出现的。她们姊妹三人都在纱厂当女工,受尽资本家的剥削,生活非常困窘,老妇生病连买药钱也没有。三个女工的性格命运是不完全相同的:大姑娘是个虔诚的基督教徒,曾为老妇治病买药到牧师家借钱而遭到欺侮,后来在二妹的开导和启发下觉醒了,不仅痛骂上帝,而且要为二姑娘"复仇";二姑娘的觉悟最高,斗争性最强,她和许多工人一起参加了纱厂争取过年费的斗争,资本家非但不答应工人的合理要求,还令军警开枪,二姑娘及其爱人都死在反动势力的枪弹下;三姑娘的形象比较简单,她也和觉醒后的大姑娘一起要为二姑娘报仇。《午饭之前》在这两方面有了新突进,这是值得肯定的;但是由于作者缺乏工人斗争生活的深切体验,所以三个女工形象刻画得不够鲜明,主题思想的开掘也缺乏生活血肉。现实主义成分虽然比《获虎之夜》又增强了，然而由于对生活反映不深切和缺乏浓厚的浪漫主义诗情，致使艺术感染力相对地减弱了。

田汉"五四"前后的剧作尽管还存在这样那样的不足，但是与同时期的剧本相比，不论在题材的审美选择上、主题思想的表现上或人物形象的塑造上、戏剧冲突的安排上、表现手法的运用上，都有些新的突破；特别那种带有淡淡感伤色彩的浪漫主义美学风格，更是田汉话剧所特有的色彩。早期的话剧创作大都带有欧化倾向，当然田汉也受到西洋话剧的影响；不过他没有完全抛弃中国戏曲的优秀传统。因为他少年时期曾试笔写过戏曲《新教子》和《桃花扇》，当五四时期开始借用西洋话剧形式来反映我国的民族精神和民族生活时，他早已烂熟于心的中国戏曲文学的因素便自发地涌向笔端，致使他一开始创作的话剧文学，就带有明显的民族特色。传奇色彩是民族戏曲文学的基本特征，《获虎之夜》的情节安排就具有传奇性；人物抒情化也并不都是借用外来浪漫主义的，也吸取了中国戏曲文学的善于以抒情化手段刻画人物性格的特长，不论白秋英还是莲姑、黄大傻，都是以饱和着感情的抒情笔触描绘的人物形象，白秋英对负心人李乾卿的美丽幻想，黄大傻对莲姑的真挚爱恋，无不是借助于诗一般的抒情散文化语言来表达的。尽管这个时期对戏剧民族化的追求还是不自觉的，但却是可贵的。

郭沫若是五四新文学的巨匠，虽然他的主要成就是在浪漫主义诗歌传统的开创上，但是他的戏剧创作也是独树一帜的。从创作风格上看，他的剧本和田汉的一样，都具有浪漫主义特征，不过他的剧作没有田汉剧本那么浓的感伤成分；从取材来看，他的剧作不像同时代的话剧大都着重于现实人生的反映，而是着眼于历史题材的选择，开创了借古喻今的道路。历史剧是他独特的贡献。

郭沫若在五四运动高涨的一九二〇年就发表了诗剧《棠棣之花》，后来又发表了《女神之再生》和《湘累》，这三个诗剧以神话传说和历史故事为题材，是别于传统戏曲又异于西洋纯话剧的中国现代史剧；当然它没有排斥借鉴外国戏剧也没有抛弃中国传统戏曲，而是在有选择地汲取中外戏剧养分的前提下，根据五四前后的现实需要，创造出来的别具一格的诗剧。他自己曾说，"我开始做诗剧便是受了歌德的影响，在翻译了《浮士德》第一部之后，不久我便做了一部《棠棣之花》。……《女神之再生》和《湘累》以及后来的《孤竹君之二子》，都是在那个影响下写成的。"这里所说的影响，既指"诗剧"这种体裁而言，又指"借着古人的皮毛来说自己的话"；就是借用外来的戏剧形式来表现民族的内容、传达自己独特的感受和情思，即使“诗剧”这种形式也不是生搬硬套，而是受了“影响”，根据内容表现的需要进行创造性的借鉴和改制。《湘累》“实际上就是‘夫子自道’”；“《女神之再生》是在象征着当时中国的南北战争。共工是象征南方，颛顼是象征北方，想在这两者之外建设一个第三中国——美的中国”①。实际上这已暗示出郭沫若历史剧的一些特点。由于这三个诗剧具有较多的抒情诗成分和浓厚的主观色彩，所以作者一向没有收在历史剧集中，而作为诗剧放进诗集《女神》中。一九二三年郭沫若从日本回到上海写的《卓文君》和《王昭君》，似可看作他早期的具有代表性的历史剧，不论思想、艺术或风格，都能体现郭沫若早期浪漫主义话剧作品的基本特色。

郭沫若的历史剧一开始便以“据今推古”和“借古鉴今”的方法处理题材，表现具有现实针对性和战斗性的主题。为了适应“五四”前后彻底反封建的时代需要，《卓文君》一剧把卓文君私奔相如的史实做了“翻案文章”，通过塑造卓文君这个大胆勇敢的叛逆女性形象，对封建伦理道德进行了彻底否定和批判。在五四时期的戏剧文学中，表现妇女解放问题是个带有普遍性的主题，从胡适的《终身大事》开始，出现了不少反封建的女性叛逆者的形象；但是像郭沫若笔下的卓文君，作为出身富豪家庭的年青寡妇敢于同自己心爱的人私奔，这种大胆勇敢的行为和蔑视封建礼教、冲破一切罗网争取个性解放的性格，确实是罕见的。卓文君在剧中一出现，她对封建宗法制度和思想就提出了怀疑，对人的价值进行了新的思考，对自己不幸的婚姻发出了控诉，一下就把矛头对准了极不合理的“天地间”。即为何“有许多无足轻重的人，他们在世上偏偏能够富贵寿考；凡是稍有天赋的人，总要为贫病忧患所苦”？“我听从父亲的命令嫁了程家”，“我如今就好像成了破了的花瓶一样，”“这天地间，为什么会有这样不合理的、不可抵抗的命运”？她在严酷现实的教育和红箫的启示下逐渐觉醒了，她要主宰自己的命运。虽然她曾向父亲提出跟司马相如学琴的要求，遭到“异想天开”的拒绝；但是她毫不畏惧和退缩，坚定不移地同父亲及公公所代表的封建权贵和伦理道德进行针锋相对的斗争。当她决定要投奔相如而遭到父亲强烈反对的时候，她完全撕破了父亲与女儿、公公与媳妇之间的虚伪伦理关系，义正辞严地宣布了“我以前是以女儿和媳妇的资格对待你们，我现在是以人的资格来对待你们”的个性解放誓言。尽管遇到了她父亲的“造反了，造反了”的恐吓，

① 《创造十年》。

卓王孙和程郑“急挽制之”；然而她毫不顾及，根本把“寻死”置之度外，对封建社会提倡的所谓风教、旧礼制作了深刻的揭露，当众斥责她公公“娶了无数妻妾”的腐败行为，并发出了“我不相信男子可以重婚，女子便不能再嫁”的呼唤，充分相信“我的行为我自己问心无愧”。于是，卓文君拿起剑朝着自己选定的人生道路勇敢地走去，“不怕那儿就是荆棘满途，我与你（红萧）是永远要向生的路上走去”。这是一个彻底要求解放的女性，是一个完全背叛了封建“三从四德”的叛逆女性。作者之所以要为卓文君作翻案文章，所以要充分地肯定她的大胆而勇敢的反封建精神，是为了适应五四前后彻底反封建的斗争需要，是为了实现拯救中国的远大目的。他认为，“我们如果要救济中国，不得不彻底要解放女性，我们如果要解放女性，那么反对‘三从’的‘三不从’的道德，不正是应该提倡的吗？‘在家不必从父，出嫁不必从夫，夫死不必从子’——这就是‘三不从’的新道德”[①]。他的历史剧所表现的反封建主题，不仅在于对封建的伦理道德进行了坚决而勇敢的否定，而且还在于它把批判的矛头指向整个封建宗法制度和思想的代表人物皇帝。《王昭君》正是根据这种彻底反封建的战斗要求，对原来的史实作了大胆的处理，有意识地表现王昭君反对汉元帝的旨意而自愿下匈奴的大逆不道的反叛精神。在五四新文学作品中，直接表现反对封建最高统治者的主题并不多见，郭沫若的史剧《王昭君》在这方面具有开创性的意义。王昭君这个叛逆女性和卓文君不同的，主要表现在她敢于反叛皇帝，扫去了皇帝头上的圣神不可冒犯的“灵光”，王昭君及其一家的悲剧都直接或间接地与汉元帝这个荒淫腐败的皇帝有关。同族人为了夺取王昭君的家产趁皇帝大选嫔妃把她送进宫，为此她的哥哥投江自尽、母亲疯癫而死；王昭君选进宫，由于生性耿直不肯巴结画师毛延寿，毛故意把她的像画丑，她便长期得不到皇帝的召见和喜欢。在王昭君眼里皇帝的偶像已完全打破，她认为皇帝是个穷凶极恶、残暴荒淫的豺狼。所以她敢这样责骂皇帝：“你深居高拱的人，你也知道人到穷荒极北是可以受苦的吗？……你的权力可以生人，可以杀人，你今天不喜欢我，你可以把我拿去投荒，你明天喜欢了我，你又可以把我来供你的淫乐，把不足你淫乐的女子又拿去投荒。投荒是苦事，你算知道了，但是你可知道，受你淫弄的女子又不自以为苦吗？你究竟何所异于人，你独能恣肆威虐于万众之上呢？你丑，你也应该知道你丑！豺狼没有你丑，你居住的宫庭比豺狼的巢穴还

① 《写在〈三个叛逆的女性〉后面》。

要腥臭！”通过王昭君的淋漓痛快的揭露，以及围绕王昭君外嫁匈奴汉元帝的种种表演，不仅彻底撕下了皇帝的所谓“真龙天子”的神圣外衣，而且也表现了王昭君的非凡的叛逆性格。这部剧作在“五四”前后的文坛上是一道划破半封建半殖民地黑暗王国的闪电，也是一个震破人们几千年形成的皇权观念的霹雳。可见，郭沫若以借古鉴今方法创作的史剧，具有强烈的战斗色彩和独特的反封建威力。

《卓文君》和《王昭君》这两部史剧在艺术表现上很少见中国传统戏曲的表现方式，它是大胆地吸取了外国诗剧的长篇抒情独白的特长、现代话剧的表现体式，并糅进了中国旧剧的一些有益成分，形成了具有积极浪漫主义色彩的现代史剧。如同他早期的诗歌一样，强烈的主观抒情性，仍是他史剧浪漫主义的突出特征。这两部史剧所产生的感染力主要不是来自情节的奇特、冲突的尖锐，而是来自剧中的对于内心激情的抒发，或运用富有诗意的对话或采取抒情独白。上面提到的王昭君对汉元帝的斥责，那简直是一首充满了无比愤慨之情的政治抒情诗或爱憎强烈的讽刺诗，谁读了之后或听了之后不为之动情，不为之激愤呢？卓文君急于听琴声而表现出的深切思恋之情，不是也靠一段抒情对白来表达的吗？作者是以抒情诗人的气质来写他的史剧，不论两部史剧的构思、剧情提炼或人物刻画、对话的运用，都带有浓郁的主观抒情色彩。大多数剧中人的对话或独白，都是“生之颤动，灵的喊叫”，都是富有诗意的抒情；即使有些议论也是饱和着激情的，除了以理醒人外，主要靠情动人。田汉的剧作也具有浓重的抒情色彩，但没有郭沫若剧作这么强烈和激越，特别郭剧的抒情没有田汉那么多的感伤和忧郁，它是激昂慷慨、热情奔放，且渗透着理想的色彩。以夸张的笔墨和讽刺的手法相互为用，刻画反面人物形象，这也是《卓文君》和《王昭君》的浪漫主义特色。不论汉元帝或卓王孙、程郑，都是以夸张手法塑造的讽刺形象，由于夸张与讽刺相结合得好，便深刻而辛辣地勾画出这些丑类的灵魂。鲁迅曾说，“用了精炼的，或者简直有些夸张的笔墨”来写出或一群或一面的真实来，这被写的一群人，就称这作品为‘讽刺”①。程郑就是以夸张与讽刺交互为用的手法，刻画的封建卫道者的形象。他满口圣经贤传，自比圣人，但是腹中装的却是男盗女娼；为了突出他的表里不一、口非心是的特征，作者尽力以夸张与讽刺手法刻画他自吹自擂、自比圣贤的狂妄丑态，让其自我炫耀以揭示其庸

① 《什么是“讽刺”?》。

俗浅薄、可卑可耻的肮脏灵魂。当然，郭沫若早期的史剧，不论思想性或艺术性以及创作风格，都不是十分完美的。如剧情的简单、冲突不够强烈、过长的缺乏个性化的对白；甚至"带着虚无主义色彩"①，像《王昭君》的结尾为表现汉元帝的变态心理，竟让他捧起毛延寿的首级连续吻其被王昭君打过的脸颊，以示对王昭君美色的迷恋，这种虚构显然受到英国唯美派作家王尔德的《莎乐美》的影响。但这些不足，并不能妨碍他在中国现代史剧创作上的地位。

洪深曾对田汉、郭沫若、叶绍钧等早期剧作的文学价值和演出价值作过这样的评述："凡是一个好的剧本，须能满足两重要求：可读与可演。这里几个文人底剧本，不但文词优美，而且都可以演得动人的。长篇的或诗化的对话，以及同时剧烈的身体动作的缺少，都不会使得表演沉闷的，如果有一个真正理解剧本而富于方法的排演者的话！否则伊士奇或莎士比亚的戏永远不会搬上舞台了。"②

---

① 《创造十年》。

② 《中国新文学大系·戏剧集导言》。

第五章　五四散文

第一节　从“新文体”到现代散文

新文学的现代白话散文虽然始于五四文学革命，但是探其源流不能不触及到“新文体”对它的直接或间接影响。

十九世中叶，曾国藩等人中兴桐城派古文，虽然当时广为流传，但是它挽救不了古文体的衰退。随着维新思潮的勃兴，适应资产阶级变法的需要，“文界革命”①的声浪越来越高，于是冲破了“古文义法”，在“戊戌政变”前后出现一种“新文体”，这是晚清文学改良运动中散文改革的重要标志。早在一八七四年王韬主编《循环日报》十年，后来又在上海编辑《申报》，他在散文的写作上就反对桐城派文法的束缚，冲出了古文辞的门径，开拓了新体政论的道路。他的《弢园文录》、《弢园文录外编》等著述，平易畅达，用新的文风，介绍新思想、新事物，对于促进报章散文趋向通俗化、社会化起了一定的积极作用。郑观应撰写的《盛世危言》，从文风上来看，初步体现出具有变法思想的文人学士，已经逐步从八股文、桐城派古文和骈文的束缚中解放出来，对“新文体”的一种尝试。到了一八九四年中日甲午战争时期，在王韬、郑观应等人散文改革的实践基础上，“报章文体”得到滥觞。阿英在《关于甲午中日战争的文学》中曾说：“由于新闻事业的发达，在清末产生了一种新型文学，就是谭嗣同所说的‘报章文体’，也就是‘政论’。这种文字，在当时影响很大。敢于说话，无所畏忌，对于当前发生的事件，时有极中肯的论断。这种政论，在中、日战争年代，已显出它的力量，到戊戌政变以后，更成为一种无上的权威。”这些政论散文发表在报章杂志上，被选家编辑为《绘图扫荡倭寇纪要》、《时事新编》等。一八九六年八月《时务报》在上

① 梁启超:《释革命》。

海创刊，由黄遵宪等人主办，聘请梁启超为主编，"报章文体"越发兴盛起来。该刊以变法图存为宗旨，宣传资产阶级改良主义思想；这些维新派发表的文章，不仅思想新，而且在文体上也有显著改革，逐步形成了一种为鼓吹改良主义思想服务的"新文体"。从《时务报》的"报章文体"的兴盛，到戊戌变法失败后在日本创办《清议报》、《新民丛报》，"新文体"就蔚然成风，对晚清的思想解放和文体解放都产生了较大影响。

梁启超在散文改革方面的影响和贡献，在晚清改良派的仁人志士中最大，这已为世人所公认。他不仅提倡"新文体"，且躬身实践，他在文学方面的成就较之他在学术方面的成就并不逊色，尤其对五四文学革命的影响和启发更非他人所能企及。梁启超在《清代学术概论》里曾对自己学文过程及"新文体"的特征作了这样概括："启超夙不喜桐城派古文；幼年为文，学晚汉魏晋，颇尚矜炼，至是[1]自解放，务为平易畅达，时杂以俚语韵语及外国语法，纵笔所至不检束；学者竞效之，号新文体；老辈则痛恨，诋为野狐。然其文条理明晰，笔锋常带感情，对于读者，别有一种魔力焉。"可见，他在散文体式的革新上打破了"古文义法"，创造一种熔铸古今、中外、新旧各种句法、语法、词汇，笔法灵活、感情充沛、逻辑清晰的新文体。这种新文体的产生，就梁启超本身来说，除了借以宣传革新政治、开启民智的变法主张的需要，还有其对中国古代散文传统的继承和域外散文的借鉴。梁容若在《梁任公的生平与文学》中曾探索梁启超"新文体"散文的渊源，他认为梁启超走的路子与司马迁《史记》的"熔铸各种字句、文体以成家"的风格相通；任公"早年对于八股文，揣摩极深，不避长比自然是八股习惯。受康有为的影响，精读宋元学案、明儒学案、传习录等书，看惯了语录体，所以时杂俚语。受谭嗣同影响，多读佛书，所以佛书的名词术语，佛经翻译文法，也随时出现。日本的口语文学在明治二十年(1887)左右，业已接近成熟。任公到日本的时候(1898)，日本口语文学已经很流行。那时一般文人汉学修养还不低。像德富苏峰、德富芦花一流人的文章，和任公的新文体，正是一种味道。他的文章，偶而有些骈俪情调，汉赋气息。又推重汪中，那是因为他进过学海堂，阮元的文言说在发生隐微作用。曾国藩教子熟读汉赋徐庾文，也有影响，因为他是崇拜曾氏的。任公的文章汇萃百流，归于实用，形成对一代正宗桐城派乃至文选派的无言革命。他的作风，和方苞、姚鼐所标榜的雅洁，所指斥的禁忌，几乎

① 指办《新民丛报》时。

走了完全相反方向。和晚清王闿运、章炳麟等要复古到六朝或汉魏的文章，相去自然更远了。”这说明梁启超倡行的“新文体”既是对我国古代散文传统作了有选择的汲取和承受，又是对中国古文、骈文、八股文以至所谓“文章义法”的总反叛，是文体革新的产物。虽然这种“新文体”在散文改革上并不彻底，但在当时的文化界、知识界却引起了强烈反响，毁誉不一。老一辈则诋毁“新文体”，正如他自己所说“老辈痛恨，诋为野狐”；也有的攻击新文体“非文非质，不中不西，东施效颦，得勿为邻女窃笑耶？”[①]甚至康有为对当时风行的“新文体”也不满，曾毁之曰：“比岁举国文章背舍经史，秽语鄙词，杂沓纸上。视之则刺吾目，引之则污吾笔。盖文字之义，与声乐相通；鄙俗之声，与国风相应。大雅既坠，哇淫鄙亵，能无乱乎？若其句不成章，语不成调，是谓俚语，岂曰成文？或谓新法语文，宜于一致。岂知进化之理，一致者当使升鄙言以归于雅音，岂可去雅言而从于俚语？……今之时流，岂不知日本文学皆出自中国，乃府而师日本之俚词，何无耻也！”[②]虽然“老一辈”攻击“新文体”杂用“俚语”或“新名词”，维护文言文反对革新古文体；但是大多数开明知识分子却是拥护并推崇“新文体”的。黄遵宪对梁启超的“新文体”极为赞扬，谓其文为“从古至今文字之力之大，无过于此”，并引述他老友的观点颂之曰：“吾有一三十年故友，谓公之文，有大吸力，今日作此语，吾之脑丝筋随之而去；明日翻此案，吾之脑丝筋又随之而转。盖如牵傀儡之丝，左之右之，惟公言是听。我极赞其言。”[③]严复在《与熊纯如书》中也指出“任公妙才，下笔不能自休。其自甲午以后，于报章文字，成绩为多，一纸风行，海内观听为之耸”。梁启超的“新文体”之所以能产生如此大的影响，具有如此大的魔力，其原因是多方面的，主要在于：一是它从内容到形式进行了一定的革新，比起当时已僵化的古文、八股文和桐城派文体具有新颖感，这对于那些刚从科举制度和八股文里挣脱或尚未挣脱出来的知识分子来说，是具有吸引力和诱惑力的；二是它所宣传的新思想、新理想、新知识，正是在某种程度上反映了时代精神，适应了人群之需要，如《罗兰夫人传》所宣扬的为自由而生为自由而死的民主主义精神颇能激动读者的心；三是它感情充沛，气势磅礴，正是梁启超自己说的“笔锋常带感情”，不论是说理的、写景的或是记事的、抒情的，无不直抒胸臆，慷慨陈词，畅所欲言，真性炽情横溢于纸上，令读者为之回肠荡气，爱

① 叶德辉：《郋园书札——答人书》。
② 《中国颠危误在于全法欧美而尽弃国粹说》。
③ 黄遵宪：《与饮冰室主人书》。

不忍释；四是在文体上进行一定革新，不论写法或用语都比较灵活自由，显示出"平易畅达"、"条理明晰"的文风。胡适从语言的革新方面作了详述："梁启超最能运用各种字句语调来做应用的文章。他不避排偶，不避长比，不避佛书的名词，不避诗词的典故，不避日本输入的新名词。因此他的文章最不合'古文义法'，但他的应用的魔力也最大。"[①]正由于他的"新文体"具有这样大的魔力，尽管清朝政府一再查禁，却在全国风行一时，广为流传，特别对"新学小生"影响尤其深远。可以毫无夸饰地说，自"戊戌政变"以后，中经辛亥革命，直到"五四"以前，梁启超倡行的"新文体"几乎影响中国整个文坛，新文学的先驱们大都承认这样一个史实。胡适曾引用《罗兰夫人传》的一段文字："罗兰夫人何人也？彼生于自由，死于自由。罗兰夫人何人也？自由由彼而生，彼由自由而死。罗兰夫人何人也？彼拿破仑之母也，彼梅特涅之母也，彼玛志尼葛苏士俾士麦加富尔之母也。质而言之，则十九世纪欧洲大陆一切之人物，不可不母罗兰夫人；十九世纪欧洲大陆一切之文明，不可不母罗兰夫人。何以故？法国大革命为十九世纪之母故，罗兰夫人为法国大革命之母故。"并以此说明"新文体"之所以具有魔力的原因约有几种："①文体的解放，打破一切'义法''家法'，打破一切'古文''时文''散文''骈文'的界限；②条理的分明，梁启超的长篇文章都长于条理，最容易看下去；③辞句的浅显，既容易懂得，又容易模仿；④富于刺激性，'笔锋常带感情'。"[②]

梁启超等倡行的"新文体"虽然有突出的优点，从散文的发展上来看，它是由古体散文演进到现代白话体散文的一种过渡形式；但它本身也存在着明显的弱点，如浮夸、冗沓、堆砌等，观其流势洋洋洒洒，实际不过数语而已。辛亥革命以后梁启超从海外归国，见到国人仿效"新文体"者大多只学他的堆砌拖沓，没有学到这种文体的特长，因此他深感"学我者病"也。于是他此后作文渐以简朴为准，一九一七年文学革命兴起后他逐步抛弃"新文体"而以白话为文。正如他在晚清抛弃古文、骈文而以"新文体"为文一样，乃"文学随时代而演进"的规律所决定的，梁启超只是顺应了中国散文演进的历史趋势。郑振铎对梁启超文体风格的转变作了形象的描述："溪水之自谷陡降也，气势雄健，一往无前，波跳浪涌，水声雷轰，一切山石悬岩，皆只足助其壮威，而不足以阻其前进。及其流到平原之地，则声息流平，舒徐婉曲，再也不会有从前那么样的怒叫奔腾。这便是

① 《五十年来中国之文学》。
② 《五十年来中国之文学》。

年龄，便是时代，便是他不同于人的著作态度。使梁氏文字日就舒徐婉曲的，并没有什么别样的理由。”①

从整体上看，晚清的散文不论内容或形式都有所革新，但都是在古文范围内的革新，“新文体”算是解放程度比较大的，也没有完全冲破古体散文的樊篱。从梁启超由倡行“新文体”到运用白话体为文的演变轨迹，可以看出现代白话散文必然取代一切文言古体散文（包括“新文体”）的发展趋势。

随着五四新文化运动的勃兴，文学革命的大旗于一九一七年正式举起，一场提倡白话文、反对文言、提倡新文学反对旧文学的新文学运动，向一切拟古主义和形式主义的封建文学（当然包括那些陈词滥调的言之无物的文言古体散文）发起了总攻击，提出比晚清梁启超倡导“新文体”有着更强烈革命意义和实践价值的散文改革主张。虽然胡适在《文学改良刍议》、陈独秀在《文学革命论》中，批判的是整个旧文学的弊端，提出的是整个文学革新的主张，但其中涉及到散文破旧立新的内容很多。特别陈独秀一针见血地指出韩昌黎的散文虽起八代之衰，但也有严重的局限：一是文犹师古，虽非典文，然不脱贵族气派，寻其内容，远不及唐代诸小说家之丰富，其结果乃造成一新贵族文学；二是误于“文以载道”之谬见，文学本非为载道而设，而自昌黎以讫曾国藩所谓载道之文，不过抄袭孔孟以来极肤浅极空泛之门面语而已，唐宋八家文之所谓“文以载道”直与八股家之所谓“代圣贤立言”，同一鼻孔出气。并且揭露了当时中国文学界委琐陈腐，远不能与欧美比肩，主要是明之前后七子及八家文派之归方刘姚造成的；此十八妖魔尊古蔑今，咬文嚼字，称霸文坛，特别归方刘姚之文，或希荣誉墓或无病而呻，满纸之乎者也矣焉哉，每有大作摇头摆尾，说来说去不知所云，既无创造才又胸中无物，其伎俩唯在仿古欺人，今日吾国文学界所谓“桐城派”者，八家与八股之混合体也。值此文学革新之时代，必须清除此等古体散文之流弊。钱玄同于一九一七年二月《寄陈独秀》一文中，不仅提出了“梁任公先生实为近来创造新文学之一人”，“论现代文学之革新，必数及梁先生”；而且批判了当世所谓能作散文之桐城巨子，能作骈文之选学名家，他们所撰之文皆“高等八股”，必须废弃，主张写普通应用文，尤其要老老实实讲话，务期老妪能解。胡适是年五月写的《历史的文学观念论》，以进化论的观点论述了今日之文学必须以白话文学为正宗，并批判古文家反对“历史的文学观念”，吾辈以为今人当造

① 《梁任公先生》。

今人之文学，而古文家则以为今人作文必法马班韩柳；他号召国人以全副精神实地试验白话文学，即以白话尝试创作散文。是年六月钱玄同致陈独秀信中，批判摹仿桐城派古文或《文选》所选之骈体文的旧派文人，指出“惟选学妖孽所尊崇之六朝文，桐城谬种所尊崇之唐宋文，则实在不必选读”。七月他又在致胡适的信中说：“彼选学妖孽，桐城谬种，方欲以不通之典故，肉麻之句调，戕害吾青年。”十一月他写的《新文学与今韵问题》，指斥自古以来的“寿序”、“祭文”、“輓对”、“墓志”之类的酬世之文，是顶没有价值的散文，必须绝对排除。“因为中国人二千年来受了儒家‘祖宗教’的毒，专门借了死人来表自己的假孝心，假厚道，以为这是不可少的，但是到了现在，总该有些觉悟，有些进步罢！”至于作文的用语，他主张新名词应该尽量采用。“梁任公的文章，颇为一班笃旧者所不喜；据我看来，任公文章不好的地方，正在旧气未尽涤除，八股调太多，理想欠清晰耳；至于用新名词，则毫无不合。我以为中国旧书上的名词，决非二十世纪时代所够用；如其从根本上解决，我则谓中国文字止有送进博物院的价值；若为此数十年之内暂时应用计，则非将‘东洋派之新名词’大搀大搀，搀到中国文里来不可。”可见，文学革命开始倡导的一九一七年，着重对于中国古代散文的弊病进行了追根索源的剖析，无情地批判和否定了“桐城谬种，选学妖孽”，清除了散文界的拟古主义和形式主义的流弊和恶风，为现代白话散文的诞生清基铺路，并且提出了一些散文革新的主张；但是在创作实践上尚来出现真正的具有现代色彩的白话散文，当时《新青年》等刊物上发表的大量宣传新思想新理想、表现新感情新事物的政论散文，可以称之为广义上的散文，不过它们毕竟还是文言写成，不足以代表现代白话散文。

一九一八年一月起，《新青年》改为完全刊登白话文，并开始使用新式标点。在此以前，白话文运动虽然发难一年，但《新青年》上的文章仍为文言文，理论与实践脱节。钱玄同致陈独秀信中已指出这个问题，并表示：“我们绝对主张用白话体做文章，则自己在《新青年》里作的，便应该渐渐的改用白话。我从这次通信起，以后或撰文，或通信，一概用白话，就和适之先生做《尝试集》一样意思。并且还请先生，胡适之先生和刘半农先生都来尝试尝试。此外列位在《新青年》里撰文的先生和国中赞成做白话文的先生们，若是大家都肯尝试，那么必定成功。自古无的，自今以后必定会有。”陈独秀立即采纳了钱玄同的建议，把《新青年》改为完全白话文国；接着新创刊的《每周评论》、《新潮》等全改用白话文，白话文报刊遍及全国各地。这不仅为现代白话散文的创作提供了有力的语言工具,也为现代白话散文的发表提供了阵地;特别自一九一八年四月《新青年》第四卷第四号起,开辟了"随感录"专栏,随之有不少刊物设有"随感录"栏目,这为杂感散文的产生与繁荣起了重要的催生和推动作用。胡适在《建设的文学革命论》中认为"什么桐城派的古文哪,文选派的文学哪",都不值得一驳,都没有什么破坏的价值;因此他主张创造一种真有价值、真有生气、真可算作文学的新文学起来代替它们的位置,而这种新文学则是"国语的文学",是"要有话说,方才说话"、"有什么话,说什么话"、"要说我自己的话,别说别人的话"、"是什么时代的人,说什么时代话"的"活文学"。虽然这也包含着对建设现代白话散文的要求,但总感到新文学倡导者还没有在理论上提出明确的具体的散文革新主张,不如诗歌、小说改革有完整新颖的理论见解作指导,这不能不影响散文的发展。正如有人指出的:"民国六年以至八年文学革命的风潮勃兴,渐以奠定新文学的基础,白话被认为国语了,文学是应当'国语的'了,评论小说诗戏曲都发达起来了,这是很热闹的一个时代,但是白话文自身的生长却还很有限,而且也还没有独立的这种品类,虽然在《新青年》等杂志上所谓随感录的小文字已经很多"①,但是这个时期真正的现代白话散文的出产量并不多。一九二一年五月周作人在《晨报》第七版上发表的《美文》,公开提倡小品散文,号召大家"给新文学开辟出一块新的土地"。他说:"外国文学里有一种所谓论文,其中大约可以分作两类。一批评的,是学术性的。二记述的,是艺术性的,又称作美文。这里边又可以分出叙事与抒情,但也很多两者夹杂的。这种美文似乎在英语国民里最为发达,如中国所熟知的爱迭生,兰姆,霍桑诸人都做有很好的美文,近时高尔斯威西,吉欣,契斯透顿也是美文的好手。读好的论文,如读散文诗,因为他实在是诗与散文中间的桥。中国古文里的序记与说等,也可以说是美文的一类。但在现代的国语文学里,还不曾见有这类文章,治文学的人为什么不去试试呢?我认为文章的外形与内容的确有点关系,有许多思想,既不能作为小说,又不适于做诗,便可以用论文式去表他。他的条件同一切文学作品一样,只是真实简明便好。我们可以看了外国的模范做去,但须用自己的文句和思想,不可去模仿他们。……我希望大家卷土重来,给新文学开辟出一块新的土地来,岂不好么。"周作人所提倡的美文,实际上是一种艺术性较强的散文,它既可以是抒情为主的,又可以是叙事为主的,也可以是抒情与叙事相结合,不管是那一

① 《中国新文学大系·散文一集导言》。

种都要以深刻的思想或人生哲理作灵魂，都要以真实与简明作为美学标准；而要创造这样的美文既要大胆地借鉴外国的美文，又要善于继承中国古代美文的优良传统，以写出具有现代特色的白话美文。其实，他提倡的美文，就是傅斯年在《怎样做白话文》中谈及的"哲学的白话文"和"美术的白话文"的具体化和明确化。所谓哲学的白话文，"就是层次极复，结构极密，能容纳最深最精思想的白话文"，实际上这是一种偏重于论议的散文；所谓美术的白话文，"就是运用匠心做成，善于入人情感的白话文"，实际上这是一种偏重抒情的散文。胡适曾指出，白话既可以作应用文也可以作"美文"①。周作人不仅积极提倡散文小品，而且亲自实践其美文主张，创造出足以显示散文革新成果的大批美文。一九二二年三月胡适给《申报》作的《五十年来中国之文学》曾称赞"白话散文很进步了。长篇议论文的进步，那是显而易见的，可以不论。这几年来，散文方面最可注意的发展乃是周作人等提倡的小品散文。这一类的小品，用平淡的谈话，包藏着深刻的意味，有时很像笨拙，其实却是滑稽。这一类作品的成功，就可彻底打破那美文不能用白话的迷信了。"随着文学革命的深入，"五四" 以后对散文的研究和创作越来越引起人们关注。王统照于一九二四年二、三间在北京《文学旬刊》上发表的《散文分类》，可以看成是五四文学革命以来的一篇专题研究散文理论的文章。它考察了中外散文史，从性质与趋向上把散文分为五类：一是历史类散文，其显著的特点是借用优美、生动、有趣的文笔将历史事实写出，既不是如小说的单注意想象的创造，又不同于纯历史的干枯的记载；二是描写类散文，它比历史散文更注重艺术，历史散文当以事实为根据，而描写散文则偏倾于从风景与视力中绘画事实并加以理想化，它活泼有力，易于令人感兴；三是演说类散文，亦称它为激动的散文，它与叙述散文或描写散文的纯在静止状态中者不一样，因为这类散文无论如何，是要用语势、情感从文学与口述中激动人的，故演说类散文是属于鼓动与兴奋的散文种类，与其说它以神感及冲动为准则，不如说它以教训或快乐为准则；四是教训类散文，含有训导与指正的意味，它能将正确的由判断而来的知识用文学的形式，想象，传导于群众，以收到教训的功效；五是时代类散文，指随时发表于杂志报纸之文字而其具有文学的趣味者，亦可名之为杂散文，文字上不受任何形式的拘束而易于自由发挥，但也要做到"范围虽广大须有要领"，"提示得多须有趣味"，也要有"逻辑上的联合"及"逻辑

---

① 《国语的进化》。

上的宽容力量”。这种分类及其界说不一定那么科学和准确，但在散文理论研究薄弱的情况下，大部分见解还是新鲜的可贵的；特别最后王统照“希望对于散文之研究的人共提倡，则更可使文坛上另放射出一道虹光，辟一道宽坦的大道”。

在五四文学革命的倡导过程中，虽然对现代散文的理论研究比较迟缓一些；但是在创作实践中却涌现出了大量的随感杂文、小品散文，报告文学也开始萌芽。它们是具有真正现代色彩的白话散文，同梁启超的“新文体”虽然有着一定的继承性，但它们毕竟具有新的特质，不论是内容或形式都以全新的风姿绽开于新文坛。它们之所以能获得初步成功，展现出丰收的好势头，其主要原因不外乎：一是五四时期是个新思潮汹涌澎湃、思想空前解放的时代；也是个新旧交替的大变革的骤变时代；一些敏感的有见识的立志改革的知识分子，迫切需要一种能够迅速地自由地表现时代、宣传新思想、传达新感受的文学样式。而小品散文、杂感随笔等则具有挥洒自如、无拘无束、自由灵活、敏捷快速等特点，既可以议论也可以抒情，既可叙事也可夹叙夹议，比其他文学样式不论在题材的选择上或艺术表现方法的运用上具有更自由的天地。因此当时那些思想启蒙的先驱们和文学革命的倡导者陈独秀、胡适、刘半农、钱玄同、李大钊、鲁迅、周作人等，无不选取了短评、杂感、小品、随笔等多种散文形式，作为从事新文化、新文学、新思想运动的武器和表情达意的有力工具。鲁迅在《小品文的危机》一文中曾追述说：“到五四运动的时候，才又来了一个展开，散文小品的成功，几乎在小说戏曲和诗歌之上”。二是五四新散文特别小品能够发达成功，与中国散文的源远流长的传统影响也是密切相关的。仅就小品散文来看，“小品是文学发达的极致，他的兴盛必须在王纲解纽的时代”。因为在王朝强盛、政教统一的时代，往往是载道主义文学即代圣贤立言为帝王将相歌功颂德的文学占优势，可是它们“差不多总是一堆垃圾，读之昏昏欲睡”①的东西；只有到了社会发生大变动，王朝摇摆欲坠的时代，皇帝祖师等要人没有大力量了，王纲解纽，处士横议，百家争鸣，正统文人正慨叹人心不古的时候，许多好思想好文章才会在这个时代产生，小品文也会兴盛起来。春秋战国之世正是礼崩乐坏，王纲解体，思想活跃，百家争鸣，致使散文艺术呈现出极为繁荣的局面，有人认为“至战国而后世之文体备”②。这一论断虽不完全正确，但它却揭示出战国时期各种散文体式千姿百态，是后世散文艺术发展的源头。由于从春秋战国以后到五四运

① 《中国新文学大系 · 散文一集导言》。

② 章学诚：《文史通义 · 诗教上》。

动以前，在中国漫长的历史上一直不曾有过比那时更大的社会变动、更巨大的思想解放运动；因此中国散文在漫长的岁月里尽管不断地发展变化，即从司马迁、班固，到嵇康、陶渊明，到韩、柳、欧、苏，再到明之七子、三袁，清之桐城派，对散文艺术都有一定的贡献，然而比较起来无论思想的变化或文体的变化，其幅度都没有超过春秋战国[①]。虽然如此，但是小品散文却有些革新的气象。"唐宋文人也作过些性灵流露的散文，只是大都自认为文章游戏，到了要正经文章时便又照着规矩去做古文。明清时代也如此，但是明代的文艺美术比较地稍有活气，文学上颇有革新的气象，公安派的人能够无视古文的正统，以抒情的态度作一切的文章，虽然后代批评家贬斥他们为浅率空疏，实际却是真实的个性的表现，其价值在竟陵派之上。以前的文人对于著作的态度可以说是二元的，而他们则是一元的，在这一点与现代写文章的人正是一致，现在的人无论写什么都用白话文，也就是统一的一例，与庚子前后的新党在《爱国白话报》上用白话，自己的名山事业非用古文不可的绝不相同了。以前的人以为文是以载道的东西，但此外另有一种文章却是可以写了来消遣的，现在则又把他统一了，去写或读可以说本以消遣，但同时也就是传了道了，或是闻了道。除了还是想要去以载道的老少同志外，我想现在的人的文学意见大抵是这样，这也可以说是与明代的新文学家的意思相差不远的。在这个情形之下，现在的文学——现在只就散文说——与明代有些相像，正是不足怪的，虽然并没有模仿，或者也还很少有人去读明文，又因时代的关系在文字很有欧化的地方，思想也自然要比四百年前有了明显的改变。现代的散文好像是一条湮没在沙土下的河水，多少年后又在下流被掘了出来，这是一条古河，却又是新的。"这些论说不一定都正确，但是至少它为我们探讨五四现代散文与中国古代散文的继承关系提供了明确的线索，即周作人等提倡的小品散文深深受到明代公安派小品散文的影响，并继承了公安派对古文进行革新的精神。难怪他多次提到："小品文则又在个人的文学之尖端，是言志的散文，他集合叙事说理抒情的分子，都浸在自己的性情里，用了适宜的手法调理起来，所以是近代文学的一个潮头"。正由于他认识到"现今的散文小品并非五四以后的新出产品，实在是'古已有之'，不过现今重新发达起来罢了"；因此他主张由郑板桥上溯到明代公安派文人再上连苏东坡等，似可编出一本文选，可以作为"散文小品的源流材料"[②]。周作人虽然揭示了现代小品

---

① 郭预衡：《"五四"散文与文风》。

② 《中国新文学大系·散文一集导言》。

散文同古代小品文的内在联系，也指出它们之间的一些区别，但是对它们之间的本质不同却认不清，看不明。三是在五四文学革命运动中，虽然“现代的散文在新文学中受外国的影响最少”，民族传统文学的影响更多一些，但这并非说五四新散文与外国文学的关系不大。其实不论从宏观或微观加以审视，五四白话散文的初试成功是与外国散文艺术的营养是分不开的。对此就是倡行小品散文的周作人也承认，“中国新散文的源流我看是公安派与英国的小品文两者所合成”。也就是说，“新散文的发达成功有两重的因缘，一是外援，一是内应。外援即是西洋的科学哲学与文学上的新思想之影响，内应即是历史的言志派文艺运动之复兴。假如没有历史的基础这成功不会这样容易，但假如没有外来思想的加入，即使成功了也没有生命，不会站得住”。从外援与内应两方面揭示五四新散文成功的原因不无道理，然而把现代散文运动说成是历史上言志派文艺运动的复兴却不完全正确，特别是他无视了“五四运动”这伟大的时代因素。五四时代是中国历史上又一次巨大的社会变革时代，是一次以民主主义、人道主义和社会主义等各种新思潮为基础的彻底的思想解放运动。清王朝的王纲已经自辛亥革命以后开始解体，封建宗法思想也失去了它的控制力，从经济、政治到全部上层建筑都在或将要发生新的变革；反映到文学界，不但猎取功名的“八股”、“时文”以及中兴的桐城派古文已废而不用，即使梁启超的“新文体”也不能适应现实的需要了，这就要求散文来一个全面的变革。于是，一代崭新的现代白话散文在中国古代散文优良传统影响下和外国散文的滋润下，迎着五四时代的呼唤便诞生了。

第二节　白话散文创作鸟瞰

发端于五四时期的白话体的现代散文创作，同梁启超的“新文体”散文相比，以它新的思想色彩和艺术风貌斗奇争妍于新文苑，它与新诗歌、新小说、现代话剧等各种文学样式一起，构成了富有生命力的百花园，向一切旧文学显示出强大的威力。就其自身的职能来看，五四前后出现的散文，有偏重于议论的散文，统称之为杂文；有侧重于抒情与叙事相结合的，习称之为小品散文；有以叙事见长的，似看它是“报告文学”的萌芽。但无论哪种散文都具有叙事、抒情和议论三种因素，主要的区别在于侧重点不同，它们之间并没有泾渭分明的严格界限。

杂文创作首获丰收

杂文虽然以议论见长，但它并不是纯粹的政论文，它具有较多的形象因素，较浓的文学意味，较强的抒情色彩，是逻辑思维和形象思维相融合的产物。它在五四文学革命的酝酿阶段已萌发，陈独秀在创办的《新青年》上连续刊出轻捷灵便、短小精悍的议论性散文；但是真正得到发展，是《新青年》由文言改用白话后，自一九一八年四月第四卷第四号开辟“随感录”始，陆续发表了陈独秀、陶孟和、刘半农、钱玄同、周作人等人的杂文。这些“随感录”笔锋犀利，感情激越，气势雄健，形式活泼，语言文白交杂。鲁迅从《新青年》第五卷第三号起，共发表了“随感录”二十七篇，收入《热风》集中，更加壮大了杂文的声威，显示了杂文的独特地位和价值。在《新青年》的带动和影响下，不少报纸杂志增设了“随感录”栏目，为杂文的繁荣开拓了园地。《每周评论》从一九一八年十二月创刊就开辟了“随感录”，陈独秀、李大钊、鲁迅、涵庐等在上面约发表了二百五十多篇杂文；李辛白主办的《新生活》自一九一八年八月创刊便设有“随感录”专栏，李大钊在上面发表了不少杂文；瞿秋白、郑振铎等主办的《新社会》，从一九一九年十二月起也增设“随感录”栏目，《民国日报》的《觉悟》副刊从一九二〇年元旦起增设“随感录”专栏，都发表了不少杂文；《晨报》第七版的“自由论坛”、“杂感 · 浪漫谈”，《星期评论》、《建设》、《星期日》、《曙光》、《解放与改造》等杂志上，都发表过杂文。这些带有文学色彩的议论性散文的大量涌现，显示了杂文创作的繁荣，为杂感文体的形成和发展打下了基础。在五四时期写杂文的作家群中，其中成就较高、对中国杂感文学作出独特贡献的有李大钊、陈独秀、钱玄同、刘半农、鲁迅等。

李大钊是作为一个杰出的理论家、思想家和革命家为中华民族的解放事业谱写了一曲曲壮丽的乐章，而他在五四时期所写的杂感散文只不过是其中的一些优美音符。他以文言撰写的《青春》这篇文艺性散文，虽然在语言上尚不合乎现代白话散文的审美要求，但从精神实质上来看却具有现代散文的素质，它充溢着激昂亢奋的感情，体现出崭新的思想倾向。发表于一九一八年的《今》，不论内容或形式都具有现代政治性散文的美学特征，思想境界开阔，饱含着辩证逻辑的威力，文采鲜丽，语言晓畅，富于战斗的抒情色彩。他笔下的小杂感在思想艺术上更有着独特成就。这些发表在“随感录”栏内的杂文，具有鲜明的现实针对性和揭露的尖锐性、评论的深刻性，大都是对当时中国政治生活各方面的实际问题而发，切中时弊，击中要害。《政客》巧妙地揭露了庇护并指挥中国军阀政府的帝国主义主子们的嘴脸，由责问“抱着强盗的大腿转来转去，混一口饭吃”的政治的“主人”何在，进一步逼问“共和国的政主到底是谁”，紧扣问题的实质，层层设问，发人深思。《太上政府》不同于《政客》迂回曲折，而是单刀直入，直接揭露东交民巷的外交使馆就是“我们的太上政府”，形象地揭示出帝国主义同北洋政府的主奴关系。《宰猪式的政治》，形象而深刻地揭露了北洋军阀屠杀人民的血腥本质。《“中日亲善”》以雄辩的事实和强烈的对比，无情地抨击了日本帝国主义在中日亲善的幌子下侵略中国的本质，全文八十多个字，简单有力，尖锐泼辣。在揭露帝国主义和中国军阀政府种种丑行的同时，李大钊还把犀利的笔锋指向封建家族制度及腐朽的封建意识、国民的劣根性。《万恶之源》一针见血地揭露“亲族戚属”是万恶之源：“一个人要是有点知识聪明，一般的亲族戚属，总是希望他去做官僚式的强盗，牺牲了他一个人，供他们大家的荒淫作乐。”《过激乎？过惰乎？》针对统治者及一些保守势力对“过激派”的污蔑和诋毁，尖锐地指出处于“惰性空气包围中间”，“却说人家过激”，其实“这是人类的劣根性”。在帝国主义和封建军阀的统治下，中国人民是不甘心被宰割被奴役的，一旦觉醒起便会“在这黑暗的世界中”夺回人民的“光明权”。《大联合》和《真正的解放》等杂文，号召人民大众联合起来进行斗争，而要真正得到解放，“不是央求人家‘网开三面’，把我们解放出来，是要靠自己的力量”，“把头上的铁锁解开”，“从那黑暗的牢狱中，打出一道光明来”。李大钊这些杂文同陈独秀、鲁迅等的杂文一样，从战斗功能上来看，是匕首，是投枪，是号角。虽然李大钊的政论性杂感在艺术风格上并不完全相同，但也有一些共同特征。大都篇幅短少，剖析中肯，深刻尖锐，以少胜多，意蕴丰厚；长于以形象贴切的比喻、描述，尖锐鲜明的对比、夸张，以及严密的论辩等多种表现手法，准确地表述真理和哲理思考，在理智上给人以深刻启迪，在情感上给人以强烈叩击；特别语言的运用，追求精炼、朴素、晓畅的风格，严正的反诘更增添了战斗的锋芒。

陈独秀既是五四时期“随感录”的开拓者又是杂感的多产者，不论《新青年》的“随感录”栏内还是《每周评论》的“随感录”栏中，他发表的杂文。他的杂文同李大钊一样，着重针对当时的重大政治和社会问题而发，大多是讽刺性的短评，文笔流畅率直，感情充沛强烈，鲁迅赞他的杂感具有“爽快”风格。如《法律与言论自由》、《调和论与旧道德》、《保守主义与侵略主义》、《解放》、《虚无主义》、《俄国精神》、《懒惰的心理》、《劳工神圣与罢工》、《革命与制度》、《下品的无政府党》、《反抗舆论的勇气》、《倒军阀》、《尊孔与复辟》、《鸦片与纸票》、《公理战胜强权》、《亡国与卖国》等杂文，取材广泛，涉及面大，既有抨击又有歌颂，既有揭露又有追求，具有强烈的现实性、鲜明的思想性和锐利的战斗性，文字生动，感情激越，在当时影响颇大，为中国杂感文学的建立作出了贡献。钱玄同的杂文与李大钊、陈独秀在风格上有些相似，不过他的取材侧重于文化思想、文学及语言文字改革等问题。他在《新青年》"随感录"发表过一些尖锐犀利的杂文。如"选学妖孽"与"桐城谬种"，形象地概括了守旧顽固派文人的根性和特征。《随感录·四四》借着《上海时报》一个广告，揭露"通讯教授典故"对青年学生的危害，"一个月破四角钱的财，甚害还小。要是买了他这本书来，竟把这四百多个典故熟读牢记，装满了一脑子，以致已学的正当知识被典故驱除脑外，或脑中被典故盘踞满了，容不下正当知识；这才是受害无穷哩!"并敬告青年学生是二十世纪的人而不是古人的"话匣子"，所以做文章"应该用我们自己的话，写成我们自己的文章，我们的话怎样说，我们的文章就该怎样做"。这篇杂感既具有批判复古派的战斗锋芒，又含有教育青年学白话用白话的明确道理。《中国今后之文字问题》对孔学儒教的批判既深刻又尖锐，揭露了儒家思想专制的实质。鲁迅在《两地书》中对钱玄同的杂文作了中肯的评价："畅达也自有畅达的好处，正不必故意减缩。例如玄同之文，即颇汪洋，而少含蓄，使读者览之了然，无所疑惑，故于表白意见，反为相宜，效力亦复很大。"刘半农所写的政论性的杂文，同陈独秀、钱玄同的杂文相比，在思想倾向上基本一致，只是他的杂文不如陈、钱杂文思想的深刻与激进，这是仅就总体而言，并非完全如此；在艺术风格上刘半农与陈独秀、钱玄同有明显差异。《奉答王敬轩先生》和《作揖主义》是刘半农五四时期写的具有很大影响的议论散文，表现了自己杂文的特有风格。前者是批判国粹派的种种谬论，笔锋流畅犀利，击中敌论要害，嬉笑怒骂，寓庄于谐；后者构思巧妙，多用反语，对那些尊孔卫道守旧复古的"前清遗老"、"孔教会会长"、"京官老爷"、"评剧家"、"鬼学家"、"王敬轩先生"，作了淋漓痛快的揭露，在貌似恭顺的作揖中对旧道德、旧文化、旧文明、旧文学的维护者，给予极大的蔑视和无情的嘲讽。这两篇讽刺性极强的杂文，体现出刘半农的"爱阔大，不爱纤细；爱朴实，不爱雕琢；爱爽快，不爱腻滞；爱隽趣的风神，不爱笨头笨脑的死做"①的美学追求和艺术风格。他在《半农杂文》自序中也表述

① 《国外民歌译自序》。

过他作杂文,"就该赤裸裸的把个人的思想感情传达出来:我是怎样一个人,在文章里就还他是怎样一个人"。文如其人,他的杂文既坦率真切,流畅爽快,又活泼幽默,含有很强的讽刺力量。特别"五四"以后他写的杂文更具有自己的艺术风格,显然在杂文艺术成就上优于陈独秀、钱玄同。总起来看,李大钊、陈独秀、钱玄同等的议论性杂文,虽然也带有文学意味,但大多以说理取胜,以揭露批判见长,思想价值高于审美价值,在形象性、艺术性上相对来说比较薄弱一些。刘半农的杂文在艺术建树和美感效果上似乎更值得称道;但是同鲁迅五四时期的杂文相比,刘半农杂文的思想和艺术却显得逊色一些。

鲁迅是中国新文学史上开拓并丰富杂文这一新文学形式的重要先驱。杂文"萌芽于'文学革命'以至'思想革命'"[①],它不同于过去这一类文章的传统形式,是在五四这个特定的历史时期产生的新文体。《新青年》——开辟"随感录"专栏,就引起鲁迅的极大兴趣和重视,而且一发而不可收,为杂感文体的形成和发展作出了重大贡献。鲁迅五四时期写的杂文,先后发表在《新青年》、《每周评论》、《晨报副刊》、《京报副刊》等报纸杂志上,后分别收入《热风》、《坟》等杂文或论文集。《热风》收进一九一八年至一九二四年的杂文四十篇,大部分是五四时期创作的。它以短小精悍的形式进行广泛的社会批评,记载着作者早期的进化论和人道主义思想,洋溢着彻底反封建的五四时代精神,表达了对"新世纪的曙光"的渴望心情;充溢着一种昂扬的战斗激情和明朗炽烈的格调。《坟》写作时间长达二十年,共收文章二十三篇,同《热风》相比,它的大部分是说理透彻、气势恢宏、结构严密的论文;真正写于五四时期的几篇,偏重于从启蒙主义立场出发,对传统的伦理道德进行批判,论述深刻,能把论说与形象交融起来,并渗透着爱憎分明的激情。统观这两个集子里收入的五四时期的杂文,在思想艺术上有着鲜明的特色。

同李大钊、陈独秀、钱玄同、刘半农的杂文相比,鲁迅的杂文更带有广泛的社会批评的特点。不仅彻底地否定了宗法式的封建主义制度,而且深刻地揭穿了儒家所宣扬的旧礼教旧道德旧文化旧思想的吃人本质,并以进化论和人道观论证了社会改革的必要性和迫切性,希望通过思想启蒙道路达到解放人的思想进而改良人生改革社会的目的。具体来说,一是抨击封建节烈观,提出并关心妇女解放问题。《我之节烈观》是集中批判儒家伦理道德中最腐朽的节烈观的

① 鲁迅:《小品文的危机》。

重要杂文，它戳穿了理学家所标榜的“饿死事小，失节事大”、“有了节烈，国便得救”等说教的虚伪本质，开掘出这些传统伦理观的社会根源在于“皇帝要臣子尽忠，男人便愈要女人守节”的封建社会，并号召人们“要除去世上害己害人的昏迷和强暴”，以使“人类都受正当的幸福”，表现了对被压迫妇女解放问题的深切关注。二是批判封建父权观念，提出关心下一代的问题。除了“随感录”二十五、四十九等，批评了父母对子女不负责的态度外，《我们现在怎样做父亲》是一篇以进化论和人道观全面论述父子关系的文章。鲁迅批判了从来不能动摇的封建父权观念，提出了父母“对于子女，义务思想须加多，而权利思想却大可切实核减，以准备改作幼者本位”的新的伦理观点，进一步指出欲建立新型父子关系“根本方法，只有改良社会”，并号召父辈应该“自己背着因袭的重担，肩住黑暗的闸门，放他们到宽阔光明的地方去”，表现出大仁大勇的人道主义精神。三是抨击国粹派的顽固守旧，坚持革新与进步。五四时期守旧派打着“保存国粹”的旗号，宣扬各种所谓固有文明，反对一切改革和进步，维护旧传统旧文化。鲁迅在《热风》的好多杂感里，反复痛斥了国粹派，指出他们都是“现在的屠杀者”，“杀了现在，也便杀了‘将来’”，并疾呼“要我们保存国粹，也须国粹能保存我们”；同时，强调必须改革现状，“从现代起，立意改革”，且以“科学”来“医治思想上的病”。四是反对宣传鬼神和迷信，提倡科学精神。《随感录》三十三、五十三等，揭露了愚弄人民的各种迷信思想，批判了各种愚昧无知的迷信习俗，痛斥了“鬼神之说不张，国家之命遂促”的谬论，提倡以科学精神来治疗病态心理和病态人生。五是赞扬世界上破坏偶像的大人物，透露出对“新世纪的曙光”的向往之情。《随感录》四十六歌颂了达尔文、易卜生、托尔斯泰、尼采诸人是破坏偶像的大人物，肯定了易卜生所说的“世界上最强壮有力的人，就是那孤立的人”；《随感录五十六“来了”》和《随感录五十九“圣武”》，表现出对“新世纪的曙光”的渴望，并赞美“有主义的人民”为实现革命理想而“牺牲了别的一切，用骨肉碰钝了锋刃，血液浇灭了烟焰”的大无畏精神。总之，鲁迅五四时期的杂文，带有广泛而深刻的社会批评的特点，短篇的精炼泼辣，切中要害，长篇的论证严密，鞭辟入里，善于以形象的比喻和生动的语言展开思路，层层深入阐明问题。由于这些杂文，把深刻的思想、高尚的情感和完美的艺术交融为一体，不仅为中国现代文学的杂文文体奠定了基础，而且深深地感染、教育、启迪了一代读者。

在鲁迅、李大钊、陈独秀等共同努力下，杂文作为一种新文体已具有初步形态，它的出现和产生从某种意义上说是对传统的文学品种的若干基本概念的挑战，从而中国现代文学史不能不给杂文以独立的位置。特别鲁迅对杂文体裁的创建作出了卓越贡献，从“五四”开始他以勇敢的战斗姿态和独特的艺术气质，为完善杂文体作了不懈的努力。虽然有人曾劝鲁迅不要做这样的杂文，甚至设有一道道障碍；但鲁迅敢于冲破传统的文学观念和一切阻力，根据斗争的需要和自己的美学追求，坚定不移地表示“要做这样的东西的时候，恐怕也还要做这样的东西，我以为如果艺术之宫里有这么麻烦的禁令，倒不如不进去；还是站在沙漠上，看看飞沙走石，乐则大笑，悲则大叫，愤则大骂，即使被沙砾打得遍身粗糙，头破血流，而时时抚摩自己的凝血，觉得若有花纹，也未必不及跟着中国的文士们去陪莎士比亚吃黄油面包之有趣”①。经过鲁迅的坚韧地创造，使杂文取得了辉煌成就，终于把杂文列为中国文学的正宗，成了一种具有完美的独立形态的杂文体文学。

小品散文初试成功

以抒情和叙事因素并重且相互交融渗透的小品散文，在文学革命的进程中它虽然晚于杂文的出现与繁荣；但它的初步尝试却获得了成功，并在“五四”以后的二十年代出现了千姿百态的景象。鲁迅在《小品文的危机》中对五四时期的小品散文作了这样概述：它“因为常常取法于英国的随笔（Essay），所以也带一点幽默和雍容；写法也有漂亮和缜密的，这是为了对于旧文学的示威，在表示旧文学之自以为特长者，白话文学也并非做不到”。“五四”以后的小品散文在借鉴于外国散文和继承于古代散文优良传统的基础上，的确发展起来，产生了各种样式和风格的小品散文。朱自清在对五四文学创作进行综合考察时，指出最发达的文学品种“要算是小品散文”，并作了具体描述：就散文论散文，这三四年的发展，确是绚烂极了，有种种的样式，种种的流派，表现着，批评着，解释着人生的各面，迁流曼延，日新月异：有中国名士风，有外国绅士风，有隐士，有叛徒，在思想上是如此。或描写，或讽刺，或委曲，或缜密，或劲健，或绮丽，或洗炼，或流动，或含蓄，在表现上是如此②。五四以后的小品散文可以说开拓了一个崭新的时代，相继出现了一些有成就的小品散文作家。

周作人在五四文学革命中努力开创白话的叙事与抒情并重的小品散文的

---

① 《华盖集·题记》。

② 《论现代中国的小品散文》。

新文体。当时,以白话为利器创造新小说,鲁迅的《狂人日记》等奠定了基础,拓开了局面;胡适、郭沫若等的白话诗作,在诗歌领域取得了以白话取代文言正宗地位的胜利;在散文园地里,能否以白话成功地创作出叙事与抒情交融的散文小品,能否写出"美文",周作人是个较早的自觉的尝试者,而且初试成功。他写的《前门遇马队记》、《卖汽水的人》等,是较早出现的小品散文。虽然他早期写的小品散文还没有完全脱尽文言的痕迹,但在很大程度上却具有了现代口语的韵味和生气,特别小品散文这种文体尝试的成功更富有一定的开拓意义。他五四时期及二十年代前期写的小品散文,主要收入《自己的园地》、《雨天的书》、《谈龙集》、《谈虎集》、《泽泻集》等书中。周作人主张小品散文"无意不可入,无事不可言",因而他早期散文的取材相当广泛,主题思想也相当复杂,侧重于社会批评和文明批评,充分发挥了散文的叙事、抒情和议论的职能。即从妇女解放到恋爱自由,从人格独立到儿童教育,都倾注了他的一些热情;批判旧文化提倡新文化,反对旧道德提倡新道德,是体现在他散文中的五四时代精神;他的散文不仅广泛涉及到许多文学问题和作家作品,而且包括不少生活趣味的追求,什么"北京的茶食"、"故乡的野味"、"吃茶法"、"酿酒法"等等,都可以作为散文的题材。这种开扩散文的取材范围,广掘散文的主题,既密切了文学同生活的关系,拓宽了读者思想境界和生活视野,又满足了人们多种的审美要求和多样的艺术趣味。当然也有些取材没有什么意义,甚至有些思想或情趣还能给读者以消极影响。如他一九二一年写的《山中杂信》,通过叙述香山庙里的日常生活琐事,抒发了自己对社会世态的感叹和不满,并剖析了内心的矛盾和思想的混乱,似可以看作他自己对其小品散文复杂思想倾向的分析。他说:"我近来的思想动摇与混乱,可谓已至其极了,托尔斯泰的无我爱与尼采的超人,共产主义与善种学,耶佛孔老的教训与科学的例证,我都一样的喜欢尊重,却又不能调和统一起来,造成一条可以行的大路。"这种世界观的矛盾性和杂乱性反映在他的散文小品中,必然造成其思想倾向的复杂性或多元性。周作人在散文体式上作了多方面的探索与追求,有随笔、杂感、游记、速写、书信、寓言、序跋、文艺短论、读书札记等。郁达夫曾把鲁迅的杂文与周作人的散文在文体上作了比较,说"鲁迅的文体简直炼得像一把匕首,能以寸铁杀人,一刀见血,重要之点,抓住了之后,只消三言两语就可以把主题道破——这是鲁迅作文的秘诀";"与此相反,周作人的文体,又来得舒徐自在,信笔所至,初看似乎散漫支离,过于繁琐!但仔细一读,却觉得他的漫谈,句句含有分量,一篇之中,少一句就不对,一句之中,易一字也不可，读完之后，还要翻转来从头再读的”，他早期散文就达到了这种“炉火纯青”的程度，以后则变为“枯涩苍老”了①。具体审视，他早期散文在艺术上有几个明显的特色：一是广博的知识性。虽然传播知识并非文学的主要功能，但通过对生活的形象化描写，给读者以各种知识的审美满足，也是值得重视的。周作人的散文有比较广博的知识，如上下古今，海阔天空，风土人情，道德文明，文化艺术，天文地理，社会人生，科学历史等，不是随意地在作品里堆放这些知识，而是根据构思的需要恰如其分地穿插进去，并把自己摆在与读者平等的位置上，使人读着这种散文如同倾听一席平易亲切的谈话，在不知不觉中获得了知识，得到了启迪；当然他也有不少谈及知识的散文，没有把对历史知识的叙写同现实人生联系起来，赋予这些历史知识以新的生命，至于那些以虫鱼苍蝇等为题材的散文，尽管能给人一些生活知识，对现实也有一定的讽喻，但也有的给人以消极影响。二是丰富的幽默性。“两人文章里的幽默味，也各有不同的色彩：鲁迅是辛辣干脆，全近讽刺，周作人的是湛然和蔼，出诸反语”②；也就是说，鲁迅高超的幽默才能体现在杂文中，闪烁着逼人的思想威力和耀目的讽刺光芒；而周作人渗透在散文里的幽默，则具有某种诙谐出于平淡，机警出于自然，寓庄于谐，寓谐于庄的特点。如有的散文常常在征引典籍故事的本身，就具有幽默意味；有的散文往往对某件事或某种道德现象加以评述，揶揄备至，情趣横生；有的散文在描述中并不着意矫饰或点染，似乎难以明确指出哪句话令人发笑，但只要读完全文便会体察出一种幽默的味道。当然周作人早期有些散文的幽默格调并不高，甚至有的流入趣味主义。三是朴素的诗意。没有感情冲动不可能写出优秀诗篇，同样的有了感情冲动若不能以理智来驾驭，“锋芒”太露也会杀掉“诗美”的。周作人创作散文比较注意节制自己的感情的波澜，他常常不在感情最激烈的时候运笔，而是在感情稍微平复后以淡笔来写淡情，仿佛他在一种明净幽深的心境下徐缓地写来，使散文笼罩着“平和冲淡”的诗意美。如他写的《爱罗先珂君》是表达对爱罗先珂的怀念，虽然当时的心情是急切的，情感是炽烈的；但写起来却朴素无华，静穆冲淡，将怀念之情蕴含在徐缓质朴的笔调中，使作品散发着一种朴素的诗意美。由于二十年代后期周作人逐步由五四时期的反封建的战士变成一个消极避世的隐士，躲进了宁静的书斋，因此使他的散文在取材上越来越缺乏时代感，在主题上越来越看不到“叛徒”精神，在艺

① 《中国新文学大系·散文二集导言》。

② 《中国新文学大系·散文二集导言》。

术上一味追求闲情逸趣，或发古人之幽情，大大削弱了散文艺术的美学光彩。

冰心从一九一九年开始在《晨报》发表小说的同时，便尝试创作小品散文，不过在艺术上获得了成功的却是发表在一九二一年初《小说月报》上的《笑》；接着一九二二年便在《小说月报》上发表小品散文《往事》，一九二三年便在《晨报副刊》上连续发表《寄小读者》，这就奠定了她在中国现代散文史上的地位。冰心早期的散文小品直接描绘大时代政治风云的甚少，大都是写自己的家庭，表现对父母的爱，对小兄弟小朋友的爱，以及对异国的弱小儿女、同病者之爱，致使她笔底有了像温泉水似的柔情。由于她生活在一个受到民主思潮洗礼的却又保持着父慈子孝、贤妻良母、兄弟怡怡等传统美德的并未彻底资产阶级化的家庭，因此他散文里所描写的家庭生活及亲人之间的关系仍保持着许多传统色彩，洋溢着一种温馨的天伦之乐。对于自然风景的描写，尤其她笔下大海的形象，已不是纯自然了，它们渗透着作者对祖国壮丽山河的热爱之情。在五四时期的作家中，“她把自己反映得再清楚也没有。在这一点上，我们觉得她的价值比小说高”①。因而冰心在散文里毫无保留地把自己的才性、气质、人生观等全部袒露在读者面前，使读者清晰地看到散文中抒情主人公的形象，正是作者的生动写照——她心中始终荡漾对祖国的无限眷恋之情和对家庭的一腔深情的微波细澜；她渴望自由、对贫病者的同情包含着个性解放和人道主义思想因素；她具有精湛的中国古典文学修养并受到外国文学的熏陶，虽然有的散文带有异国风味，但同样也渗透着中国人的心理素质和感情色彩；她具有深沉、含蓄、温柔、细腻的个性特征，正是郁达夫所说的“读了冰心女士的作品，就能了解中国一切历史上的才女的心情”，这说明她的性情是“东方的”而不是“西方的”少女个性。在艺术上，冰心的散文小品取得了很高的成就，是地地道道的用白话写的“美文”，委婉含蓄，清丽隽秀是其突出的艺术风格。郁达夫曾说：“冰心女士散文的清丽，文字的典雅，思想的纯洁，在中国好算是独一无二的作家了；记得雪莱的咏云雀的诗里，仿佛曾说过云雀是初生的欢喜的化身，是光天化日之下的晨星，是同月光一样来把歌声散溢于宇宙之中的使者，是虹霓的彩滴要自愧不如的妙音的雨师，是……这一首千古的杰作，我现在记也记不清了，总而言之，把这一首诗全部拿来，以诗人赞美云雀的清词妙句，一字不易地用在冰心女士的散文批评之上，我想是最适当也没有的事情。”②

---

① 茅盾：《冰心论》。

② 《中国新文学大系·散文二集导言》。

朱自清创作小品散文晚于周作人和冰心，但是他取得的成就却是非常惹人注目的。“文学研究会的散文作家中，除冰心女士外，文字之美，要算他了”①。由于本文学史的范畴限定，只能对他“五四”稍后的散文作一概述，似可看出他整个散文小品的创作风格。朱自清散文的思想内容，诚然大半是写个人所见所闻，写自己的生活天地，内有一股浓郁的人道主义温情，自然也没有找出人生悲剧的答案；但由于作者从民主主义立场出发，认真而严肃地面对现实、体察现实，力求开掘得深一点，因而散文的深刻程度远远超过同时代的某些作家。就取材的侧重点来看，他的散文似可分为三类：一是社会性的小品，具有丰厚的真实感和理趣美。《生命的价格——七毛钱》(1924)通过描写作者亲眼目睹的一个五岁小孩卖七毛钱这件惨事，“拆穿”其血泪终身的悲剧，进而开掘出造成这一悲剧的社会根源，最后发出“谁之罪”、“谁之责”的撼动人心的呼声，有力地抨击以“钱”为轴心的罪恶社会。这类散文取材于社会现实，以小见大，似浅而深，于有限中见无穷，不仅在平实的叙事中揭示出社会的本质真实，而且所叙之事寓于精辟的哲理，闪烁着真理的光辉；特别这种“卒章显志”的写法，促人猛省，发人深思，富有一种理趣美。二是家庭小品，具有浓郁的人情味。作者从亲身的感受出发，以绵密细腻的笔触，饱蘸着真挚的感情，抒写在半封建半殖民地社会黑影笼罩下的旧式家庭生活的画面，流露出浓郁的人情味和真挚的情感美。《背影》(1925)是这类小品的代表作，既写出了父亲对儿子的真挚爱，也写出了儿子对父亲的无限痛惜思念之情，爱深情切，扣人心弦。三是描山画水的散文，具有秀丽的景色美。《绿》、《桨声灯影里的秦淮河》(1923)这类散文，举世称“美”。作者以重彩工笔淋漓尽致地描绘出“人化自然”之美的神髓，给人以强烈的美感享受，特别所绘之景所状之物中融入了情思，更给人以启示。高尔基曾表述过，真正的美正如真正的智慧一样，是非常朴素的，并且是人人理解的。在艺术风格上，朱自清的散文则具有一种清新朴素的美，它不同于周作人的冲淡平和，也不同于冰心的轻柔委婉。杨振声对朱自清散文的艺术风格曾作了这样概括：“风华从朴素出来，幽默从忠厚出来，腴厚从平淡出来”(《朱自清先生与现代散文》)。他的散文在结构上具有整体美。如《背影》以“背影”为构思的焦点，并由此出发对各种材料进行繁简得当的剪裁布局，该详则详，该略则略，由远及近，步步开拓，完整地创造了“文中有诗，文中有画”的意境；为了有层

① 《中国新文学大系·散文二集导言》。

次地拓开意境，作者长于运用艺术线索，把所见所闻所思所感的各种材料缝合起来，或用叙述线索或取感情线索，使散文结构紧凑严密，具有整体美。朱自清的散文语言是精美纯朴的白话语言，重视吸取口语词汇，采用口语句法，具有"谈话风"；特别善于学习和运用口语的节调，构成语言的音乐旋律。总之，朱自清的散文小品不论内容或形式都具有一种强烈的美感力，它是货真价实的白话"美文"，具有纯正朴实的新鲜作风，尽了对旧文学示威的职能，为中国现代散文创作提供了宝贵的艺术经验。

在新文学深入发展的二十年代前期，散文小品园地群星灿烂，除上面重点提及的周作人、冰心、朱自清外，还有不少作家为小品散文的繁荣和发展作出了努力，留下了独具风采的小品。郭沫若早期的主要贡献在新诗，但他才气横溢，散文小品也写得颇有特色。一九二〇年问世的《三叶集》中的一部分文字，富有浓郁的情趣和诗意，稍后写的《小品六章》更显示出他的散文风格。他以优美流畅的文笔，抒写自己在日本过着赤贫的生活时而袭来的"牧歌的情绪"，把青春的欢悦、美好的向往和淡淡的哀愁交融在一起。郁达夫早期的散文《还乡记》和《还乡后记》等，以清新秀丽和委婉动人的文字，率直地抒写自己内心的思绪和情感，显示了独到的艺术特色。郭沫若曾说："他的清新的笔调，在中国的枯槁的社会里面好像吹来了一股清风，立刻吹醒了当时的无数青年的心。"①叶绍钧的《剑鞘》集收入他五四时期创作的一部分散文小品，虽然数量不多，却具有特别的风致，如同他的小说一样"风格谨严，思想每把握住现实"，写得朴实隽永，简炼畅达。俞平伯"五四"以后写的小品散文，具有浓艳绮丽的风格，如《桨声灯影里的秦淮河》甚至带有一种朦胧的色彩和感伤的思绪。王统照五四前后写的散文，富有浓郁的诗意，饱含哲理的意味，如《阴雨的夏日之晨》、《烈风雷雨》等，既是写实的又是抒情，气势磅礴，热情奔放。

以叙事和抒情兼备的小品散文，在五四以后新文学创作中取得的成功，不仅对旧文学是一次强有力的示威，而且为中国现代散文开辟了一个新天地。周作人对小品散文的文体特点作了这样概括：小品文"不专说理叙事而以抒情分子为主的，有人称他为絮语过的那种散文上，我想必须有涩味与简单味，这才耐读，所以他的文词还得变化一点。以口语为基本，再加上欧化语，古文，方言等分子，杂糅调和，适宜地或吝啬地安排起来，有知识与趣味的两重的统制，才可

① 《论郁达夫》。

以造出有雅致的俗语文来。我说雅，这只是说自然，大方的风度，并不要禁忌什么字句，或者装出乡绅的架子。”①作为一种新文体，小品散文的出现，对于推动中国现代散文的发展起独特的作用。

报告文学的萌芽

侧重于叙事性的报告文学，同杂感散文、小品散文比较起来，它在五四时期刚刚萌发。一九一九年五月十一日《每周评论》第二十一期上发表的《一周中北京的公民大活动》、一九二〇年《劳动音》第一期上载的《唐山煤矿葬送工人大惨剧》，可以说是报告文学的雏型；瞿秋白收入《赤都心史》和《饿乡纪程》两个散文集的作品完全可以称为报告文学了。一九二〇年秋瞿秋白应北京《晨报》邀请，以记者身分赴苏联采访，中途辗转三个月到达莫斯科。在俄期间边采访边学习边写作，写下了很多报告性的散文。这些报告作品以真挚的感情描述了俄国十月革命后各方面的真实情况，以铁的事实回击了帝国主义和一切反动派对苏联社会主义的恶意诋毁，突出记载了苏俄由军事共产主义到实行新经济政策的短短时间内社会上发生的深刻而急剧的变化，描绘出一片生气勃勃的景象和人民精神面貌的焕然一新，生动说明了新生苏维埃政权的无穷生命力和无比优越性，《列宁》、《莫斯科赤潮》等文刻画了列宁伟大而质朴的形象。同时这些报告性散文还忠实地记录了一个革命小资产阶级知识分子转变为共产主义知识分子的心灵历程。在艺术形式上，它们继承了我国古典散文的优良传统，并吸取了外国文艺通讯（即报告文学）的优点，巧妙地把游记、写景、议论、抒情融为一体，形成气势雄伟，绚丽多彩的报告性散文。整个作品是根植于现实的土壤之中，却又洋溢着革命乐观主义精神，使现实主义的描写里糅进了浪漫主义情愫；刻画人物能抓住不同人物的阶级特点和心理状态，并透视出作者爱憎分明的评价；描绘景色明丽如画，文笔清新优美，虽然在语言上稍显隐晦曲折，但无损于整个作品的光辉。这两个报告散文集以新颖的文体开辟了我国散文的新篇章，为我国现代文学园地中的报告文学、文艺通讯、特写、游记等的发展提供了有益经验。

五四时期的散文创作是一个五光十色的艺术世界，虽然有些品种带有萌芽状态的稚气，但却具有旺盛的生命力；特别是杂文、小品的成功与繁荣，为中国现代白话散文奠定了良好基础。

---

① 《中国自新文学大系·散文一集导言》。

后记①

拙作《五四文学初探》于一九八二年由山东人民出版社出版后，在老前辈和同行者的催促和鼓励下，结合“五四文学研究”选修课，我便开始了《中国五四文学史》的编写工作。虽然中间经过短暂的迷惘，但很快在改革浪潮的冲击下清醒过来，振作起来，以自己的独立思考写完了初稿。

历史的曲折孕育着发展的种子。这些年来，党和人民为研究者提供了空前的自由思维空间，学术空气显得异常活跃，不仅文艺理论和文艺批评方法的研究有了长足进步，中国现代文学史的研究也有了新的突破。相比之下，深感自己的初稿在某些理论观念和思维方法上的僵化，有待进一步更新；虽然在定稿中也吸取了学术界的一些新的研究成果（这里表示谢意），但改变不了本书的整体构想和基本面貌。

在编写过程中，力求坚持实事求是的态度，从原始史料出发，从纵向与横向、宏观与微观的结合上，探讨五四文学运动的来龙去脉及其演变规律，既不简单地套用现成的公式和某些流行的概念去评述复杂的文学现象，又不无视作家在文学史上的实际贡献而主观地去裁判其在文学史上的地位，尽力依据史实作出切合历史本来面目的结论。但限于水平和时间，不仅自己的设想难能实现，而且疏漏在所难免，恳祈专家和同志们指教，容后修改。

在这里，谨向支持、鼓励和帮助我编写此书的同志和友人，特别是山东文艺出版社的领导和责编同志，表示深切的敬意和衷心的感谢！

作者　朱德发

一九八五年十月于山东师范大学

① 该文为山东文艺出版社1986年11月第1次出版本书而写，此次本书编入文集除改正几个错别字，原文几乎一字未动，力求保持原样，即使把注释改为页下注也没有增加文字。

朱德发文集

第三卷

二十世纪中国文学流派论纲

朱德发 著

山东人民出版社
国家一级出版社 全国百佳图书出版单位

图书在版编目(CIP)数据

朱德发文集:全10册/朱德发著.—济南:山东人民出版社,2014.1
ISBN 978-7-209-07570-1

Ⅰ.①朱… Ⅱ.①朱… Ⅲ.①朱德发—文集 Ⅳ.①I-53

中国版本图书馆CIP数据核字(2013)第304326号

责任编辑:李怀德

朱德发文集(第三卷)
朱德发 著

山东出版传媒股份有限公司
山东人民出版社出版发行
社 址:济南市经九路胜利大街39号 邮 编:250001
网 址:http://www.sd-book.com.cn
发行部:(0531)82098027 82098028
新华书店经销
山东临沂新华印刷物流集团印装

规 格 16开(169mm×239mm)
印 张 23.25
字 数 370千字
版 次 2014年1月第1版
印 次 2014年1月第1次
ISBN 978-7-209-07570-1
定 价 498.00元(共十卷)

目　录

二十世纪中国文学流派论纲

二十世纪中国文学流派论纲

朱德发 著

山东教育出版社

导论　文学流派的基本特征及嬗变规律

从时间流程来审视，二十世纪中国文学特别是从“五四”到四十年代这三十余年是中国数千年文学长河中“文学流派”最活跃的区段，难怪有的研究者作出“中国新文学史实际上是新文学流派发展史”这样的判断。近十年“新文学流派”既是研究的对象又是研究的角度，既是研究的重点又是研究的兴奋点，这不仅开拓了新文学研究的领域，也深化了新文学研究的层次。最近有机会泛读一些新文学流派研究的著作和论文，所获非浅，也微感不足，似乎有待综合、有待开发、有待深入，应把流派研究推向新的台阶。这是新文学爱好者的渴望，也是新文学研究者的使命。

一个丰富多彩的审美群体结构

进入摇曳多姿、争香斗艳的新文学流派的百花园，你要辨识每个文学流派的美学形态和艺术风貌并从而对它们进行全方位的综合性的和开发性的研究，首先碰到的是文学流派构成要素的把握、范围的界定及其基本特征的概括。这既是识别文学流派的美学尺度，又是研究文学流派的逻辑起点。但目前对文学流派的阐释有分歧，界定也不明确，这不能不影响新文学流派研究的深化。如果对文学流派的构成要素、范围界定含含糊糊，朦朦胧胧，只是跟着感觉走，对流派的内涵妄作判断，那就会进入混乱的迷津，失去探讨的共同基准和依据，走上非科学化非标准化的道路。然而文学流派的艺术形态和美学内涵在历史的激流中又不是被冲洗得清清楚楚，利利索索；往往是拖泥带水，不干不净。因而这就需要研究者认真仔细地从流派演变过程中，以敏锐的艺术眼光去发现带有共同性的特征加以抽象概括，对流派的内涵外延作出科学的界定，然后再以此为标准和尺度去辨识和透视面目不清的文学流派，并进而探寻其深层结构和演变规律。正因流派识别难，从理论上更明确地进行界定更难，故使研究者见解纷纭，成了文坛上的热门话题，并越发激起人们探索的兴趣。

文学流派究竟是什么？不管有人说艺术风格决定文学流派还是说文学流派既有“流”也有“派”，不管有人说文学流派与文学团体联系在一起还是说文学流派是重要的文学现象，但在“流派是一种群体结构”这一点上却取得了共识。也就是说，一个人成不了流派，即使文学大师、文学巨匠或文学旗手也不能以个体组成文学流派，他们可以充当某一文学流派的代表人物却不能自成一派。如鲁迅既可以说是人生派的也可以说是语丝派的、既可以说是乡土派的也可以说是左翼作家群的，他可以成为多种流派风格的集大成者；但从流派的角度来看，作为个体却构不成流派。因此，文学流派是由不同数量的个体组合而成的，既可以有代表人物也可以没有，既可以有严密组织也可以松松散散，总的看来则是个群体结构；而这个群体不是一般的群体，它是一个富有创造性的作家群体和审美群体，在思想倾向、艺术风格、审美情趣、美学追求等深层结构具有一致性或相近性或相似性，他们代表着某一种审美趋向或文学倾向，体现着某一种文学潮流或社会审美需求。也可以这样说，文学流派是在共同的文学思潮、文化积淀、时代精神、传统基因、生活特质、人文环境、民族沿习、审美心理和艺术形式的综合渗透和作用下而凝成的文学晶体或审美实体。从自身构成和形成基因来审视，文学流派具有的基本特征主要体现在：

客观性。文学流派的存在和出现不以人们的意志为转移，它是随着文学的发展而出现，是文学自身演变过程中的一种必然现象和一个文学的基本事实，也是文学发展的一种基本形态，你承认它它也存在，你不承认它它也存在；在不正常的政治气候下曾否定或抹煞或摧毁了一些文学流派，实际上哪一个流派也没有否定掉，哪一个流派也抹煞不了，哪一个流派也摧不垮，历史终究会恢复其本来面貌。即使在逆境中文学流派得不到健康正常的发展，它也顶着压力和扼制在潜滋暗长，这是流派自身的天性和规律所决定的。在文学发展中，从鲁迅说过的“杭唷、杭唷”派的原始文学发展到名目繁多的现代文学流派，形成一条绵延不断地从简到繁、从单色调到多色调的文学流派线，这是历史发展的必然也是一个个客观的审美实体，它们以各自的审美形态和艺术风姿不断地拓展文学的新领域，以独特的美学风格充实和丰富了文学自身。

动态性。与文学流派的客观必然性相联系的是它的动态性，这不仅是指流派随着文学的进程而出现而发展，总是在流动着的波澜壮阔的历史大河里展示自身的风采；主要是说任何文学流派本身都充满了动态感，都始终处于无休止的变动中。它自身的成员结构、艺术范畴、审美风格和文学作品也不是一成不变的，对它们的界定和阐释常常是一个含糊值；它与其他流派的关系也是时分时合或合中有分分中有合，这在新文学流派变动中表现得尤为突出；或某流派一部分人经过犹豫动摇又选择另一个流派，或某流派一部分人经过奋斗又组成一个新流派并与原来的流派保持着联系，或处在文学主潮以外的文学流派经过斗争自行解散而加入体现主潮的文学流派。在文学的演进中，文学流派的出现，往往是以标新立异为其总体特征。或与其他流派比肩而并立，或与其他流派对峙而存在，或形成新陈代谢的流派更替，主要采取曲线的运动方式走向极端，出现异质或逆向的文学流派，这在中国文学史上屡见不鲜。在魏晋南北朝隋唐时期，山水诗派之后出现了宫体诗派，宫体诗派之后出现了边塞诗派、田园诗派和新乐府派，新乐府派之后则出现了花间诗派；在新文学的发轫期先出现白话自由诗派，自由诗派之后出现新格律诗派，格律诗派走向极端则出现半自由体诗派。不论从流派内部结构的变化或文学史上流派嬗替的规律来看，动态性是文学流派的重要特征。

地域性。在文学流派的形成或变动过程中，可以发现不少文学流派与某一地域紧紧联系在一起，不只是流派的文化内涵、审美风格和表现形式具有浓厚的地方色彩，而且流派的成员组合也是这个地域的或者以这个地域为主体，甚至流派的名称也是以地域的名称代之，古今中外文学史上不乏其例。清代的桐城派的主要人物方苞、刘大櫆、姚鼐都是安徽桐城人，姚鼐提出一套散文写作方法是师承同乡刘大櫆的，而刘大櫆又是师承同乡方苞的，以后的追随者又是师承他们的，代代相传，便形成一个地域性的作家群，名之曰桐城派。新文学史上的湖畔诗派是以杭州西湖命名的，京派是以北京得名，海派则以上海命之，白洋淀派是用河北白洋淀湖区命名。文学流派之所以具有地域性或地方色彩，考其主要因由不外是：从人员构成来说，一个地域出现多个作家，而这些作家由于在同一地区从事创作便于互相接触、联络感情、促进交流、增进友谊，以乡情为纽带结成群体；从文化心理来说，地域性的文化传统和文化氛围不断地积淀不断地熏陶，容易形成相同或相似的文化心态和语言习惯，这是同一地区的作家能够走到一起或形成相同的艺术追求的深层的文化基因；从审美趋向来说，同一地区的作家彼此之间可能形成师承关系，或是一辈传授一辈，或是同辈之间争相学习模仿，特别是相近或相同的审美心理和美学追求能使他们在选择题材、人物塑造、审美形式和艺术风格上具有趋同性。当然文学流派的地域性不仅仅表现在同一地区出身的作家，即使异域出生的作家只要在这个地区生活久了，价值观、美学观、艺术追求以及语言表达颇受本地区的独特的文化传统和审美习惯的影响，也应该属于地域流派的作家，如白洋淀派的作家并不都是白洋淀地区出生的作家。

民族性。文学流派的地域性特点就蕴含着民族性的因素，如果扩而大之就能构成流派的民族性。从流派的发展来看，任何民族文学都需要具有民族色彩的文学流派来显示自身的丰富性和达到的成熟程度；任何民族的文化都在潜移默化地滋润和培植本民族的文学流派，以满足民族的审美心理需求并推动民族文学的发展，唯有民族的成熟的文学流派才能与世界其他民族文学相媲美。中国封建时代生成的文学与西方中世纪的文学相比，不仅流派层出不穷、摇曳多姿，而且是在一个比较封闭的文化环境里由本民族文化孕育而成，具有鲜明的民族特色。不论是楚文化滋养的骚体诗派还是中原文化孕育的建安风骨文学派，或是唐宋时代的豪放派和婉约派，都是以独特的民族风格在中国文坛上和世界文林中产生过深广影响的文学流派。外国的文学流派在近百年来有三个突出特点：发展自觉，代谢极快，林林总总目不暇接，特别是法国的文学流派最为典型，也许这就是变幻莫测的西方文化思潮给法国文学流派抹上的民族色彩。正如法国作家莱蒙涅埃所说的：大约从十九世纪最后二十年开始，法国文学出现一种时尚，即每隔五年十年就要产生一个流派，几个志同道合的作家凑在一起，起草一纸文字由某个杂志恭恭敬敬地发表出来，然后出版几本诗集和小说，一个流派便诞生了；当一个流派难以为继面临结束时，也要由这派的几名作家做书面宣言大喊大叫，宣告他们放弃了过去为之捍卫的原则，与此同时便又宣告新的文学流派的成立①。中国文学流派在古代文学的流变过程中相对来说比较稳定，大多数流派的寿命比较长，特别是流派风格的延伸相当久远，这与封建时代超稳定的社会文化结构分不开；只有到了近现代特别经过五四新文化运动的冲击，旧的文化体系已经解体新的文化体系正在建立，这新旧文化的碰撞交汇促使新文学流派如雨后春笋般地涌现出来，而且代谢极快。即使这个时期出现的文学流派也不是“全盘西化”的产物，它们仍然植根于民族文化的土壤，并未失去民族的色彩。从文学流派的内涵来看，不论它的审美内容、美学模

---

① 《法国作家论文学》，三联书店 1984 年版，第 161 页。

式、艺术风格还是创作主体意识,无不渗透着民族文化的集体无意识及其所形成的文学基准模式和民族审美趋向,不仅使文学流派注进了民族文化的遗传基因,而且某种民族思潮,民俗风习和审美习惯也能成为滋泗文学流派的主要内在条件。这种文学流派的民族性决不会拒绝异域民族文化的影响,相反,它是更好地选择并汲取异族文化的内在根据和价值尺度,使文学流派的民族文化意蕴推陈出新,更富有时代色彩。

审美趣味的趋同性。与流派的地域性和民族性相联系的是审美情趣的趋同性。由于处于某一个地域性文化圈内或某一民族文化氛围中,形成相似或相同的文化心理或审美趋向,并在此前提条件下结成一个作家群体,这就使这个文学流派在审美情趣上易于趋同或表现出惊人的一致性。审美情趣是作家的审美经验和情感体验与个性特征结合起来所形成的。一种对现实生活的类似经验和体验不可能只是一个作家所独有,一种类似的审美经验和情感体验也不可能只一个作家才感受到,这些类似的经验和体会通过作家的个性而形成的相似或相同的审美情趣主要体现在创作主题、题材、体裁的选择上。在唐代,边塞诗派的趋同审美情趣使其选择边疆御寇、戍边离怨的共同主题,不论岑参的“北风卷地白草折,胡天八月即飞雪”,还是高适的“君不见沙场征战苦,至今犹忆李将军”,都表现了类似的题材和相似的体验;山水诗派主要倾向于对山水抒写,借山水咏怀,情融于山水;而花间诗派则长于吟唱男女爱情,表现缠绵悱恻的真情实爱。“五四”以后形成的新文学流派各有自己的审美趋向和情趣范围,人生派关注的是各种人生问题特别是平民的人生,艺术派对表现自我倍感兴趣,乡土派热衷于农村的风土人情,新感觉派瞄准病态的都市社会,东北作家群偏爱抗战救亡题材。流派审美趣味趋同性还体现在审美语言的选择上,即由于某些文学流派审美趣味的一致性往往在语言上表现相同的色调。唐代的韩孟诗派,虽然韩愈诗的语言具有雄浑古拙的个人风格,孟郊诗的语言也有奇峭硬瘦的个人色彩,但是他们在语言上都有好用奇字险韵怪句的美学趣味,至于这派的贾岛在用词造句上更重视推敲,古人有“郊寒岛瘦”之说。现代的象征诗派在语言的运用上,常常是断断续续欲说还休,朦胧晦涩难以猜度,尤其是“诗怪”李金发的诗没有寻常的章法,讲究用比喻,句法过于欧化又夹杂着文言的叹词语助词,教人像读翻译作品。可以说,趋同的审美趣味是文学流派重要的构成因素和审美特征。

艺术风格的类似性。与流派的审美情趣互为依存的是艺术风格,没有独特艺术风格的作家群体不可能是一个具有美学价值和审美情趣的文学流派，没有趋同的审美情趣和美学追求也不会形成文学流派相似的艺术风格。艺术风格不仅是文学创作过程中审美体验、审美理想以及与之相适应的审美形式的集中体现，也是形成文学流派的决定性因素，有些文学流派如婉约派或豪放派都是以艺术风格命名的。虽然风格成于个人，流派建于群体；然而凡属于同一个流派的作家群必然在各自风格的基础上表现出共同的审美趋向，必须在众多的独创风格中表现出大体一致的艺术倾向，即在艺术风格的个性与共性的多样性的统一上独树一帜才能形成流派。艺术风格无人欣赏和倾心，自然不能形成流派，即使有人倾心和追随，如果仅仅停留在无创造的模仿上，也未必能形成独具艺术风貌的文学流派。一个作家群体假若未能取得大体一致的艺术风格，尽管有共同的文学主张，有共同的组织形式，仍然不能构成文学流派，这也是文学社团和文学流派的主要区别所在。据不完全统计，中国现代文学史上曾涌现出大小不等七百多个文学社团，这在中外文学史也是个独特现象，虽然它们与文学流派有着或深或浅或密或疏的联系，但它们并非都能构成文学流派，其中一个决定性因素就是缺乏类似的艺术风格。文学流派是艺术风格相似的作家群在特定的历史条件下自觉或不自觉的结合，且以创作实践中显示出的相似审美趋向、艺术风格作为前提条件。郁达夫说过："文学上的派别，是事过之后，旁人（文学批评家们）替加上去的名目，并不是先有了派，以后大家去参加，当派员，领薪水，做文章，像当职员那么的。"[①]虽然文学流派是一种艺术范畴的文学形态，既不属于政治范畴也不是一种有组织有章程的文学社团；但问题的结论也不能绝对化，文学现象往往是极为复杂的，特殊的情况非一般的抽象理论所能涵盖。新文学不少流派都是以文学社团为中心形成的，甚至有的流派包括几个小社团，特别有的文学流派是与带着强烈政治色彩或党派色彩的文学社团联系在一起；当然也有些流派并没有社团作依傍，或以某杂志某书店某客厅为阵地而形成。然而不管以什么社团或刊物为中心，都须有相似的文学倾向和类似的艺术风格作为内在的纽带，否则是构不成流派的；即使没有社团也没有刊物，只要具有相似艺术风格的作家群也可以视为文学流派。这里特别应搞清的是，流派的艺术风格的相似性所形成的流派的独特性与作家艺术个性之间的关系。风格相似旨趣相近的作家群在共同的契合点形成文学流派的独特性，如人生派

① 《中国新文学大系·散文二集·导言》。

作家群是在“为人生而艺术”这个契合点上形成流派的个性，语丝派是在倡导“幽默”这个结合点形成流派个性，格律诗派是在追求形式美这个交汇点形成流派个性；而流派的独特个性既是区别于其他流派的独树旗帜，又是本流派成员共同的审美追求和艺术目标，它对同一流派成员具有凝聚力和向心力，而对不同流派既有拒斥力又能形成一种互补。但是流派的独特个性和艺术风貌并非所有成员的艺术个性相加而得出的总和，而是同一流派成员的艺术个性寄寓的艺术共性于“契合点”上化合而成，每个作家总是以其艺术个性充实着发展着本流派的独特性，而流派的艺术风格又昭示着同派作家的艺术个性与整个流派的艺术个性协调发展。对艺术风格的自觉认识可以成为同一流派作家的自觉创造要求，在创作进程中的每种探索都是自己声音的探索，既能发展自己的艺术个性也能丰富流派的艺术个性，而且也利于与读者审美心理上的沟通。高尔斯华绥曾说过：“风格是排除自己同读者之间的种种壁垒之间的一种能力，而风格的最高成就则是同读者发生密切联系。”越是具有独特艺术风格的作者或文学流派，越能为读者提供一个具有审美价值的文本进入交流领域，并从而获得不朽的艺术生命力。

文艺思潮的共振性。文学流派作为具有共同审美追求和相似艺术风格的作家群体，大都受到相同或相似文艺思潮的洗礼和激荡，所以思潮的共振性是文学流派的又一重要特征。文艺思潮能够产生文学流派或促进文学流派的产生，而当文学流派从文艺思潮中产生之后反过来又能推动文艺思潮的发展。虽然同一流派的作家无不受到同一思潮的共振，无不受到同一思潮的冲击，但是每个创作主体的受振和受冲程度并不一样。文艺思潮与文学流派的密不可分的关系以及它们在文学史所具有的同等重要性是就一般意义而论的，实际上文艺思潮与文学流派之间的关系比较复杂，它们在文学演进中所起的作用也不是那么简单。文艺思潮有时可以与文学流派等量齐观，但更多的时候文艺思潮大于文学流派，一种文艺思潮既可以成为一个文学流派又可以成为更多的文学流派，同一种文学思潮可以为不同的文学流派来运用，从特定意义上说文艺思潮并不是文学流派的命名，它只能是产生于同一文艺思潮之中的众多文学流派的深层灵魂和内在根据。从逻辑顺序上看，思潮先于流派，流派是思潮共振之后的产物；然而文学现象有时会出现意想不到的复杂性，即文学流派出现于先，文艺思潮传播于后，从表面看不是文艺思潮产生文学流派并推动其发展，而是文学流派的存在才使文艺思潮得以广泛流传。二十世纪二十年代末的中国无产阶级革命文学思潮的兴起，是由已经成为文学流派的创造社和太阳社所鼓动所提倡的，并通过论争逐步推向高潮。这仅仅是表层的显现，实质上后期的创造社和太阳社的主要成员早在日本或国内受到无产阶级文艺思潮的震动，不论文学观念或创作倾向早已开始变化，由为艺术而艺术过渡到为革命而文学、由表现自我转变为表现无产阶级，因此后期的创造社和新成立的太阳社已不是艺术派的组合中心而成了革命文学派的结构核心，从本质上来看还是先有无产阶级文艺思潮的孕育和共振才有创造社的质变和太阳社的成立，这是内在规律性的显现。并不是所有的文艺思潮都能产生文学流派，不能产生文学流派的文艺思潮就很难考察其对作家群体所发生的共振作用。抗战初期在国统区由于“文协”的提倡，曾掀起“文章入伍，文章下乡”的文艺思潮，但在这股思潮的激荡和感召下并没有产生知名的文学流派。尤其应该注意文艺思潮与文学流派之间呈现出的更为复杂的关系：在新文学史上，有些文艺思潮与文学流派具有共同的进步或革命的倾向，流派的作品也流露出进步或革命的倾向，并在文学史上具有较高地位；但也有些与进步或革命文艺思潮相一致的文学流派的作品并不成功，在读者中并未留下多深的印象，文学史上也没有位置。有些文学思潮和文学流派具有共同的错误或不健康的思想倾向，也产生了一些与之一致的具有错误或庸俗倾向的作品；但也有产生于某一错误或庸俗文艺思潮的某一流派的若干作家创造的作品，或具有积极的认识和教育意义，或具有较高的审美价值，这表明同一文艺思潮在同一文学流派作家身上的共振效应并不一致，甚至产生相反的效果，因此研究文学思潮与文学流派之间的关系应坚持具体问题具体分析的实事求是的态度。文艺思潮与文学流派之间关系的复杂性也带来它们在文学演进过程中功能作用和艺术面貌的复杂性。总观之，大致呈现出三种主要形态：一是文艺思潮与文学流派在某个文学发展阶段上具有同等意义。当某个文学流派的存在和发展，形成一种总体性的审美趋向以引导和规范一个时期的文学时，它与文艺思潮便具有同等重要的意义。以“三曹”为核心的建安文学是一个具有共同审美趣味、类似艺术风格的文学流派，它不仅成为建安时期文学创作的主导方向，而且代表这个时期的文学思潮，除了“建安风骨”没有其他独具风格的文学流派能左右一时代文学的共同审美趋向。以赵树理为代表的山药蛋派，其共同的思想倾向、审美趣味和大众化民族化方向，既体现了毛泽东文艺思想又左右着以延安为中心的解放区文学发展的趋向，从特定意义上讲山药蛋派与工农兵文艺思潮具有同等重要性。二是多种文学流派汇成一股相似或相同的文学思潮，共同主宰着一个时期的文学发展。在文学发展的某些时期里，存在着风格迥异的多个文学流派，但却有着共同的思想倾向和相似的审美把握原则，形成一种相互竞艳的艺术局面，所汇成的文学潮流对这个时期文学的发展起着重要作用或导向作用。明朝后期文坛上出现的公安派和竟陵派，是两个艺术风格有差异的文学流派，但它们却有着相同的人文主义思潮作为思想基础和"性灵说"文学观念的哲学根基，在表现人的性灵或个性、抒写内心的真情实感、"不拘格套"的形式美追求上以及反复古反摹拟上却有着相似相同性。这两个文学流派不仅给明代文学增添了新的色彩，代表着一种新的审美意向，而且为中国古代文学向现代文学转换埋下了"最初的基因团"。三是文艺思潮与文学流派出现了立体交叉的局面，一个时期文学思潮多元并存，文学流派林立，审美情趣多样，艺术风格各异，思想倾向差别很大，这在"五四"前后表现得尤为突出。鲁迅曾说："新文学是在外国文学潮流的推动下发生的。"①五四时期为适应思想大解放、文体大解放的需要，"西欧两个世纪所经历过了的文学上的种种动向，都在中国很匆促而又很杂乱地出现过"，"浪漫主义、现实主义、象征主义、新古典主义，甚至表现派、未来派等尚未成熟的倾向都在这五年间在中国文学史上露过一下面目。"②这些多元杂陈的文学思潮如同一个大磁场，深深地吸引着众多具有不同审美追求的作家，他们可以任意地选择，尽情地"拿来"，从纷繁的外来文学思潮中汲取营养，有的以某种思潮为主兼及其他思潮，有的在各种思潮中撷英，有的抓住一种思潮不放，有的不分良莠都拿过来，但目的都是为了创造中国新文学，并形成了花样繁多的文学流派，使二十年代新文苑的流派林立，呈现出立体交叉的艺术形态。

文学流派所具有的客观性、动态性、地域性、民族性、审美趣味的趋同性、艺术风格的类似性、文艺思潮的共振性等多种基本特征，既是外现的又是内在的，它们之间有着深刻的内在联系和辩证关系，使文学流派成为一个有机的多维的艺术整体，也是一条和谐运转的不断旋升的艺术生物链。别林斯基曾说过："一个诗人的一切作品无论在内容和形式上怎样分歧，还是有共同的原貌，标志着仅仅为这些作品所共有的特色，因为它们都发自一个个性，发自一个统一而不可分割的我。"③一个作家的文艺作品尽管千姿百态，风格各异，但由于创作主体

① 《集外集拾遗补编·〈中国杰作小说〉小引》。

② 《中国新文学大系·小说三集·导言》。

③ 《别林斯基论文学》。

"我"的存在却能使作品在整体上具有共同的特征和统一的色调;个体作家尚且如此,那么群体作家更应该如此。对群体组成的流派来说,虽然个体作家的整体风貌构成了流派的个性差异,但由于这个流派的作家群共同承受着感应着熏染着特定历史条件下同一民族或同一地域的某种思潮、某种文化、某种风俗、某种习惯等,也必然产生一种相似相近的"共有的特色",这就是文学流派的整体面貌和风格标志。

一个极为活跃的生命流体

文学流派所具有的动态性已标示出它并非是个超稳定的审美结构,故动态性则应是文学流派的基本特征。这就决定着文学流派的生命在于流动,在于嬗变。如果作静态考察,我们尚可把握住每个文学流派审美形态和艺术风格的相对稳定性;如果作动态审视,我们便会发现文学流派始终处在嬗变中,它们是一群极为活跃的生命体,似乎其生成消失既无规律可循也无规范约束,这种嬗变性越是到了二十世纪中国文学轨程中越是显得突出。从晚清文学改良到"五四"文学革命这中间虽然尚未出现严格意义上的新文学流派,但在"小说界革命"、"诗界革命"、"文界革命"、"戏剧改良"号召下形成的政治小说作家群、谴责小说作家群以及出现的"新体诗"、"新文体"、春柳社、南社等,都具有新文学流派的雏型。从"五四"文学革命到三十年代中期,文坛上究竟涌现出多少文学流派,至今众说纷纭,沉浮不定,变化迅猛,难以把握。比较认识一致的文学流派,至少有初期白话诗派、自由诗派、新格律诗派、新月诗派、普罗诗派、大众诗派、人生派、艺术派、语丝派、现代评论派、京派、海派、象征诗派、新感觉派、论语派、革命文学派、无产阶级文学派、社会剖析派等。这些新文学流派错综交叉,变化无穷,大派套小派,派中有派。从抗战爆发到"文革"前夕,文学流派嬗变的步伐虽然放缓,但也出现过"七月诗派"、"七月小说派"、"九叶诗派"这样一些有影响的流派,还有"新浪漫派"和"社会言情派"这种特异的文学流派面世,解放区形成的"山药蛋派"和"荷花淀派"一直延伸到建国后"十七年"和新时期的文学发展中。特别是党的三中全会以来,随着改革开放的深入,新时期文学流派显得异常活跃,要认清它们的面貌,把准它们的审美特征,颇有"不识庐山真面目,只缘人在此山中"之感。这除了因为距离近、现实性强影响我们识别众多文学流派外,恐怕主要因为它们变化太快,动态性过强。它们不是各领风骚几十年或几百年，而是几个月或几年，并且不断地在变动中进行着多层次的交叉和融汇，这越发给新时期文学流派的研究带来了困难。虽然有的评论者认为新时期的文学没有定型的流派，但是不少研究者还是从流派的角度进行了认真的也是探索性的研究。有的认为新时期文学流派主要有“纪实文学”、“寻根文学”、“荒诞魔幻文学”、“特区文学”，这是把思潮与流派交汇为一体所作的综合考察；有的研究者从流派的风格或题材等方面考察，认定“朦胧诗派”、“京味小说”、“海派话剧”、“岭南散文”、“西部文学”、“军旅文学”、“西南乡土派”、“北大荒文学”、“市井文学”、“意识流文学”、“寻根派”、“纪实派”、“文化派”、“民俗派”、“荒诞派”、“怪味文学”、“心态小说”等流派，都从不同层面秉承了文学流派的主要因素和 基本条件；甚至有的研究者认为置身于现实形态文学流派之中 去认识现实形态文学流派这是很难做到的，或者说是徒劳的。认识如此的分歧，这本身就说明越到世界文学大交汇大撞击的 现当代，文学流派的变动性越大。这不只是表现在中国现当代 文学流变中，西方现代派文学嬗变之快简直令人眼花缭乱，目不暇接。如果把现代派文学艺术比作母系统. 那么它的子系统就有印象派、象征派、先锋派、抽象派、达达派、荒诞派、野 兽派、意象派、立体派、未来派、表现派、新感觉派、意识流 派、新浪潮派、黑色幽默、存在主义、超现实主义、魔幻现实 主义、精神分析主义等三十多个。这些子流派的成员在变化中不断进行新的组合，有的只存几个月就消失了，有的流派的作 家群从来没有固定的成员，甚至有的流派横跨欧美和日本。一言以蔽之，文学流派是一个极为活跃的生命流动体。流派为什么如此活跃，如此嬗变，这倒是值得深入探讨的问题，也是我 所感兴趣的重点。

从一般意义上说，文学历史是一部永远活着的生命流动史，文学流派则是其中的极为重要的有机组成部分，它以不断更新的姿容装扮着文学的大千世界。从文学史的角度来看，文学流派是在一定的社会生活和文化条件下，和整个文学系统演变有着密切关系的作家群体的自觉或不自觉的组合，它的变迁起伏是文学发展总链条上的最活跃的一环，虽然它的出没是文学发展中的一种带规律的现象，但是它又以非自觉、非人为、非组织的自然组成形态为多数。建安文学作为一个文学流派就是自发形成的，并非曹氏父子发号施令的结果。正如钟荣在《诗品》中所说：“降至建安，曹公父子，笃好斯文；平原兄弟，郁为文栋；刘桢、王粲，为其羽翼。次有攀龙托风，自致于属车者，盖将百计。彬彬之盛，大备于时矣。”如果曹丕对建安文学曾有过评论和奖励的话，那么唐宋豪放派的形成则完全是自发的非自觉的。李白飘逸兼豪放的诗风到了苏轼、辛弃疾诗词中达到顶峰，其势如“大江东去”，金戈铁马，继之张元幹、陈亮、刘过等又秉承了豪放派的风格。文学流派在文学系统的演化过程中之所以能够自然形成而又不知不觉地进行嬗变，归根结底应先到社会这个大系统中去寻找原因。从社会学的角度来看，文学流派属于一种社会生产的自然现象，既不属于作家群体的随意创造更不是文学史家主观圈定的，它的存在和发展有其历史的合理性和必然性。“当一个群体的成员都为同一处境所激发，并且都具有相同的倾向性，他们就在其历史环境之内，作为一个群体，为他们自己精心地缔造其功能性的精神结构。这些精神结构，不仅在其历史演进过程之中扮演着积极的角色，并且还不断地表述在其主要的哲学，艺术和文学的创作之中。”①文学流派，可以说是具有相同倾向的群体作家在社会性的生产活动中自觉非自觉地缔造的“精神结构”。虽然文学创作是一种完全个人化的精神生产劳动和自由心态的显现，但这种个人性的精神生产和个体创作心态必然同特定历史环境下的社会生产和社会心理发生或明或暗的联系，文学作品蕴含的思想情感既渗透着某种群体意识和人类相通的情感因素，又是社会生活各种因素相互作用相互融合的结晶。由于任何一个作家进行精神劳动都是在特定的具体社会环境里，而创造的文学作品又是作家与其所处的各种社会关系进行交流的一种形式。因此这些实际性的各种社会关系、思想关系、情感关系和艺术关系便构成了作家创作的群体关系和独特氛围，使作家的创作不知不觉地便有一种趋同倾向——或者补充一个群体的文学，或者迎合一个群体的文学，在对社会各种生活和各种文学进行自我选择时也在进行着一种群体选择，并置身于群体之中共同营构文学流派。虽然任何一个文学流派的变动都与整个社会的经济、政治、哲学、宗教和道德等发生着具体而奇妙的联系，而且在这种奇妙的联系中张扬了作家群体创立文学流派的内在主动性；但是还必须看到，一些作家趋向一种群体的文学并非都是主动的自觉的，实际上往往是带有被动的非自觉的性质。即“他们在既定的范围内成功地创造了文学（绘画、音乐或概念的，等等）作品，创造了一个想象的、连贯的、或几乎严格一致的世界，而这个世界的结构又与集团整体的趋向相一致”②，这便是文学流派存活的共同纽带。这种被动的非自觉的趋同倾向，是各种不断变化的外在社会条件和社会力量对文学形成的一种特殊的挤压力和威

① 吕西安·戈德曼著《文学社会学方法论》第46页。

② 《文学社会学方法论》第183页。

逼力，把一些作家诱到或挤到同一条轨道上，同一种氛围中，同一种规范里，塑造群体的美感形象和艺术风貌。因此可以说，社会历史生活的发展在无意识中构建着不同的文学流派，使不同艺术风格和创作特点的作家在特定历史条件下不知不觉地实现个性与共性、个体与群体的偶然结合而成为一种必然；同样，社会生活的变动所激起的浪花和冲击波也不知淹没和淘汰了多少文学流派，使那些与生活激流逆向的作家群的集结成为一种不可能。既然文学流派嬗变与社会生活有如此密切的关系，那么中国古代文学进程中的流派演变相对来说之所以比较缓慢，这正好说明了社会生活的变动是文学流派变动的最根本原因。从总体上看，中国古代文学处在一个超稳定的社会结构中，社会各种生活的变化比较缓慢，它从根本上制约着或限制着文学结构变化的速度，当然也牵掣着文学流派的形成和发展，这仅是相对而言；其实古代社会生活也在不断变化，有些历史阶段变化得快一些，有些历史阶段变化得迟缓一些，这种或快或慢的变化都在文学流派的嬗变过程中留下深浅不一的辙印。发生结构主义认为，"人类现实就呈现为两面化的过程：旧结构的消解和新整体的构成。这些新整体有能力产生能够满足各社会集团提出的众多新要求的平衡。"[①]文学流派作为一个审美结构是有新旧之分的，它既能适应社会某些集团审美的新需求而产生新结构，也能随着生活的变化不适应社会某些集团的审美要求而成为旧结构，或被新力量冲破，或自行消解；但是不论新结构的生成或者旧结构的消解，其关键都在于人类社会的实践活动以及产生的众多新要求（当然也包含审美要求），而这种社会活动和社会生活要求所形成的物质与精神的合力可以改变着世界，"既消除旧的不相适的平衡，又产生趋向于终将再被取代的新的平衡"。中国古代社会进入近现代其稳固的旧结构全部解体，各种社会生活发生了深刻的变化；特别在新旧社会交替的"五四"时期，人们蕴藏的潜能获得空前的释放，不论精神创造力或艺术创造力都无比旺盛，人们的审美趣味和审美追求随时发生变换，新的审美原则不断取代旧的审美原则，导致人们的审美心理和审美思维发生重大转折。为消除人们因社会变动和生活变化所激发的新的审美要求与旧文学结构的"不相适的平衡"，作家们在活跃的充满生机的艺术实践活动中适应现实社会种种不同的审美需求结成一个个流派群体，使人们的审美心理趋向新的平衡。由于"五四"以后社会剧烈动荡、生活变化节奏加快，人们的审美要求

---

① 《文学社会学方法论》第 179 页。

和审美趋向也随之变化多端，这就必然造成整个社会审美心理的动荡不定，反映到文学流派的运动上便出现了眼花缭乱的艺术局面。历史推进到社会主义新时期，文学流派层出不穷，千姿百态，这种极为活跃的艺术气氛和创作局面说到底还是因为改革开放以来整个社会生活发生了翻天覆地的变化。在新的政治因素、新的经济因素和新的文化因素的交互影响和作用下，各民族的心理结构正在发生深刻变化，而社会审美心理的变化则更敏捷更强烈一些，人们再不满足那种耳提面命式的或传声筒式的文学艺术，迫切要求审美内容的深邃化、审美形式的多样化、审美格调的现代化。为适应社会精神生活的多种多样的审美要求，不同色彩不同姿态的文学流派便应运而生。从整体上看，越到近现代社会文学流派的嬗变越快，这与社会生活的律动深刻地联系在一起。

社会学必须把社会作为一个整体来考虑。文学流派的形成或消解虽然总根源在于整个社会结构的变动，然而最直接催动和影响文学流派嬗变的却是社会文化思潮。即有什么文化思潮就有什么文学思潮，而文学流派则是文学思潮的产物，并反转过来又推动文学思潮。因此，文学史上出现的任何文学流派无不以某种文化思潮作为思想源。哪个历史时期文化思潮活跃，往往文学流派就活跃；哪个历史阶段文化思潮单一停滞，常常文学流派匮乏僵化，这是一种规律性的现象，当然不能把它绝对化。中国传统文化的构成由儒佛道三家思想，它们经过相互斗争而又相互融合的过程最后达到三教合一，成为中国古代特有的“三位一体”的文化思想结构。这就决定了中国传统文化有着极强的求同性，它既是文学流派易于构成的思想根源也是旧文学流派不易消解的文化根基。因此在那些儒佛道三家文化思想的活跃时期，文学流派也相当活跃。唐代是我国古代文学极为繁荣的时期，这与文化思潮的活跃关系甚大。唐代在文化思想上采取一些比较开明的政策和措施，并不像汉代把儒教孔学定为一尊，他们对庄老思想格外青睐，不只是因为老子是唐王朝本家，封其为“太上玄元皇帝”，把《道德经》和《庄子》定为士子必读之书，使道家思想得以盛行；并且对于佛教亦积极提倡，曾派遣高僧玄奘和义净等赴印度取经，把佛家思想引入中国；对于自西域传入的祆教、景教、摩尼教和伊斯兰教等，也任其在国内传播。这种在学术上的兼收并蓄政策带来文化思想上的百家争鸣的局面，无疑地也使知识分子扩大了视野，活跃了思想，因而促进了文学艺术上的百花齐放和各种流派的形成。如从杜甫到白居易的现实主义诗歌流派是以儒家思想的积极入世哲学为其思想基础的，以李白为代表的浪漫主义诗歌流派明显地受了道家思想的影响，以王维为代表的田园山水诗派的思想基础渗入了佛老思想的因素，以韩愈为首的古文革新派也是以儒家思想为指导。但这种判断都是就其主导倾向而言，其实各个流派所受的思想影响是错综复杂的，很难梳理得清清晰晰。这里不想赘述，只是强调一点，文化思潮的活跃必然带来文学流派的活跃，文学流派若失去文化思潮就如同无源之水，是会枯萎的。到了明中叶以后，随着资本主义经济的萌芽兴起了以李贽为代表的人文主义思潮，虽然这个时期以儒教理学为核心的传统文化思潮仍占主导地位，反映在文学上则有前后“七子”的复古派，然而人文主义毕竟是一股新潮流，它是有无限生命力的，与此相适应在文学界便出现了与复古派相对立的公安派和竟陵派，它们大都以人文主义思潮作为其文学主张和文学作品的思想基础。大凡明朝以后，正统的儒家文化思想成为文学界形形色色的复古派或拟古派的护身符和救命圈，而新生成的文学流派（代表社会发展趋向或人们新的审美理想）无不受到与传统文化意识相悖的新思潮的滋养和导向。越是到了近现代，新文化思潮越是同新文学流派结下不解之缘。从晚清文学改良到五四文学革命短短几十年，中外文化思潮经过频繁的大冲撞大交汇，新思潮如同决堤的洪水汹涌而至，使各种主义与思想的发展，像雷奔电驰似地越过了欧洲思想演进成熟的数百年行程；而在这个行程中出现的民主主义、人道主义、无政府主义、改良主义、基尔特社会主义、实用主义、新村主义、社会主义等思潮，以多元的形态模式交错纷纭地杂陈于我国现代文化思潮阵地，与中国封建文化思想形成了总体上的对立。经过五四文化革命，古有的传统文化思想结构已解体，而新的文化思潮正在意识形态领域显示出不同的优势和威力，同时也暴露出某些新思潮自身的弱点，唯有马克思主义思想在与多种思潮的相互补充相互对立相互较量中而逐步成了社会文化主潮。在古代与现代不同性质和形态的文化思潮中，知识分子在整个社会系统中起的作用已发生了本质的变化。所谓“士”这个阶层在古代超稳定的社会结构中，主要的作用是维护封建精神统治，成为一种封建正统思想的黏合剂，致使以正统思想为基石结成的文学流派总摆脱不了“代圣贤立言”或“文以载道”的规范，就连明代出现的人文主义思潮的代表人物或形成的文学流派也不想从根本上动摇封建统治；但是“五四”以后的现代知识分子却不崇拜心中原有的一切偶像了，他们从西方寻找到新的思想武器，其中大多数人成了封建文化思想体系的破坏者和批判者及新文化结构的创造者和建设者，虽然他们在“反封建文化思想”这个总目标上有一定的一致性，但由于选取的新文化思潮和建构新文化的思想有所不同，特别是各种新思潮的代表人物有分歧，致使他们之间又出现了不同分野，并结成了不同文化派别。实际上中国新文学史上不少文学流派带有文化派别的性质，也有不少文化派别包含着文学流派的内容，这是中国新文学流派的一种特色。这是因为社会文化思潮和文学思潮密不可分，文学思潮是社会思潮的有机构成部分，尤其“五四”以后出现的新文化思潮与新文学思潮如胶似漆般地结为一体。民主与科学开启了中国新文化运动的闸门，激荡的社会文化思潮把文学革命的风帆导向充满希望的航线，从此中国新文学流派的兴衰流变总是直接或间接地与文化思想战线上的风云变幻联系在一起。从进化论到阶级论，从唯物主义到辩证唯物主义，从民主主义到社会主义，从人文主义到革命人道主义，从文学革命到革命文学直至文艺界抗日民族统一战线的成立，几乎社会文化思潮变动一次就带动文学思潮变动一次，都会引社会文化心理和审美心理的大变动，促使作家的审美趋向和思想导向乃至作家队伍进行不断地大调整，一些不适应的文学流派在无形中烟消云散或销声匿迹，新的文学流派便雨后春笋般地冒出来。不仅在新旧文化思潮的不断激战中，出现一批文学流派作为对阵的营垒，这在二、三十年代较为活跃；而且新文学阵营内部由于文化思潮、文学观念的分歧也能产生不同的文学流派；并且这些新流派之间也往往斗得难解难分，有的是两种不同性质文化意识的斗争，有的则是“行帮意识”、“小团体主义”或“宗派主义”之间的争斗，当然归根结蒂还是因为所接受的新文化思想和文学观念不同。如文学研究会为代表的人生派与以创造社为代表的艺术派曾一度“对立”得很厉害，甚至发展到人身攻击，从表面看似乎是文人相轻的“意气之争”或是宗派主义之争，实质上还是文化观念和文学主张的分歧。这一切都雄辩地证明，文化思潮与文学流派是联结在同一条生命带上，它们的嬗变沉浮几乎是同轨同步的；现当代文学流派比古代文学流派产生得多、变化得多，重要的原因是现当代社会思潮纷纭复杂、变幻迅猛、汹涌激荡。

从流派自身的功能结构来看，它是个拼合状态的浮游式的文学群体，缺乏严密的组织机制和强固的制约功能。不论它的生成或解体在多数情况下都是依靠生活和艺术的天籁之力，所谓“钟灵毓秀天自成”是也；即顺应社会环境的变化、文化思潮的变动和艺术规律的推移，某些志趣一致、气味相投的作家自然而然地聚合在一起，随后又自然地解散了。这是文学流派变化快的重要内因，中国古代文学流派大多是属于这种类型；现当代文学流派这种拼合状态的作家群体也位数不少，象征诗派、新感觉派、京派、东北作家群、九叶诗人以及新时期的文学流派，无不是自然生成自然消散、无拘无束、分合自由的。除此，现代还有两种主要类型的流派：一是以某个文学社团和某种相似相同的文学观念为旗帜组成的同人作家群，如人生派、艺术派是典型的这类文学流派。虽然他们在组织上比较散漫松弛，自由组合而成，“本无所谓一定的目标，统一的战线”，也缺乏共同的政治思想基础；但是他们却有相近相同的文学观念，并有一个文学团体为核心。人生派就是以文学研究会为核心、以“为人生而文学”为旗帜，团结了一大批知识分子形成一一个庞大的文学流派，他们大都具有关心现实人生、反对黑暗势力、寻求人生光明的共同创作倾向。他们在对复古派的斗争、鸳鸯蝴蝶派的批判以及与创造社的论争中能够互相配合，观点基本一致，并能利用社团流派的力量出刊物印丛书，为流派发展造声势。这类文学流派虽然比第一类稍微稳定些，但毕竟处于松散无序状态，没有什么凝聚力，变化也相当快。二是以具有特定政治目的组成的文学社团为轴心形成的文学流派，如三十年代的“革命文学”流派、左翼作家群等属于这种类型。左翼作家群从流派的角度来看，是以“中国左翼作家联盟”这个文学团体为中心组成的；而“左联”作为文学团体又不同于文学研究会和前期创造社，他的成立是出自政治的需要，并得到中国共产党的帮助和指导，其内部设立党组以具体领导左联工作，并能团结鲁迅、茅盾等一大批有影响的作家，他便成为三十年代中国文坛上最有影响的文学团体或流派。这类文学流派较之前两类稳定一些，共同的政治思想基础比较牢固；然而由于他处在黑暗势力的包围之中，内部又存在着关门主义、宗派主义倾向以及文艺思想上的机械论，因此左翼作家群的变化也相当迅速，不但成员变得快，而且到了1936年春整个“左联”都解散了。这固然有时代的原因，左翼作家队伍内部的原因更不应该忽视。总之，不论哪种类型的文学流派，其自身的功能结构都不是很严密很健全，稳定因素少于不稳定因素，易变性大于不变性。这是就流派本身的总体结构而言，那么作为构成流派的每个作家也是极为活跃的因素，其思想认识、审美理想、艺术追求、文化素质和创作风格等始终处在变化之中，不断创造，不断发现，不断前进，永远不会停止在一个水平上，这就必然带动整个文学流派的变化。每个作家的审美心理定势是一种不断变化着的动态心理现象，它一方面受制于主体的社会、政治、道德、哲学观念的影响，特别是人和社会的因素影响着创作主体的审美心理结构的强度和趋向，一旦主体对人与社会的使命感被激活就能融成喷薄而出的激情，使之走向自由选择的境界；另一方面在于流派与构成审美心理定势的各种潜在因素息息相关，不论是文化修养的不断提高、艺术素养的不断积累或者是个人气质的不断变化、人生经验的进一步丰富,都能潜移默化地推进它的转变。因此作家这种动态型的审美心理能汇涌出强大的无意识力量,既能左右着他的创造品格又能支配其审美心理趋向。当着作家的审美心理定势被某种社会思潮和人文思想所激活而重新进行审美选择的时候,他就有可能摆脱原来的文学流派或参与同自己审美趋向一致的流派或组织新的流派;即"感受一经触发,它就搅拌着深层心理结构所具有的种种原因素,使之发酵变化,进而促使原来的静态格局的变化,使之转变为一个新的格局"①。这表明原来的审美心理定势既已发生变异,于是由顺应走向新的平衡,形成新的审美心理定势,要求艺术创造力得到外化,并寻找一种新的构成形式。如果创作主体的审美心理定势发生变异后所形成的新的审美趋向与其所在的文学流派的主导审美趋向,仍保持相当的一致性,那就有利于原流派的发展和深化。从文学史的发展来看,一个流派的嬗变常常取决于该流派的核心成员的变化,如果核心成员变化不大,那么流派的基本风貌尚能保持,其命运也会稍长一些;如果骨干成员变化快,那流派的命运就短,其影响很快便在文学史上消失了;甚至有些文学流派的艺术风格和历史命运,几乎是由一两个作家决定的。

促成文学流派不断变化不断更新的原因,除了社会生活、文化思潮的变化激发了流派本体和作家主体的变化外,还应该从流派自身的肌体和机制中进行探讨。马克思曾指出:"人们自己创造自己的历史。但是他们并不是随心所欲地创造,并不是在他们自己选定的条件下创造,而是在直接碰到的、既定的、从过去继承下来的条件下创造。"②不仅任何一种个体的创造都无法摆脱与一种"共有的"历史文化遗产的千丝万缕的联系,同一种历史意识的纠缠,而且文学流派的产生及其变化也离不开历史文化遗产这块天然的基础,即任何流派的孕育萌发和生成都有个母体和深深的"根",任何流派的嬗变也只能从这根基上逐步演化。因而文学流变离不开它本身的承续性和弘扬性,这可以说是其演变的内在机制。如果流派缺乏承续机制就不可能从旧文学群体发掘出有利于新文学群体形成的最初的"基因团",没有"基因团"就不能"结合"成新结构;如果流派缺乏弘扬机制就不可能使文学流派的新因素循着既定的方向得到弘扬,新因素得不到弘扬,既不能深化既成的文学流派也不能使之后继有嗣。总之,承续

① 钱中文著《发展论》第134页。
② 《路易波拿马的雾月十八日》。

性使文学流派来之有源，变之有本；弘扬性使文学流派弘之有向，扬之有继，这两种机制同构于文学流派的肌体中，对文学流派的嬗变起着承前泽后的重要作用。五四时期的“新青年”派是个综合型的文化派别，如果从文学流派的角度考察，实际上它蕴含着一个文学流派，遂之出现的人生派、乡土派等既是对新青年派的承续又是对它的弘扬，既是延伸又是发展；从象征诗派到现代诗派、九叶诗人也是个前承后续的嬗变过程。“荷花淀派”从孙犁延伸到刘绍棠、丛维熙、韩映山等也是承前传后的嬗变过程；当代新时期文学，从朦胧诗到意象诗，从意识流小说到诗化小说，都具有流派的嬗变性质。西方的魔幻现实主义是从后期表现派发展而来，这样在后期表现派与魔幻现实主义之间就有个继往开来的嬗变过程。由于文学流派具有承续性和弘扬性的内在功能，所以它的美学形态和艺术风貌随着整个文学的进程在不断发生承前启后、新陈代谢的变化，并且遵循艺术规律和美学法则在演变，这就使文学流派成了美学流程中经常出现的艺术形态，不断地丰富和发展着文学画廊。

矛盾就是生命，生命在于运动。由于文学流派在矛盾中生成又在矛盾中发展，在运动中分化又在运动中组合，致使它成为文学母系统中极为活跃的充满生命力的子系统。正是这种不断运动不断变化，给予创作主体及其所属的文学流派以盎然的生机，实质上这是推动文学发展的内在活力。试想，如果作家的艺术创造力和锐意探索精神以及勇于开拓的魄力得不到最大的发挥，文学上就不会出现那么多花样翻新的文学流派，也不会出现文学流派的反复嬗变。可见，文学流派不断变化是创造性和开拓性的象征，是勇往向前的足迹；假若某个历史阶段缺少文学流派的嬗变，那么文学的生命力和创造力将面临枯竭，文学的发展也将进入停滞状态。所以不间断地变化和运动不会妨碍文学流派的发展，只会给流派充实活力和生力。

形态论 二十世纪中国文学流派的演变态势

如果说中国古代文学流派的生存与发展尚处于一个较封闭的生态环境的话，那么新文学流派的生成和演进则处于一个较开放的生态环境。因此仅从这外在的生态条件和氛围来考察，便会发现新文学流派的演变趋势及美学形态异于古代文学流派的发展轨迹和总体风貌。古代文学流派主要沿着时间推移的纵向航道，通过代代相传辈辈相因的秉承和革新而形成文学流派的艺术风格；当然这样说并不否认中国古代文学流派的形成在横向上也曾受到印度等异族文化的影响，比较明显的是唐代某些流派得到佛教的渗染，不过这种渗染带有单一的纯粹的色调。中国新文学流派的形成和发展虽然割不断与传统文学的脐带，排斥不了古代文学的"遗传基因"，然而它的生成与演化主要是与横向文化的联结，即是在外国文化的渗透与影响下实现自身的变换的。在任何作家的创作实践和作品本身都潜藏着形成流派的条件和基因，在中国古代的文学生态环境中这些"条件和基因"孕育成的文学流派，往往是对同一文化传统的和美学风格的延展和深化，趋同性大于变异性；而现代文学流派所处的开放的生态环境，是外国多种异质文化的交相混杂，作家根据自身潜在的形成流派的条件和基因所作出的主体选择，不能只考虑传统文化发展的轨道，而主要应在异质文化系统的不断冲击不断超越不断调整中形成新的流派意识。由于中国文学长期受封建政治观、道德观和文学观的禁锢和毒害，一旦获得解放便迸发出无限的创造力和多向发展的要求，面对着全新的生态环境，对汹涌而至的五光十色的域外文化思潮，表现了广阔的艺术胸怀和博采的文化视野，似乎外国文学中的各种文化因素和美学因素都可以为发展我国新文学所用，中国新文学的生成与发展不是凭借一种域外文化思潮和一个外国文学流派，而需要汲取多种主义和多种文学。这不仅给新文学流派的形成与发展带来多种的选择取向，也为新文学流派的演变展示出独特而又壮阔的路径。对古代文学流派发展态势的描写，以“言志”或“言情”作为标准来审视可以，以“主情”或“主实”作为尺度来考察也可以，以“复古”或“革新”为准绳来衡量也可以；但它们对二十世纪新文学流派演变趋势来说却显得单一化，并不能揭示出新文学流派的复杂而又多变的进程。以前西欧文学家常常以希腊文化重“肉”和希伯来文化重“灵”的传统标准来论述其文学流迁，他们认为古典主义文学流派“肉”是主要的，代之而兴的浪漫主义文学流派“灵”占主要地位，自然主义崛起又是以“肉”为主，继起的新浪漫主义流派又是“灵”占主要的，显然灵与肉的相互交斗便能促进文学流派的变迁，这种描述线索清晰分明，但流派的丰富形态及其曲折变化轨迹却展示不出来。较之中国古代文学流派或西欧文学流派，我国新文学流派的进程更为错综复杂，因此机械地借用西方文学流派或古代文学流派的审视角度和描述方式难以显现出新文学演进的本来面貌。标准应该来自历史过程，方法必须切合历史本身。

首阶段：文学流派异采纷呈

从十九世纪末二十世纪初中国文学朝着现代化变革开始，新文学流派便开始萌芽。以梁启超为代表的文学改良派，虽不算严格意义上的新文学流派，但却蕴含着构成新文学流派的因素和条件。不仅在“小说界革命”的号召下出现的政治小说作家群、谴责小说作家群带有流派的色彩，而且梁启超在论述小说与群治关系时还对写实派小说和理想派小说从理论上作了界定，只是他的重功利的小说观及其创作实践偏离了艺术轨迹，以政治性压倒艺术性、以功利性压倒审美性，妨碍文学流派遵循自身规律发育成熟，王国维也有过理想派造境、写实派写境的理论概括，但对小说流派的形成没产生多大影响。“诗界革命”是对晚清“同光体”的直接反拨，黄遵宪、康有为、梁启超等开创的“新体诗”传统具有更多的新文学流派的因素。在内容上新体诗蕴含着一定量的现代意识，正如梁启超的诗所云：“我所思兮在何处，卢（卢梭）孟（孟德斯鸠）高文我本师。”毫无疑问，新启蒙思想注入了新体诗的意境，发出了“万千心事凭谁诉，诉向同胞未死魂”的呼声。他们主张诗体形式革新，反对因袭模拟，提出“我手写我口，古岂能拘牵。即今流俗语，我若登简编”①的革新宣言。这些所谓新派诗人大都团结

① 黄遵宪：《杂感》。

在“诗界革命”的旗帜下，有着相同的社会理想和美学理想，在文艺变革的目标上比较一致，艺术趣味和爱好比较一致，采取的创作方法比较相似，历史地形成了一个新诗流派的雏型，真所谓“诗潮千变世方惊”。但从历史的联系上来看，“诗界革命”这一思潮影响下的新派诗的确存有一定程度的改良主义性质，没有完全摆脱旧诗传统的束缚，还保有旧形式和旧风格，所以“新体诗”派算不上具有完全现代意义的新诗派。不过从毛泽东的新诗应当在“旧诗词和民歌的基础上发展”的观点来看，晚清新派诗也是对我国诗歌艺术的变革所进行的积极探索。随着历史的前进，“生育于此种‘学问饥荒’之环境中，冥思枯索，欲以构成一种‘不中不西，即中即西，之新学派，而已为时代所不容”①；及至辛亥革命时期，带有更加明显的革命性质的新文学流派南社，便登上中国诗坛。南社主张文艺应当有为而发，反对模拟复古。高旭曾说：“世界日新，文界、诗界、当造出一新天地！”②这可视为南社文艺变革的宣言，他们以文学为武器来弘扬“气节”呼唤“国魂”，在诗歌方面继承了“诗界革命”的传统，把诗歌作为“唤醒国民之精神之绝妙机器。”③他们的诗歌充满了反帝反封建的批判意识和抗争意识、忧国忧民的爱国意识和忧患意识，以及要求个性解放呼唤自由平等博爱的现代意识；洋溢着浪漫主义诗情，以幻想夸张的浪漫手法直抒胸臆，让炽烈的感情通过豪言壮语抒发出来。但在诗歌艺术上的革新并不多，基本沿用传统旧体诗歌的形式，虽然熔铸一些新理想、较多使用白描手法，但仍有不少旧典故、旧词语、旧句法，并受旧格律束缚，即使那些形式比较自由、语言比较通俗的诗歌也没有超越梁启超、黄遵宪等所开创的“新体诗”传统，缺乏发展新诗艺术的自觉性。南社早年作诗最不受旧格律限制的著名诗人高旭曾说：“然新意境、新理想、新感情的诗词，终不若守国粹的、用陈旧语句为愈有味也。”④足见南社革命派诗人有一种只革新内容不革新形式的保守倾向，固守旧格律旧风格，在古人的艺术圈子里翻筋斗，走着一条二律背反的革新道路，所以很难将他们的诗艺发展为一个具有现代审美特色的新诗流派。至于民初出现的“礼拜六”派是个庞杂的文学群体，从艺术追求和审美趋向来看显然是对晚清盛行一时的那些过分重功利的文学流派的反拨，强调文学的审美怡悦性和娱乐性，但由于强调得过了头，走

① 梁启超：《清代学术概论》。
② 高旭：《愿无尽斋诗话》。
③ 高燮：《溆铁和尚遗诗序》。
④ 高旭：《愿无尽斋诗话》。

上为娱乐而娱乐、为消遣而消遣的趣味主义道路；而且对文学的审美内容和审美形式并没有多大变革，虽然五四新文学先驱把它们视为“鸳鸯蝴蝶派”、“黑幕派”等，承认其具有流派特点，但却是批判其不良倾向，并指斥他们为旧派文学。今天究竟应该怎样评述这个流派且不论，有一点必须肯定，“礼拜六”派不是完全意义上的新文学流派。总之，“五四”以前的文学变革尚未形成强有力的新文学群体，集思广益地依靠群体的力量去打破旧文学结构的禁锢，完全按照自己的审美理想和美学情趣去选择去创造新的文学天地；作家们只能在旧文学的格局中进行局部变革，形成一些半新半旧的文学派别。五四新文化运动的蓬勃兴起，标志着晚清以来所有文学流派的终结，宣告了多元崭新的文学思潮像澎湃的海涛一样涌现在东方古国的广阔原野上，为新文学流派的产生和发展提供了丰实而开阔的源头活水。

文化型　新青年派孕育出的文学流派

如果说，“五四”前由于主客观条件还不完全具备，历史时机尚不成熟，只是出现些新文学流派的雏型，或者存有新文学流派的“基因团”；那么，到了五四时期不只是条件齐备且有新文化运动掀动的强劲东风，于是新文学流派如同雨后春笋般地从新文苑中冒出来，呈现出多姿多色的发展态势。

五四时期为文学流派勃兴提供的有利条件主要有：一是社会急剧动荡分化，新旧民主主义革命处在交替时期，各种新的政治因素、经济因素以及不同色彩的社会集团，为新文学的探索提出多种要求，也为文学群体的组合准备了物质性的依托。转折的时代既是觉醒时代又是痛苦的时代，既是毁坏的时代又是创造的时代，这种社会特征投射进人们的心理，会激起相似意向的社会情绪和相同倾向的社会意识，这是新文学群体形成而又共同组建文学流派的内在思想纽带。虽然新文学流派作为一种人文现象总是与社会意识联系着，然而如果占统治地位的社会集团或政治势力对社会意识进行强控制或推行大一统的强权政治和文化专制，那这样的社会环境也不可能容许意识形态的开放，没有开放的意识形态就很难滋生多样的文学群落。五四时期中国政局混乱，军阀争战，当权者如走马灯，上层社会只顾争权夺利，无暇顾及意识形态，反倒为新思潮的澎湃汹涌、新文学群体的组合、人们对社会意识和审美情趣的选择，提供了比较宽松的生态环境。特别五四时期是个空前开放的时代，与外国文学思潮、文学流派以及创作技艺的交汇、冲突、渗透、融合比历史上任何时期都活跃，都富有成效，而且新文学创造者对文学思潮流派的选取与其对文化思想的选择在趋向上基本一致，这就为文学流派喷薄欲出提供了可资借鉴效法的无比丰实的参照系统和无比开阔的文化文学天地。二是社会环境的宽容、政权干预的放松，各种新文化新文学思潮的传播媒介迅速发展起来。据史料记载，五四运动爆发后的半年内在全国就涌现出四百多种白话刊物，不论是文化性的杂志或是文学性的刊物都是积极传播新文化新文学思潮的重要媒介，仅从刊物的名称上便可以看出它们都突出一个“新”字，如《新青年》、《新潮》、《新社会》、《新中国》、《新生》、《新文化》、《新妇女》、《新气象》、《新潮》等，选取域外新思潮是它们的共同趋向和基本特征；但它们传播新思潮并非源于一种学说一种主义或一个社团一个流派，也显示出多方博采的倾向和丰富多姿的个性。尤其那些文学性的刊物如改革后的《小说月报》、《文学旬刊》、《创造》季刊、《语丝》、《莽原》、《浅草》、《沉钟》等，在传播中外文化文学交流的信息方面，具有快速集中的特点，各个杂志的共同倾向和个性特征显示得异常鲜明。这众多的形形色色的文化文学刊物的问世，使新文化新文学的传播媒介发挥了广造舆论、大造声势的重要作用，这不仅冲开了中国宗法社会那种封闭式由书香世家或私塾先生代代传递的纵向文化模式，而且使新一代知识分子（包括作家）通过各种杂志的横向传播和交流其文化意识和审美意识，在心灵上取得沟通、在情感上发生共鸣，以此为联络的纽带或互应的信号，既有利于增强同一群体作家的认同意识又利于加强不同群体作家的对比意识与竞争意识；尤其应该强调的是，不论文化杂志或文学刊物，都可以成为新文学流派产生和发展的重要阵地和适宜的温床。可见，传播媒介的迅猛发展为文学流派竞相涌现提供较好的物质条件和生态环境。三是与传播媒介或各种刊物迅速发展的同时，各种文化社团和文学团体纷纷成立，为着一个共同或相近的文化或文学目标，一群首先觉醒的知识分子走到了一起，把分散的新文学力量集中起来，形成了一个个新文化新文学群体，个体有了群体的依托和支持，在互相认同和互相鼓励中便可以发挥更大的力量。这种文化或文学群落的形成既是摧毁旧文化旧文学结构的需要，也是创建新文化新文学系统的需要。“最强的个性即是那种最与精神生活一致的个性，也就是说，在其积极性和创造性的各方面，最能与社会意识的根本力量相一致的个性”①。正是在这种意义上，可以把文学流派视为个体性与群体性的结合；而这一结合

① 《文学社会学方法论》第 17 页。

总是与社会意识联系在一起。虽然五四时期出现的文化或文学社团各有自选的新社会意识和文化思想作为精神支柱，但是以民主与科学为旗帜的民主主义或人道主义却是它们的共同社会意识，从文学的角度看“反对旧文学提倡新文学、提倡白话文反对文言文”则是它们共同的文学革命目标。为了实现共同的文学追求和人生理想，在新思想烛照下形成一个个新文化堡垒或新文学群体，团结了一批富有创造性的知识青年，吸引了一批有志于革新的文学作者，也培育了一批有个性的文化新人。因而蓬勃兴起的文化或文学社团则成了新文学流派形成的核心。四是新文学流派的形成固然是群体意识和趋同意识的产物，但是没有个性意识的觉醒和弘扬，新文学流派是不可能兴起的。如果个性完全被传统的文化模式或文学框架所桎梏，在艺术思维上总是墨守成规，在审美心理上一味地倾向于认同，缺乏文艺的独创性和文学的自觉意识，那只能因袭旧文学的流派传统，不可能创造新流派；只有个性意识获得彻底解放，艺术思维具有开拓性和创新性，在艺术上追求独特风格，这样才能以自己独立不倚的艺术个性去寻求并参与同个人审美情趣、文化意识相似的文学群体。五四新启蒙运动是个性意识觉醒的时代，由文学自觉推动流派脱颖而出，蔚成风气。

大多数研究者认定1921年成立的文学研究会和创造社为真正具有现代意义的新文学流派开始的标志，其主要根据是这两个文学社团是纯文学的，它们办的刊物也是纯文学阵地，这样便可以把文学社团和文学刊物作为纽带而结成纯文学流派。我既同意这种看法又不完全同意这种界定。且不论“纯文学社团”这个提法是否准确，我们如果对文学流派的内涵和外延不作机械的理解而能从新文学流派形成的实际路径和具体形态出发加以灵活把握，那么我认为真正的新文学流派是从综合型的文化社团和文化刊物孕育生成的。著名的《新青年》杂志和“新青年社”组合成的“新青年派”最早育成了“白话诗派”，并连同“新潮社”和《新潮》杂志育成了新文学早期的“人生派”；其他众多的文化社团和文化刊物虽然没有生成定型的文学流派，却为新文学流派的孕育生长准备了丰富的营养源和良好的“摇篮”。

“在某一特定的时代或在某个特定的瞬间，就有数不清的群体正在进行成千上万次的行动。而在这不可胜数的群体之中，某些群体却表现得特别重要，因为它们的行动和行为意欲于从整体上来组织社会。”①在“五四”这个特定时

---

① 《文学社会学方法论》第45页。

代所涌现出的数不清的文化文学群体中,“新青年”社是代表着整个时代文化精神和文学精神的群体,“新青年派”是左右着一切文化派别发展方向和新文化衍变趋向的具有母体功能的文化和文学流派。以《新青年》杂志和“新青年社”为中心形成的“新青年派”虽然从性质上说是个综合型的文化流派,其内涵极为丰富复杂,但是从系统论的观点来看这个具有母体性的流派却包含着多个子流派,而这些子流派大都具有新文学色彩,或者说是带有文学性质的流派。

从文学思潮的角度来看,新青年派中最大的流派是“文学革命派”,其主要成员有陈独秀、胡适、李大钊、钱玄同、鲁迅、周作人、刘半农等。作为一个文学流派,它的基本特征和艺术风貌应这样把握:以激进的姿态反对旧文学提倡新文学,在革故更新中获得了认同感,以白话文取代文言文、以新文学取代旧文学则是这个群体的自觉意识,它是整个五四时期文学革命的中流砥柱;总是将文化革命和文学革命有机地结合在一起,以思想启蒙带动文学革命,以文学革命推动思想启蒙,以“人的自觉”促进“文的自觉”,以“文的自觉”激发“人的自觉”,把“人本”与“文本”融为一体,使文学主张和创作实践具有鲜明的启蒙色彩;几乎不约而同地认定进化论是一切新文学观念的哲学基础,由此出发提出了白话文学、人的文学、平民文学等文学观,并依照西方文学由古典主义、浪漫主义、写实主义和新浪漫主义顺序进化的路线认定中国现阶段必须提倡写实主义文学,这是他们共同的审美选择和艺术追求;与此相联系,其文学创作体现出一种现实主义文学精神,以人道主义作为审美内容的灵魂,语言的白话化和文体的自由化则是审美形式的共同特点,表现人性觉醒、个性解放、人生苦难和民族危亡几乎成了他们共同的主题;刚刚从封建精神枷锁和旧文学镣铐中获得解放的主体艺术思维,在新文学初建过程中表现出一种强烈的自由探索精神,这种现代文学意识的获得既反映新文学先驱突破僵化的文学规范而跃进自由境界的开放洒脱的心态,又透露出文学自觉意识的进一步强化。这些基本特征足以说明“文学革命派”作为最早的新文学流派是有充分根据的。

从文体大解放的角度来考察,“新青年派”在文学创作方面造就了中国新诗发展中的第一个诗人群,即初期白话诗派,胡适、刘半农、沈尹默、鲁迅、周作人、李大钊等则是该派的重要诗人。作为流派的最突出特征,他们以诗体大解放为旗帜,竭力把诗歌从旧艺术框架和格律规范以及文言语符中解放出来,赋予它以新的审美形式和生动活泼的语言符号以及自由舒展的艺术形态,使诗歌表现真实的生活和真实的心灵,开了以白话语言、自然音节、自由韵律创作诗歌的先河。胡适是这个新诗群的开风气之先的诗人,也是初期白话诗派的重要诗人,1920年问世的《尝试集》是中国新诗史第一部新诗集也是胡适的尝试之作。虽然这些白话新诗不免幼稚,仍有旧诗词的气味,诗中的抒情主人公也没有从叙事的圈子里跳出来形成鲜明的个性,意境的构造缺乏深刻的象征意蕴,但是却把诗歌带进一个自由广阔的领域,有意识冲开旧格式的束缚,使舒展的形体带着清新活脱的意味,一度被引上僵化板滞道路上的诗歌开始焕发出新的生命。当时崛起的白话诗群不限于在《新青年》上发表诗作的诗人,在《新潮》、《少年中国》、《星期评论》等社团刊物上发表诗作的也有一批优秀诗人,他们共同摸索和开掘新诗的道路,在诗体解放上努力实践"新青年派"的革故更新的文学革命主张,充当文学革命的急先锋。

从哲学思潮的角度来看,人生问题是五四新文化运动的热门话题,思考人生问题、探索民族前途成了一代觉醒知识分子的普遍风尚,不仅提出了很多急待解决的人生问题,也形成种种不同的人生观念。正是在这样的背景上,"新青年派"连同"新潮社"等文化社团造就了初期为人生而文学的"人生派",即使新文学主将鲁迅也自觉地宣称自己创作小说是为"人生,而且要改良这人生",鲁迅指出"新潮社的一群"是"为人生的文学的一群"。由于人生问题比较复杂,触及到人类生活各方面,而且人生究竟是什么也是个深奥玄妙众说不一的哲学问题,因此这种题材的本身在很大程度上决定着对文体的选择,那种长于表现内心情感、具有抒情言志功能的诗体不太适宜,而具有叙事、抒情和议论综合功能的小说和戏剧则是表现人生问题的最合适的体裁。"问题小说"和"问题剧"的涌现初步显示了早期"人生派"的创作实绩和艺术风貌,虽然为人生的问题文学受到俄国为人生文学和易卜生"问题剧"的影响,但从审美本质上看还是一种探索性的新文学创造,它们既是新启蒙精神与人生思考的产物又是理性思维与艺术思维相结合的产物,是人生派的最初形态。它的最基本的流派特征是,只提问题不开药方或者提出问题也开药方或者开了药方不解决问题,表现出热切关心人生、改造人生的倾向,具有现实针对性、思想敏感性、文化批判性、社会反叛性、生活哲理性和审美开阔性,这在中国新文学史上是个富有活力的文学流派,是对"新青年派"倡导写实主义文学在创作上的具体实践。

"新青年派"这个内涵丰富的文化群体孕育衍化出"文学革命派"、"初期白话诗派"、"早期人生派"这样几个初具流派特征的文学流派。不仅仅如此,"新青年派"及其他文化社团为新文学流派的发展提供了无限广阔的前景,播下了金色的种子,培育了众多的幼芽。从文化思潮来看,“新青年”等文化派别,他们所接受的文化思想和文艺思潮是一个多层面的多种多样的杂交体,形成一个多样化的泛意识形态和开放的社会审美心态,这就为文学流派的多向发展和多种选择提供了最大的可能性;从文学精神来看,“新青年派”及其他文化社团极力弘扬以民主与科学为核心的理性精神、以现代意识为灵魂的现实主义精神、以个人或平民为本位的人道主义精神、以自由思维为基础的锐意创新的文学探索精神、以文体大解放为旗帜的审美形式和艺术风格以及语符系统的革故更新精神,这些五四文学精神构成中国新文学的优秀传统,它将成为新文学流派竞相发展的取之不尽的源泉和永不枯竭的生命活力;从成员培养来看,任何文学流派的形成都需要一些有影响有号召力有组织力和风格突出的作家作为骨干成员,五四时期的文化社团利用自己的阵地培养了一大批热衷于新文学创建的作家,特别是从“新青年派”走出的不少著名作家在新文学流派发展中扮演了重要的历史角色——或成为某个文学流派的中坚,或成为某个文学流派的旗手,或成为某个文学流派的构成人员,或成为多个文学流派艺术风格的总代表。

写实型　茅盾为理论旗手的人生派

“新青年派”在1921年前后完成其群体使命后,由思想分歧走向组织分化,由审美追求不同走向多种选择,由文学自觉意识增强使选择更接近文学本体,由趋于不同选择方向而结成不同文学团体,遂形成新文学流派纷争的艺术局面。

以文学研究会为中心结成的“人生派”,既是对“新青年派”中的“人生派”的直接承续,又是在更广阔的范围内对它的发展,它是我国新文学史上影响最大的文学流派,如果说“为人生而文学”是其作为流派的主要标志,那么开阔性和包容性又是它的突出特点。从组成人员来看,既有文学理论家和文学批评家也有小说家和诗人,既有学者和历史学家又有翻译家和散文家,既有新文学的先驱又有崭露头角的文学新人,从其美学趋向来看,既有倾向现实主义美学的又有偏爱浪漫主义美学的,既有倾向象征主义美学的又有三种美学情趣兼而爱之的;从艺术形式来看,既有选择小说体的又有选择诗歌体的,既有选取戏剧体的又有选取散文体的;从文学主张来看,虽然茅盾和郑振铎作为“人生派”的组织者和倡导者提出的“为人生而文学”为大家所承认,但对这个总原则的理解和看法并不一致。叶圣陶和王统照是“人生派”的代表性作家,他们主张既要为人生也要为艺术；冰心提倡表现真的自我和人间的爱；而庐隐则强调写出人生的恶。从艺术风格来看，既没有统一的创作风格也没有一致的创作道路，真有点各吹各的号、各唱各的调的味道。这种开阔性和包容性正反映出"人生派"的艺术思维的开放性和自由性及其艺术风格的多样性。正是这两大特点决定了"人生派"这个总体结构内含有派中派。如果从文体来分，可以归结为：人生"问题小说"派、人生"问题剧"派、人生诗歌派、人生散文派，而且每个小流派都有些代表作家和典范作品，足以显示其艺术风格，其中成就较高影响较大的是为人生的"问题小说"派。这并非说"人生派"就没有形成大体一致的流派风格，不过这种流派风格的形成与文学研究会的文学主张与创作实践紧紧地联系在一起。为人生是个哲学命题也是个现实课题，"人生派"形成之初便以文学形式干预这个与中国人的生存命运攸关的社会问题，由于当时文学革命的任务主要解决新旧文学关系的破旧立新问题，尚来不及深入探讨并解决文学与人生关系的文学理论和创作实践问题，致使初期为人生的"问题小说"存有就事叙事或者借事议论的倾向；及至文学研究会成立便超越了新旧文学谁胜谁负的问题，而是自觉地从建设新文学出发在理论与实践的结合上来解决文学与人生的关系问题。茅盾先理论后实践步步深入地探究并解决文学与人生关系问题，他认为文学是否为人生这是新文学区别旧文学的根本标志，也是与礼拜六派通俗文学相异的分水岭，因此文学为人生这是建设新文学的根本问题也是必由之路；而要解决好文学与人生的关系并从而创造出优秀的为人生的文学作品，则必须坚持"新文学的现实主义，于材料上最注意精密严肃，描写一定要忠实"①。这一主张与大多数作家取得了共识，并与他们的亲身感受联系起来，进而加深了对"为人生而文学"观念的理解。由于人生派多数作家对黑暗腐败的旧社会和苦难深重的人生有着深刻的体验和透彻的认识，思想比较贴近实际，对生活的态度比较客观，很少想入非非，更缺乏浪漫式的幻想，因而他们重视站在现代理性的高度以冷静、严肃、科学的写实主义来反映人生，真实细微地写出生活的底色，走的是一条从人生到文学的道路，即只有先经历了人生或体验了人生之后才能创作新文学，这是一条建立在唯物主义思想路线上的现实主义道路。他们要求体验的不是笼统的人生而是具体的人生，不是贵族的人生而是平民的人生。茅盾提出要到第四阶级的人生社会中去经验去感受，像高尔基做过饼师、陀斯妥耶夫斯

① 茅盾：《什么是文学》。

基被流放那样,才能创造出真实的为人生文学来。这种趋同性的艺术选择和美学追求在当时流派纷争的情势下只有依靠群体的力量,才能增强个性的竞争力和承受其他流派同化的负荷,保持本流派艺术风格的形成和发展。为人生的"问题小说"派,在创作实践方面比较出色地体现出了人生派的艺术风貌和流派特点。如果说初期人生派的"问题小说"在艺术上比较幼稚粗糙,那么文学研究会成立后的冰心、王统照、许地山、黄庐隐等则成了创作"问题小说"的老手,艺术上日臻老练细腻。"真"文学是人生派共同追求的艺术目标。"问题小说"如同一面明镜既照出了人生变动的真实面貌也照出了平民劳动者或知识者的真实心态;之所以有这样一种真切感和明晰性,与为人生小说的强烈理性色彩分不开,似乎作者都带着一种人生哲学去发现人生问题、探索人生真谛,难免作品总有一点人生哲理的味道,总是蕴含着一种普遍的人生理想。如冰心、王统照、叶绍钧、许地山等都在小说里表现"爱的哲学",尽管它作为解决人生问题的药方显得既抽象又空洞,但作为文学内涵的一种美学追求却给作品添上一个美满的归宿点;由于这种爱与美的人生理想与黑暗的现实社会形成尖锐对立,不可能得到实现,因此主体的"重新估价一切"的现代精神便转化为小说中的反对旧制度旧文化旧风俗的批判意识和否定意识以及悲剧性的审美意识,问题就是矛盾,人生充满了各种性质各种形式的矛盾,这就决定了"问题小说"在艺术变革上多样化趋向,不拘一格地选择与人生问题复杂多变相适应的艺术形式和表现技艺。为人生"问题小说"所表现出的针对现实、关注人生、揭露问题、穷究根源的文学品格以及在艺术上的破旧立新精神和求真的写实手法,形成一种现实主义文学传统,在中国二十世纪文学的演进中不断地被继承被丰富。越是在社会人生发生重大变革的时候那些思想敏锐善于思考关注人生的文学家越是采用"问题小说",四十年代赵树理将自己反映农村大变动的作品称为"问题小说",五十年代中期我国社会主义改造基本完成后历史面临着新的转折时曾涌现出一批发人深思的"问题小说",八十年代的改革开放带来社会人生一系列深刻变化也应运生成一批"问题小说",可见这是个富有活力的文学流派,它本身在历史中发展又在不断地充实和拓展自身。

"人生派"虽然具有共同的为人生的社会功利倾向和求真的现实主义倾向,但他们又有不同的创作选择,如果说叶绍钧大多选取教育界知识者灰色的人生予以客观冷静的描绘,那么郑振铎并未停留在以写实的笔力创造"血和泪"的文学上,他也选取家庭题材(如《家庭的故事》)表现主人公的内省意识,着重写内心的真。这在一定程度上反映了为人生的现实主义文学发展过程中的一种必然趋向,即从刻画人物的外在面貌逐步转向对人物心态的描写,从单纯客观地描摹现实人生走向主体参与地表现现实人生。不仅在创作倾向上人生派各有不同的审美趋向,而且在艺术风格也各有所长:冰心善于以优美典雅清丽的文笔,渲染出带有浓重哲理情趣和深沉忧郁色彩的抒情气氛;叶绍钧以质朴无华、谨严缜密、纯洁洗练、技巧圆熟著称;庐隐长于以流利自然的文笔饱蘸忧伤的情感,抒写自传式的爱情悲剧;具有诗人气质的王统照和富有佛家玄思的许地山,往往给作品涂染上浪漫主义色彩。最能体现和代表"人生派"现实主义美学风格及其演变的是茅盾。早期,茅盾以其为人生文学观念的开放性和兼容性,既显示了人生派的宏阔性的基本特点又为人生派树起一面理论旗帜,在处理文学与人生的关系上更提出一些富有指导性的独立见解;后期,茅盾一开始创作就有意识地注意解决人生与文学的关系问题,他并不甘心客观地描摹一个有头有尾的人生故事,也不愿意把文学作为某些人生观念的传声筒,更不想使文学世界仅仅局限于自己的人生悲欢,而是把自己的创作命运同自己对整个社会人生或阶级人生的体验和理解联系在一起,使文学世界所表现的不仅仅是一个实实在在的真真切切的人生社会,而且作者自己就是这个活生生的人生社会的最直接的主体,尽量把主体的全部人生感受和对社会的哲理思考艺术地表现出来。这就决定着为人生的现实主义文学的一个重要走向:从自我小圈子或身边琐事走向更广阔的天地去关注人生大事,从着重表现知识分子走向表现工农大众,从城市转向广大农村;因此要求创作主体既要具有理性自觉也要具有文学自觉,否则是很难处理好社会人生与文学艺术之间的关系。老实讲,在中国为人生而文学的现实主义流派中,把创作主体与整个社会人生拥抱起来是极为困难的,这不只是因为作家本身主观条件所限,而且主要因为社会人生的实际需要和历史时代的政治选择始终对文学存在着巨大的制约力量,虽然文学又时时想摆脱这种需要和选择,但由于文学又常常依凭这种需要和选择而存活,所以总是纠缠在一起,使文学不得不屈从于社会人生的需要和历史时代的选择,大大限制了文学自觉意识和独立意识。虽然茅盾的文学创作也没有摆脱这个悖论,但他毕竟是位文学巨匠,凭借自己精湛的文学修养和高超的艺术创造力,充分发挥主体在把社会人生转化为物化形态文学过程中的"中介"作用,力求做到既是人生选择文学又是文学选择人生,使人生审美化文学人生化。考其小说艺术,主体的"中介"作用主要表现在;一是主体的人生体验的深微性和丰富性与社会人生原态的复杂性和奥秘性基本吻合或大体相符，这样便能遵循文学自身规律反映现实人生的真实面貌，如《蚀》三部曲等’二是主体的理性认识或主观图式不是一种教条或理念演绎，而是从人生体验和感悟中提炼出来的并且与有血有肉的生活和人物的生命体黏合在一起，认识的深度与人生的深度和人性的深度相契合，这样作者便把人生世界转化为艺术世界，也避免理念性淹没真实性、功利性压倒美感性的倾向，如《子夜》等；三是主体的深厚艺术功力和娴熟写实主义技巧，在把时代和人生对文学的无限扩大的功利要求转化为一种审美实体时发挥了关键作用，使其越过了艺术难关，并没有图解概念，而是将理念完全融解在具体生动的艺术描绘之中，这在茅盾的小说世界里随处可以感受到。总之，茅盾忠实地实践了人生派的开放的文学主张而又大大向前超越了，将为人生而文学发展到为革命而文学，他本人又成了新文学流派的主帅。

开放型　鲁迅与新文学流派

鲁迅是中国新文学的奠基者和开拓者，他是五四“新青年派”的主将，不仅从创作实绩上显示了“文学革命派”的先驱地位和创业功勋，而且也是初期白话诗派的成功尝试者和“人生派”的开山鼻祖，谁能否认《狂人日记》不是最早问世的杰出的为人生的“问题小说”，无论从思想深度和艺术独创或者触及人生问题之重要不是独压群芳？然而鲁迅却不能仅仅视其为某个文学流派的代表或者隶属于某个具体派别，可以毫无夸张地说，鲁迅的文学精神、美学风格、艺术技巧及其开创的文艺传统和积累的创作经验，甚至那开阔深邃的艺术思维和多种多样的艺术追求，并非某一个或某两个文学流派的艺术风格和美学情趣能涵盖得了，而是他创造的取之不尽的艺术宝藏直接或间接地供所有的文学流派来开采来汲取，几乎在大多数新文学流派的艺术形态上闪烁着鲁迅文学的精灵。如果有一天谁把中国新文学看成是中国文学发展史或世界文学发展史上的一个独特的文学流派，那么鲁迅则是当之无愧的代表。周扬曾评说：“鲁迅以其杰出的创造才能和富于民族特色的风格，表现了我们民族内在的最宝贵的品格，最高尚的思想情操和坚韧的战斗精神。在鲁迅身上和著作中，可以看出我们民族的极其丰富的思想精华，找到半殖民地半封建社会中国人民的智慧，热情和创造力，找到我们民族的真正灵魂。”①周扬以“民族魂”概括了鲁迅最宝贵的品

① 周扬：《在纪念鲁迅诞辰一百周年纪念大会上的讲话》，1981 年 9 月 25 日。

格和最崇高的精神，郁达夫则对鲁迅的小说和杂文作了深切地评价："鲁迅的小说，比之中国几千年来所有这方面的杰作，更高一步。至于他的随笔杂感，更提供了前不见古人，而后人绝不能追随的风格，首先其特色为观察之深刻，谈锋之犀利，比喻之巧妙，文笔之简洁，又因其漂溢几分幽默的气氛，就难怪读者会感到一种即使喝毒酒也不怕死似的凄厉的风味。当我们看到局部时，他看到的却是全面。当我们热衷去掌握现实时，他已经把握了古代与未来。"①考其鲁迅全部著作，便会综合地感受到，由崇高的理想激情与严峻现实态度铸造的一座座艺术高峰则蕴藏着奔腾炽热的地火，显示出永恒的生命能量和艺术魅力，表现出一种开放的文学精神和多样的文学特征。如果说为人生而文学的主帅茅盾在人生与艺术、革命与文学关系的处理上并没有达到尽善尽美的境界，有时驱使后者服从前者，不论文学主张或创作实践都存在程度不同的失重或倾斜现象；那么作为中国新文学旗手的鲁迅却从理论与实践的结合上实现了人生追求和艺术追求的完美统一、忠诚革命与忠诚文学的融为一体，并没有在两者之间摇摆过也没有倒向一边，辩证地处理好两者的深刻关系，为中国现代文学塑造了一种完美的品格。虽然鲁迅的文学精神和美学风格不能归属某个文学流派，但是直接受其影响或恩泽的文学群体或流派还是值得提及的。

乡土文学派本是人生派的派中派，它与"问题小说"派一起显示了人生派的艺术特征，不过在艺术上它比"问题小说"派更成熟一些。如果说"问题小说"在处理文学与人生的关系上较多地考虑为人生服务的功利目的，因而更多地从人生观念出发的话；那么二十年代初兴起的乡土文学派较多地从生活实感和亲身体验出发，更尊重艺术本身的规律，较好地把现代意识与审美意识结合起来。虽然这个流派的不少成员来自文学研究会，并体现了为人生的文学主张，但它不是仅限于一个文学社团，可以说横跨北京上海两地，没有统一社团，是个散松的流派，然而它的开创者和先驱者却是鲁迅。《呐喊》和《彷徨》中的不少作品"满熏着中国的土气，他可以说是眼前我们唯一的乡土艺术家"②。深受鲁迅影响的王鲁彦、许钦文、蹇先艾、黎锦明、裴文中、台静农、李霁野等形成一个富有生气的乡土文学作家群，彭家煌、王任叔、许杰、王统照、王思玷等也是有名的乡土派作家。二十年代的乡土文学作家并非都始终植根于乡土，而是远离农村在都市经受现代文明洗礼的"侨寓文学的作者"（鲁迅语）；他们在本质上是觉醒

① 《郁达夫文集》，花城出版社1983年版，第7卷，第27页。
② 张定璜：《鲁迅先生》，1925年1月《现代评论》。

了的已获得现代意识的作家,以西方文化作参照系对自己童年生活过的乡土文化进行回顾和反思,实际上突破了农民文化内部视角的局限。因此乡土文学在着重写民族写传统以表现浓郁的地方色彩和民族风味的同时,并没有排斥对外来文化思潮渗染的描写,给作品赋予一种有别于传统的乡土田园文学的现代意识色彩:如有些乡土作家由于获得现代文化视角,便能贴近农村变革的现实描写乡村的变化和农民的觉醒;还有些乡土作家因为处在落魄、苦闷和悲观的境地,越发使他们格外感到农村的凋敝破败、农民的麻木落后,而在自由、平等、博爱等资产阶级现代文化上所受到的启蒙并不能引导其去变革农村的苦难现实和唤起沉睡农民的觉醒,因此只能以人道主义的同情去描写农村一幕幕惨不忍睹的人生悲剧。正如许杰在《惨雾》中所写道:"恶魔穿着黑暗之夜的魔衣,在一切的空气中,用粗粝的恐怖之网笼罩人生,和尖利的死神之刀对待人生。"这有利于对封建制度及其礼教习俗的批判,也有利于"改造国民劣根性"主题的深化。除了废名的部分乡土小说有点牧歌情调外,沉重感、悲凉感也许是乡土派文学的共同审美情调。由于大批从乡村走出来的现代作家其文化之根和情感基点源于农村,与土地结下不解之缘,尤其是农村生活大变动无不牵动着中国整个社会和整个文化心理的大变动,这无疑使不同时期的作家格外关注乡土文学,或表现对农村文化生活的反思或探寻农村变革的道路和生活理想的根苗,或从农村自然风光中找到精神的寄托,因此造成大量作品带有乡土文学的审美情趣和艺术色调,致使产生于二十年代的乡土文学派如同"问题小说"派一样成了中国新文学流派中富有生命活力的一个流派。三十年代的茅盾、艾芜、沙汀、吴组缃、罗素等,四十年代的姚雪垠、萧红、赵树理、孙犁等,六十年代台湾的"乡土文学"作家群,新时期的刘绍棠、古华、韩少功等,都是乡土文学派的延续和发展,鲁迅所开创的乡土文学传统将代代发扬光大,富有不朽的生命力。

从流派的角度来看,鲁迅创造的散文诗和回忆性散文都是独立的文体,且具有独树一帜的美学风格和审美意蕴,其影响深远,均可以作为流派的标志然而影响最大、成就最高的却是杂文创作。虽然五四时期写杂感的作者很多,但作为一种独立的文学体式却是到了鲁迅手里才成熟,随之他开创了一个名副其实的中国杂文流派。由于鲁迅杂文风格的影响和熏陶,几乎群起追随,学习、继承和发扬鲁迅开创的杂文艺术传统,形成了相似相类的杂文作家群,孤岛时期创办的《鲁迅风》就是有意识地弘扬鲁迅杂文的战斗风格,瞿秋白、唐弢、徐懋庸、徐诗荃、宋云彬、秦似、巴人、柯灵、周木斋、聂绀弩等的杂文无不受到鲁迅杂文的影响，都应归划到鲁迅式的杂文派；不过具有典型散文流派特征的应数“语丝派”，它直接继承了“五四”新青年派的现实主义战斗传统，以1924年创办的《语丝》周刊为阵地聚集了一群小品文作家，形成了一种风格幽默的“语丝文体”。二十年代“最发达的要算是小品散文”，朱自清兴奋地说：“几年的发展，确是绚烂极了，有种种形式，种种的流派，表现着、批评着、解释着人生的各面。迁流曼衍，日新月异，有中国名士风，有外国绅士风，有隐士，有叛徒，在思想上如此。或描写，或讽刺，或委曲，或缜密，或劲健，或绮丽，或洗练，或流动，或含蓄，在表现上是如此。”[①]语丝派就是在这种群芳争妍、流派迭起的小品散文艺苑中形成的。有的论者认为“语丝派”是指周作人一派的讲“趣味”的作家而言，并断言“语丝派”倾向于“自由主义和趣味主义”[②]。这种概括是片面的，其实语丝派的倾向较为复杂，至少鲁迅、周作人、林语堂这三个代表人物就呈现出两种不同趋向：以鲁迅、钱玄同、刘半农，孙伏园等为代表的杂感文，“任意而谈，无所顾忌，要催促新的产生，对于有害于新的旧物，则竭力加以排击”[③]，形成一种尖锐泼辣、幽默含蓄的艺术风格；以周作人、林语堂为代表的小品散文在前期与鲁迅的杂文风格大体一致，只是后来有尖锐泼辣不足幽默趣味有余之嫌，到了三十年代发展为“论语派”才具有自由主义和趣味主义倾向。对此钱杏邨在《现代十六家小品序》曾指出：周作人的“小品文”、鲁迅的“杂感文”在文学中，可以说是散文小品里的两种不同趋向的代表，简略地说前一种代表了田园诗人后一种代表了艰苦的斗士，这两种趋向的发展当然各有它的社会根源，各有它的作者读者之群。广而言之，周氏兄弟是中国现代小品散文领域内两种不同趋向的代表，不过随着历史的发展鲁迅所开创的杂感文学的美学风格和战斗传统，越来影响越大，越来流传越广。鲁迅这种带着深刻而偏激思维特征的杂文体之所以长期风行于世，瞿秋白从社会阶级论的角度作了有说服力的解释：“谁要是想一想这将近二十年的情形，他就可以懂得这种文体的原因。急剧的剧烈的社会斗争，使作家不能从容的把他的思想和感情熔铸到创作里去，表现在具体的形象和典型里；同时，残酷的强暴的压力，又不容许作家的言论采取通常的形式。作家的幽默的才能，就帮助他用艺术的形式来表现他的政治立场，他的深刻的对于社会的观察，他的热烈的对于民众斗争的同情，不但这样，这是反映着‘五四’

---

① 朱自清：《背影·自序》。

② 吴文祺：《新文学概要》。

③ 鲁迅：《三闲集·我干〈语丝〉的始终》。

以来中国思想斗争的历史。”①

且不论鲁迅文学精神及其美学风格的无形的间接的影响对新文学流派形成所起的潜移默化的作用，直接受惠于鲁迅的文学群体或个体除上述提到的至少还有：如果左翼作家群也可以算作文学流派，那么鲁迅既是核心人物又是坚强的支持者和扶植者；如果东北作家群也具有流派特征，那么鲁迅不只是以其文品人品给予影响，而且尽全力支持萧军萧红的文学创作，巴金是继鲁迅之后最优秀的作家之一，他曾把鲁迅作为自己的导师，不但他的小说创作弘扬了鲁迅为人生的现实主义和人道主义精神以及彻底反封建的叛逆品格，而且他的杂文特别是新时期的“随想录”更酷似鲁迅的杂文风格。在整个新文学进程中，鲁迅的文学精神可以说形成一股奔流不息的文学思潮，不论过去、现在或未来，都是滋润或浇灌文学流派生存发展的高级营养源。

浪漫型　郭沫若为主将的艺术派

无论是为人生派的“问题小说”还是乡土派的小说或是语丝派的散文，它们大都继承和发扬了“新青年派”的现实主义精神，特别是“问题小说”和乡土文学基本上是以平民为本位的人道主义作为思想灵魂；与“人生派”同时产生的“艺术派”也是五四文学革命的产物，它着重以创造社为核心凝成的，主要继承和发扬了“新青年派”的浪漫主义精神，并以个人为本位的人道主义作为作品的灵魂，追求个性解放和人的七情六欲的合理发展。“人生派”往往以冷静的现实的态度出现在文坛，“艺术派”刚一露面则表现出奔放浪漫的性格，虽然表白“除去一切功利的打算，专求文学的全和美”，但又显示出对于时代和社会的热切关心，强调文学担负起时代的使命。“人生派”也好，“艺术派”也好，尽管在美学形态和艺术风格上有明显的不同，然而两个流派也有一致性或相通之处。郭沫若曾说：“艺术家无论主张艺术为艺术或为人生，但总要他的艺术是艺术。”②就是说，人生派并不是不要艺术，艺术派也不是不表现人生，只是出发点不同，人生派是为人生而艺术，艺术派是为艺术而人生，这是两条殊途同归的新文学创造道路：倾向于现实主义的人生派重视对现实人生的客观反映，这并不意味着排斥主体性而陷入客观主义；倾向于浪漫主义的艺术派侧重于主观性、抒情性和想象力，也并不意味着否定文学创作的客观基础或人生现实而陷入主观主

① 瞿秋白：《鲁迅杂感选集序言》。

② 郭沫若：《艺术家与革命家》。

义，决不能把人生派的客观性和艺术派的主观性对立起来，应看到它们之间的各有侧重的辩证统一关系。各文学流派之间的既矛盾又统一或流派内部的既对立又一致，有利于流派的发展。我们在创造社前期的文章中可以发现，不只是存有“为艺术而艺术”和“唯美主义”思想，也存有为人生和为社会的思想，不只是深受浪漫主义思潮影响，也受到表现主义、象征主义、未来主义、弗洛伊德精神分析等现代主义思潮影响，也受到现实主义思潮的影响，有倾向理想主义的也有倾向感伤主义的，有倾向民主主义的也有向往社会主义的，有崇拜泛神论的也有爱好生命哲学的。这种种复杂的思想选择趋向和审美选择意向，必然造成“艺术派”文学中的派中有派和派派相因的错综交织的艺术风貌。

在诗歌方面，最能体现“艺术派”浪漫主义美学特征的是郭沫若为主帅的自由诗派。以胡适为代表的早期白话诗派主要打破旧诗形式的镣铐，强调诗歌语言和体式的变革，旨在冲破以外在律为根基的旧格律而创造一种以白话为符号的自由诗，至于新诗的内在素质究竟是什么并未引起足够重视，在创作方法上提出的“用具体的做法，不可用抽象的说法”并没突破贺拉斯的名言“诗即画”这种“摹仿说”的范畴；对于诗歌特别是抒情诗仅仅停留于复写自然景观的真而美的面貌是缺乏诗意诗味的，更重要的是创造诗人心目中的存在和原生态未必完全相合的美的自然，正是卢梭所说的，艺术并不是对经验世界的复写而是情感的流溢。如果说初期白话诗派对涛体的变革仅在外在形律和“摹仿”阶段，那么以郭沫若为代表的自由诗派则明确地强调，诗的本质不在“有形律”——即“外在的韵律”，而在“无形律”——即“内在的韵律”，“情绪的吕律，情绪的色彩便是诗”，这就由“仿摹说”进到“情绪说”或“自我表现说”；并主张诗的形式“绝端的自由，绝端的自主”，寻求以内在律为基础的新诗韵律，这与初期白话诗刚放了脚的诗体形式相比，郭沫若等人的新诗是彻底的自由诗，是中国新诗史上的真正自由诗派。尽管这一派的田汉、郑伯奇、成仿吾、倪贻德、邓均吾、王独清、柯仲平、穆木天、冯乃超等人的诗风各有个性，而且有些诗人后来则属地道的象征诗派；然而就其整体艺术风貌来说仍有大致统一的流派特征：诗只是心中的诗意诗境的纯真表现，是自我内心情感的自然流露，郭沫若这种诗美的追求既是对中国“诗言志”传统的继承也是对华兹华斯的“所有的好诗，都是从强烈的感情中自然而然地溢出来”①的诗论的发展，《女神》强烈地表现了自我意

① 《西方文论选》(下)，上海文艺出版社1979年版，第3页。

识，洋溢着浓郁的主观抒情色彩；正由于强调表现自我情绪，抒情主人公才直接走进诗的世界，自觉地塑造自我主体形象，这是自由诗派的又一个重要特征。尽管古代抒情诗或五四初期白话诗也运用“借物咏志”或“借景抒情”，然而抒情主人公总是隐没于大自然之中或人际事物之内，而自由诗派的诗却让抒情主人公公开出现于艺术前台，自由自在地与自然与生活与读者对话，使诗歌真正获得了自由驰骋的天地。可以说，诗人主体的公开亮相和自由挥洒才是现代抒情诗的真正开端。与抒情主人公自我意识的强化和扩张相联系的，是现代艺术自觉意识的觉醒，强调以火热的激情、磅礴的气势、雄奇的想象、激昂的音调、宏阔的意境、神异的夸张和强烈的色彩，表现自己的声音和生命意志以及主体创造力，《女神》抒情主人公的崛起既表现了一代知识者的个性意识的觉醒程度也透露出现代艺术自觉的信息，这也是自由诗派的特征之一。表现自我内心情绪的强烈欲求，文学主体意识的不断强化，自由诗派无疑倾向于浪漫主义创作方法和现代主义表现技巧以及最完整的自由体诗形式，郭沫若曾主张诗是“力的绘画，力的舞蹈，力的音乐，力的诗歌，力的律吕”①，而且是“动的律吕”。这表明“动态感”和“力度感”是其浪漫主义诗美的显著特色，也是不同于初期白话诗派的“立体诗”。对此穆木天说得更清楚：“中国现在的诗是平面的，是不动的，不是持续的。我要求立体的，运动的，在空间音乐的曲线。”②的确是这样，自由诗派的诗作从总体上看不是一幅平面图，它是一幅有景观层次感、有光线明暗度、有时间交错感、有宇宙无时无刻动态感、且带有象征意蕴的立体图。这种具有力度和动感的诗歌并不只是具有雄健豪放的风格，也富有婉约感伤的色彩，如成仿吾的幽婉、王独清的颓废、穆木天的冲淡、冯乃超的艳丽等，也是自由诗派浪漫主义诗歌的低音杂调。显然，创造社的诗人群的诗风不但不同于以胡适为代表的初期白话诗派，而且也不同于文学研究会诗人群所组成的为人生诗派的诗风，如果说自由诗派是对早期白话诗派的否定性的超越，那么为人生诗派则是对早期白话诗派的继承性的发展。朱自清、冰心、王统照、俞平伯、刘半农、徐玉诺、周作人等是为人生诗派有影响的诗人，他们主要是循着从人生到艺术的道路去追求和创造新诗艺术，着重探索诗的散文美，表现人生的真谛和诗人的普遍感情，以真切、朴质、深沉、稳健的格调见长，自觉而主动地发展“诗体大解放”的成果。虽然也是一种自由体诗，与创造社的自由诗体有相同之处，但

---

① 《女神·立在地球边上放号》。

② ②穆木天：《谈诗》，《创造月刊》第1期，1929年3月。

他们并不重视"内在韵律",更注重形式上的散文美。我们既要看到这两个并行诗派,更要看到它们之间的互补关系及趋同倾向。在中国的现实人生中并没有为诗歌艺术的发展提供无限自由广阔的空间,生活中的各种力量常常闯进诗人主观营造的艺术之宫,或彻底捣毁或胡乱践踏或开个玩笑,使诗人陷于难堪的窘境或难以存活的地步,所以带有为艺术而艺术倾向的郭沫若为主帅的"自由诗派"在发展的道路上并没有为人生诗派那么多相对稳定的因素,往往与时代的需要和历史的发展相牴牾,只有不断地调整与时代的关系,转换自己的方向,才能得以发展;似乎郭沫若的新诗创作始终没有处理好艺术与人生、文学与时代的辩证关系,并没有像鲁迅那样稳健地一步一个脚印地走在文学与人生、革命与文学相统一的道路上,而是较长时间处于摇摆或倾斜状态,即使1928年通过革命文学论争他重新认识自己而进入全新的河道后也没有驾驭好艺术与革命这两条船,这不能不影响"自由诗派"的历史命运和文坛地位。

郭沫若是在新诗领域里作为核心形成了一个"自由诗派",郁达夫则在小说园地结成一个"自我表现小说派",如果说自由诗派所表现出的是带有理想色彩的浪漫主义美学意向,那么自我小说派所体现出的是带有感伤色彩的浪漫主义美学倾向。小说应以作者自身经历遭遇为题材,写身边的事,视作品为作家的自叙传,这是创造社同人的共识,尽管表现的审美情趣并不一致,但不同程度地都带点忧伤悲感的味道,最突出的当然是郁达夫、倪贻德、自采、严良才等人的"身边小说",即使郭沫若的《漂流三部曲》等写自我坎坷经历的小说也有明显的感伤色调。与为人生的"问题小说"相比,"自我小说"派的主要审美特征表现为:"问题小说"以写人生问题著称,"自我小说"派以"自叙传"驰名;"问题小说"派以精细的客观描写见长,"自我小说"派以主观抒情取胜;"问题小说"着力刻画下层"小人物","自我小说"致力于被社会扭曲灵魂的剖析,"问题小说"具有理性色彩,"自我小说"带有浓重的忧郁情调;"问题小说"派热衷于探索人生的外部世界,"自我小说"派关注人的内部世界的病态或性变态心理的开掘,前者多用写实主义手法,后者常用浪漫主义、现代主义、精神分析等综合技法;"问题小说"派的思想倾向主要是人道主义,"自我小说"派的思想倾向主要是个性解放意识和主体生命意识。这种比较容易把复杂问题简单化,其实每个流派的审美倾向都是比较复杂的,而且是相互补充相互交叉。就以郁达夫的《沉沦》为例便可发现"自我小说"派文本世界的丰富性和复杂性。从主题思想来看,既表现了社会的沉沦、民族的沉沦又表现了人品的沉沦、人心的沉沦,既表现了生的苦闷、活的艰难又表现了性的苦闷、爱的无望,既表现了对整个不合理社会的愤怒怨恨情绪又表现了对民族歧视的憎恶仇视情感,既表现出对民族的绝望又表现出对民族的希望。从人物心灵来看,“本我”、“自我”、“超我”三个层次都刻画得淋漓尽致,在“本我”层次不仅表现了强烈的性冲动也表现了死亡的欲望,这种潜意识极其深微也极其混乱,带有朦胧神秘的色彩;在“自我”层次主要表现了个性意识、情爱意识和忧己忧世忧国的忧患意识,这些意识与潜意识既有联系又有区别,即带有明显的理性色彩;在“超我”层次主要表现道德良心,它与“本我”、“自我”既有顺向性又有逆向性,而且矛盾性大于统一性,即被现代性爱文化唤醒的强烈性爱意识和爱情追求与传统文化形成的潜在的道德意识发生尖锐冲突,使其不断进行“良心谴责”,有一种莫名其妙的忏悔感和犯罪感,强烈要求实现自我的求生意识与弱国子民的自卑意识以及自暴自弃、忍让妥协的民族劣根性在道德良心上也形成难解的矛盾。正是这些矛盾冲突织成的“死结”导致主人公忧郁感伤、消沉颓废直至走向死亡。从艺术表现来看,既有浪漫主义的主观抒情又有精神分析主义的意识流,既有现实主义的真实描绘也有表现主义的重在自我“灵魂”或“激情”的表现,这些现代艺术技巧的综合运用完全冲破了传统小说艺术的结构功能,使中国小说艺术具备了现代审美形态。不过,“自我小说”派到了二十年代末随着“普罗文学”的崛起,在创造社对前期浪漫主义和个性主义的全盘否定中便销声匿迹了,代之而起的则是“普罗小说”派。

在二十年代初期浪漫主义文艺思潮影响下的各种流派的纷繁状态,很难理清,派派相交,派中有派是其总体特征。且不说新文学作者都有一段浪漫的经历,其文学作品都有一点浪漫色彩,就是具有流派特征的倾向于“艺术派”的社团至少还有:弥洒社,鲁迅把它归之“为文学的文学的一群”,他们对艺术观、文学批评之类并不感兴趣,对社会各种情势的干扰也不理睬,聚精会神地致力于文学创作,虽然其浪漫主义情调不如创造社浓烈,但“为艺术而艺术”的倾向却是较为鲜明。比弥洒社更有声势和威望的是“浅草社”、“沉钟社”的作家群,虽然他们注意汲取各种流派的艺术营养,审美情调和艺术旨趣并不完全相同,但是他们“真诚的忠于艺术”,更贴近文学本体,更重视自我风格,所以鲁迅仍将其归之于“为艺术而艺术”的一派。这个“艺术派别”在处理人生与艺术的关系上并没有把某一方面推向一端,切切实实地将两者完美地结合起来,冯至的诗歌充分体现出这一点。“湖畔诗派”由潘漠华、应修人、冯雪峰、汪静之组成,他们以爱情诗取胜,诗意诗境洋溢着浪漫主义精神。情诗中表现出自我青春的萌动和生命活力,展示出一种新的道德意识和敢于蔑视传统礼教的叛逆精神,所显示的自由、平等、开放的现代情爱意识不只是超越了传统情爱文学的价值尺度也突破了新诗前辈情爱诗的审美价值,特别是在审美形式上给人以清新活泼、自由放达之感,如同一股新鲜清爽的春风拂过诗坛。鲁迅称他们是“最优秀的抒情诗人”,虽然作为一个诗派既有为人生的倾向也有为艺术的倾向,但从他们真实地表现自我、唱出“真的声音”,力图以诗“使现实美化,快乐化”的审美理想以及“情思是无限的,自由的”主张来看,应该归于带有浓郁浪漫主义情调的“艺术派”。“新青年派”分化以后,胡适等一批教授文人以 1924 年创刊的《现代评论》为阵地形成一个“现代评论派”,这是个特殊的文学流派,既与为人生的“语丝派”在思想政治上有分歧又缺乏“艺术派”那种积极浪漫主义精神和现代化的艺术品格,但他们却继承了“新青年派”的自由主义精神,也接过“为艺术而艺术”的口号,在这一点又与“艺术派”取得一致性;在纵向上它与三十年代出现的“京派”有承传关系,横向上它与新格律诗派和新月派有血缘联系。这个流派的大多数作家如陈西滢、徐志摩、陈衡哲、凌淑华、袁昌英、杨振声等,欧美文学造诣较深,与广大的社会人生又缺少接触,习惯于家庭客厅的悠闲生活,但又不能完全钻进“象牙塔”写自己偏爱的东西,这种特殊的条件和环境决定着他们的创作既表现出一种“孤芳自赏”的艺术趣味又表现出一种理性思考和人道精神,既流露出一种贵族化倾向又带有一点欧化的味道,既表现出一种为艺术而艺术的倾向又含有一种人类同情心,凌淑华和陈衡哲的小说就体现出这种美学特征。

从总体上审视,二十年代初的新文学流派大都是从“新青年派”这个综合型的文化母体里繁衍分化出来的。由于在新旧文学决战的斗争实践中和中外文化的冲撞交汇中造就的建设新文学大军,其文化心态和审美心理蕴藏着多种多样的选择趋向,所以他们一进入创造新文学大厦的宏阔工地,便在共同的使命感和趋同性上开始新的组合,形成了许多个作家群落,其中最大的文学流派是“人生派”和“艺术派”。不仅这两大流派内部包孕着若干小流派,而且环绕它们也生成若干流派,甚至与之相对立的流派也相当活跃。每个流派本身是个矛盾统一体,流派与流派之间既统一又矛盾,这样就形成了许许多多的交叉点和结合点,不只是每个流派的每个作家在这些交叉点和结合点上塑造自我形象进行自我选择,流派本身也在众多的交叉点和结合点进行不断的调整和不断的分合。流派自身或外在的矛盾冲突是其生命流程的内驱力和原动力。“人生派”与“艺术派”曾发生过唇枪舌剑的论争，但没有因此而誓不两立，而是通过论争相互影响、相互靠拢，最后两派的审美追求有所接近，大部分成员共同走进革命文学阵营。不论文学创作或文学主张，各流派的竞争或论战只要处理得当，都有利于互相取长补短，都有助于相互融合发展，造成一种“你中有我，我中有你”的艺术局面；特别是各流派在矛盾竞争中其蕴含的种种文学因素激烈地撞击着交流着渗透着，既有新的生长又有旧的消亡，既有某些流派的分化瓦解又有某些流派的形成和发展，这不仅造成了二十年代初期群体纷争、流派竞涌的文学态势，而且预示着新文学流派的发展将进入纵横交错的河道。

中阶段：文学流派纵横交错

二十年代中期至三十年代前期，新文学流派的发展进入一个新的历史时期。“五四”后出现的众多流派不断地分化和重组，不断地更新和发展；新的文学流派在新的历史条件下又蜂拥般地出现于文坛，造成一个群体竞争、流派纷呈的局面。它们的艺术风格和美学倾向各各相异，类型也千姿百态，有些是异质相对，有些是同质相流，有些是殊途同归，有些是始同终离，各流派在有限的文学时空中建立自己的艺术王国，于竞争中显示自己的艺术风貌，在冲突中开辟自己的发展道路。徐志摩曾在《新月的态度》中对二十年代后期文学流派作了这样的描述：在文学市场上至少有十来种行业，各有各的色彩，各有各的引诱，其中有伤感派、颓废派、唯美派、功利派、训世派、攻击派、偏激派、纤巧派、淫秽派、狂热派、稗贩派、标语派、主义派等。且不论这种概括是否准确或带有诋毁“革命文艺”的偏见，至少可以看出这时期文学流派的发展已形成多层面多样化的局面，并预示出一种纵横交错的流派发展态势；不过各流派的竞相发展并不是完全针锋相对，毫无调和的余地或者毫无共同之点，一定要把某些文学流派看成是革命与反革命、进步与反动的敌对群体。当然，从政治的角度审视三十年代初一些文学流派的确带有政治斗争的性质；如果从艺术的审美的角度或者从发展的观点来看，这些带有异质色彩的文学流派仍有一定的互衬性、和谐性和一致性，这又形成一种既相对又互补的流派发展格局。

这种文学流派发展态势的出现和延伸，与1927年发生的“四一二”政变密切相关。由于黑暗的政治压迫，时代环境的恶化，社会生活的动荡，文化心态的骤变，因而处在青少年时代的新文学仿佛失去了勃勃生机和青春活力，流派发展好像也难以保持从"五四"到二十年代中期那种无拘无束自由洒脱的发展势头，只能更多地以成年的眼光和头脑寻觅和思考自身的出路和命运。从这特定的角度看，从此中国新文学流派进入一个在痛苦中追求在艰难中发展的历史阶段，它们以各种方式抵抗着黑暗社会的威压，在荆棘丛生的道路上徘徊前行。在这个演进过程中，出现过这样一些类型和色彩的文学流派：一是"革命文学"派的形成。二十年代末尽管政治压迫和文化专制相当残酷，却在革命文学论争中诞生了"革命文学"派，这在中国新文学史上是个奇特现象，它不仅标明倒行逆施的统治者虽然拥有政权却扼杀不了表达人民正义心声的文学，而且也说明新文学流派由"为人生"、"为艺术"发展到"为革命"，已与政治结下了不解之缘。"革命文学"派的诞生对整个三十年代文学乃至以后文学形态都发生了深刻的影响，差不多所有的文学流派都直接或间接地同"革命文学"派发生顺向的或逆向的联系，并从而带上或深或浅的政治色彩；尽管这种政治色彩极为复杂，但大多数文学流派都像"革命文学"派那样对于专制政治的迫害和压制采取反抗或拒斥的态度，力求从政治斗争的漩涡里挣脱出来而走文学独立发展的道路。虽然这种努力是可贵的，追求也是合理的，但是在中国社会的进程中是难以实现的，特别在民族矛盾和阶级矛盾激化的时期绝对不允许文学流派完全摆脱政治在纯艺术境界里发展，不是文学愿意不愿意接受政治的干预，而是政治以强大的威力去选择文学。"革命文学"派具有这方面的自觉意识，在演变中没有痛苦的思索；然而它却对文学缺乏自觉意识，并没有处理好"革命"与"文学"的关系。到了三十年代前期"革命文学"派经过自身的沉思和政治形势的需要，重新进行组合，发展为以"左联"作家群体为核心的左翼无产阶级文学阵营，它逐步成为中国新文学发展中的主导力量，代表着现代文学演进的历史趋势。二是"中间作家群"的出现。从二十年代末到三十年代前期政治集团或党派之间的斗争日益尖锐化和复杂化，虽然相当多的作家群已卷入政治斗争，使其文学风貌染上鲜明的政治色彩，但有些作家群从表面上看仿佛尚未直接介入政治斗争，选择了一条"中间道路"，形成了一个个比较自由松散的作家群落，有的侧重于对二十年代初"人生派"文学传统的继承与光大，有的侧重于对"五四"以后"艺术派"文学精神的延续与发展。这时期不仅出现了"自由人"、"第三种人"、"论语派"、"京派"这样的流派，更重要的形成了以卓有成就的巴金、老舍、曹禺、叶绍钧等为代表的"中间作家群"，后者同前者相比并没有鲜明的流派标志，既无社团组织形式也无统一的刊物阵地，但是他们都追求真善美协调统一的艺术境界；他们虽然没有直接参与政治集团或政治派别的斗争，然而他们的政治倾向性还是明显的，只不过其政治倾向性与艺术的真实性完全交融在一起，即熔铸在文学艺术世界之中。因此不能简单地粗暴地说三十年代文坛上这些带有"中间"色彩的文学流派或作家群，对政治上的表面淡漠或有点超脱就是对黑暗势力的妥协、对进步力量的回避，必须采取分析的态度，不能仅仅从政治角度评之，也应从历史的审美的角度察之；尤其巴金等人形成的"中间作家群"以其辉煌的文学创作显示了"五四"以来现实主义文学的实绩，维护了文学的独立品格，强化了文学的自觉意识，积累了正确处理文学与时代、艺术与政治、文艺与生活、理性与情感诸种关系的艺术经验，为创造现代型的"人的文学"作出了独特贡献。三是政治倾向复杂而在艺术上却有独立追求的作家群。这些流派与"中间作家群"不论在政治色彩上或艺术追求上有些相近或者距离不远，但同"革命文学"流派或"左翼作家群"在政治倾向上明显相对或者曾发生论战。不管怎样，对这些流派更要采取实事求是的科学态度，绝对的肯定或绝对的否定都不能作出有分寸感的合乎历史本来面貌的评述。其中有的流派曾一度屈服于统治者的权势或为金钱所诱惑而下了水，然而这类流派毕竟是少数，况且流派本身前后也有变化，里面每个成员的情况也不一样。然而大多数这类流派在艺术上还是苦心孤诣地追求，还是遵循自己的审美选择进行大胆的探索，文学创作的整体面貌能够显示出各自独立的艺术品格，表现出一种向善向美的人道主义审美理想和格外关注人性人情的普遍性和奥秘性的倾向。这说明统治者政治压迫和金钱引诱可以使某些文学流派或作家个体屈从或者上钩，但新文学流派主体部分还是忠诚于艺术的，大多数作家还是有艺术良心的，这就使拥有权势和金钱者也无法拥有真正的文学，只能听到那些御用文人的吠嚎之声或营营之音。

总之，这个时期文学流派或作家群体的类型或性质可能还要复杂，但是有一点应该指出，不管何种类型或性质的文学流派几乎都是在艰难中逐步走向成熟的，几乎每个流派都是经过斗争或论争而决定其存在或消亡，几乎每个流派都拥有一个或几个文学批评家来指斥异派的理论主张和捍卫已派的理论旗帜，可以说哪一个时期的文学流派也没有像这个时期的文学流派与文学论争或文艺斗争联系得这么紧。同前一个时期相比，这个时期流派的成熟主要表现在，文学创作的领域进一步拓展，反映的生活面越来越广，审美形式、文学体式和表现技艺日趋多样化，不仅现实主义文学精神孕育出许多文学流派，而且现代主义由五四时期作为流派的因素存在而发展为一系列独立的文学流派。这就使本时期文学流派的构成出现了新的艺术风貌和审美形态。

先锋型　象征诗派与“现代派”

如果从艺术本体深入观察便会发现这样一个带有规律性的文学现象，文学流派的生成与发展常常需要在中西文学的碰撞与交融中不断地扩展和深化，不仅作家的现代审美意识应与中国传统文学的“遗传基因”或可变因素予以衔接，中国人的审美习惯也要与吸取西方文学的营养结合起来，否则将出现一边倒的极端化倾向，影响新文学流派沿着正确的道路健康发展，“五四”及二十年代初出现的众多文学流派既有这方面失败教训也有这方面的成功经验。从新诗的发展来看，不论初期白话诗派或者自由诗派或者湖畔诗派，都是以否定传统诗歌为前提的，这是一种自觉意识，认定非以此不能打破旧体诗的一统天下，建设新诗王国，虽然在实际上它们并未与旧诗传统割断联系，然而这却是不自觉的无意识的。正因为他们有意识地自觉地彻底否定传统诗歌，以西方的诗意诗情诗形为参照系来写新诗，这不可避免地在处理传统诗与西洋诗的关系上出现了倾斜或偏差，带来新诗艺术上的一些缺陷和先天不足，其中重要的一点就是不少诗以说理言志为主或流入极情主义，没有足够地尊重诗歌艺术规律，浅露宣泄有余，蕴藉含蓄不足。虽然沈雁冰、鲁迅、周作人等曾译介过象征主义诗歌及其理论进行艺术启蒙，甚至有些诗人用象征手段作诗，但从整体上看并没有从根本上扭转初期新诗象征意蕴不足的倾向。二十年代中期崛起韵象征诗派以李金发 1925 年出版的《微雨》为标志，公开宣示法国象征主义诗歌已移植于中国新诗坛，它的突出贡献在于重视诗歌的意象建构，以纠正“五四”以来新诗的“干枯的说理和说教”以及肆意宣泄情感的弱点，对新诗艺术进行探索与创新。不过李金发在探索新诗艺术过程中始终没有处理好“内取”传统和“外取”洋诗之间的关系，显然他主要依靠“外取”法国象征主义诗歌（韩波、魏尔伦、波德莱尔、马拉美等人）艺术来建构新诗。他对法国象征主义诗美极为欣赏，甚至达到一种迷醉的程度，并认为艺术的唯一目的就是创造美，而这种美并非隐存于生活中，乃足蕴藏于想象与象征之中，因此他不满足“五四”以来的新诗或表现客观现实或表现单纯自我，希冀在诗歌中通过想象透视到宇宙间事物的交感，借助于主客观世界的相互感应来表达内心的微妙意识活动和朦胧情感活动，进入一种物我相互交流和统一的美学境界。在他的诗歌世界里似乎没有固定的描写对象也没有确定的线索，只是一连串的感觉和印象，其中夹杂着强烈的主观感情因素，展示出一种朦胧的意境，《里昂车中》是其代表作；正由于他的诗歌经常出现些奇特怪异的想象而又找不到与之相吻合的象征体和语言格式，故形成意象的晦涩和语言的欧化。虽然不能武断地说他的诗歌完全排斥东方文学的意象传统和象征手法，甚至说他的意象建构不自觉地承继了古代诗歌的传统因素；但有一点必须指出，他没有自觉地取法于中国古典诗歌的传统手法，而且汉语言修养较差。可以说李金发是中国象征诗派的创始人，尽管他没有组织文学社团也没有流派的代表刊物，而且还有"诗怪"之称，但是他并非孤立一人，有不少诗人走上象征主义诗歌道路，形成了一个文学流派的阵容。朱自清曾指出："后期创造社三个诗人，也是倾向于法国象征派的。但王独清氏所作，还是拜伦式的雨果式的为多；就是他自认为仿象征派的诗，也似乎豪胜于幽，显胜于晦。穆木天氏托情于幽微远渺之中，音节也颇求整齐，却不致力于表现色彩感。冯乃超氏利用铿锵的音节，得到催眠一般的力量，歌咏的是颓废、阴影、梦幻、仙乡。他诗中的色彩感是丰富的。"①除王独清、穆木天、冯乃超外，姚蓬子、梁宗岱等都相继上过象征主义这条船。尽管他们都倾向于象征主义，但有不同的艺术个性，朱自清对此作了有见地的分析，只是没有强调指出创造社的几位诗人仍具有浪漫主义风格，重视感情的流泻，重视动感和力度的追求，甚至偏爱哲理思考。

象征诗派几乎与新格律诗派同时形成的，然而象征主义诗歌并不像新格律诗派那样讲求诗的外在格律美，而是追求意象，追求自由表达，这种相互并存而又相互抗衡的情势必然促进流派的分化和重组，并酝酿新流派的产生。"现代派"于三十年代初出现，既是象征主义诗派发展到一个新阶段，又是现代主义思潮勃兴的产物，也是新格律诗派和新月派内部分化的结果。"现代派"是以1932年5月1日施蛰存、杜衡、戴望舒主编的《现代》杂志为阵地集结的一群作家，故名之为"现代派"，这是以杂志的名称命名的，其实这个"现代派"从文学思潮和审美追求上来划分，应该包括一个诗歌流派即以戴望舒为代表的后期象征诗派，一个小说流派即以施蛰存、穆时英、刘呐鸥为代表的"新感觉派"。这两个流派都是以《现代》杂志为主要阵地，都是源于现代主义文艺思潮，而且代表

① 《中国新文学大系·诗集·导言》。

人物大都来自同一群体，只是具体的美学理想和艺术追求有所不同，因此把它们作为“现代派”的派中派比较合适。

如果说以李金发为开创人的象征诗派具有一定的欧化倾向，那么三十年代的象征诗派则是具有民族特色的象征诗派。它的人员构成有原来就是象征诗派的李金发、戴望舒等，也有从新格律诗派和新月派分化过来的何其芳、卞之琳、朱湘等，也有从浪漫派转向的冯至等，还有《现代》主编施蛰存、杜衡等，总之这是个既大且杂的诗人群体。这标明象征主义作为新诗美学已为广大诗人所选取，进而强化了诗歌艺术的本体意识和自觉意识。从新诗发展来看，三十年代象征诗派的崛起，与前期李金发的象征主义诗歌有直接的渊源关系。在诗歌的整体构思、意象创造或象征手法运用上，如果说李金发忽视对传统诗艺的继承而主要是移植外国的，那么以戴望舒为代表的象征诗派较好地处理了“内取”和“外取”的关系，有意识地把现代象征主义美学与中国古代诗歌意象传统、象征手法和语言艺术不露痕迹地衔接起来，使两者在表现现代人生活和现代情绪上找到了结合点，既避免了欧化倾向又免除了复古倾向，使象征诗歌具有民族特色。虽然它表现的“现代情绪”是直觉感悟的朦胧意识、朦胧追求和生命欲望，而且往往是包裹在幻想的境界之中，透露出一种青春生命的骚动和一颗格外多愁善感的忧郁心灵，但并不晦涩也不神秘莫测，可以含蓄地感受和体味出这是现代青年的一种复杂的心曲，既用诗意传送出他们心灵中痛苦忧郁的信息又用诗美来弥补精神上的空虚感、迷惘感和孤独感，这是诗人以现代象征主义的朦胧意境与中国古代诗歌的含蓄意象在主体直觉感悟上达到奇妙结合而表现出的“现代的情绪”，这是对前期象征诗派意象构造的认同与超越。在诗歌形式的变革上，早期白话诗派和自由诗派追求自由的形式和自由的表现；新格律诗派和新月派在对早期自由体诗的散文化倾向进行否定中探求新诗的格律和体式，注重向传统诗歌靠拢；与新格律诗派并起的象征诗派和三十年代崛起的现代派中的象征诗派却自觉地提倡并探索现代自由诗形式，其实是对新格律诗走向极端的又一次否定，因为到了二十年代末和三十年代初有不少诗人从新格律又滑向旧体诗，或逃不出“豆腐干”“方块诗”的形式圈子或陷入对外国格律诗的生搬硬套。三十年代象征诗派正是在新的层次上既承续了早期自由体诗的优长又匡正了新格律诗的僵化，重新确立了自由体诗的地位，特别是来自新月派的朱湘、卞之琳、何其芳、林徽音等通过追求格律体后自觉地意识到格律形式的局限而作出参与象征诗派的新选择，1933 年出版的《三草集》就显示了他们从格律诗形式向象征派自由体诗的转换。对于"现代的诗形",施蛰存在《又关于本刊的诗》中作了这样的概括:"《现代》中的诗大多数是没有韵的,句子也很不整齐,但它们都有相当的肌理。它们是现代的诗形,是诗!"显然这是一种开放型的自由体,但不是"绝端的自由",它要求诗句之间用"诗的情绪"来联系,在形似分行的散文中同时表现出一种文字的或诗情的节奏,"诗的韵律不在字的抑扬顿挫上,而在诗的情绪的抑扬顿挫上"①。这种"现代的诗形"正适应其"现代的情绪"的表现。总之,以戴望舒为代表的后期象征诗派的确对新诗的发展作过有益的探索和独特贡献,为新诗的演变提供了丰富的艺术经验,给诗坛带来过瞬间的光辉时日。由于中国新文学的发展总是要接受社会与时代的选择,而象征派的诗歌越到后来越远离时代,老是在主观苦闷情绪中循环往复,朦胧的诗意常常被挖空心思寻找的象征比喻所代替,这不能不破坏诗的美感,连杜衡也意识到"像这样的写诗法,对望舒自己差不多不再是一种慰藉,而也成为痛苦了"。因此戴望舒经过一段反思不再迷恋自我哀怨自我陶醉的个人生活圈子,逐步带着自己的诗歌走向广阔的人生社会,走向人民大众,使新诗创作有了新的转机,写出了《元旦》、《祝福》、《狱中题壁》、《我用残损的手掌》这样充满新的生命活力和艺术魅力的诗。但必须指出,这种转机并不意味着戴望舒抛弃了象征主义新诗美学,也不意味着彻底否定象征诗派开拓的新诗传统,而是通过由外到内再由内到外的重新调整又在一个新的层次上被继承被发展了。他后期的诗境开阔了,诗意充实了,诗美增强了,只是在象征意蕴中强化了现实因素和时代体验,而象征主义意象和象征手法仍在被成功地运用,给诗作增添了独特的光泽。

"新感觉派"与"象征诗派"同出生于一个母体,虽然它们艺术形态和美学风格有所不同,却都是中国新文学中的"先锋"因素与世界现代主义文艺思潮直接对话的产儿,都是对"五四"以来新文学流派中蕴含着的各种现代主义审美意味的弘扬,都是以群体的势力和流派的姿态出现在三十年代文坛上,与具有现实主义和浪漫主义主导倾向的各流派构成交叉对称的互衬文学格局。

列宁说:"最可靠、最必须、最重要的,就是不要忘记基本的历史联系。要看某些现象在历史上怎样产生,在发展中经过了哪些主要阶段,并根据它的这种发展去考察它现在是怎样的。"②"新感觉派"的形成也有个历史过程。早在

---

① 戴望舒:《诗论》,《现代》1932年第2卷,第1期。

② 《列宁全集》第2卷,第430页。

1926年象征诗派的泰斗戴望舒与新感觉派的中坚施蛰存、刘呐鸥、穆时英在复旦大学就读时，便组成“水沫社”，合办《璎珞月刊》，出版《萤火丛书》和《彳亍丛书》，1928年刘呐鸥创办《无轨列车》，主要作者仍是他们四人，其创作已具有现代主义文学倾向；此后施蛰存主编《新文艺》月刊，编委中增加了徐霞村，这时新感觉派已初具阵容，到了1932年《现代》创刊，新感觉派已成为中国文学史第一个用现代主义创作方法写小说的文学流派。由于现代主义文艺思潮是个多元的复合体，新感觉派不可能全部汲取，只能有重点的选择。就其同世界现代派文学的联系来说，它直接导源于日本的新感觉派小说，同时也受到法国象征主义和弗洛伊德性学说的影响；就国内文学来说，它主要带着中国“洋场文学”的味道，并渗透了现实主义因素。这就决定了新感觉派小说在总体上大致具有的审美特征：对客观现实不感兴趣，不要求单纯地描写外部世界，而醉心于主观感受，强调写直觉印象，力图把主观感觉投进客体中，将客观现实纳入主观感受范畴，以创造由智力构成的“新现实”，故称之为“主客观合一主义”；普遍地注重对现代都市生活的感觉描绘，长于表现都市文明的病态印象和现代人的忧郁感与孤独感，《上海的狐步舞》、《梅雨之夕》就是这方面的代表作；把“性”作为最敏感的“感觉范围”，醉心刻画人的潜意识和性变态心理以及“二重人格”，着力表现性的诱惑、性的感觉和性的期待，《白金女体的塑像》、《圣处女的感情》、《将军底头》、《石秀》等是这方面的力作；在艺术上用快速的节奏和跳跃的画面来表现现代都市生活，深入开掘人物的潜意识和微妙的性心理，将客体的描绘融入主体的直觉感受中，给小说艺术世界蒙上一层朦胧色彩，并增加了耐人寻味的深度感。值得注意的是，这个文学流派在选取域外文艺思潮和创作倾向上同中有异：以刘呐鸥、穆时英为主的一些作家既汲取了现代主义的文学精神又借鉴了现代主义的创作手法，施蛰存等人主要接受了弗洛伊德精神分析学说，正是他自己所说：“二十年代末我读了奥地利心理分析小说家显尼志勒的许多作品，我心向往之，加紧了对这类小说的涉猎和勘察，不但翻译这些小说，还努力将心理分析移植到自己的作品中去，接连出版了《将军底头》、《梅雨之夕》、《善女人行品》等集子，这一时期的小说，我自以为把心理分析、意识流、蒙太奇等各种新兴的创作方法，纳入现实主义轨道”①。而且作为一个新兴的文学流派，新感觉派的历史寿命并不长，1932年刘呐鸥远走日本，1935年穆时英离沪

① 施蛰存：《关于“现代派”一席谈》，1983年10月18日《文汇报》。

去香港,1936年施蛰存出版最后短篇集《小珍集》已标示向现实主义转换了;不过这个流派所播下的现代主义文学种子总是绵延不绝,一遇到适宜的气候和土壤的时候,便冒出芽来,开花结果。

此外,在三十年代深受弗洛伊德学说影响的小说流派还有个"海派",主要有张资平、叶灵凤、曾虚白、曾今可、徐蔚南等人,其中张资平为代表。可以说这个流派是从二十年代初"自我表现小说"派分化出来,到三十年代初则演变为"海派"。如果说张资平早期带有现实主义倾向的小说如《梅岭之春》等,通过性爱意识的描写尚有人性觉醒的意义和反传统伦理道德的批判价值,那后期的小说则离"自我小说"派的传统越来越远。"海派"和"自我小说"派虽然都受到弗洛伊德精神分析学说的影响,都注重刻画人物的潜意识和性心理,但两派也有不同:"自我小说"派既写人的自然属性也写人的社会属性而且以后者为重,既写人的潜意识也写人的理性意识和道德良心,既写性的苦闷也写生的苦闷,并且通过潜意识和性心理的描写揭示人性的觉醒程度和批判封建伦理价值观,抨击黑暗社会对人性的摧残和扼杀;而"海派"的创作倾向则比较复杂了,虽然也有一定的社会意义(如张资平的《上帝的儿女们》讽刺教会、《恋爱错综》有革命描写、《北极圈里的王国》有对现实的批判等),也表现了一定的现代性爱意识(除张资平的小说外,还有叶灵凤的《昙花庵的春风》、《时代姑娘》,曾今可的《爱的逃避》,徐蔚南的《都是男女》等),但从主导方面来看却有为写"性"而写性的味道,对人的社会性并不感兴趣而对人的自然属性却津津乐道,甚至流入自然主义的色情描写,格调庸俗,趣味低下,不管有多少装饰总是掩盖不住其色情的本质和肉欲的挑逗。钱杏邨在《张资平的恋爱小说》一文批评他"根本上是不曾描写灵肉西方的恋爱的。从他的恋爱小说里,我们所能够找到的,可以说只有肉的爱——是具有着那样浓重的肉的气息的爱的小说"。从二十年代到三十年代有多个文学流派受到弗洛伊德性心理学说影响,虽然有其相同点或近似点,但由于汲取的角度不同、艺术追求不同和审美趣味不同,致使文学创作的格调、情趣则有了优劣、高低、雅俗之分。

艺术型　新格律诗派与新月派

从文学流派的内在联系来看,如果说象征诗派的生成与演变从纵向上主要纠正了早期白话诗派和自由诗派在内容上的"说理和说教"倾向而在形式上则继承其自由诗体,从横向上既受到新格律诗派追求形式美的影响又冲破了新月派将新诗格律和格式推演到僵化程度的种种束缚，那么与象征诗派并存的新格律诗派从纵向上主要纠正早期自由诗在形式上趋向极端而造成的散文化倾向，把新诗体引上追求形式美的格律化道路，并进而发展为新月派，在横向上既与现代评论派有着血缘关系又受到象征诗派重视意象美的影响。象征诗派一开始侧重于“外取”，新格律诗派一开始则侧重于“内取”，即从中国古典诗词汲取形式美的营养以建构新格律诗体。早在五四时期有的诗人就意识到“诗体大解放”并不意味着对中国古典诗词优良传统的全盘否定，陆志伟曾在《我的诗的躯壳》中首先承认自己的白话诗形式逃不出杜甫、李白、李贺等诗体的范围，可以说这是开了新格律诗的先声；但真正走上新格律诗的道路并形成一个新诗流派则是以“新月社”的闻一多、徐志摩为核心的。闻一多较早地意识到白话自由体诗的危机，他在对《女神》欧化倾向的批评中便指出：“若求纠正这种毛病，我以为一桩，当恢复我们对旧文学底信仰，因为我们不能开天辟地，我们只能够并且应当在旧的基础上建设新的房屋。”①于是他在《诗的格律》中提出新格律学说，主张“节的匀称”，“句的均齐”，“音尺”，重音，韵脚，即诗歌应具有音乐美、绘画美和建筑美。可以说这是对中国传统格律诗的继承又是对它的超越，内中含有外国新诗美学的因素。作为新诗格律说的建树者，闻一多在创作实践中也身体力行，探索完美的新诗形式和新诗格律，如果说《红烛》诗集大都是自由体诗，那么《死水》集则更多的是新格律诗的尝试之作。在新格律诗的探索道路上，徐志摩、朱湘、饶孟侃、刘梦苇、于赓虞等与闻一多走过一段很长的路，直到 1926 年围绕《晨报副刊·诗镌》兴起一场新诗形式运动，才真正确立了新格律诗派在文学史上的地位。倡导并探索新诗格律化和形式美不仅是新格律诗派的艺术个性，也是后期新月诗派为之奋斗的主要目标。朱自清充分肯定了新格律诗派的历史功绩：“1926 年 4 月 1 日，北京《晨报诗镌》出世。这是闻一多、徐志摩、朱湘、饶孟侃、刘梦苇、于赓虞诸氏主办的。他们要‘创格’，要发见‘新格式与新音节’。闻一多氏的理论最为详明，他主张‘节的匀称’，‘句的均齐’，主张‘音尺’，重音，韵脚。他说诗该具有音乐的美，绘画的美，建筑的美；音乐的美指音节，绘画的美指词藻，建筑的美指章句。他们真研究，真试验；每周有诗会，或讨论，或诵读。梁实秋氏说‘这是第一次一伙人聚集起来诚心诚意的试验作新诗。’虽然只出了十一号，留下的影响却很大——那时候大家都作格律诗”②。

① 闻一多：《女神之地方色彩》。

② 《中国新文学大系·诗集·导言》。

看来当时要求新诗格律化不仅仅是一个流派的呼声，而代表了不同流派的共同愿望。具有象征诗派美学倾向的创造社人穆木天也于1926年初向郭沫若提出新诗应遵循美学原则进行创作："我希望中国作诗的青年，得先找一种诗的思维术，一个诗的逻辑学。作诗的人，找诗的思想时，得用诗的思想方法。直接用诗的思考法去思想，直接用诗的旋律的文字写出来：这是直接作诗的方法"①。郑伯奇也不同意那种作诗"绝端自由"的主张，他认为"形式上的种种限制，都是形式美的要素，新文学的责任，不过在打破不合理的限制而已"②。不过真正从理论到实践自觉地探索新诗格律化并作出突出贡献的还是新格律诗派，他们旗帜鲜明地举起新格律诗运动的标牌。主将闻一多在《诗的格律》中曾号召说："越有魄力的作家，越是要戴着脚镣跳舞才跳得痛快，跳得好。只有不会跳舞的才怪脚镣碍事，只有不会作诗的才感觉得格律的束缚。对于不会作诗的，格律是表现的障碍物；对于一个作家，格律便成了表现的利器。"从提倡砸碎脚镣获得"诗体大解放"到重戴脚镣提倡新格律，这标明新诗的发展由否定之否定而进入一个新的层次。新格律诗派虽然在诗的审美形式的追求上、实验新诗格律化的方向上有一致性，但是在创作主张、新诗思想倾向和艺术风格上并不相同。闻一多主张新诗格律侧重于"内取"我国传统诗美或"中西艺术结婚"；而徐志摩则重视"外取"即承袭外国格律诗并装进外国诗意。所以闻一多可以自成一派，且对后来的"汉园三诗人"卞之琳、李广田、何其芳以及臧克家都产生过直接影响。

以新月社成员闻一多、徐志摩为核心，以《晨报副刊·诗镌》为阵地形成的诗人群，可称为新格律诗派，而以1928年创办的《新月》月刊及新月书店为基地聚集的知识分子群则是后期新月派，围绕在《新月》和《诗刊》的一群诗人可称为后期新月诗派。从整体上看，新月派是个复杂的矛盾的流派，是综合型的并非纯文学流派，是由一批思想与艺术上有共同点而又不尽一致的知识者松散地集结在一起。正如饶孟侃所说："我们知道一个努力文学的团体是最不能标榜什么共同的主义的，因为一个人有一个人自己的特性，一个人也有一个人和别人不同的兴趣，大家既然一旦结合起来，至多也只能常望彼此互相鼓舞，希望大家能够因鼓舞而多得一点贡献，并不能希望大家合作一个调子。"③不过在新月

① 《谈诗——寄沫若的一封信》，《创造月刊》1926年第1卷，第1期。

② 《新文学之警钟》，刊于《创造周报》第31号。

③ 转引自尹在勒《"新月"派中有派》一文。

派这个松散的群体中，徐志摩却起了“粘着性的，发酵性的”①作用，似乎他成了前后新月派的纽带式的人物，这种说法是符合新月派演变史的。如果说前期新月派中的新格律诗派尚未形成大的气候，那么后期以胡适、梁实秋、徐志摩等聚集的新月派则是一个颇有声势的文学流派，对当时流行的各种流派真正显露了自己的锋芒，既是“革命文学”派的对立面，也与其他文学流派发生这样那样磨擦。徐志摩撰写的《新月的态度》鲜明地表明了新月派的文学主张及其艺术态度，对当时文坛上流行的各种文学流派流露出不满情绪，特别是对“革命文学”予以诋毁；并且公然提出“健康”与“尊严”的原则，希冀“从恶浊的底里解放圣洁的泉源，从时代的破烂里恢复人生的尊严”。实质上这篇文章内蕴着新月派本身的一种深刻危机意识，对此陈西滢在《给志摩的信》中表述得极为明确：“我常常觉得我们现在走的是一条狭窄险阻的小路，左面是一个广漠无际的泥潭，右面也是一片广漠无际的浮砂，前面是遥遥茫茫荫在薄雾里的目的地。泥潭里有的是已经陷下来的人，有的在浅处，有的已到了口鼻。”这种危机意识既来自他们个人的处境又来自他们所信奉的政治信仰和所选择的文化思潮。从政治上看，新月派崇尚欧美资产阶级的民主自由，不分是非曲直地反对一切暴力和武装斗争，必然遭受来自各方面政治力量的排击，即使国民党政权也对其不满；从文化上看，新月派诸人倾向西方文化模式，人道主义、人性论、个人主义、自由主义成为主导文化意识，而这个时期苏俄的无产阶级文化思想正席卷着中国文坛，很多文人纷纷扬弃了欧美文化而选择了苏俄文化，所以新月派坚持的文化思想体系必然遭到群起而攻之。新月派自身的危机意识，既带来其流派面貌的复杂性特征，又促使其分化，出现了“派中有派”的局面。且不论新月派作为一个综合型文化流派它是带着明显政治色彩的代表中国新兴资产阶级自由主义政治思潮的文化派别；就以人们公认的新月派理论家梁实秋来说，他多次声明“新月没有派”，而且他的以“人性论”为核心的文艺观和创作论也很难指导新月派的文学创作，也很难概括新月派的美学倾向，当然这并非否定梁实秋的文学理论带有新月派的色彩，只是想说明这个文学流派的复杂性。新月派中最有成就的最富有流派特色的是“新月诗派”，陈梦家编选的《新月诗选》收集了徐志摩、闻一多、饶孟侃、朱湘、孙大雨、邵洵美、方令孺、林徽音、梁镇、卞之琳、俞大纲、沈祖牟、杨子惠、朱大枏、刘梦苇、陈梦家、方玮德、沈从文等 18 名诗人共

① 胡适：《追忆志摩》。

80 首诗,显示了相当可观的流派阵容和“在同方向上的努力”。从总体上审视,新月诗派承续了新格律诗派的传统,新诗创作注重形式美和格律化,即格律的严谨和技巧的周密是其共同努力的方向。陈梦家以形象语言表述新月诗派对形式美的追求,即“一半靠着风一半靠着水势,在风和水势两下牵持不一的对抗中,找一个折衷的自然趋内。”①而这种“自然趋向”主要说新月诗的格律化来源于两个渠道,既有热衷于从中国传统诗艺汲取营养的也有偏爱于取法西洋格律诗和形式美的。而且他对新月诗派大致相同的艺术特征和美学倾向作了这样的概括:“诗,具有两重创造的涵义:在表现上,它们希求的是新的创造,是从锻炼中提选出的坚实的菁华,它是一个灵魂紧缩的躯壳。在诗的灵感上,需要那新的印象的获取(就是诗的内在是一着新的诗的发现)。所以写诗的人的涵养是必不可少的。真实的感情是诗人最紧要的原素,如今用欺骗写诗的人到处是,他们受感情以外事物的指示。其次要从灵感所激动的诗写出来,他要忠实于自己。技巧乃是从印象到表现的过渡,要准确适当,不要使桔树过了河成了枳棘。”②徐志摩无疑是新月诗派的重要诗人,研究他的诗歌艺术便可具体深切把握这个诗派艺术风貌和审美风格。他的诗风明显受到英国唯美和浪漫诗歌的影响,恬闲淡雅而常有淡淡的感伤或颓废的色彩,仿佛他把自我解放与空灵的飘忽安放在柔丽清爽的诗境里,总是给人以舒适的感悟,不过他那些个人哀怨的爱情诗其忧郁悲伤甚至颓废色彩越到后来越浓烈;在艺术美的追求上他不像闻一多那么重视对中国传统诗词格律的继承,他更多地采取西洋格律诗的形式,由于他的笔是“最不受羁勒的--匹野马”③,对诗的形式既没有闻一多等人那样考究也没有下过深功夫,所以他的诗形较少受到格律形式的约束,比较自由舒展,灵活多样。徐志摩飞机遇难后对新月诗派的解散起了加速的作用。本来这个流派自身就存在着深刻危机,出现了一些厌世颓废的诗人如罗慕华、于凑虞等,不仅把新诗引上悲观失望的末路,而且有些诗人一味追求格律形式,逐步走上复古或僵化的死胡同。这种不良倾向与当时的时代生活格格不入,与大多数人的心境极不谐调,找不到知音只能孤芳自赏,必然引起流派内部的分化,有的成了后期象征派的诗人,也有的搁笔不作诗了,也有的转换了追求的方向。特别是 1931 年“九一八”事变后,抗日救亡的呼声日益高涨,急切需要表现爱国

① 《新月诗选·序》。
② 《新月诗选·序》。
③ 徐志摩:《猛虎集·序》。

激情和抗战心声的诗歌,新月诗派如不改弦更辙老是营造形式之美和低吟自怨自艾的情调,恐怕就很难存活下去了。

传统型　论语派与京派

二十年代中后期到三十年代前期新文学流派出现了立体交叉的态势,而这众多的文学流派并非分布在全国各地,大都拥挤在以上海为中心和以北京为中心这南北两大片地区,显得非常热闹也极为活跃。"论语派"是以林语堂于1932年在上海创办《论语》半月刊而得名,但从历史联系上它的形成是同二十年代中期语丝派的分化又紧密联系在一起。以鲁迅为首的一批作家带着语丝派的战斗的现实主义传统进入革命文学阵营,以周作人、林语堂为代表的一批文人带着语丝派的自由主义和趣味主义倾向发展为论语派;不过由语丝派演进到论语派这中间还有一个以《骆驼草》为阵地形成的流派起了桥梁作用。《语丝》解体前后在周作人影响下以《骆驼草》为轴心聚集一群作家如俞平伯、钟敬文等,这是"一个很有权威的流派";"这流派的形成,不是由于作品形式上的'冲淡和平,的一致性,而是思想上的一个倾向。那是必然的,在新旧两种势力对立到尖锐的时候,就是正式走向肉搏的时候。有一些人,虽也希求光明,但怕看见血腥,不得不退而追寻另一条安全的路。这是周作人与鲁迅后来思想分裂的原因,也是周作人一流派的小品文获得存在的基本的道理。"①这一流派的艺术倾向也正如钱杏邨所指出的:"这个倾向正是周作人在自己作品里所表现的一样,无论怎样离不开现实,但由于个人与现实的矛盾,总要时时的飞驰着那飘渺的山林隐逸之思";"在趣味方面,周作人欢喜说风景,论断书籍,因物抒情,而钟敬文是同样的"。虽然这个流派没有明确地亮出自己文学主张的旗帜,但从其创作倾向来看显然在由语丝派过渡到论语派之间起了承前启后的桥梁作用。从美学主张上考之,林语堂在语丝派里公开提倡幽默文学,认为"幽默愈幽默而愈妙",到了论语派形成时他更大肆鼓吹幽默文学,而且有不少作家群起而呼应,这说明在提倡"幽默文学"上两个流派是一脉相承的;从人员构成上查之,论语派不少成员是语丝派的老班底,如林语堂、周作人、孙福熙、孙伏园、俞平伯、刘半农、章川岛、章衣萍等,这是群体意识上的密不可分的联系。但是作为一个具有相当规模的文学流派它能在三十年代初形成且产生了较广泛的影响,这有

① 钱杏邨:《现代十六家小品序》。

其深刻的时代根源。三十年代初的中国文坛风起云涌,不仅政治斗争日益尖锐,民族矛盾由于日寇入侵也日益激化,这不能不使文学卷入政治斗争漩涡,文学家也不可能完全挣脱政治斗争的纠缠;然而确有一部分具有自由主义思想的作家并不甘心予政治的左右,他们既不满反动势力又畏惧革命力量,希求在两种势力对立之间或政治斗争之外寻找出路,林语堂自称对"普罗、法西(斯)之争"不过问而采取"旁观者"的超脱态度,"论语派"就是在这种情势下产生的。

作为一个文学流派它不只是阵容相当可观,而且阵地也相当多。除了《论语》第二期刊载过的"长期撰稿员"名单外,还把林语堂、周作人、老舍、老向、何容、姚颖、大华和黄嘉音合称为"论语八仙";除了以林语堂为主要代表人物创办的《论语》、《人间世》和《宇宙风》外,还有一些如《逸经》、《谈风》、《西风》等相呼应的刊物。从美学追求来看,论语派一致的文学旨趣是"以畅人生为主旨,以言近情为戒约;幽默也好,小品也好,不拘定裁;议论则主通俗清新,记叙则取夹论";提倡"幽默为目标,而杂以谐谑","以自我为中心,以闲适为格调"。一言以蔽之,他们的幽默文学是主张以性灵(自我)为命脉,以闲适为格调,以谐谑为手段,表露人生滑稽相。从文化渊源来看,论语派把中国传统文学中的"言志""性灵"思想和幽默格调同西洋文学中的"表现自我""思想"和"幽默意味"相互交融而化为他们的审美旨趣和创作原则。从社会心态来看,论语派提倡"闲适"和"幽默"既应和了中国一部分知识分子的心理需要又适合于他们的审美习惯。因为他们处在一个不自由的国度里来维持自由的,故不能不需要幽默;因为深受中国传统文化熏陶,且又深于世故,故不能不需要一种闲适格调。从创作特征来看,号称论语派"幽默大师"林语堂的作品处处显示出个性的情趣和超越社会局限的智者风度,"幽默"在他的艺术世界里既是一种审美格调又是一种人生意识,既谈中国传统的中庸闲适的人生情趣又讲外国人的绅士风度,既喜爱中国家庭的天伦之乐与和谐之美又崇尚外国的个性自由和人性解放,他把东方文化中的中庸哲学与西洋文化中的个人主义自由主义在作品中奇妙地融为一体。不过"论语派"的闲适与幽默的个性,在那种民族矛盾和阶级矛盾异常尖锐的时代一开始就面临着挑战。因为幽默作为一种文学个性出现并以此显示自身的价值,可是中国的现实环境并非处处时时都可以产生"幽默"和"闲适"的,如果一旦作家们所面对的现实生活已无法"幽默"和"闲适"而硬要强装一幅"幽默"和"闲适"的样子,那岂不是将"幽默"引入"油滑"、使"闲适"流入"为笑而笑"的境地,这样一来,"幽默"与"闲适"不仅不能增强文学的个性色彩反而磨灭了艺术家的独特个性。特别处在大变革时代的中国社会不能容忍和接受这种“幽默”和“闲适”的文学，鲁迅当时就尖锐指出在中国社会矛盾激化的时刻是不会有“幽默”的，“能希望那些炸弹满空、河水满野之处的人们来说‘幽默’么？”[①]所以“论语派”一问世就受到不少人的批评。这里提出一个值得思考的问题：在社会大变革的动荡时代，人们需要文学以战斗的姿态出现，积极参与社会斗争，也要求文学家们立场坚定地站在进步势力一边同黑暗势力进行斗争，这种重社会功利的文学作品及其作家应该肯定；但是文学毕竟是文学，既有自身的独立性也有其特殊规律，如果从文学风格多样化和社会审美需求多向性这两个角度来考虑，论语派的幽默与闲适的艺术个性在中国新文学史上不是应该有一席地位吗？人们不是每时每刻都在战斗，也不是所有的人都在斗争的第一线，即使战斗中的生活也并非是单调和机械的，况且还有更多的人需要从文学中获得精神生活的多向性满足？尤其应该看到“论语派”是个复杂的文学群体，其文学创作的思想倾向和艺术风貌也是极为复杂的。就以老舍来说吧，有人不承认他是“论语派”的，不过历史毕竟是历史，且不说他是“论语八仙”之一，且不说他不少著名作品发表在“论语派”的杂志上，就是他的艺术风格也与“论语派”有相似之点。老舍和林语堂在三十年代被统称之为“幽然大师”，在提倡“幽默文学”这一点上他们似乎志同道合；而且在不愿介入“党派政治”上他们也有同感。不过随着斗争形势的发展，林语堂一类人向右转，而老舍向左转，并且始终坚持为人生的现实主义道路；即使老舍摆脱了“中间道路”而表现时代的主旋律也没有放弃对“幽默”艺术的追求。对一个作家的复杂性应作具体分析，对一个复杂的文学流派更应该持科学的分析态度，历史的原生态是不能改变的，历史上一些论断是可以检验的。同时，还必须指出，当社会的政治斗争或国家间民族矛盾激烈化、社会和民众要求和需要文学有鲜明的政治色彩和导向作用时，文学会自然而然地被打上时代的、特殊的阶段性的烙印，发挥其意识形态的职能作用，这也是文学参与生活的必然结果；从这一点看，当时“革命文学”对“论语派”的批判也是必然的，分歧也是自然的。“革命文学”注重作品内容的社会使命性，“论语派”注重作品自身的灵性，立足点不同，结论自然相异。

如果说论语派在上海兴起带着有意回避政治党派斗争的倾向和为艺术的美学趋势，那么与之同时在北京崛起的“京派”也是属于重艺术的带有“中间”

① 《南腔北调集·“沦语一年”》。

色彩的文学流派。沈从文当年曾说:“京样的人生文学结束在海派的浪漫文学兴起之后,一个谈近十年来文学之发展情况的人,是不至于有所否认的。”①现在有的研究者从地域观念出发把二十年代末三十年代初上海文坛上出现的所有文学流派笼统称之为“海派”,也有的认为“海派”主要指新月派、现代派、新感觉派,但如果以“‘名士才情,与‘商业竞卖’相结合”②作为“海派”的定义,那么我认为以张资平、曾今可等一群作家是比较典型的现代“海派”。鲁迅在《“京派”与“海派”》一文中对这两个南北对峙的文学流派的不同作了这样论述:“北京是明清的帝都,上海乃各国之租界,帝都多官,租界多商,所以文人之在京者近官,没海者近商,近官者在使官得名,近商者在使商获利,而自己也赖以糊口。要而言之,不过‘京派,是官的帮闲,‘海派,则是商的帮忙而已。”这是鲁迅从文人与商与官的关系中,谈了自己对京海与海派的某种特点的看法,但远远不能涵盖它们作为文学流派的总体特征和艺术个性。“京派”作为文学群体大约形成于1933年左右,是个极为松散的文学流派,他们并不靠什么“共同宣言”作为流派的标志和纽带,只是在文学思想上承袭了“现代评论派”、“新月派”不少东西,比较多地强调文学创作对人性的具体表现,对“普遍人性”颇感兴趣,保留着梁实秋文学理论的某些影子,而对当时文坛上盛行的革命文学、现代派文学却保持一定距离,他们对文学为现实斗争服务并不热心,对文学的大众化也表示冷淡,对现代派那一套也没有多大的兴趣。从流派成员的结构来看,沈从文、杨振声主持的《大公报》文艺副刊成了北方的重要文艺阵地,有意识扶植和培养了一批作家,联络了分散于京津等地的何其芳、卞之琳、李广田、萧乾、芦焚等作家;这时郑振铎、巴金由沪来京与在京的李长子、章靳以、卞之琳合办《文学季刊》和《水星》;李健吾、朱光潜、梁宗岱等旅欧学成归来,形成一个具有相当阵容的“京派”作家群。他们经常以“太太客厅”或学者书房作为以文会友的场所,虽不是严格意义上的流派活动,但这种学者文人的交际聚会却是造成文学流派的重要条件,如在梁思成、林徽音的客厅里可以经常见到沈从文、冯文炳(废名)、梁宗岱、卞之琳、何其芳、萧乾等。这就决定了这个文学流派的一些独特之处:“京派”处在浓重的传统文化氛围和学者圈子里,比起上海来受到西洋文化的冲击要少得多,不只是文人作家的自我心态能保持相对的稳定和平衡,而且大批学者在致力于学问的同时尚能精心的培养作家;虽然“京派”的中心在北京

① 《沈从文文集》,花城出版社1984年版,第12卷,第93页。

② 沈从文:《从现实学习》,收入香港新学书店出版的《沈从文小说散文选》。

（当时称北平），有一定的地方色彩，但如“海派”在上海并不是单纯的地域性的文学流派一样，他们的创作既不是完全取材于北京也不全是在北京培养的审美情趣和艺术追求，大多数作家来自四面八方，很少生于北京长于北京的，所以“京派”的思想倾向和艺术面貌较为驳杂，组织形式异常不稳定；由于大批作家在京津大学任教或是由高校直接培养出来的，使他们很少接触广大的社会人生或远离如火如荼的社会斗争漩涡，这不只是决定着“京派”作家大都具有文人学者型的特点和学者与作者相结合的双重身份，而且也给他们的文学作品带来“学院气息”和浓重的文化氛围以及自由纯正的心态和悠闲典雅的风格；因为这个流派的成员的审美取向和艺术追求比较广泛，既有小说家、诗人又有散文家、戏剧家，也有文艺理论家和美学家，而最能反映“京派”文学风貌和美学倾向的则是文学观念和小说创作。

尽管沈从文曾表白“京派”不以评文论艺见长，而以“埋头创作”著称，但这并不意味着他们就没有相近的文学观，且不说朱光潜是这个流派的文艺理论家，具有系统的理论观念和美学见解，且不说李健吾是这个流派的文学评论家，确立了独特的批评风格，无疑应该视他们的文学观和批评观是“京派”的理论旗帜；就以沈从文的文学观而论，足以看出这个流派的美学倾向。沈从文的文学观是将“神”、“美”、“生命”联成一体。他提出“美在生命”的命题，即“美固无所不在，凡属造型，如用泛神精神去接近，即无不可见出其精巧和完整处。生命之最高意义，即此种‘神在生命中’的认识”；“一个人过于爱有生的一切时，必因为在一切有生中发现了‘美’，亦即发现了‘神’，必觉得那点光与色，形与线，即是代表一种最高的德性，使人乐于受它的统治，受它的处治。”[①]这样他把人生追求和艺术追求统一起来，强调文学要表现“人生形式”和人性之善美，在艺术上“必须把‘现实’和‘梦’两种成分相混合，用语言文字好好装饰、剪裁，处理得极其恰当”[②]。为了坚持他的文学观以构造文学的“希腊小庙”，他既“不轻视‘左’倾，也不鄙视右翼”，“只信仰‘真实’”，只保持“文学实有其独创性与独立价值”[③]。这可以说是“京派”的共同追求和独特地位，在三十年代文坛的左、右力量之间的中间地带苦心孤诣地经营文学事业，既反对文学依附于商业和政治又反对作品变成政策的工具和金钱的工具，以坚持文学的“独创性与独立价

① 《沈从文文集》第11卷《美与爱》。
② 《沈从文选集》第5卷《小说作者与读者》。
③ 《记丁玲》，上海良友印刷公司1934年版。

值”，从而捍卫文学固有的“诚实与壮严”的品格。这与朱光潜提出的现代文学观念体现为对“纯正的文学趣味”的审美追求多么吻合。尽管如此，但是“京派”并没有忘记新文学与现实人生的联系，朱光潜曾说“离开人生，便无所谓艺术”，沈从文也说过“一切伟大的作品皆必然贴近血肉人生”。这种文学的参与意识与上述的超然意识相杂糅正显示出“京派”文学观的复杂；正是这种复杂性才构成了各个流派之间的差异性与互补性。“京派”文学观的复杂性也体现在文学创作中。萧乾是“京派”潜心于创作的艺术家，他把自己的作品分为象征篇、刻画篇、战斗篇、伤感篇，这本身就反映他创作思想风格的复杂性和艺术追求的多样性，既追求卡夫卡式的象征又模仿过伍尔芙对气氛心情的捕捉，既学习过乔依思的神奇联系又感兴趣于海明威的明快风格，小说《梦之谷》颇有点意识流味道，《道旁》则带有象征色彩。沈从文原本是“现代评论派”和“新月派”培养出的作家，也是一位“渐渐走向自觉的艺术小说家”，他始终从“美在生命”的美学观和重在表现“人性”的创作观出发来构筑其小说艺术世界。“我只想造希腊小庙。选山地作基础，用坚硬石头堆砌它。精致，结实，匀称，形体虽小而不纤巧，是我理想的建筑。这种庙供奉的是‘人性’。”①他精心构造“希腊小庙”即小说艺术殿堂，既有较完整的形体结构又运用了多样的艺术技巧，既流溢着强烈的生命意识又表现了人性美，既具有原始气质又富有现代味道，既充满了神秘的传奇色彩又具有强烈的现实感，既带有地方色彩又富有民族格调，总之是多种美学因素构筑的复杂的艺术结晶体。萧乾、沈从文的文学创作可以说显示了“京派”文学艺术的共同色彩。处在历史变革“中间地带”的京都所形成的京派虽然对中国新文学发展作出了独特贡献，但也由于它远离时代的中心和火热的社会斗争，不只是文学创作缺乏强烈的时代气息和壮美的艺术风格，而且也表现出一种惧怕变革、返朴怀旧的文化保守意识。

随着历史的演进，“京派”文学也逐渐变化，其中形成一种“京味”小说，它表现了京都的风土人情，带有浓郁的北京文化风味，最重要的作家要数老舍，他以京都为题材的作品具有十足的地道的“京味”；但是作为一个文学流派，“京味”小说是在抗战后逐渐形成的，四十年代初登上文坛的汪曾祺深受沈从文小说影响，直到社会主义新时期有些作家也可算作“京味”小说派，如刘心武的《如意》、《钟鼓楼》，邓友梅的《那五》等，而汪曾祺一直把“京味”小说派的艺术传统

---

① 《沈从文文集》第11卷，第42页。

由四十年代延续到新时期,他发表于六十年代初的《羊舍一夕》、发表在新时期的《受戒》、《大淖记事》等已比原有京派的境界提高了,是站在新的高度来刻画人物性格,使作品充溢着一种新的美感力量。

社会型 "革命文学"派与无产阶级文学派

中国新文学流派是处在一个躁动不安的时代,它在各种社会力量的挑动和各个政治集团的干预下,不断地分化不断地组合,催促文学流派在各种社会势力和政治派别错综交叉的选择和制约下向前推进。有相当多的文学流派从表面看采取超然态度和自由主义立场在社会激烈斗争的"间隙"或政治集团较量的"中间地带"以图发展自己,维护文学自身的自由性和独立价值,如象征诗派、格律诗派、新月诗派,新感觉派、论语派、京派等基本上持这种态度,然而激烈的社会变革和政治斗争决不许这些流派超然于时代大潮之外,而且它们自身在主观上也不会完全超然,所以这种超然态度主要是一种短暂的外在表现形态,实质上它们是沿着或向左或向右进行分化,终究无不表现出或浓或淡或进步或反动的政治倾向性。唯独"革命文学"流派在政治斗争激化之际诞生而旗帜鲜明地站在革命力量的一边,毫不掩饰地举起无产阶级革命文学的大旗,并且与其他在政治上带有"中间"色彩或右翼倾向的文学流派展开论争或进行针锋相对的斗争,理直气壮地以文坛盟主的姿态左右着新文学发展。"革命文学"流派于二十年代末出现正如其他文学流派交叉出现一样,既是历史的必然又有其特殊性。新文学在中国这个经济极端贫困、政治极其腐败、封建意识极为浓重的旧社会里存活与发展是十分艰难而又十分曲折的,时刻都有被摧残被扼制被毁灭的危险,不得不在新与旧、生与死、存与灭之间徘徊着、苦斗着、挣扎着、发展着,其生存欲望和生存空间受到各种各样势力和氛围的控制和压抑,致使各个文学流派躯体内都蕴含着一种骚动情绪和不稳定感,不论二十年代初的人生派、艺术派或乡土派、论语派或者自由诗派、湖畔诗派等都无法摆脱时代变革和社会动荡的纠缠和干扰,都要自觉不自觉地去思考和超乎文学艺术范畴以外的社会问题或政治问题,去感应时代的主旋律,去倾听人民大众的呼唤。正是在这种要么为社会为政治、要么为文学为文艺的两难选择中,有的选择了既要文学又要人生的文学流派,有的选择了或倾向前者或倾向后者的带有一定偏激色彩的文学流派,而那些思想激进、政治敏锐且富有强烈使命感和责任感的作家则从他们过去的文学流派或文化圈子里走出来,并与后起的激进作家结合起来组成新的文学战斗群体，推动新文学从“文学革命”走向“革命文学”，于是在1928年爆发的“革命文学”论争中正式形成了“革命文学”流派。当黑暗社会集结巨大的力量或利用政治暴力要扼杀和吞没进步的新文学时，总应有一批文学家组成文学社团或结成文学流派顶住黑暗势力和白色恐怖的威压，首先承担文学本体的牺牲而主动自觉地去铸造具有战斗武器功能的政治文学，以强烈的政治意识和斗争锋芒去抗击专制政治的压迫和摧残，“革命文学”流派最先充当了这样一个历史角色。鲁迅当时明确指出：“各种主义的名称的勃兴，也是必然的现象。世界上时时有革命，自然会有革命文学。世界上的民众很有些觉醒了，虽然有许多在受难，但也有多少占权，那自然也会有民众文学——说得彻底一点，则第四阶级文学。”①作为无产阶级文学流派，“革命文学”派不仅有自己的理论与创作阵地，是个有组织有领导的作家群体；而且有基本相同的文学观念和理论主张：鲜明地提出了无产阶级文学的口号，强调文学为无产阶级政治服务，否定个人主义文学提倡集体主义文学，否定为艺术而艺术的文艺观念提出艺术即革命的观点，号召文学家走向农工大众，提出以唯物辩证法文学观来指导文学创作，等等。由于“革命文学”派作家带着一种彻底反五四文学传统的姿态登上文坛，所以他们动不动就否定一切、反对一切，几乎把五四新文学运动以来有成就的作家都置于对立面，表现出明显的宗派主义小团体主义和唯我独革唯我独左的政治色彩。这种反传统从表面上看似乎对封建思想传统和五四文化传统都作了否定，实质上他们所反的是五四文学的自由探索的开放精神和个性解放的民主主义精神以及活跃的现代艺术思维，而在某种程度上认同了文化专制意识并强化了中国传统的群体意识和“一元化思维模式”，特别是把文学的社会功利观念推上极端，视文学是政治工具和手段，郭沫若竟告诫“当一个留声机器”是“文艺青年们最好的信条”，这就把文学推上政治化工具化的危险边缘。“革命文学”流派的作家虽是从不同的文学社团流派分化出来的，但基本队伍是以后期创造社和太阳社为主干组成，他们之所以能从为艺术而文学的流派一下跳到“革命文学”流派，甚至有的作家来了个180度的大转弯，除国内社会生活发生巨变和自身的主观条件外，还借助于国际无产阶级文学思潮，即主要活跃于二十世纪二十年代苏俄文坛上的“拉普”派和日本无产阶级文学运动的“克普”派。由于“革命文学”流派的骨干成员并没有在完成两个“决裂”（即同封建思

① 《三闲集·文艺与革命》。

想和资产阶级思想)的基础上去接受无产阶级文学思想,而是带着一种混杂的思想意识和一种狂热性主观性去生吞活剥“拉普”派本来就带有机械论和“左”倾色彩的文学观,又没有认真地切实地把这些生搬来的无产阶级文学思想同中国文艺界的具体情况结合起来,所以使文学流派一形成便呈现一种奇特现象,并带来文学创作倾向的复杂性。所谓奇特性,主要是说“革命文学”派热闹地搬运“拉普”派的文学理论时,苏俄文坛并不搞“拉普”那一套了,正在正本清源,改弦更张,日本文坛似乎也趋于平静,然而在中国文坛却通过大论战加以广泛宣传,并把它作为真正的无产阶级文学观念,即使苏俄文艺界对“拉普”派作了彻底清算也没确引起我国革命文学阵营的足够重视,甚至“拉普”派的一些文学观念经过改头换面在中国无产阶级文学思想里保存下来;由于“革命文学”流派的形成过程始终是处于一种“论争”的状态,对内也战对外也战,显得颇确声势和战斗气息,理论的移植也相当活跃,而对文学创作的研究和创作方法的借鉴以及文艺规律的探讨就比较薄弱,特别对各种文学品种的创作下工夫更不深,出现了概念化口号化形式主义的幼稚病。尽管“革命文学”流派存在着这样那样的缺陷,但它在中国现代文学史所具有的特殊地位却不能抹煞。它不仅通过论争推动了马克思主义文艺思想运动的兴起和发展,为真正无产阶级文学的建设提供了深刻的历史经验;而且它标志着中国新文学史开始了重大转折,即从接受外国文化影响来看,其主要导向由西方开始转向东方,从文学表现内容来看,其主要倾向开始由知识分子生活转向农工生活,从创作意识来看,其主导方向由个性意识转向集体意识。从创作成就和文体形式来看,“革命文学”流派所包孕的“普罗小说派”和“普罗诗歌派”比较有影响,而且也能具体显示出流派特色。

普罗小说派在1928年革命文学倡导和论争中产生延到1932年,主将当推蒋光慈。不论他的《短裤党》、《冲出云围的月亮》、《最后的微笑》,还是最后写的《咆哮了的土地》,都是以表现工农的反抗斗争为主题。随之纷纷登上文坛的洪灵菲、孟超、钱杏邨、阳翰笙、楼建南、戴平万等,形成了普罗小说派,从小说创作方面来显示“革命文学”流派的实绩和特点。普罗小说与其他文学流派的小说有着显著的不同:一是它反对文学的超阶级性超社会性,强调文学的阶级性和社会感,因此要求作家自觉地以阶级分析的眼光去透视生活现象,不是纯客观地反映工农生活的贫困或表现其国民劣根性,而是应从阶级对立的角度写出其受压迫的阶级根源及其挺身革命的反抗意识和阶级觉醒程度,如楼建南的

《盐场》、戴平万的《村中的早晨》、阳翰笙的《趸船上的一夜》就表现了这方面的内容。二是要求文学作品反映时代暴露黑暗，表现革命歌颂革命，使小说具有强烈的时代性和战斗性。钱杏邨当时主张“健全的革命文艺是要能够代表这个时代精神的。我们要暴露社会的黑暗，同时还要创造社会未来的光明”①。洪灵菲的长篇小说《流亡》、《前线》、《转变》以及短篇小说《气力的出卖者》、《归家》等充分体现出这方面的特色。三是在普罗小说家眼中文学表现个性就是宣扬个人主义，为了表现集体主义精神特别重视塑造群体形象。蒋光慈公开宣布：“革命文学应当是反对个人主义的文学，它的主人公应当是群众，而不是个人，它的倾向应当是集体主义，而不是个人主义。”②这种机械论的文学观既取消了以“这一个”去反映生活的创作原则，也取消了文艺的生命力。《短裤党》就是塑造了革命者的群相，不是此派的丁玲在《水》中也以刻画集体群相为主。“普罗小说”派的特点中包含着它的不足，不过还有更明显的缺陷：“革命加恋爱”的公式化、人物成了作家思想的传声筒、革命的浪漫蒂克情调以及牺牲艺术来换取政治鼓动效果等。直到 1932 年阳翰笙请茅盾、瞿秋白等为其《地泉》三部曲作序才算批评了普罗小说派的革命浪漫蒂克倾向和公式化概念化的缺点，从此它作为一个文学流派也在文坛上消失了。然而这个流派能把小说家的视野由个人生活移到工农大众，既开拓了新小说表现领域又自觉地开掘工农大众的反抗意识，并且以阶级分析眼光来描写武装斗争，这无疑对现代小说的发展是有开拓意义的。

与普罗小说派并肩共建“革命文学”的是“普罗诗歌”派。这个诗派主要由蒋光慈、殷夫、钱杏邨、冯宪章、森堡（任钧）、迅雷、洪灵菲等组成，反抗社会的“粗暴的呼喊”与告别旧世界开创新世界的抒情歌唱是其诗歌的共同特征，其中蒋光慈的政治抒情诗和殷夫的“红色鼓动诗”可以反映出“普罗诗歌”派的特色与得失。从二十年代初“自由诗派”确立了新诗在新文学史上的地位后，基本上遵循三条路线探索前进，一是从追求形式美的角度走上新诗格律化的道路，一是从追求意象美的角度走上新诗象征化的道路，一是从追求功能质的角度走上新诗政治化的道路，前两者是文学自觉的本体选择，后者是时代的历史的选择。由于选择取向不同，则出现了思想倾向和审美意向不同的诗歌流派，其中以蒋光慈为代表的一些诗人自觉地接受了时代选择，开始致力于政治抒情诗的创

① 钱杏邨：《死去了的阿 Q 时代》。
② 蒋光慈：《关于革命文学》。

造，公开地直接地在诗境诗意中表露自己的政治感情和政治意识，他奉献给诗坛的《新梦》和《哀中国》两个诗集是典型的政治抒情诗。如果说前者在从个人的感受和体验出发写的政治抒情中尚带有浪漫主义理想色彩，那么后者的政治抒情虽然仍保持着把情感与政治、个体与群体融为一体的抒情方式，但所抒之情却充满了政治悲愤意识和感伤意识，那种带着天真色彩的浪漫情调变得忧郁深沉了。通过"革命文学"论争形成的"普罗诗派"实际上是政治抒情诗的自然拓展，所不同的是政治抒情诗并没有否定诗人的个性意识和抒个人之情，而"普罗诗派"则公然地将个性意识与群体意识对立起来、把革命与艺术等同起来，而且号召诗人把政治鼓动放在首位。这种利用诗歌进行"粗暴的呼喊"，不仅抑制了诗人的灵感想象和艺术个性，而且也扼杀了诗美，必然出现标语口号化、政治空泛化的诗歌。不过文学观念和诗歌主张毕竟与诗歌创作有一段距离，不能因为普罗诗歌存在口号化概念化的倾向就断言"普罗诗派"没有好的政治抒情诗。蒋光慈写于"革命文学"高潮的《乡情集》并没有像他口头说的那样取消诗人的个性意识，其中不少诗篇把政治味与人情味、政治意识和主体意识结合起来，如《牯岭遗恨》、《乡情》、《写给母亲》等诗并没有停留在泛泛地抒写政治情感上，而是把诗笔深入到人性的"至性至情"。殷犬的代表作"红色鼓动诗"虽然也有些带有"左"倾政治色彩和标语口号化的倾向，但从总体上体味他的政治抒情诗的艺术质量并不亚于蒋光慈，特别是《别了，哥哥》、《血字》、《一个红的笑》这些名篇更显示了他的政治抒情诗的艺术个性。读他的诗不只是能感受到火热的政治激情和革命战士的赤胆忠心，而且也能体会出他在艺术上的苦心追求，既有匠心独运的构思，又博采古今中外各种技艺营构意象，或直接表现自己对革命斗争、政治意识的独特体验或把握，使诗歌具有一种雄壮美和悲愤美。除蒋光慈、殷夫外，郭沫若的《恢复》诗集、迅雷的《叛乱的幽灵》、冯宪章的《战歌》、洪灵菲的《躺在黄浦滩头》等诗篇也充满了革命激情，喷射出愤怒的火焰，但缺乏"诗美"则是其共同的不足。

总之，不论是"普罗小说派"或者是"普罗诗派"都是无产阶级文学运动初级阶段的产物，算不上完美的"革命文学"派，但是只要能认真的反思和总结教训，总会由不完美发展为完美，从不健全走向健全，"左联"成立后出现的左翼作家群体所形成的文学流派较"革命文学"派就健全多了，完美多了。

活跃在三十年代文坛上长达 6 年之久的一个最重要的文学流派，就是以"左联"为核心的无产阶级文学作家群体，它是由带有革命浪漫蒂克的"革命文学”派转变成的革命现实主义文学流派。“左联”从1930年3月2日于上海成立直至1936年春解散，在这6年的过程中经历了时代风雨的考验，有不少人背叛也有很多人参加，有些人离去也有些人被捕被杀，而它在艰难中成长，在曲折中发展，显示了自身顽强的生命力。围绕“左联”形成的左翼作家群作为一个无产阶级文学流派，比“革命文学”流派成熟的标志和原因，是值得探讨的。首先左翼作家群比较自觉地反思“革命文学”派的一些“左”的倾向，比较重视克服文学创作上的概念化和公式化的毛病，《北斗》开展的“创作不振的原因及其出路”的讨论就表现出一种深刻的自省精神和重视文学创作“内部规律”的一种艺术趋向。特别是鲁迅、茅盾等人加入“左联”，实际上成了左翼作家队伍的核心，不仅从理论上清算“左”倾机械论和艺术教条主义，批判创作上的“概念诗，抽象小说，架空的戏曲，革命的冒险故事”等，而且从创作上显示了无产阶级文学流派的实绩。鲁迅的杂文和《故事新编》、茅盾的《子夜》和《农村三部曲》等，带有鲜明的革命现实主义色彩，把无产阶级文学创作升华到一个新的境界，显示了鲁迅、茅盾在无产阶级革命文学派中的“双柱”地位。其次“左联”扶植培养了一批新起的作家，主要有丁玲、叶紫、张天翼、沙汀、艾芜等，他们成了无产阶级文学流派的新生力量，从他们的创作中不仅可以看出“革命”与“文学”如何结合的历史过程，而且也显示了无产阶级革命文学派的新创作特色，以及他们各自的艺术个性、美学风格和不同的创作道路。丁玲三十年代的小说创作虽然留有“革命加恋爱”框架的痕迹，但从主导倾向上可以看出左翼作家从表现个性解放到关注社会解放、从表现自我世界到表现大众世界、从追求个人主义到投身无产阶级革命事业的转变轨迹；从叶紫的作品里可以看出左翼作家的创作较之“革命文学”派的创作有了显著变化，真实的生活体验已使作者超越对革命浪漫蒂克情调的追求而趋向现实主义，而且越来越重视从生活逻辑与性格逻辑的统一上去表现工农兵，使工农兵由同情和怜悯的对象转变为正在觉醒的生活的主宰者，显示了新文学描写对象重心的转换；如果说“革命文学”派的创作主要是以城市文化为基调的话，那么左翼作家的创作则显示了现代文化变革由城市向农村渗透的趋向，预示着农村文学的发展势头要超过城市文学，这与中国政治变革由农村包围城市形成相反的方向。总之，无产阶级文学流派明显地代表着时代主旋律的要求，体现着整个中国新文学走向大众化民族化的方向，左翼作家已从充满幻想色彩的革命浪漫蒂克中走出来，重新回到人民大众所需要的写实文学的起跑线上，确立了革命现实主义文学的历史地位；在艺术趋向上，左翼作家的创作借鉴了世界文学中各种现实主义美学因素尤为重要的是当时苏联的社会主义现实主义，并自觉地根据中国民族文化传统和人民大众的审美心理加以改造，走出一条属于中国文学的独特道路。左翼作家群体比“革命文学”派在建构无产阶级文学大厦上显得成熟一些、高明一些，完美一些，但这并不意味着左翼无产阶级文学流派就不存在概念化公式化的弊病和“左”倾文艺思潮的影响。对无产阶级文学这些弊端从自觉反思而认识到它的危害，到真正克服它而走上完美健全的创作道路，也许要经过一个艰难而漫长的历史过程。不过左翼作家群作为一个有声势有规模的无产阶级文学流派，如果从创作倾向和文体形式来考察，它包孕着颇具流派特征的以茅盾为旗手的“社会剖析派”和以中国诗歌会为核心的“大众诗歌派”。

以茅盾为首的左翼作家在三十年代上海文坛上形成了与新感觉派心理分析小说相映衬相竞争相对峙的社会剖析派小说，《子夜》既是“五四”人生派现实主义文学传统发展到一个新阶段的代表作，也是社会剖析派小说的典范。茅盾曾说：“一个作家不但对于社会科学应有全部的透彻的知识，并且真能够懂得，并且运用那社会科学的生命素——唯物辩证法；并且以这辩证法为工具，去从繁复的社会现象中分析出它的动律和动向；并且最后，要用形象的言语艺术的手腕来表现社会现象的各方面，从这些现象中指示出未来的途径。”[①]画龙点睛式地概括出社会剖析派小说的基本特征。这个流派主要由茅盾、沙汀、吴组缃等作家组成，茅盾相继发表的《子夜》、《林家铺子》、《农村三部曲》是这个流派发端的标志，一直绵延到四十年代。沙汀是在茅盾的引导下把视线转移到他所熟悉的四川农村，并在小说创作中把自己感受的生活形象与马克思主义思想的剖析、光照交融为一体，从短篇《老人》、《丁跛公》等开始直到长篇《淘金记》，以深刻的写实笔触描绘了四村农村的社会现实，剖析了各种社会关系，展示了四川农村黑暗统治的阶级根源和历史根源。吴组缃的《一千八百担》、《天下太平》和《樊家铺子》等也是较好的社会剖析小说，茅盾称赞他“是一位非常忠实的用严肃眼光去看人生的作家，他没有体验到的人生，他不轻易落笔”[②]。综合来说，社会剖析派小说有这样一些明显的特色：一是将社会科学与小说艺术结合起来，从各个侧面各个角度以前所未有的规模再现中国社会的整体面貌，剖析现代中国社会的性质，这是社会剖析小说的重要特色。正如茅盾对苏珊娜·

① 茅盾：《〈地泉〉读后感》，《地泉》，上海湖风书店1932年版。

② 《茅盾论创作》第300页。

贝尔纳所讲的那样:"一个做小说的人不但须有广博的生活经验,亦必须有一个训练过的头脑能够分析那复杂的社会现实;尤其是我们这个转变中的社会,非得认真研究过社会科学的人每每不能把它分析得正确","在横的方面,如果对于社会生活的各环节茫然无知,在纵的方面,如果对于社会发展的方向看不清楚,那么,你就很少可能在繁复的社会现象中恰好地选取了最有代表性、典型性,即具有深刻的思想性的一事一物,作为短篇小说的题材。"①这是茅盾创作小说的经验之谈,也揭示出社会剖析小说的重要特点。与之相联系的是第二个特点,即社会剖析小说的构思往往是宏观式的把握,也就是站在时代的制高点上鸟瞰全局,或采取全景式的再现写法,或者采取横切剖析法深入一个层面以反映全貌,前者是《子夜》的构思特点后者是《林家铺子》的解剖特色。茅盾认为"一篇文艺作品只能把片段的人生描写了进去",而"这片段的'人生'或者代表了'全体',那就是社会生活全体的缩影;这样的作品就可说是'真实人生'的反映"②。《淘金记》、《山野》、《黄昏》等小说都是以"片段"人生代表"全体"的写法,这是一种由面找点、以点代面的构思方式。三是社会剖析小说由于要剖析社会关系的复杂性,在人物塑造上则纠正了"普罗小说"那种简单划分好人与坏人、正面人物与反面人物的机械文学观,而注重在复杂的环境和错综的矛盾中塑造种种复杂人物,能够把外在行为冲突或活动场景的客观描述与多层面的心理刻画或人性开掘结合起来。如吴荪甫、林老板、赵惠明、白酱丹、龙哥、王小福、线子姑娘等,都是一些比较有深度的复杂人物。特别值得注意的是,社会剖析小说严格遵循革命现实主义创作原则,对人物的塑造充分尊重生活本身的逻辑,决不以主体的主观情感和意愿而随便改变人物性格发展的必然轨迹,或者交了好运或者遭到失败,或者走向死亡或者获得新生,都是合乎生活规律的。正因如此,所以社会剖析小说的人物命运具有浓重的悲剧色彩。当然社会剖析小说也有情感不足理念有余、思想大于形象等不足。不过作为一个新小说流派,不仅从创作方面为无产阶级文学的构建作出了独特贡献,确立了左翼文学在中国新文学史上的重要地位,而且也从审美趋向上预示出中国现代小说的发展趋势。

1932 年 9 月在"左联"领导下由蒲风、任钧、穆木天、杨骚等人发起成立的中国诗歌会,如果作为一个新诗流派,以"大众诗歌流派"命名比较合适,这不仅

① 《走访茅盾》,1979 年《新文学史料》第 3 辑。

② 《蚂蚁爬石像》,《话匣子》,上海良友图书公司 1934 年版。

因为他们公开提出“要使我们的诗歌成为大众歌调，我们自己也要成为大众的一个”[①]的口号，而且他们的诗歌创作确实体现了大众化的方向。诗人往往最敏感于时代审美潮流而且也是时代审美潮流的创造者，大众诗歌派就是以自觉的姿态去迎接时代的主潮而又去推动时代主潮的，因此它与以“左联”为核心结成的无产阶级文学流派有着相同的审美追求和艺术倾向，而对后期的新月诗派和现代派则采取完全否定的态度（有些批评是切中要害的，但缺乏具体分析），强调“诗歌是社会现实的反映，社会进化的推进机，应该具有时代意义”，“我们要捉住现实，歌唱新世纪的意识”。从他们的诗歌中可以发现其对“普罗诗派”那种高昂革命激情和强烈反抗意识的继承，虽然标语口号式“呼喊”少了，但以人物或故事来图解政治信条也并不高明。与那些表现自我哀怨情绪的诗歌相比，大众诗歌派显示出一些新特色：诗歌内涵由向内表现自我转换为向外扩展，在现实的群体中寻求自己的生命，他们追求的诗美不在于个性化如何而在于是否真实地表现了时代主旋律和大众的集体主义精神；在诗歌艺术形式上提倡大众化，即他们写的诗大众看得懂，听得进，念得出，引起共鸣，发生效应。蒲风是大众诗派的主将，他的诗作无疑代表了这一派的诗风。艾青曾评说，蒲风到哪里“哪里就燃烧起诗歌的熊熊烈火”[②]。他在诗中打开一个无限广阔的世界，诗人还没有能力完全以独特的艺术个性去把握它，只能以自己的革命热情赋予诗歌以强烈的时代色彩，用火热激情去浇铸现实世界；在他全身心投入大众化诗歌运动中的时候，也常把诗歌大众化作为自己追求的艺术标准，虽然诗歌在他手里已失去神秘性和艰难性，然而这种只顾投合大众审美心理的大众化诗歌形式，难免走上“通俗化”或“通用化”的道路。这种通俗化或通用化的诗歌可能获得与大众沟通和交流的媒介，不过这种媒介本身就限制了主体丰富感情的表达，易于出现思想口号化的倾向。不管大众诗歌派在艺术上存在多少不足，但是从中国新诗发展史上来考察，便会发现这个流派的诗歌从内容到形式都表达了一种起承转合的作用，显示了诗歌在主潮上向革命现实主义、向民族化大众化方向的转换。

与“左联”为核心的无产阶级文学派在革命现实主义基本走向上相一致、并得到鲁迅大力支持和扶植的还有“东北作家群”。虽然有的研究者认为这是个不成熟的文学流派，但作为在特定历史条件下和特定社会心态中形成的作家群

① 穆木天：《新诗歌·发刊词》。

② 《中国新文学大系 1927—1937·诗集》第10页。

却有着相同性或相似性的流派特征，如果每个文学流派都有自己的思想标志，那么“救亡意识”就是东北作家群的思想旗帜。“九一八”事变后，大批东北作家纷纷离开沦陷的故土而流迁到关内，形成中国新文学史上空前高涨的流亡文学潮流，于是在抗战爆发前的上海便集结起一个“东北作家群”，主要成员有萧军、萧红、李辉英、舒群、罗烽、白朗、端木蕻良、骆宾基等。这个流派是从抗日烽火中崛起，盘旋于三十年代到四十年代中国文坛的上空，给新文学带来一些新气息和新特色。是血与火促使他们的创作思想发生巨大转折，如果说“九一八”事变前有的作家还迷恋文艺的消遣作用，热衷于写“酒”和“女人”，那么日寇的入侵、沪战的炮火却把他们惊醒，激起“反抗暴力的情绪”，于是改变了文学创作方向[①]，带着在民族生死存亡危急关头迸发出的抗战激情和危机意识投入小说创作，形成了以救亡图存为特色的爱国主义思想主题，如萧军的《八月的乡村》、萧红的《生死场》、骆宾基的《边陲线上》、李辉英的《松花江上》、舒群的《没有祖国的孩子》、罗烽的《第七个坑》、白朗的《生与死》等小说，大都反映了东北人民的悲惨命运、奋起反抗日寇的战斗精神以及强烈的救亡意识，并表现出一种深刻的危机感和悲剧氛围以及壮烈的阳刚之美，这是东北作家群小说的重要特色。不过这只是他们小说思想内涵的一个层面，还有一个更深的层面。由于近现代中国处于中外文化既冲突又融汇这种复杂的文化背景上，这就决定了新文学的反侵略的爱国救亡主题不只是带有鲜明的民族解放色彩，并且蕴含着文化批判意识和思想启蒙倾向，这是更深邃的民主主义文化内涵。如果说东北作家群那些直接描写中日民族双方军事斗争和政治变动的小说在表现抗日军民愤怒情绪、救亡意识和反抗精神的时候，某种程度上忽略了对人民奋起抗日的社会历史基础和思想文化背景的描写，较普遍存在重民族解放而轻民主自由、重政治解放而轻精神解放、重民族意识而轻文化意识的话；那么由主要描写民族抗战现实而转入描写对民族生活历史反思的小说，如《呼兰河传》、《过去的年代》、《科尔沁旗草原》等，则表现了作家对民族解放与民主革命、反帝与反封建关系的理解较前深刻了，力图揭示出人民自身的存在状态和文化环境以及生命力对民族解放的决定意义，这就使救亡爱国主题在民族意识与民主意识的辩证统一中得到进一步深化。“东北作家群”作为一个独特的文学流派，既受到左翼作家群革命现实主义文学精神的影响与渗透，又获得鲁迅等左翼作家的亲切关

① 李辉英：《丰年·自序》。

怀和大力支持，所以它与三十年代无产阶级文学流派有着紧密的联系。他们的创作所表现的新题材、新主题、新人物，特别是那种独特的大漠风情、豪放气质、原始强力和雄犷的美，给中国新文学增添了新色彩，在某种程度上也透露出新文学未来发展的新信息。

通过对二十年代中期到三十年代前期文学流派的总体观照和粗略描述，不仅可以看出新文学流派发展到这个时期进入了各种矛盾极其尖锐复杂的拥挤而又狭窄的地带，几乎都集中在上海北京两地，使流派呈现出错综交叉的立体态势；而且也可以看出新文学流派演变的内在规律及其未来发展的主导航向，并从而展示出整个新文学发展的基本趋势。

后阶段：文学流派回归趋同

三十年代前期随着民族矛盾的日益激化和民族意识的日益增强，新文学流派逐步意识到民族文化传统在外族入侵的危急时刻具有强大的凝聚力和感召力，而且也看到了新文学流派的演进是“内取”与“外取”的双向同构运动；特别以“左联”为核心形成的左翼无阶级文学流派开展过三次“文艺大众化”的讨论，为新文学的大众化民族化及其向民族传统回归提供了理论根据，以中国诗歌会为代表的大众诗歌派就体现向民族大众文学或民间文学回归的自觉趋向，已预示中国新文学流派发展将进入一个新的历史时期。

1937 年抗战全面爆发，加速了新文学流派的趋同态势，即在政治和时代的迫切需要下要求文学无限扩张其社会功能，自觉地以笔投戎为抗战呐喊；为达到鼓动大众教育大众奋起抗战的功利目的在艺术上文学必须向传统民族文学靠拢，以选择适合人民大众文化程度和审美心理习惯的民族形式和民间形式。抗战爆发，争取民族解放是压倒一切的中心主题，这不仅是三十年代初出现的“流亡文学潮流”的深入发展，也是抗战爆发后整体民族文化心理变动的必然所向。虽然战争改变了以前新文学中心仅局限于京沪两地的格局，全国在不同的社会和地域条件下形成了不同的文学中心，国统区、沦陷区或解放区的文学各具不同特色，上海、桂林、重庆、延安、西安等城市也聚集起不同的作家群；但由于战争给文学的发展带来极大的困难，从多方面给作家的创作造成了难以突破的限制和障碍，致使这时作家的创作心态并非注重文学本体的构造而更多的是考虑如何把文学变成参战的武器，这就给文学流派的产生和繁衍带来极大的困难。尽管如此，但中国毕竟幅员广阔，总有些中日交战的间隙地区，总有些离抗战烽火较远的作家仍潜心于文学艺术追求，总有些作家在处理文学与抗战的关系上取得了较好的艺术效果，因而抗战时期仍存在着一些带有流派征兆的文学现象；如围绕“文协”或《抗战文艺》聚集起的作家群是否可视为“抗战文学流派”？再如孤岛时期围绕《鲁迅风》展开论争所形成的作家队伍是否可算是“杂文流派”？当然带有反动倾向的“战国策”派并非是我论及的范围，尤其值得重视的确实出现了一些各具风采的文学流派。

战争既能给中华民族带来空前的灾难，给民族心理造成危机感和恐惧感，更能唤起中国人民的解放意识和自尊意识，化为催促新政权诞生的内驱力。作为民族灵魂铸造者和民族运命关注者的文学家不约而同地感受到并把握住民族心理的脉络及其变化趋向，所以他们比较自觉地把文学推向火热的社会斗争实践，面向正在奋起抗战的主力军工农兵，力求在汲取传统民族文学或民间文学精华的前提下创造以工农兵为主体的新文学，这是对三十年代前期“革命文学派”、“左翼无产阶级文学派”、“大众诗歌流派”等的工农大众文学传统的继承和发展。1942 年毛泽东《在延安文艺座谈会上的讲话》的问世，标志着中国新文学的发展达到一个新的历史阶段。《讲话》从政治、经济、文化综合的历史角度正式地确定了中国新文学为工农兵服务的指导思想，将文学的发展同社会的发展、将文学的变革同政治的变革、将文学的流变同人民大众的需要统一起来，从此文学则成了社会发展的风雨表，文学则成为政治革命的机器齿轮，文学则成了人民大众的代言人；并且从理论上总结了新文学产生以来的适合无产阶级文学发展需要的历史经验，回答了新文学许多基本问题，指出了新文学发展的为工农兵服务的大众化民族化的具体道路。《讲话》鲜明的实践品格必然要求一切文学家“长期地无条件地到工农群众中去，到火热的斗争中去”，以创造为工农兵服务的文学；《讲话》的鲜明党性原则必然要求新文学置于共产党的领导之下，根据政治革命的需要来创造无产阶级党的文学。而要把工农兵文学和党的文学有机地统一起来，其中关键环节在于作家通过学习马克思主义，同工农兵在感情上打成一片，把立足点从根本上转变过来，把审美趋向和艺术追求的导向转换过来。所以号召广大的文艺家从书斋里、从知识分子圈子里走出来，从城市走向农村，走向如火如荼的工农兵斗争生活中去；有组织有领导地进行城乡文化大交流，实际上这是现代文化与农民文化大汇合，不过在这个交流与汇合中农民文化总是以民族文化代表的资格与西方文化较量；由于权力的干预和回归潮流的推动,作家们纷纷放弃以莎士比亚、托尔斯泰等世界文学巨匠作为楷模来进行"锦上添花"的创作,而主要与人民大众相结合创作一些适应工农兵所需要的"雪中送炭"的作品,这标志着中国新文学已开始从较普遍的最底的文化基础上建造一种为人民大众所喜闻乐见的具有中国作风和中国气魄的新文学。这样一来那些在艺术上苦苦追求、在风格上喜好标新立异的文学流派,便进入一个崭新的大统一的历史环境,不论社会意识或审美意识都获得一种求同感和稳定感。随着工农兵文学在发展中趋同意识的增强和政权力量的介入,从文艺思潮和审美追求上孕育出的文学流派越来越少了,而从地域的文化氛围和风土人情中倒形成一些文学流派,如"山药蛋派"、"荷花淀派"等,这不只是反映了新文学民族特色和地方风味的增强,也表明文学理论观念的集中统一。不过四十年代的文学流派处于不同的区域,由于政治条件和人文环境以及作家心态的差异,也出现一些独具思想特色和艺术风格的文学流派,使这个时期的文学流派在趋同倾向中也放出异彩。

内向型　七月派与九叶诗派

如同东北作家群一样"七月派"是在抗战烽火和战乱流亡中崛起的,是以1937年9月上海创办的《七月》周报为发端,它带着强烈的时代色彩和被唤醒的民族精神活跃于国统区的抗战文学运动中。如果说三十年代前期的左翼无产阶级文学派的革命现实主义精神出现偏重于主观或偏重于客观两种趋向的话,那么"七月派"则延续并发扬了偏重于主观的现实主义传统。"七月派"的生命不仅与胡风主办的《七月》杂志的生命连在一起,随着战事的变化它经历了艰辛的流亡生涯,先后在上海、武汉、桂林、重庆等地出版过,有一大批作家在《七月》流经的岁月里成长起来并与《七月》的名字一起走上新文学的历史舞台;而且"七月派"的命运也与胡风的人生命运联系在一起,他本是三十年代文坛上最活跃的左翼作家之一,虽然在"两个口号"论争中他始终坚持"民族革命战争的大众文学"这个口号并算不得什么个人恩怨,然而它却在胡风以后的生涯中留下了"灾难"的阴影,这个阴影直接影响了"七月派"的命运。不仅仅如此,胡风是鲁迅为人生的现实主义文学传统的忠实继承者也是鲁迅之后的重要文艺理论家,他在反对左翼文艺思想的"机械论"和艺术教条主义倾向中建构了以主观战斗精神为核心的现实主义理论体系,不只是对"七月派"的形成和发起起了重要的指导作用,而且使"七月派"在所有的新文学流派中数得上是个理论主张最完整并对创作影响最明显的文学流派。胡风是一个对文学既敏感又热情的理论家和批评家,他凭着自己的才气和胆识对无产阶级文艺的理解和把握比较深刻和灵活,并没有因为信奉马克思主义辩证唯物论创作方法而放弃对文学本身规律的探讨,他能够切实地把无产阶级文学理论与中国文学实际结合起来,以极为忠诚的态度在文艺创作和文学批评中追求人生与艺术的统一、政治与艺术的统一。他认为,没有了人生就没有文艺,离开了服务于人生,文艺就没有存在价值,同样地可以说,没有了人生就没有文艺批评,离开了服务于人生,文艺批评的价值也就失去了,一言以蔽之,"只有人生至上主义者才能够成为艺术至上主义者"①。他的为人生的现实主义不同于早期"人生派"的现实主义,胡风并不强调客观描写,既反对客观主义也反对主观公式主义,主张"主观精神和客观真理的结合或融合,就产生了新文艺底战斗的生命"②;并且提出作家主观的战斗意志和人格力量要"突入"现实客观对象,只有"和客观对象经过相生相克的搏斗,体验到客观对象的活的本质的内容,这样才能够把客观对象变成自己的东西而表现出来"③。与那种注重于客观现实的观察与再现的现实主义所不同的是,胡风把作家主观的"搏斗"、"体验"、"突入"、"扩张"等作为能否在创作过程中贯彻现实主义原则的关键所在。正是这种现实主义文学理论的独特性、切实性和深刻性造就了胡风在文坛上独树一帜的美学风格和"七月派"的主帅地位。所以胡风一开始创办《七月》杂志就得到艾青、田间、萧军、萧红等大力支持,遂之围绕《七月》形成一个文学群体;《七月》停刊后胡风不辞辛苦地在流亡中续编《七月诗丛》、《七月新丛》和《七月文丛》;1945 年又开始编《希望》杂志。从抗战初起到新中国成立,胡风几乎把自己全部心血和文学生命都交给了"七月派";围绕着《七月》和《希望》杂志,是时代培育了抗战后这个最大的文学流派("抗战文学派"除外),而胡风也在这个文学流派中证明了和肯定了自己。虽然"七月派"在诗歌、小说、报告文学、文艺理论、散文诸方面都取得了引人注目的成就,但是在文学创作方面足以显示"七月派"艺术风貌和审美特征的乃是诗歌和小说。

如果从流派的角度看,"七月派"应分为"七月小说派"和"七月诗歌派"。"七月小说派"的主要成员是丘东平、路翎、彭柏山等,他们的文学创作虽然各具

---

① 《胡风评论集》(中)第 360 页。
② 《胡风评论集》(中)第 319 页。
③ 《胡风评论集》(下)第 319 页。

艺术个性,但也具有流派的审美特征。由于他们在创作过程中注重“突入”复杂的客观对象,以丰富复杂、浓重遒劲作为审美理想,所以在作品中极力开掘生活本身的复杂性,刻画人物的复杂性格。如丘东平的《沉郁的梅岭城》、彭柏山的《叉路》,或写根据地农民的复杂意识冲突或表现根据地发生的悲剧,至于路翎写大后方的小说如《燃烧的荒地》和《蜗牛在荆棘上》更具有复杂的内容,特别是《财主底儿女们》中的人物有的就是极端复杂的矛盾统一体,使人物心灵世界的开掘达到惊人的深度和令人叹服的复杂性。正如胡风所说:路翎“是追求油画式的,复杂的色彩和复杂的线条融合在一起的,能够表现出每一条筋肉底表情,每一个动作底潜力的深度和立体”①。七月小说派对人物心理刻画常常不是采取单向的静态写法,而是多向的动态的,旨在表现出“活的人、活人的心理状态、活人底精神斗争”;尤其是路翎善于刻画相对立心理的跳跃式的变动,往往在瞬间来了个 180 度的转变,蒋纯祖经过心灵的炼狱,在心理起伏曲折的演进中充满跳跃性的突变。正如胡风所评述的,路翎“所要的并不是历史事变的记录,而是历史事变下面的精神世界底汹涌的波澜和它们的来根去向,是那些火辣辣的心灵在历史命运这个无情的审判者前面搏斗的经验。”②不论开掘生活本身的复杂性或刻画人物心灵的复杂性,运用一般的现实主义创作方法是不灵验的,使用那种直抒胸臆的放声呼叫式的浪漫主义创作方法更不行,只有采取以主观战斗精神为核心的现实主义才能收到卓有成效的艺术效果。胡风在《愿和读者一同成长》中说:“在神圣的火线后面,文艺作家不应只是空洞的狂叫,也不应作淡漠的细描,他得用坚实的爱憎真切地反映出蠢动的生活形相。”路翎也表示过,“万物静观皆自得’我们不要,因为他杀死了战斗热情。将政治目的直接搬到作品里来我们不能要,因为它毁灭了复杂的战斗热情”③。他们创作小说所要的乃是渗透着情感体验和主观战斗精神的现实主义,有人称它为主观现实主义或心理现实主义。由于七月小说派具有表现“原始生命力”或“原始的强力”的审美追求和忧国忧民的忧患意识,以及个人顽强奋斗的坚韧性和孤独感,致使他们的小说世界弥漫着浓重的悲剧气氛,形成一种激越悲凉的审美格调。

“七月诗派”比“七月小说派”更能体现“七月派”的主导美学倾向和艺术风格,似乎它在新文学史上的地位更显赫一些。与七月派结下不解之缘的诗人群

① 胡风:《〈饥饿的郭素娥〉序》。
② 胡风:《财主底儿女们·序》。
③ ②路翎:《〈何为〉与〈克罗采长曲〉》。

体,从胡风亲手编辑的“七月诗丛”所收入的诗集便可看出基本阵容:合集《我们是初来的》,胡风的《为祖国而歌》,艾青的《向太阳》、《北方》,田间的《给战斗者》、《她也要杀人》,阿垅的《无弦琴》,鲁藜的《醒来的时候》、《锻炼》,天兰的《预言》,绿原的《童话》、《集合》,冀访的《跃动的夜》、《有翅膀的》,邹荻帆的《意志的赌徒》,牛汉的《彩色的生活》,孙钿的《望远镜》,化铁的《暴风雨岸然轰轰而至》,杜谷的《泥土的梦》等。从总体上审视,“七月诗派”是怀着强烈的时代使命意识在抗战的烽火中登上诗坛,他们无心营造“为艺术而艺术”的象牙之塔,而是自觉地把历史使命感化为深沉的政治意识和战斗欲望,赋予其诗歌以强烈的反抗意识和复仇精神,表现出粗犷豪放的战斗者的气质和现代诗人的本质力量,如田间、艾青等人的诗就是抗战的鼓点和时代的号角。虽然七月诗派有些诗的审美意识消融在政治意识里,但并没有“普罗诗派”或“大众诗派”那种标语口号化或概念化的倾向,这主要因为他们把握历史现实的方式并不是具体陈述历史的过程,也不是把理性与激情简单地叠加在一起,而是将个人的自觉政治意识融汇进历史运行轨迹中或现实感受的形象把握中,以诗人独特的深思和心灵去触摸现实生活运动的脉搏和领悟人类的自由本质以及创造能力在火热的战斗现实中的延伸,使艺术表现尽力达到现实主义的真情实感与象征主义的审美意象的有机结合,这是七月诗派重要特征之一。由于这派诗人并没有因为获得阶级意识民族意识就像创造社后期进入“普罗诗派”那样完全否定现代个人意识,所以在诗歌创作中能自觉地把个人与民族、国家、阶级、党凝聚在一点焦点上,把个性意识与群体意识交织在一起,祖国的前途和民族命运牵动着诗人的缕缕诗情,个性意识仿佛从群体意识中找到了寄托和庇护,也找到表现自我的对象世界,于是自我形象在不知不觉之中便被溶解进集体形象之中,昂首阔步地走进时代的艺术画廊。在个体与群体、个人与民族、自己与祖国之间,每位诗人处于民族生死存亡的历史关头都会重新审视自己并重新设计自己的位置,是为自我个性解放而歌唱或为自艾自怨而低吟还是把自己的歌喉奉献给时代的大合唱,七月诗人选择了后者,使抒情主人公发生了前所未有的变化,即把“自我”与时代的“大我”融为一体。抒情主人公的变化必然引起诗歌创作一系列内在变化,其中最重要的变化就是个人抒情诗向政治抒情诗转变。如果从历史联系上来看,这是对“普罗诗派”政治抒情诗的继承和超越,也是对象征诗派和新月诗派注重表现个人哀伤心境和个人孤芳自赏情趣的否定和扬弃。七月诗派富有个性色彩的抒情总是更多地注重于表现人民大众的意志和感情,表现最普遍的时代精神，即从民族解放走向中国共产党领导的政治运动。绿原曾说，“对于那些直接生活在战斗行列中的诗人们，诗就是射向敌人的子弹，诗就是捧向人民的鲜花，诗就激励、鞭策自己的入党自愿书”。七月诗派一开始便带有政治色彩，随着一批批诗人奔向延安，奔向抗战第一线，其政治自觉意识越来越强，这又是七月诗派的突出特色。与这派诗人的使命意识和群体意识相联系的，是他们的诗歌渗透着深厚的忧患意识。七月诗人既然自觉地把人的命运与祖国与人民的命运连在一起，那他们的忧患不单单是个人的忧患更重要的忧国忧民的忧患之情，所以他们的诗意诗境总是联系着民族、祖国、人民的喜怒哀乐，总是联系着人生的苦难和人民的忧愤。艾青忧患那“载负了土地的痛苦的重压”的乞丐和承受着巨大的悲哀和忧郁的农人；田间忧患“在祖先的田埂，母亲的土地”；绿原的诗里跳荡着一颗忧国忧民的赤子之心。艾青曾说过，“叫一个生活在这年代的忠实的灵魂不忧郁”那是“一种奢望”，不过“这忧郁不是消极冷漠，而是对于祖国人民的挚爱心怀在苦难现实面前的热切思索”。尽管悲伤、苦痛、哀愁的忧患情调在他们的诗作中并没有消失，但其主导的现实主义精神中却蕴含着理想因素，既感受不到象征诗派的个人哀怨也体味不出新月诗派的消极颓废，所体验到的则是在忧患的情思中充满了明朗昂扬的激情和信心十足的渴望，总是战斗的血光和光明的信息相交融相呼应，在悲壮的艺术氛围里闪烁着希望的火光。艾青的《向太阳》和田间的《给战斗者》等诗，既能使我们感受到一种燃烧着的力量和希望又能感受到在理想与现实之间有一种相互映照的和谐，这是七月诗派又一重要特色。七月诗派强调主观战斗精神和主观拥抱客观的美学追求，虽然有的诗人在高扬主观战斗精神时因为过分向理性倾斜而使有些诗哲理火花过盛而情感闪光微弱、理性意念有余而直观感悟不足；但从总的倾向来看，他们的艺术思维模式是与其创作个性相适应相吻合的，基本上能把忠于艺术与忠于人生有机结合起来，能把现实与理想、主观与客观统一起来。从新文学的演变来看，将艺术与现实这两块创作基石牢固地有机地胶合在一起并非每个文学流派都能做到的，有的流派关注现实比关注艺术用力更多一些，有的流派热衷艺术比热衷现实用心更切一些，常常使艺术与现实处于靠不拢、贴不紧的浮游状态。这是因为中国新文学的生成与发展是在一个特殊的历史时期和文化水平反差极大的人文环境，文学家不时地陷于艺术与现实两难选择境地，时代和人民大众迫切要求文学具有变革现实的政治功能和社会效用，喜欢那些明白晓畅通俗易懂的贴近现实关注生活的作品；而那些忠于艺术维护文学独立性的文学家和文化层次较高的读者则从艺术本体上强调得过多,甚至提出“为艺术而艺术”的口号,偏爱那种具有深邃象征意蕴和朦胧意象情趣的作品。七月诗派面对着民族解放战争的严峻形势,充分意识到时代要求艺术与现实统一起来,既要从孤芳自赏的艺术小圈子走出来去表现时代精神,又不能不顾及文学自身的特殊品格而一味地去扩张文学的社会功能,把文学变成政治图谱或艺术传声筒。为了处理好艺术与现实的关系,七月诗派始终坚持以主观战斗精神为核心的现实主义,正是凭借主观战斗精神的力量,他们克服了艺术与人生、现实与理想、主观与客观之间的种种障碍和易于出现的偏颇,达到了艺术与现实的辩证统一,实现了艺术境界的新飞跃。虽然七月诗派属于现实主义诗派,但他们也汲取了浪漫主义因素和象征主义意象以及现代派手法,在一系列意象的交错组合中暗含着幽深的意蕴和浓郁的诗味,这也是七月诗派的重要特征。

总之,“七月派”在新文学史流经十余年,横跨抗日战争和解放战争两个时代,尽管它自身的存活和发展经历过风风雨雨,既有严峻的考验又有深重的灾难,然而“苦难也已成为记忆,在它温热的胸膛重新漩流着的将是战斗者的血液”①。它为新文学留下一座艺术丰碑。

奋起于中华民族苦难深重的四十年代的“九叶诗派”②,如同七月诗派一样也具有沉重而自觉的历史使命感,“渴望能拥抱历史的生活,在伟大的历史光辉里奉献我们渺少的工作”③。这个流派的构成,穆旦、杜运燮、郑敏、袁可嘉是西南联大的学生,其余的五人如辛笛、杭约赫、陈敬容、唐湜、唐祈均在上海从事文学活动,并与臧克家等编辑的《诗创造》和辛之主编的《中国诗歌》两个刊物密切相关。他们似乎有着共同的宣言,即:“我们现在是站在旷野上感受风云的变化。我们必须以血肉似的感情抒说我们思想的探索。我们应该把握整个时代的声音在心里化为一片严肃,严肃地思想一切,首先思想自己,思想自己与一切历史生活的严肃的关联。”“我们应该有一份浑然的人的时代的风格与历史的超越的眼光,也应该允许有各自贴切个人的突出,与沉潜的、深切的个人的投掷。我们首先要求在历史的河流中形成自己个人的风度,也即在艺术的创造中形成

---

① 借用艾青《复活的土地》的诗句,以表新意。

② 一本四十年代九个年轻诗人的154首诗的全集《九叶集》,设称之为“九叶诗派”,江苏人民出版社1981年版。

③ 《中国新诗》第一集《代序:我们的呼唤》。

诗的风格，而我们必须进一步要求在个人光耀之上创造一片无我的光耀——一个真实世界处处息息相通，心心相印，一个圣洁的大欢跃，一份严肃的工作，新人类早晨的辛勤的耕耘。”①九叶诗人有宣言式的表白，更有大量的诗歌问世，显示了这个流派的实力和独特审美风格。一是九叶诗人的历史使命意识体现在诗歌里并不像七月诗派那样化为强烈的政治战斗热情和崇高的理想追求，而是冷峻的社会解剖和理智的哲学思考。在那些比较平凡的题材上展示锋利的思想光芒和政治批判的性质，虽然他们很少写直接歌颂革命和赞美光明的诗篇，然而他们常常在揭露黑暗和批判丑恶的诗意中透露出历史发展的律动和哲理思考的深度（辛笛《布谷》、袁可嘉《上海》等）。九叶诗派虽然与三十年代的现代象征诗派一脉相承；但他们却有意识地“把握整个时代的声音”，“在旷野上感受风云的变化”，不再拘泥于个人的小圈子单纯去追求瞬间的感觉或印象的真实，也不再热衷于在主客体之间营造那种朦胧的意象，而是在腐朽污浊的社会环境和战乱动荡的世界面前冷静地观照和深沉的思索，表现历史进程在个体心灵深处的震响，带有强烈的理性色彩。二是历史使命感与忧患意识在九叶诗人的诗作中是互相渗透互为因果的。如果说七月诗派的忧患意识更多地表现为忧国忧民的忧患情绪，那么九叶诗人的忧患意识则表现为对人生的忧患和对生命的沉思，往往把人民的忧患和灾难作为自己的生命体验，因而其诗的忧患情绪中充溢着忧愤而哀婉、抑郁而缠绵的色调，不管这种忧患意识在历史的磁场上产生多大的吸引力，它却能在四十年代充满忧患的祖国大地上放射出诱人的光彩。三是在诗艺上比起前辈戴望舒、卞之琳、艾青、冯至等的带有现代派色彩的诗歌创作显示出新的审美特色，正如袁可嘉所总结的：“在诗歌艺术上，他们要求发挥形象思维的特点，追求知性与感性的融合，把官能感觉和抽象观念、炽热情绪结合为一个孪生体，使‘思想知觉化’（艾略特）；他们注重象征和联想，让幻想与现实交织渗透，把思想寄托于活泼的想象和新颖的意象，通过烘托对比来取得总的效果，借以增强诗作的厚度与密度；在意象营造上，他们强调较大跨度的跳跃性，‘把极不相同的形象用蛮劲硬拉在一起’（约翰逊），使之产生‘陌生化’的功效；在语言上，他们主张在现代口语和书面语的基础上大量使用具体词与抽象词的嵌合，以增强汉语的活力和韧性，因此具有不同程度的欧化倾向。”②这基本上概括出九叶诗派在艺术上的一些相同的特征；他在《九叶

① 《中国新诗》第一集《代序：我们的呼唤》。

② 袁可嘉：《西方现代派与九叶诗人》，《现代派论·英美诗论》第375页。

集·序》又进一步论述了九叶诗派重视追求“高级的形式”的创新，这似乎为当时艺术形式大众化民族化的主潮增加点不谐调的音符或是说添上些异彩的浪花。他说：“这九位作者忠诚于他们对时代的观察和感受，也忠诚于他们心目中的诗艺，他们通过坚实的努力，为新诗的艺术开拓了一些新的路子。比起当时一般的诗歌来，他们的作品比较蕴藉含蓄，重视内心的开掘，而又与人民的感情息息相通，因而避免了空洞的抽象议论和标语口号式的叫喊；比起先前的新月派、现代派来，他们的视野比较开阔，比较接近现实社会”；在艺术上，“他们在古典诗词和新诗优秀传统的熏陶下，吸收了西方后期象征派和现代派（如里尔克、艾略特、奥顿等）的某些表现手法，丰富了新的表现能力”。如果说在艺术与生活、诗与时代、主观与客观、理性与感性的辩证关系的理解和认识上，九叶诗人与七月诗人基本一致的话，如九叶诗派认为在诗与生活的关系上，“诗是生活经验的转化、升华或结晶，不是它的临摹或复制”，“诗不是情绪的‘喷射器’，而是它的‘等价物’（庞德）”，“诗既有表现生活的功能，又有相对独立的美学价值，它不是简单的宣传工具”等；那么他们的不同主要表现在：七月诗人主要强调主观战斗精神在创作过程中的决定作用，注重主体对客体的把捉力、拥抱力和突击力，而九叶诗人则强调在创作过程中寻求与心灵相通的对应物，通过对应物的客观冷静的描写，让个人感受和体验从客体中流露出来，就是既努力开掘内心世界的矿藏又不迷失在自己的小世界里，“抛弃了心爱的镜子，开始向自己的世界外去找寻世界”①，这就使诗歌具有“以物写我，化我为物”的特点。七月诗派主导美学倾向是现实主义的，只是吸收了浪漫主义、象征主义或现代主义一些养分，而九叶诗派的主导审美意向则是现代主义，它并没有仅仅局限于接受前现代主义或象征主义的影响，更接近于当今世界后现代主义思潮，同时又敞开胸怀汲取现实主义因素和浪漫主义诗艺，力图寻找三者的结合点，为新诗开拓新路。七月诗派的总体艺术风格有人概括为明朗、朴实、激越、豪放，而九叶诗派的艺术风格则是含蓄、深沉、典雅、冷隽，不论他们是借用浪漫手法或者是继承传统借景抒情及托物言志或者是运用现代派表现技巧，特别是善用象征手法，都是为了纠正诗歌直接反映生活所带来的浅露直白的缺点，以增强诗意的蕴藉、含蓄、深沉。

九叶诗派在历史上持续的时间并不长，《诗创造》和《中国新诗》被国民党

---

① 杭约赫：《启示》。

政权于1948年底查禁后，这个流派也就云散了；但是从文学史的角度上来看，它却具有特殊地位，即当文坛上日益高涨的革命现实主义文学和大众化民族化艺术追求已成为压倒的主潮时，潜滋暗长了九叶诗派这个带有现代主义意向的流派，只能说是独占风情向文苑，令文学家和评论家刮目相看了。

混合型　新浪漫派与社会言情派

随着抗战爆发所唤醒的新民族精神的日益强化，很多作家不约而同地转向人民大众并从传统文化中汲取营养，创造一种适应时代主潮需要的新文学，也形成一些具有鲜明时代色彩的文学流派，如七月派等。但由于我国具有多种多样的文化形态，日寇入侵又使中国大片土地分割成不同色彩的区域，在大气候下每个区域又有自己的小气候，这就形成了情调迥异的文学流派，甚至出现了远离时代中心和文艺主潮的文学派别，如新浪漫派小说和社会言情派小说就是属于这类文学现象。

新浪漫派是四十年代初在文坛上兴起的文学流派，主要以小说创作显示其特异的美学风格，代表性作家有徐訏、无名氏（卜乃夫）。台湾杨昌年在《近代小说研究》中说："另一派的小说，与抗战关系较少或丝毫无关系的小说，就为艺术而艺术言，也该是具有价值的，个中翘楚，当推徐訏与无名氏"；"无名氏异军崛起，以其浓美细致之笔，尽写热烈爱情，典雅华丽，而不流于俗腻，难能可贵"①。徐訏是林语堂的好友，深受林的赞赏，文坛上称他为难得的"鬼才"，其重要小说有《鬼恋》、《荒谬的英法海峡》、《吉布赛的诱惑》、《精神病患者的悲歌》、《风萧萧》等。他长于描写"人鬼同构"的人世悲剧，表现那种非人非鬼的魔幻境界，洋溢着浪漫主义感伤色调和异国风情；通过对儿女情长的悲欢离合的奇特风流故事的抒写，超越纷纭复杂多灾多难的现实人生，透过心理剖析和哲学沉思升华出浓郁的宗教意识，但他毕竟生存于国难当头、烽火四起的抗战环境，不可能全然超脱而一味在追慕那飘逸梦幻的理想境界，致使有些作品仍流露出沉重的民族意识和人性的焦虑感。无名氏有名的长篇小说《北极风情画》、《塔里的女人》、《野兽、野兽、野兽》、《海艳》、《金色的蛇夜》等，与徐訏的小说相比，如果说前者的浪漫主义情调主要体现在故事情节的构思中和异国风情的渲染中，那么后者的浪漫主义情调主要表现在描写过程中和玄思冥想中。无名氏擅长以饱

---

① （台湾）杨昌年：《近代小说研究》，兰合书局1976年版。

含激情的语言和强烈的色调，浓墨重彩地涂抹人生艺术画面，在敏感的情绪波动甚至癫狂中表现人生，时而在炽烈中冷却，时而在冷却中突然爆发，总是把人的情与理推向极致，但在这种浪漫风情之后作者又常常陷入沉思玄想，进入一个终极的玄想境界，把自己封闭在一个离现实生活很远的空间里去领悟人生和生命的本原过程。正如他所说："艺术创造情感，哲学净化情感，宗教安全情感。这三者河水不犯井水。换言之，艺术创造生命力，哲学澄化且明净生命力，宗教稳定且巩固生命力，生命本是一大和谐。"[①]他的小说就是在浪漫情调和神思玄想中表现出对生命流变的哀叹和崇拜，以及在艺术中实现生命的沉醉。无名氏小说的魅力来自于浪漫风情与抽象沉思的奇妙结合，作者在生命流变中体验着生命、感悟着生命、思考着生命、探索着生命。

总观新浪漫派的小说创作，尽管远离大时代的主旋律，并不热衷现实主义文学主潮，但他们不可能以完全超然的态度摆脱时代生活的影响，只是以其自己的色彩斑斓的笔调在异国风情、人鬼同恋、黑夜梦幻中表现人生，显示了独特的艺术视角。徐訏在《作家的生活与潜能》中曾说，"要举一个从来不依赖'生活'的作家是没有的，要举一个从来没有生活浸染的作品是不可能的"。是否可以据此证明他是个现实主义作家，不可，因为他在《斜阳古道》中明确表示："在三十年来中国文学的写实主义主流中，我始终是一个不想遵循写实路线的人"。他又说："至于我个人，我对于写实主义则是不满足的。第一，我觉得写实主义一类的名词只是文学史一种类别，我觉得伟大的第一流作家都并不属于某一种风尚。以写实作家来说，如巴尔扎克如福楼拜的作品几乎都具有浪漫主义的想象。第二，我认为狭义上的写实主义的作品，往往流于报道，与文艺的范畴距离很远。"[②]不管他对现实主义存在多大的偏见，但其选择艺术道路的自主意识和独特趋向应该受到重视，至少从中可以看出他不随波逐流的艺术品格和不满足于对生活的一般描摹而追求新的艺术境界，于是他倾向于浪漫主义的想象品格。不过仅仅以传统的浪漫主义概念并不能完全涵括新浪漫派的美学风格，这不只是说他们的浪漫主义没有拒斥写实主义因素，更重要的是因为现代主义情愫和表现手法的浸透使浪漫主义发生了变异，难怪有的研究者视他们为"后现代派"；同时，还糅进了现代知识者对现实人生的真切感受和对生命的独特体验，表现出一种痛苦绝望的悲观主义和神秘主义情调。然而这一切又在不同程

① 无名氏：《冥想偶拾》，台北近景出版事业公司1986年版。

② 徐訏：《从写实主义说起》。

度上表现出他们与大时代的急切需要相矛盾相抵触的情景。由于他们不可能完全理解或以超然态度对待自己所处的时代和人民，所以只能在浪漫奇特的幻想中着重于内在世界的悲剧性思考，很难在作品中表现那些合乎历史发展需要的主题意向。尽管这个流派的小说创作有一定的历史局限性，但它在中国新文学史上的独特地位不可抹煞。作为一个奇异的文学流派，它在四十年代现实主义文学主潮外别立新宗，显示了新文学发展的多样化趋向到此并没有终止；从艺术流变来看，它标志着作家的审美视角自觉地“向内转”或对文学艺术现代化的自觉追求。

也许是一种机缘把“新浪漫派”和“社会言情派”安放在四十年代同一个历史框架之内。如果说抗战爆发后出现的文学流派大都自觉地接受了“抗战高于一切”的时代选择，那么似乎唯有新浪漫派和社会言情派尚未在明确的政治意识指导下存活，他们在时代选择与文学选择的两难之间动荡徘徊，即使表现出的献身于文学艺术的选择趋向也是一种并不情愿的无可选择的选择。实际上四十年代文坛上出现的以张爱玲、苏青、周陈霞等的新社会言情小说派是从所谓“鸳鸯蝴蝶派”演化出的一种新市民文学。张爱玲直言不讳地说：“从初识字的时候起，尝试过各种不同体裁的小说，如‘今古奇观’体，演义体，笔记体，鸳蝴体，正统新文艺派等等。”[①]她踏入文坛的两篇有名的小说[②]就发表于鸳蝴派的刊物《紫罗兰》上，主编周瘦鹃对这两篇小说大力推荐。不过抗战爆发后，处在民族危机的关头鸳蝴派已开始蜕变，作家的创作心态不再是一味地追求游戏文学或消遣文学，而是带着救国救民的使命感撰写“国难小说”了。这种政治倾向上的变化对张爱玲为代表的“社会言情小说派”并没有产生多大的影响，主要是鸳蝴派的“言情”艺术传统被“社会言情派”所继承所超越。她们以《万象》、《新中国》、《古今》、《天地》、《亦报》等杂志或副刊为阵地，发表了大量描写城市小市民和大家庭生活的小说，着重围绕男女情爱、家庭琐事展开故事，热衷于表现身边小事和人情世态，逐步以上海“孤岛”为背景形成一个文学流派。从文学的内在化过程来看，“五四”开始创建的新文学决没有同旧文学处在两极对立的绝缘地位，常常是你中有我我中有你，新文学汲取旧文学的精华使自身茁壮成长，旧文学借鉴新文学不断改造自己促其新质的增长，如张恨水的言情小说到了三四十年代那种才子佳人的幻想成分则日益减少，而现实生活情愫却日益增加，

① 《女作家聚谈会》，发表于1944年4月《杂志》第13卷第1期。

② 《沉香屑：第一炉香》和《沉香屑：第二炉香》。

如果说他的《啼笑因缘》、《夜深沉》已表现出走向现实主义趋势，那么四十年代写的《八十一梦》、《五子登科》则具有了现实主义美学风格，后者已不属于旧言情小说的范畴而应当视为新言情小说了。在这种新旧文学内在化过程中形成的以张爱玲为代表的新的"社会言情小说"区别于旧的言情小说的根本之点在于，作家具有现代生活的真实体验和深切感受，并以现代意识去理解和把握生活，以新的审美方式去观照生活，表现出一种新的美学风格。张爱玲四十年代创作的《传奇》小说集、《倾城之恋》、《金锁记》、《小艾》等，集中体现出"社会言情派"小说的特征：一是描写的家庭琐事和日常生活已脱尽才子佳人的趣味，展示出一幅幅现代城市市民生活的风情画。《传奇》是张爱玲通过言情或描写两性关系、婚姻关系来发掘人性和表现洋场社会，这种审美视角和现代意向正如《传奇》题词所云："书名叫传奇，目的是在传奇里面寻找普通人，在普通人里寻找传奇"。这种审美意向在《倾城之恋》中体现得尤为突出，"我为上海人写了一本传奇"，"写它的时候，无时无刻不想到上海人，因为我是试着用上海人的观点来察看香港的。"[①]她是在都市社会的中西文化错综畸形的文化背景上写了一个哀艳的传奇故事，并抹上一层平凡的灰色人生的基调。她不愧是洋场社会的高等女画家。二是以现代人的眼光和人道主义情怀真实地描写现代市民的命运，并从悲剧性的思考中透露出一种现代思想意味。《金锁记》在洋场世界的魔影中从日常生活里对人性作了深刻剖析，带有浓重的悲剧感和历史感，创作了一部金钱和情欲的心理传奇。主人公曹七巧是一个心灵被黄金枷锁异化了的畸形人物，作者以现代悲剧意识写出了这个人物的人性变态的悲剧过程，并在人物的变态自虐而又肆意虐人的行为中杂糅了一些尚未完全被金钱毒化的自然情欲和温柔的回忆，这是现代作家对现代市民命运所作的悲剧性思考。三是在艺术上虽受到西洋文学的深刻影响，但并不排斥对传统言情小说的现实主义精神的弘扬，敢于在传统艺术与现代艺术之间以经过现代审美意识点化和超越的东方色彩，与世界文学进行富有才情的对话，在东西不同艺术因素的化合和互补中建立具有通俗化、民族化和现代化特色的文学个性基调。如张爱玲的富有独特意味的艺术个性最初的萌蘖，既与鸳蝴派的旧小说沾亲带故又与《红楼梦》、《金瓶梅》等传统小说艺术一脉相承，但她又深受外国文学艺术的熏陶。她在《女作家聚谈会》一文中这样表述自己的审美趣味："我是熟读《红楼梦》，但

---

① 张爱玲：《流言·到底是上海人》。

是我同时也曾熟读《老残游记》,《醒世姻缘》,《金瓶梅》,《海上花列传》,《歇浦潮》,《二马》,《离婚》,《日出》。有时套用《红楼梦》的句法,借一点旧时代的气氛,但那也看适用与否"。她还"读S·Maugham(毛姆),A·Huxley(赫胥黎)的小说,近代的西洋戏剧,唐诗,小报,张恨水"。可见她在小说中爱讲带点浪漫色彩的华丽曲折的洋场故事的艺术特长以及善于运用意象丰富、华丽典雅的语言,是中西文学艺术交汇融合的结果,特别对传统文学艺术的继承正趋同于四十年代民族化通俗化的潮流。

这种新型的社会言情派小说其总体美学特征既是社会的又是言情的而首要的则是社会的,它不同于新浪漫派小说带有那么多浓重的奇特幻想色彩和现代主义味道,似乎它始终根植于民族的土壤,关注现代市民社会的人生人性变化,所以随着城市文化圈的不断扩大,这种反映城市日常生活的"生态"和"心态"的社会言情小说或新型市民文学也日趋繁荣,既没有什么纲领制约又没有什么组织联系,不少作家不谋而合地趋向社会言情小说的创作。如欧阳山三十年代初曾以描写城市青年恋爱生活而闻名,四十年代到延安转向写工农生活,但他对城市家庭日常生活的有浓厚兴趣,所以他建国后创作的《一代风流》实际上是带有强烈革命色彩的社会言情小说,港台作家琼瑶、亦舒创作的小说明显地烙上现代社会言情小说的印痕。

民族型　山药蛋派与荷花淀派

要是说崛起于国统区或沦陷区的新浪漫派和社会言情派表现出一种游离于社会大潮和文学主潮之外的倾向,那么兴起于四十年代解放区的"山药蛋派"和"荷花淀派"则是适应时代潮流和文学主流而生。早在三十年代初"左联"就提出了文学大众化的课题,虽然有不少作家有意识地运用传统形式或民间形式进行创作,但大都停留在"化大众"的层次上,仍被隔离在工农大众生活的圈外。抗战爆发后文学家纷纷奔赴抗日前线与亿万工农兵战斗在一起,这便为完成革命和历史向文学提出的大众化要求提供了最大的可能,直到1942年毛泽东发表了《在延安文艺座谈会上的讲话》才把这种可能转变为现实,才把这种历史要求转换为文学的自觉意识,并从实际生活和革命实践出发提出了文学大众化和民族化的根本途径,于是大批作家便投入广阔的农村生活海洋,既转移了自己的立足点又调整了自己的审美趋向,遵循文艺为工农兵服务的方向和文艺大众化民族化的道路在艺术上进行新的探索和积极开拓,这样在农村的生活土壤里绽开一朵朵文学新花，其中最富有流派特征的文艺之花要算“山药蛋派”和“荷花淀派”，这两个流派与其他文学流派最显著的不同就是它们具有鲜明的地域性色彩。

“山药蛋派”是一个以小说创作为主体的文学流派，它发端于四十年代中期，赵树理是该流派的创始人和当之无愧的代表人物。虽然赵树理从事文学创作早已开始，但是真正显示其流派风格的文学创作乃是《讲话》后问世的《小二黑结婚》、《李有才板话》、《李家庄变迁》等。这些小说直接取材于山西太行根据地的斗争生活，并以新鲜朴实的民族形式、活泼生动的群众语言、健康机智的幽默风格，描绘全新的时代全新的生活面貌全新的农民精神境界，创造了为广大人民群众喜闻乐见的具有中国作风和气派的新文学，不仅受到广大工农兵的欢迎和喜爱，也得到著名作家郭沫若、茅盾、朱自清等的肯定和赞誉。赵树理的出现为解放区文艺青年指出一条创作道路，这是条踏踏实实地创造大众化文学的道路，如果说毛泽东在总结新文学实践经验的基础上从理论上解决了文学大众化的问题，那么赵树理则是在文学创作实践上树起了文学大众化的一面旗帜。赵树理之所以能在农村的沃土上培育出土香土色的文学之花，在文学大众化道路上独树一帜，毫无疑问是通过“深入生活”这座桥梁使他了解和把握了中国文化最底层的传统精华，为他通向文学大众化开启了大门。“生活”不仅给赵树理以纯朴真挚的感情，也使他从实际生活中深切地体验并理解了农民与传统民间艺术的血缘关系，既掌握农民的文化心态又了解到农民审美心理，这一切有助于形成赵树理小说创作的基调和底色。不过赵树理在现实生活中所熟悉的农民既不是在三座大山重压下悲苦哀叹忍辱负重的带着精神奴役创伤的农民，也不是带着强烈的自发盲目冒险情绪铤而走险的农民，更不是那种终日生活在封闭保守环境中安于命运摆布的农民，而是已经接受了新思想启蒙或受到新思想教育具有鲜明政治意识，正在走向翻身解放的农民。因此赵树理是站在现代思想认识的高度，与农民处在完全平等的地位上，带着新的愿望和新的感情来描写农村生活的变迁和农民的心理变化，不只是以赞美的笔调来歌颂农村的新事物和农民的新风貌，而且也以农民式的幽默口吻来嘲笑农村中的旧事物和农民中的落后人物，同时也以农民最喜欢的方式将农民最关心的问题提出来。可以说，赵树理是地道的新型“农民作家”，他的创作风格是农民情感艺术化的个性表现，他不仅是一个传统文化的继承者也是传统艺术的开拓者，并把传统艺术提高到一个新的层次。山西不少作家在创作民族化大众化文学过程中几乎不约而同地学习和追随赵树理的艺术风格，逐步形成了以赵树理为旗手的新文学群体，马烽、西戎、束为等都是这个流派的重要作家。作为一个文学流派，他们的小说创作具有一些共同特色：创作深深扎根于生活的泥土中，真实、深切、典型兼而有之，具有强烈的现实主义精神；艺术上追求大众化民族化，没有华而不实的豪言壮语，没有故弄玄虚的思辨色彩，也没有无病呻吟的浪漫抒情，有的只是纯朴自然、平实无华，创造富有民族传统的新的民族形式，不论人物塑造、情节构成或叙述方式都体现出强烈的地方色彩和民族精神；语言简洁明快、干净利落，虽然是山西的农民语言，但都是经过了提炼加工，既通俗易懂又合乎规范。孙谦对赵树理的语言作过这样评述：他没有用过一句山西的土言土语，但却保持了极浓厚的地方色彩；他没有用过脏的、下流和骂人的话，但却把那些剥削者、压迫者和旧道德的维护者描绘得惟妙惟肖，刻画得入木三分。赵树理的语言极易上口，人人皆懂，诙谐成趣，准确生动。这种语言是纯金，是钻石，闪闪发光，铿锵作响。这个流派也存在一些共同缺陷，如描写生活面不够广，人物心灵开掘不够深，为配合当前任务而图解政策使人物缺乏个性的作品也不少等。

从发展上看，"山药蛋派"的黄金时代应在解放后的五十年代末，这时山西的作家陆续由北京等地回到家乡，以《火花》为阵地发表了大批有影响的充满了山西乡音土调的作品，不仅有老将赵树理、马烽、石戎等作家，还有一批新秀如孙谦、韩文洲、李逸民、宋贵生、杨茂林等。正当"山药蛋派"的发展出现好势头时，遭到一股极左思潮的袭击，对这个流派的主要作家和作品进行公开或不公开的批判，到了"文化大革命"几乎遭到灭顶之灾。值得深思的是，这个流派不但没有被铲除，断了种，反而在新时期又出现了一批生机勃勃的小"山药蛋"，突出的有成一、张石山、韩石山、马力、潘保安等作家。这说明"山药蛋派"生命力不因人"捧"而生存，也不因"压"而枯萎，它的根深植于历史的发展和现实的要求之中，有着取之不尽的营养源，定能焕发出新的生命力。"山药蛋派"在新文学史上具有重要地位，它既体现出从"五四"新文学产生到 1942 年《讲话》发表文学与工农大众相结合、与传统文化相结合的实绩，又体现出多样化的新民主主义时期的文学向社会主义时期文学发展的趋向和转机。

当"山药蛋派"在解放区文坛上开花吐艳之时，"荷花淀派"正在含苞欲放。孙犁与"荷花淀派"有不解之缘，而这种缘分首先来自于他与他生活过的地方"白洋淀"一带的血缘关系。他参加革命工作长期奔波于白洋淀边，不仅熟悉这个地区的农民生活和风土人情，也了解这块地区所孕育的优美的艺术情趣，这一切既丰富了他的审美经验也陶冶了他的洁美心灵；但真正把孙犁与“荷花淀派”永远联系在一起的则是他于1945年在延安《解放日报》上发表的反映白洋淀一带军民战斗生活的文学作品《荷花淀》。从这篇小说中人们发现了荷花淀，发现了这里有一个诗情画意的艺术世界；并开始注意孙犁以深刻的抗日民族意识、浓郁的乡土意识和独特的艺术风格构筑起一种新的审美世界和审美理想，而在这种新的审美境界里充满了一种和谐优美的艺术气氛，新人物与新环境、新生活与新关系、新感情与新行动完全交融在一起。特别在他的《白洋淀纪事》出版后，本来就以水上游击战的动人事迹和传奇色彩驰名中外的白洋淀借着孙犁作品的艺术魅力更加引起海内外的注意和兴趣；随之孙犁又出版了长篇小说《风云初记》和中篇小说《铁木前传》，进一步确立了孙犁在新文学史上的独特地位，他的别具一格的美学追求和艺术旨趣更引起人们的关注和文艺青年的仿学。从流派的角度说，孙犁是自觉地遵循自己的艺术选择适应时代的要求创造了独具风采的艺术世界，不仅在创作上为自己划定了体验最深的生活领域，并把很多作家引入自己的生活领域而结成文学的伙伴，而且在艺术上形成了自己的美学思想，除了自己在创作实践上遵循它，并有意识地团结和培养了一批文学青年。在这种文学求同意识逐渐增强的氛围中和文学群体逐步靠拢的情况下，一个作家能否自觉地把握这种新文学的趋势则成为新文学流派形成的重要条件，而孙犁则完全具备这种条件足以成为一个文学流派的代表，在当时晋察冀边区与孙犁朝着同一个审美趋向努力的作家还有梁斌、方纪、王林、康濯、沙千里、秦兆阳、李英儒、柳杞、李满天等，他们都在新现实的基础上力图创造一种真善美和谐统一的新文学，这在中国新文学史上便形成了一个“荷花淀派”。不过“荷花淀派”与“山药蛋派”有所不同，它不像“山药蛋派”都是山西地面上土生土长的作家，无论在解放前或解放后都以山西农村为创作源泉和基地，而且他们也不像“山药蛋派”有大体相仿的经历、相近的气质和相似风格。虽然“荷花淀派”的主要作家各有审美追求和独具的艺术风格，然而从总体上细查其文学作品也能发现一些带有共同性的流派特征：从农村的日常生活中汲取和提炼题材，钟爱白洋淀、冀中平原、冀西山区这片热土，他们是农村生活的杰出歌者和画家，这一点与“山药蛋派”相近；竭力开掘生活之美和人性之美，醉心于美的形象和美的境界的创造，并赋予诗意化的表现和由衷的赞美之情，但他们并非唯美论者，而“永远是现实生活的真善美的卫道士”（孙犁语）；追求现实主义真情实景的深刻描写和浪漫主义诗情画意的浓淡点染的和谐统一，不只是表现那些浮光掠影的所谓"美"或有"诗意"的东西,并把时代精神和高尚优美的思想感情注入富有生命力的形象体中,若离开写实的笔力和浪漫的诗情就没有"荷花淀派"的美的创造了;他们的作品既不脱离政治也不给政治贴标签,总是使革命性和人民性从现实生活的诗情画意的抒写中自然而然地流露出来。正如、孙犁所说;"政治作为一个概念的时候,你不能作艺术上的表现,等它渗入到群众的生活,再根据这个生活写出作品",这就使政治倾向"溶化在艺术的感染力量之中"①。

由于孙犁有意识地培养文学新人,广泛联络作家,到了五十年代"荷花淀派"有了更大的发展,刘绍棠、韩映山、丛熙等则成了这个流派的杰出作家。1957年以后这个流派虽然在极左的政治气候下逐渐走向解体,特别到了"文革"期间遭到摧残。然而历史和现实中的真善美是摧不垮的砸不烂的,它是富有无限生命力的,所以到了"三中全会"以后中断了几乎二十多年的"荷花淀派"又活跃起来,不仅孙犁的创作甚丰,而且刘绍棠、丛维熙、韩映山等人的创作力进入一个新的爆发期,与二十年前他们的美学信念和美学风格相比有其内在的一贯性。以孙犁为代表的"荷花淀派"的艺术风格和美学理想影响所及是极其深广的,不只是河北省的作家如张庆田、贾大山等的文学创作与孙犁的创作思想和美学风格有一定联系,就是远在陕西山区贾平凹的小说也颇有孙犁作品的气息和味道,当然我并不想把他们归入"荷花淀派",只是说明"荷花淀派"的艺术风格为很多作家所倾倒。

从文学史的角度来看,"荷花淀派"和以往的乡土性或地域性文学相比,显然是暴露意识和批判色彩淡化了,悲剧意识和忧愤情调也弱化了。他们着力挖掘并表现出的乡土生活之美和乡村人心之美深深地溶解在民族生活的风土人情之中,既体现出一种传统文化的优美色彩又体现出真善美的一种新融合,它标志着中国新文学的新发展,并为社会主义文学的繁荣提供了新鲜经验。

现阶段:文学流派竞彩争辉

新中国的成立,为文学流派的发展开创了一个生气勃勃的时代,除了"山药蛋派"进入五十年代中期和六十年代初期达到繁盛期,"荷花淀派"也有较大发

① 孙犁:《文学和生活的路》。

展外；由公刘、白桦、梁上泉、雁翼、顾工、傅仇、饶阶巴桑等逐步形成的西南边疆诗人群也具有流派的特征。他们的诗作尽情赞美大自然的壮丽，歌颂祖国山川的旖旎风光，洋溢着浓郁的诗情画意，表现出特定的审美角度和审美理想。如果说古代山水诗人与大自然的审美关系主要是借明秀的山水来抒发诗情，使作者在移情活动中与大自然融为一体的话；那么西南边疆诗人群则是以祖国山河的解放者和建设者的审美眼光来审视着重新回到人民手中的大好山河，目睹着它们"旧貌变新颜"发出了由衷的热爱、深情的歌唱！正如公刘在《南望云岭》所说："有着众多的山和众多的水的南方哟，山山水水，曾唤起我多少激情！"由于他们以新的审美形式来表现其以新的审美视角从人民改造社会和自然的实践中所捕捉的带有诗意或美的东西，满怀激情地赞颂建设新中国的时代精神和崭新的山水审美意识，致使他们形成了明快秀美的共同艺术风格，一扫以前我国新诗流派那种悲剧性的艺术氛围。随着时间的推移新生活本身的复杂因素开始由隐到显地表露出来，诗人们不仅要以歌喉来吟唱生活中的真善美，而对那些假恶丑的东西也注意抨击。特别进入五十年代中期以后出现了一股"干预生活"的文学思潮，随之便形成了以高晓声、方之、陆文夫、叶至诚等为代表的"探求者"作家群，他们以"打破教条束缚，大胆干预生活，严肃探讨人生，促进社会主义"①作为纲领，表现出创建文学流派的自觉意识。他们并不满足于只是充当生活的歌者也主张充当生活的医生和哨兵，在对生活中的新人新事及其真善美进行歌颂的同时也要揭示生活中不可避免的阴暗面，借以疗治那些旧的或新的创伤；在艺术上他们追求创作个性和独特风格，希望各种文学流派都可以在双百方针指导下得到生存和发展；在文学功能上，他们要求社会主义文学应有强烈的批判意识和战斗风格。这些创作纲领和美学理想，在他们的创作实践中得到程度不同的体现。实际上作为一个文学流派，他们是在新的历史条件下继承和发扬了鲁迅所开创的现实主义战斗传统。但是好景不长，1957 年那场"扩大化"不仅"干预生活"的文学思潮夭折了，而且与共和国一起成长的西南边疆诗人群、四十年代已成型的荷花淀派以及刚刚亮相的"探求者"文学流派无不受到程度不同的冲击。虽然"山药蛋派"并没有受到多大伤害，这时已进入鼎盛时期，但是到了六十年代以"阶级斗争为纲"的狂潮中却把它逐步吞没了；十年动乱百花凋零，哪有文学流派的立足之地呢？"没有哪一次巨大的历史灾难不是

① 《探求者文学月刊社章程和启事》，《雨花》1957 年第 10 期。

以历史的进步为补偿的。”①党的十一届三中全会以来的社会主义新时期如同建国初期一样，是文学流派形成和发展的美好时期。思想解放运动的开展，改革开放的深入，政治上的安定团结，中外文化的广泛交流，社会文化心态和审美心理的变化，作家艺术思维的拓展和审美追求的多样化，文学社团群体的空前活跃，这一切为文学流派的兴起提供了有利条件。新时期的文学流派不是在一味地“外取”或一味地“内取”的文化背景上出现的，而是在中外文化深广交汇的宏阔背景上涌出来的，虽然时间比较短暂（“山药蛋派”、“荷花淀派”等除外），发展也不充分，基本形态和基本特征尚不清晰，学术界看法也不一致；但是它们毕竟破土而出，称它们为流派也好，叫它们准流派或作家群也好，总起来看它们已初具文学流派的基本形态和主要特征，至于它们本身还有一定的模糊性或不确定性，这恰好说明它们需要发展和完善，或者表明我们探隐发微的研究工作有待进一步深化。仅仅从新时期文学流派展露的征兆来看，颇有像“五四”及二十年代的文学流派，千姿百态，竞彩争辉。这里只选其要者概述其主要流派特征。

乡土型　湖南作家群与陕西作家群

沐浴着新时期的阳光雨露，湖南作家群逐步形成，它的基本队伍有古华、叶蔚林、莫应丰、谢璞、韩少功等。从流派的角度来看，他们都是农村的“文化人”，具有现代文化意识和较好的文学修养，形成了不同于“山药蛋派”作家群的思维方式、审美角度和美学追求，这就使其文学创作显示出大致相似的审美特征：一是坚持“按照生活本来面目创作并且像生活那样真实”的现实主义创作方法，走上一条广阔的道路，在文学创作上开辟了生机勃勃的艺术新局面。其中古华的《芙蓉镇》、谢璞的《野了心的“犊力士”》、叶蔚林的《在没有航标的河流上》、孙健忠的《甜甜的刺莓》、张步真的《老猎人的梦》等无不体现出现实主义精神和严谨的美学追求。二是侧重从文化视角去考察农村生活，既表现出乡土人情中所蕴含的诗情画意、田园风光的牧歌情调以及农民身上的勤劳朴实的美德，又能敏锐地捕捉出农村天然纯朴生活中所含有的蒙昧、落后和停滞的因素，既能以现代理性沉思对极左思潮造成农村的巨大破坏进行深刻的批判，又能以清醒的理智从农村生活本身开掘十年动乱的文化思想根源，使作品洋溢着以科学战

① 《马克思恩格斯全集》第39卷，第149页。

胜愚昧、以民主抵制专制、以开放取代封闭的现代启蒙主义精神。三是塑造农村女性系列,真实地刻画出她们性格中的“美”在极左思潮泛滥和十年动乱中或遭摧残或被毁灭,于时代的悲剧氛围中再现出各自不同的悲剧命运,如古华刻画的胡玉音(《芙蓉镇》)、盘青青(《爬满青藤的木屋》),莫应丰笔下的节节青(《美神》)、梨妹(《半月塘传奇》)、菊月(《菊月》),叶蔚林塑造的赵双环(《蓝蓝的木兰溪》)、犁香(《菇母山风情》)等。四是从美的受难和毁灭中透出凝重沉思的美学风尚,虽然湖南作家群也有荷花淀派那种崇尚农村生活美和自然美的诗心,但是他们却不像荷花淀派那样追求一种轻柔明丽的格调,而是把田园风光的秀丽与悲欢离合的人间戏剧、美丽善良的农村女性与苦难曲折的历史进程交织在一起,将奋发与沉思、欢欣与悔恨、乐观与忧患、觉醒与痛苦等多种矛盾复杂的感情凝结在一起,形成一种独特的艺术风格。车尔尼雪夫斯基在《生活与美学》中指出:“每一时代的美都是而且也应该是为那一时代而存在:它毫不破坏和谐,毫不违反那一时代美的要求;当美与那一代一同消逝的时候,再下一代就将会有它自己的美,新的美”。湖南作家群的创作风格正反映了他们在思想解放、改革开放时代的审美追求和美学理想,打着鲜明的时代烙印。

古华曾说:“正是三中全会的路线、方针,使我茅塞大开,给了我一个认识论的高度,给了我重新认识、剖析自己所熟悉的湖南乡镇生活的勇气和胆魄。”①如果说湖南作家群是站在时代所达到的思想高度上通过反思历史来俯视湖南乡镇二、三十年的风云聚会、山川流走、民情变异的话;那么以路遥、贾平凹、陈忠实、邹志安、京夫等形成的陕西作家群则在自己选定的生活沃土上主要不是反顾昔日的历史踪迹,而是善于捕捉农村生活的新信息,使他们感受最深的是农村的新变化,新生活和新人物。正是在追踪农村中的新信息显示出他们的优势,也构成其流派的主要特征。②“新的形势发展,新的政策颁发,新的生活是多么复杂而迷离啊,投映在农村每一个阶层人的心上,变化又是多么微妙啊!”③由于陕西作家群对改革大潮中的农村生活巨变有如此深刻的感受和体验,尽管他们也在小说中写山区农村,但其笔下的农村总是同那些代表现代文明的大山外面的城镇世界紧紧相联,使偏僻的山区不断地吹进变革时代的现代文明的新风,传统的生活道路已向现代化的大道上逼近。《人生》所描写的山村就是一个

① 《〈古华中短篇小说集〉自序》,湖南人民出版社 1982 年版。

② 参见陈志忠的《论中国当代文学流派》,1985《中国社会科学》第 5 期。

③ 贾平凹:《在商州大地》,《中篇小说选刊》1984 年第 3 期。

能呼吸到城市现代文明空气却又保留着古老、落后的习俗的城镇郊区，它是一个感受了改革时代气氛的交织着理想与现实、变革与传统、真善美与假恶丑的具体生活环境。主人公高加林和刘巧珍的爱情悲剧就发生在这个典型环境中，而且其意义已超越了爱情自身。高加林既是幸运的又是不那么幸运，说他是幸运的是因学校教育丰富了他的精神生活，城市文明为他打开了一个不同于山村的另一个更为绚丽多彩的世界窗口，使他在这里尽情呼吸现代文明的空气，增强了他的现代意识；说他不那么幸运的是因为他毕竟是无权无势的普通农民的儿子，新历史条件下他心里燃起的对“未来生活的幻想之火”同现实之间存在着太大的距离，他个人的美好愿望（不完全是合理的）同特定生活环境中某种消极力量的作祟而越来越彼此排斥。这种幸与不幸交织的命运背后潜伏着悲剧性格的危机，即他在乡村人面前有一种精神上的优越感而在城市人面前却又有一种自卑感，这两种情感在灵魂深处既相互排斥又紧密胶合。这种悲剧性格在他与巧珍的爱情悲剧中得到多层次的展示。高加林并非那种传统式的“薄情郎”，在爱情问题上还是相当严肃的，他对巧珍的感情是真实的，但他被实现个人愿望的可能性所引起的内心骚动同样也是真实的，爱情对他来说一开始便是甜蜜与痛苦交织在一起；在他由于偶然的机遇而出现命运转机后，经过他对生活对自己作了重新估量才使其内心矛盾的离心力越过了向心力，于是他与巧珍的爱情逐步被同黄亚萍的世俗而又高雅的爱情所代替。实质上他与巧珍的离异标志他同“土地”的最后决裂，是他在坎坷的人生道路上迈出的合法但却不合理的关键性一步。“为了远大的前途，必须做出牺牲！有时对自己也要残酷一些。”在这里个人主义的排他性得到最大限度的表现，人生的含义也被错误地曲解了。在我们对高加林的所作所为进行痛惜性的谴责背后仍引发出一些沉思：如果我们古老又待开发的西部土地始终循环着“日出而作，日入而息”的生活方式，而不能出产更多的精神文明，假若巧珍的诚挚而深沉的爱情始终不能满足高加林个人愿望中的合理部分，那么传统的生活哲学、“贤妻良母”式的爱情又怎能束缚住高加林这个已初步具有现代意识、向往现代文明的知识青年呢？他的悲剧的必然性在于，传统生活已容纳不下这一代青年人对人生的追求，可他们又往往不太理解通往新生活的正确而又艰难的道路，很容易把人生的全部意义仅仅局限于个人欲望的实现上，更不懂得在社会主义的改革中个人、他人和国家三者之间的利益存在着不可避免的矛盾，因而当他们从满足个人的愿望出发来看待生活时那社会则变成一道永远冲不破的“网”，如果用扭曲的眼光来认识人生时那所得到的必定是一种对人生的扭曲认识①。路遥赋予这个农村知识青年的悲剧极其广博的社会内容和极其复杂的思想内容,从一场个人命运悲剧的结果却推演出一个社会变革的时代主题。透过《人生》高加林悲剧性格的粗略分析,旨在说明陕西作家群文学创作的主题意向和人物性格具有一些共同性的新特征:快速地追踪西部山村改革的步伐,从新变化中选择题材,从改革主题中透射农村生活中的新信息;并以开放的现代审美眼光描写农村青年形象以展示其传统价值观道德观爱情观正在为富有进取性和时代性的现代意识所取代的必然趋向,即使那些传统式的循规蹈矩的老实巴交的庄稼人也在改革大潮推动下倾慕新的生产方式或生活方式,特别那些站在改革第一线的有胆识有气魄的"弄潮儿"属于农村中新一代英雄,他们既属于今天也属于明天;在艺术上陕西作家群所追求的不仅是浓重的地方色彩和生活气息,而且是悲壮慷慨的格调、雄健遒劲的笔力以及开阔宏大的气势,如果说湖南作家群偏爱阴柔美那么陕西作家群则崇尚阳刚美。

现代型　意识流派小说与"海派"话剧等

同湖南作家群、陕西作家群相比,北京作家群的声势更浩大,创作风格多样化,具有更大的灵活性和变换性,并不能以一个文学流派的名称来涵盖,新时期以来那些引起全社会共鸣产生过"轰动效应"的文学作品大都出自他们的手,掀起一连串的所谓"刘心武热"、"谌容热"、"张洁热"、"王蒙热"等。如果从流派的角度加以纵横考察,北京作家群可以分属为或者交叉为"伤痕文学"派、"反思文学"派、"改革文学"派、"寻根文学"派、"京味小说"派、"意识流文学"派、"纪实文学"派,等等。其中以王蒙为代表的意识流文学越来越引起评论界的兴趣,大都认定这是个比较典型的东方意识流派,他们热衷于探求知识分子的精神世界,重在写心理画灵魂,调动心理分析、意识流、自由联想、象征隐喻等各种现代艺术手段来表现人物的内心世界。王蒙说,"复杂化了的经历、思想、感情和生活需要复杂化了的形式。""我试图用突破时空限制的心理描写,来充分展示前面说过的'八千里'和'三十年',展示这八千里和三十年中的不同事物之间的联系和对比"。并且他对意识流小说重在心灵开掘的基本特征从多角度进行概括:"近几年的作品更多地探索人的内心活动,精神世界。这并没有什么不好。

① 蔡翔著:《一个理想主义者的精神漫游》,浙江文艺出版社1987年版。

通过细节刻画人物性格,这很好,它为文学的画廊提供一幅幅栩栩如生的人物造像。略过外在的细节写心理、写感情、写联想和想象、写意识活动,也没有什么不好。后者提供的不是图画,而更像乐曲。它能探索人的心灵的奥秘,它提供的是旋律和节奏。"①

与此同时上海舞台初步形成了"海派"话剧,他们以"话剧要发展,必须现代化"为流派纲领,对当今世界各种戏剧流派持"拿来主义"态度,博采众长,为我所用。在话剧创作上敢于突破传统的结构模式,追求更自由更灵活的艺术表现,使话剧趋向心灵化、抒情化,写出了《陈毅市长》、《血,总是热的》、《屋外有热流》、《祖国狂想曲》、《快乐的单身汉》、《秦王李世民》、《街上流行红裙子》等一批有影响的剧本,带有强弱不同的现代派色彩。如果说小说流派或戏剧流派由于体裁本身的限制不可能完全达到心灵化、情绪化,那么新时期出现较早的"朦胧诗"派却充分发挥了诗歌抒情言志功能,在心灵化、情绪化趋向上达到了极致。作为具有现代派特征的朦胧诗人,在改革开放的历史背景下,"他们终于有条件不担惊受怕地吮吸丰富多采的诗营养。他们终于以不拘一格的新奇的艺术结晶体让人目眩:对瞬间感受的捕捉,对于潜意识的微妙处的表达,对于通感的广泛运用,不加装饰的情感的大胆表现,奇幻的联想,出人意料的形象,诡异的语言,跨度很大的跳跃,以及无拘无束的自由的节律"②。这一切诗歌艺术的革新都紧扣现代人心灵化、情绪化表现的需要,也构成了朦胧诗派的共同特征。

新时期的文学流派虽然带有万紫千红的艺术风采,但除了那些历史较长的流派比较成熟外,大多数流派的发展还需要一定的时间和条件;只要有了优化的人文环境和双百方针的正常贯彻,发育不成熟的流派终究会成熟起来,尚未诞生的流派总会破土而出,茁壮成长的!

追随着二十世纪中国新文学流派的演变轨迹,只能对千姿百态的纵横交叉的文学流派作宏观的审视和粗略的考察以及简要的勾勒,虽然不至于挂一漏万,但是很多有影响的独具风格的作家和带有流派特征的文学现象却没有涉及到。仅从纳入我们研究范围和学术视野的文学流派来看,就足以说明中华民族丰富多彩的文化传统在西方现代文化的猛烈冲击和强烈渗透下并没有被同化,而是焕发出新的生机和活力,所形成的开放型的多样化的文化形态为文学流派

① 《漫话小说创作》,上海文艺出版社 1983 年版,第 27、52 页。
② 谢冕:《共和国的星光》,春风文艺出版社 1983 年版,第 206 页。

和美学风格的生成和存活提供了宏阔的历史空间，它最直接体现出中国文化的巨大包容性和深广的涵盖性，并从而表明在中西文化交汇中形成的形形色色的文学流派或新文化形态具有丰富的内涵和强大的生命力，它们既是中华民族独有的也是具有世界性的。因此对新文学流派进行深入的研究，不仅可以更深刻地认识文学史的原生形态、真实面貌及其内存的规律性，获得比较完整的文学史观念，而且也从多样化的文学文化形态及其最根本的生命活力的内在原因中获取一种民族自豪感和自信心，相信我们中国新文学在优化的政治环境或人文环境里定能得到欣欣向荣的发展，在世界文学之林定会独放异彩。

思潮论　二十世纪中国文学流派是美学思潮的艺术结晶体

之一：新文学流派的现实主义美学选择

一个作家选择什么样的创作方法，既反映出他的审美趣味又体现出他的审美理想；而一个流派作为一个群体，总是也要具有共同的审美追求和审美趋向，所以不论是个体作家或者是群体作家都是同某种类型或几种类型的文学思潮或美学思潮联系在一起。如果说我国古代文学流派以纵向排列而存在而发展，往往是古典主义美学思想孕育滋润着它们的共同审美情趣和审美意向，并左右了一代又一代的文学流派的美学趋向；那么到了二十世纪随着中西文化的不断冲撞和交汇，作家主体意识的日益强化和审美意识的日益分化，以及美学风格迥异的文学流派的相互竞艳的艺术局面的不断出现，不只是冲破了古典主义的美学法则和艺术体系，而且为个体或群体作家的多向艺术选择和审美创造力的发挥提供了极大的可能性。从历史角度考察，由审美意识和艺术个性决定的创作方法或审美方法，是遵循着古典主义、浪漫主义（感伤主义是其前奏）、现实主义（自然主义为其末流）和现代主义的进化路线发展而来的，在欧洲文学的近现代发展史上形成一个个美学思潮的有序的浪峰；而在中国文学流变的长河中却理不清这样一个层次分明的文学思潮轨迹，虽然中国古代文学有着源远流长的现实主义和浪漫主义文学精神以及古典主义美学思想资源，但是它们作为"创作方法"的美学概念或作为文学思潮而独立存在则是在五四新文化运动和文学革命中从西方介绍进来的。鲁迅多次指出，"现在的新文艺是外来的新兴潮流"[①]；如果没有"拿来主义"，"人不能自成为新人，文艺不能自成为新艺术"[②]，

① 鲁迅：《关于〈小说世界〉》。
② 鲁迅：《且介亭杂文集·拿来主义》。

也可以说没有外来文学思潮或美学思潮的引进不可能出现五彩缤纷的文学流派。不过五四时期并不是依照西方文学思潮演进的程序顺次"拿来"中国,而是以兼收并蓄的恢宏气魄把欧洲激荡了数百年的文学思潮或美学潮流几乎都引进来,"浪漫主义,现实主义,象征主义,新古典主义,甚至表现派,未来派等尚未成熟的倾向都在这五年间在中国文学史上露过一下面目。"①这种横向的各种文学思潮、审美意识和审美方法的输入,既为新文学作家的审美选择和艺术追求提供了丰富营养源和多姿多彩的参照系,也为文学流派的形成提供了多种多样的美学原则和创作方法;那些选用相同或相似美学范畴和审美方法的作家,往往在创作中出现趋同的美学倾向,他们或者主动地聚集在一起而结成文学流派,或者不约而同地形成自发性的文学流派。虽然这些有明确界限的定型的古典主义、浪漫主义、现实主义、现代主义文学思潮和美学原则在"五四"前后都涌向中国新文坛,聚结成形形色色的文学流派,但是随着历史的演进,各种文学思潮和审美方法经过历史的不断选择和文学的不断选择后,浪漫主义、现实主义和现代主义则成了中国新文学三大主要美学思潮和创作方法,其中现实主义逐步成为新文学流派的主导倾向,成为艺术美学思想的主潮,这在对二十世中国文学流派的形态考察中已作了初步揭示和论述。尽管在十九世纪末到二十世纪初西方艺术美学思潮已由现实主义发展为现代主义,然而东方中国的社会生活土壤却适宜于现实主义思潮流派生长,这不仅因为忠实反映生活本来面目的现实主义与我国传统的务实精神和儒家文化的实践理性容易衔接吻合,而且也因为现实主义足以适应现代中国民族解放和社会解放的急功近利的急切需要,所以在具有强大生命力的现实主义文学思潮和审美方法这条彩带上涌现出的文学流派如簇簇群峦,异彩纷呈。

这里值得深入研究的,不只是理清现实主义发展流变这条历史线索上生成多少主要的文学流派,更重要的是应该探讨各个文学流派对现实主义美学思潮和创作方法所作出的不同选择以及在文学创作上所形成的总体美学特征。

审美选择的开放性

五四时期是自觉地汲取西方现实主义文学思潮和审美方法的时代。虽然本世纪初梁启超曾区分了写实派与浪漫派的不同,徐念慈也从小说与人生关系

---

① 郑伯奇:《现代小说导沦》(三),《中国新文学大系导沦集》。

中触及到现实主义创作的美学原则，林纾在翻译英国现实主义作家狄更斯的作品时也初步意识到他“专为下等社会写照”，“极力抉摘下等社会之积弊”①；但是，这些现实主义理论的初探，既没有在文坛上形成强烈的刺激力也没有形成能同浪漫主义对峙和竞争的文学思潮，更没有与之相伴而产生的具有严格意义的新文学流派。现实主义作为一种文学思潮和美学原则是从“五四”开始与中国新文学流派结下良缘的。新文学先驱明明已深晓现实主义在二十世纪初不盛行了，而是新浪漫主义（现代主义）蔚然成风，却偏偏在中国积极倡导现实主义美学思潮，其主要原因有二：一是进化论的导向。他们似乎普遍地以进化论的新陈代谢的规律来解释文学发展过程，不仅确立一时代有一时代文学的革故更新的观念，也用欧洲文学顺序进化的过程作为参照系硬套中国文学的发展，并从中寻找五四文学革命的起点和位置。陈独秀通过中西文学比较认定“吾国文艺，犹在古典主义理想主义时代，今后当趋向写实主义”②。这就把“写实主义”确定为新文学的目标和趋向，且不论他把“五四”前的文学视为古典主义理想主义并不确切，但他选择了欧洲现实主义文学思潮却开拓了中国文学的新进程，并适应了时代对文学的选择取向。二是国情的需要。五四文学革命并非纯粹的文学本体的变革，也不是晚清梁启超等直接把“文学改良”通向“政治改良”，而是有意识地将文学革命与思想革命贯通起来，将新文学创造与改良社会人生改造国民性结合起来；而要使新文学在思想启蒙、改造国民劣根性和改良社会人生中尽职尽能，首先应敢于揭露社会黑暗的真相、人生痛苦的实况以及国民劣根性的历史和现实根源，以“引起疗救的注意”，唯有现实主义美学原则和创作方法才具有真实反映社会人生、深刻揭露社会黑暗和尖锐批判现实丑恶的功能，并从审美理想的高度对异化现实予以认识和否定，内蕴着对合乎人性生活的向往和追求。正由于现实主义文学思潮既符合了新文学先驱的进化论的认识路线又适应了五四新文化运动的思想革命的需求，所以它不仅得风气之先，而且在与各种新文学思潮和审美方法的竞争中取得了同浪漫主义两雄并峙的地位。新文学早期形成的“文学革命派”及其羽翼下的“人生派”和“白话诗派”，虽然也受到浪漫主义、象征主义、唯美主义、表现主义等思潮的影响，但从主导美学倾向来看，它们是现实主义文学思潮的产物，体现出对现实主义的自觉选择趋向。

---

① 林纾写于1908年的《贼史·序》。

② 《独秀文存》第4卷《答张永言信》。

从理论形态予以考察，早期新文学流派所选取的主要是欧洲十九世纪的现实主义思潮，但并不是唯一的，这是因为：当时"新青年"派对现实主义思潮的介绍和解释缺乏明确的概念界定，分不清现实主义和自然主义的区别，甚至把一些象征主义、唯美主义等各派的作家作品也视为现实主义，这种思想观念上含糊不明必然使新文学流派在选取现实主义文学思潮中也把非现实主义美学因素当成现实主义加以吸收；更何况一切审美方法和创作方法都是开放的，现实主义作为一种审美方法和创作方法毫无疑问也是开放的，即它对过去的开放是把历史上一切具有写实倾向的审美方法和创作方法置于自己的结构下加以改造和吸收，它对未来的开放是通过自身的调整和发展通向新的审美方法和创作方法。特别从接受美学的角度来说，历史上一切审美思潮和审美对象，都属于当代审美系统，并被重新赋予意义和价值，而当代审美系统又是属于未来的，它必将被历史的发展所改变。因此属于审美范畴的现实主义创作方法不能只体现它所产生于十九世纪的时代精神和美学理想，它作为一个开放系统正是通过与现实生活系统以及其他审美系统的信息交换来保持自身的稳定和发展，而自身的自调功能又能确保其在外界环境影响和冲击下不至于导致现实主义美学结构的破坏。基于上述的史实和想法，我认为十九世纪欧洲现实主义被五四初期新文学流派所接受而进入中国审美系统它必然是开放的，如果说历史上的现实主义创作方法的开放性有限的话，那么在中西文化交汇中出现于"五四"新文学流派的现实主义则具有更大的开放性，这就能保证它在中国现代文学进程中的恒久生命力。所以我不同意用纯粹的西方现实主义理论硬套中国新文学流派的现实主义美学倾向，也不主张用凝固的历史眼光来考察它和评判它，当然我也反对脱离史实、抛却理论定义而无限扩大现实主义的内涵和外延；应该坚持实事求是的认识路线，把中国新文学流派的现实主义作为一个开放的审美系统加以观照和评述。我认为对初期新文学流派所体现出的现实主义美学倾向的理论特征应作这样的把握：一是暴露批判性的写实主义。这一点与欧洲十九世纪的现实主义是相通的。陈独秀在探索现实主义和自然主义兴起的原因时已触及这一点："十九世纪末，宇宙人生之真相，日益暴露，所谓赤裸时代，所谓揭开假面时代，喧传欧土，自古相传之旧道德旧思想旧制度，一切破坏，文学艺术亦顺此潮流由理想主义再变为写实主义（Re—alism）更进而为自然主义（Nuturalism)。"[1]至于胡适、刘半农、鲁迅等新文学先驱都或明或隐地意识到现实主义具有批判性或暴露性的功能,不过"文学革命派"并没有停留在以现实主义创作方法"将旧社会的病根暴露出来"。"暴露"仅仅是现实主义文学的一种功能性的手段,目的在于将"病根暴露出来,催人留心,设想加以疗治的希望"[2],这就把"暴露"社会黑暗同改造人生的"希望"结合起来。就这点而论,已赋予十九世纪现实主义以新意,使之具有新的价值功能。茅盾当时就指出欧洲现实主义对社会各种问题"尽量揭穿他的黑幕","但是徒事批评而不出主观的见解,便使读者感着沉闷烦忧的痛苦,终至失望"[3]。"文学革命派"对现实主义审美方法的理解和把握已突破原有的局限作出新的补充。二是平民化的写实主义。现实主义审美方法在暴露和批判现存社会制度的丑恶本质和对人性的异化并借以肯定人生的真善美的时候,它所热切关注的不是上层统治集团或贵族阶级的命运而主要是下层平民,所以从描写的中心对象这个视角来看,现实主义文学具有平民化特征。刘半农曾明确指出:"要制造平民派的新小说,打破绅士派的旧小说,使今后之文学与今后之世界趋于同一轨道。"[4]创造平民化的现实主义文学是早期新文学各流派的共同认识和美学追求。胡适在《建设的文学革命论》中号召新文学要以写实之笔描写"工厂之男女工人,人力车夫,内地农家,各处大负贩及小店铺,一切痛苦情形";早期白话诗派曾以人力车夫为题写诗。周作人顺乎潮流写成《平民文学》等文,提出了较系统的平民化现实主义文学主张。如果说陈独秀等提出写实主义、"国民文学"和"写实文学"尚带有模糊、抽象的色彩,那么周作人对现实主义思潮的解释和论述则具有相当的明确性和开放性;特别是对"新文学应注重表现普通人的社会生活"、"人是文学描写中心"等命题,是第一次由周作人提到理论的高度加以论述,使现实主义文学的平民化特征更加具体化深刻化。三是以人道主义为本的写实主义。既然将平民作为文学描写的中心,那这种现实主义美学思潮显然接纳了社会主义和人道主义思想因素,而人道主义唤起的人的觉醒意识可以更直接反映为文学的自觉。周作人比较系统地介绍了欧洲现实主义文学潮流中的文学观念,实际上他提出的"人的文学"命题就是以十九世纪欧洲现实主义为参照,以"人道主义为本"作

① 《现代欧洲文艺史谭》,《青年杂志》1915年第1卷第3号。
② 鲁迅:《〈自选集〉自序》。
③ 《文学上的古典主义浪漫主义和写实主义》,《学生杂志》1920年第7卷,第9期。
④ 《中国新文学大系·文学论争集·中国之下等小说》。

为五四新文学内容的核心。虽然欧洲现实主义文学思潮也融汇着民主主义和人道主义，正如茅盾所指出的十九世纪西方写实派就是以德谟克拉西思想作为明灯，“举凡文学，美术，都欲德谟克拉西化，不能再为一阶级少数人的私有物、娱乐品”①；然而周作人所提倡的人道主义不只是以平民为本位的带有博爱色彩的人道主义，他更推崇以个人为本位的带有个性主义色彩的人道主义，这样就把人道主义、平民主义和现实主义有机地结合，无疑是将现实主义思潮的建设引上一个新的理论层次。四是“以真为主，美在其中”的现实主义。强调以人道主义为本来研究社会人生，“记录”人生诸问题，既揭示普通人的“非人生活”又展示人的“理想生活”，这种现实主义必然蕴含着“以真为主，美在其中”的辩证关系。真与美是两个基本美学范畴，不仅在以“再现”为特征的现实主义思潮中占有重要地位，就是以“表现”为特征的浪漫主义文学也离不开它们，不过“为艺术而艺术”的浪漫主义文学往往把“美”放在首位或处于核心地位，而现实主义文学则是以“真”字当头，把“真”作为审美的主导品格，有了“真”才有“美”，“美”源于“真”，而不是“真”源于“美”，从这个意义上说“文学革命派”所提倡的是一种“求真”的现实主义。早期的新文学流派所选择和改造的西欧十九世纪的现实主义并不是个完美的理论形态，如作为现实主义的创作原则和审美方法缺乏明确的理论阐述，不过它为现实主义文学流派的发展开辟了广阔道路，奠定了坚实而开放的美学理论基础。从创作形态来考察，1919 年前后围绕着《新青年》、《新潮》所形成的初期白话诗派和人生问题小说作家群，他们创作的诗歌和小说，大都取材于平民社会人生，或暴露现实的黑暗，或批判社会的不公，或描写平民的不幸，或揭示民间的疾苦，或表露青年男女对自由的向往和爱情的追求，都体现一种写实主义美学倾向，在暴露批判中蕴含着尚未泯灭的人性美和生活之光，那种强烈的人道主义精神和个性解放意识充溢着新诗或小说的艺术世界，那种求真的审美品格也得到初步展示；尽管早期的白话诗和小诗难免幼稚和肤浅，但现实主义剖析社会、透视现实、破旧布新的威力却为时代所青睐。

审美选择的多向性

二十年代前期现实主义思潮比五四时期更加汹涌，对西方现实主义理论的

① 《文学上的古典主义浪漫主义和写实主义》，《学生杂志》1920 年 8 月第 7 卷，第 9 期。

介绍和理解更为复杂，它的影响和渗透亦越加深入。随着这种文学思潮和审美方法所产生的具有代表性的现实主义文学流派，有以茅盾为理论旗手的“人生派”，它包括为人生的“问题小说”，以及鲁迅为先导的乡土文学派和周氏兄弟为支柱的语丝派小品文。从一般意义说，这些文学流派大都是现实主义思潮的产物，同五四时期的流派相比更具有文学流派的美学特征；但是略加比较分析，便会发现“人生派”或乡土派或语丝派，它们所选取的现实主义美学思潮和创作方法并非没有差异，不论理论形态或创作形态既有相同点也有不同点。

从理论形态加以审视，以文学研究会为核心的人生派或“问题小说”派，它们崇尚的是为人生的现实主义，特别重视文学的反映人生、表现人生、批评人生的社会功利及其主动承担批判社会改造人生的使命。在五四时期周作人首倡“为人生的艺术”，但他也看到“人生派”的主张若是忽视“艺术方法”或美的规律易于导致“文艺为伦理的工具，变成一种文坛上的说教”①，这种见解是发人深思的，1921 年文学研究会成立，他起草的《宣言》明确指出：“我们相信文学是一件工作，而且又是人生很切要的一种工作。”《小说月报改革宣言》第三条规定：“写实主义的文学，最近已见衰歇之象，就世界观立点言之，似已不应多为介绍；然就国内文学界情形言之，则写实主义之真精神与写实主义之真杰作实未尝有其一二，故同人以写实主义在今日尚有切实介绍之必要，而同时非写实的文学亦充其量输入。”这表明以文学研究会为主体的人生派是自觉倾向于对现实主义文学的选择，至于对非写实文学的介绍则表现其开放的胸怀和采纳众长的气魄。虽然周作人、沈雁冰、郑振铎、叶绍钧等都是人生派的现实主义美学理论的倡导者，但是足以在理论方面作为人生派代表的还是沈雁冰，可以说他是人生派的理论旗手。虽然在五四时期茅盾对欧洲文学思潮的介绍带有综合性的特点，既推重现实主义或自然主义又提倡新浪漫主义和象征主义，似乎他摇摆于这两种相抵牾的文学思潮之间，实际上他是倾向现实主义，只想借用新浪漫主义和象征主义的优长来补正现实主义自身的缺陷，对他来说并不像有的研究者所说的到 1921 年下半年才“突然坚定地转向了现实主义”。从总体上说，前期的茅盾始终倾向为人生的现实主义，只是他的理论视野比同代文学理论家更开阔些，容纳域外各种文学思潮的胸怀更宽容些，不过为了捍卫为人生的现实主义美学倾向，他对鸳蝴派的游戏文学观和趣味主义也进行了毫不留情的批

① 周作人：《新文学的要求》。

判，甚至对创造社的为艺术而艺术的唯美主义倾向也予以批评。诚然茅盾的现实主义思想受到左拉自然主义理论和泰纳实证主义文学理论的影响，但他在接纳外来文学思潮过程中有个突出的特长，即能以分析的眼光除弊取精。比如对于自然主义的借助并不是盲目的崇拜和全盘的照搬，实际上他是站在现实主义的基点上来取舍自然主义，舍弃它的指导思想采取其描写方法，即“自然主义是一事，自然派作品内所含的思想又是一事，不能相混。采用自然主义的描写方法并非即是采用物质的机械的命运论”①。人生派是二十年代初涌现出的最重视新文学社会功能的一个文学流派，他们是抱着“表现人生，指导人生”的宗旨聚集于文学领域，所以无论求助于哪种文学思潮都忘不了“为人生”这个崇高的目的和美学追求，充其量是取其自然主义、新浪漫主义、象征主义等合理因素或表现技巧来“补救”现实主义某些“弊端”，把现实主义创作提高到一个新的水平。人生派的大多数成员从文学与人生、文学与时代、文学与思想等关系中初步认识到真善美的协调统一，既没有把“美”作为文学的唯一成分也没有把艺术视为全部目的，而是强调文学为人生的社会功利的重要性和必要性，即在真善美三者的关系中把“善”放在一个突出的位置。虽然重视文学的社会职能是中国古代文学的一个传统，更是晚清文学改良派梁启超等先驱所强调的；但“人生派”的现实主义文学功能观在内涵上区别于传统文学的“代圣贤立言”或“文以载道”，也不同于梁启超等的过分“重功利”“重政治”的庸俗功利主义。他们着重继承和发展五四“文学革命派”的写实主义文学功利观，并受到十九世纪欧洲现实主义文学的社会功利影响，尤其是从俄国为人生的现实主义文学和东欧的被损害民族文学受到深刻的启示。在“人生派”形成的二十年代初期，对俄国文艺理论和美学思潮的译介最为系统，数量也最多，从十九世纪俄国的别林斯基、车尔尼雪夫斯基、杜勃罗留波夫、托尔斯泰一直到高尔基的理论著述都作了集中介绍，为“人生派”的现实主义美学追求提供了丰厚的选择资源。因此在他们的眼中托尔斯泰的最大价值是其文学已成为争取解放、揭露黑暗、追求光明和宣传人道精神的工具；俄国文学的审美特质在于“一为社会的彩色之浓厚，一为人道主义之发达”，而这种带有“社会的政治的动机”的文学，既可以作为“解决可厌的生活问题之方法”又可以充当“社会的、政治的幸福之利器”，也可以成为“革命之先声”②。不仅“人生派”作家以文学功利眼光汲取外国文学思潮和美

① 茅盾：《自然主义与中国现代小说》，《小说月报》1922 年第 13 卷，第 7 号。

② 李大钊：《俄罗斯文学与革命》。

学意识，而且改革后的《小说月报》在栏目开辟上也体现了“人生派”的功利观趋向，其“被损害民族的文学号”引言中充分肯定了被损害民族文学的社会效果：“他们中被损害而向下的灵魂感动我们，因为我们自己亦悲伤我们同是不合理的传统思想与制度的牺牲者，他们中被损害而仍旧向上的灵魂更感动我们，因为由此我们更确信人性的砂砾里有精金，更确信前途的黑暗背后就是光明。”[①]由于人生派大多数成员开始接受的是现实主义的朴素唯物论的美学功利观，难免带一点笼统的人性论色彩，然而从总体上考察他们对文学功利要求又明显地具有时代的阶级的功利价值印痕。1922 年左右茅盾在强调文学的多种功能中已初步肯定了文学的政治功能，批评了那些醉心于艺术独立的人们“要把带政治意味和社会色彩的作品都摒出艺术之宫的外门”的妄想，但他也认识到并非所有时代所有国家的所有文学都要成为政治斗争的武器，谁也不能强令文学脱离本身的艺术价值或脱离具体的社会环境去充当政治的附属工具（文学可以成为革命的工具，不过它是一种特殊工具）[②]。“人生派”结合中国的历史特点和新文学的现状，批判地吸取了西方各种文艺思潮和美学思想，不仅形成具有崭新特色的现实主义美学的功利观，也形成了独特的为人生文学需要的现实主义美学的真实观和创作方法。他们的真实观的艺术美学的理论渊源，主要来自批判现实主义和自然主义，也吸取了浪漫主义强调率真地表现内心情感的见解，不过各有侧重和偏好。茅盾更多地批判接受了自然主义和批判现实主义的真实论（当然有时他也分不清两者的界限），着重强调客观真实性；叶绍钧主要汲取了俄国现实主义大家陀思妥耶夫斯基的既重视表面真实更重视内面真实的真实观，王统照既接受了现实主义真实论的影响又受到了浪漫主义表现内心真实的影响；朱自清和冰心更多地接受了主情派的真实论，强调表现感情的真实。这就使人生派的真实观具有如是的特点：客观真实与情感真实相统一，而客观真实则是第一性的，外相真与内在真相统一，以表相真显示内在真；“一方要表现全体人生的真的普遍性，一方也要表现各个人生的真的特殊性”[③]，如果在创作中能使普遍的真（共性）和特殊的真（个性）高度结合，那才“会美”才“算善”，这就把真善美和谐统一起来。与其美学功能观和真实观相联系的是“人生派”的现实主义创作方法和审美方法。有种习惯看法即认为人生派只强

① 《小说月报》1921 年 10 月第 12 卷，第 10 号。
② 茅盾：《文学与政治社会》，《小说月报》1922 年 7 月第 13 卷，第 9 号。
③ 茅盾：《自然主义与中国现代小说》，1922 年 9 月《小说月报》第 13 卷，第 7 号。

调客观的描写和实地的观察，这是创作方法和审美方法的两大法宝，无疑是正确的，但是也必须看到人生派并没有忽视文学创作的独特艺术思维“想象”，王统照认定“丰富的想象，深锐的观察，与高超的思想”①是为人生文学的根本要素；茅盾也指出“创作文学时不可缺的，是观察的能力与想象的能力，两者偏一不可”②。虽然茅盾汲取了左拉自然主义注重实地观察和崇尚实际的唯物主义美学思想，但他不赞成自然主义者以单纯的生物学观点去观察社会现象，把人看成是消极地被环境和遗传决定着的动物；他主张以“科学眼光去体察人生的各方面”，透过想象力去发现人生的“哲意”，并号召作家亲身到民间或“第四阶级”中去观察体验，然后创造出真正的为人生的现实主义文学。不过人生派所提出的主观想象与浪漫主义的主观想象不论地位或作用都有所不同：“想象”在浪漫派作家的艺术思维过程中占有极为重要的地位，发挥着主导作用，因而对浪漫派“小说家的赞词莫过于说：‘他有想象’”；但对于现实主义来说，“想象不再是小说家最主要的品质”③，它只是把想象作为创作构思过程中的一环。茅盾既把实地观察和主观想象作为现实主义审美方法和创作方法两个相互为用的环节，也把“客观的描写”作为重要的描写方法；虽然他力倡“客观的描写”，“丝毫不掺入主观的心理”，似乎有点客观主义之嫌，但总的来看并非如此，只是他对客观描写提出新要求：即从观察体验过的客观事实出发，忠实全面地描写人生，反映生活的本来样子，反对旧派小说那种“记账式”地一笔不漏地抄录平庸琐碎的日常生活，这就使“客观的描写”达到了现实主义创作方法的高度。这并非说“人生派”所选择的现实主义美学原则和创作方法已达到尽善尽美的程度，其实如何将艺术追求与现实追求、提出问题与客观描写在创作实践中统一起，他们却表现出一种在探索中困惑、在困惑中探索的矛盾情态和理论渴求。如果强调文学以表现现实人生问题为功利目的，那就必然热衷于按照一定的人生观提出问题，不可能遵循艺术规律去表现人生，势必影响艺术追求或导致艺术真实的失落，甚至出现概念化或观念化的弊端；如果强调从现实生活出发不是从“提出问题”出发，严格要求按照自然主义进行“客观的描写”，完全排除作家的人生看法，那必然导致纯客观主义，与文学“指导人生，批评人生”的主旨相违背。为了从理论与实践的结合上解决好人生与艺术、问题与真实、功利与美感

---

① 《对于“创作”者的两种希望》，1923 年 12 月 1 日《晨报副刊·文学旬刊》。
② 《新文学研究者的责任与努力》，《小说月报》1921 年 2 月第 12 卷，第 2 号。
③ 《欧美古典作家论现实主义和浪漫主义》(二)第 215 页。

等矛盾，“人生派”在探索中虽然出现过困惑甚至理论上的失误和“问题小说”的观念化倾向，但是他们越来越清楚地认识到创作主体或创作个性的重要性；只要作家的主体意识和个性意识得到尊重，就能从自己对社会人生的独特感受出发，既能真实地在作品中反映出“现社会现人生”的诸多缺点甚至罪恶，也能表现出“到底有真善美隐伏在罪恶下面”①，既能开掘出民族中的劣点也能掘发出国民性中的“善美”特点，这样的为人生文学才能尽到“批评人生，指导人生”的社会职能。

从创作形态上综合观照，“人生派”诸多作家并不完全在理论倾向上趋归于现实主义美学思潮，或崇尚浪漫情调，或偏爱象征意味，或追求爱与美，或徘徊于浪漫、象征和写实之间，这似乎表明它在创作上并不是严格意义上的现实主义文学流派。其实这种美学倾向上的开放性和包容性正是中国新文学流派创作上的重要特色，可以毫不夸饰地说在中国新文学发展史上找不出一个严格美学定义上纯而又纯的文学创作流派。我们说“人生派”在创作形态上如同它在理论形态上一样也是个现实主义文学流派，这是就其主导倾向和开放性而言，况且从发展上看它越来越成为一个完整的现实主义创作流派。我认为考察“人生派”的现实主义美学特征，应该以“为人生”这面旗帜为其价值尺度和根本出发点归宿点。由关注个体人生扩展到关注全社会人生，这是“人生派”文学创作上的审美趋向和重要审美特征之一。在“五四”热潮中“人生派”诸作家大多考虑的是自我个性解放，而自我个性解放要求最强烈的并不是在死亡线上挣扎的贫苦百姓或沉睡在铁屋里尚未觉醒的芸芸众生，乃是那些被现代意识唤醒了的知识分子；他们急切要改变自我生存环境和生活条件，使与个人生存直接相关的婚姻爱情、职业状况首先获得改善或改良，让个性解放在自我生活的小圈子里得到实现。这种人生追求就决定了他们的文学创作的审美趋向集中在家庭、婚姻、爱情和个人职业上。正如茅盾 1921 年 8 月对当时创作所作的粗略统计指明的，即描写家庭婚恋的小说占发表总数的 98%。但随着“五四”的落潮“人生派”诸作家对人生问题的思考，不能不从个性解放的幻灭感、困惑感和彷徨感中更冷静更理智地想到整个社会人生的解放，这既是历史发展提出的必然性课题也是社会审美趣味的变化对文学提出的新指归。作为“人生派”理论家敏锐地感受到这种审美趋向，明确地指出文学创作表现的人生不是“一人一家的人

① 《为新文学研究者进一解》，《改造》1921 年 9 月第 3 卷，第 1 号。

生，乃是一社会一民族的人生”，号召作家走出个人的小天地，到民间去到“第四阶级”中去，以广阔的社会人生作为创作背景①；“人生派”的重要作家叶绍钧、王统照、冰心、许地山、徐玉诺、孙俍工等的小说创作，都体现了由着重描写知识分子或周围小圈子的人生问题转向社会各阶层特别是下层社会人生问题的这种审美趋向，这不仅表现出作家视野的拓展也标明现实主义的深化。为人生而艺术的作家由于深受“五四”前后启蒙思潮的影响，往往热衷于以现代理性的眼光去洞察人生和把握人生，因而通过主体意识而转化为文学作品审美内容的人生世界，常常带上浓重的理性色彩，或表现为对人生社会假恶丑的揭露与批判，或表现为对人生社会真善美的掘发和赞扬，或表现为对疗救人生现实缺陷所提出的“爱”或“美”的天真幻想；唯有如此，文学才能尽到“指导人生，批评人生”的职责。这是人生派文学创作的又一审美特征。如果说早期人生派的代表作家叶绍钧、冰心、王统照等在作品中都程度不同地表现出于批判社会人生丑恶面的同时又鼓吹“爱”与“美”幻想的理性精神，而“爱”与“美”的追求偏偏解决不了人生现实问题，这就弱化了现实主义理性批判的深度和力度，不能不出现一些直观印象或者图解某种人生观的理念化作品；那么到了1922年以后，“人生派”诸作家特别是叶绍钧的小说创作，不是从讨论人生问题出发去剪裁“生活”就范或拼凑人生断片，而是注重从自己所熟悉所经验的人生材料选取有典型意义和批判价值的生活加以描写，理性精神不是附着于人生的浮面而是融化于活生生的人生之中。如《校长》、《潘先生在难中》、《外国旗》等具有深沉的现实主义理性批判力量，至于扛鼎之作的《倪焕之》标志着叶绍钧在现实主义道路上探索的深化，其理性色彩更为鲜明而深蕴。文学作品不能完全排斥理性，现实主义的人生作品更应该视理性为其本质特征之一；不过我们并不同意黑格尔的“凡是理性的都是真实的，并且凡是真实的也都是理性的”格言，正如乌纳穆诺所批评的，“黑格尔，伟大的定义制造者，他试着要以定义重新建构宇宙，这就好像炮兵士官认为制造大炮就是先挖一个洞，然后再用金属填满这个洞一样”，因此他认为“凡是真实的，确是真实的，都是非理性的；并且认为理性是建立在非理性之上”②。从哲学认识论的角度来看，理性应是客观真理与主观真理的辩证统一，是客观真实与主观真实的辩证统一；反映在文学作品中的理性应该与非理性交融在一起，应溶解于被主体所深切感受和体验了的真实人生，这样才

① 见拙作《五四文学初探·茅盾五四时期新文学观试评》。

② 《生命的悲剧意识》，北方文艺出版社1987年版，第6页。

能力避理念化而增强作品的真实感。最初人生派的某些作品确有作者依靠主观制造的人生看法去寻找人生片断来建构新人生的理念化倾向，认同了黑格尔的理性格言；后来人生派的作品如叶绍钧的《线下》《城中》《未厌》诸集及长篇《倪焕之》、王统照的《生与死的一行列》、《车中》及《搅天风雪牢骚》《沉船》、许地山的《在费总理底客厅里》、《春桃》等，一扫那种虚无缥缈的梦境或宗教气味的玄想，以现实主义笔触所流露出的理性精神不再是作家人生观的抽象显现，而是一种与非理性相交织、与有血有肉的人生真谛相融合的批判意识和民主意识。文学为人生既是一种人生态度又是一种艺术态度，文学家抱着为人生的旨归去探讨人生问题去感受人生状态去认知人生价值，他们最关心的是与自身同病相怜的平民知识分子的人生和那些处于社会下层的被侮辱被损害的平民百姓，这就决定了“人生派”文学作品最富有特色的审美典型形象系列，一是带有灰色色彩的知识分子一是带悲苦情状的贫困人民，尽管这些人物形象尚未达到现实主义美学典型的高度，但他们大都具有真实感，当然并不否认人生派初期有些人物扮演了“爱的哲学”或“人生观”传声筒的角色；特别叶绍钧笔下的平民知识分子形象的刻画达到了相当的现实主义深度，仿佛看到一些活生生的具体的人在其特定的人生环境中挣扎着、苦斗着，总是摆脱不了悲剧的人生命运。作者之所以对这些平民知识分子形象刻画得真切动人，最深刻的原因恐怕在于他写出了“所有客观论者所看不见的，或者他们所不希望看见的，就是：当一个人确实肯定他的自我、他的个人意识时，他也认识了人，一个具体而真实的人，同时也认识了真正的人性——人的人性，而不是做为事物的人性。”①叶绍钧经受了“五四”个性主义思潮的洗礼，无疑具有确定自我尊重自我的个性意识和自主意识，当他以这种现代意识的审美眼力和价值标准去审视与自己生活于同一生存环境里的平民知识分子时，不仅能准确地认识和把握一个真实人的复杂人性，也能看清哪些人性已被异化而失去了价值和哪些人性尚富有价值可以作出肯定性的审美判断；有了这样的人性感知和审美体验，就可以使笔下的人物达到似我非我、似已非已的真实程度，倪焕之就是一个“肯定他的自我、他的个人意识时，他也认识了人、一个具体而真实的人”的艺术形象。“艺术派”的表现自我小说强调转向内心，追求那种长于表现内面世界情感思绪的象征、神秘手法或抒情手法；人生派的小说创作旨在探讨人生和反映人生，特别越到后来越强

① 乌纳穆诺：《生命的悲剧意识》第13页。

调表现人生真实，描写人生的苦难和平民的悲惨命运以及社会的丑恶，所追求的是人的外在世界的真情实况以及人生悲剧的社会根源，它需求的主要是客观写实手法，但也需要抒情的或象征的甚至怪诞的手法加以有力的辅助，这就构成了人生派的以写实为主的多种表现手法兼用的艺术技巧，这也是人生派创作的审美特征之一。早期人生派的“问题小说”，那些热衷于“表现并且讨论一些有关人生一般的问题”的作品，写实、抒情、议论、象征等手法兼而用之，作为一个流派表现出多样化的审美取向和审美方向，作为流派中的成员其审美情趣和表现技法也是花样翻新；那么偏重于客观真实地反映人生社会现象的作品，写实手法的运用显示出独特的威力和审美魅力，而这些写实成分比较强的作品也不拒斥其他审美方法的选用。不过那种为人生的作品经过一段曲折地探索和追求之后不约而同地都趋向现实主义创作方法和审美方法，而这种写实既不同于中国传统的写实也有别于欧洲十九世纪的客观写实，它已糅进多种表现技巧，表现出新的写实趋向，这就充实和丰富了人生派文学作品的审美效应和美学意蕴。

如果说从理论形态到创作形态“人生派”是在多样化的发展中逐步走向开放的成熟的现实主义美学道路的话；那么鲁迅从理论到创作的现实主义美学倾向及其影响下的乡土文学派和语丝派一开始则表现出独特的完整的现实主义美学特征。

鲁迅在“五四”时期及二十年代文坛上是从美学理论与创作实践的结合上对现实主义作了系统深入的思考和探索，创造了具有中国特色的现实主义美学，推动了现实主义文学流派的竞相发展。与“人生派”主将茅盾走的现实主义道路不同，鲁迅不是先致力理论建设而后进入创作实践，他是先以《狂人日记》、《孔乙己》、《阿Q正传》等辉煌的创作实绩显示了现实主义传入中国的胜利及其审美特征，然后在自己丰富的实践基础上，一方面从中国传统文学中汲取有益的艺术经验，一方面从系统翻译日本厨川白村、俄国陀思妥耶夫斯基和安特莱夫等外国文学思潮中借鉴现实主义创作方法，经过创造性地系统思考和概括，于二十年代中期前后形成了独特的现实主义理论形态。从广义上说鲁迅也是坚持文学为人生并改良这人生，但鲁迅创造的为人生文学并没有出现理念化、幼稚粗浅的弊病，也没有“急功近利”的色彩，他的创 作在文坛上一亮相便显示出成熟的现实主义特色；可悲是当时深受鲁迅作品感染和诱惑的青年无力从现实主义美学高度去领会其艺术精髓，直到1923年茅盾《读〈呐喊〉》一文的发表才触及到鲁迅现实主义创作方法某些特质，可见“人生派”形成视期对现实主义美学倾向的感受力、判断力是不够敏锐的。不论从创作形态或理论形态上考之，鲁迅现实主义的建构都是环绕着以启蒙主义来改造国人灵魂这个轴心旋转，《论睁了眼看》一文提出了现实主义理论纲领。正是文学的启蒙性质规定了鲁迅为人生而文学的美学功利观，而思想启蒙又是达到改良人生变革现实目标的途径，这是鲁迅从事文学事业的选择也是一代文学先驱的选择，可见鲁迅的深刻处在于把改造现代国人灵魂作为现实主义文学的崇高使命。从文学的启蒙性出发，鲁迅坚决反对“瞒”与“骗”的文学，强调以正视人生的态度按照生活本来面目去反映现实人生，即正视现实的黑暗和人心的黑暗，“敢于如实描写，并无讳饰”①。鲁迅这种清醒的现实主义美学真实观的形成，与其深刻剖析民族文化心理和审美心理的落后性联系在一起，与人生改良社会变革的需要相适应。他尖锐指出：“中国人向来因为不敢正视人生，只好瞒和骗，由此也生出瞒和骗的文艺来，由这文艺，更令中国人更深地陷入瞒和骗的大泽中，甚而至于已经自己不觉得。”②封建文化专制和愚民教育长期毒害造成国民不敢正视人生只好瞒和骗这种病态心理，这种病态心理又制造出瞒与骗的文学，而这种瞒与骗的文学通过潜移默化的作用又进一步毒化了民族心理，使之在瞒与骗的大泽中越陷越深，如此恶性循环下去，中国人失去了生命力，文学也失去了生命力。这种深刻的文化批判意识既表现了鲁迅的人性觉醒又表现了文学观念的觉醒，正是在双向觉醒的基础上鲁迅选择了现实主义美学的真实观，即“取下假面，真诚地，深入地，大胆地看取人生并且写出他的血和肉来”③。这种真实观标志着“五四”以来的现实主义美学已达到一个新的层次，不只是强调揭破腐败黑暗社会的真相或者通过“客观描写”来暴露社会人生的假恶丑，而且强调“深入地”写出人生的“血和肉”来；所谓“深入地”就不能停留在生活的表层，而要由表及里由现象到本质地开掘进去；写出人生的“血和肉”即人生的复杂性丰富性和具体性，真正展示出社会人生的无限深邃性和多样性的本来面目。要“深入地”写出人生的“血和肉”来，只凭“客观地描写”是难以达到的，这就需要作家主观性的介入或主体性的发挥，鲁迅提出的“真诚地”“大胆地”看取人生，就是要求作家在观察人生选取人生进入创作过程时应弘扬主观精神，既要“真诚”又要“大

① 鲁迅：《中国小说的历史变迁》。

② 鲁迅：《论睁了眼看》。

③ 鲁迅：《论睁了眼看》。

胆”。所谓“真诚”就是应具有一种实事求是的真心实意的精神,所谓“大胆”就是应具有探索的胆识和揭露的勇气,这两种精神相辅相成,辩证统一,构成一种现实主义的主观性;而这种主观性并不同于浪漫主义视其为主导品格,它只是现实主义精神的构成因素,并不能改变现实主义真实地反映生活本来面貌的根本特征,主观性的介入正是为了更深入地更真实地反映人生再现人生,使之达到“在高的意义上的写实主义”①,客观性与主观性相统一,客观真实与主观真实相融合。在这种真实观烛照下创作的文学作品,既能反映出人生外部世界的深也能揭示人的灵魂的深,而这深刻的真实感越强烈越能产生巨大的社会效应和美感力量,这就是鲁迅现实主义小说具有强大生命力的奥秘所在。鲁迅抱着启蒙主义从事文学创作的崇高目标,不只是决定了他独特的现实主义美学的功利观和真实观,也决定了他的审美方法或表现技巧乃至艺术语言的独特性。这里主要谈谈他的审美方法或表现技巧的选择并不像茅盾那样强调“实地观察”“客观描写”,鲁迅强调画出现代国人的灵魂,不仅从美学意义上肯定“写灵魂”的艺术效果,还赞赏“穿掘着灵魂的深处”的写法,并称颂陀思妥耶夫斯基是“人的灵魂的伟大的审问者”②。因此他不只是-接纳了现实主义的典型环境描写、真实细节的勾勒、传真的白描手法和出神的画眼睛技巧,而且还兼容了象征、浪漫、反讽、梦幻等非现实主义手法,这是鲁迅在写实的基础上创造性地综合选择并运用了各种艺术手法,以丰富其独特的现实主义美学思想体系。总之,鲁迅在创作与理论的有机结合上开拓了“五四”以来现实主义文学发展的新路,以“画灵魂”为轴心使现实主义获得深化。鲁迅所创造的现实主义文学典范和所提供的现实主义美学原则,为中国新文学的发展奠定了极其宽广厚实的根基,差不多各种文学流派的形成都可以在鲁迅那里找到最初的渊源,不过在二十年代中期最直接受惠于鲁迅现实主义美学传统的是乡土文学派和语丝散文派。

乡土文学派虽然从广义上说它是人生派的派中派,但从现实主义美学倾向来看它比为人生的“问题小说”派表现得更鲜明更坚实一些,在美学追求上主要不是追随茅盾的现实主义理论,而是自觉地实践鲁迅的现实主义美学思想,直接学习鲁迅的创作样板和艺术经验。蹇先艾在《关于我的短篇小说》一文中回忆说:“鲁迅的作品给我的启发更大,我师承他也更多一些。”许钦文、王鲁彦、许杰、彭家煌等“乡土文学”作家大都得到鲁迅的奖掖和扶助,王鲁彦由于在美学

① 鲁迅:《〈穷人〉小引》。

② 同上。

风格上近似鲁迅曾被评论界称之为“鲁迅派”;“乡土文学”在二十世纪中国文学的流变绵延不断,无不承续了“乡土文学”鼻祖鲁迅开创的现实学主义美学传统。尽管鲁迅反映农村题材的作品就其思想含量的深广度来说远远超过“乡土小说”的范畴,研究者大多并不把鲁迅归于“乡土文学派”,但鲁迅的小说创作开了“乡土文学”的先河、“乡土派”作家尊鲁迅为宗师却是谁也否认不了的史实。最早用“乡土文学”这个术语来概括这个流派的是鲁迅,这里无疑熔铸进鲁迅的美学追求和审美经验,准确地体现了这个流派的美学形态。“乡土文学派”并不是以理论形态为主导或理论形态与创作形态兼备的文学流派,它主要是一个实践性的以创作形态著称的流派;虽然其代表作品如《石宕》、《鼻涕阿二》(许钦文)、《在贵州道上》、《盐巴客》(蹇先艾)、《黄金》、《野火》(王鲁彦)、《惨露》(许杰)、《怂恿》(彭家煌)、《地之子》(台静农)等,都留下多向艺术探索的痕迹和主观色彩,但决定这个流派整本面貌及其本质特征的却是现实主义美学倾向和创作方法。其主要的现实主义审美特征,从创作形态加以考察可作这样的概括:乡土文学派不论倾向于主观或倾向于客观的艺术探索和审美追求,都选择了坚实的现实主义创作方法和审美方法,从自己最熟悉的体验最深的农村生活中抉取题材和提炼主题,使笔下的乡土世界充满了浓郁的生活气息,不再像有些“问题小说”为表现某个“人生问题”惯于去编造一个故事,而是坚持从经验过的乡村人生出发,注重在咀嚼回味故乡生活的真情实感中再现农村现实的真实图景,作品的真实感大为增强,这是其重要特征之一。特别值得指出的是,由于这派作家都是从农村来到城市的“流寓者”,城乡文化意识的反差必然使他们在“回味”乡土生活时至少出现双重审美体验:一重是原来置于乡土生活中的以传统心理所感受到的,一重是寓居城市生活中以现代心理所感受到的,前者是后者“回味”的基础,后者是对前者原初体验的升华。这不仅使乡土文学往往隐伏着两个“我”,即昔日的“我”和今日的“我”,增强了主题思想的多种意蕴,而且作品的文化内涵常常是现代意识与传统意识交织在一起,有时传统意味比现代意味浓重得多,这无疑拓展了乡土文学的现实主义深度,这是其重要审美特征之二。乡土文学虽然在“回味”和再现故乡生活的创作过程中表现出“我”的“乡愁”,使作品带上一种浓重的感伤情调,然而这种“乡愁”和感伤情调并没有把乡土文学拖进浪漫派的“自我表现小说”和感伤主义艺术氛围中,这主要因为乡土文学的审美对象不是“自我”,所流露出的“乡愁”也不是它的情感主调,它的主要审美对象是农民——特别关注那些被侮辱被损害的苦难深重的农民。

作者往往以“哀其不幸，怒其不争”的复杂情感态度来描写农民的悲惨命运和精神悲剧，如许钦文的《鼻涕阿二》、王鲁彦的《阿长贼骨头》、彭家煌的《陈四爹的牛》等小说所刻画的农民形象，颇有鲁迅笔下阿Q典型某些影子；尤其后来乡土派的作品出现了带有革命色彩的农民形象，如鲁彦的《野火》刻画一个青年农民的反抗形象，黎锦明的《尘影》塑造了农运领袖的英雄形象，作者对这些新的审美对象是肯定的，表现出赞颂之情。不论是受苦的农民、落后的农民还是反抗的农民，作者对其所流露出的情感态度和审美意识是真挚和深厚的，所谓“乡愁”正是一种怀乡恋土的忧生忧民的情绪，这就增强了作品的悲剧审美因素。这也是乡土文学的重要特征之三。如果说有些为人生的“问题小说”惯于以“问题”为中心来构思，并没有或忽略了人物这个焦点，往往提供给作者的只是粗线条的故事梗概而缺乏真实场景和典型细节的真实性；那么“乡土文学”则继承了鲁迅的创作传统，普遍重视具体场景的细致描写和典型环境的真实刻画，蹇先艾笔下的带有原始野蛮色彩的贵州山村民情民俗，许钦文笔下的古老而沉闷的江南乡镇的风物人情，许杰笔下的那种带有原始性的闭塞山区的强悍民风和落后习俗，王鲁彦笔下的经过近代工业文明冲击的透露出新气息的海滨村镇，等等，无不以特异的地域色彩和山川风物、文化气氛为人物形象塑造提供了真实的典型环境，那些源于农村生活的细节描写更具有真切感。尽管“乡土文学派”尚未创造出阿Q、祥林嫂这样杰出的典型形象，然而在典型环境的设置和细节的真实描写方面却达到了现实主义的审美标准，特别通过一幅幅乡村风俗画、民情画和景物画的描绘所展示出的强烈的地方色彩和浓重的地域性文化气氛，不仅能诱发起对中国传统文化的“寻根”或“反思”，而且对于新文学的民族化也能起到积极的促进作用。这是“乡土文学”的重要审美特征之四。显然，这个流派所借鉴的现实主义主要不是来自十九世纪的西欧，而是来自俄罗斯和东欧北欧，并且与鲁迅对俄罗斯和波兰等作家现实主义文学的选择介绍密切相关。因为后者多写农民的不幸和痛苦，比前者多写城市生活更易于被“乡土文学”作家所认同所接纳。虽然“乡土文学”派的作品存有审美特殊性有余而审美普遍性不足之嫌，也没有出现“人生派”叶绍钧这样著名的小说家和《倪焕之》这样的扛鼎之作；但是他们将文学植根于生活土壤，力图在真实的典型环境中再现古老中国农村生活的真实形态或形形色色的农民人物，着意追求泥土气息和文化氛围，在细节的真实刻画上不惜笔力，这无疑是通过创作实践对我国现实主义美学所作的独特贡献，从而强化了现实主义在新文学流派中的主潮地位。

直接受惠于鲁迅现实主义美学思想的还有“语丝派”散文。鲁迅是“语丝派”的坛主之一，他开辟的现代杂文的现实主义战斗传统在“语丝派”的钱玄同、刘半农、孙伏园等作家的散文中得到弘扬，“任意而谈，无所顾忌，要催促新的产生，对于有害于新的旧物，则竭力加以排击”。① 这种泼辣尖锐、深刻幽默的思想艺术风格，可以说是“语丝派”以鲁迅为代表的一群散文家的现实主义美学的总体特征。他们敢于直面现实人生的痼疾和弊端、社会时政的混浊和黑暗，以尖利的写实笔触展开广泛的社会批评、文明批评乃至政治批评，既有胆识掘发数千年的历史祖坟又有魄力挖出宗法制度和想想的文化老根；而这深邃、独到和警策的思想意蕴，总是与取类型画出典型形象相结合，与作者的感兴、才情、机智和想象力相融合；特别鲁迅在《语丝》上发表的散文，可以说都是现实主义审美精品，既有思想家的穿透力又有学者的历史眼光，既有小说家对人生的深切心理体验又有诗人的炽烈激情和想象力，既有文体家的敏锐创新意识又有语言家的高超驾驭语言能力。这一切的综合审美效应，就是战斗，就是抗争，就是投枪匕首。鲁迅散文的这种战斗现实主义风格在“语丝派”以周作人为代表的一群作家的散文中并非没有影响。周作人的散文就有“浮躁凌厉”与“冲淡平和”两种美学风格，前者多收入《谈虎集》和《谈龙集》，而这些散文则具有“浮躁凌厉”的现实主义战斗风格，当然这不是周作人散文主导风格；其主导风格的散文则是“冲淡平和”这后一类，它是周作人独创的，最富有个性色彩，与战斗的现实主义相比这类散文可以说是一种“平和”的现实主义。对于这种美学风格，有的研究者作了这样的概括：“周作人这类散文，实践着英国理论家蔼理斯‘自由’与‘节制’相谐调的原则，把政治原则、道德准绳、人生哲学、美学法则统一起来，在内容上着意表现返归自然，顺乎天性，自由率性而适度的生活情趣，在艺术表现上追求情感的倾泻与控制、放与收、通与隔、空灵与粘滞、奇警与平淡、丰腴与青涩、谐谑与端庄之间微妙的平衡，达到不放不收、亦放亦收，不通不隔、亦通亦隔，不空不滞、亦空亦滞，不平不奇、亦平亦奇，不庄不谐、亦庄亦谐的境地。”②一言以蔽之，“平和”是他散文的现实主义的主导审美风格，正是在这一点与鲁迅散文的战斗风格大异其趣。经常提到的《乌篷船》、《谈酒》、《吃茶》、《故乡的野菜》等，程度不同地体现了周作人散文的主导风格。随着思想的演变，周作人散文离战斗的现实主义美学传统越来越远，在“和平冲淡”的风格基础上形成一种

① 鲁迅：《我和〈语丝〉的始终》。

② 钱理群等著：《中国现代文学三十年》第124页。

充满闲适性、趣味性和知识性的散文流派。总之，直接受到鲁迅现实主义美学培育的“语丝派”散文，在某种程度上以其丰富多彩的创作实绩壮大了现实主义主潮的声威。

透过对几个有代表性的文学流派的理论形态和创作形态的粗略考察，我们便发现具有开放性的现实主义已开始从多样化的发展中走向成熟，基本上超越了对十九世纪欧洲现实主义的模仿阶段，在与民族传统文学的现实主义精神的交汇中，在与民族现实生活的结合中，经过作家创作心理的锻造和读者审美心理的筛选，逐步形成了富有中国特色的现实主义及其文学流派，并且渐次演进成新文学的主流；就连具有强烈浪漫主义美学倾向的“艺术派”到了二十年代中后期也选择了现实主义，尤为可贵的是他们能从理论上划清现实主义与自然主义的界限。成仿吾于1923年发表的《写实主义与庸俗主义》曾提出“真实主义”与“庸俗主义”两个概念，在他看来观察现实能够“捉住内部的生命”，就是“真实主义”即现实主义；倘若“观察不出乎外面的色彩，表现不出乎部分的形骸”，那就是“庸俗主义”即自然主义。穆木天于1926年发表的《写实文学论》，通过巴尔扎克与左拉的比较，肯定巴尔扎克的《人间喜剧》体现了现实主义的真精神，指斥左拉的小说“不是文学，是科学的记录”。这种观点虽然偏激，但却标志着“艺术派”也在选择现实主义美学原则和创作方法。不过二十年代中期前后“人生派”和“艺术派”有些作家已投身实际的革命斗争，他们对文学的政治功利要求日益强烈，这时的现实主义文学由一般的“为人生”转换为替“第四阶级”服务，由主要借鉴欧洲和俄国批判现实主义美学思潮转向对苏联当时革命现实主义的汲取，这意味着新文学流派对现实主义的选择将进入一个新阶段，不论是理论形态或创作形态都会出现新的美学特征。

审美选择的求同性

近几年关于现当文学现象或文学流派的研究，有些文章对于从“主义”或“创作方法”进行考察和探讨，表现出一种冷淡或厌倦态度，似乎文学创作或文学流派很难用某些“主义”或“审美方法”或“创作方法”来规范。这固然看到了文学现象或文学流派内涵的复杂性乃至模糊性，不过值得深思的是，当这些文章对“主义”或“创作方法”这种理论视角或价值尺度表示“不屑一谈”的时候，却又不自觉地操起“主义”或“创作方法”这个概念。从表面看这是个自相矛盾的怪圈，其实他们所厌倦的是现实主义，而对现代派的各种主义还是格外青睐的。中外古今文学作品浩如烟海,文学流派气象万千,只要精考细察它们的产生和发展离不开通常所说的文学思潮或美学原则的几种“主义”或几种“创作方法”。虽然这几种“主义”或“审美方法”往往出现交错重叠或交替融合的复杂现象,但万变不离其宗,很难超出这几种“主义”或“创作方法”的原则或规范的制约,特别是现实主义创作方法或审美方法在古往今来的文学作品或文学流派的内涵及其层次结构中,都或深或浅地留下它的印痕,即使那些非现实主义的作品或流派也或多或少含有现实主义创作方法的因素。至于所谓“创作方法”或“审美方法”尽管说法不一,但我却赞同这样的观点,即创作方法是个多层次的结构系统,它并非指文学创作中的细部表现也并非指某个文学流派所采用的具体艺术技巧或非主导表现方法,而是其中那种带根本性的艺术审美的表现原则,它可以决定某些文学作品或某个文学流派的质的规定性。具体言之,创作方法或审美方法就是作家艺术家在审美地艺术地认识并反映现实生活,开掘并表现内面主观精神世界,孕育并创造审美典型或艺术形象或象征意象等方面所运用的最基本的也就是能决定审美性质的艺术表现方法;它是个多层的结构系统,其内在基本精神实质并与之相适应的基本艺术表现方法是创作方法或审美方法的核心结构,与其核心部分发生这样或那样联系的世界观、人生观和哲学观是深层结构,与之相联系的种种具体写作规则、表现手法和艺术技巧等则属于表层部分。① 判断文学作品或文学流派具有何种性质或格调的审美倾向、所运用的是何种“创作方法”或“审美方法”,主要视其是否体现了或蕴含着或一“创作方法”或“审美方法”的基本精神实质和基本艺术表现方法。现实主义创作方法的精神实质就是“按照生活的本来样子、固有逻辑反映现实生活”,与之相适应的基本艺术方法或审美表现方法则是塑造典型环境中的典型人物、细节逼真描写等,围绕着这个核心层次在表层上所采取用的一切具体表现手法和技术技巧都没有充当现实主义创作方法的“基本艺术表现方法”的资格。以此为价值标准和理论基点,上述对“五四”和二十年代文学流派所选取的现实主义创作方法及其美学倾向作了探究,这里再对三十年代重要文学流派的现实主义美学倾向及其总体特征加以透视和剖析。

从二十年代末到三十年代中国新文学的无产阶级意识形态性质日益增强,表现在文学运动的理论形态和创作形态上所急迫解决的中心课题,是如何联系

① 张国庆:《论创作方法的层次结构》,《文学评论》1991 年第 5 期。

民族解放、社会解放和阶级解放的斗争需要将马克思主义文艺思想介绍传播到我国,并与中国文学运动和创作实践结合起来,创造出具有中国特色的富有新审美情调的无产阶级文学来。这是个艰难曲折的探索过程,是马克思主义文艺思想对“五四”以来现实主义文学在认同中否定、在否定中发展的过程,也是各个新出现的文学流派在马克思主义文艺思想烛照下产生又对其进行不同审美选择的过程。即有的流派并不是从中国国情和文艺现状出发而是凭主观想象或革命狂热去选择马克思主义文艺思想,所掀起的是一种“革命的浪漫蒂克”潮流;有的流派是在继承“五四”以来现实主义文学传统的基础上,结合我国文艺现状和变化了的情势去选择马克思主义文艺思想,所掀起的是马克思主义的现实主义潮流,并成为三十年代中国文学流派的主潮。可见马克思主义文艺思想在与中国文学实践结合的过程中,既可以产生浪漫主义审美倾向的文学流派又可以产生现实主义审美倾向的文学流派,这里的关键在于作家们对马克思主义文艺思想的选择坚持什么思想路线和什么艺术态度。在1928年关于“革命文学论争”中所形成的“革命文学”派虽然在理论上也提过现实主义这个概念,但创作上却表现出浓重的“革命的浪漫蒂克”的审美情调。而从“五四”以来出现的具有现实主义审美倾向的文学流派进入“革命文学论争”阶段,却没有在新形势挑战面前翻筋斗,基本上遵循现实主义路径进行创作。如“人生派”的泰斗茅盾这时期发表的第一部长篇小说《蚀》力求客观真实地展现光怪陆离的社会生活面貌,努力再现大革命漩涡这个典型环境中的五光十色的典型性格;再如“人生派”代表作家叶绍钧创作的《倪焕之》,“乡土派”作家王鲁彦创作的《黄金》等,极力坚持现实主义创作方法。这些作家并没有因为大革命失败后形势逆转或因为“革命文学论争”强化文学政治功利性而转换创作方向和审美取向,依然维护和加固现实主义的主潮地位。在这些流派看来,从“五四”文学革命到1928年革命文学运动的兴起,本是一个合乎规律的历史发展过程,但以后期创造社和太阳社为主体形成的“革命文学”派却把这种顺理成章的演变夸大为由“资产阶级文学运动”向“社会主义的文艺运动”的根本性质的变化,把“文学革命”和“革命文学”完全对立起来,否认两者之间的内在联系和继承关系,进而提出“打倒那些小资产阶级的学士和老爷们文学”①的口号,错误地把矛头指向鲁迅、茅盾、叶绍钧甚至郁达夫,这不仅从根本上转移了革命文学的方向,而且斩

---

① 《流沙》创刊号《前言》。

断了“五四”以来的现实主义文学的战斗传统,为无产阶级文学发展留下了难以解决的隐患。历史的曲折常常是历史发展必须付出的代价。1930 年中国左翼作家联盟成立后,在逐步纠正“革命文学派”尝试运用马克思主义文艺思想指导无产阶级文学运动所犯的教条主义、唯心主义、宗派主义错误的过程中,涌现出以“左联”为核心的无产阶级文学派、大众诗歌派、社会剖析派等革命现实主义文学流派。他们比较自觉地将马克思主义文艺思想与中国无产阶级文学运动结合起来,使现实主义文学与马克思主义文艺思想相互依存相互发展,即现实主义文学依靠马克思主义的指导而成为中国新文学的主潮,马克思主义也借助现实主义文学来实现其对文学运动的指导,革命现实主义要求文学遵循生活本身逻辑反映出社会发展的历史动向和趋势,唯有马克思主义才能给文学家提供认识社会历史趋向的正确立场和方法。三十年代那些无产阶级性质的文学流派对于革命现实主义的认识和选择是经过一段艰难的探索之路,不论在理论形态或创作形态上与二十年代“人生派”的现实主义审美倾向相比,则增添了一些新的美学特征。从总体上考之,如果说“人生派”的现实主义尚未完全冲破狭小的生活圈子,适应民族解放和社会解放这种大时代需求还缺乏灵敏度和宏伟气魄的话;那么这些无产阶级性质的文学流派则具有强烈的革命敏锐性和政治责任感,自觉地把现实主义文学纳入整个新文学趋向政治化社会化的发展轨道。

从理论形态上考察,那些无产阶级性质的文学流派对现实主义创作方法或审美方法的选择和认识是经过一段曲折的路。在“革命文学论争”中,革命文学派虽然提倡“彻底反对浪漫主义的写实主义的文艺”,表现出唯有现实主义才是“革命文学”独一无二创作方法的“左”倾色彩,甚至极为偏激地宣布“浪漫主义早已成为反革命的文学”①。这不仅将现实主义创作方法与其他创作方法对立起来,而且把创作方法或审美原则同政治态度完全混同起来。其实,“革命文学派”并没有真正读过马克思主义经典的文艺原著,对马克思主义文艺思想与现实主义文学的深刻关系的理解极为肤浅,甚至是机械的;他们的理论来源主要是苏联“无产阶级文化派”及其后起的“拉普”,其中以波格丹诺夫提出的无产阶级文学等于无产阶级“意欲和经验”的形象化组织的文学本质论,反对文学是社会生活的审美反映这一现实主义的基本原则,将复杂的创作过程当作组织经验图解观念的过程,这既抹煞了文学创作形象思维特点又否认现实主义是遵循

① 郭沫若:《革命与文学》。

生活本身逻辑反映生活本来面目的基本精神。由于他们并没有寻找到真正的马克思主义文艺美学,也不理解现实主义真谛,所以强调革命作家唯一的使命是以文艺"把工人阶级和广大劳动群众的心理和意识组织起来"①;视文艺是组织"心理和意识"的工具,势必造成文学创作的概念化公式化,所表现出的审美倾向决不是现实主义而是"革命的浪漫蒂克"。当然也应该承认,以后期创造社、太阳社为主干形成的"革命文学派"在急于摆脱"革命的浪漫蒂克"审美情调和概念化公式化的危机中,也曾把"新写实主义"(又称"普罗列塔利亚写实主义"、"无产写实主义"、"新现实主义"或"无产阶级现实主义")作为一种创作方法或审美方法加以提倡,这对现实主义美学发展有极大影响,也可以视为现实主义朝着新方向演进的重要标志。"新写实主义"源于原苏联和日本的无产阶级文学运动,直接的传播媒介则是日本左翼理论家藏原惟人等的文艺思想。这种"新现实主义"尽管仍保留着"拉普"的"用无产阶级前卫的眼光观察世界"的观点(所谓"前卫"眼光就是"能够真实地在其全体性及其发展中观察这个世界者"),然而在其强调获得明确的阶级意识的同时并没有忽视文学自身的特点,重视政治价值与审美价值的结合,还注意"从过去的写实主义继承着它对于现实的客观的态度";据冯雪峰的说法,"在旧写实主义的写实方法上加上了现在的无产阶级世界观,就是新现实主义了"②。不过"新写实主义"在无产阶级文学运动演进中仅仅是一种构想,传入我国文坛后既没有引起多大的理论兴趣也没有在创作上认真地实践过,这种空泛口号很快被"唯物辩证法创作方法"所取代了。可见,"革命文学派"只是引进了"新写实主义"美学理论,并未从根本上改变其文学创作的审美倾向,仅反映出他们急于摆脱"革命的浪漫蒂克"弊病回归现实主义美学道路的热切愿望。三十年代初以"左联"为核心形成的无产阶级文学派虽然明确地意识到纠正"革命的浪漫蒂克"美学倾向的必要性和急迫性,但他们却完全认同和接受了原苏联"拉普"提出的"唯物辩证法创作方法",并"法定"为无产阶级文学的创作方法。"左联"执委会于1931年11月通过的《中国无产阶级革命文学的新任务》对这种创作方法作了这样解释:"在方法上,作家必须从无产阶级的观点,从无产阶级的世界观,来观察,来描写。作家必须成为一个唯物的辩证法论者。中国无产阶级革命文学的作家,指导者及批评家,必须现在就开始这方面的艰苦勤劳的学习。必须研究马克思列宁主

① 吴元迈:《苏联文学思潮》,浙江文艺出版社1985年版,第40页。

② 冯雪峰:《论民主革命的文艺运动》。

义，研究一切伟大的文学遗产，研究苏联及其他国家的无产阶级的文学作品及理论和批评。同时要和到现在为止的那些观念论，机械论，主观浪漫主义，粉饰主义，假的客观主义，标语口号主义的方法及文学批评斗争。（特别要和观念论及浪漫主义斗争）”究竟什么是“唯物辩证法创作方法”、马克思主义与无产阶级文学有什么关系并没有解释清楚。诚然这里提出的三个“研究”是极为重要的也是及时的，但也充满了矛盾和谬误：一是以辩证唯物主义世界观取代文学艺术的创作方法，以政治意识取代审美意识；二是以“拉普”的“唯物辩证法创作方法”的“左”倾机械论反对已存的“左”倾机械论，以“观念论”来清除文学上的“观念论”；三是把“观念论”的主观唯心主义与浪漫主义等同起来，必然导致对浪漫主义美学的排击。当然我们也要承认，无产阶级文学派借助“唯物辩证法创作方法”这面旗帜旨在从世界观的角度克服“革命的浪漫蒂克”倾向，促进作家学习马克思主义树立无产阶级世界观，遵照他们所理解的那种反映社会阶级关系、体现历史发展趋向的现实主义进行创作，丁玲的中篇小说《水》就是个标志。冯雪峰在《关于新的小说诞生》一文中指出这篇小说是“唯物辩证法创作方法”的初步“现兑”，是丁玲“从浪漫蒂克走到现实主义，从旧的写实主义走到新的写实主义的一个路标”①。理论上的倡导与作家的创作实践并不是完全一致的，在创作过程中作家们不一定把“唯物辩证法创作方法”作为一种创作方法，只是取其观察分析社会问题的新立场和新角度，并非按照“拉普”所主张的那一套去图解去美化，基本能够从生活出发再现生活，程度不同地达到了现实主义美学要求。1932 年 10 月全苏作家同盟组织委员会第一次大会批判了“拉普”的“唯物辩证法的创作方法”，同时也展开了社会主义现实主义创作方法的讨论；由此引起了中国无产阶级革命文学派对于现实主义美学理论的再认识和再讨论。周扬发表于 1933 年 4 月的《关于社会主义的现实主义与革命的浪漫主义》一文，标志着社会主义现实主义传入并开始左右我国现实主义美学思潮。这篇文章从哲学高度剖析了“唯物辩证法创作方法”的机械论实质，并系统地介绍了社会主义现实主义的要义。文章指出“唯物辩证法创作方法”割裂了文学创作与作家世界观的关系，“忽视了艺术的特殊性，把艺术对于政治、对于意识形态的复杂而曲折的依存关系看成直线的、单纯的，换句话说，就是把创作方法的问题直接地还原为全部世界观问题，却是一个决定的错误”。周扬还从理论

① 《冯雪峰论文集》上册第 72－73 页。

上阐发了社会主义现实主义(即革命现实主义)美学的基本原则,即"真实性"乃是现实主义创作"不能缺少的前提",它要求"在发展中、运动中去认识和反映现实";这种革命现实主义文学是"为大众的文学",应"把为人类的更好的将来而斗争的精神,灌输给读者",同时强调社会主义现实主义是"在不同的创作方法和倾向的竞争中去实现的",浪漫主义是"可以包括在'社会主义的现实主义'里面的,使'社会主义的现实主义'更加丰富和发展的、正当的、必要的要素",这为无产阶级文学的创作方法和美学风格的多样化开辟了广阔道路。三十年代中期可以说是现实主义美学理论最繁荣的年代,不论鲁迅、冯雪峰、胡风在文艺论战中对马克思主义美学思想的阐发,或是瞿秋白对马克思主义文艺理论的翻译和解释,还是周扬对社会主义现实主义的引进,都是在探讨并解决马克思主义文艺美学与现实主义文学创作的融合问题,都是从不同侧面促进现实主义美学理论的发展。值得特别重视的是,无产阶级文学派的理论家们不仅阐明了社会主义现实主义创作方法的基本精神实质,而且对革命现实主义创作方法的基本艺术表现方法即塑造"典型环境中的典型性格"有了初步理解。如果说周扬对恩格斯典型说的理解可概括为"典型 = 本质 = 革命胜利"①这个公式仍带有机械论色彩的话;那么胡风则试图运用辩证法的普遍性与特殊性的对立统一范畴来阐释典型的共性与个性的关系,并以马克思主义关于"人的本质是社会关系总和"的观点去揭示典型人物的内涵②,这对典型理论的研究无疑是个开创。不过总的看来,他们对现实主义典型理论的探索,都偏重于典型的阶级性社会性等共性方面,而对典型个性的丰富性、多样性和独特性的研究并不深入,尤其对塑造典型过程的理解主要限于综括某些阶级共性而没有充分考虑到作家的独特发现和审美选择所起的重要作用。社会主义现实主义的引进与左翼文学运动相结合,无疑给我国现实主义美学思潮增进了新质因素,将现实主义文学推进到一个新的发展阶段。

这里尤其应该重视的是茅盾为代表的社会剖析派,他们虽然是无产阶级文学派的子流派,但从美学倾向上看较好地解决了由为人生的现实主义向社会主义现实主义的过渡。他们并不像前期创造社的艺术派以否定"五四"新文学传统为代价来换取"革命文学派"的资格,而是带着人生派的现实主义美学传统走进了以"左联"为核心的无产阶级文学派。早在1925年前后茅盾就有意识地研

① 《关于"社会主义现实主义与革命浪漫主义"》,《现代》1933年第4卷,第1期。

② 胡风:《什么是典型和类型》,载傅东华辑《文学百题》。

讨马克思主义文艺思想与现实主义的结合问题,“用‘为无产阶级的艺术’来充实和修正‘为人生的艺术’”的观点,并在对原苏联文学的汲取与借鉴中实现了向革命现实主义的转变,致使他在“革命文学论争”中比同代许多作家更清醒地看到“革命文学派”某些机械的“左”的文艺观对现实主义文学的诋毁给新文学发展造成的危害,毅然决然地维护和坚持“五四”以来的现实主义美学传统,并力图从理论与实践的结合上将文学革命的现实主义精神和马克思主义思想指导的无产阶级文学运动沟通起来。茅盾曾在《论无产阶级艺术》中将“拉普”指斥的“同路人”高尔基作为无产阶级文学的典范,以三个“第一”来高度评价高尔基革命现实主义文学创作的美学特征:“第一个把无产阶级所受的痛苦真切地写出来,第一个把无产阶级灵魂的伟大无伪饰无夸张地写出来,第一个把无产阶级所负的巨大的使命明白地指出来给全世界看。”对高尔基的肯定不只是说明茅盾并不认为他是“同路人”,也暗含有这样的指向即中国经过“五四”新文学运动洗礼的作家也是“革命文学”的“同路人”,他们所坚持的现实主义美学原则和创作方法同“革命文学派”所提倡的“新现实主义”并不是绝缘的,无产阶级现实主义文学更不能拒斥“五四”现实主义美学传统;无产阶级文学区别于旧文学的根本点不是“五四”新文学而是在此基础上发展的彻底的现实主义精神和基本创作方法。正是基于这种认识,茅盾在“革命文学论争”中始终坚持文学的现实主义的时代精神和审美原则,弘扬“五四”以来为人生的现实主义美学传统,与鲁迅一道为抵制“左”倾文艺思潮的泛滥筑起一道堤坝;1929 年他撰写的《读〈倪焕之〉》对“现代的新写实派文学所要表现的时代性”的“两个要义”——既要表现“时代给与人们以怎样的影响”又要表现“人们的集团的活力又怎样地将时代推进了新方向”——的精辟阐释,揭示出革命现实主义文学有别于以前现实主义文学的某些本质特征;他同年完成的《西洋文学通论》中透过对高尔基、法捷耶夫等作家的文学创作中所体现出的“新现实主义”美学原则和创作精神作了这样的理论归结:“不以仅仅描写现实为满足,是要就‘现实’再前进一步,‘预言’着未来的”,“不是描写到个人和社会的冲突而是要描写到‘集团’如何创造了‘新的人’,又创造了新的社会”。这表明茅盾已明确认识到革命现实主义只有具体地历史地描写时代影响下的人民群众自觉地改造世界的实践活动,塑造出创造新社会的新人形象,才能真正实现反映现实与表现理想的统一。为了把革命现实主义精义与“五四”现实主义传统在马克思主义文艺思想烛照下融合起来,使源于原苏联无产阶级美学思潮的革命现实主义具有中国特色,从1927年底开始茅盾系统地研究了被"革命文学派"斥之为"贵族作家"、"封建余孽"等的一批"五四"及二十年代有影响的作家,并撰写了鲁迅、冰心、王鲁彦等"作家论",试图通过对新文学现实主义美学传统的总结寻找无产阶级文学更切实地沿着现实主义方向前进的道路。当然,谁也不能否认茅盾在探求马克思主义文艺思想与现实主义文学相融合的过程中,在观念上受到"唯物辩证法创作方法"的影响,留下"左"的痕迹,在创作上也有过失误,带上对马克思主义理解肤浅的烙印。虽然他在坚持按生活的本来面目或自身逻辑来再现生活真实这一根本原则上与新文学奠基者鲁迅所主张的"敢于如实描写,并无违饰"的彻底战斗精神和写实态度尚有差距,但同"革命文学派"或其他左翼无产阶级文学派作家相比,茅盾在三十年代对现实主义美学所作的独特贡献至少有三点:一是始终注重冷静的客观描写,强调逼真地再现生活,极为推崇文学的真实性。早在五四时期他就指出。"最新的不就是最美的、最好的。凡是一个新,都是带着时代的色彩,适应于某时代的,在某时代便是新;唯独'美''好'是真实。真实的价值不因时代而改变"①。将文学的真实性作为衡量文学作品美学价值的最高标准在中国现代美学史上是空前的,而且始终如一地坚持这一美学观;这种真实性是一种深刻地显示了人类历史发展的客观必然趋势的真实性,它与马克思主义的唯物史观密不可分。二是在与创造社、太阳社为代表的"革命文学"派的论争中,在"左联"初期抵制"左"倾幼稚病的斗争中,茅盾始终坚持"五四"以来为人生文学的现实主义传统,坚持文学艺术的审美特性,并联系世界文学发展的总体趋向和高尔基等代表人物的原苏联无产阶级文学的经验教训,结合中国的特殊国情和文情,倡导无产阶级现实主义文学。1931年末发表的《中国苏维埃革命与普罗文学的建设》就是他对"创作为无产阶级的现实主义文学"的热烈呼唤,也是他即将投入《子夜》创作的理论宣言;即使茅盾的创作生命强度达到新制高点的左翼文学发展期也没有中断对世界文学发展史的系统研究,这进一步强化了以他为代表的社会剖析小说同托尔斯泰、高尔基等的现实主义美学精神的联系。三是通过自己的创作实践逐步为无产阶级现实主义文学的发展奠定了基础,从《蚀》到《虹》,从历史小说到《路》和《三人行》,茅盾在现实主义路径上进行了艰难的探索,努力将革命实践中迸发出的政治激情熔铸转化为艺术世界的审美激情,匠心独运地为无产阶级现实主义文学发展

① 《小说新潮栏宣言》,《小说月报》1920年1月第11卷,第1号。

开拓新的美学道路。他自觉地以马克思主义为指导进行文学创作,在回答现实与艺术关系这一根本问题上不是一般要求文学反映现实生活,也不是把文学的审美价值和文艺反映社会生活本质对立起来,而是站在一个更高的审美的历史的角度以文学的特殊法则和规律,真实地展示繁复纷纭的社会生活的整体特别是其间的"政治、社会和思想的大变动",展示历史发展的曲折性和"革命必然取得最后胜利"的历史趋向,从而使文学创作达到恩格斯所要求的"较大的思想深度和意识到的历史内容,同莎士比亚剧作的情节的生动性和丰富性的完美的融合",可以说这是茅盾革命现实主义美学观的本质内涵。《子夜》无疑是三十年代无产阶级文学派的现实主义创作的里程碑,是马克思主义与现实主义相融合的产物,它在真实刻画生活细节与深刻揭示社会发展历史趋向相结合、丰富的人物个性与宏阔的历史内容相结合、于典型环境中塑造典型性格、外在场景的生动描绘与心理世界的深刻透视相结合等方面,确立了社会主义现实主义创作方法诸多基本特征;但也要看到由于作者马克思主义美学思想修养不深,加之当时"左"倾文艺思潮造成的难以摆脱的艺术氛围,《子夜》也没有完全冲破急于将现成的思想结论灌输进作品的理念圈子,甚至在作品的整体构思上带有先验色彩,尽管当他把一种理性图式化作一种审美现实的时候,凭着他娴熟而高超的现实主义笔法和技巧悄悄地越过了艺术难关,将抽象的理念融进具体的艺术描写中,然而它只增强了作品的理性色彩,审美感染力和艺术生命力却受到损伤。这是将马克思主义与现实主义文学相融合的探索中不可避免的,与同时代左翼作家相比茅盾是成功者,他的《子夜》也是佼佼者。研究者可以从中总结历史经验,但不能以偏概全加以否定。

从创作形态加以宏观审视,三十年代那些无产阶级性质的文学流派如同对现实主义美学理论的选择一样,它们的文学创作在实践过程中虽然与其理论取向并不完全等同,但基本上体现了社会主义现实主义美学倾向。就以小说创作观之,不论社会剖析派的小说还是无产阶级文学派青年作家群的小说,尽管各个流派的主要作家如茅盾、吴组缃、叶紫、沙汀、艾芜等各自构筑起独特的艺术世界,寻求不同的创作走向,但是作为革命现实主义美学思潮影响和渗透下形成的文学流派毕竟具有一些新的带有共性的审美特色。

强烈的社会感、时代感。"五四"及二十年代的现实主义流派的文学创作虽然也触及到社会解放或人生改造的主题,特别是人生派和乡土派的作品直接取材于下层社会生活,并以民主意识批判封建意识,以人道主义情感剖析病态社会的病态国民,从批判旧物促进新生的写实笔调中可以感受到时代的脉搏和社会的动荡;然而那个时代的写实文学的主导审美趋向总是环绕着“个性解放”这个时代轴心旋转,所表现的往往是知识分子的人生遭遇及其心路变迁或从自我出发来观照社会人生,这不能不影响大部分具有现实主义审美倾向的作品对社会剖析的广度和深度和时代精神表现的力度和强度。历史推进到三十年代,中国革命已由五四时期的思想革命转向以农村包围城市的社会政治革命,军事战线和文化战线的斗争异常激烈,时代意识的中心已由个性解放变为社会解放,人们关注的热点和思考的中心主要不是个人价值和生存意义而是整个民族的命运和社会变革的趋向,与之相适应的则是人们的思维方式也由微观视角转换为宏观视角,特别是经过无产阶级文学运动洗礼和“唯物辩证法创作方法”冲击的文学流派,它们在纠正机械论的偏颇和“左”的实质的同时,并没有否定马克思主义关于阶级和阶级斗争的学说,科学的历史唯物主义和辩证唯物主义的世界观为越来越多的革命作家所接受,社会主义现实主义创作方法的传入使更多的作家掌握了既要再现生活又要在描写中展示社会发展趋向这种形象的审美方法;社会历史的巨变不仅使“五四”过来的老一代作家接触到广泛的社会人生,感受到大时代的剧烈动荡及其演进的主旋律,而且新起的青年一代作家早已冲破狭窄的个人生活圈子,在走向社会过程中接触到社会各阶层并积累了丰厚的人生经验。正如鲁迅对叶紫的评述那样,“作者还是个青年,但他的经历却抵得太平天下的顺民的一世纪的经历”①,这就为他们的文学创作带来广阔的社会视野和宏大的观察角度。上述的主客观条件,既有利于以巴尔扎克、托尔斯泰为代表的欧洲现实主义长于社会剖析功能的发挥,更利于以马克思主义为指导的社会主义现实主义创作方法对社会全方位的透视和剖析。惟其如此,那些坚持革命现实主义审美方法的文学流派的作品无不洋溢着强烈的社会感和时代感。在文学冲出“家庭”圈子走向“十字街头”以后,“中国社会半殖民地化”及整个中华民族的命运则成了许多作家关注的焦点、描写的重点,环绕这个中心那些现实主义作家展开了多层面多角度的开掘,着力剖析中国社会各阶级各阶层在半殖民地化过程中的历史命运、政治动向、情感变化和心理变迁,创造出无愧于时代的具有深广历史内容的史诗。如果说二十年代末“人生派”叶绍钧的长篇小说《倪焕之》“第一次描写了广阔的世间”,已露出史诗般作品的端倪,

① 《叶紫〈丰收〉序》。

使茅盾无比兴奋地肯定了它的社会性和时代性的话；那么到了三十年代茅盾创作的社会剖析小说，社会感和时代感则成了他自觉追求的审美目标。《蚀》三部曲“虽然未曾以过去数年间的大潮流之本身为题材”[①]，却从侧面映现出大革命时代的复杂面目；继之创作的《虹》虽未能实现“欲为中国近十年之壮剧，留一印痕”[②]的构想，但也反映了他力图展现社会解放全貌的美学思想；及至《子夜》、《农村三部曲》问世，茅盾基本上把“大规模地描写中国社会现象的企图”[③]变成了光辉的实践。如果说《子夜》以前的创作主要借助于恋爱的外衣来表现革命时代的社会现象，他的描写兴趣还集中在知识分子心灵历程的揭示上，对社会的剖析往往作为一种心理背景的话，那么从《子夜》始几乎他的所有作品都在努力选择从正面描写中国社会殖民地化趋势下的各阶级的动向和错综复杂的人际关系以及重大社会现象的最佳视角。特别是《子夜》的创作正值“左”倾思潮包围中，作者能以敏锐的政治嗅觉和过人的胆识借助艺术形象批判“左”倾路线，暗示出中国革命的发展趋势，这是极为可贵的政治品格和文学品格。瞿秋白曾高度评价《子夜》的历史地位和美学价值，颇有预见地指出，“一九三三年在将来的文学史上，没有疑问的要记录《子夜》的出版”；称赞它是“中国第一部写实主义的成功的长篇小说”[④]。吴组缃、沙汀、张天翼、叶紫等的写实小说也表现出对社会动向和阶级关系等现实题材的热切关注，体现了深刻剖析社会的美学追求。就连这个时期出现的大众诗歌派也坚持革命现实主义创作方法，写出大量反映社会历史内容表现时代精神的诗篇，内容的变化导致诗型的变化，出现了“从抒情到叙事，从短到长”的“新的倾向”。茅盾认为“这是新诗人们和现实密切拥抱之必然的结果；主观的生活的体验和客观的社会的要求，都迫使新诗人们觉得抒情的短章不够适应时代的节奏，不能把新诗从‘书房’和‘客厅’扩展到十字街头和田野”[⑤]。这些写实倾向的文学作品之所以具有社会感时代感的审美品格，也得力于这些流派的作家不只是把马克思主义指导下的社会剖析作为一种表现手法，而将它作为一种现实主义创作原则加以坚持，在选择题材和提炼主题方面表现出一种共同的审美追求，最突出的例证就是1933年前后围绕着“丰收成灾”的社会问题写出了一批具有社会感时代感的现实主义作品。

① 罗美（沈泽民）：《关于〈幻灭〉》。
② 茅盾：《〈虹〉跋》。
③ 茅盾：《〈子夜〉后记》。
④ 瞿秋白：《〈子夜〉和国货年》。
⑤ 茅盾：《叙事诗的前途》。

塑造典型性的审美形象。从“人是社会关系的总和”的马克思主义人学观点出发,重视从时代大气候和社会关系的影响和作用上去把握和再现人的个性的形成和发展,努力塑造“典型环境中的典型性格”。出自无产阶级文学派诸作家笔下的吴荪甫、屠维岳(《子夜》)、贺熙(《代理县长》)、梅春姐(《星》)、野猫子(《三峡中》)、包国维父子(《包氏父子》)、老通宝(《春蚕》)、林老板(《林家铺子》)等一系列典型形象,以鲜明的个性色彩走进新文学的人物画廊,这既是左翼作家在创作过程中自觉审美追求的实现,也是革命现实主义美学达到新水平的重要标志。因为典型是马克思主义的现实主义的重要美学原则,也是体现现实主义精神实质的基本艺术表现方法。正如恩格斯在总结以巴尔扎克为代表的现实主义文学经验所概括的那样,“现实主义的意思是,除细节的真实外,还要真实地再现典型环境中的典型人物”①。典型创造在现实主义美学中具有如此重要的位置,一是只有在典型形象中才能使现实的本质与现象、个别与一般的辩证关系通过审美意识的选择和凝聚得到艺术上的完美解决,从而使文学艺术区别于把本质和一般从现象和个别中抽象出来的各种科学;二是只有真实地再现典型环境中的典型人物,才能从典型人物与典型环境决定与被决定、作用与反作用的深层关系中透视出社会生活的内在逻辑和历史律动的轨迹,从而使文学艺术回到社会历史的过程,忠实地反映现实生活的本来面貌。早期的人生派或乡土派的现实主义文学创作的人物塑造在总体上并没有达到典型化的高度,除了鲁迅之外,一般的作家尚未真正把典型创造作为现实主义的自觉的美学目标;“革命文学派”由于在理论上否定以张扬个性为特征的浪漫主义,以群体意识否定个体意识,重“群相”描写而轻个性刻画,致使他们对典型有所忽视;到了三十年代只有那些基本上获得了社会主义现实主义美学观和创造方法的文学流派,才重视在广阔的社会背景上和强烈的时代氛围中塑造典型人物。茅盾曾批评五四时期人生派的创作“并没表现出‘彷徨’的广阔深入背景”,“只描写了一些表面的苦闷”,必然使“作品缺乏浓郁的社会性”②;三十年代的作家逐步意识到置身于“剧烈变动的现实”,“努力想了解这些变化的实质,认识它的趋向,慢慢从自己的小天地探出头来,要看整个的时代与社会”③,于是他们便从对时代环境与个人性格辩证关系的认识和把握上自觉地塑造典型环境中的典型

① 《马克思恩格斯选集》第4卷,第462页。

② 茅盾:《读〈倪焕之〉》。

③ 吴组缃:《吴组缃小说散文选题记》。

性格。茅盾的社会剖析小说总是从社会历史的角度着眼,纵览时代风云,在宏阔的社会背景上塑造典型人物,从而把小说提高到具有历史意义的水平,突现其特有的历史价值。但这决不意味着他把文学变成历史教科书,茅盾不仅明确地看到在文学的典型概括意义上诗比历史更富于哲学意味,而且也认识到作品的历史价值正是运用艺术形象对社会生活进行典型概括的巨大力量,因此他总是把“最典型的人物”放在广阔画面上”①去展现,总是将特定的社会历史生活浓缩为轮廓和背景,并涂以或浓或淡的情绪色彩,在人物与环境的双向交流中突现典型性格。并且形成了独具生命色彩的人物体系,其中最富有典型意义和美学价值的一是资产阶级的形象系列,二是形形色色的女性系列;这些形象系列可以说构成了茅盾小说艺术的“独创世界”。正如车尔尼雪夫斯基所说的:“诗人在他的作品中传给后代的,不就是他的个性?要是他的个性不比任何人更巨大,要是个性不是占主要的,他的创作是无彩而苍白的。就因为如此,每个伟大诗人的创作,都是一种完全特殊独创的世界。”②这并非说茅盾笔下的所有人物都达到了“典型环境中的典型性格”的美学高度,有的形象的确带有理念化的色彩,但那些能够体现时代精神的主要人物形象却各自沿着性格发展逻辑在特定的历史舞台上活灵活现地行动起来,体现出作者研究化解马克思主义美学典型理论所作的独特贡献。值得指出的是,不论是无产阶级文学派那青年作家群的创作或者是社会剖析派小说,对于典型人物的塑造,他们很少凭借生活体验和艺术直觉来把握和刻画典型,往往是先对从现实生活获得的感性经验提升到理性的层次进行明确分析,充分考虑到人物性格的阶级属性和社会内涵,然后再把这种理性认识还原为有血肉性格的艺术形象。这种带有理性色彩的典型化途径,不仅与作者重文学作品的认识价值和社会剖析密切相关,也或轻或重地受到“唯物辩证法创作方法”的影响。固然这种典型创造可以增强现实主义描写人物的社会意义和认识价值,但也潜在着典型的共性大于个性、理性重于感性、认识价值超越审美价值的“危机”。

多样化的艺术手法。三十年代具有无产阶级性质的文学流派既然选择了社会主义现实主义创作方法,那么在创作过程中必然依照先进的世界观选择多种多样的具体艺术手法。这是因为具体问题具体分析的精神是马克思主义唯物辩证法的活的灵魂,反映在文学创作上应坚持实事求是的态度,对具体艺术

① 《茅盾论创作》第76页。

② 《车尔尼雪夫斯基论文学》(上卷)第524页。

手法的选择必然允许多样化，非如此不足以真切地再现复杂多变的现实生活和深刻地表现内面的情感世界；创作实践反复证明马克思主义确实能保证作家的视野开阔，敢于正视现实，在表现手法上切实做到有选择的兼收并蓄。茅盾为左翼无产阶级文学坚持社会主义现实主义进行创作开辟了道路，但他并没有把自己的艺术视野封闭起来，也没有为自己设下固定的格套或凝固的模式，而是以开放的胸襟博采众长，不断地丰富革命现实主义创作方法。他曾批判过象征主义把艺术引向神秘主义逃避现实的倾向，但他又认为象征主义的艺术技巧可以为现实主义作家所吸取，《虹》、《子夜》等作品多处运用了隐喻、象征手法；特别他作品中对于人物心理的深微刻画得益于俄国文学里那种心理分析、拷问灵魂的表现手法，并在艺术实践中把它提到一个新的高度，即他把人物置于复杂的社会关系、社会矛盾中来揭示其心灵变化，使之栩栩如生地活起来。茅盾以马克思主义世界观为指导，有意识地多方面汲取其他文学流派的表现技巧和艺术手法，融合创新，取长补短，以充实丰富社会主义现实主义创作方法。不仅茅盾的作品表现出多种艺术手法的交替综合运用，社会结构剖析与心理结构剖析的有机结合几乎是所有革命现实主义文学流派共用的创作手法，普遍地重视从社会变动和历史运动中去显示人物心理的发展趋向及其心理变化的社会的或历史的根源，特别注意开掘人物心理活动的阶级基础及其所达到的历史深度；讽刺艺术在无产阶级文学流派的创作中也得到长足发展，张天翼的现实主义小说艺术大量运用讽刺手法，形成了尖锐的社会政治讽刺的独特风格。众多作家追求多样化的艺术手法和审美视角，也是现实主义文学流派走向成熟的标志之一。

如果我们对三十年代文学流派所选创作方法或审美方法的考察不局限于政治视角，而是以更广阔的文化视野去观察文学历史现象，便会发现在无产阶级文学流派之外的一些非左翼文学流派也体现出种种特异的现实主义审美倾向，虽然它们不能同占主流地位的社会主义现实主义分庭抗礼，但在三十年代新文学的现实主义大潮中总应该有一席之地，其中"京派"就显得格外耀眼。不管对"京派"的审美追求和创作倾向有多少种不同见解，认为它是浪漫主义也好，或认定它是写实与浪漫相结合也好，但从理论形态与创作形态综合考之，我认为它的基本美学倾向是现实主义的，不过它不是革命现实主义也不完全是欧洲十九世纪的批判现实主义和自然主义，倒像是土洋结合式的现实主义；也就是说，虽然受到西方现实主义美学的影响，似乎接受较多的却是中西方的古典现实主义,它所遵循的是人类文化史上不断地追求真善美的思维路径,以传统的和谐理想模式以及对人与社会、人与自然的整体审美把握来观照世间人事,强调写出社会生活的自然态和人性美,这是一种富有古典特色的现实主义审美追求。"京派"是个并不同于那些在创作方法上有相对一致追求的无产阶级性质的文学流派,其思想意识或审美倾向都是比较复杂的;不过他们大都采取既与社会主义现实主义相对立又与"为艺术而艺术"的唯美主义相抵触的"中立"态度,其文学作品既缺乏强烈的时代感和现实感又少有颓废、享乐或唯美色彩。他们虽然有意识地让文学与政治保持一定距离,不允许文艺成为政治斗争的一翼或卷入党派之争,表现出一种贵族式的"不介入"的清高态度,但从美学上考虑不无积极意义,实质上它揭示了文学创作的某些规律,更何况他们并没有忘记文学对社会人生的关注,朱光潜明确提出"十九世纪所盛行的'为艺术而艺术'的主张是一种不健全的文艺观"[①],沈从文要求自己的创作能给那些"对中国现实社会变动有所关心"并"从事民族复业大业的人"以"一种勇气同情心"[②]。这反映出他们以独特方式思考社会人生,探索民族复兴问题,即使他们作出的判断是错误的,其态度也是严肃的。正因为"京派"与社会人生保持着一定联系,所以他们主张"像一般艺术一样,诗是人生世相的返照","离开人生,便无所谓艺术"[③],这与二十代"人生派"的现实主义美学思想有相通之处;甚至主张把文学当作"一根杠杆,一个炸雷,一种符咒,因为它影响到社会组织的变动,恶习气的扫除以及人生观的再造"[④]。不过"京派"这种文学功利观异于无产阶级文学流派文学功利观,它不是在两个阶级生死搏斗中所作出的政治选择,以鲜明的阶级内容和政治力量介入对社会的改造,而是超然于现实政治斗争和阶级观点,以一种宽泛的人生观来考察文学对整个社会人生的改造和"人生观再造"的社会理想实现所起的作用,试图以文学的道德力量和美学力量介入"民族自救"的历史发展进程,这是"京派"从现代与传统、城市与乡村、文明与野蛮的多重文化冲突中所作出的文化选择。所以"京派"的代表作家沈从文总是以"乡下人"的道德视角来观照现代的社会现实,常常从回忆中来选取自己熟悉的湘西乡镇文化所残留下的原始经济生活方式的人性美和人情美,借以构筑一种

① 朱光潜:《我对于〈文学杂志〉的希望》。
② 沈从文:《边城·题记》。
③ 朱光潜:《诗论·诗与谐隐》、《谈美·"慢慢走,欣赏呵"——人生的艺术化》。
④ 《沈从文文集》第12卷。

"优美、健康、自然，而不悖乎人性的人生形式"①，以此来补救现代社会变革所带来的病相。与他们这种以道德的审美的力量来实现文学社会效用的功利观相联系的，则是追求一种"和谐"的审美理想，或是由艺术与人生关系的哲理思辨中意识到文学应是"相互和谐的整体"②，或是出于对生命万物的直觉感悟而憧憬"和谐"的文学世界；从文化渊源来看，这种"和谐"美学意识基本上承受了东西方古典美学精神，尤为多的是烙印着东方审美意识的古典色彩。这种"和谐"的美学理想与他们的不偏不倚的人生态度完全一致，既可以从容地以文学介入社会人生的改造也可以潜心地把玩文学艺术。这种美学意识体现在文学作品里，基本上以现实主义创作方法去描绘一个完整的社会生活自然状，着力表现构成这种生活的各种人和事，构造浑然一体的艺术世界，虽然他们并没有塑造多少光彩照人的"典型性格"，但却刻画出众多栩栩如生的朴实动人的艺术形象，而且比较普遍地注重艺术个性，刻意营造各自的具有个性特征的审美世界。当然，从创作方法的角度看，只能说"京派"有些作家坚持现实主义创作态度，有些作家对现实主义并不执着，特别在创作方法的表层上表现出极大的灵活性。林徽音颇有见地地说："一个生活丰富者不在客观地见过若干事物，而在能主观地激发很复杂，很不同的情感，和能够同情于人性的许多方面的人。所以，一个作者，在运用文学的技术学问外，必须能立在任何生活上面，能在主观与客观之间，感觉与了解之间，理智上进退有余，情感上横溢奔放，记忆幻想交替相辅，到了真亦是假，假亦是真的程度，他的笔下才现着活力真诚，他的作品才会充实伟大，不受题材或文字的影响，而能持久普遍地动人。"③"京派"并非是一个严格的现实主义流派，但也不是浪漫主义和现代主义流派，只是在多种美学思潮的综合渗透和影响下更多地显露出现实主义美学倾向；而"京派"的现实主义美学特征较多地近似于古典现实主义，与同时的社会主义现实主义所具有的强烈的社会感、时代感和战斗激情、悲壮美相比显得极不"谐调"。朱光潜1935年底曾在《"曲终人不见，江上数峰青"》一文中力主"和平静穆"美是"诗的极境"，是美的"最美境界"；而自觉运用马克思主义美学观的鲁迅却与朱光潜提倡的"静穆"美相反，热烈提倡战斗的力的美，他赞美殷夫的诗"是对于前驱者的爱的大纛，也是对于摧残者的憎的丰碑。一切所谓圆熟简练、静穆幽远之作，

① 沈从文：《习作选集代序》。
② 朱光潜：《谈美·"慢慢走，欣赏呵"——人生的艺术化》。
③ 林徽音：《大公报小说选·题记》。

都无须来作比方,因为这诗属于别一世界”①。尽管无产阶级文学流派与“京派”的审美风格相差甚远,但从文学艺术的多样化来看,“京派”的美学追求也的确显示了三十年代现实主义流变的百花争妍的景观。

审美选择的曲折性

新文学流派的演变进入以卢沟桥事变(1937年)为标志的民族解放运动压倒一切的四十年代,虽然它的发展势头受到巨大政治潮流的扼制并不像二、三十年代那样异彩纷呈,婀娜多姿,然而我们对文学流变规律的考察却不能仅仅停止于政治层面。就以具有现实主义美学倾向的文学流派来说,从“五四”时期中经二十年代的“人生派”、“革命文学派”到三十年代的“无产阶级文学流派”,在理论论争和创作实践的反复比较和选择中,已剔除了批判现实主义、自然主义、“新写实主义”和“唯物辩证法创作方法”的不合理因素,汲取其合理内核和表现技巧,于马克思主义文艺思想与现实主义文学运动融合中认定并选择了社会主义现实主义(即革命现实主义)创作方法和审美方式,并使之成为新文学运行所遵循的主导路向和航标。这不仅因为现实主义已形成了自身的运行逻辑和内在规律,外在政治运动和抗战热潮所掀起的冲击波并不能完全改变其固定的动律机制,而且也因为作家们在现实主义文学创作中所积累的艺术经验和美学原则已于大脑皮层形成“动力定型”或“强迫观念”,并非政治层面的意识力量所能轻而易举抹掉的;更何况马克思主义的世界观和方法论与现实主义创作方法有着天然的内在的一致性,尤其是马克思主义的反映论是现实主义美学的重要哲学基础。正因为如此,当几乎所有的文学创作自觉地或不自觉地环绕着“民族解放”这个时代主题旋转的时候,现实主义美学思潮经过短暂的历史冲击和历史沉思后有了突破性的发展,并形成了以毛泽东《在延安文艺座谈上的讲话》为代表的和以胡风“主观战斗精神”为特征的两大现实主义理论体系,与之相适应的便形成了“山药蛋派”和“七月派”等现实主义文学流派,将马克思主义文艺思想与现实主义文学创作的有机结合推上一个新的历史阶段。

“七月派”在新文学流派史上之所以比二十年代“人生派”、三十年代“无产阶级文学派”的现实主义美学思想更完备、文学理论对创作实践的影响和指导最明显,这同流派主帅胡风的理论建树和创作活动紧密联系在一起。可以毫无

① 鲁迅:《白莽作〈孩儿塔序〉》。

夸张地说,胡风是个具有独立品格和创造性思维的现实主义理论家,为了发展和捍卫现实主义付出了毕生的精力乃至生命,没有他的存在和努力不可能有一个几乎影响了民族解放战争整整一个时代的"七月派"。从理论形态上考之,七月派所认同和选择的是以主观战斗精神为核心的现实主义创作方法,它的精神实质是强调生活真实和主观精神的有机融合,强调主观拥抱客观的审美追求,在整个创造过程中突出创作主体作用。胡风在《现实主义在今天》一文中说道:"'为人生'一方面须得有'为'人生的真诚的心愿,另一方面须得有对于被'为'的人生的深入的认识","这种主观精神和客观真理的结合或融合,就产生了新文艺底战斗的生命,我们把那叫做现实主义。"这是现实主义美学理论的深化,也是对现实主义创作方法的发展。早在三十年代左翼文艺理论家孜孜不倦地探求马克思主义文艺思想同现实主义文学理论相结合时,胡风就没有把丰富的开放的马克思主义的历史唯物主义和辩证唯物主义简单地理解为机械的唯物反映论,他创造了"自我扩张"和"自我斗争"两个概念用来解释文学与生活之间的复杂关系,强调作家主体意识对审美表现对象的能动作用,这就把现实主义创作方法的"按照生活的本来面貌描绘生活"的本来意义向前深化一步,从根本上纠正了二十年代"人生派"理论家把文学与人生理解为"杯子"和"镜子"的自然主义反映论,更重要的理论价值在于它补救了中国现实主义美学理论发展过程中对创作主体意识相对忽视的缺陷。胡风在美学理论探求中着眼于新文学的现实战斗精神与现实主义创作方法的融合,既体现了"五四"以来中国现代知识分子对社会的强烈参与意识和对人生的积极态度,更体现出他沿着鲁迅所开创的新文学传统来深化现实主义,并结合空前激烈的民族解放战争对文学提出的新要求来发展现实主义美学。在《论民族形式问题》一书中,胡风明确主张文学必须服从新民主主义革命的历史使命,并坚定地认为在民族解放战争的新情势下新文学所担负的反封建的思想革命任务不能放弃,应该继续坚持并发展鲁迅在"五四"文学革命中所开创的将"丰富的现实"化为"自己底血肉"的"现实主义的方法"。在胡风看来,民族解放战争本来为作者深入生活、坚持现实主义美学原则提供了良好条件,然而在实际创作上却突出地表现出有悖于现实主义的"客观主义"和主观主义两种倾向:所谓"客观主义"是因为对待生活表现出一种"被动的精神","从事创作的是冷淡的职业的心境",缺乏应有的"热情",这仅是问题的一个方面;在另一种情境下,"由于所谓理智上的不能忘怀或追随风气的打算,依据一种理念去造出内容或主题,那么,客观主义就化装成了一种主观主义”①。为了克服这两种倾向，胡风主张弘扬“主观精神与客观真理结合”的现实主义，只有在创作中发扬“对于客观现实的把捉力，拥抱力，突击力”的“主观战斗精神”，才能扭转作家“专靠贫血的想象去构造”应时的故事或在作品附加一些没有经过作家体验和理解的“思想”这种易于导致“反现实主义”②的倾向。胡风对于这种以主观战斗精神为特征的现实主义创作方法曾作了这样的具体表述：“在对于血肉的现实人生的搏斗里面，被体现者被克服者既然是活的感性的存在，那体现者克服者的作家本人底思维活动就不能超脱感性的机能。从这里看，对于对象的体现过程或克服过程，在作为主体的作家这一面同时也就是不断的自我扩张过程，不断的自我斗争过程。在体现过程或克服过程里面，对象底生命被作家底精神世界所拥入，使作家扩张了自己；但在这‘拥入’的当中，作家底主观一定要主动地表现出或迎合或选择或抵抗的作用，而对象也要主动地用它底真实性来促成、修改、甚至推翻作家底或迎合或选择或抵抗的作用，这就引起了深刻的自我斗争。经过了这样的自我斗争，作家才能够在历史要求底真实性上得到自我扩张，这艺术创造底源泉。”③这就深刻而辩证地阐明了，现实主义要求作家反映客观世界决不是被动的，而要主动自觉地介入，即在文学创作过程中由作家主体意识面对客观世界的反应及客观世界对作家主体意识的制约的双向相互作用下，来获得历史要求的真实性。即使“在文艺创造的思想要求上面，对于法西斯主义和封建主义的控诉，对于几千年累积下来的各种程度各种形式的奴才道德的鞭挞，对于人民底潜在力量的发掘，对于人民底解放愿望以至解放斗争的发扬”，而“真正有力拥抱这样的思想要求的，只有现实主义；真正有力量把这样的思想要求体现在真实的艺术世界里面的，更只有现实主义”④。可见，胡风的现实主义创作方法是建立在高度“真实”论的基础上，他强调作家以主观战斗精神和人格力量对现实的“突入”、“拥抱”乃至“搏斗”，目的是为了再现客观世界和精神世界的“真实”，唯有“真实”才是他的崇高的美学追求，才是他作品的最高审美品格。从“真实”的美学观出发，胡风对现实主义文学创作提出了一系列充满艺术辩证法的理论见解，形成了独特的创作论。除上面已论及到的以外，至少可以归结为四层内涵：一

① 《胡风评论集》（中册）第293页。
② 胡风1944年4月为“文协”理事会起草的《文艺工作者底发展及其努力方向》。
③ 《胡风评论集》（下册）第20页。
④ 《胡风评论集》（下册）第22－23页。

是把“真实”的要素置于作者的经验之下，即只有当生活的客观真实经过作者经验的融化才能成为创作主体“用肉体和心灵把握了的真实”①。这是因为“一个诚实的作家所爱的是活的人生真实，他所追求的也正是这个”；只有“用他自己的五官和思考认真地体识了的，成了他自己的东西的东西，才能够使作家在描写过程上和他的对象融合”②，使作品获得真实的审美品格。二是“作家应该去深入或结合的人民，并不是抽象的概念，而是活生生的感性的存在。”这是因为“他们底生活欲求或生活斗争，虽然体现着历史的要求，但却是取着千变万化的形态和复杂曲折的路径；他们底精神要求虽然伸向着解放，但随时随地都潜伏着或扩展着几千年的精神奴役底创伤。”如果作家不具备对于现实人生“搏斗”的“思想力”，而是一味地强调向人民学习，对其“精神奴役创伤”也不“批判”，那很容易“被这种感性存在的海洋所淹没”。所以胡风提出这样的论断：“反映现实，并不是奴从现实”；只有“站在比生活更高的地方”③，才能从人民群众的汪洋中把握生活的真实。三是文学创作必须表现“活的人，活人底心理状态，活人底精神斗争”，甚至“要反映一代的心理动态”④。因此作者应深入体验和理解人物的心理，体认和掌握人物的灵魂，继承和发扬鲁迅开创的画现代国人灵魂的现实主义传统。胡风认为，“一个真正能够把握到客观对象底生命的作家，就是不写人物底外形特征，直接突入心理内容和行动过程，也能够使人物在读者眼前活生生地出现，把读者拖进现实里面”⑤。四是文学创作没有作家的主观情感渗入，就不可能创造出强烈反映历史内容的具有艺术生命力的作品。胡风曾批评有些作品存在“客观主义”倾向，是由于表面上“接受了历史唯物主义的认识”，“但却没有把这个认识化成强烈的思想要求，在创作过程上向现实对象进行艰苦的搏斗”⑥。因此他明确提出“体现对象的摄取过程就同时是克服对象的批判过程。这就一方面要求主观力量底坚强，坚强到能够和血肉的对象搏斗，能够对血肉的对象进行批判，由这得到可能，创造出包含有比个别对象更高的真实性的艺术世界；另一方面要求作家向感性的对象深入，深入到和对象底感性表现结为一体，不致自得其乐地离开对象区去或不关痛痒地站在对象旁

① 《胡风评论集》(上册)第164页。
② 《胡风评论集》(上册)第164页
③ 《胡风评论集》(中册)第134页
④ 《胡风评论集》(下册)第29页、12页。
⑤ 胡风：《论现实主义的路》。
⑥ 同上。

边，由这得到可能，使他所创造的艺术世界真正是历史真实在活的感性表现里的反映，不致成为抽象概念底冷冰冰的绘图演义。”①可见，创作中的主体意识或主观情感的渗入，可以使作品获得血肉丰满的真实感和强烈的感染力。胡风的现实主义美学思想不是非功利的而是重功利，他也视文学为人民求生存获解放的战斗武器，但他又特别重视文学的审美特征，坚定地反对庸俗社会学，充分尊重文学的感性和直观性，把注意力集中在文学的主体性，极力突出“感性”把握现实的审美方式在现实主义创作中的地位，以纠正那种将现实主义理解为单纯是对现实理性把握的偏颇，这就显示了独特的美学价值。

从整体上看，胡风对现实主义美学的全部思考主要不是着眼于政治角度而是文化角度，始终环绕着文化的最高本质是人这个命题进行的；他所理解的人既不是完全意义上的抽象的人和只具有自然属性的人，而是历史的具体的凝聚着社会关系总和的有血有肉的活人。这里既有对鲁迅人文主义思想的承受也有对高尔基“文学即人学”精辟论断的深刻理解，更有对马克思主义的“任何一种解放都是把人的世界和人的关系还给人自己”的光辉思想的切实感悟。虽然当时正值民族解放战争的历史关头，争取民族解放乃是时代的中心课题，但是胡风并没有忘记民族的解放归根到底还是中国人民的解放，在以文学艺术弘扬人民的爱国意识、民族意识的同时也要发扬人民的个性意识、民主意识。他坚定地认为五四时期鲁迅所开创的彻底反封建以争取人的解放和改造国民灵魂的传统应该继承，反映人民从麻木愚昧走向个性觉醒、民族觉醒乃至争取人的全面解放的进程仍然是现实主义的中心课题，因此应该把人的价值、人的尊严与个性发展融化在所有的社会解放、民族解放的主题中，作为文学创作的最高审美目标和归宿。虽然作为一种美学体系，胡风对现实主义的探索和建构还显得庞杂，且含有不少唯心主义杂质，但是他的理论勇气和高见卓识无疑为我国现实主义文学发展作出了独特贡献，并在七月派诗歌和小说创作中显示出新的美学特征。

从创作形态上加以审视，七月派以主观战斗精神为核心的现实主义美学思想体现在诗歌创作中具有独特的审美特色。新诗发展到抗战时期已走上稳步发展的道路，既坚持和发展了三十年代现实主义诗歌流派忠实于现实的、战斗的传统又克服并扬弃了它的“幼稚的叫喊”的弱点，并从新月派、现代象征派的

① 《胡风评论集》（下册）第22页。

诗歌美学中有选择地汲取合理因素，结合新的现实丰富和发展了新诗艺术。七月诗派所遵循则是一种开放型的现实主义美学原则和创作方法，它的独到之点在于以主观战斗精神战胜了人生与艺术、现实与理想、客观与主观之间的种种障碍，实现了向新的诗艺境界的飞跃。用胡风的说法是“现实主义者的第一个的任务是参加战斗”，路翎则认为“战斗的人生态度”则是“现实主义的灵魂”；这种战斗的现实主义美学追求不仅使其诗歌境界里频频出现战斗者的身影，也涌动着战斗者的激情和血液，处处可以感受到战斗者心灵的渴望和颤动，正是这种战斗精神驱使他们在诗歌创作上从主观真实走向客观真实的美学途径。也许正是这种战斗精神和灼热的诗情自觉不自觉地从社会历史把握人的生活，并从文化的审美的视角加以透视，把诗与现实生活面联系起来，把诗与人民精神生活面联系起来，把诗所体现出的美学上的斗争和人的社会职责与战斗任务联系起来，使诗情诗意交融着浓烈的民族意识、阶级意识、政治意识和文化意识，充溢着强烈的历史使命感。“人必须用诗找寻理性的光/人必须用诗通过丑恶的桥梁/人必须用诗开拓生活的荒野/人必须用诗战胜人类的虎狼/人必须用诗一路勇往直前/即使中途不断受伤。”①徐放抒发出时代的最强音：“我，——/要像子弹，/穿出闷抑的枪膛，/向黑暗的中国南方的低沉的密云深处/打出去，/我，——渴望为我们的时代，/写出一篇雷鸣电闪的文章！”②这种沉重而自觉的历史使命感和强烈的反抗意识如同一股情感流贯穿于七月派的诗歌里。中国的新诗人深受来自艺术与现实两方面的责难，处于艺术的选择和现实的选择的两难境地，艺术则要求作家按照美的规律创造审美品格的诗歌，现实变革的人们更需要诗人创作贴近现实并表现出强烈时代感的作品，对后者的需求胜过前者那种充满朦胧情趣和意象的诗作，民族解放战争的爆发更把这种两难的选择推到极致。七月派诗人较好地处理审美理想与现实需求的关系，在他们的诗作中既追求符合现实斗争需求的客观真实又追求诗美需求的主观真实，显示出强烈的主观色彩。胡风认为真正的诗歌是“作者被客观世界所触发的主观底情操的表现”；真正的诗人是“在生活道路上的荆棘的罪恶里面有时闪击，有时突围，有时迂回，有时游击地不断前进，抱着为历史真理献身的心愿再接再厉地向前突进的精神战士”，即使“他必然地有时被敌对力量所侵蚀压溃，但在这里而更

① 绿原：《诗与真》。
② 徐放：《在动乱的城记》。

能显示出他底作为诗人的光辉的生命"①。虽然他们的诗歌也有忧郁、悲伤、痛苦、哀愁的低调,但战斗者的血液涌流总是与希望光明的信息交织在一起,战斗的现实主义闪烁着一种理想的光芒。艾青的《向太阳》、田间的《给战斗者》、鲁藜的《延安散歌》、阿垅的《哨》等诗,不仅蕴含着理想因素,而且富有崇高庄重的美学意味。尤其可贵的是,七月诗派这种深沉炽烈的战斗激情和蒸腾着的理想和希望既不是空想的喊叫也不是理念的宣教,而是与诗人的心灵紧密相通,与诗人在现实生活中所感受所追求的真实内容紧紧贴在一起;也就是说,诗中的激情与理想是由战斗的实践活动所触发出来的,并在现实生活中寻找到足以传达自己主观感情的称心如意的对应对象,通过客观如实地描写便显现出来,使浑厚真切的主观情感的表现完全建立于诗人从现实生活中所获得的充实深厚的生活基础之上。更为重要的是诗人所抒发的情感、理想和战斗情绪不再是只属于个人的长吁短叹或无病呻吟,而是溶解于体现时代主旋律的群体意识之中,从群体活动之中获得异常充沛的感情和生命活力。牛汉的《鄂尔多斯草原》描写了鄂尔多斯民族的悲衰史和牧民们的群体意象,赋予诗人更开阔的胸襟和感情,仿佛诗人从群体意识中找了心理上的满足和归宿,也找到了表现自我的对象世界。正由于七月派诗人从自我解放涌进了民族解放的洪流,不只是一扫过去那种自怨自艾、孤芳自赏、内心空虚的诗调或那种空喊口号、大发议论的概念化诗风,而且能在比以前任何流派的诗歌里出现都多的人民、祖国、故乡、母亲等包含群体意识的群体中重新审视自己重新设计自己的位置,并以鲁迅于五四时期那种严于解剖自我的精神在强大的群体力量面前意识到自己:"我只是微小的一粒/一粒向地球底纬度投来赤光而过的,/小小的流星。"②不论诗人自喻为"流星""小草""石子"或者"一粒土壤",这意味着他们在拥抱群体时不断地自省、鞭挞自己,意识到知识分子只有在群体中才能获得情感的真正充实,才能在灵魂深处消除自卑感而真正肯定自己的价值。七月派诗歌的独特意义和价值在于真实地展示诗人——知识者在与民族解放斗争现实的全身心的"拥抱"、"搏斗"中完成了"五四"潮流所激发起的个性解放意识向民族解放意识的过渡,使个体自我找到了真正的归宿,个人情感世界溶入群体情感世界,从而抒情诗主人公自我发生了未曾有过的深刻变化。这种抒情主人公在诗歌中的变化,既反映出现实主义所关注的外在客观力量的增强,促使主人公自我内心冲

① 《胡风评论集》(中册)第359-360页。

② 阿垅:《琴的献祭》。

突沿着有利于时代主潮的方向演变,又可以以这种抒情主体变化引起诗歌结构内部一系列变化,其中最明显的变化则是个人抒情诗向政治抒情诗转变,由表现广泛的文化意识集中到政治意识上。这就使七月诗派形成一个突出的特色,即始终自觉地把自己的诗歌创作和人生道路和中国共产党领导的民族解放运动联系在一起,诗心总是向着民心、党心,正如诗人绿原所说的,七月派"那些直接生活在战斗行列中的诗人们,诗就是射向敌人的子弹,诗就是捧向人民的鲜花,诗就是激励、鞭策自己的入党自愿书"。从七月诗派形成起所表现的一连串的人民、党、祖国、母亲、大地、民族、人生等群体意象的演进中,既可以看到民族传统文化的忧国忧民的忧患意识、爱国意识等在滋润着诗人的心灵,又可以体悟到无产阶级思想意识也在照耀着诗人的心田,给他们动荡于个体与群体、"小我"与"大我"的思想情感提供了最终的归宿。虽然他们诗歌的思想意蕴和情感趋向达到了历史的新高度,但这个高度也潜在着艺术上的危机。这是因为优秀的诗篇的创作既不能仅仅局限于自我小天地里的循环往复也不能完全失去自我而为群体传达时代精神,特别是抒情诗的审美境界中自我是最活跃也是最重要的形象因素,如果完全失去个人情感意识和审美意识那就要成为单纯的群体意识和时代精神的传声筒。这并非说七月派的诗歌就没有理念化倾向,而且有些诗歌的确成了政治传声筒,其实这并不难理解。七月诗派强调主观战斗精神和主观拥抱客观的美学追求,因此在诗歌创作中当现实生活、客观对象进入人的审美意识时首先要高扬主观战斗精神,如果主观战斗精神离开了客观的生活内容或倾斜于理性而把感性去掉,只剩下理性化的教条,那就很容易造成理念化倾向。不过从总的美学倾向看,他们依照现实主义美学原则确立的艺术思维模式与他们的创作个性是相适应相一致的。由于这种建立在主体意识上的感知世界的艺术思维方式重视意象的创造,这就使七月派诗歌的思想情感的表达避免了赤裸裸的宣泄或直白的说教,增强了诗情诗意的深沉美和含蓄美。作为流派,七月派诗人创造了一系列独特的意象,其他诗歌流派很少见;作为流派的每个诗人也有自己独创的意象,为同派诗人所无或罕见,这也表明在七月诗派中虽然有共同的美学追求但也有各自不同的审美风格。艾青是七月诗派中最善于创造意象而且意象最丰富的一个,不过对他来说最富有独特性的意象是太阳和土地。意象是诗歌的重要构成因素,是诗美的集中体现者,它凝聚着诗人对生活的独特感受和认识,也凝聚着诗人独特的思想和感情。"土地"这个意象在艾青诗作中反复出现,既凝聚着他对祖国最深沉的爱又凝聚着他对人民最真挚的爱;“太阳”这个意象是艾青诗中的中心意象,它象征着诗人对光明的热烈追求和对美好生活的由衷向往。艾青正是从“凡是能够促使人类向上发展的,都是美的,都是善的,也都是诗的”美学思想出发,他一直讴歌太阳、春天、黎明、生命、火焰等象征着光明和理想的意象。七月诗派虽然属于现实主义诗歌流派,但也在创作方法的技艺层面汲取了多种艺术表现手法,特别是象征主义手法的运用使诗作中的形象或意象暗示着幽深的意味和含蓄的情调。总之,七月诗派在新诗发展进程中坚持了现实主义美学传统又在创作实践中超越了传统并增添了新的美学因素,创造了新的审美现实,显示出以主观战斗精神为特色的现实主义创作方法的优势。

至于七月派的小说创作更能体现以主观战斗精神为核心的现实主义创作方法的美学特征。虽然小说的成就不能与其诗歌的成就相抗衡,但是东平、路翎的长短篇小说在新文学流派史上也算独具特色的艺术丰碑。胡风曾在《忆东平》中评说:“在革命文学运动里面,只有很少的人理解到我们底思想要求最终地要归结到内容底力学的表现,也就是整个艺术构成底美学特质上面。东平是理解得最深的一个,也是成就最大的一个,他是把他底要求他底努力用‘格调’这个说法来表现的。丘东平小说的现实主义美学格调是充满战斗激情的,是把战斗的生命凝品在他那种遒劲的炭画式的笔锋上面”①。路翎是七月派最重要的小说家,他那篇有力地写出劳动妇女追求幸福解放的一种可惊的“原始的强力”的中篇小说《饥饿的郭素娥》被誉为“中国的新现实主义文学中已经放射出一道鲜明的光彩”②。他的长篇《财主底儿女们》问世,胡风在《序》中称赞它的出版是“中国新文学史上一个重大的事件”。可以说,丘东平、路翎的小说创作最明显地贯彻并体现了胡风的现实主义美学思想。由于他们在创作中要求把艺术感受力、表现力、体验能力发挥到最大限度,把主观战斗精神作为贯彻现实主义创作方法的关键,致使其小说真实地反映了社会生活的丰富性和复杂性,尤其是路翎的小说是“从生活本身底泥海似的广袤和铁蒺藜似的错综里面展示了人生诸相”,艺术世界如同生活本身一样显得那么纷纭复杂,“他底笔有如一个吸盘,不肯放松地钉在现实人生底脉管上面”③。路翎的小说创作“没有给庸俗的‘逻辑’的眼光束缚住,只平面地、孤立地‘暴露’人生的一些所谓有‘社会

① 《胡风评论集》(下册)第164页。

② 邵荃麟:《饥饿的郭素娥》,《青年文艺》1944年第1卷,第6期。

③ 胡风:《〈饥饿的郭素娥〉序》。

意义'或'政治意义'的现象;他抓住一些简单的东西来写,却没有故意使它在繁复的人生的网里孤立起来。"①这个往往忽略对生活世界进行"整体性"观照和把握的作家,偏偏在一个局部或片断中表现出对于"整体性"的兴趣,使他笔下的艺术世界不失其全部的丰富性复杂性以至任何微妙之处,他追求的不只是生动的感性而且是立体性。七月派小说这种复杂性丰富性的审美追求最集中体现在人物刻画上,不论是郭素娥(《饥饿的郭素娥》)、郭子龙(《燃烧的荒地》)或者是金素痕、蒋纯祖(《财主底儿女们》)等都是些性格极为复杂的矛盾统一体。胡风曾说路翎是"追求油画式的,复杂的色彩和复杂的线条融合在一起的,能够表现出每一条筋肉底表情,每一个动作底潜力的深度和主体"②。特别对人物心灵的开掘达到难以企及的深度,着力表现"活的人、活人底心理状态、活人底精神斗争",甚至对表现"原始生命力"、"原始的强力"也有极大兴趣。这种对内心世界的深入挖掘并不是从弗洛伊德的精神分析学说出发而立足于对活人的丰富复杂心理的深刻体验,他们并不满足于一般的个体心理刻画而要写出"一代的心理动态"。路翎的《财主底儿女们》"所要的并不是历史事变的纪录,而是历史事变下面的精神世界底汹涌的波澜和它们底来根去向,是那些火辣辣的心灵在历史命运这个无情的审判者面前搏斗的经验"③。的确是这样,小说在特定的宏阔的历史背景下展现了一代知识分子的心理动态,特别是蒋纯祖的心路演变极其曲折,经历了"心灵的炼狱",写得跳宕起伏,陡转而不失连贯性,显示出作者有一种捕捉人物心理瞬间变幻的异乎寻常的才能,在刻画人物内心图像上达到了很高的美学境界。由于七月派作家在创作上强调主观战斗精神和情感体验,故使其小说的现实主义色调区别于一般的现实主义作品,虽然他们也不追求早期"艺术派"那种火山爆发式的直抒胸臆的情感宣泄,但要求作者把火炽的战斗热情和强烈的爱憎之情融渗到叙述描写的字里行间。他们既不满意那种有可能"杀死了战斗的热情"的纯客观描写也不同意那种"将政治目的直接搬到作品里"的"毁灭了复杂的战斗热情"的急功近利的简单化的写法,他们主张"真的、伟大的艺术必须明确、亲切、热情、深刻,必须从内部出发的。兴奋、疯狂,以至于华丽、神秘,必须从内部底痛苦的渴望爆发"④。七月派小说给人最深

---

① 唐湜:《路翎与他的〈求爱〉》,《文艺复必》1949年第4卷,第2期。
② 胡风:《〈饥饿的郭素娥〉序》。
③ 胡风:《〈财主底儿女们〉序》。
④ 《财主底儿女们》第981页。

切的审美感受，就是几乎所有的作品都充溢着作者内在的不可遏制的激情，体现出作者对现实生活的惊人的体验能力和深刻的把捉能力以主观拥抱客观所达到水乳交融的程度。正是在这一点上七月派的现实主义创作方法与现代主义的重主观表现、重灵魂开掘有了某些相通之处，特别是那种偏于表现人物带点兽性的“倔强的灵魂”、“原始的强力”和“原始生命力”的追求颇有现代派的味道，难怪有人认为丘东平早期的小说深受日本新感觉派的影响，连他自己也承认审美追求是多向的：“我的作品中应包含着尼采的强者！马克思的辩证，托尔斯泰和《圣经》的宗教，高尔基的正确沉着的描写，鲍特莱尔的暧昧，而最重要的是巴比塞的又正确、又英勇的性格。”[①]七月派小说家所坚持的既是开放型的又是强调主观战斗精神的现实主义，给文学作品增添一些新的审美特征是必然的，在尝试中给作品带来些缺陷也是可以理解的，重要的是应认真总结经验。

如果说以胡风为代表的七月派主要在国统区这个特定的社会环境和历史条件下尝试着将马克思主义文艺思想与抗战文学运动相结合，在继承“五四”以来鲁迅开创的战斗的现实主义文学传统的基础上，并汲取异域文学思潮的一些合理因素，创建了重主观战斗精神的现实主义美学体系的话；那么毛泽东的《在延安文艺座谈会上的讲话》则是在解放区的革命斗争指挥中心延安这个圣地，第一次用马克思主义文艺观系统地总结了“五四”以来新文学运动特别是三十年代左翼文艺运动和苏区文艺运动的历史经验，结合当时解放区文艺运动的具体情况，充分考虑到党领导的民族解放战争和革命斗争的需要以及无产阶级文学运动发展的趋向，以一个无产阶级革命家的身份着重从政治角度对三十年代就传来我国的社会主义现实主义文艺理论作出了独特的理解，富有创造性地建构起革命现实主义的美学体系，公开“主张社会主义的现实主义”的创作方法或审美方法。于是在解放区兴起一场以为人民特别是为工农兵服务作为宗旨的、以社会主义现实主义为基本创作原则和审美方式的新文学运动，将现实主义文学的发展导向新的道路。在毛泽东提倡的革命现实主义美学思想的指导和影响下逐步形成了以赵树理为代表的“山药蛋派”；通过创作实践这个“山药蛋派”不只是充实了革命现实主义而且也确证了革命现实主义具有强大的生命力。《讲话》主要不是从广义的文化视角而是从政治角度对社会主义现实主义作了新的解释，既把它作为一种创作方法来理解又将它作为一种美学体系来把

---

① 《沫若文集》第8卷《东平的眉目》。

握。按照马克思主义经典作家的说法，现实主义除了细节的真实外，还要再现典型环境中的典型性格，这种美学原则和创作方法的本身是把“真实”作为最高美学标准，而且通过典型性格和典型环境辩证关系的真实描写可以具体地展示历史发展的趋向，使文学艺术具有教育并启示人们领悟历史推动历史前进的功能。前苏联提出的社会主义现实主义除要求作家真实地历史地具体地描写现实外，特别强调这种真实性和历史具体性必须与以社会主义精神从思想上改造和教育劳动人民的任务结合起来，这就突出了文学的教育宣传功能，无疑直接影响着《讲话》对现实主义美学的理解。《讲话》并没有重复社会主义现实主义的定义，着重从文学的政治功利观去要求现实主义，使文学达到“能使人民群众惊醒起来，感奋起来，推动人民群众走向团结和斗争，实行改造自己的环境”的功利目标；并提出“文艺是从属于政治的”，文艺要为无产阶级政治服务，文艺批评“政治标准放在第一位”，“艺术标准放在第二位”等理论观点。这在当时的历史条件下如此突出政治对文学的决定作用和文艺对政治的从属地位有其合理性和必要性，但从辩证的观点来理解文艺与政治的关系，似乎这对于现实主义文学发展将带来始料不及的后果。虽然《讲话》尚未对现实主义创作方法进行具体论述，但对于如何贯彻革命现实主义的美学原则却提出一系列富有理论个性的创见：一是从文艺为人民大众特别是为工农兵服务的功利思想出发，首先要求作家深入工农兵生活，并以工农兵生活作为创作之源，明确而又具体地指出“中国的革命的文学家艺术家，有出息的文学艺术家，必须到群众中去，必须长期地无条件地到工农群众中去，到火热的斗争中去，到唯一的最广大最丰富的源泉中去，观察、体验、研究、分析一切人、一切阶级、一切群众、一切生动的生活形式和斗争形式、一切文学和艺术的原始材料，然后才有可能进入创作过程”。这不仅规定了文学艺术家深入生活的对象、范围和应采取的态度，也论述了现实主义作家在进入创作前怎样把现实体验转化为审美体验、把现实认知转化为审美意识、把文学修养转化为创作基因。二是现实主义文学的源泉是工农兵为主体的现实生活，但是“文艺作品中反映出来的生活却可以而且应该比普通的实际生活更高，更强烈，更有集中性，更典型，更理想，因此就更带普遍性。”这六个“更”字突出了创作主体在处理文艺与生活关系中的能动作用，即文学创作是把现实生活世界转化为艺术的审美世界，这个典型化的过程是作家遵循一定的美学原则和艺术规律将生活的美铸造成艺术的美的过程，它符合社会主义现实主义在审美意义上的艺术要求，也能更真实地再现生活的合乎逻辑的本来面貌。三是从为工农兵服务的方向出发，现实主义典型化的审美指向，应该塑造工农兵的典型形象，特别要塑造新型的农民典型，这在新文学的现实主义美学典型史上是个重大突破。“人生派”、“乡土派”及无产阶级文学流派都关注农民的命运和出路，在他们的笔下出现了一大批农民形象，但他们却不是在全新的时代环境中刻画出的全新的形象；而《讲话》所要求描写的农民对象是生活在解放区，新的思想新的文化新的道德新的艺术对农民不断进行启蒙和渗透，促进了他们的新觉醒，特别是如火如荼的斗争实践锤炼了他们的性格，改变了他们的文化心态和行为模式，以全新的姿态出现在农村的历史舞台上，他们既是现实世界的主人又是审美世界的主角，使文学第一次与广大农民直接对话，农民真正有了自己的文学，这在中国文学史上是空前的，在世界文学史上也是罕见的。四是广大工农兵在解放区这片热土上改造旧世界创造新世界，充分显示了人的本质力量，如何把客观现实的美和活生生的新人物转化为艺术美和艺术典型，决定的因素在于作家要向工农兵靠拢，在感情上与工农兵打成一片，消除两者之间长期生存的隔膜，这是能否坚持社会主义现实主义创造美的艺术世界和美的典型形象的关键所在，即突出了作家在整个创作过程中怎样才能更好地发挥主体作用，那就是转变小资产阶级立场和思想感情。只有这样才能真实地描绘出属于工农大众的审美世界和审美典型，从根本上改变那种衣服是工农兵灵魂是知识分子的非现实主义的创作倾向。虽然《讲话》没有涉及到作家在接受农民改造和教育过程中应对其思想意识中某些封建性因素和小生产者自私保守性有所警惕，然而当时障碍文艺为工农兵服务的主要矛盾方面使作家的思想感情与工农兵格格不入，所以强调作家把立足点转移到工农兵方面来是有其历史的合理性和必要性；如果从长远的观点来看，作家从农民身上接受的消极因素反映到文学观念和美学追求上，不可能不影响到现实主义文学朝着现代审美目标发展。总之，《讲话》以独特的理论视角，紧密联系解放区文艺现状，对社会主义现实主义作了新的解释和创造性的发展，它给解放区和后来现实主义文学流派的产生和演变带来极大的影响，其中最有代性的是“山药蛋派”。从这个流派身上不仅可以看到《讲话》所提倡的社会主义现实主义在指导创作实践中体现出的美学特征，而且也可以窥测出现实主义美学思想在建国以后的流变轨迹及其特点。

《讲话》以强大的具有中国特色的马克思主义美学思想威力开辟了工农兵文艺的历史潮流，在遵循社会主义现实主义创作原则长期地全心全意地深入工农兵生活的过程中，解放区作家逐步形成了两种基本审美旨趣的作家群体，一是从异地来到解放区的作家群，他们在与工农兵相结合中不断改造自己的思想意识和审美趣味，逐步形成了现代性与民族性融为一体的艺术视野和审美境界，丁玲、周立波则是这个群体的代表；一是土生土长的作家群，他们带着浓重的乡土味和黄土高原的生活气息走进解放区作家队伍，几乎与农民有同样的思想感情和审美情趣，以赵树理为代表的山药蛋派就属于这类具有朴素乡土味的作家群体。虽然这两类作家各有优势和特长也各有自己的劣势和短处，以其互异的艺术风貌和审美创造主宰着解放区文学的新天地，但是能够真正显示工农兵文艺特别是农民文学的现实主义特色的却是“山药蛋派”。

以赵树理为主帅的山药蛋派是在《讲话》精神指引下从乡土深处走出来而逐步形成的文学流派，它崛起于抗日战争时期一直延续到社会主义新时期，活跃在文坛上近半个世纪，尽管它走过的道路是曲折的，几代作家为之付出辛劳乃至生命，但他们始终如一地坚持社会主义现实主义创作原则和审美目标，无论“左”的思潮或右的干扰对现实主义进行怎样的歪曲或诋毁，他们的宗旨是“宁可不写作品，也决不赶时髦，搞邪门歪道”（西戎语）。从创作的角度来看，山药蛋派的革命现实主义美学传统是赵树理开创的。他是地道的新农民作家，“他的三件宝，极度高涨的农民求解放的义愤，非常丰富的农村生活的知识，熟悉与爱好农民艺术的热忱，这是他后来创造作品的不尽源泉。”①农村生活对于他的创作，不仅是形成其独特风格的基础也是其美学意味的源泉，他把新文学的种子播在农村生活的沃土中，并精心培育出土色土香的文学新花。由于赵树理在文学创作上具备得天独厚的条件，深受《讲话》精神的启迪，所以他为新文学发展构筑起一个独特的审美世界、为人物画廊塑造了一个有血有肉的翻身农民的形象系列，达到了前所未有的真实程度，这既是革命现实主义艺术美学达到的新水平又是其重要的审美特色。他笔下的农民形象不仅真实可信，而且具有现实主义的思想艺术深度，如果说鲁迅对农民形象刻域的深度主要体现在对农民精神创伤的揭露和灵魂的掘发上，那么赵树理塑造农民形象的深度主要表现在对翻身农民思想改造的长期性和艰巨性的深刻剖析上，对农民性格描写既有歌颂也有暴露；即使对那些新型农民的刻画也注意从典型环境中来揭示其鲜明的个性特征，既真实地写出了他们之所以能够成长为新人的主客观条件，也

① 王春：《赵树理怎样成为作家的》，1949年1月16日《人民日报》。

写出了新政权的支持和党的引导,赵树理是自觉地承担了这种表现历史性变革和塑造新型农民形象的历史赋予作家的新使命。虽然由于时代的局限,他对于“文艺.从属政治”、“文艺为政治服务”、“配合中心任务”等观点并无异议,但从创作方法的角度来看,他是严格的现实主义者,如果说《讲话》提出的六个“更”字中糅进了浪漫主义的“理想性”,那么赵树理从理论到实践都始终把“真实性”作为革命现实主义的最高审美原则。郭沫若曾以诗人气质和浪漫笔调来赞颂赵树理的现实主义创作:“我是完全被陶醉了,被那新颖、健康、朴素的内容和手法。这儿有新的天地,新的人物,新的作风,新的文化,谁读了,我相信都会感着兴趣的。”①且不说赵树理创造的审美世界带有浓郁的民族传统色彩尚未达到全新的程度,并没有把黎明期的农村社会和刚刚在经济上政治上翻身的农民理想化,他是个货真价实的务实派,是个清醒严峻的现实主义者;就是描写新天地和新人物也是强调文学的真实性,美是以真为前提的,没有真的人和真的事是难以创造美的世界。他严格按照生活的本来面目再现生活,即使典型化的生活已高于普通生活也仍符合生活的实际形态。赵树理这种严格的现实主义创作方法和审美方式表现在对农民形象塑造上,总是把他们写成实实在在的普通人,他拒斥那种好人绝对好、坏人绝对坏的形式主义创作风气;就是刻画那些推动历史前进的先进人物也没有把他们写成“高、大、全”式的英雄,他笔下的人物既是英雄也是普通人,是伟大与平凡的统一。他喜欢这样的英雄:“他们有远大的理想,一声不响,勤勤恳恳地在那里建设社会主义,别人知道他,也是这样干,别人不知道他,也是这样干。”②赵树理所追求的正是这种伟大与平凡统一美的典型。特别对那些落后农民的描写,既不去粉饰他们也不去丑化他们,而是按照现实主义原则从生活出发加以提炼,真实地再现他们性格的复杂性及其转变的艰难性和必然性。赵树理的现实主义创作敢于正视现实,直面人生,从不回避矛盾和掩饰困难,即使生活的“阴暗面”也敢如实地描写,虽然他的作品结局大多是喜剧性,新的力量战胜旧势力,但这并非有意为之,同样是如实地反映了时代特征。他的作品所具有的美学价值主要不是表现在这里,而是通过真实地揭露现实生活中的矛盾冲突,提出一些为人们所关心的社会人生问题,或者及时反映了农村发展的辩证规律,致使作品有较高的认识价值和教育意义。赵树理的美学经验的最精彩部分乃是现实主义创作论,他认为“用‘文艺’来为社会

① 《〈板话〉及其他》,1946年8月16日1《文汇报》。

② 《当前创作中的几个问题》,《三复集》第26页。

服务多凭的是直接材料，没有哪一方面的观感，便不能描绘哪一方面的事物；不了解什么人，便不能写或写不好什么人。”[①]他把深入生活、体验生活、熟悉生活放在现实主义创作的关键地位上：“我们应该把生活当作大海，成天在生活的海洋中泡，把海面、海底、岸边每个角落都摸得清清楚楚”；“只有这样，在写作的时候才能左右逢源，才能想写什么就写出什么来，非常自由。”[②]他不仅重视在深入生活的过程中要“积累材料”，而且也强调要“溶化材料”；所谓“溶化”就是要发挥作家的主体作用，对原生状态的材料进行去粗取精、去伪存真的艺术加工和审美选择，然后才能进入创作。

在《讲话》精神照耀下，赵树理所开拓的现实主义传统为一代代“山药蛋派”的作家所继承所发展，虽然在流变过程中受“左”的或右的干扰甚至迫害，但是现实主义美学思潮是扑不灭、斩不断的。于1945年创作了长篇小说《吕梁英雄传》的马烽和西戎，通过深入农民生活的亲身体验走上了与赵树理一致的现实主义创作道路；解放后到五十年代末除了老一代作家继续沿着现实主义审美目标进行创作外，山西又涌现出韩文洲、李逸民、杨茂林、宋贵生等一批小“山药蛋”作家，他们的创作道路和美学风格近似老“山药蛋”。此后这个流派的发展受到严重挫折，特别由上而来的那股极左思潮曾几度对这个流派的主要作家与作品进行公开或不公开的批判，到了“文革”几乎遭到灭顶之灾，派头赵树理惨死在“四人帮”手下。历史受难文学也受难。尽管如此，但是山药蛋派并没有放弃自己的审美追求，在顶风斗“左”中捍卫并坚持以真实性为特征的现实主义创作方法和审美方式。

首先应该看到建国后十七年的文学发展虽然经过多次曲折，甚至造成严重失误或重大劫难，但是也必须承认历史的曲折或失误常常孕育着发展的种子。特别是建国之初革命现实主义传统得到进一步弘扬，涌现出一批优秀的现实主作品，到建国10周年之际在小说创作领域形成一个现实主义文学高峰。山药蛋派的现实主义创作也进入了丰收季节，赵树理写出了《三里湾》、《锻炼锻炼》，马烽写出了《太阳刚刚出山》、《韩梅梅》、《三年早知道》，西戎写出了《宋老大进城》、《赖大嫂》，束为写出了《老长工》、《好人田木瓜》，孙谦写出了《伤疤的故事》，胡正写出了《两个巧媳妇》等一大批小说，都取材于农村，以写农民见长，充满了山西的乡音土调和浓郁的农村生活气息，把这些作品连缀起来几乎是一

---

① 《三复集》第9页。

② 《三复集》第62页。

部形象化的中国北方农村社会和农民命运的变迁史，发展了赵树理所开创的现实主义美学传统。然而在这繁荣的背后现实主义文学已出现了危机，特别在胡风的现实主义理论体系遭到彻底批判和全盘否定后，“真实论”这个现实主义美学思想灵魂似乎被阉割了，“主观战斗精神”完全当成唯心主义被否定了。这并非说对胡风文艺思想的非马克思主义因素不该批评，也不是说对文艺创作的不良倾向和一些悖离《讲话》实质精神的文学观念不应批判，问题在于这种批评或批判一开始就带有“左”倾色彩，把一些本来属于文艺领域或学术范围的文学观念、美学主张之间的分歧或差异硬说是阶级斗争，从政治上开展大批判，而且越演越烈，以强大的攻势来摧毁那些刚冒出来的关于进一步深化现实主义美学的理论观点和文学作品，到了六十年代以后甚至把一些真正的马克思主义美学思想和经典作家关于现实主义的理论见解也视为资产阶级或修正主义文学观加以彻底清算。纵观十七年的文学观念和创作方法是同整个政治思潮的变化同步的，政治观念逐步成了文学观念的核心，为政治服务是文学的直接功利目的，革命现实主义创作方法逐步被极端的政治化、理想化的创作规范所取代，社会主义现实主义审美方法失去自身的独立性和本体性，庸俗社会学可以对马克思主义美学思想随意进行实用主义的解释，到了十年“文革”反现实主义思潮达到登峰造极。正是在这样的背景上，以赵树理为代表的山药蛋派和其他文学流派以及那些勇于坚持真理的作家，敢于顶风斗“左”（也不否认赵树理等作家曾受过“左”的影响），捍卫并发展了革命现实主义创作原则和审美方法，在极左文艺思潮与现实主义的尖锐冲突中，他们表现出一种韧性精神和艺术勇气，甚至为坚持现实主义文学传统作出了崇高的牺牲。赵树理遵照现实主义美学原则创作的小说《金锁》就受到《文艺报》的批评：“当翻天覆地划时代的大革命高潮卷起来的时候，描写革命动力之一的农民‘是应该写成正直的，有骨气的，敢于反抗的’的正面的光明人物；而绝不应该绘制一个已经过了时的阿 Q 式的‘金锁’。”这种教条主义批评并不新鲜，只是 1928 年“革命文学派”的“死去了的阿 Q 时代”的老调重弹。但这并没有改变赵树理对现实主义创作原则的选择，他依然按照生活的本来面目、人物的性格逻辑如实地描写，庸俗化的教条主义倾向并没有对他的小说创作造成不良影响。他曾说：“鲁迅先生所谓‘俯首甘为孺子牛’的意思，就是甘心为人民拉磨。我们虽不像鲁迅先生拉得那样卖力气，但作为一个为人民拉磨者,性质是相同的,过去没有偷过懒,今后仍不会偷懒。"①赵树理就是凭着这种全心全意为人民拉磨的老黄牛精神,把根深深扎在人民生活之中,为人民创作出一篇篇一部部现实主义作品,有人民装在心里,他是无所畏惧的。1956 年毛泽东提出了促进社会主义文艺和科学事业繁荣的"百花齐放,百家争鸣"的方针;广大文艺工作者在"双百"方针鼓舞下冲破"左"倾文艺批评的束缚,对文艺思想上的教条主义、创作上的公式化和概念化提出了严肃批评,并从生活实际出发对现实主义美学理论和创作方法作了大胆的探索,其中最有代表性的论文有何直(秦兆阳)的《现实主义——广阔的道路》、周勃的《论现实主义及其在社会主义时代的发展》、杨思仲(陈涌)的《关于社会主义的现实主义》、钱谷融的《论"文学即人学"》、巴人(王任叔)的《论人情》等。不仅在文艺理论上深化了现实主义的研究,同时在文学创作上出现了一批大胆干预现实生活的现实主义作品,如《组织部新来的青年人》、《爬在旗杆上的人》、《田野落霞》等。这些作品对理论上的教条主义、思想上的主观主义、作风上的官僚主义、组织上的宗派主义都进行了深刻的揭露和批判,触及到现实社会的一些尖锐问题,具有强烈的现实感,是对"问题小说"派的现实主义传统的继承和发展。姑且把他们称之为"新问题小说派",与"山药蛋派"一起顶住"左"倾思潮的威压,捍卫了现实主义的纯洁性和严肃性。好景不长,1957 年那场政治风暴给现实主义美学理论和文学创作的深化和探索以毁灭性扫荡和打击,文艺界的"左"倾思潮又活跃起来;但是现实主义是摧不垮的。"现实主义道路广阔论"遭到批判后,又出现了以邵荃麟为代表的关于"写中间人物"的现实主义创作理论,五十年代末六十年代初推出一大批写革命历史题材的现实主义优秀之作,特别是赵树理在极左思潮摧残着农村又摧残着文艺的年代里连续发表了《灵泉洞》、《锻炼锻炼》、《实干家潘永福》、《套不住的手》等洋溢着严峻而清醒的现实主义精神和美学意味的小说,虽然这些作品今天看来并不完美,艺术技巧也不高明,但是那种严谨的现实主义美学风格和深沉的现实思考是非常可贵的。后来"写中间人物论"遭到批判,赵树理作为"写中间人物"的典型作家也受到株连;在文艺界极左思潮进一步泛滥,现实主义创作方法蒙受劫难的时候,赵树理只能发出"再没有从事写作资格"的悲叹,直到惨遭迫害他也没有放弃对现实主义审美目标的追求。正是一大批赵树理这样的作家、"山药蛋"这样的文学流派

① 《三复集》第 126 页。

在极其艰难险阻的创作道路上捍卫并发展了现实主义美学传统，使现实主义在与极左文艺思潮的冲突搏斗中尚未失去主潮地位。

物极必反。当今文学在彻底否定“文革”推行的极左文艺路线的凯歌声中获得新生，在思想解放运动中重新崛起，在党的十一届三中全会后欣欣向荣地发展。虽然在它已走过的十年道路上并不平坦，“左”的影响和右的干扰不时地对其演进形成阻力，但是党的实事求是的思想路线和文艺上的“二为”“双百”方针以及改革开放的时代环境，总是确保着新时期文学沿着现实主义主潮所决定的美学方向发展。有的研究者认为新时期文学距我们太近，没有经过历史的沉淀，很难从文学流派的角度进行研究；况且那些有影响的作家至多“各领风骚三两年”，不易形成文学群体。其实这是种误解，现实形态的文学流派是可以研究的，只要你从宏观上鸟瞰和审视当代文坛，便会发现新时期的文学流派虽然发展不够充分不够成熟但却很活跃又相当有特点，它们各有自己独特的审美选择和美学旨趣，即使那些同属于现实主义的文学流派也表现出不同的具体的审美取向。虽然在这短短的流速极快的历史过程中容纳了中外古今不同时代特征的文学思潮或创作方法，在作家的艺术思维里进行着不断的选择和不断的超越，转化为现实文学形态显示出多彩多姿的艺术风貌，然而只要认真地从整体上进行辨识和把握，梳理出其主导美学倾向还是可以做到的。

山药蛋派的主帅赵树理并没有赶上新时期，但是他所开创的现实主义传统并没有绝种，而是后继有人，且不说马烽仍在走着赵树理的道路，又出现了成一、张石山、韩石山、马力、潘保安、田东照等一批生气勃勃的小“山药蛋”。这一代的“山药蛋派”的创作形态显示出一个突出特点，就是它既是“山药蛋派”又是经过“嫁接”的，它认真地秉承了这个流派的严格的现实主义传统和浓郁的乡土特色，不管社会上吹什么风，都坚持按照自己对生活的体验和理解进行创作，坚持从现实生活中提炼主题，着意在典型环境中刻画人物性格，坚持在继承中求突破，在丰富中求发展，孜孜不倦地开拓艺术风格，焕发出旺盛的生命力，呈现出多样化的审美追求。如果说“山药蛋派”是个几经曲折跨越近半个世纪的具有老资格的文学流派，那么新时期在多样的艺术交流和竞争中形成了千姿百态的文学流派，而其中最主要的仍是现实主义流派。从文学的审美内容和社会功能上加以综合性的考察，可以把伤痕文学、反思文学和改革文学作为三个流派来看，它们不仅有老大不小的作家群和代表作品，而且有相同或近似的现实主义创作方法和审美倾向，虽然它们理论上并没有过多的建树，但在创作形态上却表现出它们对以真实性为灵魂的现实主义传统的复归和弘扬,完全突破了“文革”前那种要么歌颂要么暴露两极的现实主义模式,更接近于鲁迅为鼻祖的“乡土派”和以茅盾为代表的“人生派”的现实主义传统,充分发挥了现实主义的批判性和否定性功能,不过它们所批判和否定的并不像“人生派”和“乡土派”主要是在文化层次上反封建,而主要是从政治层次上(当然也有文化层次)完成拨乱反正任务,在彻底批判极左思潮的过程中也驱赶封建幽灵;在对人的灵魂剖析、复杂生活的开掘和尖锐问题的揭发上所达到的深度更接近鲁迅的现实主义;社会主义人道主义成了文学灵魂的理性支柱,呼唤人的解放,肯定人的价值,推崇人的尊严,重视人的情感和精神的合理需要,成为这些文学流派屡见不鲜的主题。不过这种“人的文学”理性色彩和启蒙性质并不完全等同五四时期“人的文学”,它们是在一个更高层次上从极左思潮的蒙蔽和毒害下把中国人乃至整个民族唤醒,以全新的变革意识和人格力量投身社会主义现代化事业;况且五四时期“人的文学”既把人道主义作为反封建的思想武器又把它作为终极理想,而新时期三个流派所体现的人道主义精神是具有社会主义意识形态性质,它可作为批判新蒙昧主义的武器,但终极的价值目标和政治信仰则是共产主义。“寻根派”文学可以视为反思派文学的继续和深化,只不过作者将反思的“触角”已由政治层面深入到民族传统文化中,如韩少功的《爸爸爸》、《归去来》深入进“楚文化”,郑义的《远村》、《老井》掘进山西乡村的文化积淀,郑万隆的《异乡异闻》发掘东北原始森林的古风蛮俗,陆文夫的《小巷人物志》写出江南水乡的人情世态。这派的作品是立足于现代人的立场,以一种现代意识眼光去审视地域文化和民族文化,并将其固有的文化结构打破加以重构,赋予传统文化一种崭新意义。这派文学所体现出的独特的现实主义审美特征是,力图从文化视角反映社会人世百态的文化意蕴,揭示民族传统文化心理,热衷于塑造社会群体性格,突破了传统现实主义情节结构模式,代之以平实冲淡的风格,较多采取象征隐喻手法以展示其对生存意识和哲学意识的追求。与重文化意识的寻根派不同的是重现实真实感的“纪实派”文学,它以刘心武的《公共汽车咏叹调》为发端在较短时间内形成“纪实文学热”,张辛欣等推出了一大批优秀作品,显示出现实主义文学的新的审美特点:崇尚真实是其基本特征,它不仅直面现实描写重大社会问题,也描写潜隐于社会表象之下的尚未引起人们关注的问题,力求按照生活本来面目反映社会人生,追求实感真态;尽量淡化艺术情节,让生活以自然形态出现在审美世界,充分地发挥现实主义的再现优势;不再着意刻画典型环境中的典型性格而是在淡化情节中塑造群像，不再追求“虚构文学”中的空灵之感，而是在如实描写自然形态中以获取真实感为满足。在新时期的具有现实主义审美倾向的文学派经过了文化寻根和客观纪实等单一性的视角或偏于反映主观现实的真实或偏于反映客观现实的真实的创作方法的选择和尝试之后，又形成了以刘恒、方方、刘震云、叶兆言、余华等作家为群体的“新写实派”，他们所选择和实验的新写实主义带有传统与现代的综合性特征，是在人本意识和生命意识的文化层面上向传统现实主义回归。新写实主义的倡导者和实践者罗伯特·格雷莱特曾对这种创作方法作了这样的理论概括：“它准确地反映了人以及人生世界上的状态和遭遇”，“从中可以嗅到一种人主宰万物的气息。这种气息虽然很模糊，却渗透到万物之中，赋予这个世界以所谓的‘意味’，为它的内部装填了某种多少带人为气息的感情和思想脉络。但这时我们周围的世界却转变成一种光滑的表面，无有意义，无有灵魂，无有价值”；“我们发现自己又一次面对着‘事物本身’”，“在这种情况下，我们所着力构造的不应该再是一个充满意味（心理的、社会的、功能性的）的宇宙，而是一个比较坚实（So1ia）和比较直接（i－mmediate）的世界”，“我们周围不再是我们用种种拟人的和染上保护色的形容词打扮的事物，而是事物自身。”[①]从我国“新写实派”的创作形态来看，充分体现了现实主义从传统到现代所发生的新变化、所具有的新特点：新写实主义注重对生活的原始面貌和原生形态的如实描写，还生活以本来面貌，这一点与纪实派文学有些相似，不再强调透过“再现典型环境中的典型人物”来表现生活的本来面目，它所追求的真实是生活的完整真实和全部内蕴，而不要那种经过作家主观意图过滤提炼出的带有理念色彩的真实性。因而新写实主义要求作家从无感情的角度进入创作，力避主体审美意向和主观情绪干扰和制约文本对原生形态的生活加以还原，反对作家人格对作品的侵犯和控制，在文本中进行一种无色彩无情感的冷面描述；艺术表现形式上基本保持了故事小说的情节结构，细节描写糅进了更多的“视知感”和感觉的成分。这种新写实主义创作方法存在着流入自然主义或客观主义的内在危机，不过它对人性的反映达到了相当的深度，对当代中国人生存状态的描写往往表现出生命悲剧意识，也许这就是新写实主义创作方法和审美方式的独特功能和价值所在。从上述流派的抽样分析中可以看出，新时期的现实主义不仅继承传统甚至

---

① 《小说的未来》，纽约格鲁弗出版社1965年版，第19页。

回归传统,这不是审美方式和审美追求的倒退,而是在否定之否定中向着更高层次和多样化的方向发展。我既不同意把现实主义的美学含义无限扩大也不同意总是把现实主义美学质的规定性理解得那么狭窄,应该看到现实主义作为一种审美原则和创作方法并不是凝固不变和自我封闭的,它是在不变性和可变性的辩证统一过程中依据作家对现代人的复杂性格和生活本来面目的不断感受和独特发现,不断进行自身表现功能的调整,增加新的艺术表现手法,使之获得永不衰竭的生命力。

审美意识的总特征

二十世纪中国文学的历史长河,现实主义文艺思潮以其特有的优长和威力孕育并铸成了一个个各具风采的文学流派,而这些流派又选择了现实主义创作方法建筑起一座座新文学宫殿,虽然这些宫殿的审美品格有优劣之分粗细之别,但是它们都是现实主义流派所结出的审美果实。当我们对诸多流派的文学作品进行共时性的综合考察和美学沉思的时候,常常会发现在艺术世界的众多因素的组合中,是社会意识和审美理想以一种相互对立而又相互补充的形式同时满足着我们认知和情感这两种需要,并启迪引导我们对不确定的现实和确定的理想的孜孜不倦的追求。现实主义文学是通过对社会关系总和的人的求真求实描写来表现历史和透视世界,它所提供的不只是一幅幅五光十色的社会生活画面,也是一部能展示二十世纪整个中华民族历史命运和生活真实的特殊社会学,因而它在科学认识上可以衍化成一种对真实的追求,在我们的主观意识上则表现出一种重社会、重现实、重政治、重历史的价值取向。"如果迫使今日的艺术家也如古代那样简单纯朴,那么我们既得不到古人那种原始的力量,又会失去我们的心灵所能达到的深刻丰富的激情。"①处在二十世纪的中国现实主义文学流派以更为清醒的目光坚定而又略带忧伤地注视着世界和人本身,它把中国人放在社会的各种关系和纷纭复杂的矛盾中进行冷静的理性观照,以恢复人作为社会存在物的本来面目,并从人与传统的千丝万缕联系的行动方式中折射出历史悠久的群体文化意识。文学不再是从历史之外而是从历史之中去窥探纷纭复杂的社会生活的无穷奥妙和人生真谛,它从现存的全部社会关系的制约中去描述人的社会实践和确证人的存在,体现了现代中国人对世界的了解、

① 斯太尔夫人:《论法国的文学与艺术》。

对人生的认识以及对自身的了解，它构成了特定的社会意识，使作品显现出一种理性色彩。步入二十世纪的中国人作为社会存物自觉不自觉地参与了争取自身解放、社会解放和民族解放等一系列实践活动，固然他们的行为方式和意志力量最终都受制于历史严格的因果规律，但人作为本体存在特别我国人民又受到各种具有启蒙性质的新思潮的冲击，他们总是渴望着冲决任何时空条件的束缚和来自各方面的阻力，追求一种自由自觉的创造，并按照美的规律来创造世界，以实现人的个性的全面自由发展，这就是最美妙的共产主义前景，文学中的美学理想正在建立在这样一种“人本位”的基础上，它是人的审美意识的最高表现形态。社会意识和美学理想在文学中是对立统一的，如果撇开人的美学理想的烛照，那文学只不过是社会历史的仆臣和人认识社会历史的工具；但人又是活动于和生存于社会历史之中而不可能是在超越社会历史的状态中获得解放，这就决定着若是文学撇开社会历史的热情关注，那美学理想就要变成一种空洞抽象的说教，在二十世纪我国现实主义流派的文学作品中既有成功的经验可以总结也有失败的教训值得记取。因此一个真正优秀的现实主义作家（或流派）的身上，往往蕴藏着两种力量在竞争着以求平衡：一是人的社会意识总是努力抑制着个人情感而尽量使自己合乎现实生活的内在逻辑和历史发展的客观规律，一是人的美学理想总是渴求着冲决外在现实的种种束缚而得到表现，这两种竞争着的力量常常把它们自己都融进文学审美世界里，使作品具备了唤起读者多重审美体验的可能性。这就要求现代作家既是政治家又是社会学家，既是历史学家又是哲学家，那些优秀的现实主义作家大都兼有这些素质。综观二十世纪中国现实主义流派的优秀文学作品，社会意识和美学理想的辩证统一则是其审美意蕴的总体特征。择其主要审美意识略论之。

二十世纪中国现实主义流派由社会意识和美学理想相互交融所形成的独特审美意识，主要是从人性解放、人生变革、社会解放、阶级解放、民族解放和民族振兴这些文学主题中集中体现出来，展示出多层面的具体审美特征。它不仅具有启迪我们探求对象世界的无穷奥妙的认识论意义，为我们把握中华民族过去、现在和未来的历史演变规律和必然趋向提供了一种知识的理性准备，而且它具有净化人的灵魂的特殊功能，将人们从有限的生存环境中导向无限的精神境界——这是“诗的真理”而并非历史真理，它作为人的社会实践的间接动力常常会导致推动社会变革和历史前进的直接行动；也就是说这种“美感”作为人们面向未来的永恒感性动力往往隐含在我们非艺术的实践活动之中。此其一。

对个体或群体人生的热切关注为现实主义文学的审美世界注入强烈的生存意识。

二十世纪是中华民族日益觉醒的时代，也是中国人寻找各种途径和方式争取生存权的时代，最终选择了马克思主义和社会主义道路，在中国共产党领导下经过艰难曲折的奋斗才获得了中华民族的独立解放。在这个历史过程中，争取个体人的存在权和群体人的生存权，不只是重大的社会课题，也是现实主义文学流派最热衷于表现的主题。世纪初，当资产阶级改良派和革命派睁开眼睛看世界的时候，中华民族已处于帝国主义列强的瓜分之中，“救亡图存”的危机感迫使他们在中西物质文明和精神文明的巨大反差中认识到中国穷到了极处、苦到了极处、落后到了极处。因此为了民族的生存，他们走过维新变法的道路也走过“武器批判”的道路，但都没有使中华民族获得生存权。这种社会意识融入改良派或革命派的文学作品中，无不充溢着一种民族生存意识，而个性生存意识在民族的存亡面前只能服从于民族求生，实际上在某一种意义上民族也是一个个体。这种民族生存生意识，从社会心理学来看主要停留在政治层次，与国破家亡的危机意识联系在一起；从个体心理学来看主要来自人的安全需要，与生死攸关的需要。表现民族生存意识比较强烈比较集中的是七月派的现实主义创作和新时期的伤痕文学、反思文学和改革文学。前者产生于民族矛盾极端尖锐的民族解放战争时期，不论七月派的诗歌或小说都表现出对民族命运、民族存亡的热切关注，从不同的角度和侧面表现了中国人民强烈的生存欲望、顽强的生命力和韧性精神，可贵的是与早期改良派文学所表现的生存意识相比它不仅在政治层面同爱国意识结合为一体，标志着中华民族的新觉醒，而且在伦理层面上同反封建以争取个性解放结合在一起，使民族生存意识与个体生存意识在抗敌御侮的民族解放斗争实践中获得统一；后者几个流派的作品产生于改革开放、民族振兴的伟大时代，虽然这些作品所描写的不是民族矛盾，所表现的生存意识也不是同日寇入侵造成国破家亡的危机感相联系，但是这些流派所关注的是极左思潮再一次把中华民族引上了生死存亡的危机边缘，是在拨乱反正的批判极左思潮的斗争中从政治、经济、文化多方面重新思考中华民族的命运和前途，并在表现中华民族冲破“左”的禁锢重新获得解放的主题中和表现社会主义改革开放的主题中突现出中国人民求生存求发展的坚韧顽强的生命意识和生存意识，而这种民族生存意识则升华到一个全方位的新的精神层次，同政治改革意识、经济改革意识和文化批判意识交融为一体。后三者正是为了整个中华民族的全面振兴、正是为了中华民族获得进入世界民族之林的独立自主的生存权,正是为了使每个中国人在新的历史条件获得更多的生存权。特别值得深思的是,在当代社会意识支配下,新时期的现实主义文学流派特别是改革文学重新估价了经济法则在当代社会生活中的作用,它自觉地从经济变革的角度揭示了这样一条真理:人类的全部经济活动推动了人类文明的发展,解放后中华民族仍未摆脱贫穷落后的状态,中国求生存求发展的最低层次的需要温饱尚未解决,归根到底是经济上没有搞好,因而要使中华民族立于不败之地,使每个中国人的生存需要在各个层次都得满足,就必须对并不完善的生产方式进行改革,使之能够适应生产力的发展,这种变革就意味着历史的变动。当文学把它的目光凝视着变革实践和历史变动以及隐藏在这些实践和历史变动背后的经济作用时,它对中华民族和中国人民关于生存权的合理追求及其达到的根本途径就会作出恰如其分的有深度的描述,即唯有走改革开放的道路中华民族才能获得真正的生存权,中国人的各种层面的生存需要才能逐步得到满足。这也许就是新时期那些现实主义文学流派所表现的民族生存意识所达到的应有高度。

中华民族获得生存权并不等于这个民族的各个阶级各个阶层各个个体都能获得生存权,而且只有阶级、阶层以至个人都获得了生存权这个民族才能毫无愧色地理直气壮地立于世界优秀民族之林,其独立自主的存在地位才能坚如磐石。正因如此,所以现实主义文学流派所关注和描写的更多的主题是个体的生存权、平民的生存权和阶级的生存权,所表现的生存意识也集中在这些层面上。正如同前面文学流派所弘扬的民族生存意识一样并不是纯粹单一的,往往带有综合交融的特色,而这里所提到的文学流派所表现的生存意识也是这样。"五四"前后的"人生派"它所关注的主要不是民族生存权,而是个体人的生存权和平民的生存权,探求这些个体生存权和平民的生存权正是为了最终解决民族的生存权。在他们看来民族失去了生命活力和生存权受到威胁,不能以强大的力量和优势进行自卫,重要的或根本的原因是人性被封建意识所扭曲和扼杀,国民精神受到严重创伤,不仅人的生存的需要的最低层次得不到满足,更可怕是人的精神需求层次完全被封建伦理道德所窒息,使个体和群体生命枯萎衰退,存在着严重的国民劣根性。因此五四时期的文学流派或二十年代"人生派"、"乡土派"和"语丝派"所表现出生存意识主要蕴含在三个主题群里:一是追求人性解放的主题,体现出一种强烈的个体求生意识,它们不要求在温饱、安全层次上求得生存需要，主要在爱和自我实现的层次上要求获得生存的满足，但是阻碍这些生存需要得到满足主要不是经济的贫困，主要是封建势力和封建道德所构成的有形或无形的强固的思想桎梏和精神罗网，这就需要从人道主义和个性解放的角度对旧文化旧传统旧道德进行彻底批判，从而表现出强烈的生存意识和生命活力；二是改造国民灵魂，针砭国民劣根性，治疗精神奴役的创伤，这主要通过文化思想启蒙，对封建意识形态进行批判，以获取国民生存的精神的需要和满足，并从而恢复中国人民的生命活力和本质力量；三是表现城乡劳动人民特别是农民的经济穷困和精神贫乏，他们的生存意识的指归，首先解决生存的基本需要温饱问题，其次在精神上求得一些爱的温暖和新的启蒙，为了使这些生存需要得到一定满足，虽然作品也把矛头指向造成贫富悬殊的社会制度，但主要还是借助于文化批判以唤起城乡平民生命意识和求生意识的觉醒，当然也不能否认有的作品已暗示出城乡平民获得生存权也应走反抗的道路。"京派"作家对中国人的生存环境和生存权利也相当关注，他们主要通过展示那种带有理想色彩的人性美和人情美以及原始强力唤起现代人对已逝生存理想和生存形式的向往，以此为参照来改变现存的人生环境、生存方式，并获得生存权，这种带有返璞归真味道的生存理想虽然具有诱惑力，但不可能引导现代人去争取真正的生存权。新时期的伤痕文学和反思文学乃至寻根文学，不仅对民族生存权表现极大的热情和强烈的责任感，而且也同样以这种热情和责任心关注个体生存权，以当代意识从更高的层次上对残害人性、剥夺生存权的极左思潮、封建幽灵进行了彻底否定，并尽力改善人的生存环境和生存条件，使人的生存的需要得到多方面满足，特别自我实现的需求在很大程度上获得满足。这表明新时期文学流派对人生存意识的表现达到一个前所未有的高度。但在二十世纪前半叶中国社会人生中，最缺乏人生权的不是平民知识分子和平民阶层，而是被三座大山压在最低层的工农兵大众，其中的劳动妇女尤甚。因此产生于阶级矛盾和阶级斗争极为尖锐时代的"无产阶级文学派"和"山药蛋派"（指四十年代）等，他们所关注是工农劳苦大众（包括妇女）的生存权；而侵犯和剥夺他们生存权的主要是阶级剥削和阶级压迫。敌对阶级从政治上经济上对工农劳苦大众进行惨无人道的榨取，不只是起码的生存需要温饱得不到解决，终日挣扎在饥饿线上，而且人身完全丧失自由，成了被奴役被宰割的奴隶，所以争取劳苦大众的生存权主要不是文化批判而是"武器的批判"，是一个阶级推翻一个阶级的暴力革命。左翼作家群、社会剖析派、山药蛋派的作品着重通过阶级矛盾和阶级斗争的生动描写，来表现工农劳苦大众争取生存权所显示出的强烈的求生意识和无畏精神。不过劳苦大众通过阶级斗争在政治上经济上翻了身获得了生存权并不等于个性也获得解放和文化思想上也具有了独立意识。以赵树理为代表的“山药蛋派”小说的独到深度，就在于它揭示了农民在政治上经济上获得生存权自主权后更艰巨的也是最长期的历史使命是在文化思想领域获得自由权和人格独立，这是作为个体人在生存权上的最高层要求，也就是自我实现。我们之所以对那些只描写阶级斗争以争取劳苦大众解放的作品感到浮泛缺乏深度，常常流入公式化概念化，其中一个重要原因就是在政治经济层次上揭示了劳苦大众生存权的同时却忽视了个体实现自我的高层次生存意识的追求。“所有客观论者所看不见的，或者他们所不希望看见的，就是：当一个人确实肯定他的自我、他的个人意识时，他也认识了人、一个具体而真实的人，同时也认识了真正的人性——人的人性，而不是事物的人性。当他肯定人的意义时，也肯定了意识。”①只肯定群体的生存意义和价值而忽视了对个体人性的肯定和发现，并没有认识到具体而真实的人对生存权的追求，那就不可能把群体的生存意识提到人性解放的高度来把握，只有个人意义获得了生存权那阶级的群体的生存权才能落到实处，将群体的阶级解放与个体的人的解放统一起来。

民族生存权、阶级生存权和个人生存权、平民生存权的获得并非容易，二十世纪现实主义文学充分展示了这个历史过程的曲折性和艰难性，伴随着生存意识的则是一种顽强的抗争意识或反抗意识，这正是中国人民本质力量的艺术显现。我们对这种强烈的生存意识在作品中的表现之所以能产生美感，正是对人自身本质力量的直观感受和理性把握。这里，也可以看出现实主义流派对人对人生对阶级对民族怀有崇高的责任感。

主体的使命意识给现实主义流派的文学世界涂上浓重的政治色彩。此其二。

二十世纪的中国经历了一个“批判的武器”到“武器的批判”、夺取政权到巩固政权、争取生存权利捍卫生存权这样充满复杂斗争的过程，敏于长于反映历史过程和社会复杂斗争的现实主义文学流派与政治结下不解之缘，形成了难解难分的联系，因此讳言现实主义流派文学的强烈政治色彩，回避其政治倾向，

① 乌纳穆诺：《生命的悲剧意识》第13页。

并不是研究历史的科学态度。当然,在我们实事求是地总结新文学现实主义流派的经验教训时,必须严正地指出,创作主体强烈的使命意识融解进为人的解放、民族解放和阶级解放、社会变革的文学主题里,往往出现些简单化、机械化的倾向。或将意识形态视为简单的抽象物,把生活和意识形态的关系变成机械的关系;或将文艺与阶级的关系看成一种没有具体社会内容的抽象关系,使文学与政治的结合变成机械的结合,文学服务于政治的原则变成被动的简单服从。二十年代后期的"革命文学派"把文学视为单纯的政治斗争的工具;这种过分强调政治功利的思想倾向中经三十年代初"左"倾思潮的影响使文学是"政治留声机"这一谬论大为流行,把作家的政治使命意识和历史责任感引上了公式化概念化的歧途。在抗战时期,有些作家误认为文艺与政治的联结只是在时兴的政治口号下写作品,即"政治家出题目,作家写文章,一个口号写一篇";或根据流行的政治口号胡编故事,生造人物,美其名曰"形象化";或在任何不相干的故事中间或结尾,插入政治口号或政治尾巴。这种公式化倾向完全丧失了作家的独创性和文学的独特价值,只表示着思想的贫乏和政治的无能。《讲话》的发表,虽然从理论上解决了文艺与政治的关系问题,但由于对文艺从属于政治的提法不够确切,特别对文艺自身的特殊规律重视不够,致使在创作实践中仍未克服公式化概念化的倾向。五十年代初由于彻底否定胡风的现实主义文艺观,"真实性"则成了不祥之物,过分强调文学的政治倾向性;特别六十年代初,将现实主义文学纳入"阶级斗争为纲"的轨道,文学的政治性取代了真实性,公式化、概念化则成了文学创作的风尚。彻底否定"文革"极左思潮后,虽然挽救了现实主义文学,但因为文艺与政治长期倾斜,公式化概念化已成痼疾或心理定势,致使"伤痕文学"、"反思文学"、"改革文学"等也或轻或重的存有公式化概念化的毛病。当我们站在新的认识高度总结历史教训,反思现实主义流派文学的成败得失的时候,决不能以机械论反对机械论,以艺术教条主义反对艺术教条主义,必须历史地辩证地实事求是地评价它们,既不能以部分新文学作品存在公式化概念化倾向而抹煞或贬低现实主义流派在总体上所取得的重大成就,更不能随意地作出这样的判断:凡是政治使命感强的作家大都写不出优秀之作,唯有远离政治的作家才能创作出流芳百世的成功之作;凡是表现浓重政治意识的文学作品大都缺乏较高的审美价值和艺术生命,越是那些与政治无关或政治意识淡化的作品越是经得住时间的检验。这种看法至少是主观片面的,对中国现实主义文学流派的本来面目缺乏深入研究和整体把握。

从普遍意义上讲,中国现实主义作家比世界其他国家的现实主义文学家的使命意识更为自觉更为明确更为强烈。十九世纪批判现实主义作家,特别北欧和俄国的文学家,大都关注民族命运、人生进步或社会改革,表现出程度不同的历史使命意识;但因他们不能预测历史发展的必然趋势和明确方向,使其使命意识带有一定的软弱性和模糊性。相比之下,中国现实主义作家从五四文学革命以来,大都能够自觉地从清醒的历史使命意识出发,将自己的文学活动或创作实践纳入争取人性解放、民族解放和阶级解放、社会变革的轨道,表现出强烈的忧国忧民精神和鲜明的政治倾向。陈独秀等五四新文学先驱们无不怀着强烈的历史责任感和使命感而倡导文学革命,并把文学创作同反封建的思想启蒙运动和反帝的救亡爱国运动结合起来。不仅鲁迅抱着启蒙主义致力小说创作,发出“遵命文学”的呼唤,“问题小说”派、“人生派”、“乡土文学”、“语丝派”等,都体现出创作主体的使命意识和浓淡不一的政治色彩;如果说“五四”前后新文学流派的使命意识主要体现在促进反封建的思想革命以争取人性解放、唤起国民的觉醒以推动人生改革上;那么三十年代新文学现实主义流派作家的使命感则着重体现在争取无产阶级及人民大众解放的革命斗争和抗日救亡运动上,众多作家更明确地坚持“文学是战斗”的功利目的,使作品表现出强烈的政治色彩和巨大的政治功能。抗战爆发后的文学创作主体的使命意识,不论国统区或解放区的现实主义文学流派,都表现得愈加强烈和自觉。凡是有良心,有爱国心和社会责任感的作家,甚至那些热衷创作消遣文学的通俗作家也转换方向,不约而同地拿起笔来为民族解放战争服务,为中华民族在火与血的斗争中的新生而战斗。纵贯近半个世纪的“山药蛋派”、五十年代中后期出现的“新问题小说”派以及新时期诸多现实主义文学流派,无不具有自觉的历史使命意识和社会责任感,以文学来关注时代的风云变幻、关注历史的变动、社会的改革和人民忧乐几乎成为他们的“天职”,因此这些流派的政治倾向性是相当鲜明的。可见,创作主体的历史使命感直接带来现实主义流派文学的政治色彩,这是一重要审美特征,也是二十世纪现实主义文学流派的战斗传统。

创作实践表明,那些富有政治理性的伟大作品,作家所抒写的主观的政治思想总是同现实的历史真实相吻合,作家的政治意识或社会思想总是具有一定的深度。正如冯雪峰所说,它是从政治的社会斗争的表层深入到社会思想形态的斗争,并一定伴着对现实生活实践的伟大热情,所以“一切作品的政论的性质总是一定跟着生活的连肉带血的形象,一定是社会的诗的真实”①。二十世纪中国现实主义流派所创造的优秀作品,无不包含着政治问题、社会问题、人生问题、改革问题和思想问题,无不具有浓郁的政治色彩和强烈的时代感,无不是炽热的政治热情和精辟的社会思考同活生生的形象融为一体,无不是溶化于作家血液里情感中的政治理性或与生活本身逻辑性真理性取得有机统一的政治性,同显示生活本来面目的真实性达到高度结合,充分表现了创作主体的历史使命感和忧国忧民的忧患意识;并从而说明带着强烈使命意识所创作的具有鲜明政治色彩的作品未必不伟大,其审美价值未必不崇高,其艺术生命力未必不久远,那些缺乏历史使命感而远离政治的作品未必都伟大,其审美价值未必都崇高,其艺术生命力未必都久远。早在五四时期茅盾就批判了那种“把凡带些政治意味社会色彩的作品统统视为下品”的偏见,并以欧洲文学发展史实说明文学处在阶级矛盾和民族矛盾尖锐的社会现实及大动荡的革命战争年代,必然具有浓厚的政治色彩。十九世纪俄罗斯的批判现实主义文学大都带有政治意味,“全部的匈牙利的文学史就是匈牙利的政治史”,挪威作品热衷于描写政治问题和社会问题,即使喜好赞美大自然的保加利亚诗人伐佐夫由于参加过 1875 年的革命战争也不能不描写革命战争,试问谁能把这些“带政治意味和社会色彩的作品都摒出艺术之宫的门外”②,贬斥它们在世界文学史上的独特价值和地位呢?冯雪峰于抗战时期曾以果戈理等一大批世界作家为例,论证以历史使命感创作的具有政治色彩的文学作品,不仅有深刻的思想意义,也有独特的审美价值,在文学史上的光辉是不会泯灭的③。今天我们回顾中国现实主义文学流派所走过的艰苦历程,应充分肯定作家的强烈的历史使命意识,正确把握文学作品的鲜明的政治倾向性;而所指责和批评的只能是那种在文学与政治关系上的“左”倾机械论,在文艺与政治的联结点上所表现出的公式主义和线性因果思维,以及部分作品的政治口号化倾向。

二十世纪中国现实主义流派作家自觉的明确的强烈的历史使命意识,并格外重视文学的社会功能,其原因是多方面的。从时代背景来看,这是中国二十世纪特定历史任务所决定的,具有历史的必然性。现实主义文学流派产生、演变的二十世纪正是中国历史上的非常时期,整个中华民族处于生死存亡的严重

① 《文艺与政论》,《雪峰文集》,人民文学出版社 1983 年版,第 2 卷,第 61 页。

② 茅盾:《文学与政治社会》,1922 年 9 月《小说月报》第 13 卷,第号。

③ 冯雪峰:《文艺与政论》,《雪峰文集》第 2 卷,第 58 – 59 页。

关头，亿万人民在“三座大山”的重压下过着非人的生活；建国后的社会主义革命和建设以及新时期的改革开放，既有改天换地的伟大变革也有历史的重大曲折，既有人民当家作主的欢歌笑语也有历史曲折给人民带来的深重苦难。因此作家们的最神圣的历史使命是贴近时代同人民一道以文艺为武器参与伟大的新民主主义革命、社会主义革命和建设以及新时期的全面改革，把争取个性解放斗争置于民族解放或阶级解放或社会变革或中华振兴的旗帜下，致使中国现实主义作家具有西方作家难于感受的感时忧国的使命感和紧迫感。从思想传播来看，西方的民主主义思潮或马克思主义思想深刻地影响了中国现实主义作家的主体意识，虽然它们是不同质的思想体系，但都是现代理性，具有反侵凌反压迫以争取人身自由、社会解放和民族独立的强大思想功能。因此，大凡确定了科学世界观和现代审美观特别是掌握了历史唯物主义和辩证唯物主义以及马克思主义美学思想的作家，都能较自觉地洞察社会发展的历史方向，不断增强自己的历史使命感和社会责任感，时刻把与人民命运、社会变革紧密相关的政治作为“凝视点”和“兴奋点”。从文化传统来看，虽然“五四”以来的现代作家具有反传统的倾向，但他们反的主要是腐朽的封建文化传统，而对那种“国家兴亡，匹夫有责”、“士当先天下之忧而忧，后天下之乐而乐”、以天下兴亡为己任的爱国爱民情怀和忧国忧民精神却在一定程度上有所继承，它强化了现实主义作家的历史使命意识和现代作品的政治功利色彩。从创作方法来看，现实主义至少具有正视现实、关注现实、再现现实、认识现实、剖析现实、批判丑恶弘扬善美、由表及里去伪存真揭示生活等特殊功能；特别是社会主义现实主义或革命现实主义强调以马克思主义思想为指导具体地历史地反映社会发展的规律；马克思主义经典作家又强调现实主义除了细节描写的真实还要再现典型环境中的典型性格。现实主义创作方法这些特殊本质和功能，有助于描写社会重大问题、表现具有时代感的主题，把政治倾向性和真实性统一起来。

尽管我们肯定了中国二十世纪现实主义流派作家强烈的使命意识导致新文学的政治倾向，它构成了现实主义文学的重要特色和优良传统；但也必须指出，那种迫于以文学作为工具去干预或解决政治问题的急功近利思想，以及在处理文学与政治关系上存在的机械论所造成的文学创作的公式化概念化，仍是阻碍我国现实主义文学遵循美的规律进行创作的一大痼疾，我们应该引以为戒，并予以彻底治疗。

民族自省精神的弘扬带来现实主义流派文学审美世界的文化批判意识的

强化。此其三。

具有强烈历史使命感的中国二十世纪现实主义流派作家,在探索人性解放,民族解放、阶级解放和社会主义现代化道路的过程中,对传统文化不断地进行自我反省和自我批判。所以自觉地反传统、发扬民族自省精神,既是新文化运动的重要特点,也是现实主义文学的一个审美特征。不过,提高对传统文化自我反省和自我批判的自觉性,却经过了艰难的斗争历程。洋务派只承认中国的枪炮不如西洋,并没有对传统文化进行反思,却抗拒对民族文化的自我批判;甲午战争失败的民族危机感才迫使有识之士认识到传统文化已成了唤醒国民以救亡图存的重负,康梁改良派把政治改良与思想启蒙结合起来,并将文学变革和民族道德、文化心理的改造联为一体,高度重视文学的思想启蒙作用,要求文学成为文化自我批判、塑造"新民"性格的有力武器,然而就整体而言这个时期传统文化的自我反省意识并不强,自我批判精神也不高。直到五四新文化运动兴起,陈独秀、李大钊、胡适、鲁迅、周作人等文化先驱们对传统文化进行了一次全面性的总批判,点燃了从整体上反封建意识的火炬,弘扬了民族自省精神,提高了文化自我批判的自觉性。

五四时期,在不少人感到迷惘困惑的文化反常状态下,陈独秀却将思想明朗、道德激情和顽强毅力融为一体,显示出非凡的魔力。这就使他"自然而然地成为五四时期中国知识界的领袖人物,不是因为他的思想富有独创性,而是因为他有能力将五四早期中国社会强大的反传统力量组织起来并给予明确指导"①。不过五四时期的反传统,并不是对整个人类文化如同西方现代主义那样采取全盘否定的态度,新文化先驱所反的是本民族封建文化思想传统,并要以西方现代文明作为参照系重建民主科学的民族新文化,表现出一种自觉的民族自省精神和强烈的文化自我批判意识。陈独秀作为反传统的领袖人物虽然自觉地把文化革命引进文学革命领域;但是把文化批判和文化反省导入文学创作,并以文学形式给传统文化以美学透视,从而强化文学内容的文化批判意识,却是"周氏兄弟"。特别鲁迅非常重视文学革命与思想革命的有机结合,突出文学的启蒙功能,把批判国民劣根性、改造现代国人灵魂作为终生的奋斗目标和文学创作的基本内容,为现实主义流派文学的文化自我反省和自我批判拓宽了道路并积累了经验。

---

① 林毓生:《中国意识的危机》,贵州人民出版社 1988 年版,第 106 页。

纵观二十世纪中国现实主义文学流派，对民族自省精神的弘扬，主要体现在表现“理想的人性”和批判国民劣根性这两大基本主题上。五四前后的文化反省着重于国民性弱点的批判和现代国人灵魂的剖析。鲁迅在批判国民劣根性、改造国人灵魂的新文学创作中成了反封建的思想革命的主将，周作人通过以文学形式反传统也成了“思想界的权威”；继之“人生派”、“乡土派”和“语丝派”等的一大批作家沿着鲁迅的道路，积极探索民族性格的劣点，加强文化自我批判，借以唤起民族的自我反省，从而改造现代国人灵魂，这就使五四前后文学创作的文化批判意识达到前所未有的深度和高度。它不仅从个性解放出发对封建传统文化进行了猛烈批判，也是为了民族振兴、社会变革、人生改造而对国民劣根性进行全面深入的开掘；主要透过对愚弱民族性格的剖析和精神胜利法的批判将笔深入到奴性的文化心理，鲁迅的小说、杂文对奴性的揭露最深刻，达到了惊人的认识高度。令人想到列宁对奴隶的解说：“意识到自己的奴隶地位而与之作斗争的奴隶，是革命家。不意识到自己的奴隶地位而过着默默无言、浑浑噩噩的奴隶生活的奴隶，是十足的奴隶。津津乐道地赞美美妙的奴隶生活并对和善的好心的主人感激不尽的奴隶是奴才，是无耻之徒。”[①]五四前后的现实主义文学流派虽然揭露国民劣根性的主题居于突出地位，但对中华民族的善美特点也有所表现，往往以否定形式肯定其“理想的人性”。三十年代的新文学，从总体上看，文化的自我反省精神和文化的自我批判意识比不上五四前后那么有深度感和力度感。深受阶级论影响的无产阶级文学流派、社会剖析派等的作家一般不从文化的角度来批判国民劣根性，而是从政治的视角以阶级分析的方法来窥探人民大众身上“理想的人性”，即使对造成民族性格劣点的病态社会及封建文化传统的批判也往往停留在政治批判的层次上，对文化心理的深层结构开掘不够；甚至鲁迅在接受阶级论之后虽然仍继续批判国民性的弱点，但他却更重视“脊梁”人物的发掘，也许这就是中华民族“理想的人性”。值得人们深思的是，这些民族的脊梁人物是同那些具有国民劣根性的阿Q们共处在封建传统文化系统，其中“为民请命的人”或“舍身求法的人”所受封建文化的熏陶更深一些，尽管他们身上不乏民族性格的美点，然而劣点也不可忽略。可见，这时鲁迅对“脊梁”人物缺乏更深刻的文化心理透视。那些以人道主义为思想武器、以“人”作为文化批判价值尺度的如社会剖析派的吴组缃、沙汀或左翼作

① 《列宁全集》第13卷，第36页。

家群的张天翼等并没有因为掌握了阶级论而忽视文化批判，他们继承五四时期现实主义精神，对批判国民劣根性、改造国人灵魂的主题作了深入的开掘，表现了自觉的民族自省意识和强烈的文化批判精神。他们以文学形式剖析了中国民族性格中的自私、麻木、萎靡、散漫、懒惰等劣点，并挖掘造成中华民族这些性格弱点的传统文化根源；不仅如此，“京派”作家沈从文等则把笔力集中在揭示那尚未受到现代文明冲击、保留着更多原始文化传统的湘西村镇的理想人性，这是对民族文化的精华部分的掘发和尚未异化的人性美人情美的揭示，带有一种返璞归真的文化倾向。总之，三十年代现实主义流派文学出现了多元趋向，改造国民劣根性和开掘理想人性的主题兼而有之，不只是双重变奏，且有所变异，表现出强弱不等、深浅不一的民族自省意识和文化批判精神。抗战初期，民族意识空前强烈，反抗异族侵略，拯救民族危亡几乎成了全民族的共同心愿和一致要求。因此，这时民族自省精神在不同政治倾向的文学流派作家的笔下差不多出现了共同的指向，即继承并光大传统文化中的民族主义和爱国主义精神，塑造民族新英雄的艺术典型，相比之下对民族弱点的文化批判有所忽略。四十年代中后期，国统区的大多数文学流派的作家热衷于对传统文化进行全面的反思，即批判国民劣根性或民族的痼疾，又发掘民族传统的美德，并在一定程度上展示出传统道德文化的崩溃命运和新文化的生机。且不论“社会言情派”代表作家张爱玲的《传奇》等名作，对传统文化从不同的视角进行反观，强化了作品的文化自省精神和文化批判意识；以胡风为代表的“七月派”抗战初期便从文学理论到创作实践，不仅对人民群众的“精神奴役的创伤”给以人道主义的关注，并站在现代文化意识的高度探索其病源，紧密联系时代的需要予以疗治，而且对人民群众身上蕴藏的原始强力进行了积极探索和开掘。可见，他们更多地承续了“五四”鲁迅批判“国民性”、改造民族灵魂的现实主义传统，在一定程度上使这一主题有了新的发展和深化。四十年代解放区文学着重从政治的角度以阶级论来塑造工农兵的新人形象，虽然改造农民的主题有所突出，“山药蛋派”主帅赵树理等作家的某些作品也对封建传统文化在人民身上的流毒进行了批评，但从总体上来揭露国民劣根性的主题却大大削弱，在很大程度上文化批判被政治批判所取代，民族英雄性格往往掩盖了精神奴役的创伤，总之文化自我反省精神和文化自我批判意识有所淡化。特别从那些新民族英雄或工农兵新人的“理想人性”中可以窥探出创作主体的价值观念、道德观念和审美意识带有不同程度的传统文化色彩，而有些作家笔下的具有个性解放意识的人物，都由五四时期的"理想人性"变成了被批判的对象。这种文化意识的价值标准的巨大反差,实在发人深思,促人反省。不过,五十年代或六十年代初赵树理小说的文化批判主题并没有因为政治化、理想化倾向日益强化而削弱,他笔下的所谓"中间人物"带有文化批判的色彩,对农民身上的劣根敢于从文化的角度予以针砭。五十年代末的"新问题小说"所表现的反官僚主义宗派主义的主题意向也含有文化批判的色彩。新时期现实主义流派如"伤痕文学"、"反思文学"、"寻根文学"等所表现出的民族自省精神和文化批判意识已达到一个新的历史高度:即民族传统文化重新审视,对传统文化并不采取全盘否定的态度,遵循着一个"伟大的因果循环系统",作家们基于人格本体建构的欲望,总是在传统与现实之间,不断地破坏和寻求,不断地继承和认同,不断地回归和创造;希冀在传统文化中寻找某种精神力量,在承认历史前进合理的前提下保持人的精神独立和心灵完善,使人过着更符合人性的属于人自己的生活,这倾向于美学的愿望规定着新时期文学的定向选择。

透过二十世纪中国现实主义文学的改造国民劣根性与探索民族理想人性两大文化主题的双重变奏,可以看到民族自省精神和文化批判意识形成了新文学的优秀传统,它对于在文学领域完成反封建的思想革命具有战略性的意义。尽管除了鲁迅而大多数文学流派的作家在批判国民劣根性和剖析国人灵魂上尚缺乏西方某些批判现实主义作家的深度和力度,对传统文化的批判尚未达到深层文化结构;但是在这方面所积累的宝贵经验和历史教训却值得我们认真总结和汲取的。它启示人们在时代的高度呼唤新文学文化批判意识的强化,因为人类社会各种变革中的最艰难的是文化深层结构的变革,国民性需要在文化批判中改造,民族性格需要在文化自省中重建,国民灵魂需要在文化批判中重铸,民族心理需要在文化批判中更新。鲁迅之所以能成为新文化的旗手,主要在于他具有高度自觉的文化自我反省精神和文化自我批判意识,始终把改造国民性、重铸国人灵魂作为自己的神圣职责。

各种形态的人道主义铸造现实主义流派文学世界的灵魂。此其四。

马克思曾深刻指出:"任何一种解放都是把人的世界和人的关系还给人自己。"进入二十世纪以来中国现实主义文学与个性解放、民族解放、阶级解放和社会变革结下了不解之缘,不论何种性质的解放或历史变革归根结底是为了中国人的全面解放,从这个意义上我们确认近百年的现实主义流派文学发展史实质上是中国人(或个体或群体)争取全方位解放的形象史。既然一切都是为了

"人"解放,那么二十世纪现实主义文学作为一个母系统,其中以任何文学样式从任何角度表现或再现中国人的解放的主题思想,都应该是以人道主义为灵魂,这也现实主义文学的审美理想。可以说,这既是新文学现代化的重要特征之一,也是新文学的一个优良传统。

简言之,肯定人的价值,追求人的自由,向往人的幸福,赞美人的独立,承认人的理想,热爱人的真善美,痛恨人的假恶丑,这是各种形态人道主义的共同点;但不同历史时期的人道主义也有不同点,即资本主义时期的人道主义带有幻想性和不彻底性,社会主义时期的人道主义具有实践性和彻底性,新民主主义时期的人道主义兼而有之。文学作品作为审美实体,它所蕴含的审美意识乃是现实意识通过人道主义思想沟通转化而成的。二十世纪中国现实主义流派所建构起的文学系统,它的人道主义灵魂则是透过不同的文学母题体现出来的。

从个性解放母题来审视;它集中体现了以个人为本位的人道主义。结合文学作品来剖析,便可以发现它具有各种表现形态,特别"五四"前后现实主义流派文学所表现的个性解放主题千姿百态。新文学运动兴起,随着个性解放思想的传入,人的价值和意义也逐渐被发现。周作人明确主张新文学要以个人主义为本位的人道主义去观察并表现"人";鲁迅更是大声疾呼:"东方发白,人类向各民族所要的是人"①。现实主义流派的文学家各自在文学作品中反映人的觉醒、个性解放的要求,强调人的价值和意义。有些作品多层面地展示人的欲求的合理性和圣洁性;有些作品表现个人冲破罗网、呼唤自由的强烈欲望,争取爱情婚姻自主权的正当要求;有些作品充分肯定人的独立价值,极力张扬个性的力量;也有些作品揭示自我价值实现的艰难,针砭被扭曲或异化的人性,唤醒人的自觉意识和个性意识,彻底摆脱非人的地位,等等,不一而足。"人的发现"对于中华民族来说,是文化意识上的一次飞跃,也是文学观念的一次根本性转折。不过二十年代中期以后,由于阶级矛盾和民族矛盾交替上升,且日益尖锐化,对于人的价值和意义的关注和强调则被现实斗争所冲淡,个性意识被各种各样的群体意识所掩盖。因此三、四十年代现实主义流派的文学创作尽管不乏个性解放的主题,但同"五四"前后的"人生派"相比却大大削弱了。这固然是中国特定的历史条件和社会条件所决定,而主观方面的原因更不可忽视。然而,历史

① 《热风·随感录四十》。

的发展常常有惊人的相似之处，中国现实主义文学发展到八十年代前期出现了“伤痕文学”、“反思文学”等流派，可以说这个阶段的文学是环绕着人的重新发现这个中心展开的，呼唤人的觉醒，呼唤人的尊严和价值，呼唤人的解放。如果说“伤痕文学”主要表现的是作家以人道主义眼光来审视“文革”所造成的斑斑血泪的非人道的悲剧，在正义的控诉和谴责声中发出“救救人”“解放人”的呼唤；那么“反思文学”则着重表现对人的尊严、人的权利和人的价值的更自觉的呼唤，特别是“寻根文学”将人道主义推向更深的层次，从传统文化心理和当代人文化心理的深层结构来探讨每个个体的“精神世界”，以发掘“人的本质力量”。新时期文学所表现的人道主义是社会主义人道主义，并不带抽象的虚幻色彩；所表现的个体解放思想已达到这样的高度：不仅认同“社会不解放，我不能解放”的道理，并且也认识到“我不解放，社会也无法真正解放”的道理，这就是《共产党宣言》早指出的，每个人的自由发展是一切人的自由发展的条件。

与个性解放母题紧密相联的则是人生问题。从“五四”起，人生问题既是哲学的热点又是文学的热点，虽然对人生的看法五花八门，表现人生的文学主题也千差万别，但其思想灵魂却是人道主义的。联系二十世纪中国现实主义流派的文学作品来考察，其具体表现形态大致有：或从深层开掘中国人的带有原始性的生命强力，表明这种顽强的粗野的生命力正是中华民族在恶劣的社会环境或自然条件下得以生存发展的巨大潜能，或以人道主义同情感描写二十世纪知识分子人生道路的坎坷不平或悲惨的不幸命运，着重表现其对人生的追求、彷徨、苦闷、焦灼、失望、幻灭、孤独等复杂的心态，或以人道主义为本描述被侮辱被损害的普通劳动者的人生，着重揭示其人生悲剧和不幸命运造成的文化思想或社会历史的根源，特别对那些既没有人权也没有女权的妇女的人生命运愈加给予人道主义的关切和同情；或从不同的角度以文学形式对人生意义、前途进行积极探索，寻求人生的奥妙，选择最佳的人生方式，使作品呈现出各不相同的价值取向，等等。可见，描写人生问题的文学与表现个性解放主题的显著区别在于，创作主体所本的不只是以个人主义为本位的人道主义，大多是以平民为本位的人道主义或社会主义人道主义，因而最关注的是平民知识者和劳动者的人生价值、人生命运和人生道路，它比个性解放的要求更深厚更博大一些。

从民族解放母题来考察，以人道主义为灵魂也是显而易见的。众所周知，“救亡图存，振兴中华”是二十世纪中国社会的根本问题，也是人生的重大课题，它关系到国家、民族、人民、个人的命运问题。因此要求民族解放、民族振兴成了中国亿万人民的共同心声。作为反映社会心态的现实主义文学当然出现了“民族解放”或“民族振兴”的母题。不论从理论逻辑或历史逻辑来看，民族解放和人性解放应该是辩证统一的；但由于主客观条件所决定在某些历史阶段没有很好地把二者结合起来，使民族解放母题中的人道主义出现了异样的表现形态：一是通过“立人”以救国，把个性解放导向民族解放，使人道主义思潮最终服务于反帝救国的政治目的。老舍在《“五四”给了我什么》一文中说：“反封建使我体会到人的尊严，人不该做礼教的奴隶；反帝国主义使我感到中国人的尊严，中国人不该作洋奴。这两种认识就是我后来写作的基本思想与情感。”自觉地把个性解放意识与民族解放意识融为一体，把人道主义作为创作的思想灵魂，这岂止老舍自己？不仅五四前后表现民族解放主题的现实主义作品体现出这种人道主义倾向；抗战时期“七月派”路翎的《财主底儿女们》试图探讨如何把个性解放最终引上民族解放且民族解放也需要个性解放的课题，主人公蒋纯祖不是认定抗战“更需要个性解放”吗？二是“七月派”丘东平、彭柏山，“山药蛋派”马烽、西戎等那些描写民族解放斗争的文学作品，表现出一种大无畏的牺牲精神和无比英勇的英雄主义精神，而这种精神的弘扬正是为了消灭侵略者发动的不人道、非正义的法西斯战争，并从而争取民族解放，以实现一切爱好和平人们的美好愿望，可以说这是一种崇高的人道主义。三是有些作品站在新的时代高度把文化意识和现代意识、民族意识和社会意识加以综合表现，以人道为武器既批判封建主义毒害下的奴隶心理，唤起人的觉醒；又揭露帝国主义文化毒害下的洋奴思想，戳穿认贼作父的汉奸嘴脸，并对日本法西斯的惨无人道、灭绝人性的罪行予以无情声讨，如“京味小说”老舍的《四世同堂》则体现出这种人道主义意识。但从总体上来看，抗战爆发后出现的大量捕写民族解放斗争的作品，虽然以浓墨重彩描绘抗日热情和革命力量，但很少对这种热情和力量进行人道主义的文化透视，忽视对“民族的根深蒂固的伟大战斗力，粘附着同样根深蒂固的不长进的根性”[①]的辩证表现，往往把民族英雄的所作所为“记在古文化和古道德”[②]的功劳簿上。特别值得提及的是社会主义新时期出现的“改革文学”流派，它所描写的“全面改革、振兴中华”的重大社会题材，实质上表现了通过社会主义改革争取民族全方位解放的主题，洋溢着强烈的社会主义人道主义精神，那些亲身参与改革大潮的人们为了民族的振兴和祖国的富强不仅其历史

① 冯雪峰：《还好主义》，《雪峰文集》第3卷，第8页。
② 冯雪峰：《读“根底”》，《雪峰文集》第3卷，第53页。

主动精神和生命创造力得到最大限度的发挥，而且其个性解放的强烈愿望和追求爱情幸福意识同实现社会主义现代化的宏伟理想达到了有机的统一。

从阶级解放母题来审视，人道主义也应该成为社会主义现实主义流派文学的灵魂，不过这种人道主义比一般的人道主义更崇高更博大，更富有实践性和彻底性。这是因为：从奋斗目标来看，无产阶级只有解放全人类然后才能解放无产阶级自己，这是一种崇高博大没有阶级偏见的人道主义；从最高理想来看，共产主义是彻底的人道主义，在那消灭了三大差别的境界里“人”才有可能得到全面自由的发展；从道德宗旨来看，无产阶级要求全心全意为人民服务，当个人利益和人民大众利益发生矛盾时，毫无条件地去牺牲个人利益而服从人民的利益，这是一种高尚的人道主义道德观和价值观；从审美意识来看，现实意识只有通过无产阶级（或社会主义）人道主义的沟通，才能达到最高的审美理想，即全面自由的意识。虽然二十年代末中国无产阶级文学运动兴起以后讳言人道主义，甚至把各种形态的人道主义都当成资产阶级人道主义统统加以批判（即使资产阶级人道主义也有合理内核，它同无产阶级人道主义并不是完全绝缘的），致使相当一部分描写阶级解放的作品缺乏人情味或人道精神；但是我们决不能以此来否定整个社会主义现实主义流派文学的人道主义灵魂。它在作品中的具体表现形态主要有：或通过无产阶级及人民大众同敌对阶级激烈斗争的描写，无情揭露敌对阶级及其反动政权对大多数群众人性的摧残和一切生存权的剥夺，充分肯定无产阶级及人民群众所进行的革命斗争的正义性，歌颂那种为解放被压迫被剥削阶级人民以实现崇高理想而英勇献身的精神，这是一种高尚的人道主义理性原则又是一种价值观念；或描写在严酷的阶级斗争面前，不同阶级出身的人可以相亲相爱，并建立起真挚的爱情关系，不仅表现了人性的复杂，也表现了人与人的关系并不是简单的阶级关系，特别表明情爱意识可以冲破阶级意识的局限，如《到莫斯科去》对施洵白与素裳关系的描写就是这样；或在处理阶级斗争题材的过程中，描写阶级解放和个性解放的有机结合，既体现出革命人道主义精神又流露出以个人为本位的人道主义意识，如叶紫的《星》则带有这种思想倾向。即使社会主义新时期形成的“伤痕文学”派和“反思文学”派，它们所表现的政治性的或文化性的反思主题也含阶级解放的内容，通过对十年浩劫的清算和极左路线的代表“四人帮”罪行的声讨，不仅解放了那些蒙冤受害的个人，也是解放了无产阶级及广大人民群众，这种崇高的社会主义人道主义与“四人帮”推行的“以阶级斗争为纲”的极左路线形成尖锐对立。

人道主义特别是社会主义人道主义作为二十世纪中国现实主义流派的文学灵魂，不仅是人的本质力量的审美显现，而且也能增强文学世界的丰富内涵和永不枯竭的艺术生命力。

之二：新文学流派的浪漫主义美学选择

中外古今的文学流派虽然千姿百态，花样翻新，但从美学倾向和审美方式加以总体观照，便会发现它们都自觉不自觉地产生自现实主义、浪漫主义、现代主义诸种创作方法，并在创作实践中选择运用了这诸种创作方法，形成了与其创作方法相辉映的艺术面貌。这里所说的创作方法不是指的文学创作中的细部艺术表现问题，而是指的其中带根本性的艺术表现的原则问题。具体说来，创作方法就是作家在艺术地认识并反映现实生活，开掘并表现主观精神世界，孕育并创造艺术形象等等方面所运用的最为基本的艺术表现方法。在其深层，创作方法常与世界观、哲学观发生着种种联系；在其表层，创作方法又不可避免地要与多种多样的具体写作规则、手法、技巧发生种种联系。“然而就其核心部分看来，可以说，创作方法是由而且仅仅是由既紧密相联又各具相对独立性的两大层次或两大要素构成。其一，是创作方法的精神实质；其二，是与此精神实质相适应的基本艺术表现方法。”[①]就其创作方法的精神实质和基本艺术表现方法来说，二十世纪中国文学流派的主导美学倾向是现实主义的，这是毋庸置疑的，但是各种创作方法之间并不是完全对立的，不只是表层相互借用沟通，即使核心部分也互相影响渗透，这种互补关系比起西方思潮流派的演变来中国显得尤为突出。正是从这个意义上讲，浪漫主义美学原则和创作方法尽管在二十世纪中国文学流派演变中不是始终与现实主义处于双峰并峙的位置，但是它的某些精神因素、审美方法及具体表现技艺却程度不同影响着充实着那些非浪漫主义文学流派，特别一些现实主义文学流派因为汲取了它的营养而增强了内部的活力和生机。

浪漫主义的前奏曲

纵观数千年中国文学发展史，尚未出现一个完整的浪漫主义时代，虽然其

---

① 张国庆：《论创作方法的层次结构》，1991年《文学评论》第5期

间出现过屈原、李白这样举世闻名的伟大的浪漫主义诗人，但是却没有系统的浪漫主义创作方法和美学原则的理论概括。到了近代，文学改良派的领袖梁启超在《小说与群治之关系》中曾从流派的角度来探讨小说艺术的审美功能，提出“理想派”（即浪漫派）和“写实派”两个概念，这显然是受到西方文艺思潮的影响。他虽然对这两大流派的特点也作了扼要的评点，但没有从美学思潮和方法论的角度作出明确阐释。有意识地选择并介绍真正具有现代美学特征的浪漫主义思潮的，应该从鲁迅谈起。虽然鲁迅并不是作为流派的开创者的面目出现，但他所介绍的却是“摩罗诗派”，正适应了他于1906年立志从事文艺“新生”运动之所需。当时鲁迅被浪漫主义和现实主义两种美学思潮所吸引，是否可以这样说，他和周作人翻译的《域外小说集》主要介绍的是十九世纪俄国和东欧的现实主义文学而浪漫主义文学是次要的，他的论文《摩罗诗力说》则主要介绍以拜伦浪漫主义为主的作家但其中也有像果戈理这样由浪漫主义转向现实主义的作家。这不仅因为这两种美学思潮有着相通之点，更重要的是鲁迅不是从纯文学或纯美学的标准来区别流派，也不是从创作方法或审美方式的角度来介绍文艺思潮，而是从救国救民出发，从改变国民的生存环境和精神世界出发，介绍异域文学思潮，从社会思潮的全局来把握文艺现象，从具有社会功用和艺术的特殊审美价值来对待文学流派。因为任何文学流派的形成总是同一定的历史条件、传统文化和时代精神联结在一起，它总是在适合自己的土壤上生长出的花朵和果实，文学流派或文艺思潮离开社会思潮或文化传统将是不可思议的东西。正是基于这种考虑和动因，所以鲁迅对“摩罗诗派”的选择和介绍并没有从创作方法或纯美学观点上对其加以区别，即使对拜伦的浪漫主义创作方法或美学特征也没有作完整的介绍。主要突出了“摩罗诗派”的浪漫主义的反抗精神和反叛意识，如拜伦的“恶魔者，说真理者也”的敢于反抗世俗的“离经叛道”精神，“不克厥敌，战则不止”的无所畏惧的奋战不息的精神，雪莱那种“求索而无止期，猛进而不退转”的永远进击的性格。“摩罗诗派”即“恶魔派”，原是十九世纪初英国浪漫主义诗人罗伯特·骚赛攻击拜伦、雪莱及其同流派诗人的用语，鲁迅反其意而用之，表明“摩罗诗人”是反抗诗人、复仇诗人和爱国诗人。鲁迅鼓吹“摩罗诗派”的反抗精神与当时的救亡图强的社会思潮相吻合，与其借文学以“立人”的启蒙思想相一致。鲁迅在《文化偏至论》中把“立人”思想放在首位，“人立而后凡事举”，而立人的要旨乃是尊重个性，发扬精神，这是个性解放的要求，带有浓重的启蒙色彩。浪漫主义文艺思潮与个性主义结下不解之缘，从创作方法和美学意义上来说鲁迅把提倡浪漫主义精神和个性解放联系起来是抓住了两者之间的根本结合点,也可以说个性主义是浪漫主义创作方法的思想基础。更为可贵的是,鲁迅热衷于十九世纪欧洲"摩罗诗派"的浪漫主义精神时并没有忽视对我国传统美学精神的批判继承,自觉地意识到"外之既不后于世界之思潮,内之仍弗失固有之血脉,取今复古,别立新宗"。[①] 他批判了"思无邪"的儒家传统文艺观,认为它是束缚思想的牢笼和扼杀文学生机的刀刃;也不满于《离骚》缺乏"反抗挑战"的反封建精神,但对屈原在某种程度上突破传统诗教的浪漫精神却表示赞赏:"怼世俗之浑浊,颂己身之修能,怀疑自遂古之初,直至百物之琐末,放言无惮,为前人所不敢言。"可见,鲁迅对中国古代浪漫主义诗人的精神概括和对外国浪漫主义诗派的汲取都是着眼于救亡与启蒙急需的反叛精神,当然这并不是说鲁迅就没有从审美价值上来考察浪漫主义文学的特殊功能。他在《摩罗诗力说》中写道:"由纯文学上言之,则是一切美术之本质,皆在使观听之人,为之兴感怡悦。"这是强调文学在精神上所起的特殊作用,也就是说文学的"兴感怡悦"是通过美感达到陶冶人们思想感情、振奋人们精神之目的。这种对文学审美本质的认识,既符合鲁迅反对以社会学看待诗歌"思无邪"主张的观点相一致,也与他对"摩罗诗派"的审美旨趣相吻合。虽然从主观动机和目的性来考察,鲁迅介绍浪漫主义美学思潮是为了救国启蒙并不是为文学流派的形成提供美学原则或创作方法,但从客观效应来看却为五四文学革命浪漫主义思潮流派的勃兴吹响了前奏曲。

抱着救亡启蒙目的的作家或流派既可以选择浪漫主义创作方法也可以选择现实主义美学原则,鲁迅早期围绕着"新生"文艺运动的选择和五四文学革命中的选择都表明这一点。我不完全同意把鲁迅在"五四"前说成是个浪漫主义者,"五四"后则是个严峻的现实主义者。如果就其主导倾向作出这样的判断尚可接受,但是全面观之只能说"五四"前鲁迅主要倾向浪漫主义但也不排斥现实主义,"五四"时期主要转向现实主义但也含有浪漫主义美学因素;特别是从方法论的角度来看,鲁迅的文学精神是多元的综合,使不同审美倾向的文学流派都可以从他这里汲取营养或找到借鉴。这当然不能否认,在鲁迅选择多种审美方式或创作方法的综合运用中总有一种是主导的。正是从这种意义说,鲁迅投身五四文学革命后他从主要热衷于浪漫主义的"摩罗诗派"转换为主要倾心于

① 《鲁迅全集》第1卷,第56页。

现实主义的“人生派”,从文学为“立人”走上文学为“救人”的创作道路,从以个人为本位的人道主义者变为以平民为本位的人道主义者。郭沫若在《鲁迅和王国维》一文中指出,他们“两位都曾经历过一段浪漫主义的时期。王国维喜欢德国浪漫派的哲学和文艺,鲁迅也喜欢尼采,尼采根本就是一位浪漫派。鲁迅早年译著都浓厚地带着浪漫派的风味,这层我们不要忽略。经过了这个阶段之后,两位都走了写实主义的道路,虽然发展的方向各有不同,一位偏重于学术研究,一位偏重于文艺创作,然而方法和态度确是相同的”。从鲁迅的转变可以看出一种规律性的文学现象,即反映了我国文艺思潮流派的消长过程和发展趋势。虽然从“五四”中经二十年代到三十年代在我国文学河床里汇集了主要的文学流派,奔涌着欧洲自文艺复兴以来到二十世纪初叶的各种美学思潮和创作方法,但中国文学流派形成的组合排列顺序和对西方文学思潮的选择取向却完全不同于欧洲文学流派的“进化路线”,呈现出一种杂乱无序的状态和多元综合的趋向;尽管如此令人眼花缭乱,然而它们先后转向现实主义轨道却是主导方向。从文学流派的角度看,鲁迅比较早地完成了由浪漫主义向现实主义的转换,他深深感到由于封建势力的根深蒂固对于民众精神的疗救“正无需乎震骇一时的牺牲,不如深沉韧性的战斗”[①],因而如果只以“摩罗诗派”式的高亢呐喊去唤醒民众,还不如通过深入地剖析社会去“揭出病苦,引起疗救的注意”。正在鲁迅选择了现实主义创作方法,并且用冷静的眼光来看他们的生活地位、他们的相互关系,对社会人生问题和国民劣根性进行深刻透视和严肃针砭时,“五四”前后的文坛上才掀起了与现实主义相对峙的浪漫主义大潮,而鲁迅却超越它向着现实主义审美目标深化,一些新文学流派则沐浴着浪漫主义文艺思潮应运而生,即使带有现实主义审美倾向的“人生派”在其形成初期阶段也受到浪漫主义潮流的冲击。

以文学研究会为核心形成的“人生派”在二十世纪中国文坛上是发展最完备最具特色的文学流派,但在它形成之初所提出的“为人生的艺术”的理论口号和以“被侮辱者与被践踏者”的血泪作为描写列象的创作主张“并没起什么影响,却只得到了些冷笑和恶嘲”。这主要因为“个人主义思潮煽狂了青年们的血”,“当时的文坛正愉快地走上了热情奔放的大才的灵感主义的路”,即由创造社所发动的“浪漫主义文学”运动。“历史告诉我们,在反对封建斗争中必然要

---

① 《鲁迅全集》第1卷,第164页。

发展出个人主义以及文学上的浪漫主义，所以创造社的浪漫主义文学运动的出现及其风靡一时，可谓势所必然。”①五四时代涌现出来的文学家或文学流派绝大部分是青年知识者或由他们组成，他们经过五四爱国政治运动和思想解放运动的洗礼，现代爱国意识和个性解放意识几乎同时在心中升起，特别是个性意识的觉醒唤起了青年们天性的复苏。如果说追求自由、追求美与爱是人们的天性的话，那么封建意识形态在很大程度上则泯灭或摧残了人们这种天性，在那个以老者为本位的等级森严社会环境里青年的天性所受到的扼制备加厉害，所以一旦人们挣脱了封建礼教的束缚和封建思想的禁锢，必然以带有疯狂性的热情和百倍的勇气朝着自由解放的道路上奔跑，反映在他们的审美选择上当然是格外地青睐浪漫主义，这也许是浪漫主义文学思潮在“五四”前后蔚为大观的深层原因。雨果有一段深刻的见解：“如果只从战斗性这一个方面来考察，那么总起来讲，浪漫主义，其真正的定义不过是文学上的自由主义而已。差不多所有的明智之士都已理解了这一真理，而且，他们的人数众多；由于这一事业颇有进展，在不久的将来，文学的自由主义一定和政治的自由主义能够同样地普遍伸张。艺术创作上的自由和社会领域里的自由，是所有一切富有理性、合乎逻辑的精神都应该亦步亦趋的双重目的，是召集着今天这一代如此坚强有力而且强自忍耐的两面旗帜”②。政治上追求自由主义、思想上向往个性主义，往往在审美上倾向浪漫主义，这既符合五四时期的历史逻辑也符合那一代作家的性格逻辑。不过值得进一步考察的是，“人生派”尽管在前期深受浪漫主义思潮影响，甚至有些作家的主导美学倾向就是浪漫主义的，然而就其总体艺术风貌来看还是为人生的现实主义流派，即使受到浪漫主义渗透也主要体现在文学创作所呈现出的美学精神上，他们既没有像鲁迅早期对浪漫主义理论思潮有所介绍有所倡导，更没有像创造社那样从美学理论到文学创作都洋溢着浪漫主义气息。当然不能否定茅盾曾在《文学上的古典主义浪漫主义和写实主义》一文中对浪漫主义作过概述，也对新浪漫主义（即现代主义）有过研究，不过他并不是要提倡它们，其主旨是为了说明提倡现实主义的必然性和重要性。究竟“人生派”的浪漫主义美学精神如何归纳，以我之见，除了有些作品充满了主观抒情色彩外，主要体现在对“爱”与“美”这种合乎人类天性的但在当时又不能实现的美妙虚幻“理想”的热烈追求上，这与作家的自我意识或个性意识的觉醒联系在一起。他

① 茅盾：《关于“创作”》，1931 年 9 月《北斗》创刊号。

② 《欧美古典作家论现实主义和浪漫主义》（二）第 134 – 135 页。

们在作品中的确是向外关注人世间“血与泪”的真实描写，把人生的“真”和心中的“真”作为统一的审美目标来追求，但他们在对“真”的实地考察和客观描写中也没有忽略对“爱与美”的理想追求。且不说冰心在“为人生而艺术”的旗帜下公开张扬“爱与美”，王统照视爱与美是“人类生活的第二生命”，叶绍钧把“美和爱”作为灰色人生转换为“光明”人生的必要条件，就是茅盾、郑振铎这两位“人生派”的骨干在极力提倡“血与泪”文学的同时也主张发扬光大民族性里蕴藏着的“善美的特点”。这种对“爱与美”的人生理想的憧憬，我们可以从社会学或哲学的角度指出它的局限性或消极性，但从审美的意义来看却是浪漫主义美学构成的重要因素，缺少“爱与美”的文学作品是没有理想色彩的，不只是削弱了审美价值，而且也影响到文学美学品格的完整性。中外古今的著名作家不论对现实的剖析如何严峻、对人类灵魂的拷问如何残酷，但他们总不会忘记对人生社会或人类心灵底蕴中美与善的开掘和发现。可以说，对“爱”与“美”的孜孜不倦的追求，既是人的天性和生命力的表现也是人类文明史的重要内容。爱是幻象的产物也是醒的根源，“就某个人本身来说，所有他所知道的只是，他是极端渴望爱的，而且他想，如果他获得了爱，他就会永远快乐和满足”①；特别“爱狂热地追求某种超越的事物，而当它发现并非如此时，它便感到失望”，这时候“爱是悲伤的慰解，它是对抗死亡的唯一药剂”②。曾记得古希腊神话和古罗马文艺中就有专门职司美与爱的神祇，如阿芙洛狄蒂、维纳斯等，这说明人类对爱与美的崇敬和神往；也可以从中看出爱与美在人类的审美视野中是密不可分的双珠。但也必须看到，“爱”和“美”在不同历史时期有着不同的内涵，在中国“五四”前后的文化潮流中“爱”与“美”被赋予人道主义色彩，它们在政治层次上也许是缥缈虚幻的迷雾，而在伦理上不只是标志着人的种觉醒也可以说是在某种程度上的实现，特别是在审美层次上它们是浪漫主义美学不可缺少的理想因素。随着历史的发展和人类文明程度的提高，“美”与“爱”的理想一定会在更高层次上实现；不过中国二十年代的黑暗现实和残酷统治是不容许“爱”与“美”存在的，人们这种理想追求不断地遭到摧残和泯灭，“人生派”的作家们经过了一段热烈追求之后也进行了冷静的沉思，不再徒作“美与爱”的空谈也不再沉湎于“美与爱”的追逐中，文学作品里“爱与美”的主题已渐渐被批判抗争性的主题所代替。对“人生派”宣扬“爱与美”这种浪漫主义特点应准确地加以

① 马斯洛等著：《人的潜能和价值》第73页。

② 乌纳穆诺著：《生命的悲剧意识》第84页。

把握,更重要的应对"爱与美"这种反映人类天性要求及觉醒意识的追求和憧憬进行多方面透视,力避简单化的否定。

最典型的浪漫派

"人生派"只能说是曾一度受到浪漫主义美学思潮浸染的文学流派,其基本精神实质和基本艺术表现方法仍是现实主义的;真正的浪漫主义文学流派是以前期创造社为核心的"艺术派"。它的独特贡献,不只是把西方的浪漫主义美学理论系统而广泛地介绍传播给我国文艺界,在中国土壤上生成一代浪漫主义文学作品,而且更重要的是建立起一个具有完整形态的新文学流派,并取得了与"人生派"相抗衡的历史地位。将前期创造社的美学倾向概括为"艺术派"或"为艺术而艺术派"并不确切,这里只是沿用传统说法。虽然这种"为艺术而艺术"的理论产生于他们之间或出自某人之口,而且也把他们视为"新才子派",说他们"尊贵天才"为艺术而艺术,但实际上他们对"为艺术而艺术"的态度并不相同,与这些浪漫主义者的政治倾向并没有必然联系,更不是他们共同遵守的一条浪漫主义美学原则,也不是他们统一的艺术功能观。虽然"为艺术而艺术"这个口号带有点唯美主义味道,似乎它是从艺术与生活的辩证关系中被片面夸大或过分突现出来的一种"艺术至上"倾向;但是只要我们把视点放开一些,并联系我国文学的历史和现状加以考察,便会发现这种"为艺术而艺术"的理论具有深刻的意义。从中外文学流派发展史来看,"为人生派"和"为艺术派"虽然常常以不同的形态或方式出现,有时处于对立状态有时处于契合局面,但是作为两大主潮的存在与发展总是带有一定的艺术规律性的。冯乃超在《艺术与社会生活》中说道:"艺术史上的两种对立的争论,就是艺术的艺术和人生的艺术主张,这种争论的过程,没有我来说明的必要。但是,他们这种论争的社会的根据在哪里,我们不能不究明,这却也是可能的。"他认为"艺术家及对艺术的创作有直接兴味的人们,他们底'艺术的艺术'的倾向发生于他们和周围社会的环境之间绝望地不调和的上面",他们不是"埋头在象牙的宝塔中",而是感到自身的幸福"只有根本的铲除社会的矛盾才可以获得的"。冯乃超的看法是切合创造社的艺术态度,尽管中外"为艺术而艺术"派中有唯美主义的,但创造社并没有偏于此而是选取了艺术与社会环境不调和这一点,所以中国的"艺术派"不同于西欧的唯美主义,他们并没有钻进象牙之塔。这表明域外的文学流派和美学思潮一经传播或介绍到中国,总是发生这样或那样的"变形",讳言创造社的"为艺术而艺术”的主张不是科学态度，把创造社提出的“为艺术而艺术”与西方的唯美主义机械类比也不是实事求是精神。这并非说冯乃超的见解就没有偏颇之处，如果说他对创造社“为艺术而艺术”的分析是正确的话，那么他对“人生派”的看法却是不公正的。周作人在《新文学的要求》一文中也指出，“从来对于技术的主张”可以分为两大派“一是艺术派，一是人生派”。他想把两派的优长结合起来，既取“人生派”注重艺术与人生的联系又取“艺术派”注重艺术的方法，这样不但可以避免“人生派”陷入“说教”也可以避免“艺术派”走上极端。创造社主张“为艺术而艺术”至少反映了文学思潮流派演变的总体趋向，即由于遵循“移步变形律”并没有走上唯美主义道路，从另一极抑制了中国文学过分重实用重功利的传统。从中国美学发展史来看，虽然重艺术的美学功能观一直沿袭着，如魏晋文学、宋代话本、明朝“性灵”说以及晚清“礼拜六派”等都偏重于“为艺术”，甚至受到叔本华等美学思想影响的王国维也主张纯文学，反对文学为载道之具；但从主流来说却是“文以载道”、“代圣贤立言”、重教化、重功利的美学功能观占绝对优势，并形成了一个源远流长的难以动摇的传统，严重地束缚了我国文学按照美的原则和自身的规律正常的发展，总是不能把艺术从狭隘庸俗的社会功利目的中解放出来，到了晚清文学改良派手里文学的功利价值和社会作用被抬到吓人的高度，这实质上是对文学审美本质的贬抑和艺术规律的轻漫，并没有真正提高文学之所以是文学的独立地位。因而从这个意义上说，“艺术派”主张“为艺术”试图将文学从传统的“泛意识形态”的文化模式中分化出来，恢复文学自身的独立面貌，试图使文学真正摆脱长期扼杀其生命活力的封建“文以载道”艺术社会功利观的桎梏，以自由自主的系统和姿态与其他文化的子系统相并存，以独立性取代附庸性。这是随着个性意识的觉醒而唤起的文学觉醒意识，虽然带有一定的偏向，但确实代表了五四时代文学自觉所达到的高度。这种文学意识的觉醒必然使“艺术派”诸君从西方浪漫主义美学理论中选择其急需的文艺观，而“为艺术而艺术”则成了他们赖以反对“文以载道”的有力武器和理论根据，求全求美便成了他们一时热衷于追求的美学目标。从文学与现实的关系上加以整体观照，“五四”前后的以反封建为使命的思想革命和文学革命的严峻现实斗争又使“艺术派”具有强烈的时代感和战斗意识，对艺术的社会功能不可能从根本上否定，而强调文学独立性的自觉意识又不能不使他们本能地倾向“为艺术而艺术”的主张，处于这种两难境地自然而然地给他们的美学功能观带来了矛盾性的特征。正如田汉后来对早期文学功能观的反思所说的："这时我对于社会运动与艺术运动持着二元的见解。即在社会运动方面很愿意为第四阶级而战，在艺术运动方面却仍保持着多量的艺术至上主义"①。他们曾经为处理好现实斗争需要与文学自身要求的矛盾努力过，企图将两种或为社会或为艺术的对立倾向统一起来，但这种愿望并没有真正实现，甚至在"艺术派"与"人生派"的论战中把文学与现实的矛盾推向极端，将文艺创作的主观目的和客观效果对立起来。正如郭沫若在《儿童文学之管见》中所表述的："就创作方面主张时，当持唯美主义；就鉴赏方面言时，当持功利主义。"成仿吾在文学与现实的关系上也缺乏辩证的认识，坚持"为艺术"与"为社会"并行不悖的二元论；郁达夫对"艺术美"与"生活美"关系的理解基本与郭沫若相同，他"虽不同唯美主义者那么持论的偏激，但我却承认美的追求是艺术的核心"②。他认为"艺术虽然离不了人生，但我们在创作的时候，总不该先把人生放在心里。艺术家在创造之后，他的艺术的影响及于人生，乃是间接的结果，并非作家在创作的时候，先把结果评量定了，然后再下笔的。"③"艺术派"文学功能观存在的深刻矛盾反映了他们对文学与现实、艺术与人生的认识已陷入两难的不可调和的境地。这种美学观上的片面性和矛盾性很容易使他们对文学思潮和创作方法的选择上从一个极端走向另一个极端，导致其在人生道路上或文学道路上发生戏剧性的变化。如果说前期创造社提倡"为艺术而艺术"表现了自我觉醒意识与文学觉醒意识的有机统一，这里既有历史上的必然性也有思想上的必然性；那么后期创造社来了个急转弯，由"艺术派"变为"革命文学派"、由非功利倾向变为革命功利主义者、由个性主义者变成"唯我是无产阶级革命者"、由浪漫主义者变为"革命的浪漫蒂克"，既应合了急剧变化的时代需要也符合其易走极端的性格逻辑。

对"艺术派"的浪漫主义美学的功能观进行粗略的考察和简单的分析，并不能说明这个流派理论特征的重点。就"艺术派"的理论形态来看，它选取和采用的浪漫主义的创作方法是比较完整的，形成一个有层次性的独立结构。精神实质和基本艺术表现方法是形成创作方法核心的两大层次，它们规定着创作方法的本质特征，也规定着"艺术派"基本的美学倾向。如果说"人生派"的现实主义创作方法的精神实质在于"按照生活的本来样子、固有逻辑反映生活"的话，

① 《我们自己的批判》，《南国月刊》第2卷，第1期。

② 《郁达夫文集》第5卷《艺术与国家》。

③ 《郁达夫文集》第5卷《〈茫茫夜〉发表以后》。

那么“艺术派”所选择的浪漫主义创作方法的精神实质在于真实地表现自我内心世界的“自然感情”，主情主义就是它的本质规定性。朗松的《法国文学史》对浪漫主义下过这样的定义：“浪漫主义是一种以抒情为主导的文学”。但他并不满足这个从“一些浪漫主义作品共同的表面的特征”所概括出的定义，又从“抒情是什么”作了具体分析，明确指出“抒情首先是个人主义的发扬”，而这种各具个性的抒情并不是“由于我们灵智思想不同，而更多是由于我们情绪感应表现不一”；同时，“伟大而有力的抒情并不是那一种使诗人与众不同的抒情，而是使他成为人类代表的那一种抒情”，即能够抓住我们的抒情是那种始终流露着普遍性的抒情：“它发掘个人的忧愁和希望，它通过自然的纷纭复杂的形式来观察，它到处提出并追究生存和命运的问题”。可以说“浪漫主义（而这正是它的伟大所在）周身遍布形而上学的寒栗：由此就产生它抒情的杰出的特点，它在感情的迸发和诗情画意的图景中，向我们推荐对于宇宙万物和不可知事物的沉思和喻解。”[①]这里所强调的不是一般的抒情而是个人主义的抒情，但这种抒情又必须具有普遍性，蕴含着形而上学的意味，唯有这样的情感性才是浪漫主义文学的基本特征。黑格尔说过：“灵魂的欲望和心灵的感情只有处于它们所具有的普遍、坚固和永恒的状态中，才是诗歌构思的素材。”[②]不过，情感性并非浪漫主义文学所独有，它是一切文学艺术所必具的特征，这里的区别在于，唯有浪漫主义才把情感在文学世界构成诸要素中的地位强调到其他文学难以达到的高度，并把内在情感作为自己美学理论的出发点和根本点。如果说古典主义者是理性主义，那么浪漫主义者则是主情主义；如果说现实主义者把客观真实性视为命根子，情感性只是从属于真实性，那么浪漫主义美学则是把情感性作为生命线，情感性具有至高无上的地位。以创造社为代表的“艺术派”深晓浪漫主义美学的精髓，不论是郭沫若、田汉或是郁达夫、成仿吾等，都对浪漫主义创作方法的本质有深刻的理解。郭沫若认为“艺术的根底，是立在感情上的”[③]，因而他在致宗白华的信中写道：“我想我们的诗只要是我们心中的诗意诗境底纯真的表现，命泉中流出来的 Strain（泉流），心琴上弹出来的 Melody（曲调），生底颤动，灵底喊叫；那便是真诗，好诗，便是我们人类底欢乐的源泉，陶醉的美酿，慰安底天国”[④]。郭沫若的浪漫主义美学观直接受西方歌德、雪莱、华兹华斯等

①② 《欧美古典作家论现实主义和浪漫主义》（二）第 239－240 页。

③ 《文艺之社会的使命》。

④ 《三叶集·1920 年 1 月 18 日致宗白华信》。

诗人的影响。田汉既接受了惠特曼的“由内热外,由暗昧向明晰,由情绪向力行,由梦幻向现实”的带有主观浪漫色彩的文学创作基本路线,又直接受到华兹华斯的“诗是强烈情感的自然流露”的定义的启迪,所以他认为诗歌就是“诗人把他心中歌天地泣鬼神的情感,创造为歌天地泣鬼神的诗歌”①;并说“诗歌者是托外形表现于音律的一种情感文学!! 是自己内部生命与宇宙意志接触时一种音乐的表现!!”郁达夫格外重视英国浪漫主义诗人和批评家昆西的见解,他在《诗论》中说:“诗的实质,全在感情”,也就是说浪漫主义文学的本质“全在感情”。成仿吾在《诗之防御战》中也认为“文学始终是以情感为生命的,情感便是他的终始”。浪漫主义创作方法的精神实质是以感情为本,不过这种感情是发自诗人自我内心的感情并非抒他人之情,所以“表现自我”和“自我表现”这种建立在以个人为本位的人道主义思想基础上的文学主张则成了“艺术派”浪漫主义美学思想及其创作方法的核心。创造社一创立便从个性解放的要求出发,提出“本着我们内心的要求,从事于文艺活动”②的口号,旨在通过浪漫主义文学运动”使我们表现自我的能力充实起来,把一切心灵与心灵的障碍消灭了”③。不过“艺术派”强调“表现自我”或“主观情调”,既不是极端利己主义者的“自我”也不是同人民的情感完成对立的“主观情调”;这个“自我”是能气吞日月的宇宙万汇的化身,是个“开辟鸿荒的大我”④。而这个“大我”形象的内在的主观情调已注入了为争取美好社会而斗争的理想主义色彩,“把自身的小己推广成人类的大我”,将自我的个性解放与人类“大我”的解放结合起来,这是创造社浪漫主义的特异之处。郁达夫从中西文学的比较中指出:“五四运动,在文学上促生的新意义,是自我的发见。欧美各国的自我发见,是在十九世纪的初期,中国就因为受着传统的锁国主义之累,比他们捱迟了七八十年。自我发见之后,文学的范围就扩大,文学的内容和思想,自然也就丰富起来了。北欧的伊索生,中欧的尼采,美国的霍脱曼,俄国的十九世纪诸作家的作品,在这时候,方在中国下了根,结了实。”⑤郁达夫不仅对“自我发见”给中国和世界文学的发展带来的深刻意义作了独到的论述,并对发现的“自我”作了辩证的精辟分析;他认为五四发现的“自我”已不是欧洲世纪末那类颓唐没落、极端利己的“自我”,

---

① 田汉:《诗人与劳动问题》,《少年中国》第1卷,第8-9期。

② 郭沫若:《编辑余谈》,《创造季刊》第1卷,第2朔。

③ 郭沫若:《新文学之使命》。

④ 郭沫若:《创造者》,1922年《创造季刊》第1卷,第1号。

⑤ 《五四文学运动之历史的意义》,1933年7月《文学》创刊号。

而是“把从前的小我放弃了，换成了一个足以代表全世界的多数民族的大我。把一时一刻的个人感情扩大了，变成了一时代或一阶级的汇聚感情”①。这说明“艺术派”所选择的浪漫主义创作方法的精神内核已突破了个性主义思想基础，将自我感情同时代的阶级的感情融汇在一起。世界观或哲学观虽然居于创作方法的深层，它在一定程度上影响和制约着作家对创作方法的选择，但它并没有真正跨进创作方法的核心结构中，只是属于外在层次，因为世界观与创作方法之间并不是一对一的机械对应关系，两者之间的关系是极为复杂的，有的是对应的，有的是错位的。如果说发现自我的个性主义人生观与“艺术派”的浪漫主义创作方法的核心结构有直接的对应关系，前者是后者的深层思想基础，那么泛神论思想则是直接作用于“艺术派”浪漫主义创作方法核心结构的哲学观或宇宙观。创造社的郭沫若和田汉都信奉泛神论，但他们从个性解放的要求和浪漫主义文学的需求去理解和汲取泛神论，并不是把它作为一个完整的哲学体系拿过来。田汉说：“泛神论与文艺家的因缘，是由罗曼主义的文风结的”②。郭沫若表述得更清楚：“诗人底宇宙观以泛神论为最适宜。”③“艺术派”形成的时代正是冲决一切罗网、破除一切迷信偶像以争取个性解放、张扬“自我”精神的五四时代，惠特曼的“立于万物的中央者，是人类；宇宙之真意义，存于个人之自由发展”④的名言又被田汉译引过来加以弘扬，“无神”的“泛神论”便成了郭沫若蔑视偶像权威、表现自我、发扬个性的思想武器。在郭沫若眼里，泛神论的“神”是无始无终“先天地而浑然存在”，如同中国传统的“天人合一”说，整个宇宙万物一体化，“一切自然只是神底表现，我也是神底表现，我即是神，一切自然都是我的表现”⑤。这种浑然一体的宇宙观，不仅否定了至高无上的神的权威，而且把包括人在内的一切万物都赋予神的权力，这既提高了人主宰一切的地位又增强了“自我”的巨大能量；特别这种一体化的宇宙观对于浪漫主义诗人来说，可以开启艺术视野，活跃艺术思维，发挥充分的想象力，把宇宙万物拟人化、诗化，作为抒情的审美对象。

既然“艺术派”把主观情感性作为浪漫主义创作方法的结构核心，视感情为文学艺术的本源，那就必然要重视艺术想象力。如同文学的情感性一样，想象

---

① 郁达夫：《关于小说的话》，《文艺创作讲座》第1卷。
② 田汉：《文艺论集（上）·新罗曼主义及其它》。
③ 《郭沫若文集》第10卷《论诗三札》。
④ 田汉：《平民诗人惠特曼的百年祭》。
⑤ 郭沫若：《〈少年维特之烦恼〉序引》。

并非浪漫主义美学所独有，无论古典主义或现实主义美学都给想象一定的地位，但是浪漫主义创作方法却把想象提高到与情感性同等重要的地位，想象则成了浪漫主义文学的主要美学品格和本质特征。倘若说对浪漫主义文学家的最美赞词莫过于"他有想象"，如"雨果在《巴黎圣母院》中想象出了充满情趣的人物和故事；乔治·桑在《莫帕拉》里用主人公的虚构的爱情激动了整个一代人"，那么"从来没有人把想象派在巴尔扎克和司汤达的头上"，因为"想象不再是"现实主义小说家的"最主要的品质"而是"真实感"①。雪莱曾从主观想象的角度给浪漫主义文学下过这样的定义："诗可以解作想象的表现"②。柯尔立治把想象分作第一性和第二性两种，具体论述了它在浪漫主义文学创造中的作用。他认为"第一性的想象是一切人类知觉的活功能和原动力，是无限的'我的存在'(Iam)中永恒创造活动在有限的心灵里的重演"；"第二性的想象是第一性想象的回声，它和自觉的意志并存，它的功用和第一性想象的功用性质相同"。想象可以对它的对象"溶化、分解、分散，于是重新创造"；"如果这一步办不到，它还是不顾一切，致力于理想化和统一化"③。正因为想象在人类的思维活动中具有如此奇特的功能，所以浪漫主义诗人把它尊崇为"一切功能中的皇后"④。可见，想象与感情在浪漫主义美学和创作方法中具有相辅相成的重要地位和结构功能，如果想象没有情感作为源头活水也不可能展开五彩缤纷的羽翼自由自在地遨游，如果情感没有想象翅膀的翱翔也不可能把无形的内在精神转化为外在的物化的艺术形象。"艺术派"的主要成员在强调浪漫主义美学的情感特征的同时也强调了想象的特殊功能，特别深受雪莱浪漫主义诗论影响的郭沫若曾把诗的构成归结为"诗 =（直觉 + 情调 + 想象）+（适当的文字）"这样一个公式，其中"想象"与"情调"占有同等重要的地位；郁达夫对想象也给以足够的重视，他在《诗论》中写道："无论诗歌小说里，若没有这一种想象作用，那么情绪也不能发生，思想也无从传播"。成仿吾也认为诗是"运用我们的想象，表现我们的情感"⑤。郁达夫是从唤起创作主体的灵感和情绪的角度突现了想象在创作过程中的作用，成仿吾则是从表现自我情感的角度强调了想象在文学创作与浪漫主义创作方法的核心结构的情感性相联系相适应的是抒情功能和表现

① 左拉：《论小说》，《欧美古典作家论现实主义和浪漫主义》(二)。
② 雪莱：《为诗辩护》，《欧美古典作家论现实主义和浪漫主义》(一)。
③ 《文学生涯》，《欧美古典作家论现实主义和浪漫主义》(一)。
④ 波特莱尔：《一八五九年画展》。
⑤ 成仿吾：《诗之防御战》。

功能。现实主义创作方法从真实地反映生活本来样子的美学要求出发，强调由外而内的“再现”功能和由表及里的写实功能，故再现性和写实性是现实主义核心结构的基本艺术表现方法的突出特征；浪漫主义创作方法的核心结构的情感性或想象性则要求其基本艺术表现方法具有强烈的“表现”功能和“抒情”功能，唯有这两种艺术功能才能由内而外地表现主观情感世界的丰富性和复杂性及其与外在世界的逆向或顺向的内在联系，才能直抒胸臆式地表露自我或人物的精神世界或情绪感受以及丰富的想象时空，所以表现性和抒情性应是浪漫主义创作方法的功能系统的突出特征。对此郭沫若、郁达夫、成仿吾等都有自己的理论表述和独特思考。郭沫若并没有把克罗齐的“直觉即表现”说按照表现主义者那样去理解，而是根据浪漫主义美学原则作了解释：“甚么是表现？这是从内部发生，这是由种子化而为树木，由鸡卵化而为鸡雏”①。郁达夫的“表现说”主要体现在他说“文学作品，都是作家的自叙传”②；成仿吾把“表现”作为“文艺的标语”。“艺术派”不论对表现功能的强调或对抒情功能的重视，都源于他们对浪漫主义文学审美本质的理解和把握。由于西方浪漫主义美学是在以感情反对古典主义理性的斗争中确立并发展起来，是在理性与情感的相互对立中来认识和把握文学的本质特征的，所以中国“艺术派”在接纳西方浪漫主义文艺思潮也按照这种思维模式来理解文学艺术的基本特性。田汉认为“科学代表人类理智的活动，诗歌代表人类情感的活动”③；郭沫若说“诗人是感情底宠儿，哲学家是理智底干家子”④；郁达夫认为“诗的实质，全在感情。情感之中，就重情绪”⑤。成仿吾区分得更明确，他指出：“文学是直诉于我们的感情，而不是刺激我们理智的创造；文艺的玩赏是感情与感情的融洽，而不是理智与理智的折冲；文学的目的是对于一种心或物的现象之情感的传达，而不是关于他的理智的报告”⑥。这种两极对立的思维对文学本质特性所作出的判断虽然给人以鲜明感，但把理智和感情完全对立起来且从文学世界剔除理智因素，难免确机械论之嫌。正因为他们认定“直觉是诗细胞的核，情绪是原形质，想象是杂色体”，所以非常重视“抒情”功能，提出“诗的本职专在抒情”⑦的基本命题。抒情

① 郭沫若：《文艺上的节产》，《文艺论集》。

② 郁达夫：《五六年来创作生活的回顾》。

③ 田汉：《诗人与劳动问题》。

④⑦ 郭沫若：《三叶集》。

⑤ 郁达夫：《诗论》。

⑥ 成仿吾：《诗之防御战》。

既可以直接创造形象也可以直接倾吐内心的情感。在郭沫若看来,诗人的抒情不可拘泥于诗形而要专挹于诗的神髓,内发的情感应与“情绪的律吕,情绪的色彩”和谐地完美地结合起来,做到“体相一如”。这种颇有见地的抒情功能论,既可以冲破僵化凝固的旧诗格律的束缚又可以尽情地表现诗人的情感世界,造成自然流泻的而不是匠心雕琢的诗意诗境,达到“诗不是‘做’出来的,只是‘写’出来的”①审美境地。

由于浪漫主义美学的情感和想象特征具有难以规范和控制的扩张力,不只是要求创作方法的表现功能和抒情功能可以充分发挥,而且也决定着与创作方法核心结构相关的浮于表层的具体艺术手法和创作技巧等可以自由选择,显示出极大的开放性。从表现主观情感或丰富想象出发,浪漫主义对夸张、拟人、象征等艺术表现手法以及各种非理性主义、直觉主义、神秘主义、表现主义等美学的审美方式或表现技艺并不排斥,表现出一定的认同性和接纳性;特别是为了表现自我内心世界的复杂性或个体生命意识的奥秘性,对弗洛伊德的精神分析学说及其与之相关的意识流表现艺术显得格外重视;即是对现实主义创作方法那种求真写实的精神及其如实描写的技巧,有些浪漫主义者也是给以关注的,郁达夫的美学思想和创作实践中就含有写实主义成分。这既是各种美学思潮和创作方法共同汇聚在一个时空中相互渗透相互补充的结果,也是现实主义美学、浪漫主义和现代主义美学之间的过渡性的内在承续机制和认同机制的必然趋势。

综观“艺术派”浪漫主义美学的理论形态既丰富又复杂,几乎从不同的角度汲取了西方浪漫主义文学思潮,其中最受到尊崇的是浪漫文学大师卢梭和歌德。不过这两位大师的思想体系是属于早期资产阶级启蒙主义,卢梭提出的“返回自然”的口号是西方浪漫主义美学最早的理论旗帜,同时也是资产阶级反对封建思想禁锢、争取个性解放的思想旗帜。因为所谓“返回自然”并不像中国传统山水诗所表现出那种逃避现实逍游于山水的隐逸意识,它不只是意味着返回美丽淳朴的大自然和人类的原始自然生活状态,最重要的是要返回人的自然本性,它的基本内涵是承认人的自由本性、肯定人的价值和尊严、承认人的独立意志,实质上它体现了一种以个人为本位的个性主义思想。正如卢梭指出的:“我们原始的感情是以我们自身为中心”②。英国学者福斯特也说道:“个性主

① 郭沫若:《三叶集》。
② 卢梭:《爱弥尔》(上)。

义是十八世纪下半叶欧洲意识危机的核心，尤其是为浪漫主义观点的发展奠定了基础”①。这种启蒙思想正与五四初期中国知识分子的“立人”以“立国”或“救人”以“救国”的某种心态相吻合，正适应了批判封建意识形态以唤起国人的觉醒、争取个性解放和改造国民劣根性的需要。因此从特定意义上讲五四时期浪漫主义文学思潮和创作方法带有启蒙主义性质，这在一定程度上也限制了西方浪漫主义美学思想的全面传播以及浪漫主义创作方法在中国文坛上的选择和运用。特别是“艺术派”在接受浪漫主义过程中突出地强调了文学的根源在于主观情感而不在客观世界，这不能不使在尚未接受马克思主义学说的前期创造社的某些成员的美学观带有唯心主义倾向。

文学创作是一种感性的美学形态，它比理论形态更丰富更深微更具体更形象，因而也更难剖析和把握。从“艺术派”的文学作品来看，浪漫主义美学精神和创作方法在叙事文学的小说中和抒情文学的诗歌中的体现和选用，既有共同的审美特征也有不同的审美取向。强烈的个性意识、浓重的主观抒情色彩、倾向于“自我表现”、由内而外的创作思路、激昂感伤的情调等，是浪漫主义小说和浪漫主义诗歌的相同的审美特征；但是不同文学体裁所表现出的不同的浪漫主义艺术风貌更值得我们探究。以郭沫若为代表的自由派诗歌，可以说是最足以体现浪漫主义美学的艺术结晶，《女神》就是典型，它不仅是我国浪漫主义文学的一座丰碑，而且也开了新文学浪漫主义诗歌流派的先河，至今还具有空前绝后的地位，如同鲁迅当时的现实主义小说艺术一样后起者尚未超越。郭沫若的抒情诗同以郁达夫为代表的“自我表现”的抒情小说相比，最突出的浪漫主义美学特点至少有：一是“火山爆发式的内发情感”和“最够味”的“生命感”。抒情小说也重视内在情感的宣泄和生命意识的表现，但是其强烈程度难以同郭沫若的抒情诗相比。在“五四”思想解放运动的激荡下，郭沫若的诗兴勃发，创作欲望如洪涛暴涨，他的大脑“就好像一座作诗的工厂”，特别“在一九一九年与一九二〇年之交的几月间，我几乎每天都在诗的陶醉里。每每有诗的发作袭来就好像生了热病一样，使我作寒作冷，使我提起笔来战颤着有时候写不成字。”②只有这种创作激情袭来才能写出自己生命体验和感受中“够味的东西”，《地球，我的母亲》、《凤凰涅槃》就是在内在激情迸发时写出来的。郭沫若从自己的创作实

① 福斯特：《浪漫主义概观》。

② 《沫若文集》第7卷，第59页。

践中认识到“诗总当由灵感进出”①,诗人“在未从事创作之前等待的是灵感,在既从事创作之后等待的是经验。灵感的发生便是内部的灵魂与外部的自然的构精,经验的储积便是胎儿期中的营养”②。不过他所强调的创作灵感并不是“主观唯心主义的唯灵论和神秘主义”,而是五四时代的现实生活和社会思潮的强烈刺激的结果,是年青生命力的蒸腾和炽烈激情的焕发;唯此他才“始终是感觉着只有在最高潮时候的生命感是最够味的”,才有可能“产生《女神》时代的那种火山爆发式的内发情感”③。郭沫若在抒情诗中如火山喷发出的内在激情与豪放昂扬的英雄格调,则是《女神》的浪漫主义诗美的生命所在。二是直接创造抒情主人公的自我和“大我”的形象。抒情小说虽然也注重“表现自我”,往往“自我”与主人公成了统一的结合体,不过这个“自我形象”多是患有时代忧郁症的知识分子,是些带有萎顿颓废色彩的生命体;然而郭沫若抒情诗的自我形象却充溢着阳刚之气和吞食日月的魄力,焕发着青春的生命活力,既是抒情主人公自我个性意识的尽情弘扬又是“大我”宇宙意识的充分体现,使抒情主人公自由自在地走进艺术殿堂的前台,获得了自我表现的广阔天地。这正如《湘累》诗中屈原的独白:“我效法造化精神,我自由创造,自由地表现我自己。我创造尊严的山岳,宏伟的海洋,我创造日月星辰,我驰骋风云雷雨,我萃之虽仅限于我一身,放之则可以泛滥于宇宙。”这既是一种自我个性意识的无限扩张也是一种现代艺术自觉意识的强化,其中所蕴含的火热激情、磅礴气势、雄奇想象、神异夸张和宏大境界,无不突现出主体的创造力。如果说郭沫若诗中的自我形象所抒的“小我”之情,既有幻美的追求、异乡的情趣、怀古的幽思也有缠绵悱恻的爱情,那么“大我”形象所抒之情,则更多的是革命之情和爱国之情,并从中使知识分子自身价值及其宏大志向在一个崇高的目标和历史使命感中得到充分肯定。他赞美处在新旧交替中的祖国如同“一位很葱俊的有进取气象的姑娘”(《炉中煤》),对于大自然和人类的创造精神怀有深切的感情;他礼赞太阳,太阳的光辉赋予诗人以热情和力量,成了他抒情的对象,而这时的“人化自然”便成了力的象征,创造的结晶,人的本质力量的显现。对塑造“大我”的抒情形象,郭沫若曾作过有见地的解说:“抒情并不是说要限于抒写个人的小感情。不是的,决不是的,一个有为诗人,或一首伟大的诗,无宁是抒时代的大感情。诗人

① 《写在〈三个叛逆的女性〉后面》。
② 《文艺论集·文艺上的节产》。
③ 《沫若文集》第13卷,第121页。

要活在时代里,把时代的痛苦,欢乐、希望、动荡……要能够最深最广地体现于一身,那你所写出来的诗也就是铸造时代的,伟大的史诗了。”作为浪漫主义诗人的郭沫若并要求对生活中蕴含的高尚的思想或真理应“怀着热诚的憧憬,而加以颂扬”,使诗歌成为具有深邃寓意和崇高境界的“哲理诗或思想诗”①。三是追求真善美和讴歌崇高理想。这一特色在“自我表现”的抒情小说中并没有明显的表露,尤其是对理想的歌颂在郁达夫等的浪漫抒情小说里几乎找不到。郭沫若抒情诗中表现的“内在的精神生活”或人的“美的灵魂”,是诗人对真善美的追求;他认为真正有生命价值的文学便是“必真、必善、必美的文学”,所以他尽情歌颂人的美、生活的美和大自然的美。而对美的讴歌又与诗人的朦胧的崇高的政治理想联系在一起,只有在美妙理想之光的烛照下才能使他笔下的人、事、景焕发出美的特质。他在《女神》中所表现的社会主义理想因素总是同民主主义和爱国主义交融在一起,在强烈的抒情笔调中流露出浓重的理性色彩,这表明他已突破了直觉主义和神秘主义的局限使火山爆发式的激情在理性的引导下迸发出来。爱国主义情思如同一条红线把多侧面的理想追求和美好憧憬联结起来:从爱国思想出发,诗人以彻底破坏和彻底创造的精神去摧毁旧世界,向往一个新世界新中国的诞生;从爱国思想出发,诗人借助泛神论的思想威力冲破一切罗网和主观偶像,试图把个性解放和民族解放统一起来;从爱国思想出发,诗人朦胧而又兴奋地憧憬原苏联十月革命的胜利和讴歌劳农的至高理想;从爱国思想出发,诗人以科学精神批判封建迷信,极力颂扬现代先进技术和现代物质文明。这些新理想是“五四”思想解放运动所得新思想成果在《女神》中的集中而富有诗意的体现。

与郭沫若为代表的自由诗派的特异审美特征有所不同,是郁达夫为代表的“自我表现”派的抒情小说所形成的迥异的浪漫主义美学风格。一是从“表现自我”出发创造了现代“自叙传”抒情小说。它虽然不像浪漫派诗歌那样以火山爆发式的激情从抒情主人公的胸中喷射而出,但却完全突破了传统小说的叙述模式,只是承续了我国古代文学的抒情脉流与西方现代抒情小说体式在“表现自我”这个契合点上相交融,形成了一种排斥理想、不重技巧、侧重坦露作家心境奥妙乃至性变态心理的直抒胸臆的“自我小说”。它所塑造的抒情主人公形象既不是“小我”与“大我”相结合的浑身散发着理想主义光辉的形象,也不是充

① 《诗歌的创作》,1941年《文学》第2卷,第3期。

满了青春活力、具有气吞山河的英雄主义精神的生命体，大多是些所谓“零余者”的形象。他们既是作者“自我”又是与“自我”同病相怜的彷徨于歧路的知识分子形象，这不是一群亢奋、激进、热情、抗争的生命体，而是一群带有病态、感伤色彩的萎顿消沉的生命体。他们所抒发的感情是创作主体自我觉醒意识的表现，而这种自我觉醒往往趋于两个指向：一是同社会处于对立状态的主体意识的觉醒，迫切要求自我生存方式的确立和自我价值在社会中的实现；一是与封建意识形态相对立的自我情感本能的觉醒，急切要求冲破纲常礼教的罗网使自我的感性生命情欲得到肯定。这两种自我情感趋向在“自我小说”流派如郭沫若、倪贻德、滕固、王以仁、自采、叶灵凤等的抒情小说中均有程度不同的表现，不过最有代表性的是郁达夫的小说。由于“自我”意识觉醒所产生的情感欲求和生存渴望在严酷的黑暗社会面前全部破碎和落空，致形成一种既不甘堕落又不愿同流合污的矛盾心态，总是处在压抑与抗争、追求与失望、挣扎与沉沦的尖锐冲突中，一切悲伤、苦闷、忧郁乃至幻灭的情感都由此而生。郁达夫在《戏剧论》中曾深刻地揭示了自我个性意识觉醒所带来极度痛苦忧伤的社会根源：“倾陷争夺，不害人不足以自安，不利己不足以自存，是近代社会的铁则。我们在这样的社会里，要是不曾想到自己的个性，便好安然地过去，如从前的臣为君死，子为父亡的时代一样，但是我们一想到自己，又一想到自己周围的重重锁链，我们的希望是实在一点也没有，我们所要生存到这世界的理由也完全讲不出来的。”在这样黑暗如漆的社会环境里想确立自我的生存方式和实现自我价值，只能是泡影落花。基于这种生命体验和认识，郁达夫笔下的“自我”抒情形象开始意识到与下层劳动人民有着共同运命，在自我与劳苦人民之间抒发了“同是天涯沦落人”的感伤情怀，这是“自我”觉醒情感的一种升华。尤其值得重视的是抒情主人公对自我情感世界的掘发已深入到潜意识层次，突出表现在对人的感性生命情欲的肯定，对人与人之间的情爱、同情、理解、友好等人类情感的呼唤；特别是能够以审美的科学的态度从本能与文明的冲突中展示原始情欲在人的个性意识觉醒中所占据的重要地位，从而揭示了“个人内心的斗争，情欲与理性、本能和道德的斗争——则人类存在一天，斗争也继续一天，就是个人肉体消亡的时候，也不能介乎休战状态”①的个体生命的律动。情欲本能之所以能成为感性生命的内驱力，是因为在“种种情欲中间，最强有力、直接动摇我们

① 郁达夫:《戏剧论》第31页、32页。

内部生命的是爱欲之情，诸本能之中，对我们的生命最危险而同时又最重要的，是性的本能”①。虽然，在作品中以本能情感作为抒情焦点来发掘人生的奥秘与马克思主义从社会的角度来探索人的社会属性有所不同，而且表现出一定局限性，但是它的美学价值却不可低估，从认识论来说也有助于我们对人性的更深的理解。二是与第一个美学特征紧密相关的是“自我表现”的浪漫抒情小说所追求的不是郭沫若抒情诗的雄壮豪放的美，而是一种沉郁感伤的美。郁达夫笔下的“自我”形象有一种深刻的生命悲剧体验，即“人生终究是悲苦的结晶，我不信世界上有快乐两字。”②这种生命悲剧感受来源于作者对个体生命所持的形而上的生命悲剧意识，正如他借《孤独》一剧的人物之口所说的：“我们人类生在世上，无论男女，必有一个发育很旺的时期，精神很旺的时候，世上的事情总不能如我们的意，我们就要生许多悲感。”将这种悲感转化为物化形态的文学作品则构成了郁达夫小说的浓重感伤色彩。赫尔岑曾说：“对浪漫主义来说，再没有比不幸再高的幸福了，再没有比悲伤和哀痛再高的快乐了。”③郁达夫也认为“悲哀之词易工”④。这种对忧郁感伤美的追求与其生命悲剧意识相结合，就使他在小说中极力渲染青年知识者的不幸遭遇和悲苦命运，着力开掘抒情主人公心灵的创伤和精神的危机，有意识地表现人物情感世界或潜在心理的消极因素，甚至把那些性苦闷、情欲追求、异性刺激、同性恋、自杀念头等一股脑儿地全盘端出，以造成一种忧郁感伤的美学境界。这种审美选择和艺术情趣还与郁达夫的性格气质相通，也和他观察人生、反映人生的独特角度有关。他认为“这世上快乐者少，而受苦者多，且现代人都带有厌世的色彩，而以血气方刚的青年为尤甚”⑤。应该看到，这种忧郁感伤的审美情调是含有消极因素的。从文学的社会功能看，一味暴露人生的丑恶或宣泄自我的性苦闷，容易使人消沉或产生不良后果，过分强调个人感情的价值或两性爱的重要性，也无助于社会大变动时期的社会改造和人生改良的需要；从文学的审美要求来看，片面追求感伤美也会使小说艺术表现缺乏力度，迷恋忧郁的意境也会影响作品的美学格调。三是“自我表现”派的“自叙传”小说不只是在精神实质上与浪漫派诗歌对于浪漫主义美学的选择和汲取有所不同，而且在基本艺术表现方法的选取和运用上也有

---

① 郁达夫：《戏剧论》第31页、32页。
② 郁达夫：《茑梦集·自序》。
③ 《赫尔岑论文学》第123页。
④ 郁达夫：《炉边独语》。
⑤ 郁达夫：《文艺鉴赏上之偏爱价值》。

自己的审美取向。郁达夫创作小说时并没有达到“像生了热病一样”的激情高度,也缺乏那种借助泛神论的思维力量遨游宇宙的浪漫主义畅想,他是立足于人间,直面现实人生,歌哭在大地上,因此他并不迷恋浪漫主义创作方法的大胆夸张手法或充满幻想色彩的想象力,他主要选取了它的主观抒情功能,借以“赤裸裸地把我的心境写出”[①]来,表现人的生命意识之流和内在情感之流。人类的思维活动并不都是逻辑推理而常常是一种意识的连续,唯有这种流动不定的情绪、意识等心理体验,才能表现出自我内心世界的真正真实,正是从这个意义上郁达夫说“一切作品都是作家的自叙传”。“自叙传”的抒情方式无疑是郁达夫创作浪漫主义的“自我表现”小说的最佳选择。不过郁达夫的创作从来没有忘记以写实为基础,他没有把浪漫主义的抒情手法和现实主义的写实手法对立起来,而是力图将它们结合起来交互运用。他在《达夫代表作自序》中说:“像平庸的我辈,想在作品中表现一点力量出来,总要不离开实地的经验,不违背 Realism(现实主义)的原则才可以。”他所追求的并不是以反映人生客观真实为前提的现实主义而是以主观真实为前提的现实主义即心理现实主义,这种现实主义手法的选用有助于刻画在现实重压下个体心理的真实,它可以与主观抒情方式构成互补关系使对人物心境描写达到主观性与现实性相统一的真实高度。也就是说,这两种基本艺术表现方法的交互使用,外在社会环境的时代氛围和矛盾冲突是通过人物内心世界悲剧情感的折射来反映的,并以情感形式出现,融主客体真实因素为一体而注入人物的心理情愫,使人物的心灵刻画既有强烈的主体意识又有真切的现实感。以郁达夫为代表的“自我表现”的抒情小说所选用的创作方法,既不同于拜伦、雪莱式的英雄化的浪漫主义也不同于歌德、惠特曼式的极情主义的浪漫主义,它是汲取了新浪漫主义和现实主义某些艺术表现方法而熔铸成的带有世俗化平民化倾向的以主观抒情为基本特征的浪漫主义。

“艺术派”的浪漫主义在以郭沫若为代表的自由诗派中和以郁达夫为代表的“自我小说”派中呈现出不同的审美趋向,前者是环绕着宇宙翱翔的浪漫主义,后者是贴近地面飞旋的浪漫主义,这种分流对中国新文学的浪漫主义流派的演变产生了深远影响。虽然出现了不同走向,但从整体上加以观照,我们不能不承认“艺术派”在美学倾向上是二十世纪中国文学史上最完整的浪漫主义流派,特别是郭沫若的《女神》几乎蕴含着西方浪漫主义美学的所有因素,是东

---

① 郁达夫:《茑萝集·写完了茑萝集的最后一篇》。

西浪漫主义文学审美特征的集大成者，其中有些诗篇以其丰富奇伟的想象力打通了历史、哲学、现实三大空间和中外古今的广阔时空，纵横驰骋，任意采撷，织成诗的锦缎，不论在广度和力度上所体现的浪漫主义美学精神为后人之作少有超越者。《女神》它不仅体现了五四时期浪漫主义文学所达到的时代水准，而且也标志着中华民族的个性意识和审美意义所达到的解放程度。从“艺术派”之后，浪漫主义文学再没有出现《女神》时代的轰动效应，也没有再出现一个像“艺术派”这样具有相对完整形态的浪漫主义文学流派，其原因待后探讨。

同源分流的追求

如果从相对意义上来说郭沫若从理论到创作都体现出浪漫主义美学的多侧面的特征，那么同是“艺术派”的郁达夫则着重汲取了浪漫主义的主观抒情功能。这种最初的分野虽然对后来文学流派的审美选择带来了较深远的影响，然而这两种审美趋向所影响的深广度并不一样，前者的影响远不如后者。也就是说，郭沫若《女神》的浪漫主义精神并没有得到发扬光大，形成《女神》式文学传统，大多数文学流派如同郁达夫只是从一个侧面或几个侧面选择了浪漫主义的抒情性或理想性，从严格上意义上来说，它们都不是典型的浪漫主义文学流派，只是具有浪漫主义美学某一点或某些特征，当然这种特征也是带有本质属性的，是浪漫主义美学体系不可或缺的。正是基于这种认识，我们才判定某些文学流派具有浪漫主义美学倾向，并没有因为它们选择的不完整而否认其浪漫主义美学特征；而且我们研究者也无权要求历史改变它本来的样子，更不能苛求当年的文学流派一定要按照西方浪漫主义美学来铸造自己的形象。因为任何域外文学思潮流派的引进都是“为我所用”，依据特定的历史条件和特殊国情以及创作主体的美学旨趣和个人艺术气质进行选择、改制、借鉴和发展，所以西方美学思潮或文学流派传播到我国二十世纪的文坛上“变形”是正常的、合乎规律的，“不变形”倒是不正常的、违背规律的。我们只能说某些文学流派对西方浪漫主义接纳得多一些全一些、运用得成功一些出色一点，某些文学流派只是取其一点或几点、运用得欠缺一些逊色一些，但是它们都没有摆脱浪漫主义美学的运行轨道。当然也有些文学流派横跨浪漫主义、现实主义、现代主义三条线或其中的两条线，造成了多元的审美选择取向，不过它的重心点仍在浪漫主义这条线上。

“湖畔诗派”几乎与郭沫若为首的自由诗派同时出现在“五四”文坛上，虽然他们缺乏系统的浪漫主义美学理论，也没有浪漫诗派《女神》那样体现浪漫主义完美品格的诗作，但是他们的诗歌却具有浪漫主义审美倾向，这主要体现在抒情性和理想性上。湖畔诗人是“五四”个性解放运动所唤醒的一代，他们创作诗歌是在远离新文化新文学运动策源地的风景优美的西湖之畔，处于“五四”高潮与落潮之间，似乎那种苦闷和彷徨的时代氛围对他们的诗歌并没有发生多大的影响，郭沫若《女神》那种狂飙突进式的浪漫诗风对他们诗作的感染也不大；他们的诗歌是真正青年人的充满了理想追求的诗歌，是真正“没有沾染旧文章习气老老实实的少年白话新诗”①，尤其是他们的爱情诗和自然景物诗都带有青春期的浪漫主义抒情诗的特色。正如朱自清在《诗话》中所指出的：“赞颂的又只是清新美丽的自然，而非神秘伟大的自然；所咏歌的又只是质直单纯的恋爱，而非缠绵委曲的恋爱”。湖畔诗人的爱情诗真正表现了他们自己，唱出了自己“真的声音”、真的爱情追求和真的人生理想，带着从世俗观念和封建思想解放出来的直率和喜悦。正如汪静之所说：“被封建道德礼教压迫了几千年的青年的心，被‘五四’运动唤醒了，我就像被捆绑的人被解放出来一样，毫无拘束地，自由放肆地唱起来了”②，充分表现了青年一代被个性解放思潮唤醒的自由情感和天真理想。“《湖畔》里的作品都带着些清新和缠绵的风格；少年的气氛充满在这些作品里。这里作者都是二十上下的少年，都还剩着些烂漫的童心；他们住在世界里，正如住在晨光来时的薄雾里。他们究竟不曾和现实肉搏，所以还不至十分颓唐，还能保留着多少清新的意态”。③ 这种青少年的烂漫童心和清新的意态突出表现在他们想用诗“使现实美化，快乐化”④；而这种美化生活的理想是一种带有高尚的普遍意义的人道主义理想，具有“世界全般的爱，母亲的爱，家的爱，乡的爱”⑤。这种纯真的抒情性和天真的理想性，就是湖畔诗派最突出的浪漫主义美学特征。

二十年代前期无论理论形态或者创作形态，各流派之间的竞争中常常相互融合，不同的美学因素在不断地冲撞着，既有新的生长也有旧的消亡；最为复杂的是各不相同的美学思潮和创作方法交合折叠，表现在一个作家或一个流派身上很难辨识清楚其美学倾向。有时感到文学理论对浪漫主义、现实主义或现代

① 废名：《论新诗》。
② 汪静之：《〈惠的风〉自序》。
③ 朱自清：《读〈湖畔〉诗集》。
④ 《修人书简》。
⑤ 潘漠华：《三月之夜》。

主义诸概念的界定,并不能概括这些复杂的文学现象,似乎应该把一个或几个发展着的多种选择的文学流派放在历史过程里从比较中分析其融合的美学因素及其主导的美学取向。比如"弥洒社"和"浅草社""沉钟社"究竟是属于"人生派"还是"艺术派"并不是那么容易判定的。鲁迅曾把弥洒社归为"艺术派",但就其浪漫主义情调来说远不及创造社,也没有创造社那么高昂的浪漫主义激情和恢宏博大的气势,然而从他们的佳作《睡》中所流露出的宛转抑扬的情调和追求"身边的小小的悲欢"的美学理想来看,的确与郁达夫的"表现自我"的浪漫主义格调有相通之处,所表现的艺术化了的人生境界也有超然脱俗的浪漫主义意味。比"弥洒社"更有声势也更有影响是"浅草社""沉钟社"作家群,从主导美学倾向来看,也是"为艺术而艺术"的一派,虽然他们缺乏以创造社为核心的"艺术派"那种破坏一切创造一切的时代精神和狂放的浪漫主义气质,然而他们却是"真诚的忠于艺术",在文学园地踏踏实实地耕耘、播种和收获,充分地"显示着努力:向外,在摄取域外的营养,向内,在挖掘自己的魂灵,要发见心里的眼睛和喉舌,来凝视这世界,将真和美歌唱给寂寞的人们。"①不论其小说创作或者诗歌篇章都表现出人的主观情绪,往往"唱着饱经忧患的不欲明言的断肠之曲"②,从一种苍凉悲愤的美学特征中感受到作家或诗人对古老中国的无情诀别和对现代中国的热烈向往。他们所处的时代是"五四"的退潮期,造成一种"毫无所得的痛苦的人"的悒郁感伤的心态,失去了在作品自由地展望人生理想、抒发青春激情的时机,因而他们不可能选择《女神》式的豪放昂扬的浪漫主义笔调,也不可能像湖畔诗派那样率真任情地来美化人生和歌唱理想,更不可能像乡土文学派那样在写实的笔触中流露着侨寓者哀而不伤的人生情怀,最终浅草社沉钟社便形成了一种近似郁达夫浪漫主义作品的美学品格,不过他们的激愤忧伤的悲剧意识总是蕴含着对于理想的执着而绝望的追求。"我们的感觉像是掘宝者的锄铲,但是我们在人间所挖出来的只是一条条的毒蛇蜥蜴,它们围着我们,新陈代谢,直到我们的死亡。"③这种独到的人生痛苦体验的表达,不仅获得了独特的美学意义也反映了个性主义者日益深刻的的精神危机,可以看出在争取个性解放的道路上荆棘丛生以及为理想实现所必须付出的代价。虽然浅草社沉钟社是一群现实感较强的作家,但是他们更忠于艺术的追求和创

① 鲁迅:《中国新文学大系·小说二集序》。

② 同上。

③ 冯至:《乌稚》,《沉钟》周刊第6期。

造，所以他们没有从现实使命感和文学社会功利出发去选择现实主义创作方法，而是采取了重主观重内向的浪漫主义美学，从自我的独特的生命体验和内在感受出发来“写忧以造艺”。可以这样说，“主观”和“内向化”是其浪漫主义抒情小说或诗歌的两大审美特征。他们认为“没有天马行空的精神，大艺术不能产生；没有艰苦卓越的努力，新文学还是无望。”①这是把浪漫主义的创造精神和艰苦探索艺术奥秘的韧性毅力辩证地统一起来，揭示了创作新文学的内在规律。特别是冯至的抒情诗所表现出的主观化和内向化的浪漫主义特色与《女神》的浪漫主义风格有联系也有区别：是他不再把抒情主人公的“自我”寄托于时代、社会和宇宙，而是把独特的心灵感受凝结为一个活生生的真实的自我，使诗意诗情更贴近于自己的灵魂，带着自己鲜明的个性特点；二是诗人内心的激情不再像《女神》采取直接倾泻的方式，表现出艺术上的节制，或外化为客观的形象，或蕴含于情节的娓娓叙述中。在抒情诗的流变史上，冯至是从浪漫诗派的《女神》式浪漫抒情诗到新格律诗派《死水》式浪漫抒情诗过渡的必不可少的中间环节。总观浅草社沉钟社的美学倾向在我国新文学史上的现实主义客观再现和浪漫主义主观表现的两种美学表达方式中，他们在较长时间推崇主观表现，以独具特色的浪漫主义文学创作显示了自身的价值和地位；尤其在“五卅”前后当前期创造社于“方向转换的途中”要告别浪漫主义的时候，他们承续了由创造社开创的浪漫主义美学传统，使主观抒情功能和表现功能在小说和诗歌创作中得到了深化，特别在剖析知识分子的心灵历程上起到现实主义创作方法不可替代的作用。

继沉钟社抒情诗人冯至的艺术节制之后，新格律诗派明确提出了“理性节制感情”的美学原则，指斥郭沫若《女神》所开创的浪漫主义抒情诗传统是“过了头”的浪漫主义或“伪浪漫主义”，以及与之相适应的不加节制的直抒胸臆的抒情方式，并认为这是新诗发展的绝大危险，必须尽早结束这种“混乱”。“如果只在感情的旋涡里沉浮着，旋转着，而没有一个具体的境遇以作知觉依皈的凭借，这样的诗，结果不是无病呻吟，便是言之无物了”②。所以他们反对诗歌中的极情主义倾向，不论是自我表现的个人情感抒发还是对黑暗现实的愤怒揭发，都要以理性来节制感情。这里不妨以郭沫若的浪漫主义诗歌美学与闻一多的浪漫主义诗歌见解加以简单比较，便可看清新格律诗派同自由诗派在选择和坚

① 陈炜谟：《旺珠》。
② 邓以蛰：《诗与历史》。

持浪漫主义美学原则上的差异。郭沫若把情感和想象作为浪漫抒情诗的源泉和灵魂；闻一多也非常重视诗的情感和想象，认为“诗的真价值，在内的原索，不在外的原素”①，所谓内的原素是指诗的情感与想象，外的原素是指声和色的描绘。因此他要求诗在增强自身情感的基础上展开丰富的想象，“跨在幻想的狂姿的翅膀上邀游，然后大着胆引嗓高歌，他一定能拈得开扩的艺术”②。闻一多曾自述他的诗论直接受到英国浪漫主义诗人济慈的影响。济慈曾说：“我深知心灵中真情的神圣性和想象力的真理性——由想象力捕捉到的美的也就是真的。”③闻一多与郭沫若的浪漫主义诗论的差异之处在于：他既强调“诗家的主人是情绪”④，应抒发真情实感，又强调诗歌情感的艺术锤炼，不同于那种不加节制地倾泻自我情感。他认为“诗是被热烈的情感蒸发了的水气之凝结，所以能将这种潜伏的美十足的充分的表现出来”；而“选择是创造艺术的程序中最紧要的一层手续，自然的不都是美的，美不是现成的”⑤。诗歌创作的过程就是这样：“诗人胸中底感触，虽到发酵的时候，也不可轻易放出，必使他热变膨胀，自己爆裂了，流火喷石，兴云致雨，如同火山一样，——必须这样，才有惊心动魄的作品”⑥。这种情感饱满固然可以增强诗歌的力度和强度，然而为避免抒情诗直白裸露的弊病，闻一多尤其重视感情的提炼或以理驭情。他深有体会地说：“我自己做诗，往往不成于初得某种感触之时，而成于感触已过，历时数日，甚或数月之后，到这时琐碎的枝节往往已经遗忘了，记得的只是最根本最主要情绪的轮廓。然后再用想象来装成那模糊影象的轮廓。”⑦这与鲁迅的见解一致：“感情正烈的时候，不宜作诗，否则锋芒太露，能将‘诗美’杀掉。”⑧闻一多的著名诗篇就是坚持“理性节制感情”的美学原则创造的，与郭沫若的浪漫主义抒情诗形成不同的审美风格。如《口供》所抒发的是自我内心的既爱国又苦闷的矛盾感情，而诗的艺术表现并没有采取不加节制的直抒胸臆的抒情方式，也没有铺写触发这种矛盾情感的事件，乃是通过艺术的想象幻化为具体可触的客观形象，使情感的表现蕴藉而含蓄，能激发读者的丰富联想以积极参与审美再创造的过程。

---

① 闻一多：《评本学年〈周刊〉里的新诗》。
② 闻一多：《〈冬夜〉评论》。
③ 《十九世纪英国诗人论诗》第167－168页，人民文学出版社1984年版。
④ 闻一多：《泰果尔批评》。
⑤ 闻一多：《〈女神〉之时代精神》。
⑥ 闻一多：《评本学年〈周刊〉里的新诗》。
⑦ 1928年2月致左明的信。
⑧ 《鲁迅全集》第11卷，第97页。

新格律诗派的朱湘也主张诗歌以语言为媒介通过艺术形象来抒发感情,而在艺术形象的塑造过程中必须处理好情与景、我与物之间的既对立又统一的辩证关系,“决不能把哲学拦入诗”,他批评徐志摩的诗《默境》“一刻叙事实,一刻说理,一刻义抒情绪,令读者恍如置身杂货铺中。”[①]他并不一般地反对主情文学中的理性成分,曾指出“诗家的作品里面固然也有不少的理智成分在其间,但是诗歌中的理智成分同哲学中的理智成分绝对是两件东西”。正如普列汉诺夫所说:文学艺术“既表现人们的感情,也表现人们的思想,但是并非抽象地表现,而是用生动的形象来表现。”[②]这显然是在新诗的浪漫主义抒情艺术上的一个新发展,是新格律派不同于郭沫若浪漫诗派的独特之处。当然这并非说新格律诗派的浪漫主义美学只具有情感性和想象性的特征而忽视其理想性。徐志摩前期除强调诗歌必须是“真感情的表现”,并认定情感是“成江成河的水泉”、是“织成大网的线索”[③]外,还在诗中抒发自我的理想,《志摩的诗》和《翡冷翠的一夜》表现了一个“有单纯信仰”的“理想主义”与乐观主义者[④],热烈地追求爱、自由与美,形成了潇洒飘逸的审美风格,特别是那一组《毒药》《白旗》和《婴儿》三部曲颇有《女神》那种恢宏的气度和强烈的感情。这种浪漫主义诗风在徐诗中并不多见,大多是优美的爱情诗,抒情功能得到了有节制的发挥。闻一多的《红烛》也表现出对美好理想的追求,不过在这种热烈的憧憬中又透出浓重的感伤情绪和神秘色彩;而《死水》则是把爱国激情与“死水”般的冷淡情感不谐调地交织在一起。总起来看,新格律诗派对浪漫主义美学不是“放”而是“收”,对《女神》的浪漫主义诗风不是全盘继承并加以超越,而是对其抒情功能加以调整使其更符合诗美的需要。

如果说闻一多是新格律诗派的代表诗人,那么新格律诗派演变为后期的新月诗派其代表人物则是徐志摩。他是贯串新格律诗派和新月诗派的重镇。虽然徐志摩前后期新诗创作都体现了浪漫主义精神,真诚地表现内心深处的感情和独特的个性意识、并把自我情感和个性意识外射到客观物象上、追求主客体内外的完美结合是其浪漫抒情诗的一贯风格;但是从总体美学倾向来看,后期的新月诗派越来越接近古典主义,在其美学理论上表现得尤为明显。其实前期

① 朱湘:《评徐君志摩的诗》,见《中书集》。

② 普列汉诺夫:《艺术与社会生活·没有地址的信》第4页。

③ 《前言》,《诗刊》第2期。

④ 茅盾:《徐志摩论》。

新格律诗派就露出了古典主义的端倪。可以这样说，以前期创造社为核心的“艺术派”是属于狂热的浪漫主义激进派，他们最感兴趣的是十九世纪前半叶的欧美浪漫主义代表作家拜伦、雪莱、歌德及稍后的惠特曼等的狂飙突进式的诗风，新格律诗派和新月诗派是带有古典主义色彩的浪漫主义文学流派，他们所热衷的是十九世纪后半叶带有唯美倾向的英国后期浪漫主义诗人丁尼生、勃朗宁、史文朋等人的诗歌，况且他们与中国传统文化又有着根深蒂固的联系，自称“血液中依旧把持住整个中华民族的灵魂”①。这就使他们诗作不像《女神》那样具有火山爆发式的激情宣泄，而表现出一种温和的情调和古典主义色彩，越到后来浪漫主义美学观念中的古典主义因素增长越快，强调理性对感情的制约和规范作用。如果说新格律诗派只是重视这样的美学见解：“感情如果没有知识做它的引导，便如一把乱丝，无从抽解了，那里还有希望组织成锦绣呢?”②那么到了《新月》杂志创刊时期的新月诗派则正式揭出古典主义的旗帜，并对浪漫主义诗歌美学进行指斥，即使最“信仰感情的人”徐志摩也“相信感情不经理性的清滤是一注恶浊的乳泉”，“在这头骏悍的野马的身背上我们不能不谨慎地安上理性的鞍索”③。对浪漫主义否定最起劲的是新月派理论家梁实秋。其实他在早期也是非常赞赏浪漫主义表现自我和放纵感情的审美特征，后来他接受了白璧德的新人文主义，心悦诚服地认同了白璧德对浪漫主义美学的批判，使他从一个极端浪漫主义者“转到了多少接近于古典主义的立场”④。于是在他撰写的《现代中国文学之浪漫的趋势》一文中对五四时期的浪漫主义文学进行了系统考察和全面批判。重点批判了浪漫主义的精神实质“抒情主义”，说什么情感的质地不加理性的选择就近似于颓废主义和假理想主义，从而极力主张“伟大的文学力量，不藏在情感里面，而是藏在制裁情感的理性里面”⑤。古典主义所倡导的理性主要不是偏重于认识论意义，也不是近代科学所蕴含的求实精神和怀疑意识，而是伦理学意义上的规范和“纪律”，是与人的个体情感相冲突的标准和理念，因此用这种理性来规范和节制浪漫主义文学，其结果必然压制或扼杀了浪漫主义的个性意识、主情品格和自由想象这三大精神支柱，使之回归到古典主义美学范畴。当然也应该指出，早期以郭沫若为首的自由诗派用感情

① 陈梦家：《新月诗选·序言》。

② 邓以蛰：《诗与历史》，1926年4月《晨报副刊·诗镌》。

③ 徐志摩《“新月”的态度》。

④ 《梁实秋论文学·关于白璧德先生及其思想》。

⑤ 梁实秋：《文学的纪律》。

的狂飙巨浪极大地冲击了中国传统的伦理规范和古典主义美学观念，以一种偏激的方式揭示了文学的情感本质有着不可低估的积极意义；但是一味地突出情感、任意地采取放纵的抒情方式，将感情与理智对立起来，否定理性在艺术活动中的作用，这也有失偏颇。如果以现代理性加以调整和节制也是合乎美学规律和艺术辩证法的，问题在于后期新月派是以古典主义所提倡的理性来批判浪漫派的偏颇，这很容易从一极向另一极倾斜。理论上的倾斜对新月诗派的抒情品格是会带来不良影响的，不过创作实践所表露出的情感倾向毕竟是复杂的，新月诗派的浪漫主义美学倾向在有些诗人的作品中还是相当鲜明的，即使徐志摩后期的抒情诗也没有走上理性化的道路，一些浪漫主义的基本特征还是时隐时现地从诗作中表现出来。一个流派的美学倾向是复杂的，一个诗人的美学追求也不是单一的，只要进行具体观照和分析就会发现宏观把握的局限性，但是我们的研究又不能只着眼于微观，缺乏整体眼光是很难认清文学流派的演变轨迹及其总体美学风格和美学趋向，因此如何处理好研究视野中的宏观与微观、整体与局部的关系这主要不是个认识论或方法论问题而是个实践问题。

与新月派相对并存的“革命文学”流派，它包括普罗小说派和普罗诗歌派，奇怪的是它们以反击的方式对“五四”前后的浪漫主义美学进行了全面否定和彻底批判之后并没有立即走上新写实主义道路，而是又选择了以“革命的浪漫蒂克”为特征的浪漫主义，从整体上看这是迥异于“艺术派”的具有特殊形态的浪漫主义。众所周知，前期创造社是创立浪漫主义美学的主要奠基者，到了后期创造社在“革命文学”论争中则成了浪漫主义体系的破坏者。前期他们极力提倡个性解放，鼓吹艺术是作家的“自我表现”，并把“自我表现”和“为艺术而艺术”作为浪漫主义的核心内容；后期他们则从前期的浪漫主义流派中杀出来，摇身一变就成了无产阶级文学家，以他们所理解的无产阶级文学理论对“自我表现”和“为艺术而艺术”这两个浪漫主义的要害予以抨击，主张用阶级的社会意识去取代个性意识，用反映阶级利益的愿望和意欲去取代自我表现，以“政治化”的功利倾向去取代“艺术化”的美学倾向。蒋光慈在《关于革命文学》中说：“革命文学应当是反个人主义的文学，它的主人公应当是群众，而不是个人；它的倾向应当是集体主义，而不是个人主义。”郭沫若说得更明确，“应该克服自己旧有的个人主义，而来参加集体的社会运动”，特别作家在创作时不要把自我的意识太强调，不要去表现自我，而要充当无产阶级和辩证唯物论的“留声机”①。在艺术功能观上，创造社彻底甩掉了“为艺术而艺术”的理论，突出强调文艺的社会价值和政治功能，甚至在新的意义上认同了过去自己曾彻底批判了的“文以载道”观。艺术至上主义是应该否定的，不过在否定中连刚刚建立起的尊重文学艺术自身价值和独立地位的现代文学观也否定了，那就势必使文艺的多重功能只变成单一的政治功能。创造社在对早期浪漫主义进行全面否定之后，本来提倡的“在精神上是彻底同情于无产阶级的社会主义的文艺，在形式上是彻底反对浪漫主义的写实主义文艺”②；然而这些打着反对浪漫主义旗号出场的“革命文学”派诸作家在创作实践上却体现出具有新的审美特征的浪漫主义倾向。瞿秋白在为华汉《地泉》作序以“革命的浪漫蒂克”来概括“革命文学”派创作内容的基本特征固然带有全盘否定浪漫主义以独尊现实主义的倾向，不过他确实揭示了革命文学的特点。从创作方法的角度来看，“革命文学”派的创作虽然表现革命斗争题材、描写工农大众形象、突显阶级意识和反抗意识，就表面看似乎是现实主义的一些特征，也的确含有革命现实主义因素；但是从精神实质上加以考察，便会发现它的主导倾向却是反映出浪漫主义的某些基本特征：一是带有强烈的主观色彩，充溢着浓重的革命激情。不少作品所描写的革命斗争生活也许具有客观真实成分，但主要是凭主观虚幻空想出来的，那种“百事如意的得着好结果”的革命斗争抒写就带有空想性质，并不是生活的本来面目和自身逻辑。有些作品采用书信体或第一人称写法，直抒胸臆，突出革命激情，煽动革命情绪，所产生的情感效应远远超过认识价值。二是偏重于文学的抒情功能，不注重细节真实描写，生活图景的描写不是为了刻画人物而是图解某种主观概念，很少从典型环境中刻画出真实的性格，大多是作者想象出来具有英雄主义色彩的“理想化”人物。三是那类“革命＋恋爱”的作品带有一点早期“自叙传”浪漫主义小说的味道，不只是取材多来自亲身的生活经历或自己最熟悉的人物，而且是由作者个人的视景中创造出来的，既抒发了本身为时代所唤起的激情又寄寓着自己对生活的深思。四是“革命文学”派创作的普罗诗歌开了一代政治抒情诗风，不论是蒋光慈的诗或者是殷夫的诗都自觉不自觉地发扬了《女神》的抒情主人公的“小我”与时代“大我”结合起来的浪漫主义传统，诗人主动地把自我熔融于无产阶级战斗集体之中。主张革命文学“它的主人翁应当

① 郭沫若：《沫若文集》第10卷《留声机器的回音》。

② 《革命与文学》，《沫若文集》第10卷。

是群众，而不是个人”[①]，只有“从那群众的波涛里，才能涌现出来一个真我”[②]。这就把《女神》的表现自我、肯定自我转化为对阶级群体及其革命热情的讴歌，把以个性意识为基石的浪漫主义转化为以集体意识为支柱的浪漫主义，将《女神》的侧重于抒个人之情的抒情诗引到侧重于抒革命之情的政治抒情诗的层次。虽然“革命文学”派的浪漫主义创作方法从本质上区别于早期“艺术派”的浪漫主义，但两者之间也有不可斩断的联系，这除了“革命文学”创造者的骨干本来就是“艺术派”倡导浪漫主义文学的骨干外，还突出表现在“主观性”和“抒情性”这两点浪漫主义文学的基本特征上。也就是说在创作实践上“革命文学”派并不排拒创作主体在文学创作中的重要作用和浪漫主义抒发“激情”的特异功能。不过由于作者在作品中所抒发的革命激情并不都是发自内心深处或来自内省基础的感情，又没有经过审美意识的过滤和艺术创作的醇化，就急于转化为革命口号和政治鼓动标语，不可避免地造成概念化、标语口号化的倾向，这不能不限制这股革命浪漫主义美学思潮的发展。这里值得进一步探讨的是，“革命文学”派正处在浪漫主义文学日趋滑坡之际，他们也对“五四”前后的浪漫主义文学进行了比其他文学流派更彻底的否定，但实际上他们并没有走上现实主义而掀起一股不大不小的浪漫主义潮流，究其原因大致有：从主观上看，“革命文学”派的骨干成员大多是前期创造社倡导浪漫主义文学的成员，虽然他们对浪漫主义美学的核心内容作了彻底否定，但是他们被五四时期个性解放运动所唤醒的自我意识以及在浪漫主义文学运动中所确立的美学观念和艺术思维并不是一朝一夕就能转变到无产阶级文艺思想轨迹上，特别是他们那种天生的最为敏感、最为激进、最富浪漫蒂克情调的个人气质和感兴于时代潮流的狂飙突进的英雄性格更不容易改变；带着这样的思想意识、个性气质去批判自己已习惯了的所偏爱过的浪漫主义，而对所提倡的欧洲刚出现的现实主义自己既不熟悉又与个性气质、审美旨趣相抵牾，这种赶潮流赶时髦式的批旧立新只能停留在口头上或文章里，不可能从根本上转变为美学观念和审美追求。因此在创作实践中就必然出现理论与实际相悖离的现象，即口头上提倡新现实主义骨子里仍迷恋浪漫主义，这就使作品洋溢着浪漫主义情调。如果换一个角度来看，真正的以马克思主义为指导的现实主义并不完全否定浪漫主义，所否定的只是它对艺术本质的唯心主义解释、过分强调文艺功能观的艺术至上主义倾向

① 蒋光慈：《关于革命文学》。
② 蒋光慈：《自题小像》。

以及片面追求对自我个性意识的表现等，而对重感情、重想象、重抒情、表现理想的美学特征和内在机能还是可以通过改制加以接受的。马克思主义的科学社会主义思想体系的崇高理想就是共产主义，而这一崇高理想不同于一般浪漫主义所表现的带有主观空想色彩的理想，它是建立在辩证唯物史观对社会发展规律进行深刻分析和把握的基础之上。因此坚持以马克思主义为指导的现实主义创作方法进行创作，就能使作品闪烁出理想主义色彩，并可以借助浪漫主义的想象力和抒情功能来强化作品的理想成分和感情浓度，正是在这一点上革命现实主义与浪漫主义可以达到某种程度上的契合。不过“革命文学”派对欧洲刚出现的新现实主义的认识并没有达到这样的高度，只是口头上或理论上提倡“彻底反对浪漫主义的写实主义”，而在实际操作过程中却自觉不自觉地沿用了或变换了过去已习惯的浪漫主义某些构成要素和机制，从这个意义上说“革命文学”派掀起的“革命的浪漫蒂克”创作风气带有新文学浪漫主义复苏的性质。从客观上看，“四·一二”政变后虽然革命进入低潮，但革命的意识形态却出现高潮，特别是由于反动派对大革命的叛变以及推行的大屠杀政策激起了广大人民普遍的愤怒情绪和复仇心理，这很容易产生急进的革命思想，通过共产党内“左”倾路线的引导使这种急进思潮越发带上狂热的色彩；加上对革命形势和革命阶段的分析又作出唯心主义的错误估量，造成了一种狂躁浮动的时代氛围和急切不安的社会心理。这种时代氛围和社会心理并不适合深刻而冷静地剖析社会的现实主义生存，反而有利于浪漫主义的复活。尤其那些带有急进思想和反抗情绪的革命青年，对于大革命前后出现的真实反映社会变动和革命斗争的作品，总觉得不如蒋光慈等的带有浪漫色彩的革命文学作品读起来够劲、过瘾，他们需要革命激情，他们喜爱浪漫情调，这种社会审美心理转变也有利于浪漫主义文学发展。虽然这股“革命的浪漫蒂克”创作风气存在着这样或那样的缺陷和不足，但是它毕竟反映出浪漫主义文学还是有生命力的，它经过改制对无产阶级文学的发展还是有益的。后来在清算“革命的浪漫蒂克”创作时采取了完全否定的态度，并没有进行实事求是的科学分析。“左联”在拉普派的“撕下一切假面具”、“描写活人”的观点启迪下开展了反对“革命的浪漫蒂克”的斗争。瞿秋白提出了反对“感情主义”、“个人主义”等“浪漫蒂克”倾向，强调无产阶级文学“不需要任何理想化”①；1932 年瞿秋白、茅盾等在为华汉《地泉》

① 瞿秋白:《普洛大众文艺的现实问题》。

三部曲写的重版序言中，对“革命文学”派文学创作中的“革命浪漫蒂克”倾向从理论上作了总清算。这种以机械论和“独尊”现实主义的态度对一种浪漫主义创作风气进行清算，最终并不能使无产阶级文学运动摆脱机械论的束缚，也不利于无产阶级文学通过总结历史经验教训朝着多样化的美学风格发展。直到次年（1933）底周扬才从理论上指出浪漫主义可以包括在“社会主义的现实主义”①里面的，标志着无产阶级文学派对浪漫主义美学的认识达到一个新高度。

如果说“革命文学”派是一个发展并不充分或存在不少缺欠的浪漫主义文学流派，而且“革命浪漫蒂克”这种美学倾向又属于特殊形态；那么曾一度活跃在四十年代文坛上的“新浪漫派”更带有奇异的审美特征，它与早期郁达夫的浪漫小说有相似之点，但更多是相异之处。如果说“五四”时期“艺术派”的浪漫主义已显露出开放性和包容性的特征，即现实主义和现代主义的美学因素已侵入浪漫主义文学的肌体；那么当我们把四十年代新浪漫派徐訏和无名氏的小说艺术纳入我们的研究视野时便会分不清究竟是浪漫主义、现实主义抑或是现代主义，多元的美学思潮杂交于小说审美世界。有些小说浪漫主义美学倾向较明显，有些作品现代主义美学因素占有较大比重，有的小说以现实主义创作方法见长，几乎没有一篇小说可以用现成的文学理论定义或概念所能涵括和规范的，杂交型或混合型是其最突出的外在的审美态势。要是由表及里由局部到整体地进行探究和把握，就会感到浪漫主义是主调，而现代主义美学因素不只是为浪漫主义创作方法的外在层次所接受也进入了它的内在层次，使其精神实质和基本艺术表现方法都具有了浪漫主义和现代主义相互交融的特征。因此新浪漫派的总体审美倾向与其说是浪漫主义的，不如说是具有现代主义色彩的浪漫主义更为确切。以徐□、无名氏为代表的浪漫派小说，在强化主观抒情、表现自我内心世界、开掘潜在意识和变态心理、虚化人物个性、抒发意念理想等方面，与郁达夫的浪漫抒情小说有其相似性；他们独具浪漫主义审美特色和现代主义意味的不是这些，而是以奇特的想象所创造的具有超然性和神秘性并带有哲学意味、宗教意味和美学意味的浪漫艺术境界。浪漫主义美学视情感为文学的本质，而要把无形的情感外化为有形的具体意象或意境，唯一的方式和途径就是文学家的主观想象，故想象在浪漫主义美学中与情感占有同等重要的地位。不论郭沫若、郁达夫或徐志摩这些浪漫作家都推崇想象。不过五四时期作

① 周扬：《关于社会主义的现实主义与浪漫主义》。

家与西方浪漫主义作家对想象内涵的理解有很大差距；在大多数“五四”作家手里“想象”只作为谋篇布局的组合能力或创造艺术世界的一种方式，与西方浪漫主义作家处在不同的哲学与心理层面上。西方浪漫主义作家所说的“想象”具有普遍的形而上学的价值，它带有某种神秘性和超然性。他们认为想象从来不涉足到经验和实践中去，它是一种超自然超实在的机能，是在人的内心里出现的一种神秘活动，所以华兹华斯和柯勒律治将想象同上帝、无限、永恒、绝对存在等观念联系在一起，企图把无限的东西引入有限。西方学者波瑞也指出：“浪漫派想象的本质就是力图使某些神秘的本质精神力量通过艺术的具体形象表现出来，这些精神力量没有其他方式可以显现。”[①]徐訏、无名氏对于“想象”的认识达到了西方浪漫主义作家的深度和高度，可以说心领神会，充分体现在小说的创作里。在现实主义作家的视野中，不论是个体生命或群体生命的生存、发展直至消亡都是有因可寻有源可探的，这种因果律必然影响着创作主体的思维模式而去选取现实主义的按照生活本身逻辑如实描写的创作方法；然而浪漫主义作家却认为人的生命源流是难以捉摸难以理喻的，任何一种情绪的产生都没有明确的界限和轮廓，特别是那种潜在性突发性的情爱冲动更是无法以机械的经验的方式加以界定或以因果律予以解释。因此文学家若要“寻找生命、探索生命”并从而揭示生命神秘多变的奥妙，必须具备特殊的直觉感受能力和敏锐丰富的想象能力，创造富有暗示性或象征性的形象体系，即通过一个个有限有形的具象来隐寓某种无形的抽象的神秘的意欲和观念，使读者在形象体系的哲学美学意味的品赏和多解中获得一种超凡的生命思考和宗教般的顿悟。徐訏、无名氏凭着奇特的想象力和丰富的艺术联想力，通过虚构梦幻般或寓言式且带传奇色彩的爱情故事，或创造各式各样的富有象征意味的具有魔幻性或变态性的形象系列，尽情地甚至狂热地表现自己对生命本质的探求、对生命流动的感悟，锲而不舍地在寻找生命、超越生命，力图把人生的追求引导到一个超凡脱俗的神秘境界。这种浪漫主义的想象已摆脱了现实的或经验的纠缠，已进入形而上的层次，达到了一种超然的只具有哲学意味和宗教意味的理念世界。无名氏在他的《无名氏初稿》系列小说中借人物之口表述了自己的追求：“我整个灵魂目前只有一个要求：必须去找、找、找……走遍天涯去找！找一个东西！……这个东西是什么？我不知道……这是生命中最宝贵的一个‘东西’，甚至比

① 波瑞：《浪漫主义想象》第一章。

生命还重要的东西!”这个“东西”是什么?他在给兄卜少夫的信中曾表述过:“我主要野心是在探讨未来人类的信仰和理想”,“此生夙愿是调和儒、释、耶三教,建立一个新信仰”。基于这种终极理想的追求,所以他计划《无名氏书稿》“第四卷探讨神和宗教问题,第五卷写东方的自然主义和解脱,第六卷写综合的东西文化的境界及新世界的人生观,第七卷写五百年后的理想的新世界的人与人的关系。”这正表明了他“此生夙愿是调和儒、释、耶三教,建立一个新信仰”。可见浪漫主义的奇特的超然性的想象正同创作主题的朦胧邈远的理想紧密联系在一起。在这人类理想和信仰的引导下,他们在小说中对人生的归宿作了如是设计:无名氏《塔里的女人》的男女主人公或《无名氏初稿》主人公印蒂最后的去路,以及徐訏《幻觉》中的男女主角或《江湖行》男主人公周也壮的最后去向,无不皈依宗教。也许在他们心目中,认为经历了一场人生的大悲大苦的劫难之后即可以在宗教中泯灭了苦与乐、善与恶、是与非、生与死、悲与喜两元对立的界限,完全获得一种精神的超越和解脱,从而进入永恒无限的最高脱俗的人生境界。日本学者阿部正雄认为佛教的“涅槃是人类自由和创造性活动的源泉”①;在人存在的意识上悟到了无我的涅槃并非意味着肉体的毁灭而是指“自我”的死亡,并从而获得新的生命,在“真我”中生活,这正吻合了中国传统文士们儒道互补的心态结构。显然这种脱离社会实践想入非非的虚无主义的色空观念不可能成为救世救人的良策,也不可能成为揭示生命奥秘的真理和人生终极的理想。但是从美学的角度来看,新浪漫派凭借奇特想象对生命终极理想或价值目标的追求总是同其对人生的敏锐感觉结合在一起;而这种结合给他们的小说艺术营构带来了全新的变革。无名氏在《野兽、野兽、野兽》后记中曾这样描述他的浪漫主义小说与现实主义小说的区别:“我们熟悉的小说是以叙事为主的文学作品;可是这部小说,绝大部分则是形象化的描写,景物和气氛都十分不同。我们惯见的小说,都有密实的故事情节,这部小说,只是无数缥缈的感觉,恍惚的臆断,藕断丝连的缀合。”他的小说艺术之所以主要的不是依据客观现实的因果律和必然律作为营造的链条或线索而是凭借主体的想象或感觉,这与他们致力于生命的苦苦求索直接相关。无名氏曾把“感觉”强调到生命的高度:“我现在才懂得,生命的唯一报酬,就在感觉。”“我们所要求生命的,只要感觉就够了。”重感觉重印象正是三十年代新感觉派的美学品格,这又使新浪漫派

① 《禅与西方思想》,上海译文出版社1989年版,第241页。

的小说艺术带上现代主义的审美意味。

新浪漫派在我国四十年代远离民族解放斗争和时代变革主潮的超越性的审美追求和生命探索，不只是与变动的大潮不合拍也与社会审美心理格格不入；然而从中国现代浪漫主义文学发展史的角度来考虑，对其审美选择和艺术探索不能不采取审慎的态度和开放的评判标准。当然若从横向加以比较，便可以发现同是出现在四十年代的带有浪漫色彩的文学流派，“荷花淀派”与新浪漫派相比则具有明显不同的审美特色。如果说新浪漫派是富有浓重现代主义意味的浪漫主义流派，那么荷花淀派是充溢着现实主义精神带有浪漫主义色彩的文学流派，严格来讲不应该把它归在浪漫派里，只能说它在写实的基础上较多地运用了浪漫主义抒情手法表现了解放区新生活的真善美，使作品充溢着一种乐观主义精神和理想色彩，这些都是浪漫主义的重要因素。但是以孙犁为代表的荷花淀派的文学作品从四十年代一直到八十年并没有立足于作家的主观世界，侧重于对主观心理的开掘与探索，并由内而外地折射客观世界的真实；而主要是立足于客观现实侧重于对外在感性世界的观照和描写。在这一文学本质上它与五四时期那种真正的浪漫主义文学流派是有严格区别的。当然也不可否认，荷花淀派与同扎根于解放区沃土而生成的地道的现实主义文学流派“山药蛋派”相比，又富有浓郁的浪漫主义的色调，这主要表现在它以抒情的彩笔对理想的乐观主义的讴歌、对真善美的弘扬以及对自然景色的诗意描绘上。孙犁曾说：“文学是追求真善美，宣扬真善美……我们愿意看到令人充满希望的东西，春天的花朵，春天的鸟叫，不愿去接近悲惨的东西。”①不论是孙犁本人的文学作品以及荷花淀派其他作家如丛维熙、刘绍棠、冉淮舟等人早期的作品，无不以理想的热情去发掘和讴歌历史中的真善美，似乎他们笔下很少那种惊心动魄的激烈冲突，常常以含情的细腻笔调去描写生活长河中的朵朵浪花或斗争激流的片片微澜或时代风云中的星星闪电或人们心灵的点点情火；即使孙犁那些取材于火热革命斗争生活的作品也没有写什么英雄传奇、金戈铁马或血淋淋的厮杀场面，而是以抒情笔调描绘出一幅幅情景交融的人生图画和生意盎然的人生景观。不只是《荷花淀》、《芦花荡》中的人物形象洋溢着聪慧乐观精神，而且刘绍棠《瓜棚记》中的陆秋收和红桃也富有乐观进取的性格，丛维熙《远离》中妻子的开明爽朗性格以及韩映山《作画》写青年男女的淡淡恋情，无不表现出人性

① 《文学和生活的路——同〈文艺报〉记者谈话》，《文艺报》1980年第6、7期。

的美和生活的美。荷花淀派正是以自己诗化的感情和美好的情操表现了革命人道主义,以自己的艺术彩笔升华了生活的真善美和人生的乐观精神,铸造了独有的浪漫主义美学品格。难怪丛维熙的小说《大墙下的红玉兰》在新时期的文坛上问世后,孙犁在给丛维熙的信中对这篇小说的悲剧结局感到心情沉重,建议作者以善和美的力量击败邪恶势力,给读者以昂扬的审美感受,这又表明了这个文学流派的美学追求。

浪漫主义美学思潮从二十年代中期以后再没有形成与现实主义并存的主潮,它的演变总是断断续续的,并且不是以完美的艺术风貌而是以特异的或不健全的审美形态出现,因此没有形成一个严格意义上的浪漫主义文学流派。五十年代末期伴随着政治上的"大跃进"运动,革命浪漫主义承接了三十年代初"革命文学"派的余绪在新民歌运动中以激昂的抒情功能和丰富的想象机制得到了空前的发展,可以说新民歌运动是革命浪漫主义创作方法的大普及运动;然而由于浪漫主义与"大跃进"民歌的浮夸主义、空想主义混合在一起,不仅抹杀了浪漫主义创作方法的本质特征,根本形成不了浪漫主义诗歌流派,而且对日后的文学发展带来了不可低估的消极影响。到了八十年代,随着改革开放的深入和思想解放运动的勃兴,个性意识和民族意识的重新觉醒,本来是浪漫主义文学复兴的大好时机,然而从新时期涌现出的众多文学流派来看却没有一个具有浪漫主义审美倾向的。这里面原因是极为复杂的,不过从下面这段话中可以透露出一点人类文学艺术自身演变的原因:"人类的艺术,要不要千秋万代地囿限在现实主义与浪漫主义之中?要不要,或者可不可能,逐步地脱离'具体艺术'走向'抽象艺术'?再退一步说,允许不允许出现一点'抽象艺术'——这不仅是对世界艺术的估量问题,也关系到我国文艺发展道路,关系到如何认识当前作品中已经出现的现象。"①且不论这种观点是否完全正确,至少有一点值得重视,即社会主义新时期文学的总体审美指向是多样的,已不同于五四时期那么青睐浪漫主义文学思潮。李何林在谈到"五四"时期曾说:"中国的文艺思想,或多或少地反映了欧洲各国从十八世纪以来所有的各种文艺思想流派的内容,即浪漫主义、自然主义、写实主义(现实主义)、颓废派、唯美派、象征派、表现派"以及"新写实主义";"人家以二三百年的时间发展了的这些思想流派,我们缩短了'二十年'来反映它,所以各种'主义'或'流派'的发生与存在的先后和久暂,

---

① 徐敬亚:《崛起的诗群》。

不像欧洲各种文艺思潮的界限较为鲜明和久长；或同时存在，或昙花一现的消灭。”①新时期文学思潮或流派与五四时期有其相似之处，但也有不同之点。新时期文学思潮比五四时期还复杂，流变的转换过程更匆忙；况且五四时期在错综交杂的文学思潮中并没有眼花缭乱，其审美选择指向主要集中在现实主义和浪漫主义这两大美学思潮上，与之相适应形成了众多旗帜鲜明的文学社团或流派。而新时期的各种新思潮“新说似乎也露出这种旋生旋灭的迹象。有人开玩笑，把这类新说，说成是‘各领风骚三五天’。”“思想史有没有不留痕迹、永远消失在忘川中的东西呢？有的，就是那些经不起时间洗刷、旋生旋灭的新说，因为它们是由于趋新猎奇而出现，它们毫不理睬前人遗产中的合理因素，它们自己也没有给后人留下任何有益的东西。”②尽管如此，但各种文学思潮或美学原理毕竟呈现出生机勃勃的活跃态势，也形成一些类似文学流派的基本形态，它们对美学原则或创作方法的选择往往表现出博采众长，似乎并没有专注于浪漫主义也没有完全接纳现实主义或现代主义，不过相比较而言新时期文学流派在多向择取中或者偏重于传统现实主义或者偏重于现代主义或者将两者糅合起来，而浪漫主义并没有受到格外重视，只是作为某种美学因素渗透于各流派的美学倾向中。如“反思”派的文学，在那些表现“反封建、倡人道”的主题中，发出了对人的合乎自然的人性、人情、个性复归的强烈呼唤，社会主义人道主义精神得到充分弘扬，这种浪漫主义情愫只是作为现实主义的强烈批判性和深刻揭露性的一种补充。再如新时期出现一个擅长于描写山水自然的作家群，他们把审美目光投向自然，写山、写海、写戈壁、写草原、写北方的河、写南方雨林、写太阳、写夜空、写白昼、写星辰，甚至在人迹罕见的大自然中发现了美。“返回自然”这本是浪漫主义的口号，然而阅读这些作品令人惊异的是，并没有在其中领略到那种浓郁的浪漫主义气息，那种对自然的强烈的拥抱之情或一味的咏叹赞美，那种甩猎奇眼光所捕捉到的自然的奇光异彩，或者在自然中自由地驰骋自己的想象，幻造一个像鲁滨逊那样征服大自然的不可一世的英雄；我们所强烈感受到的则是作者在与大自然的对话巾寻找某种启示，或某种自身所缺少或已失落的东西，仿佛在自然宏大的背景下躁动着一种不安的苦苦求索的情绪，隐匿着人对形而上的追求，这些作品表面上好像同现实社会有种疏离感，实质上这正意味着它在更深刻的意义上拓展着人的精神世界。

---

① 《近二十年中国文艺思潮论》。

② 《王元化谈研究当代新思潮吸取科学新成果》，1986 年 11 月 10 日《文艺报》。

鲍桑葵曾说:“一种明确的和反思性的审美意识已经为哲学、为艺术创立了起来。有人说得对,只是在歌德以后,艺术家才意识到自己的‘使命’。康德似乎认为,意识到自己的使命是创作天才的幸运的条件。”①新时期似乎所有的文学流派或作家群无不强烈地意识到自己的历史使命,体现在文学创作上不只是具有整体性的反思特征,而且往往理性大于感性、哲学性大于文学性。浪漫主义美学的核心是主情性,对理性、哲学性具有一定排拒力,这也许就是浪漫主义文学思潮在新时期没有形成优势的内在基因吧?不过浪漫主义美学的种种构成因素,不论在新时期的各种文学思潮中或者在各类花样翻新的创作中或在各种流派的美学形态中,都可以寻找到或挖掘出来。

面对历史的沉思

二十世纪中国文学思潮流派的演变同世界文学的发展并不是完全同步,往往依据我国的特殊国情和文学的特殊规律对引进的域外文学思潮作横向的铺排、选择和重铸,因而这其中常常出现些戏剧性的场面和特异的文学现象,浪漫主义在中国的命运就是个值得深思的问题。

本世纪初浪漫主义作为一种思潮流派是从西方引进来的,鲁迅、马君武、苏曼殊、曾朴等人曾译介过西欧浪漫派的文学作品,鲁迅从理论思潮上还积极提倡过,但当时并没有在中国形成浪漫主义文学流派;即使民国初年兴起的鸳鸯蝴蝶派也在其言情小说中流露出浪漫主义情愫。这似乎可以视为浪漫文学、思潮在我国的滥觞期。到了“五四”高潮期浪漫主义美学思潮蔚为大观,形成了一些比较典型的浪漫主义文学流派,其声势并不亚于现实主义文学流派;然而“五卅”以后则出现了戏剧性的变化,浪漫主义一蹶不振,急剧滑坡,尽管也几度复苏,但终究再没有形成大气候,也没有出现过比创造社再完整而生机勃勃的浪漫主义文学流派。浪漫主义思潮流派在二十世纪的中国未能得到健全完整的发展并形成一股与现实主义并举的潮流,考其原因是多方面的。

就在浪漫主义文学思潮风靡一时的“五四”,当时的文学革命先驱受进化论文学史观的影响并不热心提倡浪漫主义。尽管个性解放的大潮急切需要浪漫主义艺术思维和创作方法来表现,然而陈独秀等新文学首领却对我国文学进化的历程作出了错误的估量,认为我国古代文学已在古典主义理想主义(即浪漫

① 《美学史》第368页。

主义)时代,今后当推现实主义。说中国古代文学经历了古典主义阶段是正确的,但中国传统文学却从来没有像西欧文学那样受过浪漫主义美学思潮的洗礼,更没有形成具有现代形态的浪漫派。这种误认不只是有碍于浪漫主义的提倡,而且在批判封建文学时浪漫主义与古典主义的命运一样都是清算的对象。这就在新文学倡导者心目中形成了“浪漫主义过时了,唯有现实主义才是新文学发展方向”的观念,也可以说三十年代左翼文学“独尊”现实主义排斥浪漫主义的想法,在五四文学革命时就埋下了根苗。其实在二十世纪初的西方文坛上,现实主义思潮早已“过时”了,先驱们的判断并不准确,他们之所以在中国仍提倡现实主义,除了因为把文学变革引进政治革命领域并视文学为社会变革和人生改良以及改造国民劣点的利器外,主要由于先驱们以欧洲文学依次进化的路线作为参照系来为五四文学定位。更为有趣的是,沈雁冰在五四文学高潮期曾为浪漫文学和写实文学通过认真比较作过中肯分析,指出“浪漫文学所本有的思想自由,勇于创造的精神,到万世之后,尚是有价值,永为文学进化之原素,这一句话是我可断言的;写实文学中所包有的批评精神和平民化的精神,我也敢决言永为文学中添出新气象的。所以恭维写实文学到极点的话,写实文学实在不敢当;而轻蔑浪漫文学到极点的话,浪漫文学实也太委屈。”正是基于这种比较辩证公允的认识,他对当时文坛上流行的抬此贬彼的论调作了批评:“一年以来,浪漫文学为国人唾弃到地,写实文学为国人高抬到天,这都不是能懂得文学进化的道理的人说的话。”[①]然而稍后他的观点与陈独秀趋同一致,也认为我国传统文学属于古典主义和浪漫主义范围,五四文学革命不只是要从西方引进现实主义也要输入自然主义,“以自然主义的技术医中国现代创作的毛病”[②]。这种以进化文学史观来考察欧洲文学思潮流派的演进也许能够揭示其规律,对先驱们借助西方文学确立“一时代有一时代文学”的变革意识大有裨益,但是以欧洲文学“进化路线”生硬地来套中国文学发展阶段,不可避免地将复杂的文学史现象简单化,既不利于浪漫主义文学流派的健全发展也无益于中国新文学朝着多样化的方向迈进。如果说在“五四”高潮期新文学先驱们这种进化文学史观只提倡现实主义而轻视浪漫主义并不完全适应争取个性解放的时代主潮需要;那么随着社会解放和民族解放运动的日益深入,到了“五卅”以后现实主义文学则成了时代宠儿。

---

① 《文学上的古典主义浪漫主义和写实主义》,《学生杂志》1920年8月第7卷,第9期。

② 沈雁冰《致志伊信》,《小说月报》1922年第13卷,第6号。

浪漫主义是“一种自我意识极深的文学运动”[1]，它与个性解放、人格独立的社会思潮息息相关。“五四”前后浪漫主义思潮流派之所以并没有因为有些文学先驱的不提倡而影响其蔚为大观的态势，主要因为适应了一度高涨的自我意识觉醒的个性解放思潮的需要。朱自清曾说：“在解放的时期，我们所发见的是个人价值。我们咒诅家庭，咒诅社会，要将个人抬在一切的上面，作宇宙的中心。我们说，个人是一切评价的标准，认清了这标准，我们要重新评定一切传统的价值。”[2]但是这种没有很好地同社会解放和民族解放斗争结合起来的主要局限于知识分子圈子里的个性自由、人格独立在半封建半殖民地社会的中国是不可能实现的，其结果这种建立在个性主义思想之上的愿望和理想必然在残酷的现实面前碰得粉碎。随着作家们救亡图存危机感和变革社会政治责任感的日益增强，面对着“五卅”前后尖锐化的阶级斗争和民族斗争的现实，越来越重视对现实主义创作方法和美学原则的选择和青睐，对只重视表现自我、宣泄个人感情的浪漫主义发生怀疑或进行否定。并不是说浪漫主义文学不能表现时代精神，浪漫派不能适应时代的需要，问题在于它表现的是什么样的时代精神，选择的是什么性质的浪漫主义或者随着时代能否及时调整浪漫主义创作方法的内部结构和机制。那种个人“自我构成了浪漫宇宙的核心与中轴”[3]的浪漫主义在中国二十世纪这种社会变革、民族振兴始终是社会中心课题和人生头等大事的特定历史条件下不可能得到健全发展，更不能成为新文学的主潮。特别应该指出的是，任何文学思潮都属于一定社会的意识形态，西方浪漫主义美学是产生于资本主义上升阶段，从哲学角度来看，由于浪漫主义美学对现实问题的回答是立于主观，故带有唯心主义倾向；从思想的角度来看，浪漫主义是个性主义和自由主义的产物，无疑它是属于资产阶级意识形态。但是二十世纪的中国社会不只是没有提供浪漫主义美学发展的时代条件，更不具备它繁衍生长的思想土壤。从“五四”新文化运动以后我们所建立的是以马克思主义与中国具体情况相结合为基本特征的无产阶级意识形态，它以历史唯物主义和辩证唯物主义作为哲学基础，以共产主义的集体主义作为思想灵魂，以解放全人类然后解放无产阶级自己作为奋斗目标。这种意识形态所生成的是表现无产阶级崇高理想的革命浪漫主义或革命现实主义或社会主义现实主义，因而对那种以个性

① 《西洋文学批评史》，台湾志文出版社出版，第339页。

② 朱自清：《那里走》，1928年3月号《一般》。

③ 福斯特：《浪漫主义概观》。

主义或自我意识为轴心的浪漫主义持批判态度。不过马克思主义对产生于资本主义历史阶段的浪漫主义美学进行批判并不是彻底否定它抛弃它,而是扬弃,取其合理因素或精华部分为我所用,更好地充实和发展马克思主义的浪漫主义美学。由于长期以来在对待西方资本主义文化遗产上存在着或者“全盘西化”或者全部否定的极端态度,五四时期创造社对西方浪漫主义的全面接纳与二十年代末或三十年代初出现的彻底否定五四时期浪漫主义美学思潮的偏激情绪形成两极对立,特别后一种倾向在某些历史阶段发展到登峰造极,这不能不阻碍浪漫主义思潮流派的更新和发展。

源远流长的中国文化传统常常是精华与糟粕混杂在一起,任何从外国拿来的文化文学思潮都要同它在交汇冲撞中处理好认同和借鉴的关系,否则域外的文学思潮不可能在中国扎根繁衍。五四时期西方浪漫主义美学能兴盛一时,除了时代的原因外,还有中西文学传统的相互认同相互渗透。在创造社主要成员的心目中,借用西方浪漫主义,于思想层面是唤醒个性意识、弘扬个性力量,以冲破一切封建伦理道德的罗网;于艺术层面是唤醒文学自觉,彻底破除传统的“文以载道”观,确立文学就是文学的独立意识。但是他们在反传统过程中并没有完全抛弃传统,对一些与西方浪漫主义美学在某些层面上或某些因素可以认同的传统作了改造或承续,如中国文学的抒情传统、自屈原以来的浪漫精神传统以及古代的“天人合一”思想等,在郭沫若《女神》的浪漫主义精神中都留下了或深或浅的痕迹。传统文学与西方文学在某些方面或某些点上达到新的契合,可以增强新文学“中国化”;但是还必须看到中国传统文学对浪漫主义文学流派的健全发展所产生的负作用。中国传统文化哲学的基本特征是重实践理性,它不仅与西方浪漫主义的带有超然性和神秘性的想象发生抵牾,而且对那种非现实非功利的为艺术而艺术的功能观也不感兴趣,尤其对浪漫主义那种放纵情感不加节制的极情主义倾向更反感。所以“五四”高潮过去以后随着文化思潮的回归和对五四文学的反思,不仅现实主义文学流派与浪漫主义文学流派发生一次次论战,连浪漫主义美学的积极倡导者和实践者也彻底否定了自己的过去并在新的层次上认同了中国传统的“文以载道”的功利主义文学观,至于带有浪漫主义美学倾向的新月派和带有艺术倾向的京派在三十年代初更自觉地以古典主义理性原则对西方浪漫主义美学进行规范或否定,三十年代兴起的现代主义文学流派对郭沫若式的浪漫主义也表示不满。似乎浪漫主义文学在三十年代四面受敌,由内到外由外到内地遭到了“围剿”;它的这种厄命并不能单单归因于“生不逢时”或传统回归的“反攻倒算”或不同美学形态文学流派的“党同伐异”等客观原因,也应该而且必须从浪漫主义文学流派自身寻找内因。上述已触及到这方面的问题,这里只谈一点:早期浪漫派的艺术思维缺少辩证法,好走极端,如提出为艺术而艺术的艺术至上主义功能观、把浪漫主义的主情特征宣扬成唯情主义、将文学创作的直觉和灵感强调到不适当程度、把情感和理智完全对立起来、说诗歌的形式是绝端自由的等等,虽然这些偏激的观点具有破旧创新的艺术精神,但是用它们指导文学活动或创作实践并不一定完全符合艺术规律和美学原则,更不一定合乎中国新文学自身演变的特殊规律。艺术思维的极端化必然造成创作实践的偏激或失误,为了纠正偏向或失误往往又出现“矫枉过正”,从这个极端又走向另一个极端,从前期创造社到后期创造社就是遵循这样的思维路线作了一次生动而有意味的表演。由此可见,辩证艺术思维对文学思潮流派的健全发展至关重要。

作为一个清醒的文学史研究者,对于浪漫主义思潮流派在二十世纪中国文坛上没有得到充分而健全的发展,也不要感到遗憾和惋惜。如果由于浪漫主义美学体系自身的结构功能已完全不适应时代前进和文学发展的需要,那么它在中国二十世纪文学流变中的命运得失则是历史辩证法的结果;如果由于历史的曲折或失误把它的本来面目损伤了或扭曲了,那么当历史纳入正常轨道时一定会在一个更新层次上给它以充分的补偿。

之三:新文学流派的现代主义美学选择

传播的混杂性与接受的层次性

作为西方文学艺术流派总称的现代主义,始于十九世纪中叶、风行于上世纪和二十世纪初,随着西方列强的入侵和中国门户的开放,这股现代主义风潮卷进东方中国文坛,它与现实主义、浪漫主义一起带着各自的风采汇入了从晚清“文学改良”到五四“文学革命”这段并不太长的历史河流。虽然它不像浪漫主义和现实主义那样如同两股狂飙在新文坛上掀起巨浪,于中国新旧文学交替转折时期形成有声势的新文学流派,但是现代主义作为一种美学思潮并没有受到新文学先驱的冷落,同样被那些急于变革社会、改良人生、救国救民、争取个性解放的思想启蒙者和文学革命者所欢迎,既借用它作为反封建的思想武器又从中汲取新的表现方法、艺术技巧及合理因素，为现实主义"人生派"和浪漫主义"艺术派"注入新的血液和活力。

五四时代是个"博采众家，取其所长"的开放时代，现代主义尽管没有取得与中国新文学同步发展的资格和文艺主流的地位，但是文学先驱们和青年学者们所掀起的那股介绍传播"现代主义美学热"，不只是为新文学革命催阵助威也为新文学流派的形成提供了"营养基"；特别是为后来带有现代主义性质的文学流派的崛起奠定了美学理论基础或提供了可资借鉴的创作方法。可以毫无夸张地说，西方现代主义美学思潮的各个层面或各种构成因素在"五四"前后都被介绍过来，也许这种介绍或释解是浮光掠影或蜻蜓点水式，并不深刻、完整、准确和严密，但是广采博纳的精神和敢于标新求异的勇气还是可贵的。

西方"世纪末"崛起的现代主义美学大潮，由于它产生在同中国相差悬殊的特殊历史条件下和社会基础上，致使这种文艺思潮并不完全适宜于我国新文学建构过程中全方位的对应借鉴。只能根据本土文化和我国文学改造与重建需要，本着"为我所用"或"适我所用"的精神进行选择；而这种选择是以翻译、介绍和传播域外现代派哲学和文艺思潮为前提的。如果说选择或种思潮流派尚有一定的或较严格的价值标准为依据的话，那么在翻译传播或种现代派思潮时就不可能有太严格的要求，标准可以更宽一些，自由度可以更大一些，只有这样才有选择的余地。正是从这个意义上说，虽然形形色色的西方现代派文艺思潮几乎在五四时期及其日后新文学演变中都在我国介绍过传播过，但是真正于文坛上扎根开花结果的却寥若晨星；也就是说，经过中国文学家严格选择而形成完整现代派的却是屈指可数的。不过，二十世纪各种不同型态文学流派在方法论上受到现代主义美学思潮的影响却是大面积的。

从哲学基础上来说，西方现代主义流派曾以各种反理性哲学浪潮冲击并动摇了西方文坛的形形色彩的传统观念。这里面包括十九世纪末以来资产阶级的各种哲学思潮，其中主要有叔本华的"唯意志论"、尼采的"超人哲学"、柏格森的"生命哲学"、克罗齐的"直觉主义"、弗洛伊德的"精神分析学说"、萨特的"存在主义"等。在"五四"前后的我国文艺界差不多都接触过，而对文学流派影响较大的则是生命哲学、直觉主义和精神分析学说。不只是"艺术派"的郭沫若、郁达夫、成仿吾、田汉热衷于这些学说，并把它们吸收进浪漫主义美学中，就连鲁迅、茅盾等现实主义为人生派的作家对这些非理性哲学也介绍过，鲁迅甚至在创作实践中还尝试过。在西方当代文坛上各种反理性哲学思潮起着重要的支配作用，那种现代派文学艺术形式的全方位感、结构开放性、意境朦胧性、人物非理性化、意识流小说、超现实主义文学和"新小说派"等，都是以非理性哲学思潮为根源，它们是对传统的现实主义和理性哲学的直接反拨；而在中国新文学运动中恰恰是更多的借鉴了西方的各种形态的现实主义和理性哲学，不仅现实主义流派成为主流，理性精神始终在艺术哲学中处于支配地位，而且西方现代派的非理性哲学及其艺术表现方法也并没有同现实主义和理性哲学形成一种反拨势能，它们始终处于顺从或补充地位，对现实主义美学甚至浪漫主义美学起着渗透和辅助的作用。存在主义哲学风行于两次世界大战之间，萨特是存在主义理论的集大成者，他的"存在先于本质"的一套理论极大地博得西方中小资产阶级知识者层的兴趣和共鸣，进而成为现代派作家洞察现实、体验生活的出发点，第二次大战后现代主义文学的涌现实际上就是存在主义哲学在文学上的反映，尔后荒诞派戏剧和"黑色幽默"文学的出现无不是存在主义哲学在艺术上的变种。在中国新文学流派中受存在主义哲学影响较明显的是四十年代的新浪漫派和新时期的一些具有东方现代派色彩的文学流派。如果说西方以存在主义为哲学基础的后现代派它对四十年代徐訏、无名氏为代表的新浪漫派的影响主要表现在对人生存在意义和生命终极存在的探讨上和思考上，并试图与东西方宗教意义加以结合的话；那么新时期一些带有现代派色彩的文学流派及其作品虽然也不乏对"生命的不可解性与它的永恒神秘性"进行探索的主题，但更多地却是从艺术表现方法上借鉴西方现代派，形成了一些中国化的现代派作家群和文学作品。

从方法论的角度来考察西方现代主义美学思潮，可以划分三个既有联系又有相对独立性的层次，它与科学方法论的三个层次有其相似性。第一个层次是哲学意义上的方法，这与现代派产生的哲学思想根源密切相关。若是从这个层次上对西方现代派进行借鉴和汲取，那必然将各种反理性的哲学意识都搬到中国，不论五四时期受现代派影响的"艺术派"或三十年代的"现代派"和"新感觉派"或四十年代的"新浪漫派"，无不在哲学意蕴上受到或深或浅的影响，甚至有的作者就公开提倡叔本华、尼采、柏格森、弗洛伊德、克罗齐、萨特等的非理性哲学。在哲学层面汲取非理性主义，如果说在"五四"前后思想启蒙运动中反对封建文化传统与理性主义一起尚起过积极作用，即正面作用大于负面作用的话；那么当马克思主义哲学的历史唯物主义和辩证唯物主义日益占有主导地位并在各种意识形态领域发挥主宰作用的时候，现代派非理性主义必然与马克思主义哲学意识形成对立，其负面作用越来越大，特别社会主义新时期曾一度泛滥于文坛的非理性主义哲学思潮成为某些人“彻底反对所有传统理性”的主要思想武器，损伤了社会主义意识形态的巩固。当然，这并非说西方非理性主义哲学思潮一点可以借鉴的合理因素也没有，问题在于是采取兼收并蓄的“全盘西化”的态度还是始终不渝地坚持首先分清精华与糟粕的历史唯物主义的批判精神。第二个层次是基本文艺方法，即西方现代派在各自选择的非理性哲学基础上形成的名目繁多的基本艺术方法，一旦形成就具有它们自身的独特美学特征和表现功能，如象征主义艺术方法、意识流表现方法、表现主义方法、魔幻现实主义创作方法等等。它们与非理性的哲学基础有联系也有相对的独立性，特别在艺术审美领域和文学创作领域其独立性表现得更突出一些。至于第三个层次的具体表现方法和艺术技巧离非理性的哲学基础就更远了，独立性就更大了，因而它的散发性灵活性更强了，甚至具有普适性的艺术功能。考其二十世纪中国具有现代性质的文学流派或者深受现代主义影响的现实主义和浪漫主义文学流派，它们更多地是从第二、三个层次上接受了现代主义美学，充分发扬其相对独立性方面的审美功能和艺术表现功能。不仅形成一些具有中国特色的现代主义文学流派，而且对现实主义和浪漫主义文学的发展也发生了不可低估的作用。

就后两个层次来说，西方现代主义美学原则和创作方法的核心并不是再现论而是表现论，执意于表现主观感受，创造心灵的某种意象，艺术上追求主观真实。在这一点上它虽然区别现实主义美学的“镜子说”，但却与浪漫主义美学崇尚主观情感有所相通；如果认真地加以探讨，现代主义创作方法在这个根本点也有不同于浪漫主义美学之处。固然它们都崇尚主观，然而它们并非崇尚所有的主观心理要素，浪漫主义主要重视情感、想象、灵感对创作活动所产生的决定作用，现代主义则特别注重直觉、本能、潜意识。浪漫主义格外重视对情感的宣泄，直抒胸臆，现代主义则主张变抽象为具体、化感觉情绪思想为意象，而这种意象与通常所说的以事物间相似的属性为基础的比喻想象截然不同，它带有极大的主观随意性，只要一瞬间的感觉能够反映内心的某种情绪，那么建立于这种感觉基础上的比喻或想象就可以运用，仿佛也是合理的无可非议的。艾略特曾说，在艺术形式中唯一表现情绪的途径是寻找客观对应物；庞德也称诗应是“人类情绪的方程式”不是“人类情绪的喷射器”。这说明现代派的诗歌尽力避免正面的直接抒情，而要用象征、暗示来造成特定的情绪氛围，作间接的表现，并进而提出“五官通感”、“抽象肉感”、“思想直觉化”等新的表现手法，旨在以“想象逻辑”代替“观念逻辑”，达到表现主观的真实。浪漫主义美学强调主观表现，但它并不完全排斥客观模仿的“镜子说”。雨果曾从创作方法的角度作了如是的解释：文学艺术这面反映自然的镜子不是一面普通的刻板的平面的镜子，它“应该是一面集中的镜子，它不仅不减弱原来的颜色和光彩，而且把它们集中起来，凝聚起来，把微光化为光明，把光明化为火花。”①现代主义美学思潮则完全否定文艺上的模仿论，认为客观现实只是一种表象，只有主观现实才是本质，所以探求事物的主观性和内向性、追求主观的真实性，才能获得“最高的真实”。柏格森直言不讳地说：“艺术的目的与其说是为了表现感情，不如说是为了使我们接受感情、产生印象，艺术将感情暗示我们，并且当它找到某种更有效的手段时，就会自愿地放弃对自然的模仿。”②埃德施米特曾对表现论作了这样的总结：“表现主义艺术家的整个用武之地就在于幻象之中。他并不看，他观察；他不描写，他经历；他不再现，他塑造；他不拾取，他去探求。于是不再有工厂、房舍、疾病、妓女、呻唤和饥饿之一连串的事实，有的只是它们的幻象。”③正是从这种独特的艺术表现论出发，西方现代主义美学从理论到创作呈现出花样翻新、名目别致的艺术表现方法、技巧和形式。

在中国二十世纪文坛上自觉移植、借鉴、吸取、溶解西方现代主义美学原则和创作方法，最突出地集中在五四时期、三十年代初期和社会主义新时期的八十年代；但五四时期对现代派文艺思潮侧重于介绍与翻译，尚未形成典型的现代派色彩的文学流派，二十年代末到三十年代初和八十年代既重视对思潮的引进却更重视借鉴和运用，以建立带有中国色彩的现代派或作家群落。且不论八十年代现代主义文艺思潮的重新涌起，只对“五四”到三十年代初的论文和译文的粗略排列中，便可发现西方现代主义美学原则和艺术方法大都在中国文坛留下了足迹。最早把象征主义作品译介到中国的是周氏兄弟的《域外小说集》中的一些作品。“五四”前后的《新青年》、《新潮》、《时事新报·学灯》、《小说月报》、《少年中国》等刊物上都发表过现代派的译文和论文，其中影响比较大的有：陶履恭的《法比二大文豪之片影》，沈雁冰的《表象主义的戏曲》和《我们可以提倡表象主义的文学么？》以及《未来派文学之现势》、《霍普德曼传》和《霍普

① 雨果：《〈克伦威尔〉序》。
② 《现代西方文论选》第92页。
③ 《现代西方文论选》第152页。

德曼与尼采哲学》等，吴弱男女士的《近代法比六大诗人》，田汉的《恶魔诗人波陀雷尔的百年祭》，张东荪的《论精神分析》，郭沫若的《〈西厢记〉艺术上的批判与其作者的性格》、《批评与梦》、《自然与艺术——对于表现派的共感》，傅东华的《梅脱灵与青鸟》，郑振铎的《一九二三年得诺贝尔奖金者夏芝评传》，仲方翻译的松村武雄的《精神分析与艺术》在《文学旬刊》上连载，章士钊还出版了《弗罗伊德叙传》一书，鲁迅的译著《苦闷的象征》、《近代美术思潮论》、《表现主义诸相》、《表现主义》等比较全面评介了西方现代派文学。上述这些译文和论文几乎涉及到西方现代主义各种文学流派，正如郑伯奇指出的“短短的十年中间，西欧两世纪所经历过了的文学上的种种动向，都在中国很匆促而又很杂乱的表现出来”。二十年代中期到三十年代初，不仅新感觉派的译介文章出现多篇，如天狼的《论新感觉派》（《新垒》月刊第5号）、谢六逸的《新感觉派》（《现代文学评论》创刊号）、沈绮丽的《所谓“新感觉派”者》（《北斗》月刊第4期）等；而且象征主义风靡一时，光理论评介的文章就有鲁静缓的《谈鲍特莱尔》（《华北日报·副刊》）、孙俍工的《威尔连》（《世界文学家列传》）、卞之琳译有《魏尔伦与象征主义》（《新月》第4卷第4期）、赵景深出版《新译波特莱尔书简》等。对西方现代主义美学思潮的翻译和介绍，无疑影响了中国新文学流派的形成和发展，当然这里面既有积极影响也有消极影响，而且影响的深浅程度也不一样。如果从创作方法这个角度来考察，意识流手法和象征主义艺术对二十世纪中国文学特别是社团流派的形成和发展产生了至关重要的作用。意识流艺术之于小说流派，象征主义之于诗歌流派，各显神通，展示出不同的审美特征和价值取向。以下从这两个方面探索一下中国新文学流派的现代主义美学倾向。

中国意识流派小说的审美特征

意识流主要是西方现代主义在本世纪二十年代发展起来的一种文学表现方法。在我国当今学术界有的研究者不承认意识流是一种流派，它只是现代主义创作方法中的一种重要的艺术表现方法，有的研究者则认为意识流既可以形成一种流派如东方意识流派，也可以作为一种文学表现方法为许多流派或作家所采用。西方爱尔兰乔哀斯在二十年代发表的作品是典型的意识流小说，并由他与英国的沃尔夫、法国的普鲁斯特和美国的福克纳等作家一起开创了意识流艺术传统，不仅存在主义文学和黑色幽默小说可以选用意识流，甚至荒诞派戏剧也可以采取意识流手法。纵观二十世纪中国文学流派似乎很难找出典型的意识流派,大多是从创作方法的层面上去借鉴和选择意识流艺术手法。在有些流派或作家的创作中这种方法处于正宗地位,似可看作意识流文学,在有些流派或作家的创作中这种方法往往与传统的写实方法或抒情方法或象征手法相结合,主要表现出一种意识流艺术倾向或某些意识流审美因素,而后一种情况是大量的存在着,所以把意识流作为一种文学表现方法来理解更有助于探讨中国新文学流派。当然这并不排斥可以把有的作家群视为意识流派或中国式的意识流派,因为对文学流派的划分或界定并没有统一的严格意义上的标准,而且也没有必要作一些硬性规定。

其实,意识流方法的出现也是对传统艺术的内心独白的继承和发展,不过从最基本意义上说它是西方现代心理学对人的意识和心理提出不同的估量和理解的产物。意识流的概念是美国心理学家威廉·詹姆斯提出来的,他认为人的意识并不是以劈成碎片的零散的方式活动的,它是以"思想流"、"主观生活之流"和"意识流"的方式活动的,而人的意识则是由理性的自觉意识和无逻辑非理性的潜意识构成的,所谓意识流就是指这样一些有意识和无意识的意识活动所形成的河流。弗洛伊德发展了詹姆斯有关非理性的无意识观点,提出了一整套心理分析理论,他把人的意识活动具体划分为"本我"、"自我""超自我"三个既有区别又相互联系的三个层次,它们之间存在着复杂的作用与反作用的关系,并过分夸大了"本我"这种潜意识中的性本能的作用,说它作为一种盲动的自己意识不到的内在力量驱动着人的生命体。他的精神分析学说对西方现代文化和现代派文学产生了强烈影响,有力地促进了意识流方法的形成和发展,意识流方法中的自由联想机制就是从弗洛伊德用联想方式诱发精神病因的理论中引申出来的;不过弗洛伊德对西方文学影响最大的莫过于改变了现代文学关于人的观念,这是非同小可的变化。西方文学的发展往往和一种关于人的形象相联系,比如文艺复兴从人本思想出发反对以神为本位的观念,把人看成世界和他自己的主人,肯定具有一切人性特征的感情、智慧和欲望;十八世纪文学以理性为中心,强调人的主要特征具有高贵的理性,用启蒙主义的理性和个性解放来反对封建主义的蒙昧;十九世纪的浪漫主义推崇人的感情而轻视人的理性,但在对人的感情理解上却强调它的真善美,这与理性主义又有了一致性。弗洛伊德对人的认识则完全不同,人既不充满高贵的理性又未充满高贵的感情,既不是超凡入圣的英雄也不是绝对卑鄙的歹徒,而是自相矛盾的生命体,就其本性来说人的生命力量可以创造人间奇迹,具有热情和强力,但人的心中又充满黑暗盲目和无意识的冲动，藏着一座可怕的地狱。这种人不只是在很大程度上世俗化非英雄化，而且总是具有一些病态、古怪、混乱或畸形的心理特征，现代主义文学中大多是这样的形象。从根本意义上说，意识流艺术方法是从这种人的观念中派生出来并为表现这种人的观念服务的。所以意识流方法难以表现那种纯然崇高的形象，它本身浸透了关于人的矛盾观念；这种意识流方法能够在表现人物的心理活动和事件发展时表现复杂的层次，以多层次的交织形式再现生活的深邃性和奥秘性。意识流方法的出现对西方文学引起了重大变化，虽然在使用这种方法时各人的理解和操作不一，意境、情调、气氛等各种审美效果也不同，但对于它突破传统方法的束缚而为现代社会和现代人的复杂性找到一种恰当的文学表现方法却取得了共识。即这种艺术方法着重突出人的意识和潜意识的交织，注意人的外部活动和内心活动的相互关系，强调人和外界以及自我的相互矛盾，在对因果关系的认识上注意各种因素的相互联系和相互作用，对人的行为注意过去的经验对现在的影响及其两者的有机统一，并重视表现一种把时间发展序列于内心重加组织的心理时间。这些功能特点能使文艺作品出现复杂层次，在一种新透视基础上形成立体的经验结构和叙述结构，表现一种在复杂性基础上掌握和表现世界和人的能力，体现了复杂的现代意识、现代感受和现代经验①。正由于这样，意识流作为一种文学表现方法才得到越来越多的理解和越来越多的广泛运用。如果把意识流作为现代主义创作方法的内在层次的基本艺术表现方法来对待的话，那么它浮游在外在层次的表现手法或艺术技巧被公认为有“内心独自”、“内心分析”、“感觉印象”等，这在中外具有现代派意味或色彩的作品中均有不同程度的体现。所谓“内心独自”并非现代派所独有，它是对传统艺术手法的继承和发展，着重让作品中的人物在特定情境中通过川流不息的自由联想所产生的思虑、意绪、心境、感觉、印象，用自言自语的方式表述出来，所谓“内心分析”则是作者以自己的语言来叙述人物内心的情感流或思想流或潜意识；所谓“感觉印象”有点近似于内心独自，但涉及的范围又有不同，内心独自包涵全部意识，感觉印象主要描写人物纯粹的感觉印象以及与意识有关的部分。当然还有一些辅助于意识流方法的艺术技巧，不再赘述。意识流艺术一经形成便作为一种美学原则和文学表现方法，已在世界各国的文学发展中发生了或深或浅的影响。二十世纪的中国文学逐步

① 陈焜：《西方现代派文学研究》第170页。

走向世界,在同世界其他各民族文学的交流和联系中,必然受到意识流文学的渗透和影响。由于中国的特殊国情和强固的文化传统,无论域外何种文学艺术传入我国都要发生“变形”,只是“变”的程度大小有所不同,完全照搬移植是没有多大生命的,而且也是没有出息的,实际上借鉴、汲取、选择就是含有改制、重构和创造的美学意义。正是从这个角度进行深入考察,有的研究者认为“意识流文学传入了东方大地,也就开始了东方化的过程”,或者叫做“中国化的过程”。

A. 从个体尝试到群体实验

在文学的演化过程中,一种新的艺术审美形态或艺术创作方法的出现和更替,往往通过自生和外入两种途径,即分为自生性和外入性两种类型。前者的生成机制常常由于自身系统内的新内容因素的逐渐增长,而旧的艺术形式或创作方法已不适应新内容表现的需求,于是文学系统便产生了对审美形式或艺术方法进行调整或变更的动机。这种自生性的演化具有这样的特点,作为文学形态的变异往往是内容大于形式,即内容变得大一些快一些而形式则变得慢一些独立性强一些;作为艺术创作方法的变化常常是内层次的精神实质变得大一些快一些,而其外层次的表现方法或艺术技巧则变得慢一些,保持着相当大的延续性。中国传统文学审美形态或艺术创作方法的演变基本上是通过自生性的途径或方式。后者即外入性的生成机制主要来自这种域外文学形态或艺术创作方法的先锋性和渗透性,它对异质的文学形态或创作方法来说具有明显的新颖性、先进性和诱发性,只有这样它才能形成优于强于旧艺术形式或创作方法的势能,在新与旧的冲突中引起旧形式或旧方法的内部变化,并在新的结合点重构新文学形态或创作方法。而这种外入性的演化过程往往显示出这样的特点,初始阶段的域外文学形态或创作方法大多以审美形式或表现技巧的优势去冲击旧形式或旧方法,因而所激起的变异趋向常常是审美形式大于审美内容、外层次的表现技巧大于内层次的基本精神;但随着演化过程的逐步深入,这种外入性的机制必然与自生性的机制在某种契合点达到由外及内、由内及外的融合。二十世纪中国文学演变处在个开放的国际环境和文化背景上,不论新文学形态的出现或新文学流派的形成或创作方法的更新,大都通过外入性的途径而演化的。西方意识流文学被中国新文学流派的小说家所接受,最初主要着眼于表现方法或艺术技巧的借鉴和移用,并没有出现全新的意识流文学流派或意识流小说家，只是作为一种艺术方法进行尝试，对意识流文学艺术的理解和认识尚未达到这样的明确度：“意识流小说应该被认为是一种主要挖掘广泛的意识领域，一般是一个或几个人物的全部意识领域的小说。”①实质上，意识流艺术是一种心灵美学，着力于人物心灵的全方位的开掘。

“五四”前后形成的新文学流派的小说家们主要通过汲取弗罗伊德的精神分析学说而移用了意识流文学的某些表现技巧，作为其主导创作方法的一种补充。鲁迅作为二十世纪中国现实主义文学流派的奠基者和开创者，他并不排斥意识流艺术，首先对意识流创作方法的理论支柱进行介绍和传播。鲁迅在《苦闷的象征》的译本《引言》中曾说：“作者伯格森一流的哲学，以进行不息的生命力为人类生活的根本，又从弗罗特一流的科学，寻出生命力的根柢来，即用以解释文艺，——尤其是文学”；“而对于文艺，即多有独到的见地和深切的会心”。鲁迅对厨川白村《苦闷的象征》的肯定性评价中也包含着他对弗氏精神分析学说的某些认同。“在伏在心的深处的内底生活，即无意识心理的底里，是蓄积着极痛烈而且深刻的许多伤害的。一面经验着这样的苦闷，一面参与着悲惨的战斗，向人生的道路进行的时候，我们就或呻，或叫，或怨嗟，或号泣，而同时也常有自己陶醉在奏凯的欢乐和赞美里的事。这迸发出来的声音，就是文艺。”②这是以弗氏学说为理论基石对文学艺术所作的界说，尽管这种说法我们不能赞同，但有一点却值得重视，即它强调文艺创作应表现人的深层意识中的精神伤害，表现那种两极对立的矛盾心理冲突以及被压抑的潜意识，弗罗伊德将这种被压抑的潜意识完全归之于“生”压抑或“性”苦闷，而厨川白村则在此基础上又从生命哲学上作了新的解释，把它归结到全部生命力受到压抑，鲁迅所赞赏的正是这种新解。鲁迅并没有仅仅停留在对弗氏学说的介绍上，重要的是他在小说创作中自觉地加以尝试，这就具有实践意义了。即把外入性的变化机制主动引入小说艺术的重构中，显示了作者的“拿来主义”的魄力和开放性的创造意识。1922年底鲁迅创作历史小说《补天》公开表明“取了茀罗特说，来解释创造——人和文学的——的缘起”③；特别借鉴了意识流的“内心分析”手法来刻画现代国人的灵魂，或通过梦幻或借助联想层层深入地开掘人物的潜在意识，不只是揭示出心理冲突的深微性和复杂性，而且挖掘出深层灵魂的肮脏性和原

① M·弗里德曼：《意识流概述》，《文艺理论译丛》第1期第363页。

② 《鲁迅译文集》第13卷，第142页。

③ 《故事新编·序言》。

始性,更可贵的是有些小说已触及到人物的“意识流”或“情感流”,堪称出色的心理小说。不过鲁迅借用意识流手法只是作为现实主义创作方法的一种辅助手段,如同他对象征主义手法的借用一样,从来没有把这些现代主义手法提升到主导地位或者让它们进入创作方法的内在层次。鲁迅借鉴意识流的“内心分析”、“内心独自”、“感觉印象”、梦幻、联想等手法,并没有像西方意识流文学那样以否定传统的现实主义或浪漫主义创作方法为前提,他的独特贡献在于:力图将现实主义创作方法在“画出现代国人灵魂”这个契合点与意识流手法融会贯通起来,以增强灵魂开掘的深度和力度。因而这就使鲁迅意识流手法的运用具有不同于西方意识流美学的特点,即它对灵魂的开掘已触及到深广的社会内涵,并未展示人的狂乱或神秘心理,即使狂人心灵中也有反封建战士的清醒理性;他没有拒斥与中国传统美学中的“写意”“白描”等手法的“合作”,使之在剖析中华民族传统文化心理过程中发挥了特殊功能,这也许就是意识流艺术中国化的成功尝试。“自我小说”派的郭沫若、郁达夫深受意识流文学的影响,与鲁迅所不同的是他们借鉴意识流美学方法不是辅助现实主义小说艺术而是浪漫主义创作方法,几乎其主导创作方法的内在层次和外在层次都渗透进意识流的美学因素。且不论郭沫若创作的《司马迁发愤》、《残春》等小说带有弗氏精神分析学说影响的明显痕迹,特别是郁达夫的浪漫主义小说具有突出的意识流文学的审美特征,主要表现在对人的情欲苦闷的开掘和性变态心理的刻画上。他认为“种种情欲中间,最强有力、直接动摇我们内部生命的,是爱欲之情;诸本能中,对我们生命最危险而同时又最重要的,是性的本能。”①这显然是接受了弗洛伊德性心理学说,并把它运用到小说主人公的心理剖析上,以期达到对心灵的开掘深入进潜意识层次。总观郁达夫“自我小说”对人物性爱心理的透视和剖析,围绕着性本能和情欲这个轴心展开了灵与肉的冲突,比较集中地表现出三种审美趋向:一是灵与肉的悖离,冲突的结果则是肉战胜灵,从而使情欲占了上风,导致主人公盲目地追求性爱的满足,造成性变态;二是灵与肉相搏的结局是灵胜于肉,以爱情至上主义意识为导向去追求纯洁的情爱,并急切地要求得到相应的回报,却往往使主人公陷入悲剧;三是灵与肉在一个新的层次上达到一致,即主人公通过对情欲或本能的克制或转移,使情欲升华到一种无冲突的和谐境界,不只是消解了对性本能的压抑,并将这种性冲动转化一种超越性特征

① 《戏剧论》第32页。

的精神能量，仿佛“灵”进入了超凡脱俗的彻悟之境，其实这是一种最痛苦的人生悲剧体验。为表现人物心灵的多层空间和意识无序不定的流动，郁达夫借用了意识流的“内心分析”、“内心独白”等艺术手法，与浪漫主义的主观抒情性相结合，更有力更灵活更自由地表现了人性的复杂性和深邃性，表现了主人公在特定情境中的全部心理真实，使他超越了那些肤浅滥情的浪漫主义小说家。在剖析人物灵魂这一点上，他所运用的意识流手法与鲁迅所不同的是，鲁迅表现的意识流动总是带有较清晰的理性色彩，而郁达夫则长于表现非理性的意识流动，鲁迅的独特之处在于深刻剖析国民的整个灵魂结构，郁达夫的特点在于开掘那些“零余者”的性爱心理或变态心理。这两位小说大家在“五四”前后文学流派的审美选择上虽然分属不同的流派，采取不同的创作方法，但是他们借用意识流手法作为其主导创作方法和审美原则的补充，却取得了卓有成效的审美效果，充分表现出他们的尝试是成功的。

意识流真正作为一种创作方法被现代主义流派所选用却是始于二十年代末三十年代初出现的“新感觉派”，可以说这是中国文学史上第一个运用现代派创作方法特别是意识流艺术方法创作小说的独立文学流派。如果五四时所鲁迅、郁达夫等借用意识流手法只是配合主导创作方法所进行的初步尝试，那么新感觉派的小说家们则是把意识流作为主导创作方法之一来运用不过这种选用带有横向移植的性质，尚未与民族审美传统在某些重要层面上相沟通，主要着眼于借鉴或搬用域外的现代主义美学原则或创作方法来创作与世界先锋性文学思潮直接对话的或同步发展的现代小说。从主导审美倾向来看，新感觉派创作方法的构成主要源于日本新感觉派的创作原则，即以表现主义的认识论和达达主义的思想表达方法为理论根据，强调主观感觉在创作中的重要地位，主张从主观感觉出发，把主观感觉融入对象客体，创造一种主观感觉与现实生活相结合的艺术世界。正如片冈铁兵所说：“要使作者的生命活在物质之中，活在状态之中，最直接、最现实的联系电源就是感觉。”①“直觉”在新感觉派的创作中具有极为重要的地位，如同浪漫主义创作方法的主情性一样，决定着新感觉派的主导审美品格。从审美意义上说，直觉感受是一种未受理性约束或节制的感性生命本体体验，它是与周围环境的最直接联系也是最深广联系，可以把社会经验、心理内容等一切东西都囊括进去；将这种直觉感受转化为文学作品，必

① 转引自西乡信纲等著《日本文学史》第438页。

然强调描述“感觉印象”，在审美实体中形成一串串或断断续续的“感觉流”，这正是意识流文学的重要艺术方法之一。中国新感觉派的意识流艺术方法的构成不止受启于日本新感觉派（其实日本也是从西方现代派那里移植过来的），而且直接受到西方意识流艺术的影响，弗罗伊德的心理分析理论以及意识流、象征主义、表现主义等艺术哲学思潮和现代主义的各种艺术表现手法，都给这个流派提供了借鉴的参照，这就使中国新感觉派的创作方法和美学原则具有综合性和复杂性的特征，其中意识流艺术方法在小说创作中发挥了重要作用。

新感觉派的主要成员刘呐鸥、穆时英、施蛰存等曾运用意识流艺术方法创作小说，与“五四”前后小说家对意识流艺术借鉴相比，这是一次比较集中以群体力量进行尝试。从尝试的审美成果的总体来看，艺术形式或表现方法取得的成就要高于思想内容，也就是说在审美形式上下的功力要大于审美内涵，这是将某种西方艺术形式或美学原则移到我国新文学建构过程中的必经阶段，不可能使意识流艺术一下子就扎根予民族文化的土壤，达到很高的“中国化”程度。从那些以意识流艺术方法创作的小说内容来考察，既有对殖民地化过程中大都会五光十色生活的某些腐朽本质的透视，又有对那种灯红酒绿的荒谬混乱的都市生活的厌倦或依恋情绪的流露，既有对人的性爱欲求与现代文明或古老文明尖锐冲突的揭示，又有对都市男女内心中的无休止的性欲冲动或性变态心理的开掘，总之在表现都市畸型人生和畸型文化的种种荒谬混乱的主题倾向中其进步性和局限性交杂在一起。不论是对封建传统文化的暴露或者对资本主义文明暗淡前景的展示，都蕴含着一种社会批判的意向，透露出作者的文化审视眼光和艺术审美心理具有某种进步性和开放性；但由于新感觉派偏离中国革命的斗争漩涡和远离大时代的主潮，又缺乏正确的世界观作为直觉感受社会人生和把握内心情感的导向，所以对资本主义现代文明和封建主义传统文明的揭露，总是流露出一种既沉醉又厌烦、既批判又迷恋、既鄙弃又玩味的无可奈何的复杂情绪，甚至表现出某种消沉、感伤、失意、苦闷、疑惧、颓废等情感。虽然这派小说的思想内容尚未达到先进性、深刻性的应有高度和复杂性、开阔性的广度，但是他们自觉地运用弗罗伊德心理分析学说和意识流艺术方法在开掘人物深层灵魂、创造艺术形式方面却有新的拓展。向人物心理的潜意识掘进，开挖人物的微妙神秘的内心世界，这是新感觉派小说的共同的审美追求。刘呐鸥多用“内心分析”的意识流手法，写人物内心的情感流程；《热情之骨》虽然尚带中国传统小说的某些痕迹，也没有大量地运用内心独自，却更多地以“内心分析”揭示男主人公对爱情的向往、追求、失望、幻灭的心理流程，具有了意识流小说的某些特点。穆时英比之刘呐鸥的小说具有明显的意识流小说的审美特征，他的《公墓》几乎全篇运用意识流的内心独自手法写一对初恋少男少女内心的极为清晰的意识流动，《夜》以意识流手法写舞女与水手一夜交欢之后长别天涯的既欢悦又悲切的心理流程，《黑牡丹》以跳跃性的表达心理的方法刻画出两个“叫生活压扁的人”的痛苦灵魂，《白金的女体塑像》写一位独身者从性萌动到性冲动最后择偶结婚的性意识觉醒的全过程，这显然受了弗氏泛性欲学说的影响，试图挖掘人物的潜意识。自觉地坚持弗罗伊德精神分析学说，运用意识流艺术方法深入开掘人物潜意识的是施蛰存。他移植西方意识流艺术方法，比较成功地创造了中国心理小说，遵循弗氏心理结构的“本我”、“自我”、“超我”三层次理论来刻画人物的潜意识活动。《梅雨之夕》细腻生动、富有层次地写男主人公被性意识所驱使去亲近那位美女而自己又惴惴不安的心理流程，对主人公多角度的意识流动和情感辐射无不表现得淋漓尽致；特别是“我”被女性的“美”深深地吸引着不知不觉地送了一程又一程，对那位女子表现出强烈的情欲本能的欲求，正印证了弗罗伊德的“‘美’和‘吸引力’首先要归于性的对象的原因”①的见解。如果说《梅雨之夕》对弗氏性学说的体现并不充足尚不够味，那么《魔道》、《石秀》、《将军底头》、《鸠摩罗什》等小说，简直可以视为弗氏性心理学说的艺术标本了。前者主要运用意识流的“内心独白”，后几篇大多使用的是“内心分析”，细腻入微地刻画出形形色色的病态心理。弗氏认为性欲这种人的本能要求得不到满足而受到被社会多方面关系制约的自我意识的抑制并得不到宣泄，则成为精神病症的根源。施蛰存热衷于表现这种病态心理，《魔道》运用意识流手法，通过人物古往今来的自由联想，表现他的怀疑恐惧心理和性意识的萌动，使主人公的变态心理被一种神秘的气氛所笼罩；《石秀》既写了杨雄杀妻的极度残忍的变态心理，又写石秀的情欲和虐待狂的变态心理，特别写石秀见到潘巧云的种种复杂心态以及性意识与传统道德之间的冲突，极为细腻而又富层次感；《将军底头》以意识流的“内部分析”与“感觉印象”相结合的手法，既写出了将军的性发动与性抑制，又表现了种族意识和色欲情感的冲突，强烈地渲染出情欲冲动能超越一切的强大力量。依据弗氏的心理分析学说和意识流艺术方法，虽然增强了对人物心灵开掘的深度和力度，但由于较多地强调和夸

① 弗罗伊德：《文明与它的不满意》。

大了人的生物本能，有意地表现潜意识的性欲冲动，这不能不削弱作品的社会意义和审美价值。这种局限性与弗罗伊德精神学说的限制性是联系在一起的。马克思曾明确指出："吃、喝、性行为等等，固然也是真正的人的机能。但是，如果使这些机能脱离了人的其他活动，并使它们成为最后的和唯一的终极目的，那么，在这种抽象中，它们就是动物的机能。"①弗洛伊德的心理分析学说主要是以生物学或病理学的事实为基础，过分地强调以性冲动为主要内容的潜意识在社会生活领域中的作用，以性的压抑和性的满足来解释全部的社会现象；特别是把性欲的"里比多"的升华视为文学创作乃至一切文明创造的推动力。这种反理性主义的唯心主义史学观和美学观不能不影响施蛰存等新感觉派的小说家们从性心理的角度来观照社会或剖析人物心理所带来的难以弥补的缺陷。施蛰存笔下的人物不管是历史的还是现实的都具有无休止的盲目的性欲冲动和带有原始野蛮性的暴力，使人的社会性被其生物性所掩盖，正常健康的心理被变形的畸型心理所取代，这就在很大程度上削弱了小说的真实性、社会价值和审美意义，给人的只能是一种病态美。

既然精神分析学说并非是个科学的理论体系，谬误之处颇多，那么为什么中国新感觉派小说家对它表现了浓厚兴趣并在创作实践中大胆搬用，进行一次群体性尝试呢？这除了时代提供了一定的条件和机遇外，主要因为这种精神分析学说及其建立于此学说基础之上的意识流艺术，在相当大的程度上适应了人们觉醒后对自身心理世界进一步探索和表现的需要，以及变革传统的艺术形式和丰富表现技艺的需要。在长期的封建意识和禁欲思想的禁锢下，人身上一些部位特别是性生活成为一个人人都关注谁也不敢公开揭穿的神秘世界，更不能通过科学的方法加以正常的研究，也不能从审美的角度进行外露式的艺术表现，它既成为私人化的敢想不敢言的秘密又成了学术研究和艺术表现的禁区。除了那些黄色的书刊肆意地进行污秽的宣扬和不堪入目的放纵性的描写外，严肃的文学只能作一些表层的朦朦胧胧的神秘莫测的描写，究竟人的心理世界特别是性心理的奥秘何在，则成了"五四"新文化运动"人的发现"后学术界和文艺界所关注的兴奋点和热点。因此弗洛伊德的精神分析学说和意识流艺术一度便成为"抢手货"，特别是那些身居现代城市的热衷于人本主义和人性探索的青年文人和作者，本来对爱的感觉就异常敏感，对情的诱发就容易接受，并能由

① 《马克思恩格斯全集》第42卷，第94页。

此激起他们揭开心灵秘密的兴趣或借文学艺术来表达其内心性冲动的激情，以期达到在科学上对性意识作出满意的解释、在文学上可以寻求一种人性的理解和沟通。精神分析学说在某种程度上可以为他们进一步认识人心理的复杂性和深邃性提供理论依据，有助于加深对人们心灵世界作出一定的科学探索。尤其是新感觉派在小说创作中比较广泛和深入地尝试运用弗氏学说和意识流手法，对小说艺术和创作方法的革新所取得的经验是值得认真研究的，至少在这几点上可以引起深思：一是从性的角度观照人、理解人、表现人，尽管性既不是人生的一切也决定不了人的一切，但它却引导作家们去探索人的另一个世界，即那个被传统小说歪曲玷污或封闭遮掩或有意回避的人性秘密，这不只是拓展了小说艺术的表现领域，而且对人物的心理开掘由表层意识自觉地深入到深层潜意识，既使人物刻画具有纵深感和真实感又打开了一个新颖陌生的心理世界。施蛰存笔下石秀这个形象与传统小说《水浒》中的石秀性格大不一样。我们在《水浒》中看到的石秀是一个完全合乎传统理性标准的毫无淫欲之念，讲道义重侠气的堂堂正正的英雄好汉；而在施蛰存历史小说中的石秀仿佛是双重人格即灵的世界和肉的世界进行激烈的交战，那种强烈的性欲冲动已冲决其以道义理性筑起的堤坝，充分展露出他人性的另一个侧面。同是一个石秀由于作家对“人的发现”角度和程度不同、对人的价值观念不同以及艺术审美追求不同，在性格塑造上则出现了如此大的差异。我们不能不承认，弗氏这种深层心理学说用于作家的创作过程，在很大程度上突破了传统小说那种强调客观描写只满足于外部世界真实或只追求社会因果逻辑的局限，使笔锋深入人的内部世界，富有层次感地来开掘和探寻人的最隐秘最奥妙的灵魂以及人之为人的生命力的源泉所在。尽管这种心灵探险往往所取得的意识成果或带有唯心色彩或带有消极成分，但它毕竟证明着“五四”倡导的“人的文学”有所前进、“五四”时期的“人的发现”有所深化。应该承认，这是从心理层次上反映了现代知识分子对“文的自觉”和“人的自觉”的追求，即使有所失误也是在所难免。二是与着眼于人物心灵开掘的审美指向联系在一起的，新感觉派在艺术形式上创造了具有完整形态的心理小说；特别是施蛰存自觉地借助弗氏心理学说和意识流艺术方法创造心理小说，这在中国二十世纪小说艺术史上具有里程碑意义。如果说“五四”前后人生派或艺术派某些小说已具有心理小说的雏形，那么新感觉派尤其是施蛰存的心理小说则具备较典型的艺术形式。施蛰存深受弗洛伊德、显尼志勒、霭理斯等性心理学理论和意识流文艺创作的影响，对当时蓬勃兴起的普罗文学运动又“自觉没有向这方面发展的可能”，因此就决心“在创作上独自去走一条新的路径”，对心理小说艺术形式作了比较成功的尝试。新感觉派小说借助意识流的审美原则一反传统文学那种优美典雅的美学品格，而是把那种源于病态人生和变态心理的所谓病态美作为审美追求，通过作者的丰富想象、联想、幻想和感觉流、意识流建构起一座座色彩迷离的艺术迷宫和眩惑肉感的审美意境，这种以丑为美、以病态为美的审美旨趣是对传统审美规范和审美心理的彻底反叛，为现代人的一部分读者提供了新的审美对象和审美经验。心理小说在艺术构思上既不同于古代小说遵循因果链条按照故事有头有尾的纵向发展程序而层层深入的展开，也有别于现代性格小说那种围绕典型人物的塑造来设置典型环境或组织与之相适应的情节，它是依据主人公（或作者）的“感觉流”或“意识流”或“情绪流”的波动律或演变轨迹来组织自由开放的心态结构或展开一幅幅人物心理流动的艺术画卷，虽然这些构思缺少西方意识流小说那种大时空跨度的宏观气魄或错综无序的纵横颠倒的跳跃性，但却大多是创作主体的心理流动图或心智创造图，力图把主观感觉印象投射到描写的客体中，把现实作为心理深入剖析的外化形式，而完全以人物的心理流动作为单纯的描写对象则比较少见。这种以“心理现实”作为主体心智构思的主线和指向，带来新感觉派心理小说的结构模式的多样化。如刘呐鸥的小说集《都市风景线》几乎每篇小说都有独特的结构形态，其中《残留》完全由主人公的心内独白组成小说结构框架，是比较典型的意识流小说的结构方式；施蛰存的心理小说的结构形态更是丰富多彩，其中最多的是以情绪流、意识流或心态图为链条所组成的结构方式，《梅雨之夕》小说集大多是比较典型的意识流小说的结构模式。小说艺术形式变革带有整体性的特征，不仅上述谈到的心理小说的审美追求、艺术构思和结构方式发生了变化，而且情节节奏、叙述视角以及语言风格等都有新的变异。三是弗氏精神分析学说和意识流艺术引入小说领域，为创作方法的外在层次增进多种多样的艺术技巧，充实并丰富了中国新小说创作的表现手法。与意识流的心理分析、内心独白、感觉印象等基本创作方法紧密相联的主要有：梦幻。作为一种表现手法，“梦幻”不是意识流小说的独创，但是把它提到表现方法的地位加以强调和重用也只有现代派文学。弗洛伊德认为常常有两大类性反常者，“第一种是在实际上求其特殊方式的性欲的满足，第二种仅在想象中求满足，不必有实在的对象，而代之以创造的幻想”①。新感觉派十分重视人物的梦幻描写，施蛰存的心理小说《魔道》几乎全部情节都由“我”的梦境所组成；《将军底头》中的花惊定将军是在梦幻中变为军士去侮辱美艳绝伦的少女，那种狂热的性冲动也是从梦幻中赤裸裸地表现出来。由于梦幻手法的大量运用，配合创作主体的感觉印象、自由联想和心理分析，造成了一个迷离恍惚、似梦非梦的审美境界，酷似西方意识流小说，完全以新的艺术风貌呈现在文坛上，故使楼适夷对《魔道》有别开生面的感觉：“这样意识地重视着形式的作品，在我的记忆中似乎并不曾于创作文学里见过”②。与意识流基本艺术方法“感觉印象”联袂运用的是“通感”表现手法。其实将“通感”作为艺术手法来使用也非新感觉派的发明，但由于该派特别重视写人的感觉印象，而“感觉印象”又是意识流小说的重要审美特征和艺术功能，所以大量地运用通感表现手法则成了新感觉派引人注目的艺术技巧了。钱钟书曾对在《通感》中有这样的表述：“在日常经验里，视觉、听觉、触感、嗅觉、味觉往往可以彼此打通或交通，眼、耳、舌、鼻、身各个官能的领域可以不分界限。颜色似乎会有温度，声音似乎会有形象，冷暖似乎会有重量，气味似乎会有锋芒。”艺术上的“通感”主要是由联想和想象而产生的，它既具有联想的特殊生理功能又具有艺术想象的思维机制。因为新感觉派的心理小说刻意描写那种源于人物急剧复杂心理变化而表现出的多重复合的独特的感觉印象，所以只有运用“通感”手法才能使之得到淋漓尽致的表现。

从审美内容与审美形式相互关联的角度来观照，新感觉派的意识流小说无疑具有革新意义。由于它是一种外入性的新艺术，在同传统小说艺术的交汇中相异大于相同，虽然在某些方面找到一定的契合点，但是结构性的异质差异不可能使意识流艺术很快实现“中国化”。为了在新小说艺术的演化过程中迅速取得一席地位，它就不能不在艺术形式或艺术方法上进行强化，这必然使横行移植的意识流文学出现了艺术形式或艺术方法的实践成效明显地大于审美内容的革新。即使自觉举起意识流文学旗帜、大胆实践弗氏心理分析理论以建构心理小说的施蛰存，似乎也不想在中国完全搬用意识流艺术那一套，他试图“把心理分析、意识流、蒙太奇等各种新兴的创作方法，纳入现实主义的轨道”③。他的心目中始终是现实主义文学为正宗，只是把“心理分析、意识流”作为一种创

① 《精神分析引论》第239、241页。
② 《施蛰存的新感觉主义》。
③ 施蛰存：《关于〈现代派〉一席谈》，1983年10月18日《文汇报》。

作方法借来尝试,仍然视它是现实主义创作方法的一种辅助方法。这种动机和主导思想必然决定着新感觉派对意识流文学的借鉴和尝试,把主要精力和艺术功力集中在艺术形式的变革和创作方法的选择上。有的研究者认为这是历史为新感觉派选择并尝试西方意识流艺术提供的第一次机会,似乎不是由于客观原因而是主观原因没有紧紧抓住这次时机,使意识流艺术只局部取得成功而没有取得全面胜利,不久它在中国新文学史上便消失了。问题并不是这么简单,原因是多方面的。这里不仅是意识流文学也包括所有的现代主义文学,在二十世纪中国文坛上的发展总是断断续续,发育充分者少,残缺不全者多。这倒是值得关注中国现代派文学发展的研究者,深入探讨的问题。这里只就三十年代新感觉派的意识流艺术没有得到充分发展并很快"中断",对其复杂原因作点粗略考察。

不能笼统地说二十年代末三十年代初的历史发展为西方意识流文学在中国扎根提供了良机。其实从"五四"反帝反封建的新民主主义革命运动拉开帷幕以后,社会变革、民族矛盾日益尖锐化,争取民族解放和社会解放是历史发展的总趋向,特别到了三十年代初社会各种基本矛盾更加复杂化,民族斗争和阶级斗争更加激烈化。在这种历史的严峻关头,历史所关注的则是文学的革命性和战斗性,时代对作家所要求的则是以文学反映时代的主旋律和历史发展的必然趋向以及广大人民争取民族解放和社会解放的反抗之声和正义之声。这种历史条件正适合"革命文学"派或无产阶级文学流派的形成和发展,并没有为精神分析学说及其意识流文学的传播或生长提供历史机遇,它们只能在社会大动荡或民族斗争阶级斗争的"中间地带"或薄弱环节苟且偷生或曲折发展。那些富有强烈社会责任感和救国救民忧患意识的文学家大都选择了能够及时反映现实斗争、表现人民反抗意识、展示历史发展动向的革命现实主义创作方法,他们并不热衷于选择意识流创作方法去开掘人的潜意识或性冲动和表现畸形都市社会的病态人生与病态心理,而是热心于以文学去表现人民的反抗意识和战斗情怀。这种历史环境怎么能容许精神分析学说和意识流艺术长存下去。况且文学流派的生成与发展又与社会文化主潮紧密相关。五四新文化运动以后马克思主义思想体系在同形形色色的非马克思主义思想的较量中逐步成为社会文化思想的主潮,特别到了三十年代初它指导并决定着中国新文学的发展;虽然马克思主义学说并不完全否定弗氏精神分析学说,辩证唯物主义美学思想也并不完全排斥意识流艺术,但是它们在本质上毕竟属于对立的思想体系和美学原则。马克思主义对人心理的分析是建立在历史唯物主义和辩证唯物主义的思想基础之上,而弗氏的精神分析学说却带有明显的唯心主义或神秘主义色彩;意识流作为创作方法是源于精神分析学说,它的内层次的精神实质,马克思主义美学思想是拒斥的,而作为它外层次的一些表现手法及意识流艺术的其他合理成分,马克思主义美学是可以通过批判予以吸取的。既然当时社会思潮的主流和文艺思想主潮并不适宜意识流艺术的生存发展,自然也不能给现代派文学样式提供足以发展和繁荣的可能性,更不能为创作主体的创造意识和探索意识提供足够的自由的开拓空间,因而意识流小说没有获得充分发展这已是历史的必然。难怪施蛰存后来回忆说:“很困苦地感到在题材、形式、描写方法方面,都没有发展的余地了”①。看来不是现代派文学丧失了发展的机会,而是历史并没有那么宽容地为它们的发展提供良机,这是历史的选择,并不取决于文学流派自身。

任何文学艺术的创作方法都具有历史的具体性,都是在一定的社会历史条件下产生并随着这些社会条件的消失而变为文学遗产被保留下来。意识流艺术方法是一定社会条件的历史产物,我们从西方的文学遗产中将它移植借鉴过来,这种艺术方法能否扎根在很大程度上还要看当时中国的社会条件。也就是说,半封建半殖民地的社会形态与产生于意识流方法的高度发达的资本主义工业化社会相比存在着巨大反差,因而不可能为意识流文学繁衍生长提供肥沃的土壤。七十年代美国文化界曾围绕着现代派文学功过的评论发生一场有趣的争论,从中我们可以领悟到意识流小说产生的社会条件和社会心理。丹尼·贝尔在《资本主义的文化矛盾》一书中详细分析了资本主义文化危机,并把非理主义的发展及其所带来的意识流艺术等形式的变革当作文化危机的突出表现之一。他认为,“在1895年—1914年间大放异彩的现代派革新给文化带来了两个异乎寻常的变化”,一是艺术形式的革命“小说中出现了意识流”,二是“自我有新的表现”;他对意识流持否定态度,说它“歪曲了对人类总体经验的常识观念”,把西方十五世纪以来形成的“理性宇宙”、时间的次序、空间的距离以及那种比例感和尺度感联结在一起的关于单一秩序观念全推翻了。威廉·菲利浦对贝尔的观点提出反驳,不同意贝尔认为意识流毁掉传统文学理性传统把文学变成一片混乱的看法,他认为意识流在文学表现形式和对现实的理解上都表现

① 施蛰存:《梅雨之夕·自序》。

了不同观念，这是应该肯定的东西①。这种争论从来没有停止过，反对的意见大都是指责意识流文学表现了不可理解的混乱，而肯定的意见则认为它在混乱的外表下隐藏着非常严密和精心安排的结构，表现了更高水平的真实。岂不知长于表现“混乱”的意识流艺术正是资本主义社会发展到特定阶段的产物，并适应了这种社会状态和社会心理对文学艺术的需要。理性是十八世纪资产阶级革命的思想基础，但到了二十世纪西方资本主义赖以存活的精神支柱理性，却发生了深刻危机，这主要表现于两方面：一是资本主义的国家机器日益具有理性的形式，往往以“健全理性”的象征自居，然而二十世纪先后两次世界大战所造成的巨大灾难却充分暴露了理性的无济于事，并证明着现代政治理性只不过是政治家掩饰罪恶阴谋的工具；二是随着科学技术和管理方法的高度现代化，资本主义社会的理性化程度有了极大发展，然而社会的理性化程度越高越日益脱离人的控制，反转过来却成为统治人的客观力量，使人束缚在机械性的功能之中，限制和否定了人作为人而存在的意义。这就形成了资产阶级深刻的自我矛盾和难以克服的内在危机，出现了既是理性化的发展又是非理性化发展的悖论。现代派作家的非理性文艺观念就产生于资本主义社会的灾难和危机无能为力和不可理解的绝望情绪中，企图通过文学艺术来表现自我追求以圣经启示录式的神秘来解释世界的意念，同时又强烈地表现出人的非理性的本能冲动和潜意识可以扩大自我天地以维护自我价值的愿望，这和弗洛伊德精神分析学说一样地都把情欲看成人的本质和人类遭受痛苦或失常的根源。意识流文学就是产生并发展于这样的社会条件下和文化心态下。三十年代初的中国上海之所以能够成为新感觉派意识流小说的孳生地，就社会条件和文化心态来说，这种殖民地化的大都会与西方资本主义世界相比只能在某些方面有相似之处，否则新感觉派的心理小说也不会出现。不过从整体上看，即使上海这个现代大都会在经济、政治、文化诸方面的社会条件也是极为复杂的，能够成为支撑意识流文学发展的社会条件是极为薄弱的；况且上海在全国小农经济生产为主体的汪洋大海中仅仅是个孤岛，从各方面包围着它、限制着它、封闭着它。虽然我们不能说现代意识流艺术在当时的中国大地是无源之水、无本之木；但是足以滋养其生存发展的土壤和水分，的确是比较稀薄的。

诚然从“五四”到三十年代初意识流小说得到了从个体到群体的初步尝试，

---

① 陈焜：《西方现代派文学研究》第183－184页。

这有赖于社会发展提供了一定的条件;然而更重要的并非政治、经济条件却是新文化条件,即西方现代科学文化思想的传播和现代审美意识的输入为意识流艺术的移植和创造奠定了一定的思想基础。如果我们冷静地全面地考察一下,整个中国社会所接受的西方现代文化思想是极为有限的也是极为肤浅的,如同“走马灯”一样只是在文坛上走过一遍,至于全国各个角落各个层次的社会心态恐怕难以感受到。正如鲁迅指出的:“新潮之进中国,往往只有几个名词,主张者以为可以咒死敌人,敌对者也以为将被咒死,喧嚷一年半载,终于火灭烟消。如什么罗曼主义、自然主义、表现主义、未来主义……仿佛都已过去了,其实又何尝出现。”①这些包括意识流艺术在内的西方现代文艺思潮之所以匆匆而过,在中国大地上扎不下根,其中还有个重要原因就是中华民族的传统文化观念和审美习惯顽强地左右着中国文学的发展和中国人对文学的选择。由于中国广大民众长期被剥夺受教育的权利,即使“五四”以后推行国民教育也并未达到普及程度,仍然少数人能够得到受教育的机会,大多数民众处于少知或无知的文盲地位,致使教育的发展往往落后于民族经济和民主政治的发展,这就严重地影响了全民族文化素质和精神文明以及审美水准的提高。因此每当西方二十世纪的某种先锋性的文艺思潮或创作方法涌进我国文坛,总是会受到大多数民众的传统思想观念和审美心理的拒斥,或者要经过一个不适应到逐步适应的心理调整过程。不论是弗洛伊德的精神分析学说或者是由此而派生的意识流文学都是对人的心灵探索和认识的深化,从某种意义上说这是一种心灵美学,是在一个较高的文化层次里才能存在和发展的,不具备相当的文化修养和现代科学知识以及开放的审美心理是难以理解和接受的,因而对意识流小说也不可能进行审美欣赏和审美评判的。三十年代初的中国民众的文化水平、审美情趣还没有提高到与意识流文学相适应的程发,因而感受不到这类心理小说所表现出的病态人生的真正意味,更理解不了这类作品开掘潜意识所达到的人性深度,更不习惯这种带有欧化味道的东西所传达的现代人的思维成果。“曲高和寡”怎能在民众中找到立足之地呢?

任何一种艺术形式或创作方法移植到异国他乡能否存活和发展,除上述的多方面客观原因外,还要考察这种文学形式或审美方法自身的主观条件。我曾谈过弗氏的精神分析学说并不是一个科学的思想体系,与之相联系的意识流艺

① 鲁迅:《译文者序跋集〈新现代文学的诸问题〉小引》。

术也不是完美无缺的。如弗氏学说把文艺看成是单纯的“白日梦”,只强调性苦闷对人性的压抑而看不到“生活难”和“人间苦”对人性的压抑,这都从根本上违背了辩证唯物主义的美学思想和艺术规律;特别有些描写性爱的心理小说抽掉男女情爱的社会内容而把这种感情降低到生物本能,单纯表现性爱冲动或婚外性爱或肉欲拍卖,这类作品连“性解放”的意义也不具备,只能污染人们的灵魂。这种消极性或局限性对意识流文学只能起败坏作用,产生负影响,是它不能在中国民族土壤上繁衍、不能为中国广大读者所接受的重要的内在原因。总之,尽管新感觉派的意识流小说尚未得到健全正常的发展,但是施蛰存等辈的大胆尝试其功不可灭,作为一个文学流派的命运是短暂的,而意识流艺术的某些表现手法总是在不同的文学流派中被运用着。三十年代初对西方意识流文学的借鉴,既是移植也是改制,是一种尝试性的中外文学的融合,而这次融合的最突出特点就是现实主义成分浸入意识流艺术方法的过程。正是这种相融相合的传统在八十年代新时期的文学流派中得到发扬光大,获取了令人注目的艺术成就和审美特色。

B. 批判的借鉴与自觉的融合

历史总有宽厚的时候,如果说二十年代末三十年代初尚未给意识流文学的生存和发展提供优越的条件;那么到了七十年代末八十年代初历史却敞开她仁爱的胸怀为意识流文学的重新崛起提供了大好的良机,并形成了以王蒙为代表的意识流文学派,或曰“东方意识流派”或曰“中国式意识流小说派”,将中国化的意识流文学推进到一个新的发展阶段,出现了“意识流热”。

新感觉派在三十年代初的特定背景下对西方意识流艺术美学的借鉴主要停留在移植和搬用阶段,大多是尝试之作,更没有以批判的理性眼光对弗洛伊德的精神分析学说及与之相联系的意识流文学进行历史唯物主义的剖析和选择,往往精华与糟粕混杂在一起地拿过来,即使施蛰存那种拟把“心理分析、意识流”纳入“现实主义轨道”的意图也没完全付诸创作实践。社会主义新时期的意识流文学之所以能够重新兴起并形成意识流热,这里面所蕴含的原因是极为复杂的,其中有关历史的时代的社会的文化的诸多原因不少研究者已作了深入的探讨,无须赘述。不过,社会主义新时期与西方意识流艺术产生的社会背景和文化心态仍存在巨大反差,不论经济文化、政治文化或思想文化、审美理想都处在异质层面上,尽管它们的背后也有人类共同的文化心理和审美追求,然而相异点总是要大于相通点。既然如此,那么何以西方意识流艺术能在新时期文坛上开花结果,并在中华民族的文化土壤里扎下根?改革开放的大潮、思想解放的勃兴,这仅是意识流艺术从西方驶入中国文学内部航道的外部条件,至于这种域外美学思潮或创作方法能否被当代文艺界所接受,并把它转换为"洋为中用"的审美形式或艺术方法,关键在于创作主体的优化程度;也就是说,任何一种新艺术形式或创作方法的选用或创造无不与作家自身的素质联系在一起,没有开放性、独创性的心灵世界既不能改制外来的艺术形式也不能从心里自然地涌出优美的艺术品种。欲把西方意识流艺术改造成符合中国社会主义现代化的时代需要、合乎我国当代文学自身发展的要求以及社会审美心理能够承受的程度,作家本身至少应具备这样一些优化条件,这是一切域外的文学艺术或美学思想能够在我国得以存活的内在根据:一是具有艺术革新意识和成熟的现代人思维。如果一个作家处在社会变革和思想解放的开放时代,总是在艺术上因袭传统不思变革,既缺乏对新时代文化潮流的敏锐性又缺乏对文学艺术的新的审美追求,既缺乏现代人那种崇尚主体精神的思维方式又缺乏马克思主义的实事求是的科学态度,那就不可能为繁荣社会主义的"百花齐放"的文艺春天作出独特的贡献。王蒙曾说:每个人的写作方法都有自己的内心依据,借鉴也罢,求新赶浪也罢,心血来潮也罢,都离不开这种依据。如果没有内在要求的逐渐成熟,那任何新形式的探索是不可能的,"外来影响的启发也只有通过深刻的内省和感悟才能起作用"①。这种所谓内心依据,主要源于作家们艺术革新意识和现代思维方式,有了这种内心依据对于意识流艺术才能采取积极接纳的态度,如同当年鲁迅全面革新中国传统文学形体那样以"拿来主义"的气魄和胸襟,博采众长,"为我所用";否则外在的社会大潮再冲击,其封闭的内心和强固的旧观念也会将新的艺术方法或表现技巧视为异端邪说而拒之国门以外,这样的历史教训还少吗?不过历史的失误总是会得到补偿的,时代的洪流总是难以阻挡的。七十年代末以后出现的改革开放的潮流终于形成一股澎湃腾涌的巨大势能,不仅冲决了种种不适应或阻滞时代主潮的社会心理和行为习惯,而且也激活了文学工作者蕴藏在胸的多年的变革艺术的"内心依据"。时代要求文学走向世界,文学自身也急于走出封闭大门,这种双向追求在作家的内心世界必然能转化为一种接纳新潮、洋为中用的艺术创新精神。西方意识流艺术美学是最

① 《读评论文章偶记》,《文学评论》1985年第6期。

早受到新时期作家青睐的。这种基于“内心依据”的选择并不像三十年代新感觉派尚带有一定的盲从性，他们是在对以前的文学创作经常出现的悖论或教训进行深刻“内省”的前提下来接纳的，这既是一种“文的自觉”也是一种“人的自觉”的表现。二是富有深厚的文化素养和独特的人生体验。新时期那些热衷于意识流文学的作家往往对中外文化艺术有广泛的兴趣，而且对前人的文化遗产善于批判继承；特别对于中外古今长于表现人的丰富情感和心灵世界的文学艺术和表现技艺广收博取，以作为意识流艺术方法的渊源之一。新时期意识流小说的开创者王蒙既有丰富的古典文学修养又有外国文学的良好修养，特别受鲁迅文学精神的影响尤为深刻。他在《关于“意识流”的通讯》中曾表述过，“鲁迅先生的散文诗《野草》中，就有许多写感觉，在某种意义上，也可以干脆说是‘意识流’的篇什”；至于西方意识流小说他有意识地进行阅读和研究，积极而审慎地加以借鉴和汲取。音乐、美术同意识流文学结下不解之缘，王蒙爱好美术更喜欢音乐，如《春之声》的命名就源于施特劳斯的《春之声圆舞曲》。这种多才多艺的气质和兴趣，可以说是勇于创作意识流小说的先天条件。所以综观王蒙的文学创作，格外重视对人的心灵的反映，它是“心灵的历久不变的、行远不衰的唯一的信息”①。丰富多彩的文化艺术修养是致力意识流小说创作的必备条件，但若缺乏深刻的人生体验和丰富的生命感悟以及对人内心世界的探索，也不可能成为创作意识流小说的高手。意识流文学的第一要义就是表现人的心灵活动、开掘人的精神世界，从这个意义说，它是一种心灵美学。新时期偏爱意识流文学的不少作家都有不平凡的人生经历，既曲折又复杂，既有悲剧也有喜剧，尝够了人间的甜酸苦辣，对历史的回忆悲喜交集，看今朝心潮澎湃，思绪万端，思未来前程似锦，但乐勿忘忧。有的作家是从1957年的“错划”中走到了今天，有的作家是从“牛棚”里走上了文坛，有的作家是从“知青点”摸爬滚打出来的；坎坷的生活道路、非人的精神折磨、扭曲的人生体验、悲剧性的生命感受，使他们的心理活动既复杂又沉重，使他们的感觉既敏锐又丰富，使他们的理智既深刻又尖锐，这就必然导致他们的心理活动或意识流程的错综性、绵延性、跳跃性乃至深邃性，以及艺术视野的开阔性、流动性和超前性。这为他们从事意识流小说创作提供了一般作家所不具备的人生体验和生命感受。三是最为重要的具有马克思主义美学思想的指导，以批判的理性精神对西方意识流艺术及其

---

① 王蒙：《我在寻找什么?》，1980年《文艺报》第10期。

与之相联通的弗洛伊德的精神分析学说进行了严格的选择，汲取那些重在表现人的心灵世界的要义及其与之相适应的艺术手法，剔除那些不合乎艺术科学的糟粕，并结合改革开放时代的需要、我国当代文学变革的总趋向以及广大人民审美心理的趋向，确立了有中国特色的意识流文学观。这种批判性的选择和自觉理性的导向，既是新时期意识流文学派区别于或超越了三十年代新感觉派的根本之点，也是西方意识流艺术能够在新时期文坛上蔚为大观的根本原因所在。实践再一次证明，在建设有中国特色的社会主义文学艺术的系统工程中，任何外来的文学思潮或创作方法或艺术流派，都要在辩证唯物主义和历史唯物主义的理性审判台上经受严格的检验而决定取舍；一味地迷恋“国粹”、跟在前人的后面亦步亦趋，固然算不上有出息的文学家，那些一味地崇尚西方现代派文学并把它视为中国文学现代化的样板的文艺家，同样也是没有出息的可悲角色，唯一正确的途径就是下大力气处理好“洋为中用”和“古为今用”的辩证关系。似乎长时间在我们思想中形成一种误解，即坚持马克思主义世界观和方法论只能在文学艺术上运用现实主义创作方法！而对包括意识流艺术在内的现代主义创作方法是排斥的；其实并非如此，恰恰相反，越是坚持进步世界观的作家，他对创作方法的选择越是有更大的自由性，他的选择面也会更广一些。因为马克思主义辩证法的活的灵魂就是具体问题具体分析的精神，即实事求是的科学精神。既然文学是对现实的内面、外面、侧面生活的多层次多角度的综合反映和由表及里由内到外的立体表现，那就应该在创作方法的选择上提倡多样化，非如此不足以真实地反映多维度的复杂生活和表现丰富多彩的情感世界。以博采各种创作方法特别是意识流艺术方法著称的“王蒙现象”，则充分地表明了马克思主义不只是能开拓文学家的艺术视野，正视并执着于现实，而且能确保他们在创作方法上切实做到有选择的兼收并蓄，王蒙为首的意识流派文学家的关于“意识流”的见解大都是这样形成的。他们坚决反对生搬硬套西方意识流文学的创作方法，绝对不把“洋人的裹脚布当领带”；特别不能接受弗洛伊德那种建立在唯心主义基础上的并没有多少根据的性意识学说以及意识流文学的非理性主义或神秘主义。他们既不同意把人的理性思维的概念、推理、判断与感性思维的印象、感觉、联想视为完全对立的两极，明确指出“人不仅能感觉，也能思想”，主张透过人的错综杂乱的感觉印象或意识流动无序化的描写来探索人的灵魂的奥秘或人的理性思维，从整体上来把握人生或人本身行为与动机的有序性和有目的性，不仅可以从感觉中透视出理性且可以从心灵中折射出生活；又反对西方意识流文学那种注重写潜意识的性冲动、病态变态甚至极端孤独的心态或世纪末的颓废感伤情绪，更反对把读者诱进深不可测的内心世界而逃避现实斗争，主张意识流小说旨在“塑造一种更深沉、更美丽、更丰富也更文明的灵魂”。他们所提倡的“意识流”是一种“既面向客观世界也面向主观世界，既爱生活也爱人的心灵健康而又充实的自我感觉”①。这种意识流艺术方法的内在层次的精神实质及其与之相联系的世界观或哲学意识迥异于西方意识流；他们对西方意识流文学的借鉴主要着重于表现方法或艺术技巧以及转向内心开掘的审美趋向。王蒙主张借鉴西方意识流的“写人的感觉”的艺术方法，也主张汲取其自由联想、心理结构等表现手法，不过对这些他都有自己的理解和阐释。他认为，感觉（即艺术直觉）并不是神秘，实际上它是作家对外在世界或客观对象的第一瞬间的反映，具有“鲜活性、流动性、丰富性”的特点，因而从感觉上可以写出人的意识深处的不同的思想感情；他特别推崇意识流手法的联想，它“反映的是人的心灵的自由，纵横驰骋”，而“现实的材料经过联想的重新安排组合，就像万花筒一样地花样翻新、大放异彩”，从表面“看来凌乱，其实有内在的统一性”②，对于意识流小说的结构方法，他认为具有传统小说结构艺术所不具备的特殊功能，即以心理时空来结构作品可以增大跨度和容量，“使在有限的时间和空间里的事情能让人感到更广阔、更长远、更纷繁的生活”③。张贤亮也是着重从艺术技巧上借鉴西方意识流艺术，当然并不否定他对人物的潜意识特别是性冲动的描写受到弗洛伊德的性心理学说的影响。他在《心灵和肉体的变化》中这样表述过：“新的技巧，不外乎是意识流和拼贴画。我个人觉得意识流还不太适合我国大多数读者的胃口，而拼贴画的跳荡太大，一般读惯了情节连续的故事的读者也难以接受。于是我试用了一种不同于我个人过去使用的技巧——中国式的意识流加中国式的拼贴画，也就是说，意识流要流成情节，拼贴画的画幅之间又要有故事的联系。”新时期锐意创新的文学家们对西方的意识流艺术大都具有清醒的理性批判意识，该选择什么该剔除什么都能做到心中有数，不仅能从广大人民的审美需要出发对意识流文学的创作方法或艺术技巧作了中国化的改制或熔铸，而且能以明确的独特的意识流艺术见解来导引意识流小说创作，既避免了三十年代新感觉派尝试运用意识流方法所出现的良莠

① 王蒙：《关于“意识流”的通讯》。
② 王蒙：《关于“意识流”的通讯》。
③ 王蒙：《关于〈春之声〉的通讯》。

不分、精糟混杂的艺术倾向,又使意识流小说在现代型的新表现技巧与中华民族审美习惯的结合上、现实主义精神与意识流艺术方法的结合上达到了新的融合交汇,从中可以窥测到这些作品所表现的现实感日益增强、所运用的写实笔力日益深化、所展示的意识流技艺日益成熟。实质上,意识流小说的中国化过程,可以说,就是现实主义创作方法与两方意识流艺术在挖掘“人物的全部意识领域”这个结合部上日臻融会化合的过程。

王蒙是新时期有中国特色的意识流文学的开拓者、率先示范者,也是成功地运用意识流艺术技巧创造心态小说的集大成者。粉碎“四人帮”的极左路线以后,人们的心灵世界空前活跃,特别是党的三中全会的召开标志着中国的历史发展进入社会主义新时期,“生产的发展,社会的发展,文明的发展,使现代人的生活经验并从而使他们的心理活动大大复杂化了”①,广大人民群众的审美趣味和审美追求也发生了深刻变化,迫切要求文学艺术来一个相应的更新。王蒙适应时代和人民的要求,在文学创作上勇于探索和革新,自觉地批判性地汲取西方意识流文学的艺术方法,巧妙地与现实主义创作方法相结合,在短短的一年多的时间内创作出《布礼》(1979.2—8)、《夜的眼》(1979.9)、《风筝飘带》(1979.12—1980.1)、《蝴蝶》(1980.2—3)、《春之声》(1980.4)、《海的梦》(1980.4)等一系列带有中国特色的意识流小说,或称之为心态小说更确切一些。综观这些小说,虽然洋溢着现实主义精神,并坚持现实主义的基本表现方法,但从艺术风貌和艺术技巧来看却具有意识流小说的审美特征:既灵活地运用了“自由联想”又成功地使用了时空交叉的心理结构,既长于心理分析和内心独白又有绝妙的感觉印象描写,既通过丰富多彩的梦幻来显示人物的潜意识又借用多种自然合理的联想方式来表现人物内心世界的情感流、意识流;特别值得重视的是,自由联想是意识流小说的内心独自、内部分析和感觉印象三种主要技巧的最基本方法,对于“自由联想”采取什么态度往往决定中国化的意识小说的基本特色。同西方意识流文学相比,王蒙的自由联想并不是建立在弗洛伊德的精神分析学说上,既不是带有唯心主义色彩的胡思乱想也不是那种源于潜意识的带有盲目性、神秘性的非理性主义,而是以马克思主义思想作为导向,使自由联想经常闪烁出理性的光辉和威力,即使偶尔作品中所表现出的潜伏在意识深处的无意识内容也主要不是性冲动的狂乱,总可以从隐意识中摸出一条清

① 王蒙:《关于“意识流”的通讯》。

醒的理性线索或带有跳跃性的逻辑思路，《春之声》这篇比较典型的意识流小说在其自由联想中仍然蕴含着"信念和幸福永远不能分离"的真理。正因为王蒙的自由联想黏附着一种或隐或显的先进理性，所以不论他小说中的内心独自、心理剖析或感觉印象、幻想梦境的描写，都体现出一种先进理性与丰富感性、传统写实方法和意识流方法相结合的倾向。有的研究者颇有见地地指出："王蒙创作的意识流小说都是既面向主观世界，又面向客观世界；既探究人的内心世界的奥秘，也描绘现实生活的广阔；为我们提供了一个空前精微而又廓大的艺术空间，任我们陶醉、神游。"①可以说，王蒙开了中国化意识流小说的风气之先，在他的引导和启迪下不只是形成了一个意识文学作家群，而且其他文学流派或群体的小说家也相继选取意识流手法，使新时期的整个小说艺术世界呈现出新的审美风貌。一个英国作家作了这样的评述："王蒙以他的作品取得了并且正在取得一个非同寻常的突破，在他那里中国文学似乎摆脱了像枷锁一样束缚着它的种种形式和陈规陋习，他现在可以在灿烂的阳光之下自由地选择自己的道路了。"②我们并不一定完全赞同格林的评价，但至少看到了王蒙创作的中国式的意识流小说在艺术上具有革新意义，对新时期文学创作能起到推动作用。

如果从"意识流小说应该被认为是一种主要挖掘广泛的意识领域"的定义出发，新时期创作的带有意识流特性的心态小说在内涵的演化中显示了三个逻辑层次。首先出现一批熟练地借用意识流艺术技巧直接进入人物内心世界，着重表现心灵的创伤和自我意识的觉醒，展示出人物的心理的艰难曲折的意识流程；而对人物心灵的静态的或动态的开掘又不仅仅局限于内心世界的审视，而是与外在世界的纵横观照相应地有机地结合在一起，力求在对内心世界的多层次多侧面的剖析中展示出外在世界的全部复杂性和多变性，并从中可以窥测出内心世界的情感流或意识流生成和演进的社会根源与流向。王蒙的《布礼》、《蝴蝶》具有这样的特点，张洁的《爱，是不能忘记的》、《方舟》以及张辛欣的《在同一地平线上》等小说在表现人物的心态上都具有这种特色。虽然这些心态小说对意识领域的开掘既深且广，着重表现了主人公的苦难意识、悲剧意识忧愤意识，但也表现了他们的个性意识、自强意识和理想意识。张辛欣笔下的男女主人公都是上山下乡的知青，尽管在他们深层意识的流动中含有强烈的忧愤感

① 李春林：《东方意识流文学》第145页。

② 《格林给戴乃迭的信》，《钟山》1984年第5期。

和对现实的不满情绪，然而他们“更具有建设性的理想”①，并以顽强的韧性精神和强悍的性格力量去实现理想追求，以期在理想的事业中显示现代知识青年的自我价值。《布礼》中的男女主人公的心灵历程刻下了道道伤痕，忍受着极不公平的冤假错案所带来的种种苦难，但是无论在顺境或逆境中他们的意识流动过程始终贯穿着对共产主义的坚贞不渝的信念。《方舟》中三位女主人公的内心各有独自的意识流程，不过都有悲剧的人生体验，为了争取妇女的真正解放，她们不仅具有强烈的个性意识，而且富有自立自强的奋斗精神和实现“妇女不是性而是人”的强烈愿望。这些心态小说所表现的意识中心主要集中在信仰领域、价值领域和道德领域，既呼唤自我也呼唤变革，更呼唤新的理想。其次由着重在意识流动中表现自我觉醒的艰难历程和对理想的苦苦追求转向对大自然的拥抱和呼唤，显现出一种强烈的追寻意识和怀恋情绪，力图以太自然的伟力和民族的传统解除对现实产生的迷惘感和苦闷感，以唤发起直面现实人生的新的勇气和憧憬。张承志在小说《老桥》中借知青的口表述了这种意识流动的趋向：“纪念和回顾我们患难与共的历史，缅怀那些使我们懂得了善恶的人们，拂去心灵上岁月的灰尘，找回一颗永远热情和纯真的童心！”作家们正是怀着这种强烈的寻求意识投入大自然的怀抱，追忆当年知青上山下乡所留下的足迹，在重温旧梦中和缅怀历史中焕发青春活力和年轻的生命意识。这类心态小说，作者的着力点往往对自然界和内心世界进行双向开掘，大自然随着人心的情感流动涂上强烈的“人化”彩，人心因为大自然的启迪和诱发而形成连续不断的情绪流或意识流，仿佛大自然界和人心世界无间地交融在一起，造成了物与我、内与外、形与神相融相合的审美境界。《北方的河》似乎融汇了张承志对现实人生的全部思考，聚集一股具有强劲冲击力的思想流，他把获得生命力的源泉不只是置于对历史的顾恋更多的则是移情于大自然。作品随着情节的递进被一种按捺不住的主观情绪所冲开，极为强烈的感情流的喷射取代了对生活的冷静描述，一切都被纳入作者主观感情流动的轨迹；而这种主观感情流在大自然中获得了延伸变换的空间，大河在这里已成为一种象征，无生命的自然物在人的本质力量的外化中得到了活泼泼的生命，它记录了作者的全部心理活动过程。特别是把黄河比作父亲这个极为大胆新颖的比喻，既暗示着历史是一种力的延续又显示出作者作为成人的全部独立意识；他同女记者爱情纠葛的背后也隐伏着

① 张辛欣：《必要的回答》。

生命思考的严肃主题,他们的分手不只是气质上的差异更包孕着对生活的不同理解和追求。不仅“那条自由宽阔的大河重新塑造了你”(作者自己,也是主人公),而且也从泾水边上的古老彩陶获得一种超脱的精神境界。张承志的心态小说长于通过草原、大河、戈壁、莽山等人化自然的描写把自己所彻悟到的东西尽情地倾泻出来,转化为情绪流或意识流,使他笔下的整个大自然人格化心灵化,大自然进入主人公意识流动之中起着主导作用,成为改造主人公内心世界的精神力量;但由于作者对自然或历史的过于迷恋,也影响他对现实的人作进一步的心理分析。再次,心态小说借意识流手法不仅通过描写大自然来表现自己或主人公的心灵流程,而且更重视对民族文化心理的开掘,透过传统文化的厚厚积淀层来揭示民族文化心理的潜流,并以现代意识加以烛照和评判。这标志着带有中国特色的意识流小说的进一步深化,它由重在揭示人物心态扩展到对民族文化心理的开掘,增强了人的意识领域表现的广度和深度。如果说张承志等作家的心态小说如《北方的河》、《黑骏马》所表现的主人公对民族历史的追寻和思考,总是依据现时的需要不断地向历史去汲取智慧和力量,以现代理性之光去拭掉古老文化的尘埃而发掘精华之亮点,以融入我们现代人的意识框架的话;那么李陀等作家的意识流式的小说则是比较自觉地挖掘民族文化心理中长期积淀下来的那些不适应现时代需要的劣点,在马克思主义文化思想照耀下铸造现代性的民族灵魂。李陀的《七奶奶》承续了鲁迅《风波》的改造国民劣根性的传统,借助于意识流艺术技巧,刻画了七奶奶那种与九斤老太太类似的“一代不如一代”的思维方式和恋旧惧新的心理流程,通过日常生活琐事的描写深切地揭示了七奶奶一系列的心理活动,从而否定了传统文化心理中的不思变革、惧怕变革、恪守陈规、安于现状的保守性;《余光》中的老金头心理潜伏着一股封建意识的暗流,虽然他是位忠于职守的工人,但内心却有一种对新风尚新事物的出自无意识的拒斥力,这种源于传统文化的劣根性如果不根除实难形成适应社会主义现代化时代潮流需要的新意识结构。这类挖掘民族文化心理的意识流式小说,还深入到对少数民族文化心理的意识流动的描写,比较有代表性的是马原的《冈底斯的诱惑》,它深刻地揭示出藏族人民的深层的心理意识,具有深邃的哲学意味和鲜明的民族特色,不过作者对这种古老民族的文化心理并没有以现代的理性眼光予以批判性的审视,而是给以相当的尊重。王蒙的长篇小说《活动变人形》以大量的意识流表现技法,通过对中国知识分子悲剧命运和悲剧心理的刻画,深刻地揭示了民族传统文化心理,并以马克思主义思想为武器予以有力批判。小说中的主人公倪吾诚的灵魂中充满了西方文化思想(即资产阶级文化意识)与传统文化思想(即封建文化思想)的激烈冲突,斗争的结果是封建文化思想和传统伦理道德获胜了。这不仅显示出传统文化观念的根深蒂固和力量强大,也表现了西方资产阶级文化思想的软弱无力,它从根本上承担不起彻底反对封建文化思想的历史任务,唯有马克思主义思想体系才能清除知识分子思想灵魂中的“鬼气”和“毒气”,才能真正在彻底批判封建文化残余意识和资产阶级腐朽思想的基础上建立起现代型的文化意识结构、塑造出适应新时代需要的民族文化性格。托罗普采夫对中国新文学借鉴意识流小说艺术曾说过:“最重要的是,它会不会继续发展,它有没有获得成为中国文学的民族现象的权利。”①这说明意识流小说艺术能否在中国扎根,必须经过一个“洋为中用”的民族化过程。

新时期出现的意识流式小说在“人物的全部意识领域”进行开掘所显示出的三个心理逻辑层次,不只是意味着这些心态小说在内容上的深化,也标志着意识流艺术在形式上的日臻成熟。

纵观西方意识流艺术自“五四”文学革命运动传入中国文坛以来,大致随着中国新文学流派的演进断断续续地经过了三个阶段,不论是二十年代初期人生派或艺术派个别作家的大胆尝试,或者是二十年代末三十年代初新感觉派以群体力量采取移植的方式来创作心理小说,还是七十年代末八十年代前期以批判的态度自觉地借鉴意识流艺术方法比较成功创作了一代中国式的意识小说,都有意无意地借用西方意识流文学的艺术技巧和独特表现手段,来革新中国传统小说艺术,这里面既有成功的经验也有失败的教训。大凡尝试失败了无不是因为离开了中国特殊国情和源远流长的文化传统而生搬硬套、只重移植不重改造;凡是实验成功者大都能从我国社会时代需要出发,顾及到民族文化心理和审美习惯,以理性的分析批判眼光来汲取西方意识流艺术,并与传统文学的创作方法或艺术形式在探索人的意识领域这个结合部上达到辩证的统一,使东西方审美因素相互交融,以形成中国化意识流小说的基本美学特征。对此不少研究者从理论上作出了自己的归纳概括:宋耀良认为构成东方化意识流的主要特征有,心灵之感与自然之象的融合;情节的发展与情结的开释相交织;当代意识与民族文化心理相贯通(“·”点为原文所有)②。李春林从更宏阔的文化背景

① C·A·托罗普采夫:《个性的发现》,《当代文艺思潮》1985年第1期。

② 宋耀良著:《十年文学主潮》第196－199页。

上对东西方意识流文学作了比较，从它们的差异中突出东方意识流文学的审美特征，显示了作者学术视野的开阔和见解的中肯独到。他认为，一是西方意识文学常写变态的人或人的变态，尤其重视人的潜意识及性意识的描写；东方意识流文学特别是新时期的东方意识文学，大多写常态的人或人的常态（在鲁迅、郭沫若、郁达夫及新感觉派的小说中并不完全如此，他们侧重写人的变态、病态，这由他们所处时代及世界观文学观决定的）。二是西方意识流如汪洋大海，航道不清，在相当大的程度上远离理性；东方意识流则主航道鲜明，有较强的理性意识和明显的自控能力。三是西方意识流重心内轻心外；东方意识流往往心内心外并重，使两者相交融。四是西方意识流小说的情节相当淡化，几无情节；东方意识流小说大都重视情节，甚至有的是在情节结构中展开人物的意识流动。五是西方意识流小说中的人物大多生活在自己的内心世界中，似乎再没有其他社会活动；东方意识流小说中的人物既是思考着的人也是行动着的人，思行并重。六是西方意识流文学侧重写西方当代人的心理，主要是对当代西方精神文明的展示、思索和批判；东方意识流文学的心理倾向则较为复杂，既有当代人心态的展示又有对传统文化的追寻，也有对在共产主义思想烛照下的超前意识的表现①。

上述的概括是较为全面的，这里我要强调说明的既是对以上见解的深化也是对它们的拓展，但不一定是精当准确的。中国化意识流小说的创作方法是以历史唯物主义和辩证唯物主义作为哲学基础，它对人物心理灵魂的剖析强调内面世界与外面世界的辩证统一，这与西方意识流小说的哲学基础是不同的。西方意识流小说根植于西方社会的土壤，它的哲学基础是带有唯心主义色彩的詹姆士的"意识流动"说、柏格森的"心理时间"说和弗洛伊德的性心理学说。建立在这些学说之上的西方意识流小说迷信人的直觉、感觉，强调人的意识流的非理性和无逻辑，渲染人物的颓废、堕落、色情、猥琐、神经错乱和变态病态心理等下意识或潜意识，追求那种扑朔迷离、朦胧晦涩的审美效果，被封为西方意识流小说的经典作品几乎都具有写人的自私、猥亵、卑下和肉欲主义倾向。新时期出现的中国式的意识流小说虽然有的也流露出一些不健康的东西，但大部分小说是经过马克思主义思想批判后而对意识流艺术方法的合理内核加以借鉴和吸取的，这就从本质上使中国化的意识流小说区别于西方意识流小说，这也

① 李春林著：《东方意识流文学》第221－224页。

是中国意识小说的最根本特征。我们以马克思主义思想为指导对西方意识流文学的合理内核的选取,至少表现在这样一些层面上:一是辩证唯物论与意识流文学的哲学基础之一弗洛伊德精神分析学说并不是完全对立的,弗氏学说本身含有一定的辩证法因素。恩格斯说:“辩证法不过是自然、人类社会和思想的运动和发展的总法则的科学。”我们应当承认人的心理过程是以辩证的方式进行的。弗氏精神分析学是以辩证法来研究人的心理世界,它提供的一个新观点就是“把心理生活当作要求着的和压抑着的力量之一种交互作用,以冲突为中心。心被看作动力地交贯的相反的因素——意识的和无意识因素——之统一,由这些因素的交互作用中产生出丰富的不同的人类思想和感情。我们一考虑爱德,自我,和现实之间的关系,便可以看出这种交互作用的辩证法的性质”。特别是“爱德”自身又结合两组相反的本能:“死的本能寻求一种无生气的状况之恢复,而生的本能则要求机体的建设和保持。生,当作一种过程,包含有生的力量和死的力量的斗争,死与生共同进入体内,从辩证法的观点看来,这两点都几乎是很平常的。”[①]虽然我们对弗氏的泛性说不能完全接受,但他对人心理三个层次结构之间关系的说明确实包含着辩证法因素。恩格斯说:“任何一个有机体,在每一瞬间都是它本身,又不是它本身,在每一瞬间,它同化着外界供给的物质,并排泄出其他物质;在每一瞬间,它的机体中都有细胞在死,也有新的细胞在形成。”[②]弗氏对人本能的分类,我们似可从恩格斯的论述中受到点启示;特别是“透过意识的表面,直达潜伏的本能,这种本能一旦发动起来,便提供革命以原动力。精神分析学的研究对马克思主义者是重要的。”[③]如果这种见解有道理的话,那么我们对意识流艺术的哲学基础之一的弗氏学说就应坚持批判汲取、为我所用的科学态度,以拓展文学作品对人的意识领域的开挖。二是与前者直接联系着的,是人的意识中的确包含着下意识、潜意识即非理性成分,这已为现代心理学的实验所证明。新时期意识流小说并没有把下意识或潜意识当作心理描写的主要内容,也没有过分渲染意识的非理性、无逻辑甚至混乱污浊的东西,它们只是把人的意识作为一条长河,从流动中循着主航道进行刻画,将它作为一种艺术手法来选取的。三是更多地吸取了西方意识流艺术从多层次多视角多侧面反映生活、刻画人物心理状态、给人以立体感的表现方法;特别是

① 奥兹本著:《弗洛伊德和马克思》第161－162页。

② 《马克思恩格斯选集》中文版第3卷,第61－62页。

③ 奥兹本著:《弗洛伊德和马克思》第187页。

意识流艺术的心理结构，把过去、现在、未来，幻想、现实、梦境，通过自由联想使各方面交叉糅合在一起，突破了时空界而形成的复线、多线、放射线式的艺术结构，为更多的作家所运用。不论西方意识流小说的那种合理因素或表现技巧被吸取和接受，似乎都没有形成完整形态的中国式的意识流创作方法，它们总是同传统的现实主义创作方法结合在一起，特别对人物心灵世界的刻画往往表现出现实主义心理描写包孕着意识手法的合理成分、而意识流手法却不能取代现实主义心理描写的艺术倾向，王蒙、张洁、张承志、张辛欣等的一些意识流小说在创作方法上都具有这样的特点。此其一。

其二，"自由联想"是意识流小说的基本艺术方法，它是属于直接的动态心理描写范畴之内的，这一概念从西方意识流文学借用过来，并在创作实践中加以运用，已具有中国特色了。西方意识流小说主张对人物的意识流程（主要是潜意识）作内向性的非理性的描绘，采取大量的自由联想的时空交叉或时序倒置或蒙太奇剪辑等手法，无视人物性格的逻辑性和思想意识的理性，一味强调表现人的主观情绪和主观感受，否定意识流动的客观依据。沃尔夫的《墙上的斑点》主要写主人公连自己也莫名其妙的非自觉的潜意识活动，每种"自由联想"之间很难找出因果联系和逻辑关系，主观随意性很大。但从艺术表现方法这个角度来看，我们借鉴"自由联想"，以增强对人物意识活动的复杂性的表现。在我们以往的传统小说中对人物的潜意识或复杂心理因素几乎从未触及，正如王元化所指出的那样，"现实的人的动作或反动作并不都是像我们大量小说中所写的那样是经过理性的审慎衡量的。他们往往凭着感情的冲动或其他心理因素（例如古希腊人所说的'情态'）去行事。"①如果把人的意识活动全部写成自觉的理性思维活动的表现，那这种写法必然使人的丰富复杂的意识活动抽象化简单化；如果我们借用意识流小说的"自由联想"的艺术方法并加以改造，剔除其纯内心、非理性、无逻辑的因素，充实其理性成分、时代内容，可以将它变成一种合乎我国当代读者欣赏口味的艺术方法。王蒙等作家借鉴西方意识流的"自由联想"的表现方法，既没有在探索人物心灵世界时去表现那种朦胧、神秘、孤独、绝望甚至带有兽性味道的纯内向的潜意识，也没有完全排除客观外在环境对"自由联想"的制约，更没有拒斥自由联想中的理性因素，尽管他的自由联想经常超越时空界限，"故国八千里，风云三十年"，采取多线交叉或放射线的

① 王元化：《和新形式探索者对话》。

“心理结构”，然而它并没有脱离严峻的现实生活轨道。正由于新时期意识流小说家们对“自由联想”艺术方法在借鉴中进行了改革和创新，探索出一些具有中国特色的“自由联想”艺术规律。经过理性思维渗透的植根于现实土壤的人物“自由联想”作为一种艺术方法，并非天马行空、随心所向，毫无艺术规律可循。至少从新时期出现的中国式意识流小说中可以概括出这样一些“自由联想”的艺术规律：一是“自由联想”中出现的时空情境或大跨度跳跃应以人物的内在情感作为纽带或桥梁，把各种意象联结起来，虽然人物的“自由联想”可以神游万里，但由于情感流或情绪流的牵引尚能达到形散神凝、入情合理的艺术境界，王蒙的《相见时难》便体现了“自由联想”的这条艺术规律。二是“自由联想”艺术方法既是刻画人物心理流程或心理状态的“灵丹妙药”又是淡化情节增强作品诗意的高超技艺。因为“自由联想”的艺术方法有利于表现人物的强烈情绪，有利于描写人物多层次的心灵世界，有利于增强小说的诗情画意。张承志、邓刚、张贤亮等作家的带有意识流色彩的小说大都运用“自由联想”这种艺术方法有意地淡化情节，使小说日趋风格化。如《北方的河》，情节的淡化、题材的独特、人物“自由联想”渗透于情与景的描绘中，这三者的辩证统一则构成小说的独特审美风格。三是“自由联想”不是胡思乱想，也不是“作家退出小说”让人物的潜意识作漫无边际的“自由流动”，而应遵循艺术想象的内在规律。即这种“自由联想”既然是人物在特定情势下产生的，那就不能不受具体环境和特定态势的制约；“自由联想”既然是一种艺术想象，那就不能不受艺术想象本身规律的制约。张抗抗的《北极光》中的女主人芩芩的“自由联想”是符合这条艺术规律，既符合人物在特定情势下的心理逻辑又突现她的奇思妙想的浪漫主义个性。此外，“自由联想”艺术方法的运用并非为了任意夸大潜意识的作用，而是在理性艺术思维过滤下有意识地用它去表现人物丰富复杂的内心世界；“自由联想”与时空情境交叉，也是揭示人物意识流动常用的方法①。

从对中国化意识流小说基本特征的粗略考察和归结中，已展示了这派小说的独特审美价值及其在中国二十世纪文学史上的不可取代的地位和重要意义。

西方意识流文学传入我国二十世纪新文坛，经过一个移借、改造、融合、创新的过程，它不仅曾以文学流派的美学形态出现过，而且更以一种艺术技巧或表现手法渗透于不同文学流派的创作中，尤其对小说艺术的变革引起一系列新

---

① 参见张德林著：《现代小说美学》，湖南文艺出版社 1987 年版。

的变化，这说明中国化的意识流文学既有较广泛的适应性又有较大的可塑性。意识流艺术在“五四”前后虽然尚未形成文学流派，但意识流表现技艺却参与进小说艺术的改造，使鲁迅、郭沫若、郁达夫等作家的小说创作发生了一系列新的变化；后来新感觉派对小说艺术形式作了较全面的革新，创造出具有完整形态的心理小说，尽管存有较明显的模仿移植痕迹，但毕竟对中国小说艺术的现代化进行了有益的尝试。历史推进到社会主义新时期，不只是形成了中国式意识流小说文学流派也作为一种艺术方法渗透到各种文学创作，引起文学艺术尤其是小说艺术内部的深刻的变革。中国传统小说艺术有很多可借鉴的优秀之点，也产生过不少优秀作品，这是我们民族的优秀遗产，但任何完美的艺术都是持定历史的产物，总是有它的时代局限性和不足之处。就以它的全知全能的叙述视角来说，所表现的是被作者理性精神规范好了的秩序化生活，所传达的是作者一种角度的观感和看法，特别作者的直接介入不可能深入到人物内心的各个层面去探索其心理奥秘；也就是说，这种无所不知的全能视角具有很大的局限性，既不能反映现实世界的多变性又不能表现心灵世界的复杂性。意识流艺术不仅可以促使传统小说的叙述视角发生根本性变革，同一篇小说也可以采取多种多样的传达视角；而且能够使文学之笔深入到人的意识灵魂的各个角落，确立起交叉、变幻、叠合的心理时空系统。这种新技巧为新时期越来越多的作家所接受所运用，即使那些并不赞成对传统小说艺术革新的人也认为这种处理心理空间的新方法是值得借鉴的。特别值得提及的是，意识流艺术使新时期小说创作从音乐和绘画中汲取艺术营养，以充实自身的表现手法。音乐的旋律在小说中可以作为结构的骨架，也可以起到沟通内外、融化物我、浸染题旨的作用；绘画是空间艺术也是直觉艺术，小说借鉴绘画因素既可以充分运用色彩表现人的情绪，制造艺术氛围，也可以在结构上使一个个生活场景于空间范围内凝固，以表现瞬间的情感。意识流艺术对传统小说艺术的更新所起的作用是多方面的，几乎形成了一代新的小说艺术形态，所以意识流艺术的文学史意义是不能抹煞的。不过意识流艺术促使中国传统小说发生结构性的变革，并不是以完全否定传统小说艺术为前提的，它选择的是一条双向交汇、中西交融的道路，不论是王蒙的小说或是张洁、张辛欣的小说都不是完整意义上的意识流小说的艺术形式，而是一种“既进入心理意识之内，又步入外部社会现实之中，将两者有机地糅合在一起,形成中国所特有的文学表现形式”①。

中国化意识流派及其小说在中国文坛上出现不仅对传统文学在艺术上的变革具有重要意义,而且从文学内容的变革上来看,它极大地拓宽了人物心灵的表现领域。随着我国改革开放的日益深化,人们的生活方式和思维方式必定会发生变化,人们的主体意识也会逐渐增强,特别是人们的心理结构与审美旨趣必然会产生相应的变化,意识流小说就能适应人们已经变化了心理表现需要和审美情趣需要;尤其随着全人类生活的日趋复杂化,随着高科技、心理学、脑科学的发展,人们越来越重视观照自我并从而揭开心灵世界的奥秘,意识流小说的独特艺术功能正是拓展了对人的意识领域的挖掘。鲁迅借助意识流技法所开创的重在剖析国民灵魂的优秀传统一直被继承下去,到了新时期得以发扬光大,那些具有中国特色的意识流小说多角度多层次开拓了人物心灵的表现领域。这种新小说日益重视开掘人物心灵领域的审美趋向代表着小说的诗化方向,因为“诗的真实在于如实描绘人的心灵”;特别意识流艺术有机地融合了音乐艺术和美术艺术的某些审美因素,就越发增强了它的诗意浓度。这不仅体现出中国作家的审美思维由心外向心内转换,也表现出当今广大读者的审美心理和期待视野向着新的层次升华。穆勒曾说:“当人或社会从孩提时代成长起来,完全脱离儿童状态而成为成熟的男女之时,对诗歌感到最大兴味的通常是那些智力和心灵都达到最大的深、广度的人”②。虽然这种看法未免绝对化,但也含有一定的合理因素,它启示我们领悟人们的审美要求是趋向于意识流这种带有诗化意味的小说的。中国人的传统审美心理和审美趣味尽管与意识流艺术的美学意蕴的差距甚远,拒斥力大于迎合力,然而随着时间的推移和域外文学艺术的中国化过程的演进,其差距会越来越小,迎合力将逐渐抵消拒斥力,使中国文学缓慢而又必然地进入世界文学的主潮流。当我们在对中国式的意识流文学派及其小说创作审美价值和它们的文学史意义进行肯定性的观照评析时,并没有忽视它本身所存在的不足甚至严重缺陷。这主要表现在,有的作家热衷于借助意识流手法或弗洛伊德性心理学说,创作出一些格调低下、放纵情欲、甚至展览兽性的小说。这种不健康的因素虽然不能在总体上损害中国式意识流小说的审美特征,但是对于意识流艺术这种类似于心灵美学的诗化小说,不能不说是一个值得重视的污点。

---

① 宋耀良:《意识流文学东方化过程》。

② 英国约翰·斯图雅特·穆勒:《谈诗和诗的种类》,《文学研究参考》1987年第1期。

中国新诗流派的象征主义审美意向

作为新诗的象征主义美学意向的基本内涵有区别于古代诗歌所运用的一般象征技巧和现代美学的喻意手法，必须参照西方象征主义诗歌的一系列理论主张和美学实践加以概括。大致包含这样几点：对浪漫派形式主义诸特征的直接反拨；以象征（总体哲学象征与局部意象象征）作为基本表现手法；哲学意蕴与象征表现的统一，知性（包括思想智慧与艺术智慧）与感性的统一；语言构造的是一个暗示性世界，这是对应于有限的客观世界的无限世界；各种感官交叉重合形成交感，光声色的交合，音乐与绘画的融合；由象征、隐喻与暗示所产生的朦胧感与空间审美张力；建筑于诗歌形象序列的逻辑结构对外在韵律形式的超越，由形式操作到意义操作；形象的视觉意义对听觉意义的超出，阅读价值对音乐价值的超出，等等。但也要指出，前后期象征主义诗歌流派的差别性大于它们的一致性，因此上述的归结不可能完全适用于所有的象征主义诗歌的具体流派，如前期象征主义诗歌的主要特征是对应于浪漫诗派的隐晦与暗示，而对于浪漫诗派所强调的音乐性和形式却十分重视，特别是它的重感性表现的特征更与后期象征主义诗派所推崇的哲学与智性相差甚远了。可见象征主义美学意蕴的内涵具有历史的阶段性；同样，象征主义美学意向在中国新诗流派的演进中也显现出鲜明的历史阶段性，而且与我国古老民族的象征美学传统相融合，形成独特的象征主义诗美特征。

A. 艰难曲折的演变过程

作为特定的历史现象，象征主义诗歌流派仅存于二、三十年代；但作为一种审美意向，却是贯穿于整个新诗历史之中的文学现象。七十余年来，它时隐时现，时强时弱，与新诗的荣辱兴衰深刻地连在一起。虽经种种曲折，却终又不断发展成熟。在这一纵深的历史跨度之中，笔者旨在对其发展过程作一总体的简略描述。

移植·借鉴·融合：起伏于三十年新文学史之中

当中国新诗以其对古典形式的最终叛离而诞生的时候，正是西方象征主义诗歌以燎原之势漫延世界的年代。因而，以历时序列产生于西方的近现代诗歌流派必然会同时对中国新诗发生影响。不难设想，反拨于古典主义诗歌形态的最直接有力的武器正是近代浪漫主义诗歌，所以在胡适等人最初的实验之后，只有以郭沫若《女神》为代表的真正的浪漫主义诗歌流派才确立了新诗的地位。然而与此同时大批留欧的中国学生所受到直接影响的则是方兴未艾的象征主义派诗歌（主要是前期象征主义）；而象征主义又是以其对浪漫主义诗歌的补正与反拨而出现于现代世界诗坛的。因而，在浪漫主义立足未稳的时候，新的象征主义派诗歌在中国的引入便已势在必行。

早在五四初期，象征意识作为一种倾向已经明显地贯穿于诗歌创作之中。如鲁迅、周作人、刘半农、沈尹默、冰心等人的一些诗作，都可看出象征手法的普遍运用，在新诗自由派首领郭沫若的《女神》中，整体的象征伴随着文化与哲学意识成为其诗情迸发与负载的基本形式与内容。特别是在《女神三部曲》、《凤凰涅桨》等主要诗篇中，来自泛神论哲学思想的影响更加强化了其象征意蕴，"《凤凰涅槃》便是象征着中国的再生"。这些一方面可以看作是诗人们对象征主义手法的不同程度的借鉴，另一方面又不应视作是对象征主义美学思潮的自觉应合，它们大都是诗歌中固有的象征手法的必然显露。不过五四时期的象征主义美学并没有对自由诗派的浪漫主义美学倾向形成一种反拨，它主要是作为一种表现手法来补充浪漫主义创作方法。因为在创作方法的精神实质层面上象征主义与浪漫主义并非异质相对，而在以人的主观内心世界作为艺术表现的主要对象这一中心点上却有一致性，只是在艺术表现手法上前者侧重于运用外界事物形象（象征、暗示）去表现作家主观世界而后者刻意采取直接抒情方式来宣泄作家内心情感，所以在创作方法的外在层次上借用象征主义手法可以弥补浪漫手法的不足，遗憾的是当时以郭沫若为代表的浪漫主义诗歌在表现手法的选择和运用上并没有达到自觉的"博采众长"的程度，难免给浪漫诗派的发展留下自身无法克服的局限。

二十年代中期李金发诗集《微雨》（1925）的出版，真正标志了现代西方象征主义诗歌在中国的移植，并逐步形成一个象征诗派。留学法国多年、专攻绘画的李金发凭着自己良好的艺术直觉而搬用了象征派的艺术手法。他的诗以波德莱尔式的沉郁气氛和病态情绪而被人们惊呼为突起的"一支异军"。李金发表现出与流行的"白话诗"以及浪漫主义诗歌迥异的诗风，"其体裁、风格、情调，都与现实流行的诗不同"①。他那闪烁飘忽的诗意，朦胧迷离的情绪、新奇怪

① 1925年11月《语丝》第45期"广告"。

丽的想象以及艰涩难解的语言，都使人们感到异常的新鲜与迷惑，并由此引来了各种毁誉与争议。在许多评论者看来，他的诗过于欧化和神秘了，因此，“读不懂”的批评之声也紧随而来。可事实上李金发诗的怪异难懂并非主要因为其象征主义手法，而是由于其汉语功力的不足，因而诗意的表达就难以尽致；同时，李金发忽视了诗歌的整体构思这一关键的艺术环节，所以使其作品的诗意建构与传达均无法达到法国象征诗派的高度。但是无论如何，李金发是第一个把西方象征主义作为诗歌基本美学原则和表现方法引入中国的，对于象征主义美学在中国新诗中的传播与融合有着其不可磨灭的实验意义。

朱自清在《中国新文学大系·诗集导言》中还提到了二十年代后期“取法”和“倾向”于象征派的诗人：创造社后期三诗人王独清、穆木天、冯乃超，戴望舒及其追随者蓬子等人。同时，由浪漫主义向象征主义倾向发展，也是二十年代后期诗人包括闻一多等在内的著名诗人的共同特点，虽然西方古典文化教育使他们首先选择了浪漫主义诗歌形式，但当代流行的象征派、意象派诗歌也给予他们以深刻的影响。另外，穆木天、王独清在理论上还较早较系统地阐述了其象征主义美学思想。穆木天的《谭诗》①是一篇非常地道的诗歌美学论文，他在文中基本上以象征主义诗歌为参照提出了诗歌的“统一性”、“持续性”、内容与形式的一致性以及暗示性等要素，提出了建设“纯粹诗歌（The pure peetry）”的理想。这些观点与西方象征主义诗歌，特别是马拉美、瓦雷里的诗歌理论是基本吻合的。王独清的《再谭诗》②可以看作是对《谭诗》一文的补充，他进一步强调了诗歌的“情”、“音”、“色”、“力”的诸种要素，这两篇文章应当说是中国新诗史上有关象征主义诗歌美学最早的经典论述。

然而在真正的诗歌实践方面，只有到了戴望舒那里，象征主义美学意蕴的诸种表现如色彩、音乐性、通感、具有统一向度的意象以及暗示与象征的基本手法、甚至那种深沉抑郁的情绪等等，才得到了较为完美的体现。尽管在习惯上人们一直将他视作“现代派”诗歌的盟主，但实际上不论从理论主张还是诗歌实践上，他都堪称象征主义诗派的旗手。他的创作以圆熟的技巧、流畅的语调和坚实的语言功力使象征主义诗歌获得了极为成功的表现形式。尤其是他还以自己深厚的民族文学修养从创作实践上续接了中国古典诗歌的美学传统。他的诗无论在意境的构筑、意象的美感特征、象征意蕴的深化还是整体情绪与格

①② 《创造月刊》1926年3月第1卷，第1期。

调方面都表现出鲜明的民族特质。在此之前,不少诗人像郭沫若、宗白华、周作人、穆木天等都曾在其诗论或信札中提到对传统的续接与吸收等问题,李金发的诗歌也保留了许多古典语言的影响;但是就他们的诗歌创作本身来看,与古典美学传统仍然保持着初期象征诗派的反叛特征,而只有戴望舒才“倾向于把侧重西方诗风的吸收倒过来为侧重中国旧诗风的继承”①。这是一个极为重要的转折,现代象征意蕴与古典文化传统真正实现了在美学意义上的成功嫁接。

在戴望舒成名以后的三十年代中期,象征主义作为一种美学意向迅猛地渗透到了诗歌创作之中,诗人们普遍意识到象征手法在诗歌表现中的重要价值。梁宗岱说:“可以毫不过分地说,一切最上乘的文艺品……都是象征到一个极高程度的。”②从他大量列举中外诗歌例证来看,他已明确意识到象征主义作为美学意向在包括中国古典诗歌在内的人类诗歌中跨越时空的广泛存在和其表现手法的极端重要性,因为它能够“藉有形寓无形,藉有限表无限,藉刹那抓住永恒……正如一颗蓓蕾蕴蓄着烂漫芳菲的春信,一张落叶预奏着那弥天漫地的秋声一样,它所赋形的、蕴藏的,不是兴味索然的抽象观念,而是丰富、复杂、深邃、真实的灵境。”可以开列这样一串名字,被归为“现代派”的施蛰存、李金发(后期)、何其芳、艾青、金克木、陈江帆、李心若、玲君,由浪漫派转向象征派的卞之琳、朱湘、冯至,他们组成了三十年代阵容庞大的象征主义诗人群。

与戴望舒所代表的衔接古典传统的倾向形成呼应之势的是艾青所代表的切向现实的执着追求,他们使象征主义的美学思潮真正得以植根于中国的现实土壤。艾青的一举成功正好表明了中国新诗最新的、同时也是最主流的发展方向,来自象征主义诗歌的艺术熏染,特别是他对于北方人民苦难生活的富有象征意味的描写使得三十年代中后期表现劳苦大众生活与命运的诗篇跃上了一个崭新的审美高度。他巧妙地解决了象征艺术与时代精神的关系,成功地运用了西方诗人用以表现自我情绪的现代审美感知方式去表现普通人民的生活与情感,使现实主义与象征主义达到了互补与融合。在艾青一生的诗歌创作中,来自象征主义诗歌的美学启悟使他获得了恒久的艺术生命力,他四十年代以后以至当代的诗歌创作得失从正反两面说明了这一点。

从三十年代后期到四十年代中期,抗战的烽火使得诗歌不得不在很大程度上变为直接服务于民族战争的武器。因此,作为旨在强化诗歌审美因素的象征

① 卞之琳:《戴望舒诗集·序》,四川人民出版社 1981 年版。
② 《象征主义》,《文学季刊》1943 年 4 月第 2 期。

主义意蕴必然会更多地为更加率直的民族情感所替代，自二十年代后期以来不断强化的象征主义审美意向渐趋淡化了。但尽管如此，活跃于祖国广大土地上的许多诗人仍然大量接受着来自象征主义诗歌的美学熏染，除了戴望舒、卞之琳、冯至等一大批前辈诗人以外。著名的“七月诗派”，特别是“九叶诗派”，他们的诗歌既受到后期象征主义大师里尔克、艾略特、奥登等人的熏陶，同时又受到关注现实的时代诗风的影响。他们的诗追求知性和感性的融合，将幻想与现实交织于一起，通过意象的营造以增加诗意厚度与密度。从这一点上说，他们的创作在特殊的社会历史环境中，仍然将新诗艺术向前推进了一步；尤其在他们的诗中，由于“知性”的增强而真正具有了二十世纪的现代特征，即使以当代的美学标准去看，我们仍无法怀疑这样的结论：“玄学的思维，新奇的意象，色彩和光影的渲染，特别是这一切的融合无间”使得“九叶诗派”的“抒情方式和语言比过去任何新诗人都要现代化”①。

从现代归向古典：台岛三十年

在历史与政治的作用下，也由于西方文艺思潮本身的芜杂，新的共和国在最初的许多年中必然要排斥一切被认为是来自现代西方的文化因素。因而，象征主义这一明显含有西方现代文化特质的美学思想当然也会被拒于国门之外。这种情形在台湾虽有所不同，但接受的心态依然是异常矛盾的。正如诗人余光中所说：“机器对于西方人的威胁，似乎是时代的：面对自己创造出来的工业文明，西方人虽有作茧自缚之恨；但它对于中国人的威胁，不但是时代的，还是民族的，因为工业文明是外来的，意味着帝国主义的侵略，和西方文化对中国文化的挑战。”②面对外来的挑战，最好的办法就是回归传统，从那里获取力量——这就是台岛诗人所面临的两难选择。

表面看来，台岛自五十年代初期一直延续到七十年代的“现代诗运动”从未明确标张过“象征主义”的旗帜，然而从他们所明确提出的艺术主张以及诗歌创作实践来看，仍然基本上延续了后期象征主义与中国二、三十年代象征派诗歌的传统；同时，在西方象征主义美学的参照与催迫下，另一些诗人更加自觉地发现和发掘了古典诗歌艺术中的象征主义美学传统。因此在当代台湾现代诗歌运动中就明显地表现出上述两种倾向，在多年的对峙与论争之后，他们方渐趋互融。毫无疑问，在续接、回归与发掘传统方面，台湾现代诗派具有其独特功

① 袁可嘉：《现代派论·英美诗论》，中国社会科学出版社1985年版，第378页。

② 《中国现代文学大系·总序》，巨人出版社1972年版。

绩，他们比之戴望舒等人更跨出了自觉和成熟的步伐。

考察五十年代发轫的台岛现代诗歌运动中三个影响最大的诗社和流派，就会发现西方象征主义的诗歌理论仍然是构成他们早期美学原则的基础与核心。1953年现代诗运动的兴起，正是肇始于纪弦创办《现代诗》和“横的移植”的口号的提出。特殊的文化与政治环境使他们必然首先倾向于对西方现代美学思潮的选择。1956年，纪弦在由他发起召开的“第一届现代诗人代表大会”上宣布了“现代派”的成立，并提出了“现代派六大信条”，声称“我们是有所扬弃并发扬光大地包容了自波德莱尔以降的一切新兴诗派之精神与要素的现代派之一群”；而在六大信条中他突出强调的则是诗歌的“知性”与“纯粹性”[1]，这些都曾是马拉美、瓦雷里等诗人倡导过的象征主义诗歌的艺术原则。另一个在1954年由覃子豪、钟鼎文、余光中、夏菁等人发起成立的“蓝星诗社”，虽然在“移植”问题上与纪弦为代表的现代派存在原则分歧，但他们的理论在实际上仍然十分接近后期象征主义。覃子豪指出：“现代诗有强调古典理性主义的倾向，因为理性和知性可以提高诗质……但这非藉抒情来表现不可。最理想的诗，是知性与抒情的混合产物。”[2]不过，从创作上看，“蓝星”诗人则主要继承了戴望舒合璧中西的诗风，他们更注重从古典象征传统中汲取营养的作风在很大程度上扭转了台岛现代诗派的西化倾向，使之向着民族语言与审美传统发生倾斜。

比较上述两大诗派，另一个由痖弦、洛夫和张默在1954年发起成立的“创世纪”诗社在其发展过程中更加表现出兼容二者的气度。一方面他们在吸收西方诗歌技法上更加迈进一步，六十年代他们在“超现实主义”的旗帜下力倡取法叶芝、瓦雷里、艾略特，强调通过表现梦境与潜意识、通过强化以象征与暗示为主要手段的艺术实验，以加强诗歌的知性、张力、歧义以及矛盾情境的酿造；在创作上，他们还写出了一系列《荒原》式的巨制。另一方面，他们在寻求古典象征传统上又表现出更加锐利的目光，洛夫强调诗的“纯粹性”，并将其与中国古典诗歌与文化中的“禅趣”结合起来；[3]他取法马拉美等人，强调以意象语言暗示出世界的“无限性”，同时又从古典诗歌王维、李商隐那里得到启示。总之，“从李杜到里尔克，从禅诗到超现实主义，广结善缘，无不衷情。”

从以上三大诗人群体或流派，我们大致可以看出当代台岛诗歌的许多基本

① 萧萧编：《现代诗入门》，台湾故乡出版社1982年版，第23页。
② 《新诗向何处去》，《覃子豪全集》第2卷。
③ 《诗魔之歌·我的诗观与诗法》，花城出版社版。

的共同特点。首先应合于西方象征主义诗歌,他们强调了如下几点:一是诗的纯粹性,即“纯诗”理论,要求诗歌摆脱语言藩篱,达到“自动语言”的佳境,即实现诗的“无限暗示性”,通过意象的营造,“在有限的时间里抓住一顷刻,在有限的空间中抓住某一点,然后通过意象世界使它延伸扩大,而达到普遍化和永恒化”(洛夫语)。这样,诗歌便与“散文”划清了界线,这就是现代诗派对于过去一切诗歌“最本质的革命”(纪弦语)。二是意象语言,要求诗歌摆脱散文语言的陈述,它“是感悟的,而不是分析的,是呈现的,而不是叙说的,是暗示的,而不是直接的,是生长的,而不是制作的”(洛夫语)。而这种意象语言既来自西方象征主义与意象派,更多地却来自古典诗歌的启悟,是“自旧诗中提炼出来的手法”(余光中语)。三是“张力”,要求诗歌的有限语言表现出尽可能强大的辐射力和渗透力。表现在语言本身,它是一种外在指涉意与内在感知意的差异而形成的矛盾力量,即象征形象与所暗示的意蕴之间的表面不协调的内在联系性;表现在诗歌结构与诗意生成上,张力即是语言和意象之间的“钢筋”联系以及“戏剧性”对应(李英豪语),整首诗与诗中具体意象由张力连接,它负载于象征的运用、交感与歧义、反语、荒谬、对峙之中①。四是“知性”,要求诗歌具有对应于近代浪漫主义直观与肤浅的现代“知性”,“现代诗的本质是一个‘诗想’,传统诗的本质是一个‘诗情’。”(纪弦语)这个诗想包含着思想智慧和艺术智慧两个方面,即要求有深邃的思想内涵和高度的结构表现技巧,但多数诗人在强调知性的同时也强调了情感,“最理想的诗,是知性与抒情的混合产物”(覃子豪语)。

十分明显,上述特征与西方后期象征主义诗歌的理论基本上是重合的,它们也是后期象征主义诸特征中最根本的方面。然而,我们从台岛现代诗歌运动中还会看到传统的古典象征主义对于他们的文化意识与审美传统的深刻影响。在我们民族源远流长的诗歌历史中,以天人合一、神与物游、物我谐同为核心的美学思想、以比兴为主体的象征手法早已成为我们民族智慧中最精髓的部分。从某种意义上说,在世界各民族的古代文学中,我们民族具有着更为强烈和浓厚的象征主义倾向。毫不奇怪,后期象征主义的一支——英美“意象派”正是因中国古典诗歌的启示而产生的。当代台岛诗歌的繁荣和成熟在很大程度上应当归于它对传统象征主义美学因素的发掘与汲取。早在六十年代许多诗人就

① 李英豪:《论现代诗之张力》,《中国现代诗论》(下)。

已意识到现代诗已面临“归宗的阶段,新诗人面对着向以简洁、约制著称的中国古典诗的优美传统,而作为自己艺术表现上的考虑。”①古典诗歌艺术中所蕴含的许多象征主义美学因素都成为诗人们探求的热点问题。叶维廉所推崇的王维诗中的“浑然气象”实际上对应于西方象征主义诗歌理论的美学范畴,他认为“传统中所谓‘浑然’,亦即艺术化作自然之意,如比我们一览群山,感到的是自然而成的全景气象,而非注意构成该气象的每一个独立的山头。”②还有的诗人更加注意到传统诗歌美学中“意境”的重要性,羊羚野就指出:“我们应有一个共同的观念,诗的传统与现代只是形式而言,唯一不变的是诗的意境。”③这是一个极为重要的自觉,因为在古典诗歌中,“意境”是一个最核心的美学范畴,也是区别中西传统诗歌的鲜明标志,中国古典诗歌十分注重通过意象营造的诗人灵视中的“意境”来暗示主体的情绪与感受,通过外部事物与景象来象征内心世界;而当代台湾诗歌正是继承和发扬了这种象征传统,他们采用的一系列暗示手法、所营造的意象、所强调的诗歌张力,在很大程度上都可以看作是古典象征传统的延伸。

苏萌 · 自觉 · 承接:新时期诗歌十年

显而易见,中国新诗的象征主义审美意向在其历史进程中呈现了曲折的流变轨迹。在前三十年中,它由西方引入,迅速渗透到新诗各个审美因素和各个新诗流派之中,在发展中它还伴随了对古典象征美学传统的初步发现与结合;第二个三十年,它在台岛一隅重新获得强化,在理论上更加成熟,在创作上也有更多更新更为大胆的尝试,特别是古典象征美学传统的再度发现,一种自觉回归民族传统的精神成为新诗象征主义审美意向中最具有生命力的动源,这种纵向联系的发展更使得我们有充分理由把中国新诗作为一个整体来考察;第三个阶段便是从七十年代末开始的诗歌新时期。象征主义审美意象虽然在建国后的诗歌中不断出现,象征主义作为一种手法在郭小川、闻捷、艾青、贺敬之、李瑛等诗作中不时地被运用,但并没有形成象征诗派,而且它作为西方的现代文艺思潮却被拒斥,它的真正兴起乃在新时期,即重新于广袤的神州大地苏萌。它作为对泛滥于十年“文革”诗坛的现代伪浪漫主义诗风最直接有力的反拨力量,对于推进中国新诗的现代化与民族化进程,对于提高中国新诗的整体审美品格

① 《痖弦自选集》,台湾黎明公司1977年版,第245页。

② 叶维廉:《秩序的生长》,见《现代诗入门》。

③ 羊羚野:《传统诗与现代诗之间》,见《现代诗入门》。

与艺术素质起了十分重要的作用。

在描述新时期诗歌象征主义审美意向的最初苏萌之时，首先无法回避的是“朦胧诗”这一十分含糊但又被约定俗成的名词，这种含糊的描述背后正是新时期诗歌最初体现出的象征主义审美意向。从七十年代中期，芒克、北岛、舒婷、顾城就写下了他们充满象征与暗示意味的第一批诗作，表现出与传统规范全然相抵的新的艺术追求，它们所体现出的一系列特征与前期象征主义诗歌有着许多暗合之处。尽管事实上那时朦胧诗派的作者们还无法真实了解已有的包括西方象征主义、中国象征派诗歌以及台湾现代诗派在内的象征主义审美传统，但他们的共同特点就是对那时流行的所谓伪浪漫主义的庸俗诗风的着力反拨。他们的“以象征手法为核心的诗歌新艺术”表现在各个方面：语言的意象化——即“细节鲜明”却包含着深度暗示义和比喻意的语言结构，以及由语义的弹性而引起的多种歧义可能（北岛的《迷途》、舒婷的《四月的黄昏》、顾城的《远和近》、《弧线》即为典型例证）；整体的象征与暗示意蕴，“整首诗都借用象征的题旨”；此外，直觉的强化，各种感官的交叠，潜意识的活动等等，再加上整体情绪的阴郁、丰富而黯淡的色调，这些特征都使得它们更加近似于早期西方象征主义诗歌。

几乎与朦胧诗派同时出现的是以艾青为代表的“归来者的歌”诗人群。从1978年开始，艾青、公刘、邵燕祥、流沙河，还有曾活跃于三、四十年代的“七月派”与“九叶诗人”的幸存者，相继从牛棚或沉默中归来了，他们的诗作不但表现了对“文革”时代“帮文艺”的否定，而且表现了对“五四”以来新诗传统的续接。在他们的诗作中，情感人格作为诗歌内在灵魂得以回归，艾青复出后的第一首诗《鱼化石》便以“鱼化石”作为饱蘸了主体情感人格的整体象征，溶注了深厚的悲剧历史内容。尽管他们的诗作不像朦胧诗派那样追求多层与复杂的象征意蕴，但他们都坚信诗歌必须要找回恰当的情感引发点——“合适的象征物”，这是诗歌作为审美艺术活动的一条最基本的规律。艾青的一系列力作如《光的赞歌》、《古罗马大斗技场》和大量“归来者”们的诗作，无不是通过寻求特定审美氛围中富有包蕴性的那些象征事物而获得基本美学意蕴的。由于它们与主体情感的内在契合，所描写的象征事物本身也就具有了很高审美价值。

在“朦胧诗”派与“归来者的歌”诗人群之外，象征作为新的审美表现因素也在大量的诗歌作品中潜滋暗长，成为新时期诗歌发展的推进剂。如雷抒雁的《小草在歌唱》(1979)就明显地受到朦胧诗派象征主义倾向的影响。在这首诗中，由于“小草”这一象征物象所具有的整体凝聚与结构力量，大量具体意象便获得了有机组合，整首诗歌中贯穿了象征化的抒情与表述。随着时间的推移，使得人们从对零散意象的关注与眷恋，从对现实与自然意象的描写与雕造转向了对历史文化意象的热忱钻研。这种过渡，极像是世纪初西方后期象征主义的崛起，诗歌的知性内涵、哲学与史诗意蕴进一步强化，并与象征手法紧密结合。加之文化开放所导致的西方现代文学及其技巧的全面引入，进入八十年代以后，以杨炼等人为代表的以历史文化积淀物为整体结构意象的史诗倾向越来越受到重视，神话传说、自然景观（作为独立审美主题的文化自然）、文化积淀物、民族风习作为负载民族传统、文化心理与诸种原型情结、生命情绪的象征物被引入诗歌表现系统。寻根诗潮、新边塞诗、西部诗、“后新诗潮”中的一些流派相继崛起，它们说明，诗的审美视焦已由诗人内在世界的单向观照转向了它的外部历史对应物，这也同时引起了人们对古典文化和古典象征主义传统的全面自觉。在这方面，杨炼走得最早，他的一系列组诗《诺日朗》、《半坡》、《敦煌》、《西藏》，对具有广大历史与空间跨度的文化负载物进行了新诗产生以来前所未有的审美观照。在屈原《九歌》为代表的古典史诗与以艾略特《荒原》为代表的现代史诗的双重参照与启悟下，杨炼以其深刻的历史与文化意识和象征寓意手法重构出一部民族的现代史诗，使沉睡于那些古老遗址和风俗中的民族精神与文化重新发出灿烂的光彩。

在诗歌的文化热潮过去之后，类似于朦胧诗派那样强烈的象征主义意向似乎有所减退，但文化诗潮的“玄理”意味与知性特征却进一步渗透到各派诗作之中，暗示、隐喻、梦幻、象征、超现实手法被广泛运用，同时在象征手法背后的文化与哲学意识更加得到普遍的强化。今天数量无限的诗歌本文都表明，来自传统与世界的双重启悟，使人们比过去任何时候都更加注重诗歌自身的审美本质，注重它所必须借助的以象征为核心的审美表现方法。可以预言，具有古老民族传统的，在新诗历史中借鉴了西方现代艺术表现因素而发展起来的现代象征主义美学意向是不会消失的，它必然在推动新诗艺术发展过程中继续发挥作用，并不断获得自身的更新与发展。

B. 对新诗发展的独特贡献

作为一个不断生长和发展着的艺术系统，中国新诗已经走过了近百年的历程。在这一历程中，现实主义和浪漫主义的诸多美学原则和创作方法曾经推动过新诗前进的脚步，并取得了世人注目的辉煌成就；但是假如没有象征主义一系列美学原则和表现技法以及内在机制的引入，新诗的现代化和审美本质就会大为逊色，这种作用是任何其他美学原则和创作方法所无法替代的。我们必须摆脱以往种种偏见的拘泥，努力以客观的态度，以历史的、美学的、系统的价值观念去给它以公正的肯定和评价；当然对象征主义本身的局限也要实事求是地予以指斥。

现实需要：对浪漫主义的补正与反拨

浪漫主义在此处有两层含义，一是就它作为诗歌美学构成和表现特征而言的，它代表了一种很强的抒情特性；另一层含义是指作为特定历史形态的。发生于欧洲十九世纪初、中期的浪漫主义文学运动中的诗歌流派（事实上，浪漫主义诗歌运动的历史也许应上溯至十八世纪“狂飙突进”期的启蒙诗歌）。当然，浪漫主义的抒情特质作为诗歌本质审美特征之一无疑是不会消亡的，但十九世纪的浪漫主义诗歌却有着鲜明的历史阶段性。它虽然极大地解放了古典主义对诗歌的种种束缚，强化了诗歌表达感情和思想的自由，但是当社会运动的潮头一过，浪漫主义诗歌的民主精神和现实价值便很快失落；并且暴露出它在艺术表现机制上的重大缺陷，即很容易走向两个极端：不是成为政治的传声筒就是陷入形式主义的泥潭。其语言与诗意的散文化倾向和单纯强调韵律的歌咏特点极易使更深刻的审美特质荡然无存。这是后期浪漫主义诗人戈蒂耶对诗的定义：“诗不仅不表示什么东西，并且不谈什么事情，诗之美是由其音乐韵律而定的。”其形式主义堕落趋向可见一斑。在这样的条件下，强调诗歌内在美学特质和表现技术的象征主义诗歌的出现就不能不视为一场革命。1870 年，年仅 17 岁的兰波甚至发出了这样激烈的挑战：

> 从古希腊到浪漫主义运动，——中世纪，有许多文人、诗匠，从恩尼乌斯……到卡西米尔·德拉维尼，都是押韵的散文，一种游戏，一代又一代白痴的陈词烂调和光荣名声……拉辛之后，这类游戏发霉了。它已持续了整整两千年！①

他将波德莱尔尊奉为“第一位通灵者，诗坛之王，真正的上帝”，而他的生命就在于“对未知的创造呼唤着新的形式”②。我们当然不能同意这种虚无和夸大的结论，但可以看出时人对诗歌现状的强烈不满。

---

①② 《兰波致保尔·德梅尼》，见《象征主义·意象派》第 34 页。

新诗在中国的确立，毫无疑问是以郭沫若为代表的自由诗派接受了欧美浪漫主义诗歌直接影响的五四新诗的成功为标志的。《女神》的出现使新诗真正开始具有了适用于新型审美观念的表现形式。随着新文化运动的深入，"诗体大解放"终获实现。但是，高昂的时代精神却很快由于"五四"的退潮而陷入低谷，"狂飙突进"式的浪漫歌唱变成了哀伤悲苦的歌吟。这时新诗在尚未成熟的处境下又面临着两个最大的问题：一是诗歌审美价值的趋减，内容虚浮无聊，感伤低落的情调极似欧洲的衰微期浪漫主义诗歌；二是形式的日益粗俗，语言浅薄、结构松散、体式散文化、质白无物成为诗的通病。1926年前后的许多诗人都很强烈地感受到上述不足。穆木天说："中国人现在作诗，非常粗糙……胡适说，作诗须得如作文，那是他的大错"，他仅仅是"给散文的思想穿上了韵文的衣裳"①。王独清说："我们中国现在的诗人粗制滥造，不愿多费脑力，这真是一件最可痛心的事"，大部分诗作"还不成其为形式"②。周作人的批评则更加切中时弊："向来新诗怕是有点太浪费了……新诗的手法我不很佩服白描，也不喜欢劳叨的叙事，不必说劳叨的说理，我只认抒情是诗的本分，而写法则觉得所谓'兴'最有意思。用新名词来讲或可以说是象征。让我说一句陈腐话，象征是诗的最新的写法，但也是最旧的，在中国也'古已有之'。"③周作人不但意识到诗歌的抒情本质，而且意识到了新的（同时也最古老）象征手法的关键性作用。

事实完全能够说明，浪漫主义的表现机能不足以使新诗成熟和健康地发展下去。大多数中国的新诗人们还未找到真正现代的诗歌语言和思维方式。面对上述危机，诗人们的努力曾呈现出两个基本趋向：一是"新月派"针对新诗外在形式的混乱与散文化倾向所倡导的"新格律运动"；一是象征诗派李金发而下的对象征主义诗歌的自觉引入。就前者来说，这仍然是一个仅限于形式的问题，它固然在很大程度上纠正了新诗形式的杂乱，但格律毕竟不能从根本上解决问题，不能为新诗提供出新的思维方式，甚至后来又发展为一种新的"镣铐"，"想是我们'犯贱'，分明有了时代解放给我们的充分自由不来享受，放着随口曲的真新诗不做，却来试验什么画方豆腐干式一类的体例！"④只有象征主义美学

① 穆木天：《谭诗》。

② 王独清：《再谭诗》。

③ 周作人：《〈扬鞭集〉序》。

④ 徐志摩：《诗刊放假》，1926年6月10日《晨报·诗镌》。

才为新诗提供了新的审美因素、新的语言和新的思维方式,尽管李金发的最初实验并不成功,但却为诗歌的发展展示了新的前景;并从而引发了新诗美学构成的根本变化,不但诗歌的形象操作受到应有重视,而且语言的文本价值也得以凸现。人们终于明白,建筑于艺术形象的诗歌思维是远优于白话诗、浪漫诗的散文式思维的,因而虽然有"许多人抱怨看不懂,许多人却在模仿着"①。另一方面,象征主义美学还真正引发了人们对古典诗歌传统美学因素的再认识,而这种再认识是真正摆脱了语言与韵律形式障碍的内.在美学的发现与继承。卞之琳就曾以戴望舒为例指出这一点:"望舒最初写诗,多少可以说,是对徐志摩、闻一多诗风的一种反响。""他上接我国根深蒂固的诗词传统这种功夫的完善,外应世界诗艺潮流变化这种敏感性的深化,再也不着表面上的痕迹"②。更重要的是,自李金发而下,几乎没有不受到象征主义诗歌影响的诗派或诗人,直到三十年代后期抗战烽火的燃起,几乎所有有成就的诗人,包括一些前期从事浪漫主义诗歌创作的诗派或诗人。如创造社的穆木天、王独清、冯乃超,"新月派"的于赓虞、邵洵美,甚至闻一多,都从象征主义诗歌获得了新的技巧与灵感;而戴望舒、艾青、冯至、卞之琳等活跃于三十年代的诗人们就更不必说了。

如前所述,象征主义审美意向在中国新诗史上有三度高潮式的崛起,而这三度崛起的背景实际上是新诗的三次大的危机。在这些时刻,新诗都面临着两条道路的选择:是铺叙直陈、直抒胸臆,还是象征暗示、用形象来说话;是维持一种理性的逻辑化的语言操作,还是赋予诗歌语言与形象以新的美学意义,这两种选择是决定诗歌盛衰进退命运的关键。每当这种危机来临的严峻时刻,新诗总是依靠象征主义美学机制和表现手法的反拨与补正作用而闯过难关并获得新的发展。五四白话诗时期是这样,五十年代初的台岛诗坛也是这样,新时期诗歌出现之前的"大跃进"、"文革"十年诗坛更是如此。不必多加描述,台湾"现代诗运动"之前的诗坛几乎只有同一个调子:"反共党复国"的反动煽情主义;而新时期到来之前的大陆诗坛则是"战鼓东风、莺歌燕舞"的现代伪浪漫主义:"我要写一首诗/不!我要制造一排语言的子弹/把右倾翻案风的风源击穿!"这就是彼时诗风的典型写照,艺术已完全失去了它自身的审美功能与价值。在这种时候,象征主义的美学意向以其对诗歌审美本质和表现技巧的强

① 朱自清:《中国新文学大系·诗集导言》。
② 卞之琳:《戴望舒诗集·序》。

烈呼唤，对新的（同时也是最具传统因素的）美学表现功能的有效负载极大地改变了新诗的发展力向，使危机得以解除。这种反拨与补正作用是历史的必然要求，并不是由哪一个人所决定的。以当代新时期诗歌为例，当许多年轻的诗人们开始以他们具有鲜明象征主义色彩的“朦胧诗”来反拨那些伪浪漫主义诗歌的时候，他们对现代西方象征主义诗歌和三十年代中国的象征派诗歌还几乎一无所知，更不必说台湾现代诗了。但他们所表现的美学倾向竟是那样惊人的一致！象征主义美学原则和艺术手法对浪漫主义诗歌美学的补正和反拨，并不是全盘否定浪漫主义诗歌流派所取得的美学成就和艺术方法的优长。

思维变革：从外部叙述到内在把握

法国早期象征主义诗歌的领袖马拉美曾这样描述过他们与浪漫派变种“帕尔纳斯派”的不同：“帕尔纳斯派直接表现事物，他们处理题材，还是离不开旧派哲学家和旧修辞学家那一套。我的想法恰好相反，在诗歌中只能有隐语的存在。对事物进行观察时，意象从事物所引起的梦幻中振翼而起，那就是诗；帕尔纳斯派抓住一件东西就将它和盘托出，他们缺少神秘感，他们剥夺了人类智慧自信正在从事创造的精微的快乐。”①马拉美充分强调了诗歌艺术表现过程中的“隐”——即通过审美意象来使诗意附着以达到诗歌最高的近似神秘的境界；强调了读者在接受过程中的创造性心智活动的重要，“直陈其事，就等于取消了诗歌四分之三的趣味。暗示，才是我们的理想。……必须充分发挥构成象征的这种神秘作用。”②在中国早期的新诗派或诗人中。很少有人能够自觉意识到这一重要的诗歌审美特性。由于使用语言的改换，古典诗歌中一整套成熟的比兴象征技巧也被遗弃了，大部分诗作不但“直陈其事”，而且无法表达更深的审美感受，《尝试集》、《扬鞭集》和当时见报的大多诗作基本上都停留于“唠叨的叙事”（周作人语），即使在如周作人的《小河》这类初具象征韵味的诗作中，仍然基本上是一种散文的思维。穆木天在1926年已经意识到这一点，他告诫说：“中国作诗的青年，得先找到一种诗的思维术，一个诗的逻辑学。找诗的思想时，得用诗的思想方法……绝不能用散文的文法规则去拘泥他。诗句的组织法得就思想的形式无限的变化。诗的章句构成法得流动，活软，超于散文的组成法。”③虽然穆木天并未能充分详尽地说明什么是“诗的思维术”，但他这段话的确指出了

①② 马拉美：《谈文学运动》，1983年《外国文学》第2期。

③ 穆木天：《谭诗》。

新诗的最大要害。从本质上说，诗的思维方式与散文的思维方法是截然对立的，一个维持一个逻辑的连续不断的叙述过程，另一个则是要建立一个跳跃的非常态逻辑关联的感知空间，用瓦雷里的话说"散文好比走路，诗则是跳舞"，走路有一个具体的行为目的，一旦达到，行为也就完成了，而跳舞则是一系列动作的编排，它自身构成一种特殊的秩序，一个属于自己的美感世界，它的意义就在跳舞本身之中。它所追求的目标不是要跳到某一个地方去，而是对于具有无限暗示能的美感经验的唤起。早期白话诗派或诗人没有意识到诗歌思维与散文思维的根本对立，因而他们的诗作也就缺乏审美表现力。像胡适自己堪为得意的《鸽子》："云淡天高，好一片晚秋天气！/有一群鸽子，在空中游戏。/看他们三三两两，/回环来往，/夷犹如意，/忽地里，翻身映日。白羽衬青天，十分鲜丽！"整首诗是对一个晚秋天气中鸽群飞动的景象的描摹，无法否认这种景象中可能寓含了作者彼时心境的闲适清爽，然而除此之外它还能提供什么内容呢？尽管它分行排列，给人的感觉仍然只是一小段散文文字。戴望舒的《乐园鸟》同样也是写飞禽，但却与《鸽子》构成了鲜明对照："飞着，飞着，春、夏、秋、冬，/昼、夜，没有休止，/华羽的乐园鸟，/这是幸福的云游呢，/还是永恒的苦役？"出笔非凡，华羽鸟飞跃的是大跨度的空间、季节，绝不同于《鸽子》中的具体时空，诗人的发问立即将鸟的表征与人的命运系于一起，成为主体意念的鲜活象征。这种深入读者灵魂的发问，自然会激起无限幽远的联想，即使我们给它以散文式的排列，它仍然是一首真正的诗。

卡西尔曾深刻指出过艺术对自然现实的反映过程中所寓含的人类创造力的作用："像所有其他象征形式一样，艺术并不是对一个现成的既定现实的单纯复制。它是导向对事物和人类生活作客观观照的途径之一。它不是对现实的模仿，而是对现实的发现。""通过审美形式媒介的表现，毕竟与言语或概念的表现全然不同。"①同样，诗歌作为"艺术的艺术"其非同寻常之处也正在于它对现实的更高概括与发现。早期白话诗派，胡适、刘半农等人都曾有过一些描写劳苦群众的篇章，徐志摩也写有《先生！先生》和《叫化活该》等作品，这些诗作从内容上说无疑是可贵的；但作为艺术品，它们仅仅停留于一种表象和外部细节的描摹。而相比之下，深受凡尔哈仑影响的七月诗派的艾青则在表现农民苦难生活方面更具发现精神和深入骨髓的表现力度。他的《北方》借用北中

① 《人论》，上海译文出版社1985年版，第143页。

国苍凉的景色表现那深沉的悲哀:“风,/像一个太悲哀的老妇,/紧紧跟随着/伸出寒冷的指爪/拉扯着行人的衣襟,/用着像土地一样古老的话,/一刻也不停地絮聒着……”在《乞丐》一诗中,他所刻写的形象更加令人难忘:“在北方/乞丐用固执的眼/凝视着你/看你吃任何食物/和你用指甲剔牙齿的样子”。这同样是表象的描写,是对生活与现实的“客观观照”,但它更是充满发现精神和艺术智慧的形象雕造,以有限的带有象征意味的形象寓含了无限丰富的内容。

象征主义美学意蕴使得新诗以知性思维为核心的审美智慧得到了不断的提升,它表现了我们这个古老诗歌民族的审美感知力在与传统获得续接的过程中不断产生的飞跃。从郭沫若的《女神》到杨炼的《黄》就是这一个过程的生动的说明,它们都自觉地运用了那些负载民族历史文化的典范意象来思考和观照民族的命运,但是杨炼比之郭沫若却进入了一个更为广阔和高深的智慧世界,他的感知与表现方式更加复杂多样,所负载的文化内蕴也就更为深厚。仅举两首诗为例:郭沫若的《天狗》与杨炼的《飞天》。《天狗》明显地运用了主题寓意的手法:“我是一条天狗呀,/我把日来吞了,/我把月来吞了……”作者以众所皆知的民间传说“天狗”来象征变革力量,它吞吐日月的气概体现了变革者志于改造社会建设新世界的理想,寓意无疑是深刻的,但这种寓意无疑又是单质和一读便知的;而《飞天》则不然,同样是运用整体象征的手法,但它所负载的审美与主题意蕴却以其充满智慧的穿透力而远胜于前者:“……人群流过,我被那些我看着/在自己脚下,自己头上,变换一千重面孔/千度沧桑无奈石窟一动不动的寂寞/庞大的实体,还是精致的虚无/生,还是死——我像一只摆停在天地之间/舞蹈的灵魂,锤成薄片/在这一点,这一片刻,在到处,在永恒……”这“飞天”是整个民族充满苦难的历史与命运的象征。诗中就“飞天”这一核心意象的展开的一切描写都展现出诗人高度的审美智慧,一幅壁画使诗人发出如此深远的联想。从另一组例子中,我们也能够看出这种审美感知力的深化过程。艾青写于五十年代的名篇《礁石》和北岛的《岛》同是一种苦难而不屈的人格象征,而前者却是单质的,其悲剧意蕴远不如后者深厚和复杂,所引发的联想也远不如后者丰富和悠远。

在新诗历史上,曾有过无数次大大小小的关于诗歌接受问题的争论。实际上,这些争论说到底无非是一个趋从和适应民族现有审美感知力还是在适应的基础上不断提高其审美感知智慧的问题。在这样的争议中,象征主义的美学意蕴无疑是扮演了后一种角色，它不满于已有的审美习尚，为推动整个民族审美水平的提高起了重要的作用。的确，在许多时候，它曾因为其难懂和“朦胧”而备受指责，同时我们也无法排除许多过于隐晦的诗作因其无法与读者沟通而失去了审美价值，但在总体上它推动了新诗从叙述到描述，从描摹到表现，从细节到整体，从表象到本质、从常态思维到审美思维、从感性认识到知性智慧的发展过程。对于接受这一问题应该现实地来看，更应 历史地来看，一个民族不可能永远停留于一种审美习尚与趣 味，许多具有象征主义意蕴的诗歌在当时被认为晦涩难懂，而 若干年后人们便感到它们实际上是很容易解读的，这是在创造 与接受过程中民族整体审美水平发展不平衡（也不可能完全平衡）所造成的。对于这种现象，俄国批评家什克洛夫斯基早就 指出：“艺术技巧在于使事物变得陌生，在于以复杂化的形式 增加感知的困难，延长感知的过程，因为在艺术中感知过程本身 就是目的，必须予以延长”；他还解释说，为了创造复杂化的 形式和使事物在读者心目中发生变异——即“陌生化”，除了 修辞手段以外，还可运用变换主体视角等许多手法，以使“一 个描写对象从其通常的感知领域转移到一个新的感知领域，结 果形成某种语意的变化。”①象征主义美学意蕴不但改变了早 期新诗意义表述的感知方式，使象征——感知媒介在构成过程 中的文本意义得到了应有重视，从而提高了新诗的审美品格与 审美价值，而且推进了民族审美感知智慧的提高和感知方式的丰富。

语言变革：陌生化的符号与运作

象征主义美学意向反映了诗歌艺术对浪漫主义所习用的语符系统的变革愿望。近代以来的人文科学成果启示我们，语言是人类一切思维与智力活动的工具与结晶，人类思维与文化的每一步巨大发展无不是最终以语言的变革为标志的，艺术的发展更是如此。艾略特曾这样推重诗歌语言的自身意义：“一个民族的诗歌从民族的语言中吸取生命”，但它“回头来又把生命注入语言；诗代表了一个民族的最高意识形态，最大力量和最精细的感受。”②可见语言的变革与民族智慧的发展是联在一起的。诗歌不可能依据世俗语符系统来建构自己的诗意，而浪漫主义诗歌却基本上习用了一种接近世俗语言的符号体系和与之相适应的逻辑化操作程序，特别是在浪漫主义诗歌直接影响下发展起来的中国新诗派则基本上是采用了接近生活口语的“白话”：以历史发展的眼光去看这一变

---

① 佛克马·易布斯：《二十世纪文学理论》第二章，三联书店 1988 年版。

② 《T·S·艾略特论文选》第 53 页。

化，当然是一种进步，但从诗歌审美本质来看，它又是一种失落，是十分初级的变革。正像有的诗人所嘲讽的那样，初期的白话诗中所充斥的多是那种“红的花/黄的花/多么好看呀”这类“不伦不类”的诗句[①]。另一类以《女神》为代表的真正浪漫派诗歌在语言上也很快表现出其不足，仅仅依靠语言建构的外在节奏与韵律形成只具听觉意义的反复、咏唱以及“力度”，都是极为不够的。尽管《女神》中充满了“力的绘画，力的舞蹈，力的音乐，力的诗歌”一类具有极强节奏感的诗句，但我们仍然感到了它在运用语言上的拖沓、繁复和深层语意的匮乏。一切都说明，新诗需要发展，就必须创造和建筑于一种新型象征化符号的运作，借用波兰哲学家沙夫的概括，这种象征符号必须具有三个特征：(1)物质的对象代表抽象的概念；(2)这种代表的作用是以一种约定为基础的，人们要理解符号就必须知道这种约定；(3)约定的代表作用是一种表面上诉诸感官的代表作用为基础的[②]。这就是说，诗歌语言必须具有它直接诉诸感官并能够有较大潜在暗示功能和为读者提供具有共同审美经验与理解可能的诸种特性，它是象征的而不是直陈的，它是形象的而不是抽象的，它是具有多重语意的而不是单质的。李金发的诗作无疑即可看作这种语符变革的最初实验，他注意到了感官对语言的形象要求，将情绪、思想和诗意代入到其“物质对象”之中，建构了一种新的语言。作为最初实验者，他的意义在于为后来者提供了一个方向和新的实验可能，但是他的致命不足在于没有意识到这种符号的某种“约定”性，他的意象词语没有注意到与整个民族的审美经验的共同约定加以结合。但如果说李金发笔下那伴生着“鲜血之急流，枯骨之沉睡”的“弃妇”还令人倍感陌生的话，戴望舒笔下那“结着丁香一样的愁怨的”“丁香一样的姑娘”则让人们充分感到了陌生后的熟悉。他的语言弥补了李金发的不足，开始建构出一整套新的同时又符合民族集体审美经验的象征语符系统。有人这样评论戴望舒所领导的象征诗派的诗歌语言特点：“他们的诗不乞灵于音律，所以不重韵脚，因而形式亦不匀整。从这一方面说，现代诗是新月诗的反动。他们主张用新的辞汇，抛弃已为人用烂的旧语汇，但旧的字汇能有新的暗示力者亦用之……”[③]从整个三十年代看，后象征派的新诗语言构成比之二十年代已发生了深刻变化，表现在这样几个方面：一是语言开始以意象构词为结构核心。浪漫主义诗歌的语言是一种线

---

① 穆木天：《谭诗》。

② 俞建章、叶舒宪：《符号：语言与艺术》，上海人民出版社 1988 年版，第 25 - 27 页。

③ 孙作云：《论“现代派”诗》，1935 年 5 月《清华周刊》第 43 卷第 1 期。

性流体，其结构功能犹如一个流动的平面，语言本身基本上只承担表意功能而少具审美功能；而以意象结构为核心的语言则是一种充满形象的雕塑，它的意象具有既独立又联系的凝固持久的审美功能，镶嵌于整体之中。二是语言的多质性。即能指的成分增强了，在语义上形成多层次的结构，语言的弹性大大加强。比如艾青《太阳》中的一系列意象词语“远古的墓茔”、“黑暗的年代”、“火轮飞旋于沙丘之上”，其能指（语言的表示成分）意义比其所指（被表示成分）具有了无限的伸展性，其外在指涉意与内在暗示意之间形成了高度的张力。三是由语言作为听觉符号向视觉符号转换，以形象连接作为基本序列代替以音节排列作为基本序列。由于意象语言的大量使用，语言本身的视觉意义大量增加了，其意义生成不再单纯依靠其声音的吟咏，而更多地依靠视觉思维，这一特征的凸现使外在形式的节奏、韵律、句式诸功能由浪漫主义时代的无限推重而变得无足轻重了，语言结构的外在节奏转向了内在形象构成的序列连接。

上述特征在四十年代九叶诗派和五、六十年代台岛诗派那里又获得了新的发展。九叶诗派使用的语言形象丰富而准确，其意象结构更为精确合理、意象的喻体与被喻体之间的联接更为巧妙，像《金黄的稻束》中“稻束”与“母亲”之间的内在联接就具有极为丰富的多重内涵。读穆旦《诗八首·三》中那“年龄里的小小野兽/它和青草一样地呼吸”的诗句，这个“小小野兽”因为其置于“年龄”之中，便获得了极为奇妙、深邃而幽远的多重意蕴。台岛诗派不但在语言的重构与革新上更为大胆，而且具有了理论的自觉。他们认为，诗的语言必须与散文划清界限，它必须努力回避它只限于自身的字典意义。“如果诗中仅有语言本身的意义，纵使这种意义具有深刻的哲思或道德的价值，但本质是非诗的。”[①]因此诗的语言是一种超越了其本身意义的感性语言，例如：

……我看见我穿着自己的愚昧行走
我们走在自己的头颅之上。

——方莘《无言歌：水仙》

这首诗中还有诸如“冰冷的火焰”、“痛楚的欣悦”、“沸腾的酷寒”等语句。台岛评论家李英豪指出，这些诗句中“都存有一种‘戏剧性’，一种支撑全诗的语言张力。”这种张力“一方面使诗富有更多弹性，更趋于严密；一方面使诗不会陷于松散、虚浮、生硬、混乱、模糊、不确切或夸陈等等毛病。”[②]而这些毛病正是二

① 洛夫：《诗的欣赏方法》，见《洛夫诗论选集》。
② 李英豪：《论现代诗之张力》。

十年代象征派诗歌的语言通病,随着新诗语言的成熟,这些缺点已得到了纠正。

符号美学家罗兰·巴特曾这样概括现代诗歌语言的构成特质:“在现代诗歌的每个字词下面都卧有一个存在的地质构造,在那里,聚合着名称(Nom)的总和内容。而不是像古典主义散文和诗歌中的选择内容。字词不再事先为社会化的话语的一般意向所导向;诗歌的消费者在缺少筛选关系作为向导的情况下,会将注意力集中于字词,并纵深地挖掘它,把它当作携有各种可能的绝对的量来接受。字词在这里带有百科全书的性质,它同时可容纳多种词义,其中某一有关联的话语会指令它作出选择。”①这就是现代诗歌语言根本不同于以往时代诗歌逻辑化操作的“一般意向”的语言之处,语言本身由于其意象构造而生成的深层语意不但是整体诗意的载体,而且它本身就具有审美价值。这种真正“包含着想象的语言具备着超越词汇用以传达指称意义的特性”②,它突出了字词所具有的文本意义,使整个阅读过程中的审美张力与效应同时突出和重要起来。这种进步应当归功于象征主义的美学追求。在新时期诗歌中,我们看到了一个富有当代美学内涵的充满“地质构造”的新型语符系统。尽管具有强烈象征主义美学意向的朦胧诗派并未直接得到过外来的启示,但艺术直觉与对“文革”伪浪漫主义诗歌语言的变革欲望已使他们开启了一个新的时代,使流行的一套夸张、虚浮、直白而缺少审美价值的语符系统终于发生了深刻变化。

然而,语言的变化毕竟不是脱离语言母体的天方夜谭,陌生化的符号与运作方式只是改变了原有语言的内在结构与传输功能,它力求打破原有的运作规则与方式,从而使之获得新的表现力并逐步为大众所接受。正如卡西尔所说:“诗人不可能创造一种全新的语言,他必须使用现有的词汇,必须遵循语言的基本规则,然而,诗人不仅使语言赋予新的特色,而且还注入了新的生命……意大利语、英语、德语,在但丁、莎士比亚、歌德诞生时是一个样子,在他们谢世时又会是另一番模样。”象征主义美学意向也最终改变了新诗曾经使用过的那些“红的花/黄的花/多么好看呀”的语言形式,在几代人的努力下,新诗的语言结构终于发生了重大的变化,早期的生涩、模糊日益被代之以清晰、准确、鲜美、丰富,成为具有文体价值的表意系统。试读李钢的《东方之月》。

东方之月 升起在东方

荡荡的银须飘下

---

① 《写作的零度》,《符号学美学》第167页。

② 查普曼:《语言学与文学》,春风文艺出版社1988年版,第6页。

落地生根

以江为乳

以山为土

……时间东方的神话全部开花

在水是莲

在陆是菊

皎皎的明月

在东方之树上高悬

…… ……

这种语言是陌生的,又是熟悉的;是极为古老的,又是最为新鲜的;既是典型的民族语言,又具有鲜明的现代意蕴;在它鲜美的表层语言之下,还有一个深隐的世界,在它东方智慧的内核外面,还有一个令人陶醉的语言外壳。

综合机制:在系统价值中的再认识

在上文中,我们已经基本上系统考察了象征主义美学意向以其新的审美表现因素对新诗浪漫主义倾向的反拨与补正作用,考察了它对于新诗语言、思维方式与表现技巧的改造。毫无疑问,象征主义诗歌在艺术上并不是尽善尽美、无懈可击的,有许多具有象征主义倾向的作品表现出过于颓废、晦涩的倾向,许多评论者都曾对此提出过尖锐的批评;但是我们也并不能仅仅依靠象征主义诗歌的这些不足来给它的属性以判定,认为它背离了"现实主义"或某一个正确的方向。事实上,现实主义浪漫主义、象征主义在中国新诗中所起的作用并不是用一个简单的政治概念就可以予以判断的,它们在整个新诗艺术系统中所起的作用都不是孤立的,也不是一种简单的相加,而是一种相互依存与作用的综合机制,仅仅依靠现实主义或者浪漫主义都不足以使新诗获得足够的审美表现力。三十年代后期、四十年代、解放后近三十年时间里的诗歌,由于特殊的历史原因,我们都曾经不同程度地拒斥象征主义的表现因素而过分地强调了现实主义、大众化,一度还曾将"革命现实主义与革命浪漫主义"作为诗歌的唯一艺术指归,然而结果是在一定程度上降低了新诗的美学品格。相反,在那些我们采用了兼容并蓄的方针的时期,象征主义的各种表现技巧渗透到诗歌中去,新诗则呈现出欣欣向荣的景象。可以设想,假如没有象征主义在二十年代的引入,怎么会有三十年代新诗语言与技巧的成熟?当然,象征主义必须化为中国的东西,与中国古典的美学传统予以结合,与诗人的现实使命感加以结合,与民族的审美心理相结合,否则它不会具有生命力;可是如果没有大胆的引入和积极的尝试以及相应的变革,新诗也就不会获得新的发展动力。

现代系统科学表明,整体大于部分之和,同时在一个开放系统中,最能表现出活力的则是新的机制的引入。作为一个有机的艺术系统,诗歌需要新的审美表现因素,而新的因素不会因为它具有某些缺点而危害于整个艺术肌体相反,在原肌体的参照下,缺点也并不尽有害,比如隐晦虽可以看作象征主义诗歌美学本身的一种不足,但针对浪漫主义诗歌的浅直则是一种有效的反拨力量。实际上,在新诗流派历史上,现实主义精神、浪漫主义气质、象征主义的表现手段,它们对新诗发生着综合性的影响,而我们为什么要单单歧视象征主义,甚至于谈之色变呢?西方美学家在反思他们的艺术观的时候,曾经得出过这样的结论:作为“现实主义”鼻祖的“模仿说”本身充满了矛盾,它既坚持艺术模仿自然的原则,同时又无法否认艺术家的主观创造;以卢梭的“表情说”为发端的浪漫主义强调艺术不是再现,而是表现,但情感并不是艺术的唯一和决定性的特征,只受情绪支配的产物不一定是艺术,如果艺术家只专注予情感的宣泄,那就成了一个感伤主义者。因而,卡西尔认为,艺术作为特殊的符号形式的创造,“它们都是象征的 csymbolic)……它既不是对物理事物的模仿,也不只是强烈感情的流溢,它是对实在的再解释,不过不是靠概念而是靠直观,不是以思想为媒介而是以感性形式为媒介”①。虽然西方文学家的反思有其深刻之处,但也不乏片面性或流露出艺术至上主义倾向,因而我们不能完全赞同;至于卡西尔这种“泛象征论”观点我们自然也不会全部同意,不过它的确强调说明了象征主义表现因素在西方文学——特别是现代西方文学中具有至关重要的意义。在我国,已经有些学者比较自觉地意识到包括象征主义诗歌在内的新诗各个流派相互促进和发展的作用②,当然这也是一个值得重视的研究模式。实际上各个流派只是新诗内在各种美学倾向与表现因素相互作用下的不同表现形态,同属一个流派的作家其艺术主张并不尽相同,不同流派的作家其美学倾向也常有相同之处。我们的研究应该深入到其内在机制中去,研究各时期诗歌美学机制的构成变化及其表现与影响,总结经验教训,以便进一步探索出新诗发展的内在规律,并为她的健康发展提供最有益的借鉴。

---

① 卡西尔语,参见《符号学美学》第 17 页。

② 《新诗流派发展的历史启示》,1981 年《诗探索》第 3 期。

规律论 二十世纪中国文学流派的现代化民族化

在对二十世纪中国文学流派的发展形态和美学倾向的考察和论辩中，已或深或浅地触及到新文学的民族化现代化问题。关于文学民族化现代化的讨论，虽然在学术界历时已久，众说不一，近几年又成了议论"热点"，但是从文学流派的角度切入来研究民族化现代化并不多见。从文学流变来看，民族化现代化是个能动性的口号，它的深刻的变革意义等同于文学的继承与借鉴规律，而且从特定本质意义上说它也标示出新文学发展方向。因此对文学上的民族化现代化的深入研究，其理论价值和实践意义是不言而喻的。

"两化"：理论阐释

对新文学流派的民族化现代化演变轨迹及其形态规律进行考察和探索之前，有必要先从理论上阐明一些有争议的问题，从中确立我的一得之见，作为研究文学流派的理论前提。

文学的民族性和世界性与文学的民族化和现代化的关系（以下行文简化为"两性"和"两化"），这是个极为复杂的理论问题也是个深刻的实践问题。如果概括地说，前者是后者的客观基础，后者是前者的变动规律，"两化"的最终目的是为了强化"两性"。既然"两性"是"两化"的基石，有必要对"两性"的关系首先论辩清楚。目前关于文学民族性和世界性的关系似乎有一种共识的权威观点，即"越是民族的，便越是世界的"，它是从鲁迅所说的"有地方色彩的，倒容易成为世界的"[①]引申出来的命题。这种看法的真理性是不容怀疑的，不论中外的文学发展史无不反复证明那些具有世界意义的不朽之作，大都深刻地反映了本

① 《鲁迅全集》第12卷，第391页。

民族的社会生活和文化心态，富有浓郁的民族特色。文学上民族性是由各民族固有民族性决定的，因为任何一个民族在其形成和发展中它的物质生活和精神生活的双向交流相互反馈必然逐步地凝聚并确立起独特的生活方式、伦理道德、风俗习惯、心理素质和语言文化等，而这些只属于本民族不属于他民族的特有民族特征积淀于民族文化心理经过世代相传和不断强化则成了观念形态中的民族性；那些经久不衰的文学作品由于形象地表现或艺术地再现这种根深蒂固的民族性则烙印上强烈的民族特色或民族个性，正是文学这种特有的民族性有别于其他民族文学的审美价值和审美情趣，才引起不同民族的读者们的关注和兴味。不过文学的民族性如同任何民族固有的民族性一样不是凝固不变的。既然一个民族的民族性一经形成，它在社会基本矛盾推动下以经济变革为前导促使民族物质生活和精神生活呈现出阶段性或时代性的变化，在固有的传统民族性中增进了新因素；那么作为民族文化心态的艺术象征或载体的文学总是最敏锐地表现或再现这种变化着的民族性所反映在观念形态中的新因素，而这种具有时代性的民族因素往往是在对立统一的辩证演变中对固有民族性的认同和超越。可以说，从这种特定意义上理解“越是民族的，便越是世界的”判断，谁也不会不承认它的真理性；但仅仅强调文学的民族性而不重视它的世界性也是不够的，片面的深刻不能完全代替我们对文学民族性和世界性关系的辩证透视和把握。所谓文学的世界性不是指从接受角度来理解的能够获得各族人们的审美赏析，而是指文学本身固有的属性，即文学世界的艺术画面和形象体系中注入了各民族共同相通的东西，具有世界普遍意义的人类因素。那些在世界范围受到推崇和享有盛誉的文学名著无不是民族性和世界性的完美结合，它们既富有艺术魔力地表现了独特的民族生活和民族心态，同时又在这独特的民族生活和民族心态中融入了具有人类普遍意义的各民族相通的思想情感、理想愿望等因素。别林斯基对文学的民族性和世界性关系作过这样的论述：“对于一个诗人来说，如果他希望自己的天才到处被一切人所承认，而不仅为他的本国人所承认，民族性应该是首要的，但不是唯一的条件：除了是民族的之外，他还得同时是世界的，就是说，他的作品的民族性必须是人类思想之无形的精神世界底形式、骨干、肉体、面貌和个性。”[①]文学的民族性是首要的，这是主导方面，它决定一个民族文学的基本艺术面貌；但从宏观的角度来看每个民族都是整个人

① 《别林斯基论文学》，上海文艺出版社1958年版，第93页。

类的一部分,越是到了近代各民族相互渗透和交流的世界一体化趋势就越明显。所以文学作品所表现出的民族个性,自觉不自觉地同普遍的人类因素联系在一起,必然在民族个性中寄寓着和投射进人类的共同特点。正是从这个辩证意义上说,“只有哪种既是民族性的同时又是一般人类的文学,才是真正民族性的;只有那种既是一般人类的同时又是民族性的文学,才是真正人类的。”①越是到了现代作家笔下越是追求作品的民族性和世界性的辩证统一,这种自觉意识就表现得十分突出。著名作家艾特马托夫在创作《花狗崖》时说:“我的目的不在于表现他们怎样迷途,后来又怎样找着了陆地,我写的不是惊险小说,我希望促使读者思考的是人的道德的主要价值、责任感,即一切能使人成其为人的东西。现在到了用概括的世界观范畴、时间范畴、人类范畴来丰富对具体的历史现实的反映的时候了。”②这部中篇小说不仅表现了强烈的地方色彩和民族特色,而且非常重视以“世界观范畴、时间范畴、人类范畴”来拓展作品的内涵,着力表现具有全人类意义的民族起源、人类困境和种族延续等人的“生”与“死”这一永恒主题。从创作实践来看,并不是所有的饮誉世界文坛的文学作品都能印证“越是民族的,便越是世界的”论断的正确性,甚至与这个论断完全相抵牾。如澳大利亚当代著名作家帕特利克?怀特的许多作品《生者与死者》、《优斯》等并不着意表现地方特色和民族特性,而是主要运用意识流等现代派手法刻意揭示人物的独特心理活动和精神世界,从而探索人性的奥秘和人生的真谛,但是并没有因为怀特小说民族性的淡化或模糊而影响其获取世界意义或诺贝尔文学奖。特别从读者接受这个角度来看,文学的民族性所带来的审美效果是比较复杂的,有些作品的民族特色能激起不同民族读者的审美兴趣并拓展其审美视野,而有些作品的民族性越是独特越会造成审美隔膜和审美障碍,干扰异民族读者对作品的正确理解和感悟。正是从这个意义上美国文化史家朗格说:“个别作品的世界价值并不是和他们的特殊的民族性成正比例的。相反,一个艺术品在世界艺术中的地位,视其所代表的某种并非其原来民族所独有的东西,亦即某种普遍性的东西的多少而定。我们也可以说,如果一个艺术品包括很少或没有民族特点,它本身也并不因此就失掉普遍的重要性。”③可见,对文学的民族性和世界性应作辩证地理解和把握,这两大基本特征是历史地客观地形

---

① 《别林斯基选集》,上海译文出版社 1980 年版,第 3 卷,第 187 页。

② 《苏联当代作家谈创作》,北京师范大学出版社 1984 年版,第 4 页。

③ 保罗·亨利·朗格:《十九世纪西方音乐文化史》,人民音乐出版社 1982 年版,第 274 页。

成的文学整体属性，它们既没有游离于文学作品的表层外壳又没有构成文学本体相互对立的因素，而是文学艺术的系统性特征，也是随着时代的发展其内在因素不断革故更新的带有动态性的特征。

如果从宏观的角度以发展的观点，对中国文学的民族性、世界性加以考察，这"两性"构成了文学在纵横不同坐标系上的复杂的个性特征。当我们的民族社会生活或民族文学尚处在一个相对孤立封闭的系统时，在横坐标上只是我们这个多民族国家的不同民族文学之间交汇融合而形成某些异同的特征，而这些异同的特征与异国民族文学相比所显示出的带有人类共性的东西，完全是不自觉形成的，或者由于我们都生存或发展于同一个星球上所必然具有的全人类因素；在纵坐标上只是由于我们这个自足的多民族社会的文化系统及社会审美心理进行非结构性的自动调节或反馈制导而带来文学的时代性特征，往往其中蕴含着新的民族性或世界性的新因素。但是从汉代始中经隋唐直到元明，中国长期封闭的民族文学系统不断受到域外其他民族文学的冲击和影响，尤其是印度文学艺术的渗透更强烈一些。这时，在横坐标上我国民族文学主要与域外文学艺术发生交汇联系，虽然域外文学艺术的渗入使民族文学艺术的"人类范畴"的因素有所增多，对汉民族文学艺术的发展起过积极促进作用；但必须指出历史上多次外来文学艺术的渗透，并没有使我国文学发生结构性变化，始终没有改变我国文学固有民族性的主导地位，即使历来被认为源于印度佛教的敦煌艺术也在顾恺之画派确立后与印度艺术"各自依靠自己的传统分道扬镳"了①，印度艺术并未改变我国民族艺术的本质及其基本风貌。在纵坐标上，我国民族文学的发展虽然在某种程度上受到域外文学艺术的推动，其自身的民族性和世界性因素有微量变化，但从实质上来看主要是在"时代性"规律的制导下使民族文学系统与民族社会系统在同质同构中进行自我调节，并没有冲破旧文学系统而建构新文学系统，这只能视为民族文学在固有的"两性"基础上的非自觉的自然进化，并非是作家们认识了文学内在变化规律且又自觉地运用它。所以在中国漫长的封建社会里，我国文学的民族性是决定性因素，居于主导方面；而世界性因素是微量的，是自然形成的，是同一地球上的人类共性的不自觉体现，但这种世界性并不完全具有现代意义，它只是中国传统文学中含有的能与其他民族读者相沟通的人类情感、思想等因素及其审美形式，总是打着古代的历史的或时代

---

① 参见谢稚抑的《鉴余杂稿》第 27 页。

的印记。

中国文学的民族性和世界性，真正作为民族化现代化的新文学发展规律的前提和基础而存在，并不是在古代而是从近代开始，也就是说中国古代文学的演变不存在“民族化”“现代化”问题，这“两化”的出现是与特定的历史条件和特殊的文化背景联系在一起，如果不具备现代的国内外的大环境，那文学本体自然生成的“两性”充其量不过是文学存在的客观规律，不可能转化为推动文学发展的能动规律。从世界范围看，历史进入近现代由于资本主义生产力的迅猛发展打开了国际市场，“过去那种地方的和民族的自给自足和闭关自守状态，被各民族的各方面的互相往来和各方面的互相依赖所代替了。物质的生产是如此，精神的生产也是如此。各民族的精神生产成了公共的财产。民族的片面性和局限性日益成为不可能，于是由许多民族的和地方的文学形成了一种世界的文学。”①在这种社会发展总趋势和各民族文化大交流的历史背景下，不只是各民族社会自我封闭、独自生存的环境被打破了，而且各民族的文化文学希图在一个自组织系统中循规蹈矩的演变也是不可能了，它们各自都要在相互影响、相互渗透和主动竞争中才能得以生存和发展，尤其是“世界的文学”并不是凭空而来的，它是由各民族文学所组成，这实质上是从理论上深刻地揭示了民族文学与世界文学的关系，也明确地指出各民族的文学必须具有民族性和世界性，如果不具备“两性”那就很难进入世界文学之林。这种国际上的大环境和“世界的文学”新格局的出现，势必促使各民族的社会系统和文学系统逐步走向开放，民族文学系统也必然逐步失去原来那些与民族社会系统保持自动平衡的条件，这就注定各民族文学不可能完全在“两性”的基础上遵循传统的轨道运行，必须根据各民族自身的经济结构、社会结构和文化结构的优化程度或腐败情况等因素作出不同的选择或采取不同途径，对民族文学系统进行整体调整或局部调整，使文学的民族性和世界性获得新质因素或具有新的涵义。正因各民族的社会经济、政治、文化诸条件的差异悬殊，致使各民族文学在“世界的文学”总目标下进行竞争所选取的革故更新道路或最终命运并不相同。有的研究者着眼全球各民族文学，概括出三种类型：一是有些民族在政治上经济上极端落后，民族文化遗产也极端贫乏，随着民族自组织功能的彻底丧失，在世界性竞争中民族文化实体被异族文化所消融，其民族文学或被同化或被消亡，因此对这些民族

① 马克思、恩格斯：《共产党宣言》。

的文学艺术来说就不存在什么民族化或现代化问题。二是那些经济相对强盛发达、文化遗产相对丰富的先进民族，它们一般不靠外力催动而主动地转为开放系统，即使外来文化渗透也不至于影响其内部结构的自组织功能系统，其民族社会及文学艺术依然可遵循其固有规律前进，西欧一些先进民族文学的发展就是这样，因此这些民族的文学艺术便存在现代化和民族化的问题。三是有些民族的经济相对落后，但历史悠久，文化遗产丰厚，它们一般是在新的国际环境影响或推动下被迫地由封闭系统转为开放系统，由于民族文学系统自组织功能的下降而不能发挥其自动调节作用，民族文学能否在新的历史条件下振兴并保持民族特色，以与发展中的民族社会系统保持动态平衡，与世界先进文学取得对话资格，这就必须对现代民族文学内部结构及发展方向进行自觉的调整和积极的引导，因此这就历史地提出一个文学的民族化和现代化问题①。依照这种归类，中国文学进入"世界文学"的大竞争圈以后无疑是选择了第三条道路；不过值得说明的是，中国新文学的现代化和民族化并不是同"世界文学"的总趋势和总格局的形成完全取同一步调的。我们研究中国文学步入世界文学总体格局时，既不能片面地过高地估量古代文学的辉煌成就因见不到其落后性腐朽性的一面而否定民族文学进行重新调整以实现现代化的必要性，又不能机械地强调中国封建经济政治极端落后必然造成民族文学落后并因此采取虚无主义态度彻底否定民族文学的优秀传统而误入"全盘西化"的道路。为此我们必须全面正确地理解和把握马克思关于两种生产不平衡理论，并结合中国社会形态和文学形态的特殊性作出辩证的解释，以引导我们准确地认识二十世纪中国新文学流派沿着民族化现代化规律行进的过程及其经验教训。

虽然中国古代文学随着资本主义萌芽在明中叶至清初通过自组织功能的调节已萌生了现代文学的"基因"，如《牡丹亭》、《三言》，《二拍》、《金瓶梅》、《红楼梦》等不论是固有的民族性或世界性都注入了新因素；然而在世界已进入资本主义乃至帝国主义时代的背景下，随着鸦片战争帝国主义列强的入侵，西方的物质文明和精神文明大量涌入中国，使整个民族社会与文学系统处于全面危机，这种由异质文化所产生的激烈冲突反映到文学系统中只依靠自组织调节功能根本解决不了，必须借助于西方文学对传统文学进行结构性韵变革，推陈出新以实现文学的现代化则成为历史发展的必然。中国文学现代化的源头虽

① 参见杨曾宪著《面临危机的选择》第23－24页。

然应该追溯到二十世纪初，而且也应该从这里起步，不过作为一场自觉的现代化文学运动的倡导和开创却是始于五四新文化运动和文学革命。文学现代化的开始也意味着文学民族化的开始，它们是中国新文学发展的双翼，没有文学的现代化那文学的民族化就失去存在的意义，没有文学的民族化那文学的现代化也没有存在的价值，缺少现代化中国文学必然走上国粹主义道路，就不能自觉地参与“世界文学”大厦的建构，缺少民族化中国文学必然走上“全盘西化”的道路，就不能以具有民族特色的新文学进入世界文学的殿堂。实际上从二十世纪初中国新文学的发轫期便存在着全盘否定民族文学传统的虚无主义倾向和完全拒斥西方文学而坚持保存国粹的复古主义倾向，这两种倾向从不同的两极来干扰和阻滞近百年新文学循着民族化现代化的方向演进。那种“全盘西化”的民族虚无主义倾向的不时出现，有其历史的必然性和难免性，它是在民族社会开放条件下所产生的特殊形态的文学与民族文学的矛盾，是现代文学系统与民族社会系统的矛盾；而要解决这个矛盾则必须从新型现代文学适应民族文化土壤的要求和整个民族审美心理的变化趋向出发，自觉地批判继承民族文学传统，继往开来以实现文学民族化。

为了比较准确地考察二十世纪中国文学流派的民族化现代化过程及其表现形态，必须对于传统民族文学的民族性和世界性与新型民族文学的民族性和现代性的关系、民族化与民族性的关系、现代化与现代性的关系以及“两化”之间的关系与之同文学流派的关系，从理论上予以辨析。文学的民族性既是静态的又是动态的，当我们将这种民族性“定格”在特定的历史范畴内进行考察时它是静态的，其民族性既有体现文学作品意蕴的民族精神和民族心态也有体现作品风貌的民族审美观念、审美风格和审美形式。我们如果把中国传统文学的民族性“定格”于古代社会这个特定的历史阶段加以观照，它有进步一面也有落后一面，既有民主性的精华也有封建性的糟粕；假若把文学这种民族性视为静态模式那就不管它有什么精华与糟粕都要全部恪守保护起来，不允许任何异域文学的渗入。传统文学并非总是老化于这种静态模式，它不只是在古代民族社会里不断地调节其动态机制，借助异族文学特色来丰富和补充其民族特色，而且进入近现代社会后在中西文化巨大反差的冲击下已发生结构性的动态变化；这种新型文学的民族性既承续了传统文学民族性的精华又根据民族社会形态和民族文化心理的新变化并以西方先进文学为参照系增进了新因素，以形成新层次上的民族性。文学的民族性与民族化并不是同一概念，它们之间既有联系又有区别。当我们观照中国古代文学的民族特色时只能从静态模式来确定其民族性，它并不存在一个"民族化"问题，即使这种民族性处在动态模式中通过自组织系统自动调节有所增值也不能说是"民族化"，这不仅因为这种自动调节缺乏主体自觉意识，更重要的是因为这种民族性的增值并不能改变民族文学质的规定性，传统文学也没有面临着在异域文学强烈冲击下被同化的危机；"民族化"作为具有实践运动意义的动态口号或规律出现是伴随着新文学的民族性而来的，"民族性"是"民族化"的客观基础，同时它又要依靠"民族化"的动态机制进行不断强化，使民族性随着社会变革进步而不断升华到一个新的层次上。从这个意义上说，新文学的"民族化"是在新的历史条件下利用文学动态机制进行调节的自觉意识，它意味着处于相对稳定的民族性在接受并消化域外文学异民族性因素而导致本身裂变，且由此将其转换为新层次上的民族性。可见我们所理解的新文学"民族化"决不是一个因循守旧维护国粹的保守性口号，而是一个充满革故更新精神的能动性口号，它的本质意义在于强调新文学的发展必须扎根于民族生活土壤，在借鉴选择域外文学的过程中既要积极继承弘扬民族文学的优秀传统又要毫不留情地剔除域外文学固有的并不适合中国国情的风格情调和审美意识，使新文学与传统文学的血脉相接，于新的"结合部"上铸造有中国特色的民族新文学，而不是"洋化"或"欧化"文学。至于传统文学的世界性与新型文学的现代性（或世界性）关系也是既有联系又有区别。中国传统民族文学的世界性并不是产生于近现代的开放国际环境和"世界文学"一体化格局之中，也不是自觉地借鉴域外异族文学的精华而赋予民族文学的新质因素，它是在相对孤立封闭的社会系统和文学系统中自然生成的带有普遍意义的人类因素，如果这种非自觉的原生因素到了新的国际条件下仍含有普遍的积极意义，那有可能被新型民族文学的现代性所继承，否则将在现代理性意识和审美意识的审判台上被淘汰。新文学的现代性也可以视为世界性，不过它的本质含义已不同于传统文学的世界性，其核心内容产生于新的国际环境和宏阔的文化背景下的最能反映现代物质文明和精神文明的思想意识、审美意识和审美形式，具有普遍的人类意义和现代世界意义，它代表着人类的现代审美趋向，称这种性质的世界性为"现代性"似乎更准确更鲜明一些。中国新文学现代性的形成并不像传统民族文学的世界性是自生的，它主要是靠一种自觉理性指导从改造民族旧文学建构民族新文学以适应"世界文学"发展需要出发，积极借鉴域外各民族文学特别是西方近现代文学，加以合理化和适用化的改制，变为既能与世界上各先进民族文学相通又能与我国新文学的民族性和时代性相融，这就构成了新文学的现代性。现代性并不等于新文学的“现代化”，现代性既是现代化的基本前提又是它的最终结果，如果新文学在演变过程中缺少现代化的运动机制和内在规律，就有可能由于片面强调民族性而返回复古旧辙，中国很难适应世界文学发展的趋势，以富有现代色彩和民族特性的新文学屹立于世界各民族文学之林。但我们所理解的现代化也不是个盲目崇外、数典忘祖的口号，它的精神实质在于强调民族文学在新的国际条件下要生存要发展不能自我封闭、墨守成规，必须积极借鉴汲取域外各民族特别西方各民族的现代型的文学理论和文学作品，并以此作为参照系，在继承和发扬民族传统文学时扬弃其固有的与新思潮新时代格格不入的保守形式和陈旧内容，使新文学与世界文学息息相通，在中外文化交汇的新结合点建构具有现代色彩的民族文学。有的研究者认为，文学现代化的实现程度其主要标志呈现于三个层面：一是语言层面，即语言现代化是指特定的语言符号系统在现代社会变革中，为适应于表现现代社会生活和现代人的思想、情感、心理、行为等复杂内容要求而使整个语言系统都发生了根本变化；二是技艺层面，是指文学创作过程中作为一定文学内容的实现方式的具体创作方法、形式技巧、结构布局等等技艺因素的综合效应发生了现代化的变化；三是观念层面也是考察现代化实现程度的最重要层面，它是整体的文学观念从“传统”向“现代”的转化，主要表现为文学审美本性观念的自觉化，文学功能价值观念的多样化，文学种类样式观念的宽泛化，文学表现对象观念的立体化[①]。其实这三个层面的现代化的实现程度标志，也含有民族化实现程度的某些因素；特别在语言层面和艺术层面的现代化，无论怎样“化”也割不断与“传统”的联系，因而这两个层面上的民族化成分更多一些。

新文学的民族化和现代化之间的关系并不是“非此即彼”的两极对立，而是彼此依存、相互补充、并行不悖的相辅相成的关系，是保证我国新文学健全发展的两翼，也可以说，“两化”是一个双向同构运动的相互变奏的过程。从运动过程来说，新文学的现代化的功能机制主要体现于横坐标上对域外各民族文学的积极借鉴和审慎选择上；新文学的民族化机制主要体现于对本民族文学传统的继承和扬弃上。因而要创建真正意义的现代性与民族性融为一体的新文学，既应自觉地使外来文学的横向借鉴成为“洋为中用”的融化和改造，并要使对民族

① 参见张兴劲的《“文学现代化”命题的理论界定》，发表于《文学评论》1987年第6期。

文学的纵向继承成为“推陈出新”的扬弃和超越，又应主动地使互相矛盾的横向借鉴和纵向继承两种不同方向的运动有机地协调和统一，使之成为一个辩证统一的历史进程。既然文学的民族化现代化的过程一方面要借鉴外国文学的优长一方面又要继承民族文学的传统，那么能否正确地认识和把握在借鉴与继承的纵横坐标上的“结合点”和“衔接点”则成了创建具有中国特色的现代型文学的关键。当然，我们对文学创作中的借鉴外国与继承传统不能作均衡等量的机械理解，它们不论体现于作品中或流派中不可能是半对半而总是有所侧重；至于借鉴与继承纵横坐标的“结合点”和“衔接点”也不会固定不变，既是可变的又是极为广阔的区间。这是因为不仅文学民族化所寻求和强化的民族性有着丰富的内涵，而且文学现代化所探求和凝成的现代性更有着广泛深邃的意蕴。只有这样，文学民族化和现代化的表现形态，才能多彩多姿。

但是，联系二十世纪中国文学理论思潮论争过程予以宏观考察，便会发现对文学民族化现代化关系的理解虽然不乏深刻辩证的见解，然而“两化”在理论上的对立或偏于一端却是由来已久。从二十世纪初文学改良派与国粹主义的论争到五四时期“文言与白话之争”、新文学革命派与守旧派（学衡派、甲寅派等）之争、一三十年代文艺大众化的多次讨论、四十年代关于民族形式的广泛讨论、五十年代关于诗歌形式讨论直到新时期关于“两化”的深入讨论，以及对于朦胧诗、意识流小说、寻根文学、通俗文学、新潮文学的评论，无不牵扯到对文学的现代化民族化关系的理解和认识问题。尽管这屡次讨论或论争不断将“两化”的理解引向深入，而且看问题的角度和思维方式也有所变化，精辟之见也不断出现；然而从总体上看，不只是众说纷纭，大多数结论各持一端：即主张现代化的，便千方百计地寻找根据来贬低或否定民族文学传统，片面地突出了民族文学的消极性和保守性乃至腐朽性，过分强调了西方文学的先进性、世界性乃至超前性；倡导民族化的则极力否定西方文学，或抓住西方文学在演进过程中出现的“世纪末”感伤颓废情调或抓住中国新文学在现代化过程出现的欧化现象和产生的消极作用，借以拒斥对西方文学的借鉴，并把民族文学的优越性、先进性和特殊性强调到过分的程度。从思维方法来看，这种两极对立的观点所坚持的是形而上学的线性思维原则和机械论，立论双方各强调一“化”的优越性而突出另一“化”的消极性；特别有些论者的思维方式具有比较凝固化的惯性定势，往往对文学民族化的理解易于表现出某种保守性、封闭性和拒变性的偏向，在对外来文学的借鉴汲取中常常以本民族文学排斥异域文学的影响和渗透，以本土文学抗拒外国文学。如果我们以辩证唯物论的思维方法和系统论观点对民族化和现代化之间关系进行分析和把握,就能认清它们的相辅相成的互补关系;尤其能以发展的观点着眼于宏观考察,通过现代化增强民族文学的世界性特征,以响应马克思、恩格斯早已发出的“世界的文学”的呼唤。一些具有远见卓识的文艺理论家曾指出:“十九世纪末在世界许多民族的社会生活(经济、社会、政治生活)中开始发生了非常深刻的变动,这些变动很快引起这些民族生活的整个思想道德气氛及他们的文学艺术的本质变化,世界文学进入历史的新阶段,它一直延续至今。”①从十九世纪末始各民族的文化逐步汇合形成一股世界化的趋势,欧洲文化对本土文化传统进行反叛转而从东方文化和拉美文化中汲取养分,东方文化和拉美文化以及非洲文化又在欧美文化冲击下与自身民族传统反背而行,正是在倾身于域外文化的共同倾向中人类在探求共同的话题和寻找世界性的平衡支点,在取长补短的相互交流中走向融合,于是那些先锋派作家突破了民族范围的局限,占据了人性的制高点,借助文学来表现人类所面临的世界性问题。这种诱人的全球性的文学发展趋势,迫使我们民族文学必须走现代化民族化的道路。之所以必须实行“民族化”,乃是因为“越是民族的,便越是世界的”;之所以必须实行“现代化”,则是因为越是强化现代性中国新文学越是能走向世界,成为全人类的审美客体。

二十世纪中国文学流派的形成与发展同民族化现代化有密切关系,可以从中揭示出这样的规律,即“两化”结合得好文学流派就兴旺,“两化”结合得不好文学流派就很难形成,即使形成了也不会有多大寿命,唯有“两化”互补、双向作用才有利于新文学流派的生成和发展。其主要理由和根据在于新文学流派是在民族文化和异域文化的交汇冲突中定型的。在开放的国际背景下任何一个具有现代色彩的文学群体的组合都无法割断与世界各民族文化的联系,它总是从自身的审美追求出发选择一种或多种异族文化作为参照,来建构能与世界文学对话的文学社团流派;但外因只是文学群体形成的催化剂或重要条件,继承和革新民族文学传统才是文学流派生成的重要内在根据。也就是说,文学流派作为一种历史现象并非作家们随心所欲创造的,而是直接从继承过去的条件下创造的,试想哪部新文学名著或出色的文学流派不是同历史文化遗产有着千丝万缕的联系?而这种联系正是文学流派形成的天然基础。可见在文学流派的

---

① 格·尼·波斯彼洛夫:《文学原理》,三联书店出版社1985年版。

生成过程中或对民族文化的继承或对域外文化的选择，实质上都有个如何把握民族化与现代化的方位问题，怎样在实践中处理好民族化与现代化的关系问题。如果对“两化”方位把握得准、它们之间关系处理得好，那新文学流派就会兴盛，否定就会出现不景气的征兆。特别是应该看到，新文学流派的兴与衰总是要面临着来自背离“两化并举”轨道的各持一端观念的挑战，只有通过一番论战或搏斗才能确定自己的命运，有些流派在冲突中发展起来，有些流派在矛盾中则消亡下去，这既可以说明流派之间的相互冲突交流是推动文学自身向前发展的重要动力，又可以看出文学流派消长过程中所碰到的种种冲突与“两化”在理论思潮和创作实践中所存在的种种矛盾联系在一起。因而可以说，某些文学流派的消亡常常由于偏离了“两化互补”的轨道所致（这只是原因之一）；另一些文学流派的生成则往往由于纠正了前一个流派的偏离倾向而发展起来。既然新文学流派的消长命运及其结构特征和美学意蕴与民族化现代化的动态规律密切相关，那么选取“两化”角度对二十世纪中国文学流派进行考察和研究，不仅成为可能而且十分必要。

其一：现代化为制导的文学流派

二十世纪中国文学流派演变进程，实质上是新文学民族化现代化的双向运动过程，也是东西方两种异质文学的嫁接或融合过程。从对抽象理论模式的探讨中，我们已认识到现代化要从纵向上解决传统文学与现代文学的矛盾，极力以西方文学为参照来减少其“时间差”；民族化是从横向上解决域外文学与民族文学的矛盾，尽力继承和革新民族文学传统以消融其“空间差”。虽然它们分属于近百年我们文学流派消长过程中的两个不同的坐标系，但这“两化”却又是文学流派演变的并行不悖的历史必然规律。欲将这“两化”的抽象理论模式转化为文学流派合乎规律发展的双翼或完整地贯穿于文学流派的创作实践中，其关键环节至少有二：一是作为“中介”的创作主体自身条件的完善程度和优化程度，往往决定着对“两化”关系理解的正确程度，决定着在文学流派形成中贯彻执行的深入程度；二是对借鉴与继承纵横坐标的“结合点”，也就是中外两种异质文学的“嫁接点”，在理解上所达到的深广度，在选择上所达到的准确度。

二十世纪初以梁启超为代表的文学改良派，从政治思想的层面来看已从保国保种的“中体西用”的框架中挣脱出来转向根本改造国民素质的“新民”理论，即“淬厉其所本有而新之”，“采补其所本无而新之”。梁氏这种除旧布新思想已含有革新传统文化借助域外新文化的民族化和现代化见识，不论内承“所本有”或外采“所本无”都是为了“新民”，所以可把“新民”作为梁氏所选择的中外文化的“结合点”和“交接点”来理解。新民运动就是人的“新”化运动，是从“中体西用”思想向“现代化”思想过渡的桥梁，这从梁氏为现代国民所设计的新德性诸如自由、自治、自尊、进步、合群、尚武、进取冒险、权利思想、国家思想、义务思想等内涵中便可看出。他主要由现代世界文化意识采取的，凡是与这种“新德性”相吻合的或者可以嫁接的我国传统文化中的精华，当然也被继承下来。这种新民思想对当时青年人的影响是相当深广的，毛泽东等人最早建立的革命组织就取名为“新民学会”。不过也必须看到，梁启超在维新运动中所理解的“新民”思想主要是从日本维新而来，充其量只不过是一种“日本精神加西方知识”的畸形的现代化思路。它反映在文学观念层面上，梁启超根据“新民”的启蒙思想要求公开提出“诗界革命”、“文界革命”、“小说界革命”等口号，与之相适应在语言变革上裘廷梁提出了较激进的“废文言而兴白话”的主张；同时文学改良派还倡导师法欧美、日本的政治功利色彩较强的文学来改造中国文学，重新建立中国文学，既提高了从来被视为闲书的小说艺术的社会地位又调整了传统民族文学的结构系统，这反映了他们对我国文学艺术必须实行现代化的朦胧认识。不过梁启超在文学观念上对现代化民族化的认识比政治思想层面更片面更守旧一些。他主张文学的改革只是革其形式不是革其内容，且不说把文学内容与形式这个辩证统一的范畴分割开来是形而上学的，就是他所提倡的文学形式改革也不过是半新半旧的“新文体”或“新体诗”或“政治小说体”，它们并不标志着文学形式在整体上作了重新的调整，只能算是局部的改革，况且梁氏为代表的文学改良派并没有把“诗界革命”、“小说界革命”等历史性任务从理论倡导到创作实践真正进行到底，似乎在文学观念的革新上比其创作实践上下的力气更大一些。当然对文学改良派的先驱之功，我们还应该给予实事求是的肯定。

辛亥革命中涌现出的南社既是资产阶级的政治文化社团也是资产阶级革命的文学派别，虽然它的政治观和作品中的思想倾向比文学改良派更激进一些，现代意识色彩更强一些，但它在文学观念上却比梁氏的改良派带有更多的保守性，对于借鉴西方文学来改造传统文学表现出强烈的拒斥性。南社成员冯平曾对西方文化东来大声疾呼：“慨自欧风东渐以来，文人学子咸从事于左行文字，心醉白伦之诗，莎士比之歌，福禄特儿之词曲，以谓吾祖国莫有比伦者。呜呼，陋矣！以言科学，诚相形见绌；若以文学论，未必不足以称伯五洲。彼白伦、莎士比、福禄特儿辈固不逮我少陵、太白、稼轩、白石诸先哲远甚也，奈何尽弃国学而学于人？”[①]应该承认，这种观点对戊戌变法之前十几年在思想文化界“存在着否定中国传统文学的思潮”和梁启超那种崇拜欧美和日本文学的“西化”倾向无疑是个反拨，他能看到民族文学系统中存有李杜等先哲所代表的优秀文学传统也是可贵的；但是这些先哲们所创造的文学流派和诗歌高峰只能证明我国文学在历史上曾有过灿烂辉煌的时代，并不能代替后来者站在时代的制高点上对传统文学进行全面改造而重建符合现代化要求的新文学，匍伏在先哲脚下的文学家不思改革不敢超越只能窒息民族文学的生命力决不能创造出“青出于蓝而胜于蓝”的无愧于时代的新文学。这种国粹主义倾向并不含有“民族化”的思想因素，我们所说的“民族化”是以现代化为前提的具有现代意义的“民族化”，若是拒斥现代化只强调民族化那只能回到复古主义或拟古主义道路。胡适在《文学改良刍议》中曾批判南社“第一流诗人”陈伯严的“涛园钞杜句，半岁秃千毫”的跟在古人脚后亦步亦趋的拟古主义倾向。

民族化现代化虽然是中国新文学发展的双向运动规律，但它体现在文学流派的消长过程中却是有所侧重的。不论从二十世纪文学流派演进的总体上来审视或者从每个文学流派构成的个体来观照，都可以发现这种倾斜，即有时现代化在双向运动中起主导作用，有时民族化在双向运动中起主导作用。如果说五四文学革命前出现的文学流派或社团对新文学的民族化和现代化规律只是表现出一种朦胧意识；那么五四新文化运动中形成的“新青年”派则对“现代化”有了自觉的理性认识，尽管这些认识存在着这样或那样的历史片面性，但是那种积极探索“革故更新”道路的精神极为可贵。陈独秀、胡适等新青年派以绝不调和的立场来对待中西文明的冲突，旗帜鲜明地主张接受西方近代文明来否定中国传统文化，比梁启超的“新民”论还激进，彻底否定了“中体西用”论。陈独秀在《答佩剑青年》中说：“吾人倘以新输入之欧化为是，则不得不以旧有之孔教为非；倘以旧有之礼教为非，则不得不以新输入之欧化为是，新旧之间绝无调和两存之余地。”他所说的“欧化”就是后来人们所说的“西化”，其内涵就是科学化和民主化，这是本世纪初中国思想界对现代化的理解。对此胡适作了进一

① 《南社》第21集：《梦罗浮馆词集序》。

步阐发："至于欧洲文化之特点，科学与德谟克拉西，事事都可用历史的事实来说明……当初鞭策欧洲人的环境和问题现在又来鞭策我们了。将来中国和印度的科学化与民主化是无可疑。"[①]可见五四时期新青年派的"西化论"主流思想是输入西方的科学与民主精神，通过激进的文化革命来改造中国旧文化建设新文化。如果把新青年派这种以反对孔教文化为中心的西化思潮称之为"全盘西化"并不确切，连真正的全盘西化论者陈序经也认为陈独秀、胡适所说的"西化"不外乎"部分的西化"[②]。我们姑且把这种"西化"论看成是对"现代化"的偏激理解；但我们还必须看到在新青年派积极主张以西方的科学与民主来变革中国文化结构时，并没有数典忘祖一味崇洋。胡适提倡以新的科学方法去"整理国故"，"重新估定或发现中国（旧）文学的价值，把金石从瓦砾中找出来，把传统的灰尘，从光润的镜子上拂拭下去"，继承其"金石"来"建设我们的新文学观，创造新的作品"，这表明"新文学运动，并不是要完全推翻一切中国固有的文艺作品"[③]；况且"整理国故"还有一种为新文化运动和文学革命寻找根据的意图。虽然对"整理国故"运动我们不能采取完全肯定的态度，但这里至少蕴含着一种与"现代化"互补的"民族化"规律。也可以这样说，新青年派对"现代化"与"民族化"关系的理解更偏重于前者的制导作用，更突出了"现代化"在改造旧文学建设新文化中的决定性意义；而"民族化"只注重其对"现代化"的补正机制和寻"根"意义。如果说梁启超改良派对现代化民族化的认识仅停留在朦胧阶段，借鉴与继承的纵横坐标的"交结点"集中于"新民"上；那么新青年派对"两化"的认识则处于比较自觉的理性阶段，借鉴与继承的"结合点"则是集中于"发现人解放人"这个核心上。梁氏提倡的以"新民"为主旨的启蒙运动着眼于群体"民"的民族意识、政治意识的提高，以适应政治改良的需要；新青年派以"发现人解放人"为主旨的启蒙运动则强调个体人的觉醒、个体人的解放，彻底从封建精神桎梏下解放出来，重新恢复人的本来面目，重新发现人意和人的价值，以期达到先"立人"再"立国"，这标志着思想启蒙由晚清"新民"上升到"新人"的层次，由侧重提高"民"的政治觉悟发展到着重提高"人"的伦理觉悟。人是文化的最高本质，不论借鉴西方文化以促进中国文化现代化或继承传统文化以增强新文化的民族性，都要有利于"人的发现人的解放"；也只有在"新人"这

① 《读梁漱溟先生的"东西文化及其哲学"》。
② 陈序经：《中国文化的出路》。
③ 《新文学之建设与国故之新研究》。

个最根本点才能决定域外文化或传统文化的取舍，才能使中外文化达到真正意义上的“交合”或“嫁接”。

五四时期新青年派在中西文明激烈冲突中从理论到实践来探索中国文化的现代化民族化的道路或结构形态，实际上已包含了民族文学的现代化民族化问题。尽管新文化运动并非作为单独的文学革新运动而存在，但新青年派的先驱们却非常自觉地将文化启蒙运动与文学革命结合起来，文学革命随着新文化运动的兴起而兴起，新文化运动随着文学革命的深入而深入，“提倡新道德反对旧道德，提倡新文学反对旧文学”这个“两反对”“两提倡”的口号则是新文化运动和新文学运动相互结为一体的纽带和标志。因此陈独秀、胡适等在新文化运动中所持的过激的现代化态度同样表现于革故更新的文学运动中，即“要拥护赛先生，便不得不反对旧艺术、旧宗教；要拥护德先生又要拥护赛先生，便不得不反对国粹和旧文学。”①虽然这种对民族传统文学的偏激否定有其历史的合理性和必要性，但毕竟不是以辩证唯物史观来正确地对待传统文学，不能不在某种程度上影响新文学遵循“两化互补”的路线健全发展。在口号上或理论上表现出偏激的西化倾向和与传统文化彻底决裂的态度，并不能证明新青年派在文学创作实践中或创造主体的情感、思维上所追求的也是所谓“全盘西化”而抛弃民族文学传统；恰恰相反，他们在文学观念更新上或作品创造上虽然于横坐标上大量借鉴引进西方的文学思潮和文学样式，竭力将民族文学导向全面改革的现代化道路，但是他们的思想情感、审美意识总是与民族传统文学保持着千丝万缕的联系，尤其是沿用了传统的“一元论思维模式”②来建构新文学，这就从根本上保证了中国新文学不可能“全盘西化”，不可能悖离“民族化”使民族文学被域外文学所同化。如果说在思想文化层面上，新青年派对于中外文化的借鉴与继承的“交合点”和“嫁接点”选定在“发现人解放人”这个焦点上；那么在文学思潮或文学创作层面上的中外文学的交汇或嫁接则主要集中在“人的文学”上。借鉴西方近现代文学以促进中国文学的现代化，旨在从观念形态到创作形态都要建构“人的文学”，继承古代传统文学促使新文学的民族化也是为了建设中国式的“人的文学”而废除封建性的“非人文学”，这是新文化运动中出现的人文主义思潮在文学改革上的体现。正是环绕着“人的文学”这个轴心，通过现代化的途径或手段广纳博取域外的文学理论或文学模式，从观念到作品进

① 陈独秀：《本志罪案之答辩书》。

② 参见拙文：《现代化与鲁迅批孔》，《山东师大学报》1991 年第 4 期。

行了全面更新,使中国文学的整体面貌在短短几年中发生了深刻变化;与此同时也借助"民族化"的机制抵制了"欧化"倾向,并在批判传统文学的封建糟粕时继承了有利于建设"人的文学"的民主性精华。但是从"两化"的实现程度来看,新青年派对新文学的突出贡献不是表现在民族性上而是现代性上:不只是文学的表层结构,语言符号系统以"现代白话"取代了"古代文言",通过"文体大解放"各种新型文学样式取代了各种传统体式,西方文学常用的具体创作方法、表现技巧、结构方式被大量地采用;而且文学的深层结构,即文学观念从"传统"向"现代"发生了转换,围绕着"人的文学"这个核心观念,真实观、功利观、审美观等都发生了相应变化。这些现代化的主要标志也蕴含着民族文学的"遗传基因",不仅表层结构的现代性诸要素不能割断与"传统"的联系,就是深层结构的现代性也不能摆脱传统的"一元论思维模式",也就是说新青年派的先驱们是以"泛意识形态"的思想框架去汲取域外文学思潮的,总是把文学视为思想启蒙的工具、政治革命的利器、人生改造的器械,实质上他们在否定了封建性的"文以载道"的功利观之后所获得的并不完全是文学自觉意识而是一种新的文学功利观。因此从整体上看,新青年派对文学"现代化"的理解带有一定的"欧化"倾向,对"现代化"的实现程度也不能估计过高;而且更不能认为他们否认文学的"民族化",只能说他们对"两化"关系的认识有片面性,"现代化"的实现程度是自觉的明显的,"民族化"的实现程度是不自觉的潜隐的。这说明"现代化"对新青年派来说的确起了导向作用。我们对新青年派作如是的分析并不是将现代化民族化的观点随意地强加于他们身上,而是从他们的理论和创作倾向上概括出来的。因为"两化"作为二十世纪中国文学或流派生成或发展的客观规律,你意识到或未意识到它总是存在着,我们研究者的任务就是要去发现它、揭示它和概括它,至于开挖得深浅与否、概括得准不准这取决于研究者的水平,这并不影响它作为一条重要规律而存在于纷纭复杂的文学现象或文学流派之中。

虽然新青年派对文化文学上"两化"的认识和实践都存着这种或那样的偏颇,但是五四文学革命的主将、人生派和乡土派的开创者鲁迅却是"两化"的典型。从理论上来考察,鲁迅并没有明确地提出民族化与现代化的命题,但是他关于借鉴与继承的见解却蕴含着民族化现代化及其相互关系的真知卓识。早在《文化偏至论》中鲁迅对建设我国新文化或新文学如何认识和把握借鉴于外、继承于内的规律或法则已作了精辟的分析:"明哲之士,必洞达世界之大势,权衡较量，去其偏颇，得其神明，施之国中，翕合无间。外之既不后于世界之思潮，内之仍弗失固有之血脉，取今复古，别立新宗”。鲁迅对“两化”精义的理解和认识比同时代的先驱要高出一筹，他以世界性的开放意识和眼光来思考中华民族的新文学建设的途径或规律。“外之既不后于世界之思潮”，意思是说民族新文学的建构必须适应世界之潮流，具有世界性的美学特征；而要使文学获得这种新质因素则应“取今”，即遵循现代化的法则去汲取和借鉴域外符合“世界之大势”的文学。对内则要“复古”即弘扬民族文学的优秀传统，也就是坚持“民族化”的原则对传统文学进行改造，取其精华除去糟粕，使新文学“仍弗失固有之血脉”。只有经过现代化和民族化双向运动“化”出来的新文学，才是“别立新宗”的既不是“洋化”也不是“古化”的具有中国现代特色的文学。后来鲁迅更辩证地指出中国文学艺术现代化民族化各有侧重的两条道路：“采取外国的良规，加以发挥，使我们的作品更加丰满是一条路；择取中国的遗产，融合新机，使将来的作品别开生面也是一条路。”[①]实质上这是揭示出新文学艺术在中外文化交流的广阔背景上“两化”双向运动的规律。所谓两条路是指“两化”各有侧重所出现的两种走向，前者着重强调“现代化”的机制，以外国文学的“良规”作为参照来创造更富有现代色彩的新文学；后者则突出了“民族化”的作用，“择取”是意味着以批判的眼光来选择民族文化遗产且与“新机”融合起来，也就是使民族性与现代性在新的交结点上嫁接起来，以创造“别开生面”的新作品。外取“良规”是现代化的横坐标，内择“遗产”是民族化的纵坐标，如果纵横坐标的契合点选不准看不深，那就不可能创造出现代性与民族性兼备的优秀之作。虽然鲁迅坚持创造“人的文学”，但他并不主张创建笼统的一般的“人的文学”，而是偏重于为人生的改造国民灵魂的文学，我认为这正是鲁迅所选择的既深且广的“结合部”的焦点所在。根据创造为人生的改造国民灵魂文学的需要，鲁迅既没有生搬硬套外国文学的各种模式也没有墨守成规地因循传统的那一套，既没有拜倒在外国某个文学大家或某种文学思潮流派脚下也没有迷信中国古代文学史上的某个文豪或某部名著，他始终坚持自己的美学理想和独立选择的自主意识，不论是“洋”也不论是“古”都是“为我所用”，旨在创造为人生的改造国民灵魂的“人的文学”。这在他的小说创作中完全实践了“两化”的文学主张。鲁迅的小说从总体上观照，可以说是改造国民灵魂的追求与审美艺术的追求达到完

① 《且介亭杂文·〈木刻纪程〉小引》。

美的统一。从创造为人生的改造国民灵魂的小说艺术要求出发,对外他博采众长,广泛摄取西方小说的营养,特别是汲取了那些长于表现人们灵魂的意识流、象征主义等手法以及那些有利于表现文化心态的小说格式,奇怪的是虽然鲁迅有些小说的艺术形式或拷问灵魂的手法直接受到俄国某些作家的影响,但当你仔细加以比照时既见不到模仿的痕迹也没有那种“西化”色彩或异国情调。这只能表明鲁迅大量吸取“异域营养”,在现代化的实现程度上已达到一种“融合新机”的境界,将外国文学的先进现代性与中国传统文学的优秀民族性奇妙地结合起来,历史地圆满地完成了在中外文学多种思潮相互交汇冲撞背景下新旧文学艺术因素的转换。鲁迅的高明之处在于并没有因为五四文学革命的反传统狂潮而对古典小说采取完全否定的偏激态度,他始终坚持文学“民族化”原则,“择取中国的遗产”,矫“枉”并未过“正”。根据创造为人生的改造国民灵魂的小说艺术需要,他并没有把传统小说的章回体结构、完整曲折的情节链条、全知全能的叙事模式作为精华加以继承,但也没有完全丢弃,《阿Q正传》的结构形态可以说是戏用章回体或吸取章回体的因素,这都不是主要的承续,鲁迅着重继承了传统小说的“白描传神”或“神似”的美学原则,有助于画出现代国人的灵魂,使他的小说创作一开始就自觉地纳入了现代化与民族化互补的双向运动轨道。鲁迅小说的现代化与民族化的实现程度不仅仅在语言层面或技艺层面达到了完美融合,体察不出那种生硬的“嫁接”痕迹,而且在观念层次完全把现代审美本体意识与传统的重表现主体的审美原则天衣无缝地胶合起来。中国古典文学那种由偏重于表现主体理论所形成的以传神写意、抒情言志为主旨的含蓄蕴藉、气韵生动、情景交融、虚实相生等美学传统,通过“现代化”改造无不融入鲁迅的自觉的文学审美本体意识中,使他的小说艺术真正成为以审美性为主体的文学系统。不只是表现出功能价值的丰富性多面性,描写的人物形象也富有立体感;尤其是刻画的国人灵魂以现代意识改造其传统意识,最后所塑造出的是现代人的“民族魂”,既不是“洋魂”也不是“古魂”,则是取其“古魂”的优秀血脉与“洋魂”中先进性的现代意识加以熔铸。也就是说,“民族魂”与现代精神高度融合是鲁迅小说深层审美意识的根本特征。总之,鲁迅从理论与实践的结合上坚持了现代化民族化双向变奏的文学规律,但从“两化”的实现程度上来看,现代化的导向作用却是显而易见的,与新青年派的总体方向是一致的。

鲁迅所开创的“两化互补”的文学传统直接影响了乡土文学派。虽然乡土派对“两化”缺乏理论上的自觉,但由于他们有意识地借鉴承传鲁迅乡土小说所体现出的“两化”精神，致使其乡土文学在思想意蕴中既有民族文化的积淀也有现代意识的渗透；尽管这两种异质文化格格不入，却在“两化”的作用下构成乡土小说思想内容的两大重要因素。正因为乡土文学思想意蕴两种异质文化因素的相击相撞，形成了一种带有悲剧色彩的沉郁美学风格，这主要受外国文学悲剧意识的影响；由于乡土文学深深扎根于农村文化土壤之中，致使它们的民族特色、乡土气息比其他文学流派显得更浓重一些，这正是乡土派的优胜之处。乡土派作家对文学的现代化民族化作了多方面探索，他们具有实现“两化”美学追求的优越条件，不只是因为他们大都来自农村，生活感情的基点在乡镇，对农村人生有着强烈的悲剧生命体验；更主要因为他们进入城市后又获得了现代文化意识和审美意识，使他们能较自觉地站在现代认识高度上，从两种文明两种文化的巨大反差中感悟到中国最深刻的现代化过程将是农村物质生活和精神生活的巨大变革，农民深层文化意识的变动尤为重要和急迫。把这种深刻的认知和感受渗透于深厚的农村生活底子里，与现代审美意识相融合，必然能创造出具有“两化”特色的乡土文学。

以文学研究会为代表的人生派，不论其理论主张或创作实践都比较接近鲁迅对文学现代化和民族化的认识和把握。从“两化”的角度作总体审视，我们有充分的根据说“人生派”是在中外文化交汇的态势中生成的，是实现新文学现代化和民族化的积极探索者和开拓者。与鲁迅一样，茅盾虽然没有明确提出现代化民族化的理论口号，但在他的文学观念中已包括现代化与民族化的思想，而且有些认识达到了辩证唯物论的理性高度，显示了宏阔的文学理论视野。早在人生派形成之初，他在《小说新潮栏宣言》中便指出：“我们对于旧文学并不歧视；我们相信现在创造中国新文学时，西洋文学和中国旧文学都有几分的帮助。我们并不想仅求保守旧的而不求进步，我们是想把旧的做研究材料，提出他的特质，和西洋文学的特质结合，另创一种自有的新文学出来。”创造中国新文学既要借助西洋文学又要借助中国传统文学，提出西洋文学的“特质”就必须通过分析批判才能辨清什么是西洋文学的特质，然后根据现代化的需要加以借鉴；提出中国旧文学的特质就必须通过分析批判分清其精华与糟粕，然后根据民族化需要来提出“特质”。可见茅盾所谓的提出中国旧文学“特质”和提出西洋文学“特质”并把两者结合起来，实际上深刻地揭示了“两化”的辩证关系，指出中洋文学特质相结合便是创造一种自有中国特色新文学的必由之路。在中国文坛上较早论述民族文学与世界文学关系的也是茅盾，他明确指出“文学所负荷的使命，就他本国而言，便是发展本国的国民文学，民族文学；就世界而言，便是要联合促进世界的文学”①。从他对民族文学与世界文学关系的认识中，既反映了茅盾具有以民族文学促进世界文学的自觉意识，主动引导我国新文学走向世界；又表现出茅盾重视新文学的民族性更重视它世界性，所以他反复强调文学应表现“全类的生活”，它“更能宣泄当代全体人类的情感，更能声诉当代全体人类的苦痛与期望，更能代替全体人类向不可知的命运作奋抗与呼吁”②。茅盾这些宏论蕴含着文学民族化和现代化的思想，而且对新文学的世界性或人类性强调得更为突出；并把民族文学作为世界文学的一个组成部分来看待，这将促进民族文学现代化在深度和广度上的革命。正因为人生派的文艺理论家能及时地从理论上对新文学的现代化与民族化的道路加以深刻的阐明，并形成一种自觉的理论导向，所以人生派的文学观念和文学创作既根植于我国民族文化的土壤又深受外国文学思潮的影响。“文学为人生”就是借鉴外国文学以实现现代化、继承传统文学以实现民族化的交合点；与鲁迅为人生文学所不同的是，他们并没有把关注人生的改造集中于对国民灵魂的改造上，而着重强调真实地写出人生的血和泪、批判人生的假恶丑和张扬人生的真善美。正是从这种为人生而文学的功利要求和美学追求出发，人生派对外国文学的选取和采纳具有鲜明的指向，即主要接受法国自然主义者丹纳和左拉的文学思想以及东欧和俄国的批判现实主义文学，而对西方现代派文学中的伤感主义、颓废主义和唯美主义等则采取排斥态度。人生派之所以热衷于汲取前者而厌弃后者主要因为他们从自然主义和批判现实主义那里找到了“为我所用”的东西，或者在审美追求上获得了共鸣感应，或者在创作方法上寻到宜于表现人生并改造人生的表现形式或艺术技巧，或者在实现为人生而文学的功利上找到了适用的价值尺度；对中国传统文学的特质选择其指向也是比较明确，从为人生而文学的目的和追求出发，主要继承了从诗经中的“兴观群怨”到杜甫、白居易重现实人生的创作态度。人生派正是在“为人生”这个基点上把传统文学的民族性和外国文学的现代性有机地结合起来，形成了这个流派特有的民族化和现代化的美学倾向。但是也必须看到“人生派”诸成员的人生思考和美学追求较为复杂，况且“为人生”又是一种笼统的流派主张，这都决定着他们对域外文学的选择、对传统文学的继承只能在大的方向上有趋同性，而在具体文学见解和创作实践上也许是各有千

① 《文学和人的关系及中国古来对于文学者身份的误认》，《茅盾文艺杂论集》（上）。
② 《新文学研究者的责任与努力》，《茅盾文艺杂论集》（上）。

秋,因此"两化"的实现程度及其呈现出的特点也是差异很大。这种复杂性正表明人生派的现代化民族化给新文学发展带来一种开放的态势。

以创造社为代表的"艺术派",并不像人生派那样以执著冷静的现实态度瞄准充满了血与泪的人生世界来探索现实主义文学的现代化民族化的道路,他们以奔放热情或沉郁感伤的浪漫性格善于透过现代人的内心世界来探索浪漫主义文学的现代化民族化的规律。虽然他们与人生派一样都是在中外文化交汇冲撞中找到了现代化的参照系统,但是人生派所厌弃的或淡然的正是艺术派所选择或重视的,即不仅不排斥西方现代派文学中的感伤主义、颓废主义和唯美主义,而且对西方歌德、拜伦等积极浪漫主义倍加推崇,相反对现实主义文学却不感兴趣。这主要因为他们主张文学是自我表现或内心感情的自然流露,西方那些浪漫派或现代派文学很自然地与其内心要求和审美追求相吻合,不只是寻到创造表现自我浪漫文学的最佳参照物,而且也为自我内心世界找到良师益友,所以他们满怀激情地去拥抱浪漫派或现代派文学,而对人生派所倚重的现实功利性强的文学则采取拒斥态度。艺术派对外国文学的选择趋向在某种程度上决定其浪漫主义文学现代化的独特性,也决定了他们对民族传统文学继承的偏执性。不论是人生派或艺术派,在对待域外文学或传统文学上,他们都缺乏鲁迅那种博采众长的艺术胸怀和拿来主义的艺术魄力,这种偏激的态度往往会在一定程度上影响中国新文学现代化民族化的广度和深度,甚至可以说艺术派的偏激情绪远远大于人生派。"艺术派"的派中派对"两化"的态度或实现程度同中有异。以郭沫若为代表的自由诗派,虽然也是强调文学是生命的表现或自我的表现,但他们所关注的焦点是内心的感情层次,而这种感情又不是一般的感情乃是火山爆发式的激情,这就是自由诗派借鉴域外文学以实现现代化、继承传统文学以实现民族化的结合部。正是这个结合部决定着郭沫若等自由派诗人借鉴和继承的特定指向,在某程度上也制约着"两化"的实现程度。从表现自我内心感情或激情出发,郭沫若倾倒于惠特曼、歌德、泰戈尔等的浪漫主义诗歌,既从中汲取了反抗和创造精神又找到了自我表现的艺术形式,特别是惠特曼诗歌那种最完整的自由体形式备受青睐,所以郭沫若强调诗要"绝端自由"。这固然彻底摆脱了旧格律的束缚,创造了一种适应表现诗人感情运动的自由体诗,但这种"绝端自由"无疑是对传统格律诗体的完全否定,所带来的后果不利于新诗形式的现代化,因为新诗形式的现代化不是"绝端自由"的散文化。对传统文学的继承既崇拜庄子的有助于开拓想象力和思维空间的泛神思想又偏爱李白的雄浑的浪漫主义诗风，这都符合郭沫若表达内心激情和浪漫美学风格的需求；相对来说他对中国古典美学的含蓄蕴藉的传统或"托物言志"、"借景抒情"等抒情方式并非太感兴趣，而对西方浪漫主义那种直抒胸臆、凭感情随意挥洒的抒情方式尤为喜爱。也许自由诗体、直接抒情、强化主体这是郭沫若诗歌最富有现代化色彩的三个特征，但是由于绝端自由、放纵感情、扩张主体又不能不影响其新诗现代化的完美程度；当然也影响到新诗民族化的实现程度，因为过分强调现代化往往会因民族化机制受到约束而出现"欧化"倾向。以郁达夫为代表的"自我小说派"也强调以主观抒情笔调表现自我内心世界，不过他们认为只要写出内心复杂紊乱的思绪情感甚至那种性变态的潜意识才是心理的全部真实，郭沫若新诗所表现的内心情感往往是高昂的激情，郁达夫小说表现的自我情感常常是沉郁的伤感。由于表现自我内心的侧重点和层次以及审美追求有所不同，在很大程度上决定着郁达夫等浪漫抒情小说的现代化民族化的选择取向及其特征。对域外文学的借鉴郁达夫不像郭沫若那样倾倒于西方积极浪漫主义文学，他所重视的是出现于"世纪末"的形形色色的现代派，尤其崇尚日本佐藤春夫的"私小说"；当然他对外国文学的选择并不局限一家，就其饱览欧美文学的数量来说在艺术派中他是较多的。他在广纳博取中从卢梭、陀思妥耶夫斯基那里获得了大量暴露病态心理的勇气，并从现代派那里择取了对表现内心世界复杂性矛盾性具有特殊功能的意识流手法。不过他没有走上"全盘西化"的道路，这不仅因为他有深厚的民族传统文学的修养和艺术功底，更因为他本人的思想性格就是个新旧混合物，表面上看像个颓唐派实质上却是清教徒，这就使他的小说艺术世界的独特个性中既有反传统的现代性因素也有传统的民族性因素，表现在主人公的内心世界里既有被现代文化思想唤醒的自我意识，强烈地要求自我爱情欲望和自我价值的实现，显示出反封建反传统的现代性格，又有深受民族文化影响的弱国子民的自卑意识和自暴自弃忍让妥协的民族劣根性；特别所表现出的感伤情感中既含有现代人那种强烈的生命悲剧意识、孤独意识和危机意识，又包孕着带有传统色彩的忧国忧民的忧患意识，仿佛这一切来自于时代的、现实的、民族的、域外的独特感悟，都奇特地融合于这群"零余者"的心理世界，形成了郁达夫自我小说思想意蕴的特有的现代化民族化的特色。至于"自我小说"在语言层面、技艺层面和审美风格层面所形成的"两化"特征，除了语言符号系统带点欧化倾向、性心理潜意识描写带有移用弗洛伊德学说的痕迹外，基本上实现了现代化民族化的有机结合。当然从整个艺术派来看,在处理现代化民族化的关系上突出了现代化的制导作用,致使其浪漫主义文学的审美风貌的现代色彩格外耀目。

从"两化"的角度来考察,二十年代中期新文学流派往往生成于传统文学意识与现代文学意识的碰撞和联结,即一方面不断地从西方文学汲取营养一方面不断与中国传统文学的审美心理挂钩,使借鉴与继承不断选择新的结合点进行融合和凝聚,这不只要靠作家主体创造性的发挥更要凭借作家的群体力量进行艺术处理。正是在自觉地或不自觉地依据某种现代化和民族化的取向和要求,对中西文学不断冲击或交汇所涌现的艺术精华和思想结晶进行融合凝聚的过程中,形成一个个风格相似的文学群落或流派,而这些文学群体或流派显示出现代化民族化的实现程度及其艺术个性。"弥洒社"、"浅草社"、"沉钟社"等既带有"人生派"的"两化"特征又黏附着"艺术派"的"两化"特色,它们这种兼而有之的总体面貌是因为它们不仅受到域外各种新文学思潮的感染而且打上了民族文学传统的深深烙印。正如鲁迅评述弥洒社的两化倾向那样,"向外,在摄取的营养,向内,在挖自己的灵魂,要发见心里的眼睛和喉舌,来凝视这世界,将真与美歌唱给寂寞的人们"。这些作家群落并没有像艺术派那样有时把"人生"与"艺术"、"现代化"与"民族化"的某一侧面推向极端,而是在两者的"结合"或"嫁接"上下了较深的功夫。以闻一多为代表的新格律诗派,对自由诗派代表作《女神》存在的欧化倾向提出批评,同时指出纠正这种欧化毛病必须恢复对民族传统文学的信仰,创造新诗如同建筑一样不能开天辟地,我们只能在"旧的基础上建设新的房屋",而新诗格律就是闻一多为建设"新的房屋"所进行的理论设计;并且以此为标准在新诗创作中进行大胆的尝试,这是有意识地在相当规模上对新诗体式所作的现代化民族化互因互补的实验。新格律诗派艺术形式变革的主要经验是,在借鉴与继承的纵横坐标系上有意识地把中外格律诗体的优长结合起来,有意识地吸收外国文学的艺术营养来发展和丰富中国新诗艺术。闻一多在《女神之地方特色》一文中是这样总结中国新诗的"两化"规律和方向的:"我总以为新诗迳直是新的,不但新于中国固有的诗,而且新于西方固有的诗,换言之,它不要作纯粹的本地诗,但还要保持本地的色彩。它不要作纯粹的外洋诗,但又尽量的吸收外洋诗的长处,他要作中西艺术结婚后产生的宁馨儿。我以为诗词一切的艺术应是时代的红线,同地方纬线所编织成的一匹锦。"这是非常有见地的,它不只是中国新诗实现民族现代化的规律也是整个中国新文学发展的艺术规律;不过闻一多未对"中西艺术结婚"的纽带或交接点进行具体分析,各个文学流派所显示出的交结点也并不相同。联系新格律诗派的作品考之,他们的"交合点"也主要集中在"自我感情"上,与自由诗派的"自我感情"有所不同的是,他们不是放纵自我感情而是"节制自我感情",这与他们所选择的新格律诗体完全相吻合。以"两化并行"的法则来处理文学创作的内容和形式关系时必须注意分寸感,如果超出它们"化"的限度,那就要出现偏向。新格律诗派开始创作的新诗既在内容上注意情感节制又在形式上注意格律化,这样便产生一些内容与形式、现代性与民族性达到完美结合的好诗,但后来发展到以徐志摩为代表的新月诗派,由于过分强调节制感情并把人性视为理性,这又难免出现古典主义倾向,把新诗形式的格律化纳入文学"纪律"和"规范"使导致某些诗体的形式主义,这种偏颇的出现实际反映了在具体操作上没有辩证有分寸地处理民族化与现代化的关系。与新格律诗派同时出现的以李金发为代表的象征诗派在"两化并举"上的偏差更大一些。虽然我们可以把象征诗派看成是"中西艺术结婚后产生的宁馨儿",也可以说李金发在主观上并不想完全照搬移植法国象征主义那一套,至少他对中西诗歌的结合有所思考也有所努力,他认为中国传统诗歌的比兴手法可以与象征主义的意象构造相联通;但是从主导倾向来看,李金发并没有把自己主观设想和审美追求变成完美的艺术实践,导致他的诗歌语言文白夹杂不中不洋,甚至语词中还杂有法文、英文和德文,完全脱离了中国诗歌的传统语符习惯,在诗体形式上于自由体中夹杂着骚体,由于过分地追求梦幻式的自由联想和虚无缥缈的神秘色彩致使有些诗过分的朦胧艰涩难懂。难怪苏雪林说:"李金发的诗没有一首可以完全教人了解"①。这种评说虽有些夸张,但也可看出他的诗"欧化"倾向比较严重。他之所以未能将象征主义诗歌与中国传统诗歌进行"完美嫁接",既没有达到现代化的要求又离民族化的要求甚远,其主要原因一是古典文学的修养根底浅,对祖国的优秀语言传统更缺乏深入研究,二是未联系中国当时的国情、文情只顾抽象地笼统地移植西方象征主义,必然做不到"为我所用""洋为中用"。法国象征派诗人马拉美说:"诗写出来原就是叫人一点一点地去猜想,这就是暗示,即梦幻。这就是这种神秘性的完美的应用,象征就是由这种神秘性构成的:一点一点地把对象暗示出来,用以表现一种心灵状态。"②如果完全遵照这种理论创作诗歌,而不同中国传统文学的美学原则、中华民族的传统审美心理以及当时中国人的文化心

① 《评李金发的诗》,见《现代》第4卷,第3期。

② 伍蠡甫主编《西方文论选》(下卷):《关于文学的发展》。

态和现实感受结合起来，那只能是"欧化"的象征诗，决不会成为具有中国时代特色和民族色彩的象征诗。但是以戴望舒为代表的后期象征诗派却逐步纠正了"欧化"倾向，在新诗的现代化民族化的双向同构中达到一个新的艺术峰巅。特别是戴望舒的诗歌是中国象征诗派的真正代表作，远比李金发成熟。他的主要成功经验在于，横向上有选择地吸收法国象征派的有益营养以实现新诗现代化，借此来缩短中国诗歌与世界先锋派诗歌的"空间差"；纵向上重视中国传统诗歌的借鉴，尤其注意对晚唐五代诗词艺术的继承，以实现新诗民族化，借此来缩短中国诗歌与世界现代诗歌的"时间差"，可喜的是他艺术上的苦心追求获得了成功，"为自己制最合自己的脚的鞋子"①，将中外诗歌艺术融成一体，创造了一代具有中国特色的象征主义诗歌。他与李金发都是师法法国象征派诗歌，一个获得成功一个有所失误，虽然他们的经验或教训对于中国新诗发展都有借鉴的意义，但是效果并不一样。他们的经验或教训可以从多方面进行总结，但是有一点是带规律性的，即哪个文学流派或作家如果自觉地坚持了现代化民族化并举的原则，他就会获得成功，否则将出现失误或导致失败，一言以蔽之，"两化并举"则兴，"两化分离"则败。与戴望舒象征诗派几乎同时生成的新感觉派的得失也充分揭示出这样一条规律。综观新感觉派既是域外各种现代主义学说的综合产物，同时又带着中国"洋场文学"的味道，虽然他们不像李金发对待法国象征派那样生硬地移植，但在借鉴与继承上并没有很好地处理现代化与民族化的关系，因而仍存有移植的痕迹和"洋化"的倾向。新感觉派在横向上直接引进日本新感觉派小说，而日本的新感觉派也是从西方引进了表现派、超现实派、未来派、意识流等；中国从日本引进虽然算作"倒手货"，但实质上还是西方现代主义那一套。不仅如此，他们更多的是直接从西方引进意识流小说以及弗洛伊德性心理学说等。结合新感觉派小说加以考察，我们不能武断说他们完全生搬硬套外国现代派那一套，根本就没有在现代化与民族化互补相融上下工夫；实际上新感觉派小说一开始便打上中国传统文化的印记，如施蛰存的意识流作品所描写的人物从行为到思路都受到传统道德力量的控制，并决定着主人公的内向性，甚至有些意识流手法常常与传统写实手法结合使用等，这些无疑给新感觉派小说染上点民族色彩。但从主导倾向上看，他们对西方现代派的汲取和接受基本上还未摆脱移植模仿，尚不能按照"两化"的原则真正将域外现代派文学

① 戴望舒：《诗论零札》。

"化"为本民族文学的血和肉,表现出"洋化"倾向也就不奇怪了。文学流派的演变永远是一种吐故纳新、新陈代谢的充满勃勃生机的创造性活动,文学的民族化现代化也是一个充满主体自觉的创造性的动态过程。不但对域外文学的借鉴和吸取应采取选择、消化和改造的态度,使之真正"化"进中国新文学,成为新文学流派的生命源;而且对民族文学遗产的继承和发扬也决不可固步自封不求发展,只有以现代美学为尺度加以鉴别才能真正承续其"精华"融化进新文学肌体,使之成为文学流派发展固有之血脉。

很显然,从"五四"到三十年代初,在中国新文学流派的现代化和民族化的双向运动过程中,其内部动力机制和外部动力机制基本上呈现出两种选择趋向和发展意向:一是由变革社会意识的自觉导向文学的变革,一是由审美意识的觉醒呼唤文学的改革。前者由于近代以来"救亡图存"严重国势的驱迫和传统的忧国忧民意识的激发,先进的知识者从追求西方技术文化、制度文化的屡屡受挫进到追求伦理文化(即思想文化),并从而转移到文学领域的变革。这条由技术而制度而思想的觉醒路线,对文学变革所提出的主要是功利要求,到了五四文学革命时期的新青年派非常自觉地把文学革故更新的目标引向为思想启蒙运动的服务上,强调文学积极参与"辟人荒"、"改造国民性"的思想解放运动,使文学先是为"立人"再为"立园",逐步便与改良人生、变革社会结下不解之缘。后者也是在近代启蒙运动中强化了主体意识,在"立人"中不断发展自我调整自我,但他们觉醒后所关心的主要不是文学为人生、为社会的功利目的,而是文学的美感规律。从中西文学的比较中他们认识到我国传统文学缺乏主体意识,大都是"文以载道""代圣贤立言"的工具,文学丧失了自身独立性和艺术生命力。于是他们专注于文学本身的变革,从内部发掘文学真正的动力,寻找适于表现自我的文学发展道路,力图把自我主体意识的觉醒与审美意识的觉醒统一起来,化为推动文学朝着审美本体目标变革的内驱力。不论是社会变革意识来制导文学变革或者是审美意识变革来引导文学变革,都是以理性认识为先导。也就是说,新文学流派的形成或文学创作实践,无不是都在明确的理论认识指导下。只有借助于域外新思潮认识到中国封建意识是中国新思想新政治的桎梏,才能使思想文化和政治文化追求转变为对新文学的追求,使新思想新政治对新文学的选择成为现实可能性;只有借助于西方"先进"文学认识到中国传统文学的落后性和僵滞性,作家们才能主动地去借鉴外国文学的艺术经验,获得现代审美意识,以指导文学本体的变革。正由于他们在不同意识层次上具有明确的理性认识，即前者是以社会意识来要求文学，后者是以审美意识来要求文学，以社会意识要求文学变革的当然关注的是文学与人生与社会关系的调整，以审美意识要求文学变革的当然关注的则是文学自身结构的调整；所以他们各用不同意识层次的理性认识不断拨正自己对现实事物、域外文化和民族文化的具体情感态度。而只有这种新的情感态度已经成了文学活动或文学创作的习惯态度或心理定势后，他们才能相对稳定地确定文学流派现代化民族化对外借鉴对内继承的总体选择取向和发展走向。

"艺术派"、"新格律诗派"、"象征诗派"、"新感觉派"等，他们在思想意识上所获得的自我意识或个性解放或自由民主意识或生命潜在意识等，主要是从西方的以个人主义为本位的人文主义思潮或带有非理性主义色彩的各种思潮汲取的。由于这些思潮良莠交杂，并非都能强化个性意识，如果不进行批判、消化和选择，那不但不能健全主体意识，反而会污染灵魂或弱化个性；虽然每个流派的意识趋向较为复杂，但是都属于自我意识这个范畴的。若带着这种自我意识去体验人生，那旨在寻找自我、发现自我并从而获得真正的主体意识，若带着这种自我意识去创造文学，那旨在寻找足以表现自我个性或内心世界的文学并从而使文学成为审美实体，真正通过文学内部机制的调整升华把自我主体意识转化为审美个性意识。由于这些文学流派的现代化的参照系几乎都取之西方，在自我意识与审美意识层次上与我国传文学形成异质对立，故从这个意义来说他们的现代化近似于文学的"西化"；但是也要看到，这些流派并没有与我国传统文学绝缘，更没有钻进艺术象牙塔而完全脱离现实远离人生。因为这些文学流派重视艺术重视美感，即追求文学的"全"与"美"，如果他们在现代化过程中偏离了艺术规律或者损害了文学美感，那必然要通过对"西化"的反思来记取教洲，并从而主动地借助民族化的机制加以调节或补救。他们对民族文学传统继承的侧重点不是那种重功利重教化的传统，也不是那种为国为民的积极入世的儒家思想，而是那种重美感重形式美的传统，那种张扬个性的浪漫主义精神或者放浪山水遨游八极的老庄思想等。这些传统的继承又是因派而异，因人而异，各各表现出具体的不同的选择指向；而且所产生的艺术效果也并不完全符合民族化的需要，甚至有的流派流露出贵族化的倾向。但是综合观之，这些流派所追求的主要是文学艺术美的现代化，又是从自我表现出发进行追求的，他们没有自觉地把自我的审美与广大民众、社会时代的需要联系起来，这不仅使他们的民族化受到严重局限，而且"西化"导致的内在危机日益严重，迫使其改弦更辙。因为这些文学流派是在中国社会缺乏主体意识或文学自觉意识的状态下寻找自己的立足之地而结成文学群体的，而且又是在一个极为匆促极为紊乱的人文环境中致力于艺术的变革，不仅广大群众不承认他们的艺术美或主体个性的追求有什么现实合理性和存在价值，连他们之中不少文学家本身也逐步怀疑自己选择的文学现代化的道路是否走得通，自己所创造的艺术美究竟确多大的存在价值，以前期创造社为主体的“艺术派”后来的分化、郭沫若等的自我否定就展示出这种趋向。

至于那些先有明确的社会功利目的而后追求文学自身变革的流派如人生派、乡土派、语丝派等，他们所走的是一条由社会变革到文学变革、由社会意识到审美意识、由功利规律到美感规律的文学演化道路。他们既关心自我解放更关心平民解放，既注意文学的美感功能更重视其教育功能和认识功能。虽然这些流派的成员并不是都能沿着这条路线走到底的，不断出现分化，但是那些既关心文学又关心人生的大多数作家还是忠于职守的，始终坚持这条道路来推进新文学的现代化民族化。由于这些文学流派是从文明批判、社会批判乃至政治批判而导向文学变革的，力图以文学功利观的变化来带起整个文学本身结构的调整，这就决定了他们借鉴域外文化和文学以实现文学现代化的主要选择指向不同于那些从艺术从美感入手并视文学艺术本身为目的文学流派。他们在思想意识层面上主要借鉴西方以平等博爱自由为特征的资产阶级民主主义和以平民为本位的人道主义以及各种牌号的社会主义（包括科学社会主义）等；在审美意识层面主要借鉴西方文学系统中那些蕴含着现代民主精神和科学精神的带有强烈的为社会为平民的功利色彩的各种形态的现实主义文学等，从巴尔扎克到托尔斯泰的批判现实主义文学倍受他们欢迎。这些域外文学的思想和艺术营养所孕育出的中国新文学的现代化特征往往从时代性、现实性、平民性、功利性、真实性中得以充分显示。虽然这些流派在某种程度上也时而表现出“西化”倾向，但这仅仅是表层的，不像那些自我表现派是骨子里的而且是相当强烈的；从民族化的角度上来看，他们对传统文学的态度往往陷入一种悖论，即在理性意识层次上，非常清醒地反对儒道混合的文化传统，但在情感意识层次上又与儒家的入世思想、以“民”为本位的人道意识及“教化”的文学功利观和现实主义文学精神等有着内在联系，所以他们继承传统以实现文学的民族化，不仅表现于审美形式，更多的则是蕴含于审美内容。随着历史的推进和文学的发展，这种面对人生、正视现实、重视功利的文学流派越来越显示出其主导地位和主流倾向。如果着眼于从“五四”到三十年代初新文学流派现代化民族化的整体面貌，不论表现哪种选择趋向和发展意向的流派，都没有摆脱借助外国文学“破旧立新”这个总体框架，总是自觉不自觉地在这个总的构想中破坏旧文学创造新文学，这不仅使所有文学流派带上或深或浅的反传统色彩，而且也决定着一切新文学流派的现代化的导向。

其二：民族化为制导的文学流派

从二十世纪初新文学流派由雏型到成型，就有一种回归传统的趋向在缓慢地潜滋暗长。虽然这种趋向有时受到反传统势能的排击或阻滞，但却是挡不住的。这反映了一种历史的必然性和文学“两化”的内在要求。有的论者认为新文学这种回归趋向与西方文学的流向相比算是一种逆向，甚至还有的认为这种回归意味着新文学走上复古道路或陷入一种历史怪圈。这些认识并非没有根据也不是毫无道理。不过，我认为这既不是逆向也不是复古，而是中国文学合乎规律的发展。任何事物的发展都是螺旋式的上升，总是在否定之否定中运行，文学的发展也逃不出这条根本规律的制约。中国新文学流派是在否定封建文学传统中生成，否定是为了新质的产生，而这种新质不是从天上掉下来的也不是作家头脑中固有的；乃是依据文学流派审美追求的需要和“两化”的要求汲取传统文学与域外文学的“特质”，由创作主体积极“介入”加以催化融合而成的。因而这种新质既蕴含着对传统文学特质的继承又是对它的超越。如果这种在否定中继承在继承中超越于正常状态下，那是不会出现大的波动或大的调整的；如果在否定中中断了对传统的继承机制而完全以异族文学的特质转换为新质，或者处于一种特殊历史状态下文学流派的运行已出离了既定的规律并与特殊状态失去平衡，那就需要进行大的调整。然而这种大的调整，仍然是合乎螺旋式发展的规律。新文学流派的总体运行之所以在三十年代及其以后的较长历史阶段呈现出一种回归传统的趋势，究其内外原因是较为复杂的，只能选取一些特定视角予以考察。众所周知的原因，乃是民族危机。由于日本帝国主义入侵已到了极为严重的关头，随着民族解放运动的日益高涨，大多数富有爱国心和正义感的作家或文学流派自觉地拿起文学的武器，发挥其特有的战斗功能和教育功能，为民族解放运动助威呐喊；而对全国人民最富有感召力和凝聚力的思想情感莫过于传统文化中蕴含的爱国主义意识和民族英雄主义精神。

因此这种时代大趋势必然支配着文学发生转机，迫使文学流派在处理“两化”相互依存关系时定然向民族化倾斜。除此以外，还有两个重要原因：一是新文学流派的消长过程中那些为启蒙为人生为变革而文学的流派，随着新民主主义革命的深入，越来越关注社会历史的大变动和广大人民群众的人生命运以及整个民族的独立解放；与之相适应，三十年代出现的中国左翼作家联盟、抗战爆发后成立的“文协”等文学社团，便有组织有领导地从理论到实践探索新文学的民族化大众化问题；特别是1942年《讲话》的发表更加明确地指出了新文学民族化大众化的方向。这都是在总结“五四”以来新文学现代化民族化的成功经验或失败教训的基础上，结合中国社会的具体特点和现实斗争的需要，来探索我国文学发展的道路，因而就在“只有回归传统才能建立具有民族特色的现代文学”上取得了共识。二是新文学流派是中外文学不断交流不断冲突而形成的一个个文学群落，域外文艺思潮袭来一次往往就激起文学家们对我国传统文学反思一次，冲击得越猛烈反思得越深刻，特别那些与民族文学反差最大的现代派文学到了三十年代初对新文学的冲击掀起了大浪，这越发激起文学家对中国传统文学的更深刻的反思，并从而更好地去选择继承中国的优秀文学遗产，使我国悠久的传统文学与最“先锋”的西方文学在时代的回音壁上发出异声互求的回响。中国文学实现现代化民族化，既要在重新反思和理解传统文学遗产中走向世界，加快现代化的步伐，也只有这样才能在过去的历史中发现自己丰富自己；又要在学习和汲取一切外来文学思潮中确证自己发展自己，也只有这样才能更新自己的民族性并焕发出具有时代感的民族特色。总之中国新文学的历史演变是一个向传统回归和向域外扩张的双向同构运动。如果说三十年代以前主要侧重于向世界现代文学扩张，旨在解决中国文学的现代化问题；那么三十年代后向传统文学回归，主要是为了解决中国新文学的民族化问题。由于它们之间是个双向同构运动，所以无论向域外扩张或者向传统回归，都是为着创造现代性和民族性兼备的中国化的新文学。

虽然三十年代及其以后新文学发展面临着新的转机，似乎所有流派的作家也意识到向传统回归的历史趋势；但由于作家们对重新回归传统是为了更深刻地认识传统并完成传统文学与域外现代文学的历史嫁接，以促使我国新文学民族化现代化。在这一点上的认识深浅不一，理解有正有误，自觉程度高低不同，因而同是立于民族文化遗产的基石上却衍化出形形色色的众多的文学流派，甚至有的文派由回归传统重新刮起复古主义黑风，有的流派在弘扬“民族意识”的旗帜下堕落为反动政权的鹰犬，有的流派在向传统文化借鉴的口号下提倡带有贵族化色彩的文学，等等。比较能够正确地理解中国文学传统，为实现新文学民族化进行积极探索并显示了文学“两化”实绩的文学流派，主要呈现出三种民族化的走向：一是在向传统回归中实现文学民族化则展示出古典化倾向；二是继承鲁迅五四时期开创的“两化”传统，于回归传统中既强化了文学的现代性又增强了文学的民族特色；三是由文学的民族化发展为文学的大众化，大众化又是民族化的具体化。第一种走向在“京派”作家身上体现得比较突出，第二种走向“七月派”表现得比较明显，第三种走向“山药蛋派”可以作为代表。

二十年代中期的“新格律诗派”、“现代评论派”以及后来的“新月派”在其向域外文学广泛联系中寻找新文学现代化民族化道路时已表现出回归传统的趋向，不过他们向传统回归既面向中国古典主义美学传统又向往外国古典主义文学传统，这在三十年代初期“新月派”和“京派”各有不同的表征。梁实秋的古典倾向中的人文主义理论直接源于美国白璧德。他汲取了白璧德的人生三境界说（即神性、人性、兽性），主张“人性乃所以有异于兽性，简单的饮食男女，是兽性，残酷的斗争和卑鄙的自私，也是兽性。人本来是兽，还时常是人，所以也常能表现比兽高明的地方。人有理性，人有较高的情感，人有较严肃的道德观念，这便全是我所谓的人性。”[①]提倡这种人文主义的主要目的是维护人之所以为人的理性功能，而这种理性又不是指人的知性和认识，乃是指人超越自然欲求之上的理想、意志以及对真善美追求的意向，并以此对人的感性倾向的过分膨胀加以制约，以维护人类的道德、文化。中国古典主义者在五四新文化运动以后鼓吹以这种人文主义来维护人类文化道德，实质是对中国传统文化道德的留恋和回归；从文学的角度来看，其主要矛头是指向新文学发展中的感伤主义倾向。梁实秋曾把现代中国文学的浪漫趋势归为“流于颓废主义、假理想主义”[②]两种结果，闻一多、饶孟侃、朱光潜对文学的感伤主义也进行了批评。为克服这种文学上的感伤倾向，曾沉醉于浪漫主义激情的新月派作家不能忍受“五四”落潮以后文坛上出现的恶浊和迷乱，要求恢复理性的地位，以理性来控制过分扩张的情感，表现出向传统古典主义回归的倾向。不仅曾迷恋感情的徐志摩已表示出“理性的地位是一定得恢复”[③]的意见，梁实秋更明确指出“情感想象

---

① 《梁实秋文学·序》，台湾时报文化出版社。

② 《现代中国文学之浪漫的趋势》。

③ 徐志摩：《汤麦士哈代》。

都要向理性低首"①。新月派的古典主义倾向旨在构筑一个独立、完美而又稳定的文学世界，追求诗歌的醇正和善美，力图恢复其古典风范，使作家情感与格律形式、表现与意象、主观与客观完全融为一个和谐的整体。这种古典主义倾向含有对现实主义与浪漫主义各走极端加以修正和综合的意思，从文学的现代化民族化来说无疑有可取之处，特别关于文学本体的解释和构想也确有合理因素；但是把他们的古典主义倾向置于文学与现实的关系进行考察，不难看出他们将文学同现实对立起来，不只是以抽象的普遍的人性论反对无产阶级革命文学的阶级性，而且诋毁文学为现实斗争服务的功利性，这样就使他们精心构建的和谐完美的文学世界则成了"象牙之塔"。与新月派的古典主义倾向并不完全一致的是"京派"古典主义倾向，这主要体现于沈从文的美学理论及创作实践中。沈从文深受中外文化的广泛熏陶，既探讨过中国的儒道佛又钻研过西方的尼采、弗洛伊德等的学说，因此在他的美学理想中是两种审美观并存：一是渗透了人文主义、基督教式的近代现世主义，主张表现人性，追求向外扩张，以崇尚冲突为其主要特征的审美观；一是以中国传统的自然主义人生哲学为基础，充满了出世精神，以直观顿悟方式把握世界，以崇尚和谐为主要特征的审美观。这两种审美观经过碰撞融合，最终沈从文选择了带有中国古典主义色彩的和谐宁静的审美观。沈从文的血管里流动着"楚人血液"，深受楚文化的影响，虽然远古的楚文化排斥理性崇尚感情，但是到了屈原时代却以中原文化的理性精神自觉地调节清理了楚文化的原始感性，从而使楚文化获得了独立品格，《离骚》所蕴含的感性与理性、个性与群体、个人与民族相和谐和的审美境界和思维方式作为集体无意识不能不积淀于沈从文的审美意识和思维方式之中。虽然沈从文的美学理想的形成吸取了西方古典主义某些因素，但主要源于中国古典主义美学的影响。这种回归民族传统的倾向除了因为文化本身的承传关系，主要与当时沈从文的心态紧密相关。沈从文较长时间寓居北方大城市，虽然南方燃起的革命烈火已引起北方的震动，上海发生的文艺论争也波及到北方，但这一切并没有在他心里激起多大波澜，他终日与那些处在相对安定、闲适文化环境中的"京派"作家一起切磋艺术，笼罩着一种古典主义文化氛围。这不仅为他们的心理求安思静从古典美学中寻找到了精神调节剂，也给他们的文学创作探求到美学原则。沈从文在创作中所追求的最高审美境界是主观与客观、现实与理

① 《文学的纪律》。

想、现象与抽象、情感与理性达到完美融合的意境。在这种境界中,“爱、流血,皆无冲突,皆在那名词下看到和谐同美”①,“基督教的爱欲,佛教的明慧,近代文明与古旧情绪”都“毫不牵强的融成一片”②。在这种和谐明净悠远忧郁的情调中,既流露出一种自然美又透射出一种东方古典情味。文学的情感内容和语言形式也力求达到和谐统一,这不仅表现在内含情感节律与叙述语言节奏的对应合拍上,也表现在作品情感色彩与叙事语调的统一上。如小说《丈夫》的叙述语调和情感色调基本是吻合的,从整体上看显得格外的沉重、抑郁和哀伤,然而也杂有欢乐的情调,即使整个作品情调有变音并反衬出作品的悲剧色彩更深沉更凄苦。这种叙事语调与情感色调相统一的审美追求,溯其文化渊源也显示出中国古典文学中那些语调与情调和谐统一的名篇名句对沈从文的深刻影响。以沈从文为代表的“京派”回归传统所表现出的古典主义美学倾向,不仅强化了新文学的民族色彩,提高了作品的艺术质量,而且也使文学作品的现代性完全褪尽了“欧化”的色彩,无疑把中国新文学的民族化现代化的实现程度提到一个新的水准线。这仅就京派古典化倾向对文学本体系统的影响而言,如果把这种古典主义倾向放在文学与大众关系上来考察,不难发现这种古典化带有一定的贵族化;若是将古典化置于文学与现实关系上来审视,就不能不承认其作品缺乏时代感,现实感了。

鲁迅既忠于人生又忠于艺术,既反传统又尊重传统,既对外采取“拿来主义”又不盲目的迷洋崇外,他以辩证的艺术思维处理了这些复杂的关系,开创了我国新文学的既要现代化又要民族化的现实主义战斗传统。它不只是被一代代作家所承传,也被一个又一个文学流派所发扬。在三、四十年代的文学流派中,“七月派”直接继承并弘扬了鲁迅的“两化互补”的优秀传统。这可以从两个角度来观照其表现:一是诗歌中的抒情主人公发生了新的变化,二是创造了具有中国民族特色的自由体诗。随着“五四”浪潮所掀起的个性解放思潮逐步被强固的中国民族文化背景所吞没,形成一股向民族文化回归的强大势能,七月派的诗人们并没有在这种回归潮流中迷失方向,既没有走上文学的复古主义道路也没有远离现实斗争和时代主潮而在文人圈子里进行古典主义美学追求,他们遵循鲁迅的文学精神创造出现实性、民族性、现代性融为一体的新诗。特别是抒情主人公从自我感情世界走出来,在现实的广阔大地、在民族文化传统

① 《沫沫集·论朱湘的诗》。

② 《沫沫集·沦落花生》。

中获得了真正充实自己的源泉，寻找到自我的真正归宿，把追求个性解放同追求民族解放结合起来，把追求人生真谛与探求救国救民道路、寻求政治上的归宿结合起来。从主题意向来看，“七月派”的诗歌表现出强烈的民族忧患意识。而这种民族忧患感并不同于那些从艺术象牙塔里出来的诗人群，他们表现在忍辱等待自由解放的层面上，七月派是表现在不屈不挠、艰苦卓绝追求解放的层次上。艾青从抗战一开始便以诗歌作为战斗的号角，向浴血奋战的全国军民吹起“短促的，急迫的，昂扬的，在死亡之前决战中不中止的冲锋号”，表现出一种悲壮的民族忧患感；这种悲壮的民族忧患感与历史上陆游的诗、辛弃疾的词以及民族英雄岳飞《满江红》词中表现出的激昂悲壮的情调是一脉相承的，只不过艾青的诗歌中这种民族忧患感是以现代思想为基础，显得更深沉更忧郁更富有时代色彩。艾青曾这样表述当时写诗的心情：“叫一个生活在这年代的忠实的灵魂不忧郁，这有如叫一个辗转在泥色的梦里的农夫不忧郁，是一样的属于天真的一种奢望。”①但艾青毕竟不同于那些象征派的诗人，而是奔赴在前线上使他“看见了中国的深厚的力量”②，“更使自己知道战争的路给谁走是最艰苦的，而且也只有他们才会真的走到战争的尽头，才会真的从自己的手里建造起和平——真的和平，而不是妥协，不是屈服，不是投降，不是挂白旗的和平”③；而这个“谁”就是全国人民，唯有他们在艰苦地追求民族的解放，唯有依靠他们才能争取抗战的最后胜利，这就使他诗中表现出的民族忧患感升华到最高境界。七月派成员邹荻帆的诗歌也有不少主题表现出民族忧患感，田间、阿垅等也有些诗开掘了苦苦追求民族解放的忧患悲壮的诗意诗境。

与这种诗情诗意诗境相适应，七月派创造了具确中国民族特色的自由体诗。自由体诗之自由是对形式而言，而形式又适应内容自由表达之需求，任何一种形式无不受到内容的规定，即“形式是具有内容的形式，是活生生的实在的内容的形式，是和内容不可分离的联系着的形式”④。艾青曾说：“新诗是对旧诗而言；白话诗是对文言诗而言；自由诗是对格律诗而言。”突破格律的束缚而强调诗的形式自由以适应表现新内容，乃是自由体诗的本质意义。不过突破诗的旧格律不等于新诗完全不要格律，自由体诗的自由也不是绝对自由，只有以

---

① 《诗论·服役·二十二》。

② 艾青：《为了胜利》，《抗战文艺》第7卷，第1期。

③ 同②。

④ 列宁：《黑格尔〈逻辑学〉一书摘要》。

辩证艺术思维正确理解新诗形式的格律与自由之间关系并把握它们转换的“度”，才能创造出具有中国民族特色的自由体诗。戴望舒说自己写诗的体会：“韵和整齐的字句会妨碍诗情，或使诗情成为畸形的。倘把诗的情绪去适应呆滞的、表面的旧格律，就和自己的足穿别人的鞋子一样。愚劣的人们削足适履，比较聪明一点的人选择比较合脚的鞋子，但是智者却为自己制造最合自己的脚的鞋子。”①这种“最合自己脚的鞋子”应该是诗的情感内容与诗体形式达到完美统一，而这种诗体形式既不是绝端自由的也不是僵板格律的，是一种最适合表达自我情感的中国化了的自由体诗。自由体诗的格律应该为，自由是其“格”，感情是其“律”，它给诗情诗意解除了一切束缚，赋予内容以充分的表达权利。由以戴望舒为代表的象征诗派发展到艾青等人的七月诗派，中国式自由体诗日臻成熟。七月诗派的自由体并非向早期那种“绝端自由”的自由诗的回归，它不仅注重内在的节奏也吸取了新格律诗派的某些合理因素。如艾青的《春》是首比较典型的自由体诗，全诗在总体上自由流动、气势贯通，但却给人以波澜起伏的旋律感，情绪的律动表现为语势的顿挫，流动中含有些微格律性，这标志着五四时期自由体已进入一个新的层次。绿原在《白色花》的《序》中说：“中国的自由诗从‘五四’发源，经历了曲折的探索过程，到三十年代才由诗人艾青等人开拓成为一条壮阔的河流。”②可以这样说，艾青等“七月诗派”在中国新诗发展史上完成了自由体的现代化与民族化的“综合”任务，使具有中国民族气派的自由体诗呈现出一些新的特色。闻一多曾提出中国新诗应把时代精神与民族气魄结合起来的建设性的意见，虽然以他为代表的新格律诗派作过积极尝试，在新诗格律化方面也取得一些经验，但毕竟没有建构起具有中国民族气派的自由体诗。七月派的自山体诗之所以具有民族气派，首先取决于他们大多数诗歌是从民族的坚实生活土壤里滋生出来的，都自觉不自觉地是这个民族的“自我表现”，无疑在其运用的自由体诗中也透露出民族气派的信息。如艾青那些写中国乡村的诗深深扎根于中国民族的深层土壤，有浓郁乡村气息，其自由体形式也具民族气派。自由体诗在中国的演变其外来影响不断稀释而古典诗词影响则逐步加深，但它不是向格律体转化，而是赋予自由体以民族色彩。“七月诗派”的诗篇大多是无韵的自由体，但却有着诗句错落的变化，给人以庄重浑厚美；由于没有脚韵的照应，促使读者全神贯注于意象与感情的变化并进而领

① 《诗论零札·七》。

② 《白色花》，1984 年人民文学出版社版。

会诗的内涵美；因为无韵诗句保持了口语的本色朴质素雅，无人工雕琢痕迹，便愈加体现出自由体诗的散文美。不过自由体诗的散文美并不是有人所批评的“散文化”。艾青曾对诗的“散文化”与“散文美”作过这样的区别：“散文化的诗的最大特征，是创作过程中排除了形象思维”；而“散文美”实指口语美，“为了把诗从矫揉造作、华而不实的风气中摆脱出来，主张以现代的日常所用的鲜活的口语，表达自己所生活的时代——赋予诗以新的生机。”①这种民族色彩较浓的自由体是中国民族化的自由体诗，民族性与现代性在诗体中达到完美统一。虽然它成熟于“七月诗派”，但并非为其独有，而是二十世纪中国所有自由诗派或爱好自由体的诗人，把世界性自由体诗与中国传统诗词体相结合所创造出的最富生命力的一种艺术形式。

“七月派”不仅在新诗创作上继承和发扬了鲁迅于“五四”时期所开创的既要文学现代化又要文学民族化的现实主义传统，而且在理论上对于新文学的民族化现代化也提出了独到的见解，并作为七月派创作实践的理论导向。关于“两化”的理论建树主要集中在胡风的《论民族形式问题》一书中。首先他以辩证唯物史观论述了新文学的国际性(可理解为现代性)与民族性、新民主主义的内容与民族的形式之间关系及其内涵，实质上这是对新文学的现代化与民族化提出的总看法。他说：“在文艺上面，对象是民族的现实，方法是现实主义。从对象上说，要求具体的形象；从方法上说，要求科学的认识。由现实主义的方法出发，内容是体现在具体的形象里面的、科学的认识，形式是通过了科学的认识的、具体的形象。内容和形式，都要通过现实主义的方法才能够获得。这就是国际性和民族性的矛盾和统一，‘新民主主义的内容’和‘民族的形式’的矛盾和统一。所以，‘民族形式’，不能是独立发展的形式，而是反映了民族现实的新民主主义的内容所要求的、所包含的形式。既然是内容所要求的、所包含的，对于形式的把握就不能不从对于内容的把握出发，或者说，对于形式的把握正是对于内容的把握底一条通路。”现实主义创作方法之所以能把文学的国际性与民族性、文学的现实内容与民族形式统一起来，具有既能使文学实现现代化又能使文学实现民族化的强大调整和综合功能，在胡风看来是因为现实主义是人类历史累积下来的科学的世界观反映在文艺上的特殊的面貌，所以我们应该积极地接受世界革命文学的经验；又因为现实主义是认识民族现实的导线，所以

① 《我对诗的要求》和《前言》，见《诗论》。

我们应该在具体的活的面貌上深入生活，前者是把握对象的方法而后者则是被生活把握的对象，唯有前者被融化在后者里面才能使国际的东西变成民族的东西，唯有后者被贯穿在前者里面才能使民族的东西变成国际的东西。五四文学革命的传统就是接受世界革命（或先进）文艺的经验来认识（或表现）民族现实而形成的，也是通过民族现实的认识（或表现）去融化世界革命（或先进）文学的经验而形成的。为了在新的民族现实基础上使“五四”传统更健康更深化发展，创造具有新的现代色彩和民族色彩的文学，我们“不但要加强地接受经过了长期的发展而且在急速发展着的世界革命文艺底经验、现实主义的方法，从现实生活里面把握先进的思想的方法，在具体的活的形象上体现先进思想的、组织形式的方法，而且更使这方法变成在实际战斗中的作家自己底神经，成为一根导线，能够通过具体的活的形象，大众底表现感情的方式、表现思维的方式、认识生活的方式，即所谓中国作风与中国气派去把握、经验、感觉而且表现民族战争中的社会的斗争内容。”只有用现实主义创作方法来把握在具体的活的形象上的社会的斗争内容，才能够使作家的主观力量前进；在具体的活的形象上的社会斗争内容，只有通过现实主义的方法才能够在合理的道路上成为艺术加工的对象，这是由创作方法的更健康更深化达到创作任务的更广更深，然而它的实际过程也非得通过“五四”的革命文艺传统并把这个传统当作基础不可，因为五四传统它已经成为争取解放争取进步的民族现实发展过程结合着的物质的力量，而这个力量既在创作方法继续而且加强地接受急激发展着的世界革命文艺经验的领导而走向被提高的道路，又在对象上更深更广地接受急激发展着的民族现实的培养而走向被丰富的道路，只有这样才能由这来完成文学上的通过“民族的形式‘反映’新民主主义的内容”、为反映“新民主主义的内容”而争取“民族的形式”的任务。实质上这个任务的完成就意味着使我国的新文学在现代化民族化的实现程度上达到一个新的层次。胡风对于革命文学在新的历史条件下更深更广地继承并发扬五四新文学传统推进现代化民族化并行同构发展的见解，闪耀着辩证艺术思维的威力，不仅当年七月派以其创作实绩验证了胡风这些理论观点的正确性和可行性，而且在八十年代那些七月派的幸存者仍然用他们创作实践来弘扬经胡风总结而理论化了的五四文学革命的现实主义传统，为社会主义新时期文学的现代化民族化作出了自己的努力。

“为什么人”总是中国新文学的根本问题和原则问题，也是新文学借鉴域外文学以实现现代化、继承民族文学以实现民族化的交结点或结合部，既可以用

"为什么人"作为辨识和选择外国文学或传统文学或优或劣或精或粗的根本价值尺度，又可以从"为什么人"上判定文学"两化"的根本性质和根本方向。"五四"和二十年代有些文学流派视"表现自我"或"表现自我个性解放"为宗旨，同那些为人生为平民为变革的文学流派相比在对"为什么人"这个根本问题的理解和认识上则有明显的不同，因此他们对于借鉴与继承及其两者交结点、"两化"的根本性质和基本方向的把握程度、实践效果和表现形态存在着明显差异，甚至悬殊。不过其中"为民众"的文学倾向越来越鲜明，民族化与大众化相结合的趋势也越来越明显，甚至那些坚持文学是"自我表现"的流派也走出个人的小天地而面向广大民众或"第四阶级"的人生。"艺术派"的主将郭沫若在五四时期曾高举个性解放的大旗、提倡文学表现自我，后来在文学"为什么人"这个根本问题转变了看法："我从前是个尊重个性、景仰自由的人，但在最近一两年间与水平线下的悲惨社会略略有所接触，觉得在大多数人完全不自主地失掉了自由，失掉了个性的时代，有少数的人要来主张个性，主张自由，未免出于僭妄。是的，僭妄：我从前实在不免僭妄。但我这么说时，我也并不是主张一切的人类都可以不要个性，不要自由；不过这个性的发展和自由的享受，是不应该有少数人独占的！要发展个性，大家应得同样地发展个性。要享自由，大家应得同样地享受自由。但在大众未得发展个性，未得享受自由时，少数先觉者倒应该牺牲自己的个性，牺牲自己的自由，以为大众人请命，以争回大众人的个性与自由！"①他的思想颇有代表性，既反映了思想意识的转变也反映了文学服务对象的转变。虽然郭沫若的表述没有强调在多数人尚未觉醒时需要少数先觉者提倡个性解放进行思想启蒙的必要性和重要性，也没有讲清"为大众人请命"的献身精神与个性解放、群体意识与个性意识之间的辩证关系；但是他并没有否认争取个性解放争取个人自由，只是强调应该与民众一起发展个性共同享受自由，并表示要为"争回大众人的个性与自由"而奋斗。这里面既含有中国传统文人那种"先天下之忧而忧，后天下之乐而乐"的思想因素，也含有"无产阶级只有解放全人类然后才能解放无产阶级自己"的先进思想因素。正是在"为大众"这个根本点上，传统的思想精华与世界最先进的思想体系在郭沫若的文化心态上达到一定程度的契合。这种"为大众"的思想不仅符合特定历史条件下时代潮流发展的需要，也适应了中国新文学主潮演进的要求。因此二十年代末"革命

①《文艺论集·序》。

文学派”和三十年代“无产阶级文学派”，都明确提出文艺为工农劳苦大众服务的主张。四十年代毛泽东同志《在延安文艺座谈会上的讲话》，以马克思主义的辩证唯物史观和文艺学说深刻地论述了“文艺为什么人和如何为”这个根本问题和原则问题，确立了文艺为“最广大的人民大众”首先为工农兵服务的根本方向和基本路线；到了社会主义新时期又从更深刻更广泛的意义上提出了文艺为人民服务为社会主义服务的“二为”方针。围绕文艺为人民大众服务这条根本路线，从三十年代到八十年代文艺界几乎所有新文学作家或流派对文艺的民族化或大众化、现代化或国际化，从理论到实践进行了广泛而深入的探索，广大作家、文艺家、理论家作出了不懈的努力，取得了重大成就，积累了丰富的艺术经验，也留下了值得记取的沉痛教训。

从“两化”的角度考之，“革命文学派”并不是一个健全成熟的无产阶级文学流派，虽然他们从“文艺为工农大众”出发搬来了苏俄和日本的无产阶级文学理论作为参照，但由于这些无产阶级文学理论本身夹杂着机械论的“左”倾思想，既否定了五四文学的现实主义战斗传统和新文学现代化民族化的经验，又忽视了对中国具体国情的分析和研究，所以对“革命文学”如何借鉴国际无产阶级文学的经验教训以实现现代化、如何继承中国民族文学传统和“五四”以来新文学传统以实现民族化，不论在理论探讨上或创作实践上都缺乏成功的表现，往往是失误多于成功，这仅仅是就艺术上的“两化”而言。不过从浪漫地移植国际上的“普罗文学”转变到冷静地提倡革命现实主义文学，从不健全的“革命文学派”的出现到健全的“无产阶级文学派”的形成，这展示了二十世纪中国新文学发展的重要趋向和主导潮流。以“左联”为核心形成的无产阶级文学派，已把文学艺术的现代化民族化提高到理论的自觉，所主动开展的多次“文艺大众化”讨论，实质上是从“为工农劳苦大众”服务出发而对中国新文学进一步实现民族化现代化的具体途径、方针方法进行的探讨。如果说三十年代以前的文学流派主要从他们的创作实践中体现出“两化并行”的发展趋向，尚未以理论的自觉意识加以指导，那么到了三十年代已发展到由理论自觉意识来指导文学流派的文学实践活动。虽然发生于三十年代无产阶级文学运动中的大众化讨论并没有涉及到文学的现代化与民族化不可分割的关系问题，也没有论述清楚民族化与大众化、大众化与通俗化的关系问题，而且把文艺大众化或文学民族化的主要途径仅仅限于对民族文学形式或民间文艺形式以及通俗语言的学习和借鉴上；然而他们却明确地认识到不克服“五四”以来新文学运动的欧化倾向是不能建构起为中国广大民众特别是劳苦大众服务的具有民族特色的新文学，也认识到现阶段广大劳苦民众的文化水平或教育程度所限不可能一下子就能接受和赏析那些属于高层次的文艺作品或带有强烈西方现代色彩的文学。因此过多地移植外国文学，既不能把民族文学作为“遗传基因”又不能将外国文学植根于民族文化的沃土，是必定创造不出民族的大众的文学；只有有意识地自觉地汲取民族文学或民间文艺的美学营养，改造利用传统文学艺术形式，才能使中国现代文学进入民族化的道路。从创作实践来看，无产阶级文学流派对外借鉴了以苏俄社会主义现实主义文学为主体的各族文学的现实主义因素，这在社会剖析派小说中体现得尤为突出；并根据文艺为人民大众的根本原则对民族文学的现实主义传统和外国现实主义文学加以改制融合，实现了文学作品的革命化（即现代性）和大众化（即民族性）的有机结合，把中国新文学的现代化民族化提高到一个新的层次，走出一条属于中国的革命现实主义文学的道路。由无产阶级文学派派生出的中国诗歌会，从主张到创作公开申明要创造大众化的诗歌。他们反对那种热衷于表现自我的无病呻吟或诵唱风花雪月的诗歌，而力求诗意的表现由内向外扩展，从现实中或群体中寻找自己的生命，诗美主要不是蕴含于个性意识而是具有普泛意义的时代精神中；与此相适应的艺术形式上的大众化追求，虽然并不排斥自由体诗，但更热衷于运用民歌、时调、儿歌等民间形式来写诗。这种向传统回归来汲取营养，固然可以增强诗歌的民族色彩，却也潜在着“通俗化”的危机。这种危机到了抗战初期兴起的一些诗歌流派或社团群体中则表露得更明显。相当多的诗人、作家有意识地利用民间形式或旧文艺形式来创作，并把这些艺术形式视为新文学的民族化表现。特别抗战期间，波及国统区和解放区那场关于文艺民族形式的讨论，是三十年代大众化讨论的深化。虽然在论争中出现过这样或那样的偏颇甚至错误观点，但是对于实现中国文学的现代化或国际化、民族化或大众化却提出很多精到之见。它不仅充实和丰富了文学“两化”的理论，而且在创作上掀起了向民族化、大众化倾斜的潮流。文艺民族化大众化的核心问题是文学如何为最广大农民服务的问题，如果这个问题不解决那中国新文学就不可能从总体上实现现代化民族化，到了四十年代这个核心问题的解决既有必要性也有可能性。从必要性来说，新民主主义革命的主力军是广大农民，他们是民族解放斗争的中坚力量，正是从这个意义说中国革命实际上是一场农民革命战争。作为新民主主义革命有机组成部分的革命文学，义不容辞地应当把农民作为主要的服务对象；况且在人民大众中农民人数最多,即使工人、军队也大多来自农民。文艺大众化的主要任务是解决文学为农民所喜闻乐见,这既是中国历史变动的需要也是中国文学存在和发展的需要,尤其在广大人民起来夺取政权或当家作主的时代,必须从根本上解决文艺为人民特别是为农民服务的问题。从可能性来看,中国新文学一开始现代化民族化就关注农民问题,既产生了一批反映农民生活的文学作品也出现了连绵不断一直延续到八十年代新时期的乡土文学流派,积累了创作农民文学的经验,培养了擅长于描写农村景观和人生的作家队伍;抗战爆发后大批作家从城市走向农村,与广大农民有了较多的接触,对山村田野的生活也有了一定的感受;特别从三十年代初提倡文艺大众化以来,每次的论争或讨论都有可能起到一定的导向作用。正在这时候,毛泽东同志发表的《在延安文艺座谈会上的讲话》将历史的客观要求和现实可能性转化为文学变革的自觉意识,紧紧抓住"一个为群众的问题和一个如何为群众问题",从中国的具体国情和生活实际出发,全面论述了革命文艺的基本理论、基本原则和根本方针,形成了以工农兵为主体的文艺观,为真正把文学的民族化现代化推进到最广大的农民中去并使农民真正成为文学中的对象主体奠定了理论基础,指出了根本途径。三十年代关于大众化、民族形式的讨论曾征引列宁的"艺术是属于人民"的断论作为大众化的理论根据,但由于他们没有抓住创作主体的思想感情这个根本问题,总是在民族形式上做文章或简单地把大众化等同于通俗化;毛泽东则把文艺大众化同作家的思想感情联系起来考虑,明确地指出"大众化"就是"我们的文艺工作者的思想感情和工农兵大众的思想感情打成一片"。这在中国新文学史上进一步解决了文艺大众化问题,指出了文艺大众化的根本途径。人民大众的文艺决不是一个自我封闭的系统,乃是一个现代型的开放体系,既要在与世界各民族文学的联系中增强现代化机制,又要在与本民族传统文学的衔接中加强民族化的机制,对此《讲话》作了深刻辩证的论述:"我们必须继承一切优秀的文学艺术遗产,批判地吸收其中一切有益的东西,作为我们从此时此地的人民生活中的文学艺术原料创造作品时候的借鉴。有这个借鉴和没有这个借鉴是不同的,这里有文野之分,精细之分,高低之分,快慢之分。所以我们决不可拒绝继承和借鉴古人和外国人,哪怕是封建阶级和资产阶级的东西。但是继承和借鉴决不可以变成替代自己的创造,这是决不能替代的。文学艺术中对于古人和外国人的毫无批判的硬搬和模仿,乃是最没有出息的最害人的文学教条主义和艺术教条主义。"日后毛泽东同志又提出了"推陈出新"、"古为今用"、"洋为中用"的方针和原则,进一步丰富发展了马克思主义的继承借鉴文化遗产的思想，对于中国新文学的现代化和民族化具有深远的理论意义和巨大的实践指导意义，这就把我国文学的“两化”双向同构运动提高到马克思主义思想的自觉高度。

《讲话》总结了新文学发展的历史经验，从理论上解决了文艺大众化、民族化的问题；但是要把一种正确的理论转化光辉实践，尚须进行艰苦的努力和不懈的探索。纵贯四十年代至八十年代的山药蛋派、荷花淀派在实现文学的大众化民族化和现代化方面各自作出了独特贡献，尤其是以赵树理为代表的山药蛋派以踏踏实实的步伐闯出一条文学大众化民族化的新路。中国新文学流派从形成之日起便自觉不自觉地显示出一种大众化、民族化、现代化的趋向，特别到了三十年代文艺大众化、民族化越来越突出，但“化”来“化”去总是不能完全冲出城市知识分子这个“围城”，使文学的现代化民族化或大众化在深度和广度上受到很大的局限；抗战爆发后为进一步拓展文艺大众化民族化提供了有利的客观条件，关于民族形式的讨论和《讲话》的发表又为文艺大众化民族化发展到一个新阶段提供了理论导向。万事俱备，只欠东风。以赵树理为主帅的山药蛋派应运而生，承担起为新文学大众化民族化开辟新局面的历史重任。对于这个流派在文学史上的独特意义并不是每个文学史研究者和评价者都能给予正确的评价和充分的肯定的。有位研究者这样评述：“中国文化结构内部巨大的极差，同时由于和外国文学的交流，形成两个彼此相隔很远的艺术审美世界，一个是接受了西方文学和新文学影响的知识分子世界，另一个则是基本上依然生活在封闭文学环境中，一直主要接受传统古典文学和民间文学影响的工农群众，首先是农民。沟通这两个世界，不仅仅是口号问题，而是一个实践问题，需要探索一条切实可行的途径。在这个过程中，有一个踏踏实实的创造大众化文学的实践者就是赵树理。”[①]赵树理之所以能够自觉实践文学的民族化、大众化，他与左翼文学时期那些流派相比自有得天独厚的条件，王春在《赵树理是怎样成为作家》一文中把它概括为三件宝，即家庭和农村环境给赵树理“带来了三件宝，保证他一辈子使用不尽：头一宝是他懂得农民的痛苦”，“第二宝是他熟悉农村各方面的知识、习惯、人情等等”，“第三宝是他通晓农民的艺术，特别是关于音乐戏剧方面的”；他对曲艺非常推崇，认为“曲艺是高级的，同时又是普及的”，“曲艺应该产生高级的东西，而且事实上已经产生过高级的东西”[②]，如《三国演

① 殷国明：《中国现代文学流派发展史》第 477 页。

② 赵树理：《从曲艺中吸取养料》，《三复集》第 39 页。

义》、《水浒传》基本上是评话体，白蛇传、祝英台故事、杨家将故事也是从曲艺发展过来的。除了这“三件宝”，他还有为农民创造喜闻乐见文学的强烈责任感和高度自觉意识。在他眼里具有鲜明现代色彩的新文学虽有深刻的思想和宏达的见解，但只停留在少数知识分子中间却与广大群众特别是农民无缘，于是他立下要做“文摊文学家”的“宏誓大愿”，立誓从事拆散那高不可攀文坛高台的工作，下决心“为百分之九一卜的群众写东西”。这种为农民而文、文为农民所用的使命感与功利性相结合便构成了赵树理文学追求的主体思想和根本出发点，使他成为文学民族化、大众化的自觉实践者和卓有成效的开拓者。由于赵树理与文学的民族化大众化结下不解之缘，“宁可不在文艺界立案，也不改变我的写法”，无论在什么环境下都始终不渝地按照既定方向进行探索，所以他的创作业绩有力地说明了新的社会意识、政治意识和审美意识是可以完成新文学和传统文学的历史嫁接，把新文学的现代化与传统化统一起来。赵树理开创的文学民族化大众化的新风不仅形成一个有声势有影响的文学流派，从四十年代到五十年代是他们推动新文学民族化大众化进程的黄金时期，虽然六十年代到七十年代经受了巨大磨难和挫折，但八十年代却又在弘扬其文学的民族化大众化的传统，并将这个传统由“山药蛋派”的后继者发展到一个新阶段；而且赵树理的民族化大众化的创作道路曾作为“新文艺方向”在四、五十年代大力推广，特别对解放区文艺和“十七年”文学产生了深刻影响。在我们肯定赵树理及“山药蛋派”的“民族化大众化”的历史功绩时也应以“现代化民族化并举”的标准对其进行审视，颇有民族化有余现代化不足之感，甚至把民族化等同于大众化、大众化又等于通俗化。究其原因至少有两点值得指出：一是对“五四”新文学的“两化”传统缺乏辩证的分析，不能不影响他在致力于文艺民族化大众化的探索中对新文学传统的全面而正确地继承。他重视吸取“五四”新文学的丰富营养，却又认为鲁迅《阿Q正传》这部现代化民族化的典范之作因其父“听了竟连连摇头”就断定广大群众与新文学无缘，这种偏见导致他立誓要拆除新文学这座高不可攀的文坛高台，固然决心可嘉，然而这种偏激之见必然在创作实践中处理不准现代化、民族化或大众化的关系。二是由于他对中国新文学传统的认识有一一定片面性，并不认为“五四”以来接受外国文学影响的新文学是正统，致使他对于借鉴外国文学以促进新文学现代化而存在着一种矛盾心态。四十年代他说过“即使为了给群众写翻身运动，又何曾不需要接受世界名著之长”[1]的话，说明他有一种开放的意识，这种认识到建国后又有所深化，在他参加了中宣部学习理论班钻研一些外国名著后曾自觉认识到“中国民间传统文艺的缺陷是要靠这一面来补充的”[2]；但有时候他又感到外国文学作品“看起来总觉得别扭”[3]，这表明他思想上还有一定的保守性。这种矛盾的文艺观无疑会影响他对文学现代化、民族化或大众化关系的正确处理，出现偏差是容易理解的。

荷花淀派如同山药蛋派一样都是在《讲话》精神的照耀下自觉地实现文学的民族化、大众化，都经历了近半个世纪历史打磨，共同塑造着以工农兵为主体的新文学民族性的特征。尽管荷花淀派的美学理想不同于山药蛋派，旨在构筑一种新的文学世界，即新人物与新环境、新感情与新行动、新生活与新关系、传统审美形式与现代审美形式、书面艺术语言与口头艺术语言达到和谐统一；然而它们对继承悠久的传统文化以实现新文学的民族化却都在积极探索，锐意开拓，使其文学作品具有浓重的民族特色。我国悠久而丰富的历史文化经过长期积淀在民族意识和潜意识中所形成的文化心理结构，是支配这两个文学流派作家的创作思维定势和艺术特征的主体心理条件。由于他们对文学民族化大众化的审美追求同中有异，决定了他们对传统文化精神母体的选择取向也是同中有异，因此形成了这两个文学流派同中有异的民族特色。如果说传统文化中的入世精神及其忧国忧民的忧患意识对赵树理为代表的山药蛋派产生了决定性影响，那么以孙犁为代表的荷花淀派则着重继承了民族文化心理中的乐感精神，其忧国忧民的思考是通过乐感精神来体现的。数千年小农生产方式的生存危机通过历史的积淀而转化为民族文化心理结构，然后再以理论形态表现出来，则成为忧患意识；孔孟创立的儒家学说将这种忧患意识与“修身齐家治国平天下”思想信条结合起来，便以忧国忧民忧己的入世精神来强化人们的主体意识，以期达到社会安定、群体和睦和民族共融之目的，使封建社会长治久安。五四新文化运动虽然对封建意识形态进行过猛烈批判，但是这种忧国忧民的入世精神却深埋在民族文化心理底层，当民族解放运动日益高涨时这种传统的忧患意识则复活起来。山药蛋派诸作家则把这种传统的忧国忧民意识与新获取的阶级意识、爱国意识、集体意识结合起来，使他们从四十年代到八十年代写出一

① 《艺术与农村》，1947 后 8 月 15 日《人民日报》。

② 《〈三里湾〉写作前后》。

③ 《决心到群众中去》，1952 年 5 月 20 日《人民日报》。

大批跟踪社会潮流、表现忧民之心的充溢着忧患意识的问题小说。“荷花淀派”的作家们也具有忧国忧民的强烈责任感，而他们这颗忧民忧国之心却体现于乐感精神之中。传统文化心理结构中的乐感精神源于道教的“天人合一”的哲学和儒家的中庸思想，主要表现为乐天知命、静虚达观、中庸温和，孔子的“乐而不淫，哀而不伤”的诗教、钟嵘的“滋味说”、司空图的“韵味说”、王士祯的“神韵说”以及王国维的“境界说”等无不体现着乐感精神。“荷花淀派”对传统文化乐感精神的继承是建立在批判其乐天知命、逃避现实等消极思想因素的基础上，着重选取其积极因素与革命乐观主义精神相结合，以期达到对真善美的弘扬。从四十年代孙犁的《荷花淀》到八十年代刘绍棠的《瓜棚记》等一大批文学作品无不把传统文化的乐感精神化为新时代美的艺术和艺术的美。特别在艺术风格上，这两派都带有浓郁的民族色调，但也有明显的差异，山药蛋派具有土色土香的朴质美，荷花淀派则富有“清水出芙蓉”的新鲜优雅美。从文化渊源来看，虽然都可以从传统文化中的乡土意识找到“根”，但因为两派对“文艺大众化”的审美追求不同也表现出对传统文化的不同选择目标。山药蛋派诸作家特别是赵树理视大众化为通俗化，故尽力从传统的民间文化、民俗文化中汲取艺术营养；荷花淀派诸作家并没有降低“文艺大众化”的审美要求，一味迁就农民中的低层的审美水平，既重视普及但更重视提高，孙犁把“美的极致”作为艺术的追求目标，因此他们更多地从古代老庄文化思想汲取艺术营养。老子曾推崇“大音希声、大象无形”的艺术境界，庄子提出天然本色的“神妙化工”的艺术观，李自主张“清水出芙蓉，天然去雕饰”等。这些无不对孙犁等的审美观产生了影响，他们在创作中赋予传统文化中的纯美精神以新的审美内容，并在艺术风格上鲜明地体现出来。如果说一种民族文化是一种文学的生命因子，它与特定时代生活结合通过作家的审美实践可以物化为文学作品的血肉和骨骼，并从而由外到内由内到外地强化文学的民族性的话；那么山药蛋派和荷花淀派同我国传统文化的选择与继承关系及其由此带来的新文学民族化的各放异彩的艺术风貌，是值得认真研究和充分重视的。

现代化民族化相伴而生，互因互补，并行不悖，这既是二十世纪中国文学发展的重要规律也是新文学流派演变的重要法则。从三十年代以来在向传统回归的总趋势下，不论理论思潮或文学创作都出现了一种向民族化或大众化倾斜的走向，相对来说对现代化的重视不够或“两化”内潜着脱节的危机，越到六十年代越严重。这种偏离现象不仅影响到文学流派的昌盛和发展，也影响到我国文学在与世界各民族文学广泛联系中走向世界和面向未来；同时较长期在文艺大众化讨论或民族形式论争中存在的民族化与大众化关系问题并没有从理论上真正弄清，甚至把民族化与大众化、大众化与通俗化视为同义等值的口号，这种理论上的含混不明也能影响在文学实践活动中对现代化与民族化关系的正确处理。既然现代化与民族化双向同构是新文学健全发展的重要规律，这里有必要对“民族化”与“大众化”的关系作一番探讨。文学民族化是伴随着现代化而来，我们不能对民族化作褊狭的理解，它是关系整个民族文学在进入“世界文学”格局后能否保持和更新文学民族性的能动口号；“大众化”与“民族化”相比则是一个具体口号，也可以说是“民族化”这个口号的广泛内涵的具体化，它的表现对象服务对象不是全民族的各阶级各阶层乃至所有的人们，而是“大众”。对于“大众”内涵的理解，从新文学诞生之日起一直到现在经过一个逐步深化、具体化的认识过程，标志着文艺大众化即文艺为什么人和如何为的描写对象和服务对象的变化：从“国民”大众到“平民”大众、“工农”大众、“工农兵”大众、“人民”大众。《讲话》对“文艺大众化”的“大众”作了科学的阶级的界定：“什么是人民大众呢？最广大的人民，占全国人口的百分之九十以上的人民，是工人、农民，兵士和城市小资产阶级。所以我们的文艺，第一是为工人的，这是领导革命的阶级。第二是为农民的，他们是革命中最广大最坚决的同盟军。第三是为武装起来了的工人农民即八路军、新四军和其他人民武装队伍的，这是革命战争的主力。第四是为城市小资产阶级劳动群众和知识分子的，他们也是革命的同盟者，他们是能够长期地和我们合作的。这四种人，就是中华民族的最大部分，就是最广大的人民大众。”文艺大众化的服务对象应该是“最广的人民大众”，而不能仅仅局限于某一个阶级或某一个阶层或某个集团或某个群体的大众，但是在有些作家或理论家心里似乎形成这样一个定势：文艺大众化就是要照顾工农大众的审美习惯和文化水平，就是要写给农民看，只要是农民大众喜闻乐见那就达到了大众化的要求，至于城市小资产阶级和知识分子似乎不包括在“大众化”范围内。“大众化”首先考虑工农大众特别是广大农民，这是不可非议的，也是不能动摇的，但是不能把他们作为唯一的文艺大众化的服务对象，而置其他大众于不顾，甚至予以排斥，这样就把“文艺大众化”的范畴缩小了，标准也降低了，无疑会影响整个新文学民族化所实现的程度和应达到的高度。赵树理为新文艺的民族化大众化开拓了新路并作出了独特贡献，这是谁也不能否认的；但是也必须指出，他对大众化的理解有些褊狭，不仅把“大众化”等同于“通俗化”，并把“大众化”的服务对象主要对准农民大众的低水平者，甚至把“文艺大众化”同“五四”以来新文学的品位对立起来。他在《也算经验》一文中说：“我创作是尽量照顾群众的习惯：群众爱听故事，咱就增加故事性；爱听连贯的，咱就不要因为讲求剪裁而把故事割断了。我以为只要能叫大多数人读，总不算赔钱的买卖。至于会不会因此就降低了作品的艺术性，我认为那是另一个问题。”这实质上视“大众化”为“通俗化”，而且“照顾”一词含有迁就的意思，既不利于发挥作家创造性以提高文艺大众化作品的艺术质量也不利于读者欣赏水平的提高。鲁迅在三十年代文艺大众化讨论时曾指出：鉴赏文艺作品“读者也应该有相当的程度。首先是识字，其次是有普通的大体的知识，而思想和情感，也须大抵达到相当的水平线。否则，和文艺即不能发生关系。若文艺设法俯就，就很易流为迎合大众，媚悦大众”[①]。别林斯基曾从两种意义来理解“民族性”的涵义，对于我们正确把握民族化与大众化的关系颇有启发：“我们一般人关于民族性有怎样的理解呢？所有的人，绝对是所有的人，都把它和平民性、并且一部分是和庸俗性混同起来了。”“我们的民族特性保存在下层人民里面最多；因此，我们的作家们，当然是有才能的作家们，当在小说或戏剧中刻画庶民的风俗、习惯、理解和情操的时候，是民族性的。可是，难道仅仅庶民就能够成为民族吗？决没有的事。正像头颅是人体最重要的部分一样，民族主要是由中层和上层所构成。我知道，人在任何状态中都是人，平民百姓也有情欲、才能和感觉，正像贵人一样，因此，也像他一样值得加以诗的分析；可是，一个民族的最高级生活主要是表现在它的上层次中，或者更正确地说，在民族的整体概念中。”因此作为一个“民族诗人在自己的作品里，一方面要表现以人民群众为其代表的那种基本的、混同的、难以明确说出来的实质，另方面还要表现在全民族最有教养的阶层生活中所发展着的这种实质的确定意义”[②]。别林斯基说的把民族性混同于平民性，实际上也就是把民族性与大众性、民族化与大众化混同起来。它们两者之间有联系也有区别，虽然表现一般平民大众生活和那中高层次生活的文学作品都具有民族性，但是后者更能代表一个民族文学作品所达到的艺术水准和现代化民族化的实现程度。也许我们会说，别林斯基的观点带有点贵族化的倾向；然而实事求是地说，那些蕴含着全人类因素、现代化民族化程度比较高、易于走进世界文学之林的作品大多出自后一类。

---

① 《鲁迅全集》第7卷，第349页。

② 《别林斯基选集》第1卷，第107－108页。

中国新文学现代化民族化的道路虽然艰难曲折，但是穿过“文革十年”的荒原而进入社会主义新时期的艺术春天，却呈现出新的艺术风貌。不仅那些曾经出现在文艺民族化大众化过程中的局限性和褊狭性完全被冲破，而且三中全会的召开、“二为”方针的提出、思想解放运动的开展以及改革开放政策的贯彻，为文学的现代化民族化插上了新的翅膀。虽然新时期涌现出的多姿多彩的文学流派或文学群体发展得并不十分健全，甚至尚未完全定型，但是他们经过一段探索以后是会健全起来的；尤其值得重视的是，他们一出世便毅然决然地以开放的心态和理性的自觉高举起文学现代化的旗帜，如同五四时期那些文学革命先驱们那样对域外文学采取“拿来主义”态度，所不同的是，他们已掌握了马克思主义的批判武器，大胆而审慎地汲取西方自批判现实主义之后数代文学流派的艺术精神和艺术技巧，将其融入小说、诗歌等创作中，在短短几年内就几乎填补了中国文学与整个世界文学隔绝数十年所留下的空白，使新时期文学流派的创作意向和美学特征缩短了与世界文学的距离。“面向世界，走向世界”差不多成了所有文学流派或大多数作家的自觉或不自觉的共同追求，他们对西方现代文学的选择和认同不仅表现在艺术技巧的层面而且更多的则是对人生、对世界的某些带有全人类性的共通体验，即因为某种无法解释或无法抗争的大灾难而产生于个体心理或社会心理的焦虑、困惑、孤独、荒谬感等等，这无疑能增强新文学的现代性或世界性色彩；这仅仅是问题的一方面，如果从文学民族化的角度来考察，不论是意识流派或朦胧诗派一开始都是在民族欣赏习惯以及现存的文学环境下，小心翼翼地推进小说艺术或新诗艺术的变革，这不只是因为那种保持意识形态的阶级性和纯洁性的政治觉悟经常敲起警钟，也因为有一种根深蒂固的传统文化心理在无形中制约着文学的变革，使其现代化不脱离民族文学固有的血脉。特别是那些“文化派”或“寻根派”的作家们，自觉而主动地继承民族文化的优秀传统，强化新文学的民族化特征，这在某种程度上反拨了那些过分超前的作家或流派追随西方现代派所产生的偏颇。我们并不认为“寻根”作为文学口号或流派的标志是科学的或准确的，然而它却表明这批作家具有既采取“外”又取于“内”以实现新文学现代化民族化的自觉性。值得注意的是，新文学正在沿着现代化民族化的道路探索前进的时候，出现一股彻底反传统的思潮，好像不如此中国新文学就不能实现真正的现代化也不能走向世界，这种思想偏激倾向与五四文学革命的“反传统”遥相呼应，仅从文学这个角度来看是极不利于中国新文学健康正常发展的。

其三:“两化”作用下的必然融合

民族化与现代化作为中国新文学发展的重要规律,两者互因互补有机统一,如果只强调民族化或者只突出现代化,那是要受到历史惩罚的。我们有时为防止或克服现代化带来的某种欧化倾向,往往只坚持民族化而忽略现代化,那必然使民族传统中的保守性或腐败性因素得不到有力的抵制而在新文学系统中复活,它不仅对外来文学盲目排拒,而且民族文学优秀传统也会被玷污,良莠不分的文学遗产是不能成为新文学民族化的“基因”的。我们为了防止或克服民族化的保守倾向,或者为了彻底破旧立新,常常只注重现代化而忽略民族化,甚至提出彻底反传统的口号,似乎不与“传统”决裂新文学就难以诞生,这就必然会使现代文学偏离民族化的轨道,脱离民族文化土壤,最终使现代文学完全洋化或非民族化。无论哪一种极端偏向的结果都能加剧中国新文学系统自身的危机。在新文学流派定型的五四文学革命中曾出现过“反传统”倾向,它是伴随着“提倡新文学反对旧文学,提倡白话文反对文言文”的文化革命和文学革命而出现的。如果说当时尚有革命的积极意义,不破除旧文学传统及其正宗地位新文学系统就建立不起来(当然它的局限性或消极作用也不能忽视);那么到了社会主义新时期,我们的新文学的发展已走过了近八十个年头,正反两方面的教训也够多了,有些自称“先锋派”的作家和评论家又高举“反传统”的大旗,甚至提出比五四时期更激烈的“反传统”的口号,好像不与一切民族文化传统实行彻底决裂,就不能实行新文学的现代化,当代文学就不能走向世界。我们认为这种偏激的口号或理论无助于新时期文学的现代化民族化,值得一辩。

美国文论家阿布拉姆斯曾表述过一个深刻的见解:“文学史显示了一个反复重复的过程,在该过程中,具有创新精神的作家,如多恩、华兹华斯、乔伊斯或者贝克特,同他们时代占统治地位的成规决裂,创作出具有独创性的作品,而让其他作家模仿他们的创新,由此把新颖的文学形式变成新的一套文学成规。”[①]且不论这些创新者是否真正同“时代占统治地位的成规决裂”,至少这里揭示了这样一条规律,即任何创作格局哪怕是最富有创新意义的体制,其发展趋向总是走向对自己的否定,结果自己本身也成了传统;也就是说任何文学艺术的创

① 《简明外国文学辞典》,湖南人民出版社 1987 年版,第 69 页。

作都在建构传统和丰富传统,并使自己变成传统的东西,所以只有最终溶于传统的文学创作才能获得艺术的生命和价值。在文学创作中,“仅仅用新奇这个标准在批评实践中是不够用的,有时,当代的一部革新的先锋派作品也可能仅以新奇博得公众一时的喝彩;但是在更为严肃的批评中,只有当革新派的作品的优点符合传统优秀作品的标准时,它才被称赞是有创造性的”①。文学的创新是无法与传统截然分开的,中国新文学的现代化并不是与民族文学传统彻底决裂,实际上也不可能决裂。破旧立新总是从相对意义上而论,况且“旧”与传统也并非天然地联系在一起;固然我们不能否认传统从表面说算是一种旧的东西,但这不是传统的特质所在。传统之所以能够成为传统,它是经过历史的严格选择和相当长时间考验被社会认可为有价值的东西,决不能简单地把陈腐没落的东西等同于传统的东西,也不能把一切旧的东西都视为可以全部否定的东西。不论对于传统的东西或者旧的东西都应持分析的态度和批判的眼光,特别是新与旧很难确定一个价值标准,“一部艺术作品今天是新奇的,明天就会变得陈旧。革新派的真正长处被以后的创作作为模特儿来使用,那么,随着时间的流逝,‘新奇’也会变得人所熟悉了。艺术杰作的评价标准应当有一个超越时间的因素。伟大的艺术作品不像科学理论,它不会被以后的艺术杰作所取代。当作品不再‘新’时,它们也不会失去其价值。”②既然过去的文学杰作并没有因为失去时代的所谓“轰动效应”而完全失去其自身固有的艺术价值,那么作为具有革故更新意义的现代型文学就不能不以历史上的文学作品作为自身的“遗传基因”,如果缺乏或切断这种历史“基因”,新文学不仅不能以民族文学的艺术风貌走进世界文学之林,而且文学的现代化也完全失去意义,其结果必然是“全盘西化”。况且,文学传统也并非是一个完全封闭的体系,它本身总是遵循新陈代谢的规律在进行自身调整,虽然中国文学传统是个稳定强固的结构,没有域外文学潮流的冲击难以实现结构性的转换,但是这种靠外力而引起的整体性调整仍然不能完全排除“内因”作为根据,也不能完全否定传统的自身调节作用。若是文学传统完全失去自身的调节机制而变成真正死亡的东西,那它就不成其为“传统”则成了非传统的东西,对这些经受不住历史的考验确实已经陈腐而变为非传统的东西当然应该彻底清除掉。新文学的现代化就是要反对传统文学中这些非传统的糟粕,反得越彻底才越能真正继承优秀传统并把它转化为新文学

① [英]哈·奥斯本:《艺术的“创造性”概念》,《美学译文》第3集第252页。
② [英]哈·奥斯本:《艺术的“创造性”概念》。

的血肉。我们决不能把文学的现代化与继承民族文学传统对立起来，更不能错误地认为文学现代化是以彻底反传统为前提的。马克思曾深刻指出："每个前一时期的任何成就，被后一时期所接受，都是被曲解了的旧东西。例如，毫无疑问，路易十四时期的法国剧作家从理论上构想的那种三一律，是建立在对希腊戏剧（及其解释者亚里士多德）的曲解上。但是，另一方面，同样毫无疑问，他们正是按照他们自己的艺术需要来理解希腊人的"①。真正的具有艺术价值的文学传统不但不能吞噬新文学发展的生机，而且也会因为优秀传统的存在，构成文学不断拓展自身、不断实现现代化的必要条件。那种不分青红皂白的激烈反传统的口号或理论只是以一种一厢情愿的情感来取代深入的理论思辩，更缺乏实际的操作意义。试想二十世纪中国文学演变中的哪一个作家或者哪一个文学流派，他们的文学作品与我国文学传统或文化遗产彻头彻尾彻里彻外的割断了联系？即使那些最具有先锋派色彩的文学作品或文学流派也没有完全摆脱祖国优秀文化传统的浸染或承续，所谓"东方意识流派"或"中国式现代派"前面冠上的"东方"或"中国"，皆标示出这些西方的先锋派文学输入到我国后与中国的传统文化发生这样或那样的嫁接关系，经过历史的检验或社会的承认逐渐将变为中国文学传统。

总起来看，二十世纪中国文学的现代化民族化是处于"世界文学"的一体化格局，借鉴和继承的纵横坐标的"结合部"或"交接点"是个极为广阔的区间。借鉴域外文学以促进现代化或者继承传统文学以强化民族化，都允许有所侧重有所偏爱，这也是势在必然，但两者决不能过分偏离或排斥而脱出双向同构的运动规律。正因如此，致使二十世纪中国文学流派的现代化民族化的表现形态多姿多彩，其中最主要的"两化"表现形态有三种：一是倚重于借鉴的，这种类型的文学流派在五四时期、三十年代初、社会主义新时期出现一批，他们率先以"拿来主义"态度接纳西方文学，特别是多方面地借鉴西方现代派文学，在继承文学传统"基因"的前提下对我国民族文学进行大改革大调整，使之成为一种符合时代发展需要、能够与世界文学对话的文学。二是偏爱传统的，这种类型的文学流派在中外文化的交汇中虽然也汲取域外文学营养，但对民族文学传统更亲近一些，表现出一种主动回归传统的姿态，对新文学的民族化格外关心，如三十年代到五十年代出现了不少这样的文学流派。三是中外融合的，这种类型的

---

① 《马克思、恩格斯、列宁、斯大林文艺论著选读》，江西人民出版社 1983 年版，第 206 页。

文学流派既不过分倚重借鉴也不过分偏爱传统，而是将"外国的良规"和"中国的遗产"在选定的"结合点"上融会起来，寓"外"于"中"，力求中外结合，寓"洋"于"土"，力求土洋交融。近百年来出现了一些这样的文学流派，为中国新文学的现代化民族化积累了艺术经验。汪曾祺认为新时期有些作家或作家群的创作倾向就是这样："这种现实主义是容纳各种流派的现实主义，这种民族传统是对外来文化的精华的兼收并蓄的民族传统。"①

为了进一步探讨外国文学影响与中国传统文学的渗透融合，试对中国新诗派的象征主义美学意蕴加以具体透视，以考其现代化民族化的实现程度及其审美特征。

古典、东方的美学意蕴

在我们以往的观念中，"象征主义"基本上是一个"腐朽的、颓废的"文学的代名词，它仅仅为西方文学所专有。然而这完全是一种偏见。事实上它本身包含了美学与历史、传统与现代的多重意蕴，它能够在中国新诗中广泛扎根这一事实也说明它在根本上是基于中华民族的古典传统的。在二十世纪繁兴起来的文化哲学、文化人类学以及与之相适应的语言哲学、象征形式哲学、结构主义与符号美学等新兴学科的推动下，人们越来越多地意识到了象征形式在人类精神与文化构成中的重要意义。"人是符号的动物"，这句名言可以见出人类精神与客体世界广泛与必然的对应关系，在许多哲学美学家看来，"艺术是一种符号表示"②，它是"象征着人类情感的符号形式的创造"，人类的情感"必须诉诸表象符号形式"③，这些理论都比黑格尔等前代美学家更加自觉推重了象征在人类艺术活动中的普遍作用。从某种意义上说，没有象征也就不存在艺术，象征是艺术本质的审美特征之一，这在各民族文学中都是普遍的规律。当然，这与具有特定历史与美学含义的"象征主义"并不能等同起来，况且在文学发展的各个时期人类对于象征的理解与倾向也并不一致。不过，在我们民族源远流长的文学传统中，象征意识作为艺术创造中的核心意识一直有着特殊重要的意义。这不但是由于我们民族特定的艺术观念所决定的，更是由古老的审美文化传统所决定的。从根本上说，直觉思维的认识论哲学培养了我们民族以体验为核心的

① 《回到现实主义，回到民族传统》，1983 年《北京文学》第 2 期。

② 卡西尔：《人论》第九章，《二十世纪西方美学名著选》（下）。

③ 苏珊·朗格：《情感与形式》。

美学思想,“作为中国传统审美活动的心理方式的‘神会’,及其‘玄鉴’,‘神思’,‘品味’,妙悟的三个阶段就是直觉思维在审美领域的表现”①。从《诗经》、《楚辞》而下的以比兴、讽喻为基本表现方法的诗歌美学传统、以庄老哲学与佛学禅宗思想为核心的天人合一、神与物游的审美人生哲学都在很大程度上暗合了西方现代以来新兴的艺术思维,特别是暗合了象征主义美学思潮强调外界事物与人的内心世界的对应契合,强调通过有声有色的物象来暗示、比喻、象征主体世界的一系列艺术特点。美国华裔批评家刘若愚就曾指出:“一些象征主义的诗人兼批评家,如波德莱尔、马拉美、兰波,表现出的观念有些像中国形而上的诗人兼批评家所持的观念。例如,波德莱尔的关于大地连同它的可见物都是一种‘上天的应照’的概念”②。由于这种奇特的相似性,中国新诗所表现的象征主义审美意向必然在具有鲜明的现代性或世界性的同时,具有浓厚的民族特质。

运用渗透和映射了主体感受与情绪的景物系列的刻写,来整体地烘托、暗示和象征主体情感,这是中国古典诗歌最核心的审美范畴——“意境”的基本内容,它构成了诗人抒情写意的整体背景。通过这种意化之境的刻写,得其“象外之象,景外之景”、“韵外之致”、“味外之旨”③。这一点,可以说是中国古典象征传统的第一要旨。在二十年代最早的一批象征派诗歌中,诗人们还未充分注意到刻写和表现的传统诗歌意境,因而诗意晦涩、缺乏对众多意象的统摄。像李金发的诗中虽然充斥了大量驳杂的意象,但这些形象脱离了民族语言与文化的母体,因此他的诗中难以形成意象统一的、具有鲜明艺术感染力的意境。但是在穆木天、冯乃超甚至胡也频的诗中,则已溶入了一些传统因素,他们的诗歌形象与意境的构造已显现出古典诗歌象征传统的内在规范,显现出一种与古典诗歌意境的一致性。试比较:

平林漠漠烟如织
寒山一带伤心碧
冥色入高楼
有人楼上愁

——李白《菩萨蛮》

---

① 成复旺:《神与物游》,中国人民大学出版社 1990 年版,第 256 页。

② 《中国的文学理论》,四川人民出版社版,第 80 页。

③ 司空图:《诗品》。

苍黄的古月地平线上泣
氤氲的夜色浥露湿
漫着野边有暮烟
掩我心头有忧郁

——冯乃超《苍黄的古月》

织进了远远的林梢
织进了漠漠冥冥点点零零参差的屋梢……

——穆木天:《雨丝》

胡也频的《秋色》也极相类似:“我的悲哀,如江边的乌云/随旋风卷入漠漠之斜晖/染上脱叶的树枝/现出黯淡的秋之颜色。”而在戴望舒的诗中,这种意境的相似已不是个别的例子,首本诗集《望舒诗稿》中第一首诗《夕阳下》开篇就是这样的诗句:“晚云在暮天上散锦/溪水在残日里流金/我瘦长的影子飘在地上/像山涧古树底寂寞的幽灵”。这种纯粹属于民族的诗意在台岛诗歌中几乎俯拾即是,古典诗歌中那些一再被精心创制的典型意境在他们那里重新成为追踪的热点,季节穿梭、时光流转、悲欢离合、乡愁闺怨……它们所寓形的那些典范的象征物象已经作为最基本的美感经验渗透到整个民族的血液中了,这种强大的延继力在新时期诗歌中仍然随处可见:

思绪随晚归的鸟雀
在霞晕中纷飞
——直至月上松林

——舒婷《黄昏里》

在意象的铸造上,新诗也表现出了古典诗歌的深刻影响。意象与意境有着密不可分的联系,它既是诗歌审美意蕴的构成要素,又是诗歌语言的基本构成单位。以意象为象征与寓意的基本载体可以说是我国古典诗歌语言的一个根本特征,“古诗之妙,专求意象”①。新诗在其发展过程中,不但表现出对意象语言的自觉追求,而且还表现在对古典诗歌意象化语言的切近,使诗歌语言与整个民族的传统审美经验得以结合。在初期象征派的诗歌中,由于尚未自觉注意到这一点,所以诗意晦涩,无法确切地传达主体情感与思想,读者也难以准确把握诗意。如李金发诗中,虽然意象奇特和丰富,但多流于生涩与怪诞:“……鲜

① 胡应麟:《诗薮》。

血之急流，枯骨之沉睡。/黑夜与蚊虫联步徐来/越此短墙之角/狂呼在我清白之耳后/如荒野狂风怒号，/战栗了无数游牧。”(《弃妇》)这些意象集中反映了早期象征派诗歌的通病，它们在很大程度上只包含了作者个人的审美经验与感受，而很难与读者之间沟通。这种情形在戴望舒那里有了很大的改变，他的诗意象鲜明准确，意象之间具有统一协调的逻辑连接，而且具有深邃而悠长的古典韵味。他的《雨巷》一诗可谓最好的例证，它那“悠长、悠长、又寂寥的雨巷”，那“丁香一样的姑娘”都仿佛使人重新回到了唐宋诗词中所描绘的江南诗意之中。甚至他诗中的许多意象都是从古典诗歌意象中化育而来：“谁家动刀尺？/心也需要秋衣/……夜而断裂的吴丝蜀桐/仅使人从弦柱间思忆华年”(《秋思》)；“木叶，木叶，木叶，/无边落木萧萧下”(《秋蝇》)。在台湾诗人那里，意象的古典与东方色调则成为衡量诗作美学水准的标尺，最典型的像郑愁余的《错误》，这首短歌通篇所使用的每一个意象都从古典诗中化育而来。余光中的《等你，在雨中》也是如此：

等你，在雨中，在造虹的雨中
蝉声沉落，蛙声升起
一池的红莲如红焰，在雨中
……　……
诺，这只手应该采莲，在吴宫
这只手应该
摇一柄桂浆，在木兰舟中

诗人流沙河曾这样评论：“那位踏着红莲翩然而来的，从南宋姜夔婉约清丽的词里步着音韵而来的，绝不会是安娜或者玛丽，只能是一位中国的窈窕淑女。至于雨后荷花，蛙鼓蝉吟，细雨黄昏，更是当然的国产。”[①]这类诗之所以受人喜爱、具有历久不衰的审美价值与艺术魅力，在根本上就因为它们所刻写的大量古典化了的意象唤起了那些积淀在我们心灵深处的属于整个民族的审美经验。美国文艺理论家韦勒克与沃伦曾指出，每个民族都有自己“广泛采用的、容易理解的”那些“传统象征”，如果某些意象或隐喻“作为呈现与再现不断重复，那就变成了一个象征，甚至是一个象征(或者神话)系统的一部分。”[②]

歌吟对应于主体的客观物象，通过对物象特征的强化描述借以暗示出主体

---

① 《台湾诗人十二家》，四川人民出版社。

② 《文学理论》第204页。

人格的某些层面，这种手法在十七世纪斯宾诺莎“泛神论”哲学产生以前的西方诗歌中一直是很少见的；然而在中国古典诗歌中，这则是最古老也最常见的手法。《厨礼·春官》中就提出了“兴”的概念，千百年来这种“先言他物以引起所咏之词”①的古老传统使得我们民族的诗歌中象征与比喻因素越来越受到重视，并且逐步衍化为两种基本方法：一是通过对浸染了主体心境的外在事物的刻写来象征或衬托主体情感的变化，主客两方互为感染映射，《诗经·小雅·采薇》里的“昔我往矣，杨柳依依；今我来思，雨雪霏霏”就是最常为人称道的例证。另一种是通过歌吟某种象征了主体品格或精神的事物来表达主体的某种人格理想或生命体悟，屈原的《橘颂》就是典型的例子。另外一些作品表现了更为隐晦的倾向，即表现某些并非直观的想象物，更增加了暗示与隐喻的效果，比如《山鬼》一诗中，“诗人和山鬼移动于一种灵幻飘渺的氛围中，扑朔迷离，我们底理解力虽不能清清楚楚地划下它底含义和表象底范围，我们底想象和感觉已经给它底色彩和音乐底美妙浸润透了。”②上述几种象征与比兴方法在汉末古诗、魏晋辞赋、乐府歌辞，以及唐代王维、李白、杜甫、李贺、李商隐等诗歌大家作品中都是极为常见的。

戴望舒的许多诗篇都可看出它们与上述古典传统的承接。他的《百合子》、《八重子》、《秋蝇》、《乐园鸟》、《夜蛾》等都是通过刻写物象来表现特定的心境与情绪的，“我明白它们就是我自己”（《夜蛾》），甚至这类诗作中的许多物象都是在古典诗词中常见的。他的大量表现梦境愁思的作品和其他抒情诗，都普遍采用了通过描写各种景物来予以寄托的方法。在台岛诗人的诗作中，我们也可看出他们通过戴望舒的启悟而进一步归向传统象征手法的痕迹。余光中的《白玉苦瓜》、痖弦的《船中之鼠》、羊令野的《屋顶之树》、白荻的《雁》、《蛾》等等都可谓感物象征、写物喻人的佳作。台湾许多倾慕于古典诗歌的诗人，他们在多用咏物喻人、寓情于景的传统象征手法的同时，还热心于对古典诗歌中意境与物象的转化与吸收，溶注到他们的诗作中，因而产生出浓郁的古典情调。余光中、郑愁余、周梦蝶、吴望尧、杨牧、叶维廉，以及蓉子、席慕蓉等女诗人都是惯于在古典诗歌常用物象的基础上进行再创作的诗人。

触物感人、因景生情，必然进而发展为一种“物我两忘、神与物游”的境地。自庄子始，神与物游就成为我们民族最典范的审美方式与审美极致，他那“浮游

---

① 朱熹：《诗集传》。

② 梁宗岱：《象征主义》。《文学季刊》1943 年第 2 期。

于万物之祖”与“独与天地精神往来”的气度和他那“逍遥游”式的描述方式都反映了他几近于“泛象征主义”的审美态度;刘勰曾这样描述过这种审美思维的极致状态:“文之思也,其神远矣。故寂然凝虑,思接千载;悄焉动容,视通万里。吟咏之间,吐纳珠玉之声;眉睫之前,卷舒风云之色:其思理之致乎!故思理之妙,神与物游。”[①]古典诗歌在表现主体情感的时候,常常会达到这样一种物我一体难解难分的佳境,“感时花溅泪,恨别鸟惊心”;“沧海月明珠有泪,蓝田日暖玉生烟”,这其中已难以分辨出哪是用来象征的物象,哪是被象征的情感人格。戴望舒的诗作也常常能够接近这一佳境,以他的《古神祠前》为例:起始一节先写思绪与物象的叠合,那漂在水上的“思量底轻轻的脚迹”与那“长脚的水蜘蛛”结成互喻关系,继而它又不断地变幻成“蜉游”、“蝴蝶”、“云雀”、“鹏鸟”去做孤独的“逍遥游”,思绪被变幻的物象赋予了迷离飘忽的特征,它们若即若离,最后又复合为一体,“终于,绝望地/它疾飞回到我心头/在那儿忧愁地蛰伏”。物象的消失即是它与主体情绪的重合点。这种几近神秘主义的体验亦是古典诗歌与审美传统中的一个重要因素,从庄子的“逍遥游”到欧阳修的《秋声赋》,从屈原的《离骚》到李商隐的《锦瑟》和多首无题诗,我们的先人善于把难以把捉的瞬间心理感受和情绪通过具体物象而展现出来,并且能够保留其原始的神秘色调。这种佳境不但暗合了早期象征主义诗歌所主张的“神秘的永远的彼岸世界”(穆木天语)而且不断地给新诗以启示,成为许多诗人所追求的艺术佳境。

在上述比较中,我们不难引申出这样的结论;我们民族的诗歌的确是有着古老的象征主义艺术传统,而新诗的象征主义现代化的美学意向正是基于这一古老传统的必然延续力才得以健康生长发育的;同时,也只有那些自觉地结合了古典象征传统,结合了民族审美经验的作品才能具有更高更普遍的审美价值和长久的艺术魅力以及更深沉的现代化色彩。

现代美学意蕴

假如我们将西方前后期象征主义诗歌作一个对比,就会发现,前期象征派诗歌所强调的主要是诗歌的“感性”特征,它们崇尚的是表现直觉、印象、朦胧的感受,在诗意构成与表现过程中基本上都是排斥理性的,象征派在法国的出现首先就是同时反对浪漫派热烈的直抒胸臆和“高蹈派”的“纯客观描绘”的,诗

---

① 刘勰:《文心雕龙·神思》。

人们“将诗境同完整、持久的智力活动对立起来”；而后期的象征派诗歌则在前期对“感性”特征进行了强化的基础上进而强调了一种“完整、持久的智力活动”——即“知性”特征。“诗人不再是蓬头垢面的狂人，他们总是在昏热的夜晚拈诗一首，而是近乎代数学家的冷静和智者，应努力成为精炼的幻想家”①。很明显，这种“知性”首先是一种思想的智慧，它要求赋予诗歌形象以深刻的哲学和历史意蕴，赋予诗歌以现代人类所特有的智慧与思想内容；其次它也是一个技术层次的概念，要求诗歌在建筑其美学意蕴的表现过程中凝聚更多的智慧劳动，要求诗歌形象尽可能完美地与诗意契合起来并合理适度地隐藏在语言的背后。我们在后期象征主义的代表诗人瓦雷里、黑尔克、艾略特以及叶芝等人的诗作中都会明显地看出这一点。因此知性在更大程度上表现了象征派诗歌的现代特性，它合理地吸收了古典诗歌时期常用的主题象征——即运用整体的寓意或梦幻手法；并且结合了前期象征派诗歌的表现象征——即语言构成暗示化与操作程序的陌生化手法，最终达到一种新的哲学与艺术高度。

不难看出，中国古典象征传统与西方象征主义诗歌的暗合之处主要在于其“感性”特征。因为我们的民族自古以来就是一个强调感性的民族，在对世界的由表象到本质的哲学把握过程中，他们所依靠的主要不是逻辑的、推理的、分析的科学思维，而是直觉、感悟、神会的感性思维。因此，新诗所表现的象征主义审美意向中对感性的推重不但来自西方前期象征主义诗歌的影响，而且一开始就暗合了古典的民族的象征传统，在发展过程中更加逐步产生了民族传统的自觉。当然，知性智慧在古典诗歌传统中也是异常丰富的，但是我们民族传统中那种天人合一、神与物游的东方悟性智慧与现代意义上的思想智慧又是相去甚远的。因此新诗象征主义审美意向中的“知性”因素除了来自古典传统的影响之外，更重要的是来自西方象征主义诗歌的启示。

在前期中国象征派诗歌中，诗人们所注意的多是营造直觉化的形象，他们只注意到“光、声、色”，“音乐性”，而较少理性理解与把握成分，因此诗意不免混沌而缺乏深厚的思想与哲学意蕴。如穆木天所说，“象征主义诗人的永远的、朦胧的世界，极端的个人主义的细微的心情，是只有极纤妙的印象主义的 Iyrism（英文，抒情——引者），才可以表现出来的”。“象征主义诗学的第一个特征，就是‘交响’的追求……第二个特征就是轻蔑律动和追求旋律……在短的期间

① 瓦雷里：《论文学技巧》，《象征主义·意象派》第 76 页。

完成了他们的神秘的彼岸世界的创造。”①可见早期象征派诗歌所受的主要影响是来自浪漫派的形式主义和前期法国象征主义诗歌，这在穆木天、王独清等人的早期诗论巾均可看出。

与初期象征派诗歌所追求的“纤妙”、“朦胧的彼岸世界”不同，三十年代的新诗越来越多地受到后期象征主义的影响，其“知性”内涵愈来愈丰富和深刻，首先表现在“思想的知觉化”（艾略特语）即理性与哲学倾向越来越明显，诗人们开始较多地使用整体象征和寓意手法，诗作在深层语意愈加丰富的前提下，诗歌形象则越来越明晰畅晓。以戴望舒诗中最短的篇章《我思想》为例：

我思想，故我是蝴蝶……
万年后小花的轻呼
透过无梦无醒的云雾
来振憾我斑斓的彩翼

渗透于这首诗的显然是一种现代人的生命意识，纵深的时间跨度、实与虚、生与死、瞬间与永恒的对应使其获得了较强的现代哲学意蕴，这就是“用知觉表现思想”或“把思想还原为知觉”（艾略特语）的手法。这种倾向在艾青早期的诗作中就已十分明显，他的《太阳》、《黎明》、《生命》、《煤的对话》等作品都蕴含了深厚的哲学内涵。其中《太阳》一诗可谓最精彩的代表篇章：“从远古的墓茔/从黑暗的年代/从人类死亡之流的那边/震惊沉睡的山脉/若火轮飞旋于沙丘之上/太阳向我滚来……”起始一节不仅以巨大的时空跨度展现出太阳——这一永恒生命的象征所包蕴的深厚含意，展示出亿万年人类所经历的苦难与永恒的希望，而且在诸多意象的序列与其形成的节奏上也表现出现代人思维所具有的力度与深度，在情感与理性上具有双重的征服力：

它以难以遮掩的光芒
使生命呼吸
使高树繁枝向它舞蹈
使河流带着狂歌奔向它去

这里所展示的不再是古典式的意象和画面，不再是单纯的暗示主体心境和情绪的意境，而是对蓬勃与繁衍不息的生命意义的理解和形象把握。

“知性”倾向使得象征主义诗人由前期多表现不可捉摸的神秘直觉与心境

① 穆木天：《什么是象征主义》，《穆木天诗文集》。

转向了对由在生命意义的哲学把握,他们对生命的感悟越出表层的情感、情绪而达到对其价值存在的思考高度。在这方面,瓦雷里的《石榴》与里尔克的《豹》是两首最典范的作品。在瓦雷里的诗中,石榴的形象因其内在特殊结构而与人的头脑和思想形成对应,里尔克的《豹》通过笼中猛兽的形象,复杂深刻地表现了现代人的生存困境与异化痛苦。两首诗中语意的营造完全是围绕一个核心的意象而展开的,它们本身的"知性"不是表现在意象的复杂化,而是表现在诗歌的内结构——即契合于形象表征的内在意蕴所形成的张力之上。这种倾向在戴望舒、卞之琳、艾青、冯至以及"九叶诗人"的不少咏物诗中都可看出;在台岛诗歌中更达到了新的高度,他们以东方人特有的深刻体验表达了对于现代人生内蕴与痛苦的理解。试比较:

强韧的脚步迈着柔软的步容,
步容在这极小的圈中旋转,
仿佛力之舞围绕着一个中心,
在中心一个伟大的意志昏眩。

——里尔克《豹》

天空还是我们祖先飞过的天空。
广大虚无如一句不变的叮咛,
我们还是如祖先的翅膀,鼓在风上
继续着一个意志陷入一个不完的魇梦。

——白荻《雁》

这类诗意使读者在阅读时并不是通过直觉式联想甚至潜意识活动去寻求某种体验,而是通过哲学思考和理性分析去体会和把握的。

现实意义的增强也应视作是强调诗歌"知性"内涵的一种结果。自三十年代以后,诗人将单纯对自我情感的专注提升到了对现实的思考与探求,并且仍然溶注于象征意味的诗境之中。艾青的《北方》、《手推车》、《雪落在中国的土地上》等诗篇均由于其对现实的切近而受到赞誉,然而象征手法的巧妙运用仍然起了关键的作用。"九叶诗人"之一郑敏曾写过一首歌赞劳动的动人诗篇《金色的稻束》。这首诗的感人和高明之处在于它没有直写劳动过程,而是选择了一个象征物象:"金黄的稻束站在/割过的秋天的田里,/我想起无数个疲倦的母亲……"

没有一个雕像能比这更静默。

肩荷着那伟大的疲倦,你们
在这伸向远远的一片
秋天的田里低首沉思,
静默、静默、历史也不过是
脚下一条流去的小河,
而你们,站在那儿
将成为人类的一个思想。

一束普通的稻子被赋予了这样幽远的意义,成为一种伟大的人性品格的象征,这首先取决于诗人深刻的审美透射力,是一种智力活动的结果。

历史意识的深化是哲学自觉意识的必然结果,这表现在两个方面,一是在以象征为核心的表现过程中努力拓宽形象的历史空间跨度,从而增强其文化内蕴、思想厚度;二是直接对历史现象进行思考,通过形象来暗示历史。在这方面,后期象征主义诗歌表现出深远的历史目光,它们对现实世界的把握充满着强烈的历史感。艾略特常运用古代的神话"写世界性的永恒性的题材",他能够赋予普通的事物以"普遍性的意义"①。他的《荒原》以其对现实世界与历史神话世界的双重投射而被视为现代史诗的开山之作;叶芝的《驶向拜占庭》、瓦雷里的《海滨墓园》也是以同样的手法表现生与死、灵与肉、变化与永恒等一系列人生主题,这些都给中国新诗以极为深远的影响。五、六十年代,台湾诗就出现了覃子豪的《瓶之存在》、洛夫的《石室之死亡》、痖弦的《深渊》以及罗门的《第九日的底流》等一批《荒原》式的作品,这些结构庞大的作品对现代人生内涵的解剖是通过对一系列原型主题的追寻来表现的,如洛夫的《石室之死亡》就是通过对民族历史文化的一种矛盾的充满破坏与创造欲望的象征化评判来表现现代人生悖论与苦难的。此外,许多短诗也显示了深厚的历史意识,如洛夫的《雪地秋千》通过在雪地上荡秋千的直觉感受象征了"一部近代史":"我们上升,而且降落/我们摆荡,而且哀伤/在风中,自由而无依……"这些语意是诗人对其特殊历史的象征化的描述。在新时期大陆诗歌中,历史意识在特定的历史条件下更加获得了强化,历史的苦难给了几代人以直观的教育,他们对民族历史的体验与把握更加准确和具有现实价值。在七十年代末、八十年代初,他们对于许多题材的抒写已显现出对于其历史厚度的刻意追求,许多诗人不但开始懂得以

① 袁可嘉:《现代派论·英美诗论》第169页。

历史价值意识作为一切诗歌形象的基本参照，而且直接参与了反思民族历史与文化的“文化重构”运动，大量作为象征意象的民族历史与文化负载物诸如历史遗址、神话传说、民族风情、乡土习俗等等都在新的审美观照下焕发出新的光彩。这类作品不再是像古典咏史诗那样咏叹个别的历史事件与典范人格，而是在现代哲学与文化思想的价值尺度下重新思考全部的民族历史与文化，因此它们所借助的象征物象也被赋予了的哲学与史诗的双重意蕴。如杨炼的《敦煌组诗·飞天》就通过对敦煌壁画中飞天形象的吟咏表现出他对充满痛苦与悲壮的民族历史的思考：“我不是鸟，当天空急速地向后崩溃/一片黑色的海，我不是鱼/身影陷入某一瞬间、某一点。”在巨大的时空跨度中，飞天的形象已被赋予了深邃的意蕴，它重叠于一个民族的苦难历史：

我飞翔，还是静止
超越，还是临终挣扎
升，或者降（同样轻盈的姿式）
朝千年之下，千年之上？

一连串的矛盾发问更加暗示出苦难与希望、生机与衰亡并存的悲壮境地。这类诗作将中国新诗的文化品格推向了一个从未有过的新高度。

隐喻手法的大量使用是现代新诗区别于古典象征传统的一个重要特征。古典诗歌的象征意蕴主要是通过具有近似表征的物象比拟——比兴手法而获得的，被比事物或情感与比喻事物经常同时出现，而且所用比兴物象多已具有定型化趋势，“善鸟香草以配忠贞，恶禽臭物以比谗佞，宓妃佚女以譬贤臣，虬龙鸾风以托君子，飘风云霓以为小人。其词温而雅，其义皎而朗”①。春花秋月、四季更变，客观景物对主体情感的承载与启引基本上是定型了的。现代新诗突破了这种固定形式，而采用了里尔克、瓦雷里、艾略特式的隐喻手法，即直接表现物象，将被比物或被比拟的思想、情感附于物象之上，合为一体，成为物象的特征，而且这些物象大都新奇而不落窠臼。戴望舒的《寻梦者》在一枚“珠贝”中寓藏了无限丰富的生命含义；卞之琳的《断章》在一个三点相联的“风景”中又隐藏了充满玄理的人生感悟；“九叶诗人”更加广泛地运用了这类手法。在台岛诗歌中，隐喻式的意象空前丰富，洛夫从一片“沙色刑场”上看见了现代人的生命困境；痖弦的《船中之鼠》以阴冷而狡狯的语意暗示了台岛政治的险境。许达

① 王逸：《离骚序》。

然的《离乡老兵》以一把无柄之刀喻意现实。在新时期，北岛是第一个大量使用隐喻的诗人，他早期的诗作中有一整套属于他自己的隐喻系统："冰川"、"海滩"、"灯塔"、"风暴"、"岛"、"森林"、"古寺"、"彗星"、"黄昏"、"岸"等等，这些大量隐喻在他的诗中已成为一种总体的语境，为其诗歌特定的象征意蕴的建构形成了基本骨架，以至于使他的影响深入到许多后来诗作者的诗艺之中。舒婷也是如此，他早在1975年写下的《船》就形成了一个独特的隐喻式意象群体，其中"船"、"荒凉的礁岸"、"满潮的海面"、"腐烂的船板"这些物象在新的组合方式下，它们的暗示潜能获得了新的扩展。顾城的《弧线》、《感觉》、《游戏》、《初夏》等诗更加丰富和发展了由北岛舒婷所建立起来的这一新的隐喻系统，而且具有了事件和情节的意义。毫无疑问，新一代隐喻系统的大量使用对新时期诗歌审美意蕴的发展具有着最根本的奠基意义，它使大陆新诗所使用的象征符号获取了一个新的并且不断发展着的深层语意背景，从而根本摆脱了古老的传统比兴模式，借以强化了新诗的现代性。

双重启悟下的必然融合

选择以上两个角度进行分析并不是想简单地证明一个"外国 + 古典"就等于现代化民族化的公式，而是试图分别从共时性与历时性角度，说明新诗的象征主义审美意蕴的现代性与民族性特征是在传统与西方、古典与现代的双重启悟下生成发展的。事实上，我们很难设想将具体的某一作家或流派归类划定其属性是古典传统的抑或纯粹西化的。任何一个置身于现代的优秀诗人或文学流派不可能不同时从传统和西方诗歌中汲取营养，象征主义诗人或者取法倾向于象征主义的诗人更是如此。而且中国新诗的象征主义美学意向已由于其对中西诗歌传统的兼容并蓄和创造性发展而具备了全新的既不等同于古典传统也不等同于西方诗歌的现代化与民族化的特质，这特别表现在：

第一，现代理性精神、哲学意识与民族传统的感性想象、人生体悟的融合。中国古典诗歌尽管并不缺乏生命的体验与深邃的思索，但又往往较为消极地停顿和满足于主体对自然的依傍与消融的"天人合一"的趣味，它们对于诗质的形式把握（即象征化过程）虽然睿智却往往依靠直感，虽然超绝却仅凭顿悟；而西方诗歌由于其民族理性思维的发达而使其象征形式富有哲学的内蕴，但又往往偏于说理布道，陷于神秘主义或思想观念的两种极端。而新诗流派在其象征主义美学意向的发展过程中，则合理地吸收了两者所长，集中国古典诗歌思维方式的丰富、敏感、充满生动表象与西方诗歌的深邃、精密、充满理性意识与一身,极大地开拓了新诗的表现空间、表现力度与表现技巧。

其次,新诗流派还将西方象征主义诗中对于个性世界与个人命运的深邃思考推衍到对整个民族历史命运的深刻思考,将孤独绝望而产生的内心世界探求融入了中国古典诗歌中和谐优美的人文精神。它不但摈弃了西方象征主义诗歌中悲观、颓沉的没落情绪,也摈弃了传统诗歌平庸无力、附庸自然的消极意志,而将其精华所在转化成为一种深沉的、充满历史使命与现实责任感的、属于现代中国的激扬不屈的艺术精神,从而使新诗的象征主义美学意蕴得以建筑于一种崭新的精神价值与思维方式之上。

再者,从象征符号的使用上来说,新诗象征主义美学意蕴还依赖于中西诗歌传统语言结构的互补。中国古典诗歌中虽然意象随处可见,但由于其特殊的较为僵固的文言结构,因而在意象的排列、使用上受到较多的限制,无法获得现代人所必需的自由度。在西方象征主义诗歌意象建构方式的参照下,几代中国诗人终于逐步建立起了一套成熟的表意符号系统,这一系统不仅意象丰富奇警、朴素优美,语言结构更为灵活多变,表现功能也空前多样。

除此之外,我们从上文所论的那些有成绩的诗人身上能看出新诗象征主义意向的中西融合与互补特征,没有两种传统的共同启示,也就不会有这些闪烁光彩的名字。

结论至此已经十分明显,中国新诗流派所呈现的象征主义美学意蕴的现代性与民族性相融合的特征绝非靠单向的继承或者借鉴而产生的,它完全是在中西诗歌象征主义传统的互补基础上孕育发展的。没有这种互补,西方象征主义不可能在中国健康地扎根生长;没有这种结合,中国传统的象征主义也不可能焕发新的生机,它是全新的、完全具有现代意义的美学意向,而不是古典传统的简单延续和外国诗歌的横向移植,这正是我们认识和评价中国新诗派象征主义美学意蕴的唯一立足点。

总之,中国新文学及其流派只有在现代化与民族化的双向制导下自觉地进行中外文学的嫁接或融合,才能获得健全发展的态势。

“形态论”、“思潮论”、“规律论”三者之间具有深刻的内在联系,形成一个有机的整体。虽然在整个论述过程中也注意对每个文学流派作些剖析,但重心放在宏观的审视和把握上。为了弥补微观研究的不足,拟对“为人生派”,“鸳蝴派”的文学观作点具体考察和分析,以作为“余论”。

余论 抽样剖析两个文学流派的文学观念

文学研究会“为人生”文学观的基本特征

一

文学研究会(以下简称文研会)的成立,正当中国新民主主义革命由开端进入发展时期,正当“五四”新文学运动由最初侧重于旧文学的破坏转到新文学的建设时期,正当现实主义和浪漫主义两大文艺思潮齐涌、无产阶级文艺思想萌发的时期,正当各种体裁的新文学在变革的风浪中以神奇的速度进行大胆探索和尝试的时期;也是“礼拜六派”的通俗文学,尚在社会潜传其消极性,危害着新文学的发展的时期。因此,它的大多数会员怀着强烈的社会责任感和为人生而治文学的目标,在积极倡导创建新文学的同时,着重反对具有消极倾向的游戏文学,使文研会一出现就体现了一种战斗精神。但是也应看到,它毕竟是一个“非常散漫”的而成员又“很广大”的文学团体或文学流派,缺乏严密的组织,到“五卅”前后就呈现出自然解体或分化状态。只是从大多数会员的理论主张和创作实践中可以发现它确有点“为人生而艺术”的共同倾向,把文学作为“人生的镜子”,强调“文学应该反映社会的现象,表现并且讨论一些有关人生一般的问题”①,这样“为人生而艺术”则成了文研会或文学流派的重要标志和理论旗帜。

由于历史条件的决定,组织本身的散漫,会员成分的复杂,作为“为人生而

① 茅盾:《中国新文学大系·小说一集导言》。

艺术"的文研会，其理论主张或创作倾向并不是那么单纯划一，也不是一成不变的，这里面既有明显的差异性也有突出的变化。过去人们习惯于把文研会的"为人生"的态度完全和现实主义等同起来；其实，抱着积极"为人生"的目的从事文学工作，他们的理论或创作并不都体现着严格美学意义上的现实主义。特别在文研会成立之初，相当多的会员受到浪漫主义思潮的或深或浅的影响。正如茅盾所指出的："当时的文坛正愉快地走上了热情奔放的天才的灵感主义的路，'身边琐事描写'，天才的牢骚和感伤，便是创作的内容和形式，什么自然主义的手法原是不合事宜而且太使人扫兴了。热情奔放的天才的灵感主义的中国浪漫主义文学由创造社发动而且成为'五四'期的最主要文学现象。"①

例如冰心是文研会的成员，团结在"为人生"的旗帜下致力于新文学，但她1921年后的理论主张和文学创作却带着明显的浪漫主义美学倾向。在理论上她曾提出"表现自己的文学，就是'真'的文学"②，强调表现自我意识和自我感受的文学主张。体现在创作实践上，她的作品不仅充满了主观抒情色彩，而且弥漫着虚无缥缈的"理想"迷雾。《超人》是篇浪漫色调极浓的小说，主人公何彬是"五四"落潮期的患有时代忧郁症的悲观颓丧的青年，作者通过"爱的哲学"来启迪他从悲观恨世中醒悟过来，最终走上热爱人生、改造环境的道路。这虽是冰心以小说为武器积极探索人生的表现，但她主观设想的治病救世药方却是不灵的，是背离现实客观规律的，只是自己的善良愿望、美妙幻想和感时忧世情绪的一种真诚倾吐而已。《烦闷》是《超人》的续篇，不仅表现了当时一部分"青年人的危机"，也表现了作者思想的危机。即"爱的哲学"解除不了青年的精神苦闷，也不能使自己摆脱烦闷的境界，终日"不能升天，不甘入地，悬在天上人间的中段"。《悟》是冰心"爱的哲学"理想的集大成，借着主人公星如的口，极力宣扬玄而又玄的"爱的哲学"，整个作品虽然"充满'真'的自己"，但是这个"自己"所崇尚的"爱"的理想却是"参与那造化的妙功"，借助于"万能的上帝"③了；这也是冰心的"只有这幻秘冷静的态度，可以常常促进他的艺术，可以永远维持他艺术的动人的力量"④的美学追求的艺术体现。如果说冰心的"为人生"的文学主要倾向于重在表现自我的浪漫主义，那么王统照则介乎写实派

---

① 茅盾：《关于"创作"》，《北斗》创刊号，1931年9月。
② 冰心：《文艺丛谈》，《小说月报》1921年4月第12卷，第4号。
③ 冰心：《人格》，《晨报》1921年6月2日。
④ 冰心：《介绍一个艺术家》，《晨报》1921年10月19日。

和浪漫派之间，呈现着现实主义和浪漫主义相融合的趋向。王统照认为“无论‘艺术的文学’或‘人生的文学’都不能离开人生”，它们所“描写的喜怒，及快乐悲哀的感情，都是从人生中得来的”①。他不仅在文研会所代表的“人生派”和创造社所代表的“艺术派”的论争中采取中立态度，而且在初期创作中也试图把现实主义和浪漫主义结合起来。王统照在表现人生、反映“五四”低潮期知识青年的苦闷和矛盾心理时，并不算太冷静和客观，而是更多地注入了主观抒情和幻想因素。短篇小说《沉思》一方面以写实笔触揭露了现实的丑恶势力对“人生真美”的破坏，另一方面以浪漫笔调抒写了作者对爱与美的追求。他不是脱离现实去美化人生，也不是无原则地对一切都爱，而是真诚地去追求人生的美与爱，展示了爱与美的人生理想同丑恶的现实社会存在着不可调和的矛盾。瞿世英曾指出：“剑三是对于人生问题下功夫的。他以为人生应该美化，美为人生的必要，是人类生活的第二生命”，因此他在作品里“诅咒的是与爱和美的生活不调和的生活，想象中建设的爱和美的社会”②。虽然在初期的作品中洋溢着相当浓郁的主观抒情和幻想色彩，但王统照随后创作的《黄昏》、《沉船》等作品以及发表的文艺论文，则越来越明显地表现出现实主义的美学倾向，他并没有像冰心那样较长时间沉醉在爱的“理想”王国里不能自拔。即使文研会中以严峻的现实主义风格著称的叶绍钧，在他初期的小说中，如《隔膜》集的相当一部分作品，也表现了作者对于人生是抱着一个“理想”，并非那么严峻地客观地反映现实，往往在描写的灰色人生上点缀着一两点“光明”的理想。他认为“美”（自然）和“爱”（心心相印的了解）是人生的最大的意义，而且是“灰色”的人生转化为“光明”的必要条件；不过他在作品中抒写的“美”与“爱”的理想与王统照稍稍不同。王统照所说的“爱”与“美”是一件东西的两面，他认为高超纯洁的“爱”便是“美”，而且由此两者的“交相融而交相成”，然后“普遍于地球”的“烦闷混扰”的人类，能够“乐其生”而“得正当之归宿”；王统照是把这种唯心地去看待人生所作出的哲理思考，以强烈的主观抒情或议论的方式掺和在对现实人生的客观描写中，而叶绍钧只是把“美”与“爱”的理想作为一种主观情愫渗透或点缀在客观描写上，始终没有改变其写实地客观地表现人生的现实主义的主导倾向。此外，文研会成员庐隐、许地山的小说，朱自清的诗歌等，在初期阶段也带有明显的浪漫色彩。

---

① 王统照：《文学观念的进化及文学创作的要点》，《晨报副刊·文学旬刊》，1923年9月11日。

② 瞿世英：《〈春雨之夜〉序》，1931年初版《王统照短篇小说集》。

但是从发展上来看，就其主导倾向而论，文研会或人生派大部分会员很快地（一般在1923年）由对热情奔放或虚幻感伤的浪漫主义的追求转到对现实主义的深入探索。特别是文研会的文艺埋论家和批评家，积极以现实主义美学理论引导作家们冲出“表现自己”的个人感受和情思的狭窄的小圈子，把个人的视野和艺术触角转向广阔的现实人生，真正走为广大民众的人生而艺术的现实主义大道。再加上1923年前后，帝国主义的野蛮侵略，封建军阀的连年混战，人民大众的深重灾难，祖国的山河破碎，革命斗争的蓬勃发展，都无时无刻不在推动着一些关心人生问题的作家，逐步由学校或家庭走向处于水深火热之中的广大劳苦大众挣扎或奋斗的社会海洋，无时无刻不在催促有正义感和责任心的作家以深刻的现实主义笔触去反映或开掘苦难的人生。王统照曾回忆说：“虽然并没有几年的时间，而对人生苦痛的尖刺愈来愈觉得锋利，对解决社会困难的希求也愈来愈加迫切”，不像前些年“只是从理想中祈求慰安”，“想更向现实生活深入分析”①。当然，文研会倾向和提倡“为人生”的现实主义并非凭空而起，它是继承和光大了《新青年》在五四文学革命初期所开创的战斗的现实主义传统，并大量地批判借鉴了外国文学特别是现实主义和自然主义文学（包括理论）。

总之，文学的发展不能一刀切，对一个文学社团或流派的研究也不能一刀切，只能看其主流，把握主导倾向。本文拟从文研会自身的特点出发，抓住其主导倾向，结合主要会员的理论主张或创作实践，来探讨一下它的“为人生”的现实主义文学观的基本特征及其对新文学现实主义传统的形成和发展所作出的贡献。

二

文学为人生，表现人生，批评人生，改造人生，可以说是文研会现实主义文学思想的核心和根本特征，也是大多数会员在创作实践中自觉或不自觉遵循的创作原则。他们提倡文学“为人生”并不是为社会上一般特殊阶级的人生，而是为平民阶级的人生，即普通的老百姓、城乡劳动者、知识分子等的人生，要求文学与人民大众的人生结合起来；特别强调文学要表现人生批评人生的命题，进一步揭示了文学与现实生活的关系，触及到文学的本源问题。正是在文学的本

① 《〈王统照短篇小说选集〉序》，人民文学出版社1957年版。

源上，文研会的为人生的现实主义文学观同片面强调文学是“自我表现”的“为艺术而艺术”的文学观产生了根本分歧，也同鸳鸯蝴蝶派的“游戏文学”观划清了界限。肯定文学的社会本质和物质本源，并不是文研会所有的会员都认识得那么清楚，表述得那么准确，只能说大部分会员是坚持这种唯物主义美学观的。王统照认为“文学与人生是不能相离的”，它源于人生并非根于思想，“想象任其如何高妙，艺术任其如何精密，但人是社会的动物，他的种种的思想，无论如何，是由他所处的社会的提示，激动，反映与他的”①；许地山把“人生”作为创作的三宝之一，说明“创作者底生活和经验既是人间的，所以他底作品含有人生的原素”②；俞平伯指出文学与生活不是“两个分立的，而其实文学只是人生底一部分，是他底自动的表现”③。人生的真相只有从自己反射出来的影子里去窥探，决不能拿外物来说明；郑振铎认为，文学是一国历史的反映，文学是超出个人的出产品，它决不应为地域或时代的见解所限，而应当视它为一个整体，为一面反映全体人类的忧闷、痛苦、喜悦与微笑的镜子④；也是俞平伯所概括的，“文艺所表现的是整个的人生，并非一个小圈子的人生”④。

文研会的主要成员的为人生的现实主义文学观，虽然或深或浅的受到欧洲自然主义、批判现实主义的影响，但是他们对文学与人生关系的认识并没有完全囿于这种现实主义的范畴，有所突破有所发展。自然主义者把人生的主体看成是黑暗的野蛮的，所以他们最爱取下流人的酗酒、犯罪、兽欲作为创作题材⑤；文研会则认为，人生固然有黑暗的一面，但也有光明和伟大所在，人生中的假恶丑固然要暴露，对潜藏着的真善美也要揭示，应该综合地表现人生⑥。这种认识虽然尚有不明了之感，但比自然主义对人生的看法全面得多了。批判现实主义的特征就是“唯理主义和批判主义”，按照高尔基的说法，除了揭发社会的罪恶外，“它不能够给人指出一条出路”，“它没有肯定任何事物”⑦。王统照曾赞赏俄罗斯的批判现实主义作家所创作的表现人生的作品，能够赤裸裸地描写人们的痛苦，深刻地揭露“战争的罪恶”和“制度的黑暗”，“都着了很深沉的色彩，很

---

① 王统照：《法郎士之死》，《晨报副刊·文学旬刊》1924 年 10 月 25 日。

② 许地山：《创作底三宝和鉴赏底四依》，《小说，日报》1921 年 7 月第 12 卷，第 7 号。

③ ②④ 俞平伯：《文艺杂论》，《小说月报》1923 年 4 月第 14 卷，第 4 号。

④ 郑振铎：《文学的统一观》，《小说月报》1922 年 8 月第 10 卷，第 8 号。

⑤ 希真：《翟普德曼的自然主义作品》，1922 年 6 月《小说月报》第 13 卷，第 6 号。

⑥ 茅盾：《文学和人的关系及中国古来对于文学者身份的误认》，1911 年 1 月《小说月报》第 12 卷，第 1 号。

⑦ 高尔基：《论写作》，人民文学出版社 1955 年版，第 7－11 页。

庄重惨苦的音调”；而对它们“字字里包含无量的痛苦，无量的待决问题”①并不满足，因之他在自己的创作实践中作了新的探索。如果说他 1922 年写的长篇小说《一叶》，在真诚地描写苦难的人生中，抨击了半封建半殖民地的罪恶社会，提出很多待决的问题，尚带有浓郁的感伤色调，那么 1923 年写的长篇《黄昏》则体现着严峻的现实主义精神，既富有批判现实主义的表现人生的理性的批判的色彩，也具有为拯救被侮辱被损害者而孜孜探求出路的明朗趋向，不再像俄国批判现实主义文学那样只提出“无量的待决的问题”。这部小说没有“爱”与“美”的空想观念，它以写实主义笔触揭露了旧社会的带有买办性的豪绅地主阶级同被压迫被奴役的不幸人们之间的不可调和的矛盾，反映出作者对痛苦人生的表现并没有停留在只提出问题上，而是以积极的态度在探索解决人生问题的“药方”（虽然看不清）；特别值得提及的是，小说不只是对反动势力予以彻底批判，揭露了人生悲剧的社会根源，同时展示出被压迫的普通妇女要求解放、争取自由的美好愿望，以及她们虽陷入豪绅赵建堂的魔掌但仍然保持着善良的本性。这部小说在某种程度上，艺术地反映出文研会大多数会员对苦难人生的理解以及如何以现实主义创作方法来表现人生。

广大劳苦民众的人生，或喜或悲，或乐或忧，总是同所处的时代联系在一起，时代的命运和人生的命运是密不可分的。文研会有些会员深晓此理，所以在提出文学是人生的表现的同时，强调了文学同时代的关系，说明反映现实人生的作品“总带着时代的色彩”。特别是茅盾作为文研会的文艺理论家和批评家，他更关注为人生文学的时代性，曾多次指出现实主义文学必是“时代的反映”，并利用自己主持的改革后的《小说月报》，联系文研会的创作实践及其他人的作品，以文学与时代关系的理论进行具体的评述和指导。针对有些表现人生的作品缺乏鲜明的时代特点，他提出“真的文学也只是反映时代的文学”，把文学的时代性和真实性视为同样重要，缺乏时代感的文学就不可能具有真实感；联系军阀混战、民不聊生的社会现实，他认为当时是“乱世”时代，唯有反映这“乱世”时代的人民痛苦不安生活的文学，才是“悲惨动人”②的文学。他对文学与时代关系的认识，显然受到泰纳的文学创作及其发展是由种族、环境、时代三种力量决定的观点的影响。不过泰纳所强调的人生“环境”主要指地理、气候等自然环境，而茅盾所说的“环境”主要是社会环境，不“专限于物质的，当时思想

① 王统照：《俄罗斯文学的片面》1921 年 6 月《曙光》第 2 卷，第 3 号。

② 茅盾：《社会背景与创作》，《小说月报》1921 年 7 月第 12 卷，第 7 号。

潮流,政治状况,风俗习惯,都是那个时代的环境,著作家处处暗中受着他的环境的影响”①;泰纳所理解的“时代”比较抽象笼统,而茅盾却初步认识到一个时代里则有阶级的分野和对立,即有官僚贵族阶级,也有平民阶级、城乡劳动者阶级和第四阶级,真实反映时代的文学就是表现平民阶级等人生的文学。文研会初期的文学创作,不是所有作家的为人生的作品都具有浓郁的时代色彩,作品里所描写的普通的平民阶级或城乡劳动者或知识青年的人生命运,也不是都能联系其所处的时代的具体环境进行真实的刻画;可以说不少的为人生派作家的作品的时代感并不强烈,一些被损害被奴役的不幸人们的悲剧的时代根源并没有深入地开掘出来,“五四”以后的时代发展的必然历史趋势也没有充分地展示出来。茅盾认为王统照的《春雨之夜》、许钦文的《赵先生的烦恼》纵使写得好,但“并没感到透彻的时代性”,“并没带上时代的烙印”②。叶绍钧是文研会著名的为人生而艺术的小说家,在创作上可以说代表着文研会的现实主义倾向;但是无须讳言,他 1923 年前的小说不论是反映小市民灰色人生的或是描写被压在最低层的劳苦人民悲惨人生的,都具有一种揭露、批判和控诉的力量,不过相当一部分作品没有更自觉地结合具体的社会环境和时代背景进行描写,因而缺乏浓厚的时代气氛,有的作品如果不根据写作时间联系历史背景来考察,那从作品本身很难看出它表现的人生是那个具体时代的人生;1924 年以后他的小说比较重视社会环境和时代背景的描绘,并注意直接取材现实人生的重大事件,如《潘先生在难中》、《金耳环》、《外国旗》等、小说的人物,或灰色知识分子的人生,或士兵、民众的人生,都置于江浙军阀大战这样鲜明的时代背景上进行刻画,不仅真实地再现了各种人物的本来面貌,而且增强了作品的时代感和历史感。

可见,文研会揭起为人生的“写实主义的文学革命的旗帜”,努力探讨文学与人生的关系、与时代关系,不仅在理论上提出一些闪烁着唯物主义美学思想光辉的见解,而且在创作实践上也出现了一些具有时代色彩的真实反映人民大众生活的文学作品,这无疑充实和发展了“五四”文学革命开创的新文学与人民大众的人生息息相关的现实主义传统。

① 茅盾:《文学与人生》,松江暑期讲演会《学术演讲录》第 1 期。
② 茅盾:《读〈倪焕之〉》,《文学周报》1929 年 5 月 12 日第 8 卷,第 20 期。

三

与消遣的游戏的文学或为艺术而艺术的文学所不同的，文学研究会大部分会员热衷于“人生问题”，并试图用一种新思想或抽象哲理来阐释或解答人生问题。因此在理论上他们强调文学要宣传新思想以指导人生，在创作上“觉得一篇作品非有个簇新的中心思想不可”，即力图在作品里表现“人生观”①。当然，他们所说的文学应表现“人生观”，是在承认现实人生是文学本源的前提下，同那种把文学只当成自我主观情感表现的产物或任意宣泄自己闲情逸致的工具的观点是不一样的。虽然文研会有的成员也说过文学是自我表现，但大部分会员对文学与人生与思想情感的关系是比较明确的。王统照说表现人生的文学“必须有作者的人生观在内”，因为文学创作有了“自己深沉坚实的哲学思想，然后能致用艺术的文字笔之于书，方成为杰作”，故“哲学的人生观”、“热烈的感情”、“丰富的智慧”在文学创作中“非常的重要”②。瞿世英是文研会的理论家，他把哲学与文学作了比较研究，指出两者的对象都是人生，哲学是研究并解答人生问题的世界观和人生观，文学则是以艺术手段来表现人生、批评人生，而文学家对于人生的表现与批评“是本着他们的人生观和世界观，是显示或解释他们的人生观和世界观”。正因为“为人生”的现实主义文学同“思想感情”或世界观、人生观的关系如此密切，所以文研会特别重视新文学与新思潮的结合。

早在“五四”文学革命初期，一些提倡现实主义文学的先驱，就主张以新文学来宣传人道主义或表现带有空想社会主义色彩的新村主义或导以平民主义精神，初步地意识到新文学应该与民主主义新思潮结合，作家反映现实人生应该以民主主义或人道主义作为现实主义文学的思想基础，这反映了小资产阶级或资产阶级对新文学思想倾向的要求；稍后李大钊明确地提出为社会人生写实的文学必须以“学理、思想、主义”作根基，虽然还不能说他这里言及的“学理、思想、主义”完全指无产阶级思想体系，但也含有马克思主义思想因素，这是他初步从理论的角度揭示了中国现实主义新文学与先进思想融合的苗头。文研会继承并发扬了“五四”文学革命创立的新文学与新思潮相融合的现实主义传统，更加自觉地主张新文学应作“新思想宣传的急先锋”，更加重视新思想对为人生文学创作的指导作用。正是他们在《文学研究会丛书缘起》中所公开主张的，文

① 瞿世英：《创作与哲学》，《小说月报》1921年7月第12卷，第7号。
② 王统照：《文学观念的进化及文学创作的要点》。

学是“人生的镜子，能够以慈祥和蔼的光明，把人们的一切阶级，一切国种界，一切人我界，都融合在里面，用深沉的人道的心灵，轻轻的把一切隔阂消除掉，唯有他，能够立在混乱屠杀的现世界中，呼唤出人类一体的福音，使得压迫人的阶级，也能深深同情于被压迫的阶级。他是人们的最高精神与情绪的交流的介绍者”①。

虽然文研会大多数会员所宣传或表现的“新思想”或人生观基本上尚未出离资产阶级民主主义思想范畴，但是也必须看到“五四”以后马列主义传播日益广泛，共产主义文化大军日益壮大，越来越明显地影响着指导着新文学朝着“革命文学”的方向发展。因此，文研会的少数会员如王统照、郑振铎、茅盾、沈泽民等所主张的“新思想”已有了朦胧的社会主义因素，特别是茅盾、沈泽民的思想更先进一些，这正是他们的现实主义的新的思想特色。而他们主张文学宣传的新思想所含有的社会主义因素，着重是通过译介苏俄十月革命后的文学体现出来的。

“五四”前后，无产阶级的革命现实主义文学在十月革命胜利后的苏俄文坛上刚刚产生，当时它对中国新文学作者的吸引力远远不如俄罗斯批判现实主义文学，然而它却是具有无限生命力的属于新时代的新型文学。文研会有些会员在大量译介俄国批判现实主义文学的同时，也开始注意苏俄十月革命后的新文学的研究和介绍，试图以此为借鉴来创造中国的新现实主义文学。王统照一方面主张文学要表现抽象的爱与美，心想以此来解答一些社会人生问题；一方面他在研究俄国文学中已认识到，高尔基在苏俄十月革命时代所创造的具有无产阶级思想倾向的革命现实主义文学和批判现实主义所宣扬的“仁爱”等人道主义的文学，是“迥乎不同”的两种性质的文学。高尔基的作品不但具有勇敢的前进的生命，并且他所写的下层人物富有粗野及反抗的性格，“以此代替了仁爱，礼让，谦逊中那些生活的分析”，开拓了“俄罗斯散文文学的一个新时代”②。这表明王统照已朦胧地意识到由于文学表现的思想倾向不同而革命现实主义和批判现实主义就有了差异。郑振铎一方面热衷于人道主义宣传，一方面在翻译俄国文学中已看到苏俄文学具有了社会主义思想倾向。茅盾在强调创作的最大责任是向人民大众宣传新理想新信仰（比较朦胧的提法）的同时，积极译介苏俄十月革命后的文学，他认为革命诗人布洛克的《十二个》是“最有力的革命

① 《文学研究会丛书缘起》（1921年），《中国现代出版史料》甲编。

② 王统照：《俄罗斯文学的片面》。

诗”,它是“憎恨旧世界,憎恨懒的有产阶级”的丰碑,是“颂赞劳农俄国革命精神的祝词”①,这是从思想倾向上指明了革命现实主义文学的重要特征。沈泽民在1922年通过翻译“新俄艺术”来研究无产阶级文学的“面目”②,说明只有革命思想的人才能创造革命文学。这些先进的见解虽然在文研会的为人生文学主张中并不占主导地位,但却展示出现实主义新文学发展的必然趋向。

由于文研会在理论上提倡新文学应宣传新思想,要求会员以某一种人生观来解释人生的复杂问题,因此在他们初期的文学作品中(主要是小说)有着强烈的理性色彩。且不说前面提到的冰心、叶绍钧、王统照的企图解答人生是什么的为人生的一些小说,借着对人生问题的描写宣扬了自己的人生观或爱的哲学,存在着明显的理性色彩(当然也有“观念化”的缺点);就拿许地山来说,他写的《命命鸟》、《商人妇》、《换巢鸾凤》等,虽然透过对不幸爱情的描写,对黑暗的现实人生作了一定的揭露,但却是“穿了恋爱的外衣而表示了作者的宇宙观和人生观”③,即带有浓厚的宗教味;孙俍工的小说如《命运》、《海的渴慕者》等,以理智的光来探索宇宙人生,以“安那其思想”的说教者的姿态出现在作品中,致使《海的渴慕者》的主人公在一定程度上成了无政府主义的艺术传声筒。但也应指出并不是所有的文学作品在表现新思想方面都存在或轻或重的“观念化”倾向。茅盾曾称赞虽未参加文研会却在《小说月报》、《文学周报》上发表作品的利民的《三天劳工底自述》、王恩玷的《偏枯》等小说,在当时流行着“作品中间装进一套新思想的议论”的风气里,并不空发议论,而能把“提出的问题”“表现的新思想”加以“艺术形象化”,写得很亲切很生动。它们成了以严谨的写实手法按照艺术规律反映人生并含蓄地表现新思想的“奇货”④,是“五四”低潮期真实描写人民大众人生的现实主义文学珍品。

文研会在为人生的现实主义文学如何同新思想相融合的探索中,不论在理论上或创作上所作出的努力,都程度不同地丰富了“五四”新文学的战斗传统,并随着新文学运动的深入发展更加发扬光大。

四

文研会是抱着“表现人生,指导人生”的功利目的踏入文学领域,可以说它

① 《海外文坛消息》,1922年1月《小说月报》第13卷第1号。

② 《新俄艺术的趋势》(译者附记),《小说月报》)1922年8月第13卷,第8号。

③ 《中国新文学大系·小说一集导言》。

④ 《中国新文学大系,小说一集导言》。

是二十年代初涌现出的众多的文学社团中最重视新文学社会职能的一个文学流派。当然,文研会的会员对文学有无功利目的在看法上也并不完全一致。周作人这时由功利论者退到无功利论者,“只想表现凡庸的自己的一部分,此外并无别的目的”,王统照早期也曾受过唯美主义的影响,对唯美主义者夏芝宣扬美与爱的作品比较赞赏,并认为“创作欲在‘愤而启,悱而发’的时候,一切的功利论,目的论,在作者的心头眼底,一扫而空”①,意思是说作家创作欲旺盛的时候就忘记了文学的功利性和日的性,但他并没有变为一个非功利论者,而是逐步确立了进步的社会功利观。

文研会大多数会员是从文学与人生、文学与时代、文学与思想、创作与人生观等关系中,初步认识到文学作品是真善美的统一体,因而他们并不把“美”作为文学的唯一价值,也不把艺术作为全部目的,深刻地认识到文学的社会功利目的、社会实用价值更为重要。

不过,重视文学的社会职能,并不始于文学研究会。早在晚清时代改良派梁启超,便从“欧洲各国变革”和批判现实主义文学中受到启示,强调小说艺术在资产阶级改良主义运动中所具有的政治价值以及在改良社会中的巨大功能,但是他把文学的社会职能扩大化、过分化;五四文学革命初期,先驱者们提倡现实主义文学,不仅注意到文学能起宣传新思潮的启蒙作用,而且也看到苏俄十月革命的胜利与俄国批判现实主义文学的教育启示有关;文学革命主将鲁迅更明确地认识到艺术的目的不只是为了自身,应当成为改良人生、改造社会的器具,后来他回忆那时创作小说,每一篇都是“有所为”而发,“是在用改革社会的器械”②。文研会多数会员的文学社会功利观,可以说是自觉或不自觉批判地吸取了梁启超为代表的改良主义文学功利观的合理成分,排除其过分“重功利”“重政治”的庸俗功利主义,继承和发展了“五四”文学革命先驱们的进步的文学社会功利观;同时也深深受到欧洲现实主义文学的社会功利的影响。王统照称赞英国现实主义作家高尔斯华绥的作品几乎全是为平民的,痛快淋漓地揭露和抨击了资本主义社会上“恶劣、虚伪偏颇的礼教,法律,制度”,具有深刻的“嘲讽”③力量;不过他们大多是从俄国现实主义文学和被损害民族的文学受到深刻启示,以确立其为人生文学的社会功利观。《小说月报》的“被损害民族的文学

---

① 王统照:《文学批评的我见》,1923年6月11日《晨报副刊·文学旬刊》。

② 鲁迅:《且介亭杂文二集·中国新文学火系小说二集序》。

③ 王统照:《商士倭绥传略》,《戏剧》1921年2月第1卷,第1期。

号”引言中，充分肯定被损害民族的文学的社会效果：“他们中被损害而向下的灵魂感动我们，因为我们自己亦悲伤我们同是不合理的传统思想与制度的牺牲者；他们中被损害而仍旧向上的灵魂更感动我们，因为由此我们更确信人性的砂砾里有精金，更确信前途的黑暗背后就是光明！”[①]由于文研会的大部分会员当时站在世界上一切被损害被压迫民族的立场上，从革命民主主义要求出发，来认识和强调文学的社会功利，所以对世界上被损害民族的文学的功利价值尤为推崇，旨在利用和发挥被压迫民族文学的社会功能和思想价值，以唤醒中华民族的反抗意识和争取独立自由的觉悟。这就使他们的文学功利观带上反侵略、反强暴、主持正义、同情弱小、渴求平等的战斗的民主的色彩。

诚然，文研会大部分会员一开始便接受了现实主义的朴素唯物论的美学功利观，使他们在对为人生文学的广阔的社会功利要求中透露出一点笼统的人性论，但是从总体来考察他们对文学的社会功利要求又不完全是抽象的、超时代的超阶级的，而明显地带有时代的阶级的社会功利价值的印痕，他们认定任何文学艺术都不能超越社会功利规律的制约。特别应提及的是，1922 年左右茅盾在强调新文学的多种功能中，已初步肯定了文学的政治功能，批判了那些醉心于艺术独立的人们“要把带政治意味和社会色彩的作品都摒出艺术之宫的门外”的妄想，以世界文学发展的可靠史实说明了文学在阶级社会、革命时代无法超越政治，它必然具有政治的功利目的，“中国将兴的新文学”也必定带有革命的功利目的；但是他也认识到并非所有时代所有国家的所有文学，都要成为宣传革命的工具，都要作为政治斗争的武器，他主要从“政治社会”这样特定的历史环境“对于作家有极大的影响”的角度，指明进步的或革命的文学必然“带些政治意味”[②]，谁也不能强令文学脱离本身的艺术价值或脱离时代的具体社会环境，去充当政治的附属工具（文学可以成为革命的工具，不过它是一种特殊工具）。茅盾对文学革命功利的认识超越了文研会一般的认识水平，呈现出崭新的思想特色，它对于文研会的为人生文学朝着革命功利主义的方向发展无疑可以起到引导作用。

文研会的进步的功利论，不仅指导了大多数会员的创作实践，并为中国现实主义文学中的进步或革命的功利主义传统的建立作出了重要贡献。

---

① 1921 年 10 月《小说月报》第 12 卷，第 10 号。

② 茅盾：《文学与政治社会》，《小说月报》1922 年 9 月第 13 卷，第 9 号。

五

文研会的多数会员是五四文学革命的弄潮儿，差不多都受到西方各种各样文艺思潮的影响和熏陶，并结合中国的历史特点和新文学的发展现状加以批判吸收，形成了适合为人生文学需要的现实主义创作方法。

把文学的真实性作为文学的最高品格，虽然是批判现实主义和自然主义的共同点，但它们也有不同点，这主要表现在对细节真实的理解及对生活真实和艺术真实、生活事实和生活真实之间关系的处理上。文研会主要成员的真实论，就其理论渊源来看，主要来自批判现实主义和自然主义，也吸取了浪漫主义强调率真地表现内心情感的见解；不过他们各有侧重和偏好。茅盾更多地批判接受了自然主义和批判现实主义的真实论（当然有时他也分不清两者的界限），着重强调客观真实性；叶绍钧主要汲取了俄国批判现实主义大家陀思妥耶夫斯基的既注重表面事实的真实更重视内面的真实；王统照既接受了批判现实主义真实论的影响又受到浪漫主义表现内心真实的影响；朱自清和冰心更多地接受了主情派的真实论，不过他们所强调的重点也有差异，朱自清认为描写自我的“自叙传”最真实，冰心注重表现自我内心感受的真实，只有写出自己的个性来才算真实。这样就形成了文研会独具色彩的真实观。

其一，主张外相的真与内在的真统一起来。当时文坛有的新文学作品“专写事情的外相，而不能表现内在的真际”，因此他们要求作家必须注意取材的精当，“表现一切的内在的真际”①；一个真正的现实主义作家“就不会把生活的平凡的照相表现给我们，而会把比现实本身更完全、更动人、更确切的图景表现给我们”②，即真正透过表相的真实描写来显示内在的真实。

其二，主张客观的真实与感情的真挚相统一，而客观的真实是第一性的。如果说强调客观的真实是过去一切时代的现实主义（或自然主义）的基本特征，那么强调感情的真实却并非现实主义的重要特点，浪漫主义倒是“一种以抒情为主导的文学”③。前期创造社的郭沫若、郁达夫都曾多次强调过作品中所表现的感情一定要自然、率真、真挚；但是现实主义所要求的感情真挚不同于浪漫主义的是，它不只局限于作者主体感情的表现要真实，而且客体感情的表现也要

---

① 叶绍钧：《创作的要素》，《小说月报》1921 年 7 月第 12 卷，第 7 号。

② 莫泊桑：《小说》，《欧美古典作家论现实主义和浪漫主义》（二）。

③ 朗松：《法国文学史》第六部分第二卷第二章第一节。

真实。自然主义者左拉曾说“小说家最高的品格就是真实感”，而他认为的“真实感就是如实地感受自然，如实地表现自然”；[①]茅盾虽然曾提倡过自然主义，但他的认识并未停留在此。他不仅指出客观实在的真实是为人生文学的第一性“写真”，而且也强调作家反映在作品里的主观情感也要“真挚”，但这种真挚的感情“一定是属于民众，属于全人类的，而不是作者个人的”[②]，这又同浪漫主义只强调表现自我感情的真挚相区别；同时他也要求作品中所描写的客体对象的感情必须是真实的，唯有这样的文学才是“真的文学”。王世英女士曾主张“一篇小说的可贵不在实，在事实底描写可以动人”，最好就平常生活中取材而“有至情至理发现出来”[③]，既要写出生活的客观真实也要写出主观感情的真实；叶绍钧要求文学作品所写的“合于事理的真际”或者“本于内心”的感情，要“求诚”。看来强调主客观真实的统一是文研会大部分会员的共见，只是所注视的侧重点不同。

其三，主张文学家既要有真情实感也要有独特的个性，并把自己的个性与描绘的人与事的个性融在一起，实质上这已触及到文学的典型性。当时文坛上出现些新人新作，存有雷同化、模式化、公式化的毛病；鸳鸯蝴蝶派的小说从主导倾向看不仅思想消极，而且艺术上也很粗劣，那种陈陈相因、千篇一律的弊病尤为严重。针对这种现状，文研会有些会员特别强调文学的典型性和个性化。庐隐尖锐地指出：“足称创作的作品，唯一不可缺的就是个性”，而作品的个性又与作家的个性气质联系在一起。“因个性的不同，所以甲乙二人同时观察一件事物，其所得的结果必各据一面，对于其所得的某点，发生了强烈的联想，和热情，逐渐形成一种文艺”，这种文艺才是真实动人的创作。由于全世界没有两粒沙两个苍蝇、两只手或两只鼻子是绝对相同的，所以文学创作“一定要我们用几句就把一个人或一件事表现得特点分明，并和同类的其他人，其他事有所不同”。唯有把人和事的普遍真和特殊真（即个性真）统一于文学作品中方能具有真实感和典型性。茅盾也强调过，文学“一方要表现全体人生的真的普遍性，一方也要表现各个人生的真的特殊性”[④]，如果在作品中能使普遍的真（共性）和特殊的真（个性）达到高度结合，那才“会美”才“算善”，这就把真善美和谐地统

① 莫泊桑：《小说》，《欧美古典作家论现实主义和浪漫主义》（二）。

② 茅盾：《自然主义与中国近代小说》，《小说月报》1922 年 7 月第 13 卷，第 7 号。

③ 王世英：《怎样去创作》，《小说月报》1921 年 7 月第 12 卷，第 7 号。

④ 庐隐：《创作的我见》，《小说月报》1921 年 7 月第 12 卷，第 7 号。

一起来。文研会这种带辩证唯物论色彩的真实观，在“五四”以后的文坛上实在是新颖独到。

欲创造具有真实感的独创性的文学，应该把实地观察和主观想象有机地联系起来，作为创作过程的两个相互关联的重要环节，这是文研会新现实主义创作方法的又一特征。王统照认为“丰富的想象，深锐的观察，与高超的思想”①是为人生文学的根本要素；茅盾指出“创作文学时不可缺的，是观察的能力与想象的能力，两者偏一不可”②。这都是在强调观察与想象在现实主义创作中的重要性和必要性。

西欧自然主义者特别重视“实地观察”，并把它视为自然主义的两种法宝之一，但是他们很少提及“想象”在创作中的作用。茅盾汲取了左拉自然主义注重实地观察和崇尚实际的唯物主义思想，反复说明“实地观察”不仅能医治中国旧文学历来相因的“面壁空想”的痼疾，而且也能克服新文学机械模仿或雷同化的毛病；但他并不赞成自然主义者用生物学的观点去观察一切社会现象，把人看成只有动物本能、消极地被环境和遗传决定着的动物，反对自然主义那种“一群活着的人绝对地服从物理的和化学的规律，这些规律对于活着的人一如对于没有生命的物体同样是起作用”③的机械的定命论，指斥自然主义只观察现实人生的“惨景”而不能通过想象去揭示人生光明，的缺陷。因此，他主张以“科学眼光去体察人生的各方面”，透过想象力去发现人生的“哲意”，并号召作家亲身“到民间去”④观察体验，然后方能创造出真正的现实主义文学。俞平伯比茅盾提得更尖锐一些：“谁愿意做平民的文学，谁先得去生活着平民的生活，不要在花园中尽看着他们冷笑”；“所谓到民间去，并不只是观察游说，是要去生活着，若不能把自己投进民间的生活去，而想为文学开一新疆土，终久只是一个好梦”⑤。可以说，这为进步的或革命的作家深入农村生活、观察体验民间疾苦展示了一条正确路径。

与此同时，他们又采纳了浪漫主义的主观想象，把实地观察同主观想象作为新现实主义创作方法两个相互为用的环节；不过现实主义的主观想象和浪漫主义的主观想象的地位和作用有所不同。浪漫主义由于是一种以抒情为主导

① 王统照：《对于“创作”者的两种希望》，1923 年 12 月 1 日《晨报副刊·文学旬刊》。
② 茅盾：《新文学研究者的责任与努力》，《小说月报》1921 年 2 月第 12 卷，第 2 号。
③ 王道乾译：《左拉》，平明出版社 1955 年版，第 59 页。
④ 茅盾：《评四五六月的创作》，《小说月报》1921 年 8 月第 12 卷，第 8 号。
⑤ 《文艺杂论》。

的文学，所以"想象"在浪漫派作家的形象思维过程中占有极为重要的地位，对浪漫主义"小说家的赞词莫过于说：'他有想象'"；而对于现实主义来说，"想象不再是小说家最主要的品质"①，它只是把想象作为创作构思过程中的一环。王统照认为，"想象在文学中是必要的，因为文学作品不一定全有其事"，"必须加想象的组织，方能成一篇完美的作品"。茅盾不仅把想象和观察结合起来作为新现实主义创作的法宝之一，并且吸取了自然主义的另一件法宝，即"客观的描写"，作为新现实主义的重要描写方法。所谓"客观的描写"，别林斯基认为"诗人所创造的一切人物形象对于他应该是一种完全外在他的对象，作者的任务就在于把这个对象表现得尽可能忠实，和它一致，这叫做客观的描写"②。茅盾力倡的"客观的描写"，虽然他说过"丝毫不掺入主观的心理"，带一点客观主义倾向，但总的来看他对客观描写却提出了新的要求：即必须从观察体验过的客观事实出发，忠实地全面地描写人生，真实地反映生活的本来样子，反对旧小说那种"记账式"地一笔不漏地抄录平庸琐碎的日常生活，把文学创作当成记账似的生活"报告"。这说明他主张的客观描写已达到现实主义高度。

文研会的新现实主义创作方法并不是单一成分，而是摄取了旧现实主义、自然主义、浪漫主义、新浪漫主义的合理因素，由多种成分融合而成，但主体却是现实主义的，其它创作方法的优长只是被吸收过来，补充了过去时代的旧现实主义的缺欠，致使文研会的现实主义创作方法具有新的特色。特别在新文学创作实践中体现出的创作倾向更为复杂些，现实主义创作方法并不是僵固不变的，各种创作方法也不是完全绝缘的，它们在新的生活现实中总是不断地充实自己或彼此相互渗透。如果说"五四"前后新文学创作倾向主要体现了浪漫主义和现实主义两大文艺主潮的影响，那么随着新文学运动的深入发展，新现实主义创作方法则日臻成熟，并逐步取得了优势地位，成了中国现代文学的极为宝贵的美学传统。

鸳鸯蝴蝶派小说观新探

卢卡契在《健康的艺术还是病态的艺术》一文中指出："文学史和艺术史是座广袤的公墓，在那里许许多多的艺术才子安息在理所当然的遗忘之中，这是

① 左拉：《论小说》，《欧美古典作家论现实主义和浪漫主义》(二)第215页。
② 《别林斯基全集》第3卷，第419页。

因为他们的才能没有寻求和没有找到与人类前进课题的联系，这是因为他们在人类处于健康和腐败之间的生存斗争中没有站到正确这一方面上来。”在中国近现代文学史上，鸳鸯蝴蝶派（以下简称鸳派）是个庞杂的文学派别，其中有些“艺术才子”始终没有找到与人类前进课题的联系，有些最终找到了与人类前进课题的联系，对他们特别是后者，我们不应该遗忘，必须本着实事求是的科学态度对其文学理论主张和创作实践给以公正的评价。本文拟就鸳派的小说观做些探索。

不少批评者常常根据《〈礼拜六〉出版赘言》，判定鸳派把文学作为一种纯粹的享乐，纯粹的消遣；“买笑耗金钱，觅醉碍卫生，顾曲苦喧嚣，不若读小说之省俭而安乐也，且买笑觅醉顾曲，其为乐转瞬即逝，不能继续以至明日也。读小说则以小银元一枚，换得新奇小说数十篇，游倦归斋，挑灯展卷，或与良友抵掌评论，或伴爱妻并肩互读，意兴稍阑，则以其余留于明日读之，晴曦照窗，花香入坐，一编在手，万虑都忘，劳瘁一周，安闲此日，不亦快哉！”因此沈雁冰斥责鸳派“思想上的一个最大的错误，就是游戏的消遣的金钱主义的文学观念”[①]。这些判断或批评指出了鸳派小说观的消极性；也的确有些作家“把文学看作消遣品，看作游戏之事，看作载道之器，或竟作为牟利的商品”[②]，甚至有些刊物总是唱着“醉呀”“美呀”的陈腔滥调，竭力鼓吹文学的超功利论，否定小说表现人生、批评人生、改良人生的社会功能。问题的复杂性恰恰在于，当我们批判了鸳派小说观的不容置疑的局限性或消极性的时候，往往会发现这种批判带有一定的片面性，虽然不能说是以偏概全，但至少是对鸳派小说观缺乏全面的把握和动态的考察。只要我们不固守传统的思维定势，不迷信某些习惯的权威性结论，能够以自己的眼力审视或浏览一下鸳派留下的小说理论遗产，那就可以发掘出一些颇有价值的见解，确信鸳派小说观并不完全是消极的，尚有可取之处。

诞生于清末民初的鸳派文学，到了五四时期因受到新思潮的冲击，竟以进化的文学史观从纵向上考察了中国文学变迁之规律，从而提倡通俗的白话小说。《小说画报》“短引”指出：文学进化之轨道由古语之文学变而为俗语之文学。中国先秦之文，多用俗语；观于楚辞墨庄方言杂出，可以证也。自宋而后，文学界一大革命，即俗话文学之崛然特起，其一为儒家禅家之语录，其二即小说也。由于“小说以白话为正宗，本杂志全用白话体，取其雅俗共赏，凡闺秀学生

① 沈雁冰：《自然主义与中国现代小说》，《小说月报》1922年7月第13卷，第7号。

② 沈雁冰：《自然主义与中国现代小说》，《小说月报》1922年7月第13卷，第7号。

商界工人,无不成宜";因此他们并不满意那种"骈四俪六的文字,读的时候,礫格不入"的小说,主张"务须清爽明白,使人易解",而那些"终脱不了'郎乎'、'吾之爱妻乎'几个刻板文章,只好骗骗那看不懂小说的"①。对当时那些带有欧化倾向的小说,他们也不满意,并指出"近时研究新文化者,多喜用欧语的文法入小说,非但译者为然,即创作者亦复尔尔;在习欧文者视之,固觉新颖可喜,而自未习欧文者视之,则苦于不能了了"。因此他们主张"欧语的文法入小说,亦可备一格,不可斥为奇谬,亦不能奉为常例;盖欲求多数人之了解,则此类著作,实势有所未能也"②。鸳派虽然只是从语言上指出五四文学革命所产生的现代新小说存在的弊病,尚未从本质上认清现代新小说同旧小说的根本区别,但是应当承认"喜用欧语的文法入小说",实在是新文学初创期的偏向;可取的是对这种偏向鸳派并没有采取简单的否定和粗暴的斥责,而是从"多数人"能否接受的角度作了具体分析,并承认这种探索"可备一格"。特别是建立在进化文学史观之上的白话小说主张,同五四时期新文学倡导者的理论主张不无相通之点。文学进化思想是文学革命兴起和发展的重要理论支柱,是新文学倡导者心目中较有威权的文学观念。胡适依据"一时代有一时代之文学"的进化史观,提出了一整套白话文学主张,刘半农直言不讳地指出"吾辈主张之白话新文学,依进化之程序言之";罗家伦根据"历史的进化,文学随语言而变迁,语言亦随文学而变迁"的观点,积极提倡创造白话文学。鸳派作家受到新思潮的影响尽管没有像新文学倡导者以全新的文学观出现在中国文坛上,但其文学思想毕竟注入了新的因素,至少在小说语言的革新上有了明智的见解。

批评界指斥最多的是鸳派小说的功能观。鸳派有些作家的确把文学的消遣性或趣味性当成唯一的或重要的职能,而抹煞或否定了小说的社会功能。说什么"《游戏世界》是诸君排闷消愁的一条玫瑰之路。……诸君吓,快到这开放的玫瑰之路上来,寻点新趣味回去。"③这是过分地强调了小说的消遣性和趣味性,走到一个极端。但是在我们批判这种"极端"的同时,也必须承认文学自身是有消遣功能的。文学的消遣性和娱乐性实质上是艺术与游戏的关系。历史唯物主义美学否认艺术起源于游戏的说法,却承认艺术也是一种游戏,一种有意义的游戏。普列汉诺夫曾指出:"在车尔尼雪夫斯基看来,'游戏'的概念就等

① 《星期·"小说杂谈"栏》《星期》1922年第27期。

② 马二先生:《谈小说》,《红》1922年第12期。

③ 《玫瑰之路》,《星期》1922年第28号。

于‘无意思的消遣’的概念。但完全不是这样。实际上,游戏只有在一定的条件下才成为无意思的消遣。”①推而论之,“消遣”也有“有意思”和“无意思”之分。可见,对文学的消遣性不能一概否定,必须对“条件”进行分析;具体来说,“有意思的消遣”是有益于人们的精神活动及其所致力的社会活动,“无意思的消遣”则有损于人们的思想健全及其所从事的社会工作。从这个特定的意义上讲,鸳派所强调的小说艺术的消遣功能不无一点理论价值。然而,他们的小说创作所产生的社会审美效应却是极为复杂的,究竟是“有意思的消遣”还是“无意思的消遣”,这就要靠唯物辩证法具体分析了。当我们对鸳派小说功能观进行宏观考察时,便进一步发现他们早期的小说理论尽管过多地注重文学的娱乐性或消遣性,但随着历史的推移和时代的发展,他们却还是对小说的功能进行了多角度的探讨,提出了一些有意义的见解。

在鸳派竭力鼓吹小说的消遣作用时,似乎并没有完全沉睡在“醉呀”“美呀”的艺术王国里,而能够意识到小说的教育功能。马克思曾深刻地分析人的生产与动物的生产的本质区别,在于人“懂得按照任何物种的尺度来进行生产,并且随时地都能用内在固有的尺度来衡量对象;所以,人也按照美的规律来塑造物体。”②作家总是遵循美的规律进行艺术生产,所以文学作品的认识作用和教育作用只有通过文艺的审美作用才能达到,但审美作用即美感价值并非文艺的全部目的。鸳派不仅认识不清文学的教育、认识、审美三者功能的辩证关系,而且由于过分注重文艺的娱乐性和消遣性而导致其非功利或超功利的艺术倾向;尽管如此,然而他们对文艺教育功能的尊重也是不容忽视的史实。1913 年创刊的《游戏杂志》“序”指出:本杂志搜集众长,独标一格,冀藉淳于微讽,呼醒当世。顾此,虽各属游戏,岂得以游戏目之哉?并仿照《捕蛇者说》、《卖柑者言》的笔锋,“莫不借游戏之词,滑稽之说,以针砭乎世俗,规箴乎奸邪也”。可以说,这是公开申明文艺应寓教育于娱乐之中,要寓讽刺规劝于游戏之中。1914 年创办的《中华小说界》结合当时腐败黑暗的社会现实和时代的需要,在“发刊词”中明确地宣布:“小说界于教育中为特别队,于文学中为娱乐品,促文明之增进,深性情之戟刺,抗心义侠,要离之断头何辞,矢志国难”。这是强调小说的激发人们反抗意识和爱国热情的教育作用;正因为小说具有如此大的教育作用,所以在改造旧社会的斗争中应尽职尽能,即“祛社会之习染也。穿耳缠足,有妨

① 《普列汉诺夫哲学著作选集》第 4 卷,第 362 页。

② 马克思:《1844 年经济学—哲学手稿》第 51 页。

体育;迎神赛会,浪掷金钱;谈星相则妄邀天幸;虐奴婢则无人理;尔虞我诈,信誓皆虚;积垢丛污,卫生不讲;凡兹恶点,相习成风。小说界以罕譬曲喻之文,作默化潜移之具,冀以挽回末俗,输荡新机。"它对小说社会功能的估价显然受到梁启超文学功能观的影响,但对鸳派来说这样的重视小说的社会作用却是难得的。1915 年出版的《小说大观》"例言"中也清楚地申明,"所载小说,均选择精严,宗旨纯正,有益于社会,有功于道德之作,无时下浮薄狂荡诲盗导淫之风"。范烟桥于 1932 年写的《不惜珊瑚持与人》一文,联系当时抗日救亡运动日趋高涨的时势,强调"以美的文艺,发挥奋斗精神,激励爱国的情绪"。以上所引见解并不完全正确,也失之笼统模糊,但是有一点必须肯定,即鸳派对小说的教育作用和社会功利还是注意的。此其一。小说艺术的教育功能往往同认识功能紧紧地联系在一起,它们都是通过美感作用实现的。鸳派认识到,小说者,可称之曰现在世界之调查录,地心海地,涌奇境于灵台,磁电声光,寄遐想于哲理,精华宣泄,知末日之必届,文物发展,冀瀛海之大同①。这说明小说具有认识功能,即好的小说不仅能使读者认识宇宙之奇观及其变化规律,也能使人们感悟社会的发展必将是"大同"世界。小说不只是可以提高人们认识世界认识社会的能力,而且可以丰富人们的智慧,增进人们的知识,陶冶人们的性情。即理想小说能启人智识,言情小说能怡人心情,侦探小说能引人警思,社会小说能导人迷惘,滑稽小说能发人志趣②。不同性质的小说具有不同的认识作用,程小青认为侦探小说同其他小说相比更富有"智"的功能价值。这是因为"侦探小说的质料,侧重于科学化的,可以扩展人们的理智,培养人们的观察,又可增进人们的社会经验。所以若把'功利'二字,加在侦探小说身上,似乎还担当得起。"③此其二。一件艺术品,只有当它把作者内心中激荡的感情传达给听众的时候,它才能产生最大的效果,才能由此引起听众内心情感的激荡;不过这种"情感发泄"不能只理解为创作主体的自我表现,它主要是"艺术家所认识到的人类普遍情感"④。小说艺术唯有达到作家的主观情感与蕴含于作品内的"客观"情感的融合,才能具有强烈的感人力量,小说的教育功能和认识功能才能借此得以充分发挥。鸳派作家对于小说这种感人的功能是十分重视的。因为他们认识到小

---

① 《〈中华小说界〉发刊词》,1914 年《中华小说界》第 1 期。

② 《星期·"小说杂谈"栏》,1923 年《星期》第 29 期。

③ 《谈侦探小说》,1929 年《红玫瑰》第 5 卷,第 12 期。

④ 朗格:《情感与形式》第 9－10 页。

说审美实体内“有作者的充分的感情蕴蓄着，深刻的笔墨渲染着，自然是有刺激的可能，读者受到了此种刺激，它的感情上面自然也要有被动的冲动引起，无形之中，其感情就为小说所左右了。小说既能左右读者的感情，可见小说感人之深了。由此，我们可以知道，小说是有‘感人’的功能。”小说能够左右读者的感人力量，主要体现为：第一种力量，是以热烈的感情和深刻的笔墨，描写一个人物或者一件事实，使读者感情上随着这篇小说而冲动，而受到重大的刺激，或者因而叹息，或者因而愤慨，或者因而痛恨，或者因而流泪，第二种力量，是以轻灵的思想和优美的文笔，描写一个人物或者一件事实，使读者受了作品的诱惑而沉醉而迷恋，把读者的精神和注意力，都一一吸收过来，使他不知有己，不知有人，只是沉浸在这篇小说里面①。此其三。随着历史的发展，鸳派中的开明之士逐步认识到小说艺术不仅是情感的产物，更重要的是时代的镜子，所以“映射时代”应是小说的重要职能。徐国桢在《小说学杂论》中表述得十分清楚。他认为一个时代的小说足以代表一时代的现状，凡是一个时代的社会现象，民群思想，政治状况，都可以在这一个时代的小说中窥其大概。一般小说作者撰制小说，总是采取时代的材料为多，因为他自己是社会里的人，对于现实社会当然有所感触，动笔做起来，自然也大都是现实社会的背景无疑了。同历史相比，历史著述只能记一个时代现状的粗枝大叶；小说则不然，它是作者的思想的不自觉的流露，而且所表现者能够更进一层，兼及民间的一切，在看历史著述所不能推察得的一个时代的某项景况，或者竟可毫不费力地在这一时代的小说中推察及之，这就是小说的具有映射时代的特殊功能。正因为小说具有映射时代的职能，致使它的教育作用、认识作用以及感人力量才能适应时代发展的需要，才能转化为推动历史前进的助力。此其四。鸳派对小说艺术多种功能的探讨，足以说明其文学功能观并非像历来文学批评者所指斥得那样简单那样消极。

小说艺术的多元功能都不是外加的，而是源于小说的审美本体。因此鸳派作家对小说自身的内涵和形式从理论上也作了研究，提出一些有意义的审美要求：一是小说的描写要切合人生，“意思要好”。他们认为，善作小说者，街头巷尾之所闻，皆足取为资料，在描写之得法耳。若必搜求神奇事迹，终年不可一二觏，势将无从着笔矣。且其神奇事迹，不切合人生，无描写之必要。“余以为人生最切近者，为家庭琐碎，层出不穷，大足供小说家之描写”②。实际上，这是把

① 徐国桢：《小说学杂论》1929《红玫瑰》第5卷。

② 《星期·“小说杂谈”栏》，1923年《星期》第40期。

真实地描写人生作为小说的美学追求，而对那些远离人生的并非真实的“神奇事迹”是持排斥态度的。二是小说的取材要严，不能拘泥于事实。因为小说的材料，和普通文章的材料，略有不同。普通文章的材料，大致趋重于事实，只要有一个可以写作的事实，就是了；小说的材料，就没有这样的简单，虽然也逃不过要一些写作的事实的例子，然而决不是有了材料就可以做成小说的。因为小说的特点，不像普通记叙文一般的偏重于事实的传达，它是文学上的一种艺术，最大的目的，是在表现出文学上的艺术来，所谓事实者，不过是依以表现的一种凭借罢了，是处在客的地位，不是站在主的地位的，因了这一层，所以小说的材料，就和普通文章的材料，略有不同了①。虽然有些论述并不十分准确，但它已触及到并初步揭示了生活真实和艺术真实、主观与客观的辩证关系。三是小说要有丰富的思想和热烈的感情，决不能单靠材料的堆砌。他们认为，做小说在有了材料之后，更须杂以作者情感上的融合，和思想上的调剂，才能写得出好东西来。因此作者在运笔过程中要有丰富的思想，和热烈的感情，决不能单靠材料，材料在整个的小说作品下分析起来，不过是一种依以表现的副物，最最要紧，却在情感上与思想上面。具体来说，小说的构成材料不论是在直接的或间接的，都以思想情感为灵魂为主脑：直接得到的材料，只是先得到一种可以写作小说的材料，然后必须融入作者的思想与情感方能写成一篇小说；间接得到的材料，是先有一个要写成某种小说的思想，或感情上的某种冲动，然后因了这一思想或情感上的冲动而去找得材料②。四是构成一篇优秀小说，除了要描写真实的人生、表现丰富的思想和热烈的情感外，还要讲究艺术技巧和表现形式；“暗示”则是小说艺术成分中的要质，当然结构也很重要。因为小说是用优美的文笔叙述一桩故事，而在这故事中包含人物、动作、感情、时代等各种要素，更要有一个完善的结构。“换句话说，小说也是人生某些片断的缩影，把这某片断，似画图者写生一般写将出来，是一种文学上的艺术——美的文艺”。因此，一个小说家创制小说，不论其描写的对象，是人或者是物，最要紧的是要有一个精密的结构；同时，在笔下有形或无形——有形指实写，无形指虚写——显露出它的环境如何，动作如何，感情如何；更须有流利的笔墨，深刻的描写，一个适当的题目。“以上是一篇作品成功的要质，假使毕备了之后，尚有一种必不可缺的要素，就是这一篇作品的暗示，一个为什么要做这篇小说的暗示。做小说不难，要

①② 徐国桢：《小说学杂论》，《红玫瑰》1929 年第 5 卷。

使这暗示深切地中入读者心坎之中，才是难事。必须有了这深切的暗示，而一篇小说才确具真正价值。"[①]所谓"暗示"，主要指作品的象征意蕴，它是潜藏在作品的具体内容中的某种人生精义或人性最隐秘最深刻的秘密，也是作者所表现的深刻的人生思考，是一种具有高度概括性的人生感受；它是一篇小说的灵魂所在，是最高的审美层次。但这种暗示性的象征意蕴并不玄虚神秘，它是有所依托和形迹的——依托就是事物的特征表现，形迹则是从这种特征抽象出来的核心观念。五是重视改良古代小说的章回体、传奇体、弹词体，废弃短篇小说的杂记式、笔记式，采取近代的长篇或短篇小说体。这是因为"近代的长篇或短篇小说，完全推翻了以前种种旧观念，而另从新的环境中，创造出以前所未有的新生命来"。尽管相当多的鸳派小说家沿用着章回体，但也有些作家致力于小说体裁的改良，有的并从理论上认识到：比起章回体来，近代的长篇小说体灵活得多，分章叙述也好，不分章叙述也好，每章加一标题也好，不加标题也好，只要其结构、描写等适合于小说艺术就算成功，决没有其他噜哩噜嗦的额外规矩来束缚；大概长篇小说的首要，在乎书中主要人物个性的发挥，某一种人与以某一种姿态语言上的描写，使这人的个性深切地显露出来，令读者得有深切的认识与辨别。至于近代的短篇小说，是截取人生的某片断，加以描写，使读者可以在这某片断之中，窥悉这人生的全部的大概。一个人物的登场，尽可突然的提出，不必说明其来何处，为何要来的种种原由；一件事实的叙述，也尽可从最紧要之处叙起，不必说明其初起时的种种经过和其原因[②]。从比较中抓住了近代长篇和短篇体小说的主要特征，这在一定程度上反映了鸳派小说家对小说形式美的新追求。镜佳在《论有价值小说》（发表于1921年《半月》）一文中，特别指出倒叙体小说总比顺叙体的小说出色；自然派和旧浪漫派小说写一件事或一个人，说他是好的或不好的，都写得淋漓尽致，各趋极端，新浪漫派却要把他们调和在一篇之中，也有好也有歹，只在意中暗示读者这种事情是偏重好的一方面，或歹的一方面，这一层我们做小说最要注意。总之，小说体式应力求切合现代潮流，当然极端欧化者也不可取；描写应以现实社会为背景，务必与眼前的人情风俗相去不甚悬殊；力求通俗化、群众化，常注意"趣味"二字，以能使读者感兴趣为标准，切戒文学趋于恶化和腐化、轻薄和下流[③]。鸳派对小说艺术的见解虽然并

① 徐国桢：《小说学杂论》，《红玫瑰》1929年第5卷。
② 徐国桢：《小说学杂论》，《红玫瑰》1929年第5卷。
③ 赵苕狂：《花前小语》，《红玫瑰》1929年第24期。

不是完全建立在现代意识之上，但它的确受到西方文艺思潮的影响，这不仅使其小说观涂上了一定的现代色彩，而且也使一些作家以西洋小说为参照来写小说。周瘦鹃的小说深受法国嚣俄小说的影响，他称赞嚣俄为法兰西社会小说第一作手，《哀史》、《罪史》诸小说，健笔独扛，刻意为苦社会写照，悲天悯人之念，一发而不可自遏①。

中国进入抗战时期，鸳派大部分作家的思想倾向和艺术追求发生了明显的变化，他们在理论上对文学的关注和探求更值得重视。陈蝶衣于 1942 年发表了《通俗文学运动》一文，明确地指出：面临当前这样的大时代，眼看着一般大众急切地要求着知识的供给，急切地要求着文学作品来安慰和鼓舞他们被日常忙迫的工作弄成了疲倦而枯燥的生活，但因知识所限，使他们不能接受那些陈义高深的古文和旧诗词，也不能接受那些体裁欧化词藻典丽的新文学作品，因此我们要起来倡导通俗文学运动，因为通俗文学兼有新旧文学的优点，而又具备明白晓畅的特质，不但为人人所看得懂，而且足以沟通新旧文学双方的壁垒。正是从抗战时期"大众是需要教育的"功利目的出发，他主张把纯文学与通俗文学即"五四"以来的新文学和鸳派代表的旧文学——各取其所长，避其所短——在新的历史条件融合起来，创造一种适应时代需要的为人民大众喜闻乐见的新的通俗文学。他虽然指出新文学"那种佶屈聱牙的欧化体裁和倒装句法"等缺点造成了新文学作品和大众的隔膜；但是他也充分肯定了新文学的优点，即新文学作品不但在思想意识方面高出于旧文学一筹，而且新文学作家中有几位第一流作家的作品，如鲁迅先生的《呐喊》、《彷徨》，茅盾先生的《幻灭》、《动摇》、《追求》，巴金先生的激流三部曲《家》、《春》、《秋》，都写得很通俗，所拥有的读者量也是极广大的，这些都是值得我们珍视的文苑里的奇葩。欲要创造新的通俗文学，首先就要继承发扬以鲁迅、茅盾、巴金所代表的新文学的优秀传统；其次"通俗文学作者也必须以俗文学为基础，学习老百姓所热烈喜爱的中国气派和中国作风"。这是因为通俗文学和俗文学本是一对很密切的姊妹花，俗文学必须借助通俗文学作者的记录传布，才能使它的流行范围不致局限于一地，通俗文学必须以俗文学为根基，才能深入民众并从而深深抓住民众的心弦。由于提倡通俗文学的目的是要使人人都容易懂得，所以"能创造通俗文学的崭新形式而又能为大众所接受，这当然是求之不得的事"，然而创造为大众所喜爱的新

---

① 周瘦鹃：《说觚》，1926 年印行的《小说丛谈》。

形式谈何容易，这样“旧形式的利用应该是一件很重要的事”。至于如何创造新的通俗小说，他也提出一些具体要求：从形式上说，目前中国传统的章回体小说与西洋体裁小说大有合流的趋向，新通俗小说的体式应取其二者之所长；在内容方面，于目前这样的大时代里，可采取的现实题材非常之多，就是历史上也有不少史实可供采来做新的通俗小说；在描写方面，有几点必须注意：第一不要写得噜哩噜嗦，而要直率，明白晓畅。第二不要从事抽象的公式的叙述，而要写得活泼生动，使人读之不忍释手，这就要采用活生生的形象化的描写。第三必须绝对排除封建腐化神怪迷信色情等类毒素，而灌输合于时代思潮的进步的思想意识。尤为可贵的是，他以为“意识”是通俗小说的灵魂，“作者的意识如果不合乎时代思潮，或者充满了时代落伍的封建意识，则他的文章纵使写得很通俗，对于读者也还是无益有害”。因此通俗小说必须以通俗的文笔在具体形象中表现“正确的意识”，作者决不能用“自己固有的小资产阶级的意识去代替正确的意识”。一言以蔽之，“倡导通俗文学的目的，是想把新旧双方森严的壁垒打通，使新的思想和正确的意识可以借通俗文学而介绍给一般大众读者”。联系抗战时期文艺大众化、民族化的大讨论，自“五四”以来新文学和鸳派文学的发展状况，以及处于大时代中的广大民众对文化知识的渴求，可以清楚地看到提倡通俗文学运动是具有进步意义的，所提出的创造新通俗小说的主张也是有价值的。

鸳派的小说观是一个复杂的理论形态，他们并无共同遵循的文学主张，而且理论和创作实践也并不一致。以上的粗略考察和简括论述只是试图本着求实精神肯定那些在文学史上应该予以公正评价的见解；但这种肯定和评价并不意味着对鸳派小说观消极性的抹煞，这是应该说明的。

后记①

文学流派虽然难以界定和规范，但这也正是吸引众多研究者涉足此领域进行不倦探索的重要原因之一。对新文学流派的研究，我的兴趣始于近几年参与主编过几部新文学史，阅读了一些这方面的研究论著和论文，也涉猎了一些史料和作品，试图把文学流派作为研究对象也作为研究视角，并从而构想出"中国现代文学史"的编写框架，能对那种数十年一贯制的文学史体例有所突破有所创新。在这个学习、思索、探求过程中，我发现文学流派是个极为丰富也极为活跃的审美群体，并且她的胸怀比较宽容，虽然她对审美倾向、艺术风格、美学情趣等有着某些趋同要求，但却可以容纳不同阶级立场、不同政治理想和不同历史观念的成员；将他们或紧或松地联结成一个群体的往往则是这样或那样的情感的思想的或美学的纽带，而这种种纽带常常又同新文学的本质特征和内在的规律性联结在一起。

基于这种发现，我便打算写一部新文学流派的书稿，把自己的所想所感所思所虑表述出来。但真要动笔了，困难就来了，深感自己的识力和功力所限，很难越过已有研究成果达到的水平。如果从一个个文学社团流派入手研究，那已经有了贾植芳先生主编的《中国现代文学社团流派》及近十年发表的大量论文；如果从"史"的角度切入写一部新文学流派发展史，那已经有了严家炎先生著的《中国现代小说流派史》和殷国明同志著的《中国现代文学流派发展史》等。想来想去，缺乏"高招"，只能先给研究生开文学流派选修课，边授课边思考，最后心里形成一个"图谱"。既不对每个文学流派从微观上进行具体考察和详细剖析，也不着眼于"史"的角度对新文学流派演进过程作具体的描述；而是从宏观上选取"形态论"、"思潮论"、"规律论"三个较大的相互联系的研究视角，对二

① 《后记》为山东教育出版社1992年12月第1版所写。此次本书收入文集仍保持原貌不变。

十世纪中国文学流派的发展规律、内部机制、基本特征以及复杂结构等进行深入探讨，力求能作出一些新的理论透视或理论概括，把历史的评判与美学的评判结合起来，把纵向的掘进与横向的联系结合起来，把“点”的深入和“面”的扫描结合起来，使那些纳入研究视野的文学流派或作家作品都能在纵横交叉的坐标点获得综合的分析和整体的把握。因而这种构想就不可避免地遗漏一些文学流派，也割爱了众多有影响的具体作家作品，那些归不进文学流派的作家作品更无法顾及了；即使从文学流派本身来探讨文学规律或审美特征等，也不能进行深入细致的论述和剖析，更不能面面俱到，只能采取粗略简明的笔法，这也许就是本书名曰“论纲”的原由之一。

在本书撰写过程中，对近几年关于文学流派的研究成果有识别也有借鉴，这里一并致意。尤其是殷国明同志的《中国现代文学流派发展史》、李春林同志的《东方意识流文学》等，颇有些独到之见；我指导的研究生张清华(现已留校从事科研)的硕士论文《论中国新诗的象征主义审美意向》也有新意，我删改后将其收入本书。对于青年学者的开拓精神和开放的学术视野，我深表欣慰和敬意。

本书之得以完成和顺利出版，首先应感谢山东教育出版社的大力支持和友好督促；还要感谢山东省教委的资助和朋友们的鼓励。由于水平所限和时间匆促，难免粗疏和误漏，祈请专家和读者指正，不胜感激。

著者　朱德发

于山东师范大学语言文学研究所

1992 年 2 月 20 日

朱德发文集

第四卷

五四文学新论

朱德发 著

山东人民出版社
国家一级出版社 全国百佳图书出版单位

图书在版编目(CIP)数据

朱德发文集:全10册/朱德发著.—济南:山东人民出版社,2014.1
ISBN 978-7-209-07570-1

Ⅰ.①朱… Ⅱ.①朱… Ⅲ.①朱德发—文集 Ⅳ.①I-53

中国版本图书馆CIP数据核字(2013)第304326号

责任编辑:李怀德

朱德发文集(第四卷)
朱德发 著

山东出版传媒股份有限公司
山东人民出版社出版发行
社 址:济南市经九路胜利大街39号 邮 编:250001
网 址:http://www.sd-book.com.cn
发行部:(0531)82098027 82098028
新华书店经销
山东临沂新华印刷物流集团印装

规 格 16开(169mm×239mm)
印 张 19.25
字 数 310千字
版 次 2014年1月第1版
印 次 2014年1月第1次
ISBN 978-7-209-07570-1
定 价 498.00元(共十卷)

目　录

五四文学新论

补遗篇

五四文学新论

朱德发 著

山东文艺出版社

五四文学研究概述(代绪论)

“五四文学”作为特定的历史范畴,它是在古今中外文化剧烈碰撞和激荡交汇中形成的,是中国文学现代化的辉煌开端。由于它的丰富复杂的思想内涵、多姿多彩的艺术风貌、兼容并包的开放胸怀、生气勃勃的青春躯体,所以从它诞生以来吸引着一代代学者和作家,以不同的眼光、态度、标准对它进行审视、评判和研究,似乎有道不尽的“五四神话”,有评不完的“五四学”,每个研究者心目中都有自己的“五四文学”。虽然看法不一、观点相左,甚至争论激烈,众说纷纭,但是要把“研究概况”梳理清楚还是可以做到的。我们试图从运动形态、理论形态、创作形态三大层面对“五四文学研究”进行粗略考察和评述。五四文学研究伴随着中国社会变革的历史步伐走过一条迂回曲折的道路,显示出三个既有联系又有差异的研究阶段:五四至四十年代初为第一阶段,四十年代初至七十年代末为第二阶段,七十年代末至今为第三阶段。以下遵循三个阶段依次考之评之。

一

早在“五四”后期,一些文学先驱者就开始对刚刚发生的文学革命运动予以关注和评论。其中最有影响的是胡适于1922年3月写的《五十年来中国之文学》。①

胡适(1891—1962),学名胡洪骍,字适之,安徽绩溪人。既是五四新文学运动的提倡者,又是现代诗人和著名学者。1910年留学美国,曾师从实用主义哲学家杜威学习哲学,1917年毕业获博士学位,同年7月回国。1917年1月在《新青年》上发表《文学改良刍议》,提倡白话文学运动,标志着五四文学革命的正式开始。1920年3月出版的《尝试集》是我国新文学史上第一部白话诗集,

① 最初刊登在《申报》五十年纪念册内,1924年由《申报》出版了单行本。

1919年3月发表的独幕剧《终身大事》也是较早出现的现代剧本之一。但是随着新文化运动的深入发展和马列主义在中国的传播，胡适仍然坚持资产阶级自由主义立场。1962年病逝于台北。主要著作有《中国哲学史大纲》（上册）、《胡适文存》、《白话文学史》（上）、《胡适论学近著》等。

由于胡适亲自参与倡导文学革命并作了长时间思考，所以在其论文的第十章就从史的角度对1916年以来文学革命的背景和酝酿以及爆发过程加以论述，并明确指出：第一、从汉魏六朝的"乐府"、唐代的白话诗和禅宗的白话散文，直到明清的白话小说，白话文学虽经历了长期的发展过程，但那大抵是一种无意的、随便的国语主张，而民国六年以来的"文学革命"，便是一种有意的主张，而这个有意的主张便是文学革命的特点和成功的原因。第二、根据历史进化的观点，他断言"白话文学"为中国文学之正宗，又为将来必用之利器。第三、初期白话诗的试验，虽然"还不过是刷洗过的文言诗"，还"不能尽量表现白话的长处"，但得到了技术上的训练。第四、1922年"学衡"派的主张是反对文学革命的尾声，这之后"文学革命已过了讨论的时期"，完全进入了"新文学的创造时期"。可见，胡适是坚持文学革命即"白话文学运动"这一观点，并以此为价值尺度又对文学革命创作加以评述。他认为：白话诗可算是上了成功的路了，由于诗体的解放，无论是有韵诗、无韵诗或短诗，都有很多成熟的作品，可以预料十年之内的中国诗界定有大放光明的一个时期；白话小说渐渐的成立，以鲁迅的成绩最大，"差不多没有不好的"；白话散文有很大进步，尤其是周作人的"小品散文"彻底打破了那"美文不能用白话的迷信"；戏剧与长篇小说的成绩最差，戏剧还有人试做，而长篇小说不但没有人试做，几乎连译本也没有。尽管胡适未能从形式解放和思想解放相结合的角度全面地论证文学运动，但他却从一个侧面有分寸地评价了五四文学革命的巨大功绩，其中不少见解是相当中肯的。这篇论文发生了广泛而深远的影响，日后不少人都沿袭了本文的观点评述五四文学革命。

本阶段对五四文学运动形态的研究颇有影响的另一部著作是周作人的《中国新文学的源流》。[①] 该书虽然也从新文学历史的渊源流变的角度探讨文学革命，但与胡文不同，周作人主要是从内容，即思想、精神等方面的变迁演化入手展开讨论的。周作人针对胡适的白话文学观提出异议：（1）胡文认为文学向来

---

① 1932年人文书店出版。

是向着白话的路子走的，只因有许多阻碍，所以直到现在才入了正轨，以后即永远如此。而周作人则以为“中国的文学一向并没有一定的目标和方向”，不过是“言志”与“载道”两种潮流的起伏。（2）胡认为古文是死文字，白话是活的，周作人则指出“古文和白话并没有严格的界限”，之所以要用白话，一是“因为要言志”，一是“因为思想上有了很大的变动”，“旧的皮囊盛不下新的东西”。据此，他提出“新文学运动的开端，实际还是被桐城派中的人物引起来的”，而胡适的“八不主义”，也即是公安派的所谓“独抒性灵，不拘格套”和“信腕信口，皆成律度”的主张的复活。五四文学运动其根本方面和明末的文学运动完全相同，其差异点无非是因为中间隔了几百年的时光，以前公安派的思想是儒家思想、道家思想加外来的佛教思想三者的混合物，而现在的思想又于此三者之外，更多加一种新近输入之科学思想罢了，所以他认为新文学的基本观念仍然是“言志”。有鉴于此，他提出新文学运动的发端应从1894年中日甲午战后算起，因为“自甲午战后，不但中国政治上发生了极大的变动，即在文学方面，也在时时动摇，处处变动，正好像是上一个时代的结尾，下一个时代的开端。”从追溯新文学运动的渊源、探讨五四文学与近代文学的关系、考察文体形式随内容的变化而变化诸方面来说，该书确有独到之处，至少为研究传统文学向现代文学的转换提出了一些富有启迪性的见解。但也必须指出，机械地将文学革命纳入历史上“总如此”的所谓“言志”与“载道”两种潮流起伏变迁的轨道中，并认定五四文学是“言志”文学，不免抹杀了新文学运动在内容和形式上的质变性质，低估了这场运动在中西文化的剧烈碰撞中完成了中国文学从传统向现代过渡的伟大历史功绩。

1935年，为反击复古思潮对五四新文学运动的否定，赵家璧锐意主编了十巨册的《中国新文学大系》。① 它不仅精选结集了从1917年至1927年新文学运动的优秀成果，而且每一集都有当时新文学界权威撰写的研究性的导言和蔡元培写的“总序”。这些“序言”是对五四文学的系统而较为全面的研究，是对其运动形态、理论形态和创作形态的综合评述，将五四文学研究推到一个高潮。本时期还出现了数本从史的角度研究新文学运动和文学发展的比较系统的专著，影响较大的有朱自清的《中国新文学研究纲要》，②陈子展的《中国近代文学

① 1935年上海良友图书印刷公司出版。

② 本书是朱自清1929年在清华大学讲授“中国新文学研究”课程的讲义，1982年由 上海文艺出版社出版。

之变迁》,[①]王哲甫的《中国新文学运动史》,[②]伍启元的《中国新文学运动概观》,[③]王丰园的《中国新文学运动述评》,[④]吴文祺的《新文学概要》[⑤]等。这些著作虽然不是专门论述五四文学的,但都涉及到对五四文学运动的评价,与"大系序言"一起主要集中于以下几个问题的探讨上:

(一)关于五四文学运动的性质、理论观点和历史功绩等问题。胡适在《建设理论集·导言》中指出,中国新文学运动的"中心理论只有两个":一个是要建立一种"活的文学",一个是要建立一种"人的文学",前者是文学工具的革新,后者是文学内容的革新。不过他把文学革命的主要意义仍落脚于"文学工具的革新"。王丰园从内容和形式的结合上将文学革命的口号概括为两个:一是反封建的贵族的文学,一是建设自由的、平民的文学。但也认为这里的"自由"是新兴资产阶级的自由,而"平民"也只是以新兴资产阶级的暴发户为代表。所以"他们标榜的自由的平民的文艺,不外是'新封建的、新贵族的文艺'",因而他们的成绩"只是扫除了代表封建意识的旧文学,却根本没有解决'应该怎样'的问题。"这种观点显然受到当时的"左"倾思想的影响,在很大程度上否定了五四文学革命的客观意义和历史功绩。

(二)关于文学革命运动的起因。在这个问题上,胡适仍然从白话文学运动的角度加以探讨,他认为"中国白话文学运动其原因",第一是"我们有了一千多年的白话文学作品";第二是前人已渐渐地把一种大同小异的"官话"推行到了全国的大部分;第三是与世界文化的已接触,尤其是欧洲近代各国家的国语文学次第产生的历史给我们以参考比较的资料;第四是十年政治的原因,诸如科举制度的废除,专制政治的推翻等等。[⑥] 陈子展在专著中将文学革命的原因归纳为四点:一是文学发展上的新趋势,二是外来文学的刺激,三是思想革命的影响,四是国语教育的需要。这个分析既符合历史实际也较为全面正确。王哲甫则将新文学运动兴起的原因分为"近因"和"远因"两个方面。远因是:民间文学的演进,佛教之传入,海禁开放后外来之刺激,废除科举四个方面;近因则是西洋文化之输入,国语运动,外国书籍之翻译,政治革命之影响四个方面。这一

---

① 1930 年中华书局出版。
② 1933 年北京杰成印书局出版。
③ 1934 年上海现代书局出版。
④ 1935 年和平印书局出版。
⑤ 1936 年中国文化服务社出版。
⑥ 《建设理论集·导言》。

概括更为全面周详一些，但却不如陈子展的说法更能抓住要点。王丰园主要强调了文学革命运动的必然性的社会基础：一是封建制度的崩溃，生活上的竞争日益激烈，影响到文字上的简单化，群众化、通俗化；一是中国新兴资产阶级反帝反封建的五四运动。总起来看，当时人们主要是从社会基础的变化和外来影响两个方面来论述五四文学革命的兴起的。正如鲁迅所总结的，五四文学革命的兴起，“一方面是由于社会的需要，一方面则是受了西洋文学的影响”。[①] 这与当时人们将五四文学运动视为一场欧化的文艺复兴运动也是相一致的。

（三）对五四文学运动后期，尤其是文学研究会和创造社成立后的理论观点和文学创作的研究与评价。当时一般认为创造社较之文学研究会影响更大，吴文祺认为其原因有二：一是创造社提出的“表现自我”的口号正合了一般青年的胃口，其文学主张遂成了一般青年的金科玉律；二是青年往往富于热情，浪漫气息很重，又特别关心恋爱婚姻问题，因之张资平的小说风行，郭沫若的诗、郁达夫的小说受到欢迎。王丰园认为鲁迅的作品大都描写封建社会，且多取材于农村，而城市的青年不明了农村景况，自然对之不感兴趣，这也是创造社影响最大的原因；他还指出创造社既有好的一面也有坏的一面，好的一面是其“反抗的精神与新鲜的作风”，而其“夸大、浪漫、颓废”的倾向对青年人则起到了坏的影响。研究者大都认识到“创造社的倾向虽然包含了世纪末的种种流派的夹杂物，但它的浪漫主义始终富于反抗的精神和破坏的情绪”，也即“革命的浪漫主义”；[②] 文学研究会和创造社尽管在表面上是相互对立的两个流派，“其取径不同，但其反封建的文学则并无二致”。[③] 这与几年之后李何林的观点“文学研究会与创造社虽取径不同，其反封建和反不合理的现社会则是一致的”相吻合。

以上研究著述尽管也涉及到对五四文学理论形态的考察，但主要侧重于对文学运动过程和文学流派的评述，未能对其理论思潮进行较为系统的研究。1940 年李何林编著的《近二十年中国文艺思潮论》[④]使这一局面有了改变。

李何林（1904—1986），著名文艺评论家，中国现代文学史家，鲁迅研究家。安徽省霍邱县人。解放前曾先后在天津女子师范学院、中法大学、华中大学、台湾大学、华北大学等任教，建国后任教育部秘书处长、北京师范大学教授，1952

① 《〈草鞋脚〉小引》，《鲁迅全集》第 6 卷。
② 郑伯奇：《中国新文学大系 · 小说三集 · 导言》。
③ 吴文祺：《中国新文化运动概观》。
④ 1940 年上海生活书店出版。

年调南开大学任中文系主任，1976 年任北京鲁迅博物馆馆长和鲁迅研究室主任。主要著作有《中国文艺论战》、《近二十年中国文艺思潮论》、《关于中国现代文学》、《鲁迅的生平及杂文》、《鲁迅〈野草〉注释》等。

“思潮论”一书从内容到结构上都有自己的特色，既能以社会的发展变化为基础，把社会思潮与文学思潮紧紧联系在一起，又注意到现代文学思潮从过去的传统中，特别从世界各国文艺思潮中所受的影响，从而比较实事求是地客观地论述了从 1917 年到 1937 年现代文艺思潮发展的过程。尤为突出的是，该书开始用阶级分析的眼光考察文艺思潮的演变。他指出：“如以这二十年文艺思潮发展的‘阶级性’来讲，实在只有二种思想做为主要的潮流支配着这二十年的文艺界。即由 1917 年到 1927 年是资产阶级文艺思想的发展和无产阶级文艺思想萌芽的时代；由 1927 年到 1937 年是无产阶级文艺思想发展的时代。”这样就把五四文学的主导思想同其后区分开来，较为客观地说明了五四文学运动的思想特质。在五四新文学运动的时限上，李何林不同意有些研究者把 1915 年还在美留学时胡适与朋友通信中讨论白话诗文的问题作为文学革命的开始，因为那些书信对社会并未产生什么影响；也不把陈独秀的《文学革命论》作为文学革命的开始，因为从时间上说它发表在胡适的《文学改良刍议》之后，而把胡适文章的发表作为文学革命开始的标志，因为它不但是最先公开发表的，而且在社会上引起了反响。同时，他把 1917 年到 1925 年即“五卅运动”前后定为“五四前后的文学革命运动”时期。这些观点直到今天仍具有重要参考价值。

李何林对五四时期的“历史的观念”和进化论的思想、反“文以载道”和反封建的思想、反文言文的运动、文学研究会和创造社的文学主张等都分别作了评述；并指出五四时期写实主义与浪漫主义同时存在而不能像在欧洲那样有先后的次序，自有其社会基础：一方面由于它们同是资产者社会的文学，五四新文学运动则是以“欧战期间得以发展的中国资本主义的资产阶级为基础，于文学领域内，在对封建主义的斗争胜利后，因为受了欧洲资产者社会近二三百年文艺思潮的影响，于是在短促的时间内，写实主义与浪漫主义的文学同时呈现。”另一方面则是由于当时黑暗现实生活情况所造成的，“现实的背景是一样，不过所反映的方式不同而已，文研会偏于暴露黑暗，创造社则于反抗中憧憬着光明。”在这里，李何林与王丰园的观点有所不同，王认为文学研究会的“为人生而艺术”的观念是中国的小资产阶级在“人道主义的立场上产生出来的”，至于创造社的“为艺术而艺术”的浪漫主义文艺运动则代表了资产阶级的意识，而李何林则认为文学研究会和创造社都反映了“新兴资产阶级”的意识，而非小资产阶级意识。

与对五四文学运动形态和理论形态的研究相比，这一阶段对五四文学创造形态尤其单篇作品和单个作家的评论研究要更为活跃。五四时期涌现出来的一些作家和评论家为探讨新文学建设和发展的途径，对于当时的文坛状况一直进行深入的调查研究，密切关注着文学创作实践的动态和走向，对于好的文学创作及时作出热情而中肯的评论分析，对于具有不良倾向或反动的作品则予以驳斥，以使新文学沿着健康的方向不断发展。茅盾便是这样一位出色的评论家。

茅盾（1896—1981），现代著名作家，杰出的文学理论家和翻译家，五四新文学运动的开拓者。原名沈德鸿，字雁冰。浙江桐乡人。早年曾担任过《小说月报》主编，是文学研究会主要发起人之一。30 年代初加入“左联”，为创建革命现实主义文学做出了重大贡献。1949 年担任全国文联副主席和中国作家协会主席，建国后任文化部长和政协副主席等职。著名作品有《蚀三部曲》、《子夜》、《农村三部曲》、《腐蚀》等，并有大量散文和评论著作。

茅盾以其现实主义的理论为指导，写出了中国新文学运动中最早的也是经受住历史考验的大量文学评论。他的第一篇创作评论《春季创作坛漫评》①和第二篇评论文章《评四五六月的创作》②等，都力求客观全面地剖析文坛现状，对风行一时的唯美主义、颓废主义以及摹仿、雷同的不良创作倾向首先予以较深刻的批评，对鲁迅的现实主义文学创作首先给予充分的肯定和赞扬。在 1923 年前的文学批评文章中，真正能认识到鲁迅小说的伟大价值的并不多；甚至有的批评者主观武断地贬斥《呐喊》，认为《狂人日记》很平凡，《阿 Q 正传》的描写虽佳，而结构极坏，《孔乙己》、《药》、《明天》皆未免庸俗，《一件小事》是一篇“拙劣的随笔”等。茅盾却以敏锐的现实主义眼光，结合当时的历史背景，深入剖析了《呐喊》集小说的思想意义，以阶级对立的观点揭示了鲁迅小说人物形象塑造的深刻性，充分肯定了阿 Q 典型的真实性和普遍意义；并有见地地分析了《呐喊》集中各篇作品在艺术形式上的独创性及其给青年作者的“极大的影响”。③

---

① 《小说月报》1921 年 4 月 10 日。

② 《小说月报》1921 年 8 月 10 日。

③ 《读〈呐喊〉》，《文学周报》1923 年 10 月 8 日。

茅盾也是较早以作家论的形式研究五四文学的，他从二十年代到三十年代先后写了《鲁迅论》、《王鲁彦论》、《徐志摩论》、《庐隐论》、《冰心论》等。这些作家论将作家置于五四时代特定的时代氛围和文艺思潮背景下，较为全面地分析了他们作品在思想上的总体成就、艺术上的个性特色以及他们各自在新文学运动中的独特贡献；同时又以革命现实主义批评原则对他们的不足与局限性作出了较为客观中肯的分析，如在《冰心论》、《庐隐论》中，既肯定了这两位作家在五四新思潮的激荡下关心和反映社会现实所取得的创作成绩，又批评了五四落潮后由于脱离现实甚至逃避现实，给她们的创作带来的危机。这些作家论中的许多观点至今仍被研究界所引用。

本阶段对五四文学创作形态的研究经历了一个从单纯评论到较为系统地全面研究作家作品的发展过程。三十年代初期以前，评论者常常就某一具体作品或作品集展开讨论，这些文章大都较为短小、随意，有的仅仅是随笔、心得式的急就章，但总起来看它们所涉及的问题还是极为广泛的，从人物形象、创作方法、结构艺术、描写技巧、语言风格一直到思想内容的阐释等等。其中也不乏有精辟见解的文章，如张定璜的《鲁迅先生》，①闻一多的《冬夜评论》，②成仿吾的《〈沉沦〉的评论》，③沈从文的《论中国创作小说》等。三十年代中期《中国新文学大系》七卷作品集的出版，鲁迅、沈雁冰、郁达夫、周作人、郑伯奇、朱自清、洪深等分别撰写的专篇序言的发表，以及由茅盾、穆木天、许杰等合著的《作家论》和李希国编的《冰心论》等的出版，标志着对五四文学创作的研究打破了评论式的格局，开始步入宏观的、富有历史深度和逻辑感的研究轨道。尤其是《中国新文学大系》的七篇作品集导言，较为全面地总结了新文学第一个十年间包括小说、诗歌、散文、戏剧等各类体裁的创造成就，是当时不可多得的研究成果。其突出特点，一是充分肯定了五四文学创作的历史意义和艺术价值，既是对三十年代复古势力的一个有力反击，又在客观上纠正了当时存在的贬低乃至否定五四文学创作成就的“左”的倾向。二是注重对文学流派的研究和比较，从作品出发揭示不同流派的审美价值和社会意义，如朱自清将十年诗歌分为三派：自由诗派、格律诗派和象征诗派，又将自由诗派从初期白话诗、“湖畔”四诗人的情诗、冰心和宗白华的哲理小诗、创造社的抒情诗等几个方面分别加以评析和比

① 《现代评论》，1925 年第 1 期。
② 《〈冬夜〉〈草儿〉评论集》，1922 年清华大学文学社出版。
③ 《郁达夫论》，1932 年上海光华书局出版。

较，既清晰地勾勒出了五四诗歌创作的复杂风貌，又较为客观地论述了他们各具特色的审美追求。三是历史的批评与美学的批评相结合，强调理论思潮对文学创作的影响，从五四的社会背景、文艺运动入手，把创作的发展与思潮的流变紧密地结合起来，使其论述富有历史感和逻辑性。如洪深在"戏剧集"导言中将社会思潮与戏剧运动紧紧结合，考察了第一个十年的戏剧发展历程，述中有评，评中有述，并总结了五四戏剧运动的总的经验与教训。对五四戏剧的研究尽管此前已有郑伯奇的《中国戏剧运动的进路》、[①]马彦祥的《现代中国戏剧》[②]以及剑啸的《中国的话剧》[③]等，但都未能达到"导言"这样的深度。

在以上所述的对五四文学从理论到创作的评论和研究中，尽管存在着一些不成熟或片面的见解，但基本上是沿着一个由浅入深，由微观到宏观的健康轨道向前发展的，对五四文学运动的历史意义、五四文学所取得的重大成就，大都采取了充分肯定的客观正确的态度。但在二十年代后期所兴起的"革命文学论争"及其后关于无产阶级文学的倡导过程中却出现了一股否定"五四文学革命"的倾向，这也是总结本阶段五四文学研究状况所不容忽视的。一是对五四文学创作的否定。他们用一种简单化的阶级分析方法作为"棍子"来检视作家作品，把在五四时期极为活跃的大部分作家划入小资产阶级的行列，认为小资产阶级是没有任何革命性的，"一般的文学家大多数是反革命派"；[④]叶圣陶"是中华民国的一个最典型的厌世家"；[⑤]郁达夫的小说反映的是"没落绅士阶级的意识形态"；[⑥]鲁迅既是"资产阶级的代言人"，又是"封建余孽"，其作品是"依附于资产阶级的烂废文学"；[⑦]冰心代表的"只是市侩式的女性，只是贵族式的女性"，[⑧]等等。二是对五四文学思潮的否定。他们从提倡无产阶级写实主义着眼，既否定了五四文学的浪漫主义传统，又否定了五四文学的现实主义传统，同时又从机械论的阶级观点出发，否定了在当时起到重大进步作用的人道主义和个性主义思潮。三是从提倡文学大众化运动和"大众语"运动出发，否定了五四文学革命的历史功绩。他们认为五四白话文学运动不过是造成了"五四式的新文言的文

---

① 《戏剧论文集》，神州国光社出版。

② 《戏剧讲座》，现代书局出版。

③ 《戏剧月刊》，第2卷第7、8期合刊。

④ 麦克昂：《桌子的跳舞》，《创造月刊》1928年第11期。

⑤ 冯乃超：《艺术与社会生活》，《文化批判》1928年创刊号。

⑥ 华汉：《中国新文艺运动》。

⑦ 钱杏邨：《死去了的阿Q时代》，《太阳月刊》1928年第3期。

⑧ 光赤：《现代中国社会与革命文学》，《民国日报》1925年1月1日。

学”,因而五四新文学运动“差不多对于劳动群众没有影响”。[①] 成仿吾在《从文学革命到革命文学》[②]一文中认为,新文学运动的内容是小资产阶级的意识形态,其媒质是与现实的语言相去甚远的语体,在形式上也不完备。他们实际上全盘否定了五四新文学巨大的反封建历史意义和开创性的艺术成就。应该提到的是,茅盾在这期间也一度受到“左”倾思潮的一定影响,在《“五四”运动的检讨》、[③]《关于“创作”》[④]等文章中,他把五四新文化运动、文学革命以及文学研究会、创造社的文学活动全都看作纯粹是资产阶级的活动,而由于中国资产阶级先天不足致使这些活动都没有取得什么成就。茅盾晚年在谈到这几篇文章时曾反思说,当时“立论就错了”。

纵观从五四到四十年代初对于五四文学的研究,有以下几个明显特点:

(一)微观性的研究较为活跃,整体性的综合研究还相对薄弱,尽管出现了一些史论性的专著,已涉及到五四文学的历史渊源、外来影响、社会根源、文学流派等问题,但对五四文学发展过程的考察却侧重于史的描述,尤其侧重于对运动过程的评述,还未能将五四文学从运动形态、理论形态到创作形态作为一个不可分割的整体加以宏观的系统的研究与把握,特别对五四文学演变机制和发展规律的探讨更是欠缺。

(二)评论者和研究者大都亲身参加了五四文学运动,有的本身就是五四文学革命运动的先驱和代表作家,这使他们的研究一方面因熟悉对象,宜于做深入的剖析和评价,得出中肯的结论,不给人“隔岸观花”的感觉;但另一方面又因距离太近或者“身在此山”,研究对象未经过历史的沉淀,不易客观地观其全貌,也就难以在古今中外的文化大碰撞的交叉点上冷静地、全面地总结五四文学的历史意义和局限。

(三)研究视角的多样和观点立论的纷杂。如何看待五四文学革命的历史地位,如何评价五四文学创作,这里有四种不同的价值取向:一是从某一角度采取充分肯定的态度,如胡适从白话文学的角度,周作人从“人的文学”的角度,蔡元培从“文艺复兴”的角度,还有不少人从“反封建”的角度,分别肯定了五四文学革命的历史功绩。二是在总体上肯定五四文学的巨大历史地位和意义,但对

---

① 宋阳:《大众文艺问题》,《文艺自由论辩集》。
② 《创造月刊》1928 年第 9 期。
③ 《前哨·文学导报》1931 年 8 月 5 日。
④ 《北斗》1931 年第 9 期。

具体的文学创作采取了较为客观冷静的态度，历史地具体地加以评析，如鲁迅、茅盾、郁达夫、朱自清等的作家作品论；或者尽管在对五四文学运动的性质、指导思想等方面有各自不同的理解，但能基本上肯定五四文学的人道主义精神、个性解放精神和反封建的历史意义。三是有些评论者往往从提倡什么和反对什么的二元对立的立场出发来评价五四文学，还有的从自己的偏激理论出发，片面地对不同流派的创作加以贬低，如成仿吾对《呐喊》的评论。这类研究文章带有情绪化和主观化的色彩。四是全盘否定五四文学运动的历史功绩，如太阳社和后期创造社，独尊无产阶级文学，完全否定了五四新文学巨大的反封建意义，把五四新文学筚路蓝缕开创的宝贵的思想艺术传统人为地与无产阶级文学对立起来。这种对五四文学全盘否定的"左"的错误态度不仅在当时造成不良影响，也为后来的五四文学研究留下了遗憾。

（四）从研究方法和主体思维方式来看，这阶段也是一个多元化的研究格局。如胡适、周作人对五四文学运动的研究采用了历史的文学进化论；鲁迅、茅盾对五四文学创作运用了革命现实主义的批评原则和辩证唯物主义的方法；李何林对五四文艺思潮的研究采用了阶级分析的方法；瞿秋白对五四一代作家运用的是马克思主义的批评。值得指出的是，还有不少的论者从文学现代化这一角度去评价五四文学运动和创作。如张定璜在评论鲁迅的《狂人日记》时，将它和章士钊的《双杆记》、苏曼殊的《绛纱记》等作了文体和风格上的比较，肯定了《狂人日记》的真正的现代价值。[①] 赵景深把郁达夫、郭沫若等的浪漫主义小说称之为"情调小说"、"情调结构"，指出了这类小说在内容和形式上的现代价值。[②] 萧乾则称五四小说为"经西洋文学熏染而现代化了的初期中国小说"。[③] 冯雪峰曾这样论述："我们认为，五四新文学在形式和精神上不同于旧文学，这正是中国文学的现代化。虽然在许多方面，它确实是'外国化'了；但实质上这正是中国文学在中国革命的要求与推动以及世界进步文学影响之下的现代化。所谓现代化，在当时就是在思想上向民主主义的革命的精神前进，在文学形式上向更适合于新的内容的形式前进。这样的现代化，是必要的，是伟大的革命行动，也正是五四文学革命的目的。"[④]在今天看来，冯雪峰用"文学的现代化"

① 《鲁迅先生》。
② 《短篇小说的结构》，《文学周报》1927 年 9 月 25 日。
③ 萧乾：《小说》，天津《大公报 · 文艺》1934 年 7 月 25 日。
④ 《中国文学中从古典现实主义到社会主义现实主义的发展的一个轮廓》。

来概括五四文学的总体特征和性质，这比人们常用的反帝反封建或者新民主主义之类的政治社会学的角度，要更全面，更准确，更具科学性，有利于启发人们进一步揭示五四文学的"现代本质"。

二

三十年代末四十年代初，在关于文艺"民族形式问题"的讨论和与"民族主义文学"的论争中，又引起了对五四文学的再认识和再评价，出现了两种观点。一种以向林冰、黄绳等"新国粹主义"者和陈铨等"战国策"派为代表。他们从狭隘的民族主义与小农意识出发，否定五四新文艺的巨大成就，称之为"畸形发展的都市的产物"，是大学教授、银行经理、舞女、政客以及其他小"布尔"的适切的形式，"缺乏人民大众所习惯的口头告白性质"。[①] 陈铨等将五四以来的新文学运动截然划分为三个阶段：从以个人为中心的个人主义文学到以阶级为中心的社会主义文学，再到以民族为中心的"民族主义文学"，后两者是对前二者的发展与否定。把五四文学简单地以"个人主义"加以概括，显然是过于简单化了。另一种以胡风为代表。他认为五四文学革命运动是"市民社会突起以后的、累积了几百年的、世界进步文艺传统底一个新拓的支流"。对于五四文学革命产生的新文艺，他进一步解释说"那不是笼统的'西欧文艺'，而是：在民主要求底观点上，和封建传统反抗的各种倾向的现实主义（以及浪漫主义）文艺；在民族解放底观点上，争求独立解放的弱小民族文艺；在肯定劳动人民底观点上，想挣脱工钱奴隶底命运的，自然生长的新兴文艺。"这样的新文艺，"获得了和封建文艺截然异质的、崭新的姿态"。[②] 尽管胡风过分强调了五四时期西欧文艺"移植"的重要性，但他却充分肯定了五四文学的现实主义传统和"崭新"的艺术"姿态"，这对纠正"革命文学"论争中对五四文学评论上的"左"的过激情绪和机械论错误，以及批判向林冰等对五四文学传统的否定论，是极为及时和有力的。随着抗日战争中反投降和反国民党专制统治斗争的深入发展，许多新文学家和研究者对五四文学的反对封建文化意识、争取民族解放的基本性质逐步有了新的认识。胡风在《文学上的五四》中指出："我们把五四的新文学叫做'革命文学'，我们骄傲这个革命传统，正是因为它代言了一个伟大的精神：不但

① 向林冰：《论"民族形式"的中心源泉》，《大公报》1940年3月24日。

② 《论民族形式问题》，1940年海燕书店出版。

用被知识分子发动了的人民的反抗帝国主义的意志和封建、买办的奴从帝国主义的意志相对立,而且要‘科学’和‘民主’把亚细亚的封建残余摧毁”。闻一多也大声疾呼:“五四的任务并没有完成,我们还要干!我们还要科学,要民主,要打倒孔家店和封建势力……”①

需要指出的是,四十年代前后林语堂、沈从文等人从提倡“个性主义文学”或“自由主义文学”出发,也主张发扬五四文学精神,但他们的理解只限于对五四文学的“文化型”(而不是政治、斗争)传统,将五四新文学运动的民主主义的精神主要解释为创作的绝对自由和民主。应该承认,他们对五四文学革命的评价也颇有正确之处,如1947年5月5日,上海《大公报》发表的《中国文艺往哪里走?》一文,肯定了五四文学革命的成就,指出那是“中国第一次在文化上有意识的与外间接触”,“中国文人第一次以鸣社会的不平为写作的动机”,“普及了白话,也奠下了中国新文化的方向:通俗化、大众化、一般化”;并肯定了《阿Q正传》等是“无与伦比的佳作”,同时也指出了当时的一些“幼稚病”,如笼统地否定一切用文言文写成的东西等。

四十年代前后,这种对五四文学性质和五四文学传统“再认识”的各执一端的状况,从学术研究的角度来看应该说是正常的;但从政治上考虑,当时正是国难当头,国共两党的斗争日趋激化,这必然要把“五四文学研究”纳入政治范畴,从此五四文学的评述则成为一个敏感的政治问题,那种各抒己见的局面不复存在了。当时毛泽东发表了《新民主主义论》、《反对党八股》、《在延安文艺座谈会上的讲话》等一系列文章,从政治革命的需要出发对五四新文化运动、文学革命的领导思想、阶级性质、历史功过等作出了权威性的评述。此前,有些论者曾尝试运用马克思主义的立场、观点和方法,对五四文学进行评论,如瞿秋白《〈鲁迅杂感选集〉序言》等,而毛泽东上述文章中关于五四运动、新文化、新文学的一系列论述却为以马克思主义的政治观、文化观研究五四文学奠定了理论基础和指导方向。毛泽东既以革命政治家的视野阐明了五四以来的新文学运动是无产阶级领导的、人民大众的、反帝反封建的文学运动,又站在历史唯物主义和辩证唯物主义的高度对五四文学革命与新文化运动的伟大历史功绩作出了极高的评价,指出了它的彻底地反帝反封建的新民主主义性质,并给鲁迅以崇高的历史地位和政治地位。通过延安文艺整风运动,毛泽东对五四文化运动和文学

① 闻一多:《新文艺和文学遗产》。

革命的评价越来越被作为权力话语左右着学术界对五四文学的研究。

本来,毛泽东对于新文化运动和文学革命的评价是从革命的政治大局出发着重以政治视角来考察来论断,它并没有也不可能完全取代对五四文学的学术研究和各种具体问题的具体分析。这就需要从事研究工作的人在马克思主义理论的指导下,从五四文学诸种形态的历史实际出发,认真研究和总结其历史的、美学的特征,揭示其发展演变的客观规律,而不是去机械地套用毛泽东的观点或者作出偏激的主观阐释。

在关于五四新文学基本性质问题的认识上,本阶段就出现了完全否定前人学术观点的倾向。1947 年 7 月,郭沫若在一次会议上明确指出:"五四文学之所以具有彻底性和不妥协性","就是有了无产阶级领导的缘故";①李何林也公开承认自己在《近二十年中国文艺思潮论》中的观点是错误的,并加以纠正,提出五四时代的中国新文学"是在无产阶级思想领导下的半殖民地半封建国家的人民大众反帝反封建反买办资产阶级的新民主主义的文学"。② 此后王乃昌、邵荃麟、林默涵、王瑶、刘绶松、张毕来等都阐明和坚持了这一观点,并批判了胡风把五四文学革命看做是资产阶级领导的,是"属于世界资产阶级文艺的一部分"的观点。这种权力话语在学术研究界直到七十年代末一直作为千真万确的定论被引用或者灵活阐发。值得一提的是田仲济出版于 1959 年的《五四新文学运动的精神》③一书,作者认为马克思主义思想在五四新文学中的作用,就是五四新文学的主要精神;并强调"这种精神就是彻底地不妥协地反帝反封建的精神"。但对一些具体问题的分析,作者并没有否定那些有一定历史局限性但又做出过重要成就的作家,如肯定了王统照小说的现实主义精神,指出"对旧社会旧礼教不妥协是郁达夫在作品中反映出的最可贵的精神","冰心是五四时期最著名和最受读者欢迎的女作家"等。

本阶段对五四文学综合性研究的学术成果主要体现在建国初期出现的一批现代文学史专著中。王瑶的《中国新文学史稿》④是第一部比较完整的"运用新观点、新方法的"中国新文学史著述。

王瑶(1914—1989),著名的中国古代现代文学史家、研究员、教授。山西省

---

① 《为建设新中国的人民文学而奋斗》。

② 《五四以来中国新文学的性质和领导思想问题》,《光明日报》1950 年 5 月 4 日。

③ 山东人民出版社。

④ 开明书店 1951 年出版。

平遥县人。早年参加过北平“左联”活动，后考入清华大学研究院中国文学部，毕业后留校任教。1952年调北京大学任教：兼任中国社会科学院文学研究所研究员，中国现代文学研究会会长，鲁迅研究学会副会长等职。主要著作有《中古文学史论》、《中国新文学史稿》、《鲁迅与中国文学》、《关于中国古典文学问题》、《中国诗歌发展讲话》等。

《中国新文学史稿》的“绪论”及“第一编”主要是对五四文学的考察与研究。“绪论”阐述了新文学肇始、性质、领导思想和分期等问题。他把新文学的开端定在1919年，并阐明了本书的基本观点：新文学即新民主主义的文学，虽然无产阶级的文艺思想一贯是新文艺的领导思想，“但新文学的性质也不就是无产阶级的社会主义文学”，“它是中国新民主主义革命三十年来在文学领域上的斗争和表现，用艺术的武器来展示了反帝反封建的斗争，教育了广大的人民；因此它必然是中国新民主主义革命史的一部分，是和政治斗争密切结合着的。”第一编包括五章，依次介绍了从文学革命到革命文学的发展过程；新诗的产生、内容和特点，重点论述了胡适、郭沫若、闻一多、徐志摩等诗人的作品；新文学阵营的小说作家对“人生的探索”和“青年与爱情”的描绘，重点评述的是鲁迅、冰心、叶绍钧、许钦文和郁达夫等人的作品；萌芽期的戏剧创作，主要包括社会剧、历史剧和爱美剧；“收获丰富”的散文，重点评述了鲁迅的杂文和朱自清、周作人等散文家的作品。本书的主要特色是，不作冗长的政治事件和历史背景的叙述，注重文学自身演变轨迹的考察和描述，因而文学发展的线索显得清晰爽目；著者的视野开阔，尽量展示了五四文学运动的全貌；各种体裁的述评，注意到内容和形式的差异，分门别类以求一格；资料翔实丰富，对作品感受深切，评述中肯。但对五四文学领导思想、性质的评价只是对毛泽东关于五四论述的阐发，并没有新的拓展。

继王瑶之后的五六年间，蔡仪的《中国新文学史讲话》、[①]丁易的《中国现代文学史略》、[②]张毕来的《新文学史纲》(第一卷)、[③]刘绶松的《中国新文学史初稿》[④]等相继问世，一时呈现出新文学史研究的繁荣局面。这几部史著在对五四文学指导思想的理解上基本与王著相同，但对五四文学运动的论述及对具体作

① 新文艺出版社1952年出版。
② 作家出版社1955年出版。
③ 作家出版社1955年出版。
④ 作家出版社1956年出版。

家作品的分析上却各有自己的特色。其中,张著主要描述了1918年至1928年十年间的文学运动,他认为五四新文学的主流是批判的现实主义和积极的浪漫主义。鲁迅初期创作的基本特征即是批判的现实主义,“还不是完全的社会主义现实主义。他当时的立场,是革命的小资产阶级知识分子的立场。他的富于革命性的批判的现实主义的阶级基础,是农民阶级,不是无产阶级。由鲁迅的作品作为开端,形成1918年至1928年间的批判现实主义的文学潮流。”积极的浪漫主义则以郭沫若的作品为伊始,“他们接受了资产阶级文化的影响,接受了十九世纪初欧美资产阶级在上升期的进步的浪漫主义影响”,因而产生五四时期的积极浪漫主义是必然的,它形成了1918年至1928年间的另一种文学潮流。著者把这十年间的文学视为整个新民主主义文学的第一期。这一时期里的作品,主要部分是革命的小资产阶级民主主义文学家们的富于革命性的批判现实主义和积极浪漫主义作品。而这时期又可划分为两个阶段,第一阶段是“五四时期”,第二阶段是“第一次国内革命战争前后”。在第一阶段里,马克思主义在一般文化思想领域起了直接的影响和直接的领导作用,但还没有马克思主义的文学理论在文学领域直接地指导创作活动。在第二阶段里,马克思主义在文学领域起了更直接的领导作用。五四时期的新文学阵营,在五四运动前主要是由革命的小资产阶级文学家和资产阶级文学家所组成。五四运动后,初步的马克思主义的文学家和革命小资产阶级文学家组成新文学阵营的主导力量,成为这个阵营的左翼和领导者。在新文学史的第一期中,还没有工农兵出身的作家,还没有完全的社会主义现实主义的作品。这些观点自有其客观正确的地方。

遗憾的是自五十年代中期以后,随着“左”倾思潮的泛滥,对五四文学的研究未能在此基础上深入下去,机械化、简单化、片面化的研究倾向日趋严重。1953年在全国第二次文代会上提出建设社会主义文学的任务,同时强调五四以来中国革命的文学运动,就是在工人阶级思想指导下沿着社会主义现实主义方向发展过来的。这本来是关于整个现代文学基本性质的重大问题,但涉及到对五四文学的研究不免带来这样的状况:一是把五四文学也简单地纳入社会主义现实主义的发展轨道,一是把社会主义现实主义作为一个主要的标准来评价五四运动及其创作。结果又带来两种倾向:其一是简单的否定,既否定了五四文学的浪漫主义思潮,也否定了五四时期作出重大贡献的一些人道主义的、民主主义的作家及其创作;随后1957—1958年又提出了以所谓“文艺上的无产阶级路线和资产阶级路线”作为现代文学发展的基本线索,并把五四文学研究一次次地与政治运动挂钩,使这种片面否定的倾向更是走向了极端,而且学术研究越来越政治化。胡适、陈独秀、周作人、冰心、郁达夫等五四文学先驱和作家,或被扫进历史的垃圾堆,或被简单地阶级定性而加以贬斥和否定,到“文革”时,则只能研究鲁迅一人了。其二是人为夸大具有初步共产主义思想的知识分子在五四文学运动中的领导作用,刻意挖掘五四文学创作的社会主义因素。胡适、陈独秀等倡导文学革命的历史功绩被否定,而只能将李大钊和鲁迅等肯定为五四新文学运动的领导者。因此有的研究者断定李大钊在《什么是新文学》中说的“坚信的主义”就是马克思主义;而鲁迅所说的遵奉“革命前驱者的命令”,其中的“前驱者”即指李大钊,这说明鲁迅早在五四初期就自觉地接受无产阶级的领导了。这种有意的否定或有意的拔高,都是对五四文学历史面貌的歪曲和篡改。

由于政治的需要设置了许多禁区,致使本阶段对五四文学创作形态的研究极不平衡,取得突出成绩的主要是对鲁迅小说的研究。从四十年代前后就开始出现了比较系统地综合地研究鲁迅小说的文章,而且开始提出鲁迅小说是中国民族一面镜子的论点。1941 年吕荧发表的《鲁迅的艺术方法》①一文则标志着从艺术方法上认识鲁迅小说的总体审美倾向和总体风格的开始,尤其是他关于鲁迅小说反映了农民和知识分子两类社会生活的提法和对鲁迅小说结构体式的分析颇具有开创意义。五十年代,鲁迅小说综合研究真正进入了理性分析阶段,其代表作是陈涌的《论鲁迅小说的现实主义——〈呐喊〉与〈彷徨〉研究之一》。② 该文首先从整体上和实质上揭示了鲁迅与五四时期其他作家的区别,突现了鲁迅小说内容上的革新性和独创性,同时完整地揭示了鲁迅小说和他那个时代之间的深刻的内在联系,及其现实主义的深刻性和彻底性。巴人的《鲁迅小说的艺术特点》③一文则比较完美地综合论述了鲁迅小说在艺术上的特色,提出“行文简炼、思想精辟和表现含蓄这三者之完美的结合”便是鲁迅小说的主要艺术风格。1961 年陈鸣树的长篇论文《论鲁迅小说的艺术方法及其演变》④在鲁迅小说创作方法的综合研究中有所突破,他一反过去一向认为鲁迅小说只采取现实主义创作方法的传统见解,指出“《呐喊》基本上是体现五四时代革命精神的现实主义和浪漫主义相结合的作品”,而“《彷徨》中虽然不乏浪漫主义的

---

① 《七月》第 6 卷第 4 期。
② 《人民文学》1954 年第 11 期。
③ 《文艺报》1956 年 10 月第 19 期。
④ 《上海文学》1961 年第 9、10、11 期。

篇章，但基本上是属于现实主义的。”总起来看，本阶段对鲁迅创作于五四时期小说的研究尽管也受到了“左”的教条主义的不良影响，但取得的进展与成就却是不容忽视的，也是在对五四文学各个侧面的研究中成绩最为突出的。

这个阶段的五四文学研究与上一阶段相比，有几个重要特点：(一)由多元化走向一元化，即对五四文学性质、指导思想、代表作家作品的研究导向和评价标准几乎无不坚持毛泽东对于五四新文化运动的论述和辩证唯物历史观，随着政治斗争的日趋尖锐化和逐步扩大化，越来越重视从运动形态、理论形态和创作形态来挖掘无产阶级思想因素或社会主义思想因素，从而说明五四文学是早期共产主义知识分子领导的，是属于无产阶级性质的或者新民主主义性质的，这从整体上模糊了五四文学革命的本来面貌和基本性质。(二)五四文学研究的学术色彩日益淡化，政治色彩日趋增强，特别到了五十年代后期“左”倾思潮的日趋泛滥，五四文学研究也被纳入“以阶级斗争为纲”的总体格局，文学研究完全失去独立的学术地位，地地道道地成了政治运动的附庸和舆论工具。(三)由于划阶级定性质，能够作为正面研究的作家作品越来越少，除了独尊鲁迅外，其他作家的评价也越来越低，甚至有些作家到了极左思潮猖獗时由正面推到反面，出现了“人妖颠倒是非淆”的局面。(四)当然不可否认那些正直严肃的学者不论在正常的气候下或者在不正常的岁月里，总是坚持历史唯物主义和辩证唯物主义的方法论来研究五四文学，从社会学、文化学和美学的角度取得了一些可观的学术成果，并没有随着政治风向转，就是在极左思潮泛滥时被迫停笔也未丧失学术良心和智者人格，尽管他们的五四文学研究成果难免那个时代的局限。

三

历史的曲折孕育着发展的种子。粉碎“四人帮”，尤其是十一届三中全会的召开，清算了极左思潮的流毒，整个现代文学的研究开始全面复苏。在最初几年的“拨乱反正”中，对五四文学性质、指导思想、作家作品的重新评价成为引人注目的研究热点。不少研究者本着实事求是的科学态度，通过纠正“左”的错误以恢复历史本来面貌，为五四文学的研究开创了一个崭新的局面。对五四文学的“再评价”起步较早也较集中地体现在朱德发的专论《五四文学初探》[①]一书中。

---

① 山东人民出版社 1982 年出版。

朱德发(1934—),山东蓬莱人。1964 年大学毕业后一直在山东师范大学从事教学和科研工作,曾任该校语言文学研究所所长、教授。兼任中国现代文学研究会副会长,山东中国现代文学学会会长等职。八十年代以来先后出版过《五四文学初探》、《茅盾前期文学思想散论》、《中国五四文学史》、《中国现代纪游文学史》、《中国情爱文学史论》、《二十世纪中国文学流派论纲》、《中国山水诗论稿》等著作。

"初探"一书以历史唯物主义和辩证唯物主义为指导,坚持实事求是的科学态度,从丰富的史料出发,对五四文学研究的某些有分歧的重大问题作了深入的探讨,提出了自己的独到见解。最为引人注目的有以下几个方面:(1)关于五四文学革命的指导思想问题。著者不同意五四文学革命从 1918 年开始由马克思主义思想来领导的说法,并通过对五四文学革命产生的特定国际历史背景及主导思潮,《新青年》的实际思想倾向,以及五四文学革命的理论主张和创作实践的剖析和考察,指出"五四文学革命的指导思想呈现一种比较复杂的形态,它是各种'新思潮'的混合体,但在构成这一复杂形态的带着各自不同色彩的新思想的诸方面中,民主主义和与之相联系的人道主义思想是主要方面,因之也占有主导地位。"(2)关于五四时期胡适的白话文学主张的评价问题。著者认为,粉碎"四人帮"以来,研究界尽管在一定程度上肯定了他对白话文学运动所起的主要作用,但总的来看有些观点囿于原先既定的框框,尚待进一步研究的带有实质性的问题是:胡适的文学革命主张,仅仅是形式主义的"文学改良",还是具有革命意义的文学改革?著者首先从白话文学主张的内容实质加以考察,认为他的《文学改良刍议》不仅在一定程度上击中了封建旧文学的弊害,初步扫荡了当时文坛上的复古主义和形式主义倾向;而且在"破旧"的同时提出了一些对开展白话文学运动有意义的"刍议",并粗浅地触及到文学内容与形式的关系,文学的社会功能、真实性、独创性和时代性等文学上的根本问题;他指出的"国语的文学,文学的国语"显示出提倡新文学反对旧文学的进步性、自觉性和革命性。而他关于文学形式和内容的关系的主张既符合五四新文学运动特定的历史客观条件,又符合中外古今文学革命的一般规律。然后著者又从白话文学主张的积极社会效果和他关于新文学创作原则的论述等方面进一步加以考察,从而充分肯定了胡适白话文学主张的革命意义。(3)关于五四时期周作人的文学主张的评价问题。著者指出,周作人提倡的"人的文学"和"平民文学"主张,都是以人道主义为主导思想的"为人生的文学",是具有鲜明的反封建倾向的民主主义新文学，基本上体现了五四新文学的精神。并对这一主张的历史进步性和历史局限性作了具体分析。另外，本书还对鲁迅五四前后“为人生”的文学观、茅盾五四时期的新文学观、冰心早期“问题小说”的思想意义、胡适《尝试集》的意义，以及《狂人日记》的人道主义思想倾向等问题，都作出了比较切合历史本来面目的论述。

如何认识和评价五四文学革命的根本性质和指导思想，既是一个极为重要的理论问题，也是一个富有原则性的方法论问题，它不但在一定程度上决定着对五四文学在中外文学史上的历史意义和美学价值做出怎样的估价，而且直接影响到对整个五四文学流派思潮、作家作品做出怎样的评判。如上所述，在毛泽东《新民主主义论》发表以前，评论界较为一致地认为五四文学革命是资产阶级启蒙运动，其指导思想是资产阶级民主主义；而从四十年代直到七十年代末则一直将无产阶级的文化思想视为五四文学革命的指导思想，几乎没有人提出异议。继《五四文学初探》后，许志英于 1983 年发表了《五四文学革命指导思想再探讨》①一文。

许志英（1934—2007），江苏省句容县人，当代著名学者，文学史家。1960 年复旦大学毕业后分配到中国科学院哲学社会科学部文学研究所从事中国现代文学研究，1977 年调入南京大学任教，曾任中文系主任、教授，兼江苏省中国现代文学学会会长。主持或参与多项国家级课题，在他的研究领域里关于“五四文学”颇有独到之见，成果具有前沿性和开拓性，代表著作有《“五四”文学精神》、《五·四：人的文学》等。

许文认为，之所以得出无产阶级的文化思想是五四文学革命指导思想的结论，首先是从毛泽东关于五四运动的统一战线的一段话简单地加以逻辑推理而得出来的，并没有分析“哪种人或哪种思想在运动中的实际作用和影响”。其次是根据马克思主义开始传播和马克思主义的文艺思想的零星传播而得出来的。第三，是从五四文学革命中的某些具体文学主张来加以论证的。而当时最有影响的不是李大钊的《什么是新文学》中的一段话，而是胡适的“八事”、陈独秀的“三大主义”，尤其是周作人的一系列论文中表现出来的“更具系统性与完整性”的“资产阶级民主主义”；第四，是从五四时期的创作实践，如鲁迅、郭沫若的创作来论证的。但实际上当时鲁、郭等的创作中，“革命民主主义还是他们的主

① 《中国现代文学研究丛刊》1983 年第 1 辑。

导思想”。最后，作者将五四文学革命的指导思想归结为“小资产阶级革命民主主义思想和资产阶级民主主义思想”。朱德发和许志英的观点发表后，引起了关于这一问题的热烈争鸣。尽管出现了一些反对意见，但在批评的同时，有些研究者也不得不部分地肯定并认同了这一观点。①

七十年代末八十年代初，五四文学的研究既是热点又是重点。除了上面提到的代表性观点外，还表现在以下几个方面：一是对胡适、周作人、郁达夫、徐志摩、戴望舒、冰心、庐隐、冯沅君等一直受到贬低乃至完全否定的作家及其文学主张和创作进行再评价，以恢复他们本来的历史面目。二是打破禁区，对五四时期的人道主义思潮、个性主义思潮及其与五四文学创作的关系，进行实事求是的探讨。三是对五四时期有过一定影响，人们也比较熟悉，但过去很少提到的作家作品，如台静农、徐玉诺、废名、许钦文、王思玷等的小说创作，刘半农、俞平伯、李金发等的诗歌创作，甚至陈西滢等文人的创作与观点，都进行认真梳理和评判，扩大了研究视野。四是注重对五四文学社团流派的研究，不但文学研究会和创造社的文学主张与创作得到更深入的探讨，“新潮”社、浅草社、“湖畔”诗派、“新青年”派、“鸳鸯蝴蝶”派、“乡土小说”派等也得到了全面的考察与评价。如刘杨体的《变态文学的盛衰》、②严家炎的《早期乡土小说及其作家群》、③许志英、倪婷婷的《中国农村的面影——二十年代“乡土小说”管窥》④等，都能够把文学思潮与流派创作联系起来加以考察，较为全面地论述了它们的创作倾向及历史地位。这些研究为恢复五四文学研究的勃勃生机和全面繁荣奠定了基础。

“拨乱反正”之后，人们不再满足于仅仅以“反帝反封建”或者以阶级论的社会学去评价五四文学，而试图运用新的视野从多角度多层次多侧面来探讨研究对象。赵园的《五四时期小说中的婚姻爱情问题》、⑤《五四时期小说中的知识分子形象》，⑥康林的《论五四时期知识分子题材小说的中心冲突》⑦，刘德康、

---

① 参见杨义：《应该如何认识五四文学革命》，《中国现代文学研究丛刊》1983 年第 4 期；林志浩：《关于五四文学革命指导思想问题的商榷》，《文艺研究》1984 年第 1 期；魏洪丘：《也谈五四文学革命指导思想》，《文艺研究》1984 年第 4 期。

② 《中国现代文学研究丛刊》1982 年第 1 期。

③ 《小说界》1984 年第 3 期。

④ 《文学评论》1984 年第 5 期。

⑤ 《中国社会科学》1983 年第 4 期。

⑥ 《文学评论》1984 年第 4 期。

⑦ 《中国社会科学》1985 年第 6 期。

邹映红的《论五四小说中的自我表现》,[1]王润华的《五四小说人物的“狂”和“死”与反传统主题》,[2]叶中强的《论五四小说创作中“孤独者”的文学心理》,[3]等等,都从五四小说创作中所反映的某一现象出发,探求其与当时社会文化背景的深层联系,从而在一个侧面上评述了五四小说的思想价值与认识价值。赵晋华的《郁达夫小说中的“我”》[4]、刘勇的《“过敏神经的忽而颤动”——论郁达夫五四散文的情绪特征》[5]、范培松的《论五四散文家的破坏心态》[6]、夏晓鸣的《鲁迅、郭沫若、郁达夫留学日本及艺术个性之比较》[7]、陈瑞琳的《试论鲁迅小说中的恐惧意识》[8]、阎庆生的《〈野草〉与鲁迅的创作心态》[9]等,着重从作家的心理特征、艺术个性及审美理想诸方面入手深入探讨了作家主体与创作客体之间的复杂联系,以及他们的作品所体现出的独特的艺术风貌与美学价值。孟悦的《视角问题与五四小说的现代化》[10]则较早地为人们提供了有关“现代小说观”、“现代文学观”的独特理解及把握方式。

研究的多视角多向度使得本阶段对五四文学研究的视野得到进一步拓展,以往人们较少涉及或论述不深的一些问题大大深化。比如对“鸳鸯蝴蝶派”,研究界曾一直视之为五四时期文坛上的一股逆流加以痛斥,而范伯群的《试论鸳鸯蝴蝶派》[11]、《再论鸳鸯蝴蝶派》[12]和朱德发的《鸳鸯蝴蝶派小说观新探》[13],则本着实事求是的科学态度,对其进行较为全面的把握和动态的考察,于批判该派小说的消极性之外,更多地从其理论和创作中发掘一些颇有价值的东西。本阶段不但对五四文学思潮和创作作了广泛而深入的考察,而且注意到了对五四时期一些重要批评理论家的文学批评观和文艺思想的研究。如傅正乾的《茅盾

---

① 《四川师范学院学报》1990 年第 2 期。
② 《文学评论》1990 年第 2 期。
③ 《上海文论》1992 年第 1 期。
④ 《河北学刊》1987 年第 2 期。
⑤ 《黄淮学刊》1989 年第 1 期。
⑥ 《苏州大学学报》1989 年第 4 期。
⑦ 《学术研究》1987 年第 3 期。
⑧ 《鲁迅研究年刊》1991、1992 年合刊。
⑨ 《鲁迅研究年刊》1991、1992 年合刊。
⑩ 《文学评论》1985 年第 3 期。
⑪ 《中国现代文学研究丛刊》1981 年第 2 期。
⑫ 《新文学论丛》1982 年第 4 期。
⑬ 《山东师大学报》19S7 年第 5 期。

前期论文学的社会功利》、[1]朱德发等著的《茅盾前期文学思想散论》[2]等，这也是此前人们较少探讨的领域。还有些研究者专门探讨了佛学、基督教等对五四文学的影响，如陆萍的《从“神的文学”到“人的文学”：论五四前后佛学对诗坛的影响》、[3]杨剑龙的《论五四小说中的基督教精神》[4]等。另外，雨箫的《论五四山水诗的隐逸意识》[5]、刘献彪的《论〈新青年〉的翻译文学》[6]、王泉根的《论五四时期的中国儿童文学》[7]等，也都是开拓研究新领域之作。

研究视野的拓展与研究领域的扩大还不限于上述诸多方面，许多研究者极为注重对五四文学与人类整个精神活动、与传统文化和传统文学以及与世界文学的总体的种种联系进行考察，这使得本阶段对五四文学的比较研究蔚为大观，成果累累。首先是纵向的比较研究，有些研究者把探索的目光引向了五四文学与民族传统文化，包括古代文学和近代文学的实际联系上，力求从历史的渊源上进一步弄清这两者在深层的承续与超越的关系。张宜富的《它来自中华民族文化的长河：“五四”文学民族渊源初探》[8]、夏晓虹的《五四白话文学的历史渊源》，[9]都是探索五四文学的“民族渊源”；而任访秋的专著《中国新文学渊源》，[10]则在更为全面的考察的基础上探讨了民族文化对新文学形成所产生的深刻影响。关爱和的论著《从古典走向现代》，[11]较深入地探讨了传统文学与五四文学的关系及其转换的内在机制。还有不少文章，如《五四小说理论与近代小说理论的关系》[12]、《从“诗界革命”到白话新诗崛起》[13]、《新诗运动与新诗的观念》[14]、《论五四小说与传统伦理意识的关系》等，或者从某一种体裁或者从某种文学观念或者从某种文化意识的追求溯源，探

① 《北方论丛》1983 年第 5 期。
② 山东人民出版社 1983 年出版。
③ 《中州学刊》1991 年第 3 期。
④ 《文学评论》1992 年第 5 期。
⑤ 《青岛大学学报》1989 年第 2 期。
⑥ 《山东师大学报》1989 年第 6 期。
⑦ 《西南师大学报》1987 年第 4 期。
⑧ 《河南大学学报》1985 年第 2 期。
⑨ 《中国现代文学研究丛刊》1985 年第 3 期。
⑩ 河南人民出版社 1986 年出版。
⑪ 1992 年河南人民出版社出版。
⑫ 《中国现代文学研究丛刊》1984 年第 2 期。
⑬ 《山东师大学报》1985 年第 6 期。
⑭ 《学习与探索》1985 年第 5 期。

求其纵向的历史的内在联系。

比较研究既是一种重要的视角，又是一种深化文学研究的思维方法，尤其对于五四这样一个在短短不到十年的时间里匆匆走过了西方二三百年文艺思潮的特殊的文学时期，这种研究对人们似乎具有更大的吸引力，涌现出一大批中外比较方面的文章。王锦因的《外来文艺思潮与五四新文学》①充分肯定了外来思潮和美学理论对五四新文学的促进作用，同时也论述了它的一些消极影响。王锦厚的专著《五四新文学与外国文学》②较为全面地论述了五四新文学与印度文学、日本文学、俄苏文学、英国文学、美国文学、法国文学、德国文学以及各被损害民族的文学的关系，对不同国家影响的特征、途径等也都作了认真的梳理与评价。朱寿桐的论文《外国文学思潮与"五四"现实主义的宽泛化》，③分析了外国文学思潮与五四时代精神、社会现实和美学倾向相互碰撞的复杂状态，指出"五四新文学家们从引进外国文学思潮到设计新文学体式都吁求着现实主义，价值观念上特别倚重于现实主义，并将一切合理的文学现象，各类值得彰扬的外国作家和作品倾向，全都与现实主义挂起钩来，从而形成了泛写实主义的情态。"陈航的《五四时期小说与现代主义思潮》④、严家炎的《创造社前期小说与现代主义思潮》⑤等都从小说创作中论述了西方现代主义思潮对五四文学创作的深刻影响，以及这种影响之所以发生的根源及复杂的表现形态。还有不少文章专门论述了五四作家与外国文学的关系，在极为复杂的文化碰撞的大背景下探讨具体作家因不同的个性气质和审美理想而产生的"接纳新潮"的细微差别与不同取向。如王富仁、罗钢的《郭沫若早期的美学观和西方浪漫主义美学》，⑥探讨了郭沫若从哲学观到文艺观所受的西方浪漫主义者的思想影响，以及这种影响是如何奠定了郭早期美学观的基础。王富仁的专著《鲁迅前期小说与俄罗斯文学》，⑦全面论述了鲁迅小说在现实主义精神、艺术手法、创作方法以及民族性和独创性诸方面与俄罗斯文学的深层联系。《郁达夫的小说创作与

---

① 《文学评论丛刊》第21辑。
② 四川大学出版社1989年出版。
③ 《江苏社会科学》1991年第5期。
④ 《中国现代文学研究丛刊》1988年第1期。
⑤ 《小说界》1984年第4期。
⑥ 《中国社会科学》1984年第3期。
⑦ 陕西人民出版社1983年出版。

日本文学的影响》[①]、《郁达夫与卢梭》、[②]《鲁迅前期思想与尼采》[③]、《前期创造社主要外来艺术质疑》[④]、《五四运动与文艺复兴——东西方两个伟大文学运动比较》[⑤]等文，都能够通过比较分析，既揭示出中西文学在某一层面上的相似、相同和相通之处，又能够从相似的表面现象背后，揭示出本质的差别来，对于人们认识五四文学对西方文学的融合与分离、接纳与超越颇有启发意义。

综观新时期的五四文学研究，如果说七十年代末八十年代初是"重评"的初探阶段，八十年代中期是开拓的深化阶段，那么八十年代中期以后则进入了更为全面深入和突破阶段。八十年代中期以后，除了以上提到的五四文学研究的深化和发展外，还有一系列更为显著的变化。

（一）系统性的、宏观性的研究五四文学的专史专论日益增多。1986 年出现了第一部史著，即朱德发的《中国五四文学史》，[⑥]此后接连问世的有刘纳的《论"五四"新文学》，[⑦]许志英的《五四文学精神》[⑧]，许志英、倪婷婷的《五·四：人的文学》[⑨]，袁国兴的《中国现代文学结构形态研究》[⑩]等专论。刘著选取了五四初期新文学作品中的"童心美"、五四新文学的理性色彩、五四小说创作方法的发展、鲁迅前期小说对现实主义文学的贡献以及文学研究会与前期创造社作家性格的比较等几个颇为独到的角度，总结了五四文学的历史贡献。本书的特点是始终将注意力集中于文学随时代、尤其是随主要社会思潮变化的趋向，着重从文学的"发展"和"变革"的意义上来探讨五四文学这一独特的"历史现象"的。许著从专题切入，颇有深度地探讨了五四文学精神和五四的文学史意义。《五·四：人的文学》是《中国现代文学主潮》系列论著的第一分册，本书比较系统地考察和研究了五四文学创作思潮，论述了从"社会改造思潮与人的文学"、"自我表现"和"个性解放"到"人生文学"、"乡土文学"，"反帝主题的初步形成"，再到"个性解放主题的淡化"这样一个复杂的发展变化过程，对五四文学研

---

① 周炳成：《新文学论丛》1984 年第 4 期。
② 彭晓丰：《中国现代文学研究丛刊》1984 年第 4 期。
③ 唐达晖：《武汉大学学报》1979 年第 5 期。
④ 魏建：《山东师大学报》1987 年第 6 期。
⑤ 王德禄：《晋阳学刊》1983 年第 3 期。
⑥ 山东文艺出版社 1986 年出版。
⑦ 浙江文艺出版社 1987 年出版。
⑧ 江苏文艺出版社 1991 年出版。
⑨ 南京大学出版社 1992 年出版。
⑩ 黑龙江教育出版社 1993 年版。

究有所开拓有所前进。袁著是在中外古今文化交汇的宏阔背景上探讨了五四文学的形成机制、总体特征，特别对五四前后话剧的研究确有独到之见。

（二）伴随着高屋建瓴的宏观研究和日益深化的微观研究，人们在对客体对象的研究中所赖以综合的视角和向度进一步被充实着丰富着。有些研究试图超越对五四文学的分门别类的支解研究，而把五四文学作为一个综合性的“精神实质”，极力探求其之所以为“五四文学”的“质”的价值特征，探求那富有独特魅力的根源之所在。这里有一个怎样认识和理解五四文学精神的关键问题，对此研究者再也不满足于用“反帝反封建”、“现实主义精神”等来概括那博大精深的丰富内涵。有的探讨了五四文学的生命意识，认为其最具恒久价值的文学意蕴便是“对爱与自由的追寻”；①有的认为五四文学创作的普遍特征在于“印象的、情绪的产物，而还没有达到成熟的任何‘主义’的艺术自觉”。② 有的将五四文学精神的突出特征归纳为“悲剧意识、自由精神和感性生命特征”。③有的认为五四文学精神“蕴含着那个时代潮流的一切优点和局限，体现为一个多元的、多层次的图式结构，即现实主义、浪漫主义和现实主义的相互多重变奏。”④有的从文学现代化的视角提出“五四在审视传统时的俯视一切、怀疑一切的批判态度，迎纳外来新潮时的开放、宽容的民主意识，建设新文学时基于对人的主体性的推崇而体现的独立创造精神”，⑤这三者的有机结合才是五四文学精神的本质特征。有的认为分析五四文学的总体特征不能仅仅从创作方法上来概括，也不能仅仅将其主导思想概括为人道主义或者个性主义或者新民主主义，“以人的解放为核心的启蒙主义文学”才是五四文学的主潮。⑥ 还有的认为五四文学精神的核心应是“人的自觉”与“文的自觉”⑦等等，不一而足。

（三）学者们再也不满足于单纯用社会——历史学的方法研究五四文学，在追求思维方式的超越、弘扬研究主体的个性，增强研究的当代性诸方面大大深化。不少研究者将五四文学置于古今中外文化大碰撞的大背景下，借助文化——心理学的批评方法，通过对五四文学独特的价值观念、思维方式、审美趣

---

① 李继凯：《爱与自由：五四文学的生命意识》，《陕西师大学报》1989 年第 2 期。

② 赵学勇：《论五四文学创作的情绪特征》，《兰州大学学报》1989 年第 2 期。

③ 李俊国、王本朝：《五四文学精神——变异、复归与超越》，《河北大学学报》1989 年第 3 期。

④ 朱德发、刘开明：《五四文学精神新论》，《山东大学报》1989 年第 2 期。

⑤ 许志英、倪婷婷：《五·四：人的文学》，南京大学出版社 1992 年版。

⑥ 张中良：《论五四文学主潮》，《西北大学学报》1993 年第 4 期。

⑦ 赵福生、杜运通：《从新潮到奔流》，河南大学出版社 1992 年版。

味等的剖析，深入探求其深层的文化结构和审美结构，并力求从中总结出文学现代化的客观规律和对当代文学发展的启示意义。如怎样评价五四新文化运动倡导者对外国文化的态度，王富仁在《在广泛的世界性联系中开辟民族文学发展的新道路》[①]中认为，五四新文化运动的主要缺点并非“全盘西化”和“兼收并蓄”，新文学者对于外国文学有鉴别、有取舍，而以反封建为“根本的取舍标准”；并且认为“正是在这种表面似乎‘兼收并蓄’的情势中，在广泛吸收外国文化的基础上，马克思主义被介绍到中国”，而“马克思主义学说的输入，直接标志着五四新文化运动时期对外国文化、外国文学的总体上的正确态度。”王瑶的《五四时期对中国传统文学的价值重估》[②]一文中认为，用新的价值尺度对中国传统文学进行重新估价是新文化运动和文学革命的一项重要任务，价值重估的重要尺度是“人”的觉醒和解放，而这种“重新估价”绝不是简单的对传统的全盘否定，而是用现代的科学观点和方法对传统文学进行再认识、再估价与再发现，“使其在新的文学变革中获得新的生命力，从而有助于推动中国社会的现代化”。王富仁的《对全部中国文化的现代化追求——论五四新文化运动的意义》[③]一文，从五四新文化运动所具有的开放意识、反思意识、进化发展观、科学、民主和语言改革等与此前“洋务运动”、“维新运动”相联系的思想因素的相似和区别中，指出“五四新文化运动的独立贡献仅仅在于把这些思想因素推进到了中国精神文化的改造中来，因而人的解放的思想才是真正反映出五四新文化运动独立本质的意义内涵。”“它的独立的思想旗帜不是‘科学’和‘民主’，而是反映人的精神解放的‘个性解放’思想。在这个思想旗帜下，它展开了对中国传统精神文化的批判性反思”，而中国新文学就是“在这种反思的精神推动下发展起来的”。

在对五四文学流派和具体作家作品的研究中，文化学的理论视角也广泛使用，出现了一批相当可观的创作论、作家论、流派论专著，其中影响最大成就较高的是王富仁著《中国反封建思想革命的一面镜子——〈呐喊〉〈彷徨〉综论》。[④]这部著作主要从文化视角对显示五四文学革命实绩的鲁迅小说进行了富有独创性的研究，将鲁迅研究提高到一个新的层次；它所运用的研究视角和方法论

① 《中国现代文学研究丛刊》1985 年第 1 辑。
② 《中国社会科学》1989 年第 3 期。
③ 《中国社会科学》1989 年第 3 期。
④ 北京师范大学出版社 1986 年版。

其意义已超过鲁迅小说研究领域，而影响到对五四时期所有作家作品的深入研究。

新的研究方法带来的显著突破也体现在对五四文学的本体研究上。五四文学既是思想解放的表现，也是文体大解放的产物，以往研究者较少从形式方面研究五四文学，即使涉及到语言、文体形式等方面的问题，也往往以“形式服务于内容”为准则，或者主要从体裁的开拓、形式的新颖等表层的变化上去研究。八十年代中期以来，有些研究者力求回归文学本身，着重探讨了五四文学在语言和文体方面的审美特征。如方长安的《论延安小说与五四小说叙述方式之差异》，[①]徐麟的《〈狂人日记〉的叙述结构与启蒙精神》，[②]骆寒超的《论“五四”时期的诗体大解放》[③]等等。近年来还有些研究者借助西方现代文论中的语言学、符号学、结构主义等探讨五四文学文体建构的规律，以及在审美上的深层特征。这些新视角、新方法的尝试极大地深化了对五四文学的研究，也预示了文学研究的一种新趋向。

五四文学研究的起步几乎与五四文学的形成是同时的，如果从研究视角、价值取向来看，七十多年的五四文学研究走过了一条“多元化——单一化——多元化”的道路，有明艳也有黯淡，有成功也有失利，有经验也有教训，有前进也有倒退，但总的研究趋势却是越来越深化，越来越辉煌；特别到了新时期在“解放思想，实事求是”思想路线引导下，五四文学研究呈现出百家争鸣、多元发展的崭新局面，运动形态、理论形态和创作形态比以往任何一个时期的研究都富有开创性和超越性，把五四文学研究推上一个新阶段。虽然在“新儒学热”中也流露出一些不利于在更高更深层次上研究五四文学的令人担忧的苗头，但从主导倾向来审视，五四文学研究的发展前景，定会是光辉灿烂的。

由于时间、水平、资料所限，对五四文学研究的述评不可能准确也不够全面，只能择其要者概述之，请读者补正。

（写于1994年冬）

---

① 《延安文艺研究》1991年第1期。
② 《文艺理论研究》1992年第3期。
③ 《文学评论》1993年第5期。

上篇 思潮论

生命哲学:五四文学观念的深层文化意识

"五四"新文学观念的文化意识是在中外文化交汇中所铸成的多元复合体,对于这一点,今天不再会有人反对或怀疑了吧?我们现在应着重探讨的是"五四"文学观念的深层文化意识。传统的看法认为,民主主义意识或社会主义意识是"五四"文学观念的深层文化意识,这主要是从政治层次上加以考察的;现在越来越多的研究者承认人道主义是"五四"文学观念的深层文化意识,这是认识上的深化。陈独秀所说的"伦理之觉悟为最后觉悟之觉悟"即指"五四"时期人道主义的觉醒。虽然这种见解是正确的,也有相当的深度,但总给人以浮泛笼统之感,似乎尚未开掘到"五四"文学观念的意识底蕴。究竟什么是"五四"文学观念的深层文化意识呢?我认为是生命意识。

一

人是文化的最高本质,他既是文化的创造主体,也是文化的服务主体。因而撇开了人,文化就失去存在的意义和价值。封建文化的要害就在于以各种物质的精神的手段来扼杀人性,腐蚀人魂,特别以残酷的理性毁灭人的各种欲望,把活生生的人变成礼或理的工具。从这个角度讲,封建文化完全丧失了它的本质意义和存在价值。"五四"新文化运动就是借助西方的近现代文化冲击吃人的封建文化,挽救人的生命,改造人的灵魂,促进生命的发展,把"黄人劣种"变成具有顽强生命力的人,从根本上解决中华民族的生死存亡问题,即由个体生命力的复活、新生和发展到整个民族生命力的复活、新生和发展,几乎是"五四"文化先驱们大致相同的立人再立国的思想路线。正是为了唤起个体或群体生命意识的觉醒,文化先驱们不约而同地敞怀汲取达尔文的生物进化论和叔本华、尼采、柏格森、弗洛伊德等人的学说。这些学说尽管千差万别,有理性主义与非理性主义之分,但在关注生命、保存生命、发展生命上却是一致的,大都具有强烈的生命哲学意识。倾向于进化论或泛神论的文化先驱们，往往以理性主义为导向，关注群体生命意识的觉醒。陈独秀从生物进化论的角度指出："抵抗力，万物各执，其避害御侮自我生存之意志，以天道自然相战之谓也"。[①] 但是这种万物生存皆所具有的抵抗力，由于封建文化意识的长期毒化却是中华民族所缺乏的，即这种原始生命强力已退化，"吾国衰亡之现象"虽然表现多端，"而抵抗力之薄弱为最深最大之病根，退缩苟安铸为民性。"[②]他把唤起全民族生命意识的觉醒提高到救亡图存的思想高度，并视这种原始生命强力的复苏是中国人最深层文化意识的觉醒。李大钊曾以宇宙轮回观，指出"大凡一新生命之诞孕，必历一番之辛苦，即必须一番之努力"；[③]中华民族的新生也如同新生命的孕育诞生一样，必须付诸艰苦辛劳，这是宇宙本体循环进化之规律所决定。郭沫若的泛神论主张天与人的统一、自然万物的和谐，"把宇宙全体从新看作个有生命、有活动性的有机体，无论什么人，都是有理智的动物"[④]；因此，作为人类"我们渴望着和平，我们景慕着理想，我们喘求着生命之泉"，则必须"把一切的腐败的存在扫荡、烧葬尽，迸射出全部的灵魂，提供出全部的生命"。[⑤] 倾向于尼采、叔本华、柏格森等学说的文化先驱们，常常以非理性主义为导向，关注个体意识的觉醒。不论叔本华的生命意志说，或者尼采的强力意志说，都是由宇宙本体论转向人类学本体论，它们所关注的乃是以个体为本位的生命、生存、人生诸问题，发现自我、创造自我则是其中心主旨。柏格森认为，唯一实在的东西"就是活生生的，在发展中的自我"。[⑥] 在尼采那里"成为你自己"的"自我"包括两层含义：在较低层次上是指隐藏于意识中的个人生命的本能，种种无意识的欲望、情绪、情感和体验；在高层次上是指精神上的"自我"，它是个人自我创造的产物。不过在尼采眼里，这两层含义并不矛盾，因为他一向把生命本能作为创造的动力和基础。[⑦] 尼采并不讳言这种非理性的生命哲学带有浓厚的个人主义色彩，不过他所主张的个人主义具有特定含义，异于那种唯利是图、沽名钓誉的个人主义；而真正的个人主义乃是真实的"自我"。所谓真实的"自我"就是要"成

---

① 陈独秀：《抵抗力》，1915 年《新青年》第 1 卷第 3 号。

② 陈独秀：《抵抗力》，1915 年《新青年》第 1 卷第 3 号。

③ 《新生命孕育要努力》，《李大钊选集》第 64 页。

④ 《郭沫若谈创作》，第 8 ~ 9 页，黑龙江出版社 1982 年版。

⑤ 郭沫若：《文艺论集续集》，人民文学出版社 1979 年版。

⑥ 柏格森：《时间与意志自由》，第 120 页。

⑦ 《尼采在世纪的转折点上》，第 115 ~ 116 页，上海人民出版社 1986 年版。

为你自己”，对自己的生存负责，做生命的主人，真诚地寻求人生的意义。这种以个人为本位的带有存在主义意味的生命哲学思潮差不多影响了“五四”一代知识者的觉醒。郁达夫曾评说：“五四运动的最大成功，第一要算‘个人’的发现，从前的人，是为君而存在，为道而存在的，现在的人才晓得为自我而存在了。”[①]这种“个人”的发现，显然是基于生命哲学对深层意识的启迪和诱发。

不过，在“五四”时期关注群体生命意识的觉醒或关注个体生命意识的觉醒并不矛盾，只是选取的角度和切入的指向不同，但它们都是为了从深层文化心理结构进行启蒙，冲破几千年封建文化对人性的禁锢和心灵的戕害，使整个“食人的民族”真正觉醒，使全国民众的人性得到彻底解放。因此不应该把个体生命意识和群体生命意识人为地对立起来，就连提倡个人主义的生命哲学家尼采也承认二者的辩证统一，并明确地认识到：个人是世界的中心，而这个个人并非要拿世界来自利，反要向世界贡献他一份特有的光和热，人人都是太阳，由无数发光体组成的世界就能更加绚丽多彩，人类就不能成为一盘散沙了。个人愈是雷同的社会就愈是缺少凝聚力，无个性的个体不能结合为整体；个人愈是独特，个性差异愈是悬殊，由他们组成的社会有机体就愈是生气勃勃，愈是充满了生命活力。[②] 中华民族之所以缺乏凝聚力，如同一盘散沙，近百年备受欺压和凌辱，主要是因为封建文化的长期毒害，使中国人失去了独特自立的个性意识，个个变成缺乏生命活力的“死相”，既不能维护民族的生存发展，也不能维护个体的生存发展，只有唤醒每个人的独特自立的生命意识，“提供出全部的生命”，把“反抗的烈火烧得透明”，才能“反抗不以个性为根底的既成道德”，“反抗一切否定人生的一切既成宗教”，“反抗藩篱人生的一切不合理的畛域”，即“以生命的炸弹来打破这毒龙的魔宫”。[③] 正是在新文化的既深且广的生命哲学意识的渗透或作用下，产生了“五四”时代的具有强烈生命意识的人的文学观念。

二

“五四”时期的文学主张或美学观念虽然千姿百态，但大都以生命哲学意识作为深层的基石或支柱。郭沫若从宇宙与生命一体化的角度强调生命力的解

---

① 郁达夫：《中国新文学大系·散文二集导言》。

② 《尼采在世纪的转折点上》，第112页。

③ 郭沫若：《文艺论集续集》，第2~3页。

放，并提出“生命底文学”观，他认为生命与文学不是判然两物，生命是文学的本质，文学是生命的反映，离开了生命就没有文学：“Energy（精力、活力）底发散便是创造，便是广义的文学”，人的“感情、冲动、思想、意识底纯真表现便是狭义的生命底文学”，并强调“生命底文学是必真、必善、必美的文学”，是不朽的文学。[①] 不论狭义的生命文学或广义的生命文学，郭沫若显然深受泛神论和生命哲学的影响而提出这种新文学观念。他曾明确地表述过，“诗人的宇宙观以泛神论为最适宜”。因为在他看来，诗人和哲学家的共同点是同以宇宙全体为对象，以透视万事万物的核心为天职，只是诗人的利器是纯粹的直观，哲学家的利器则更多一种精密的推理，诗人是感情的宠儿，哲学家是理智的干家子；而哲学中的泛神论确是以理智为父、以感情为母的宁馨儿，并把宇宙全体视为充满生命活力的有机体。泛神论所具有的这两大功能或精神实质，正合乎“诗人虽是感情的宠儿，他也有他的理智”的宇宙观和人生观的需要，故作出“诗人底宇宙观以泛神论为最适宜”[②]的深刻论断。基于泛神论与19世纪末生命学说在思想体系上都重视直观感觉、强调生命活力和生命的创造进化，所以郭沫若对法国直觉主义美学家和生命哲学的创始人柏格森的学说颇为赞赏，指出“凡为艺术家的人，我看最容易倾向到他那‘生之哲学’方面去”。[③] 即柏格森提出的世界是生命冲动的创造进化过程，艺术凭直觉以创造为生命等见解，都消融在郭沫若的生命文学观中。

质言之，所谓生命文学观，则要求以个体生命的本来模样去表现生命的本质，重在表现人性的全部复杂性和深刻性，以争取人性的全面而彻底的解放。郁达夫“五四”时期的生命文学观比郭沫若更彻底一些。因为他深受西方19世纪末非理性主义哲学的影响，不仅认为我们的生存就是“生”的力量的具象化，个个独立生活的背后都隐存一种“生”的力量，而“生”的具象表现则是创造；[④] 并且提出“艺术和生活同是生的力量的表现，是人的内部要求的表现”。[⑤] 他所反复强调的“生的力量”，就是一种创造的生命的冲动，是一种生命活力；他所说的“内部要求”，就是个体生命为了保存自己发展自己而在感情、冲动、思想、意识诸方面的基本欲望和要求。文学艺术就是要把现实世界中个体生命力的具

---

① 《郭沫若谈创作》，第204~205页。
② 《郭沫若谈创作》，第8~9页。
③ 《三叶集》，郭沫若《1920年2月15日致宗白华信》。
④ 《郁达夫文论集·文学概论》，第116页。
⑤ 郁达夫：《文学概论》，第32页。

象化通过创作主体的自由审美意识转化为艺术世界中的活生生的个性;如果在现实世界里由于种种条件的限制或桎梏,生命力受到压抑、扭曲甚至异化,那么到了艺术世界里个体生命力或人性将得到充分的展现和彻底的解放。正是基于对人所共有的内在生命力及其与生活和艺术之间深刻关系的认识和理解,郁达夫曾指出:“无论何人都是天生的艺术家,都想自己表现自己,都是要创造出一点什么东西出来的,这一种艺术的冲动,这一种创造欲望,就是我们人类进化的原动力。”[①]艺术的冲动即生命的冲动,郁达夫把艺术的冲动提高到人类前进的原动力的高度来认识,这直接源于柏格森的生命学说,并说明感性生命自身是文学艺术家始终取之不尽的潜流,即艺术也表现在生命冲动的创造过程之中,文学家可以突破凝固的理性外壳的束缚,打开空间设置在创造对象之间的种种界限,凭借直觉的努力,去表现自我的生命意向和艺术冲动。柏格森发展了叔本华、尼采的生命学说。叔本华把文学的对象视为生命意志的理念,尼采认为艺术是生命的最高使命和生命本来的形而上活动,而柏格森则要求文学艺术以直观的努力去表现绵延不断的内在的感性生命力,将生命冲动当成文学艺术的源头活水。郁达夫生命文学观的深刻之处不只表现在要求展示一般心理层次上的个性解放意识,而着重表现于它强调挖掘人的深层心理结构的情欲本能和潜意识。他说过:“种种情欲之间,最强有力、直接动摇我们的内部生命的,是爱欲之情;诸本能之中对我们的生命最危险而同时又是最重要的,是性的本能。”[②]可见,性欲本能是感性生命的最重要的内驱力,爱欲之情是生命意识中最深层的生存欲望,也就是潜意识。这种内向的重在开掘深层生命意识的文学见解,必然导向文学“打破从来因袭的样式而求新的生命之新的表现”,导向对主体意识觉醒的弘扬和自我价值在社会现实的肯定以及自我生存方式的确立,导向冲破种种既成宗教或道德规范而追求自我情感的彻底解放,导向“精赤裸裸的人性”的表现。[③] 创造社前期其他成员的文学观也受到生命哲学的或深或浅的影响。成仿吾曾说过,“一切的艺术,我思应该是生命的艺术”;“人生的全部,不是用直观以外的手段所能捕捉到的。”[④]他既说明了“生命”是一切文学艺术的源泉,又指出“直观”是艺术表现的最重要手段,舍此不可能把人生的全部奥

① 郁达夫:《文学概论》,第6页。
② 郁达夫:《戏剧论》,第32页。
③ 郭沫若:《文艺论集续集》,第1~3页。
④ 成仿吾:《〈一个流浪人的新年〉自语》,1922年《创造季刊》第1卷第1期。

秘摄入文学艺术世界里。

三

周作人提出的“人的文学”观,可以涵盖“五四”时期所有的文学主张,他把所提倡的种种文学内容都囊括在“人的文学”这个中心观念里。“人的文学”观念,从文化意识的角度来考察,它既是以民主主义思潮作精神支柱,又是以人道主义思想作理论基础;然而这并非它的深层文化意识,其深层文化意识乃是生命哲学意识。它的生命意识的渊源并不完全与创造社诸君生命文学观同源,虽然也受到世纪末非理性主义生命学说的影响,但主要源头则是生物进化论。周作人把生物进化学说引入人学领域,对人的生命本体作了深入探讨,以建构起独自的个体生命人性观作为其“人的文学”主张的理论支架。他所说的人不是世间所谓“天地之性最贵”或“圆颅方趾”的人,乃是“从动物进化的人类”。① 而这“人类”作为个体生命来说包括两层含义:一是承认人是一种生物,他的自然生命本能、生命冲动以及生存现象与别的动物并无不同,这是人的自然属性。二是承认人是一种从动物进化的生物,他的内面生活即精神生活比其他动物更为复杂高深,并且逐渐沿着进化之路向上,终达到与动物相脱离的境界,显示了人具有“能够改造生活的能力”。② 即不仅能适应环境也能改造环境,是在改造环境中不断改造自身。因此人既是具有生命本能的个体,更是精神性的个体,是个人自我创造的产物。周作人揭示了人的二重性,说明人性包括自然性和社会性双重内涵且以社会性为主要特征。作为个体生命的人不是灵与肉分离的二元,而是一元的正常的人;即灵肉本是生命体的两面并非对抗的二元,人既无与灵魂分离的身体,也无从身体分离出的灵魂,从身体发生的“力是唯一的生命”,③灵肉一致的人才是从动物进化的人,灵肉一致的生活才是人类正当的生活。正是从人的灵肉一元论出发,周作人既反对自古以来宗教所推行的灭了肉体以救灵魂的禁欲主义、苦行主义,又反对不顾灵魂的纵欲放荡的快乐派。“人的文学”观念正是确立在这种充溢着生命意识的人性论上。马克思曾指出:“任何人类历史的第一个前提无疑是有生命的个人的存在。因此第一个需要确定

① 周作人:《人的文学》,1918年12月《新青年》第5卷第6号。
② 周作人:《人的文学》。
③ 周作人:《人的文学》。

的具体事实就是这些人的肉体组织，以及受肉体组织制约的他们与自然界的关系。”“生命的生产——无论是自己生命的生产（通过劳动）或他人生命的生产（通过生育）——立即表现为双重关系：一方面是自然关系，另一方面是社会关系……”①马克思既强调生命个体的存在在人类历史上的重要性，又说明不论自己的生命或他人的生命都在自然、社会构成的双重关系中获得了自然属性和社会属性；只有这样的生命个体，才是灵与肉、情与理辩证统一的活生生的人。周作人对人的认识虽然尚未达到这样明确而自觉的高度，但他对人的探讨的确突破了一般的生物进化观，既朦胧地意识到人的社会性，又指出人是有感情有智慧有创造性和向上性的高踞于一切生物之上的“完全的人”。这是一种难能可贵的对人的发现，它从较深的层面上辩证地揭示了人的生命本质。所以他在文学上提倡的人道主义，并非世间所谓“悲天悯人”或“博施济众”的慈善主义，而是一种个人主义的人间本位主义。这种以个人为本位的人道主义，与尼采的生命学说在对个体与群体关系的理解上有相通之处。周作人认为，作为个体的人在人类群体中正如森林中的一株树木，森林茂盛了各株树也自然茂盛，但要森林茂盛则必须靠各株树各自茂盛，这正是利己又利他、利他即利己的意思，也就是既要讲人道，爱人类，又必须先从个人做起，使自己有人的资格，占得人的地位。② 尼采的个人主义也是这种利己又利他的人道主义，即具有独特生命力和智慧品格的个人并非拿世界以自利，而是要对世界作出特有的贡献，正如他所形容的：每个人都“从自己形成着什么，让旁人看了愉快，犹如一座幽美静悄的围在墙里的花园，其垣墙之高足以拒外间风尘的侵袭，却有着迎人的门户”。③有了独特的个性和地位然后才能与群体沟通，才能有益于世界；“成为你自己”就是开放出你的异卉奇花，每个人都创造自己的美，每个人都欣赏其他人所创造的各自的美，人人都是美的创造者和欣赏者，这样的生命才是最有意义的生命，这样的人生才是最有价值的人生。马克思主义超越了一般意义上的利己与利他之争，“既不拿利己主义来反对自我牺牲，也不拿自我牺牲来反对利己主义”。“而是在于揭示这个对立的物质根源，随着物质根源的消失，这种对立自然而然也就消失”。④ 周作人、尼采虽然缺乏这种深远的理论视野，看不清二者

---

① 《马克思恩格斯选集》第1卷，第24页、34页。

② 周作人，《人的文学》。

③ 尼采：《朝霞》第174节。

④ 《马克思恩格斯全集》第3卷，第275页。

的对立及其物质根源，但他们却在生命的意义与价值上意识到利己与利他的统一性，在强调人的独特个性意识时而触及到道德层次上的利己与利他的关系，试图把个性主义和人道主义统一起来。正是基于对人性、个性、生命意义如此深邃的认识，周作人要求“人的文学”既要从侧面写人的平常生活或非人的生活，又要从正面写人的理想生活或人间上达的可能，特别要表现两性爱、亲子爱的强烈生命意识以及人性在灵与肉、情与理、个体与群体相冲突中所迸发出的生命强力，抨击那些窒息生命力、压抑人性的封建伦理道德、习惯制度、迷信风俗等，使个性获得全面的解放、生命创造力得到生气勃勃的发展。

鲁迅“五四”时期为人生的文学观或美学观同样具有强烈的生命哲学意识。他号召新文学者要敢于直面惨淡的人生，敢于正视淋漓的鲜血，“取下假面，真诚地，深入地，大胆地看出人生并且写出他的血和肉来”，①充分而真实地表现人的生存、温饱、发展诸人生问题。鲁迅文学观的深层生命意识的来源并不是单一的，而是多元取向，即受多种新思潮的综合渗透和影响。这里既有源于生物进化论的生存竞争意识，又有取自叔本华、尼采、柏格森、弗洛伊德等非理性的生命学说，并经过鲁迅独特个性的选择、消化、汲取和综合，而形成其文学观底层的生命意识。不论生存竞争意识或生命意志说，都是从生命现象的角度来观察和认识世界，认为“人是生物，生命便是第一义”；②而人的生命则是各个独立的生命，这就构成鲁迅前期文学观中尊重生命“重个人”的个性主义意蕴。个体生命既有适应生活的“生”的本能，又有承接已逝生活“死”的本能。这两种逆向生命力的“形成之因，有大力之构成作用二：在内谓之求心力，在外谓之离心力，求心力所以归同，离心力所以趋异。归同获今之遗传，趋异获今之适应”；③只有离心力大于求心力，生命才会“淳焉兴作，会为大潮”。④ 这说明人类生命不是机械式的生产繁衍，而是“渴望完全的潜力”；即人的本体蕴含着一种向上的生命力和竞争力，虽然它与人自身的矛盾和社会缺陷所构成的生命活动，并非个体生命能摆脱其悲剧性命运，然而人的生命活动总是向前的，总是在个人孤独的抗争中显示出生命力的强固。鲁迅文学观的强烈战斗性、批判性和悲剧性无不源于这种深潜的生命意识。李长之在《鲁迅批判》一书中把生存竞争说

① 鲁迅：《坟·论睁了眼看》。

② 鲁迅：《译文序跋集·译了〈工人绥惠略夫〉之后》。

③ 鲁迅：《坟·人之历史》。

④ 鲁迅：《坟·人之历史》。

和生命强力说当成鲁迅思想的中心，是其自我发展中的背后的唯一动力。我们对这种观点虽然不能完全苟同，但它却揭示出鲁迅深层的文化意识。特别鲁迅译介了厨川白村的《苦闷的象征》和《出了象牙之塔》，其文学观更加受到生命美学思想的影响。鲁迅认为厨川博士根据柏格森一派的生命哲学，“以进行不息的生命力为人类生活的根本，又从弗罗特一派的科学，寻出生命的根柢来，即用以解释文艺——尤其是文学”，颇有独创力，“多有独到的见地和深切的会心”；并认为“非有天马行空似的大精神即无大艺术的产生”，而文艺的根柢则是“生命力受了压抑而生的苦闷懊恼”。[①] 鲁迅之所以对建立于柏格森生命哲学和弗洛伊德精神分析学说上的生命文艺观给予肯定和赞扬，主要取决于对“五四”时期中华民族自立自强的社会改革的深沉忧思和改造国民劣根性以焕发民族生机的战略考虑。他的《〈出了象牙之塔〉后记》中说：我译这书并非想揭邻人的缺失来聊博国人的快意，而是“我旁观他鞭责自己时，仿佛痛楚到了我的身上了，后来却又霍然，宛如服了一帖凉药”，并想将这“痛快”分给同病的国人；时值中国的改革“第一著自然是扫荡废物，以造一个使新生命得能诞生的机运”，[②]“五四”新文化和新文学运动正是造成这种新生命得以诞生的大好机运的开端，而生命哲学或精神分析学说则是从深层文化心理进行启蒙。所以生命意识为底蕴的文学观，既要求挖掘食人民族的劣根性，极力表现中国人天然的倔强的灵魂，又要抒发个体或群体的中国人在新与旧、灵与肉的搏斗中所迸发出的躁动不安的生命力和孤独奋进的心态。这就构成了鲁迅文学观独特的审美指向，即追求“力”之美；只有生命力弥漫的作家才会“生出‘力’的艺术来”。[③] 这种“力”的审美追求与“力是唯一的生命”的生命哲学观是一脉相通的。马克思早就指出，人在改变自然的时候同时也改变着自己本身的自然，“使自身的自然中沉睡着的潜力发挥出来，并且使这种力的活动受他自己的控制”，[④]即人的生命活动是有意识的。当人对自身生命强力的自觉体认和追求获得具象化或象征化后，便成为文学艺术或审美实体，这种文学艺术则充溢着“力”之美。

---

① 《鲁迅全集》第10卷，第232页。

② 《鲁迅全集》第10卷，第244页。

③ 《鲁迅全集》第7卷，第333页。

④ 《马克思恩格斯全集》第23卷，第202页。

四

上述的抽样考察，旨在从宏观上说明“五四”文学观念尽管色彩斑斓，但其深层的文化意识却是大致相同的，即生命意识为其底蕴。这与把民主主义意识、社会主义因素或人道主义思想作为“五四”文学观念的理论基础并不矛盾，只是它们各自所居的文化意识层面不同而已。

弗洛伊德曾把个体生命的心理结构划分为本我、自我、超我三个层次。本我属于无意识领域，处在意识的最底层，主要反映人的原始本能的需要和欲望，它不知“任何价值、任何善恶、任何道德”；①支配它的有两种取向，一是性的欲望，一是挑衅或进犯他人的本能及在一定条件下追求生死的本能，这两种取向交织在一起则形成生命的原动力。自我是居于本我与超我之间的协调控制层次，是一种按照周围环境来调整自我行为的意识，它遵循现实原则来改变本我以符合超我，这种自我意识是人格的基本核心。超我是属于一种道德良心和理想的意识，坚持自己做人的标准，以现成的道德和社会文化作为对自我的约束而使自己在道德良心上产生一种内疚感，使自我适应社会需要，故超我表现出一种清醒的意识。个人的生命意识虽然贯穿于整个心理结构的每个层次，但主要属于本我的潜意识层面，它比自我意识、超我意识更自由更深蕴同时也带有盲目性。如果弗洛伊德对个体生命的心理结构层次的划分具有一定的科学性的话，那我们不妨以此作为参照系和基本框架来分析“五四”时期的社会文化心理，进而说明生命意识是“五四”新文学观念的深层文化意蕴。

“五四”时代不仅是个体的中国人开始觉醒的时代，也是整个中华民族开始觉醒的时代。这个觉醒同人的基本需要即食的饥渴、性的饥渴、爱的饥渴、生的饥渴息息相关，这是人赖以生存发展的带有原始性的本能欲求和渴望。近代以来，由于帝国主义的疯狂掠夺和封建主义的残酷剥削以及小生产方式的封闭落后，中国极端贫困化，人们在饥饿线上挣扎，因之对食物的需要比通常任何需要更迫切；由于禁欲主义的长期毒害，特别对性欲的高压和禁锢，加之物质生活苦到极处以及贵族阶级的荒淫纵欲，大部分中国人的性需要得不到满足，甚至达到性饥渴或性变态的程度；由于封建伦理道德的桎梏和等级制度的森严，人与

① 弗洛伊德:《精神分析引论新编》，第105页。

人的关系冷酷无情,茫茫人世黑暗如漆,成了无爱的世界,人对爱的需要被剥夺被压抑;由于外国列强的入侵和封建军阀的混战,整个社会动荡不安,危机四伏,整个中华民族和每个中国人的生命安全遭到严重威胁,这种"比爱的需要更占优势、更强烈、更迫切、更生死攸关"①的安全需要愈加得不到满足。这些基本人生需要被剥夺被摧残被压制,必然在人的潜意识层出现两种倾向:一是产生极大的恐怖感、危机感、痛苦感乃至死亡感;一是为寻求解决食的饥渴、性的饥渴、爱的饥渴和生的饥渴所产生的强烈的求生欲望、求爱欲望、抗争欲望乃至牺牲欲望。这两种指向最终汇聚成生命的原动力或人的潜能。但是要把中国人的压在意识深层的基本需要或潜在能量引爆出来并转化为人性觉醒意识,必须选择最佳的文化意识形态,发挥其最深刻的启蒙作用,即从本能、情欲层面进行启蒙。"好的选择者比差的选择者变得更强壮、更高大、更占优势了,这就意味着它们得到了最好的东西。"②"五四"文化先驱们不同程度地选择了进化论的生存竞争说、生命意志说、生命强力说、生命冲动说、精神分析说等,虽然这些学说存在着明显差异,但它们却有一个共同的功能或特质,即把人理解为宇宙的一种生命现象,把人类社会的生存发展理解为生命的系统,强调人的生命冲动、原始强力以及向上的竞争力和冲决逆境的反抗力。正是这种生命哲学意识形成一股强劲的启蒙优势,扫荡封建文化意识在中国人心底织成的层层罗网,将深层的生命原动力、生命强力引发出来,使之朝着人性解放的道路上迅跑。然而必须指出,这种人的潜在生命力即使释放出来,也在很大程度上充满了黑暗和盲目的混乱,缺乏明确的行动指向,不清楚应遵循什么现实原则或途径才能真正解决或满足人的食物、安全、性爱等基本需要。因此,这就要求"自我"意识层次选择最佳的文化意识形态给以正确的启迪和引导,根据"五四"时期特定的历史条件来调整自我行为趋向。"五四"时期是新旧伦理道德大交替大冲撞的时代,封建伦理道德是压抑或扑灭人的潜在生命力或生命冲动;只有选择尊重人、爱护人、关心人的人道主义的伦理道德观作为价值准则或思想武器,才能冲破人性解放道路上的重重阻力,才能把人的潜意识中的非理性无逻辑的生命冲动或带有盲目性的原始生命强力,通过调整而引上正确的人性或人生解放的道路。所以,"五四"新文化先驱们积极提倡人道主义意识,以此作为新的伦理观道德观即"自我意识"或"超我意识",形成一股从思想感情层次进行启蒙的强

---

① 马斯洛等著:《人的潜能和价值》,第73页,华夏出版社1987年版。

② 马斯洛等著:《人的潜能和价值》,第71页。

大优势。但是要使人的“本我意识”适应“超我意识”的需要，即把人的生命欲求或人性解放引导到社会解放的道路上，只选择伦理层次上的人道主义文化意识还是不够的，还必须从“超我”的层次上选择最理想的道德意识和社会意识。当时的新文化先驱们不约而同地倾向于民主主义或社会主义，是因为这两种比较理想的社会道德、文化、政治意识形态都关注人或人类的彻底解放，提倡自由、民主、平等、博爱，能够为人的全面解放、为解决人的基本需要提供良好的思想武器、人文环境和社会条件，可以把人性的解放同整个社会的解放有机地结合起来。这样就能使“本我”意识通过调整或净化上升到最高的意识层次。

况且，人的“需要是以一种层次的和发展的方式，以一种强度和先后的次序，彼此关联起来的”；而安全需要、性爱需要和食物需要等仅是生命的基本需要（也是最重要强烈的需要），是低层次的需要，最高层次的需要则是尊重需要、自我实现需要。所谓尊重需要，就是尊重个性，张扬个性，发展个性，尊重自我的独立地位和价值，尊重自我的尊严感和人格力量。所谓自我实现需要，是实现自我价值，充分发挥自我的创造力，这是“一个所有人都追求的遥远的目标”；所有的基本需要都是“通向一般自我实现道路上的阶梯”，它最终的价值目标是“使人的潜能现实化，也就是说，使这个人成为有完美人性的，成为这个人能够成为的一切”，[①]即“他坚持向着大多数人愿意叫做美好的价值前进，向着祥和、仁慈、英勇、正直、热爱、无私、善行前进”。[②] 几千年封建主义制度及其意识形态的严酷统治，使中国人连最基本的需要尚得不到满足，那些高层次的尊重需要自我实现需要则更谈不到了，所遭受到的物质的精神的特别是理性的摧残和压抑当然更加厉害。因此“五四”时期欲争取个性解放和自我价值的实现，只靠非理性主义的生命哲学意识还是不足，必须凭借理性层次上的人道主义、民主主义或社会主义，从“自我”或“超我”意识上进行强有力的思想启蒙，使中国人的性意识真正觉醒起来，使整个中华民族真正觉醒起来，这样才能满足高层次的尊重需要和自我实现需要，才能使个性获得彻底解放，才能使自我价值在为理想社会的奋斗中得到圆满实现。

从上述简析中可以看出，“五四”时期社会文化心理是多元多层次的，虽然渗透在社会心理中的多元的新文化意识有层次高低深浅之分，但它们环绕着“人的解放”这个轴心却有机地统一在一起；而生命哲学意识则大都沉淀于文化

---

① 马斯洛等著：《人的价值和潜能》，第73页、第75页。

② 马斯洛等著：《人的价值和潜能》，第73页、第75页。

心理的最底层也是最深层。因此建立在“五四”时期多元多层次的社会文化心理之上的各种形态的新文学观念，它们的深层文化意识毋庸置疑地应该是生命哲学意识。肯定它或承认它，不但丝毫损害不了人道主义、民主主义或社会主义作为“五四”文学观念的理论基础，反而会使新文学观念的文化意识更加深化。

五

任何主义或学说都含有真理因素，任何主义或学说都不能穷尽真理。在我们探讨了“五四”新文学观的深层文化意识，对进化论的生存竞争学说和世纪末非理性生命哲学的真理性或积极性作了充分的肯定的同时，不能忽视它们的局限性或消极性。其主要表现在生命运动形式固然是多样化的物质运动形式之一，但它毕竟不像社会运动形式那样是人类生存发展的根本形式，那种试图把历史发展错综复杂、多种多样的内容都总括在“生存斗争”的公式中的认识，显然是片面之见，即使把生命的冲动当成人类进化的原动力也是不科学的。因此“五四”时期的文化先驱们并不满足于某一学说，而是同时或稍后汲取多种主义或学说，作为反帝反封建以争取民族解放和人性解放的思想武器，其中不少新文化先驱由信奉生存竞争学说或生命哲学而逐步成了马克思主义学说的忠诚战士。此其一。以个体生命哲学意识为支架的文学观念，由于过分强调对自我内心世界的开掘和个人反抗力量的重视，相对之下忽视了对客观现实社会的反映和群体反抗意识的表现；由于过分追求个体的绝对自由和个性的彻底解放，而忽视对个人追求与内面世界和外在世界所形成的尖锐冲突的客观描写，给文学带来了神秘朦胧的特性或主观空想色彩；由于过分强调表现个体的感性生命意识，而忽视理性精神的烛照，给文学涂上一层迷惘的感伤的色调，此其二。尽管如此，但“五四”新文学充溢的强烈生命意识却凝成一种优良的文学传统。谁也不能否认这个传统，虽然在中国新文学的现代化过程中几经中断，然而它却在新时期的文学系统中得到发扬光大，现已成为中国文学现代化的重要标志和突出的审美特征。

（写于 1988 年夏）

图式结构:五四文学精神新探

上

学术研究决不会停止在一个水平上,它总是在不断探索不断开拓中对已有成果有所怀疑有所否定有所继承,并从而深化或修正过去的观点或结论,使学术研究永远充满生机和活力。关于五四文学的研究也应该如此。

近几年人们对五四文学有一种较普遍的误认——一种由许多研究者(包括我们自己在内)共同装饰过的误解,即认为五四文学是在全盘接受西方文学与整体否定传统文学的基础上建构起来的。由于它以西方近现代文学为楷模,全面地吸取和综合了西方的文学精神,因此获得了与西方文学一致的对话形式,使五四文学在短短几年里走完了西方文学几百年的发展道路。所以五四文学的价值观念、审美意识、主题指向、创作技巧和语言系统则成了与世界文学同步发展的现代文学精神的具体表征,它既是现代的也是审美的,最集中地体现了现代"人的觉醒"与"文学的复归",至此中国文学真正摆脱了"文以载道"的附庸地位,以自己独立的运行机制健全地发展。

五四文学果真达到了如此高的现代化程度和完美的艺术形态吗?如果仅仅是遨游太空俯瞰也许会将云霓误为大地,但是当我们真正踏在大地上,努力从繁杂浩瀚的历史现象中探寻并捕捉隐藏在表象背后那骚动然而真实的灵魂的时候,就会发现五四时期的知识分子不可能在那个特定的时代氛围里创造一种完全等同于西方的文学样式,更不可能运行在同步轨道上。五四文学始终纠缠于一个历史与现时、本土文化与外来文化互相撞击而又彼此渗透的尴尬局面之中,因此它所蕴含的文学精神只能是这种中外文化模式相互冲突与调和的结果;而且由于对西方文化的吸收和对传统文化的否定大都表现为一种表面的、实用的姿态,致使五四文学不可能超然于具体历史而在纯美学中发展自身。具体历史的要求、创造主体的文化心态以及接受主体的期待视野，都规范着五四文学发展的具体形态和审美精神只能在或主要在非文学与非审美中获得。历史就是这样，充满了荒唐的真实。

二

历史发展的内在需要规范着具体形态，同时也决定着在历史舞台上活动的人的思想行为指向。尽管作为社会主体的人总会以其思想意识或多或少地影响历史的面貌，但因主体意识本身离不开文化传统的制约和特定时代的要求，故不论人如何挣扎或反抗，历史的运命如同“俄狄浦斯神咒”一样是永远也无法摆脱的。五四文学也同样如此。它的复杂生成过程以及奔涌于繁富浩瀚文学现象背后的文学精神也始终受制于历史发展的内在要求。正是这种“内在需要”使五四文学一开始就以一种复杂而特殊的样式呈现在中国文学史上，并规范着现代文学发展的整个历程。

近代以来，内忧外患的严酷现实把中华民族推到生死存亡的危急关头，“救国”、“兴邦”和“新民”的神圣使命庄严地落到全民族的肩上。时代需要文学以其自身的力量去影响民族生活和关注民族命运，从而推动民族历史的进程，并挽救民族的危亡。在这种时代条件下，各种社会政治问题就自然成为知识分子心灵感受器的热点和兴奋点；所以救亡图存、变革社会，改造国民劣根性，重铸国民灵魂，几乎成了近代先进知识分子的全部追求，成了文学主题的总体指向。特别五四时期由于辛亥革命的失败和接连不断的外交受挫以及连年军阀混战，使中国人民陷入更加深重的苦难，进而促使知识分子对救国救民问题的思考愈加深化了。他们明确地认识到伦理的觉悟“为吾人最后觉悟之最后觉悟”，如果伦理问题不解决“则政治学术皆枝节问题”；并把伦理问题之解决同提倡新文学紧密联系在一起，即“由来新文明之诞生，必有新文艺为之先声”。于是，以提倡新道德、反对旧道德，提倡白话文、反对文言文为主要内容的新文化运动和文学革命便爆发了；紧跟着思想启蒙运动，新文学又迎来了以“五四”为标志的反帝爱国高潮。这样的历史时代对文学所期待的只能是要求文学积极参与社会，它本身自由选择的权利只能让位于历史的选择；历史要求文学既要完成提高国民伦理觉悟的使命又要担当起政治革命(辛亥革命)所无力实现的救国重任。况且，中国知识分子传统的忧国忧民的文化心态又从内在层次上强化了这种需要，使他们在国家兴亡之时尽匹夫之责，采取各种方式体现自己的社会责任感和历史使命感。因此时代精神和文化传统共同规定了历史对文学的内在需要,即从关注和表现最实际也是最复杂的问题上取得自身的价值和生存意义。

当然谁也不能否认,五四文学是在西方文学的冲击下诞生的,即西方文学思潮、文学作品和创作方法的大规模移植,才使中国文学得以冲破封建文学的硬壳,以崭新的姿态面向世界。不仅陈独秀高张"文学革命军"大旗时热情地呼唤:"吾国豪杰之士,有自负为中国虞哥、左喇、桂特、郝卜特曼、狄铿士、王尔德者乎?"他把灿烂的欧洲文学作为中国新文学的楷模;而且鲁迅、郭沫若、郁达夫等新文学巨匠无不公开宣布自己创造新文学是以大量外国文学作为范本。但这很容易给人造成一种错觉,以为五四文学是西方文学的翻版或全盘西化的文学,并容易在具体研究中有意或无意地以西方文学的模式来褒贬五四文学。理解历史的关键在于透过繁杂的历史现象去把握内在的灵魂。的确在五四文学与西方文学之间存在着明显的历史联系,然而这一联系是受"历史的内在要求"所规约的。仅就文学创作而言,西方文学自文艺复兴以来,一直以探讨人的生存问题,追寻人与现实与世界的内在联系以及生命意义等为中心,它的一个主要创作倾向则是以审美的独特形式探索人的生存本体问题,即以审美感触和艺术形式来显示人生的边缘状态,透视人的生死命运,思考人在世界上的价值与地位,提出生命的存在意义,寻找对现实处境的超越,表达对未来理想的无限关怀和热烈渴求等;因此它的内在精神是审美的也是自我的。但是五四文学却无法如此"自由洒脱",它不能不背负着沉重的时代要求和历史包袱,规约着它不可能完全成为一种自由的存在方式并以自己独特的方式去解释世界和揭示人类的审美意识。民族深重的苦难和危机就决定了中国现代作家所关心的只能是或主要是人如何才能在社会上求得生存、温饱和发展,以及社会的变革、民族的解放、历史的进步与人生的现实境遇等迫在眉睫的社会问题。因此,尽管个性解放、表现自我也成为盛极一时的口号,然而广大民众的基本生存要求与现实生存条件的矛盾,进步的人生理想、社会理想与现有的社会制度、社会习俗的冲突,一直骚扰着五四作家的创作心态,规范着作家的创作倾向和审美选择。虽然他们极力主张文学的自我意识、审美精神、为艺术而创作以及文体自身的大解放,但在实践过程中却不得不或多或少地放弃对文学自身的追求,不能真正按照美的规律去创造新文学;而是着力强调文学的社会功能,如鲁迅把文学作为思想启蒙的工具或改造社会人生的器械,茅盾视文学为宣传新思潮的武器,周作人以文学来提倡人道主义等,他们企图凭借文学的力量去改造"阿谀、夸张、虚伪、迂阔之国民性",或"揭出病苦,以引起疗救的注意",或批评人生改良人生。这就不可避免地陷入一个历史的悖论,即在反对传统文学的"文以载道"的同时又自觉不自觉地走上"文以载道"之路,尽管五四文学所载之"道"从本质上别于传统文学之"道",但文学自身却因此并没有获得完全意义上的独立和自由。所以,我们不能简单地把当时文学界对西方文学的普遍向往概括为"现代文学意识的觉醒"、"与世界文学认同"或"文学的高度自觉",其蕴涵的精神内容是极其复杂的。从根本上说,五四文学先驱汲取西方文学的价值取向是其忧国忧民的内在动机决定的,是他们在追求某种历史的整体性时所试图解决不可收拾的残局而作出的努力,而主要不是为了文学自身。这可以看成是自近代以来一系列"向西方学习"的社会思潮的发展与深化,与梁启超等人提倡的"小说救国"、文学"新民"等观念并没有多大差异。虽然有些新文学倡导者狂热地鼓吹过全盘西化(后人概括的),但在具体移植外来文学模式的过程中,西方的东西往往会受到传统因素、历史条件和接受者文化心理的扭曲。通过"扭曲的移植"来探寻两者的关联,是我们深入了解西方文学进入中国历史意识的复杂方式的较佳视点。不难发现,西方文学流入中国时,只有与本土文化和美学视境的原始力量相吻合,只有适应当时我国社会现实的历史要求,才能真正扎下根来;也只有如此,传统的与西方的才可以在协调中交配生长。这种通过中西文学相协调而形成的新文学并不能从根本上彻底摧毁传统文学的根基,以达到完全意义上的"全盘西化";而是将传统文学中尚未清除的部分作为内在基因,在西方文学的催化和滋润下重新建构或充实丰富起来,从而使中国文学的传统视境在新的综合中获得前所未有的生机。

二

从五四文学创作主体的心态来看,诚然新文学者一开始就猛然抨击"文以载道"、"代圣贤立言"的传统文学观,力求按照西方文学理论模式来解释文学,为文学正名,探讨"何谓文学之本义",努力争取新文学获得"自身独立存在之价值"。郑振铎曾明确指出:"如以文学为传道之用,则一切文学作品都要消灭了。因为文学是人的情绪流泄在纸上的。是人的自然的歌潮与哭声。自然而发的歌潮与哭声决没有带传道的作用的。优美的传道文学可以算是文学,但决不是文学的全部。大部分的文学,纯正的文学,却是诗神的歌声,是孩童的,匹夫匹妇的哭,是潺潺的人生之河的水声”,它既“不是以传道为目的,更不是以娱乐为目的,而是以真挚的情感来引起读者的同情的”。创造社诸君则更是高举唯“全”唯“美”的艺术旗帜。但是,同思考“文学为什么”相比,对“文学是什么”的本体意义的深刻探索却显得十分薄弱。尽管作家们的文学意识在西方文学思潮的洗礼下获得了某种程度的觉醒,尽管他们投入奔腾的历史洪流也挟带着对文学自身的热情;但他们所关注的焦点和兴奋点却主要停留在解决中国现实社会的问题上,他们的艺术追求主要是通过文学“表现人生指导人生”。因为他们坚定地“相信文学是一种工作,而且又是于人生很切要的一种工作”;“文学是时代的良心,文学家便应当是良心的战士”。这样,新文学主体致力于文学创作时,首先考虑和追求的并不是艺术的完美,而着重思考如何在变革社会改良人生方面发挥其功利作用,文学对他们来说不仅仅具有审美价值,更在于它具有崇高而巨大的社会功能。冰心曾说:“我做小说的目的,是要感化社会,所以极力描写那旧社会旧家庭的不良现状,好叫人看了有所警觉,才能想去改良。”鲁迅也说:“我也并没有将小说抬进‘文苑’里的意思,不过想利用他的力量,来改良社会。”而西方作家在文学的“美”与“善”上却很少有这种过分失重的看法,更缺乏这种沉重的心理负累和如此强烈的社会使命感,他们甚至说:“世界的得救并不能就救了我们;世界的失败也不见得就毁了我们。我们只应该照顾自己,这‘安分守己’中自有伟大的功绩。”然而中国作家——一个备受凌辱和宰割民族的知识者却不能只顾自己,他们必须首先担负起救世的责任,尽管也许是失败的,但也要尽力而为之。这种心态可以追溯到孔子、墨翟等人的精神传统。在传统中反传统,又是五四作家面临着一个难免的悖论,即他们在意识的层面上激烈地反传统的时候,而在潜意识的层面上仍会不自觉不自主地与传统认同。

说到创作主体的心态,尤其不能忽略这样一个文化现象:五四作家大都经历过相似的人生道路的选择变化——鲁迅、郭沫若、冰心都学过医,郁达夫学过法制经济,成仿吾学过兵器,郑振铎进过铁路学校……后来在时代新潮的冲击下他们先后转向了文学。之所以有这种选择上的变迁,一个重要因由与他们重功利的文学观紧密相关。晚清思想家的“文学兴邦”的梦幻到五四作家那里仍然是一种主导心态。鲁迅在回忆自己何以弃医从文时,明确地表示要以文艺改变愚弱国民的精神;郭沫若的志趣起初并不在文学,之所以弃医从文主要因为五四运动激发了他的爱国热情。鲁、郭的选择,都是由救国救民应首推文艺的心态决定的,这在当时具有普遍意义。五四时期,进步知识分子的兴奋中心已由晚清的政治革命转到“道德革命”与“文学革命”上来,他们认为这两者是挽救中国的根本途径,并认定在这两者之间文学可以包容道德、政治社会问题。因此通过文学革命来完成道德革命并进而完成政治革命的任务则成了创作主体的共同理想,也是他们共同走上文学道路的内在契机。这就决定了他们之所以把文学视为一项神圣的事业,首要的是因为文学在社会上能发挥救国救民的功用,而不是因为文学自身。当然,与晚清启蒙作家的赤裸裸的政治功利意图和政治宣传热情相比,五四作家较注意隐藏自己的功利目的,尽量以艺术形式揭露现实黑暗,抨击宗法社会制度及其文化传统对人性的摧残,宣扬以民主与科学为核心的现代意识,表达对理想人生的憧憬与追求。甚至这种心态使作家在具体创作实践中,始终铭记自己是贫弱的炎黄子孙。郁达夫创作《沉沦》时,虽然较深地沉浸于“生的苦闷”与“性的苦闷”的人生体验中,并将生命的深层骚动把握住了,但是他却把这一切归结到社会根源上,认为都是由国家的贫弱和异族的歧视造成的。这样就把生命深层的烦恼骚动与社会的政治的悲剧糅合在一起,以致主人公在跳海自杀前所体验到的不是对生命的内在颤栗和对死亡的恐怖,而是表现一种以死殉国、以死唤醒国人的崇高精神和理性向往。这种“文学救国”创作心态既影响了对人性开掘的深度也减弱了作品应有的丰厚的审美内涵。郭沫若的《凤凰涅槃》等作品则典型地体现了那个时代作家的爆发性的极端感情主义。那种在突发的情绪中卷起的飓风,像奔腾的急流冲击着读者的心灵,牵动读者的神经颤抖,使读者内心的悲愤苦乐宣泄出来;然而这些忧乐悲喜之情大多是与政治性、社会性、历史性的因素胶合在一起,它所表现的叛逆精神与反抗意识总是指向社会与历史,很难升华为一种审美情绪。因此当政治形势一发展,郭沫若就迅速由一个所谓的“唯美主义者”变成一个共产主义战士,这合乎他创作心态的逻辑演变和情感选择。

救国救民的心态不仅制约着作家的创作,也制约着他们对西方文学的汲取与综合。而对着西方文学,虽然新文学主体表现出“拿来主义”的宏伟气度,但由于五四时期不少作家思想相当混乱,各种各样的主义或见解都沾染些,现代的与传统的交杂在一起,彼此之间又缺乏有机的统一,这样的思想状态局限着他们对外国文学选择的明确度和深广度,使其在具体的译介与学习过程中不知不觉地使用一种传统的或社会需要的尺度来规约或改制。五四时期对易卜生及其剧作的介绍颇能说明问题。1918 年《新青年》开辟“易卜生专号”,接着易卜生作品的不断译介，引起了新文学界的强烈反响，为新文学提供了一种“传播思想，组织社会，改善人生的工具”的创作观念（这与“文以载道”的文学传统相契合），一时间举国上下掀起“易卜生热”。但实际上五四作家只注意了易卜生前期的社会问题剧，而他后期探索人生命运的剧作，如具有现代主义文学精神的《野鸭》、《海上夫人》、《建筑师》等，则干脆置之不顾。显然，这是作家功利的、实用的心理在发生作用，他们只是希望通过《娜拉》、《国民公敌》等社会问题剧的译介，向青年灌输勇于向传统思想道德挑战的精神，向新文学鼓吹“把社会种种腐败龌龊的实在情形，写出来叫大家仔细看的”写实主义。这种只根据社会功利需要对外国作品进行片面选择的情形表现在那些受外国文学影响的作品中。洪深的《赵阎王》显然是受到奥尼尔的《琼斯王》的启迪而写成的，剧作从写作技巧、情节结构到主题思想都有《琼斯王》的痕迹；但奥尼尔在《琼斯王》中所探索是生命的深层悲剧和人对命运的形而上抗争，而洪深的《赵阎王》却是通过赵大的遭遇谴责社会的不合理。《赵阎王》尽管也有奥尼尔式的梦幻描写，但他在对西方神话的表述中，主要表现的却是当代政治和历史现实——那一代中国人的当务之急；就悲剧性质而言，《琼斯王》是一部命运悲剧，《赵阎王》则是一部社会悲剧。可见，洪深虽然模仿奥尼尔来创作，但仍没有改变《赵阎王》深层结构的传统悲剧模式。这与作家忧国忧民的创作心态是一脉相连的。

三

从新文学接受主体的文化心理及期待视野来看，对文学的需要仍然是倚重于它的社会作用和教育作用。接受美学认为，作家创作文学作品要受到读者心理需要的限制，应充分考虑当时读者的期待视野（它包括人们的思想观念、道德情操、审美趣味、直觉能力和接受水平等）。五四时期正是新旧交替的时代，一方面旧的体制、规范、观念、习俗、信仰、道德等随着封建政体的崩溃而开始动摇或轰毁，另一方面新的政治制度、文化思想体系尚在探索中重建。这种局面使那些希望变革现实的知识分子特别是青年学生，期待文学能够担负起挽救这种思想混乱局面的重任，希望从文学中获取新的文化思想和解开自己心中疑团的钥匙，更盼望文学能够表达他们对旧传统的愤怨和对新思潮的神往，以宣泄心中被压抑得过了度的情绪，从而通过阅读新文学达到心理的暂时平衡；特别是五四反帝爱国运动爆发之后，新文学的主要接受者——青年学生的期待视野更加集中于文学的政治性、社会性和历史性，而不大顾及文学的审美价值。为了满足读者的期待视野,新文学所关注的也应该与读者所关注的相一致,尽量表达读者的愿望和渴求。所以五四文学的主题指向总是随着读者的兴奋点转移,随着社会思潮变迁。由于当时青年知识分子的主要心理倾向是强烈反传统的叛逆精神和反抗精神,而这种对传统文化的理性排拒,便导致了对西方文化的向往,反过来对西方文化的向往又强化了知识青年的反传统心理。其中最突出的就是五四运动初期的个性解放要求,呼唤个性从传统道德的禁锢下解放出来;这主要表现为婚姻自主恋爱自由的主题。在这种心理取向及行为模式的影响下,以个性解放意识控诉宗法家族制度、传统伦理道德以及旧风俗习惯为主题的作品成为一时的文学主流;后来当政治革命再度成为读者的兴奋点时,文学创作的主题指向很快就瞄准在政治革命上。当然,对整个五四文学来说,接受主体的反馈和规范总是有限度的,并不能认为五四作家完全跟着读者跑而放弃主导作用。这是因为五四文学的创作主体大多是思想启蒙家或革命者,读者常常把他们当成"思想权威"或是自己的导师或是先知先觉者,所以创作主体所受到的来自读者方面的影响不是被动的,他们的自主性可以说比任何时候都强。

既然历史的内在要求、创作主体的文化心态和接受者的期待视野规约着五四文学总的取向,那么与传统文学和西方文学相比较,它必然会在主题指向、情感意识、审美形态和艺术理想等方面显示出独特的追求。要全面理解并把握五四文学精神,就应该从历史的整体性上认清它的独特追求。我们认为,从主流上看,五四文学的追求主要不在文学自身,而着重是政治的、社会的和历史的;五四文学也正是在反封建的思想启蒙运动中和反帝的政治救亡中确立其历史的意义和文学的价值。因此,尽管中国文学在五四时期获得了前所未有的大解放和大发展,但文学的现代审美意识并没有完全觉醒,它自身的独立自主意识尚未达到完全自觉的程度,其主流与近现代世界文学仍然相当隔膜。

四

然而,历史毕竟是一面多棱镜,从中我们的确发现五四时期是人的个性意识、民族意识觉醒的时代,是争民主争自由争人权的时代,是中国历史上反传统反封建最猛烈的时代。正是人的觉醒和人的价值的提高,推进了文学思想的革故更新和文学创作的空前昌盛,这在较大的程度上和相当的规模上表现出"人的觉醒"与"文的觉醒"。尽管如此,这一代作家的追求意向、创作心态以及实践效果,却与欧洲文艺复兴对中世纪的批判、对人性的追求有相当大的差异(可很多人说这两者是一致的)。文艺复兴虽然从整体上看是对中世纪神学宗教的反拨,是对个体生命的肯定,是对生命、情欲和欢乐的赞颂;但它并没有否定所有的欧洲文化传统,而是有意识地直接地承袭着古希腊罗马文学的酒神(狄奥尼索斯)精神和日神(阿波罗)精神,着重表现人与命运的冲突,个体与世界的对抗,情欲的痛苦与理性的力量,由永恒的失望、分裂、挣扎和永恒的希望、追求、憧憬相交织而迸发出的生命火花。在那里面,我们所感受到的主要不是作为整体的传统、社会等外部力量对个体的毁灭,不是政治的残酷和历史的无情;而是着重揭示个体欲望(感性的与理性的)的合理与荒诞,人生的痛苦与欢乐,探索生命此岸的幸福或悲哀与生命彼岸的秘密。在莎士比亚的笔下,人既是一个天使,一个天神,宇宙的精华,万物的灵长,带有英雄般的崇高;又是一个泥土塑成的生命,纵欲而贪婪,渺小而自私,且带有小丑般的滑稽。作家们在摆脱神学宗教束缚的同时又表现出宗教的"原罪意识",从宗教中汲取创作的灵感与源泉,这种双向选择始终贯穿于他们对神学的态度。

而五四文学产生的特定背景(时代的与历史的)则决定了它尽管也同文艺复兴时期的文学一样极力弘扬个体的自由发展,提倡以"人道主义为本,对人生诸问题,加以记录研究"的文学;但它并没有自觉地继承传统文化中的人道主义精神,而且对个性解放的描述、对人的关注与尊重都或深或浅地烙上民族与时代的印记,即使对人性的展示也重在对传统的社会的等外部力量的抨击和揭露上。这是因为迫在眉睫的社会问题,使五四作家们不能也不愿意从容地探索个体生命的复杂性以及人性的深邃内涵等具有形而上色彩的艺术哲学问题,也来不及充分而冷静地思考文学对人具有什么样的意义。由于五四文学革命是五四新文化运动的有机的重要的一部分,它的主观意图与整个新文化运动一样是指向救国,既是"立人"也是为了"立国";所以五四文学所呈现的艺术风貌主要在于它明显的社会效果,它所显示的意义首要的并非艺术的审美的而是文化伦理的政治的。它可以说是中国思想革命和政治革命的组成部分,其主导倾向是经世致用的,是为人生的,为大众的。所以始终活跃于五四文学肌体的、始终困扰于五四作家心态的主要不是西方文艺复兴那种个体生命价值和生存意义,而是"社会"和作为社会存在的某个群体的"人"。

诚然,西方人文主义思想开拓了中国思想文化的新天地,即启蒙主义的理性精神、怀疑精神、批判精神和人道主义的民主精神、自由精神、博爱精神,极大地激励着中国现代知识分子(包括作家)摆脱传统的教条而跨入新的精神境界;

诚然，西方的现实主义、古典主义、浪漫主义、自然主义、现代主义等文艺思潮，在五四作家面前打开一个新的文学理论世界，极大地促进了他们文学观念的更新。但是我们冷静地观察、深刻地思考之后，便会认定五四时期的这种“主义”或那种“思潮”并没有深深地扎下根，更不能一厢情愿地说五四文学在几年之内走完了西方文学几百年走过的道路；它们如同走马灯一样，多数的“主义”或“思潮”是匆匆而过，即使经过选择被保留下来的“主义”或“思潮”也不是成体系的，多是变了形的或“大杂烩”。这是由于时代的历史的原因造成了对西方文学及各种新思潮缺乏深入的学术研究、充分的论辩和深层的吸收与综合，特别是受到了来自中国文化本源的抗拒，致使五四文学所表现的现代艺术精神与西方文学传统有一种严重的异化感和隔离感。以前我们的研究却很少注意它们两者之间在深层结构与内在精神上的不同。仅从欧洲文艺复兴的总体面貌来看，它是一个多元取向的历史过程。历史的体现者不仅有文学家艺术家彼特拉克、卜迦丘、贝多芬、塞万提斯、莎士比亚等，还有大批的哲学家、思想家、史学家等；可以说几百年的文艺复兴史是以多种表现方式共同构成的，即学术研究、文艺变革、宗教改革等。它们之间相互影响、相互渗透和相互促进，才将西方文学由中世纪推进到近代文学；尤其是学术研究的活跃构成了文艺复兴时期文学近代化的内在动力。然而，五四文学却缺乏这种现代学术文化的充分准备和引导。尽管学术研究也比较有生气，尤其是现代学术思想在提倡白话文反对文言文和建设现代语言系统以及整理中国文化遗产等许多方面做出了不可低估的贡献，为新文学奠定了一定的基础；但是五四时期的学术研究显然无法与欧洲文艺复兴相比拟，与文学极为贴近的音乐、美术等现代艺术的变革同文艺复兴相比显得更加薄弱。由于受到实用理性的制约，燃眉之急的“救国”心态的支配，五四时期学术研究的功利化和政治化倾向极为突出，这大大影响了五四文学的艺术觉醒和健全发展。

基于这样的理解，我们认为，由文学的主题指向、精神意识、审美形态与艺术原则所共同建构的五四文学精神是相当复杂的，它蕴涵着那个时代潮流的一切优点和局限，体现为一个多元的多层次的图式结构，即现实主义、浪漫主义和现代主义的交互多重变奏。五四文学精神的这三种表现形态以复杂的方式错综地交织在一起，它们各自以复调形式存在着，相互之间又始终在渗透着、规约着和融合着，缺乏西欧文学那种严格意义上的现实主义、浪漫主义和现代主义精神及其表现形态。

下

“五四”是一个极其复杂的历史时期，反映这一时代的文学也同样是极其复杂的。每一种文学表现形式都可能蕴涵着历史活动的繁富性和多元性，而其中体现的文学精神则烙记着大变革时代人们多层次的心理追求和感情归宿。我们认为，由文学的主题指向、审美形态和艺术原则共同建构的五四文学精神是一个多元的、多层次的图式结构，即现实主义，浪漫主义和现代主义（本文使用这些概念均指创作精神，而非创作方法——下同）。五四文学精神的这三种表现形态是以复杂方式错综交集在一起的，它们各自以复调形式存在着，相互之间又始终渗透、规约和融合，并且从每一种表现形态中都可窥测到那个骚动时代人们的心理演变。

一

在中国历史上，从来没有一个时期能像“五四”这样生气扑人、青春焕发、激情洋溢。中国人民那种被压抑了几千年的感情、思想终于得到了尽情的宣泄、抒发，人们以从未有过的天真、赤诚和勇气创造了黎明时期所特具的开放、自由、繁富和清新的时代氛围。这个时代本身就是一支最激动人心的抒情交响曲，是一首最辉煌灿烂的诗篇。尽管这是一个浪漫主义的时代，但最应该浪漫的文学——五四文学，却在其总体倾向上越来越体现为“真诚地、深入地、大胆地看取人生”的现实主义精神。忠于社会现实、忠于人生是五四文学思潮（文学理论与创作）的主要价值取向和审美理想。

“现实主义”历来就是个最为模糊、也是用得最为混乱的文学批评术语，它众多的歧义使有的批评家不得不提醒人们在讨论问题时，千万不要“陷进现实主义这个词的泥淖里”。[①] 为了避免“陷进”“泥淖里”，我们首先要限定本文所使用的“现实主义”的基本内涵。一般而言，现实主义既可以是一种直面人生、正视现实的文学精神，也可以理解为一种如实地反映生活、描写现实的创作方法，还可用来说明一种特定的文学思潮。作为文学精神、创作方法和文学思潮的“现实主义”尽管相互之间有着较大的兼容性，但各自均有其独特的涵括面。

① 参阅 W·J·Harrey，The Art of George Eliot，London，1961，P. 50。

由于本文着重探讨的是五四文学精神，因而在使用“现实主义”这词时，主要限定在文学精神的范围内（下文中的浪漫主义和现代主义也如此）。它代表了一种具有浓厚社会性、功利性色彩的文学观念，以正视并揭露现实为主要创作倾向。文学精神当然与文学思潮、创作方法有着十分密切的联系，因为它始终受到二者的规范和制约；所以说，只有在文学思潮和创作方法之中，才能界定并理解文学精神那复杂的丰富的意蕴。

关于五四文学的现实主义在总体格局中的地位，已经有过许多研究者作了极为翔实的论述，因此我们没有必要在此多费口舌，而是要剖析、透视这一文学精神的内在结构，把握并理解其中所折射的心理意识、审美形态和社会动荡、历史流变等文学的或非文学的因素，从而阐释文学和文学史在这个时期的特定含意。这样的阐释视角使我们的研究不可能是单纯的历史描述或哲学思辨。如果说历史是在阐释中形成的，那么文学史也同样离不开阐释。历史和文学都是人类最复杂最活跃的精神活动的直接产物，它们的丰富性与可变性都可能影响人们对其把握与认识；然而正是在这种繁富性与可变性之中涵蕴了历史和文学生成的全部过程，文学史研究的任务就在于揭示这种生成过程并解释它的内涵和意义。

作为一种文学精神，现实主义并非“五四”所特有的。从纵向看，自《诗经》的《国风》到曹雪芹的《红楼梦》的许多古典作品均可用现实主义概括其创作精神；从横向看，现实主义一直是西方文学的主要精神。但是在五四时期，由于时代环境的影响并随着外国文学特别是欧洲现实主义文学的大量“移植”，现实主义成为一种自觉的文学思潮和受到高度重视的创作方法，现实主义精神也被赋予了鲜明的时代内容和民族色彩。这时尽管也能从中寻出某些历史渊源，可这已与传统文学中的现实主义有着质的区别，也与西方文学的现实主义有较明显的差异。从总体上看，五四文学的最杰出代表——鲁迅的小说、杂文，当时较广泛的“问题小说”作者群、杂文创作群以及周作人、陈独秀、胡适、叶圣陶、王统照、沈雁冰、庐隐等等，无不体现为真实地表现生活的现实主义精神。鲁迅曾严正地批判几千年来中国文人：“万事闭眼睛，聊以自欺、而且欺人，那方法是：瞒和骗。”他呼唤“我们的作家取下假面，真诚地、深入地、大胆地看取人生并且写出他的血和肉来”。[①] 如果说这仅仅是它与其他时代现实主义的共同特征，那么

① 鲁迅：《坟·论睁了眼看》。

作为五四时代的独特产物的现实主义，它的历史品格和美学意义就在于它是五四新文化运动的一个有机组成部分，是中国现代反封建的思想革命和政治革命要求在文学中的反映。只要较全面地认识当时现实主义文学的全貌，就会发现若从纯文学的角度来考察，现实主义的阵容并不强大。也许除了鲁迅等人的少数作品外，很难找出严格美学意义上的现实主义作品。但是理解文学现象的钥匙恰恰不在文学自身，而在历史活动中间。正如一个热情、理想而浪漫的时代，竟会如此垂青于现实主义，其缘由不能不与历史发展的内在需要和时代思潮有密切联系一样；现实主义之所以会呈现出这种独特的风貌，也与时代的制约密不可分。五四文学的现实主义一开始就受到来自启蒙主义的思想革命、乌托邦式的政治革命和极其幼稚的哲学意识等诸多方面的严重困扰，从而使其只能在这些非文学夹缝中艰难穿行；而这里所说的“困扰”，主要是指社会的和政治的。我们发现，现实主义的提倡者陈独秀、胡适、鲁迅、周作人、沈雁冰等，都不是“纯文学家”，而首先是“有所为”的革命家或思想启蒙家。他们对现实主义的重视，是与他们改造社会、改造国民的革命目标联系起来的。他们认为文艺能够改变国民愚昧的精神状态，通过文学的力量可以实现政治斗争无法完成的救国救民的任务。当然，他们并不像晚清的梁启超们那样指望靠文学直接煽起人们的政治热情，简单地把文学当做革命的工具；而是强调如实地描写社会黑暗，激起人们改造现实的热情，即“揭出病苦，引起疗救的注意。”这样的认识，使他们在考察文学的功能与方法时，不能不倚重于写实与暴露，要求“实写今日社会之情状”，以摒除那种“与吾阿谀夸张虚伪迂阔之国民性互为因果”的旧文学；①主张“写出全民族的普遍的深潜的黑暗，使酣睡不愿醒的大众也会跳将起来”；②抱着“启蒙主义”的目的，“以为必须是‘为人生’，而且要改良这人生”；③强调写“病态社会的不幸的人们”。④ 在这种文学心态的影响下，现实主义文学首先是而且必然表现为启蒙主义的特征。

启蒙主义是现实主义文学的一个重要传统，其鲜明的时代色彩赋予了五四文学独特的品貌和个性，与西方文学的现实主义相比，它突出了文学的社会意义和伦理教化作用。这是现代中国社会的反封建革命斗争对文学的历史规约，

---

① 陈独秀：《文学革命论》，《新青年》1917 年第 2 卷，第 6 号。

② 叶圣陶：《创作的要素》，《小说月报》1921 年第 12 卷，第 7 号。

③ 鲁迅：《我怎样做起小说来》，《鲁迅全集》第 4 卷，第 512 页，人民文学出版社 1981 年版。

④ 鲁迅：《我怎样做起小说来》，《鲁迅全集》第 4 卷，第 512 页，人民文学出版社 1981 年版。

它无疑使新文学的现实主义在描写社会、思考历史、探索社会变革途径、挖掘民族文化等方面都体现了强烈的历史使命感和社会责任感，也使文学作品在人们认识社会和改造社会的过程中发挥了重要的启蒙教育作用。但是，对文学的启蒙主义的过度倚重又往往会使现实主义在对社会问题和政治问题的探索中迷失自我，从而削弱了文学的审美意义。例如，在 1921 年前后一度兴盛的“问题小说”、“问题剧”就是企图以文学的形式，通过如实地描写现实来反映、揭示和讨论各种尖锐的社会人生问题：尽管作家们的创作原则无一不是写实主义的，然而不论是暴露社会黑暗，还是探讨哲学、人生观，其着眼点都在提出社会人生问题：如国难问题、劳工问题、妇女解放问题、教育问题、爱情问题、人生问题、贞操问题、娼妓问题，等等，这种创作倾向如果有着强大的理性力量和深邃的现实洞察力，尚不失为一种独特的艺术视景，但仅仅是为演绎观念而解说现实，就会由于“提出问题”和“解决问题”这些非文学的因素而削弱现实主义的基本精神——真实性和典型性，从而丧失其审美价值。热衷于以文学形式参与社会人生问题的讨论，虽然也能反映出五四时期一部分青年知识分子的精神状态，揭示出社会的某些丑恶，有助于启发青年读者探索人生社会问题；但以思想的探求、现实政治问题的解答来取代完美的艺术表现，过分强调文学的社会功利性特征，必然会妨碍文学的自身建设。五四文学的现实主义之所以一直依附于“为人生服务”以至后来的“为政治服务”，而没有在整体上形成一种独立的审美精神和深邃的文学意识，在很大程度上是与启蒙主义的影响分不开的。启蒙主义文学在现实主义中所占的主流地位无疑妨碍了现实主义的多元发展和美学意义，因为现实主义的真谛不在于社会功利性，而是真实性、典型性和审美性，并且真实性、典型性和审美性应该是有机地融为一体的。只有深邃地表现人的生命体验、感情欲望，独立地以审美眼光来揭示现实生活，表现在社会现实中的人性的挣扎和追求，才能体现出美学意义上的现实主义文学精神。从这一意义来看，正是由于强调以现实主义来适应思想革命和社会斗争的要求，使五四文学的现实主义在主流上成了为思想革命和政治革命服务的产物，而没有完全获得文学的自我意识。但五四时期毕竟因为西方文学思潮的冲击和中西文化的交汇而带来了中国文学史上前所未有的文学大变革。文学的文体革命和语言革命使文学的价值系统和功能系统发生了巨大的调整，从而使文学在相当程度上体现了“文的自觉”。现实主义也同样表现出现代审美精神和拥有自身发展的独立意识。这是现实主义的另一种表现形态，它与启蒙主义文学有着统一的地方,但其审美性、真实性和典型性更为突出一些。因此,我们将它们区别为现实主义把握现实的两种方式,即社会方式和审美方式。所谓社会方式是指以启蒙主义为主要特征的文学形态,而审美方式则是指以揭示社会人生的内在嬗变、探索人性的幽秘处为特征的文学形态。它们是以二元结构的图式存在于整个五四文学或同一作家身上的。这两种相互关联的表现形态共同组成了现实主义的整体历史品貌和艺术风格。

启蒙主义尽管给现实主义的发展带来了巨大的历史荣誉,然而它的非文学性因素对现实主义审美精神的独立发展所造成的遗憾也是十分明显的。应该指出的是,启蒙主义那面向广阔的社会人生,从社会人生的改造出发把握和表现人生的创作态度,又使其与现实主义的真实性和典型性有共通之处;如果创作者能从社会政治的心态里解放出来,于艺术视景中表现现实人生,就有可能获得独立的现实主义文学精神。五四文学中的一部分现实主义作家和理论家正是这样。他们尽管也自觉地将自己的创作与理论纳入启蒙主义的轨道,但却是真正以文学的形式去感受人生、社会,并体验生命存在的价值和意义,因而他们那里体现出艺术家对现实人生的艺术理解与审美感受。这就使现实主义找到了自己的位置。当然,在五四时期能够达到这个层次的作家和理论家并不是太多,比较突出的要数鲁迅、周作人和郁达夫。

鲁迅的《呐喊》、《彷徨》等许多作品,尽管在创作方法上带有象征主义的色彩,但每一篇都具有坚实严峻的笔调和刚健遒劲的力量,体现出一个现实主义作家对美学境界的顽强探索和不懈追求,并显示出真正的现实主义那种新鲜而旺盛的艺术表现力与深沉、博大而细腻的艺术感染力。即使在《孔乙己》这样短小、凝炼、和谐的艺术形式中,也浸透着作者深沉的情感,凝聚着作者对人物心灵深处的透视、拷问和对人物命运的深切关注以及对历史的严肃反思,从而使那些仿佛信手拈来的平凡的生活场面涵蕴着震撼人心的现实主义美学力量。应该说,鲁迅的创作首先是抱着启蒙主义的目的的。他之所以加入新文学阵营是与其对文学的功利性理解分不开的,[①]所以冯雪峰指出他是“从一个政论家,一个战斗的启蒙主义者出发”来写小说的。[②] 但是,鲁迅却能在重视文学的社会功利性的同时,始终坚持现实主义的艺术原则,坚持艺术家独立的价值标准和

① 鲁迅曾把自己的创作看成是“遵命文学”,他说:“我也并没有要将小说抬进‘苑’里的意思,不过想利用他的力量,来改良社会。”

② 冯雪峰:《论〈阿Q正传〉》,《冯雪峰论文集》第1卷,第286页,人民文学出版社1952年版。

审美观念，表现出一个艺术家对艺术的执着追求。质言之，鲁迅是以自己的生命体验来感受生活，以自己的审美眼光来谛视人生的；因而在他的创作中，所显现出的更多是一个现实主义者对社会人生的审美感受和生命体验。

新文学的理论倡导者大都主张写实主义文学，但是真正能比较系统地理解和阐发现实主义精髓的恐怕要数周作人。他的《平民文学》、《人的文学》等一系列论文，通过系统地介绍欧洲 19 世纪“用人道主义为本”的现实主义思潮，将“文的觉醒”与“人的觉醒”结合在一起，认为文学不能再充当封建说教的工具，则必须转向现实社会、转向写人，特别是写普通人的悲欢忧喜。这就严肃地提出了“人是文学的描写中心”、“新文学应注重表现普通人的社会生活”的现实主义理论命题，使现实主义成为一种以人道主义为精神支柱的独特的审美形态，在理论上清除了“文以载道”（新的与旧的）的文学观念，从而奠定了现实主义理论建设的第一块坚厚的基石。郁达夫有些小说以其赤裸裸的真诚展现了过渡时代知识分子的现实痛苦和历史局限；以深沉而残酷的笔触真实地描绘了历史文化对人性的窒息、封建文化下性的骚动与挣扎、生命在贫病交加中对社会人生的痛苦反抗等等自我对于现实人生最深邃的审美体验。在其中，可以感受到一个有血有肉的人对生命、性欲体验的颤栗，听到一个被社会压抑而变态的孤苦无援的零余者孱弱的呻吟。现实主义的真实性和审美性在这里得到了淋漓尽致的体现。

遗憾的是，鲁迅等人的审美形式的现实主义并没有获得健康发展，它所形成的审美精神也很快淹没于政治革命的狂潮中，甚至人们后来也主要是从政治革命、思想革命的意义上来解释和接受鲁迅等人及其文学创作。而社会形态的现实主义却随着中国现代革命运动的发展蔚为中国现代文学的主潮。

二

高尔基曾说过：“浪漫主义乃是一种情绪，它其实复杂地而且始终多少模糊地反映出笼罩着过渡时代社会的一切感觉和情绪色彩。”[①]这种说法尽管不能完整地说明浪漫主义的审美特征，它却从社会学的视角指出了浪漫主义产生和发展的一个重要历史条件和表现形态，特别用来概括五四文学的浪漫主义是较为恰当的。五四时期，正是中国历史上最重要同时也是最复杂的新旧交替的伟大

① 高尔基：《俄国文学史》，第 70 页，新文艺出版社 1956 年版。

过渡时代。刚刚冲出封建精神牢笼的青年充满着对新生活的强烈憧憬，他们渴望表达自己炽热的青春激情，诉说自己或兴奋、或感伤、或焦灼、或迷惘的心绪。个人的生活、个人的情感都伴着个性解放的狂飙在中国文学里旋转翻腾，青年知识分子强烈地渴望着将心中那被时代浪潮掀起的复杂情绪表达出来。这就构成了五四文学浪漫主义的情感基础，使浪漫主义主要表现为一种情绪。在郭沫若的《女神》中，这一特征得到了充分的展示。

《女神》给人最强烈的感受是：里面奔腾着一股刚刚结束压抑后无法控制的情绪激流，仿佛一匹脱缰的野马肆无忌惮的狂奔。其中虽然不乏精彩的篇章，但作者主要是以极端的形式表现了非文学的苦恼和反抗情绪，而缺乏一种足够的艺术魄力将现实的苦恼和情绪升华为审美情感和审美境界，使浮躁喧嚣的灵魂净化为一股激荡人心的诗情，从而在浪漫主义的激情中找到文学的美学意义。因此，在《女神》中，激昂的情绪被过分高扬而又没有足以支撑这情绪的力量，这在很大程度上显示出作品的情感形式和艺术构思的相当紊乱和不谐调，表明作者的艺术表现能力还无法驾驭那火山爆发式的情绪激流。不过在当时，《女神》的确震慑了许多青年读者的心。它以激昂、高亢的反抗情绪和火炽的爱国感情征服着站在时代前列的青年的热烈的心胸，它在那些“可爱的青年的兄弟姐妹”中找到了与作者“振动数相同”的人，找到了与作者“燃烧点相等”的人。[①] 然而，随着岁月的流逝，人们越来越注意到它所留下的遗憾，注意到“产生《女神》时代的那种火山爆发式的内发情感”[②]为什么缺乏持续震撼心灵的力量。

无疑，五四时期，浪漫主义的创作曾蔚为大潮，其声势决不逊于现实主义，因为这毕竟是一个激情迸发的浪漫主义时代。然而作家们之所以疯狂地拥抱浪漫主义文学，却主要不是因为对浪漫主义审美精神的热爱，而是源于整体性的反传统文化思想的影响。他们崇拜歌德、席勒、拜伦、雪莱、海涅、惠特曼，学习和模仿西方浪漫主义作家；可这一切又与崇尚感情、渴望自由、追求解放的启蒙主义时代思潮相联系，反映了中国现代知识分子的时尚——和现实贴得十分紧密。创造社的作家群在这方面表现得特别突出。郭沫若曾以十分仰慕的心情写道：“扛举德意志文艺勃兴之职命于两肩之青年歌德，如朝日初升，火熊熊而气沸沸。高唱决胜之歌，以趋循其无定之轨辙。歌德以前无文艺之德意志，

① 郭沫若：《〈女神〉序诗》。

② 郭沫若：《沸羹集·序我的诗》。

随之一跃而成为欧罗巴十八世纪之宠儿。"①郭沫若、田汉和宗白华三人"精神往来"的《三叶集》"大体以歌德为中心";②另外,维特式的"愤懑与不快的感情",那种"内热和急躁"的痛苦也在中国作家这里得到了强烈的共鸣。人们还宣布"中国现在正需要拜伦那样的富有反抗精神的震雷暴风般的文学,以挽救垂死的人心",③并且羡慕"那狂纵的、自私的、偏于肉欲的拜伦式的生活"。④ 可是五四文学的浪漫主义却与西方文学的浪漫主义有较大的差异。"五四"浪漫主义作家所强调的和所表现的基本上是象郭沫若的《女神》式的情绪,即浪漫主义的情感成分,而且常常是以滥情主义的极端形式表现出来的;对于浪漫主义者的中枢运思行为——艺术想象力则知之甚少,用之甚微。这也许与中国人传统思维排斥想象以及五四时期"科学"和"民主"的启蒙思想有关,而且后者的作用会更大些。因为在那个时代里,"科学"、"民主"、"文明"、"理性"等启蒙主义思想是人们冲击中国传统封建文化体系的思想武器,也是人们企图使中国社会摆脱困境走向新生的主要理想图式,它必然会制约着和规范着文学形态的选择取向。而西方的浪漫主义则是为了反抗科学带来的威胁、反思人类文明的弊病而兴起的文学思潮。它强调以"返朴归真"的自然、天真和超越现实束缚,追求审美中的自由艺术想象为其主要精神形态。具体地讲,十七世纪打破了中世纪地球中心说之后,在所谓新哲学的科学影响下,人们相信天地万物是被动地依循某些物理法则运作的,培根、笛卡儿都证明了知识、科学和理性的无穷力量和万能性。浪漫主义者为了给人类提供新的理论依据,从而强调只有通过心智主动的、有机的创造性,才能认识宇宙的真质;而只有诗人才具有这种由想象组成的天赋,只有他们可以把观感、认识和表达三者合为创作行为。在这一创作过程中,诗人必须由现象世界(物理外象)突入本体世界(超物理领域,即形而上领域);这种超越物理外象的强烈欲念使得浪漫主义者不断地从事赫伯特·里德一度所称之"形而上的焦虑"的追索,而这一追索则是来自浪漫主义的想象力。柯勒律支、华滋华斯、歌德等人都表现了这种特征。然而,中国的浪漫主义作家则选择了以情感主义为基础的浪漫主义而忽视以艺术想象为基础的浪漫主义。这就折断了浪漫主义的一只翅翼,使之难以腾飞;而且往往会由于偏重于

① 郭沫若:《〈少年维特之烦恼〉序引》。
② 田寿昌、宗白华、郭沫若合著的《三叶集·田序》。
③ 沈雁冰:《拜伦百年纪念》,《小说月报》第15卷第4号。
④ 沈雁冰:《拜伦百年纪念》,《小说月报》第15卷第4号。

情感，使其浮躁、泛滥而无法升华或深化为一种审美的情感和境界。在文学创作中，感情无疑是一种重要的审美形态和艺术感知方式，但并非任何一种感情都能成为审美对象。只有将非文学因素激起的情绪充盈整个心灵、忘却功利的困扰而净化为一股自由的审美精神流，情绪才能上升为感情进入审美机制中。

浪漫主义在选择中表现出这种严重的倾斜，是与当时出现的文化全面危机和社会动荡混乱的时代氛围紧密相联的。当古老的文化价值系统和社会秩序崩溃解体而新的文化价值系统和社会秩序又尚未建立的时候，挣扎、冲撞于新旧交替夹缝中的青年知识分子尽管由于怀着告别传统、憧憬新生的喜悦而获得少有的心灵解放，但是复杂的人生感触、性的苦恼、爱的欲求、生的烦恼、现实的黑暗和丑恶都纷至沓来，使刚刚觉醒的个体不能不在理想与现实的强烈反差中痛苦、迷惘，或仍在理想主义中充满乐观、憧憬。不管是喜是悲，都渴望得到表达、寻求宣泄，诉说自己的抗议、不满、痛苦和喜悦、希望、追求。当他们以文学宣泄渠道倾吐这种感情时，表现出来的往往是毫无节制的滥情，而且主要是在政治——经济范畴中的情绪表现。因此，我们把以情绪性为主要特征的浪漫主义的极端情感主义的形成原因归咎于时代对文学的选择，是变动时代造成的感情变奏和文学变奏。它的思想基础情绪意向源自现实，也指向现实。

然而，在喧哗骚动、浮躁凌厉的浪漫主义的大潮中，又能断断续续听到树荫下的浅唱低吟，看到田园里、小河边、大海旁伴着晨曲或晚霞的轻歌曼舞。他们用温馨的记忆掬起对童年、对田园，对山野、对纯真的美丽眷恋以抵挡来自嬗变时代的风风雨雨。在这些人中，有曾经被浮躁凌厉弄得疲惫不堪而遁逸下来的周作人，有一度喧哗骚动而开始寻求宁静的冰心、朱自清，也有从来就清心寡欲的俞平伯、丰子恺，特别突出的还是那个被鲁迅称为“顾影自怜”的废名。他们在创作思想、审美趣味、表现技巧等各个方面都与以郭沫若为代表的极端情感主义相反，而形成自己独特的审美追求。我们用田园抒情主义来概括这一表现形态。

这种表现形态大约形成于“五四”后期，以周作人描写故乡风俗、俞平伯描写市井风情的小品文为肇始。在冰心、朱自清、丰子恺的散文，梁宗岱的诗歌和废名的小说那里发展成熟。这类作品一反极端情感主义的情绪放纵，着重于表现意境表现文学的审美意义和个人的美学趣味。在他们的笔下，不论是乡村原野、大海碧湖、市井风情、晨曦落日，还是儿女情肠翁媪琐事、农家世俗都显示出一种纯朴的人情美，是他们审美理想的形式外化。与西欧的浪漫主义者一样，他们对现实的不妥协态度过分地表现在对非现实境界的美化、虚构和自我陶醉之中;但是,并非他们有意要粉饰现实,而只是以轻蔑厌倦的态度回避了现实,通过他们理想的审美境界表现他们对污秽现实的反叛和对理想净土的真诚感情与探索精神。从美学观念来看,这些作家与西方浪漫主义文学并没有什么联系,而主要是继承了中国古典美学的审美传统。中国传统社会那种田园牧歌式的农业自然经济与东方文化中人和自然在生理在心理上互为感应的习惯,都使中国文学倾向于一种纯朴的自然主义美学态度。而田园抒情主义作家所追求的正是通过对自然世界的描写、淳朴人情的赞美,寄寓其人生的理想与情感的扩张。他们以审美的态度,写出的一幅幅自然画面、风俗画面,都与传统的自然主义审美观念相一致。当然,在思想上否定现实世界的丑恶面,在艺术上运用传统的自然观念去追求并表现自然美和人性美,使田园抒情作品在审美追求中获得了某种自由的张力。但是,由于它在深层心理结构中并没有背离传统的审美习惯,它的美学追求虽然也揉进了历史赋予的新内容,但也无法像极端情感主义那样喧嚣一时。不过这种对历史冲突的回避,正是它能够在美学意义上独立发展的缘由。

虽然田园抒情作家比极端情感主义作家更注意在审美上控制情感、表现情感,更自觉地以审美眼光来感受生活;但与西方浪漫主义相比,所欠缺的仍然是想象力,诸如法国浪漫主义文学那种奇特瑰丽的艺术想象、宏伟的艺术构思。虽然他们的宇宙观、人生观、自然观、艺术观无疑都应归之浪漫主义的范畴,可又超越不了文化传统的强大制约,摆脱不了中国知识分子的传统心态。

以郭沫若为代表的浪漫主义崇尚感情、追求个性解放,是五四时期人文主义批判现实和社会革命情绪主义的文学表现形态;而以周作人,废名为代表的浪漫主义又与“采菊东篱下,悠然见南山”的古典审美观念相默契,显示了文化传统以审美的魅力对新文学发展流向的影响。浪漫主义正是在历史与现实的双重制衡中生存与发展,因此它所蕴涵的复杂内容已经远远超出了文学本身的意义,且储存着一个时代和民族的精神状态。在这种文化背景中,浪漫主义必然会潜伏着双重的危机,即由于过分贴近现实而流失于政治——经济的浪潮,或由于过分眷恋传统而畏缩于自构的小天地。这是历史留下的深深叹息!

三

在这时,西方二十世纪文学的现代主义精神也由于得到了五四作家的某种认同而取得了与现实主义、浪漫主义共存的历史地位。现代主义文学滥觞于十九世纪末期的西方社会，它包括法国的象征主义、德国的表现主义、英国的意识流文学等各种名目繁多的文学流派。它反映了现代西方社会的经济、政治、哲学和科学发展所导致的对传统观念（包括近代以来的科学文明）的深刻危机，是文学艺术对于人的认识深化的直接结果，其哲学基础是叔本华、尼采、柏格森的非理性主义生命哲学和弗洛伊德的精神分析理论。因此，在内容上，现代主义强调生存的偶然性的相对主义认识结构方式和人生的孤独感、悲剧感的非理性主义表现方式；在形式上，它强调形式对艺术的相对独立性和审美性。正如尼采所说的："作为艺术家，其价值就在于把非艺术家称为'形式'的东西，作为内容，作为'事物本身'加以把握。"①由此而来的现代主义文学精神从艺术中表现、探索人的生存境况和意义，透视人生的悲剧与绝望，并且以在艺术中完成自我和实现自我为目的。它以一种革命性的奋励激扬越过人类保守的惯性价值体系，描绘了它对世界的独特理解和新的审美观念。作为声势浩大的艺术新潮，它不仅从根本上破坏了西方由希腊罗马的古典艺术所奠定的艺术传统和审美经验，而且深刻地震撼和冲击了西方整个精神文化的传统价值体系，也相当深刻地影响了二十世纪以来人类的审美经验。一位美国批评家指出：

> 现代主义的一个突出特点就是先锋（军事性比喻：打先锋）这种特殊现象。由一小批自觉的艺术家和作家，按埃·庞德的说法，从事"革新"的工作。他们违反大家已公认的约定和礼仪，从事于创造花样翻新的艺术形式和风格，采用迄今一直受到忽视和常常遭到禁止的题材。先锋派艺术家经常自认为是从既定秩序中异化出来的，他们坚称他们有反对这种既定秩序的独立自主权。他们的目的是使墨守成规的读者感到震惊，向资本主义文化的价值和信仰挑战。②

现代主义文学精神是随着现代主义的各种创作方法被五四作家争相介绍而流入中国文学中的。"五四"是一个"收纳新潮，脱离旧套"③的文学时代，对西方的各种创作方法，他们都曾热情地鼓吹和译介。当时人们把现代主义诸流派合称为"新浪漫主义"，认为它是比现实主义、浪漫主义更先进的文学形态。曾大力提倡写实主义的"人生派"理论家沈雁冰却在1920年就说："我主张先要

① 见佛克马、易布思合著：《二十世纪文学理论》，第20页，三联书店1988年版。
② 艾布拉姆斯：《现代主义》。美国《文学名词词典》1981年版。
③ 鲁迅：《坟·未有天才之前》。

大力介绍写实主义和自然主义,但又坚决地反对提倡它们。……我认为中国的新文学要提倡新浪漫主义。"①他还说:"能帮助新思潮的文学该是新浪漫的文学,不是自然主义的文学,所以今后的新文学运动是新浪漫的文学。"②郭沫若也曾表示对于"新兴艺术表现派"的将来"寄以无穷的希望"。③ 这些看法很能代表当时新文学界对现代主义的普遍意见。尽管这可能与新文学界向西方求"奇"求"新"的时髦心理有关,但毕竟在中国新文学中产生了现代主义的文学倾向。前期创造社的许多作家在题材内容中,寄寓着弗洛伊德主义的情调,方法上富于表现主义、象征主义和意识流的色彩,如郭沫若的《残春》、《Lobenicht的塔》,郁达夫的《青烟》,陶晶孙的《木犀》等小说。在诗歌领域,还出现了以李金发为代表的象征诗派。而鲁迅的《野草》则是五四时代中国现代主义文学的最高成就。

虽然具有相当规模的介绍,实践现代主义是在五四时期才出现的,但中国第一个富有自觉的现代主义审美精神和真正理解现代主义艺术真谛的却是王国维。作为一个批评家,他一方面受佛教哲学的影响,一方面又接受过西方哲学,特别是叔本华悲剧美学理论的洗礼,使之能够看到文学具有"政治的也、国民的也、历史的也"和"哲学的也、宇宙的也、文学的也"④两个不同的层面,而且指出真正有美学意义的主要是后者。这表现出一种通过审美来探索形而上的人生意义和形而下的生存悲剧的艺术精神。可是,王国维的空谷足音并没有引起人们的注意。时代选择的不是悲剧的审美意识而是梁启超那种乐观、理想和理性的实用主义文学观念。只有到了"五四",才有少数作家从自己的人生体验、艺术追寻中逐渐走近王国维早就领悟到的文学精神。这里我们想起了鲁迅和李金发。

正如说到现实主义不能不提鲁迅一样,谈论现代主义也不能绕开鲁迅。作为现实主义者的鲁迅和作为现代主义者的鲁迅是以复调的形式共存于他的现实生活与艺术追求中的。在政治——经济的社会思想层面,他是理性的、乐观的、入世的,集中了现实主义者的一切特征;在情感——心理和人生——哲学的层面,他又是非理性的、悲观的,显示了一个现代主义者自我分裂的孤独、绝望

① 茅盾:《商务印务馆编译所生活之二》,《新文学史料》第2辑,第53~54页。
② 沈雁冰:《为新文学研究者进一解》,《改造》第3卷第1号。
③ 郭沫若:《文艺论集·自然与艺术》。
④ 瞿世英:《创作与哲学》,《小说月报》第12卷第7期。

和虚无。这两个“鲁迅”都在其艺术世界中得到了充分的展现。人们可以从中感受到二重人格所带来的艺术复调色彩，以及一个人从自我确立的理性主义、人文主义到自我分裂的非理性主义、现代主义整个复杂过程的全部丰富性和奇特性。其实这并不奇怪，因为鲁迅尽管是一个清醒的启蒙主义者、一个坚决反封建思想的革命斗士；但他首先是一个艺术家，一个能以最敏锐的眼光感觉着现实的一切荒诞性、体验着生命存在的虚无性和孤独感的艺术家。从其思想构成来看，虽然他的创作始终抱着进化论和启蒙主义；但叔本华、尼采、柏格森、施蒂纳的生命哲学，弗洛伊德、厨川白村的精神分析学说等现代主义非理性哲学、心理学理论也同样能引起他的强烈共鸣。在他的第一篇白话小说《狂人日记》中，就是通过“狂人”的感受揭示出人与人之间不可理解的孤独、痛苦，染着浓厚的现代主义色彩。此后的《药》、《长明灯》、《肥皂》、《白光》、《在酒楼上》、《孤独者》、《阿Q正传》等许多作品，都带有现代派的那种“恐怖”、①“阴冷”②和“鬼气”③，从而“表现出一种顽强的倾向：极力窥探人类灵魂顶黑暗的角落”。④ 当然，在总体风格上，这些作品的主导倾向仍然是现实主义的。“狂人”并没有在不理解的孤独中绝望、颓唐，而是寄希望于未来和没有吃过人的孩子。进化论和启蒙主义的乐观精神最后还是突破了现代主义的阴冷与恐怖。《药》的结尾平添了个花环，《肥皂》、《白光》、《长明灯》也以对封建旧文化体系的彻底而全面的否定表现出对新文明的热情。这一切都洋溢着现实主义者的理性精神和乐观态度。只有在《野草》这部真正坦诚地暴露自己的灵魂的作品中，鲁迅才以自己对人生的体验表达出一个现代主义者对孤独和悲凉的艺术感受，显示他对整个人生荒诞的形而上生命探索的深广度。在那个悲凉的世界中，存在着的是已经从所有束缚中解脱出来以后的个体怎样面对一个充满了偶然性、荒谬性的世界，并一步一步地走向死亡。在《野草》里，鲁迅描写了多种多样的生命形态，而出现频率最多的是“死亡”、“虚无”、“孤独者”、“过客”、“影”等现代主义作家经常使用的意象。特别是那些描写“死亡”的篇章，展示出鲁迅对生存的极度悲哀和形而上的本体意识。

“……窥见死亡，胸腹具破，中无心肝，而脸上却绝不显哀乐之状，但蒙

---

① 鲁迅：《南腔北调集·祝中俄文学之交》。

② 鲁迅：《〈中国新文学大系〉小说二集序》。

③ 鲁迅：《致萧军、萧红》，《鲁迅书信集》，第908页。

④ 这是高尔基对安特列夫的评价，鲁迅的创作深受安特列夫的影响，用此语评价鲁迅也十分妥当。

蒙如烟然。

……

抉心自食,欲知本味。创痛酷烈,本味何能知?……痛定之后,徐徐食之。然其心已陈旧,本味又何由知?”

(《野草·墓碣文》)

这不正是向“绝不显哀乐之状,但蒙蒙如烟然”的活着的死亡去追问本体么?但是本体(本味)“何能知”?于是只能“于浩歌狂热之际中寒,于天上看见深渊,于一切眼中看见无所有,于无所希望中得救”。[①] 自我的分裂、生命的否定和对虚无黑暗的绝望抗争都是鲁迅对人生意义的超越寻求表现出的对个体“此在”的深沉把握,他把体验着生与死、背负着一切苦难和黑暗、面对着历史的废墟和荒坟的情感心理,化为形而上本体,从而使孤独与悲凉超越现实此岸而飞向现代主义的审美彼岸。

另一个比较杰出的现代主义作家是被称为“诗怪”的象征主义诗人李金发。1925 年以后,他的《微雨》、《食客与凶年》、《为幸福而歌》等诗集相继出版,使中国新诗创作在情绪宣泄之外又多了唯美的艺术追求,从而产生了中国新诗史上一个独特的艺术流派——象征诗派。李金发的创作“受波特莱尔与魏尔伦的影响”,作品中很有波特莱尔的“趋向”。[②] 他认为:“艺术是不顾道德,也与社会不是共同的世界。艺术上唯一的目的,就是创造美,艺术家唯一的工作就是忠实表现自己的世界。所以他的美的世界,是创造在艺术上,不是建设在社会上。”[③]这种对艺术本体的追求突破了文学艺术是“为人生”的普遍美学观念,将文学的独立价值和文学形式的美学意义作为一种自觉的目的来强调,从而突出艺术形式的自足性。“美的艺术是一种意境,它只对自身具有合目的性。”[④]马克思也说:“作家绝不把自己的作品作为手段,作品就是目的本身;无论对作家或其他人来说,作品根本不是手段,所以在必要时作家可以为了作品的生存而牺牲自己个人的生存。”[⑤]这些看法实质上都与李金发的主张近似,因为艺术真正的内容,不是各种生活素材,而是形式本体,艺术就应该以自身为目的。由于强调了

---

① 鲁迅:《野草·墓碣文》。

② 李金发:《诗问答》,1935 年 2 月 15 日《文艺画报》第 1 卷第 3 号。

③ 华林(李金发):《少生活美性之中国人》,1926 年 7 月 26 日(世界日报)副刊第 6 号。

④ 康德:《判断力批判》上卷,第 151 页。

⑤ 《马克思恩格斯全集》第 1 卷,第 87 页。

艺术形式的独立价值,李金发在艺术形式探索中的先锋性十分明显,许多作品在表现形式上不是直接描写生活,也不是直抒胸臆,而是把自己主观世界的感受和内在感情的波动用富于象征意义的形象暗示出来。例如《弃妇》一诗,看上去这是抒写诗人对于一个被生活遗弃的妇女命运的同情和悲诉,实际上"弃妇"这一象征性的形象更深刻的含义是诗人自己对人生的愤慨和悲凉。"弃妇"蕴涵着深沉的"隐忧"和无边的痛苦在死亡的边缘上孤独徘徊,其中的每一个意象都透着诗人对人生、对世界的深深颤栗。因此,朱自清称李金发"要表现的是'对于生命欲揶揄的神秘及悲哀的美丽'。"①他表现人生和命运的悲哀,描绘死亡和梦幻的境界,体验爱情的欢乐和痛苦,歌唱自然的纯真。他所要表现的是自己生命的神秘感觉,所要描绘的是人生的忧郁、悲凉、恐怖和憧憬,即一种对生命形式和人生意义的深邃的审美感受。

虽然现代主义的审美精神由于不适合时代思潮的需要和中国传统的审美观念而没有取得现实主义、浪漫主义那样蔚为大潮的历史荣幸,但毕竟因为有了鲁迅和李金发而在中国新文学发展史上写下了重要的一页,他们对于艺术的不懈探索和独特的审美追求,都曾推动了中国新文学在美学意义上的进步。

五四文学精神的这三种表现形态共同构成了五四文学的整体面貌,也规约着整个中国现代文学的发展历程。可以说,中国现代文学的各种表现形态都在"五四"得到了演示,现实主义中以注重反映政治——经济的社会变动为主的启蒙主义文学,与浪漫主义中的极端情感主义由于都带着浓厚的社会功利性很快合流而成为革命文学→抗战文学→解放区文学;现实主义中以注重揭示国民性为主的启蒙主义文学与审美方式的现实主义汇合发展为巴金、老舍、曹禺等人的民主主义和人道主义文学;田园抒情主义文学由于暗合传统的自然主义审美观念,并经过沈从文等京派作家的努力而成为一种独特的现代抒情文学模式流传至今;现代主义尽管遇到种种不利因素的阻碍,但仍然潜流于中国新文学史中,后来的现代派诗歌、新感觉派作品和九叶诗人等的创作都是明证。

(写于1989年春)

---

① 朱自清:《中国新文学大系·诗集导言》。

现代学术与五四文学关系索解

当人类从蒙昧混沌踱入理性光明之际,智慧的生命在创造世界的同时便创造了文化,并从而在文化中塑造着人类社会。因此从特定意义上说,人类的历史就是文化不断被更新被创造的历史,也是文化在运作机制中不断制约并塑雕人类的过程。可以说,在人类文化世界中,作为一种文化体系的核心和精华的学术研究,始终是衡量一种文化体系进步与否和优化程度的重要尺度,也是分析与透视一个民族的文化心理结构的一面明镜;并且它最敏锐、最深刻、最集中地体现了一种文化的嬗变和一个民族的兴衰。也就是说,文化的主体代表——知识分子的形成过程以及人类文明的每一进步都深深地印记着学术探索的痕迹,正是在学术的探索中塑造着优化着知识分子,反转来又通过被学术优化的知识者改造着旧的文化体系、创造着新的文明,从而推动人类文明史的发展。虽然历史曾经在学术探索道路上铸起过一个个巨大的惊叹号、疑问号,也曾经将它囚禁在发霉的古堡中;然而,只要学术研究在历史的征途中,不失去它的科学品格和创造精神,就永远推动着文化的发展和驱策着人类的自新。所以从文化学的角度来看,对人类历史的阐释首先就是对学术文化的深层把握,对永远跃动于人类文化最前沿的学术研究的充分理解。只有理解了学术与文化与人的密切关系,才有可能较深刻地阐释人类在每一个具体历史阶段的实践活动,较准确地描述历史的演变轨迹,并从而较深入地感受和体验理论思维活动对于社会变革的决定性意义。由此看来,我们在考察近代中国文化时,就不能不首先注意学术研究在其中所扮演的角色,即着重分析学术活动对于现代文化、现代文学的形成起了哪些作用,从中探索中国文化由传统向现代过渡的内在机制,以解释中国文化史上最辉煌的五四时期。

一

中国封建文化在其漫长发展的历史中已经形成了一种封闭、自足、凝滞的文化体系，巨大的文明优越感负载着繁杂的历史沉疴缠住了中国历史前进的车轮；而创造这一文化体系，同时又在他的孕育、规范下发展起来的中国学术也不能不染上同样的绝症。中国古代学术求“通”、求“衡”、求“善”，却很少求“真”，理论思辩的光芒常常湮没在繁琐的考据、释微和谆谆的道德说教的汪洋大海之中。不管是“六经注我”，还是“我注六经”，几千年来知识者的聪明才智大都消耗并埋没于“注”与“六经”之中。这种注释性的思维模式和崇古式的心理特质从汉代以来，一直支配着中华民族的理论思维，并直接造成中国传统学术研究的虚文性和伦理性，使其失去作为一种有生命活力的学术文化的创造性和真理性，同时也丧失了作为学术文化所应有的探索意识与科学品格，从而导致了民族文化心理结构的均衡、凝固、守旧与繁琐，并从根本上窒息了我们民族在文化上的锐意进取精神。因此，鸦片战争以后当西方文化强烈撞击着中国社会，我国传统文化的大厦摇摇欲坠的时候，创建一种能够使中国文化摆脱危机的新的现代学术文化，就成为中国近代知识分子义不容辞的历史重任。

然而，民族的精英们在完成这一历史使命的过程中，却面临着双重困境：即淤积和负累过多过重的本民族文化体系已经由于丧失其内在活力而无法孕育新的现代文明，甚至已经无法面对西方文化的挑战，致使深刻的危机带来了痛苦的抉择。可是选择的客体又是铁蹄凌辱后由西方输入的舶来物，它与民族的耻辱感紧密联系着，理智的神往和情感的抗拒始终是人们心目中对待西方文化的悖论。因此，忧患和自尊使一个有着悠久文化传统和灿烂文明历史的中华民族，不论是与过去诀别还是拥抱未来都是显得特别艰难。然而，亲身感受着民族文化的陈腐和西方文化的生命力的知识分子意识到只有以西方现代文化为参照，从深远的民族文化源泉和充满活力的异域江河的汇流中寻找新的生机时，中华民族才能在两种文化的碰撞中激荡起时代和民族的希望。不管西方文化有多少不合理、不完善的地方，但作为一种文化体系，它与先进生产力和科学技术联系在一起，是促使历史进步的，是以人为中心的文化，它的科学精神、民主精神和人道主义色彩都是中国传统文化所缺乏的，因而它是建设现代中国文化所必需的精神养料。民族文化的重构者就不能不借鉴这早已腾涌于世界潮流的西方现代文化，以西域新鲜、旺盛的生命血液荡涤古老中华的陈肌腐垢，激励民族的新生。在这里，哲学的沉思不仅仅表现出惊人的智慧和无畏的勇气，更体现出缜密的思索和踏实的研究。即在分析和比较中择取西方文化，在探寻与批判中发现民族文化的活水，在求实与创新中建设现代文化，它几乎是这一特定时代学术群体的共同文化意识和学术取向。这种文化意识和学术取向是构成新一代知识者文化心理结构的基质，也是学术群体在充分认识到“旧文化正在灭亡，新文化已经萌生”的时代环境后而形成的共同文化追求。

当然，现代文化的具体建构，并非如田园牧歌那么悠闲游雅，也不似进行曲那么雄壮激昂，它的每一组音符的确都渗透着创造者缜密的思考和严肃的研究。就现代文化的生成过程而言，它始终是学术研究由传统向现代转换的过程。学术作为一种文化体系的内在灵魂和深层结构，它的变化哪怕是最微细的也能牵动文化体系的全局。例如，对于近代较早引进西方学术思想的王国维来说，他也仅仅是在研究、挖掘民族文化的时候，重新调整了一下思维方法和研究视角，而这种研究视角的调整又仅仅是出于学术的兴趣；然而他用西方现代学术思想研究《红楼梦》，考察宋、元戏曲却发现了一个与前辈学者迥然不回的新世界，并从中导出了现代文化思想和审美精神，暗示着整个中华民族重构文化心理模式的肇始。自王国维以后，自觉地追求并创建新的现代文化已经是进步学术界的共同目标。从晚清的梁启超、严复、夏曾佑到五四时期的陈独秀、鲁迅、胡适、钱玄同都在不同程度上以新的学术思想和理论视野致力于研究中、西方文化的差异性，探寻中国文化之所以窒息人性、阻碍历史前进的深层原因。这些努力大都显示了他们在具体的研究进程中，有意识地改变自己已有知识结构和思维模式，力图摒弃中国古代学者的学术作风和治学方法。虽然从他们的某些研究工作中尚能看到乾嘉朴学的遗风，但基本上已趋近于西方学术思想。可以断言，这种有意识地调整、更新自己的研究思维，已意味着对西方学术由引进、模仿发展到了自觉创建现代中国学术阶段。

中国现代学术是在西方学术的基础上发展起来的，与中国古代学术相比，它的现代特征和历史品格集中体现为：在科学层次上，它具有真理性、创造性和实践性：在伦理层次上，它始终具有关注人、同情人和研究人的人道主义精神；在政治层次上，它倡举自由与民主。所以，它一经确立就从社会意识结构的深层引爆触发了中国文化史上具有划时代意义的五四新文化运动和五四文学革命，使中国历史和文学发生了深刻变革，并使中国学术有了与世界学术直接对话的可能性。在这一意义上，可以说中国社会由传统向现代的转变过程是一个中国现代学术思想促使现代文化由萌芽到壮大的进化过程。当现代学术思想蔚然成为支配社会历史的主要思潮时，社会的性质也必然随着现代文化的确立而发生相应的变化。因而，从晚清到“五四”在学者们之间所进行的书斋里的学术论争，由于承担着特殊的文化改造使命而变得具有强大的实践功能和现实针对性，它的直接结果就是使中国学术和中国文学完成了由古典封建主义时期向现代科学主义和人道主义时期的历史飞跃。

我们以前习惯于以战争的心态来回顾、评价和描述“五四”这段历史，于是一切都在“政治”的过滤中变了形，“彻底反封建”或“彻底反帝”这些染着狂热、激烈色彩的词语、意象成了概括这段历史及文学的词根或套语。这就在很大程度上强化了五四运动的政治意义和斗争精神，从而掩饰了它的本来面目，忽略了知识分子及其学术探索的特殊功绩和历史价值，也就是说忘记了历史发展过程中的创造主体及其主体意识力量。如果以西方近代史的研究作为参照，问题的实质会揭示得更清楚一些。人们认识西方近代历史往往是从认识文艺复兴运动开始的，并以文艺复兴作为理解历史的轴心。因为它作为社会理性力量和感性力量的代表，首先呼唤人性的觉醒和人们追求合理生活的激情，改变人们的思维方式、价值观念和审美理想，从而使世界历史结束了中世纪的蒙昧状态，迈向近代社会。同样，要理解中国现代历史，就必须首先认识五四文学运动。正如李大钊所说：“由来新文明之诞生，必有新文艺为之先声。”社会的变革总是以文学的变革为先导。从晚清到五四时期的社会演变史只有在文学运动那里才能找到最清晰、同时也是最富于理性和感性色彩的轨迹。可是五四文学的诞生及其发展过程却不能仅仅从文学本身来寻找。我们喜欢谈论文学本体的自身发展、爱好强调作家的主体心态的力量，然而文学的发展总是或明或暗地依赖于学术研究的发展，五四文学运动的兴起和深化尤为明显。当然，由学术研究到文学发展之间存在着一个中介，即学术的成果经由什么转化为作家创作实践及新的审美理想是如何由理论变为现实的。我们认为，实现转换的中介就是创作主体的艺术思维。由于学术研究改变了作家思维模式、艺术心态，从而达到创作主体文化心理结构的变革，使文学观念、文学语言和表达形式发生变化。任何一种文学革命之所以能够爆发，最深层的原因在于作家的文化心理和创作心态的转换；而作家文化心理和创作心态的转换则依赖思维方式（科学的、艺术的）的更新；那么近代学术研究这种以追求科学主义和人文主义为宗旨的实践活动，便自然成为其先导。因为在近代将西方的文化哲学、文学艺术和科学思想作为一种基本精神、基本方法来改造中国人，注入到中国人的文化心理中，从而实现新的思维方式、价值观念的确立，正是学术研究的基本原则和重要目的。

基于这样的认识，我们在理解五四新文化运动和五四新文学运动时，就不能不摒弃一些传统的价值尺度、研究视角，就不能不充分重视在历史和文学的辩证关系中学术研究所扮演的角色。在五四文学革命的整个过程中，有一个不容抹杀却又或多或少被忘记了的事实，即文学革命的首倡者和推进者们绝大多数是学者。从文学革命的发难者胡适、陈独秀、钱玄同、刘半农、傅斯年到新文学的实绩体现者鲁迅、郭沫若、周作人、冰心等都是大学教师或学生，而他们在理论方面所从事的创造性实践活动也主要集中于学术方面。就胡适而言，他之所以能够较系统的提出文学革命的具体主张并认清"白话为文学之正宗"，正是因为他对中国传统文学的弊端有着较全面的研究和对中国白话文学有着较深入的认识以及对西方文学变化规律的探讨。他的《文学改良刍议》、《历史的文学观念论》、《建设的文学革命论》等奠定五四文学理论基石的论文，都是他长期以来学术研究活动的理性思维结晶。因此从特定意义上说五四文学革命的真正创造主体是这些从事学术研究、勇于探索真理的人。既然新文学创造者的开拓活动是与学术研究紧密结合的，那么将文学革命的过程看成学术探索的具体过程就是合乎逻辑的了。中国新文学的确立正是学术研究的必然结果。因为现代学术所具有的科学性、真理性、开放性和实践性的特征对创造主体的文化心理、思维模式、文学观念以及行为规范的现代化起了决定性的作用，并从而发挥了文学先驱们在传统文学向现代文学转换过程中的主动的创造性的调整功能，使文学沿着学术研究所揭示的科学规律和设想的理性图式演进。

二

当我们进一步把思考的焦点聚集到五四时期学术研究与文学革命的具体关系时，就会发现：在当时，不论是学术还是文学，所关注的主要是相互联结的两个层面，一是以科学和民主为核心、以坚决摒弃固有传统和竭力输入西方文化为基本特征的思想革命；一是以国语运动为内容，以提倡白话文反对文言文为核心的语言革命。这是由当时历史条件和时代环境所决定的。"每个时代都有它自己中心的一环，都有这种为时代所规定的特色所在。"[①]如果说"在近代中国，这一环就是关于社会政治问题的讨论：燃眉之急的中国近代紧张的民族矛盾和阶级斗争……把注意和力量大都集中投放在当前急迫的社会政治问题

---

① 李泽厚：《中国现代思想史论》，第9页，东方出版社1987年版。

的研究讨论和实践活动中”;[1]那么在五四时期,学术群体的兴奋焦点已由政治斗争转向了文化启蒙。以陈独秀为首的《新青年》派率先在“绝无窗户而万般难毁”的“铁屋子”里发出了“科学”与“民主”的呼声,揭起了中国新文化运动的大旗。这是中国学术史和文学史上第一次全面地、猛烈地、直接地抨击孔教和传统道德,第一次大规模地、公开地、激烈地反对传统的封建学术思想和文学形态,反复强调白话为文学之正宗。这样的时代文化氛围就从根本上决定了学术研究的使命和责任就是创建一种既迥异于传统,又不落后于世界的新文化和新文学,从而促使国家、社会和群体的改造和进步。因此学术研究的基本范畴和具体实践都必须围绕着新文化和新文学的建设等问题。不论是思想革命,还是语言革命,无一不是为创建新文化和新继戊戌维新运动之后,随着西方文化输入的加速、留学生的增多和海内外革命运动的发展,接受新思想的知识分子越来越多,形成了一股独立支配社会发展的主导力量;为着改造中国社会而重铸中国文化就愈来愈成为他们关注的焦点和议论的中心。于是 1917 年初,胡适、陈独秀正式拉开了五四文学革命的帷幕,把新文化运动推上了高潮,人文主义则成了中国知识分子重建新的文化价值体系的时代哲学。从《新青年》、《每周评论》、《新潮》等刊物来看,新文学运动被称为一场文化启蒙的思想革命,并不在于它真的如西欧文艺复兴那样创造了崭新的文化体系和文学思想(尽管很多人把两者相提并论),而在于它把西欧的学术思想引进了中国,改变了一国传统的学术体系,形成了中国现代学术思潮,从而使中国知识界的思维方式、价值观念首先在理论上获得重大变革,产生飞跃。新的学术思想最后迫使中国传统文化思想、文学观念退出历史舞台。因此,带着浓厚学术性质的活动是当时思想革命的主要内容,如文学上的自我批判、考证,对西方文学的研究、介绍等等。这样文学上的自我反思和摹仿外来文学就以学术的科学精神和人文精神作了先导。由于近代学术提倡创造和发现,主张摆脱一切因袭的、传统的束缚,激励自己独立地、自由地去思考和发现;因而在这个意义上就形成了以批判传统文化、介绍西方文化为特征的思想解放与思维改造的文化启蒙运动。陈独秀在《青年杂志》创刊号上发表的《敬告青年》一文提出了自主的、进步的、实利的和科学的新精神,希望青年从奴隶的、保守的、退隐的、虚文的和想象的旧思想桎梏中解放出来;在另一些文章中,他还提出“独立、平等、自由”的原则和“民主”

① 李泽厚:《中国现代思想史论》,第 9 页,东方出版社 1987 年版。

"科学"的口号。这些带着西方自由主义精神的新思想极大地冲击了传统的道德思想,促使了民族生命意识的觉醒和民族理论思维的变革。当时,这种思想作为时代主潮几乎牵动了所有的民族英才,从吴虞、钱玄同、刘半农、周作人、鲁迅到傅斯年、罗家伦、茅盾都积极投入其中。特别值得提起的是蔡元培主持的北京大学实行"兼容并包"的治学方针,造就了学术研究自由开放的时代风气。这种崇尚自由的民主主义精神正是"五四"学术研究所创造的时代思潮的集中体现。它为文学从传统走向现代提供了使之成为可能的主客观条件;特别是追求自由民主的观念和包容万象的开放精神为中国文学注入了新鲜的血液,使其能够有力量挣脱陈腐的封建文化思想的束缚,实现自我的解放。

虽然在思想意识层面上对中国传统文学和西方文学的学术研究涉及的方面很广,讨论得也很热烈,但是思想革命并没能取得完全成功;也就是说五四时期文学革命的主要成功并不在于思想启蒙取得了彻底胜利,这是因为当时新文学没有能够把群众破旧立新的创造和追求情绪深化为一种学术精神,形成一种持久的审美理想和理性情感;而是很快地湮没于反复而激烈的政治斗争之中,并在一定程度上复归到传统的窠臼。不过,五四时期的学术研究在语言方面所取得的成就却随着白话文的胜利而被坚定不移地巩固下来,具体而清晰的透视出现代学术研究与五四白话文学的深刻联系。

语言是表达人类情感和思想的工具,是人类思维模式的主要载体;然而它并不是简单复制或摹仿事物的既定秩序或现成秩序的,它具有创造的和构造的功能。在语言的功能意义上,具有至上重要性的不是语言的"功"(Work),而是语言的"能"(Energy)。"能"暗指语言本身所隐藏的思维活力和社会意义,它使语言成为一种实体性的存在,一个载负着人的认知世界和思维方式、认识方式的符号世界。可以说整个民族的历史和文学都是由语言来描述和阐释的。从这种意义上理解,五四时期的白话文运动就不仅仅是一场反对文言文的那种僵化性、雕琢性、贵族性和腐朽性的文化运动;更重要的还在于它是一场深刻的具有双重意义的语言革命,它既改变了所有的书面汉语,又重建了一种全新的文学语言,并革新了中华民族的思维模式和思维取向。我们知道,封建文化是通过由文言文记录的符号世界而具体表现出来的,文言文代表着那个正在消亡的古老社会思想体系。鲁迅之所以要青年不读中国书,原因就在这里。当新的语言代替文言文时,即人们以白话文作为思维符号来观察世界、表达思想感情时,他们所看到的和所表达的都是崭新的世界。同样,当作家用白话文这种新的语言体系从事创作时,文学也就随之发生实体性的本质变化。

然而,白话文的提出乃至整个白话文运动却始终是语言文字改革的学术研究活动的有机组成部分,它的演化几乎和近代以来的学术活动是同步的。晚清时期,梁启超曾以进化论的文学史观来研究中国传统的小说,指出:"文学之进化有一大关键,即由古语之文学变为俗语之文学是也,各国文学史之开展,靡不循此轨道。中国先秦之文,殆皆用俗语……自宋以后,实为祖国文学之大进化。何以故? 俗文学大发达故。宋后俗文学有两大派,其一则儒家、禅家之语录,其二则小说也。小说者,决非以古语之文体而能工者也。"①此外,黄遵宪、陈子褒、裘廷梁等人对中国文学在语言上的症结都做过研究,提倡著书撰文改用白话,"崇白话而废文言"。这些学术主张与后来的白话文运动是一脉相承的。

五四文学革命肇始的主攻方面比较集中地体现于提倡白话文反对文言文的国语运动上。当时,文学革命的主将胡适、陈独秀、钱玄同、刘半农、鲁迅等人无一不致力于研究白话文之于新文化和新文学的重要性,无不致力于分析文言文的弊端,从而形成了以主张白话文还是反对白话文作为界标的进步的或是保守的两大文学阵营的局面。可以说,文学革命的兴起正是以语言研究为基础的。胡适留美期间通过研究中国传统文学,就认识到"一部中国文学史只是一部文字形成(工具)新陈代谢的历史,只是'活文学'随时起来代替了'死文学'的历史。文学的生命全靠能用一个时代的活工具来表现一个时代的情感和思想。工具僵化了,必须另换新的、活的。这就是文学革命。"②正是这种学术探讨使研究者改变了原来的思维方式,才能将语言与民族的文化心理结构联系起来思考问题。这就与梁启超们的白话主张有了质的区别。将语言与思维联系在一起考察中国文学的思维模式一出现,便迅速扭转了晚清以来在语言文字改革研究上裹足不前的局面。白话文第一次与文学革命、思想革命结合在一起,并初步体现出一种平民化和通俗化的倾向。胡适所说的"国语的文学"和"文学的国语"辩证地概括了五四文学革命的重要内容。它揭示了白话文不仅仅是新的汉语世界,而且还是一个新的形象世界和新的审美世界,即白话文在构建现代汉语结构的同时也构建了现代文学。历史发展表明,白话文运动在改变整个民族文化心理结构中起着决定性的作用,同时也给文学带来了本体性的影响。它的平民化倾向适应了现代文学走向"文学为人生"的人道主义美学要求,它的通

① 梁启超:《小说丛话》,转引自《中国五四文学史》,第41页。

② 胡适:《国学季刊发刊宣言》,张若英编:《中国新文学运动史资料》,第189页。

俗化倾向在现代文学演进中又逐渐地蔚为现实主义的创作大观。新的文学世界由于新的文学语言的出现而得到确立，其他文学形式也因文学语言的革命而焕发出丰富多姿的活力。由此可以这样说，五四时期学术研究和文学革命的最显著贡献之一就在于：它们共同创建了一个现代白话语言体系，使中国人找到了能够准确地描述现代社会和阐释过去历史的符号系统，从而使文学的创造力在新的文学语言的重构中获得解放，并根本上完成了中国文学由传统向现代的过渡，建立了一代新的文学话语，奠定了现代文学沿着现代化民族化方向发展的坚厚广阔的基石。

三

五四时期是一个激动人心的时代，郁积了几千年的民族感情和生命强力终于冲出了昏暝的暗夜，以勃然雄姿来迎接新世纪的曙光。面对着历史的惊涛骇浪汹涌澎湃，任何一个感性的生命都会在这壮阔雄浑的历史景观前激情奋发。学术研究曾经极大地唤醒了民族的理论热情和哲学意识，使民族历史及其文学随着理性的解放而获得自觉性和现代性，为历史和文学在一个更高的层次上认同世界发展的潮流提供了合乎逻辑的可能性。但是，郁积过久的情感在精神觉醒之后的勃然长啸和低徊痛楚之吟，都会在激愤和宣泄中偏离正常的轨道，甚至湮没学术研究所唤起的理性和审美感情。这是历史前进的特殊要求所造成的遗憾，也是民族的文化心理在动荡岁月的必然变奏。正如中国现代历史始终处于文化启蒙和政治革命的双重变奏中一样，五四时期的学术研究也总是被迫在眉睫的政治问题、社会问题和民族问题纠缠着。现代学术研究的目的与整个随之而来的新文化运动和新文学运动一样，是弘扬民主与科学，是唤醒现代意识以改造、重铸国民灵魂，是旧传统的摧毁和新文化、新文学的创建。然而，历史的复杂性往往在于历史发展的复调性。尽管学术的自我意识是文化启蒙，是科学的追求和真理的探索，而不是政治革命，不是夺取政权：但是学术思潮能够在五四时期而不是在晚清掀起一场彻底改变中国传统文化的新文化运动和新文学运动，却是借助了五四时代特殊的政治气候。辛亥革命之后，尽管皇帝没有了，但政局一塌糊涂；外国的军事、经济、政治的侵略日益扩大，国内各派军阀混战，强大的保守顽固势力又不断掀起尊孔读经、宣扬复辟的浪潮。这就促使先进的知识分子认识到需要发动一次"多数国民之运动"。陈独秀曾指出："吾国年来政象，惟有党派运动，而无国民运动也。……不出于多数国民之运动，其事每不易成就；即成就矣，而亦无益于国民根本之进步。”①于是，时代的政治要求使学术思潮被催发成为文化启蒙运动。这种历史的前提就规定了学术与政治的混合性。因为文化启蒙包藏着关心国事民瘼、积极入世以天下为己任的政治功利因素，与近代以来中国人民反抗外侮、富国强兵的政治革命运动是相通的。因此，当声势浩大的五四救亡运动蓬勃发展起来时，学术研究迅速转而为政治救亡斗争服务，被纳入夺取政权的政治轨道也就是历史发展的必然性了。

的确，学术的探索尚未成功就为政治所涵盖，导致了一系列严重后果，影响着中国历史的现代化进程和中国文学的重建。就文学而言，中国新文学在刚刚起步的时候，由于政治的需要而不可避免地卷入了它力所不及却不得不为之的尴尬局面，接受了历史强加给它的紧箍咒。这样，人们就可以各据自己的需要宣布文学为什么、是什么，并通过一系列的圈套迫使文学完全臣服于宙斯的淫威，将她从缪斯的花园中放逐出去。当然，事物本身要比我们想象的复杂得多，而且都是在各种名正言顺、堂而皇之的名目下发生的。历史曾经慷慨地赠予新文学最高的荣冠，却又悄悄地剥夺了她的灵魂，以至于缪斯女神还没有来得及做一个温柔的梦就不得不仓皇出逃。人们可以因此而对新文学做种种谴责，然而我们要提醒人们的是：这种历史遗憾却不能仅仅归咎于政治和文学，还有一个重要的原因，即五四时期学术研究本身的缺陷和失误。如果说，中国新文学的历史只能是近代中国社会的政治斗争在文学意识中的投影，那么，中国现代学术思潮的历史也不能不投下现代中国社会的政治斗争的阴影。历史就是在这种辩证的复调式的相互冲突、同构中前进的，在每一种引以为豪的新事物、新思想出现的同时，都会有相对立的否定因素存在其中。五四学术思潮是随着启蒙的浪潮发展起来的，是在反传统的批判意识中巩固下来的。启蒙色彩和批判精神使中国学术艰难地丢掉了几千年的贤圣经书的包袱，并在一定程度上摆脱了乾嘉学派的束缚，获得了与西方近代学术思潮认同的机会。它们赋予了中国学术崭新的时代内容，也使文学随之获得现代审美精神。可是，历史却没有留给学术和文学相应的发展环境，使之一起步就处于一种极不平衡的“偏至”状态中，当学术思潮的政治因素以启蒙和批判的姿态涵盖了它的科学精神时，在它的指导下建立起来的新文学也不得不表现出对政治的偏爱，从而窒息了新文学

① 陈独秀:《一九一六年》,《青年杂志》第1卷第5号。

创造中的美学规律，使之在真、善、美的协调关系中失重，并在畸形发展中逐渐挤压掉学术研究为文学现代化所做的种种努力。这是五四时期学术给文学留下的一个历史遗憾。

当然，之所以会造成这种情况，原因是极为复杂的。不过从1919年之后在新文学界内部持续发生的对于“整理国故”的论争，可以窥见问题的深层意义的一斑。虽然至今学术界对“整理国故”和由此而引发的论争尚有种种歧议，但是，对胡适等人的观点持否定态度却是一致的。然而，当我们重新清醒地公正地审视历史的本来面貌时，所发现的却是五四时期学术文化的日渐政治化倾向以及论者看待学术的政治功利色彩。

论战的缘起是这样的：1919年7月，胡适作了《多研究些问题，少谈些主义》的文章，批评了舆论界“偏向纸上的学说，不去实地考察中国今日的社会需要究竟是什么”的倾向，主张“多研究些问题，少谈些主义”。[①] 不久后，他提出了“整理国故”的观点，并写了几篇文章来阐发这个论点，其中最有代表性的是《国学季刊发刊宣言》。在文中，胡适不无乐观地说：“我们平心静气的观察这三百年的古学发达史，再观察眼前国内和国外的学者研究中国学术的现状，我们不但不抱悲观，并且还抱无穷的乐观。我们深信，国学的将来，定能远胜国学的过去；过去的成绩虽然未可厚非，但将来的成绩一定还要更好无数倍。”他认为，应该用一种新的眼光来看待中国传统文化，扩大国学的研究范畴。他指出：现在要扩充国学的领域，“包括上下三四千年的过去文化，打破一切的门户成见；拿历史的眼光来整理一切，认清了‘国故学’的使命是整理中国一切文化历史，便可以把一切狭陋的门户之见都扫完了。……在文学方面，也有同样的需要。庙堂的文学固可以研究，但草野的文学也应该研究。在历史的眼光里，今日民间小儿女唱的歌谣，和《诗三百篇》有同等的位置；民间流传的小说和高文典册有同等的位置，吴敬梓、曹沾和关汉卿、马东篱和杜甫、韩愈有同等的位置。故在文学方面，也应该把《三百篇》还给西周东周之间的无名诗人，《古乐府》还给汉魏六朝的无名诗人……”[②]这些看法迅速在五四学术界、文学界掀起轩然大波，赞同者与反对者纷纭而起。赞同的有郑振铎、顾颉刚、周作人等。郑振铎主张“在新文学运动的热潮里应有整理国故的一种举动。”因为“新文学运动，不仅

① 这是胡适于1919年7月20日的《每周评论》第三十一号中提出的，很快遭到了李大钊等人的反驳。

② 胡适：《国故季刊发刊宣言》，《中国新文学运动史资料》，第189页。

要在创作与翻译方面努力,而对于一般社会的文艺观念,尤须彻底的把他们改革过。……所谓新文学运动,并不是要完全推翻一切中国固有的文艺作品,一方面却要重新估定或发现中国文学的价值,把金石从瓦砾堆中搜找出来,把传统的灰尘,从光润的镜子上拂拭下去。”他还提出,“整理国故的新精神便是:‘无征不信’,以科学的方法来研究前人未开发的文学园地。”①反对的意见也来自新文学阵营内部。郭沫若认为:“整理的事业,充其量只是一种报告,是一种旧价值的重新估评,并不是一种新价值的从(重)新创作,它在一时代的文化的进展上,所效的贡献殊属微末。”②成仿吾则指责这是“勾诱青年学子去狂舐这数千年的枯骨”;③沈雁冰也认为这是新文学运动的反动。④

从表面看,似乎论战的焦点在于,是否应该研究和重新整理中国传统文化。可是,由于在五四时期“国故”是一个具有高度敏感性的问题;面对着当时正轰轰烈烈兴起的政治救亡运动,那种要人们去钻故纸堆、进实验室的提法,实在是有“诱骗”青年脱离政治斗争的危险,因此很快引起了许多正在抓住政治斗争推动中国社会改革的先进知识分子的警惕。于是,论战的焦点实质上不在学术而在政治。从胡适等人的文章来说,他们之所以提倡“整理国故”并没有政治意图,只是在学术的范畴重新研究中国文化、发掘中国新文学的历史渊源。这是任何一种新文学在发展中都必须进行的探源和奠基工作,西欧文艺复兴运动明确提出要恢复古希腊文化艺术传统。虽然五四新文学运动并没有公开提出这样的口号,但它从破除旧传统到建设自身的时候,就需要探寻它所以存在的理由,也需要研究它是从何而来的。胡适等人所从事的就是这一工程。然而,反驳者却从政治功利、从整个中国救亡革命形势发展的高度来认识这一问题。这样,由于视角的差异就导致了对事物理解的不同。可以说,论争双方在根本上并没有一个重合点,只是各持问题的一端在争执不休,发展到后来则完全从学术转到了政治。

从纯学术的角度看,胡适、郑振铎、顾颉刚等人的思想是五四文学革命中学术思想发展的一个新阶段。《文学改良刍议》就是一篇用新的历史眼光研究中国传统文学的研究报告。这里面就已经包含了《国学季刊发刊宣言》中的许多

① 郑振铎:《新文学之建设与国故之新研究》,《中国新文学运动史资料》。
② 郭沫若:《整理国故的评价》,《中国新文学运动史资料》。
③ 成仿吾:《国学运动的我见》,《中国新文学运动史资料》。
④ 沈雁冰:《进一步退两步》,1924 年 5 月 19 日《文学》第 122 期。

观点。至于胡适、郑振铎、周作人、鲁迅等人对中国传统文学,特别是对白话文学的研究则更是广义上的"整理国故"。如果没有对中国古典文学的重新整理,就不可能发现它的两个发展传统《即文言文传统和白话文传统》,文学革命也就成了无源之水、无本之木。可以说,"整理国故"的学术思潮体现了学术界希望将初创期的学术探索深入下去,为新文学的建设提供更雄厚的历史根据和理论根据。然而问题还在于,这时的社会思潮已经由文化启蒙转回到政治运动上,学术界乃至整个知识界的关注点和兴奋点是如何改造中国社会。在这种时代环境里,任何一种学术思潮都有可能被作为一种意识形态,从政治的意义上理解它。"C. Geertz 曾指出,当社会和政治危机伴随着原有文化根基失落时,便迫切需要意识形态。意识形态不是科学,而是包含着某种要求支配人们观念和行动的信仰"。[①] 由于它多是随着社会和政治危机而兴盛的,因此,信仰往往会导致非理性的狂热,从而以一种关于现实关系的想象性畸变来把握世界;并且在许多场合里,总是与现实社会中的强权力量,如政治和宗教相联系。在思想领域,它仅仅是观念、绝对理念;在现实领域,它又是信仰,是对某种绝对理念的敬畏和膜拜。可见,当社会将学术思想扭曲为意识形态时,在学术上合乎逻辑的理论,在社会政治中就有可能变成不合时宜。其实,"问题与主义"之争及发展而来的"整理国故"的论争,其最内在的分歧就是将学术文化看成是科学还是意识形态。我们几十年来一直回避了这样一个现实:学术是对具体问题的研究,是通过研究影响民族文化;而意识形态则是关于某种主义的信仰,它的一系列命题是无需论证、也不允许论证的绝对真理。对于文化来说,探索科学真理的学术是自身建设的内在机制;而对于政治来说,意识形态才是凝聚社会的粘合剂。所以,"问题与主义"论争正典型地反映了新文化阵营内部的裂变:一部分人如胡适、郑振铎等,仍从学术建设的角度来理解新文学和新文化;而另一些人如李大钊、陈独秀、郭沫若则从政治的需要理解新文化和新文学。前一部分人代表了现代学术发展的必然趋向。正是在他们这种研究趋向下产生了鲁迅的《中国小说史略》、《汉文学史纲》,胡适的《中国白话文学史》(上卷)、郑振铎的《中国俗文学史》、顾颉刚的《古史辨》等一大批新思想指导下重新研究民族文学与历史的现代学术著作,并奠定了中国现代学术和现代文学的坚厚基石。而后一部分人则代表了现代中国社会政治对知识分子及其学术活动、文学创作的

① 转引自李泽厚:《中国现代思想史论述》,第 58 页,东方出版社 1987 年版。

历史要求。民族的危机容不得书斋中的沉思，将学术导向政治、唤起民族的激情和生存欲望才是历史对每一个知识分子最急切的呼唤。因此，这两种思潮都是顺乎历史要求的，文化上需要坚实的研究和开拓，政治上也同样需要理论的热情和战斗。既然历史在发展过程中选择了政治，那么学术与文学就必然要暂时做出牺牲，不管是否合理。

学术的政治化所影响的范围实际上远远超出五四文学，对于现代文化体系的各个侧面，如人文科学、自然科学和政治活动都有着不可估量的规范作用。从人的精神文化到整个社会的物质结构都由于这一规范而不可避免地染上意识形态化的政治色彩，使刚刚觉醒的民族尚来不及冷静整理一下他们浮躁的心绪，反思并审视民族文化的深层积弊和敲碎自己内心的重重枷锁，就匆匆忙忙地在政治的征途中迷失了自我，从而逼迫已经开始了的改造民族文化心理、重构现代中国文化体系的学术现代化活动悄悄地告别了我们这个古老的民族。这是历史抛下的感叹与疑惑。要解答这个无比复杂的问题，远非我们的学识与才智所能企及的。因此，我们的努力也仅仅局限于文学，尤其是五四文学之中。就其深刻意义而言，文学史就是社会历史的心理写照。也许在我们的思考中，能折射出一些对于现代文化体系的沉思。当然，面对着丰富、繁杂的感性世界，理性的抽绎永远是苍白的。要准确地理解现代学术与五四文学，乃至整个现代文化的深刻联系，只有回到那生机勃勃、激情迸发的五四时代，在感性的体验中才能聆听到历史最深沉的回音。

（写于1989年春）

城市意识觉醒与城市文学新生

近几年学术界从城市文化的角度研究中国现代文学已成为热点,此乃新文学史研究深化的征兆。这个角度的选取不仅可以对现代文学史有新的开掘新的发现,也可以对一些文学现象或作家作品作出新的解释。不过有的见解并非令人诚服,说五四时期作家的城市文化意识尚未觉醒,城市文学当然亦不会生成。我倒认为五四时期是城市文化意识觉醒的时代,也是新型城市文学的发轫期。其理由如下。

一

四十年代胡风在《论民族形式问题》中就提出五四新文学是由“市民阶级”领导的。这是从领导权的角度来判定五四文学的性质。中国五四文学先驱是一个现代城市阶层,而五四文学活动是由这个先进阶层导演的一种城市活动。五四文学的城市文化性质足与中国城市的现代化联系在一起,这虽然是个常识但并非每个人都能记住和承认的,重新论述也许会获得一些新的话语。人类社会从乡村发展到城市是带有划时代意义的,它标志着人类发展的不同文明阶段,是人头史的一种质的飞跃。正如马克思主义经典作家所表述的:“物质劳动和精神劳动的最大一次分工,就是城市和乡村的分离。城乡之间的对立是随着野蛮向文明的过渡、部落制度向国家的过渡、地方局限性向民族的过渡而开始的。它贯穿着全部文明的历史并一直延续到今天。”①正是从这个意义上,社会学家施本格勒认为“人类所有的伟大文化都是由城市产生的……国家、政府、政治、宗教等等,等等,无不是从人类生存的这一基本形式——城市——中发展起来并附着其上的。”②城市文化是整个社会发展的一种动力,但由于“亚细亚的

---

① 《马克思恩格选集》第1卷,第56页。
② 《西方的没落》第4章,第106页。

历史是城市与乡村无差别的统一”,①导致中国城市的发展经过一个漫长阶段,直到十九世纪末二十世纪初中国城市才开始向现代化转换,出现了具有现代性的城市,不论其物质文化形态或精神文化形态都达到了相当的“现代化”程度。作为五四新文化运动和文学革命的策源地和大本营北京和上海已具有向现代化城市转换的鲜明特征。在物质文化形态上,伴随着现代工业的出现,各种运载交通工具在宽阔平坦的马路上奔驰,大规模的商业市场和金融银行业繁荣起来,城市的“自然生态”发生了深刻变化,可谓旧貌变新颜。最耀眼的是楼群的排列组合显得异常富丽雄伟、整洁华贵。转换的总体目标是把城市的职能由过去的政治军事型变成以工商为中心的经济型,在这方面上海比北京的现代化程度要高得多、快得多。在精神文化形态上显示出城市与乡村的异质对立,因为“城市,它是一种心理状态,是各种礼俗和传统构成的整体,是这些礼俗中所包含、并随传统而流传的那些统一思想和情感所构成的整体”;正是从这一特定意义上可以这样作结:“城市有别于乡村,有别于乡野生活的特征正是由这种文化复合体决定的。”②上海是座新兴城市,由于金钱变成社会和生活的最有力的价值准则和调节手段,致使人们的人生观、价值观、道德观发生巨变;由于物质欲望的日益增长或者获得满足,致使社会的审美取向和审美心理由古典艺术移向通俗文学;由于现代工业和商品经济的发展,不仅产生了新的市民阶级及其市民知识分子,而且新的市民意识如独立意识、平等意识、自由意识、竞争意识等也潜长起来;由于城市生活的快节奏、信息量大,觉醒了的市民阶层迫切要求长知识开眼界,致使报纸、新闻、出版、教育昌盛起来;由于城市生活的冒险性和社会关系的复杂化,也导致一批畸形的城市灵魂的出现和城市变态心理“综合症”的孳生。北京是座古城,传统文化的积淀层既厚且深,社会文化心理的现代化转换也许滞后于上海这类新兴城市,但是它们在由古典城市向现代城市的转换过程中只有进化的快慢不同和成熟的程度之别,并不是处在古典型和现代型两个不同的发展阶段。究其实北京于五四时期亦以较大的步伐开始了它的现代化历程,特别在精神文化的变革上显示出独特的优势:一是创办现代教育为主的新型大学,传播新思潮,教授先进的科学知识,这些大学不仅成为北京新的城市生活方式的发祥地,也是培养新型人才的摇篮,尤其是北京大学聚集了一批新市民阶层的先进代表,是五四新文化运动和文学革命的领导者和指挥者;二

① 《马克思恩格斯全集》第46卷,第480页。

② [美]帕克等:《城市社会学》,华夏出版社1987年版。

是兴办新型的新闻报纸、杂志刊物、书局书店，广泛传播新文化新科学新知识，及时反映市民阶层或广大平民的新愿望新要求新动向，并满足他们对文化知识的新渴求和新的审美心理需求，为新生命个体的孕育和成长提供充足的文化营养源：三是涌现出一批由先进知识分子或平民知识分子组成的文化社团及形形色色的政党组织，它们不仅瓦解着北京由北洋军阀进行政治军事专制统治的地位，而且成为五四新文化新文学运动甚至政治革命的前哨阵地或领导中心；四是以现代意识形态——主要是新型市民意识，从整体上对“古典城市”的传统文化结构、心理状态进行了全面否定和猛烈冲击，使现代城市市民的文化意识获得空前觉醒，并从而形成了新文化的复合体。这标明北京强有力地在改变着古典都市的旧貌，朝着全新的方向在塑造着自我形象。当然也应该清醒地看到，在中国城市文化向现代文化的转换中承受着比西方城市更为巨大的传统负荷：这不仅因为汪洋大海般的乡村文化包围着“孤岛”似的几个现代城市，特别是古代中国农业型、内陆封闭型的经济、文化形态决定着这块版图上的几座孤城很难超越这一文化制约；而且也因为殖民者文化的渗透既有现代文化的进步成分又有其腐朽丑恶因子，这就造成现代城市文化的双栖性和复杂性，使北京、上海等城市始终处在新与旧、美与丑、古典与现代的相撞中。正是这些源于城市文化的深层冲突导引着现代城市文化建构的取向，虽然从总体把握上可以论定新的必将取代旧的、美的必将战胜丑的、现代必将取代古典，但是在实际运行中这些冲突的解决并不是那么顺畅无阻，而常常呈现出极其艰难复杂的状态，无疑影响了中国城市文化的现代化速效和程度。值得庆幸的是，正是这些冲突的碰撞，激活了作为城市文化中现代意识主要负载者知识分子的启蒙思想和变革觉悟，义不容辞地承担起建构现代城市文化和现代城市文学的历史任务，名副其实地扮演了城市文化现代化的中坚和柱石的角色。五四前后的北京与上海南北呼应相互对流，由这批生机勃勃的新型市民知识分子在现代城市的大舞台上导演了新文化运动和文学革命这场史无前例的话剧。这不仅从一侧面反映了城市的现代化必然带来文学性质的深刻变异，而且也暗示出中国文化、文学的革命走的是城市包围乡村的道路。这相异于中国政治革命选取的乡村包围城市的道路。

二

从城市地理学的角度考察，北京与上海作为五四文学革命的共同承载者已显露出这场文学变革的性质；若从文学革命主体的思想观念、文化身份、社会地位作深入考察，可以从深层揭示出五四文学的“现代城市文学”性质。文学主体观念更新的指向和力度往往决定着他参与或领导的文学变革或创造的文学的基本性质和价值取向。城市文化的壮大繁荣和封建社会的衰落是同步的。由于中国封建社会的城市多是政治权力中心，封建王朝一旦瓦解，动乱首先破坏的是城市，不只中断了文化结构内部的新因素的积累，而且资本主义萌芽常常在焚毁旧结构的烈火中化为灰烬，这就导致中国城市的存在和发展很难创造出异质于乡村文化的以商业文化为核心的城市文化体系。所以二十年代初北京、上海等城市向现代化转换主要借助于西方现代物质文明和精神文明的推动和催化，特别五四文化运动先驱和文学革命主体的思想解放、观念更新更要以外国文化思潮、文学理论作为参照系；而外国文化思潮从本质上是一种城市文化意识；这就决定了文学观念更新的本质和趋归。《新青年》在五四文化运动和文学革命中所推崇和弘扬的“科学”与“民主”精神，是引进的外国文化思潮，它们是近代西方城市文化的组成部分，是现代化城市的产物，是典型的近现代文化意识。“科学”与“民主”思潮的传播与渗透，不仅改变了城市文化心，理结构和人们的行为模式，为新型平民文学或城市文学的诞生提供了文化背景、创造了文化氛围；而且影响了五四时期整整一代文学观念的更新乃至文学创作方法的选择。“科学”与“民主”是不可分割的两面旗帜，“德先生”与“赛先生”是亲密无间的思想盟友，但为了论述的方便只好分别阐明它们与五四新文学观念的关系。“科学”又称“赛先生”，它源于西方十九世纪以工业革命为标志的城市生活的变动，城市工业和科技的迅猛发展，极大发挥了人们的创造才能和钻研科技的积极性，也极大改变了人们认识世界把握世界的心态，产生了一种追求真实、向往真理的急切期待，而且在认识论与方法论上也受到一些科学思维的启示，可见这种科学精神是与近代城市精神联系在一起的。这种科学精神传到五四时期的中国城市，影响既深且广，并有不同的解释“科学者何？吾人对于事物之概念，综合客观之现象，诉之主观之理性而不矛盾之谓也。”[①]在陈独秀看来，科学表现了主客观的统一，具有现代“理性”品格。胡适强调“科学”的方法论意义：“近来的科学家和哲学家渐渐的懂得假设和证验都是科学方法所不可少的主要分子，渐渐明白科学方法不单是归纳法，是演绎和归纳互相为用的”。[②]

① 陈独秀：《敬告青年》，《青年杂志》第1卷第1号。

② 《胡适文存》二集二卷，第206页。

他自觉地把科学的思维方法用于社会科学研究领域或新文学尝试，并称自己的新诗《尝试集》为“实验主义”文学观，这是科学精神在实际操作中的具体体现。梁启超认为“有系统的真智识，叫做科学。可以教人求得系统真知识的方法，叫做科学精神。”①从不同角度来解释“科学”，这表明“科学”在五四时期具有丰富内涵。虽然“科学”原本是自然科学的系统知识、理论学说及其方法论，但五四新文化先驱为了适应思想启蒙和文学革命的需求对它作了广义的解说，并把科学精神和科学方法应用到人文科学领域，直接影响了五四文学观念的变革，近现代科学如物理学、数学、医学、生物学、遗传学、心理学等无不或深或浅地渗透于五四新文学肌体；特别是西方进化论由自然科学理论转化为中国现代城市的社会文化思潮，对五四文学观念的更新起着重要的现代理性的规范作用。五四文学革命的先驱者或参与者几乎大都认同了“进化”的文学观，将生物进化论引进文学领域作为文学变革的内在动力。陈独秀在《现代欧洲文艺谭》中对欧洲文艺思潮流变的考察与分析，明显地表现出一种由“科学大兴”所决定的文学进化观念；胡适的白话文学观、戏剧改良观、文学革命论、国语进化观等，无不以“进化论”作为理论支柱和思维方法；鲁迅、周作人、沈雁冰、王统照、康白情等对文学改革的思考，也都纳入进化论的思想轨道。可以毫不夸张地说，五四文学革命的兴起与发展以及文学观念的更新直接导源于进化论思想。尤其是周作人提出的“人的文学”这一五四时期有关文学内容变革的“中心观念”，十分明确地是以达尔文生物进化论作为思想基础，既“承认人是一种生物，他的生活现象，与别的动物并无不同”，又“承认人是一种动物进化的生物，他的内面生活，比其他动物更为复杂高深，而且逐渐向上，有能改造生活的力量。”周作人认为“这两个重点换一句话说，便是人的灵肉的二重生活”；“所谓从动物进化的人，也便是指这灵肉一致的人”。② 正是基于对人的自然属性及其灵肉之间关系作出了科学而正确解释，他才对“人的文学”的内涵与本质加以深刻的论证和精辟的判断。“人的文学”观念既体现出一种生物进化论的科学精神，也体现了现代市民阶层觉醒后迫切要求文学真实全面地表现自我的生命个体及其多层面的生活，创造一种反映人的本体的真文学。科学精神是一种理性精神，不仅制导着五四文学观念的变革，也制导着五四作家对创作方法的选择。如果说陈独秀、胡适、周作人等人对写实主义的认同只是流露出朦胧的科学精神意向，那么

---

① 《科学精神与东西文化》，1922 年 8 月 24 ~ 25 日《晨报副刊》

② 《人的文学》，《文学运动史料选》第 1 期。

沈雁冰对写实主义创作原则和创作方法的选择则有明确的理性自觉。他当时并不认为“写实主义”与“自然主义”有什么严格界限,而是以清醒的科学态度来接受“自然主义”的,概括地指出“自然主义”的两个基本点:一是它的既要“表现全体人生的真的普遍性”又要“表现各个人生的真的特殊性”的求真态度;一是它的“事事必先实地观察”的观察精神。实质上“自然主义的真精神是科学的描写法”。关于“自然主义”与“科学精神”的联系,沈雁冰在《自然主义与中国现代小说》一文中论述得更明确:“自然主义是经过近代科学的洗礼的;他的描写法,题材,以及思想,都和近代科学有关系。左拉的巨著《卢贡·玛卡尔》,就是描写卢贡·玛卡尔一家的遗传,是以进化论为目的。莫泊桑的《一生》,则于与遗传而外又描写环境支配个人。意大利自然派女小说家塞拉哇(Serao)的《病的心》是解剖意志薄弱的妇人的心理的”。他只看到了这些自然主义作家的作品与近代科学如遗传学、生物进化论、解剖学、心理学的内在联系,但却忽略了自然主义(或写实主义)文学也是一种现代城市文学,不只是左拉这些作家是著名的城市小说家,而且其作品的选材大多是城市题材,其创作思想大多是城市倾向。五四作家们选择了写实主义(或自然主义)美学思想和创作方法,实际上是在借鉴西方的近现代城市文学模态来建构中国现代城市文学。伴随着欧洲近现代城市崛起而勃发的写实主义或自然主义文学思潮,它与古典主义的根本区别在于它对社会生活的科学态度和务实精神,这是因为:其一,现代城市中工业化与商业化的生活潮流冲破人们在农业社会所形成的乌托邦幻想和传统的浪漫主义诗化精神,日益物质化和凡俗化的现实存在决定着人们的生活观念和处世态度力求务实趋真,社会审美心理倾向于那种具有逼真性、世俗性、平民性的文学,于是写实主义或自然主义便应运而生。其二,城市工商业的发展离不开科技的进步、工艺的提高,而科技进步与工艺提高又增强了人们改造并驾驭客观世界的能力,并且通过改造客观世界的实践打破了人们的神秘感和不可知论,世界已成为可以观察可以认识可以控制的对象;特别是现代科学理论知识及其方法论的传播与普及,进一步提高了人们分析与研究的自觉性以及操作实证主义方法的能力,反映在文学上就是写实主义或自然主义的兴起。五四前后,西方写实主义或自然主义这种城市文学模式传到中国文坛,适应了建设新型城市文学的需要,提供了美学原则和创作方法。与“科学”思潮并重的是“民主”思潮,它在五四时期尊为“德先生”,从西方引进中国又变成“民主主义”、“平民主义”等。实质上“民主主义”也是域外城市文化思潮,民主、平等、自由、博爱、个性主义、人道主义等都可以涵括进“民主主义”，这是西方现代城市市民阶层的意识形态。西方近现代城市生活的日益工业化和商品化则导致人们从农奴制和领主制的桎梏下解放出来而成为自由的人和自主的人；特别在商品市场的竞争中人们既显示了自身的价值和潜在的能量又迫切要求自由、平等的竞争，呼唤个性解放；金钱成为城市社会的中心所造成的负面效应则腐蚀了人们的灵魂，消解了人与人之间的真情美意，于是人们迫切需要友爱、真诚、关怀、人道，“民主主义”就是在这种现实基础上发展起来的市民观念形态。五四时期文化先驱和新文学作家请来了“德先生”所形成的强大思潮和精神力量，不仅对以农业和乡村为主体的中国社会的变革和改造带来了希望，而且极大地推动了文学观念的更新和新型城市文学的建设，人的文学、为人生文学、平民文学、个性主义文学、人道主义文学等无不充溢着“民主”精神，可见它直接关系到中国新文学的“现代化”。“民主”对五四文学的渗透与影响多有论述，不再赘言；我所强调的则是，从“科学”与“民主”两大思潮作用下所形成的五四文学观念这个角度来看，决不能漠视或抹杀五四文学的“现代城市文学”的性质。

三

在北京、上海等现代城市致力于五四文学革命的大批作家，就其社会身份来看是一群城市人类，即现代市民知识分子或日平民知识分子；就其文化地位来看大多是脱离政界军界且具有现代意识的自由职业者。他们与城市的结合与冲突，对城市的投入与疏离，于城市的生存与挣扎，都难以摆脱城市的纠缠，因而城市对他们来说既是朋友又是敌人，既是赞美的对象又是批判的对象。城市常常以铁面无私的面孔把文学工作者改造成现代型的新市民，使其成为创造城市文学的新角色，可以说作为五四文学的建设者的创作生涯是在北京、上海等城市展开和完成的，新文学巨匠鲁迅、郭沫若、茅盾无不如此。从这个侧面足以显现出五四文学具有城市文学的基本特征。但是应特别指出的是，并不是栖息于城市的作家都能获得市民身份，即使市民身份的确立也不意味着文学家性格的确立，更不意味着创作倾向和审美理想的趋同。这不仅因为五四前后的作家作为一个自由职业的松散群落，在对城市的接触和投入中既感受着城市生活的亲疏冷暖又体验着城市生活的开放与压抑，致使其情绪波动思想紊乱；而且也因为作家们具有各自不同的性格气质、不同的经验和经历、不同的心境和处境，虽然在城市中取得了共同身份，但创造出的城市文学却是形态纷呈的，十分明显的是创造社和文学研究会诸作家创造的城市文学则具有不同特色。郁达夫是创造社最具有代表性的作家，他创造的文学可视为“病态城市文学”。城市是无情的，人是有情的，作为有情之人的郁达夫带着多愁善感的血肉之躯在与中外城市这些铁面无情的庞然大物的搏击和较量中并没有以“乡下人”的心态和“旧文人”的格调改造了现代城市，也没有以乡村的生活方式改变了城市生活方式，更没有以城市人的心态来适应城市或以城市的方式来驾驭城市；然而他又不得不在城市生活的海洋里挣扎沉浮，似乎在崭新的城市生活面前他并没有新的感受和新的觉醒，也没有对自身的精神世界和文化心理进行深刻反省和严格解剖，总是不思悔悟地固守着乡村人的传统生活方式和古典人格，总是以逆反心理来感受城市的一切和以逆向思维来理解城市的一切。难怪他青年时代进上海采取如此敌视和拒斥的态度：“像这样的昏天黑地般过生活，难道是人类的目的么？金钱的争夺，犯罪的公行，精神的浪费，肉欲的横流，天虽可不会掉下来，地虽则也不会陷落去，可是像这样的过去，是可以的么？”[①]这就注定了他的心境是悲哀的，心理是变态的，在城市的命运是失败的。拒绝了现代城市的有意召唤只能遭到城市的无情惩罚，导致郁达夫这个获取城市身份的小说家终其一生也未转化为一个地道的城市人。城市是一种人类现象而不是民族现象，全地球的城市都拥有共同的本质，所以郁达夫在日本城市受挫而产生的不适感、不安感、恐惧感和忧郁感并没有因他回到祖国的城市而有所弱化，反倒城市综合症越来越严重，其病态心理越来越强化，他没有超越那种异地感、漂泊感和忧伤感，总是以一个不得其所的多余人栖息于城市中。郁达夫这种忧伤的性格和多病的心态在特定的社会境遇和文化氛围下就转移为带有浓郁感伤色彩的“病态城市文学”。他许多小说的男主人公，不论是Y君、伊人、于质夫或者是“我”都是同一面目的类型，都有一颗多愁感伤的病态心，无不是郁达夫本人的投影。他们大都由乡村进入城市，对城市生活并不喜爱，有一种厌倦感和疏离感，如同一滴滴油漂浮于城市的海面，其文化心理总是徘徊于现代与传统之间，乡村视他们为城市人，城市却认定他们为乡下人，即：是生活在城市中的乡下人和生活于现代的古代人。由于他们无法超脱也无力承受人格与环境冲突所造

① 郁达夫：《海上》。

成的痛苦与困惑,因而只有终日哀叹呻吟、绝望消沉或变态发泄。环绕着这些伤感多病知识者的病态人生与病态心理,郁达夫小说饶有意味地编排了那么多疾病与死亡的情节或场面。我们不仅发现“疾病情节”潜藏的文化内涵和揭示的人性深度,愈加感知到“疾病”是推进小说情节演化的内在动力和传达主题的重要手段:生病情节以浪漫主义宣泄的方式实现了对城市的控诉,养病是对不适应或厌倦城市环境的一种逃脱。郁达夫巧妙而坦率地把自己的城市病转移到作品人物身上,并透过“疾病情节”表达自我内心的感伤和怜悯。“死亡情节”与“疾病情节”紧相关联,在郁达夫小说中屡见不鲜。《沉沦》中“他”的自杀、《银灰色的死》主人公的猝死,表述了作者对生命如此脆弱渺小、生命毁灭如此随便简单的痛切感悟,从而对生存环境城市“只能损害人不能保养人”进行了深沉的谴责。郁达夫小说始终没有摆脱病死的寒光,然而真正成为“病态城市小说”主线的却是主人公的性爱悲剧。主人公与女性的关系构成了小说的基本情节结构和情绪结构,女性对于流浪于城市的主人公来说不仅是情感对象、性欲对象,往往也成为身与心的一种归宿,即主人公与女性的关系实际上是他们对归宿的寻找。因为他们需要找到城市新女性以完成自身的对象化,需要被城市女性接受来确证自己是真正的城市人;但他们既缺乏勇气又缺乏经验不可能实现自己的想象,不只是被拒绝被冷落,而且由此导致性变态,变得异常孤独。《沉沦》中的“观浴”、“偷听”、“手淫”以及《茫茫夜》的同性恋,是性变态、孤独心理的最深刻写照,富有象征意味地表现出郁达夫小说主人公与现代城市的疏离与绝缘。《春风沉醉的晚上》充分地表现出郁达夫对城市的游离心理,小说中的“我”(郁达夫的影子)与那位女性(城市的象征)由陌生而亲近,当女性真正逼近时“我”却突然失去勇气,也许这是因为“我”内心深处有一种乡下人的自卑感,自惭不是个真正的城市人,没有选择城市女性的权力,正是这种心理障碍使我失去拥有二妹的良机。从特定意义上说,女性就是城市的象征,与女性的情投意合的结合才意味着取得现代城市人的资格。如果说郁达夫的小说带有“病态城市文学”的某些特征,那么文学研究会的沈雁冰则是致力于“常态城市文学”的倡导与创造。沈雁冰步入五四文坛并不像郁达夫同现代城市的关系那么游离那么紧张,他选择了城市,城市也选择了他,他认同了城市,城市也认同了他,他接受了城市的生存方式,城市也肯定了他的生存,这就使他在现代城市中有了归依感和安定感,既没有那种悲哀的心境和愤怒的情结,又没有那种“城市中的乡下人”的情结,他取得了上海市民的资格。因而他可以冷静地而不是偏激地、全面地而不是片面地来感受、认识、理解和把握城市的一切，在他眼中的城市是个完整真实的城市而不是个破碎虚幻的城市。心态决定着视野与视力，视野与视力决定着反映生活的深广度和准确度。所以沈雁冰倡导为人生而文学或创造国民文学，既要写出城市生活中的假恶丑又要开掘出生活背面潜藏的真善美，既要针砭国民劣点又要张扬国民的善美特点，这种全面反映现代城市生态和心态的文学可视为“常态城市文学”。为创造这种形态的城市文学，他认同了科学主义的城市文化精神和写实主义（或自然主义）创作方法，并认为现代城市的科学精神必将导向写实主义。他说：“自从工业革命以来，科学长足的进步，真是一日千里；科学万能的思想深入人心，几乎处处地方都要用科学方法配上去，太不合科学方法的浪漫主义文学自然也欲受知识阶级的鄙视”①，而科学精神的昌盛确是写实主义兴起的重要原因。写实主义的选择既能获得一种科学态度又能获得一种求实眼光，使作家就可以发现一个客观化的城市和整体化的城市，创造出“常态城市文学”。遂后茅盾创作的《子夜》始终贯穿着科学研究精神和写实主义创作原则，成了“常态城市文学”的代表，并把现代城市文学的创作推上一个新阶段。如果说五四时期的城市文学只是把城市作为背景或人的生存空间或人的对立物，那么《子夜》则描绘出立体的真实的完整的城市形象；如果说五四时期的城市文学缺乏强烈的现代色彩，那么《子夜》则具有鲜明的现代性；如果说五四时期的城市文学在审美形态上并不完整，那么《子夜》的艺术形式则是独特而完美的；如果说五四时期文学尚未出现一个典型城市环境的典型市民性格，那么《子夜》则在大上海这个最典型的城市环境中塑造出各个阶层的市民性格。当然《子夜》也不是完美无缺的城市文学，由于这篇文章的主旨是论证五四时期是否生成现代城市文学，故对三十年代初问世的《子夜》只能从略了。

上述几个视角的观照固然揭示出五四文学具有现代城市文学的性质，漠视这种性质就是漠视中国新文学的现代性；但是也确实应该承认，以“现代城市文学”来衡量五四文学，它并未达到完善化的程度，而且也不够典型更不成熟。只能说它是二十世纪中国城市文学现代化的过程的良好开端，它的城市文学观念更新比其创作实绩显得更辉煌，它的文学史意义更大于其文学审美价值。考其

① 茅盾：《我走过的道路》，第53页。

不完善不成熟的根由是不难发掘的：五四文学发源的北京、上海等城市虽然已形成现代城市的基本轮廓与规模，但它们并没有最后完成，其现代化的程度并不高，带着浓重的过渡色彩，直接导致城市文化不能迅速地向纵深发展和现代城市意识不能强有力地占据城市社会文化心理，而这种趋向是着重通过作为文学被表现者的城市人和作为文学表现者的市民作家这两个向度表现出来的。无论被表现者或表现者他们的思维方式、情感态度、行为模式、文化心理都存在着不同程度的非城市化倾向，对于现代城市文化从灵到肉感到不适合疏离而对乡村文化却有一种天然的亲和感和认同感，这一潜在倾向直接关系着五四城市文学的发展、完善和成熟。特别是五四文学创作主体不少像郁达夫一样是“城市中的乡下人”，他们从乡村漂流到北京上海等现代城市读书谋生最后定居于城市，并未曾有过城市生活的个体生命史，始终对城市疏离隔膜、对乡村熟悉亲和，在精神上有一种身份认同的危机感，本能地固守着“乡下人”的精神家园。这种情感态度和矛盾心理不能不影响作家的艺术视野、美学取向，直接牵制着五四城市文学的健全、完美的发展。

（写于 1993 年秋）

五四时代现代文化人格建构

“五四”时代，是中国思想文化界千载难逢的百家争鸣的时代。面对思想文化的大碰撞大交汇，中国“五四”文化生态系统对传统文化向现代文化转换作出了历史性的回应。“五四”新文化运动先驱们高举“德先生”和“赛先生”两面旗帜，在理性层面上，向以儒家伦理文化为核心的封建意识形态文化系统进行激烈的历史性的全盘挑战。这是一个令人心仪而又难以复现的神话般的时代。在某种程度上与欧洲“文艺复兴”和“启蒙运动”相似，一切都必须在理性的法庭面前为自己的存在而辩护，或者放弃自己存在的权利。

这次新文化运动的主旨，不再是物质层面的坚船利炮、器物技艺，不再是制度层面的政治构架、经济模式、法律体系和教育体制，而是精神层面的人生智慧、价值模式和文化心理等的现代性转换。这次以“伦理的觉悟”为理论起点的新文化运动的目标之一，就是重整国民性、重塑民族文化心态。反观以往对“五四”新文化运动的研究，往往缺乏一种从多维文化视野对传统文化向现代文化转换的“中介”的理性观照和反思。我们认为，社会理想文化人格的嬗变是考察这一转换的极为重要的“中介”。“五四”时代现代文化人格的塑造是传统文化向现代文化转换的直接文化心理动力。所以，异域文化思想的涌入、社会政治经济的决定作用和中国思想文化自身发展的变化逻辑等等诸种因素对文化转换的影响，只有为、创造主体所接受，才能转化为创造主体的内在素质，转化为一种文化心理原动力，去推动传统文化向现代化的转换。

“人格”一词源自拉丁语“Persona”，本文是指特定仪式表演中人所带的面具，具有一种原始文化的符号象征意味，后来，逐渐演化出个人和社会人的道德文化价值层面的内涵。而所谓理想文化人格，意指在特定社会历史文化氛围和人文环境中形成，并得到整个社会文化价值系统承认和推崇的人格楷模。理想文化人格经过长期的历史积淀而成，随着历史文化的衍化不断发展和完善，形成一整套文化人格的模式，并且能够超越政治经济层面和道德文化素养的差异而具有某些普遍性的品质和标准，是整个社会文化价值系统极力维护、崇尚的文化人格典范。同样，社会理想文化人格以社会心理集体无意识的作用规引和制约着社会人的行为价值模式，以理想化、抽象化的文化人格规范导引和召唤着社会人的文化向心性。

纵观传统文化的发展历程，我们认为：传统文化系统中的理想文化人格内蕴集中体现于“君子”这一文化人格典范（“圣王”无疑是传统理想文化人格的极致，但是由于行为操作上的难以普及性和大众化，“君子”型人格便成了从庙堂到草野的日常人伦文化实践中人人均有可能达到的人格标准）。这种“君子”型理想文化人格构成，以儒家伦理文化精神为主导，附之以释道文化人格之补充，形成了一整套稳定的人格价值趋向：一是建立在日常人伦层面之上的，偏重于内在超越、自我完善的道德化伦理文化倾向。由于缺乏外在超越的“天职”精神的动力源泉，这种文化人格倾向只好过分依赖抽象的主体精神内在超越的虚弱支撑。二是以这样的文化人格崇拜为精神支柱和价值导向，往往从以“仁”为核心的道德伦理文化体系中衍化出一整套与之相适应的政治文化机制，强调以“内圣外王”的方式来塑造整个社会文化系统。但是在动荡多灾的社会现实中，这种理想文化人格模式易蜕变为“中庸”的处世哲学，所谓天下有道则出无道则隐，明哲保身缺乏一种对世俗社会强烈的充满激情的紧张对立精神和由此而导致的改造现世的文化人格动机。三是这种理想文化人格，重视人伦融合有序、社会规整平和、内在品质德行和世俗人文精神的培养。因此这种理想文化人格往往具有温文尔雅、达观大度、自尊自重、心怀天下的人文风范。所谓“为生民立命；为天地立心；为往圣继绝学；为万世开太平”即是它的最高理想追求。“君子”型理想文化人格精神弥漫于整个传统社会文化氛围中，文人士大夫自不必说，山野村夫也有君子小人之别。但是，从理性化、整体化和系统化的角度看，“士”这一文化阶层最集中地体现了对这种理想文化人格的笃志不移，从某种意义上说，“士”是“君子”型文化人格的理论代言人和价值捍卫者。中国“士”的传统源远流长，“士”的文化人格追求基本上反映了中国文化的特性。余英时在《士与中国文化·自序》中写道：“也许中国史上没有任何一位有血有肉的人物完全符合‘士’的理想典型，但是这一理想典型的存在终是无可否认的客观事实；它曾对中国文化传统中无数真实的‘士’发生过‘虽不能至，心向往之’的鞭策作用”。[1] 尽管明清之际，随着资本主义精神的萌芽，中国近世宗教伦理和商人精神的发展使传统社会“士农工商”的构成变为“士商工农”的社会四民的重新排列组合，使社会文化人格追求出现了某种离心倾向。但是文化传统的强大内驱力使之难以动摇“君子”型文化人格的价值倾向，这种理想文化人格中的异质追求没有逃离传统文化的掌心。直到“五四”新文化运动之前，传统理想文化人格的文化内质没有发生根本性的转换。这种历史使命责无旁贷地落到“五四”先驱们的肩上。现代文化人格的塑造是中国现代文化转换创生的精神心理枢纽。

郁达夫在《中国新文学大系·散文二集·导言》中指出：“五四运动的最大的成功，第一要算‘个人’的发现。从前的人，是为君而存在，为道而存在，为父母而存在，现在的人才晓得为自我而存在了。”的确，当五四新文化运动先驱们经历了西方思想文化启蒙的洗礼之后，深切地感受到了封建伦理道德文化对人性的压抑、对自由的压抑，清醒地意识到了传统社会理想文化人格的内在缺陷。早在1907年，鲁迅在《文化偏至论》中就提出了“尊个性而张精神”、“张大个人之人格，又人生之第一义也”的主张。陈独秀在1915年发表的《东西民族根本思想之差异》中，通过中西文化的比较，深切地意识到封建伦理道德文化“损坏个人独立自尊之人格”，“养成依赖性，戕贼个人之生产力。”所以他在《敬告青年》一文中宣称：“我有手足，自谋温饱：我有口舌，自陈好恶；我有心思，自崇所信；绝不认他人之越俎，亦不应主我而奴他人。”鼓吹“盖自认为独立自主之人格以上，一切操行，一切权利，一切信仰，唯有听命各自固有之智能，断无盲从他人之理。”李大钊也热烈地鼓吹自我人格的存在价值，他在《〈晨钟〉之使命》一文中说：“吾青年之生，为自我而生，非为彼老辈而生；青年中华之创造，为青年而造，非为彼老辈而造也。”“五四”先驱们的呐喊，表现了一种前所未有的文化冲动，即对现代理想文化人格的呼唤。

“五四”先驱们以绝诀的态度摆脱掉旧思想旧文化的束缚，呼唤独立人格和自我价值的确立，认同自我和个人在社会中的主体位置。检讨传统文化的内质缺陷，他们认为中国落后和愚昧的症结在于国民文化素质低微，缺乏一种独立自由强健进取的文化人格。所以当“易卜生主义”风靡一时的时候，五四先驱们纷纷拿起“个性解放”的理论武器，以此作为理想文化人格嬗变的突破口。显

---

① 余英时：《士与中国文化》，上海人民出版社1987年版。

然，这抓住了传统文化向现代文化转换的一个关键“中介”。这种文化心理的嬗变，使新文化运动先驱们焕发出一种富有青春气息与魄力的文化创造力。

然而，“个性解放”是建立在“籍思想文化以解决中国问题”的理论预设基础之上的。固然，“五四”时代的个人主义不仅仅出于一种功利目的，也是一种心灵深处生命本能的渴望，一种个人从一切社会关系羁绊中解放出来、追求自主独立精神的文化渴望。但是，“五四”时代的个性解放精神既不同于西方文化中的个人主义精神，也不同于自由主义精神。尽管当时对人的价值比以往任何时代都重视，但救国与争人权同等重要，甚至可以说，“五四”时代个人主义的终极指向是个人对国家和社会的义务与责任，传统文化以不屈的生命力展示了其强大的文化感召力，感时忧世精神在内忧外患中焕发出新的活力。余英时在《五四文化精神的反省》中指出：“文艺复兴是一个人文主义的运动，而且上承古希腊时代的文学与艺术的自由活泼精神而来，故彻头彻尾地是在西方文化发展的内在要求上产生的运动。‘五四’运动则不然，它不是在人文主义精神的支配下展开的，而是一种极端的个人主义的运动，更是一种彻底反传统文化的运动。最后同时也是最重要的，它并非出于中国文化自身发展的迫切需要，而是对于近代西方文化的冲击的强烈回应。……‘五四’的个人主义上面则没有任何精神，其本身即是唯一的指导原则。……‘五四’并没有为中国近代化完成文化变革的任务。”①固然我们对此持不同看法，还是深深为其真诚的文化反思精神所感动，故对他在同篇文章中另一席话产生了深深的共鸣：“‘五四’的缺憾在于：它虽已摸索到中国问题的文化根源并表现了中国民族文化的觉醒，可是它对文化问题本身的认识却并不深切，而且其中还夹杂着一片强烈的怨恨情绪，阻碍了人们的正确视线。”②从这种逻辑起点观测五四新文化运动，不难发现，五四时代个性解放观念的兴起，是伴随着反抗传统社会与文化对个人的压抑和内忧外患的加剧而增强的。这种“个人主义”缺乏个人对个人权利神圣性的积极信念，缺乏把个人本身作为目的的个人价值信仰的坚实文化基础。这正是如林毓生在《五四时代的激烈反传统思想与中国自由主义的前途》一文中所说：“个人主义所肯定的诸价值在中国的环境中，并不是不证自明的最终目的。由五四反传统主义者的主观观点来看，他们的确是把个人主义的诸价值当作‘价值’。……正如许多中国第一代知识分子一样，五四反传统主义者以为个人主义的诸

① 《五四：文化的阐释与评价——西方学者论五四》，山西人民出版社1989年版。

② 《五四：文化的阐释与评价——西方学者论五四》，山西人民出版社1989年版。

价值对于促进民族主义目标的实现,能发生有效的功能。"①所以"个性解放"运动的兴起,是以个人主义的精神核心——在政治社群中,个人是目的而不是手段,个人价值的独立自由来源于个人主体价值的体认和关怀——遭到曲解,并以曲解的形式传播与接受为代价的。当民族主义风起云涌,"个人主义"不再成为实现民族主义目标的有效工具时,个性解放精神就日渐削弱了。浮躁凌厉的时代文化氛围加之这种"曲解",使社会文化系统难以建立起包括理想文化人格在内的尊重个人价值的现代道德文化秩序。

以个性解放为突破口的理想文化人格追索在急剧动荡的文化转型期没有得到必要的文化基本建构的历史保证。"五四"先驱没有清醒地寻找到现代文化人格建构的逻辑起点和历史支点。并且,对现代文化人格的探索仅仅局限于一部分知识分子阶层中。由于缺乏内在文化精神价值的支撑,缺乏必要的理论储备,缺乏对新思潮新文化的整合与融会贯通,五四新文化运动没有提供一种典型和成熟的现代文化人格模式,现代文化人格的建构仅仅处于萌芽阶段。胡秋原在《评介〈五四运动史〉》中说过一段令人深省的话:"中国遭遇的是史无前例之'中国之悲剧'。这悲剧之由来不是由于打倒孔家店或没有彻底西化;这是中国历史之破形(Deformation)的累积。这破形,先因中国落后,遂进入西方的世界权力构造之下,日益破坏,变质,继而受到苏俄与日本之内外夹攻,更趋恶化。及西方权力构造崩溃,我们便被迫进入苏俄的轨道。而主观弱点,则在中国思想不能超越传统、西化、俄化模式保持中国人之精神统一,使中国历史完成正当之转形。"(Transformation)。② 五四时代是一个充满了矛盾与悖论的时代:它强调科学,崇尚理性,以启蒙运动为楷模,却又热血沸腾,激情昂扬,洋溢着浓郁的浪漫主义色彩;它反对偶像权威,痛斥宗教与迷信,却又极需偶像和信仰来满足心灵的饥渴;它主张冷静理智地面对现实,研究解决中国问题,却又急于寻找一种主义和学说来摆脱沉重而复杂的时代问题的逼迫。在浮躁和急功近利的文化心态下,五四新文化运动未能建立起评价传统文化和接受西方文化的恰切态度。它有改造文化的热望,却没有提供一种建设的力量;有重估一切价值的理论勇气,却没有找到一个安身立命的精神支点。一种文化的再生与创造不仅在于形式更在于精神世界的建构,五四新文化运动对包括现代文化人格在内的文化道德秩序建构缺乏一种积极建设的贡献。

---

① 林毓生:《中国传统的创造性转化》,三联书店 1988 年版。

② 《启蒙的价值与局限——台湾学者论五四》,山西人民出版社 1989 年版。

应该说，在旧文化的精神和信仰支离破碎的时代，没有积极建构一种新的充满活力的文化精神和信仰去导引社会人心，是五四时代现代文化人格没有成形的重要原因。当时影响最大的口号“科学”与“民主”，实质上缺乏文化根基，缺乏一种更高层面的文化精神的统摄与支撑。“科学万能”的口号恰恰反映了一种“泛科学主义”的文化心态，先驱们竟毫不犹豫地认定科学不仅能改造现实世界，也能解决人生观价值观宇宙观诸问题。同样，先驱们对“民主”抱有乌托邦式的期望，即使认识到了个人解放的民主内涵，他们的价值关怀更倾向于政治解放层面的涵义，并没有认真探究其全部的涵义和价值。“民主与科学”精神仅仅停留在口号和实用的层面，难以成为文化意义和哲学层面的价值信仰追求。“科学”与“民主”只有在真正的“尊重并提高人的价值”的层面上才能产生文化意义上的精神动力。所以五四时代“科学”与“民主”精神在建构现代文化人格方面并没有起到其应有的作用。

其实，五四先驱们没有深刻探究“科学与民主”下面蕴含着的西方文化更深厚更核心的精神底蕴，即来源于古希腊文明和基督教文明的崇高伟大的人格和热烈深厚的情感，这样一种精神底蕴。追寻崇高伟大的人格和热烈深厚的情感，追寻文化精神和道德力量的支撑，是塑造现代文化人格的文化逻辑支点。先驱们从运动伊始就大声疾呼：要重新发现人，去辟人荒。他们从不同视角对人的意义与价值作了各层面的反思和探讨：什么是真正的人性、真正的人格？现代人应具有什么样的人性和人格应该建构什么样的社会才能发扬理想的人格和人性？在当时精神信仰失落、道德价值失范的文化氛围中，先驱们也意识到，亟需崇高伟大的深厚热诚的文化人格精神去唤醒民众麻木的灵魂。陈独秀在1920年《新青年》第7卷第3期发表《基督教与中国人》一文，认为：“中国社会麻木不仁，不说别的好现象，就是自杀的坏现象都不可多得，文化源泉里缺少情感至少总是一个重大的原因。现在需要补救这个缺点，似乎应当拿美与宗教来利导我们的情感。离开情感的伦理道义，是形式的不是里面的；离开情感的知识是片面的不是贯穿的，是后天的不是先天的，是过客不是主人，是机器、柴炭，不是蒸汽与火。美与宗教的情感，是纯洁而深入普遍我们生命泉源底里面。我主张把耶稣崇高的伟大的人格，和热烈的、浑厚的情感，培养在我们的血里，就是因为这个理由。”陈独秀认为这种崇高伟大的人格和热烈深厚的情感力是“崇高的牺牲精神”、“伟大的宽恕精神”、“平等的博爱精神”，这是基督教的根本教义。周作人在《山中杂信六》(《雨天的书》)也表达了这种文化选择倾向：

“觉得要一新中国的人心，基督教实在是很适宜的，极少数的人能够以科学艺术或社会运动去代替其他宗教的要求，但在大多数是不可能的。我想最好便以能容受科学的一神教，把中国现在的野蛮残忍的多种——其实是拜物——教打倒，民智的发达才有点希望。”他在《乡村道德与道教思想》（《谈虎集》）中也主张依靠基督教来改造大众精神和思想。陈独秀周作人等主张以基督教文化精神来补充中国传统文化内在缺陷是一个深刻的理论预设：一个麻木不仁冷酷黑暗的社会呼唤崇高伟大的人格和深厚热烈的情感，一个衰败的民族需要注入崇高的牺牲精神、伟大的宽恕精神、平等的博爱精神。翻阅这一时期《新青年》一些文章，不难发现他们将耶稣看作精神界的先驱和斗士，是呼唤觉醒和光明的人之子。遗憾的是，这种建构现代文化人格的理论预设很快就淹没在喧嚣的时代氛围中，“非基督教运动”、“科玄之战”则是釜底抽薪。例如在“非基督教运动”兴起的时候，周作人、钱玄同、沈兼士、沈士远、马裕藻等联名发表《主张信教自由者宣传》，也仅从人权角度申明信教自由是人的权利，不再关注如何以基督教文化精神弥补传统文化精神失落时代现代文化人格的建构问题，而陈独秀则在寄给周作人的诘问信中，出于民族主义需要，干脆认定基督教是帝国主义的爪牙。

历史常常以代价赢得进步。五四先驱们对传统文化遭到颠覆的时代，精神信仰的失落、意义价值的迷失和道德情操的失范，的确作出了某种文化回应，遗憾的是这种回应是那么短促和微弱。基督教神学家赵紫宸这样评论过“五四”：“旧伦理抛却了，连旧伦理的精神也抛弃了。忠孝节义等德行，被进化式的天演学打倒了，连忠孝节义背后的毅力、决心、奋斗、眼泪、热血，都淘汰了。”①中国文化需要“心理建设”和“精神重建”，而五四时代现代文化人格建构的欠缺就在于，缺乏一种文化心理上的精神原动力，来支撑现代文化人格的确立。

从某种意义说，传统文化蕴含的人文精神是重建文化心理和道德精神以及确立现代文化人格的文化逻辑起点。急功近利的民族主义热情使五四先驱们对传统文化缺乏一种深层的理性和情感考察，当然历史也没有提供一个从容不迫的文化环境。倒是一些所谓文化保守主义者对此进行了深刻的理性反省。比如“学衡”诸君，他们以世界性学术眼光检视中西文化的精神历程之后，深刻地指出中国传统文化和西方文化在根本精神上的契合处，即传统文化与以古希腊文明为源泉的西方文化在人文精神指向上的殊途同归。他们怀着沉痛的心

① 汪维潇：《人格与精神的召唤》，汤一介主编：《中国宗教：过去与现代》。

情力图纠正文化激进主义者从社会学政治学视角切入思想文化问题的偏颇。针对五四时代“人的精神世界危机”这一深刻命题，他们建构了以“文化——道德”为轴心的中西文化沟通操作路线的理想框架。在其理论预设中，文化精髓是“古今思想言论之最精美者（Culture is the best of what has thoughtand said in the world）”，是一种宗教和信仰，具有超越古今中外界限的永恒价值和人文主义魅力（吴宓《论新文化运动》，《学衡》第四期）。他们对传统文化有着深沉的理性考察和情感体认：“至吾族真正之大成绩。则在数千年中能创造保持一种非宗教而以道德为根据之人文主义。终始勿渝也”。（胡先辅《说今日教育之危机》，《学衡》第四期）故而他们牢记精神导师白璧德的谆谆告诫：“须知中国在力求进步时。万不宜效欧西之将盆中小儿随浴水而倾弃之。简言之。虽可力攻形式主义之非。同时必须审慎。保存其伟大之旧文明之精魂也。”（胡先骕译《白璧德中西人文教育谈》，《学衡》第 3 期）学衡诸君的这种思想，对如何建构现代文化人格有着深刻的启示。遗憾的是，历史只领受了他们作为主流文化激进主义制衡力量的存在价值。五四文化生态系统只是通过文化保守主义的存在，来避免自身运作的脱轨。

以传统人文精神为文化基点，参照古希腊人文传统，特别是以基督教文化精神来补足传统人文精神的先天不足，来建构包括现代文化人格在内的现代伦理道德文化秩序，是一个迷人而有趣的理论预设。与五四时代现代文化人格建构的探索相回应，一位基督教神学家谢扶雅在 80 年代提出了“基督化的人文主义，或说人文主义基督化，乃是意味着，由耶稣基督的人格与动力，爱与牺牲的精神，加强中国民族固有的道德观念，增加其深度与高度……中国固有的人文主义亟需耶稣基督人格的光与热注入一种新血、造出新人文主义。”①如何使现代文化人格建构朝着最合理的方面发展，是“五四”的未竟之业。尔今二十世纪就要降下沉重的帷幕，蓦然回首百年风雨历程，任何一个关心中国文化命运的人都不能不感受到这份“五四”遗产的沉重和庄严。我们现今又处在一个纷乱的文化转型期，世俗商品精神的冲击，道德价值的失范，精神、信仰和意义的迷失，使“如何建构包括现代文化人格在内的文化道德秩序”这样的“五四”命题又闪烁出迷人的现代魅力。在金币蔑视人所崇拜的一切神，并把一切神变为商品的时代追寻崇高伟大的人格和热烈深厚的情感，去召唤一个民族失落的精

① 汪维藩：《人格与精神的召唤》，汤一介主编：《中国宗教：过去与现代》。

神，在终极价值关怀的层面上支撑真理与智慧的追求，不仅是“五四”的未竟使命，更是当今文化转型期一项沉重而庄严的文化使命。

维特根斯坦在《文化与价值》中说过：“早期的文化将变成一堆灰土。但是精神将萦绕着灰土。”①回首“五四”风云，反思五四时代现代文化人格建构的经验与教训，我们没有权利瞧不起我们的前辈，但愿我们能够在发现他们的偏见与缺点的同时，发现一点他们的伟大之处，无论他们是文化激进主义者，还是文化保守主义者。毫无疑问：“这是青春、热情、自豪、慷慨、真诚的时代，尽管它有各种错误，人民将千秋万代纪念它，而且在长期内，它还将使所有腐蚀别人或奴役别人的那类人不得安眠。”②毫无疑问，我们应该超越五四时代的思想境界，但必须沿着五四时代启蒙主义精神的方向前进。失落精神的民族召唤伟大的人格，伟大的民族寻找失落的精神，建构和完善包括现代文化人格在内的文化秩序，有着迷人的道德和文化光辉。

最后，我们以狄尔泰在《我们时代的历史哲学》中的一段话结束本文：

“我们这一代，要比以往受到更大的推动去试着探索生活的神秘面孔，这面孔嘴角上堆满了笑容，但双眼却是忧郁的。

是的，让我们奔向光明，奔向自由和美；然而却不是抛弃过去，完全去标新立异。我们必须带着旧神去进入每一户新居。”③

（写于 1994 年底）

---

① 尚志英：《寻抄家国——多维视野中的维特根斯坦语言哲学》，人民出版社 1992 年版。
② 托克维尔：《旧制度与大革命》，商务印书馆 1992 年版。
③ 胡经之主编：《西方文学理论名著教程》，北京大学出版社 1989 年版。

中篇 作家论

终极价值:现代化与鲁迅批孔

在鲁迅研究中,近几年有种说法,似乎鲁迅终其一生批的不是“真孔”而是“假孔”;甚至有的学者对五四新文化运动提出“打倒孔家店”所蕴含的彻底地不妥协地反封建的伟大历史意义也开始怀疑或否定。鲁迅终其一生是批孔的,即使所批的是历代权势者捧起来的孔子,也与“真孔”在本质上具有一致性,这已被史实所证明。我感兴趣的倒是应该从历史哲学的角度,探讨鲁迅终其一生批孔与中国现代化历程的深刻联系。

一

中国现代化在近代肇始是以西方社会现代化作为参照系的,理性、自由、法治则成为现代化的相互联结的三大基本特征。虽然自鸦片战争以来先进的中国人不断地向西方学习而进行着前仆后继的斗争,为推进社会现代化在当时历史条件允许的范围内冲击了旧体制旧文化,但这些冲击或猛烈或微弱都没有从根本上动摇中国封建社会的整体结构,只是着重在科技与制度层面上作了些改革;而作为价值层面的儒学孔教远远没有受到强烈的震动,那些带有改良色彩的知识分子基本上以“中体西用”的思想模式调整了经世观念,对于儒学孔教的核心内容和基本意义既没有怀疑也没有否定,乃是在意识形态深层保存下来。真正使以儒学孔教为核心的中国传统价值系统日益失去其存在的合理性并从根本上发生动摇,乃是辛亥革命的事。也就是说,1911 年辛亥革命的炮响,虽然只赶跑了一个皇帝,尚未以一个充满理性、自由、法治精神的现代化社会取代以皇权为中心的封建宗法社会,但是皇帝毕竟被拉下了马,中国历史上最后一个清廷王权毕竟在政治上解体,以宗法血缘关系形成的超稳定的社会结构毕竟随着社会的变动濒临崩溃,随后便引起了中国传统文化价值系统的根本动摇。当前学术界流行着这样一种说法,似乎中国文化系统在近代“断裂”与辛亥革命没有什么关系，主要责任在于五四新文化先驱彻底反传统所致。这种看法的提出，是以“五四”先驱们对传统儒家文化的偏激态度和“打倒孔家店”的激烈口号为根据的，并非没有一点合理性；但就其实质而言，这种观点仅仅停留在表层上，或者有点倒果为因，没有从根本上揭示出以儒学孔教为核心的传统价值系统之所以解体，乃是因为它所赖以存活的社会政治结构被革命摧毁的缘故。况且，从内在本质上看，儒学孔教在近现代中国必然崩溃的命运是其自身结构性质所造成的。恩格斯对西方封建社会的文化结构模式曾作过深刻的剖析：“中世纪把意识形态的其他一切形式——哲学、政治、法学，都合并到神学中，使它们成为神学中的科目”；[①]“神学在知识活动的整个领域中的这种无上权威，是教会在当时封建制度里万流归宗的地位的必然结果”。[②] 文艺复兴和启蒙运动正是通过批判这种“泛宗教意识形态”，“教会的精神独裁被摧毁了”，方使“明快的自由思想，愈来愈根深蒂固”，并为资本主义的现代化打下了坚实的思想基础。但由于社会历史条件的差异，在中国漫长的封建社会里却形成了有别于西方的、“泛政治意识形态”的典型特征，即“政教合一”，王者与圣人合一，政统、道统、文统合一。这种文化结构模式与中国传统知识分子的由知识而伦理、由伦理而政治的终极价值取向相对应，形成一个集自然、社会、政治、伦理、宗教为一体的“天人合一”、“天人合德”的图式，其中的社会政治系统与价值信仰系统总是高度地胶合在一起，结成一个异常强固的板块。正由于中国的至高公理是“道德政治化，政治道德化”，所以儒学孔教的伦理价值体系只有借助于皇帝的政治权利和宗法国家的政治制度才能得以实现，而以皇权为轴心的宗法制度的世俗合法性也只有通过儒教孔学的道德价值标准才能得以估量，如果没有皇帝王权作为支柱的社会政治结构，那以儒学为核心的文化价值标准不仅失去了得以贯彻实现的根本保证，而且这种文化价值也失去了它的实际意义，人们不会再像崇拜宗教一样来崇儒尊孔了。可见，中国儒教文化系统在“五四”前后面临崩溃、中国文化系统出现所谓“断层”并不能完全归责于《新青年》激进派“打倒孔家店”和对传统文化的全盘批判；归根结底是因为它凭借生存的皇权政治统治被颠覆以及它自身的基本结构并不能转换出适应“现代化”需要的新机制。

这样说决非要贬低五四新文化运动的彻底地不妥协地反对以儒学为核心的封建文化价值体系的巨大意义，而是为了强调唯有封建政治结构的解体才有

① 恩格斯：《路德维希·费尔巴哈和德国古典哲学的终结》。

② 恩洛斯：《德国农民战争》。

可能从根本上动摇“政教合一”的传统文化价值体系,才有可能为中国社会的现代化扫清障碍。中国五四新文化运动批儒反孔高潮的掀起,从特定意义上说正是基于对辛亥革命只注重从政治上赶走皇帝而忽略从文化思想上摧毁儒家伦理价值体系的沉痛历史教训的深刻反思,是为从五四开始的新民主主义革命阶段的现代化进程创造条件。现代社会既是理性的时代、自由的时代也是法制的时代,这样的时代特征虽然在辛亥革命所制定的“三民主义”政治纲领中已有体现,但是作为一个时代的现实特征却是伴随着五四时期的彻底地反对封建文化运动而逐步形成的。鲁迅正是为了摧毁价值信仰系统与政治系统高度连锁的封建社会结构,为中国现代社会的理性化、民主化、自由化、法治化做些清基铺路工作,所以他义无反顾地以“精神界战士”的战斗姿态站在反封建文化的第一线,成了批儒反孔的主将和新文化运动的旗手。

在世界文化史范围内,如果说文艺复兴时期冲决“泛宗教意识形态”的一体化文化模式,是西方“走出中世纪”进入近现代化社会的开始,并得到恩格斯的充分肯定;那么中国五四新文化运动对儒教孔学的“政教合一”文化模式的彻底批判也应从推进我国现代化进程的角度进行评述。恩格斯称赞西方的启蒙学者“不承认任何外界的权威,不管这种权威是什么样的。宗教、自然观、社会、国家制度,一切都受到最无情的批判”;“以往的一切社会形式和国家形式、一切传统观念,都被当作不合理的东西扔到垃圾堆里去了”。[①] 五四新文化先驱对儒学孔教的批判就体现了这样一种彻底地反对封建传统文化的精神,他们激烈地否定“政教合一”,深刻地揭露藏匿于其中的反民主的专制倾向和夏科学的迷信倾向,这正符合中国社会朝着现代化的方向变革的需要。五四所批判的锋芒主要指向“定于一尊”的孔学以及由此带来的文化专制主义和文化蒙昧主义,反对“政教合一”的文化偶像,拆解“政教合一”的文化模式,把学术文化从政教合一的板块中分离出来,使知识分子所从事的学术活动、所追求的文化价值能独立于政治权威的干预,形成一种个性自由与心灵开放的文化心态。有的论者呼吁:“学问独立,思想自由,为吾人类社会最有权威之两大信条,有感蹂躏之者,吾侪认为学术界之大敌,思想界之蟊贼,必尽吾侪之力与之奋战苦斗,以拥护之”(《五四运动文集》)。学术文化与政治宗教相分离,使学术文化成为独立自由发展的领域,这是中外传统文化向现代文化转型的必由之路,也是推进社会

① 恩格斯:《反杜林论》。

现代化的必备条件。五四新文化先驱在这方面所作的努力和贡献是应该予以肯定和赞许的。

二

鲁迅对封建文化的批判具有全面的彻底的特点,这是大家的共识;但鲁迅的批判却有其独到深刻之处,即抓住封建文化思想体系的老根也是精髓——"伦常"穷追不舍,多面出击。鲁迅曾明确表述:中国的"圣人之徒"最恨人动摇他的东西之一,"便是他的伦常"。[①] 可以说抓住"伦常"就等于抓住了"政教合一"的封建文化思想躯体的神经中枢,以一击即可致其全身瘫痪。所以鲁迅并不满足于一般地"打倒孔家店"的口号,甚至曾有过动摇"孔孟之道"也"与我辈绝不相干"的表示,但这并不意味着鲁迅只反"伦常"不反孔,其实鲁迅非常清楚"伦常"是与孔子学说联系在一起的;不过鲁迅最恨封建伦理道德,以及那个被历代权势者捧起的"圣人",因为他与孔子的原型毕竟有一定区别。"权势者或想做权势者们的圣人"为把孔子当作"或一目的器具"竟将其抬到"吓人的高度",[②]他和他的门徒创立的儒家学说被置于"国教"的至高无上的地位,当成封建政治统治的支柱;虽然历代统治人民的"主子"不断地改易,但封建"老例"却继续存在,其所以然者就是以儒家学说为核心的封建意识形态在支撑着。儒学孔教之所以具有如此强固的功能,就是因为属于封建伦理道德范畴的纲常名教在起作用:是它把治家与治国有机地结合起来,是它把传统伦理道德与封建政治统治奇妙地结合起来,是它把孝亲与忠君紧密地结合起来,形成一整套独特的封建社会的统治秩序。毛泽东在给张闻天的信中深刻地论述道:"'家庭中父与子的关系,反映了社会中君与臣的关系',不如倒过来说:'社会中(说国家中似较妥当)君与臣的关系,反映了家庭中父与子的关系'。事实上奴隶社会与封建社会的国家发生以前,家庭是先发生的,原始共产社会末期氏族社会中的家长制,是后来国家形成的先驱所以是'移孝作忠'而不是以忠作孝。一切国家(政治)都是经济之集中的表现,而在封建国家里,家庭则正是当时小生产经济之基本单元,如伯达所说的'基本细胞',封建国家为了适应它们的集中(封建主

① 鲁迅:《我们现在怎样做父亲》。
② 鲁迅:《在现代中国的孔夫子》。

义的集中)而出现。"[①]正由于家是国的缩影,家庭与国家与社会联成一体,所以家庭的伦理道德可以扩大为整个社会乃至立国的原则,家庭中最重要的"孝"则演化为国家中最重要的"忠",封建国家的政治统治则成了"家天下"的家长统治,而在这个基础上形成的文化思想体系的核心必然是以家庭为本位的伦理道德观。对此,五四新文化运动的先驱几乎取得了共识。陈独秀曾宣称:"伦理之觉悟,为吾人最后觉悟之觉悟。"[②]李大钊指出:"中国的纲常、名教、伦理、道德都是建立在大家族制上的东西"。吴虞大声疾呼:"儒家以孝悌二字为二千年来专制政治与家族制度连结之根干",如果"儒教不革命,儒学不转轮吾国遂无新思想,新学说,何以造新国民?悠悠万事,惟此为大已"[③]

鲁迅坚定不移地抓住伦理道德这个彻底反封建的中心环节,与新文化前驱者一道从封建家庭内部关系中猛攻昏乱而残暴的伦理道德,揭露其荒谬、虚伪、丑恶和反人道的本质。《狂人日记》就是射向以家族为本位的封建礼教的重炮,无情地撕去了封建家庭所蒙着的"孝悌"的面纱和中国数千年历史所披着的"仁义道德"的伪装,一针见血地揭露其"吃人"的罪恶本质。由于封建王权"以孝治天下",因而鲁迅特别着力批判儒学中的所谓"孝道",在《我们现在怎样做父亲》中以生物进化规律指斥长者本位是一种"古传的谬误思想"、"'三年无改于父之道可谓孝矣',当然是曲说,是退婴的病根"。对于《二十四孝图》之类的"孝子教科书",鲁迅尖锐批判其"以不情为伦纪,诬蔑了古人,教坏了后人"。在《魏晋风度及文章与药及酒之关系》中从嵇康的被杀谈到封建"孝道"的虚伪性和残酷性。可见,"以孝治天下"极典型地反映了封建伦常有效地为封建政治统治服务的实质。但是另一方面决不能认为封建伦理道德仅限于"孝道",其实它是建立在以家族为本位基础上的一个庞大森严的思想体系,毛泽东曾把这个体系的内容概括为"君权、神权、族权、夫权"。这"四权"不仅是像祥林嫂这样千千万万中国劳动妇女的人生悲剧、婚姻悲剧以及精神悲剧的总根源,也是子君与涓生这样觉醒了的知识青年们的婚恋悲剧的根源。在鲁迅看来,以家族为本位的伦理道德对整个中国文化的渗透既深且广,不只是与人们的意识形态和生活方式有着深固广泛的内在联系,而且与封建社会"大一统"的垂直隶属型的内部结构和等级统治秩序完全融为一体,形成强固的伦理政权化、政权伦理化

① 《毛泽东书信集》。

② 陈独秀:《吾人最后之觉悟》。

③ 吴虞:《儒家主张阶级制度之害》。

的治人治家治国的高度连锁体制。如果说中国古书上只指出中国封建社会的“王臣公,公臣大夫,大夫臣士,士臣皁,皁臣舆,舆臣隶,隶臣僚,僚臣仆,仆臣台”的等级制驭,那么鲁迅又进一步指出“台”虽然没有臣却“有比他更卑的妻,更弱的子在”,而且其子也很有希望,“他日长大,升而为‘台’,便又有更卑更弱的妻子供他驱使了。”[①]这样便“一级一级的制驭着,不能动弹,也不想动弹了”。这就深刻地揭露出中国封建社会之所以能够长期而稳固地进行统治的秘密所在。鲁迅在五四时期的批儒反孔并不是要对孔子及其门徒们创立的儒家学说进行全面的历史的评价。而是立足于变更社会并推进社会现代化才紧紧抓住“伦理道德”这个主要症结和中心环节,对与以家族为本位相关联的宗法社会制度和宗法思想观念从根本上进行了否定和批判,这是鲁迅批孔中善于抓住要害,层层深入,突破重点,全面击毁以儒学为核心的封建文化体系的重要特点。从整体观念上看,以儒学孔教为支柱的中国传统文化意识与适应现代化社会变革需要的现代意识是隶属于两种文化思想体系的异质意识,因此只有在总体上全面否定和批判儒教文化,才能在否定中依据现代化的需要更好地肯定它,才能在批判中以现代意识为价值尺度更好地继承它。鲁迅对封建伦理道德以及宗法制度进行否定和批判所体现出的彻底性、全面性和坚定性的特征,正蕴含着这种深刻的辩证思想。试想,假若不遵循“整体否定”的思维模式而是“中体西用”,那就不可能摧毁“天不变道亦不变”的封建价值体系以创立适应现代化需要的开放型的充满现代理性精神的价值体系;如果不从根本上否定忠孝节义的封建伦理道德,那就不可能把中国人从重重罗网中解放出来而去追求自由天地;倘若不对“君君臣臣父父子子”的纲常名教进行彻底批判,那就不可能消除封建等级制度而在民主平等基础上建立起真正的“法治”。也许正是从实现中国现代化这个特定角度考虑,人们才毫不动摇地相信五四文化革命“打倒孔家店”的深远意义,相信五四文化运动是一场“彻底地不妥协地反对封建文化的运动”的结论是经得住历史考验的,相信鲁迅是站在反对以封建伦常为核心的传统文化体系第一线的中国最勇敢的旗手。

三

这里值得深入探讨的问题是,既然五四前后中国传统道德秩序的解体和封建

---

① 鲁迅:《灯下漫笔》。

文化思想体系的解构是历史发展的必然，又是中国社会现代化的必要前提，而且鲁迅与文化先驱们对儒学孔教展开了空前规模的批判；那么为什么中国思想文化界在这新旧社会转型期刚刚跨入现代门槛便出现了“意识危机”，一批五四知识分子甚至包括鲁迅在内一度都陷入彷徨、苦闷、迷惘、虚无和孤独的情绪氛围之中？

据有的研究者考察，这种现象既区别于欧美又不同于日本，是中国思想界的独特现象。托克维尔在《论美国的民主》中发现，在决定美国社会政治结构诸因素中，从欧洲带去的基督新教与美国自由精神“紧密配合，共同统治着同一国家”，“基督教不只是作为一门经过论证而被接受的哲学在发生支配作用，而且是作为一种无须论证就被信仰的宗教在发生支配作用”；由于这种美国新教是一种经过现代价值转换了的终极意义系统，所以既维系了现代化早期美国社会的整合，使价值系统和信仰系统没有出现严重“意义危机”，而且也为现代化的发展提供了价值资源。因为现代化是一个世俗化的过程，当人们刚从神祇宗教、英雄崇拜中解放出来时便认为现代化本身就意味着终极意义，并将自己的终极价值理想寄托于自由、理性、进步、富强这些世俗价值上，然而随着现代化世俗领域的日益拓展，人们越来越感到这些价值本身并不能构成人类真正的终极信仰，并不能提供一个完整的意义世界，这就可能重新回到神圣的领域而重建自己的终极信仰。西欧现代化初期这一“重建”是通过路德的新教伦理实现的。由于新教既区别于中世纪神学又是直接从基督教神学转换来的，所以它具有双重功能：既可以与世俗世界沟通以适应现代化需要，为理性、自由、法治诸现代化特征提供价值上的合法性；又可以超越现代化，为社会的未来发展提供批判的源头。文艺复兴之后虽然人们挣脱了神的羁绊使自身的主体性被高扬到无以复加的程度，人的欲望、理性和创造性得到几何级数的膨胀；但是人性的潘朵拉盒子一旦被打开，既能放出天使也能跳出魔鬼，这时新教终极价值的提出不仅能使人回到自然界应有的位置，继续鼓励人的创造性，而且也能使人产生敬畏感，注意与大自然的和睦相处，合理开发地理资源。正如汤因比所说的，世界上所有宗教都有一个长处，“就是把自然的力量视为神圣的东西，通过灌输对自然的畏惧思想，在某种程度上抑制了人们利用自然的贪婪冲动。”可见，新教的终极价值和神圣世界对现代化具有平衡的张力。如果说当西方人在现代化进程中处于文化转折关头，因为新教伦理为他们提供了现代化世俗生活的超验意义，使其内心感到充实而未生发强烈的危机感；那么当日本明治维新后跨进现代化的大门时，则是大和魂的精神及时召唤了他们，对天皇的狂热效忠使他们的精神终极追求找到了某种实处，避免了人生终极价值丧失而造成的思想危机。然而五四前后的中国知识分子却陷于精神危机，好像失去了生命存在的实处，即在中西文化的冲撞中不仅传统伦理价值已经失效，旧社会秩序已经失范，老权威失去了信仰的有效性；而且新的人际关系和道德规范尚未形成，更找不到足以替代旧传统价值体系的新信仰和人生终极价值，人的精神处于某种无所依托的轻飘不定的状态，人的心理失去了平衡。①

但是也要看到，五四时期的知识群体面对"意识危机"沉沦下去的毕竟是少数，大多数知识分子却在"上下求索"，积极寻找新的信仰和终极价值目标，为中国走向现代化建构新的价值体系。有位美籍华裔学者分析中国人在现代化进程中的心智结构表现为三个层面的"精神迷失"：一是"道德迷失"，原来行之有效的儒家伦理已经失范，新的伦理道德规范是什么正在探索；二是"存在迷失"，内圣外王的人生境界已不合时宜，个人的存在意义和安身立命究竟应落实在何处？三是"形上迷失"，西方科学可以回答外部世界的问题，然而世界的终极是什么在中国传统价值体系中是不言而喻的，而它却在现代化的变迁中失去了原有的终极价值的象征意义。针对着"终极价值"或人生理想的失落，新文化先驱者和五四知识分子们在躁动中探索，在探索中躁动，在迷失中追求，在追求中迷失，大致形成了"三派"和三种"终极价值"选择取向：一是以陈独秀、李大钊、鲁迅等人的所谓《新青年》派为代表的激进派，他们走向了现代意识形态；二是以杜亚泉等人为代表的国粹派，他们是极端保守主义，坚持以儒学孔教为核心的文化传统，不分良莠地把旧文化都视为"国粹"，以此来抗拒现代化的挑战；三是以梁漱溟等人为代表的新儒学派，虽然他们主张以中西文化相融合来建立中国新文化价值系统，但是其主导倾向仍然回归儒家传统，虽然他们对国粹派那种出于民族偏见的极端保守主义有所不满，但是在维护儒学传统的伦理价值体系上却是与其相通的，只是保存国粹所表现出的保守程度不同而已。所以新儒学派在进入现代化的过程中并没有通过他们的努力使儒学实现价值的现代转换，新儒学也一直开掘不出现代的民主和科学精神，它不仅难以应付变迁了的外部世界也无法支撑起现代中国人的价值世界。不论是国粹派或是新儒学派，都解决不了在现代化进程中人们的"精神迷失"或"意识危机"，更提不出一个为现代中国人所关怀的终极价值，这已为中国现代社会发展史所证明了。

---

① 参见许纪霖的《终极关怀与现代化》。

四

唯有《新青年》派在艰苦探索中所选择的方向，才是重建中国新文化体系以确立新的终极价值和崇高信仰的主导方向。鲁迅正是沿着这个方向，经过"上下求索"逐步摆脱"精神迷失"而重新找到了社会人生的最高信仰和终极价值世界的。鲁迅在五四前后与新文化先驱们取同一步调，以激进的姿态批儒反孔，对旧价值旧信仰系统表现出决绝的态度。他们不约而同而又坚定地从西方选取"民主"与"科学"两面旗帜，并认定张扬这样的旗帜不只是现代化的一般世俗要求，而且是具有终极价值意义的，是攻无不克的思想武器。正如陈独秀在《本志罪案之答辩书》中所说的："我们现在认定只有这两位先生，可以救治中国政治上道德上学术上思想上一切黑暗"。因而"要拥护那德先生，便不得不反对孔教，礼法，贞节，旧伦理，旧政治。要拥护那赛先生，便不得不反对旧艺术，旧宗教。要拥护德先生，又要拥护赛先生便不得不反对国粹和旧文学"鲁迅也认为，要挖掉中华民族"不长进"的"根柢"，"扫除了昏乱的心思，和助成的物事"即"儒道两派文书"，必须以现代"科学"和"民主"作为思想武器，这样"不长进的民族"方能"兴旺"起来。[①] 可见，在新文化先驱们心目中，德先生和赛先生具有至高无上的权威。我们应该充分肯定民主与科学两面大旗对以儒学孔教为核心的传统文化体系的摧毁性打击，并将中国人从蒙昧主义迷雾中引上现代化的道路，使之在伦理价值层面具有现代意识和现代追求，从而对数千年主宰其思想灵魂和行为规范的传统价值系统和信仰系统发生了根本怀疑和动摇；然而也必须承认，民主与科学在西方社会的现代化过程中并不具备全能意义和终极价值的品格。民主作为西方的一种意识形态是属于世俗化的信仰文化系统，它并不具有超然的形而上意义，只不过是实现个人权利和公民权利的有力工具；科学在西方是属于知识文化系统的工具，其底蕴只是解释客观世界的一种方法，并不含有价值意义。但是作为舶来品的民主与科学在五四前后进入中国的思想文化界，却被赋予它们本不具有的超限的全能意义和终极价值目的，这固然因为民主与科学适应了中国现代化最初的世俗要求，更主要的是因为历史的必然性和批儒反孔运动造成的终极价值失落和信仰中危机，迫切需要新的信仰

---

① 鲁迅:《随感录三十八》。

和价值尺度。于是民主在激进派眼里成为终极信仰所在,科学则成为无所不能的价值标准,这就使民主与科学经过生发和附会具有了适应现代化又超越现代化的品格。就其实质而论,五四新文化先驱们通过汲取西方文化思潮所创造的新意识形态并没有完全摆脱传统的“泛意识形态”的思维模式,即知识系统与信仰系统相混、伦理价值系统与社会政治系统相合,而传统的儒学孔教就是一个熔自然、社会、伦理、政治、宗教于一炉的价值体系;五四前后激进知识分子建构的新意识形态也没有把知识文化、价值文化、信仰文化、道德文化完全区分开来,如同传统意识形态的构造一样是个混合型的杂交体,具体来说:民主既是伦理秩序的完善体现又是政治社会的终极理想,科学既是宇宙观用来观察世界的方法又是人生观用来体察人生观照人类历史演变规律的工具,民主与科学既是知识对象又是审美对象也是信仰对象,集真善美为一体。

沿用传统“一元论思维模式”来建构新文化系统,其原因是多方面的:一是受到社会革命、政治斗争以及各种政治思潮的强烈冲击,使知识分子把注意力大都集中在当前急迫的社会政治问题的研讨和实践活动上;二是中国知识分子具有一种强烈的政治参与意识和无意识传统,这种参与政治的热情与传统正潜在地产生追求政治功利的“泛意识形态”的文化价值观;三是五四知识分子所关注的现代文化体系的建构大多是“向外”的建构,如引进西方的民主与科学来推倒凌驾于思想与学术之上的文化偶像,否定扼杀个性自由和人性解放的伦理道德,反抗文化专制主义和蒙昧主义等,而相对忽略“对内”的文化建构,如剖析自身的文化心理、反省自身的思维方式等,缺少卢梭式的自我忏悔和陀思妥耶夫斯基式的灵魂拷问,这就使五四知识分子没有从思想深层冲破传统的“泛意识形态”文化模式。这种遵循“一元论思维式”建构的现代文化,不可能在中国现代化早期完成文化的分殊化,必然使知识系统道德化政治化,伦理系统政治化而意识形态道德化,往往以善恶标准取代政治的或历史的合理性尺度。这种“泛意识形态”造成的“终极价值信仰”,由于这个“终极”没有超越种种世俗化形态,不能在精神境界上与现实拉开距离,因此面对五四落潮社会大动荡所带来的诸多问题,作为新偶像被崇拜的“民主”与“科学”就显得无力以对,既引起社会的深刻失望又加深了知识界的“意识危机”。由“民主”与“科学”为轴心重建的新文化体系之所以不能完全应对现代化的挑战,是具有深刻的内在原因的。因为它们本身只是现代化的世俗要求,这种内在的局限不能解释现代化本身的局限:现代理性的本质是批判怀疑的,而批判怀疑推向极致就会导致普遍的虚无感，甚至怀疑理性本身，对于这种理性本身的局限，作为现代理性标志的“民主”与“科学”是难以解决的，其主要原因在于它本身缺乏一种超然的终极价值信仰，既不能确定理性的限度又不能拯救理性本身。儒学影响力日见式微，随着理性的高扬而人变得越来越自由，不过自由发展到极致也会陷于不自由的境地；而要达到完整意义上的自由即外在自由和内在自由，除了理性的自觉外还必须有赖于终极价值信仰，就是说终极价值信仰是内心自由的重要资源之一，若失去它也就失去了内心自由，而五四时期弘扬的“民主”与“科学”只能给自由以理性自觉却不能给自由以终极信仰的资源。现代社会的整合纽带是由法治与道德来维系的，它们背后的价值资源都来自同一个终极价值信仰，如果这个终极价值受到损害或亵渎，那社会所有的法律规范与道德体系都将无所依托，可见法的合法存在也在于它与终极价值的关联，在于人对终极价值的普遍认同。从这一特定意义上讲，现代社会缺乏终极价值信仰，如果每人都力图形成自己的观点，并独自沿着自己开辟的道路去寻求真理，那就不可能有很多人自愿团结在一个共同信仰下。[①] 由于五四前后重建的“泛意识形态”缺乏终极价值信仰，致使我国现代化进程中早期出现的“意识危机”没有得到及时解决。在深刻的“意识危机”面前，以陈独秀、李大钊、鲁迅等人为代表的《新青年》派的内部发生严重分化，有的与国粹派合流了，有的靠近新儒学派，有的更倾向于自由主义文化，有的选择了共产主义文化思想体系，使五四时期遵循“一元论思维模式”构造的以民主与科学为核心的新文化体系在这时呈现出多元的价值取向，而共产主义文化思想在与不同质的文化思想的不断较量和渗透中逐步而成为中国社会现代化的主导文化思想。

五

鲁迅作为五四《新青年》派批儒反孔的主将，他不仅把西方文化中的民主与科学精神、个性主义和人道主义作为攻击封建传统文化的思想武器，而且也用它来解剖自己的灵魂，不断地清除思想中的“鬼气”，表现出一种自觉忏悔意识和文化自省意识；并进而把人道主义作为终极价值理想，即“大约将来人道主义终当胜利”（1918 年 8 月 20 日致许寿裳信）。五四以后《新青年》派的内部分化

① 参见许纪霖的《终极关怀与现代化》。

曾一度使鲁迅处在苦闷中探索、探索中苦闷的困惑心境中，虽然他所信奉的科学与民主以及人道主义并不能正确地解答现代化初期所遇到的世俗性问题，人道主义作为终极理想也不免显得笼统，然而鲁迅却没有消沉下去，也没有向国粹派和新儒学派表示丝毫宽容，仍然坚持彻底地反封建的战斗方向，在继续发扬民主与科学精神的同时，经过一段积极的求索之后，终于认准并选择了共产主义文化思想体系。他是从东西文化的比较和论争的“盘陀路”上走出来，确立了选择终极信仰的正确方向，既不向西也不向东，既不迷洋也不崇古，而是认定了社会主义和共产主义，“确切地相信无阶级社会一定要出现”，[①]“唯新兴的无产者才有将来”。[②] 共产主义文化思想作为无产阶级思想体系具有严密的科学性、明确的阶级性、强烈的实践性和崇高的理想性，它使鲁迅的文化观、价值观和信仰观发生了根本性变化，特别是“唯新兴的无产者才有将来”的终极价值信仰具有适应现代化又超越现代化的双重特质，既能对现代化过程中的理性、民主、自由、法治等世俗化要求作出历史唯物主义和辩证唯物主义的解释，又能以共产主义的终极价值理想超越世俗性的现代化要求，把人们的精神引向更充实更乐观的美妙世界，并为社会未来发展提供批判性的源头。获得了新的终极价值信仰的鲁迅，不仅摆脱了五四前后曾一度困扰着他的“意识危机”，将自己的文化思想纳入正确的轨道，而且以更具有辩证思想的锐利武器坚持对以孔学为核心的封建思想文化的批判，为中国社会的现代化继续清基铺路；不过后期鲁迅的文化批判有个突出特点，即把文化批判与政治批判结合在一起并紧密为现实斗争服务，而且这种理性批判不再像前期那样带有片面深刻的特色，而是更加显示出辩证思想的威力，如《在现代中国的孔夫子》、《正是时候》、《关于(子见南子)》、《礼》、《儒术》、《病后杂谈》等杂文就是如此。

鲁迅的批儒反孔总是同中国社会现代化进程联系在一起，总是与重建新的文化价值体系联系在一起，总是同他孜孜不倦追求终极价值信仰联系在一起。它启示我们：一个处在新旧转型期的社会，如果没有既能适应现代化又能超越现代化的终极信仰，就不可能实现社会现代化；甚至一个没有共同终极信仰的社会，就根本无法存在。作如是理解也许更能体会出鲁迅批儒反孔的深远意义。

（1991年春）

① 鲁迅：《答国际文学社问》。

② 鲁迅：《二心集·序言》。

二律背反:文化激变期郭沫若尊孔

以《新青年》为阵地掀起的“五四”新文化运动,是以民主与科学作为新思想旗帜,以“打倒孔家店”作为向封建意识形态发起总攻击的突破口。此时郭沫若正在日本留学,虽然他对新文化运动和文学革命十分关注,但毕竟没有亲身感受到这场彻底反封建思想运动的战斗气息,更体验不到“打倒孔家店”这个激进口号在当时的震撼力和威慑力;即使他20年代初发起成立创造社也没有把反封建作为主攻目标。相反,从他“五四”高潮中致宗白华的信到20年代中期写的《中国文化之传统精神》、《王阳明礼赞》等论文中,则表现了明显的尊孔崇儒倾向。如果郭沫若当时不是新文化运动的中坚和文学革命的主将,那他对孔子及其儒学持崇拜态度就不奇怪了,而且也没有必要进行深入研究。这种看来似乎二律背反的现象,颇能引发一些思索。这里至少有两个问题值得探讨:一是如何认识郭沫若的尊孔崇儒;二是郭沫若20年代初回国后为什么没有把反封建作为主攻目标。

一

郭沫若“五四”时期是典型的个性主义者和泛神论者,他从外国文化思潮中获得的现代意识所具有的先锋性和超前性并不比“新青年派”和文学研究会同人逊色;所以他当时的思想观念在本质上是与封建意识形成整体上的对立,而且他创作的新诗、小说、史剧等也表露出强烈的反封建意向。

郭沫若是站在人类当代文化意识的高度,从“要把一切的腐败的存在扫荡尽,烧葬尽,迸射出全部的灵魂,提供出全部的生命”的时代需要出发(当然也包括:“反对不以个性为根底”的封建“既成道法”[①]的斗争需求),对孔子人格、学

① 《文艺论集续集》,第2~3页,人民文学出版社1979年版。

说作了新的解释，寻找到2000多年前的孔子思想性格与现代人格、现代思想的沟通点与契合点，使孔子的性格、思想通过“个体转换方式”而成为活生生的个体与群体的自觉现代意识架构的重要成分，与借鉴域外现代文化意识相融合而形成独特的新文化观念，作为反抗一切束缚和毒害个性意识与生命意识健全发展的既成道德、腐朽思想的强大武器。所以郭沫若“五四”时期所尊崇的孔子并不是被历代统治者及其御用文人抬到吓人程度的那种“圣人”，而是与当时他遵奉的个性主义、泛神论等现代意识相吻合的已经“现代化”和“郭沫若化”了的孔子。

在郭沫若的学术视野中存有两个孔子、两种儒学，即本来意义上的孔子和后人改造了的孔子、真正意义上的儒学和后人改制了的儒学。当然，他尊崇的是前者，非议的则是后者。所谓本来意义的孔子及其学说只是他的一种理想追求。由于主客观条件的限制，后学者不可能恢复孔子的本来面目，也不可能完全理解孔学的本来意义；所能达到的探究目标只能说是接近了孔子的原来样子或基本上符合了其学说的某些原意。郭沫若所论的孔子和儒学实际上不过如此而已。这样说，并非否认历代文人在孔子及其学说的探讨和阐释上所达到的程度不同的历史真实，更不否认学人们对孔子及其学说在认识或把握其实质上所存在的明显差异。这里我所强调的是研究主体的思想观念和思维方法在孔子及其学说的探讨中所起的导向作用。郭沫若对孔子人格、思想、学说所做出的判断和推论带有强烈的主观色彩，深深地打上郭沫若主体意识的烙印，明显反映了他对孔子及其学说的选择取向和情感态度。“五四”高潮期郭沫若致宗白华的信中称孔子和歌德是“球形”的天才：

> 孔子，要说他是政治家，他有他的“大同”主义；要说他是哲学家，他也有他泛神论的思想；要说他是教育家，他有他的“有教无类”、“因材施教”的动态(kinetisch)教育原则；要说他是科学家，他本是博物学者，数理的通人；要说他是艺术家，他是精通音乐的；要说他是文学家，他也有他简切精透的文学。

这种类型的天才在人类发展史上并不多见，“球形的发展是将它所具有的一切的天才，同时向四方八面，位体地发展起去。”①在这里，郭沫若不仅对孔子进行概括的思想观念、思维方式是现代型的，而且概念表述也是取现代化的方

① 《论诗三札》，《郭沫若论创作》，黑龙江人民出版社1982年版。

法。这么一来,孔子在"五四"时期的郭沫若的视野中,不只是与他一样是一个泛神论者,并且在伦理观上也同他一样是位个性主义者和人道主义者,甚至在人格气质上也都相似了。

> 歌德是个"人",孔子也不过是个"人"。孔子对于南子是要见的,"淫奔之诗"他是不删弃的,我恐怕他还是爱读的!我看他是主张自由恋爱("人情之所不能已者,圣人不禁"),实行自由离婚("孔氏三世出其妻")的人!我看孔子同歌德他们真可算是"人中的至人"了。他们的灵肉两方都发展到了完满的地位。[①]

在郭沫若看来,孔子是一个灵肉完全一致的至人;这种灵肉一致的人正是"五四"启蒙运动中关于"人的发现"、人的觉醒所达到的认识高度。这样的认识和解释完全吻合当时个性解放的时代精神。

郭沫若以现代思维和现代意识塑造了一个既是泛神论者又是个性主义者的现代孔子,这样的孔子是否符合其历史的本来面目尚且不论,但有一点可以明白指出,"五四"新文化先驱们所要打倒的孔子决不是郭沫若心目中的孔子,他是体现"五四"时代精神,并吻合先驱的主体意识的古"圣贤"。从这个意义上说,郭沫若也就通过弘扬现代化了的孔子的泛神论思想和个性主义精神,勇敢地参与"五四"反封建思想的斗争。他曾明确说过:"自汉武以后,名虽尊儒,然以帝王之利便为本位以解释儒书,以官家解释为楷模而禁人自由思索。后人所研读的儒家经典不是经典本身,只是经典的疏注。后人眼目中的儒家,眼目中的孔子,也只是不识太阳的盲人意识中的铜盘了。儒家的精神,孔子的精神,透过后代注疏的凸凹镜后是已经歪变了的。……于是崇信儒家、崇信孔子的人只是崇信的一个歪斜了的影像,反对儒家,反对孔子的人也只是反对的这个歪斜了的影像。"而他,郭沫若,既反对盲目的崇儒,也反对盲目的尊孔。郭沫若认为,王阳明所解释的儒家精神、所体认的儒家精神,乃是孔子哲学的真义。

在郭沫若看来,王阳明对孔学的解释与体验,同他"五四"时期以泛神论与个性主义对孔学的阐发和张扬有相通之处,所以他称王阳明是恢复孔子及其学说真面目的"好手"。

应当说明,"五四"时期郭沫若的"尊孔崇儒"在客观上可能产生两种效果:一是给反封建的思想启蒙运动带来负面的效应,被误认为他是在维护封建意识

---

① 《论诗三札》,《郭沫若论创作》,黑龙江人民出版社 1982 年版。

形态的核心“孔孟之道”，对抗以“打倒孔家店”为战斗口号的这场批判封建文化的斗争：特别是把孔子及其学说从封建传统文化的体系中分离出来，并加以现代化的阐释，较难使人诚服。一是对以“打倒孔家店”为标志的彻底反传统的偏激情绪可能产生一种抑制作用，至少能给人们某种启示，在反对封建文化的运动中，需要冷静地、理性地对待传统文化，分清传统文化中的精华和糟粕，使之得到批判的继承，以利于新文化新思想的建设。

二

值得深思的是，正当“五四”掀起的反封建斗争深入发展之时，为什么郭沫若反而越来越强烈地表现出尊孔崇儒的倾向？这有复杂的原因需要深入探索。

郭沫若对“五四”新文化运动和文学革命进程的分析和估量并不完全正确，带有明显的机械论色彩。他认为“新青年派”已完成了反对封建主义和破坏旧文学的历史使命，因而创造社的成立在文化战线上主要不是反封建而是“反抗资本主义的毒龙”①和清理新文化阵线内部的异己；要建设的新文学也不是资产阶级文学而是社会主义文学。他在《文学革命之回顾》中表述得十分清楚：文学革命的意义是“封建主义社会改变为资本制度的一个表征”。陈独秀主持的《新青年》时代对于封建旧文化开始了总攻击，“基础已经丧失了的统治了中国几千年的‘古先圣王之道’，到了这时在新兴青年间真如摧枯拉朽一样，和盘倒溃下来，出现了一个旧时代的人所痛心疾首的洪水猛兽时代”，文学革命提出的“反对封建贵族的文学”和“建设自由的平民的文学”这两个口号，只能标明新文学运动和文学革命是“中国资产阶级的革命的一个畸形的革命”。因此当所谓的资产阶级文学革命到了无产阶级勃兴的时候便开始分化，其先锋陈独秀转换到无产阶级阵营；前卫的一群如周作人、刘半农、钱玄同辈，却胶固在他们的小资产阶级的趣味里，退回到封建贵族的城垒；以文学革命正统自诩的胡适和拥戴他或接近他的文学团体，在前的文学研究会，新出的新月书店的公子派以及现代评论社的一部分文学好事者，他们于资产阶级大下有意识或无意识地在挣扎，而这一团人的文学努力刚好和整个资产阶级的努力一样，是一个畸形儿，一方面向近代主义迎合，一方面向封建趣味阿谀，同时又猛烈地向无产者的阵营

① 《文艺论集续集》，第2～3页。

进攻。而这时创造社的异军突起要算文学革命的第二阶段，如果说陈独秀、胡适、刘半农、钱玄同、周作人等着重是向旧文学进攻；那么创造社郭沫若、郁达夫、成仿吾等则着重于新文学的建设，并对新文学阵营采取清算态度，即："已经攻倒了的旧文学无须乎他们再来抨击，他们所攻击的对象都是所谓新的阵营内的投机分子和投降的粗制滥造"。于是，"第一步和胡适对立，和文学研究会对立，和周作人等语丝派对立"。[①] 生硬机械的阶级分析往往把复杂的意识形态问题简单化，甚至得出某些谬误的结论，由于郭沫若对"五四"前后文学革命性质、对象以及整个新文化阵线构成作出了偏激的错误估量，把批判的矛头对准新文学阵营的先驱、团体和所谓的"资产阶级毒龙"，热衷于"内战"，就不可免地忽略或放弃作为新文化战线"彻底反封建"的共同目标，不能不表现出一种唯我独"革"的态度和小团体主义倾向。

"五四"时期郭沫若所接受的泛神论和个性论以及自由主义思潮，就其本质来说属于资产阶级意识形态，用它们所包含的积极合理的因素来与"资本主义毒龙"相抗争，毕竟缺乏力度和强度，他既无法从理论上阐明个性主义启蒙思想对当时中国社会变革和文学建设仍有重大实践意义，也不能充分论证个性意识和进化的泛神论的历史合理性以及对"资本主义毒龙"批判仍有一定的进步性。

由于郭沫若认定创造社的异军突起所担负的历史使命主要不是破坏旧文学旧文化，而是建设新文学新文化，所以在"五四""打倒孔家店"的汹涌洪流趋向低潮之际，为建设新文化新文学计，他不能不冷静下来思考。当时一代文化先驱和文学革命者对于如何创造新文学、建设新文化大致有两条思路：一条是理性地思索并探究中国新文化新文学的出路，一条是在痛苦的挣扎和困惑的迷惘中仍走着彻底反传统的道路。应该承认，从历史过程着眼"五四"高潮中的"打倒孔家店"是社会选择的必然结果，是历史的合理性产物，文化选择上采取激进型的态度是势所必然的；但是进入新文化新文学建设阶段则更需要冷静的理性思考和改良型的态度，不能不从全盘的反传统的激烈且浮躁的情绪中走出来，从而体认以孔子为代表的儒家学说也有可以继承的好东西，以之作为转换出现代化的思想基因。这是因为："传统内部是存在着两重构成，即它的表层与社会结构的国家制度紧密相关，而它的深层则是一个民族得以生存发展的依托，也是传统中最具有人类普遍性的那一部分，是具有宗教意味的信仰体系和

① 《文艺论集续集》，第80页。

价值座标。”从这个意义说，它与一个民族走向现代化并不矛盾，倒可作为前提性的条件。在郭沫若看来，中国传统文化体系中所能创造性地转化的价值传统、学术传统、人格传统，主要是由孔子开创的儒学传统，所以他是把孔子及其儒学从现代人类文化的高度上作了研究，不论其泛神论的哲学观、个性主义的人道观以及自强不息锐意向上的人格精神，都进行了现代型的转换。成仿吾在《中国文化之传统精神》的“译后附识”中指出郭沫若用心之良苦：“旧的先入之见太深，新的亦鲜能提到新义，而一般假新学家方且强不知以为知，高谈东西文化及其哲学。在这样混沌的学界，能摆脱一切无谓的信条，本科学的精神，据批评的态度而独创一条的光明，照彻一个常新的境界的，以我所知，只有沫若数年以来的研究。”应当说，从学术和文化背景来审视“五四”前后那批文化变革者，他们都可以称为文化大师，即使那些反传统的文化先驱如胡适、钱玄同、鲁迅、周作人等，在20年代对新文化建设、传统文化现代转型也进行了创造性的活动，所不同的只是郭沫若从“五四”到20年代始终“尊孔崇儒”致力于传统文化的现代转型，而并未把“反封建”作为主攻目标。20年代中期前后郭沫若的世界观正处在由个人主义向集体主义转换的关口，机械地理解个人与集体的关系、把个体与群体绝对对立起来。他一方面汲取域外无产阶级思想和人格力量，另一方面对内着重借鉴儒家思想和孔孟人格，尽力寻找儒家思想与无产阶级思想、孔子人格与现代人格的契合点，借以重塑自我的灵魂和人格。这都可以视为他在“五四”以后尚未把反对封建文化作为主要批判对象的缘由来理解。

从“五四”到20年代中期，思想文化战线上的“新旧与文白之争”异常激烈，这与郭沫若对当时文化形势和文学进程的估量并不完全吻合，只想清理新文化阵营内部“异己”来从事文化、文学建设是难以实现的；但他又不认为“新旧与文白之争”所蕴含的封建文化内容应作为批判对象，且带有对抗性质。所以他积极主张以儒家精神来折衷调和新文化与旧文化、白话文与文言文之间的矛盾，以期达到“殊途同归”的目的。他在《王阳明礼赞·附论二》中表述得非常清楚：“东西文化可以开出一条通道，而且我国目前的新旧思想之争也可以折冲樽俎了。我的想法是：在个人的修养上可以体验儒家精神努力于自我的扩充以求全面发展，而在社会的兴革上则依社会主义的指导努力吸受文明的恩惠，使物质生产增加，使物质分配平等，使各个人的精神都得以遂其全面发展。一切都向着这个目标走去时，一切新旧的争端都可以止息了。”这自然是他美好的主观愿望，是他为解决一切新旧冲突所开的药方而已。

郭沫若尊孔崇儒，而不把反封建作为主攻目标，与当时国内外兴起的新儒学思潮不无关系。国内以梁漱溟为代表的新儒学思潮，"五四"以后就以独立的姿态出现，他对儒家思想加以重新认识和肯定，并在中西文化宏阔背景上作了比较，阐明儒学的价值和地位。他的《东西文化及其哲学》(1921 年)便是新儒学的代表作。这对郭沫若来说不能不在思想上引起共鸣，虽然他同梁漱溟分属于相异的文化营垒。在国外，第一次世界大战将"科学"变成了杀人武器，民主、自由、平等、博爱也因灭绝人性的大战丧失了它们的"权威"，西方人思想信仰陷入严重危机，于是他们转而向东方的精神文明求救。这也促使郭沫若对东方精神文明加一番新的阐释和肯定，即，惟有"儒家思想出入无碍，内外如一，对于精神方面力求全面的发展，对于物质方面亦力求富庶"。[①] 所以，郭沫若尊孔崇儒是多方面因素促成的，是他对东西文化交汇冲撞的思考成果。

三

从对郭沫若尊孔崇儒倾向的考察与分析中，至少我们可以受到三点启示：

在文化转型的激变时代通过反传统而进入文化建设必然出现一个对传统文化全面反思的阶段，变革者应具有理性自觉，从建构新文化体系的高度来再认识、再评估文化传统，从中开掘出对人类文明发展具有普遍意义的东西，作为新文化结构的"根"。"五四"全盘反传统进入 20 年代其重点由破坏旧文化转向建设新文化，需要对孔子及其儒学进行冷静的分析和有选择的汲取；那么到了社会主义新时期的 80 年代通过反传统而进入 90 年代的建设有中国特色的社会主义文化阶段，更需要全面正确地估量、评判儒家文化传统，应该从中国文化发展的宏观思路上去理解"五四"以来现代崇儒者所作出的努力及其探索的思想成果。我们是否可以像郭沫若那样以现代思维方式和价值标准，根据"古为今用"的原则，重新审视评估孔子及其儒学，积极探寻儒家思想与马克思主义文化、西方民主主义文化的沟通点、契合点，如儒家万物一体的宇宙观、一元化的思维模式、原初的人道主义精神、自强进取的人格力量、以天下为己任的博大胸怀等，借以作为建设社会主义文化的构成因素呢？

不论是伟大的文学家还是伟大的思想家，尤其那些"球形"天才人物，既是

① 《王阳明礼赞》，《郭沫若全集·历史编》第 3 卷。

民族的也是世界的，他们的思想体系或独特学说所蕴含的真理性不只是一个民族特有的精神财富，而且是整个人类思想发展史的辉煌成果。因而对伟大人物的思想、品格不能只用机械的阶级分析方法予以定性，否定其具有的普遍意义。任何一个伟大的思想家、哲学家，他们都是可以跨越时代、跨越国界的。

思维方法上的形而上学，既不能对传统思想文化特别是孔教儒学作出历史的全面的正确评估，也不能对西方资产阶级思想文化作出有说服力的分析，也不能对"五四"新文化运动和文学革命的历史现状作出符合实际情况的判断，甚至造成历史的误区和认识的盲点。郭沫若对"五四"新文化运动和文学革命的估价、对儒家思想及孔子其人的评判以及对资产阶级文化思想的认识，虽不乏精到之处，但从总体上看却表现得偏颇有余、正确不足。可见，在批判旧文化建设新文化、破坏旧文学创造新文学的过程中，变革者的辩证思维显得异常重要。

（写于 1993 年秋）

鲁迅前期小说与现代主义文艺思潮

五四文学革命以惊人的爆发力，在很短的时间内冲破了我国文学的传统格局，使新文学的内容和形式都发生了质的飞跃。鲁迅在这个时期所创作的现实题材的小说，都对我国传统文学进行了"扬弃"或革新，呈现出崭新的现代文学的开放形态。虽然就主导创作倾向而论，这些小说体现出严峻的现实主义精神，具有高度的真实性和典型性；但是我们也必须承认，浪漫主义或现代主义对鲁迅前期小说所产生的或深或浅的影响。现在的问题不是承认不承认现代派思潮的影响，而是如何以历史唯物主义观点对这种影响进行具体的分析和评价。

一

现代派文艺思潮的思想理论来源之一的弗洛伊德学说，曾一度引起鲁迅的兴趣，并在自己前期的小说创作中有意识地尝试过。鲁迅在《故事新编》的"序言"里明确谈到他一九二二年冬天创作《不周山》（后改为《补天》）这篇小说，"首先，是很认真的，虽然也不过取了茀罗特（通译弗罗伊德）说，来解释创造——人和文学的缘起。"

弗洛伊德创立的精神分析学说在五四前后广为流传，况且鲁迅又是学医的留日学生，对此说一定会有更多的了解。因之这不能不为他抱定"启蒙主义"进行小说创作，提供了一种新的思想参照。鲁迅在《狂人日记》中对"狂人"这个形象能从科学的心理学来剖析，对这个精神病患者的狂乱特征和心理活动分析得那么透彻那么逼真，不能不看成是弗洛伊德的精神分析学说的投射。

弗洛伊德认为，精神失常的根源往往是精神在幼年时代有创伤，随着年龄的增长这种创伤逐渐沉到意识的深处，成了潜意识，而这种潜意识一旦遇到一定的时机就以盲目的力量爆发出来，使精神失常，因此只要把导致精神失常的创伤通过“自由联想”诱发出来，使病人认识和理解这种创伤，他的病就能痊愈。但是这种潜伏在意识深处的无意识的主要内容却是性的冲动，弗洛伊德曾借用古希腊悲剧《俄狄浦斯》杀父娶母的故事把这种性的冲动称为“俄狄浦斯情结”。正是在这个性冲动观念的基础上建立起他的一套庞大的心理分析体系。弗洛伊德把人的意识分为三个层次：一是无意识（也叫潜意识或前意识）处在意识的最低层，主要是反映了一种深潜在人的知觉之外的动物性本能，它是生命的原动力；二是“自我”意识，是一种能按照周围环境的实际条件来调整自己行动的意识，这种“自我”意识是人性格的基本核心；三是“超自我”，这是一种属于道德良心和理想的意识。这是他的精神分析的基本理论。弗洛伊德认为这三层意识之间存在着复杂的作用和反作用，那种盲目的以性的冲动为主要内容的潜意识作为一种自己意识不到的力量驱动着人，要求得到满足；而自我意识和超自我意识则以理性或非理性的方式制约和控制着那种盲目的黑暗和混乱的冲动；如果这种盲目的冲动被认识，它就有可能得到缓解，如果被抑制的愿望和情绪找到一个突破口，如转移到文学或科学活动上其破坏力就会转化为有益的力量，否则它将会发展成畸形和变态的破坏力量。根据这种学说，弗洛伊德在《创作家和白日梦》等著述中，把文学看作是潜意识的象征表现，文学的功用在于使读者或作者所受本能、欲望的压抑都得到一种“补偿”或变相的满足。因此文学创作与“白日梦”（即幻想）一样，即是一种受到压抑的愿望在无意识中得到的实现，而作品主人公的典型心理特征则是：“自我中心”，体现其精神生活的种种冲突。弗洛伊德强调文艺创作的个人动机，并无限扩大情欲在生活和创作中的作用，企图用性欲的抑制和满足来解释文学艺术现象，结果既抽掉了文艺的社会内容，也取消了人的内心世界对社会生活的反映，这种文艺观基本上是反理性主义的。尽管如此，但它对现代派文艺，如意识流小说、超现实主义、存在主义等，却产生了极大的影响。

鲁迅在前期小说创作中接受了弗洛伊德学说的部分内容。他是根据我国的具体国情和小说艺术革新的需要对其进行取舍，并没有兼容并蓄地把他的心理分析体系生搬过来，而是经过自己的消化或改制，加以合理的运用，因而使其小说呈现出新的特色。

鲁迅创作《不周山》是把弗洛伊德学说的意识受到压抑就能产生一种巨大的冲击力的理论和战斗的现实主义精神结合起来。弗洛伊德认为，人的欲望特别是性的欲望得不到实现和满足而遭到压抑，如果转移到创造人或文学方面就会将巨大的破坏力转化为有益的力量，就会导致这种欲望的净化，从中得到一种想象中的实现和满足。小说一开始就揭示出女主人公“伊”在梦中由于性冲动得不到满足或受到压抑所产生的“懊恼”和苦闷心理，“觉得有什么不足，又觉得有什么太多了”，非常含蓄地表现出这种性欲的压抑。正因为伊的内心有一种压抑的潜意识在驱动她，而这种盲目的冲动又被自我意识或超自我意识制约着和控制着，故使伊越发增加了“懊恼”。尽管整个宇宙那么五彩缤纷，和风暖暾，但她无心欣赏，更激不起她的欢悦之情，反而感到“从来没有这样的无聊过”。这表明她的苦闷达到了极点，正在寻找发泄“性冲动”这种原动力的突破口。于是伊找到了，她把这种巨大的破坏力量转移到创造新的生命上，使这原动力得到了升华。作者以富有诗意的彩笔，描绘了女娲这种被压抑的生命原动力一旦寻到了出口，就会产生强大无比的力量，就能使这种被压抑的强烈欲望外化为客观的结晶品，即“哇哇啼哭的小东西”；而伊也从这些自身欲望外化的佳作中得到满足，感到异常欢悦。尽管伊抟泥做人付出了艰苦的劳动，“呼吸吹嘘着，汗混和着”，但伊仍“以未曾有的勇往和愉快继续着伊的事业”。为了满足性冲动的欲望和发泄生命的原始动力，即使累得腰腿痛、臂发木以致牺牲自己也在所不惜，最后女娲在创造的欢乐中，“合上了”两眼。小说的第一部分以富有浪漫色彩的笔调，生动地描绘出女娲的“性的发动和创造”，在性的欲望被压抑和得到宣泄的强烈的内心矛盾冲突中，成功地刻画了女娲这个健美、勤劳、善良，乐观，充满着神力和灵光的女性形象。但是小说并没有按照弗洛伊德的精神分析学说将女娲形象塑造完成到底。到第二、三部分写女娲的补天和死去时，主要不是着眼于性欲望受压抑和得不到发泄的内心意识上的冲突，而更多的是穿插了一些影射现实的矛盾。如从共工与颛顼的战斗中自然会想到当时的军阀混战，从女娲两腿之间出现的“古衣冠的小丈夫”的插曲里，明显看出是嘲讽现实斗争中那些“道学家”。如果依据弗洛伊德的“性冲动”学说在这里可以大加发挥，但作者从现实的战斗要求出发，并没有在性的发动上大做文章，而是以这些“小丈夫”的肮脏的灵魂和滑稽卑琐的丑态同光明伟大、圣洁崇高的女娲的形象作了对比，进一步强化了小说的讽刺揭露力量。这说明鲁迅接受弗洛伊德学说并没有使他离开现实斗争生活在神话传说的艺术世界里“自由联想”，更多地从主观想象中去虚构情节或细节，也没有根据“生命的原动力”的需要进行无限夸张的描写；他总是执着地从现实人生出发，坚持战斗的现实主义，只是把弗洛伊德学说作为创作上所进行的一次尝试，或作为现实主义创作方法的一种辅助手段。一旦发现这种学说在文学上运用有悖于文学“为人生”的社会功利要求时,他便下决心不“再写这样的小说”了。当然,这并非说鲁迅创作了《不周山》以后,与弗洛伊德的精神分析学说绝了缘,也不是说他否定了此说的可取之处,而是说他能以批评的眼光来对待它,更审慎地汲取它的合理因素,有机地同现实主义结合起来,以指导小说的创作。

鲁迅不否认性欲受压抑的可能,并以此说明过描写独身者的生活和妓女的生活是无可非议的,也曾评说《女优泰绮思》是描写灵肉冲突的代表作;他所不同意的是弗洛伊德把这种性意识无限夸大。他在《〈苦闷的象征〉引言》中曾指出:“作者根据伯格森一流的哲学,以进行不息的生命力为人类生活的根本,又从弗罗特一流的科学,寻出生命力的根柢来,即用以解释文艺,——尤其是文学”,这也不失为一“独到的见地”;厨川白村对弗洛伊德所认为的,为要满足欲望的力和相反之压抑力之间的纠葛冲突而产生的精神底伤害,“伏藏在无意识界里这一点”,“并无可异议之余地”,鲁迅承认他的见解是有一定参考价值的;而对于厨川白村批评弗洛伊德的性欲说,“将一切都归在‘性底渴望’里”,未免失于“偏见”,鲁迅对此也是赞同的。这说明到一九二四年底鲁迅对弗洛伊德学说有了比较明确的认识,即否定了他的唯心主义的偏见,肯定了它的正确方面。

二

通过梦境和幻觉描写人的潜在意识的流动,是建立在弗洛伊德精神分析学说基础上的现代派文学惯用的表现手法。不过,现代派往往通过梦魇的幻觉所表现的是一种恐怖的或混乱的或迷惘的或绝望的潜意识,而这种潜意识的描写又是冗长的杂乱无章的荒诞不经的;而鲁迅运用这种表现手法则是作为现实主义创作方法的一种辅助手段,着重以简炼的笔触从“内面”来解剖人物的灵魂,开掘出隐藏在底层的潜意识,使人物的心理活动构成多层次的意识画面,以达到全面地深刻地拷问灵魂的目的。

弗洛伊德认为潜意识是受“自我”意识和“超自我”控制的,人处于清醒的精神状态下这种潜意识总是在良心或道德或法律制约下不容易显露出来,只能在特殊的精神状态下如梦境、幻想中表现出来。所以对一个作家来说,“人们的幻想活动不如孩子的游戏那么容易观察”,这是因为“成年人却为自己的幻想感到害臊而把它们藏匿起来”,“他把自己的幻想当做内心最深处的所有物:一般说来，他宁愿坦白自己的过失行为，也不愿把他的幻想告诉任何人”“他相信自己是唯一创造这种幻想的人，他并不知道这种创造其实是人类非常普遍的现象”；而“幻想的动力是未得到满足的愿望每一次幻想就是一次愿望的履行，它与使人不能感到满足的现实有关联”。这些激发幻想的愿望虽然“根据幻想者的性别、性格和环境各不相同，”但它们也有大致相同之点，即“或者是野心的欲望，要出人头地；或者是性欲的愿望”，有时它们常常结合在一起。“梦也就是幻想”。如果一个作家不能通过对主人公梦或幻想中所暴露出来的潜意识真实地刻画出来，那就“根本无视现实生活中所观察到的人类性格多样性的事实”。①可见，透过梦境或幻想来表现一个人的潜意识，不仅有助于现实主义的深化，而且有利于塑造多侧面的外貌与内心互见的具有立体感的艺术形象。

鲁迅小说中通过幻觉或梦境来描写人物的潜意识活动是屡见不鲜的。《一件小事》中的“我”看着人力车夫后影刹那间高大起来，这种由现实的诱发所产生的“幻视”立即变成一种威压的“幻觉”，透过这个“幻觉”表现了“我”的羞于告人的隐藏在意识深处的“惭愧”感。《肥皂》中的四铭是个道貌岸然的道学先生，作者以辛辣的现实主义笔触刻画了他的正常的真实的“道貌”；但是对他外表掩盖下的由女丐诱发起来的“性的欲望”，则是透过一刹那的“幻想”描写加以表现的。像“咯支咯支遍体洗一洗”这种刺激性的污秽语言，生动地反映出四铭隐蔽在肮脏灵魂深处的邪念贪欲这种潜意识的压抑和发泄，从而深刻地揭露了他的虚伪的卑鄙的心灵，活画出这类伪君子、假道学者的多层次的意识活动，说明这种丑类的“自我”或“超自我”意识对其盲目的潜意识根本失去了“良心”的“道德”的控制力量。《弟兄》是通过梦境描写来表现潜意识活动的。所谓“梦”也是一种没有满足的欲望，在一般情况下“自己要隐瞒这些愿望，于是它们受到了压抑，被推进无意识之中”。② 小说以写实的手法描写张沛君和靖甫两弟兄的在常人眼里“简直谁也没有一点自私自利的心思”的亲密无间的关系，着重刻画了张沛君在兄弟患病之时所表现出的手足之情。如果鲁迅的笔触仅止于此，不作进一步的开掘，那么张沛君的形象就“光辉照人”了，主题思想则是表现弟兄之间的真挚感情了；不过这样一来人物则流于平面化，主题思想也失于肤浅，没有什么战斗意义了。然而，鲁迅却通过张沛君的“梦的片断”的描写，进一步揭示出主人公的“潜意识”。这不仅改变了人物的本来面目和主题思想的性

① 弗洛伊德：《创作家与白日梦》。
② 弗洛伊德：《创作家与白日梦》。

质，而且使人物形象富有立体感，使作品达到了更高意义上的真实。张沛君在兄弟患病之际，很容易诱发起思想深处被压抑的兄弟死后“自己有了最高的威权和极大的力”的欲望，但由于“自我意识”的良心或道德力量的制约，这种极端自私的卑鄙的潜意识活动不易表现出来，而且自己也羞于让众人知道。所以在这种情况下借助“梦境”加以表现，是一种最适宜的表达方式，不仅增强了主题思想的深度，而且更加真实地揭露了在金钱势力之下某些知识分子的兄弟之情已异化为“伪善”，使作品更富有战斗意义。《不周山》刻画女娲抟土作人的过程也是在一种扑朔迷离的梦幻中进行的。一开始伊“只是不由得跪下一足”，接着伊“觉得全身的毛孔中无不有什么东西飞散”，“伊在长久的欢喜中，早已带着疲倦了……两眼便朦胧起来，两颊也渐渐的发了热，自己觉得无所谓了，而且不耐烦。然而伊还是照旧的不歇手，不自觉的只是做”：直到“伊自己也不知道怎样”便“急躁的伸出手去，信手一提”，拔起那株紫藤，一摆手便溅上泥水成了人，“伊更近于失神了……”这些似虚似实的梦幻描写，造成一种富有朦胧迷离的诗意美，有力地表现了女娲的潜意识的外化所产生的巨大的创造力。此外，鲁迅的《狂人日记》、《药》、《阿Q正传》、《白光》、《幸福的家庭》、《高老夫子》、《孤独者》、《伤逝》中，也出现过或梦境或幻觉的描写。这不仅说明鲁迅借助现代派的梦境或幻觉的描写以展示人物的潜意识活动，是他塑造“现代国人灵魂”的重要的解剖刀；而且也看出鲁迅通过梦幻所揭示出主人公的意识活动并不像现代派文学那样给读者以混乱感、恐怖感和神秘感，他所运用的这种手法并不是反理性主义的，而是在清醒的现实主义精神照耀下发挥“助手”的作用，这是鲁迅小说写梦幻的重要特色。

三

鲁迅在革新小说艺术的过程中，始终坚持“拿来主义”的原则，博采众长，从来不把艺术触角封闭在一种既定框子里。他不仅大胆地尝试和合理运用了弗洛伊德的某些精神分析理论，以进行小说艺术的革新，而且有胆识地摄取了现代派的象征主义，作为现实主义创作方法的重要辅助手段。

象征主义作为现代派的一种思潮，不可避免地涂上“世纪末”的神秘主义感伤主义色彩，鲁迅对此也有比较清醒的认识；但是它作为一种创作方法，的确有可取之处。早在一九二〇年沈雁冰就指出：“写实主义对于恶社会的腐败根极力抨击，是一种有实力的革命文学，表象主义（即象征主义）办不到这一层"，但是"写实文学的缺点，使人心灰，使人失望，而且太刺戟人的感情，精神太无调剂，我们提倡表象，便是想到调剂的缘故，况且新浪漫派的声势日盛"，而象征主义则是"承接写实之后，到新浪漫的一个过程，所以我们不得不先提倡"。① 沈雁冰是把象征主义视作写实主义的一种补充和由"写实"到"新浪漫"的过渡形式加以提倡的；鲁迅在当时虽然没有公开提倡象征主义，但他对象征主义是颇感兴趣的，而且是深受其影响的。安特列夫不是严格意义上的现代派作家，而他的冷峻的象征主义却与现代派文艺思潮息息相通。安特列夫的作品早已吸引了鲁迅，不仅翻译过他的短篇小说《谩》与《默》，并且对他的创作倾向大加赞许："安特列夫的创作里，又都含着严肃的现实性以及深刻和纤细，使象征印象主义与写实主义相调和。俄国作家中，没有一个人能够如他的创作一般，消融了内面世界与外面表现之差，而现出灵肉一致的境地。他的著作是虽然很有象征印象的气息，而仍然不失其现实性的"。② 鲁迅不但肯定了安特列夫能够把现实主义和象征印象主义结合起来的特点，而且对厨川白村在《苦闷象征》一书中的"生命力受压抑而生的苦闷懊恼乃是文艺的根柢，而其表现法乃是广义的象征主义"的基本观点也并不是完全不赞同，况且他在翻译此书时更多地接触了被视为象征主义开山之祖的波德莱尔以象征主义方法创作的散文诗。虽然鲁迅对象征主义感兴趣，但他很少受其神秘主义和悲观主义色调的影响，他是汲取象征主义表现手法擅长于创造暗示性的形象和意境，能够幽深含蓄地抒写自己内心的感受和情思，并不把思想感受付诸直接的描写和刻画，而是从总体上以象征物影射或暗示出来等特点。具体地体现在他的小说创作中的象征主义，更不是一种主导倾向，而是糅合于现实主义中的一种特色，正如他评价安特列夫的小说那样，把现实主义与象征主义调和在一起，在严肃的现实性中透露出一些象征的气息，使小说增强了含蓄性、深刻性和幽美感。可以说这是鲁迅前期相当一部分小说所显示出的一个重要特色，也是鲁迅取现代派文艺思潮之长进行小说艺术革新所取得的一个值得重视的成就。

众所公认，《狂人日记》是一篇富有象征主义意味的小说，但它对狂人形象的塑造却又体现出严格的现实主义精神。不论是对狂人变态心理或潜意识的刻画，或者是对他的狂乱的动作和语无伦次的描写，既符合某一类型精神病患

① 沈雁冰：《我们现在可以提倡表象主义文学么？》。
② 鲁迅：《译文序跋集》。

者的思维特点，又符合现实生活中这类狂人的实际表现。如果这篇小说仅仅只是以现实主义创作方法塑造了一个实实在在的“狂人”，那这个形象的典型意义、小说深刻的批判力量和强烈的艺术感染力，就会大大减弱；而鲁迅却巧妙地运用了象征主义手法，在真实地刻画“狂人”形象的过程中，对一些重要的情节或典型细节又作了富有双关意义的暗示性的描写，使这幅人吃人的画面的总体上闪动着一个清醒的反封建斗士形象的面影，他不仅对封建家族制度、伦理礼教以及几千年封建历史的吃人本质的认识，具有革命民主主义者的思想特点，而且他所用的反封建的人道主义思想武器也带有时代特征。但是这个清醒的反封建战士的形象，主要不是以严格的现实主义来刻画的，而大多是运用象征主义的虚拟手法加以暗示的。当然这并非说“狂人”是真“狂人”和反封建战士的结合体，而是说鲁迅巧妙地有机地以现实主义和象征主义相结合的手法，成功地塑造了狂人这个既具有客观真实性又富有深刻象征意义的复杂的艺术典型。可见，象征主义手法的运用有助于现实主义创作方法反映生活或塑造形象的深度和力度的强化，有助于增加小说艺术画面的诗意美。小说《药》的象征意味更浓一些。夏瑜的悲剧故事和华小栓的悲剧故事，都是以严峻的现实主义的创作方法，遵循现实生活的本身的逻辑来描写的具有高度的客观真实性；如果作者仅止于此，这两个悲剧故事所表现的主题不过是通过他们的不幸命运来揭露封建统治的黑暗和暴虐。然而，鲁迅构思的独到深刻之处，却是通过带有强烈暗示性的细节描写和对照描写来体现的。人血馒头制成的“药”是个蕴含着丰富思想内容的象征性细节，如果它是一个一般人的血做成的“药”，那它的含意不会这样深，但它却是革命烈士的血做成的，这样它就富有政治色彩了。特别作者匠心独运地以“药”为纽带把两个悲剧故事所构成的两条线索联结在一起，又以“华”与“夏”作为两个悲剧主人公的“姓”，夏瑜的坟上又出现了花环，两个悲剧主人公的坟墓中间又被一条小路隔开。这些暗示性的布局和描写，具有深刻而丰富的象征意义，蕴含着作者对人生问题的富有哲理性的思索，并能启迪读者想到：小说所表现的不单是两个家庭的悲剧命运，而是整个中华民族的悲剧，也是资产阶级领导的辛亥革命的悲剧；造成这些悲剧的根源，固然与封建统治阶级有关，但是同资产阶级本身的弱点、整个国民的麻木愚昧的劣根也有关；后继的革命者要奋起挽救中华民族的悲剧命运，首先应该以思想启蒙的“药”来“疗救”愚弱的国民性。特别《药》的结尾更带有安特列夫冷峻的象征主义的色调。《长明灯》可以说主要借助象征主义手法写成的，《故乡》结尾“路”

的描写也是象征性地暗示出作者对社会人生道路的抽象思索。除了上述这些小说含有明显的象征主义因素外;即使严格意义上的现实主义小说如《祝福》等,是否作者在遵循现实主义创作原则进行艺术构思和客观描写的同时,也在某种程度上汲取了象征主义手法的舍明显而就幽深的特点,创造了一些暗示性的形象呢?我认为《祝福》描写的人生图画,除了真实地表现出"四条绳索"所造成的祥林嫂的命运悲剧外,还具有强烈的暗示性,不仅含有整个现实人生缩影的抽象意义,而且也蕴蓄着作者对悲苦人生的独特感受和哲理思考。《祝福》的艺术画面之所以具有含蓄性、深刻性、丰富性和哲理性的特色,不仅说明鲁迅具有高度的艺术概括力和成功地塑造了具有深刻典型意义的祥林嫂的悲剧性格,而且也说明作者所运用的现实主义创作方法中也糅进了象征主义因素,小说流露出的淡淡的感伤色彩、冷峻幽深的意味,有些形象的强烈暗示性,不正是象征主义手法巧妙运用所产生的艺术效果吗?我们承认鲁迅前期小说不少篇什借助于象征主义手法这样一个事实,并不会影响鲁迅及其小说的思想光辉和他在创作中所取得的巨大的现实主义成就;恰好相反,我们能够从这里总结出一些鲁迅怎样有胆识有眼光有辨别力地吸取"世纪末"异域的果汁,来创造无愧于伟大时代的名篇佳作的经验。

四

总之,鲁迅前期的小说创作,不论取材于历史的或现实的,虽然始终坚持现实主义创作原则,但他并不盲目地排斥现代派文艺思潮,而是作了大胆地审慎地摄取。从他敢于汲取"世纪末"现代主义的营养、在民族的新文苑里培植小说艺术的新花奇葩的创举中,我们可以得到很多深刻的启示,至少有这样两点值得特别重视:

其一,要创造具有现代特色的民族的新文学,必须采取开放政策,博采异域众家所长,结合本民族的具体国情民情,进行别出心裁的独立创造。鲁迅曾在致董永舒的信中指出:"此后如要创作,第一须观察,第二是要看别人的作品,但不可专看一个人的作品,以防被他束缚住,必须博采众家、取其所长,这才后来能够独立。我所取法的,大抵是外国的作家。"[①]这是鲁迅创作小说的经验之谈。

---

① 《鲁迅书信集》第398页。

他在《看镜有感》中也说过："要进步或不退步，总须时时自出心裁，至少也必取材异域，倘若各种顾忌，各种小心，各种唠叨，这么做即违了祖宗，那么做又像了夷狄，终生惴如在薄冰上，发抖尚且来不及，怎么会做出好东西来。"这不仅是对自己为中华民族呕心沥血创造新文学积累的宝贵经验所作出的精辟概括，而且也深刻说明了创造新文学必须有气魄有胆识，必须充分发挥独创精神，任何因循守旧或左顾右盼都是妨碍新文学发展的思想阻力。

其二，对现代主义文艺思潮，不能采取简单化的否定态度，必须真正坚持马克思主义原则，从实际出发，作出实事求是的历史评价。五四前后，中国现代文学的巨匠鲁迅、茅盾尚且能对现代主义以批评的眼光进行分析，取其所长，舍其所短；可是到了后来对现代派的研究，却出现了以一种非常简单的概念来解释现代派的庞杂的文艺思潮的倾向，即现代派出现于帝国主义和资本主义走向垂死没落的阶段，既然资本主义变成了帝国主义，既然资本主义进入垂死和灭亡的阶段，那么现代派当然是帝国主义的文学，是资本主义穷途末路和垂死挣扎的表现。这种简单化的逻辑推理，硬要把某种文学的性质同某种社会制度的历史地位完全等同起来，仿佛垂死和灭亡的时代就只能有垂死和灭亡的文学；并且以这种观点把现代派和资本主义与帝国主义的腐朽没落以及灭亡直接联系起来。这种思想方法很难科学地解释庞杂的现代派文学思潮，必然把复杂的意识形态问题简单化绝对化。"苏联大百科全书"对现代派各种主义的解释基本是这样一种逻辑，而我们对现代派的一些看法也主要是来自这里（或直接或间接）。现代派是西方资本主义精神文明空前危机的产物，它们的各种流派、作家作品是极为复杂的。的确有为纳粹效过劳的庞德这样的作家，也有自称政治上是保皇党的艾略特这样的作家，也有批判过苏联的纪德这样作家；但是也有另外一些作家，如马雅可夫斯基是从未来派走向革命的，超现实主义的阿拉贡和艾吕雅等人后来参加了法国共产党；现代派的各种主义之间也并不是完全一致的，比如对待现代化生产所运用的机器，未来派欢呼机器的发展，认为它标志着文明的进步，而许多其他的主义则诅咒机器对人的统治；至于它们的文学倾向及表现手法就更为多样化复杂化了。对于这样一个从十九世纪末、二十年代初产生并发展起来的带有世界性的大而杂的现代派，必须从现代的整个社会历史条件的基本情况出发，从现象或事实的总和上去把握它的主要方面，并要对其各种主义、作家作品及表现手法作出具体的历史的美学的分析。这样对于我们批判地吸取我国文学遗产（当然也应包括西方现代派），发展和繁荣我们民族的文学事业是有益处的。五四时期的鲁迅、郭沫若、茅盾等文学巨匠虽然还不是马克思主义者,但他们却能以博取广纳的气魄和鉴别吸取的眼力,翻译、介绍并借鉴了世界各种文学思潮,创造了一代具有世界现代水平的崭新文学,造就了一代中国新文学的巨子巧匠;历史发展到今天,时代条件同五四时期相比发生了翻天覆地的变化,我们更应该自觉地运用最先进的马克思主义思想武器,以改革开放的宏伟气魄,在"百花齐放,百家争鸣"、"洋为中用"、"推陈出新"方针指导下,批判地接受人类文化发展史上所出现的一切文学艺术成果,重视对现代派的研究,继承和发扬五四时期以鲁迅为代表的新文学传统,创造出更加光辉灿烂的具有国际先进水平的富有鲜明民族特色的无愧于伟大时代的新文学!

（写于1983年春节）

简论茅盾早期的文体自觉意识

新时期以来的中国现代文学研究逐步突破了原有的格局,在学术研究上锐意求新和勇于探索的精神是值得称道的,有些新思路新见解也给人以启示。不过有的研究者的“再认识再评价”却表现出一种偏激情绪和主观随意性,似乎只有哗众取宠之心并无实事求是之意,这在茅盾研究上表露的较为突出。且不谈对《子夜》的评价,就拿有的论者对茅盾文学思想的评述来看确有偏颇之见,值得商榷:说茅盾的文学主张一开始就没有突出文学本身的性质,所强调的是新文学对现实人生的依附地位,是文学创作为“眼前人生”服务的功利目的,即他的为人生文学主张缺乏文学本体的自觉意识,充其量是一种功利主义文学观。果真如此吗? 通过简略考察,我们便会发现茅盾早在五四时期就具有较系统的自觉的文体意识。

一

文学本体是个众说纷纭的理论问题。有的论者从三个角度来阐释文学本体作为审美意识形态的文学存在形式的内涵:一是文学本体的种种特征都由作品这个细胞本体的存在,发生种种裂变而形成的不同状态;二是作者的审美创造活动,是文学本体的有机组成部分;三是文学作品进入流通领域,形成历史的存在并使文学获得历史的生命。可见,作品的历时性的动态发展和共时性的静态结构构成文学的本体系统。纵观茅盾前期的进化的为人生的文学观,对文学本体系统的三个层面的内容都论及到了,而且达到了相当的理论高度和深度。不过现在的研究者所指责的并非上述的文学本体论,主要是说茅盾只强调为人生文学的社会功利性和文学的依附性,缺乏独立的文体意识或自觉的形式感。

历史唯物主义的美学论并非把艺术本身视为艺术的全部目的,艺术所包含的美学价值仅是其一种目的,更注重其社会功利目的和社会实用价值。茅盾是崇尚文学为人生为民众为全人类的功利目的，他衷心希求文学艺术表现的人生决不是一人一家的人生，乃是一社会一民族的人生，他热情希求文学艺术诉道的感情决不止是自我内心的冲动，而是与民众与人类相沟通的感情。然而在茅盾强调为人生而文学的社会功能时，不仅把这种社会功利作为文学本体论的应有之义，而且充分注意到为人生文学毕竟是“文学”，是遵循文学的自身规律和独立品格“为人生”的；不是把文学当成单纯的为人生的工具或宣传为人生思想的传声筒，他总是将真实律、功利律、美感律辩证统一的美学思想作为建构为人生文学的理论支柱。可以毫无夸张地说，在新文学第一个十年，茅盾是位具有强烈“形式感”、系统文体意识和自觉独创意识的为人生派的最杰出的文学理论家之一。而我们对茅盾“文学自觉”意识的研究则显得相当薄弱甚至作出了一些片面的或错误的论断。

文学是一种语言艺术，语符系统是文学本体审美系统的子系统，也是文体的重要构成因素。正是从这特定意义上，有的论者断言“真正的诗歌史是语言的变化史”；更有的论者指出，“根据词汇与对其要表达的事物间的关系，文体可以分成概念的、感觉的、简洁的、冗长的、或者简炼的和夸大的、明确的和模糊的、沉静的和昂扬的、低级的、纯朴的修饰的之类；根据词汇之间的关系，文体则可以分成紧凑的、松散的、造型的、音乐性的、平滑的、粗糙的、素淡的和色彩斑斓的之类；根据词汇对整个语言系统的关系，文体则可以分作口语的、书面的、陈腐的、个性化的之类；根据词汇对作者的关系，文体则可以分成客观的和主观的。”①且不论这种划分是否科学准确，但有一点值得肯定，即语言系统对文体风格起着重要作用，语言是构成文本文体的决定性因素。这些见解有助于我们理解五四新文学运动中的文体革命之所以首先从语言变革开始的伟大意义，即原汉语系统发生了从文言文到白话文的历史性转变，以白话系统取代了文言系统，以平民语言取代了贵族语言，这是文学本体意义上的真正文学革命。因为这种语符表现系统的根本变革，不仅打破了凝固着我国传统文化深层的价值观念的僵死文学格式和文体模式，既使文学本身获得了解放也使作家的心灵获得了解放，而且为中国新文学的创建和发展扫除了巨大阻碍，并提供了新的语言符号系统。所以五四文学革命先驱在“文体大解放”、“反对文言文、提倡白话文”口号的感召下，倾全力去摧垮僵死的旧语言体系，变革传统的文学格式和文

---

① 韦勒克、沃伦:《文学理论》，第186、192页。

本结构，表现出高度的文学自觉意识。周作人曾说：“旧的皮囊盛不下新的东西，新的思想必须用新的文体以表达出来，因而便非用白话不可。”[①]刘半农在《我之文学改良观》中早提出：“非将古人作文之死格式推翻，新文学决不能脱离老文学之窠臼。”胡适说得更明确，“我们认定文学革命须有先后的程序：先要做到文字体裁的大解放，方才可以用来做新精神的运输品。”[②]他们所说的“旧皮囊”、“死格式”、“文字体裁”，都是文言文构筑的结构模式，只有从根本改造文言文的语符表达系统，才能选用有活力有自由度的白话文来负载五四新文化运动产生的极为丰富开放的思维成果。茅盾不仅具有自觉的文体意识而且比起胡适、周作人、刘半农等更深刻更辩证，他不仅积极地倡导白话运动而且勇敢地捍卫白话运动。虽然他承认白话对新文学的建构极为重要，“确认白话是建设新文学的必要工具”，但是他不同意“白话是新文学的目的”的看法，因为他并没有像胡适那样把“国语的文学，文学的国语”看成是新文学运动的“唯一宗旨”和“根本方针”，他只是认为：“现在的新文学运动也带着一个国语文学运动的性质；……我相信新文学最终的目的虽不在此，但是最初的成功一定是文学的国语，这是可以断言的。现在尚有人们以为文言的文学看厌了，所以欲改为白话，或者认为文言的文学太难学太难懂了，所以欲用白话：这实在是误会已极！不先除去这些误会，新文学运动永无圆满成功的一日！”茅盾重视语言体系的变革，肯定白话语符表现系统必然取代文言语符表现系统，但他没有把它视为“新文学最终的目的”，只承认它是“最初的成功”，表现出一种辩证的彻底的文学革命精神和文体意识。基于这种自觉的文学意识，在“文白之争”中他始终以战斗风姿来捍卫白话文学和国语运动。针对1922年前后“反对没有声调格律的白话诗”的声浪，茅盾写了《驳反对白话诗者》予以反击，赞颂“近代欧美文学史上早已填满了这些自由诗作者的大名”。肯定“五四”白话诗作者破除旧格律舍弃文言文学作自由体诗这是“见善而从”，指斥保古派反对白话诗维护文言格律体是一种“奴隶的不自尊的思想”。从1922年到1925年“文学上的反动运动的主要口号是‘复古’，不论他们是反对白话，主张文言的，或是主张到故纸堆里寻求文学意义的，他们的根本观念是复古”。为反击复古逆流，捍卫白话文学运动和文体革命已取得的成果，茅盾连续写了《杂感》(一)、《杂感》、《文学界的反动运动》、《进一步退两步》等论文，不只是表现出一种韧性的彻底的文学革命精神，

---

① 周作人：《中国新文学的源流》第五讲。

② 胡适：《〈尝试集〉自序》。

也体现出一种深刻的辩证的文本和文体意识。

二

新文学第一个十年的文体大解放或文体革命不只是语言变革,以白话取代了文言的正宗地位,而是涉及到整个文学体裁的大变革大换班,以崭新的文学样式代替了传统的文学样式。虽然文学作品的形式是具有内容的形式,是文学内容的整体显现,因而任何艺术品的内容部具有形式感;但是胡适等提倡的“白话运动”或“文体大解放”却着重于文学的外在形式的变革,并且把主要力量集中在“破”旧文学形式上,尽管在“破”的过程中也注意到介绍外国的文体形式,不过与茅盾相比却显得他们更重视外在形式。从总体来看,茅盾“五四”前后的较强的自觉“形式感”和文体意识具有明显的独到之处——是从“人本”与“文本”、“历时性”与“共时性”的结合上最早地系统地全面地论述并介绍西方新文体,作为建构中国各种新文体的借鉴和参照。他在《近代文学体系的研究》[1]中对为人生的现实主义思潮影响下的小说、诗歌、戏剧三种文体的现代化特征从纵横两个角度进行考察,论述其“人本”与“文本”相交融所形成的体裁特点,旨在使“有志文学者作他山之石,一迳可以致力于创造”。小说体,从历史的角度看,文学最初的形式是诗,诗后有了史,史中有些描写事迹的虽带有怪诞荒唐色彩却合乎人类生活的影象,这便成了“说部”,随着“说部”的发展演化则出现以寓言神话为多的短篇小说体和具有定形格式的长篇野史体小说,但这些都不是现代意义上的小说体。茅盾认为现代化的短篇体和长篇体小说的共同特色:(一)以客观的眼光,科学的方法,真实地描写当代的人生,表现人道主义精神,不论浪漫派、写实派或新浪漫派小说在反映当代人生表现人的精神这一点上都是一致的。(二)心理剖析的精微是现代体小说的突出特点,从前的短篇体或长篇体小说只在结构上用功夫,热衷于追求悲欢离合、勾心斗角的表现手段或“山重水复疑无路,柳暗花明又一村”的曲折章法,而现代小说体完全不取此长却重视入情入理的心理分析,既描写常态心理也兼写变态心理。(三)表现自由思想,突出个性意识,“人本”的解放和“文本”的解放达到和谐统一,人物描写冲破了千篇一律的雷同格局,使小说人物各有各的个性,这是现代小说体的特长。

① 刘贞晦、沈雁冰:《中国文学变迁史》,上海新文化书社1921年版。

那么长篇体和短篇体小说的主要区别何在，茅盾认为不在它们的长短而在结构，不在篇幅而在结构：短篇小说多采取“截面的描写”，即叙说一件事不是从头到尾说到底，而只是截取中间的一段来描写，前后的事情由读者通过想象来补充，这种截面的写法往往形成诸多模式的结构形态；长篇小说多采用“直面的描写”，即从头到尾按时间顺序一步步讲下去，这种顺序描写往往形成诸多纵式结构形态。现代文学变化最大的莫过于诗歌体，“近代三四十年中诗体的变迁，真要比前此三四百年中的变迁，还要多些。”不仅抒情短诗复盛，更重要的是散文诗无韵诗的盛行在诗界起了一个大革命，从根本上冲破了形式主义诗风的束缚。这种散文诗无韵诗即自由体诗的最突出特点，茅盾认为有二：它们是根据高深的审美观念创造新诗，不仅美感胜于从前的诗，而且抒写的自由远非从前的诗所能企及；自由体诗含有平民主义色彩，恢复了“诗本是天籁”的自然本色，诗由“文人”的专利变成平民百姓可以用来发挥至性流露人性的文学样式，平民诗人遂成了二十世纪诗界特有的异彩。至于象征派的诗则以“言简意远”而见长，未来派的诗重视“奇中见美”。戏剧体从形式上分长剧和独幕剧，茅盾是从戏剧体演变的三个阶段分述其体裁特点：古典派的剧本源于希腊悲剧，最大的义法是三一律即剧中的时间要一致、地点要一致、题义要一致，它束缚了作者的才力和思想；古典派更有制定悲剧之幕数为五幕，即第一幕叙因、第二幕小结、第三幕故作惊人之事、第四幕水落石出、第五幕尾声，这种规格越发束缚作者才情的发挥。浪漫派戏剧兴起打破了古典派戏剧体的清规戒律，对悲剧的写法作了修改，幕数不加限制，诗句也没有定数，体式自由多了。写实派易卜生的戏剧体完全扫除了浪漫派戏剧艺术的“独白”、“内白”、“偷信看倒叙前事”等缺点，对戏剧艺术作了重大革新：从前的剧本注重动作，他改为语言，以语言达到全剧高潮；从前那种五幕十景或五幕十五景以上的剧本格局已打破，全剧的幕数改为三幕，最长不超过五幕。现代戏剧从易卜生以后兴起了名目繁多的新体式：易卜生创造了“问题剧”，问题剧之后在瑞典又产生一种“心理剧”，英国的所谓“理智派”也是渊于易卜生的剧作风格和文体格式。至于短剧只有一幕，唤着独幕剧，他的性质悲喜剧皆有，这与长剧或多幕剧没有什么不同。上述的见解在今天看来似乎属于一般的现代文体常识，然而在中国新文学发轫期能对小说、诗歌、戏剧诸文体的基本特征作出如此简明精辟的理论概括，这不只是显示出茅盾具有自觉的文体意识，也表明他的为人生文学观的深刻性和辩证性。茅盾文体意识和“形式感”的第二点独特性在于，他并不满足对西方现代文体理论的较系统的介绍和解释，更重视中国现代文体形式的创造，且不说二十年代末以后他对中长篇小说体的建构所作出的独特贡献和表现出的超群的艺术才华，他在“五四”新文学初创期就以独具的慧眼发现了鲁迅是创造新文体形式的巨匠和高手。鲁迅融中外文体形式和文本经验于一炉，从自己的艺术个性出发去探索并创造各种独特的文体形式，特别是对小说形式的创建一下子把我国现代小说艺术提高到世界现代小说的一流水平。在新文学评论界首先发现并肯定鲁迅《呐喊》小说集文体形式方面所取得的创新成就的是茅盾。他不仅从个体上称赞体裁风格极新奇可怪的《狂人日记》是“前无古人的文艺作品”，“奇文中的冷隽的句子，挺峭的文调，对照着那含蓄半吐的意义，和淡淡的象征主义的色彩，便构成了异样的风格”，对青年“最大影响却在体裁上”；而且从整体上高度评价“鲁迅君常常是创造‘新形式’的先锋，《呐喊》里的十多篇小说几乎一篇有一篇新形式，而这些新形式又莫不给青年作者以极大的影响，必然有多数人跟上去试验。”他既肯定了鲁迅在文体形式探索上所表现出的“先锋性”和为新小说创造的新样板，又号召广大青年作者学习鲁迅敢于冲破旧形式勇于新形式的精神，这对于增强创作主体和读者主体的“形式感”和文体意识无疑会起到积极作用；并引用丹麦大批评家勃兰兑斯的话进一步加以论证：“有天才的人，应该也有勇气。他必须敢于自信他的灵感，他必须自信，凡在他脑膜上闪过的幻想都是健全的，而那些自然而然来到的形式，即使是新形式，都有要求承认的权利。”①创造新文体形式是需要“天才”的，而一旦新形式产生就要有勇气去肯定它、承认它，以保证其健全正常的发展。

三

自觉的“形式感”与文学的独创意识联系在一起，缺乏独创性的作家不可能成为创造新形式的先锋和能手，只有具备独创意识才能对文学样式的创建作出独特贡献。茅盾非常重视新文学的独创性，严肃批评那些雷同化、公式化、平庸化的低劣之作：1921 年上半年有些以男女恋爱，城乡劳动者生活为题材的作品，作者“对于描写的对象是抱了同一见解和态度的，他们的写法也是大概相同的，他们的作品都像一个模型里铸出来的”，情节布局的格式类似，人物大都是一个

---

① 茅盾：《读〈呐喊〉》。

面目,其思想、激动、话语一个样,只有一个性格,此类作品不是人生的真实反映也不是作者独创的结晶,而是"摹拟的伪品"。[①] 由于文学所反映的社会人生的美只能存在于无限丰富多样的感性具体形态之中,作家对它的审美感受也是无限丰富多样的,这样就能使创作主体对社会人生美的反映具备充分发挥个人独创性的空间;惟有作家主观方面的独创性恰好是客观人生存在美的一种独特反映,才能形成真正的创作个性,才能创造出别具一格的文体形式。茅盾认为,对于一个作家来说,只顾"模仿"中外大作家的名著,"不去独立创造",那么不论你模仿得如何逼真,表现的内容如何丰富,都称不上真正的具有美学价值的新文学作品。[②] 当然茅盾并不反对学习继承前辈的名作,他辩证地指出:"一个文学家必须知道他前辈的文学家,在艺术上是达到如何的境界,据有它,熔化它,使他变成自己的血肉,然后再抛弃了前人的成规,而来独立创造"。[③] 尤为可贵的是,茅盾给作家们独立创造能力的形成指出一条唯物主义的认识路线和实践途径:"文学的创作才能固有天赋授(指一定的先天条件),然而必须经过若干时的人生经历,印了很深的印象,然后能表现得有生气;也必须先有了独立精神,然后才能表见他的个性。如果关在一间小屋子里,日夜读小说,模仿着做,便真有创造天才的也做不出好东西。"[④]有出息的文学家应到广阔的人生海洋中进行独到的观察,"具有一双特别锐利的眼睛,能观察到普通人所不见所忽略的地方,能捉住了这一点用巧妙的艺术手腕表现出来,使不见者成为共见,这便是独到的观察。"有了独到的观察力就能从不同的事物中找出相似点作为比拟形容,造成妥帖新颖的描写;并形成独特的审美感受,选取与之相适应的艺术手腕和表现形式,以显示作家独创的艺术才华。

可见,茅盾早期的为人生文学主张,是极为丰富深刻的,并非只重视文学的社会功利价值而忽视审美形式和审美个性,其实他的文体意识非常自觉,"形式感"十分强烈。

(写于 1991 年冬)

---

① 茅盾:《评四五六月的创作》,1921 年 8 月《小说月报》第 12 卷第 8 号。
② 茅盾:《新文学研究者的责任与努力》,1921 年 2 月《小说月报》第 12 卷第 2 号。
③ 茅盾:《告有志于研究文学者》,1925 年 7 月《学生杂志》第 12 卷第 7 号。
④ 茅盾:《新文学研究者的责任与努力》,1921 年 12 月《小说月报》第 12 卷第 2 号。

王统照的文学批评观

在“五四”反对旧文学提倡新文学的过程中，王统照不仅是创造新小说、新诗歌、新散文的多面手，也是新美学理论、新文学批评的建树者；特别在二十年代初随着新文学创作事业的繁荣，文学批评事业也得到发展。王统照相继发表了《对于诗坛批评者的我见》、《批评的精神》、《批评中国文学的方法》、《文学杂论三则》、《文学批评的我见》等重要文学批评论文，比较系统地阐述了他的新文学批评观，至今研读起来仍感到其先锋性、新颖性和独特性，它对发展社会主义新时期的文学批评事业不乏启示作用。

一

恩格斯曾指出：“一个民族要想站在科学的最高峰，就一刻也不能没有理论思维。”[①]文学批评作为文学现象中理论思维的反映，它在整个文学事业中具有至关重要的地位。在中国文学“已由荒芜的时代，而入于收获的时代”的二十年代初期，王统照充分认识到开展文学批评的重要性：一是五四时代是个破坏与创造的时代，批评常常含有破坏与创造二义；特别要破坏旧文学创造新文学，“都急不可待的需要批评——真的批评”。[②] 二是文学事业的发展必须与文学批评相辅而成，“我们一面既须努力开垦自己创作的田地，一面更须引起与要求一般批评者的兴味”，唯有文学批评活跃起来方能使文学创作之花“开得灿烂而繁茂”。[③] 所以王统照相信文学上的批评者与创作家，有同等的贡献与功能，原是没有畸轻畸重的分别。三是要创建一代新文学，不能对中国传统文学采取虚无主义态度，必须“立足在现代的潮头之上”，用慧眼的批评主义去整理旧文学，

① 《马克思恩格斯选集》第3卷，第467页。
② 王统照：《批评的精神》。
③ 王统照：《对于诗坛批评者的我见》。

重新估定其价值,这也是五四文学革命的重要任务之一。王统照明确指出,中国的旧文学,不能说是完全没有价值的,况且几千年来也自有其悠久的历史,更与过去的时代生活有密切的关系,所以我们对于一切的事物保持着批评的精神,对于文学是这样,对于中国的旧文学也是用同一的态度;不过中国文学新批评的精神不同于古代的诂、释、笺、注的功夫,它是与时代精神合而为一的,它是与文学观念的更新联系在一起的。① 四是惟有举起文学批评的武器,才能为新文学的诞生和发展"锄刈莠草",扫清道路。他曾强调说:"在中国新文学这样柔弱的时代,无聊的通俗文学,尚在社会潜传其毒菌,对于文学等游戏的观念,尚没有除尽,想努力于文学的人,不应只在阅读,只在创作,更须壁垒森严,想去锄刈莠草。因为这些传统,因袭游戏以文学为金钱化的观念下面去,真的文学的根,总不能向人之心内茁生。"②充分揭示了文学批评的除旧立新的战斗性。

由于王统照站在五四时代的历史舞台,以新的思想观念从多角度审视了文学批评事业的重要意义及巨大价值,所以为使文学理论批评体系迅速建立起来,在文学革命实践中发挥其应有的威力,他又对文学批评的具体职能和使命作了深入的探讨,提出一些颇有理论与实践价值的见解。

首先,他从文学批评与文学创作的难易程度上作了考察,说明文学上的批评事业并不容易,要真正运用好文学批评武器难度是很大的,所以批评者的费力与劳苦并不下于创作者。而且也须具有创作者的才能。唯有如此批评者方有可能沟通文学作品与人们心灵的联系,而文学批评的功能也可由此得到显现。王统照认为,文学是人生的活动之一,虽然与教育、宗教、政治等不是根于同一出发点,但是与社会上的关联,与人类情感的贯注总是不甚远,人类中"彼"和"我"的界限何尝划得如鸿沟一般的不可逾越。因此文学家创造的反映社会人生的作品,就其或一方面来说虽然不为一般读者所了解,然而总是从人类活动中产生的,只要经过批评家的"文学批评",那是可以通晓的;不过"从更深邃的一方面说来,文学作品的产出,的确是富有神秘性的"。因此"若令我们去如抽丝般的一丝不乱,如对着镜子,使之有毫发可数的程度,而去批评非我的作品",如果批评与创作才能不兼而有之,那也许是不可能的。③ 其次,王统照从创作主体与读者主体的关系上阐明了批评者的使命及文学批评的功能。他指出

① 王统照:《批评中国文学的方法》。
② 王统照:《本刊的缘起及主张》。
③ 王统照:《文学批评的我见》。

“批评者既负有指导创作家的责任，更能将创作家的作品，精密分剖介绍于无量数的读者”，如同有了美丽芳香的好花，若没有风与昆虫的媒介，哪能结成好果，“这是真正批评家的唯一功能”。[①] 具体来说，文学批评不止是对于作品负有解释说明的义务，而且更可以使读者对于作品有补充的见解和合理的发挥，“批评是为作者与读者中间的媒介”；不过这种媒介是负有重大使命的，是对作者读者两方担有相当责任的，即“文学缺少正确明了的批评，不惟大多的民众不知甄别文学作品的优劣，而作者亦少有借鉴”。[②] 再次，他根据不同文学体裁的特性对文学批评的功能提出了不同的要求。文学批评不可滥用，尤不可妄用，须有相当的学养，有公正的见地，有远大的眼光，有绵密的思想，方可举起批评的权威，而确定一切重新估定的价值。这是王统照对文学批评的权威和职能是否能够得到充分发挥从总体上提出的要求；他还结合具体文学样式对诗的批评功能作了专题研究。他认为，“文学的目的固然在于用同情来慰安人生与提高人类的思想及人类的感情，但若说到用最经济的艺术与直接的方法来担负这个重大的责任，在文学的领域中，便尤不得不推崇诗的功能了”。正是依据诗在文学领域里的地位，他指明“诗坛的批评者，自当分析省察，而审慎与精确的发表其批评的见地，以助诗坛的滋生与繁盛，其责任是若何的重大”；具体来说，“诗的批评，则第一：要先明了诗在文学上地位与什么是诗；第二：批评要有精当的观察与其批评的艺术。然后对于诗的批评，方可得有正确的把握，不至于流于浮夸，偏颇，恭维，谩骂之途，而入于诗的正当批评的轨道”。[③]

二

王统照不仅对文学批评的意义、作用与功能作了可贵的探索，为中国现代文学批评理论体系的确立付出了努力；而且他对依据什么批评标准开展文学批评所提出的见解，更是令人耳目一新，至今仍有借鉴意义。众所周知，批评标准（或原则）是衡量文学作品思想艺术价值的尺度，一切文学批评者对一个作品的评价总是自觉或不自觉以一定的形式体现了这种内在的尺度。鲁迅说过：“我们曾经在文艺批评史上见过没有一定圈子的批评家吗？都有的，或者是美的

① 王统照：《对于诗坛批评者的我见》。
② 王统照：《本刊的缘起及主张》。
③ 王统照：《对于诗坛批评者的我见》。

圈,或者是真实的圈,或者是前进的圈。”①所谓“圈子”就是文学批评的标准或尺度。文学批评标准视其是否符合人民群众的利益和文学客观发展规律,而有进步与落后、科学与反科学、革命与反动之别。王统照是在五四时期的民主与科学的狂潮推动下,既研究了中国历史上的传统文学批评又汲取了西方美学思潮,根据当时新文学创作的实际和广大读者的阅读欣赏需要,而对文学批评标准提出一些有益的见解。总起来看,他的批评尺度是进步的、科学的、革命的,体现了时代精神。

他以宏阔的历史的时代的眼光,审视了中外文学批评史,认清了不同时代有不同的文学批评标准,即它既带有鲜明的时代性又打上一定的阶级烙印。所以他“根本上不信文学上必以善为目的的虚矫说;尤不信‘诗’之教即以温柔敦厚可以概括”。他认为,“善”固为文学中之有事,但什么是善,标准何在,那不同时代对“善”却有不同的标准。“在君主时代的文学,则以歌颂圣德铺张鸿业为善;在革命时代则以文学的力量,激起人民的反抗为善。然则善在文学中,不过是种随时转移的东西,那有准确的不移的?譬如浪漫主义盛行的时代,以描写得热烈奇幻为善;而自然主义流行的时代,又以冷静观察写实的方法为善。写大人先生曲曲传神,固是善,即写微事及乡民的生活,也何尝不是善。”可见,“取这个笼统的‘善’字作文学的标准,不能深入文学的内奥处”②的,必须重视文学批评标准的具体时代内涵。王统照不仅以“善”字为例剖析了文学批评标准的时代特色,而且以新的美学观批判了中国几千年的“文以载道”、“乐而不淫,哀而不伤”的文学批评尺度,充分体现出他的批评标准是建立在民主意识的基础之上,具有反封建的战斗性和革命性。他指斥中国文学几千年来“都以为‘文以载道’,以为‘文者以明道’,遂致后来从事文学的,在心中,先有个‘敬慎恐惧,非礼勿言’的观念亘在里面,凡有所作,虽千变万化,总以不背圣人之道为准。因此将文学的本质损坏了不少,将文学的趣味减少了不少。”有的人之所以赞美崇尚那些载儒家之道的文学,因为他们所本的文学批评标准就是古代的所谓“善”,是古圣先贤占据了他们的文学观念。至于把“乐而不淫,哀而不伤”的中庸之道作为衡量文学价值高低的标准,王统照认为“总不适宜”。因为“哀与乐,纯是人的情感的表现,诚中形外,是不可掩饰”的,试想中国最著名而为一般人所欢迎的文学作品如《红楼梦》、《西厢记》等终难与“乐而不淫,哀而不伤”的旨

① 《花边文学·批评家的批评家》。

② 王统照:《文学杂评三则》。

趣相符合;况且乐而不淫的“淫”字其中没有明确的界定,哀而不伤更为费解,怎能作为文学批评标准呢?究其实以“温柔敦厚,乐而不淫,哀而不伤”作为判断文学作品价值的尺度,是“受了文学以教训主义、道德主义为根本的流毒”。①

五四运动揭开了中国历史新的一页,从此具有现代型特征的新文学取得了正宗地位,新的文学批评理论体系也开始创建,文学批评标准的内涵在质上当然发生了变异。王统照对文学批评标准的理解有鲜明的时代性和理论的独特性,概括起来有三:其一,“以作品内在之精神,去定其优劣”。所谓作品的内在精神也就是文学作品的思想内涵,视其优劣首先要审查其思想情感是否体现了时代精神。五四时代是反帝反封建的革命时代,“真正悲壮的反抗精神,与可歌可泣的魄力”则是时代精神的体现。王统照认为,如果作品的内在精神蕴含着这种反抗意识和悲壮情感,那这样的文学作品就是优秀的,并能“给予人们灵的或肉的影响”。他断言:“近代文学作品,最令人有多量之感动的,莫过于俄国小说”,托尔斯泰的著作,屠格涅夫的《唔唔》、《初恋》、《父与子》,陀思妥耶夫斯基的《罪与罚》、《贫人》,安得烈夫的《七个被绞死的人》、《红笑》等,“都是在世界中最有名而最有力量的著作”;这些充满反抗意识和悲壮精神的文学作品“在目前的中国社会中,尤为需要”。王统照不仅以“作品之内在精神”为准绳高度评价了俄罗斯现实主义文学,而且也以此为标准充分肯定了瞿秋白当时发表的《新俄国游记》。他认为这本书中所蕴含的“伟大而热烈的精神,与其沉痛而坚定的毅力”,一定能激起读者“心弦共鸣”。相反,他对那种毫无思想价值的作品则采取鄙弃态度,指斥“文学万万不是一种玩具,不是掷骰,下棋般的什物,不是可以拿来用作茶余酒后消遣的资料”。② 其二,“批评文学,最宜注意之点,还是情感。”王统照从内容与形式的辩证关系上论述了“文学是情感的产物”,情感为上,文辞次之。文学求情感之真,只是由真心中发出来不得不言的情流,那么就是文辞(即今所谓文学的艺术)不及,而无碍其为好作品。反过来说,只能六藻,讲究声、色、律、韵,不含有一毫真实情感在内,不过是种悦人耳目的文字游戏而已,万不能深深的感到人心里面。判断一部文学作品优劣高低的重要标准,是测其“情感之真”与否。情感在人类的心中尤其在文学家的心中,不是统一的、相同的、无变化的,所以头脑过于简单的作者断不会有好的文学作品出现。“爱与憎,赞叹与诅咒,乐与哀,平和与奋争,激动与消极,这都是一个文学家心中所

① 王统照:《文学杂评三则》。

② 王统照:《文学杂评三则》。

扰乱不安的情感的交流。由外表的反射镜中，摄取了种种的事物，包涵到自己的情感中加以陶冶，加以剪裁，再以有趣味的文辞述叙出来，便是文学作品。”正由于文学作品蕴含着丰富而复杂的情感，所以“若要批评一种作品时，对于情感的观察，不宜含混，也不宜笼统，必须详细剖解，而后方能明确的知其内在的情感之所在”。重视作品的时代精神和情感的真实，这都是文学批评的内容方面的标准，据此是否可以断言王统照不重视文学批评的艺术标准呢？不是的，“至于艺术的优劣等等，最后一步的事”。[①] 他并没有忽视文学批评的艺术尺度。其三、以“美、善、知”相统一的审美标准来评判文学作品的成败得失。虽然王统照提出的美、善、知三个美学范畴不够十分明确，尚未作出具体的科学解释；但从他的论述中也可以体察出美、善、知三个概念与真、善、美三个美学观念有相近的意思，只是表述得不准确。他曾引用丁尼孙《艺术之宫》中的诗意，说明文学作品是“美、善、知”和谐统一的艺术整体，这三者不只是不能分割而且也不可分割。“缺少美的描划与原质，外形固失其光辉，内义亦因之枯窘”，“自来文学作品，不论其为那一种风格，那种派别，任其如何陈义精当，说理妙确，如内中没有‘美’的存在，至多也不过是一种好的文字，而不能有文学的资格”；“至于善(GOOD)与知识(KNOWL，EDGE)，也是与‘美’相伴而来”。它不仅论述了文学作品的美、善、知三者的统一关系，而且也揭示了文学作品这个审美实体正是美、善、知构成的人生总和的反映，即“所谓诗人之作品的美、善、知三者多由于‘自然’的启示”。既然文学作品是美、善、知构成的整体，那么要评价作品的优劣高低则必须考察作品这三者统一的程度，即是否达到高度统一的有机结合。任何文学批评标准都是人工制定的，无法否认它的主观性，但主观性并非随意性，先进的文学批评家总是力求使自己设想的批评标准符合文学活动的客观规律，科学地估量客观存在的文学作品的潜在价值和全面成就。王统照对美、善、知三者相统一的审美标准，虽然作的解释不足或欠准确，但他对美、善、知三个概念的思考和说明总能启示人们去探索。他意识到“美”是文学作品的重要构成因素，没有“美”就没有文学；不过“美”作为文学批评的标准主要是指“美感”，即美感标准。文学美感是多元的，不同文学批评家掌握的美感标准的差异性是很大的。如果从根本上说，在美感的多元特征中最主要的是形象性和情感性两点；而文学批评的关键就在于从具体形象入手，从形象引起的美感入手，分

① 王统照：《文学杂评三则》。

析形象是否真实,是否典型,形象的美感特点是什么,是怎样表现的。关于文学美感的情感性是最本质的特征,它是构成美感诸因素中最活跃的因素,对此王统照多有论述,上面已提及。“善”作为文学批评标准,它的美学内涵王统照虽然没作过详细说明,但从他对中外文学的评价中,尚可体察出他重视作品的社会功利价值,并认为“在革命时代则以文学的力量,激起人民的反抗为善”;也就是说文学的“善”即社会功利价值应包含这样的内容:有助于提高人们的反抗意识和改革意识,同旧势力进行斗争;有助于推动社会前进;有助于陶冶人们的思想灵魂,丰富人的精神生活;有助于增进人们的知识,开拓人的视野和胸怀。所谓文学的“知”,也不是在作品里“讲究韵律,搬弄笺注,以炫其学博”,而是“用自然流化的方法,将无量的印象提到,用艺术的文字写出,使人看了为之思想,为之感叹,为之流连不舍。这就是文学上的所谓智慧的原素”。从王统照的解说来体味,仿佛文学中这种“知”是艺术的真实,是主体感知的真理,是“实境与想象二者的产物”,是“文学的生命与实质”,总之“知”作为文学批评的标准之一,其内涵是极为丰富的,且带有一定的神秘性和模糊性。优秀的文学作品既然“美,善,知,是互相启示的姊妹三个,而友于人,在同一屋顶下共同居住”,那么我们评判一部文学作品的审美价值就不能不去“分析综合美,与善,与知识三者的全体”①的结合程度如何,即结合程度越高则美学价值就越高,结合程度越差则美学意义就越低。王统照对文学批评标准所提出的见解虽然未达到无产阶级美学思想的高度,但从总体上看,基本上符合唯物主义美学批评原则。他充分尊重批评对象的美学特征,不是把文学作品作为政治宣传品和其他社会科学产品,而是以文学艺术应有的面貌和美感特征来衡量文学作品的价值,这是难能可贵的。

三

为建设中国现代文学批评理论体系,王统照对文学批评的重要性及标准的探讨固然可贵;但他对文学批评方法、批评精神、批评艺术等的研究更值得重视,可以说在“五四”前后中国新文学批评初建期鲜见他对批评方法所提出的见解。

---

① 王统照:《文学作品与自然》。

他总是从中西文学批评发展史的比较上探索新文学批评理论的重要问题，其中关于批评方法的研讨下的工夫更精细一些。于考察中他发现“中国旧日大部的批评文学的书，不过就是那几部，如钟嵘的《诗品》，刘勰的《文心雕龙》，其他如司空图的《诗品》；严羽的《诗话》，虽然字数较少，然而究竟还可称得起独立而中正的批评”；其他一些批评书的独创见解相比之下就少得多，至于文学批评方法“只有些诂、注、笺、解”，并一代代沿袭下来，未发生大的变化。而在西洋文学界批评方法却随时代不同屡有变更，特别到了近代批评方法“也由广泛的变而为细致的；由迂阔的变而为论理的；由主观的变而为普遍的；由笼统的变而为分析的。这全是由于时代的转移，及研究文学之进化的关系。我想中国文学的新批评的精神，当然也不能与时代精神，不连结而合而为一。”虽然他对西洋文学界批评方法衍化轨迹的概括不够十分清晰明确，但有一点非常可取，即西方文学批评方法随着时代的变化而不断地更新，而中国传统的文学批评方法却始终变化不大，这与五四时代的大变革精神不相吻合。王统照当时敏锐地指出：“中国文学，自从在南北朝时代，受过由印度传入的佛教影响之后，直到前清中世，可说并没有重大急剧的变更。及至西洋的物质文明输入之后，由是而学术，而文学，与思想，一年一年的向这个文明古国，尽量的加以打击与警告之后，直到现在，可谓急转直下，大换其本来的面目。不过所可怜的中国文学，只有些诂，注，笺，解，在一代一代的文艺的范围之内。”[①]在对中西文学批评史特别是批评方法的研究基础上，根据新时代精神的需要，王统照从传统的单一、封闭、僵化的批评模式中挣脱出来，提出多种文学批评方法。

归纳的批评。王统照认为，归纳思维方法是文学批评的所有方法中的最基本的思维形式。所谓“归纳的含意，是集合而有比较的意味，是将种种不同的印象合为一起，加以适当的说明与表现的意思”。但在中国古代文学批评书中很少见这种归纳法的应用，演绎法的居多，即使《文心雕龙》这部文学批评名著的诸多精辟见解也不是由归纳法得来的。即“他不将历代的文学著作，全体合来，加细密的分析，而后举出物色在文学中应该有何等特别的作用在内，只是一层一层的推阐着往外说，末后方加上几句论断”。然而运用归纳法，才可将不同的境地，不同的事实，复杂的情感，细微的艺术等，合在一起，加以论断；虽然这种批评方法在具体应用中比较灵活，“但总不能离开总合作品的事实，分析作品的

① 王统照：《批评中国文学的方法》。

思想,考察作家的个性,与作品对于时代的影响等”。[1] 具体来说,归纳的文学批评模式,即批评主体不要见了一首诗就鲁莽的作深重的批评,必须将一诗中的风格、趣味与人格、叙述与描写的法则,以及情感是如何的倾露与隐伏,作品中所包含的事物的表象,全数用深恳且精密的眼光去批评出来,这样方能多少探得作者的神味,并能给予多数读者以明了的解析与观念。[2]

判断的批评。王统照所倡导的“判断的批评”不是主观武断的批评,归纳方法是判断方法的基础,而判断方法则是归纳方法的延展;它“须要有根据,要有修辞学与论理上的根本,要有鉴别的眼光,与精核的论断,方能为判断。要用此方法,必先对于一种作品,用归纳的方法,做第一步的预备,然后方可应用,否则至易流入用纯粹的主观而下武断的批评之途。”当然他所主张的“判断的批评”也并非完全排除主观因素,他是“尊重个人的主见,但也不敢赞同过于自由而毫没有科学精神之主观的批评”。可见他强调的是有根有据的建立在科学分析基础上的主观判断,特别对中国旧文学的研究更应该采取这种“判断的批评”法。判断的意义,是在复杂混淆的事实中,求得出较为清晰的目标,于石玉相乱的堆中,检出有价值的琼琚。“是要用清晰的观察,比较的手段,于深微处求得其意义,加以自己表现的判断。这个方法,我以为用着去批评旧文学,分外相宜。”[3]

解释的批评。这种文学批评方法是包括了归纳与判断的两种方法在内,凡是能用解释法批评的必先具有归纳与判断的两种方法为其基础。所谓解释的批评,具体来说就是“对一种作品的人物,特别的印象,布局,主义,及其全篇的顶点等等,加以证解的说明,而表示其优劣,与艺术上应用的巧拙。绝对不是仅仅对于一种作品去注出一个简单而浮浅的概念便算完了。”王统照认为这种解释的批评是立在批评之主要而精密的地位之上,对于归纳与判断两种方法更加以周到的说明。如果说归纳的方法“是用观察与集合的方术,而求得出一种新的印象,由文学作品的本身,而判断的”,如果说判断的批评方法是在归纳的基础上,“重在比较,鉴别,与论断方面”;那么解释的批评则是着重“研究与发现一个作品中人物与事迹的关连,描写与叙述的工夫,色彩的表现,与精神的密接,使读者多得到一点细密与有组织的了解”,这样“就是使得判断批评,更有些清楚的界限,与细密的解释”。这种解释的批评具有“细密而繁琐”的特点,最适合

① 王统照:《批评中国文学的方法》。
② 王统照:《对于诗坛批评者的我见》。
③ 王统照:《批评中国文学的方法》。

去批评长篇的文学巨著；这种解释的批评具有整体把握、开掘内在联系的功能，故“万不是从前那种逐回，逐节，屡批，按语的零碎批评法所可比拟”。①

观察的批评。这种文学批评也是王统照所重视的。其实他倡导的观察的批评，精神实质已贯注于归纳的批评、判断的批评和解释的批评之中。所谓观察的批评，着重强调批评主体不仅自身应富有批评才能，而且也要具备精密的观察能力，即对批评对象既善于进行审美感受又善于作出审美判断。王统照把观察的批评分为广义的和狭义的两种。“照诗的批评者的观察的广义说，我以为诗既是纯为人生感情的有韵律的表现与冲发，则诗中思想来源的背影，还须得求之于作者的自身。凡作者的性格、年龄、家世、环境与其平日的理想及遭遇，都须有概略的知悉，则由其自身四周围的归纳的考究所作诗的思想，乃可‘昭然若揭’。用此等宽广与精密的批评法，不惟用之于诗，一切文学上的批评，都应如此。”这种广义的观察批评，要求批评主体不仅对普通对象进行全面的观赏体察，而且对创作主体的各方面应作具体观察考究，“将作者的诸多背影与其所以作此诗的一切的潜在意识，完全由外象的收合，而归到作品的内容中去”。这种由外而内的观察批评，才能把作品中所表现的思想感情明确而完整的揭示出来，避免那种不对作品本身与创作主体作全面观察的挂一漏万，吹毛求疵的片面的纯主观批评倾向。虽然属于主观批评范围之内，但这里所说的主观“万不可误会为完全由于批评者的喜怒，而随意乱说”；“主观批评是先要对于作品的内容，有深刻的明了，然后以自己的观念与感动至如何程度，以及以自己的对于文学上的兴趣与嗜好，借此等为根据，为主论的出发点，以批评作者的思想与作品中的表象与作品的艺术的优劣。”也就是说，这种主观批评关键在批评主体要获得“真诚的观感，一见作品，即随意用自己的遗传的与传染的主观，来下鲁莽的判断，这是主观的批评所不许的”；至于偏颇和无意味的颂扬以及随意的谩骂，当然更失却了批评的价值。②

作心灵的研究。王统照主张文学批评的最后价值是在作品的“文字的启示中，作心灵的研究”；虽然这种文学批评不完全是心理批评模式，但却为文学批评家提供一个新视角或开拓一条新途径，有助于深掘作品的内在的思想意蕴。他认为“文学的作品有其背影，有其潜在的支配力，有其无穷的感触，与思想的集合。总言之：即有作者的整个的人生观在内，那怕短得如太戈尔的两三

① 王统照：《批评中国文学的方法》。

② 王统照：《对于诗坛批评者的我见》。

行诗,长得如托尔斯泰的《战争与和平》,无论其为言简意赅也罢,蔓延无端也罢,其中总是包含有一部分的人生的真实的哲学思想在内。由此可知批评者重在从这些地方着眼,能以一面去发抉出作者'内性的真';一方面又可宣露出一己的见解,所谓'在文学的启示中,作心灵的研究',只不过是如此"。这种作心灵研究的批评,主要目标是探索文学作品中的象征意蕴,即贯注于作品本体内层的一种哲理、灵魂、风骨和精神,是作品的最高旨趣和精神价值,它并非以抽象的哲学概念的形式存在着,而是溶解在形象肌体中的"艺术之妙,只可意会,不可言传"。因此,文学"批评者非用极锐利的思力,透入作品的内部,难以把握作品之生命的泉源,难以使大多数无明了批评观念的人,得到利益"。[1]

一个文学批评者不仅要研究批评标准、批评方法,也要讲究批评艺术。好的文学作品如燃起的火焰,由一个人的心灵中传达到无数量的心灵;而文学批评的使命则要在创作主体的心灵与批评主体的心灵之间架起一座桥梁,因此文学批评主体应该讲究批评艺术。王统照所说的批评者的艺术,主要表现在两点上:一是批评的文字艺术,即批评文章要具有文学价值,"必有文学上的趣味的文字,而后能引起读者的兴会与探得作品中的意义"。"文字的明了与意义的含蓄,这是忠实批评家所先当遵守的。"具体来说,批评文字艺术的要求是:不可太片面了,只知注意一字一句的妥当与美丽,须先捕捉到作品的全体,而后再下论断;不可太抽象了,仅仅用几个豪壮、飘逸的字眼,而将作品的真精神与真意义来混沌过去;不可太省事了,随意而书,漫无限制,使文字太散漫而无文学上的严密结构。二是批评者的人格化,这也是批评的艺术问题,如果"缺少批评者人格化,在批评的文字中,既减少他人对批评者本身的信仰,更不能对于作品负有忠实的责任。所说批评的艺术,绝不是只知去讲求作文章的法则与修辞学的研究,然多从艺术中,能看出批评者的态度来,也是不可掩的事实"。[2] 提倡批评者人格化,实际上是要唤醒批评家的主体意识,使其认识到自身是一个有独立人格、独立思想的人,在文学批评中应充分发挥自己的独创性和思考力,以显示自己的批评个性。

王统照在二十年代初期所形成的文学批评观,虽然缺乏体系的严密性、理论的深邃性和逻辑的准确性,但与当时的其他批评流派相比却有着独特的实践意义和理论价值。周作人的文学批评是以个人主义为本位的人道主义来评价

① 王统照:《对于诗坛批评者的我见》。

② 王统照:《文学批评的我见》。

文学一派的代表，成仿吾是崇尚浪漫主义文学的批评家们的代表，沈雁冰是以写实主义为批评准绳的“为人生派”批评家的代表；王统照的文学批评理论倾向与他们有相通之处也有不同之点。他们都属于进步的民主的文学批评；但王统照的文学艺术批评既是写实主义的又是浪漫主义的，他重视文学的真与善却更重视其美，他注意到作品的客观性却更关注它的思想性和情感性，特别他对文学批评方法及艺术的见解极为可贵。可以这样说，王统照的文学批评观，以其开拓性、创造性、建设性的新形态对当时的文学批评界，乃至整个新文坛及新文学的发展，产生了不可低估的冲击力和影响力。

（写于 1986 年夏）

论朱湘的诗歌主张

朱湘“皈依新文学”正是“文学革命初起的时代”。[1] 五四反帝反封建运动的狂飙，推动他走上新诗创作的道路。虽然他的文学生涯并不长，但他对中国新诗发展作出的贡献却是不朽的。不仅在新诗创作方面取得了重要成就，而且在新诗理论的探讨上也提出了一些有价值的主张。过去有些研究文章对其诗歌创作作过较全面的评价，而对其诗歌主张却有所疏略；即使有些片断、零碎的论述，也往往因为朱湘一度曾和前期“新月社”有过联系，便笼统地断定他的诗论是“为艺术而艺术”或是“形式主义”、“唯美主义”的，没有多少真正有价值的东西值得肯定和汲取。这样就为进一步研究朱湘的诗论提出一些需要重新回答的问题：他在新诗理论上究竟有哪些重要建树？应如何历史地辩证地评价他的诗歌主张？

一

朱湘诗歌主张的基本命题是：“诗歌（按：主要指抒情诗）本是情感的产品，好象宗教那样，它本是人类幻想的寄托所，人类不曾实现的欲望的升华。”[2]又说：“‘诗言志’，‘志者：心之所之也’。”这都是从诗歌与情感的密切关系上，指出诗的特质以及情感对诗歌内容构成的极其重要性，并说明抒情诗人既是诗作的主体又是诗作的客体。不仅浪漫主义的诗歌创作强调情感要素，就是现实主义诗歌创作也不是纯客观地描绘现实，诗歌应是主观与客观的有机统一体。朱湘在这里所强调的主观情感是诗歌的特殊本质和基本特征，但这并不意味着他否认了诗歌反映现实的客观性。他曾经在《谈诗》[3]一文中带有神秘色彩地描

① 朱湘：《我的新文学生活》，1934 年《青年界》第 5 卷第 1 号。
② 朱湘：《文学闲谈·“文以载道”》。
③ 1934 年 1 月 1 日《文学》第 2 卷，第 1 期。

绘诗人的“心”如何根据情感的搏动来创作诗：

> 这一颗心，创造出来的时候，是耗用了几许的想象，几许的理智！
>
> 它（指心）是情感的中枢，实际的，抽象的，它有两重的功用。按照天所与的节奏，它无昼无夜的搏动着……有时候快些，慢些，有些时候热此冷此……

这不但具体说明了诗歌创作的艰苦的心理活动历程，既需要形象思维的想象能力又需要借助逻辑思维的理智活动；而且更重要的是强调了诗歌的创造亦需靠情感的力量，因为“心”在创作过程中的无昼无夜的搏动决定于情感对它的冲击。然而情感中枢的搏动并不是杂乱无序的，也不是平平板板的，乃是按照“节奏”的旋律弹出抑扬顿挫的心曲，谱成诗篇。这里值得注意的是，心的搏动是“按照天所与的节奏”，也就是说“情感”搏动的节奏不是主观世界自生的，不是“心”固有的，乃是“天所与的”；但这个“天”不能理解为上帝所赐，它是外界客观事物的刺激，是客观作用于主观所引起的情感波动，说到底主观情感的搏动离不开客观现实，即自然现象和社会现象的变化。尽管这里表述得比较朦胧含混，但也能透视出他是把外界物质的诱发当成主观情感按节奏搏动的刺激物和引爆线。因此，不能简单地认为“诗是感情的产物”的提法就是所谓唯心主义的。

强调感情是诗歌的重要元素，是诗歌的特殊本质，并不是朱湘的创见和新发现，而是他承受了古今中外一些诗论者的见解和一些诗歌创作的经验，在新的历史条件下，加以发挥和强调。刘勰在《文心雕龙·情采篇》里说：“五情发而为辞章。……情者文之经，辞者理之纬。经正而后纬成，理定而后辞畅，此立文之本源也。”他把“情发”作为“文”的本源，当然也包括诗歌创作在内。白居易在《与元九书》中也指出，“诗者，根情苗言”，这也是强调“情”是诗歌的根本；他并从诗的艺术功能上说明“感人心者莫先乎情”。这些精辟的见解揭示出诗歌的特质，说明情感的勃发是艺术美创造的动力，是中国古典美学的优良传统，并被千百年的诗歌创作实践所证明为至理名言。十九世纪英国文学批评家赫兹利特极力主张诗产生于激情与想象，不仅指出“诗歌是幻想和感情的白热化”，[1]而且还从比较的角度说明诗歌并不像历史科学那样，以一种比较客观的态度来叙述历史事实，它是表现“触及人心的思想或情绪”，是“幻想和感情的白热化”的产物。黑格尔说“抒情诗人本来一般地都在倾泻自己的衷曲”。[2] 自五

① 《古典文艺理论译丛》第1辑，人民文学出版社1961年版。

② 黑格尔：《美学》第1卷，第259页。

四文学革命以来,不论是现实主义诗派或者浪漫主义诗派,似乎都认为感情是诗歌的特殊本质,抒情是其特殊功能。鲁迅曾指出:"诗歌是本以抒发自己的热情的,发讫即罢。"①五四新诗坛的后起之秀汪静之曾撰长文《诗歌与感情》,②全面系统地论述了感情是诗歌的基本特征及其在诗歌创作中的极端重要性,并从理论和史实的结合上说明"感情是诗歌的呼吸:一停了呼吸,诗歌便僵硬成了化石了",因此"诗必须要渗入情感,必须有感情的根本,笔头上必须要渲染些情感的墨水。"康白情认为"诗是主情的文学,没有情绪不能做诗"。③ 文学研究会的代表作家郑振铎极力提倡为人生而艺术的现实主义文学,但在诗歌创作上却坚持诗歌是诗人情感的自然流露,要求诗人表现自己的"'率真'的情绪","把我们心里所感到的坦白无饰地表现出来";④当时著名的现实主义文艺批评家沈雁冰讲得更肯定:"我相信诗是情绪的自然流露,若能任其自然流露不加一些人工而写在纸上,自然合乎自然拍节,能读而且不拘束"。⑤ 现代浪漫主义诗派的开拓者郭沫若早期诗歌主张也认为,"诗的本职专在抒情"。田汉还曾对诗歌的特殊本质联系诗的形式作过如下阐述:"在心为志,属诗的内容,发言为诗,属诗的形式。诗的内容以感情为生命,诗的形式与韵律相联属",所以"诗歌专是托外形表现于韵律的一种感情的文学"。⑥

从上述的印证,可以看出:朱湘认为诗是情感的产物并不是标新立异,也不是他对诗歌理论的独特贡献,而是反映出中外古今相当一部分人对诗歌区别于小说、戏剧、散文等文学样式的本质特征及其特殊功能的共同认识;既然如此,为什么朱湘对诗歌的特质的见解并未引起诗评家和文学史家的重视,并提到应有的历史地位予以评价呢?这就是不公平的了。

我们认为,不仅要看到朱湘对诗歌特质的认识,以及与中外古今诗人和论者的继承性和一致性,同时更应看到他在探索这一命题上所表现出的独到的卓识之处:其一,他虽然提出诗是情感的产物,但他并没有认为这种"情感"仅仅是囿于"自我感情"之中,这就同五四文学革命以来那种强调"自我表现"的浪漫主义诗歌理论有所区别。他认为:"一个伟大的文学家,他可以作得他这国家、

① 《集外集拾遗·诗歌之敌》。
② 1927年《文学周报》第6卷。
③ 康白情:《新诗的我见》。
④ 1922年6月初版《雪朝·序》。
⑤ 雁冰:《通讯》,1992年《小说月报》第13卷第7号。
⑥ 田汉:《诗人与劳动问题》。

民族的喉舌——好象‘言为心声’那样。”这是从文学家崇高的历史使命和文学的广阔的社会职能的高度，对“言为心声”的文学创作特别是诗歌创作提出了明确的要求。说明一个真正伟大的文学家在创作时不能只表现自己的“心声”，只表现自我的情感，把诗作仅仅看作是自我“言志”的工具，仅仅是反映自我情感要求的“喉舌”；而必须站在国家、民族的立场上，表现为国家为民族之忧而忧，为国家为民族之乐而乐的“大我”的感情，把自我的感情溶入为国家和民族的“大我”的感情之中。惟有这样的诗歌才能表现国家、民族的“心声”，才能成为国家、民族的崇高感情的艺术结晶。正因为如此，所以他认为“荷马的两部史诗是希腊文化的大观；但丁的《神曲》是中古文化的大观；歌德的《浮士德》是近代文化的大观”，“泰戈尔是印度民族的喉舌，”等等，不一而足：反之，如果只表现“自我感情”和“自我心声”，那算不得“国家诗人”。[①] 这种从国家的民族的功利要求来考察诗歌构成原素“情感”的属性，显然显得抽象、笼统一些，但是联系中国二、三十年代的帝国主义列强不断入侵、民族危在旦夕、人民在饥饿线上挣扎的严重局势来看，他公然号召文学家要成为国家、民族的喉舌，诗歌创作要“言”国家、民族的“心声”以及表现国家、民族的主观愿望和情感要求，无疑是具有强烈的现实意义和深远的历史意义的。尤其可贵的是，他不仅指出诗人创作的诗歌所表现的“情感”或“心声”要超越狭隘的个人主义的小圈子，不能只是“囿于自我”，[②] 而且清楚地认识到“民歌是民族的心声”，它是一个民族共同心理或感情倾向以及生活习性的反映，故“我们从一个民族的民歌也可以推见这民族的生活环境风俗和思路”。[③] 可见，在他对诗歌本质的认识中闪烁着唯物主义的思想光辉。

其二，他对诗歌特质的探讨，并不是根据文艺与现实生活的关系来考察的，而是从文学与情感思想的关系来探讨的。因此，我们不能武断地不加分析地说朱湘关于诗歌理论的基本命题是建立在唯心主义思想基础上，惟有从现实中去探讨诗歌特殊本质才是唯物的，从主观情感来寻找诗歌的特质及构成原素就是唯心的。当然，应该承认诗歌如同其他文学样式一样，归根到底是现实生活的反映；但是也必须看到，文学（包括诗歌在内）对生活的反映不是纯客观的，更不是机械地照相，必须在作者的世界观和审美观的指导下，客观现实经过人的头脑这座工厂的加工提炼，方可构成作品的本体。故文学作品是客观和主观的有

---

① 朱湘：《文学闲谈·文化大观》。

② 罗念生编：《朱湘书信集·寄曹葆华》。

③ 朱湘译：《路曼尼亚民歌一斑·重译人跋》。

机统一,是情与景、意与境的统一。特别由于各种文学体裁本身的特殊功能所决定和采取的创作方法不同,有的擅长于抒情,或更多地表现主观情感或理想,因而倾向于主观;有的则擅长于叙事,或更多地重视反映生活的本来面目,因而倾向客观。诗歌一向被认为最长于抒情,是直抒胸臆的工具,朱湘正是从这样的意义上指出诗歌是情感的产品,突出地强调了它的特殊本质及其内容的基本因素。尽管说它是"情感的产品"的看法不够严密,未能同客观现实照应一下,但是它同诗歌只是"心中诗意诗境"或情感的"自我表现"的唯心主义论断还是有区别的。他不仅从诗歌的特殊功能探讨了诗歌的特殊本质,并且由此出发具体说明了诗歌各种不同体式的特质及功能。他认为一般的抒情诗是以抒情为主,而"叙事诗的体裁"则长于"称叙华族民性的备相",①"民歌之可贵"在于它能表达"民族的心声",②"讽刺诗本是一种最理智的诗体"。③ 这种对新诗歌的由一般到特殊的深入探究,正是具体地论述了诗歌的特殊本质及各种诗体的特殊职能,显示了朱湘对诗歌研究的深湛功力。

其三,朱湘虽然强调诗歌是情感的产品,并表示愿为复兴中华的文艺事业多作些抒情好诗;但他并不认为诗歌的内容素质仅仅是单纯的感情,而排斥理性原素。由于他看到有些诗歌"抒情的偏重,使诗不能多方面的发展;浅尝的倾同,使诗不能做到深宏与丰富的田地,便是新诗之所以不兴旺的主因"。④ 因此他明确指出主情的诗歌"有不少的理智成份在其间",这也是诗歌的"言志"的特质决定的。他这里所说的"理智",是指诗中蕴含的思想、哲理,它是情感的升华;当然也不能把诗中的思想或哲理,简单化地理解为是作者硬塞进去的科学真理、抽象概念、玄之又玄的思想,它往往和情感融为一体,达到水乳交融的程度,故有人取名为"情感的真理",是真正的诗人的独特的人生观的诗意化。这种"思想"或"真理"在优秀的诗篇中是含而不露的,是同景与情完全糅合在一起,即:"诗歌里真理是教人直觉地懂得人生,不是教人理性地知道人生,是教人笼统地了解人生,不是教人分析地研究人生;它有时简直是十分不通,不合逻辑,然而它不顾那些,它只要于情理上通得过便是,只要合乎艺术的目的便是。这种真理有时差不多象情感一样,只使人感到,不使人知晓。"⑤正因为"思想"

---

① 罗念生编:《朱湘书信集·寄罗皑岚》。

② 朱湘:《一歌与一跋》。

③ 朱湘:《文学闲谈·古典与浪漫》。

④ 朱湘:《中书集·北海纪游》。

⑤ 汪静之:《诗歌与真理》,1927年《文学周报》第6卷。

同"情感"都是诗歌内容构成的重要部分,是决定诗歌特质及其"兴旺"不可缺少的因素,故他很注重诗歌中是否蕴含着哲理或思想,以及表现的成功与否,并把它们作为诗歌创作或评论的一个重要准则。例如,朱湘曾在《桌话》里对宗白华的诗集《流云》作了评价,首先就以思想标准指出"全书之中,浸润着一种哲学的宁静,与一般新诗中的反抗与不安的色彩迥异"。充分肯定了这种"哲学"是"浸润"在诗中而不是概念化地赤裸裸地表现于其中;但对诗集里有些诗作所表现出的泛神思想比较"粗浅"或"无味",[①]他是持批评态度的。不过,诗中这种"哲学"同科学意义上的哲学是不同的。他认为:"哲学是一种理智的东西,同主情的文学,尤其是诗,是完全不相容的。……诗家的作品里面固然也有不少的理智成分在其间,但是诗歌中的理智成分同哲学中的理智成分绝对是两件东西。"[②]这种看法虽然有一定的片面性,没有看到科学意义上的哲学中的理智成分和诗歌中"哲学"理智成分的一致性,非是绝对的"两件东西";但是他当时能够明确地辨清它们之间的区别性,强调诗歌中的"理智成分"有其本身的特点,实在是难能可贵的。这对于克服新诗创作中的理念化倾向、增强哲理性的诗意,不无积极意义。

其四,朱湘对诗歌特质的认识并未陷于完全排斥艺术的客观实在性的"为艺术而艺术"的唯美主义。只要我们对他的诗论和诗作进行一下大略的考察,便会发现他对诗歌基本命题的探讨基本上是建立在唯物主义思想基础之上的。从他对新诗产生和发展的认识来看,既没有把诗歌的演变看成是历代诗人主观力量推动的,也没有把新诗的产生当成诗人单纯的精神产物;他认为作诗犹如采矿一样,这个矿苗开采尽了便去开采那个矿苗,那个矿苗开采尽了又扛起大斧来到别处去,而"新诗便是一片尚未开采的矿苗"。但是,究竟如何"开采矿苗"以建筑新诗的艺术之宫呢?他说:

> 诗一方面可以说是打成大斧的铁,一方面又可以说是拿来斫木伐石准备造一座艺术之宫的大斧。我们必得先行开挖出全昆仑山脉的铁,聚拢起四百兆人民中的一切欧冶子,鼓动戈壁中的北风,炽燃整座北岳的煤,铸造成一把耿耿倚天外的大斧,然后令匠石运斤,伐那千年的大桩,斫那泰山的磐石,来建筑起一座辉煌伟大的诗官。[③]

---

① 朱湘:《流云》1924年12月1日《文学周报》第150期。
② 朱湘:《中书集·评徐君志摩的诗》。
③ 朱湘:《为什么要作新诗》,1935年11月10日《人生与文学》月刊第1卷第6期。

从他建造新诗艺术之宫的浪漫主义设想中,既表现了他献身于新诗创作的雄图大略和宏伟气魄,又反映出他为新诗的建造所设计的是一幅基本上合乎唯物主义要求的蓝图。诗是打成大斧的铁又是造就新诗艺术之宫的大斧,这个比喻的重要性不在于指出了诗的工具作用,而在于它喻指出锻造诗歌这个大斧的“铁”不是从天上取来的,也不是作家头脑里储藏的,乃是从客观现实中开采出来的,并且经过人民群众的冶炼而铸造成“耿耿倚天外的大斧”——实际上创造出新的诗歌;然后诗人再运用新诗这种武器,坚持不懈地到现实生活的无限丰富的矿藏中挖掘可以铸成“诗章”的矿苗,创造出一首首新诗篇,从而筑起一座灿烂瑰丽的艺术之宫。从他对建造中国新诗艺术的总方案中,清楚地表明他认为新诗的源泉是在无限宽广丰饶的客观现实的“矿藏”之中;至于对诗歌创作的特殊原质的探究,虽然他认为“想象、情感、思想”是构成诗歌内容的三种成分,但是他的认识并未在此停住,他更强调“全盘观察人生”对于“创造出一些伟大的诗来”的极端重要性。他在〈寄曹葆华〉的信中非常明确地指出,一个新诗作者不仅要以“镇静的态度”观察人生,“并且要全盘的把它观察”,现在的新诗之所以有一部分感伤色彩很重,主要因为不能“镇静”地观察人生;有一部分诗人之所以“囿于自我”,也是主要因为不能“全盘”地观察人生;惟有全盘地观察人生,“得到充分的材料”,才会“造出一些伟大的诗来”。这是明显的唯物主义美学观。联系他的新诗创作实践更可以看出,即他基本上能够面对现实,以自己对人生的独特观察和深切感受,写出一些具有鲜明思想倾向和浓郁生活气息的诗篇。正如他自己所说:“我作诗不说现在,就是从前也不是想造一座象牙塔,即如《哭孙中山》、《猫诰》、《还乡》、《王娇》都是例子,不过年轻时候,牵泥带水的免不了要写些绮辞,我因为这是内心发展中一个必由的程级,也不可少,所以就由了它去。我一贯的目的大体上仍旧同《北海纪游》里所说的一样,我是要用叙事诗(现在改成史事诗一名字)的体裁来称述华族民性的各相,我在《草莽集》中不过是开辟了草莽,种五谷的这件事还在后面呢”。[1] 如果说朱湘最早的诗集《夏天》没有完全脱尽“为艺术而艺术”的倾向,那么从《草莽集》开始已踏上现实主义道路,越来越明显地看出他不是在造“象牙塔”,而是为建筑中国的现实主义的新诗艺术之宫努力添砖加瓦。

总之,朱湘对诗歌特殊本质或基本特征的认识,虽然含有浪漫主义因素,但

① 罗念生编:《朱湘书信集·寄罗皑岚》。

基本上是现实主义的；对诗歌内容构成原素的看法，虽然有时带点唯心主义味道，但基本上是唯物主义的；虽然有些概念或判断的表述不够明晰，甚至有矛盾之处，但基本思想线索是清楚的，总体上是一致的。

二

朱湘在探索中国新诗的创建过程中，不仅对诗歌的特殊本质作了比较深入的研究，而且对诗歌形式的革新也提出一些颇有价值的见解。他在中国新诗发展史上不愧为“新诗形式运动”的一员健将，在追求新诗形式美方面可以说他应该同闻一多并论。然而长期以来，对朱湘这方面的贡献研究甚少，即使有些文学史家或评论工作者提到他的关于新诗形式美的理论或实践，往往也是贬多褒少，或者是把他同新月派联系在一起，不加区别地予以否定，或者是冠以“唯美主义”、“形式主义”；最近一个阶段对他的一些评价虽然比较接近客观，但对他探求新诗格律的得失，有些问题尚须进一步澄清和探讨。

首先应弄清他同“新月社”的关系。朱湘在清华求学就热衷于写诗，当时他是文学研究会的成员，最初的诗作大多发表在《小说月报》上；后来他同徐志摩、闻一多、刘梦苇等致力于“新诗形式运动”，并以创办《诗刊》作为主要的实验阵地。他曾回忆说：“《诗刊》之起是有一天我到梦苇那里去，他说他发起办一个诗的刊物，已向《晨报副刊》交涉好了。他约我帮忙。我当时已看透了那副刊的主笔徐志摩是一个假诗人，不过凭借学阀的积势以及读众的浅陋在那里招摇。但是我看了梦苇的面子，答应了。由他动议在闻一多的家中开成立会。会中多数通过《诗刊》的稿件由到场各人轮流担任主编，发行方面由徐志摩担任与《晨报》馆交涉。我终于与《诗刊》决裂了。”[①]他对徐志摩的看法尽管有偏激之处，不过这里也说明了：一是他参与了《诗刊》所发起的“新诗形式运动”，必然要受到“新月”诗派的影响；二是他和“新月社”的骨干人物徐志摩早有矛盾，而且成见较深，因此他对徐志摩的诗歌创作倾向并不赞赏，是保持一定距离的，况且他很快就退出《诗刊》，这样他所受的影响就更少了；三是退一步讲，即使对待“新月社”徐志摩诗歌倾向也不能采取简单化的态度，尤其前期的诗作应该多肯定一些。由此可见，对于朱湘在“新诗形式运动”中的历史地位或对新诗发展贡献

---

① 朱湘：《刘梦苇与新形式运动》，1928 年《文学周报》第 7 卷。

评价,决不能因为他一度与徐志摩等有过联系或诗歌主张同“新月”诗派有一致的地方,就贬低他或否定他。

其次关于唯美主义问题。应该承认朱湘早期的诗歌理论受到唯美主义一定的影响,但他决不是个唯美主义者,也没有鼓吹过“为艺术而艺术”,并公开声明他不做象牙塔里的诗人,前面他对诗歌特质的理解已清楚地说明这一点。况且五四前后文艺界受唯美主义思潮的影响是大有人在的,不能笼统地认为只要受到其影响就是唯美主义或者就是一种消极倾向,这里必须对复杂的意识形态问题作具体的分析。所谓唯美主义(也称耽美主义)是十九世纪末叶西方资产阶级一种文艺思潮,其主要特征是:放纵恣肆,无拘无束,发展个性,思想自由,往往脱离现实去追求新感觉新刺激,追求强烈的欢乐,片面追求艺术形式的美,隐艺术于象牙之塔,故唯美主义艺术流派的倾向基本上是唯心的。这种文艺思潮在五四前后泛滥于中国文坛,并不完全是消极的东西,它对于冲破封建精神枷锁、争取人性解放,对于反对僵死的封建八股文学和“文以载道”观以创建具有形式美的新文学,是有一定进步意义的;当然它对中国新文学的发展也带来不可低估的消极后果。朱湘的诗歌理论虽然受到唯美主义的影响,但它主要吸收了一些合理成分,他的诗歌主张基本上是唯物的。

再次关于形式主义问题。强调形式的革新、注重形式的美,不等于形式主义,更不能笼统地扣上“形式主义”的帽子,并从而对形式革新的成果和理论建树,加以否定。文学形式在文学发展史上一旦定型后,它就具有相对的稳定性和独立性,往往文学内容发生了变化后,非一下子就能冲破旧形式的桎梏,立即便创造出适应新的思想内容所需要的新文学形式;而新文学形式的创立,常常需要很多作家或诗人的艰苦努力,甚至需要几代人的积极探索。因此,从这个意义讲,强调形式革新的本身就是一场文学革命。从中国的诗歌发展史来看,大都是从诗体形式的革新入手,“三百篇变而骚,一大革命也。又为五言七言,二大革命也;赋变而为无韵之骈文,古诗变而为律诗,三大革命也。诗之变而为词,四大革命也。词之变而为曲,为剧本,五大革命也”。[①] 五四文学革命兴起,第一步可以说也是从“文的形式”方面打开缺口的,即“先要求语言文字和文体的解放。”五四新诗运动也是从诗的形式方面革命入手的,“诗体的大解放”就是一场破旧立新的文体大革命。胡适在当时是提倡诗体大解放的,在理论上他积

① 胡适:《尝试集·自序》。

极主张“新诗大多数的趋势”是朝着“自然音节”这个“共同方向走”，“白话诗里只有轻重高下，没有严格平仄”，“新体诗句子的长短是无定的”；[①]在实践上努力尝试以白话作诗，探讨新诗的形式美。刘半农对新诗的音韵节奏作过认真探讨，特别在用韵方面，主张“破坏旧韵，重造新韵”；刘半农：《我之文学改良观》。康白情提出“新诗重在精神，不必拘韵，就偶然用韵以增美底价值，也要不失自然”；[②]俞平伯认为新诗的“音节务求谐适，却不限定句末用韵”；[③]宗白华主张“诗的创造，是用自然的形式，自然的音节，表写天真的诗意与天真的诗境”；[④]郭沫若认为，“诗的精神在于内在韵律，内在的韵律(或曰无形律)并不是什么平上去入，高下抑扬，强弱长短，宫商，正羽；也不是什么双声叠韵，什么押在句中的韵文！这些都是外在的韵律或有形律，内在的韵律便是‘情绪的自然消涨’”。[⑤] 因此他主张要彻底打破旧诗的固有形式，新诗在形式上必须绝对自由，提倡惠特曼式的自由体。这些关于新诗形式的见解对于五四新诗运动在形式的革新方面起了指导性的作用，为中国新诗的发展奠定了基础；不过，也应该指出，五四新诗运动不仅在理论主张上对于如何创造新诗形式的美(体式、韵律、音节等)意见分歧很大，同时在创作实践上对于新诗形式的探索也存在一些急待解决的问题：一是怎样在批判继承古典诗词格律和批判学习外国近代新诗的基础上创造具有民族特色的新诗形式美，对此，五四新诗却严重存在着否定传统一味崇外的倾向；二是胡适等人提倡“诗体的大解放”，有些诗人的确冲破旧体诗的格律实行了诗体大解放，无拘无束地创造自由体，不过诗体“太自由”了，毫无诗的韵律节奏，仅是分行的散文，缺乏新诗的形式美；三是有些诗人创造了一些半新半旧的所谓新诗，连胡适自己也承认他的诗如同妇女放了脚依然带着血腥味，没有真正建立起新的格律诗。鲁迅早就指出中国的新诗“没有节奏，没有韵”，[⑥]呼吁“诗须有形式”[⑦]的美。面对着新诗发展道路上出现的严重问题，徐志摩、闻一多、朱湘等人于一九二六年左右积极倡导“新诗形式运动”，相信“诗是表现人类创造力的一种工具，与音乐与美术是同等性质的”；相信“我

---

① 胡适：《谈新诗》。
② 康白情：《新诗的我见》。
③ 俞平伯：《白话诗的三大条件》。
④ 宗白华：《新诗略谈》。
⑤ 郭沫若：《论诗三札》。
⑥ 《鲁迅书信集》第655页。
⑦ 《鲁迅书信集》第883页。

们这民族这时期的精神解放或精神革命没有一部象样的诗式的表现是不完全的”;相信“我们自身性灵里以及周遭空气里多的是要求投胎的思想的灵魂”,因此“我们的责任是替它们构造适应的躯壳,这就是诗文与各种美术的新格式与新音节的发见;我们相信完美的形体是完美的精神的唯一的表现”。[①] 这是他们开展“新诗形式运动”的宣言,明确提出了是为着更完美地表现新思想新精神而建筑新诗形式的完美。这能说是纯粹的形式主义或为艺术而艺术吗?况且朱湘主张诗歌形式的美是建立在具有朴素的唯物主义美学基础之上的,因此更不能武断地裁定他的诗论为“形式主义”。他曾多次谈到诗的“内质与外形”应该“匀称和谐”地统一在一起,即内容和形式要完美地结合起来;并认为“想象、情感、思想,三种诗的成分是彼此独立的,惟有音节的表达出来,他们才能融合起来成为一个浑圆的整体”,[②]故“诗这件东西,说来,应当内容、外形、音节三样并重的”。虽然把诗的内容与形式等量齐观欠妥当,但他能够从诗的内容与形式的密切关系上强调“外形”、“音节”的重要性却不是形式主义的见解。而是为了建立“浑圆的整体”的新诗所提出的具有实践意义的诗论。正由于他对新诗的内容和形式的相辅相成的辩证关系有了较明确的认识,所以他在建设新诗形式美这方面,不论是理论建树或创作实践都作出了不可磨灭的贡献。

朱湘注重新诗的音乐美、形体美和文词美,这同闻一多主张的“音乐美”、“建筑美”、“绘画美”基本属于同一美学范畴。实际上这是有意识地提倡创建中国式的新格律诗。这是一个关系着中国新诗发展趋向的问题。一九五四年前后何其芳曾强调过建立中国现代格律诗的必要性,最近赵朴初在其新编的《片石集》中也论及到这一重要课题,故而重温朱湘这方面的努力追求是大有裨益的。

“诗而无音乐,那简直与花无香气,美人无眼珠相等”。不过,诗的音乐美,首先要借助音节,从某种意义上说,诗的格律实指诗的韵律节奏。闻一多曾说过:“诗一向就没有脱离过格律或节奏”,“决不能有没有节奏的诗”。[③] 所谓音节,即指诗歌中那些内在的与意境胶合在一起的节奏。关于节奏对于构成艺术音乐美的重要性,古人早有所云:情动于中而形于言,言之不足则咏歌之,咏歌之不足则手之舞之足之蹈之也。这一系列的原始艺术的创造过程,生动地体现出活泼泼的生活的节奏,其中的歌即是诗,诗与音乐血肉相胶,所以重视诗的格

① 《诗刊·弁言》,1926 年 4 月 1 日《晨报副刊》第 1 号。
② 朱湘:《我的读诗会》。
③ 《闻一多全集·三》丁集第 248 页。

律节奏是对诗歌源头的追溯。五四兴起的新诗运动虽然对传统的格律节奏有绝对否定的倾向，但是一些有识之士也从未忘记“节奏”在新诗创建中的重要性。朱湘曾用一个通俗的比喻说明音节在诗歌构成中的地位，他说：“柯勒律基在他的《文学自传》里面曾经说过，要看一个新兴的诗人是否真诗人，只要考察他的诗中有没有音节；这一句话我觉得极有道理。一个运动家若是不曾天生得有条完美的腿，他的前程一定不会光明。音节之于诗，正如完美的腿之于运动家。”①朱湘对新诗音乐美如此重视，是与他对中国古典诗词的格律化传统能够采取批判继承的态度联系在一起的。中国传统的优秀诗歌有一个共同的特征，就是具有丰富的音乐性，节奏明快，音韵和谐，旋律优美。他说过：“在旧诗中，词是最讲究音节的，所以我对于词，颇下了一番体悟的工夫。词的外形，据我看来，是有一种节律的图案的：每篇词的上阕确立了本词的图案的方式，下阕中仍然复用这方式（参差的细微处只是例外）。这种复杂的图案在词中（一气呵成的小令除外），可以说是发展到了一种极高地位”，西洋诗中很少有“比得上词的这种图案”。但是朱湘对词的节律图案并未陷入盲自性，也未走上拟古主义的道路，他清醒地认识到机械地摹仿是最没有出息的，决不会创造出好诗篇来。正是他尖锐指出的：“词虽创造了一些最美妙的音节之图案，后人按了平仄来填出一些赝品，那就使人反感”。他坚决主张“新诗内努力于创造新腔的人，应该拿词的原本的精神来做基础，而深恶痛绝摹仿者的按谱填字”。② 这种对待古典诗词节律的态度无疑是正确的，说明新诗格律创造不能泥古仿古，只能学习前人惨淡经营诗词艺术的刻苦精神和合理经验，根据新诗所表现的新生活新思想新感情的需要创造新的音节格律。音节格律是诗歌形式美构成的基本因素，是人工化了的自然音响节奏的规律，它是文字对于思想与感情的控制，是加强诗歌的音乐性和防止散文化的一种有力手段。朱湘提倡新格律诗并非要为新诗创作故意制造清规戒律，并非存心把新诗引入艺术的象牙之塔，而是为了更完美地表现新精神新内容，引导作者独运匠心地去探索新诗的内在规律，建造一座富有民族特色的新诗艺术宫殿。

具体来说，新诗的节奏格律是同音韵联系在一起，也就是必须借助音韵来组成。朱湘认为“音韵是诗之节奏的最重要分子”，必须讲究诗的平仄与押韵，希望新诗作者能“自家去创造平仄的律法”，使新诗“荒寞的中国多出了一个漠

---

① 朱湘：《诗的产生》，《文学闲谈・附录一》。

② 朱湘：《关于〈泪雨〉的附识》，1925 年 4 月 2 日《京报副刊》。

中草原来”。① 如何创造新的韵律和平仄律,他仍然主张在批判继承中国古典音律学的基础上去创立,不能赤手空拳地空喊。他觉得,中国诗的音律学颇有类似法国音律之处,法国把音同字异的尾韵相协叫作“富韵”,而这种韵在中文内极为丰富,所以古代诗人运用尾韵时往往遵循这种文字上的特象所指出的途径而进行,诗或词大都是通篇一韵到底,曲是一折一韵。今天作新诗虽然时代精神、现实生活不同了,但是作诗所用的文字却是千年以至数千年来的中文文字,所以古代音律学的影响是无法避免的,而且也不应完全排斥它,必须经过自己利用、改制的工夫,创立新音律。“平仄也是中文音律学中的一种特象,不可忽视或抛弃。古代的诗词作家曾经创造出来许多优美的音节之图案,这是后人所应当充分欣赏、极端敬仰,并且因之鼓舞前进而努力于新的同等优美的创造”,对于那种盲目的排斥或一味摹仿古音节图案的做法必须深恶而痛绝之。由于“新诗的读法异于旧诗,所以旧诗平仄的律法不能应用到新诗的上面;新诗作者应当自己去创造平仄的法律”。“新诗内平仄的律法是要新诗作者自家去规定的;旧诗以及西诗的音律学可以拿来作参考,至于律法的创造,决不能用摹仿来搪塞。平仄是新诗所有的一种珍贵的遗产,且看新诗作者在将来是怎样的去利用它”。这是多么精到的远见卓识,至今听起来仍然发人深思。“平仄的一种利用是在尾韵之上”,朱湘在这方面曾下过一番工夫。他最初写的一首爱情诗《恳求》,对如何创立新音律作了探求,它不是为了单纯地追求音乐美去尝试,而是从表达内心情绪的变化的需要去创新。这首诗的每章的第三行都是用上声字协韵,每章的倒数第二行都是用去声字协韵;而仄声韵的运用是为了要使诗章的节奏复杂化;去声韵的运用是为了在上声韵之后紧逼一步,使情绪紧张起来;每章之末用平声韵来煞尾,是想凭借弛缓的音韵来暗示出恳求后得不到答复时的心绪的降堕。这种艰苦探求新诗韵律的精神是值得赞颂和学习的。

为了创立新诗的音律,探索新诗形式的美,他不仅向中国古典诗词的平仄律法和古代音韵学汲取营养,而且积极学习民间歌谣、大鼓的用韵。他说:“《草莽集》以后我在音调方面更是注意,差不多每首诗中我都牢记着这件事。我有许多诗应该用大鼓方法来唱,如《还乡》、《梦罢》就是。只有《摇篮歌》自有它的调子。大鼓词实在得到了白话的自然音调。我希望将来能产生出新大鼓师,唱较旧大鼓词更为繁复更为高雅的新诗”。看来,他最重视的是“白话的自然音

---

① 朱湘:《草莽集的音调与形式》,1928 年《文学周报》第 7 卷。

调”,这是比较理想的新诗的音乐美。所以他非常注意采用民歌,他认为民歌“所靠的不是人为的格律,却是天然的音节”。① 即自然音节。这些比较新鲜的见解对于新诗格律的创建很有参考价值。尤为可贵的是他也善于学习西方诗歌的长处,注意参考西诗的音律学,以创造具有民族特点的新诗韵律。

可见,他是承受了古典诗词曲的优良的格律传统和“古代音律学”的长处,受到西洋诗歌韵律的影响,汲取了民歌、大鼓自然音节的营养,试图把三者有机地糅合起来,以创造新的格律诗。他不仅在理论上积极探讨,而且在创作上勇于实践,可以说他的诗作“代表了新文坛第一个十年中的格律派”。② 同时,他对其他诗人创作的新格律诗也非常赞赏和推崇,不过他所肯定的并不是那些因袭旧格律或用韵落套的所谓“新格律诗”,而是那些在用韵上达到和谐、新颖、独到艺术境界的真正的新格律诗。

为建立新诗的节奏格律,他对修辞学、文字学也下了一番苦钻精研的功夫,从中寻出一些带有规律性的原则。他认为,“在诗歌的本身之内,排比原来便是一种主要的取得节奏的工具”。③ 的确如此,排比在诗歌中能增强节奏感,造成一种排山倒海的气势。“复用行(即重复格)是诗歌音之化合之中的一种原质;普通,这种复用行是位置于诗章之末的”;但是不能因袭落套,必须根据内容表达的需要,灵活地恰如其分地运用“复用行”,以增强诗歌的节奏感和音乐美。特别在如何运用汉字本身音韵来造新诗的韵律方面,朱湘的见解更富有价值:一是“在诗韵内,‘真’字与‘青’字未尝不可以柏叶。仅要是作一首预备谱入音乐的诗歌,那时候,真韵的字最好还是不要用来与青韵的字相叶”。二是“平仄是旧诗的脊骨”,到了词“在韵律学上所发展到了的极点,有人说,新诗在韵律方面的努力应当追论到姜夔,这是一句有文学史眼光的话”。三是“旧诗内固然阳韵、阴韵都用”,但是“阴韵只宜于用在节奏需要急促的短歌之内,以及谐诗之内”,“这是作新诗的人,在叶阴韵的时候,所要记住的一点”。四是“叠词与连绵词都是由双声叠韵之内产生出来”,在“旧诗之内,除去叠词、连绵词、虚字以外,便是许多的单字”:而这些词与单字“作诗的人尽可以凭着一己的匠心,自由地去安排”,或“辅词倒置”或“主位与宾位倒置”,“新诗要想在文法上作到一种变化无穷的地步,一方面固然应当尽量的欧化,一方面也应该由旧诗内去探用,

① 朱湘:《路曼尼亚民歌一斑·序》。

② 余捶:《朱湘的诗》,杨之华编《文坛史料》,1944 年中国图书印刷公司出版。

③ 朱湘:《谈诗》,1934 年 1 月 1 日《文学》第 2 卷第 1 期。

效法这种的长处”。[①] 五是“诗歌里面的用字与调和音节便是同一道理”,“无论是虚字,实字,用起来,只讲一个习惯”,“咬音不难,难的是,要把这些单字的咬音连缀起来而成为一句清晰、自然流走的话,并且这一大串的咬音是要合乎一种固定的抑扬顿挫的模型的。”六是“决没有自天而降的事物;新诗也不能外乎此例”,不论胡适作新诗或沈尹默、周启明作新诗,无下承受了“中外古今”诗歌形式美的影响,但是“新诗究竟不是旧诗,也不是西诗”,因此在用字用韵上要富有创新精神。旧诗“在音节方面,虚字的充分运用确是古文的一种进步”,但是在白话诗里虚字的运用“并不十分需要”,新诗必须遵循“自然的途径”;在新诗里“实字”的运用要“新颖”不要用“陈词滥调”,特别新诗人应到民间文学“这种丰富的宝藏内去采取”[②]新字眼和自然音节。

新格律诗不仅要富有音乐美,而且也要讲究形体美,因而朱湘对诗的形体美也作过一些探讨和尝试。他非常注重诗的体式的多样化,不论抒情诗体或叙事诗体,他都提倡,特别对民歌体尤为重视,即使西欧的十四行诗体他也进行了认真研究和试作,并取得重要成效。柳无忌曾指出:“读了朱湘的十四行诗,我们得到了一个印象,一个很明显有力的见解,新诗已经在走到轨道上去,我们不妨自外国文学中采取适当的诗体,使它归化为我们的产物,补充我们的缺乏。朱湘是第一人把十四行诗正式介绍到中国来”。他对诗有个“坚强的信仰”,即“新诗不但应有各种确定的形式,而且每节每行也应有整齐的字数”。[③] 的确是这样,他自己也承认“诗行我自一字的到十一字的都尝试过”:一字行的如《情歌》,两字行的如《采莲曲》,三字行的如《婚歌》,四字行的如《招魂曲》,五字行的如《日色》,六字行的如《岁暮》,七字行的如《今宵》,八字行的如《催妆曲》,九字行的如《摇篮歌》,十字行的如《梦罢》,十一字行的如《送黄天来》等。总之,他既要求诗行匀称整齐,又注重诗行的错落有致,字数虽不划一,但统体以观却整饬完美。正如他自己所说:“以行为单位的诗,则我们便不能不顾到行的独立和行的匀配。行的独立,便是说每首诗的各行长短必得按一种比例,按一种规则安排,不能无理的忽长忽短,叫人读起来得紊乱不调和的感觉”。[④]

由于朱湘为创建新诗格律、追求诗的形体美,博采中外古今的诗词曲的众

① 朱湘:《谈诗》,见上。

② 朱湘:《诗的用字》,1934 年 2 月《青年界》第 5 卷第 2 号。

③ 柳无忌:《朱湘的十四行诗》,1934 年 12 月 5 日《天津益世报》。

④ 朱湘:《北海纪游》,《中书集》。

长，因此不仅在新诗理论上提出一系列有价值的见解，而且在创作实践上也取得了一定成就。

三

上述，不论对诗歌特质的探讨或者对新诗形式美的研究，都触及到中国新诗发展的道路问题，朱湘在这方面的贡献更应重视。他认为，“诗的本质是一成不变万古常新的，它便是人性；诗的形体则是一代有一代的：一种形体的长处发展完了，便应当另外创造一种形体来代替；一种形体的时代之长短完全由这种形体的含性大小而定”；中国的“诗”体含性最大，它流经的时代也最长，五四文学革命以来的“新诗不过说是一种代曲体而兴的诗体，将来它的内含一齐发展出来了的时候，自然会有别的更新的诗体来代替它。但如今正是新诗的时代，我们应当尽力来搜求，发展它的长处”。[1] 正是基于这种闪烁着真理光辉的思想认识，所以他坚定相信新诗是一种有充分发展可能的崭新的文学工具，是一方有丰美收成希望的未垦的膏壤，现在关键问题在于我们能否遵循一条比较正确的新诗发展轨道去努力耕耘，辛勤探求。

对于新诗发展道路的探求或论争可以说是伴随着中国新诗的前进步伐而行进的，几乎从未间断过，使我国新诗发展呈现出一种自由的开放性的形态。至于中国新诗究竟应该沿着什么样的道路前进为宜，虽然众说不一，各抒己见，但是代表性的意见不外有三：一是“全盘欧化”论。梁实秋曾毫不掩饰地说：“新诗，实际就是中文写的外国诗”，“我以为我们现在要明目张胆的模仿外国诗”。[2] 这是全盘抛弃民族诗歌传统的欧化论调，妄图把中国新诗发展引上“洋化”的道路。二是“古典、民歌基础”论。五十年代后期曾围绕着中国新诗发展道路展开一场激烈的论争，其中那种占优势的在中国古典诗歌和民歌基础上发展新诗的见解，实际上是拒绝外来文化艺术影响的关门主义倾向在新诗发展道路问题上的反映。三是“中西融会贯通”论。党的十一届三中全会之后，在思想解放运动中召开的一九八〇年南宁当代诗歌讨论会上，经过热烈的争论，大多数人才认识到，中国新诗要发展，“对传统的继承和对现代外国诗歌的借鉴都不可偏废，但重要的还是要从表现此时此地的生活出发”，来抒情志感。无疑，这

---

① 朱湘：《北海纪游》，《中书集》。

② 梁实秋：《新诗的格调及其他》，1931 年《诗刊》创刊号。

种意见是反映了中国新诗的发展规律，阐明了中国新诗发展的正确道路的。

所谓“对传统的继承”，主要指新诗应把民歌和古典诗歌作为发展的基础，因为每一时代民族的文学都是在继承前人文学遗产的基础上进行创造性发展的结果。我国古典诗歌本身是丰富多彩的，而民歌也是丰富多彩的；如果能把古典诗歌和民歌作为新诗发展的基础，那新诗的发展道路是无比深厚无比宽广的。但是也必须承认，不论中国古典诗歌或者民歌都是一定历史时代的产物，都是土生土长的，缺乏现代意义上的新诗的一些基本特征，因此新诗的发展不能采取封闭政策，只继承本国本民族的诗歌传统而排斥或轻视对外国现代诗歌的借鉴，惟有“拿来主义”才是我们借鉴外国文学以繁荣发展中国新文学的正确态度。对民族诗歌传统的继承也好，借鉴外国诗歌也好，这都是发展新诗的前提和基础，然而继承、借鉴决不能代替创造，即必须根据新的时代要求、新的现实生活、新的审美感受，汲取中外诗歌的长处，充分发挥诗人的聪明才智，创造具有现代化意义的烙着民族印记的新诗。历史发展是无情的也是有情的，时间老人总是清晰地记忆着半个世纪前朱湘那些关于中国新诗发展道路的闪光的论断，虽然当时、甚至现在并未引起更多人的重视，但是新诗发展的历史却证明了他对新诗发展具有远见卓识，同今天大多数新诗探索者的认识是那样的吻合，那么的切近。

早在一九二五年三月八日撰写的《古代的民歌》一文中，朱湘曾深刻地指出：“我们中国的旧诗，现在的命运正同英国‘浪漫复活时代’的‘古典主义’的命运一般，就是它已经变成了一个宝藏悉尽的矿山，它无论再掘上多少年，也是要徒劳无功的了；为今之计，只有将我们的精力移去别处新的多藏的矿山，这一种矿山，就我所知道的，共有三处，第一处的矿苗是‘亲面自然（人情包括在内）’，第二处的矿苗是‘研究英诗’，第三处的矿苗便是‘攻古民歌’。”中国的旧体诗发展到五四时期，的确是已经“山重水复疑无路”，就连南社诸人的诗也是“夸而无实，滥而不精，浮夸淫琐”，“规摹古人”：只“不过为文学界添几件赝鼎耳，文学云乎哉”。[①] 针对文学界“腐朽极矣”的现状，五四文学革命的先驱们大都主张应从诗界革命入手，彻底废除旧格律，创造新的白话诗，但是究竟沿着什么样的方向道路去创造并发展中国的新诗呢？虽然意见并不一致，但是大都倾向“欧化”，以西洋诗歌为楷模，或轻或重地存在着否定或漠视“传统诗歌”的形

① 《寄陈独秀》，1916 年 10 月《新青年》。

而上学观点。相比之下，朱湘对中国新诗发展道路的探索比较全面比较正确一些。他首先强调“亲面自然（人情包括在内）”，即把现实生活和人的真情实感作为新诗发展的取之不尽用之不竭的“新的多藏的矿山”；其次要“研究英诗”和“攻古民歌”，即借鉴外国诗歌和继承古代的优秀诗歌传统，以创造中国现代的新诗歌。朱湘在一九二七年十月十三日致孙大雨的信中，进一步强调并希望经过一番对中国传统文化艺术的“正当的研究”和对西方文化艺术的介绍之后，使扎根于新时代生活土壤的新诗能够“复古而获今，迎外亦获今”。也就是借中国古典诗歌和西方诗歌所“反映的光明”，使新诗创作“幻出异彩”；以中外诗歌“燃着导火线”，使新诗爆发出震撼人们魂灵的“巨雷”来。为纠正当时全盘欧化论者的偏见，朱湘曾在《文化大观》、《说译诗》等文中，严肃地批评“那种‘线装书扔进茅厕里去’的态度，是昧于历史观的”；他主张中国新诗的发展要走自己的道路，“不可一味盲从”，应该把“西方的真诗”拿来“同祖国古代诗学昌明时代的佳作参考研究，因之悟出我国旧诗中那一部分是芜蔓的，可以铲除避去，那一部分是精华的，可以培植光大；西方的诗中又有些什么为我国的诗’。不曾走过的路，值得新诗的开辟？”这种对中国旧诗和外国诗歌采取剔除糟粕、汲取精华，要为中国新诗开辟一条前人“所不曾走过”的新路的审慎的而又科学的态度，在中国新诗发展史上是应该赞许的，肯定的。也正因为朱湘能够立足于新时代的现实，以分析批判的态度对传统的文化艺术和外来的文化艺术影响，虚心地有选择地接受人类进步的文学遗产，所以他才能在探索新诗的发展道路问题上形成自己独特的见解。在批判继承古典诗歌、民歌及借鉴外国诗歌之精华的基础上，“亲面自然”，即从无限丰富的现实生活的矿藏里提炼诗材新境，从真挚充沛的感情世界里凝铸诗情诗意，选取与新诗内容相适应的新诗形式，进行匠心独运的艺术创造——这条发展中国新诗的正确道路，自朱湘于二十年代中期提出后，经过半个世纪的风风雨雨的淘洗磨炼，今天显得更加光彩照人，预示出中国新诗发展更加光辉灿烂的前景。

恩格斯曾说过：“任何一个人在文学上的价值都不是由他自己决定的，而只是同整体的比较当中决定的。”没有比较就没有鉴别，从一条正确的中国新诗发展道路的理论提出到半世纪后才得到确认的时差中，不是明显地表明朱湘致力新诗创建的卓越胆识及其诗论的稳定正确吗？

（写于1983年春）

下篇 创作论

鲁迅小说的忧患意识及其中西文化渊源

一

文学艺术感染力的大小，一个极为重要的条件则是取决于它所传达的感情具有多大的独特性。“所传达的感情越是独特，这种感情对感受者影响越大，感受者所感受的心情越是独特，他所体验到的欣喜就越大，因此也就越加容易而且紧密地融合在这种感情里。”[①]鲁迅小说的感情色调是丰富多彩的，形象的天地是极为广阔的；而这多彩的感情因子和丰富的形象因子交融为一体，则是作者的自我感情的独特性和多样性同观察的客观性和想象的自由性的高度结合。若从审美的角度来看，感染力最强的却是他的小说艺术实体中所蕴含的独特而深广的忧患情感。

作品中忧患情感的强度决定于作者忧患意识的深广度。鲁迅具有深广的忧患意识，为人民之忧而忧，为祖国之忧而忧，为天下之忧而忧。他曾说：“我时时说些自己的事情，怎样在‘碰壁’，怎样地在做蜗牛，好象全世界的苦恼，萃于一身，在替大众受罪似的。”[②]虽然这是鲁迅以严格的自我解剖精神在批评自己的中产知识阶级分子的坏脾气，但确实也反映出他的忧患意识并非只是那种患得患失的个人忧患，他是把个体忧患情思汇入群体忧患意识之中；他的博爱之心是同全人类的心相通的，他的苦恼感是同广大民众的苦恼感相连的，他的“替大众受罪”正是他自觉地时刻背负着拯救人类历史重任的高度责任感的表现。正由于他具有深广的忧患意识，所以对祖国的命运、民众的命运乃至全人类命运倍加关心、格外忧虑，尽管在行进中到处“碰壁”，“路漫漫其修远兮”，但他仍坚定不移地“上下而求索”。鲁迅的一生就是不断求索不断忧患的一生，就是为

① 列夫·托尔斯泰语，《西方文论选》（下），第339~340页。

② 鲁迅：《二心集·序》。

祖国为民众为人类之忧而忧的一生。忧患意识不仅对一个民族来说是一种极可贵的历史自觉精神,而且对一个作家来说也是一种为国为民建功立业或创造优秀文学作品的巨大潜能。

当然,鲁迅深广的忧患意识并非生而有之的,它是随着近代中华民族整个意识的觉醒而逐步深化和增强的。陈独秀在《吾人最后之觉悟》一文中,指出在近代文化史上国民思想觉悟是随着欧洲文化和我国固有文化相接触相冲突而日渐提高,“凡经一次冲突,国民即受一次觉醒”;他把整个国民思想觉醒的历程归纳为三大阶段,即从十六世纪六十年代后到甲午战争前是“学术觉悟阶段”,从戊戌变法到辛亥革命是“政治觉悟阶段”,五四时期则是“伦理觉悟阶段”。虽然这种概括并不完全正确,但至少揭示出为了救亡图存中国人民在中西两种性质不同文化的冲突中其思想觉悟是经过一个由表层到深层的逐步深化的过程;正是在这个深化过程中,中华民族的以救国救民为特征的忧患意识达到空前自觉的高度和强度。鲁迅的忧国忧民的忧患意识大致也经历了这样三个逐步强化的阶段。到日本留学以前,似可看作是“学术觉悟阶段”。他重视科学救国,不论在江南水师学堂、南京矿务铁路学堂或者在日本仙台学医,都是基于救国救民的忧患意识,走着“科学救国”的道路;他面对着“国家坏到了极处,人类苦到了极处,社会黑暗到了极处”的严酷现实,立下“我以我血荐轩辕”的爱国宏愿,这是忧患意识的强烈表现。从弃医从文到辛亥革命失败,似可看作是鲁迅的“政治觉悟阶段”。他虽然对改良派的“君主立宪”政治持否定态度,但对梁启超等的启蒙思想并不反对,可以说他是在梁启超的以文艺“启发民智”、以小说“新民”的影响下,确立了以文艺为武器改造国民性并探索一条救国救民新途径的启蒙思想;另一方面他对以孙中山为首的革命派推翻清政府、建立中华民国的革命政治主张坚决拥护,但是辛亥革命的失败却使他陷入了深刻的矛盾痛苦之中,忧患意识更加强烈,迫使他沉思苦索辛亥革命的症结何在、救国之道何在。五四运动前后,似可看作是鲁迅的“伦理觉悟阶段”。辛亥革命的深刻体验和沉痛教训,使他越发认识到文化革命和思想启蒙是救国救民的必由之路,欲立国必先立人,欲立人必先改造灵魂,欲改造灵魂必先清除封建伦理观对人思想的毒化。伦理问题得到解决中国就可以得救,这是“五四”前后新文化人物的普遍认识。钱玄同把改造伦理视为中国问题的“根本的解决”;陈独秀断言“伦理的觉悟,为吾人最后觉悟之最后觉悟”;高一涵把改造青年的伦理道德问题,作为改造国家的“根本”;吴虞认为儒家的伦理观念是宗法家族制度与专制政治制度胶固不可分的"联结根干"。[①] 他们这种深层的思想觉悟是建立于忧国忧民的忧患意识之上,这一点鲁迅与新文化先驱们是一致的;但鲁迅的忧患意识,更深广一些,更自觉一些。他不仅把忧国忧民的忧患意识同改良人生改造社会的高度使命意识结合在一起,而且把忧国忧民的深厚情感同改造整个国民灵魂、更新中华民族传统文化心理结构的清醒理性认识联系在一起。早在日本留学期间,鲁迅就怀着强烈的忧患意识,从鸦片战争以来的外族入侵和几千年中华民族发展的广阔背景上,来探索最理想的国民性以及中国国民性的病根何在等有关民族振兴的大问题;到了五四时期他更重视从伦理道德的角度来探究国民性问题,希冀从中寻求一条救国救民的途径。他以人道主义观点剖析了几千年上层建筑领域里传统伦理意识的流弊,认定中华民族最缺乏的是"诚和爱",这正是封建伦理道德的毒害,完全由"中国思想昏乱"造成的;而这种"思想昏乱"都源于"儒道两派的文书",即中国传统文化的核心。这种"民族根性造成之后,无论好坏,改变都不容易的";为了解决中华民族"不长进"的"根柢",疗救的方法则必须以现代的科学和民主为思想武器,"扫除了昏乱的心思,和助成昏乱的物事(儒道两派文书)",这样"不长进的民族"方能"兴旺"[②]起来。五四文学革命一开始,鲁迅便怀着这种深广的忧患感,抱着"十年前的启蒙主义",从文学的情感性和美感律出发,创造出一篇篇反映五四时期"伦理革命"、表现中华民族精神悲剧和人生悲剧的小说,以期达到改造国民灵魂、更新民族文化心理结构、改良苦难人生、拯救祖国危亡的目的。

鲁迅小说中蕴含的独特的忧患情感,既是自我忧患意识的寄托又是创造主体对人生和民族忧患的深刻感受;而这种深广而独特的忧患意识并非以抽象的理念或逻辑演绎的方式传达出来,它是作为一种情感体验同相应的忧患意象或形象组合凝聚在一起,显得极为深沉而含蓄。众所周知,文学作品是一个活的审美机体,一个民族、一个时代、一个社会的要求、理想、信念和价值在作品中获得的意义和表现力,离开文学实体就不复存在。从某种意义上说,文学作品就是情感体验的表现,即使是民族的、时代的、社会的理想与价值、心理与意识,也要通过主体情感体验在作品中得到折射和反映。因此要考察鲁迅忧患意识的独特性,离不开对小说审美机体的宏观透视和微观剖析。从理论上鉴别,尚可把忧患意识和忧患情感加以区分,"意识"属于哲学研究的范畴,"情感"是心理

---

① 吴虞:《家族制度为专制主义之根据论》。
② 鲁迅:《热风·随感录三十八》。

学关注的领域；然而在鲁迅小说中忧患意识和忧患情感却交融为一体，也是就说理性和感情这两个人类精神活动的极端在鲁迅小说里胶结得难解难分。所以在指出作品中的忧患意识的独特性时，实际上也包含着忧患感情；在分析小说中的忧患情感的独特性时，实际上也包括忧患意识。能够在文学作品中把忧患意识和忧患情感凝聚在一起的，并非五四时期所有新文学都能达到的美学境界。不论郭沫若的诗、冰心的小说、朱自清的散文，还是郁达夫、叶绍钧、庐隐等的小说，田汉、陈大悲等的戏剧，无不充溢着一种忧患情感；但他们都不是以思想家的气质，哲学家的深邃来感受和体验人生的忧患、民族的悲剧和社会的苦难，因此很难像鲁迅小说那样将忧患意识和忧患情感交织成完整的审美机体，很难使各自作品的忧患情感达到鲁迅小说那么深沉那么广博，很难使自己的创作像鲁迅小说那样具有丰厚的象征意蕴。从宏观上加以审视，鲁迅的《呐喊》和《彷徨》所蕴含的忧患情感或意识，有着以下的独特价值和美学特征。

站在二十世纪的时代高峰，以孜孜不倦地苦思求索的灵魂，从几千年的积淀厚厚的封建性文化的深层结构里探寻中华民族精神大悲剧之“根”，为整个民族命运而忧虑，为造成民族悲剧的祸根而愤慨，这是鲁迅小说忧患审美意识的特征之一。

五四时期是西方现代文化与中国古代文化，西方现代文明同中国传统文明大交流大冲突的时代。在中西文化的对话中，最先觉醒的是中国知识分子，鲁迅则是优秀的代表者之一。由于获得了世界眼光、具有了现代意识和个性意识，所以当鲁迅思考着祖国深重的灾难、人生道路的多艰、国民性的愚弱时，不能不在东西方两大文化体系形成的不同性质的社会心理和精神文明中，把注意力和思考点集中到中国几千年的文化思想史上。于是，他从史籍记载的无数祖传老例的礼教吃人的事实中以及“愚民的专制”使“人们变成死相”的可怕现实生活的真实中，深切地惊悟出“中国人尚是食人民族”。这是一种清醒的忧患意识，是真正的深层的“伦理的觉悟”。正由于鲁迅具有这种深邃的忧患意识和为整个中华民族命运而焦虑的忧患感情：因此他在《狂人日记》中以独特的艺术构思，通过对具有恐怖感、苦闷感、孤独感而又格外的聪明、睿智、义勇的妄想狂患者的成功塑造，寓意深刻地展示出一幅中华民族是“食人民族”的充满了悲剧氛围和忧患情感的人生图画。这是整个民族人生的大悲剧，这是整个民族精神的大悲剧。作者的忧愤感情集中概括了中国人从今到古、由家庭到社会的无穷的忧愤，这是对“人吃人”社会的有力控诉。小说所表现的忧患情感的深刻独到之处在于:这种忧患情感是源于狂人对几千年"吃人"现象的整体性文化根源的惊天动地的伟大发现上,即"家族制度和礼教"及"仁义道德"是造成"食人民族"的总根。这里把家族制度和礼教道德紧紧联系在一起,又特别突出"仁义道德"吃人,这就击中了封建文化思想体系的要害。因为封建宗法社会制度和家族制度全靠封建礼教、伦理道德作为纽带,把披着"仁义"外衣的礼教、伦理、道德扭结成一条又粗又长的精神绳索,紧紧地束缚着中华民族的个性,扼杀了人们的正常的合情合理的欲求和理想,毒化了整个民族的意识,麻痹了每个国民的灵魂,斩断了人与人之间的诚挚而平等的情谊和爱恋,使中国在不知不觉中退化成一个"食人民族",特别那种"吃人"的社会心理更具有可怕性和威慑性。狂人不仅发现这种"吃人"现象"从来如此",而且产生了"从来如此,便对么?"的怀疑否定意识。"仁义道德"是造成中华民族几千年人吃人大悲剧的文化思想之根,只有彻底挖掉这条根深蒂固的文化之根,中国人的精神才能得解放,中国的"人性"才能得解放,中华民族才能得救,容不得人吃人的世界和理想的"真人"才能出现;然而"仁义道德"这条封建文化之根并不是一朝一夕可以挖掉,由"仁义道德"所形成的"吃人"的传统文化心理结构并非能靠武器的批判砸开的,只用"劝说"的人情感化也收不到更大的效果。所以《狂人日记》不仅所蕴含的忧愤深广,而且寄寓在形象中的忧患情感尚有悲观色彩。如果说《狂人日记》是中国二十世纪初叶文化史上的一篇响彻云霄的人性解放的宣言,是西方以人文主义为特征的文化和东方以礼教吃人为特征的封建文化相撞击所爆发出的人道主义的思想光束,那么这篇宣言的基调并不是乐观的而是带着浓重的忧患感伤,这道思想光束并非理想主义的体现而主要是为民族前途为祖国命运深沉忧思的结晶。

鲁迅是个伟大的人道主义者,他的深挚博大的爱不仅能超越时代超越自我,能够与整个中华民族的悲欢苦乐相通,而且能将伟大的爱慷慨无私地奉献给劳苦大众,对处于水深火热之中的终年挣扎在社会底层的农民的命运更是关心备至。他在表现农民苦难的小说中所流露出的忧患意识,并非那种浅薄的怜悯,也不只是由恻隐之心而产生出的同情,更不全是见到农民受苦受难自己无计奈何而产生的悲伤情绪,或者出于正义感而发出的鸣不平的愤激和怨怒;重要的是鲁迅的心超越了自我的狭小的空间同广大农民的心紧紧地贴在一起,以一种特别的敏感力去感受农民的痛苦,以一种无比的承受力去担起替农民受难的重任,以一种深邃的历史眼光去探寻农民身上愚弱劣点的文化之"根",以一种强烈的责任感去思索拯救农民出苦海的“新路”。这是鲁迅小说忧患审美意识的特征之二。

这种忧患意识是空前的也是独特的。纵观几千年中国文学史没有哪一个作家能像鲁迅这样对农民具有如此诚挚的赤子之心，横观同时代作家没有哪一个能像鲁迅这样如此深沉的思索和忧虑农民的命运问题。从《故乡》、《阿Q正传》到《祝福》等描写贫苦农民悲剧的小说里，我们仿佛可以体察出鲁迅对农民悲惨生活的痛苦感受比农民自身感受得还要深切，鲁迅对农民精神创伤的认识比农民自身体察得还要清楚，鲁迅对农民悲剧命运的忧虑比农民自身的忧思还要强烈，鲁迅急于拯救农民的使命感比农民自身的觉醒程度要高得多。闰土是中国半封建半殖民地社会贫苦农民的典型，不论在肉体上或精神上都受尽了摧残，但他对自己的悲惨遭遇并没有刻骨铭心的痛苦感受，对其悲苦命运造成的社会原因更是茫然无知；而“我”（实际上是作者的化身）对闰土前后变化之大，不仅倍感惊愕、忧虑，而且清醒地觉察出造成闰土悲剧的是“多子，饥荒，苛税，兵，匪，官，绅”，“都苦得他象一个木偶人了”。这表现出“我”同贫苦农民在感情上息息相同，“我”为闰土之忧而忧，“我”为闰土之苦而苦，“我”更为闰土的不幸向吃人的旧社会发出控诉，“我”是真正站在贫苦农民的一边为其代言、为其伸张正义；尤其值得注意的是，闰土并不认为喊“我”为“老爷”是一种可悲，似乎理应如此，但是作者却异常敏锐而悲痛地感到“我们之间已经隔了一层可悲的厚障壁了”，这正反映出具有激进民主主义意识和伟大人道主义精神的鲁迅完全以平等的观念、兄弟的情谊来看待自己和闰土的关系。从“我”与闰土的思想反差中，既表现出封建礼教对闰土灵魂毒害之深；也表现出“我”的忧患情感之所以比受苦受难的农民自身还要强烈，是因为“我”的忧患意识是同现代思想意识联系一起，即越是从以“贫民”为本位的人道主义去感受闰土们的苦难越觉得农民在吃人的旧社会受苦最深，越是以现代意识的平等观去体察闰土们的心理越觉得农民的精神世界受封建礼教戕害最重。鲁迅对闰土们命运的深刻忧虑并没有停留在“叹息”、感伤的情绪氛围里，他以思想家的哲学思考去探求贫苦农民的“新生活”之路，即“地上本没有路，走的人多了，也便成了路”。这表明鲁迅在运用多心理功能进行创作构思时，把深广的忧患意识自觉或不自觉地渗透和融合于形象思维和逻辑思维的全过程中，不仅使他小说中的意象或形象饱含着感人的忧患情绪，即是那些闪烁着思想光辉的理性抒写也带着浓重深沉的忧患色彩。鲁迅总是怀着深广的忧愤和苦思的灵魂，冷峻而严肃地探索农民的悲剧命运问题。如果说《故乡》的忧患感着重表现于对农民悲惨遭遇及其“新生活”出路的沉思中，那么《阿Q正传》的忧患意识着重体现在：一是为阿Q身上的精神胜利法所映射出的现代国人的精神悲剧而忧虑，“哀其不幸，怒其不争”是鲁迅对整个中国人生悲剧的忧患情思的集中表现。作者在纵横交错的文化背景上画出一个“象压在大石底下的草一样的沉默的国民的灵魂”，这是个由几千年的传统文化思想积淀而凝铸成的奴性灵魂。作者以忧愤的笔力针砭了这个愚弱的国民灵魂，且从多方面多角度开掘了造成阿Q精神悲剧、心灵创伤的传统文化之“根”；特别阿Q精神胜利法的核心——奴性是等级社会的产物，是人民长期处在封建专制的政治的、经济的、文化的层层重压下所形成了劣根性。李卓吾曾忧虑我国“世间有骨头人甚少，有识见人尤小”，[①]此乃封建等级制度和种种传统文化思想统治的结果。鲁迅曾愤怒地揭露道：“满人自己，就严分着主奴，大臣奏事必称奴才，而汉人却称‘臣’就好。这并非因为是‘炎黄之胄’，特此优待，赐以嘉名的，其实是所以别于满人的‘奴才’，其地位还下于奴才数等。”[②]封建等级制度的森严使“奴才”也划分“级别”，“主上遇其大臣如遇犬马，彼将犬马自为也。”[③]封建专制政体及其文化形态，就是轻视人、蔑视人，使人不成其为人，把人变成奴隶或奴才，以维护封建主义政体和文化意识的超稳定系统。阿Q的奴性是被专制政治奴役和封建文化毒害的结果，他虽然有严重的奴性但并非奴才；他的可悲之处是在于没有意识到自己的奴隶地位而过着默默无言、浑浑噩噩、飘飘然昏昏然的奴隶生活，即使“造反”也没摆脱奴性的羁绊。鲁迅对阿Q的奴性正是持这样一种忧愤态度：“苟奴隶立其前，必哀悲而疾视。哀悲所以哀其不幸，疾视所以怒其不争。”[④]二是把对人生对民族的忧患意识寄植在一个上无片瓦下无立锥之地的赤贫身上，越发显示出鲁迅的博爱之心专注在广大贫苦农民的大灾大难上。从社会学的角度看，阿Q这样的贫雇农应该最富有摆脱自己奴役地位而争取生存权的反抗意识和忧患意识，也应该具有抵制封建传统文化污染自己心灵的自卫性和警觉性；但实际上恰恰相反，越是像阿Q这样的赤贫越缺乏独立意识，越缺乏挣脱一切枷锁争取人的价值的忧愤感，“精神胜利法”却成了他们赖以自卫和生存的唯一法宝。作者不选择其他阶级、

① 李贽：《续焚书》，第35页，中华书店1959年版。
② 鲁迅：《且介亭杂文·隔膜》。
③ 《贾谊集》，第198页，上海人民出版社1976年版。
④ 鲁迅：《坟·摩罗诗力说》。

阶层的人作为艺术典型，偏偏集中笔力刻画阿Q的精神悲剧，这不仅反映了鲁迅对贫苦农民命运的关切，更重要地体现出作为思想家和改革家的深谋远虑。中国是个落后的农业国，农民人口最多，但农民阶级从来没有完整的文化形态和独立的思想意识，始终被封建文化和宗法思想主宰着、奴役着、毒化着，久而久之，整个社会变成了“死相”，大多数国民也变成了“死相”。因此欲“改良人生”最迫切最紧要的乃是阿Q们的贫苦人生，如果阿Q们的人生得到了改良，那中国的振兴就有希望了；然而要改良整个社会人生，最大的思想阻力莫过于阿Q的“精神胜利”。即可怕的不是凶相毕露的封建统治者，而是封建文化造成的“愚民的专制”下所出现的阿Q们的精神奴役创伤。鲁迅把阿Q置于辛亥革命这样的政治背景上加以刻画，我认为主要意图不是为了总结这场革命失败的教训，即使有总结历史教训的用意也不是为了揭示资产阶级革命的妥协性和软弱性；重要目的在于表明阿Q这样愚昧麻木的精神状态是任何现代改革或革命的巨大思想阻碍，对这种沉睡已久的国民灵魂只靠武器的批判——辛亥革命运动是不可能彻底唤醒的，对阿Q们身上的国民劣根也不是短时间能够改造好的。直到被反动势力送上断头台，阿Q的精神还是“胜利”的，这是多么深刻的精神悲剧，寄托着鲁迅多么沉重的忧思和哀痛。既然武器的批判解决不了阿Q们的“精神胜利”，那就要进行彻底地反对封建文化的伦理革命和启蒙运动，而这场思想启蒙决不能采取速决战，必须进行韧性的斗争，逐步使阿Q们的“精神胜利”和愚弱国民性被现代思想意识和现代人格所取代。这说明鲁迅的为国为民的忧患意识同伟大的启蒙思想、建设新国民性的战略构想结合在一起。历史进程一再证明，鲁迅改造阿Q式的国民性以建设现代化的国民性仍然是今天反对封建意识残余建设社会主义精神文明的重要任务之一。鲁迅对农民悲惨命运的强烈而深沉的忧患情绪，在农村劳动妇女的命运问题上体现得更为突出一些。妇女特别是农村劳动妇女压在旧社会的最底层，她们在肉体上和精神上所遭受的蹂躏、凌辱和摧残已达到无以复加的程度，尤其是封建伦理观念对其整个心理世界的毒化更为惨重，所以鲁迅把忧患的眼光、悲痛的心情、疗救的意识更多地投射或贯注在她们身上。《祝福》不只是以饱含忧愤的笔触描写了祥林嫂的悲剧，而且刻画了柳妈等鲁镇一大群妇女的悲剧；虽然这些妇女对祥林嫂的悲惨命运并不理解甚至予以奚落嘲讽，其实这正是他们的可悲所在。从特定的角度来看，《祝福》所描绘的整个艺术世界是半封建半殖民地农村社会劳动妇女精神悲剧的缩影，作者独特的忧愤感情主要体现在对封建“理学”的无情打击和寡妇命运的无比关注上。在封建文化系统中，程朱“理学”比孔学更腐朽更残酷；特别“饿死事小，失节事大”的理学信条所形成的贞操观念，鲁迅是深恶而痛绝之。《祝福》不是从一般意义上控诉“四权”(政权、神权、族权、夫权)的罪恶，而着重从文化思想的角度发掘祥林嫂悲剧的根源主要是“理学”，是“贞操观念”造成祥林嫂这个寡妇的令人颤栗的精神大悲剧。她在鲁镇求生而不得、活也活不成，主要不是敌对阶级鲁四老爷对她的政治迫害和经济压迫，而是因为她一寡再寡的身世既为“理学”所不容也为神权所不恕。她自己之所以争先恐后地拿“福礼”、千方百计地积钱捐门槛，主要想赎自己是个“寡妇”的罪；鲁四老爷“讨厌”她、周围妇女鄙视她。也主要因为它是寡妇；她不能理直气壮地“祭神”、参与“祝福”节活动，也是因为她一寡再寡。可见寡妇在中国农村社会中这种最低最惨最悲的地位，是鲁四老爷所信奉的“理学”造成的。这不仅是祥林嫂这个寡妇悲剧的文化之根，也是整个农村社会心理或舆论把祥林嫂逼上绝路的文化之根。小说的深刻之处正在于悲剧主人公至死也不明白是封建贞操观念害了自己，构成祥林嫂悲剧文化氛围的人们终究也不晓得“理学”观念既毒害了自己也损害了他人。这是鲁迅从封建文化结构的深层挖掘了整个农村社会人生悲剧的文化思想之源。总之，五四前后是个灾难深重的时代，也是中华民族初步觉醒的时代，很多作家在描写普通劳苦人民的人生中都流露出忧患思绪，作品的主人公或轻或重地涂上了一层感伤的色彩，鲁迅笔下的劳动农民也不例外。不过鲁迅所表现的忧患意识比其他作家更崇高一些，所流露出的悲愤情绪更深广一些。他是真诚地站在被压迫被损害的普通劳动农民中间，所“忧”的并不像其他作家带有患得患失的个人伤感情绪，所“悲”的也不像其他作家带有“自我表现”的性质，而主要是为祖国的危亡和民众的悲惨命运而忧虑，在他忧患意识中饱含着忧国忧民的爱国主义思想感情和伟大的人道主义深切情怀。所以他笔下的忧患人生和普通劳动农民的悲剧，尽管给读者以压抑感、悲愤感，但它却不使人悲观失望，而令人从悲痛中惊醒，激起疗救病态社会、清除封建文化意识、拯救劳动农民不幸命运的强烈义愤和使命感。

“造物的皮鞭没有到中国的脊梁上时，中国便永远是这一样的中国，决不肯自己改变一支毫毛！”(《头发的故事》)鲁迅正是怀着改造旧中国的宏愿和深刻的忧思，以“上下而求索”的精神坚持不懈地探讨中国改革之路，但他在小说艺术里始终没有刻画出一个具有理想色彩的叱咤风云的改革者的形象；他笔下的先觉知识分子形象，大多是悲剧型的，其内心无不充满了寂寞感、孤独感、悲痛感和忧患感。就是革命者夏瑜这位敢造大清天下反的先觉者也是生前寂寞死后凄凉的失败英雄，他的鲜血竟做成人血馒头被麻木愚昧的华老栓一家当成“药”吃掉，这是多么深刻的双重悲剧，作者能不为此表示惊人的哀叹和忧伤吗？魏连殳、吕纬甫等曾是受过新文化思潮激荡或唤醒过的知识分子，但很快变成悲观失望、自暴自弃的走回头路的落伍者。他们的精神世界矛盾重重、伤痕累累，孤独、悲痛、忧愤、哀伤等复杂情绪充满了胸腔。鲁迅不是一般地写他们的精神悲剧，展示他们走过的斗争历程和失败的结局；作者的独特感受和忧患情感着重表现在对他们为什么“飞了一个小圈子，便又回来停在原地点”的文化思想根源的探索上。吕纬甫这个在近代中西文化交流中曾受到西方现代文化洗礼反对过中国传统文化的先觉者，为什么“五四”运动以后又教起《诗经》、《孟子》、《女儿经》这些儒家学说，重新回到复古的道路上，即以东方文化的批判者变成东方文化的卫护者呢？有时在历史的关键时刻能够及时而鲜明地在文学作品里提出一个时代课题，比从大道理上说明一大堆问题还要重要十倍百倍。鲁迅通过吕纬甫形象的刻画，从接受美学的角度来看，它可以使读者从接受屏幕上受到深刻的理性启示，留下丰富的想象余地，能够在很大程度上满足读者高层次的审美要求，即对吕纬甫形象的感受不是停留在或同情或怜悯或惋惜或厌恶的情感层，而是上升到理智层去思考他又回到旧文化传统的多种原因。仅就其心理学来说，像吕纬甫这样的知识分子以革新精神反对传统文化，扫荡了儒家学说，却留下一大片心理空间，只靠刚刚接受来的一点新文化新思想不可能在很短的时间把自己的心理装满，即使暂时装满了也不会立即扎下根，建立起新的心理文化结构；也许在思想意识上容易接受西方文化思想，而在感情趣味上总摆脱不了几千年积淀下来的传统文化心理的制约，这就在理性和感情上产生了矛盾，造成了心理的不平衡，感到一种无所适从的心理危机，必然使他在中西文化之间痛苦着，焦灼着。如果改革决心大、意志坚强、具有韧性精神的知识分子，就能在新与旧、情与理的交战中始终抓住一些新思想新文化来应付急剧变化的时代，并从而树立牢固的新观念，以理性的威力制服传统文化对感情的诱惑力；如果缺乏韧性的思想准备，改革意志比较薄弱，那就会像吕纬甫一样很快地把新文化新思想扔掉，向传统文化复归，在原有的旧文化的积淀上恢复了心理平衡。吕纬甫心安理得地为小弟弟迁葬、给顺姑送剪绒花、用孔孟学说去毒害学生，这种顺从旧习惯、尊孔读经，在几千年的封建文化根基尚未动摇的二十年代初期，不能不说是一种堕落。鲁迅透过对吕纬甫、魏连殳这些开倒车的知识分子悲剧的描写，表现出自己独特的忧思、积愤和悲痛，旨在告诫改革者：中国的封建文化根深蒂固，必须具有韧性的战斗精神，否则不仅新文化新文明建不成，改革者本身也要以悲剧告结。这是鲁迅小说忧患审美意识的特征之三。

五四时期鲁迅小说中所表现的忧患意识是独特的深邃的，且同救国救民、改革社会、改良人生的高度使命意识紧密联系在一起。所以，鲁迅的忧患决不是那种“伟大的人物能洞见三世，观照一切，历大苦恼，尝大欢喜，发大慈悲”的超凡脱俗的忧患，而是“站在沙漠上，看看飞沙走石，乐则大笑，悲则大叫，愤则大骂，即使被沙砾打得遍身粗糙，头破血流，而时时抚摩自己的凝血”[①]的革命战士的忧患，是先天下之忧而忧的博大精深的忧患。鲁迅是中国新文学的重要开创者和奠基者，他小说中这种深广而崇高的忧患意识对以后新文学的影响是极为深远的。它作为新文学的一种优秀传统被很多作家继承着发展着，形成了中国新文学的一个十分突出的审美特征。不仅五四文学、左翼文学、抗战文学、解放区文学，即使新时期的文学，都表现出程度不同的忧患感和使命感，特别是郭沫若、茅盾、蒋光慈、丁玲、夏衍、曹禺、老舍、巴金、艾青、王蒙、高晓声、张贤亮、柯云路等作家的作品所表现的忧患意识更强烈一些。可以说，忧患意识是贯穿于中国新文学演变进程中一条重要情感线索，越是那种感染力强、艺术魔力大的作品越是蕴含着一种独特而深邃的忧患情感。

二

鲁迅五四时期的小说是中西文化（包括文学）大交流的结晶，是纵向的民族文化传统和横向的外来文化参照系相交叉渗透所构成的独特的新小说体系。因此，《呐喊》和《彷徨》所表现出的忧患意识有着直接或间接的中西文化渊源。

鲁迅曾说过：“新的阶级及其文化，并非突然从天而降，大抵是发达于对于旧支配者及其文化的反抗中，亦即发达于和旧者的对立中，所以新文化仍然有所承传，于旧文化也仍然有所择取。”[②]鲁迅小说所表现出的敏锐的历史眼光和对现实人生的深广忧患，以及那种沉郁雄健的文气，无不与他对中华民族的文化和艺术的精湛修养紧密相关。鲁迅成功地把“外之既不后于世界之思潮，内

① 鲁迅：《华盖集·题记》。
② 鲁迅：《集外集拾遗·〈浮士德与城〉后记》。

之仍弗失固有之血脉，取今复古，别立新宗”的辩证思想用于小说的创作，视中国传统文化的“固有之血脉”（指精华部分）为新小说生命的根蒂，特别对民族文化气质中的忧患意识更重视承传和吸取，以增强《呐喊》和《彷徨》忧愤思绪的历史深度。中国历史上无情的阶级对抗关系，从来是笼罩在原始时代保留下来的血缘氏族宗法关系之下的，这种双重关系所形成的文化心理结构即血亲意识或群体意识，首先思索的是人与人的关系而不是人与物的关系，虽然为了协调人与人的关系而大讲仁爱道德、礼让亲和，似乎达到了“人的自觉”，实质上这是强调对君王、族长、家长以及联结他们之间关系的“礼”的绝对服从，人在现实中根本就意识不到自我的存在，“自我”对社会群体只是服从，社会群体对自我是超强度的抑制或毁灭，使人所体验到的则是无穷的人生忧患。“正如没有阻力，生命不会意识到自己的存在，没有忧患，人也不会意识到自己的存在。生命的力量和强度只有依照阻力的大小才有可能表现出来，与之相同，只有忧患和苦恼才有可能使人在日常生活中发现和返回他的自我，而思考生活的意义与价值，而意识到自己的责任和使命。”起源于忧患意识的人的自觉，“经过秦、汉两朝的扫荡和压抑，经过魏晋人的深入探索和蹈历发现，它已经深沉到我们民族生活的各个方面，成为构成我们民族文化、精神文明的基本元素”。[①] 浩大而深沉的忧患意识，作为漫长的中国封建社会代代相传的深层文化心理结构，决定了中国传统文学的基本色调；也是这种忧患意识孕育了无数的诗人、散文家及其他文学家，产生了中华民族的浩瀚的文化、文学作品。这是因为诗人骚客对忧患特别敏感，且能透过生活中的暂时的圆满看到内在的不圆满，通过现实表现的宁静看到深层的不宁静，所以他们总是忧心忡忡，即使在欢乐中也能体验到忧伤。中国历史上的伟大作家大都具有深沉的忧患意识，一些优秀的古典文学作品大都洋溢着忧患情感。鲁迅是中国现代文学的伟大开拓者，他的忧患意识及其小说中所表现出的忧患情感却与中国传统文化的优秀部分，同屈原、陶潜、杜甫等杰出的古代作家及其作品一脉相通。冯雪峰曾指出：“鲁迅是和中国文学史上的壮烈不朽的屈原、陶潜、杜甫等，连成一个精神上的系统。这些大诗人，都是有着伟大的人格和深刻的社会热情的人，鲁迅在思想上当然是新的、不同的，但作为一个中国文学者，在对于社会的热情，及其不屈不挠的精神，显示了中国民族与文化的可尊敬的一方面，鲁迅是继承了他们的一脉的。”[②]当然这

① 高尔泰：《论美》，第253页。

② 冯雪峰：《鲁迅的文学道路》，第14页。

里面包含着对我国传统文化的忧患意识和使命意识的继承和汲取。

鲁迅在《汉文学史纲要》中对先秦、两汉文化文学的忧患意识作了历史的肯定，尤其深受屈原的忧国忧民情怀的影响。“夫《诗》《书》隐约者，欲遂其志之思也。昔西伯拘羑里，演《周易》；仲尼戹陈、蔡，作《春秋》；屈原放逐，著《离骚》；左丘失明，厥有《国语》；孙子膑脚，而论兵法；不韦迁蜀，世传《吕览》；韩非囚秦，《说难》《孤愤》；《诗》三百篇，大抵圣贤发奋（愤）之所为作也。此人意皆有所郁结，不得其通道也，故述往事，思来者。”[①]说明这些著述是悲愤愁怨之作，大都充满了忧患意识；特别“屈原正道直引，竭忠尽智以事君，谗人间之，可谓穷矣！信而见疑，忠而被谤，能无怨乎？屈平之作离骚，盖自怨生也”。[②] 鲁迅对屈原被谗放逐乃作《离骚》，予以高度评价，赞美它“逸响伟辞，卓绝一世”；并对《离骚》蕴含的忧患意识作了精到的分析，指出：“《离骚》者，司马迁以为‘离忧’，班固以为‘遭忧’，王逸释以离别之愁思，扬雄则解为‘牢骚’，故作《反离骚》，又作《畔牢愁》矣。其辞述己之始生，以至壮大，迄于将终，虽怀内美，重以修能，正道直行，而罹谗贼，于是放言遐想，称古帝，怀神山，呼龙虬，思佚女，申纾其心，自明无罪，因以讽谏。”[③]屈原是我国历史上有政治抱负的终生忧国痛时的伟大爱国诗人，是位满怀“哀民生之多艰”的忧愤和具有“九死不悔”地为探索真理而献身的政治活动家，他身上所体现出的忧患意识和崇高使命感可与“日月争光”。[④] 鲁迅对屈原的悲剧一生及其卓绝一世的辞章是敬佩的，虽然鲁迅对屈原的忠君思想及《离骚》中流露出的“多芳菲凄恻之音”有所批评，但其忧国忧民的情怀和孜孜不倦追求真理的使命意识却与鲁迅小说的忧患意识系脉相通。《彷徨》题辞引用《离骚》的诗句：“朝发轫于苍梧兮，夕余至乎悬圃；欲少留此灵琐兮，日忽忽其将暮。吾令羲和弭节兮，望崦嵫而勿迫；路漫漫其修远兮，吾将上下而求索。”显然表明鲁迅小说的内涵与《离骚》有着深远的内在联系，特别同鲁迅“五四”后的“两间余一卒，荷戟独彷徨”的处境和心情联系起来考虑，更可以体会出鲁迅录用《离骚》的诗句是借以表述一个现代的伟大思想家、爱国者和文学家对民族的命运和前途的忧虑，以及为改造病态社会和苦难人生而坚定不移地追求真理探索“生活新路”的精神，尽管流露出一定的孤军奋

① 司马迁：《史记·太史公自序》。
② 司马迁：《史记·屈原贾生列传》。
③ 鲁迅：《汉文学史纲要·第四篇屈原及宋玉》。
④ 司马迁：《史记·屈原贾生列传》。

战的寂寞感和孤独感，但却做好了“路漫漫其修远兮”的长期的韧性战斗准备。这种源于《离骚》却又高于《离骚》的忧患意识和发愤精神，贯穿于《彷徨》之中并构成其重要思想特色。如果说吕纬甫、魏连殳在辛亥革命到五四时期这个乌云密布的悲剧时代，是个在“哀民生之多艰”的人生道路上曾“上下求索”而最终走了回头路的落伍者，缺乏屈原那种“九死未悔”的忧愤精神和不屈不挠的坚强意志；那么他们身上所流露的幽愁暗恨、彷徨孤愤、惆怅哀伤，特别是魏连殳那种“忽然，他流下泪来了，接着就失声，立刻又变成长嚎，象一匹受伤的狼，当深夜在旷野中嗥叫，惨伤里夹杂着愤怒和悲哀”的忧愤情绪，似乎在《离骚》里也可以找到同音——“朝吾济于白水兮，登阆风而緤马；忽又顾以流涕兮，哀高丘之无女”。小说《伤逝》的忧伤、悲痛、思索、追求的基调同《离骚》有着惊人的相通点。涓生在子君死后内心充满了痛苦、悔恨、忧伤、悲愤、烦闷，但他并没有在多艰的人生道路上像吕纬甫、魏连殳开倒车或消极颓废下去，而是在极度的悲痛和悔恨中思考并探索新的人生道路，且鞭策自己“要向着新的生路跨进第一步去，我要将真实深深地藏在心的创伤中，默默地前行”；尽管“有时，仿佛看见那生路象一条灰白的长蛇，自己蜿蜒地向我奔来”，但是“我还活着”，“新的生路还很多，我必须跨进去”。《伤逝》确实有着“忽反顾以流涕兮，哀高丘之无女”的哀痛和忧伤，但更有着“路漫漫其修远兮，吾将上下而求索”的怀悲痛而发愤探索人生新路的精神。虽然《彷徨》表现出鲁迅对屈原《离骚》忧患意识的认同，但作为革命民主主义者的鲁迅赋予小说的忧患意识却已超越屈原的思想境界并具有新的特色：屈原在《离骚》中抒发的忧国情思总是同忠君思想联系在一起，只是埋怨国君即“荃不察余之中情兮”，并不想动摇楚王的地位，而鲁迅的忧国情怀则是同彻底反封建反皇权的民主主义思想结合在一起，他所痛恨的不止是旧社会“时混浊而嫉贤”乃是整个封建宗法制度及其意识形态；屈原的忧民情感总是同他的怀才不遇即“只是不得帮忙的不平”联系在一起，而鲁迅的忧民则是从伟大的人道主义出发，是为人民之忧而忧，为拯救人民而苦思，不是为自己不得志而忧伤，是为着看不清救国救民之路而忧虑；屈原虽然具有“上下而求索”的坚定信念，但最终还是“行吟泽畔，颜色憔悴，作《离骚》，终怀石自投汨江以死”，[①]然而鲁迅处在“五四”低潮的苦闷彷徨期却始终没有过分的忧伤，更没有消沉，他只是吸取屈原的“上下而求索”的矢志不移的追求真理的精神和终生

① 鲁迅：《汉文学史纲要·第四篇屈原及宋玉》。

同恶势力斗争的意志，为寻求新的战友、新的人生道路而坚韧地探索下去，使他的忧患意识透射出对未来憧憬的理想火花。所以，鲁迅对《彷徨》中的积极的忧患意识是肯定的，而对那些带有个人患得患失的伤感情绪是持否定态度的，至于对自己在小说中所表现出的苦闷、孤寂、彷徨的心绪是进行严格解剖的。

鲁迅小说的忧患意识同对旧传统、旧礼教、旧习俗、旧势力的"不克厥敌，战则不止"的彻底反抗精神和嫉恶如仇的爱憎感情结合在一起。从这里也可以看到他继承中国民族优秀文化的忧患意识的蛛丝马迹。灾难深重的历史时代赋予鲁迅的崇高历史使命，就是要"敢说，敢笑，敢哭，敢怒，敢骂，敢打，在这可诅咒的地方击退了可诅咒的时代"。[①] 因此鲁迅不仅把怀有忧国忧民抱负的爱国诗人屈原视为楷模，而且对历史上那些敢于蔑视权贵、敢于反对传统礼教的具有刚直不阿性格和叛逆精神的文人更为推崇。晋朝诗人陶渊明长期被视为"静穆"的田园诗人，似乎他乐天安命心处闲逸，毫无对世间不满不怨的忧患意识；但鲁迅观其全诗却对这种看法提出批评，"就是诗，除了论客所佩服的'悠然见南山'之外，也还有'精卫衔微木，将以填沧海，刑天舞干戚，猛志固常在'之类的'金刚怒目'式，在证明着他并非整天整夜飘飘然。"[②]充分肯定了陶诗的悲愤忧患意识。因为诗人"总不能超出尘世，而且，于朝政还是留心"的。当然也作了个比较，即"陶潜之在晋末，是和孔融于汉末与嵇康于魏末略同，又是将近易代的时候。但他没有什么慷慨激昂的表示"。[③] 指出他的忧愤意识和反抗情绪没有孔融、嵇康强烈。鲁迅对嵇康的敢于反传统、非"圣人"的叛逆品格及其充满"慷慨激昂"的忧愤感情的诗文尤为推崇，赞"嵇康的论文，比阮籍更好，思想新颖，往往与古时旧说反对。孔子说：'学而时习之，不亦说乎？嵇康做的《难自然好学论》却道，人是并不好学的，假如一个人可以不做事而又有饭吃，就随便闲游不喜欢读书了，所以现在人之好学，是由于习惯和不得已。"最引人注意且有生命危险的是嵇康写的《与山巨源绝交书》中的"非汤武而薄周孔"，司马懿因这篇文章就杀了他。对此鲁迅深有感触地说："非薄了汤武周孔，在现时代是不要紧的，但在当时却关系非小。汤武是以武定天下的；周公是辅成王的；孔子是祖述尧舜，而尧舜是禅让天下的。嵇康都说不好，那么，教司马懿篡位的时候，怎么办才好呢？"所以司马氏杀嵇康是必然的。陶渊明的"金刚怒目"式的忧愤

① 鲁迅：《华盖集·忽然想到（五）》。
② 鲁迅：《且介亭杂文二集·"题未定"草（六）》。
③ 鲁迅：《而已集·魏晋风度及文章与药及酒之关系》。

和嵇康的敢于反传统、蔑视权贵的愤世嫉俗精神，对鲁迅小说忧患意识的形成也有不可忽视的内在联系。《呐喊》题辞是“弄文罹文网，抗世违世情。积毁可销骨，空留纸上声”。全诗的大意洋溢着嵇康式的反抗封建伦理道德、反抗污浊世情的愤激慷慨之情，虽然有些悲壮苍凉，但那种义愤填膺的愤怒呼号却撼人心灵。这种忧患意识比《彷徨》题辞中表现的忧患情感带有更多的反抗色彩和悲壮激越的情调，这也体现了《呐喊》集的创作特色。《狂人日记》中的狂人形象，他那种以无比的愤怒抨击几千年“仁义道德”和家族制度吃人罪恶的“义勇和正气”，他那种无情地反抗旧传统的忧愤态度，与嵇康的非汤武薄周孔的愤世嫉俗精神何其相似；《头发的故事》中的N先生更带有嵇康的身影，他内心充满了忧愤，脾气有点乖张，慷慨陈词，愤世嫉俗，敢怒敢骂，无所顾忌。他对为辛亥革命牺牲的烈士而被人们淡忘深表愤慨和哀痛：“几个少年辛苦奔走了十多年，暗地里一颗弹丸要了他的生命；几个少年一击不中，在监牢里身受一个多月的苦刑；几个少年怀着远志，忽然踪影全无，连尸首也不知那里去了。——他们都在社会的冷笑恶骂迫害倾陷里过了一生；现在他们的坟墓也早在忘却里渐渐平塌下去了。”这种深沉的忧患闪烁着愤怒的火花；他讽刺北京的双十节，警察吩咐“挂旗”，可“各家大半懒洋洋的踱出一个国民来，撅起一块斑驳陆离的洋布”，这种辛辣的嘲讽含有激愤忧惋之情。他不仅无比愤慨地揭露了“头发是我们中国人的宝贝和冤家，古今来多少人在这上头吃些毫无价值的苦”：而且幽默地讽刺辛亥革命使“我最得意的是自第一个双十节以后，我在路上走，不再被人笑骂了”，因为“骂我的人也被警察剪去了辫子”，故我剪了辫子也不再被人骂了。这种忧患意识既含有对传统习惯的反抗之意又流露出对辛亥革命的不满。从某种意义上讲，N先生的愤世嫉俗的忧患意识中渗透着嵇康、陶渊明的思想气质。虽然《呐喊》某些形象体现出嵇康、陶渊明诗文中蕴含的那种愤激慷慨的反传统非礼教的忧愤意识，但是鲁迅小说的思想价值远远超过他们的诗文。鲁迅《呐喊》集的忧愤既深且广，爱憎态度极为鲜明，所忧的是整个民族的灾难和人生的多艰，所愤的是整个旧社会及封建文化的弊端，这是嵇康、陶潜的忧患内容无法比拟的；鲁迅《呐喊》的忧愤是同彻底推翻旧制度摧垮封建文化系统的斗争精神联系在一起，不仅戳穿了几千年“仁义道德”的吃人本质，而且对宗法制度及其思想从整体上作了否定，这是嵇康，陶渊明无法达到的批判高度。就说嵇康吧，他反抗传统蔑视礼教，但却“在《家诫》中教他的儿子做人要小心，还有一条条的教训。有一条是说长官处不可常去，亦不可住宿；官长送人们出来时，你不要在后面，因为恐怕将来官长惩办坏人时，你有暗中密告的嫌疑。……嵇康是那样高傲的人，而他教子就要他这样庸碌。”①这既说明嵇康的愤世嫉俗的反传统反权贵是很不彻底的，又说明鲁迅对古代优秀文化遗产的继承是取其精华剔除糟粕的，注重认同更重视超越，即使对嵇康这样的值得他敬佩的人也是采取分析批判的态度。

忧患意识对一个民族来说，正是它对抗并战胜危机的自觉精神和内在动力，俗语说的“多难兴邦，哀兵必胜”，恰好证明忧患意识可以化为强大的物质力量；忧患意识对于一个作家来说，能使他在清醒地观察现实、冷静地探究历史进程中，既看到真善美又看到假恶丑，既看到历史的进步又看到潜藏的危机，自觉地创造出与人民、祖国乃至全人类命运息息相关的作品。中国传统的优秀文化充满了忧患意识，尤其那些杰出的文学艺术作品无不是忧患情感的结晶。正如刘鹗所说：“离骚为屈大夫之哭泣；庄子为蒙叟之哭泣；史记为太史公之哭泣；草堂诗集为杜工部之哭泣；李后主以词哭；八大山人以画哭；王实甫寄哭泣于西厢；曹雪芹寄哭泣于红楼梦。”②鲁迅对中国文化史、文学史作过深入的研究，特别对那些忧患意识深蕴的古典文学作品更为熟悉，因此《呐喊》和《彷徨》的崇高而深广的忧患意识不仅仅是对屈原、嵇康、陶渊明诗文忧患意识的批判继承，而应是对整个优秀的民族文化、文学蕴含的忧患意识的借鉴和超越。虽然上面对这种继承作了具体对应的比附，但这并非是科学的分析方法。实际上，鲁迅的心灵是与中华民族优秀文化的忧患意识息息相通的，他立足于五四时期的社会现实，感应着新的时代精神，在现代意识的烛照下把从传统优秀文化承受来的忧患意识同对现实人生的忧患感受交融起来，并透过小说艺术体现出来，这便构成了鲁迅独特的深层的忧患情感；致使他的小说具有“引起疗救注意”的巨大感召力和震撼心弦的艺术魔力，成为中国文化史和文学史上“写忧而造艺”的典范。

鲁迅小说所表现出的强烈而深广的忧患意识，不仅是对中华民族优秀传统文化的认同和超越，更重要的是受到外国文化忧患意识的渗透和影响。虽然这种渗透和影响对鲁迅来说是有重点有选择的，但他并非仅仅局限于一个国家的文化艺术，而是综合性或整体性的渗透和影响。冯雪峰曾指出：“鲁迅一生所吸收的世界文化的影响，也当然是很广泛的，综合多方面的。他对世界文化史的

① 鲁迅：《而已集·魏晋风度及文章与药及酒之关系》。
② 刘鹗：《〈老残游记〉自序》。

注意和兴趣是很广阔的,他的心胸对文化的见识决不窄狭;这是从他青年时代起就是如此。但所有这一切,通过鲁迅一生,都从一个基本的大的革命动机出发,只有一个中心思想决定着鲁迅的兴趣和态度,以及他所搜集的研究对象,就是:如何才能使衰弱的民族从灭亡里脱救出来,以及如何使落后的民族急起直追而走上世界的进步的人类大路。”[①]综合吸取外国文化的忧患意识,拯救中华,振兴中华,这是鲁迅对待世界文化的总出发点和归宿点。因此他对外国充满忧患意识的文化、文学特别注重借鉴,以创造“为人生”的小说。“要传播被虐待者苦痛的呼声和激发国人对于强者憎恶和愤怒而已,并不是从什么‘艺术之宫’里伸出手来,拔了海外的奇花瑶草,来移植在华国的艺苑。”[②]他所关注和借重的是那些蕴含着忧愤情感的叫喊反抗和复仇愤怒的外国文学,因为“在异族压迫之下的时代的诗人,所鼓吹的是复仇,所希求的是解放”。[③] 正由于他“所求的作品是叫喊和反抗,势必至于倾向于东欧,因此所看的俄国,波兰以及巴尔干诸小国作家的东西就特别多”;“当时最爱看的作者,是俄国的果戈理(N. Gogol)和波兰的显克微支(H. Sienkiewicl)。日本的,是夏目漱石和森鸥外”。[④] 鲁迅创作小说虽然所受的外国文化、文学的忧患意识的影响是来自多方面的,曾看过一百多篇外国作品;但他是有所侧重的,看来俄国、日本文学艺术的忧患意识对鲁迅小说的影响,应该是研究的重点。

日本文学对鲁迅小说忧患意识的渗透和影响,主要来自两个渠道:一是文学作品,一是美学思想。“五四”前后是鲁迅小说创作的“一发而不可收”的旺盛时期,这时他亲自翻译了夏目漱石、森鸥外、武者小路实笃的文学作品。他们作品中的忧患情感不能不浸染鲁迅的小说,虽然作牵强附会的对应并非妥当,但潜移默化的影响是不可忽视的。鲁迅翻译的森鸥外的《沉默之塔》,着重揭露日本政府对人民革命运动的血腥镇压,并对幸德秋水等人以“大逆罪”判处死刑,整个作品充满了义愤;把小说中表现出的强烈的忧愤感情同鲁迅小说中多次揭露清朝封建统治对革命的镇压和军阀政府对人民的屠杀所表示的愤慨联系起来看,不是可以看到异国两位作者的忧患意识有相通之处吗?鲁迅与夏目漱石都曾经历过理想幻灭的苦闷,都怀着忧国忧民的社会责任感,把文学作为

① 冯雪峰:《鲁迅创作的独立特色和他受俄罗斯文学的影响》。

② 鲁迅:《坟·杂忆》。

③ 鲁迅:《且介亭杂文·答国际文学社》。

④ 鲁迅:《南腔北调集·我怎么做起小说来》。

批评人生改良人生的器械，虽然他们最终的政治追求并不一样，对革命的态度也有歧异，但他们开始走上文学道路却均抱着为民族之忧而忧的爱国之心。“夏目漱石写的有一部长篇小说，名曰《我是猫》，假托猫的口气，描写社会情状，加以讽刺，在日本现代文学上很有名，鲁迅在东京的时候也很爱读。在鲁迅小说上虽然看不出明了的痕迹，但总受到影响，这是鲁迅在生前也承认的。”①鲁迅小说受到夏目漱石小说的某些影响，恐怕主要指在极尽揶揄之能事的嘲讽笔调中所含的忧愤情感；其实鲁迅小说的忧愤要比夏目漱石深沉得多，风格凝重得多，讽刺庄重得多。值得注意的是，五四时期鲁迅对武者小路实笃的作品特别感兴趣，并亲自翻译小路的四幕话剧《一个青年的梦》。作者在《自序》中说："对于人类命运的忧虑，并非僭越的忧虑，实在是人应该抱着的忧虑，我希望从这忧虑上，生出新的这世界的秩序来。不太理会这忧虑，便后要收到可怕的结果。"正因为作者怀着为全人类命运而思虑的忧患感和使命感，所以剧本通过一个青年在梦中遭遇的描写，义愤填膺地控诉了第一次世界大战给人类带来的灾难，表现了沉痛而强烈的忧愤情感。鲁迅翻译此剧的意图在于："中国人自己诚然不善于战争，却并没有诅咒战争；自己诚然不愿出战，却并未同情于不愿出战的他人；虽然想到自己，却没有想到他人的自己。譬如现在论及日本并吞朝鲜的事，每每有‘朝鲜本我藩属’这一类话，只要听这口气，也足够教人害怕了。所以我以为这剧本也很可以医许多中国旧思想上的痼疾，因此也很有翻成中文的意义。"②鲁迅翻译外国文学总是把忧国忧民的情思同改造国民的痼疾结合起来，这种崇高的忧患意识也贯穿在他的小说创作中。武者小路实笃在话剧中体现出的为人类苦难而忧虑、为拯救人类出火海而焦心的人道主义精神，不是在鲁迅小说中也流贯着吗？厨川白村是日本著名的社会批评家和文艺批评家，他怀着深刻的忧患意识来探索和思考日本的社会和文艺问题。特别通过翻译《苦闷的象征》、《出了象牙之塔》，鲁迅颇爱厨川白村这位“真是一个霹雳手”的忧愤性格及其美学思想。这些翻译虽然晚于鲁迅五四时期创作的部分小说，但有些作品里流露出的忧患情感和苦闷色调，尚可从厨川白村的美学思想中找到理论根据。厨川白村曾这样写道："在伏在心的深处的内的生活，即无意识心理的底里，是蓄积着极痛烈而且深刻的许多伤害的。一面经验着这样的苦闷，一面参与着悲惨的战斗，向人生的道路进行的时候，我们就或呻，或叫，或怨嗟，或号

---

① 周启明：《鲁迅的青年时代》。

② 鲁迅：《译文序跋集·（一个青年的梦）译者序二》。

泣，而同时也，常有自己陶醉在奏凯的欢乐和赞美里的事。这发出来的声音就是文艺。对于人生，有着极强的爱慕和执着，至于虽然负了伤，流着血，苦闷着，悲哀着，然而放不下，忘不掉的时候，人类所发出来的诅咒，愤慨，赞叹，企慕，欢呼的声音，不就是文艺吗？在这样的意义上，文艺就是朝着真善美的理想，追赶向上的一路的生命的进行曲，也是进军的喇叭。响亮的宏远的那声音，有着贯天地动百世的伟力的所以就在此。"[①]联系鲁迅某些小说所表现出的苦闷感、忧郁感及对真善美的执着追求，不仅可以发现鲁迅深受厨川白村某些美学观点的影响，而且从某种意义也可以说鲁迅的小说就是人生苦闷的象征，是作者发自肺腑的悲愤、忧患、诅咒、追求的心声，这正是鲁迅小说具有不衰的感染力和艺术魔力的根由所在。一九三五年鲁迅回顾十年前创作小说心境时仍这样认为："我并不是说：苦恼是艺术的渊源，为了艺术，应该使作家们永久陷在苦恼里。不过在彼兑菲的时候，这话是有些真实的；在十年前的中国，这话也有些真实的。"[②]虽然鲁迅并不完全同意厨川白村的"生命力受了压抑而生的苦闷懊恼乃是文艺的根柢"的观点，但十年前他创作《彷徨》集时却认为"有些真实"。因此，他要通过文学创作竭力展示人间的痛苦，抒写主体的忧患，以引起疗救者的注意；同时呼吁文艺界冲破"瞒和骗的文艺"的桎梏，做一个"凶猛的闯将"，"真诚地，深入地，大胆地看取人生并且写出他的血和肉来"，创造"真的新文艺"。[③]

蕴含着浓厚忧患意识的俄国的为人生文学对鲁迅小说的渗透或感染更为突出，特别那些表现农民苦难和忧患的作品对鲁迅的影响极为深切。俄国广大民众主要是农民对沙皇统治下的腐朽和农奴制度"自发的反抗和愤怒的情感"，[④]始终是十九世纪俄国进步文学的基调，即"在果戈里以后，所有俄国文学也是首先关切农民命运的"。[⑤] 鲁迅对农民的命运问题非常关心，在小说中常把农村题材作为构思的重点，并以深广的忧愤之笔描写出来。鲁迅这种对农民问题的忧患思绪与俄国文学的影响有密切关系。他在《英译本〈短篇小说选集〉自序》里曾说过，他长在都市的大家庭里受古书和师傅的教训，把劳动大众看得和花鸟一样，有时感到所谓上流社会的虚伪和腐败时，还羡慕他们的安乐；但由于外祖母家是农村，使他有了和农民接触的机会，逐渐知道他们毕生受着压迫，很

① 厨川白村：《苦闷的象征》。
② 鲁迅：《中国新文学大系·小说二集序》。
③ 鲁迅：《坟·论睁了眼看》。
④ 列宁：《列·尼·托尔斯泰》。
⑤ 《论鲁迅》，第21页，泥土社1953年版。

多痛苦，和花鸟并不相同，不过他还无法使大家知道。后来看到一些外国小说，特别是俄国的，“才明白了世界上也有这许多和我们的劳苦大众同一运命的人，而有些作家正在为此而呼号，而战斗。而历来所见的农村之类的景况，也更加分明地再现于我的眼前。偶然得到一个可写文章的机会，我便将所谓上流社会的堕落和下层社会的不幸，陆续用短篇小说的形式发表出来了”。可见鲁迅创作为人生小说的动因以及小说中表现的忧患意识，都不能漠视俄国文学这个重要渊源。鲁迅后来在《祝中俄文字之交》中也说过，当“五四”前后中国人民厌弃了那些专供有的人“醉饱之后，在发胀的身体上搔搔痒”的文学而在寻求切实指示的时候，就从俄国文学中看到被压迫者的挣扎和反抗，并同俄国十九世纪“四十年代的作品一同烧起希望，和六十年代的作品一同感到悲哀”，把俄国文学视为良师益友。所以“俄国文学作品已经译成中文的，比任何其他外国作品都多，并且对于现代中国的影响最大。”；[①]当然对鲁迅小说忧患意识形成的影响也最大。具体来说，对鲁迅小说创作发生影响较早的俄国作家是果戈里。鲁迅早在《摩罗诗力说》中就指出“十九世纪前叶，鄂有果戈里者起，以不见之泪痕悲色，振其邦人”；不只是果戈里善于以讽刺的笔法写阴惨事迹的本领对鲁迅小说创作有所影响，众所周知的《狂人日记》是直接受到果戈里《狂人日记》忧患意识的影响，不过鲁迅的《狂人日记》比果戈里的，其忧愤更为深广。果戈里所写的是一个小官吏单恋着上司女儿的悲剧，虽然对被侮辱被损害者有所同情，表现出作者对那个以官衔、权势、金钱为转移的黑暗社会的忧愤，然而作为主人公的狂人的理想却是当西班牙皇帝，并因不能升官发财而致发疯，他呼唤的“妈呀！可怜可怜患病的孩子吧！”乃倾诉个人的忧患，抒发个人的小悲痛。鲁迅笔下的狂人则是一个反对封建家族制度及封建礼教的精神界战士，他的忧患是源于中华民族是个“食人民族”的历史大悲剧，他的痛苦是出自无数青少年被封建宗法制度及思想吃掉的血的事实，他喊出的“救救孩子”的呼声既是对青少年命运的关切，也是对中华民族命运的哀感，其忧愤之深广力透纸背。当然这种超越决不能取代两篇《狂人日记》的认同。果戈里的《两个伊凡尼支打架》所写的豪绅社会的内部争吵，与鲁迅写的农民与地主之间围绕“离婚”所展开的斗争的《离婚》也有可比之处。它们写的都是诉讼事件，都喷射着社会批判的愤怒火焰，由此也可窥测出鲁迅小说忧患意识与果戈理小说的相通点。柯罗连科、陀

① 李何林编：《鲁迅论·新中国的思想界领袖鲁迅》。

思妥耶夫斯基、契诃夫、安特莱夫等的作品对鲁迅小说忧患意识的强化，都留下或明或隐的印痕；这里着重探讨一下阿尔志跋绥夫的作品对鲁迅小说的影响。艾思奇在《民族的思想上的战士——鲁迅先生》一文中，说鲁迅“也曾经蹉跌，走上歧路。他曾经失望，感到虚无，曾经译过阿尔志跋绥夫的虚无思想的作品”。不承认鲁迅前期作品的忧患意识带有一定的感伤虚无的成分，恐怕不是历史唯物主义态度；如果把鲁迅说成是像阿尔志跋绥夫一样的虚无主义作家，那恐怕是一种歪曲6鲁迅曾翻译过阿尔志跋绥夫的短篇小说《幸福》、《医生》和长篇小说《工人绥惠略夫》等。他是遵循自己的理解和狙击“中国的病痛的要害”，[①]从封建专制的罗网里杀出一条血路来，而从事翻译；所以鲁迅对那些愤世嫉俗和无政府式的个人反抗的作家作品比较注意，不只是阿尔志跋绥夫就连叔本华、尼采的哲学也引起他的重视，特别阿尔志跋绥夫作品中所表现的反社会迫害和主张报仇的忧愤意识，他是强调汲取的。鲁迅在一九二〇年译成的《幸福》的“译后记”中说，这一篇“写雪地上沦落的妓女和色情狂的仆人，几乎美丑泯绝”，它揭露了在沙皇统治下的俄罗斯和旧中国一样，无觉醒的国民既是被吃者又是吃人者，自己被凌虐又可凌虐人；看到这样的悲剧，“只要脑子清楚的，一定会觉得战栗！”一九二一年译成的《工人绥惠略夫》和《医生》，鲁迅都曾写过详细说明。他认为“绥惠略夫却确乎显出尼采式的强者的色彩来。他用了力量和意志的全副，终身战争，就是用了炸弹和手枪，反抗而且沦灭”。虽然“阿尔志跋绥夫是厌世主义的作家，在思想黯淡时节，做了这一本被绝望所包围的书”，然而它“仍然是一部‘愤激’的书”。[②] 绥惠略夫式的反抗最后陷于“无路可走的境遇里”，这正是无政府主义者的历史悲剧；但是他那种憎恶沙皇制度的愤怒情绪和要求反抗的使命意识却有可取之处。辛亥革命前夕有些革命者曾接受过俄国无政府主义者实行“铁血强权”的破坏主义，认为搞暗杀活动方可救中国，甚至当时革命领袖孙中山也把组织暗杀作为重要革命手段之一；据增田涉的《鲁迅的印象》一书载，鲁迅几乎参加此类活动。《医生》写一个俄国医生被迫去医治一个以残杀犹太人出名而被对方枪伤的警察厅长，医生的职责感与他对弱小民族的同情感构成了他内心的复杂矛盾，表现了强烈的忧患情绪。它“虽然算不得杰作，却是对于同胞的非人类行为的一个极猛烈的抗争”。[③] 鲁迅翻译这篇

---

① 鲁迅:《译文序跋集·〈观照享乐的生活〉译后记》。

② 鲁迅:《译文序跋集·译了〈工人绥惠略夫〉之后》。

③ 鲁迅:《译文序跋集·(医生)译者附记》。

小说的意图在于"寻出一篇这样为弱民族主张正义的文章来",以启发国人深省,增强国民的同情弱民族的人道主义思想和忧人类之忧的情感。可见鲁迅并没有受到阿尔志跋绥夫作品的虚无主义的很深影响,他主要吸取了忧患意识和反抗意识。诚然,鲁迅小说中有些近似绥惠略夫式的人物,如《药》中革命者夏瑜因不发动群众的不被群众理解的历史悲剧类似绥惠略夫的某些遭遇,《孤独者》里魏连殳向罪恶社会进行所谓"无血的大戮"的绝望报复也近似绥惠略夫的报仇方式,《在酒楼上》的吕纬甫那种变相的慢性自杀与绥惠略夫的绝望地向社会报复并没有本质区别。这些形象所表现出的愤世嫉俗的忧患意识是同个人孤军奋斗的绝望反抗意识联系在一起,稍微带点绥惠略夫的虚无色彩;但从整体来看,这仅仅是鲁迅小说忧患意识中的一点消极成分,况且作者旨在揭露并针砭这类知识分子精神的孤独和空虚,指出无政府式的个人反抗最终毕竟或妥协或颓唐,必定以惨淡的悲剧告终。总之,鲁迅小说虽有很深的悲剧性质,也常常笼罩着冷漠气氛,但这主要的"是愤激,是苦闷,而绝不是消沉",[①]更称不上虚无主义。鲁迅是个既善于学习又善于创造的文学巨匠,他"一面尽量的输入,一面尽量的消化,吸收,可用的传下去的,渣滓就听他剥落在过去里"。[②] 他在接受外国文化文学时竭力做到两个"尽量","放开度量,大胆地,无畏地"[③]汲取域外文化的健康的积极的忧患意识,同从民族传统优秀文化承受的忧患意识以及对现实人生的深刻忧患感受结合起来,铸成了《呐喊》和《彷徨》的独特的忧患色调。

鲁迅不愧为具有深广忧患意识的伟大作家。正由于他的小说表现出独特而深沉的忧患情感,放射出不朽的人道主义思想光辉,所以才使鲁迅的赤子之心与中国人民乃至全世人民的心相通,才使鲁迅尽到人类灵魂工程师的职责,才使他的作品超越、跨越国界,为建设全人类的物质文明和精神文明发挥着应有的作用。

(写于1986年春)

---

① 茅盾:《鲁迅——从革命民主主义到共产主义》。
② 鲁迅:《二心集·关于翻译的通信》。
③ 鲁迅:《坟·看镜有感》。

鲁迅作品:多声部交响曲的主旋律

一

如果将1921年沈雁冰《评四五六月的创作》中评论《故乡》、《风波》等作品作为鲁迅研究的肇始,那么至今鲁迅研究已走过了长达六十多年的漫漫征途。在这六十余年间,鲁迅研究从滥觞到成为蔚然壮观的显学,经历了许多曲折,既有可取的经验,又有可记的教训。当鲁迅在世的时候,人们就试图从各个侧面理解、接近"鲁迅"(指鲁迅及其作品,下同)本体;然而,由于特殊的时代背景及现实政治的功利要求,使人们更多地从政治斗争层次上去发现、探讨鲁迅的意义。这一思维趋向在鲁迅逝世后逐渐被推上了顶峰。鲁迅作为一个人的丰富性、复杂性被忽视了,而他那"横眉冷对千夫指,俯首甘为孺子牛"的"硬骨头"精神则被片面强调到过分抽象化的程度。毛泽东在四十年代对鲁迅所作出的六个"最"的评价,确实达到空前的高度,并揭示了鲁迅的本质性格,但联系鲁迅的"全人"进行思考,总觉得这结论有把鲁迅看成偶像的危险:当"文革"期间,把鲁迅说成"是中国的第一等圣人"时,鲁迅已经被置于与孔子相似的悲剧位置了。处于这种位置上的鲁迅,必然会失去其本来的面目,而成为某些人的敲门砖,或可任意利用的工具,甚至把"语录"式的鲁迅书籍与"红宝书"连在一起,作为所谓阶级斗争的武器。尽管从四十至七十年代的鲁迅研究取得不少可喜成果,特别是在其史料整理和注释方面获得了巨大的成就,但也不能不承认鲁迅研究遵循"政治决定一切"的思维模式和高八度的政治论调,到后来差点陷进死胡同。

历史推进到八十年代,人们从极左政治思潮禁锢下解放出来,才逐步意识到,鲁迅不是一个"通体透明"的英雄。他"既燃烧着人类不断探索追求的进取精神的火焰,又流露着把握不住人生的痛苦、犹豫;既闪耀着我们中华民族高尚情操、品德的光辉,又表现出独鲁迅才有的坚韧中带有脆弱的气质”。① 于是,有人发出“回到鲁迅那里去”的呼声。② 可以说它宣告了鲁迅研究史上一个新时代的降临。以王富仁为首的一批勇于探索,锐意进取的学者,尽管他们仍然高度评价鲁迅是“我们民族的伟大代表”,是“我们民族的优秀精神的大集合体”;然而他们更注意考察鲁迅独特的“自我”——他的独特创作个性,独特思维方式及其作品的独特价值等等。王富仁的《〈呐喊〉〈彷徨〉综论》等一系列论著,着重阐发了从反封建思想革命角度认识鲁迅的意义。这一研究模式扭转了从周扬开始、由陈涌完善的鲁迅作品是“中国政治革命的镜子”的研究体系。显然,王富仁模式仍是一种以“镜子”理论为基础的研究模式。它在认识鲁迅的总体上,侧重于鲁迅对社会生活的认识历史和伴随这种认识历史而发生的与中国革命的联系方面,却很少注意研究鲁迅的自我及其深层意识历程。不过,王富仁们的研究不仅仅是视野的转换,它是鲁迅研究史上具有深刻意义的革命。这首先在于他们打开了鲁迅独特世界的大门,努力从社会文化中全方位地观照“鲁迅”本体,将其引入文学、哲学、历史学、人类学等领域,打破了原来过于狭小的研究视野,这不仅体现出一种“破关而出”的勇于开拓精神,而且为深化鲁迅研究开辟了多种新的路径。

当然,在王富仁那里,“破关而出”仅仅是开端,待到金宏达、钱理群、陈学超等人写下一批专著、论文时,才显示出不同学科的“侵入”所带来的生命活力。将“鲁迅”引入每一个新的领域,都会给鲁迅研究增添新的世界,并从而大大丰富“鲁迅”的内涵。

鲁迅是生活在“社会——历史”这大背景中,并在社会历史活动中塑造其自我形象的。他不是一个孤立的自足体,而是与人类历史(文化史、思想史、文学史)有着紧密的“血缘关系”。只有走到“社会——历史”的大系统中,鲁迅研究才能获得坚厚广博的基础,即只有“破关而出”才能返归自身,这是一个古怪然而真实的悖论。近年来,一批年轻的研究者正是从这个悖论出发,努力揭示“鲁迅”本体的复杂意蕴,以“心灵辩证法”、“历史中间物把握鲁迅”在探索民族变革、复兴道路过程中所面临的矛盾(外在的,更是内在的),他复杂万端的心态与情感:“他的愤激与焦躁,感伤和痛苦,以及鲁迅怎样从‘内心炼狱’中挣扎出来,

---

① 李丽:《一个伟大而复杂的人》,《鲁迅研究》1983 年第 2 期。

② 王富仁在他的博士论文《〈呐喊〉〈彷徨〉综论》首先提出的。

找到正确道路”，寻找鲁迅“内在精神线索”。①

这种研究意向无疑又给鲁迅研究带来了新的曙光。不过，年轻一代研究者虽然已明显流露出探索鲁迅“自我”——他独特的思维方式、情感表征、心理特征——的雄心，可至今鲁迅研究的最大局限仍在于没有在“破关而出”与“返归自身”之间寻找到最佳的契合点，因而也就无法真正返归“鲁迅”本体。从心理学的角度看，人的意识结构是由三个部分组成的，即本我、自我与超我。本我是指最原始的、与生俱来的潜意识的结构部分，它像一口本能和欲望沸腾的大锅，具有强大的非理性的心理能量；而人的生命意识主要源自人的本能。弗洛伊德认为，本能是人的生命和生活中的基本要素、原始冲动和内驱力。人有生的本能，即爱与创造的能量；也有死的本能，即恨与破坏性的能量。生与死这两种本能的作用相反，又始终同时并存，它们是人的生命活动中一切矛盾斗争、苦闷痛苦的根源所在。在鲁迅的现实生活与艺术创作中，我们可以感受到这两种异常强烈而独特的本能力量。当它们以强大的内驱力是左右或控制人的生命时，意识结构的其他层次都无疑会受到深刻的影响。自我与超我是作为人的理性与道德的部分，它们与人的潜意识(本我)之间是一种既对立又统一的关系，而本我则是它们的支柱和基石。我们以前从文化思想层次研究鲁迅，实际上只是着重探讨了鲁迅意识结构中的自我和超我部分，却在很大程度上忽略了“鲁迅”本体中更为活跃、也更有决定意义的本我——生命意识。生命意识在“鲁迅”本体那里，既是联系其各个意识结构的中介，又是自我、超我意识层次的渊源，所以它是揭示鲁迅深层意识的钥匙。我们认为：作为一个探索人类奥秘的文学家、思想家的鲁迅，首先是一个有着丰富感性世界的人，他既具有一切伟人的优秀品质，也洋溢着一个活生生的个体的各种本能需求——性爱的渴求、生的意志、死的痛苦、自我发展的欲望等等。这一切都源自鲁迅强烈的生命意识。由灵与肉的冲突、生与死的搏斗、爱与恨、创造与毁坏等深刻的矛盾体所构成的生命意识是“鲁迅”这多声部交响曲的主旋律，是“鲁迅”本体的深层意识。正是这生命之树开放出的奇葩和瑰宝，使“鲁迅”焕发出迷人的艺术魅力与无穷的创造精神。因此，我们认为，生命意识才是研究鲁迅的最佳契合点。本文的意图就是由此切入，对深化“鲁迅”本体研究作点粗浅的探测。

---

① 参阅钱理群：《关于鲁迅研究的一些思考》，《中国现代文学研究丛刊》1987 年第 1 期；汪晖：《历史的“中间物”与鲁迅小说的精神特征》，《文学评论》1986 年第 5 期。

二

一九二四年四月八日，在一个偶然的机会中，鲁迅买到了厨川白村的《苦闷的象征》。无疑，这部根于生命力的美学著作引起了鲁迅的强烈共鸣，驱使鲁迅觉得非把它译出来不可。同年九月二十一日着手翻译，于同年十一月二十二日译毕，并为它写了引言。究竟是什么使鲁迅如此激动？且让我们看看《苦闷的象征》的基本思想：

厨川认为，世上的思想家在一个根本性的问题上有一致的看法，即将“闪电似的，奔流似的，蓦地，而且几乎是胡乱地突进不息的生命的力”[①]看作人类生存的基础；并且生命力是在冲突中展现它的生存意义的，“有铁和石相击了地方就迸出火花，奔流给磐石挡住了的地方那飞沫就现出虹采一样，两种的力一冲突，于是美丽的绚烂的人生的万花镜，生活的种种相就展开来了”。[②] 从柏格森“创造的进化”论中，从叔本华的生存意志说中，从尼采的超人说中，从嘉本特关于人类生命永远不灭的“宇宙的自我”说中，以及从罗素的冲动说中，都能看到这种思想。生命的力是永远不会凝固和停滞的，也不肯妥协和投降，它具有永远追求自由和解放的向上趋势。无论是有意识的或无意识的，它总是不住地从里面热着我们人类的心胸，就在那深奥处烈火似的燃烧着。但是这炎炎的火焰往往受到我们的外部生活，即社会结构的压抑，因为任何文明的确立都是以对人生命力的压抑为前提，其追求的自由解放与面对现实的冲突是永恒的。

生命力不仅受到外部各种力量的压抑，同时也受到我们自身作为社会存在物要生存下去而产生的对自我欲望的压制力量的制约，即自我和超我意识力量的控制。这就产生了一种克制自我欲望的要求，即人有自我保护的利己主义欲求，同时也有热爱他人的利他主义的愿望。恰恰是欲求积极前进的生命力与阻碍它前进的内外消极力量的冲突，造成了人的深层意识的苦闷和烦恼。人只有摆脱这苦恼，努力挣扎着活下去，才能获得生命的乐趣。而文学创作则是这种人生苦闷的载体和生命乐趣的纯真表现。“文艺决不是俗众的玩弄物，乃是严肃而沉痛的人间苦的象征”。[③] 这“人间苦”正是生命力与所有企图压抑生命力

---

① 《鲁迅全集》第13卷，第22页。

② 《鲁迅全集》第13卷，第21页。

③ 《鲁迅全集》第13卷，第46页。

的因素的冲突所带来的人生苦闷。压抑力量越大,烦恼和苦闷就越强烈。在人们这些压抑力量相搏击时,他们或呐喊、或呻吟、或哭泣、或哀婉,有时也会为胜利的喜悦而陶醉。这些声音就是文艺的声音,不过这是仅就创作主体而论。

有意思的是,厨川在此书中还特意说道:在日本,四十岁被视为男子的“厄年”。到了这时,一个人深思自己的过去和将来,要冷静地审视自己。鲁迅在接触这本书时恰好是四十二岁,而实际上此时的鲁迅也正进入他的严格审视自我,剖析自我的第二次人生探索期(第一次是在1907年—1918年间)。因此可以想见,他对这部著作及其中的生命学说所发生的强烈共鸣,就绝不是一时的感情冲动和偶发的闲情逸致,而是涵蕴着鲁迅对于人生与文学的苦心探索和深刻反思。尽管在1907年写下了《人之历史》、《文化偏至论》、《摩罗诗力说》后,他再也没有详尽地阐释过自己的人生哲学和文学思想,但早期的思想却一直在他以后的许多作品中潜流着。当厨川白村的著作较系统地表述了鲁迅的许多思想时,将其著作翻译出来,其实也就等于表明了鲁迅自己的某些思想或吻合了鲁迅的某些人生体验。

早期写的《人之历史》,以生命意识为经纬思考民族的生存问题;《文化偏至论》和《摩罗诗力说》则强调尊重生命,弘扬个体生命意识,把人看做各个独立的生命体,要求“重个人”、“张灵明”,并认为“人类渴仰完全的潜力”。尤其值得注意的是鲁迅把生物进化论的生命学说引入人学领域,对人的生命延续及生命需求提出一系列发人深思的见解。他在《我们现在怎样做父亲》一文写道:

> 便是依据生物界的现象,一,要保存生命;二,要延续这生命;三,要发展这生命(就是进化)。生物都这样做,父亲也就是这样做。
>
> ……既是生物,第一要素的自然是生命。因为生物之所以为生物,全在有这生命。否则失了生物的意义。生物为保存生命起见,具有种种本能,最显著的是食欲。因有食欲才摄取食品,因有食品才发生温热,保存了生命。但生物的个体,总免不了老衰和死亡,为继续生命起见,又有一种本能,便是性欲。因性欲才有性交,因有性交才发生苗裔,继续了生命。所以食欲是保存自己,保存现在生命的事;性欲是保存后裔,保存永远生命的事。

这充分体现了鲁迅对生命的重视,也反映了生命意识在鲁迅思想形成的过程中所占据的重要地位。它们影响着鲁迅一生的社会活动和创作生涯,也是鲁迅作品艺术特色的内在活力。

人类的历史是在生命的消亡和新生的嬗替过程中前进的。作为个体的人，“多是‘生命之川’之中的一滴，承着过去，向着未来”。[①] 因而，当鲁迅考察历史时，要寻找的是“挣扎和战斗”的生命力，是人“对于死的挣扎，对于生的渴望”，[②]以及“中国人的对于天然的倔强的灵魂”；[③]要批判的则是摧残与毁灭人的生命欲求的封建社会结构及其文化意识。面对着封建文化的“存天理灭人欲”的“吃人”现象，鲁迅发出了“一要生存，二要温饱，三要发展，敢来阻碍这三事者，无论是谁……都要反抗他，扑灭他”[④]的呐喊。这无疑是鲁迅用生命意识检视历史后所喊出的心声。

从广义上看，鲁迅反封建思想的价值基石正是“人”——生命得到健康发展的个体。“尊重人的生命欲求”、“肯定人性的合理发展”构成了鲁迅价值取向的轴心，也是鲁迅评估中国文化的基本原则。中国封建文化是以压抑人的内在生命为前提的极权主义的伦理观。它无视人之所以为人的原始生命冲动，压抑人的本能要求和创造欲望，以群体意识取代个体人的生存和自由发展，把社会变成远离人的生命本原的荒漠，使人失去了本性而成为皇权礼教的奴隶。鲁迅汲取进化论的生命学说和世纪末非理性的生命哲学的合理因素所形成的人生哲学和文学观，正是为了彻底反封建的需要，借以唤醒国人的潜在生命力，冲决一切封建文化网罗，使人返回生存的最基本层次，去进行自我创造。因此可以说，从生命角度认识历史与社会形成鲁迅的基本认识方式，而封建文化对人性的压抑与人的抗争则是鲁迅作品的基本冲突。鲁迅竭力批判国民劣根性正是希冀生命力萎缩了的国人突破历史的沉疴，促使国民从无生命意识的奴隶状态走向人的自觉状态，从封建社会文化的符号中挣脱出来，向有着丰富感性欲求的、勇于抗争的真人复归。

在鲁迅批判国民劣根性、启封建文化之蒙的总体格局中，我们可以清晰地看到这样一个思想——有形与无形的生命的毁灭、摧残和萎缩——贯串于鲁迅作品中。这是从生命被毁灭与被压抑的角度批判中国传统文化及其载负体——社会和人。《论雷峰塔的倒掉》基本上是一个关于传统道德如何灭杀人的生命本能欲求的寓言。雷峰塔在鲁迅看来几乎是一个对本我与自我施行压

---

① 《鲁迅全集》第7卷，第720页。
② 鲁迅《〈生死场〉序言》。
③ 《鲁迅全集》第4卷，第73页。
④ 《鲁迅全集》第7卷，第133页。

制的封建文化的图腾象征，欢呼雷峰塔的倒掉表现了作者反对压抑、毁灭人的本能欲求的强烈愿望。这一隐藏在作品结构里面的深层意义几乎成为鲁迅许多作品的共同主题。从《坟》中的《我之节烈观》、《寡妇主义》到《祝福》中祥林嫂"撞香炉"，《阿Q正传》中"假洋鬼子"的老婆"跳了三回井"、吴妈上吊，都含蓄而深刻地揭露了封建礼教是如何无形地扼杀女性作为人的正常人性和 合理的生命欲求；从《坟》中的《灯下漫笔》到《孔乙己》、《白光》、《阿Q正传》，都生动展示了封建文化是如何戕害人性，剥夺人的基本生存权利的：《肥皂》和《高老夫子》等，则在揭露封建道德的虚伪性时表现了儒林变态的性本能（在许多杂文中都有这个思想）；《兔和猫》、《鸭的喜剧》尽管在一丝暖意的欢乐中体现了生活的乐趣，但对生命可爱的渲染不正强化了对于不尊重生命、摧残生命的谴责吗？鲁迅在一种生存竞争、弱肉强食中（不但强者、恶者吞噬弱者，有如猫吃小兔；而且可爱的鸭子也吞吃同样可爱的蝌蚪），痛疾于大多数人对别人漠不关心的态度："那两条小生命，竟是人不知鬼不觉的早在什么时候丧失了"，"过往行人幢幢的走着，谁知道曾有一个生命断送在这里呢?"这里面隐含着深刻的悲凉和隐痛，而许多研究者却忽略了这点。

在鲁迅作品中，与批判国民性相辅相成的一个重要主题是"解剖自己"——探索自我心态和自我对人生的复杂的生命感受。虽然鲁迅自1918年起发表了一系列小说、随感、散文，猛烈抨击中国传统的道德伦理；然而他所呐喊的所鼓吹的所反对的，"如果从思想角度说，尽管深度远超众人，但在基本思想、主张上，却与当时他的朋友和战友们大体相同，并没有什么独特之处"。[①] 然而鲁迅却以一个深沉锐敏的文学家和思想家所独有的深意，写下的是"前不见古人，后不见来者"的光辉作品，至今仍激动着人们。因此我们认为，鲁迅的伟大之处就在于其深刻而独特的人生体验——对于"生命之川"的内在感受和生命力反抗命运所喷射出的火焰。认识自我，其实就是"抉心自食"的痛苦的生命体验，也是生命力"对于死的挣扎，对于生的渴望"，其中可以寻见鲁迅自我的蜕变与超越。鲁迅及其笔下的一系列自我形象，正反映了面对黑暗社会现实，承受巨大社会压抑的人，坚韧地反抗命运、历史和社会的生命历程。人在抗争中显示了顽强的生命力——韧性战斗精神与复仇性格，从而促使旧我的死亡与新我的诞生，并唤起生命由恐惧、焦灼、伤感向崇高、激昂、勇敢升华和发展。《在酒楼

① 李泽厚：《中国现代思想史论》，第111页。

上》、《孤独者》、《伤逝》、《过客》等作品正形象地体现了个体生命的这种抗争过程。

《在酒楼上》、《孤独者》尽管描写了旧秩序叛逆者的失败和死亡，但颓废，苦闷与孤独所构成的阴影恰恰激起生命于绝望中的反抗。在主人公肉体与精神死亡的时刻，那生生不息的生命力突破了"死亡"走向新的征程：

我快步走着，仿佛要从一种沉重的东西中冲击，但是不能够，耳朵中有什么挣扎着，久之，久之，终于挣扎出来了，隐约是长嗥，像一匹受伤的狼，当深夜在旷野中嗥叫，惨伤里夹着愤怒和悲哀。

我的心就轻松起来，坦然地在潮湿的石路上走，月光底下。（《孤独者》）

《伤逝》表面上是一幕爱情的悲剧，可最令我们震撼的是，在子君死于"虚空"的背后，奔突着人的生命力对"真实"的不懈追求。正是人的骚动不安、追求自由与真实的生命力与封闭的小家庭生活、宁静的爱的冲突造成了子君和涓生的深层悲剧。如果说《伤逝》吟出了"蹉跌于'爱'——感激也在内"窒息生命追求的颤栗，那么《过客》则唱起了一首"反抗绝望"的悲壮战歌。鲁迅说过："《过客》的意思不过如来信所说那样，即是虽然明知前路是坟而偏要走，就是反抗绝望，因我以为绝望而反抗者难，比因希望而战斗者更勇猛、更悲壮。但这种反抗，每容易蹉跌于'爱'——感激也在内——里，所以那过客得了小女孩的一片破布的布施也几乎不能前进"。[①] 这部令人想起贝克特《等待戈多》的诗剧，在描述"过客"饱浸着浓浓荒谬、悲凉而不停息地"走向坟墓"的过程中，道出的观念正暗含了现代存在主义关于生命抗争命运的乐趣的许多思想。如果把"过客"这一形象看做鲁迅本人，我们可以更清晰地理解"鲁迅"本体。

到这里，我们已经可以比较清楚地梳理出鲁迅的生命意识是由以下要素构成的：尊重生命，弘扬人的生命力；主张人性的全面发展，反对压抑、毁灭生命欲求；不安于现状的抗争与追求和由此发展而来的主观战斗精神。这些观念在具体的感性世界（现实生活与艺术作品）之中，主要是以两组错综复杂、交叉渗透的矛盾体呈现出来的。这两组矛盾体即是：心理——情感范畴的现代性与传统性的矛盾；人生——哲学范畴的人生荒谬感的悲观主义与充满历史参与意识的乐观精神的矛盾。

---

① 《鲁迅全集》第11卷，第442页。

三

近年来,人们已开始注意探讨鲁迅在与传统与现代的关系之间存在着一种极不平衡的“紧张”状态,即在心理——情感范畴的现代性与传统性的冲突,它对鲁迅人格、心态世界的形成有着极为深刻的影响。可以说,鲁迅一生都处于这种冲突所造成的心理——情感的紧张状态中;然而对此的分析至今仍停留在“历史——价值二分法”的研究模式上,着重强调理性层次上的文化思想的影响因素。这种理解夸大了文化思想的决定性,而忽略了鲁迅的感性生命和由生命欲求导致的心理矛盾。我们认为,鲁迅“心理——情感”范畴的这种矛盾性,主要集中体现为性爱与伦理,个体生命发展与社会群体解放等冲突上,而冲突的焦点则是灵与肉的搏斗,个体生命的解放与“肩住了黑暗的闸门”的个体牺牲的矛盾。

从心理学上看,任何一个人都有保存自我,满足自我和发展自我的欲求,这就是生的本能。它要抗拒死亡,要使生命得到保存和更新。弗洛伊德认为,真正的生的本能就是性本能。因为它导致繁殖、导致新生命的诞生,并使人类的生命历程得以延长;进而性本能又直接导致人生的爱的基本需要,而这种爱则以性本能冲动为内驱力、以两性结合的性爱为核心的;且还有对父母、对子女、对朋友的爱。但是发自本我的并蕴含着本能和欲望的强烈冲动的性爱要求,必然受到“自我”或“超我”的道德伦理原则或政治思想理想的控制、协调,甚至压抑;特别在中国这块“存天理灭人欲”的封建伦理文化极其强固的土地上,性爱与伦理道德的冲突就显得异常尖锐激烈。鲁迅恰好处于这一历史冲突的夹缝中。作为中华民族的先觉者,他在这一夹缝的挣扎中所承受的苦痛和忧愤要比别人深广得多。即个体生命意识越强烈越要冲决伦理网罟,而人的伦理道德越要动用自身的强控制功能严加压抑,以致造成主体心理的极大不平衡,痛苦感、焦灼感、忧郁感、愤懑感、孤独感等均油然而生。因此他在“心理——情感”领域中一面呼喊着“人之子”的爱,一面又不能不做一个孝子,不能不屈从于封建婚姻强加给他的精神锁链。这灵与肉的复杂冲突,是造成鲁迅潜意识层次焦虑情结和矛盾人格的内在根源。灵与肉的冲突带来的是鲁迅对于个体生命价值的双重态度,即内在的需要与外在的需要无法统一时的矛盾的人生感受。一方面,作为个体的人有实现自我、发展自我的生命欲求;另一方面,个体超越自我的动机使其由将自我扩展到世界、群体，即为了一种壮丽的事业和历史使命而牺牲个体生命的愿望，从而使人的愉悦和满足由低级向高级跃进，并获得超越性的欢乐和从中感受到自我存在价值升华时的欣慰。这是生命追求在由感性层次飞向理性层次的过程中展现出的人生价值。正是在这一飞跃过程中，人获得了对“生命之川”的最深沉体验。

《热风》里记录着这样一件事：当鲁迅读到一位不相识的少年寄来的一首名为《爱情》的诗时，诗中一句“爱情！可怜我不知道你是什么”，牵动了鲁迅心灵深处的许多隐痛和苦衷。当鲁迅赞叹它所表现的强烈生命意识，即“这是血的蒸气，醒过去的人的真声音”时，又不能不在传统的伦理层次上负疚地指出：“但在女性一方面，本也没有罪，现在是做了旧习惯的牺牲。我们既然自觉着人类的遭德，良心上不肯犯他们少的老的的罪，又不能责备异性，也只好陪着做一世牺牲，完结了四千年的旧账”。其中含着鲁迅自身多么深刻、多么矛盾的生命体验、人生感受以及难言的和难解的忧绪、痛楚。这也正反映了在灵与肉冲突的过程中，人对生命本能和性爱权利的大胆追求以及传统道德对这种生命需求的压抑而形成的矛盾人格。这还可以追溯到更早的时候。我们都知道，鲁迅童年的欢愉时间非常短暂。祖父的下狱，父亲的病逝，使鲁迅故家“从小康人家而坠入困顿”。作为长子的鲁迅，不但分担家庭的许多不幸，且促使他从小就感到有一种为祖父和父亲赎罪的责任；尤其是在父亲死后，对不起父亲的内疚感使他觉得应该在兄弟面前发挥父亲的作用，以重振家业。这种心理情结就导致了李欧梵先生所说的“道德心的早熟”，它造成了鲁迅心理上的“原罪意识”和“伦理枷锁”。[①] 鲁迅一辈子都带着这些“枷锁”跳舞。这无疑加重了鲁迅内心的伦理负担，他一旦要求冲破这一心理障碍和“灵”的束缚时，就异常艰难。另一方面，父亲逝世挫伤和损害了他的生命冲动的正常发泄和释放，从此之后，鲁迅的感情主要依托在其母亲那里。从鲁迅的许多作品及回忆录可知，鲁迅非常爱他的母亲；当然这种“爱”的内涵极为复杂，也许含有生命本能上的“恋母情结”，也许含有人道之爱，但更多的是含混着浓厚的“孝”的伦理色彩。无疑，他母亲是一个伟大的女性。她忍辱茹辛抚养几个儿子成人，并忍痛送他们“走异路，逃异地，去寻求别样的人们”。正由于鲁迅对母亲的爱如此深切，如此复杂，所以在她亲自导演了一幕折磨鲁迅一生的婚姻悲剧中，鲁迅似乎心甘情愿地扮演了一

---

① 参阅李欧梵：《一个作家的诞生——关于鲁迅求学经历的笔记》，《国外鲁迅研究论集》。

个非常尴尬的悲剧角色。1906年鲁迅奉母命回国与朱安完婚，这给他心灵以沉重的打击，不仅直接剥夺了鲁迅许多正常的生理需要，也剥夺了他要求爱与被爱的合理权利。当后来爱情撞入他心扉时，鲁迅甚至怀疑自己“配爱那个人吗?”[①]这是性爱欲求被超限压抑后所造成的心理变态。尽管他最终喊出了“我可以爱”，但这呐喊不也折射出鲁迅内心的深深创伤和自卑吗?

与许广平相爱的时候，要求改变自己无爱命运的生命冲动强烈撞击着鲁迅；但“陪着”“旧习惯的牺牲”品，了结“四千年旧账”的伦理道德感又紧紧束缚着他。对母亲的孝顺，对朱安的愧疚都加重了鲁迅道德良心的自责。然而，对现代性爱的生命追求在与传统伦理的纠缠中却呈现出苦闷后的抗争，他终于勇敢地迈出了生命史上的重要一步。这反抗伦理、冲破传统羁绊的过程，正是充满了灵与肉的冲突，也是鲁迅那奔突的生生不息的生命力对自身的体认，与对压抑这生命力的传统理性的搏击。对于鲁迅这样一个在感情上浸染着浓重传统理性的人，特别是对其母亲有着某种由孝心而导致的感激、愧疚、自责甚至重负般感情的人，要挣脱与母亲的慈爱紧紧联系在一起的婚姻束缚是多么困难!所以当鲁迅勇敢追求作为人的性爱权利时，实际上就是他对自己生命力的又一次大胆肯定，正是这灵与肉的冲突使鲁迅的生命意识在个人情感生活中焕发出了熊熊的烈焰。

在性爱与伦理的冲突中，我们还看到另一组相联系的矛盾，即虽然强烈渴求个体生命的解放，然而却又无力挣脱某种传统阴影的自我羁绊。这是本世纪初每一个先觉者都必然经受的内心分裂；同时这种谋求自我的自由、发展与启国人之蒙，“自己肩住了黑暗的闸门，放他们到宽阔光明的地方去”，又是他们所必须承担的双重历史使命。正像《狂人日记》中的“狂人”一样，他在猛烈抨击传统，呼唤“真的人”、“没有吃过人的人”时，也对自己能否成为一个新人而充满了怀疑，始终无法自觉割断与“吃人者”的血缘关系；自己即将被吃，同时又怀疑自己过去是否也在无意之中“吃了妹子的几片肉”。这种矛盾、自责的心理在鲁迅前期小说，杂文中表现得十分强烈。从中我们感受到，新旧时代的交替和社会斗争的激烈，使在这新旧夹缝中挣扎的鲁迅深深地意识到了一种对自己的命运充满着悲壮和崇高意味的严峻考验：或许，自己将不得不独自背负几千年的传统重荷，甚至用自己的生命做牺牲，才能完成自己的历史使命；但作为一个

① 《鲁迅景宋通信集》，第315页。

感性生命体的人，他又要享受人的生存权利，满足多种生命需要，在选择中发展自我个性。这也同样是历史赋予他的使命。由此可见，发展自我与牺牲自我都是觉醒后的人对自己生命意义的双重理解，也正是在两者的矛盾对立中构成了生命的发展，同时确立了生命的价值。

鲁迅从来就主张个体生命的全面解放。他早期"任个人而排众数"的"立人"思想，就是对个人生命价值的肯定，而后又从尼采生命学说中合理吸取了关于个人发展的超人思想，从进化论中吸取生命不断进步、完善的思想，它们都激发了鲁迅自我解放的渴求。可以说，对自我生命的思考始终纠缠着鲁迅。热爱生活，热爱生命，要求解放自我，发展自我是鲁迅思想和性格的核心。每当他面临死亡威胁的时候，总是显出无比强烈的对生命的眷恋和对死亡的抗争。据说，在他临逝世前，提到的是绍兴地方戏中的复仇女鬼的形象——女吊。这暗示出在他生命之泉的最后一刻，喷发出的仍然是反抗压抑、摧残生命的复仇火焰。

但鲁迅作为一个伟大的先驱者，他清醒地认识到自己是"在转变中"或"在进化的链子上"的历史"中间物"。① 因此他在强烈渴求自我生命解放的同时，又勇敢地自我反观和自我否定。不但否定代表着过去、绝望和衰亡的世界，而且也如那个"肩住了黑暗的闸门"的英雄一样，以牺牲自己的生命，来换取大众的新生。当他将自己置于"生命的路"来审视自己时，他就能乐观地指出：一个人的死并不是件寂寞悲哀的事，"生命不怕死，在死的面前笑着跳着，跨过了灭亡的人们向前进。"②在这里，个体的牺牲带来的是人类生命的进步。这与其在婚姻方面要"陪着做一世牺牲"的悲哀、低婉的旋律相比，显示了鲁迅生命中的悲壮和崇高的基调。

从这些冲突可见，现代性与传统性的矛盾不仅是鲁迅对中国传统价值观念的双重态度，更重要的是鲁迅对自己生命意义认识的双重把握。走向现代、发展自我与回归传统、解放大众都源自其对生命的自觉体认。如果不清楚这种生命意义的双重性，就无法理解鲁迅一生经受"煮自己的肉"的精神酷刑的原因，也无法理解鲁迅为什么要在孤独、寂寞中终其一生。

---

① 《鲁迅全集》第1卷，第286页。

② 鲁迅：《热风·四十九》。

四

事实上，在“心理——情感”范畴对生命意义的双重态度已经带来了鲁迅内心的矛盾和情感的折磨。当他以深刻的自我否定显示出其伟大时，当他在精神的酷刑中证明自己尚存的生命意志时，对生存本身的极度焦灼和不安必然导致他对生命由体验向思考升华，从而在“人生——哲学”范畴的高度来探索生命的意义。探索是基于生命的惶惑，又是面对惶惑的生命本体。当“我终于彷徨于明暗之间”时，“我”做出了“只有我被黑暗沉没，那世界全属于我自己”的痛苦抉择(《影的告别》)；当“我”不知道“我”是谁，从何处来，到哪里去时，“我”毅然“昂了头，奋然向西走去”(《过客》)。正是在这彷徨的生命历程中表现了生命存在的现实意义和人生价值。

德国人类学家普列斯纳给人类勾勒这样一幅肖像：“人意欲着和期望着、思考着和想象着、感觉着和信仰着、为自己的生命担忧着。在这些活动中，他不断认识自身的完美性和达到它的可能性之间的距离。”《野草》正体现着鲁迅对自我生命的体认、思考、期待、忧虑、绝望和追求，洋溢着强烈的生命哲学意识。据章衣萍回忆，鲁迅曾十分明白地告诉别人：“他的哲学都包括在他的《野草》里”。[①] 许寿裳也曾说过：《野草》“可说是鲁迅的哲学”。[②] 因此，我们在讨论鲁迅的人生哲学时，就不能不首先注意他的《野草》。鲁迅曾说，他从不轻易在作品中袒露自己的血肉，但他又显然渴望袒露自己，寻求真正的知音。《野草》就体现了这种寻求理解的渴望与焦灼。它是鲁迅对自己灵魂的深层逼视，记录了作者心灵炼狱的痛苦历程，其中满蕴着鲁迅潜意识和直觉层次许多微妙的难以言传的生命感受，同时又是鲁迅对人生、对生命的哲学沉思。它最充分地展示了鲁迅的生命意识，也最独特地表达了鲁迅对“生命之川”的深刻理解。其独特与深刻主要集中在对生命形态和生命意义的多层开掘和悖论理解上。从个体生命的角度看，生命的表现形态是极其复杂的。人的生存过程虽是生物进化的“链条”的一环，但其显示的却是人从摇篮到坟墓的整个历程中的精神生活。在这一生活中，生命以其奔涌的活力向前飞流，这是生命的显层形式。同时，从死亡中反观生存、窥视生命的过程、发现生命的潜在河流和荒谬因素，则是与显层

① 章衣萍：《古庙杂谈(五)》。

② 许寿裳：《鲁迅的精神》。

形式始终并存的隐形结构。这两者的交叉渗透则呈现出生命形态的多维结构和丰富的表现方式。生的视角和死的视角的综合考察,将个体置于深刻的冲突中,是鲁迅揭示生命形态多重内涵的思维特征。在鲁迅看来,生命的意义是在个体与世界的关系中确立的,个体只有通过他人才能实现自己。当个体与世界的关系面临着对立甚至脱落的情况下,孤独者的巨大生命能量和存在意义才强烈而鲜明地凸现出来。这似乎有存在主义式的虚无主义倾向;但鲁迅在面对疑惑和虚无时,却强调人的生存意志,强调生命强力,强调去发现生命的意义。因此,他尽管在揭示生命意义时总是以荒谬的对立关系构成主题,如"狂人"与世界(《狂人日记》)、阿Q的存在与自我意识(《阿Q正传》)、祥林嫂与鲁镇(《祝福》);然而总动摇不了他对"好的故事"的坚定信念。而这些复杂的感受、体验和理解在鲁迅作品中则是以悖论的辩证形式来呈现的。如果我们比较全面地阅读《野草》,首先就会得到这样一个感觉:这里面充满了"丰富"和"悖论"——生命形态的多样性、复杂性和生命存在的荒谬性、矛盾性。在"充实"中同时感到"空虚",在"死亡"中知道"它还非空虚"、"曾经生存"(《野草·题辞》);"绝望之为虚妄,正与希望相同"(《希望》),这些对立的意象都显示了这种"丰富"和"悖论"。因此,揭示生命的多重内涵就成了鲁迅的自觉追求。

这种自觉追求首先体现于对生命本体——生与死——的自我探索上。任何一个有生命的人都不能不思考"生与死"的问题;同时如何对待这一最高的哲学命题,又表现出主体对生命的态度,并折射出其生命历程的基本流向。有的研究者说"生与死"构成了鲁迅作品的母题之一,这是正确的。如果推而广之,我们看到在鲁迅的一生中,这也是一个始终缠萦着他的痛苦问题。对于鲁迅来说,生存是与活跃的生命力、与"肉缚这空虚中的暗夜"相联系的;因此他以韧性战斗精神,来反抗一切对生命的亵渎。于是他在战斗中寻求生存的乐趣,在战斗中感到活跃的生命力,感到生活的充实,并从中体验人生的幸福;而且也就是在与敌人的搏斗中,自己的生命价值才得到实现。当然,鲁迅在思考"生"时始终是与"死"联系在一起的;于是走向"死亡"则构成了"我"的生存状态的基本要素,这既是哲学问题,又是现实存在。当鲁迅意识到"我的生命,至少是一部分的生命,已经耗费在写这些无聊的东西中,而我所获得的,乃是我自己的灵魂的荒凉和粗糙"时感到的不仅仅是我对生存的追求,而主要是生命在耗费时难言的苦衷。鲁迅曾一再宣称,他自己是"死"的"随便党",并指出:"在进化的途中,总须新陈代谢。所以新的应该欢天喜地的向前走去,这便是壮,旧的也应该欢天喜地的向前走,这便是死;各各如此走去,便是进化的路";而且"个体"的牺牲会带来人类的进步。人类的历史正是在生死交替中不断进化,发展的,生命"永远是进步的,乐天的"。[①] 但这种乐观态度,却总是伴随着强烈的悲哀。这是因为任何社会人类历史的进步往往是以压抑或控制个体生命力为前提的,悲观与乐观是交织在一起的。"悲哉死也,然而更可悲的是他的诗至今没有死"[②]等类型的语句经常出现,就是一种在孤独中体味的死的痛苦。

但是,鲁迅关于个体死亡的悲观主义远不是颓唐和厌世的,其人生的荒谬感也并非否定生存意义的。他虽悲观却仍充满对人生的爱,虽无所希冀却仍奋力前行,总能使我们感觉到其中洒泻着对生命的挚爱。在鲁迅那里,"死"并非生命的结束,而恰恰是使生命得以证实、得以实现其价值的媒介。走向死亡其实就是人对生命过程的理性自觉和感性体验,并以此思考生命的意义和人生的抉择等形而上问题。当鲁迅把"生"与"死"统一起来观照或思考时,实质上体现了鲁迅对"死"在生命本体中的功能阐释和认识"死"的态度以及从生命终点(未来)返顾生命存在(现在)的追问。

对生命的形而上体验和寻求是在一系列矛盾的观念和意象中辩证展示的。在鲁迅对潜在生命力的沉思中,与"生与死"问题直接联系的是"希望与绝望"的问题。这也是一直贯串"鲁迅"本体的探索焦点。由于鲁迅经受过比一般人更深刻的人生体验和对"此在"的深层把握,所以他尽管满怀战斗的激情,歌颂那"被风沙打击得粗暴"的"魂灵"(《一觉》),歌颂那渴望"永得燃烧"的"死火"(《死火》);但这些如南国的雪似晶莹的希望,绝不等同于肤浅的乐观主义,而是犹如那"在无边的旷野上,在凛冽的天宇下,闪闪地旋转升腾者的""雨的精魂","如包藏火焰的大雾"(《野草·雪》)。诚然,鲁迅强烈的历史参与意识和刚健入世的传统心态共同建构了他执着于"此在"的生命意义,追求个体存在的现实精神。这就与由于现实黑暗和深刻的"原罪"意识而造成的极度失望和自我否定的绝望发生了内在的冲突,引起了生命的痛苦。吕纬甫,魏连殳的悲观和沉沦,"影"的苦恼和彷徨,"傻子"的痛苦和困惑等等都流露出鲁迅心理的极度不平衡。当他试图通过艺术创造来宣泄自己灵魂的痛苦,以求得心理的暂时平衡时,与黑暗社会抗争的鲁迅和承担着现实失败、代社会"赎罪"的鲁迅之间纠缠着,就会导致矛盾冲突;而矛盾的结果则形成了鲁迅宛若其笔下的"过客"

---

① 鲁迅:《热风·四十九》。

② 鲁迅:《野草·希望》。

式的“反抗绝望”的独特的生命抉择。

反抗绝望并不意味着肯定希望，而是意识到生命必然归宿——“死”——后的现实选择，是把“过去”和“未来”都汇聚到“走向坟墓”这一现时生命所进行的命运抗争。“过客”拒绝“过去”、“影”拒绝“将来”，其实也就是将对过去的追忆（《雪》、《朝花夕拾》）和对未来的憧憬（《好的故事》、《故乡》）纳入人的扑朔迷离但又一往无敌的生命历程中。“反抗绝望”流露着对生命的珍惜和对压抑生命的坚韧抗争。这要求人对自己的行为——人生选择负责；同时它也是作为一个人生道路上的孤独者的鲁迅对社会罪恶的愤怒抗议，这与人企图超越有限生命的形而上人生孤独感融合在一起。正是对社会的愤怒与得不到理解的痛苦，使他的生命意识迸射出一种与孤独、悲凉融为一体的希望；是那“看透了造化的把戏”的叛逆的“猛士”，在“洞见一切已和现有的废墟和荒坟，记得一切深广和久远的苦痛，正视一切重迭淤积的凝血，深知一切已死、方生、将生和未生”（《淡淡的血痕中》）后，对人的生命主体的超人式的昂扬。这大概就是鲁迅对生命形而上感受所唤起的深沉的战斗力量和韧性的主观战斗精神吧！

鲁迅说：“人是生物，生命便是第一义”①。这说明不是别的，恰恰是人的生物学意义上的类本质，决定了人类只有在同自己原始的动物本能果决中才能寻找自己的真正位置；正是在自我本体的自然性与社会性的对立统一的关系中才能真正认清自己的本来面目；正是跃动于潜意识中的生命意志和生命欲求才是自我得以生存发展并战胜内外阻力进行创造活动的内驱力；正是创作主体的生命意识才使其创造的人的文学成为人类共鸣的审美体并具有不朽的艺术生命力。因此，从生命意识这个角度观照鲁迅及其文本世界，也许是深化鲁迅研究的较佳选择。

（写于1988年秋）

---

① 《译文序跋集·译了〈工人的绥惠略夫〉之后》。

鲁迅杂文的史诗价值及美学特征

一

鲁迅曾说:“杂文这东西,我却恐怕要侵入高尚的文学楼台去的。”①杂文创作的历史实践已充分证明鲁迅的预见是正确的。杂文不仅在中国文学史上成为一种独立的文学样式,而且在世界文学史上也是个奇迹。

鲁迅为杂文“侵入高尚的文学楼台”立下了丰功伟绩。他不仅自己树起了垂范后世的杂文丰碑,并率领一批锐意创新的作家开辟了广阔的杂文新天地。这并非说,杂文是鲁迅的新创造。在我国,杂文有着悠久的历史;在外国早有文艺性随笔这种杂文体。但是,不论中国或者外国直至本世纪三十年代初,似乎都未承认杂文是文学艺术母系统中的一个子系统,似乎中外文学史都未认真考虑杂文的独立地位。鲁迅指出:“我们试去查一通美国的‘文学概论’或中国什么大学的讲义,的确,总不能发见一种叫做 Tsa—Wen(杂文)的东西。”②三十年代瞿秋白在《鲁迅杂感选集序言》一文中才对杂文作了明确而肯定的界说:“杂感这种文体,将要因为鲁迅而变为文艺性的论文(阜利通—feuilelon)的代名词。”的确是这样,鲁迅曾以文体改革大师的宏伟气魄,冲破传统美学观念或文学教科书偏见的禁锢,踏着前人的踪迹勇敢地开拓杂文领域,并坚定地表示自己创作杂文的信念和态度:“如果艺术之宫里有这么麻烦的禁令,倒下如不进去;还是站在沙漠上,看看飞沙走石,乐则大笑,悲则大叫,愤则大骂,即使被沙砾打得遍身粗糙,头破血流,而时时抚摩着自己的凝血,觉得若有花纹,也未必不及跟着中国的文士们去陪莎士比亚吃黄油面包之有趣。”③由于鲁迅的披荆斩

① 《且介亭文集·徐懋庸作〈打杂集〉序》。
② 《且介亭文集·徐懋庸作〈打杂集〉序》。
③ 《华盖集·题记》。

棘，辛勤耕耘，坚韧创作，使杂文以辉煌的丰姿登上“高尚的文学楼台”。可以毫无夸张地说，是鲁迅实现了杂文这一边缘性文体的直接评论性和文学性的浑然融合，是鲁迅实现了杂文的丰富深刻的思想内容与尽可能完美的艺术形式的高度统一；是鲁迅的十六部杂文集结束了杂文被排斥于正宗文学殿堂的历史，并在中国文学发展史上赢得了独立而崇高的地位。

鲁迅一生的大部分生命和心血倾注于杂文创作，他的伟大人格、硬骨头精神、深邃思想、强烈忧愤、崇高情怀、渊博知识、精湛艺术，都凝聚在杂文里。因而，只有认真地学习鲁迅的杂文，充分地理解鲁迅的杂文，才能真正地理解鲁迅及其在中外文学史上的应有地位。

然而，并非所有研究者或读者都能认识到和真正承认鲁迅杂文的巨大思想价值和审美价值；特别是它丰富的审美价值直到今天仍被不少人所忽视，甚至有的文学史家把它排斥在文学范围之外。司马长风的《中国新文学史》，肯定鲁迅的“《野草》和《朝花夕拾》为文学创作留下不朽的篇章”，但把鲁迅的杂文排除文学的楼台，说鲁迅“自加入‘左联’之后，他不但受所载之道的支配，并且要服从战斗的号令，经常披盔带甲，冲锋陷阵，写的全是‘投枪’和‘匕首’，遂与纯文学的创作不大相干了”。这种对鲁迅杂文的偏见是站不住脚的；相反，现在应该认真研究和探讨的倒正是鲁迅杂文的不朽的艺术生命、巨大的审美价值和基本的艺术特征。

二

鲁迅杂文具有“史诗”的价值。虽然鲁迅曾谦虚地说他的杂文“不敢说是史诗”，只是“其中有着时代的眉目”；[①]但是如果我们对其杂文进行纵向的整体考察，就不难发现它不仅是“史诗”，而且已超越了过去的所谓“史诗”。瞿秋白对鲁迅杂文的“史诗”意义作了这样的估价：它以“艺术的形式来表现他的政治立场，他的深刻的对于社会的观察，他的热烈的对于民众斗争的同情”，并从而“反映着五四以来中国的思想斗争的历史”。[②] 具体来说，鲁迅杂文的“史诗”价值主要体现在：

它通过“社会批评”与“文明批评”，嬉笑怒骂，释愤抒情，针砭时弊，指向广

① 《且介亭杂文·序言》。
② 《鲁迅杂感选集·序言》。

泛的人生社会问题,从中可以看出“时代的眉目”来,堪称一代“史诗”,其思想内涵所达到的深广度是前所未有的。鲁迅说过:“中国现今文坛(?)的状况,实在不佳,但究竟做诗及小说者尚有人。最缺少的是‘文明批评’和‘社会批评’”。[①] 他从“五四”开始写杂文,便自觉地开展“文明批评”和“社会批评”,并号召“中国的青年站出来,对于中国的社会,文明,都毫无忌惮地加以批评”。[②] 从五四时代的新文化运动到三十年代的白色恐怖,这中间发生的较大的历史事件,在鲁迅的杂文中都有强烈的反映,虽然鲁迅杂文并非历史的大事记,但它却以严峻的史笔深刻地写出了“历史的真实”。不管是指陈时弊还是论证古今,都是以雄辩的事实为根据,既能“使麒麟皮下露出马脚”,[③]又能“撕去旧社会的假面”。[④] 所以,读鲁迅的杂文就等于读一部中国现代史,一部形象生动的充满了爱憎之情的历史。

鲁迅的杂文概括了丰富的历史经验,凝聚着鲁迅对历史的深刻反思,虽然他的杂文不是历史经验的汇编,但其中揭示出的与强烈感情交织在一起的历史经验既动人心弦又发人深省,由此可见鲁迅的杂文不只是文学遗产,也是历史遗产。《论“费厄泼赖”应该缓行》等杂文,清醒地总结了辛亥革命失败的沉痛教训,鲁迅说这些杂文“虽然不是我的血所写,却是见了我的同辈和比我年幼的青年们的血而写的。”[⑤]《铲共大观》等杂文是对“四·一二”反革命政变的流血教训的历史总结,较前他对革命成败的原因看得更加深刻了。三十年代,鲁迅经历的斗争愈加复杂,总结的经验教训也更加丰富。《对于左翼作家联盟的意见》等文,深刻地揭示了极左和右倾是革命的两大危险,既指出“革命的完结”是“由于投机者的潜入”,又看出“左翼”作家容易变成“右翼”作家,这在三十年代是了不起的历史经验。当然,这些深刻的历史经验并不是以抽象的说教形式出现的,它完全融会在杂文的诗情诗意之中。

它透过对历史人物的栩栩如生的勾勒,映现出历史发展的某些侧影;虽然鲁迅杂文见不到历史人物列传的题目,但具体描述中却包含着许多历史人物的面影踪迹。其中不只是有“正人君子”、“特种学者”、“土绅士”、“洋绅士”、“洋场恶少”、“遗老”、“遗少”、“革命小贩”、“叭儿”等可憎的人物,也有李大钊、刘

---

① 《两地书·十七》。

② 《华盖集·题记》。

③ 《华盖集续编·我还不能“带住”》。

④ 《两地书·十七》。

⑤ 《坟·写在〈坟〉后面》。

和珍、柔石、殷夫等许多可敬的人物。《〈守常全集〉题记》是篇短文,却抵得一大篇李大钊传记,它以朴实的文笔勾勒出一个革命先驱者的动人形象及其不搞"明争暗斗"、不"扶植自己势力"的高尚品质。对于胡适、陈独秀、章太炎、刘半农等较复杂的人物,也能以实事求是的科学态度予以公正的历史评价。可以说,读鲁迅这样的杂文比读过去任何历史传记,更能发人深思,催人省悟。

总之,鲁迅的杂文从多方面显示了它的"史诗"价值,这在中国文学史上是罕见的。

三

鲁迅杂文"展示了活的人间相"。众所周知,鲁迅的杂文异于政治的、哲学的、历史的教科书,它主要不是逻辑思维的结果,而是形象思维和逻辑思维相结合的产物。杂文作为一种边缘性的文体,具有评论性和文学性这两重性,但到了伟大文学家鲁迅手里却被极为熟练地驾驭着,尽可能以形象思维的方式来把握世界,尽可能多方面地赋予它艺术本质。这就是使鲁迅杂文里的概念与形象、理性与诗意之间以多种形式自由地转化、渗透,判断推理的展开往往连缀着形象的美丽花结,形象的描绘也无不为理智的光芒所照耀,达到了诗意化的境界。

如果仅仅一般地说鲁迅杂文富有形象化特征,很容易将鲁迅杂文高度艺术性的获得只归结为某些形象化的修辞格的运用,而忽略了作家在杂文写作过程中所进行的创造性的艺术思维活动。精心研读鲁迅杂文便会发现,不论是种种历史事件或是各色社会现象或是不同人物风情,在作者笔下之所以都能展现出动人的艺术画面,这正是他出色地运用艺术想象的结果。杂文的艺术性必须通过形象思维方式来实现,而艺术想象则是形象思维的主要成分和实质,尤其"真正的创造就是艺术的想象活动"(黑格尔语)。况且杂文又是一种文学样式,尽管它有独特之处,但却不能离开艺术想象而存在。鲁迅的高明之处在于,他辩证地处理了杂文凭事实说话与艺术想象的关系,即以生活的客观真实性为前提,结合杂文体裁的具体特点,巧妙而娴熟地挥动着艺术想象的彩笔,在逻辑形式纵横交错的背景上开拓形象思维的胜境。

"展示了活的人间相",即塑造形形色色的"社会相"艺术形象,这就十分突出地表现了鲁迅杂文中艺术想象的成功运用。鲁迅多次谈到他创造"社会相"

艺术形象的经验。他自称"我的坏处,是在论时事不留面子,砭锢弊常取类型"。[①] 假若鲁迅舍弃创造性的艺术想象,那便不可能将客观现实存在的"人间相"或"社会相"塑造成具有类型性或典型性的艺术形象。鲁迅认为,杂文讽刺家欲创造动人的艺术形象,必须是在社会上某种人的丑相充分暴露的关键时刻给他"照下来的一张相";而这一张相所显示的不是"社会相"的表层现象,"多是现世相的神髓",社会某类人的灵魂。这种深入人物灵魂的刻画,如果不借助艺术想象,那是不可理解的。鲁迅杂文的巨大美学价值和不朽艺术魔力,与他以天才的艺术想象力成功地塑造了"社会相"类型艺术形象系列紧密相关,它们组成了半封建半殖民地的旧中国社会的百丑图,具有强烈的讽刺意义和浓郁的审美旨趣。特别是鲁迅笔下的"奴才相"和"流氓相"等类型形象,不只是中国旧社会的产物,也是这个社会中假恶丑的代表。鲁迅说自己的杂文"格局虽小,不是也描出了或一形象么?"[②]的确,他以艺术想象的画笔,将其一连串的直感理性和理性直感诉诸于形象,读者可以由这一系列的"类型"形象而联想到现实生活中所见到的各种嘴脸,从而产生一种心灵的共振,领略到一种审美意趣。

艺术想象在鲁迅杂文的"社会相"类型形象的刻画上主要表现为"虚拟",也就是靠虚拟赋予人物以表现特征。即使是"再现"客观生活的"社会相"类型人物,也必须以敏锐的艺术感受力和丰富的想象力作根底,对生活素材进行捕捉、选择和提炼。"虚拟"主要靠作者艺术想象力的发挥,把人物引入设想的规定情境中进行活动。鲁迅杂文"社会相"类型人物的刻画虽然有想象之辞和虚拟的成分,但却惟妙惟肖,神情跃然,使他们的无耻灵魂、可憎可笑的面目暴露得淋漓尽致。这说明艺术想象的功能可以克服具体客观事实的局限性,在一定的限度内赋予人物以显著的表现特征,使理性思维对象化为活生生的有血有肉的人。这种"虚拟"既符合艺术的真实,切近某个人或某群人的性格逻辑;又具有生活的假定性,使真实的人物符合假定的样子,这与小说的"虚构"完全是以假为真大不相同,因为"虚拟"是以客观事实为基础。

总起来看,就"社会相"类型人物形象的刻画而言,鲁迅杂文对艺术想象的运用具有这样的特点:把艺术想象纳入逻辑论证的轨道,围绕着客观事物的内在矛盾赋予人物对象以表现特征,使逻辑论证与形象描绘融为一体,使艺术想象之花获得内在生命力,此其一;以实带虚,以虚衬实,虚实结合,即刻画人物总

① 《伪自由书·前记》。
② 《准风月谈·后记》。

是有根有据，不虚构夸张，并在此基础上以虚拟的方式进行艺术想象，使所写人物紧紧附丽于客观事实，显得飞驰有变，虚不离实，此其二；“类型”的创造，把“形”与“神”完美的融为一体，既以浓缩的笔墨选取一瞬间变化对人物予以描绘，又以作者对人物审美感情的渗透来统一整篇杂文中的思理，使艺术想象不仅置于深刻的理性思维之上，且具有单向性、片断性和高度概括性，这表明艺术想象不能不受到逻辑思维的严格限制，此其三。由于鲁迅成功地运用了艺术想象，出色地塑造了一系列“人间相”的类型人物形象，致使其杂文具有深刻的思想意蕴和丰厚的审美价值。

四

鲁迅的杂文“生动、泼辣，有益，而且也能移人情”。[1] “移人情”，足以说明鲁迅杂文具有情感化的审美特征；也就是说，情感性与形象性不只是鲁迅杂文能够步入高尚文学楼台的两根柱石，也是决定其杂文文艺本质的两大要素。

鲁迅塑造的“社会相”类型形象并不是生活原型客体的单纯复制，而是与作家主观感情相渗透相融合的产物，是作家感情化了的形象。只有当客体原型引起了作家的本质认识，成为抒发作家主观感情的具象，这时才有可能构建杂文的“类型”人物形象。鲁迅曾自述他的杂文“就如悲喜时节的歌哭一般，那时无非借此来释愤抒情”。[2] 这清楚地说明他的杂文是借助某种具象、类型、物态来表达自己对不合理社会的愤懑，抒发自己的强烈爱憎之情，并达到了悲哭喜歌的情感强度。不过，作家的主观感情不是游离于客体之外，它是渗透于客体并与客体相融合，使之成为相对独立于作品中的“类型”形象；而这种“类型”形象并不完全相同于小说、戏剧中的人物形象；它是服务于作家“释愤抒情”的目的，贮满了作家的主观情感，虽然这种“类型”形象受制于客观生活原型，然而它却受作家主观感情的支配，如若离开作家主观感情的渗入，社会相的“类型”形象是无法诞生的。如“叭儿狗”这种社会相中的“类型”形象，由于作家主观感情的渲染和憎恶感情的渗透，赋予它“人”的某种气质和个性特征，才使它脱开了动物标本的静态，成为“人化”了的具有审美意义的活的艺术类型形象。

鲁迅杂文还有许多并不侧重于刻画社会相“类型”形象的，而是着重于说理

① 《且介亭杂文二集·徐懋庸作〈打杂集〉序》。

② 《华盖集续编·小引》。

议论的；然而即使这样的杂文也有别于一般的政论文。其根本区别就在于它的“理”与“情”的高度融合，即理中有情，寓情于理，情理兼备，使它从政论文体中独立出来，另辟新径而步入文学园林。所以，“理而情”是鲁迅杂文的又一特色。虽然杂文中理（思想、事理）与一般的理论观念不同，但它不如“情”主要表现为可感性的情感状态，通过人们视觉的可触及性直接影响人们情绪，况且“理”又要依附于感情而存在；不过，鲁迅杂文中的“情”也离不开“理”，它必须伴随着所寓的“理”来打动人。鲁迅杂文中的情理交融的抒写随手可得，有的往往表现为一种激情状态，即这种激情洋溢着感情的思想或凝固着思想的感情，它是感情和思想的化合物。正如别林斯基指出的：“激情永远是观念在人的心灵中激发出来的一种热情，并且永远向往观念。因此，它是一种纯粹精神的道德的、极其完美的热情。”[①]读鲁迅的一些杂文，总觉得有一种深沉、凝重、忧愤、压抑、悲痛的激情荡漾于字里行间，这种感情的激越加强了文中思想的表达效果，而思想的深刻又加重了感情的分量，使感情凝重而不至于空泛破碎。当然杂文的重于“理”并不是“唯理”，准确地说乃是古典诗论中所主张的“理趣”。鲁迅杂文的许多说理之所以能打动读者，具有强烈的艺术感染力，重要的原因之一就是它富有“理趣”；而“理趣”则必定含有浓郁的感情因素，这就避免了缺乏情趣而流入抽象发议论的弊病。

任何文学作品都要渗透作者的主观感情，但杂文却有自己的抒情特点。如果说一般的叙事文学通过描述来传情，体现为情景交融的话；那么在鲁迅的杂文中往往是把描叙、抒情和析理结合起来。如《杂感》（《华盖集》）、《夜颂》（《准风月谈》）等，可以说都是诗，句句充满了感情，但也富于浓郁的哲理味，句句发人深思，它们是诗与哲理的结晶品，事、情、理融为一体。正因为杂文要议要抒，作者往往以“自我”形式公开地直接地在作品中表现自己的审美感情，这与小说作者常常把自我审美感情消融或隐蔽在人物、情节和场景之中是不同的，它的传情方式更接近于诗歌，故有人称杂文为别一样式的诗。鲁迅杂文表达主观感情的方式是多种多样的。通过对比来体现作家主观感情的某种倾向，造成感情的强度，这是鲁迅杂文表达感情的常见的一种方式；运用环境或气氛的渲染来表现感情，以象征手法或以某种形象寄寓某种思想感情，利用人物对话或独自来传达感情，这都是鲁迅杂文常采取的传情方式。

① 《别林斯基全集》俄文版第7卷，第312页。

总之,鲁迅杂文的感情化是其产生巨大审美价值的重要美学因素,不研究鲁迅杂文的感情化就很难真切地理解鲁迅杂文的美学价值。并不像有的人所说的那样鲁迅杂文的抒情性仅指其中的一类,不是所有的杂文都有感情性;其实鲁迅杂文的感情性不只体现于一部分,乃是贯串在它的总体之中。若是从纵向考察鲁迅杂文便会发现,他的杂文的感情化程度越来越浓,他自己就认为《华盖集》的情感态度没有《热风》"那么质直",越到后期的杂文越显示出感情的浓度。冯雪峰早就指出鲁迅杂文的感情因素:"一个能思想的人,一定是一个能感情的人,正如一个假感情的人也一定是一个假思想的人一样。正确的说,感情也常常引导我们去思想的,思想是指导我们的感情的。"①鲁迅既是富有正确深刻思想的思想家,也是善于运用喜怒哀乐感情的艺术大师,他的杂文充分表现出革命家、思想家、文学家三大家统一的特色。鲁迅说:"喜剧将那无价值的撕破给人看。讥讽又不过是喜剧的变简的一支流。"②从审美形态来看,鲁迅杂文的主要部分属于喜剧美,充满着喜剧性的讽刺情感;而这种喜剧性的讽刺却又包含着严肃的悲剧因素,这是鲁迅杂文的又一重要审美特征。

鲁迅杂文对旧社会的暴露、抨击、鞭挞,是采取喜剧性讽刺的方式,达到否定并撕毁无价值事物的目的,因此他所塑造的"社会相"类型形象也主要是喜剧性的艺术形象。"高级喜剧的目的在于刻画性格,也就是刻画一般的类型。"③鲁迅杂文可以说是半封建半殖民地旧中国的"世相大全"和"人像大全",透过这些喜剧性的类型性的讽刺性的艺术形象,深刻地反映了旧社会的面貌和本质,达到对旧社会丑态的有力批判;并将无价值的东西撕毁开来,使读者从这种"世相"或"人像"的概括和展览中获得审美的满足。

不过,鲁迅杂文的喜剧性含有悲剧的因素。他既称赞我国传统讽刺艺术的寓庄于谐的特色又赞赏果戈理的"含泪的微笑"的讽刺;而"谐""微笑"是属于喜剧的成分,"庄""含泪"则属于悲剧的因素,喜剧与悲剧的混合,不仅能以讽刺喜剧的审美态度将假恶丑的无价值的东西撕破给人看,也能以严肃的悲剧方式加强对无价值事物的否定力量,强化作家讽刺幽默感的深度。鲁迅并不一般地反对杂文的"幽默",他所反对的是充满了士大夫悠闲气味的林语堂式的"幽默";而鲁迅杂文的强烈讽刺性和浓郁幽默感,却在喜剧性中包含着悲剧因素。

① 《鲁迅的文学道路》,第 77 页。

② 《坟 · 再论雷峰塔的倒掉》。

③ 柏格森:《笑》,第 91 页。

也就是说，鲁迅的幽默带着革命者的气质和热情，饱和着对人生事事的关心热忱；熔铸着强烈的爱憎和深广的忧愤，达到了“蹙而能谐”、“婉而多讽”的美学境界。他的杂文并不都是“金刚怒目”式的讽刺嘲骂，也不全是装着一脸苦相，而是在幽默讽喻中含着庄重，在喜剧中含有悲剧成分。他认为，“如果貌似讽刺的作品，而毫无善意，也毫无热情，只使读者觉得一切世事，一无足取也，一无可为，即就并非讽刺了，这便是所谓‘冷嘲’。”[①]讽刺之所以不同于“冷嘲”其中悲剧因素起了重要作用。鲁迅杂文对人情世态既是辛辣的讽刺又是热情善意的，他反对那种金要“足赤”、人要“完人”的求全责备的态度。鲁迅强调文人应有鲜明的爱憎，他说：“至于文人，则不但要以强烈的憎，向‘异己’者进攻，还得以热烈的憎，向‘死的说教者’抗战。在现在这‘可怜’的时代，能杀才能生，能憎才能爱，能生与爱，才能文。”[②]鲁迅杂文就充分体现了这种情感态度。可见，庄与谐相结合，悲与喜相交织，不单是表达情感的方式，而且也构成了鲁迅杂文的重要审美风格。特别当鲁迅观察社会现象时不能不带着强烈的爱憎之感，致使他的杂文在讽刺中有一股不可遏制的逻辑力量和感情力量。一种明晰的是非感。这种带有喜剧意味和悲剧因素融合而成的艺术魔力，不只可以使读者认清某种社会丑恶现象，并能激励人们热烈地去改变这种社会现象。

总之，鲁迅杂文的喜剧美主要表现为一种“悲剧的诙谐”，往往表面诙谐而骨子里却沉痛深刻，直入人心深处，能打动你的感情，使你在发笑之后感发兴起，深入思考。这不仅因为它的内容与形式都饶有趣味，采取了嬉笑怒骂的方式，运用了风趣幽默的语言；更重要的是作者能将趣味性同情感性与真理性紧密结合起来。朱光潜说得好，“同是诙谐，或为诗的胜境，或为诗的瑕疵，分别全在于它是否出于至性深情。理胜情者往往流入纯粹的讽刺。”[③]鲁迅杂文的讽刺、幽默、诙谐自始至终渗透着热烈的感情，因此它决不是纯粹的讥讽或冷嘲；同时它在讽刺、幽默、诙谐中又阐明了客观真理，揭示了事物本质，因此它又富有深刻的理性。这就构成了鲁迅杂文的谐趣即“悲剧的诙谐”。

鲁迅杂文具有独特的思想价值和审美价值，它不像一般的文学作品使任何人都可以感受到和认识到。马克思说过“对于不辨音律的耳朵来说，最美的音

① 《且介亭杂文二集·什么是“讽刺”?》。
② 《且介亭杂文二集·七论“文人相轻”一两伤》。
③ 《朱光潜美学论文选集》，第170页。

乐也毫无意义”。① 要欣赏鲁迅杂文,接受它的感染,也需要有一定的条件:首先要有热爱祖国、热爱人民、尊重民族历史的深厚感情,这样的人才能与鲁迅的心相通,为他那深广的忧国忧民的强烈感情所感动;其次需要有一定的文化修养,具备一定的历史知识,有一定的审美感受能力。目前能够阅读并欣赏鲁迅杂文的读者特别是广大青年,大多具备了上述条件。因此,希冀从鲁迅杂文中获取思想上的深刻启示和感情上的审美享受。

（写于1990年春）

① 《1844年经济学——哲学手稿》,第79页。

关于阿 Q 革命问题的一点蠡测

对于阿 Q 革命问题的研究越来越深入,而分歧却越来越大,甚至同一个研究者前后的看法也是针锋相对的。早先认为阿 Q 革命“显示出被压迫农民的革命坚定性和彻底性”,最近又说阿 Q“是要借革命之力重新爬上剥削阶级去的投机狂和复辟狂”。当然,随着研究的深入,认识的深化,对某些问题不断提出新见解,否定自己以前的看法,这是非常自然的,也是合乎规律的。现在值得讨论的是,这两种尖锐对立的意见都很偏激,并不符合作品对阿 Q 革命的具体描写。

一

我认为阿 Q 的革命,既不是农民式的革命,也不是假洋鬼子式的革命,它是地道的阿 Q 式的革命。因此他的革命,无论从社会学、政治学或思想范畴来考察,都很难从单一的角度明确地概括出阿 Q 革命的阶级属性。阿 Q 革命之所以具有深刻的认识价值和巨大的艺术魔力,就在于阿 Q 革命是“阿 Q 式的革命”这一独特性上。作者对于阿 Q 革命的描写并没有揭示出农民革命的坚定性和彻底性,更没有透过阿 Q 革命“暴露出剥削阶级的投机狂和复辟狂”,而是严格遵循阿 Q 性格的逻辑和生活本身的规律,极为生动而深刻地展示出“阿 Q 式的革命”的全部真实性。

所谓“阿 Q 式的革命”,不过是阿 Q 根据自己“阿 Q 主义”的混乱逻辑所演出的一场悲喜剧,不论他对革命的主观思考或者他采取的实际行动,无不表现出“阿 Q 革命”的独特性。

从社会学的角度来看,阿 Q 的经济状况和社会地位,充分地说明了他是农村无产者的代表。特别到了辛亥革命前夕,他经过一场恋爱悲剧之后已陷入穷途末路,不但经济上极其困窘,而且在未庄这个旧社会的缩影里几乎没有他的立锥之地,成了农村社会的真正“赤贫”。如果按照“存在决定意识”、“穷则思变,要干要革命”的一般规律而论,阿Q的自发反抗要求和革命愿望应该比任何人都强烈,阶级复仇的烈火应该比谁都旺盛。然而恰恰相反,他几乎毫无什么阶级意识的觉醒,更谈不上什么民主主义觉悟了。他起来革命的主观动机和指导思想,可以说已决定了他革命的悲剧命运。

阿Q革命的指导思想完全是阿Q式的混乱思想逻辑,既缺乏旧民主主义革命思想的启迪,又不见农民革命的自发觉悟的激励,其阶级实质更接近于传统的封建思想意识,同他本阶级的根本利益是矛盾的,对立的。当辛亥革命的信息最初传到阿Q的感官时,他对革命的思想感情并不是欢迎或向往的,而是“深恶而痛绝之”。这本来不应该是他这种阶级出身的人所有的思想感情,完全是封建统治阶级的传统观念和小生产者的私有观念主宰了他的思想灵魂,即“以为革命便是造反,造反便是与他为难”。在漫长的封建社会里,统治阶级惯用“犯上作乱”、“造反有罪”这套所谓大逆不道的反动说教来奴化人民;而小生产者从他的私有观念出发也容易接受这套反动逻辑。阿Q开始对待革命的态度正是这种封建意识毒化的结果。其实,造反对他这样阶级出身的人来说是天经地义的,革命是他彻底摆脱贫困争取解放的根本途径,然而阿Q毫无这种觉醒的意识。

既然阿Q对革命采取这种敌对态度,那么为什么一下子又对革命“神往”了,并且在未庄第一个以无产者的姿态发表了“造反声明”,这究竟是什么思想指导他对革命的态度来了个一百八十度的大转弯?如果像有的同志说的那样,阿Q的神往革命完全出于农民阶级的必然,是被压迫阶级的革命性的集中表现,那么作者在这里对阿Q性格的描写就不够真实了,至少阿Q思想的转变太突然,缺乏必要的铺垫,背离其性格自身的发展逻辑。我认为,阿Q之所以由“深恶而痛绝”革命忽而转变为“神往”革命,并不是他的性格发生了质的变化,也不是他的阶级地位决定的或阶级意识觉醒使然,而主要是剥削阶级的“发财”观念、等级思想和阿Q精神胜利起了主导作用。其实,他“神往”革命的思想意识和仇视革命的思想情绪,基本上源于同一思想体系。因为,最初他认为“造反有罪”故“深恶而痛绝之”,与现在他看到“造反”可以发财可以变为人上人故起而响应革命,这都是从封建传统观念出发的;最初他认为造反与他为难故而反对革命,与现在他看到革命对己有利有趣故而“神往”革命,这都是建立在小生产者的唯我主义思想之上的。这种理解既符合阿Q性格的合乎规律的演进,又切合作品的具体描写。正是在这种封建传统观念、利己思想和阿Q精神的指导下,阿Q毫不掩饰自己的"造反"目的:一是发财,把所有的金银财宝据为己有(没收赵太爷等的财产是合理的),视自己的阶级兄弟为奴隶,也作为一种财产掠夺到手;二是有趣,即造反可以满足自己那种盲目的自尊自大、出人头地、夸耀自己、表现自己的精神胜利的心理要求;三是报仇,即凡对自己不利的、过不去的、发生过口角的、看不顺眼的、打过架的,不分青红皂白也不管是敌是友,统统当成革命的敌人、报复的对象(当然把矛头指向赵太爷之流是对的)。从对阿Q革命的指导思想的简单考察中,既不能说阿Q革命代表了被压迫阶级的根本利益,又看不出他具有革命的彻底性和坚定性的思想;虽然他革命的动机和目的带有浓厚的封建意识,但是他同假洋鬼子之流的"革命"毕竟有着根本区别之点,依然是"阿Q式的革命"。

就阿Q的革命活动而论,可以概括为三部曲:第一部曲是发表造反声明。这充分体现出阿Q革命的特点。由于阿Q根本不理解革命的真正意义和目的,也不晓得革命的真正对象,故只凭着自己对革命那种糊涂甚至荒谬的认识,怀着"太可恶"、"太可恨"的复仇感情,发表了"革这伙妈妈的命"、"投降革命党"的造反声明,借着酒疯便飘飘然地造起反来,一路喊一路唱。可以说这是一场滑稽可笑且又令人啼笑皆非的所谓"革命"表演。他似乎失去了一个正常人的理智,好像一个醉汉在一种不清醒的精神状态下耍了一次酒疯。这种所谓造反闹剧,不仅丧失了革命的严肃性,而且也暴露了阿Q革命的局限性:只凭能否满足自己精神快意为标准来判定革命对象,结果把举人老爷、未庄的男男女女都当成革命的敌人,并且视为自己的俘虏,又对所有的人采取暴力镇压手段,连王胡这样的阶级兄弟也要杀掉,自己俨然以独往独来的个人主义英雄和杀人为快的暴君自居,不以为耻,反以为荣,可以说这是阿Q精神胜利法的恶性发展。虽然这一场革命没有多大的现实意义,大都是虚妄的,但也透视出阿Q革命的实质所在。

第二部曲是采取革命行动。这越发显露了阿Q式革命的特色。首先对尼姑庵采取革命行动,结果阿Q晚于假洋鬼子和赵秀才的行动,自己既没有亲自砸那块"皇帝万岁万万岁"的龙碑,又没有得到观音娘娘座前的宣德炉,后悔已极。阿Q对此所以悔丧,从主观上看主要是精神胜利法作怪,因为革命的"第一"被假洋鬼子和赵秀才夺得,自己没有出尽风头,所以也不管平常假洋鬼子和赵秀才是否与自己为敌,便埋怨他们不来招呼他这个"革命党",真可谓"咸与维新"了,不计前嫌旧怨了。其次对自己的辫子采取革命行动。本来他自己激烈地反对割辫子或盘辫子，即使这次对辫子所采取的革命措施，也是出于精神上胜利的需要。他曾学着“革命党”用一支筷子将辫子盘到头顶上，由于他放开胆子在街上走来走去，人们并不理睬他，更没有人说“革命党来了”，因此他“很不快”，“很不平”，深感精神上没有得到预想的满足。再次对小D采取革命行动。小D本来是他造反时应该争取和团结的最亲密的革命战友，但他却极端仇视小D盘辫子以示革命，并要动用暴力手段来治小D做革命党的罪。这不仅暴露了阿Q不准阶级兄弟革命的唯我独革的狭隘自私思想，而且也再次证明阿Q的革命基本上是出于个人的争强好胜、莫名其妙的优胜感的精神胜利法。

第三部曲是结识革命党。有的研究者认为阿Q去结识“革命党”，这是他的阶级觉悟在革命的大风大浪里有了提高的表现，说明他认识到革命领导者的重要和必要。其实，并非如此。阿Q去结识革命党不是什么阶级觉悟提高的表现，仍然是他的精神胜利法在起主导作用。因为他从自己发表“造反声明”后却依然受到社会“冷落”的现实地位和赵太爷、赵秀才、假洋鬼子的骤然大阔的对照中，以其独特的思维方式，悟出了一个道理——只要结识了革命党，胸前挂上一块银桃子，自己的社会地位也同样会像假洋鬼子、赵秀才一样地阔起来，可以在众人面前显显威风，炫耀一番，自己的精神不是又可以取得一次胜利吗？正是由于阿Q抱着这种极端的虚荣心和盲目的自尊心去结识革命党，所以在结识革命党的过程中，不仅没有表现出什么阶级觉悟，反倒暴露出一些非常荒谬的思想。试想，假洋鬼子和赵秀才是他革命的对头，可是为了一块银桃子，他竟把假洋鬼子当成唯一的革命党，并且心甘情愿地向他投降。如果以阶级观点来看，这完全是丧失革命立场，敌友不分，还谈得上什么“阶级觉悟”呢？即使当阿Q吃了假洋鬼子“不准革命”的闭门羹之后，他也没有表现出什么明显的“阶级觉悟”。实质上假洋鬼子不准他造反与他不准小D造反从思想范畴来看并没有什么质的差异。尽管阿Q碰壁后对假洋鬼子心怀不满，但是他采取的报复手段仍然源于封建传统观念，即“造反是杀头的罪名啊，我总要告一状，看你抓进县里去杀头，——满门抄斩，——嚓！嚓！”这不仅说明经过革命洗礼的阿Q对革命的看法，仍然未能出离封建阶级统治人民的“造反有罪”的反动思想，而且也表明他把报复的希望依然寄托在封建政权上；况且他所报复的又正是在他的糊涂观念里认为的真的“革命党”，这岂不是为了个人报复而想借用封建统治的力量来镇压“革命党”吗？这是多么严重的精神麻木，这那里能看出什么“阶级觉悟”呢？直至最后阿Q被诬告捕进牢房，他终究没有丝毫的“阶级觉悟”，仍然认为自己犯了造反理该杀头的罪，在审判处决的过程中，他表现出十足的奴性，而且唱着“二十年又是一个”的精神胜利老调走向封建统治阶级残杀无辜的刑场。这是多么沉重而深刻的精神悲剧。这说明阿Q从参加革命到走进监狱，他的思想性格并没有发生什么质的变化，其思想核心仍然是精神胜利法以及传统的封建意识，基本上看不出在辛亥革命中他的农民意识的觉醒。

二

总之，从对阿Q革命的指导思想和革命活动的考察中，可以清楚地看出，阿Q的革命体现不出被压迫农民的革命坚定性和彻底性，更看不到他有什么革命理想。列宁说：“剥削的存在，永远会在被剥削者本身和个别‘知识分子’代表中间产生一些与这一制度相反的理想。”[①]在半封建半殖民地社会里，作为被压迫被剥削的农民阶级的觉醒（或自发或自觉）至少应具有这样的认识：一是从现实的阶级地位上能够意识到地主豪绅及封建官僚统治集团是农民阶级的死对头。不论中国古代历次农民造反或者中国近代太平天国农民革命、义和团运动，都有比较明确的革命对象；而出身“赤贫”又生活在与太平天国和义和团运动几乎同时代的阿Q，基本上没有这种反抗封建豪绅阶级及其政治集团的政治意识，虽然在他的“革这伙妈妈的命”的造反声明里包括了赵太爷、赵秀才、假洋鬼子这些阶级敌人，但是阿Q根本不是从阶级利害上来认识他们，完全依据阿Q主义的是非观来区分敌我友，甚至认敌为友，认友为敌，根本缺乏明确的阶级观念。二是从赤贫农民的经济状况出发，至少应该有“均财产”的平均思想或“聚伙造反”的思想。中国古代农民造反曾提出“顺天分地”、“大碗喝酒，大口吃肉”、“劫富济贫”等口号，近代太平天国起义曾颁布了“有田同耕，有饭同吃，有衣同穿，有钱同使”的“无处不均匀”的分配制度；而作为贫苦农民的阿Q既没有受到传统农民起义的思想影响，又没有受到近代太平军平均主义思想的熏陶，虽然他也意识到革命可以“发财，要什么有什么”，但是他这种发财观念带有极端的自私性和明显的掠夺色彩，更接近于封建剥削阶级的思想意识，基本上不能代表被压迫农民的阶级意识。三是从贫苦农民的生产方式来看，虽然形不成工人阶级那种的集体观念，但是至少应该认识到必须结伙造反，把穷哥们集

① 《列宁全集》第1卷，第393页。

拢在一起,或产生一种原始的平等观;而阿Q在革命的整个过程中却始终是单枪匹马、独往独来,唯我独革,唯我英雄,不但不结交穷哥们,反而把他们视为仇敌。可见,阿Q的革命基本上不属于农民革命的范畴,因之谈不上他的革命“是觉醒了的农民的普遍的复仇心理的反映”,更显示不出被压迫农民的革命坚定性和彻底性。

既然阿Q的革命基本上反映不出农民革命的要求,那么他的革命是否“暴露了剥削阶级的投机狂和复辟狂”呢?我们不能以“非此即彼”的机械论思想方法,把阿Q的革命笼统地武断地划为剥削阶级投机革命这个范围。应该承认在阿Q革命的指导思想、对革命的看法及追求目标上,暴露出剥削阶级意识对他的严重毒害,但是也必须看到,阿Q的革命和假洋鬼子、赵秀才的所谓“革命”毕竟是有些区别的:一是假洋鬼子、赵秀才的革命并不能证明他们背叛了豪绅地主阶级而真心地响应资产阶级领导的辛亥革命,他们完全站在封建统治阶级的立场上伪装革命,以达到维护本阶级利益、破坏革命的目的,他们才是货真价实的剥削阶级的投机狂和复辟狂;而阿Q的革命尽管动机上有些荒谬、行动上有些错误,但由于他出身赤贫所以只要肯造反、只要想革命,从客观上讲就具有天然的合理性,即使他把革命获取的财富据为己有的利己想法,虽然是受到剥削阶级思想的毒害,然而他想抢夺的财富却大多是假洋鬼子、赵秀才所代表的剥削阶级的浮财。也许有人要说,阿Q自诩先前比现在阔得多,今天他趁革命之机起来造反,正是要恢复已失去的天堂,这不算复辟狂还算什么?这种主观推测未免太牵强,且不论阿Q说先前阔得多是盲目的自吹自夸、妄自尊大的精神胜利法的表现;就是退一步讲,假设阿Q先前当真阔得多,那也只能说明阿Q家庭过去的历史,难道还能把祖宗三代的老账都算在阿Q身上吗?况且现实性上的阿Q是一个精神上遭受难以医治的创伤,政治上、经济上毫无地位的赤贫,他哪有可能产生借革命之机恢复已往“阔”地位的复辟思想?尽管他造反的指导思想里含有剥削阶级的发财观念或等级思想,但是通过他的发财观念或等级思想不也能曲折地体现出一个上无片瓦下无立锥之地的赤贫欲维护自己现实生存权的一点合理的愿望吗?实际上,他是空喊了几声造反,瞎忙了一阵革命,最后连命也被所谓革命葬送。二是假洋鬼子、赵秀才等的所谓革命行动,如砸皇帝万岁碑、盘辫子、参加自由党、挂银桃子等,完全是出于封建豪绅阶级维护其自身利益、破坏革命的反革命的政治需要,完全是伪装欺骗,是地地道道的反革命两面派;如果说他们也有一点“真”革命行动的话,那他们所革的不是该革的

“命”而是革了想革命者的“命”，即阿Q们的命。阿Q的革命行动虽然缺乏真正革命的实践意义，而且有些荒谬可笑之处；但是不能不承认他是按照自己的混乱逻辑去对待革命，尽管他的革命动机含有封建传统观念的毒害，但他是立足于一个农村赤贫者的地位而并不是站在剥削阶级的立场上去看待革命。因此，他的革命举动毫无虚伪性和欺骗性，在他的荒谬糊涂的所谓革命观念或革命行动中始终流露着一种对革命的“真诚”，无论他的造反闹剧或者去结识革命党，他都是那么憨直地老实去做，毫无装腔作势或拉大旗作虎皮的心理表现。这怎能说他是剥削阶级的投机狂呢？

阿Q的革命既代表不了农民革命的要求，更体现不出剥削阶级复辟的狂想。那么他的革命是否属于资产阶级旧民主主义革命的范畴呢？这也应该做点具体分析。从阿Q所接受到的革命信息来看，是资产阶级旧民主主义的信息源传来的；然而从阿Q由革命信息所激发起的革命动机或革命行动来看，他对旧民主主义革命的对象、动力以及纲领策略等毫无所知，完全是一个民主政治的盲人，只是凭着旧观念旧意识以及阿Q精神来对待资产阶级辛亥革命。因此阿Q革命所体现出的根本不是旧民主主义革命的历史进步性，恰好披露了资产阶级辛亥革命的严重的历史局限性：即对阿Q这样出身贫苦的劳动大众缺乏思想启蒙，连个真正“革命党”的影子也没有在未庄出现，只有假洋鬼子、赵秀才这样的封建反动阶级借革命之机浑水摸鱼，冒牌“革命党”；资产阶级领导的革命非但不对假洋鬼子之流施行革命专政，反而使他们在“革命”的掩护下反动气焰异常嚣张，纵容他们对阿Q这个通过启蒙或引导有可能成为革命动力的雇农开了刀。这是多么深刻的历史教训。

很显然，阿Q的革命是阿Q式的革命，并不是有着明确的阶级属性的“革命”；可以说他的革命是作者遵循阿Q本身的性格发展逻辑及阿Q对革命的糊涂甚至荒谬的认识，利用资产阶级旧民主主义革命的政治舞台导演的一场非常精彩的阿Q式革命的话剧。小说没有把阿Q作为资产阶级革命的依靠力量加以肯定，更没有把阿Q作为体现农民革命的坚定性和彻底性的代表加以歌颂，而是让阿Q带着传统封建思想毒害的创伤和精神胜利法到革命的风涛浪涡里去经受严峻的考验，旨在形象地画出一个经过革命冲洗的现代国人的灵魂，从而在阿Q身上所概括出的国民灵魂弱点同革命客观现实的尖锐对立的比照中，揭示出现代国人灵魂已麻木愚昧到何等惊人的程度，以暗示资产阶级辛亥革命失败的带有普遍性的社会心理因素。这样，既对国民灵魂的劣点作了无情针砭和否定，又对资产阶级革命未唤醒国民灵魂的历史错误作了极为深刻的批判。

鲁迅之所以这样来描写阿Q的革命，是同鲁迅“五四”时期抱着“十年前的启蒙主义”创作小说以改良人生的总目的联系在一起的；具体来说，主要取决于鲁迅对辛亥革命的血的教训的沉痛而深刻的认识，以及对中华民族命运的悲愤而深切的忧虑。“十年前”鲁迅在日本留学为了救国救民曾抱着启蒙主义宗旨搞过文艺运动，但他的设想在当时并没有真正实现；经验了资产阶级领导的辛亥革命以后，鲁迅在“五四”文学革命中仍然信守十年前启蒙主义，成功地创造了一批启蒙主义小说。这里面蕴含着鲁迅对改造人生、对新的革命与改造愚弱的国民灵魂之间关系的极为深刻的思考。

在近代史上，辛亥革命以出人意料的速度在全国取得胜利，然而又出人意料地遭到惨败。鲁迅是亲身经历过并深切感受了这场资产阶级革命，他看到了，辛亥革命前孙中山、邹容、陈天华、朱执信等资产阶级革命家所宣传的资产阶级民主、自由、平等、共和等，并没有变成现实，满眼净是披着各种现代形式的封建主义老一套，骨子里依然是陈旧的。之所以造成这种惨剧，如果从思想史的角度来考察，主要因为中国资产阶级革命派的思想发展的主导倾向，非是先由争取个人民主、个性解放而后进行政治革命；乃是先从拯救祖国危亡而进行政治革命，即由抵抗外国侵略、谋求中国富强而必须推翻清朝政府。这与资产阶级启蒙主义者（鲁迅“五四”前深受启蒙思想影响）强调的为争取个人自由平等、人权独立自主而革命的资产阶级革命模式，并不完全相同。孙中山曾在《民权主义第二讲》中对“民族主义”作了这样的说明：“外国革命（指资产阶级革命）是由争自由而起，奋斗了两三百年，生出了大风潮，才得到自由，才得到民权”；而“民族主义就是为国家争自由，但欧洲当是为个人争自由”，“到了今天”自由“万不可再用得个人身上去，要用得国家身上去。个人不可太过自由，国家要得到完全自由，到了国家能行动自由，中国便是强盛国家，要这样做去，便要大家牺牲自由。”因此，法国资产阶级大革命时期提出的“不自由毋宁死”的战斗的口号始终没有响彻辛亥革命前后中国的上空。虽然凭着民族主义革命的口号，推翻了满清政府，赶跑了封建皇帝，但是如何在更深远的层次上更广泛的领域里，如经济、政治、军事、文化、道德等实行资产阶级民主，以真正完成战胜封建主义制度及其意识形态的历史使命，资产阶级革命派是缺乏充分的思想武装和舆论准备的。不仅没有大张旗鼓地开展思想启蒙运动，而且对辛亥革命后封建旧势力旧传统以各种新形式继续其反动统治，及封建文化思想的泛滥，更是丝毫没有认识到。因此,资产阶级民主思潮并没有在辛亥革命后的中国大地上生根,而根深蒂固的封建传统观念和小生产者的狭隘意识的两者结合,却构成了中国社会发展的巨大思想障碍。那些与近代民主主义思潮格格不入的什么蒙昧、因袭、封闭、保守、等级、专制、皇权等形形色色的传统意识,则成了社会上司空见惯的思想状态和正统力量。正是在民主主义思潮同披着各种现代形式的封建意识的激烈搏斗中、在新旧文化思想的强烈对抗中,才有了“五四”初期的思想启蒙运动,才产生了伟大的思想启蒙家鲁迅。“五四”时期高举科学与民主的大旗,争取人性的解放,争取人格独立,争取个人自由,正是补旧民主主义的思想课;又是开新民主主义革命的启蒙篇。作为“五四”新文化运动的英勇旗手鲁迅,义不容辞地肩负起“启蒙主义”的思想革命任务。通过小说等各种文艺形式作为武器,开展彻底地反封建的斗争,特别要在国民的灵魂里清除旧意识旧传统的毒素,真正唤醒全民族的觉悟。《阿Q正传》中描写阿Q革命的片断,是选取了一个具有独特意义的角度,通过辛亥革命的政治舞台真实地再现阿Q式的现代国人的灵魂,旨在更深切地解剖和针砭国民的劣根性,达到真正的思想启蒙目的。这不仅有力地批判了资产阶级旧民主主义革命所犯下的忽视民主思想启蒙运动的历史过失,而且为新的政治革命在思想领域里扫除了旧传统旧思想的阻力。这样,鲁迅便把民主思想启蒙、改造国民灵魂同探索与辛亥革命不同的新的革命道路,有机地联系起来。也许从这样的意义上来理解阿Q革命问题,会解决一些认识上的分歧,作出一些比较切实的判断吧!

(写于1985年夏)

《十五娘》的美学意蕴

具有划时代意义的中国五四文学革命是先从诗歌领域入手的。在内容上破除了一些“文人沾沾于声调字句之间，既无高远之思想，又无真挚之感情”，只会“对落日而思暮年，对秋风而思零落，春来则唯恐其速去，花发又惟恐其早谢”①的腐败诗风；在形式上革掉那些乱用套语，规模古人，死守格律，迷恋文言的陈规陋习。于是，掀起一场空前规模的白话诗运动。沈玄庐虽算不上诗界革命的闯将，却也是“五四”新诗坛的活跃人物。他对新诗运动的独特贡献，不只是在诗体大解放中进行了积极的探索和尝试，重要的是他能以现代意识去观察、体验、感知各种社会生活，那些被压在社会底层的劳苦民众的人生尤是他关注的焦点，并透过不同的诗体形式将其转化为审美意境，使之洋溢着浓郁的人道主义情味和强烈的现实主义精神。初刊于1920年12月21日《民国日报》副刊《觉悟》上的叙事诗《十五娘》是其代表作。

我们现在只能站在时代允许的审美高度来审视以往文学的发展并衡量其创作中体现出的审美意识；而审美意识的发展又同当时的人的觉醒程度和人道主义精神的深广度紧紧联系在一起。五四时代是中国人觉醒的时代，也是人道主义精神高扬的时代。沈玄庐深受五四新思潮的感染和影响，曾撰写过《女子解放从哪里做起》、《“劳工神圣”底意义》、《女子的人格》、《觉悟的第一步》等富有现代文化意识的论文。正是这种进步的现代意识通过创作主体这个“中介”转化为审美意识，体现于《十五娘》的艺术世界里。

作者以饱含人道主义深情的笔触，通过《十五娘》的艺术画面描绘了贫苦农民的双重人生悲剧，即生的悲剧和爱的悲剧，表现出一个发人深思的时代主题。这双重悲剧构成两条内在的情感线索，相辅相成地推动着诗情画意的发展。

在生的悲剧线上，反映了刚刚觉醒的劳动农民为了生存、摆脱贫困而要用

① 胡适：《文学改良刍议》，1971年1月《新青年》第2卷第5号。

掉对小农经济的绝对依赖性,投身农业资本主义生产活动,运用现代生产工具去开垦荒地,以自己的能力创造最基本的生存物质。马克思曾说:“人们为了能够‘创造历史’必须能够生活。但是为了生活,首先就需要衣、食、住以及其他东西。因此第一个历史活动就是生产满足这些需要的资料即生产物质生活本身。”[①]在几千年的封建生产关系中造成了极端的贫富悬殊,广大劳动农民始终挣扎在贫困的生死线上,从未解决衣食住的温饱问题;特别是自足自给、男耕女织的小农经济的生产方式严重地束缚着生产力发展,致使整个封建社会日趋贫困化。鸦片战争后,中国沦为半封建半殖民地社会,虽然劳动农民的生存地位并未得到丝毫改善,甚至更加贫穷,但是从社会发展来看,毕竟出现了近代资本主义生产关系。到了五四时期资本主义生产力有了短暂的发展。诗篇所描写的垦殖场则带有农业资本主义性质,不论生产规模或生产工具都比小农经济生产前进了一步,并为农村失去土地的农民,提供了求生的新场所。五十夫妻俩的求生遭遇在当时的历史条件下是颇有代表性的。从身体条件来看,五十和十五娘都是强壮的劳动力,不论养蚕种地或者纺线织布都是好手,但在封建土地关系的盘剥下和小农经济生产的制约下,他们不仅没有积累下什么生产资料,连维持生命的起码物质条件也不具备。住的“破瓦楼”房,穿的“破衣裳”,外出行李是“一张破席卷了半床旧被胎”;“有的是田,地和山,荡”,却没有他家的一分一厘,在“菜子黄,百花香”的大好春光里,大家都在忙春耕春种,而五十这个壮劳力则“闲得两只手没处放”,养蚕还是“赊了几担桑”。穷则思变,在这种困窘的情况下五十意识到“坐吃山空总是没个好下场”,于是横下一条心要去闯一条求生之路,任着自己的力气也该甩掉贫穷的帽子;尽管他跟患难与共的妻子情意绵绵难舍难分,然而为了生存下去也不能不忍痛告别爱妻远离家乡,乘船到新办的资本主义农场谋生。在半封建半殖民地的社会条件下,劳动农民摆脱了小农生产方式而进入机械化生产领域,他们的求生欲望和自身价值也很难得到实现,最后的结局往往是悲剧性的。这不只是由于资本主义如同封建主义一样是建立在私有制基础之上,农业资本主义积累过程是以吞噬千百万劳动人民的血汗和生命为代价的,而且也由于缺乏文化知识和技术训练的农民一旦接触机械化生产往往很不适应,稍不注意就要发生事故,造成悲剧。诗篇对这方面的开掘虽然不够深刻,但从五十惨死于垦殖场的血淋淋的描写中却作了意味深

① 《马克思恩格斯全集》第3卷,第31~32页。

长的暗示：

料不到勇猛的“五十”，一朝陷落在环境的铁蒺藜上。
工作乏了他也——不是，
瘟疫染了他也——不是，
掘地底机器，居然也妒嫉他来，
把勇猛的五十榨成了肉酱，
无意识的工作中正在凝想底人儿，这样收场。

这难道是对无生命的“机器”的控诉吗？不是的。先进的生产工具代替了落后的牛耕人拉是一大进步，并没有什么“罪”，而是象征性地向占有机器和垦荒地的农场主视苦工生命如草芥的凶残行径的血泪控诉，表现出作者对劳动人民悲惨命运的人道主义同情：同时，“料不到”、“工作中正在凝想”等词语，也透露出五十的惨死与其在紧张的机械化生产中所表现的盲目性、精力分散、凝想爱妻的精神状态不无关系。

在爱的悲剧线上，表现了劳动人民在共同的谋生道路上所形成的真挚朴实、坚贞不渝的爱情。不论五十或十五娘都富有强烈的求生意识和情爱意识，虽然他们并没有脱出“男耕女织”的传统生活方式，囿于农村的文化环境中，然而他们在创作主体审美理想的人道之光的烛照下却于性格中焕发出现代色彩的情爱意识。他们的相亲相爱不只是以互爱为前提，没有夫为妻纲或夫唱妇随的封建性，而且以共同的求生目的为其思想基础。虽然他们爱得那么深，“像是全世界底固结性形成渠俩底状况”，但是为了解决温饱以求生存他们能够暂时按捺住情波爱浪在“心窝中的横冲直撞”，还是以求生为重；因为没有衣食住的物质条件无论多么“深切的爱情也是没有依附和保障的”。诗篇描写爱的悲剧是以生的悲剧为前提的，但由于求生的愿望在残酷的现实面前碰得粉碎，造成不可挽回的谋生悲剧，所以才加深了爱情悲剧，并使爱情悲剧获得了深刻的社会意义。不论生的悲剧或爱的悲剧，都同五十和十五娘的性格冲突紧紧地联结在一起。五十是个勇猛敢干的庄稼汉，但他并不粗野，有追求，懂爱情，生的意识和爱的意识如同烈火在他胸中燃烧着。尽管他的爱情意识如此强烈，然而为了谋生他并没有迷恋爱情而放弃人生的最基本的需求。离开爱妻他哭得“眼泡皮都像胡桃样”，到了农场“四周围异地风光，包围着他一个人底凝想”，他内心充满了悲与喜、爱与生的冲突，爱是他生的内驱力，谋生是为了更深的爱，所以直到机器无情地“粉碎了他底身躯，倒完成了他和伊相合的一个爱底想”。如果说在五十的悲剧性格中生的意识和爱的意识互相冲撞沉浮交替，那么在十五娘的内心世界里爱的意识始终占主导地位，即爱情胜过生存。因此可以说十五娘是爱的化身，充分体现了作者的审美理想和对女性命运的关注。十五娘性格深沉内向，她身上不仅具有一般农村劳动妇女的勤劳朴素、善良淳厚的传统美德，而且富有真挚坚贞的情爱意识，她对五十的爱丝毫也没有依附和屈从的色彩，完全发自纯净的内心。为了摆脱穷苦更好地生存下去，她日夜艰辛地操劳，不是养蚕就是纺纱，并支持丈夫到外地垦荒，这表明她的求生意识也是相当强烈的，但相比之下她的情爱意识更强烈更深细一些。听说丈夫要远去，她内心展开激烈的冲突：欢喜和悲伤在她的“心窝中横冲直撞”，“一夜没睡，/补缀了些破衣裳，/一针一欢喜，/一线一悲伤，/密密地从针里穿过线里引出，/默默地‘祝他归时，不再穿这衣裳；/更不要丢掉这衣裳！’”由于她爱得深，故丈夫垦荒离家在其心中激起强烈而复杂的感情，透过一针一线的缝补动作便烘托出来。她之所以“欢喜”，也许丈夫此行能找到谋生的出路，摆脱贫穷，生活有了保障；她之所以又“悲伤”，也许丈夫此行凶多吉少，更重要的是为爱的情丝所缠绕……“祝他归时，不再穿这衣裳”，表达她对丈夫在物质生活方面的希望；“更不要丢掉这衣裳”，表达她对丈夫在爱情方面的希望。五十走后她独自挑起生活重担，采桑养蚕又纺纱织布，总是把爱情作为不倦地从事生产劳动的内在动力。她每时每刻都在思念远方的丈夫，月光下“一缕情丝依着棉纱不断的纺”，昼夜盼望和丈夫重逢。这并非因为她的生活不能独立，离开丈夫就活不成，而是基于她对丈夫的一片深情，一种建立在以互爱为前提的爱情，任何一方的突然离去或不幸都会损伤生存的意义。弗罗姆曾说过：“生存问题的全部或完善的答案则在于用爱达到人与人之间的结合以及用爱达到同另一个人的结合。”[①]这不无道理。人类之爱的生存意义尚且如此之大，那么男女双方的真挚情爱其生存价值会更大一些。所以十五娘虽然到了深夜“便停住摇车，但是这从来不断过的情丝，一直牵伊到枕上，梦中，还是乌乌，接着纺”。摇车连着情丝，情丝连着棉纱，进一步烘托出十五娘的柔情蜜意：特别“卖掉茧来纺纱织布做衣裳。/一件又一件，单的夹的棉的，/堆满一床，压满一箱”，专等丈夫回来“试新衣裳”的抒写，和盘托出一颗纯洁、善良、勤俭、坚贞、深情的劳动妇女的心，以一种特殊的方式表达了一种独特的炽烈的带有现代色彩的爱情意识。即使丈夫悲惨地死去之后，“满

① 《爱的艺术》，第15页。

抱着希望的独眠人睡在合欢床上,/有时笑醒,有时哭醒”,以作着“甜蜜蜜的梦”;但是残酷的现实给这个深于情专于爱的劳动妇女带来的却是无情的打击,是难以忍受的爱的悲剧和生的悲剧。

无论是生的悲剧或者是爱的悲剧,归根结底是劳动人民的人生悲剧。诗篇贯穿着生的悲剧线和爱的悲剧线,正是从人生的两个大的侧面揭示了在半封建半殖民地社会的历史条件下广大劳苦农民的命运。从物质来看,封建小农经济或农业资本主义经济,都没有为五十这样的贫苦农民提供谋取生存的最基本生活资料的条件;从精神上来看,像五十和十五娘之间的真挚的情爱意识在残酷的现实社会里是很难得到实现,只能变作“甜蜜蜜的梦”,他们用生命所换来的却是农业资本主义的“一片膏腴垦殖场”。因此,五四时期人们特别是劳苦农民的生存追求和爱情憧憬,都同整个半封建半殖民地社会制度形成了尖锐对立,悲剧往往是不可避免的。虽然诗篇对五十和十五娘人生悲剧造成的社会根源缺乏深入开掘,且蒙上了一层偶然性的宿命色彩,但是也触及到某些社会本质问题;它所表现的带有探索性和批判性的富有时代意义的主题,在早期白话诗作中还是少见的。

审美内涵的独特性和丰富性往往同审美形式的巧妙性和艺术构思的深刻性联系在一起。虽然不能说《十五娘》的审美内容与审美形式达到和谐的统一,但它在整体构思上却显示出独到的审美特征,一是艺术结构严密,内在线索清晰,布局安排巧妙,内容处理繁简得当。作为叙事诗应该具有完整的情节和精心的设计,这首诗的情节虽然缺乏大的波澜,但其情节还是完整的,设计安排还是讲究的。全诗十一节,每节都有相对独立的意象群,构成一个富有诗情画意的艺术世界,节与节之间虽然跳跃性很大,如同抒情诗节的构成,然而由于作者以十五娘和五十的双重悲剧命运及其心理活动作为内在线索,将各个具有独立性的艺术画面紧密地贯串在一起,致使全诗形成一个疏密相间、精炼含蓄的审美系统,有力地服务于人物性格的刻画和主题思想的表达:特别结尾的处理更是匠心独运,它把十五娘的甜梦和五十惨死的垦殖场作了对照,深化了全诗的意境,留下了丰富的想象余地。二是客观叙事与主观抒情的有机结合,使诗篇洋溢着浓郁的感情色彩。如果说诗的开头几节以叙事的笔调着重于客观描写,由外在景物或行为模式来烘托五十心理的焦虑;那么从五十决定离家出走开始,便转向着重于内在的抒情描写,尽力开掘人物的心灵冲突。作者是这样抒写夫妻埠头离别的动人情景的:

此刻都不曾哭，
怎么渠俩底眼泡皮都像胡桃样？
一张破席卷了半床旧被胎，
跳上埠船，像煞没介事儿一样。
他抬起头来，伊便低下头去，
像是全世界底固结性形成渠俩底状况。
他恨不得说一声“不去”，——
船儿已过村梢头，只听见船头的水响。

这种抒情描写不同于那种直抒胸臆的坦诚发泄，而着重透过神态来展示他与她分别时的炽烈而又深挚的内心感情，主人公胸中的极端痛苦和悲哀以及难舍难分的恋情得到淋漓尽致的表露。特别是那些集中刻画十五娘内心世界的诗节，尽量以各种方式抒发感情，揭示她心中的千愁万绪和柔情蜜意；而诗篇情节的发展则在叩击心灵的抒情中徐徐推进，最后抒情达到高潮。此外，这首叙事诗体也是解放式的，尽管朱自清说它“词曲调太多”，但它并没有因袭旧词曲的传统，只是在音节上、语言上对旧词曲有所借鉴，并没有留下多深的旧痕，而完全消融在自由体中。这是一种有益的尝试，对新诗的发展是有利的。

《十五娘》在中国现代文学史上具有独特地位，它产生于“五四”白话新诗运动的初期则带有开拓性的意义，朱自清称它为新诗坛的“第一首叙事诗”。[①]它不仅以叙事诗的形式比较成功地塑造了十五娘这位农村劳动妇女的有血有肉的形象，表现了富有时代精神的发人深思的主题：而且对诗体解放作了有意义的探索和尝试，为中国白话叙事诗的发展开了先河。尽管这首诗并不完美，尚有可挑剔之处，但它开风气之先的历史地位是应该充分肯定的。

（写于 1985 年夏）

① 《中国新文学大系·诗集“诗话”》

后　记[1]

本书名曰“新论”，并非说都是新发现新见解新思维，更不敢面对学术界而出狂言，主要是指本人对五四文学研究继《五四文学初探》、《中国五四文学史》出版后有些新探索新思考；也许这些‘新论”在他人眼里已成了“陈言老调”，但在我的研究视野中的确一度是“新论”，或有新的拓展或有新的发现或有新的视角或有新的思路，即使有些见解今天看来仍闪烁着锐意求新的锋芒。没有探索就没有学术的发展，没有创新就没有学术的昌盛，但探索和创新既要有学术自由的时代氛围又要有研究主体的自由心态，大部分“新论”是在常态下写成的，有些“新论”是在“余悸”未消下所撰，难免“老调重弹”。为了保持原来的学术风貌和基本思路，此次汇编成书，除了某些标题有所改动，所有的行文几乎一字未改，发表时啥样子成书时还是啥样子。我也深知，有些“新论”已经不“新”了，甚至值得重新斟酌和修正；还有些“新论”我已有了否定的看法或全新的思考，但我无心重写，还是忠于原先探索的踪迹为宜，这是对历史负责，也是对自己负责。

值得说明的是，本书有些论题是合作而成的，如“五四文学研究概述”是我指导留校研究生张光芒一起整理的，“五四文学精神新探”、“现代学术与五四文学”和鲁迅作品的生命意识三篇是指导研究生刘开明一起完成的，“五四时代现代文化人格建构”是与研究生贯振勇合作完成的，关于朱湘诗歌主张的研究是凭借山东文艺出版社侯书良同志提供的资料写成的。这里我不仅要感谢这些年轻学者的辛勤劳作，而且更期待他们把五四文学研究推上一个新的学术档次，“后来者居上”应是天经地义的。

七十年代末到八十年代中期，对于五四文学研究一直是我的关注点；后来我的研究重点视线虽然转移了，但我并没有放弃这块肥沃的土地，总觉得还有

① 本《后记》为山东文艺出版社 1995 年 9 月出版的《五四文学新论》初版本所撰，不包括“补遗篇”。

不少宝藏尚待开掘,“五四神话”并没有说完。今天“新论”出版并不意味着我对五四文学研究拟划上句号,它标志着新的探索即将开始。探索有成功的喜悦也有失误的烦恼,但十多年来喜悦或烦恼都会通过不同途径转化为激励我不断探索的动力。特别是山东文艺出版社领导和责编对我的五四文学研究始终如一地支持和关照,更使我感激至极、敬佩不已!

作　者

1995年春

补遗篇

五四文学文体新论

本文认为，五四文学文体意识的觉醒经历了语言符号革命、语言符号文学性规范和各种文体形式确立的过程。这是一个从表层结构到深层结构的过程。而在整个过程中，五四文学作家紧紧抓住了艺术思维方式这一中心命题。五四文学文体自觉与人的自觉取得圆满的共振性和同构性，五四文学文体表现出强烈的主体意识，同时体现了人类情感的彻底解放。

长期以来，五四文学一直是学界关注的热门话题，其研究也取得了令人瞩目的成绩。但是，也应该承认，迄今的五四文学研究较难取得实际性突破，究其原因，大概主要由于研究者观念和方法的落后，五四文学文体研究也是如此。比如，对五四文学文体的探讨，研究者往往将思想内容与方式方法孤立起来，或把重心放在五四文学精神和思想运动的考察上，或着重从语言变革角度论析具体作品文体、作家文体及流派文体，这就为五四文学文体研究带来了模糊性、歧义性和矛盾性。

其实，伴随着现代语言学在文学理论界地位的日益上升，文体的研究与语言符号研究的联姻已成为必然的趋势。作为一种语言系统，在文体这一概念里，显然包含着言语主体（人），言语载体（由一定的语言词汇、规则所形成的言语链），以及言语信息三大要素，而文体的一个显著的功能即是将这三者凝固起来，从中显示出独特的审美意蕴，从而确立起本体的美学价值。由此可见，理解文体必须突破传统美学对文学作品形式与内容的机械分割。文体不仅仅是形式，也不仅仅是内容，它同时具有形式的一面也具有内容性的一面，两者以胶着的状态统一于文本的话语流程中。总之，文体就是文学作品中由主体的审美心理和精神结构所物化产生的话语体式。

现代文体意识的觉醒

五四文学革命是应思想革命的迫切要求而产生的,但实际上,文学作为一种特殊的意识形态,它必须首先冲破文言体式的禁锢。因此,五四文学革命并未首先从思想内容的变革开始,而是以一场文学形式方面的革命——白话文运动为发端的。尽管这场革命最初只是体现在普通语言学层面上(包括词汇、句法、修辞、技巧等),却反映出新文学倡导者进行语言工具变革的自觉意识。

白话文运动的核心人物胡适于 1918 年把他的全部文学主张归结为十个字——"国语的文学,文学的国语",并指出:"文学革命只是要替中国创造一种国语文学。有了国语的文学,方才可以有文学的国语。有了文学的国语,我们的国语才可算得真正的国语。"①意思十分明确:他把文学革命与国民语言(白话)变革互相并列统一起来。表面看来,这一主张将文学革命的目的指向了文学之外,但实质上突出语言革命本身就意谓着向文体革命的接近。应该说,"十字宗旨"是对他在此前所倡导的"白话乃文学之正宗"这一口号的发展。语言符号作为社会交际的工具,其首要功能是实用,其次才是审美。既然五四新文学运动首先面临着一个工具的变革问题,那么白话文运动作为其首要的任务就成为必然了。鉴于此,胡适将新文学运动的步骤分为三步:第一步是"工具",第二步是"方法",第三步是"创造",并将前两步视为新文学创造的"预备"工作。应该说这是认识到了语言符号作为文学思维媒介的发展规律,立志先解决其首要问题,即首要功能,至于他当时并未从审美功能上做更深入的思考,是我们所不能苛求的。

以白话文符号体系取代文言文符号体系,历来被视为五四新文学运动的首难之役和最明显的成果之一,这从整个新文化运动的角度而言自然是没有疑义的;但对于新文学运动本身却只能说是成功的必要前奏。韦勒克指出:"语言的研究只有在服务于文学的目的时,只有当它研究语言的审美效果时,简言之,只有当它成为文体学时,才算得上文学的研究。"②实际上,我们所说的"白话文体"包含了两种层面的含义。第一种是相对于文言文体而言,"白话文体"具有两个特征,即运用活的语符体系(白话)和使用现代文法。在这里"白话文体"

① 胡适:《建设的文学革命论》,《新青年》第 4 卷第 4 号。

② 韦勒克、沃伦:《文学理论》,第 189 页,三联书店 1984 年版。

作为一种新的文体,它的变化首先是词汇的变化,其次是构词、造句诸方面文法规则的变化。对“白话文体”的另一种理解是从文学审美的角度而言的。韦勒克提出,文学作为语言的艺术,其艺术性不在语言的材料本身,而在于如何运用、安排、整合这种材料,这时的文体乃是指它的独特的审美价值与审美风貌,这才是五四文学的根本价值所在,才是我们所要探讨和考察的对象。

一代白话文倡导者既然是在第一种理解的意义上进行白话文运动的,那么这对于“白话文学文体”的真正建立,其意义何在?索绪尔把语言符号理解为“把一个概念与一个有声意象统一起来”①,概念即所指,有声意象即能指,两者合起来就构成一个符号。在文言文语符体系中,能指与所指已建立起了稳固的联系,而在五四新文化运动中,涌现出空前繁多而活跃的新观念、新思想,即作为语言的所指层面空前膨胀,原有语符体系的能指层面已无法自由表达新的所指意义,亟待建立一套与所指相适应的新的系统,使能指与所指之间取得一种新的张力平衡。以普通语言学的角度观之,现代白话语言体系并非是全新的,它是在继承古代白话文和文言文的基础上发展起来的,从哲学上说,这仍属于量变,只有像钱玄同等人设想的那样将汉字拉丁化、西语化,才称得上是质变。但从现代结构主义学派所谓“话语方式”的视角来看,由于其口语化、自由化、精确化的特征,决定了其话语方式的“个人性”,即“五四”作家所意识到的“有什么话说什么话,话怎样说就怎样说”,超越了古代文言文符号体系话语方式的规范性特征,这堪称是一次富有质变意义的飞跃。正是在这一意义上,白话文运动尽管还未深入到文学文体变革运动的本身,却确乎牢牢打下了文体变易的根基,为“五四”作家的现代文体探索提供了必要的广阔的“人类的地平线”(罗兰·巴特语)。

从如何理解和处理语言革命与文体革命的关系上,我们不难看到五四文学先驱者在能指与所指、思想与表达、情感与理性等诸多对立范畴的矛盾“紧张”中摸索和探求现代性出路的可贵努力。首先是侧重点的不同。语言符号侧重于文字改革,要实现语言能够自由“表情达意”的目的。“白话为文学之正宗”最初的意向,主要是利用文学的力量完成文字改革的目标;而文体革命则要上升到审美的高度,使语言符号在话语体式上达到一种现代美的崭新境界,也即克莱夫·贝尔所说的“有意味的形式”。刘半农早在1917年就将文字与文学加

---

① 索绪尔等:《普通语言学教程》,第101、102页,商务印书馆1980年版。

以区别,他将文字(也即应用文章)视为“无精神之物”,并指出文字并非无精神,“精神在其所记之事物,而不在文字之本身也”。而文学为“有精神之物”,“其精神即发生于作者脑海中。故必须作者能运用其精神,使自己之意识情感怀抱一一藏纳文中”。他认为“文字之用,本与语言无殊,仅取其人人都能了解”,也即“只取其传达意思,不必于传达意思之外”,这正是语言革命所侧重解决的问题。在他看来,文学革命则要首先进行文体革命,在散文领域是打破“崇拜旧时文体之迷信,使文学的形式上速放一异彩”;在韵文领域要“破坏旧韵重造新韵,并增多诗体”①。尽管他没提“文体革命”一词,但所涉及的主要是文体变革的问题。

其次是对文言文的态度有所不同。由于文学革命的侧重点在文体,而不是只注重白话文的建立,所以“五四”先驱者往往对文言采取了较为宽容的态度,并不都像胡适那样将文言一概斥为“死的文字”。如刘半农就主张文言与白话可暂时处于“对待的地位”。他们很快就认识到现代文学与古典文学的区别主要在文体上,而不仅仅在文言与白话本身的区别,因为无论是文言或白话都可以用来“发表荒谬思想”,所以周作人指出:“古文与白话文都是汉字的一种文章语,他们的差异大部分是文体的,文字与文法只是一小部分。”②这就意识到了文学改革的关键所在。

再次是在与思想革命的关系上也见出二者的区别。周作人在《平民文学》一文中,将当时所倡导的平民文学与贵族文学相反的地方归结为两点:一是平民文学应该以普通的文体,写普遍的思想与事实;二是平民文学应以真挚的文体记真挚的思想与事实。由于该文是应思想革命的需要而写成的,故文中对思想的普通与真挚阐述得颇为详尽,而对文体的普遍与真挚未做具体的解释,但起码透露出这样的信息:文体与思想都以“普遍(普通)”与“真挚”冠之,正标明了尽管在时人看来文体是一个形式概念,他却自觉地将内容革命与文体革命理解为不可分割的整体。这样,文体革命与思想革命就不是一种在时间上有先后,而在内涵上彼此分离的关系,乃是一种接近于异质同构的同步发展的关系。但语言符号的革命与思想革命的关系却常常有所分离,并非总是具有必然的联系。周作人认为:“文学革命上,文字改革是第一步,思想改革是第二步,却比第

① 刘半农:《我之文学改良观》,《新青年》第3卷第3号。

② 周作人:《思想革命》,《每周评论》1919年第11期。

一步更为重要。”①从表面看来，这一观点似乎是将文学革命作了形式革命与内容革命的机械划分，但如果联系周作人的《平民文学》、《新文学的要求》及其他文学先驱者关于语言革命和思想革命的论述，联系当时的文学创作，便会发现，语言革命的进一步发展带来的是新的语言符号和话语方式，思想革命则为创作主体心理注入了“普遍”、“真挚”、个性解放之类的审美要求。前者属于文体表层结构部分，后者属于文体深层结构部分。这样，文体革命便把作为形式改革的前者与作为内容改革的后者统一到了文学的审美层次。

于是，五四文学革命便以从语言体式到文体风格的整体性变革确立了自身的价值。可以说若没有文体革命，思想革命是无法进入文学本体的。在这里有必要提及梁启超的“诗界革命”，他提出新诗不可不备三长：第一要新意境，第二要新语句，而又必须以古人之风格入之。后来，他又在《饮冰室诗话》中反复申述这些观点。他所说的“新语句”即是语言的改变，“新意境”则指思想内容的革命。他虽认识到语言改革对于思想内容更新的重要性，但又强调“以古人之风格入之”，难免陷入二律背反的窘境。

不过，由于历史语境所限，“五四”作家在“文体”这一概念的使用上与我们今天的理解有诸多不同，他们往往侧重于从形式、技巧的范畴去理解使用（即从所谓“文学体裁”的意义上），因之他们的文体自觉意识主要是体现在具体论述和创作实践中的。实际上，当“五四”作家说形式解放时涉及的主要是本文所指文体的“表层结构”，而说思想解放、精神解放或个性解放时往往首先触及的是文体的深层结构。如果说胡适的《文学改良刍议》致力于文体表层结构的革命，那么陈独秀的《文学革命论》则应是对文体深层结构进行革命的一篇宣言。所以只是在文学革命初期的论争中，人们首先关心的是胡适提出的外在结构的迫切问题，而对陈独秀的理论倡导缺乏充分的思考与发挥。

总之，五四文学革命倡导之初，文学先驱者便自觉把文体的大变革（从表层结构到深层结构）提上了议事日程，尽管接踵而至的平民文学、人的文学以及浪漫主义、写实主义等思潮纷纷占据文坛的中心地位，但对新文学文体的实践与探索似乎一直是五四文学革命本身的主旋律，各种文化、文学思潮作为文体的义域（或称“文化关联域”），实际上为文体变易起着必要的促进作用。

---

① 周作人：《思想革命》，《每周评论》1919 年第 11 期。

现代文本体系的建构过程

五四文学现代文体意识的觉醒，首先表现在从语言符号的工具论意义中解放出来，进而探求它的自身价值，或者说从语言符号的工具论命题上升到语言符号的创造论命题。最初，在白话文运动中；文学先驱者将火力集中在白话文对文言文的替代上，视语言符号为文学构成的材料与工具，认为作为文学品格构成的思想内容和作为文学风格构成标志的形式技巧，总是辩证地反映在它的语言特色中，由此出发，胡适认定："文学的生命全靠能用一个时代的活的工具来表现一个时代的情感与思想。工具僵化了，必须另换新的活的"，并断言："历史上的文学革命全是文学工具的革命"[①]。将语言符号视为文学作品的工具，并因为文言文之"工具不良"而提出工具革命的口号，是这时白话文学运动的思路，其目的便是对作为文学工具的语言符号系统进行一番规范化的工作。韦勒克曾说："真正的诗歌史是语言的变化史，诗歌正是从这种不断变化的语言中产生的。"[②]胡适的高明之处在于将文学革命的落脚点与突破口放在语言符号的变革上，只有对旧语言进行一场彻底的革命，创造出一套新的语言体系，才会产生新的文学作品。不过，胡适这时的缺陷也正在这里：既然语言是文学的工具，当一种新的语言体系建立起来以后，是不是新的文学作品就会顺理成章地出现呢？卡西尔在《语言与神话》中说："人主要是按照事物在语言中所显示出。来的样子去涉及事物，但是正是这种语言的创造过程又把人束缚起来。每一种语言都给语言的主人划定了一个不可逃脱的魔圈。"[③]现代语言学告诉我们，社会语言规范化的过程，是人类通过限制自身来实现的。规范一旦形成，便以潜在的封闭模式禁锢着人的思维能动因素，从而限制了语言符号艺术性的实现。由于胡适白话文学革命理论的着眼点是在白话——国语上，必然限制了白话作为文学性语言符号审美创造性的发挥。从他的《尝试集》可知，白话尽管成为文学的符号工具，但其文学性毕竟极为有限。这一方面固然是由于白话语言体系不够完备，但更重要的还是未能从语言符号的单纯工具论命题中解放出来。

---

① 胡适：《逼上梁山》，《中国新文学大系·建设理论集》，第9、10页，上海文艺出版社1980年影印本。

② 韦勒克、沃伦：《文学理论》，第186页。

③ 转自丁宁：《文本意义接受论》（上），《文艺争鸣》1990年第2期，第32页。

胡适的文学语言变革理论最初还是浅层次的，它涉及了文学形式方面的改革，尚未达到文体的深层改革；不过，文学先驱者很快就认识到这一问题。傅斯年当年就坦率地承认："现在使用的白话……异常的贫——就是字太少了"，而"想免得白话文的贫苦，唯有从他——唯有欧化。"①刘半农、俞平伯则实事求是地提出必须借助文言中富有审美力的词语作为补救。俞平伯进一步指出："白话诗的难处；不在白话上面，是在诗上面。我们紧记做白话的诗，不是专说白话。"②作为白话反对者的胡先辅则抓住了胡适的关键弱点，斥其白话诗。"仅为白话而非诗"。当新诗实践者们不得不承认"时时感到用现今白话作诗的苦痛"③时，也就预示着出现了一种对语言符号的新的认识观念即将得以建立的契机。胡适发表《文学改良刍议》一年之后，又进行了这样的思考："若单靠白话便可造新文学，难道把郑孝胥、陈三立的诗翻成白话，就可算得新文学了吗？难道那些用白话做的《新华春梦记》、《九尾龟》也可算作新文学了吗？我以为现在国内新起的一班'文人'，受病最深的所在，只在没有高明的文学方法。"这说明虽然他仍将白话称为"工具"，但对其在"材料性"方面的作用认识已大大地打了折扣，而且认识到了语言的结构性功能，并以此为尺度批评晚清小说"大都犯这个没有结构，没有布局的懒病"④。这实质上又提出了语言变革的进一步的思路，即对白话进行文学性规范，使语言由所指的明确性转向审美的创造性。

与字和词的两次变革相一致，在文法问题上也经历了这样一个过程。胡适的"八事"之一明确主张"须讲求文法"，钱玄同更为具体地指出，所谓"须讲求文法"，此不但今人多不讲求，即古书中亦多此病，并以杜甫诗句"香稻啄余鹦鹉粒，碧梧栖老凤凰枝"为例，言其主宾倒置，为"古人不通之句"⑤。这显然是将科学意义上的文法

与文学意义上的文法混为一谈了。对于文学作品（尤其是新诗）来说，语言符号的话语体式是不能以通常意义上的文法加以限制的。因此俞平伯极力反对"单调的章法句法"，主张应"把句子造得很变化很活泼"⑥。康白情针对钱玄同所举杜甫诗句，指出这样的倒装句本为修辞家所许可的，不能以"通不通"去

---

① 傅斯年：《怎样做白话文》，《中国新文学大系·建设理论集》，第224页。
② 俞平伯：《社会上对于新诗的各种心理观》，《中国新文学大系·建设理论集》，第356页。
③ 俞平伯：《社会上对于新诗的各种心理观》，《中国新文学大系·建设理论集》，第353页。
④ 胡适：《建设的文学革命论》，《新青年》第4卷第4号。
⑤ 钱玄同：《寄陈独秀》，《新青年》第3卷第1号。
⑥ 俞平伯：《社会上对于新诗的各种心理观》，《中国新文学大系·建设理论集》，第358页。

责他。基于这样的理解，他说道，我在诗坛要高唱："打破文法的偶像!"①当然，打破文法并非是对"讲求文法"的简单否定，而是"讲求文法"在文体艺术领域内的发展，它以白话文法为基础却又不限于文法的种种束缚，采取种种方式超越语句自身的局限，以创造性和陌生化的语言体式引发读者审美期待心理的积极性。这样一来，语言符号就不再仅仅是被动地传达主观情意的工具，而是以自身的特殊方式参与审美创造。应该说，认识到了语言符号的这种创造性，也就具备了现代意义上的文体自觉意识。

那么如何使语言符号的自身潜能得以实现呢？在此，五四文学先驱者的现代文体意识的觉醒进一步显示出来。在文学革命初期，他们进行了各种尝试与探索。这些尝试和探索有的失败了，有的部分地成功了，有的是在日后的讨论和实践中不断加以完善和补充的。以胡适为首的，初期白话诗创作虽打破了古代诗歌的文体表层结构（即语符、声调、格律等方面），但在情调上又不免部分地因袭古典文体的深层结构特征，正所谓是些"洗刷过的旧诗"。

由于文体是一种整体的文学话语体式或文本结构，因而文体的真正变易常常表现为结构内部的转化、交替、交叉等关系，表现出解构与建构的双向动态过程。新文学在文体上有一个根本性的追求，那就是强调以具体、复杂的对象描写来表现细致、精密的思想感情，而要达到这个目标是不容易的，它不但要求新文学创作在文体表层结构上有一个全新的面貌，更重要的是在文体深层结构和物化机制上来一次质的飞跃，这是中国文学结构向现代转换的关键所在。五四文学先驱所面临的便是这样的解构旧文体与建构新文体的双重使命。这迫使他们走上了一条从形式的浅层到深层、从"破"到"立"的道路。以诗歌为例，古典诗歌的声调、格律作为文体的表层特征，其弊端是较易觉察到的，所以胡适在白话诗的尝试中一眼就看到了古诗体的外在弱点，意识到必须把"从前一切束缚自由的枷锁镣铐，一切打破：有什么话，说什么话；话怎么说，就怎么说。"②然而如上所述，打破格律之后的新诗体仍未能以全新的面貌和在整体上超越旧诗体的艺术高度而出现于诗坛。后来，他们逐渐认识到，要真正打破诗体的外在格律必须深入到文体的深层结构，所以他们又进一步提倡"内在的自然音节"来解释古诗体的音节系统。那么怎样才算是好的自然音节呢？胡适在《尝试集》再版"自序"中化用朱执信的话说："诗的音节必须顺着诗意的自然曲折，自然轻

① 康白情：《新诗底我见》，《中国新文学大系·建设理论集》，第331页。

② 胡适：《〈尝试集〉自序》，《胡适研究资料》，第403页，北京十月文艺出版社1989年版。

重，自然高下。”[①]这说明胡适在反对旧格律、提倡音节的自然表现中已经意识到不能只追求用字和谐、声调自然等这些外在的表现，而注意与诗歌的整体情思联系起来，这就触及了新诗体建构的内在营造问题。康白情进一步追求“感情底内动”所呈现的曲折起伏的自然法则，使其“发而为声，成自然的节奏”。他认为“新诗底美深藏在官快的美底第二层”[②]。“官快的美”大概即指诗体的外在的有形的审美形式，诗美的决定成分不在乎此，而在于有形结构深层的构造之中。韦勒克曾说：“声音与格律必须与意义一起作为艺术品整体中的因素来进行研究。”[③]胡适将“能充分表现诗意的自然曲折，自然轻重，自然高下”视为“诗的最好音节”，康白情又进一步提出“感情底内动”将一般所说的思想感情与音节、节奏等不可分割地融为一体，这样的一种建构与解构的努力可以说开始深入到诗体的内层机理，而语言符号因感情化、诗思化的编码方式使自身潜能得以释放成为可能。

文体的建构与解构的双向动态过程实际上是文学发展史上普遍存在的现象。著名西方马克思主义文论家戈德曼认为：人类的基本行为是维持和优化他与环境的平衡。但人与环境的关系是动态的而非静态的平衡关系，也就是说这种平衡总是处于一种确立一打破一再确立一再打破的变动过程中。因此，人们所创造出的特定结构总是在一定的阶段有维持平衡的功能，随着时间的推移，这种平衡就会丧失，该结构的功能随之丧失，于是就必然有新的结构化活动[④]。广而言之，人类造就历史的过程，也就是转换结构的过程，而文学史的过程也就是转换文学结构规范的过程。不过，文学审美层次上的这种过程常常表现为局部的失调与调整、变化，作为整体文本结构方式的文体质变却并非是经常发生的，因而文体结构的整体生成及转换取决于多方面的综合因素。历史上的文体变易总不外乎两种方式：一种是内生的、自发性的，一种是自觉性的。如果文体变易局限于自身系统内部自发性的调整，其过程必然是缓慢的，而后者常常表现为外入性的。上述五四文学革命起始与初期的文体解构活动，已初步显示了“五四”作家致力于转变审美结构规范的自觉意识。但由于他们面对的不仅是种种外在结构的枷锁，还有潜隐其中的超稳态审美心理——精神结构，而传统

① 胡适：《〈尝试集〉再版自序》，《胡适研究资料》，第411页。

② 康白情：《新诗底我见》，《中国新文学大系·建设理论集》，第326页。

③ 韦勒克、沃伦：《文学理论》，第185页。

④ 参见陶东风：《文学史与语言学》，《艺术广角》1992年第5期。

文学本身(包括民间文学)尚未具备向现代化顺利演进的内在机制和内在因素,如果只凭借一个封闭的文化体系、文学系统和语言系统,要迅速完成文体结构的整体变易是不可能的,这就需要以另外一种语言符号体系的文学体式强行介入,从而激发"异质"的文体规范得。以建立。如此来看,五四新诗体的真正成功之所以以郭沫若为标志,这一方面固然是因为有胡适、刘半农、康白情、宗白华等初期白话诗人的诗体探索作为他进一步发展的基础,但更重要的还是郭沫若能够积极大胆地借鉴西方诗歌文体所隐含的审美心理结构和物化机制(即艺术思维方式),并以此为"良规"从而将我国旧诗体的体式规范和心理结构一举打破,出色地完成了中国诗体结构向现代新诗体的整体转换。

康白情尽管提出了"感情底内动"这一见解,但对感情抒发的想象机制、表现机制等未能做详细的思考,对感情在诗体创建中的作用也重视不够。初期白话诗在"以文为诗"的自由体式上收效颇大,但在"以情入诗"的内在机制上却收效甚微。而在这种审美追求上,西方诗歌已经有了现成的范本,相对于我国古典诗词格律化、程式化的抒情规范,惠特曼、海涅、歌德、雪莱的诗歌那种表现内心激情的方式和诗体结构,无疑是一种全新的"异质"结构。当郭沫若接触到惠特曼的《草叶集》时,他觉得"惠特曼的那种把一切的旧格套摆脱干净了的诗风和五四时代的狂飙突进的精神十分合拍",不禁彻底地为他那"雄浑的豪放的宏朗的调子"所激动、震撼①。由于郭沫若是从自由诗体由内到外的整个审美心理结构和表层结构中进行建构与解构的双向活动的,因此他的见解与胡适、康白情等相比是更为精辟的:"诗之精神在其内在的韵律,内在的韵律(或目无形律),并不是什么平上去入,高下抑扬,强弱长短,宫商征羽;也并不是什么双声迭韵,什么押在句中的韵文!这些都是外在的韵律或有形律,内在的韵律便是'情绪的自然消涨'。"②在他看来,诗人的抒情不可拘泥于外形而要专心致力于诗的神髓,内发的情感与"情绪的律吕,情绪的色彩"应和谐完美地加以结合,目、然就会将内在的自然旋律外化呈示在语言符号流程之中,从而达到新诗"体相兼备"的美学境界。作为现代自由诗体的一座高峰,《女神》在诗体的表层结构上彻底打破了古典文学僵化凝固的格律和句式,表现出了真正自由的现代语言格式、雄浑的情绪格调和瑰丽的符号色彩;在深层结构上,那纯真热烈的感情,对理想人格的渴望追求,"自我扩张"的强烈愿望以及自由不羁的创造精神

① 郭沫若:《我的作诗的经过》,《沫若文集》第11卷,第143页,人民文学出版社1959年版。
② 郭沫若:《论诗三札》,《郭沫若全集》第15卷,第337页,人民文学出版社1990年版。

更是异于古代诗体；在物化机制上则以丰富的想象、神奇的夸张、“纯粹的直观”(朱自清语)这些充满灵感的艺术思维方式为最大特征。

新诗的创作只有在文体艺术上充分显示出旧诗不及之处，它才可能取代古诗而占据诗坛的正统地位。而根据新文学的诗学原则，我们评论一种诗体的存在价值，往往要看它能否将创作主体的主观审美心理与创作客体在内在结构上和谐地结合起来，以及这种结合是否体现出一个时代的艺术精神。《女神》的成功即在于此。如《天狗》以“我”字起句，直贯到底，若急风骤雨，势不可挡，急促的节奏表现出气吞山河的英雄气概；《立在地球边上放号》韵律强劲急迫。如洪涛奔涌，表现出沸腾的感情；《炉中煤》诗句舒缓，节拍整齐，正是诗人情意诗绪委婉动人之处。语言符号以其卓然不群的编码方式创造出了完全异于古代、高于古代的意象意境。文体变易的一个内在规律就是文本结构中支配性规范的转移。一种特定的文体往往是一个由表层和深层的众多规范所组成的有机系统，而标示其根本特征的往往又是某一个占支配性地位的核心规范。支配性规范的移位是文体发生根本性变化的重要条件。从上面的分析中可以看出，古典诗体原有的支配性规范是格律，而以郭沫若为代表的现代自由诗体彻底打破了这一规范，感情的内在律吕成为诗体建构的核心规范。至此，新诗体终于跟旧诗体最后告别了。

现代文本结构的新特质

近一个世纪以来，人们一直深深地迷恋着五四文学，不时慨叹着从那之后文学发展的艰难和五四艺术精神的失落，渴望着那样一种文学风貌重新回归文坛，以给人们的心灵带来充足的慰藉和审美享受。那么，五四文学这种富有永久性的魅力在哪里呢？我们认为应从五四文学的文体中，即五四文学作为一种时代文体所体现的共同特征和总体风貌中去寻求根源，因为“文学中的文体从来都不是一个简单的技巧问题，文体显示出一个时代的精神面貌。”①

从文类文体上看，文体的自觉带来的是各类形态体裁的纷涌崛起，出现了各种前所未有的新文体或边缘性的文体，从个体文体的角度看，不同风格、不同形态的文体并列杂陈，甚至相互比照。这些自由洒脱、开放灵活的充分个性化

① 白海珍、汪帆:《文化精神与小说观念》，第138页，河北人民出版社1989年版。

的文体新规范,固然鲜明地体现了五四时代崇尚个性自由的文化立场,但在其深层结构和艺术思维方式中还存有更多根本性的时代特征。这些共通的文体特征超越了文类文体乃至作家个体文体表层的纷繁区别,是一种内在的一致性,这表现在以下方面。

(一)文体自觉与人的自觉取得了圆满的共振性和同构性。

马克思说过,一切划时代的体系的真正内容都是由于产生这些体系的那个时期的需要而形成起来的。五四文体作为这样的一个"体系",无疑也是适应以个性解放为中心的五四新文化运动的需要而产生的。虽然我们有充分的理由将文体理解为话语体式,将文体结构视为一个充分自足自律的有机生命体,但要全面深入研究它的产生和发展规律,不能仅仅停留在文体本身,更不能陷于形式主义学派的泥淖。因为话语活动从来就不是孤立封闭的,它有一个广阔深厚的社会历史与精神文化的义域(关联域)。前苏联学者卡冈指出:"风格的结构直接取决于时代的处世态度,时代社会意识的深刻需求,从而成为该文化精神内容的符号。"[①]这表明,人类在其漫长的进化历程中,在其与自然及社会的不间断的交往接触中,形成并改变着自己的行为方式与精神结构,而这正是导致文学艺术史上文体与风格演化的最根本的根源。五四文学先驱的可贵之处即在于他们极为清醒地认识到时代文化精神与文体变革的这种内在关联,在他们看来,文体自由、文体自觉是离不开个性自由和人的自觉的,而个性自由和人的自觉又是通过文体自由、文体自觉来实现的。

当然,精神范式与话语范式的关系不应只是一种简单的对应性,而需要建立起审美层次上的内在的同构性。这就要求"人"的自觉必须进入文体建构与解构过程中的每一环节和层次,从而转化为文体深层的内涵。"五四"作家的文体意识是达到这种自觉程度的。最初胡适主张"白话为文学之正宗",这适应了在文学形式方面彻底解放"人"的感情和思想的要求。不久之后,周作人在倡导"思想革命"时将文体的"普通"和"真挚"与思想的"普遍"和"真挚"相提并论,他还说,一民族之运用其国语以表现情思,不仅是文字上的便利,还有思想上的便利更为重要:我们不但以汉语说话作文,并且以汉语思想,所以使用这言语去发表这思想,较为自然而且充分。这不仅是把语言当做工具,而且是把语言当做人的存在方式来理解了;换言之,他们是以人本的方式进入语言本体的。既

① 卡冈:《文化系统中的艺术》,《美学和系统方法》,第290、291页,中国文联出版公司1985年版。

然如此，在五四新文化运动中，思想解放运动与语言符号革命的同步发展也就不难理解了。鲁迅后来在回顾这段文学历史时说："最初，文学革命者的要求是人性的解放。"①从这个意义上说，对新型话语方式寻求的本身，不啻是他们的一种"自我拯救"运动。

傅斯年似乎是首先悟到了思想观念得以进入文体深层结构的内在秘密，他认为正因为我们的祖先最不懂的是"人"，所以他们最不会的是说"'人'话"，并指出"单说思想革命，似乎不如说心理改换包括些。因为思想之外，还有感情，思想的革命之外，还有感情的发展，合感情与思想，文学的内心才有所凭托，所以泛称心理改换，较为普遍了。"②由个性解放的思想进入到心理结构的大调整，由新的心理结构而带来"人"的话语方式、话语结构，这正是文体自觉意识得以产生的内在逻辑。郁达夫在概括五四时期的创作特色时曾指出："五四运动的最大成功，第一要算'个人'的发现"，而"现代的散文之最大特征，是每一个作家的每一篇散文里所表现的个性，比从前的任何散文都来得强"③。这一论断可以扩展到整个五四文学领域。自然，这种"个性"既指"人"的个性，又是指文体的个性，人的觉醒与文体的觉醒互为因果地紧密联结在一起。一方面人的觉醒作为内在的动力促成了文体的觉醒，另一方面文体的觉醒又为表达和实现人的觉醒创造了崭新的艺术园地，二者的这种内在同一性和同构性形成了五四文体的时代风貌和时代特质。由于这一原因，五四时期即使那些二流、三流甚至不成功的文本，也因表述一己情怀的强烈个性色彩而深深地吸引着我们。鲁迅在1935年重读"五四"前后的小说之后，对比30年代的创作实际，就指出前一个十年里"很少有随随便便的作品"，后来却出现了"滥造"的现象④。有人批评"五四"之后的文体似乎又回到了"代圣贤立言"的路数上，这不是没有道理的。

（二）人的自觉深入到文体建构的深层结构与物化思维机制致使五四文学文体表现出超常的主体意识。

中国传统文化以绝对客观意志支配生命意志，生命的价值以维持现实、崇奉过去的实用性、功利性的经验自我人格的规定为转移。由于它注重的是共性整体的绝对和谐统一，压抑个性和个体的独立与冲突，主体性被社会、集团的共

---

① 鲁迅：《〈草鞋集〉小引》，《鲁迅全集》第6卷，第20页，人民文学出版社1981年版。

② 傅斯年：《白话文学与心理的改革》，《新潮》1919年5月第1卷5号。

③ 《郁达夫全集》第6卷，第194、195页，浙江文艺出版社1992年版。

④ 鲁迅：《〈中国新文学大系〉小说二集编选感想》，《鲁迅全集》第8卷，第383页，人民文学出版社1981年版。

性客观意志几乎完全取代，因此主观的自由的思想感情、激越的充沛的创造性等等就无法得以充分的发挥和张扬。与旧的文体观念相比，“五四”作家审美主体性的空前张扬成为文体自觉意识深化的重要标志。具体说来，表现在以下两个方面：

首先是空前的文体探索意识和文体自由精神。“五四”作家蔑视传统文体偶像，自觉打破一切文体格式的束缚以求得文体结构与主体精神结构的同构性，这与旧文学的文体建构有着质的区别。旧文学由于作家主体性的萎缩，使得经验世界不能经过主体心灵充分物化的过程而进入艺术世界。如果把经验世界称为“世界 1”，艺术世界称为“世界 3”，那么作家的主体世界正是沟通这两个世界之间的过滤器（“世界 2”），“五四”作家将这一世界视为文学创作过程中的关键环节。而审美意识层面上的艺术心灵结构与本体论意义上的艺术世界，正是构成文体的深层结构和表层结构之所在。由于作家主体的审美心灵结构处于这样一个极为突出的地位，再加上作家与作家之间世界观、生活观、艺术趣味、素养气质等等的不同，因而五四文学文体又因心灵化而表现出充分的个性化，从而造成了艺术的多姿多彩的局面。同时，由于语言中的“意义指的是一个给予意义的主体的存在和另一个接受这个意义并构成它自身的意义的主体的存在”①，因而五四文学文体因主体性的空前张扬，不但表现出了空前的文体自由和探索精神，其艺术世界也因之蕴含了极为丰富的内涵和多重的意义，这也正是“五四”思想解放与文体解放同步发展的内在根源。

其次，正如科恩所言，“思维的‘私向化’和把个人‘内在’世界看得重于外在世界，在语言史上有很明显的反映”②，五四文学文体的语符系统和编码体式因主体能动性的强烈渗透而凸现出感觉化的色彩。古代文体的外在格式使艺术主体在语符运用和选择上的自由度极为狭小，比如无论是抒发“旅思”、“乡愁”还是描写“闺怨”总是在前人使用过的有限的词语体系中选择，在话语编码上多是由外向外或由外向内式的格式化表现。而五四文学文体的话语则注重由内向外的主观化的编码方式，“以一定铅字组成的结构和渗透、扩散、运行的方式，确立起独立的语言系统感觉，这也是我们平时所讲的文体的主体性。”③五四文学文体的这种语言系统感觉是整体性的。郭沫若可以创造“我在我神经上

① 约瑟夫·祁雅理：《二十世纪法国思潮》，第 180 页，商务印书馆 1987 年版。

② 科恩：《自我论》，第 162 页，三联书店 1986 年版。

③ 程德培：《小说语言的功能及其局限》，《当代小说艺术论》，第 103 页，学林出版社 1990 年版。

飞跑,/我在我脊髓上飞跑,/我在我脑筋上飞跑”这样奇特的感觉语言,可以连用29个以“我”开头的排比句式造成一气贯底的气势(《天狗》);鲁迅可以自言自语:“这上面的夜的天空,奇怪而高,我生平没有见过这样的奇怪而高的天空”(《秋夜》),还可以让小说中人物说:“今晚的月光很好,我不见他已经三十多年”(《狂人日记》)……每一个语符、每一个句式、每一种结构都是心灵化、感觉化的,既是对传统语言结构的超越,又是对现有语言秩序的超越,既传达了主体精神,又创造了内在意蕴,从而形成一个在审美上富有时代特征的感觉语言系统。

(三)作为文学史长河中的一种时代文体,它体现出了人类情感的彻底解放。

情感不仅是艺术创造的原动力,它作为文体内部结构的一个重要品格,也对文体的风格、色彩起着极为重要的决定作用。按照格式塔心理学原则,当外部事物所体现的力的样式与某种人类情感中包含的力的样式同构时,我们便感觉它具有了人类情感。苏珊·朗格也正是这样认为的:“艺术形式与我们的感觉、理智和情感生活所具有的动态形式是同构的形式……因此,艺术品也就是情感的形式或是能够将内在的情感系统地显现出来以供我们认识的形式。”[①]因此我们也可以说文体即是有情感的形式。

梁实秋曾就五四文学创作的情感问题发表如下看法:“……礼也失掉了原来的意义,变为形式的仪节。所以中国人的生活在情感方面似乎有偏枯的趋势。到了最近,因着外来的影响而发生所谓新文学运动,处处要求扩张,要求解放,要求自由,到这时候,情感就如同铁笼里的猛虎一般,不但把礼教的桎梏重重的打破,把监视情感的理性也扑倒了。”[②]在他看来,这一运动代表着一种感情反抗,它所反抗的是统治中国人数千年的公式化的儒家标准。这种公式化的标准曾潜隐在作家主体意识,固定为心理的情感结构,而这种情感结构与文体的审美构建活动联系起来,便成为长期禁锢文体创造的内在模式。从这个意义上说,五四文学文体的解放与情感的解放是具有内在的一致性和同构性的。

“这是中国现代文学史上的抒情时期”[③]。五四时期情感作为文体的内在质素及其在物化机制中的作用受到了高度重视。在陈独秀开宗明义的《文学革

① 苏珊·朗格:《情感与形式》,第31页,中国社会科学出版社1986年版。
② 梁实秋:《现代中国文学之浪漫的趋势》,《浪漫的与古典的》,第17页,新月书店1931年版。
③ 赵园:《艰难的选择》,第39页,上海文艺出版社1986年版。

命论》中就提出了要建设平易的、"抒情的"国民文学。郭沫若则明确强调"文学的本质是有节奏的情绪的世界","诗是情绪的直写,小说和戏剧是构成情绪的素材的再现"①。情绪较之情感是更接近感性直觉的心理结构,他们强调情感、情绪并不是把它当做客体对象的,而是包含了对文体艺术的探求。郁达夫在一篇译文中说得更为明白:"我们若不研究(小说技巧)则已,若一定要研究的时候,可先从研究人的心理入手。情感的长成变迁,意识的成立经过,感觉的精细迟敏,以及其他一切人的行为的根本动机等,就是我们研究的目标。"②这就要求把研究人物心理作为小说技巧最基本的任务,而这种主观感觉即是感情的冲动,它的情调、气质、起伏、旋律等等便成为小说文体建构的核心所在。总起来看,五四文学文体在情感上迥异于古代的全新结构至少表现在以下三个方面:

其一,作为文体内在支配性规范的转移,五四文学文体由旧文体的情节、故事或外在的格律、模式为中心一变而为以情感为中心。不但自由体诗、散文诗、杂感散文等是如此,"五四"小说也确立了一种新的审美规范。古代小说文体的情感抒发总是处于次要的位置上,服从于情节故事和叙述人物,无论如何是不能超越"世间多少无穷事,历历从头说细微"这一叙述规范的;而"五四"小说的抒情已不再是隐藏在叙事的背后,而成为这种文体审美特征的主要体现者。赵景深曾为"五四"前后出现的短篇小说提出了这样一个"假定的公式":短篇小说=抒情文+叙事文+写景文。将抒情、叙事、写景并列为小说文体形式不可缺少的三大因素。如果说这是现代小说文体的一个共同特征,那么"五四"小说文体实际上是将抒情一格推为最重要位置的。在"五四"小说的大多数创作实践中,情感也如在自由诗中那样已具备了结构性的审美属性与创造功能。

其二,"五四"作家主观情感喷发的来势之猛是空前的,郭沫若说:"新诗便是不假修饰,随情绪之纯真的表现而表现以文字","要有纯真的感触,情动于中令自己不能不'写'"③,它是"命泉中流出来的 Strain(旋律),心琴上弹出来的 Melody(曲调),生底颤动,心灵底叫喊"④。可以说,这样创造出来的文体与主体的情感结构最能取得一致的同构效应,也由此获得了由内向外无限扩张的开放性的审美功能。情感的极致一旦物化为审美的极致,文体便成为一种生命激情

① 《郭沫若全集》第15卷,第352页。

② 郁达夫译:《小说的技巧问题》,《郁达夫全集》第10卷,第200页,浙江文艺出版社1992年版。

③ 郭沫若:《与元弟论诗通讯》,《郭沫若谈创作》,第12、13页,黑龙江人民出版社1982年版。

④ 《郭沫若全集》第15卷,第13页。

的凝聚和结晶，于是五四文学文体的解放已不仅仅是语言的解放，也不仅仅是艺术形式的解放，在它的深层价值中是人类情感的彻底解放。

其三，五四文学文体的情感——情绪结构还达到了充分个性化和时代共性的辩证统一。最能体现时代艺术精神结构的文体风格往往统一于文体的深层结构中，而在表层结构和物化机制中则不妨存有千差万别的个性色彩。在五四时期，不只是郭沫若、郁达夫等具有浓厚浪漫主义倾向的文体以情感为本质，即使最冷静、最持重的作家的文体也熔铸着浓烈而执著的生命激情。鲁迅文体的生命激情在力度上并不亚于有“狂飙突进”之喻的郭沫若，只不过这种炽烈的情感，在物化机制上不是郭沫若、郁达夫式的外在直泻，而是以不同的情调——笔调结构凝聚在文体表层。这种“冷静”不是一种止水般的均衡、和谐，而是一种巨大激情的凝聚，平衡下有着一个深的动荡的感情的海。他的感情运动，在小说中，似乎是永远不能表面地把握到的①。之所以给人造成这样一种难以言说的感觉，或者说强烈的反讽效果，是因为鲁迅审美感情的力度不是来自文体的表层，而是来自文体的深层和内在机制。

作为一种时代文体，五四文学文体也许并非是十全十美的，也不都是相当成熟的。与古典文体相比，它的审美规范并未达到格式化的高峰，与其后的一些相当成熟的小说文体、话剧文体、诗歌文体相比，它在总体上又显得有些稚气、单薄，它既体现了一个时代的艺术精神结构，同时又不免流露出新时代伊始的局限性或仓促感。

（本文与张光芒合著，最初发表于1999年《中国社会科学》第5期）

① 参见赵园：《艰难的选择》，第40、41页。

辩证认识五四时期中国文学的现代转型

中国文学通过五四文学革命已从样式到内涵乃至格局向现代转型，但也有些传统文学样式并未完全转型。中国文学现代转型是文学传统大断裂的说法是不成立的，古今文学在表层或深层都存有诸多联通点，现代型文学是在继承、发扬和超越古代文学传统的基石上而建构的。

一

型者，样式也；所谓中国文学的转型，从字面上说就是文学样式的转型，向现代转型即转换成现代样态的文学。若如是理解，那中国文学的样式已发生多次变化。在胡适的学术视野里，文学样式的每次变化就是一次革命："即以韵文而论，三百篇变而为骚，一大革命也。又变为五言七言，二大革命也。赋变而为无韵之骈文，古诗变而为律诗，三大革命也。诗之变而为词，四大革命也。词之变而为曲，为剧本，五大革命也。"①中国韵文在样式或形态上确实发生了五次大的转换，标志着诗、词、歌、赋等文体日臻完美与定型；但是这些转型不仅不是现代样式的转型，而且逮及明清之际已走上复古或拟古代之途。这样来考察和解释中国文学转型是符合韵文样式的承传与转变轨迹的，也不能完全认为这种说法是形式主义的；如果遵照这种标准与思路来分析中国文学向现代转型，那无疑是五四文学革命了。因为只有经过五四文学革命的冲击与洗礼，中国文学形态才真正发生了全局性的变化，不仅各种文学样式来了个大换装，结构形体焕然一新，与域外的现代型文学呈现出有机地自觉地对接；而且在中国文学已形成的诗文为大道、小说为小道的传统艺术格局中"小说"则升为正宗，特别是文学语符由白话取代了文言的主导地位，这都标明中国文学演进到五四文学革命

① 胡适：《〈尝试集〉自序》，《胡适全集》第1卷，第184页，安徽教育出版社2003年版。

在样式上的确发生了转型。

但对中国文学向现代转型的认识仅仅停留于此是远远不够的,至少还要从三个维度进行探究:一是文学样式向现代转型固然重要,但文学内容的转型更重要。文学样式总是与其内涵粘合为一体,既然形成审美文本那就不可能再有纯粹的样式也不可能再有纯粹的内涵,样式与内涵已成了难以分割的结合体;因之当论及文学样式的转型时已牵连着文学内涵的转型,在论及文学内涵的转型时也接触到文学样式的转型,即使进入阅读视野的文本在感受其样式美的同时也体悟到内涵之美。从文学样式与其内涵的辩证关系中可以透视出五四文学革命驱动中国文学向现代转型已触及到文学整体结构了;当然也不能否认文学样式有相对的独立性,而这种独立性主要指它已形成固定而完善的模态或范式。从"五四"文学实绩来看,不论自由体的小说、诗歌或话剧、散文等新样式的作品,其内涵大都充满了现代的文化意识、生命意识和个性意识以及悲悯情调,尤其科学理性精神在各种新样式的文本中得到弘扬。只有将新的审美样态与现代审美内涵结合起来考察,才能清晰地看到中国文学通过五四文学革命确实完成了向现代转型;而这种新形态的文学从表层结构到深层结构都有别于中国历史上任何一次文学转型,创造了多种样态的划时代的现代中国文学,这是不言而喻的。尤其应关注文学创作主体思维的现代转型,这是中国文学在五四文学革命过程中向现代转型的关键所在,因为文学是作家主体思维运作的结果,不论其样式或内涵的现代转型从根本上说取决于创作主体思维是否发生了现代转型:而五四时期创作主体思维的转型又是思想解放运动所驱动的,即以科学与民主为理论旗帜的思想解放运动将文学先驱或作家诗人的主体意识与思维方式从各种成规、习惯、礼教的桎梏中解放出来,使其深受科学思潮的洗礼以确立了求真务实的艺术思维,获得民主思潮的启迪又树立了以人为本位的平民文学意识。正是在求真思维与人本思维相辅相成的作用下,才使传统文学从"瞒与骗"的艺术规范中挣脱出来,而转换成以平民为本的、以真为高格的现代型的人的文学。从这个意义上说,创作主体思维的现代转型是中国文学向现代转型的潜隐的根本性标志。

二是中国文学向现代转型是个过程,说五四文学革命完成了中国文学的现代转型并不意味着这个过程已经终结,更不意味着各种样式的文学形态臻至完善或成熟;只是说中国文学各种样态到了"五四"在总体结构上发生了新变,变成了有别于传统文学的现代样态。但是诸种样态有的已达完善的程度,比如短篇小说到了文学巨匠鲁迅手里就达到世界一流现代小说的艺术水平，而其他作家同时代创作的短篇小说却逊于鲁迅；至于长篇小说的营构，或张资平的《冲积期化石》或王统照的《一叶》只可算作长篇小说的雏型；自由体诗经郭沫若的创构尽管达到较高审美水准，但是散文化倾向也影响了自由体诗的完善，闻一多新格律诗体的出现也没有为现代诗歌确立一种最完美的样态；话剧形式是舶来品，在“五四”剧作中仅是些实验品，完美的话剧样式难以寻到；相比较而言，在周氏二兄弟的精心打造下，杂文和小品文两种样式却达到了不易逾越的美学高度。可见，对中国文学在“五四”转型所形成的各种现代样态，总体美学价值不能估计过高，应联系具体文本进行实事求是的科学分析。我所认为的中国文学向现代转型过程，不仅指“五四”完成其整体艺术风貌的转型后仍有一个不断完善或成熟的过程，各体文学样态在创作实践中还需要精雕细刻和专心打磨，创造一代既可以与传统经典文学样式比美又可以与世界现代一流文学样态比肩的中国式的现代型文学；而且也指中国文学向现代转型早已经开始，近溯晚清文学改良就为五四时期的文学现代转型作了充分的铺垫和预演，不论“诗界革命”、“小说界革命”或者“文界革命”、“戏剧改良”乃至白话运动，都没有停留在口号上而在文学变革实践上确实将中国文学向现代转型往前大大地推进了一步，若是没有晚清的文学改良那五四文学革命怎能在几年内就在整体结构上完成了中国文学的现代转型？所以中国文学的现代转型是个过程，看似偶然之变，实是偶然中蕴含着必然之变。

三是五四时期的中国文学向现代转型并不是所有的传统文学样式都发生了转型。就主导文学样态来说已发生了结构性的转型，形成了现代型的文学样式；但是仍有一些传统文学形态只是局部发生了变异或者仍保持原样态，这仅就外观而言，至于文学内涵是否有变化需要具体分析。这主要因为我国地域广阔人口众多，不仅各民族有自己的文化系统与审美习惯，就是决定中国文学发展趋向与演变规程的汉族文学赖以存活的文化生态、自身的价值取向和读者的审美需要也是大相径庭的；所以到了五四文学革命中国文学向现代转型出现不平衡的参差现象是很自然的，即使积极参与文学变革以促进转型的文学类型在变化上也不是整齐划一的。比如，诗歌革命是五四文学转型的先导，参与新诗实验和创作的文学先驱和文学青年人数众多，甚至形成不少诗歌流派，虽然促使中国传统格律诗变成现代自由体诗，但是自由体诗并没有一统天下，仍有不少诗人坚持写作格律诗或古体诗，柳亚子是革命团体南社的著名诗人则始终以格律体赋诗，即使推动中国文学转型的健将如郁达夫、郭沫若等也创作不少古体诗；再比如中国传统小说于五四文学革命转型中取得骄人成就，在否定章回小说体的同时建构起现代型小说（主要是短篇）的艺术殿堂，然而章回体小说却没有退出历史舞台，它在鸳蝴派诸作家手里重放光彩，张恨水则成了章回体小说大家。这说明五四时期中国文学向现代转型并没有完全颠覆所有的传统文学样式，不少古代文体仍有存在甚至发展的空间；不过也要指出，这些尚未转型的文学样态已经不能决定中国文学的文化特质、审美风貌和主导地位，除了个别文人固守文言阵地坚持以古体抒发传统思想情感外，不少作家运用古体赋诗作文只是"旧瓶装新酒"，文学内容已变新，即使运用的格律体、章回体也作了新的调整。从特定意义上说，这也算中国文学向现代转型所呈示的一种征兆。

二

中国文学通过五四文学革命发生了现代转型，有些学者认为这是"大断裂"，彻底否定中国传统文学；不过持这种论调的学人随着古今文学关系研究的深入却越来越没有市场了。尽管如此，但是对于中国文学在五四时期向现代转型是否切断并否定了文学传统，仍是个值得探究的有意义的问题；它的价值不限于获取古今文学更多的通识也关涉到古代文学与现代文学的学科建设。眼下的情况是治古代文学的不懂现代文学而搞现代文学的不通古代文学，本来都属于中国文学却"老死不相往来"，这如何培养更多的具有通识通才的人文学科人才呢？我们这一代学者将近黄昏尚有情可原，而风华正茂的中青年学子仍沿袭传统的学科规范而治学那将是时代的悲哀。

不论从何种角度考察都难以断定中国文学的现代转型已与传统发生断裂，古代文学与现代文学形成了异质相对的两个系统；但是只要我们稍微用心作点探察，就会从表层到深层发现古今文学之间的诸多联通之点，寻找到古代文学与现代文学的多维度多层次的联系。过去的研究，以二元对抗的阶级思维探讨新旧文学或现代与传统文学关系，曾发现了不少古今文学的通识。鲁迅说："新的阶级及其文化，并非突然从天而降，大抵是发达于对于旧支配者及其文化的反抗者中，亦即发达于和旧者的对立中，所以新文化仍然有所承传，于旧文化也仍然有所择取。”[①]如果说中国文学在五四新文化运动中向“新的阶级”转向而蜕变为现代型文学，那么这种转向和变形在同“旧支配者及其文化的反抗”中并没有彻底否定旧支配者的文化或文学，而是在对其“承传”与“择取”中创建了现代型文化或文学。冯雪峰出色地运用阶级对立思维研究现代文学大师鲁迅与古代文学大师之间的关系，沟通了他们在精神上的联系。他在《关于鲁迅在文学上的地位》中指出：“鲁迅是和中国文学史上的壮烈不朽的屈原、陶潜、杜甫等，连成一个精神上的系统。这些大诗人，都是有着伟大的人格和深刻的社会热情的人，鲁迅在思想上当然是新的、不同的，但作为一个中国文学者，在对于社会的热情，及其不屈不挠的精神，显示了中国民族与文化的可尊敬的一面，鲁迅是继承了他们的一脉的”。[②] 以阶级论形成的二元对立思维模式在研究现代文学与古代文学关系时往往会出现否定多于肯定、批判多于沟通的倾向，即使存有这种偏颇也能发掘出古今文学在对抗中的联通点；况且当今的学者舍弃了阶级对立的思维模式，大多选取了主体间性关系思维或系统论方法或精神分析或原型批评等，若能将这些方法论运用得当那对古代文学与现代文学关系的探索，就会更深入更准确地发现其联通性，就会更清楚地认识到中国文学向现代转型不是对传统的彻底否定而是在新的诗学层次与精神层次对它的继承与发展、认同与超越。从文学内涵来看，古代文学的各种文本承载着丰富的人文传统，它进入现代文学各体文本中便不露痕迹地与现代人文精神相契合，铸成了新文学的深层灵魂；古代文学充溢的忧国忧民的忧患意识，它在现代的启蒙文学或救亡文学中都得到深广的承传；古代文学蕴含的坚贞不渝的情爱意识也在现代文学中得到充分体现；古代文学中注入的侠义英雄精神在现代文学中得到弘扬；即使古代文学中含量不多的独立意志与个性意识也与现代文学中源于西学的个性主义或自由主义在一定程度上发生了强烈的对接，等等，不一而足。以宏观视野考察，中国古代文学的灿烂辉煌与出现多次“文的自觉”时代密切相关。比如先秦文学之所以能形成百家争鸣的文化局面而将散文、诗歌创作推上艺术高峰，重要原因是伴随着以人的发现为标志的早熟的东方“文化复兴”[③]而出现了“文的自觉”时代；再如魏晋南北朝也出现了“文的自觉”，致使文学得到

① 鲁迅：《集外集拾遗·〈浮士德与城〉后记》，《鲁迅全集》第7卷，第355页，人民文学出版社1981年版。

② 《雪峰文集》第4卷，第24~25页，人民文学出版社1985年版。

③ 王树人、喻柏林：《传统智慧再发现》（下卷），第12页，作家出版社1996年版。

繁荣昌盛；明代晚期人文主义思想曙光照进文学领域，使独抒性灵的小品文、流溢着个性解放或性爱开放情思的《三言》、《二拍》、《金瓶梅》、《牡丹亭》等小说、戏曲大放异彩。古代文学所形成的“文的自觉”文学传统到了五四文学革命则汇成“人的自觉”与“文的自觉”相融合的现代人学潮流，催动中国文学向现代转型。至于从文学样式来观照，更可以断定中国文学并未在“五四”向现代转型中而完全否定旧有的形态。就古今文学样式的语言外壳来看，现代文学是有意识地继承了古代文学的白话传统。根据胡适在《国语文学史》一书中的梳理，他认为中国文学在两千多年的进化中形成了白话与文言两种传统，前者构成的文本多是平民文学或活的文学，后者凝成的文本多是庙堂文学或死的文学，特别是明清两代的长篇小说如《三国》、《水浒》、《红楼梦》、《儒林外史》等则成了白话文的楷模；所以五四文学革命倡导白话文学既是对中国文学白话传统的尊重又是将它发扬光大，使白话成为所有现代文学样态的“利器”。虽然现代文学的白话符号是来自多个源头，但是承传古代文学白话却是重要的一源，又是有意为之。古代文学的意境营造、抒情传统对现代文学建设的影响极为深广，即使古代言情小说的诸多叙事模式如“始乱终弃”或“痴女负汉”等也在现代婚恋小说的叙事中屡见不鲜。上述不厌其烦地言说古今文学的互通点，尽管有些老话重叙，但是我要证明的是中国文学在五四文学革命中向现代转型并没有割裂传统，而是有选择地继承、发扬乃至超越了既成的文学传统，将中国文学的发展推进到现代历史阶段。

（本文原载 2007 年《河北学刊》，是年《新华文摘》第 23 期全文转载）

重探60年五四文学革命研究的误区

——质疑“彻底反传统文学”论

60年的五四文学革命研究，存在“彻底反传统文学”的认识误区；本文通过重新解读文学革命先驱胡适、陈独秀、钱玄同、刘半农、周作人的原创文论，回到特定的历史范畴，发现他们对古代或近世文学的弊端作了批判，而对传统文学合乎新价值标准的则进行了不同程度的肯定，并没有“彻底反传统文学”，现下已为恢复文学革命的真实面目提供了良好的时代条件。

中国新文学史学科建立，伴随着中华人民共和国前进的步伐，已走过六十个年头。虽然作为一个人文学科，经过几代学人的探索与建设，中国新文学史已取得骄人的成绩，但是也不可否认这个并不年轻的学科仍在认识上存在不少误区。五四新文学自从纳入学科体制研究和书写以来，既是重头戏又是敏感区，对其性质的认知和判断总以为五四新文学“不是‘白话文学’‘国语文学’‘人的文学’‘平民的文学’等等”，而“新民主主义文学”，[①]即彻底地不妥协地反帝反封建文学。据此，为新学科奠基的《中国新文学史稿》明确指出，“新文学从开始起就是彻底地不妥协地反帝反封建的”[②]；1979年版的高等学校教材《中国现代文学史》断定，“‘五四’文学革命正是以它从理论主张到创作、从文学内容到形式的全面大革新，揭开了人民大众反帝反封建文学的光辉一页”[③]。这两部文学史通过现行教育体制，对中国现代文学的教学和研究的规范与影响，既深且远；即使在“思想解放，实事求是”的新时期，不论中国现代文学史的重写或者现代作家作品及文学思潮流派的研究，也没有完全突破上述两部“经典性”文

① 老舍、蔡仪、王瑶、李何林草拟：《〈中国新文学史〉教学大纲（初稿）》，1951年《新建设》第4卷第4期。

② 王瑶：《中国新文学史稿》（上册），第17页，上海文艺出版社1982年11月修订版。

③ 唐弢主编：《中国现代文学史》（一），第48页，人民文学出版社1979年版。

学史有关五四文学革命在性质上的理论判断,并逐步衍化引申出五四文学革命同古代文学实行了彻底决裂、形成了古今文学大断层、现代文学生成是以彻底否定传统文学为前提的、新文学与旧文学是异质相对的、五四文学革命对传统文学的否定是整体性的而不是局部的、五四文学运动从根本上颠覆了古代封建文学等等见解,一言以蔽之,“五四文学革命是彻底反传统文学的”。我并不认为上述对五四文学革命在性质上的判断和见识是没有根据的或毫无道理的,只是感到五四文学革命并未达到彻底地不妥协地反对封建文学这样的程度、深度和力度,更没有彻底地整体地否定和反对传统文学,这种理性判断难免有绝对化和武断化之嫌,形成对五四文学革命在认知上的一个误区。尽管近几十年关于传统文学与现代文学关系、五四文学革命性质等问题的研究,是学术界关注的热点,也发表或出版了不少有见地的研究著述,尤其古今文学的贯通性和五四文学的启蒙性得到大多数学者的认同,越来越摆脱了新与旧、古与今、现代与传统二元对立思维模式的羁绊,而将中国古代文学与现代文学作为一个动态整体系统来把握和研究;但是这些新的研究思路及其取得的学术成果,只能说在一定程度上淡化或消解了对五四文学革命性质的那种“彻底地不妥协地”反对封建文学的政治判断,而关于五四文学革命是否是彻底地反对传统文学并未从认识上得到真正解决,不论那些坚决捍卫五四文学革命者或是那些诋毁五四文学革命者,都有一个对五四文学革命性质重新进行科学的辩证的认识和评价的问题,使之尽快走出五四文学革命研究的认识误区,以逼近历史的真面目。

一

考察并回答五四文学革命是否彻底地整体反对传统文学这个已成为某种思维定见的问题,可以从不同的角度运用不同的思路进行探讨;但是我认为最有雄辩力的结论应该回到特定的历史范畴去寻找,既不能依凭现成的理论框架到史实中择取几个例证或片断来印证既定的论点,又不能根据某种现实需要对历史进行任意拔高而作出实用主义的阐释,必须设身处地回到五四文学革命的原生态历史中,尽管80年前的原生态可想而不可即,不过从发表于当年期刊杂志上的文学先驱们提倡文学革命的文论里,总可以触摸到或感受到五四文学的真实的生态与史迹。比如:从先驱们倡导文学变革的文论中,根本找不到以阶级论把中国古代文学定性为封建主义的判断,只有“旧文学”或“贵族文学”这样的表述；后者的表述不是把古代文学作为新文学的不能相容不能调和的非此即彼的对立面，惟有前者的封建主义文学的阶级定性判断才把古代文学作为新民主主义文学的相互对抗不能调和的对立面，这样的所谓阶级分析无疑会引申出五四文学革命是彻底地整体地反传统文学的结论，不过这个任意上纲的主观判断并不符合文学革命先驱们文论的原旨和本意。先驱们倡导文学革命的文论各抒己见，是学术性的，讨论式的，论辩式的；本论文不可能对每篇原创文论都给予重新解读重新认识，拟选择一些重要的足以代表文学革命倡导者的文学观念和对待传统文学态度的文本进行探察与分析，借以窥视五四文学革命是否是彻底反对传统文学的。之所以作这样的选择，一是因为五四文学革命是理论倡导先行，有什么文学理论主张才有什么样态的文学运动和文学创作，故弄清了文学理论观念就可以看清其对传统文学的态度；二是建国以来的60年对五四文学革命性质的判断大多是从倡导者的重要文论中寻找根据的，不管是断章取义或者只取一点不及其余，大都取之于文论，故只有对原创文论重新解读方可摸准先驱们对传统文学的真实态度；三是古代文学等同于传统文学，却不等于封建主义文学，以封建主义来涵括古代文学或传统文学这是以偏概全，只有重读五四文学革命的文论方能从先驱们的原汁原味的理论表述中体会其对传统文学的真知灼见。

如果说五四文学革命是胡适、陈独秀等几个人闹起来的，这有点夸张，不应该把这件决定中国文学走向与命运的重大现代性历史事件只归功胡适等少数人；那么我们真正回到当时的历史背景和文化语境却就会深切地感受到胡适首举义旗提倡文学革命确实扮演了领袖的角色，没有他的连篇累牍地发表文论进行积极倡导和大胆尝试白话写作，至少文学革命不会来得如此迅捷。五四文学革命肇始既不是一种国家行为又不是一种政党行为，主要聚集于北京大学的一批具有先锋意识的知识分子，获得校长蔡元培的支持，以陈独秀主办的《新青年》为阵地，在胡适发表的《文学改良刍议》一文的启迪与煽动下所展开的学术性的民主讨论，好长一段时间限定在知识分子圈子里，而胡适与陈独秀则成了文学革命的“自然领袖”，他们的文学观念和主张无疑成了文学革命的理论纲领和行动纲领，这理所当然地其应决定着这场文学革命的性质。因此，解读胡适与陈独秀的文论，在相当程度上就可以断定五四文学革命对传统文学的态度是彻底地全方位地反对还是具体地辩证地来对待。

那就先解读透析胡适原创的文论吧。“由来新文明之诞生，必有新文艺为之先声，而新文艺之勃兴，尤必赖有一二哲人，犯当世之不韪，发挥其理想，振起自我之权威，为自我觉醒之绝叫，而后当有众之沉梦，赖以惊破。”①胡适发表于1917年的《文学改良刍议》之于文学革命勃兴便起到“惊雷”的作用，它提出的文学改良“须从八事入手”，及对“八事”逐一进行具体分析，并没有对中国传统文学进行彻底否定，也没有把古代文学定性为封建主义，而对古代文学既有批判又有肯定。所批判的不是古代文学的整体只是存在的弊端，欲此弊不救势必阻遏中国文学的健全发展；虽然它对古代文学的弊病指斥的不少，但主要是“近世文学之大病”，由此见出胡适文学改良的重点是针对近代文学的弊端而非古代文学。比如，“一日须言之有物”，主要针对“近世文学之大弊”即明清以来文学所存在的严重问题，即使指出近代文学的大病拟通过改良来医治它也不是彻底否定文学；况且胡适又肯定了古代文学既有思想价值又有文学价值的“庄周之文，渊明老杜之诗，稼轩之词，施耐庵之小说，所以复绝千古也。”“二日不摹仿古人”，胡适以“一时代有一时代之文学”的进化思想，肯定了“周秦有周秦之文学，汉魏有汉魏之文学，唐宋元明有唐宋元明之文学”中，既揭示了文学随时代而变迁的时代特征又揭示了不同时代文学有不同时代文学的创新性，在韵文方面着力称赞了击壤之歌、五子之歌、屈原荀卿之骚赋、老杜香山之“写实”体诸诗（如杜之《石壕吏》、《羌村》，白之《新乐诗》）、苏柳（永）辛姜之词、元之杂剧等；他所批判的只是“今之‘文学大家’”悖离文学进化之通则而一味“摹仿古代”之恶习，“文则下规姚曾，上师韩欧，更上则取法秦汉魏晋”，而这样的文学作品“亦不过为博物馆中添几许‘逼真赝鼎’而已。”特别是他以南社诗人陈伯严的“涛园钞杜句，半岁秃千毫”一诗为例，剖析了这位当时“第一流诗人”虔诚地“摹仿古代”的奴性心理。与此同时，他称道了足与世界“第一流”文学相比美的当时吴趼人、李伯元、刘鹗创作的白话小说，指出他们的小说“惟实写今日社会之情状，故能成真正文学”。至于“三日须讲求文法”、“四日不作无病之呻吟”、“五日务去烂调套语”、“六日不用典”、“七日不讲对仗”，也是通过具有分析来揭露当时乃至古代文学的弊病，并不是彻底否定古代文学和近世文学。如当时文学家面对“救亡图存”的国势，“其作为诗文，则对落日而思暮年，对秋风而思零落，春来则惟恐其速去，花发又惟惧其早谢”，胡适将此种无病呻吟之作斥之为“亡国之哀音”，并期愿文学家创作“奋发有为，服劳报国”的诗歌，“其不能为贾生、

① 李大钊：《“晨钟”之使命》，1916年8月15日《沉钟报》创刊号。

王粲、屈原、谢皋羽,而徒为妇人醇酒丧气失意之诗文者,尤卑卑不足道矣",可见胡适肯定古代文学家而贬斥当下那种无病呻吟作者的倾向是极为鲜明的。"八日不避俗语俗字",这是文学改良从八事入手的最重要一事,体现了胡适的白话文学主张;恰恰是这一事足以看出胡适提倡文学变革不是反传统的,而是继承了中国古代文学的白话传统。"吾惟以施耐庵曹雪芹吴趼人皆文学正宗,故有'不避俗语俗字'之论也。"纵观文学史,"自佛书之输入,译者以文言不足以达意,故以浅近之文译之,其本已近白话。其后佛氏讲义语录尤多用白话为之者,是为语录体之原始。及宋人讲学以白话为语录,以体遂成讲学正体。(明人因之。)当是时,白话已久入韵文,观唐宋人白话之诗词可见也。及至元时,中国北部已在异族之下,三百余年矣。(辽,金,元)此三百年中,中国乃发生一种通俗行远之文学。文则有《水浒》《西游》《三国》之类,戏曲尤不胜计。""然以今世历史进化的眼光观之,则白话文学之为中国文学正宗,又为将来文学必用之利器,可断言也。"因之,"吾主张今日作文作诗,宜采用俗语俗字。""与其用三千年之死字,(如'于铄国会,遵晦时休'之类)不如用二十世纪之活字。其作不能远行不能普及之秦汉六朝文字,不如作家喻户晓之水浒西游文字也。"①通过对胡适提倡文学改良文本的梳理与解读,能看出他对古代文学近世文学弊端的批判是切中要害的,也是求真务实的,既没有过激的言辞又没有胡乱上纲,仅仅是指斥传统文学的弊病而未从整体上否定传统文学;恰好相反,他以进化文学史观对中国古代文学的优秀传统却作了具体的肯定,即使他提出的白话文学主张也是源于古代文学的俗语俗字传统。若指责五四文学革命彻底反传统,那至少从胡适的首倡文本中找不出充分根据,倒是继承并维护古代文学优秀传统的佐证则坚实可靠。

当然,在胡适提倡文学改良的文论中也有些偏激的言辞,如1918年发表的《建设的文学革命论》一文,他在回答"中国这二千年何以没有真有价值真有生命的'文言的文学'"这个问题时说:"这都是因为这二千年的文人所做的文学都是死的,都是用已经死了的语言文字做的。死文字决不能产出活文学。所以中国这二千年只有些死文学,只有些没有价值的死文学。"如果从死文字只能做死文学而做不出活文学这个维度来看,胡适将二千年的古代文学都视为死文字做成的死文学,不仅这种说法有些绝对化,而且有完全否定二千年传统文学之

① 胡适:《文学改良刍议》,1917年1月1日《新青年》第2卷第5号。

嫌;况且有时胡适又把“死文字”与“活文字”、“死文学”与“活文学”作为两极对立起来,越发使人们感到他对古代文学采取了绝对否定的态度。但是,倘若我们把胡适五四时期发表的文论联系起来考察,对其具体论述作些仔细分析,就会发现胡适对中国传统文学的认知和阐述有其独特的角度、思路和研究方法;尽管尚未完全达到唯物辩证思维的高度,然而他对中国传统文学的探索与思考以及获得的结论却达到了时代应有的认识高度,不仅没有以否定古代文学作为提倡文学革命的前提,而且是在以科学方法重新研究古代文学并继承其优秀传统的基础上推进文学革命。

其一,若是将中国古代文学作为一个总体系统来看待,那么胡适则认为“死文言产出的死文学”和“白话产出的活文学”是两个并立的系统,虽然他并未明确阐述“文言”与“白话”、“死文学”与“活文学”在传统文学总系统中的相互对立又相互依存、相互补充又相互转化的辩证关系,但他肯定“白话”“活文学”而否定“死文言”“死文学”的态度却相当鲜明坚定,可见胡适所反对的只是传统文学的“死文字做成的死文学”而对古代文学系统中的“白话产出的活文学”则是反复肯定的。胡适之所以反对死文言做的死文学,是因为在他看来,“一切语言文字的作用在于达意表情;达意达得妙,表情表得好,便是文学。”然而“那些用死文言的人,有了意思,却须把这意思翻成几千年前的典故;有了感情,却须把这感情译成几千年前的文言。明明是客子思家,他们须说,‘王粲登楼’,‘仲宣作赋’;明明是送别,他们却须说‘阳关三叠’,‘一曲渭城’”:更可笑的是:“明明是乡下老太婆说话,他们却要她打起唐宋八家的古文腔儿;明明是极下流的妓女说话,他们却要她打起胡天游洪亮杏的骈文调子!”“请问这样做文章如何能达意表情呢?既不能达意,既不能表情,那里还有文学呢?”这样的“死文言产出的死文学”难道不应该反?不仅反得有理,也反得适时,不然古代文学如此多的弊病流传至今,那中国文学的演变也不知要走多少弯路?胡适在揭露古代文学或近世文学的“死文学”弊端的同时,他对传统文学中的白话产出的活文学以设问的方式作了充分肯定:“我们为什么爱读《木兰辞》和《孔雀东南飞》呢?因为这两首诗是用白话做的。为什么爱读陶渊明的诗和李后主的词呢?因为他们的诗词是用白话做的。为什么爱杜甫的《石壕吏》《兵车行》诸诗呢?因为他们都是用白话做的。”“再看近世的文学:何以《水浒传》《西游记》《儒林外史》《红楼梦》可称为‘活文学’呢?因为他们都是用一种活文字做的。”胡适所称赞的白话做的活文学正是我国古代和近世文学的优秀传统和精华部分;尤为可取的是他能辩证地认识到，并不是所有用白话做的书都是有价值有生命的，即“白话能产出有价值的文学，也能产出没有价值的文学：可以产出《儒林外史》，也可以产出《肉蒲团》。”这个结论应该是正确的可信的；然而他又断定“那已死的文言只能产出没有价值没有生命的文学，决不能产出有价值有生命的文学”①，这未免有点绝对了。

其二，既然中国传统文学可以进行既肯定又否定的一分为二的理解与把握，无须彻底颠覆和完全解构，那么胡适对传统文学如何施行变革或革命有其独特的认识和运作，既不同于政治学里所宣扬的暴力革命论又别于阶级论中把革命视为一个阶级推翻一个阶级的暴烈行动，他认为文学革命有两种方式：“一种是完全自然的演化；一种是顺着自己的趋势，加上人力的督促。前者可叫做演进，后者可叫做革命。演进是无意识的，很迟缓的，很不经济的，难保不退化的。有时候，自然的进化到了一个时期，有少数人出来，认清了这个自然的趋势，再加一种有意的鼓吹，加上人工的促进，使这个自然进化的趋势赶快实现”；质言之，文学革命就是“有意的鼓吹”和“人工的促进”，是演进缓慢的历程上加上一鞭。五四文学革命之所以当得起“革命”二字，就是因为“这是一种有意的主张，是一种人力的促进”，“《新青年》的贡献只在它在缓步徐行的历程上，猛力加上了一鞭”，故使“白话文学运动能在这十年之中收获一千多年收不到的成绩”②。这就是说，五四文学革命并不是彻底将古代文学推倒重来，而是遵循其固有的白话文学的自然演化趋势，因其受到近世拟古主义或复古主义文学的阻遏而进展缓慢，故有意识地聚集一定的人力将其向前推进，使其白话文学传统更加发扬光大，以白话文学取代死文言做的死文学的正宗地位。如果以意识形态的暴力革命论来评述胡适的文学革命论，那可以给他戴上这样或那样的政治帽子，然而却戴不上“彻底反对传统文学”的帽子，因为胡适为旗手的文化先驱就是这样理解文学革命和推行文学革命的，也许这才是五四文学革命的历史真实。

其三，由于胡适对文学革命的独特理解，又发现了古代文学存有“文言”与“白话”、“死文学”与“活文学”两个系统，并看到了“近世文学”这两个系统的发展出现不平衡，明清的长篇白话小说多是活文字产出的活文学，而诗歌陷入拟

---

① 胡适：《建设的文学革命论》，1918 年 4 月 15 日《新青年》第 4 卷第 4 号。

② 《胡适全集》第 11 卷，第 201 ~ 209 页，安徽教育出版社 2003 年版。

古主义泥沼多以死文字产出的死文学；因此面对“今日文学之腐败极矣”①的现状，胡适对文学革命提出了两项明智的策略，既不是对传统文学进行全方位的改革，各种文体的变革亦不同步进行：一是白话不宜作诗是个死结，也是文学改革最难攻克的堡垒，故文学革命须先从诗歌入手，以此作为突破口来推进文学革命；二是明清小说的《水浒传》、《西游记》、《红楼梦》可以作为五四文学革命的“白话老师”和“国语的模范文”，即长篇小说已形成了白话文学传统，并不是文学革命的重点，关键是如何承传、发扬、学习明清白话长篇小说来创作五四新文学。从这两项文学革命的举措中，我们亦可以窥见胡适对传统文学的态度或批判中继承或继承中发展，并没有把传统文学当成五四新文学的死对头。就拿诗歌革命来说，胡适提出“诗体大解放”的口号，只是要把诗歌从束缚现代人思想情感的格律体中解放出来，从不能充分表达现代人的情与意的死文言中解放出来，而对古代诗歌的歌行体民歌体乃至白话诗歌传统是要继承的，这是在批判与选择中继承，旨在以活文字创作自由体诗歌。至于将明清长篇小说《水浒传》《西游记》《红楼梦》作为“白话老师”或“国语模范文”，既反映了他对古代文学白话传统的极力肯定和弘扬，又体现出他对“文言”并不是一律排斥和反对；这是因为可以作为我们“白话老师”或“模范文”的这几部明清长篇白话小说，其体裁是典范的章回体而不是五四文学所倡导的新文体，但在胡适的艺术视野中却没有把章回体作为旧体文学，其语言也不是纯粹的白话而是半文半白或是白话中夹杂着文言，也可以说白话和文言在这几部小说中是同质同构的，是共同完成着“达意表情”的文学任务。尤其是《红楼梦》若说它的叙事语言和对话语言多是当时的白话尚可，但小说中穿插的大量诗词歌赋楹联等却大多是文言，它们在“达意表情”上则具有相当高的文学价值，它们也是《红楼梦》这部“活文学”的不可分割的美学因素。由此可见，胡适在肯定明清这几部小说的白话同时也肯定了与其同构的文言，这表明他不是对所有的文言都反对，而只是反对那些随着时代演进失去了生命力与表现力的“死文字”或“死语言”。

其四，胡适对待传统文学的态度基本上是辩证的，不仅不是彻底否定传统文学，而且通过自觉地“整理国故”，运用科学方法对传统文学“重新估定一切价值”，既为五四文学革命探寻历史根据又为五四新文学创造提供审美资源。“若要知道什么是国粹，什么是国渣，先须要用评判的态度，科学的精神，去做一番

① 胡适：《寄陈独秀》，1916 年 10 月 1 日《新青年》第 2 卷第 2 号。

整理国故的工夫。”①胡适对中国古代文学的整理和研究所下工夫又深又广，经过其系统的梳理和科学的分析，批判了那些没有多少思想意义和文学价值的“国渣”，发掘并播扬那些真正有学术价值和美学意义的“国粹”，并在此基础上先后写出了《国语文学史》和《白话文学史》，既沟通了古今文学的有机联系又为五四白话文学的营构备下了丰厚的资源。

上述仅对胡适有关五四文学革命的文论作了粗略的考析与体察，足以证实作为文学革命的“自然领袖”他对古代文学和“近世文学”的态度不是“彻底反传统的”，而是以科学的精神重新评判传统文学的，对古代文学有否定也又肯定，是在批判中继承又在继承中发展的。

二

五四文学革命是先知先觉知识分子自发掀起的，如果说胡适是“自然领袖”之一，那么另一个“自然领袖”则是陈独秀。这不仅因为他主办《新青年》作为新文化运动和文学革命阵地，并主动邀请胡适为《新青年》撰写倡导文学革命的文论；而且也因为他坚定不移地支持文学革命，并发表了比胡适的态度更激烈的文学革命主张，以他与胡适为核心形成了志同道合的致力于新文化运动和文学革命的“新青年”派。由于陈独秀提倡文学革命的立场坚定、主张激进，故研究五四文学革命的学者们大都认定陈独秀是文学革命当之无愧的领袖，是彻底地整体地反对传统文学的激进主义的代表人物。那么，陈独秀在文学革命中是否是真的“彻底反传统”？如果能破解这个难题，不但可以重新判定五四文学革命的性质，也能较顺利地走出五四文学的认识误区；而回答这个难题的重要的途径仍应重新解读陈独秀当时发表的倡导文学革命的文论。

《文学革命论》发表于1917年2月，“余甘冒全国学究之敌，高张‘文学革命军’大旗，以为吾友之声援。”这表明陈独秀视胡适为文学革命同一阵营的战友，他发表此文是以实际行动来声援胡适的《文学改良刍议》，并称赞胡适是“首举义旗之急先锋”。从陈对胡的态度来看，他对胡适文学改良的所有主张是认同的也是全力支持的，既没有提出异议又没有表示反对；这里面不仅是对胡适文学改革刍议的坚定认可也包括对胡适有关中国传统文学看法的认可，即胡适不

① 胡适：《新思潮的意义》，1919年12月1日《新青年》第7卷第1号。

是以彻底否定传统文学为前提来提倡文学改良的，而陈独秀也认同这种主张，若陈不赞同胡适承续古代文学优秀传统来建设新文学，那陈决不会声援胡适，也决不会把胡当成首举义旗的急先锋，所以从陈对胡及其文学主张的态度上便可以表明陈提倡文学革命也不是彻底反对传统文学的。特别是有些研究者往往以陈文提出的“推倒雕琢的阿谀的贵族文学”、“推倒陈腐的铺张的古典文学”、“推倒迂晦的艰涩的山林文学”的三个“推倒”为根据，断定其“彻底反传统文学的”。我认为这个判断并不吻合陈文对传统文学的真实把握与评价态度：陈要推倒的并非是所有的“贵族文学”、“古典文学”和“山林文学”，这三种样态文学的前面都加了两个限定性的修饰词足以显现论者的态度，即欲推倒的仅限于雕琢和阿谀的贵族文学而不是它的全部、欲推倒的仅限于陈腐和铺张的古典文学而不是它的整体、欲推倒的仅限于迂晦和艰涩的山林文学也不是它的全部；况且要推倒的“贵族文学”、“古典文学”和“山林文学”只是中国古代文学系统中的三种形态并不是其 所有文学形态和整体文学系统，尽管欲推倒的三种文学形态在古代文学系统中居 有重要位置，然而它们毕竟不能代替所有的古代文学形态。因此，决不能依据三个“推倒”为由断定陈之文学革命主张是“彻底反对传统文学的”。若是细 读陈文的具体论述，即使仅限于其对这三种形态文学的具体分析也能看出陈氏不是彻底否定传统文学的。在陈氏的学术视野中，国风、楚辞“斐然可观”，而两汉的“雕琢阿谀，词多而意寡”的颂声大作的赋家则是“贵族文学古典文学之始作俑也”；“魏晋以下之五言，抒情写事，一变前代板滞堆砌之风”，这“可谓为文学一大革命”；东晋而后尚骈丽，演至有唐，遂成骈体，“此等雕琢的阿谀的铺 张的空泛的贵族古典文学，极其长技，不过涂脂抹粉之泥塑美人”；“韩柳崛起，一洗前人纤巧推朵之习，风会所趋，乃南北朝贵族古典文学，变而为宋元国民通 俗文学之过渡时代”，但是韩昌黎提倡“文犹师古”、“文以载道”之谬见，致使其文学内容“远不若唐代诸小说家之丰富，其结果乃造成一新贵族文学”，其“文以载道”直与八股家之所谓“代圣贤立言”同一鼻孔出气；逮及“元明剧本，明 清小说，乃近代文学之粲然可观者”，然而“明之前后七子及八家文派之归方刘 姚”却“尊古蔑今，咬文嚼字，称霸文坛”，反使盖世文豪马致远、施耐庵、曹雪芹诸人之姓名为国人所不识，岂不怪哉！这就导致“今日吾国文学，悉承前代之敝”，“赤裸裸的抒情写世，所谓代表时代之文豪者，不独全无其人，而且举世/无此想”。际兹文学革新之时代，陈文之所以主张排斥传统文学结构中三种形态 的文学，着重因“其形体则陈陈相因，有肉无骨，有形无神，乃装饰品而非实用品。其内容则目光不越帝王权贵，神仙鬼怪，及其个人之穷通利达。所谓宇宙，所谓社会，举非其构思所及。此三种文学公同之缺点也。此种文学，盖与于阿夸张虚伪迂阔之国民性，互为因果。”试问，这三种文学形态的弊端当下中国文 学史的研究不是也批判吗？难道批判它就是反传统文学？陈文所斥责的仅仅是传统文学中三种形态的弊端，而对古代文学作了具体的分析，否定了哪些该否定 的文学弊病，说明了文学革新的必要性与针对性，肯定了古代文学该肯定的优秀传统，这些优秀传统正是陈独秀提倡的平易的抒情的国民文学、新鲜的立诚的写实文学、明了的通俗的社会文学所必须继承光大的；尽管陈文对古代文学应排斥的弊端和应继承的传统在梳理与勾勒上比较简明粗略，不及胡适《文学改良刍议》那么具体详细，但两文对古代文学的评判态度与总体认识却是一致的，即对传统文学既批判又肯定、既排斥又弘扬、既救活又承传，并得不出他们倡导五四文学革命是彻底反对传统文学的结论。即使陈文对何为“革命”的理解在表述上与胡适不同，也在精神实质上是相通的。“欧语所谓革命者，为革故更新之义”，自文艺复兴以来欧洲“文学艺术，亦莫不有革命，英不因革命而新兴而进化”[①]。若五四文学革命依欧洲文艺革命为参照系为楷模，那如同文艺复兴的模式一样，并不是彻底否定古代文学而进行文学变革，乃是有意识地承续传统文学的而进行革命。所革的不是所有古代文学形态的命，仅是那些僵死腐朽的丧失了生命力的悖离时代精神需求的文学；对那些真正充满人文精神、人性内涵和艺术活力的文学形态，在新的时代条件和文化语境下不只是能得更好地承传也会在更高审美层次上得到转型。欧洲文艺复兴自觉地继承了古希腊罗马文学的人文主义传统和活力充溢的艺术精神，并遵循进化路线创造了一代代灿烂文学；而五四文学革命正如蔡元培先生所说也是中国的文艺复兴，它同样继承了古代文学的优秀传统创造了现代型中国文学。这能说五四文学革命是“彻底反传统的”？

《本志罪案之答辩书》是陈独秀代表“新青年派”学人回击旧人物对新文化运动和文学革命进行肆意非难与讨伐的。这里仅从文学艺术的角度对此文进行解读，不少学者也常引本文的观点作为根据认定五四文学革命是“彻底反传统的”，故不得不重新予以辨识。的确，为了回击旧人物攻击《新青年》提倡文学革命是“破坏旧艺术（中国戏）”、“破坏旧文学”的罪名，陈氏运用了二元对立

① 陈独秀：《文学革命论》，1917年2月1日《新青年》第2卷第6号。

的思维方式，“追本溯源，本志同人本来无罪，只因为拥护那德莫克拉西（Democracy）和赛因斯（Science）两位先生，才犯了这几条滔天的大罪”；所以“要拥护那赛先生，便不得不反对旧艺术”，“要拥护德先生，又要拥护赛先生，便不得不反对国粹和旧文学”①。从“拥护”与“反对”这种非此即彼的二元对立表述中，很容易获得《新青年》同人是反对旧艺术旧文学的认识，但是只要我们前后联系起来深入思考便会发现：陈独秀诸人反对的旧艺术不是传统的所有戏剧艺术，而是悖离“赛先生”即科学精神的旧戏剧，它们或者一味地盲目崇拜或一味地颂扬讴歌帝王将相，或者一味地宣扬鬼怪神仙，至于哪些富有科学品格或科学因素的传统戏曲不仅不反对而且要传扬；陈独秀诸人反对的旧文学更不是所有的传统文学，《文学改良刍议》和《革命文学论》两文对古代或近世文学的精华和糟粕均作了具体分析，足以为证。他们反对的旧文学正是哪些既缺乏民主精神又缺乏科学精神的旧文学或死文学，而对哪些充溢人文精神人道情怀和具有抒情写实通俗平易品格的活文学既要继承又要创新。试想一下，以科学精神与人文内涵来对接、充实、丰富甚至改造中国传统文学，这是从根本上推动传统文学向现代性文学转换，岂能说这样做就是“彻底反对传统文学”？

最能招惹社会旧人物攻击的是钱玄同所提出“废除汉文字”的主张，陈独秀对此亦作了辩证的分析：一是钱氏废汉文的主张并非《新青年》同人都赞同和支持，这不是取得共识的文学革命主张，仅是他个人或者几个的见解，不能代表“新青年派”的统一意见；也就是说“像钱先生这种用石条压驼背的医法，本志同人多半是不大赞成的”。二是钱先生所以发出“废汉字”这样“激切的议论”，并非因为他是“中国文字音韵学的专家，岂不知道语言文字自然进化的道理?”而“只因为自古以来汉文的书籍，几乎每本每页每行，都带着反对德赛两先生的臭味（笔者按：此说法有点武断）；又碰着许多老少汉学大家，开口一个国粹，闭口一个古说，不雷声明汉字是德赛两先生天造地设的对头”，故而“他愤极了”才发出“废汉文”这种偏激之词。不只五四时期旧人物抓住钱氏这句激愤之词来讨伐文学革命，时至今日仍有些文人念念不忘钱氏这句话，并以此来诋毁五四文学革命：岂不知这种抓住一点不及余的思维方式并不能全面正确地认识五四文学革命的功过，反倒与激愤言词者陷入同样的形而上学思维。我们绝不能仅以钱氏这句偏激之词来判定五四文学革命是彻底反传统的，也不能以此认定钱玄

---

① 陈独秀：《本志罪案之答辩书》，1919年1月15日《新青年》第6卷第1号。

同本人的文学改良主张是彻底反传统的。钱氏是积极响应文学革命号召的,既是文学革命的先驱者又是文学革命主张的倡导者,他对文学革命的重要见解寓于《寄陈独秀》一文,只有重读此文才能晓知他对传统文学的真实态度。

钱玄同对古代文学既未笼统肯定也未抽象否定,而是具体文本具体分析,符合白话文学标准的就肯定,不符合白话文学标准的就是弊病;尽管你可以对其所持价值准则提出异议,然而却不能不承认他称道的白话文学的确是古代文学之精华,其针砭古代文学之弊病则必须予以救治。正是以这种切实求真的态度,钱氏在赞赏胡适《文学改良刍议》"其陈义之精美"的同时而对传统文学从多维度作了剖解:一是他充分肯定"胡君'不用典'之论最精,实足祛千年来腐臭文学之弊病",故对"齐梁以前无用典的近似白话体的文学"予以赞许,既称道了《诗经》、《楚辞》及汉魏之诗歌、乐府等,又个案分析了"短如《箜篌引》,'公无渡河,公竟渡河,堕河而死,当奈公何',长如《焦仲卿妻诗》,皆纯为白描,不用一典,而作诗者之情感,诗中人之状况,皆如一一活现于纸上。《焦仲卿妻诗》尤与白话体无殊,至今已越千七百年,读之,犹如作诗之人与我面谈。此等优美之文学,岂后世用典者所能梦见!"钱氏认为上述"古代文学,最为朴实真挚"。而"妄用典故,以表象语代表实者"的恶劣之风"始坏于东汉,以其浮词多而真意少也。弊盛于齐梁,以其渐多用典也。唐宋四六,除用典外,别无他事,实为文学中最下劣者"。至于近世的"戏曲,小说,为近代文学之正宗,小说因多用白话之故,用典之病少;传奇诸作,即不能免用典之弊"。文学用典则是弊端,必祛之;文学不用典近似白话,必肯定。对传统文学作如此判断,虽有绝对化之嫌,但却充分肯定了白话文学的应有地位,足见其并未"彻底反传统"。二是以胡适提出的有无"高尚思想""真挚情感"为准则,钱氏认为在小说系统中"《红楼梦》断非淫书,实足写骄侈家庭,浇漓薄俗,腐败官僚,纨绔公子耳。《水浒》尤非诲盗之作,其全书主脑所在,不外'官逼民反'一义,施耐庵实有社会党人之思想也"。并认定"旧小说之有价值者不过施耐庵之《水浒》,曹雪芹之《红楼梦》,吴敬梓之《儒林外史》三书耳,今世小说,惟李伯元之《官场现形记》,吴趼人之《二十年目睹之怪现状》,曾孟朴之《孽海花》三书为最有价值。曼殊上人思想高洁,所有小说,描写人生真处,足为新文学之始基乎。"就戏剧来说,"如元人杂曲,及《西厢记》、《长生殿》、《牡丹亭》、《燕子笺》之类,词句虽或可观,然以无'高尚思想''真挚情感'之故,终觉无甚意味",而在戏曲传奇中"惟《桃花扇》最有价值"。钱氏对古代或近世文学的评价反映了他对整个传统文学的态度,也许与当下的评价有所不同，与胡适、陈独秀的评述亦有差异，但是不能不承认他所肯定的传统文学都是中国文学史上的佳作名篇，与胡、陈对古代文学的总体看法也是趋同的。这说明五四文学革命先驱们不但未彻底否定传统文学而是以新标准重新评价选择的古代文学或近世文学的佳构，同当下中国文学史的研究和书写有近乎相似的论调，这能说五四文学革命先驱对古代文学是绝对否定吗？又怎能说五四新文学与传统文学发生了断裂或断层呢？三是晚清文学是五四文学革命的先导和前奏，可贵是的钱玄同在文学革命启动之始便敏锐地发现了“梁任公实为创造新文学之一人”，这既先行沟通了晚清文学改良与五四文学革命的同质同构关系又指明五四文学是对晚清新文学传统的承接；并认为梁任公“输入日本新体文学，以新名词及俗说入文，视戏典小说与论记之文平等，（梁君之作《新民说》，《新罗马传奇》，《新中国未来记》，皆用全力为之，未尝分轻重于其间也。）此皆其识力过人处”，于是称颂说：“论现代文学之革新，必数梁君”，①

三

如果说胡适、陈独秀是五四文学革命已摆好了的“自然领袖”，那么钱玄同、刘半农、周作人等则是确定好了的文学革命健将，他们既是发起文学革命的积极响应者和参与者又是文学革命理论的有见地的建树者，不仅从他们坚定拥护并跟随胡、陈的文学革命倡导能显现其并非“彻底反传统”的科学态度，而且他们所写的提倡文学变革的文论更是其对待传统文学持何立场的佐证。上面已对钱玄同对传统文学近似胡、陈的看法作了简论，下面分别对刘半农、周作人的有关文论予以解读，以窥其对传统文学的真实见解。

鲁迅曾称刘半农是“《新青年》里的一个战士。他活泼、勇敢，很打了几次大仗”②；更有的研究者指出：“一说到‘五四’文学革命，除陈独秀、胡适外，当然是不会忘掉刘半农先生的。在当时，刘先生除极力赞成胡适的‘八不主义’与陈独秀的‘三大主义’外，对于文学革命还贡献了许多新的宝贵的意见。”③这里不想探讨刘半农对五四文学革命所作的一切贡献，只是从其文论中来梳理他在文学革命中对古代文学持什么态度。《我之文学改良观》是刘半农的重要文论，他

① 钱玄同：《寄陈独秀》，1917 年 3 月 1 日《新青年》第 3 卷第 1 号。
② 鲁迅：《忆刘半农君》，1934 年《青年界》第 6 卷第 3 期。
③ 汪馥泉：《刘半农与五四文学革命》，1934 年《世界文学》第 1 卷第 1 期。

说:“文学改良之义,既由胡君适之提倡于前,复由陈君独秀钱君玄同赞成之于后”;“胡君所举八种改良,陈君所揭三大主义,及钱君所指旧文学种种弊端,绝端表示同意”,这表明他对胡、陈、钱在文学如何变革及对传统文学态度上是完全认同的。然而刘半农对文学改良也有自己的思考和见解,即所谓“见仁见智,各如其分”:其一,“不滥用文学,以侵害文字”。他认为,“文学为有精神之物,其精神即发生于作者脑海之中。故必须作者能运用其精神,使自己之意识、情感、怀抱,一一藏纳于文中。而后所为之文,始有真正之价值,始能稳立于文学界中不摇。”以此为标准,“其必须列入文学范围者,惟诗歌戏曲、小说杂文、历史传记三种而已”。至于那些酬世之文,如颂辞、寿序、祭文、挽联、墓志之属,一时虽不能尽废,将来崇实主义发达后,此种文学废物,必在自然淘汰之列,“故进一步言之,凡可视为文学上有永久存在之资格与价值者,只有诗歌戏曲、小说杂文二种也。”虽然刘氏并没能具体指明哪些古代文学是具有永存资格和有价值者,但是从其提供的价值标准中我们可以推想出,即凡是蕴含着作者真实“意识、情感、怀抱”的诗歌戏曲、小说杂文都不当废,不仅在文学史上应保存其资格也要掘发其“价值”,就是那些不能列入文学范畴的“酬世之文”尽管缺乏美学价值也不能立即废掉,应遵循自然进化规律使其逐步变化,由此可见他对传统文学的态度并非“彻底否定的”。其二,虽然刘氏同意以白话取代文言的文学主张,但他却认为“文言白话可暂处于对待的地位”,因为“以二者各有所长、各有不相及处,未能偏废故”。“就平日译述之经验言之,往往同一语句,用文言则一语即明,用白话则二三句犹不能了解。是白话不如文言也。然亦有同是一句,用文言竭力做之,终觉其呆板无趣,一改白话,即有神情流露,‘呼之欲出’之妙。则又文言不如白话也”。由于文言与白话各有其长也各有其短,虽然刘氏同意“白话为文学之正宗与文章之进化”主张,但他认为要“做到‘言文合一’,或‘废文言而用白话’之地位”则是“将来之期望”,并非一蹴而就的,当下应做的“惟有列文言与白话于对待之地,而同时于两方面力求进行之策”:于文言一方面,则力求其浅显使与白话相近:于白话方面,除竭力发达其固有之优点外,更当使其吸收文言所具之优点,至文言之优点尽为白话所具,则文言必归于淘汰,“而文学之名词,遂为白话所独据,固不仅正宗而已也”。从刘氏对白话与文言之优劣及其相互转化的辩证的分析中,可见其对传统文学的文言并无“彻底否定”之意,而是强调白话只有更好更多地汲取文言的优点方可获得正宗地位,这也是对胡适、陈独秀白话文学主张的有益补充。其三,刘氏认同“诗体大解放”,增多诗体，除了古代“律诗排律”当废外，其余的绝诗、古风、乐府三种（曲、吟、歌、行、篇、叹、骚等，均乐府之分支，名目虽异，体格互相类似），尽可供“新文学之诗之发挥”①也，足见其对于诗歌革命不忘强调承传古代诗体而创新体诗。

上述的胡适、陈独秀、钱玄同、刘半农的文论，尽管也注意到传统文学在内容上的弊病，必须借助改革以救治之，然而其侧重点却是关注于文学形式如文体、语言的革命，因之对古代或近世文学的评判也是以语言为准绳，是白话文学便得到推崇，是文言文学大多受到排斥；当周作人发表了《人的文学》、《平民文学》等文论后，文学革命则更重视更倾向于文学内容的改革了。正如胡适所指出的：周作人发表的《人的文学》，“这是当时关于改革文学内容的一篇最重要的宣言”，它把“我们那个时代所要提倡的种种文学内容，都包括在一个中心观念里，这个观念也叫做‘人的文学’”。这种“人的文学”并非世间所谓“悲天悯人”或“博施济众”的慈善主义的人道主义文学，而是“一种个人主义的人间本位主义”的人道主义文学。若以此为标准来衡量中国古代或近世文学，周氏认为“从儒教道教出来的文章，几乎都不合格”，就是“单从纯文学”来考察诸如“色情狂的淫书类”、“迷信的鬼神书类”、“神仙书类”、“妖怪书类”、“奴隶书类”、“强盗书类”等十种书类也属于“非人的文学”②。对于以这种“人的文学”标准排斥了如此多的传统文学，连胡适也有歧议了，他说：“用这个新标准去评估中国古今的文学，真正站得住脚的作品就很少了”，像《西游记》、《水浒传》、《七侠五义》这样的白话小说也成了“非人文学”，“这是很可注意的”③。既然作为文学革命的“自然领袖”胡适对周作人以“人的文学”为标准来评估传统文学就觉得太苛刻太严格，那么我们是否也可以据此认定周作人的文论是“彻底反对传统文学”的？只要细读其文论，就不应这样理解。周作人从我国古今文学中归结出十类“非人的文学”固然流露出一种偏激的否定倾向，即使这样我们从其文论中也可以寻找出其没有“彻底否定传统文学”的根据：一是他认为“人的文学”并不时髦，其实“世上生了人，便同时生了人道”，“无奈世人无知，偏不肯体人类的意志”，既不去发现人道又不去讲人意，“彷徨了多年，才得出来”。这就明确地告诉人们，人道主义及其人的文学是伴随着世间人的产生而产生，只是人类没有

① 刘半农：《我之文学改良观》，1917年5月1日《新青年》第3卷第3号。
② 周作人：《人的文学》，1918年12月15日《新青年》第5卷第6号。
③ 胡适：《中国新文学大系·建设理论集·导言》，第30页，上海良友图书印刷公司1935年10月初版。

自觉地去发现去提倡它；“欧洲关于这‘人’的真理的发现，第一次是在十五世纪”，而中国关于“人”的发现根据目前学界的研究则认定在先秦时期，那是“一次早熟的东方‘文化复兴’”，其所提出的“爱人”与“泛爱众”的平等、博爱的人道主义理念具有“超越时代的永恒价值”①。并不像周作人所说中国“关于人的问题，从来未经解决”；既然这样，为何《人的文学》论及“人爱人类”的人道主义思想时，却肯定了先秦“墨子说‘兼爱’的理由，因为‘己亦在人中’，便是最透彻的话”。如果说这不是逻辑上的自相矛盾，那只能表明在提倡“人的文学”时周作人已意识到先秦诸子散文中已蕴含着以人为本的人道主义思想。先秦散文已具有人道主义内涵，遂后几千年的古代文学里的人道主义情思虽有所变异但也有所发展，故传统文学里的“人的文学”依然尚存，周作人并没有完全否定它。二是周氏排斥那种“偏于部分的、修饰的、享乐的或游戏的”贵族文学，但并不是拒斥一切的贵族文学，即使他所肯定的白话的平民文学也是那些“以普通的文体，写普遍的思想与事实”、“只应记载世间普通男女的悲欢成败”，尽管他对平民文学的美学要求挺严格，但却承认中国传统文学中亦有“理想的平民文学”，而“只有《红楼梦》要算最好，这书虽然被一班无聊文人文学坏成了《玉梨魂》派的范本，但本来仍然是好”。② 哪怕以现代最严格的价值尺度来考量中国传统文学也能从中择取最优秀的平民文学，周氏并没有因为《红楼梦》描写了“才子佳人”而把它归类于“非人的文学”，却是传统文学中的最好的小说，由此可见他对古代文学的态度非是“绝对否定”的。通过对中国文学史的梳理与辨析，胡适发现平民文学的提倡并不是始于五四文学革命，它是继承了二千多年最富活力与生气的平民文学传统。即：唐以前“五六百年的平民文学——两汉、三国、南北朝的民间歌辞——陶潜、鲍照的遗风，几百年压不死的白话化与民歌化的趋势”；到了唐朝文学的真价值、真生命“在它能继承这五百年的白话文学的趋势，充分承认乐府民歌的文学真价值，极力效法这五六百年的平民歌唱和这些平民歌唱所直接产生的活文学”。③ 宋元以降，平民文学在曲折中又有新发展，而五四文学革命正是对它的承传与弘扬。这怎能武断地说五四文学革命切断了与中国古代文学的联系？三是在《中国新文学源流》讲演中，周作人把五四文学革命与明代公安派、竟陵派文学通比较作了对接，他认为公安派竟陵派文学是五

① 王树人喻柏林：《传统智慧再发现》下卷，第 2 ~ 3 页，作家出版社 1996 年 9 月版。
② 周作人：《平民文学》，1919 年 1 月 19 日《每周评论》第 5 号。
③ 《胡适全集》第 11 卷，第 343 页，安徽教育出版社 2003 年 9 月版。

四新文学的源流,“明末的文学,是现代这次文学运动(指五四文学革命)的来源,而清朝的文学,则是这次文学运动的原因”[①],不仅“胡适之、冰心和徐志摩的作品,很像公安派的”,“竟陵派相似的是俞平伯和废名两人”[②],而且“胡适之的所谓‘八不主义’,也即是公安派的所谓‘独抒性灵,不拘格套’,和‘信腕信口,皆成律变’主张的复活。”[③]不管你是否认同周作人的看法,即使其发表于30年代初的演讲也可以印证他对五四文学革命与传统文学有着密切互通关系的看法。以上三点根据,足以证明周作人从文学内容方面强调文学革命而对传统文学作出的评价哪怕严格一些也没有“彻底反传统”。

通过对五四文学革命两位“自然领袖”和三位在文学革命理论主张有建树的先驱人物的代表性文论的解读,我们可以获得这样的认知:虽然他们不能涵盖五四文学革命所有的理论主张,但却是决定文学革命方向和性质的理论建构,从文论的基本观念与逻辑思路所体现出的主体态度来看,尽管个别观点有所偏激,然而总体考量他们所要改革的是古代文学尤其近世文学的弊端和不适应时代需求的丧失生命力和活气的所谓“死文学”,对古代文学的精华部分和优秀传统既要继承又要光大;如果不是坚持抓住一点不及其余的肆意上纲上线的思维方式,那决不会得出五四文学革命是“彻底反传统文学”的结论,而且也不会长期相信这个缺乏充分史实根据的判断。

五四文学革命先驱们提倡文学革命并没有明确的政党意识和阶级诉求,用胡适的话来表述就是“为大中造新文学”,所以他们没能把中国古代文学定性为封建主义也没有为新文学作阶级定性,只是以不具价值内涵的新与旧来区分传统文学和现代文学。实究起来,先驱们对文学革命所指向的古代文学或近世文学之所以能进行较为理智的辩证的具体分析,并没有笼统地主观地武断地全面地否定传统文学,以我之见大致有这样的缘由:学贯中西、博古通今的知识结构,和开放宏阔的现代学术视野,使倡导或参与文学革命的先驱们,不论对中国古代文学或近世文学的评估或对域外文学的判断,都会进行纵横比较而作出较为客观公正和心中有数的分析,决不会轻率地武断地对中国文学进行绝对否定而对外国文学绝对肯定。因为他们大多是北京大学的知名教授或杰出学者,大都有欧美或日本的留学背景,甚至对中国文学有系统而深刻的研究,如胡适著

① 周作人:《中国新文学源流》,第55页,人文书店,1932年9月版。
② 周作人:《中国新文学源流》,第52页,人文书店,1932年9月版。
③ 周作人:《中国新文学源流》,第90页,人文书店,1932年9月版。

有《国语文学史》、《白话文学史》、鲁迅著有《中国小说史略》、钱玄同和刘半农是著名的语言文字学家等，他们所撰写的倡导文学革命的文论既不是心血来潮的急就章又不是头脑固有的纯主观之物，而是有充实史料和坚实作品作支撑的学术论著，所以他们提倡文学革命绝不是哗众取宠、腹中空空的浅薄之辈的轻狂之举，而是"酝酿日久"的胸有成竹的革命行为，并非要"彻底反对传统文学"，乃是在批判中承传和在承传中发展，将中国文学推进到新的历史阶段。此其一。五四文学革命先驱们无不深受科学主义思潮洗礼，科学精神贯彻文学革命全过程，他们大都自觉地坚持科学人生观和方法论创构新文学评判旧文学，虽然有的看法不免机械论之嫌，但绝大多数文论体现了"实事求是"的科学求真精神，"拿证据来"是胡适文论所持的思维方法，也是其他文论所拥有的，这不仅可以表明他们以科学精神为烛照来倡导文学革命来实验新文学，把文学革命视为一种科学活动，更可以说明五四文学革命对传统文学的评判是经过科学论证的。此其二。

今年正值中华人民共和国60年大庆，也是五四爱国运动90年纪念，对于文学革命的研究应该走出某些认识的误区，将其置于特定的历史范畴，还它以更真实的面目，再也不要出现"东风来了有东风的五四文学革命面貌，西风来了有西风的五四文学革命性质"，学术研究亦怕"折腾"！

（本文最初发表于2009年《山西大学学报》第5期）

深化新文学研究的寻胜探幽的通道

——评《“五四”作家的文化心理》

巡视“五四”新文学研究的学术史，往往会发现一种规律性的现象，研究角度或理路的调换就能给“五四”文学的探讨带来新的学术景观，产生一批显示新角度或新理路的独特功能和逻辑威力的新成果，标志着“五四”文学研究的学术层次的新递升。尤其新时期以来的“五四”文学研究始终是个说不尽道不完的热门话题，研究视角或探索理路或思维方式及其生成的学术果实层出不穷；但是真正把“五四”新文学整体纳入文化心理学视野进行多维度多层次的寻胜探幽的富有立体感的深度研究却实为罕见。正是从这个意义上说，倪婷婷的新著《“五四”作家的文化心理》(南京大学出版社 2005 年 11 月初版)①具有开拓性的创新价值，它不仅填补了“五四”文学研究学术史的薄弱环节，而且把“五四”文学研究推进到一个“文学史即心灵史”的学人们所期待的高度，为深化“五四”文学研究增加了新值也提供了范式。

并非说倪婷婷的新著问世前就没有学人以文化心理学为视角切入“五四”文学研究的，也不是说不存有以文化心理学为视野的研究成果；而是说这些以文化心理为思路的研究及其成果至少存在三个缺陷：一是只限于一些“五四”文学的经典作家的文化心理透视，而未将“五四”文学作为一个整体系统置于文化心理学视野下予以深入探察；二是尚未把作家主体所受的多元文化影响与其文化心理建构有机地融合起来研究，而影响与吸纳、刺激与接受在对主体文化心理的考察中常常是游离分裂的而不是整合统一的；三是“过分热衷于判断‘五四’创作的某种现象归属于何种文化范畴，缺少对其中复杂精神内涵的细致分析和深刻思考”(P3)，更没有把人本心理世界的透析与文本深层文化意蕴的剖解辩证地结合起来。著者针对上述文化心理视角

---

① 未加注释的引文，皆出自本书。

探析“五四”新文学所存有的缺陷，以理性自觉的学术姿态和切实严谨的治学精神将对“五四”文学整体研究的文化心理角度和思路的运用，真正落实到“五四”作家主体意识与“五四”文学思想意蕴的深微而复杂的关系的探究上，使本书达到了著者所追求的学术境界：“只有对复杂多样的文学现象包含的文化意蕴进行更为细致、审慎、深入的辨识、探究和判断，才有可能对作为个体的具体作家和作为文化群落的‘五四’作家群体的精神基调有所把握，才有可能对‘五四’文学的整体文化价值作出合理的诠释和准确的评价。”(P3)由于著者较为成功地运用了文化心理学视角与理路，不只将“五四”文学研究从总体上提升到一个新的学术层次，并且从逻辑框架、论述内涵、思维运作和话语表述中呈示出新的理论创新点、新的价值增长点和新的思维范式，以及研究主体的治学个性特点，最重要的表现有三：

“五四”新文学的建构，既少不了社会现实人的心理参与更离不开创作主体的心理作用，主客体心理的撞击方可产生新文学，故而以心理学作为探究新文学深层内涵的通道应是最佳的角度和理路。不过，究竟选取何种心理学作为理论视野和穿行理路才能卓有成效地勘探“五四”文学的深不可测的文本世界则成了创新的关键。倪婷婷较明智地选择了文化心理学，因为“五四”新文学是“五四”新文化的重要一翼又是新文化的重要载体；她并对文化心理学作了这样的界说：作为一门交叉学科，文化心理学是普通心理学的一个分支，它着重在社会组织、心理、习俗、行为、教育等多个层面上探讨个体人格的形成和发展。且借用了美国学者J·R·坎托的“文化心理”即指个体的“文化行为素养”的观点，以此形成的文化心理学视角运用于“五四”文学研究，探讨“五四”作家的文化行为素养的形成和发展对文学创作的制约和影响，“试图要探明的是‘五四’作家文化心理的嬗变如何影响并作用于‘五四’文学生成、发展的问题”；也就是将“五四”作家的“人格建构、人生态度、情趣倾向、道德选择、审美取向、宗教意识、环境心理纳入重点阐述的范畴，考察这些文化心理因素中最突出的特征对创作直接、间接的影响，以及影响的途径和程度”(P4、5)。然而，在“五四”作家如此多维的文化心理或文化人格内涵中最核心的一维和最突出的特征却是“自我”主体人格或文化心理的个性主义意识，它不仅是“五四”文学生成和发展的潜在的起决定作用的内驱力，也是“五四”新文学之所以成为现代型文学而区别于传统型文学的根本特质和突出特征，所以《“五四”作家的文化心理》首章便探究了“自我”主体人格的建构。

它不仅从理性层面剖解了“五四”作家自我主体人格设计和构想的深刻内涵，指出个性主义思想对“五四”现代人格塑造既确定了人格构架中的个人的主体价值又确定了“自我”作为个体的存在意义，而自我主体人格意识的确立并不意味着“五四”先驱们把“自我”个体的权利则置于国家、民族的群体利益之上；同时也从感性层面分析了“自我的确信和怀疑、自我的肯定和否定，纠缠于‘五四’作家的灵魂深处，也纠缠于他们的文学表现”（P20），以及主体人格建构所遇到的内外阻遏和主体人格理论设想与人格建构实际及文学创作之间存在的悖反矛盾。尤其可取的是，著者在“五四”作家自我主体人格建构过程中发现了个体主体意识与集体主体意识并非完全异质相对，而在确立个性主义意识时所解构的只是扭曲和扼杀个性的传统文化的群体意识并不是与其同质同构的集体主体意识。“我们没有遇到过外在于个体意识的集体意识，也不存在任何与个体意识割裂开来的意识”。这是因为“个体的建构只有在与个体的社会化，与组成他之衍生（becoming）的诸集体范畴相联系时，才能得到说明”，即“通过集体主体，历史才成为可能”。不是所有研究“五四”个性主义思想的著作都能达到这种辩证认识的高度；而且这种独特发现对于深化“五四”文学作家文化心理研究至关重要，“作为个体或超个体（集体）的主体概念并不是一个简单的术语，总是对所有人文科学的研究都具有决定性的问题”。[①]“五四”新文化运动是人的运动（陈独秀语），而发动这场文化运动的先驱们通过理论与实践相结合所塑造的自我主体文化人格的心理意识的核心则是与奴性意识相对立的独立自由意识，没有自由意识不论个体主体意识或集体主体意识都会丧失思想灵魂与精神支柱。由于著者对“五四”新文化先驱的“自我”主体人格的文化心理意识有了深度的辩证理解，并紧紧把握住主体文化心理“自由意识”这一主轴，因此构成了一个以自我主体人格建构为核心而扇面层层展开的逻辑结构，即纵横捭阖地探索人本与文本、人心与文心、情与理、主体与客体、传统与现代、中与西、古与今、城与乡等多种张力关系。如果说“五四”文学整体好像错综交织的网状结构，那么本书的框架则是从创作主体意识人手来发掘网状结构下所隐藏的以主体个性意识为聚焦的丰盈而深邃的文化意蕴，使对“五四”文学深层灵魂的勘探达到相当的深度、精度、细度和广度。正是从创作主体人格的自由建构、自由创造和自由选

① ［法］吕西安·戈德曼：《文学社会学方法论》，第109、16、109页，工人出版社1989年版。

择出发，著者精辟阐明了对“人生究竟”的追问和生命意义的思考，从人本与文本的复杂关系中深刻地阐释了先驱们的“求乐”人生观及其对“死亡”的独到见识，“中间人”精神和“悲观心理情感”的论述更有创意；至于传统文人的名士气与“五四”作家其人其文之关系、传统文化“孝道”与“五四”作家其人其文的道德感之两难、宗教文化对“五四”作家其人其文的深微影响、地域文化之于“五四”作家其人其文的复杂关系等的深入探析，都有令人耳目一新的创见。但是这种多维度的发掘与阐述，无不围绕“自我”主体文化人格建构而展开，它既是对主体自由意识的文化心理建构的精神资源的发掘又是对“五四”新文学文本营造的主题意向的拓展；至于在人本心态与文本心理的重新铸造上如何汲取接纳传统文化、外国文化、宗教文化、地域文化等，都是以主体的个性意识、独立意识、自由意识作为价值尺度进行衡估，以充实、丰富和优化创作主体的文化心理和文学文本的意识内涵。这不仅使全书的逻辑结构呈现出差异互见的有机统一的整体风貌，而且也从缜密细致的思维运演中不时地闪现出诸多耀目的思想亮点。此其一。

倪婷婷清醒地意识到，“人的灵魂世界微妙而精细，深邃而隐秘，要全面揭示一个时代作家文化心理结构的丰富内涵及其变异升降的来龙去脉，不可能是一件轻而易举的事情。”（P8）因此她在对“五四”作家自我主体人格的建构进行既深且广的探析中，着力阐发的则是其思维模式的调整或转型。这是从根基上深化对“五四”一代作家文化心理深层的研究，不只因为思维模式的转型能全面带动作家主体心理结构发生根本变化，也因为它能内在地推动整个“五四”文化和文学形态循着现代化轨道转移。虽然思维模式在民族文化心理结构中是不易变动的最稳定的部分，很难随着外部环境的变化而变化；但是“五四”启蒙运动所掀动的强大人文思潮和现代理性精神终于冲决了根深蒂固的传统思维模式的心理防线，“重新估定一切价值”的思维矢向渗透并改造了“五四”一代文人作家的文化艺术思维结构，而“反传统的启蒙主义立场已经决定了大部分‘五四’作家的姿态、思路以及相应的话语形式，因此他们现代性的感觉方式、认知方式和感情价值也自然呈现在新文学开放多元的思维图式中，并带给‘五四’文学前所未有的生机和活力”。（P124）这是较为精辟的分析概括。著者认为，“五四”启蒙者对传统思维模式的突破，而在思维范式上则表现为以求异为主导的多样化统一的特征，并在总结了一味认同经验和以过去为本位的思维定势的同时也初步瓦解了由来已久的民族心理保守封闭的凝固格局,为更好地把握个体与整体世界的关系、把握整个世界的普遍联系和发展规律做了必要准备;并在致思途径方面,"五四"启蒙者把变革的重心放在反拨传统直觉思维和直观体验方法所导致的中庸和模糊混沌的思维观上,他们尝试通过倡导科学理性精神,消解折射在一般妥协和行为模式上的心理阴影,促使人在矛盾和运动中获取真实、精确的关于事物本质的认识。"五四"作家思维转型所形成的现代思维范式的功能特征与其话语方式的变革是同步的,"如果说'五四'语言的变革为国人的思维从直觉到逻辑,从含糊到明确,从笼统到精密,提供了必不可少的中介,那么,科学思潮的引入,则首先改变了人们惯有的以'差不多'为满足的笼统模糊的看法,理性的觉醒激发了对传统思维习惯的反省和反思。"(P139)尤其以陈独秀为首的启蒙先驱与"新青年们"所构成的双重关系,既是显性的话语主体与话语客体的关系又是隐性启蒙者与被启蒙者的关系,而在启蒙话语结构中启蒙主客体身份的确定并不是被指认和被赋予的,而是由启蒙行为实施过程客观呈现出来的。这种充满自信的姿态不仅直接规约了启蒙者的言说方式也形成了"五四"启蒙主义话语的思维特质;并通过对一些典型句式的具体分析,作出这样的结论:"'五四'启蒙主义话语中那些决断甚或独断的因素,印证了启蒙主体'真理在手'的自信以及俯视的姿态向下传播'真理'的意向"。(P151)这些有深度有新意的理论分析将对"五四"启蒙文学作家的文化心理探究引向纵深,并且又联系文学作品对求异思维进行了探赜发微的论述。"求异性的创新思维"不仅是"五四"新文学作家得以合理存在的重要依据,而且也是中国文学得以完成现代转型、重新焕发生命活力的关键;艺术审美结构中的求异方向以及创作主体思维解放的多向度有利于"五四"一代作家整体上形成有意识追求创新、追求个性化的良好气氛,而新文学作家的开放视野、艺术创造激情以及个性主义观念的崇奉也为个性化多元竞争的创作局面形成提供了有利条件。虽然以批判和否定传统为主导精神的求异思维矢向影响并决定了新文学的"以悲对喜、以真对伪、以丑对美、以恶对善"的审美品格,但是这一代作家又是"中国文化的现代继承人,与传统无法割断的血脉联系时时引领着他们的审美思维向着传统回归,致使'五四'文学的审美选择呈现出多重复杂的特征。求异思维在求异过程中超越与偏离,衍化与变异,都属于这一代人早已经预料到的正常而自然的现实"。(P193)上述这种辩证而深刻的透析,来自于著者对"五四"启蒙者文化心理及其启蒙文学精神结构的独到理解和把握,它从思维模式转型这一特定角度揭示了“五四”启蒙思想与启蒙文学所蕴含的哲思真理与文学内在规律,达到以前研究者尚未完全达到的整体认识深度和高度。这是本著作又一创新点与增值点以及探究特点。此其二。

心理学视角之所以能穿越“五四”文学的人本和文本的错综复杂、多维交织的文化精神结构,颇有效地成为勘察“五四”文学灵魂史的寻胜探幽的通道;其关键取决于研究主体具有深微的艺术感悟力、敏锐的发现逻辑机制、坚实的史料知识结构、缜密的辩证逻辑思维和诗化的语言表述。本著作这一特点彰显于每章每节之中。“五四”作家文化心理是在多元文化的交汇、冲撞中形成的,古今中外的文化形态又是多种多样的,即使对“五四”作家文化心理铸造起着制导作用的西方文化也并不是完全同质的文化形态;况且作家主体塑造自我文化人格的选择取向、渗透程度和吸纳分量更是存在不少差异,就是比较定型的文化人格也只是相对而言,其实每个作家文化心理都处于嬗变的动态中。这一代作家在整体上既趋同又差异的文化心理,作用于或投射于或渗透于或积淀于“五四”文学异彩纷呈的文本中,虽然不能说“五四”作家文化心理决定“五四”文学的文化心理,它们之间并不是完全意义的同质同构关系,但是无可置疑的是“五四”文学文本是“五四”作家文化心理的载体,它在很大程度上蕴含了或彰显出“五四”作家文化心理的内涵特质。因此要从心理角度切入探究“五四”作家文化心理的深层内涵以及它对“五四”文学文本营造影响的深广度,必须先对“五四”时期的文学史料或各种样态的文本进行大量的占有、充分的激活,史料占有得越丰、激活得越多就越能逼近“五四”文学创作主体和文本主体的灵魂,就越能走进作家的心理世界和文本的意识领域。本书著者不仅掌握了丰盈坚实的“五四”新文学的原始资料以及相关的心理资料,并且能以敏锐的艺术感悟力和思维穿透力将诸多沉睡于历史河流的凝冻资料激活或唤醒,以发现逻辑机制进入“五四”作家及其文学作品的深层文化意识世界,以辩证思维对作家文化心理和文本文化意识所充斥的纠葛缠绕的各种悖论关系进行了有创意有深度的合乎情理的论述,使文学史料的丰富性实证性与逻辑思维的超越性辩证性达到有机统一,在历史逻辑与思想逻辑互动互映的真实镜像中呈示出“五四”作家文化心理与文学意识世界及其它们之间错综关系的本来面貌。尤其六、七、八章的书写,既具有这种求真的史学品格和出新的学术品格,又在语言表述上体现出诗化品格,形成精确、深邃、严密、鲜活的学术话语系统。此其三。

文学研究的最本质意义就是通过不同思维渠道去发现创作主体、作品世界的独创性因素;《"五四"作家的文化心理》的最重要价值也在于以心理学视角这一通道穿越了"五四"作家文化心理、文学作品世界以及它们之间相互关系,发现出一些前人未发现的独创性因素,形成一部富有个性色彩和创新品质的学术著作,充分显示出研究者的发散性思维与收敛性思维的成功运用以及"维持传统和反对偶像崇拜这两方面的性格"①的出色发挥。

(2006.2.15)

(本文原载 2007 年《文学评论》第 2 期)

① [美]库恩:《必要的张力》,第 225 页,福建人民出版社 1981 年版。

从历史深处窥探五四文学本真面相

——评《文学与启蒙》

五四文学是个难以穷尽的话题，对它的研究虽然不能说达到饱和的程度，但是其成果之多可以构建一部相当规模的五四文学研究的学术史。从政治视角观照五四文学，便把它纳入政治思维认知模式进行阐释，牵强附会地将五四文学装进新民主主义政治史的框架里；从文化视角探察五四文学，就把它纳进人本思维认知结构进行阐述，着重探究新文学与启蒙思潮的关系，尽管这是近20年五四文学研究的热点，发表或出版了不少的学术论文或著作，将五四文学研究向纵深推进了一大步，然而那种既“新”且“深”又“细”的著述实在罕见。今天拜读了王桂妹的新著《文学与启蒙》①颇感兴奋也深受启迪，它通过研究《新青年》与新文学的深微复杂的关系，紧紧抓住历史的细节来剖析和洞察五四文学的真面实相，挖掘和探索五四文学的蛛丝马迹，与已见到的五四文学研究成果相比有所发现、有所突破、有所匡正、有所清源、有所出新，呈现出“新、深、细”的学术特点，它将五四文学研究提升到新的学术境界。毫无夸饰地说，《文学与启蒙》是对五四文学研究的拓展与创新、深化与细化，是近年来五四文学研究的难得的重要收获；他之所以能达到“重构五四文学史”的学术水准，诚然缘由众多，但是足以给人规律性认识或成功经验的不外有这样几点：

潜入历史现场，抓住原生文本不放，精研细察，触摸真相。五四文学的原生态，其本真面貌和实质内涵究竟是啥样，怎样描述和把握才算达到“历史真实”，这既是五四文学研究者孜孜以求的又不易解惑的老大难问题。虽然大多学者都重视潜入五四文学的历史现场，也注意解读原创文本，但是怎样潜入现场如何解读文本却有了深浅之分和精粗之别；若是潜得深或解得精就会发现历史的蛛丝马迹或形成真知灼见，要是浮在历史表层或解得粗就不可能有新的发现或

① 王桂妹：《文学与启蒙：〈新青年〉与新文学研究》，中国社会科学出版社2010年10月版。以下行文中的引文都出自本书，不再一一注明。

新的史识。《文学与启蒙》的可取之点在于，研究主体借助《安徽俗话报》、《新青年》、《甲寅》等原始文本，潜入五四前后历史现场的深处，通过纸媒所编织的精神符号世界洞察出启蒙思潮与文学改革相互变奏的深微轨迹，以精妙的修辞话语给出了新颖的描述和独到的判断。潜入五四文学的历史现场，对于研究者来说，不可能寻找到或亲睹到那种活生生的历史现场，而主要凭借历史的“遗留物”进行触摸、感受和想象，“遗留物”发掘得越多越可靠越能逼近历史的真相，“遗留物”越具有典型性越能发现历史的普遍本质。《新青年》是五四新文化和新文学的最典型的原生态文本，由于文化先驱们以主动地创造历史的英雄姿态与现代文化人格的主体意识主编或参编了《新青年》，不但使其成为思想启蒙与新文学联姻的发祥地、成为“新青年派”的主阵地，而且它也成了五四新文学生成的名副其实的文化生态和真实可靠的历史现场；因此只有抓住《新青年》这个历史“遗留物”才能真正窥探启蒙与文学之间的复杂关系，才能潜入历史现场的深处洞见五四文学的真相，才能通过解读《新青年》来揭示五四新文化和新文学的本质面目。许多研究五四文学的学者是这样做的，故而取得不少可以载入学术史的成果；《启蒙与文学》不只是集中探讨《新青年》与新文学的关系，从微观到宏观、从宏观到微观进行了反复的精读细研，而且以五四新文化和新文学领袖陈独秀为主导将《安徽俗话报》、《新青年》、《甲寅》三个杂志串联起来，从原生态文本世界的精神符码里或字里行间中察觉出前人未察觉到的文学革命从“无”到“有”从“隐”到“显”的思想演变轨迹，给出一些颇为新鲜的理性概括和话语表述。研究五四文学的学者往往忽略《安徽俗话报》，而陈独秀于 1904 年创办的《安徽俗话报》正值晚清文学改良高潮期，对它进行仔细解读易于从原生文本中体察清楚晚清时代与五四时代两场文学变革的关系，触摸明晰五四文学革命发生的思想脉络：一是发现了从《安徽俗话报》到《新青年》这两个原生态文本所承载的思想启蒙策略有了显著变化，前者的启蒙对象是下层民众而后者的启蒙对象则是“精英小众”，即前者被启蒙的是无知无识的老百姓而后者却成了有知有识的知识精英；与此“以退为进的启蒙策略调整”相适应，两个媒体的言说方式发生了逆转，即“从《安徽俗话报》到《新青年》，启蒙言说方式由训喻转为论争，文字有俗语变为文言”。这是因为前者所面对的启蒙对象是广大底层民众而主创者陈独秀只能采取“训喻式的启蒙言说方式，用最浅近最好懂的俗话”写在纸上，以达“启蒙效果”的最大化；而后者《新青年》的启蒙对象则由“广大庸众转向少数精英知识分子自身”，是通过思想革命来炼造“精神界战士”,故而启蒙方式不能再用自上而下的训喻式宣教式只能转向批判式或论争式,其语言表述形式并没有把《安徽俗话报》的白话承传下来反倒沿用了文言规范,这表明“文言”作为知识者的表情达意的话语方式经过晚清白话文运动并未发生实质性改变。虽然深入开展“白话文运动”是“新青年派”在文学革命中形成的共识,但始终存有两种改革方案:(一)以钱玄同为代表的文言与白话互不两立的拒绝态度,(二)以陈独秀为代表的主张白话与文言两相对待逐步融合的态度。这应是潜入历史现场从原生文本中得到的新发现而形成的新史识,是对五四文学纵向开掘的深化和细化。二是从解读媒体提供的原创作品中发现了晚清启蒙文学与五四启蒙文学的不同的功能特点,如果说《安徽俗话报》所刊载所设计的文学形态是招徕大众的“点缀品”,那么《新青年》所发表所策划的文学文本则是思想革命的“必需品”;文学功能之所以发生如此嬗变正是启蒙策略的历史性调整方使《新青年》时代的文学生成获得了革命动力,独享了历史创生性的辉煌。《安徽俗话报》中的“文学”几乎都是以旧有的文学样式导入一种时代性的救亡内容,启蒙者主要借助民间传唱的通俗形式与普通民众相沟通,而文学自身的革命性变革却难以获得契机与动力,只能深陷于“旧”文学的泥潭;到了《新青年》时代,“启蒙理念的调整和启蒙策略的变迁促成了新文化运动的出现和一代青年知识分子的觉醒,并由这一代知识分子建构起了一套的思想、政治、文化的现代图式,尤其催生了‘文学革命’”;虽然“思想革命”构成“文学革命”的内在动力,而“文学革命”创造的文学样态成了“思想革命”的外显表述方式,但是“革命”后的“新文学在与五四‘思想共同体’达成高度精神和谐的同时也必然疏离于普通民众”,即五四新文学尽管以“引车卖浆”者所使用的白话取代了传统士大夫赞赏的“古今之至美”的文言,然而知识精英以白话所创造的启蒙新文学其文其质皆与普通民众有着难以弥合的鸿沟,与社会底层的审美经验也不搭界。上述由原生文本中获取的新发现,不仅是从历史深层开掘出晚清至五四启蒙与文学互动的轨迹,并且也揭示出新文学生成的内在机制、特殊功能以及难以克服的悖论,这是本体论的有深度的考察与探索,具有强烈的历史真实感。三是回到五四文学历史现场重新解读原创文本《甲寅》与《新青年》,发现了两者的“亲缘关系”,拨乱反正,还历史以真实面貌。由于长期把《甲寅》和《新青年》两个杂志置于反动与进步的二元对立的政治认知框架来解读,导致了人为的误解、歪曲和遮蔽,只有消除政治偏见潜入历史原生态深处,透过对两个杂志物化的精神世界的细察微观,才有可能理清《甲寅》与《新青年》被篡改被扭曲的"关系史"。故而《启蒙与文学》对两者关系作出了这样的索解与辨认:"陈独秀先于日本与章士钊协办《甲寅》杂志,稍后随《甲寅》杂志一同迁回上海,在任《甲寅》编辑的同时又自创《青年杂志》,尤其在《甲寅》禁刊后在言论界独擅胜场,并借历史的机缘推出了改写历史的'五四新文化运动'"。这使两者的亲缘承传关系的真一目了然,拨开欲加之乌云显露出历史真面目:但是本书对《甲寅》与《新青年》"关系史"的索辨并未止于此,从解读原生文本中进一步认识到,"虽然在时间顺序上《甲寅》先于《新青年》,但是线性时间上先后出现的两个相关或相似的事物,并不就等于逻辑上有必然的因果关系",这就把两者关系的探察又引向深入。尤为可取的发现是:"《甲寅》月刊包括'《青年杂志》时期'的《新青年》都具备分享文学革命光荣的资格",这是因为显性的创作队伍在《甲寅》发表文学作品的作者大都平移过渡到《青年杂志》;而隐性的文学观念两个杂志都是相通的,"此时的陈独秀依旧下意识地沉浸于传统知识分子的趣味之中,还没产生把文学与启蒙相连属的明确意识,甚至还在无意间流露出'文学无用'的观念"。所以"就文学而言,更名为《新青年》的《青年杂志》不仅是一个名称上的改换,而是有着划时代的区别,两份文学革命的宣言——胡适的《文学改良刍议》和陈独秀的《文学革命论》——出现后,致使《新青年》杂志上的文学样态完全脱离了《青年杂志》(同时也是《甲寅》)时期的传统文人趣味和文言形式,真正走向了'新文学'及白话文的全面提倡和实践。"上述一系列的新见解和新史识都是对《安徽俗话报》、《新青年》、《甲寅》三大原创载体的原生文本的新蕴含所进行的新体验新感悟新概括,不仅给人耳目一新之感也从正本清源中展示出历史真相。正如本书作者所深切体会的:"在反思五四新文化运动和文学革命的过程中,去除历史'旧蔽',尤其是打破以往非此即彼的意识形态的认知框架,从历史的深处寻找资源,还原历史的连续性和多维性,解放'被驯化的历史'"。去蔽还原求真,就是学术上的创新,而创新则是本书的价值所在和生命所在;但是创新谈何容易?潜入历史深处重读原生文本应是五四文学研究力图创新可资借鉴的经验,也是本书有所突破有所出新的重要缘由。

潜回历史深处寻找资源,不放弃任何历史宏大事件固然重要,但是历史细节的搜求也要备加关注,尤其"重构五四文学史"对历史细节绝对不可漏掉,这也是《启蒙与文学》能够达到"新、深、细"学术境界的缘由与经验。本书作者深有所悟地说:"把历史修复或梳理为具有前因后果、来龙去脉的系统,固然是我们理解历史的一种有效方式,但是因寻求系统解释的完整或者为寻求历史目的的规律性而过滤掉一些历史细节，或许正是对于历史丰富性乃至真实性的去除”。以进化文学史观为制导，梳理或书写文学史无不遵循“新陈代谢”、“破旧立新”、“唯新是好”的因果直线法则，去选取历史河床上有因有果或者有因必有果或者有果必有因的重要文学事件，往往把哪些真正能展示文学变化的偶然性、无序性、错综性、复杂性的历史细节舍弃掉，所编写的文学史不是还历史以本真面目而常常是某种理性框架或理论图式的阐释；只有把微观的历史细节与宏观的历史情节有机结合或者以历史细节支撑宏大历史叙事，才有可能书写有筋有骨有血有肉的丰满健全的真实可信的文学史。《启蒙与文学》是史论结合的“重构五四文学史”，虽然它不刻意追求史的系统性和完整性，但仔细审阅便可以触及到或感受到它内在的逻辑上的严密性和贯通性；尽管它强调历史细节之于文学史重构的重要性，然而它所运用或者剖析的历史细节几乎都与历史宏大事件相关联，都可以从历史细节中窥见五四文学的局部或全局的面貌或者洞察出文学流变的足迹或脉络，这也是本书的优长和特点。所谓历史细节仅仅是相对于宏大历史叙事而言，其实宏大叙事也离不开历史细节，从特定意义上说细节就是历史，细节就是真实，没有真实就没有历史，漏掉细节就漏掉历史，抓住细节也就抓住历史；然而五四文学的研究长期是在政治思维模式的主宰下，总是摆脱不了意识形态的严格规范，因此遗漏、筛掉、掩盖、扭曲甚至误读了不少的历史细节，也就是它们不能以本来面目或者正当资格进入研究者的政治视野或正宗的文学史。而这些历史细节即“遗留物”的重新发现重新阐释，不只是充实丰富了五四文学研究的学术库藏，并且多方位地展示了五四文学的盈实面貌，而这种重新发现重新阐释本身就是学术的创新与增值。本书作者善于敏锐地发现历史的典型细节更善于从典型细节中开掘出新意蕴以阐释出新见解，这是难能可贵的。例如：“革命”与“改良”是晚清至五四两次重大文学变革出现频率较高的用语，也是极重要的关键词，虽然它们在新文学评论或新文学史书写中早已被发现被运用，但是对这两个词（也算历史细节）的重新发现重新阐释却有了新的意义和价值。著者“重返五四现场，梳理启蒙场域下戏剧改良的来龙去脉”，于是从原生态的报纸杂志入手从中发现了在梁启超到陈独秀的区间，“革命”与“改良”出现了吊诡，即梁启超时代的陈独秀是“以‘革命’之名行‘改良’之实”，而“陈独秀时代的‘新青年’则是以‘改良’之名行‘革命’之实”。这种简明新颖的概括，既有对“改良”和“革命”两个关键词的内涵与外延重新解释作为理论支撑，又有《新青年》等原创文本提供的翔实资料作为实证依据，实质上这是抓住两个关键词透视出晚清文学变革与五四新文学运动在性质上的差异,此乃以小见大,以孔洞深也。再如:五四新文学中有不少“节俗”描写,这应是地道的历史细节,但是有多少研究者能把节俗叙事同思想启蒙宏大叙事联系起来给以格外关注呢?本书著者洞察入微,从元小说的情节结构中发掘“节俗”这个典型细节,置于启蒙视野下予以关照与细察,阐述其微言大义,这是五四文学研究的深化细化也是求真出新。“鲁迅作为新文学的伟大开拓者和启蒙者,是把节俗描写与思想启蒙熔为一炉的,‘节俗’在鲁迅的文学世界中构成一个隐喻深广的装置,其标志性文本便是描写旧历新年的《祝福》”。而透过鲁镇庄重欢乐的年终“祝福”大典,“鲁迅所要批判的显然是一个无爱的人间,一个无主名无意识的杀人团”;因之“以鲁迅的《祝福》为新文学的典型文本,‘年节叙事’向前所接续的不再是传统中‘千门万户曈曈日’的欢悦气氛而是‘朱门酒肉臭,路有冻死骨’的愤懑情绪,向后则开启了革命文学中带有阶级压迫色彩的‘年关叙事’,以《白毛女》为范本,转向了当代文学的仇恨叙事”。这是有史学眼光的深度分析,从一个历史细节的“节俗”描述中既发现了古今文学的相互贯通的母题又开掘出五四文学的思想启蒙所达到的深广度,也理清了新文学从现代到当代的内在联系,足以说明重新发现和阐释典型的“历史细节”对于重构文学史何等重要。再如:重返历史现场,从《新青年》原创世界中发现了陈衡哲早于鲁迅所发表的白话小说《一日》却在《狂人日记》经典化过程中和文学史重构中,始终被遮蔽被遗弃;抓住《一日》这个历史的典型细节,本书著者从多维度探析了为何取消了《一日》在“时间意义”作为新文学“伟大开端”的资格,而在考辨与阐述的过程中则将理论的创新性与史实的雄辩性糅合在一起,其所产生的强烈逻辑力量,令人心悦诚服。作者认为,以《一日》为开端的“陈衡哲所建构的个性化文学话语显见地与五四新文学重镇《新青年》所开创的主流形式——问题叙事拉开了距离,问题文学是以一种集体叙事集结成了一种强有力的文学话语,实现着思想与文学的双重突破,并以启蒙话语的整体设计以及对于文学创作的同质性要求消泯、剪除了整体话语以外的个性化的文学现象,而在五四的继承史和研究中,对于问题文学主流思想价值的历史认定同样遮蔽了一些能打开历史逻辑缺口的反思,陈衡哲的文学创作正可以为解构这种固化的认知模式的一个重要细节。”这种带有结论式的概括,闪烁出的有思想深度和力度的史识,你可以提出异议却不能不承认它对《一日》这一“历史细节”的重新剖析,既揭示出《新青年》以“问题文学”作为启蒙主流话语压抑或遮蔽了个性化文学,又说明了五四时期的启蒙文学并非个性化的文学；若是这个见解是正确的话那就修改了启蒙文学即个性文学的误读，更新了对五四文学的整体看法，并且从方法论上冲击或调整了对五四文学研究的思维定式。可见典型的"历史细节"的研究，可以达到微观的深度和细度也可以达到宏观的力度和高度：特别是能够"恢复历史久被体系征服的丰富性，释放历史在悖论、矛盾、断裂、偶然中所积蓄的张力和能量"。从特定意义上说，《启蒙与文学》达到了"重构五四文学史"的高标，其关键取决它对"历史细节"的重新发现和重新阐释。

从原生态或原创文本寻找历史"遗留物"或"历史细节"，有赖于研究主体的发现逻辑机制和创造性潜能，这也是《启蒙与文学》在学术上有所突破、有所创新的内在原由与可取经验。"五四文学"在中国文学数千年的演化链条上是重要的一环，具有承前启后的历史地位，不论研究古今文学的关系或者探讨中外文学的关系，都不能绕过"五四文学"这座矗立于文化思潮纵横交错聚焦点的重镇；因此近30年集结了众多学者对它进行反复的全方位的梳理、搜索、勘察和探析，既有宏观的总体把握又有微观的探赜发微。面对着这样的研究情态，《启蒙与文学》不仅能寻找到不少五四文学尚待开发的薄弱点乃至处女地，而且能搜索出大量"五四文学"的"历史细节"，这首先得力于研究主体的发现逻辑机制，并且充分地运用了发现逻辑机制，取得了令人赞叹的研究效果。缺乏发现逻辑机制难以从事学术研究，即使勉力于学术研究也难以获得创新成果；虽然致力于学术研究的学者大都具有发现逻辑机制，但是在发现的敏锐度和深微度上却能在研究实践中显现出差异。本书著者的发现逻辑机制，既敏锐又深微，非一般的学者所及，这体现于全书的章节中甚至字里行间。大凡研究过五四文学的学者都读过《新青年》，有的还读过多次，并没有察觉出《新青年》中的文学文本的最初格式是"文言序言＋正文"；然而《启蒙与文学》著者却凭借敏细的发现逻辑机制探察到并概括出来了，不仅发现了陈独秀始终把开启民智用的"白话"与著书立说用的"文言"当作两个不同的话语系统，同时也发现陈氏以此为导向所创办的《新青年》（至少在5卷4号以前）这个综合性刊物的"文学门类的出现，最初往往是以'序言'（其中包括：译者按、译者识、记者识、后序、附识、引言、译者导言、跋等多种形式）的形式得到个别强调的，成为识别文学作品的一个标志"。这样《新青年》中所出现的文学文本，大致形成两大外显特征：一是"正文＋序言"构成通行的文本形式或"准正典"文本结构；二是"序言"始终以"文言"作为自身正规形式，即使正文是白话文学作品也以"文言形式"作为“序言”。这一发现的本身就是一种创新,如果这种发现触动起研究主体的学术激情和创造潜能,那就会由发现逻辑机制引发联想逻辑机制,在学术上产生出更可观的创新见识。正因为在《新青年》的物质性的纸媒现场发现了“文言序言 + 正文”这“准经典”的文本结构,故而自然就联想到鲁迅的开山小说《狂人日记》的结构形态,它并没有悖离《新青年》最初生成语境的场性规范作用,依然沿用了“文言序言 + 白话本文”的格式,这就说明《狂人日记》并非“形式的特别”,也不是有些研究者所认定的“伟大经典的‘特别’结构”,只是《新青年》原生态培育出的“常态”文本形式。从而对《狂人日记》“文言小序”的不同阐释倾向给予反拨性的评述,且由文字的常态和心理的常态两个维度对“小序”的功能作出了切实而有新意的解释,这既使《狂人日记》这篇经典小说恢复了常态的原生面目,又使对它的阐释生长出新理路新话语。可见只有把研究主体的发现逻辑机制与创造逻辑机制在研究实践中有机结合起来,才有可能生发出更大的创新效能,结晶出更多更好的学术成果。所谓创新逻辑机制就是研究主体的创造潜能,即在强烈的创新意识制导下将大脑中积贮的来源于发现逻辑机制的感性或理性的知识信息,遵循着科学的思路借助想象与联想机制,以渐进或突变的方式重新组合起来,从而形成有价值的新理论、新观点和新方法;尤其是联想机制对于研究主体创造潜能的发挥可以起到特殊功效,因为联想机制源于研究主题认知甲物象到乙物象,感受甲生命体到乙生命体的心理过程,它可以在不同物象或生命体之间展开联想,或借助于“假设联想”或借助于“因果联想”或借助于“推理联想”或借助于“隐喻联想”或借助于“模拟联想”,去发现新思想、新史识、新知识和新范式。《启蒙与文学》著者最为可贵的是在解读五四文学的原创文本或历史细节的过程中,能够有机地把头脑中的发现逻辑机制和联想逻辑机制联系起来,焕发了巨大的创新能量,收获了骄人的创新成果。五四文学的启蒙景观及其蕴含的启蒙意识极为丰赡也极为驳杂,如何进行开拓、梳理和阐释的确是个难题;而本书的著者以敏锐的发现逻辑机制从纷纭复杂的文学文本的启蒙景观中窥测出众多的二项对立的话语或二元对立的结构,于是联想逻辑机制卓有成效地将它们重新排列组合,创造出一系列的颇具新颖色彩的二元对立研究范式,为探讨并阐述五四启蒙文学与文学启蒙的思想意识和审美意识之间的张力关系及其复杂的内涵提供了巨大的弹性空间。正如著者所表述的:“思想启蒙是以‘东与西’、‘新与旧’、‘古与今’、‘死与活’等一系列二项对立式彰显着历史的批判力度和弃旧图新的时代渴求”;而“这些大大小小、指涉范畴各不相同的二项对立式又都同构于由历史进化论所构成的‘优与劣’、‘文明与野蛮’的价值批判的框架之中，形成了典型的启蒙运思模式”。并以“‘东与西’：启蒙者的民族话语与性别隐喻、新与旧：‘娜拉精神’的时代裂痕、古与今：‘旧历’与‘新年’的对抗与俯就、启蒙他人与救出自己：启蒙者的忏悔限度、缱绻与决绝：五四新文学家的‘新诗’与‘旧诗’”为论题，对这些以发现机制与联想机制所建造起的二元对立的新颖别致的认知范式所蕴藏的丰盈启蒙思想内涵与审美意识取向，从多种张力关系和多维视角，紧密联系著者对原生文本的独特感受和体验，进行了既细且新的发掘和务实求真的评述；特别是对“启蒙者的民族话语与性别隐喻”、“‘娜拉精神’的时代裂痕”的勘察与阐释颇具创新深度和力度，给人以别开生面的强烈学术冲击。在我的阅读视野中深感本书对五四文学与思想启蒙关系及其所蕴丰实内涵的探究与阐释达到了空前的深度与广度，这不能不说是著者设身处地潜入五四文学的历史场域拥抱原生文本、充分发挥主体的发现逻辑机制和联想逻辑机制而取得的创新成果。

女性学者的独特感悟能力、认知能力和思辨能力所形成的独特优势，在重读重评五四文学的研究实践中得到淋漓尽致的体现，这也是《启蒙与文学》达至“深、新、细”学术境界不可或缺的原由和值得重视的研究经验。改革开放以来，思想解放运动的日益深入，冲破了现代文学研究领域的有形或无形的一个个禁区，真正解放了精神生产或艺术生产的脑力劳动者，学术界的人文知识分子焕发了探索学问追求真理的生命活力；尤其大批女性学者经过女性主义思潮的洗礼越发以超常的聪明才智和敏思灵动的姿态在现代文学评论或研究平台上大显身手，所创造的学术成果闪烁着特异的思想火花和智慧风采。若是把这批女学者喻为学术天空升起的一颗颗明星，那么本书著者王桂妹女士则是东北松辽平原升起的耀目的明星；只要认真读过她的著作或论文方可感受她治学的投入、知识的扎实、感悟的灵敏、体察的细微、思维的深刻、论辩的缜密、文风的朴实、笔调的俏丽，显示出一个有才华的女学者独有的睿智眼光和学术优长。她从五四文学的原生态或原文本探寻“民族性”这个标志性的启蒙话语的过程中，不同于男性学者的则是从女性立场出发便敏锐地察觉和感悟到：作为启蒙先驱的梁启超把“女性”、“女德”作为隐喻与“鬼魅”、“病质”、“暮气”视为同一词汇，借以痛斥国民性的愚弱暗昧；陈独秀“以文弱为美称，以羸怯为娇贵，翩翩少年，弱不禁风，名曰丈夫，弱于少女”的性别隐喻批判传统教育以女性化的“美质”把现代青年培养成“弱态”。并且尖锐地指斥“启蒙者往往把女性和驯羊、奴隶、捕虏、家畜、野彘进行同类指涉，以此喻指本民族的地位和困境。这种并置方式，显然是基于女性一种‘自古以来’的被囚禁、被使用、被豢养、被蹂躏的生存状态，以及社会对女性这种卑微处境的习惯性默许。”倘若缺乏强烈的女性意识和女性的敏锐以及女性洞察入微的眼力，那不可能从启蒙者的话语或文本中寻找出如此多的性别隐喻，更不可能从性别隐喻中发掘出启蒙思想内涵以及男权启蒙者女性观的局限；尤其从对性别隐喻所给出的思辨性的阐释中显现女性学者探究五四启蒙文学不只视角独特、理路独特，见解认知也独特。不仅如此，基于现代女性的觉悟和女性思维取向，通过对五四新文学娜拉形象的感知和娜拉精神的领悟，深刻地认识到“作为五四时期的现代思想启蒙者，他们同时也是传统与现代无可回避的连接主体，传统与现代的心灵矛盾正是这一代历史主体的集体征候”；“由血缘与传统礼教所共同构筑的父子关系正是中国传统家族制度和利益的统一体，同时也是整个男权社会的基本架构，儿子的反叛父亲实际在最终的意义上是在反叛自身，但是通过把女性塑造成清醒者和反抗者的方式，转化了这种内在的焦虑，进而又以女性对爱情的皈依使之重新建立了家长的权威，正是在未经现代思想解构的男权社会中，逃离了父亲的女性并没有获得真正的独立的自我价值，甚至重新陷入新的依附性环境中。”这种有深度的思辨分析揭示出易卜生笔下的娜拉形象及其所体现出的个性主义精神到了中国遭到不幸的历史的、社会的、文化的根源，同时也反映出女学者特有的思辨威力所带来的创新意识和思想光彩。特别是对陈衡哲的重新发现、重新解读、重新评价，越发可以窥视出女性学者的性别立场的坚定性、女性视角的深细性、女性话语的公正性和女性探索的开拓性。著者认为，“陈衡哲作为中国现代文学史的隐没者之一，是一个微不足道的细节”；然而对于草创期的五四文学史而言，“陈衡哲的被遗忘就显得不那么正常了”。她之所以被遗忘，是因为“《新青年》作为五四现代思想启蒙的话语表征，一方面以启蒙者的姿态引导着女性的觉醒，开拓了女性现代主体言说的历史空间；另一方面由潜在的性别意识和显在的时代主流话语的同构所建构的话语权威带来的遮蔽性又在自觉不自觉地制造着女性话语的空白”，这就导致不符合时代“男性气质”氛围的陈衡哲的首创白话小说《一日》被遮蔽。这种“以人为构织的一种‘时代精神’对于所有现象进行覆盖式的理解，很容易过滤掉一些看似‘无意义’或者不和谐的因子，造成一种‘以我观物，物物皆着我色’的和谐统一的美好幻想，进而对一些个性化的精神现象的独特价值造成遮蔽”，陈衡哲的个性化的文学创作被淹没这就难免了。实质上这种所谓“时代精神”是一种失去公正的男权话语，著者以深刻的思辨给出的理性阐释既新颖又有说服力，没有女权主义性别意识的偏颇；并且从时代精神与个体之间的“共振”与“异动”的关系出发，探讨陈衡哲发表在《新青年》上的三首诗，借一斑而窥全豹地细察陈衡哲的创作和“五四精神”的若即若离的关系。从“飞鸟”与“鸽子、老鸦”的精神契合、“铁血精神”与“战争血污”的异质、“疯妇”与“狂人”的意义悬隔这三个层面，具体而深微地剖析了陈衡哲诗性文本的精神意蕴与所谓“五四精神”的同中有异、异中有同的交织关系，这不仅复活了陈衡哲在五四文学史上的本真面目，而且也为她在中国现代女性文学史和现代文学通史上正了名。只有具备女性意识和女性关怀的女学者，才能把陈衡哲从“隐没”的历史尘埃中发掘出来，为五四文学史重构增进新的价值内涵，也是本书的求真创新之举。更值得称道的是，女性学者的独特学术优势还体现在《启蒙与文学》始终贯穿一种自觉的反思精神，而反思从思维学来说就是一种既肯定又否定、既批判又认同的相互为用的思维模式，在本书中这种思维不仅运作于对五四文学原生态出现的历史事件、历史细节以及原创文本予以反思性的评述；而且也对五四文学研究者的研究成果进行反思性的评说，从反思中求真出新、从反思中正本清源，表现了女学者的细中求深、精益求精的特有的学术胆识和雕刻功力。比如关于《新青年》掀起的“门外汉”与“行家里手”的“戏剧之争”，是五四文学革命的有机组成部分，不少文学史书写或忽略不谈或轻描淡写，而本书著者却以辩证而反思的方式重写它重评它，写得扎实评得准确；由于著者唱京剧懂京剧又给大学生开过选修课，故而反映出“内行”来评述“戏剧之争”的专业优势。再如“大团圆结局”作为中国传统艺术的结构模式，在五四启蒙运动中遭到批判特别是经鲁迅严厉批评后，似乎至今没有得到科学的评述；而本书著者却以反思的精神，既尊重历史又立足当今认识高度，对“大团圆模式”批判的历史功过作出了实事求是的评价，给人以新颖独创的理性启示。

正是上述的“缘由”或经验导致《启蒙与文学》达至“新、深、细”的学术境界，它理应是一部深化五四文学研究的创新趋优的学术力作。不过即使再优秀的学术专著也有不完善之处，为进一步研讨留下空间。在我看来，本书的核心题旨是探讨“五四文学与启蒙”的复杂错综关系，突破与创新源于此，问题与不足也来自此。虽然在《导论》中从哲学与实践两个层面对“启蒙”做了言说，但是五四时期启蒙思想的核心理念是什么，它与晚清启蒙思想究竟有什么内在联系？启蒙思想与新文学结缘形成一种什么关系？启蒙选择了文学仅仅把文学当成工具？五四文学体现出的人的自觉与文的自觉与启蒙思潮有什么关系？是否五四文学都是启蒙文学？启蒙文学的最基本的思想特征与审美特征是什么？对这些问题的理解和阐释不能“泛化”，也不能把五四时期的主义或思想都视为启蒙思想，特别是应处理好五四文学的宏大叙事与“历史小节”的辩证关系。笔者充分相信本书著者的学术实力、专业水平、治学精神和创新能量，她会带着确切的“问题意识”，投身于五四文学乃至现代中国文学研究的征程，持续不断地创造出新颖独到的学术硕果。

（草于2011年7月23号）

（本文原载2013年春之卷《燕赵学术》）

朱德发文集

第五卷

主体思维与文学史观

朱德发 著

山东人民出版社
国家一级出版社 全国百佳图书出版单位

图书在版编目(CIP)数据

朱德发文集:全10册/朱德发著.—济南:山东人民出版社,2014.1
ISBN 978-7-209-07570-1

Ⅰ.①朱… Ⅱ.①朱… Ⅲ.①朱德发—文集 Ⅳ.①I-53

中国版本图书馆CIP数据核字(2013)第304326号

责任编辑:李怀德

朱德发文集(第五卷)
朱德发 著

山东出版传媒股份有限公司
山东人民出版社出版发行
社 址:济南市经九路胜利大街39号 邮 编:250001
网 址:http://www.sd-book.com.cn
发行部:(0531)82098027 82098028
新华书店经销
山东临沂新华印刷物流集团印装

规 格 16开(169mm×239mm)
印 张 18.5
字 数 290千字
版 次 2014年1月第1版
印 次 2014年1月第1次
ISBN 978-7-209-07570-1
定 价 498.00元(共十卷)

如有质量问题,请与印刷单位调换。(0539)2925888

目 录

主体思维与文学史观

中篇 宏观研究尝试

下篇　文学史观探索

补遗三篇

ZHUTISIWEI YU WENXUE SHIGUAN ·

主体思维与文学史观

● 朱德发 著

● 山东教育出版社

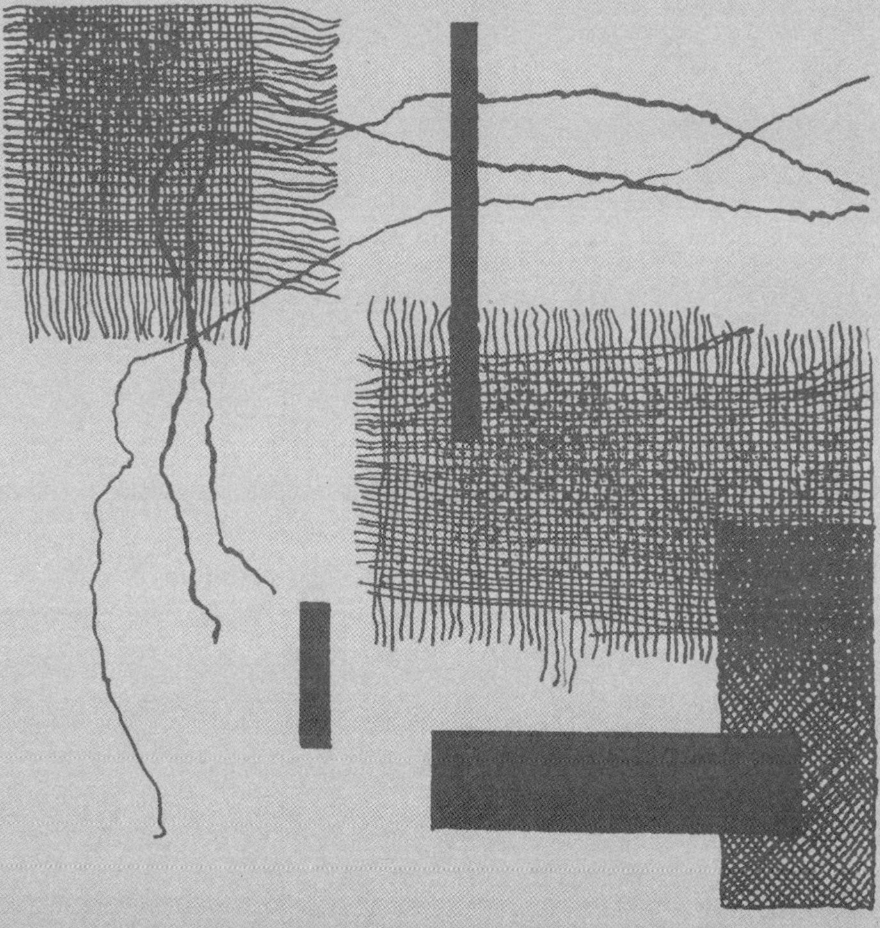

引　　言[①]

人的不同选择总是有不同的追求目标，选择跳高者所追求的是高度，选择潜水者所追求的是深度，选择旅游者所追求的是广度。虽然要达到其各自追求的目标并非容易，但是他们所选择的道路毕竟不同于学术之路。学术研究追求的目标既要有高度又要有深度也要有广度，更不如前者可以进行定量分析。它缺乏硬指标，只能以弹性价值尺度来衡量；特别在当代，社会人文学者的学术水平如何评价更难了。这不仅因为人际关系的微妙复杂致使公正的评论越来越少、"吹捧风"越刮越盛，也因为某些学者出于强烈的功利之心采取经商手段找人来吹捧来包装，贴上花花绿绿的标签，既弄乱了评估学术价值的标准，又炮制出一批平庸低劣的所谓"学术专著"。在这种状况下，做个诚实的学者难，做个诚实的评论者也难；缺乏诚实的学者和诚实的评论者，学术领域这片圣洁的土地怎能拒斥污染？图书市场正在整顿，大概那些劣质的"学术专著"也该受到冲击吧？只要有了诚实的学者和诚实的评论者，有了正常的学术气候和公正的价值尺度，人文学者所追求的学术目标是会达到的，虽然并不容易。

感谢改革开放为我走上学术之路提供了机遇。虽然我没有三级跳的技能，没有攀登高峰的雄心，更没有百米冲刺的速度；但在这十几年间我并没有停下学术追求的脚步，任凭吹什么风，我选择的既定方向从未动摇过，即使跳不起来、跑不起来，甚至带着镣铐，也要向学术研究的深、广、高三度目标挺进，生命不息，追求不止。这也许是我的愿给自己出难题、愿对自己过不去、愿为自己加压力的好强性格所致，也许与我把治学作为体现某种精神价值的人生选择有关，也许是形势喜人、形势逼人迫使我不能不像鲁迅笔下的过客一样明知前面是坟场也要冲向前。我觉得既然选择了学术之路，只要有了这种进击的精神，哪怕达不到追求的目标倒下了，也是对自己对历史作了负责的交代。

① 《引言》是为山东教育出版社 1997 年 6 月第 1 版而写，不包括"补遗三篇"。

近几年在学术之路上，我感到最大的难题也是最大的困惑是，致力于文学史研究受到一定的冷落且不说，学术总体水平难以提高，一些失去活力的文学史观和思维模式也难以超越，这倒是值得认真思考和热切关注的。我虽然深知自己并不具备老学者那种广博而精深的学识与才情、持重而厚实的学术功力，但我却有一种追求学术独立、探索自由的心愿和敢于走出巨人阴影、冲破清规戒律的挑战性格。这并非傲视前辈，对巨人不敬或自恃高明、目空一切，而是一个有进取意识的学者必具的心理素质，即使在挑战中所获甚微乃至失败了也不必懊悔。正是基于此，这些年我选择了交叉学科的研究视角，着眼于思维学与文学史关系的考察，自觉地反思在撰写文学史过程中所运用的思维方式、坚持的操作规则、形成的文学史观念和思维模式、惯用的理论框架和逻辑思路等。对于文学史研究主体来说，这些问题的深入探索并从中寻出正确答案，自认为是当前文学史研究大幅度提高质量的关键所在。大凡人都有超越自身思维惯性突破僵化传统规范的潜在能量和变革意识，这在那些真正锐意创新、敢于超越前辈、立志"重写文学史"的年轻学者身上表现得尤为突出。既然选择了学术之路就要坚定地闯关，于是我便不断地挖掘身上仅存的一点潜能，不断地张扬头脑中仅有的一点变革思想，一方面总结自己和学习他人的那些在文学史研究中行之有效的思维方式和思维规律，以调整自己的思维模式；一方面遵循各种思维规律和不同思路尝试性地开拓文学史研究的新天地，依仗思维的特殊功能和威力试图打通"中国新文学史"与中国古代文学的联系、与世界其他民族文学的联系；另一方面强化自身文学史观念的调整和更新。这对于文学史研究能否具有突破性进展至关重要，它既与主体思维模式的调整联系在一起又与文学史研究实践操作紧密相关。也就是说，主体思维范型的研究带动了文学史观念的变化，文学史研究的实际操作推动了文学史观念的变革，而文学史观念的更新则又是主体思维模式调整和文学史研究实践的导向。依据这个总体逻辑思路，我从三个大的层面既有联系又有分工地进行研究和探索，写成这部"形散神凝"的自成体系的著作；又是根据这个总体构想，将相互照应相互联结的三个大板块组成这本书的理论框架。而这个理论框架的建构在很大程度上又反映了笔者突破已有文学史研究的僵化格局的主观意图及对本书将产生的社会客观效果的一种向往。但，写书毕竟不是为了自我欣赏，总是要面向读者，请专家评点；特别本书多为探索之言，加之才疏学浅、时间仓促，误漏在所难免，企盼指正。

从事学术研究者有种同感，写一本真正有价值的学术著作真难，但出版一本有学术价值的书更难，这除了经济的原因外，重要的是与一个出版社的档次、领导的魄力和编辑的水平紧密相关。我非常敬佩山东教育出版社，不仅仅因为给我出过书，主要因为其不论在什么条件下总是坚持出好书，大力支持学术著作出版，哪怕在经济收入上受损也要为学术事业的繁荣尽心竭力。我这本书能够顺利出版，由衷地感谢山东教育出版社的大力支持。我相信与我有同感的作者和读者会不约而同地祝愿山东教育出版社欣欣向荣、昌盛发达！

（1996年春节前夕）

上篇 主体思维发微

发微之一　评判与建构:新文学史研究的主体思维

客体与主体的反思

中国新文学史(即中国现代文学史)作为一门独立学科始建于新中国成立以后,经过几代学者的研究和编著,现已出版的新文学史著作据有人统计约一百多部;尤其近十年的思想解放运动带来了文学史研究的新繁荣。相比之下,"文学史学"的研究显得相当薄弱,除了在报纸杂志上偶而能见到一些零星的文学史研究的文章外,尚未正式出版过一部具有完整体系的"文学史学"专著;即使在我国众多的"文艺学"(即"文学基本原理"、"文学概论")的著述中也很少见到"文学史学"的专章,这与西方"文学理论"形成鲜明对比。韦勒克与沃伦合著的《文学理论》则将"文学史学"作为其文学理论体系的重要组成部分。虽然近年来我国文学史研究阵地上掀起一阵"重写文学史"的风潮,这应该视为文学观念的变化在文学史领域的强烈反响和操作应用,也是一种建构我国"文学史学"的合乎规律的呼唤;但由于种种原因使这"重写"的范围主要囿于现代文学史上的具体作家作品及一些文学现象的重新评价上。且不论这些评价是否公允正确,就其"文学史学"意义来说,并未提供更多的富有理论价值的东西,缺乏对已有新文学史的整体建构模式、主体理论思维和研究方法的强烈反思评判意识。尽管这种从微观入手重评具体作家作品对提高现有文学史编著水平也是有益的,然而从宏观上来说"重写"的讨论应集中于"文学史学"的建构上。它是解决当前新文学史研究和编著徘徊不前、难以突破、总体水平不高、思维模式雷同等问题的关键所在。"重写文学史"的前提是重构文学史观,即在已有文学史的深刻哲学意义的反思基础上,首先调整文学史主体的思维模式、研究方法和价值系统,只有这样才能提高"重写"的理性自觉和整体建构能力。

实质上,建构"文学史学"的必要性和重要性不仅仅体现在新文学史研究和编著的操作意义上,也深蕴于对"文学史学"的理解和阐释里,"文学史学"的研究对象不是"文学的本来面目"即文学本体,而是研究者或编写者著成的文学史,也就是对文学史著作本身的研究,通称为"研究的研究"或"思维的思维"。因此从这个意义上也可以把"文学史学"理解为"文学史哲学",这不只是由于它研究的不是具体的文学史研究,而是对文学史研究的再研究,对文学史主体思维的再思维,主要还因为是把文学史作为一种思维方法来探讨和把握,它所关注的不是具体作家作品、文学发展过程及其演变规律,乃是对文学史进行研究所坚持的基本原则和基本概念的科学性、有效性、普适性、价值性等。《韦伯辞典》对"哲学"曾作过这样的界定:它的主要含义之一就是对人的基本信念与基本知识之基础(grounds)的批评性反思,以及对这些知识、信念所使用的概念的反思。这说明哲学的研究对象不是"知识"和"信念"本身,它要对之进行批评性反思的乃是知识和信念得以建立的"基础"(即基本原则或基本概念)是否可靠、是否有效、是否科学等。这种具有思维方法意义的哲学并非是一种具体学科,是对具体学科的再研究再思考,它作为一种思维方法所具有的普遍性意义和广适性功能与文学史这门具体学科相结合,无疑则具有"文学史哲学"的基本特征。可见,文学史哲学所要考察和研究的对象是编著者据以建构"文学史"的思维模式、理论框架、标准依据等(即基本原则)。具体来说,文学史哲学家直接对话的对象不是已逝的种种文学现象或浩如烟海的作品史料,而是依据一定原则或框架将这些文学现象或作品史料建构成文学史的主体,因此从特定意义上说文学史主体则成了文学史学的研究对象。也许有人要提出质问:这样来确定文学史哲学的研究对象,岂不是文学史是文学史编著者制造出来的吗?这不是否定了文学史的"本来面貌"的客观性吗?我认为这种责问有一定道理,但也带有片面性。

"文学史"的总体构成不外两个大层面,一是文学发展的本身即文学史的本体,一是编撰者对文学演变过程的发见即对文学史本体的认识。这两个层面在"文学史"结构内部应该是辩证地统一在一起,然而又常常使编著者或文学史家在处理和把握两者关系中陷入不可调和的两难境地。有位著名史学家曾深有感触地说:"历史学家无论作何选择都面临困境,像所有知识的探寻者一样,他必然发现他的方法陷入两个同样有说服力的、但又互相矛盾的理论之中。第一个理论是:认识者与被认识的事物是不同的;第二个理论是:认识者与被认识的事物是不可避免地纠缠在一起的,我们的身份、人格、个性、宗教以及每一认识都形成了我们看待世界的态度。”①由于文学史研究中内蕴着深刻的二律背反,致使被认识的历史本体与认识历史本体的主体之间总是处于矛盾的纠缠之中。虽然文学史研究者和编著者努力从认识论反映论上来探讨和把握文学史本体即那些不以人们的主观意志为转移的带有规律性的东西,但是这样做的结果是著成的文学史并非文学史本体的原生状或本来样子,而活现于我们面前的实实在在的物化态的文学史只能是遵循编著者文学史观或理论思维模式所建构起的文学本体。它不仅染上明显的主观色彩,而且也标明在处理历史客观本体与历史认识主体之间不可调和矛盾、并从而重构文学史本体过程中,认识主体的历史意识、建构模式所起的决定性作用。由此可以推想,文学史学的主要研究对象应是文学史的建构主体,它作为一门独立学科的本质意义也在于深刻地反思并重构文学史主体的史学模式。

长期以来,在我们研究中国新文学史或编著新文学史的思维框架中,总是把历史的“客观性”放在至高无上的地位,认定“客观性”是文学史研究的全部生命,它既是追求的起点又是追求的终点,唯此才能达到“恢复历史本来面目”的最高理想,这差不多已成为新文学史研究者和编撰者的思维定势。我们决不能否认这种思维模式的科学性和积极性,它不仅是对非历史主义或历史主观主义的有力反拨,而且在操作实践过程中的确有不少文学史专家和评论家将这种“客观性”的研究作为唯一可靠的路径来遵循,甚至倾注毕生精力来从事搜集史料、挖掘史料、考证史料、整理史料这项艰苦细致的基本工程,并将掌握史料的多少视为衡量史学“功力”深浅的最可靠的价值尺度和依据。如果史料一旦齐备,便塞进一个认为合体的理论框架,于是一部反映“历史本来样子”的客观论的新文学史便问世了;同时认为只有这样的文学史才是认识已逝“文学史本体”的真正范本。一些比较有影响的中国现代文学史都具有这种所谓“客观性”的特征。果真按照这条收敛式的思维路线将“客观性”研究作为唯一趋向,就能够“恢复历史的本来面貌”吗?诚然这种研究可以接近文学史的本体,但是这恐怕是个永远不能完成的工程,也是个永远不能变成现实的理想。试问建国后不同时期编著出版的约百部新文学史,有哪一部真正恢复了中国现代文学的纷纭复杂的历史本来面貌?这里面各部新文学史在逼近历史本体上只有量的差别没

① P. 戴:《艺术与生活》前言部分,1976年出版于纽约,英文版。

有质的不同；假若说有一部新文学史比较完整地逼近了“文学史本体”，是否能断定这是一部具有最高学术价值的文学史？我并不这样认为，只能说它的文献价值较高；况且永远也不会出现那种穷尽“历史本来面目”的新文学史。这是因为文学史研究的对象带有相当的命定性，它们是已经过时了的历史事实，今天我们参与文学史研究和编撰所选用的史料不可能保持原来史实的完整性和确凿性，也很难再现过去历史的全部真实；更何况我们后来者根本无法重新踏入前人经过的同一条河流再造既成的历史，现时文学史研究的对象主要凭借历史遗留下来的文学作品、报纸杂志、书信日记、回忆材料等。这些只能算作记载已逝历史信息的符号，它们虽具有历史的客观实在性却不能完全等同于历史的本体真实，即使有些研究者与过去的新文学史直接相关甚至亲身参加了现代文学史的创造，也不能笼统地说他们准确地把握了“历史的本来面目”。由此我想到近十年出版或发表了数量不少的“现代作家自传”或者亲朋子女撰写的新文学作家传记，究竟这些著述有多大的“历史本体”的真实程度，它们的历史“客观性”到底如何，不能不使人们思虑或怀疑。我们只能承认文学史也许有逼近“文学史本体”的客观性，但那种绝对的“客观性”是无法实现的。特别是现代文学史的客体与当今研究文学史的主体分别处在各具自身规定性和特定文化氛围的时空中，它们两者之间本来就存在着种种不可调和的冲突，如果硬要追求文学史的本体“客观性”以抹杀两者之间的矛盾性，其结果只能是以泯灭当今文学史研究主体特征来确保现代文学史的原本性。这不仅会导致站在现时编著的新文学史的当代感丧失殆尽，而且那种为当代精神所激活的蕴含于文学进程的生机也不复存在了，这样的文学史只是一种无感情色彩无主体意识的历史客观进程和种种史料的排列系统。尤其严重的是，因为众多新文学史研究者形成了对文学史本体客观性过分推崇的思维模式，造成了许多新文学史面目雷同、空前划一的景观，使研究者和编著者没有必要在治史的过程中反思自身的思维框架和建构模式，只能把文学史客体作为唯一的依据和指归，这必然导致众多中国现代文学史学术个性的缺乏。也许这也是造成新文学史编著整体水平难以提高和超越的重要原因之一吧？不仅仅如此，纯客观的“文学史本来面目”难以穷尽还有个特殊原因：文学史的主要研究对象和主要建构材料是“作家作品”，尽管我们编写文学史在搜集这方面史料上投入了大量精力，但它们具有不可穷尽性。这是因为文学作品是人类情感的结晶和审美精神的载体，具有丰富的文化意蕴和难以品尽的审美味道，况且作品又是一种符号，它既与本体之间有一定“间离”也同研究主体之间有一定“间离”，彼此是无法统一的，这更增加了认知和把捉文学作品本体的难度；特别应该注意的是，众多的新文学作家，他们的文学活动是构成一部文学史的重要部件，然而我们现时能够纳入研究视野的仅仅是其整个生命和文艺创作的大部分或小部分或一些片断，而这些作为信息符号的史料离开原来的实体大多已成了抽象的表征，不仅使固有的丰富内涵难以复活而且也无法反映作家在时空和心态上的完整性。即使目前仍健在的现代文学作家也难以从记忆中再现和复活自己当年的感受和体验。可见，文学史研究者的那种过分的重客观本体性的趋向一旦达到极限，就会使文学史的研究和编写面临着困窘和停滞。

在新文学史研究和撰写中强调客观本体性，我是作为一种主体思维定势或成为一种唯一可遵循的趋向提出异议的；但我并不反对追求“历史的本来面目”，更不是否认文学史具有相对意义的客观本体性。试想，如果我们完全不承认文学史的本体性，只是一味强调史料对思维建构模式的依赖性，岂不又走上另一个极端？它不仅使主体思维陷入膨胀的主观主义，而且使我们的建构模式失去了客观依据。实际上，我们对文学史知识真伪的评判、建构模式是否科学的检验已蕴含着对文学史客观本体的尊重和信仰；特别是在文学史的建构过程中并不乏这样的实例，即发现一段史料就发现一段历史，发现一部重要作品就在某种程度上改变对一个作家的评价，而推翻一段史料往往就推翻一段历史。这说明文学史的建构，“史料”的挖掘和辨伪也是相当重要的。对一个文学史家或文学评论家来说，理论思维中的机械客观论要不得，无节制的主观论也要不得，但从新文学史的研究和编著实际情况来考察，影响文学史总体学术水平提高的主要因由是前者。固然文学史是由“史料”和“史识”两个大的层面构成，而且它们两者之间的既矛盾又依赖的张力关系形成文学史思维的基本结构；不过史料本体与史识主体在文学史建构中所起的作用是有轻重之分的，后者往往是决定性的。我们所见的中国现代文学史虽然在“史料”和“史识”的比例上有多少之别，“客观性”和“主观性”也有强弱的不同，但它们最终都是编写主体凭借历史遗留下来的存在物据以主观判断的文学史。从这特定意义上说，文学史研究的差异主要不在掌握“史料”的多少而取决于主体思维判断类型的差异。作为文学史主观性的“史识”属于理论思维范畴，尽管它是从大量的“史料”中按照一定的思维方法和价值标准抽象出来的，但它一旦成为一种思维类型对文学史的建构便具有宏观控制力和具体统领作用，它既有助于形成文学史的理论框架又决定着文学史研究对象的选择取向。从这个角度来观照,既然新文学史研究的深化和编著质量的提高最终取决于主体理论思维的调整或建构,那么文学史哲学的主要研究对象应该是文学史编写主体的理论思维(重点是思维方法)及其所运用的建构模式,正如康德所言:“重要的不是哲学,而是哲学思维。”近几年“文学史学”的研究,初步引起文学史家和文学理论家的兴趣,其关注的热点已出现由着重对文学史客观本体的追思向对文学史主体理论思维探讨的趋势,它预示着新文学史研究和编著的整体水平在不久的将来会有个大的突破。

思维模式的建构

虽然建国后编著出版的中国现代文学史在处理“史料”与“史识”的关系中显示出一种机械客观论的倾向,往往以思维内容的客观性取代了思维本质的主体性,或者以强迫的政治意识取代了学术个性意识;但并不是所有的新文学史的思维模式都出现过这种极端趋向。那些被公认的比较好的新文学史特别是近几年出现的一些优秀之作,其主体思维框架和建构模式大都显示出这样一些特质和功能:一是它本身来自一个科学的理论体系,由经验要素、理论要素和结构要素三者构成的有机体,既具有真理性的思想威力又富有涵盖面大、穿透力强的方法论功能;二是这种史论模式基本上符合对新文学史在时间纵向上具有过程性、阶段性、转换性等特征进行透视和描述的需要;三是这种理论思维基本上切合对文学自身审美品格及其内在自律性进行阐释和揭示的要求;四是这种建构模式大致适应对文学史在空间横向上与社会文化系统具有相关性、层面性和联系性等特征进行考察和论述的需要;五是中国现代文学的演进呈现出一些特殊形态和特殊轨迹,即新文学包容在一个多层次的开放的文化意识结构里,并与社会政治结下不解之缘,而文学史主体对理论思维模式的选择基本上是有的放矢的。尽管如此,然而只要对这些较优秀的新文学史的理论模式加以认真审视也会发现其诸多的不足和缺陷。总起来看,不管新文学主体对理论思维方法的选择有多大的差异,但基本上源于以马克思主义辩证唯物史观为主导的文艺社会学思维模式。这些比较优秀的新文学史所采用的思维方法其优长和缺陷,都可以从对马克思主义为主导的文艺社会学思维模式的理解、把握、建构和操作上正确与否找出内在的理论根源。

作为理论思维的具体文学史学科的研究方法，大体上包括三个层次：最高层次的方法，即从宏观上观察和把握文学世界的方法，解决最根本的治史的认识路线问题，马克思主义辩证唯物史观则是在最高层次上起着总的指导作用的根本思维方法；中间层次的方法，它是从一个层面剖视文学世界的思维方法；最低层次的方法，即具体文学史学科的特殊思维方法。马、恩在建立文艺社会学思维方法论过程中并没有将这三个层次分割开来，而是作为一个有机整体来把握和运用的，它代表了19世纪文艺社会学思维方法的最高水平。马、恩之后，后继者在对马克思主义文艺社会学方法论的继承和运用中，比较注重并获得成功的是在哲学层次上，而缺乏切实有效的中间层次的思维方法和灵活多样的具体文学史学科的思维方法。20世纪人文科学和自然科学所产生的新思维方法不断向各学科领域扩散和渗透，马克思主义文艺社会学的思维方法也不断地汲取新鲜营养，试图建构起以马克思主义文艺社会学为主导的综合开放的文学史研究的思维方法。应该承认近几年出版的一些较有特色的新文学史十分谨慎地在马克思主义史学观指导下选取西方的种种人文科学和自然科学的思维方法以及形形色色的文学理论来重新解释现代文学史上的复杂现象，甚至某些文学史的整体建构框架也进行了大胆更新，这无疑给新文学史的研究和编著带来了挑战性的因素，并为文学史研究思维方法的中低层次注入了新的生机。但对这些文学史的思维方法更新的总体水平估计不能太高，这不仅因为文学史研究由此并未建立起一个代表20世纪最高水平的独立完整、稳定开放的主体思维构架和更科学完美的文学史建构模式，更为重要的是在思维方法的最高层上长期存在的机械论倾向并未得到认真的解决和纠正。这主要表现在即使那些较好的新文学史著作对于文学形成发展原因的解释也仍有生搬硬套马克思主义一般原理的痕迹，并简单地把现代文学史上发生的一切复杂现象归之于社会历史的原因，用社会的经济和政治状态直接来解释新文学的生成过程以及主题意向、美学风格、艺术形式等的变化，缺乏对文学史独有的特殊规律的尊重和开掘。如探讨五四新文学运动兴起和现代文学生成的原因，总是直接以新经济、新政治来解释，给人以隔膜感和生硬感。且不说五四新文学的诞生很难直接与新经济、新政治挂钩，就是实际存在的新经济新政治在五四时期的社会经济结构和政治结构中也仅仅是些因素，它们在整个社会经济生活和政治生活中并未居于主宰地位，因而这些新经济新政治因素不可能具有摧毁旧文学体系建构新文学系统那种势不可挡的能量。如果遵照一般的先有新经济新政治然后才有新文学的逻辑推理，那不可能有说服力地解释“五四”现代文学产生的原因，这是由于五四新文学是作为一个完整形态在新经济新政治仅呈现出新因素之际便形成了，从整体意义上来说现代文学是先于现代经济现代政治而具有独立自足的结构形态。这种超前性仅仅以新经济新政治因素的作用难以作出充分的说明，这里面的原因很复杂，其中新文化新思想形态的出现恐怕是五四新文学形态形成的最直接最重要的原因。也许有人说我反对以新经济新政治来阐述五四新文学产生的原因，恰恰相反，我始终坚持以社会的经济和政治状态来考察新文学生成的原因，抓住它就抓住了根本；我不同意的是用简单化的线性思维直接从经济和政治的角度来阐释五四新文学体系构成的原因。对30年代左翼无产阶级文学产生发展原因的考察也有简单化的经济政治直接决定论的倾向，这并不是真正运用马克思主义文艺社会学思维方法对复杂的文学现象所作出的实事求是的科学解释。

马克思主义文艺社会学思维方法论的科学形态，《〈政治经济学批判〉序言》曾作过经典性的表述：“人们在自己生活的社会生产中发生一定的、必然的、不以他们的意志为转移的关系，即同他们的物质生产力的一定发展阶段相适合的生产关系。这些生产关系的总和构成社会的经济结构，即有法律的和政治的上层建筑竖立其上并有一定的社会意识形式与之相适应的现实基础。物质生活的生产方式制约着整个社会生活、政治生活和精神生活的过程。不是人们的意识决定人们的存在，相反，是人们的社会存在决定人们的意识。”①这是辩证历史唯物主义的一个最基本观点，也是马克思主义文艺社会学方法论的一个最基本观点；特别是在探讨文学与社会的必然联系中马克思主义所提出的从社会存在去寻求社会意识（文学也属意识形态范畴），始终是一条根本性的规律和一种根本的思维方法。所以马克思主义对任何文学现象的考察总是要追溯到一个具有普遍联系的社会和思潮中去进行解释，层层深入地揭示出文学形成发展的原因是一个复杂的动力系统。虽然我们对上述马克思主义文艺社会学的最根本（也是最高层次）思维方法论并不陌生，但在文学史的研究实践中却常常出现失误，其中一个重要原因在于我们只强调文学的形成发展最终是由经济基础决定的，并没有重视这种“决定”的因果关系不是直接的也不是唯一的，忽略了经济基础与文学之间的沟通需要“中介”，更没有注意对经济结构进行具体剖析，

① 《马克思恩格斯选集》第2卷，第82页，人民出版社1972年版。

对于马、恩关于精神生产和物质生产发展不平衡论的重视尤其不够。普列汉诺夫批判旧唯物主义不从主观去了解对象，结果使人的世界的能动性方面被唯心主义者去发展了，于是他明确地指出："唯物主义如果不想永远像过去那样片面下去，如果不想由于不断地返回到唯心主义的见解而背叛自己固有的原则，如果不想因此承认唯心主义在一定的范围内更强有力，就必须给人的生活的一切方面一个唯物主义的说明。人的生活的主观方面，正是心理的方面，'人的精神'，人的感情和观念。"[①]基于这一理解，普列汉诺夫将马克思的历史唯物主义的四项论公式发展为五项论公式，提出著名的社会结构五层楼说[②]，试图同庸俗社会学划清界限。他指出，作为意识形态的文学艺术是社会经济生活决定的，但重要的是这种因果关系并不是直接的，通常还有些中介因素如政治、哲学、道德、宗教等在起作用，特别是社会心理是联系经济、政治制度和意识形态之间的中介。正是在这样的意义上普列汉诺夫认为："要了解某一国家的科学思想史或艺术史，只知道它的经济是不够的。必须知道如何从经济进而研究社会心理；对于社会心理若没有精细的研究与了解，思想体系的历史唯物主义解释根本就不可能"；又指出："历史科学不能把自己局限成一个社会经济解剖学；它所注意的是直接或间接为社会经济所决定的全部现象的总和，包括思想作品在内。没有一件历史事实的起源不能用社会经济说明，不过说没有一件历史事实不为一定的意识状况所引导、所伴同、所追随，也是同样正确的。因此社会心理学异常重要。甚至在法律和政治制度的历史中都必须估计到它，而在文学、艺术、哲学等学科的历史中，如果没有它，就一步也动不得。"[③]依据普列汉诺夫的社会结构五层说的理论思维模式，我们研究和编著中国新文学史过程中至少可以从三个层面来剖析"五四"现代文学、左翼无产阶级文学、解放区以工农兵为主体的民族化大众化文学形成发展的原因是一个复杂的动力系统：第一个层面是当时社会各种不同形态的经济结构决定着各种不同形态的文学结构的形成和发展，但经济结构与文学结构之间往往通过"中介"发生关系；第二个层面是与经济基础直接相关的上层建筑部分即"法律的和政治的上层建筑"，它作为中间环节不能总是直接地作用于或制约于新文学的多元的生成和发展，如 40 年代以张爱玲为代表的社会言情小说派和以徐訏、无名氏为代表的新浪漫派文学与当时的政治主潮并没有多少直接联系，然而那些社会功利色彩比较强的革命

①②③ 《普列汉诺夫哲学著作选集》第 2 卷，第 186 页、195 页、273 页。

文学、抗战文学、解放区文学的形成发展却直接受到政治的推动和制约；第三个层面是，文学观念与哲学观点、宗教观点、政治观点、法律观点、道德观点等构成的“社会思想体系”，它对开放的各种形态新文学的发生发展所起的直接作用虽然比“上层建筑”要大一些强一些，但总的来看更多的不是直接作用，而直接发生关系并直接起作用的则是思想意识形态最低层的具有普泛性的社会心理。目前见到的几乎所有中国现代文学（或新文学）史，在考察和分析各种形态的新文学或文学现象生成发展的原因时，总是重视对第一、二个层面的阐释和发掘，普遍忽视对“中介”社会心理的多侧面的深入剖析，即使有的文学史触及到第三个层面也是浮光掠影，这不能不影响到新文学史研究的深度。文学的形成发展之所以与社会心理的变动直接相关，这首先是由社会心理的基本内涵及其特性所决定的。所谓社会心理是社会意识中较低的一个层次，它低于各种思想理论体系，低于世界观和意识形态的水平，它包括自发形成的社会情绪、幻想、愿望等群众性的日常意识。普列汉诺夫曾明确指出，它是一定的社会结构性质“一般地反映于人们的全部心理之上，反映于他们的一切习惯、道德、感觉、观点、意图和理想之上。习惯、道德、观点、意图和理想必然地应该适应于人们的生活式样”[①]。他是把日常生活中的普遍意识、习惯、情感、意向等作为社会心理的基本内涵，这就使社会心理相对于社会思想理论体系来说，独具原始性、朴素性、普遍性和流行性的特征。正是这些特性使社会心理成为文学体系形成的直接源头和必要前提；也就是说，文学结构最直接受着文化结构的观念体系和社会心理的支持，文学不仅直接源于社会心理而且社会心理的变化直接推动着文学的发展，试想五四文学的勃勃生机或30年代文学繁荣昌盛无不直接导源于社会心理大变动的驱使。其次，与文学本身的构成特征也有关系。因为作为语言艺术的文学，其内涵的构成因素不仅反映特定的社会生活和自然景象，也表现人们的精神世界和社会心理，而且是通过创作主体的思想感情或个体心理的折射来实现的，力求使文学艺术世界所蕴含的社会心理具有丰富性、生动性、具体性和深刻性的特征，正是从这个意义上说由文学作品为核心形成的文学史是一部活的社会“心史”或“心灵史”。再次，社会心理对文学形成发展的直接制约或决定作用还在于，一是通过影响作品主人公类型的转换来影响文学的发展，这是由于主人公的心理世界虽然以独特性、个性化呈现于读者面前，但他却代表

① 《普列汉诺夫哲学著作选集》第1卷，第715页。

着“整个社会阶级或者至少整个社会阶层的心理,因而个别人物心灵中发生的过程就是历史运动的反映”①;一是社会心理通过制约文学创作题材的选择也制约着文学的发展,这是因为文学题材的选择反映一定时代、民族或一定阶级、阶层的社会心理,而且创作主体总是对特定时代的特定阶级阶层的某种题材普遍感兴趣,这种普遍感兴趣的题材则是一定社会心理的反映,因此在文学创作上选择题材的屡屡变化恰好证明社会心理制约着文学的发展;一是社会心理制约着文学审美风格的形成,也制约着文学的发展,鲁迅曾从社会心理的角度分析“建安七子”的慷慨悲凉风格的形成与发展:“慷慨就因当天下大乱之际,亲戚朋友死于乱者特多,于是为文就不免带着悲凉,激昂和‘慷慨’了。”但“到东晋,风气变了。社会思想平静得多,各处都夹入了佛教的思想。再至晋末,乱也看惯了,篡也看惯了,文章便更和平”②。可见,在研究和编著中国新文学史的过程中,我们必须牢牢抓住社会心理这个“中介”,这样才能使马克思主义文艺社会学的思维方法发挥更大的威力,既有助于进一步开掘新文学形成发展的复杂原因和内在机制以及固有的规律,也有助于清除文学史研究主体思维中的机械论或庸俗社会学的残留,以提高现代文学史著述的整体水平。

我们毫不怀疑马克思主义文艺学的思维方法论在研究和编著中国新文学史过程中的绝对权威性,但是我们也清楚地看到马克思主义文艺学思维方法论的基本观点长期以来在研究和编写文学史的操作实践中被简单、机械地理解和运用。关于存在对意识的决定作用这个基本原理,马克思主义创始人当时就预料到会引起一些有意无意的歪曲,如何辩证地对待这个问题,既是检验马克思主义的试金石也成了马克思主义文艺学思维方法论达到科学形态不可逾越的难题。恩格斯曾说:“根据唯物史观,历史过程中的决定性因素归根到底是现实生活的生产和再生产。无论马克思或我都从来没有肯定过比这更多的东西。如果有人在这里加以歪曲,说经济因素是唯一决定性的因素,那么他就是把这个命题变成毫无内容的、抽象的、荒诞无稽的空话。经济状况是基础,但是对历史斗争的进程发生影响并且在许多情况下主要是决定着这一斗争的形式的,还有上层建筑的各种因素。”③虽然恩格斯尽量把问题想得复杂些,然而历史进程的实际情况还要复杂些。中国现代文学史的三十多年历程并不算长,但却充满

① 《普列汉诺夫哲学著作选集》第5卷,第187页。
② 《魏晋风度及文章与药及酒之关系》,《鲁迅全集》第3卷。
③ 《马克思恩格斯选集》第4卷,第477页。

了五光十色的复杂文学形态或文学现象。我们文学史研究者苦于缺乏一种涵盖面大、包容性和穿透力比较强的思维方法,常常运用"经济因素是唯一的决定性因素"或政治因素是唯一的决定性因素的线性思维方式来剖析现代文学这种多元的复杂形态的生成或探讨复杂文学现象产生的原因,其结果是把复杂问题简单化。如20年代中到30年代初中国文坛涌现出数不清的文学流派,形成一个立体交叉、对立互补的艺术局面,对这种复杂文学现象出现的原因及其特征的考察和分析,仅仅运用经济政治决定论的思维虽然能够说明一些问题,但不能说明所有问题;只有完整开放的科学形态的马克思主义文艺学思维方法,才能从多角度多层面进行透视和剖析,作出有说服力的判断或理论概括。至今我所见到的殷国明著的《中国现代文学流派发展史》对这个历史阶段各种文学流派和性质各异文学形态产生原因、相互关系及基本特征的分析和把握颇有见地,显示了主体思维的整体性、联系性、开放性和深刻性,这是具体灵活地运用了马克思主义文艺学的思维方法论。"如果不把唯物主义方法当作研究历史的指南,而把它当作现成的公式,按照它来剪裁各种历史事实,那末它就会转变为自己的对立物"。[①] 在新文学史研究和编写中是把"唯物主义当作研究历史的指南"还是"把它当作现成的公式"是区别机械唯物主义和追求马克思主义文艺学思维方法论科学形态的界标,前者在新文学史著作中是不乏其例的,后者的例证更是屡见不鲜。为什么对某些文学现象或某些作家作品的评价"公说公有理,婆说婆有理",各有各的根据,长期争论不休,固然原因较多,但从思维方法的角度来考之,主要由于研究者各自依据"现成的公式"的需要来剪裁历史事实加以证明,并不是从全部事实的总和出发,从内部的有机联系中引出结论。"断章取义"、"抓住一点不及其余"、"胡乱定性上纲",是对马克思主义文艺学思维方法论的歪曲,这种机械论的思维定势在有些研究者头脑中并未完全破除。在文学史研究中既要切实坚持马克思主义唯物史观的思维方法又要防止机械庸俗社会学的弊病,关键在于对辩证法的深刻理解和正确把握,以确立主体的辩证思维。黑格尔说:"在历史研究里,首先便可发生这样的问题:究竟一个民族的性格和礼俗是它的宪章和法律的原因呢,或者反过来说,一个民族的宪章是它的性格和礼俗的原因呢?于是我们可以进一步地说,两者,一方面民族性或礼俗,一方面宪章和法律,均可依据相互的联系的原则去了解。这样一来,原因

① 《马克思恩格斯选集》第4卷,第472页。

即因其在这一联系里是原因，所以同时是效果，效果即因其在这一联系里是效果，所以同时是原因。”他揭示出一种深刻的辩证思维，即“在相互作用里，被坚持为有区别的因果范畴，(a)自在地都是同样的；其一方面是原因，是原始的、主动的、被动的等等，其另一方面也同样如此。同样，以对方为前提与以对方为所起作用的后果，直接的原始性与由相互作用而设定的依赖性，也是一样的东西”。“(b)但上述这种因果统一性，也是独立自为的。因为这整个相互作用就是原因本身自己的设定，而且只有原因的设定，才是原因的存在”。[1] 在我们考察一般历史或者文学史的形成发展原因时，的确可以发现在经济结构隐蔽而深邃地作用下其他因素都在力的平行四边形的相互作用里产生自己的力量，而这种相互作用又是以时间、地点为条件展开了时间与空间、历时性与共时性的多维的网络型结构，这就是对文学史上一些复杂文学现象给以历史唯物主义解释的难度所在。

发现逻辑机制的运作

文学史的研究和编写过程既是主体呕心沥血的过程也是主体思维极为活跃的创造实践过程。对于研究和编写主体来说尤其应该重视思维方法论的实践功能和操作效应，使文学史研究在现有的基础上不论宏观或微观都有所突破有所创新。现有的中国新文学史大致显现出研究和编写主体的两种思路，一种是侧重于对前人成果的搜求、整理和综合，一种是侧重于对前人成果的评判、发现和突破。前者是不少研究者和编写者的习惯思路，不求创新只求稳妥；后者只有少数研究者特别是新时期涌现出的中青年文学史编著者的锐意进取的思路，他们不满足那种几十年一贯制的文学史模式，力图为新文学史研究和编写开辟一条新路，因此他们在研究实践中非常重视发现的逻辑机制。

发现是一切科学研究追求的真谛，当然也是文学史研究追求的目标。任何科学研究总是不能停留在一个水平线上，应该不断前进不断发现，有所突破有所创新；文学史作为一门独立学科从50年代初创建已有四十多年，虽然中间出现多次曲折影响了这门学科的开拓前进，但从总的发展趋向来看还是不断地有所发现，日趋繁荣，尤其到了改革开放的新时期已是新文学史研究的丰收季节。

---

① 黑格尔:《小逻辑》，第320~321页，上海商务印书馆1981年版。

实践证明，凡是那些有特色有突破有深度的新文学史，无不在研究实践中和操作过程中充分重视了发现的逻辑机制。杨义编著的三卷本的《中国现代小说史》、钱理群等四人编著的《中国现代文学三十年》、黄修己编著的《中国现代文学发展史》、陈平原编著的《二十世纪中国小说史》第一卷等，不论“史料”、“史识”或体例建构都有较大突破，充分显示出研究主体思维的发现机制所产生的巨大威力和实际效应；特别是严家炎编著的《中国现代小说流派史》具有整体性的开创意义。当年它作为北大中文系的专业课程讲授时，“校外听课者很多，近十台录音机同时启动，不少人还做了较详细的笔记，使我的讲课内容一下子传到了校外一些地方，有些文学史、小说史著作还把我的一部分观点吸收了过去”①；说明它的创新价值和开拓足迹是抹杀不了的，尤其是对新感觉派的分析和概括完全是一种新的发现，至今对这个流派的研究仍沿用严说，并没有多少新的开拓。既然发现的逻辑机制在文学史研究和编写过程中如此重要，那么作为研究主体就必须自觉地调动和运用发现思维机制，并把握发现机制在文学史研究中的特殊功能。马克思曾把研究主体辩证思维的发现机制描述为思想群的“增值”，即发现或发明便是思想群的“增值”；既然是“增值”那就需要借助已有的研究成果、已有的事实资料或已有的经验，这样才能有所发现。黑格尔曾赞赏亚里士多德：“他的经验是全面的；就是说，他没有漏掉任何细节，他不是抓住一个规定，然后又抓住另外一个规定，而是把它们同时把握在一起了——他不像普通理智思维那样，以同一性为规律，只能借它之助来思维，常常由于注意一个规定就忘掉和拒绝另外一个规定。如果我们从‘空间’抽出了那些经验的规定，这就变成为高度思辨的；经验的东西，在它的综合里被把握时，就是思辨的概念。”②其实，经验的东西经过综合的把握或者是将通常一些不相联系的因素撮合在一起，也就是发现或发明。库恩在《科学发现的历史结构》中曾表明，凡是有深刻和广泛影响的科学发现，它将带动整个结构的调整，从而表现为一种革命的进步。这种科学发现的机制能给研究带来突破性的成果，马克思正是突破了里嘉图等古典经济学的框框，才发现了资本增值中的剩余价值。虽然这种一般的科学研究的发现思维规律也适用于文学史研究，但文学史研究的发现逻辑机制毕竟还有其特殊性，特别是现代意义上的文学史研究不能只靠实证思维方法去发现，它需要思辨也需要理论框架更需要参照系统。因为历史本体是超越

---

① 严家炎：《中国现代小说流派史·后记》，人民文学出版社1989年版。

② 黑格尔：《哲学史讲演录》第2卷，第308页。

历史认识而独立存在，是一种永远不能穷尽的“物自体”，我们所能看到的现实的文学史只能是存在于人的思维、经验、记忆中的文学史，文学史究竟怎样往往取决于主体对它的态度和评价。从这个意义上说，它是理论思维的产物，而发现机制则在主体思维中具有至关重要的地位。也就是说，“对于历史学家来说，他所正在研究其历史的那些活动并不是要加以观看的景象，而是要通过他自己的心灵去生活的那些经验”[①]。对于文学史研究的特殊对象只有带着主体的全部情感、意志、想象等去认知去体验，才能发现活的文学史。从这个意义上说，现有的中国新文学史都是透过主体心灵的认识、体验、发现所建构起的文学史，使文学史从可能性变为现实性的过程。说到底，文学史的材料本身并没有现代意义的文学史的独立价值，文学史的主要研究对象本身就是作为价值观念结晶的文学作品，只有研究主体遵循一定的价值尺度积极地去评价它去发现它，使之与当今人类的生存发展发生关系方有意义，因而可以说“没有价值就没有任何历史学”[②]。既然文学史研究的主要对象是文学作品，那么文学史研究中发现机制的特殊思维规律首先就应该从文学作品本身去探求。

由于文学作品是结构化的本文，它与非文学历史本文相异的特殊性在于它是情感的形式，是过去人类情感生活的结晶，因此这就决定了文学史研究的发现思维机制不同于一般科学的发现规律，它有其自身的特殊性。陈鸣树著的《文艺学方法概论》把文学研究中发现机制的特殊性归纳为三大发现，即人的发现、情的发现、美的发现。[③] 我同意这种见解，不过把文学作品纳入文学史研究的学术视野，除了三大发现外，还应该特别重视规律的发现。因为文学史的研究不论主体对作品的认知、体验或价值判断，最终还要从有意义的文学作品组合成的连续体或文学演进过程中发现并展示文学自身的特殊规律，这始终是新文学史研究者数十年如一日孜孜不倦追求的。所谓人的发现，是从文学即人学的文学观念出发对文学史研究提出的要求，而这种人的发现不仅指历史唯物主义意义上的视人为社会关系总和的人的发现，也包括心理学意义上的对人的深层心理结构的发现。就其本质来说，文学作为人学进入文学史研究主体思维不只是应发现其文学描写意义，更重要的应发现其哲学意义即文学对人的本质力量的自我肯定，对人的发现最主要的就是发现人的本质力量。如果从这个角度

① 柯林伍德:《历史的观念》，第 247 页，中国社会科学出版社 1986 年版。

② 李凯尔特:《历史哲学》，《现代西方哲学》，第 130 页，人民出版社 1981 年版。

③ 上海文艺出版社 1991 年版。

来考察现代文学作品,就会发现几乎所有的文学主题意向都直接或间接地环绕着争取人的个性解放、社会解放、民族解放、阶级解放四个母题旋转,而在表现或再现中国人为争取独立自由解放的过程中充分显示了人的本质力量。越是追求人的本质完美表现的文学作品越是重视对人的深层心理的开掘,即不仅借重现实生活的真实描写表现人的本质力量在行为模式上的外化,更重要的是借重于内心世界的深入发掘来揭示人的本质力量的情感源和意识源。从这个意义说,中国人通过各种方式或途径争取全面解放这部形象化的现代文学史,实际上也是中国人的心灵衍化史或灵魂演变史。由于文学作品所描写的人的深层心理既具有层次感也具有不确定性和模糊性,因而只用科学逻辑的视角去观照是很难发现人的本质力量,唯有以心理逻辑视角包括潜意识视角才能逐步发现它把捉它;特别对“五四”以来出现的心态小说或抒情小说或带有意识流色彩的作品更应该借助于心理逻辑去发现,若是以常规思维去发现就会有一种格格不入的陌生感。有些新文学史之所以能够展示出文学作品中人物性格的复杂性和心灵的深邃性,主要是因为自觉地依凭心理逻辑的特异功能真正发现了人的深层心理结构。这是对人本质力量的最深刻发现,它既能增强文学史的深度感又能拓宽文学史研究的领域。马克思说:“整体,当它在头脑中作为被思维的整体而出现时,是思维着的头脑的产物,这个头脑用它所专有的方式掌握世界,而这种方式是不同于对世界的艺术的、宗教的、实践——精神的掌握的。”[①]艺术地掌握世界的思维方式主要区别于其他掌握世界的思维方式的独特之处在于,它着重体现在文学艺术家对人的发现、对人的本质力量的发现、对人的深层心理结构的发现上,在这方面是别的学科的思维方式所不能替代的。所以文学史研究的深化和拓展,主体思维的发现机制必须在人的发现上充分发挥功效。

由于文学作品表现人的本质力量和深层意识往往以情感作为媒介和通道,使人的本质力量与深层意识与情感交融为一体。情感的强化过程实际上就是人的深层意识的升华过程,情感的抒发过程实际上就是人的本质力量的显现过程,所以情感的发现也是文学史研究的重要任务之一。国内外的文学史研究和文学评论大都注重情感特征的发现,这不仅因为情感是审美经验的真正内容,“艺术,是人类情感的符号形式的创造”[②];也因为“艺术要达到真正的再现只有

① 《马克思恩格斯选集》第2卷,第104页,人民出版社1972年版。
② 苏珊·朗格:《情感与形式》,第51页,中国社会科学出版社1986年版。

通过一条途径,亦借助审美要素的魔力而传播情感"①。近几年出版的一些较优秀的文学史著作,文学史主体总是把文学史视为过去人类情感生活的结晶,以敏锐的感悟力和强烈的体验力去发现文本中的"情"字,用自己的心灵与作家的心灵交流来读解和阐释文本的情感符号,从而生发出对作品味道的感觉和灵魂的感觉,在定型的分析中触捉到文学流变的内在脉络,所作出的理论思考和审美判断总是黏附文学史家的真切的生命感受和情感体验,显示出研究者的学术个性。但是也不能否认,有相当多的文学史板着一副生硬严峻的面孔,虽然重视理性的发现,但这种理性是缺乏情感激活和渗染的干巴巴的思想图式或是脱离有血有肉分析的一些条条;特别是对作品剖析只注重思想逻辑、形象逻辑的发现,独独忽视情感逻辑的发现,甚至有的研究者唯独对作品的政论性或思想逻辑感兴趣,有意识地舍弃决定文学艺术生命力的情感特征。如对茅盾在三十年代左翼文艺时期写的作品,只突出它们的理性化政治化的特征,并把这种理性特征夸张为唯一的特征,而对其作品中蕴含的情感逻辑视而不见,所作出的结论不免流于空泛和雷同,似乎人的本质力量的艺术表现只剩下几条筋。文学史研究主体只有认知能力而缺乏体验感悟能力,不只是发现不出作品中的"情"字,而且也理解不透"一代有一代文学史"这个命题的深刻含义。纳入文学史研究框架的文本结构是不变的,但每个时代文学史家对过去文本情感内涵的体验是不同的,对情感的发现也是相异的;不同时代的主体总是从自己的审美需要、情感态度和价值标准出发通过发现机制赋予不变的文本以变化着的意义和生命。可见,欲编著一部具有时代色彩的活的文学史,情的发现是至关重要的。更何况作为文学艺术中介的情感是沟通艺术主体与客体的桥梁,发现并抓住情感这一"中介",有助于文学艺术本身特点及其规律的把握和理解。黑格尔曾言:"通过渗透到作品全体而且灌注生气于作品全体的情感,艺术家才能使他的材料及其形状的构成体现他的自我,体现他作为主体的内在的特性。因为有了可以观照的图形,每个内容(意蕴)就能得到外化或外射,成为外射事物;只有情感才能使这种图形与内在处于主体的统一。"②既然情感是连续文本结构的主客体之间复杂关系的纽带,那么发现情感就意味着发现了文学本身所蕴含的内部规律。

不论是人的本质发现或者人的情感发现,都是对作家按照美的规律创造的

① 杜夫海纳:《审美经验现象学》,转引自《世界艺术与美学》第7辑。
② 黑格尔:《美学》第1卷,第359页。

审美实体的发现，尤其纳入文学史主体思维的文学作品既是以美为出发点又是以美为归宿点，所表现的人性人情已不是自然生成的而是经过作家审美化了，而且这些人的本质或人的情感作为美的素质已与相应的审美形式胶合在一起构成了美的实体。它作为文学史的研究对象理所当然应该去发现美，而这种美的发现的文学史意义不只是对艺术美的尊重、对美的风格的发现、对美的规律的揭示，也是对作品内涵的人的本质力量、人的深层心理结构和人的情感意识的进一步开掘；特别是通过美的发现可以增强文学史的本体论意味。审美经验告诉我们，越是遵循美的规律来表现人的本质力量、人的深层心理和人的情感世界，其作品的审美品位越高、艺术成就越高、美学风格越独特。现在不少中国新文学史著作不重视美的发现，热衷于以理性思维对作品的思想逻辑和形象逻辑进行抽象概括（当然这也是必要的），而审美的艺术分析只是附在思想和形象分析后面的尾巴，形成审美内容与审美艺术的“两张皮”，甚至有的文学史研究把美的发现看成可有可无的东西。值得欣慰的是近几年问世的文学史开始把人的发现、情的发现和美的发现有机地统一为一体，突出了美的规律的探讨和审美形式的研究，试图建构现代文学史的新模式，这种尝试是有益的。我同意陈鸣树的看法，将发现美列为文学史研究的任务之一，既非老生常谈也不是个普泛的命题，“美的发现正如在文学艺术中发现人、发现情一样，是个容易进入而难于深入的命题，因为美的发现远不是轻而易举的即兴描述”[①]。文学作品所蕴含的美不同于一般科学美存在于理性之中，它是感性的，既可以体验到也可以触摸到。在文学史研究中美的发现就等于艺术的发现，然而对于文学作品的艺术研究一直是现代文学史建构的薄弱环节，主体思维没有真正重视美的发现，不论是艺术特色、审美风格或艺术规律总是缺乏新的开掘和概括，只要把几部新文学史放在一起加以比较对照便会发现，翻来覆去就那么几条艺术特点、几种审美风格，甚至一些用语都一样。近几年这种状况有所改变，但文学史研究主体思维并没有从根本上调整过来，对人的发现、情的发现、美的发现之间的辩证关系缺乏深刻的理解，所以每当文学作品作为文学史研究对象进入主体视野时，总是自觉不自觉地将美的发现置于次要地位，或者使人的发现、情的发现、美的发现在一条有机的思维链上出现人为的脱节。虽然文学史研究中美的发现难度较大，但也不是不可突破，也不是不能深入，关键在于提高研究主体的

① 《文艺学方法概论》，第443页。

审美感受、审美体验和审美判断的综合能力。审美观照在文学领域虽然需要直观感悟能力，但美的发现决不能完全排斥认知能力和理解能力，像阿Q这样具有永恒审美价值的文学典型如何发现它的美，仅仅凭借直观性的审美鉴赏力是不够的。因此黑格尔认为："事物的深刻方面却仍不是单凭这种鉴赏力所能察觉的，因为要察觉这种深刻方面所需要的不仅是感觉和抽象思考，而是完整的理性和坚实活泼的心灵。"①这对我们致力于文学史研究如何在作品中发现美颇有启示作用。即只有在主体思维的直观感悟力、理性认知力和理解力综合作用下，才能从作品中真正发现美，真正发现艺术本身的规律。

把文学作品作为文学史的主要研究对象，固然人的发现、情的发现、美的发现都重要，但更重要的莫过于规律的发现。历史是一个过程，文学史当然也是一个过程，不过它是一个血肉丰富的充满着生命活力的过程；它之所以具有如此特征就在于这个过程蕴含着各种形态的以表现人的本质力量和情感世界以及心灵历程为基本内容的文学作品。从这个意义上说，一部优秀文学作品就是一个生命的有机体，一部文学史的生动形象的过程就是由数不清的生命有机体遵循着一定的序列和规则构成，它的源源不断的活力不只是出自它的本身更重要的是取决它被研究主体发现并阐释的过程，即文学作品作为一种媒介激发出研究者的思想火花赋予作品以新意的过程。因而将文学作品置于历史过程进行考察和研究，主要应发现和开掘潜隐于各种形态的人的文学背后的艺术规律，文学史研究如同其他科学研究一样其主要任务就在于通过种种文学现象（包括文学作品）的去粗取精、去伪存真、由此及彼、由表及里的研究，去揭示那些或隐或显的不以人们的意志为转移的客观规律。古希腊赫拉克利特说："世界是包括一切的整体，它不是由任何神或任何人所创造的，它过去、现在和将来都是按规律燃烧着、按规律熄灭着的永恒的活火。"②列宁讲得更明确，规律就是关系、本质的关系或本质之间的关系③。作为社会关系总和的人，通过创作主体艺术思维再现或表现所形成的审美的人的文学世界，无疑蕴含着错综复杂的关系，非本质的和本质的关系交织在一起，客观的和主观的关系融为一体；我们文学史研究者就是要从文学艺术世界的错综交叉的关系中发现本质关系，从而揭示文学发展的特殊规律。不过在文学世界里发现规律要比发现人的本质力量、

① 黑格尔：《美学》第1卷，第42～43页。

② 《简明社会科学词典》，第568页，上海辞书出版社1982年版。

③ 《列宁全集》第38卷，第161页。

发现情、发现美更难。这是因为文学艺术是感性世界，在研究中往往“把经验作为出发点，每个人要想成为艺术学者，都必须走这条路”①。然而仅仅停留在经验的层次是无济于事的，即使依据直观经验总结出一些规律也常常只限于狭小的范围，无助于深化对艺术规律的整体认识。“经验主义以知觉为把握当前事实的形式。因为知觉作为知觉，总是个别的，转瞬即逝的。但知识不能老停滞在知觉的阶段，必将进而在被知觉的个别事物中去寻求有普遍性和永远性的原则”。② 而这“普遍性和永远性的原则”应视为事物与事物之间的本质联系即客观规律。既然经验思维无法从文学中的经验世界与生活中的经验世界所构成的同一层面的对应关系中发现普遍性的艺术规律，那么就应该在经验对文学艺术世界难以解释刨根究底追问终止的地方，借助形而上学的思辨思维。这里所使用的形而上学概念并非指与辩证法相对立的世界观和方法论，它是指一切超经验的思辨，它所面对的是一个抽象的、难以触摸到的本质世界（其中包括人的本质、甚至灵魂）；当然这种形而上学的抽象思辨也不能完全脱离现实世界，做玄想式的精神漫游，它应该像黑格尔所要求的那样把形而上学的普遍性与现实事物的特殊性统一起来，即“导向实体性的必然和统摄整体的原则”③。也许文学史研究主体遵循这样的逻辑行程，才有可能从纷纭复杂的人的文学世界里发现一些本质联系，作出一些带有规律性的判断。因为判断实际上是获得整体性的把握，并掌握其间关系所体现的规律。郭沫若曾深有体会地说：“文艺批评的可能性本依据于我们对艺术作品的理解力，艺术作品由它的形式、内容和资料等等，给予我们以种种印象，而我们以这种种印象依作品所暗示的一个方向复合而构成一个完整的世界。”④掌握了文学作品的完整世界不等于发现了艺术规律，尚须研究者主体思维的介入，使文学挣脱经验世界的羁绊，发挥形而上学的超常想象力，把文学作品完整世界背后的难以定性定量的抽象的本质联系纳入理性思维的判断中，可以说这就是规律的发现。正如华兹华斯所说：“每种写作的规律和相当优点也是由判断力所决定”。⑤ 不仅写诗规律的发现需要判断，而且文学史研究从文学作品中发现规律更需要判断。当我们将中国现代文学的不同形态或不同性质的人的文学作品进行共时性和历时性交叉观照时，便会发

① 黑格尔：《美学》第1卷，第19页。
② 黑格尔：《小逻辑》，第113页。
③ 黑格尔：《美学》第1卷，第28页。
④ 《文艺论集》，第274～275页，人民文学出版社1979年版。
⑤ 华兹华斯：《抒情歌谣集》1815年版序言，《西方文艺理论名著选编》中卷。

现文学的整体世界内蕴着借鉴外国文学以实现现代化和继承传统文学以实现民族化这样一条“两化相辅相成”的动态规律,也会发现在不同的文学思潮流派或不同的创作风格之间隐藏着一条“对立互补”的规律;但这些艺术规律在我们的经验直观世界里是模糊不清、片片断断的,只有将它们纳入我们的形而上学的超然思辨世界才能使“想象由经验而受孕后,把某些表象放在联想律下边,并且把由之而产生的主观的必然性,即习惯性,算做是来自观察的一种客观的必然性”①。这种“客观的必然性”就是文学作品整体世界所蕴含的本质联系,研究主体思维据以作出判断,那便是发现并揭示出新文学演进的内在规律。怎样才能确证我们对发现的规律所作出的判断是正确的,黑格尔曾有句名言:“当我们进行判断或评判一个对象时,那并不是根据我们的主观活动去加给对象以这个谓词或那个谓词。而是我们在观察对象的概念自身所发挥出来的规定性。”②而这种规定性就是对象的本质规律性。既然这种规定性由对象自身发挥出来,这当然就是我们进行逻辑判断的出发点和归宿点。总之,对文学作品的人的本质力量的发现、情的发现、美的发现和规律的发现过程,是理论思维的从感性的具体到知性的抽象再到理性更高层次的回旋过程,也是文学史研究主体思维中发现机制的逐步展开并深化的过程。

文学史研究主体发现机制的逻辑行程是从感性和知性资料(主要是文学作品)引向理性的判断。虽然文学史料的实证性是我们文学史研究的先导,但是只有把史料纳入在历史唯物主义和辩证唯物主义理论思维和方法论指导下运用发现机制所形成的逻辑结构(即“史识”)中,才能成为建构文学史的有生命的史料。当年鲁迅读了郑振铎的《插图本中国文学史》曾说:“郑君所作《中国文学史》,顷已在上海预约出版,我曾于《小说月报》上见其关于小说者数章,诚哉滔滔不已,然此乃文学史资料长编,非‘史’也。但倘有具史识者,资以为史,亦可用耳。”③所谓“史识”便是洞见规律的思想,由史料而上升的逻辑结论,也是文学史研究主体发现机制在操作过程中所达到的思维超越,但这种思维的超越性必须来自史料的实证性。文学史作为一门科学在建构中,从主体思维发现机制的实践功能来说,应切实做到史料的实证性与思维的超越性的辩证统一、收敛性思维与发散性思维的辩证统一。

---

① 康德:《作为一种能够成为科学出现的未来形而上学导论》。
② 黑格尔:《小逻辑》,第339页。
③ 《鲁迅全集》第12卷,第102页。

虽然文学史研究和编写主体思维的调整或建构对于突破现有中国新文学史的大同小异的理论框架或思维模式、提高现代文学史研究的整体水平至关重要，但是必须承认这种调整或建构是一个在马克思主义史学观、文艺学思维方法论的指导下逐步尝试、逐步完善、逐步优化的过程，它既要把各种心理学、哲学、思维学、文化学、社会学、地形学等基本原理转化为一种归属于文学史主体思维的内在法则，也要使这种主体思维适合于中国新文学史本体研究之需。

发微之二　特征与功能:文学史研究的收敛型思维

文学史研究过程的展开与深化,每个步骤和环节无不闪烁着思维的火花,显示着思维的魅力,因而有意识地探讨文学史研究与思维学的关系并从中揭示出某些可遵循的法则或规律,是颇有意义的。前一章着重考察了主体思维在文学史研究过程中的重要性,但并不意味忽视对文学史资料的搜求、考辨和整理,这一章要重点论述之。

收敛型思维和发散型思维是文学史研究须臾离不开的两种思维类型。为论述方便起见,我们先对收敛型思维的基本特征及其在文学史研究中的特殊功能予以考察与探索。简言之,收敛思维又称辐集思维,它的基本特性是从若干不同或相同的信息源中获取一种共识或引出一种结论,如果把思维对象喻为车毂那收敛思维的思维趋向是从圆周沿辐条向车毂(研究对象)集聚。这种收敛型思维在文学史研究中具有不可替代的作用。库恩对收敛型思维在科学研究中的效能作了这样的强调:"常规研究,即使是最好的常规研究,也是一种高度收敛的活动,它的基础牢固地建立在从科学教育中获得的一致意见上,这种意见又在以后专业研究的生活中得到加强";退一步说,这种由收敛型思维而建立起的常规研究的某些成果或论断受到怀疑甚至被推翻,那么"收敛式研究的持久时期正是这一转换所必不可少的准备"①。在此必须指出的是,文学史研究的收敛型思维与德国格式塔心理学奠基者邓克尔的科学实验所证明的②——人们在解决问题时总是先运用散发性思维提出许多方案,然后运用收敛性思维经过反复全面衡量选出最佳方案有所不同,它的思维路向和思维功能要复杂得多,

① 库恩:《必要的张力》,第224页,福建人民出版社1981年版。

② 参见罗伯特·汤姆生《思维心理学》一书的"邓克尔的研究"部分,福建科学技术出版社1985年版。

现择其要者论之。

收敛型思维的操作策略

收敛性思维在文学史研究中最重要的功用在于，搜求、集聚、梳理、归整、融会史料或史实，这一套先导性的扎实功夫中外著名学者或文学史家无不重视。传说出自马克思之手的《新亚美利加百科全书》中的《美学》条目曾写道："为了建立哲理性的理论系统以及进行批判性的整理，现在还缺少必要的资料。我们还不知道，在建筑、雕塑和绘画中，'美的线条，究竟是什么，也不知道这种美的线条凭哪些契合因素在我们心灵中引起同情共鸣。我们还不知道，是什么东西使诗的每一节奏、辞藻、形象和语言的声音具有迷人的力量。在这方面，诗和音乐取得了最高的进展。为了补充欠缺的资料，我们必须有一门以数学为基础的、更完善的心理学，就像霍尔巴特的心理学那样，但是要建筑在妥善的、丰富的、实验观察的基础上。"①建构"理论系统"尚且需要以收敛思维对事实资料、理论资料的搜集、贯通，特别还要经过精细可靠的观察实验；作为历史科学的分支文学史研究更应该发挥收敛思维在史料工作方面的特殊效能，在资料的搜求、校勘、审阅、整理上下深功夫和苦功夫。我国老一代文学史研究者非常讲究收敛思维的一套硬功夫，虽然出现过重"史料"轻"史识"的"资料长编"这样的偏颇，但他们治学的严谨作风和一丝不苟的科学态度却值得后学者崇敬。鲁迅的《中国小说史略》之所以成为中国小说史研究的典范，固然来自他对中国小说全局的独特的宏观把握和独具慧眼的"史识"，但这一切并不是空中楼阁的宏论高见，而完全源于丰富扎实的史料，具体来说他的《古小说钩沉》《唐宋传奇集》和《小说旧闻钞》正是其撰写《中国小说史略》所依据的部分"史料"。鲁迅在文学革命中曾不无偏激地提出"不读古书"的口号，以防知识青年一头钻进故纸堆里而不闻现实斗争，可在学术领域鲁迅不仅读古书、整理古书，而且研究古书，充分发挥了收敛型思维的威力，为其创造性的学术研究打下了坚实的根基。"不读古书"或"少读古书"这个口号如果离开五四时期这个特定语境和文化氛围，今天致力于中国文学研究的中青年一代仍叫喊"不读古书"或消极对待古代文学遗产或在新的反传统思潮下嫌弃古书，那就大错而特错了。虽然背着"语录"起家的一代进入高等学府专攻文学，开始认真读起古代文学作品，但由于灌输的教条式哲学理论、史学观念和文学概念并

---

① 《美学》第2期，第254页，上海文艺出版社1980年版。

未得到更新，所形成的思维模式尚未转换，因而既不能真正无拘无束地进入古代文学的本体境界也很难对古代文化史料进行实事求是的搜求和整理，这不能不使其在研究古代文学史过程中首先应运用收敛思维来补上阅读古书、收集史料这重要的一课。在现代文学史研究领域也有一种追逐高观点新“史识”而忽略收敛思维应有的积累史料、重读作品的倾向，无意中把观点与资料、史识与史实对立起来；特别那些年轻的才子型的学者，热衷于那种天马行空自由挥洒的学风，凭借敏锐的思辨能力常常在文学史园地施展才华，进行形而上的精神畅游，高论层出不穷，令人耳目一新，然而经不住细心体察和认真推敲，高论脱离了文学史研究对象则变成了空论，新见离开了史料则变成了狂言。目前中国文学史研究界不乏这样的长于理论思辨善于表达己见的学者，所缺的乃是认真读书、训练有素、肯在收敛思维上下工夫的学者。如果前者能自觉地调整一下自己的思维方向，在占有史料基础上有所开拓有所深化，那就有可能成为名副其实的才子型的文学史研究者。当然，我强调收敛型思维在文学史研究中的重要性和必要性，既没有把它视为至高无上的或独一无二的思维方式，更没有轻漫或漠视那些创造性的思维方式，只是想说明收敛型思维那套扎实功夫在当前文学史研究中应给予必要的重视，这对矫正某些不良倾向大有裨益。

章学诚在《文史通义》中说：“由汉氏以来，学者以其所得托以撰述以自见者，盖不少矣。高明者，多独断之学。沉潜者，向考索之功。天下之学术，不能不具此二途。”如若不能把“二途”在研究实践中辩证地统一起来，那就会出现学界两派的对立，即理论派自恃理论思维强能提出独到之见而贬诋只重收敛思维的资料派的琐碎，资料派白恃占有丰富可靠的资料而斥责理论派的空谈。这两派的研究思路各有所长也各有所短，都不是文学史研究的最佳思维方式；若把两者思维方式的特长有机地结合起来，那也许是研究文学史的较优化的思维方式。我既不是高赞学界的“独断之学”也不过誉“考索之功”，只是立足于如何深化文学史研究的角度，强调指出：唯有坚持收敛型思维，才能有“考索之功”，唯有史料的“考索之功”，才有可能突破现有文学史模式；但这丝毫也不影响我对“独断之学”的超越思维和理论思维的重视和青睐。众所周知，搜求史料是文学史研究的先导工作和基础准备，在操作上是顺手活，在认知上是普通常识；正因为是顺手活是常识也最容易被研究者所淡忘所忽视，所以重新提醒重新申明就显得格外重要。所谓史料，一般是指前人在一定的时空范围内创造历史所留下的实践活动、思想活动和文化活动、物质活动的遗迹与记录，是历史过程曲曲折折、纷纭复杂、风云变幻、沉浮荣枯的真实见证。就文学史研究来说，既要从纵向又要从横向、既要从点又要从面、既要从显层又要从隐层搜求资料，也就是通过各种渠道从不同的信息源来汲取历史的足音、摸清历史的脉搏，历史信息源开掘得越多、信息量汲取得越多，就越能全方位地认识把捉历史的真实面貌，就越能获得对文学史的立体感受和整体印象，就越能透过丰富的文学现象发现文学演进的深层律动或特殊轨迹。从纵向上广收史料就是循着文学史发展的时间顺序深挖博取，这里切忌带着先验的理论设计或一定的思维定势去搜集史料，如果你先设定中国现代文学是新民主主义革命史的一部分，那你搜求的史料就要受到这个先验论的局限，过去汇编的不少研究中国现代文学的史料就是这个定论的佐证，遗憾的是目前流行的几本所谓权威性的现代文学史就是依据这些史料集写成的，它们似乎成了中国现代文学史的典范。在我看来，深化现代文学史研究在搜集史料方面就应该冲破先验的理论框定，无拘无束地施展收敛思维的功能；从现代文学流变过程中广开信息矿藏，把不同的信息量都收敛起来，然后方能判定中国现代文学是什么性质的文学史，这也是“重写文学史”基础的基础。现代文学的演化并非运行在一个单一的历史链条上，而是多链条或隐或显地并行发展，随着研究的不断拓展人们越来越清楚地认识到现代文学的纵向推进不只是多元对立也是多元互补：你可以从政治角度判定这多元链条上的文学有左、中、右之别，只强调它们之间的对立性；但你也可以从文化的、美学的角度来看待这多元并存的文学，这时所发现的主要是它们之间的互补性和相关性。这就要求我们从纵向上搜集文学史料，既不能把着眼点只集聚在“进步或革命文学”（且不论这一提法是否科学）的历史链条而应该毫无偏见地把收敛思维辐射在各类文学流变的历史链条上，又不能带着政治偏见先为各个历史链条上的不同色彩的文学定性而后决定对其取舍，广收文学史料也应具备公正的无私的历史眼光，任何政治偏见或有色眼镜都会障碍我们对历史真实面目的透视和对文史资料的全面搜求。过去我们研究文学史历时性地汇集史料主要侧重于文学运动形态、文学理论形态和文学创作形态（含作家），这无疑是抓住了构成文学史的三大重要板块；现在从深化文学史研究特别“重写现代文学史”这个角度来看是远远不够的，至少应在这几个层面深挖有价值的新文学史料：一是由于受“断层论”、“西化论”的影响，对现代文学与传统文学关系的研究虽然近几年有所重视，但仍是现代文学史研究的薄弱环节，至于史料的搜求与汇集就更贫乏了，特别近代文学是传统文学向“五四”现代文学进行现代化转换的过渡阶段，其史料的搜求和汇编尚未突破阿英编的那套晚清文学资料，至于宋明文学与现代文学相贯通的史料就更缺乏了，所以想搞清现代文学与传统文学的内在联系、历史渊源以及传统文学向现代文学转换的基因和自我调节功能等，则必须从原始资料的搜求入手，从时间上向前追溯。这是因为现代文学史积累的时间跨度要长于古代文学，正如黑格尔所说："最晚出的、最年轻的、最新近的哲学就是最发展、最丰富、最深刻的哲学。"新文学史的发展也是如此，与哲学史的演进具有同样的理由，这不仅在于它们的历史联系最多，关系极为复杂，"在这里，凡是初看起来好像已过去的东西，被保存着，被包括着，——它必须是整个历史的一面镜子"。就是说现在的哲学史（或文学史）并没有与历史"断层"而是整个历史的折光；而且还由于"时间较晚的进一步发挥出来的哲学乃是思维精神的先行工作所获得的主要成果，它为较早的观点驱逐着前进，并不是孤立地自己生长起来"①。现代文学史作为一种特殊意识形态比哲学与历史的联系要复杂得多、深微得多，这种联系既有哲学意识层面也有伦理文化层面，既有社会意识层面也有审美意识层面，既有创作主体思想层面也有理想人格层面，既有文学内蕴层面又有文学形式层面，等等。因此研究现代文学与传统文学的关系在纵向上搜集史料应是多角度多层面的，收集的史料越丰富越充实越好，这就是辐集思维的硬功夫。二是中国现代文学是个复杂的多面体，数十年的研究不仅以"进步的革命的主流文学"为价值系统贬抑、排斥了所谓中间状态和右翼文学，而且把以鸳蝴派为代表的通俗文学置于新文学的对立面，既不承认它是现代文学总系统中的一个子系统也不承认它与新文学系统有一定的相关性和互补性，就是从雅俗共赏的角度把它视为俗文学也得不到普遍承认；虽然近几年随着人们学术视野的开放、欣赏情趣的多样化以及通俗文学的重新崛起，不少敏感而明智的文学史研究者已开始关注通俗文学的研究或再评价，甚至有的研究者已着手编著中国通俗文学史。然而所谓"正统"的中国现代文学仍把鸳蝴派及其通俗文学放在严肃文学的对面，即使把张恨水这样的通俗文学大家列入章节也是因为后期其创作倾向朝着新文学的现实主义方向转变，或者以新文学作为参照系来评价其创作得失，并没有真正的以公平的态度恢复其应有的历史地位。这种文学史研究偏向无疑影响并制约着对近现代通俗文学史料的搜集和汇编，尽管也出版过一部分史料或作品，但是同新文学史料的汇编和出版相比不是所差无及而是差得太多太远了。通俗文学作为一个与新文学

① 黑格尔：《哲学史讲演录》第1卷，第45页，商务印书馆1981年版。

并立的系统，以收敛思维循着演变轨迹来搜集其史料大有工作可做，它不仅是一种庞杂的文学现象也是一种复杂的文化现象，既有史学意义也有文化学意义，因此作为现代文学研究者有责任转变传统的新文学史观而在通俗文学史料的挖掘上下一番工夫，它不只会改变我们对通俗文学本身的整体把握，更能使我们对现代文学史的基本构成、雅俗品格、演进动力获得新的认识。

从横向上搜集史料就是在空间上扩大和拓展，也就是从多维面广收文学史料。文学史是个整体并非混沌紊乱的历史表象，既有纵向的坐标系也有横向的坐标系，它是在纵横交错的坐标系中生存发展的；特别中国现代文学的生成与演进处在一个多种文化交流和竞争的开放场所，大量的文化思潮涌入我国。就横向而论，它们来自四面八方，带着不同国家和民族的历史特点和生活情调通过不同渠道渗入中国文化生活和精神产品；就纵向而论，它们进入中国并不分先后即从古希腊文化到20世纪现代派文化，不约而同地结成文化思想同盟与中国传统的文化意识既进行着搏斗与冲撞又产生着一种奇妙的结合，使中国现代文学生存衍化于这个多层次的动态的文化意识结构里。现代文学的复杂构成已为多数研究者所认识所把握，而且也能自觉地从纵向上来考察和探索现代文学变迁的历史过程和因果联系，同时也重视这方面的历时性的史料搜集和积累；相比之下，有意识地从横向上对中外文学进行比较研究可以说达到了相当的深度与广度，对中国现代文学通史的撰写也强化了中外文学的比较视角，然而对于外国文学思潮与中国现代文学关系的"史料"搜集和汇编却显得匮乏，因而从中国现代文学是在同世界各民族文学广泛联系中发展起来的横向角度来研究新文学史，深感史料不足。如果从理论上演绎或思辨推理尚可论清中外文学借鉴与被借鉴的关系但难免笼统空泛；那么从史识与史料的有机结合上具体深入地论证中外文学复杂深微的关系，便有史料缺乏、捉襟见肘之感。众所周知，中国现代文学并非通过自身调节功能从传统文学中脱胎而生的，要从历史发展的因果直线链条上探清中国新文学生成原因并从而揭示现代文学真实历史过程，这是不可想象的，所以必须从横向的多维面来研究现代文学流变与外国文学的广泛联系。没有外国文学的催生、借鉴、输入、渗透就没有中国现代文学，这是不言而喻的；然而在探讨现代文学史与外国文学关系时不少研究者却忽视这样一个基本事实：中外文学交汇并不是在同一个社会历史层面上和文化价值层面上，从发展的眼光来看西方的历史演进和文化进步已大大超越于中国，而这种历史的文化的巨大反差作用于中国社会群体心理和作家个体心理会产生不同的情感倾向和价值选择取向，特别是那些敏感的现代作家处于历史低层次的文化环境来面对历史高层精神文明和文学艺术的挑战，其文化心态和审美心理的变化更加深微复杂，在很大程度上决定着作家主体对外国文学接纳、选择、融会、变异的趋向，也就是说作家主体选取、改制外国文学的整体还是部分、内容还是形式、风格还是技艺、结构还是语言、思潮还是作品，它们又在什么样的结合部或契合点上与中国传统文学的相关因素进行嫁接或组合而建构中国现代文学。这种横向的或纵横交合的深层研究并不是每个文学史研究者都注意到，对于这方面"史料"的汇编和出版更是罕见。虽然我们也能接触到一些探究中国现代文学与外国文学关系的史料集，但大多是遵照"正统"的文学史观念汇编的，而且反复地重复，新开掘的"史料"较少。就拿影响中国现代文学建构的既深且广的外国文学思潮的史料来说，主要集中在现实主义、浪漫主义理论资料的搜集和出版上，而现代主义文学思潮虽然成为近年来文学研究的热点，但史料的汇编和出版却很少见到；特别是非理性主义文学思潮如存在主义、表现主义、生命哲学、精神分析主义等对"五四"以来新文学的影响是相当深广的，且引起研究者的极大兴趣，但对史料的求索与出版却显得冷淡，这不利于现代文学史的加深加宽研究。以收敛型思维从横向对现代文学史料的汇集不只是在中外文学关系比较研究上显得薄弱，就是对文学运动形态、文学创作形态的史料搜集也应于空间上扩大，多维面上展开，不要满足于已汇集出版的史料。勃兰兑斯关于文学史的精辟见解，对于我们从广阔的空间层次注目于史料汇集颇有启迪性。他说："一本书，如果单纯从美学的观点看，只看作是一件艺术品，那么它就是一个独自存在的完备的整体，和周围的世界没有任何联系。但是如果从历史的观点看，尽管一本书是一件完美、完整的艺术品，它却只是从无边无际的一张网上剪下来的一小块。"[1]这表明一部文学作品一旦纳入文学史的视野和框架，它就进入了无边无际的网状结构，既有空间位置也有时间位置更有时空交叉的位置，因而要真正考察清楚这部文学作品的地位和价值就不能仅仅局限于作品本身——当然从美学的角度只是考察它的主导思想和艺术特征其本身是足以说明的，然而将其置于文学史这张大网中探究它的位置并非作品本身所能证明的，必须摸准这部文学作品与整个文学史网状结构其他构成因素或部件的直接间接的相关联系，这样才有可能为这部作品定好方位及其史学和美学

① 《十九世纪文学主流》第1分册《流亡文学》"引言"，第2页。

价值。既然一部文学作品纳入文学史网状结构有如此错综复杂的联系，那么我们对其相关的史料搜求则应该是多层次多维度的，史料的信息源开掘得越广越深就越能对这部文学作品作出全面的正确的判断，就越能触摸到它在这张文学大网中与方方面面的真实联系。难怪历代文学史家为了给《红楼梦》这部古典名著作出全方位的评估，环绕着中国古代文学史的网状结构由表及里由内到外地搜集并考辨出那么多史料，现在还在空间层次上展开既深且细的搜索，并依据史料的新发现不断地引出新结论；对古典名著的史料尚且如此重视，对现代文学史这张网上出现的名著如《阿 Q 正传》、《围城》等也在史料的搜求上做了大量工作，但比较而言从文学史的角度对现代文学其他有影响作品的史料搜集汇编下的工夫却欠深欠细，这不能不妨碍现代文学史研究的深化和拓展。

不论从纵向或横向上展开的或隐或显或深或浅的文学史料搜集，都是研究文学史的坚实而广博的基础工作，其目的是运用收敛思维的功能从丰富多彩的信息源中选取建构网状文学史结构的有用的材料或可靠的因素，因而对搜集的文学史料进行考辨整理就显得非常重要，否则文学史的网状结构就变成了无根无柱无基的空中楼阁。中外文学史家或文艺理论家无不强调考辨整理史料的必要性。梁启超在《中国近三百年学术史》中对清代学者的史料考辨整理方法作了这样的归结，即“从著录传授上检查”，“从本书所载事迹、制度或所引书上检查”，“从文体及文句上检查”，“从思想渊源上检查”，“从作伪家所凭借的原料上检查”等；并强调说：“无论做哪门学问，总须以别伪求真为基本工作。因为所凭借的资料若属虚伪，则研究出来的结果当然也随而虚伪，研究工作便白费了。”[1]莎士比亚的剧作真伪考辨曾在世界文学史的研究中引起争论，韦勒克、沃伦在《文学理论》一书里作了这样记载：莎士比亚“自从威廉·施勒格尔以惊人的自信断言所有被列为伪作的莎剧都是莎翁亲手所写的之后，一时之间，这个有关一些莎剧真伪的论争，似乎以不存在伪作宣告解决”；但后来罗伯逊却提出了“莎士比亚解体论”，认为莎士比亚只执笔写过最著名的几个戏中的少数几场，甚至《裘利斯·凯撒》和《威尼斯商人》也是拼凑格林、马娄、皮尔、基德和其他几个当时剧作家的片断而成篇的。韦勒克和沃伦并不同意罗伯逊的“极不可靠和吹毛求疵”的看法，认为“罗伯逊的方法主要是在琐细的用词特点上、在各剧中不一致的地方和类似的地方找证据”，当然作出了错误的判断，只有从方法

① 《梁启超论清学史二种》，第 382～387 页，复旦大学出版社 1985 年版。

论上通过文体学的耐心认真的考证才有助于问题的解决[①]。经过争辩，莎剧的真伪并没有完全澄清，《剑桥英国文学史》以整章的篇幅记录了尚“未确定但算作莎士比亚作品的戏剧”。这一切表明以收敛思维对史料真伪的考辨和梳理需要一种严肃的态度和科学的方法，这对文学史的研究不是可有可无而是必须切实抓好的关键环节之一，稍有疏漏马虎就要影响文学史研究的整体质量，甚至会闹出流传百世的笑话，贻害一代代青年学子。“五四”一代文学史研究者胡适、郑振铎、鲁迅等极为重视史料考辨整理工作，为学术研究作出的独特贡献和提供的考证方法是值得我们认真对待的；尤其目前致力于文学史研究的中青年学者，在不太重视史料考辨的情况下反思近现代文学研究的学术传统，是大有益处的。在我看来，现代文学史料的考证辨伪从某种意义说比古代文学史料显得更重要更迫切，这是因为：其一，现代作家经过的政治风浪比哪代作家都多，而且险象丛生，出于某种政治需要或不正常的心态，往往对自己的作品、言论甚至生平道路改了又改，就连发表文章的名字也是经常变化的，这就增加了史料考证辨伪的难度；其二，中国现代文学的演变处在一个特殊的时代，特别三四十年代的极其艰苦的战争环境为文学作品或报纸杂志的出版带来意想不到的困难，所存留下的书籍报刊其纸张印刷十分粗劣，字迹模糊不清，错漏百出不穷，对于这些史料的考证辨伪相当紧要；其三，由于现代文学史的研究长期纳入既定的政治框架，对史料的搜集取舍也是以“政治标准第一”，这不仅歪曲篡改了一部分原始资料，而且也芟除或遗忘了一部分文学史料，甚至将一些文学作品或史料记载付之以炬或扫进“历史的垃圾堆”，这为史料的考辨整理带来相当大的困难；其四，“文革”后在思想解放运动激励下不少现代文学老前辈写了大量回忆性的材料，或者自己或者亲朋好友撰写了相当可观的各式各样的传记，这虽然活跃了现代文学研究，充实了现代文学资料宝库，但也增加了“史料”考证辨伪的艰巨性，作为一个现代文学史研究者对这些回忆、传记所提供的大量史料既可以全信又可以半信也可以不信，究竟有多大的真实性和可靠性只有通过研究者的考辨才能作出判断，而这些回忆或传记大多出自作家本人或亲朋之手又如何进行考证呢？有些史料只能说是出之有因查无实据了；其五，即使已汇编出版的“史料选集”也是编者根据自己的编选标准和价值眼光汇集而成，无疑存在着不可避免的局限性或误漏之处，如果我们研究文学史不盲从这些史料

① 《文学理论》，第 61 ~ 62 页，三联书店 1984 年版。

集，那就也有个考证辨伪的问题。有位近现代文学史研究颇有成就的青年学者写道："你只是依据人家的考证、依据人家编的'资料选集'来花样翻新，有很大的局限性。比如这两年发表了好些颇有新意的评价晚清小说的论文，所用以论证小说观念发展变化的材料都是来自阿英编的《晚清文学丛钞·小说戏曲研究卷》。而阿英编的资料集明显受制于其'反映论'的文学史观，好多很能说明问题另一侧面的材料都弃而不取。这就使得这些表面新奇精彩的论文漏洞百出——研究者的推演过程没错，问题出在据以推演的原始资料上。我想，做一般性的了解、评述，可以借用前人的考证成果和资料辑注；可若做专门性的深入研究，非作一点考证工作不可，要不难保不上当。尤其是中国小说史上尚未探明的黑洞实在太多了，考证工作大有可为。"①其六，已出版的各种体例的中国现代文学通史或专题史或断代史（包括我主编或参编的），据以论证的史料或引用的资料，有不少是转引的，甚至反复地转引，并不是出自原始资料，要是转引的史料原本正确无误那还不会出现大的错漏，若是转引的资料一开始就来路不明或疑点颇多那便会以讹传讹，谬种流传，只要我们有耐心对现在流行的文学史著作的引文照着原著仔细校勘一下就会发现不少错漏，甚至越是那些为众家反复引用的史料越是能考辨出一些惊人的错漏。以上之所以不厌其烦地陈述理由并非我有什么"考辨癖"，而是从我们研究文学史的经验教训中进一步说明，以收敛型思维对史料进行考证辨伪是深化现代文学史研究的扎实过硬的功夫，有志于文学史研究者必须练好功。

但我也不认为"史料"的考辨能达到绝对的准确无误，也不相信收敛思维在史料考证上具有精确无失的奇妙功效，更不同意从一本文学史中剔出一点史料的误漏就据此断定该文学史的价值不高或著者的功夫不到家。试问鲁迅的《中国小说史略》不少评论者发现其在史料考证方面的失误，我们能据此判定鲁迅在史料考证上缺乏深厚的功夫吗？能据此断定《中国小说史略》的学术价值不高吗？我承认文学史料的考辨对文学史研究的重要性，但不能将其强调到不适当的程度，也不能把史料的考辨与确立文学史意识、建构文学史框架放在同一位置上。史料的精审考辨在文学研究过程中固然是不可缺少不可逾越的基础一环，不过从众多的丰富的史料中发现问题、引出"史识"并从而进行思维的超越更重要，它是以收敛性思维收集文学史料、考辨精审史料的最高目的，也是收

① 陈平原：《小说史：理论与实践》，第127页，北京大学出版社1993年版。

敛思维在文学史研究过程中最光辉的闪烁，它把思维结果集聚在一个焦点上。卡西尔曾说："在我们对一个给定对象的科学描述中，我们是以大量的观察资料开始，这些观察资料初看起来只是各种孤立事实的松散聚集而已。但是我们越是继续进行下去，这些个别的现象也就越是趋向于呈现出一种明确的形态并成为一个系统的整体。"①可视为这是对收敛性思维过程及其优势的具体陈述，从中可以看出科学地收集、考辨、精审资料的终极目的所在。文学史的研究也是如此，作为原始资料只是历史的一种凝冻形态，它所蕴含的信息量并未开掘出来，唯有将这些史料纳入文学史主体的研究视野，通过收敛性思维的处理，它的生命才能复活，其信息量方能流动起来，并从中发现众多史料内潜的有序性、过程性、联系性和矛盾性，然后以辐集思维的特殊功能将它们聚集在一个焦点上，便有可能获得一种整体的史学观念，成为网状文学史结构的强有力的支柱。若是不善于从庞杂的文学史料的搜求汇集考辨中发现问题，引出结论性的看法，只是将文学史料按照某种时空顺序排列组合起来，既不以收敛思维考辨史料的可靠性和相关性又不发掘其联系性和互证性，这不过是证明其是一个史料的原始整理者而不是一个文学史研究者。文学史料固然是"史识"形成的客观根据，然而并非任何史料都能引出正确的史识来，只有那些典型性的关键性的史料才能提供史识的可靠根据，所以收敛思维集聚文学史料不能采取自然主义态度而陷于资料丛林中不能自拔，必须以科学的态度对待史料，重视思维的超越机制，注意史料在一定的组合方式或一定的结构中所显出的功能。如果你能从史料的纵向组合中发现它的时间形态，那么从史料的横向组合中便会发现它的空间形态，而从史料纵横交错的组合中也许会发现它的整体。总之，对文学史料的处理在运用收敛思维功能时应该采取灵活的策略，否则会给文学史研究带来一些难以弥补的遗漏。记得鲁迅读了郑振铎著《插图本中国文学史》后写信给台静农道："郑君所作《中国文学史》，顷已在上海预约出版，我曾于《小说月报》上见其关于小说者数章，诚哉滔滔不已，然此乃文学史资料长编，非'史'也。但倘有具史识者，资以为史，亦可用耳。"②作为对整个《插图本中国文学史》的评价有片面苛求之嫌，但对"史料"与"史识"在文学史结构中关系的认识却是极为精到深刻的，它启示我们以收敛思维把众多史料纳入文学史框架必须从中引出史识来，达到思维的超越，不然文学史只有"史"没有"识"，则成了"资料"长编。

① [德]恩斯特·卡西尔：《人论》，第183页，上海译文出版社1985年版。

② 《鲁迅全集》第12卷，第102页，人民文学出版社1981年版。

收敛型思维的选择焦点

在研究文学史的整个思维过程中，以收敛思维的固有功能搜求、考证和精审文学史料这只是做了坚实的基础工作；而收敛思维并没有完成其研究任务，随着文学史探求的深入和在新的层面上展开，收敛思维的独特威力可以得到进一步显示，而且潜隐的辐集思维的种种表现形式也会浮现出来，使我们不仅感受到收敛思维的作用，而且也能在一定程度上摸清这种思维的某些运作规律，并对其作出比较清晰的描述。

文学史研究实践反复表明，选择式的收敛思维在发散性思维开辟的思维空间施展着特殊功能。收敛思维的最根本特征是它的收敛性或集中性，但是它并不是毫无中心或目的地把无边无际的所有思维火花都收敛起来，而是环绕某个中心或焦点有选择地加以集中。这种选择式的收敛思维形式最重要的是从散发出来的思维火花选准一个最佳的聚焦点，然后把辐集思维捕捉到的火花燃烧成熊熊大火。如果研究主体能积极主动地让自己的思维围绕聚焦点作圆周运动，从不同的角度不同的层面收敛思维火花，那就有可能全方位地把握研究对象的实质。可见收敛思维所要求的收敛性或集中性首先就体现在对最佳圆心的选择与聚焦范围的尽量集中。当丰富多彩的文学史实或眼花缭乱的文学现象通过不同的途径进入主体思维空间时，一开始是无序的不是有序的，是模糊的不是清晰的，是浮面的不是沉潜的，是分散的不是凝聚的，是游移的不是固定的，经过各种思维方式的相互作用，文学史实或文学现象逐步转化为思维现实，其中收敛思维以特有的功能驱使无序的、模糊的、浮面的、分散的、游移的思维花絮朝着有序的、清晰的、沉潜的、凝聚的、固定的思维路向滚动，最后汇集到一个中心点，凝成合乎思维逻辑的文学史观念。运用收敛性思维深化对文学史的研究，难度最大的关键所在是选择聚焦点，而这个聚焦点则必须具有强大的吸引力和凝聚力，它既能把飘散游荡在思维空间的思维花絮吸引过来，又能深层地穿连思维花絮的本质联系，并闪烁出灿烂耀目的异彩。五四文学是现代文学史的发轫期，由于五四文学精神极其深邃复杂，致使研究者对它的思考和认识分歧较大。从思维学的角度来说，研究者选择不同的聚焦点，对五四文学精神就有不同把握，也就是说你选择的聚焦点无疑体现了你对五四文学精神核心的认识，那你就要环绕这个核心把所有的分散的且与这个核心相关的思维花絮都收敛起来。五四文学精神因研究主体思维对聚焦点选择的差异而众说纷纭，这足以证明选择最佳聚焦点则成为深化五四文学研究的重要一环。究竟何为最佳聚焦点，也许从比较映照中看得最清楚。常见的选择有这样几种：一是把彻底地不妥协地反帝反封建的战斗精神作为五四文学精神的聚焦点。这是从政治角度透视五四文学内涵所作出的选择，突出地强调了五四文学的政治思想性质，这种见解较长时间主宰着五四文学乃至现代文学的研究。选择这种见解作为五四文学聚焦点并不是最佳的选择，五四文学内涵深邃而复杂并非单一的政治层面所能概括，即使从反帝反封建两个侧面来理解五四文学精神由于反帝主题不明显也使这种理解难免片面，况且这种理解有意无意地割裂了五四文学内容与形式辩证统一的完整体系，只是抽出了它的政治思想功能。二是把"启蒙与救亡双重变奏"作为五四文学精神的聚焦点。其实这仍是"反帝反封建"的另一种说法，并没有多大的突破，如果说前一种见解是着重从政治角度思考归纳的，那么"变奏说"则是从政治革命和文化运动相互关系的角度来理解概括的，显得稍微完整一些，政治色彩不那么强烈了。三是把现实主义与浪漫主义作为五四文学精神的核心。以此作为聚焦点也不是最佳选择，因为五四文学是个复杂丰富、有层次感的精神系统，只是从创作原则或创作方法的角度来审视难以全面正确地把握五四文学精神，即使从创作方法角度来理解五四文学精神也不能忽略"现代主义"精神。还有选取"人道主义精神"、"个性主义精神"、"自由开放精神"、"反传统精神"、"白话文学精神"、"文体大解放精神"等作为五四文学精神的聚焦点，我们不能说这些选择毫无根据，只能说这些选择都带有一定的片面性，或者说这些聚焦点不可能把五四文学精神的思维火花都集中起来。在我看来，把"人的自觉"和"文的自觉"作为五四文学精神的聚焦点堪称最佳选择。所谓"人的自觉"就是通过"五四"思想启蒙运动，人发现了自己的真面目，从封建道德中和迷信崇拜中认识了自己的独立地位和自我价值，确证了人是人，既不是奴隶也不是仆从，而是一个有尊严感独立感的活生生的人。这种人的觉醒是多层次的，不只是停留于伦理层次、政治层次，甚至达到了潜意识层次，反映在理性观念形态上便是"人的自觉"。五四文学先驱是最先觉醒者，代表着人的觉醒所达到的时代高度，并且自觉地以各种文学形式对人的觉醒意识加以生动形象地表现和描述，这就意味着文学创作具有了"人的自觉"。所谓"文的自觉"就是明确地意识到文学本身不是附庸不是工具，文学就是文学，有其自身的独立系统、功能价值和演变规律，特别是通过文学革命新文学主体更认识到旧的文学形式、语符系统和创作技艺不经过变革很难有效地表现“人的意识觉醒”及其所达到的自觉高度,只有实行“文体大解放”并从而建立新的文学体制和语符系统才能适应“人的自觉”对文学的期待和需求。不论是“人的自觉”或“文的自觉”都是建立在人的主体意识的觉醒上,也是五四文学本体的两个重要羽翼,没有“人的觉醒”就没有“文的觉醒”,没有“文的觉醒”五四时期“人的觉醒”也不可能达到那样的深广度。因此唯有从人本与文本的结合上进行考察和选择,才能抓住五四文学精神的最佳聚焦点。选准了“人的自觉”和“文的自觉”这个思维聚焦点,然后可以从文学理论形态、文学创作形态和文学运动形态这三个相关的侧面,来捕捉闪显着“人的自觉”和“文的自觉”的思维火花,有选择地把它们收拢起来,使来自不同角度的思维光束映照在“人的自觉”和“文的自觉”这个中心焦点上,熔铸成鲜明而坚牢的文学史观念,既经得住史实的检验也经得住时间的考验。这是选择式收敛思维的主要功能。

它的另外一个值得提及的功能,就是根据已有知识的思维信息,通过收敛、选择再收敛再选择,最后在全面衡量、反复比照中选择出一种最佳方案,或者找到一条达到目标的最好的思路。这种选择式的收敛思维在文学史研究中可以得到普遍运用,然而要用得成功,收到意想不到的研究效果也是不容易的。从总体来研究现代文学的贯穿线索,已获取的主体思维信息大致有:一是以反帝反封建主题作为30年现代文学的思想线索,或者以民族的大众的反帝反封建作为主线,这都是以《新民主主义论》为据;一是以现实主义战斗精神作为现代文学的主潮,这是从文学思潮与创作方法的结合上所作的思考;一是以改造国民性重铸民族灵魂作为新文学的主导的内在的线索,这是从文化批判意识和民族自省意识角度所作的沉思;一是以中外文化的交汇撞击作为现代文学的发展线索,这是从宏阔的文化背景来理解现代文学的流变线索;一是以人道主义作为现代文学的贯穿灵魂,这是从人性、人本的角度来考察现代文学的深层线索;一是以人的解放、阶级解放和民族解放三大主题相互变奏作为现代文学的主要思想线索,这是从文学与人争取全面解放所作的深刻思考;一是以文体解放、文体创造作为现代文学流变线索,这显然是从文学体式的角度来理解新文学的基本线索;一是以现代化民族化双向同构的运动规律作为现代文学的贯穿线索,这是对新文学本体作了全方位的考察所引出的见解,等等,不一而足。面对着来自不同信息源的思维结果,文学史研究主体究竟选取哪种结论才是最佳方案,也许仁者见仁智者见智,强求统一或者强求趋同都不利于有个性学术研究的开展；然而收敛思维总是要通过比照衡量，选取一个相对符合现代文学史发展本来踪迹的贯穿思路，既不能毫无选取地把所有的思维结论都收拢起来合而为一，也不能不分优劣地从一切思维结果中任选一种就定为最佳思维方案。在我看来，选取“现代化民族化并行不悖”作为贯穿现代文学的根本线索是一种最佳选择，它可以避免其他多种思维结论的一般化、片面化的倾向，以其独特性新颖性的思维路向来聚敛现代文学的多角度多层面的基本特征，从而获得对现代文学本质面貌的完整认识和总体把握。遵循现代化民族化并举的思想线索，既可以从文学理论形态、文学创作形态和文学运动形态这三大形态相辅相成的密不可分的关系及其演变过程中，辐集其现代化民族化程度及其特征的可视可触可感可知的丰富多彩的隐显相间的各种信息；也可以从新文学的创造主体、对象主体和读者主体这三维度的辩证关系中聚敛其在现代化民族化双向同构运动中所放射出的新信息新特点新轨迹；又可以从显层隐层来窥视并收拢现代文学沿着现代化民族化方向律动的迹象和线索。这种能够达到左右逢源、触类旁通的“现代化民族化并举”的思维路向应该说是研究中国现代文学的总体特征或贯穿线索的收敛思维所选择的最佳方案。收敛型思维不仅对文学史的总体特征或基本线索研究有助于主体在运思过程中选取最佳的思维路线，而且对文学流派或文学作品研究也有利于主体从文学史的角度选取较好的思维方案。文学流派在整个文学史研究中具有一种特殊地位，从某种意义上说它是一种天然的艺术桥梁，一端从不同的侧面映显着文学史的整体面貌，另一端维系着不同风格的作家作品。若是把整体文学视为“面”，具体作家作品视为“点”，那文学流派则是在“面”与“点”之间所形成的“块状”结构，所以从文学史的角度对各种文学流派进行研究，把它们纳入研究主体的思维框架和史学视野，定然有助于我们对文学史整体特征的理解和把握。仅就对现代文学史上的文学流派的研究而言，发散型思维拓展了极为深广的思维路向，引出了形形色色的思维判断，目前急需运用收敛型思维选择新的突破口，将文学流派研究从史的角度引向深入。众所周知，现代文学史的文学流派别于古代文学流派的重要标志之一，是其在中外文学思潮的交汇点上生成的，既是对传统的继承又是对域外的借鉴，然而又是在“结合部”上化合成新的文学流派，因此选准它的中外文学“结合部”也可能是从文学史上深化流派研究的一个突破点。例如文学研究会作为一个典型的文学流派在现代文学史上有着举足轻重的地位，它无疑是中外文学思潮冲突融会的审美群体结构，到底何为这个文学流派的中外文学“结合部”？

对此研究者的思维结论并不一致,或认为"写实主义"是其结合点或认为"人道主义"是其契合点或认为"为人生"是其结合部,应该说这些选择都显示了收敛思维的力度,但我同意后者的选择,"为人生"是中外文学思潮的最佳的"结合部",也是收敛思维选取的突破文学研究会主体研究思维定势的最有效的思路。从这一结合部或思维聚焦点出发,既可以把文研会创作群在为人生的结合部汲取中外文化营养形成的美学意识集中起来,又可以从他们的文学创作中将中外文学在为人生的契合点上转化成的审美特征聚敛起来,这样就可以抓住为人生这个聚焦点从文化学、心理学、社会学、美学、人类学、文体学、符号学和史学等多种思维角度来深入探究文研会之所以形成"为人生派"的中外文化渊源及其独具的美学特征。可见运用收敛思维选准突破点,对于文学流派研究可以收到以小见大或以少胜多的思维效果。对现代文学史上那些有一定代表性文学作品的研究也应该如此。时至今日欲对这些作品从史学的高度开掘出新的思想内涵和美学意蕴,必须以收敛型思维从已获得的相当丰盈的研究信息中通过筛选、集中,发现并选取最佳的方案或思路,这样才能有较大的突破,使现代文学作品的研究出现新的高度和深度。

收敛型思维的合围优势

文学史研究中运用的选择式收敛思维称之为合围式收敛思维更为恰切,至少选择式收敛思维具有合围式的基本特征,它所显示的思维功能非"选择式"所能取代,有其独特的优势,所以可把合围式思维方式作为收敛思维的另一种形式来看待。所谓合围式收敛思维如作战一样从四面八方集结优势兵力对敌军进行合围包剿;也就是说确定好研究对象或者选定好"史识",全方位多角度地进行透视和论证,形成一个合围打点之势。这种合围式收敛思维在前苏联广泛运用于跨学科协作的文学批评研究中,就是所谓的文学综合研究。他们曾于1963年召开"艺术创作综合研究"讨论会,数学家、哲学家、心理学家、美学家和控制论专家聚集在一起,经过讨论取得了共识:只有从单学科研究过渡到超学科的综合研究,才能导致文学艺术研究的新突破。不过他们所强调的综合研究仅是对文学大面积地打包围战而没有选准更小的攻击点或突破口,要是既能大面积围剿又能定点突击那会取得更辉煌的成果。为了改变各自为阵孤立研究的局面,巴利舍里在1975年国际比较文学研讨会上提出了"科际整合研究法"

和“多学科研究法”两个合围式收敛思维概念。上述都是指开展群体性的文学研究活动,从各个不同学科调集力量来围攻;不过这种群体性的文学研究协作与我们组织集体力量来编著文学史或几个院校协编文学史大相径庭,因为我们编著文学史是同学科的专家遵循相同或相似的思维框架进行研究,称不上以合围式收敛思维所展开的多学科的文学综合研究。本文所关注的是研究个体如何运用合围式收敛思维对文学史进行综合研究的经验和方法。鲍列夫和斯塔菲茨卡娅在《社会学、理论和文学批评方法学》中对以收敛思维进行具体的综合研究作了详细的阐述,他们把文学研究思维过程分为相互联系的四个阶段:一是“预备”阶段,也就是根据研究对象选择大的出发点或切入点(如历史主义)。二是“接近”阶段,就是在研究对象允许的条件下尽量多地采用各种具体的研究方法与作品接触,不要在具体研究方法上只定于一尊。具体研究方法大致分为四类:第一类是以现实为解释基础的方法,包括社会学方法和认识论方法,前者着眼于文学与社会的关系,后者以生活真实来验证艺术真实;第二类是以文化为解释基础的方法,历史文化学派着眼于在一种文化背景下产生的共同的文化精神和气质,历史比较学派运用的研究方法与比较文学相似;第三类是以作家本人和作品本身为解释基础的方法,它包括所谓继承论方法、自传性方法和创作继承方法;第四类是功能性研究方法,它的要义在于最大限度地恢复文学作品的全部表现力,因而对作品本体予以相当重视。上述四类研究方法可以相互渗透、相互补充。三是“渗入”阶段,就是采取所谓结构主义操作手段,在精细阅读的基础上对作品的风格、修辞、语言等构成因素进行微观分析,深入研究对象内部以发现其多方面的作用以及构成的多种联系。四是“完成”阶段,就是对研究对象作整体考察,通过综合获得对研究对象的整体认识①。在我国文学研究界,合围式收敛思维也得到普遍运用,其中用得较为成功并取得可观的研究成果的并不多见。人们常提起的林兴宅的《论阿 Q 性格系统》算是成功的一例,他是运用收敛思维从四面八方对研究对象阿 Q 进行合围,最后得出一个综合性的论断。他的专著《艺术魅力的探寻》也是运用合围式收敛思维所进行的出色的具体综合研究,就是全方位地去考察研究对象,“多侧面、多角度,调动各种经验和知识去理解、认识作品的内容”。他把这种合围式收敛思维称之为“圆识”思维方式。在现代文学史研究中,越来越多的研究者舍弃那种单一的视角或直线

① 参见傅修延、黄颇:《文学批评思维学》,第 138 ~ 140 页,文化艺术出版社 1989 年版。

因果思维，而以多视角多层次多维度对研究对象进行全景式的审视或全方位的探索，使研究逼近真实感、历史感、整体感和深度感。如果运用合围式收敛思维来研究文学史上的一个作家，一方面要对已研究的信息进行收拢、筛选、提炼，取其中肯而又独到的见解，一面研究主体应对作家重新体验重新认识重新发现，然后把两方面的见解或发现加以综合，对作家在文学史上的地位和独特贡献作出一个科学判断；一经认定这个科学判断如同一个思维的聚焦点，那研究主体就要选择与作家相吻合的多种研究方法如社会学、文化学、心理学、思维学、人性论等，对作家进行多维视角多层面的透视和剖析，开掘作家全部艺术创造性和生命活力，把作家写“活”不要写“死”，生动而深刻地揭示出文学史就是作家们的艺术生命史；但这些不同思维角度的光束都要映照在对作家所作出的“科学判断”上。这种合围式收敛思维的作家研究就打破了惯用的简单的“定性”式的作家研究思维模式，有助于作家的本来面貌在文学史上的恢复和重现。有相当多的中国现代文学史上的作家在那种不正常的政治气候下，先以机械阶级论定性，或为无产阶级或为资产阶级或为小资产阶级等，再围绕所谓阶级定性让研究主体从不同侧面来收拢那些足以印证其阶级本性的思维辐条，致使其生平事迹、文学活动或各类创作都染上了阶级色彩。这从表征上看似乎也是一种合围式收敛思维，实质上主体思维受到“左”倾思潮的严重钳制，成了一种扭曲了的思维形式；当文学史研究者摆脱了思想枷锁后虽然对作家的研究不再是以阶级论定性了，可目前见到一些现代文学史论仍给作家定政治性质如“左翼作家”、“民主主义作家”、“自由主义作家”、“革命作家”、“反动作家”等，你也不敢说这些作家在某一历史阶段或某一侧面不具有一定的政治性质，不过这还是另一种方式的阶级定性，即使研究主体绕着这个定性以合围式收敛思维把握住了作家也不可能获得全方位的整体认识，可见唯有彻底解放学术思想，合围式收敛思维对于文学史作家的研究才能取得突破性的成果。若是以合围式收敛思维来研究文学史上的文学社团流派或某些具有典型意义的文学现象，那也会呈现出新的研究局面。文学史上或一审美群体、文学现象的形成，既与社会生活中特定的政治集团或阶级阶层、特定的历史文化背景以及各种社会心态或审美心理取向密切相关，又超越了这种政治集团、阶级阶层和各种文化心理的要求而存在，它的涵盖性和兼容性已冲破了阶级的、时代的、国家的、政治的、文化的界限，囊括了极其复杂的内容，但它又是个审美群体或一种文学现象，一切政治的经济的要求、阶级阶层意志以及其他非艺术因素都不能直接进入文学流派肌体或构成文学现象，只有把它们转化为艺术情愫才能容身于审美群体或文学天地，因而不论文学社团流派或者典型的文学现象又都是具有自身审美属性的独立艺术王国。这种多种因素构成的文学形态或文学现象，在很大程度上决定了研究主体的思维路向，若掌握了文学流派或文学现象已研究的大量信息而主体又对这些研究对象有了新的理解和认知，那就可以选取一个最佳聚焦点即理论命题，运用合围式收敛思维从不同的视角、不同维度、不同层面上进行围攻，以获得对文学流派或文学现象的来龙去脉和独特审美属性以及生成机制有个综合把握和整体认识。要是以合围式思维来研究整个"中国现代文学史"，那也能够使研究主体获得新的学术视野和史学眼光，开拓文学史研究的新思路。可以这样说，从已知的史料信息和学术信息中选择什么样思维方案或研究角度或研究方法，往往就能写出什么形态的文学史。假设我们选定"现代文学史就是现代中国人创造的文学史"这样的中心命题并把它作为收敛思维的聚焦点，那我们就可以从文学创造主体、对象主体和接受主体这三维向度，调动多学科的思维方式对其进行全方位的辐集思维的合围，把现代文学研究提到"科际整合研究"的思维高度。

库恩认为，以高度收敛思维活动为功能特征的常规"科学研究只有牢固地扎根于当代科学传统之中，才能打破旧传统，建立新传统"，因而"一个成功的科学家必然同时显示维持传统和反对偶像崇拜这两方面的性格"①。从思维学的角度来看，"维护传统"是收敛思维的功能之一，"反对偶像崇拜"则是发散思维的使命之一，杰出的科学研究者必须具备这两种思维型式；并由此使我们晓知收敛型思维具有维持的功能，其实这与其从已知信息引出结论的基本思维方式息息相通，因为已知信息源就蕴含着各式各样的传统。我们不妨称这种思维形式为维持式的收敛思维，它不仅普遍应用于常规的科学研究，而且也广泛运用于文学史研究，使越来越多的研究者认识到没有对传统的合理维持和深刻了解就不可能突破传统和创造新传统。关于维持式收敛思维在中国现代文学史研究中的特殊意义和作用，是否可以从两个视角来认识和考察。一是坚持维持式收敛思维，就应该重视也必然重视现代文学与传统关系的研究，认定现代文学并没有割断传统而是对传统有所承继有所超越且建立起新传统，即使五四时期那一代为现代文学奠基的文化先驱也是在"反传统"大旗的庇护下有意无意地

① 《必要的张力》，第225页。

运用了维持式收敛思维来对待传统文学的选择与重构，甚至那些“反传统”口号叫得最响者恰恰是传统文化的维护者，“整理国故”或“重新估定”等命题无不或隐或显地透视出坚持传统改造传统重建传统的取向。其实，从某种意义说世上任何“传统”都不是一成不变的客观存在，人可以创造它也可以破坏它，人可以解释它也可以否认它，人可以重估它也可以重建它。“五四”先驱尽管三番五次地不厌其烦地讲述彻底反传统的神话，然而他们并没忘记更严肃更深沉地对待传统文学的选择与重构。郑振铎在《新文学的建设与国故之新研究》中明确提出要“重新估定或发现中国文学的价值”，并以维持式收敛思维和新的文学观念对传统长篇小说进行了重估并重新选择传统，他指出：“《水浒传》、《西游记》、《镜花缘》、《红楼梦》诸书，也是被所谓正统派的文人所不齿的，而他们的价值，也远在无聊的经解及子部杂家小说家及史部各书以上。”这在很大程度上反映了“五四”一代文学家对待“传统”的态度，他们并没有对传统文学进行绝对的否定或绝对的肯定。美国文论家阿布拉姆斯曾表述一个深刻见解：“文学史显示了一个反复重复的过程，在该过程中，具有创新精神的作家，如多恩、华滋华斯、乔伊斯或者贝克特，同他们时代占统治地位的成规决裂，创作出具有独创性的作品，而让其他作家模仿他们的创新，由此把新颖的文学形式变成新的一套文学成规。”①他至少揭示出这样一条规律，即任何创作格局哪怕是最富有创新意义的体制，其发展趋向总是走向对自己的否定，结果自己本身也成了传统，文学创新离不开已有的传统，创新的文学亦会成为文学再创新的传统，文学史就是这样一个“反复重复的过程”。我们不能把五四文学的现代化与民族文学传统对立起来，更不能错误地认为文学现代化是以彻底反传统为前提的。马克思曾说过：“每个前一时期的任何成就，被后一时期所接受，都是被曲解了的旧东西。例如，毫无疑问，路易十四时期的法国剧作家从理论上构想的那种三一律，是建立在对希腊戏剧（及解释者亚里士多德）的曲解上。但是，另一方面，同样毫无疑问，他们正是按照他们自己的艺术需要来理解希腊人的”②。真正具有艺术价值的文学传统不但不能吞噬新文学发展的生机，而且也会因为优秀传统的存在，构成文学不断拓展自身、不断实现现代化的必要条件。那种不分青红皂白一味反传统的理论只是以一种一厢情愿的情感态度来取代研究主体的维持式收敛思维在实际操作中的具体运用。捷克汉学家雅罗斯拉夫·普实克

① 《简明外国文学辞典》，第69页，湖南人民出版社1987年版。

② 《马克思、恩格斯、列宁、斯大林文艺论著选读》，第206页，江西人民出版社1983年版。

早已注重研究“五四”新文学与中国传统文学的历史联系，为我们提供了累累的研究成果和思维范式。他确实运用维持式收敛思维方式和深度思维模式来探究现代文学与传统文学的内在联系，并不是从一般的主题、题材、人物形象的演变来论述传统文学与现代文学的关系，而是从比较深层的审美情趣和形式感来理解传统文学与现代文学的联系，即传统文学适应于文人文学的那种对世界所持的主观的、往往是抒情的、有时又是理性的态度，应当和传统叙事文学中那种更适合表现现实生活各个侧面的灵活生动、适应性强的形式结合。这是新文学产生的必要前提。[1] 现代文学巨匠茅盾、老舍、郁达夫、郭沫若的文学创作显示出各自的艺术个性，但在“内在倾向”上茅盾、老舍承续了史诗传统，郁达夫、郭沫若则继承了抒情诗传统，鲁迅是在这两大传统中不断地开拓前进。近几年对于中国文学史深入研究的一个重要领域就是从不同角度开掘传统与现代的关系，在这里研究主体的维持式收敛思维发挥了特殊作用。二是坚持维持式收敛思维对现代文学史展开更加深入的研究，还必须以实事求是的态度来对待现代文学研究进程中所形成的或被众家公认的或习以为常的各种传统，既不能对这些传统矢口否定或不屑一顾，也不能对它们视若珍宝连动也不敢动。现代文学史作为一种科学研究只有扎根于已形成的研究传统中，才能真正打破那些过时的僵死的旧传统，建立新传统以开辟现代文学史研究的新天地。“中国现代文学史”既不是个老学科也不是年轻学科，经过几代学者的开拓和耕耘取得了显著的科研成果，它的成熟和健全的一个令人注目的标志是其凝成了多种传统。从大处着眼可以说它有传统的研究思路、传统的研究方法、传统的研究体例、传统的研究范式、传统的研究范畴；从小处着眼可以说它有传统的文学史观、传统的价值标准、传统的组合程序、传统的排位方式、传统的史见结论，甚至传统的表述语言。总之，有一套传统的话语体系。虽然传统并不是凝固不化的，也不是铁板一块的，但是如果不能以维持式的收敛思维处理好传统与创新的关系，那也会影响现代文学史研究的正常发展。对已有的文学史研究传统既要坚持也要突破既要认同也要超越，近十年现代文学史研究正是在坚持与突破、认同与超越相激相荡的张力场中不断创新不断发展的，从思维学的角度来总结经验教训也是挺有意思的。那些曾几何时在现代文学史研究领域高举反传统旗帜立志重构新文学史的“先锋派”，其理论勇气和学术胆识令人敬佩，但至今也未

① 《普实克中国现代文学论文集》，第108页，湖南文艺出版社1987年版。

建成一部全新的中国现代文学史，究其原因也许会找出多条，其中要紧的一条就是没有坚持维持式收敛思维对已有的史学传统给予应有的尊重和慎重的选择，反来复去既没有摆脱旧传统的羁绊又没有建构起新传统。当然也有相当多的在现代文学史研究上颇有建树的学者，对于已形成的史学传统只强调维护或者只重视遵循，不注意对传统的选择和重构，步入墨守成规的陷阱而不能自拔，满足于老调重弹，热衷于在传统的框架里翻跟斗，导致文学史研究在原地踏步，至少是前进不大，实质上这并不是在坚持收敛思维，而是把它的维持传统的功能向保守的方面发展了。值得称赞的是那些遵循收敛型思维方式既坚持已有的史学传统又不迷信传统、既敢于冲破已有传统又善于建构新传统的研究者，他们以其崭新的现代文学史研究成果呈现于学术界，昭示出文学史研究的新态势新趋向。

收敛型思维在文学史研究过程中也会遇到一些难以解决的矛盾：其一，文学史作为研究对象是极为丰富复杂的，它要求研究主体对其全方位的进攻，以密集的思维光束来照射其聚焦点，但是并非每个研究者都熟悉十八般武艺，都能掌握各种研究方法，所以很难完成对研究对象的合围任务，这个矛盾的解决只有靠研究主体通过学习，更多地掌握研究方法和更好地提高思维能力。其二，收敛思维要求在广阔的空间选准思维的聚焦点，但由于文学史研究者多方面的局限不容易选准或者造成误选、多选，解决这个矛盾主要依靠研究者学术水平的提高，别无他法。

从思维学的角度来说，收敛型思维与发散型思维在文学史研究过程中总是相辅相成的，各有其优长也各有其弱项，只有在互用互补中才能较好地完成研究任务。如果说本文着重探究了收敛型思维与文学史研究的关系及其功用，那么下文则主要论述发散型思维与文学史研究的关系及其功能。

发微之三　开放与创造:文学史研究的发散型思维

在文学史研究的整个过程中,作为主体的收敛型思维和发散型思维如同两翼在学术原野上舒展翱翔,缺少其中任何一翼,主体思维将是不健全的,至少要失去相当多的思维活力。若是只有收敛思维那运作的结果必然是光合不开,要是只有发散思维那活动的结果必然是光开不合;光合不开的主体思维无疑是保守、僵化、封闭的思维,是难以产生创造性思维力量的,光开不合的主体思维无疑是随心所欲、任意辐射、无际无涯的思维,也是难以走向创造的境地。一个杰出的文学史研究者应该兼备这两种形式的思维。实际运作中收敛思维和发散思维总是互相补充、互相制约、互相推动、互相激荡的,它们之间虽有对立相磨相擦的因素,并非完全的和谐相处,但是谁也离不开谁,可以说你中有我我中有你,相携相伴地作用于科学研究领域。正因为如此,在我考察和论述收敛型思维的功能机制和运作方式时也涉及发散型思维,也就是说是这两种形式共同造成必要的张力;但由于考究的重点是收敛型思维,故对发散型思维的功能尚未展开论述,因而有必要再作深入的探索,况且它们作为两种不同类型的思维方式毕竟是有相异之处,特别当它们将各自的特殊作用发挥到顶点而暴露出自身的弱项时其对立状态就会凸现出来,这便增加了分别考察的意义。

发散型思维的辐射机制

所谓发散型思维又称作辐射思维,它的根本思维特点在于:如果说收敛型思维是一种从不同信息源中引出一种结论的思维方式;那么发散型思维则是一种从一个信息源中导出不同结论的思维方式[1]。老子曰:"三十辐共一毂。"这是个非常形象的比喻,"一毂"可喻为同一研究对象,"三十辐"可喻为无数的思路;文学史研究的思维对象如同车毂,三十根辐条如同无数思路围绕着它,文学史研究的发散型思维的思维方向是从圆轴向四处发射,而收敛型思维的思维方向则是沿着各根辐条向轴心集中。显而易见,发散型思维的突出特征是它的发散性,结合文学史研究的思维活动现实我们会感受得更具体真切一些:当我们以史学眼光考察审视一场文学运动时可以引出各种各样的结论,当我们考察一个文学流派时可以想到它的多种美学特征,当我们阅读一部文学作品时可以作出这样那样的审美判断,总之,这都是从一个信息源导出的不同的思维路向;试想一下,在文学史研究思维中,史学家们从一部《红楼梦》里发掘出多少不同的思路,导引出多少相异的看法,真是仁者见仁智者见智,这就是发散思维的效能。

美国著名科学哲学家托马斯·S.库恩虽然重视收敛型思维在科学研究中不可替代的作用,但他对发散型思维的功能更重视。他认为,"科学中的大多数新发现和新理论并不仅仅是对现有科学知识货堆的补充。为吸收这些发现和理论,科学家必须经常调整他们以前所信赖的智力装置和操作装置,抛弃他以前的信念和实践的某些因素,找出许多其他信念和实践中的新意义以及它们之间的新关系。接受新的就必须重新估价、重新组织旧的,因而科学发现和发明本质上通常都是革命的。所以,它们确实要求思想活跃,思想开放,这是发散性思想家的特点。"[2]这对于我们理解发散型思维在文学史研究中的功效、机制等至少有三点启示:其一,发散型思维既然有利于科学结构的变革,那对于文学史结构的变革也是有益的。文学史作为一门史学科学,它属于意识形态范畴,经过代代学者的研究、规划和营造,不仅逐步形成一套共同遵守的研究方法和研究习惯,即包括文学史观念、价值标准、思辨方式、体例框架等范式,而且还形成了自成系统的人文科学结构,特别是人为的教科书型的文学史范式其结构形态更稳固。因此要更新文学史或者深化文学史研究,必须借助发散思维的攻击力和辐射力,从改变范式或结构入手。实质上这种范式或结构的变革是革命性的整体变革。就拿中国现代文学史来说,作为一种人文科学结构的确已经凝固化、程式化甚至有点教条式的僵化;改革开放以来研究者由于思想有所解放而

① 傅修延、黄颇:《文学批评思维学》,第129页。

② 《必要的张力》,第223~224页,福建人民出版社1981年版。

对这种文学史结构形态深感不满，从文学史意识、评价尺度、理论框架、史料选组、运思方式乃至表述语言等，都进行了不同程度的调整和变革，对旧有的范式或结构进行了冲击，研究主体以前所信赖的“智力装置和操作装置”作了较大的重组或变更，这就使现代文学史的科学结构由单一的程式化或僵硬化开始走向多样化，从思维学的角度来看这应该说是得力于发散型思维。其二，发散型思维的活力和强力取决于研究主体的思想解放程度和向度，如果思想解放的向度把握得越正确，思想解放的程度越高，那发散型思维就越活跃越富有创造力。新时期以来中国现代文学史之所以能够突破旧有的结构或某些范式，与研究主体敢于冲破“左”倾政治思潮和文艺思潮的长期禁锢有关；目前我们对变革后出现的中国现代文学史结构或范式仍不满意，或者认为现代文学史研究深入不下去，旧框框还是很多，这也与研究主体的思想解放程度和向度有关。我所说的研究主体的思想解放主要在两个层面上：在政治层面上彻底肃清“左”倾思潮的流毒（这对中老学者更为重要，青年学者也受到直接或间接的污染），真正将自己的思想纳入历史唯物主义和辩证唯物主义的轨道和实事求是的认识路线；然而在这个层面上的思想解放越来越艰巨越来越深微，并且还带有相当大的危险性，或者重蹈旧辙或者越出轨道，这就要求研究者既要有追求真理的勇气也要有摆脱政治风险的能力。解放思想不能头脑发热忘乎所以，也不能谨小慎微裹足不前，只要有了明确的端正的向度，思想解放的步子越快越大越应该提倡，这是关系到现代文学史研究深化的导向问题和发散型思维的总的方向问题。在学术层面上的思想解放，主要任务在于冲破学术思想的老化和僵化。固守现状、满足过去、不思更新、一味维护传统坚持旧有范式惯例、拒斥新观念新方法等心态，不少致力于新文学研究者或轻或重或明或暗地保留着，总认为自己已形成的文学史意识、研究思路、体例设计、观念材料、文字表达等都是经得住历史检验的，其真理性或高明处是不容怀疑的，甚至有的评论者把某些现代文学史书冠上“经典本”的美誉。在我看来，对以前的中国现代文学史研究成果应该有个正确估价，不论什么样的范式或结构体制都要重新评述，这是问题的一个方面，充其量不过是文学史结构变革的一个前提；然而这并不是决定现代文学史结构整体变革及其研究深化的主导方面或关键所在，主导或关键在于相当多的研究者学术思想解放程度不够，墨守成规，甚至有形无形的保守性、惰性、惯性心理也在起作用，特别是在商品意识日益占上风的情势下，文科研究遇到前所未有的新难题，文学史研究更受到冷落，这无形加重了一些学者学术思想的惰性或惯性，走老路既顺畅又痛快何必苦自己，反正文学史研究已贬值，更新学术思想已无太大意义了。这种心态对学术思想进一步解放危害性极大，当然我们也注意到一批颇有锐气的新文学史研究者，他们高喊"重写文学史"的口号，吓得那些学术思想保守者或僵化者惊恐不已，发出愤愤的斥责声，即使那些一向以稳健著称的学者也连连摇头，并不赞同这种"过激"的言行。虽然"重写文学史"的声浪一度被压下去，但不少青年学者以更深沉的史学意识和学术解放意识仍在"重写"，但愿越来越多的人加入"重写"队伍，也许会使中国现代文学史的结构发生整体性的变革。如果从反思的角度来考察"重写文学史"那场小小风波，的确有一种怀疑一切、否定一切的倾向，这不是真正意义上的学术思想解放，而且这种"出格"的解放并不符合学术发展规律的要求，这也许是"重写文学史"的口号在当时尚未被更多的人理解和接受的一个内在的自身原因。政治层次的思想解放和学术层次的思想解放，不仅能活跃和激发研究主体的发散型思维，而且也能促进与发散思维相伴并行的语言表述系统发生变革，从特定意义上说有什么样的思维模式就有什么样的语言系统，文学史话语的变革取决于主体思维的变革。过去那些程式化的现代文学史语言表述方式或者词语句式的运用大体相似，这恰好反映了文学史主体思维的趋同性；近几年发现一些在结构体制、史学观念有较大变革的文学史，可以看出研究主体学术思想的解放和发散型思维的出色运用，带来现代文学史话语的崭新变化，似乎有意识地在建构与其思维范型相适应的一套新的语言符号系统，不只是思维方式给人以新颖感，而且语言表述也令人耳目一新。其三，由于发散型思维强调在科学研究中的"新发现和新理论"的重要性和学术价值，理所当然地应该承认发散思维与发现逻辑机制是紧密联系在一起的；也就是说它们在科学研究中具有同等重要的作用，思维的发散性离不开发现机制，发现逻辑机制有助于思维的散射，而发散型思维的运作能够推动发现机制，科学研究的"新发现和新理论"既是发散思维的结果也是发现机制的体现，所以我们从对发现逻辑机制的考察中亦可以看到发散思维的特异功能和效应。发现是一切科学研究所追求的真谛，也是一切科学研究的普遍目的，不论自然科学或人文科学在重视发现机制这一点是有共同话语的。卡尔·波普尔在《科学发现的逻辑》一书中既反对归纳法又反对逻辑实证主义，提出了"理性重建"公式："问题→尝试性的解决→排除错误→新的问题。"其中"尝试性的解决"就是他所强调的科学发现的重要环节，而这种"尝试性的解决"的结论可以借助发散性思维导出或想象出若干个，但这些结论是不是科学发现则要依靠"排除错误"来选择。虽然任何发现都是以未知的经验材料为依据或以从前的理论空隙作为开端，然而发现机制又不限于此，在特殊情境下似乎主体头脑中会出现先验模式，爱因斯坦发现"相对论"就是借助逻辑推理力量和发散思维的特异功能。他曾说："在我们还未能在事物中发现形式之前，人的头脑应当独立地把形式构造出来。"①马克思也非常重视研究中的发现机制，他称发现是思想群的"增值"，马克思能够突破里嘉图等古典经济学的框架在资本增殖中发现了剩余价值规律而里嘉图却不能发现，其中一个重要原因就是"他缺少抽象力，不能在讨论商品价值时，把利润忘记"②。也可以说马克思的发散性思维在研究中得以充分发挥，所以就能发现前人所未能发现的新理论。在研究实践中常常出现一些带规律的现象，有的科学发现是知识积累和增加所导致的，有的科学发现是智力结构或思维方式的调整同化的结果。从思维学的角度来说任何科学发现无不借助于发散型思维，虽然文学史研究有其特殊性，但是发现逻辑规律和发散型思维却具有普遍意义（详见发微之一）。

发散型思维的品格威力

由发散型思维的根本特征发散性引申开去，便可发现它具有一些突出的思维品格，尽管不能说这是发散型思维所独有，但起码在它的思维运作中得到充分显现。比起收敛型思维来，发散型思维具有更大的自由空间，所以自由性可视为它的思维品格之一。研究主体进入真正的研究状态其心理空间的自由度越大越好，而自由度的大小又决定着主体发散思维的辐射程度，自由度越大发散力越大，自由度越强发散力越强，正是从这个意义说发散思维实质上是研究主体自由意志的体现。由于发散思维是无拘无束、自由自在、伸展自如、挥洒无度的，所以从一个信息源里能开启出多种多样的新颖独到的想象力和联想力，根据主体思维理性功能对研究对象的领悟、把握、认识可以显示出异乎寻常的智力，也可以想象到研究对象的全面联系和各个方面。基于研究主体自由心态的发散思维的理性功能可以触及到研究对象的第三维即深度，透过对象的二度表面去揭示其本质及隐藏着的关系和深层的涵义，开掘研究对象的带有规律性的东西，这表明发散思维的理性功能若获得自由性就能达到理性的深度。然而

---

① 《爱因斯坦文集》第1卷，第278页，三联书店1980年版。

② 《剩余价值学说史》，人民出版社1972年版。

发散思维的自由辐射力不仅仅止于此，即“关注事物的本质并不就等于关注隐藏于事物‘之后’的东西，但关注本质的东西，也就是关注一般的、普遍的和属类的东西，也就是关注现象的最一般最突出的特征，进而就抛开了现象的表面的和偶然的（无逻辑关联的）诸方面”①。发散思维的自由辐射既要涉及研究对象的一般本质及其突出特征，也要辐射其他方方面面，特别是文学史的研究因其对象的特殊性和复杂性只从一般本质进行透视和辐射还是不够的，应重视文学运动的偶然性和文学现象的错综性，这样才能发现文学史的丰富多彩的真实面貌。尤其应该提及的是，发散思维的自由性与对研究对象的兴趣性联系在一起。如果研究主体对某一对象感到厌恶憎恨，自由心态受到压抑或重创，那就会严重挫伤其发散思维的自由挥洒。在发散性思维中主体并非对研究对象漠不关心、冷眼相对，而是全神贯注于研究对象，并由对象激起研究的热情，把兴奋点集聚在研究对象身上，这样发散思维方能从信息源——研究对象迸射出自由的思维火花，展开五彩缤纷的自由遐想。这是因为“主体把对象体验为有生命的东西，在体验对象时与自己本身和自己的生命联系起来，也就是说，主体并不是以一种自我孤立的方式去思考对象，而是对思维对象抱有浓烈的兴趣；主体与自己思维对象的关系越亲密，其思维的成果就越大”②。正是研究主体对思维对象既有密切的关系又有浓厚的兴趣，不只是激活了主体发散思维的自由性，也激活了主体的发现机制，这就大大拓展了思维的自由空间。如果研究者缺乏或者没有充沛蓬勃的精力驱动着他去完成文学史研究这一艰难清苦的任务的浓烈兴趣，哪能以自由开放的发散型思维透过研究对象含混迷茫的表面深入其因果联系和相关联系中去呢？那种认为主体兴趣完全摈除才是认识真理、探究科学的观点是站不住脚的。文学本体充溢着或浓或淡的审美情趣，很难设想一个立志于文学研究者对文学缺乏或没有兴趣，他的主体思维能被激发起来。即使他的思维不乏辐射力度和自由度也不会有什么富有意义的发现和洞见。所以，研究主体发散型思维的自由辐射总是同个人对研究对象的兴趣交织在一起，这是确定无疑的，没有深究的必要；值得我们深入探讨的问题关键在于这是一种什么样的兴趣，它与真理的关系如何，它与展示文学史的演变规律、内在机制及其本来面目的关系如何，它与被研究对象的本质发现的关系如何？大凡被兴趣激活的自由洒脱的主体思维无不与研究者追求的真理密不可分，无不

① 马斯洛等：《人的潜能和价值》，第239页，华夏出版社1987年版。

② 马斯洛等：《人的潜能和价值》，第239页。

与文学研究主体考察的研究对象的本质特征、衍化规律密切相关。

与自由性相连的是开拓性,这也并非发散型思维所独具的,但与收敛型思维相比"开拓性"却应该算作是发散思维的思维品格之二。结合文学史研究实践,不难感受或发现发散型思维的目的总是在拓展文学史研究的空间,不仅向点、线、面扩展,而且也向高度、广度、深度辐射,凡是可能与研究对象有关的领域、有关的联系,它的辐条都应发射进去。在文学史研究中,常常遇到一些难点或重点,如果不借助发散思维的开拓性和进击力,那是很难攻破的,也很难获得一个满意的解决;特别有时在难点或重点面前,深感它们有一层坚硬的外壳其内在本质不易发现,最烦人的是越需要打开思路越打不开,而发散型思维在这个时候却能显示自身的神通,勇敢地承担起打开思路的任务,于是"难点"有可能得到突破,对"重点"有可能提出不少的解决思路以供选择。文学史研究需要发散思维的开拓性,文学创作也需要发散思维的开拓性,甚至比文学史研究更需要。众所周知,在中国文学史上以"潘金莲"为主题的文学作品层出不穷,如果要在创作上有新的突破就应该发挥发散型思维的开拓威力。魏明伦创作的川剧《潘金莲》获得轰动效应,从思维学这个视角来说,是他得力于发散思维的开拓性,正如他所表述的:"同样一个潘金莲,同样的遭遇,施耐庵是全用俯拍镜头,鄙视淫妇之恶,欧阳老全用仰拍镜头,抬高叛逆之美!后辈我是在俯仰之间,把人物置于光怪陆离的社会背景下,视其性格发展的不同阶段,该仰时则仰,该俯时则俯,该同情就同情,该赞扬处也赞扬,该惋惜时就惋惜,该谴责时亦谴责。"①可见他是以收敛型思维总结了前人处理"潘金莲"题材的艺术经验,主要是以发散型思维的开拓力,拓展出新的艺术构思,导致他笔下的《潘金莲》以新的艺术风貌出现在当代戏剧舞台上。虽然文学创作和文学研究都需要发散思维的开拓性,但前者的开拓限度可以更灵活更自由一些,也就是它的开放程度可以大到难以限定难以预测的地步,只要思维的自由想象力和联想力能够触及到的外宇宙和内宇宙都可以作为文学创作的范围加以辐射和拓展,因而在文学创作过程中发散思维的开拓性品格能得到淋漓尽致的显示。当然这也不是说文学创作中发散思维的自由拓展没有一丝一毫的收敛性或制约性了,实际上主体发散思维的开拓性在任何领域挥洒伸展都不是无止境的,开拓性只具有相对意义。它的开拓性不仅要受到辐射对象的限定也要受到主体本身的限制,试

① 《我做着非常"荒诞"的梦》,《新华文摘》1986年第10期。

想从事文学创作的作家既有思维解放程度的差异也有思维素质、功能的差别，这些差异就能对主体思维的发射和开拓形成制约的因素。若说文学创作中的发散思维的开拓性更大一些，那是与文学史研究相比较而言的。在文学史研究中，我们常常发现发散思维运作的两种相反的倾向，即戴着镣铐式的开拓和脱缰野马式的开拓。所谓戴着镣铐式的开拓，以比喻来说明那种在文学史研究过程中主体发散思维的辐射和拓展总是自我设置障碍，处处受阻，瞻前顾后，小心翼翼，唯恐步子迈大了走快了，这里站的是“尊神”那里坐的是“权威”，不敢超越更不敢推倒，只能在自我划定的圈子内戴着枷锁去开拓，这样的文学史研究怎能有大的突破和新的发现呢？不过这种自我封闭自我束缚的倾向正在日益克服，越来越多的研究者相信了思维不解放文学史研究难以开拓新局面的至理名言，并取得了相当可观的学术成果。脱缰野马式的开拓在文学史研究中虽然不是主要倾向却是一种值得警惕的危险信号，若不注意它会把文学史研究引向歧路。所谓脱缰野马式的开拓，是以此为喻来形容那种发散思维的漫无边际的随心所欲的毫无目的的脱离主客观允许范围的任意驰骋和开拓，或者把“文学史”完全主观化，我想象中的文学史是什么样它就应该是什么样，有什么样的主体构想就有什么样的文学史；或者甩开文学史研究的史料信息源随意地开拓发射，所获得的“史识”或引出的这样那样的结论或作出的种种判断，似乎都不是来自史料信息源至少是不完全来自或仅仅沾上点边。这种脱缰野马式的开拓是发散型思维走向极端的表现，无助于文学史研究水平的提高，我们不能误认这种开拓性会给文学研究插上翅膀；恰好相反，这正是我们在文学研究中运用发散型思维应该抑制和克服的一种难以避免的倾向。就研究主体来说，当着发散思维在主观能动性的驱使下尽情发射和开拓的时候，应清醒地想到发散性思维尚有客观性的特征，思维者要尊重自己的文学史研究对象，并能按照客观对象的本来面目去发射，而不是按照主体所希望所想象的样子去开拓。这一点主体思维所受到的研究对象客观性的制约要比文学创作严格得多，因为文学史研究是属于人文科学的范畴，它不属于感性形式创造的审美范畴；不过文学创作又是文学史研究的主要客观对象，从这个意义上说研究主体发散思维的开拓程度取决于文学创作的本来面目，思维的客观性特征也是文学作品内涵与外延的曲折反映。这里值得深探的是，文学史研究主体的发散思维的开拓性品格不受研究对象制约的那种纯主观性是误导的，它只会带来偏见、幻想和异想天开；然而也必须看到主体思维受到研究对象的性质和在思维过程中与研究对象紧密联系着的主体的性质这两个方面制约所形成的思维"客观性也并不是所谓'科学的'客观性之类的糊涂观念","客观性绝不是不偏不倚,而是尊重;这就是说对事物、对他人、对我们自己都不能有丝毫的篡改和歪曲"①。这应该视为文学史研究主体发散思维在辐射和开拓过程中必须受到的主客观两方面的必要的限制,它不仅有可能确保发散思维运作向度的正确无误,而且也能使文学史研究的深入开拓不走或少走弯路。中外不少学者为了把文学研究发散思维的漫无目标的带有相当盲目性的辐射和开拓纳入明确而健全的思维路线,曾进行过多种富有启迪意义的探索,为热心于发散思维的文学研究者提供几条可行的思路,且不论其他的路线如何,就以迈·霍·艾布拉姆斯在《镜与灯:浪漫主义文论及批评传统》一书中第一章"批评理论的总趋向"所构想的文艺批评坐标系来说,的确囊括了文学研究者发散思维的主要辐射和开拓路线。他认为,每件艺术作品总要涉及四个要点:一是作品本身,二是生产者即艺术家,三是作品导源的"世界",四是欣赏者即听众、观众、读者。在这个以艺术家、作品、世界、欣赏者构成的框架里,"批评家往往只是根据其中的一个要素,就生发出他用来界定、划分和剖析艺术作品的主要范畴,生发出借以评判作品价值的主要标准";而文艺作品是研究者面对的主要思维对象,大都以文艺作品为中心进行发散思维的辐射和拓展,既可以由作品射向历史背景和社会根源即与作品直接或间接发生关联的内外宇宙(世界),又可以拓展创作主体的主观动机和审美心理(艺术家),还可以辐射到接受对象(听众、观众、读者)。由此可见主体发散思维的社会学批评、心理学批评和接受美学批评是分别朝着这三个大的方向辐射和开拓的。尽管这是文艺作品研究的粗线条的发散思维框架,但对于我们在文学史研究中如何运用发散思维进行准确的富有成效的开拓大有裨益。

发散型思维的自由性、开拓性品格总是同创造性品格联系在一起,它们之间既有因果关系也有多维的横向联系;尽管创造性不是发散型思维的独具品格,然而比起收敛型思维来它的创造性品格显得格外耀目。文学研究离不开发散型思维,研究成就的高低,成果质量的优劣无不与发散思维的能量有关。实践反复证明,大凡创造性强并且在文学研究上作出开拓性成绩的学者,其发散思维的辐射能力就特别强。我们常常有这样的阅读感受和体验,中国学者的文学理论著作、文学批评著作或文学史著作大多是严谨有余、开拓不足,因袭过

---

① 马斯洛等:《人的潜能和价值》,第240~241页。

多、创造太少；而西方文学理论或文学史美学史等著作虽有鱼龙混杂、泥沙俱下的现象，但开创性非常突出，新的文学史观念、新的文学理论、新的批评模式层出不穷，令人眼花缭乱、应接不暇。这从某种程度上反映出西方学者的发散型思维要比中国学者发达得多，文学研究的创造性要比中国强得多。富有独特性和奇妙性的创造思路往往与主体发散型思维联系在一起，思维的辐射能力越强越能开创形形色色可供比较选择的路向，有可能导引研究主体找到真正的窍门，进入最佳的胜境；很难想象一个发散型思维稚弱的人能够以研究者的姿态进入学术殿堂，即使因种种条件进入了研究行列也只会跟在前人或他人的后面转，人云亦云，永远不能开展具有自我特色的开拓性和创造性的文学研究。“自我实现的创造性是‘放射到’或散发到或投射到整个生活中的，正如一个振奋的人没有目的地、没有谋划地、甚至也不是有意地‘放射出’兴奋一样。它像阳光照射一样；它传播到各个地方；它使一些东西成长（那种能成长的东西），而且它也浪费在岩石和其他不能成长的东西上”①。文学研究上的自我实现的创造性也是如此，创造性的放射或散发从思维学的角度去考察无疑是源于发散型思维或者借助于发散思维的功能，尽管这种创造性的发射带有一定的盲目性和难控性，但是它却如阳光一样不只照到每个领域或每个角落，而且能够催动那些有条件成长的东西成长，可见创造性与发散型思维是研究主体身上难以分开的机制，创造性凭借发散思维，发散思维驱动创造性，创造性的强弱又印证了发散思维功能的优劣。实质上，创造性和发散思维，归根结蒂又是研究主体的人格问题。“自我实现的创造性首先强调的是人格，而不是其成就，认为这些成就是人格放射出来的副现象。因而对人格来说，成就是第二位的。自我实现的创造性强调的是性格上的品质，如大胆、勇敢、自由、自发性、明晰、整合、自我认可，即一切能够造成这种普遍化的自我实现创造性的东西，在创造性生活中那些表现自身的东西，或者说是创造性的态度、创造性的人”②。自我实现的创造性所强调的人格素质，不论是勇敢大胆还是自由自发等，都是主体发散思维能否得以充分辐射或进击的性格支柱和精神力量，那些富有开创性的文学史、文学理论的著者无不具备这种性格上的优质。我国文学史研究界近几年有些后起之秀，所以能够取得令人瞩目的成就，表现出喜人的创造力，从思维学来讲就是因为这批年青学者的发散思维并没有直接受到“左”倾思潮的毒害，即使偶尔令人费

① 马斯洛等:《人的潜能与价值》,第253~254页。

② 马斯洛等:《人的潜能与价值》,第253页。

解地刮出一阵“左”风他们也具有免疫力和抗拒力，表明他们有充沛的优越的人格力量驱动着发散型思维在文学史研究领地开拓新疆土，获取创造性的研究成果。

研究主体发散型思维的创造性品格在与侧向思维的比照中表现得更为突出。如果说文学研究的平向思维是一条直通研究对象的思维路线，从来也不斜视而专注于文学史研究对象，如文学文本的研究只关注文本自身的内在结构并不他顾；那么文学研究的侧向思维则是左顾右盼，好像脚踏两只船，一只脚走在通向文学研究对象的思路上，另一只脚涉猎于文学研究的具体对象甚至文学以外的领域，从而寻找文学研究对象的相似物，希图借助于外力来协同把握文学研究对象。可见侧向思维具有发散性，在这一点上正如发散型思维有相似之处；不同之点则是发散思维并没有定指，不一定要寻找文学研究对象的相似物，而侧向思维却是指向研究对象的相似物。由于这两条思维路线都具有发散性的功能，所以无不显示出创造性品格。当文学研究者深感用本领域的语言无法清晰地描述研究对象时，便以思维的发散性辐射到其他领域，从中寻找研究对象的相似物，把这种创造性的发现移过来与研究对象进行类比性描述和分析，显得异常明晰。例如巴赫金在《陀思妥耶夫斯基诗学诸问题》中是借助于语言学中的“对话关系”完成了一项非常困难的描述，因为他从陀氏作品的研究中发现了异于一般文学作品“独白”的“对白”，而这种“对白”不是同声齐唱乃是多种声音处于平等地位以各自独特的言语轮流发言，作者的言论亦莫能外，致使这种“对白”不只发言者时刻意识到他人的声音存在而且发言声音中也保留着他人声音的余响。巴赫金以发散型思维由陀氏作品的这种“对白”关系联想到与之相似的语言学中的“对话关系”，并借用之对陀氏作品的“对白”进行别开生面的创造性的描述，于是他提出的“复调艺术”概念便流传下来。艾略特《荒原》中充满了时空错位和重叠现象，例如伦敦桥与桥上行人一眨眼就变成但丁《神曲》中的地狱里的长椅与鬼魂，今天的泰晤士河时而与16世纪泰晤士河重叠时而又与莱茵河重影，第一次世界大战转眼之间竟与古罗马时代的布匿战争搅在一起。郑敏的《从〈荒原〉看艾略特的诗艺》一文以发散思维由《荒原》的艺术描写辐射到毕加索的绘画艺术，他发现毕加索采取的艺术手法与艾略特何其相似，即运用错位法将人物的正面与侧面、前胸和后背任意地重叠拼接在一起，于是郑敏就借用毕加索的艺术描述了艾略特《荒原》中的错位重叠现象①,可以说这是一种创造性的类比研究。郑敏以毕加索绘画艺术形容艾略特诗艺,其目的主要不是描述而是作进一步的阐述;毕加索之所以用错位法主要意旨是为了压缩性地表现多位空间,扩大绘画的容量,表现艺术家的心灵真实;同样的意图,艾略特采取这种艺术手法也是为了在四百余行诗里压缩地揭示西方社会昨天与今天的实质,以动态时空来表现他对历史的理解:“历史的意识又含有一种领悟,不但要理解过去的过去性,而且还要理解过去的现存性。”②这种以发散型思维对毕加索的创造性发现大大有助于对艾略特的理解。因为文学研究的发散型思维如同侧向型思维一样是一种创造性的思维路线,所以它能为文学研究提供众多解决问题的方案如描述手段;为了更好地运用这种创造性的思维方式,有必要掌握其在思维过程运作中的内在机制:它向文学研究对象伸展思路进行辐射时也向其他领域开拓探索性的思路,力图在文学研究对象的外宇宙来寻找相似物进行类比研究;经过主体发散思维的摸索和推断,有可能攫住文学研究的相似物,也就是寻找到形式相似或功能相似或结构相似或过程相似的“启发原型”或“相通意象”;主体思维一旦判断出某事物与文学研究对象相似,它们之间的距离立刻就缩短,伸向文学研究和其他领域的这两条思路在瞬间接通,新的发现和新的创造便应运而生。不论是侧向思维还是发散思维,它们的创造性的确令人感叹人类思维的奇妙,不过人的思维魔力并非无源可探,就拿侧向思维和发散思维环绕文学研究对象向外寻找相似物这一点来说,它们的终极成因则在于宇宙的同一性,世间的万事万物作为一种结构都是宇宙这个整体结构的分解层次和展开结构,无不具有不同程度的同一性,最近兴起的宇宙全息科学进一步证明了宇宙的同一性。正是宇宙同一性从万事万物的结构中体现出来并作为相似经验日益积累贮存于人的大脑里,所以当文学研究者以侧向思维和发射思维直奔研究对象并向对象以外世界辐射时,就可以在文学研究领域以外找到研究对象的相似物,开展比较文学研究或逻辑上的类比研究。这两种思维的创造性不仅表现在思维方法的拓展上,更表现在文学理论新建设、文学批评新开拓、文学史新建构上,这里不赘述。

① 参见《文学批评思维学》,第120页。

② 戴维·洛奇编:《二十世纪文学评论》(上),第130页,上海译文出版社1987年版。

发散型思维的特异效能

发散型思维的根本特征及其内在功能决定着它在任何研究领域都担负着开辟思路、拓展视野、勇于发现、敢于创造的任务,在文学史研究领域也是如此。只要我们深入考察和探究,就可以清楚地看到主体发散型思维在文学史研究的每个环节都能一显身手,射出夺目的思维光辉,足以表明发散思维在很大程度上决定着文学史研究能否有所突破、能否有所发现、能否有所前进。

广泛而详尽地搜集和占有史料是文学史研究的先导,也是基础的一环,这在行文的不少地方曾多次强调,然而只凭主体收敛型思维从不同的方面、不同的角度把史料汇集起来或者按照一定的顺序编辑起来,那不是文学史更称不上科学的文学史,因而必须借助于发散型思维的辐射力和穿透力从具有实证性和可靠性的史料中看出矛盾发现问题,引出不同的判断或结论,使思维超越经验的层面进入“史识”层面。所谓“史识”就是从史料中洞见出规律性的思想,由史料而升华出的逻辑结论。黑格尔曾说:“当我们说一本书或一篇演说包含甚多或内容丰富时,大都指这书或演说中具有很多的思想和普遍的道理而言。反之,一本书,或确切点说,例如一本小说,我们决不会因书中堆集有许多个别的事实或情节等等,就说那本书的内容丰富,由此可见,通常意识也明白承认,属于内容的必比感觉材料为多,而这多于感觉材料的内容就是思想。”①所谓感觉材料,从文学史研究来说就是史料,不论从一本书中引出思想或者从史料中发现“史识”,都要借助研究主体的发散思维,没有发散思维的威力很难对凝冻的史料形态进行超越,因为对史料形态的超越并引出种种见识,乃是“打破感官事物的锁链而进到超越感官界的飞跃”。②培根曾以“蚂蚁的方法、蜘蛛的方法、蜜蜂的方法”来比喻三种不同的科学方法,他认为“蚂蚁的方法只是收集资料、证据,将其堆积起来。蜘蛛的方法是,只吐出也就是制造理论,但不管证据。而蜜蜂则既收集资料,又用观念改造资料。培根认为,蚂蚁和蜘蛛的方法不正确,蜜蜂的方法是正确的”③。所谓蜜蜂的方法就是在一定观念指导下从大量而丰富的史料中发现问题或提炼“史识”,这种方法可以借移到文学史研究中。既然“史识”即思维的超越性对于文学史研究如此重要,是历来学人所孜孜以求的,

---

①② 《小逻辑》,第125页,商务印书馆1981年版。

③ 《自然科学哲学问题丛刊》第82页,1983年第4期。

那么如何达到思维的超越呢？在我看来，思维的超越离不开主体的发散型思维，从感性的经验的史料里发现问题并从而引出合乎规律的逻辑结论，随之升华到理性的思想哲学层次是必须借助发散思维的；然而在由史料提炼出“史识”的过程中发散思维总是伴随着形而上学的思辨，离开形而上学发散思维就辐射不出去也升华不起来，独到而深刻的“史识”就很难发现或选择，所以形而上学对于发散思维能否从史料的感性经验世界飞升到史识的理性思想世界至关重要，必须认真探究发散思维与形而上学在史料与史识关系中的作用以及发散思维如何凭借形而上学思辨进行辐射的。众所周知，文学史料涵括的信息量较大，涉及到方方面面的资料，但其中最重要的史料莫过于“文学作品”，从某种意义上说研究文学史就是研究文学创作的发展史，所以从文学作品这个庞大的史料信息库来探索主体发散思维和形而上学的内在机制与思维功能是文学史研究最富有魔力的话题。这里先要说明的是形而上学这个概念，既不是与辩证法相对立的世界观和方法论也不是仅仅将它局限于古典形而上学的基本范畴，而是一切超经验的纯思辨，它面对的是一个抽象的无法触摸到的本质世界（包括人的本质、灵魂），它所苦苦思索的大多是属于人的本体性方面的基本问题。纳入文学史研究范围的文学作品无不是一个感性的经验世界，也是个带有神秘色彩的世界，研究主体面对这样一个世界总是从不同的角度或不同的层面，进行感受、理解和把握，往往引发出不同的审美判断或作出不同的阐释剖解，究竟何种判断和解释能够穷其全部底蕴，难以作出肯定性回答。自《红楼梦》问世以来，中国文学史无不将其置于重要地位，予以高度评述，然而没有哪家文学史敢说完全洞悉了这部伟大作品的美学意蕴，也没有哪家文学史能作出众家公认的阐释？中国文学史上的名著如此，外国文学史上的名著也是如此。试想莎士比亚创作的《哈姆雷特》有多少评论家或史学家作出不同解释、不同的开掘？难怪别林斯基感叹真正优秀的作品犹如美丽的姑娘，越看越年轻，永远年轻。况且一部文学作品就是一个生命的有机体，它的源源不绝的活力乃在于它的被读者或研究者赋予其意义的阐释过程。因此可以说文学史上的优秀之作所蕴含的信息量能激发我们的思维发射出五颜六色的思想火花，然而这其中有一个媒介能永远激发或活跃我们的发散思维，它不可能是别的什么而是形而上学。

文学的创造过程实际上是一个主体对客体的接受和转换过程，它所呈现出的生活形态并非生活自身而是文学对生活作出的某种近似性的描述，因而文学作品作为文学史的重要研究对象并不是纯客观的东西。在康德哲学里，对象和客体的区分十分明确，客体是我们只知其存在而不知其本来面貌的本身自在物，对象则是指自在之物感染我们感官而产生的现象，也就是自在之物通过我们的感性和理智所现之象，可见对象乃是主体和客体相互作用的产物。而文学对对象的观照过程总是伴随着这样那样的解释，观照是一种感性的直观而解释则是一种理智的判断，按康德的说法"直观加上判断就是经验"。具体来说"经验就是现象（知觉）在一个意识里的综合的联结，仅就这种联接是必然的而言。因此一切知觉必然被包摄于纯粹理智概念之下，然后才用于经验判断。在经验判断里，知觉的综合统一性是被表现为必然的，普遍有效的"①。正是观念引导着我们去观照和解释对象，知觉按照某种方式被筛选、排列、组合而形成一定的关系，从而传达出作家们自己对生活的看法。这种观照和解释便构成了文学的经验世界，但是经验却是相当有限的，这不只受制于知觉的有限性更受制于认识能力和思想观念的有限性。理智作为思维能力作用于判断过程中，它既用感性所提供的现象作材料又用它本身的概念（范畴）作形式，以这些形式把材料统一起来则成为经验。由于这些概念仅仅使用在经验，所以它们一旦离开了经验对象就毫无意义，文学情节模式受到人们的怀疑主要不在它对对象的表现不够真实，而在于它离开了自己的经验对象试图以因果概念（范畴）去涵盖整个生活并认定这就是生活的本来面目。可见在文学创作中若是过于迷恋于知觉与概念相统一的经验世界并把经验世界等同于现实世界，那不仅会消解掉创作主体本不丰厚的知觉现象，而且也会把某种经验判断当作唯一有效的普遍性概念借以去解释整个生活。其实，文学中的经验世界同我们生活中的经验世界之间的关系是同一层面上的对应关系，因此用经验去解释经验其难度并不是很大。然而那些有思想的文学家却永远不会满足在作品里只是再现或表现经验世界，他们总是对宇宙、世界、人生甚至人自身进行刨根究底的思索和追问，而经验对这些根本性的问题是无法回答的，例如死亡是一个人经验的全部终结，却恰恰是死亡本身的意义引起古今那么多哲学家文学家的沉思冥想。经验对世界的解释往往终止于创作主体对刨根问底的追问中，也许正是在经验终止的地方创作主体开始了自己的形而上学的精神漫游。这时作家们所思考的问题是超经验的人的本体性问题如生与死、存在与虚无、有限与无限、瞬间与永恒、苦难与幸福、命运是什么等等，这些人类永恒的难题在终极意义上并没有明确结论，正是

① 康德：《作为一种能够作为科学出现的未来形而上学导论》。

形而上学的一个基本特征。形而上学并不属于经验世界，它需要一种超常的想象力，形而上学作为一种想象乃是一种渗透了哲学精神的对人与事刨根究底的想法，而这种想象是经验所无法证实的，试问谁能用经验去回答《浮士德》关于人的终极意义的追询？只能说形而上学所面对的是人的本质世界，它是抽象的，根本无法定性定量的；它并非在作家的经验之内而在人的经验之外，虽然创作主体总想把它抓在手，但由于它的变幻不定、扑朔迷离往往不知不觉地从指缝里溜走，谁也无法用经验去印证或阐释它。这足以说明文学史上的优秀文学作品至少有两个大的层面，一个是感性的经验世界一个是抽象的神秘世界。作为文学史研究者面对着这两个审美世界，借助发散思维进行开掘和发现时所运用的心理机制和触发媒介是不同的。对于文学作品的经验层面，研究主体可以通过审美体验以本身的经验从不同角度阐释文学的经验世界，既可以用政治的、文化的、道德的、宗教的经验也可以用社会的、人生的、哲学的、美学的经验去引发去解释文学的经验世界，总之可以调动研究主体的一切经验去感悟去证实文学的经验世界，从而引发出种种不同的结论，发射出形形色色的思维火花。然而以经验触发经验所导致的思维辐射只能阐释文学作品再现或表现的经验世界，只能终止于经验世界；文学作品抽象层面的发掘只有借助形而上学的机制和触媒，研究主体才能在经验对文学世界解释终止的某一点上进行超经验的纯思辨，以研究主体的形而上学思维功能来挖掘创作主体用形而上学所构建的超验的抽象世界。尽管研究主体不可能对文学抽象层面的全部底蕴作出明确的理性解释或概括，但至少可以凭借形而上学的思辨对于人的本体问题作出种种推测，甚至在终极意义提出发人深省的想法，使发散型思维的开创性和创造性品格得以充分显现。文学作品的经验世界能够满足研究者对各种知识的渴求和浅层次的审美需要，形而上学所构筑的抽象世界则仅仅给研究者以智慧和高层次的审美需求，它能照亮研究主体的精神旅程，使其从非功利的角度去思考文学所表现的人以及人的存在、目的和意义。研究主体借助发散思维和超经验思辨在这个空阔的精神境界里进行无休止的精神漫游，可以从不同的侧面不同的层次尽情地辐射，迸发出种种充满哲学意味的想法和思考，足以把文学作品研究提升到最高档次。经验主义研究不欢迎形而上学，它所关心的是以研究主体的经验来解释文学的经验世界，所追求的是研究对象与客体的同一化；实用主义研究者也不会欢迎形而上学，因为在他们眼中形而上学不过是“白日梦”，不值得为“梦”苦苦思索，不会带来任何功利性的好处。所以不论是经验主义研究者或者是实用主义研究者往往偏爱那些功利主义色彩较强的文学作品，而且给予它们较高的文学史地位；而对那些美学意蕴较深或带有神秘哲学意味或富有层次感的文学作品常常是浅尝辄止，只满足在经验世界进行思维发射，而且对这样的文学作品在文学史上的应有地位也未给予足够的重视，抹杀了它们的真正精神价值和审美意义。唯有尊重形而上学的思辨威力，才能对优秀文学作品的全部底蕴逐步挖掘出来，驱使发散思维发挥最大的辐射功能，克服文学研究中的经验主义和实用主义的不良倾向，真正使文学史研究带有本体论的色彩。

如果说"解释"是人的一种天性的说法能够成立的话，那么不论人世间或宇宙间只有那些难以解释不可解释的东西方可激起人们永恒的解释的欲求，从心理学的角度来看形而上学正是基于人的这种解释欲求上，这也是文学史研究者主动接受形而上学以积极介入文本世界探求奥妙的心理根据。在赏阅解读文学作品时，我们往往有这样的深微感受：当形而上学的思辨触角介入文学世界时，仿佛以一种并不循规蹈矩的自由放荡的流浪汉精神由经验层升入抽象层，审美经验固然是其形而上思辨的基点或诱发点，但经验已无法满足或容纳人的永恒解释欲和刨根究底的追寻，它不无顾惜地挣脱了经验的安乐园，只能勇往直前地去探求各种各样答案来满足自己的解释欲；这时我们面前所展开的文学世界乃是一个"虚的空间"，充溢着形形色色的超经验的寻求、探索、追询和思考，好像这是一个阔大空灵的精神境界，它似乎超越了个人的自我为中心的有限存在，去观照并沉思人及整个人类的生存状态和本体性问题。正是研究主体形而上学思辨机制的充分发挥，才使发散型思维在文学作品的抽象而神秘的层面展示出巨大的辐射能量。不过也应该注意，当研究主体的发散思维伴随着形而上学在文学世界进行精神漫游时虽然超越以"自我为中主义"，但它并没有抛弃自我而羽化登仙。因为文学是人学——不论创作者、表现者或接受者都是我或大我、个体的人或群体的人，文学所建构的经验世界或抽象世界当然是人的经验或抽象世界的艺术化，而形而上学面对的正是世界上最不可捉摸的自我（包括大我）；即自我的生存、命运、始与终、生与死、祸与福、目的和意义等构成了如此生气勃勃扑朔迷离的整个世界，自我也成了历代文人学者思考、解释和表现的对象，特别在文学作品里自我（含有大我）是文学家以生活经验、审美感受和抽象思索所塑造的艺术形象，所以作为研究者需要对文学作品进行解读破译。形而上学正是对自我的寻根究底，若是要选一个最佳的发散思维的中心源那也应该是自我,可见研究者的精神漫游和思维发射总是萦绕着文学世界中的自我。

在我们解释和探究西方文学史上出现的优秀文学作品时常常感到在主要人物的活动过程中渗透着人的形而上学的思索,如哈姆雷特的复仇行动、堂·吉诃德的骑士梦、浮士德的苦苦追寻,并没有把我们引入某种狭窄的经验范围,似乎他们活动过程中的某种先验性远远超越其结果的意义。试想,我们并未感到哈姆雷特复仇成功而带来的如释重负的快感,并未因为堂·吉诃德的到处碰壁而感到幸灾乐祸的喜悦,更没有因为浮士德的苦苦追求而感到滑稽可笑;反而觉得他们行动过程中寄寓着的人的生存、命运、目的意义等的形而上学思考,更能把我们的思维导向一个非实在性的空灵世界。这表明作品中人物活动过程的终止正是研究主体获取富有哲学意味"史识"的起点,它的思维指向并不是物质性的实在性的经验世界,乃是种种关于人和人类本质的超经验思考的形而上学世界。因而可以说,西方传统文学中的主要人物的活动过程常常大于它的结果,而"这种形而上学的基本特征常常以一种纯思辨的形式中断了故事的情节过程,而使我们暂时逸出情节的轨道,而循着人物的思索(往往是情绪的思索)进入另一种境界"①。研究主体的发散型思维正在经验与形而上学之间的似分似合似断似续的张力场进行顽强的发射,对文学中的形而上学作出种种推论和解释。西方传统文学的归宿点常常落置于主要人物的活动过程中而导致功利性或实在性的目的不那么为研究者思维所关注,这与西方多数作家学者热衷于对"彼岸"探索思考所形成的基本思维特征直接相关。文学作品中经常出现的有关天国世界的绝对完满美妙的描写、哥特式教堂的高耸入云的描绘,无不象征着西方作家文人对终极真理的追寻和向往,无不表现出他们对形而上学的热切关注。在他们看来,"因为无论我们怎样做,根据经验的基本法则做出来的任何答案都又产生新的问题,而新的问题又同样要求一个新的答案"②;所以往往采取推论式的形而上学,而这种形而上学的基本特征在传统文学中的突出表现则是将人物的落点置于活动过程中。相比较而论,在中国传统文化中形而上学的基本特征不是推论式的而是关系式的,它往往隐藏于现象之间的关系中。我国传统哲学对人的本质的形而上学探讨与思考常常通过一种隐喻的方式表现出来,其本身带有强烈的文学色彩,虽然它所关注的是"此岸"且重视现

① 蔡翔:《一个理想主义者的精神漫游》,第265页,浙江文艺出版社1987年版。
② 康德:《作为一种能够作为科学出现的未来形而上学导论》。

象的观照,但由于它是在一种整体思维的笼罩下进行观照,这就使个别现象被奇妙地组合在一起并从而构成某种复杂深微的关系;而这种通过现象观照所形成的经验组合的结果又往往是超经验的,充溢着形而上学的意味。特别在被观照的现象组合中,传统文化哲学所注意的不是现象之间的差异性而是它们的同一性,这种同一性又揭示了人与世界的某种普遍性。正基于此,中国传统文化中的形而上学不是推论式的而是关系式的,并决定着中国传统文学中的形而上学并非以纯思辨形式体现于人的活动过程中,而在本质上是作为一个背景而存在;即日常生活现象是在形而上学背景制导下的不同排列组合,它们在文学画面所展示的种种关系就远远超越了经验事实的单纯描述,如《红楼梦》中金陵十二钗的关系组合颇有形而上学的意味,尽管她们的性格、道路各不相同,但她们谁也没有逃脱"白茫茫一片大地真干净"的悲惨凄凉的结局。对于这样一个共同命运结局,研究者可以对个别事实作出经验判断,如果要对十二钗的关系组合进行整体把握非经验判断所能胜任,必须运用研究主体的抽象思辨来阐释其悲惨结局所体现出的某种形而上学的同一性,它是获得"史识"的起点而不是解读的终点。由上述可以作出这样的归结,西方传统文学中的形而上学主要体现在人的活动过程中,而中国传统文学中的形而上学的主要信息量则是蕴含在人物排列组合关系的结局里,尽管它是极其含蓄隐蔽的,但透过不同艺术画面总能发现关系和结局何以将其中不变的同一性普遍性的因素提升到一个综合的抽象的高度。可见中国传统文学的不同人物关系和结局如同西方传统文学中的人的不同活动过程一样,都是研究主体发散思维的最深邃最隐蔽最奥秘的信息源泉。不过"五四"以后在西方现代哲学、文艺思潮冲击和渗透下所产生的现代型的中国新文学却与传统文学中的形而上学的基本特点有所不同,它更多的与西方传统文学的形而上学相似而将其落点放在人物的活动过程中,比较典型的文学名著是钱钟书的《围城》,它的形而上学的哲学意蕴主要隐含于主人公方鸿渐的一系列的活动过程中。《围城》不只是通过方鸿渐这个典型的现代人的遭遇过程深刻揭示了现代病态社会和病态人生的经验世界,而且进一步将其文化批判意识和审美经验意向提升到形而上学的高度,赋予其极为深邃的现代哲学意蕴,这与卡夫卡的《城堡》、萨特的《恶心》、加缪的《局外人》所蕴含的形而上学的哲学意识何其相似。当我们阅读《围城》时就会从方鸿渐的生存体验中发现现代人对命运的根本焦虑、对虚无的焦虑以及人的本然的孤独。这不仅是方鸿渐个体人生体验而且指向了整个人类存在、人类命运,并从而将其思想意蕴提升到普遍的形而上学层次；即当人意识到整个存在是荒诞的偶然的、无目的无意义的时候，当人体验到自己处在一个孤独的绝望的围城般的生存环境的时候，他将如何对待自己的存在呢？这一下就使《围城》的意义超越了经验世界，成了人类荒诞存在困境的本体性的象征。所以研究主体对《围城》这类作品的解读其发散思维的信息源不能仅满足于经验世界，更为重要的是进入形而上学的哲学空间，唯有从这里辐射才能对文学作品的理解和把握达到本体论的思想高度。

文学作品进入文学史研究的学术视野，重视主体发散型思维对文本的辐射功能尤其形而上学的精神漫游，固然是极其重要的，这不仅因为文学作品是文学史研究的重要资料信息源，也因为它是文学史建构的主干；但是也必须看到任何文学作品都是特定历史范畴的产物，都是文学史长河激起的浪花，因此每一部作品都不是孤立存在的，与左邻右舍的同类型或不同类型的文学作品有着直接或间接的联系，同大氛围的文艺思潮社会思潮乃至域外文化思潮也有着千丝万缕的联系。既然文学作品如同一张大网中的一个结，那研究主体发散思维的辐射力和穿透力在作用于文本世界的同时还要向周围相似或相异的对象发射，沟通文本世界与外界方方面面的联系，从广泛的相互比照映衬中主体由文本所获得的"史识"、所发现的观点才会更准确更超拔，而且对作品的把握和剖析才会更具有历史感和深广度。从整个文学史的研究和建构来说，主体发散型思维不仅对包括作品在内的所有文学史资料的整理、发现、提炼、开掘具有重要功能，而且对文学史观的更新、"史识"的发现乃至体例框架的建构都发挥着特殊作用。可以毫不夸张地说，研究主体缺乏发散型思维就不能"重写文学史"，就不能冲破传统思维定势开拓文学史研究的新局面，就不会获得新的"史识"将文学史研究的学术水平提升到时代的高度。

文学史研究实践告诉我们，一味地强调收敛思维的特殊功能往往造成思路打不开、视野放不远的后果；若一味地推崇发散思维的特殊功效虽然能拓展研究的思维空间，但发而不收也会出现只顾冒险乱闯于有价值之处该驻足偏不驻足的现象，如同脱缰的野马盲无目标的奔驰。这种毫无节制的发射并不能保证文学史研究循着一条健全的思维轨道发展，而真正的具有科学意义的文学史研究只能在发散型思维与收敛型思维的相互拉扯所形成的张力下向前发展。因此一个杰出的文学史研究者总是既重视发散思维又重视收敛思维，具有在两种思维方式之间保持必要张力的能力，这就具备了从事文学史研究的所必需也是最优化的首要条件之一。在我们致力于文学史研究实践中，常常有这样的体验：发散思维如同撒出去的网，因为文学的历史长河泥沙俱下鱼龙混杂，故进入网中之物也需要认真筛选细心抉择，它们并非都是文学史研究用得上的东西；而这种收网并进行挑选则是收敛思维的功能范围，即收敛思维围绕文学史的总体思路选择一个最佳点聚焦，把网中那些闪光的有用之物都集拢起来。从这个意义上说，在整个文学史研究的思维过程中，发散思维只能是走完了半程，最后完成研究任务的还要依靠收敛思维。从宏观上审视，文学史研究的全过程这两种思维方式或前或后或左或右总是结伴而行相辅相成；从微观上考察，凡是纳入文学史研究视野的具体对象，或文学作品或社团流派或文学现象或文艺思潮，发散思维和收敛思维的功能都要双管齐下，只有先后、轻重、强弱之别，没有相互排斥、互相抵牾之分，研究主体自觉不自觉地将两种思维功能作用于或一个对象，有时这两种思维在研究对象身上所显示出的能量是可以分析把握的，有时是交互为用是难以辨别清楚的。因此，一个高明的文学史研究者必然是自由灵活地运用发散思维的辐射功能和收敛思维的辐集功能，使两种思维纳入自身产生一种矛盾张力，创造出引人瞩目的文学史研究成果。

发微之四　多样与互渗:文学史研究主体思维构成

思维学认为,思维内容与思维方法是构成思维方式的两大要素,而思维内容又是多学科的,并非思维学独占的研究对象,由于它是思维方式构成之要素故而不能不予以关注;同一种思维方法运于不同的思维对象有可能形成不同的思维方式,用不同的思维方法研究同一思维对象也可能形成不同的思维方式。因此可以断言,思维对象和思维方法及其组合方式的多样性必然决定思维方式的多样性与丰富性。前两章我们结合文学史研究实践和操作运用,着重探讨了收敛型与发散型思维方式,尚有众多思维方式与文学史研究密切相关,有必要选择几类予以发微。

顺向思维与逆向思维的相反相成

从思维方式加以观照,现行的文学史著作运用的多是顺向思维,这固然与顺向思维的特性有关系,但更为重要的是这种思维方式契合了文学史研究对象的某些基本特征,吻合了主体感知、理解和把握文学史客体的心灵需求。所谓顺向思维是按照事物的演变顺序或生成过程去认识它,或者由浅入深、由表及里、层层递进地去认识世界,或者由简到繁、从低到高、由易到难地透视事物的衍化和本相,虽然把顺向思维流程比作大江东去顺流而下并不十分恰切,但这个形象比喻也可以表明顺向思维的根本特性。认识论告诉我们,人类对世界的认识是一个渐进的过程,谁也没有一下子就能识破世界奥秘的天才和慧眼,只能步步深入,点点突破,由知之少到知之多,由知之浅到识之深,由识之朦胧到识之清晰;正是在这个认识过程中人们形成许许多多的常规成见或约定俗成的认识路径,它会引导后来者的思维在其已成的轨道上运行,并规范其思维路线使之亦步亦趋地步其后尘,可见顺向思维是由人类的认识常规成见铸就的,它是某种思维定势至少是顺从思维定势的。弗洛伊德认为:“一切有机体的本能都是保守性的,都是历史地形成的。它们趋向于恢复事物的早先状态。”①(着重号笔者所加)这种趋于恢复事物早先状态的保守本能不只是思维定势的心理基础,而且也有利于“恢复文学史本来面貌”的研究主体的苦苦追求。德国格式塔心理学奠基者邓克尔通过实验证明,人的思维活动有一种“功能固定性”,而这种“固定性”的思维功能则表现为思维定势。首先明确提出“心理定势说”的前苏联心理学家乌兹纳捷的见解,则认为心理定势是主体产生某种需要并存在满足这一需要情境时所发生的一种特殊状态,是生理特征与心理机能之间的中介,而这一中介则在一定程度上规范着今后的心理活动的展开。由此我们可以把保守性、固定性、规范性视为顺向思维的基本特征。这仅仅是从心理学角度来略考顺向思维定势,如果从外在客观上考察其形成原因及其特性,那便会发现人的顺向思维定势从根本上说是由思维环境和思维氛围造成的。因为“一个人不能凭空创造出新的东西。他的创造必须有一个环境。这个环境给他提供文化熏陶以及各种刺激”②。思维的创造力需要外在因素的激发,思维的一切功能无不以外在环境作为源泉,优化的文化环境可以诱发文学研究主体的创造性思维并陶冶其良好的思维品质,不良的外在因素刺激不利于主体思维的健全发展甚至导致病态思维。思维环境同思维氛围相比,后者对文学研究主体思维的影响就更大一些,因而这里不想对包括社会环境、自然环境、心理环境、生活环境等在内的思维环境与文学研究主体思维的关系加以探析,拟对思维氛围即精神环境对文学研究顺向思维的影响略加考辨。我们平常所说的思维氛围主要指民族氛围、阶级氛围和时代氛围,这些大型氛围如同空气一样笼罩在文学研究主体周围,无形而有力地影响着强化着或抑制着削弱着主体思维的根本特征和功能。与逆向思维相比较,文学史研究主体的顺向思维结构稳定而强固,运作率与效用率相对亦高,这与大型思维氛围不无联系。就民族氛围来说,不仅一个文学艺术家其艺术思维与他所生活的历史环境有着深刻的依赖关系,而且一个学者的研究思维的形成和特性也深受民族氛围的熏染和制约,因此中国文学史研究主体惯于操作顺向思维其重要的原因之一也应从中华民族泛意识形态的大一统的超稳定的文化结构及其所造成的民族文化氛围中去寻求。中国

① 见《书林》1989 年第 4 期《琼瑶热——与当代读者的文化意识》一文。

② [美]S. 阿瑞提:《创造的秘密》,第 47 页,辽宁人民出版社 1987 年版。

虽然是多民族的，而每个民族大都形成自己的文化氛围即小型文化气候，但是起主导作用也就是对文学研究主体思维影响既深且广的仍是汉民族文化氛围。当然也应看到，从古及今民族杂居相互渗透相互影响的小气候是存在的，但其大气候并没真正形成，特别那种左右着或诱导着人们主要思维方式、思维品质和思维原则形成和发展的乃是汉民族文化氛围，它无形的手控制着文学研究主体的思维范围和思维取向，使其成为文学研究领域里民族尊严和民族权益的捍卫者，久而久之就会铸成文学研究者的顺向思维定势。这突出地表现在我们所编著的中国文学史或中国现代文学史上，从严格意义来说它们应是汉民族文学史并非中华民族的多民族文学史。虽然这种主体思维在文学史研究中所显露出的固定性、规范性和狭窄性已引起不少学者的注意，并取得一些新的研究成果，但从总体的思维趋向和文学价值标准来看，那种独尊汉民族文学史的顺向思维惯性并未彻底转换过来，这不能不使那些清醒的文学史研究者深入反思自己的顺向思维结论是否被民族氛围推向了沙文主义。小而言之，不论以儒教为核心的传统意识形态或者以现代观念为中轴的意识形态都带有泛化和一统的特点。所谓泛化就是把一切思想、观念、情感、意志等都囊括在以政治伦理为主导的意识形态里，即使学术见解、科学论争也属于意识形态范畴；所谓“一统”就是这种泛意识形态强调大一统的思想政治、大一统的伦理道德，甚至大一统的一元化思维模式，坚决拒斥思想意识的多元化倾向和政治见解的标新立异，学术研究只能在主导意识形态允许的范围内展开。由这种文化意识所造成的民族氛围，不利于文学史研究主体逆反思维或求异思维或叛逆思维的发展而大大利于顺向思维或趋同思维的生成，这无疑强化了文学史研究者顺向思维的保守性、固定性和规范性。建国后编写的中国现代文学史总是不能完全突破“进步的或革命的文学史”的固定框架，与民族氛围没有得到根本改变而导致文学史研究主体思维定势尚未彻底动摇不无关系。就阶级氛围而论，文学研究者既作为民族成员而存在也作为阶级成员而存在，所以文学研究思维主体身上的阶级烙印比民族烙印在一定的历史阶段要深刻得多、鲜明得多，这也说明文学研究主体思维受阶级氛围的影响在一定历史阶段比受民族氛围影响要大得多、深得多，尤其在阶级矛盾尖锐、阶级斗争激烈的社会氛围里，文学史研究主体的思维取向往往受到本阶级及其政治集团利益所左右，因而编著的文学史具有强烈的阶级意识和鲜明的阶级倾向，对本阶级的作家作品或倾向于本阶级的作家作品多以顺向思维予以褒扬和肯定，使其成为文学史的主流和导向的代表，而对于那些非本阶级或处于中间地位的作家作品则采取否定性或贬抑性的思维态度。这样的文学史成了阶级斗争史的组成部分，尤其是中国现代文学史的研究与编著深受阶级氛围的影响。由于阶级斗争观念和阶级分析方法的日益强化和政治权力话语的直接干预，文学史研究主体的顺向思维定势越来越强固；特别到了极左思潮泛滥和人为的阶级斗争天天讲月月讲年年讲的岁月，那种既浓又烈的极不正常的阶级氛围，文学史研究者的顺向思维已被扭曲成奴化驯顺思维，完全随着莫须有的阶级斗争风向转，什么风来了就有什么风的文学史。这种文学史的编写者已丧失了主体性，其顺向思维则变成了病态思维，导致了中国现代文学史研究灾难深重，像这样惨重的历史教训世世代代都要铭记。然而，并非每个历史阶段或每个民族的阶级氛围都那么强烈、文学研究主体思维都深深打上阶级烙印、所编著的文学史都有那么清晰的阶级分野和阶级意识；可以说，人类发展历史的不少时期阶级矛盾缓和、人群和平相处，阶级氛围相当淡薄，甚至世界上不少民族的文学史研究者的主体思维的阶级烙印相当模糊或者判不准他研究文学史的思维态度是属于哪个阶级的。越是这种少受或不受阶级氛围熏染和阶级偏见制约的主体顺向思维越能发挥其正常的思维功能，研究出逼近原本面貌的文学史或者比较公允的文学史。值得庆幸的是中国新时期以来，随着历史的转型、阶级矛盾的基本解决，文学史研究主体思维日益摆脱那种机械论打上的阶级烙印，正在遵循顺向思维的常态功能与机制于文学史研究中运作，预示着文学史研究将出现新的景观。就时代氛围而言，它大于阶级氛围乃至民族氛围，应包含着在特定时空条件下的政治、经济、军事、文化等整个情势，所造成的氛围可以渗透和弥漫这个特定时代的一切领域，每个思维主体和整个社会心态都会受到或深或浅的影响，不论你隶属于哪个民族或归属于哪个阶层阶级都摆脱不了时代氛围的感染。虽然每个时代有每个时代自己独特的时代氛围，然而大动荡大变革时代与相对稳定时代的氛围、权力话语主宰时代与自由话语左右时代的氛围，它们对文学研究主体思维的作用力和影响力是大有区别的。可以说，变革动荡的时代氛围具有穿透民族氛围、阶级氛围的力量而作用于文学研究主体思维，以激活思维的叛逆性和创造性，顺向思维定势也会受到强烈冲击，特别在自由话语活跃的时代氛围中顺向思维的特性与取向更要随机应变；相比较而言，文学研究主体思维在相对稳定时代氛围影响下，顺向思维方式的固有特性与功能既能得到强化又能得到发挥，尤其在文学史研究中主体顺向思维的异常功效是显而易见的。我国 50 年代初期这个特定时代同战争年代和以阶级斗争为纲的时代相比是较稳定的时代，人心思治，中央集权空前强大，主导政治意识空前强大，文化思想空前统一，经济发展纳入统一轨道，强调一元与一致的风尚迅速蔓延到其他各个领域，文学史研究领域当然也被这种时代氛围所笼罩，研究者的主体思维方式日益趋同，顺向思维的固定性与规范性的功能运用于中国现代文学史研究与编写中，涌现出一批主导观念一致、框架模式雷同、服从权力话语的新文学史。记得布瓦洛的《诗的艺术》就产生于17世纪法国刚从战乱中安定下来的相对稳定的时代氛围里，崇尚理性、尊重王权、讲求规划与统一则成了主宰时代的风尚，所以布瓦洛以其顺向思维在书中极力地宣扬理性，倡导作者研究宫廷生活，表现上流社会和颂扬王权，并为各种文学体裁制定了详细的规划；正因为布瓦洛的文学研究的顺向思维与时代氛围相契合，致使那些古典主义文学大师们也要绕着他的指挥棒转。在这种时代氛围影响下出现的文学研究的趋同思维与顺向思维的价值取向与我国建国初期文学研究的思维路向多有相似之处。改革开放以来的时代氛围日渐宽松活跃，自由话语在文学研究领域中的效用越来越大，特别那些致力于新文学史研究的学者，其主体顺向思维功能由变态转为常态，逆反思维的功能得以增强。可以说，开放的时代条件为文学史研究主体思维的健全发展与正常运作提供了一个越来越好的思维场。

在良性的思维环境中，文学史研究主体的顺向思维方式至少可以发挥出和显示出这样一些独特功能：一是有助于揭示文学演变的本来过程，恢复历史的真实面目。作为文学史研究者总是抱着这样的追求，尽管付出很大努力乃至毕生精力也难以多层次地全景式地认清文学史的本来面貌，但这种攻坚战还是非常有意义的，因而也大有人为之献身。历史就是个过程，文学发展史就是一个曲曲折折或者顺顺畅畅的过程，研究主体的顺向思维就是采取同文学发展实际相同的道路去探索、认识和把握文学演变过程，总是自始至终、由初级形态到高级形态、由显层次到隐层次地去寻求文学史过程的真相。中国古代文学史的编著或现代文学史的研讨，都离不开主体的顺向思路，有时自觉地运用有时不自觉地遵循，只有坚持这条顺向思维路线进入文学历史长河才能顺流而下，哪怕碰到暗礁、绕过弯曲，它也会循着既定的方向和固有的航道把文学过程打通，使文学史研究者逐步达到终点。一代有一代的文学史，对文学演变过程的全方位把握和多层面穿透并非一代学者所能完成，必须代代相传地进行不懈的开掘，而顺向思维定势所凝固的前代学者的思维成果和思维路线就为后代学者继续向前拓展和进一步深化认识奠定了良好基点；也就是说，前代学者的思维运动已把历史过程疏通，甚至路径也磨得光溜溜的，后学者顺其向前滑行很快就达到前代学者所认识的终点，之后方可进行新的开凿，以获取对文学流变全过程的新认识。主体思维实践证明，要使文学史研究不停留在前代人的思维水平上，或者说想迅速爬到前代学者的肩膀上，决不能舍弃顺向思维提供的途径。二是有利于揭示文学史的本质规定性和基本规律。任何事物之所以成为具有完整形态的事物，而不是一些零零碎碎的部件毫无联系的杂凑，就在于这个事物的质的规定性将其结为一体，并以独立的形态与其他事物相区别；所谓规律性与事物的规定性紧密相关，规定性决定了事物的本质，而事物与事物之间的本质关系或内在联系就是规律性。文学史也是如此，只不过它的质的规定性与规律性隐藏得更深一些，显得朦胧模糊一些。文学史研究主体运用顺向思维从简到繁、由表及里地去考察典型的文学现象或复杂的文学形态，就是要探索文学的质的规定性，从而揭示某个历史阶段的文学或某类文学的本质。比如我们之所以承认五四文学的本质是人的文学，并不单单因为周作人当时提出了“人的文学”理论命题，主要由于我们在以顺向思维全面地深入地考察并研究了五四文学的纷纭复杂现象之后，透过其表层窥见了五四文学之所以称为现代化文学的质的规定性——既不是启蒙的思想主题也不是救亡的政治主题，而是“人的发现”主题。固然人的发现与思想启蒙有关，但在文学领域里“人的发现”则表现为“人的自觉”与“文的自觉”，正是人的自觉与文的自觉铸成了五四新文学，也正是这种规定性形成了五四文学的“人的文学”本质。文学演变过程并不是无序的盲目的，当我们遵照顺向思维路线沿着时间轴去追踪文学史的流变过程时，穿越文学长河的云障雾罩定会发现一些规律性的东西，或隐或显或强或弱地左右着规约着文学发展的路线与方向。比如我们以顺向思维选定一个或几个角度来探视20世纪中国文学的发展规律，就能概括一些外显的或内隐的规律。有的研究者不承认文学发展有规律可循，也不主张文学史研究重在揭示规律；其实承认也好不承认也好，文学史本身蕴含的规律性是客观存在的，如果你承认它就应该自觉地揭示它，如果你不承认它那就别管它，采取否定态度是不应该的。我也不同意把文学的规律性推而广之，将其普遍意义强调到“放之四海而皆准”的程度。就其世界文学发展史的总体来说可能有些规律带有普遍性，就一个国家民族的文学发展来看无疑有些特殊规律，甚至每个文学史阶段或每种类型体裁文学发展还有些具体规律。因此研究文学史不仅要重视规律的探索还应对文学规律有个正确认识，试问研究文学史不注重规律的揭示还有什么意义呢？当我们选取文学与政治关系的角度循着顺向思维路线由五四文学顺流而下进行考察时，谁也不能否认中国新文学与政治结下不解之缘，政治斗争或社会变革总是文学发展的巨大驱动力，这也许是一种外部规律现象，但毕竟是一条特殊规律。目前有些文学史研究者可能出于一种逆反心理，或淡化新文学与政治的关系或回避两者的关系，这也无可厚非。顺向思维是尊重史实的，是追求历史真实的，即使研究者承认政治与文学相辅相成发展是一条规律它也不具有普遍性的指导意义，只能说它是中国现代文学发展的某个历史时期的革命文学发展的规律，当然现代其他形态文学的演化也受到这条规律的直接或间接的制约；但这条规律或说带有规律的现象是客观实有的，并非研究者臆造的，它已在不少现代文学研究者心目中形成顺向思维定势，倘若以逆向思维否认它并不明智，而且也没有必要做这种翻案文章。要是说上述仅仅是新文学演进的外部规律，那么我们遵照顺向思维路线选取新文学与中西文学关系的角度对“五四”以来中国八十多年文学发展加以观照，便可从深层发现一条借鉴外国文学以促进中国文学现代化、继承传统文学以强化中国民族性的这样一条：“现代化民族化双重变奏”的内在规律。也有的学者把这条新文学本身的演变规律概括为“现代化民族化并举”的方针，也有的学者认为现代化就包含着民族化或认为民族化作为一口号是用来抵制现代化以防新文学走上全盘西化的道路。尽管认识不一致，但是新文学沿着现代化的目标发展或者说沿着现代化民族化的轨道前进却越来越成为人们的共识，甚至已成为不少研究者的思维定势。三是有助于认识文学由初级形态发展为高级形态，预示文学进化的前景。从总体上看文学形态的演变有一个从雏形到成熟的演化过程，几乎没有哪一个民族的文学一生成就是一个完美无缺的独立审美系统，应该说由初级到高级、由低层次到高层次这是合乎规律的演进；就每种文学体裁类型的进化来说更是如此，不论哪种小说体式、诗歌体式或戏剧形式、散文形式，大都由不完美的初级形态发展成完美的高级形态；就一个作家的创作来看也是如此，总要经过由幼稚到成熟、由习作阶段到创造阶段。承认这种规律性的现象并不难，这只不过是一般的常识，无什么深奥之处；但是作为一个文学史研究者就要灵活地运用顺向思维方式，不仅应对文学形态由低到高、由初生到成熟的全过程考察得清清楚楚并予以真实准确的描述，也要运用顺向思维善于指向事物内部的功能来探掘文学形态演进的内在线索与机制以及之所以形成初级形态和高级形态的根源所在，从而发掘文学形态或文学品类自身的特性与规程。尤其对于一些特殊的文学现象，如有的文学体裁并没有经过一个由不成熟到成熟的演化过程，而是一步到位即这种体裁一问世就出现了高级形态的作品，比如鲁迅五四时期创作的现代白话小说是我国现代小说发轫期的典范，再如曹雪芹创作的《红楼梦》就其本人的创作经历来说并没有写出初级形态的小说，而是一出手就创造了完美成功之作，成为整个古典章回体长篇小说的艺术高峰。这种特殊文学现象在中外文学史不乏其例，文学史研究应该长于运用顺向思维总着眼事物高级形态的指向与追寻，对文学形态演变的特殊现象进行深入的开掘和有力的阐释，这会增加文学史研究的深度和力度。主体顺向思维不只是着眼于事物的高级形态，而且总是指向未来，它反映在文学史研究上，你无须担心自己的方向是否正确，因为顺向思维坚定不移地循着文学发展的自身逻辑向前运行，它不具有侧向思维、求异思维和逆向思维的品格，而朝着既定方向勇往直前则是其独特品质。正因为如此，研究主体遵循顺向思维方式来探索某个历史时期文学流变过程或发掘文学发展规律或研究某种文学的高级形式，总是能够从已知的规律来推测文学发展前景、从已知的过程来畅想文学的总体流向、从已知的形式来预见文学形体未来的变化。文学的发展是无止境的，它的稳态仅是相对的，它的动态是绝对的，主体顺向思维不但可以对文学的运动进行跟踪研究，也可以因势利导地对文学前景作些预测，这对于通过文学史研究以推动新文学发展大有益处。四是有利于抵制和防范文学史研究过程中那些伪冒假劣的货色侵入，也就是消除那些伪科学的幻想、臆造的假说和梦呓似的主观猜测。这并非危言耸听，只要我们认真地翻阅几部文学史定能发现一些掺假现象，也有些主观随意性的东西，甚至有些故作玄虚深奥的形而上学思辨令人费解。当然这些非科学或主观臆造并不一定是有意而为之，更没有造成谬种流传之意，只能说是治学态度不严肃或者说学风不是太正。由于顺向思维具有较强的严谨性、逻辑性，既尊重文学流变的历史逻辑又尊重文学理论与创作不同形态的内在逻辑；特别顺向思维的一定保守性、固定性和规范性可以有效地抵制逆向思维、求异思维的无限度膨胀；因此可以说，文学史研究主体的顺向思维既能助长严谨的学风、强化科学的治史态度，也能引导后起者尊重前人的研究成果，沿着前人开凿的思维路线开创佳绩。有的当代学者见识了西方“新理论”“新方法”并未在融会贯通、活学活用上下工夫，自认为具有了最超前的史学眼光、掌握了最现代化的研究方法，虽然尚未拿出“划时代”的科研成果引以自傲；然而却以莫名其妙的优胜感对前人或同代人的文学史研究成果指手画脚，且带着一种嘲讽口吻斥责或否定前人的研究思路、方法乃至成果。岂不知要站在前人的研究的高度创造出超越前人的文学史，并非掌握了新观念新方法就能马到成功，还需要对前人思维轨道上产生的研究成果即编著的文学史予以精心研究，博采众长方可自成一说，这就要求“先锋派学者”应该重视顺向思维方式，不要轻慢它，不屑一顾只能表明自己的无知和肤浅。

在我们对文学史研究主体顺向思维方式的独特功能与优势进行考察并作了肯定性分析的同时，也较清醒地看到它的优长往往与它的弱点联系在一起，它的优势暗含着它的劣势。可能任何一种思维方式在文学史研究过程中运作起来其功能都不是完美无缺的。从思维科学的角度来审视，人类发展史上的一切创造发明一般地都是冲破顺向思维定势而获得的。就拿居里夫妇的科学发明来说，他们发现稳定的原子核在α粒子轰击下能变成放射性的核，于是实现了人工核反应的第一项突破，而第二项有待突破的则是α粒子对轻元素的轰击有效却对重元素无效，此后各国物理学家都沿着居里夫妇开辟的顺向思维路线去攻关并未取得进展，直到意大利物理学家恩里科、费米勇敢地冲破了居里夫妇的顺向思维定势，不再用α粒子而是以中子去轰击，便一举成功。文学史的研究也是这样，就以现代文学史为例，由于政治环境的影响，在较长阶段新文学史研究形成了“现代文学史就是新民主主义革命史的有机组成部分”的顺向思维定势，因此很多版本的现代文学史编写者都是爬行在这条思维路线上，直到新时期这种思维定势才受到一定冲击，至今也没有完全打破，尽管出现了不少名之曰“新编”或“重写”的现代文学史，但总给人以万变不离其宗之感。由此可以表明，顺向思维方式的最大局限是缺乏创造性开拓性机制。我们研究或编写文学史常常有这种感受和认识，总是按照历史的流向描述文学现象，好像文学本身就是一条由远及近、从古到今的源远流长的大河，文学史家的任务就是造一艘游船，载着人们顺流而下，领略河中之景两岸之光。这种顺向思维定势虽然在疏通文学长河、摸清文学流变线索、识别文学史原本面貌上起过积极作用，但它也为文学史研究者规范好各种各样固定的顺向思维路线，甚至形成一种思维惯性，只要一遇到历时性的文学现象总习惯于先追溯它的时间源头，随后顺流而下，就不想运用其他思维方式来考察和探究这种历时文学现象，久而久之主体的顺向思维惯性将变成思维惰性，就无力开拓文学史研究的新天地。就文学史的总体研究来看已暴露出顺向思维定势的某些弱点，那么从作家作品研究来考察，也能看出顺向思维定势的保守性已变成僵化性、程式化，丧失了思维的活力。我们研究文学作品往往遵循这样的思维路线，即社会先于作家、作家先于作品、作品先于读者，长此下去就形成了一种思维定势，一代代研究者沿着这条顺向思维路线写出了大量的“创作论”或“作品分析”；人们对于这种僵板枯燥的思维模式早已厌倦了，并讽刺此类模式炮制出的论文或著作是“一时代背景，二作者生平，三思想内容，四艺术特色，五美中不足”。文学史研究或文学作品研究永远不会固定在一个学术水准线上，总是要有所突破有所前进，因而从这个意义上说对于顺向思维方式的不足和缺欠决不能轻视，必须给以充分的重视，选取强有力的思维方式冲破其思维定势，克服其思维弱项。

唯有逆向思维或叛逆思维才是打破顺向思维定势的最具有冲击力的思维方式。从人类思维发展史来考察，认识过程中形成的每一种顺向思维路线，初始无不是以逆向思维辟荒开路，久而久之人们便踏出一条顺向思维路线，逐渐形成一种思维定势；然而思维定势毕竟会导致人们走上无所作为的老路，因此必须借助逆向思维将其冲破，继而又会在顺向思路上出现新的思维定势还要依凭逆向思维去打破它，如此螺旋式上升便形成人类思维的演进过程。不论自然科学的研究或者社会科学的研究，都是遵循人类主体这条螺旋式的思维规律不停顿地开拓前进，使科技、学术事业欣欣向荣。不过逆向思维比顺向思维更具有开创性，任何新的创造新的发现新的成果都离不开逆向思维，文学史研究之所以不断突破不断深化不断超越就在于主体善于运用逆向思维。

文学史研究主体总是凭借逆向思维的反叛力冲破固有的文学史观，建构新的文学史理论，这是开拓文学史研究新局面、推动文学史研究向新目标挺进的关键所在。文学史观一旦形成，它对文学史研究与编著至关重要，这已是文学史界的共识，建国后对现代文学史研究之所以写出一批以革命或进步的作家作品、社团流派、思潮运动为主体的文学史，根本在于治史者确立了革命文学史观；而这种史学观经过特定的政治氛围的强化已凝固成稳态的思维定势，而且越来越极端化。新时期以来，中国现代文学史的总体研究、专题研究或者作家作品、社团流派研究，之所以一次次突破原来既定的格局，出现一批批新著的文学史研究成果，关键在于研究主体以逆向思维冲破了思维定势，更新了文学史观，使文学史观的变革呈现出多元化态势，“重写文学史”口号的提出正是逆向思维的产物。此其一。当我们进入文学史研究的具体过程时，对于前人的思维成果既要认同又要超越既要承续又要突破，不过总觉得认同和承续是沿袭别人的思维路线,是并不用费多大力气就可以吃前人嚼过的馍,对于一个有追求有自信的学者来说决不会满足于此,总是要在突破与超越上下工夫,以施其才,以展其能,从而打破前人的顺向思维定势,开辟逆向思维路线,这样才能唱点反调,抒发自己的声音,形成独特的"史识",写出有学术个性的文学史。从这个意义上讲只有顺向思维而缺乏逆向思维的文学史研究者是没有出息的。不仅如此,一个有开拓性的文学史研究者,还必须勇于否定自我、超越自我,不断更新自我的思维模式,因此这比突破前人思维定势去获取新知新识更艰巨也是更重要的。虽然人具有超越自我思维惯性去发现新问题开创新局面的潜能,但有时这种潜能无力冲决由自命不凡、自以为是、自我欣赏等形成的保守心理、优越心理的障壁。越是在这种心境和情势下,研究主体越要自觉地运用逆反心理的冲击力去打破自我封闭的重围,将自己的聪明才智引发于创造性的思维路线上,使自我所热衷的文学史研究永远不要停止在一个水准线上。此其二。文学史研究是一种整体性研究,如果要编著一部通史或专题史那首先应考虑建构一个合体而新颖的理论框架,只有在理论框架的规范下那些经过主体思维分析与综合的史料和精辟独到的史识才能获得恰如其分的归属和具体的显现形态。从思维行程来看,通常建构理论框架,文学史研究主体先从分析梳理大量文学资料入手,从感性具体印象的审美体验中寻找出规律性东西,并以此为内在线索来构筑框架,这是种典型的顺向思维路线。按照这条思维路线建构的理论框架似乎是众多研究者已走惯了的道路,不仅逐步形成思维定势,而且理论框架日趋模式化或大同小异,从总体上影响了文学史研究格局的创新。康德认为,理论框架的建构犹如建筑术,需要一个与理念结合的图形,而不是一种繁复的构成分子的类似性的凑合,不是一切任意的为外部目的起见偶然来使用我们积累的知识,用纯技术形态来营造理论结构,它必须用一种最高的内部目的为准则来进行理论框架的建构,这就是一种"纯粹理性的建筑术"①。这说明理论框架建构必须以理性为骨骼,既要体现它是各种关系的总和又要表示出它是各种规定的综合,从而达到有机联系的整体统一;也就是说,它是感性具体在最高层次上的回归,经过淘洗扬弃后它保留了感性具体的整体性和知性分析的清晰性,随后以一种更高的理论形态达到了思维的超越性。这个原理完全可以作为文学史研究的参照。文学史研究是个更为复杂的系统工程,我们建构其理论框架

① 参见康德:《纯粹理性批判》,第566页,商务印书馆1982年版。

时既要研究其自身的组成和结构及其在各种条件下的运转机制，又要考察其在大文化系统中它作为子系统受到哪些影响和制约，既要研究文学总体运行中作为小子系统的各种文学类型、社团流派所受到的制约和自身规律，又要考察各个小子系统之间的相互作用及其反馈，这都是构成文学史框架的必不可缺的因素。黑格尔说："思维之超出感官世界，思维之由有限提高到无限，思维之打破感官事物的锁链而进到超感官界的飞跃，凡此一切的过渡都是思维自身造成的，而且也只是思维自身的活动。"①文学史理论框架建构相对于它包含的具体内容来说就是超感官界的理性飞跃，所以必须依靠研究主体的思维力量。虽然顺向思维路线提升并创制出不少文学史理论框架，但由于思维定势一旦形成易于守成僵化而逐步丧失框架的生命感和再生力；加之文学资料、文学作品、报纸杂志等浩如烟海，只顾坚持顺向思路去建构文学史框架，其结局不是力不从心就是望洋兴叹。面对这种困境，研究主体的明智与勇气就表现在毫无迟疑地选择了逆向思维方式：一是用它冲破已经老化或陈旧的文学史理论框架，建构新的结构图式，新时期问世的文学史在不同程度上对传统理论框架都有所突破；一是将顺向思维反转过来，不是顺流而下地去寻求建构理论框架的线索与因素，而是逆流而上，开辟一条"从事后开始"②的逆向路线，就是从文学发展的成熟或健全形态入手，逆向追溯，从而把握文学的初始形态，这不仅有助于对文学系统结构的理解，也有利于从最高层次上驾驭全局，把握文学总体的错综复杂的结构图，建构一个最佳的文学史理论框架。法国罗兰·巴特并不敬畏顺向思维而毅然选择了逆向思维路线，他先大胆地提出一个叙事模式，然后从这个模式出发逐步深入到各种叙事作品的结构中并加以验证，从而把握了多种多样叙事作品的结构方式及其文化、历史、地理诸方面的差异。巴特是将语言学获得成功的逆向思维方式引进文学研究思维，以建构起结构主义文学批评理论③；由此推断文学史研究的整体性突破，我们不能不借助逆向思维的创造力和开拓力来构建与客体结构图相对应的理论思维框架。

但是我们在操作逆向思维方式于文学史研究领域纵横驰骋时，必须看到它的创造性和开拓性得以充分发挥是有条件的：一是顺向思维已无力或无法把握文学结构系统和解释文学作品审美内涵与审美形式的情势下；二是思维定势已

① 黑格尔：《小逻辑》，第136页，商务印书馆1981年版。
② 马克思：《资本论》第1卷，第92页。
③ 罗兰·巴特：《叙事作品结构分析导论》，《美学文艺学方法论》（下）。

显露出极端的保守性、僵板性，已成为文学史研究进一步深入的障碍，必须为逆向思维大开绿灯；三是顺向思维已走到文学历史河道的尽头，河床的储藏似乎已挖光掏尽，循着这条思路前行难以有新的突破。如果我们毫不顾及这些条件盲目地使用或滥用逆向思维，一味地唱反调作翻案文章，追求那种一鸣惊人或异想天开的社会效果，那有可能为文学史研究带来不堪设想的负效应。既然逆向思维是一种带有风险性的创造思维方式，那我们运用它就应采取既大胆又谨慎的态度；但从目前我们文学史研究现状来看则是大胆不足谨慎有余，这在中老学者层表现得尤为明显。因此现在需要有胆有识的文学史研究者挺进文学史领域，去冲破形形色色的已失去生命力的思维定势，开创文学史研究的新局面。为了减少逆向思维的风险且能保证其充分发挥威力，我们在文学史研究中可以将逆向思维与顺向思维结合起来运用，实际上这两种思维方式经常交替使用，互相以长补短。文学史研究者大都有这样的体验，如果光遵循顺向思维方式沿着文学发展的时间轴揭示其演变过程，考察到文学生成或存在为止，那这种观照是不可能全面而深入的，因为文学的本质特征、时代精神、美学风格、功能效用等并非在同一时空中能充分表现出来；所以常常先以顺向思维超越规定的时空，直逼文学发展的高级形态，然后再运用逆向思维追溯其初级形态。这种先顺后逆思维方式的运用，不仅能够全面认清文学的完整形态及总体审美特征，而且对文学由初级形态发展为高级形态的逻辑规律和内在机制能揭示得更为深切更为清晰。特别是对清末民初以来的中国20世纪文学的研究，既有“过去时”又有“现在时”的研究对象，对于中青学者来说似乎解放前的那段文学已属“过去时”，以逆向思维研究为宜，而对建国后这段“现在时”的文学因处于同一时空中不易认清面目，则以先顺后逆的思维方式研究为好；而对老学者来说20世纪中国文学大多是属于“现在时”，差不多亲身经历过、心灵感受过，因而想摆脱“不识庐山真面目，只缘身在此山中”的同时空带来的局限，高瞻远瞩地审视研究对象的全貌，最好选取顺向思维与逆向思维相结合的思维方式，即在顺向思维路线上展开翅膀，超越时空，突破现实的局限，飞向绝顶，然后再从这个高度俯视“现在时”文学研究对象，整个景观尽收眼底，这不仅可以减少片面性以纵览20世纪中国文学的真面目，而且有利于对研究对象作出比较公正的评价和比较科学的描述。

思维规律与思维品格的考辨

人类的思维方式是多种多样的,文学史研究主体所运用的思维路线、思维方式和思维方法也是多姿多彩的,除了前面结合文学史研究实践重点论述的收敛思维、发散思维、顺向思维、逆向思维等几种思维方式外,文学史研究常用的还有平向思维与侧向思维、宏观思维与微观思维、趋同思维与求异思维、还原思维与系统思维、概念思维与模型思维、精确思维与模糊思维、静态思维与动态思维、辩证思维与交叉思维等等。由于这些思维方式研究者比较熟悉,而且往往结合在一起运用或交替交叉使用;况且从人的思维发生过程来考察,它们大都属于循序思维类型,即整个思维过程一般要遵循一定的程序、延续一定的时间达到思维目的之所在;因此笔者不想对上述思维方式进行考察,拟对与循序思维类型相异的无序思维类型中的直觉思维略加论述。因为直觉思维与文学鉴赏、文学评论、文学史研究关系密切,掌握通晓了这种思维方式大大有助于文学史研究的深微化。之所以把直觉思维称为无序思维,是因为它的思维路线与思维过程在时间点上与思维结论相重合,整个思维过程是突发性的、瞬间性的、直接性的,其思维路线是无迹可寻,难以描述的,它是越过或者省略了思维历程,思维的开启就是思维结果诞生之时。直觉思维比其他思维方式表现得更为高深,甚至有点深不可测,禅宗学说又给它蒙上层神秘色彩。众所周知,直觉思维作为一种创造性思维方式它在科学发现中所起的作用是难以估量的。爱因斯坦认为,在经验材料与发现新见解之间并没有"逻辑的桥梁",全借助于直觉与灵感,且以其相对论的创造成果来证之。科学哲学家波普尔明确表述:一场思想革命往往如同一次新的顿悟一样,它是闪电般倏忽而至的。[①] 关于直觉思维的内在机制和基本特征尽管学术界尚未论述得十分清楚,但是前苏联学者伊林娜和诺维柯夫的《在科学直觉的世界中》一书里是这样概括直觉思维的,颇值得参考:(一)可获取仅仅依赖于感性认识所不可得到的思维结果;(二)可获取仅仅靠逻辑推论所得不到的思维结果;(三)思维主体对思维结论的真理性,有一种说不清所以然的本能的自信;(四)所获取的思维结果是突如其来的、出乎意料的;(五)思维结果具有直接的明显性;(六)思维主体对其思维动机、过程、方

① 参阅傅修延、黄颇:《文学批评思维学》,第159~160页,文化艺术出版社1989年版。

式都没有自觉地意识到它们的存在；（七）思维过程具有非同寻常的灵活性和不可思议的瞬间性；（八）思维过程突发之时，伴随有一种外显的思维情感满足。[①]其实，我国以直觉思维闻名于世界，祖先们曾凭借灵思与顿悟来洞察宇宙的奥秘；这种直觉思维无疑地深深影响了中国传统的文学评论与研究，成了古代文人的文学评论思维的主要思维方式，如古代的大量诗话、词话和诗文评点几乎都是直觉思维的妙语精言，很难从中寻出循序思维的逻辑踪迹，大多以直观形象来表述观点，理论思辨色彩极为单薄。直觉思维如同灵感思维一样“是由潜思维和显思维的协同工作，其大部分工序在潜思维中进行，最后经显思维表现出来的一种创造性思维活动”[②]。因而直觉思维以长时间的思考为前提，必须持续自觉的潜心于思索，而且要处于高度放松状态；特别是直觉思维在文学史研究中总是伴随着难以描述清楚的审美愉悦，试想当我们从大量文学资料的检阅和梳理中忽然发现新的史识或带有规律性的见解是何等的欣喜若狂？著名心理学家马斯洛把人生的最高愉悦和满足称之为“高峰体验”，并认为它产生于审美与沉思中，而这恰恰是文学研究的直觉思维的独特功能。虽然直觉思维以长时间的沉思默想作为前提条件，然而它的思维结果却是在瞬间完成的。本来这些发现与判断按常规是要经过缜密思考后才能宣布的，而在直觉思维支配下的文学研究者往往不假思索便脱口而出，结果事实证明它们是正确的。文学史研究最重要的也是最难的是发现“史识”，再优秀的文学作品排列起来也构不成文学史，再丰富的资料组合起来也不过是汇编，唯有洞见了带规律性的“史识”才能说编著文学史已找到了“灵魂”。虽然各种类型的思维方式都有发现“史识”的可能性，但是直觉思维的敏捷性、瞬间性、快速性的特点更有利于发现独到的“史识”，能带来文学史研究的重大突破；不过，“史识”一旦凭借直觉思维发现了，激动不已的研究主体就要冷静下来，立即转入循序思维，为“史识”寻求实证性强的理论根据与资料根据。这种从“史识”到“史料”再到论证的思维过程，显然是逆向思维方式来完成的。由于文学史的研究对象主要是文学作品，而文学作品又是复杂的审美实体，情感性是其重要特征，甚至有的文学作品有几度审美空间，文化意蕴审美情趣既深邃又丰富；因此直觉思维的运用能收到意想不到的效果，能感悟出其他思维方式悟不出的妙处，能发掘出其他思维方式难以发现的东西。克罗齐曾把直觉思维引入文学评论与赏析，他认为文学赏析就

① 参阅傅修延、黄颇：《文学批评思维学》，第159～160页，文化艺术出版社1989年版。

② 《写作心理拾趣》，第61页，湖北教育出版社1986年版。

是用直觉来再创造文学家所创造的抒情意象，并指出研究者要了解但丁，我们就必须把自己提升到但丁的水平，同时要“结合我们当前的历史情境”①。我国新时期以来涌现出的文学史研究者，其中有的杰出者善于以直觉思维去研究文史资料和解读文学作品，使文学史研究呈现出新的特色、新的境界和新的品位。

思维学与文学史联姻的媒介主要是思维方式，而正确的思维方式就是思维规律的体现；如果通过符合思维规律的思维方式取得了优秀的文学史研究的思维结果，那就标志着思维规律在文学史研究实践中的实现，若是研究者运用的思维方式违背了思维规律就不可能获得正确的文学史研究的思维成果，这意味着思维规律并没有实现。既然文学史研究有思维规律可循，在我们对几种思维方式进行了探讨之后，有必要对一些基本思维规律结合文学史研究略加考察。

在人类的思维这只黑箱尚未从生理机制与心理机制相结合的角度论述清楚之前，思维过程仍然是个谜，因此人们对思维过程的描述难免带有推测的性质，特别是无序的直觉思维在各种类型的思维过程中都存在，而所有的对直觉思维的描述无不带有扑朔迷离的模糊性。但是人类思维毕竟要通过各种方式、途径和路线展开，并且以形形色色的符号转换为思维的物化形态，这就为我们理解和掌握思维过程提供了可感可触的外在条件。由于各种各样的思维规律总是与思维过程或明或暗地纠葛胶结在一起，如果对一般的思维过程缺乏认知和理解，那就很难摸清认准思维规律，因而在探究思维规律的同时也应触摸一下思维过程。尽管对思维过程的看法并不一致，但从文学史研究的角度来考虑，我认为列宁的体察与把握比较准确：当思维从具体的东西上升到抽象的东西时，它不是离开——如果它是正确的——真理，而是接近真理。物质的抽象，自然规律的抽象，价值的抽象等等，一句话，那一切科学的（正确的、郑重的、不是荒唐的）抽象，都更深刻、更正确、更完全地反映着自然。从生动的直观到抽象的思维，并从抽象的思维到实践，这就是认识真理、认识客观实在的辩证途径②。文学史研究的一般思维过程也是这样的由具体到抽象再由抽象到具体，即当研究主体深入文学资料的翻阅、整理与体认时，所获得的乃属于主体本人的具体而独特的感受，仍在感性认识范畴，经过主体思维的筛选过滤逐步上升到抽象的判断；然而研究主体所作出的抽象判断往往是对文学史研究对象某一个或某几个层面的认识和评价，只有从抽象的判断再上升到研究思维的整体并

① 朱光潜：《西方美学史》（下），第 290 ~ 291 页。

② 《哲学笔记》，第 181 页，人民出版社 1956 年版。

从而获得具体的感知,才能从总体上把握文学史研究对象。可见,作为文学研究思维的具体感知较之抽象判断的单向性与侧面性更为全面、更为系统也更为具体;之所以如此,“因为它是许多规定的综合,因而是多样性的统一。因此它在思维中表现为综合的过程,表现为结果(笔者加着重号),而不是表现为起点,虽然它是现实中的起点,因而也是直观和表象的起点”①。作为研究主体,当我们的思维触角探入五四文学史料的汪洋时,如果从文体的角度去感受那会作出“五四文学是文体大解放的文学”的抽象判断,如果从语言符号的角度去体会那会作出“五四文学是白话化的文学”的抽象概括,如果从主题思想的角度去感知那会作出“五四文学是启蒙文学”的抽象判断,如果从创作原则的角度去感受那会作出“五四文学是多元美学倾向文学”的抽象概括,这些抽象判断大都是对五四文学的一个或几个侧面的认识,并没有从总体上获得对五四文学的“史识”;只有把这些各个侧面的抽象判断,通过与古代文学、外国文学比较后,再上升到研究思维的整体,即在思维中把许多五四文学的规定性进行综合,方能获得“五四文学是现代型文学”这样的总体认识和把握,然后再回到五四文学的具体实践,进行重新解释和论证。马克思所说的“表现为结果”,这个“结果”应理解为整体思维结果,也就是研究思维的具体感知标志着某一具体的研究思维过程的告结和思维结论的获取。文学史研究作为以理性思维为主的意识活动,其思维规律总是与思维过程结伴而行,尽管作为思维规律蕴含于或隐藏于物化形态的文学史研究思维过程,但其龙尾龙首或蛛丝马迹还是可以追寻和展示的。诚如有的学者所说:“思维过程是个非常复杂的过程,在思维过程中起作用(包括起催进作用和起干扰作用)的具体因素是非常之多的。对于一个复杂对象的思维,其过程更加复杂。如果具体地描述思维过程,那就是在同一思维过程中,各种思维活动形式相互交织在一起,在不同的方向上发生作用,逻辑思维、形象思维、灵感思维、诡辩思维、幻象思维、过敏思维混合在一起,难分难解。”②这是对思维过程复杂性的描述,如果我们换一个视角即从思维方式的角度来窥测这个思维过程,那便可归纳出一条根本性的思维规律即综合互用律,并从而说明任何具体的文学史研究思维过程单一的思维方式和纯粹的思维过程实际上是不存在的,作为综合互用律的思维基本规律在文学史研究过程中具有普适性。我们从思维学的抽象意义上选取特定的角度,可以把文学史研究的思维方式视为

① 《马克思恩格斯选集》第2卷,第103页,人民出版社1972年版。

② 田运:《思维科学简论》,第71页,北京工业学院出版1985年版。

用纯粹理论形态来探讨其本质特征、独特功能及其相互区别，这仅仅为了研究的需要；但在研究主体的思维活动中并不存在纯理论形态的思维方式，总是多种思维方式综合作用于研究对象，它们互渗互用，相胶相结，使同一思维过程中呈现出多种思维方式重新组合相互为用的综合优势。只要联系我们的文学研究实际活动略加考察，就可以充分证明综合互用律作为基本思维规律是具有普遍意义的。且不说文学通史的研究，其主体思维过程中的多种多样思维方式既各显神通又协同攻坚，集中了各思维方式的独特功能，重组起强大的思维势能，突破一个个难点和重点，由表及里由点到面地认识和把握文学史的整体面貌和本质特征，从而显示了综合互用律是文学史研究主体所遵循的基本思维规律；就以文学专题史的研究来说，虽然研究对象的范围缩小了，但研究主体进入整个思维过程并不是单一的思维路线，仍然坚持综合互用律这条基本思维规律，将多种思维方式组合在一起，共同进击研究对象，有时是一种思维方式为主，其他思维方式辅之，有时根据进击需要不断调整思维方式的位置，有时不同思维方式突破分界线自动联合起来攻击研究对象，直到研究主体获取了文学专题的整体"史识"，综合互用思维规律方能显示出群策群力的思维优势。

如果认定综合互用律是文学史研究思维的基本规律，那么这一基本规律在研究实践的思维活动中又有一些具体的表现形态，也可以视它们为基本规律统领下的可行性规律，主要有：其一，思维包容律。即有些思维可以包容在某一思维方式里或者两个思维方式互相包容或者一种思维方式可以分解为若干条思维路线等。在文学史研究中我们自觉或不自觉坚持这条思维包容律，如考察一个文学流派的结构特征，可以借用系统思维方式，首先视文学流派是个整体，它由若干子系统构成，然后以直向思维逼近每个子系统予以透视，最后以收敛思维方式将每个子系统相同相似的美学因素集中在一个或几个焦点上，而这些焦点的聚光则是这个文学流派的总体审美特征或者说是这个文学流派的基本特色。由此显见遵循系统思维方式研究这个文学流派，至少在系统思维里已包容了直向思维和收敛思维，要是仔细考察那系统思维也许还纳入了其思维方式。侧向思维与发散思维在文学研究中经常相互包容，即发散思维方式不仅可以为侧向思维探索前行的路线，而且它发散的每根思维辐条就相当于一条侧向思维路线，这可以看成发散思维以其宽阔胸怀和锐利的开辟力包容接纳了侧向思维；但是这两种思维的包容是相互的，虽然相比而言发散思维的包容性大于侧向思维，然而这并非意味"大"吃掉"小"，侧向思维完全失去了自身独特功能。

只要我们换个角度来审视,便可发现发散思维方式似乎是若干侧向思维的有机组合,而每条侧向思维路线都是发散思维放射出的辐线,实际上这两种思维方式进入文学史研究的操作过程是协同作战的,配合得相当紧密。只要我们细心体会一下主体思维围绕文学研究对象反复运作,很容易就触摸到“思维包容律”的活动脉络和表现形态。其二,思维重合律。即有些思维方式具有相同性质或相似功能取向,它们表现为纯理论形态就有重合之处,难以辨别清楚,当它们与文学史研究对象结合在一起、研究主体正遵循这几种思维方式展开思维活动时,便形成难解难分的纠葛交错状态。比如逆向思维与求异思维都具有怀疑性、叛逆性和开创性,当顺向思维与逆向思维联合运用时也许我们面对文学史研究对象实体能把捉住逆向思维的本质特征;求异思维也是这样,只有当它与趋同思维处在文学研究主体同一思维活动中时,才有可能清晰地认识到求异思维与趋同思维指向研究对象的相似性和同一性恰好相反,它是指向研究对象的差异性和非似性。但是从思维学的角度来看,研究主体在文学史中的思维活动是极为复杂深微的,逆向思维方式与求异思维往往重合在一起,特别是反映在一个具体的研究对象上是不易分清的,“你中有我我中有你”,完全重合在一起,共同完成思维主体所意识到的思维使命。不仅仅是逆向思维与求异思维有明显的重合性,大凡那些具有一定的相似相同性质和功能的思维方式在文学研究中都会出现重合表征,这正是规律性的显现。宏观思维与微观思维无不具有系统性,它们之间的细微差别只有从主体思维研究文学对象的范围、方位以及思维路线入手方可寻找出来,而且都是相对的。比如从文学史角度把延安文学作为整体来研究,主体所用的是宏观思维,而对延安文学中的一个作家进行整体研究相对于延安文学整体研究来说则是微观研究;如果选取一个作家进行综合研究,作为一个独立系统进行剖析,那可以运用宏观思维,而对这个作家的每类体裁或每部作品予以系统全面透视和分析,所运用的可视为微观思维。但是在实际研究活动中,宏观思维与微观思维常常重合在一起,可以看作不完全的系统思维。不论从理论形态或思维实践都应该把“重合律”当成一条思维规律。其三,思维整体律。它与思维重合律有相似点也有不同之处。如果说重合律主要指有一定相同相似本质的思维方式在文学史研究实践中所遵循的是一条思维规律,那么整体律主要指在文学史研究的系统工程中并非众多的思维方式各自独立完成研究任务,而是许多思维方式任意地排列组合交错汇融,通力合作,努力整合成一个如胶似漆的整体,达到一体化。我们根本判断不清哪种思维打主攻哪种思维打前卫,谁是中锋谁是后卫,如何交替登场协同作战,仿佛是个难解难分的整体。正是凭借各种思维方式整合为一体所形成的整体力量攻克了研究难关,出色地完成了文学史的建构任务,因而"整体律"也可以作为一条独立的思维规律。当然在我们探讨思维的整体律时并没有抹杀各种思维方式独立存在的价值和意义,即使不同思维方式的重合面再大也不能各自相互取代,这里着重强调的只是在文学史研究过程中众多思维方式遵循"整体律"运作所发挥的巨大势能。这里或许还有必要说明,上述只是从思维方式的角度探索文学史研究思维的基本规律或几种具体规律,而非全部规律;如果转换一下视角,可能还会发现并总结出一些新的思维规律。

我们致力于文学史研究不仅要把握并遵循思维的基本规律,而且要明确文学史研究对主体思维的主要要求,即主体思维应具有哪些一般的素质和品格。文学史的研究对象不能仅局限于某个作品或作家、某个文学流派或文学现象,主体应善于将更多的文学创作、理论思潮和文学活动纳入研究思维之中,这就要求主体思维具有宏阔性;那些长于在文学史研究中运用发散思维、宏观思维、系统思维、侧向思维等的研究者,就敢于冲破种种限制或主观上的禁锢,尽可能广地开拓文学史研究领域,全方位地把握文学史的流变线索或本来面貌,这说明主体思维具备了宏阔性的品格。文学史研究不仅要有"广度",而且也要有"深度"。欲达一定深度,则要求文学史研究主体思维具有"深刻性"的品格。所谓文学史研究的深度也是相对的,只要研究主体思维能够透过表层发现深层、透过现象抓住本质,就可以说具备了思维的深刻性。如果我们细心体验一下便可发现思维的深刻是有层次的。比如当我们运用顺向思维在前人或他人研究文学史已开辟的思路上再深化一步,可以说是"深刻";当我们凭借发散思维的威力发现前人或他人所未发现的思想,形成独特"史识",这也算是"深刻";当我们运用逆向思维,在唱反调当中唱出新颖独到之音,也可谓"深刻",等等,不一而足。目前致力于文学史研究的大多数学者逐步从传统思维模式中解脱出来,以新的思维方式选取心理学的角度或文化人类学的角度或生命哲学的角度,或深掘人物的潜意识或探索文学现象的奥妙或揭示人物的生命强力,这都会给文学史研究带来"深刻性"。文学史研究如同其他学科的学术追求一样,重视"深刻性";然而"深刻性"并不等于"晦涩性",特别是文学史研究不同于纯理论研究更厌见那种故作深奥实则艰涩难懂的东西,因而它要求主体思维的"流畅性"。文学史的研究对象的面目并非都是清晰明朗的,往往是云遮雾罩或尘封灰盖，这就要求主体思维灵活敏捷，能迅速消除研究对象的灰尘和障碍，扫荡一切阻滞，使思路顺利流畅，既较快地发现问题也较快地作出判断，所谓“文思敏捷”“才思泉涌”都是赞誉研究主体的思维流畅。如果研究者的思维具备流畅性的品质，就是再深奥再晦暗的文学研究对象那也会顺利地穿透它，就是再深刻的“史识”那也会有条不紊地流畅地表述出来。目前人们常议论文学史著作的雷同面目屡见不鲜，人云亦云的现象总是难以克服，这里面的原因也许可以列出多条，但从思维学的角度来看那就是文学史研究主体思维缺乏“独特性”。由于思维主体受到这样的干扰那样的限制，要求其在文学史研究过程中完全特立独行是不可能的；况且每位文学史研究者谁也不想去重复前人或他人的思维成果，然而不同代或同代研究者之间面对着文学史研究大同小异的思维路线和成果总是难免相互渗透相互影响相互承续，要求主体思维完全达到“独特性”也是不实际的。因而我们对文学史研究主体思维独特性品质的要求只能是相对的；只要在研究过程中能自觉地坚持逆向思维、求异思维、怀疑思维和叛逆思维等思维路线，维护学术研究的独立地位，增强文学史研究的学术个性意识，不断地有所发现有所前进，那就是充分地弘扬了主体思维的独特性品格了。

如果说探索思维学与文学史研究之间的深微关系，并从而发掘一些常用的思维方式、思维规律有难度的话，那么在研究实践中遵循思维方式、思维规律获取优良的思维成果或具体的操作规则与方法就显得难度更大。

发微之五　坚持与拓展：文学流派研究的社会学方法

在不同的领域中，一系列特定的方法为人类而存在，人们想要研究这些方法的可能综合或全部却是相当困难的甚至是不可能的，因而最终人们只能在每一个特定的领域内研究一些特定的方法。文学作为一个丰富复杂的有意义的结构系统，它的研究方法各式各样，且引起不少研究者的关注。文学流派作为一个小于整体文学系统的群体性结构，多年来为文学界研究的重点和热点，这不仅因为文学流派的历史是一部五彩缤纷的永远活着的历史，也因为文学流派隐含着具体丰厚的社会内涵和文化意蕴；然而对文学流派研究方法的探讨却显得相对薄弱或者说被人们所忽略，现在有必要把文学流派研究的特定方法加以探索，这有助于文学流派研究的深化与拓展。

既是研究对象又是研究视角

文学流派既是研究对象，是因为它可以作为一个独立的自足的审美系统；它又是研究视角，是因为它在文学的全局中只是一个部分，透过它可以窥测文学整体，故而它有方法论意义。文学史如同千姿百态、琳琅满目的艺术画廊，它是万千有艺术个性的作家所创造的，然而它的辉煌的整体艺术风貌却不是一两个作家所为，乃是不同的个性创造所构成的共有特色。作为一个文学史研究者，谁不想既能在总体上深刻而准确地把握文学史的全貌又能在具体作家作品上进行深入的透视与开掘，但是在研究实践中往往两者之间出现脱节或者合不拢，表现出两种倾向：过分注重作家作品的微观分析，就会造成“不识庐山真面目，只缘身在此山中”的缺憾；要是迷恋于高屋建瓴的宏观审视，虽然全景全貌尽收眼底，但也会留下空泛感或朦胧感。如果能在文学全貌与个体作家之间架起一座艺术桥梁或者寻找一个中介，就会很自然很紧密地把整体与个体有机地联系起来。控制论的创始人维纳认为，中介是一中转站，一桥梁，一缓冲带，在这里即使不相容的事物也可以“和平共处”，达到一种和谐的境界。就文学研究来说，文学流派具有中介的作用，从特定意义上讲它是天然的艺术桥梁。这是因为文学流派作为一个审美结构它小于文学的总体结构而大于作家的个体结构，正是它作为总体与个体的中介，下联着各种艺术风格的作家作品，上联着文学的整体风貌。具体来说，文学流派是由审美倾向带有趋同性、艺术风格具有相似性的作家构成，每个文学流派的共有艺术特征对于该流派的成员来说是其区别于他流派的独树的旗帜，但对于文学总体风貌来说，它与其他文学流派的共有艺术特征一起汇聚成五光十色的艺术风采。因此，文学的通史或断代史研究如果能自觉地把文学流派的演变及其审美特征纳入一定的历史的和美学的范畴之内，进行整体的分析与透视，这无疑有助于理解和把握文学史流变的全过程和文学审美的总体特色。很显然，把文学流派作为一种研究方法来运用，实际上它是宏观分析与微观分析的有机结合；也就是说，通过对文学流派中或一作家作品进行微观分析，并不单单囿于个别作家作品，往往带有一种综合的美学把握，即从与本流派其他作家作品的比照中引出关联着文学整体的某种倾向或某一侧面，但是，对于作家作品的微观透审又离不开对文学流派的宏观审视。作家作品的微观分析是文学流派有意结构的分解，是为了对文学流派进行宏观把握的更深入的细致的透视，便于准确清晰地概括文学流派的总体特征，从而揭示出文学整体发展中具有独特意义的稳定的和不稳定的美学因素；文学流派的宏观分析既是作家作品微观分析的升华与综合，并反转过来对微观分析在美学范畴和历史范畴上有一定规约和导向，又是通向整体文学全貌的最佳渠道，将微观分析出的带有全局性的社会意识、文化意识、审美意识以及内在的文学规律汇集起来，参与整体文学的研究和判断，这就使文学流派的宏观分析有力地发挥了一端连着作家作品、一端通向整体文学的桥梁作用。有趣的是，在整体文学结构中，文学流派是具有相对独立性的“块状”结构，通过对其结构内部的分析，可以发现不同艺术个性作家既相互吸引又相互竞争。相互吸引的结果也许可以形成趋同的审美趋向和流派共有的艺术风格，并从而使整体文学发展呈现出相对稳定的和谐状态；相互竞争的结果有可能出现多样化的审美个性或多元化的发展趋向，或产生新的文学流派或冲破整体文学结构的平衡，并为新的平衡造成有利的机缘。不论是作家之间的相互吸引或者是相互竞争都是受制于社会某种思潮的，思潮能孕育流派，流派能推动思潮，而作家往往借助思潮进入流派或步入社会，选择某种思潮正是适应了社会的某种需要；因此一个作家在社会上的地位和在整个文学史上充当的角色总是或明或暗地同某种思潮或某个流派相关联。对文学流派"块状"结构的剖析，不只是可以清晰地掌握作家作品的特征与个性，更重要的是可以具体扎实地认识文学史的整体面貌和演变轨程。

社会学方法的三维度研究

我们不能停留在整体文学结构研究中文学流派的方法论的功能与意义的阐释上，必须进一步探讨文学流派研究的社会学方法。从美学角度看文学流派是个审美群体结构，但从社会学角度看文学流派，则是社会生产的自然现象，既不是作家群体的随意创造更不是文学研究者主观圈定的，它的存在和发展有其历史的合理性和必然性。文学流派应是具有相似倾向的群体作家在社会性生产活动中自觉非自觉地创造的"精神结构"和"审美结构"。吕西安·戈德曼曾说过："当一个群体的成员都为同一处境所激发，并且都具有相同的倾向性，他们就在其历史环境之内，作为一个群体，为他们自己精心地缔造其功能性的精神结构。这些精神结构，不仅在其历史演变过程之中扮演着积极的角色，并且还不断地表述在其主要的哲学、艺术和文学的创作之中。"①虽然文学创作是一种完全个人化的精神生产和艺术生产，是其自由心态的象征性呈现，但这种个人性的精神生产和艺术生产以及个体创作心态总是同特定历史环境下的社会生产和社会心理或隐或显地联系着，致使文学作品蕴藏的思想情感既渗透某种群体意识和人类相通的情感因素，又是社会生活各种因素相互作用相互融合的意识结晶，文学著作之所以伟大就在于它们展示了社会人类与内外宇宙的全面形象。由于任何作家致力于精神生产和艺术生产都是在特定的具体社会环境里，而创造的文学作品，又是作家与其所处的各种社会关系进行交流或交换的一种形式，因而这些实际性的各种社会关系、思想关系、情感关系和艺术关系便构成了作家创造的群体关系和独特的社会文化氛围，使作家的个体创作不知不觉地便有一种趋同倾向，即或补充一个群体的文学或迎合一个群体的文学，在

① ［法］吕西安·戈德曼：《文学社会学方法论》，第46页，工人出版社1989年版。

对社会各种生活、文化意识以及各种文学类型进行自我选择时也在进行着一种群体选择，并置身于群体之中共同营构文学流派的精神结构和审美结构。尽管任何文学流派的生成和变动都与整个社会的经济、政治、哲学、宗教和道德等有着具体而奇妙的联系，并在这种联系的相适应与不适应的张力中弘扬了作家群体创建文学流派的内在主动性；但是必须看到，一些作家趋向何种群体致力于文学流派的建构，并非都是主动的自觉的，往往带有被动的非自觉性。也就是说，“他们在既定的范围内成功地创造了文学（绘画、音乐或概念的，等等）作品，创造了一个想象的、连贯的、或几乎严格一致的世界，而这个世界的结构又与集团整体的趋向相一致”①。如果说这种文学流派的创造活动并非有意为之而带有被动的非自觉的趋同倾向，那也是各种不断变化的外在社会条件和社会力量对文学形成的一种特殊的挤压力和威逼力，把作家诱到或挤到同一条轨道上、同一种氛围中、同一种规范里，塑造着群体的美感形象和艺术风范。因此可以说，社会历史生活的发展在无意识中建构着不同的文学流派，使艺术风格和创作特点各异的作家在特定历史条件下实现个性与共性、个体与群体的偶然结合而形成一种必然；同样，社会生活的变动所激起的浪花和冲击波也不知淹没和淘汰了多少文学流派，使那些与生活激流和社会主潮逆向的作家群的集结成为一种不可能。这就充分说明社会生活的变动是文学流派生成嬗变的最根本原因。从纵向考察便可发现，中国古代文学处在一个超稳定的社会结构中，相对来说，社会各种生活的变化比较缓慢，它从根本上制约着或限制着文学结构变化的速度，当然也牵制着文学流派的形成与发展。发生结构主义认为：“人类现实就呈现为两面化的过程：旧结构的消除和新整体的构成。这些新整体有能力产生能够满足各社会集团提出的众多新要求的平衡。”②文学流派作为一个精神结构与审美结构是有新旧之分的，它既能适应社会某些集团的审美新需求而产生新结构，也能随着生活的变化不适应社会某些集团的审美要求而成为旧结构，或被新力量冲破或自行消解，其关键都在于人类社会的实践活动以及产生的包括审美需求在内的众多新需求，而这种社会活动潜能与社会生活需求所形成的物质与精神的合力可以改变着世界，既能消除旧的不相适应的平衡又能产生趋向于终将再被取代的新的平衡。正因如此，才使中国古代社会推进到近现代其稳固的旧结构日益解体，各种社会生活发生了深刻的变化；特别在新旧社

① ［法］吕西安·戈德曼：《文学社会学方法论》，第183页，工人出版社1989年版。
② ［法］吕西安·戈德曼：《文学社会学方法论》，第179页，工人出版社1989年版。

会交替的"五四"时期,人们蕴藏的潜能获得空前的释放,精神创造力与艺术创造力显得无比旺盛,人们的审美追求与审美趣味也发生变换,新的审美原则不断取代旧的审美原则,导致人们的审美心理和审美思维发生重大转折。为消除人们因社会变动和生活变化所激发的新的审美要求与旧文学结构的不相适的平衡,作家们在活跃的充满生机的艺术实践活动中而顺应现实社会种种不同集团的审美需求结成一个个流派群体,使人们的审美心理趋向新的平衡。由于"五四"以后社会剧烈动荡,生活变化节奏加快,人们的审美要求和审美取向也随之变化多端,反映在文学流派的变动上便出现了眼花缭乱的艺术局面。历史发展到社会主义新时期,文学流派千姿百态,层出不穷,这种极为活跃的艺术景观的出现归根结底还是因为改革开放以来整个社会生活发生了翻天覆地的变化①。历史再一次证明文学流派的生成和嬗变与社会生活和社会心态的律动深刻地联系在一起。既然文学流派是社会的产物,是具有社会性的精神结构与审美结构,那么文学流派研究的社会学方法无疑是最有效的方法。

从方法论的角度来考察,在那些不正常的年代的文学社会学研究中,庸俗社会学方法曾造成恶劣的影响,它的基本特征是把主观与客观、艺术形象与社会典型人物、作家的创作思想与阶级意识完全等同起来,片面解释马克思主义关于意识形态的阶级属性原则,简单化公式化地解释文学发展史,并认为文学创作直接地不经任何中介地依赖于经济关系和作家的阶级属性,坚持用经济因素直接解释语言文学的构造特点,企图以文学形象来说明政治经济学范畴,把文学的内容和目的混同于社会科学的内容和目的,将文学变成对社会学的形象化的插图,甚至视文学是社会阶级斗争、民族斗争的艺术标本和政治斗争的工具。这种庸俗的机械的社会学方法流毒之广、危害之深是难以估量的,虽然几经冲击和批判,但在文学史研究中和文学评论中有的人总是遵循已形成的思维定势坚守这种方法,更有甚者是打着马克思主义理论旗号仍在运用庸俗社会学方法,并且胡乱挥舞企图伤人;在清算文学研究的庸俗社会学方法过程中,又出现了另一种令人忧虑的倾向,认为社会学方法过时了,不灵了,甚至有人把科学的社会学方法与庸俗社会学方法混同起来或者同其他新兴的研究方法对立起来。这种倾向的产生主要因为文学研究主体逆反心理所致,也与缺乏辩证思维、对社会学方法理论理解不深不准以及其他各式各样新方法的挑战有关,这

① 朱德发:《二十世纪中国文学流派论纲》"导论"部分,山东教育出版社1992年版。

导致社会学方法在文学研究领域受到冷落，文学流派研究如何运用社会学方法似乎更缺乏理性的自觉。

文学社会学方法由来已久，而且出现多种流派，其内涵也是相当复杂的，这里主旨不是全方位地探讨文学社会学及其方法论，而是结合文学流派具体形态研究一下社会学方法的基本原则、主要功能以及实际操作应注意的问题。方法常常是一种技巧，是一种理解研究对象的策略，但这种技巧与策略是以一定的原则原理为理论根据。文学作为人类的精神生产与艺术生产成果，它则是具有以语言为符号的物质载体。在心理学的视野中文学是人的各种心理机制的组合和调动，在传播学的视野中文学是一种信息的传播、储存和接受，在经济学的视野中文学是一种特殊的受市场规律制约的社会商品；然而在文学社会学的视野中文学在本质上则是一种社会文化，是整个社会文化体系中的亚体系，因之文学的价值必须以人的创造和社会的需要作为最重要的参照系统。文学与科学、哲学、宗教等都是人类文化中一个个亚体系，其根本共同点不在思维方式的同一性而在理想创造的统一性，不在结果的统一性而在活动的同一性，不在产品的同一性，而在创造过程的统一性；而文学的特殊性却在于，它以形式化的结构创造表达了人类的思想、理智、感情和想象，使生命的自由活动得以对象化。"人不仅像在意识中那样理智地表现自己，而且能动地、现实地表现自己，从而在所创造的世界中直观自身"①。文学流派作为整体文学系统中的块状结构当然也具有社会属性，虽然它是一些相似审美取向的作家所创造的艺术审美世界，但却能动地现实地直观地复现人的自身。因而研究整体文学系统的社会学方法及其原则标准同样适用于文学流派，不过在具体操作过程中可能尚有些特殊的要求。马、恩在辩证唯物主义哲学方法的基础上，曾创造性地运用历史与逻辑相统一的中层次的方法，对文学社会现象进行三维度的立体研究，那就是竖向轴上的文学社会结构研究、横向轴上的文学运行机制研究和历史轴上的文学未来发展研究。② 作为思维方式的学科研究方法，大致包括最高层次的哲学方法、从一个方面把握世界的中层次方法和专门学科的特殊方法。历史与逻辑相统一这个中层次方法，既适用于从宏观上对文学流派进行静态研究又适用于对文学流派进行动态研究。前者可以多层面地透视文学流派的社会结构，也就是文学流派在特定的社会历史条件下由作家群体创造的精神的审美的结构。

---

① 《马克思恩格斯全集》第42卷，第167页。

② 花建、于沛：《文艺社会学》，第39页，上海文艺出版社1989年版。

不仅作家群体是社会某集团或阶层的人所组成，他们之间的关系不是纯文学的关系而首先是社会关系，即于社会活动中的互相影响互相感染互相交流所形成的趋同社会意识、政治倾向和集团情感，并以此为思想纽带凑合或聚集在一起，可以说这种群体性的文学结构与某一社会集团或阶层的组织结构有一定的重合性吻合性；而且文学作品也是作家们以自己的符号化活动所创造出来的，它们“作为一个整体的人类文化，可以被称之为人不断自身解放的历程”①。对于一个文学流派的文学创作来说所表现的人类解放自身的意识，不仅有群体的社会解放意识、阶级解放意识、集团解放意识、民族解放意识乃至全人类解放意识，也含有解放自我、发展自我的个性解放意识和自由自主意识，以及与诸种社会意识相适应的审美意识、审美形式和审美风格，而这些美学特征又在某种程度上反映了社会某种审美心态或某个社会集团的审美取向的需求。以社会学方法在竖向轴上除了对文学流派的社会组织结构和文学创作社会倾向作如是的本体研究外，还要从文学作为人类社会文化的亚体系这个角度来考察哲学、宗教、道德、科学、法学等相邻的亚文化体系对文学流派的或隐或显地渗透与影响，更要探测经济基础、政治话语对文学流派的组织结构、精神结构以及审美形态的投射或制约。后者则是在横向轴上探索文学流派的运行机制，在历史轴上研究文学流派的未来发展趋向。在我看来，探索文学流派的运行机制，实质上是动态地考察“主体群”在文学流派的运行中所起的作用。发生结构主义认为，包括文学流派在内的人文现象必须与主体的行为相联系，但人类行为的主体和结构的创造者不能是个人，除力必多之外人类的行为远远超越了个人主义的范围，因而更确切地说这一主体应称之为主体群。实践反复证明：“一切历史的行动，从打猎、捕鱼到审美的和文化的创造，唯有当它们与集体主体相联系之时，它们才能被科学地研究，才能为人们所理解，才能诉诸于理性”②。文学流派的生成与运行都不是个体作家所为，而是“主体群”在特定的社会环境里被某种文化思潮或社会审美需求或集团意欲所激活而燃烧起的创造热情和冲击力，转化为群体的行为力量便可推动文学流派的嬗变和运行。当然，文学流派缔造与运转的主体并非永远不变，这个文学流派运行的几个主体和那个文学流派变动的几个主体是不相同的，即使同一个文学流派的多个创造主体也是同中有异，这就造成了作家主体不断地分化不断地组合，因而对文学流派的运行所起的作用

① 恩斯特·卡西尔：《人论》，第288页。
② 吕西安·戈德曼：《文学社会学方法论》，第45页。

是不一样的，有是顺向的有是逆向的，有是建构的有是解构的。在中国文学发展史上的某一特定时代或某个特定瞬间，有数不清的作家“主体群”在进行着成千成百次的构造文学流派的行动，而在这不可胜数的文学群体中对文学流派生成和运行所起的作用并非一样，其中有的文学群体却显得特别重要，它对文学流派的整体运行起着决定性作用，20 年代的为人生派和为艺术派、30 年代的左翼作家群，无不对同时代的大大小小文学流派的运行产生了至关重要的作用。像这样的文学群体在文学发展史或文学流派运行中扮演着起支配作用的角色，或者带来了文学整体的重大变动，或者保持着一种对主流性文学创造以主导性影响的角色。人类创造精神结构和审美结构的行为不仅与社会作家群体紧密相关，而且与意识有密切联系，这是因为人类创造有意义的审美结构的行为是由经过其意识之中的不同因素（主要是美学因素）组织而成的，所以主体意识是文学流派运行的内在驱动力。文学的生成和运行是作家群创作实践的结果，而作家群的主体意识的每一因素都以一种直接或间接的方式与创作实践严密相关，正如所有实践都是直接或间接地清晰或模糊地与作家群意识的具体结构相关一样。实际上每个作家通过创作实践都期望于主体及其环境之间保持一种完整的但又很难平衡的复杂结构，这种期望往往是有意识的或无意识的；文学社会学方法必须深入研究由这样的个体所组成的作家群体，努力探寻其之所以能在特定的社会历史条件下共同建构精神结构与审美结构并推动其运行的内在意识动力。很显然，对于每个作家来说这个思想动力仅源于他意识中的一部分，而他的整个意识无不与他所属的那个社会集团相联系，因此每个作家都是一个混合体，一个与其集团其他成员相联系的一种不同建构过程的源头。文学流派的运行无疑是个动态过程，作家群体总是在趋同意识的导引下寻求统一的方式或采取统一的步骤，处理和解决本流派与其他文学流派乃至整个社会环境的不协调关系，以取得相对的稳定或平衡；但由于作家群体意识的流动性和矛盾性，在致力于精神结构和审美结构的创造中会不时地打破既成的稳定态和平衡态，以推动文学流派的分化、组合、解构和建构，达到新的平衡。可见，探索文学流派的运行机制，选取作家群的行为模式和主体意识两个视角进行深入考察，会发现一些与特定社会集团和历史条件联系着的且又具有文学流派自身功能结构特点的带有规律性的东西。历史是结构过程的客体，文学流派演变的历史就是旧结构的解构和新结构的建构的客体，而这个结构过程并不是杂乱无序的，它既是作家群体意识的导向又有它自身的演变规律，这就使文学流派的历史形成一个不断转换的连续性的客体,因而在我们从横向轴上探索了文学流派运行机制之后势所必然地应在历史轴上研究文学流派的未来发展趋向。预测文学流派未来的专利权应属于科学的社会学研究方法,它对文学流派的预测是建立在对文学历史发展趋势深刻了解的基础之上,而关于现时趋势的信息用于社会预见和对策也是文学事业发展的要素,这不仅仅是解释过去,而且是科学地预见未来和勇敢地使之实现的实践活动。在马克思看来,人是脱离自然状态的类的存在物,其能动性是作为天赋、才能和欲望存在于人自身,人不仅个体或群体都可以在能动地创造世界中得到全面发展,而且由人按照美的规律建构的社会也会得到全面发展,这是人类永远追求的美好境界,是包括文学流派在内的文学发展的根本动力。由于作家群体大多由人类的杰出者组成,往往代表着人类遵循美的规律创造艺术世界的先锋意识或超前意识,因而导致他们以能动性和创造性所建构的文学宝塔或群体审美结构,显示着文学发展的总体趋向。

多样化的社会学研究方法

当我们以文学社会学的中层环节方法从竖向轴、横向轴和历史轴这三维度对文学流派进行了主体研究之后,还要运用社会学的具体方法,以深化文学流派的研究。现择其要者略论之:

文学流派的研究方法应采取历时性和共时性相结合的社会学方法,也就是把历史的深度与广度结合起来进行研究,将纵向研究与横向研究融为一体。因而它要求把文学流派置于历史的历时性演变与共时性联结交叉的坐标点上,予以综合的考察和分析。正如上述我所指出的,历史是结构过程的客体,如果将其纳入学术研究的视野,那就"存在着一种解释各种转换和连续性的不连续性,也存在着单独即可解释共时性的历时性方面,以及一个只有在历时的过程中才能被理解的共时方面。因而,很明显,共时的方面在最大程度上是人们进入研究开端的特殊手段。但这也是相对的。如果特殊地把它置于一个更为基本的方式中,反对历时方面,以及主体的调查研究,或把历时的方面限制于一种仅为转换的描述方面,那么,永远也不会懂得后者是怎样提出来的,并且究竟谁会对它们负责"①。所以从方法论的角度来看,只有把历时性与共时性有机地结合起

① 吕西安·戈德曼:《文学社会学方法论》,第56页。

来，才能更有效地来研究和探索有意义的文学流派这一群体审美结构。从共时性的联结汇融来说，文学流派是相异文化的互相冲撞和相似文化互相交融的过程，而文学历时性演变的文化传统则是共时性联结的基础，前者可以调解或缩短中外文学流派的空间差，并成为文学流派发展在历时上突破、转换、更新的文化源，后者可以调节或缩小中外文学流派的时间差，并决定文学流派的生存价值。文学流派的历时性的演变应包含对传统文化的理解与汲取、扬弃与继承。特别通过学习共时性的中外文化交流汇融所形成的新的美学意识与价值标准，对不断流动的传统文化予以改制和充实、补助和增值，使其纵横交错继往开来的文化生命系统成为文学流派嬗变消长的真正母体，这样不同审美取向和艺术风格的文学流派便可以从她身上选取吸吮不同的营养乳汁。文学流派研究把历史的纵向发展与横向联结起来的交叉透视，固然文学流派与传统文化的历时性承续关系耐人寻味，但是它在共时性上的诸种文化的联结交汇的复杂关系更富有深蕴的内涵。实际上这是一个整体的网状结构。对一个文学流派的作家群体来说，全面认识本民族的文化传统与有选择地借鉴外国文化是一个相辅相成的双向同构过程：也就是只有正确地认识了丰富复杂的民族文化传统，并以对传统文化反思为基础，才能更好地选择吸取消化外国文化艺术的思想营养；同样也只有进入全人类文化的宽阔宏大的境界，将本民族的传统文化与其他各民族文化联结起来，才能以新的价值尺度更深刻地理解本民族文化并对其优秀的文化传统予以发扬光大。由此可见，一个文学流派的总体特征及其生命延续过程无不凝聚着历时与共时的双重文化内容，尤其是文学流派的嬗变既是空间的拓展，又是时间上的延伸。随着世界所出现的各民族文化大交汇大融合的壮丽景观，越发显示出文学流派的多姿多彩的魅力。

比较研究也是考察文学流派之间异同及其与文学史整体的关系和它本身的艺术风貌的行之有效的方法，它可以作为文学社会学的具体方法来运用。文学史是一个由许许多多板块结构组合起来的有机整体，而形形色色的不同风格的文学流派则是文学史整体结构中不可缺少的必然存在的块状结构。通过比较研究，一方面可以清楚地看到文学史整体对每个文学流派的制导和每个文学流派对文学整体的支撑，以及它们之间在动态和静态中所形成的或隐或显的关系；另一方面可以辨识出文学流派之间存在着的矛盾冲突既能使它们意识到必须以自己的优势来强化自我个性追求，不至于被整体文学所湮没，又能使它们互相映照、互相补充或相互融合，以致整个文学生辉增彩。文学史研究的一个重要任务并非仅仅为了给某个文学流派下结论，主要是通过比较研究以再现文学流派从意识到风格的纷争历史过程：或许在纷争中有些流派走向自己的对立面，或许有些不同的流派走到一起来了，形成了文学流派发展中的解构与建构几乎同步进行的态势。即使就某一个文学流派的构成与变化也可以进行比较研究，因为一个文学流派的生命过程内涵极为复杂，甚至变幻莫测。不仅同一文学流派在不同社会环境与文化语境中会有不同命运，就是在同一社会环境和文化语境中不同文学流派也会有不同的演变过程；虽然一个文学流派的生命过程总有相对稳定的艺术品格为其标帜，在其各个作家之间也有个相似的文化基础，但是它又有自己极不稳定的因素，其变异性是极为明显的，这不仅表现于一个流派中各个作家之间风格的差异性，也表现在各个流派之间于分化中不断融合或调整自我面貌。只有通过比较研究我们方可把文学流派的趋同性与变异性梳理得更清楚一些，甚至文学流派变异方式也能揭示出来：即从文学流派中"破门而出"而形成"派中派"，显示出既与母体流派相同的美学特征又有自己独特的艺术风采；或者文学流派在历史演进中不断增加新质而蜕变出新的文学流派；或者以模仿因袭开始并以模仿因袭告终的那种恪守某种政治教条的文学流派。这三种类型的文学流派实际上表现出三种变异方式，比较研究把它们区别得清清楚楚。

文学流派的社会学研究方法是多层次多样式的，而且研究实践反复证明是行之有效之法。本文只简略地论述几种，只要我们深入探索下去，不仅可以建构文学流派研究社会学方法论，而且能把文学流派研究推上一个新境界。

中篇　宏观研究尝试

尝试之一　系统思维律：古典文学向现代转换的前奏曲

（存目，见6卷）

尝试之二　思维交叉律:中国新文学总体反思与观照

"反思",旨在以思维交叉律来探讨中国现代文学的整体特征,并总结其历史经验教训。当我们对30年现代文学走过的道路进行了纵横交叉考察之后,从宏观上便可以发现:中国现代文学史实质上是一部人性解放的形象史,人生奋斗的形象史,民族解放的形象史,阶级解放的形象史,现代国人灵魂的演化史。总之,是中国人通过各种途径和方式争取全面解放的形象史。因此,它作为一个开放的多元的有序的独立的动态系统,在自身不断调整不断转换的过程中,显示出众多的审美特征,积累了丰富的经验教训,现在择其要者论述之。

新文学浓重的政治色彩

讳言中国现代文学的政治色彩,回避其政治化倾向,并不是研究历史的科学态度。当然,在我们实事求是地总结新文学的经验教训时,必须严正地指出,创作主体强烈的使命意识落实到为人的解放、民族的解放和阶级的解放而忠诚服务上,往往出现些简单化、机械化的倾向:或将意识形态视为简单的抽象物,把生活和意识形态的关系变成机械的关系;或将文艺与阶级的关系看成一种没有具体社会内容的抽象关系,使文学与政治的结合变成机械的结合,文学服务于政治的原则变成被动的简单服从。20年代中后期的一些急进的共产党人就把文学视为单纯政治斗争的工具;这种过分强调文学政治功利的思想倾向中经30年代"左"倾思潮的影响得到严重发展,使文学是"政治留声机"这一谬论大为流行,把作家的政治使命意识和历史责任感引上了公式化概念化的歧途。在抗战时期,有些作家误认为文艺与政治的联结只是在时兴的政治口号下写作品,即"政治家出题目,作家写文章,一个口号写一篇";或根据流行的政治口号编织故事,生造人物,美其名目"形象化";或在任何不相干的故事中间或结尾,插入政治口号或政治尾巴。这种公式化倾向完全丧失了作家的独创性和文学的独特价值,只表示着思想的贫乏和政治的无能。《在延安文艺座谈会上的讲话》(下简称《讲话》)的发表,虽然从理论上解决了文艺与政治的关系问题,但由于对文艺自身的特殊规律重视不够,致使文艺工作者在创作实践中仍未自觉认真地克服公式化概念化的倾向。当我们站在新的认识高度总结历史教训,反思现代文学的成败得失的时候,决不能以机械论反对机械论,以艺术教条主义反对艺术教条主义,必须历史地辩证地实事求是地评价现代文学,既不能以部分新文学作品存在公式化概念化倾向而抹杀或贬低现代文学在总体上所取得的重大成就,更不能随意地作出这样的判断:凡是政治使命感强的作家大都写不出优秀之作,唯有远离政治的作家才能创造出流芳百世的成功之作;同样,也不能认为凡是表现浓重政治意识的文学作品大都缺乏较高的审美价值和艺术生命,越是那些与政治无关或政治意识淡化的作品越是经得住时间的检验。这种看法至少是主观片面,对中国现代文学史的本来面目缺乏深入研究和整体把握。

从普遍意义上讲,中国现代文学作家比世界其他国家文学者的使命意识更为自觉更为明确更为强烈。自文艺复兴到19世纪批判现实主义作家,特别北欧和俄国的文学家,大都关注民族命运、人生进步或社会改革,表现出程度不同的历史使命意识;但因他们不能预测历史发展的必然趋势和明确方向,使其使命意识带有一定的软弱性和模糊性。相比之下,中国现代作家从五四文学革命以来,大都能够自觉地从清醒的历史使命意识出发,将自己的文学活动或创作实践纳入争取人性解放、民族解放和阶级解放的轨道,表现出强烈的忧国忧民精神和鲜明的政治倾向。陈独秀等五四新文学先驱们无不怀着强烈的历史责任感和使命感而倡导文学革命,并把文学创作同反封建的思想启蒙运动和反帝的救亡爱国运动结合起来。不仅鲁迅抱着启蒙主义致力小说创作,发出"遵命文学"的呼唤,"问题小说"、"为人生的文学"、"人的文学"、"平民文学",乃至"乡土文学"、"语丝体"杂文等,都体现出创作主体的使命意识和浓淡不一的政治色彩;即使那些标榜"为艺术而艺术"的作家群如创造社诸君,也没有忘记时代所赋予的历史使命,其创作充溢着浓烈的爱国意识、反抗意识和忧患意识,绝少有那种出离时代远距政治的纯艺术的无所为之作。如果说"五四"前后新文学作家的使命意识主要体现在促进反封建的思想革命以争取人性解放、唤起国民的觉醒上，那么30年代新文学作家的使命感则着重体现在争取无产阶级及人民大众解放的革命斗争和抗日救亡运动上，众多作家更明确地坚持“文学是战斗”的功利目的，使作品表现出强烈的政治色彩和巨大的政治功能。抗战爆发后的文学创作主体的使命意识，不论国统区或解放区，都表现得愈加强烈和自觉。凡是有良心、有爱国心和社会责任感的作家，甚至那些热衷创作消遣文学的通俗作家也转换方向，都不约而同地拿起笔来为民族解放战争服务，为中华民族在火与血的斗争中的新生而战斗。可见，创作主体的历史使命感直接带来现代文学的政治色彩，是一重要审美特征，也是“五四”以来新文学的优良传统。

创作实践表明，那些富有政治理性的伟大作品，作家所抒写的主观的政治思想总是同现实的历史真实相吻合，作家的政治意识或社会思想总是具有一定的深度。正如冯雪峰所说，它是从政治的社会斗争的表层深入到社会思想形态的斗争，并一定伴着对现实生活实践的伟大热情，所以“一切作品的政论的性质总是一定跟着生活的连肉带血的形象，一定是社会的诗的真实”①。鲁迅、郭沫若、茅盾、巴金、老舍、曹禺等文学巨匠的优秀作品，无不包含着政治问题、社会问题、人生问题和思想问题，无不具有浓郁的政治色彩和强烈的时代感，无不是炽烈的政治热情和精辟的社会思考同活生生的形象融为一体，充分表现了创作主体的历史使命感和忧国忧民的忧患意识；并从而说明带着强烈使命意识创作的具有鲜明政治色彩的作品未必不伟大，其审美价值未必不崇高，其艺术生命力未必不久远，那些缺乏历史使命感而远离政治的作品未必都伟大，其审美价值未必都崇高，其艺术生命力未必都久远。早在五四时期茅盾就批判了那种“把凡带些政治意味社会色彩的作品统统视为下品”的偏见，并以欧洲文学发展史实说明文学处在阶级矛盾和民族矛盾尖锐的社会现实及大动荡的革命战争年代，必然具有浓厚的政治色彩。19世纪俄罗斯文学大都带有政治意味，“全部的匈牙利文学史就是匈牙利的政治史”，挪威作品热衷于描写政治问题和社会问题，即使喜好赞美大自然的保加利亚诗人伐佐夫由于参加过1875年的革命战争也不能不描写革命战争，试问谁能把这“带些政治意味与社会色彩的作品都屏出艺术之宫的门外”②，贬斥它们在世界文学史上的独特价值和地位呢？冯雪峰于抗战时期曾以但丁、海涅、果戈理、涅可拉梭夫、伏尔泰、谢德林、别德

① 《文艺与政论》，《雪峰文集》第2卷，第61页，人民文学出版社1983年版。

② 茅盾：《文学与政治社会》，1922年9月《小说月报》第13卷第9号。

内依、基希为例，论证以历史使命感创作的具有政治色彩的文学作品，不仅有深刻的思想意义，也有独特的审美价值，在文学史上的光辉是不会泯灭的[①]。今天我们回顾中国现代文学的艰苦历程，应充分肯定作家的强烈的历史使命意识，正确把握文学作品的鲜明的政治倾向性；所指责和批评的只能是那种在文学与政治关系上的“左”倾机械论，在文艺与政治的联结点上所表现出的公式主义，以及部分作品的政治口号化倾向。

现代作家具有自觉的明确的强烈的历史使命意识，并格外重视文学的政治的社会的功能，其原因是多方面的。从时代背景来看，这是中国现代特定历史任务所决定的，具有历史的必然性。现代文学的三十年正是中国历史上的非常时期，整个中华民族处于生死存亡的严重关头，亿万人民在“三座大山”的重压下过着非人的生活，因此作家们的最神圣的历史使命是贴近时代同人民一道以文艺为武器参与伟大的新民主主义革命，把争取个性解放的斗争置于民族解放或阶级解放的旗帜下，致使中国现代作家具有西方作家难于感受的感时忧国的使命感和紧迫感。从思想传播来看，西方的民主主义思潮或马克思主义思想深刻地影响了中国现代作家的主体意识，虽然它们是不同的思想体系，但都是现代理性，具有反侵凌反压迫以争取人身自由、社会解放和民族独立的强大思想功能。因此，大凡确定了科学世界观和现代审美观的作家，都能较自觉地洞察社会发展的历史方向，不断增强自己的历史使命感和社会责任感，时刻把与人民命运、社会变革紧密相关的政治作为“凝视点”和“兴奋点”。从文化传统来看，虽然“五四”以来的现代作家具有反传统的倾向，但他们反的主要是腐朽的封建文化传统，而对于那种“国家兴亡，匹夫有责”、“士当先天下之忧而忧，后天下之乐而乐”、以天下兴亡为己任的爱国爱民情怀和忧国忧民精神却在一定程度上有所继承，强化了现代作家的历史使命意识和现代作品的政治功利色彩。

尽管我们肯定作家强烈的使命意识导致了新文学的政治化倾向，构成了现代文学的重要特色和优良传统；但也必须指出，那种迫于以文学作为工具去干预或解决政治问题的急功近利思想，以及在处理文学与政治关系上存在的机械论所造成的文学创作的公式化概念化，仍是阻碍新文学遵循美的规律进行创作的一大痼疾，我们应该引以为戒，并予以彻底治疗。

① 冯雪峰：《文艺与政论》，《雪峰文集》第2卷，第58～59页。

新文学强烈的文化批判意识

具有强烈历史使命感的中国现代作家，在探索人性解放、民族解放、阶级解放道路的过程中，对传统文化不断地进行自我反省和自我批判。所以自觉地反传统、发扬民族自省精神，既是现代新文化运动的重要特点，也是现代文学的一个审美特征。不过，提高对传统文化自我反省和自我批判的自觉性，却经过了艰难的斗争历程。洋务派只承认中国的枪炮不如西洋，并没有对传统文化进行反思，却抗拒对民族文化的自我批判；甲午战争失败的民族危机感才迫使有识之士认识到传统文化已成了唤醒国民以救亡图存的重负；戊戌变法把政治改良与思想启蒙结合起来，并将文学变革和民族道德、文化心理的改造联为一体，高度重视文学的思想启蒙作用，要求文学成为文化自我批判、塑造"新民"性格的有力武器，然而就整体而言这个时期传统文化的自我反省意识并不强，自我批判精神也不高。直到五四新文化运动兴起，陈独秀、李大钊、胡适、鲁迅、周作人等文化先驱们对传统文化进行了一次全面性的总批判，才点燃了整体性反传统的火炬，弘扬了民族自省精神，提高了文化自我批判的自觉性。

五四时期，在不少人感到迷惘困惑的文化反常状态下，陈独秀却将思想明朗、道德激情和顽强毅力融为一体，显示出非凡的魅力。这就使他"自然而然地成为五四时期中国知识界的领袖人物，不是因为他的思想富有独创性，而是因为他有能力将五四早期中国社会强大的反传统力量组织起来并给予明确指导"①。不过五四时期的反传统，并不是对整个人类文化如同西方现代主义那样采取全盘否定的态度，新文化先驱所反的是本民族封建文化思想传统，并要以西方现代文明作为参照系重建民主科学的民族新文化，表现出一种自觉的民族自省精神和强烈的文化自我批判意识。陈独秀作为反传统的领袖人物虽然自觉地把文化革命引进文学革命领域；但是把文化批判和文化反省导入文学创作，并以文学形式给传统文化以美学透视，从而强化文学内容的文化批判意识，却是"周氏兄弟"。特别鲁迅非常重视文学革命与思想革命的有机结合，突出文学的启蒙功能，把批判国民劣根性、改造现代国人灵魂作为终生的奋斗目标和文学创作的基本内容，为新文学的文化自我反省和自我批判拓宽了道路并积累

① 林毓生：《中国意识的危机》，第106页，贵州人民出版社1988年版。

了经验。

纵观中国现代文学三十年，民族自省精神的弘扬，主要体现在表现"理想的人性"和批判国民劣根性这两大基本主题上。五四前后的文化反省着重于国民性弱点的批判和现代国人灵魂的剖析。鲁迅在批判国民劣根性、改造国人灵魂的新文学创作中成了反封建的思想革命的主将，周作人通过以文学形式反传统也成了"思想界的权威"；继之有一大批作家沿着鲁迅的道路，积极探索民族性格的劣点，加强文化自我批判，借以唤起民族的自我反省，从而改造现代国人灵魂，这就使五四前后文学创作的文化批判意识达到前所未有的深度和高度。它不仅从个性解放出发对封建传统文化进行了猛烈批判，也是为了民族振兴、社会变革、人生改造而对国民劣根性进行全面深入的开掘；主要透过对愚弱民族性格的剖析和精神胜利法的批判将笔锋深入到奴性的文化心理。鲁迅的小说、杂文对奴性的揭露最深刻，达到了惊人的认识高度，令人想到列宁对奴隶的解说："意识到自己的奴隶地位而与之作斗争的奴隶，是革命家。不意识到自己的奴隶地位而过着默默无言、浑浑噩噩的奴隶生活的奴隶，是十足的奴隶。津津乐道地赞赏美妙的奴隶生活并对和善的好心的主人感激不尽的奴隶是奴才，是无耻之徒。"[①]五四前后的文学具有强烈的文化批判色彩，虽然揭露国民劣根性的主题居于突出地位，但对中国民族的善美特点也有所表现，往往以否定形式肯定其"理想的人性"。30 年代的新文学，从总体上看，文化的自我反省精神和文化的自我批判意识比不上五四前后那么有深度感和力度感。深受阶级论影响的左翼作家一般的不从文化的角度来批判国民劣根性，而是从政治的视角以阶级分析的方法来窥探人民大众身上"理想的人性"，即使对造成民族性格劣点的病态社会及封建文化传统的批判也往往停留在政治批判的层次上，对文化心理的深层结构开掘不够；甚至鲁迅在接受阶级论之后虽然仍继续批判国民性的弱点，但他却更重视"脊梁"人物的发掘，也许这就是中华民族"理想的人性"。值得人们深思的是，这些民族的脊梁人物是同那些具有国民劣根性的阿 Q 们共处在封建传统文化系统，其中"为民请命的人"或"舍身求法的人"所受封建文化的熏陶更深一些，尽管他们身上不乏民族性格的美点，然而劣点也不可忽略。可见，这时鲁迅对"脊梁"人物缺乏更深刻的文化心理透视。那些以人道主义为思想武器、以"人"作为文化批判价值尺度的作家如老舍、曹禺、张天翼、吴组缃

① 《列宁全集》第 13 卷，第 36 页。

等，继承五四时期反传统精神，对批判国民劣根性、改造国人灵魂的主题作了深入的开掘，表现了自觉的民族自省意识和强烈的文化批判精神。他们以文学形式剖析了中国民族性格中的自私、麻木、萎靡、散漫、懒惰等劣点，并挖掘造成中华民族这些性格弱点的传统文化根源；不仅如此，沈从文等则把笔力集中在揭示那尚未受到现代文明冲击、保留着更多原始文化传统的湘西村镇的理想人性。总之，30 年代文学出现了多元趋向，改造国民劣根性和开掘理想人性的主题兼而有之，不只是双重变奏，且有所变异，表现出强弱不等、深浅不一的民族自省意识和文化批判精神。抗战初期，民族意识空前强烈，反抗异族侵略、拯救民族危亡几乎成了全民族的共同心愿和一致要求。因此，这时民族自省精神在不同政治倾向作家的笔下差不多出现了共同的指向，即继承并光大传统文化中的民族主义和爱国主义精神，塑造民族新英雄的艺术典型，相比之下对民族弱点的文化批判有所忽略。40 年代中后期，国统区的大多数作家热衷于对传统文化进行全面的反思，既批判国民劣根性或民族的痼疾，又发掘民族传统的美德，并在一定程度上展示出传统道德文化的崩溃命运和新文化的生机。且不论巴金的《寒夜》、曹禺的《北京人》、老舍的《四世同堂》、钱钟书的《围城》、张爱玲的《传奇》等名作，对传统文化从不同的视角进行反观，强化了作品的文化自省精神和文化批判意识；以胡风为代表的“七月派”从文学理论到创作实践，不仅对人民群众的“精神奴役的创伤”给以人道主义的关注，并站在现代文化意识的高度探索其病源，紧密联系时代的需要予以疗治，而且对人民群众身上蕴藏的原始强力进行了积极探索和开掘。可见，他们更多地承续了五四文学批判“国民性”、改造民族灵魂的传统，在一定程度上使这一主题有了新的发展和深化。40 年代解放区文学着重从政治的角度以阶级论来塑造工农兵的新人形象，虽然改造农民的主题有所突出，赵树理、丁玲等作家的某些作品也对封建传统文化在人民身上的流毒进行了批评，但从总体上来揭露国民劣根性的主题却大大削弱，在很大程度上文化批判被政治批判所取代，民族英雄性格往往掩盖了精神奴役的创伤，总之文化自我反省精神和文化自我批判意识有所淡化。特别从那些新民族英雄或工农兵新人的“理想人性”中，可以窥探出创作主体的价值观念、道德观念和审美意识带有不同程度的传统文化色彩；而有些作家笔下的具有个性解放意识的人物，都由五四时期的“理想人性”变成了被批判的对象。这种文化意识的价值标准的巨大反差，实在发人深思，促人反省。

透过 30 年现代文学的改造国民劣根性与探索民族理想人性两大文化主题

的双重变奏，可以看到民族自省精神和文化批判意识形成了新文学的优秀传统，它对于在文学领域里完成反封建的思想革命具有战略性的意义。尽管除了鲁迅而大多数作家在批判国民劣根性和剖析国人灵魂上尚缺乏西方某些批判现实主义作家的深度和力度，对传统文化的批判尚未达到深层文化结构；但是在这方面所积累的宝贵经验和历史教训是值得我们认真总结和汲取的。它启示人们站在时代的高度呼唤新文学文化批判意识的强化，因为人类社会各种变革中的最艰难的是文化深层结构的变革，国民性需要在文化批判中改造，民族性格需要在文化自省中重建，国民灵魂需要在文化批判中重铸，民族心理需要在文化批判中更新。鲁迅之所以能成为新文化的旗手，主要在于他具有高度自觉的文化自我反省精神和文化自我批判意识，始终把改造国民性、重铸国人灵魂作为自己的神圣职责。

新文学的人道主义灵魂

马克思曾深刻指出：任何一种解放都是把人的世界和人的关系还给人自己[①]。三十年来中国现代文学与个性解放、民族解放、阶级解放结下了不解之缘，不论何种性质的解放归根结底是为了中国人的全面解放，从这个意义上我们确认现代文学史实质上是中国人（或个体或群体）争取全方位解放的形象史。既然一切都是为了"人"解放，那么现代文学作为一个母系统，其中以任何文学样式从任何角度表现或再现中国人的解放的主题思想，都应该是以人道主义为灵魂。可以说，这既是新文学现代化的重要特征之一，也是新文学的一个优良传统。

简言之，肯定人的价值，追求人的自由，向往人的幸福，赞美人的独立，承认人的理想，热爱人的真善美，痛恨人的假恶丑，这是各种形态人道主义的共同点；但不同历史时期的人道主义也有不同点，即资本主义时期的人道主义带有幻想性和不彻底性，社会主义时期的人道主义具有实践性和彻底性，新民主主义时期的人道主义兼而有之。文学作品作为审美实体，它所蕴含的审美意识乃是现实意识通过人道主义思想沟通转化而成的。在新民主主义革命时期建构起的现代文学系统，它的人道主义灵魂则是透过不同的文学母题表现出来的。

---

① 《马克思恩格斯全集》第1卷，第443页。

从个性解放母题来审视，它集中体现了以个人为本位的人道主义。结合文学作品来剖析，便可以发现它具有各种表现形态，特别五四文学表现个性解放的主题千姿百态。新文学运动兴起，随着个性解放思想的传入，人的价值和意义也逐渐被发现。周作人明确主张新文学要以个人主义为本位的人道主义去观察并表现“人”；鲁迅更是大声疾呼“东方发白，人类向各民族所要的是‘人’。”①新文学家各自在文学作品中反映人的觉醒、个性解放的要求，强调人的价值和意义。有些作品多层面地展示人的欲求的合理性和圣洁性；有些作品表现个人冲破罗网、呼唤自由的强烈欲望，争取爱情婚姻自主权的正当要求；有些作品充分肯定人的独立价值，极力张扬个性的力量；也有些作品揭示自我价值实现的艰难，针砭被扭曲或异化的人性，唤醒人的自觉意识和个性意识，彻底摆脱非人的地位，等等，不一而足。正如郁达夫带有总结性地指出：“五四运动的最大成功，第一要算‘个人’的发见。从前的人，是为君而存在，为道而存在，为父母而存在，现在的人才晓得为自我而存在了。”②“人的发现”对于中华民族来说，是文化意识上的一次飞跃，也是文学观念的一次根本性转折。不过20年代中期以后，由于阶级矛盾和民族矛盾交替上升，且日益尖锐化，对于人的价值和意义的关注和强调则被现实斗争所冲淡，个性意识被各种各样的群体意识所掩盖。因此三四十年代的文学创作尽管不乏个性解放的主题，但同五四文学相比却大大削弱了。这固然是中国特定的历史条件和社会条件所决定的，而主观方面的原因更不可忽视。

与个性解放母题紧密相联的则是人生问题。从“五四”起，人生问题既是哲学的热点又是文学的热点，虽然对人生的看法五花八门，表现人生的文学主题也千差万别，但其思想灵魂却是人道主义。联系现代作品来考察，其具体表现形态大致有：或从深层开掘中国人的带有原始性的生命强力，表明这种顽强的粗野的生命力正是中华民族在恶劣的社会环境或自然条件下得以生存发展的巨大潜能；或以人道主义同情感描写20世纪知识分子人生道路的坎坷不平或悲惨的不幸命运，着重表现其对人生的追求、彷徨、苦闷、焦灼、失望、幻灭、孤独等复杂的心态；或以人道主义为本描述被侮辱被损害的普通劳动者的人生，着重揭示其人生悲剧和不幸命运造成的文化思想或社会历史的根源，特别对那些既没有人权也没有女权的妇女的人生命运愈加给予人道主义的关切和同情；或

---

① 《热风·随感录四十》。

② 《中国新文学大系·散文二集·导言》。

从不同的角度以文学形式对人生意义、前途进行积极探索，寻求人生的奥妙，选择最佳的人生方式，使作品呈现出各不相同的价值取向，等等。可见，描写人生问题的文学与表现个性解放主题的显著区别在于，创作主体所本的不只是以个人主义为本位的人道主义，大多是以平民为本位的人道主义，因而最关注的是平民知识者和劳动者的人生价值、人生命运和人生道路，它比个性解放的要求更深厚更博大一些。

从民族解放母题来考察，以人道主义为灵魂也是显而易见的。众所周知，"救亡图存，振兴中华"是20世纪中国社会的根本问题，也是人生的重大课题，它关系到国家、民族、人民、个人的运命问题。因此要求民族解放、民族振兴成了中国亿万人民的共同心声，作为反映社会心态的现代文学当然出现了"民族解放"的母题。不论从理论逻辑或历史逻辑来看，民族解放和人性解放应该是辩证统一的；但由于主客观条件所决定某些历史阶段没有很好地把二者结合起来，使民族解放母题中的人道主义出现了异样的表现形态：一是通过"立人"以救国，把个性解放导向民族解放，使人道主义思潮最终服务于反帝救国的政治目的。老舍在《"五四"给了我什么》一文中说："反封建使我体会到人的尊严，人不该做礼教的奴隶；反帝国主义使我感到中国人的尊严，中国人不该作洋奴。这两种认识就是我后来写作的基本思想与情感。"自觉地把个性解放意识与民族解放意识融为一体，把人道主义作为创作的思想灵魂，这岂止老舍自己？不仅五四前后表现民族解放主题的作品体现出这种人道主义倾向；抗战时期路翎的《财主底儿女们》试图探讨如何把个性解放最终引上民族解放且民族解放也需要个性解放的课题，主人公蒋纯祖不是认定抗战"更需要个性解放"吗？二是那些描写民族解放斗争的文学作品，表现出一种大无畏的牺牲精神和无比英勇的英雄主义精神，而这种精神的弘扬正是为了消灭侵略者发动的不人道、非正义的法西斯战争，并从而争取民族解放，以实现一切爱好和平人们的美好愿望，可以说这是一种崇高的人道主义。三是有些作品站在新的时代高度把文化意识和现代意识、民族意识和社会意识加以综合表现，以人道主义为武器既批判封建主义毒害下的奴隶心理，唤起人的觉醒，又揭露帝国主义文化毒害下的洋奴思想，戳穿认贼作父的汉奸嘴脸，并对日本法西斯的惨无人道、灭绝人性的罪行予以无情声讨。老舍的《四世同堂》则体现出这种人道主义意识。但从总体上来看，抗战爆发后出现的大量描写民族解放斗争的作品，虽然以浓墨重彩描绘抗日热情和革命力量，但很少对这种热情和力量进行人道主义的文化透视，忽视对"民族的根深蒂固的伟大战斗力,黏附着同样根深蒂固的不长进的根性"[①]的辩证表现,往往把民族英雄的所作所为"记在古文化和古道德"[②]的功劳簿上。

从阶级解放母题来审视,人道主义更应该成为无产阶级文学的灵魂,不过这种人道主义比一般的人道主义更崇高更博大,更富有实践性和彻底性。这是因为:从奋斗目标来看,无产阶级只有解放全人类然后才能解放无产阶级自己,这是一种崇高博大没有阶级偏见的人道主义;从最高理想来看,共产主义是彻底的人道主义,在那消灭了三大差别的境界里"人"才有可能得到全面自由的发展;从道德宗旨来看,无产阶级要求全心全意为人民服务,当个人利益和人民大众利益发生矛盾时,毫无条件地去牺牲个人利益而服从人民群众的利益,这是一种高尚的人道主义道德观和价值观;从审美意识来看,现实意识只有通过无产阶级(或社会主义)人道主义的沟通,才能达到最高的审美理想,即全面自由的意识。虽然中国无产阶级文学运动兴起以后讳言人道主义,甚至把各种形态的人道主义都当资产阶级人道主义统统加以批判(即使资产阶级人道主义也有合理内核,它同无产阶级人道主义并不是完全绝缘的),致使相当一部分描写阶级解放的作品缺乏人情味或人道精神,但是我们决不能以此来否定整个革命文学的人道主义灵魂。它在作品中的具体表现形态主要有:或通过无产阶级及人民大众同敌对阶级激烈斗争的描写,无情揭露敌对阶级及其反动政权对大多数群众人性的摧残和一切生存权的剥夺,充分肯定无产阶级及人民群众所进行的革命斗争的正义性,歌颂那种为解放被压迫被剥削阶级人民以实现崇高理想而英勇献身的精神,这是一种高尚的人道主义理性原则又是一种价值观念;或描写在严酷的阶级斗争面前,不同阶级出身的人可以相亲相爱,并建立起真挚的爱情关系,不仅表现了人性的复杂,也表现了人与人的关系并不是简单的阶级关系,特别表明情爱意识可以冲破阶级意识的局限,如《到莫斯科去》对施洵白与素裳关系的描写就是这样;或在处理阶级斗争题材的过程中,描写阶级解放和个性解放的有机结合,既体现出革命人道主义精神又流露出以个人为本位的人道主义意识,如《星》《王贵与李香香》则带有这种思想倾向。

以上从四个文学母题作了粗略的考察,旨在说明人道主义是中国现代文学的灵魂,这正是新文学现代化的一个本质特征。因此,唯有在文学领域里高举

---

① 冯雪峰:《还好主义》,《雪峰文集》第3卷,第8页。

② 冯雪峰:《读"根底"》,《雪峰文集》第3卷,第52页。

人道主义旗帜，才能使新文学具有丰富的审美内涵和强大的艺术生命力，才能使新文学真正成为“人学”，并使其沿着现代化的轨道正常健康的发展，屹立于世界文学之林。

新文学发展的根本途径

不论现代文学的使命意识、政治色彩或民族自省精神、批判意识或人道主义灵魂，都与中外文化的不断撞击、交汇紧密联系在一起。可以说，没有近代以来的中外文化交汇，就没有中国现代文学的产生与发展，就谈不上新文学的现代化与民族化；中外文化交汇越广泛越深入，越有利于中国文学的发展与繁荣，反之新文学的发展就要遭受挫折或走上歧途，这是已被历史反复证明了的不可动摇的真理，也是不依人的主观意志为转移的客观规律。所以在中外文化交汇中发展新文学既是中国现代文学的本质特征之一，也是新文学现代化民族化的根本途径。何以见得？这里可以从几个角度加以考察。

从历史发展来看，中国文学汇入近代世界文学潮流是从鸦片战争以后中外文化交汇开始的，虽然中经戊戌变法、辛亥革命，中外文化的交汇逐步扩大，但中国文学尚未脱胎于旧文化母体而获得新生。只有到了五四时期经过中外文化猛烈的撞击和广泛的交汇，由于旧文化系统发生整体性的变化才使中国传统文学实现了带有全局性的变革，出现了中国现代文学史上第一个艺术春天，并开始全面探索中国文学现代化民族化的道路，初步展示出新文学发展的繁荣局面和多元趋向。从20年代中期到30年代中期，虽然中外文化的多方面对话出现了不和谐的音符，甚至把民主主义文化与社会主义文化完全对立起来；但从总体上看并没有影响现代文学在中外文化大交汇中欣欣向荣发展的多元趋向，使五四文学传统得到进一步发扬和光大。历史进入30年代中期以后直到建国前夕，由于特殊的政治原因，中国现代文学在解放区、国统区、沦陷区的发展出现了不平衡状态和某些异质色彩，这也与中外文化交汇的广窄、深浅程度有关。国统区、沦陷区（某个特定时期）的文学尽管在发展势头上受到战争的影响，但在发展的多元趋向上仍承续着五四文学的传统，即仍然在中外文化交汇的背景下艰难迈步。解放区文学因为创作主体、表现对象和接受主体发生了变化，加之日寇和国民党的双重包围，不可能同世界文化进行广泛接触，主要与以前苏联为代表的无产阶级文化进行联系，发展以工农兵为主体的文学。这就使很多作家难以获得广阔的世界视野，新文学的发展也难以出现开放的多元取向。

从现代文学的变异性来看，是由中国传统文化在中外文化交汇中发生了整体性变异所决定的。中国现代文学从最深层意义上冲决了传统文化，它对传统文学在内容上的最根本变革则是清除封建文化意识，确立以人的发现、人的觉醒、人的解放为核心的新文化意识。近代以来中外文化对话史告诉我们，中外文化的交汇点或冲突点集中在“人”上。这是因为人是文化的最高本质，人既是文化的创造者又是文化服务的对象，离开了人，文化则失去了存在的价值和意义。然而中国封建文化却长期轻视人，漠视人，甚至扼杀人。质言之，以各种方式“吃人”是封建文化的本质特征，以此为深层意识的封建文学则成了“非人的文学”。西方自文艺复兴以来所建构的是一种发现人、重视人、尊重人的价值、肯定人的地位的文化体系，它把人从封建专制和教会文化统治下解放出来，使人得到自由发展。五四新文化运动正是引进这种人文主义文化来冲击并改造中国传统文化，把非人的文化变成人的文化。正是这种文化的整体性变异带来中国现代文学内容的根本性变革，可见没有中外文化的交汇或冲突就没有各种形态的人的文学。现代文学的全面性变异归根结底是创造主体思维模式的变异，因为思维模式既是文化发展的内在基因又是文化类属的外显反照。在中外文化撞击中，那种根植于自足自给的小生产方式上的中国传统的封闭思维模式受到严重冲击，“天不变，道亦不变”的思维定势开始动摇，那种随着工业大生产和现代科学而逐渐发展起来的开放性思维大有取代封闭性思维之势，特别五四新文化运动极大地推动着人们思维的解放，这主要得力于个性解放思潮的高扬；反映在文学上，一批批新作家接受世界现代文化的洗礼，以开放性的思维模式取代封闭性的思维模式来观察世界解释世界、批评人生表现人生，突破了传统文学的凝固僵化形式，创造出丰富多彩的新文学样式，使中国现代文学以迅猛的速度向前发展，在短短的一二十年中几乎走完了其他国家近现代文学所经过的几世纪的历程。这里的原因当然是多方面的，但创造主体思维的大解放则是一个深层的基因，这是中外文化大交汇带来的必然结果。

从现代文学的继承性来看，没有中外文化的撞击交汇不可能产生现代意义上的民族文学。即中外文化的交汇既带来中国文学内部结构变化的飞跃又使民族文化的积淀在新的价值尺度下得到继承，把外来文化的引进与传统文化的继承在特定的历史条件下经过“化合”作用而铸造成崭新的现代文学。“文学上某一个时期的历史就在于探索从一个规范体系到另一个规范体系的变化”。[1]中国传统文学在中外文化交汇过程中转换为现代文学并没有出现像有些研究者所说的“大断层”，它们之间内在的继承性或连续性是显而易见的；更没有出现“全盘西化”的文学局面，新文学的现代性与民族性并未完全对立起来。很多新文学作家之所以强调以西洋文学为楷模，主要目的是为了把它作为参照系或价值尺度来对中国传统文学进行革故更新，在继承传统文学的基因上创造合乎现代审美意识的新文学。只要联系新文学创作实践，便可以清楚发现在中外文化交汇中传统文化对中国现代文学的渗透既深且细。前面已论及，从五四新文学诞生到三四十年代新文学发展，传统的审美意识诸如民族的自觉意识、忧国忧民的忧患意识、以天下为己任的献身精神以及由它们派生的一些价值观念，对现代文学的渗透与影响是极为明显的；固然以儒家为主的儒、释、道三家文化思想对中华民族性格的形成消极作用大于积极作用，中外文化交汇也主要批判它们的消极性，从它们的桎梏下唤起中国人的觉醒和中国文学的觉醒，然而在批判儒释道文化思想糟粕时，新文学作者并没有抛弃由它们潜移默化所形成的内向而务实的民族性格和崇尚含蓄质朴的审美情趣，以及与之相适应的“传神”、“写意”、“画眼睛”、“求生韵”、“白描”等艺术手法；特别老舍、沈从文等作家长于在作品中再现传统的或原始的民族文化形态，以增强现代文学的民族色彩。语言既是思维的外壳也是文学的外壳，新文学的一个重要标志则是以白话为文。在中外文化交汇中兴起的五四文学革命首先从语言改革入手，很快以白话取代了文言的正宗地位。但五四文学语言形式的变异，不只是汲取了外来语汇和语法，而且也是对流传了数百年的白话文学在新的历史条件下的承续和发展；特别新文学语言里融会了一些文言词语、句式语法以及修辞手法，构成了现代文学与民族文化母体的一种特殊关系。“共同的语言是民族的特征之一”。[2]汉民族语言由于口语与书面语分离，书面语比口语更具有稳定性和习惯性，很难变异，这就越发加深了新文学与传统文化的血缘联系。至于“五四”以来新文学的小说、诗歌、话剧等体式，虽然基本上是采取外来的，但这并非说中国现代文学所有的样式都是外国传入的，如杂文就可以从传统的散文小品中找到它的源流。即使小说、诗歌也不完全是“洋化”，都可以探寻出它们与传统文学在形式上的某些继承关系。

---

① 韦勒克·沃伦:《文学理论》，第307页，三联书店1984年版。

② 《斯大林选集》上卷，第61页，人民出版社1979年版。

以上从三个方面所作的粗略考察，并没有一般性地总结批判和继承中外文化遗产的经验教训，而重在说明中外文化交汇是加速中国新文学现代化和民族化的根本途径，鲁迅、郭沫若、茅盾等文学巨匠正是遵循这条规律创造出无愧于时代、无愧于民族的已走向世界的文学精品。

新时期文学的超越

1949 年新中国诞生翻开了中国现代史的新篇章，它也是中国当代文学肇始的标志；但实质上中国现代文学史并没有因为新中国成立而出现崭新的文学形态，更没有全方位地继承并发扬现代文学的优秀传统，而是根据巩固政权的政治需要对多元取向的现代文学进行了严格选择，即把解放区的文学形态当成全国统一的文学形态，由延安时期开始的文艺从属于政治、从属于一定时期政治路线、并与夺取政权巩固政权相结合，推广为全国的普遍原则，作为执行人民政权意志的政治力量直接干预并规范文学的发展，从文学观念到创作实践都纳入单一的轨道，后又将其纳入"以阶级斗争为纲"的模式。从特定意义上讲，建国后（党的十一届三中全会以前）的文学史基本上是文学政治运动史，并带有极左思潮的浓重色彩。

从作家心态来看，来自延安及各解放区的作家们以胜利者的姿态出现在新中国文坛上，并从下而上地掌握了文艺界的领导权；他们满怀激情地沿着《讲话》的方向继续创造以工农兵为主体的一元化文学，高度的政治热情和鲜明的政治功利目的几乎成了唯一的美学追求，那种在革命战争年代经过艰苦磨炼所形成的"个性溶化于战斗群体、自我与工农兵感情打成一片"的心态随着思想改造运动的加剧而发展到极致，使自己的思想情感循着"一条路线，一个观点"机械地向前滚动，文学创作也在单一的思维模式里或一套路数上行进。从 50 年代初崛起的作家大都直接师承了延安的文学传统，同样在新的历史条件下"把自己的思想感情来一个变化，来一番改造"，将社会意识、道德意识、审美意识纳入了大一统的思想体系中，因此他们的文学创作大多没有突破解放区文学的模式。自"五四"以来那些为现代文学建功立业的文学大家到了解放后大都搁笔了，即使动笔创作也写不出满意之作，因为他们并不熟悉工农兵生活，也缺乏《讲话》所要求的那种思想感情和审美意识；然而他们对新政权、年轻的共和国却是满怀希望、欣喜若狂的，并衷心接受思想改造，使自己来一个"脱胎换骨"的变化，表现得相当忠诚和谦恭，努力进行文化心态的转换和适应，不时地按照新的政治意识和审美追求创作一些歌功颂德的作品，奇怪的是他们越感到获得了当时政治大气候所需要的世界观和文艺观越创造不出像样的名篇巨制。到了后来，连赵树理这样来自解放区的代表作家听了活学活用的报告、读了《欧阳海之歌》之后也发出“再没有从事写作资格”的悲叹，表明当代文学面临着严重危机。“文革”期间，大部分作家关进“牛棚”“监狱”或送进“五七”干校，少数能动笔的作家也被“语录歌”“忠字舞”弄得昏头昏脑，成了已摄去灵魂的工具，哪里还有作家的独特心态可言。

从文学观念来看，以为工农兵服务的统一文学观念和社会主义现实主义、革命现实主义和革命浪漫主义相结合的创作方法，取代了解放前的多元的文学观念和创作方法；并且从一开始就把文学观念之间的差异现象作为阶级矛盾来对待，纳入政治斗争的范围来进行，后来越演越烈，以强大的政治攻势击退那些刚刚冒出来的相异的文学观念。这并非说对异质的文学观念不应该批判，问题在于建国之初本应对封建文化意识或文学观念进行深入彻底的批判，以弥补革命战争年代对封建意识形态批判的不力，然而却朝着逆反方向开展批判，很少再提对封建文学观念的批判，而反复强调批判那些尚具有积极意义的资产阶级和小资产阶级文学观，并且假定一种所谓的“资产阶级文学思想”作为批判靶子，甚至把一些真正的马克思主义文学观也当成资产阶级或修正主义文学观加以清算。这种无休止地主观随意性地一次次批判，不仅造成文艺界众多冤假错案，而且引起批判主体和批判对象的倒错，一些早在五四时期批判过的封建文学观打着无产阶级的招牌招摇过市；到了“史无前例”则以极端的形式出现，即成为“30 年代文艺黑线论”和“文学空白论”。纵观这一时期的文学观念和创作方法是高度集中化和强烈政治化，它同整个政治思潮的变化是同步的。政治观念成了文学观念的核心，为政治服务是文学的直接功利目的，“两结合”创作方法从政治上来规范文学创作活动，文学观念失去了自身的独立性或本体性，庸俗社会学可以对马克思主义文学观随意进行实用主义的解释，并依附权力意志加以推行，“文革”十年达到登峰造极。

从文学创作来看，建国后的文学虽然主要继承了解放区文学的传统，但解放区的文学传统也包含了对“五四”以来“为人生文学”的现实主义传统的继承和发展。如“五四”以来的文学对市民生活和知识分子生活描写得比较出色，而对工农民众的生活以及近百年军事斗争的描写则显得功力不足，但建国后的文学创作却比较好地弥补了这一缺欠。反映农村斗争生活的《创业史》《三里湾》《红旗谱》等,描写现代军事题材的《保卫延安》《红日》《林海雪原》等,都超越了"五四"以来文学创作的同类题材,并出现了一批如梁生宝、朱老忠、周大勇、杨子荣等英雄形象。然而当代文学创作终究未摆脱政治模式框架的束缚,过度的政治倾斜压抑了创作主体艺术思维的生机,群体意识的强化使创造个性缺乏活力,自觉不自觉地把政治学的本质规定当作文学创作从构思到表现的基本路线,形成一个个僵化的创造模式。如有些作品写农村历史题材则遵循着由自发斗争失败到党领导自觉斗争胜利的模式,写农村现实题材总是集体大公战胜个体自私的模式,写知识分子题材是遵循与工农兵相结合以转变立足点的模式等。对人物性格的刻画,把人当成复杂社会关系总和的抽象符号,按照机械的阶级分析归并人物性格类型,仅农民阶级就分成几个不同的阶层。这样不竭力发掘社会关系的千差万别的人学内容,怎能塑造出个性丰富的人物形象?即使一些有影响的作家其笔下的人物也越来越凝固在大大小小的社会政治模式里,人不再是具有生命力的活人,而是演绎某些理念图式或社会事件的模具,这条刻画人物的途径一直通向"样板戏"的"三突出"。由于作家经过强大的思想改造,完全消失了自我意识,以阶级的群体意识来观照生活并提炼主题,所以十七年的文学创作基本上表现歌颂与暴露两大主题,这也是对延安文学传统的继承和延续。对党对领袖对祖国对新政权对工农兵英雄人物只能歌颂之,对敌对阶级或非无产阶级及其意识形态只能暴露之,没有无缘无故的恨也没有无缘无故的爱,阶级立场极为分明。《青春之歌》《红岩》《雷锋之歌》等作品所表现的这种或歌颂或暴露的主题能给人以单纯明朗、雄壮高亢的美,这是无可非议的;但却有些歌颂性或暴露性的文学主题给人以空泛、虚假之感,越到后来这两大主题越被纳入"以阶级斗争为纲"的政治框架,发展到"十年动乱"则成了"造神文学""无情文学"或"骗子文学"。至于文学样式,建国后的不少优秀文学作品都带有通俗文学的特点,它们采用朴素的为人民大众所喜闻乐见的艺术形式,虽然这种形式并不是新创的,但却是对旧通俗文学或民间文学的改造,使之获得了新文学血液的灌注而发生质的变化,这仅是问题的一个方面;另外还必须指出,即使获得新生机的现代通俗文学中如赵树理的优秀之作也残留着传统文学的消极因素,什么"青天大老爷主义""团圆主义""脸谱主义"等并没有绝迹,越到后来这种消极的东西随着极左思潮泛滥越借旧文艺形式的利用而得以复活。仿佛历史开了个玩笑,"五四"以来新文学批判过的旧文学到了建国后却在当代文学的某些艺术形式中借机还魂，中国现代文学的发展并没有逃脱历史的怪圈。

物极必反，这是不可抗拒的规律。当代文学在彻底否定"文化大革命"的凯歌声中获得新生，当代文学在思想解放运动中重新崛起，当代文学在党的三中全会光辉照耀下欣欣向荣发展。这十多年的文学艰难地挣脱了自身的种种禁锢，全面继承并发扬了中国现代文学特别五四文学的优秀传统，而在一个新的层次上发展了中国新文学开放型的多元取向，使文学由解放后的单一模式一下子呈现出多元并立的局面，开拓出中国文学史上的一个崭新的时代。

新时期文学出现的多元取向，不只是对现代文学或明或暗的多元取向的认同，更重要的是对它的弘扬与超越。五四文学曾令人欣喜地看到文学的多元取向，但是它的多元组合是极不自觉的。那一代作家往往把自己信仰的哲学思想和主义作为文学作品的深层底蕴，如鲁迅前期的进化论、郭沫若的泛神论、胡适的实验主义、周作人的平民主义、茅盾为人生的写实主义、冰心的博爱主义、李大钊的马克思主义、新月派的唯美主义等，都对新文学产生了广泛的影响；虽然这些思想或主义皆是新文学者在中西文化交汇中自觉扬弃传统文化而形成民族自我批判意识多元体的各个组成部分，但这种多元体的组合是极不自觉的。其主要表现为，谁都想以自己的思想和主义作为新文学运动的唯一指导思想，由此引起的多次文学论争而使这种多元组合处在不停地摇摆或分化之中，最终只好选择了同传统的"文以载道"观念相吻合的苏俄文学及其文艺理论作为独尊的模式，这在无形之中限制了现代文学多元取向的发展。新时期文学以天安门"四五"运动所唱出的诗歌为前奏曲，伤痕文学、反思文学恢复并发展了现代文学的现实主义传统，冲破了"四人帮"的封建文化专制主义以及由此派生出的各种文学观念，结束了一个"假大空"和"瞒与骗"的文学阶段，迎来了一个真诚的开放的文学时代；尽管新时期一开始的文学并没有完全摆脱单一的指向，但随着思想解放运动的深入和改革大潮的澎湃，文学领域很快就出现了一个多边选择多元竞争的新局面。特别全民族文化批判意识日益深化，全民族的艺术视野空前广阔，新的审美选择层出不穷；尽管不因袭和依傍任何一种现成的哲学体系，但在认识世界时却始终自觉坚持马克思主义辩证唯物观的一元论，而在感受世界和表现世界时又能大胆而审慎地广纳博取各种文艺思潮之所长，显现出千差万别的多元取向，这是新时期文学运动多元指向的重要哲学根据，也是对现代文学不自觉的多元取向的超越。具体来看，新时期的文学思潮、文学参照系统、文学题材结构、文学主题结构、文学形象结构、文学形式结构、文学创作方法、文学者自身结构、读者审美心理结构等，都发生了深刻变化，各自呈现出多元开放的指向。

纵观中国20世纪文学，哪一个历史阶段也没有像新时期对各种文学思潮这么自觉地冷静地进行研究、鉴别、选择、引进、吸收、融化、创造，并清醒地意识到作为接受本体的局限，积极发展我国当代文学思潮和世界文学思潮的认同关系，以利中国文学的发展。因此，艺术思维从长期以来形成的单一的线性思维模式中解放出来，开始了一个艺术思维大开放时代；文学观念从"反映论"的单一本质规范中解放出来，认识到自身的广阔性和多样性；文学从绝对化的共性观念的规范中解放出来，走上艺术个性自觉的道路；文学批评突破了单一的社会学批评模式，向多样批评模式逼进，表现出文学批评的自觉。就是说，不仅文学观念在不断更新、新的批评方法层出不穷、艺术思维在发生整体性变化，而且新的文学理论系统正在重构，新的美学体系也不时涌现。尽管这些新思潮、新观念、新方法并不完美，缺乏稳定性或严密性，但它们却为在审美观念上作出正确的多元的选择提供了可能，并在中华民族面前打开一个千姿百态、丰富多彩的文学理论世界和艺术美学天地。

纵观20世纪中国文学，哪一个历史阶段也没有像新时期文学的参照系统这么丰富又这么驳杂，可以说新文学创作几乎把世界各民族从古到今的优秀之作都拿来作为自己的参照物，同时也将中国历代的文学名著作为借鉴的资料，即使中外文学史上并不见名的作家作品只要有可取之处也敢于用它们作参照，希冀在中外古今文学的大交汇中创造一代崭新文学。特别对西方现代派文学的借鉴和引进，表现出民族自我批判意识的自觉和拿来主义的胆识，说明中华民族固有文化在外来文化的强力冲击之下是有选择力和再造力的。最初，新时期文学家们借鉴和使用的不外乎意识流技巧和象征手法，它们如同文学语言一样并不含有更多的社会内容或阶级属性，故得到社会的认可是容易的；但由于传统文化的强大惯性和极左思潮的历史影响，因而对现代派文学经过几次理论上的交锋，最终才突破了长期徘徊不前的困境，使新时期文学把西方现代派文学作为参照系具有了自觉意识。比如，马尔克斯《百年孤独》的引进，对一大批青年作家的创作发生了深刻影响；尤其他所运用的把现实与幻觉、写实与夸张、叙述与讽喻交融一体的魔幻现实主义创作方法，在王安忆的《小鲍庄》、莫言的《透明的红萝卜》、韩少功的《爸爸爸》和扎西达娃的《系在皮绳扣上的魂》等作品中得到较成功的使用，特别藏族作家扎西达娃的作品直接受到《百年孤独》的启迪而获得成功。这表明新时期文学对西方现代派文学的借鉴所表现出的民族自我批判意识已达到空前的自觉性，并逐步形成一股推动我国文学迅速走向世界的自觉社会力量。

纵观20世纪中国文学，哪一个历史阶段也没有像新时期文学的题材这么广阔这么丰富，作家们几乎冲破了所有的题材禁区，走向无限富饶无限寥廓无限深邃的生活海洋，伸进人的无限奥妙无限神秘的灵魂世界，对人的物质生活和精神生活进行多角度多层次的观察和发掘，广撷博采，取精用宏，使取之不尽用之不竭的生活内容进入文学世界，把丰富多彩的现实素材转化为多样多色的文学题材，把多元的现实社会意识转化为丰厚的审美意识。从伤痕文学、反思文学到为人生文学、寻根文学、改革文学等，其题材范围越来越扩大，历史的、现实的、经济的、政治的、文化的、道德的、伦理的、性爱的、武侠的、风俗的、自然的等文学题材并行或相继出现，令人眼花缭乱；尤其通俗文学的崛起，其取材更是五花八门。这表明新时期文学的题材范围向着无限广阔的天地发展，作家的笔锋几乎伸向人的整个外宇宙和内宇宙，完全打破了“题材决定论”的束缚。

纵观20世纪中国文学，哪一个阶段也没有像新时期文学主题这么复杂，这么深刻，这么富有哲理性，这么具有浓郁的人道主义色彩。从某种意义上讲，新时期文学的演进过程是社会主义人道主义不断取代和超越“以阶级斗争为纲”的过程，几乎所有的文学主题都围绕人的重新发现这个轴心而向四面八方延伸、扩展和深化；新文学主题之所以深刻感人，主要在于它以前所未有的真诚和热情、紧迫感和危机感，来重新呼唤人的觉醒，重新发现人的价值，重新提高人的尊严，将“神”还原为人，将“鬼”还原为人，使人性得到全面发展，使人的潜能和价值得到充分的发掘和肯定。这种人道主义本质的恢复和深化是新时期文学共同的灵魂或主脑。且不论描写老一代无产阶级革命家的作品，且不论描写冤假错案的作品，都渗透了这种人道主义精神；就是表现改革主题或人生主题或寻根主题等作品，也无不以人道主义为魂，这既是社会发展的需要也是文学自身发展的需要。新时期文学所蕴含的人道主义意识，不论其广度、深度或高度从总体上都超越了现代文学的人道主义。当然，新时期文学以人道主义为主脑，非但不会影响其主题的多样性、多义性、多层性和深刻性、丰富性，反倒能给以强化。以新时期文学的现代文明主题为例，以全新的角度加以表现，不论党内官僚主义，社会不正之风，小生产习惯势力，或是封建残余意识以及种种社会陋习，都进入作家的艺术批判范围；但并没有因为它们以人道主义为主导意识而影响其呼唤现代文明的主题由单指向转为多指向，刘心武、蒋子龙、张洁、沙叶新、苏叔阳等的文学作品则属于这一类主题。

纵观20世纪中国文学，哪一个历史阶段也没有像新时期文学的人物画廊这么琳琅满目，其性格内涵这样的丰富而复杂，心理结构这么富有层次性，个性刻画这样的鲜明，人性开掘如此的深刻，大多数作家突破了“一个阶级一个典型”的谬说和一些僵化的传统的典型观念，从美学上扫除了性格畸形单一化的低劣倾向，冲开了唯有工农兵才能充当文学主角的禁区，以新的形象观念和艺术气魄创造出五彩斑斓的形形色色的人物系列，尽力表现人物无限深邃的内心世界和复杂的性格内涵，把笔锋伸进人物灵魂的深层，努力挖掘人性的深度。刘心武曾对自己塑造的形象詹丽颖作了这样的旁白：“对于描写一个人来说，最难以表现充分的也莫过于性格。谁的性格只有一种成分，呈现出只有一种状态呢？詹丽颖性格中那些不良的因素，使她倒了大霉，然而她性格中的另一些因素——与没心没肝并存的豪爽，与出语粗俗并存的能够吃苦耐劳，与任性放纵并存的不记仇不报复，与咋咋唬唬并存的乐于助人……却也使她获得了爱情。”（《钟鼓楼》）刘心武直接表现在作品里的性格深化的美学观，反映了新时期作家一些审美追求，表明我国文学已告别了性格单一化、表层化的时代，正向着人物典型复杂化、深邃化的方向前进。不仅刘心武、路遥、张贤亮、高晓声、谌容、张洁、张弦等作家笔下的人物重视性格复杂性与灵魂深邃性的开掘，而且王蒙、张承志、莫言、王安忆、刘索拉等作家塑造的人物，更着重于探索心理的深层结构，以展现人物纷纭繁杂、神秘莫测的心灵世界为目标。新时期文学形象系列中出现如此多的性格丰富灵魂深邃的艺术典型，它说明我国新文学正向着一个更高的美学境界迈进。此外，为了适应新时期文学的多元取向，文学体式的创造越来越新颖多样，结构形态越来越丰富多姿，创作方法和表现技巧越来越花样翻新，特别文学语言越来越丰富多彩，新的风格流派层出不穷。可以毫不夸饰地说，新时期文学以它自身面向多元的世界，又以它多元的风姿向世界展开的它的自身，这是文学走向自觉的美好时代。

纵观20世纪中国文学，从创作主体来说，没有哪个历史阶段像新时期文学作家获得这么多外空间和内空间的创作自由，获得这么优越的研究、学习、观察、体验、构思、运笔的环境和条件，尤其中青年作家大都具有开放的世界观、人生观、美学观和自觉的个性意识与群体意识以及较新的文化知识结构、敏锐的艺术鉴赏力与生活感受力、文字表现力、惊人的艺术探索勇气等，它标志着或预示着一代文学巨人的问世。从接受主体来说，哪一个历史阶段也没有像新时期文学的接受者和欣赏者这么人多势众，其审美需要这么多样化，艺术情趣这么浓厚丰富，审美感受这么强烈深切，审美心理这么具有层次性和变动性。这从特定的角度进一步反映出新时期文学的多元取向。

上述只是从总体上选取几个视角对新时期文学的多元取向加以宏观考察，难免挂一漏万或概括不准不全，而且对新时期文学存在的诸多不足和面临的新危机也没有触及；然而对新文学的多元取向必须予以充分肯定和揭示，这不仅因为它代表着中国新文学现代化民族化的主导方向，展现出新文学发展的光辉前景，也因为它的出现顺乎历史之必然。恩格斯曾这样概括历史的创造过程："有无数互相交错的力量，有无数个力的平行四边形，而由此就产生出一个总的结果，即历史事变，这个结果又可以看作一个作为整体地、不自觉地和不自主地起着作用的力量的产物。"①新时期文学历史创造过程，就是"无数互相交错的力量"、"无数个力的平行四边形"组成的"合力"的矛盾运动过程，并呈现出文学多元并立的发展趋向。

① 《马克思恩格斯选集》第4卷，第478页。

尝试之三　思维纵横律：中外情爱文学对照观

我们通常在文学史研究中所坚持的历时性考察与共时性探寻、静态思维与动态思维相结合的思维方式，实际上是遵循的思维纵横律，也可以说是运用了横向思维与纵向思维相结合的垂直思维方式。对中国情爱文学的宏观研究，我试图从比较角度遵循思维纵横律进行探索，从多层次多视角审视中国情爱文学流变轨迹，从社会学、文化学、美学、心理学、伦理学、精神分析学等多角度探索中国情爱文学的美学意蕴以及与外国情爱文学的类似特征，力求对情爱文学研究对象进行历史感、现实感和哲理感的透视与把握。

情爱意识与情爱文学的同步性

在人类历史上，情爱文学的产生同爱情的产生是同步的，没有爱情生活或情爱意识就没有文学创作源泉；而爱情的萌生却是在婚姻制度中孕育的，与现代思维中的爱情是婚姻基础的理念相悖，情爱文学产生的趋向也是先由描述远古婚姻和男女性欲而进到对个人性爱的表现。恩格斯曾论述："在中世纪以前，是谈不到个人的性爱的。不言而喻，体态的美丽、亲密的交往、融洽的旨趣等等，曾经引起异性间的性交的欲望，因此，同谁发生这种最亲密的关系，无论对男子还是对女子都不是完全无关紧要的。但是这距离现代的性爱还很远很远。在整个古代，婚姻的缔结都是由父母包办，当事人则安心顺从。古代所仅有的那一点夫妇之爱，并不是主观的爱好，而是客观的义务；不是婚姻的基础，而是婚姻的附加物。现代意义上的爱情关系，在古代只是在官方社会以外才有。"①

① 《马克思恩格斯选集》第4卷，第72～73页。

这指明中世纪以前只有婚姻没有爱情,只有两性关系和性欲;官方社会以外的民间社会还是有爱情的。中外神话传说对此都有不同的记载,也许这是最早描述人类两性关系的文学了。中国汉族神话曾有女娲与伏羲兄妹成婚繁衍人类的传说,纳西族的《创世纪》有利恩兄妹成婚的记叙;古希腊神话中不仅保留着兄妹之间婚配的故事也有母子之间成婚的记载,曲折地反映了古希腊原始社会发展的进程:即天神乌拉诺斯娶母为妻乃血缘家庭出现前的写照,天神克洛斯娶妹为妻是血缘家庭的写照,宙斯确定以男性为首领的家族,则是人类社会由母权制向父权制过渡的写照。恩格斯认为,母权制的被推翻“乃是女性的具有世界历史意义的失败”,是人类历史上的重大转折,并出现了一夫一妻制的家庭,从此妻子在家庭中“被贬低,被奴役,变成丈夫淫欲的奴隶,变成生孩子的简单工具了”。古希腊著名悲剧《奥列斯特》、荷马史诗以及神话传说作了大量反映。一夫一妻制是与文明时代一同到来的,而“一夫一妻制的最伟大的道德进步:整个过去的世界所不知道的现代的个人性爱”,就是通常所说的“情爱”或“爱情”。从这个意义上讲,一部情爱文学史就是一部文明演进的形象史;同时,爱情的产生是同妇女在家庭中被奴役的地位一同出现的,从此爱情问题总是同妇女解放问题乃至整个社会的民主、平等气氛联系在一起。从这个意义上讲,一部爱情文学史也是一部妇女解放、社会进步的形象史。因此中世纪以前不只出现一些反映人类婚姻制度演化和女性命运的文学作品,也出现了萌芽形态的情爱文学。由于在奴隶制度下逐步形成了个人爱情的情感环境,那些“全都不是参加国家事务,不参与自由民生活的奴隶”便有了爱情关系,诗歌则艺术地反映了这一进步趋向。旧约的《雅歌》以诗歌形式抒写了男女间关系,虽然占主导地位的是表现人的原始情欲,但处于萌芽状态的情爱却被描写得充满活力,情侣双方心理感受的丰富性有所凸现;古希腊三大悲剧家都写过爱情悲剧,所表现的情爱关系缺乏男女相互倾心的完整心理感受,使读者所看到的古希腊人只有爱情的萌芽尚未尝到爱情的果实;古希腊诗歌在爱情心理的抒写方面也并不丰富和崇高,往往强烈的情欲多于有意识的爱情追求。虽然古希腊罗马文学对于两性关系描写都带有某种色情成分,甚至时有肉欲快感的渲染,但是从审美的角度来看它却表现了多神教的直率,在把肉体快乐理想化的同时则反映了日益增强的情感因素和精神因素。与古希腊一样,中国也是个古老的民族,在封建社会以前祖先们就创造了灿烂的文化,留下了不少优美的神话传说、散文和诗歌,其中不乏反映婚姻制度变化、爱情意识萌动、家庭悲欢离合的作品;特别出现在新旧制度相交替时期的古代诗歌总集《诗经》,里面的风诗主要来自民间歌谣,抒写情爱和婚恋的诗篇占很大比重,这可以说是中国爱情文学的萌发和形成。虽然它缺少古希腊文学那种表现奴隶制下男女两性关系及其爱情意识的悲喜剧和史诗的艺术形式,但《诗经》却以比兴手法表现了多种爱情主题、细腻含蓄的爱情心理和较健康的情爱感情,绝少古希腊文学中那种原始情欲的描写,更不见多神教时代的肉欲色彩,这表明风诗中的情爱描写已摆脱了人类的低级感情而向高级感情升华,不论它的思想价值或者审美价值都可以与世界其他民族萌芽期的情爱文学比美。

人类文明进入封建时代,中外情爱文学的发展虽然有共同趋向,但却也存在着不平衡性和相异性。漫长的史前期只是吹响了爱情的前奏曲,爱情文学从整体上说是处在萌芽状态或形成期;然而欧洲的封建中世纪却是从"具有性爱的萌芽的古代世界停止的时候开始的,即是从通奸开始的"(恩格斯语)。《破晓歌》所讴歌的"骑士之爱"就是一个骑士与别人的妻子"通奸",这种没有婚姻的情爱是在破坏一夫一妻制封建家庭的过程中出现的,被恩格斯称为"第一个出现在历史上的性爱形式"。不过,从这种力图破坏婚姻的爱情到那种应该成为婚姻基础的爱情尚有一段很长的路程,骑士们是走不到头的。按照一般的逻辑,个人性爱意识在中世纪既已觉醒,就应该带来情爱文学的发展与繁荣;但历史的演进经常出现二律背反现象,即个人的性爱意识越觉醒社会对它的控制越严酷。欧洲中世纪确立了基督教文化的思想统治,使欧洲人对世界的整体感受和认识发生了根本性变化。如果说在古希腊人的视野里世界是个整体,它充满了肉体与精神的和谐统一美;那么中世纪基督教徒眼中的世界则分裂成上帝(灵魂)的世界和魔鬼(肉体)的世界这样截然对立的两部分。于是宗教禁欲主义便盛行起来,妄图通过这种禁欲道德的内省作用更严厉地限制爱情关系,扼杀刚刚觉醒的情爱意识。中世纪统治者之所以大肆推行宗教文化和禁欲主义道德,主要因为爱情意识的觉醒严重地威胁着统治者自身的利益。作为封建统治者除了在社会上占有的奴隶、奴农、佃农等是他的工具外,在一夫一妻制的家庭中其妻子只是他"淫欲的奴隶";倘若这被奴役的人们都觉醒起来,都要求爱情自由,不只是统治者在家庭中所享有的——既可以迫使妻子放弃一切爱情要求而实行唯有忠于丈夫的绝对"禁欲",自己又可以任性自由的纵情淫乐——特权发生动摇,而且在社会上的绝对统治地位也会出现危机。正由于基督教文化和禁欲主义大肆传播和强制灌输,严重地禁锢人们情爱心理的觉醒,压抑人们生命力和人性的正常发展,致使中世纪的情爱文学发展受阻,几乎没有产生出情爱文学的光辉篇章;即使有些作品描写了爱情生活也大半是半神秘半色情的骑士爱情,既表现了神秘主义的宗教亢奋又表现了柏拉图式的爱情幻想。但丁第一个诗篇《新生》所描写的但丁对贝雅特里齐的爱情并没有突破禁欲主义戒律的束缚,充满了对宗教的笃诚,不过它表现的是完全尘世的爱情;《神曲》对但丁与贝雅特里齐情爱关系的描写尽管流露出基督教意识的清白观念,然而总的艺术氛围却昭示了文艺复兴时期情爱文学的黎明。它形象地说明人为了升入天堂而不得不经过地狱,即人为了创造充分地实现自身的个性和自由的物质基础和精神基础,就必须在一定的历史阶段中牺牲个性和自由。

中国封建时代的情爱文学,是一种比西方中世纪的情爱文学发展得更充分更成熟却始终没有摆脱封建纲常伦理观念束缚的古典情爱文学。它产生了众多的优于欧洲中世纪文学的光辉灿烂的情爱作品,可以毫无愧色地自立于世界封建时代各民族文学之林。当然这并非说中国封建社会为个人情爱意识的觉醒提供了良好的人文环境,也不是说中国封建制度允许以爱情为基础的婚姻存在,更不是说中国妇女在封建社会结构或宗法家庭里享有同男子一样的权利和地位;恰恰相反,超稳定的封建社会制度及其意识形态对人性的禁锢、对爱情的遏抑、对妇女的奴役也是相当严酷的,鲁迅把数千年的封建社会的历史概括为"吃人"两个字,正击中其要害。尽管如此,但中国封建时代情爱文学发展的文化背景同欧洲中世纪毕竟不完全相同。黑暗的中世纪始终以基督教文化和禁欲主义作为封建统治者的绝对统治思想,特别是以宗教形式来毒化人的灵魂和规范人的行为,打着上帝的旗号来扼杀人们的情欲;中国封建文化虽然也带有浓重的"禁欲"色彩,但它的文化结构系统是较为复杂的,并不是所有的文化因素都是禁欲的。中国封建时代的正统文化是儒、释、道互补,而儒家文化始终居于主导地位。孔子创立的儒家文化思想核心"仁学"建立在血缘基础上,以"人情味"(社会性)的亲子之爱为辐射核心,扩展为对外的人道主义和对内的理想人格,构成一个具有实践性格而不外求的心理模式。这使仁学一开始避免了摈斥情欲的宗教禁欲主义,肯定了正常情欲的合理性,并强调对它合理引导[①]。恩格斯说:"文明时代愈是向前进展,它就愈是不得不给它所必然产生的坏事披上爱的外衣,不得不粉饰它们,或者否认它们,——一句话,是实行习惯性的伪善,

① 李泽厚:《中国古代思想史论》,第21、32页。

这种伪善,无论在较早的那些社会形态下还是在文明时代第一阶段都是没有的"[1]。孔子虽然已不是处于文明时代的第一个阶段,但他的文化思想却很少伪善性而具有一定的忠诚性,其中所包含的氏族民主遗风、原始人道主义和氏族制崩溃期才可能有的个体人格追求是具有合理因素的精神遗产。后来者从其现实利益和要求出发对孔子创立的儒家学说重新解释或建造,以服务于当时阶级的时代的需要,于是孔子的思想风貌随着时代阶级不同而变异。比如孔子并无禁欲思想,而到了宋明理学却提出"存天理,灭人欲"、"饿死事小,失节事大"等禁欲信条,当然这些偏离并没有完全摆脱孔子的仁学母体结构。五四新文化运动"掊击孔子,非掊击孔子本身,乃掊击孔子为历代君主所雕塑之偶像权威也,非掊击孔子,乃掊击专制政治之灵魂也"[2];就是说,所掊击的是封建君主专制主义、禁欲主义、等级主义的孔子,是封建上层建筑和意识形态的人格化的总符号。由孔子创立于先继承者建造于后的这套儒家文化思想,已无孔不入地渗透于中国人的思想观念,注进人们的文化心理,影响人们的思维方式和行为模式,自觉不自觉地便成为人们处理包括爱情婚姻在内的各种社会关系的指导原则。因此儒家文化体系中的有利于情爱意识觉醒或不利于人性发展的精华或糟粕都会积淀于人们的心理,围绕性爱或人性的觉醒构成了和谐的关系或尖锐的冲突;后者的冲突深化于个体心理则形成灵与肉的对立,外化于社会就构成情爱与伦理道德的矛盾。中国情爱文明在封建时代的艰难曲折行进,并没有倒退、枯萎,与儒家文化思想的复杂性不无关系。这样中国情爱文学在封建时代有所发展有所成就,在究其原因时就不能不注意到儒家文化传统的这种复杂性。况且,按照列宁的每一种民族文化都可以区分为两种文化的观点,那就指明了封建时代的中华民族的文化系统,不仅有以儒家文化为主体的正统文化,而且也有民主性的文化或大量的民间文化。后者虽然不能不受到前者处于统治地位的封建文化意识的影响,但后者毕竟不同于前者,甚至有某些质的区别。正因为如此,所以封建时代的不少优秀情爱文学如情歌、话本、传奇等,或直接由民间创造或爱情故事源于民间由文人加工整理。中国封建时代的情爱文学之所以比欧洲中世纪的情爱文学昌盛,究其原因是多方面的,上述仅仅是从文化背景的角度作点蠡测。

---

① 《马克思恩格斯选集》第4卷,第174页。

② 《李大钊选集》,第80页。

中国情爱文学演进的三个逻辑层次

中国封建时代的情爱文学也并非在《诗经》中的情爱诗篇的基础上很快就繁盛起来，它经历了一个漫长的过程。如果我们以情爱意识的觉醒和女性的解放作为价值尺度和考察视角，那就能够较明显地揭示出中国封建时代情爱文学演进轨迹所呈现的三个逻辑层次：汉乐府民歌中的长诗《孔雀东南飞》是我国文学史上至今发现最早的一部以爱情婚姻为题材的叙事作品，是一出较完整的婚姻爱情悲剧，它可以作为封建时代情爱文学发展的第一逻辑层次的标志。从作品所表现的爱情来看，虽然不是自由恋爱的结合，是封建婚姻制度的“父母之命，媒妁之言”的产物，但男女主人公却是“先结婚后恋爱”的，这在我国的婚姻结构中带有相当的普遍性。他们爱得那么艰难那么痛苦却又那么真挚那么坚贞，甚至以生命来殉自己的爱情。可贵的是长诗对他们的生死不渝的爱情是同情的，对男女主人公倾心相爱是肯定的，并以他们的爱情悲剧向封建婚姻制度以及纲常礼教提出控诉，这在当时的历史条件下极为可贵。当然对作品所表现的情爱意识不能作过高估价，因为它里面糅进一些杂质。从长诗表现的女性觉醒程度来看，刘兰芝的性格善良、温柔，也不乏刚强，既忠于自己的丈夫又忠于自己的爱情。虽然她的“忠贞”并未完全摆脱封建礼教和封建“妇道”，她的文化心态仍被旧伦理道德缠绕着，也就是说她还缺乏一种争取自由的独立意识；但她毕竟没有任其婆婆随意地宰割，也没有任其兄长随意地摆布，她以自己宝贵的生命维护了自己的独立人格、捍卫了自己所理解的那种“爱情”。这标志着中国妇女在争取自身解放的漫长道路上迈出了可喜的而又艰难的一步。这首叙事长诗，不仅反映了中国人在爱情文明上所达到的解放程度，也表现出我国情爱文学所达到的成熟程度。两汉、魏晋、南北朝、隋唐、南北宋不乏优秀的情爱文学，特别是唐传奇、宋词中有些脍炙人口的情爱作品，但从其表现的情爱意识、女性解放程度和主体思想倾向来看，同《孔雀东南飞》相比并没有多大的突破，甚至有些情爱作品还美化封建伦理道德；不过描写情爱题材的品种却增多了，由单一的诗歌体向多种审美形式扩展，而且情爱作品的数量和艺术质量也有所提高。历史进入元明时代，随着资本主义商品经济的萌芽、人文主义思想的初兴，以及作家主体意识的初醒，致使古典式的情爱文学一度出现繁荣局面，其中《西厢记》《牡丹亭》是我国古代情爱文学发展到第二个逻辑层次的主要标志。元杂剧《西厢记》所描写的爱情模式已不是《孔雀东南飞》那种先结婚后恋爱的程序，而是先相爱后结婚，并且在正式结婚前已发生两性关系，这比恩格斯所说的“通奸”又前进一步，这说明它已接近以互爱为前提的现代性爱了。它标志着我国的情爱意识以及婚配方式已进入一个新阶段，为情爱文学开辟了一个新的艺术天地。作品刻画了男女主人公相爱的方式虽是古代那种“一见钟情”型的，但他们互相选择并没有什么附加条件，完全由彼此容貌的美所激起的内心愉悦和潜意识的波动而发展到相互倾慕才华的热恋程度，摆脱了旧式婚姻的“父母之命，媒妁之言”的禁锢与束缚，也冲破了“男女授受不亲”、“男女之大防”等封建信条在心理筑起的堤坝。可以说这种爱情是以情欲或感情为基础的，他们的婚姻也在某种程度上体现出以爱情为基础。从莺莺的觉醒程度来看，远远超过了刘兰芝：后者只是在封建婚姻结构里带着旧礼教的镣铐为自己所追求和忠于的那种“爱情”作了无希望的消极反抗；前者敢于在封建礼教森严的情势下独立自主地选择情人，敢于在佛教圣地的佛殿与情人相爱，敢于在佛门西厢内幽会，这不只是对封建礼教的公开挑战，而且也是对佛教的辛辣嘲讽，充分表现了莺莺争取爱情自由、个性解放的胆量和义勇。这对于一个“相国小姐”来说，要迈出这一步是多么不容易！虽然她在曲折、复杂、痛苦的思想斗争过程中也产生过动摇、犹豫、怯懦和畏惧，但终究在妇女解放的道路上跨出了胜利的一步。在唐传奇的《莺莺传》中女人本来被视为“尤物”，并美化张生抛弃痴情女莺莺的行为；同样的题材到了王实甫笔下则由一部宣扬封建伦理的作品变成一部反封建的力作。尽管最终它没有摆脱“金榜题名”大团圆的结局，但男女主人公的爱情本身却与功名利禄无缘。这样的结局，只能说明在当时的历史条件下处理爱情自由与封建婚姻制度及封建礼教的不可调和的剧烈冲突，并不是高明的选择。明传奇《牡丹亭》虽然也没有甩掉获取功名的思想局限，但对爱情题材的审美处理是有所突破的。不仅表现的男女主人公的爱情，是带有现代性爱色彩的生死不渝的真挚情感；而且女主角那种为爱情而死为爱情而生的大胆泼辣、坚毅执著的不屈不挠的勇敢追求精神，显然超越了一度犹豫不决的崔莺莺。这标志着中国女性在封建礼教的严密控制下，为争取自身解放和爱情自主所进行的特殊反抗又前进了一步。当然不可否认，不论是杜丽娘还是柳梦梅都没有完全摆脱封建伦理观念的影响，前者想以“父母之命，媒妁之言”来最后完成与后者的婚姻，后者在爱情上虽始终如一却又存在着浓厚的功名富贵思想。这说明再优秀的情爱文学于封建社会的政治结构和文化结构未完全解体以前，所表现的情爱意识和女性的解放程度只能达到历史条件所允许的高度。历史推进到清朝，中国封建社会走到了尽头，虽也有过雍正乾隆时期的“盛世”，但整个社会的危机却日益深重。随着资本主义生产的自发势力突破封建经济结构的束缚，民主主义思想因素也潜滋暗长起来；特别鸦片战争以后中国逐步沦为半封建半殖民地社会，在中西文化的碰撞中使我国意识形态领域出现了新旧杂交、土洋混合的文化思想。在这样的复杂历史背景上出现的情爱文学，既有那种淫秽低级的庸俗之作，也有那种贬抑性爱意识觉醒、美化封建伦理道德的消极作品，更有一批严肃的情爱文学佳品。它们的审美内容、审美形式或审美风格都带有新旧交替时代的某些特征，戏剧体和小说体的情爱文学尤为繁荣，代表着我国古典情爱文学的最高成就。特别是举世闻名的《红楼梦》标志着古代情爱文学已发展到顶峰，它是我国情爱文学升华到第三个逻辑层次的最杰出的代表作。《红楼梦》所描写的贾黛爱情颇具现代性爱的特征，与前两个层次所描写的爱情相比既有认同更有超越。从相爱的基础来看，不只是以互爱为前提，以情投意合为感情基石，并且以志同道合作为思想基础；而这种志同道合又与他们的反封建叛逆精神联系在一起。他们所反的不仅是封建婚姻制度、封建伦理道德，也把矛头指向整个封建主义，这是以前情爱文学尚未达到的思想高度。从相爱的方式来看，既不是婚后恋又不是梦中恋更不是一见钟情，而是经过较长时间的相互了解、共同体贴、交流感情、取得思想一致的情况下，水到渠成地发展为爱情，这种带有现代情爱特点的爱情虽以悲剧告终，却比那种缺乏历史必然性和生活内在逻辑的“大团圆”结局要深刻得多。从相爱的“媒介”来看，且不说焦仲卿与刘兰芝是典型的“媒妁之言”，就是张生与莺莺的相爱也离不开“红娘”相助，柳梦梅与杜丽娘的爱情则是发生在“梦幻”中，从特定意义上讲不论“红娘”或者“梦幻”都可以看成“媒妁”的象征；但是贾黛相爱却彻底摆脱了“媒妁之言”的羁绊，既不在梦幻中相爱也无任何人牵线，完全靠两颗水晶般的心来体验、感知、相印，而这种自愿自觉地相爱又并非发生在顺境中，乃是在“一年三百六十日，风刀霜剑严相逼”的逆境里形成。这是实实在在地产生于充满错综复杂矛盾和浓郁生活气息的人世间的爱情。从女性的觉醒程度来看，是先前一些情爱文学中出现的女性形象所不可企及的。林黛玉虽然多愁善感、弱不禁风，然而她的性格内在本质却是坚强刚毅的，骨子里蕴含着一种不达目的死不瞑目的勇力和韧劲。同她的争取爱情自由、人格独立、个性解放相对立的不只是封建礼教、旧婚姻制度，而是整个封建主义，尽管她的抗争和叛逆注定是悲剧的,但她并不畏惧,并不退缩,并不屈服。她的悲剧不只是个人爱情悲剧、性格悲剧,也是女性解放的悲剧;尽管她的民主意识还相当模糊,但同以前女性形象相比,却在漫长的中国妇女争取解放和爱情自由的道路上,树起一座新的里程碑。通过以上对三个逻辑层次的情爱文学的抽样分析,既可以看出中国封建社会情爱文明进展和妇女解放的总体趋向,又可以窥见爱情与封建伦理的矛盾是贯穿于古代情爱文学全过程的基本冲突;既可以发现封建时代叙事文学所描写的爱情中展示出一条由先结婚后恋爱到一见钟情式相爱再到志同道合式相爱的演进线索,又可以看到情爱文学的日趋昌盛与封建社会的日益衰亡构成了历史的逆向。特别到了晚清时期,资产阶级文学改良运动的兴起,西方民主主义文化意识的弘扬,预示着现代情爱文学即将诞生的光明前景。

20 世纪初叶的中国五四新文学运动,标志着一个石破天惊的继往开来的伟大时代的开始。它既是中国历史上的一个开放的自由的创造的锐意进取的时代,又是中华民族"从来没有经历过的最伟大的、进步的变革,是一个需要巨人而且产生了巨人——在思维能力、热情和性格方面,在多才多艺和学识渊博方面的巨人的时代"①。中国新文学先驱们置身于中外文学的交汇之中,如饥似渴地寻找新的文学观念、新的创作方法、新的艺术风格、新的美学理想和新的批评原则,在与封建文学的决裂中创造了具有民族特色的新的白话文学、人的文学和平民文学,其中包括着中国现代情爱文学。虽然漫长的封建时代所产生的情爱文学曾不断地发出对"爱情自由"或"婚姻幸福"的呼唤,甚至出现了贾黛式的近似于现代性爱和苏曼殊笔下的那种带有现代色彩的情爱,但它们毕竟不是全部出自于作家的现代情爱意识,总是难以超越那个时代所能达到的认识水平的限制。即使思想较为激进的林黛玉也曾不由自主地把爱情幸福寄托于正在扼杀她的爱情自由的贾母身上,苏曼殊言情小说中那些追求个人幸福的女主人公也没有摆脱"女子之行,唯贞与节"的陈腐之见;唯有到了五四时代,新的思想启蒙运动以强劲的人文主义思潮摧毁了封建传统文化在中国思想领域的统治地位,写实主义、浪漫主义新文学运动摧毁了封建专制主义在审美领域内对中华民族的统治。特别是"浪漫主义运动从本质上讲目的在于把人的人格从社会习俗和社会道德的束缚中解放出来"②。因此五四时代人的解放,不仅是人在思想意义和道德意义上的解放,而且也是一次在审美意义上的解放。正是在中国

---

① 《马克思恩格斯选集》第 3 卷,第 445 页。

② 罗素:《西方哲学史》下卷(马元德译),第 224 页。

人的个性意识、性爱意识和审美意识大觉醒的背景上，产生了各种新型体裁的情爱文学作品，比较全面表现了恩格斯所论述的现代性爱的基本特点和中国现代女性的解放程度以及多样化的审美追求，反映出一代新文化先驱和文学巨匠在新旧民主主义革命的交替期对现代情爱文学所作出的开创性贡献。

由“五四”开始的现代情爱文学的创造，如同整个中国现代文学的多元系统一样，主要是以欧洲从文艺复兴到20世纪初的近现代情爱文学作为参照系的。这里面既有资本主义时期的情爱文学也有无产阶级革命时期的爱情文学，作家们从中汲取有益的思想与艺术营养来培育具有中国民族特色的情爱文学。鲁迅提出了著名的“拿来主义”原则，甚至断言“新文学是在外国文学潮流的推动下发生的，从中国古代文学方面，几乎一点遗产也没有摄取”①；巴金公然宣称“在所有中国作家之中，我可能是最受西方文学影响的一个”②。历经四五百年的欧洲近现代文学是个有序的系统，而中国新文学（包括情爱文学）的创建并非依其顺序来借鉴，乃是每个时期的中国现代作家根据历史时代之需要和自己的审美取向把欧洲文学作为可以分割的整体来吸取。因此有必要对欧洲近现代情爱文学发展轨迹及其主要特点作简要描述，以便从比较中认清中国现代情爱文学独到的演变路径及其特征。文艺复兴时期资产阶级登上政治舞台，它的利益、情趣、观念和中世纪基督教禁欲主义传统、封建生活方式和思维方法格格不入，于是通过人文主义运动和宗教改革运动真正发现了人的价值和意义，恢复了人的感情，打击了禁欲主义，形成了以人性解放为核心的人道观、伦理观、情爱观、人生观和哲学观，并在此基础上创建了表现现代性爱意识的情爱文学。薄伽丘的《十日谈》是文艺复兴的一篇爱情自由的美学宣言，它将爱情看得高于人的一切其他本性，不仅歌颂爱情的伟大力量和爱情的神圣权利，而且对基督教禁欲主义作了无情的嘲讽与批判；莎士比亚的戏剧按照美的规律反映了情爱感受的多样性，出色地把男女双方在追求幸福道路上的肉体和精神水乳交融的爱情理想化了，《罗密欧与朱丽叶》是爱情的最纯洁诗篇，它是人类爱情史上的一座丰碑。如果说文艺复兴时期的爱情文学多是情感型的，主要表现肉体与精神的完整美，突出个人感情对爱情的主宰；那么古典主义时期的爱情文学，着重强调爱情服从于责任感、道德标准和最高价值体系，要求爱情服从于礼节的约束，突出理性对爱情的主宰，这就限制了文艺复兴时期那种有血有肉的人的感

① 鲁迅：《集外集拾遗补编·〈中国杰作小说〉小引》。

② 巴金：《答法国〈世界报〉记者问》。

情生活和个人的性爱选择的自由,高乃依的悲剧《熙德》就是这方面的代表作。18 世纪法国资产阶级知识分子创立启蒙运动,摆脱了古典主义的羁绊,高举自由、平等、博爱的旗帜,不论在法律上或伦理道德上都宣布婚姻必须以“相互性爱和夫妻真正自由同意为基础”,这无疑是人类爱情史上的重大进步,并在这种历史背景上出现了多样化的现代爱情主题,而且多是悲剧型的,突出了个人自由意志对爱情的主宰。卢梭的爱情小说《新爱洛绮丝》描写了贵族小姐与穷教师的爱情悲剧,弘扬了人的自由权利;拜伦的长诗《海盗》与《唐璜》赞颂人对旧制度的反抗、爱情的悲壮美和人为自由幸福的权利而奋斗;歌德笔下的爱情描写没有拜伦诗歌中那种恶魔式的跌宕起伏和情欲的绝望挣扎,而充满了和谐的精神美和古典主义的分寸感,充满了古希腊式的生命强力;海涅的爱情描写犹如梦境,犹如幻觉,好像爱情是一种受命运摆布的可悲力量;普希金的爱情诗既不是拜伦式的具有致人悲恸的恶魔力量又不是海涅式的具有绝望的痛苦感,他笔下的爱情描写是个美丽神奇的世界,即使爱情悲剧也充满了生机盎然的人生旋律。继浪漫主义之后 19 世纪涌起现实主义文学运动,直至 20 世纪初,情爱文学所展示的人的情感世界变得日益复杂深刻和更合乎人道,表现出的爱情关系中含有的文化素养于审美方面日益完善和丰富,着重强调了精神与情感的合力对爱情的主宰。如果说浪漫派文学家把爱情理想化了,将它描写成一种抽象的几乎是充斥着宇宙的感情,那么现实主义文学家笔下的爱情描写则摒弃了抽象空洞的爱情观念,而是通过刻画爱情中的有血有肉的形象来体现爱情意识,往往从爱情奇特的内在表现进而描写爱情存在的社会环境。雨果展现了爱情的浪漫主义理想化,他笔下的爱情是道德力量和精神力量的最高表现;而现实主义作家司汤达《红与黑》的爱情描写则把尖锐的社会冲突同爱情关系的起伏曲折联系起来,表现爱情是一种独特的忘我的不可克制的力量;易卜生是从个性主义的角度来展示爱情主题,《玩偶之家》则塑造了一个冲破资产阶级家庭和婚姻关系的欺诈虚伪罗网而狂热追求个性解放的女性;托尔斯泰的作品表现出爱情本身就是生活、知识、美和人的最高幸福的主题,震撼人心的爱情悲剧《安娜·卡列尼娜》以天才的艺术手段,描写了安娜爱情的迷人天性、深刻的道义美和人的存在价值最终战胜了宗教教义。资产阶级情爱文学不仅表现了现代情爱意识的进步性和由爱情而结婚是“人的权利”或“妇女的权利”,而且也反映了资本主义婚姻制度的丑恶本质。作为统治阶级的资产者承袭了封建阶级纵欲享乐的本性,丈夫仍然有着杂婚制的性自由,通奸和嫖娼成了婚姻的补充;而妇女却依然被剥夺自由,在家庭中处于极不平等的地位。正如恩格斯所指出的,在家庭中"凡在妇女方面被认为是犯罪并且要引起严重的法律后果和社会后果的一切,对于男子却被认为是一种光荣,至多也不过被当作可以欣然接受的道德上的小污点"。这是因为"丈夫占居一种无需有任何特别的法律特权的统治地位","丈夫是资产者,妻子则相当于无产阶级"①。由于同样的道理,经济利益的干预使资产阶级的统治者中很少有由爱情而缔结的婚姻;至于广大妇女和被统治者的爱情惨遭扼杀的事例更是屡见不鲜,他们冲破了封建主义桎梏却无法冲破资本主义金钱力量的桎梏,致使变相的禁欲主义紧紧缚住了爱情女神的手脚。批判现实主义大家巴尔扎克《人间喜剧》中的《家庭复仇》则表现了这方面的主题。不过,既然表现民主主义爱情意识和妇女解放主题的文学已大量涌现,那么真正反映恩格斯提出的理想爱情和"结婚的充分自由"的情爱文学就一定会在不久的将来出现。随着马克思主义思想体系的确立和传播,无产阶级革命运动的兴起和发展,为现代性爱、自由婚姻以及妇女全面解放的实现提供了极大的可能性。于是在19世纪末叶至20世纪初叶,正当资产阶级现代主义大肆鼓吹性解放的时候,无产阶级的情爱文学以其崭新的面貌出现于人类文学史上,为爱情文学的发展开辟了新阶段。这种具有强烈的时代感和革命色彩的情爱文学,它以社会主义意识形态为基础,对于人的相互关系在客观历史条件下的发展作了新的审美观照和艺术解释,直接反映了准备实现或者已经实现的社会主义时期的人的情爱感情的发展趋势;作品中描写的爱情主人公在争取社会正义和人的尊严、争取全人类解放和自我解放、争取美和自由的斗争中获得了幸福,所表现的男女爱情是崇高的有时也是悲剧性的,强调革命对爱情的主宰,其主要特点是使人从被压迫被奴役下解放出来(包括妇女的完全解放)的思想、相互关系中的人道主义感情以及亲昵的爱情意识,同新的价值体系取得一致性。高尔基笔下的爱情描写服从于社会的时代的伟大历史任务的需要,把男女之间的情爱关系视为同人的自我意识的实现、革命真理的追求和民主自由的向往紧密相联的自然需要,并善于表现那种闪烁着无产阶级思想光辉的壮美爱情;马雅可夫斯基的诗笔既抒写男女爱情在革命烈火中获得净化,又讴歌在社会主义条件下爱情的纯洁性。虽然社会主义为现代情爱理想的实现和妇女的全面解放带来新的希望,但由于新的社会制度还有不完善之处、封建残余意

① 恩格斯:《家庭、私有制和国家的起源》。

识和资产阶级腐朽思想将会长期存在,所以要真正把现代爱情理想和妇女彻底解放变成光辉现实,尚须经过一个长期的艰苦奋斗的历史阶段。这种情况无疑会再现于十月革命后欧洲各个社会主义国家的情爱文学世界里。上述的欧洲近现代情爱文学的多元态势和复杂审美取向,对中国"五四"开始的现代情爱文学产生了或深或浅或显或隐的影响,有的是综合性的影响,有的是局部性的影响,有的是全过程的影响,有的是阶段性的影响;但不管那种性质或方式的影响,都必须与中国传统情爱文学的精华相嫁接,在特定历史条件下经过"化合"作用而铸成具有我国民族特色的现代情爱文学。

五四时期经过多次中外文化、文学的交汇和撞击,随着人的全面觉醒,人的性爱意识也大大觉醒,妇女解放的呼声响彻黑暗王国的天空。于是,描写爱情婚姻题材的文学滥觞一时,出现了中国情爱文学史的第一个艺术春天。统观这个时期的情爱文学,以多样化的艺术形式反映了一代青年尤其是青年知识者的性爱意识觉醒并进而达到的新觉醒——由"我是我自己的"到"解放了社会,也就解放了自己"的思想发展逻辑。有些作品刻画的主人公是在比以前的爱情文学更为广泛的民主思想的基础上呼唤爱情自由和婚姻自主,并把这种强烈的追求同个性解放、人格独立结合起来,反映了黎明期一代青年要求在爱情婚姻生活中彻底摆脱封建主义桎梏而实现现代人的民主理想,甚至借助极端的形式向封建礼教进击,以实现觉醒了的"人之子"的爱的权利;特别表现女主人公在爱情婚姻方面的解放要求,更能标示出五四时期现代性爱意识的觉醒程度。也有些作品表现出相当多的爱情自由的追求者把爱情与人生更重要的层面割裂开来,不能使生命更完整更充实,达到更充分意义上的现代意识,流露出爱情至上的思想倾向;如果把爱人当成"宇宙与人生的中心",把性爱当作生命的唯一真实,那么情爱本身就具有悲剧性。更有一些作品描写婚外恋或表现同性恋,或打着个性解放、恋爱自由的旗号来裸露一种恶趣味的性行为和卑下庸俗的情欲,不仅泯灭了美与丑的界限也泯灭了人与兽的界限,妄图把个性解放、爱情自由引导到邪路上去。鲁迅稍后创作的《伤逝》代表了五四文学对爱情问题思考与表现的最高成就,形象地揭示了"人必生活着,爱才有所附丽"的真理,说明观念形态的"爱"是附丽于物质存在的,最终支配着人的感情(包括爱情在内)活动的乃是人的物质生存条件,这就把争取爱情自由、个性解放和整个社会解放作为一个有机的逻辑链条来思考。直到"五四"以后柔石《二月》的问世,现代情爱文学才自觉而明确地表现出进一步觉醒的趋向:从"爱只关系我们两人"到认识了“只有解放了社会,才能解放自己”,使争取爱情自由的斗争与争取社会解放的斗争结合起来。五四时期的情爱文学虽然缺少欧洲文艺复兴时期或启蒙时期那样驰名寰宇的皇皇巨著,也缺乏那种以宏观的眼光和气魄把爱情婚姻问题置于广阔社会历史背景上的杰作;但是五四情爱文学却自有它的独特价值和地位,况且鲁迅这位巨匠还创作了数篇反映爱情婚姻问题的名作,足以走进世界情爱文学之林。五四时期的情爱文学产生于新文学的发轫期,它不可能超越时代生活本身的限制,也不能超越一定时期认识发展水平的限制。20 年代后期兴起了无产阶级文学运动,出现了“革命加恋爱”的情爱作品,尽管它有这样那样不足,但从文学史的角度来考察,它为现代情爱文学增进一些新东西:一是试图探索爱情与革命的关系是对立的还是统一的;二是既从爱情道德的视角也从政治道德的视角来反映爱情问题;三是寻求新的爱情基础不只是有情感也应有政治理想,二者可以一致。30 年代是现代文学的繁荣时期,虽然单纯以爱情婚姻为题材的文学作品少了,但爱情问题在纷繁复杂的现实生活汪洋中却仍占据着应有的位置甚至重要的地位。因而那些成功之作总是把爱情的描写作为有机部分或主要情节线索,所表现的情爱意识或女性解放意识是对五四情爱文学的继承或超越。由于作家的社会意识、爱情意识和审美意识同中有异以及对爱情问题的观察视角有所不同;加之这个时期不仅有西方民主主义文化意识的渗透,更有欧洲无产阶级情爱文学的影响,所以 30 年代的文学作品表现的情爱主题呈现出多元指向。有的情爱文学着重透过爱情与革命的冲突或无产阶级思想体系与非无产阶级意识的矛盾,表现爱情必须服从革命或阶级利益的需要,或者表现真正的爱情必定建立在无产阶级思想战胜非无产阶级思想的基础之上,或者表现个性解放、爱情自由与无产阶级革命事业的辩证统一;有大量的情爱文学继承并弘扬了五四文学的爱情主题,从爱情与伦理、理想与现实、灵与肉、美与丑、善与恶等冲突中,揭示情爱意识的觉醒、个性解放和女性解放的命运以及潜意识的骚动;有的情爱作品透过城市文明与边陲地区古朴文明的对照描写,把爱情作为人性美的核心来讴歌,具有强烈的人情味和向善的价值取向,等等,不一而足。这种多元的情爱主题意向一直影响到 40 年代国统区情爱文学的发展。虽然这个时期抗战主题压倒一切,但民族解放斗争的描写并没有排斥爱情的描写,在不少反映抗战题材的作品里穿插着情爱线索,更有一些以爱情婚姻为题材的作品仍然从反封建的角度来表现爱情主题或女性解放问题。然而必须指出,情爱文学从“五四”发展到三四十年代存有一个突出的局限性,即无论表现现代情爱意识觉醒或者呼唤妇女从封建婚姻制度和封建礼教下解放出来或者反映爱情与革命的关系，这些主题意向差不多都局限于知识分子范围内，并没有自觉地表现或发掘广大工农劳苦大众在爱情婚姻方面所发生的新变化，除了个别作品如《星》注意到劳动妇女的情爱觉醒与阶级觉醒外，绝大多数的文学作品则表现了广大劳动人民特别是妇女仍处在水深火热的苦难生活的煎熬之中和封建伦理道德的禁锢之中，连起码的生命条件、生存环境都不具备，哪里还有爱情幸福、婚姻自由可谈呢？这种局限并非文学自身的责任，而主要是时代的历史的社会的条件决定的。当我们审视以延安为中心的抗日民主根据地和解放区的文学时，才发现建立了民主政权、实行土改后，随着广大农民政治意识的觉醒和经济上的翻身，他们的现代性爱意识也从封建伦理的桎梏下开始复苏，特别是青年农民对爱情有了新的追求，女青年把自身的解放同爱情自主的要求统一起来。《白毛女》所表现的“旧社会把人逼成鬼，新社会把鬼变成人”的主题，如果从广义上理解，它应该包含着旧社会的残酷统治不仅把活生生的人逼成披头散发的鬼，而且也埋葬了青年农民的爱情理想，只有在共产党领导下推翻反动政权才使喜儿与大春的爱情理想有了实现的可能。王贵与李香香(《王贵与李香香》)的爱情萌生、发展、离合，始终与革命斗争的行进联系在一起。就互爱者来说，这种革命爱情的变化常常取决于个人的政治态度或政治品质，似乎它已超出确立在感情或伦理层次上的爱情。这无疑为现代性爱意识的觉醒提供了更坚实的政治理性基础，比五四情爱文学所表现的现代爱情文明虽然少了些什么却又增加不少新东西；特别妇女在政治上的解放程度和爱情关系中的地位，确实比以前提高了，相爱的结果大多由悲剧而变成喜剧。《小二黑结婚》是解放区爱情文学的代表，它反映了中国农民在爱情婚姻问题上的新觉醒新追求已达到自觉的高度，并且形象地说明党和人民政权是男女青年争取爱情自由、婚姻自主、女性彻底解放的坚强柱石，而封建势力和封建意识在这里已失去主宰人们生活的统治地位；它展示出中国广袤辽阔的农村大地正在发生翻天覆地的变化，亿万农民被奴役的精神创伤和因袭沉重的文化心态已开始了现代性爱意识的觉醒，标志着古老的中国情爱文明史从“五四”揭开新的一页之后中经30年代到了解放区文学又掀开新篇章。

1949年新中国成立，历史进入社会主义时期，如同新文学的整体取向一致，情爱文学承继了“五四”以来新文学主要是解放区情爱文学的传统，在新的社会环境里有了新探索新追求，使爱情文学有了新特色。或通过描写个人爱情与集体利益发生的冲突，表现先进青年一心为公、个人利益服从革命利益的思想；或通过两种思想斗争的描写，反映男女青年在正确思想战胜错误思想后发生了爱恋之情；或通过两种性格迥异的青年谈情说爱的抒写，表明他们的爱情完全建立在一心为祖国、热爱新生活、共建新生活的基础之上；或通过爱情与共产主义道德冲突的描写，表现共产主义道德最终战胜个人私情，说明决不能把个人幸福建立在别人的痛苦上。这类爱情作品最突出的特点是社会功利性，着重强调它的政治思想教育功能，对爱情的描写侧重于理性层次，突出地表现先进思想必然战胜落后意识，真正的爱情是建立在共同思想、共同理想的基础上，当个人的爱情同革命事业或建设事业或集体利益发生矛盾时，应该毫无条件地以前者服从后者。这反映了建国初期一些作家对现代性爱意识的理解和达到的认识水平，也反映了这些情爱文学的主题单纯格调明朗却又不免有点公式化、概念化。50 年代中后期曾出现一批情爱主题深蕴的作品，不只是从思想、政治角度来表现爱情，更注意从道德、情感的角度来展示爱情，深入到人物心灵，开掘出爱情的矛盾纠葛，既重视情感是爱情基础的刻画，又重视爱情缺乏正确理性引导就会走上邪路的剖析。《在悬崖上》《我和我的妻子》《红豆》是这个时期较优秀的情爱文学。但也必须指出，由于社会主义情爱文明的发展走过一条曲折的道路，导致了反映社会主义情爱文明的文学也走过一条曲折的道路。爱情是需要充足的物质文明和精神文明的营养才能生长的。50 年代中期以后由于“左”倾思想的抬头，一直到“文革”十年泛滥成灾，社会主义物质文明和精神文明遭受严重摧残，文学艺术所受到的蹂躏更为惨重。新的禁欲主义在“文革”中肆意横行，“爱情”竟成了文学上的禁区，至此中国情爱文学的发展出现了空白地带，历史的倒退必然带来文学的倒退。

然而，历史的倒退毕竟是一时的，历史的曲折也不会久远，因为历史的洪流不可逆转，它终究要冲破重重阻力朝着既定的目标向前。党的十一届三中全会开辟了社会主义新时期，也开拓了中国文学史的新阶段。新时期的情爱文学在彻底否定“文化大革命”的凯歌声中新生，在思想解放运动中重新崛起，在党的文艺方针的指引下欣欣向荣发展。综观新时期的情爱文学，不论是参照系统、题材结构、主题结构、形象结构、文学体裁、创作方法、表现技巧以及读者审美心理，都发生了深刻变化，在马克思主义美学思想和性爱观的总体指导下，各自呈现出多样开放的取向。特别对现代性爱意识的弘扬、对妇女解放意识的表现、对各种形态情爱心理的开掘，达到了空前的自觉。马克思提出的爱情道德、恩格斯提出的爱情理想,中国妇女为之奋斗了半个多世纪的独立解放、爱情自由和婚姻自主的目标,正在社会主义新时期开始变成现实。当然情爱理想的普遍实现还要有一个漫长、艰难、复杂、曲折的历史过程,旧社会遗留下来的经济、政治、道德、文化等社会因素都会构成现代爱情理想实现的阻力。可贵的是,新时期的情爱文学通过各种审美形式对此作了全面、生动、真实的反映和表现,使情爱主题意蕴达到了相当的深度和高度,预示着马克思主义关于爱情婚姻的道德理想通过社会主义物质文明和精神文明的建设实践必定能变成光辉的现实。

纵观从古至今的中国情爱文学,有几条或隐或显的思想情感线索贯穿于始终:个体情爱意识的觉醒总是同社会伦理道德构成基本冲突,尤其是宋明以来带有禁欲色彩的伦理道德对性爱的禁锢达到了惨无人道的程度;现代性爱的逐步觉醒进程,不仅反映了人性全面解放的程度,也反映了人类社会文明的进步程度,从特定意义上讲人的现代性爱意识的觉醒史就是人性解放史和人类文明史的缩影;爱情或婚姻关系中的自由解放的焦点集中在女方身上,因为女性在男方占统治地位的一夫一妻制或一夫多妻制的婚姻中最没有自由权和自主权,完全失去了独立人格和人生价值,或成为泄欲生育的工具或变成家庭的玩偶,所以女性的情爱意识的觉醒或争取解放的要求是衡量社会进步的重要尺度。

中外情爱文学的相似审美特征

由于社会历史发展阶段的错位和东西文化形态的差异,所以中国和欧洲情爱文学的演进并不是同步的,每个历史阶段情爱文学的成熟程度和繁荣程度也不一样,主题意向、人物系列、叙述结构、审美形式、风格语言等均有不同特色。但是必须指出,西方文学与东方文学发展的不平衡,是世界历史发展不平衡的产物;而这种不平衡的被打破终究是历史发展的必然。特别人类历史跨入近现代,是各民族近现代文学在交流和融会中诞生及其组合为世界文学总体的时代,是各民族文学之间的交流成为一种自觉的独立的交汇时代。虽然中国文学进入各民族文学大交流的时间晚于欧洲各国,但中国却高速度地在近百年时间与欧洲数百年发展起来的近现代文学进行了无数次的交流融合,当然也包括中西情爱文学的交汇。如果共时地加以考察,那就会发现这种持续不断地交流融合,不可避免地给东西方情爱文学带来一些相似或相同的审美特征。

强烈的文化批判意识

批判意识的自觉是中西情爱文学主题的重要标志。因为情爱意识的觉醒必然要冲破种种外部或内部的阻力,争取婚姻幸福、爱情自由和妇女解放必然要同封建主义、资本主义的伦理道德及社会主义条件下的特定阶段的极左思潮、封建残余意识和腐朽的资产阶级意识进行不可调和的斗争。所以,创作主体的自觉批判意识必然从情爱文学的艺术世界里强烈地表现出来。可以说,没有批判武器开路,就很难有现代情爱意识的觉醒、爱情理想的实现和妇女的真正解放。性爱文学主题的批判指向不限于政治批判,而主要涉及民族整体生活方式中更为广泛的文化意识。即向民族生活历史与现状的纵深文化层次发掘,社会伦理、社会心理、社会风习等方面往往是批判的重点,使这种批判达到了相当的深度。欧洲对于宗教禁欲主义的批判一直是近现代情爱文学主题思想的重要特色。最早以文学形式向基督教禁欲主义伦理发起冲击的是薄伽丘的《十日谈》,它揭露了禁欲主义的虚伪和欺骗性,维护了刚刚觉醒的爱情女神;当然也要指出它在批判禁欲主义的过程中也某种程度地宣扬了享乐主义,这只能说明取代封建统治者的资产阶级仍是个纵情享乐的阶级。狄德罗的《修女》、法朗士的《黛依丝》和霍桑的《红字》,都深刻地揭露了基督教禁欲主义的残酷性和丑恶性。它们批判的深刻之处不是表现在对禁欲主义的表层的揭露上,而是通过入木三分的心理刻画来剖析宗教禁欲主义违背人类本性、扼杀人的善美人性的极端不合理和极端残忍。瓦西列夫在《情爱论》中指出:文艺复兴和资产阶级革命并没有完全消灭中世纪的宗教虚伪,对性的诅咒和对再造生命的自然规律的禁欲主义的、市侩的假惺惺,依然笼罩在人们头上。然而,"肉体的诱惑力尽管受到残酷的虐待,却经常进行报复。所有被掩盖起来不让人看的秘密总是唤起一种不健康的好奇心,一种病态的遐想";"越是受到压抑的东西就越拐弯抹角地寻找出路",因为"回避绝对自然的东西就意味着加强,而且是以最病态的形式加强对它的兴趣"。这是富有辩证威力的见解。西方情爱文学对宗教禁欲主义的批判将是一个长期的任务;中国情爱文学虽然不像西方文学把批判的矛头主要对准宗教禁欲主义,但这并不意味着中国情爱文学缺乏批判禁欲主义的主题思想。且不论对变相禁欲主义的批判,就是对宗教禁欲主义的批判也是不乏其例的。如明末出现的"三言""二拍"有不少嘲讽鞭挞宗教禁欲主义虚伪性、荒淫性的篇章。人类爱情文明在批判宗教禁欲主义的过程中获得发展,人们的现代性爱意识是在揭露禁欲主义的虚伪性和残忍性的过程中获得提高的。但是我们必须警惕，有些批判宗教禁欲主义的情爱文学常常宣扬纵情享乐主义，对这种资产阶级的腐朽意识也必须批判。如果说批判宗教禁欲主义是西方情爱文学的重要思想特色，那么中国的情爱文学自始至终把批判封建伦理道德作为主要的战斗目标。可以说，中国人现代性爱意识的觉醒一时一刻也离不开同封建伦理意识、道德观念以及由它所培植的封建习惯势力和民族集体无意识的斗争，所以对封建伦理的持续不断地批判是中国情爱文学主题的基本思想特征。封建时代的情爱文学虽然对封建伦理道德进行过一些批判，但是很不彻底，往往以否定开始以肯定作结，即使对封建礼教冲击最厉害的贾黛爱情最终也摆脱不了封建伦理的羁绊。由“五四”新文学运动产生的现代情爱文学，彻底批判封建伦理道德以唤起现代性爱意识的觉醒是其中心主题思想。它们对封建主义特别是带有禁欲主义色彩的理学的批判已从理性文化层次深入到潜意识层次，以现代生命意识从根本上否定封建伦理对人性人欲的扼杀和毒害，达到了那个时代的认识水平所能达到的批判深度。从“五四”开始的现代情爱文学发展到革命情爱文学，虽然没有放弃对封建伦理道德的批判，然而批判的深度与广度并没有超越五四时期的情爱文学，只是出现了批判爱情至上主义的主题意向。直到社会主义新时期，情爱文学的主题才出现了大转移。作家们对爱情婚姻问题的思考，初始突出了对“左”倾政治思潮的批判，往往在批判中把传统的忠贞不贰的伦理规范与坚定不移的政治感统一在共同的审美理想中；进而在对社会伦理观念的思考中则摆脱了政治批判所获得的表层结论而进入整个民族传统文化的思考，将批判的锋芒引向封建伦理道德积淀的社会文化心理底层，特别是在无形中阻碍现代性爱意识觉醒和爱情婚姻自主以及妇女彻底解放的集体无意识，更是不少情爱文学所揭露批判的重点。它标示着现代情爱文学对传统伦理道德糟粕的批判与清除，已达到一个新的水平。不论是欧洲还是中国的现代情爱文学，对资产阶级伦理道德的虚伪性和腐朽性，都进行了无情的揭露和批判。正由于创作主体批判意识的自觉，才使情爱文学所表现的现代情爱意识得到了肯定与弘扬，使那些充满了人性美的爱情悲剧或喜剧得到了流传与赞誉，使马克思主义的爱情道德与理想展示出诱人的光辉前景。

映射社会生活本质的多棱镜

与中外情爱文学具有强烈的批判意识相联系的，是它的透视社会生活本质的特殊功能。人类爱情文明总是受制约于社会的物质文明和精神文明，总是同社会制度的优越与否联系在一起；况且爱情生活或婚姻家庭又是整个社会生活的有机组成部分。因此作家们创作爱情文学要从多角度多层面进行观照，总是通过爱情的表层或深层的描写来透视社会本质。爱情文学作为审美实体如同一架多棱镜，社会的本质特征或明或暗地会从它的各个侧面映射出来，使广大读者在获得丰富的审美享受或审美愉悦的同时，便从五光十色的生活画面认清其社会本质。奥斯特罗夫斯基的名剧《大雷雨》并没有从正面表现封建农奴制和反抗农奴制的斗争，它是在这样的典型社会环境里描写女主角卡杰林娜的婚姻悲剧与爱情悲剧，不仅使人们看到俄国封建农奴制专横、残暴、顽固、腐朽的本质特征，也使人们看到黑暗王国里闪过了民主主义爱情的一线光亮。莎士比亚的《罗密欧与朱丽叶》通过两个青年人坚贞不渝爱情悲剧的描写，使人们感悟到造成他们爱情悲剧的最根本原因还是封建主义制度残忍专横的本质，整个剧本的思想威力则体现在对封建婚姻制度和中世纪的总清算上。“为什么年轻人的婚姻和命运要由家族的利益来决定？为什么不能掌握自己的爱情？为什么看一个人的价值总是不看他自身的完美与否，而只是取决于那有着贵族头衔的姓氏？”这四行诗句蕴含着多么丰富的思想力量和多么强烈情感义愤，这既是控诉又是呐喊。《红楼梦》《金粉世家》《家》《北京人》等所谓描写家庭生活的杰作，它们无不通过爱情悲喜剧的描写，或从一个角度或从几个侧面或全景式地揭示中国封建社会的残暴、专横、腐朽、荒淫、奢侈、堕落等丑恶本质，以及必然全面崩溃的历史趋势。这些作品大都没有从正面描写封建社会的基本矛盾，主要通过爱情婚姻的悲剧性冲突，形象而深刻地展示出整个封建社会制度及其意识形态的没落、反动本质。特别是鲁迅描写婚姻爱情题材的小说，对封建制度吃人本质的揭露达到了入木三分的程度。曹禺的《雷雨》和《日出》，透过蘩漪畸形的情爱悲剧和婚姻悲剧以及陈白露由追求爱情到堕落为高级妓女的悲剧命运，我们可以清楚地看到中国半封建半殖民地社会的某些本质特征及其必将灭亡的历史趋向。如果说在《威尼斯商人》《第十二夜》中通过莎翁对“愿天下有情人终成眷属”的爱情理想的抒写，使我们看到的只是资本主义初期的爱情婚姻的进步的美好的一面，那么巴尔扎克的《家族复仇》中描写的爱情婚姻的悲惨画面，却使我们认清了资本主义社会的金钱决定一切的本质特征。易卜生的《玩偶之家》透过娜拉的爱情婚姻遭遇又使我们看到了资产阶级的虚伪本质。拜伦《唐璜》所描写的“风流才子”的情爱故事是以法国资产阶级革命前十年左右的欧洲各国社会为背景,他曲折复杂的爱情境遇总是同欧洲各国社会制度联系在一起,所以透过唐璜一系列的风流韵事可以看清欧洲封建专制的伪善、暴虐、腐败。司汤达的《红与黑》是部著名的爱情小说,其实它通过于连恋爱、结婚这条主要情节线索,在相当大的规模上忠实地反映出法国"七月革命"前夕社会生活的某些本质,它是一部披着爱情外衣来揭露法国社会黑暗的社会小说。托尔斯泰的《复活》如同《红与黑》一样,以比较单纯的情节线索,通过刻画男女主人公的爱情经历来反映广阔的社会生活,集中揭露封建贵族的罪恶本质:聂赫留朵夫与玛丝洛娃的悲剧绝不是个人的道德堕落,而是当时俄罗斯的全社会性的问题,所以作者对俄罗斯黑暗反动的法律制度的揭露要比对虚伪道德的揭露更深刻更尖锐。以上的抽样分析,在于说明情爱文学不是为表现爱情而表现爱情,而是透过爱情来映射社会本质,既可以看到封建社会、半封建半殖民地社会的腐朽本质,又可以看到资本主义社会的伪善本质。然而我们还必须看到,革命的情爱文学和社会主义时期的情爱文学,虽然从它们的爱情描写中可以看出社会主义社会尚有不完善之处,但从本质上却反映了人民政权或社会主义的优越性,使人们确信唯有社会主义制度才能为现代爱情理想的实现提供优化的社会条件。只有当我们在阅读文学作品时,能够透过爱情描写这面多棱镜或隐或显地看到社会本质和时代风貌,我们才能更深刻地理解爱情本身的内涵及其价值,才能更好地提高鉴赏情爱作品的审美水平和判断力。

显示形形色色情爱心理的明镜

情爱文学作为思想的一面镜子,它可以显示出强烈的批判意识;情爱文学作为社会的一面镜子,它可以映射出各种社会形态的本质;情爱文学作为心灵的一面镜子,它可以映现出形形色色的爱情心理或恋爱观念。中外文学热衷于描写爱情,与爱情是人物灵魂的明镜这种独特功能直接相关。中外古今的情爱文学显示的爱情心理或情爱意识,可以说是五花八门,名目繁多,这里只能选择一些具有典型性的爱情心理或爱情观念剖析之。忠贞专一的爱情心理是中外文学刻画较多的,也最为人们推崇和赞美。罗密欧与朱丽叶对爱情至死不渝的心理、维特对绿蒂爱情的至死不动摇的决心,刻画得细致入微,感人肺腑,催人泪下;林黛玉对贾宝玉的爱恋心理、冯晴岚对罗群的爱情心理,描绘得惟妙惟肖,真实动人,扣人心弦。这些都是深入情专入爱的典型心理。爱情对象的选择是对这个人的价值理想化,没有一个人会同时深深地忘我地热烈地爱着两个或三个人，因为那样必然会导致心理动荡，使人面临困难的抉择，分散感情的洪流，所以爱情首先应将注意力集中在一个对象身上，要求感受上的和谐完整，获得新的审美和道德的价值，使自己的心紧紧贴着这个神秘的情人，仿佛他是自己的宇宙中心，坚定不移地相信自己选择的对象是没有人能代替的唯一的对象。这是中外文学中刻画的忠贞不渝的爱情心理的共同特征。但这种意中人不能被取代的情爱心理的刻画，若是置于同一的历史社会环境，往往又会打上不同时代的烙印。与这种忠贞专一的爱情心理贴在同一思想情感链条上的是以共同理想为基础的爱情心理，它把爱情从性欲、情感层次升华到崇高的精神层次。《简·爱》中的女主人公简·爱小姐，一直被人们视为资产阶级最理想的女性典型。她所追求的爱情就是建立在男女真正平等的理想基础上的爱情，作者对她这种情爱意识作了真实而深刻的揭示；而她这种心理完全体现在她同罗切斯特从相爱到分离最终又结合的全过程中。他俩开始是在处于极不平等的社会地位上相爱的，虽然简·爱没有任何财产，但她坚信真正的爱情是建立在平等的理想之上；而她这种对于平等爱情的强烈要求又深深打动了男方，引起他心灵的热烈呼应，于是他们在“因为我们是平等的”爱情宣言的基础上结了婚。不料男方曾结过婚，妻子还活着，这一发现对简·爱的心理是个沉重的打击。尽管罗切斯特说明他妻子是个疯子，并苦苦挽留她，但她决然要离开这个比自己以前更加深爱的不幸男人。她的自尊和理想告诉她，必须把自己的爱隐藏起来，为了追求平等的爱情，哪怕是地狱也要闯。直到男方的疯妻死后，她才由爱情的感召又回到罗切斯特的身边，终于找到了真正平等的爱情。简·爱这种坚定不移地追求平等爱情的理想，正是英国资产阶级革命标举的自由、平等、博爱的旗帜在她心理上的投影，反映了英国妇女对平等的强烈要求；虽然简·爱追求平等爱情的行为是属于“个人奋斗”，并含有自私的成分，但这种“自私”与资产阶级平等意识的阶级本质并不矛盾，而对于冲破封建精神枷锁、争取妇女彻底解放无疑是进步的。那种毫无自私心理的共同理想的爱情，只有在无产阶级情爱文学中才可以找到。且不说高尔基在《母亲》中对巴维尔·符拉夫和莎申卡情爱心理的刻画，展示出他们的爱情是建立在闪烁着革命理想基础上的壮美爱情；杨沫在《青春之歌》里对林道静爱情心理的艰难曲折的精细刻画，更显示出以共同理想为基础的爱情的崇高，也只有到了无产阶级革命时代这种共同理想的爱情才会变成光辉的现实。在中国封建时代末期，宝黛爱情已闪烁出信仰相同的男女自由相爱的理想火花，但这种爱情理想相当脆弱，在黑暗王国的上空一闪即逝；到了新民主主义革命开端的五四时期，不少作家刻画了那一代青年男女追求自由平等爱情理想的个人奋斗的悲苦心理，然而他们的爱情理想大多化为泡影。时代的发展要求文学表现更崇高的爱情理想。林道静出现在情爱文学世界里，她的爱情起点并不高，随着作者对她性爱心理的追踪描述，我们发现她与余永泽的从热恋到结合只不过是重蹈子君、娜拉的覆辙，但林道静却赶上个好的时代，她的结局是与子君、娜拉相悖的。是党的指引和真理的照耀以及革命烈火的考验，使她终于明白了："不是走一条道路的'伴侣'是没法生活在一起的。光靠'情感'来维系，幻想着和平共居互不相扰，这只是自己欺骗自己。"于是她与余永泽彻底决裂了。而这种决裂所蕴藏的历史内涵是极为深刻的。它标志着从崔莺莺、杜丽娘、林黛玉、子君、蘩漪等所追求的个人爱情自由和婚姻幸福，到了林道静的爱情心理已发生了根本性转换；她追求的不仅仅是爱情自由和婚姻幸福，更重要的是争取社会的解放乃至全人类的解放，并确信在为崇高的政治目标而奋斗的过程中才能获得真正个人的解放和爱情的幸福，她同江华的结合就是建立在革命理想基础上的真正爱情。社会主义新时期的情爱文学，对于这种建立在共同理想基础上的爱情心理刻画，不仅增添了新内容也有了新的深度和高度，《玛丽娜一世》中对玛丽娜情爱心理的剖析就是典型的代表。忠贞专一的爱情如果源于共同的理想并在崇高的理想基础上发展，将会谱写出一首首辉煌的爱情赞美诗；如果根源于爱情至上主义，其结局未必都能实现理想的爱情追求，往往会适得其反。中外不少文学作品对爱情至上主义者的心理及其命运给予关注。歌德笔下维特的情爱心理充满了苦味和烦恼，他对绿蒂的爱心至死不渝，正如海涅的两句诗："不要再像维特那样呻吟，因为他的心只为了绿蒂燃烧。"他明明知道绿蒂已经结婚，并对丈夫忠贞不贰，但维特对绿蒂的爱情却有增无减，爱情的烈火烧得他无法自拔，最后举枪自尽。爱情的确是美好的，是人性中的至洁至纯；但是如果像维特这样把爱情视为人生中唯一的至高无上的大事，那结果是极为悲惨的，可以说是爱情至上主义心理导致了他的人生悲剧。虽然他也意识到"做个堂堂男子汉，不要步我后尘"；然而他这个男子汉却以个人爱情至上的强固观念，自己埋葬了自己。"有爱情的生活是幸福的，为爱情的生活是危险的"，这句谚语道破了爱情至上主义的危害性。五四文学革命时期，随着个性解放的大潮涌起，新文学作品里出现了一批爱情至上主义者，作者深入细致地剖析了她们的这种把爱情当成"人生的第一要义"的爱情至上心理及其命运。子君的爱情道路典型地反映了五四时期那些抱着爱情至上主义动机追求爱情自由的青年人的悲剧结局，“只是为了爱，——盲目的爱”而“将别的人生的要义全盘疏忽了”，那是非常危险的。别林斯基曾说过：“如果我们生活的全部目的仅仅在于我们个人的幸福，而我们个人的幸福又仅仅在于一个爱情，那么生活就会变成一片遍布荒茔枯冢和破碎心灵的真正阴暗的荒原，变成一座可怕的地狱。”当然这并非否定五四时期这种“爱情至上”心理在反抗“礼教至上”传统心理的过程中所起到的积极作用；我这里所强调的是，这种恋爱至上的资产阶级爱情心理迸发出的狂热，如果不同社会解放相结合，在中国特定的历史条件下是不会有理想结果的。这种爱情至上的心理一直到30年代左翼文学中才引上了正确轨道。丁玲的《一九三〇年春上海》中刻画的新女性美琳的爱情心理，使她从爱情“高于人生一切”的迷雾中醒悟过来，在与革命者的结合中找到了真正爱情。但是必须看到，在充满了剥削和压迫的阶级社会里，如果爱情至上主义者不能接受崇高的人生理想导引，那会走上纵情享乐主义道路，而最后自毁自灭。中国文学中的陈白露、章秋柳、赵惠明等以及美国著名小说《嘉莉妹妹》中的嘉莉，差不多都是沿着这样一条性爱心理路线(爱情至上到享乐至上到毁灭自我)走过来的，当然结局并不尽一致。爱情心理是极为复杂的，充满了真与假、善与恶、美与丑、正与邪的矛盾冲突，倘若不是矛盾双方的前者处于主导地位而是后者占了上风，那爱情就会出现极大的心理障碍，或导致爱情的破裂或造成爱情的惨剧、悲剧。中外文学中对于爱情心理的假、恶、丑、邪等，无不进行有力的揭露和鞭挞。妒忌心理是爱情的大敌，由于它的兴风作浪也不知毁坏了多少爱情。为人们所熟悉的《奥瑟罗》中的奥瑟罗与苔丝德梦娜的真挚爱情，就是奥瑟罗轻信流言而胸中燃烧起按捺不住的妒火，亲手杀死自己忠实的伴侣；《基督山伯爵》中费南特出于对基督山伯爵邓蒂斯和美茜蒂丝爱情的极度妒忌和对美茜蒂丝的强烈占有欲，竟诬告新婚的邓蒂斯使其入狱，达到占有其妻的卑鄙目的；《贝姨》中的贝姨对于自己亲姐姐的婚姻爱情和家庭地位的妒忌达到了发疯的程度。中国古代和现代的情爱文学对这种妒忌心理的刻画也是入木三分的，揭露得淋漓尽致。按照恩格斯的说法“嫉妒是一种较后发展起来的感情”。就是说，它不是人类性爱生活一开始就有的，而是随着男性对女性统治的一夫一妻制的婚姻形式的出现而产生的，是封建夫权的强烈占有欲和资产阶级极端利己主义的产物。这种爱情上的妒忌心理不是不可战胜的。社会主义时期的文学就不乏这样的情怀高尚的人物心理描写。如《小城春秋》中刻画的地下党员四敏和剑平都深爱着女战友丁秀苇，当剑平得知四敏妻子牺牲的消息并立即告诉秀苇时,希望她以新的爱来弥合战友心灵的创伤。新时期的情爱文学刻画这种崇高思想境界的人物是屡见不鲜的,这表明以解放全人类为宏愿的无产阶级战士是会正确处理爱情与政治理想、爱情与人和人的关系的。此外,虚荣心理、等级心理、金钱心理、门第心理、喜新厌旧心理等,在中外文学中都有大量的刻画和披露。这些心理的存在,不仅会导致爱情的破裂、婚姻的痛苦,而且也会导致一个人走向危险的深渊。这些阴暗心理在封建社会或资本主义社会是无法铲除的,只有在社会主义条件下,才能逐步地而且全面地驱除这些精神瘟疫,为现代情爱文明和现代性爱心理的健康发展扫清道路。以上着重从性质上对中外文学所刻画的情爱心理作了粗线条的有典型性的描述,如果我们另换几个角度,便可以发现情爱心理的种种表现形态:单纯的性爱心理,复杂的性爱心理;显形的性爱心理,隐形的性爱心理;古典式的爱情心理,现代式的爱情心理,等等。这形形色色的情爱心理如同一面人生、道德、理想、心灵的镜子,既显示出人类情爱文明发展的宝贵经验也展示出沉痛的历史教训,它可以启迪人们进行一系列有价值的思考。

情爱文学表现模式的相似性

由于情爱是一种无拘无束而又个性极强的感情,并与社会人生、历史时代、文化风俗等各个方面有着密切联系,因此文学对爱情的反映会表现呈现出千姿百态的审美形式,甚至经过长期的积累和提炼形成不少的表现模式。虽然世界各国情爱文学的发展有其独特路径,情爱文学的审美形式也独具特色,但这并不意味着不同民族的情爱文学就没有相似的爱情表现形式。只要扫视式地审视一下,便会发现中外情爱文学的表现形式,同中有异、异中有同。这里选取几种略述之。婚外恋式的,这在中西文学的情爱表现中是常见的模式。从欧洲中世纪骑士文学中所表现的“通奸”到资本主义阶段各个历史时期文学世界所描写的贵族阶层的“情夫”或“情妇”以及“私通”,这可以说是广义的婚外恋。并非说所有文学中出现的婚外恋这种表现模式,其蕴含的内容都应该肯定或者都是合情合理的;正确的审美态度,是对每个婚外恋表现模式进行具体分析,区别对待。因为婚外恋不是某一时代某一社会某一国家的特产,差不多各国的情爱文学都有所反映;如果离开了时代、历史、社会、阶级和国情,那就很难判定这种文学模式的认识价值和审美意义。恩格斯曾对中世纪骑士文学表现的“通奸”作了肯定,但对资本主义社会出现的男女通奸不以为耻反以为荣的混乱现象,却指出这是资产阶级的婚姻制度造成的:“丈夫方面是大肆实行杂婚,妻子方面是大肆通奸。”①如果说“骑士之爱”尚具有现代性爱形式的话,那么资产阶级贵族社会的“通奸”是没有纯洁的爱情可言的,这种婚外恋在很大程度上带有淫荡、纵欲、堕落的性质。托尔斯泰在《安娜·卡列尼娜》中无情揭露了当时俄国上流社会的一幅幅混乱场景,男女通奸已成了普遍的恬不知耻的风流韵事;但作者却以同情与肯定的笔调抒写了安娜与渥伦斯基的“私通”,因为这种“私通”与上流社会的“通奸”有着本质区别。假若说渥伦斯基的爱情中掺着虚伪,那么安娜的爱情却极为真诚、炽烈和执著,她“私通”的现象背后蕴含着追求个性解放和反抗虚伪冷酷贵族道德的实质。所以这种婚外恋以“私通”的形式出现,真正反映了那些在男性占主导地位的一夫一妻婚姻制中窒息了生命的妇女对现代爱情与理想人生的热烈追求和衷心向往。即使在社会主义时期的情爱文学中也出现了不少婚外恋的模式,有的是“私通”,有的是“第三者”,总之是一些不受法律保护的恋情形式。虽然社会主义时代的“私通”不同于资本主义的“私通”,决不能以资产阶级的婚外恋来机械地比附社会主义条件下的婚外恋,但是它们却有着同样的复杂性,必须以无产阶级的爱情观、伦理观和审美观进行实事求是的评析,简单的肯定或绝对的否定都是形而上学的。中外文学描写的婚外恋尽管在人物关系处理、情节提炼或细节运用上各有千秋,但艺术表现形式也有相似之处:人物的配搭一般是三角或多角关系,情节冲突往往在两角对一角中展开,大多是些从心灵转化为行动上的非对抗性冲突,假如处理不好也会导致对抗性冲突,以悲剧而告终。与婚外恋在表层上有点相似的,是中外情爱文学中出现了大量三角或多角恋爱关系。这种爱情表现形式不同于婚外恋的根本之点在于,卷入三角或多角恋爱关系的青年男女都是没有正式结婚的或已正式离过婚的,并不受法律制约,他们在选择对象时有更多的自由性。表现这种爱情关系的文学形式,其情节冲突是在男女三方之间展开,有时矛盾比较缓和,有一方自动退出三角冲突,而成全其他两方的美好姻缘;有时冲突激化,甚至达到你死我活的程度,外国文学常有为爱情两男进行决斗的场面,中国文学虽少见“决斗”,但起“杀心”也不乏其例。文士淑女式的,即落难公子或遭难的知识者遇到了善良贤淑的女性,由相爱而结婚。这是中国古典爱情作品常见的模式,“私订终身后花园,落难公子中状元,金榜题名大团圆”就是这种情爱

① 恩格斯:《家庭、私有制和国家的起源》。

形式的形象概括。西方狄更斯的《大卫·科波菲尔》中的主人公经历了丧妻失友的极大磨难痛苦后，终于寻找到情投意合的姑娘，这在形式上与中国古典情爱文学所表现的上述爱情模式何其相似？这种情爱文学表现形式的突出特点是，不论文士或淑女在相遇相爱的过程中碰到多大的艰难险阻，作者总要以"终成眷属"的大团圆结局。且不说西方资本主义社会这种"大团圆"是否有现实的必然性，就以中国古典情爱文学的"大团圆"来说，不是"金榜题名"式的就是"夫贵妻荣"式的，不是以幻想对情爱悲剧作出"补偿"就是死而复生，不是借助侠女奇男来搭救就是借助精灵神力化险为夷，总是千方百计地使多难郎与多情女有个美满的结局。这种"大团圆"的结局其内涵极为复杂，既含有浓重的封建意识和迷信思想，也包容人民的善良愿望，但大都缺乏生活逻辑性和历史必然任；特别在封建专制和吃人学猖獗的明清时代，这种一厢情愿的大团圆结局是根本不可能的，即使现实生活中有这种偶然事件也没有普遍性和典型意义。中国人之所以喜欢"大团圆"式的审美处理，这与数千年形成的传统民族性格和审美心理相关。中国人从缓慢的历史长河中经过反复的冲击和洗礼，逐渐形成了一种喜欢和谐美满而厌恶残缺不全、喜欢调和融洽而厌倦激烈冲突的性格，孔子又把这种性格特点上升到理论，建构一套与之相应的"和平中庸"的社会理想和"温柔敦厚"的美学理想。这套思想体系通过几千年的渗透和积淀，形成一种传统的习惯力量和特有的审美情趣、欣赏偏爱。这是中国古典情爱文学"大团圆"叙述模式的文化思想根源。文士淑女式的情爱表现形式，到了现代情爱文学特别是社会主义新时期的爱情作品中，虽然它包含的思想内容发生了质变，但是作为一种文学表现模式却被继承下来。如果说古典爱情的"大团圆"结局带有非现实的虚幻性和欺骗性，那么社会主义情爱文学所出现的"大团圆"结尾则具有充分的现实根据和历史的必然性。此外，单相思式的、一见钟情式的、痴情女负心汉式的、先结婚后恋爱式的、爱情与婚姻相悖式的，等等情爱文学的表现形式，在中外古今爱情文学中都可以找到它的踪迹。虽然这些相似相同的爱情表现形式在演变过程中，从那些不太高明的作家笔下可以发现公式化、雷同化、模拟化的倾向；然而在中外历代的名家手里，经过匠心独运，大都创造性地利用这些定型化的情爱表现形式，使其推陈出新，具有永不僵死的艺术生命力。

中外情爱文学的相似相同的审美特征表现在方方面面，这里只是巡礼式地有选择地论述之；至于中国情爱文学比外国（主要是欧洲）情爱文学有哪些独特的发展规律及其审美特点，并非本文所研究的范围。

尝试之四　思维重合律:中国现代纪游文学综合论

宏观研究所运用的思维方式或遵循的思维路线从来也不是单一的,总是依据思维重合律对各种思维方式进行重新组合,发挥其整体优势及各自的独特功能。对中国现代纪游文学作史论结合的宏观考察必须借助多种思维方式,虽然难度较大,但我相信“自古成功在尝试”这句名言。

文体结构模态及其基本要素

曾有位老作家这样表述自己的殷切期待和热情呼吁:“我爱游记,尤爱读游记。我总是梦想着一部游记,一部大游记,一部全国游记。我总希望有一天读到这样一部作品,十卷或二十卷。我们已经有人在写共和国的新的历史。也应该有人来写共和国的新的地理。游记,这实在是一种了不起的文学体裁。”①当今,随着党的十一届三中全会以来改革开放政策的深入贯彻,随着中外文化交流的不断发展,旅游事业日益成为全社会所热衷的生活方式,特别是文学艺术家们的全球意识的增强、爱国观念的深化、艺术思维的解放和审美心态的变化,使纪游文学更加兴旺发达,虽然尚未见到一部十卷或二十卷的全国大游记的问世,但游记文学作品已出现不少单行本或精选本,而且纪游文学的创作已呈现着欣欣向荣的局面。

理论的研究往往跟不上文学创作实践,“纪游”作为“一种了不起的文学体裁”并没有引起学术界或理论界的足够重视,对什么是“纪游文学”概念的内涵与外延至今尚未作出全面系统的科学准确的新颖独到的解说和论述,特别不能

① 徐迟:《漫谈游记》,《文世报》1959 年第 4 期。

对不断演化的纪游文学进行跟踪研究,有些界定和解释仍停留在传统的辞书或写作教程的简单定义上,缺乏新的开拓新的发现。如何规范"现代纪游文学",它的范围有多大,基本构成要素和审美特征是什么,是从严格的文体学意义上去理解它还是作为一种宽泛的文学现象来把握它?对于这些问题,我们思考的出发点和归宿点是"中国现代纪游文学"的创作实际,即现代纪游文学作品有哪些突出的变异和基本的特点以及特殊的形态或品类;同时,我们也从文体的角度初步考察了中国纪游文学的演变及其特征,并参考了有关论述纪游文学的著作或文章。

从文体流变来看,纪游文学是一个发展着的文体概念。中国古代的游记文学总是属于散文大家族中的最自由的文体之一,它把纪游诗、纪游赋、纪游小说排斥在纪游文学之外,这种规范虽然抓住了中国古代纪游文学的主体部分,但对其他品种纪游性文学的舍弃不能不暴露出这种界说的初褊狭。直到现在有的著述或文章仍将纪游文学界定在"散文"里,并没有看到纪游文学发展到现代,不仅突破了"散文中的文体之一"的说法,与散文中的其他文体联婚交媾变形而产生出一种新型纪游体;而且也冲出了散文家族的大门与诗歌、小说相结合,大大拓宽了纪游文学体裁的领域。

显然,《辞海》"游记"条的解释是沿袭着传统的看法,即游记是"文学体裁之一,散文的一种,以轻快的笔调,生动的描写,记述旅途中的见闻,某地的政治生活、社会生活、风土人情和山川景物、名胜古迹等,并表达作者的思想感情"。其实,中国传统散文系统中的游记文学,作家主体可以灵活地采用笔记、日记、书信等种种不同形式去纪游;不过纪游载体作为一种文学样式却自有其创立以至成熟定型的发展过程,而在这一过程中纪游载体又自会形成独特的结构模式,尽管这种结构模式是后人依据大量纪游作品所作出的归纳性描述,然而这种归纳性的前提或基础却是大量同类作品的艺术世界所显示出的一种创作共性。这种创作共性不是来自某些人或权力意志的硬性规定,而是一种经过长期创作实践的经验积累和传递,逐步形成的一种自觉不自觉地共同遵守的文学惯例;作家采取不同的文学形式实质上就是依据不同的文学惯例来创作,从特定意义上说纪游载体在相当程度上决定着纪游文学的不同风貌。这是因为不同的纪游载体凝聚着不同的文学惯例,并通过惯例制约着作家的写作;加之作家因审美体验的差异在运用同一种纪游载体时又会创造出不同的文学规范,这些新的规范也会影响着纪游文学的个性差异,更能影响当世或后世作家使用这一文体时的创作。我国纪游散文体虽然在南北朝时期已成型，其自身的叙事功能和写景功能在作品的整体结构中已发挥了重要作用，如"《洛阳伽蓝记》文笔比较富丽，景物人事相配合的叙事法，下笔极有分寸，特别引人入胜"①；但从总体上看，一般还没有融情入景，也没有杂以议论，表现形式比较单一，而且往往骈俪垄断，对偶充斥。直到唐代纪游散文体才有了重大发展，叙事、写景、抒情、议论四种功能在作品构成中能够较好地结合，创造出富有诗味的意境，一反六朝以来排偶绮靡的文风，然而在表现体式上却不够多样化。宋代是古代纪游散文创作的高潮期，纪游载体出现了多元化，不仅叙述、描写、抒情、议论得到综合运用，而且文体形式灵活多样，丰富多彩，标志着纪游散文体的成熟与完善。陆游、苏轼和其他作家的纪游散文分别采取了日记、笔记等不同的纪游载体。陆游运用纪行体的日记写下了独具风貌的《入蜀记》，日记纪行虽然是我国纪游散文中较早出现的最常见的形式之一，但到了陆游笔下却有了长足发展。他以纪行为主的日记体游记不只是按日记述旅途山川风物，而且所包孕的巨大容量非以前的日记纪行体能比，在纪行过程中主体发挥了诸多随意性，尽管他也遵循纪行体的惯例来写，而其容量之大、内容之丰富却在某些局部突破了古代的日记纪行体；特别由于陆游的审美体验常常表现出一种对自然美的超越，面对着江山的秀姿雄态往往流露出强烈的文化认同意识。因此，作家运用纪行体的日记主要不是通过自己的观察和独特的感受来再现山水之美，而惯于陶醉在前人对于眼前山水的描写之中，甚至沉湎于对某些诗句正误的判断、历史掌故的考据、碑刻佚文的记叙以及民俗绘画茶道的述说之中，可见他的纪游散文是代表着一种文化型的日记体游记。苏轼的游记散文与陆游有所不同，他代表着一种心态型的游记散文，所运用的文体大多是笔记小品形式，使这种源远流长的文体在苏轼笔下有了发展，充分发挥笔记这种短小尺幅文体的功能来创作纪游散文。吕叔湘曾对苏轼《志林》中的笔记体纪游散文作过中肯的评说："笔记之文，不论记人、记物、记事，皆为客观之叙写；议论之文固非随笔之正轨，述怀抒感之作亦不多见，志林中乃多有此类。"②也就是说，苏轼的笔记体纪游散文突破了客观叙写的惯例，而把叙述、议论、抒情结合起来，在尺幅的文体中述怀抒情并杂有议论，这表明他是一位以感情心态描写为主、景物描写为辅的纪游小品作家。他的笔记体纪游散文之所以大大淡化自然景物的描写而强化了自我感情的抒

① 沈从文：《谈"写游记"》，《旅行家》1957年7月号。

② 《笔记文选读》，上海古籍出版社1979年版。

发，这与作家的美学思想与审美体验息息相关。苏轼深受老庄思想的影响，越到晚年道家思想越成了他的精神支柱，庄子的“得鱼忘筌”的美学思想潜入他的意识之中，并在不知不觉中改变着他的审美方式，形成了他独特的审美体验，即观照自然景物略其形而求其神、舍其景而存其情，使自然美景在他的审美心境中降到了十分次要的位置，这就决定着苏轼的笔记体纪游散文是一种心态型游记。至于宋代众多的以单篇独幅创作的纪游散文，遵循着唐代柳宗元创立的山水游记的惯例，完全以再现自然的山水风物为主，构成了一种再现型的游记散文，它代表着宋代纪游散文三大系列（文化型、心态型、再现型）的主流。作为纪游散文的巨匠柳宗元所创造的纪游散文规范，概言之即再现山川风物之美，随着它的流播，“模山范水”似乎作为一种独特职能而凝聚在纪游散文的形式之中。如果说文学样式的本身就意味着人们整合外部世界信息时所依赖的理解、期望和解释的形式化，那么一种文学形式的形成就意味着人们对于客观世界的一种理解与阐释趋势的凝固。因此，人类置身于陌生而无序的世界中弃绝任何模式的文学创作与文学接受都是不可思议的。从这一特定意义上看，宋代大量存在的以再现游览途中山水之美为主体的游记散文，既说明柳宗元所创立的纪游散文范型对后世的巨大影响，又表明相当多的作家对纪游散文这一独特文体的质的规定性的体认与把握。即：纪游散文作为一种文体，它反映的是人类面对大自然时的一种精神状态，或振奋与惊诧，或恐惧与愉快，或感伤与惆怅，或彷徨与坚定，或忧愤与喜悦……而这种种情绪又往往透过山川风物等外在客体的具体描绘而注入文字符号之中。宋代纪游散文创作所继承发展或创立完善的日记体、笔记体等纪游散文形式和文化型、心态型、再现型的三种纪游散文形态，几乎成了永久性的纪游散文创作的惯例或规范，其影响之深远不仅制约着明清两代纪游散文的发展，而且也波及现代纪游散文的创作。虽然明清两代纪游散文具有不加掩饰地坦露主体思想性格、显示个人才华和风格的优长，但由于或深或浅地受到宋明理学、复古主义或拟古主义的影响，因此不只是在纪游散文体式上比起唐宋两代没有多少创新，在表现技艺上也拘泥于起伏之法或因袭唐宋的创作惯例，显得平庸浅陋、干涩枯淡。值得特别指出的是，“文变染乎世情”，随着时代的推移和世情的变化，加之人类顽强的生命力所包孕的火一样炽烈的创新冲动，使那些富有探索勇气和创新精神的作家，在历史前进步伐的推动下，常常不满足于已形成的纪游散文文体规范，他们以锐意求新的魄力和智慧对纪游文体的自由性和随机性进行扩张与强化，导致传统的纪游散文形式的变异或纪游散文创作规范的变形，从而改变了旧有纪游散文文体的风貌，推动纪游文学在文体上或形态上朝着多样化的方向演进。

五四新文化运动和文学革命，不论在中国文化史、思想史或文学史、文体史上，都具有继往开来的划时代的意义。从文学革新的角度来看，"五四"的伟大功绩不仅表现在"人本"上更重要的是体现在"文本"上，它使各种文体从"功能——结构——语言符号"发生了深刻的变化，从整体上以各种全新的文体形式取代了各种旧式文体，这是中国文学史上的一次真正意义的文体大解放、文体大革新、文体大换班。纪游文学当然在这次文学革命中也毫不例外地旧貌变新颜，虽然纪游文学作为一种新文体在现代文坛上正名的时较晚，然而它的创作实践却自"五四"始一直贯穿于现代文学三十年的辉煌历史之中。从文体学的眼光来看，现代纪游文学不仅遵循继承并发扬光大了中国古代纪游散文的优秀惯例、规范和文体传统，也继承并光大了古文论中并不重视的中国传统的纪游诗和纪游小说，并在传统的基础上使各种纪游文学体式有了"更新换代"的超越和发展，不仅纪游文学的载体出现了多样化，纪游文学形态也出现了多元化。这就迫使我们对传统的纪游文学定义作出新的解释，从各种形态的纪游作品出发作出多角度的考察和探究，进而阐明现代纪游文学的概念内涵与外延，力求上升到理性的高度对其进行全面系统的论述。

有人曾对古今纪游文学的不同作过这样的比较：

> 前人的游记，多归入"杂记类"中，就它的文体和题材看，原是记叙文中描写自然环境的一种；拿绘画来譬喻，这好像"野外写生"那一种作品。但是我们在一个新的环境中，或到一个陌生地方去，所感到惊奇的，喜悦的，未必只是那地方的景致，人物、风土、各种社会环境，比起山光水色有时会给我们更新鲜的印象，更深刻的刺激，于是我们运用这些材料写成游记，便成为各地各式的"社会相"了。
>
> 古人旅行，山轿蹇驴，竹杖芒鞋，时时刻刻都拥在自然的怀抱中，所以感觉最亲切的是自然，体味最深刻的也是自然，游记最好的题材便只有自然风景。现代人的旅行却不同了，凭借轮船火车的便利，走遍各地各国的都市；而在大都会中，人的活动常淹没了自然，于是"社会相"又代替了自然风景成为游记最好的题材。这是古今游记两种不同的趋向，也是游记题材

两个不同的“面谱”。①

这对我们进一步从题材的角度来研究现代纪游的“社会相”特征及其发展趋向是有启示作用的,但它从文体方面论述古今纪游文学的不同并没有展开,当然不能提供多少新见解供我们借鉴。

就文体而论,我们虽然不同意将纪游文学仅仅局限于“散文的一种”、“记叙文中描写自然环境的一种”的狭义游记的说法,应把带有纪游性质的诗歌、小说、词赋等都归入纪游文学的范畴;但是构成纪游文学的基本要素,不论在散文、诗歌、词赋、小说等任何体裁中,都要或明或暗或隐或显地表露出来。顾名思义,“游记”也好“纪游”也好,必须有“游”也有“纪”,即在纪游作品中既有“游踪”的实录又有人事景物的记叙和描摹,如果没有二者的水乳交融的结合,那很难成为纪游或游记,可见纪游文学的构成至少应具备这样一些基本要素:一是游踪,二是风貌,三是观感,四是载体。

游踪是纪游文学构成的重要因素,也是贯穿纪游文学审美实体中不可缺少的或隐或显的线索。现代纪游文学的游踪与古代纪游文学的游踪相比,不仅是包含着大川畅游、名山赏景、访古问胜、故土探亲的过程,探索大自然美和科学考察山势水流的过程;而且还包含着走遍全国各地观察社会生活、了解民俗民情、认识种种“社会相”、求索生活哲理、实践革命真理的过程,包含着赴外国留学、参观访问、考察研究、观光旅游、文化交流、国际往来、取经送宝、寻求真理等过程,特别在抗日战争和革命解放战争年代,出现了大量形态别致的纪游文学,如漂流记、旅行记、流亡记、复员记、旅寓记、战地访问记、战地见闻记、战地日记等,它们的“游踪”所蕴含的意义既不同于古代山水游记的“游踪”,也不同于五四时期或30年代初期产生的现代纪游文学的“游踪”,而是或明或暗地显示出个体或群体在极端艰苦的环境里的漂流或旅行过程:在敌机轰炸或日寇侵犯的生死存亡关头的逃难流亡过程,在硝烟弥漫的战场上或南征北战的征途上的采访调查过程等。所以现代纪游文学的“游踪”不能只从严格意义上去作机械的解释,应该从作品实际形态出发进行灵活地把握,这里既有旅游者的“游踪”也有旅行者的“行踪”,既有漂流者的“漂踪”也有流亡者的“流踪”,既有访问者的“访踪”也有战地记者的“记踪”,等等。现代纪游文学的“游踪”不仅包含有形可查有迹可寻的现实的“游踪”,也包含那些无形的摸不着见不到的“游踪”,即

① 举岱:《〈游记选〉题记》,见桂林文化供应社1942年出版的《游记选》。

所谓“情感游历”“精神游历”“梦中游”或“忆中游”等，这是一种“神游”，带有强烈的主观浪漫色彩。不过，作为纪游文学作品中的“游踪”并不是旅游者或旅行者或流亡者或采访者或考察者的一篇“流水账”或不分巨细的“踪迹图”，而是艺术构思的产物，是经过创作主体艺术匠心的集中、提炼和概括的东西，虽然它与实际游程、行踪或流亡路线、采访路线基本相符，但它却根据表达主题或创作意图的需要作了巧妙的安排和艺术处理；甚至有些纪游作品的游踪，如同电影艺术“蒙太奇”一样是作者对访游对象作了人为的组合，不是实际的访游路线或漂流路程，而是经过作者的艺术剪接和调度，成了主体化的“游踪”，并非客观的实录“游踪”。特别有些纪游作品放在一部纪游文学集里似乎见不到它的“游踪”，它是这部大纪游文学的一个部分或一个片断，或描写一个人物或记述一件事或描绘一个景物或刻画一种“社会相”或勾勒一个场面，但它仍与全书的“游踪”联结在一起，并没有从作者的总体构思中游离出来，虽然作为单篇作品来看它的游踪不明显或时续时断，然而却受到全书“游踪”的牵连或制约。

风貌是游览访问或探寻考察的对象的风情状貌，它与游踪、行踪或访踪紧紧地联系在一起，是构成纪游文学的又一个重要因素。如果说古代纪游文学主要把山水名胜作为游览或审美对象的话，虽然它也记下沿途的人、事、景、物，但重点却放在画山绣水、名胜观赏上；那么现代纪游文学的观览寻访对象除古代纪游所涉及的外，其范围极为广泛，上自太空，下至海底，举凡自然景物，人文胜迹，风土人情，衣食住行，革命斗争，战争风云，文化设施，经济建设，水陆交通，科学实验，等等，都可以作为游记描写的对象。现代纪游文学这种审美的完整性和综合性与古代山水纪游文学审美的片断性和单一性是不大相同的。也就是说，现代纪游文学不仅要像古代纪游文学那样写出山貌、水貌、人情、事由、景象、物态、名胜、古迹等，更要写出现代的“社会相”、“人间相”、群众斗争的场景、革命战争的风貌、当今世界真善美与假恶丑的对立等。对于这些游览观察对象的风情状貌之所以要求在纪游文学的艺术世界里生动而真实地展现出来，这不单是纪游写作目的所决定的，即不能只告诉人们在什么时间游访了什么地方什么人文胜迹或什么流亡情形什么战争状况，更重要的是要如实地鲜明地写出游访对象的特点，既记述游踪又描绘风貌，使作者笔下的审美对象被刻画得栩栩如生；而且也是广大读者所热切期待的，只有写出了对象的风貌才能使读者如身临其境，或依据自己的游览寻访经验和各种社会生活的体验去想象对象的特征，从而也在理智上受到启示，在感情上得到审美趣味。为了充分展示游访对象的真实风貌，必须发挥“记”的功能。游记的“记”或“纪”含有“记叙和描摹”的意思，“记”首先是记叙或描绘人、事、景、物的风貌，把自己的所见所闻所访所察再现出来——这种艺术的再现过程大致是：面对着眼前的人、事、景、物，或赏心悦目或心焦意乱或悲喜交织或怒不可遏，以此引发起强烈的记叙或描摹的欲望。进而胸中的经过情感过滤的人、事、景、物栩栩如生，跃跃欲出，最后形诸于笔端，以不同色彩的文字符号谱写出物化形态的人事景物的风情貌状。应该说这是个形象思维和形象反映的过程。在发挥“记”的功能真实地写出游访对象风貌这一点上，古今纪游文学是相同的；所不同的是，古代山水游记注重于景物的相对静止描摹，不论是精雕细刻或者是宏观扫描大都停留在某个景点上，表现出一定的静态性，而现代纪游文学则非常强调描绘游访者的游览或访问踪迹，要求从游踪或访踪的全过程中反映出游访客体对象的相互联系和彼此异同，从而展示出游访者在整个旅游过程中的思想情感和审美兴趣的变化，特别对自然景观、人文景观、战争景观、流亡景观以及一切游访客体的记叙或描绘更注重从“运动”中来把握，表现出更多的“动”的因素，因此相对来说现代纪游文学在“记”上具有明显的流动性。

观感是游访者或旅行者或漂流者或流亡者在观察、游览、采访、旅行或流亡过程中的感受、体验、认识和见解，如生活情趣、人生哲理、文化观念、社会意识、革命理想等，这是构成纪游文学又一重要因素。纪游文学作品所记叙或描绘的各样“游踪”和各种自然风貌、社会生活画面及战争场景虽然侧重于写实，突出它们的形象性和真实性；然而作者并不以记叙或描摹客体为满足，往往吐露出主体的感受和思考，写山山有容，写水水有意，写景景有情，写物物寓理，至于那些以“社会相”或战争流亡为描写对象的纪游文学其“观感”更是显而易见的。不论是“观感”“情思”或是“人生哲理”“思想意识”，都是古今纪游文学的灵魂。苏轼曾说：“山川之秀美，风俗之朴陋，贤人君子之遗迹，与耳目之所接者，杂然有触于中，而发于咏叹。”①可见，作者写的山水纪游作品都是有感而发，寄寓着主体的深刻情思。宋代邵雍也说过：“夫所以谓之观物者，非以目观之也，非观之以目而观之以心也，非观之以心而观之以理也。”②这表明理念先存于胸，猝然与所观山水景物相合，借山水景物而言之，使山水景物之静态动貌或奇观异象与所言之理神貌契合，浑成一体，充分显示了纪游文学抒情寓理的功能。不过，

① 苏轼：《南行前集叙》。

② 邵雍：《皇极经世全书解·观物篇内编十二》。

纪游文学作品的情与理总是与形象糅合为一体，其形象与情理的关系犹如画龙与点睛的关系，只具龙形而无睛便成盲龙，只有龙睛而无其形便是两珠，惟有龙形绘就点睛得法才能使神龙腾空而起，威壮可观。现代作家对于纪游文学应对表现主体的观感、情思、理想等主观因素讲得更加明确更加具体。叶圣陶说："随意摄取所见，用画家的手段表现出来，而又不单是写实，处处流露出作者的情思。"①孙犁对现代纪游作品的思想意蕴提出这样要求："一、有怀古的幽思；二、有临民的热情；三、有高尚的寄托；四、有优美的文字。这四点，是缺一不可的。到一个地方，不知那里的地理历史，不关心那里的现实生活，游时没有高尚的情操，写时没有富有感染力的文字，那当然就谈不上什么游记了。"②举岱从古今纪游文学的比较中指出："作品的生命，要靠着作者个性的渗透，才能体现。好的游记，不在贪婪于景物的叙写而完全忘却了自己，最重要的，还是要写出自己在新的环境中，所得到新的观感，新的发现，有力的批评。"③现代作家对纪游文学情感性、思想性及主体意识的强调与重视，比古代作家更为自觉。但是必须看到，古今纪游文学所蕴含的情与理，所表现的主体思想意识，虽然有一定的继承性和认同性，如现代纪游文学对古代纪游文学所表现的隐逸意识、山水意识、忧患意识、爱国情感等并未完全拒斥；然而从整体上考察，现代纪游文学的思想情感意蕴，不论体现于思想层面、感情层面或者表现于潜意识层面，却与古代纪游文学的思想情感内涵有着本质不同，具有超越性和现代性的思想特征。比如游黄山古今文人留下一些名篇游记，而所表现的"观感"古今作家却有明显不同。清代袁枚《游黄山记》写自己是由号称"海马"的土人背着游黄山，他的感受是：虽"羸老乃复作襁褓儿"，观"诸峰如儿孙俯伏"，"千万山亦学人奔，状如潮涌，俯视深坑，怪峰在脚底相待，倘一失足，不堪设想。然事已至此，惴栗无益……觉此身便已羽化"。这种从黄山风貌体现出的精神状态、心理活动和思想取向，显然是一个旧时代文人的人生观、审美观和社会观。现代作家徐迟《黄山记》却表现出迥然不同的观感："现今我们面前，已有了上天的云梯。一条鸟道，像绳梯从上空落下来。它是无穷无尽的石级，等我们去攀登。""它陡则陡矣，累亦累人，却并不可怕。石级是不为不宽阔的，两旁还有石栏，中间挂铁索，保护你。我们直上，直上，直上，不久后便已到了最险处的鲫鱼背。"这种精神状

① 《〈游八达岭〉跋》，《旅游》1981 年第 2 期。

② 孙犁：《万里与万卷》，《旅行家》1981 年第 2 期。

③ 《〈游记洗〉题记》。

态、思想情感是与新的时代精神完全合拍的,气魄之大,境界之高,是古代文人无法想象的。纪游文学的"观感"不仅因时代而异也因人而异;尽管如此,然而现代纪游文学的"观感"却以现代意识作为思想基础,即个性主义、民主主义、民族主义、爱国主义、马克思主义等现代意识形态构成了现代纪游文学"观感"不同于古代纪游文学"观感"的复杂的多元的精神柱石。

载体是记叙和描写游踪、风貌、观感的体裁形式,如果说游踪、风貌、观感是构成纪游文学的内在的基本要素,那么载体则是构成纪游文学的外在因素。虽然不同的纪游文学载体所凝聚的文学惯例制约着作家的创作,但由于作家审美体验和创作个性的差异,因而在运用同一纪游载体时又能创造出不同的纪游文学范式,以推动纪游文学载体的不断丰富和发展。宋代虽然是我国纪游文学的规范惯例及表现形式比较多样的时代,但是现代纪游文学的体裁形式或载体种类比起宋代来更为丰富多彩,花样翻新。传统的纪游文学体式主要是散文、诗歌、辞赋,基本上只供少数人的高雅享受,现代的纪游文学载体不仅继承并发展了古代纪游的散文体、诗歌体和词赋体,而且还出现了纪游小说、纪游电影、纪游性特写和纪游性报告文学等,它们不再是少数人可以享受的文学,而是可以供全社会人来阅读欣赏。我们对现代纪游文学载体的考察,既从文体学的严格意义上来把握也从相似的文学现象上来规范。如果单从文体上着眼它只是散文"大家族"中的一员,不管这种狭义的纪游采取日记体、书信体、诗序体或赋体、杂记体,但它的基本格局不变,即以"游踪"为骨骼,"风貌"为血肉,"观感"为灵魂,"载体"为躯壳;如果从广义上作为一种文学现象来看,那不管是何种文学体裁,只要具备纪游文学的基本特征或决定纪游作品性质某一要素,也可以视为带有纪游特点的或具有纪游性质的纪游文学。将两者结合起来划定现代纪游文学的载体形式,可以发现纪游文学体裁的多样性,各有各的样式,各有各的特征。这里只能选其要者论述之:一是小说式纪游。晚清曾出现长篇小说游记《老残游记》,现代小说系列具有纪游文学特点的则多起来,如郭沫若的《漂流三部曲》、艾芜的《南行记》、沈从文的某些写湘西山水风光习俗民情的小说等。这些小说大都具有纪实性,主体感受比较强烈,"游踪"或"行踪"或"漂踪"比较明显,甚至有的小说就是记叙作者自己的旅行或漂流经历,并且再现了山貌、水貌或种种风土人情或形形色色的"社会相"。二是特写式纪游(又叫旅行特写)。它一般选取旅游或访问过程中的典型景物,特别是新人、新事、新景象,采用特写的手法加以再现,不仅内容扎实形象突出,而且洋溢着浓郁的生活气息。

一些新闻记者喜欢运用这种形式以反映某个国家或国际上的一个重大事件，它具有实地考察或采访的性质，把旅途中接触到、搜集到和观察到的新事物、新景物、新人物迅速告诉读者，如瞿秋白的《饿乡纪程》、邹韬奋的《萍踪寄语》以及解放区出现的大量反映新人新事新景象的特写等，都是这种具有新闻性、特写性和鼓动性特征的纪游文学。三是报告式的纪游。它与报告文学相似，几乎难以从性质上加以区别，在中国现代文坛上“纪游文学”尚未正名之前，都算在报告文学之内，即使正式定名之后相当多的报告文学亦具有两栖性，既可以作为纪游文学，又可以作为报告文学；它们一般不能虚构，所记的人、事、景、物都是真实的，并且具有报道性质，既可以是直接经历的记录又可以是间接经历的记录，既可以报告自己的事迹也可以报告他人的事迹，所不同的是报告文学一般不要求记叙“游踪”，而纪游式的报告往往强调有时隐时显或时续时断的“游踪”，从“五四”到40年代特别是抗战时期和解放战争时期涌现出的大批报告文学——采访记、访问记、旅行记、漂流记、流亡记、战地报告、印象记、复员记等，大都具有报告式纪游的特点。四是小品式纪游（也称旅行小品）。它的篇幅短小，内容精悍，引古征今，知识性强，不落俗套，富有哲理；它虽不重于写人写景，但由于是作者的亲身经历、独特感受和新颖见解，因而也能给读者深刻启示和美感享受。这种小品式的游记大都是专家学者所作，他们从事科学工作或学术研究，或在国内考察漫游或赴外国游学访问，往往写这类游记，现代不少的学者专家或著名的作家写了大量的小品式游记，它们基本上属于文化型的纪游文学，具有知识性、说明性和议论性的特征。五是抒情散文式纪游。它是纪游文学的正宗，与一般的抒情散文几乎很难区别开来，它们都是借景抒情，寓情于景，情景交融；所不同在于抒情散文式的纪游比一般的抒情散文则强调以“游踪”为线索，而一般的抒情散文既可以以感情或事件为线索也可以以空间或时间为线索。这种抒情散文式的纪游作品在现代纪游文学中是大量的，尤其是“五四”到30年代出现不少抒情纪游名篇；它们大都具有写意性、抒情性、灵活性的特点，特别在写法上相当灵活，既可以顺叙又可以倒叙，既可以穿插又可以引申，错综变化，跌宕起伏，记叙、描写、抒情、议论任意挥洒，显得异常自由活脱。不但现代纪游文学载体形式的种类多样化，而且现代纪游文学的形态也呈现出多元化，除继承了古代纪游文学的心态型、再现型、文化型纪游以外，还产生了域外型、社会型、政治型、战争型、流亡型等纪游文学，把中国源远流长的纪游文学推上了一个新的发展阶段。

基于上述对纪游这种“了不起的文学体裁”的理解和认识，我们从宏观上对30多年的现代纪游文学的历史渊源和发展趋向，以及它的思想意蕴和审美价值作了如下的初步考察和整体思考。

山水文化意识与纪游文学流变

中国现代纪游文学的绚烂多姿，欣欣向荣，这是对源远流长的古代纪游文学的继承与超越。就题材而论，我国古代纪游文学虽然有对名山大川景色翔实描绘的，有对历史文物和风土人情生动记叙的，有对水源河流地貌科学考察的，有对边塞风光奇闻描述的；但主要的却是以山水自然景物为描写对象，因之古代纪游文学的主体是山水游记，这是我国传统纪游文学的正宗，现代纪游文学的继承与发展也主要指山水纪游。

我国山水纪游文学的兴盛与山水意识的形成有着深刻的内在联系。有的研究者把古代中国人山水意识的形成过程划分为神秘论、价值论、本体论三个时代，这是有见地的。远古时期中国人的山水意识尚处于神秘论时代。从春秋战国时代开始祖先的山水意识已进入价值论时代，孔子和老子率先突破神秘论，分别从道德和情感价值观念出发，开创了儒家和道家的山水观。在孔子看来，大自然的山水不再是统治人类的神秘的异己力量，而是与人类处于同等地位的可以理解的知己力量，所以他赋予山水以人的德性，凡山水具有的美德皆为人有的美德。这主要表现在：把山水与政德联系起来，他说“为政以德，譬如北辰居其所而众星拱之”①，将山水与言志联系起来；他说“岁寒，然后知松柏之后凋也”②，把山水与智仁联系起来，即所谓“知者乐水，仁者乐山”③。这种将山水人格化、道德化、哲理化的山水意识，显示了孔子已完全摆脱了人对山水的神秘感和畏惧感，从理论与实践的结合上开创了我国人本主义的儒学山水观，并开拓了人与山水自然融合寄寓的新境界。这种儒学山水观对我国山水纪游文学的产生与发展必将产生深远影响。与儒家注重道德价值的山水观所不同的则是道家注重个性情感价值的山水观。实质上儒家与道家的山水观并不完全对立，可以说是殊途同归，它们都充分肯定人性的存在，都承认人的尊严，只不

① 《论语·为政》。
② 《论语·子罕》。
③ 《论语·雍也》。

过儒家侧重于从宏观上肯定人性的存在，强调每个人应以最高道德标准约束自己完善自我，突出人的共性；而道家侧重于从微观上肯定人性的存在，主张顺其自然，拒斥人为的约束，以实现人性的逍遥，突出人的个性。《道德经》可视为道家山水观的开创之作，它将山水自然与“道”结合起来，提出了“人法地，地法天，天法道，道法自然”[①]的观点，将山水与“无为”结合起来。老子以江海与百谷为喻，提出“江海所以为百谷王者，以其善下之，故能为百谷王”[②]；还将山水与“无私”等观点结合起来，提出“天地所以能长且久者，以其不自生，故能长生。是以圣人后其身而身先，外其身而身存。非以其无私耶？故能成其私”[③]。总之，道家是将自然山水与人的追求自然逍遥联系起来，凡人性所企求的自然之美都赋予山水，使山水人格化和个性化，这表明人的山水意识已从神的桎梏下解放出来，将人的主体意识渗透于山水，达到主客体的融合，并在这融合的过程中使人的主体意识焕发出光辉。这种重感情价值的山水意识与重道德价值的山水意识，都能将人性美和山水美有机地结合起来，以影响和促进我国古代纪游文学的产生与发展。古代的山水纪游虽然先秦两汉的辞赋散文中已有片断的描写，但山水纪游的真正的形成却在魏晋南北朝时期，这除了社会的原因以外，山水意识的自觉直接促成当时山水文学的兴盛，尤其是道家的重自然情感的山水观对山水纪游文学个性化和抒情化特色的形成起了重要作用。唐代是我国封建社会的黄金时代，也是古人的山水意识进入成熟的时代，即本体论时代。所谓本体论就是人的本体与山水本体的合二为一，就是审美主体和审美客体的合二为一，达到物我相亲、物我同化、物我合一的审美理想境界。这种本体论的山水观既超脱了自我的肉体躯壳也超脱了山水的物质外壳，是对美的更高层次的追求，是古人山水意识的更高层次的升华，是从价值论的山水意识到本体论的山水意识的飞跃。唐代山水意识的成熟不仅直接推动了唐代山水纪游的发展，出现柳宗元这样的山水纪游文学大家，他的《永州八记》最完整地体现了本体论的山水审美观念；而且也有力地促进了宋代山水纪游文学的繁荣，把我国古代山水纪游文学推上了高峰。此后元明清三代纪游文学的发展虽然没有超过唐宋山水纪游文学的成就，但它们并没有出离价值论或本体论山水意识的主宰，特别柳宗元山水游记所体现出的山水审美意识对后世山水纪游文学的发展产生

① 《道德经·二十五章》。
② 《道德经·六十六章》。
③ 《道德经·七章》。

了极为深远的影响。从社会学的角度来看,柳宗元的山水观念与重道德的自我完善和重情感的自我陶醉的价值论山水观有所不同,他与山水的关系已不存在主次之别,而是对应的相亲关系,主客体已融为一体,使自己从形体到心灵都融化在山水之中,以获得心理的平衡和灵魂的安宁;从美学的角度来看,他的"心凝形释,与万物冥合"的山水观念,不再是道德的象征也不注重情感的抒发,而着意于情趣的陶冶,常常领受山容水态与人相亲相拥的乐趣,既肯定审美主体的移情作用又肯定审美客体的娱情作用,也就是说进入理想审美境界的人已忘却直接的功利性和实用性,揭去物象的价值面纱而迷恋于自然本体;从心理学的角度来看,柳宗元的本体论已淡化了自我意识并将它引入潜意识,即写潜意识中的山水之美,若梦非梦,似见非见,若动非动,似静非静,若是非是,似分非分,两者不分彼此,物我同化,这正是主观心理与客观美景达到的理想境界。不论是这种本体论的山水意识还是价值论的山水观念,都从深层意义上促进了我国山水纪游文学的形成与发展,而且直接地持久地深刻地影响着中国纪游文学民族特色的凝成,触景生情、托景比德、寓志于景、借景言理等是人所共知的中国纪游文学的显著民族特色;特别是中国人的山水意识的审美观念,从直观的对偶匀称美和参差错落美的结合发展到内在道德美和情感美的结合,进展到物我相亲、物我同化、物我合一的审美观念,共同铸就了中国古代纪游文学的美学特征,如纪游作品中的"深于比兴"、"深于取象"、情景交融、骈散相间、"弦外之音"、空灵境界、"诗中有画"、"画中有诗"等,无不与我国传统的山水审美意识的影响紧密相关。

中国古代以山水纪游为主体的纪游文学,有相当数量的脍炙人口的名篇至今传诵不衰,成为中华民族文化宝库的珍品,这在世界文学上也是卓立的。然而作为中国古典文学大系统中的一个子系统的纪游文学总是在不断变换更新的,特别到了近代山水纪游的主体地位已开始转换,古代山水意识也开始淡化。郁达夫说过:"大抵文学流派的起伏变更,总先有不得不变之势隐存着,然后霹雳一声,天下响应,于是文学革命,乃得成功。这革命的伟业,决非一二人之力所造得成,亦决非一二人之力所止得住。照新的说法,文学也同政治和社会一样,是逃不出环境与时代的支配;穷则变,变则通;通而又穷,自然不妨再变。"[①]古代纪游文学在明清文坛已显示出不得不变之势,特别是1 840年鸦片战争以

① 郁达夫:《重印〈袁中郎全集〉序》。

后中国已由封建社会逐步沦为半封建半殖民地社会，救亡图存、变法革新的声浪日趋高涨，反映在文学领域则出现了改良主义文学运动，孔孟程朱的“道统”和韩柳欧苏的“文统”受到了挑战，推动着古代纪游文学向现代纪游文学的转变。尤其多次战败而多次兴起向外国学习，向西方寻求真理（包括文学的真理），出国回来后便介绍西方的物质文明和精神文明，于是游记、随笔、采风录、闻见记、杂事诗等等，雨后春笋，纷纷刊行，内容充实的不下几十种，叙录了西方社会的政教风俗，生活方式①。实际上这是不同于古代以山水为描写对象的纪游文学，如张裕钊、薛福成、黎庶昌、吴汝纶的《出使四国日记》《出使日记续刻》《西洋杂记》《东游丛录》，张德彝的《随使法国记》，容闳的《西学东渐记》等，都是用不同的纪游载体介绍异域的社会制度、文化风情、生活方式、思想习惯等，开了现代纪游文学的先声。

历史进入五四时代，海禁进一步开通，中外文化交汇日益频繁，出国人员和留学生日益增多，世界新思潮、域外的物质文明和社会风情源源不断地介绍进来，推动着新文化运动和思想启蒙运动的迅猛发展；在国内反帝爱国运动和反封建民主运动日益高涨，“救亡图存”和“个性解放”、提倡“科学”与要求“民主”是中国人民特别是新一代知识分子的共同呼声，为了救国救民也为了自身的解放，新青年们积极探求人生道路，不仅初步接触了下层社会，而且更广泛地接触了全国的通都大邑、名胜古迹、灵山秀水、风土人情等，尤其“五四”高潮过去之后有些患有“时代忧郁症”的知识分子为摆脱内心痛苦，将目光由社会拉向大自然的山山水水；更由于革故更新的五四文学革命狂飙的激荡，人们的艺术思维和审美心理获得空前的自由和解放。这一切的主客观条件便造成了我国纪游文学的新生与繁荣，使新时代的现代纪游文学从形式到内容有异于以山水记游为主体的传统纪游文学的新特色。域外纪游文学在近代域外游记的基础上方兴未艾，出现了多姿多彩的艺术局面，瞿秋白的《饿乡纪程》和《赤都心史》、郭沫若的海外纪游诗文、冰心的《寄小读者》、孙福熙的《山野掇拾》、梁绍文的《南洋旅行漫记》、徐志摩的《巴黎的鳞爪》等，为中国现代文学第一个艺术春天增添了绚丽的色彩；国内纪游文学与域外纪游文学一样在五四文学革命中获得新生后又有长足发展，李大钊的《五峰游记》、朱自清的游记作品、俞平伯的游记散文以及孙伏园、徐蔚南、王世颖、徐祖正等的游记作品，显示了中国新文学黎明期

① 唐曳：《西方影响与民族风格》，《文艺研究》1982年第6期。

纪游文学的创作实绩。如果从题材和载体两个视角来考察,不论域外游记或国内游记基本上可以分为相互联系相互区别的两个子系列,也可以说这两个子系列构成我国现代纪游文学发展的两条主要线索。第一个系列的纪游文学是以人类社会的政治、经济、文化、风俗等为主要描写对象,所表现出的思想情感倾向主要是带有强烈理性色彩的个性主义、人道主义、民主主义、爱国主义、马克思主义等的文化意识或政治意识或社会意识,多采用旅行记的形式来抒写。这是一种社会型或文化型或政治型的纪游文学,它与传统的山水意识及山水纪游虽然有一定的继承性,但更多的却是异质性,也就是说它是新质的纪游文学。如果硬要寻找它与古代游记文学的联系,那就是它的思想意蕴并没有完全割断同儒家重道德的价值论山水意识与审美观念的纠葛。五四新文化运动所批判与否定的是“存天理,灭人欲”的宋明理学和等级森严的扼杀人性的封建礼教,而对于儒家的肯定人性、强调自我完善、提倡积极“入世”、重视文学功利等价值观,在反传统的旗帜下又自觉不自觉地继承了这些传统观念,并与各种新思潮在争取中国人的全面解放(包括个性解放、民族解放、阶级解放、政治的思想的经济的文化的解放)这一现代社会的中心课题上相契合相凝聚。因此作为以社会的方方面面为抒写主要对象的纪游文学的思想内涵或美学风格不可能不保留古代纪游的“遗传基因”;然而它仅仅是个因素,决定现代纪游文学质的规定性的乃是现代社会意识和审美意识。第二个系列的纪游文学以大自然的山水名胜为主要描写对象,所表现的思想情感倾向主要是带有浓郁的感性色彩的自我意识,如忧患感、苦闷感、彷徨感、迷惘感、悲痛感、失落感、寂寞感、孤独感、隐逸感等,多采取传统的借景抒情、寓情于景、情景相生的游记形式。这是一种山水型或心态型的纪游文学,它与我国传统的纪游文学或山水意识比起第一个系列来有着多一些的内在继承性。从思想意蕴来看,道家的重感情重自我的价值论山水意识、主张“出世”陶醉于大自然山水的隐逸意识以及唐宋已成熟的物我合一的本体论的山水意识,都在这个系列的纪游文学里留下或深或浅的印记,特别是传统纪游文学的审美形式或艺术手段在现代山水纪游创作中得到充分的运用。尽管如此,但现代以描写山水为主的纪游文学毕竟具备了现代性的基本特征,即使它透过描山画水所表现的重情感的自我意识或者“物我合一”的本体意识也完全摆脱了道家学说或“天人合一”观念的种种局限,打破了人在自然面前的奴隶地位,充分显示出一种能动的主体意识,表现了人对自然山水的征服与改造的精神力量;即使有些山水游记流露出一种逃避现实、追求宁静超脱的隐逸意识，也与古代那种隐士所追求的精神境界不完全一样，往往个性解放意识与消极颓唐意识、“叛徒”意识与“隐士”意识交织在一起。

中国现代纪游文学循着“社会旅行”和“山水游记”这两条主线发展到30年代，出现了繁荣昌盛的纪游文学创作高潮，不论是以描写“社会相”为主的纪游文学还是以抒写自然山水为主的纪游文学都有些值得称道的作家作品：海外纪游主要有郑振铎的《欧行日记》、王统照的《欧游散记》、朱自清的《欧游杂记》和《伦敦杂记》、李健吾的《意大利游简》、陈学昭的《忆巴黎》等；国内游记主要有郁达夫的《屐痕处处》和《达夫游记》、钟敬文的《西湖漫拾》和《湖上散记》，以及巴金、艾芜、方令孺、袁昌英、胡适、黄炎培、陈友琴等的游记。30年代纪游文学之所以繁荣，主要是时代环境使然。即正值中国的政治革命、文化革命和文学革命处于一个重大转换时期，无产阶级单独领导的政治革命和文化文学运动正在沿着新民主主义方向深入；特别是经过大革命失败的考验后，有些作家走向工厂、奔赴农村或站在抗日救亡的第一线，他们以特写体或报告体写出一批新型纪游文学，还有些作家为了避开现实的纷扰或旅居海外考察、游览和学习或寄情自然畅游名山大川，这都促进海内外纪游文学的昌盛。同“五四”前后的纪游文学相比，这个时期的纪游文学有些独特的创作倾向：以社会为主要描写对象的纪游文学有两种取向，一是并不像五四时期那样热衷于人生问题、社会问题的描述和世界各种新思潮的介绍，而是关注于社会文化艺术、风俗习尚的考察，一是直接记述现实社会政治性较强的社会现象，具有强烈的政治性与新闻性的特征。以山水为主要描写对象的纪游文学仍保持着五四时期山水游记的一些特点，但出现了从多角度多层次描写自然山水和着意考察名胜古迹、专注于园林绘画鉴赏的写作倾向。胡适自称“我作庐山游记，不觉写了许多考据。归宗寺后的一个塔竟费了我几千字的考据！那自然是性情的偏见，很难遏止”。从纪游文学的角度来看，这是一种不良的倾向。30年代纪游文学在载体上有了发展，不仅速写、特写、报告、日记、笔记、随笔、散记、杂记等熟练地运用，而且出现了系列性的纪游作品，展开了广阔的社会风俗画廊或山水画卷，这是纪游体的新开拓。1937年“七七事变”揭开中华民族全面抗战的序幕，从此中国历史进入一个民族民主革命战争时期，中国现代文学也处于一个特殊的发展阶段。由于在这个战火纷飞、硝烟弥漫的非常特殊的环境里，大批作家的生存方式、创作条件、文化心态、艺术思维都发生了深刻变化，或离开大城市以笔为刀枪奔赴烽火滚滚的战场，或离开宁静的书斋跨上流亡的漫长旅途，或离开战火四起的国内逃难于或出访于海外等，自然山水、秀丽风光并不是他们关注的兴奋点和写作的热点，于是那类以“社会相”为主要描写对象的纪游文学获得迅猛的发展。不论构成纪游文学的“游踪”、“风貌”或者“观感”、“载体”都发生异样的变化，出现了各式各样的变形的“社会旅行记”，其中流亡记、漂泊记、旅寓记、复员记、战地访问记、战地报告通讯以特异的姿态拥进了社会型纪游文学系列，呈现出空前强烈的民族解放意识、阶级解放意识、民族苦难意识、革命反抗意识以及崇高的爱国主义精神和无畏的英雄主义气概，几乎所有的创作题材都直接或间接与神圣的民族民主革命战争联系在一起，洋溢着浓重的战争气息和强烈的火药味，那种仅仅局限于自我的人生哀叹或个人的苦闷孤寂情绪似乎受到崇高理性的抑制，特写式的、报告式的纪游载体成了这种特殊形态的纪游文学系统的最风行的表现形式。尽管这类“社会的旅行记”成为这个时期纪游文学的主流，但是以山水自然为主要描写对象的纪游文学并没有绝迹，它虽不能像从“五四”到30年代那样以差不多相等的地位与“社会型”纪游文学并驾齐驱，然而它仍沿着“五四”开创的现代山水纪游的文学传统执著于审美追求，在社会功利高于一切大于一切的战争文学时代它的美学品格显得格外可贵，尤其是沈从文描写湘西山水民情的纪游为这个系列的纪游文学风貌增添了异彩；不过，还必须指出，即使这个时期那些比较纯粹的山水游记也或深或浅地烙上了战争时代的印记，这不只是大的时代环境使然，也是作家们的身置山水之间心系民族兴亡的独特心态使然。总起来看，这个时期的纪游文学，特殊形态的多，“正宗”形态的少；群体意识增强了，自我意识削弱了；政论色彩加浓了，抒情色彩淡化了；社会功利加重了，审美价值减弱了。

纵观中国纪游文学的演变，从题材和载体的角度粗略考察，基本上是遵循着两条线索向前推进：古代纪游文学是山水游记为主体，文化型或社会型的纪游处于次要地位；五四文学革命所开创的现代纪游文学系统，一直延伸到30年代，是以山水为主要描写对象的游记与以“社会相”为主要描写对象的纪游文学相辅相成地并行发展，那些传统的纪游载体得到了继承和丰富；40年代的纪游文学是以各种变形的“社会旅行记”为主体，恰恰同古代纪游文学演进轨迹相悖，山水纪游处于极次要的地位，不过纪游文学载体出现不少的新变种。就现代纪游文学价值而言，“社会型”纪游文学思想价值高于“山水型”纪游文学，“山水型”纪游文学的审美价值高于“社会型”纪游文学，这只是相对地宏观审视；其实这两大类型的纪游文学各自都有一些思想意义与审美意义达到完美结合的优秀之作,但它们不能决定或一类纪游文学的总体价值取向。现代纪游文学的巨大的思想价值、科学价值、文献价值以及社会功利作用,是古代纪游文学无法比拟的,特别是它在思想启蒙运动、社会革命运动和民族解放运动中发挥了不可低估的效能,这已被社会历史实践所证明。对此我们不想展开论述,这里只从三个层面探讨一下中国现代纪游文学的审美特征或审美价值。

自然美。现代纪游文学特别是以山水自然景观为主要描写对象的游记作品,创作主体往往非常自觉地把审美目光和艺术笔触投向大自然,他们热衷于写变幻莫测的汪洋大海,写千姿百态的山峰,写茫茫无际的草原,写南方的热带雨林,写朔方的冰天雪地,写秀丽的江水湖光,写域外的奇特景色,写金色的太阳,写银色的月亮,写深沉朦胧的夜空,写明朗温熙的白天,写星光的神秘闪烁,写日出的光芒四射,写四季的气候变化……尽力开掘和发现大自然的美,使大自然构成了纪游文学的主要艺术空间,所散发的美具有一种特殊的诱人魅力。徐志摩说:大自然才是一大本绝妙的奇书,每张上都写有无穷无尽的意义,我们只要是学会了研究这一本大书的方法,多少能够了解他内容的奥义,我们的精神就不怕没有滋养,我们的理想人格就不怕没有基础;①所以他崇拜英国作家华兹华斯和哈代,说"他们都以自然界为他们艺术的对象,以人生为组成有灵魂的自然的一个原素,我们可以说他们的态度与方法是互补的"②。基于这种认识,他在纪游作品里以虔敬的态度和陶醉的心情由衷的礼赞大自然的美。孙福熙、冰心、朱自清、成仿吾、俞平伯、徐蔚南、巴金、钟敬文等的纪游文学也重视对大自然美的抒写。读着他们的作品只是强烈地感受到,主体在与大自然交谈,在交谈中达到一种心灵的默契。因为他们观照自然并没有把自然作为自己的对立物,而是把自己的全身心置于其中,正是这种浑然一体的内在意蕴使他们的纪游作品呈现出一种幽婉轻灵悠远的美学境界。读着这样的作品,至少能给人一种赏心悦目的美感,在表面上使我们暂时摆脱对人世的沉重思考,摆脱那种过分拘泥于功利观念的对人生的探讨,仿佛大自然的美打开了接受主体封闭已久的心灵窗户,出现在眼前的是:每天太阳运行于天穹,夕阳西下星光灿烂,宇宙犹如一幅无穷无尽绵延着的图景:那山峦的钟秀,江湖的波涛,小溪的流水,林间的鸟语,牵动着我们的万缕情丝;那波浪翻滚的大海,风平浪静的大海,迷人的大海,妩媚的大海,神秘的大海,诱发着我们无尽的遐想;那莽莽的森林,丛

① 《落叶·话》。

② 徐志摩:《汤麦斯·哈代的诗》,《东方杂志》第20卷第2号。

丛的绿茵，簇簇的野花，青青的杂草，阵阵的风涛，蒙蒙的细雨，令我们心旷神怡……这些自然景观异彩纷呈，虽相对我们独立而存在，但它们却日复一日年复一年地以千姿百态展示着自己，其雄浑壮丽如灿烂的光芒一样闪闪远射，净化着我们的灵魂，陶冶着我们的性情，使我们在大自然中获得一种恒定如斯的感觉，一种超越了生命和时间的无限的感觉。大自然的美具有无穷的魅力，这与自然景观的独特审美特征不无关系。纪游文学所描写的景观主要是人文景观与自然景观，特别是那种典型的山水纪游着重于自然景观的描绘和渲染，而自然景观与人文景观相比有着明显的独特审美特征。自然景观并不像人文景观限定在一定的范围内可以用确定的数字计算出来，它往往无界限性，在空间上很难固定，在时间上亦无法确定。如作者笔下的布满森罗星斗的天空、一望无际的草原沙漠、绵延无垠的海滩山峦、妙趣迭生的石林溶洞和渺渺茫茫的江湖海洋，往往没有固定的轮廓，它给人的审美享受是无穷尽的；特别自然景观的光线移动、云彩变化、天空阴晴、空气清浊、气温冷暖，都具有不确定性，如写泰山、黄山、西湖、太湖的自然景观出自不同时间不同作家之手就有不同的风貌，这是因为自然景观在很大程度上受到气候条件的支配，即季节变化会引起自然生态的变化，山水草木枯枯荣荣生生息息无不处在不断变化中，所以从严格的宏观意义上讲自然景观在时间上是一次性存在，是无法复制和重演的，“无可奈何花落去，似曾相识燕归来”。北宋郭熙的论述更道尽了自然景观审美经验的无限性：“山远看如此，远数里看又如此，远十数里看又如此，每远每异；所谓山形步步移也。山正面如此，侧面又如此，背面又如此，每看每异；所谓山形面面看也。如此，是一山面兼数十百山之形状，可得不悉乎？山春夏看如此，秋冬看又如此，所谓四时之景不同也。山朝看如此，暮看又如此，阴晴看又如此，所谓朝暮之变态不同也。如此是一山而兼数十百山之意态，可得不究乎？”由于自然景观没有在时间和空间上定位，它具有无界限性的审美特征，所以现代纪游文学艺术世界里再现的自然景观比人文景观具有审美上的优势，它向我们展现的是一个活生生的具有感性生命多重性的灵性世界，从中可以体验到人文景观里无法体验到的美，体验到它生命的活跃性和审美观点的多义性，使心情上有一种宽松感和愉悦感，似乎并不像融注着某种价值观念的人文景观使人在审美过程中所得到的只是一种沉重而深刻的感情。

情感美。现代纪游文学所描写的自然景观并非是未经改造的宇宙间的大自然，不论是山川海洋还是风雷雨雪都是主体“按照美的规律”创造的“第二自然”；而这种艺术创造包含两个层面，一是尊重大自然本身的属性“按照美的规律”来开掘大自然的美，揭示大自然的灵魂和奥秘，二是创作主体的思想情感性格气质往往贯注于描写对象中。可见纪游文学中的自然景观是主客体的统一，是“人化的自然”，是主体审美意识的“对象化”，是情感化了的“第二自然”；至于那些着重于人文景观或“社会相”描写的纪游文学，更不是现实或历史原型客体的纯客观描述，而是与作家主观感情相渗透相结合的产物。所以情感化是现代纪游文学的总体审美特征。徐志摩长于写大自然的美，但他并非着意重现自然景物的风姿，而是为了抒发自己的感情，他对自然景物不只是欣赏和赞叹，且把自己的感情与景物融为一体，并不厌其烦地把自己暇闲、孤独、自由、爱美的欣喜或忧郁的感情加以抒写。沈从文在他的纪游作品中也是善于抒发自己情感的，不过他是《从徐志摩作品学习“抒情”》的：“在写作上想到下笔的便利，是以‘我’为主，就官能感觉和印象温习来写随笔。或向内写心，或向外写物，或内外兼写，由心及物由物及心混成一片”，“可以取例作参考的，现代作家中，徐志摩作品似乎最相宜。”①孙福熙的游记是把写自然美和人情美有机结合起来，达到了陶醉的程度；而冰心的纪游文学则是以女性的淡淡的哀愁和委婉的笔调来写她对异国景物的独特发现和感受。如“绮色佳真美！美处在深幽。喻人如隐士，喻季候如秋，喻花如菊”②。她把自己的郁忧缠绵之情和新鲜体味熔铸于“比”的手法，具有一种含蓄美。品味着朱自清、周作人、郁达夫、钟敬文等的山水纪游作品，仿佛在宁静、淡泊、幽远的情趣背后，躁动着的却是一种烦忧不安苦苦求索的情绪；阅读着郭沫若、瞿秋白等的纪游作品则体验到一股热烈奔放的激情。古人云：“登山则情满于山，观海则意溢于海”③；山水之美，必动于情，情动于中而形于诗。借描写自然山水之美来抒发内心的感情，这是古今纪游文学的共同审美特征，也是我国纪游文学的优秀传统；所不同的是抒什么情，发什么感。古代纪游所抒发的感情——不管是隐逸之情、忧患之情还是愤世之情、爱国之情，总是摆脱不了封建理性意识的羁绊，总是出离不了“怨而不怒，哀而不伤”的古典审美观念的制约。尽管“五四”以来有些纪游文学作品所抒之情与它有着意脉相承的联系，但从总体上看抒情的本质是变了，即使抒发自我情感——个人痛苦、哀伤、苦闷、忧郁、隐逸等的纪游作品，它们基本上还是以现代

① 沈从文：《习作举例·从徐志摩作品学习“抒情”》，《国文月刊》1940年第1卷第1期。
② 《寄小读者·通讯廿六》。
③ 刘勰：《文心雕龙·神思》。

意识作为理性支柱;况且有些纪游所抒之情已冲破个人主义的小圈子,把自我之情与人民之情、民族之情、阶级之情结合起来,使所抒之情充满了刚健之美和悲壮之美,特别是所抒发的“激情”这是古代纪游文学中所罕见的。别林斯基说过:“激情永远是观念在人的心灵中激发出来的一种热情,并且永远向往观念。因此,它是一种纯粹精神的、道德的、极其完美的热情。”①如果说这种“激情”美在现代山水纪游作品中体现得还不够充分不够强烈的话,那么在以“社会相”为主要描写对象的纪游作品却得到鲜明而集中的体现,并且带有浓烈的爱憎褒贬的感情色彩;而这种“激情”又同明确的现代理性交织在一起——忧患情感常常与个性解放意识或忧国忧民思想相结合,愤怒情绪常常与反抗意识或革命意识或批判意识相结合,兴奋情绪常常与乐观主义或英雄主义或理想主义相结合。总之,喜怒哀乐的激情大都同现代意识交融为一体。现代纪游文学的情感化是其产生审美价值的重要美学因素,不研究纪游文学的情感化特征就不能真切的理解现代纪游文学的审美价值。“每篇诗的作品都应该是热情的果实,都应该贯串着热情。”②“诗的作品”从本质上来讲就是情感化的作品,缺乏诗意或情感的作品是不会强烈地引起读者的共鸣,也不会从心灵上打动并感染读者。好的纪游作品就具有抒情诗的品格,郭沫若的纪游诗就是好的抒情诗,相当多的山水游记富有浓郁的诗情画意,即使那些描写“社会相”的优秀纪游之作也蕴含着浓烈的情愫;而且这种情感是高尚的纯洁的真挚的,与创作主体的赤子之心、博大精深的爱紧紧联系在一起,这愈加强化了纪游文学的审美价值。

理趣美。现代纪游文学的自然美、情感美总是同理趣美交融在一起。当我们阅读优秀的纪游作品时,不仅自然风物或“社会相”渗透着的情感浓度叩击着感化着我们的心灵,而且只有在结束整个阅读过程之后才能明确地意识到,真正打动我们的实际上还是隐匿在自然山水描写或“社会相”描写背后的人对形而上的追求或哲理性的思考,特别是大自然给人们的理性启示是无限的,使我们体验到一种耐人寻味的理趣美。不过现代纪游文学的理趣美是对古代山水纪游的哲理性传统的继承与超越。古代山水游记所具有的哲理性,既不是指那些单纯说理的作品也不是指那些一味写景的作品,而是指那些通过描山画水达到“言道”“明性”和“讲理”目的的作品,也就是从山水中引出事理或道理依附于山水或事理缘山水而出或山水因事理而彰,达到形理兼备、别具情趣的审美

① 《别林斯基全集》俄文版第7版,第312页。

② 《别林斯基论文学》,第55页,新文艺出版社1958年版。

境界。而古代纪游文学表现哲理趣味大致有这样几种形态:有的作品描绘山貌水貌并无明显说理,而把"理"寄寓山水之中,显得如盐入水不露痕迹;还有的作品"理"源于山水之间,"理"虽有所"显"却又不是侃侃而论,只是把"理"作为"文眼",它往往是思维运动的升华,即移形换步描出山水风光并不满足,常常吐露出主体感受,致使作品含有哲理因素,而这种"理"由游后出由观后得,水到渠成故能有趣;再有的作品往往"理"出于山水之上,即自然本身的物理性反映到人的意识中来——或由山水启示了主体的认识,或由山水诱发了主体的体验,或由山水触动了主体的潜念,从而悟出了人生、宇宙诸方面的哲理。由于表现哲理的种种形态都有形象可感,其"理"无不自然顺畅而出,故能睿智灿然理趣盎然。现代纪游文学特别是那些以山水自然为描写对象的作品,虽然继承并丰富了古代纪游文学表现哲理的各种形态,但是所言之"道"、所明之"理"却源于现代思想意识,尽管有些"哲理"是人类共同的智慧结晶,可以超越时代超越国界,具有放之四海而皆准的真理性,然而古代游记所寓的"理"与"道"却相当多的是源于封建意识形态,指出这种本质的区别是有益的也是必要的。在现代长于写山水游记的作家中,俞平伯、徐蔚南有意识地追求一种理趣美:读着俞平伯纪游文学虽然有一种飘零的闲散的寻梦的怀旧的朦胧的感觉,但透过委婉曲折、词情清秀的笔调却处处能体会出耐人寻味的哲理意蕴;读着徐蔚南的纪游作品,仿佛看到作者全身心投入所描绘的景物,既没有感伤也没有激动,完全陶醉于倾倒于大自然的怀抱,笔调显得凝练而轻灵,"不矜持,不作态,自然地倾泻他心里的蕴藏"①,洋溢着浓郁的哲理情趣。特别值得指出的是那些描写人文景观或"社会相"的纪游文学,虽然有的作品赤裸裸地发表议论,存有理念化倾向,但也有相当多的作品充满了理趣美,"理"含有深刻的内蕴,闪烁着思辨的光芒。这类纪游文学表现哲理的形态尽管多种多样,而其中最主要的却是"情而理",即情中有理、理中有情、情理兼备,使理诗化,表现出强烈的哲理意味。这种"理"并不是"唯理",而是"理趣",是许多作家创作纪游文学的一种审美追求,表现出一种情理融合、入情入理的情感态度,使读者感到情入理中使理不枯燥、理入情中使情不空泛,既能从理智上受到启示又能从感情上受到熏染,真正体验出一种诗意盎然、情味横生的理趣美。这是极高的审美境界,并不是所有的现代纪游文学都能达到的。

① 曾孟朴:《徐蔚南〈都市的男女〉序》。

我们只从三个层面分析了现代纪游文学的审美价值或审美特征，实际上自然美、情感美、理趣美又不是各自独立或互相排斥的，它们相互交融相互渗透在一起，只是在不同作家的不同纪游作品中所表现的强弱程度或审美形态不同而已。

尝试之五　思维整体律:中国婚恋文学中的一个原型主题

从文学批评思维学角度看,原型批评所运用的是寻找关联性的宏观思维方式,所遵循的是思维整体律,这是因为原型批评以荣格的"集体无意识"论为思维基础。荣格认为,每个人的潜意识深处都沉积着种族的记忆,这是一份由人类世世代代积累下来的心理遗产,构成了带有普遍性和共同性的"集体无意识",它常常反复地以"原始意象"的形式显示出人类长期心理经验的痕迹,而这些频繁出现的普遍意象即是"原型"。作家在创作中无不受到超个人的"集体无意识"的渗透与影响,往往以不同的文体形式叙述同样的故事和描写同样的主题,使各民族文学系统中经常出现具有普遍意味的原型和循环演变的程式。这种文学创作中的原型含义和力量比个人的心理经验更丰富更深刻更强大,能在接受主体的心灵器上激起全人类的声音,产生巨大而久远的艺术感染力。这里借用"原型"理论所阐释的"女性绕着男性转"的婚恋模式,不一定是世界各民族文化中的普遍现象,也不一定是各国文学进程中出现的带有共同性的"原型";然而这种"原型"在中国汉民族文学中却带有普遍性,它是潜藏在婚恋结构中更深的一种性爱文化模式。

勘探《雷雨》两性关系中的原始意象

《雷雨》最能展示人性深度、最能扣人心弦的戏剧冲突主要不是源于血缘关系而是深微复杂的两性关系。因为"人和人之间的直接的、自然的、必然的关系是男女之间的关系"①,唯有两性关系才能进行"他人生命的生产",才能在人类

① 《马克思论文学与艺术》,第 211 页。

生命史上出现血缘关系和生命的个人的存在。[①] 曹禺正是深切地体验了由两性关系不断调整或变奏所构成的亦悲亦喜、悲喜交织的人生，且转化为戏剧艺术后，才使他所"感到的是一团原始的生命之感"，才使他所感兴趣的是"一种复杂而又原始的情绪"[②]。这表明曹禺创作《雷雨》前后对人生的体验多是非理性的，主要停留在直觉艺术感受的层次上，不论是"原始的生命之感"或是"原始的情绪"大都源于潜意识；而这种潜意识不可能没有中华民族普遍心理经验长期积累的"集体无意识"的投影，这是构成《雷雨》原型的最潜隐的心理基础。但这种原型的强烈情感、生命意识和人性深度却不是浮露于戏剧冲突的表层，而是潜蕴于两性关系组成的《雷雨》艺术冲突的最深层。

《雷雨》由深微的两性关系所构成的戏剧冲突主要有：一是周朴园与侍萍有情爱没有婚姻的两性关系。有人把这种关系概括为"始乱终弃"并不确切，至少反映出传统伦理观和婚姻观的残留。如果说他们之间的关系是"始恋终弃或终离"，那更为贴切一些。不承认周朴园与侍萍原先的"同居"是建立在原始性欲冲动和相互爱恋的基础上，不承认离弃后周朴园对侍萍的怀念有情爱的因素在起作用；那起码是不懂得性爱心理学，也不晓得性爱感情的复杂性和微妙性，因而就不可能认识作者刻画这两个人物所达到的人性深度。虽然他俩的性爱是真诚的，特别开始相爱到同居这个阶段，然而也应该承认，即使在最初相爱同居时他们之间的情爱就理性层次来说也不是完全建立在平等的人格基础和现代意识之上，这里面既有主仆阶级意识、尊卑伦理意识和夫权中心意识的自觉或不自觉地驱动，也有人类文化转向以父权为两性主宰权威所长期积淀而形成的"集体无意识"散发出来的潜在能量。它们无形地迫使侍萍这个不幸的女性老是围着周朴园转，哪怕是被周家赶出大门后，侍萍转来转去又转回周朴园身边，并且最终与周朴园共度凄苦的晚年，这种结局如同孙悟空翻筋斗总是逃不出如来佛的手掌一样。这种神使鬼差的女性悲剧，既可以用宿命论也可以用阶级论加以解释，但从人类文化学和原型批评论的角度来看，内中却潜隐着一个原型文化模式。

二是周朴园与蘩漪的只有婚姻没有爱情的两性关系。这种关系在汉民族婚恋史上是大量而普遍存在的，也是古今文学作品所关注的热点和描写的重点。不过，只有婚姻没有爱情的两性关系在演化中常常出现多种趋向：有的是

---

① 《马克思恩格斯选集》第1卷，第34页。

② 曹禺：《雷雨·序》。

先婚后爱,两性之间也能产生快感和美感,实现“白头到老”的传统婚姻的终极理想;有的只是在婚姻形式下尽着“不孝有三无后为大”的传宗接代义务,两性交往仅仅是道德的驱使和盲目的性冲动发泄,这绝不是情爱的“结晶”;也有的是结婚就意味着宣判了两性情爱的死亡或生命的终结,勇敢者或许能冲破婚姻囚牢进入爱情的自由境界,怯懦者或许在不幸的婚姻中以守活寡或苦行僧等方式进行慢性自杀,以了却残生来换取一个毫无价值的“身后名”。周朴园与蘩漪的结婚完全建立在门当户对、金钱地位的基础之上,在周的眼里蘩漪仅仅是个泄欲的工具、生育的机器、装潢周家门面的美丽摆设以及体面人家的阔太太,虽然婚前用蘩漪的话说周曾“引诱”过她,但这绝不是发自内心的情爱的呼唤,充其量只不过是性冲动所造成的“淫念”外显,尚未升华到情爱的层次。所以蘩漪一到周朴园的手里便以婚姻的形式被其封闭起来,使她发自性欲的情火熄灭了,源于性爱需要的生命个体也枯萎了。但是蘩漪毕竟不是一个完全意义上的逆来顺受、循规蹈矩、安于命运的“旧式女人”,她终于以被长期压抑的性冲动所积累的巨大心理潜能突破了旧伦理的坚硬躯壳,在周家客厅导演了一出“鬼戏”。尽管蘩漪最终在感情上彻底背叛了周朴园,但在深层意识上蘩漪始终没有摆脱“女性绕着男性转”这个历史文化怪圈:如果蘩漪是个真正具有个性解放意识能够独立自主掌握个人命运的女性,那么她为什么明明知道周朴园在“引诱”自己上钩却偏偏中了圈套而陷入枯井 18 年;如果她毅然决然要与周朴园结成的旧式婚姻决裂而去追求真正的爱情,那为什么不能像娜拉那样冲出周家大门,却只能满足于在周朴园的严密监视下的“偷情”生活;如果蘩漪在与周的两性关系中处于决定性的主导地位,那为什么在维护自己“贵妇人”的特权地位、经济条件的优越性上和追求情爱自由的危途上,表现出对周朴园那么多的服从性和依附性,特别在周家全面崩溃之后蘩漪并未离开周家或以身殉情?曹禺对周朴园与蘩漪两性关系的把握和描写是合乎逻辑的,是入情入理的,因而也是深刻而真实的。尽管对这种两性关系中存在的种种悖论,可以从多角度作出有说服力的阐释,但决不可忽视其中潜存的“女人绕着男人转”这个古老而又永恒的原型文化模式。

三是蘩漪与周萍的只有情爱没有婚姻的两性关系。这种两性关系如果以传统道德标准衡之,是大逆不道的、天地不容的乱伦关系;如果以人道主义观之,是合乎人性对爱的需要,是带有现代味道的,指斥大可不必,肯定也合情理。这是文学作品中常见的“始恋终弃”的性爱模式。不过《雷雨》这对两性关系构成的奇特之处却是继母与前妻的儿子，这就增加了两性关系的尖锐性和叛逆性。倍倍尔曾说："在人的所有自然需要中，继饮食的需要之后，最强烈的就是性的需要了。"[①]因而人的原始性欲冲动是一股强大力量，越是压抑它越是拐弯抹角地寻找突破口，"回避绝对自然的东西就意味着加强，而且以最病态的形式加强对它的兴趣"（罗素语）。蘩漪虽然在传统伦理关系上是周萍的继母（并非血缘关系），但她的本质却是个有强烈个性意识和情爱欲求的生命个体，她有权利享受爱的幸福和爱的快感。而这一切对一个人的生命至关重要的东西则被压抑了18年，她在与周朴园两性关系中并得不到满足，并且对她的压抑越来越厉害。如：她明明没有神经病却偏偏逼她吃药，实质上"药"是个象征物，象征着一种灭绝人欲的封建理性对她潜意识正在燃烧的情欲之火的扑杀。超限压抑的结果，造成了蘩漪与周萍一见钟情式的狂热性爱关系。最初他俩的相爱冲破了一切桎梏，抛开了一切功利。两颗火热的心互被征服，双双坠入了情网。可以说他们的初恋达到了这样一种相爱程度："人总是人，不怕就有些微点子理智，到了热情横溢，冲破人性界限时，没有什么价值或全无价值可言。"（郭沫若语）但是我们决不能把爱情的性欲基础绝对化，如果性欲的原始冲动失去一定理性精神的控制就可能导致人的本质变态或生命力的毁灭，所以在性欲基础上产生的爱情必须升华到精神境界，使本能属性转化为一种心理的和道德的力量，摆脱纯自然规律对两性关系的"支配"，这样才能确保男女之间的情爱在性欲这种强有力的生物刺激因素消失之后不至于冷却或破裂。值得特别注意的是，这里的关键取决于建立在性欲基础上的爱情升华到什么性质的精神层次，以什么性质的理性来制导。蘩漪与周萍的相爱，经过一段性的狂热之后，双方的性爱心理由原始冲动向理性的文化道德心理转化，如果他们的情爱都朝着同一方向即现代文化精神境界升华，也许他们的情爱关系会得到巩固和发展，然而他们的爱情精神却在转换过程中出现了逆向：周萍在精神层次上急速向传统伦理道德回归，以强烈的"原罪意识"谴责和否定了他对蘩漪的爱心和情火，走向负心背叛的道路；蘩漪则使性爱升华到以性解放为精神支柱的理性层次，在她心里周萍与她的爱情是一种精神的和美感的珍贵物，是生命的溢流和命根子，所以她拼上命来维护这种爱情，甚至达到了一种疯狂的变态的程度。在理智上她清楚地看透了周萍彻底变了心，也知道不应该把自己的爱情和生命无私

① 倍倍尔：《妇女和社会主义》，转引自《情爱论》，第18页。

地奉献给一个不值得爱的人，甚至在行动上使尽浑身解数进行报复，直至周萍自杀；然而在蘩漪内心深处始终没有斩断对周萍的爱情丝线。在她与周萍的两性关系中，虽然她当面指斥周萍“引诱”她，似乎她是被动的（也许初始是真的），然而从主导倾向来看，她自始至终抓住周萍不放，对周萍总是采取进攻姿态，这里面的原因是复杂而微妙的：既有对初爱时甜美境界追忆所产生的尚可挽回的梦幻，也有一旦失去周萍这棵救命稻草自己便陷入无底痛苦深渊的失落感和恐惧感；既有一个倔强女性的独立自尊意识和坚贞不渝情心受到严重伤害和欺骗所产生的悔恨感和报复感，也有那种自己的情人被四凤钟爱而虚荣心和傲慢心受到重创所产生的强烈嫉妒心理，更有父权社会积淀下来的“女性绕着男性转”的集体无意识和传统的女性依附心理在起着潜在的作用。尽管蘩漪是个带有个性解放意识的狂热追求者和现代色彩较浓重的女性，但她在处理两性关系的情感态度和行为模式上，终究没有完全摆脱传统文化中反复出现的“女人围绕男人转”的“原始意象”。她的要求并不高，只要能和周萍生活在一起，即使把自己眼中的婢女接来共同侍奉一个男性也心甘情愿，可见祖传下来的“种族记忆”在这位个性解放女性的潜意识里留下多么深的投影。

四是周萍与四凤的只有爱情尚未正式结婚的两性关系。他们之间的情爱关系并非处于初恋阶段，而是“由于相互的爱而发生”了“性交关系”，特别又是地位、文化反差悬殊的主仆之间的相爱。这种相爱的方式、情感态度以及爱恋程度虽然与周朴园同侍萍当年的相爱类似，不过从戏剧冲突所显露出的感情来看，周萍对四凤的爱比其父对侍萍的爱更深切一些，更大胆一些。虽然周萍在与蘩漪的两性关系中扮演了一个负心汉的可耻可悲的角色，为屈从传统伦理道德做周家的“孝子贤孙”，独自埋葬了“初恋”的感情，情愿充当“爱情骗子”，可以说这是他人性“恶”的突出表现；然而他在与四凤的性爱关系中却表现了“深于情专于爱”的人性“善”的一面。他对四凤的爱并没有流露出虚情假意，虽然在带着四凤出走上发生过争议，但最终他下定决心要冲破一切阻力去实现自己的爱情追求；特别他对四凤的爱情没有流露出地位悬殊的优越感和主子意识，也没有表现出闻听四凤怀孕而怕负责的畏惧感和惶恐感以及逃之夭夭的心理，相反越发加深了他对四凤的爱，甚至豁出生命也在所不惜。有些研究者认为，周萍将来必定步其父“始乱终弃”的后尘。也许会出现这种结局，这是从其阶级属性和“有其父必有其子”的传统观念或者以“遗传基因”为据推断出来的，并非没有道理；然而从剧作所展示出的性爱关系及周萍的性爱逻辑来考察，却很难作出这样的判断，当然也不能因他抛弃了继母的爱而作出他必定也会甩掉四凤这样的推论。人性是复杂的，人的感情也是复杂的，《雷雨》的独特深刻性正是透过两性关系揭示了人性人情的复杂性和微妙性。“无论做什么，爱什么，以全身心而为之，一切以‘我’（主体意识）唯是，反而能超乎一切功利”①。这样便能大胆地“涌向一片尚未开发的领域，没有人知道它的界限，其中充满了华丽、诧异、疑难、怪奇和圣洁，使我们的好奇心和欲求如脱缰之马，不可控驭”（尼采语）。在周萍与四凤的性爱关系中，四凤对周萍的爱则进入了这种“超乎一切功利”的自己无法控驭情感的境界，至于这种爱情能否带来终生的幸福或终生的不幸，她不在意，而是自我做主地“全身心”地爱着周萍。虽然她没有受过教育缺乏必要的文化修养，而且身为婢女，但是在爱情上“以‘我’（主体意识）唯是”，她不是因为周萍的“大少爷”的身份而爱她，也不是因为他家富势大而爱她，更没有因为他曾与继母“闹过鬼”而嫌弃他，也没有因为周冲的条件比周萍优越而疏远他，也没有因为发生关系有了身孕而埋怨他，更没有因为母亲和哥哥的阻拦干涉而离开他。这一切表明四凤对周萍的爱是超乎功利的，是坚贞不渝的。这其中有情感的因素在起作用，特别在相爱初始那种青年男女异性相吸所产生的无法说清的情感在起着决定作用；但是随着性爱关系的发展，四凤已有身孕，这时她对周萍的爱，不仅渗入了“从一而终”的贞操观念，而且那种感受不到的数千年传下来的“女性绕着男性转”的集体无意识已主宰了她的性爱导向，有时四凤在周萍面前所表露出的依赖性、柔顺性、服从性乃至乞求性，就是这种“集体无意识”的显现。至于鲁贵与鲁侍萍的两性关系这里不赘述了。

揭示古今婚恋文学反复出现的原型主题

原型就是“典型的即反复出现的意象”，它把一部文学作品同其他文学作品联系起来，以典型的意象作为联系的纽带，文学的总体便会突现出清晰的轮廓，有助于在宏观上把握文学典型的共性及其演变。《雷雨》交叉描写的四对两性关系反复出现的“女性绕着男性转”的意象，在中国文学发展史上是个源远流长的“原型”模式，一些以爱情婚恋为主题的著名文学作品大都含有这种原型因素或意象。在中国传统文学中，《诗经》里有些写两性关系的诗篇，初步显露出女

① ［法］司汤达：《爱情论》，第4页。

性依附于男性的原始意象，或者一个女性或者两个以上的女性围绕一个男性转，即使被遗弃也是恋恋不舍，屈从奉迎，甚至乞求认“罪”。《谷风》写两女绕一男，男的娶了新人便逐走前妻。尽管男的把她视为眼中钉，但她总是重提旧情，从感情上割不断对男性的依恋和哀求。《氓》写一个女子同一个男子从恋爱、结婚到离异的痛苦经过。虽然女性的情感是悔恨多于哀伤，但从她的痛苦悲伤的心灵中也流露出对男性的决绝与依恋相混合的情感。到了汉乐府民歌里，这种女性依恋男性的意象越来越清晰，逐步在文学作品中形成一个原型模式，或作者主体或作品人物主体总是潜隐着这种“集体无意识”。如《有所思》写一个女性当知晓爱人有“他心”时，便将礼物摧毁并下决心斩断情丝，但忆起当初定情幽会的甜美时又深感不能一刀两断，表现出痛苦矛盾又深切依恋的复杂情感；《上山采蘼芜》写两女一男的两性关系，并没有全面展开冲突，只是从正面写弃妇的哀怨，并从新人与旧人的比较中透露出弃妇对男人的依恋深情和屈从乞求。不过，从主导倾向来看，汉魏乐府民歌所表现的男女两性关系，女主人公始终不亢不卑，把爱情的真诚专一放在极重要位置，女子对男性的依附观念或“从一而终”的贞节观念并不突出。唐传奇，宋元话本、杂剧，明清戏曲、小说，“女性绕着男性转”的意象却在大量写两性关系的作品中反复出现，并形成了体式多样、内容丰富、意蕴深邃的文学原型模式，对中国文学的演进产生了巨大而深远的影响。鲁迅在《中国小说的历史变迁》中曾指出《平山冷燕》《玉娇梨》《好逑传》等小说，有一个公式就是“一个以上的佳人共爱一个才子”，而且众女性共嫁一男。有名的长篇小说《金瓶梅》不仅是金、瓶、梅三个主要女性围着男主人公西门庆转，而且还有一大群女性绕着西门庆转，热衷于做他的小妾或别的什么；即使著名的古典小说《红楼梦》也是大量地表现了“女性绕着男性转”的原型意象，对《金瓶梅》的“众女绕一男”的文学模式有所发展，而且文化内涵更加复杂深刻，不只是贾宝玉身边环绕着一群小姐婢女，均以不同的方式和情感态度深深地爱着他，其他一些男性的周围也有不少女性屈从奉迎。

这种原型意象在中国传统文学中不断出现，这种文学模式在传统文学中反复被采用，并非出于作家主体意识的完全自觉，有意而为之；这是一种具体的隐喻思维，它与文学创造的形象思维密切相关，不但存在于古代文学中也存在于现代文学中，甚至还伸进当代新时期的文学。可以说，“女性绕着男性转”作为一个原型是在中国文学历史进程中反复出现的一个形象，也是一个经久不灭的文学模式。民国初年轰动一时的《玉梨魂》和《断鸿零雁记》都是描写两性关系的长篇小说,男性均被两个女性所爱,其相爱的结果虽然不是两女归一男,多是痴情女忧郁而死或自杀殉情,男性或战死疆场或出家当和尚,但是这些可怜可爱的女性都是为男性而生为男性而死的。从文化研究的视角来看,这种因袭传统而没有多大创新的小说模式是值得注意的。“五四”新文学运动后,张资平热衷于写三角或多角的两性关系的小说,不论这些小说在学术界贬得多低或者在新文学史上很少提及,但是它们当中确实蕴含着“女性绕着男性转”的传统意象。鲁迅在《张资平氏“小说学”》中曾指出,张资平“是三角恋爱小说作家,并且看见女的性欲,比男人还要熬不住,她来找男人”。在张资平的笔下,女性不是被动地绕着男人转,而是以主动的姿态去媚悦男性,去引诱男性。30 年代初出现的《金粉世家》和《啼笑因缘》是张恨水写两性关系有名的章回体小说,虽然在三角或多角的两性关系的构成上基本沿用了传统的结构模式,但是它们所蕴含的众女性以男性为轴心的原型,如果从社会学、文化学、历史学的角度来考察,却比传统的言情小说具有更高的认识价值,而且它们的娱乐性、消遣性比一般的言情小说也强烈得多。不过它们与巴金当时推出的长篇小说《家》和曹禺创作的《雷雨》所描写的两性关系显示出的“女性绕着男性转”的意象相比,并不是属于同一价值层次。不论巴金笔下的觉新与梅和瑞珏的三角关系或《雷雨》中那四类两性关系,其原型意象都凝聚着巨大的心理能量、深刻的情感内容和强烈的美感力量。40 年代文学作品中,曹禺的剧作《北京人》和改编的《家》,在两性关系的组合中仍然闪现着“多女绕一男”的原始意象。按荣格的分析心理学的术语来说,文学作品是一个“自主情结”,其创造过程并不完全受作者自觉意识的控制,它归根结蒂不是反映作者个人无意识的内容,而是植根于超个人的、更为深邃的“集体无意识”,这是典型意象不断出现的最深刻的心理根源。40 年代,新浪漫派作家徐訏、无名氏的小说如《风萧萧》《精神病患者的悲歌》《北极风情画》《塔里的女人》等,关于男女性爱的描写,在浪漫主义艺术氛围里总是隐闪着“女性围绕男性转”的意象;特别是徐訏的《江湖行》的男主人公周也壮颇有点贾宝玉的味道,先后与四个女子相爱,可在爱情上结出的全是苦果,最后差一点当了和尚。这种四女爱一男的结构是“女性绕着男性转”原型模式的发展和扩大,不论多少女性总是以男性为轴心。当代新时期的文学作品里,这种原型也是屡见不鲜,张贤亮的《灵与肉》《绿化树》《男人的一半是女人》、张弦的《未亡人》《挣不断的红丝线》《银杏树》、张洁的《祖母绿》等作品,所写的两性关系都或隐或显地闪动着从古到今不少文学作品里反复出现的带有普遍性的性爱意象和叙述模式；特别是苏叔阳的长篇小说《故土》，三个不同个性的知识女性共爱一个男性，而且三个美女对男性的爱都是那么忠贞，或热烈或深沉或执著，都把自己的爱无私地奉献给一个男性。这种描写到底具有多大的真实性，究竟有多高的审美价值且不论，至少因袭了一个传统的文学"原型"，也许并非作者有意的模仿，可能是一种"集体无意识"的反映。

开掘原型主题的文化哲学意蕴

以上对中国文学的一种"原型"的共性及其演变，以《雷雨》两性关系描写为中心，上溯下延地作了粗线条勾勒。我并不想仅仅以此来证明曹禺剧作中这种文学"原型"模式的历史渊源及其发展，主要关注和思考的则是这种"原型"在中国文学演化过程中反复出现的深刻文化哲学根源，以及《雷雨》两性关系所显示的这种原型在文化批判上有什么超越意义和独特价值。"女性绕着男性转"实质上反映了中国女性在婚恋关系乃至整个社会关系中的人性价值、个体地位以及解放程度；具体来说，中国的女性自古以来缺少自己独立的"女性世界"，而老是摆脱不了对"男性世界"的依附或者认为只有在"男性世界"里才能确定自己并获取价值和地位。对这一问题从理论上深入研究，有助于破译中国文学进程中绵延不断出现的"原型"意象的文化原因，也有助于为中国女性争取全面地彻底解放提供历史经验。

中国文明是人类史上最辉煌的文明之一，然而任何形式的文明都是以种种清规戒律或道德规范，来限制或压制人类的生物本性并改变其先天禀赋，故而文明是靠巨大的征服力来训练人的本能。从特定意义上说，文化的价值实现总是以牺牲个体的人性自由为代价的，在人类社会谁也难以超越生命与文化的永恒冲突而神仙般地逍遥于法外；只有到了人类最理想的共产主义社会人性的自由解放才能得到最大的满足。但是在特定的文化或文明的形式下，男女不同性别所遭到的限制和压抑以及感受的痛苦却是不等的。这与以父权为中心的文化还是以母权为中心的文化性质紧密相关。自从人类文化转向以父权为中心，便依据有利于男性的哲学范畴伦理道德制定了很多的清规戒律施加在女性身上，驱迫她们将一些性风俗和性限制视为神圣的旨意来接受，并化为自己的灵魂和行为规范，这就注定了冲出伊甸园的夏娃们的特别不幸。同西方文明相比中国传统文明到了以父权为中心的时代，对女性的限制和压抑更厉害，因而她们在两性关系中所受到的痛苦和折磨也就更惨重，其地位更卑下。这首先同中国的“性哲学”及中国人对宇宙和人生的传统看法有密切关系。古老的哲学《易经》在解释自然界“生生不息”的变化原理时，将被动的力量称为“阴”，主动的力量称为“阳”，一阴一阳的交相作用叫做“道”，从这个概念中所产生的哲学则为道家思想。道家人士认为，一个人必须效法自然，使生命中的阴阳两种成分如自然界一样和谐地交互作用，同时借阴阳的接触相互吸收，而强化这两种成分就可以获得长寿、快乐乃至不朽。在人类身上男性为“阳”女性为“阴”，但女性并非“纯阴”，男性也非“纯阳”，两者都含有异性的成分；对两性来说，相应交合，体内的异质成分则有补充和强化其主要成分的作用。这种源于道家思想的性观念在男性为中心的世界里发展到了极致，成了男子“保体养生”的根据，女性却扮演了一个专供男性所需的“补阳”角色。男性为了养身应从不同女性身上获取阴精的滋补，这就是历史上男性“夜御十女以上”说法的来源。道家信徒葛洪曾说一个男人若能与越多的女人交媾就越能获取大利益，道家这种性哲学不仅为中国传统的“一夫多妻制”、妓院的设立以及男性的淫乱提供了理论依据，而且从观念形态上迫使女性为男性服务，做男人的“滋补”工具。在这种观念下，男性选择性伴侣不只是外貌要美，而发育良好、娇小丰满、曲线玲珑的尤佳，至于那些外表粗糙心灵再美的女性也不可能成为佳偶，因为在男性眼里这样的女性非但无法使自己得到滋补反而会受其伤害。中国传统文学出现了那么多“女性绕着男性转”的典型意象和那么多怨女型与负心型的形象，与道家这种性意识不无关系。中国古代哲学是儒道互补的，如果说道家是从师法自然、放任无为的阴阳说引发出“性哲学”来强迫压抑女性进入为男人服务效劳的“男性世界”的话，那么儒家则是以“仁学”为核心建立起种种规范和道德信条把女性捆绑在“男性世界”里。在意识形态上儒道两家并非水火不容，它们两者的关系好像中国宇宙观中的阴阳交互作用，道家是柔性的“阴”，而儒家则是刚性的“阳”，其在人的两性关系中所起的作用是殊途同归的，不管是柔性的或刚性的都是利于男性而有害于女性的“性哲学”。虽然儒家思想也有“饮食、男女，人之大欲存焉”[1]的提法，但是它只把性欲视作如饮食一样的本能需求，当将性欲升华到审美的精神生活和爱情的道德生活时，它就要通过法规禁令加以控制和压抑，而对女性的制裁尤甚。儒家在“仁者，爱人”的温情脉脉的轻纱掩盖下建立

---

① 《礼记·礼运》。

起一个以血缘关系为纽带的等级森严的家庭网络，而这个家庭网络与整个封建宗法社会这个大网络联成一体。实质上这是一个以男权为中心的世界，所制定的礼法禁令、人伦规范、道德准则等，虽然对不同等级的男性也有制约作用，但对女性的制约、控制、压抑尤为厉害。从家庭的传宗接代来看，“不孝有三，无后为大”，而这个“后”并非女性而是男性，女性的地位是卑下的，连孔子也说“唯女子与小人为难养也”；在传统观念里女性似乎只是传递香火的生育工具，并且以能否生出男性作为自身价值标准，如果生不出男性那结果不是受歧视冷落就是被遗弃。从婚姻制度来看，一夫多妻制与“无后为大”联系在一起，为有个健康的儿子传宗接代，那些贵族阶级只有一妻者少，往往妻妾如云，有的多到三十名以上；本来妻与妾都是女性，这里面也有贵贱、高低之分。这种制度只限制女性、摧残女性，而对男性只是一种放纵；特别男性还可以借故休妻，越发扩大了在两性关系中的特权。“父母之命，媒妁之言”的包办婚姻，虽然对男女双方的性爱自主权都是一种无情的剥夺，但对女性来说，无论嫁个什么样的男性只能“嫁鸡随鸡，嫁狗随狗”，“从一而终”，毫无自由选择的权利；而男性婚后仍有比较自由的选择性，不仅可以休妻另择女性，也可以纳妾以补充妻的缺欠，还可以逛妓院寻花问柳，以作为婚姻不幸的补偿，女性婚姻的幸与不幸完全取决于男性的情感态度、人格素质和家庭社会地位。从伦理道德来看，女性的清规戒律不仅多到吓人的程度也残酷到骇人听闻的程度。汉朝班昭在《女诫》中作了这样表述：女有四行，一是妇德，二是妇言，三是妇容，四是妇功。而这“四行”大多是依据儒家思想和“男性世界”来规范的。所谓“妇德”并不是女性的聪慧才智而是规矩礼貌，幽闲贞静；所谓“妇言”并非指女性的辩才优越而是未经深思的话不说，平时绝不出恶言；所谓“妇容”并非指女性颜色美丽，而是要一身干净，清清楚楚；所谓“妇功”并非要求女性工巧过人而是专心纺织，不好戏笑，洁酒斋食以奉宾客。不仅规定了男性心中“贤妻”的条件，而且还以儒道互补的思想指出：“阳以刚为德，阴以柔为用，男以强为贵，女以弱为美。”先有了道家“阴阳”说这个基本前提，然后再引入儒家的伦理观加以规范，即“夫有再娶之义，妇无二适之妇，故日：夫者天也；天固不可逃，夫固不可违也。……故事夫如事天，与孝子事父，忠臣事君也。”在班昭眼里女性对男性绝对服从，遵照“四行”做一个循规蹈矩百依百顺的“好妻子”。特别到了宋朝，不仅取悦男性而使女性饱受皮肉之苦的缠足之风大盛，而且“守节”“处女”之风也兴盛起来，如果说“贞节”观在汉朝仅停留在文字上，那么到了宋朝程朱等儒者手中则落实到平民百姓的日常生活之中，贞节观念遂变得严格起来；明清两代对贞节的要求已到了近乎迷信和灭绝人性的地步。夫死守节被视为理所当然，未嫁夫死也要尽节，偶为男性所接触或调戏也要以死明节，这就把婚前的“贞”即女性是否为“处女”看得特别严重，仅此便决定着和维系着女性终生的荣辱和命运。不只是卫道士对贞节观大加鼓吹，而且最高皇权统治者还提倡寡妇守节。明太祖曾下一道诏令：“民间寡妇三十以前夫亡守制，五十以后不改节者，旌表门闾，除免本家差役。”寡妇守节既“光荣”又可赢得“贞节牌坊”，还能免除家族“劳役”。迷信贞节到这种地步、鼓吹守节到这种程度，实在令人发指，也许这是中国特有的性文化意识。这里值得指出的是，如果从人类发展史来考察，便会发现贞节是女性从混沌的群婚状态和性蒙昧时代走出来的性意识觉醒的标示，是女性所特有的性羞涩感、个体自由意志、排他性要求以及人格尊严产生的思想前提；特别在父权文化视女性为男性享受的玩偶或淫乐工具后，女性的这种内在的贞节要求既可以在可能的范围内或最大程度上维系个人意向和尊严，又可以成为自我保护的内在动力。但是以父权为中心的性文化决不允许“贞节”作为女性生命本体的防卫和保护机制，而是以道教与儒教从纵欲和禁欲两个极端逐渐把源于女性本体的贞节要求异化了；尤其到了宋明“理学”昌兴时，对于女性贞节的超极限的苛刻要求和不断延伸与强化，使女性由内在寻求贞节的主体而变为被所谓“贞节”制裁和判决的“对象”。这种以父权文化的贞节观为内容的性道德在本质上是对女性的扼杀和禁欲，而对男性却是纵欲和赐予，男性可以把“贞节”或“处女”作为价值标准迫使女性就范，完全围绕男性转，从此女性在父权文化中遭受到难以想象的人心扼杀和肉体摧残。

由上可见，中国文化转向以父权为中心后，道教性文化和儒教性文化相互渗透和补充形成了一种占统治地位的文化力量，从制度律令、伦理道德、思想观念、社会舆论诸方面对女性的情欲进行强控制和高压抑；尤为可怕的是把这种有利于男性无益于女性的性文化作为一种“泛意识形态”经过长期的灌输和渗透而转化为普遍的社会文化心理和代代相因的习惯势力，那种被父权文化异化了的“贞节”观浸透在每个社会角落和每个个体意识之中，变成一种“集体无意识”潜隐于社会或个体文化心理的最深层，使女性不知不觉地在两性关系中要“从一而终”，并由“女性世界”陷入“男性世界”，以男性的价值标准逐渐淡化和异化了女性的主体意识，女性的独立自主性被依附性和驯顺性所取代，女性的自尊性被奴性所取代。这也许就是中国文学从古到今之所以反复出现“女性绕着男性转”原型模式的最深刻的文化哲学根源所在,也是《雷雨》两性冲突中不断浮显出的原始意象的文化历史根源所在。

营构文学中两性平等的婚恋世界

作为人,男人和女人具有同等意义,虽然男女性别不同,存在着这样或那样的差异,但人性价值却是相等的;特别在两性关系所构成的婚恋世界里,男女双方应该完全是平等的,如果说男人的一半是女人,那么女人的一半也是男人。男女之间的性的差别决定了他们在生活中必须作为两个价值相等的方面结为一体,个别不同的差异或倾向总是互补的。假若男人身上最受重视的是刚性,女人身上最重要的是柔性,那么男子的真正力量在于其刚性杂糅着许多女人的柔性,女人的真正力量在于其柔性杂糅着许多男人的刚性;只有双方相互补偿,世代相传的男性气质和女性气质才能不断地丰富人的内在本质,才能构成人的生命力和异性平等的完美世界。从中国文学发展史来看,那些有艺术良知和人性觉醒意识的文学家,凭着他们敏锐的直觉感受和生命体验,总想在物化的审美世界里刻画出“男女双方都把异性对象的形象同自己头脑中早就存在的思想、观念、价值定向、观点加以对照”而达到情投意合的爱情结构,总想把女性从父权文化组成的以男性为价值标准的婚恋世界里拯救出来,使女性真正从男人的眼光中走出来以确立女人自己的世界和鉴别自身的价值标准。在传统文学作品里,作家们这种善良的愿望和美好的良知只是在那些“人仙相爱”或“人鬼同恋”的带有魔幻色彩的情爱模式里有所实现;但在那些面对现实人生所描写的两性关系的文学世界里,大多在非理性层次上表现出痴情女和多情男的相亲相爱。正如歌德在《诗与真》中写道的:“萌动的春情之所以美好,就在于它既不意识自己的产生,也不考虑自己的终结;它是那么欢乐而明朗,竟察觉不到它会酿成灾祸。”不论是崔莺莺与张生的一见钟情或者杜丽娘与柳梦梅的梦中幽会还是林黛玉与贾宝玉的春情初发,似乎他们的爱情都是非理性成分来主宰,虚幻朦胧仿佛是笼罩爱情王国的气氛。然而当爱情升华到理性层次的时候,如果作家主体和男女主人公都具有争取爱情自由的个性意识必将同根深蒂固的封建伦理道德理性发生尖锐冲突,那在整个封建大厦尚未倾倒之前其斗争的结局男女的相爱必然是悲剧的,而且女性的结局比男性更惨。贾黛爱情就是这种典型,林黛玉不仅没有逃脱封建理性魔掌的迫害,最后也没有摆脱“男性世界”的羁绊。如果作家主体和男女主人公具有父权文化意识或封建婚姻道德理性的残留或“女性绕着男性转”的“集体无意识”，那男女双方初恋的痴情发展到理性阶段至少出现两种趋向：一是男女双方就范于封建婚姻礼教，女性放弃自主性完全认同或屈从以夫权为轴心的“男性世界”，崔莺莺、杜丽娘的最终归宿就是这样；一是男性逐渐变了心，背叛了原初的爱情另寻新欢，女性的痴情所换来的不是弃妇就是自杀，难怪中国文学作品里塑造了那么多“负心汉”型的男性形象和“痴女怨妇”型的女性形象。历史推进到五四时期，经过新文化运动和新启蒙运动的洗礼，封建伦理道德、儒道互补的“性哲学”以及父权文化建构起的“男性世界”受到西方现代意识的强烈冲击，整个社会文化心理发生了巨大变化，“妇女解放”的呼声越来越高。如果说一部分古代文学家们通过男女性爱关系的描写来呼唤女性冲破“男性世界”尚出于一种艺术良知和朦胧的人性觉醒，并没有完全突破传统的文化意识系统的话；那么“五四”以后的新文学作家们则能站在现代理性的高度，以个人为本位的人道主义情感态度和审美意识来观照、体验和反映女性在两性情爱关系中所达到的解放程度和所处的自觉地位，希冀女性与男性能够平等地共建共享爱情世界。鲁迅《伤逝》中子君以“我就是我自己”的强烈个性解放意识冲破了以父权为中心的封建家庭和传统婚姻观念，毅然决然地与涓生“同居”，平等地建立起一个爱情世界，但不久这个共享的世界发生了倾斜和危机，最终子君又回到自己所冲破的家庭而埋葬了自己。这个悲剧的深刻和动人之处，不在于子君这个生命本体的枯萎是爱情没有附丽于经济上并与社会解放结合起来，而是父权文化长期积淀所凝成的“女性绕着男性转”的“集体无意识”在不知不觉中扼杀了她的个性意识，把她拉回旧式妇女走熟了的“嫁汉子吃汉子”的老路，灵魂深处的依附性乃至奴性最终导致了她的悲剧。这就深刻地启示人们，中国女性即使有了现代个性意识的觉醒，如果要在情爱关系中冲破“男性世界”而寻找回早已失去的“女性世界”，则必须经过极其艰难的人生历程。20 年代末 30 年代初，茅盾笔下的“时代女性”陷入两性情爱关系中，不断地追求不断地幻灭，既没有选准自己既定的位置也没有建构起与男性真正平等的“女性世界”，就是那个受尽了磨难终于从两性关系中冲出了“男性世界”的梅女士，到了上海后虽然找到了“革命”但却失去了爱情；在这些“时代女性”的灵魂深处仿佛有一根无形的依附于“男性世界”的线在牵动着她们的直觉神经，表现出一种莫名的躁动，使其陷入困惑、迷惘、幻灭、追求的循环往复之中而不能自拔。

30年代的曹禺既是位人道主义者也是位女权主义者，他对女性的命运格外关心，甚至可以这样说，他是站在女性的一边对以父权为中心的“男性世界”予以无情的否定和批判。从两性关系的角度来审视，周朴园的大家庭实质是以传统父权文化为支柱构成的“男性世界”的缩影。它以男权为轴心形成一个系统而严密的网罗，不论政权、法权、经济权或伦理道德、律条家规都是服务于以周朴园为男权化身的“男性世界”；而这个“男性世界”对女性来说则是“一口残酷的井”，“落在里面，怎样呼号也难逃脱这黑暗的坑”。[①] 如果说鲁迅20年代所描写的两性关系迸发出的爱情力量只是冲出了封建家庭和社会舆论的束缚，最终女性又陷入了“男性世界”而放弃个性追求、自怨自艾的话，如果说茅盾30年代所描写的两性关系中出现的一批“时代女性”仍在“男性世界”周围犹豫徘徊、追求幻灭、幻灭追求，终究没有转出历史的怪圈的话；那么曹禺《雷雨》的匠心独运之处并非让那些或叛逆型的或柔顺性的女性完全摆脱周朴园的魔掌，而是以错综复杂的性爱关系直接或间接地同周朴园的恶的人性或善的人性纠葛在一起，最终集聚起女性的被压抑或被扭曲的深层意识的巨大潜能，从内部捣毁周朴园靠封建理性和父权文化维系的“体面”而“有秩序”的“男性世界”。虽然在摧毁周朴园主宰的“男性世界”的激烈而痛苦的搏斗中，那些可怜的善良女性以牺牲宝贵的生命或爱情作为高昂的代价，并与“男性世界”同归于尽；但她们毕竟为争取与男性处于平等地位的“女性世界”挣扎过拼搏过，显示了自身的力量和价值。可以说《雷雨》是从多层面来展示女性在情爱关系中焕发出的巨大能量，给周朴园维护的“男性世界”以毁灭性打击。

弗洛伊德曾把个体生命的心理结构划分为本我、自我、超我三个层次，而人的每种意识的思想和行为都在无意识的心中潜伏其根株。曹禺笔下女性冲击“男性世界”的一切意识行为的基础大都是一种原始的无意识，即作者所说的“原始或者野蛮的情绪”。这正是人性的深度。从本我层次即无意识领域来看，《雷雨》刻画出人的原始本能的需求和欲望，主要是性的欲望构成了生命的原动力，这是爱情中的非理性成分，它可以变为一种“疯狂”的力量冲向以“存天理，灭人欲”为特征的理性王国。对于人的这种非理性本质的暴烈表现有的作家作过这样的描绘：“一旦心被全能的爱情霸主所主宰，一旦心把情欲的大旗高举入云并擂响疯狂的战鼓，那么理性卫士便无计可施，只能忍受奇耻大辱”；爱情“是

---

① 曹禺：《雷雨·序》。

波涛汹涌的大海，理性只是闪烁的砂粒，欲火是洗劫世界的飓风，悟性不过是摇曳的灯光。疯狂的爱情的镖枪所留下的创伤，用蘸着理性油膏的棉球是无法治愈的"①。曹禺对其最喜欢的人物蘩漪作过这样的介绍："人们会时常不由己地，更归回原始的野蛮的路，流着血，不是恨便是爱，不是爱便是恨，一切都走向极端，要如电如雷地轰轰地烧一场，中间不容有一条折衷的路。代表这样的性格是周蘩漪。""她的生命烧到电火一样地白热"，"交织着最残酷的爱和最不忍的恨，她拥有行为上许多的矛盾，但没有一个矛盾不是极端的"②。蘩漪的生命力燃烧到白热的程度，铸成一种"最'雷雨的'性格"，这与无意识中的性欲冲动联系在一起。正是凭借这种带有一定盲目性的几乎达到疯狂地步的非理性的情爱力量，她义无反顾地"抛弃了神圣的母亲的天职"，毅然决然地爱上周朴园前妻的儿子，"情热烧疯了她的心"，使她的爱达到了最残酷的程度，什么母子爱、夫妻爱在她眼中完全失去了价值，唯有她与周萍的情爱才是至高无上的。所以她孤注一掷，冲破一切封建理性和传统观念的桎梏，迫使封建理性化身的周朴园一步步败下阵来，他所维护的"男性世界"对于蘩漪这位所谓"疯女人"也无计可施。蘩漪这个"魔"不仅捣毁了周朴园主宰的"男性世界"，而且也捣毁了她所痴爱的周萍妄图承继其父所要构造的"男性世界"。如果说她摧毁周朴园的"男性世界"主要源于性压抑的极端的恨，那么她对周萍欲造"男性世界"的报复则源于失恋后的不忍的恨。这是因为她与周萍真正相爱过，也正是靠着俩人这种"非理性"相爱的力量冲破了周朴园控制的"男性世界"的伦理罗网，共同体验过那种带有神秘性和自发性的爱情魔力，所以她对周萍"男性世界"的捣毁带有挽回已失情爱的梦幻色彩，并非完全绝情的，这也许就是"不忍的恨"。原始的情欲冲动所形成的"非理性"力量对于捣毁封建理性王国具有巨大的冲击力和破坏力，这不仅表现在蘩漪这样叛逆型的女性身上，也不同程度地体现在柔顺型的女性身上如侍萍和四凤。初始周朴园与侍萍的相爱不可能是情投意合式的，而多是建立在青年男女异性相吸的情欲冲动的基础上。这种"非理性"的性爱力量既冲破了主仆之间的阶级观念又冲破了贫富之间的门第观念，一度使侍萍进入周朴园的爱情世界，并得到了周朴园的认同和爱恋，即使后来侍萍被封建理性驱出周家，但在周朴园的潜意识中却留下终生怀念侍萍的情根。这种非理性的情爱力量对"男性世界"的冲击虽然不像蘩漪那种疯狂式

---

① 伊那亚杜布·坎布：《忠贞妻子和不贞妻子列传》。

② 曹禺：《雷雨·序》。

的爱情"如电如雷地轰轰地烧一场",但是潜移默化的渗透也能使周朴园营构的"男性世界"根基不稳。四凤与周萍的相爱开始也是基于男女之间相喜相悦的情欲冲动,并且发生关系怀了孕。这种"非理性"力量不仅冲破了主奴、门第等理性观念,也冲破了封建贞操观,使四凤以爱情的对象进入周萍的婚恋世界,这种对"男性世界"的冲决是柔性的不是刚性的,但却起到了以柔克刚的作用。更为深刻的是,当着叛逆型或柔顺型女性在两性关系中以"非理性"的原始冲动对周家的"男性世界"予以毁灭性打击时,周朴园、周萍这些挥舞着封建理性卫护"男性世界"的男性也按捺不住潜意识中的性冲动,不知不觉地以"非理性"力量参与这场捣毁周家"男性世界"的苦斗中,尤其是周萍在这条"归回原始的野蛮的路"上与蘩漪同行一段,生命的电火也烧到白热的程度。即使封建理性再强的男性也抗拒不了无意识中的原始本能的反复冲击,即使再道貌岸然的男性在情爱关系中也抵挡不住女人的"魅惑性"。这是摧毁周家"男性世界"的潜隐的巨大的能量。

从自我层次即主要是意识领域来看,《雷雨》对两性关系的描写并没有停留在原始的本能层次上,它着重从自我层次刻画灵与肉、理性与情感的冲突,展示叛逆型或柔顺型女性向周家"男性世界"进击的不同情感态度和反抗方式。"自我"在人的意识结构中居于本我与超我之间的协调控制层次,是一种按照周围环境来调节自我行为的意识,它遵循现实原则来改变本我以符合超我。如果说周朴园与蘩漪的两性关系处于本我层次尚有些微顺向性原始冲动(主要是逆向性的)的话,那么到了"自我"层次则完全处在情与理的对立两极,根本没有调和的余地。在周朴园眼里蘩漪是个"疯子",在蘩漪心里周朴园是个"暴君"。周朴园是以封建伦理道德和父权文化意识既严格控制自己的感情又超限压抑蘩漪的感情,企图把蘩漪的意识行为统统纳入周家的"男性世界";而蘩漪则具有争取女性解放和渴求爱情自由的个性意识以及炽烈的感情。这两个生命个体的"自我"冲突外化为压抑反压抑、控制反控制的强烈冲突,冲突的结果:正面,蘩漪以强烈的个性解放意识冲破周朴园的压制和控制,有意识地撕毁周家"男性世界"的层层伦理道德面纱和维系周家"体面"的封建秩序网络;暗面,她以火热的感情爱上周萍,这就从伦理道德的根基上动摇和背叛了周家的"男性世界"。而且当着这种情爱升华到"自我"层次,她按照个性解放和现代情爱意识来调整与周萍的关系时,又发现了自己受到周家父子两代人的欺骗,使她的自尊心和倔强个性遭到严重伤害,于是她对周家"男性世界"的反抗更加猛烈;明明知道埋葬了周家也就埋葬了自己,她还是要斗到底。如果说她与周萍的两性关系在初恋阶段都达到了如痴如狂的程度,共同对周家的封建黑暗王国发起攻击,那么当爱情进入“自我”意识层次则出现了逆向:由于蘩漪内心有现代理性作为支柱使她越发珍惜与周萍的爱情,而周萍却屈服于传统的伦理道德,认同了周朴园奉行的封建理性,并以这种封建理性为指导调整了与蘩漪的关系,于是他背叛了蘩漪,甘做周家“男性世界”的可怜虫,他在蘩漪眼里由“痴情的对象”变成了“报复的对象”,由“男子汉”变成了“软骨头”。周朴园与侍萍30年前的相爱由原始冲动的“本我”层次上升到“自我”意识层次,虽然他们同居并生下两个孩子,然而周朴园在家庭的迫使下和封建理性的主导下驱走了侍萍,从此侍萍的自我意识中充满了仇恨感、痛苦感和宿命论,周朴园的内心则始终贯穿着情与理的冲突,即在感情上怀念在理智上恐惧,怕她真死又怕她真活,想见她又怕见她。正是30年后侍萍再次出现在周家的“男性世界”里,才彻底揭露了周家的罪恶,并揭示出周朴园的复杂情感和伪善面孔,加速了周家“男性世界”的崩溃。如果说作者塑造蘩漪的形象是以个人为本位的人道主义意识批判了周家理性王国的非人性,那么作者刻画侍萍的形象则是以平民为本位的人道主义思想揭露了周家黑暗王国的灭人性。

从超我层次即道德良心和理想意识领域来看,《雷雨》通过两性关系描写,不论是周朴园、蘩漪、侍萍或者是周萍、四凤,都缺乏“理想意识”;然而“缺乏”并不等于“没有”,只是说这种“理想意识”尚未形成一种如同“非理性”情爱意识那么强大的冲击力而对周家的封建理性王国构成巨大的威胁,更不能以现代情爱理想作为终极价值目标把那些真诚相爱的男女引上自觉的理性的审美的层次。当然这种苛求是不应该的,要从本文提供的艺术画面作出切实的评述。蘩漪的情爱意识升华到“超我”层次,她的最高“理想”就是抓住周萍不放,或仍在周家客厅继续“闹鬼”,或跟随周萍出走,至于更高的情爱理想她连想也没敢想。虽然这种爱情理想并不高,但她却认为这是救命的风帆,所以她为了这个可怜的理想能够实现向周家“男性世界”拼上生命。四凤的情爱意识上升到“理想意识”层次,只是希望周萍不抛弃她,带她走,侍候周萍一辈子,这种“理想意识”并没有突破“男性世界”;侍萍更没有积极的“理想意识”,她把情爱的悲剧只是归于命运,似乎一切都是“天意”安排的,无论怎么挣扎或躲避总是逃脱不出命运的摆布,所以这种“理想意识”只能有利于周家“男性世界”的存在,不会起到破坏作用。不过周朴园在与侍萍的情爱关系中,由“侍萍之死”所激起的

"超我"意识的"道德良心"却是值得重视的。周朴园作为一个生命个体,他的人性并没有完全被封建理性所异化:驱走侍萍是不人道的,但他在"超我"层次上能以"道德良心"进行自我反省、自我忏悔,特别在周家的理性王国全面解体的时候,他面对着悲痛欲绝的侍萍与蘩漪其忏悔赎罪之感更为强烈,这只能说明他尚未泯灭的人性有所复苏,他的良心有所发现,在一定程度上反映了人类总是弃恶向善的文明趋势和靠封建理性支撑的"男性王国"在现代个性意识及其真正情爱力量的冲击下定将崩溃的历史必然。

这三个意识层次有区别也有联系,对一个生命体的意识结构来说是有机统一的,虽然各个层次意识之间充满了灵与肉、情与理的冲突,但冲突的结果必然要发生逆向或顺向的转化。《雷雨》通过多种两性关系的描写,着重揭示了女性的本我、自我意识层的向美向善的巨大情爱潜能所形成的合力,彻底摧毁了周朴园凭借封建理性维系的罪恶多端的"男性王国";虽然"男性世界"的毁灭并没有给女性带来自由和幸福,女性自身也没有完全冲出"女性绕着男性转"这个沿续数千年的历史怪圈,但是作者为争取女性解放而苦苦寻求"女性自我世界"所表现的女权意识和人道主义情感却是感人至深的。特别透过对女性原始情欲的含蓄描写,至少给我们两点启示:一是只有唤醒人的带有盲目性和神秘性的情爱意识的觉醒,才能真正形成一股巨大的潜能去冲决以父权文化为中心建构起的"男性世界",才能聚集一种韧性力量持续不断地冲击"女性绕着男性转"的"集体无意识",真正在平等意识之上建构男女共荣共享的"情爱世界";二是在禁欲和纵欲各走极端的生存环境没有彻底改变之前,女性只有通过情欲在理性与非理性之间的适度调整而最高程度地实现自己性生活的选择权和人格尊严,达到女性生命本体的最大限度的自由和谐与从容潇洒,才能真正提高女性在现代社会中的解放程度。

值得深思的是,从"五四"新文学诞生起一直到社会主义新时期的文学,虽然不少作家在自己的文学天地里呼唤女性冲出"男性世界"争取自身的独立和解放,如40年代解放区的文学和建国后十七年的文学出现相当多的描写妇女在政治上、经济上翻身解放的作品,也写出一些表现青年男女真诚相爱的作品,特别新时期从两性关系的角度写女性解放的作品就更多了;但是这些作品从总体上看,有的深度不够,有的热衷于表现"女性绕着男性转"这类传统文学主题,也有的以"男性世界"为价值尺度来写"女性世界"。对于"女性绕着男性转"这个古老而永恒的原型意象在当代文学世界又反复出现,我不想展开论述,这里拟选择一位女小说家的解释:“女人的问题,无论怎样被想着、写着或谈论着,她们的处境、命运在本质上却很少改变。”她从女性的亲身感受和女作家的切实体验出发,写下一段发人深思的话——

> 我深深感到,面对千变万化的社会形态,许多女人的内心都面临着不知如何适从又不知如何不失自己的危机。包括我自己。
>
> 为了使我和我的小说中的女主人公能摆脱“危机感”,我试着为自己,为她们设计过种种选择,而选择的结果,并不乐观,她们谁都不可能超脱自己最初的原点,像在走着一个圆圈。因为,这世界实实在在是个男人的世界。千百年来,女人们习惯了活在男人的眼光中,天长日久,他们的眼光仿佛就是标准尺度。而男人们便心安理得地以他们为主来相对而论女人。再仔细想想,所有关于解释、理论女人的说教,有哪一条,是平等地从女人本身出发的?!西蒙·波娃在她的著作《第二性——女人》中说,在17世纪,有个很少为人所知的女性主义者保玲欠尔曾经很透彻地指出:“所有男人写的关于女人的书都应加以怀疑,因为男人的身份有如在讼案中,是法官又是诉讼人”。
>
> 由此看来,女人只有坚决摆脱依赖,从男人的眼光中奋勇地走出来,才能确立自己,确立自己鉴别自己的标准。
>
> (陆星儿《女人与危机》)

我所以摘引这些话并非完全赞同她的观点,而是欣赏她的探索勇气。但愿女人们能加快从“男人世界”里走出来的步伐,但愿当代作家也能从“女性绕着男性转”的原型模式中走出来;不过应防止走上另一个极端,即“男性绕着女性转”,当前这样的文学作品并非没有。

对《雷雨》两性关系的阐释不少学者已从阶级论、社会学的视角作过深入开掘,拙文为了避免重复则遵循思维整体律、原型批评思路,选择了人类文化学和性心理学等角度进行透视,拟对深化曹剧及其他作品研究作一点尝试。

下篇 文学史观探索

探索之一　关键所在:构建科学的文学史论

我以为文学史研究进一步深化突破的关键在于建构科学的文学史理论,即文学观念与文学史研究方法。也许不少的论者已意识到,在承认文学史实的客观性、确定性和不可变动性的前提下,有什么样的文学史观念和方法论就有什么样的文学史;现在值得深入探讨的也是众说纷纭的问题:什么样的文学史理论才符合科学的构架,如何建构科学的文学史理论。

常见文学史观的四种类型

判断某种文学史理论是否是科学的,我认为至少应具有这样的特质和功能:这种理论思维和研究方法的本身就是一个科学的理论体系,它是由经验要素、理论要素和结构要素三者构成的有机体,既具有真理性的思想威力又富有涵盖面大穿透力强的方法论功能,此其一;文学史在时间的纵向上具有"过程"性、阶段性、转换性的特征,这种史论模式应符合对"三性"从理论上进行阐释和透视的需要,此其二;文学是一种审美意识形态,它本身具有独特的美学品性并在发展中显示出内在的自律性,这种史论模式也必须切合文学自身特征及其特殊规律的要求,此其三;文学史在空间的横向上与其他社会文化系统具有相关性、层面性和联系性的特征,史论框架的建构应该适合考察并阐释这"三性"的功效要求,此其四;中国文学的演进特别是现代文学的发展呈现出一些特殊形态和特殊轨迹,不只是新文学包容在一个多层次的动态的文化意识结构里,而且与社会政治结下不解之缘,这就要求在文学史论的选择上恰到好处,有的放矢,此其五。若以上述五点作为尺度来检验过去的或现行的文学史观和研究方法,并非都是科学的,也不都是非科学的,它们既有可取之处也有不正确甚至错谬之点。

从"五四"新文学运动以来,常见的文学史理论类型加以归纳大致有四种:

一是以社会历史观取代文学史观，把文学史视为历史的一部分，它往往忽略文学本身的特征及其演变的特殊规律。二是把生物进化论引进历史研究领域，深切地影响了文学史理论，从而形成了历史进化的文学观和方法论。在进化论看来，文学就像一个有生命的机体，有其生长、繁殖、开花、成熟并变成尘埃的过程；布吕纳耶蒂企图以"生存竞争"来比附文学艺术类型之间的斗争，泰纳则认为"美学本身便是一种实用植物学，当然对象不是植物，而是人的作品"。这种进化的文学史观于"五四"前后传入中国，差不多影响了一代新文学创作者和研究者的文学史意识，胡适、郑振铎等人的文学史著作可以说是在进化的历史观指导下写成的。不过他们是变其意而用之，胡适提出文学是随时代的进化在不断的"演进"和"革命"，故一时代有一时代的文学；郑振铎标举文学史的"自然的进展的趋势"，并辅之以实证主义研究方法，使其在文学史研究方面各取得了可观的成就。然而把生物界的进化论应用于文学史研究，在观念上或方法上并不完全是科学的、正确的，它的局限性是显而易见的。韦勒克曾指出：并不存在同生物学上的物种相当的文学类型，而进化论正是以物种为基础的。文学中并不存在着不可避免的发展和退化这些现象，不存在着一个类型到另一个类型的转变。在类型之间也不存在生存竞争。(《批评的诸种概念》第57页)不过就某一种文学类型说来，它的由盛到衰的进化轨迹还是清晰可见的。三是视文学史为文化史的一部分，直截了当地把文学史纳入文化史之中，以文化史观代替文学史观，以文化史的研究方法来考察文学史。这种文学史观认为，文学与哲学、政治、道德、教育、宗教等互相影响，形成一个文化系统，通过文学的折射来研究其他的文化因素，如人的感情形态的表现与发展若描绘在过去的文学作品里，那透过文学世界的剖析便恢复了感情的原有色彩，显示了人固有的丰富与复杂。这虽然不失为一种研究方法，不过这种文学研究专注于开掘其文化因素的描绘，并把文学研究变成对社会、政治、宗教、道德、意识的艺术说明，这种文化史研究不能取代文学史研究。俄国佩平的《俄国文学史》和波兰勃兰兑斯的《十九世纪文学主潮》是文化史观的代表作。在这种文化史观指导下，我国编写了相当数量文学史著作，几乎都把关注的重点集中在文学所反映的政治、思想、道德、风尚等社会文化方面，而对文学的审美特征、形式结构、语言符号以及文体流变等并未引起足够重视。四是完全以政治斗争或阶级斗争为文学史观与方法论，表现在现代文学史研究领域中就是影响极为深广的新民主主义论的文学史观，就是从政治革命和阶级斗争的角度来考察并总结新文化运动和新文学运动，强调新文学与新民主主义政治的紧密关系。50至70年代我国编写的有些文学史总是把政治斗争或阶级斗争贯穿于文学发展的始终，什么文学现象都要与阶级斗争挂钩，文学史的标准完全依附于政治斗争或阶级斗争的划分，甚至给作家划阶级成分定阶级性质，这就势必造成文学史的政治史化倾向，或者制造错误的文学理论斗争，或者把整个文学弄得面目全非。以上四种文学史理论类型虽然不能囊括"五四"以来文学史观与研究方法的全貌，但基本上勾画出它的轮廓。尤其值得申明的是，指出这些史论类型的不科学性乃至错误之处，并不是要全部否定它们，更不是想抹杀众多文学史著作运用这些文学史论所取得的成绩，研究它们，评判它们，正是为了在这些文学史理论类型的基础上探讨如何扬弃其短取其所长以建构科学的文学史论，将我们文学史的编著和研究推上一个新的历史阶段。

科学文学史观的构想

我们的文学史论必须在实践中从理论上进行调整和重构，即真正在马克思主义思想指引下，以历史唯物主义和辩证唯物主义为主导，广泛吸收人本主义和科学主义中的合理因素，建构一种以马克思主义文艺社会学为主体的综合多样的文学史观念和研究方法，使文学史的研究更加科学化。

科学的文学史观是建立在对"文学本质"的全面而正确的理解与把握上。当今的文学理论由于对文学本质认识的角度不同和深浅不同，形成了复杂多样的文学观念。如果从方法论上予以区分，不外乎两大类：一是以人本主义思想为指导的文学观念，如表现主义、存在主义、精神分析理论的文学观念，以及文学接受理论的文学观念；一是科学主义思想为指导的文学观念，如形式主义、结构主义、新批评主义、阐释学的文学观念等。这些文学观念既触及到文学本质的某些特征又各自存在不同的偏颇，因此，虽然我们不必赞同人本主义和科学主义的各种文学观念，然而它们的合理因素也不必排拒。马克思主义文学观是科学的，毫无疑义地应该坚持，但它本身必须得到丰富与充实，使其更加科学化和完整化。文学本质是一种多层次现象，很难用一个简单的定义说明它，需要多层面对它进行阐述。所谓层次就是事物整体所表现出的不同层面，层次既是建立在差别的基础之上同时不同层次又自有其量和质的规定性，因而从不同层次可以见到不同质的表现。文学观念的第一个层次，从审美哲学的角度来看，在社会文化系统中物质文化与精神文化、审美文化与非审美文化相对应相交叉而形成总体文化，而文学则是总体文化系统中的一种审美文化现象，可抽象为一种审美意识形态；第二个层次，从文学本体来看，文学作品是文学的核心，必须以审美本体论分析作品的本体特征，即作品的存在形式，接着进入审美的创造系统，研究审美的反映结构、结构功能以及审美反映的动力源与主客体关系，继而进入审美价值功能系统，研究文学的接受与欣赏以及它的历史存在形态；第三个层次，从历史的角度来看，应探讨文学本体发展演化而形成的各种形态、它与历史同步或不同步发展所呈现出的规律性的现象、它在世界范围内发展的总趋向，以及它与审美文化系统和非审美文化系统的关系。质言之，文学是审美意识形态，是一个审美本体系统，即它是语言结构的审美创造。在作为审美本体系统的发展中，它相应地动态地演化为文学体裁的多种形态：因创作主体的积极参与而形成的创作个性、风格、流派思潮的发展，创作精神、类型原则的发展，创作激情、艺术假定性类型选择以及创作原则的规律性、诗学原则的变化。文学作为文化系统中的一个组成部分，它不能不受到民族文化精神的影响，不能不受到审美文化和非审美文化的熏染。正因如此，文学发展的动力主要来自审美特征永远趋向于求新与独创的内在变化，而这种内动力的进一步外显与发展则成为文学运动，这必然又受到外在的各种文化因素的影响，便成了推动文学发展的外力；内力与外力的结合就形成合力，左右着文学发展。

基于这种对文学本质的多层次认识所形成的文学观念，我认为建构文学史框架对“文学”进行史的研究和重写，就应着眼于文学结构系统的整体，建设全方位的文学史。从纵向上说，要在历史、社会、文化的总体背景系统上理清文学主潮的流变轨迹、特殊规律以及重大转换所显现出的历史阶段性或螺旋性；特别要抓住文学本体审美系统，充分有力地展示出文学理论观念的发展过程、文学主体的创作发展过程和文学接受的发展过程。文学理论观念产生于人类文学活动实践并随着人类文学活动实践得以不断地丰富和发展，它能对文学创作给予理性指导又能在创作过程中得到验证，文学理论观念的发展过程是文学本体发展过程的有机组成部分，所以通过对文学理论观念发展过程的考察有利于从宏观上把握文学发展的整体过程；审美主体的文学创作是文学本体系统的核心部分，研究文学活动的发展过程必须把创作实践作为重点和难点，这是一部文学史的精髓所在，既可以从主题、人物、风格、思潮等视角，宏观地考察它们的流变过程，从而揭示其内在的演进规律，又可以从各种文学体裁形态的变化，考察文学发展的审美形式的发展轨迹;文学接受过程是文学总的活动系统中的重要组成部分,如果忽视对文学接受过程的描述不可能真正地把文学活动的整体性展示出来,而现行的大多数文学史恰恰丢弃了对文学接受过程的考察。萨特说过:"一部书的存在只是为了被人阅读;文学应当理解成是一个交流过程。"从特定意义上讲,一部完整的文学史不仅要兼顾读者的"期待视野",尤其应把文学生产、文学传播、文学消费作为一个互为因果的社会运行机制来考察,必须看到这三者是个有机整体,它涉及人的精神生活、文学作品的物化形式和社会结构等许多大的领域,又通过文学的交流而联结在一起,这些环节组织得越有成效越是紧密,社会的文学事业越是充满活力;同时,一部文学作品越是参与了社会的或历史的交流传播过程,其美学意蕴越是充实和丰赡。从横向上说,重写文学史至少应在五个层面上作深入的开掘:一是在世界文学的格局里探索中外文学的关系以及中国文学的独到特征和特殊形态;二是从文学自身系统与外部整个社会系统的直接或间接联系上揭示文学形成或发展的多种原因以及文学本身的内在基因;三是文学活动作为一个独立完整的审美实践系统,它由多种相关的因素构成,应认真分析其内部各要素的组合方式及其有机联系;四是同时代的作家作品应从比较的角度进行共时性的考察,探究其各自不同的创作个性、艺术风格和美学世界以及他们的共同特征;五是文学作品作为一个独立的审美实体,应从多角度特别要从心理角度进行剖析,深入挖掘其思想意蕴与审美特征,并从前后左右的对照比较中突出其独特的价值和地位。把文学史的多系统的纵向发展与多层面的联结组合起来,实际上反映出一种全方位的文学史观,它要求对任何一种文学现象或任何一个作家作品的研究,都放在历史纵向发展与横向联结交叉的坐标点上,进行综合分析。纵向考察,能使文学史的骨架清晰而健全;横向探索,能使文学史的筋络血肉丰满。

系统方法论的优越性

这种文学史观念或文学史构架就决定了我们的文学史方法应是审美的历史的社会学方法。具体来说它是以马克思主义文艺社会学方法论为主导,广泛而有选择地吸取人文主义和科学主义的合理因素,加以综合而成为一种主导多样的方法论。作为思维方式的学科研究方法,大体上包括三个层次:最高层次的方法,即从宏观上观察并把握世界的方法,解决最根本的认识路线,马克思主义的辩证唯物史观则是在最高层次上起着总的指导作用的根本方法；中间层次的方法，即中间环节的方法，它是从一个方面把握世界的方法，马克思曾使用过的历史分析与逻辑进行相一致的方法、分析与综合方法、从具体到抽象再从抽象到具体的方法等，都适用于文学史的研究；最低层次的方法，即具体学科的特殊方法，文艺学中的艺术直觉思维法、文学批评法等。马克思、恩格斯在建立文艺社会学方法论过程中并没有将这三个层次分割开来，而是作为一个整体来运用的。它代表了19世纪文艺社会学研究方法的最高水平。马克思、恩格斯之后，后继者在马克思主义方法论的继承和运用中，比较注重并获得成功的是在哲学层次上，缺乏切实有效的中间环节的研究方法和灵活多样的具体学科的研究方法。20世纪人文科学和自然科学所产生的新方法不断地向各学科领域扩散与渗透，马克思主义文艺社会学的方法论也不断汲取新鲜营养，从而建构起马克思主义文艺社会学方法论为主导的综合多样的文学史研究方法，这也许就是一种科学的文学史研究方法。这里仅就在辩证唯物史观指导下运用系统论的具体方法研究文学史的积极意义和特殊功能谈一点。即系统论研究方法有助于对文学形成发展原因作出层层深入的解释，这是重写文学史重要的理论与实践相结合的课题。

马克思主义关于经济基础与上层建筑的学说，为我们探讨文学形成发展的原因提供了科学的理论武器，然而长期以来用它来分析文学形成发展的原因时却常常是机械地套用马克思主义的一般原理，不能有力地解释复杂的文学现象、真正揭示文学形成发展的原因。运用唯物史观指导下的系统论方法则能层层深入地开掘文学形成发展的原因：文学形成发展的原因是一个复杂的动力系统，而经济基础（包括生产力与生产关系）对文学的形成发展起着最终的决定性作用。即“物质生活的生产方式制约着整个社会生活、政治生活和精神生活的全过程。不是人们的意识决定人们的存在，相反，是人们的社会存在决定人们的意识”（马克思《〈政治经济学批判〉序言》）。虽然作为意识形态的文学是经济基础决定的，但重要的是这种因果关系并不是直接的也不是唯一的；经济基础与文学之间通常存在着一些“中介”因素，如政治、哲学、道德、宗教等在起作用。普列汉诺夫试图同庸俗社会学划清界限，他明确指出：“艺术同经济基础是间接地发生关系的。因此在讨论艺术时必须考虑到中间环节。”这是文学形成发展原因的动力系统的第一层意思。第二层意思是，与经济基础直接相关的上层建筑部分即“法律的和政治的上层建筑”，虽然它不能总是直接地作用于或制约于文学的生成与发展，然而它对文学的形成发展却具有明显的甚至有时是强大的制约作用。第三层意思是，文学与哲学观点、宗教观点、政治观点、法律观点、道德观点等构成“社会思想体系”，它们对文学的形成发展虽然有的是起直接作用，但更多的不是直接发生作用，与文学形成发展直接发生关系并直接起作用的是社会心理。上述三个层次对文学形成发展所起的作用几乎都是通过社会心理这个最后的层次而发生的。文学的形成发展之所以与社会心理直接相关，这首先是社会心理的基本内涵及其特性所决定的。所谓社会心理是社会意识中较低的一个层次，它低于各种思想理论体系，低于世界观和意识形态的水平，包括自发形成的社会情绪、幻想、愿望等群众性的日常意识。相对于社会思想理论体系，社会心理具有原始性、朴素性、普遍性和流行性；正是这些特性使社会心理成为文学体系的直接来源和必要前提，也就是说文学最终受着文化结构的观念体系和社会心理的支配，文学不仅直接源于社会心理而且社会心理的变化直接推动着文学的发展。其次与文学本身的构成特征也有关系，因为作为语言艺术的文学其内涵的构成因素，不仅反映特定的社会生活和自然景观，也表现人们的精神世界和社会心理，而且是通过创作主体的思想感情的折射来实现的，力求使文学作品所表现的社会心理具有丰富性、生动性、具体性和深刻性。社会心理对文学形成发展的直接制约或决定作用，从文学史的角度来考察，可以看到它表现于文学创作活动的各个侧面，即社会心理可以通过影响作品主人公类型的转换而影响文学的发展，主人公的心理世界虽然以独特性、个性化呈现于读者面前，但他却代表着“整个社会阶级或者至少整个社会阶层的心理，因而个别人物心灵中发生的过程就是历史运动的反映”①。社会心理通过制约文学创作题材的选择也制约着文学的发展，因为文学题材的选择反映一定时代、民族或一定阶级、阶层的社会心理，而且创作主体总是对特定时代的特定阶级阶层的某种题材普遍感兴趣，这种普遍感兴趣的题材则是一定社会心理的反映，因而在文学上选择创作题材的屡屡变化恰好证明社会心理制约着文学的发展。社会心理通过对文学风格的影响，也能制约文学的发展。以上用系统论的方法对文学形成发展的动力系统作了粗略分析，显示了唯物史观指导下的系统论方法的科学性和实用性。②

系统论的方法引入文学史研究领域有其独特优势，它所显示出的方法论意

---

① 《普列汉诺夫哲学著作选集》第5卷，第187页。

② 这一节可以参见上篇“发微之一”，有些意思相互印证。

义及其价值是值得肯定的：运用系统论方法研究文学史，它可以使研究主体自觉地把某一文学现象作为一个有机整体来对待，即使考察文学发展原因也作为一个有机整体来对待；它可以使研究者更自觉地去揭示所研究的文学现象内部各要素的联系方式，就是透视整体的内部结构；它可以使研究者更自觉地去把握文学现象内部各部分的层次关系，正确揭示文学发展原因的复杂性。

重写文学史关键在于建构科学的文学史观与方法论，看来这是个重要的理论命题，实际上也是个重要的实践课题。理论上的探索与思考固然有难度，但把文学史论付诸实践写成一部满意的文学史著作则更难。让我们有志于文学史研究者拿起笔来，编著一批真正代表跨世纪学术水平的文学史吧！

探索之二　一份答卷："文学史观讨论"自由谈

《中国现代文学研究丛刊》(1991 年)开辟"文学史观讨论"专栏，旨在通过各抒已见的自由讨论，更新文学史观念，拓展文学史研究的新境界，提高文学史研究的整体学术水平。我应邀撰文参加讨论，只能"老调重弹"，缺乏新见又难免重复，可以说这是一份不及格的答卷，然而却是我坚信的"文学史观"。

重说我的文学史观

文学史是属于历史学范畴，它本身是一个整体，是一种文学与历史有机结合的整体意识形态；但它又不同于一般的"通史"，而是一种专门史，作为学科任务它着重研究文学的生成、兴衰的演变轨程及其内在规律。常见的文学史有研究型与普及型两种，前者为专家所著，框架新颖，史识独特，论证严密，富有开拓性和学术性，这类文学史在中国不是多了而是太少；后者多是集体协编，系统介绍专业基本知识和学界认可的结论，力求平正通达，深入浅出，可读性强，这类文学史在中国不是少了而是太多。真正代表一个民族文学史研究学术水平的是研究型文学史。无论什么类型的文学史都与文学史观紧密相连。从"五四"以来常见的文学史观大致有四种：以社会历史观取代文学史观，把文学史视为历史的一部分，它往往忽略文学本身的特征及其演变的特殊规律；将生物进化论引进历史研究领域，形成一种进化的文学史观，它的局限在于文学上"并不存在同生物学上的物种相当的文学类型"(韦勒克《批评的诸种概念》)；视文学史为文化史的一部分，把文学史纳入文化史之中，以文化史取代文学史，对文学的审美特征、流派风格以及文体流变等有所忽视；把政治斗争观念和阶级分析方法作为文学史观和方法论，造成文学史的政治史化倾向。这四种文学史观虽不能囊括“五四”以来所有的文学史观，但要构建科学的文学史观则必须扬弃其所短取其所长，使文学史研究更加科学化。因此，我们的文学史观应在实践中进行调整和重构，即真正以马克思主义的历史唯物主义和辩证唯物主义为指导，广泛而有选择地吸收人本主义和科学主义中的合理因素，建构一种以马克思主义文艺社会学为主导的综合开放型的文学史观。

我认为，科学的文学史观是建立在对“文学是什么”即“文学本质”的全面而正确的理解与把握上。这不仅因为“文学”是文学史研究的主要客体对象，也不仅因为“文学是什么”的定义向来众说纷纭，而重要的原因在于历来文学史的编著者总是把小说、诗歌、散文、戏剧这些作为形式的存在物，视为具有范畴意义的“文学”概念，并没有对“文学本质”作出科学的解释。这既造成文学史研究的前提和根据含糊不清，又使文学史观念的形成缺乏明确的理性依据。虽然“文学是什么”，仍是个引起不少学者感兴趣进行深入探究的理论命题，不过当今的文学理论研究成果已为我们理解和把握“文学本质”提供了较丰富的参照资料。如果从方法论上加以区分，当今对文学本质的复杂多样认识不外乎两大类：一是以人本主义思想为指导的文学观念，如表现主义、存在主义、精神分析理论的文学观念；一是科学主义思想指导的文学观念，如形式主义、结构主义、新批评主义、阐释学的文学观念等。这些文学观念既触及到“文学本质”的某些方面又各自存在不同的偏颇，我们虽然不必赞同人本主义和科学主义的各种文学观念，但是却可以用批判的眼光来汲取它们的合理因素以丰富和充实马克思主义文学观，它使我们认识到文学本质是一种多层次现象，很难用一个简单的定义说明它，需要对它进行多层面阐释。第一个层面，从审美哲学的角度来看，在物质文化与精神文化、审美文化与非审美文化相对应相交叉而形成的总体社会文化系统中，文学则是一种审美文化现象，可抽象为一种审美意识形态；第二个层面，从文学本体来看，文学作为一个独立的审美系统，它应该包括文学作品、审美创造和审美价值三个子系统，而文学作品则是文学审美系统的核心；第三个层面，从历史的角度来看，文学本体的发展和演变总是直接或间接地同历史的变迁、世界文学潮流、审美文化系统和非审美文化系统联系着。总之，文学作为一种审美意识形态、一个审美本体系统在演化过程中，不只是多色彩语言结构的审美创造，而且相应地变动地转换出文学体裁的多种形态，并因创造主体的积极参与而形成不同的创造个性和美学风格，推动着流派思潮、创作精神以及艺术类型原则的发展；文学作为社会文化系统的一个组成部分，它不能不受到民族文化精神的影响，不能不受到审美文化和非审美文化的熏染，特别在人类社会推进到近代以来的开放性的国际环境中各民族的文学不可能于自我封闭中演化，必然受到“世界文学”潮流的左右。正因为这样，文学发展的动力主要来自审美特征永远趋向于求新与独创的内在变化，这种内动力的进一步外显与发展则成为文学运动，而文学运动的形成则置于国内外大文化系统之中，又必然受到外在的各种文化因素的影响，便成了推动文学发展的外力；内力与外力的结合就形成合力，推动着文学或直线或曲线地向前发展。

基于这种对“文学是什么”的多层面认识所形成的文学观念，我主张对“文学”进行“史”的研究和编著，则必须着眼于文学结构系统的整体，尽力建构全方位的文学史，突出文学史的多面性、多元性、流动性、整体性、系统性等基本形态特征。我参与主编的《中国现代文学史新编》（宁夏人民出版社 1987 年版）、《新编中国现代文学史》（明天出版社 1989 年版）以及拙著《中国五四文学史》（山东文艺出版社 1986 年版），基本上是在这种文学史观的指导下建构的文学史框架，力求做到：从纵向上看，首先要在历史、社会、文化的总体背景系统上理清文学主潮的流变轨迹、特殊规律和重大转换所显示出的历史阶段性或螺旋性及其内外因，以及文学主潮与各支流的互补或相逆的关系。其次要特别抓住文学本体审美系统，多层面多角度展示出文学理论观念（包括文学批评）的发展过程、文学主体的创作发展过程和文学接受的发展过程。没有“过程”就没有“史”，文学史就是要揭示文学的发展过程：一是文学理论观念的发展过程是文学本体发展过程的有机组成部分，它在文学实践活动中产生又随着文学实践活动得以丰富和发展，它能对文学创作给予理性指导又能在创作过程中得到验证，所以通过对文学理论观念发展过程的考察有利于从宏观上把握文学发展的整体过程。二是审美主体的创作发展过程是文学本体系统的核心部分，它是研究人类文学活动的发展过程的重点和难点，是一部文学史的精髓所在，既可以从主题、人物、风格、审美意向等视角，宏观地考察它们的流变过程，从而揭示其内在的演进规律；又可以从各种文体形态的变化，考察文学发展的审美形式的流变轨迹，从某种意义说胡适提出的“一部中国文学史只是一部文学形式（工具）新陈代谢的历史”的文学史观不无道理。因为文学形式蕴含着历史中最深刻的趋向，一种形式的衰微和兴盛以及某种文学形式由盛到衰，其背后的深刻原因正是文学史研究不可忽视的内容，如“五四”以后新文学呈现出的“文体时代”的特征到了 40 年代走向解体的趋向是有其深刻的历史原因的。三是文学接受过程是文学本体系统中不可忽视的组成部分，如果文学主体创作过程没有接受主体的积极感应和反馈，那么文学创作将会失去活力和社会效应，只有重视对文学接受过程的考察和描述才能真正把文学活动的整体性展示出来，而现行的大多数文学史恰恰忽略了对文学接受过程的考察(包括我编著的文学史)。“文学应当理解成是一个交流过程”(萨特语)。从这个特定意义上说，一部完整的文学史不仅要兼顾读者的“期待视野”，尤其应把文学生产、文学传播、文学消费作为一个互为因果的社会运行机制来考察，必须看到这三者是个有机的整体；很难设想没有进入传播、消费渠道的“文学生产”会有多大的价值和意义，更不能把这样的“文学产品”视为“文学”和文学史研究的对象。从横向上看，文学史至少要在五个层面上作深入开掘：在世界文学的格局里探索中外文学的关系以及中国文学的独到特征和特殊形态；从文学自身系统与外部整个社会文化系统的直接或间接联系上揭示文学生成和发展的内在基因及外在多种原因；文学活动作为一个由多种相关因素构成的完整的审美实践系统应着重分析其内部各要素的组合方式及其有机联系；对同时代作家作品从比较角度进行共时性考察，探究其各自不同的创作个性、艺术风格和美学世界以及他们的共同特征；文学作品作为一个审美实体纳入文学史研究范围，力避写成作品论或创作论，应放在“史”的链条上从特定角度或多角度挖掘其思想意蕴和审美特征，并从前后左右的比照中突出其独特价值和在文学史上的应有地位。把文学史的多系统的纵向发展与多层面的联结组合起来，实际上反映出一种全方位的文学史观，它要求对任何一种文学现象或任何作家作品的研究，都应放在历史纵向发展与横向联结交叉的坐标点上，进行分析综合。惟其如此，纵向考察方能使文学史的骨架清晰而健全，横向探索方能使文学史的筋络血肉丰满。这是我研究或编著文学史所追求的，也是我对文学史的一种理解，算是我的文学史观吧！(参见上文《关键在于建构科学的文学史论》)

对文学史分期与“文学史回到文学本身”的看法

关于文学史分期原则向来说法不一，甚至“文学无史”论者不承认文学史有分期的必要。我不同意文学史是一种假定，它是客观存在的，非以人们的主观意志为转移。虽然文学本身具有一定的非历史性，但它总是作为一种历史现象而存在，随着历史的变迁而不断地进行自我调整；并不能因为它在调整或转换中时而出现些特异性或不同于一般历史的差异性，就否认文学的历史特征，其实文学的特异性或差异性正是其自身的特殊演变规律或独具美学特征的显现。文学史分期只不过是要把文学发展过程中呈现出的既有联系又有区别的各个不同阶段分开来，这仅仅是一种手段，目的在于更好地认识和把握文学发展规律，更准确地揭示和描述文学发展的规律。文学史的分期最根本的是坚持什么样的分期原则或标准，从特定意义上说有什么样的分期原则或标准就有什么样的文学史分期。我认为文学史分期的原则应带有综合性，只用单一标准往往带来的限制较大。如果只强调文学史分期应与历史分期相一致，那就把文学史视为社会发展史的一部分，忽视了文学自身的特殊性和独立性；如果只强调以文学自身规律为分期的依据，虽然突出了文学本体系统的特殊性和独立性，但文学发展的总体面貌及历史趋向则显得模糊不清，而且有些文学现象的出现则成了无源之水。因此我主张文学史的分期原则应该是社会历史标准和文学自律标准的综合，而这种综合并非两者相加乃是一种整体文学史意识；并且把文学本体系统的演化轨迹作为分期的内在根据，而社会发展、政治斗争和文化思潮等则是服务于“内在根据”的参照系即外在根据。至于如何运用这个社会的文学的综合标准来划分文学阶段，不能生硬地套用，而要充分尊重文学本身的历史特点和具体实际情况灵活使用。例如中国现代文学（1917—1949）是中国文学发展整个过程中的一个特殊阶段，它发育成长在中国历史文化演变的一个独特时期，从“五四”新文化运动到中华人民共和国成立短短三十余年它经受了中国社会历次历史大变化的洗礼，各种政治力量、各种意识形态和理论纲领都以各种形式扮演一个历史角色，而它们的沉浮兴衰无不牵动着文学的发展；特别是异常尖锐激烈的民族矛盾和阶级斗争所形成的政治革命运动总是自觉不自觉地把文学作为革命机器上的齿轮和螺丝钉，文学几乎失去自由选择的机运而只能被大时代所选择，这样便使中国现代文学与社会历史变动和政治革命运动结下了不解之缘。况且，五四新文化先驱通过借鉴西方文化思潮所创造的包括文学在内的新意识形态仍然沿用传统的“一元论思维模式”，并没有完成文化的分殊化，即把知识系统与信仰系统、政治系统与审美系统分开，却形成了一种“泛意识形态”。这种新文化模态不能不对文学系统的独立自由发展和“文学的自觉”构成新的局限，越发加深了新文学与政治信仰和伦理价值的内在联系。正因为现代文学与现代政治具有这种斩不断理还乱的错综联系，所以新文学本体系统的演变总是与政治运动如胶似漆地纠葛在一起。这样的文学本身所具有的历史特点，就决定了对现代文学史的分期，不宜于采取单一的分期标准，而适于坚持综合的分期原则。人们之所以认为把“五四”时期作为中国传统文学与现代文学的分界线是比较科学的，主要因为它体现了文学史分期标准的综合运用。从文学本体结构来看，只有到了“五四”时期旧文学才彻底解体，新文学本体系统才开始形成，并通过五四文学革命中国文学才真正走上现代化的道路。“五四”以前，文学理论观念、文学作品的思想内涵和表现形式以及各种文体形态，特别是创作主体的艺术思维尚处在一个渐变过程中；但经过五四新文学运动，这些构成文学本体的诸因素都发生了质的变化，它们都具有了现代型的特征，在现代意识的基础上建构了以人的文学观念为核心的多元的开放型的文学观，创造了充满现实主义精神或浪漫主义精神或现代主义精神的具有崭新内容和审美形式的文学作品，初步形成了各具不同艺术个性、审美风格和创作意向的文学流派，特别是各种文学体裁以及语言符号发生了根本性变革，以全新的现代文体取代了各种旧文体，以现代白话语言取代了传统的文言，这一切变化与新文学创造者的艺术思维的巨变紧密相关。而中国文学在“五四”时期的全面换型，几乎与外在的社会历史的大变动、政治革命由旧民主主义向新民主主义转变、新旧文化思潮的冲撞交汇、新的思想启蒙运动、空前彻底的新文化运动等是同步的；若没有这些社会的历史的政治的文化的思想的大变革就没有五四时期这场具有划时代意义的真正文学革命，中国传统文学就不可能向现代化转换。因此，把“五四”时期作为中国新旧文学、传统文学与现代文学分期的界碑，无论从哪个角度来考察都是合乎历史规律的，是符合社会历史标准与文学自律标准相统一的文学史分期原则的，故而是可信的，经得住时间考验的。不管当前提出的“二十世纪中国文学”的构想或者把近代、现代和当代文学打通的观点或者现代当代文学合一的说法，都不能不承认“五四”是中国文学的分界线（或大线或小线）。当然，任何的文学史分期都不是绝对的，而是相对的，并带有相当的模糊性，特别分期线的上限与下限很难确定。

“文学史回到文学本身”的提法，具有革命意义和创新精神，但也有片面性。所谓革命意义主要指这种文学史观是对那些视文学史为社会发展史或文化思想史或革命政治史的组成部分，而忽视或否定文学史具有特殊规律和独立性的文学史观的反拨，着重强调了对文学自身规律及其本体特征的尊重，旨在充分揭示文学自身的演变轨迹及其艺术面貌，使文学史真正成为“文学发展史”而不是其他什么“史”的附属品或附加物，以恢复“文学”作为一个独立审美系统的本来面貌。它不仅拓宽了"文学史对象"的研究范围,而且可以获取新的研究视角和价值准则,以增强文学史研究的新意和深度。从这个意义说,"回到文学本身"的史学观确具有一种创新精神。所谓这种文学史观带有一定的片面性,主要表现在对"文学本身"的理解上,即如何全面正确地把握文学本体的内涵。如果对文学本体作为一个整体系统从多层面去认识和理解而不仅仅限于"文体"意义上的文本,我是赞同"文学史回到文学本身"的文学史观的;我不完全同意的是这样的解释:似乎"回到文学本身"即是就文学研究文学,甚至只强调"文学本身"的文体意义,好像描述出文体流变的轨迹或揭示出文学形式的形而上的抽象意义,这种文学史就意味着"回到文学本身"了。这种片面认识不可能使"文学史回到文学本身",只有把"文学本身"视为一个开放的多种因素构成的本体系统,而且这个本体系统又是与外在的社会、历史、文化等大系统有着千丝万缕的联系,这样才有可能写出"回到文学本身"的文学史。我认为"文学史回到文学本身"的最重要也是最独特的意义在于,它为文学史研究和编写指出一个正确的切入口和途径,即由内而外,就是先从研究文学本体系统入手,并把它作为文学史主体部分,然后再依据文学史本身的需求适量地辐射到或联系外在的社会文化系统,这样就足以体现出"文学史的本体面貌",从而避免了那种"由外而内"即先写社会文化背景再写文学本身这种思路所带来的后果:文学史不像文学史,倒像社会发展史或思想文化史或革命斗争史。

文学史结构中"史"与"论"关系的理解

编著文学史如何处理"史"与"论"的关系既是个理论思维问题也是个操作实践问题,既是个老问题也是个新问题。从理论上讲,所谓"史"是指文学史的客观性,似乎重"史料"就能增加文学史的客观性,就能"恢复历史的本来面目"。长期以来我们把这种"客观性"看成文学史研究的全部生命,既是追求的起点又是追求的终点,这差不多成为一种共识的思维定势,有些文学史研究者把穷尽文学史的本原性和实在性作为毕生为之奋斗的目标,所以搜集史料、挖掘史料、考证史料、整理史料则成了一项艰巨细致的最基本工程,并且掌握史料的多少是衡量史学"功力"深浅的最可靠的价值尺度和依据。不过,文学史的"客观性"不能把它强调到绝对化的程度,这种所苦苦追求的"客观性"只能说是相对的,决不能认为铺排的"史料"越多越能增加文学史的客观性。其实文学史所选择的研究对象带有相当的命定性，是已经过时了的历史事实，而现时所选用的史实很难再现过去历史的全部真实。无法想象我们后来者能重新踏入前人经历过的同一条河流再造既成的历史，现时研究的文学史对象主要凭借历史遗留下来的文学作品、报纸杂志、书信日记、回忆材料等，这些只能算作记载已逝历史信息的符号，它们虽然具有历史的客观实在性，但却不能完全等同于历史本体真实；况且研究主体同已逝的历史世界并非直接而是间接关系，即使有些研究者与过去历史有直接关系也不可能准确地把握"历史本来面目"，这其中的原因是极为复杂的。所以，文学史的绝对"客观性"是可望而不可即，它只具有相对的意义。可以说，我们所见的一切文学史最终都是编写主体依凭历史遗留下来的存在物据以主观判断的文学史。从这个角度上看文学史研究的差异主要不在掌握"史料"的多少而取决于主体思维判断类型的差异，由此可见"论"在文学史结构中占有举足轻重的地位。所谓"论"就是文学史的主观性，或平常说的"史识"，它属于理论思维范畴，尽管史识离不开史料，是从"史实"中抽象出来的，但是"史识"一旦形成而作为一种思维类型，它对文学史的建构则具有宏观控制力和具体统帅作用，它不仅能形成文学史的构架，而且也决定着文学史研究对象的选择取向。因此从特定意义上说，文学史研究的深化与开拓最终取决于主体理论思维的创造性和开放性；而要获得新的文学史研究的理论思维模式，至少它应具有这样的特质和功能：一是符合对文学史在纵向上所具有的过程性、阶段性和转换性等特征从理论上进行透视和阐释的需要；二是必须切合文学本身特征及其特殊规律从理论上予以概括和把握的要求；三是它有利于文学史在空间的横向上与其他社会文化系统所具有的相关性、层面性和联系性特征的揭示和阐述。有了这样的史论模式才能获得新的"史识"，才能使文学史结构中的"史"与"论"即客观性与主观性的关系达到辩证的有机统一。只有做到史论结合以论驭史，才能逐步突破过去文学史那种"文学运动＋作家作品论"的凝固框架，着重突现文学史发展演变过程及其特殊规律，写出一种具有整体性的有理论深度的有独特"史识"的文学史。

在理论上把"史"与"论"的关系说透有难度，但在操作实践过程中处理好"史"与"论"的关系更难。这里首先遇到的是写给什么层次上的读者对象，对于读者的"期待视野"和文化水平不能不重视，这与怎么处理"史"与"论"的关系相当紧要。如果作为各类大学的文科教材，主要的读者对象是大学生或相当于大学生水平的社会青年，那么文学史结构中的"史"的比重要加强，不论"史料”或作品都要具体化、准确化、系统化一些，力求深入浅出；即使这样，“论”的成分也不能淡化，不仅应做到纲举目张、条理清晰，而且要把“论”或“史识”融会进具体“史料”或作品的分析中。特别应该注意，决不能认为作为大学教材的文学史可以老调重弹或重复那些众所周知的“公论”或“定论”；恰恰相反，越是大学生的文学史越应该重视史论的更新，把最新的研究成果传授给学生，科学的“公论”或“定论”应该尊重，若是能够突破和超越已有的“定论”更应该受到鼓励和敬重，我们的文学史研究可怕的不是锐意创新不断突破而是墨守成规、史论“老化”。如果文学史是写给一般爱好文学群众读的，那更应注重通俗化常识化和具体化生动化，既要选取一些有代表性的史料或作品进行重点分析或描述，也要注意“论”的浅显易懂、条理通晓，多讲一些“公论”或“定论”，不一定追求过多的突破和创新，以“史识”的稳妥准确为宜。如果是写给专家学者的文学史，就应该在理论思维的开拓上、史识的求新上、论述的深度上以及体例建构的独创上多下工夫，不一定在“史料”或作品的铺陈描述上花费太多的笔墨，越是把注意力集中在“史识”上而不是分散在“史料”与“考证”上越是能写出真正具有学术价值的文学史。总之，在文学史结构中，“史”与“论”都重要，是缺一不可的，只是在写给不同的读者对象的文学史著中各有侧重而已。这几年我参与主编或撰写的几部现代文学史，对“史”与“论”的关系基本上是这样处理的；不过我所感兴趣的并不是“史料”而是史中之“论”。因为这种“论”不是从抽象到抽象，它是蕴含在史料真实中的“史识”，洋溢着本体的形而上的深刻，一部有价值的文学史的生命力在很大程度上取决于这种深刻，缺乏这种深刻的文学史只能成为一部平庸的流水账。正是基于对史论如此重视，使我深深感到“文学观念是构筑一部文学史的关键，即有什么样的文学观念就有什么样的文学史，观念越正确文学史就越富有真实性和科学性”①。

各体文学史编著的操作原则

各种体别的文学史主要指以体裁的不同所写的小说史、诗歌史、散文史、戏剧史等各种形态的文体史。作为一种文体史，它在写法上与一般文学史不同的是：①应将某种文学体裁作为一个独立的审美系统来把握，从纵向上着

① 《中国现代文学史新编·前言》，宁夏人民出版社1987年版。

重考察文体形式流变的轨程以及影响这一流变的社会、历史和文化诸种因素;并从横向上揭示文体变迁的特殊规律及这种文体的总体美学特征。②虽然各种文体史的研究不能撇开具体作家作品,但是把作家作品作为研究的基本单位其目的不是写作家作品论;主要是从文体、结构、风格、语言等各个形式层面进行剖析,以探讨文体形式变化的内在机制及其流变动因与规律,旨在写一部有特色的体裁史。③各种体别文学史不仅把某种文体作为研究的总体对象,而且也要把它作为一个研究视角和思维方法,只有从文体独具的特点出发对各种文学现象、作家作品、社团流派、理论主张等进行透视和考察,才能从这些研究对象中抓出或一体裁的特点及特质,才能写出区别于一般文学史的各体文学史。④一种具有独立特征和姿态的文体史是与其他文体史相并立相映衬而存在的,为了突出或一种文体史的独特系统和地位,既要写出这种体裁与其他相邻文学体裁的联系和互补关系,也要写出它们之间在形式上的区别,这有利于显示出各种文学体裁在流变过程中的相互渗透、补充、汲取、排拒和差异的轨迹。

从文体形式切入来编著某种文学体裁史,并不意味着忽视对文学审美内容或文体变迁外因的考察,其理由在于:从文体形式切入,这仅仅是研究视角和思路的转换,是为了更好地遵循某种文学体裁的特点和规律,并不是以文学形式的研究来取代对文学内容的研究,而是通过对体裁形式的研究来揭示与形式贴在一起的思想内容以及推动文体变迁的社会意识形态因素,此其一。文体形式虽然在形态上具有相对独立性,但是这种形式作为一个有机的整体总是与文学内容联系在一起,我们说某种文体形式实际上已经承认了它是带着相应思想内容的形式,纯文学形式因素也许是存在的,而纯文学形式整体是没有的。如研究小说史的体裁形式变化,离不开构成小说体裁的人物、情节、环境三大要素,不只是由这三要素构成的小说体裁整体与文化思想内容联为一体,而且每个要素都具有丰富的内容,并且这些内容又与社会文化系统密切相关,此其二。沃格林认为,形式是文学艺术的本质,它来源于人追求永恒与超越的原始“抽象冲动”。虽然这种文学本质论我们不能完全赞同,但它对于思考文体形式与内容的深刻联系是有启迪的:试想哪一种文体形式的完善凝成不渗透着人的创造力、想象力和审美理想以及社会文化因素,哪一种文体形式的变迁兴衰的背后不蕴含着深刻的多种原因?所以把文体形式作为研究或编写各种体别文学史的突破口或切入途径决不会流入形式主义泥坑,也许这是各种体裁文学史的最佳选择。我主编的《中国现代纪游文学史》(山东友谊书社1990年版)可以算作体别文学史的一种,实际上它是一部现代纪游文学的体裁史,在编写过程中力求遵循上述的写法和构想,到底在多大程度上实现了原来的设想,有书供读者评说和社会检验。

探索之三 双重叠影:深化新文学史研究断想

(存目,见7卷)

探索之四　科学求实:抗战文学研究的点滴思考

近十年来抗战文学的研究有所前进,有所突破;但在研究的广度和深度上尚须进一步开拓,有个别看法也不无偏颇,现在略举几点谈谈。

正确理解新文学大众化的走向

有的研究者认为,抗战打乱了新文学朝着大众化方向前进的轨程,言下之意是抗战文学没有继承并发扬文艺大众化的优秀传统,出现了新的"断层"。

应当承认,在抗战时期围绕着大众化、民族形式的讨论,出现了否定"五四"以来革命文学传统、将大众化仅仅看作通俗化、看作小型文艺的创作或大众文艺的改造等错误观点,在创作上也确实产生了一批貌似大众化文学的旧瓶装新酒的通俗作品。但是从总的趋向看,抗战爆发则把文艺大众化运动推上一个新的阶段,我们可以用"民族革命战斗的大众艺术的创造和运动"来概括其全貌。文艺大众化的根本任务是配合抗战整个政治和文化的情势,着重解决为动员全民抗战而进行广泛深入的大众政治宣传和为艺术向更高阶段的发展而探索的问题。文艺大众化运动在抗战的历史背景上统一着政治宣传与艺术向更高阶段的发展这两个"矛盾"的任务,主要表现在艺术运动进行着与政治情势之间的矛盾的斗争,进而进行着艺术运动自身的从低级向高级发展的矛盾的斗争,使从对抗战的初步实践进到对抗战的高级的实践。所以,"文艺大众化"很明显的是在实践政治文化的一般任务中以促进艺术的发展。抗战文学从总体上并没有中断"五四"以来新文学的优秀传统,它是在非常历史时期的特定条件下"保存过去新文学的一切优良成果,继承它一贯下来的现实主义的传统精神,把这些成果和传统在新的现实中发扬光大;继续文艺大众化的路线,学习大众的活生生的言语，研究民间文艺的形式，摄取其中的长处和精华，把大众化的路线贯彻到底，中国新文艺就是在这个为更深入于现实，更深入于大众而斗争的旗帜底下迈步前进，展开在中国新文学面前的将是一片无限辽阔的新天地"①。

就其本质而论，新民主主义文艺运动必然走向大众化的路线。"五四"时期，虽然在文学上尚未形成独立的文艺大众化运动，但从多方面已露出了端倪，初步展示出趋向。从文化思想的层面上观照，以科学与民主为标帜的五四启蒙运动虽然最初主要是以资产阶级思想体系为指导，但它在主客观上迫切地要求着扩大，即不仅把思想范畴扩大到崭新的共产主义思想体系（李大钊当时曾努力探寻平民主义和社会主义的结合点或连通点），而且把思想渗透到人群扩大到广大的民众；何况那些致力于思想革命的早期共产主义知识分子在思想上便直接反映了工农大众的要求和愿望，即使一般的民主主义启蒙者由于怀有反帝反封建的政治抱负，也能认识到只有改变民众的愚昧落后状态，唤醒其觉悟，才能使中华民族振兴。既然在广大民众中开展启蒙运动，是客观的历史要求，特别是工农的要求；那么"五四"时期激进的民主主义者和初步共产主义思想知识者，便逐步地走到民众中去开展文化启蒙运动，由关注知识者自身的个性解放，而逐步感到社会下层的平民大众的觉醒尤为重要，所以个人主义为本位的人道主义，始终没有取代以平民为本位的人道主义的主潮地位。文化思想运动的平民化倾向蕴含着大众化因素，它必然反映到新文学运动中。从文学革命来考察，不论文学观念的更新或者文学创作的革新，无不暗含着大众化的趋向。国民文学、平民文学、人的文学、为人生而艺术、白话文学等，都带有文艺大众化的因素；特别有的文学先驱号召作家深入民间，描写第四阶级，明显反映了工农大众对新文学的要求。"五四"时期出现了大量描写农民生活、劳工生活以及被侮辱被损害的不幸人们命运的作品，不论其内容或表现形式，都带有大众文艺的色调，冯雪峰认为鲁迅的《阿 Q 正传》则是典型的大众文艺。但尽管如此，"五四"时期并未在文学上形成独立的大众化运动，绝大多数作家也没有获得工农阶级的立场。

1928 年"革命文学论争"虽然触及到文艺大众化的问题，但认识比较模糊；直到"左联"成立前夕才正式提出"大众文艺"的口号，但只限于"通俗文艺"写作的意义上，尚未把大众化提到文艺运动的根本方向的高度来认识。"左联"成

① 周扬：《新的现实与文学上的新的任务》。

立后将革命文学的口号变为无产阶级文学运动，参与这一运动的大部分作家亦获得了无产阶级意识。而“大众化”也作为无产阶级文学运动之基本路线和创作方向被提出来，这既是对“五四”文学优良传统的继承，又是质的超越。左翼文学时期，不仅在理论上围绕文艺大众化展开多次讨论，而且在创作实践上进行积极尝试。不过文艺大众化在创作实践上碰到的最大矛盾是：革命作家对大众的实际生活和斗争缺乏深切的体验和透彻的理解，写不出反映大众生活和要求的作品来；知识分子作家与工农大众在意识与感情上存在差距，还有语言文字和艺术形式问题。在“左联”领导下，经过大多数革命作家的努力，这些矛盾虽然有所解决，使文艺大众化运动有了新的发展，但毕竟没有得到根本解决，仍然阻碍着运动向深处远处开展。

抗战开始，不仅没有打乱中断“五四”以来的革命文学朝着大众化方向迈进的程序，反而为大众化运动的发展提供了极为有利的条件，空前地要求着文艺运动以大众化的路线去为民族解放运动服务。文艺上的大众化运动，总是在政治要求之下、人民大众的现实斗争开展之中以及广泛的大众文化运动里展开的。抗战爆发正提供了如此得力的条件：一是人民的斗争已全民族地展开，任何地方都提出了从政治上去进行抗战动员的宣传教育工作；二是因战争的流动和民众的动员，使绝大多数文化人、文艺工作者实际地全面地接触着人民的现实生活和斗争；三是由于作家在参加民众的政治宣传工作中接触并了解到人民的生活，双方的思想情感有所交流。这些就使文艺有了新面貌，各种试作的大众文艺作品也空前多起来。为了进一步提高对文艺大众化的认识，及时解决大众文艺的艺术问题，曾在全国范围内展开以“民族形式”和大众化为中心的讨论，使文艺工作者明确地认识到：“民族形式”以及“中国作风中国气派”是在新文艺基础上提出的大众化的一个明确的创造方向。是总结“五四”以来革命文艺的经验进而促进大众化运动的开展而提出的明确方向；“民族形式”和大众化是对“五四”以来的现实主义文学传统的继承和发展，决不能把“民族形式”只限于旧形式改造和小型大众文艺创造的狭小范围，而应扩展到全部新文艺，使民族形式和大众化成为所有新文艺的创造方向。抗战时期的文艺大众化运动不仅在理论认识上认同或超越了左联时期关于大众化的论争，而且对大众化的创作实践提出了更高更明确的要求：在大众化的总路线的指导下，创作实践力求多元的分层的，切忌单一化或表层化；大众化要对全部新文艺进行改造，特别已达到高级艺术形式的小说、诗、戏剧等，也应根据大众化的要求进行调整；大众文艺应是反映广大人民的现实生活、斗争要求和力量,以及具有和内容相适应的民族形式的文艺;在民族形式的实践上,语言问题是最中心最根本的问题,所以于创作实践过程中在学习人民大众语言方面也应付出很大努力。

深刻总结抗战文学的历史教训

从本质意义上讲,抗战文艺运动就是文艺大众化运动,使文艺大众化在一个非常历史时期得到了既深且广的发展。当然这并非说抗战时期文艺大众化已达到尽善完美的程度或取得了辉煌的成就,上述主要是从总的趋向上肯定了它。如果从总结中国新文学历史经验的高度来审视,那抗战时期的文艺大众化运动,不论在理论观念或创作实践上,都存在着不少问题,甚至有些错误理论所造成的危害,直到今天还阻碍着社会主义新时期文学的健康发展。这里仅就"左"倾机械论对文艺大众化理论的影响谈三点:

第一,当时不少的论者把文艺大众化的民族形式同"五四"以来的新文学传统对立起来,即将文学的民族性和现代性对立起来。他们认为由"五四"开端的现代文学是"西化"或"洋化"的产物,从根本上背离民族文学的传统;要实现文学的民族化大众化,必须以否定"五四"以来的新文学为前提,在认同中国古代文学和民间文学的基础上,创造为人民大众所喜闻乐见的民族形式。这种把新文学的民族化和现代化对立起来的机械论观点,虽然受到不少人的批评,但在理论上把二者的辩证关系阐明得清楚而深刻的论者并不多见。值得敬佩的是冯雪峰在多篇文章里论述道:中国新文学运动的发展过程,不仅体验着将外来的东西变成为自己的东西的"民族化"的斗争过程,并且体验着旧的变成新的"民族化"的斗争过程;而新文学的民族化、现代化的过程是同中国民主主义革命的发展胶结在二起的。"民主主义的革命是我们民族的历史要求,是我们人民的现实,是在我们民族内部的矛盾斗争过程上,即在'民族化'的过程上,在实现着'国际化',在成为世界革命的一部分"。和这过程一样,文艺思想上的现实主义,是应着民主主义的民族革命的要求,应着反帝反封建的思想和文学革命的要求,从西欧、北欧和俄罗斯输入到我们民族里来,便立即开始了文学"民族化"的过程。可见"五四"新文学既是中国文学现代化的开始,又是中国文学新"民族化"的起点,新文学的现代化、民族化和国际化是辩证统一的,企图把三者机械地对立起来,便在思想方法上表现出严重的形而上学,且否认了中国新文学发展的基本规律。"五四"新文学先驱们几乎不约而同地把眼光盯在西洋文学上,把欧美文学作为改革中国传统文学、创建现代型新文学的参照系。但是他们亲手创造的新文学并没有"全盘西化",没有把文学的国际化同民族化对立起来,也没有以文学的现代性排斥文学的民族性,而是以西方进步文学做榜样,在批判封建性的非人文学的过程中,紧密结合人性解放、民族解放的斗争现实,将民族性和现代性统一在新文学中。

创作实践证明,新文学工作者越是大胆地严正地汲取域外文学营养,对中国传统文学进行认真的"扬弃",越能在更高更新的层次上发展民族文学,越能创造出逐步满足人民大众审美需要的优秀的大众文学。在抗战时期的文艺大众化运动中,那些明智的作家,由于在"五四"以来新文学的优秀传统的基础上探讨新的民族形式,坚持并发扬了"五四"文学的现代性与民族性辩证统一的宝贵经验,所以写出一批经得住时间考验的具有艺术生命力的文学作品;而那些错误地把中国古代文学和民间文学作为文学民族化的源泉,并将"五四"以来的新文学作了粗暴否定的作家,虽然写了大量通俗化的作品,在当时也起到一定的政治宣传作用,但现在能记起它们的人很少了,研究者也不以它们作为文艺大众化民族化的范例了。相反,那些忠实地承受了"五四"新文学优秀传统的作品,则成了文学民族化的典型。

其二,在文艺大众化的过程中,把知识分子作家的思想感情和工农大众的思想感情机械地对立起来,似乎越强调文艺大众化,知识分子作家的思想意识和审美意识越落后。这就给人造成了这样的糊涂观念:即"五四"文学革命时期是知识分子的先进意识同工农大众的愚昧落后形成巨大反差,而到了抗战时期,则成了工农大众的先进意识与知识分子的落后思想构成尖锐矛盾。正是基于这种估量和分析,所以在解决文艺大众化的根本问题时,只强调知识分子作家去认同工农大众的思想感情,只强调知识分子作家在与工农大众的无条件的结合中改造世界观。我并不否认知识分子作家的思想感情或世界观在文艺大众化的过程中要净化、要改造的必要性和重要性,我所不同意的是在这个问题上所表现出的"左"倾机械论和形而上学。

具体问题具体分析是马克思主义的活的灵魂。如果将工农大众、知识分子作家放在抗战时期这个特定的历史范畴,从思想意识角度加以考察,便会发现,他们的思想意识虽然并不完全处在同一层面,但并非在思想的整体性上处于两极对立。特别经过"五四"思想革命洗礼、中经左翼文化运动磨炼、直至抗战大众化运动陶冶的知识分子作家，其思想意识、抗战热情、爱国愿望及革命自觉性不差于工农大众，特别是文化心理，并不像工农大众残留着那么多固有文明的沉淀物。他们拥有的现代文化，已在扫荡封建文化糟粕的斗争中逐步使自己成为具有现代色彩的精神主体。知识分子作家的主要弱点不在政治意识或文化意识落后于工农大众，实际上恰恰相反，他们所获得的现代思想意识或审美意识，正是工农大众文化心理所缺乏的；知识分子作家的主要弱点在于自恃"文化高"而形成的优越感，自命不凡，过高估计自己，看不清或不愿承认工农大众才是中华民族命运的主宰者，才真正具备争取民族解放的雄厚的潜在的物质力量。知识分子作家与工农大众相结合，着重应克服这些思想弱点，并不是彻头彻尾彻里彻外都要进行"脱胎换骨"。

"相结合"应是双向的，不能只是单方面的，彼此都要改造那些不适应文艺大众化需要的思想情感和审美意识。知识分子作家不同工农大众相结合，创造不出真正的大众化文艺，工农大众离开知识分子作家，也创造不出真正的大众化文艺。因此，也可以这样推论，如果只强调知识分子作家在同工农大众相结合中"脱胎换骨"，从思想到感情都降到工农大众的水准线上，那不但不能保证大众化文艺的质量，而且要把"五四"文学已否定的传统文化意识当成先进的东西被肯定在大众文学中。只有知识分子作家在同工农大众的结合中处于平等地位，不是你改造我，也不是我改造你，而是在"互相影响与提高之下"，知识分子作家丢掉那些妨碍同工农大众打成一片的思想弱点，保留和发扬那些现代文化思想特质，并自觉地承担起对工农大众进行思想启蒙的民主教育任务，工农大众则从知识分子身上发现并获得自己所缺乏的现代文化意识，丢掉那些带有封建性的落后的东西，这样的"结合"才是实现文艺大众化的正确途径。冯雪峰曾深刻指出："艺术大众化"绝不是"迁就大众"，抗战的宣传也不是"迁就大众"；无论创造新形式或改造旧形式，既不能脱离工农大众，"也不能向落后现象投降"，我们是一面去提高和改造大众的政治文化思想艺术的观念，一面去从大众中获得无限的力和艺术的来源。这因为中国的先进革命艺术运动，在中国是崭新的运动，而且大半接受了西欧和苏联的革命思想与艺术之可贵的影响，虽然外来的东西都能够辩证地成为自己的东西，但多少还缺乏在广泛大众中之艺术的生根，同时大众中生长的现实的高贵而丰富的要素，并未被我们先进革命艺术全部地获得。[①] 遗憾的是,冯雪峰这些辩证而深刻的见解,并没有成为文艺大众化运动的实际指导思想,而"左"倾机械论的影响却使一些人一味地片面强调革命知识者作家的思想改造、情感转变,只是单方面地去"迁就大众",结果带来大众文艺在思想艺术上的某种程度的庸俗化、低级化,甚至复古化,即不少作品把传统文化思想作为抗击日寇侵犯的民族精神支柱,把民族解放战争涌现出的英雄思想和行为记在古文化和古道德的陈账上;打上儒家印记的狭隘爱国主义思想在大众文艺作品中也是屡见不鲜的。

其三,在文艺大众化运动中,有些人往往把意识形态视为简单的抽象物,把生活和意识形态的关系也变成机械简单的关系,把文艺与阶级的关系看成一种没有具体社会内容的机械关系,使文艺与政治的结合变成了机械的结合,文艺服务于政治的原则变成了被动的简单服从。在"左"倾机械论文艺观的影响下,有些作家对大众文学的创作采取错误态度:或认为政治总是那么一套,将所谓"抗战八股"也当成政论来看待;或认为文艺和政治的联结只是在时兴的政治口号下写作品,即"政治家出题目,作家写文章,一个口号写一篇",千百次地反复着"抗战必胜,建国必成"的两句政治口号;或根据流行的政治口号胡编故事,生造人物,美其名曰"形象化";或在任何不相干的故事的中间或结尾,插入政治口号或带上政治尾巴。这种公式倾向完全失去了作家的独创性和文艺的独特价值,只表示着思想的政治的无能。对于这种"左"倾机械论给抗战大众文艺造成的概念化、公式化倾向,过去曾批评过,今天也应该站在新的认识高度认真地总结历史教训;但是在我们反思抗战文学的成败得失、批评大众文艺的公式化倾向的时候,却不能以机械论来反对机械论,以艺术教条主义反对艺术教条主义,必须辩证地历史地全面地实事求是地评价抗战文学,既不能以部分大众文学存在着严重的公式主义倾向而抹杀光或否定抗战文学在总体上所取得的成就,也不能随意地作出这样的判断:抗战文学之所以优秀作品不多,就在于它为抗战政治服务。凡是表现政治意识、注意政治功能的作品,就没有较高的价值和艺术生命力;越是那些与抗战无关的作品越是经得住时间的检验。这种看法也是主观片面的。

抗战时期是中国历史上的非常时期,整个中华民族处于生死存亡的严重关头,亿万人民在日寇的铁蹄下惨遭蹂躏,奋起抗战,保卫祖国,乃是中国人民最

---

① 冯雪峰:《关于"艺术大众化"》。

重要最紧迫最崇高最神圣的历史使命。在这严峻时刻，凡是有良心、有爱国心和社会责任感的作家，都不约而同地拿笔来为民族解放战争服务；文艺大众化运动日趋高涨的主要目标也是在不断地探讨和研究如何使文艺更好地发挥动员全民抗战的政治职能。今天，作为一个历史唯物主义者，来回顾抗战时期的文艺大众化运动，首先应当肯定文艺为“全面抗战”服务的政治方向，肯定文艺作品鲜明的政治倾向性，而不应当百般的挑剔或指责；我们所指责的只能是那种在文艺与政治关系上的“左”倾机械论、在文艺与政治的联结上所表现出的公式主义以及部分作品的政治口号化倾向。那些富有政治理论性的伟大作品，作家所表述的主观的政治思想总是和现实的客观的历史真实相吻合，作家的政治思想或社会思想一定是很深刻的，是从政治的社会斗争的表层深入到社会思想形态的斗争，并一定伴着对现实生活实践的伟大热情，质言之，“一切作品的政论的性质总一定跟着生活的连肉带血的形象，一定是社会的诗的真实”①。抗战时期创作的优秀大众文学作品如《腐蚀》《四世同堂》等，生动地体现出文艺与政治这种辩证关系。这些作品具有浓郁的政治色彩和强烈的时代感，强烈的政治热情和透辟的社会思想同活生生的形象融为一体。我们很难将其艺术的价值和政治的意义分开，更不能从艺术体现之外去求社会的政治的价值。唯有这样的文学，才真正体现和反映着抗战文学的主流和本质面貌，才真正显示出文艺大众化运动的实绩和方向。

抗战时期要求大众文艺为抗战服务，使文学作品带有强烈的政治色彩，这不仅是特定的历史时代所决定的，而且也是对外国进步文学的借鉴和对“五四”以来新文学优良传统的继承。这并非像有人所说的它是现代文学走向自我封闭的结果。从外国文学来看，很多著名作家并不回避在作品中公开宣布自己的社会思想和政治见解，并借助艺术的形式来发表政论，但他们的作品并未因为表现了强烈的政治意识而损害艺术价值，不少恰是以其政论性在文学史上取得了不可动摇的地位。早在“五四”时期茅盾就批判了“艺术派”那种“把凡带些政治意味社会色彩的作品统统视为下品”的偏见，以外国文学发展史实说明文学在阶级矛盾和民族矛盾尖锐的社会和大动荡的革命战争年代，必然具有浓厚的政治色彩。他认为，19 世纪的俄国文学之所以大都带有政治意味，一是因为 19 世纪的俄国人民没有公开的政治生活和社会生活，他们对于政治和经济的意

① 冯雪峰：《文艺与政论》。

见只有通过文学加以表述，二是因为19世纪俄国的政治黑暗腐败已达到极点，作家身受其害，越加激起以文学为武器“诅咒这政治社会”的义愤；匈牙利文学之所以借文学来作宣传民族革命的工具，是因为匈牙利的政治史就是力争独立力争自由的血战史，甚至可以说“全部的匈牙利文学史就是匈牙利的政治史”；19世纪末的挪威作家之所以在作品里热心描写政治问题和社会问题，主要因为“那时代的挪威人的全心灵都沉浸在政治独立这个问题里”；即使喜好赞美大自然的保加利亚诗人伐佐夫，由于亲身参加过1875年的革命战争，他也不能不以赞美自然的笔来描写革命战争。试想谁能把“带些政治意味与社会色彩的作品都屏出艺术之宫的门外”[①]，剥夺它们在文学史上的独特地位呢？抗战时期，冯雪峰曾以但丁、海涅、果戈理、涅可拉梭夫、伏尔泰、谢德林、别德内依、基希为例，说明以政论性为特征的文学作品未必不伟大，在文学史上的地位未必不崇高。从“五四”以来的新文学史考察，“民众的启蒙的教育的特征”乃是现代文学的重要特征，鲁、郭、茅、巴、老、曹等文学巨匠的优秀作品，无不包含着政治问题、社会问题、人生问题和思想问题，无不闪烁着理性色彩和时代精神，充溢着政治意味和哲理意味。抗战时期问世的优秀的大众文学作品所表现的政治意识，正是汲取了中西文学“政论性”特征的优点，从严峻的抗战现实生活中发掘出来的思想哲理和政治观念，而这些思想观念又同生活形象血肉般地胶结为一体。因此，这样的抗战文学从本质上区别于政治传声筒式的公式主义作品。

① 茅盾:《文学与政治社会》。

探索之五　辩证思维:以相应文学史观透视相应文本世界

新时期的中国现代文学研究不断出现新局面,新成果;特别近几年为了突破已有的现代文学史格局,寻求所谓新的超越,构成新的文学史体系,不只是新观念、新标准、新方法层出不穷,而且对现代文学作家作品的再认识再评价的文章也连续发表。这种在学术研究上的锐意求新和勇于探索的精神是值得称道的,有些思路、见解和判断也给人以新鲜感和深刻感。但是确有些研究者的“再认识再评价”表现出一种偏激情绪和主观随意性,从一个极端走到另一个极端,以偏纠偏或以偏概全,似乎不这样想就显示不出自己的“标新立异”来,实质上这是背离了实事求是的认识路线。这种主观片面性的评判和偏激情绪在对茅盾研究上表现得较为突出。有的论者认为茅盾的文学作品在有意识地证明着一种既定的思想,表达着一种对人物的认识模式,是靠一种理性力量支撑着整个作品,而整个作品则是一种理念思维图式。甚至有的论者把茅盾的长篇小说《子夜》说成是“逻辑结构”演绎出来的概念内容,它“为后来现代意义和现代形态的中国长篇小说提供了一种规范、一种模式、一种制约”,亦即“给后来者提供了一个迷人的陷阱”。这种观点是从根本上否定了《子夜》是一部伟大的现实主义文学作品及其在中国现代文学史上的崇高地位,由此也影响到茅盾在整个中国新文学史上的“巨匠”地位。《子夜》作为一部经典性的巨著并不是“左”倾思潮捧起来的,从它诞生起不论持什么政治见解的海内外学者都认为《子夜》是中国现代第一部最成功的长篇小说,且不说捷克学者普实克称颂《子夜》是除鲁迅经典作品之外“中国最伟大的一部作品”,就连对现代文学持有较深成见的港台学者在指斥《子夜》的强烈社会功利意识的同时也仍然肯定它“不失为三十年代的名著”。相比之下,我们今天有些研究者对茅盾及其《子夜》的评价却产生了如此大的时空反差,这到底是茅盾研究史上的重大突破还是重大失误,是现代文学研究上的前进还是倒退呢？这不仅仅关系到正确地全面地评述茅盾及其《子夜》历史地位的问题，而且也关系到如何坚持辩证唯物史观科学地评价中国现代文学史上的带有革命色彩的作家作品及复杂的文学现象问题。限于篇幅，我不想对《子夜》进行具体的分析和评述，仅从方法论的角度提点评述茅盾及其《子夜》这种复杂文学现象的见解。

辩证艺术的魔力与威力

茅盾曾深有体会地说：一个作家不但对于社会科学应有全部的透彻的知识，并且真能够懂得，并且运用那社会科学的生命素——唯物辩证法；并且以这辩证法为工具，去从繁杂的社会现象中分析出它的动律和动向；并且最后，要用形象的言语艺术的手腕来表现社会现象的各方面，从这些现象中指示未来的途径(《〈地泉〉读后感》)。他身体力行地在整个创作过程中自觉地运用辩证艺术思维，铸造了一个多层次多侧面的文学本体世界，它充满了矛盾和斗争，充满了冲突和躁动。对于这样丰富复杂的艺术世界从整体上去认识它、评估它，最科学的方法论当然是唯物史观的辩证法；唯有辩证思维才能认清茅盾以辩证法为认识工具所创造的文本世界，才能对其进行透辟的分析并作出符合其本来面目的审美判断。

统观茅盾的小说创作基本上由两个充满矛盾冲突的人生世界和人心世界所构成。在这个文本世界里你所感受到的审美内涵、审美形式、审美格调和审美价值并非那么透明那么清晰，并不像有人说的是简而明的理性图式，它的整体艺术风貌是特异与复杂的。各种矛盾冲突错综地交织在一起，不同的情绪和心态交混在一起，人生的复杂和人心的深度交融在一起。虽然全景式地再现了中国特定时代的社会人生矛盾、阶级集团冲突以及历史律动趋向，强烈地表现出躁动不宁的时代情绪和创作主体的社会责任感，是其小说艺术的突出特色，时代选择文学、文学选择时代是其文本世界的明显特征；但是茅盾小说的深厚生命力和审美震撼力，主要不是源于对社会人生世界错综复杂矛盾的史诗般地客观描写，而应该从他的辩证艺术的美学追求在人心世界和审美境界中的内潜体现中去开挖去概括。

"生命便是矛盾"(乌勒穆诺语)。茅盾善于从人生冲突与人心冲突的交织中描写现代女性的精神悲剧。静女士、慧女士、章秋柳、孙舞阳、梅行素、林佩瑶、赵惠明等“时代女性”的内心充满了矛盾:一是梦想与现实的巨大差距,形成的不可克服矛盾。虽然她们在时代呼唤下内心有了个性觉醒或革命觉醒,对人生对社会抱有美好的幻想,但现实却是异常的残酷和黑暗,不仅击碎了她们的梦想,在内心世界引起巨大的冲击波,而且带来了精神上的幻灭感和孤独感,于是形成她们共有的希望与失望、幻灭与追求、颓丧与振作的矛盾心态,由此或引爆出对世界黑暗社会的反抗情绪或转向内心对理想否定对自我的怀疑,展开内心的种种冲突。二是灵与肉的矛盾。即这些时代女性为了摆脱幻灭后的孤独苦闷,往往从性爱中寻求新的刺激和感官享受,并没有获得真正的爱情,于是在内心展开灵与肉的冲突,慧女士、章秋柳、孙舞阳、赵惠明等人性的复杂性在灵与肉的冲突中得到淋漓尽致地展示。三是由性爱中的灵与肉的冲突中升华到主体世界的情与理的冲突。显然茅盾在刻画时代女性精神世界的情与理的矛盾时往往流露出以理取情的倾向,驱使情感沿着理性的导向转变,如梅行素、赵惠明的转向就是理胜情的结果,但他并没有忽视情感的复杂性甚至疯狂性的描写。有时理性在情感面前显得苍白无力,情感如脱缰的野马很难以理性来驾驭,章秋柳、慧女士等内心的情感迸发时理性是驯服不了的;特别值得指出的是,在灵与肉、情与理的冲突中,“时代女性”的性爱情感本身已丧失了五四时期那种单纯优美、热烈真挚,常常掺杂一些危机因素或功利因素,或者为了灵魂的高尚、理想的崇高或出于自我保护、自我发展而有意识地压抑肉体的追求,其结果只带来内心的痛苦和人生的暗影。四是“时代女性”陷入重重矛盾中则面临着个体生命的生与死的最大考验。当她们的梦想已经幻灭、生命价值得不到实现的时候,当她们的性爱追求得不到满足、生的信念已经丧失的时候,虽然有的“时代女性”处在一种肉体尚存、灵魂已死的精神绝境,但大多数现代女性并没有选择死亡,乃是以强烈的生欲战胜死神,不仅在现实层次上对生与死作了思考,而且把个体生命上升到革命理想或人生哲学意义上来思考。茅盾笔下的“时代女性”虽然最后的结局并不一样,但都经历了或长或短的精神悲剧历程,无不在矛盾、裂变、迷失和沉落的自我意识中寻求新的平衡和整合。有的经过理性的疏导和自我调节从精神分裂走向新的整合,从心理狂躁不安走向安静平衡;有的始终没有找准人生的支点和精神支柱而陷入困惑迷惘的二难境地,人物内心必然出现骚动感、焦虑感,自我控制不住生命的律动,只感到“人生如痴人说梦,充满了喧哗与骚动,却没有什么意义”[1]。这种充满喧哗骚动的悲剧人生和人生悲剧并非毫无意义,它是现代女性精神生活和生命情境的真实反映,集中地体现了人性觉醒、追求自由、寻找本质这一贯穿人类文明史的基本主题,从人物的矛盾心灵世界所展开的悲剧性冲突中可以深味到:在颓废的情绪中潜藏着坚韧的自尊,在“性爱”背后暗示着对孤独意识的呼唤,在苦涩灵魂里隐闪着人生真谛和生命本质;而且从她们的精神悲剧里还可以透视出异化的世界,人与本质相悖离,人与对象相对抗,并从中表现出女性的苦斗和挣扎。真正的悲剧精神不是消极的绝望的苦难,更不使人堕落颓废,它让人从悲苦的深渊中跃出新的生命,从饮尽精神悲愁后尝到生命的甘甜,从身心受到痛苦的折磨中走向精神的慰藉,这既是悲剧的超越,也是自我的超越。茅盾对“时代女性”精神悲剧的描写充分体现了现代悲剧艺术的辩证法。

这些“时代女性”形象并不是某种理念的传声筒,其性格并不简单,个性色彩异常鲜明,内涵极为复杂,心理表现得反复无常却富有层次感,与鲁迅“五四”前后刻画的彷徨者、孤独者的灵魂与命运相比有异曲同工之妙。茅盾曾表述过:“在我看来,写一个无可疵议的人物给大家做榜样,自然很好,但如果写一些‘平凡者’的悲剧的或暗淡的结局,使大家猛省,也不是无意义的。”[2]这种典型观和平民意识决定着茅盾有意地选择那些性格复杂的审美对象,很少刻画那些性格单纯或大奸大恶的人物。那些颠簸在大革命漩涡的时代女性不仅具有强烈的悲剧美感价值,也具有深刻广泛的认识价值,即她们的身上所体现出来的复杂精神现象和种种心理矛盾蕴含着一种时代心态,那种由参与社会的政治热情与个性主义意识,自我美妙的梦幻与残酷无情的现实,性道德的反传统倾向与道德的虚无主义,倔强的个性与怯弱的心理所构成的矛盾冲突,真切而深微地折射出那个时代人物的困顿感和艰难感,迷茫感与苦闷感。以人物的心灵与心路作为时代的回音壁来反射一个时代的精神、情绪和心态,而不是现实性的客观描述和直露抒发,这就深化了性格内涵和审美意蕴。特别值得注意的是,对这些“时代女性”的描写渗入了作者自我心绪,显示了自我情感力度。茅盾刻画《蚀》中的新女性是饱蘸着激情的,是在他“经验了动乱中国的最复杂的人生一幕,终于感到了幻灭的悲哀,人生的矛盾,在消沉的心情下,孤寂的生活中”[3],

---

① 莎士比亚:《麦克白斯》。
② 茅盾:《写在〈野蔷薇〉的前面》。
③ 《从牯岭到东京》。

急于获得解脱与解放而运笔写成的。所以他把自己的特殊人生经历、情感体验注入“时代女性”这些独特的审美对象身上，让自己的灵魂与人物形象相融相合，她们既作为自己的叙述者又作为自己性格的代言人。这种化入形象躯体的主体意识和个人成分，不仅使他的小说艺术带有浓重的内省和忧郁色彩，而且在很大程度上决定了作品的情感魅力与艺术生命的内在热情。茅盾小说创作中的许多情节、性格与他个人生活之间，无论外部或内部都有着密切联系，如《蚀》三部曲是以其真实的生活经历、真切的思想情感为基础的，他自述《追求》是“一件狂乱的混合物，我的波浪式的起伏的情绪在笔调中显现出来，从第一页以至最末页”①。

茅盾对时代女性心灵世界的透视和刻画比较正确地运用了辩证艺术思维，而且在处理小说艺术的情与理的关系上也显示出辩证艺术思维的魅力和威力。列宁曾说过“没有人的感情，就从来没有也不能有人对于真理的追求”。对于文学创作来说，情感就更具有特殊重要的作用。茅盾对艺术情感有深刻的见地，从艺术形象的创造上，他指出，文学创作中的艺术形象必须是自觉表象运动的直接结果，即充分利用储存在脑中的大量表象，在情感的有力渗透与催化下，进行自觉的分化，变异，联想，转化，想象等等，才有可能创造出来②；从文学的审美内容上，他指出“文学的背景是全人类的背景，所诉的情感自是全人类共同的情感”③；从文学本身的功能上，他指出文学是“沟通人类情感代人类呼吁的唯一工具”④，人类之所以要艺术品，就为的是满足他的复杂的情绪的要求。不过茅盾在创作实践中却很少像郁达夫那样放纵自己的感情，往往显示出一种理性的优势，但这并不是说他以理论取代了感情或者以理性主宰了感情。统观他的创作世界，对于理性与感情关系的处理还是比较辩证的，当然这不是说两者就没有侧重甚至倾斜，如《蚀》《虹》等小说的 情感就强烈些且有一定的情绪失控。《子夜》的理性则强烈些且有一定的理性精神左右艺术思维之嫌，但这种失控或倾斜并没有超过理性与感情之间的“度”，情感有所失控也没造成极情主义倾向，理性有所主宰也没造成概念化理念化的倾向。茅盾基本上把准了作品中理性与感情之间的“度”，使理性与情感这两个不可分割的因素在审美内容里达到

① 茅盾:《从牯岭到东京》。
② 茅盾:《我走过的道路》。
③ 茅盾:《创作的前途》。
④ 茅盾:《文学和人的关系及中国古来对于文学者身份的误认》。

辩证统一。文学艺术虽然要达到对情感生活之本质的理解和把握,但作为观念形态的理性心理活动必然要起主导作用;文学艺术虽然常常关心情感,但也同样关心理性,只不过情感对文学作品艺术魅力和生命价值的获取起的作用更大一些。茅盾深晓此理,所以他的著名小说《蚀》《子夜》《春蚕》《林家铺子》等则融入了自己的特殊人生体验和情感冲动,特别那些新女性的身上集聚了茅盾的苦闷心绪和情爱理想,把自己某种潜在苦闷和憧憬化入女性形象的生命情感体验中,使之焕发出诱人的色彩和深刻的情感浸染力。托尔斯泰曾说:艺术感染的深浅决定于下列三个条件:①所传达的感情有多大的独特性。②这种感情的传达有多么清晰。③艺术家的真挚程度如何,换言之,艺术家自己体验他传达的那种感情的力量如何。[①] 茅盾"文本世界"渗透的主体情感不仅具有真挚性、明晰性、力度感,且具其独特性,主要表现在:一是多种情感有层次地融会在一起,即强烈的时代感、深沉的民族感、鲜明的阶级感、浓郁的人情感与个体生命体验的喜怒哀乐爱憎善恶的个人情感相交融而形成多条潜在的情感流;二是感情黏附着理性,理性饱和着情感,情中有理,理中有情,情使理增强了感悟力和穿透力,理使情获得了明晰感和力度感。如果说在那些洋溢着时代感、民族感和阶级感的作品里我们感受得最多的是高昂的社会激情和理性对个人情感的控制,那么在那些表现亲属之情、男女之情、朋友之情的作品里我们所体验到的则更多是复杂的个人情感和理性对隐情的约束,如茅盾在日本与秦德君同居那段特殊的人生经历和复杂的情感体验从未在作品中明显地披露。这种以理驭情不能不影响到某些作品情感的丰富性、复杂性。

由于茅盾对理性与情感关系的艺术处理具有独特性和辩证性,这便形成了他作品的昂扬与低婉相交织的美感情调。当你阅读《子夜》这样巨著时既能听到斗争风暴的呼啸又能听到灵魂的呻吟,既能感受到时代高昂的强音又能感受到儿女之情的哀音,既能看到农民暴动、工人罢工、资本家斗法、军阀混战等场景背后的刀光剑影又能看到家庭女眷们的谈情说爱和同床异梦的真况实景,既能触摸到吴荪甫的刚愎自用的冷面孔又能触摸到他的怯懦、颓废、没落、悲观的心境。作者以独特的艺术角度和敏锐的情感思维,在借助时代风潮于人物心灵上所激起的情感波澜来展现时代精神和社会历史律动时,并没有忽略那些描写心灵震颤与情绪纷扰的绵绵情长的笔意,这就使他的小说情调既高昂又委婉,

---

① 托尔斯泰:《艺术论》,第149页。

艺术风姿既壮阔又妩媚。

上述只是从几个角度或侧面说明，对茅盾“文本世界”的剖析和复杂文学现象的评述，唯有唯物主义辩证法才是科学的方法论，才是最高层次的辩证思维。运用辩证法不仅能透视出茅盾以辩证艺术思维建构起的“文本世界”所具有的独特审美特征和美感价值以及成功的艺术经验，而且也能有分寸地指出他小说艺术存在的薄弱点和不足之处。比如：茅盾终其一生既是政治家又是艺术家，如果在正常社会环境和文化氛围中使艺术与政治达到完美的结合，他便能构筑绚丽多姿的小说艺术世界；如果受到特定历史情态的冲击或不正常政治环境的干扰，那他作为政治家的社会责任感就能驱使其更多地考虑文学艺术的社会功利，很难确保其审美眼光不发生倾斜，也很难保证其辩证艺术思维不出现偏激。再如茅盾小说创作的艺术质量有高有低，审美品格有精有粗，那些有影响的力作由于细节刻画的精彩和心理描写的深微获得了生命价值和艺术感染力，而那些构思宏大、生活实感不足、只重视“全景镜头”的扫描且忽视“特写镜头”的精彩描写的作品，难免艺术上的粗糙，丧失了审美对象的丰富性、具体性和生动性；茅盾善于多角度多层次通过心理刻画来塑造个性鲜明丰满的艺术形象，但确有些形象的刻画只热望去展示时代动荡的画面和群体的心态，而离开了人物主体性的艺术视角，缺少对形象的内在灵魂的开掘，使之丧失了艺术生命力和丰富的审美价值。再如：茅盾长篇巨制的成功在于能把声势浩大的社会画卷与精彩动人的心灵图谱描绘融合起来，但由于他有一种好大求全、追求整体性的意图，加之生活底气不足，致使有些长篇往往出现虎头蛇尾的结局或中途辍笔放弃原计划，正如他自己所说：“我曾经一再打算写抗日战争的小说，可是每次都是‘虎头蛇尾’，重要的原因是我的生活经验还不足以写那样大的题目。这种失败的经验，也就是我的经验。”[①]也许还可以找出一些不足和败笔，但是否能据此就否认茅盾在中国现代文学史上的崇高地位且把他的代表作《子夜》贬得一塌糊涂？当然不能以偏概全，至少在方法论上不能重蹈形而上学猖獗时期出现的旧辙，还是应该坚定不移地坚持唯物辩证法去分析历史上的复杂文学现象。

---

① 茅盾：《我走过的道路》。

置于纵向与横向交叉的坐标系

从总结历史经验上着眼，从深化文学史研究上考虑，对作家作品或文学现象进行重估重评完全是应该的，不为贤者讳而敢于分析其不足汲取其失败的教训也是非常必要的；但是重评也好重写也好，必须有个科学态度和辩证方法，决不能认为茅盾存在着历史局限就可以以此抵消其历史功绩，决不能认为他的某些作品存在理性化倾向就可以以此否定其整个创作的艺术成就。对任何事物的把握都不能偏执一端，况且对文学史上出现的复杂文学现象或重要作家作品的认识更不能用单一的视角，必须从多角度进行观察，充分考虑到它涉及多种因素，甚至可以通过纵横交叉的观照来确定其历史地位。在中国现代文学史上存在着以“民族——世界”为横坐标、以“个人——时代”为纵坐标的纵横交叉的坐标系。新文学的每项创造或每种现象都必须置于这样的坐标系加以考察和研究。如果把茅盾及其复杂的文学观念和创作倾向放在这个坐标系进行观照，其本来面目会看得更清晰一些，对其评价会更全面更公允一些。正是现代文学发生发展所处的特殊时代环境和宏阔文化背景，决定着左右着茅盾这样的集政治家文学家于一身的艺术巨匠们牢牢地把握住整个文学主潮对当时的社会人生所作出的独特认识，选择了为人生、为革命而艺术的现实主义创作道路，自觉不自觉地在文学世界里反映着并关注着全民族生死存亡的根本课题，把自身的文艺创造纳入大时代的轨道，所以他们既没进入象牙塔也没有过多表现自我的悲观，而是面向时代崇尚大节。这种选择和追求适应了历史变动的要求和时代的审美风尚，在轰动的社会效应中显示出文学本体的价值和作者自身的地位。但是从今天的审美需求和时代感应来反观茅盾这样一些文学巨匠的艺术选择和审美倾向，就会感到不满足甚至不满意了。这里至少提出两个问题值得研究并作出回答：一是如何正确地评述在不同的文化背景下文学创作的不同价值取向。应依据不同的价值内涵采取相应的审美标准进行评述，不能求全责备也不能脱离作品本身价值取向另立标准。在中国现代文学的长廊里确有大量的反映社会人生、革命斗争和历史运动的作品，它们缺少足够的美感和深蕴的文化内涵，基本上是以认识价值、教育价值取胜，茅盾的创作也不少这样的作品。如果单取审美眼光以纯艺术标准去审视并评价这类作品，那自然会偏离其本来意义和价值取向而作出贬低或否定的判断，只有从认识价值教育功能的角度去肯定它然后才能对其美感不足作出恰当的分析。现在有一种以评价老舍、沈从文等人作品的价值尺度来评述带有革命色彩作品的倾向。其实这两类作品产生于不同的文化背景具有不同的价值取向,前者只有从文化的审美的角度进行评析才能真正肯定其美学价值;后者基本上应从认识价值的角度加以肯定。如果对这两类作品都从审美的纯艺术的角度进行观照,肯定会出现贬一类褒一类偏向。虽然审视文学作品应把艺术价值视为最基本的内涵,但由于现代文学产生并成熟在一个复杂的社会背景和开放的文化环境,政治的经济的哲学的宗教的文化的风俗的因素都有所渗入,赋予新文学不同的价值内涵,造成文学自身多层次多类型的美学特征。显然对此若采取单一的审视角度和价值标准倒不如采取不同的审视角度和价值尺度能更有效更真实地更全面地认识和评述不同风格的作家作品及其独特的美学价值。像茅盾这样的文学大家,写在不同时期不同文化氛围不同心理状态下的作品,其价值取向则各有侧重,因而在评述时就应坚持灵活的审美角度和价值标准。二是如何看待不同历史条件下情感体验的差异和审美心理的变化会强烈地影响到作品的评价和价值取向的转换。在动荡的年代和战争时期曾产生过轰动效应的作品在今天的读者心理上并激不起多大的波澜,甚至对现代作家在作品里表现出的焦灼感、危机感和悲剧情绪缺乏足够的热情,特别对革命文学中的理念化、概念化、传道说教倾向有一种隔膜感。这与改革开放以来人们物质生活和精神生活的巨变所引起的审美心理的变化、价值取向的变化和情感体验的变化分不开。不仅一个时代有一个时代的审美需要和审美导向,而且由于文学观念突破既定规范格局和价值标准也必然带来这个时代的文学史家或文学评论家对以往时代的作家作品的重评重估,不时流露出不满于前代作家作品的倾向。这固然反映了现代人审美心理的进步和审美需求的复杂,但是这种"进步"决不能割断历史,也不能以否定前人的审美心理基础为前提,更何况现代文学产生的文化思想根源与当代人所处的文化环境并没有发生根本变化,基本上属于同一文化体系和思想流脉。因此我们不能过分强调和扩大现代与当代审美心理的差异并以此作为不能公正地评价茅盾这样革命作家作品的重要理由。其实重评重估是来自对历史上已有文学研究成果的新发现新开拓,并不是建立在否定一切怀疑一切基础上的"标新立异";即使现代审美心理的变化也没有完全抛弃以前审美心理的"遗传基因"及其所提供的条件和可能。此外,当前对茅盾这样的革命作家的评价偏低甚至过低还有个不可忽视的原因,乃是来自于逆反心理上的一种本能的反感情绪。由于极左思潮的影响使文学长期处于政治的附庸地位，文学本身丧失了自主性而完全受政治控制，因此人们清除极左思潮后总是渴望文学获得独立性，增强美感价值，而对那些与政治贴得紧或政治功利比较强的作品便产生了一种说不清的反感。这必然影响对革命作家作品的冷静的审美反思和客观的理智评述。

对于茅盾这样的一位具有广泛开拓性的文学大家，不论他的理论视野或作品内涵都是极为丰富复杂的，不同历史阶段的研究和评述出现不同的认识差异也是必然的；但重要的是必须坚持历史唯物主义的辩证思维，开展既是历史的又是具体的、既是动态的又是静态的、既是内在的又是外在的、既是文本的又是社会的、既是审美的又是政治的、既是艺术的又是功利的综合考察和研究，使"茅盾艺术"或"茅盾现象"得到越来越深刻的开掘、越来越全面公正的评价。

科学的文学史观的重要实践根源是复杂的文本世界，故以相应的文学史观透射并剖析相应的文本世界，可望获得正确的审美评判和公正的历史结论。

探索之六　锐意开拓:“中国新文学六十年”①

“重写文学史”的主客观条件

不论是研究型文学史、普及型文学史,或者是教材型文学史,虽然它们各有各的接受对象,各有各的评价标准,但是都强调学术性,都要求突破。这不仅因为目前我国文学史研究中知识老化、观念陈旧,亟须突破,也因为世界各国的文学史学、思维方法不断冲击中国学术界,形成一种挑战之势;特别是汉语言文学专业的本科生、研究生对那些教材型的文学史,早已发出不满之声,强烈呼吁更新文学史教材。在这种情势下,那些锐意进取的年轻学者既提出了“重写文学史”的口号,又设计出“学术推进的大致路向是:研究型文学史中的某些精彩结论,逐渐为教科书所接纳,而后又逐渐为普及型文学史所推广,终于成为社会普遍认可的‘常识’;而公众文化水准的提高,又无形中形成一种压力,逼迫专家学者进一步探索,寻求更加完美的文学诠释”②。这意在说明“研究型文学史”的突破是我国文学史总体格局更新的关键所在;但从目前我国正处在一种文化转型、“科教兴国”的重要历史时期来看,高等文科教育最迫切需要的是教材型文学史的突破,这当然需要借助于研究型文学史的最新学术成果。

从广义上说,任何一次文学史的编著都具有程度不同的“重写”意义;但是作为一个特定的口号在特定的历史背景下提出来,就赋予“重写文学史”以特定含义,它不只是透露出对过去的种种文学史的清醒的理性反思、有意识的解构,而且也表现出对新型文学史的预设和呼唤以及行动的决心和力量。然而,“重写文学史”谈何容易! 就拿中国现代文学史来说,经过几代学者的苦心研究,精

---

① 试图对中国现代文学的历史范畴作出新的解释,以确立一种新文学史观。

② 陈平原:《小说史:理论与实践》,第27页,北京大学出版社1993年版。

心营造，已建构起大同小异的文学史模式，并形成了难以攻破的“教科书心态”，因而“重写文学史”在局部上突破已有明显效应；但在整体上突破却是相当艰难的，重新建构“中国现代文学史”的模型更是难上加难。最近翻阅了几部90年代出版的中国现代文学史，尽管前言后记或评论文章都说是“三新”（即思维新、观念新、方法新）型的文学史，然而仔细研究对照一番，并没有重大突破及给人耳目全新之感；它们能够在局部上有所拓展有所创新我就敬佩不已了。况且，眼下“重写文学史”的主客观条件在我们看来并不完全具备，有待进一步完善与创造。从主观上看，现代文学史研究主体尚未自觉地对以往的文学史进行整体性的反思和总结性的深入研究，既没有摆脱过去文学史范式、观念和史识的束缚又没有对文学史研究对象重新挖掘、重新整理、重新感悟和重新认识，总是解不开文学史的传统情结，这在老一代学者身上表现得尤为突出，仿佛使人感到他们在文学史研究上有点“抱残守缺”之嫌；即使那些具有先锋意识的中青年学者，对于以往编著的中国现代文学史也缺乏认真细致的研究，常常是否定的多继承的少，他们热衷于借鉴西方并非新潮的结构主义、形式主义、接受美学、文学社会学等批评模式或者较新潮的解构主义、后现代主义、女权主义批评等，往往是接受各种牌号新理论的兴趣高于大于下苦功夫研究中国现代文学本体的兴趣，这也难以建构理想的新文学史。从客观上看，现代文学史的重构需要有一个优化的环境，它包括社会环境、自然环境、生活环境、精神环境等内容。这里着重探讨一下后两者对“重写文学史”主体思维的影响与作用。阿瑞提说：“人在很大程度上是环境的产物，亦即是他所隶属的文化的产物。”①这可以理解为，人在顺境中可以更为充分地发挥其才能，尽可能地实现自我价值，改善和创造思维环境，与环境达到更高层次的和谐统一；而人在逆境中实现自我价值与社会价值，则需要人在与压抑他或不适宜他的环境进行抗争的过程中锻炼成长，增进才干。就文学史研究而言，逆境往往能成为创造思维的反方向动力，激发研究主体思维的灵活性与创造性。不过，人之所以为人，最根本的一点就在于他是环境的改造者和创造者，尽管主体思维环境不以个人意志为转移，但“客观成分的一条规律是：环境并不排斥自我，与此相反，所有人的生活都是从他们各自的自我环境关系中获得了意义”②。作为一个有志于文学史研究者，就应以这样的辩证态度来对待自己所处的工作环境。所谓工作环境即物质环境。虽

① ［美］阿瑞提：《创造的秘密》，第390页，辽宁人民出版社1987年版。
② 转引自［美］M.李普曼编：《当代美学》，第415页，光明日报出版社1986年版。

然改革开放以来每个学者的物质环境得到程度不同的改善，较之昔日发生了深刻变化，但是同左邻右舍相比又感到脑体倒挂的现象仍严重存在，特别在商品大潮激荡下常常有一种"清贫寒酸"之感，导致心理失衡，不能不影响研究者积极性与创造性的充分发挥。文学史研究不如文学批评和文艺理论研究容易出奇制胜一鸣惊人，它很难成为学术上的"暴发户"，即使再有才气的学者也要有较长时间的坐冷板凳、过清苦生活的思想准备，然而在目前物质主义、拜金主义猖獗的情况下，若不提高青年学者的物质生活标准和改善他们的生存环境，究竟有多少人能耐得住人文科学研究生活的寂寞呢？不得而知。当然，我们应充分认识到，大多数的莘莘学子对于物质环境的要求并不苛刻，他们的物质欲望最容易满足，这不只因为有成就的文学史研究者总是在物质环境不够理想的条件下凭着顽强的意志力和韧性精神去战胜困难而创造了奇迹，还因为中国学者似乎更懂得欠优的物质环境与主体深刻思维的关系，因而具有朴实的气质和淡泊的情怀。不过，对中国学者这种意志力与精神美德应有个恰如其分地估价与弘扬，否则会陷入意志决定论或精神决定论。因此，唯有尽力优化研究者的物质环境，方能使文学史研究主体的创造思维、开拓思维得以正常健全地施展与运作。比较而言，精神环境即思维氛围对文学史研究者来说比物质环境更重要，因为"重写文学史"需要研究主体有一种开放的自由心态，真正摆脱"左"倾思潮阴影的干扰和控制，无忧无虑地面对研究对象，少一些功利之心多一些求实之意，充分发挥创造思维与辐射思维的威力；而欲获得这种独立自主的学术研究心态与精神环境思维氛围的优化程度直接相关。在文学史研究思维场中，既有小型思维氛围又有大型思维氛围。所谓小型思维氛围主要指受制于一定物质环境的对话氛围，如在会场上或沙龙里可以对文学史的某些问题展开面对面的讨论所形成的对话氛围，它能够在情感的诱导下或对方话语的启迪下大发议论，不同的见解进行交锋，激发出含有真知灼见的思维火花，这有助于研究者作出正确的思维结论。但是目前就现代文学史上的重大问题开展对话，尚达不到公开化的畅所欲言的自由争鸣的程度，主流意识形态话语自觉不自觉地左右着在特定物质环境下的对话氛围，将自由的学术话语导向非学术话语。所谓大型思维氛围，它不受任何直观的物质环境局限，像空气一样弥漫在思维主体的周围，无形而有力地影响着文学史研究者。大型思维氛围也称之为文化心理环境，大致包括民族氛围、时代氛围和阶级氛围，前两者在文学史研究思维场中所形成的思维氛围更有利于文学史研究者主体思维的健全与完善。民族氛围对文学史研究者思维取向的影响极为显著,总是使思维结论有利于本民族,这种无形压力的作用究竟是消极的还是积极的,应作出具体分析。从任何民族都不能接受有损于本民族尊严的文学史结论这个意义来说,民族氛围所起的作用是积极的,它用无形的手控制着文学史研究者,使其成为中国现代文学史研究领域内民族尊严的捍卫者和文学民族化方向的肯定者;不过越是大民族的文学史研究者越需要进行自我反省,检查一下自己的思维结论是否被民族氛围推向了沙文主义或狭隘民族主义。我国是个多民族国家,现代文学史的构成应包括多民族文学,而中国的多民族的现代文学生成又同世界其他各民族文学具有深广的联系,因此重写中国现代文学史对内要警惕民族沙文主义的抬头对外应防止狭隘民族主义的作祟。这两种错误倾向在过去、现在的新文学史研究中都或轻或重地存在着。虽然那些优秀的文学史家敢于并善于排除民族氛围所产生的消极作用,但是要从根本上消除这种消极影响恐怕需要一个艰难的历史过程。时代氛围大于民族氛围,它表现为一定时空条件下的政治、经济、军事、文化形势,也就是时代的大气候。特别是在新旧交替的变革时代较之相对稳定的时代,更容易形成具有更为强大穿透力的时代氛围,它能穿透民族氛围而作用于该时代的文学史研究思维主体。“改革开放”形成我国当今的独特的时代氛围,伴随而来的解放思想、实事求是的时代精神渗透进每个中国人的文化心理,尤其对现代文学史研究者的思想解放起了决定性的作用。“重写文学史”的口号敢于提出来正是时代氛围开启了研究者的主体思维,我们今天能够自由地探索中国现代文学史的重构也是得力于改革开放的时代氛围。不过也应清醒地看到,我们面临的时代正处于历史转型的激变期,时代氛围所笼罩的文化心理环境是多元混杂的,现代的与传统的、理性的与非理的、洋的与土的、精华与糟粕、真善美与假恶丑、甚至“左”的遗毒,统统交织在一起,它对于文学史研究主体思维的优化既能带来积极效应也能产生负面影响;特别“左”的影响能对研究者的学术思想造成新的伤害,使其增加恐怖感,这无疑给突破现代文学研究的老大难问题设置了。

尽管目前重构中国现代文学史的主客观条件尚未完全成熟,然而随着改革开放的深入和中外学术对话的日益频繁以及研究主体思维和学术个性的渐趋优化,“重写文学史”的机遇会越来越多越来越好;况且作为一个文学史研究者更不能坐等时机的成熟,必须以锐意开拓的气魄和勇于探索的胆识去改善和创造“重构”文学史的主客观条件,哪怕是在某一点上或局部上有所突破有所发现有所进展也是值得肯定和赞赏的，即使在探索中有所失误也比墨守成规、不思更新者高明得多聪慧得多。早在五四文学革命时期胡适就坚信"自古成功在尝试"这句名言；我拟对中国现代文学史的历史范畴作出新的界定与阐释，就是想在重构中国现代文学史的艰巨工程中作点"尝试"。

中国现代文学史的新界说

纯客观的文学史研究是根本不存在的，它绝对地受限于研究者的文学史意识及其所选用的理论模式。正是从这个意义上说，文学史观念的调整或更新决定着中国现代文学史体系重构的基本面貌。所谓文学史意识，主要指研究主体对中国现代文学发展轨程的整体观照和把握，意在建构一套能够为作家作品、社团流派定位定性并对各种复杂文学现象进行阐释的理论框架和操作程序。然而文学史意识或观念的更新并不容易，这里至少面临两个难题：一是敢于冲破过去对现代文学研究已成定局的框架和思维定势，如几代文学史研究者习惯于"现代文学三十年"的历史范畴以及与之相适应的一套建构模式和操作规程，我们对此敢不敢突破？二是"历史只能参照不断变化的价值系统来写，这些价值系统则应当从历史本身中抽象出来"①。此种逻辑上的循环昭示出，在价值与史实之间的反复调整中潜伏着多种可能，虽然文学史研究者的眼力和胆识可以得到充分发挥，然而究竟确立何种文学史观、选取何种价值标准和理论框架才是科学的，确实需要动脑筋下深功。我界定的"中国新文学六十年"（1917—1977），突破了中国现代文学三十年的按照革命历史分期和社会发展阶段分期的传统划分，而把现代文学史的演变过程作为一个整体来考察，上限从 1917 年文学革命启动始，下限止于 1977 年"文革"的结束。这不仅仅是文学史的分期问题，而是现代文学史观念的变化，蕴含着一种新的文学史意识。这种看法并非我的发现也非主观臆断，曾有人这样主张过，且有充分的根据；但是在这一文学史观指导下建构的新文学史至今尚未问世，我殷切期待"中国新文学六十年"这样开风气之先的"尝试"之作早日问世！

将中国现代文学史的变迁进行这样的把握和规范，既符合历史逻辑也符合思想逻辑，是对文学发展自身规律的尊重更是对历史唯物主义的坚持。以 1949

---

① 韦勒克、沃伦：《文学理论》，第 296 ~ 297 页，三联书店 1984 年版。

年作为现代文学终结的界碑,它只能标明新中国成立后现代文学的发展由多元并存的局面进入一元的新天地,文学由为思想启蒙张目或为夺取政权的战争服务变成为巩固政权的阶级斗争服务,但现代文学的总体形态和基本性质并没有因为新政权的建立而发生根本性转换,只是更加扩大和强化了解放区工农兵文学的声势和规模,使之移位于文学主潮的中心,而且文学的社会化、政治化倾向越演越烈,实质上这是与"五四"以来的现代文学的革命功利传统一脉相承的。因此把现代文学的下限定在1949年并不切合历史逻辑和文学演进规律。我们之所以认定1977年"文革"结束是现代文学演变顺理成章的下限,是基于这样一些考虑和认识:

历史逻辑清楚地显示出,从1917年到1977年中国现代文学由诞生、发展至末途恰好走完一个循环圈。五四文学革命否定了封建专政下生成的非人文学,建构起以"人的文学"为核心的现代文学;但历史推进到"文革"十年,"人的文学"遭到无情摧残而"非人的文学"又猖獗起来,五四以来新文学的优秀传统被彻底否定,仿佛中国文学重回到比封建专制下更加黑暗残暴的时代。这是个历史怪圈,也是现代文学演变的一个否定之否定的完整过程。在这个漫长过程中,我们可以梳理出数条贯穿始终的相互变奏交叉的文学史线索,正是它们规定并显示出中国现代文学的本质特征和价值取向。从文化视角来看,现代文学的演变总是受到各种文化思潮的制约和规范,以往任何时期的文学形态结构变化也没有像现代文学这样与文化思潮结下不解之缘,而且更为直接更为主动地随着文化思潮旋转,也就是说出现何种文化思潮就能生成什么样的文学。概言之,现代文学大致环绕着三大文化思潮变奏和旋转演变:人文型文化思潮、政治型文化思潮和民间型文化思潮。所谓人文型文化思潮,主要指以人为本位的人道主义思潮,它崛起于五四新文化运动,滋润培养了"五四"一代"人的文学"。政治型文化思潮所关注的是社会的变革、民族的命运和阶级的利益,它与无产阶级解放事业结合起来则变成了政治权力话语和主流意识形态。这股文化思潮在五四时期的突出表现是反帝救亡;"九一八"事变直至抗战爆发中经解放战争到达"文革",政治文化思潮的主要表现形态乃是战争文化和阶级斗争文化,总是服务于"夺取政权"和"巩固政权"。所谓民间型文化思潮应是多维度多层次的,这里主要指来自民间社会的广大农民的文化传统,它是精华与糟粕交杂在一起的文化思潮。这三大文化思潮并非完全绝缘,而是既对立又互补,它们的相互变奏相互冲突相互交替,有力地制约和推动现代文学的演变。五四时代，人文型文化思潮处于中心位置，民间型文化思潮处于边缘位置，政治型文化思潮则处于中心与边缘之间。这种文化格局就规定五四文学的基本特征是“人的文学”，政治型文化和民间文化所孕育出的文学形态并不醒目，仅处于次要地位。随着民族矛盾日益突出和尖锐以及阶级矛盾的激烈化，人文型文化被挤出中心，政治型文化思潮逐步以绝对优势占据主导地位，民间型文化经过政治意识形态的强渗透和改造逐渐向政治型文化靠拢，大有被同化吞并之势，到了六七十年代变成了政治型文化的一统天下，借着政治机构的威力而左右一切、主宰一切，到这时人文型文化思潮则成了被扫荡被清除的重点对象，文化格局的三角鼎立已不复存在，独尊政治型文化思潮。从20年代末到70年代末三大文化思潮的位置、作用发生了重大变化，而这个变化则是反复交叉逐步演化的，到了六七十年代才把五四时期的文化格局颠倒过来。伴随三大文化思潮的沉浮、移位，现代文学的结构形态日趋社会化政治化，到了六七十年代文学已逼近非人化或非文学程度。文化思潮渗透并作用于文学结构，最敏感的是主题意向的变化。从文学主题的视角来观照，人文型文化思潮投射下所形成的文学母题，主要关注人的个人发现、人的觉醒、人的生存、人的死亡、人的命运等等，总是把对个体人的思考引向对人类问题的思考，似乎在人——人类之间的家庭、民族、国家等则构成了人的全面解放的障碍。这种主题意向在五四文学中得到充分表现，从20年代末到40年代只是在部分文学中得到表现。在政治型文化思潮烛照下铸就的文学母题，它所关注的主要不是个体人的生存，而是把视线集中于群体的命运、国家民族的命运、阶级的利益，使个体消融于群体之中，总是把表现国家独立、民族解放、阶级斗争置于文学的中心地位，似乎个人问题在国家、民族、阶级等重大政治课题面前是微不足道的。这种主题意向在“五四”及20年代文学中并不明显，到了30年代中经40年代直至60年代初越来越突出，甚至出现了完全政治化的主题意向。民间型文化对现代文学主题的渗透，在五四文学中虽然受到启蒙主义思想的排拒，但表现民间社会生活面貌和下层农民市民情绪的作品依然存在；30年代一次次文艺大众化讨论、抗战爆发后的民族形式问题论争，从某种意义上是对民间文艺的呼唤，特别是40年代解放区工农兵文艺运动的勃兴，不仅民间文化的原始自在形态得以升华，而且民间文化精神在文学主题中也得以弘扬，其中代表作家赵树理既尝试着将民间文化越过人文型文化传统直接与政治型文化结合，又立足于民间立场通过小说创作为农民代言以忠实表述民间意识，但是到了50年代末以后，贯穿“左”倾政治文化思潮的意识形态，不只是借助政权力量摧毁了人文型的文化传统也摧毁了来自民间的文化传统，文学主题蕴含的民间文化意识完全被“左”的政治文化意识所取代。总之，“文革”前夕，现代文学主题意向被三大文化思潮所主宰的局面不复存在了，这是新文学走进死胡同的重要信号。从作家的创作思维来看，“三分天下”的文化思潮作用于现代文学创造主体，最根本的是思维模式的变化，它不只是决定着作家对题材的选择、主题的表达、人物的刻画，也制约着作家的艺术构思、表现手法和语言运用。人文型文化思潮和民间型文化思潮对创作主体的影响尚不能形成非此即彼的二元对立的思维模式，前者讲人道重宽容后者讲中庸崇和谐；唯有政治型文化讲阶级重斗争，特别同战争文化、“左”的意识形态结合后，在强大的外力挤压下内化为作家的二元对立的思维模态。战争是政治斗争的极端化，而中国现代文学六十年经历了两次世界大战、三次国内革命战争、八年抗日战争和三年抗美援朝，这种沉痛厚重的战争文化积淀于作家的敏感文化心理，怎能不形成二元对立的思维习惯？自50年代中期“左”倾政治文化思潮推动阶级斗争不断升级和扩大化，又进一步强化了作家的两极对立的思维形态。这种思维的特点就是把各种貌似对立的现象夸张到两极，非此即彼，没有调和的余地，否定中介，将一切复杂现象纳入简单化、公式化的思维轨道。试想，左翼文学、抗战文学、工农兵文学等，有多少文学作品不是遵循二元对立思维模式制作出来的？这是造成文学创作公式化、雷同化的思维根源。上述仅是从三个不同视角对现代文学六十年所作的粗略考察，旨在说明我们这样认识和把握新文学流变史是有充分思想根据和历史根据的；同时也便于站在世纪之交对完整态的中国现代文学史进行反思与总结。

我认为应该在这种文学史观的指导下来设计“中国现代文学史”的框架结构，力求做到：以中外古今文化纵横交叉作为探讨、描述、评价中国现代文学的坐标系；在新文学由运动形态、理论形态和创作形态构成的三大板块中，简化前两者，强化后者；着力突出“史”的线索，揭示文学流变过程、内在机制和审美特征，增强历史感；理清中国文学由古典向现代转换的脉络，总结经验教训。

补遗三篇

中国现代文学史研究的非智因素

中国现代文学研究近20年应该说是其学术史上最好的时期,“尊重知识,尊重人才”的主智论已逐步成为现代文学研究的基本倾向与主导话语。如果我们尚有清醒的理性自觉,没有被学术繁荣的表面现象或某些盲目乐观情绪所迷惑,那就能体察出现代文学研究领域仍然潜存着非智因素。因此,我们决不能漠视这种非智因素的客观存在,更不能低估它将给21世纪现代中国文学研究进入智性的更高学术境界所带来的危机。

为了探察近20年现代文学研究过程中的非智因素,首先应弄清何谓“反智论”。“反智论”译自英文的anti-intellectualism,又译作“反智识主义”。我们所运用的“非智因素”是从“反智论”引申出来的,仅仅是一种“非智因素”,还未达到“反智论”的严重程度。据余英时的解说,中国语言中没有“反智论”这个名词,但“反智”现象却普遍存在于一切文化之中,故很难给“反智论”下一个清晰的定义。因为它并非一种学说或一套理论,而是一种态度,一般地说它包含两个互相关涉的部分:一是对于“智性”(intellect)本身的憎恨和怀疑,认为“智性”及由“智性”而来的知识学问对人生皆有害而无益,凡抱有这种态度的人我们可以把他叫做“反智性论者”;一是对代表“智性”的知识分子表现出一种轻鄙以至敌视,凡是采取这种态度的人我们称他们为“反知识分子”。其实“反智性论者”和“反知识分子”之间只是在概念上有所区别,而在实践中这两者是难以分辨的。[①] 我们对中国现代文学研究中非智因素的探察,尽量将“反智性论者”与“反知识分子”两种反智态度相结合,寻求其踪迹和主要表现,并从而开挖其历史根源和现实根源。

① 余英时:《中国思想传统的现代诠释》,第63页,江苏人民出版社1989年版。

非智因素的种种表现

“反智论”对中国现代文学研究的冲击与伤害逮及“文革”达到登峰造极，学术成果被扫进垃圾箱，研究者被无情批判；“拨乱反正”后虽然“主智论”将现代文学研究导向活跃开放的学术轨道，研究客体或研究主体皆获得解放，受到社会的尊重与关注，仿佛重新找到了各自应有的价值定位，但是“反智论”的阴影并没有完全散尽，非智因素顽强地表现于现代文学研究的方方面面，甚至在近20年的某些历史区段大有“死灰复燃”之势，如借口“清除精神污染”向现代文学研究知识成果及其研究者“兴师问罪”，再如自商品大潮袭来人文科学知识及人文知识分子的社会地位与价值遭到贬抑，等等。尽管这种“反智”倾向没有形成大气候，及时得到匡正和扭转，然而形形色色的非智因素潜隐于中国现代文学研究进程却不是一朝一夕能够根除的。

中国现代文学研究总是过分强调为现社会现时代服务的急功近利目的，这本身似乎就含有非智因素。且不论“十七年”的现代文学研究始终服务于夺取政权巩固政权的政治目的，阉割了学术研究追求真理、探询学问的主导灵魂，使现代文学研究坠入非智性化非学术化的陷阱；就是近20年的现代文学研究并没有淡化急功近利目的，80年代初社会呼唤思想启蒙，我们就从现代文学研究中发掘个性主义、人道主义和理性主义，新时期中国进入全面现代化，现代文学研究就掀起探讨现代化及现代性等问题的热潮，90年代现代大众文化思潮汹涌腾跃，形成压倒其他文化思潮之势，这时的现代文学研究便聚焦于以鸳鸯蝴蝶派为代表的通俗大众文学。我不是说这种紧跟社会时代潮流的现代文学研究都含有急功近利的政治目的，也不是说所有的急功近利的研究皆具有非智因素；虽然应该承认这种急功近利的现代文学研究也不乏智性的追求，况且近20年的现代文学研究在探寻急功近利的社会效应的同时已逐步确立了以学术为本位、以求知为宗旨的自觉意识，然而即是如此我们也必须清醒地看到急功近利的现代文学研究确带有非智因素，表现在研究主体心态上则是服务意识强于求知意识、时效意识强于久远意识、名利意识强于真理意识，表现在研究成果上则是知识含量不丰、学术价值不高、科学品格不强，甚至出现了一些华而不实、脆而不坚的劣品，总之未达到“智性”的学术研究标准。也许有人要问，现代文学研究有无现实意义、有无当代性？当然有，这是毋庸置疑的；不过现代文学研究的现实意义或当代性，决不是牵强附会加上的，也不是急功近利的着意追求而得，更不是借题发挥生拉硬扯出来的，而是"智性"的研究成果的科学真理、知识含量和价值取向对应了或吻合现时代现社会某些人群或集团生存与发展的需要，它与现代文学研究的"智性"追求并不矛盾，越是合乎学术本位的求知识求真理的现代文学研究越具有那种不期而遇的现实意义或当代性。如果说一般意义的现代文学研究的目的要求中的社会功利色彩尚能随着"主智论"思潮的日益强化而逐步淡化，非智因素将会日趋减少，那么作为当代大学教科书的中国现代文学研究与写作的总目的则鲜明地体现出主流意识形态的政治路线和方针政策对高层次人才培养的目标要求，强调突出现代文学的思想性、政治倾向性，首先把中国现代文学作为向大学生、研究生进行爱国主义教育、革命传统教育、集体主义和社会主义教育的育人教材，其次才是学习现代文学知识的智性要求。这种重功利重教化的中国现代文学研究与写作，近 20 年始终主宰着大学的现代文学的教育教学，凡是教育机构认准的中国现代文学史教材无不体现出这种强烈的政治目的和育人要求。对于这种教材型的中国现代文学研究与写作的非智因素，我们既要发微又要作出具体评述。作为教材型的中国现代文学史的写作与教学不是说不应该有育人的目的，也不是说不应该重视其思想性，问题的关键在于现代文学史既不是政治课又不是德育课而是地道的专业知识课，何况它又不是一般性的知识型专业课乃是具有独特审美特征的现代文学史知识课。因此，对现代文学史或作家作品的教学与研究首先应突出其审美性、知识性、学术性乃至美育目的，必须充分发挥教师在传授现代文学专门知识学问真理及审美经验审美理想过程中所起的特殊作用，以独到的专业优势来确证教师的独特地位和价值。当然作为学生更要从"智性"的高度学习并掌握中国现代文学的系统知识与研究成果，从知识的猎取中和审美的感受中潜移默化地而不是强硬灌输地获得情感的陶冶、灵魂的净化和思想的升华，即使对现代文学本身蕴含的政治意识、道德意识、思想意识的吸取也应首先从知识层面把它们的原则原理弄清楚然后再从世界观的层次决定取舍，也就是说从现代文学史中选择或种思想意识以确立或强化自己的世界观必须以充分的学术知识为根据，尽力减少盲目性，提高自觉性。如果一味地强调教材型现代文学史的写作与教学的政治教化作用而将智育置于次要地位，如果不能在现代文学的教学与研究中把悦人与育人的关系辩证地理解好处理好，那不仅不能削弱或根除中国现代文学史写作与教学中的非智因素，使其总是摆脱不了革命的或进步的现代文学史的规范，而且将继续影响重构现代中国文学史的学术水准及其教学质量的提高，难以塑造现代文学教学与研究在大学中的新的智性风貌和学术风貌，致力于现代文学研究与教学的专业教师的地位和价值也难以得到学校乃至整个社会的公正对待与尊重。

我们之所以重视中国现代文学研究或教学的政治功利性而没有把智性目的置于应有的地位，其中一个不可少视的原因乃是始终将研究的客体对象作为一种纯粹的社会意识形态，也就是坚定不移地相信中国现代文学是一种社会意识形态，而且是有强烈阶级性、政治性的意识形态。虽然近20年的研究已冲决机械阶级论的束缚，不再简单化地给现代作家作品、文学运动和理论思潮定阶级性质，戴政治帽子，但是并没有从根本上修正或改变在阶级意识形态视野下为现代文学研究或教学规定的一些定性定质的政治色彩鲜明的价值判断，总是把它们囿于社会意识形态的政治框架。诚然，中国现代文学具有社会意识形态性，即使承认这一点也不能忽视它是极为复杂极为特殊的审美意识形态，尤其应看到作为一个审美文化结构的中国现代文学系统其构成因素并不完全具有意识形态性，至于社会意识形态的阶级性在异彩纷呈的各类文学样式、文学运动和文学思潮中就更模糊不清或无影无踪了。试想，在政治意识形态本质决定论指称下，动辄就判定这是“资产阶级改良文学”那是“资产阶级革命文学”，这是“无产阶级文学”那是“小资产阶级文学”，这是“革命文学”那是“反革命文学”，这是“左翼文学”那是“右翼文学”，等等，这些命名或判断究竟有多少智性的学理根据和经验依据？我们承认在中国近百年那些阶级矛盾阶级斗争激烈的历史阶段，有些文学理论与创作形态具有一定阶级性，但并非所有的文学样态或所有的历史空间的文学都有阶级性；即使有些文学有阶级性也恐怕带有创作者或研究者不少的主观性、随意性、先验性和武断性，或者是出于某种政治需要硬加上的而不是真实生命体验或学术研究使然吧？我认为进入学术研究视野的中国现代文学是一种人文科学的研究对象，它既是一个情感意识系统又是一个审美理想系统也是一个知识文化系统，如果没有后两者就没有现代文学的独立存在，只有三者的有机地完美地融合才能构成中国现代文学独特的审美科学体系，即使这个审美科学体系所蕴含的政治思想因素、伦理道德因素或宗教意识因素等也是经过创作主体审美意识的过滤、选择和升华的，同那种纯社会意识形态的表现方式或存在质地并不一样。总之，不管中国现代文学的结构系统多么复杂、多么深邃、多么错综，作为学术研究对象都应该重视它的“智性”研究,发现其原创的审美知识结构、独特的美学特征、科学的艺术规律、丰富的人类智慧以及含有真理性的思想意识,以获取智性的科学的学术成果,尽力排除非智因素对现代文学研究的渗染。然而从智性的视野来研究探询现代文学,既不是否定其应有的意识形态性又不是忽视其思想内涵的发掘,而是力图把现代文学这种特殊审美意识形态的思想内涵或文化意蕴真正纳入知识学术范畴进行学理性考察与评判。无论或种思想意识和文化思想是否具有真理性科学性都应有丰富而充实的知识作底蕴,不能单纯地以意识形态的阶级性作为价值尺度,似乎只有所谓"左翼无产阶级文学"或工农兵文学的思想内涵才富有真理性,只有这两种形态文学的知识才是科学知识,学术研究实践与文学活动实践已充分证明这是政治意识形态所导致的阶级偏见。其实,科学知识、思想真理、智性学问等,并不是这个阶级或那个阶级、这群人或那群人、这个人或那个人的"专利",也不是这个阶级的文学或那个阶级的文学、这个政治集团的文学或那个政治集团的文学所独有,具体到中国现代文学系统应是各种各类文学形态里都或多或少或深或浅地蕴含着,它们是所有参与现代文学建构与推动现代文学发展的知识分子的创造性智慧的挥发和艺术才华的展示,也是中国人乃至全人类的智慧结晶和知识结构的组成部分。这样说,并非想抹杀现代文学系统中各种各类文学样态在知识、学理、思想、情感、审美、技艺等层面的智性差异;不过这种差异不能仅仅局限于现代文学作为特殊意识形态的阶级观念正确与否的差异,而主要是蕴含的知识学问深与浅、审美品位高与低、思情理念真与假、艺术营造精与粗等的差异,后者的各层面的主智因素汇集起来就能凝成现代文学研究的智性传统,并从而可以发现中国现代文学系统中的丰富多彩的智性因素不仅仅涵括在所谓"左翼文学"、"工农兵文学"和"十七年文学"里,而且也蕴含在"五四文学"、"20 年代文学"、"自由主义文学"、"新时期文学"乃至通俗文学里。同时也要指出恰恰是前者几种文学样态具有程度不同的怀疑、轻视、贬抑甚至摧残智性及由智性而来的知识学问和代表"智性"的知识分子的反智倾向;值得关注的是直至今日尚未对现代文学系统本身的反智因素作出深刻的清理与反思,这既与大半个世纪中国知识分子的坎坷命运息息相关又与中国现代文学创作的审美品格以及现代文学研究的学术准则紧密相连。

由于近 20 年对现代文学这个研究客体总是从社会意识形态上进行整体把握(虽然近 10 年少数青年学者力图摆脱现代文学的意识形态性而探求其非意识形态性,甚至纳入文体审美形式系统来研究,但从全局来看现代文学的社会意识形态性尚未发生根本动摇），所以所选择或认定的理论框架并没有经过充分的学术论证，缺乏有力度有深度的科学知识支撑，往往含有一些不科学的非智因素，这体现在已出版的数量众多的现代文学史著作、现代文学研究论著以及发表的难以计量的论文中。就拿现代文学史书写来说，没有理论框架就不能写成系统完整的现代文学史，没有智性的科学理论框架就写不出具有科学品格的现代文学史；然而理论框架的建构既不是研究者臆断设定的又不是生搬硬套已有的定型理论模式，它是研究主体在系统阅读文学作品或文学史实的基础上从史料的实证性升华到思维的超越性，借助一种或多种相应的独到的理论范式，形成一种科学而新颖的文学史意识，然后根据自己的知识结构和创造才能，将感性的无序的散乱的文学资料联通起来，以重组成一个与现代文学史客观结构图式相吻合相呼应的理论框架。在我看来，具有智性特征的科学理论框架应显示出如下的特质和功能：一是它由文学作品、文学现象和文学史料的感性世界升华抽象出来的理性图式，与文学感性世界的客观结构相对应，并能以智性的理论思维对现代文学史本身存有的反智倾向或非智因素进行辨识和评判；二是它的思想根基和支柱来自一个或多个科学的理论体系或者是新发现的含有真理性和创见性的"史识"，而不是那些披着真理外衣的冒牌货，更不是那种既蔑视或敌视知识分子又变相鼓吹"知识无用论"或"知识越多越反动"的霸权理论；三是它既符合对现代文学史在纵向上具有过程性、转折性、可变性等特征予以考察与描述的需要，又切合对现代文学自身审美品格及其内在规律进行揭示与阐释的要求，也适合对现代文学史在横向上与社会文化系统具有相关性、层次性和交叉性等特征予以透视与论析的需要。众所周知，长期主宰中国现代文学史研究与写作的是一种政治"权威"理论，直到当下大专院校指定的全国统编教材《中国现代文学史》有些仍在它的规范之下。研究与教学实践反复证明，以这种政治"权威"理论建构的理论框架来书写中国现代革命思想史或革命文化史也许是科学的，而用来书写中国现代文学史只能是一种现代革命文学史的理论模式，不可能写出一部经得住实践检验和时间考验的具有智性特征的科学品格与学术品格兼备的全景式的现代中国文学史。这不仅因为以它作为理论框架写作中国现代文学史不完全具备上述科学理论框架的特质和功能，也不仅因为"十七年"和"文革"以"阶级斗争为纲"或"路线斗争为纲"建构的现代文学史理论框架与它有着内在的必然联系；而且因为以它作为一种"绝对权威"性的理论，不论对"五四"文学革命指导思想的理性判断、新文学联合阵线的阶级划分，或者对现代文学性质的阐释、对知识分子作家的阶级定性等，都缺乏充分的事实根据和学理论证，存有明显的非智因素，而且也因为以此理论框架来探讨与书写含有非智倾向的延安文学和反智倾向的“十七年文学”不仅不能以怀疑与批判的态度来清算和反思这段文学史，反而在不同程度上遮蔽或维护了文学史的反智倾向，作家知识分子及其创造的智性文学作品的应有地位和价值不可能获得公平对待。进入 90 年代，大多数研究者尤其中青年学者已冲决了“绝对权威”理论框架的羁绊，以开放活跃的多元理论思维来透视、探索中国现代文学史的错综复杂的客观结构，形成了多种多样的别具一格的现代文学史研究与写作的理论框架；但必须看到，在这些理论框架中有的并没有摆脱政治“权威”理论框架的非智阴影，有的即使摆脱了而所建构的新理论框架也不乏非智因素或者把智性因素遗在格局外。如以“塑造国民灵魂”为核心“史识”建构的书写中国现代文学史的理论框架，这固然能突现中国现代文学的启蒙思想主题，弘扬了一部分知识分子作家在改造国民性上的睿智与苦心以及营造启蒙文学的才华，但是也必须指出启蒙文学仅仅是百年中国文学格局中的一种重要形态，着重体现在启蒙知识的思想层面，况且其他文学形态也是中国现代文学史不可或缺的构成部分。可见只强调现代文学的启蒙性，不仅以思想功利性的突显而掩盖了文本的其他层面的智性因素，而且也遮蔽了其他文学形态的智性结构，如果以此理论框架书写一部专题启蒙文学史尚较科学，而重写中国现代文学通史则显示出其涵盖力、包容性不足，遗漏了不少智性因素。再如以“启蒙与救亡相互变奏”作为文学“史识”建构的书写中国现代文学通史的理论框架，这个框架虽然突显了现代文学的启蒙与救亡两大母题，但仍然不能涵括近百年中国所有形态的文学，特别是能把现代文学视为社会意识形态而忽视它也是一个自足的审美文化知识结构。不再赘述。当下研究现代文学的智性理论框架越来越多，不过对那些含有非智因素的理论模式也不能不重视。尤其应该注意在理论框架建构过程中所借助和选择的理论体系是否具有智性的科学的品格，如果错选那些反智或非智的理论模式作为理论框架的基石和支柱，那么研究现代文学所获取的成果无疑会充溢着非智因素。

对于中国现代文学系统的智性因素能否发掘出来、非智因素能否辨识清楚，并能对那些智性因素有无真正价值作出正确判断，这与研究者的主体思维模式密切相关。由于在较长的历史区间，作为所谓意识形态阶级斗争前哨阵地的中国现代文学领域，总是首当其冲地去迎接“兴无灭资”的红色风暴，一批批致力于现代文学创建与研究的知识分子以莫须有罪名或被批判或被囚禁或被清除，其创作的文学作品和研究的学术成果遭到了更悲惨的厄运，到了“文革”时期知识分子及其知识学问都成了全面专政的对象，使反智潮流达到“史无前例”的顶点。对知识分子及中外知识文化的反复扫荡、反复批判、反复改造和反复肃整，不仅严重扭曲了社会心理与社会舆论对知识分子与知识学问的看法，甚至形成一种极为可怕的反智或非智的集体无意识，而且知识分子在一次次残酷的“脱胎换骨”中，现代灵魂被异化了，学问知识被否定了，文化人格被歪曲了，整个思维也变了形——即自主思维变成了驯化思维、主体思维变成了奴性思维、创造思维变成了服从思维、主智思维变成反智思维，并形成一些非智的价值观念、思维定势与思维模式。在现代文学创作与研究队伍中，不少知识分子具有这种恐怖的经历和深切的体验。虽然经过“拨乱反正”，历史翻开新的一页，知识分子获得一次新的解放，现代文学研究出现一批批新生力量，学术成果、知识学问也受到应有的重视，特别进入90年代崇尚科学知识、知识经济的风气越来越盛，知识人才的竞争也越来越激烈；但是必须清醒地意识到，在那些不正常的历史阶段社会心理、社会舆论或集体无意识所植下的反智或非智的种子并没有清除干净，只要气候温度适宜仍会发芽。具体到中国现代文学研究领域，且不说那些非智性的价值观念、思维定势在一些知识分子的研究中仍运用着或在一些研究成果中隐现出来，就拿二元对立思维模式来说，依然是现代文学研究的重要思维方式，它所带来的非智因素蕴含在学术成果中。请不要误解，我不是说一般的“二元对立”是一种反智思维，恰恰相反，“二元对立”作为一种辩证思维则是一种主智思维，它在人类的生存与发现过程中不断地发展真理、不断地创造智慧、不断地探究学问，直至当今仍是一种具有创造活力的思维方式。列维－斯特劳斯的结构观对“二元对立”作了这样的阐释：“‘二元对立’，这个概念，不是只讲对立，同时也讲依存。但这里首先强调的是‘对立’的关系。例如，自然和人，就是既相互对立又相互依存。在人类中，男人和女人、丈夫和妻子、父亲和子女、兄弟与姐妹等等，亦是如此。人的左手和右手，也是既对立又相互关联。社会生活中的善与恶、权利与义务、予者与受者等等，亦莫不如是。结构主义者认为，人要使自己同别人联结起来，必须首先使自己同别人区别开来，只有这样才谈得上自己进一步同别人联系起来。倘自己不能同别人相区别，就表明‘自己’未有独立，仍与他人相混淆。”①马克思主义发展了“二元对立”思维，创立了辩证唯物主义，“对立统一”则成为马克思主义辩证思维的核心。我所说的既不是结构主义的“二元对立”思维又不是马克思主义的辩证统一思维，而是那种机械的只讲对立不讲依存的非此即彼的绝对对立的“二元对立”思维模式。这种思维模式早在晚清至“五四”的新文化运动与文学变革中伴随着进化论思潮的腾涌就已经出现了，后经战时文化、阶级斗争的理论与实践的充实与强化，把“二元对立”思维的“对立”推向极致，成为现代文学研究领域较长时段的主导思维模式。我们不能笼统地讲这种思维模式始终是反智的，必须进行具体分析。“五四”前后出现的“二元对立”思维源于进化论的新陈代谢、除旧布新、青年必胜老年等思想。曾作为新文化运动和新文学运动崛起与发展的主导思维范式，不仅形成了一系列的新文学与旧文学、传统文化与现代文化、中国文化与西洋文化、活文学与死文学、复古与革新、守旧与革命、破坏与创造、白话与文言等两两相对的观念范畴，并在这种“二元对立”思维模式的驱动与运作下掀起一场“提倡新道德反对旧道德、提倡新文学反对旧文学、提倡白话文反对文言文”的新文化运动与文学革命，从而为中国现代文化系统、现代学术系统、现代知识系统、现代文学系统、现代话语系统等的建构奠定了坚实的基础，初步显示出“二元对立”思维模式在“革故更新”、“破旧立新”中以创造新思维成果的智性威力。但同时也暴露出“二元对立”思维的诸多缺陷：只强调新与旧、中与西、现代与传统、白话与文言等对立性甚至对抗性，却相对忽视两者之间的统一性、依存性甚至转换性以及两者之间的中介和张力。这固然可以给肯定方面带来崭新的创造性思维成果，有助于新的知识文化结构系统取代旧的知识文化结构系统；然而也必须看到它给否定方面带来的非智性的负面效应，即不仅不能把否定方面可以肯定的因素、能够与肯定方面衔接契合的因素乃至在特定条件下可以转换的因素挖掘出来予以弘扬，切断了肯定方面思维成果的源头活水，如“五四”时期的激烈反传统就导致了这样的后果；而且两者之间相激相荡形成的张力场所隐藏的丰富意蕴或新知卓识也不能充分发现出来加以光大，如现代与传统之间的张力关系中有多少价位高、内涵丰、底蕴厚的东西至今未开发出来，足见“二元对立”思维有着其非智因素。及至机械阶级论猖獗之时，“二元对立”思维完全变成“你死我活、誓不两立”的政治思维或非此即彼、

① 《美学文艺学方法论续集》，第 304 页，文联出版社 1987 年版。

决不调和的极端对立思维，落实到现代文学研究领域，无原则无根据地主观任意膨胀地给作家作品、思潮流派、文学运动定阶级性质戴政治帽子。凡是所谓无产阶级的文学，即使有的思想内涵再荒谬、即使有的文化知识再贫乏、即使有的艺术品格再粗糙、创造技艺术再低劣也要予以肯定，哪怕含有严重的反智倾向也是“革命性强”、“阶级立场鲜明”的表现。凡是所谓敌对阶级的文学，即使具有现代文化意识或科学知识，即使在审美艺术上具有创新性也要被否定。至于那些所谓的非无产阶级文学即使现代文化品位再高、知识含量再丰厚、艺术创造再精致也不能作过高评价，而且这些不同阶级性质文学之间既没有相通性也没有转换性只有异质对抗性。这种政治化极端化的“二元对立”思维模式经过“拨乱反正”的批判后，虽然在现代文学研究领域已失去往日的主宰地位和施虐威力，几乎不会再有人自觉地运用这种思维模式横扫知识分子和文化审美知识了；不过经过解构或调整或转换后的“二元对立”思维模式仍在中国现代文学研究中发挥作用，大致呈现出四种状态：(1)或将极端化的“二元对立”思维恢复到进化论的“二元对立”思维，依然坚持过去进化文学史观所形成的传统与现代、新与旧、中与西等思想范畴，尽管在运作过程中对现代文学研究有所开拓有所增值，但对要取代或转化的传统文学或旧文学或中方文学总是贬抑得多，而对现代文学或新文学或西方文学总是溢美之词多，至于对立双方之间的张力关系中所蕴含的审美意识或文化知识更缺乏深入的开掘，难免有非智因素。(2)或把机械阶级论的“二元对立”思维调整到马克思主义的“对立统一”即辩证统一思维，虽然在研究现代文学中仍坚持阶级观点和阶级分析的方法，但已注入了一种实事求是的精神，对敌对阶级或非无产阶级文学的文化意蕴、现代知识、艺术成就也能冷静地分析和认真地对待，即使如此也难免阶级对立意识的强调所带来的非智因素。(3)或将极端化的“二元对立”思维转化为中国传统的和谐辩证思维，即在“二元对立”中强调和谐，追求公允、协调、互补和自行调节，以求平衡稳定，不趋极端；这种和谐的辩证思维善于发现事物的对立，并在对立中把握统一，以此求得整体系统的动态平衡，《周易》的“一阴一阳谓之道”是对传统“二元对立”辩证思维的最高概括，后来在发展中又把它归结为“无独必有对”、“物极必反”等。值得注意的是，传统辩证思维一方面表明事物发展的有序化原则，另方面却又是一个以追求和谐、公允、统一为目的的封闭的循环系统。而这种和谐的辩证性必然带来两种缺陷：一是在“二元对立”思维中一味追求和谐统一、强调互补共存，将会抑制不断进取、勇于突破的创造机制，阻遏充满生机的创新激情和行动，有碍于人类文化知识结构的更新、充实和增值；二是和谐的辩证性缺乏真正的动态观念，主张事物的发展变化达到“道”或“理”的高度就凝滞了，再不能继续攀升，最终陷于循环论。这种和谐的辩证思维在90年代的中国现代文学研究中得到较广泛的运用，如对“五四”时期新文学阵营与学衡派等文化保守派别关系的探讨，只强调它们之间的互补性、相通性与共存性，而忽视或削弱其差异性，认定它们对新文学建构所作的贡献是相同的，所创造的知识文化价值也是相等的，这种折中调和的研究至少模糊了创新与守旧、现代知识系统与传统知识系统、现代知识分子智慧风貌与守成知识分子文化立场的界限；既然它们是不等值的，那作出等值的判断是否会带来变相的非智倾向？（4）或将非此即彼的“二元对立”思维转换成现代科学的辩证思维，它是以“对立统一”作为思维核心，以现代实践、现代科学和现代文明作为基本要素的主要内容。恩格斯曾说过：“每一时代的理论思维，从而我们时代的理论思维，都是一种历史的产物，在不同的时代具有非常不同的形式，并因而具有非常不同的内容。”①虽然辩证思维在我国古代早以朴素的形式出现，曾把整个世界视为不断运动与发展的过程，追求“二元对立”的和谐统一，然而真正的辩证思维只有在现代实践中才能形成，并作为现代知识分子的思维方法之一在科学研究中呈现出整体性原则、动态原则、联系原则和实践原则，特别是系统辩证思维在运作中既重视部分质与整体功能之间的辩证关系，又注重整体属性与部分属性之间的辩证关系，也强调整体系统与部分要素之间的辩证关系。这种现代科学的辩证思维在近20年的中国现代文学研究过程中逐步得到研究者的普遍认同与广泛应用，超越了传统的和谐辩证思维规范，突破了极端化的“二元对立”思维模式，冲决了僵化的思维定势和陈旧的理论观念，更新了已有的知识结构与智力系统，击破了现代文学王国的重重“禁区”和层层“设防”，以研究主体思维成果的新价值新知识和科学性真理性重构现代文学研究的学术知识宝库，使现代文学研究的智性因素越来越多而非智因素则越来越少。

上述仅从四个视角探察了近20年中国文学研究领域的非智因素，虽然这是远远不够的，而且缺乏由表及里由浅入深的透视与开掘。但是从中却能窥见出有利于21世纪现代中国文学研究跨入“智性”的新境界新层次的可喜趋向：整个社会文化氛围由非智或反智倾向已转换为主智主义风尚；学术探讨由一家

---

① 《马克思恩格斯选集》第3卷，第465页，人民出版社1972年版。

独鸣逐步向百家争鸣转换，似乎个人的声音越来越响；主体思维已突破大一统思想的禁锢，由一元向多元转换，民间话语已压倒“公共”话语；“知识无用”已向“尊重知识”、“知识就是力量”转换；人文知识分子的地位与价值已摆脱了“皮”和“毛”的关系，越来越受到社会的尊重和关怀；文化体制管理与监控越来越松动，越来越民主，有限的学术自由已向更大限度的学术自由转换。

非智因素的历史根源

今天的历史有时是昨天历史的重演，为了使人们从失误中或教训中变得更聪明更智慧一些，不得不重温人类历史。中国现代文学研究如同其他社会学科研究一样，为什么至今尚未完全走出特定区段政治上反智主义阴影，仍有非智因素干扰现代文学学科的学术研究，我们不能不从反思历史上的反智政治传统中来寻找答案。

根据余英时的研究，他认为：“中国的政治传统中一向弥漫着一层反智的气氛；我们如果用‘自古已然，于今为烈’这句成语来形容它，真是再恰当不过了。”①不过我要更正一句“于今为烈”的势头进入20世纪90年代的中国已经刹住了，只是整个文化系统诸方面尚存有非智因素，似乎已掀不起大潮了。从政治思想史的角度来考察，先秦时代的儒家即孔、孟、荀都是立足学术文化立场对礼乐、教化的政治思想内容加以论述的，在政治上不仅不反智且积极主张运用智性，尊重知识。孔子既倡导知识分子从政又鼓励其弟子为实现儒家的政治理想“道”去参政。孟子为知识分子参政寻找理论根据。他说：“士之仕也，犹农夫之耕也。”（《孟子·滕文公下》）荀子以学问知识深浅为标准将儒者分为俗儒、雅儒、大儒三类，并强调国家只有尊重知识分子才能安定兴盛。在儒学系统中，“道”比“政”高一个层次，故主张以“道”为据批评现实政治，这也是其智性的重要表现。孔子说“天下有道，则庶人不议”，反之就是“天下无道，则庶人议之”，《春秋》就是孔子留下的一部系统的议政著作；孟子继承并发挥了孔子的批评时政精神，提出了著名的“民为贵，社稷次之，君为轻”的论断。孔子以后儒家对时政的批评已不限于“乱臣贼子”，即使大一统的皇帝也在批评范围之内，董仲舒的“贬天子”精神直到东汉才离开儒生之手。儒家议政的批评精神尽管几经挫

① 余英时：《中国思想传统的现代诠释》，第64页，江苏人民出版社1989年版。

折,但一直流传到明清,从东汉至明末知识分子曾发动多次规模较大的议政抗政运动,影响最大的是东汉太学生的清议和明末的东林运动。17世纪的黄宗羲在《明夷待访录·学校篇》中尖锐指出:“天子之所是未必是,天子之所非未必非。”使儒家政治思想中的主智传统在黄宗羲身上获得一次最光辉的闪烁。在中国历史上真正反智的是道家和法家,虽然他们的政治思想与儒家有不少相通之处,但在对待智性及知识分子的态度上却与儒家相左。道家并不看重智性及知识,而尚自然轻文化,不过老、庄两家有所不同:庄子对政治不感兴趣,主张“无为主义”;老子则是政治上反智论的始作俑者,他公开主张“愚民”,因为人民一旦有了充足的知识就难统治了,故《老子》有很多反智言论,如“以知治邦,邦之贼也”,“恒使民无知元欲也,使夫知不敢,弗为而已,则无不治矣”,“绝圣弃知,民利百倍”,“民多智慧,而邪事滋起”等等。《老子》一书的反智倾向只是一套抽象理论而不是行动纲领;老子的反智论在政治上真正发生实效则是到了黄老哲学发展成熟之后,特别是与法家的一套举措结合之后。黄老思潮在政治上得势,据余英时的考究应是大一统时代的汉初,“即使是拥有绝对权力的统治者也终不能不需要一套政治思想来做他的精神武器,黄老学派于是便提出了所谓的‘道’。这个‘道’极简单,所以是‘一’。当然‘一’也有唯一的真理的意思。但这个‘一’只是一个最高原则,并非一成不变的”。“‘一之理,施于四海。’换言之,它是‘放诸四海而皆准’的普遍真理。掌握了这个唯一真理的人便能‘操正以正奇,握一以知多’。”但这个“人”是谁呢?当然非人君莫属,在黄老的思想系统中也唯有“人君”才能掌握“道”,即“帝王者,执此道也”①。黄老思想的反智论的根据在于它的“一道”论。如果说儒家分“道统”与“政统”为二且肯定道统高于政统,据此臣下可以批评代表政统的帝王,那么黄老则把“道统”与“政统”彻底地合二为一了,是严禁臣下争议或知识分子批评的;也就是说,在“二道”或“多道”的社会,包括知识者在内的人民是可以批评政府及国家领导人的,因为他们有政统以外的立足点,而在黄老“一道”的社会只有帝王可以持“一”以“正”臣民,臣民是无法无权批评帝王及其所制定的大政方针的。法家的反智论比黄老思想有过之而无不及,无论摧残智性或压制知识分子而法家的主张都是最彻底的,尤为严重的是秦汉以后法家的反智论在中国政治传统中造成了持久而深刻的影响。就拿愚民政策来说,老子只是提出一套抽象原则,而法家则

① 余英时:《中国思想传统的现代诠释》,第77~78页,江苏人民出版社1989年版。

策划出一套具体的实施办法。韩非子在《五蠹篇》中说："故明主之国，元书简之文，以法为教；元先王之语，以吏为师；无私剑之捍，以斩首为勇。是境内之民，其言谈者必轨于法，动作者归之于功，为勇者尽于军。"除"法"之外不许有任何书籍存在，更没有人敢在"法"外乱说乱动；韩非这一套在秦始皇统一中国后借助其同学李斯之力都实施了。韩非之所以主张愚民是因为他认定"民"是愚昧无知的，故"民智之不可用，犹婴儿之心也"，"举士而不求贤圣，为政而期适民，皆乱之端，未可与为治也"（《显学篇》）。《商君书》是法家反智论的代表作，既对愚民政策作了进一步发挥，说什么"民不贵学问则愚，愚则无外交，无外交，则国安不殆"，又对战国时代的"五民"即"诗书读说之士"、"勇士"、"处士"、工与商加以攻击，视儒侠两种人是法家路线的大敌；同时提出了一套巩固政治统治的积极措施，即"圣人之为国也，壹赏，壹刑，壹教"，"壹刑"则是除君主外一切人犯上作乱都要判处死刑，"壹教"与黄老派的"一道"相通，就是统一教育、统一思想、统一价值标准。法家肆无忌惮地提倡反智论的目的在于树立君主的绝对领导权，所谓"尊君"就是把一切最高权力都集中君王手中，即使君王有过失也要臣下承担，一切批评都不能指向君主，臣愈卑则君愈尊。秦始皇和李斯根据法家这套专制原则在中国开创了一个反智论的新传统，"焚书"和"坑儒"就是反智论最残酷的政治实践，而这种反智传统竟在中国政治统治中延续了两千多年。秦亡汉兴，法家的反智论则出现了新的变种即所谓"儒学的法家化"。汉初儒学的法家化，主要表现在君臣观念的根本改变，即汉儒抛弃了孟子的"君轻"论、荀子的"从道不从君"论，取而代之的则是法家的"尊君卑臣"论；汉高祖时代的儒生叔孙通承续了"秦人尊君卑臣之法"，并把它变成儒家政治制度的组成部分，他的"人主无过举"一语将皇帝尊严推及至高无上。董仲舒把"尊君卑臣"的原则推广到其他社会关系，提出了著名的"三纲"之说，汉武帝接受董氏的"罢黜百家，独尊儒术"的主张并非赞赏他的"贬天子"之论，而是因为他极为巧妙地以儒家外衣包装了法家的"尊君卑臣"的政治内核，使儒学更加法家化。儒学的法家化并不限于汉代，它几乎贯穿了全部中国政治史。清代戴震说："酷吏以法杀人，后儒以理杀人，浸浸乎舍法而论理，死矣，更无可救矣。"（《孟子字义疏正》）。汉代的"经义断狱"比戴震所说的更可怕，人不但死于法同时又死于理。董仲舒著的《春秋断狱》把春秋完全化为一部法典，为统治者无限扩大并加密法网，竟提出"诛心"说，使"腹诽之狱兴"。两千多年来中国知识分子屡遭"文字狱"之灾正是根据"诛心"、"腹诽"之类的内心罪状罗织而成的，明代和清代大兴“文字狱”无疑是继承并发展了汉武帝时期的儒学法家化的极其残酷的反智论政治传统。

中国政治思想史表明，从先秦到明清虽然在政治上有一条或隐或显的主智论路线，它体现在审美文化上则创造了灿烂光辉的古代文化艺术和古典文学作品；但也有一条比主智论强硬的反智论政治路线，对古代思想文化和文学艺术以及知识分子实行残酷的专制与无情扼制，尤其儒学法家化所形成的反智传统是砍刀子与软刀子同时砍向“智性”以及持不同学见政见的知识分子，迫使知识分子对政治问题只能歌颂不能批评。如汉赋尽管偶有讽刺意味但主要基调是歌颂皇朝，歌颂当代政治，就是最具批判精神的王充也说歌颂当朝是知识分子之责，可见汉代学术上没有自由，以政治来控制学术达到何等严重的程度。若是当朝只许歌颂不准批评，就不可能产生新思想、新知识、新文化和新艺术。然而秦汉政治上的反智论造成的学术专制、思想专制远没有其后代的明朝与清朝暴烈。据传朱元璋绝不容许学术自由存在，决不允许思想创新，对学术自由有意识地严加控制，对古代典籍进行审查的目的就是要消灭民主观念，使人对君权至上不能产生丝毫怀疑，所以逼得知识分子无路可走，或参加白莲教走上“大逆不道”的造反之路，或在写八股考科举中耗尽一生，或充当皇权政治的工具爪牙，或逃避现实遁隐山林消磨时光。可以毫不夸张地说，明代对知识分子的控制和大兴文字狱绝不逊色于清朝。清代是异族统治，虽然既没有知识分子的自由也没有学术自由，然而清代300年对知识分子的摧残不一定比明代更惨，例如明代中后期除了王阳明、李贽的学术思想感情闪烁出创造性的光辉，整个明代学界没有清代那样有活力，当然这并非说清代政治上的反智论所造成的灾难就轻于明代。这里特别值得一提的是，明代形成一种以政治力量强迫群众读皇帝书的特有传统。原本乡约是一种民间自由结社的组织，后来被专制政权拿过去则变成了地方长老向老百姓教条主义地宣读皇帝圣谕、读皇帝“语录”的制度，明太祖的“明大诰”作为“臣民之至宝”规定每户一套，每家都要读都要听。这种以政治强权推行大一统思想统治的做法流毒甚远。在如此严酷的反智政治专制下，知识分子怎能有独立自主意识，学术思想怎能自由发展，新观念新知识新文化怎能产生？难怪战国以后的两千多年中国再没有出现昔日的百家争鸣、学说雄起的学术繁荣时代，难怪中国的科学技术到了明清滞后西方数百年。

历史进入20世纪，中国步向“过渡时代”。梁启超对“过渡时代之中国”作了这样的描述：“人民既愤独夫民贼愚民专制之政，而未能组织新政体以代之，是政治上之过渡时代也；士子既鄙考据词章庸恶陋劣之学，而未能开辟新学界以代之，是学问上之过渡时代也；社会既厌三纲压抑虚文缛节之俗，而未能研究新道德以代之，是理想风俗之过渡时代也。”故完成过渡时代之使命，“居今日之中国，上之不可不冲破千年顽谬之学理，内之不可不鏖战四百兆群盲之习俗，外之不可不抗五洲万国猛烈侵略、温柔笼络之方策，非有绝大之气魄，绝大之胆量，岂能于此四面楚歌中，打开一条血路，以导我国民于新世界者乎”①！从政治思想的角度来看，梁启超立足于20世纪的起点，坚决反对历史上在反智论政治传统下形成的“独夫民贼愚民专制”的政体、“考据词章庸恶陋劣”的学风、“三纲压抑虚文缛节”的风俗，提倡建设充满智性的新政体、新学问、新道德。经过近百年中国人民、仁人志士的前仆后继的艰苦奋斗，伴随着具有程度不同“智性”特征的政治制度变革先后出现了君主立宪制、民主共和制、人民民主专政制，与之相适应思想文化领域兴起了晚清新文化运动与文学改良、五四新文化运动与文学革命、“左翼”文化运动与革命文学等；现代知识分子以新的智慧风貌和历史主动精神既继承了历史上的主智文化传统又借鉴了西方的主智文化思想，为建构中国主智的新政治、新思想、新道德、新学术、新文化、新知识、新文学作出了独特贡献。由于中国现代文学的产生和发展与现实政治结下不解之缘，所以致力于现代文学创作和研究的知识分子对政治极为敏感也极为关注，不仅受惠于主智政治而且也受害于反智政治。如果没有现代主智论政治的关怀就不可能创立现代学术、现代文化、现代知识、现代文学等体系，若是没有反智论政治的作祟中国文化文学的现代化和现代学术的建构就不会出现大的曲折和灾难。也就是说中国古代两千年的反智论与主智论的相互变奏的政治传统到了20世纪的现代中国仍在延续着，特别是反智论政治曾在中国现代文学创作与研究中顽强地表现出来，这主要有：晚清知识分子提倡并参与的政治维新、文化变革和文学改良遭到以慈禧为代表的反智专制政权的血腥镇压，仁人志士们为新政体新道德新文化新文学的创立付出巨大代价；孙中山创建的民主共和政体转到蒋介石手里则变成反智论的专制政体，大肆鼓吹一个党、一个思想、一个主义、一个领袖，建立起大一统的政治专制和文化专制的极权统治，严禁学术自由、思想自由，党同伐异，对内对外推行特务政治监控，凡是持不同政见、不同思想、不同观点的知识者和书刊都在查禁或弹压之列，“左联”五烈士就是铁证；进入50、

① 《辛亥革命前十年间时论选》第1卷上册，第5～15页，三联书店1978年版。

60年代，未曾料到的是，以无数先烈为争取民主自由洒热血换来的新政权，在人民民主专政条件下，策划并发动“反胡风”、“反右派”直至十年“文革”，现代知识分子及古今中外思想文化、文学艺术甚至各种知识学问，几乎都在横扫之列，最终实行全面专政，将秦始皇的“焚书坑儒”、儒学法家化的反智传统发展到极致，使反智论的专政政治统治趋向顶峰，知识分子和全国人民所遭受的灾难、文化知识和学术宝库所受到的摧残都是“史无前例”的，中国现代文学创作和研究领域更是“重灾区”。面对出现在与当今世界民主潮流和主智论相悖反的反智论政治，人们对它反思的深广程度和警醒程度是远远不够的。

新时期以来，主智论政治已取代或正在取代反智论政治，尊重知识、尊重人才逐步成了社会风尚，“科教兴国”已是实现中国全面现代化的战略任务，有利于“智性”发展的民主化建设进程也加快了步伐，“百花齐放，百家争鸣”已由口号向实际行动转化，学术自由的环境与学术自由的心态也日益强化。虽然我们不能忘记在这样的政治背景和文化语境下中国现代文学研究从表层到深层仍不乏非智因素的干扰或渗透，然而也应看到这是当下社会转型的必然现象，随着政治体制改革的逐步深入，非智因素是会根绝的。应该看到，这种非智因素不仅来自从古及今的反智论政治传统，是否也来自当下的官本位、钱本位以及钱权交易的社会风潮？试问，作为人文知识分子在钱权的诱惑下能否坚持学术本位，能否把现代文学的学术成果视为自己的价值根基？

（写于1997年春）

中国现代文学史研究的学术趋向

若对中国现代文学史研究的现代化进程予以考察与探析,我们便会发现并非所有的研究都称得上是中国现代文学史的"现代化"研究,也就是说不能把一切研究都纳入"现代化"研究的范畴,或者说它们都符合"现代化"研究的价值标准。在我看来,对中国现代文学史的"现代化"研究,至少应具有或体现这样两个标志:从研究客体来说,是否将中国现代文学史纳入真正学术研究的轨道还是把它拴在政治意识形态的车轮上,是遵循"经世致用"的传统学统还是按照"学术独立"的现代学统对中国现代文学史进行研究?从研究主体来说,是否坚持现代文化立场和现代价值观念以独立自主的学者姿态对中国现代文学史进行富有个性化的创造性研究,所选择运用的理论框架是建立在对学理民主探讨的基础上还是权力话语命定的?基于这种思考,试图对近半个世纪以来中国现代文学史研究的现代化进程做点反观与蠡测。

艰难的挣脱

"中国现代文学史"作为一门独立学科,并不能说它没有经过充分的学术研究与学理论证,而主要是建国之初由教育部根据大学课程设置的需要和意识形态斗争的需要命定的,因此它的存在或发展在初始阶段既是取决于学术研究的需要,又是主流意识形态的认准和行政的指令,深含着急功近利与政治权力话语。时至今日,经济形态发生了巨变,政治体制也进行了改革,学术研究有了重大发展;然而"现代文学史"作为一门命定学科依然控制在政治权力话语手中,框架结构并未出现根本转换,命定性、假定性严重束缚着"现代文学史"学科的发展,如同一座特殊材料筑造的"围城",学者们是无权无力把它拆掉而进行重构的;虽然有些学者提出"20世纪中国文学"或打通"近、现、当"代分割等学科构想,但至今尚未真正落实和得到主流话语的认可,本学科仍缺乏完整性、独立性和学术自觉性的"现代中国文学史"研究结构。

既然"现代文学史"学科的规范性研究格局，在建国初是通过学术民主、顺理成章形成的，那么与此相应的作为学科根基的理论框架也是学者们通过学术研究或学理辨识而独自选择的，毋庸置疑地则倾向于以《新民主主义论》作为学科建构的理论基础。以此作为理论框架与作为研究客体的"现代文学史"能够达到一定的吻合程度，或者能从历史的审美的角度较完整地概括中国现代文学史的多元复杂的本来面貌和本质特征，在当时的认识高度便肯定这个理论框架能够把"现代文学史"导向学术之路；然而后来的研究实践反复证明，这个理论框架规范指导下的"现代文学史"研究，只能说它是一种理论模式或重要理论模式而不是"唯一"的，它所揭示的中国现代文学史仅是新民主主义革命史或新民主主义文化史的有机组成部分。这样的现代文学史是地道的政治文化型的文学史或阶级斗争型的文学史，甚至到极左思潮泛滥时出现了路线斗争型的文学史。而一旦有些现代文学史或作家作品研究逸出了这个理论框架，那就是"离经叛道"的异端邪说。在这种政治氛围下按照既定的理论框架所编著的中国现代文学史或所进行的作家作品研究，只能算作进步的革命的"半部现代文学史"或部分作家作品论，就是这半部文学史或部分作家作品的研究与解读在人所共知的政治文学史观或"政治标准第一"的制导下也存在着许多的失真或失误。80 年代初期经过"拨乱反正"．把"现代文学史"研究推上新阶段，冲破了一个个禁区，不论现代文学史的写作或作家作品的探求都出现一大批引人注目的新研究成果。如果说 50 年代初是现代文学研究的第一个昌盛期，那么 80 年代则是现代文学研究的第二个辉煌期；不过读了一部部新时期写作的史著或一篇篇宏论，你会明显地感觉到从总体上看并未超越 50 年代已形成的思维定势、研究模式和理论框架。所谓"拨乱反正"对现代文学研究来说，只是"拨"了那些被极左思潮搅乱了的理论，最终还要回到"真经"上。尽管以人所共知的政治"权威"理论作为研究现代文学的指导纲领受到或明或暗的挑战，或者采取一种回避策略，或者由政治文化角度转换为思想文化角度，但大多数学者总是在既定理论框架里写作文学史、研究作家作品；特别是那些作为大学教科书的中国现代文学史基本上延续了 50 年代的研究模式和文学史意识，只是在固有理论框架允许的范围内进行增增补补，研究角度由文学与政治的关系而偏重于文学与思想文化的关系，评判的价值尺度或文学史观也没有作根本性的调整，那些被教育机构指定的全国统编的现代文学史教材更没有重大突破。从主导倾向看，若把50年代写作的中国现代文学史视为政治文化型的，那么80年代写作的现代文学史就应视为思想文化型的，它们总是充溢着鲜明的主流意识形态色彩和带有强烈的政治功利性与思想教育目的性，缺乏对中国现代文学史多元结构形态、本体特征与内在规律以及文体建构与审美取向的深入开掘和有深度的阐释。一言以蔽之，中国现代文学史研究还没有完全摆脱从属的附庸的地位而完全纳入学术研究的轨道。总之，我们认为衡量“现代文学史”研究是否符合“现代化”要求和准则，重要的标志之一是在于它所选取的理论框架是否与其历史本来面貌和本质特征相吻合，并且遵循这个理论框架就能不断深化拓展“现代文学史”研究，使本学科充满学术活力。

判断中国现代文学史研究是否接近或达到现代化程度，重要的还要考察致力于“现代文学”研究的专业队伍是否具有独立的学术意识、自由的学术心态、自主的学术追求和个性化的学术品格。也许我的要求近似于苛刻，特别是对于老一代学者来说这种要求似乎超越了时代的允许和历史的规定，但这里应说明的是，这种要求非指具体的个人而是着眼于专业队伍的整体，并且应作为衡量“现代文学”研究是否达到现代化的最高标准。当然，检验专业队伍的整体也不能不涉及作为整体一员的个体，没有个体哪有整体。因而首先必须估计到，“现代文学”这块领地集结了大批才华横溢的老中青三代学者，那种平庸之才或“混饭吃者”或滥竽充数者也不能说没有，但毕竟是少数，而且“混”不了多久就退出这支专业队伍；从总体上看“现代文学史”的专业队伍是比较优秀的，既能拼搏也敢攀登，既能守业也能创业。本学科在50年代初期和80年代中期曾两度出现研究的高潮，显示了科研成就的卓著，足以表明“现代文学史”的专业队伍是有战斗力和创造力的。虽然由于命定学科的潜力有限，难以随意开拓新领域和采取新思维新方法，在某种程度上束缚了研究者思维的创造性和散发性，尚未出现学贯中西、誉满中外的大学者，但著名的学者却是层出不穷的，尤其卓有成就的老一代学者早已受到学界的敬重，成为后学者的楷模，成为“现代文学史”学科的开山祖和顶梁柱。也许正是由于本学科有批脊梁式的人物，又有一支老中青相结合的锐意进取的优秀队伍，故使“现代文学史”学科在艰难曲折和激烈竞争中不断地有所发现有所前进，既没有被挤垮也没有变得无所作为。尽管如此，但“现代文学”这支专业队伍特别是老、中两代在整体上还没有达到“学术化”的要求，就是说不能从学术史的高度来研究“现代文学”，没有建构起属于自己的一套学术思路和学术话语，总是摆脱不了政治意识形态对自己思维与话语的主宰。当然老一代或中一代学者并非铁板一块，也有些特立独行者，能够根据自己对“现代文学”的理解、认识和感悟，以及独特的理论思路和史识史感，从事文学史写作或作家作品研究，但大都受到或轻或重的批判、指责或警告，甚至有的受到纪律处分或法律制裁，把他们驱逼到既定的理论框架和政治意识形态内。及至80年代，“现代文学”研究的内在自由度与外部自由空间越来越大，老中两代学者在学术研究上其心态由封闭逐步走向开放，其学术话语越来越趋向个性化，其思维由僵化逐步转向多元，致使他们的现代文学研究与写作呈现出新的思想风貌和智慧风貌。然而若是认真细致地考察研究主体，便会发现他们没有完全突破在特定的时代氛围与文化语境中形成的思维定势和理论模式，尚未确立起现代自由的学术意识和独立的学术话语。尽管青年一代学者从80年代走进“现代文学”领域，就以新的文学史观、新的研究方法、新的思维模式对“现代文学”进行重读重评重写，产生出一批令人耳目一新的研究成果；但他们的研究仍然承续着老、中一代的学术传统，既没有形成突破政治意识形态与政治权力话语对“现代文学”研究或明或暗的主导或框定，又没有聚集起主宰“现代文学”研究地位的与动向的势能，既没有出现能取代并被主管部门认可的重写的“中国现代文学史”教材，又没有生成能够代替老、中两代的青年学术权威。因而可见，“现代文学”研究队伍在总体上尚未达到“学术化”，“现代文学史”的写作也未达到“学术史”的高度，几代人所建构的“现代文学”研究传统也不完全是现代学术传统。这就不能不使人对“现代文学史”研究是否实现现代化提出质疑。

独立的探索

尽管我对“现代文学史”研究在总体上是否达到现代化的高度有所疑惑，但是我却深信“现代文学”研究自思想解放大潮以来那种既定的理论框架已失去了严格的控制力和规范力，其形成的思维模式、研究传统与操作规则也受到一次次挑战与冲击；特别是进入90年代，学者们通过对80年代末大动荡的反思，其文学史观、价值标准、学术视野、史学追求、治学方法、思维规律等出现了明显分化。要是说这种分化在80年代初就有了或显或隐的痕迹，只因在“拨乱反正”的思想解放大潮掩映下尚未突出起来；那么到了90年代初“现代文学”研究已由“热热闹闹”的轰动高潮期进入“冷冷静静”的沉思潜行期，研究主体再也没有那么多乌托邦的幻想，再也没有那么多启蒙的玄思，从对本身社会角色的重新定位而深入到学科建设与研究方向的重新调整。正是在重新定位与重新调整过程中研究队伍的学术追求、理论模式与价值取向等深层次的分化突现出来，也许这就是人们所称赞的“现代文学”研究呈现出多元化的景观；并从中能够窥测出“现代文学”研究在分化中出现了某种真正的“学术史”或“学术本位”趋向，这就是我所认为的衡量和判断中国现代文学史研究是否达到现代化最高水准的决定性因素。

且不说在重新定位与重新调整中那些本不想冲出围城仍固守传统理论框架、传统文学史观、传统思维模式的学者们即维护传统派，仍迷恋着50年代“现代文学史”研究的“辉煌”，凭借政治话语的权威维护“现代文学”研究的正宗地位，连一句“重写文学史”的口号也武断地认定是“大逆不道”，总想把“现代文学”研究捆绑在政治意识形态上，拒斥它在学术上的独立性；且不说那些在分化中跨上围城左顾右盼、进退两难的学者们即修修补补派，对既定“现代文学史”研究的规范、框架、标准和程序又疏离又依恋的心态，在疏离中文学史观有所出轨、思维定势有所松动、价值标准有所开放、理论框架有所调整，而在依恋中却坚持着“现代文学”研究的所谓正宗传统，即对已有的框架、规范与标准可以修正、充实和补救而不能颠覆，满足于“现代文学”研究的半自觉的学术地位，不敢从根本上突破历代形成的“经世致用”道统的原则界限，总是强调“现代文学”研究应具有社会功利色彩的强烈现实感或当代感。这里要着重探讨的是那些在分化中真正想把“现代文学”研究纳入“为学问而治学”轨道的学者们即学术本位派。他们在金钱诱惑下既不想“下海”当“暴发户”，又不想给款爷们舞文弄墨；于官本位面前既不想失去独立追求的学术目标而以“官魂”取代“学魂”，又不想放弃文场的清苦寂寞而去趋奉官场的华贵荣耀；既不留恋过去“现代文学史”按照既定的理论框架为这种“运动”服务又为那种“运动”张目曾出现的“辉煌”，又不轻率地否定前人的研究成果和治学经验；既大胆而审慎地冲破了“现代文学”以某种权力话语构筑起的形形色色的围城，又不盲目急促地搬用外来的新观念新思维新方法来建立起让众人遵循的所谓新的理论框架、新的文学史观、新的价值标准与新的操作规则。而是以开放的胸襟、自由的心态从学术的角度，对“现代文学”进行多层次多角度甚至全方位的探索与尝试，把“现代文学史”学科作为一个真正的独立学术系统来对待，与左邻右舍的学科完全处于一种平等的地位，拒斥那种服从与被服从的关系，认为即使主流意识形态也应该承认"现代文学"是个独立的特殊学科,也应该允许其具有独立自主地进行研究、建设、深化、拓展的自由权;它是以探索真理、研究学问为旨归,把艺术上的为文学而文学转化成学术上的为学问而学问。这种以学术为本位的研究,对于"现代文学"来说虽然淡化或排除了急功近利的政治目的,疏远了主流意识形态的严密控制,但却大大有利于学术的繁荣、知识的增值与文化的建构。正是这种苦心孤诣的探索与尝试,为"现代文学"转入真正意义的学术研究创造了机遇,呈现了一些标志着"现代文学史"研究达到现代化标准的一些征兆。

面对"历史转型",那些力图把"现代文学"研究纳入"为学问而治学"规范的学者们,并非一时的心血来潮或感情冲动,他们有极高的理性自觉和为学术无私奉献的精神,既无哗众取宠之心更无故弄玄虚之意,真正将学术当成人生的第一需要来追求,把"现代文学"研究作为第二生命来对待。由于高度理性自觉的导向,一方面他们对"现代文学"缔造者的知识分子(包括作家、评论者和研究者)的历史命运和扮演的社会角色进行了深刻反思,认识到现代文学领域里的大多数现代知识者是从传统的士大夫转化过来的,虽然受到外来文化思潮的洗礼有了独立的学术意识或自觉的文学意识,试图将自己的学术活动或文学创作与政治权力文化拉开距离以使学术成为一种专业学科或使文学成为一个独立系统,然而现代知识者的心灵深处却保持着士大夫传统的思维方式和价值取向,当某些历史阶段政治集团的意识形态或权力意志主宰一切的时候,非是完全逼迫地而是有意无意地将自己的思维方式与"正统"的思维方式一致起来,将自己的价值观念与政治集团的利益或国家权力的利益联系起来,此刻再也不想把自己致力的学术活动或文学活动与政治权力文化保持一定的距离,再也不想做也不敢做"学术独立"、"文学自觉"的美梦了。这自然而然地就向古代士大夫的学术传统开倒车,即回到那种极为含混笼统的人文科学与自然科学、知识文化与制度文化、政治文学与学术文化混为一团的泛意识形态的旧辙;及至"政治挂帅"高悬之日,所有的学术活动或文学活动都成了政治活动,一切学术研究都成了政治的附庸,现代知识者的灵魂被异化了,社会角色被扭曲了。直到90年代初,"现代文学史"研究领域经过80年代的"拨乱反正"之后才逐步形成一个新生代的学者层,自觉意识到已从相对的政治权力的"中心"退出而趋向"学术本位",探寻"现代文学史"学科的原本位置及自身的真正定位。若把这种远离"中心"说成走向"边缘化",倒不如看成是这些新生代学者已有了独立学术意识,他们从深切反思中清醒地认识到"现代文学"研究再也不能依附于"中心”，必须具有应有的位置。这不是退向“边缘”而是真正找到了“自己”，故“现代文学”研究过去的所谓“辉煌”那不是自身的发光，唯有确定了自身的真正位子才能闪烁出自身的价值光彩。与此同时，他们也意识到改革开放以来主流意识形态随着经济转轨发生了调整，政治权力话语的思维方式和一元价值体系的深刻变化是有目共睹的，若是政治权力文化不承认或不允许多元价值体系的存在，或者不默认政治话语也是社会多元体系的主导一元，那么主流意识形态“中心”绝不会容忍“边缘化”现象存在，更不能准许“现代文学”研究成为一个独立的学术领地，任知识分子发出自己的声音，表现自由的学术意识。既然政治话语是社会多种话语的一种或者更重要的一种，那就无所谓这种话语是中心那种话语是边缘，知识者自身也不应有离开“中心”的失落感更不该有追求新定位的茫然感，而必须以一种新的文化立场和学术心态在为“现代文学”研究创造新的价值的同时来显示自身价值；并积极探讨带着自己个性色彩的文学批评方法与思维特点，敢于冲破主流意识形态权威话语的硬性干涉和体制化了的庸俗社会学方法以及那种预设的先在价值尺度、话语制高点和命定的社会历史阐述框架，尽力使新文学研究主体的思维活力、经验体悟、个性意识和美学情趣释放出来，排除一切附加的强制的急功近利的现实目的，真正以敬学术为人生本位的敏锐诚挚之心去同研究对象构成学术性的对话关系，从而以对话中生成的独到精辟的思想见识来质疑或反拨那些不可动摇的“历史”结论或“权威”话语，重建研究主体完整的感性与独思的理性，抗拒那种在现代文学史研究中文化失真现象和工具性宰割，创造“现代文学”研究的“学术话语体系”。

另一方面，学者们在理性自觉的引导下反观自身，渴望自己从“现代文学”研究群体的分化中超越出来而能具有容载“现代学术精神”的人格，更渴望自己能从目前文化错位与文化虚位的时空中和文化失真与文化融合的持续分裂中成为一个“真学者”，这在“现代文学”研究领域中的新生代学者身上体现得尤为强烈。然而要成为一个容载“现代学术精神”的“真学者”，既需要理论勇气更需要大胆实践，这在新生代学者层的积极探索“现代文学”研究新框架、新思路、新方法的过程中，至少显现出这样一些新的学术景观和个性特征：其一，日益开放、宽松、民主、和谐、富裕、昌盛的社会大环境，各国文化交流日趋信息化高速化一体化的国际大背景，以及主流意识形态日益敞开的广纳博取的宽容胸怀，都为“真学者”人格的塑造、“现代学术精神”的建构提供了千载难逢的机遇。正由于一批聪慧明敏的学者抓住了这个良好机遇，才为“现代文学”的真正

"学术化研究"开创了新格局与新景观。其二,自觉坚持科学的治学态度,遵循"解放思想,实事求是"的思想路线,去探讨和认识中国新文学的本来面貌和内在规律,使自己的学术思维保持永久的活力,不断地有所发现、有所前进,既能超越前人也能超越自己;特别是敢于"破门而出",冲决中国现代文学史30年的传统界限或断代,真正按照中国新文学史现代化的内在机制和基本规律重新规划"现代文学史学科"的研究范畴,或将"20世纪中国文学"作为现代文学的流变过程,或把中国现代文学分为前后期(前期从维新变法到"文革"结束,后期从新时期到90年代),前期现代文学史由人的文学创立到人的文学解体是个完整的历史的逻辑的阶段,后期现代文学史是在否定"文革"非人文学的前提下重构人的文学,这个文学现代化的过程远远没有结束。对于中国现代文学史学科作这样的重新界定,更符合新文学的演变规律和基本特质,也体现出当代学者致力于探索的锐气和科学求是的精神。其三,对于一个"真学者"来说,不只是把致力于学术研究当成其生存方式或价值根基,具有一种自觉的以身殉业的奉献精神,而且应树立为学术而学术、为学问而治学的坚定信念,见到发财之道不动心,听到官场升迁不走神,你走你的阳关道我走我的学术桥。只要能施展我的才能实现我的选择就感到其乐无穷、无限欣慰;只要能通过"现代文学"研究来破译历史和道法的权力结构,化解文本语言结构方式以维护全面的人性、人类完整的感性,从而释放审美主体的生命活力以争取精神完善和自我超越,于论文或著述中发出的是历史的真言和个人的真声,那就心满意足了。这种"本味"的体验真正源于那些忠于学术的"真学者"的感官。其四,"学术本位"的执著追求从骨子里决定了"真学者"研究中的特立独行、耿直率真、光明磊落、刚直不阿的人格,既不怕受冷落也不怕遭围攻,为了探求学术真理、繁荣学术研究,哪怕献出生命也在所不惜。因而在"真学者"眼里学术无禁区,学术无国界,学术面前人人平等,即使在布满了陷阱的"现代文学史"领域也敢于大胆驰骋任意开掘,不戴任何有色眼镜或褊狭眼光去"重新解读"、"重新评估"和"重新把握",不管什么所谓"经典"、"大师",也不管什么所谓"糟粕"、"谬种",都要以"真学者"的心灵去感受去体悟去认识,从而作出与"历史"结论或"权威"话语相通或相反的结论,但这都是发自学者心底的带有个性色彩的学术之音。其五,与这种学术品格相一致的乃是"真学者"的日常生活追求,足现其可贵的精神境界,即不论在顺境里或逆境中都能经受住考验,且把逆境视为人难以回避的本体性存在,心不慌眼不跳,安然无恙地承受着,表现出一种正常的生活心态和乐观进取的情调。有位学者这样表述自己的感受与认识:“本来人生在世只活一次,已属无奈;有人偏偏又被区区官冕压得一点都不敢潇洒,实在不值。相比之下,学人则洒脱得多,只要有饭吃,有衣穿,有房住,尚能说话,再添一支笔,一张纸,一叠书,一颗独立思考的大脑,便能演绎人生的风味与丰采。只须你愿坐冷板凳,静得下心,沉得住气,铢积累寸,唯问耕耘,何愁不获?”[①]这是值得称道的。

梁启超曾说,“面对学术只当问成为学不成为学,不必问有用与无用”。在他看来“为用不为用,在乎其人也”,“同是一学,在某时某地某人治之为极无用者,易时易地易人治之可变为极有用”,故“凡真学者之态度,皆当为学问而治学问”[②]。新文化先驱上个世纪初总结出的现代学术传统经历了百年沧桑到了20世纪末,方为“现代文学史”研究的新生代学者层所领悟所承传所弘扬,这既是时代的悲哀又是时代的进步。有了现代学术理性自觉的学者们的出色的科研实践,我们才可以自信地说“现代文学史”学科经过几代人努力,今天方展现出“现代化”研究的新景象和新趋向;只要牢牢抓住当前的大好机遇,老中青三代学者前仆后继艰苦攻关,进入21世纪的现代中国文学史研究的现代化历程一定能沿着学术轨道大展丰采。

上述虽然仅仅是对半个世纪以来“中国现代文学史”研究与书写的经验教训的反思和窥测,但由于它是我们重构“现代中国文学史”学科的主体与核心,所以对“中国现代文学史”反观出的经验规律及学术化趋向,也是建构“现代中国文学史学”的必不可少的内涵。

(写于1998年春)

---

① 夏中义:《谒梁启超书》,载《文艺争鸣》第4期。

② 梁启超:《清代学术概论》,第45页,东方出版社1996年版。

中国现代文学史的框架与格局

从学科意义上说,中国新文学史建构已历经半个世纪,一代代学人为此毫不吝惜地献出青春和才华;尽管在历史的曲折中不知浪费了多少青春和才华甚至付出生命代价,但是中国新文学史学科毕竟建立起来,它以独特的学术风姿屹立于诸多学科群之林。

20世纪50年代新文学学科建设史作为一条生命链,曾被斩断过10年之久。"文革"后我们这一代学人踏入学科建设工地时,面临的主要任务有二:一是修复或衔接已断裂的新文学史学科建设的历史链条,通过"拨乱反正"把新文学史学科纳入所谓"正"的轨道,也就是以《新民主主义论》为理论框架的建构蓝图;一是冲破在不正常的政治气候下为新文学史学科建设设置的重重包围和层层禁区,为新文学史研究扫除障碍,也就是以"解放思想"为火炬重燃书写新文学史的学术激情。实际上这是一个任务的两个侧面,概括起来就是:突破"重围",解放学人,为书写新文学史开拓新局面。

在我们看来,50年代的学人是乐观顺从的一代,营造了"遵命"型的中国新文学史,有的后学者视它为中国新文学史的"经典";90年代涌出的新生代学人是自由奔突的一代,尽管他们有点浮躁狂浪,但却在探求着富有个性色彩的新文学史;而我们80年代才迟迟进入学术界这一代学人则是激愤忧郁的一代,带着一种青春被毁才华被摧的恼恨激愤心情在中国新文学史学科建设的废墟上左突右冲,力图在重重禁锢与包围中杀出一条生路,把中国新文学史研究与写作引向一片新天地。虽然我们"突围"后在恢复新文学史学科建设和新文学史书写过程中,孜孜不倦地开拓,勤勤奋奋地写作,使学科建设有了惊人的发展,使文学史书写有了盖世的"佳绩";然而反观自己20年新文学史研究与写作所走过的道路及留下的所谓"佳绩",使我们倍感忧郁和困惑。而困惑最大的,不是发现了不少新文学史写作是在重复生产,是在变相复制,是在浪费宝贵年华;乃是冲出重围后又陷入包围,可谓"一山冲出一山拦",总觉得砸不断手脚上的镣铐,拨不开思维眼界上的迷雾,进入不了渴望已久的自由王国。与我们同辈的那些大器晚成者到了世纪之交也许头脑越来越清醒,但我们却在“突围”后的困惑中忧郁、徘徊,寻求着解困释惑的思想武器,以期迅速走出困境,去迎接21世纪新文学史研究与书写的挑战。若是问我20年来研究并书写中国新文学史的主要经验教训是什么,一言以蔽之,困惑!因此如何走出“突围”后的困惑,是我最关心最忧虑的当务之急,它不仅关系着我个人的学术生命还能持续多久,而且也关系到与我有同感的学人在21世纪的新文学史研究中怎样发挥聪明才智。我们的困惑的确很多,但必须立即排解的主要有两点。

理论框架的困惑

不论研究作家作品或者探讨文学史,总不能停留在阅读作品或汇编史料的阶段,特别是文学史研究谁也不满足最后的成果形式是“资料长编”,必须要从文学史料的实证性而升华到思维的超越性,从而获得一种独特的“史识”或思想,然后根据自己的知识结构和理论素养,将感性的文学资料联通起来,形成一个与文学客体结构图式相对应的理论框架。黑格尔曾说:“思维之超出感官世界,思维之由有限提高到无限,思维之打破感官事物的锁链而进到超感官界的飞跃,凡此一切的过渡都是思维自身造成的,而且也只是思维自身的活动。如果说没有造成这种过渡或提高的过程,那应说是没有思想。”①文学史研究的理论框架建构都要经过这样一个感官世界到超感官世界的飞跃方能获得“思想”,而“思想”恰恰是文学史理论框架建构的核心和支柱,可以说“思想”深化和辐射的过程也就是感性思维、知性思维和理性思维相激相荡交互作用而形成理论框架的过程。从特定意义说,没有理论框架就没有文学史的书写,没有科学的理论框架就不可能写出具有科学品格的文学史。

对于新文学史研究主体来说,应该重视科学的理论框架建构,虽然理论框架的科学性只是相对性的,但是即使具有相对性的理论框架也要追求。在我看来,科学的理论框架应呈现出这样一些特质和功能:一是它由文学史料的感性世界升华出来的理性图式能与感性世界的客体结构相吻合,它绝不是主观随意编造的;二是它的思想支柱来自一个科学的理论体系或者是新发现的具有真理

① 黑格尔:《小逻辑》,第136页,商务印书馆1980年版。

性的“史识”，并且富有穿透力强、涵括力大的方法论功能；三是既符合对文学史在纵向上具有过程性、转换性、可变性等特征予以考察与描述的需要，又切合对文学自身审美品格及其内在规律进行揭示与阐释的要求，也适合对新文学史在横向上与社会文化系统具有相关性、层面性和联系性等特征予以透视与论析的需要。80 年代初“拨乱反正”，我们怀着义愤拆解“以阶级斗争为纲”建立起的中国新文学史的理论框架，它在政治上和学术上都是极其荒谬的，既无实事求是之意又无科学理论根据，全凭主观随意性曲解篡改中国新文学史。“拨乱”之后我们“反”到以《新民主主义论》为思想纲领建构的中国新文学史的理论框架上，虽然据此写出了一批新文学史著作，然而研究实践反复证明，以这个理论框架来书写中国现代革命思想史或革命文化史也许是科学的，而作为中国新文学史研究它只能算一种理论模式却不是唯一的，这不仅因为它作为理论框架书写中国新文学史缺乏科学理论框架的特质和功能，而且以“阶级斗争为纲”或“路线斗争为纲”建构的新文学史理论框架也是由它而引发至极端的。于是学界又进行冒险性的艰难“突围”，尽管在突破“经典”对新文学史研究的禁锢过程中遭到权力话语的强硬干预和阻遏，但是争取学术民主、学术自由已形成不可阻挡之势。这次“突围”之后，新文学史研究领域虽不时响起警报，不过总的趋势是学术研究越来越活跃，研究氛围越来越宽松，学术追求越来越自由；特别是那些“新生代”学子颇有“初生牛犊不怕虎”的魄力和勇气，在新文学研究园地里自由驰骋。我作为过渡性一代，面对着“突围”后新文学史研究出现的新成果新气象，兴奋之余却陷入了更大的困惑，越发弄不清书写中国新文学史有没有科学的理论框架，自己经常反躬自问：我认定的理论框架是否具有科学品格？真正个性化的新文学史书写还需要理论框架吗？这一连串的疑惑迫使我不得不苦思。也许思想已老化或思维惯性太重，无论怎么苦思都难以超越自己既定的想法，也难以解开思想的困惑。

因此，至今我仍坚信书写新文学史首要的应有个科学的理论框架。试看 90 年代问世的中国新文学史大都具有独特的新颖的理论框架，不再受以前那种“经典”理论框架的限制和牵连，称得上“脱颖而出，别具一格”。然而对这些理论框架的思想支柱或者说“史识”是否具有科学性、真理性，我还是心存疑惑。诸如：或写新文学史以“塑造国民灵魂”为核心思想建构理论框架，这固然能突现或涵括中国新文学启蒙性的特征，但启蒙文学仅是中国新文学史总体结构中的一种形态，其他的文学形态也是中国新文学史重要的构成部分，故这种核心思想形成的理论框架与新文学史的客体结构差距太大,即不对应性大于对应性。或者以“启蒙与救亡相互变奏”作为新文学中心“史识”来建构书写新文学史的理论框架,这个框架既可以囊括启蒙文学又可以涵容救亡文学,突出新文学启蒙与救亡的两大文学母题及其它们之间的辩证关系;虽然它从主题学上揭示了中国新文学的两大本质特征,不过这个理论框架只重视新文学的内涵实质却忽略新文学的审美形式、美学风格以及那些非启蒙非救亡的真正具有审美价值或文学品位的边缘文学。或者以现实主义、浪漫主义和现代主义三大文学思潮交替流变为中心线索构成新文学史书写的理论框架,这个框架的涵容性大于前两个,而且更贴近新文学的本体。它是从理论形态和创作形态两个互渗互动的侧面把新文学的演变纳入三大文学潮流,既展示出中国新文学理论思潮鼓荡在先文学创作高潮在后这样一个特殊规律,又揭示出三大文学思潮始于齐头并进终于多元归一的独特流变轨程;但是这个框架也有明显的疏漏,不仅连续不断的文学变革运动和文学思潮论争难以容纳进去,而且也把三大文学思潮以外的文学支流里的作家作品排斥出去。或者以文学流派嬗变的纵横交叉顺序为主干构成新文学史书写图式,这样的框架体例被不少新编文学史所采用,它既能生动地展示中国新文学史是一条文学流派极为活跃的生命链,又能从文学流派与文学流派的或对立或承续或交叉或递进的复杂关系中挖掘出新文学史的诸多特殊规律,也可以使文学流派作为天然的艺术桥梁把作家作品与新文学整体面貌自然地衔接起来,当然这个框架还能重新发现并概括出一些新流派,为新文学研究增添新值;不过这个框架也有不少缺憾,如果把中国新文学史视为异彩纷呈的文学流派的竞争史,那就会遗漏一些特立独行的任何社团流派容纳不下的大作家如巴金等,也淡化了一次次文学运动和反复无常的文学思潮之争。或者以“新文学史就是文体变迁史”为“史识”建构新文学史书写的理论模式,这个模式是把文学史的主要研究对象定格在文体形式的可变性上,即“文学作品并不变化,它们只是变化的符号”①;中国新文学的流变很少有人从文体形式的变化上写出一部有开创性的文学史,而 90 年代却出版了中国新文学文体史,这虽是吸取形式学派的理论方法,但在建构为我所用的文学史框架时却把文体形式与其密切相联的文学内容融为一体,它是采取“内部研究”的视角而对新文学史进行整体研究。不过我总感到这种理论框架不利于对新文学史进行

---

① 托多罗夫:《文学史》,载《美学文艺学方法论续集》,第 132 页,文化艺术出版社 1987 年版。

深层的开掘，也不利于从外在社会文化系统探讨各种新文学体式变化的根源。或者以“雅俗文学并存互进”作为主体“史识”来构成新文学史的写作格局，这个框架的最大优点是发掘中国新文学史的格局不单由“雅”文学形成的，而是由“雅俗文学并生并存”合成的，这就拓展了文学史研究的领域，增加了文学研究的新值；但是这个框架的严重弱点是在相当多的学者眼里混淆了新旧文学的界限，固然从民初到40年代始终贯穿一条俗文学发展的线索，它与新文学流变形成了对立互补的格局，也应承认经过“五四”文学革命洗礼，有些俗文学发生一定程度的现代性转变，不过还要看到有一部分俗文学仍归于“旧文学”范畴。如果今天依然袭用新旧文学的概念，并没有给民国以来的通俗文学彻底摘掉“旧文学”的帽子，那么以“雅俗文学并存互进”构成的理论框架就不完全适合中国新文学史的写作。或者以“文学现代化”作为核心理论建构新文学史研究的结构模式，这个模式是以承认中国新文学就是现代化的文学为逻辑前提的，它可以从整体上揭示中国新文学在现代化过程中所出现的历史曲折、所形成的现代性特征、所潜隐的现代化机制，又可以作为方法论从宏观或微观上对新文学作家作品进行具体探讨或对新文学史面貌进行整体把握，借以突显中国新文学可以与世界文学“对接”的现代性特质；但是这个框架并不完全吻合中国新文学的客体结构，这不仅因为新文学不等于现代化文学，也因为中国新文学相当一部分肌体是属于民族化或“两化”共同作用的结果，它们的民族性大于现代性、民族特色强于现代色彩，等等，不一而足。上述种种理论框架，无不是“突围”后的新开拓新建构，为中国新学史书写增加了新景观，也拓展了多样化的新格局；尽管我对诸多理论框架并不完全满意，找出了不少缺陷，仍有不少困惑；但我对它们是基本肯定的，且从中窥见出中国新文学史研究与书作必将有大突破的希望。

在评点上述理论框架的同时，我也思考着我认为的科学理论框架如何建构，以作为深化新文学史书写的遵循。对我来说，新文学史研究突出“重围”后总是在困惑中探索又在探索中困惑。从多侧面多视角地考察与感悟中，我逐步形成这样一个“史识”，即中国新文学既是现代化的文学又是民族化的文学，新文学的历史过程就是现代化民族化双向同构运动的相互变奏的过程，故“两化”之间的关系并不是“非此即彼”的两极对立而是互存互补的相辅相成关系，是确保我国新文学健全发展的两翼。“从运动过程来说，新文学的现代化的功能机制主要体现于横坐标上对域外各民族文学的积极借鉴和审慎选择上；新文学的民族化机制主要体现于对本民族文学传统的继承和扬弃上。因而要创建真正意义的现代性与民族性融为一体的新文学，既应自觉地使外来文学的横向借鉴成为'洋为中用'的融化和改造，并要使对民族文学的纵向继承成为'推陈出新'的扬弃和超越，又应主动地使互相矛盾的横向借鉴和纵向继承两种不同方向的运动有机地协调和统一，使之成为一个辩证统一的历史进程。既然文学的民族化现代化的过程一方面要借鉴外国文学的优长一方面又要继承民族文学的传统，那么能否正确地认识和把握在借鉴与继承的纵横坐标上的'结合点'和'衔接点'则成了创建具有中国特色的现代型文学的关键。当然，我们对文学创作中的借鉴外国与继承传统不能作均衡等量的机械理解，它们不论体现于作品中或流派中不可能是半对半而总是有所侧重；至于借鉴与继承纵横坐标的'结合点'和'衔接点'也不会固定不变，既是可变的又是极为广阔的空间。这是因为不仅文学民族化所寻求和强化的民族性有着丰富的内涵，而且文学现代化所探求和凝成的现代性更有着广泛深邃的意蕴。只有这样，文学民族化和现代化的表现形态，才能多彩多姿。"①根据上述的总体认识与把握，我便以"新文学现代化民族化双向互动并举"作为核心思想建构了书写中国新文学史的理论框架。这个框架并不是一次完成的，它是经过对已掌握的新文学资料(包括大量作家作品)较长时间的梳理、阅读、感受、理解和认同，逐步在意识中形成的一个聚焦点，然后在一种宏观理论的烛照下越来越清楚地认识到中国新文学既是现代化的又是民族化的文学，这就是它的本质面貌和总体特征。因而这个框架既是从感官材料内部生长的又是相应的理论宏观指导的，"正如生物的结构都隐含着以自然的结构为师法的奥秘，它不是形式上的有意仿照，而是自然规律的作用"②。这个理性框架结构涵容量大穿透力强，它与新文学史的感性直观的客观结构相对应，并能从高层次驾驭全局。它符合康德提出的理论框架建构的重要原则，即理论框架的建构犹如建筑术，需要有一个必须与理念相合的图形，它包含纲领及全体分为部分之区分，而不是一种繁复的构成分子的类似的凑合，不是一切任意的为外部目的起见偶然来使用我们积累的知识，以一种纯技术的形态来营造我们的理论结构，而是以一种最高的内部目的为准则来进行理论框架的建构，它是由内部成长的即由材料的内在规律决定的，而不是由外部人为

① 朱德发：《20世纪中国文学流派论纲》，第418～419页，山东教育出版社1992年版。

② 陈鸣树：《文艺学方法概论》，第484页，上海文艺出版社1991年版。

的强制。① 既然以“两化并举”建构的新文学史理论框架是个有内在规律决定的有机组织的统一体,那么它对中国新文学史的研究与写作则具有独特的功能:既能深刻地揭示出中国新文学现代化民族化双向变奏同构运演的机制、规律、特征与方向,又能具体地呈示出新文学思潮流派、各类新文学作品的现代性或民族性以及这两性形成的文化根源和心理机制,也能生动地展示出以现代化为制导和以民族化为制导的新文学演变的互渗互动共生共存的两大趋向;特别是从总体上可以显示出这样的规律,即“两化”结合得好新文学的发展就正常就兴旺,“两化”结合得不好就会使新文学的运演出现或“西化”或“复古”的偏差,只有“两化并举”才是中国新文学健全成长的指针。虽然这个“两化并举”的理论框架具有不少优长,但我并不认为它是完美无缺的,在新文学史研究与写作的实践过程中仍有不少疑惑:一是中国社会现代化与新文学现代化的进程是同步的还是错位的,它们之间究竟有什么奇妙深微的关系?二是文学现代化与民族化的具体规定性、丰富的内涵以及价值标准应如何理解和认识?三是新文学现代化与民族化是你中有我我中有你的关系还是对立统一的关系,它们之间在什么样的“结合部”或契合点上才能真正融为一体而转化为有中国特色的现代型文学?对上述问题,以什么理论思维结合新文学史予以透彻明确的科学阐释,期待共研共讨之。

文学史格局的困惑

文学史格局从本质上考察是受理论框架的限定,就是说理论框架是从文学史的感性客观世界提升出来的,当它理论化以后反转过来又规范着统驭着文学史格局;而文学史观常常是理论框架的思想支柱或核心“史识”,它对文学史格局则具有根本性的决定作用,从特定意义上说有什么样的文学史观就有什么样的文学史格局。自“拨乱反正”冲破了机械阶级论文学史观所规范的极端褊狭极端荒谬的新文学史格局后,又突破了新民主主义文学史观所决定的文学史研究格局,形成了“破门而出”之势,出现多种新文学史研究格局。面对着文学史格局的新变化,我既有突出“牢笼”见到新天地的自由感,又有不知哪种格局是最佳规范的困惑感。

① 参见康德:《纯粹理性批判》,第566页,商务印书馆1982年版。

至今还通用的教材型的中国新文学史虽然仍沿用“新文学 30 年”的研究格局，但尚未冲出新文学始于 1917 年终于 1949 年这个划定的范围。然而由于文学史观的更新已对 30 年的文学史格局内部的构成系统、比例安排进行了多方开拓、重大调整和重新组合，从根本上改变了那种以进步革命文学为主体的政治化文学史格局，代之以多元文学形态对立互补、并存共进的新文学史模式；不只是内部格局作了更接近新文学史原生客体结构的重大调整或组合，增加了通俗文学、港台文学、民间文学、少数民族文学等，更重要的是以新的文学史观和新的文学批评准则给各种新文学思潮、新文学流派和作家作品进行重新定位，并作出了新的价值判断，甚至有些作家作品已被经典化，使 30 年的新文学史格局从量变达到质的飞跃。但是作为教材型的新文学史仍在主流意识形态的严格控制下，对新文学的性质、左翼文学和工农兵文学的评价以及对各种文学形态、文学流派的命名仍有或深或浅的政治意识形态色彩；特别使我感到困惑的是：在 30 年的新文学史格局中，以前过分突出左翼革命文学、过分抬高工农兵文学固然是种偏颇；但“突围”后又在新文学史格局中过分地抬高钱钟书、张爱玲、沈从文等所谓自由主义文学，并把他（她）们的代表性作品奉为“文学经典”，而把左翼革命文学、工农兵文学完全视为政治化文学或非文学，这是不是又走向另一端？这些不同形态的文学都处于新文学史的格局中，究竟是坚持同一价值标准还是不同的价值标准为宜，到底哪种价值尺度最科学最公允？与价值判断相联系的是对新文学作家作品进行经典化的问题。我看过一些被经典化的作家作品也颇疑惑：到底何谓经典化，有没有可遵循的能让公众认可的大致统一的标准，还是仁者见仁智者见智各有各的经典作家作品为好？甚至同一选家在不同的版本中定名的经典作家作品也有差异。这虽然反映出“突围”后学人思想的极为开放活跃，感受到了一种“百家争鸣”的气氛，但是我不禁要问：冲破传统的新文学史研究格局后应该不应该建立新的学术规范和新的价值标准，什么样的学术规范和价值标准最适合中国新文学史格局的重构？

我所关注的主要不在“30 年中国新文学史”格局中的内部调整和重新组合，而是那些完全冲破中国现代文学史教材模式的大文学史的宏伟叙事格局。从 80 年代中后期至今已出现多种中国新文学史的“破门而出”的研究和书写格局：或者建构 19 世纪至 20 世纪中国文学思潮史的宏大格局，以“中国文学走向现代化的历程比作一出长剧”作为主线，“把 19 世纪和 20 世纪的中国文学思潮放在一起进行考察”，撰写了《悲壮的沉落》《晨光微明时分》《从新潮到奔流》、

《战火中的缪斯》等7卷书稿[①]，这应看成是中国文学思潮史研究的系统工程，它着重从文学思潮的角度探讨并描述中国文学漫长而艰难的现代化历程，将古代、近代、现代、当代文学打通了；但我所感到困惑的是，这两个世纪所涌现出的文学思潮是否都是现代化的文学思潮，它们对中国文学由古典形态向现代形态转变起过哪些作用，在每一个历史阶段的文学史上凝成什么样的现代性特征？或者以百年作为中国新文学史的书写格局，打破了近代、现代、当代各自为政的分割，将近百年的文学演变作为整体来把握。值得提到的百年文学史有二：一是《百年中国文学总系》，它所指的"百年中国"是1895～1995年，试图写一部全景式的文学史，"通过对于文学追求的描写折射出这个世纪的全部丰富性"，而在写法上深受《万历十五年》《十九世纪文学主潮》的启迪并有所创新。这主要体现在三点编写原则里：一是"拼盘式"，即通过一个典型年代里的若干个"散点"来把握一个时期的文学精神和基本特征；二是"手风琴式"，即写一"点"并不意味着就事说事、就人论人，而是"伸缩自如"；三是"大文学"的概念，即主要以文学作为叙述对象，但同时鼓励广泛涉猎其他文艺形式。[②] 这是一套由11个单行本组成的丛书，从百年中国文学系统中选取十多个典型年代作为"点"，扩散开去，深入下去，重新开掘，重新发现，切实做到了以"点"带面，既有深度又有广度，不仅发掘了不少新材料，而且新见层出不穷，为百年中国文学史书写开创一个特例，拓展了一种新文学史书写的格局；但由于每个单行本的水平参差不齐影响了全书的质量，由于这种写法的独特也使丛书缺乏系统感、完整感，"全景式"文学史的构想没有完全体现出来。这种"拼盘式"或"手风琴式"的文学史结构和写法所形成的百年中国文学史格局能够揭示出新文学演变的整体面貌和总体规律吗？这种有所取有所舍的跳跃式的布局安排能展示出百年中国文学各种错综复杂的关系以及与中外古今文化思潮的千丝万缕的联系吗？我深表疑惑。二是《中国近百年文学体式流变史》，它也是力图打破近代、现代、当代机械分割的文学史格局，建立以文学现代化为中心的小说、诗歌、戏剧、散文、批评五种文学体式流变的各体分别考察与描述的文学史格局。它所潜心追求的撰写目标（也是特色）是：从大量创作文本中梳理出中国近百年五种文体的发展过程和流变轨迹，在纵向上展现其发展格局；从与中外文学、社会文化等多重

---

① 刘增杰：《〈19～20世纪中国文学思潮〉前言》，载《悲壮的沉落》，河南大学出版社1992年版。

② 孟繁华：《〈百年中国文学总系〉的缘起与实现》，载《1928革命文学》，山东教育出版社1998年版。

联系中发掘百年五种文体发展的动因、流变规律以及各种文体规范的形成;以新的时代眼光和清醒的反思意识审视百年文学体式流变的得失,并在反思的基础上对若干问题提出前瞻性的看法;力求使博采的多种研究方法与研究对象取得协调和契合,充分揭示百年文学体式的本体特征。① 这种从五种文学体式切入对百年中国文学现代化历程展开本体研究所形成的文学史格局具有开创意义,视野开阔,思路清晰,分别探析,各具特色,为中国新文学的系统的、内部的、本体的研究提供了一种新范式。不过对这种书写格局也有些值得质疑之处,如将五种文学体式放在百年文学的总体格局里分头进行纵向考察与梳理,诚然各体的流变轨迹、审美特征比较清晰分明,然而各种文体形式的流变转型并非各自独立的,而从横向看也是互相渗透相互影响的,往往形成了一些交叉移植嫁接的新文学样态,对此现存的文学研究格局则显得乏力,难以作出共时性的有深度的分析;文学体式仅从创作文本中考察是不够的,不结合创作主体文化人格和创造思维怎能论述文体的独特性及其深层主观原因呢?

与百年中国文学研究格局大同小异的则是"20世纪中国文学"研究格局的确立,这一研究格局被越来越多的学人接受和承认,并付诸书写新文学史的具体实践。不少学人之所以能对这一研究格局寄予认同,不仅因为它打通了近代、现代、当代各自为政的分割研究模式,主要因为它"把20世纪中国文学作为一个不可分割的有机整体来把握",重定"20世纪中国文学"就是由上世纪末本世纪初开始的至今仍存继续的一个文学过程,一个由古代中国文学向现代中国文学转变、过渡并最终完成的过程,一个中国文学走向并汇入"世界文学"总体格的进程,一个在东西方文化的大撞击、大交流中从文学方面(与政治、道德等诸多方面一道)形成现代民族意识(包括审美意识)的进程,一个通过语言的艺术来折射并表现古老的中华民族及其灵魂在新旧嬗替的大时代中获得新生并崛起的进程。因此"基本构想大致有这样一些内容:走向'世界文学'的中国文学;以'改造民族的灵魂'为总主题的文学;以'悲凉'为基本核心的现代美学特征;由文学语言结构表现出来的艺术思维的现代化进程;最后,由这一概念涉及的文学史研究的方法论问题"②。这一文学史观及其研究格局在80年代中期提出,的确是令人振奋的。它对中国新文学史研究观念与格局的重大突破,所表现出的理论勇气和精辟论述及其透射的逻辑威力不能不使一些学人心悦诚服;

① 冯光廉:《中国近百年文学体式流变史》总序,人民文学出版社1999年版。

② 黄子平等:《论"二十世纪中国文学"》,载《文学评论》1985年第5期。

尤其它所具有的完整性、系统性、总体性、开放性、宏观性、深邃性的史学品格和理论特征，不能不使一些学人同新文学史研究和写作实践联系起来而进行实验，从已问世的多部以“20世纪中国文学”为格局的文学史著作来看，初步显示出这一义学史观和研究格局的优越性，我虽然认同“20世纪中国文学”这个史学格局，并在90年代初尝试性地写出了《二十世纪中国文学流派论纲》，然而至今我对它作为中国新文学史研究的总体格局及其内容构想存在不少困惑，主要有：一是“20世纪文学”虽然打通了近代、现代、当代三段的分割，但它作为一个新文学史观与史学格局却不能完整地深刻地展示中国文学现代化的曲折而复杂的漫长过程。这不仅因为中国文学现代化并未终结仍在继续运作，即使进入21世纪也不会改变中国文学现代化的总趋向，这就使“20世纪中国文学”研究格局无能为力了；而且在“20世纪中国文学”这一百年间几乎有近半个世纪的文学就不是“‘以改造民族的灵魂’为总主题”的，至少有几十年中国新文学是不“以‘悲凉’为甚本核心的现代美学特征”，尤其以“文学语言结构表现出来的艺术思维的现代化进程”能贯穿20世纪始终吗？不是从50年代革命文艺运动起相当多的文艺作家理论批评家的“艺术思维”就被逐步纳入大一统的政治意识形态的强硬思维模式吗？哪有“艺术思维现代化”可谈？二是“20世纪中国文学”史观的内容规定，显然是要求在这个大格局里研究中国文学现代化的进程及其总体特征；但它却不如现代中国文学史学科格局像一个无所不能装进去的特号集装箱，即现代化的文学能装进去，非现代化的文学也可以装进去，新文学或旧文学能装进去，雅文学或俗文学也能装进去.大陆各民族文学能装进去.港台文学也能装进去，新古典文学或翻译文学都能装进去，总之在20世纪中国版图上出现的所有文学都可以装进去。这种庞大的涵容性、惊人的吞纳力，可以写出真正是“全景式”现代中国文学史。

在探究现有的中国新文学史模式的过程中，我也构想了一个现代中国文学中的新文学史的研究格局，用句通俗的话来表述就是“上可封顶下不封底”的格局，即中国新文学史肇始于维新变法的文学改良，中经“五四”文学革命现代型文学真正诞生，经过一段大曲折直至世纪之交，到了21世纪依然前行，何时终结难以预测；这是中国文学由现代化到非现代化的再到现代化并未终了的曲折演进过程。而在这个过程中从显层次上看，有个大的断裂带即“文革”十年，是对中国新文学现代化的完全否定，形成中国新文学运演的第一个怪圈，这是一个比较完整的历史过程，应视为前期中国新文学史。我之所以将这80年代作为前期中国新文学史，是与我的文学史观相一致的。我在《主体思维与文学史观》一书中这样写道：历史逻辑清楚地显示出，从1897年到1977年中国现代文学由诞生、发展至末途恰好走完一个循环圈。晚清文学改良到“五四”文学革命否定了封建专政下生成的非人文学，建构起以“人的文学”为核心的现代型文学；但历史推进到“文革”十年，“人的文学”遭到无情摧残而“非人的文学”又猖獗起来，晚清至“五四”以来新文学的优秀传统被彻底否定，仿佛中国文学重回到比封建专制下更加黑暗残暴的时代。这是中国新文学演变的一个否定之否定的完整过程。在这个漫长过程中，我们可以梳理出来数条贯穿始终的相互变奏交叉的文学史线索，正是它们规定并显示出中国新文学的本质特征和价值取向。从文化视角来看，中国新文学大致环绕着三大文化思潮变奏和旋转演变：人文型文化思潮、政治型文化思潮和民间型文化思潮。所谓人文型文化思潮，主要指以人为本位的人道主义思潮，它崛起于晚清至“五四”新文化运动，滋润培养了一代现代化的“人的文学”。政治型文化思潮所关注的是社会的变革、民族的命运和阶级的利益，它与无产阶级解放事业结合起来则变成了政治权力话语和主流意识形态。这股文化思潮在晚清至“五四”时期的突出表现是反帝救亡：“九一八”事变直至抗战爆发中经解放战争到达“文革”，政治文化思潮的主要表现形态乃是战争文化和阶级斗争文化，总是服务于“夺取政权”和“巩固政权”。所谓民间型文化思潮应是多维度多层次的，这里主要指来自于民间社会的广大农民的文化传统，它是精华与糟粕交杂在一起的文化思潮。这三大文化思潮并非完全绝缘，而是既对立又互补，它们的相互变奏相互冲突相互交替，有力地制约和推动中国新文学的演变。晚清至“五四”时代，人文型文化思潮则处于中心位置，民间型文化思潮处于边缘位置，政治型文化思潮处于中心与边缘之间。这种文化格局就规定晚清至“五四”新文学的基本特征是“人的文学”，政治型文化和民间文化所孕育出的文学形态并不醒目，仅处于次要地位。随着民族矛盾日益突出和尖锐以及阶级矛盾的激烈化，人文型文化被挤出中心，政治型文化思潮逐步以绝对优势占据主导地位，民间型文化经过政治意识形态的强渗透和改造逐渐向政治型文化靠拢，大有被同化吞并之势，到了60、70年代变成了政治型文化的一统天下，借着政治霸权的威力而左右一切、主宰一切，到这时人文型文化思潮则成了被扫荡被清除的重点对象，文化格局的三足鼎立已不复存在，独尊政治型文化思潮。从20年代末到70年代末三大文化思潮的位置、作用发生了重大变化，而这个变化则是反复交叉逐步演化的，到了60、70年代才把"五四"时期的文化格局完全颠覆了。伴随三大文化思潮的沉浮、移位,中国新文学的结构形态日趋社会化政治化,到了60、70年代文学已逼近非人化或非文学程度。文化思潮渗透并作用于文学结构,最敏感的是主题意向的变化。从文学主题的视角来观照,人文型文化思潮投射下所形成的文学母题,主要关注的是个人发现、人的觉醒、人的生存、人的死亡、人的命运等等,总是把个体人的思考引向对人类问题的思考。这种主题意向在"五四"文学中得到充分表现,从20年代末到40年代只是在部分文学中得到表现。在政治型文化思潮烛照下铸就的文学母题,它所关注的主要不是个体人的生存,而是把视线集中于群体的命运、国家民族的命运、阶级的利益,使个体寓于群体之中,总是把表现国家独立、民族解放、阶级斗争置于文学的中心地位,似乎个人问题在国家、民族、阶级等重大政治课题面前是微不足道的。这种主题意向在"五四"及20年代文学中并不明显,到了30年代中经40年代直至60年代初越来越突出,甚至出现了完全政治化的主题意向。民间型文化对新文学主题的渗透,从晚清到"五四"新文学中虽然受到启蒙主义思想的排拒,但表现民间社会生活面貌和下层农民市民情绪的作品依然存在。30年代一次次文艺大众化讨论、抗战爆发后的民族形式问题论争,从某种意义上是对民间文学的呼唤,特别是40年代解放区工农兵文艺运动的勃兴,不仅民间文化的原始自在形态得到升华,而且民间文化精神在文学主题中也得以弘扬。其中代表作家赵树理既尝试着将民间文化越过人文型文化传统直接与政治型文化结合,又立足于民间立场通过小说创作为农民代言以忠实表达民间意识。但是到了50年代末以后,贯穿"左"倾政治文化思潮的意识形态,不只是借助政权力量摧毁了人文型的文化传统也摧毁了来自民间的文化传统,文学主题蕴含的民间文化意识完全被"左"的政治文化意识所取代。总之,"文革"前夕,现代文学主题意向被三大文化思潮所主宰的局面不复存在了,这是新文学走进死胡同的重要信号。从作家的创作思维来看,"三分天下"的文化思潮作用于现代文学创造主体,最根本的是思维模式的变化,它不只是决定着作家对题材的选择、主题的表达、人物的刻画也制约着作家的艺术构思、表现手法和语言运用。人文型文化思潮和民间型文化思潮对创作主体的影响尚不能完全形成非此即彼的二元对立的思维模式,前者讲人道重宽容,后者讲中庸崇和谐;唯有政治型文化讲阶级重斗争,特别同战争文化、"左"的意识形态结合后,在强大的外力挤压下内化为作家的二元对立的思维模式。战争是政治斗争的极端化,而中国现代化文学经历了两次世界大战、三次国内革命战争、八年抗日战争和三年抗美援朝，这种沉痛厚重的战争文化积淀于作家的敏感文化心理，怎能不形成二元对立的极端思维习惯？自50年代中期“左”倾政治文化思潮推动阶级斗争不断升级和扩大化，又进一步强化了作家的两极对立的思维形态。这种思维的特点就是把各种貌似对立的现象夸张到两极，非此即彼，没有调和的余地，否定中介，将一切复杂现象纳入简单化、公式化的思维轨道。试想，左翼文学，抗战文学、工农兵文学等等，有不少文学作品是遵循二元对立思维模式制作出来的，这是造成文学创作公式化、雷同化、政治化的思维根源。上述仅是从三个不同视角为中国新文学80年所作的粗略考察，旨在说明我们这样认识和把握新文学流变史是有充分思想根据和历史根据的；同时也便于站在世纪之交对完整态的现代中国文学史研究格局进行建构。①

只论述了前期中国新文学史80年并非我想建构的中国新文学史研究与写作的完整格局；我认为1978年至今这20余年乃至21世纪仍属于新文学的范畴，虽然它开辟了中国新文学发展的新阶段新局面，具有继往开来的划时代意义，然而从总体精神与演进趋向上来考察，明显地可以看出它是对前期中国新文学史创造的一切传统进行复兴与超越，总是沿着新文学现代化民族化相辅相成互渗互补的轨迹运行，即使到了90年代新文学发展呈示出眼花缭乱的无序或多元态势也没有悖离中国文学现代化的广阔轨道，这应似后期中国新文学，且是未完成式的。因此，我坚信不论前期80年或后期20年直至21世纪的中国新文学，其根本特征乃是现代型文学。前后中国新文学有机地联系为一个整体，就是我拟定的中国新文学史的大格局，它所具有的优长是不言而喻的。当然我并不认为这个中国新文学史研究格局是唯一的、最理想的，其实我在设计这个大文学史格局的过程中就有不少的困惑未得到清醒的解释。如从横向上看，百年中国文学生成或沉浮于几个大的板块或数不清的小板块，文学形态或品种多种多样，文学成就有大有小，审美风格千差万别，特别是台湾文学远离大陆文学的时空差又那么大，究竟怎样从历时性与共时性的结合上来透视和把握它们之间的错综关系与内在联系呢？以什么文学原则把它们纳入我所构想的大现代文学史范畴而整合为有机统一体？再如哪些形态的文学是非现代文学，对这样的文学应持一种什么文化立场和历史态度？特别是在非人文学思潮猖獗时被抹杀被遮蔽被隐藏的文学，甚至大量的大众通俗文学，应该怎样在中国

① 朱德发：《主体思维与文学史观》，第396～400页，山东教育出版社1997年版。

新文学史上定位？为回答和解决中国新文学史大格局这些问题，我们认为在重构现代中国文学史学科过程中可以得到较好处理，而上述对中国新文学史框架和格局的探索与思考正是重构现代中国文学史学科的核心内涵和精神实质。

总之，近20年中国新文学史的研究与书写，我自“突围”后往往又陷入新的困惑之中。我老是想完全走出困境而进入新的学术天地，却难以超越自我。人生有困惑，学术研究也有困惑，虽然这两种困惑的性质不同，但对于新文学研究主体来说，困惑就是问题意识，有了困惑就有了危机意识，它可以化为内在动力，鞭策你在学术道路上不断追求不断前进。若是没有了困惑感或问题意识，那学术生命就结束了。从这个意义上说，我目前很难走出“突围”后的种种困惑。

（写于1998年夏）

朱德发文集

第六卷

世界化视野中的现代中国文学

朱德发 著

山东人民出版社
国家一级出版社 全国百佳图书出版单位

图书在版编目(CIP)数据

朱德发文集:全10册/朱德发著.—济南:山东人民出版社,2014.1
ISBN 978-7-209-07570-1

Ⅰ.①朱… Ⅱ.①朱… Ⅲ.①朱德发—文集 Ⅳ.①I-53

中国版本图书馆CIP数据核字(2013)第304326号

责任编辑: 李怀德

朱德发文集(第六卷)
朱德发 著

山东出版传媒股份有限公司
山东人民出版社出版发行
社 址:济南市经九路胜利大街39号 邮 编:250001
网 址:http://www.sd-book.com.cn
发行部:(0531)82098027 82098028
新华书店经销
山东临沂新华印刷物流集团印装

规 格 16开(169mm×239mm)
印 张 19
字 数 300千字
版 次 2014年1月第1版
印 次 2014年1月第1次
ISBN 978-7-209-07570-1
定 价 498.00元(共十卷)

目 录

世界化视野中的现代中国文学

下编 主体与文本

世界化视野中的现代中国文学

朱德发 著

山东教育出版社

绪言　世界化与中国文学

文学作为人类文化信息的一种载体和人类生存发展需要的一种审美形态，从其历史演变来看则是经历了一个由非自觉到自觉的逐步世界化的过程，中国文学的变迁概莫能外。包括中华民族在内的全球各民族文学之所以要通过不同的途径或不同的方式最终步入世界化的总趋势和总格局，道理是显而易见的：普遍联系乃宇宙之通则，而生活在同一地球上的人类又是有思想有意识的族类，必然具有趋向世界化的天然基础；况且人类的生理构造和生命欲求即各种生存发展的基本需要并没有质的差异，即使在精神文化层次或审美艺术层次的追求上也有惊人的趋同性，弘扬真善美鞭挞假恶丑几乎是世界各族文学的共同母题；尤其人类思维的进化经过了混沌型、主客体分殊型、理性与非理性型、辩证系统型等几个阶段，尽管对人类每个阶段的思维成果在表述或传达上所运用的媒体形式或语言符号并不相同，但各族人群在对自我、对他人、对自然、对社会、对世界、对宇宙的体悟和认知上依然有相通相似之处，如果以不同的审美形式对此予以表现或再现，那么所凝成的千姿百态的审美文化或文学文本不只是属于各个民族的也属于世界范畴的。“假如超越某种民族主义情绪而站在全人类的立场上，超越‘中’‘西’派系观念而站在它们之上，我们也许会看到不同的甚至差别极大的两种文化由隔膜、对立、冲突走向对话、理解、融通，达到某种程度的价值共识和价值共享；或者觉察出两种文化在碰撞中，会产生文化的新因子甚至产生某种新文化的信息。”①

综观人类各族文化、文学的世界化趋向，早已成为历史叙事。中华民族的文化、文学在春秋战国时代便呈现出不同民族文化的冲突碰撞交流融汇的开放活跃的多元态势，秦始皇的“焚书坑儒”、汉代的“独尊儒术”并没有切断中华民族与世界其他民族文化的多向联系，张骞通西域开始了主权国家有意识有目的

① 杜书瀛：《在全球化浪潮面前》，2001年《文艺争鸣》第6期。

地与异民族文化的交流，丝绸之路的开通、魏晋南北朝各民族文化的大冲突大融合、唐玄奘西天取经、元帝国开疆扩土、郑和航海下西洋、利玛窦传教来中国等，凡此诸种举措都推动了中国文化、文学与世界其他民族文化、文学的交汇、融通和契合，使中国文化、文学逐步面向世界。如果明代以前对中国文化、文学与世界化关系的理解和认识仍处在一种非自觉状态，就是西方各民族的先贤们在19世纪前也没有对民族文化、文学与世界文化、文学的关系作出精到而深刻的理论概括；那么对此真正有了明确的理论透析与理性自觉应始于自由资本主义时期，是那些代表人类先进文化的政治家、思想家、文学家敏锐地发现了文化、文学发展的世界化趋向，及时地升华到现代理性高度进行阐释。中国明代传奇《风月好逑传》在言情小说中算不上经典之作，可是传到德国，1827年1月31日歌德读后，就对其秘书爱克曼发表了这样的议论："中国人在思想、行为和感情方面几乎和我们一样，使我们很快感到他们是我们的同类人……在他们那里，一切都是可以理解的，平易近人，没有强烈的情欲和飞腾动荡的诗兴，因此和我写的《赫尔曼与窦绿台》以及英国查理生写的小说有很多类似的地方。""所以我喜欢环视四周的外国情况，我也劝每个人都这么办。民族文学在现代算不了很大的一回事，世界文学的时代已快来临了。"他还发现，"世界永远是一样的，一些情境经常重现，这个民族和那个民族一样过生活，讲恋爱，那末某个诗人做诗为什么不能和另一个诗人一样呢？生活的情境可能相同，为什么诗的情境就不可以相同呢？"①歌德不仅从人类本身的思想、情感和行为上感悟到德国人与中国人是"同类人"，认识到中国传奇小说《风月好逑传》与他的小说、英国查理生的小说有诸多类似之处，而且从现代文化语境和诗人生存环境中发现了各民族文学向"世界文学"发展的必然性和可能性，并站在全人类立场上首先发出"世界文学"的呼唤。如果说歌德主要是从文化人类学或文学本体论的角度考察和论述了"世界文学"这一命题，那么19世纪40年代马克思、恩格斯则是根据马克思主义经济基础与上层建筑辩证关系的原理，深刻洞察了全球各民族之间关系在市场经济的推动下所发生的巨变而带来的世界文化、文学的新趋向，故而作出了这样的精辟论述："资产阶级，由于开拓了世界市场，使一切国家的生产和消费都成了世界性的了。不管反动派怎样惋惜，资产阶级还是挖掉了工业脚下的民族基础。古老的民族工业被消灭了，并且每天还在被消灭。它们

---

① 《歌德谈话录》，第112～113页，人民文学出版社，1978年。

被新的工业排挤掉了,新的工业的建立已经成为一切文明民族的生命攸关的问题;这些工业所加工的,已经不是本地的原料,而是来自极其遥远的地区的原料;它们的产品不仅供本国消费,而且同时供世界各地消费。旧的、靠国家产品来满足的需要,被新的、要靠极其遥远的国家和地带的产品来满足的需要所代替了。过去那种地方的和民族的自给自足和闭关自守状态,被各民族的各方面的相互往来和各方面的互相依赖所代替了。物质的生产是如此,精神的生产也是如此。各民族的精神产品成了公共的财产。民族的片面性和局限性日益成为不可能,于是由许多民族的和地方的文学形成了一种世界的文学。"①马克思、恩格斯深刻有力地论证了市场经济的世界化必然带来了文学艺术、精神文化的世界化,文学世界化趋势和格局的形成既是必然的又是可能的。这就把全球各民族文学殊途同归的世界化趋向提到了高度的理性自觉和规律性的认识水平,从此文化、文学的世界化的自觉时代真正开始了。

文学世界化自觉时代的开始意味着文学现代化自觉时代的开始,也意味着世界各民族文化、文学广泛交汇的自觉时代的开始。然而由于中国封建宗法社会制度及其思想意识向现代资本主义社会及其意识形态的转换出现了滞后的时空差,所以不能不影响到中国文化、文学跨入现代化路径的速度,不能不影响到与那些发达国家的文化、文学发展取得同一的步调,致使文学的演化也没有进入理性自觉时代。尽管如此,我们也决不能忽略中国社会发展到明代中叶以后出现了资本主义经济雏形和以李贽为代表的人文主义启蒙文化思潮,这成了古代文化、文学向现代转化的最初源头。明清之际,古代中国文化、文学在没有取得与世界其他民族文化、文学进行广泛而自觉的交流汇融的情况下,之所以能够"内发式"地向现代文化、文学形态演变,考其原因主要有:一是世界各民族在人类社会发展到大致相同的历史阶段总会冒出一些大致相同的问题,而解决问题的方式或回答问题的思路及其获得的认识和结论也往往有惊人的相似之处。比如,在15、16世纪中西启蒙者都重视方法论的变革和新工具的铸造,培根曾取自然科学的经验归纳法,笛卡尔则赋予演绎法以现代理性精神,两者的结合就构成了完整的现代科学方法论;而在中国的1561至1581年间,朱载堉则提倡数理演绎法,徐光启于1607年与利玛窦合译《几何原理》强调以科学理性精神来变革中国传统的认知方法,明清之际的黄宗羲、梅文鼎、王锡阐、焦循

① 《马克思恩格斯选集》第1卷,第255页,人民出版社,1972年。

等都在不同程度上变革了认知方法，力求从封建理学的蒙昧中解放出来。二是与西方相似，中华民族悠久的文明史也有自己的内发的最早的人的发现运动，蕴含一种如古希腊罗马文化相似的原创人文精神，而这种原创人文精神与明清之际启蒙思潮中的人文精神是一脉相承的；尤其值得探究的是，人文精神生发于中国古代社会基本矛盾运动的内在冲突，中华民族求生存图发展的内在生命欲求生生不息，它总是同社会物质生产与精神生产、艺术生产处于既相适应又相矛盾的状态，如果社会生产力的发展在物质文明和精神文明方面能够程度不同地满足中华民族个体人或群体人的生存需要和生命欲求，那么它的文化载体和艺术文本就会储存一种内生的带有乐感色彩的人文精神，否则就会蕴含一种悲感性的人文精神。对于明清之际在文化文学中出现的带有现代性的人文理性精神，中外学者都有不约而同的深刻见解。周作人在《中国新文学的源流》中论及明代公安派“独抒性灵，不拘格套”的“言志”文学主张，他认为和“五四”文学革命“胡适之先生的主张差不多”，[①]晚明“那一次的文学运动，和民国以来的这次文学革命运动，有很多相像的地方。两次的主张和趋势，几乎都很相同。更奇怪的是，有很多作品也都很相似。胡适之、冰心和徐志摩的作品，很像公安派的，清新透明而味道不甚深厚。”[②]尽管我不能完全认同周作人的观点，但是他发现“五四”文学理论主张与文学文本同晚明在人文精神上有相通之处却是独具慧眼的。李泽厚从哲学的角度把宋明理学与康德伦理学作了比较，他发现：“由于宋明理学细密的分析，实践地讲求‘立志’、‘修身’，以最终达到‘内圣外王’、‘治国平天下’，把道德自律、意识结构，把人的社会责任感、历史使命感和人优于自然等方面，提扬到本体论的高度，空前地树立了人的伦理学主体性的庄严伟大。在世界思想史上，大概只有康德的伦理学能与之匹敌或相仿。康德著名的墓碑：‘位于我上者灿烂的星空，道德律令在我心中’，与张载的名言‘为天地立心，为生民立命，为往圣继绝学，为万世开太平’，在表现人类主体伦理本体的崇高上，是同样伟大的。”[③]美国学者史景迁对“中西文化类同”现象作了探究，考察16世纪80年代“这个时期分别在欧洲和中国（万历二十年前后）产生的著作，你们就会发现这些非同凡响的杰作：莎士比亚的《罗密欧与朱丽叶》与汤显祖的《牡丹亭》、艾德蒙·斯宾塞的《仙后》和吴承恩的《西游记》的作者是

① 周作人：《中国新文学的源流》，第43页，北平人文出版社，1932年。
② 周作人：《中国新文学的源流》，第52页，北平人文出版社，1932年。
③ 《李泽厚哲学美学文选》，第146页，湖南人民出版社，1985年。

怎样描写善与恶的冲突的,看一下他们的叙事方式,我们就可以发现它们之间存在着类同。奈什与《金瓶梅》作者出于各自的原因则将性欲的力量与政治的野心和金钱结合起来,这真是惊人的类同。""这种类同是否也与社会的一定类型的经济发展有关?显而易见,明代的中国社会和伊丽莎白时期的英国社会都是处在走向一种新型的、城市的、或许是原始的资本主义社会的过程中,其文化当然会有长足的新发展,这一点从某种程度上说是可以导致类同。"①经济发展水平的相同可以论证文学主题及其叙事方式的类同性,荣格对"集体无意识"的发现更是从人性深度上揭示出不同民族、不同集团、不同个体之间可以达到相互沟通相互趋同的心理基础。他认为,在"个人无意识"的深层先天所存在的"集体无意识","它与个性心理相反,具备了所有地方和所有个人皆有的大体相似的内容和行为方式。换言之,由于它在所有人身上都是相同的,因此它组成了一种超个人的心理基础,并且普遍地存在于我们每个人身上"②。这为我们深入探察明末文化、文学与同时期的西方文化、文学有相似之处提供了心理根据。

既然古代中国文化、文学到了明末清初具有向现代化转型的契机,那为何没有抓住历史机遇像西欧文学那样通过"内发式"途径完成古代文学向现代文学的转换?固然主客观原因很多,但由于中国社会进入原始资本主义时代仍然处于相对封闭状态而未自觉地跨进世界化的大文化环境,使中国文化与世界其他民族文化的对话与交流受到极大的限制,这也许是重要的原因。直至1840年鸦片战争爆发,外国科技文化的强大势能才冲垮中国缓慢渐进的传统文化体系,随后维新变法的异域先进制度文化和甲午之战的外族先进军事文化从根本上动摇了中国社会的政治结构、经济结构和文化结构,使古代中国社会向现代中国社会开始全面转型,从此"现代中国文学"也以自觉的主动的历史姿态进入世界化文化语境和世界化文学格局,加快了中国文学向现代化文学转变的步伐。正如梁启超彼时写的《过渡时代论》所指出的:"今日之中国,过渡时代之中国也。""故今日中国之现状,实如驾一扁舟,初离海岸线,而放于中流,即俗语所谓两头不到岸之时也。语其大者,则:人民既愤独夫民贼愚民专制之政,而未能组织新政体以代之,是政治之过渡时代也;士子既鄙考据辞章庸恶陋劣之学,而未能开辟新学界以代之,是学问上之过渡时代也;社会既厌三纲压抑虚文缛节

① 史景迁:《文化类同与文化利用》,第23~24页,北京大学出版社,1990年。

② 荣格:《心理与文学》,第52~53页,三联书店,1987年。

之俗,而未能研究新道德以代之,是理想风俗上之过渡时代也。”①如果说梁启超所论的是中国现代化的过渡时代,不仅这个过渡时代的各种历史使命并没有完成,而且中国步入现代化的时代也应该从晚清算起。恩格斯曾说,“中日战争意味着古老中国的终结,意味着它的整个经济基础全盘的但却是逐渐的革命化,意味着大工业和铁路等等的发展使农业和农村工业之间的旧有联系瓦解”,“旧有的小农经济的经济制度(在这种制度下,农户自己也制造自己使用的工业品),以及可以容纳比较稠密的人口的整个陈旧的社会制度也都在逐渐瓦解”②。中日甲午战争之后中国民族资本主义经济的确有了较大发展,以康梁为首的变法维新运动奠定了经济基础;而变法维新派则通过学会、学校、报刊等机构把知识分子组织引人政治运动之中,使其思想接受西方意识,又通过这些机构或工具使知识分子政治化,“他们的宣传组织活动所起的影响,超越了他们自己的意愿,为后来的资产阶级的革命运动作了准备”③。所谓政治的现代化“在发展中国家,尤其是那些渴望推进实现现代化的国家的政府,正在制定和贯彻加快社会制度和经济改革的政策,要求他的全体国民同心协力实现这种社会变革。在这种情况下,对发展中国家政府构成障碍和危险的不是具有改革倾向的现代人,而恰恰是那些固守传统、对社会改革采取敌视和抗拒态度的人”④。由康梁为代表的革新派所推行的维新变法虽然在顽固守旧派的镇压下遭到失败,但是一场维新运动却将中国推上了现代化道路。晚清的经济结构和政治结构向着现代化转型,这已被历史实践和思想逻辑所证明,与此相伴随的“诗界革命”、“小说界革命”、“文界革命”、“戏剧改良”、白话运动等文学的全面改革,也开启了中国文学现代化的先河。无论从哪个角度考察,“现代中国”应以甲午之战后的维新变法运动作为起点,中经“中华民国”、中华人民共和国两个不同的历史时期,但这都是中国社会逐步实现现代化的曲折历程,也是“现代中国”日趋进步、日臻完善的演变过程。“现代中国文学”学科,正是建立在这样一个现代国家观念的基础之上,它不同于“中国现代文学”学科主要从文学本体的现代性来立论的,即使它与外在社会形态相联系也仅仅限于新民主主义,缺乏一个宏大的时空交叉的现代国家观念和社会背景作为支撑。因此以现代多民族多

① 《辛亥革命前十年间时论选集》第1卷上册,第5页,三联出版社,1978年。

② 《马克思恩格斯选集》第39卷,第288页、297页。

③ 胡绳:《从鸦片战争到五四运动》,第645页,上海人民出版社,1982年。

④ [美]阿历克斯·英格尔斯等著:《人的现代化》,第62页,四川人民出版社1986年。

区域的主权国家概念来规范现代中国文学，凡是现代中国历史生成的文学现象、文学形态以及倡导的文学变革运动和创造各种体式文本的作家等，都应该纳入“现代中国文学”这一完成式与进行式相结合的历史范畴。在“现代中国文学”全景式的框架里，不论“新文学”、“通俗文学”、“翻译文学”或“少数民族文学”、“台港澳文学”无不是在世界化语境下形成的，即使那种“旧瓶装新酒”的传统体式文学也不能不受到世界其他民族文学的渗染，特别是现代中国文学所经受的前现代性、现代性和后现代性文化思潮的冲击和洗礼更离不开世界化的历史背景和知识背景，可以毫不夸张地说没有自觉的世界化意识就不可能建构面向全球面向现代化的各种样态的现代中国文学，所以现代中国文学的成功或失败、可取之经验或应记之教训都必须从世界化与中国文学的复杂关系中去探询。试想百年文学创建过程中，那些杰出的作家谁不是在世界化语境中博览群书、吸纳众长、杂糅百家、学贯中西，以整合各家的艺术视野营造独特文体来表述自己人生的多重体验和多方面的人生追求？并显示出中国作家的心扉向世界洞开，似乎世界上出现的各种文学思潮都在现代中国文坛上找到自己的实验地。鲁迅对于尼采、克尔凯格尔、卢梭、易卜生“任个性”的赞同，对拜伦、雪莱、普希金、莱蒙托夫等“精神界之战士”的认可，郁达夫对卢梭、屠格涅夫、劳伦斯、佐藤春夫等创作风格的推崇，巴金对巴枯宁、克鲁泡特金、赫尔岑、屠格涅夫、雨果、左拉、卢梭、罗曼·罗兰等思想创作的崇尚，王蒙对苏俄作家的倾心、对美国作家海明威和约翰·契弗的称道，苏童对塞林格、福克纳的向往等等，不一而足。这都说明现代中国作家是以天马行空、综合包容的思维与胸怀接纳域外不同风格作家的，或汲取思想营养或借鉴艺术技巧，以建构现代中国文学。心理学认为：“一个具有许多渗透性建构的人比一个具有大量非渗透性建构的人更有可能扩充他或她的建构系统。”“一个人的建构系统是处在持续不断的消长变化的状态中，不同的建构群在不断地经受验证，而各种新元素也不断被补充进个人的那些更具渗透性的建构之中。”①现代中国不少文学大家正是具有这种开放的变动的文化人格，在广泛接触域外文化、文学中得到不断充实和补充，才创造出无愧于与世界化潮流相呼应的文学精品。百年现代中国文学史证明：“20世纪比任何一个时代都富有世界主义的性质。”②虽然中国文学的历史文化背景与世界发达国家文学的历史文化背景差异较大，甚至某些文化思潮异质相对，

① [美]赫根汉：《人格心理学》，第335页，作家出版社、海南人民出版社，1988年。
② [法]马·法·基亚：《比较文学》，第31页，北京大学出版社，1983年。

但是经过殖民与反殖民、征服与反征服、西化与反西化、同化与反同化等激烈冲突与搏击后，终于在世界文学格局中建构起同中有异、异中有同、既是民族的又是世界的新型中国文学系统。

现代中国文学从晚清自觉地进入“世界文学”轨道，尽管与发达国家的现代文学相比存有滞后差，但这并未影响现代中国文学在世界文学之林中应有的地位。这是因为文学的世界化并非一统化、相同化、雷同化，全球各民族只铸造一种模式一种形态一种风格的文学。也就是说世界化对于各民族文学既不是同化也不是合并，即使那种强势的霸权文化有这种热心最终也实现不了，文化是每个民族乃至每个人的生命之根，溶化在民族的肌体里和个人的血液中，积淀于民族集体无意识里又渗透于人的文化人格中。世界化只能为各民族文学的生成与发展提供更充实的营养源和更丰富的参照系；况且具有不同文化背景、不同知识结构、不同个性气质、不同审美取向的作家面对多元化的世界文化，所作出的价值选择与精神契合也是千差万别的，不论精神层面、审美层面或技艺层面、话语层面的中外作家的对话、交流、融通、汇合都有着极为复杂的文化心理联系、冲突与沟通，绝不是谁吃掉谁谁同化谁的问题，而是在全球化语境下遵循“穷则变、变则通、通则久”的古训而营造现代型的民族文化或民族文学，百年现代中国文学的千姿百态并没有失去传统文化之血脉，即使那些现代性极强的文学样态也没有阉掉民族之魂，只不过现代中国文学的民族性较之古代文学的民族性已具有与现代性相适应相和谐的新特质新色彩。中国文学进入世界化的自觉轨道，从转型、建构到发展的全过程，现代化与民族化并非总是处在非此即彼的二元对立中而是相互变奏、辩证统一，试想没有文学的现代化中国文学怎能进入“世界文学”之列，没有文学的民族化中国文学哪有丰富鲜明的民族个性？文化、文学无论在世界化平台上怎样地超越时空、超越国界去融会去契合，一些“永恒的主题”都难以通过“创新”而超越。雅斯贝斯曾谈及人类的轴心时代即公元前800年至公元前200年间，中国的孔子、老子、墨子、印度的佛陀、巴基斯坦的先知们、希腊的荷马、柏拉图、阿基米德等差不多同时出现，而“这个时代产生了所有我们今天依然在思考的基本范畴，创造了人们今天仍然信仰的世界性宗教”①。尽管至今人类具有永恒的困惑、相似的思考和相通的感悟，然而这种困惑、思考和感悟只是“相似”“相通”却不完全“相同”，这说明不同民族有

① 田汝康、金重远选编:《现代西方史学流派文选》，第40页，上海人民出版社，1982年。

各自不同的文化特质。钱穆说过，中西“双方的学术思想界，正如双方自然环境般，一边只见破碎分离，一边只见完整凝一，这是中西的大分别所在”①。又说，“西方人人世必尚争，中国人人世则尚和。此又中西双方之大不同处”。② 不同的民族文化特色、不同的思维方式、不同的世界观则决定着现代中国文化、文学民族性的存在，也表明文学世界化必然具有多元化的绚丽色彩。

古代中国文学向现代化转型得益于世界化，现代中国文学的建构得力于世界化，中国当下文学的发展更离不开世界化。因此，进入21世纪对现代中国文学的研究与探索，必须严肃认真地面对越来越激烈的世界化即“全球化”浪潮，既要抓住机遇又要迎接挑战，采取相应的对策，把现代中国文学研究的学术水平提升到一个新的层次。

其实世界化即“全球化”语境下的现代中国文学研究并非始于当下，早在20世纪初中国文学发生结构性变化之时，学人们就已从世界化的视野来观照生成于中外古今纵横交叉坐标系上的现代中国文学，并且这一宏阔的研究框架在近百年的学术实践中不断得以调整、充实和强化。今天重提“全球化”对现代中国文学研究传统的承续更有其重要的现实警示意义和实践意义。就其警示意义来说，它提醒我们“全球化”语境下的文化交流、学术对话从来也不是绝对平等的，往往强势文化对弱势文化造成一种霸权威压，特别那些先进的文化形态对于滞后的民族文化大有吞并或同化之势；在这种情势下，作为一个中国学者既要有吐故纳新的博大胸怀又要有坚定的民族文化立场和民族自信力；既不要充当文化上的“假洋鬼子”又不要甘当落后文化的“守家奴”。就其实践意义来说，它能强化学者“抓住机遇，迎接挑战”的自觉性，把现代中国文学研究纳入更加开放的“全球一体化”的轨道，使中国学术文化和文学艺术进一步走向世界，在全球性的文化大交流大冲撞大融汇中缩短我国文化艺术与世界先进文化的“时间差”和“空间差”，为“世界文学”、“世界文化”宏大工程的建设提供更多的智力支持和文化资源，为中国文坛涌现出更多的世界级大文学家和大学者创造良好的机遇和条件。

“全球化”的历史语境和文化语境对于现代中国文学研究有利也有弊，但利大于弊。对此应有充分的思想准备，也必须在现代中国文学研究中采取一些相应的策略：其一，以不变应万变。现代中国文学向来是大时代的风雨表，当前中

① 《中国文化史导论》，第218～219页，商务印书馆，1994年。

② 《现代中国学术论衡》，第12页，岳麓书社，1986年。

国正处于社会历史转型的激变期，伴随着社会结构的深刻变化中国人的文化心理结构也正在发生重大变化，特别参加世贸组织后中国经济运转进入世界一体化，发达国家的强势经济、政治、文化、艺术等所形成的巨大冲击波，不仅将对中国的经济体制、政治体制、文化体制产生不间断地冲击，而且也将对包括文学在内的意识形态、人们的文化心理和行为模式产生潜移默化的渗透甚至是不可抗拒的影响。在这种变也得变、不变也得变的形势下，文学创作首当其冲地成为时代的晴雨表，而现代文学研究或评论也决不能滞后于文学创作，必须扮演先行的角色。然而，值得强调的是，无论创作形态或理论形态发生了多大变化，建设有中国特色的文学艺术和学术文化的宗旨和立场都不能变（中国特色并非一成不变，而这个变不能脱离中华民族）。其二，坚持差异性严防一统化。在“全球化”语境下深化现代中国文学研究，不论对作家作品、思潮流派、文学运动的微观宏观考察还是对中外文学进行比较研究，都是既有利于开拓学术视野、选择最适当的理论模式和研究视角，又有利于发现新思想新意蕴新学理新知识新技艺，也有利于把握不同作家、不同文本、不同流派、不同思潮以及不同国家民族文学的趋向性、相通性甚至整体性，使之臻至一统化或一体化的学术境界；但这容易导致现代中国文学研究差异性的被忽视甚至丧失掉，必须高度警惕和严加防止这种危险倾向的出现。因为文学研究在“全球化”语境下忽视差异性，对于一个民族的文学来说，就意味着抹杀了他的创作个性；对于一个文学流派来说，就意味着消解了它独具的艺术风格。所以越是在全球化语境下现代中国文学研究越应该突出其差异性，越应该捍卫其差异性。这既是现代文学研究必须坚持的原则，也是中华民族面对“全球化”语境必须坚守的文化立场。其三，要放进来更要送出去。考其现代中国文学，世界级的大文豪、经典性的巨著不是多了而是太少，因此只能说现代中国是个文学大国而不是强国。面对更加活跃更加开放的世界文化环境，作为现代文学研究者不能坐井观天夜郎自大，也不能妄自菲薄崇洋媚外，应该持有立足中华放眼世界的实事求是的文化心态，对外来的世界多民族的思想文化、理论潮流、文学艺术都敢于放进来，从而加以比较、鉴别、选择、汲取，以充实、调整、开拓、更新我们的知识结构和理论思维，使现代文学研究不仅处在中国学术前沿也要处于世界学术前沿；同时，对我们的学术研究成果更应该通过多种渠道和传媒送出去，坚决克服以往在学术文化的双向交流中“多进少出”的倾向。因为现代中国文学研究的最高水平是在我国学界而不是异国他乡，必须有这种自信，事实也是如此。所以必须想方设法把研究成果送出去，不能只让外国学术成果充斥我们的学术阵地，我们的学术成就也要在域外文化市场大放异彩。其四，重建现代中国文学史学科意识。近20年的中国现代文学研究在学科建设上不断突围，曾出现过“20世纪中国文学”、“百年中国文学”、“六十年中国新文学”等学科构想，并在研究与写作上进行尝试，取得一些可喜的学术成果，同时也暴露出这些构想的局限性。学科意识的重构是现代中国文学研究的整体性突破和创新，这也是在“全球化”语境下中国现当代文学研究转变的重要标志之一。我认为，应该以“现代国家观念”为指导来建立一个“现代中国文学史”的大学科意识，而这个大学科是与古代中国文学相对应的，它开拓一个全方位的现代中国文学研究格局，形成了“上可封顶下不封底”的现代中国文学的动态领域。它不仅符合现代中国文学生成并继续发展的客体结构，而且于“全球化”语境下在与世界其他民族文学研究展开学术竞争中也具有独特的优势和强势。

《世界化视野中的现代中国文学》这部学术专著旨在求真务实、创新趋优，力求以世界化为视野对现代中国文学从“现代化民族化并举”的价值角度予以考析和勘探，争取再上一个学术境界。近10年学术界热衷于以现代化或现代性为价值坐标研究现代中国文学，以西方文学为参照系和话语方式硬套现代中国文学，忽视或抹杀了现代中国文学的民族化或民族性，甚至把现代中国文学视为殖民主义文学，这严重歪曲了中国百年文学的本质特征和基本面貌。在我看来，现代中国文学是在世界化语境下现代化与民族化相互作用的产物，现代中国文学既是世界的又是本土的，因它属于世界的故具现代性，因它是本土的故具有民族性，正是现代化与民族化并举才使现代中国文学没有走上“西化”之途也没有回到“复古”之路，建构起一座矗立于世界文学之林的现代中国民族主义文学丰碑。20世纪90年代以来我始终坚持现代化（或世界化）与民族化相互变奏的学术视野和研究思路，从宏观、中观到微观对中国百年文学的“两化”规律、机制和特征进行探讨与发掘，突破了一些僵化的思维模式与老化的成见旧识，发现了一些前人未发现的史识、新知和规律，形成一些新的逻辑思路与理论系统。以下分“三编”论述：

上编“转型与传统”六章，以世界化（或现代化）与民族化的学术视野，从宏观上对中国古典文学如何经过三个历史与逻辑阶段转变成中国现代文学的历史轨迹、内在机制、基本规律和主要特征，进行了开拓性的研究；随之又对现代中国百年文学遵循世界化（或现代化）与民族化相互变奏的动态规律开拓前进的艰难历程及其形成的制导性文学传统和本质规律，予以深刻揭示与阐释；最后以“两化”为价值坐标对现代中国各类文学形态的人学内涵进行深入勘探，并作了文化学的阐释。力求在现代中国文学的宏观研究上给人以整体感和创新感。

中编“流派与思潮”五章，以文学流派与文学思潮为中观研究对象，它是上联文学总体下联作家作品的艺术桥梁，以世界化为眼光，坚持“两化”研究思路，选取不同角度对现代中国文学流派与文学思潮之间的关系以及文学流派的基本特征如现代性、民族性、主体性等进行开拓与发现，深化文学流派思潮研究的理论透析与理论概括，进一步印证现代化与民族化相辅相成是现代中国文学发展的根本规律，说明“两化并举”既是现代中国文学的价值起点又是它的价值终点。

下编“主体与文本”五章，选取现代中国文学史上大师级作家鲁迅、茅盾的经典文本，从现代化与民族化并行不悖的视角进行微观探索与阐释，并把主体意识与文本营构结合起来，这是“两化”研究的具体化深入化，也是重新解读经典作家的经典文本，不仅从经典文本中发现一些原创意蕴，概括出一些新见解，而且开掘出文学现代化与民族化的新颖而具体的特征，总结出文学现代化与民族化并举的切实可行的美学经验。

上述“三编”由宏观到中观再到微观，围绕“世界化（或现代化）与民族化相互变奏”这一逻辑中心与核心理念，层层深入，扇面展开，既有深度又有广度，力图构成一部有体系性的学术专著。主要价值追求集中于三点：追求理论创新的学术品格；追求务实求真的史学品格；追求“先进文化”的思想品格。至于这些写作构想与追求，是否在著述中得以体现，有待于读者的评点，有待于历史的检验。

上编 转型与传统

第一章　中国文学现代化的价值追询

在世界化语境下，我们说传统文学，主要是指古典型的文学，它产生并成熟于人类农业社会，既以特殊的审美形式记录着人类彼时的生态与心态，又以其自身的功能适应着人类彼时的生存与发展，满足着人类彼时精神的或审美的需求，并从而形成了稳定的文学结构及其代代相因的文学传统；在世界化语境下，我们说现代文学，主要是指现代型的文学，它的诞生与发展是伴随着人类工业社会而运行，现代性就是这种形态文学的质的规定性，并以此与古典型文学相区别而凝聚成自身的根本特征。虽然现代型的文学是传统文学通过现代化改造与重建的产物，但是世界各民族文学的现代化过程所选择的路向、转换的机制以及现代化文学的特征并不完全相同，其差异性极为明显。皮亚杰说："发生认识论的目的在于研究各种认识的起源，从最低级形式的认识开始，并追踪到科学思维并包括科学思维。"①任何文学结构的转换从根本上说都是思维的转换，古典型文学向现代型文学转变从最深层来探寻无疑也须追查到科学思维；况且，文学史如同历史一样并不是人类随心所欲创造的，而是根据生存发展的各种需求创造的，即不只是凭感觉而主要是靠理性自觉创造的（就宏观而言）。因此，要对传统文学向现代文学转换的复杂深微的过程作出科学的阐释并获得真理性的认识，单就研究主体来说，自由、自主、自足的判断力极为重要，只有主体的科学思维才能真正认识并揭示出文学史过程中所蕴含的"科学思维"。这是因为文学似乎同生活一样："生活本身是变动不定的，但是生活的真正价值则应当从一个不容变动的永恒秩序中去寻找。这种秩序不是在我们的感官世界中，而是只有靠着我们的判断力才把握它。在人那里，判断力是主要的力量，是真理和道德的共同源泉。因为只有在判断力上，人才是整个地依赖于他自己的，判断力乃是自由、自主、自足的。"②那种受压抑、受拘束、受限制的研究主体

① 皮亚杰：《发生认识论原理》，第17页，商务印书馆，1981年。

② 恩斯特·卡西尔：《人论》，第11页，上海译文出版社，1985年。

的判断力,不可能对文学史的嬗变或文学形态的转型,进行科学的考察和富有真理性的阐释;只有这种自由、自主、自足的判断力,才能在对变动不定的文学结构的演变中从所谓“永恒秩序”即历史逻辑里寻找其内在机制和真正的价值。然而,研究者具有自由、自主、自足的判断力谈何容易,这不只是要求主体思维应该开放、心态应该自由、知识应该科学化,而且置身于其中的文化语境乃至社会环境更应该是宽松的、自由的、民主的。

以自由、自主、自足的判断力研究中国古典型文学的现代化转换及文学的现代化特征,既是作家们关注的焦点又是学者们探讨的重心;但这里首先遇到的一个问题是,应以什么样的价值标尺来衡估古典型文学与现代型文学的区分度,以及古典文学现代化转换的内在规律和基本特征,乃至文学实现现代化所达到的程度、效应与方式。目前学术界对文学现代化的认识并不一致,甚至分歧很大,所以有必要对其价值标准予以探究。

世界各民族步入现代工业社会在历时性上存在着时间差,在共时性上存在着空间差,随之而展开的文学现代化进程势所必然地也存在着时空差。然而这并不影响我们寻找一个涵盖面较大的、能容纳丰富多彩的个性文学现象的具有普遍性的现代化标准,而这个价值标准必须在运作中既能对古典文学与现代化文学的联系与区别作出明确的价值判断又能对文学结构自身系统进行文本分析;既能对古典文学向现代转换过程所显现出的阶段性及其特征予以理性透视又能对与文学系统相关的外在系统作出价值判断。这种广度与深度兼备的价值标准,莫过于现代人学与“人的文学”了。

人学的根本任务在于全方位认识自我,正如文艺复兴时期法国人文主义者蒙田所说:“世界上最重要的事情就是认识自我。”因此,认识自我乃是哲学探究的最高目标。“它已被证明是阿基米德点,是一切思潮的牢固而不可动摇的中心。连最极端的怀疑论思想家也从不否认认识自我的可能性和必要性”。① 认识自我在西方思想史上是个古老的哲学命题,但我这里所强调的是文艺复兴以来的现代人学——其对人的探索与思考,越来越活跃,也越来越混乱,根本就不存在普遍承认的科学原则:在这里,神学家对人有神学家的看法,科学家有科学家的看法,政治家有政治家的看法,社会学家有社会学家的看法,心理学家有心理学家的看法,人种学家有人种学家的看法,很难把各种对立的见解集聚起来,

① 恩斯特·卡西尔:《人论》,第3页,上海译文出版社,1985年。

获得一个对人自身的完整的公认看法。马克斯·舍勒最早意识到这种认识的危机,他说:“在人类知识的任何其他时代中,人从未像我们现在这样对人自身越来越充满疑问。我们有一个科学的人类学、一个哲学的人类学和一个神学的人类学,它们彼此之间都毫不通气。因此我们不再具有任何清晰而连贯的关于人的观念。从事研究人的各种特殊科学的不断增长的复杂性,与其说是阐明我们关于人的概念,不如说是使这种概念更加混乱不堪。”①尽管对人的研究从不同的维度、不同的层面切入所获得的认识大有分歧甚至造成对人的解说的混乱,但是我认为这恰好证明对人的研究越来越自觉,越来越深入,对自我的认识越来越成为现代哲学关注的重点和热点。从对人的众说纷纭的现象中,足以使我们认识到,当人类走出神权主义、禁欲主义的中世纪而步入工业社会的充满科学精神与民主精神的现代,人已成为宇宙的主宰和社会的本位,人获得空前的思想自由、个性解放和情欲满足,人的价值、人的尊严和人的权利备受社会重视,以人为本位的人学思想在世界各民族的影响既深且广,对人的本性的探究已达到一个新的层次。或从社会学的角度来观照人,认为人是社会关系的总和,突出了人的社会性或历史性;或从自然人性论的角度来考察人,主要强调人的自然属性,突出了人的生命欲求;或从综合的视角来探讨人,认为人是灵与肉一致的人、社会性与自然性兼备的人,“人之为人的特性就在于他的本性的丰富性、微妙性、多样性和多面性。”②各种现代心理学,将对人的探讨由外部转向内心,揭示人的内宇宙的奥秘。弗洛伊德发现了人的意识由本我、自我、超我三个相联系的层次构成,突出人的性欲本能,强调“力比多”是人生命的原动力;荣格着力开掘人的集体无意识,认为它是一个人或一个民族得以存活与发展的潜在动力;当代人本主义思想家、心理学家马斯洛认为人之所以为人,从低到高具有五个层次的需要,即生理需要、安全需要、爱的需要、尊重的需要、自我实现的需要,只有这些需要得到基本满足,人才能健全发展,才能具有最充分最旺盛的创造力。③ 他深刻地指出:“自我实现的创造性强调的是性格上的品质,如大胆、勇敢、自由、自发性、明晰、整合、自我认可,即一切能够造成这种普遍化的自我实现创造性的东西,在创造性生活中那些表现自身的东西,或者说是强调创造性

---

① 马克斯·舍勒:《人在宇宙中的地位》,第13页,转引自《人论》第29页,上海译文出版社,1985年。

② 恩斯特·卡西尔:《人论》,第15页,上海译文出版社,1985年。

③ 马斯洛等:《人的潜能和价值》,第162~168页,华夏出版社,1987年。

的态度、创造性的人。”①人不仅是个具有自我实现创造性的人，而且是个富有思想的人。笛卡尔说过：“我所谓的思想，是指我们意识到在自己心中活动着的全部东西。这就是为什么不仅仅是理智，意志，想象，而是还有感情，在这里和思想是同一回事。”即人既是一个有思想的人又是一个有七情六欲的丰富情感的人，这正是人的全部内涵所在。17 世纪法国的天才巨人帕斯卡尔在其遗作《思想录》中对“人是什么”作了这样的回答：“人只不过是一根苇草，是自然界最脆弱的东西；但他是一根能思想的苇草。用不着整个宇宙拿起武器来才能毁灭他；一口气，一滴水就可以致他死命了。然而，纵使宇宙毁灭了他，人却仍然要比致他死命的东西更高贵得多；因为他知道自己要死亡，以及宇宙对他所具有的优势，而宇宙对此却是一无所知。因而，我们全部的尊严就在于思想。”②人有了思想便有了一切，人就能吞掉一个宇宙，不只是人的尊严就在于此，而且人的智慧就在于此，人的力量也在于此。19 世纪以来一些非理性主义思想家对“人是什么”从感性层面对其现代情绪、意识流动、生命冲动、欲望追求、人性异化、性心理变态等，进行了深入探索，既提出一些真知灼见也不乏谬论。总之，进入现代以来人类对自我的认识已全方位地展开，虽然见解不同但却达到一个新的思想境界，标志着人类步入一个全面觉醒的时代，步入一个人性自由解放的时代，因而这也是人的空前高度自慌的时代。当然，也应该看到人类认识自我的过程是个艰难曲折的过程，不只是在认识上有真理与谬误的尖锐对立；而且在与自然界、社会甚至自身的诸多争斗中，人性曾遭到扭曲、摧残、毁灭，付出了惨重的代价，同时人性也得到了锻造、锤炼、新生和张扬。所以，现代人学思想是极为丰富、充满着矛盾的，尚有不少值得认真破译的密码。恩斯特・卡西尔说过：“传统的逻辑与形而上学本身就不适于理解和解开人这个谜，因为它们的首要和最高的法则就是不矛盾律。理性的思想，逻辑和形而上学的思想所能把握的仅仅是那些摆脱了矛盾的对象，只是那些具有始终如一的本性和真理性的对象。然而，在人那里，我们恰恰绝对寻找不到这种同质性。哲学家无权构造一个人造的人，而必须描述一个实在的人。任何所谓关于人的定义，当它们不是依据我们关于人的经验并被这种经验所确证时，都不过是空洞的思辨而已。要认识人，除了了解人的生活和行为以外，就没有什么其他途径了。”③传统的逻辑

① 马斯洛等：《人的潜能和价值》，第 253 页，华夏出版社，1987 年。

② 参见 1996 年《读书》第 2 期第 43 页。

③ 恩斯特・卡西尔：《人论》，第 16 页，上海译文出版社，1985 年。

与形而上学难以揭示人这个谜;现代的各种哲学或人类学对人的奥秘作了多角度的透视与阐释,把对人的认识提升到一个新层次,但仍然免不了笼统空泛。我所感兴趣的是"了解人的生活和行为"便可以具体理解与认识人的方法论意义,因为它启示我们认识到,唯有文学艺术具有这种特殊功能,即通过形象的感性形式来表现或再现"人的生活和行为"及其情感、思绪乃至潜意识,那些哲学家或思想家无法阐述的人的矛盾性、深微性和复杂性可以由文学家出色地完成,即通过语言符号和文学手段描述一个实实在在的活生生的富有主体感的完整的现代人。"在每一种言语行为和每一种艺术创造中我们都能发现一个明确的目的论结构。在一出戏中一个男演员真实地'扮演着'他的角色,每一句个别的台词都是首尾一贯的结构整体的一部分。他的语词的重音和节奏,他的声音的抑扬顿挫,他的面部表情,他的身体的姿态,全都趋向于共同的目的——使人的性格具体化。所有这些都不仅仅是'表现',而且还是再现和解释。"①表演艺术对于人的奥秘的表现或再现具有这种整体性、具体性的功能. 作为语言文学艺术更具有这种特殊功能。正是从这个意义上说,文学艺术也是一种人学,而且是一种现代人学。

人的发现、人的觉醒、人的自觉的思想潮流投射和散发到文学上,便逐步形成了"人的文学",这就是现代型的文学,而人本主义、人道主义、个性主义等人学思想则是其重要的精神支柱。它不仅从本质上与西方中世纪以"神"为本位的基督教文学相区别,也与中国古代的"文以载道"、"代圣贤立言"的封建文学相区别,完全是一种以人为本位的崭新文学。文学把"人"作为旋转的轴心,既是文学的出发点又是其归宿点,也是文学的中心点,这正是文学自觉的集中体现。不过,我所理解的"人的文学"中的"人",并非指那种处于混沌迷茫状态的愚昧者或满脑装着吃人的思想或非人思想的治人者,而是具有现代社会意识、思想意识、审美意识的平民百姓和平民知识者,他们是"人的文学"的创造主体、对象主体和读者主体,恰是这三位一体形成了"人的文学"的基本框架;强调"人的文学"的三维度结构的主体者的地位,并不意味着排斥非主体者,在现代的人学意识的烛照与规范下,人类社会所有的人都有可能成为"人的文学"的缔造者、表现者和鉴赏者,这应该是有文学史以来最少民族偏见、阶级偏见的一种文学。因而现代的"人的文学"理所当然地必定是各民族共建的世界文学,但由于

① 恩斯特·卡西尔:《人论》,第181页,上海译文出版社,1985年。

各民族所处的社会性质、历史条件、地理环境和文化语境的差异，致使“人的文学”具有鲜明的民族特色和个性色彩。这里所说的“人”也许是个体的人也许是群体的人，也许是“小我”也许是“大我”，也许是个体与群体、“小我”与“大我”的有机结合，不管怎样，形成“人的文学”结构的“人”，都应该具有不同程度的现代人的思想意识、情感倾向和审美理想，唯有这样的“人”方能确保“人的文学”的现代化的质的规定性与发展趋向。既然“人的文学”是现代人学思想的投影与折射，那么它的思想情感、审美内涵也应该是极其深邃复杂的，审美形式、艺术风格也是多姿多彩的；但是从现代化的角度予以观照，“人的文学”总应该有一些基本的现代性特征，如果把这些特征提到理论的层面加以概括，似可作为考察古典文学向现代转换及文学现代化程度的具体参照和价值标准。

在我看来，审视与把握“人的文学”的现代化特征或现代性表现至少应包括这些层面：

文化意识层面。作为文学创作主体，为适应人类生存与发展的精神或审美需求不断制造、更新和增殖文化思想，从而使自身也成为种种文化信息的集大成者，由他们所创造的文本无疑是文化思想的审美载体。然而并非所有的文化思想信息都是优质的，谁也不能否认其间劣质或隐或显地存在着，甚至优劣混杂难解难分。判定文化思想优劣的标准哪怕有千条万条而最根本的一条乃是：视其是否有利于人的存在与发展，更要视其是否有益于人的个性的健全与优化、自由与张扬，因为人的全部尊严与价值在于思想文化；当然不仅仅如此，扩而大之，这种思想文化也有利于人的个性所置身的人类群体乃至社会集团、国家民族的正常运行与健康发展，为个体或群体人的生存超越、自主自足、自尊自强、独立解放、自由追求、理想实现等创造一个良好的生态环境即社会的人文的自然的环境，特别是有利于人的文化人格塑造、民族灵魂的铸造以及全人类文化人格的优化，这样的文化思想应该是优质文化，是真正的人的文化。反之，那些不利于或有害于人的生存与发展的文化意识，不是腐朽没落的文化思想就是非人的文化意识。文学的现代化在文化思想上就是要求创作主体确立现代的优质的文化观，剔除或扬弃那些混杂于文化思想中的劣质的非人的文化意识，并随着时代的发展与人类的进步不断地调整和充实自身思想文化信息；对于其创制的文化思想信息载体的文本，或以隐形或以显形的审美形式或艺术方式，表达出作者明确的文化立场和文化策略，即对优质的人的文化思想应极力弘扬、充分肯定和尽情褒赞，而对于劣质的腐朽文化或非人文化意识则必须予以批判、指斥和贬责，若是采取一种欣赏或展览的文化态度，其后果既损人又害己。

文学观念层面。既然文学是人类文化思想的艺术宝库，那么，构建文学本体的作家们的文学观念无不是其文化思想的派生物或投影；创造现代化的“人的文学”应以作家主体的现代文学观念作为导向与灵魂；文学创造全过程的每一个环节或步骤都自觉不自觉地受着作家文学观念的制导。当然文学观念的主导并不是要作家来图解自己的某种思想意识或理性认识，而是以独特的美学理想和艺术追求来设计文学的蓝图，并从而依照美的规律来营造艺术王国。并不是所有的文学观念都能创造出真正的“人的文学”的审美形态，像宗教文学观、封建文学观、法西斯文学观、权力至上文学观等臆造出来的大都是非人的文学；唯有那些以人为本位的各具特色的文学观主导下所营构的文学才能具有现代“人的文学”的美学特征。这种文学观念必然以现代人学作为理论基础，主要表现为：(一)文学审美本体的自觉化。即文本的自觉源于人本的自觉，人本的自觉推动并决定了文本的自觉，而文本的自觉不只是意识到文学自身是个独立自足的系统，它并非依靠于或借助于其他系统来显示自身的存在，其本身就具有历史的合理性和独特的价值系统，它与相邻的学科门类不是依附与被依附的关系，乃是各自独立又相互依存的，如果硬要强迫或挤压文学服务于政治系统、宗教系统、经济系统、道德系统等，那是对文学本体不尊重或者缺乏人的自觉和文的自觉；同时也意识到文本的结构是有其特殊的美学规律、艺术机制和审美理想的，它是有赖于既有文的自觉又有人的自觉的文学家来创造的，但所创造的文学审美实体则不管它是有为而作还是有感而发，无不是有意无意地适应或满足现代人生存与发展的审美心理需要，以至于精神上获得了智慧、情感上受到了震动也是首先得益于美感的触发。这种文学审美本体的自觉化直接影响文学价值观的变化。(二)文学功能价值观念的多样化。文学只要与人的生存发展需要粘上边、挂上钩，成为人类赖以存活不可缺少的精神食粮或艺术品种，那么人的文学就不可能成为无价值、无功能的毫无意味的可有可无的东西，即使那些标榜为唯美主义、消遣游戏的文学也是有价值的，美感、消遣、游戏本身就是一种价值追求，只要作用于人们的文化心理或生存方式就能产生一种价值效应，虽然这种价值是负效应还是正效应仍需要作具体分析。一言以蔽之，没有价值没有功利的文学实际上是不存在的，文学之所以产生与发展，受到人们的关注与喜爱，就在于它对人有这样或那样的价值；文学的价值功能是文学系统的内在机制和构成因素，如果说人的文学是真、善、美的结晶体，那么它的真是一种价值，善是一种价值，美也是一种价值，三者的有机结合就具有一种综合价值。凡是优秀的文学必定是真善美的和谐统一，否则文学的价值将受到损伤，导致价值的失衡或失效。有一种观点，认为只有文学的善才是价值，因为它有助于人生的改造、思想的启蒙或人类的进步，这无疑是一种文学社会功利观，文学真的品格、美的品格也是一种价值，倘若文学的善游离于真与美，甚至脱出了真与美，那么文学的善就不会产生社会功能。片面地强调文学的善或者过分抬高善的地位，就会使文学成为改造社会人生、变革旧体制旧思想的单纯的工具，失去了文学之所以是文学的基本品格，从而使文学丧失了自觉性，变成一种社会的附庸、政治的工具、思想的传声筒。因此人的文学的功能价值观是多样化的，既强调综合价值效应、积极健康的价值效应，更要强调临时的价值效应与永远的价值效应的辩证统一。总之，不论文学的何种功能或价值都应是源于文学审美系统的本身而不是外加上的，都应是有利于而不是有害于现代人的生存与发展的，都应是有助于而不是有碍于全人类的自由与解放的。茅盾认为现代的“人的文学”的价值取向，“更能宣泄当代全人类的感情，更能声诉当代全体人类的痛苦与期望，更能代替全体人类向不可知的命运作奋抗与呼吁”。[①]

（三）文学表现（或描写、刻画）对象的立体化。人的文学所表现的对象是极其广泛的也是多种多样的，人界的、神界的、自然界的物象景观都可以作为描写对象；但这里所说的表现对象不是泛指而是实指人，即主要指那些普普通通的人，他们是表现的对象主体，处于文学的中心地位或者唱主角，至于那些帝王将相、侠客游士、达官贵人、淫妇痴女、纨绔子弟、才子佳人、恶棍流氓等也可以写，不过应以人学思想予以透视和评判，把他们作为一个“人”来写，即使把他们置于文学作品的中心地位也不是不可，而决不能自然主义地描写，应有坚定的人道立场和批判态度。不管把什么人作为表现对象，这里要强调的仍是必须确立多维的立体化的人物塑造或刻画的观念，也就是表现或描写的人必须是一个个真实的栩栩如生的具有立体感的活人，不仅要刻画出人性的复杂也应揭开心灵的奥秘，不应是个扁平人物而应是个圆形形象，是个真实的多面体的人而不是伪饰的假人。人道主义是正面人物的灵魂，那些非人道的兽性的神性的东西必须受到唾弃与贬斥。作者笔下的人物是矛盾的统一体也好，是外性格与内性格、

① 《新文学研究者的责任与努力》，1921 年《小说月报》第 12 卷第 2 号。

外宇宙与内宇宙充满矛盾的人也好,都必须是现时代的人物或者具有强烈的现代感。立体化人物的塑造或表现,不仅是文学审美本体自觉化的具体体现,也是文学功能价值观多样化的切实要求。(四)文学种类样式观念的开放化。由于现代的"人的文学"创造主体和描写对象主体,大都是追求个性自由、人性解放、民族解放和人类解放的觉醒者或实践者,富有宽阔开放的胸怀,思想、情感极为活跃,敢于变革旧模式创造新式样。这就要求文体观念的开放化,冲破已有的艺术思维惯性和已僵化的种种文学模式,创造多品种的自由舒展的文学体式,以适应新思想、新情感、新人物、新价值表现的需要。因此,从某种意义上说,"人的文学"是一种自由开放的文学,也是体式不断翻新的文学。

文学技艺层面。它是文学创作过程中作为一定文学内容的实现方式的具体创作方法、艺术技巧、结构布局等,其综合效应能发生现代化的变化,即卓有成效地表现或再现现代人的思想性格、情感意识、欲望追求,满足现代人们的多层次的审美需求。就创作方法来说,它是作家在审美地艺术地认识并反映现实生活,体验并表现精神世界,孕育并创造审美典型或艺术形象或象征意象诸方面,所运用的最基本的也就是能决定审美性质的艺术表现方法;创作方法又是个多层次的结构系统,其内在基本精神实质及与之相应的基本艺术表现方法是创作方法的核心结构,与其核心部分发生这样或那样联系的世界观、人生观和哲学观是深层结构,与之联系的种种具体写作规则、表现手法和艺术技巧等属于表层结构。欲要判断文学作品具有何种性质或格调的审美倾向、所运用的是何种创作方法,主要视其是否体现了创作方法的基本精神实质和基本艺术表现方法。现代"人的文学"之所以选择现实主义或自然主义创作方法,就其精神实质而言,是工业化和科学精神的产物,它是以朴素的唯物主义和科学实证主义作为哲学基础,反映出工业社会里人崇尚科学精神、崇尚客观真实,希冀通过文学审美活动,真实地认识自我的本来面目及其周围的社会环境、人文环境与自然环境的本来风貌;不仅现实主义的精神实质体现出鲜明现代化倾向,而且它的艺术表现方法如再现功能、塑造典型环境中的典型性格、强调细节真实、重视客观描写等。如果能够巧妙地运作必能产生综合的现代化的艺术效应。再如现代叙事文学的现代化特征重在塑造具有高度真实感的个性突出的血肉丰满的主体化的艺术典型,而现实主义艺术表现方法的综合运作就能创造出这样的典型人物;再如现代"人的文学"为唤醒人的解放意识和反抗精神,要求作家对那些压抑、扼杀人性或使人性扭曲、异化的社会制度、文化意识、伦理道德、宗教信条、风俗习惯以及那些专制政权、罪恶势力等予以无情的揭露和批判，而现实主义艺术表现方法就具有这种暴露、谴责与批判的功能。浪漫主义创作方法的深层结构就是现代意识的自由主义、个性主义和理想主义，它的基本艺术表现方法则是主观抒情和夸张想象，选择这种创作方法的文学作品可以借助其抒情、想象、夸张功能，尽力地宣泄心内的情感、表现个性意识、张扬理想、创造个性主义、自由主义文学，塑造自我或大我的抒情主人公形象或者人文主义形象，这些都是浪漫主义创作方法作用于文学建造所产生的现代化艺术效果。现代主义是一种综合型的创作方法，其中不少创作方法的精神实质源于弗洛伊德的精神分析理论，其基本艺术表现方法具有向内转的特点。如果说浪漫主义重在抒发内在的感情，那么现代主义艺术手法重在表现人的深层灵魂即潜意识或无意识，或表现人的情绪流、意识流；不仅意识流是其惯用的表现技法，为寄寓现代人那种飘忽不定的、朦胧神秘的、复杂微妙的现代情绪、生命体验，往往也借助象征、隐喻手法，使文学作品的人物、意境、情调和风格充溢着浓郁的现代气息。上述三种基本创作方法虽然具有相对独立性，各有其特殊功能，但在具体的创作过程中有时相互渗透、相互作用，特别在表现手法、艺术技巧这个层面它们的交叉借用是相当活跃的，甚至再现与表现的双向功能共同发挥作用，客观描写与灵魂拷问一起生效。这种综合效应有助于文学现代化，也是文学现代化在创作手法上所体现出的重要特征。心理描写或灵魂剖析是文学现代化的主要艺术技巧，不论是写实型的文学还是浪漫型的文学或是现代主义型的文学，无不重视心理刻画，这是促进文学现代化运用频率最高的、艺术效果最好的艺术技法，凡是那些世界著名的现代化经典之作都是成功地运用了心理描写、灵魂剖析的艺术技巧，刻画出一颗颗不朽的现代人的灵魂。至于写作规则的灵活化、艺术技法的多样化、结构布局的自由化，也是文学现代化的技艺要求。

艺术语言层面。文学是一种审美艺术，它与其他艺术如音乐、美术的重要区别之一，就在以语言作为信息符号：语言不只是文学系统建构的重要材料，是记载各种文化信息的符号，而且也有传达信息和激发读者感情的功能，特别是语言与文学创作主体思维有着极密切的关系，即思维活动须臾离不开语言的伴随，语言既是思维成果的载体又是思维的直接现实，如果说文学作品是作家艺术思维所建构的网络系统，那么语言就是它的物质外壳或物化形态。就拿诗歌来说，“诗歌总要创造某种情感的符号，但不是依靠复现能引起这种情感的事物，而且依靠组织的词语——荷有意义及文学联想的词语，使其结构贴合这种情感的变化——在这里,‘情感’一词的涵盖要超出一种‘状况’,因为它是发展的过程,它不仅可以具有连续的环节,也可以具有几条伴随的脉络;它是复合体,其内在关联难以捕捉”①。语言对文学的创建具有如此深微的联系与神妙的力量,那么文学的现代化从主体的艺术思维与情感形式这个角度来说,便首先取决于语言的现代化。古典型的文学有古典式的语言,不同民族的文学应该有不同的民族语言,现代型的文学有现代式的语言,这似乎是不言而喻的;现在值得思索的是世界范围的文学语言的现代化有没有共同的趋向与特征?回答是肯定的,白话化、语体化、平民化、通俗化成为文学语言现代化的趋同倾向。欧洲文学的现代化肇始于文艺复兴,据胡适考察其文学变革是从语言入手的,特别是“意大利国语成立的历史,最可供我们中国人的研究”,他们在中世纪运用的拉丁文就相当于中国古典文学所使用的文言,意大利于文艺复兴时期“提倡用白话代拉丁文,真正和在中国提倡用白话代汉字(即文言),有同样的艰难”,尽管那时反对的人很多,但意大利的新文学家一方面创造白话体文学、一方面宣传文言当废、白话必兴,终于以语体白话取代了拉丁文,创造了现代白话文学。中国文学由古典向现代转换也是“当以白话文学为正宗”,以白话取代文言。胡适认为这是我国文学发展的历史趋势决定的,又是现时文学变革的必然要求,唯有使白话真正成为新文学的“利器”,才能完成“推倒旧文学,建设新文学”的历史使命。② 况且,文学现代化的进程曾伴随着人文主义、平民主义思潮,由于人的觉醒、广大民众的觉醒乃至被压迫的阶级、民族的觉醒,文学艺术再不能只是少数贵族达官、士大夫的私产,专供他们享用玩赏,而逐步成为满足绝大多数人特别是平民百姓的生存与发展需要的精神食粮和审美成果,因此那种脱离广大民众的教育水平、文化水准、接受能力和审美要求且只有特权阶层使用的文言,必然要被通俗的白话所取代,这也是一种平民主义精神在文学语言变革上的具体表现。可以说,白话化、语体化、平民化、通俗化是文学语言现代化的共同趋向,也是文学发生结构性变化的重要特征。但也必须指出,文学语言现代化的共同趋向在不同民族的不同作家那里,是通过个性化的语言体现出来的;对于一个具体作家来说,其文学语言的个性化极为重要,它不仅是个性意识觉醒在文学上的表现,也是其艺术独创性在语言上的体现,只有这样才能使世界现代文学之林的语言艺术多姿多彩。可见,语言的个性化也是文学现代化的

① 苏珊·朗格:《情感与形式》,第267页,中国社会科学出版社,1986年。
② 朱德发:《五四文学初探》,第141~144页,山东人民出版社,1982年。

重要标志。

上述着重从总体上共时性地选取现代人学及与之相联系的“人的文学”的角度，探讨了文学现代化的基本特征及其衡量文学现代化的实现程度、由古典向现代转换标志的原则性的价值尺度，所提出的看法或作出的判定也许是片面的甚至是错误的；但是我们要研究中国古典文学如何走向现代文学以及实现现代化，总算有了个依据，至少可以减少一些含糊性和盲目性，有所遵循毕竟比跟着感觉走要好一些，但愿它能为我们的探索与研究增强一点科学性、可信性和逻辑性。

不过，文学现代化的标准若是从历时性的纵向上予以考察，它是在变动中不断调整和完善的。虽然作为价值尺度其基本准则有着质的规定，不能任意改变，但文学的“时代性”却驱动其内在机制对文学现代化的方向、范围、性质和功能进行微调，以适应外在的随着时代潮流移位或转轨的社会系统。既然文学的现代化是个动态过程，受着时代和社会的牵引或制约，那么作为测试文学现代化的价值标准决不会不变，可以说变是绝对的，不变是相对的。从西方文学现代化的进程来看，文艺复兴时期、思想启蒙时期、浪漫主义时期、现实主义时期、现代主义时期、后现代主义时期，其人学思想与相关的“人的文学”有着一以贯之的相通或相似的线索和特征，但在文学现代化的深度、广度乃至性质上则有明显的差异，这就决定了每个文学进化阶段的现代化价值标准是有所区别的，即同中有异、异中有同，而这个异不能大于同或压倒同，否则就不是“人的文学”和文学的现代化了。中国文学的现代化进程极为艰难曲折，不可能像西方那样描画出一条井井有序的文学进化路线，只能把西方文学现代化进程作为参照，从中国文学由古典走向现代的史实及文学现代化的真情出发，探讨中国文学在世界文学的总体格局中实现现代化所选择的独特路径和呈现出的复杂特征。这就要求我们运用现代化的价值标准来检验、衡量和认识世界各民族文学的现代化转换及其基本特征，既要看到它们的共同性又要注意它们的变异性，更要区分它们的特殊性，后者似乎更重要一些更切实一些。

第二章　中国文学由古典向现代转换

英国社会学家安东尼·吉登斯认为,所谓社会的"现代性"指的是17世纪以来出现于欧洲的社会生活方式与组织方式,工业化、资本主义、国家对信息的控制和社会的监督,以及对暴力手段的支配和战争本身的工业化,构成了现代社会的四个基本维度,其巨大影响随之向世界各地蔓延,即现代性正在以前所未有的速度实现全球化。[①] 作为社会结构的最敏感神经系统的文学艺术,在资本主义处于萌动状态就捕捉到它的现代性的文化信息,形成了现代性的文学观念并物化为现代性的审美文学,所以欧洲文学现代化的肇始应超前于整个社会的现代化,并带动了全球文学的现代化,逐步构成世界文学的总体格局。马克思恩格斯早在《共产党宣言》中就深刻指出,历史进入近现代社会由于资本主义生产力的迅猛发展打开了国际市场,"过去那种地方的和民族的自给自足和闭关自守状态,被各民族的各方面的互相往来和各方面的互相依赖所代替了。物质的生产是如此,精神的生产也是如此。各民族的精神生产成了公共的财产。民族的片面性和局限性日益成为不可能,于是由许多民族的和地方的文学形成了一种世界的文学。"在这种社会发展总趋势和民族文化大交流的背景下,不只是物质生产日益国际化,逐步形成国际循环网络,而且精神生产、艺术生产也步入国际化的轨道,谁要希图在一个自我封闭的系统中建构现代型的民族文学已成为不可能;各民族的文学都须在相互影响、相互渗透、相互交汇和相互竞争中,并非因袭固有的传统抱残守缺而是遵循现代化的方向主动地求生存谋发展,推动民族文学由古典走向现代,积极地而不是消极地与世界文学接轨。这种历史的必然选择取向,其中影响最大最深刻的莫过于市场。因为市场改变了并且继续改变着现代人的行为、欲求和希望,这种改变影响着现代人的生活方式,也影响着社会的基本框架,更影响着现代人的深层的精神与审美的追求。

① 参见1996年第6期《读书》中的《解读现代性》一文。

所以市场既不是某种静止不变的实体又不是外在于人类行为和需求的东西，从根本上说它是某种人类欲望的产物。正因为如此，市场（国内外）的出现和变动，不仅涉及经济学、政治学、哲学，而且也关系到文学。假如没有资本主义生产力迅速发展所开辟的国际市场从根本上改变了人类的生存欲望和各种需求，那么世界性的文学是不会出现的，文学现代化的命题是不会被提出来的。这种国际市场和世界文学新格局的出现，势必促使各民族的社会系统和文学系统逐步走向开放，民族文学结构也必然逐步失去原来那些与社会系统保持自动平衡的条件。这就决定各民族文学不可能在传统的轨道上重复旋转，必须根据各民族自身的经济结构、社会结构和文化结构的优劣程度、实际状况以及诸种特点作出不同的选择或寻求不同的途径，对民族文学系统进行整体调整或局部变革，以完成民族文学由古典向现代的转换。由于各民族的社会体制、经济结构、政治制度和文化系统等有着明显差异，进入近现代的步调不一致，社会的进步和经济的发展极不平衡，由工业社会过渡到农业社会的方式、步骤与速度也不大一样，致使各民族文学从古典到现代所选择的现代化道路及文学现代化的形态特征等并不完全相同，尤其是文学现代化的行进途径相差较大。

放眼全球各民族文学的现代化转换道路及其最终命运，大致可以归纳为三种类型：其一，有些民族当国际市场出现或世界文学形成时，不只是社会制度仍处于极端落后的奴隶制或农业制时期，政治上推行专制主义，经济上极其贫困，而且民族文化遗产极度贫乏，民族文学自动组织和调节功能极其微弱，因此他们在强敌入侵中沦为殖民地，其民族文学被同化或被取代，变异成殖民主义文学，本民族文学系统完全解体，异民族文学则成了文学现代化的主潮；或者在世界文学的交流和竞争中，先进的现代型文化文学以强大的优势摧毁了或消解了那些落后民族的原本就贫乏微弱的文化文学，就在本民族文化文学的消亡过程中异民族的现代型文学悄然地占领了文化阵地和文学艺苑。这类民族文学的现代化是以本民族文学的毁灭或异化或同化作为惨重代价的，并不是这些落后民族所甘心情愿这样做的，往往怀着一种民族屈辱感被逼上了这条道路。其二，世界上那些经济相对强盛发达、政治相对开明民主、文化遗产相对丰富的先进民族，社会结构的内在转换机制和自我调整能力尚充满活力，它们不是依靠世界异民族的催动而转为开放系统或由农业社会过渡到工业社会，主要凭借自身的再生能力和转换机制驱动生产力和科学技术的迅速发展而首先进入工业社会，在开辟国际市场扩张经济势力的同时其文化文学结构也进行了革故更新的自我调整,实现了本民族文学的现代化转换,即使有外来文化的渗透与异域文学的输入也不至于影响或削弱这些民族内部结构的自组织功能系统,其民族社会及其文化文学依然遵循固有的规律由古代向现代演变,西方一些先进民族的文化文学的现代化就是这样运行的。但是西方先进民族的文化文学的现代化道路并不是一帆风顺的,充满着惊险、曲折和灾难,这绝非异民族的文化文学侵入霸占的结果,完全由这些西方民族的占有欲的膨胀、野心的扩大和军事工业化的失控而挑起一次次世界性战争所造成的。不只是这些先进民族之间进行灭绝人性的自我残杀自我吞并,破坏了社会的现代化也重创了文化文学的现代化,甚至把文学现代化的人本哲学基础予以无情的否定;而且资本主义世界制造的战争灾难也波及全球其他民族,既危及到人们的生命财产又影响了人们的文化心理和价值取向,使人们不再盲目崇拜迷信西方社会现代化的物质成果与精神文明,甚至对其文化文学的现代化也采取怀疑批判的态度。不过,历史的大挫折大灾难并没有使西方社会结构完全解体,也没有使那些民族文化文学系统的自我调整功能和再生机制完全丧失,反倒促使其从灾难、曲折中总结了经验教训,并对其所选择的现代化道路进行了沉痛的反思,使其获得了重新振兴、重新崛起的智慧和策略,把物质文明、精神文明和文学艺术的现代化又推上一个新的历史层次。吉登斯居安思危,既看到现代化给全人类带来的正面效应也看到它所带来的全球风险,并多方面探讨了产生风险的原因,其中有的认识是相当深刻的。他认为:"作为人类整体,我们只能在某种程度上驾驭那种似乎是不可控制的力量:一个马力巨大又失去控制、里面充满紧张、矛盾、你冲我突的引擎(喻指现代化,笔者注),它咆哮着试图摆脱我们的控制,而且甚至能够把它自己也撕得粉碎。这种难以驾驭的力量压垮了好些敢于正面抵抗它的人。但是,由于它好像有着固定的路径,当它突然掉头,在我们不能预测的方向上飘忽不定时,机会也就在催促我们上路了。旅行绝不是完全令人扫兴和毫无益处的,它常常令人兴奋异常,并充满希望。但是,只要现代制度继续下去我们就永远不可能完全控制旅行的路径或速度,也不可能完全感到安全,因为路径的领域充满着具有严重后果的风险,尽管我们用自己的活动创造和再创造了社会生活,我们仍然不能安全驾驭它。"①这种带有规律性的生动描述,至少启示我们联想到,既然社会制度的现代化过程充满如此复杂强烈的矛盾冲突,甚至存在着

---

① 参见1996年《读书》第6期第9页。

不可避免的失控风险，那么西方文化文学的现代化进程也应作如是观，也许对它的认识比对社会制度现代化的认识更难以把握。其三，世界上还有不少这样的民族，资本主义生产力的发展比较迟缓，或者出现历史性的曲折而中断了资本积累，致使经济上比西方那些先进民族相对落后，科学技术也不发达；虽然它们的历史悠久，文化遗产丰厚，其文化文学系统的自组织功能和调节机制尚未完全丧失，但是这些民族进入近现代新的国际环境后如果没有强大外力的推动，那也是不可能自发或自由地由封闭系统转为开放系统的，其文化文学系统的自我调节功能亦再不能驱使自身结构发生相应的变化去适应社会系统的现代性转换。因此，这些民族的文化文学的现代化既没有走上全盘异化的道路也没有走上自我转换的道路，而是选择了将本民族文化文学的精华与异民族的先进文化文学相融合或相嫁接的路径，即借助西方文学作为本民族文学革故更新的参照和资源，继承传统文学系统中尚能激活的机制与因素，促使其向现代化的方向转化，汲取西方文学体系中那些先进的新质因素且能与本民族文学在新的结合点上相汇融，以缔造现代型的新文学；这样的文学既没有失去固有的血脉，又融进了世界文学思潮的新因素，所形成的新文学系统是世界的也是民族的，具有现代性与民族性相结合的特征。

中国文学由古典走向现代，进入世界文学的国际竞争圈，基本上选择了第三条道路，即通过中外文学对话以实现我国文学现代化的途径。我这里说的“基本上”有两层意思，从纵向上看，中国文学现代化的萌动并没有以西方文学为参照为源流，显示出文学系统内部自组织功能的局部调整，大约始于晚明，真正以外来文化文学思潮催生中国文学向现代化转变乃是清末了；从横向上看，中国文学进入世界文学格局是自觉地向现代化迈步，与世界范围内的文学现代化的进程并未形成完全同一的步调，尤其和欧美文学相比其时间差就更大一些。因此研究中国文学由传统转向现代，既不能过高地估量古代文学的辉煌成就和优秀传统，无视其落后性、腐朽性的一面而否定对民族文学进行结构性的调整以实现现代化的必要性，又不能机械地强调中国封建经济政治的极端腐朽落后就必然造成民族文学的腐朽落后，并因此对其采取虚无主义态度，彻底否定民族文学的优秀传统和再生机制而误入“全盘西化”的道路。由于中国文学从古典向现代转变，不论其路向、机制和形态都有明显的特殊性，故坚持现代人学和人的文学价值标准对其进行考察与探索，不仅是应认识中国文学与世界其他民族文学走向现代化过程中那些共同相通的东西，更要实事求是地理解并把握中国文学从古典走向现代的独特道路和基本特征。

晚明奏响第一部曲

皮亚杰在《结构主义》中指出，每一个有机的结构系统都具有整体性、转换规律和自身的调整性，并认为“从胚胎最初的基因团起，就通过对外环境的刺激起同化作用而演化”。文学作为特定的文化系统中的特定的有机的结构系统，它不仅有自身的整体性、转换规律和调节功能，而且直接受文化系统的刺激或制约进行自身结构的不断调整而逐步演化。中国古代文学向现代文学转换是个有序的动态系统，它是在中国传统文化发生从量变到质变的过程中文学自身所作出的历史选择。文学史研究的主要任务在于探讨文学活动的演化过程，并揭示文学在民族文化系统中的历史发展规律。

虽然大多数研究者把“鸦片战争”视为古代文学向现代文学转换肇始的标志，并从多方面阐明如此“分期”的理由；但我认为古代文学向现代文学的转换是个曲折而漫长的过程，它并非同中国近代反帝反封建的政治斗争史齐步，而是随着明中叶后古代文化结构系统的调整而调整、变化而变化。如果我们承认国际上将近代文学作为资本主义文学从萌芽到成熟的过程来研究，肯定近代文学应该从文艺复兴算起而不是从资产阶级革命时期算起是正确的话，并认为这可以作为研究中国近代文学的参照系；如果我们承认文化系统中的精神生产领域的思想启蒙运动与之相适应的艺术生产领域的文学改革常常是走在政治大革命的前头，它们并不完全同步而前者总是具有一定的超前性，这是可以接受的真理的话；如果我们承认新文学的孕育成熟是同“人”的发现、人的自觉为核心的人文主义思潮紧密联系在一起的话；那么就应该从明代的文化形态和文学形态来探讨中国新文学“胚胎最初的基因团”，把明代文学视为以“五四”为界碑的现代文学的源头。不过从明代到“五四”时期，新文学胚胎最初的基因团是经过一个艰难久长的发育过程方成熟的。

控制论认为，凡是有机的系统从一种结构向另一种结构演变，大致要经过三个阶段，即“萌芽”阶段、“结合”阶段、“成熟”阶段。也就是旧结构的稳定性逐步破坏，新结构在旧结构尚未解体前就已经发展成一种潜在的新稳态，那些新结构的子系统之间已建立了相互调节的功能。“萌芽”阶段的最突出特点则是新结构的萌芽并不能从旧结构的躯壳内剥离出来。虽然中国新旧文化结构和新旧文学结构的更替过程不能完全同西欧的演化过程相比，但把它作为重要的参照系统还是可以的。西欧封建文化结构中出现资本主义文化的萌芽，从物质生产领域来看是作为农村自然经济对立物的商品经济的兴盛和城市和市民阶级的出现；从精神生产领域和艺术生产领域来看则是文艺复兴运动的崛起，人文主义思潮的曙光首先出现在意大利的上空。中国明代中叶以后特别是嘉靖、万历年间，宗法封建结构中出现了资本主义萌芽，尽管这并非西欧直接影响的结果，然而它们之间却有惊人的相似之处。在文化的物质层面上，明中叶以后人们的生产方式不仅仅局限于自足自给的农业经济，大量失去土地的农民流入城市，促进了社会商品经济大发展和城市的繁荣，特别东南地区的纺织业部门中出现了萌芽状态的资本主义生产关系。《明实录》记载当时苏州纺织业“染坊罢而染工散者数千人，机房罢而织工散者又数千人，此皆自食其力之良民也”；而操纵着这些纺织业的豪匠颇有点“资本家”的味道。随着工业生产的发展、商品经济的繁荣、城市的扩大和增多、航海事业的拓展以及市民阶层的活跃，那种新的市民意识——如竞争意识、经商意识、自由意识、享乐意识、金钱意识、个人意识等，必然从封建意识形态结构内部潜滋暗长起来。因此在文化的精神层面上，升起了人文主义思潮的曙光，人们以儒家的“礼”和“理”作为道德标准与行为规范的心理定势有所松动，以人为本位的思维模式开始萌发，投射到人们的心灵世界上则闪显出丝丝缕缕的新时代的精神光芒。因此，晚明应似中国古典文学向现代文学转换的第一个历史的逻辑的阶段，奏响了转变的第一部曲。

西欧中世纪的宗教文化系统是以上帝为核心，上帝处于等级制的顶端，而人在一个等级制度中有一个固定的被决定的位置，使人与上帝对立，使人的精神与肉体对立；正是在这种对立中剥夺了人在现世所应享受的一切，建立起天主教的蒙昧主义统治。因此文艺复兴的思想家们把神学作为主攻目标，巧妙地打着“上帝”的旗号反上帝，强调在一个慈悲的上帝和富有同情心的基督面前人的自由性、创造性和人的潜力，提倡以人性反对神性、以人权反对神权，以个性自由反对宗教桎梏、以人世享受反对禁欲主义，从而建立起以人为本位的人文主义文化系统。无独有偶，中国封建文化系统虽然以血缘关系为纽带，并非以上帝为本位，但却以皇帝为至高无上的绝对权威，按照“礼”的标准把每个人固定在被驱使的地位，形成了森严的等级制；特别宋明理学又重建以人的伦常秩序为本体轴心的新儒学，把先验的“天理”作为思考的中心，置于主宰一切的高位。这个超越宇宙万物之上的“理”如同西方的上帝一样具有社会性，宇宙论落实到伦理论，即人间的伦常道德、行为规范都源于“天理”，将“理”与功利、幸福、快感、享乐等对立起来，人的一切欲求都必须服从“理”这个超感性、越经验的“绝对命令”，显示出它确乎是远远超越于一切经验现象世界的强大的理性本体，“存天理，灭人欲”、“饿死事小，失节事大”正是理学的要义。到了明中叶以后王学的兴起，正是对以理学为核心的封建文化系统的猛烈冲击。开辟近代自然人性论的先驱李贽完全与宋明理学一贯倡导的“正其谊不谋其利，明其道不计其功”大唱反调，从人性就是人的自然情欲、需求、欲望出发，不仅肯定了“私”、“利”、“功”、“我”，且认为它们是“谊”、“道”、“公”、“群”的基础，这样就使伦常道德开始建立在个人的感性欲望、利益、幸福、快乐的心理基础和现实生活之上，封建主义文化的理学则变为资本主义的人文主义的自然人性论。除了走向近代自然人性论外，王学还具有对主体实践(道德行为)的能动性的极大强调、对主体主观战斗精神的极大突出的两大特征，而这两方面“都把‘理’学引向纯粹的心灵，要求‘心灵’超脱现实世界而独立、而自由，而成为宇宙的本体。前一方面由于否定人有‘二心’，泯灭了‘义理之气’与“气质之性’的严格区分，走向了近代自然人性论。后一方面由于强调主观立志和意志力量，使后代许多志士仁人——从康有为、谭嗣同到青年时期的毛泽东、郭沫若，都或多或少在一定程度上受到了感染和影响，把它们作为向旧社会、旧制度、旧风气进行抗争、抵制的精神武器或依靠”①。王学左派的“心学”与宋明程朱理学形成尖锐对峙，并局部地从封建文化系统中脱胎出来，可以说它是理学走向末途的逻辑终结又是近代人学的初创，尽管王阳明个人主观上是为“破心中贼”以巩固封建秩序，但在客观上王学左派却打开了思想解放的通道，他们的学说成为明中叶以来人文主义思潮的哲学基础。

意识形态的进步可以根据体现人的价值尺度来衡量，随着人的个性的发现和发展，文学艺术必然在更高的层次上获得发展。之所以判定明中叶以后出现了中国新文学系统的萌芽，主要因为当时进步的社会意识形态中把人作为思考的中心，对人的认识达到了相当的水平。西方文艺复兴所宣扬的人性和人的本质主要是人的一些自然属性及人对现世享乐的渴望，所朦胧意识到的人权、人的价值和尊严也主要是人在封建专制系统下力争的生存权和政治权。这种个

① 李泽厚:《中国古代思想史论》，第251页，人民出版社，1985年。

性的觉醒尚缺乏理性的深度,更多地停留在人的自然本性的肯定上,虽然文艺复兴的后期在一定程度上超出了这个局限,对人性进行某种理性思考,但仍没有更深刻地意识到人的社会本质和人的本质力量。明中叶以后人文主义思潮对人的发现虽然未达到文艺复兴时期的深广度,但在向封建理学挑战中对人的确认却达到了发人深省的程度。这主要表现在:一是提出了“真人”的命题,这种“真人”有一颗“真心”,不是那种被理学扼杀或扭曲了个性的“假人”,而是“率性而行”的任性而发的具有七情六欲的活生生的人;二是既然真人有“性”也有“情”,即“莫不有情,莫不有性”,那就不可“一律求之”①,应该尊重各自的个性要求和性情解放,故强调“性而味,性而色,性而声,性而安息,性也”;三是“天生一人,自有一人之用”,即每个生活在世间的人都有自己的独立价值,不必依靠个人之外的价值,所以他们反对“以孔子之是非为是非”,更不必“待取于孔子而后足”;四是人的最基本的人性欲望和需要是“穿衣吃饭”,这是最根本的自然法则和社会法则。这些对人的认识和理解,虽然尚未超出自然人性论的范畴,带有一定的抽象色彩,没有更多地开掘人的社会本质;但当时能达到这样的思想高度却是惊世骇俗的。它不仅在很大程度上动摇了以“理学”为支柱的封建文化结构,而且极大地唤醒了人的觉悟、促进了思想解放,为新文学的萌芽奠定了思想基础。从横向上看,它同西方文艺复兴的人学具有可比性;从纵向上看,它与五四新文化运动中的“人的发现”有着内在的脉络。正由于这股以人为本位的人文主义思潮与明中叶以后萌芽的资本主义政治、经济和社会心理的巨大变迁紧密相关,所以开创近代人文主义学说的先驱们登高一呼便四方响应,李贽被囚、其书被焚而使“大江南北如醉如狂”。

既然明末封建文化意识结构通过王学左派的冲击和变革产生了以人为本位的新文化意识结构的基因,那建立在自然人性论基础上的个性说和价值论必然迅速而集中地反映在文学观念的变迁上,即人的发现推动了文学意识的更新,而文学观念的变革程度又反映了新文化因素增长的速度。文学观念的变革主要体现在李贽的“童心说”和公安派、竟陵派的“性灵说”上,这是针对儒家的“文以载道”的传统封建文学观而提出的理论命题。儒家道统是把“道”视为文学的根本,创作本乎“道”方有意义;也就是程朱理学把“理”作为文学的核心,明代复古派则主张宗圣宗经宗道。这些文学观的要害是从根本上否定了文学

① 李贽:《焚书》卷三《读律肤说》。

的主体性和主体意识。与之相对立的“童心说”和“性灵说”，其基本特征是强调文学应以“真人”为本，以“真心”为根，张扬人的主体意识在文学创作中的决定作用。所谓“童心”就是“赤子之心”，是没有经受儒家经籍和程朱理学污染或毒化的纯真而自由的心态。因为“六经、《语》、《孟》，乃道家之口实，假人之渊薮也，断断乎其不可以语于童心之言明矣”；一旦儒家的“书”或“理”，“有闻见从耳目而入，而以为主于其内而童心失也”。创作主体有了“童心”才能写出“天下之至文”，创造出举世闻名的优秀作品。既然“天下之至文，未有不出于童心焉者也”①，那创作主体就要从封建理学的束缚下解放自己的心态和个性，“顺其性”而创作，使性情自然发展；唯有如此，才能使审美个性在艺术世界得以鲜明表现。即“性格清彻者音调自然宣扬，性格舒徐者音调自然舒缓，旷达者自然浩荡，雄迈者自然壮烈，沉郁者自然悲酸，古怪者自然奇绝。有是格，便有是调，皆性情自然之谓也”②。借此则演化出焦竑的“性灵说”。由“童心”而“性灵”都是以人为思考中心、以心理为基础来建构文学观，这既是对人性认识的深化，也是对文学主体意识的强化。如果说李贽的“夫童心者，真心也”的童心说和焦竑的“诗非他，人之性灵之所寄”③的性灵说是明代文艺领域文学观念变革的光辉成绩，那么公安派等在此前提下所形成的一套文学理论又是明代文坛崛起的革新运动的令人瞩目的硕果。徐渭曾主张诗歌要本之性情，要出于“自得”，即具有独创性；汤显祖提出了与“性灵”同义的“灵气”、“气机”等概念。他主张“天下文章之所以有生气者，全在士奇”，因为“士奇则心灵，心灵则能飞动，能飞动则上下天地，来去古今，可以屈伸长短生灭如意，如意则可以无所不如”④，并认识到“灵气”或“气机”从根本上则与耳多闻、目多见的客观阅历紧密相关。公安派三袁直接受到李贽文学思想影响，提出了比较完整的“性灵说”，即“独抒性灵，不拘格套，非从自己胸臆流出，不肯下笔。有时情与景会，顷刻千言，如水东流，令人夺魂”⑤。实际上这是要求文学创作自由地不受“发乎情，止乎礼”一套封建文学观规范而尽情地表现多种个性意识的权利，是对传统的“温柔敦厚”美学理想的反叛。影响明代文坛三十余年的竟陵派在文学创作上同样坚持“性灵说”，认为“灵心”是创作的根本，无“灵心”就不能为诗，所谓“真诗

① 李贽：《焚书》卷三《童心说》。
② 李贽：《焚书》卷三《读律肤说》。
③ 《澹园集》卷十五《雅娱阁集序》。
④ 汤显祖：《序丘毛伯稿》。
⑤ 《袁中郎全集》卷一《序小修诗》。

者,精神所为也"[1]。从美学的角度来看,主观表现论是以价值论为依据而建构美学体系,强调美和文学的主体特征,认为美是人的属性,文学是情感意志的表现。在中国古典美学中,表现论基本上是"诗言志"、"情者,文之经"等表情说;封建伦理道德总是以中庸之道调和个性与生活方式的冲突,总是在文学领域推崇"中和"之美,使审美理想趋于和谐静穆。但随着明中叶以后资本主义的萌芽,个性与现实、人欲与理学、情欲与禁欲发生了冲突,在意识形态领域掀起了人文主义思潮,审美意识由静态变为动态,人们对美和文学的认识也有所变化,由明确的理性的情感而思索其更深刻的动因——即需要、欲望、意志等非理性的无意识的心灵深层。因之表情说向欲望说转化,"童心说"、"性灵说"则是突出的标志,它表明从个性的深层要求出发来认识美和文学的本质。这并非否认文学的表情性,而是说以李贽为代表的人文主义先驱们着重从"真心"、"真性情"、"欲望"的角度冲破封建理学的超人压抑和以"任性而发"突破传统诗教。这是当时文学观念革新所达到的人性深度,较之西方那种纯"欲望"说的美学观带有更积极更健康的性质,尽管它同样不能更科学地说明美和文学的社会实践基础。不过,五四时期创造社的以表现自我为轴心的文学观却与明代的主观表现论有着一脉相承的关系。

中国古代文学基本上是一个与封建文化意识结构相适应的审美系统,尽管它自身的封闭性和稳定性决定着它的发展呈现出一种缓慢的常态,但它毕竟不断地受到历史长河中不可抗拒的潜流的冲激,特别到了明中叶后人文主义思潮的勃发和以李贽、三袁为中坚的进步知识群体的形成,使古代文学这个超稳定系统在渐变中有了局部的质变。如果把文学作为一个独立的审美系统,至少它内部的审美内容、审美形式、审美风格等子系统都处在发展并调整的相互关系中;尤其是变化最活跃最迅速的内容系统的不断发展,势必导致各个子系统之间失去平衡态,使整个旧文学结构出现危机,而明代资本主义萌芽所引起的社会生活的变化越发加深了这种危机。这就要求创作主体以变革的方式来调整文学结构。调整的结果如何,不外乎两种可能性:或旧文学系统全部解体,以新文学结构取而代之;或旧文学结构内部各个子系统只是在局部上通过调整达到新的相互适应状态,而整个文学系统并没有发生完全意义的质变。明代文学结构经过进步知识群体的变革或调整,由于客观历史和创作主体的局限,只能出

① 钟惺:《诗归序》。

现后者的结果。现实生活系统和现实意识系统一旦通过审美主体这个“中介”转化为以语言为艺术符号的审美系统——文学创作将成为一个相对独立的艺术世界。明代文学结构的各个子系统中究竟涌现出哪些尚未成熟的新结构的萌芽,这里只能略析之。

从审美内容来看,当时那些启蒙文学先驱无不以人文主义思想作为创作的动力和指南,尽管这种人文主义带有明显的历史的阶级的局限,但其积极方面则转化为审美意识,使现实意识通过人文主义思想与审美意识相沟通,即创作主体透过现实关系和现实意识的迷雾,以审美意识的人道之光来烛照人生,揭示人生的本质,同情人的命运,赞美人的生活。不论是汤显祖的戏剧新作《玉茗堂四梦》,或者是冯梦龙、凌濛初编著的短小说集《三言》《二拍》,都程度不同地体现出这种先进的审美意识。但从总体上看以儒道、理学为核心的封建文化意识仍处于艺术世界的主导地位,即使那些表现着强烈的人文主义思情的作品也仍然夹杂着封建伦理道德的余留,因此它妨碍着个性觉醒的理性深度和审美意识的发展。尽管如此,但从中国文学内容系统的变革意义上来考察,那就应该充分肯定《牡丹亭》、《金瓶梅》、《三言》、《二拍》等文学作品所表现出的人文主义情思,它是反映了新市民阶层要求个性获得解放的时代心声,是在某种程度上冲破封建文化意识桎梏而发出的人的觉醒的呼唤,是要求恢复被理学和神学所扼杀或扭曲的人的本性的真音;它使文学的审美意识达到了时代所允许的高度,并为中国文学内容的整体转变埋下了新芽。从审美形式来看,为适于表达人文主义思想基础上的审美意识,明中叶后各种文体的艺术形式也进行了相应的调整;而在文学形式的调整过程中创作主体的独立性格和革故鼎新意识起了决定性的作用。诚然,从审美的角度来说,文学的内容与形式是有机结合在一起,文学是审美意识的物化形态,具体说是审美意象的物质形式,内容是有形式的内容,形式是有内容的形式,因此从审美关系看内容的变化必然伴随着形式的变化。明嘉靖以后,小说体裁得到迅速发展,不论长篇体或短篇体都发生了明显变化,在艺术表现上总是力求通俗化,特别是语言运用上大都是接近口语的白话,与当时日益增长的新市民阶层的审美意识相适应的,且从文学格局的边缘向中心移位。与小说体裁迅速发展的同时,戏曲体裁也得到长足进步,不仅出现了现实时事剧、讽刺剧和丰富多彩的爱情剧,而且戏曲形式有了变化。在散文体裁和诗歌体裁方面,虽然不像小说、戏曲那样变化明显,但也有所改变。散文形式摆脱了古代散文陈规旧矩的束缚,创造出短小活泼的格局形式,追求那种“幅短而神遥,墨希而旨永”的美学风格;诗歌体裁在扫荡了复古模拟倾向后,公安派、竟陵派以清新的诗风令人耳目一新。虽然从整体上看,这个时期的小说、戏剧、散文、诗歌诸文体形式的变革如同审美内容一样只是达到了时代允许的范围和程度,各种文体形式并没有发生总体变化,只是在局部作了相应的调整;但是这种基于个性解放要求而进行的文体革新却展示出中国文学演变的好前景。从审美风格来看,晚明文学在总体上基本上没有突破古典主义的强固的内在制约。实际上,宋元时代的平话、杂剧等市民文学的兴起,在某种程度上已表明古典主义到了审美意识与封建理性意识的偏离越来越大的时机,直到明中叶后传统的审美系统结构已经受不住外界现实生活环境的猛烈冲击;而直接向古典主义最高审美理想挑战的则是以小说、戏剧为主体的市民文学的空前繁荣。这股从来不能登大雅之堂的市民文学主潮改变着市民社会的审美心理,也影响着上层文人的审美情趣;尽管古典主义审美系统没有完全被冲破,但浪漫主义的审美理想因素却滋长起来。虽然“任性而发”、“独抒性灵”有可能转化为浪漫主义审美理想,然而古典主义的影响却是斩不断的。这种矛盾的主体意识在当时的历史条件下不可能得到合乎理想的和谐统一,必然要产生一种迷惘感伤情绪,反映到文学世界里则形成一种“悲凉”(鲁迅语)的审美风格,它有别于古典主义的“中和”之美。

通过对晚明文化系统与文学系统的考察和剖析,我们确信新文学“胚胎的最初的基因团”已经形成,并在旧文学的母体里萌动,这与西方文艺复兴之初有某些相似。但中国文学的发展如同整个历史的演变一样,是相当曲折和艰难的。随着晚明社会的大动荡,儒家正统思潮的上升、新拟古主义的抬头和启蒙思潮的萎缩,新文学因素在旧文学结构里并没有得到迅速增长,那种潜在的新稳态也没有得到发展,特别是诗文的革新更缓慢甚至回到复古之途,这不同于西方文艺复兴运动逐步走向高潮而以新文学结构从整体上取代了旧文学系统,究其原因是相当复杂的。

归根结底,一个文学系统的更新换代只靠自身内部功能的调整是不能完成的,首先取决于外部社会环境的变化。中国封建社会是个超稳定的系统,它绝不会像西欧资本主义那样从封建社会母体中孕育、发展直至取代封建主义。虽然中国封建社会到了明中叶后出现了资本主义萌芽,尽管社会经济结构或意识形态结构中这种新萌芽得到了相当可观的成长;但是这些新萌芽既不能相互结合又不相互促进,处于一种无组织状态,致使它们之间不能形成一种相互调节的潜在结构。这主要因为中国封建宗法社会一体化结构的强控制中心不能成为新因素发育结合的母体，而且也缺乏新因素结合的“中介”，即新经济因素在原有政治结构中找不到自己的代理人，就是在意识形态结构中找到李贽等接受市民文化的知识者也被封建专制的残酷镇压而毁掉或沉沦，特别中国的科举制度在选拔人才上带有民主色彩，它可以源源不断地把知识分子输送到宗法一体化的官僚网络中。这样，社会上就很难形成强大的市民文化的知识阶层。明中叶后文坛上也出现了一些文化(包括文学)社团流派，并在不同程度上接受或宣传了市民文化意识，但这些社团流派的知识者不仅思想情感没有完全摆脱封建意识形态的羁绊，而且在政治上有相当多的成员置身于宗法一体化的官僚大网中。可见，在中国封建社会这个超稳定系统的强控制下，新文学萌芽既缺乏茁壮成长的社会土壤又缺乏强劲的内外调节功能，难以使新文学萌芽在旧文学结构中结合起来而形成新文学框架取而代之，这就决定着中国古代文学向现代文学转换必须走艰难的道路。

作为文化母系统的文学艺术子系统的变动同意识形态结构的变化最直接最紧密。虽然明中叶以后勃发的人文主义思潮对封建意识系统予以猛烈冲击，使文学的内涵增强了新的情感意识，但是传统的文化意识系统并未发生整体性的质变，它并不同于西方文艺复兴运动建构起新的文化意识系统代替了中世纪的基督教文化体系。宋明意识形态的核心是“理学”，而理学又是儒学的发展，不论程朱理学还是王学左派的心学都源于孔子的儒学，它们之间的争论并非两种完全异质的思想体系的根本对立。从孔子起，儒学的基本特征则是建立在心理情感原则上，孔子并没有禁欲思想；但到了宋明儒家手里却突出了理与欲的二元对峙以及二元的矛盾冲突，要求在这种冲突中建立起支配控制感性个体的理性的意识结构，所谓“天理存则人欲亡，人欲胜则天理灭”等都是为了强化对“天理”的自觉意识；不过这种对孔学心理原则、人道原则的偏离或变异，仍没有完全脱离孔子的仁学母体结构。尽管王学左派从儒家思想体系中孕育出异质的近代人文主义思想，他们并没有从总体上背叛或冲破中国封建意识形态结构，只是在局部打开一个缺口。由于封建意识形态是个超稳定的系统.具有强固的凝聚力和巨大的自我调节功能，所以新思想的萌芽在其腹内得不到顺利而健康的成长；况且王学左派并不想从根本上动摇封建文化意识形态，王阳明个人主观上是为“破心中贼”以维护封建秩序，李贽虽然对儒学特别是程朱理学进行了尖锐的批判，但他又以“真儒”“真道学”自居，这种矛盾性正好表明其并没有完全摆脱封建文化意识的桎梏;至于那些致力于小说、戏剧、诗文创作的作家的主体意识也是囿于封建意识结构之中,他们觉醒的个性意识和审美意识总是在不同程度上受到封建正统理性意识的支配。这一代的启蒙先驱们的文化心态尚且如此,而整个社会文化心理——不论是市民阶层或广大农民,其思想意识仍被封建伦理道德主宰着毒化着,并没有因为人文主义思潮的崛起而在整体上动摇其文化心理结构,基本上处在一种蒙昧的精神状态。文学系统的转换直接取决于社会意识形态结构特别是整个社会文化心理的变动,而创作主体文化心态的变异又是关键之所在;既然明中叶后整个文化思想意识结构不论投射在知识分子阶层心理上还广大平民的心态上都没有大幅度地冲开旧的硬壳,那文学系统中出现的新的"基因团"必然得不到正常的发育和较快的成长。

特别值得探讨的是,明末大动乱和清兵入关对社会所带来的是毁灭性的破坏,就其实质而论破坏的不是旧结构而是新结构的成因,即大动乱使新结构内部的调整失去了活力和时间,并摧毁了进步因素的积累以致造成积累过程的中断。作为资本主义萌芽期的社会结构演化是到了这样的悲境,那么随着社会结构的演变在文化意识结构乃至文学系统中所滋长的新因素而遭到的损伤就更大。这是因为大动乱重点摧毁的是繁华的城市,是资本主义萌芽期物质文明和精神文明最发达的地区。"大动乱"所到之处不仅物质生产遭到大扫荡大破坏,包括文学艺术在内的精神领域及其生产力的损毁更惨重;大动乱所倚仗的文化意识不是组成新结构的进步思想因素,往往是旧结构中落后的乃至腐朽的文化思想,所以大动乱所砍杀的所中断的主要是新结构形成过程中的新因素,而旧结构中的文化意识常常成为大动乱的行动纲领或精神支柱,并且旧结构很快就会得到恢复和强固。试想,凡是经济繁荣、商业活跃的地区或城市,不只是具有新思想的知识者多集中于此,而且农民起义所扫荡的主要敌对势力如地主豪门、贪官污吏、富商巨贾也麇集于此,因此这些地方在大动乱中受到的摧残和破坏最厉害;如果农民起义是先进思想来领导又是先进生产力的代表,那么经过大动乱之后也许会建立起新的社会结构和文化思想体系,对那些新的萌芽能提供更好的生长环境。然而历史反复证明,生存于农村小农经济形态中的农民并没有独立的进步的思想文化系统,他们在起义中提出的政治纲领、奋斗目标以及伦理规范并没有超越中国封建宗法社会制度及其意识形态,致使大动乱摧残了明末的资本主义萌芽和人文主义思潮又回到宗法社会一体化的结构中。尤其是清兵入关后,对东南沿海的发达繁荣的城镇,大肆杀掠烧毁。在时间久、规模大的战乱中,不论经济、文化、文学的新萌芽都在被毁掉。由于清兵入关所带来文化思想是源于比农业经济更落后的生产关系和社会形态,所以不可能取代中国古老而悠久的传统文明,它所摧毁的只能是那些传统文化系统中孕育的新结构的基因团,而认同了旧文化结构中与其本民族文化相近的落后、腐朽部分;特别中国传统文化具有强大的消融力和同化力,它会紧紧地吸引着新兴的少数民族并使其民族文化在不知不觉中被汉民族文化所消化融合。这样,清兵入关后建立的清王朝仍然是个封建大帝国,并没有突破宗法一体化的社会结构和文化结构,它在文化思想、学术文学领域对知识者的控制更加严密,对新文化新文学因素的摧残愈加厉害,比起明朝的文字狱有过之而无不及,连说话的自由也被剥夺殆尽,造成一种人人自危、万马齐喑的恐怖气氛。鲁迅曾揭露道:"这不能说话的毛病。在明朝是还没有这样厉害的,他们还比较地能够说些要说的话。待到满洲人以异族侵入中国,讲历史的,尤其讲宋末的事情有人被杀害了,讲时事的自然也被杀害了。所以,到乾隆年间,人民大家便更不敢用文章来说话了。所谓读书人,便只好躲起来读经,校刊古书,做些古时的文章,和当时毫无关系的文章。有些新意,也还是不行的;不是学韩,便是学苏。"[①]在这种封建大一统的强控制下和文字狱的残酷镇压下,大动乱后的文化思想、文学艺术只能走上复古主义道路,封建意识形态结构在异族统治下得到恢复和强固,明中叶后的精神生产和文学艺术生产领域的新因素或被扼杀或在磐石下曲折地萌动。

可见,清王朝的建立把中国封建宗法一体化的结构推向超稳定的僵化阶段,宋明理学与政治结构中无限膨胀的君权的进一步结合,不仅扼杀了整个社会的创造精神和主动精神,而且对外采取更加保守更加封闭的态度。因此在中国宗法一体化社会结构尚未总解体以前,不论文化意识系统还是文学艺术系统,尽管它们于自身的调整中萌发了新结构的因素,然而都冲不破古老文化或文学系统的封闭凝固的整体硬壳,致使新萌芽不能自由舒展的成长,中国古代文学的更新换代而步入现代化的征途也不会像西欧中世纪文学被文艺复兴新文学所取代那样,随着资本主义萌芽的茁长和人文主义思潮的高涨通过文学自身系统调节功能的不断否定不断扬弃、不断肯定不断创新而实现,这已被历史所确证。但是历史的演化也会出现这种现象,"只有野蛮人才能使一个在垂死

① 鲁迅:《三闲集·无声的中国》。

的文明中挣扎的世界年轻起来"①。在明末大动乱中北方少数民族趁机建立起的封建王朝虽然并没有使中国社会重新年轻起来(尽管也有过"乾嘉盛世"之说),甚至更加衰落和腐败,但是清王朝的僵化和腐败并不意味着悠久而独特的中华民族文明传统就完全丧失了生命力,也许在某种程度上或范围内使新萌芽获得成长的可能性,"物极必反"的辩证法则常常导致新的探索和创造的开始。实际上也是这样。晚明文学结构中孕育的新因素虽然在大动乱中和清王朝的高压下遭到严重摧残,发展缓慢而艰难,但是遭受浩劫后的萌芽毕竟又一次顽强生发出来。清初的黄宗羲、顾炎武、王夫之、戴震、李渔、金圣叹、叶燮、袁枚等,大都是明中叶后启蒙思想的继承者,他们分别在小说、戏曲、诗文诸方面提出的美学见解和文学主张,不同程度地表现了个性解放精神和主体意识;在文学创作方面如《桃花扇》《长生殿》《红楼梦》《儒林外史》《聊斋志异》等,无不蕴含着新的意识因素和艺术因素,特别是《红楼梦》《儒林外史》等所体现出的悲剧审美意识和审美形式比之《三言》、《二拍》、《金瓶梅》在近代化的程度上又前进了一步。不过,可悲的是这些新因素总是处在萌芽状态,并没有组成新质的文学结构,仍然囿于封建文学系统的限制和禁锢之中。从整体看,清朝学术界充满了复古主义氛围,文坛上的诗、词、散文作家大都走上了复古主义道路:写诗不是学唐就是学宋,作词不是模南宋就是拟北宋,写散文学韩柳八大家。总之,他们的共同倾向是维护旧的文学系统,模拟旧制,因袭前人,不思改革,不求创新,把中国文学引上一条拟古主义的死胡同。特别散文方面,清中叶后以方苞、刘大櫆、姚鼐等人形成的桐城派,他们主张散文的正统必须以《六经》、《论语》、《孟子》为根源,道统传之于程、朱,并为散文制定一种僵化的"古文义法",致使桐城派成为中国古代文学向现代文学转换过程中出现的一股巨大的复古逆流和新萌芽成长的重要障碍之一。直到1840年鸦片战争爆发后,强大的外力敲开了清朝帝国封锁得紧紧的大门,中国宗法一体化的社会结构面临着总崩溃,中国旧文化思想系统在西方异质文化的猛烈冲击下也发生整体性的动摇。这无疑促进了文学主体的心理变化和文学结构中新因素的增长,加快了文学改革的步伐,迎来了中国传统文学向现代文学转换的新交响曲。

① 《马克思恩格斯全集》第21卷,第178页,人民出版社,1965年。

晚清奏响第二部曲

1840年鸦片战争爆发，西方列强的大炮轰开清朝封闭日久的大门，中国被迫怀着屈辱感和忧愤感进入早已开放的国际环境，在反差巨大的中外物质文明与精神文明的撞击交汇中，中国的有识之士再一次从儒家文化的迷梦中和复古主义的氛围中惊醒，救亡图存的历史使命促使他们在反省民族文化、认同域外文化的同时不断调整自己的文化心态和价值取向，通过中外文化对话选择了中国文学现代化的路向，即从欧风美雨的洗礼中寻找文学结构变革的参照系，又从民族本源文化中探求文学转换的思想原型与精神渊薮，这就引发了晚清的文学改良运动，奏响了中国文学由古典走向现代的第二部曲，即呈现出的第二个逻辑层次和历史阶段。

值得提及的是龚自珍作为启蒙思想家虽然出现于鸦片战争前夕，并未参与晚清文学改革运动，但他却是一位继往开来的现代哲人，其人学思想与李贽等的人学思想一脉相承，并对晚清人学思潮的兴起产生了深刻影响。龚自珍人学思想的核心就是尊"自我"、尊"感情"。"自我"作为现代人文主义的鲜明口号，晚明启蒙先驱曾以此为武器来批判宋明理学；龚自珍强调"自我"的思想非常突出，并把以自我为本位的思想由感性提升到哲学本体，明确提出"自尊其心"、"心尊"而"人亦尊"的理论。这种具有强烈个性解放色彩的人学思想反映在他的文学观上，则是提出了"尊情"说。认为情感是文学给人以美的愉悦的关键，是在作者与读者之间架起的桥梁。由于历史条件的限制，龚自珍的人学思想和人的文学观尚未在实践上形成一场有声势的文学变革运动。

晚清的文化先驱与龚自珍相比，则处于一个经历鸦片战争、甲午战争等帝国主义列强瓜分我国的救亡图存的危机环境中，而且中外文化思潮的撞击和交汇也进入一个新的历史阶段；特别是社会重大问题的焦点已集聚在政治制度和上层建筑的全面改革上，即只有走变革之路、兴维新之法中国才能得救与振兴。于这种情势与背景下，便在摇摇欲坠的清朝王国里兴起一场以探讨中国人的价值、历史命运、生存状态、国民根性为人学中心内容的现代思想启蒙运动。如果说晚明的以人文主义为核心的人学思想，是从儒家的本源文化中分化出来的，那么晚清的人学思想，则主要源于西方现代文化意识。虽然晚清人文思想对晚明以自然人性论为基石的人学思想也有不自觉的承续或不谋而合之处，然而自觉地有意识地汲取的文化思想却是西方的现代人文主义思潮及其他文化意识，这就决定了晚清人学思想及其派生出的文学观念不同于晚明人学思想的特点和文学意识现代化的特征。

在中外文化思想的比较中，晚清文化先驱试图建构的现代人学，则是以“国民”为本位，以“自由”为核心，以“新民”为旨归。严复认为，中国之所以不能像西方国家那样推行“崇真”的科学和“为公”的民主而使自身日趋落后腐败，关键在于中国人不自由，于是他提出了改革的根本必须以自由精神“鼓民力”、“开民智”、“新民德”(《原强》)，以提高国民的素质；这与他的进化论新思维一样，向变革者指出了“治华”的当务之急是研究中国人的国民性，用现代意识唤醒他们。任何一种新思想的提出并非都能令所有的人接受，也不是瞬息间就能形成一种强劲的思潮，必须有一些思想先锋与文化先驱心悦诚服地接受这种新思想并竭力把它发扬光大，然后才能成为一种思想主潮，并推动、影响一个时代的社会文化心态和生命价值取向。严复对以“自由”为核心的人学思想虽然提出在先，但是真正阐释与弘扬这一先进思想理论的则是梁启超，特别是他于1902年亡命日本后，突破了今文经学的局限，尽情汲取卢梭、孟德斯鸠等人的资产阶级启蒙思想，使之思想面貌、知识结构、学术风格，较之戊戌变法前发生深刻变化，连续在《新民丛报》上发表了20篇鼓吹思想启蒙的论文，后汇编成《新民说》，是其人学思想的集大成。《新民说》的宗旨是塑造现代社会的理想人格，他区别于古代传统文化人格，而这种理想人格能适应变革的需要，他有强烈的上进心，善于求强致富，体魄心态强健，遵守法纪，以自由民主为思想灵魂，可以说这是现代文化先驱共同的人学观念。梁氏不仅具体详细地设计出中国人的理想人格方案，且在《中国积弱溯源论》中深刻全面地剖析了中国人性积弱的根源：其中之一就是中国“大一统而竞争绝”，一个民族处于这样的“竞争者，进化之母”的时代，若是“竞争力销乏”那必将为时代所淘汰；其中之二就是中国长期“言文分而人智局”，即语言与文字的分离导致国民的“性灵之浚发”不锐、“思想之传播独迟”的后果。其中之三就是中国“学说隘而思想窒”，即孔教被“霸者假之以为护符，贱儒缘之以谋口腹”，久而久之致使全国思想界“消沉极”矣。而国民性积弱的心理根源则是“奴隶性”。在梁启超看来，数千年封建专制主义的重压，只有君主一人是自由的，其他人毫无自由可言，只有君主一人大权在握，人民毫无权力可言，这势必造成国民性的扭曲；因为失掉自由、民权的人们不可避免地要养成奴隶性，养成依附心理，养成不健全的人格，人人但求自保，对国家命运漠不关心；四万万人犹如一盘散沙，面对如狼似虎的列强，岂有不败之理。所以他站在救亡图存的爱国主义思想高度痛切陈词，号召改造国民性，呼唤新民出世："中国数千年之腐败，其祸报于今日，推其大原，皆必自奴隶性来。不除此性，中国万不能立于世界万国之国。而自由云云，正使人自知其本性，而不受钳制于他人。今日非施此药，万不能愈此病。"①他进而指出："吾中国四万万人，无一可称完人者，以其仅有形质界之生命，而无精神界之生命也。故今日欲救精神界之中国，舍自由美德外，其道无由。"自由之所以能救精神界之中国、能医治国民的奴性心理，从道理上讲，"自由者，权利之表征也。凡人所以为人者有二大要件：一曰生命，二曰权利。二者缺一，时乃非人，故自由者亦精神界之生命也"。② 从国外经验看，"'不自由毋宁死'！斯语也，实18、19两世纪中，欧美诸国所以立国之本原也。自由之义，适用于今日之中国乎？曰：自由者，天下之公理，人生之要具，无往而不适用者也"③。既然"自由"具有如此大的价值和威力，那对每个国民来说，只有获得真正的自由意识，清除奴性，方可使自己逐步确立现代化的理想人格。至于何谓"自由"，梁启超对其涵义作了详尽的阐释，考其欧美自由发展史，他认为"其所争者不出四端：一曰政治上之自由，二曰宗教上之自由，三曰民族上之自由，四曰生计上之自由"；但就个人的自由人格与自由意识来说，梁氏主张以四条标准衡之：一是以我为是，勿虑古云；二是不必随"群动者"而活，俯仰从人不自由；三是一切人与"我"斗而"我"必有斗争精神；四是有过人之才过人之欲者必有过人之道德心，方可有真正自由。这种"自由"与传统文化强调的克己复礼为仁所达到的纯粹爱人、利人的"仁"的境界不同，它充分尊重"自我"和个人，强调的是自我人格的自由、个人才能的展示，其价值取向是西方"个人至上"的伦理道德意识，与晚明的尊己重我的人文主义精神颇有点不谋而合。究竟怎样才能获得理想的自由人格，梁启超作了多方面探索，他认为获取自由要经过"利己·利他·利国"三个逻辑层次，也就是说人只有把"利己"与"爱他"结合方是"真能爱己者"，并能"推此心以爱家、爱国"或"爱家人、爱国人"。然而这套获取"自由"的逻辑方案却陷于一种悖论：试想不批判专制政治那国民怎能获得自由，而欲获得真正自由则必须与清王朝专制政治决裂。当面对国难当头的保国保种急务却不能只追求个人自由或国民自由，

① 梁启超：《致康有为书》，《梁启超选集》，上海人民出版社，1984年。
② 梁启超：《十种德性相反相成义》，《辛亥革命前十年时论选集》第1卷上册，三联书店，1963年。
③ 梁启超：《新民说·论自由》，《辛亥革命前十年间时论选集》第1卷上册，三联书店，1963年。

而要保全国家之自由,“惟有一条,曰尊皇而已”。这就把以“自由”为核心的人学思想纳入“国家”运行的轨道,以保“国家”取代倡“自由”,以保“民族”取代兴“民权”。因此,这种设想便将西方人学理论引向两难困境,不论一己的自由、他人的自由或国民的自由,都不可能实现。因为自由意识的宗旨在于强调自主性与独立性,而君主制的根本特征在于它的专制性与独裁性,欲使国民获取自由就须要反对专制与高压,而要维护君主专政就要削弱或剥压国民的自由,两者之间非此即彼难以调和,所以当晚清文化先驱们把思考的中心投向“国家”那专制的清王朝时,再谈何谓“自由”岂不自己打自己嘴巴!正由于他们把西方现代意识纳入中国传统文化思想体系,且作为“新民”的思想基础,故欲“新民”就不能“以他社会养者养我”,则必须遵循“生我养我”社会的“祖宗遗传固有之旧道德”即儒家伦理学说。这又使其人学思想出现深刻矛盾:“孔教”与“自由”属于性质不同的思想体系,以自由意识来“新民”就要反对孔教,以孔教来“新民”就要排拒自由,这不仅不能使国民“新”反而又拉回传统道德的旧辙。对于这种理论上的悖谬,梁启超曾以现代意识重新阐释“孔教”,说什么真正的“孔学”应是“进化主义”、“平等主义”等。然而,把孔子思想现代化并不能从根本上解决两种学说的深层矛盾。

总之,晚清一代文化先驱的心中,始终有个解不开的保国保种保孔的情结,通过中外文化的相互冲撞对话,明明晓得“新民”的出路在于提倡自由,然而为了清朝统治的国家、民族和传统孔教又煞费苦心地扭曲它、篡改它,最终不只是丧失了真正自由且陷入深刻的悖论中。这就是晚清人学思想不同于晚明人学思想的基本点。

具有现代性的人学思想既是文学现代化的理论导向又是文学现代化的灵魂,而文学现代化的关键则取决于创作主体文学观念的调整或更新。因此探究晚清文学现代化的实现方式或实现程度,最重要的是看文学先驱们在人学思想导引下确立了什么样的文学价值观。众所周知,晚清先驱们文学观念的转换,除了“崇白话而废文言”的白话文学观外,最主要的理论形态有二,即“人性”文学观与“新民”文学观。它们都属于人的文学观的理论范畴,虽与晚明人的文学观念有相通之点,但晚清主要是以西方文化思想作为价值参照和理论渊源而建起的带有现代色彩的文学观念。所谓“人性”文学观,就是把表现人性作为文学的指归,这是尊重人的自由、强调人的自主的现代人学思想在文学观念上的体现,与晚明的以自然人性论为基础的人的文学观一脉相承,也许是无意识的。

早在1898年，严复和夏曾佑发表的《国闻报附印说部缘起》就强调文学必须表现英雄、男女的“公性情”即普遍人性，这不仅因为文学由英雄之性、男女之情而流传，故文学就应该倡人欲讲人性，决不“存天理，灭人欲”；而且还因为英雄之性、男女之情“斯世之物无不具其此性”，故文学既要表现宰相状元才子佳人之性情也要表现“小人”们的喜怒哀乐，他们的人性都是“性善”的，而且人人既是天生的就理应“人人皆独立而平等”，这显然受到西方“天赋人权”的人性博爱、人性皆善之说的影响，成为其“人性”文学观的思想基础。强调文学表现人性，这无疑是人的文学观，与传统的“文以载道”的文学观是有区别的；但是也必须看到晚清文学先驱的文学观如同其人学思想一样仍然充满了矛盾。既然文学表现人性皆善、人人平等的思想主题，那就应该产生人性大解放、民主意识大张扬的社会效应，但为什么却说“儒、墨、佛、耶、回之教，凭此而出兴：君主、民主、君民并主之政，由此而建立”？这种自相矛盾的文学观所造成的结果必然是，把人性与压抑人性的宗教、把个性与摧残个性的君主硬拉在一起，使先进的文学观在创作实践中出现人性意识与宗教观念并存、君权与民权杂糅的主题，使人的文学掺进不少非人的思想。[①] 尽管如此，但总的说来晚清文学观念发生了重大变化，不仅文学重情不重理，而且不再是礼教的宣本乃是人性的表现，这应该说它标志着中国古典文学向现代文学跨出了重要一步。所谓“新民”文学观是与梁启超的《新民说》联系在一起的，是一种启蒙文学观。因为甲午、戊戌的惨败重创使文化先驱们从国耻与血泊中沉痛总结教训并从而形成一种共识，即中国社会变革已进入“人心之营构”的新阶段，每一种文学观念的调整都要以“新民”为最高价值目标，都要以改造国民文化心理素质为己任。当时在日本留学的鲁迅也为中国文学朝着现代化变革的热浪所感染所推动，投入了“营构人心”的改造国民性的启蒙工程，并与梁启超等取得了相同的认识：“所以我们的第一要著，是在改变他们的精神，而善于改变精神的是，我那时以为当然要推文艺，于是想提倡文艺运动了。”[②]虽然在文学观念更新上严复、夏曾佑、黄遵宪等都作出了自己的建树，但是影响最大、建树最多的当属梁启超。郭沫若说过：“文学革命是资产阶级革命的一种表征，所以这个革命的滥觞应该要追溯到满清末年资产阶级意识觉醒的时候。这个滥觞时期的代表，我们当推数梁任公。”[③]梁氏

① 汤哲声：《中国文学现代化的转型》，第58页，南京大学出版社，1995年。

② 鲁迅：《呐喊·自序》。

③ 郭沫若：《文学革命之回顾》，《文艺讲座》1930年4月10日第1册。

提出的“新民”文学观从价值指向、服务对象和作家使命感上与传统的“臣民”文学观划清了界限，如果说“臣民”文学观使文学变成封建“政统”与“道统”的奴仆，那么“新民”文学观则是受了欧美、日本“国民”意识及西欧文艺复兴以来文学理性精神的影响所形成的以“民”为本位的带有现代色彩的文学意识。在此导引下的诗文、小说或戏剧不再是外在于自我的神圣教条的信奉与颂赞，而是充满着只有自由思想意识下才有的“问题意识”以及针对现实问题所开的“药方”，洋溢着化为激情的理性和理性的激情。外来的文化观念激发下所形成的晚清人学思想赋予“新民”文学观的不只是重视人性解放和个性意识，而且从救亡图存出发尤其强调国民性的改造，把国民思想启蒙视为中国政治变革的中心环节，而国民思想启蒙最有效的工具则是文学。所以“诗界革命”、“小说界革命”、“文界革命”、“戏剧革命”的呼声响彻晚清文坛，无不把文学当成“新民”的利器。特别是首倡“小说界革命”的梁启超把小说推上文学的正宗地位，这也是小说自晚明起由边缘向中心移位的必然结果，从特定的角度反映出中国文学从古典走向现代的一种趋势。梁氏一再强调小说有一种强大的神秘力量，他说：“今日欲改良群治，必自小说界革命始；欲新民，必自新小说始。”①又说：“专在借小说家言，以发起国民政治思想，激励其爱国精神。”②他既突出强调新文学的思想启蒙作用又十分重视它的政治宣传功能，也就是说文学只有与思想启蒙、政治革命相结合方可在社会上确立其“最上乘”的地位。不过晚清的“新民”文学观，不只是把文学的社会功利价值抬到吓人的高度，同时也注意到文学的艺术特点与美感作用。如梁启超提及小说有熏、浸、刺、提四种心理感染力，触及文学的艺术功能。尽管他的着眼点并不在此，仍以这种艺术感染力来证明小说较之其他艺术具有更强烈的思想政治功能的内因所在，但在理论效应上却弥补了“新民”文学观在价值取向上的政治化思想化的偏颇。至于以西方现代意识来“新民”即进行思想启蒙还是以中国儒家伦理道德来“新民”，对此他们尽管力倡民主自由意识，但最终陷入两难选择之中，为了缓解或掩饰其思想矛盾只能以西方文化思想对儒家学说作了现代化的阐释。

概言之，不论是“人性”文学观还是“新民”文学观，都是以晚清人文精神或启蒙思想作为理论基石的，“人性”文学观是着眼于文学的本体，“新民”文学观则是强调文学的社会功能，一个向内一个向外，目的皆是为了建构一种以国民

① 梁启超：《论小说与群治之关系》，1902年《新小说》第1卷第1期。
② 梁启超：《中国唯一之文学报新小说》，1902年7月《新民丛报》第14号。

为本位，以自由为灵魂、以启蒙为功能的新型文学，并从理论与实践的结合上为中国文学的现代化转换进行了富有成效的探索与尝试。晚清文学改革浪潮持续时间虽短，但却竖建起通过中外文化对话以推进我国文学向现代化转变的界碑；晚清文学观念更新不但是中国文学向现代转换的标志，而且是一座从古典文学大陆通向现代文学新大陆的必经的重要桥梁。

“五四”奏响第三部曲

历史推进到“五四”时期，中外物质文明与精神文化的对抗和交汇比晚清更加激烈与汹涌，帝国主义列强忙于世界大战难以东顾以及封建帝制的被推翻，为中国新经济、新政治乃至新文化、新文学的发展提供了大好机遇，于是一批文化先驱怀着比晚清文化先驱更强烈更深沉的救亡图存的忧患意识和更加开放更加激进的变革意识，掀动一场规模空前的新文化运动和文学革命，卓有成效地完成了中国文学由古典走向现代的历史使命，为中国文学的现代化奠定了坚实的基础，开辟了广阔道路，奏响了中国文学向现代化转换的第三部曲，即第三个文化逻辑层次和崭新的历史阶段。

我们不妨仍以现代人学与人的文学观念作为价值标准来测定“五四”文学现代化的转换机制和基本特征。虽然“五四”文学先驱接受了晚清以“国民”为本位的人学思想，但却在更大程度上有所突破有所超越，建构起真正的具有现代性的人学思想。如果说“五四”文化先驱人学思想中强调的“自我”和“个人”，晚明的人学思想已触及到，晚清思想家提出的“自由”命题也包括其中，那么“五四”文化先驱在论述“自我”和“个人”的作用与地位时则完全摆脱了晚清思想家给它们头上罩上的“国家”和“民族”的权威和价值高于一切的阴影，把“自我”和“个人”置于世界总体格局中加以考察与定位。正是鲁迅早在《文化偏至论》中所精辟阐述的：“此所谓明哲之士，必洞达世界之大势，权衡较量，去其偏颇，得其神明，施之国中，翕合无间”，“则国人之自觉至，个性张，沙聚之邦，由是转为人国”。这就把中国人自觉性的提高，个性的张扬放进世界文化思潮的竞争之中，完全突破了“国家”与“民族”的局限和制约，把个性意识的觉醒与世界意识的确立直接联系，把个性解放与人类解放统一起来，即使要建立的“国”也不是那种泯灭和压抑个性的专制之国，而是人人都有个性自由、人性能够得到健全发展的“人国”。只有使文化的意义与价值超越了国家和民族的界限，并赋予人真正文化意识的自由与平等，才能把人作为一个人来看待。人所获得的所谓自由与平等不再是晚清思想家认为的那种由“国家”或“君主”恩赐的，而是从生下来就应该享受的权利。所以“五四”文化先驱眼中的“国民”并非专制统治之下的国家之民，而是人类整体之中的独立个体，每个人都有人的权利、人的自由、人的价值和人的尊严，难怪他们极力推崇人本主义以及尼采、叔本华、柏格森等人的能够使人的个性得到充分发展的非理性学说。正是基于这种人学思想，在个人与国家之位置谁先谁后的问题上，“五四”文化先驱不是像晚清思想家把国家放在第一、个人放在第二，恰恰相反，也许这就是晚清与“五四”人学思想的根本区别所在。由于“五四”时期的人学思想是以个人为本位的，故鲁迅视“人生之意义”、“个人之尊严”为“20 世纪之新精神”；陈独秀则强调“个人生存的时候，当努力造成幸福，享受幸福”，此乃“人生真义”①；李大钊甚至把“国家”看成是发展“个人”的阻碍和烦累。他说：“我们现在所要求的，是个性解放自由的我，和一个人人相爱的世界。介在我与世界中间的国家、阶级、族界都是进化的阻碍，生活的烦累，应该逐步废除。”②个人的地位与价值超越了国家，人性的发展冲破了阶级、族界的拘囿，真正建构起民众的个性得以充分发展的“人国”方可进入“世界之潮流”。然而“五四”时期的中国大多数人，并没有觉醒起来，改造国民劣根性、塑造国民灵魂乃是当务之急。因为此时的国民已不是晚清文化先驱眼中的保国保种的国民，而应是人人具有个性意识并成为争取民主自由重要力量的国民。如果国民并未达到应有的觉醒程度，仍处于麻木愚昧的精神状态而不迅疾把他们唤醒以战胜自身的劣根性，那么“人国”靠什么力量去创建？陈独秀明智地指出：“惟其民适于共和者之数加多，则政治上所行共和之量亦加扩耳。”③这就把个性解放与国民意识觉醒、人国的建立联结为一体。如果说晚清人学思想中的“自由”已变了形或者仅局限于一定的层面来实行，那么在“五四”人学思想中的“自由”就没有任何层面的束缚，致使个人在社会关系网络中的地位上升到第一位，森严的社会等级自然取消，每个人都以自由的身份展示自己的独立人格；也就是说，个体的人不论政治思想层面、伦理道德层面或者情感意识层面都应获得自由，使“自由”具体落实到人人身上而得到彻底实现。这种真正以个人为本位，以自由为核心的人学思想与

① 《独秀文存》卷一：《人生意义》。
② 李大钊：《我与世界》，1919 年 7 月 7 日《每周评论》。
③ 《陈独秀与常乃惠书》，1917 年《新青年》第 3 卷第 2 号。

中国传统文化意识是格格不入的，它只是与晚明的人文主义精神遥相呼应，这一点虽然晚清文化先驱也意识到了，但他们却偏要在正统的儒家思想中寻找它存在的合理性，使先进的以自由为旗帜的人学思想消失于“国家”权威的阴影中，变形于传统文化的曲解中；而“五四”文化先驱们却彻底超越了晚清人学思想的局限，在中西文化的剧烈对话中大力张扬西方的“独立平等之人权说”，人人“能议孔教之非”，使与新社会新信仰不相容的孔教受到无情的否定与严厉的批判，现代的自由、平等、独立、人权、民主、科学等先进意识则深入人心，成了立人立国的思想基础。

在中外文化的反复较量中，中国传统文化的稳固结构逐步解体，它本身的自组织功能已基本丧失了同化异质文化的机制与力量，不得不在西方先进文化的猛烈进攻下实行结构性的转换，尽管在转换过程中从晚清到“五四”所新生的人学思想仍与旧文化保持着千丝万缕的联系，但是以西方文化为价值参照所形成的新质人学思想却日益取得主导地位，并以新机制对旧文化进行革故鼎新的改造。文化结构的整体转换，人学思想的现代化，有力地推动着中国文学在“五四”时期完成了从古典向现代的过渡。

“五四”文学现代化关键在于文学革命先驱深受人学思潮的影响而确立了真正的现代型“人的文学”观念。如果说晚清表现人性或“新民”的人的文学观终究没有摆脱“国家”及“君主”笼罩下的阴影，那么“五四”时期人的文学观念则是极为明确地建立在以个人为本位的人学思想基础之上。周作人提出的“人的文学”所表现的人是灵肉一致的个体的人，而这样的人不仅仅具有自然属性也具有社会属性，人的文学要表现的就是此种自然性与社会性相结合的人，要弘扬的就是以个人为本位的人道主义。马克思指出：“自然界的人的本质只有对社会的人说来才是存在的。”这是因为“只有在社会中，自然界才是人自己的人的存在基础”①。这种表现人性的美学要求比晚清的表现“公性情”要明确得多辩证得多，它不只是人的自然情欲的表现，而且重视从社会关系中表现人性的复杂深微和人格的善美崇高；特别是把“人的文学”具体化为“平民文学”，它要求消解人与人之间的等级之分、贵族文学与下人文学之别，以“普通的文体”来表现“世间的普通男女”，唯有这样的人的文学才是真正平等的人性文学。一言以蔽之，“我们现在应该提倡的新文学，简单的说一句，是‘人的文学’，应排斥

① 《马克思恩格斯全集》第42卷，第121～123页，人民出版社，1965年。

的，便是反对的非人的文学"①。这实质上宣告了现代化的人的文学的诞生，带有非人色彩的封建古典文学的终结。当然，这并非说中国传统文学观念统统是"文以载道"或"代圣贤立言"而毫无人性所在，只是到了晚明才有表现人性的以自然人性论为基础的文学观；实际上传统文学观念中有人也有人性。如王国维在诗词中所发现的"有我之境"与"无我之境"就突出了"我"字，不过这个"我"被"克己复礼"信条异化了，把"人"与"人性"纳入了异化的"我"之中；古代文学创作也讲"发乎情"，不过这种"情"必须"止乎礼义"，它总是以"欲人善必己善"的社会道德规范来苛求自己、抑制情欲、挤压人性，以推及别人或适应"礼"的要求。这种克制欲念、追求心理稳定、陶醉于自我满足的文学观，适应低速运转的靠自我调节功能支撑的农业社会形态的需要，并且创造出许多具有空灵静穆审美境界的文学作品；但是进入高速运转的竞争日趋激烈的现代工商业社会形态，这种文学观所创造的自我完善、孤芳自赏的文学或空灵文学就变成与时代大潮不合拍的无病呻吟、自怨自艾的信息符号。② "人的文学"观念则是工商业社会的精神文化的产物，它适应了变革的竞争时代对文学的要求，主要参照西方文化精神和美学思想提炼并概括出来，其中既有文艺复兴以来的人文主义理性精神又有自尼采以来的非理性主义文化因素。总体上说，西方艺术精神的思维模式与中国传统文化的思维方式是不同的，它不是先"内面"反省克己然后再向"外面"开拓，而是重在向"外面"攫取以为"内面"服务，所创造的文化艺术精神不受伦理道德规范的制约而是人性得到充分表现，致使这种艺术精神的核心便是生命的冲动，即不论是充满希望和理想的美好人性或者是性放纵的最原始的冲动，都应该得到充分的张扬，所抒发的人情不是"发乎情止乎礼"而是"我"作为一个平凡人的普通感情。只有人性得到了真正的解放，人才能具有强烈的竞争意识和创作意识，以迎接现代工商业社会和科技时代的挑战。"人的文学"观念提出之时"五四"文化界正激荡着一股强大的人道主义思潮，李大钊在《"少年中国"的"少年运动"》一文中指出："精神改造的运动，就是本着人道主义的精神，宣传'互助''博爱'的道理，改造现代堕落的人心，使人人都把'人'的面目拿出来对他的同胞。""五四"文学观念的变革显然以西方近现代人学思想为理论资源，但这并不排斥其无意识中受到中国文化精神的影响或者说注入了中国古典主义的人文思想基因，故使现代人性表现的文学观带有一定的

① 周作人：《人的文学》，1981 年 12 月 15 日《新青年》第 5 卷第 6 号。
② 汤哲声：《中国文学现代化的转型》第 61 页。

民族色调。郁达夫的小说敢于大胆率真地表现人欲的存在或性的冲动,宣扬人性本能的不可抗拒,但却又以"圣训"深深自责,使人欲成了批判的对象,导致主人公陷入灵与肉的尖锐冲突中,这表明传统道德压抑着人性的自然发展并限制着作家对人性的极度表现。荣格曾说:"不是从我们的土地生长起来的概念、观念和形式不能为我们的心,只能为我们的脑所理解。"[①]这种民族文化心理的潜在能量是巨大的,往往以集体无意识的形态制约着对异质文化思想的接受和认同,即使所谓"西化"的观念形态也斩不断民族意识的根苗,但这并不影响"人的文学"观念是中国文学现代化的重要标志和价值准则。

"人的文学"观念的价值指向,"向内"转强调表现人性人情,提出所谓"文艺是苦闷的象征,无论它的反射的或创造的,都是血和泪的文学"[②],视文学是感情的载体,是创作主体内心苦闷情绪释放的文本,这种文学观的价值取向主要源于西方现代主义或浪漫主义文艺思潮,突出文艺是直觉的表现,是人的情感表现;"向外"转则要求文学表现人生,表现社会,表现国民劣根性或善美特点,使之成为改良社会人生的利器和改造国民灵魂的解剖刀,这种为人生为社会的文学观显然受到西方为人生文学或现实主义文学影响。虽然"向内"与"向外"的人的文学观都具有启蒙性质,但后者的启蒙功利或社会功能更明显更强烈一些。晚清的文学启蒙旨在"新民","五四"的文学启蒙旨在"新人",即唤醒个体的人或群体的人的解放意识和抗争意识,参与救亡图存和建构"人国"的伟业。如果说晚清的文学启蒙所探求的是中西社会制度的比较,维新还是革命的政治方案的选择或理想政治社会的追求,把文学当成某种政治思想的演绎或社会新闻的辑录或单纯"国民之魂"的剖示,甚至把文学的社会功能强调到无物可比的程度,那么"五四"文学的启蒙则有所不同,它主要引导人们重新估价一切,积极探求人生的一个个问题并表现自己认定的解决人生之谜的答案,把文学作为个人评述各种人生的工具,作为表现各种个人复杂而真实的思想感情的艺术载体,主要不是从政治层面而是从伦理层面进行思想启蒙,文学既是映照国民灵魂的镜子又是塑造国民灵魂的利器,可见"五四"时期的为人生的文学仍是以个人为本位的"人的文学"。不过,"向内"转的文学价值取向和"向外"转的文学价值取向只是相对而论,实际上大都是两者的结合,如果一味地强调文学必须向内表现"自我内心",那有可能进入象牙之塔走上非功利的"为艺术而艺术"

① 《西方心理学家文选》,第421页,人民教育出版社1987年版。

② 郭沫若:《论国内评坛及我对于创作上的态度》,1922年8月4日《时事新报·学灯》。

的道路；如果一味地强调文学必须向外表现人生、反映社会、为政治变革张目，那有可能使文学创作成为单纯的启蒙工具或理念传声筒而走上非文学的道路。所以，既然是“人的文学”，那作为文学主体的人的各个层面及其人周围的生存环境甚至历史积淀都要兼顾到，使“人的文学”成为全方位的主体多维的现代文学，就是“五四”初期高喊“为艺术而艺术”口号与文学研究会的人生文学争地盘的创造社诸君也很快认识到文学离不开人生。郁达夫曾辩解说：“艺术就是人生，人生就是艺术，又何必把两者分开来瞎闹呢？”①虽然“五四”时期文学革命先驱确立的“人的文学”观念决定着推动着中国文学现代化的特质与步调，但也内含着潜在危机，即把文学视为改造国民灵魂的启蒙工具、改良人生变革社会的有力器械，并没有完全摆脱传统文学的“文以载道”、“劝善惩恶”的思维定势，有意无意地将新文学纳入为思想革命或政治革命服务的理念化、功利化的轨道，至少对文学自身的独立性、自律性尊重不够，这不利于中国文学现代化的健全发展。

上述从现代人学及与之相联系的“人的文学”观念的角度，粗线条地考察并论述了中国文学由古典走向现代的转变过程、内在机制及其呈现出的三个逻辑阶段的文学现代化的程度与特征。然而宏观的审视与把握往往会挂一漏万或粗而不细，不可能把中国文学从晚明到“五四”的漫长演进历程的本来面目详尽地描述出来，尤其是古典文学向现代转换的复杂原因和深层规律及其具体特征难以发掘和认知，所以疏漏或谬误在所难免，好在本书有的章节可以做些补遗或匡正。

这里我要着重指出的是，中国文学从古代走向新世纪，也就是进行现代化转换的最重要的内在驱动力是每个历史阶段的文化先驱，他们既是推动古典文学转型的决定力量又是现代型文学的缔造者。这并非无原则地任意地抬高文化先驱在文学史上的地位，而是实事求是的科学论断。文化先驱的优势在于拥有比其他人更多的不断更新的文化知识、更强的变革意识和创造文化的能量，这从中国文学由古典走向现代的曲折过程中充分显示出来，与他们相比照，有多少文人或知识者缺乏历史的主动性与创造性，根本不能成为文学结构发生整体变化的内驱力。也就是说，不少文人不仅不能成为文学的现代性转换前驱，反而坚定不移地立于文化保守主义或折衷主义的立场，或隐或现地维护传统文

① 《文学上的阶级斗争》，1923 年 5 月《创造周报》第 3 号。

化体系和古典文学结构,甚至抵制反对中国古代文学的现代化转变,成了中国文学开创新纪元的巨大阻力。文化先驱们之所以有气魄有力量清除文学现代化道路上的拦路虎和种种障碍,成为推动中国文学走向现代的巨大动力,主要在于:其一,他们具有丰富的历史知识和远见卓识,对中国传统文化体系和古典文学结构能够进行深入的透视和入木三分的剖析,从中发现它们的封闭性、保守性、落后性乃至腐朽性及其无力适应外在社会系统已出现的新状态、新趋势的迟钝性与软弱性,于是便作出了改造旧文学建构新文学、与外部世界取得新的平衡的判断,显示出思想认识的先锋性和超前性。其二,善于抓住历史机遇,以超人的毅力进行文学变革,完成旧文学结构向新文学结构转化的任务。这是艰难而系统的艺术生产和精神生产工程,但并非所有的文人或作家都能敏锐地把握到时代的机遇,都能利用历史提供的条件去实现自己的设想,唯有那些文化先驱才能洞察国际变化的风云、时代演进的趋向和人们生存发展对精神文化与文学艺术最迫切的需要以及社会行进给新事物生成所提供的可能,并据此采取相应的策略与措施,毅然决然地站在文学新潮的前头,促进古代文学的现代化转变。其三,他们富有开放求异的思维和无所畏惧的忘我精神,为新文化新文学的建构鞠躬尽瘁、追求不止,不论在顺境或者在逆境、不论面对封建专制或者面对恶语诽谤、不论在大庭广众间或者在暴虐监狱中,为了冲决封建文化的罗网、专制思想的禁锢、传统文学的积弊,建构现代型的新文化新文学,先驱们表现出勇敢无畏的精神,哪怕死在狱中也毫不屈服。其四,他们有惊人的创造力或领袖才能,不仅敢于破坏已经失去生命活力与艺术魅力的旧文学系统,而且擅长于创造新文学大厦,哪怕尝试失败了也能重新站起来去开拓文学的新领域,既能够通过独立作战在旧文学废墟上营构个性鲜明的文学世界,又能够以自己新颖的文学思想、革旧布新的实际行动和新文学的创作业绩去影响、感召、凝聚大批志同道合的文学作者,共同推动中国古代文学向现代型文学变革,以群体的智慧与潜能完成中国文学的历史转型。晚明以李贽为代表的一批文化思想启蒙者,晚清以梁启超为代表的一批文化先驱,“五四”以鲁迅为主将的一批文学革命家,无不是那个时代的文化先驱,为中国古典文学走向现代化立下了不朽的功绩。然而近几年学术界吹起一阵阵保守主义论调并把矛头指向所谓激进主义的文化先驱,特别是打着反思或重评的旗号对“五四”文化先驱横加指责,似乎中国文化文学的现代化转换其主力军不是文化先驱们起的决定作用而是那些与新文化阵营对着干的保守主义者,这样“重评”下去恐怕要把“五四”新文化运动和文学革命的历史颠倒过来重写。诚然文化先驱在古典文学向现代转型的过程中其思想举动有时会出现一些偏激，不像文化保守主义者或折衷主义者那样守诚公允（当然从现代文学文化的建构来看，文化保守主义也起过某些制衡或补偏作用），但是没有文化先驱们的革命创举和韧性战斗精神就不可能有中国文学的现代化转换，这就是雄辩的历史逻辑，所以先驱们的名字将永远镌刻在中国文学现代化的里程碑上而载入世界文学的史册。

第三章　现代中国文学的制导性传统(上)

古代中国文学转变为现代中国文学,经过几代作家的探索与创造,已建立起一个既缘于又别于古代文学的新型文学结构系统。它以丰盈独异的姿态屹立世界文学之林,它所形成的文学传统正在被弘扬着,然而究竟如何理解和把握现代中国文学传统,是个见仁见智、众说纷纭的复杂命题。从不同角度切入进行探讨将获得不同的见解和结论。在我看来,文学的民族化与世界化相互变奏的动态规律及其所形成的文学民族性与世界性,应是现代中国文学传统深邃而丰富的内涵。这样理解,既符合现代中国文学错综多维的客体结构又切近现代文学深层的本质规律和基本的美学特征。

先要阐明的是,在现代文学传统的探究中我所选取的"世界化"与"世界性"两个范畴,与近10年各持己见的文学"现代化"和"现代性"两个概念有联系也有区别。应该承认"现代化"和"现代性"为现代中国文学研究提供了新理论、新思维、新视野、新方法,我也以此为理论视野和逻辑框架曾著过书写过文,但我越来越感到这两个概念用在现代文学研究上内涵吃不透、外延摸不清,倒不如运用"世界化"与"世界性"两个范畴更易于理解、把握,也更切近现代中国文学客体结构及其演化的国内外文化生态环境。当然,我并不否认"现代化"与"现代性"仍具有强大的理论威力和方法论威力,今后要深入研讨这两个范畴、运用这两个范畴。但考察现代中国文学传统我却选取了"世界化"与"世界性",这是因为现代中国文学天生的使命就是要面向世界、走向世界、与世界文学对话,否则就不能进入世界文学旋转的轨道,故而从一开始便提出一个现代文学如何实现"世界化"、怎样增强"世界性"的课题,这是时代使然也是历史使然,更是文学家们的内在要求使然。"世界化"作为一个既有时间维度又有空间维变的时空范畴,它可以涵括百年中国文学出现的近代化、现代化、后现代化几个概念的内涵和外延,而"现代化"却容纳不下;"世界性"作为百年中国文学某一本质规定性的美学范畴,它能够容纳中国新文学呈示出的近代性、现代性、后现代性的基本特征,而“现代性”则包容不了。特别是“世界化”与“民族化”从时空维度和内涵性质来看,是两个对应的范畴,只是前者着眼于全人类而后者着眼于某些民族,它们之间的关系应是一般与特殊的关系;而“现代化”与“民族化”却不是相对应的概念,“现代化”能够与“古典化”两两相对,不能同“民族化”相匹配,因为“民族化”既可以是近代文学的“民族化”又可以是现代文学的“民族化”,也可以是当代文学的“民族化”,“现代化”只能用来研究中国现代文学,至于“现代性”与“民族性”两个概念之间的关系也是如此。随着人类社会信息时代的到来和全球一体化的加速,“世界化”和“世界性”两个范畴对于现代中国文学的研究将显示出持久的思想威力和生命力。所以,在我看来,以“世界化”与“世界性”两个范畴构成理论模式来深化现代中国文学研究比起“现代化”与“现代性”两个概念,也许会更科学一些,更优越一些。

就其实质来说,文学的民族性和世界性与文学的民族化和世界化的关系(以下行文简化为“两性”和“两化”),是个极为复杂的理论问题也是个深刻的实践问题。概括地说,前者是后者的客观基础,后者是前者的变动规律。“两化”的最终目的是为了强化“两性”。既然“两性”是“两化”的基石,有必要对“两性”的关系首先辨清。目前对于文学民族性和世界性的关系似乎有一种共识,即“越是民族的,便越是世界的”,它是从鲁迅所说的“有地方色彩的,倒容易成为世界的”①引申出来的论断。这种看法的真理性是不容怀疑的,中外文学发展史反复证明那些具有世界意义的不朽之作,大都深刻地反映了本民族的社会生活和文化心态,富有浓郁的民族特色。文学上的民族性是由各民族固有民族性决定的,因为任何一个民族在其形成和发展过程中的物质生活和精神生活的双向交流、相互反馈必然逐步地凝聚并确立起独特的生活方式、伦理道德、风俗习惯,心理素质和语言文化等,而这些只属于本民族不属于他民族的特有民族特征积淀于民族文化心理、经过世代相传和不断强化则成了观念形态中的民族性。那些经久不衰的文学作品由于形象地表现或艺术地再现这种根深蒂固的民族性则烙印上强烈的民族特色或民族个性。正是文学这种特有的民族性有别于其他民族文学的审美价值和审美情趣,才引起不同民族的读者们的关注和兴味。不过文学的民族性如同任何民族固有的民族性一样不是凝固不变的。既然一个民族的民族性一经形成,它在社会基本矛盾推动下以经济变革为前导

---

① 《鲁迅全集》第12卷第391页,人民文学出版社,1981年。

促使民族物质生活和精神生活呈现出阶段性或时代性的变化，在固有的传统民族性中增进了新因素，那么作为民族文化心态的艺术象征或载体的文学总是最敏锐地表现或再现这种变化着的民族性所反映在观念形态中的新因素，而这种具有时代性的民族因素往往是在对立统一的辩证演变中对固有民族性的认同和超越。可以说，从这种特定意义上理解"越是民族的，便越是世界的"判断，谁也不会不承认它的正确性；但仅仅强调文学的民族性而不重视它的世界性也是不够的，片面的深刻不能完全代替我们对文学民族性和世界性关系的辩证透视和把握。

所谓文学的世界性不是指从接受角度来理解的能够获得各族人们的审美赏析，而是指文本固有的属性，即文学的艺术画面和形象体系中注入了各民族共同相通的东西，具有世界普遍意义的人类因素。那些在世界范围受到推崇和享有盛誉的文学名著无不是民族性和世界性的完美结合，它们既富有艺术魔力地表现了独特的民族生活和民族心态，同时又在这独特的民族生活和民族心态中融入了具有人类普遍意义的各族相通的思想情感、理想愿望、审美趣味等因素。别林斯基对文学的民族性和世界性关系作过这样的论述："对于一个诗人来说，如果他希望自己的天才到处被一切人所承认，而不仅为他的本国人所承认，民族性应该是首要的，但不是唯一的条件：除了民族的之外，他还得同时是世界的，就是说，他的作品的民族性必须是人类思想之无形的精神世界底形式、骨干、肉体、面貌和个性。"①文学的民族性是首要的，这是主导方面，它决定一个民族文学的基本艺术面貌；但从全球的角度来看每个民族都是整个人类的一部分，越是到了现代各民族相互渗透和相互交流的世界一体化趋势就越明显。所以文学作品所表现出的民族个性，自觉不自觉地同普遍的人类因素联系在一起，必然在民族个性中寄寓着和投射进人类的共同特点。正是从这个意义上说，"只有那种既是民族性的同时又是一般人类的文学，才是真正民族性的；只有那种既是一般人类的同时又是民族性的文学，才是真正人类的"②。追求作品的民族性和世界性的辩证统一的自觉意识到了现代作家的笔下表现得十分突出。著名作家艾特马托夫在创作《花狗崖》时说："我的目的不在于表现他们怎样迷途，后来又怎样找着了陆地，我写的不是惊险小说，我希望促使读者思考的是人的道德的主要价值、责任感，即一切能使人成其为人的东西。现在到了用

① 《别林斯基沦文学》第 93 页，上海文艺出版社，1958 年。

② 《别林斯基选集》第 3 卷，第 187 页，上海译文出版社，1980 年。

概括的世界观范畴、时间范畴、人类范畴来丰富对具体的历史现实的反映的时候了。"①这部中篇小说不仅表现了强烈的地方色彩和民族特色,而且非常重视以"世界观范畴、时间范畴、人类范畴"来拓展作品的内涵,着力表现具有全人类意义的民族起源、人类困境和种族延续等人的"生"与"死"这一永恒主题。从创作实践来看,并不是所有的饮誉世界文坛的文学作品都能印证"越是民族的,便越是世界的"论断的正确性,甚至与这个论断完全相抵牾。如澳大利亚当代著名作家帕特利克·怀特的许多作品像《生者与死者》、《优斯》等并不着意表现地方特色和民族特性,而是主要运用意识流等现代派手法刻意揭示人物的独特心理活动和精神世界,从而探索人性的奥秘和人生的真谛;但是并没有因为怀特小说民族性的淡化或模糊而影响其获取世界意义或诺贝尔文学奖。特别从读者接受这个角度来看,文学的民族性所带来的审美效果是比较复杂的,有些作品的民族特色能激起不同民族读者的审美兴趣并拓展其审美视野,而有些作品的民族性越是独特越会造成审美隔膜和审美障碍,干扰异民族读者对作品的正确理解和感悟。正是从这个意义上美国文化史家朗格说:"个别作品的世界价值并不是和他们的特殊的民族性成正比例的。相反,一个艺术品在世界艺术中的地位,视其所代表的某种并非其原来民族所独有的东西,亦即某种普遍性的东西的多少而定。我们也可以说,如果一个艺术品包括很少或没有民族特点,它本身也并不因此就失掉普遍的重要性。"②可见,对文学的民族性和世界性应作辩证地理解和把握。这两大基本特征是历史地客观地形成的文学整体属性,它们既没有游离于文学作品的表层又没有构成文学本体相互对立的因素,而是文学艺术的系统性特征,也是随着时代的发展其内在因素不断革故鼎新的带有动态性的特点。

如果从发展的观点,对中国文学的民族性、世界性加以考察,这"两性"构成了文学在纵横不同坐标系上的复杂的个性特征。当我们的民族社会生活或民族文学尚处在一个相对封闭的系统时,在横坐标上只是我们这个多民族国家的不同民族文学之间交汇融合而形成某些异同的特征,而这些异同的特征与异国民族文学相比所显示出的带有人类共性的东西,完全是不自觉形成的,或者由于我们都生存或发展于同一个星球上所必然具有的全人类因素;在纵坐标上只是由于我们这个自足的多民族社会的文化系统及社会审美心理进行非结构性

① 《苏联当代作家谈创作》第4页,北京师范大学出版社,1984年。

② 保罗·亨利·朗格:《19世纪西方音乐文化史》,第274页,人民音乐出版社,1982年。

的自动调节或反馈制导而带来文学的时代性特征，往往其中蕴含着新的民族性或世界性的新因素。诚然从汉代始中经隋唐直到元明，中国长期封闭的民族文学系统不断受到域外其他民族文学的冲击和影响，尤其是印度文学艺术的渗透更强烈一些。这时，在横坐标上我国民族文学主要与域外文学艺术发生交汇联系，虽然域外文学艺术的渗入使民族文学艺术的“人类范畴”的因素有所增多，对汉民族文学艺术的发展起过积极促进作用；但必须指出历史上多次外来文学艺术的渗透，并没有使我国文学发生结构性变化，始终没有改变我国文学固有民族性的主导地位。在纵坐标上，我国民族文学的发展虽然在某种程度上受到域外文学艺术的推动，其自身的民族性和世界性因素有微量变化，但从实质上来看主要是在“时代性”规律的制导下使民族文学系统与民族社会系统在同质同构中进行自我调节，并没有冲破旧文学系统而建构新文学系统，这只能视为民族文学在固有的“两性”基础上的非自觉的自然进化，并非是作家们认识了文学内在变化规律且又自觉地运用它。所以在中国漫长的封建社会里，我国文学的民族性是决定性因素，居于主导方面；而世界性因素是微量的，是自然形成的，是同一地球上的人类共性的不自觉体现，但这种世界性并不完全具有现代意义，它只是中国传统文学中含有的能与其他民族读者相沟通的人类情感、思想因素及其审美形式，总是打着古代的历史的或时代的印记。

中国文学的民族性和世界性，真正作为民族化世界化的新文学发展规律的前提和基础而存在，并不是在古代而是从现代开始的。也就是说中国古代文学的演变不存在“民族化”“世界化”问题，这“两化”的出现与特定的历史条件和特殊的文化背景联系在一起，如果不具备现代的国内外的大环境，那文学自足系统自然生成的“两性”充其量不过是文学存在的客观规律，不可能转化为推动文学发展的能动规律。从世界范围看，历史进入现代由于资本主义生产力的迅猛发展打开了国际市场，“过去那种地方的和民族的自给自足和闭关自守状态，被各民族的各方面的相互往来和各方面的互相依赖所代替了。物质的生产是如此，精神的生产也是如此。各民族的精神生产成了公共的财产。民族的片面性和局限性日益成为不可能，于是由许多民族的和地方的文学形成了一种世界的文学”①。在这种世界发展总趋势和各民族文化大交流的历史背景下，不只是各民族社会自我封闭、独自生存的环境被打破了，而且各民族的文化文学希图

① 马克思、恩格斯：《共产党宣言》，人民出版社，1972 年。

在一个自组织系统中循规蹈矩地演变也不可能了,它们各自都要在相互影响、相互渗透和主动竞争中才能得以生存和发展。尤其是“世界的文学”并不是凭空而来的,它既是在全球新文化语境下创构的新型世界文学又是由各民族文学所组成,这实质上是从理论上深刻地揭示了民族文学与世界文学的关系,也明确地指出各民族的文学必须具有民族性和世界性,如果不具备“两性”那就很难进入世界文学之林。这种国际上的大环境和“世界的文学”新格局的出现,势必促使各民族的社会系统和文学系统逐步走向开放,民族文学系统也必然逐步失去原来那些与民族社会系统保持自动平衡的条件,这就注定各民族文学不可能完全在“两性”的基础上遵循传统的轨道运行,必须根据各民族自身的经济结构、社会结构和文化结构的先进程度或滞后情况等因素作出不同的选择或采取不同途径,对民族文学系统进行整体调整或局部调整,使文学的民族性和世界性获得新质因素或具有新的涵义。不过,中国现代文学的世界化和民族化并不是同“世界文学”的总趋势和总格局的形成完全取同一步调的。我们研究中国文学步入世界文学总体格局时,既不能片面地过高地估量古代文学的辉煌成就,因见不到其落后性腐朽性的一面而否定民族文学进行重新调整以实现世界化的必要性,又不能机械地强调中国封建经济政治极端落后必然造成民族文学落后并因此采取虚无主义态度彻底否定民族文学的优秀传统而误入“全盘西化”的道路。为此我们必须全面正确地理解和把握马克思关于两种生产不平衡理论,并结合中国社会形态和文学形态的特殊性作出辩证的解释,以引导我们准确地认识中国现代文学民族化世界化相互变奏传统的深刻内涵和重大意义。

诚然中国古代文学随着资本主义萌芽在明中叶至清初通过自组织功能的调节已萌生了现代文学的“基因”,如《牡丹亭》、《三言》、《二拍》、《金瓶梅》、《红楼梦》等不论是固有的民族性或世界性都注入了新因素;然而在世界已进入资本主义乃至帝国主义时代的背景下,随着鸦片战争帝国主义列强的入侵,西方的物质文明和精神文明大量涌入中国,使整个民族社会与文学系统处于全面危机,这种由异质文化所产生的激烈冲突反映到文学系统中只依靠自组织调节功能根本解决不了,必须借助于西方文学对传统文学进行结构性的变革,推陈出新以实现文学的世界化(即现代化)则成为历史发展的必然。中国文学世界化的源头虽然应该追溯到20世纪初甚至更远一点,而且也应该从这里起步,不过作为一场自觉地与世界文学对话的现代文学运动的倡导和开创却是始于五四新文化运动和文学革命。文学世界化的自觉开始也意味着文学民族化的自觉开始，它们是现代中国文学发展的双翼，相互变奏，相辅相成，没有文学的世界化文学的民族化就失去存在的意义，没有文学的民族化文学的世界化也没有存在的价值。缺少世界化中国文学必然走上国粹主义道路，就不能自觉地参与“世界文学”大厦的建构；缺少民族化中国文学必然走上“全盘西化”的道路，就不能以具有民族特色的新文学进入世界文学的殿堂。实际上从20世纪初中国新文学的发轫期便存在着全盘否定民族文学传统的虚无主义倾向和完全拒斥域外文学而坚持保存国粹的复古主义倾向，这两种倾向从不同的两极来干扰和阻滞近百年中国文学循着民族化世界化相互变奏的方向演进。那种“全盘西化”的民族虚无主义倾向的不时出现，有其历史的必然性和难免性，它是在民族社会开放条件下所产生的特殊形态的文学与民族文学的矛盾，是现代文学系统与民族社会系统的矛盾；而要解决这个矛盾则必须从新型现代文学适应民族文化土壤的要求和整个民族审美心理的变化趋向出发，自觉地批判继承民族文学传统，继往开来以实现文学民族化。

为了比较准确地考察现代中国文学的民族化世界化相互变奏的传统及其内涵，必须对于传统民族文学的民族性和世界性与新型民族文学的民族性和世界性的关系、民族化与民族性的关系、世界化与世界性的关系以及“两化”之间的关系与之同文学的关系，从理论上予以辨析。

文学的民族性既是静态的又是动态的，当我们将这种民族性“定格”在特定的历史范畴内进行考察时它是静态的，其民族性既有体现文学作品意蕴的民族精神和民族心态也有体现作品风貌的民族审美观念、审美风格和审美形式。然而传统文学并非总是老化于这种静态模式，它不只是在古代民族社会里不断地调节其动态机制，借助异族文学特色来丰富和补充其民族特色，而且进入现代社会后在中外强势与弱势文化巨大反差的冲击下已发生结构性的动态变化；这种新型文学的民族性既承续了传统文学民族性的精华又根据民族社会形态和民族文化心理的新变化并以域外先进文学为参照系增进了新因素，以形成新层次上的民族性。文学的民族性与民族化并不是同一概念，它们之间既有联系又有区别。当我们观照中国古代文学的民族特色时只能从静态模式来确定其民族性，它并不存在一个“民族化”问题，即使这种民族性处在动态模式中通过自组织系统自动调节有所增殖也不能说是“民族化”，这不仅因为这种自动调节缺乏主体自觉意识，更重要的是因为这种民族性的增殖并不能改变民族文学质的规定性，传统文学也没有面临着在异域文学强烈冲击下被同化的危机，“民族化”作为具有实践意义的动态口号或规律的出现是伴随着现代文学的民族性而来的。“民族性”是“民族化”的客观基础,同时它又要依靠“民族化”的动态机制进行不断强化,使民族性随着社会变革的进步而不断升华到一个新的层次上。从这个意义上说,现代文学的“民族化”是在新的历史条件下利用文学动态机制进行调节的自觉意识,它意味着处于相对稳定的民族性在接受并消化域外文学异民族性因素而导致本身的裂变,且由此将其转换为新层次上的民族性。可见我们所理解的现代文学“民族化”绝不是一个因循守旧维护国粹的保守性口号,而是一个充满革故鼎新精神的能动性口号,它的本质意义在于强调现代文学的发展必须扎根于民族生活土壤,在借鉴选择域外文学的过程中既要积极继承弘扬民族文学的优秀传统又要毫不留情地剔除域外文学固有的并不适合中国国情的风格情调和审美意识,使现代文学与传统文学的血脉相接,于新的“接合部”上铸造有中国特色的民族新文学,而不是“洋化”或“欧化”文学。

至于传统文学的世界性与新型文学的世界性关系也是既有联系又有区别。中国传统民族文学的世界性并不是产生于现代的开放国际环境和“世界文学”一体化格局中,也不是自觉地借鉴域外异族文学的精神而赋予民族文学的新质因素,它是在相对封闭的社会系统和文学系统中自然生成的带有普遍意义的人类因素,如果这种非自觉的原生因素到了新的国际条件下仍含有普遍的积极意义,那有可能被新型民族文学的世界性所继承,否则将在现代理性意识和审美意识的审判台上被淘汰。现代文学世界性的本质含义已不同于传统文学的世界性,其核心内容是产生于新的国际环境和文化背景下的最能反映现代物质文明和精神文明的思想意识、审美意识和审美形式,具有普遍的人类意义和现代世界意义,它代表着人类的现代审美趋向,因而也可以称这种性质的世界性为“现代性”。中国现代文学世界性的形成并不像传统民族文学的世界性是自生的,它主要是靠一种自觉理性指导从改造民族旧文学建构民族新文学以适应“世界文学”发展需要出发,积极借鉴域外各民族文学特别是西方近现代文学,加以合理化和适用化的改制,变为既能与世界上各先进民族文学相通又能与我们新文学的民族性和时代性相融,这就构成了现代文学的世界性。世界性并不等于新文学的“世界化”,世界性既是世界化的基本前提又是它的最终结果,如果现代文学在演变过程中缺少世界化的运动机制和内在规律,就有可能由于片面强调民族性而返回复古旧辙,中国文学很难适应世界文学发展的趋势,以富有现代色彩和民族特性的新文学屹立于世界各民族文学之林。但我们所理解的世界化也不是个盲目崇外、数典忘祖的口号，它的精神实质在于强调民族文学在新的国际条件下要生存发展不能自我封闭、墨守成规，必须积极借鉴汲取域外各民族特别西方各民族的近现代型的文学理论和文学作品，并以此作为参照系，在继承和发扬民族传统文学时扬弃固有的与新思潮新时代格格不入的保守形式和陈旧内容，使新文学与世界文学息息相通，在中外文化交汇的新结合点建构具有世界色彩的民族文学。

现代文学的民族化和世界化之间的关系并不是“非此即彼”的两极对立，而是彼此依存、相互补充、并行不悖的相辅相成的关系，是制导我国现代文学健全发展的两翼；也可以说，“两化”是一个双向同构运动的相互变奏的过程，从而形成了现代中国文学的具有制导性的良好传统。从运动过程来说，现代文学的世界化的功能机制主要体现于横坐标上对域外各民族文学的积极借鉴和审慎选择上；现代文学的民族化机制主要体现于对本民族文学传统的继承和扬弃上。因而要创建真正意义的世界性与民族性融为一体的现代文学，既应自觉地使外来文学的横向借鉴成为“洋为中用”的融化和改造，并要使对民族文学的纵向继续成为“推陈出新”的扬弃和超越，又应主动地使互相矛盾的横向借鉴和纵向继承两种不同方向的运动有机地协调和统一，使之成为一个辩证统一的历史进程。既然现代文学的民族化世界化的过程一方面要借鉴外国文学的优长，一方面又要继承民族文学的传统，那么能否正确地认识和把握在借鉴与继承的纵横坐标上的“结合点”和“衔接点”则成了创建具有中国特色的现代型文学的关键。当然，我们对文学创作中的借鉴外国与继承传统不能作均衡等量的机械理解，它们不论体现于作品中还流派中都不可能是半对半而总是有所侧重；至于借鉴与继承的纵横坐标的“结合点”和“衔接点”也不会固定不变，既是可变的又是极为广阔的区间。这是因为不仅文学民族化所寻求和强化的民族性有着丰富的内涵，而且文学世界化所探求和凝成的世界性更有着广泛和深邃的意蕴。只有这样，文学民族化和世界化的表现形态，才能多彩多姿。

联系现代中国文学思潮论争，便会发现对文学民族化世界化关系的探讨在理论上的对立或偏于一端而是由来已久。从 20 世纪初文学改良派与国粹主义的论争到五四时期“文言与白话之争”、文学革命派与守旧派（学衡派、甲寅派等）之争、30 年代文艺大众化的多次讨论、40 年代关于民族形式的广泛讨论、50 年代关于诗歌形式讨论直到新时期关于现代化民族化或现代性的深入讨论和人文精神的激烈论争，以及对于朦胧诗、意识流小说、寻根文学、通俗文学、新潮文学的评论,无不牵扯到对文学的世界化民族化关系的理解和认识问题。尽管这屡次讨论或论争不断将“两化”的理解引向深入,而且看问题的角度和思维方式也有所变化,精辟之见也不断出现,然而从总体上看,不只是众说纷纭,而且大多数的结论是各持一端:即主张世界化(即人类化、全球化)的,便千方百计地寻找根据来贬低或否定我国民族文学传统,片面地突出了民族文学的消极性和保守性乃至腐朽性,过分强调了域外特别西方文学的先进性、前卫性乃至超前性;倡导民族化的则极力否定域外特别西方文学,或抓住西方文学在演进过程中出现的“世纪末”感伤颓废情调或抓住中国现代文学在世界化过程中出现的欧化现象和产生的消极作用,借以拒斥对域外文学的借鉴,并把民族文学的优越性、先进性和特殊性强调到过分的程度。从思维方法来看,这种两极对立的观点所坚持的是线性思维原则和机械论,立论双方各强调一“化”的优越性而突出另一“化”的消极性;特别有些论者的思维方式具有凝固化的惯性定势,往往对文学民族化的理解表现出某种保守性、封闭性和拒变性的偏向,在对外来文学的借鉴汲取中常常以本土文学抗拒外国文学。如果我们以辩证思维方法和系统论观点对民族化和世界化之间关系进行分析和把握,就能认清它们的相辅相成的互补关系,尤其能以发展的观点着眼于宏观考察,通过世界化增强民族文学的世界性特征,以响应马克思恩格斯早已发出的“世界的文学”的呼唤。一些具有远见卓识的文艺理论家曾指出:“19 世纪末在世界许多民族的社会生活(经济、社会、政治生活)中开始发生了非常深刻的变动,这些变动很快引起这些民族生活的整个思想道德气氛及他们的文学艺术的本质变化,世界文学进入历史的新阶段,它一直延续至今。”①从 19 世纪末始各民族的文化逐步汇合形成一股世界化的趋势,欧洲文化对本土文化传统进行反叛转而从东方文化和拉美文化中汲取养分,东方文化和拉美文化以及非洲文化又在欧美文化冲击下与自身民族传统背反而行,正是在倾身于域外文化的共同倾向中人类在探求共同的话题和寻找世界性的平衡支点,在取长补短的相互交流中走向融合。于是那些先锋派作家突破了民族范围的局限,占据了人性的制高点,借助文学来表现人类所面临的世界性问题。这种诱人的全球性的文学发展趋势,迫使我国民族文学必须走世界化民族化互动互补的道路。之所以必须实行“民族化”,乃是因为“越是民族的,便越是世界的”;之所以必须实行“世界化”,则是因为越是强化

① 格·尼·波斯彼洛夫:《文学原理》,三联书店,1985 年。

世界性中国文学越是能走向世界，成为全人类的审美实体。

中国百年现代型文学的建构与发展同民族化世界化相互变奏有密切关系，可以从中揭示出这样的规律，即“两化”变奏得好文学事业就昌盛兴旺，“两化”变奏得不协调现代文学的演进或走入低谷或步上歧途，唯有“两化”相互变奏得和谐统一、步调一致才有利于现代文学的生成和发展。其主要理由和根据在于新文学样态是在民族文化和异域文化的交汇冲突中定型的或衍化的。在开放的国际背景和飞旋的信息时代下任何一种新型文学样式或任何一部优秀文学作品的创造都无法割断与世界各民族文化的联系，它总是从自身的审美追求出发选择一种或多种民族文化作为参照，来建构能与世界文学对话的文学形态；但外因只是现代文学形成的催化剂或重要条件，继承和革新民族文学传统才是现代文学生成的重要内在根据。也就是说，现代文学形态作为一种历史现象并非作家们随心所欲创造的，而是直接从继承过去文学传统的条件下创造的，试想哪部现代文学名著或出色的文学流派不是同历史文化遗产有着千丝万缕的联系？而这种联系正是现代文学形成的天然基础。可见在现代文学的生成过程中或对民族文化的继承或对域外文化的选择，实质上都有个如何把握民族化与世界化的方位问题，怎样在实践中处理好民族化与世界化的关系问题。如果对“两化”方位把握得准、它们之间双向变奏关系处理得好，那现代文学就会兴盛，否则就会出现不景气的征兆。特别是应该看到，现代文学的兴与衰总是要面临着来自背离“两化相互变奏”传统或规律的各持一端观念的挑战，只有通过一番论战或搏斗才能确定自己的命运，有些文学样态在冲突中发展起来，有些文学形态在矛盾中消亡下去，这可以看出现代文学发展的起伏消长过程中所碰到的种种冲突与“两化关系”在理论思潮和创作实践中所存在的种种矛盾联系在一起。因而可以说，某些文学样态或文学社群的消亡常常由于偏离了“两化相互变奏”的轨道所致（这是原因之一）；另一些文学形态或文学社团的生成则往往由于纠正了前一种文学样态或某个文学流派的偏离倾向而发展起来。既然中国现代文学的兴衰命运及其结构特征和美学意蕴与民族化和世界化相互变奏的内在机制和动态规律密切相关，那么选取“两化”角度对现代中国文学传统进行考察并认定“两化相互变奏”则是其制导性的文学传统，不仅成为可能而且具有科学性。

第四章　现代中国文学的制导性传统(中)

古代中国文学的变迁并未超越相对封闭的社会系统和文化结构,而现代中国文学的建构和运行却逐步进入世界一体化的宏大格局,这就决定着现代中国文学的生成与发展总是在“中国文学走向世界,世界文学走向中国”的双向交流和往复循环中,并赋予现代文学既是中国的又是世界的文化特质。正是从这个意义上说,现代中国文学的百年演变进程,实质上是新文学民族化世界化的双向变奏的运动过程,也是中外多种不同形态文学的嫁接或融合过程;而这一过程使民族化与世界化相互变奏的现代中国文学传统得以形成和完善。从上篇对抽象理论模式的探讨中,我们已认识到世界化要从纵向上解决传统文学与现代文学的矛盾,极力以域外文学为参照来缩小其“时间差”;民族化是从横向上解决域外文学与民族文学的矛盾,尽力继承和革新民族文学传统以消融其“空间差”。虽然它们分属于近百年中国文学起伏消长过程中的两个不同的坐标系,但这“两化”却又是现代文学演变的并行不悖的历史规律和制导传统。欲将这“两化”的抽象理论模式转化为现代文学合乎规律发展的双翼和制导传统并从而完整地贯穿于现代文学的创作实践中,其关键环节至少有二:一是作为“中介”的创作主体自身条件的完善程度和优化程度,往往决定着对“两化相互变奏”规律理解的正确程度,决定着在现代文学演进中贯彻的深入程度;二是对借鉴与继承纵横坐标的“结合点”,也就是中外多种形态文学的“嫁接点”,在理解上所达到的深广度,在选择上所达到的准确度。

20 世纪初以梁启超为代表的文学改良派,从政治思想的层面来看已从保国保种的“中体西用”的框架中挣脱出来转向根本改造国民素质的“新民”理论,即“淬厉其所本有而新之”,“采补其所本无而新之”。梁氏这种除旧布新思想已含有革新传统文化借助域外先进文化以实行民族化和世界化双向交汇的见识,不论内承“所本有”或外采“所本无”都是为了“新民”,所以可把“新民”作为梁氏所选择的中外文化的“结合点”和“交接点”来理解。新民运动就是人的

"新"化运动,是从"中体西用"思想向"现代化"思想过渡的桥梁,这从梁氏为现代国民所设计的新德性诸如自由、自治、自尊、进步、合群、尚武、进取冒险、权利思想、国家思想、义务思想等内涵中便可看出。他主要由现代世界文化意识采取的,凡是与这种"新德性"相吻合的或者可以嫁接的我国传统文化中的精华,当然也被继承下来。这种新民思想对当时青年人的影响是相当深广的,毛泽东等人最早建立的革命组织就取名为"新民学会"。不过也必须看到,梁启超在维新运动中所理解的"新民"思想主要是从日本维新而来,充其量只不过是一种"日本精神加西方知识"的东西文化结合的世界化思路。它反映在文学观念层面上,梁启超根据"新民"的启蒙思想要求公开提出"诗界革命"、"文界革命"、"小说界革命"等口号,与之相适应在语言变革上裘廷梁提出了较激进的"废文言而兴白话"的主张;同时文学改良派还倡导师法欧美、日本的政治功利色彩较强的文学来改造中国文学,重新建立中国文学,既提高了从来被视为闲书的小说艺术的社会地位又调整了传统民族文学的结构系统,这表现出他们对我国文学艺术必须面向世界的朦胧认识。不过梁启超在文学观念上对世界化民族化关系的认识比政治思想层面更片面更守旧一些。他主张文学的改革只是革其形式不是革其内容,且不说把文学内容与形式这两个辩证统一的范畴分割开来是形而上学的,就是他所提倡的文学形式改革也不过是半新半旧的"新文体"或"新体诗"或"政治小说体",它们并不标志着文学形式在整体上作了重新的调整,只能算是局部的改革;况且梁氏为代表的文学改良派并没有把"诗界革命"、"小说界革命"等历史性任务从理论倡导到创作实践真正进行到底,似乎在文学观念的革新上比其创作实践上下的力气更大一些。

辛亥革命中涌现出的南社为代表的资产阶级革命文学,虽然它的政治观和作品中的思想倾向比文学改良派更激进一些,现代意识色彩更强一些;但它在文学观念上却比梁氏的改良文学带有更多的保守性,对于借鉴域外文学来改造传统文学表现出强烈的拒斥性。南社成员冯平曾对西方文化东来大声疾呼:"慨自欧风东渐以来,文人学子咸从事于左行文字,心醉白伦之诗,莎士比之歌,福禄特儿之词曲,以谓吾祖国莫有比伦者。呜呼!陋矣!以言科学,诚相形见绌;若以文学论,未必不足以称伯五洲。彼白伦、莎士比、福禄特儿辈固不逮我少陵、太白、稼轩、白石诸先哲远甚也,奈何尽弃国学而学于人?"[①]应该承认,这

① 冯平:《梦罗浮馆词集序》,1919年《南社》第21集。

种观点对戊戌变法之前十几年在思想文化界存在着否定中国传统文学的思潮和梁启超那种崇拜欧美和日本文学的“洋化”倾向无疑是个反拨，他能看到民族文学系统中存有李杜等先哲所代表的优秀文学传统也是可贵的；但是这些先哲们所创造的文学和诗歌高峰只能证明我国文学在历史上曾有过灿烂辉煌的时代，并不能代替后来者站在时代的制高点上对传统文学进行全面改造而重建符合世界化要求的新文学，匍匐在先哲脚下的文学家不思改革不敢超越只能窒息民族文学的生命力，决不能创造出“青出于蓝而胜于蓝”的无愧于时代的新文学。这种国粹主义倾向并不含有“民族化”的思想因素，我们所说的“民族化”是以世界化为文化语境的具有现代意义的“民族化”，若是拒斥世界化只强调民族化那只能回到复古主义或拟古主义道路。胡适在《文学改良刍议》中曾批判南社“第一流诗人”陈伯严的“涛园钞杜句，半岁秃千毫”地跟在古人脚后亦步亦趋的拟古主义倾向。

民族化世界化相互变奏虽然是现代中国文学发展的双向运动规律的制导性传统，但它体现在现代文学的建构和发展过程中却是有所侧重的。不论从百年中国文学演进的总体上来审视或者从每个作家的文学创作上来观照，都可以发现这种倾斜，即有时世界化在双向变奏运动中起主导作用，有时民族化在双向变奏运动中起主导作用。如果说五四文学革命前出现的新文学的民族化和世界化相互变奏规律只是表现出一种朦胧意识，它作为现代文学的制导性传统尚未形成，那么五四新文化运动中出现的“新青年”派则对民族化与世界化的互动互补关系有了自觉的理性认识，尽管那些认识存在着这样或那样的历史片面性，但是那种在“两化”关系中积极探索“革故鼎新”道路的精神极为可贵。陈独秀、胡适等新青年派以绝不调和的立场来对待中西文明的冲突，旗帜鲜明地主张接受西方现代文明来否定中国传统文化，比梁启超的“新民”论还激进，彻底否定了“中体西用”论。陈独秀在《答佩剑青年》中说：“吾人倘以新输入之欧化为是，则不得不以旧有之孔教为非；倘以旧有之礼教为非，则不得不以新输入之欧化为是，新旧之间绝无调和两存之余地。”[①]他所说的“欧化”其内涵就是科学化和民主化。对此胡适在《读梁漱溟先生的“东西文化及其哲学”》一文中作了进一步阐发：“至于欧洲文化之特点，科学与德谟克拉西，事事都可用历史的事实来说明……当初鞭策欧洲人的环境和问题现在又来鞭策我们了。将来中

① 《陈独秀著作选》第1卷，上海人民出版社，1993年。

国和印度的科学化与民主化是无可疑。”①可见五四时期新青年派的“西化论”主流思想是输入西方的科学与民主精神，通过激进的文化革命来改造中国旧文化建设新文化。有人把新青年派这种以反对孔教文化为中心的西化思潮称之为“全盘西化”并不确切，连真正的全盘西化论者陈序经在《中国文化的出路》中也认为陈独秀、胡适所说的“西化”不外乎“部分的西化”。但我们还必须看到在新青年派积极主张以西方的科学与民主来变革中国文化结构时，并没有数典忘祖一味崇洋。胡适提倡以新的科学方法去“整理国故”，对此郑振铎作了充分肯定，认为可以“重新估定或发现中国(旧)文学的价值，把金石从瓦砾中找出来，把传统的灰尘，从光润的镜子上拂拭下去”，继承其“金石”来“建设我们的新文学观，创造新的作品”，这表明“新文学运动，并不是要完全推翻一切中国固有的文艺作品”②；况且“整理国故”还有一种为新文化运动和文学革命寻找根据的意图，特别这里至少蕴含着一种与“世界化”互补的“民族化”规律。也可以这样说，新青年派对“世界化”与“民族化”相互变奏关系的理解更偏重于前者的制导作用，更突出了“世界化”在改造旧文化建设新文化中的决定性意义；而“民族化”只注重其作为对“世界化”的补正机制和寻“根”意义。如果说梁启超改良派对世界化民族化相互变奏的认识仅停留在朦胧阶段，借鉴与继承的纵横坐标的“交结点”集中于“新民”上；那么新青年派对“两化相互变奏”的认识则处于比较自觉的理性阶段，借鉴与继承的“结合点”则是集中于“发现人解放人”这个核心上。梁氏提倡的以“新民”为主旨的启蒙运动着眼于群体“民”的民气民智、民族意识、政治意识的提高，以适应政治变革的需要；新青年派以“发现人解放人”为主旨的启蒙运动则强调个体人的觉醒、个体人的解放，彻底从封建精神桎梏下解放出来，重新恢复人的本来面目，重新发现人意和人的价值，以期达到先“立人”再“立国”，这标志着思想启蒙由晚清“新民”上升到“新人”层次，由侧重提高“民”的政治觉悟发展到着重提高“人”的伦理觉悟。人是文化的最高本质，不论借鉴域外文化以促进中国文化世界化或继承传统文化以增强新文化的民族性，都要有利于“人的发现和人的解放”；也只有在“新人”这个最根本点才能决定域外文化或传统文化的取舍，才能使中外文化达到真正意义上的“交合”或“嫁接”。

五四时期新青年派在中外文化激烈冲突中从理论到实践来探索中国文化

① 胡适：《读梁漱溟先生的“东西文化及其哲学”》，1923年《努力周报》第4期。

② 郑振铎：《新文学之建设与国故之新研究》，1923年《小说月报》第14卷第1期。

的世界化民族化相互变奏的动态机制或结构形态，实际上已包含了民族文学的世界化民族化互动互补关系问题。尽管新文化运动并非作为单独的文学革新运动而存在，但新青年派的先驱们却非常自觉地将文化启蒙运动与文学革命结合起来，文学革命随着新文化运动的兴起而兴起，新文化运动随着文学革命的深入而深入，“提倡新道德反对旧道德，提倡新文学反对旧文学”这个“两反对”“两提倡”的口号则是新文化运动和新文学运动相互结为一体的纽带和标志。因此陈独秀、胡适等在新文化运动中所持的激进态度同样表现于革故鼎新的文学运动中，即“要拥护赛先生，便不得不反对旧艺术、旧宗教；要拥护德先生又要拥护赛先生，便不得不反对国粹和旧文学”①。虽然这种对民族传统文学的偏激否定有其历史的合理性和必要性，但毕竟不是以辩证唯物史观来正确地对待传统文学，不能不在某种程度上影响现代文学遵循“两化互动互补”的路线健全发展以及“两化相互变奏”的新文学传统的完善。在口号上或理论上表现出偏激的西化倾向和与传统文化彻底决裂的态度，并不能证明新青年派在文学创作实践中或创造主体的情感、思维上所追求的也是所谓“全盘西化”而抛弃民族文学传统；恰恰相反，他们在文学观念更新上或作品创造上虽然于横坐标上大量借鉴引进西方的文学思潮和文学样式，竭力将民族文学导人全面改革的走向世界的道路，但是他们的思想情感、审美意识总是与民族传统文学保持着千丝万缕的联系，尤其是沿用了传统的“一元论思维模式”来建构现代文学，这就从根本上保证了中国新文学不可能“全盘西化”，不可能背离“民族化”使中国文学被域外文学所同化。如果说在思想文化层面上，新青年派对于中外文化的借鉴与继承的“交合点”和“嫁接点”选定在“发现人解放人”这个焦点上；那么在文学思潮或文学创作层面上的中外文学的交汇或嫁接则主要集中在“人的文学”上。借鉴域外文学以促进中国文学的世界化，旨在从观念形态到创作形态都要建构现代型的“人的文学”，继承古代传统文学促使新文学的民族化也是为了建设中国式的“人的文学”而废除封建性的“非人文学”，这是民族化与世界化相互变奏在“发现人解放人”这个契合点和接合部上建构的有别于古典型的现代型文学，也是新文化运动中出现的人文主义思潮在文学改革上的体现。正是环绕着“人的文学”这个轴心，通过世界化的途径或手段广纳博取域外的文学理论或文学模式，从观念到作品进行了全面更新，才使中国文学的整体面貌在短短几年

① 陈独秀：《本志罪案之答辩书》，1919 年 1 月《新青年》6 卷 1 号。

中发生了深刻变化;与此同时也借助“民族化”的机制抵制了“欧化”倾向,并在批判传统文学的封建糟粕时继承了有利于建设“人的文学”的民主性精华。但是从“两化相互变奏”的实绩和效果来看,新青年派对现代文学的突出贡献不是表现在民族性上而是世界性上:不只是文学的表层结构,语言符号系统以“现代白话”取代了“古代文言”,通过“文体大解放”各种新型文学样式取代了各种传统体式,域外先锋文学常用的具体创作方法、表现技巧、结构方式被大量地采用,而且文学的深层结构,即文学观念从“古代”向“现代”发生了转换,围绕着“人的文学”这个核心观念,真实观、功利观、审美观等都发生了相应变化,走近了“世界文学”范畴、“人类文学”范畴。这些世界化的主要标志也蕴含着民族文学的“遗传基因”,不仅表层结构的世界性诸要素不能割断与“传统”的联系,就是深层结构的世界性也不能摆脱传统的“一元论思维模式”。也就是说新青年派的先驱们是以“泛意识形态”的思维框架去汲取域外文学思潮的,总是把文学视为思想启蒙的工具、政治革命的利器、人生改造的器械,实质上他们在否定了封建性的“文以载道”的功利观之后所获得的并不完全是文学自觉意识而是一种新的文学功利观。因此从整体上看,新青年派对文学“世界化”的理解带有一定的“欧化”倾向,对“世界化”的实现程度也不能估计过高;而且更不能认为他们否认文学的“民族化”,只能说他们对“两化相互变奏”关系的认识和处理有一定片面性,实现文学“世界化”是自觉的明显的,促进文学“民族化”是不自觉的潜隐的。我们对新青年派作如是的分析并不是将世界化民族化相互变奏的认识随意地强加于他们身上,而是从他们的理论和创作倾向上概括出来的。因为“两化互动互补”作为中国现代文学生成或发展的客观规律或制导性传统,你意识到或未意识到它总是存在着,我们研究者的任务就是要去发现它、揭示它和概括它,至于开挖得深浅与否、概括得准不准这取决于研究者的水平,这并不影响它作为一条带有重要规律性的现代文学传统而存在于纷纭复杂的文学现象之中。

虽然新青年派对文化文学上“两化”互动互补关系的认识和实践都存着这样或那样的偏颇,但是五四文学革命的主将、人生小说和乡土文学的开创者鲁迅既是“两化”辩证关系的深刻阐释者,又是“两化相互变奏”规律的成功实践者,也是现代文学“两化互动”传统的杰出完善者。从理论上来考察,鲁迅并没有明确地提出民族化与世界化互动互补关系的命题,但是他关于借鉴与继承的见解却蕴含着民族化世界化及其相互关系的真知灼见。早在《文化偏至论》中鲁迅对建设我国新文化或新文学如何认识和把握借鉴于外、继承于内的互动规律或法则已作了精辟的论析："明哲之士，必洞达世界之大势，权衡较量，去其偏颇，得其神明，施之国中，翕合无间。外之既不后于世界之思潮，内之仍弗失固有之血脉，取今复古，别立新宗。"①鲁迅对"两化"辩证关系精义的理解和认识比同时代的先驱要高出一筹，他以世界性的开放意识和眼光来思考中华民族的现代文学建设的途径或规律。"外之既不后于世界之思潮"，意思是说民族新文学的建构必须适应世界之潮流，既要面向世界又要走向世界，在世界化的规范下使我国现代文学具有世界性的美学特征；而要使文学获得这种新质因素则应"取今"，即遵循世界化的规范去汲取和借鉴域外符合"世界之大势"的先进文学。对内则要"复古"即弘扬民族文学的优秀传统，也就是坚持"民族化"的原则对传统文学进行改造，取其精华除其糟粕，使新文学"仍弗失固有之血脉"。只有经过世界化和民族化双向变奏运动"化"出来的新文学，才是"别立新宗"的既不是"洋化"也不是"古化"的具有中国现代特色的文学。后来鲁迅更辩证地指出现代中国文学艺术世界化民族化相互变奏各有侧重的两条道路："采取外国的良规，加以发挥，使我们的作品更加丰满是一条路；择取中国的遗产，融合新机，使将来的作品别开生面也是一条路。"②实质上这是揭示出现代文学艺术在中外文化交流的国际背景上"两化"双向变奏运动的规律。所谓两条路是指"两化相互变奏"各有侧重所出现的两种走向，前者着重强调"世界化"的机制，以外国文学的"良规"作为参照来创造更富有世界色彩的新文学；后者则突出了"民族化"的作用，"择取"是意味着以批判的眼光来选择民族文化遗产且与"新机"融合起来，也就是使民族性与世界性在新的交结点上嫁接起来，以创造"别开生面"的新作品。外取"良规"是世界化的横坐标，内择"遗产"是民族化的纵坐标，如果纵横坐标的契合点选不准看不深，那就不可能创造出世界性与民族性兼备的优秀之作。从创作实践来观照，虽然鲁迅坚持创造"人的文学"，但他并不主张创建笼统的一般的"人的文学"，而是偏重于为人生的改造国民灵魂的启蒙文学，我认为这正是鲁迅所选择的既深且广的"接合部"的焦点所在。根据创造为人生的改造国民灵魂文学的需要，鲁迅既没有生搬硬套外国文学的各种模式也没有墨守成规地因循传统文学的那一套，既没有拜倒在外国某个文学大家或某种文学思潮流派脚下也没有迷信中国古代文学史上的某个文

① 《鲁迅全集》第1卷第56页，人民文学出版社，1981年。
② 《鲁迅全集》第6卷第48页，人民文学出版社，1981年。

豪或某部名著,他始终坚持自己的美学理想和独立选择的自主意识,不论是“洋”也不论是“古”都是“为我所用”,旨在创造为人生的改造国民灵魂的“人的文学”。这在他的小说创作中完全实践了“两化相互变奏”的文学建构规律。鲁迅的小说从总体上观照,可以说是改造国民灵魂的思想启蒙追求与审美艺术追求达到完美的统一。从创造为人生的改造国民灵魂的小说艺术要求出发,他博采众长,广泛摄取域外小说的营养,特别是汲取了那些长于表现人们灵魂的意识流、象征主义等现代手法以及那些有利于表现文化心态的现代小说格式。虽然鲁迅有些小说的艺术形式或拷问灵魂的手法直接受到俄国某些作家的影响,但当你仔细加以比照时既见不到模仿的痕迹也没有那种“洋化”色彩或异国情调。这只能表明鲁迅大量汲取“异域营养”,在世界化的实现程度上已达到一种“融合新机”的境界,将外国文学的先锋性超前性与中国传统文学的优秀民族性奇妙地结合起来,于“两化双向变奏”规律的制导下,历史地圆满地完成了在中外文学多种思潮相互交汇冲撞背景上新旧文学艺术因素的转换。鲁迅的高明之处在于并没有因为五四文学革命的反传统狂潮而对古典小说采取完全否定的偏激态度,他始终坚持文学“民族化”原则,“择取中国的遗产”,矫“枉”并未过“正”。根据创造为人生的改造国民灵魂的小说艺术需要,他没有把传统小说的章回体结构、完整曲折的情节链条、全知全能的叙事模式作为精华加以继承,但也没有完全丢弃,《阿Q正传》的结构形态可以说是戏用章回体或吸取章回体的因素,这都不是主要的承继;鲁迅着重继承了传统小说的“白描传神”或“神似”的美学原则,有助于画出现代国人的灵魂,使他的小说创作一开始就自觉地纳入了世界化与民族化互动的双向运动轨道。鲁迅小说的世界化与民族化的实现程度不仅仅在语言层面或技艺层面达到了完美融合,体察不出那种生硬的“嫁接”痕迹,而且在观念层次上完全把现代审美本体意识与传统的重表现主体的审美原则天衣无缝地融合起来。中国古典文学那种由偏重于表现主体理论所形成的以传神写意、抒情言志为主旨的含蓄蕴藉、气韵生动、情景交融、虚实相生等美学传统,通过“世界化”改造无不融入鲁迅的自觉的文学审美本体意识中,使他的小说艺术真正成为以审美性为主体的文学系统。不只是表现出功能价值的丰富性多面性,描写的人物形象也富有立体感。尤其是刻画的国人灵魂以现代意识改造其传统意识,最后所塑造出的是现代人的“民族魂”,既不是“洋魂”也不是“古魂”,则是取其“古魂”的优秀血脉与“洋魂”中先进性的现代意识加以熔铸。也就是说,“民族魂”与现代精神高度融合是鲁迅小说深层审美意识的根本特征。总之，鲁迅从理论与实践的结合上坚持了世界化民族化双向变奏的文学规律，但从“两化”的实现程度上来看，世界化的导向作用却是显而易见的，与新青年派的总体方向是一致的。

鲁迅所开创的“两化互动互补”的文学传统直接影响了乡土文学派。虽然乡土派对“两化”缺乏理论上的自觉，但由于他们有意识地承传鲁迅乡土小说所体现出的“两化相互变奏”精神，致使其乡土文学在思想意蕴中既有中华民族文化的积淀也有世界现代意识的渗透；尽管这两种异质文化格格不入，却在“两化互动”的作用下构成乡土小说思想内容的两大重要因素。正因为乡土文学思想意蕴两种异质文化因素的相击相撞，形成了一种带有悲剧色彩的沉郁美学风格，这主要受外国文学悲剧意识的影响；由于乡土文学深深扎根于农村文化土壤之中，致使它们的民族特色、乡土气息比其他文学流派显得更浓重一些，这正是乡土派的优胜之处。乡土派作家对文学的世界化民族化作了多方面的探索，他们具有实现“两化”美学追求的优越条件，不只是因为他们大都来自农村，生活感情的基点在乡镇，对农村人生有着强烈的悲剧生命体验；更主要因为他们进入城市后又获得了世界文化意识和审美意识，使他们能较自觉地站在人类现代意识高度上，从多种文化的反差中感悟到中国最深刻的现代化过程将是农村物质生活和精神生活的巨大变革，农民深层文化意识的变动尤为重要和急迫。把这种深刻的认知和感受渗透于深厚的农村生活底子里，与人类现代审美意识相融合，必然能创造出具有“两化”特色的乡土文学，从而强化了“两化相互变奏”的现代文学传统。

以文学研究会为代表的人生派，不论其理论主张或创作实践都比较接近鲁迅对文学世界化和民族化互动互补关系的认识和把握。从“两化”的角度作总体审视，我们有充分的根据说文学研究会是在中外文化交汇的态势中生成的，是现代文学世界化和民族化相互变奏规律和传统的积极探索者和开拓者。与鲁迅一样，茅盾虽然没有明确提出世界化民族化的理论口号，但在他的文学观念中已包括世界化与民族化互动互补关系的思想，而且有些认识达到了辩证思维的理性高度，显示了宏阔的文学理论视野。早在文研会成立之初，他在《小说新潮栏宣言》中便指出：“我们对于旧文学并不歧视；我们相信现在创造中国新文学时，西洋文学和中国旧文学都有几分的帮助。我们并不想仅求保守旧的不求进步，我们是想把旧的做研究材料，提出他的特质，和西洋文学的特质结合，另创一种自有的新文学出来。”创造中国新文学既要借助西洋文学又要借助中国传统文学,提出西洋文学的"特质"就必须通过分析批判才能辨清什么是西洋文学的特质,然后根据世界化的需要加以借鉴;提出中国旧文学的特质就必须通过分析批判分清其精华与糟粕,然后根据民族化的需要来提出"特质"。可见茅盾所谓的提出中国旧文学"特质"和提出西洋文学"特质"并把两者结合起来,实际上深刻地揭示了"两化相互变奏"的辩证关系,指出中外文学特质相融合便是创造一种自有中国特色新文学的必由之路。在中国文坛上较早论述民族文学与世界文学关系的也是茅盾,他明确指出"文学所负荷的使命,就他本国而言,便是发展本国的国民文学,民族文学;就世界而言,便是要联合促进世界的文学"①。从他对民族文学与世界文学关系的认识中,既反映了茅盾具有以民族文学促进世界文学的自觉意识,主动引导我国新文学走向世界;又表现出茅盾重视新文学的民族性更重视它世界性以及"两化互动"关系,所以他反复强调文学应表现"人类的生活",它"更能宣泄当代全体人类的情感,更能声诉当代全体人类的苦痛与期望,更能代替全体人类向不可知的命运作奋抗与呼吁"②。茅盾这些宏论蕴含着文学民族化和世界化相互变奏的思想,而且对现代文学的世界性或人类性强调得更为突出;并把民族文学作为世界文学的一个组成部分来看待,这将促使民族文学实现世界化或走向世界在深度和广度上的革命。正因为文研会的文艺思想家能及时地从理论上对新文学的世界化与民族化相互变奏的规律加以深刻的阐明和揭示,并形成一种自觉的理论导向,所以人生派的文学观念和文学创作既根植于我国民族文化的土壤又深受世界文学思潮的影响以及"两化互动"机制的规约。"文学为人生"就是借鉴外国文学以实现世界化、继承传统文学以实现民族化的交合点;与鲁迅为人生文学所不同的是,他们并没有把关注人生的改造集中于对国民灵魂的改造上,而着重强调真实地写出人生的血和泪、批判人生的假恶丑和张扬人生的真善美。正是从这种为人生而文学的功利要求和美学追求出发,文研会人生派对外国文学的选取和采纳具有鲜明的指向,即主要接受法国自然主义者丹纳和左拉的文学思想以及东欧和俄国的批判现实主义文学,而对西方现代派文学中的伤感主义、颓废主义和唯美主义等则采取排斥态度。人生派之所以热衷于汲取前者而厌弃后者主要因为他们从自然主义和批判现实主义那里找到了"为我所用"的东西,或者在审美追

① 《文学和人的关系及中国古来对于文学者身份的误认》,《茅盾文艺杂论集》(上),上海文艺出版社,1981 年。

② 《新文学研究者的责任与努力》,《茅盾文艺杂论集》(上),上海文艺出版社,1981 年。

求上获得了共鸣感应，或者在创作方法上寻到宜于反映人生并改造人生的表现形式或艺术技巧，或者在实现为人生而文学的功利上找到了适用的价值尺度；他们对中国传统文学的特质选择其指向也是比较明确，从为人生而文学的目的和追求出发，主要继承了从诗经中的“兴观群怨”到杜甫、白居易重视现实人生的创作态度。人生派正是在“为人生”这个基点上把传统文学的民族性和外国文学的世界性有机地结合起来，形成了特有的民族化和世界化的美学倾向。但是也必须看到文研会人生派诸成员的人生思考和美学追求较为复杂，况且“为人生”又是一种笼统的文学主张，这都决定着他们对域外文学的选择、对传统文学的继承只能在大的方向上有趋同性，而在具体文学见解和创作实践上也许是各有千秋，因此“两化互动”规律的运作程度和美学效应及其呈现出的特点也是差异很大的。这种复杂性正表明文研会坚持民族化与世界化相互变奏传统给新文学发展带来一种自由开放的态势。

以创造社为代表的“艺术派”，并不像文研会那样以执著冷静的现实态度瞄准充满了血与泪的人生世界来探索现实主义文学的世界化民族化互动互补的发展道路，他们以奔放热情或沉郁感伤的浪漫性格善于透过现代人类的内心世界来探索浪漫主义文学的世界化民族化相互变奏的规律。虽然他们与人生派一样都是在中外文化交汇冲撞中找到了文学世界化的参照系统，但是人生派所厌弃的或淡漠的正是艺术派所选择或重视的，即不仅不排斥西方现代派文学中的感伤主义、颓废主义和唯美主义，而且对西方歌德、拜伦等积极浪漫主义倍加推崇，相反对世界现实主义文学思潮却不感兴趣。这主要因为他们主张文学是自我表现或内心感情的自然流露，西方那些浪漫派或现代派文学很自然地与其内心要求和审美追求相吻合，不只是寻到创造表现自我浪漫文学的最佳参照物，而且也为自我内心世界找到良师益友，所以他们满怀激情地去拥抱浪漫派或现代派文学，而对人生派所倚重的现实功利性强的文学则采取拒斥态度。艺术派对外国文学的选择趋向在某种程度上决定其浪漫主义文学世界化的独特性，也决定了他们对民族传统文学继承的偏执性。不论是人生派或艺术派，在对待域外文学或传统文学上，他们都缺乏鲁迅那种博采众长的艺术胸怀和拿来主义的艺术魄力，这种偏激的态度往往会在一定程度上影响中国新文学世界化民族化互动规律运作的广度和深度。特别值得注意的是，创造社“艺术派”的派中派对“两化”的态度或实现程度同中有异。以郭沫若为代表的自由诗派，虽然也是强调文学是生命的表现或自我的表现，但他们所关注的焦点是内心的感情层次，而这种感情又不是一般的感情乃是火山爆发式的激情，这就是自由诗派借鉴域外文学以实现世界化、继承传统文学以实现民族化的相互变奏的接合部。正是这个接合部决定着郭沫若等自由派诗人借鉴和继承的特定指向，在某程度上也制约着“两化”的实现程度。从表现自我内心感情或激情出发，郭沫若倾倒于惠特曼、歌德、泰戈尔等的浪漫主义诗歌，既从中汲取了反抗和创造精神又找到了自我表现的艺术形式，特别是惠特曼诗歌那种最完整的自由体形式备受他的青睐，所以郭沫若强调诗要“绝端自由”。这固然彻底摆脱了旧格律的束缚，创造了一种适应表现诗人感情运动的自由体诗，但这种“绝端自由”无疑是对传统格律诗体的完全否定，所带来的后果不利于新诗形式的世界化，因为新诗形式的世界化不是“绝端自由”的散文化。对传统文学的继承既崇拜庄子的有助于开拓想象力和思维空间的泛神思想又偏爱李白的雄浑的浪漫主义诗风，这都符合郭沫若表达内心激情和浪漫美学风格的需求；相对来说他对中国古典美学的含蓄蕴藉的传统或“托物言志”、“借景抒情”等抒情方式并非太感兴趣，而对西方浪漫主义那种直抒胸臆、任感情随意挥洒的抒情方式尤为喜爱。也许自由诗体、直接抒情、强化主体这是郭沫若诗歌最富有世界色彩的三个特征，但是由于绝端自由、放纵感情、扩张主体又不能不影响其新诗世界化的完美程度，也影响到新诗民族化的实现程度，因为过分强调世界化往往会因民族化机制受到约束而出现“欧化”倾向。以郁达夫为代表的“自我小说派”也强调以主观抒情笔调表现自我内心世界，不过他们认为只要写出内心复杂紊乱的思绪情感甚至那种性变态的潜意识才是心理的全部真实，郭沫若新诗所表现的内心情感往往是高昂的激情，郁达夫小说表现的自我情感常常是沉郁的伤感。由于表现自我内心的侧重点和层次以及审美追求有所不同，在很大程度上决定着郁达夫等浪漫抒情小说的世界化民族化的选择取向及其相互变奏的运作向度。对域外文学的借鉴郁达夫不像郭沫若那样倾倒于积极浪漫主义文学，他所重视的是出现于“世纪末”的形形色色的现代派，尤其崇尚日本佐藤春夫的“私小说”；当然他对外国文学的选择并不局限一家，就其饱览世界文学的数量来说在创造社中他是较多的。他在广纳博取中从卢梭、陀思妥耶夫斯基那里获得了大量暴露病态心理的勇气和拷问灵魂的技艺，并从现代派那里择取了对表现内心世界复杂性矛盾性具有特殊功能的意识流手法。不过他没有走上“全盘西化”的道路，这不仅因为他有深厚的民族传统文学的修养和艺术功底，更因为他本人的思想性格就是个新旧混合物，表面上看像个现代颓唐派实质上却是个传统清教徒，这就使他的小说艺术世界的独特个性中既有反传统的现代世界性因素也有传统的中国民族性因素，表现在主人公的内心世界里既有被现代世界文化思想唤醒的自我意识，强烈地要求自我爱情欲望和自我价值的实现，显示出反封建反传统的现代性格，又有深受民族文化影响的弱国子民的自卑意识和自暴自弃忍让妥协的民族劣根性；特别所表现出的感伤情感中既含有现代人类那种强烈的生命悲剧意识、孤独意识和危机意识，又包孕着带有传统色彩的忧国忧民的忧患意识，仿佛这一切来自于时代的、现实的、民族的、域外的独特感悟，都奇特地融合于这群“零余者”的心理世界，形成了郁达夫自我小说思想意蕴的特有的世界化民族化的特色。总之，创造社建构中国现代文学坚持并丰富了民族化与世界化相互变奏的规律和传统，特别在处理民族化世界化的互动关系上突出了世界化的制导作用，致使其浪漫主义文学的审美风貌的现代世界色彩格外耀目。

历史的发展总是在意料之中又在意料之外，“五四”以后中国现代文学于世界化和民族化双向变奏的运动过程中，其内部动力机制和外部动力机制基本上呈现出两种选择趋向和发展意向：一是由变革社会意识的自觉导向文学的变革，一是由审美意识的觉醒呼唤文学的改革。前者由于近现代以来“救亡图存”严重国势的驱迫和传统的忧国忧民意识的激发，先进的知识者从追求域外技术文化、制度文化的屡屡受挫进到追求伦理文化（即思想文化），并从而转移到文学领域的变革。这条由技术而制度而思想的觉醒路线，对文学变革所提出的主要是功利要求，到了五四文学革命时期的新青年派非常自觉地把文学革故鼎新的目标引向为思想启蒙运动的服务上，强调文学积极参与“辟人荒”、“改造国民性”的思想解放运动，使文学先是为“立人”再为“立国”，逐步与改良人生、变革社会结下不解之缘。后者也是在近现代启蒙运动中强化了主体意识，在“立人”中不断发展自我调整自我，但他们觉醒后所关心的主要不是文学为人生、为社会的功利目的，而是文学本体的美感规律。从中外文学的比较中他们认识到我国传统文学缺乏审美主体意识，大都是“文以载道”“代圣贤立言”的工具，文学丧失了自身独立性和艺术生命力。于是他们专注于文学本身的变革，从内部发掘文学真正的动力，寻找适于表现自我的文学发展道路，力图把自我主体意识的觉醒与审美意识的觉醒统一起来，化为推动文学朝着审美本体目标变革的内驱力。不论是社会变革意识来制导文学变革或者是审美意识变革来引导文学变革，都是以理性认识为先导。只有借助于域外新思潮认识到中国封建意识是中国新思想新政治的桎梏，才能使思想文化和政治文化转变为对新文学的追求，使新思想新政治对新文学的选择成为现实可能性；只有借助于世界“先进”文学认识到中国传统文学的落后性和僵滞性，作家们才能主动地去借鉴外国文学的艺术经验，获得现代世界审美意识，以指导文学本体的变革。正由于他们在不同意识层次上具有明确的理性认识，即前者是以社会意识来要求文学，后者是以审美意识来要求文学，以社会意识要求文学变革的当然关注的是文学与人生与社会关系的调整，以审美意识要求文学变革的当然关注的则是文学自身结构的调整；所以他们各用不同意识层次的理性认识不断拨正自己对现实事物、域外文化和民族文化的具体情感态度。而只有当这种新的情感态度已经成了文学活动或文学创作的习惯态度或心理定势后，他们才能相对稳定地确立现代文学世界化民族化相互变奏规律和传统的对外借鉴对内继承的总体选择取向和发展走向。

创造社、新月派、象征诗派、新感觉派等，他们在思想意识上所获得的自我意识或个性解放或自由民主意识或生命潜在意识等，主要是从世界的以个人主义为本位的人文主义思潮或带有非理性主义色彩的各种思潮汲取的。这些思潮良莠交杂，并非都能强化个性意识，如果不进行批判、消化和选择，那不但不能健全主体意识，反而会污染灵魂或弱化个性。虽然每个作家或文学社团的意识趋向较为复杂，但是都属于自我意识这个范畴的。若带着这种自我意识去体验人生，那旨在寻找自我、发现自我并从而获得真正的主体意识；若带着这种自我意识去创造文学，那旨在寻找足以表现自我个性或内心世界的文学样式并从而使文学成为审美实体，真正通过文学内部机制的调整升华把自我主体意识转化为审美个性意识。由于这些文学社群的世界化的参照系几乎都取之西方，在自我意识与审美意识层次上与我国传统文学形成异质对立，故从这个意义来说他们的世界化近似于文学的“西化”；但是也要看到，这些文学社群并没有与我国传统文化绝缘，更没有钻进艺术象牙塔而完全脱离现实远离人生。因为这些文学社群重视艺术重视美感，而追求文学的“全”与“美”，如果他们在世界化过程中偏离了艺术规律或者损害了文学美感，那必然要通过对“西化”的反思来记取教训，并从而主动地借助民族化的机制加以调节或补救。他们对民族文学传统继承的侧重点不是那种重功利重教化的传统，也不是那种为国为民的积极入世的儒家思想，而是那种重美感重形式美的传统，那种张扬个性的浪漫主义精神或者放浪山水遨游八极的老庄思想等。这些传统的继承又是因派而异，因人而异，各各表现出具体的不同的选择指向；而且所产生的艺术效果也并不完全符合民族化的需要，甚至有的作家或社团流露出贵族化的倾向。但是综合观之，这些文学社群所追求的主要是文学艺术美的世界化，又是从自我表现出发进行追求的。所以他们没有自觉地把自我的审美与广大民众、社会时代的需要联系起来，这不仅使他们的民族化受到严重局限，而且“西化”导致的内在危机日益严重，迫使其改弦易辙。因为这些文学社群是在中国社会缺乏主体意识或文学自觉意识的状态下寻找自己的立足之地而结成文学团体的，而且又是在一个极为匆促极为紊乱的人文环境中致力于艺术的变革的，不仅广大群众不承认他们的艺术美或主体个性的追求有什么现实合理性和存在价值，连他们之中不少文学家本身也逐步怀疑自己选择的文学世界化的道路是否走得通，自己所创造的艺术美究竟有多大的存在价值，前期创造社后来的分化、郭沫若等的自我否定就展示出这种趋向。

至于那些先有明确的社会功利目的而后追求文学自身变革的社团如人生派、乡土派、语丝派等，他们所走的是一条由社会变革到文学变革、由社会意识到审美意识、由功利规律到美感规律的文学演化道路。他们既关心自我解放更关心平民解放，既注意文学的美感功能更重视其教育功能和认识功能。虽然这些文学群体的成员并不是都能沿着这条路线走到底的，不断出现分化，但是那些既关心文学又关心人生的大多数作家还是忠于职守的，始终坚持这条道路来推进现代文学的世界化民族化双向变奏。由于这些文学群体是从文明批判、社会批判乃至政治批判而导向文学变革的，力图以文学功利观的变化来带起整个文学本身结构的调整，这就决定了他们借鉴域外文化和文学以实现文学世界化的主要选择指向不同于那些从艺术从美感人手并视文学艺术本身为目的的文学群体。他们在思想意识层面上主要借鉴域外以平等博爱自由为特征的民主主义和以平民为本位的人道主义以及各种牌号的社会主义（包括科学社会主义）等；在审美意识层面主要借鉴世界文学系统中那些蕴含着现代民主精神和科学精神的带有强烈的为社会为平民的功利色彩的各种形态的现实主义文学等，从巴尔扎克到托尔斯泰的批判现实主义文学备受他们欢迎。这些域外文学的思想和艺术营养所孕育出的中国现代文学的世界化特征往往从时代性、现代性、平民性、功利性、真实性中得以充分显示。虽然这些文学流派在某种程度上也时而表现出“西化”倾向，但这仅仅是表层的，不像那些自我表现派是骨子里的而且是相当强烈的；从民族化的角度上来看，他们对传统文学的态度往往陷入一种悖论，即在理性意识层次上，非常清醒地反对儒道混合的文化传统，但在情感意识层次上又与儒家的人世思想、以“民”为本位的人道意识及“教化”的文学功利观和现实主义文学精神等有着内在联系，所以他们继承传统以实现文学的民族化，不仅表现于审美形式，更多的则是蕴含于审美内容。随着历史的推进和文学的发展，这种面对人生、正视现实、重视功利的现代文学形态越来越显示出其主导地位和主流倾向。

如果着眼于“五四”以后出现的文学社群世界化民族化的整体面貌，不论表现哪种选择趋向和发展意向的文学社群，都是在世界化民族化相互变奏的总体规律中运演，都没有摆脱借助外国文学“破旧立新”这个总体框架，总是自觉不自觉地在坚持着弘扬充实着“五四”开创的世界化与民族化相互变奏的现代文学的制导性传统。

第五章　现代中国文学的制导性传统(下)

"五四"前后形成的世界化与民族化相互变奏的现代文学传统,如果说30年代前侧重于以世界化的变动机制对现代文学的建构和演进作为制导,那么30年代后"两化互动"规律对现代文学发展的制导则向民族化偏移。

其实,20世纪初中国新文学已成雏形,就有一种回归传统的趋向在缓慢地潜滋暗长。虽然这种趋向有时受到反传统势能的排挤或阻滞,但却是挡不住的。这反映了历史的惯性作用和文学"两化"的内在要求。有的论者认为新文学这种回归趋向与西方文学的流向相比算是一种逆反,甚至还有的认为这种回归意味着新文学走上复古道路或陷入一种历史怪圈。这些认识并非没有根据也不是毫无道理。不过,我认为这既不是逆反也不是复古,而是中国文学合乎规律的发展。任何事物的发展都是螺旋式的上升,总是在否定之否定中运行,文学的发展也逃不出这条根本规律的制约。尤其现代中国文学的演变与西方现代文学的演变有所不同,如果说西方文学的演变所呈现出的是条进化路线,总是在"反拨——革新——超越"的递进中运行,那么现代中国文学的演变则呈示出一条循环反复的路径,这种特殊路向就决定中国文学的世界化或现代化总是依托着民族化。中国新文学是在否定封建文学传统中生长,否定是为了新质的产生,而这种新质不是从天上掉下来的也不是作家头脑中固有的,乃是依据新文学审美追求的需要和"两化"的要求,汲取传统文学与域外文学的"特质",由创作主体积极"介入"加以催化融合而成的。因而这种新质既是传统文学特质的继承又是对它的超越。如果这种在否定中继承发生在继承中超越于正常状态下,那是不会出现大的波动或大的调整的;如果在否定中中断了对传统文学的继承机制而完全以异族文学的特质转换为新质,或者处于一种特殊历史状态下新文学的运行已出离了既定的规律并与特殊状态失去平衡,那就需要进行大的调整。即使这种大的调整,仍然是合乎螺旋式发展的规律。现代中国文学的总体运行之所以在30年代及其以后的较长历史阶段呈现出一种回归传统的趋势，究其内外原因是较为复杂的，只能选取一些特定视角予以考察。众所周知的原因，乃是民族危机。由于日本帝国主义入侵国家命运已到了极为严重的关头，随着民族解放运动的日益高涨，大多数富有爱国心和正义感的作家自觉地拿起文学的武器，发挥其特有的战斗功能和教育功能，为民族解放运动助威呐喊；而对全国人民最富有感召力和凝聚力的思想情感莫过于传统文化中蕴含的爱国主义意识和民族英雄主义精神。特别战争文化对那些具有民族责任感和自尊感的作家们具有巨大的心灵震撼力和冲击力，使他们的文化心理和价值观念发生了深刻变化，由关注个人解放向关注民族解放转变，这是侵略战争的驱逼更是对反侵略战争的积极呼应。因此这种时代大趋势必然驱动着文学发生转机，迫使文学家们在处理“两化”相互依存关系时必然向民族化倾斜。除此以外，还有两个重要原因：一是在新文学的消长过程中那些为启蒙为人生为变革而文学的作家们，随着新民主主义革命的深入，越来越关注社会历史的大变动和广大人民群众的人生命运以及整个民族的独立解放；与之相适应，30 年代出现的中国左翼作家联盟、抗战爆发后成立的“文协”等文学社团，便有组织有领导地从理论到实践探索新文学的民族化大众化问题；特别是 1942 年《讲话》的发表更加明确地指出了新文学民族化大众化的方向。这都是在总结“五四”以来新文学现代化民族化的成功经验和失败教训的基础上，结合中国社会的具体特点和现实斗争的需要，来探索我国文学发展的道路的，因而就在“只有回归传统才能建立具有民族特色的现代文学”上取得了共识。二是新文学是中外文学不断交流不断冲突而形成的，域外文艺思潮袭来一次就激起文学家们对我国传统文学反思一次，冲击得越猛烈反思得越深刻，特别是那些与民族文学反差较大的现代派文学到了 30 年代初对新文学的冲击掀起了大浪，这越发激起文学家对中国传统文学的更深刻的反思，并从而更好地去选择继承中国的优秀文学遗产，使我国悠久的传统文学与最“先锋”的西方文学在时代的回音壁上发出异声互求的回响。钱穆说：“中国人对外族异文化，常抱一种活泼广大的兴趣，常愿接受而消化之，把外面的新材料，来营养自己的旧传统。中国抱着一个‘天人合一’的大理想，觉得外面的一切异样的新鲜的所见所闻，都可能融合协调，和凝为一。这是中国文化精神最主要的一个特性。”①这一文化精神在现代中国文学的建构过程中也得到充分体现。中国文学实现现代化民族化，既要在重新

① 钱穆：《中国文化史导论》第 205 页，商务印书馆，1994 年。

反思和理解传统文学遗产中走向世界,加快现代化的步伐,也只有这样才能在过去的历史中发现自己丰富自己;又要在学习外来文学思潮中确证自己发展自己,也只有这样才能更新自己的民族性并焕发出具有时代感的民族特色。总之中国新文学的历史演变是一个向传统回归和向域外扩张的双向同构运动。如果说30年代以前主要侧重于向世界现代文学扩张,旨在解决中国文学的世界化问题;那么30年代后向传统文学回归,主要是为了解决中国新文学的民族化问题。由于它们之间是个双向同构运动,所以无论向域外扩张还是向传统回归,都是为着创造世界性和民族性兼备的中国化的新文学。

虽然30年代及其以后新文学发展面临着新的转机,似乎所有作家也意识到向传统回归的历史趋势,但由于作家们对重新回归传统是为了更深刻地认识传统并完成传统文学与域外现代文学的历史嫁接,以促使我国新文学民族化世界化这一点的认识深浅不一,理解有正有误,自觉程度高低不同,因而同是立于民族文化遗产的基石上却衍化出形形色色的众多的文学样态或流派,甚至有的文派由回归传统重新刮起复古主义旋风,有的作家或流派在弘扬"民族意识"的旗帜下堕落为党派政权的鹰犬,有的作家或流派在向传统文化借鉴的口号下提倡带着贵族化色彩的文学,等等。比较能够正确地理解中国文学传统,为实现新文学民族化进行积极探索并显示了文学"两化"实绩的作家或文学流派,主要呈现出三种民族化的走向:一是在向传统回归中实现文学民族化而展示出古典化倾向;二是继承鲁迅五四时期开创的"两化"传统,于回归传统中既强化了文学的现代性又增强了文学的民族特色;三是由文学的民族化发展为文学的大众化,大众化又是民族化的具体化。第一种走向在"新月派"、"京派"作家身上体现得比较突出,第二种走向在"七月派"诸作家文本中表现得比较明显,第三种走向的"山药蛋派"及解放区的大多数文本可以作为代表。

20年代中期的"新格律诗派"、"现代评论派"以及后来的"新月派"在其向域外文学广泛联系中寻找新文学世界化民族化道路时已表现出回归传统的趋向,不过他们向传统回归既面向中国古典主义美学传统又面向外国古典主义文学传统,这在30年代初期"新月派"和"京派"各有不同的表征。梁实秋的古典倾向中的人文主义理论直接源于美国白璧德。他汲取了白璧德的人生三境界说(即神性、人性、兽性)的营养,主张"人性乃所以有异于兽性,简单的饮食男女,是兽性,残酷的斗争和卑鄙的自私,也是兽性。人本来是兽,还时常是人,所以也常能表现比兽高明的地方。人有理性,人有较高的情感,人有较严肃的道德观念，这便全是我所谓的人性"[1]。提倡这种新人文主义的主要目的是维护人之所以为人的理性功能，而这种理性又不是指人的知性和认识，乃指人超越自然欲求之上的理想、意志以及对真善美追求的意向，并以此对人的感性倾向的过分膨胀加以制约，以维护人类的道德、文化。中国古典主义者在五四新文化运动以后鼓吹以这种新人文主义来维护人类文化道德，实质也是对中国传统文化道德的留恋和回归，从文学的角度来看，其主要矛头是指向新文学发展中的感伤主义倾向。梁实秋曾把现代中国文学的浪漫趋势归为"流于颓废主义、假理想主义"[2]两种结果，闻一多、饶孟侃、朱光潜对文学的感伤主义也进行了批评。为克服这种文学上的感伤倾向，曾沉醉于浪漫主义激情的新月派作家不能忍受"五四"落潮以后文坛上出现的恶浊和迷乱，要求恢复理性的地位，以理性来控制过分扩张的情感，表现出向传统古典主义回归的倾向。不仅曾迷恋感情的徐志摩已在《汤麦士哈代》一文中表示出"理性的地位是一定得恢复"[3]的意向，梁实秋更明确指出"情感想象都要向理性低首"。[4] 新月派的古典主义倾向旨在构筑一个独立、完美而又稳定的文学世界，追求诗歌的醇正和善美，力图恢复其古典风范，使作家情感与格律形式、表现与意象、主观与客观完全融为一个和谐的整体。这种古典主义倾向含有对现实主义与浪漫主义各走极端加以修正和综合的意向，从文学的世界化民族化来说无疑有可取之处，特别关于文学本体的解释和构想确有合理因素，在新文学多元整体格局的形成中不只起着制衡或弥补作用也占有重要一席，但是把他们的古典主义倾向置于文学与现实的关系进行考察，不难看出他们将文学同现实对立起来，不仅是文学观带有保守性甚至空想性，不仅是以抽象的普遍的人性论反对革命文学的阶级性，而且诋毁文学为现实斗争服务的功利性，这样就使他们精心构建的和谐完美的文学世界成了"象牙之塔"。与新月派的古典主义倾向并不完全一致的是"京派"古典主义倾向，这主要体现于沈从文的美学理论及创作实践中。沈从文深受中外文化的广泛熏陶，既探讨过中国的儒道佛又钻研过西方的尼采、弗洛伊德等的学说，因此在他的美学理想中是两种审美观并存：一是渗透了人文主义、基督教式的近代现世主义，主张表现人性，追求向外扩张，以崇尚冲突为其主要特征的审

---

① 《梁实秋论文学·序》，台湾时报文化出版公司，1978 年。
② 《现代中国文学之浪漫的趋势》，收入《浪漫的与古典的》一书，人民文学出版社，1988 年。
③ 1928 年 3 月《新月》创刊号。
④ 1928 年 3 月《新月》创刊号。

美观；一是以中国传统的自然主义人生哲学为基础，充满了出世精神，以直观顿悟方式把握世界，以崇尚和谐为主要特征的审美观。经过碰撞融合，最终沈从文选择了带有中国古典主义色彩的和谐宁静的审美观。沈从文的血管里流动着“楚人血液”，深受楚文化的影响，虽然远古的楚文化排斥理性崇尚感情，但是到了屈原时代却以中原文化的理性精神自觉地调节清理了楚文化的原始感性，从而使楚文化获得了独立品格，《离骚》里所蕴含的感性与理性、个性与群体、个人与民族相和谐的审美境界和思维方式作为集体无意识不能不积淀于沈从文的审美意识和思维方式之中。虽然沈从文的美学理想的形成吸取了西方古典主义某些因素，但主要源于中国古典主义美学的影响。这种回归民族传统的倾向除了因为文化本身的承传关系，主要与当时沈从文的心态紧密相关。沈从文较长时间寓居北方大城市，虽然南方燃起的革命烈火已引起北方的震动，上海发生的文艺论争也波及北方，但这一切并没有在他心里激起多大波澜，他终日与那些处在相对安定、闲适文化环境中的“京派”作家一起切磋艺术，笼罩在一种古典主义文化氛围下。这不仅为他们的心理求安思静从古典美学中寻找到了精神调节剂，也给他们的文学创作探求到美学原则。沈从文在创作中所追求的最高审美境界是主观与客观、现实与理想、现象与抽象、情感与理性达到完美融合的意境。在这种境界中，“爱、流血，皆无冲突，皆在那名词下看到和谐同美”①，“基督教的爱欲，佛教的明慧，近代文明与古旧情绪”都“毫不牵强的融成一片”②。在这种和谐明净悠远忧郁的情调中，既流露出一种自然美又透射出一种东方古典情味。文学的情感内容和语言形式也力求达到和谐统一，这不仅表现在内含情感节律与叙述语言节奏的对应合拍上，也表现在作品情感色彩与叙事语调的统一上。如小说《丈夫》的叙述语调和情感色调基本上是吻合的，从整体上看显得格外的沉重、抑郁和哀伤，然而也杂有欢乐的情调，即使整个作品情调有变音也能反衬出作品的悲剧色彩更深沉更凄苦。这种叙事语调与情感色调相统一的审美追求，溯其文化渊源也显示出中国古典文学中那些语调与情调和谐统一的名篇名句对沈从文的深刻影响。以沈从文为代表的“京派”回归传统所表现出的古典主义美学倾向，不仅强化了新文学的民族色彩，提高了作品的艺术质量，而且也使文学作品的世界性完全褪尽了“欧化”的色彩，无疑把中国新文学的民族化世界化的实现程度提高到一个新的水准线。这仅就京派古

① 《沫沫集·论朱湘的诗》，《沈从文文集》第11卷，花城出版社，1984年。

② 《沫沫集·论落花生》，《沈从文文集》第11卷，花城出版社，1984年。

典化倾向对文学本体系统的影响而言，如果把这种古典主义倾向放在文学与大众关系上来考察，不难发现这种古典化带有一定的贵族化；若是将古典化置于文学与现实关系上来审视，就不能不承认其作品缺乏时代感、现实感了。

鲁迅既忠于人生又忠于艺术，既反传统又尊重传统，既对外采取“拿来主义”又不盲目的迷洋崇外，他以辩证的艺术思维处理了这些复杂的关系，开创了我国新文学的既要世界化又要民族化的现实主义战斗传统。而这种“两化”传统蕴含着鲁迅对域外文化思潮有所选择、对传统文化有所发现的深刻涵义，体现出一种内在的文学构成规律，即：选择的过程意味着鲁迅与域外作家心灵对应、精神契合、话语交流、吐故纳新的过程；发现的过程意味着鲁迅在世界先进文化映照下重新发现传统文化的活灵魂活机制，并与之融会贯通，“古”为“我”用，使域外文化与传统文化在超越时空、超越国界族界的层次上同现代中国人的生存发展的精神需要和生命需求、审美需求结合起来，铸造一种世界性与民族性兼优的新型文化和文学。这一传统不只是被一代代作家所承传，也被一个又一个文学流派所发扬。在三四十年代的文学流派中，“七月派”直接继承并弘扬了鲁迅的“两化互补”的优秀传统。这可以从两个角度来观照其表现：一是诗歌中的抒情主人公发生了新的变化，二是创造了具有中国民族特色的自由体诗。随着“五四”浪潮所掀起的个性解放思潮逐步被强固的中国民族文化传统所吞没，形成一股向民族文化回归的强大势能，七月派的诗人们并没有在这种回归潮流中迷失方向，既没有走上文学的复古主义道路也没有远离现实斗争和时代主潮而在文人圈子里进行古典主义美学追求，他们遵循鲁迅的文学精神创造出现实性、民族性、现代性融为一体的新诗。特别是抒情主人公从自我感情世界走出来，在现实的广阔大地、在民族文化传统中获得了真正充实自己的源泉，寻找到自我的真正归宿，把追求个性解放同追求民族解放结合起来，把追求人生真谛与探求救国救民道路、寻求政治上的归宿结合起来。从主题意向来看，“七月派”的诗歌表现出强烈的民族忧患意识。而这种民族忧患感并不同于那些从艺术象牙塔里出来的诗人群，他们表现在忍辱求全、等待自由解放的层面上，七月派是表现在不屈不挠、艰苦卓绝而追求解放的层次上。艾青从抗战一开始便以诗歌作为战斗的号角，向浴血奋战的全国军民吹起“短促的，急迫的，昂扬的，在死亡之前决战中不中止的冲锋号”，表现出一种悲壮的民族忧患感；这种悲壮的民族忧患感与历史上陆游的诗、辛弃疾的词以及民族英雄岳飞《满江红》词中表现出的激昂悲壮的情调是一脉相承的，只不过艾青的诗歌中这种民族忧患感是以现代思想为基础，显得更深沉更忧郁更富有时代色彩。艾青曾这样表述当时写诗的心情："叫一个生活在这年代的忠实的灵魂不忧郁，这有如叫一个辗转在泥色的梦里的农夫不忧郁，是一样的属于天真的一种奢望。"[①]但艾青毕竟不同于那些象征派的诗人，而是奔赴在前线上使他"看见了中国的深厚的力量"[②]，"更使自己知道战争的路给谁走是最艰苦的，而且也只有他们才会真的走到战争的尽头，才会真的从自己的手里建造起和平——真的和平，而不是妥协，不是屈服，不是投降，不是挂白旗的和平"[③]；而这个"谁"就是全国人民，唯有他们在艰苦地追求民族的解放，唯有依靠他们才能争取抗战的最后胜利，这就使他诗中表现出的民族忧患感升华到最高境界。七月派成员邹荻帆的诗歌也有不少主题表现出民族解放的忧患悲壮的诗意诗境。

与这种诗情诗意诗境相适应，七月派创造了具有中国民族特色的自由体诗。自由体诗之自由是对形式而言，而形式又适应内容自由表达之需求，任何一种形式无不受到内容的规定，即形式是具有内容的形式，是活生生的实在的内容的形式，是和内容不可分离的联系着的形式。艾青曾说，新诗是对旧诗而言，白话诗是对文言诗而言，自由诗是对格律诗而言。突破格律的束缚而强调诗的形式自由以适应表现新内容，乃自由体诗的本质意义。不过突破诗的旧格律不等于新诗完全不要格律，自由体诗的自由也不是绝对自由，只有以辩证艺术思维正确理解新诗形式的格律与自由之间关系并把握它们转换的"度"，才能创造出具有中国民族特色的自由体诗。戴望舒在《诗论零札·七》中说自己写诗的体会："韵和整齐的字句会妨碍诗情，或使诗情成为畸形的。倘把诗的情绪去适应呆滞的、表面的旧格律，就和自己的足穿别人的鞋子一样。愚劣的人们削足适履，比较聪明一点的人选择比较合脚的鞋子，但是智者却为自己制造最合自己的脚的鞋子。"这种"最合自己脚的鞋子"应该是诗的情感内容与诗体形式达到完美统一，而这种诗体形式既不是绝端自由的也不是僵板格律的，是一种最适合表达自我情感的中国化了的自由体诗。自由体诗的格律应该为，自由是其"格"，感情是其"律"，它给诗情诗意解除了一切束缚，赋予内容以充分的表达权利。由以戴望舒为代表的象征诗派发展到艾青等人的七月诗派，中国式自由体诗曰臻成熟。七月诗派的自由体并非向早期那种"绝端自由"的自由诗的回归，它不仅注重内在的节奏也吸取了新格律诗

① 《诗论·服役·二十二》，《艾青全集》第3卷，花山文艺出版社，1991年。
② 艾青：《为了胜利》，《抗战文艺》第7卷第1期。
③ 艾青：《为了胜利》，《抗战文艺》第7卷第1期。

派的某些合理因素。如艾青的《春》是首比较典型的自由体诗，全诗在总体上自由流动、气势贯通，但却给人以波澜起伏的旋律感，情绪的律动表现为语势的顿挫，流动中含有些微格律性，这标志着五四时期自由体已进入一个新的层次。绿原在《白色花》的《序》中说："中国的自由诗从'五四'发源，经历了曲折的探索过程，到30年代才由诗人艾青等人开拓成为一条壮阔的河流。"①可以这样说，艾青等"七月派"在中国新诗发展史上完成了自由体的现代化与民族化的"综合"任务，使具有中国民族气派的自由体诗呈现出一些新的特色。闻一多曾提出中国新诗应把时代精神与民族气魄结合起来的建设性的意见，虽然以他为代表的新格律诗派作过积极尝试，在新诗格律化方面也取得一些经验，但毕竟没有建构起具有中国民族气派的自由体诗。七月派的自由体诗之所以具有民族气派，首先取决于他们大多数诗歌是从民族的坚实生活土壤里滋生出来的，都自觉不自觉地是这个民族的"自我表现"，无疑在其运用的自由体诗中也透露出民族气派的信息。如艾青那些写中国乡村的诗深深扎根于中国民族的深层土壤，有浓郁乡村气息，其自由体形式也具民族气派。自由体诗在中国的演变其外来影响不断稀释而古典诗词影响则逐步加深，但它不是向格律体转化，而是赋予自由体以民族色彩。"七月诗派"的诗篇大多是无韵的自由体，但却有着诗句错落的变化，给人以庄重浓厚美；由于没有脚韵的照应，促使读者全神贯注于意象与感情的变化并进而领会诗的内涵美；因为无韵诗句保持了口语的本色朴质素雅，无人工雕琢痕迹，便愈加体现出自由体诗的散文美。不过自由体诗的散文美并不是有人所批评的"散文化"。艾青曾对诗的"散文化"与"散文美"作过这样的区别："散文化的诗的最大特征，是创作过程中排除了形象思维"；而"散文美"实指口语美，"为了把诗从矫揉造作、华而不实的风气中摆脱出来，主张以现代的日常所用的鲜活的口语，表达自己所生活的时代——赋予诗以新的生机"②。这种民族色彩较浓的自由体是中国民族化的自由体诗，民族性与现代性在诗体中达到完美统一。虽然它成熟于"七月派"，但并非为其独有，而是20世纪中国所有自由诗派或爱好自由体的诗人，把世界性自由体诗与中国传统诗词体相结合所创造出的最富生命力的一种艺术形式。

"七月派"不仅在新诗创作上继承和发扬了鲁迅于"五四"时期所开创的既要文学世界化又要文学民族化的现实主义传统，而且在理论上对于新文学的民

---

① 《白色花》，人民文学出版社，1984年。

② 《诗论》，《艾青全集》第3卷，花山文艺出版社，1991年。

族化世界化也提出了独到的见解，并作为七月派创作实践的理论导向。关于“两化”的理论建树主要集中在胡风的《论民族形式问题》一书中。首先他以辩证唯物史观论述了新文学的国际性（即世界性）与民族性、新民主主义的内容与民族的形式之间关系及其内涵，实质上这是对新文学的世界化与民族化提出的总看法。他说：“在文艺上面，对象是民族的现实，方法是现实主义。从对象上说，要求具体的形象；从方法上说，要求科学的认识。由现实主义的方法出发，内容是体现在具体的形象里面的、科学的认识，形式是通过了科学的认识的、具体的形象。内容和形式，都要通过现实主义的方法才能够获得。这就是国际性和民族性的矛盾和统一，‘新民主主义的内容’和‘民族的形式’的矛盾和统一。所以，‘民族形式’，不能是独立发展的形式，而是反映了民族现实的新民主主义的内容所要求的、所包含的形式。既然是内容所要求的、所包含的，对于形式的把握就不能不从对于内容的把握出发，或者说，对于形式的把握正是对于内容的把握底一条通路。”现实主义创作方法之所以能把文学的国际性与民族性、文学的现实内容与民族形式统一起来，具有既能使文学实现世界化又能使文学实现民族化的强大调整和综合功能，在胡风看来是因为现实主义是人类历史累积下来的科学的世界观反映在文艺上的特殊的面貌，所以我们应该积极地接受世界革命文学的经验；又因为现实主义是认识民族现实的导线，所以我们应该在具体的活的面貌上深入生活，前者是把握对象的方法而后者则是被生活把握的对象，唯有前者被融化在后者里面才能使国际的东西变成民族的东西，唯有后者被贯穿在前者里面才能使民族的东西变成国际的东西。① 五四文学革命的传统就是接受世界革命（或先进）文艺的经验来认识（或表现）民族现实而形成的，也是通过民族现实的认识（或表现）去融化世界革命（或先进）文学的经验而形成的。为了在新的民族现实基础上使“五四”传统更健康更深化发展，创造具有新的世界色彩和民族色彩的文学，我们“不但要加强地接受经过了长期的发展而且在急速发展着的世界革命文艺底经验、现实主义的方法，从现实生活里面把握先进的思想的方法，在具体的活的形象上体现先进思想的、组织形式的方法，而且更使这方法变成在实际战斗中的作家自己底神经，成为一根导线，能够通过具体的活的形象，大众底表现感情的方式、表现思维的方式、认识生活的方式，即所谓中国作风与中国气派去把握、经验、感觉而且表现民族战争中的

① 《胡风评论集》（中）第257～258页，人民文学出版社，1984年。

社会的斗争内容。”只有用现实主义创作方法来把握在具体的活的形象上的社会的斗争内容,才能够使作家的主观力量前进;在具体的活的形象上的社会斗争内容,只有通过现实主义的方法才能够在合理的道路上成为艺术加工的对象,这是由创作方法的更健康更深化达到创作任务的更广更深,然而它的实际过程也非得通过“五四”的革命文艺传统并把这个传统当做基础不可,因为五四传统它已经成为争取解放争取进步的民族现实发展过程结合着的物质的力量,而这个力量既在创作方法继续并加强地接受急速发展着的世界革命文艺经验的领导而走向被提高的道路,又在对象上更深更广地接受急激发展着的民族现实的培养而走向被丰富的道路,只有这样才能由此来完成文学上的通过“民族的形式‘反映’新民主主义的内容”、为反映“新民主主义的内容”而争取“民族的形式”的任务。① 实质上这个任务的完成就意味着使我国的新文学在世界化民族化的实现程度上达到一个新的层次。胡风对于革命文学在新的历史条件下更深更广地继承并发扬五四新文学传统推进世界化民族化并行同构发展的见解,闪耀着辩证艺术思维的威力,不仅当年七月派以其创作实绩验证了胡风这些理论观点的正确性和可行性,而且在80年代那些七月派的幸存者仍然用他们创作实践来弘扬经胡风总结而理论化了的五四文学革命的现实主义传统,为社会主义新时期文学的世界化民族化作出了自己的努力。

“为什么人”总是中国新文学的根本问题和原则问题,也是新文学借鉴域外文学以实现世界化、继承民族文学以实现民族化的交结点或结合部,既可以用“为什么人”作为辨识和选择外国文学或传统文学或优或劣或精或粗的根本价值尺度,又可以从“为什么人”上判定文学“两化”的根本性质和根本方向。“五四”和20年代有些作家或文学流派视“表现自我”或“表现个性解放”为文学宗旨,同那些为人生为平民为变革的文学作家或流派相比在对“为什么人”这个根本问题的理解和认识上则有明显的不同,因此他们对于借鉴与继承及其两者交结点、“两化”的根本性质和基本方向的把握程度、实践效果和表现形态存在着明显差异,甚至悬殊很大。不过其中“为民众”的文学倾向越来越鲜明,民族化与大众化相结合的趋势也越来越明显,甚至那些坚持文学是“自我表现”的作家或流派也走出个人的小天地而面向广大民众或“第四阶级”的人生。“艺术派”的主将郭沫若在五四时期曾高举个性解放的大旗、提倡文学表现自我,后来在

① 《胡风评论集》(中)第258~260页,人民文学出版社,1984年。

文学“为什么人”这个根本问题转变了看法：“我从前是个尊重个性、景仰自由的人，但在最近一两年间与水平线下的悲惨社会略略有所接触，觉得在大多数人完全不自主地失掉了自由，失掉了个性的时代，有少数的人要来主张个性，主张自由，难免出于僭妄。是的，僭妄；我从前实在不免僭妄。但我这么说时，我也并不是主张一切的人类都可以不要个性，不要自由；不过这个性的发展和自由的享受，是不应该有少数人独占的！要发展个性，大家应得同样地发展个性。要享自由，大家应得同样地享受自由。但在大众未得发展个性，未得享受自由时，少数先觉者倒应该牺牲自己的个性，牺牲自己的自由，以为大众人请命，以争回大众人的个性与自由！”①他的思想颇有代表性，既反映了思想意识的转变也反映了文学服务对象的转变。虽然郭沫若的表述没有强调在大多数人尚未觉醒时需要少数先觉者提倡个性解放进行思想启蒙的必要性和重要性，也没有讲清“为大众人请命”的献身精神与个性解放、群体意识与个性意识之间的辩证关系；但是他并没有否认争取个性解放争取个人自由，只是强调应该与民众一起发展个性共同享受自由，且表示要为“争回大众人的个性与自由”而奋斗。这里面既含有中国传统文人那种“先天下之忧而忧，后天下之乐而乐”的思想因素，也含有“无产阶级只有解放全人类然后才能解放无产阶级自己”的先进思想因素。正是在“为大众”这个根本点上，传统的思想精华与世界最先进的思想体系在郭沫若的文化心态上达到一定程度的契合。这种“为大众”的思想不仅符合特定历史条件下时代潮流发展的需要，也适应了中国新文学主潮演进的要求。因此20年代末“革命文学派”和30年代“无产阶级文学派”都明确提出文艺为工农劳苦大众服务的主张。40年代毛泽东《在延安文艺座谈会上的讲话》，以马克思主义的辩证唯物史观和文艺学说深刻地论述了“文艺为什么人和如何为”这个根本问题和原则问题，确立了文艺为“最广大的人民大众”首先为工农兵服务的根本方向和基本路线；到了社会主义新时期又从更深刻更广泛的意义上提出了文艺为人民服务为社会主义服务的“二为”方针。围绕文艺为人民大众服务这条根本路线，从30年代到80年代文艺界几乎所有新文学作家或流派对文艺的民族化或大众化、现代化或世界化，从理论到实践进行了广泛而深入的探索，广大作家、文艺家、理论家作出了不懈的努力，取得了重大成就，积累了丰富的艺术经验，也留下了值得记取的沉痛教训。

---

① 郭沫若：《文艺论集·序》，人民文学出版社，1979年。

从“两化”的角度考之，“革命文学派”并不是一个健全成熟的无产阶级文学流派。虽然他们从“文艺为工农大众”出发搬来了苏俄和日本的无产阶级文学理论作为参照，但由于这些无产阶级文学理论本身夹杂着机械论的“左”倾思想，既否定了五四文学的人道主义启蒙传统和新文学世界化民族化的经验，又忽视了对中国具体国情的分析和研究，所以对“革命文学”如何借鉴国际无产阶级文学的经验教训以实现世界化、如何继承中国民族文学传统和“五四”以来新文学传统以实现民族化，不论在理论探讨上或创作实践上都缺乏出色的表现，往往是失误多于成功，这仅仅是就艺术上的“两化”而言。不过从浪漫地移植国际上的“普罗文学”转变到冷静的提倡革命现实主义文学，从不健全的“革命文学派”的出现到健全的“无产阶级文学派”的形成，这展示了20世纪中国新文学发展的重要趋向和主导潮流。以“左联”为核心形成的无产阶级文学派，已把文学艺术的世界化民族化提高到理论的自觉，所主动开展的多次“文艺大众化”讨论，实质上是从“为工农劳苦大众”服务出发而对中国新文学进一步实现民族化世界化的具体途径、方针方法进行的探讨。如果说30年代以前的文学作家或流派主要从他们的创作实践中体现出“两化互动并行”的发展趋势，尚未以理论的自觉意识加以指导，那么到了30年代已发展到由理论自觉意识来指导作家或文学流派的文学实践活动。虽然发生于30年代无产阶级文学运动中的大众化讨论并没有涉及文学的世界化与民族化不可分割的关系问题，也没有论述清楚民族化与大众化、大众化与通俗化的关系问题，而且把文艺大众化或文学民族化的主要途径仅仅限于对民族文学形式或民间文艺形式以及通俗语言的学习和借鉴上，然而他们却明确地认识到不克服“五四”以来新文学运动的欧化倾向是不能建构起为中国广大民众特别是劳苦大众服务的具有民族特色的现代化文学的，也认识到现阶段广大劳苦民众的文化水平或教育程度所限不可能一下子就能接受和赏析那些属于高层次的文艺作品或带有强烈西方现代色彩的文学。因此过多地移植外国文学，既不能把民族文学作为“遗传基因”又不能将外国文学植根于民族文化的沃土，是必定创造不出民族的大众的现代型文学；只有有意识地自觉地汲取民族文学或民间文艺的美学营养，改造利用传统文学艺术形式，才能使中国现代文学进入民族化的道路。从创作实践来看，无产阶级文学对外借鉴了以苏俄社会主义现实主义文学为主体的各族文学的现实主义因素，这在社会剖析派小说中体现得尤为突出；并根据文艺为人民大众的根本原则对民族文学的现实主义传统和外国现实主义文学加以改制融合，实现了文学作品的革命化(即现代化)和大众化(即民族性)的有机结合,把中国新文学的世界化民族化导向一个别样的新层次,走出一条属于中国的革命现实主义文学的道路。由无产阶级文学派生出的中国诗歌会,从主张到创作公开申明要创造大众化的诗歌。他们反对那种热衷于表现自我的无病呻吟或诵唱风花雪月的诗歌,而力求诗意的表现由内向外扩展,从现实中或群体中寻找自己的生命,诗美主要不是蕴含于个性意识而是具有普泛意义的时代精神中;与此相适应的艺术形式上的大众化追求,虽然并不排斥自由体诗,但更热衷于运用民歌、时调、儿歌等民间形式来写诗。这种向传统回归来汲取营养,固然可以增强诗歌的民族色彩,却也潜在着"通俗化"的危机。尤其在创作主体意识中把个体意识与集体意识对立起来或者以群体意识遮蔽个性意识,这会导致文本现代人学内涵的贫乏乃至消失。这种危机到了抗战初期兴起的一些诗歌流派或文艺社团群体中则表露得更明显。相当多的诗人、作家有意识地利用民间形式或旧文艺形式来创作,并把这些艺术形式视为新文学的民族化表现。特别抗战期间,波及国统区和解放区那场关于文艺民族形式的讨论,是 30 年代大众化讨论的深化。虽然在论争中出现过这样或那样的偏颇甚至错误观点,但是对于实现中国文学的现代化或国际化、民族化或大众化却提出很多精到之见。它不仅充实和丰富了文学"两化"的理论,而且在创作上掀起了向民族化、大众化倾斜的潮流。文艺民族化大众化的核心问题是如何为最广大农民服务的问题,如果这个问题不解决那中国新文学就不可能从总体上实现世界化民族化,到了 40 年代这个核心问题的解决既有必要性也有可能性。从必要性来说,新民主主义革命的主力军是广大农民,他们是民族解放斗争的中坚力量,正是从这个意义说中国革命实际上是一场农民革命战争。作为新民主主义革命有机组成部分的革命文学,义不容辞地应当把农民作为主要的服务对象;况且在人民大众中农民人数最多,即使工人、军人也大多来自农民。文艺大众化的主要任务是解决文学为农民所喜闻乐见,这既是中国历史变动的需要也是中国文学存在和发展的需要,尤其在广大人民起来夺取政权或当家做主的时代,必须从根本上解决文艺为人民特别是为农民服务的问题。从可能性来看,中国新文学在世界化历史语境下一开始实现现代化民族化就关注农民问题,既产生了一批以现代意识烛照并反映农民生活的文学作品也出现了连绵不断一直延续到 80 年代新时期的乡土文学,积累了创作农民文学的经验,培养了擅长描写农村景观和人生状态以及农民心理和价值取向的作家队伍;抗战爆发后大批作家从城市走向农村,与广大农民有了较多的接触，对山村田野的生活也有了一定的感受；特别从30年代初提倡文艺大众化以来，每次的论争或讨论都有可能起到一定的导向作用。正在这时候，毛泽东发表的《在延安文艺座谈会上的讲话》将历史的客观要求和现实可能性转化为文学变革的自觉意识，紧紧抓住"一个为群众的问题和一个如何为群众的问题"，从中国当时正处于战争状态的具体国情和生活实际出发，全面论述了革命文艺的基本理论、基本原则和根本方针，形成了以工农兵为主体的文艺观，为真正把文学的民族化世界化推进到最广大的农民中去并使农民真正成为文学中的对象主体奠定了理论基础，指出了根本途径。30年代关于大众化、民族形式的讨论曾征引列宁的"艺术是属于人民"的断论作为大众化的理论根据，但由于他们没有抓住创作主体的思想感情这个根本问题，总是在民族形式上做文章或简单地把大众化等同于通俗化；毛泽东则把文艺大众化同作家的思想感情联系起来考虑，明确地指出"大众化"就是"我们的文艺工作者的思想感情和工农兵大众的思想感情打成一片"。尽管这一指向在思想情感层面强制性地拉平了知识文人的现代意识与农民固有意识的差距，颠倒了知识作家和工农群众在文学世界里的角色关系，削弱了知识分子"五四"以来具有的居高临下的启蒙姿态，武断地认定知识者充溢着现代理性意识的世界观为"小资产阶级王国"；但是为了提高并强化工农兵在新文学中的主角地位，并与他们在革命战争中的主力军地位相呼应，就不能不把知识分子"拉下马"。也许这样做，为在中国新文学史上进一步解决文艺大众化问题，指出了文艺大众化的根本途径。不过也可以作如是解释，人民大众的文艺绝不是一个自我封闭的系统，而是一个现代型的开放体系，既要在与世界各民族文学的联系中增强现代化机制，又要在与本民族传统文学的衔接中加强民族化的机制，对此《讲话》也作了深刻辩证的论述："我们必须继承一切优秀的文学艺术遗产，批判地吸收其中一切有益的东西，作为我们从此时此地的人民生活中的文学艺术原料创造作品时候的借鉴。有这个借鉴和没有这个借鉴是不同的，这里有文野之分，精细之分，高低之分，快慢之分。所以我们决不可拒绝继承和借鉴古人和外国人，哪怕是封建阶级和资产阶级的东西。但是继承和借鉴决不可以变成替代自己的创造，这是决不能替代的。文学艺术中对于古人和外国人的毫无批判的硬搬和模仿，是最没有出息的最害人的文学教条主义和艺术教条主义。"日后毛泽东又提出了"推陈出新"、"古为今用"、"洋为中用"的方针和原则，进一步丰富发展了马克思主义的继承借鉴文化遗产的思想，对于中国新文学的世界化和民族化具有深远的理论意义和实践指导意义，这就把我国文学的“两化”双向同构运动提高到马克思主义思想的自觉高度。

《讲话》总结了新文学发展的历史经验，从理论上解决了文艺大众化、民族化的问题，但是要把一种正确的理论转化为创作实践，尚须进行艰苦的努力和不懈的探索。纵贯40年代至80年代的山药蛋派、荷花淀派在实现文学的大众化民族化和世界化方面各自作出了独特贡献，尤其是以赵树理为代表的山药蛋派以踏踏实实的步伐闯出一条文学大众化民族化的新路。中国新文学从形成之日起便自觉不自觉地显示出一种大众化、民族化、世界化的趋势，特别到了30年代文艺大众化、民族化越来越突出。诚然文学现代化始于城市成于城市，城市文学总是与中国文学的世界化或现代化结下不解之缘，但是“化”来“化”去老是不能完全冲出城市知识分子这个“围城”，由城市文学向农村文学扩展，不能不使文学的现代化民族化或大众化在深度和广度上受到很大局限；抗战爆发后为进一步拓展文艺大众化民族化提供了有利的客观条件，关于民族形式的讨论和《讲话》的发表又为文艺大众化民族化发展到一个新阶段提供了理论导向。万事俱备，只欠东风。以赵树理为主帅的山药蛋派以及解放区作家队伍应运而生，承担起为新文学大众化民族化开辟新局面的历史重任。对于赵树理为代表的解放区作家群在文学史上的独特意义并不是每个文学史研究者和评价者都能给予正确的评价的。有位研究者这样评述：“中国文化结构内部巨大的极差，同时由于和外国文学的交流，形成两个彼此相隔很远的艺术审美世界，一个是接受了西方文学和新文学影响的知识分子世界，另一个则是基本上依然生活在封闭文学环境中，一直主要接受传统古典文学和民间文学影响的工农群众，首先是农民。沟通这两个世界，不仅仅是口号问题，而是一个实践问题，需要探索一条切实可行的途径。在这个过程中，有一个踏踏实实的创造大众化文学的实践者就是赵树理。”①赵树理之所以能够自觉实践文学的民族化、大众化，他与左翼文学时期那些作家或流派相比自有得天独厚的条件，王春在《赵树理是怎样成为作家的》一文中把它概括为三件宝，即家庭和农村环境给赵树理“带来了三件宝，保证他一辈子使用不尽：头一宝是他懂得农民的痛苦”；“第二宝是他熟悉农村各方面的知识、习惯、人情等等”；“第三宝是他通晓农民的艺术，特别是关于音乐戏剧方面的”。赵树理对曲艺非常推崇，他认为“曲艺是高级的，同时又

① 殷国明：《中国现代文学流派发展史》，第477页，广东高等教育出版社，1989年。

是普及的”,“曲艺应该产生高级的东西,而且事实上已经产生过高级的东西”①,如《三国演义》、《水浒传》基本上是评话体,白蛇传、祝英台故事、杨家将故事也是从曲艺发展过来的。除了这“三件宝”,他还有为农民创造喜闻乐见文学的强烈责任感和高度自觉意识。在他眼里具有鲜明现代色彩的新文学虽有深刻的思想和宏达的见解,但只停留在少数知识分子中间却与广大群众特别是农民无缘,于是他立下要做“文摊文学家”的“洪誓大愿”,立誓从事拆散那高不可攀文坛高台的工作,下决心“为百分之九十的群众写东西”。这种为农民而文、文为农民所用的使命感与功利性相结合便构成了赵树理文学追求的主体思想和根本出发点,使他成为文学民族化、大众化的自觉实践者和卓有成效的开拓者。由于赵树理与文学的民族化大众化结下不解之缘,“宁可不在文艺界立案,也不改变我的写法”,无论在什么环境下都始终不渝地按照既定方向进行探索,所以他的创作业绩有力地说明了新的社会意识、政治意识和审美意识是可以完成新文学和传统文学的历史嫁接,把新文学的世界化与传统化统一起来。应该说赵树理的文学创作是“越是民族的就越是世界的”观点的最好的范例。赵树理开创的文学民族化大众化的新风不仅形成一个有声有势有影响的文学流派,从40年代到50年代是他们推动新文学民族化大众化进程的黄金时期,虽然60年代到70年代经受了巨大磨难和挫折,但80年代却又弘扬其文学的民族化大众化的传统,并将这个传统由“山药蛋派”的后继者发展到一个新阶段,使其由本土走向世界;而且赵树理的民族化大众化的创作道路曾作为“新文艺方向”在四、五十年代大力推广,特别对解放区文艺和“十七年”文学产生了深刻影响。在我们肯定赵树理及“山药蛋派”的“民族化大众化”的历史功绩时以“世界化民族化并举”的标准对其进行审视,他们的创作颇有民族化有余现代化不足之感,甚至把民族化等同于大众化、大众化又等于通俗化。究其原因至少有两点:一是对“五四”新文学的“两化”传统缺乏辩证的分析,不能不影响他在致力于文艺民族化大众化的探索中对新文学传统的全面而正确地继承。他重视汲取“五四”新文学的丰富营养,却又认为鲁迅《阿Q正传》这部世界化民族化的典范之作因其父“听了竟连连摇头”就断定广大群众与新文学无缘,这种偏见导致他立誓要拆除新文学这座高不可攀的文坛高台,固然决心可嘉,然而这种偏激之见必然在创作实践中处理不当世界化、民族化或大众化的关系。二是

① 《赵树理文集》第4卷,第1607页,工人出版社,1980年。

由于他对中国新文学传统的认识有一定片面性，并不认为“五四”以来接受外国文学影响的新文学是正统，致使他对于借鉴世界其他各民族文学以促进新文学现代化而存在着一种矛盾心态。40年代他说过“即使为了给群众写翻身运动，又何曾不需要接受世界名著之长”①的话，说明他有一种开放的意识，这种认识到建国后又有所深化，在他参加了中宣部学习理论班、钻研了一些外国名著后曾自觉认识到“中国民间传统文艺的缺陷是要靠这一面来补充的”；但有时候他又感到外国文学作品“看起来总觉得别扭”②，这表明他思想上还有一定的保守性。这种矛盾的文艺观无疑会影响他对文学世界化或现代化、民族化或大众化关系的正确处理，出现偏差是容易理解的。

荷花淀派如同山药蛋派一样是在《讲话》精神的照耀下自觉地实现文学的世界化、民族化、大众化，经历了近半个世纪历史的打磨，他们共同塑造着以工农兵为主体的新文学民族性的特征。尽管荷花淀派的美学理想不同于山药蛋派，旨在构筑一种新的文学世界，即新人物与新环境、新感情与新行动、新生活与新关系、传统审美形式与现代审美形式、书面艺术语言与口头艺术语言达到和谐统一，然而它们对继承悠久的传统文化以实现新文学的现代化民族化却都在积极探索，锐意开拓，使其文学作品具有浓重的民族特色。我国悠久而丰富的历史文化经过长期积淀在民族意识和潜意识中所形成的文化心理结构，是支配这两个文学流派作家的创作思维趋向和艺术特征的主体心理条件。由于他们对文学民族化大众化的审美追求同中有异，决定了他们对传统文化精神母体的选择取向也是同中有异，因此形成了这两个文学流派同中有异的民族特色。如果说传统文化中的人世精神及其忧国忧民的忧患意识对赵树理为代表的山药蛋派产生了决定性影响，那么以孙犁为代表的荷花淀派则着重继承了民族文化心理中的乐感精神，其忧国忧民的思考是通过乐感精神来体现的。数千年小农生产方式的生存危机通过历史的积淀而转化为民族文化心理结构，然后再以理论形态表现出来，成为忧患意识；孔孟创立的儒家学说将这种忧患意识与“修身齐家治国平天下”思想结合起来，以忧国忧民忧生的人世精神来强化人们的主体意识，以期达到社会安定、群体和睦和民族共融之目的，使封建社会长治久安。五四新文化运动虽然对封建意识形态进行过猛烈批判，但是这种忧国忧民的人世精神却深埋在民族文化心理底层，当民族解放运动日益高涨时这种传统

① 《艺术与农村》，1947年8月15日《人民日报》。
② 《决心到群众中去》，1952年5月20日《人民日报》。

的忧患意识则复活起来。山药蛋派诸作家则把这种传统的忧国忧民意识与新获取的现代阶级意识、爱国意识、集体意识结合起来,从40年代到80年代写出一大批跟踪社会潮流、表现忧民之心的充溢着忧患意识的问题小说。“荷花淀派”的作家们也具有忧国忧民的强烈责任感,而他们的忧民忧国之心却体现于乐感精神之中。传统文化心理结构中的乐感精神缘于道家的“天人合一”的哲学和儒家的中庸思想,主要表现为乐天知命、静虚达观、中庸温和,孔子的“乐而不淫,哀而不伤”的诗歌、钟嵘的“滋味说”、司空图的“韵味说”、王士祯的“神韵说”以及王国维的“境界说”等无不体现着乐感精神。“荷花淀派”对传统文化乐感精神的继承是建立在批判其乐天知命、逃避现实等消极思想因素的基础上,着重选取其积极因素与革命乐观主义精神相结合,以期达到对真善美的弘扬。从40年代孙犁的《荷花淀》到80年代刘绍棠的《瓜棚记》等一大批文学作品无不把传统文化的乐感精神化为新时代美的艺术和艺术的美。特别在艺术风格上,这两派都带有浓郁的民族色调,但也有明显的差异,山药蛋派具有土色土香的朴质美,荷花淀派则富有“清水出芙蓉”的新鲜优雅美。从文化渊源来看,虽然都可以从传统文化中的乡土意识找到“根”,但因为两派对“文艺大众化”的审美追求不同也表现出对传统文化的不同选择目标。山药蛋派诸作家特别是赵树理视大众化为通俗化,故尽力从传统的民间文化、民俗文化中汲取艺术营养;荷花淀派诸作家并没有降低“文艺大众化”的审美要求、一味迁就农民中的低层的审美水平,既重视普及又重视提高,孙犁把“美的极致”作为艺术的追求目标,因此他们更多的从古代老庄文化思想汲取艺术营养。老子推崇“大音希声,大象无形”的艺术境界,庄子提出天然本色的“神妙化工”的艺术观,李白主张“清水出芙蓉,天然去雕饰”等,这些无不对孙犁等的审美观产生了影响,他们在创作中赋予传统文化中的纯美精神以新的审美内容,并在艺术风格上鲜明地体现出来。如果说一种民族文化是一种文学的生命因子,它与特定时代生活结合通过作家的审美实践可以物化为文学作品的血肉和骨骼,并从而由内到外地强化文学的民族化的话,那么山药蛋派和荷花淀派同我国传统文化的选择与继承关系及其由此带来的新文学民族化的各放异彩的艺术风貌,是值得认真研究和充分重视的。

世界化民族化相伴而生,互因互补,并行不悖,这既是20世纪中国文学发展的重要规律也是新文学演变的制导性传统。就其主流文学来说,从30年代以来在向传统回归的总趋势下,不论理论思潮还是文学创作都出现了一种向民族化或大众化倾斜的走向,相对来说对世界化或现代化的重视不够或“两化”内潜着脱节的危机,到60年代日益严重。这种偏离现象不仅影响到文学的昌盛和发展,也影响到我国文学在与世界各民族文学广泛联系中走向世界和面向未来;同时较长时期在文艺大众化讨论或民族形式论争中存在的民族化与大众化关系问题并没有从理论上真正弄清,甚至把民族化与大众化、大众化与通俗化视为同义等值的口号,这种理论上的含混不清也影响在文学实践活动中对世界化与民族化关系的正确处理。既然世界化与民族化双向同构是新文学健全发展的重要规律和制导性传统,这里有必要对“民族化”与“大众化”的关系作一番探讨。文学民族化伴随着世界化而来,我们不能对民族化作褊狭的理解,它是关系整个民族文学在进入“世界文学”格局后能否保持和更新文学民族性的能动口号;“大众化”与“民族化”相比则是一个具体口号,也可以说是“民族化”这个口号的广泛内涵的具体化,它的表现对象、服务对象不是全民族的各阶级各阶层乃至所有的人们,而是“大众”。对于“大众”内涵的理解,从新文学诞生之日起一直到现在经过一个逐步深化、具体化的认识过程,标志着文艺大众化即文艺为什么人和如何为的描写对象和服务对象的变化:从“国民”大众到“平民”大众、“工农”大众、“工农兵”大众、“人民”大众。《讲话》对“文艺大众化”的“大众”作了阶级的界定:“什么是人民大众呢?最广大的人民,占全国人口的百分之九十以上的人民,是工人、农民、兵士和城市小资产阶级。所以我们的文艺,第一是为工人的,这是领导革命的阶级。第二是为农民的,他们是革命中最广大最坚决的同盟军。第三是为武装起来了的工人农民即八路军、新四军和其他人民武装队伍的,这是革命战争的主力。第四是为城市小资产阶级劳动群众和知识分子的,他们也是革命的同盟者,他们是能够长期地和我们合作的。这四种人,就是中华民族的最大部分,就是最广大的人民大众。”文艺大众化的服务对象应该是“最广大的人民大众”,而不是仅仅局限于某一个阶级或某一个阶层或某个集团或某个群体的大众,但是在有些作家或理论家心里似乎形成这样一个定势:文艺大众化就是要照顾工农大众的审美习惯和文化水平,就是要写给农民看,只要是农民大众喜闻乐见那就达到了大众化的要求,至于城市小资产阶级和知识分子似乎不包括在“大众化”范围内。“大众化”首先考虑工农大众特别是广大农民,这是无可非议的,但却不能把他们作为唯一的文艺大众化的服务对象,而置其他大众于不顾,甚至予以排斥,这样就把“文艺大众化”的范畴缩小了,标准也降低了,无疑会影响整个新文学民族化所实现的程度和应达到的高度。赵树理为新文艺的民族化大众化开拓了新路并作出了独特贡献,这是谁也不能否认的,但是也必须指出,他对大众化的理解有些褊狭,不仅把“大众化”等同于“通俗化”,并把“大众化”的服务对象主要对准农民大众的低水平者,甚至把“文艺大众化”同“五四”以来新文学的现代审美品位对立起来。他在《也算经验》一文中说:“我创作是尽量照顾群众的习惯:群众爱听故事,咱就增加故事性;爱听连贯的,咱就不要因为讲求剪裁而把故事割断了。我以为只要能叫大多数人读,总不算赔钱的买卖。至于会不会因此就降低了作品的艺术性,我认为那是另一个问题。”这实质上视“大众化”为“通俗化”,而且“照顾”一词含有迁就的意思,既不利于发挥作家创造性以提高文艺大众化作品的艺术质量也不利于读者欣赏水平的提高。鲁迅在30年代文艺大众化讨论时曾指出:赏鉴文艺作品“读者也应该有相当的程度。首先是识字,其次是有普通的大体的知识,而思想和情感,也须大抵达到相当的水平线。否则,和文艺即不能发生关系。若文艺设法俯就,就很易流为迎合大众,媚悦大众”①。别林斯基曾从两种意义来理解“民族性”的涵义,对于我们正确把握民族化与大众化的关系颇有启发:“我们一般人关于民族性有怎样的理解呢?所有的人,绝对是所有的人,都把它和平民性、并且一部分是庸俗性混同起来了。”“我们的民族特性保存在下层人民里面最多;因此,我们的作家们,当然是有才能的作家们,当在小说或戏剧中刻画庶民的风俗、习惯、理解和情操的时候,是民族性的。可是,难道仅仅庶民就能够成为民族吗?决没有的事。正像头颅是人体最重要的部分一样,民族主要是由中层和上层所构成。我知道,人在任何状态中都是人,平民百姓也有情欲、才能和感觉,正像贵人一样,因此,也像他一样值得加以诗的分析;可是,一个民族的最高级生活主要是表现在它的上层次中,或者更正确地说,在民族的整体概念中。”因此作为一个“民族诗人在自己的作品里,一方面要表现以人民群众为其代表的那种基本的、混同的、难以明确说出来的实质,另方面还要表现在全民族最有教养的阶层生活中所发展着的这种实质的确定意义”②。别林斯基说的把民族性混同于平民性,实际上也就是把民族性与大众性、民族化与大众化混同起来。它们两者之间有联系也有区别,虽然表现一般平民大众生活和中高层次生活的文学作品都具有民族性,但是后者更能代表一个民族文学作品所达到的艺术水准和世界化民族化的实现程度。也许有人会说,别林斯基

① 《鲁迅全集》第7卷,第349页,人民文学出版社,1981年。

② 《别林斯基选集》第1卷,第107～108页,上海译文出版社,1979年。

的观点带有些贵族化的倾向，然而实事求是地说，那些蕴含全人类因素、现代化民族化程度比较高、易于走进世界文学之林的作品大多出自后一类。

在世界化与民族化相互变奏文学传统的制导下，现代中国文学的发展进入五、六十年代后虽然偏离“两化互动”规律，越来越看重文学的民族化大众化而忽略文学的世界化或现代化成为一种难以否认的趋向，然而只要我们能够冷静地面对五、六十年代的文学事实，便会发现这一时期的文学向世界其他民族开放的程度虽然不如“五四”至三、四十年代，但比以延安为轴心的解放区文学在面向世界上开的口要大得多，尤其50年代的文学仍然坚持“两化相互变奏”的制导性传统。且不论西方文艺复兴、古典主义、浪漫主义、自然主义、现实主义等几个时期的经典名著，通过大学图书馆或讲坛、出版社、新华书店、剧场舞台等渠道，对广大作家和读者的文化心理和审美取向给予潜移默化的影响，为中国文学“两化”提供了潜在的艺术借鉴和广泛的审美期待；就说这个时段向以苏俄为主的东欧各民族文学的开放，却更加主动更加自觉，对苏俄文学的引进、参照、学习、借鉴几乎成了50年代中国文学实现“两化”的壮丽景观。如表现革命英雄主义精神的《青年近卫军》（法捷耶夫）、《钢铁是怎样炼成的》（奥斯特洛夫斯基）、《日日夜夜》（西蒙诺夫），充满人情味和命运感的《第四十一》（拉甫列涅夫）、《静静的顿河》（肖洛霍夫），具有强烈批判现实主义精神的《拖拉机站站长和总农艺师》（尼古拉耶娃）、《区里的日常生活》（奥维奇金），等等，在我国文学界、读者层产生了广泛而深刻的影响。王蒙新时期创作的反映50年代生活的小说《恋爱的季节》提出一连串发问，令人深思和感叹：“为什么我们宁爱唱苏联的歌曲——雄鹰、山楂树、蓝色的头巾、海水吻着海岸、红莓花儿、雾、夜莺、白桦、褐色的眼珠……为什么我们的歌词里没有这些？我们的歌词里如果有了这些，算不算小资产阶级情调呢？我们的歌儿为什么不能表达我们这一代年轻人的内心呢？”这既展示了苏俄文学艺术在50年代满足了中国作者和读者的审美期待，也透露出主流政治话语已禁锢着中国文学艺术走向世界而推进现代化的步伐。早在30年代鲁迅就说过，“俄国文学是我们的导师和朋友。因为从那里面，看见了被压迫者的善良的灵魂，的辛酸，的挣扎；还和40年代的作品一同烧起希望，和60年代的作品一同感到悲哀”①。深沉的道德感、优美的抒情性、浓郁的人情味，是贯穿于俄国19世纪文学和苏俄20世纪文学的基本主题，人道

① 《鲁迅全集》第4卷，第460页，人民文学出版社，1981年。

主义始终是其文学的不朽灵魂。选择苏俄文学为参照以实现中国文学的"两化"取得了傲人的成就,就50年代的文学来说,王蒙干预生活的小说《组织部新来的年轻人》直接得益于苏联小说《拖拉机站站长和总农艺师》的影响,周立波、刘绍棠的小说创作曾从肖洛霍夫的小说《被开垦的处女地》中汲取营养,王蒙的小说艺术也于契诃夫小说犀利与幽默、悲悯与冷峻的美学风格中找了灵感和力量。不过在"两化互动"过程中,对于一个作家来说承受哪些传统文学的民族血脉、选择哪些世界异民族文学家文本作为文学现代化的参照,是由创作主体意识乃至个性气质决定的,这是"两化相互变奏"的关键环节。王蒙喜欢《拖拉机站站长和总农艺师》和契诃夫的小说,但却厌读《死魂灵》、《战争与和平》和《静静的顿河》①。这一方面说明作家主体意识对域外文学选择取向的不同则会带来文学"两化"的不同特色,另一方面也表明50年代中国文学遵循"两化"制导传统运演并没有完全走向封闭;即使到了六七十年代极左思潮泛滥时,不仅《白毛女》、《红色娘子军》这类革命现代舞剧仍是依据"古为今用,洋为中用"的"两化"思路培养出来的,而且那些地下的潜在写作也没有出离新文学"两化互动"规律的制导,如在1971~1973年间开始"地下文学"创作的芒克、多多、岳重、北岛、顾城、舒婷等无不立足本土而接受世界现代主义文学思潮的影响。既可见出极左文艺政策对"地下文艺"创作鞭长莫及,也能表明具有规律性的"两化相互变奏"的制导文学传统并不是轻而易举地就可以斩断的。当然,这决不能否认在极左思潮泛滥时中国文学形成的"两化互动"的制导传统及其新文学的发展遭到"史无前例"的摧残和劫难。

中国新文学世界化民族化的道路虽然艰难曲折,但是穿过"文革"十年的荒原而进入社会主义新时期的艺术春天,却呈现出新的艺术风貌。不仅那些曾经出现在文艺民族化大众化过程中的局限性和褊狭性完全被冲破,而且三中全会的召开、"二为"方针的提出、思想解放运动的开展以及改革开放政策的贯彻,为文学的世界化民族化插上了新的翅膀。虽然新时期涌现出的多姿多彩的文学形态或文学群体发展得并不十分健全,甚至尚未完全定型,但是它们经过一段探索以后是会健全和成熟起来的;尤其值得重视的是,它们一出世便毅然决然地以开放的心理和理性的高度自觉高举起文学世界化或现代化的旗帜,如同五四时期那些文学革命先驱们那样对域外文学采取"拿来主义"态度,所不同的

① 《王蒙文集》第7卷,第436页,华艺出版社,1993年。

是，它们已掌握了马克思主义的批判武器，大胆而审慎地汲取世界其他民族的各种文学思潮尤其是先锋文艺思潮及不同文学流派的艺术精神和艺术技巧，将其融入小说、诗歌等创作中，在短短的20年内就几乎填补了中国文学与整个世界文学隔绝数十年所留下的巨大空白，使新时期文学创作意向和美学特征缩短了与世界文学的距离。“面向世界，走向未来”差不多成了所有文学群体或大多数作家的自觉的共同追求，他们对世界其他民族文学的选择和认同不仅表现在艺术技巧的层面而且更多的则是对人生、对世界的某些带有全人类性的共同体验，即因为某种无法解释或无法抗争的大灾难而产生于个体心理或社会心理的焦虑、困惑、孤独、荒谬感等等，这无疑能增强新文学的现代性或世界性色彩；这仅仅是问题的一个方面，如果从文学民族化的角度来考察，不论是意识流小说或朦胧诗一开始都是在民族欣赏习惯以及现存的文学环境下，小心翼翼地推进小说艺术或新诗艺术的变革，这不只是因为那种保持意识形态的阶级性和纯洁性的政治觉悟经常敲起警钟，也因为有一种根深蒂固的传统文化心理在无形中制约着文学的变革，忧虑其世界化背离民族文学固有的血脉。特别是那些文化“寻根派”的作家们，自觉而主动地继承民族文化的优秀传统，强化新文学的民族化特征，这在某种程度上反拨了那些过分超前的作家或流派追随西方现代派或后现代派文学所产生的偏颇，表明这批作家具有既取于“外”又取于“内”以实现新文学世界化民族化的自觉性。值得注意的是，80年代中期到90年代，中国对外开放的步子越来越快，开放的程度也越来越深广，而全球一体化又成为不可阻挡的历史大趋向。在这种情势下，中国文学发展过程中日臻强固的世界化与民族化相互变奏的制导性传统得到了进一步弘扬和完善，不论主旋律文学思潮、启蒙文学思潮、大众文学思潮或者先锋文学思潮、后现代文化思潮等所孕育出的文学形态或文学流派，无不自觉地从世界其他各国文化中汲取营养，无不深深扎根于中华民族文化沃土，有意识地遵照“两化互动”规律创造不同样态的文本、建构姿态多异的文学流派，他们的理性自觉程度达到了空前高度。王蒙作为意识流派小说的始创者和代表者，明确地表述：“意识流的手法中特别强调联想”，“它反映的是人的心灵的自由想象，纵横驰骋”，而“中国文学一贯很重视联想，‘赋、比、兴’中的‘兴’就是联想”①。王蒙不仅自觉地将西方的“意识流”和中国文学传统相衔接，从理论与创作的结合上加以实践；而且把西方“意

① 《王蒙文集》第7卷，第72～73页，第74页，华艺出版社，1993年。

识流”同他理解的“意识流”进行区分:“我们的‘意识流’不是一种叫人们逃避现实走向内心的意识流,而是一种叫人们既面向客观世界也面向主观世界,既爱生活也爱人的心灵的健康而又充实的自我感觉。”①这就使中西文学在关注人的外宇宙与内宇宙的结合点上熔铸起来,且转化为现代中国的“东方意识流”文学。文化“寻根文学”的倡导者又是“先锋小说”的代表作家韩少功,他之所以创作出《爸爸爸》、《女女女》、《归去来》等名篇,既汲取了域外现代主义、魔幻现实主义的营养又得利于中国传统文化特别是楚文化的滋润,而且在其文本营构过程中将中外文化因子有机结合起来并“化”为新的现代性与民族性。他清楚地认识到,“寻根”意味着“一种对民族的重新认识,一种审美意识中潜在因素的苏醒,一种追求和把握人世无限感和永恒感的对象化表现”,“尤其是在文学艺术方面,在民族的深厚精神和文化物质方面,我们有民族的自我,我们的责任是释放现代观念的热能,来重铸和镀亮这种自我”②。可以说,韩少功相当自觉地把域外的现代荒诞感与中国楚辞的忧愤感、现代的“魔幻”手法与楚辞的神秘感在关注“人生命运、生命状态”的契合点融通起来,使其审美文本具有独特的民族的与世界的特色;他并不迷恋楚文化传统而保持一种清醒的理性认识,且能对楚文化的审美传统进行富有哲学意味的现代主体论的诠释,即认为“楚文化的主观浪漫主义精神,不拘泥于形式,主观的扩张、扩大”能够升华出“整个人类超时间超空间的一种生存状态,一种生存精神”。③ 莫言的“先锋小说”之所以富有神秘美、哲理美和含蓄美,一方面是深受世界现代主义思潮影响所致,一方面是他自觉继承中国古代哲学和古典诗词的美学传统所致。正如他自信:“朦胧美在我们中国是有传统的,像李商隐的诗,这种朦胧美是不是中国的蓬松潇洒的哲学在文艺作品中的表现呢?文艺作品能写得像水月镜花一样,是一种很高的美学境界。”④新潮作家顾城既倾心洛尔迦的“纯粹”、惠特曼的“博爱”又偏爱中国古代诗人屈原、李白、李贺、李煜的气度以及《庄子》、《三国》的恢宏⑤;苏童既喜爱美国作家塞林格小说“心灵的契合”的叙述方式又深受古典小说《红楼梦》、《三言》、《二拍》的渗染⑥④;高行健的探索剧既“借鉴了布莱希特的叙述方

① 《王蒙文集》第7卷,第72~73页,第74页,华艺出版社,1993年。
② 《文学的“根”》,1985年《作家》第4期。
③ 林伟平:《文学和人格——访作家韩少功》,1986年《上海文学》第11期。
④ 对话录:《有追求才有特色》,1985年《中国作家》第2期。
⑤ 《黑眼睛》第203、205页,人民文学出版社,1986年。
⑥ 林舟:《永远的寻找——苏童访谈录》,1996年《花城》第1期。

式”又采用了中国戏剧的“各种表现手段”[①]。等等，不一而足。上述可以看出，八九十年代的中青年文学艺术家不仅能够从容不迫地、自愿自觉地坚持现代中国文学“世界化与民族化相互变奏”的制导性传统创造出千姿百态的文学艺术文本，并且各以其丰富的创作实践与独特的理论思考充实了深化了这一制导性的文学传统。就是说，具有不同知识背景、不同个性气质和不同价值取向的作家都能通过各自的写作实践感悟并发现了中华民族传统文化精神与世界前现代意识、现代意识和后现代意识有着深广的“契合点”或“接合部”，只要创作主体对“两化相互变奏”的深微复杂关系理解得透、把握得准、融合得好，就一定能够在中国文学面向世界、面向现代化、面向未来的宏大框架与深远前景中创造出精品力作，以推动21世纪我国文学健全而繁荣的发展。

民族化或本土化与世界化或现代化作为中国新文学发展的制导性传统，两者互动互补、有机统一。如果只强调民族化本土化或者只突出世界化现代化，那是要受到历史辩证法惩罚的。我们有时为防止或克服世界化现代化带来的某种洋化倾向，往往只坚持本土化民族化而忽略世界化现代化，那必然使民族传统中的保守性或腐败性因素得不到有力的抑制而在新文学系统中复活，它不仅对外来文学盲目排拒，而且民族文学优秀传统也会被玷污，良莠不分的文学遗产是不能成为新文学本土化或民族化的“基因”的。我们为了防止或克服民族化的保守倾向，或者为了彻底破旧立新，常常只注重世界化或现代化而忽略本土化或民族化，甚至提出彻底反传统的口号，似乎不与“传统”决裂新文学就难以诞生，这就必然会使现代文学偏离民族化的轨道，脱离本土文化土壤，最终使现代中国文学步入洋化或非民族化陷阱。无论哪一种极端偏向的结果都能加剧中国新文学系统自身的危机。在新文学定型的五四文学革命中曾出现过“反传统”倾向，它是伴随着“提倡新文学反对旧文学，提倡白话反对文言文”的文化革命和文学革命而出现的。如果说当时尚有革命的积极意义，不破除旧文学传统及其正宗地位新文学系统就建立不起来（当然它的局限性也不能忽视）；那么到了社会主义新时期，我们新文学的发展已走过了近百个年头，正反两方面的教训也够多了，有些自称什么“先锋派”的作家和评论家又高举“反传统”的大旗，甚至提出比五四时期更激烈的“反传统”的口号，好像不与一切民族文化传统实行彻底决裂，就不能实行新文学的现代化或世界化，几乎当下文学就不能走向世界。这种偏激的口号或理论无

① 《我的戏剧观》，《对一种现代戏剧的追求》第139页，第41页，中国戏剧出版社，1988年。

助于新时期文学的世界化、现代化和本土化、民族化，值得一辩。

美国文论家阿布拉姆斯曾表述过一个深刻的见解："文学史显示了一个反复重复的过程，在该过程中，具有创新精神的作家，如多恩、华滋华斯、乔伊斯或者贝克特，同他们时代占统治地位的成规决裂，创作出具有独创性的作品，而让其他作家模仿他们的创新，由此把新颖的文学形式变成新的一套文学成规。"① 且不论这些创新者是否真正同"时代占统治地位的成规决裂"，至少这里揭示了这样一条规律，即任何创作规范哪怕是最富有创新意义的体制，其发展趋向总是走向对自己的否定，结果自己本身也成了传统。也就是说任何文学艺术的创作都在建构传统和丰富传统，并使自己变成传统的东西，所以只有最终融于传统的文学创作才能获得艺术的生命和价值。在文学创作中，"仅仅用新奇这个标准在批评实践中是不够用的，有时，当代的一部革新的先锋派作品也可能仅以新奇博得公众一时的喝彩；但是在更为严肃的批评中，只有当革新派的作品的优点符合传统优秀作品的标准时，它才被称赞是有创造性的"②。文学的创新是无法与传统截然分开的，中国新文学的现代化并不是与民族文学传统彻底决裂，实际上也不可能决裂。破旧立新是从相对意义上而论，况且"旧"与传统也并非天然地联系在一起。固然我们不能否认传统从表面说算是一种旧的东西，但这不是传统的特质所在。传统之所以能够成为传统，是经过历史的严格选择和相当长时间考验被社会认可为有价值的东西，决不能简单地把陈腐没落的东西等同于传统的东西，也不能把一切旧的东西都视为可以全部否定的东西。不论对于传统的东西或者旧的东西都应持分析的态度和批判的眼光，特别是新与旧很难确定一个价值标准，哈·奥斯本在《艺术的"创造性"概念》中指出，"一部艺术作品今天是新奇的，明天就会变得陈旧。革新派的真正长处被以后的创作作为模特儿来使用，那么，随着时间的流逝，'新奇'也会变得人所熟悉了。艺术杰作的评价标准应当有一个超越时间的因素。伟大的艺术作品不像科学理论，它不会被以后的艺术杰作所取代。当作品不再'新'时，它们也不会失去其价值。"既然过去的文学杰作并没有因为失去时代的所谓"轰动效应"而完全失去其自身固有的艺术价值，那么作为具有革故鼎新意义的现代型文学就不能不以历史上的文学作品作为自身的"遗传基因"，如果缺乏或切断这种历史"基因"，新文学不仅不能以民族文学的艺术风貌走进世界文学之林，而且文学的世

① 《简明外国文学辞典》第69页，湖南人民出版社，1987年。

② （英）哈·奥斯本：《艺术的"创造性"概念》，《美学译文》第3集第252页。

界化也完全失去意义，其结果必然是“全盘西化”。况且，文学传统也并非是一个完全封闭的体系，它本身总是遵循新陈代谢的规律在进行自身调整；虽然中国文学传统是个稳定强固的结构，没有域外文学潮流的冲击难以实现结构性的转换，但是这种靠外力而引起的整体性调整仍然不能完全排除“内因”作为根据，也不能完全否定传统的自身调节作用。若是文学传统完全失去自身的调节机制而变成真正死亡的东西，那它就不成其为“传统”则成了非传统的东西，对这些经受不住历史的考验确实已经陈腐而变为非传统的东西当然应该彻底清除掉。新文学的世界化或现代化就是要反对传统文学中这些非传统的糟粕，反得越彻底才越能真正继承优秀传统并把它转化为新文学的血肉。我们决不能把文学的世界化或现代化与继承民族文学传统对立起来，更不能错误地认为文学现代化是以彻底反传统为前提的。马克思曾深刻指出：“每个前一时期的任何成就，被后一时期所接受，都是被曲解了的旧东西。例如，毫无疑问，路易十四时期的法国剧作家从理论上构想的那种三一律，是建立在对希腊戏剧（及其解释者亚里士多德）的曲解上。但是，另一方面，同样毫无疑问，他们正是按照他们自己的艺术需要来理解希腊人的”①。真正的具有艺术价值的文学传统不但不能吞噬新文学发展的生机，而且也会因为优秀传统的存在，构成文学不断拓展自身、不断实现世界化或现代化的必要条件。那种不分青红皂白的激烈反传统的口号或理论只是以一种一厢情愿的情感来取代深入的理论思辨，更缺乏实际的操作意义。对于80年代中期以后中国文坛一度出现的激烈反传统的文化思潮，有的评论者把它与“文革”中红卫兵激烈反传统联系起来：“当年（指“文革”时期，作者注）的反传统运动和文化虚无主义，是在马克思、毛泽东的旗帜下进行的。而今天（指80年代中期后，作者注），则是以弗洛伊德、尼采的名义鼓动的。但这两者中，却有个共同点，即都包含着同样的精神狂热、荒谬的理论误解和歪曲的东、西方文化阐释。”②这是值得深长思之的。试想20世纪中国文学演变中的哪一个作家或者哪一个文学流派的文学作品与我国文学传统或文化遗产彻头彻尾彻里彻外地割断了联系？即使那些最具有先锋派色彩的文学作品或文学流派也没有完全摆脱祖国优秀文化传统的浸染或承续，所谓“东方意识流派”或“中国式现代派”前面冠上的“东方”或“中国”，皆标示出这些西方的先锋派文学输入到我国后与中国的传统文化发生这样或那样的嫁接关系，

① 《马克思、恩格斯、列宁、斯大林文艺论著选读》第206页，江西人民出版社，1983年。
② 何新：《关于当代文化与文学的备忘录》，《文论报》，1989年1月15日。

经过历史的检验或社会的承认逐渐将变为中国文学传统。

总起来看,20世纪中国文学的世界化或现代化与本土化或民族化是处于“世界文学”的一体化格局,借鉴和继承的纵横坐标的“接合部”或“交接点”是个极为广阔的区间。借鉴域外文学以促进现代化或者继承传统文学以强化民族化,都允许有所侧重有所偏爱,这也是势在必然,但两者决不能过分偏离或排斥而脱出“世界化与民族化相互变奏”的运动规律和制导性传统。正因如此,致使20世纪中国文学的现代化民族化的表现形态多姿多彩,其中最主要的“两化”表现形态有三种:一是倚重于借鉴的,这种类型的文学样态或文学群体在“五四”时期、30年代初、社会主义新时期出现过,他们率先以“拿来主义”态度接纳西方文学,特别是多方面地借鉴西方现代派文学,在继承文学传统“基因”的前提下对我国民族文学进行大改革大调整,使之成为一种符合时代需要、能够与世界先锋文学对话的文学。二是偏爱传统的,这种类型的文学样态或流派在中外文化的交汇中虽然也汲取域外文学营养,但对民族文学传统更亲近一些,表现出一种主动回归传统的姿态,对新文学的民族化格外关心,如30年代到50年代出现了不少这样的文学形态或流派。三是中外融合的,这种类型的文学样态或流派既不过分倚重借鉴也不过分偏爱传统,而是将“外国的良规”和“中国的遗产”在选定的“结合点”上融会起来,寓“外”于“中”,力求中外结合,寓“洋”于“土”,力求土洋交融。近百年来出现了一些这样的文学样态或流派,为中国新文学的世界化或现代化与本土化或民族化积累了艺术经验。汪曾祺认为新时期有些作家或作家群的创作倾向就是这样:“这种现实主义是容纳各种流派的现实主义,这种民族传统是对外来文化的精华的兼收并蓄的民族传统。”①

百年现代中国文学为了在新的“接合部”或“契合点”上完成“世界化与民族化共生并举”的使命,一代一代文人、学者、作家吸纳域外文化新潮的速度之快、范围之广、成效之大,堪称一大文化奇观。反思并继承我国源远流长的传统文化的步履之艰、更新之难、回旋之多,也是一道耀目的文化风景线。因而深入地探究这两大文化景观相冲突、相融会、相悖反、相契合背后的文学创作主体的心理基础、整合机制、操作法则、运行规律,以开掘新文学建构与演变的成功经验、失误教训和优秀传统,对于21世纪中国文学在全球化语境下更健康的发展是大有裨益的。

---

① 《回到现实主义,回到民族传统》,1983年《北京文学》第2期。

中编 流派与思潮

第一章　现代中国文学流派的结构形态

在20世纪中国文学世界化或现代化的进程中，涌现出众多的文学社团流派，它们既作为研究对象又作为研究视角已成为十几年来学术界关注的热点，并问世了不少研究成果。其中有的是从“史”的层面探索文学流派的演变轨程，有的是从形态上对文学流派进行个案阐释，有的也从文体上对文学流派予以梳理。但是从理论上对新文学流派作整体的宏观透视与深入剖析，并从而建构“新文学流派学”，这方面的思考与研讨显得相当薄弱。

这里我想引进“结构”这个概念作为理论支点，对新文学流派的构成加以考察，有深度地透析和揭示文学流派的内部关系与内在机制，从而发现一些新颖独到的文学流派话语。

“结构”是个多义性的概念，有多少学科对结构的界说就有多少个。不过我赞同列维·斯特劳斯对结构的释义，他在《忧郁的热带》中有一段形象的描写，可以帮助我们理解他的结构观：

> 我们在一个隐蔽的石缝两边……发现了两枚菊花石，其中一枚菊花石的纹路颇复杂。这可以说，我们所发现的乃是经历了几千年之久的时间所造成的差异互见的凝结物；在这一顷刻，时间和空间一下浑然成一体——此一瞬间所呈现出来的生动差异把一个时代同另一个时代并列在一起，且使之永存不朽。

这个隐喻的涵义极为丰富深刻，它道出了斯特劳斯赋予“结构”的全部底蕴，即那些隐藏于菊花石背后的东西：菊花石纹路复杂，喻指结构是个多维的复杂系统，它外在的特征是可以辨识的；菊花石是个凝结物，喻指结构是个有机的整体，也是个差异互见的完整世界，没有差异就没有结构，结构就是多维的对立统一体；菊花石是时间和空间的浑然成一体，意思是结构也是时间和空间交汇融合而成，既有时间的纵向度又有空间的横向度，纵横交叉乃结构的生存价值坐标；菊花石是时间所造成的“实在”，喻指结构的生成需要时间，如果没有时间结构就不能成为空间的“实在”，也不可能把不同时代聚拢起来形成“生动差异”的共时态的结构；发现并判明菊花石是一种古化石，所运用的是地质学的理论知识，主要是一种理性思维活动，这就暗示出发现并判明结构也是一种理性思维运作，必须充分调动发现的逻辑机制；特别是菊花石是在无意识之中于“隐蔽的石缝两边”发现的，喻示结构也应该从朦胧、模糊、隐约、遮蔽之处于无意识之中发现，也就是“踏破铁鞋无觅处，得来全不费工夫”之谓也。总之，把上述意思归纳起来，可以这样表述斯特劳斯关于“结构”的解说：“结构”是一种隐蔽的看不见摸不着的，但却是人们可以从观察到的“纹路”现象中，以理性思维活动推演出的整体世界。

这个结构观就决定了斯特劳斯的结构主义方法有这样几个显著特点：结构即整体，它是由一系列元素所组成，唯有整体方可决定事物的性质，因而研究某种结构并不过分注重其整体内部的各元素而是着力探讨那结合与联结各元素或部分的复杂的网络关系；结构分析的最重要的是二元对立关系，而这里所说的“二元对立”并不是只讲对立也讲依存，即人要使自己同别人联结首先应以独特性与别人区别开来然后才能以自己的独立性与别人结合，达到相互依存。这样的对立二元或二项联结起来，则需要有一种“能传达信息的符号体系”即交换的纽带，否则二项联结不起来就形成不了一个结构整体；依据“传达信息的符号体系”，可以把结构分为表层结构和深层结构或者显层结构与隐层结构[①]。斯特劳斯关于结构主义的见解至少是有方法论意义，对于我们深入研究和剖析新文学流派结构大有裨益。

现代文学流派如同“纹路颇复杂的菊花石”一样，在文学历史的河流中也是由“时间所造成的差异互见的凝结物”。虽然有些文学流派带着社团的明显标志，但并非文学社团都能成为“差异互见”的文学流派，即使那些能够凝成文学流派的文学社团也不一定都具有清晰的结构印记；况且大多数文学流派属于隐层结构，根本就没有文学流派的整体标记。因此，从特定意义来说，文学流派的完整形态和本质特征大都隐蔽于历史的河床里，决非轻而易举地就能开掘出来，也不是一次两次就能发现完了，特别是那些凝成时间长的或者隐藏深的文学流派结构更难发现。现代中国文学从萌动到生成到发展至今约百年，实际上这是文学流派消长沉浮不断嬗变的过程，有些文学流派浮在表层早已进入研究

---

① 《美学文艺学方法论续集》第301页，文化艺术出版社，1987年。

者的学术视野，有相当多的文学流派沉潜于历史河流的泥沙中是逐步被研究者发现的，而且流派的整体轮廓越来越清晰，其错综复杂的纹路也越辨析越细微。尽管如此，文学流派的发现任务仍尚未完成，不仅那些隐藏在最深层的文学流派越来越难探寻，而且随着新文学的发展文学流派仍不断产生，即使那些已被发现甚至有了定论的文学流派，似乎其整体面貌也不时地被刷新。以海派来说，30 年代海派与京派之争中便把戏剧界“海派”的命名移到文学界，但究竟海派的范围有多大，是个什么样的结构网络，至今也说法不一：有的认为以张资平、曾今可等为代表的作家是典型的海派；有的认为海派应包括新月派、现代派和新感觉派；还有的认为 20 年代末 30 年代初上海文坛上出现的所有文学派流应统称之为“海派”；甚至有的研究者以“应当最多地‘转运’新的外来的文化”、“迎合读书市场，是现代商业文化的产物”、“站在现代都市工业文明的立场上来看待中国的现实生活与文化的”、“它是新文学，而非充满遗老遗少气味的旧文学”为标准，把 20 年代到 40 年代的叶灵凤、刘呐鸥、穆时英、张爱玲、苏青等及其文学作品都划归为海派①。这足以说明新文学流派的发现与探究，不论是从总体还是从个体上看都难以穷尽，有深广的拓展领域。然而，欲提高对文学流派结构的发现力与演绎力，如同地质学家能在隐蔽的石缝两边发现纹路复杂的菊花石一样，对于研究主体来说至少应具备两点优势：一是观察力敏锐，理性意识强。或隐或显地潜沉于历史河床的形形色色的文学流派，它们的完整结构能否发现出来取决于研究主体的观察力是否敏锐，观察力敏锐者不仅可以多发现文学流派而且能对其结构中各元素联结的网络关系辨识清楚，观察力迟钝者面对历史长河中的混沌模糊的文学流派或者视而不见或者发现很少，至于它的网络关系就更看不清了。既然主体的观察力对于文学流派的发现与透视如此重要，就要求研究者自觉地训练提高对于文学艺术的观察力。审美观察力是否敏锐，除了研究主体的感官系统的生理条件外，关键在于从审美实践或研究实践中加强锻炼，经多见广、静观细察、用心体验、交叉比较，这样才有助于主体观察力与穿透力的提高与强化，如果缺乏或离开研究实践或审美实践即使再敏锐的艺术观察力也会退化或消失。所谓理性意识强，主要指研究主体对观察捕捉到的文学流派结构能够迅速地提升到理性的高度加以规范与演绎，使其内涵与外延固定下来，各元素联结的网络关系基本上可以梳理清楚，其结构的整体艺术

① 吴福辉：《都市漩流中的海派小说》，第 314 页，湖南教育出版社，1995 年。

风貌能够呈现出来。要具有这样的理性意识，一方面研究主体应获取丰富的理性知识，如文化学、社会学、政治学、美学、心理学、地理学、现象学等各方面的知识都要具备，这样才能形成并掌握规范或透视文学流派结构的多种多样的理性价值标准或角度，从主观上讲有什么样的理性尺度就能规范或衡估出什么样的文学流派结构，这就是知识理性的作用与威力；另一面应竭力提高理性思维能力，即善于依据由知识理性建构的价值标准从不同角度不同层面对文学流派结构进行推理演绎，又长于以理性思辨把文学流派结构的复杂网络关系剖析透彻，并从而对文学流派结构的整体面目与本质特征作出比较科学的理性判断。二是应对新文学资料和文艺作品进行系统阅读、感悟与整理，达到烂熟于心的程度。如果说地质学家凭着敏锐观察力与知识理性在“隐蔽的石缝两边”发现了“菊花石”这个古化石的复杂结构，那么新文学研究者对文学流派结构的发现就没有坚硬的地质资料作依据，因为文学流派是诸多文艺家创造的精神文化或曰审美文化结构，它的大量信息不是储存在化石里面是蕴含于以文字符号书写和编织的文艺资料和文学作品中，以及书写和编织作品资料的主体生命里——即使那些已经死去的文学艺术家，也是富有生命感的精神信息的载体，虽然它们也是遗留在文学历史长河中的凝冻物化体，然而一旦被研究主体的审美感受力、理性穿透力与主观创造力所激活，它们体内蕴藏的不可估量的精神的审美的文化信息就会喷发出来，文学流派结构的复杂纹路也有可能显现出来，特别那些具有某种趋同倾向或相似面影的作家作品大都是凝成同一文学流派结构的元素。因此，对于新文学研究者来说欲达到有血肉的感受和有深度的发现，就必须对隐藏着文学流派结构的原始资料或文学作品及其作家本体进行不厌其烦地解读与剖析，读得越活越好，解得越深越好，剖得越透越好，析得越通越好，既需要微观的真切体验，更需要宏观的理性把握，既需要纵向上的贯通，又需要横向上的沟通。只有这样才能从新文学的汪洋里发现越来越多的文学流派结构，为20世纪中国文学研究不断开拓新局面，为新文学研究的学术宝库不断增加新值。

如果研究主体具备了上述优势，通过对现代中国文学历史河道的反复扫描和细致探寻，便会发现，一个成功的作家可以有自己独立的小天地，也可以创造一个具有鲜明个性色彩的属于自己的艺术世界，然而他本身却构不成一个文学流派。从组成人员来说，文学流派是个群体结构。一个杰出的文学家，他的创作倾向、艺术追求和美学风格，既能够发生横的辐射以影响同时代周围的作家，以他为轴心形成一个文学流派；又能够产生纵向的流传作用，致使不同时代的作家受到熏陶，以承续其传统而凝成一个代代延伸的文学流派；或者在一个广阔的历史区间该作家的创作风格光辉散发四面八方，产生了纵横交叉的巨大感召力和吸引力，环绕“他”而聚集起一个范围较大的成员较多的文学流派。但尽管这个作家本人可以当旗手做核心，却不能自成一个文学流派。在表演艺术圈内常有“自成一派”的说法，如京剧界四大名旦四小名旦各成一派。对此我是这样理解的，说他们“自成一派”只是肯定了他们各自在京剧旦角表演上独树一帜，创造了独具特色的表演体系和表演风格。但如果从流派结构来说，不论四大名旦还是四小名旦其个体仅是组成结构的元素而不能自成流派，只有他们创造的表演体系和表演风格被争相仿学或传授给徒弟，那才会形成各自的表演流派，而四大名旦或四小名旦则是各个流派的创始人和代表者。新文学界也是如此，公认的文学巨匠鲁迅、郭沫若、茅盾、巴金、老舍、曹禺、赵树理、王蒙等，虽然为新文学大厦的建构作出了独特贡献，各创造了属于自己的文学园地和鲜明的艺术风格；但他们都不能各自成为文学流派，不管他是文学流派的鼻祖还是多个文学流派的旗手或者是某个历史区间文学流派的“总头”，而就文学流派结构来说他们只是分属于不同文学流派构成的一员。这并非说凡是有成就的文学家或文艺理论家或文学批评家，都能成为一个文学流派的“派头”或构成人员；实际上新文学领域有不少作家划归哪个文学流派也不合适，也许我们尚未发现这些作家与文学流派在结构上的深层联系，即使有些大师级的作家如巴金也不能轻易地归到某个文学流派，有待进一步探讨与发现，方可定位；要是定不准那就以不定为宜，有成就有特色有风格的文学家不可能都归入文学流派，也许暂时归不进将来就发现他是一个新流派的宗师，也许永远独树一帜而彪炳史册。一言以蔽之，文学流派作为一个整体结构不是个体的天地而是群体的家园。

文学流派是个群体结构，但不是一般意义的群体，它是一个富有创造性的文学家群体，其中又可分为文学创作者群体、文学理论家群体、文学批评家群体，也许有的文学家群体三者集于一身；它又是一个以语言艺术作为审美符号的精神文化群体，“语言”为媒体是其区别于其他艺术群体结构的特殊性所在。就研究现状来看，文学创作者群体结构发现得较多阐释得较透，其中小说、诗歌流派可以说是几十年来关注的热门话题，近几年散文流派的勘探又热闹起来，而话剧文学的流派研究似乎问津者不多；至于从群体结构的角度对新文学理论思潮和文学批评进行系统深入开掘显得较薄弱，即使对文学理论思潮的探究也仅限于现实主义、浪漫主义与现代主义三大思潮形态的归类，很少从文学流派的角度去发现理论思潮的整体结构。尤其值得注意的是，几乎所有的新文学流派的发现与研究缺乏结构主义的透视与分析。

文学流派作为一个创造语言艺术美的群体结构是由一系列元素组成的整体，即众多作家聚合而成；也就是说，是许多作家根据某些美学原则或者遵循某些精神线索联结成的复杂网络。有意或无意参与文学流派建构的作家，大多富有追寻意识、创造意识、趋同意识和个性意识；虽然每个作家仅仅是组成文学流派结构的元素，但他们之间却不是各自为政而是相互联结，即具有一种“二元对立”的关系。这里所谓的“二元对立”是斯特劳斯结构主义的用语，它并不含有非此即彼的绝对意义，而是指构成文学流派的各个作家在整体结构中无不以独立的艺术个性与其他作家相互依存彼此联结。可见作为整体的文学流派结构不是泯灭作家的独立性而是强调作家保持自己的个性，以各自的艺术个性联结成一个文学审美群体；只有这样的群体才能具有真正的创造优势，为新文学的繁荣与发展制作出独具特色的艺术精品系列。20世纪中国文学已发掘出来的文学流派结构，其中有一部分是按照“二元对立”关系有意识地自觉地联结为一体，也有相当一部分并不是有意而为之，完全处于一种非自觉的无意识状态；也可以说是后来的研究者依据一定的价值尺度把它们规范或划定为这样的文学流派或那样的文学流派，命名为这种结构或那种结构。尽管它们作为文学流派的原生态或雏形，客观地存在于文学历史的河流里，但是没有研究主体的发现与归纳它们也不可能浮上河面而成为文学流派结构。因而从特定意义上说，那些具有创造个性的作家在文学流变进程中能否组成一个文学流派或者凝成什么样的文学流派，往往并不取决于当时他们的主观意向，关键在于研究主体能否去发现它、承认它和演绎它。尽管这样的文学流派结构是诸多作家无意形成的，然而他们之间仍然具有“二元对立”关系。

既然文学流派结构是由各具个性意识的作家有意或无意联结而成，那么联结他们的纽带是什么样的“传达信息的符号体系”？如果说作家群凝成的或松散或严密的文学流派是个蕴量丰盈的“文化信息”库的话，那么其中的信息该是多种多样的，至少应涵括这些层面的信息即哲学文化、政治文化、伦理文化、宗教文化、艺术文化、审美文化、区域文化等诸多信息。虽然这些文化信息由每个作家输进文学流派结构，然而文学流派作为一个“文化信息”库并非是各个作家所带入的文化信息的相加之和，而是依据某种精神的思想的或艺术的审美的价值坐标所进行的有意无意地整合；经过整合的文化信息不是无序的杂乱的，也不是凝固不变的，而是稳定有序中的流变，是流变中的稳定有序。文化信息只有达到相对稳定，它才能作为这样或那样的纽带，外联着作家内联着意识而结成文学流派。由于文学流派结构内蕴的文化信息直接源于各个作家主体，所以传达作家的思想意识、美学理论、文学观念、审美情趣、艺术追求等文化信息的"符号体系"无疑是富有特殊功能的"语言"。只有通过语言这个符号体系对各个作家储藏的文化文学信息进行传达和交流，才能使他们在文化信息的感应、接受、选择的过程中获得构成文学流派的相似的或趋同的社会意识、思想意识和审美意识。从而，这个已定型的文学流派在特定意义上说，就成了以个性色彩的语言"传达信息的符号体系"；然后构成文学流派的作家主体，将其认同感、趋同感在创作实践中物化为文学作品，并呈现出可以作为文学流派标志的艺术风貌和精神品格。这样的文学流派，方能算得上充满生命活力的审美文化精神的群体结构。一个文学流派结构的形成需要具有特殊语言功能的传达信息的符号体系，因此假如一个作家想背离这个文学流派而投入另一个文学流派或者重组一个文学流派，那首先应放弃原先的"传达信息的符号体系"而认同新选的"传达信息的符号体系"或者重建一个新的"传达信息的符号体系"。同样的道理，剖析一个文学流派结构的内涵或者判断一个文学流派的性质，并不是依据群体中某一个作家所含有的文化信息，而必须着眼于文学流流的整体，即以语言为表征的"传达信息的符号体系"，实质上破译了文学流派整体的文化信息的符号体系就是剖析了文学流派结构的内涵与功能，从而发现和判定这个文学流派的性质；进而论之，辨别这个文学流派与那个文学流派的异同或者对众多文学流派进行交叉比较分析，也必须辨别和分析异彩纷呈的以语言为媒介形成的"传达信息的符号体系"，透视各具特色的"传达信息的符号体系"实际上就是由表及里、从显到隐地透视整个文学流派结构，将文学流派各自的特征异彩纳入研究主体的学术视野。这样就能比较准确地辨明并把握文学流派之间的异同与内在联系，形成一种整体研究的格局。

总之，通过结构分析使人们更清楚地认识到，现代中国文学流派不论其形态、范围大小，无不是富有个性意识创造意识的作家群在以语言为媒介的"传达信息的符号体系"的诱发作用下，对人生哲学、思想意识、文学观念、美学理想、审美情趣、创作原则、艺术追求等有了近似的认同感趋同感而凝成的审美文化精神实体。

从整体上审视，新文学流派既有表层结构又有深层结构。上述对文学流派内部各元素联结纽带或符号体系的粗略考察，就已发现文学流派是个相互联系的表层结构与深层结构或者显结构与隐结构的有机体。

所谓文学流派的表层结构，往往是看得见的摸得着的有形的物质形式，它的联结纽带即传达信息的符号体系多是能指的具形的东西的构成；它是新文学流派在20世纪中国文学历史长河里之所以能作为实体存在或研究对象的外显的客观形态。新文学流派常见的物化的联结纽带大致有：一是形成文学群体的每个作家身上无不烙印着或是同仁同事或是同乡同学或是诗朋文友或师生等关系的标记，他们凭借其中一种关系或多种关系的明显标志作为纽带组合成文学流派，如人生派、艺术派、湖畔诗派、语丝派、新感觉派、九叶诗派等大都是以一种关系或多种关系为联结纽带形成其文学流派的显层结构。二是创办文艺刊物或文化杂志，开办书店或出版社，或出版文学丛书等，并以此作为传达其思想倾向、美学追求、创造风格、文学主旨等文化信息的媒体，或作为联络感情、增进友谊、共创文学事业的纽带，从而形成文学流派的表层结构，中国文坛不乏这样的文学流派。三是组织文学社团、文艺协会，举行文学评论或学术研讨会，主办文艺沙龙，开展文学创作或文艺联谊活动，发表共同签名的文艺宣言或围绕某些文学理论问题、创作倾向、文艺思潮展开讨论与争鸣，凡此都可以成为联络作家的纽带、承传相似或趋同文学追求美学理想的载体，并组合为文学流派的显层结构。四是大多数文学流派的表层结构是由诸作家创造的文学作品作为传达信息的符号体系联结而成；如果没有文学作品呈现出或传播出的相似相同的文化思想信息、审美理想信息和艺术追求信息，那文学流派是永远不会从历史的河流中被捕捞出来。结构主义者认为，一切文艺作品都是作家艺术家身上那个具有“先天构造能力”的心灵，或者大脑的产物，是作家不知不觉地、无意识地按照自己头脑中的那个先天模式创造出来的，由此文艺作品的价值或意义不表现在作品中的具体内容上而在于它的内在结构。既然文艺作品的价值在于结构，那怎样把这种结构揭示出来呢？在结构主义者看来，语言就是“符号”，文艺作品则是“符号”的排列组合，即作家把不同的符号系列当做一种艺术手段，用它来表现深埋在人类心灵里的那些神秘的信息，信息的质量越高，内涵的意义越多越纷繁，那文艺作品的价值意义就越大，所以文学研究的任务就是通过

“语言”符号系列的考察来揭示文艺作品的结构系统及其形成过程①。由此可以推演出新文学流派结构是一系列文学作品排列组合的显层结构，唯有首先研究组成文学作品的语言符号体系，方能发现文学流派不同于文学作品的是，它不是个体作家心灵的产物而是具有趋同美学倾向的群体作家心灵的创造，甚至有些诗歌流派是诗人们在很大程度上摆脱了现实生活框架的限制而于无意识王国里自由驰骋所创造的。

卡勒在《结构主义诗学》里说，“作为结构主义的两个看法是：(一)社会现象和文化现象并不具有什么本质，而是由内在结构(各部之间关系)及其在社会体系和文化体系中的地位来确定其意义的；(二)社会现象和文化现象并不单纯是一些事物或事件，而是一些具有意义因而可以当做符号来研究的事物或事件”②。新文学的表层结构类似于一种社会现象与文化现象，因而我们对它的研究不能仅仅停留于文学流派的表层结构，必须通过各种符号体系尤其是语言符号体系的考察与透视，深入其深层结构以发现文学流派的本质、意义及其内在联系。自然，文学流派的表层结构与深层结构并没有绝对严格的区别，只是相对而言。不过深层结构总是文学流派的本质与价值所在，是其之所以作为一个结构存在的质的规定性所在，而表层结构组成的各种形态的符号体系虽然具有一定意义，但它毕竟是深入探询文学流派本质的切入口或通道。相对于表层结构，文学流派的深层结构应是看不见摸不着的无形无色的精神结构，而这个精神结构又蕴含着多重精神，即作家主体精神、创作文本精神、文学观念意识及其文化的、学理的、审美的、艺术的等各种精神，甚至还包括社会意识、潜在生命意识等。既然文学流派的深层结构是个具多重性多义性的精神结构，那么它的内在的联结各个精神元素的纽带也是深潜的具有趋同倾向的思想逻辑线索或者意识流动线、情绪波动线；其承载和传达审美文化精神信息的符号体系也许是多种多样的，例如，表层结构的作家友情关系过渡到深层的精神结构中，可以用作家相互竞争共进关系作为“信息传递”，借以把各个作家在精神上结成紧密的整体，等等。但从总体上看，传递文化精神的最基本的符号体系应是具有特定意义的所指语言，即借助所指语言符号体系传递精神信息来沟通每个作家的心灵，使之趋向共同的审美目标而联结成文学流派的结构整体。在结构主义者看来，人类要构成一个整体，就须有一套能使人人心灵相通的符号体系，而这个符

① 《美学文艺学方法论续集》第321页，文化艺术出版社，1987年。

② 朱纳山·卡勒：《结构主义诗学》，纽约，1975年。

号体系能传达特定意义的信息，那么“语言”就是具有这种功能的“传递信息”的符号体系。这是因为人类创造了文化，可文化则是借助语言而形成与发展起来的，故语言不仅规定了人的本质也划清了文化与自然之间的界限。斯特劳斯在《忧郁的热带》中写道：“谁要是说‘人，就是在说‘语言’；谁要是说‘语言’，也就是在说‘社会’。”这就是说，没有语言人类就不成其为人类，语言是思维的直接现实，思维是伴随语言的产生而产生、发展而发展，语言与思维是人类摆脱动物世界而获得自身确证自身的重要标志。正因为有了语言人类才能相互交换、相互沟通，并把人类联结起来，所以没有语言人类社会也就不成其为社会。语言在人类的生存发展过程中之所以具有如此大的功能并与人的本质紧密相关，斯特劳斯认为人类在创造语言时就把心灵中形成的那种基本对立组合的结构赋予了语言系统①，而这种基本对立组合是人类群体中每个成员都具有的，故能借助语言来相互表达人人都可以理解的意思、表述人人都可以体验的情感，使彼此的思想感情得到交流，以丰富人类的智慧，激发人类的生命活力，这可以说是人类先天便具备的一种能力。文学流派作为人类审美文化精神结构，它无疑也是作家们在文学实践活动中借助语言相互交流相互认同相互激发相互凝聚的产物，如果没有所指语言作为传递信息的符号体系那作家们的心灵不会连通、步调也不会一致，文学流派就难以形成；至于中国新文学流派的深层结构，则是具有现代文化人格的作家们借助白话语言符号体系的巨大功能，将中外古今的思想文化的文学审美的等各种信息传递到每个作家的心灵，使之不知不觉地产生对位共鸣效应，从而形成趋同的社会意识、文化意识、审美意识，并激发起艺术创造潜能或将其转化为共有的文学观念，或将其物化为文学作品系列，以显示文学流派深层结构的共同趋向。因而那些深层结构越深邃越丰厚越隐微的新文学流派，其文化意蕴就越充盈，其艺术生命力就越强。20 世纪中国文学流派数量之多是古代文学任何历史阶段的文学流派所不能比拟的，但是随着时间的推移而真正经得住历史考验的文学流派究竟可以剩下多少呢？虽然尚不能作出明确回答，不过有一种研究现状和阅读现象已暗示出：即那些社会功利色彩浓重的文学流派问津的人越来越少。作为一种历史文化现象，治史的人当然不会忘记它们；而那些表层结构缺少明显标志而深层结构正在开掘的文学流派却越来越多地引起人们的研究与阅读兴趣，特别那些尚待发现的隐藏得很

① 《美学文艺学方法论续集》第 322 页，文化艺术出版社，1987 年。

深的文学流派或者新时期文学中尚不定型的文学流派越来越引起研究者的关注。这说明文学流派的深层结构,才是它的本质所在、价值所在、生命力所在。

既然新文学流派的深层结构与所指语言传达信息的符号体系联系在一起,欲揭开文学流派深蕴的“整个人类心灵的创造”的信息,就必须重视文学作品语言的分析,尤其那些主题词要抓住不放。20世纪中国的新诗流派更适合以结构主义进行研究,这是因为“诗歌语言高度精练,它可以容纳文学的‘信息’……诗歌语言的精炼程度越高,涵义就越含糊,这就给各种‘信息’的存在和寄托提供更多的可能性”“诗歌和押韵、节奏等,表现出了人类心灵无意识活动的节奏和内在逻辑”①。通过对诗歌语言的剖析就可以感受到“人类心灵无意识活动”的各种“信息”,这既是诗人心灵的声音也是对人类心灵无意识活动的感应;作为一个新诗流派的深层结构所隐含的人类心灵无意识活动的朦胧含糊的相似相同的“信息”,只有透彻分析其传递信息的语言符号体系方能真正揭示出来。

皮亚杰说:“结构是本身自足的,理解一个结构不需要求助于同它本性无关的任何因素。”②上述对现代中国文学流派的理解,正是从其本体自足性上所作的阐释。

---

① 《美学文艺学方法论续集》,第322页,文化艺术出版社,1987年。

② J·皮亚杰:《结构主义》,第2页,商务印书馆,1987年。

第二章　现代中国文学流派的多维特征

文学流派作为一个群体的审美文化的精神结构，是文学风格的象征也是文学成熟的表现。皮亚杰认为，结构应“具有普遍的、而且显然是有必然性的某几种特性，尽管它们是有多样性的”①。文学流派不管是个松散的结构还是个严密的结构，都应该具有几种带有必然性的特性，这既是它内在的质的规定性也是其外在的显著标志。由于中外古今的文学流派形成于不同的历史条件和不同的文化语境里，又是以具有不尽相同的文化人格的作家组成，所以其必然性的特性尽管有或隐或显的连通点，然而差异性却是主要的，尤其是生成于20世纪中国历史区间的新文学流派有着独具的特性。当然，在我们以世界化视野考察现代中国文学流派结构的特性时，不仅仅注意到了它与外国的、古代的文学流派的异同点，更看到了文学流派只是属于现代中国文学这个母系统中的子系统，也就是说它是新文学版图上的一个个小板块，因而新文学系统的基本特征往往也是文学流派的特征，或者说新文学流派的特性蕴含于新文学母系统中，把众多文学流派的特性予以整合归并，同样也能显示出现代中国文学的总体特征。这就为我们发现新文学流派的特性带来一定的难度，不可避免要出现这样的重合现象，即阐释新文学流派的某种特性实际上也是在阐释中国新文学的某种特征。它们之间的深微的区分度更需要细致的微观透视。现代中国文学流派从其构成诸元素及其联结纽带来考察，它在结构整体上具有几种必然性的特性，限于篇幅只能择其要者论述之。

现代性　尽管现代性也是整个中国新文学的基本特征之一，但新文学流派的现代性比之新文学母系统的现代性更鲜明更强烈也更具体更有个性。这里并不想对不同文体的文学流派或各个文学流派在现代性上的细微差异或个性化体现作具体分析，而是从总体上来观照与剖析新文学流派的现代性。所谓新

① J·皮亚杰：《结构主义》，第2页，商务印书馆，1987年。

文学流派的现代性也可以视为世界性，它的核心内容应是产生于新的国际环境与现代文化背景下的最能反映新的物质文明与精神文明的思想意识、审美意识形式，具有普遍的人类意义和现代世界意义，它代表着人类的现代审美趋向。从新文学流派的人员构成来说，大多数作家具有荣格所说的"现代人"的心理与品格，即他们是"一种结构新颖的人类"，"感知最现代的人"，"觉醒程度最高的人"；也就是说，"他是惟一具有今日知觉性的人，而且他是惟一发觉随波逐流之生活方式为太无聊的人"，"现代乃代表着一个过渡的程序，而惟有意识到此点的人才能自称为现代人"①。从19世纪之交到20世纪之交这百年间应是中国社会步入现代化进程的艰难曲折的过渡时期，早在上个世纪之交启蒙思想家、文学改良派领袖梁启超就明确地指出这一点。此后中国文化圈里不断涌现出具有现代意识、超前意识和变革意识的新型知识分子，在文坛上产生了一批批具有现代文化意识、思想意识和审美意识的文学艺术家，他们在特定的文化氛围与文化语境中组结成名目繁多的文学社团流派，以现代人的文化视域、现代人的审美眼光、现代人的审美形式以及现代语言传达信息的符号体系，来表现或再现现代人的生活、意识、情感、经验、情绪、体验、玄思、幻想等，这无疑从创作主体到文学本体为新文学流派铸就了现代性。

现代中国文学流派虽然是由现代作家建构的，但是它们的生成机制并非都是土生土长的，主要依靠一种现代自觉理性的指导，从改造民族传统文学结构、建设民族新文学系统以适应"世界文学"发展总趋势出发，积极而审慎地借鉴域外各民族文学特别是欧美文学，加以合理化与适用化的改制，使之变为既能与世界其他各民族近现代文学相通又能与我国新文学本源的民族性和时代性相融；这样的新文学现代性既可以体现于一个现代作家或一部现代作品的结构中，又可以集中贯穿于新文学流派的整体结构里。如果从文学本体予以观照，新文学流派的现代性主要表现在三个层面：

其一，语言层面。20世纪除了清末民初的一些准新文学流派及五四前后的学衡派等，几乎所有的新文学流派的传递文化信息的符号体系都发生了整体性变化，由文言变成白话，语言构成、表达方式等发生一系列变化，形成一套有别于古代语言的新的话语符号体系；而且这套新的传达文化信息审美信息的语言符号体系是在不断调整、不断更新、不断充实的，表现于不同类型的文学流派的

① C·荣格：《现代灵魂的自我拯救》，第293～297页，工人出版社，1987年。

语言符号又是同中见异、异中见同的。实质上,语言系统的变化取决于现代作家人格、本质和思维的变化,即语言符号体系的变化正是为适应表述现代作家的现代意识及其对现代中国人的生存、思想、情感、心理、行为等深微复杂的感受体验与审美把握。它不仅有利于传达各种现代的哲学、文化、宗教、政治、经济、科技等信息,而且更有助于通过信息传递来沟通各个作家的思想情感和审美理想,取得一致的见识和统一步调,易于形成文学流派,特别是语言符号由文言变成白话,这是对汉民族语言系统进行重新调整、重新组合、重新规范、重新建构,也是重新创造,这在文学艺术语言系统中表现得尤为突出。试想,20 世纪中国文学史出现了许多语言大师,为语言符号体系的创构作出了独特贡献,不仅使语言更富有个性化、口语化、严密化与准确化,而且使语符系统更丰富多彩更具有现代特征,尤其那些艺术风格独到特异的新文学流派的语言符号体系的现代性显得更显豁更亮丽。

其二,技艺层面。新文学流派构成的创作主体在建构具有趋同美学风格的文学作品的过程中,作为一定文学内容的实现方式的具体创作方法、艺术技巧、结构布局等,其综合效应发生了现代性转换,即卓有成效地表现现代人的生存方式、现代情绪与现代需求,满足了现代读者的多层次的审美期待。一个文学流派之所以能反映现实生活、情感体验并表现内面精神世界,孕育并创造审美典型或艺术形象或象征意象,运用的最基本的也是决定审美性质的乃是创作方法;而创作方法又是个多层次的结构系统,其内在基本精神实质与之相适应的基本艺术表现方法是创作方法的核心结构,与其核心发生这样或那样联系的人生观、世界观和哲学观则是创作方法的深层结构,与之相联系的种种具体写作规则、表现手法和艺术技巧等属于表层结构。中国古代的文学流派缺乏创作方法的理性意识与选运创作方法的理性自觉,20 世纪中国文学流派对创作方法具有自觉的选择意识与操作的自觉追求,这本身就是新文学流派现代性的表现。我们常常判定这个文学流派是写实型的,那个文学流派是浪漫型的或者是现代型的或者是古典型的,其主要价值依据就是它们各自坚持的创作方法或创作原则;尽管 20 世纪涌现出的新文学流派少有那种独尊一元创作方法的,而往往是多元的综合,但是仔细梳理便可看到,其主导创作方法不是现实主义就是浪漫主义或是现代主义,即多元中有主导,主导下的多元。

其三,观念层面。现代性文学流派的构成最本质的应以诸作家的现代文学观念或审美意识作为共同的导向,而系列文学作品制作的全过程无不有意无意地深受作家文学观念或审美理想的制导。但这种文学观念或审美意识则是以现代人学思想作为哲学基础的，它标志着整体文学意识发生了现代性转换，主要表现为文学审美本体观念的自觉化、文学功能价值观念的多样化、文学表现对象观念的主体化、文学体式类型观念的开放化。这样的文学观念是文学流派形成的内在根基，也是考察文学流派是否具有现代性的重要依据。

上述三个层面是互为表里、相互联系的，不论发现新文学流派的现代性或者阐释它的现代性，都是不可忽视的价值尺度。

民族性 现代中国文学流派的现代性并不像有的研究者所认为的是与民族性处于异质对立的两极，把现代性视为西方现代主义，或者认为只有现代主义思潮作用下的文学流派才具有现代性，这是对新文学流派现代性的偏执理解或是一种误解。其实，新文学流派的现代性与其民族性并非不相容，而是相互依恋，相互包容，你中有我，我中有你，有机地统一于文学流派的整体结构里，形成了结构主义所主张的“两项对立”而不是形而上学所强调的二元对立。前者的“两项对立”是着眼于两者相互依存的谁也离不开谁的独立性与互容性，现代性与民族性就是新文学流派整体结构里如此紧密地联结在一起的两大根本特性。

总观世界文学格局中的各民族文学及其文学群落的民族性，无不是由各民族固有的民族性所决定的，即使异民族的同化或是殖民主义文化的侵入也很难改变其本源的民族性。当然这并非否认民族性的嬗变性与可塑性。因为在任何一个民族形成与演化的过程中，它的物质文化与精神文化的双向交流相互反馈必然地凝聚并确立其独特的生活方式、伦理道德、风俗习惯和语言体系等；而这些只属于本民族不同于他民族的独有民族特征积淀于民族文化心理或变为民族集体无意识，经过世世代代相传并得以不断强化，则形成了思想观念或情感意识中的民族性。作家是民族的良心，文学是民族的灵魂，所以不论是文学作品还是由作家群体和作品系列构成的文学流派，无不由于形象化地、心灵化地再现或表现了这种根深蒂固的民族性而烙印上或深或浅的民族特色或民族个性。不过，这里要强调的是，20 世纪中国文学及其文学流派的民族性与传统文学及其文学流派的民族性虽有深远的联系，但也有所变异，这也合乎静中有动、动中有静的事物转换规律。在我看来，新文学流派的民族性通过群体的接受与转化机制，既承续了数千年传统文学及其文学流派的尚能适应现代人生存发展需求与审美期待的且可以激活的民族性，又根据民族社会形态和民族文化心理的新变化，从外国先进文学及其文学流派中广纳博采了合乎现代中国人文化审美需要的新因素，并能与我国传统文学的固有的民族文化的积极因素相契合，以形成文学流派的新民族性。当然文学流派的新民族性虽然含有现代性的因素，但它不等于现代性，这主要因为文学流派作为一个群体审美结构，不论其审美内容、美学模式、艺术风格或者创作主体意识、审美追求，都渗透着本土文化的集体无意识及其所形成的文学原型模式和民族审美取向，它不仅使文学流派注入了民族文化的遗传基因，而且某种民族思潮、民族风习和审美习惯也能成为滋润文学流派的内在根据。所以文学流派这种新的民族性其“根”仍扎在本土文化土壤里，是它与现代性能够相互依赖的独立性所在。正因如此，新文学流派的民族性具有不可低估的价值与意义。中国新文学需要具有民族特色的文学流派来显示自身的丰富性和成熟程度；富有民族特色的文学流派可以在更大程度上满足民族文化心理的审美渴求；特别是那些中国色彩鲜明的文学流派通过与其他民族文学的比较，在世界文学之林中放射出灿烂的光辉。

在20世纪中国文学流派的嬗变过程中，对于它的民族性与现代性这两大根本特性的互补互依关系并不是都认识得那么辩证、处理得那么妥当。有时为防止或克服现代化带来的某种欧化倾向，往往只强化文学流派的民族性，这就必然地使民族传统中的腐败性因素得不到有力的抵制而在新文学流派中复活；有时为防止或克服民族化的保守倾向，常常只注重文学流派的现代性而忽视其民族性，甚至提出与传统文化彻底决裂的口号，这难免使某些文学流派逸出民族性的轨道。无论哪一种极端偏向，其结果都会加剧中国新文学系统及其文学流派的内部危机。美国文论家阿布拉姆斯曾说：“文学史显示了一个反复重复的过程，在该过程中，具有创新精神的作家……同他们时代占统治地位的成规决裂，创作出具有独创性的作品，而让其他作家模仿他们的创新，由此把新颖的文学形式变成新的一套文学成规。”①且不说文学创新者是否能同“时代占统治地位的成规决裂”，它至少揭示了这样一条规律，即文学上富有任何创新意义的体制，其发展趋向总是走向对自己的否定，结果自己本身也成了传统。就是说任何个体或群体的文学创作都在建构传统和丰富传统，并使自己变成传统，只有最终融于传统的文学创作方能获得艺术的生命和价值。所以，即使“当代的一部革新的先锋派作品也可能仅以新奇博得公众一时的喝彩；但是在更为严肃

① 《简明外国文学辞典》第69页，湖南人民出版社1988年。

的批评中，只有当革新派的作品的优点符合传统优秀作品的标准时，它才被称赞是有创造性的"①。可见，文学的创新是无法与传统截然分开的，中国新文学流派的现代化并不能与民族文学传统决裂，实际上也没有决裂。况且，文学传统并非是一个完全封闭的体系，它本身总是遵循着新陈代谢的规律在进行自身调整；虽然中国文学传统是个稳定强固的结构，没有域外文学潮流的冲击难以实现结构性的转换，但这种靠外力而引起的整体性调整并没有拒斥传统自身的调节作用。因此，我们决不能把新文学流派的现代化与承续民族文学传统对立起来，把文学流派的现代性与民族性对立起来。试想，中国新文学史上哪一个作家或哪一个文学流派，及其文学作品与我国文学传统彻里彻外地割断了联系？即使那些最富有先锋色彩的文学流派也没有摆脱中国文学传统的浸染，所谓"东方意识流派"或"中国式现代派"前面附加的"东方"或"中国"，皆标示出这些来自欧美的先锋派文学到中国后便与我国文学传统发生了这样或那样的嫁接关系，经过历史的沉淀或社会的承认将逐渐变为中国文学传统。汪曾祺认为新时期有些作家或文学流派的创作倾向是："这种现实主义是容纳各种流派的现实主义，这种民族传统是对外来文化的精华的兼收并蓄的民族传统。"②从特定意义上讲，我们认定了新文学流派的现代性，实质上也就是认定了它粘带着民族性的现代性，认定了文学流派的民族性，实质上也就是认定了它附丽着现代性的民族性。

最具有浓重民族色彩的新文学流派莫过于那些与地缘乡情紧密联系在一起的文学流派，它们身上的地域性实际上是民族性的具体形态。唯有地域性的生态环境才能使文学流派富有地方色彩，不论是区域性的民族文化作用下或渗透下所形成的文学流派，还是构成人员以地方土著作家为主的文学流派或以地域的名字命名的文学流派，都与本土文化有着深切的关系，其地域性特别鲜明。

趋同性　如果说现代性与民族性不仅仅是新文学流派的两大特性，也是整个中国新文学系统的根本特性的话，那么审美趣味的趋同性则是新文学流派的独有的特性，也是文学流派结构的重要元素。要是众作家缺乏趋同的审美情趣，文学流派的结成既没有内在的依据又没有生存的活力，同时也丧失了文学流派的特殊价值和美学意义。

新文学流派之所以能凝成趋同的审美情趣，探其根由主要在于：一是因

① [英]哈·奥斯本：《艺术的"创造性"概念》，《美学译文》第3集第252页。

② 《回到现实主义，回到民族传统》，1982年《北京文学》第2期。

为众多作家、诗人共同置身于某种民族文化氛围或某一地区文化圈内，经过有意无意地渗透或不知不觉地潜移默化作用，于是就在审美心理和审美情趣上表现出惊人的趋同性。中外文学史无不一再证明，民族氛围对民族文化心理与审美取向的影响极为显著，这是因为一个人生下来就有自己的民族并处于本民族的生态环境中，即使后来成为文学家也依然在民族氛围之笼罩下，而这种氛围不受任何直观的物质环境的局限，如同空气一样弥漫于创作主体的周围，无形而有力的影响与渗染就会使作家之间的文化心理和审美取向缩小差异，趋于一致。对于民族氛围这种无法摆脱的影响，别林斯基在《对 1847 年俄国文学的评论》一文中指出，一个作家或诗人的艺术思维与其所生活的民族历史环境有着深刻的依赖关系，"'诗人'他首先是一个人，然后是祖国的公民，自己时代的儿子。民族和时代的精神对他的影响不会比对别人的影响更少"①。尤其在多民族杂居的区域，各民族的文化心理与审美心态最容易受到挑战。虽然不同民族文化对不同民族文化心理有一种无意识的互渗互补的同化作用，然而各民族的不同的物质生产与精神生产所形成的文化异质对立越发容易强化本民族文化心理或审美心理的趋同倾向，以抵御异民族文化的侵袭与同化，捍卫本民族文化的独立性与尊严性。海涅曾回忆，当莎剧《威尼斯商人》在犹太人居住的地方演出时，该喜剧并未引发观众的笑声，剧场的气氛是那么沉重，人们视夏洛克为犹太民族的优秀分子，且为他掬一捧同情之泪。这说明民族氛围会给民族审美心理造成一种巨大压力，驱使审美情趣趋向于对本民族有利的方面。由此启示我们想到，文学流派的审美情趣的趋同性，也取决于特定的民族文化氛围。二是共同的审美理想和美学追求能够直接导致新文学流派诸成员的审美情趣的趋同性，也许这是不言而喻的。因为一个新文学流派在众多文学群体的竞争中和多元文学思潮激荡下之所以成为一个相对稳定的自足性的审美结构，心理基础、精神支柱和行为目标就是共同的审美理想和美学追求，诸作家不仅把它融进自己的感情中，也注入进对生命的体验中，更贯彻到自己的创作实践中，故对共同的审美理想与美学追求表现出一种浓厚的兴趣和一种理性的自觉。正是以这种强烈的审美情趣和理性自觉作为内在动力与行为准则，驱动并规范每个作家去实现文学流派的共同审美理想和美学追求，创造新文学流派的文学业绩；反转过来，文学流派取得的丰

① 见彼斯彼洛夫《文学原理》第 21 页，三联书店 1985 年。

硕成就和文坛美誉，又能进一步坚定诸成员的审美理想与美学追求，进一步增强其趋同的审美情趣，为新文学流派再造辉煌。这种良性循环取决于文学流派健康积极的趋同的审美情趣，具有民族的时代的普遍意义，代表着一个民族的向上的审美风尚；否则，如果趋同的审美情趣平庸消极或只限于一个小圈子，那不仅会降低一个文学流派的审美品位也会造成一个文学流派丧失生命活力，甚至导致整个文学流派的解体。在20世纪中国文学流派系列中并不乏这样的文学群体。值得深入探究的是，趋同的审美情趣乃作家的审美经验、情感体验与个性特征相融合而凝成的。这是因为一种对现实生活和生态环境的类似经验与生命体验不可能仅为一个作家所独有，一种类似的审美感受与情感体悟也不可能仅被一个作家所感受，所以这诸种类似的生存经验和审美感悟通过各个作家的艺术个性感应会通便形成趋同的审美情趣。具体而论，众多有个性的作家聚集在同一个生存空间，现实的物质生活、文化生活、精神生活几乎是大同小异，尽管每个作家的感受能力、体悟能力、敏感程度甚至接受器官有差异，但这种悟性、灵性的差异性毕竟要少于其一致性，因而诸作家对同一生存环境或文化氛围的感受与体验的相同性必然大于其不同性，这就是构成新文学流派成员的趋同审美情趣的经验与感悟的基础。

如果从创作形态来考察，中国新文学流派审美情趣的趋同性大致体现于这些层面：就一个文学流派而论，它的诸多作家倾向于从不同的角度表现或再现同一文学母题或选取相似的创作题材；对于审美形式的追求，往往热衷于在同一文学体式的创构上大显艺术手腕；传达和包孕各种思想意识审美意识的语言符号体系在诸多的作家的艺术追求中，大多热爱色调的统一或同中求异；创作方式或美学原则的选择和运作在艺术生产实践中，体现或明或暗的一致性；至于显示文学创作整体面貌的美学风格，更能看出诸作家的趋同审美倾向。

相似性 艺术风格的相似性是每个自立于20世纪中国文学历史长河中的文学流派最鲜明的标志。它与每个文学流派的审美趋同性互为表里、相互依存，即缺乏独特艺术风格的作家群体不可能是一个具有美学价值和审美情趣的文学流派，没有趋同的审美情趣和审美追求的作家群决不会共创文学流派相似的艺术风格。

所谓艺术风格是个有歧义的美学范畴，简言之可理解为文学创作过程中审美理想、审美经验以及与之相适应的审美形式的有机融合的整体美学体现。如自我表现小说派的“感伤”艺术风格，社会言情小说派的“苍凉”艺术风格，言志散文派的“冲淡”艺术风格，为人生派的“怨怒”艺术风格等，都是主要依凭感悟意会而加以描述概括出来的美学韵味和格调。每个有艺术个性的作家无不有自己的艺术风格，然而当个体作家带有自己的艺术个性来共建文学流派相似的艺术风格时，那么作家特有的艺术风格与文学流派艺术风格的独特性之间是怎样一种辩证关系？这是应该深入探讨的。在我看来，理解它们之间的内在关系，首先要弄清各具艺术个性的作家以何种美学理想、审美追求，在什么样的共同契合点相汇融、相交织而形成文学流派的相似艺术风格，如为人生派作家群是选择了“为人生而艺术”这个契合点把诸作家的艺术个性、创造才能及其他美学因素、情感倾向聚集起来，经过熔冶化合而形成以“怨怒”为特征的艺术风格；其次应认识新文学流派的独特个性与艺术风貌并非所有成员的艺术个性相加而得出的总和，乃是同一文学流派作家的艺术个性在自觉不自觉、理性非理性的创作实践中将趋同的审美经验或审美理想寄寓相同的“契合点”铸炼熔化而成的，正因如此，故使每个作家总是以其艺术个性充实着、发展着所属文学流派的独特性，而文学流派的艺术风格又昭示着同派作家的艺术个性与整个文学流派的艺术个性协调发展；再次也必须看到文学流派的独特艺术风格，它既是区别于其他文学流派的独树旗帜，也是本文学流派成员的共同审美追求和艺术目标，对同一文学流派，它具有向心力和凝聚力，而对不同文学流派它既有拒斥力，又能形成一种互补格局。

尤其应该强调的是，艺术风格的相似性对于新文学流派的建构具有特殊功能。从结构主义来看，艺术风格乃文学流派构成的决定性元素，这并非单指不少文学流派以艺术风格命名，重要的是说风格成于个人，而流派则建于群体，然而，这一群体诸作家的各自艺术风格正是表现出共同的审美趋向或表现出大体一致的艺术取向，只有在艺术风格的个性与共性的多样统一上独树一帜，才能形成文学流派。当然，如果某种相似的艺术风格无人欣赏也没有人为之倾心，那也不可能形成文学史上承认的新文学流派；即使某种艺术风格令不少人倾心和追随，假若仅仅停留在无创造的模仿上，亦步亦趋地跟在中外古今有名的文学流派后面照搬生套，也未必能形成独具艺术风格的新文学流派。只有那些敢于在艺术上标新立异或富有艺术创造性的作家们聚集在一起，方能为新文学流派创立新颖独到的艺术风格。考察20世纪中国文学的流变便会发现，有些作家群体虽有共同的文学主张，共有的组织形式，然而只因缺乏独有的艺术风格，照样也构不成文学流派，这也许是文学社团和文学流派的区别所在。据统计，仅中国现代文学30年就涌现出近千个文学社团，但大多数构不成文学流派，其中一个决定因素就是缺少共有的艺术风格。可见，新文学流派是艺术风格相似的作家群在特定的历史条件下自觉或不自觉的结合，特别是以创作实践或文学实绩以显示相似艺术风格、审美取向作为成立的前提条件或最基本的构成元素。既然如此，即使那些以文学社团为核心或以文学刊物为纽带构成的新文学流派也必须具备相似的艺术风格；推而论之，那些没有结社建团或创办刊物的作家群，只要其文学创作呈现出相似的艺术风格，就可以演绎成文学流派。

从接受美学角度看，对艺术风格的自觉认识可以成为同一个文学流派作家的自觉创造要求，致使在创作中的每一种探索都是自己声音的探索，既能发展自己的艺术个性又能丰富文学流派的艺术个性，更能有利于与读者审美心理上的互应沟通，以满足读者的审美期待。高尔斯华绥曾说："风格是排除自己同读者之间的种种壁垒的一种能力，而风格的最高成就则是同读者发生密切联系。"对于个体作家来说艺术风格如此重要，对于群体作家组成的文学流派来说艺术风格更重要，它关系到文学流派的生存发展和在文学史上的命运地位。也就是说，越是具有独特艺术风格的文学流派越能为广大读者提供一个富有审美价值的文本而进入交流领域，并从而使文学流派在一代代读者的期待视野中获得不朽的艺术生命力。

流动性　顾名思义，文学流派是在新文学整体流动中结成的派别，没有流动难以结派，即使结成派也会变成死硬的板块，唯有不断流动而凝结的"派"才有活力，才能不断地更新交替；反过来，"派"一旦结成也能有力地推动"流"，而且使之朝着既定的方向流，也许越流波澜越壮阔，越流河床越宽广。可见，流与派互为因果，相辅相成，始终行进在一条或数条运动线上。不过流动性不是文学流派所独具，整个现代中国文学发展都显示出流动不息的特征。我这里所说的文学流派的流动性，主要是指它在中国新文学整体系统的运动中显得异常活跃，格外突出。也就是说，不仅指文学流派随着新文学演变进程而出现而发展，总是在流动着的波澜壮阔的历史河流中不断地展示自身的风采，而且主要指新文学流派本身无不充满了动态感，始终处在无休止的嬗变中，它们是新文学总体结构系统中最不稳定最不安分的子结构。考其原因是多方面的，这里从两个角度略加审查：

从新文学流派内部结构来看，其成员的主体选择意识极为活跃，这就决定了他们的审美理想、美学取向以及创作倾向经常在调整或变动,特别是在历史转型的文化思潮和文学潮流的激变期,其变动之快、调整之迅往往令人眼花缭乱,难以把握,对它们进行理论界定或阐释常常是个含糊值。有些新文学流派的主干作家或是“派头”,今天信奉这个主义明天又崇尚那个原理,今天喜欢外国的表现派,明天又偏爱意识流派,甚至兼爱多种域外文艺思潮、多个文学流派或世界级大作家,以作为创建或更新中国文学流派的参照系或崇尚的榜样或借鉴的资源。这也许是导致新文学流派变动的根本原因。

就文学流派彼此之间的关系而论,并非处在对立的两极,常常是又合又分,又分又合,时分时合,时合时分,或合中有分,分中有合,这在二三十年代和新时期的文学流派变动中表现得尤为明显。从总体上看,20 世纪中国文学流派大致有这样 5 种变动方式或流变趋向:某文学流派一部分成员经过犹豫动摇,又选择了另一个文学流派,不只是加盟新文学流派,而且强化了该流派的审美理想和艺术风格的趋同性;或某个文学流派的一些成员通过奋斗或积极策划又组建成一个新文学流派,并与原来的文学流派在多方面保持着联系;或某些文学流派处在文学主潮以外的边缘地带,经过斗争自行解散,主动地加人体现文艺主潮的、置身于中心地区的文学流派;或某些文学流派的出现以标新立异为特征,也有的文学流派并没有明显标志而是隐身于文学汪洋中,甚至有的文学流派与其他文学流派并肩而立或对峙存在;或某些文学流派采取曲线的运动方式走向极端,然后又出现顺向或逆向的文学流派。这都表明新文学流派具有极活跃的流动性。

超越性 文学流派虽然是个自足性的整体结构,但由于组成它的诸多元素有的是横向借鉴的,有的是纵向承续的,也有的是来自纵横交错的源头,因此这些元素的复杂性、丰富性与张力性就给新文学流派带来了超越性的功能。这主要表现为:小而言之,超越文学派流自身结构,或转换为一个异质的新文学流派,或发展为一个同质的新文学流派。前者可以创造社为例,先是艺术派后来变成革命文学派,后者以 20 年代的象征诗派到了 30 年代则成了现代诗派为例说明之。大而言之,文学流派能够超越阶级或政治信仰、宗教意识的局限使许多作家走进同一个文学流派,不论新青年派、为人生派或七月派等,都体现了新文学流派这种兼容并包的超越功能。广而言之,新文学流派由于产生于世界文化日趋一体化的大环境,故能超越民族界限、跨越国界而走向世界,与其他国家民族的文学流派嫁接或联姻。如

20年代的象征诗派就是由李金发先从法国象征诗派移植过来的，30年代初的新感觉派与日本的新感觉派有惊人的相似之处，新时期的东方意识流小说派与蔓延世界其他各国的意识流小说有着极密切的联系。文学流派有的还可以超越时代，一代代传下来，其艺术种子绵延不绝。

新文学流派的特性虽然还可以换一些视角进行考察，但这些特性就足以说明文学流派是一个有机的多维的整体审美结构和精神结构，是生成于20世纪中国文学长河中的一条不断运转和旋升的艺术生物链。

第三章　现代中国文学流派营造的主体性

在现代中国文学流派的研究领域里，不论从社会学视角来观照或者以心理学范畴来考察，都会发现文学的现代化既能把作家们变成现代化的主体，又能把他们变成现代化的对象。现代化在赋予作家营造审美文本或文学流派力量的同时，也在改变着或完善着作家自身。现代化不是削弱作家的主体性而是强化其主体意识，使其在文本或文学流派建构过程中最大限度地发挥创造潜能。现代化把作家变成文学现代化的主体，正是现代化作为一种动力机制和价值目标在激发着或召唤着作家，使其独立意识、自由意识、创造意识获得新的觉醒，并认清了新的价值方位。现代化把作家变成文学现代化的对象，这里则至少包含着两层意思：一是作家作为文本或文学流派的主体其本身的素质含有不少不适应文学现代化的非现代化因素，它必须作为文学现代化的重塑对象予以改造；一是作家既是文本或文学流派的营造者又是文本或文学流派生成的有机组成部分，如果说文本或文学流派是主客体的统一，那么作家的积极介入就成了文本或文学流派主客体的重要构成因素，如果说文本或文学流派是作家现实叙事与想象叙事的产物，那么作家更是文本或文学流派的现代化对象，假若文本或文学流派缺少作家主体作为现代化的对象，那么它们本身也就不存在了。因此不管作家作为文本或文学流派营构的主体或者作为文本或文学流派的现代化对象，作为艺术生产力最活跃因素的作家们都是文本或文学流派营造的决定性力量。尽管在近百年现代中国文学流派的嬗变过程中，反复遭遇现代化或现代性的冲击和挑战，使我们在现代与传统、理想与现实、激进与保守、进步与倒退、激情与失望等种种矛盾和悖论中，来体验和理解现代化或现代性，但是终究可以认识到现代文学本文或文学流派的营造，主体意识的现代性总是在冲突里与新型民族性形成辩证统一的缔造力和驱动力，左右着文学本文或文学流派的生成。

“对于辩证法思想来说，行为是通过把它与集体主体联系起来才成为可以理解的，在此种情况下，个体主体在解释行为的过程中是从属的，次要的，因为它表现为诸如疯狂、梦，甚或弗洛伊德的失言之类的非理性现象。”①戈德曼提出的“集体主体”与“个体主体”两个概念以及两者的主从关系，对于我们探讨现代中国文学流派的营造具有方法论的启示意义。文学流派作为群体性的审美文化结构，并非个体倚仗独自的美学追求与艺术才能所缔造，即使个体主体有实力有威望成为某个文学流派的“领袖”或“鼻祖”，也不能认定这个文学流派属于个体所独有。任何一个文学流派都是个体主体与集体主体共建的审美文化实体，一旦个体主体参与了文学流派的共建活动它就不是独立个体主体而是集体主体中的个体主体，它参与文学流派建构的个人行为也是集体主体行为的有机组成部分；至于个体主体的行为在营造文学流派的合力中所处的价位，同集体主体相比当然是从属的次要的，究竟它发挥了积极作用还是消极作用以及多大的作用，必须把个体主体与集体主体联系起来才能作出明确的解释。个体主体之所以自己不能定义自己、自身不能阐释自身，不仅因为它与集体主体作为主从两个范畴相对应相依傍而存在，需要两者相互定义相互阐明，也因为个体主体参与文学流派的营造往往带有非理性的激情和冲动，而这些非理性的东西只有借助集体主体理性意识的规范或疏导才能转化为缔造文学流派的积极力量，以减少个体主体非理性的盲目冲动所造成的负面效应。

考察中国文学流派现代化的实践营造过程，便会发现个体主体所发挥的作用极为复杂。虽然文学流派不是个体创造物，但个体主体却以其思想智慧与创作行为参与文学流派建构显示出各自不同的潜能和才华。其中从有些个体主体相对于集体主体所形成的合力优势来看他是从属的次要的，而当个体主体拥进集体主体时其自身在集体主体中所居位置所起作用却不一定是“从属的，次要的”，甚至有的个体主体在集体主体的合力中起着主导作用或决定作用。对此，只有从多层面多视角进行具体分析，才能作出切实可靠的判定。从个体主体在文学流派中所扮演角色来看，大致可以分为三类：一类是主帅角色。并不是产生于近百年中国的文学流派都有“主帅”，也不一定在研究时必须找出个“主帅”。对于文学流派来说，“主帅”不是自封的也不是“他封”的，而是在文学流派营造过程中自然形成的。那些在文学理论上有独到建树的或在文学创作上有独特风格的且能受到其他个体作家拥戴和崇敬的文学大家或文学巨匠，

① ［法］吕西安·戈德曼：《文学社会学方法论》，第109页，工人出版社1989年。

往往自然而然地就成为文学流派的“主帅”。鲁迅作为个体主体,之所以能成为现代杂文派的主帅,周作人之所以能成为现代言志派散文的主帅,主要因为他们的杂文或散文创作成就高,而且所形成的美学风格影响了一批批创作主体、一代代创作个体。二类是中坚角色。作为文学流派营造的个体主体,这类角色虽然不如主帅能充当文学流派的自然领袖或旗帜,但是能够成为文学流派中坚的个体却并非等闲之辈。他们不仅是文学流派的重要支撑者及其流派风格的主要体现者,也是文学流派赖以存在的文学本文的得力创造者。创造社之所以在现代中国文学史上能成为与为人生派双柱并立的“艺术派”,不只有郭沫若承担主帅的角色,更有郁达夫、张资平、成仿吾、叶灵凤、田汉等这批中坚力量;郁达夫小说的感伤风格独压艺术派,也影响了20年代中前期所有的文学流派,如果论及创造社小说创作成就不提郭沫若可以却万万不能忽略了郁达夫。特别那些难以确立主帅角色的文学流派在现代中国文学流派系列中是大量存在的,它们之所以能作为文学流派自立门户就因为它们有一批中坚角色,共同撑起流派的文学天空,共同举起流派的文学大旗。80年代中期以后小说界活跃着现代派小说、新写实派小说、新历史主义小说,对这些不同创作格调的小说群体很难选定哪个个体主体扮演着主帅角色,但却可以如数家珍一样点明一串扮演着中坚角色的个体主体,实际上缺少主帅角色的文学流派而这些中坚角色的作家主体则成了文学流派营造的主力军。三类是随从角色。文学流派虽然不是有严密层次、组织级别的群体,但也并不完全是一伙乌合之众,每个作家主体总是有意无意地依凭某种线索或游戏规则结成一体。如果说文学流派的营造有些个体主体如主帅、中坚等角色,进入了核心层次,他们决定着文学流派生成消亡的命运;那么大量尚未进入核心层次而成为文学流派外围力量的个体主体,应似随从角色。这些个体主体对于文学流派营造来说也不是可有可无的,扮演随从角色的个体主体并不是奴性十足而仍具有强烈的自主意识、独立意识和选择意识,所以他们随从某个文学流派完全是主体意识的自我选择,是对文学流派主帅或中坚所代表的美学理想和艺术风格的自觉追求。有了情愿扮演随从者的创作个体,不仅能为文学流派壮大声势扩大规模,而且他们的文学创作也可以丰富文学流派的风格和实绩,使其在与其他文学流派竞争中更有雄厚的势力。如30年代的左翼文学流派随从者众矣,形成一股强大的外围力量,任凭风吹浪打“左翼”岿然不动;再如山药蛋派从40年代形成至今绵延半个多世纪,其生命力几遭摧残依然健旺,主要得力于随从者不断转化为生力军,补充和承续了山药蛋派的血脉和传统。为了叙述方便,我把个体主体在现代中国文学流派营造过程中依据作用大小、成就高低分为三类角色来把握,这只具有相对意义。其实每个主体在文学流派演化中并非凝固不变的,个体主体的角色地位常常置换,作用和价值也不断转换。

"我们没有遇到过外在于个体意识的集体意识,也不存在任何与个体意识割裂开来的意识。"①从心理学来说,现代中国文学流派大都是集体意识的产物,但这种群体主体的集体意识或者是个体主体意识的有机整合或者是通过个体主体意识予以体现的,故个体主体意识对于文学流派营造已进入深层次的内在机制和动力源泉。如果说从扮演角色来考察个体主体在文学流派营造中的功能效用主要着眼于显在层次,那么从思想意识来探索个体主体对现代中国文学流派营造中起着隐形深层作用的主要有社会意识、文化意识与审美意识,它们也构成了文学流派现代化的深厚意蕴。任何文学流派都是一种特定的社会现象,从文学流派与社会的张力关系来看,它是对某种社会思潮的呼应和适应,对另一种社会思潮的反拨与抵制,正是从这一特定意义上说文学流派不是象牙塔里的产物而是某种社会思潮的产物;不过一个文学流派呼应哪种社会思潮、同哪些社会思潮相抵牾,其关键则取决于作家主体意识的价值取向和选择向度。若是作家主体意识充满了忧国忧民情感、社会变革激情、为民族为国家为阶级争解放争自由的情怀,那他必然热衷于社会政治思潮或革命思潮,他所参与营造的文学流派或选择加入的文学流派无疑是那些重视社会功利或政治职能的文学流派。为什么有那么多个体主体作家自觉自愿地参与"革命文学论争"而结成革命文学派,心甘情愿地加入中国左翼作家联盟而形成无产阶级文学派,新时期伊始又有那么多作家主体投入"拨乱反正"的政治批判运动而自觉不自觉地凝成"伤痕"小说派、反思小说派,重要的原因是作家主体意识中有个化不开的革命情结或政治情结,情不自禁地以文学为武器参与社会变革或政治革命;这些个体主体的社会意识营造或选择了社会型或革命型的文学流派,社会解放或政治革命的需要也垫高了此类文学流派及其作家主体的社会价位。随着历史的变迁和时代的移动,作家主体以社会意识营造或选择的社会型或政治型文学流派已失去昔日的轰动效应和耀目的光环,遭到一些文学史家或评论家的贬斥,甚至有人把这些文学流派视为非文学流派。我认为,固然这些文学流

① [法]吕西安·戈德曼:《文学社会学方法论》,第109页,工人出版社,1989年。

派的功利效应大于美感效应、思想价值大于美学价值、社会品位高于艺术品位，但是也必须看到作家个体主体营造或选择这类文学流派并非完全以社会意识或政治意识来左右，只能说社会政治意识起过主导作用，而文化意识和审美意识却总是与社会意识相伴随着，不论革命文学派、无产阶级文学派或者伤痕小说派、反思小说派的个体作家都没有放弃对审美价值和艺术规律的追求，主观上并不想把文学文本当成某种社会理念和政治概念的传声筒，因此对这类文学流派应从多维度进行分析，特别对参与营造或选择此类文学流派的个体作家的主体意识更要进行辩证的阐释。

考察现代中国文学河床上星罗棋布的文学流派，文化型的要多于社会型的，如果说社会型文学流派得力于作家主体社会意识的支撑，那么文化型的文学流派则是以作家主体文化意识作为精神支柱。就其实质来说，社会意识与文化意识难以从概念上区分清楚，一旦这两种意识进入作家主体的精神结构就更难区分了，因此当我们在探察个体主体的社会意识介人文学流派的营造或选择时，实际上也在考察作家主体的文化意识的介入程度；同样的思路，当我们在考察作家主体的文化意识参与文学流派的营构或选择时，实际上也在探索个体主体的社会意识的参与程度。虽然社会意识与文化意识难以区分，但并非一定不能区分。文化是人创造的也是为人服务的，故人是文化的本质。这里所研究的文化意识仅限于以人为本的文化意识，也就是现代中国的人文主义文化思想。人本文化意识与社会意识的区分点在于后者主要关注社会解放、国家命运和民族利益、阶级解放，前者着重关注人自身的全面发展和全方位解放，尤其视个性解放和精神解放高于一切重于一切，这种文化意识尽管带有乌托邦色彩，而在中国却是十分诱人的现代文化意识，是文学流派现代化最具根本特征的文化内涵。文化意识比起社会意识对于现代中国文学流派的关系更紧密更深切，这不仅因为人本文化意识直接适应了文学作为人学的美学需求，而且也因为人本文化意识唤醒了作家主体意识并确立了创造“人的文学”的自觉性，同时也唤醒了文学自身作为“人学”的自觉性，有了这种人本与文本的双向自觉就能开创一个“人的文学”及其文学流派的新时代。个体主体的人本文化意识在营造或选择文学流派过程中可以获得更大的自由，获得更多的创造激情，因为“我们的自由在于我们的行为原则就存在于我们心中，而我们的行为表达了我们的本性，完全摆脱了外在的压力”；特别是“理智的能力”是人类自由的关键，致使“我们的心灵既是主动地行动又是被动的行动：当它拥有恰当的观念时，它是在主动地行动(agit);当它拥有不恰当的观念时,它就是被动地行动(patitur)”。[①] 人本文化意识就是现代理性意识,个体主体有了这种理性观念作为行为原则,既能取得心灵的自由解放,又能依据人的本性要求积极主动地营造或选择文学流派,也能把心中迸发出的激情导人建构“人的文学”流派的正确方向。人本文化意识是一种现代性意识,当作家个体以这种文化意识为导向和支柱去营造或选择文学流派时至少要面对三个层面的冲突:一是自我意识中的现代与传统、理性与情感、本我与超我的冲突,只有通过相激相荡的摩擦和转换,把主体意识统一到人本文化观念上,才能主动地去应适文化型文学流派营构的内在要求;二是个体主体文化意识与其他个体主体文化意识之间的现代观念和非现代观念的冲突,在相同的历史语境和文化语境里每个作家主体对外在文化信息的接受取向和感应程度是有差异的,所形成的主体文化意识或观念形态必然存在不同矛盾,有些作家主体倾向于传统文化观念,有些作家主体忠诚于现代文化理念,只有后者在文化冲突中才有可能求大同存小异,以趋同的现代人本文化意识参与文化型文学流派的营造或选择;三是个体主体的文化意识与集体主体的文化意识存在冲突,实质上仍是现代文化意识和非现代文化意识的冲突,如果个体主体的文化意识基本属于现代人本文化范畴,只有小量的文化意识是非现代的,那就不会影响作家个体文化意识与集体主体的现代文化意识相沟通相融合,也不会妨碍其主动地参与文学流派的营造,否则个体主体的文化意识必须进行结构性的大调整或大换血,这样才有可能与集体主体的现代文化意识在共建文学流派的行为中取得步调一致。在现代中国文学流派系统中,有代表性的文化型文学流派如五四时期受到启蒙文化思潮洗礼的早期白话诗派、为人生派、浪漫诗派,40 年代的文化反思派、新浪漫小说派以及 80 年代的文化寻根小说派、改革小说派、东方意识流小说派等,作为作家个体主体参与这些文化型文学流派的营造或选择所表露出的文化意识并不是一成不变的,常常在矛盾中统一,在统一中矛盾,在变动中趋同,在趋同中变动,使文化型文学流派成为极活跃的生命流动体。个体主体以文化意识参与文学流派的营构是就其主导方面而论,当其以文化意识感应人文主义文化思潮时并不拒绝社会思潮的渗透,对审美文化思潮尤为亲和,这也许因为人本文化思潮在唤醒了作家个体意识自觉的同时也唤醒了文学审美意识的自觉,人的自觉与文的自觉同源于现代人文主义文化思

---

① [英]约翰·科廷汉:《理性主义者》,第 183 页,辽宁教育出版社、牛津大学出版社,1998 年。

潮。所以文化型文学流派的文本具有话语蕴藉的特征,没有社会型文学流派那种概念化功利化倾向,文本的思想性与艺术性基本达到平衡和谐。

现代中国文学流派毕竟是些审美实体,即使社会型文学流派也属于审美文化范畴,把它们说成非文学流派是主观臆断或极端偏激情绪的表现,缺乏实事求是之意和严谨科学的态度。因而个体主体的审美意识对于文学流派的营造或选择至关重要,社会意识、文化意识可以淡化,唯独审美意识不能淡化;如果说在作家个体主体的精神结构中社会意识、文化意识、审美意识处于不同层面,它们之间相辅相成互为因果,那么审美意识对于文学流派的建构在三种意识的综合作用里它显得更为重要,因为只有审美意识才能规定文学流派不同于文化流派、社会团体、政治派别的本质特征。文学或文学流派作为审美意识形态实际上具有审美与意识形态双重性质,正如阿多尔诺所说:"艺术的本质是双重的:一方面,它摆脱经验现实和效果网络即社会;另一方面,它又属于现实,属于这个社会网络。于是直接显示出特殊的美学现象:它始终自然地是审美的,同时又是社会现象的。"①我认为,文学或文学流派作为特殊的审美意识形态,它的社会意识与审美意识的双重性质不能等量齐观,审美意识对于文学作品或文学流派的本质规定应是主导的决定性的。道理极为简单,若是文本创作或文学流派缔造缺乏审美意识,那就称不上审美意识形态而成了社会意识形态,文学或文学流派的独特本质不存在而它们本身也就不存在了。虽然作家个体的审美意识不能超然于人的社会意识而凭空产生,先进的社会意识和丰富的现实实践必然会生发更高的审美理想和审美知觉,创造相应水准的审美意识;但是审美意识一旦形成就超越了社会现实意识,具有更全面更自由的性质。由于审美意识高于社会现实意识,所以"审美理想高于现实理想,它不是有限的发展要求,而是无止境的全面发展的要求;审美直觉或想象高于现实的直觉或想象,它不是有限的知觉把握,而是无限的总体性把握;审美情感高于现实情感,它不是日常的喜怒哀乐,而是至大至深的体验,它使人真正享受到人生的价值。"②如果作家个体主体能主动地以审美意识为导向参与现代中国文学流派的营造或选择,那么他就会自觉地按照美的规律来建造文学流派并创作文本,使文学流派具有鲜明的艺术风格,使文本带有话语蕴藉性质。因此这样的文学流派可称之为艺术型文学流派,它们如同一颗颗明珠嵌镶在现代中国文学河床上,如20年代的

① 阿多尔诺:《美学理论》,第358页,英译本,伦敦,1984年。

② 杨春时:《系统美学》,第156~157页,中国文联出版公司,1987年。

新月诗派、象征诗派,30年代的现代派诗、京派、论语派,40年代的七月派、九叶诗派,80年代的朦胧诗派、先锋派小说,等等。这些文学流派的营造主体总是以审美意识为主导原则从多方面进行艺术探索与艺术更新,进行多样化的艺术选择和革新创造,以追求艺术个性的弘扬来实现文学的自觉,把社会意识、人生感悟、文化信息转化为审美理想和审美情趣,竭力突现文学流派的美学特征。例如,80年代初崛起的先锋派小说到90年代初经历一个探索、发展和转型的过程,每个参与营造或选择先锋派小说的作家主体都具有先锋审美意识,自觉地借鉴现代主义小说艺术,突破了传统小说的艺术格局,为先锋派小说开拓了新的艺术境界。80年代初高行健的《花豆》、李陀的《余光》、张贤亮的《绿化树》、李国文的《月食》、张洁的《忏悔》、陆星儿的《青鸟》、张辛欣的《在同一地平线上》等,它们的先锋色彩主要表现在对意识流表现技法的运用上,往往在较为明晰的故事框架里交织着人物心理活动结构,以理性作为意识流的引导,严防其自由泛滥,将西方自由联想的意识流手法与中国传统以理驭情的审美精神结合起来,把人物心灵的深入开掘与客观写实结合起来,使社会意识、人生感悟通过现代主义技艺转化为现代审美理想,因而可以说这样的先锋小说既具有现代性美学特征,又具有民族性美学特征。80年代中期是先锋派小说的喷涌勃发期,每个年轻作家主体都以新潮审美意识为文学流派的营造标新立异趋新猎奇,扎西达娃的《系在皮绳扣上的魂》以魔幻现实主义手法创造出一个扑朔迷离的神秘迷宫;马原的《冈底斯的诱惑》以独特的叙述方式描写藏族神奇的风俗与迷人景色,以显示"叙述圈套"的魅力;莫言的《透明的红萝卜》表现出一个超常的特异的感觉世界,涂染着浓重的象征主义和感觉主义色彩;刘索拉的《你别无选择》以"黑色幽默"的调侃性语言描述当代大学生对于"存在"的荒诞感,表现一种压抑、苦恼、孤独、昂奋的复杂情绪:这些先锋派小说的共同特征是以意识流、象征、荒诞、魔幻、变形、幽默等现代手法,向人物心灵深处开掘,把人的内心世界的潜隐性与表现形式的抽象性结合起来。及至80年代末90年代初先锋派小说,似乎迷恋于艺术技巧创新的争奇斗妍的热闹场面已经过去,更加关注在社会转型期人们的精神沉沦与拯救,那些曾为先锋派小说建功立业的马原、刘索拉、莫言、残雪等作家个体或改弦更张或销声匿迹,但他们(她们)以先锋审美意识参与营造先锋派小说的闪光足迹将永远会在现代中国文学史上放射光辉。

为了叙述的方便,我把个体主体精神结构所蕴含的社会意识、文化意识、审美意识对于现代文学流派营造或选择所起的潜在导向作用分别予以阐释,实际上这三种意识对任何一个置身于文学流派建构之中的个体主体来说都是纠葛在一起而发挥综合作用的，而且它们之间的主导作用在不断的转移换位，有时社会意识来主导，有时文化意识来主宰，有时审美意识来制导，始终坚守某种意识一以贯之者甚少；况且个体主体的社会意识、文化意识、审美意识作用于文学流派的营造或选择已显示出深刻的辩证关系，不是各自为政而是有机的统一体。社会意识是审美意识的基础，而审美意识则高于社会意识，那些独具特色的文学流派及其优秀文本的主导倾向是对社会意识局限性的超越，是全面自由的审美意识；社会意识作用于文学流派或文本的创造究竟如何转化或升华为审美意识，它的中介就是人本文化意识的人道主义，因为"审美既然创造了全面发展的个性和自由理想，是一种超越现实意识的全面、自由意识的活动，它就必然与人道主义发生联系。"人道主义作为一种人本文化思想体系，它肯定人的价值，追求人的自由和幸福，一方面"人道主义又不是抽象存在的，它以一定的历史形态出现而打上时代和阶级的烙印"，另一方面"人道主义作为'自由的精神生产'的一种形态，又在一定程度上超出了时代和阶级的局限而具有进步的意义"，正是这种超越性使"审美意识与人道主义是相通的，现实意识只有通过人道主义思想才能与审美意识沟通。人只有不满足于自己从而也是整个人类的现实存在、具有更高的全面发展和自由的追求时，才能够超越其历史和阶级的局限，上升至审美的高度。"①现代中国文学流派，不论是社会型的、文化型的或者是艺术型的，作家个体主体都以不同形态的人道主义文化意识作为中介把社会现实意识或阶级意识不同程度地转化为审美意识，或者说使社会意识与审美意识相沟通，营造出一个个具有不同审美品位的文学流派。

作家个体主体意识在现代中国文学流派营构中虽然发挥了潜在的巨大的功效，集体主体意识也从未出离个体主体意识，但是文学流派归根到底不是个体主体意识作用的结果，而是作家集体意识创造的产物，即文学流派"与其说是由一般的个体(例如，我的，你的)意识完成的，不如说是在一致性更高的层次上，在实证研究能对个体因素进行抽象的层次上被完成的"。而"个体因素"被"抽象的层次"则是作家集体主体意识的一致性，因为个体主体意识所含有的"集体的因素成功地保持它的自主性，如同保持它自己的规律一样，并因此产生与超个人主体有关的意义。"②这就是由超个人主体的集体主体意识所创造的有

① 杨春时：《系统美学》，第159～160页，中国文联出版公司，1987年。

② [法]吕西安·戈德曼：《文学社会学方法论》，第113～114页，工人出版社，1989年。

意义的文学流派结构。由此启示我们进一步理解个体主体与集体主体在营造现代中国文学流派过程中的深微关系:文学流派既是作家集体主体创造的又是作家个体主体创造的,集体主体创造中包含着个体主体创造,个体主体的创造体现着集体创造。例如作为个体主体,王蒙在 80 年代初参与创造了东方意识流小说派,他同张洁、叶文玲、张贤亮、李国文、张承志、黄蓓佳等作家群一起创造了东方意识流小说派,他(她)们在共建这个文学流派中既是个体主体更是集体主体,你中有我,我中有你,因为每个个体既是个体又是超个体,而超个体则可以整合为一致性的集体主体意识;同样的道理,现代中国每个文学流派既是作家个体主体的选择又是作家集体主体的选择,个体主体选择中体现出对集体主体选择的向往也隐含着集体主体选择对个体主体选择的导向,集体主体选择体现出个体主体选择的共同趋向又暗示着对个体主体选择的牵制。正是这样的作家个体主体与集体主体的相互依存、相互促成、相互作用、相互定义的关系所形成的巨大凝聚力和亲和力,营构出众多的现代中国文学流派。但也要看到在现代文学流派的嬗变中个体主体与集体主体之间的关系并非自始至终亲密无间的,个体主体经常处在矛盾状态,集体主体当然也是冲突不断,使它们之间的关系充满了张力;只有这种矛盾、冲突、悖论所形成的张力关系,才能推动作家个体主体和集体主体不断调整思想观念、价值取向和审美追求,不断激发艺术创造潜能,随着现代中国文学潮流的发展营造出更多更新的文学流派,使文学流派的变迁永远充满生命活力。

然而现代中国文学流派毕竟是个审美文化群体,它是作家集体主体合力营造的,是集体主体的社会意识、文化意识、审美意识整合而成的,个体主体及其意识力量只有在集体主体建构文学流派自觉不自觉的思维框架与行为规范中加以发挥和施展,才是有意义的,否则对文学流派的营造毫无价值。正是从这个意义上说,集体主体及其意识形态是营造现代中国文学流派的最基本的决定性力量。既然作家集体主体的合力营造了众多文学流派,那么至少有这样的问题值得深入探讨并作出有说服力的阐述:集体主体意识是通过何种方式或途径凝成的,它在现代中国文学流派营造中产生哪些功能效应。

集体主体意识“不仅产生于集体与其周围世界之间的关系,也产生于这个主体的本身结构”,尤其那种“被公认的意识是直接与集体主体,与超个体主体紧密联系的”,而且“意识的每一个因素都以一种直接或相对间接的方式与实践严密相关,正如所有实践都是间接地或直接地,清晰地或模糊地与意识的具体结构相关一样”;“如果‘集体意识’这一概念是指个体意识的聚合体以及它们之间关系的一种运用,那么,它就与任何可以置身于这些集体意识之外的实在无关。”戈德曼在《文学社会学方法论》中的这些论述,为我们勘探现代中国文学流派营造者的主体集体意识通过何种方式或途径而形成及其功能效应,提供了发人深省的思路。首先,根据存在决定意识的原理,集体意识产生于“集体与其周围世界之间的关系”,这是毋庸置疑的辩证唯物主义认识路线。“一个人不能凭空创造出新的东西。他的创造必须有一个环境。这个环境给他提供文化熏陶以及各种刺激。”①外部环境也就是个体作家或集体作家的周围世界,它既是个体主体又是集体主体的意识创造力的源泉,优越的外部世界可以诱发创作主体营造文学文本或文学流派的创造性意识,恶劣的外部环境将会扼制创作主体的创造激情;特别采取集体主体的结构方式营造文学流派.是“这一集体主体理性地,有意义地在一个特定的环境中活动,于外在地和内在地引起的变化之中活动”②。所以疏离了或背离了特定的变化的周围世界或外在环境,不仅不能形成集体主体的集体意识,也不能营造特定的文学流派。格式塔心理学引人物理学“场”的概念,把外部世界因素视为“心理场”或“意识场”;而在“场”内,外在于集体主体的各种信息以微妙的方式传递着交织着,极大地促进集体主体意识的汲取与形成。作为营造文学流派的集体主体意识形成的“意识场”是由周围世界的环境氛围所构成,它应包括社会环境、自然环境、时代氛围、民族氛围、阶级氛围、群体氛围等。且不论自然环境作用于作家心理结构经过同化和顺化两种机能可以使集体主体形成趋同的审美意识,以作为山水诗派、田园诗派、抒情散文、游记散文等的文化底蕴,这里仅着重考察现代中国社会环境的巨变所造成的浓重的阶级氛围、民族氛围、时代氛围凝聚的强大的“意识场”,是如何驱动着作家集体主体的社会意识、文化意识和审美意识的形成和变异的。百年中国社会结构至少经历了“五四”时期、建国初期、“新时期”三次巨大的激变式的转型,而每次社会转型都引起阶级关系、民族关系、人际关系、文化心理、行为模式的剧烈变化,各种社会思潮、文化思潮、审美思潮便应运而生,于是“生活于类似的情境中的人组成了各个集团,这些集团各自都精心制作了一套习惯与精神结构的体系,并以此解决其集团中的问题。”③所谓“意识场”就是精神环境和思想

① [法]吕西安·戈德曼:《文学社会学方法论》,第97页,工人出版社,1989年。

② [法]吕西安·戈德曼:《文学社会学方法论》,第96页,工人出版社,1989版。

③ [美]S·阿瑞提:《创造的秘密》,第47页,辽宁人民出版社,1987年。

氛围,精神环境是实存的也是有形的,而思想氛围则是虚渺的也是无形的,不论作家集体主体的社会意识、文化意识或者审美意识都是特定精神环境和思想氛围的产物,有了这种集体主体意识才能组成千姿百态的精神的审美的文学流派集团。别林斯基说:"'诗人'他首先是一个人,然后是祖国的公民,自己时代的儿子。民族和时代的精神对他的影响不会比对别人的影响更少。"①现代中国文学流派的集体主体不仅一生下来就浸渗于中华民族氛围之中,而且当他们一步入文坛时便承担起救亡图存、复兴中华的民族大任,面对着民族命运的岌岌可危和民族尊严的屡遭凌辱,凡有良知的作家主体都义愤填膺、壮怀激烈,充满了民族忧患感和使命感,形成了强烈的民族意识和爱国情怀,南社、东北作家群和七月派等文学社团都体现出这种集体主体意识。20 世纪中国大半时间充溢着阶级斗争的腥风血雨,作为文学流派营造者的作家群体的集体意识所打上的阶级烙印要比民族烙印深刻得多,所受到的阶级氛围影响要比民族氛围的影响大得多,由于各阶级氛围的相异而大于相同,所以置身于不同阶级氛围的作家集体主体形成了不同的阶级意识,使一些文学流派带有鲜明的阶级色彩,如革命文学派、左翼文学、山药蛋派、伤痕小说派等都注入了集体主体的无产阶级集体意识。时代氛围大于阶级氛围甚至民族氛围,每个时代都有独特的时代氛围,而这种由特定时空的政治、经济、军事、文化情势所形成的时代氛围具有强大的涵括力和穿透力,它能够涵括和穿透民族氛围和阶级氛围而作用于文学流派的集体主体,形成具有强烈时代精神的集体意识。百年中国是个新旧交替的充满了现代性的时代,每个历史时期的主导精神和社会潮流有所差异,导致形成了不同的时代氛围。从晚清至"五四"中经三四十年代到 80 年代,随着中国社会由传统向现代转换的曲折过程总是在这几个历史阶段造成一种浓重的启蒙时代氛围,作家个体主体和集体主体积极感受着和呼应着这种启蒙氛围,通过对人的主体性的发现和倡导而抵抗着文化传统和历史传统的双重压抑,作家们的启蒙理性的主体意识则是对抗封建礼教、神学宗教乃至自我桎梏的有力武器;不少现代型文学流派营造的集体主体都以趋同的启蒙理性意识作为精神支柱和价值尺度,在传统与现代二元对立的历史的和逻辑的框架中既评判传统又拯救自我,并从而在不同的精神层面获得集体性的现代文化意识与现代审美意识,为文学流派生成奠定了厚实的思想根基。如 40 年代形成的以张爱玲为代

① 彼斯彼洛夫:《文学原理》,第 21 页,三联书店 1985 年。

表的现代型社会言情小说派就带有一定的启蒙色彩，集体主体文学观念的集体理性意识及其变异是与特定的启蒙时代氛围影响联系在一起，它至少交织着理性主义的乐观信念与现代主义的悲观意识、历史主义的归属感与伦理主义的心性需求以及价值体系失控的悬隔情绪，这种叙事困境与矛盾心态应该说是时代氛围使然。张爱玲在《自己的文章》中有感于时代氛围和人生苦涩，已意识到人生充满了“飞扬”与“安稳”、“斗争”与“和谐”、“乐观”与“悲哀”的辩证逻辑，文学作品应该写出这种人生之真、人生之常及其已有的深度，所以她的文学观和小说文本则聚集于“苍凉之美”，即“他们没有悲壮，只有苍凉。悲壮是一种完成，而苍凉则是一种启示”。“我知道我的作品缺少力，但既然是写小说的，就只能尽量表现小说里人物的力，不能代他们创造出力来。而且我相信，他们虽然不过是软弱的凡人，不及英雄的有力，但正是这些凡人比英雄更能代表这时代的总量。”启蒙时代氛围的熏陶与自身经历体验的结合，使张爱玲很容易感知人的理性自觉和个性意识，既对现代理性有深刻的认同感又切身感受到启蒙话语的内在冲突，导致她对“现代原则”获得多重理解、对现代人生和现实中人获得辩证认识，于是她偏向世俗现代性层面叙述传奇人生的言情故事，竭诚追求一种“苍凉”的美学风格。这正是作家主体困惑于启蒙时代氛围的“现代与传统”相荡相激之张力中所获得的人生感悟和审美意识，这也是现代型社会言情小说派营造集体主体的趋同社会意识、文化意识和审美意识。

综观百年中国文学流派集体主体所处的“意识场”大致可划归两类：一类是多元性“意识场”；一类是大一统“意识场”。第一类“意识场”作为文学流派集体主体的精神环境和思想氛围，具有这样一些特点：开放性，“意识场”向中外古今的思想文化信息播传敞开大门，如“五四”前后、二三十年代、八九十年代的“意识场”，广纳博取，思想活跃，信息频传；宽松性，社会体制或权力机构对“意识场”没有过多干预和禁忌，自由度较大，作家主体置身于此感到心情舒畅，没有太多的压抑感和强迫感；选择性，“意识场”内外没有什么清规戒律，也没有什么指示禁令，不论个体作家或者群体作家都可以自由地认同或选择某种意识而排拒某些意识，既允许一次性选择又准许多次性选择；嬗变性，“意识场”只具有相对的稳定性，它随着社会变革、时代转移、中外交流在嬗变，不断调整不断更新，面向全球面向未来。正是这些特点决定着第一类“意识场”，为诗人、作家、批评家形成一个个多元的集体意识群落提供了巨大的社会意识、文化意识和审美意识空间，为作家集体主体选择趋同意识以营造文学流派提供了极大的可能性,20 世纪二三十年代、八九十年代的中国文苑之所以文学流派异彩纷呈就在于(主要是)文学家们所处的是多元性“意识场”。第二类“意识场”作为文学流派营造主体集体意识形成的精神环境和思想氛围就不如第一类“意识场”优良,这与它所具有的特点相关:封闭性,大一统“意识场”不是在极为开放的内外环境中形成的,它只有在闭门锁国的相对封闭的环境里才有可能出现,没有文化交流没有信息流通没有思想交锋,“唯我独尊”的大一统才有可能问世;紧张性,大一统“意识场”是文化专制的结果,只允许一种意识形态、一种文化思想合法地存在,其他意识、思想、文化都是非法的,都在排斥、查禁之列,作家个体或集体置身于这种思维环境和精神氛围感到格外紧张,外在的不自由造成内在的慌恐,不管你乐意不乐意情愿不情愿都被挤上一条思想轨道;不可选择性,大一统“意识场”周围布满暗哨、设满禁区,不允许文学家有自由的追求和自由的选择,必须思想统一、舆论一律,哪怕再先进的文化、再前卫的思潮、再先锋的文艺也不准独自选择,要选择的只能是大一统的意识形态,否则就是异端邪说,选择的多元化就是搞“自由化”,“自由”这个美好的字眼也变成可怖的字眼;僵化性,由于大一统“意识场”处在自我封闭状态,缺乏中外古今的文化信息和思想资源作为“源头活水”给予支援,既不汲取外界的雨露阳光又不进行自身更新换血,致使“意识场”僵硬退化。像这样的精神环境和思想氛围在中国 20 世纪六七十年代曾出现过,作家们不仅不能形成营造文学流派的多元化的主体集体意识,几十年的文坛似乎没有生成一个文学流派,而且严重摧残了文学家们的独创性和艺术个性,几乎造成现代中国文学史的一段不可弥补的空白。

其次,作为营造文学流派群体主体的集体意识的获取,如果说主渠道是源于集体主体与其周围世界之间张力关系所形成的多元性或大一统的“意识场”,那么这种集体意识“也产生于这个主体的本身结构”,尽管它并不是集体意识形成的重要途径,但也要对其进行必要的探索。所谓集体意识产生于“这个主体的本身结构”,我理解应包含两层意思:一是正如戈德曼所说“‘集体意识’这一概念是指个体意识的聚合体以及它们之间的关系。”现代中国文学一个个社团流派就是一群群作家的“集体意识”的物化体,也可以这样说一群作家只要获取“集体意识”就能结晶一个文学流派,缺少“集体意识”就形成不了文学流派,故“集体意识”是一个文学流派建成的深层的内在结构。从文学流派本体来说“集体意识”是“个体意识的聚合体”,但这个“聚合体”并非一个个“个体意识”相加而成,而是根据“主体内在性关系(intrasubjective)”聚合起来,而在这主体内在性关系中的每个作家都是形成文学流派集体意识或集体行为真正主体的一个局部因素，只是为了营造文学流派的需要将它们整合在一起；一旦个体作家的主体意识进入构成文学流派的“集体意识”它再也不属于个体主体而归属于集体主体了，即使一个或两个作家从既成的文学流派分离出去只要整个文学流派尚未解体也不会动摇它的“集体意识”，若是有一个或两个作家以其主体意识参与既成的文学流派那也不会改变其“集体意识”，如果真的改变了那这个既成文学流派的内质和灵魂就被另一种“集体意识”所取代。创造社作为自由诗派、感伤小说派的母体，它是由众多作家的浪漫主义、个性主义、生命意识、爱国情怀等聚合的“集体意识”物化而成，运行中间虽然有几个作家疏离它却并没有削弱其“集体意识”，也没有因为个别作家的转向而改变其文学流派的性质，直到1928年一批新锐作家带着革命意识形态杀人创造社大本营才真正转换了它的“集体意识”，使其拥入“革命文学派”，置换了一套新的思想风貌和艺术风貌。二是集体主体的“本身结构”也能产生“集体意识”。现代中国文学流派不论是什么形态的或者什么性质的，都是作家“集体主体构成了一个不尽被意识到的有意义结构”，而每个文学流派结构本身并不是僵硬的铁板一块，聚合成的“集体意识”在不断地进行着自身调整，不断增殖不断更新，积累着新结构的“集体意识”因素，为向另一个文学流派结构的转换提供“集体意识”。集体主体的“结构本身”也就是文学流派本体，它之所以能产生“集体意识”，从心理学角度来分析，营造文学流派的集体主体至少具有这样一些特征：其作家个体相互依存、相互促进、相互补充、相互提高，彼此之间不仅意识到对方的存在也意识到对方是竞争的对手，此其一；其作家个体志同道合，相互激励、相互启发、相互交流、相互切磋，彼此之间的思想、文化、艺术信息的传递极为频繁，心灵的对话也极为活跃，此其二；其作家个体锐意进取，勇于创新，博采众长，丰富自己，彼此间在思想上可以交锋、在艺术能够竞进，以驱动文学的发展和文学流派的成熟，此其三；其作家个体都具有不同程度的向群心理和集体意识，这是人类的特质决定的，虽然作家所从事的精神与艺术生产具有独特性和个体性，然而人的恋群情结即使到了现代化的社会也依然存在，并在很大程度上得到了强化，每一个文学流派不管意识到或未意识到它们都是一个集体群落，而每一个集体群落则有一个特殊的“意识场”，作家个体意识受到“场”内其他个体意识的诱发和影响，此其四。这就是文学流派结构本身能产生“集体意识”的心理原因所在。

处于集体主体的个体作家不同于独行的个体作家，他的主体意识不仅可以拥入集体意识，而且其情感、意志、兴趣、幻想、潜意识等非理性因素受到集体主体所形成的理性意识的引导和亲和友好氛围的调节，使作家个体在参与营造文学流派的过程中力避迷失感、孤独感和失落感，增强方位感、自信感和力量感，促其非理性因素向集体主体创造性智力因素转化，成为文学流派建构的内在动力。不只如此，置身于集体主体的个体作家通过"集体意识"的共振效应，能够迅速弥合或消解个体与个体之间在思想意识、审美情感、兴趣爱好上的分歧和落差，使作家们趋同于该集体主体的居于主导价位的社会意识、文化意识和审美意识；通过共振效应，作家集体主体与个体主体之间可以进行思想信息、文化信息和审美信息的往复循环，即个体向集体输送信息被集体调节、补充、强化后再反馈给输送信息的个体，这既可以促使作为文学流派营造主体的集体意识的不断丰富和增殖，也能延长和扩展该文学流派集体意识的活力和根基；如果说作家个体趋同思维参与文学流派营构的思维方向是直指既定意识结论和价值终点，仅仅是单向的信息流通，那么通过文学流派"集体意识"的共振效应作家主体的发散思维机制将被激活而进行多向指涉，既能扩大思维空间以汲取更多更新的意识成果，又可以强化文学流派主体的集体意识以使其更健全更完美的发展。

上述是以世界化视野从社会学与心理学的结合上对现代中国文学流派营造的个体主体意识与集体主体意识，在双向互动关系中分别作了粗略的考察与论析，旨在从深层开掘文学流派现代化营造实践所蕴含的内在机制、生命动力和根本规律，并试图为研究者深入阐释和解读现代中国文学流派提供一种可以参考的视角和思路。

第四章　现代文学思潮与现代文学流派的关系

从中国文学流变的历史过程考察，似乎20世纪中国文学流派与文学思潮的关系空前的密切无间，难怪有的研究者断定有什么文学思潮就有什么形态的文学流派。强调新文学流派与新文学思潮的关系如此紧密，就一般意义来说，并没有可挑剔之处，不失一种明智的学术眼光。然而深入地予以考察，便会发现它们之间的关系不全是线性的因果关系，而是相当复杂深微的，值得认真地探究。列宁曾说过，规律就是关系、本质的关系或本质之间①。通过新文学流派与文学思潮关系的研究，无疑可以揭示或发现现代中国文学流派生成与发展的特殊规律。

勃兰兑斯在《十九世纪文学主流》的《序言》中说："一本书，如果单纯从美学的观点看，只看作是一件艺术品，那么它就是一个独立存在的完备的整体，和周围的世界没有任何联系。但是如果从历史的观点看，尽管一本书是一件完美、完整的艺术品，它却只是从无边无际的一张网上剪下的一小块。"勃兰兑斯阐述的可视为研究文学的两种方法：一是从单纯美学观点来审视评述一篇或一部文学作品，是一种本体论的文本研究，把文学作品作为自足的独立的完整的审美实体来解读；一是从广泛的联系中透视并剖析一篇或一部文学作品，虽然文学作品是个相对的审美系统，但它却是无边无际的周围世界所形成的网络中的一个小小的子系统。对一篇或一部文学作品研究需要坚持文本的微观具体研究和广为联系的宏观系统研究，而对一个文学流派的研究更应坚持这两种方法论，后者尤为重要。不论哪一个新文学流派作为时空交错、纵横开阖的网状结构形态，无不具有完整性、联系性、矛盾性和过程性的特征，与一篇或一部文

① 《列宁全集》第38卷第161页，人民出版社1972年。

学作品相比较，文学流派同周围世界的联系更为广泛，它更像是“从无边无际的一张网上剪下的一小块”；不过，文学流派与左邻右舍关系最亲密最直接最贴近的莫过于文学思潮，甚至可以说它们之间是一种你中有我我中有你的关系。因此，灵活地采取勃兰兑斯研究文学的方法论，有助于从探讨新文学流派与新文学思潮的复杂关系中获得规律性的认识。

梁启超在《清代学术概论》里说：“凡‘思’非皆能成‘潮’，能成‘潮’者，则其‘思’必有相当之价值，而又适合于其时代之要求者也。凡时代非皆有‘思潮’，有思潮之时代必文化昂进之时代也。”他所说的虽指一般的社会思潮，却也适用于文学思潮的考察与理解。20 世纪中国处在激变的转型期，正是中西文化反复碰撞、交汇所掀起的潮腾潮涌的文化思潮的昂进时代，致力于中国文化与文学现代化的知识精英们从未停止过探索与思考，积极开动脑筋，适应时代之需求、文化发展之需求和文学重建之需求，鼓动一浪推一浪的文学思潮，既冲击了社会审美文化心理又更新了文学家的文学观念和创作取向，使新文学流派的趋同的群体审美意识、审美风格和艺术风格的形成有了强劲的内动力。

所谓文学思潮主要指文学思想、文学观念及其创作倾向所聚集的一种文学潮流，它虽然是文学家们所思所想的思维成果，但却体现于文学运动形态、文学理论形态和文学创作形态，并常常以美学原则、创作方法或文学精神给文学运动的开展文学创作的取向或文学群体的结成以有力的规范与指导。综观中外文学思潮的流变大不相同，在欧洲近现代文学发展史上，其文学思潮是沿循着古典主义、浪漫主义、现实主义、自然主义、现代主义、后现代主义的进化路线运演而来，虽然这中间有交叉有反复，然而总的流变趋向却是形成了一个个线性的有序的文学思潮波峰；伴随着文学思潮的运行不仅建构起与其相似美学倾向的创作形态，而且也形成了一个个与其同构嬗变的文学流派，使文学思潮与文学流派达到了同一性和同步性。相形之下，中国文学思潮的流变却没有出现这样一个递进层次分明的历时态。古代文学思潮虽从创作形态与理论形态上体现出源远流长的现实主义与浪漫主义文学精神以及古典主义美学倾向，但却梳理不出一条如同西欧文学思潮那样的层次分明的进化轨迹，并且也找不出作为“创作方法”的文学思潮的原理概念。古代文学思潮如此，再看中国 20 世纪文学思潮的流变，虽然它有作为创作观念、创作方法、美学原则或文学精神的理论与创作形态而独立存在，甚至还渗透着充溢着文学运动形态；然而现在的新文学是外来的新兴思潮（鲁迅语），并不是从古代文学思潮直接延续下来，即使新文学思潮并非古代文学截流断源也主要是从西方引进来的，而这种引进非是历时性的即遵循西方文学思潮的演进顺序，乃是各取所需地共时性“拿来”，经过知识精英或文学家的深思苦虑地汲取和改制，予以鼓荡与弘扬，便造成了一种错综交叉、齐头并进的文学思潮态势。即现实主义、浪漫主义、现代主义、古典主义等诸种文学思潮，横流于近百年的中国文坛，这就为新文学流派的生成、发展或嬗变、消解提供了一个丰富多彩的共振场，它如同一座以五光十色的文学思潮构筑起的大磁场强烈地吸引着激荡着新文学流派不停地振动、不停地聚散。“一个人不能凭空创造出新东西。他的创造必须有一个环境。这个环境给他提供文化熏陶以及各种刺激。”①新文学流派作为文学家群体创造出来的审美结构，文学思潮是其文化环境构成的重要因素，它可以作为“共振场”源源不断地输送文化信息，作用于文学家们的大脑，刺激其心理组织功能，对各种文学思潮进行选择、分析和综合，然后把信息协调起来加以整合，方可形成文学流派的灵魂和主脑。可见，没有近百年各种文学思潮形成的文化场（环境）所产生的强大共振作用，文学主体也不可能创造出众多的异彩纷呈的新文学流派，从这个意义上说新文学流派是新文学思潮的丰赡载体。观其20世纪中国文学流派，新文学思潮作为磁场或引力场，文学流派与其“共振”呈现出三种重要态势：

新文学流派诸作家共振于一种文学思潮。这样的文学流派在中国近百年文坛上不算少数，凡此种流派诸作家往往具有共同的审美追求或相似的美学情趣，他们的文化心理易于受到同一文学思潮的刺激和振荡，通过创作主体思维而起共振作用。所谓“共振”是借用物理学的概念，本意为两个振动频率相同的物体距离靠近时，一个发生振动另一个也随之振动。文学流派作为一个群体常常在同一文学思潮激发下出现彼此思维的共振，使群体中众多作家个体的文学兴趣的多样化和差异性可以在趋同文学思潮的制导下，把诸多作家美学兴趣的广阔性与集中性、倾向性与持久性予以良好的整合，导致文学流派形成过程中诸作家所呈现出的文学观念、审美取向甚至艺术话语极其相似。这是因为文学流派群体中的同一文学思潮造成的文化学术氛围诱导着创作个体，不仅趋同于该群体中居于主导地位的思维结构和美学理想，而且文学群体与文学个体通过不断地文化信息循环或反复交流，能够产生这样的思维效果：“群体中许多人的脑袋可以为一个人所使用，从而延长和扩展了他的思维。”可见“思维的共振效

① ［美］S·阿瑞提：《创造的秘密》，第47页，辽宁人民出版社，1987年。

应是较之趋同思维更为高级的思维现象”,如果说“趋同思维的思维方向直指既有思维结论,只进行单向的信息流通”,那么“思维的共振效应则是多向的、循环往复的信息交流”,所以可能具有“比趋同思想大得多的思维创造性”①。从思维学的角度考察,近百年中国或一种文学思潮的强烈共振效应不只是强化了新文学流派成员的相同的艺术趣味和审美追求,也为他们提供了相似的美学原则和创作方法,这既影响了文学流派创作风格的趋同性又决定了文学流派发展的趋向,更激发了促进文学流派更替嬗变的创造性。

众多文学流派共振于同一文学思潮。这种共振态势与前者所不同的是,前者强调的是同一文学流派诸多作家个体通过一文学思潮的共振作用,形成了组结文学流派的相同相似的审美意识、文学观念和创作取向;这里所指的是近百年中国许多文学流派亲近或热衷于同一文学思潮,通过共振效应在不同的文学历史区段形成相近似美学形态的文学流派,所强调的是以文学流派群体作为单位而不是以同一文学流派的个体作家为单位,也就是说许多文学流派是同一文学思潮共振的产物。同一文学思潮在近百年中国文坛的演变中之所以共振出许多文学流派,这一方面因为文学思潮的内涵与外延往往大于文学流派,其层次性较为丰富,阐释的弹性也较大,特别是它的包容性与辐射性极强,而且随着时代的发展和文化信息的扩大,同一文学思潮的内涵也得到不断地充实和更新,这无疑为文学流派的选择和汲取提供了多种可能性,成为诸多文学流派的共振扬和营养源;另一方面因为20世纪中国文学思潮的流变总体趋向是多元并进的,虽然现实主义文学思潮在相当长的历史阶段居主导地位,但它并非一以贯之地占据绝对统治优势,其他文学思潮有时也移位于中心地带或出现高潮期,这种交换起落的文学思潮态势在很大程度上也决定着或召唤着许多文学思潮,这就使不少文学流派共振于同一文学思潮。但是也应看到,虽然诸多新文学流派共振于同一新文学思潮,但由于文学流派艺术个性的丰富性和差异性以及所处历史区间的时代精神并不完全相同,特别是创作主体的选择机制与取向也有细微差别,致使各文学流派受到的振动的强弱程度不同,选取的振动点也不一样,而振动于同一文学思潮所形成的诸多新文学流派的审美理想、艺术追求乃至创作原则也会显出差异来。例如,形成于20年代中后期的以李金发为代表的象征诗派和诞生于30年代初的以戴望舒为代表的现代诗派,共振于象

① 傅修延、黄颇:《文学批评思维学》,第293页,文化艺术出版社,1989年。

征主义文学思潮,追求朦胧含蓄的象征意蕴、重在表现生命个体的现代情绪与内在哲思、强调以象征手法来营构诗美时空,是这两个新诗流派的共同的审美追求和创作原则;尽管它们都倾向于象征主义美学,但因为受振程度和选择取向的不完全相同也在表现重点、象征技艺、审美风格等方面显现出差异来。李金发“因意欲而作诗”,“是意欲在周围,升起一种感情及意象的交流,在他引动下,建立一个流动的诗”(《艺术之本原与其命运》),显然他所追求的是生命个体的“意欲”的表现;而在象征技艺上则注重捕捉朦胧晦涩的意象,运用新异的想象和奇险的比喻以及“省略”的表现手法。戴望舒的象征诗篇,强调表现“现代情绪”,以“泄情”为其重要特征,而在艺术营造上注意将现代象征艺术与古典诗词的意象传统巧妙地结合起来。

同一个新文学流派共振于多种新文学思潮。这种共振态势对于20世纪中国文学流派来说,带有普遍性,只要逐个考察剖析新文学流派就会发现,它们几乎都不是一种文学思潮振动和作用的产物,似乎不想钟情一种文学思潮,往往共振于多种文学思潮,也就是汲取并选择了多种文学思潮的美学因素加以整合而形成一个独具特色的新文学流派。之所以出现这种共振态势,从客观考之,因为20世纪中国文学思潮并非泾渭分明地各自独立地流淌,往往共时态地混杂在一起,形成多元对立的互动互补之势,给一个文学流派的受振与选择提供了多样丰富的文学思潮所造成的文化氛围,在受振于一种主导文学思潮的同时,其他文学思潮也会给予或深或浅的渗染;况且各种文学思潮之间并非绝对不相容而是有着这样或那样的联系,如果说决定某种文学思潮本质的原则原理不易相通,那么文学思潮表层的技艺技巧是可以互换互用的,即使有的美学原则在创作实践中也不是不可借鉴的。从主观上察之,一个文学流派作为群体应该受振和选择一种文学思潮形成趋同的审美意识和文学精神,否则就形不成流派,但是文学流派的构成并不意味着抹杀或消解每个作家的审美个性和创作风格,求同存异、同中有异是一个文学流派共守的准则,这就为同一文学流派诸成员在共振于一种文学思潮的前提下可以从其他文学思潮中汲取营养提供了可能;特别是文学流派并非那种有组织有纪律的团体,大都是自由地或自发地于近百年新文学演变过程中聚在一起(或由研究者把他们拉在一起),所以每个成员的性格、特长、学养、爱好等差异较大,自由选择度很大,这就是一个文学流派能够共振于多种文学思潮的内在机制;这里还要指出的是,有不少新文学流派拥有一个“派头”,他是该文学群体的核心与灵魂,而这个派头往往德堪服众、才力超群，其文学观念、艺术思维与创作倾向常常对其成员具有举足轻重的影响，因此只要这个“派头”对各种文学思潮表现出博采众长的魄力和气度，其他成员在他的带动下就能共振于多种文学思潮，在形成审美共识的基点上通过创作实践使该派呈现出多样统一的艺术风格。

由于新文学流派与新文学思潮具有互渗互促的同构关系，所以新文学思潮作为新文学流派的共振场既能产生新文学流派又能催动文学流派的嬗变，而新文学流派的生成不但能使文学思潮增殖也能确证新文学思潮的价值功能。

近百年中国文学思潮千姿百态，从文学精神或创作方法的角度来规范，至少也有现实主义、浪漫主义和现代主义三大文学思潮。说它们在不同的历史区间为文学流派构成了共振的大磁场，既能孕育生成新文学流派又能冲散不适时或失去生命力的文学流派，这主要是就文学思潮的一般价值功能意义而论的；然而细究起来，20 世纪中国文学思潮与文学流派之间的关系还要深微得多，复杂得多。

从现代中国文学史的纵横交错的背景上审视，文学思潮与文学流派在结构功能上有时可以重叠重合、平起平坐、等量齐观。也就是说某种文学思潮只铸成某一个文学流派，某一个文学流派只是某一种文学思潮的载体，不论它们的美学价值或文学史意义都具有同等性。如七月派是中国近百年文学史上颇具成就与影响的新文学流派，而它既是以主观战斗精神为特征的现实主义思潮的产物又是这种文学思潮的唯一审美群体与信息载体，它们之间的关系是同质同构的。但是在更多的情势下，一种文学思潮的辐射范围要大于一个文学流派，其价值含量也要重于一个文学流派。也就是说，一种文学思潮既可以成就一个文学流派又可以成就更多的文学流派，同一种文学思潮能够成为不同文学流派的振动场和供养源。以大视野来观看 20 世纪中国文坛上的现实主义思潮，既有晚清的批判现实主义又有“五四”前后的求真的写实主义和为人生的现实主义；既有三四十年代的革命现实主义，又有以胡风为代表的强调主观战斗精神的现实主义；既有五六十年代的“两结合”现实主义，又有新时期的各种牌号的现实主义。虽然名目繁多，但就实质来说都属于现实主义文学思潮。试想，这股强劲的现实主义文学思潮结出多少个文学流派，有多少文学流派以它为理论旗帜和创作灵魂？这说明文学思潮与文学流派并非那种简单的因果应对关系，它们之间的复杂性不仅表现如此，还表现在多种文学思潮的不同审美因素在同一个契合点集聚而整合一个文学流派，即使像 20 年代高举现实主义旗帜的为人生派、新时期出现的意识流小说派也不是为一种文学思潮所激荡，而是摄取了其他文学思潮的美学因素。正因为这样，所以在20世纪中国文学长河里，一种形态的文学思潮不应该是某个文学流派“专名”，更不要笼统地将源于某种文学思潮的一串文学流派冠上某种文学思潮作它们的“共名”。文学流派的命名不是说不能以文学思潮代之，而这种命名往往是不贴切不准确的，大而无当。

新文学思潮与新文学流派的生成并不是同步的，从呈现的逻辑顺序上看，文学思潮往往是先于文学流派的，文学流派乃是文学思潮共振后的产物，即有什么性质或类型的文学思潮就会孕育什么性质或类型的文学流派，这是不难发现的一般结成规律；然而20世纪中国文学流变过程的特异现象丛生，就以文学流派的形成来说常常出现意想不到的复杂性，而文学流派出现在前而文学思潮传播于后就是明证。表层上所发现的不是因为某种文学思潮的强烈振荡方生成某个文学流派并驱动其发展，而是由于某个文学流派的存在才使某种文学思潮得以广泛流传。这种倒果为因的反常的复杂文学现象，究其原因：一是有些新文学流派是以有组织的文学团体为标志或以某个刊物名称为标记，有时会造成流派形成在先而思潮传播于后的认识。如1921年成立的文学研究会和创造社，前者是为人生派大本营，后者是浪漫派（或艺术派）的群体，我们没有充分的根据和理由说明他们一成立就是文学思潮振荡促成的，虽然在他们成立的同人宣言或声明中透露出为人生或艺术的倾向，但却显示不出人生派是现实主义文学思潮的产物、艺术派则是浪漫主义文学思潮的结晶。前者倾向人生的现实主义文学思潮，后者高扬浪漫主义文学思潮，这应是两个文学流派形成之后的事了。这种认识可能是表面现象造成的一种误解，并不完全正确。如果深入探索，那就会发现，在文学研究会成立之前就涌动着为人生的哲学思潮和写实主义文学思潮，参与文研会的大多数作家是为人生问题小说的创造者，已经或深或浅地受到写实主义思潮的影响并在创作中进行实践，从这里可以窥测出还是为人生的写实主义文学思潮在先的冲激使他们获得了结成文学社团流派趋同的审美意识和创作取向；创造社也是如此，在结成文学社团流派之前，其骨干成员从不同的角度或层面接受浪漫主义文学思潮，其联系主要从创作倾向上显现出来。再如40年代以徐訏、无名氏为代表的新浪漫派或以张爱玲为代表的社会言情派、新时期的反思派小说或朦胧诗派等，像这样的以文学作品创构见长的文学流派，不容易看清楚它们与文学思潮的逻辑关系，究竟是文学思潮涌动在先而后形成文学流派还是相反，也不是一下子就梳理得一清二楚，它们之间的复杂性恰恰表现在:显层上明明是文学流派形成在先而文学思潮播扬于后,没有这些文学流派的各自趋同的创作审美理想就不可能有与之相对应的文学思潮。就其对文学流派诸个群体的认识,不能说它揭示出的文学思潮与文学流派的先后逻辑顺序不正确;然而如果对上述文学流派的成员进行逐个分析,也许我们会发现他们在进行文学创作之前或参与某个文学流派之前,早已深受某一种文学思潮的渗透与影响,使自己的文化素养或审美文化心理具有了倾心于某种文学思潮的指向,或许这种指向或意向是非自觉或非理性的,而一旦进入创作过程却就逐渐明晰化或理智化了。这也就是一个作家通过文艺创作实践而进了这个文学流派而不是其他文学流派的由文学思潮所凝成的美学倾向。

新文学流派与文学思潮之间关系的复杂性还表现在,并不是所有的文学思潮对文学流派诸成员都能产生强烈的振动,使之形成强固的共同的审美意识并创造出精品力作。如抗战初期,“文协”提出“文章入伍,文章下乡”的口号,并从而形成一股抗战文艺大潮,相当多的作家被卷进文艺大潮之中,但是经过这股文艺大潮的激荡与振动并没有涌现出有名的文学流派;再如兴起于30年代初的革命现实主义思潮虽然随着时代的推移日益成为新文学主潮,但在它的影响与作用下也没有形成创作成绩斐然、审美风格昭然的文学流派,即使以茅盾为首的社会剖析派、以赵树理为代表的山药蛋派至今也在20世纪中国文学流派之林中失去了不少昔日光彩。抗战文艺思潮带有强烈的争功近利性,要求文艺当刀枪、当号角、当战鼓、直接为抗战服务是其根本特征;在这股文艺思潮的鼓荡和制导下,作家们纷纷走出书斋、亭子间,自觉地以各种文艺形式为武器,写出了大量的为抗战击鼓鸣金的作品,与此同时各地出现了不少的文艺团体,然而这数以万计的文艺作品和数不清的大大小小文艺社团却没有构成一个或数个在近百年文学史上闪烁异彩的文学流派。其主要原因,一方面是抗战文艺思潮所强烈追求的是政治功利而不是审美个性、是作品的思想性而不是艺术性、是文艺的时效性而不是永恒性、是作家的政治行动而不是艺术营造,这就很难形成文学流派的基本要素和美学品格;另一方面是在民族危亡的历史关头,到处烽火连天、炮声四起,那些深入抗战第一线或敌后根据地的文艺家来不及对文艺创作精雕细刻,更不可能遵循统一的审美理想和审美情趣去创造富有文学流派标志的文学理念和文学作品。至于革命现实主义文学思潮日趋政治化,被纳入政治意识形态,成了政治上夺取政权与巩固政权须臾离不开的理论武器或舆论工具,特别到了50年代后期这种文学思潮又与极左政治思潮混在一起,完全成了具有无上权力的政治话语。文学思潮的政治化对作家来说，失去了自由的创作心态、独立的主体意识和个体化的审美追求，终日所思所想的是如何以文艺更好地为夺取政权巩固政权、为在意识形态领域“兴无灭资”服务，甚至为政治路线、方针政策服务；只强调文艺对政治的“从属”关系和作家的“服务”意识，这不仅使文学丧失了独特的审美理想和多样化的艺术风格，完全成为政治附庸和斗争工具，而且使作家们的自由个性意识被强制的政治意识所取代、活跃创造的艺术思维被僵化凝固的教条思维所取代。在这种文艺作品成了政治符号和作家们成了政治传声筒的历史条件下，在所谓的阶级斗争、路线斗争日益尖锐化致使作家们每日怀着恐惧感危机感的状态下，哪能出现自发或自由的文学社团和异彩独放的文学流派？即使刚刚露出文学流派雏形的文学现象也被视为阶级斗争的新动向而扑灭于萌芽状态。

对文学思潮与文学流派之间关系的考察越深入越能窥见其复杂性，越感到因果直线思维的乏力。在百年中国文学史上常见这样的复杂情态：有些文学思潮与文学流派的思想意义和美学意义具有同等重要性，这不仅因为这些文学思潮与文学流派是同质同构的，还因为这些文学思潮全部渗透作用于这些文学流派是这些文学思潮的最完整的信息载体。然而却有不少文学思潮与文学流派缺少对应性和等值性，甚至反差较大。像有的文学流派在创作上所取得的成就往往不如同其相应的文学思潮的价值大，如批判现实主义思潮在中国百年文坛的流变出现两次小高潮，一是晚清文学变革时期，一是新时期初始，要是把谴责小说群和反思小说群都视为小说流派，那它们所蕴含的思想批判价值很难说高于批判现实主义思潮的功能价值；像有的文学流派的创作倾向的先锋性和超前性比起文学思潮的先锋性和超前性，显得不够鲜明不够强烈，如存在主义文学思潮曾在40年代和80年代出现了热潮，不少作家受其渗透与熏染，甚至40年代形成一个带有存在主义色调的散漫的文学群体，但是从他们的创作倾向来看则缺乏对存在主义文学思潮的先锋性与超前性的完整而集中的体现；像有的文学流派的创作实绩与审美价值要大于和高于与其相关的文学思潮，如新月诗派、京派等都受到古典主义美学思潮的影响，甚至把古典主义作为创作的美学原则来遵守，然而这两个文学流派的创作成就和审美价值远远超过古典主义思潮。出现上述复杂文学现象的原因是多维的，而主要的不外乎是：这些文学思潮对这些文学流派的渗透与影响不是全方位的而是局部的，故使这些文学流派的文学创作不一定完全遵循这些文学思潮提供的美学原则和创作方法；况且创作主体与创作实践之间并非直线关系，作家受到某种文学思潮影响所确立的文学观不一定在创作过程中能起到完全指导作用或得到全部贯彻，常常依据出现的不适应性和矛盾性进行更有利于文学创作或更有利于文学观念辐射的调整，尤其文学流派每个成员在坚持趋同的审美取向下尚有个性发挥的自由，这也是有些文学思潮与文学流派之间出现不等值复杂关系的内在原因。此其一。其二的复杂情态是，有些文学思潮和文学流派具有不良的思想导向并产生了与之相一致的文学创作的不良审美倾向，这种因果直线关系容易把握；但是也可以见到这样的情况，有些文学作品的创作倾向并非与其文学流派和文学思潮的总体不良倾向相吻合，而却具有积极的审美意义和认识价值，这表明同一文学思潮在同一文学流派诸作家身上振动的效应和接受程度并不一致。因为不论那一种文学思潮或者与之相应的一个文学流派都是由诸多美学因素或许多成员构成，而这诸多美学因素或许多成员并非都有不良倾向或全是不良分子，这里面难免夹杂着较好的美学因素或作家成员，说它们具有“总体不良倾向”就不是全称否定而含有对部分良好美学因素或流派成员的肯定；如果这部分较好作家汲取了文学思潮的良好因素，那他们创作的文学成果则必然具有积极的美学意义和思想价值。特别有的作家对文学思潮的选择取向不是一成不变的，往往此时选取的是这种文学思潮的消极因素多而彼时汲取的是这种文学思潮的积极因素多，这也能造成该作家创作倾向的可变性；况且当文学流派某些作家受到或一文学思潮作用而形成的文学观念的负面因素在创作过程中与现实生活本来逻辑发生冲突时，他们也会遵循生活自身规律去创作而舍弃那些有碍于文学创造的文学观念，这也能给文学作品带来积极效应。贯穿中国近半个世纪的鸳鸯蝴蝶派，它与文学思潮之间的关系就是如此错综复杂，不详述。

文学思潮与文学流派互动关系的复杂性很大程度上决定着其在20世纪中国文学流变过程中所呈现出的功能与面貌的复杂，这主要表现为三种形态：文学思潮与文学流派在某个文学发展区段上具有同等重要的意义，即当一个文学流派的存在与发展所形成的总体审美趋向能够引导和规范着一个时期的文学风貌和艺术格调时，它与相应文学思潮所起的作用和所创造的价值几乎可以同等观之，如山药蛋派从40年代到50年代在文坛上所产生的审美效应和社会功能，夸张一点说，它与工农兵文艺思潮的意义和功能相当，难怪有“赵树理的方向就是新文艺的方向”的权威论断；多个文学流派汇聚成一股相似或相同的文学思潮，共同主宰着一个时期的文学发展，或者有几个风格迥异的文学流派共存于一个历史区间，由于它们有相似的美学理想或相近的美学原则，所汇成强大的势能也能对一个时期文学的发展起制导作用，如20年代以郭沫若为代表的积极浪漫诗派、以郁达夫为代表的感伤浪漫小说派、以徐志摩、闻一多为代表的新月诗派的浪漫倾向以及后期创造社和太阳社为代表的革命文学派的革命罗曼蒂克等所体现出的浪漫主义文学精神，对这个时期文学总体艺术格调的形成起了不可低估的作用；由于文学思潮与文学流派出现了多元并存、立体交叉的关系，致使某些时期的文学创作风格千姿百态，艺术面貌异彩纷呈，审美情趣多种多样，思想倾向差异较大，这在30年代前期和新时期的文学发展态势上表现得最为明显。

文学思潮与文学流派之间的关系虽然密切得难解难分，但二者却不能完全混为一体。不论是文学思潮转化为文学流派的灵魂或者是文学流派衍化为文学思潮的载体，它们之间必须有个转换的中介，而这个中介无疑是作家主体。所以要透彻揭开文学思潮与文学流派之间的复杂而微妙的关系，必须对“中介”进行专题研究。

第五章　现代中国大众文学思潮的差异性

关于文学思潮的界说在学术研究界是个有争议的不确定的概念，这既标明研究者的思维活跃，又说明文学思潮的复杂性和奥妙性。然而这并非说对文学思潮的理解就没有大致趋同的看法。一般认为，文学思潮是在特定的历史时期，文艺理论家或作家们于相同或相近的世界观、人生观、价值观、美学观指导下所形成的文学潮流，它贯注并体现于文学运动形态、文学理论形态和文学创作形态。近 20 年来对于我国新文学思潮的研究比任何历史阶段都活跃，发表了大量论文也出版了不少专著。尽管它们把 20 世纪中国文学思潮的研究在总体上推到一个新的层次，在评价上为不少文学思潮"翻了案"或纠正了偏颇，甚至发掘了一些新思潮并作出新判断，在研究方法上也一反庸俗社会学和机械论而选用了新思维新角度，进一步拓展了研究的广度和深度；但是这些论著对 20 世纪中国文学思潮的复杂性、错综性、汇融性、互动性、互补性、共振性、互渗性等特征的研究尚待深入，就是对新文学思潮的考察角度或归类标准也显得单一化、雷同化。本书无意对已有新文学思潮的研究成果进行全面具体的评述，只想就文学思潮观照的视角、归类的标准以及如何深化文学思潮研究表述己见。

20 世纪中国文学思潮类似一个网状结构又像一座立体交叉桥，这是我们对其整体审视所获得的认识；但要把每种文学思潮从网状结构离析出来并进行分解性的阐释，则必须选取特定的角度或特定的标准把文学思潮划归各种类型或不同形态，然后或将不同形态文学思潮遵循一定的逻辑关系排列组合在同一框架中，或只就某一形态文学思潮，进行多维度的集中透析。由于新文学思潮形态的多样化、无序化和模糊化，在归纳类型或划定形态进行研究时，常常出现两种景况：一是不论采取何种尺度或选择哪种视角，总会剩下一些文学思潮难以确定类型划归形态，似乎归到哪种形态都可以却并不准确，戴上什么类型的帽子都可以却并不合适；一是从不同的角度以不同的尺度对中国新文学思潮的总体可以作出形态多样的归类，即使某一种文学思潮也能从不同视角不同层面作出不同的归类，这既是文学思潮研究的必要前提也是文学思潮值得深入研究的诱人之处。

比较常见的是从创作方法的角度以创作原则为标准，通过对文学运动形态、理论形态和创作形态的考察与剖析，将近百年中国文学思潮归纳为三大类型或四大类型或五大类型，相当多的文学思潮史著作或学术研究论文都是以这种归类来建构逻辑框架的。所谓三大类型即现实主义文学思潮、浪漫主义文学思潮、现代主义文学思潮，而这三大思潮各自又可以分成若干子类型。现实主义在近百年文学思潮中始终占据主导地位，这既是历史的客观规定又有人为的泛化因素，把一些本不属于现实主义范畴的文学思潮也硬戴上现实主义帽子，出现了各种牌号的现实主义，如晚清文学、新时期伤痕文学和反思文学风行的批判现实主义思潮，五四文学流行的为人生现实主义思潮，左翼文学、延安文学、十七年文学以革命现实主义思潮为霸主，七月派曾鼓荡心理现实主义思潮，80 年代中期后又兴起新写实文学思潮，到了 90 年代提出重构现实主义，等等。浪漫主义在近百年文学思潮的流变中虽然没有现实主义那么得宠，但也不像有的研究者所认为的只有五四时期的瞬间辉煌。实际上，作为方法论意义的浪漫主义文学思潮，断断续续地流贯于 20 世纪文学的全过程，“五四”前后既有激进型的浪漫主义，又有感伤型的浪漫主义；30 年代既有革命型的浪漫主义又有温情型的浪漫主义；40 年代既有理想型的浪漫主义又有神秘型的浪漫主义；50 年代后期还有狂想型的浪漫主义；新时期既有激情型浪漫主义又有感伤型浪漫主义也有理想型浪漫主义，等等。虽然浪漫主义文学思潮绵延不绝，但真正形成巨大文学潮流，能与现实主义文学思潮构成对峙互补之势的历史区段并不多。现代主义在 20 世纪中国文学思潮演进中，相当长的历史阶段总是扮演着陪衬或被挤压的角色，挺不起腰杆，缺乏独立地位，不是被现实主义挤到边缘就是被浪漫主义所吞噬，直到新时期后半段几经周折才取得了合法独立的位置；作为一种独立形态的文学思潮，从方法论的视点观之，现代主义的子孙们很多，大都在 20 世纪中国文坛上露过面也留下了印痕，甚至在某些特定区段聚成文学潮流，如五四时期至 30 年代在小说、戏剧领域的表现主义思潮，从 20 年代到 30 年代在诗歌园地里兴起的象征主义思潮，40 年代和 80 年代在文学领地蔓延的存在主义思潮，新时期以来不断增强的花样翻新的现代主义思潮等。这三大形态的文学思潮相激相荡、互相变奏，作为内驱力推动着中国新文学沿着现代化的方向发展，作为精神支柱撑起了 20 世纪中国文学的大厦，所以大多数文学思潮研究者把考察的重点和探讨的对象都集中在这三大类型的新文学思潮上。所谓新文学思潮的四大类型，除了上述三大文学思潮外，还有古典主义文学思潮；这类文学思潮既有对我国传统古典主义的承续或改制又有对西欧古典主义和白壁德新古典主义的借鉴，五四时期的学衡派、20年代的新月派、30年代的京派等，都深受古典主义文学思潮的渗透与影响，承认并研讨古典主义文学思潮有利于揭示现代文学与古代文学的深层联系，有利于展示近百年中国文学的多元化格局，有利于探索中国新文学民族化的规律。所谓把近百年中国文学思潮划归五大类型，除上述的现实主义、浪漫主义、现代主义、古典主义四大形态文学思潮，加之后现代主义文学思潮，它已成为90年代以来学术界探讨的热门话题；不过后现代主义远远超越了创作方法意义上的文学思潮，而逐步成了在各个领域产生重要影响的社会文化思潮。虽然中国学术界对它的介绍或研究的历史并不长，而且众说纷纭，但是它作为一种文化思潮却方兴未艾，也许21世纪它将以挑战的姿态进入我们的研究视域。学界将近百年中国文学思潮归为五大类型，旨在研究它们各自的理论特征和实践功能，以及它们在建构中国新文学的现代形态和民族形态过程中所发挥的共同作用和各自不可取代的特殊作用。从目前的研究现状来看，现实主义、现代主义、后现代主义诸思潮是探讨的热门话题，研究成果较多，整体学术水平较高，而浪漫主义、古典主义文学思潮的研究相对来说就不是太景气，见到的学术成果也没有多大的突破和创意。

学术研究主体总是在探新路出新招，不断把学术研究推向前进，永远不会停留在一个基准线上，所以创新意识是人文科学研究保持恒久活力的内在机制。近几年来对于百年中国文学思潮研究卓有成效的是从文化学的角度进行归类和阐释。大致把新文学思潮的文化内涵划归这样几种类型：或曰人文主义文学思潮（即启蒙主义文学思潮），而这种人文主义思潮既包含以个人为本位的人文主义又包括泛爱众的人文主义，前者主要体现于五四文学和新时期前期文学，而后者则渗透在近百年所有的新文学中，故有的研究者认为各种牌号的人道主义不仅是各种文学观念的思想基础，也是各类文学创作的内在灵魂，这种人文型文学思潮具有普泛性与内在性的特点。或曰民族主义文学思潮，它与源远流长的传统文化有千丝万缕的联系，虽然近百年来根据“救亡图存、振兴中华”的社会主题赋予了民族主义以新的内涵，但在文化层面上仍承续了民族文化的优秀传统，这不能不带来民族主义文学思潮的复杂性。具体来说，既有狭隘的民族主义又有开放的民族主义，前者如辛亥革命时期尊汉排满的文学思潮，后者如“五四”时期的民族自省意识或民族反思意识及反帝爱国主题，都体现了现代型的民族主义文学思潮，这种思潮蔓延至抗战时期形成高潮，演化为独特的战争文化思潮，出现了一代具有鲜明民族特色的战争文学；如果从政治上看既有反动的民族主义文学思潮又有进步的民族文学思潮，前者的突出代表是30年代的民族主义文学运动，后者主要体现于40年代文艺民族化大众化的讨论、抗战时期的救亡文学潮流乃至新时期的寻根文学思潮等。或曰大众文学思潮，它与百年大众文化思潮同构同源，也是近几年研究的热点，不过对大众文学思潮的探讨并不深入而且分歧较大。或曰自由主义文学思潮，它的内涵极为丰富也相当复杂，虽然对其研究越来越引起学者们的重视，但主要停留于“拨乱反正”的层面上，尚未从学理上或实践上充分而深入地展开。这里拟从文化学的角度，郑重对大众文学思潮的研究加以拓展。

对我们来说，大众文化或大众文学这个提法并不陌生，从普泛意义上观照整个中国近百年文学都受到大众文化思潮的渗透或冲击，不同程度上具有大众化倾向，这是它区别于传统古典文学贵族化指向的重要特征；然而目前学术界所研讨的却不是泛化的大众文学思潮，而是有具体规范性的，即使这种有一定范围规定的大众文学思潮，研究者也是各持己见，难以达成共识。在我看来，三四十年代文学史出现的“大众文艺论争”或“文艺大众化”运动所激荡起的大众文学思潮，与民国初年兴起的大众文学思潮和新时期掀动的方兴未艾的大众文学思潮，虽然都冠上“大众”的帽子，但其文化实质却大不相同。以发展的观点来看，并不存在普遍的、超历史的、超文化的、固定不定的抽象概念，对任何概念都可以根据变化了的情况和人们认识已达到的新高度作出现代的解释，因而概念的重要价值不在于对已经死去的历史进行正确的勾勒和表述，而在于它对未来的历史确实可以起到一种启示、召唤和描述、阐释的作用；更何况脱离了特定的文化语境，概念的错对是很难判断的。对于“大众文化”或“大众文学”概念涵义的阐释也应如是观，不能用一个现成的公认的抽象说法硬套上去，也不能脱离彼时的文化语境随意发挥，必须从研究对象的实际出发，作出既是历史的又是现代的界说，应有新的发现新的突破。

考察近百年中国文学史，真正形成规模效应的大众文化或大众文学思潮约有三次：第一次大潮涌动于民国初年至30年代，南以上海北以天津这两个现代化起步较早的大城市为中心，鼓荡起一股强劲的大众文化或大众文学思潮。这股文学思潮的崛起，其来势之猛的主要动因是现代城市工商业的迅速发展带动了文化市场的繁荣，文化工业成倍地增长，有人统计，趁第一次世界大战之机，全国的报纸由1912年的139种到1926年就增到628种，各种杂志由1912年前的200种至1919年则增至579种，这就形成了庞大的文化市场，而流畅于文化市场上的大量通俗文学乃是大众文化思潮的产物，也是大众文学思潮的载体；随着市民通俗型的大众文学走向商品化的轨道，文化工业也贯彻了企业化的运作机制和商品化的经营方式，使大众文化思潮炮制出的大众文学，既具有综合化、商品化、娱乐化的特征，又流露出享乐主义、颓废主义倾向。如果说文化工业的发展和文化市场的形成是清末民初到30年代大众文化或大众文学思潮兴盛的外动力的话，那么，在现代市场经济的刺激和市场文化的诱惑下市民的文化心理与审美取向所发生的深刻变化乃是大众文化或文学思潮勃兴的内动力。因为在市场经济条件下，市民们的生存欲望既需要在物质上获得满意的消费品又需要在精神上获得满意的消费品，而大众文化产品或大众文学作品则在相当大的程度上可以满足市民们的精神上的消费需求；这种精神的审美的需求越强烈越能启动文化市场，越能驱使大众文化或大众文学思潮浪翻波涌。仅就这个时期的大众文学的特质和功能来说，它是以市场为本位的大众文化作为底蕴根基，其内容以传统文化心理机制为核心，其形式大都承续了中国古代通俗小说的叙事模式，其功能将趣味性、娱乐性、知识性、传奇性和可读性融为一体，注重其寓教于乐的审美效果，既能适应中华民族长期形成的审美惯性心理的期待，如“才子佳人”、“英雄美人”、“扬善惩恶”等叙事模式的文化内蕴和审美情趣，又能满足人们心理补偿的需求，使那些在现实中难以成真的“美梦”或生存中遇到的困惑及造成的心理遗憾和生活缺陷，可以在通俗型的大众文学中获得一定的补偿；况且每个人的潜意识中都隐伏着追求快乐的欲望，虽然现存的社会制度、物质文明和精神文明常常对人的本能快乐欲望进行压制和扭曲，但大众文学的消遣游戏功能却能使人们的快乐欲望得到一定程度的实现。这应是大众文化或大众文学思潮摧而不衰压而又昌的内在动力源。且不说近几年对这股大众文化或文学思潮形成的文学流派即“鸳鸯蝴蝶派”及其作家作品进行了重读重评重估，使其在百年中国文学史上占有一席之位；而对大众文化或文学思潮的驱动，形成了中国百年文学的雅俗互补并进的格局以及通俗型大众文学与高雅型严肃文学之间相互对立相互渗透、相互排拒相互汲取的复杂关系，更需要从文学理论与创作实践、作家主体与读者主体的结合上进行深入研究，高屋建瓴的宏观考察诚然可贵，有独到之见的微观研究更是需要。

与这次大众文学思潮异质相对的是崛起于左翼文坛而勃发于40年代的第二次大众文艺潮流。如果说第一次大众文学思潮源于现代经济市场与文化市场以及广大市民的审美心理，那么这次大众文学思潮乃是源于无产阶级政治革命和民族解放战争的需要，以及工农兵急待通过文学提高政治觉悟和阶级意识的需求，这就决定了这股大众文学思潮具有前述大众文学思潮的商品化、娱乐化的不同特征即政治化、功利化，这就是它们的异质规定性。这股大众文学思潮，实质上是与“人民大众反帝反封建”的新民主主义文化同源同构的，它只不过是体现于文学运动形态、文学理论形态和文学创作形态。左翼时期，大众文学思潮着重是从运动形式和理论形式上加以鼓荡，特别是具有一定规模的三次文艺大众化论争，掀起了大众文学理论的研究热潮；而真正从运动、理论、创作三位一体的互动关系上把大众文学思潮推上波峰的则是40年代以延安为中心的解放区文学，其运动标志则是解放区开展的轰轰烈烈的大众化文艺运动，其理论标志则是《在延安文艺座谈会上的讲话》，其创作标志乃是工农兵文学。这股与政治意识形态紧贴在一起的大众文学思潮，不只是波及40年代国统区文学，同民族解放战争文化合而为一，而且成为建国后17年的文学主潮。随着意识形态政治斗争的扩大化和激烈化，大众文学思潮也越来越政治化极左化，最终把中国新文学引上了绝路。虽然这股政治化的大众文学思潮也重视通俗性，但实质上强调的是为人民大众所喜闻乐见的通俗形式；若要寻找它与清末民初兴起的大众文学思潮的联系，那只是形式上的通俗性和文学格局上的二元对立的互补性。由于对这种特异形态的大众文学思潮的研究起步早成果多，特别是反思性的研究大有深入之势，所以我不想赘述。

第三次大众文化或大众文学思潮兴起于改革开放的80年代中期，而到达90年代则形成了高潮，它对40年代涌现的大众文学思潮是整体性的反拨，而与清末民初于现代大都市上海等兴起的大众文学思潮却有一定的承续性和联系性；不过从本质上察之，清末民初的大众文学思潮是传统型的，40年代的大众文学思潮是政治型的，90年代的大众文学思潮却是现代型的，其基本特征可概括为：现代型大众文化或大众文学思潮是产生于工业化社会，商品经济市场相当发达，以现代城市公民大众为主要消费对象，通过各种大众传媒传播无深度的、模式化的、易复制的、按市场规律批量生产的文化产品或文学作品。这里首先值得探讨的是现今中国仅处于工业化的初级阶段何以出现了现代型大众文化或大众文学高潮，而且这一潮流并不局限于几个大城市乃是具有普泛性，其势头之猛是前所未有的。在我看来，这并不是一个神秘莫测难以阐释的问题，90年代之所以形成现代性大众文化或大众文学的热潮，其内外机制或基本缘由不外是：其一，经济转轨后冲破计划经济的种种成规戒律，权力政治的强控制已失去其应有的规范力和约束力，使计划经济结构中被压抑窒息的生产力获得空前的解放，尤其是构成生产力的最活跃的人的因素挣脱了人为的枷锁而遵循着经济规律向前迅跑，其创造性的潜能和智慧在工业、农业、技术的现代化中得以充分发挥，这就大大加速了中国工业化、科技化的步伐。特别是市场经济与文化工业按照“商业化”的机制运作与旋转，把文化领域的不少机构和从业人员逐步纳入现代市场之中，根据经济市场和文化市场的双向选择，使那种能适应市场销售需求和大众精神消费要求的文化产品和文学作品获得了大发展的良机，这就推动着现代大众文化或大众文学思潮一浪高过一浪。尽管大潮中存有难以避免的泥沙俱下的现象，但总的发展势头是与市场经济的建设步调相一致的。其二，开放后的中国所面对的是发达国家的后工业社会，科技的高速发展和知识的日益更新已把世界带入一个知识经济时代，不论经济市场的发展或者文化市场的开拓都趋向全球一体化，这就使已经睁开眼的中国人的视野越来越宏阔高远，凡是世界发达国家出现过的且被实践证明对人类生存发展有益无害的现代物质文明和精神文明，都想敞开胸怀汲取过来，为我所用，为我所学，这其中当然包括早已产生并流行于发达国家的大众文化或大众文学，拿来之快、推行之广是意想不到的；与此同时，中国急于把自己的工农业产品和文化产品推向世界，千方百计地与国际市场接轨，使我国市场迅即被纳入全球性的大众传媒网络之中，使西方发达国家的先进文化工业和现代大众文化产品以及港台的大众文学产品快捷地传入中国大地，涌进日趋发达的文化市场，这怎能不使本土大众文化思潮在与外来大众文化思潮的汇融中而走向高潮？其三，现代大众文化或大众文学的昌盛离不开大众传播媒体的现代化，通过现代传媒能够及时地快速地把各种文化信息传播到大众之中，而大众的各种欲求和生活信息也能通过现代传媒得到旋即反馈，在国内外进行广泛传播与交流。中国的大众传媒同世界发达国家相比不论现代化程度或发展历史虽然都滞后了，但改革开放后的中国人却以空前的博采众长的热情和锐意进取的超越精神，在不到20年的时间内便在全国各地建构起接近世界先进水平的大众传媒的网络体系，不仅可以将现代大众文化文学信息传遍全国也可以通过广播卫星传扬到世界其他民族，从而借助大众传媒的现代化、系统化、普及化，使大众文化或大众文学思潮日趋高涨。1998 年法国举办的世界杯足球赛作为一次波澜壮阔的现代大众文化活动,所产生的一切可喜可悲、可惊可奇的文化信息通过现代化的传播媒体及时而准确地传遍全国,掀起一阵阵大众文化思潮的热浪;《泰坦尼克号》电影、克林顿的性丑闻、体育明星乔伊娜之死,作为大众文化信息其传播之快、普及之广也是惊人的。这足以说明现代传媒的高科技化,为大众文化或大众文学思潮的潮湃腾涌提供了最先进的手段和媒体。其四,改革开放以来所开展的思想解放运动其波及面之广远非"五四"思想解放运动所能比,它是一场步步深入的全民性的思想解放运动,使人们逐步认识到大一统的一元化的文化思想必然导致文化专制主义,必然导致思想僵化窒息,必然把一切新学说新原理新思想新知识视为异端,必然会导致全民共讨之共诛之的恶果,这不仅扼杀了人们创造新文化新思想的锐意进取机制,增强了奴性意识和守成意识,而且把中国文化引上独尊一家的无望之路。于是获得了思想解放的广大民众迫切期待文化形态由一元化走向多元化;为了适应市场发展需要和现存生活方式需求,以及文化审美心理新取向,广大民众更渴望一种有别于纯精神性与纯知识性的带有非意识形态色彩的大众文化,更渴望一种有别于富有教训性和功利性而具有娱乐性、消遣性的寓教于乐的通俗性大众文学,使它们在当前的文化系统或文学结构中不是可有可无的、无足轻重的对象,而与高雅文化和严肃文学并存并立。这种欲求和企盼并不过分,它既符合中外古今文化系统的构成总有大众文化这种类型的客观必然,又顺应了当前文化趋向多元化而对大众文学的热切呼唤。实践证明,当今现代大众文化或大众文学思潮日益高涨并非有意为之,而是时代的选择和历史的必然。其五,无论什么性质或形态的文化思潮或文学思潮,大都是知识分子在弄潮,实际上也是知识分子以其勤奋的创业精神和发达的智慧头脑在创造文化和创造文学。尤其到了新时期,那些从政治思想禁锢下获得人格彻底解放的知识分子,或从正统意识形态中离析出来的知识分子,或在商品大潮冲击下闯入商海的知识分子,似乎他们不约而同地和程度不一地放下了清高的架子,撕下了矜持羞涩的面纱,赤裸裸地遵循市场规律进行"文钱交易"、"为钱而干缪斯",这表明知识分子正在完成一次历史性的转变。其实这并不奇怪,精英文化融入大众文化恰是中国市场化发展的必然结果,试看今日有多少纯文化或纯文学报纸杂志、有多少文学艺术家不在探索与大众文化(即企业文化)或大众文学联姻的新路,否则就难以生存发展下去,即使出版一部文学作品也要乞求企业家提供资助,这说明市场规律是不可抗拒的。目前我国工商业的发展通过与国际市场接轨已达到这样的程度:几乎整个文化领域被囊括于市场之中,而知识分子进入市场不再遮遮掩掩、羞羞答答了,则是理直气壮地别无选择地在文化市场或变相文化市场上进行交易,以文换钱既可以维持生存又可以保证事业的发展;由于在具体市场的运作中与工商业的经营中,与大众的融合越来越紧迫和密切,从此诗人作家不再游离于市场之外,终于在市场中找到了自己的位置,即文人选择了市场,市场也认同了文人。在这种背景下,一些文学艺术家逐渐以自己深厚的文化素养和高超的创作技艺参与大众文化或大众文学的制造,而另一些文学艺术家则被市场所利用所裹挟最终也纳入了市场体系。这样一来,可以根据市场规律制作大批量的大众文化产品,而且在无形之中提高了大众文学的品位,推动着现代大众文化或大众文学思潮沿着健康纯净的道路发展。其六,虽然现代知识分子进入文化市场竞争既能引导大众文化又能塑造大众文化,但是在我们探讨现代大众文化或大众文学思潮蓬勃汹涌的动力系统时,却更要注意日益扩大的城乡公众的文化心理需求与审美心理取向。近20年来中国的现代化的大小城市已星罗棋布,即使清末民初已出现的屈指可数的上海、天津等城市也不是当年的老样子了,已发展成可以与发达国家的大都市相比肩的现代化高度了;随着现代城市的日益增多、城乡差别的日益缩小,新型市民阶层越来越庞大,其思想意识越来越现代化,不论其文化心态或审美心理都发生了深刻变化,伴随着物质生活的日益提高,更要求文化精神生活的丰富化多样化,既希冀在政治上有发言权,又盼望在文化上建构自己的话语系统,也渴求在文学上确立自己的叙事话语。这种企盼和需求并不过分也是合乎情理的,因为在社会主义市场经济中显示出巨大能量和主宰者英姿的新型市民阶层,不仅在很大程度上决定着国计民生的命运,也决定着文化思想意识的多元走向,即他们急需的不仅仅是精英文化和高雅文学,更多的乃是现代大众文化或大众文学,只有后者才能满足其日趋世俗化平民化的文化心理或审美情趣的需要,使其在享受着物质产品的消费满足的同时也在享受着精神文化产品的消费愉悦快感。这就是90年代大众文化或大众文学思潮居高不下的广泛而厚实的群体心理基础和用之不竭的动力源。

大众文化在现代大众文化或大众文学思潮的制导下,已结成覆盖全国广联寰宇的网络,织成五光十色、亮丽耀目的现代大众文化风景线。它们既是物质的又是精神的,既是审美的又是消费的,这众多文化景观至少有十条大众文化或大众文学的风景线交叉错综而织成:或是大众文化的每年极高的电视连续剧、电视新闻片等组成的风景线，或是大众文化的带有浓郁通俗品位的电影织成的风景线，或是日益活跃的大众文化图书市场组成的风景线，或是大众文化的出版业、报纸业、杂志社等组成的风景线，或是花样繁多名目别致的大众广告文化组成的风景线，或是具有大众文化性质的时装表演、选美活动等组成的风景线，或是属于大众文化范畴的卡拉 OK 歌舞厅、酒吧间、夜总会等组成的风景线。这诸多大众文化风景线构成的立体交叉的网状结构占尽了人类生存时空，所传播的各种各样文化信息无时不在无处不有，它们便是现代大众文化或大众文学思潮的载体。90 年代中国大地上滚滚流动着的大众文化或大众文学思潮，与清末民初大众文化思潮有一定相似之处，与 40 年代解放区崛起的大众文化思潮却有着本质区别，主要在于它的非政治意识形态性；具体考之其基本特征可概括为：一、公民性。如果说民初以来的大众文化或大众文学思潮是一种以市民为本位的通俗性文化文学思潮，40 年代起于延安根据地的大众文化或大众文学思潮是以工农兵为本位的政治性的大众文化文学思潮，那么勃发于 90 年代的大众文化或大众文学思潮则是以公民为本位的现代性的大众文化文学思潮，其普适性和广泛性涉及全社会的公民，它跨越了阶层、阶级、民族乃至国家的界限，具有全人类性，其所蕴含的文化信息、审美信息、思想信息可以为所有公民所接受，而所产生的接受效应则能振荡于全体公民心灵的回音壁上。二、世俗性。清末民初发起的大众文化或大众文学思潮也具世俗性，但它仅仅反映了少数市民的世俗利益和审美愿望；而 90 年代的现代大众文化或大众文学思潮则代表了全体公民的世俗欲望、意愿、情感、思想和审美取向。伴随着社会经济商品改革市场的涌现，乌托邦的迷人魅力逐步消失，世俗化取代乌托邦成为人们新的追求对象。这主要因为我国快速形成的工业社会中的起主导作用的技术理性已将作为乌托邦观念载体的人文知识分子，由扮演社会导师的启蒙者的角色贬至为工业组织中的普通的白领工人，或者大批知识分子涌入工商业优先发展的开发区充当小职员、公务员，即使仍在坚持文学创作的作家如王朔也变成了“码字儿的师傅”；这种世俗化倾向反映在文学作品中，如 80 年代末 90 年代初风行的新写实小说拒绝了诗情、理想和崇高，热衷于描写日常世俗生活的原生状态。三、受控性。在大众文化思潮制导下出产的文化产品或文学作品，是根据市场的需求而制作的，因而受到市场规律的制约和控制。也就是说，大众文化文学的生成不是自律的而是他律的，受到外部物质条件的严格控制，就是为了满足市场的需要而制作，由此可以想见大众文化文学是一种复制性的活动，除了市场的需求没有任何自立的标准，这就决定了大众文化的标准化和程式化，不追求独特的艺术创造。所担心的乃是这样的负效果：当大众文化产品进入流通领域时，常常有些通俗低劣的东西驱逐了一些不易理解难以引起快感的优秀之作。四、普泛性。大众文化或大众文学思潮总是与公众的世俗愿望、平常心态、日常生活情趣联系在一起，家喻户晓，妇孺皆知。特别那些大众文化产品或文学作品，可以说无孔不入、无人不需，比如一些反映大众世俗生活的电影电视如同大众的娱乐文化工业，能满足公众的普遍的精神消费需求，即使像苏童等作家所写的一系列新历史小说也同眼下人们只追逐快乐的非历史的大众消遣需要有某些趋同性或一致性，使其成为可供消费的文化产品。正由于大众文化思潮炮制的大众文化产品具有审美娱乐和精神快感（快餐）的消遣功能，这就决定了它的普适性特征。五、包容性。大众文化或大众文学思潮的内蕴，极为丰富复杂，它如同巨大的思想意识包容器，无论物化意识还是反物化意识，无论传统意识或现代意识，无论域外意识或本土意识，无论形上意识或形下意识等，都可以容纳进去并得以传播，而且各有自己的接受者，能够以其通俗性、浅显性的传播方式，满足现代社会各层次公众的精神消费需求；六、雅俗性。现代型大众文化或大众文学思潮并非只关注通俗性而拒斥高雅性，如果仅仅这样理解那恐怕是一种误读；雅与俗从学理上讲，只是具有相对意义的美学范畴，而且它们的内涵与外延也不是固定不变的，至于落实到文化实践和创作成果之中，雅与俗的界限就很难分清了，常常因人而异，不易确立公认的客观标准，是俗是雅往往由个人的审美感受作出品位高低的主观判断，当然也不能完全否认雅与俗应有要遵循的客观价值尺度。然而大众文化或大众文学思潮所强调的却是以俗为主兼及雅性，追求的是俗化却不排斥雅化，若一味追求雅化那就增强不了大众文化或大众文学的必具品格；联系大众文学作品进行具体分析，便会发现雅与俗总是交融在一起，雅中有俗，俗中有雅，雅俗有机结合方为优秀之作。如电视连续剧《宰相刘罗锅》是备受公众欢迎与喜爱的大众文艺佳品，既俗且雅，雅俗融合，达到雅俗共赏的审美境界，在获得审美快感的同时心灵也能受到强烈的思想威力的震撼。

基于现代型大众文化或大众文学思潮的复杂特征，对其意义与价值评估或高或低都是有根据可寻的，但总的趋向是评价偏低，否定的多肯定的少，因而要求研究者更新观念、实事求是、重评重估。首先，应承认现代大众文化或大众文学思潮的勃兴对政治意识形态起到了一定的改制作用。过去的主流意识形态往往通过一种强迫灌输的方式逼使大众来接受，当今仍延续这种方式已收效甚微了；只有在思想多元的竞争中通过自己独特的思想威力和富有魅力的宣传方式，才能征服大众，而大众文化或大众文学的通俗性与普适性则为主流意识形态最终实现被个人的接受和选择提供了可能性和良好机制。因为进入大众文化思潮主宰的时代，大众不再把政治意识形态神圣化，也不再像崇拜宗教那样虔诚了，而对主流意识形态的变通化和人情味却充满了好感与兴趣；所以面对世俗化的现实，政治意识形态的宣传必须调整已有的策略和方式，进入世俗化政治阶段，如电影《孔繁森》的意识形态宣传就接近世俗化，电视《编辑部的故事》、电影《北京人在纽约》等，都是以世俗化的人物吸引大众来认同一种政治的严肃价值观。其次，应看到大众文化或大众文学思潮，可以改变人文知识分子的价值选择、社会地位和职业角色，更新其文化立场、知识结构以及生活方式与人生命运。进入 90 年代，那些热衷于鼓吹精英文化的人文知识分子在大众文化或大众文学思潮冲击下，出现了不可避免的分化，其中一部分从启蒙的主战场上退入象牙之塔，或固守传统的人文主义精神家园，或重开国学之风；而另一部分则改变了人生观、价值观、审美观以及生存方式，毫不犹豫地汇入了大众文化的世俗化的汪洋之中，有些作家成了名副其实的大众世俗生活的转述人，甚至有的作家遵循市场规律直接进行"文钱交易"，彻底冲破了大众文化与精英文化之间的界限。再次，应预测出大众文化或大众文学思潮可以规范中国文学未来的发展趋向，即对严肃的与通俗的、现代的与古典的、中国的与外国的各种形态的文学进行大汇融、大整合，逐步把文学发展纳入市场运作的轨道；同时也必须看到大众文化或大众文学思潮有力地推动着中国当今文学艺术走向世界，与世界其他各民族文学展开了空前广泛迅速的大交流大汇融，电影界的张艺谋现象、文学界的王朔现象就足以说明大众文化或大众文学思潮的深广影响。至于大众文化或大众文学思潮的负面效应，既要指斥又要警惕，因为对这方面的批评文章较多，故这里从略。

对于百年中国文学思潮从文化学的角度进行归类研究，还可以发现不少文学思潮形态，有待进一步开掘与拓展，以上只是将大众文学思潮做了个案剖析，表明百年文学思潮的研究大有余地。

研究 20 世纪中国文学思潮不仅上述的角度或标准可以选用，而且还有很多角度尚待开发。学术实践反复证明，选准一个角度就可以给文学研究带来新景观新成果。我认为,从文学母题的角度来考察并规范百年中国文学思潮的类型,对于深化和拓展新文学思潮的研究也是大有可为的,它能把我们导入一个新的文学研究天地。况且从文学母题的角度切入来探讨新文学思潮并不多见,令人注目的研究成果更少,这就更有深入研究的必要了。正值21世纪启程之际,有志于开拓现代中国文学探索新局面的研究者,无不通过反思来探寻新的研究思路,让我们也积极开动脑筋吧!

下编 主体与文本

第一章　文艺社会学方法之于鲁迅研究

任何一种理论体系都是由经验要素、理论要素和结构要素所构成的统一体,社会学作为一种理论体系无疑也具有这三大要素。从文艺学的角度说,所谓经验要素乃是人们在文艺实践中获得的经验材料和感性认识,理论要素则是从感知的经验事实中经过抽象思维而概括出的文艺研究范畴和逻辑框架,至于结构要素却是组织经验要素和理论要素的文艺科学方法。文艺社会学作为一门带有交叉性质的新兴学科,由于相互依存的文艺学和社会学两个学科随着文艺实践和社会实践的迅速发展提供了成倍的经验要素,急待从理论上予以新的概括新的阐释,因此迫切需要从原有文艺学与社会学的研究范畴蜕变出一套新的理论范畴和逻辑框架,而研究内容的迅速增长和日益扩大就必然要求与之相适应的涵盖面更广、穿透力更强的研究方法。正是从这个意义上说,研究方法的不断更新往往是文艺社会学突破的关键①,也是文艺社会学方法永远充满活力的根由所在。跟随着多样化方法引进社会学的建构,形成了以特定研究方法为区分度的众多文艺社会学流派,如经验主义文艺社会学方法、实证主义文艺社会学方法、马克思主义文艺社会学方法等。而这些产生于西方的文艺社会学方法则在80余年的鲁迅研究史上都演示过、运用过,是诸多研究鲁迅的思维方法中使用时间最长、效果最佳的基本研究方法。虽然社会学方法在相当长的时段被庸俗社会学冒充过、混淆过甚至伤害过,但它在鲁迅研究中发挥的功能效用并没有完全被否定,在人们清算了庸俗社会学之后仍感到它在深化鲁迅研究中不是过时之法失灵之具,而是不可取代的依然具有强劲威力的研究方法。即使那些热衷于以新模式替换老模式的鲁迅研究先锋派也在演练新法时有意无意地袭用社会学方法,或给新法以支撑或给新法以补充。

文艺社会学方法之所以在鲁迅研究过程中具有持久不衰的功能和活力,考

① 花建、于沛:《文艺社会学》,第88页,上海文艺出版,1989年。

其原因似乎极为简单明了，但实究起来却也相当复杂深奥。

社会学研究框架的功能与威力

将鲁迅其人其文置于文艺社会学的文学与社会这两大范畴构成的互动交叉的研究框架中，不论是作为特定社会关系总和的独特文学家的鲁迅，或者是作为特定社会创造的富有独特个性的鲁迅文学精品，都可以最大限度地从人的社会根源与文学本源上作出富有科学性和真理性的阐释。“只要文学保持着与社会的关系”，“社会批评无论具有特定的理论与否，都将是文艺批评中的一支活跃的力量”①。鲁迅不是那种超凡脱俗以“圣人”自诩的思想家，他本人及其文学创作总是执著于现实、扎根于现实、直面血淋淋的现实。虽然把鲁迅的文学创作看成与社会之间的联系是相辅相成的，“文学既是社会之课，也是社会之因”②似有直线思维之嫌，然而它却揭示出鲁迅其人其文与特定社会的最本质的联系。正因如此，文学社会学研究方法应是推进鲁迅研究的最根本的方法。新时期的鲁迅研究，当不少学者在“文学→社会”这个总体框架制导下以不同的社会学的具体研究模式把鲁迅及其作品作为中国特定社会变革运动或文化思想启蒙的产物进行卓有成效的研究时，一批锐意创新的青年学者则试图摆脱鲁迅研究的各种社会学研究模式，即拒斥鲁迅作品是主观反映客观社会现实的理论框架而视鲁迅作品是鲁迅精神主体的产物，于是将鲁迅作品研究纳入“文学→精神”的理论框架，首先从存在主义哲学的视点研究鲁迅精神结构的独特性，然后再探讨鲁迅作品的独特性。这种研究模式较之社会学研究思路着力突出了鲁迅的精神结构，主要从西方的理性与非理性的文化冲突中论述精神结构的复杂性和矛盾性，认定“鲁迅的主观精神结构也是一种宛如蛛网的意境，它是由许多无法避免的矛盾言行，各不相容的思想交织而成的。”③正是鲁迅这种充满矛盾与悖论的主体意识决定了鲁迅文学作品的矛盾性和复杂性，完全把鲁迅的精神主体与作品的思想意蕴等同起来，作品不是主客观的统一体而是作家主体精神的载体，否定鲁迅作品的客观现实性。这种研究模式对鲁迅精神结构的研究有所突破有所拓展，但其局限性也是显而易见的：一是鲁迅的精神主体与其作

① 魏伯·司各脱：《文学批评的五种模式》，第66页，重庆出版社，1983年。
② 魏伯·司各脱：《文学批评的五种模式》，第65页，重庆出版社，1983年。
③ 汪晖：《反抗绝望》，第11页，上海人民出版社，1991年。

品思想意蕴并非完全同构，文学创作也不是由精神主体完全决定的，文学作品虽然是鲁迅以主体意识为导向创造的，但精神主体面对文学再现或表现的客观对象是要受到社会现实本身的规律制约的，甚至这种制约是不可抗拒的，并非只靠作者的主观意志所能转移的，特别鲁迅创作的直面现实人生、直面残酷现实、直刺社会痼疾的现实主义小说和杂文，其思想意蕴和价值内涵与鲁迅的复杂精神结构更不是完全同质同构的。因此，从鲁迅精神主体切入鲁迅作品研究诚然是个有深度的思维模式，然而完全舍弃社会学研究模式至少对鲁迅作品深刻复杂的内涵不能从社会角度进行勘探，作出更有说服力的阐释。二是仅仅从西方文化传统或中国文化传统来寻找鲁迅的精神结构的复杂性与矛盾性之文化思想根源还是不够的，只有紧密联系半个世纪鲁迅所经历的社会实践和人生经验才能从根本上开掘出鲁迅精神结构之所以具有这样的独特性而不具有那样的特异性，之所以选取了西方这种思潮而不是那种思潮，之所以继承了这种文化传统而不是那种文化传统的社会根源。离开了中国特定的社会实践或现实人生只在中外古今文化意识层面来探究鲁迅独特而复杂的精神结构，将会给人以无根之木的空中楼阁的浮游之感。况且鲁迅创造文学既是为了改造人生、为了思想启蒙，更是为了超越现实中的自我由必然王国进入自由王国，并不单单是定型的主体精神的外射。因此从逻辑程序来看，不是鲁迅先验性地具有了独立的精神结构然后方决定其作品的独特性，恰恰相反，正是研究了鲁迅大量作品才从中发现并概括出鲁迅精神结构，如果不以作品为鲁迅精神主体作实证，那鲁迅的精神结构的确立就失去了坚实的依据。“因为作为思想家和文学家的鲁迅是由他的作品所规定的，而他的作品不是他对自我现状的描摹和复制，不是自我一切现实行为的辩词，而是他对现实和现实自我的超越方式。现实的鲁迅是没有也不可能摆脱传统伦理道德束缚的，但他并不因此而承认传统伦理道德的永恒性和合理性，而这也正是他作为一个思想家和文学家的本质所在。”①三是虽然我们承认鲁迅的文学创作是那个特定时代完全个人化的精神生产和艺术生产，即使“遵命文学”的表白也没有约束他以自由心态进行写作，使其精神主体得以尽情地挥发；但是必须指出这种个人性的精神生产和艺术生产以及鲁迅的精神主体和创作心态总是同特定历史环境下的社会生产和特定文化语境下的社会心理或隐或显地联系着，致使鲁迅文学作品所蕴含的深邃丰厚

① 王富仁：《中国鲁迅研究的历史与现状》，第214页，浙江人民出版社，1999年。

的思想情感与审美意识，既渗透着个性主体意识、某种群体意识和人类相通的情感因素乃至带有普泛性的宇宙意识，又不仅仅如此，其作品还是现实的或历史的社会生活、人生境况各种因素相互作用相互激荡相互融合的客观意识的结晶。鲁迅作品之所以伟大，就在于从总体上展示出现实中国人乃至全人类内外宇宙的生动丰富而又深不可测的全面形象，将历史的深邃感、逻辑的深度感、哲学的高度感和审美的悲剧感熔为一炉。研究方法既是解读文学作品的技巧又是理解文学研究对象的策略，但这种技巧和策略是以一定的原则原理作为理论根据，文艺社会学发展到今天已创建出种种理论范畴和研究模式以及价值标准。面对着鲁迅文学创作这个博大精深的审美实体，研究者以不同的研究模式和原则原理为准绳进行解读，出现仁者见仁智者见智的学术景观值得庆幸，但是我坚信无论坚持什么方法、标准对鲁迅其文予以探析，而开放的社会学研究方法及其思维方式将是不可忽视的永远充满穿透力和冲击力的有效的研究范式。

文艺社会学方法对鲁迅其人其文的研究具有最大的适应性，不论文学作品中所反映的经济、政治、伦理、道德、宗教、风俗、心理、人化的地理和气候或者描写的家庭、婚姻、恋爱等，甚至个体的和群体的生活无不属于社会范畴，无不在社会学的视野之内，无不可以用社会学的原则原理来衡量文学的深广度。社会学研究框架的巨大功能与不可估量的潜力在于“文学与社会”之间是深不可测的错综复杂的弹性极大的地带，作为中介的创作主体可以用任何情感思绪或审美方式凝成多种纽带或搭起异彩纷呈的桥梁把两者或紧或松或疏或密地联系起来，尤其像鲁迅这位艺术巨匠的经典之作与社会的关系更是多维的、深奥的。研究者运用社会学方法势所必然地要寻求鲁迅作品与社会现实的对应性，即鲁迅的作品在哪些层面哪些维度上与特定社会结构相辉映，是在表层结构上相对应还是在深层结构上相对应，是直接相对应还是间接相对应，哪些作品与社会是同质同构，哪些作品与社会是部分的同质同构，还是所有文学作品在整体上与社会同质同构；而在鲁迅文学作品与社会对应同构关系的探测追询过程中，尤其重要的是创作主体鲁迅以什么样思想意识、审美旨趣和文化立场去感受、体验、认知、评判和把握社会现实或人生命运的，体验得深不深，评判得准不准，达到了何种深度、广度和高度。作为鲁迅研究者坚持社会学思维框架对其文学作品进行解读能否从作品与社会之间的复杂而深微的关系中潜下去，全方位地开掘并发现作品与社会的对应性和同构性，从而领悟鲁迅蕴藏其间的独特的社会意识、思想意识和审美意识，关键在于研究主体的艺术感悟能力、理论思维能力、思想认识能力和知识结构是否能够适应或满足这种研究模式和研究对象的需要，能够适应需要就会取得卓越的研究成果，否则就会浅尝辄止难以有新的突破。鲁迅研究实践一再证明，社会学研究方法在文化素质学术涵养不同的研究者的手中，不只是产生了不同的研究成果，而且出现了形态各异的社会学的具体研究模式，主要有：一是人生社会学研究模式。从鲁迅作品与社会关系中，发现鲁迅前期小说是一面社会人生的真实镜子，所反映的不是一家一户的人生相而是世纪初的整个社会人生相，表现了鲁迅深挚的人道主义关怀。这种对应性的探析具有真切的历史感，但却停留在直觉的感性或经验层面，缺乏理性的论辩深度。二是政治社会学研究模式。由于鲁迅作品具有百科全书的宏伟含量，为研究者提供了比任何现代文学作家的作品在与现实社会结构系统或假定社会图景探寻其对应性或同构性更为自由开放的多维空间，所以致力于鲁迅其人其文的社会学研究大有用武之地，既可以从人生的角度体察鲁迅作品与社会现实达到了何等的真实程度和开掘深度，也可以从社会的其他构成因素探索鲁迅作品内涵与之相应的关系，鲁迅作品能够成为社会人生的镜子，还能够成为社会结构多维因素或其他一维因素的镜子。然而自从马克思主义文艺社会学进入鲁迅研究领域之后，辩证唯物主义和历史唯物主义则成为解释鲁迅最有权威最有成效的方法论，主要从以民族斗争、阶级斗争、思想斗争乃至路线斗争所构成的政治视野来考察论析鲁迅其人其文，把鲁迅研究推上一个新阶段。早在三四十年代以马克思主义文艺社会学研究鲁迅所建构的理论框架主宰了半个多世纪的鲁迅研究：以冯雪峰为代表的从鲁迅与共产党领导的政治革命关系研究鲁迅其人其文的理论框架，以瞿秋白为代表的从鲁迅与中国现代思想斗争关系中研究鲁迅杂文基本特征的理论模式及“从个性主义进到集体主义、从进化论进到阶级论”的研究鲁迅思想转变的理论框架，以胡风为代表的从鲁迅与精神思想启蒙关系中研究鲁迅潜在思想特征与现实主义创作的理论框架，特别是毛泽东以实践的革命政治家的姿态从鲁迅与新民主主义革命和中华民族解放的整体关系中高度评价、宏观把握鲁迅其人其文的理论框架，以及新中国成立后以陈涌为代表的从鲁迅与新民主主义政治革命关系中视鲁迅小说为政治革命一面镜子的研究框架等等，不一而足。尽管上述的具体研究模式存在不少局限，甚至有误导之处，但是它们却左右了鲁迅研究半个多世纪，掀起一次次鲁迅研究热潮，可以说鲁迅研究的“成”在这些框架，“败”也在这些框架，特别在将近20年的不正常的政治气氛下鲁迅其人其文则成为巩固政权夺取政权的政治斗争工具，把所谓“圣人”的鲁迅推入极其残酷悲哀的陷阱，这时科学的社会学完全被庸俗的社会学所取代，马克思主义文艺社会学方法完全被假马克思主义所篡改。

不过经过“拨乱反正”，到了新的历史时期，马克思主义文艺社会学在鲁迅研究上焕发了新的活力，进一步拓展了鲁迅研究，这主要体现于以王富仁为代表的中年鲁迅研究者身上。通过深刻反思以前各种形态马克思主义文艺社会学具体研究模式对鲁迅研究带来的得与失和利与弊，他们以开放的马克思主义文艺社会学研究方式深入探讨了鲁迅与中国思想革命的真实关系，由此特别调整了《呐喊》和《彷徨》的研究系统，以一个较为完备的研究框架取代了已有的研究系统：“这个研究系统不应当以毛泽东同志对中国新民主主义政治革命具体规律的理论结论为纲，而应当首先以鲁迅当时的实际思想追求和艺术追求为纲；它应当在鲁迅主观创作意图和《呐喊》、《彷徨》客观社会意义的统一把握中，以前者为出发点，以后者为前者的自然延伸和必然归宿，既要改变那种随意在鲁迅那里寻找各种不同思想理论的依据、随意团糅鲁迅及其鲁迅小说的‘纯客观意义’的分析法，又要充分发掘鲁迅小说所可能具有的、为鲁迅当时所没有直接意识到的客观思想意义，从而做到客观意义的分析不脱离鲁迅主观创作意图的基础，鲁迅主观创作意图的阐释不妨碍对它们的客观思想意义的进一步探讨，从而较正确地描摹出《呐喊》和《彷徨》自身所独具的基本思想图式。”为此“我们将论证《呐喊》、《彷徨》不是从中国社会政治革命的角度，而是从中国反封建思想革命的角度来反映现实和描写生活的，它们首先是中国反封建思想革命的一面镜子，中国社会政治革命的一系列问题是在这个反封建思想革命的镜子中被折射出来的”①。这种研究框架虽然主要集中于“从文学与文化思想”的关系中深刻揭示了鲁迅前期小说思想意蕴而尚未把杂文、散文、散文诗、《故事新编》等纳入到自设的理论模式，然而较之各种样式的“政治——文学”研究框架更贴近鲁迅其人其文，具有历史与逻辑、客观与主观的辩证统一性，应是鲁迅研究史上的思想理论框架的重大突破。有些政治社会学具体研究模式不如上述研究框架更科学、与研究对象具有更相似的对应性，就在于从政治角度考察鲁迅前期小说缺乏对应的同构性，尤其“政治”在现代中国革命运动中就是阶级

① 王富仁:《中国反封建思想革命的一面镜子》，第5页至第7页，北京师范大学出版社，1986年。

斗争、夺取政权、巩固政权、实施专政的表现,这就使“政治”具有强烈的阶级性、功利性、实用性和实践性,往往谁掌握政权谁就是政治的化身,谁就是政治的解释者或代言人,因而这就不可避免地随着政治运动的风云变幻对“政治”范畴的阐释出现了随意性和主观性,使“政治”失去了质的规定性,成了政治领袖人物维护政权实行专政的任意挥舞的魔棒;反映在鲁迅研究上就呈现出政治东风吹来就有东风的鲁迅研究,政治西风吹来就有西风的鲁迅研究,这种随着政治风向转的鲁迅研究不是科学的学术研究,是对鲁迅研究的亵渎和误导。这并非说所有坚持以政治社会学模式研究鲁迅前期小说的学人都是“风派”式的研究作风,而是说这种政治研究框架很容易被篡改被盗用,丧失其应有的科学性和真理性。那些严肃正派的鲁迅研究者至今仍坚持马克思主义文艺社会学研究方法,不仅从文学与社会政治的关系也从文学与社会伦理、社会道德、社会宗教、社会心理等关系来构成具体可行的社会学研究思路,多层面多角度地对鲁迅其人其文进行探究,获得了令人注目的研究成果,足以证明文艺社会学方法只要理解准确、运用得当、坚持发展,在深化鲁迅研究上依然是有着无穷威力的研究框架。

深化鲁迅研究的构想与蠡测

我们说文艺社会学理论框架是研究鲁迅其人其文的行之有效的极为重要的研究方法,但却不是说它是完美无缺的唯一的研究模式,即使你正确地理解、科学地运用社会学方法研究鲁迅也难以克服其自身的局限。诚然,在鲁迅及其创作的各种错综复杂的联系中,与社会各层面的联系是最根本的联系,甚至鲁迅本人也是社会关系的总和;但是有些联系如人的非社会性领域、人的潜在意识,文本的审美语言层面、审美形式层面、审美技艺层面、审美意象层面、隐意识层面等,社会学方法就不能直接介入,即使间接地进行探析也是达不到堂奥的。值此世纪之交,关心鲁迅研究的人们都在思考一个问题:如何开拓鲁迅研究新局面,将21世纪的鲁迅研究推上新的高峰?我认为研究框架、思维方式的调整或更新是至关重要的。这里仅就怎样深化文艺社会学方法的鲁迅研究谈点想法。

只固守一些马克思主义的文学教条,算不上真正意义地用马克思主义来丰富、发展和调整文艺社会学方法。马克思主义是发展的科学,站在当今的思想制高点，我们不仅要敢于以发展了的马克思主义原则原理来充实并改造文艺社会学方法，也要善于以世界最先进的人文社会科学及其方法论与自然科学及其方法论来补充并丰富文艺社会学方法，增进符合现代化要求的新观念、新范畴、新思维、新方式，这是深化文艺社会学方法的关键。

文化社会学研究模式与现代心理学相结合能够形成优势互补的较完备的研究鲁迅其人其文的理论框架。人们公认鲁迅是中国现代社会独一无二的文化巨人，他的伟大人格的构成既有复杂的外部的社会根源又有中西文化交互作用的文化根源，但这诸多的外在因素之所以能够转化为构成鲁迅独特伟大人格的素质，主要在于鲁迅独特而深邃的心理机制或心理功能起着决定性的作用；而鲁迅的人格并非保守古典型的乃是开放现代型的，这意味着他的人格形成过程始终以现代化为主导倾向。对于这样一个独特而复杂的现代人格结构或精神结构进行解读并作出令人诚服的科学阐释，只凭文化社会学方法难能奏效，只靠心理学方法也难以求全，唯有把两者的优长发挥出来方可得到较为满意的解释。鲁迅的文学创作尤其前期小说大都是以主动反映方式创造的社会人生——文化心理小说，既重视对旧生活方式的深切评判和对新生活方式的独特寻找，又注意对感情的含蓄抒写和对某种生活意义的阐释，更重视对现代国人灵魂的严峻拷问，而这些被编入一些特殊的符号系统，便凝成一篇篇具有深层结构的作品；有意味的是由于作者的自觉理性意识常常压抑或遮蔽了一些非理性的潜在意识，使小说的深层结构的意蕴并非完全呈现于文学叙事的表层，这就增加了解读的难度。特别是《野草》重在抒写一种带有朦胧神秘色彩的现代文人的一种情绪、一种哲思、一种精神、一种诗魂。对于这些小说、散文诗的解读，也许只有将文化社会学方法和现代心理学方法融为一体交互使用，才能取得较好的阐释效果。研究实践一再证明，一些有巨大成就的文学评论家或文学史家在运用文艺社会学方法时总是与心理学方法相结合。如丹麦的文学之父乔治·勃兰兑斯的社会学方法则强调文学就是心理学，他说："文学史，就其最深刻的意义来说，是一种心理学，研究人的灵魂，是灵魂的历史。一个国家的文学作品，不管是小说、戏剧还是历史作品，都是许多人物的描绘，表现了种种情感和思想。感情越是高尚，思想越是崇高、清晰、广阔，人物越是杰出而富有代表性，这本书的历史价值就越大，它也就越清楚地向我们揭示出某一特定国家在某一特定时期人们内心的真实情况。”①这种把文学与外部社会联系的考察同内部潜隐心理因素探析相结合的研究框架，不仅扩大丰富了文艺社会学方法的内涵，增强了它的研究深度，而且更符合文学的本体与特质。俄国著名文学家、美学家车尔尼雪夫斯基认为，坚持文艺社会学评论时应重视作家的“心灵的辩证法”，这比勃兰兑斯的社会学方法又深了一层，不仅沟通了社会学方法与心理学方法的渠道，而且要求从辩证法的思维高度来透析作家的矛盾复杂的心灵，他对列夫·托尔斯泰心灵辩证法的阐释就是一个范例，可以借鉴过来用于对鲁迅心灵辩证法的研究。新时期以来的我国鲁迅研究者越来越重视借用各种心理学理论及其方法来剖析鲁迅的精神结构、心灵演变、人格范式以及鲁迅作品生成的心理动因、人物形象的心理刻画等；从见到的专著与论文可以断言心理学方法的鲁迅研究取得了可喜收获，在一定程度上深化了鲁迅研究，特别运用精神分析心理学、变态心理学对阿Q等人物的心理透析有新的发现。但总体上看，以心理学方法研究鲁迅其人其文获得的成就不能作过高估价，尚待进一步深化，这也许是把鲁迅研究推上新层次的重要途径。

在我看来，至少应在这几点上下深工夫：一是在鲁迅研究上怎样把社会学方法与心理学方法结合好并将其各自的优长发挥出来。鲁迅在近百年中国文学史上是位名副其实的心理剖析与灵魂拷问大师，对中国各类人物心理体察的深微程度、意识活动把握的精确程度、思想灵魂刻画的到位程度，似乎还没有哪个作家能够超越。所以运用社会学与心理学方法相结合的综合功能对鲁迅深入研究应该收到最佳效果；但是在实际运作过程中往往出现两种方法脱节或配合不力的现象，或只重心理学分析而放弃社会学考察，似乎作家主体心理或人物主体精神与特定的社会文化关系不大，或只突出社会学阐释而漠视心理学透析作用，好像作家主体或人物主体只有社会性，深不到心灵底层，即使有些研究者试图把两种方法结合起来使用，却又找不准二者的张力场和衔接点，影响了这种研究框架的综合作用的充分发挥。其实探析鲁迅的社会心理或文化心理及其文学作品的创作主体的审美心理和人物对象的社会文化心理，社会学方法与心理学方法相结合的双向互动互补作用是极为显著的，而且也比较容易操作；难度最大的是开掘作家主体和人物主体的潜意识或无意识，往往精神分析方法容易见效而社会学方法难以找出切入点，这不仅因为人的潜意识不完全是

① 勃兰兑斯：《十九世纪文学主流·引言》，人民文学出版社，1980年。

社会存在决定的，即使与社会文化有关联也是极为隐蔽极为微妙的，特别是由于作家主体的心理机制与社会环境的关系是渺茫的，这都使社会学方法在与心理学方法相互为用时受到了限制。如果我们想法突破或超越了这个难点，社会学方法与心理学方法在鲁迅其人其文研究的综合功能会得以最大限度的施展，那无疑能增强鲁迅研究的深度和力度。

二是进一步提高鲁迅研究者的素质。首先是知识结构既要充实又要更新。中国古代没有系统的心理学，明代的王派心学是哲学而非纯粹心理学，我们所获取的心理学知识大都来自西方，而西方的心理学虽然产生于不同于中国的文化传统和社会背景下，但由于人类共同生长在一个地球上，心理机制或大脑功能并没有多大差异，所以他们所建构的诸多心理学派的理论范畴、心理规律和研究方法是具有全人类的普遍意义，当然也可以“为我所用”。现在对鲁迅进行心理学研究不是西方的心理学适用不适用问题，而是我们研究者对心理学知识及其方法知之甚少。所谓心理学方法是一种科技整合，若不具有完备的心理学知识即理论层面的知识和经验层面的知识，那就不能运用心理学方法；况且心理学的流派也多，就是把那些代表性心理学派的知识掌握起来也要下深功和苦功。如康德沟通了心理学与美学的桥梁，直接影响了文艺方法论；詹姆士的意志心理学提供了一个“意识流”文艺心理学研究方法；格式塔心理学通过视觉思维研究架构起具体与抽象的桥梁，对文学创作更具启迪作用；尤其以弗洛伊德为代表的精神分析心理学派的学说，不论弗氏的人类意识好比三层楼说、潜意识学说，或者荣格的集体无意识学说，拉冈整合弗氏无意识理论的语言学，都有助于深化鲁迅研究；当代马斯洛、弗洛姆等的心理学，以及变态心理学、情绪心理学和各种文艺心理学、创造心理学等，都应该有所了解或通晓，这样才能使已熟悉掌握的各种样态的心理学知识构成研究主体的不同心理学研究模式，既可以适应对鲁迅不同心理层次研究的需求又可以为社会学方法与之相结合提供更多的心理学具体方法。既然文艺社会学方法要与心理学方法相融合，作为鲁迅研究主体除通晓各种心理学知识外，更要增进并更新社会学的知识，这不仅因为社会学发展得快、新范畴新观念层出不穷，也因为社会学方法在与心理学方法相结合中居于主导地位，所以我们必须广纳博采各种社会学的新知识新概念新范式，既要重视发展了的马克思主义文艺社会学的新范畴又要重视20世纪西方（包括西方马克思主义学派）各派文艺社会学的新理论。

这里我特别要提一下吕西安·戈德曼的发生论结构主义文艺社会学方法。

辩证唯物主义历来是联系文学与社会的最精妙的方法，戈德曼正是继承了这种最精妙的传统创立了允许人们在文学与社会这两种互不相同层次之间左右驰骋的典型范畴，并以此铸成了一个系统的辩证的结构主义文艺社会学研究模式。他认为目前人文科学中最重要的争论之一就在于究竟是人还是结构促成了历史的转换，而发生结构主义则明确指出“结构”作为所有人们的思想意识、感觉特性和行为模式的一个普遍方面，没有任何理由可以取代人而作为历史的主体；被看成一种结构的文学作品必须与历史主体相联系而不是同一些外在于历史主体的方面相联系，否则将会把文学文本从它的社会——审美统一体中抛入一种忽视文本的唯心主义观念之中，亦将给文本披上一层非理性的、神秘化的外衣，从而把文学创造掷入一种超历史的和外在于文化特征的主观真空之中。戈德曼对文艺社会学方法论作出的不朽贡献在于将一些有不同来源的概念统统融入了发生结构主义模式，为人们探究文学与社会之间深微奇妙的关系提供了典型范畴，主要有：①有意义的结构。他把文化创造超个人主体的特征都描述为有意义的结构，并在其精神范畴的层次上和历史实践的层次上对它们进行分析，以此来阐释一部文学作品有意义结构对于文艺社会学来说是至关重要的方法；②超个人主体。他认为有意义结构只有在超个人主体的层次上才是可能的，而所谓超个人主体就是复数主体之总体性即集体主体，文学历史或文学作品只有通过集体主体才成为可能，并指出没有任何主体或文学创造是纯社会的，而且把各种文学作品与某个文化符号系统（或集体意识的诸精神范畴）联系起来就能把它们作为一个更大的文化结构中的具体东西，故超个人主体在诸个体精神范畴和那些构成文化的创造物之间提供了一种统一的功能；③总体性。它是在两种主要形式“宇宙与人类群体”之中既组成了重要的哲学范畴也构成了重要的美学范畴，如果说有意义结构概念奠定了戈德曼文艺社会研究模式的基础，那么总体性概念又为此模式提供了一个宏观分析的视野；④世界观。戈德曼的世界观概念是极为具体、实际和辩证的，它解释了文学作品的纪实层次，因为“世界观的超个体性说明了文本或文本系统以及它的诸范畴和价值标准体系”，也就是说“被看作心理性的基础或观念形态或某个哲学体系的世界观，不仅存在于把它作为其表现某种事物的艺术作品之外，而且还成为这些作品艺术结构过程的规则，并作用于作品的组成成分和艺术符号的宏观意义的交互作用”，这就使戈德曼的文艺社会模式将对文本的微观分析延伸到世界观的层次，易于与心理学方法沟通；⑤同构。借助于同构概念戈德曼试图把文学与社会关系纳入一种范式之中，按照同构观念他无意把文学作品还原到模仿层次，因为范畴的任何运用都必须处于可能的意识的范围内，所以在他看来文学与社会这两大不同层次是结构性的，它并非文学作品内容与内容以外的社会历史事实的机械对应而是某阶级或各社会阶级的集体意识与某部文学作品的想象结构的有机联系，同构不仅属于意识的观念层次也属于作品的想象世界和总体中某一集团之集体意识的无意识层次，而且同构关系也能表现一种对给定现实的超越，即一种常常仅当作它们的缺席而被再现出来的超历史价值观的联系；此外，他还提出“可能意识——客观可能性”范畴①。我这里之所以不厌其烦地简述戈德曼发生结构主义文艺社会学的重要范畴，旨在增进文艺社会学的新概念，丰富社会学知识库藏，开扩学术视野，从而选择恰切而新颖的知识理论范畴与心理学方法论建构起具有辩证性、开放性、兼容性、功能性的文艺社会学与文艺心理学相融合的研究框架，以便更好地深化鲁迅其人其文的研究。

其次是强化艺术感悟能力和理性思维能力。我们掌握了深化鲁迅研究的完备方法论和必需的知识结构仅仅提供了良好的利器，而进一步强化研究主体的艺术感悟力与理性思维力则更为急迫和必要。这既因为鲁迅其人其文的研究历史已有80多年，所达到的深度、广度和高度是现代中国文学的任何作家作品所取得的研究成果都无法比肩的，再开拓再深化是极为艰难的；又因为鲁迅并非一般性的现代作家而是文学大师文化巨人，他的作品也不是一般性的现代作品而是文学精品文学经典，他站在中国现代文学的最高峰，至今尚未发现哪个作家能超越他；更因为鲁迅的作品博大精深，尤其他的小说是人的文学的典范、是人情人性的凝练载体，是现代艺术美的结晶。沃尔芙在《现代小说》中说：“生活并不是一连串左右对称的马车车灯，生活是一圈光晕，一个始终包围着我们意识的半透明层。传达这变化多端的，这尚欠认识尚欠探讨的根本精神，不管它的表现会多么脱离常规、错综复杂，而且如实传达，尽可能不羼入它本身之外的、非其固有的东西，难道不正是小说家的任务吗?”鲁迅的小说往往显出与生活实体无法相称的疏离化和与常轨思维格格不入的陌生化，这正是展示了人的心灵的深层结构；不过鲁迅作品表现社会中人的本质力量和深层意识是以情感作为通道和媒介的，情感的强化过程也就是深层意识升华的过程；特别是鲁迅小说不是按照古典和谐美的规律而是遵循现代崇高美或辩证美的规律营造

① 对吕西安·戈德曼的发生结构主义文艺社会学方法论的典型范畴的简析，参见《文学社会学方法论》的“引论”部分，工人出版社1989年3月版。

的审美实体。至于他的杂文、散文、散文诗也是现代各种品类文学的最高范型。所以对鲁迅这位大师的经典之作的研究时至今日，作为一个鲁迅研究者必须具有超常的极为敏锐极为深细的艺术感悟力和审美辨赏力以及理性思维的穿透力和发现力，这样才有可能从前人反复搜寻、反复探求、反复耕耘的鲁迅研究领域中，感受到他们没有感受出的东西，体悟到他们尚未体悟出的东西，发现到他们还没有发现出的东西，然后通过理性思维的从具体到抽象由抽象到具体的往返运作，升华到社会学方法论和心理学方法论及其二者相融合所形成的典型范畴或原则原理，从而获得一些突破性的有深度、有力度、有高度的崭新的逻辑结论与审美判断。华兹华斯在《抒情歌谣集·1815 年版序言》中谈及写诗应具备观察和描写能力、感受力、耽于沉思、想象、虚构、判断等 6 种能力，而其中判断"这种能力就是决定应该以什么方式、在什么地方，并且在什么程度上把上述几种能力中间的每一种能力都加以运用"，"每种写作的规律和相当优点也是由判断力所决定"①。其实思维判断力对于文学研究更是至关重要，如果在鲁迅研究上欲获得带有整体性的突破，对其作品与社会人生或社会心理之间的复杂关系所体现出的规律性东西获得新的认识，则务必提高自身的判断力。郭沫若曾深有体会地说："文艺批评的可能性本依据于我们对艺术作品的理解力，艺术作品由它的形式、内容和资料等等，给予我们以种种印象，而我们以这种种印象依作品所暗示的一个方向复合而构成一个完整的世界。"②可见，优化鲁迅研究主体的知识结构和各种思维能力，是更好地运用文艺社会学研究模式全面提高鲁迅研究水平的极为重要的素质和主观条件。

既然文艺社会学研究模式的生成是基于文学与社会联系的客观必然性，那么以社会学方法深化鲁迅研究，一方面要加深对鲁迅所处的社会的认识，一方面要加深对鲁迅及其作品的理解，只要从这两方面获得新的理解与认识，从它们相互对应或非对应、同构或非同构的微妙、复杂关系所形成的张力场发现新的哲学意识、文化意识和美学意识，方有可能把鲁迅研究提升到一个新的学术层次。鲁迅对文艺社会学方法的真谛就有深切的理解："我总以为倘若论文，最好是顾及全篇，并且顾及作者的全人，以及他所处的社会状态，这才较为确凿。"③鲁迅经历的大半个世纪正是中国社会在内外交困的危机中的激烈转型

① 《西方文艺理论名著选编》中卷，第 56 ~ 57 页，北京大学出版社，1986 年。

② 郭沫若：《文艺论集》，第 274 ~ 275 页，人民文学出版社，1979 年。

③ 《且介亭杂文二集·"题未定"草（六至九）》。

期，“社会状态”极为复杂，作为研究者既要深刻理解社会结构各种因素及其功能性质的变化又要切实体察人们社会心理、行为模式及其生活方式的细微变化，更要深入探索鲁迅对所处“社会状态”是怎样认知的、感悟的、体验的、把握的以及升华到何种世界观、人生观、价值观予以评判的；而鲁迅又是通过什么样信息媒介或心理机制将客观外世的种种人生相及感悟评判转化为审美的物化世界，这千姿百态的艺术世界与现实的或历史的客观世界的相互对应达到了何种程度的真实和深度。特别是时至今日鲁迅其人其文通过几代学人的各种具体社会学模式的探究，在鲁迅及其文学创作与社会蛛网般的联系中尚有哪些联系未被发现或者发现有误或者分析不到位或者评判没达到应有的高度或者发掘未达到应有的深度或者把复杂关系简单化机械化了，从而找出我们研究的突破点和价值增长点。当我们对鲁迅其人其文与社会历史的双向关系进行了重新考察重新勘探而获得了新的感受、新的认知和新的发现时，究竟以什么性质的理论思维和价值标准进行判断、评估和论辩，这是能否对鲁迅研究有所创新的关键。“解决问题的关键在于把历史过程同某种价值或标准联系起来”；而“发展的系列可依据价值或标准的系统建构起来，但是，这些价值本身只能产生于这一发展过程的观照之中”，因此可以说，“历史的过程得由价值来判断，而价值本身却又是从历史中取得的”。[①] 鲁迅是中国现代史上的文化巨人，鲁迅作品是现代史上的文学经典，以社会学方法深化鲁迅研究就是对历史的重新发现重新书写，故评估论析鲁迅其人其文的价值标准应该来自与之相关的历史过程。鲁迅所置身的历史过程是中国社会由古代向现代转型的过程，也就是中国进入现代化的过程，鲁迅以历史主动精神与非凡的天才参与了社会现代化的建构，正是在这一历史过程中鲁迅成了知识分子现代化的典范，鲁迅的作品成为现代文学的经典。所以在我看来，以现代化的理论思维和现代化的价值标准来评述并解读鲁迅及其作品是历史的选择，也是我们研究者的最佳选择，这不仅因为它富有科学性和真理性的品格，更因为以现代化的视野自觉地集中地研究鲁迅是个薄弱环节，正是我们深化鲁迅研究有所突破有所前进的逻辑基点和价值准则。

---

① 韦勒克、沃伦：《文学理论》，第296页，三联书店，1984年。

第二章　鲁迅主体意识现代化的独特性

文学的现代化首要的是创作主体意识的现代化。鲁迅处在中国文学由古典形态向现代形态转换的激变期，之所以能够成为创建现代型文学的主将，并精心营造出中国文学现代化的经典，关键在于鲁迅敏锐地感应着世界文学发展之潮流和我国文学演变之趋向，敢于直面“风雨如磐闇故园”的严峻现实与内忧外患救亡图存的民族危机，在中西文化的剧烈冲突中以严于解剖的自觉转换精神首当其冲地实现自我主体意识的现代化，以适应救国救民与文艺变革的需要。“人文现象总是与意识相联系”，“人类行为就是由经过其意识之中的不同因素组织而成的，并且还与社会群体有关。它的功能就是促进人类与世界的联系。”[①]因此文艺社会学强调指出：“当一个群体的成员都为同一处境所激发，并且都具有相同的倾向性，他们就在其历史环境之内，作为一个群体，为他们自己精心地缔造其功能性的精神结构。这些精神结构，不仅在其历史演进过程之中扮演着积极的角色，并且还不断地表述在其主要的哲学、艺术和文学的制作之中。”[②]鲁迅始终是缔造中国现代型“精神结构”或文学结构的巨匠，他所发挥出的艺术创造潜能和思想意识威力是中国新文学营垒中任何文学家所无可比拟的，所以要考察鲁迅对中国文学现代化所作出的独特贡献，必须将其置于特定的社会历史范畴和缔造精神结构的文学社群之中，以探索鲁迅主体意识现代化的独特性与功能性，即形成了何种性能的哲学意识、社会意识和审美及其所达到的现代化程度，只有从主体意识切入才能更深切地体认到鲁迅创造现代化文学的行为模式的真正价值和意义。鲁迅自己也说：“非有天马行空的大精神即无大艺术产生。”[③]所谓“大精神”就是创作主体在历史转型或文学转型的激变期必须获得自由博大的精神境界与开放活跃的主体意识，这是参与“大艺术”生

---

① ［法］吕西安·戈德曼：《文学社会学方法论》，第44页，工人出版社，1989年。

② ［法］吕西安·戈德曼：《文学社会学方法论》，第46页，工人出版社，1989年。

③ 《译文序跋集·〈苦闷的象征〉引言》，《鲁迅全集》第10卷，人民文学出版社，1981年。

产而营造现代型精神结构或文学结构的内在的决定因素。

以人为本的现代哲学意识

哲学是人类的最高智慧,中外经典文学名著无不是人类智慧的结晶。鲁迅在20世纪初叶一踏进文坛就高起点地营造出哲意深蕴浓郁的现代型文学,从哲学的角度审之是取决于鲁迅是位具有人类综合智慧的文学大家。鲁迅虽然没有一部系统的哲学著作,也没有建构哲学范畴和理论体系,但他的每部著作、每篇作品都含有一定的哲学意味,表现出独特而深邃的哲学意识。鲁迅的睿智哲思与现代哲意,既不是他头脑中固有的又不是承传某个哲学家的,也不是在中西文化碰撞中独尊西哲某种学派形成的,而是在特定的历史条件下和社会文化语境下选择一种独特的方式形成了一种独特的哲学意识。早在日本留学时期,鲁迅立志弃医从文已开始主体意识的现代化,哲学意识则居于其主体意识的最高层次;鲁迅建构现代型的主体意识是极为自觉的,其目标是极为明确的,其魄力是极为宏大的,其胆识是极为豪放的,其方式是极为独特的。正如他所表述的:

> 此所谓明哲之士,必洞达世界之大势,权衡较量,去其偏颇,得其神明,施之中国,翕合无间。外之既不后于世界之思潮,内之仍弗失固有之血脉,取今复古,别立新宗,人生意义,致之深邃,则国人之自觉至,个性张,沙聚之邦,由是转为人国。人国既建,乃始雄厉无前,屹然独见于天下……①

这是鲁迅以放眼世界的雄伟气概,以中外文化交汇对话为纵横坐标系,以立人立国为终极价值,提出的救国救民、复兴中华的完整方案,制定的别立新宗的现代文化(包括文学在内)建设大纲,也是鲁迅为完成立人立国巨大历史使命而建构现代化的自我主体意识的独特方式(或途径),即"外之既不后于世界之思潮,内之仍弗失固有之血脉,取今复古,别立新宗"。这里的"新宗"对于鲁迅本人来说则是通过中外文化思潮对话的独特方式实现主体意识的现代化,而这一主体意识的最高层次或核心部分就是以个性主义为本位的人生哲学即现代人学思想。鲁迅人本哲学意识的获取并非运用中外文化非此即彼的二元对立模式,而是采取了整合主义思维方式,不管是自然科学或是人文科学,不管是外国文化

① 《坟·文化偏至论》,《鲁迅全集》第1卷,人民文学出版社,1981年。

或是中国文化，不管是现代文化或是古代文化，不管是唯物主义或是唯心主义，不管是形而上或是形而下，不管是理性主义或是非理性主义，只要有利于“个性张”和“人国建”的哲学思想都加以整合，以构建现代性的人本哲学意识。对此的研究，人们往往只注意在《文化偏至论》、《摩罗诗力说》等文中，鲁迅是如何汲取了外之“世界之思潮”：即一方面是欧洲近现代思想史的理性主义，不仅肯定鲁迅认同了“去羁勒而纵人心”由此带来社会变革和物质文明巨大发展的理性哲学的积极进取精神，也选取了拜伦等摩罗诗人的“立意在反抗，指归在行动”的争天拒俗的撒旦精神，称赞拜伦孤援希腊之独立的反抗行为“自由在是，人道亦在是”，视个性主义与人道主义为人本哲学同源的两种不同表现形式，如同一个硬币的两面并非各自对立而是有机统一；另一方面又肯定鲁迅广纳博采西方19世纪末20世纪初以来的尼采、克尔凯廓尔、施蒂森等非理性主义哲学思潮，尽管后者与前者在反叛指向和经验内涵上有所不同，但在超验思维形式或超然感情形式上以及反羁绊争自由上都有相通点，鲁迅所相中的正是非理性思潮的现代孤独个体的自由思想形式，且与理性主义的自由意识与个性意识奇妙地结合起来，凝成鲁迅的经验的与超然的、理性的与非理性的、孤独的与乐观的杂交式的现代人本哲学意识。我们对鲁迅现代哲学意识的探讨仅止于此是不够的，决不能忽略“内之仍弗失固有之血脉”，即鲁迅的人本哲学意识并不完全源于西方的人文哲学也源于我国传统文化。究竟鲁迅承续了传统文化的什么“固有之血脉”，这是值得深入发掘的，虽然鲁迅没有明确指向某一文化传统或某个历史先哲，但在我看来鲁迅所承续的是传统的以个人为本位的性灵主义思潮（即西语的个人主义或个性主义）。“性灵”一语最早见于刘勰《文心雕龙》的《原道》篇，人作为“有心之器”则区别于自然界的“无识之物”的根本点在于人是“性灵所钟”，显然这里的“性灵”是人之所以为人的类特征；钟嵘《诗品》中提及的“性灵”已蕴含着人的个体价值，到了明清源自王阳明心学本体论的“性灵”则完全成为“个性”的同义词，不论是李贽的强调写赤心真性的“童心说”，公安三袁的强调“独抒性灵”的“性灵说”，或者是清代袁枚提出的“诗写性情”的“性情说”，其指向都是个性、自我，强调作家主体的个性意识和独立意识，尤其袁宏道提出的“独抒性灵”就是强调人“各任其性”、“率性而行”，就是强调“信口而出，信口而谈”即“独抒己见”。这种以表现真心、性灵、性情为本质内涵与规定特征的个性主义思潮虽不是传统文化的主潮，但它却是带有现代哲学色彩的以个体为本位的人学思潮；溯其渊源主要不是儒家文化传统而是道家文化精神，因为儒家文化所强调的个体价值是无法背叛社会伦理理性或者只能在等级森严的社会礼教网络中运作，这是难以实现个体价值的，而道家文化反对“人为”而强调自然，追求个体生命的自发性，这就为个体生命价值的实现留下了巨大空间。虽然在本世纪初一些文化先驱不可能以传统话语表达现代哲学精神，但鲁迅却是在“世界之思潮”与“固有之血脉”这个思维框架中有意无意地承继了灵性主义传统，提出了与“性灵”相通相似的“灵明”这一核心概念。鲁迅正是将“个性”、“灵明”、“灵性”、“性情”这些范畴所蕴含的个性主义思潮在“个性张”和“人国建”这个具有现实功能和实践意义的联结点上熔铸起来，整合为鲁迅的人本哲学，使传统的人本文化思潮实现了现代化的转换，而西方的理性和非理性哲学思潮则实现中国化的转换，完成了“取今复古，别立新宗”的主体精神结构初期形态的建构。

鲁迅通过独特的方式与途径所获得的现实哲学意识形成了独特的人本哲学架构，这可以概括为：以个体的人性、人情、人道为本，以“世界之思潮”与“固有之血脉”为哲思资源，以“个性张”和“人国建”为实践检验标准，以整合主义为思维方式，以“立人立国”为终极目的。鲁迅的哲学意识既不能简单机械地以西方唯心主义与唯物主义、辩证法与形而上学来归类定性，又不能轻率武断地以中国儒、释、道三大哲学体系来规范划分；鲁迅是以广纳众长的博大胸怀自觉地整合中外古今人类的大智大慧，已超越了这种“主义”或那种“主义”、“这个专家”或那个“专家”，把自然科学与人文科学、唯心主义与唯物主义、理性主义与非理性主义沟通起来，只要有利于“立人”即有利于中国人乃至人类的生存发展的思想学说都可以拿来整合，所以他既不独钟先贤又不迷信西哲，一切皆经过自我主体意识的筛选、扬弃和汲取，真正变成具有个人特征的哲学话语。既然鲁迅的人本哲学意识的核心是“立人”，那么鲁迅要立的是什么样的人，探究这个问题可以触及到鲁迅人学思想的独特深刻之处。鲁迅所关怀的“人”是生存于中国历史激烈转型期的现实社会的“人”，不仅应在理性层次上具有人类觉醒意识、民族觉醒意识、个性觉醒意识乃至阶级觉醒意识（主要指后期），也要有非理性层次上的个体孤独意识、现代情感情绪乃至存在主义意识，更要有能满足人的得以正常生存、得以健全发展的生命各种需求的现代生命意识，只有社会属性与自然属性、理性与非理性兼备的“人”才是一个具有七情六欲的活生生的现代中国人。鲁迅在《我们现在怎样做父亲》一文中，以生物进化的观点对人的最基本生命欲求作出深刻论述：

生命的价值和生命价值的高下,现在可以不论。单照常识判断,便知道既是生物,第一要紧的自然是生命。因为生物之所以为生物,全在有这生命,否则失了生物的意义。生物为保存生命起见,具有种种本能,最显著的是食欲。因有食欲才摄取食品,因为有食品才发生温热,保存了生命。但生物的个体,总免不了老衰和死亡,为继续生命起见,又有一种本能,便是性欲。因性欲才有性交,因有性交才发生苗裔,继续了生命。所以食欲是保存自己,保存现在生命的事;性欲是保存后裔,保存永远生命的事。

鲁迅充分肯定了人要保持并延续生命必须满足人的最基本的物质欲望与性爱欲望,只有这样个体的人才能发展才能进化,而且在这进化路上走“须有一种内在的努力”,所以“后起的生命,总比以前的更有意义,更近完全”①。鲁迅所要的“人”是个“更近完全”的且在本能欲望能得到满足的个体生命;这与当代心理学家马斯洛提出的人的五种基本需要中的“生理需要”和“爱的需要”大致相吻合,即“在一切需要之中,生理需要是优先的”②。“爱的需要”虽然与性欲不是同义的,然而情爱的需要却是以性欲为其基础的,不论是生理需要或性爱需要都是个体生命的原动力。作为个体生命的人,如果没有或缺乏生理欲求、物质的欲求和精神的欲求,那就不可能有强劲的生命创造力,就不可能去创造物质文明和精神文明。但是人的各种欲望和需要常常得不到满足,也许这是绝对的,而得到满足仅仅是相对的。正因为人的各种欲求得不到满足造成的心理不平衡而产生的焦虑感、苦闷感、忧患感,从而由情绪或情感转化一种生命意志力,方能去创造符合“人”的健全发展需求的物质世界和精神世界。所以鲁迅是在“一要生存,二要温饱,三要发展”的互动互促的人生逻辑链上,来考察人的生命创造力的价值和意义以及中国人的真正觉醒程度。从人的理性与非理性、低级欲求与高级欲求的内在的互动互补关系中探索人的生命力和创造力,主要不是从外宇宙而是从内宇宙来揭示人的创造潜能,这也许是鲁迅“立人”思想或人本哲学意识的独特性与深刻性所在。马斯洛说:“理性既是人的福慧又是人的苦恼,它迫使人去解决那无法解决的两重性矛盾,永世不得解脱”。故“人是唯一能感到苦恼、感到不满、感到被逐出乐园的动物”,这就要求人“必须优先发展自己的理性,使自己成为自然和自身的主人”;实质上“人的历史的动力是内在

---

① 《坟·我们现在怎样做父亲》,《鲁迅全集》第1卷,人民文学出版社,1981年。

② [美]马斯洛等:《人的潜能和价值》,第162页,华夏出版社,1987年。

固有的理性存在，它促使人发展自己，并通过它去创造一个属于他自己的世界”①。鲁迅就是一位具有高度理性自觉与深刻非理性感悟的现代中国的大智者和先觉者，他所确立的现代人本哲学意识始终伴随着中国社会转型变动的历史进程，既能贴近现实斗争实践又能联系文化文学运动实际，不断经受着各种实践的严峻检验，显示出鲁迅人本哲学意识的巨大思想能量，当然也显露出他哲学意识的内在矛盾和局限；经过“五卅”运动后一次次的社会斗争实践和民族危机加剧的挑战和考验，他接受了马克思主义科学理性，使他的人本哲学意识增进一些新质即阶级论因素和辩证法因素，但这并没有从根本上改变鲁迅哲学意识的质的规定性，并不能作出后期鲁迅的哲学思想已是阶级论取代进化论、集体主义取代个性主义的简单而机械的结论。在我看来，鲁迅前后期的哲学意识并没有发生断裂式的质的飞跃，只能说增加的新质因素使他的人本哲学意识更具有科学理性与辩证思维色彩，也更具有历史实践功能。这是因为：其一鲁迅接触马克思主义哲学较晚，李大钊五四时期介绍马克思主义和苏俄布尔什维克胜利的文章他并没有看过，即使 1928 年“革命文学论争”中逼他看了很多马克思主义论述也不全是马列的原著而是普列汉诺夫、卢那卡尔斯基、苏俄一些文艺政策甚至“拉普”、“克普”的东西，或者日本藏原惟人等写的论著，这说明鲁迅所接触的不是货真价实的马克思主义学说，而且大多带有或“左”或右的思想倾向；况且鲁迅的接受并不是生硬的照搬，不是采取独尊“马”排斥其他的思维模式，仍然坚持整合主义，以是否有利于“立人立国”作为取舍的价值标准，有利者则纳入自己的人本哲学意识，不利者则弃之不取，以保持并增强人本哲学的严肃性、纯洁性和科学性、辩证性。其二，鲁迅一生坚持个性主义与人道主义的辩证统一的人文立场，因此我认为他接受马克思主义哲学，既是从回答现实变革和革命文学提出的诸多问题的需要出发去寻找更犀利的思想武器，又是从个性主义与人道主义出发去探索人本哲学与马克思主义的相通点，这不仅因为马克思主义把个性的自由发展视为共产主义的必要前提，而且因为马克思主义确定的无产阶级只有解放全人类才能解放自己的宏伟目标体现出最伟大的人道主义精神，这无疑与鲁迅的现代人学思想相互感应相互认同，所以鲁迅接受马克思主义是充实发展了人本哲学思想而不是取代了它，鲁迅的个性主义并未被集体主义所吃掉而是将二者更辩证地结合起来，是鲁迅前期的利人又利己的

① ［美］马斯洛等：《人的潜能和价值》，第 104 ~ 105 页，华夏出版社，1987 年。

人道主义的合乎时代需要的新发展。其三，鲁迅虽然说过他的进化论已轰毁，但对此必须进行辩证分析，“轰毁”并非完全否定了进化论的哲学观，我认为他只是强调进化论的历史发展观和人生价值观不如历史唯物主义更科学更能正确地阐释现实问题和历史问题，特别是从后期的鲁迅杂文可以看到进化论的不少概念仍在运用、进化论的生命观仍充满活力，故阶级论并未取代进化论；况且鲁迅对中国社会阶级状况的认识和对马克思主义阶级论的了解，并不像一些政治家那样熟悉那样武断分析，他主要从文化思想的角度进行考察和论析，总是环绕着“立人立国”的核心意识，即使他看到惟无产者才有将来，并不意味着鲁迅对无产阶级的本质及其为之奋斗的伟大的理想有了更全面更科学的认识，我认为也是从他人本哲学出发察觉到无产阶级是受压迫最深、受苦最重而反抗性最强的人群，不仅对他们应给予人道主义关怀而且依靠他们的力量也能实现伟大的人道主义理想，将来的社会才能是真的人的“人国”。

独特的现代性社会意识

“所有的社会现实都是为物质事实与知识的事实同时构成的，而这些事实也结构了研究者的意识，并且自然地暗示了各种价值判断。”①因此当我们对鲁迅主体意识的现代化进行探析时必须切记“意识的每一个因素都以一种直接或相对间接的方式与实践严密相关，正如所有实践都是间接地或直接地，清晰地或模糊地与意识的具体结构相关一样。”②研究鲁迅的哲学意识应该与其救国救民的社会实践相联系，而探讨其社会意识更不能脱离其具体实践，虽然鲁迅不是直接投身革命的实践政治家，但他的文化文学实践活动或思想斗争实践总是直接或间接地同社会变革联系着，所以鲁迅的社会意识具有鲜明的实践性，是其哲学意识对社会现实问题的回答与阐释；具体来说，中国社会进入新旧转换的特定历史时期要建构一个什么性质的“人国”，这个“人国”的社会具有哪些现代性的特征？对这些问题的思考与解说，不仅直接或间接地与“历史是结构过程的客体”相关，而且也显示出鲁迅社会意识的现代性特征。

以梁启超为代表的晚清文化先驱，面对着救亡图存的民族危机，积极寻求“治华”方案，由于深受“保国保种保孔”思维定势的局限，终究没有摆脱“尊皇”

① [法]吕西安·戈德曼:《文学社会学方法论》，第63页，工人出版社，1989年。

② [法]吕西安·戈德曼:《文学社会学方法论》，第61页，工人出版社，1989年。

的政治路线，选择了“君主立宪”的社会制度，虽然它比封建专制有所进步，但毕竟是个专制国体，并没有把我国引上民主化现代化的社会道路。诚然鲁迅受到梁启超“新民”思想的深刻渗染，但鲁迅的立人立国思想却超越了梁启超的文化思想，设计了以“人”为本位的具有现代意义的立国之策，从根本上与梁启超的以“君”为本位的“治华”方略相区别。因为鲁迅冲破了“尊皇”以“保国”的思维模式，立足于世界社会思潮的制高点，宏观把握世界各国发展或演进的总体趋势，坚持西方社会把理性、自由、法制作为现代化基本特征的价值标准，沉痛反思了中国漫长封建专制社会的非人性质，高瞻远瞩地提出建构“人国”的设想。这一构想既不是古已有之的又不是主观臆定的，而是通过对世界发达国家政治体制和社会制度的反复权衡比较研究，并紧密结合中国社会的历史与现状加以选择的，希冀以一种能“争存于天下”的新社会结构来替代积弱难强、积重难返的旧社会制度。所谓“人国”就是现代化的国家，它与皇权专制或君主专制的国家相对立，鲁迅在《文化偏至论》中以英美法诸国为例对现代化的政治伦理特征作了这样的描述：“扫荡门第，平一尊卑，政治之权，主以百姓，平等自由之念，社会民主之思，弥漫于人心”，使“社会民主之倾向，势亦大涨，凡个人者，即社会之分子，夷隆实陷，是为指归”；强调百姓当权做主，强调尊重个人权利，强调平等、民主、自由，而且“平等自由，为凡事首”。这实际上体现出社会现代化的自觉意识，与他现代哲学意识完全是同质同构的，只是层次有所不同。以前的研究者对鲁迅的现代社会理性意识、自由意识多有论述，而对其现代法制意识却很少涉及，似乎鲁迅缺乏现代法制观念，其实不然。即使对鲁迅理性意识的理解也是众说不一：有的认为，科学、民主、自由、平等、人道，就是鲁迅理性意识的主要内涵；有的人认为，鲁迅独特深刻的逻辑思维及其作品里所蕴含的哲理意味，就是理性意识；也有的认为，鲁迅的理性精神不是脱离个人欲望、情感和意志的一种纯粹的逻辑思维活动，它是由欲望、情感、意志的逐级转化而成的，并且必然积淀着人的欲望、情感和意志。这些说法都有道理，只是论述的角度不同。后两者主要从思维学、心理学的视点来考察鲁迅理性精神；前者着重从社会学视角来透析鲁迅的社会理性意识。对于个人来说，理性的诞生既是人的福又是人的祸，在人的身上造成了两重性，迫使人永不止息地去寻找新的解脱，而恰恰是这种生存意义的非确定性激励人去拓展人自己的力量，“只有拓展人自己的力量，过生产性的生活，人才能使自己的生存富有价值意义”；对于一个现代社会来说，理性意识能够启示人们“认识到自己的情境、认识到根植于人的存在的两重性,认识到自己所具有的拓展人的力量的能力,他才能完成如下任务:成为自在自为的人,并通过充分实现人的潜在的诸能力——理性、爱、生产性劳动——而达到幸福”。[①] 这里所强调的则是鲁迅的社会理性意识及其对中国社会现代化特征的认知。至于鲁迅是否具有现代法制意识,只能试论之。现代法制既是制度文化又是思想文化,反映在观念形态上则是社会法制意识。鲁迅把社会现代化的理性、自由、法制三大基本特征作为相互依存相互联系的三位一体来理解和把握,它们的内涵与外延并没有严格的界限,往往相互包容相互交叉,你中有我我中有你。平等、自由等概念,从制度文化的角度视之是政治范畴,从思想文化的角度考之是理性范畴,从法律文化的角度审之乃是法制范畴。正是从后者来看,个人自由观与平等观是鲁迅现代法律意识的根本出发点。黑格尔主张自由与义务是一致的,他说:“义务所限制的并不是自由,而只是抽象的自由,即不自由。义务就是达到本质,获得肯定的自由。”[②]马克思曾说:“自由就是从事一切对别人说没有害处的活动的权力。每个人所能进行的对别人没有害处的活动界限是由法律规定的:正像地界是由地标确定的一样。”[③]自由是一种权利,但必须受法律制约,自由与义务或法律就是如此紧密地联系在一起。法制精神的本质是平等地对待每一个人,所谓法律面前人人平等,若是没有平等原则就不会有现代法律,正如法国哲学家皮埃尔·勒鲁说:“平等是一种神圣的法律,一种先于所有法律的法律,一种派生出各种法律的法律。”[④]鲁迅的自由观既受到法国大革命思潮中的理性自由学说的影响又受到施蒂纳、尼采等非理性自由意识的渗透,也受到严复自由观的影响。鲁迅认为:“自由之得以力,而力即在乎个人,亦即资财,亦即权利。”[⑤]这就是说,自由是凭“力”取得的,个人的力量就是财富就是权利。甚至说“凡一个人其思想行为必以己为中枢,亦以己为终极:即立我性之绝对之自由者也”;即使“国家谓吾当与国民合乎意志,亦一专制也,众意表现为法律,吾即受其束缚”,故“义务废绝,而法律与偕亡矣”[⑥]。如此拒斥义务、法律的极端自由观,对于冲破封建专制的桎梏具有巨大力量,但是以此自由观作为建立现代法制的基础却失之偏颇。至于鲁迅的平等观,他明确主

① [美]马斯洛等著:《人的潜能和价值》,第108页,华夏出版社,1987年。
② 黑格尔:《法哲学原理》,第168页,商务印书馆,1982年。
③ 《马克思恩格斯全集》第1卷第438页,人民出版社,1956年。
④ 勒鲁:《论平等》,第20页,商务印书馆,1988年。
⑤ 《坟·文化偏至论》,《鲁迅全集》第1卷,人民文学出版社,1981年。
⑥ 《坟·文化偏至论》,《鲁迅全集》第1卷,人民文学出版社,1981年。

张人格平等、地位平等和经济权平等，对于在法律面前人皆平等没有作出明确界定。尽管鲁迅的自由观与平等观从现代法律意识的角度来考察不只是界说不充分也有偏激之处，使其个人自由的追求难以导向民主法律制度的建设；然而自由与自由的法律意义还应该得到一定的肯定，鲁迅在《论“费厄泼赖”应该缓行》中将自由与平等并提，而在《五十九“圣武”》中则进一步思考自由与平等之间的相互依存的共生意义。鲁迅毕竟不是以实践政治家和法律家的姿态来探讨自由平等与法制的关系，况且那时中国社会现代化的进程刚刚开始，所以鲁迅法律意识的局限既是自身的认识限制更是时代认识水平的局限和社会法制实践的局限。不过随着时代的前进、社会的变化，鲁迅对现代法律思想的构成要素如身份与契约、权利与义务等，从理论到实践从实践到理论日益深化对它们的认识，进一步提高了现代法制意识。总之，鲁迅所获得的对中国社会实行现代化的理性、自由、法制等现代意识，在历史进程的社会实践中经受着严峻的考验和思想斗争风暴的冲击，使现代社会意识在危机中求索、在求索中前进。

鲁迅亲身经历了辛亥革命，虽然这场革命只赶跑了一个皇帝，尚未以一个充满理性、自由、法制精神的现代化社会体制取代以皇权为中心的封建宗法社会结构，然而皇帝毕竟被拉下马，中国历史上最后一个王权统治毕竟在政治上解体，随之便引起中国传统文化价值系统的根本动摇。这不仅因为传统文化价值系统所赖以存在的社会政治结构被辛亥革命所摧毁，人们的现代文化价值观念日益增强，而且也因为以儒学孔教为核心的传统文化价值体系在现代中国社会的解体命运更是其自身结构功能所造成的。恩格斯对西方封建社会的文化结构模式曾作过深刻剖析，“中世纪把意识形态的其他一切形式——哲学、政治、法学，都合并到神学中，使它们成为神学中的科目”①；他在《德国农民战争》中也说，神学在知识活动的整个领域中的这种无上权威，是教会在当时封建制度里万流归宗的地位的必然结果。文艺复兴和启蒙运动正是通过批判这种“泛宗教意识形态”，使教会的精神独裁被摧毁了，“明快的自由思想，愈来愈根深蒂固”，这就为资本主义社会的现代化打下了坚实的思想基础，提供了现代文化的价值系统。但由于社会历史条件的差异，中国封建社会结构却形成了有别于西方的“泛宗教意识形态”的典型特征，即政教合一、王者与圣人合一、政统道统文统合一。这种文化结构模式与中国传统文人的由知识而伦理、由伦理而政治的

① 《马克思恩格斯选集》第4卷第251页，人民出版社，1972年。

终极价值取向相对应，凝成一个集自然、社会、政治、伦理、宗教为一体的“天人合一”、“天人合德”的图式，其中的社会政治系统与价值信仰系统总是高度地胶合在一起，结成一个异常强固的板块，这就决定了传统文化的自身结构功能并不能转换出适应中国社会现代化需要的新机制。如此阐释并非要贬低五四新文化运动冲击封建文化价值体系的巨大意义，而是为了强调唯有封建政治结构的解体才有可能从根本上动摇“政教合一”的传统文化价值体系，才有可能为中国社会的现代化扫除障碍，鲁迅所设想的现代化“人国”才有可能变成现实。五四新文化运动对封建文化结构进行猛烈攻击，从特定意义说正是基于对辛亥革命忽略了冲决封建伦理价值系统的沉痛教训的深刻反思，为推动我国社会的现代化进程创造更有利的精神结构。现代化的社会既是理性的时代、自由的时代又是法制的时代，而这样的时代特征虽然在辛亥革命所制定的“三民主义”政治纲领中已有所体现，但是作为一个时代精神特征却是伴随着五四反封建意识结构运动而逐步形成的。鲁迅正是为了摧毁价值信仰系统与政治权利系统高度连锁的封建社会体制，为现代化“人国”构想的实现、为中国社会的理性化、民主化、自由化、法制化，义无反顾地站在反封建文化的前哨阵地，成了名副其实的“精神界的战士”和新文化运动的旗手。

诚然，鲁迅具有以现代化“人国”为核心的社会意识，尚未形成一个高度思辨的严密理论体系，更多地表现为“经世致用”的理论形态，甚至有的观点带有乌托邦色彩，但是它们在中国社会现代化和中国人现代化的肇始阶段，却具有理论上的导向意义、实践上的指引意义。值得深入思索的有意味问题是：既然“五四”时期中国传统道德秩序的解体和封建文化思想体系的解构已是历史发展的必然，又是中国社会现代化的必要前提，而且以鲁迅为旗手的反封建文化运动形成了空前规模的声势，那么为什么中国社会向现代转换正处在激变期而思想文化界则出现了“意识危机”，包括鲁迅在内的一批知识精英一度陷入彷徨、苦闷、迷惘、虚无和孤独的困惑之中？除了众所周知的原因外，是否与鲁迅等信奉的现代理性意识有关？许纪霖在《终极关怀与现代化》一文曾作过有深度的分析。他认为，社会现代化的过程是一个世俗化的过程，当人们以现代理性批判了封建理性从神祇偶像崇拜中解放出来时，便认为现代化本身就意味着终极意义，并将自己的终极价值理想寄托于理性、自由、民主、幸福这些世俗价值上；然而随着现代化世俗领域的日益扩展，人们越来越感到这些价值本身并不能真正构成人类的终极信仰，并不能提供一个完全意义的精神世界，这就迫使人们重新回到宗教神祇领域而重建价值信仰。西欧现代化初期这一重建是通过路德的新教伦理实现的，因为新教具有双重功能：既可以与世俗世界沟通以适应现代化需要，为理性、自由、法制诸现代化特征提供价值上的合法性；又可以超越世俗世界的现代化，为社会的未来发展提供批判的源头。鲁迅在五四前后与文化先驱们取同一步调，不只是从西方汲取了自由、平等、自由、个人主义等，而且坚定地选择了“科学”与“民主”这两面旗帜，并认定张扬这些现代理性精神既是中国社会现代化的一般世俗要求更是具有终极价值意义的，故鲁迅相信将来必当是人道主义的胜利；同时鲁迅还认为，要挖掉中华民族“不长进”的“根柢”、“扫除了昏乱的心思，和助成的事物”即“儒道两派文书”，就必须以现代“科学”和“民主”作为思想武器，这样“不长进的民族”方能“兴旺起来”①。然而必须承认，民主、科学等现代理性，在西方社会现代化过程中并不具备全能意义和终极价值的品格。“民主”作为西方的一种意识形态是属于世俗化的信仰文化系统，它并不具有超然的形而上意义，只不过是实现个人权利和公民权利的有力工具；“科学”在西方是属于知识文化系统的工具理性，其底蕴只是阐释客观世界的一种方法，并不含有终极价值意义。但是“民主”与“科学”在五四前后进入中国思想文化界却被赋予它们本不具有的超限的全能意义和终极价值目的，这固然因为民主与科学适应了中国社会现代化最初的世俗要求，更主要的是因为历史的必然性和批判传统文化造成的终极价值失落和信仰危机而迫切需要新的信仰和价值规范。于是“民主”和“科学”在鲁迅等文化先驱心目中则成为终极信仰所在或无所不包的价值标准，使民主和科学经过生发和附会具有了适应现代化又超越现代化的品性。具体来说，民主既是伦理秩序的完善体现又是政治社会的终极理想，科学既是宇宙观可用来观察世界的方法又是人生观可用来体察人生审视人类历史演变规律的工具，民主与科学既是知识对象又是审美对象也是信仰对象，集真善美为一体。这种以“民主”和“科学”为核心建构的现代理性意识是不能完全地卓有成效地应付中国社会现代化的挑战的，主要因为它们本身只是现代化的世俗要求，而这种内在的局限不能解释现代化本身的局限：即现代理性的本质是批判是怀疑，而把批判怀疑推向极端就会导致普遍的虚无感，甚至会怀疑理性本身。对于这种理性本身的局限，作为现代理性标志的“民主”和“科学”是难以解决的，主要在于它本身缺乏一种

① 《热风·随感录三十八》，《鲁迅全集》第1卷，人民文学出版社，1981年。

超然的终极价值信仰,既不能确定理性的限度又不能拯救理性本身。仅就“自由”来说它发展到极致也会陷入不自由的境地,而要达到完整意义上的自由即外在自由与内在自由的和谐统一,除了具有理性自觉外还必须有赖于终极价值信仰,若失去了后者也就失去了内心自由;然而五四前后弘扬的“民主”和“科学”只能给人以理性自觉却不能给自由以终极信仰的资源。特别是现代化社会的整合纽带是由法制与道德来维系的,它们背后的价值资源都是来自同一个终极价值信仰,如果这个终极价值信仰受到损害或亵渎,那社会所有法律规范与道德体系都将无所依托。这就深刻地启示我们,中华民族在推进现代化的过程中,应该有一种完备的思辨色彩很强的理论体系,如果把理论完全建立在急功近利的时效性上,缺乏理性的距离感或思辨的终极追求,那就会失去了理论的导向意义,不只是在瞬息万变的新情况新问题面前感到困惑,甚至对现代化本身产生怀疑,导致方向迷失,精神出现危机。1926 年鲁迅发出这样的感叹:“倘说为别人引路,那就更不容易了,因为连我自己还不明白应当怎么走。”①这种彷徨困惑感,与鲁迅欲建立“人国”而获得的民主、科学、自由、法制等理性意识的不完备及缺乏终极价值思想资源有着深刻的内在联系。不过与其他文化先驱相比鲁迅有其独特之处,即他不仅把“民主”与“科学”精神作为批判封建文化的思想武器,把理性、自由、法制作为社会现代化的基本特征,而且以现代理性精神更无情地解剖自己的灵魂,不断地消除思想中的“鬼气”,表现出一种自觉忏悔意识和文化自省精神,并进而把人道主义作为终极价值理想。五四后鲁迅曾处在苦闷中探索、探索中苦闷的困境中,虽然所获得的现代社会意识或精神结构缺乏完全正确解释现代化初期世俗问题的思想功能,“人道主义终当胜利”的终极理想也显得笼统,然而鲁迅并没有消沉下去,在继续发扬民主与科学精神的同时,经过一段艰苦的上下求索之后,既不迷洋也不崇古,终于选择了共产主义思想,“确切地相信无产阶级社会一定要出现”②。虽然鲁迅不一定对共产主义思想体系作过系统深入的研究,但他从苏俄十月革命胜利的实践和中国革命斗争(包括文化思想斗争)实践中却深切体认到,共产主义作为无产阶级思想体系比他在五四前后所获得的现代理性意识既可相通更能超越,具有适应社会现代化又超越现代化的双重特质,不仅能对社会现代化过程中的理性、民主、自由、法制等世俗化要求作出辩证历史唯物主义的解释,而且能以更博大深远的

---

① 《坟·写在〈坟〉后面》,《鲁迅全集》第 1 卷,人民文学出版社,1981 年。

② 《且介亭杂文·答国际文学社问》,《鲁迅全集》第 6 卷,人民文学出版社,1981 年。

共产主义的人道主义终极理想超越世俗性的现代化要求，把人们的精神引向更充实更乐观更美妙的境界，并为社会未来发展提供批判性的思想资源。获得了与“人道主义终当胜利”相贯通却更为科学的终极价值信仰的鲁迅，将自己的现代社会意识纳入了正确轨道，以更具辩证性实践性的思想武器展开全方位的社会文化批判，为中国社会的现代化以生命不息战斗不止的精神义无反顾地清基铺路。

自由开放的现代审美意识

从上述可以见到，鲁迅的现代哲学意识及其制导下的现代社会意识都具有包容性、整合性、开放性、人文性和变动性的功能特点，但这些功能特点有利于转化为作为一个伟大文学家鲁迅的创作主体的现代审美意识，有助于营造现代型的文学经典力作。任何一个杰出的思想家“都是通过把被研究客体纳入一个被称之为结构或社会生活的相对更大的整体，或者归于一种由意象或无意识心理组成的网络结构之中，来实现其重建意义的目的的”①。这就是说，作家思考社会现实所获得的主体意识若转化为“由意象或无意识心理组成的网络结构之中”，那就是文学作品。“如果一部作品或许在概念的层次或在语言的或在感觉意象的层次上表现了一种连贯的世界观，它就具有哲学、文学或美学的效用。”②值得深入研究的是，鲁迅的现代哲学意识和现代社会意识是怎样转化为现代审美意识的，这是实现“文学现代化”关键之关键。

现代哲学意识或现代社会意识虽然与现代审美意识互存共生一个宏大的精神结构里，但它们并非是可以互相代替毫无差异的。现代审美意识作为理性或非理性意识，其最基本的单位审美意象所包含的审美理想、审美直觉（或想象）和审美情感各有其审美功能，即审美理想体现人的全面发展要求则是审美的动力，审美直觉或想象可以掌握美则是审美的能力，审美情感则是对象美与审美理想相吻合而产生的情感状态。由于这种现代审美意识高于现实社会意识，因此其审美理想就高于现实理想，它蕴含的不是有限的发展要求，而是无止境的全面发展要求；审美直觉或想象高于现实的直觉或想象，它不是有限的知性把握而是无限的总体性把握；审美情感高于现实情感，它不是日常的喜怒哀

① ［法］吕西安·戈德曼：《文学社会学方法论》，第103页，工人出版社，1989年。
② ［法］吕西安·戈德曼：《文学社会学方法论》，第85页，工人出版社，1989年。

乐而是至大至深的生命体验，它使人类真正感悟到人生的价值和意义[①]。虽然现代审美意识高于现代社会意识或哲学意识，但是审美意识却是以现代意识为基础的，审美意识决不能超然于人的以哲学意识为主导的社会意识而凭空产生，创作主体社会意识先进与否往往产生与之相对应的审美意识，而审美意识有时又能突破现代社会意识的局限。鲁迅优秀文学作品的美之所在，就在于它的主导倾向已超越了现实社会意识的局限性，展示出全面自由的审美意识，这就触及到审美的人道主义本性问题。“审美既然创造了全面发展的个性和自由的理想，是一种超越现实意识的全面、自由意识的活动，它就必然与人道主义发生联系。”[②]人道主义本身作为一种思潮它肯定人的价值、人的自由和幸福，反映人类的价值追求；而它作为一定的历史形态出现就不能不打上或深或浅的时代和阶级的烙印，它作为“自由的精神生产”的一种形态则在一定程度上超出了时代和阶级的局限而具有普泛的人类意义，但建立在辩证唯物史观基石上的无产阶级人道主义把解放全人类作为最终目标，当然是最彻底的人道主义。鲁迅的“天下者，则根柢在人”、“人立而后凡事举”的“立国”乃须先“立人”的救国救民思想充分体现出个性主义与人道主义并举的宏大意识，后来他又认同了无产阶级人道主义，这就使他具有了个性主义与人道主义辩证统一的博大情怀。这正是鲁迅的现代哲学意识与现代社会意识能够顺畅无阻、自然天成地转换为深邃丰厚的现代审美意识的桥梁和通道。也就是说，鲁迅的人道主义是与其现代审美意识息息相通的，现实社会意识或社会经验体悟只有通过创作主体的人道主义关怀方能转化为现代审美意识。人只有不满足于自己的现存世界而进入整个人类的现实存在并具有更高的全面发展和自由追求时，才能超越其历史和阶级的集团意识或趋同精神结构的局限而升华到的独特的审美意识高度。鲁迅曾说：“创作总根于爱。”[③]这里的“爱”应似博大精深的人道主义之爱，是现代社会意识中转化出的崇高的审美意识。鲁迅还说：“社会人之看事物和现象，最初是从功利底观点的，到后来才移到美底观点去。”“并非人为美而存在，乃是美为人而存在”[④]，故“文学和学术不同，学说所以启人思，文学所以增人感”[⑤]。这个“感”字道出了创作主体的审美意识通过物化形式而传达给接受主体的审美感

① 杨春时：《系统美学》，第156～159页，中国文联出版公司，1987年。
② 杨春时：《系统美学》，第159页，中国文联出版公司，1987年。
③ 《而已集·小杂感》，《鲁迅全集》第3卷，人民文学出版社，1981年。
④ 《二心集·（艺术论）译本序》，《鲁迅全集》第4卷，人民文学出版社，1981年。
⑤ 许寿裳：《亡友鲁迅印象记》，第27页，人民文学出版社，1955年。

受。由此可以推测,鲁迅的文学精品之所以具有永久的艺术生命力,至今尚能感动人,就在于它体现了彻底的人道主义和一以贯之的个性主义,或者说他始终立于人道主义高度来审视社会把握人生,营造出一部部一篇篇充溢着崇高审美意识的精神结构;当接受主体在有意义的审美物化形态中透过现实意识和社会关系的迷雾而步入自由领域时,便会发现鲁迅是用审美意识的人道眼光来照耀这一切,并使之转化为美的形象或审美意象,从而真正体验到人的价值和人类之爱的可贵与崇高。

由于鲁迅的现代社会意识或哲学意识能够通过辩证统一的人道主义和个性主义转化为审美意识,所以他在文学创造的过程中较成功地处理了如下几种关系,增强了作品的审美张力、审美力度和审美意蕴:一是自我意识与对象意识的关系。主客体对立的意识只有通过彻底的人道主义审美活动才能取得和谐统一的世界意识。当我们解读鲁迅的一些小说或散文诗时常常感受到作者把世界当做自己的外在现实和无机的身体,当做自由意识和个性意识或无意识的对象,使它们有生命有感情,与人共欢乐共忧愁、同挣扎共患难,甚至有些人物形象与作者在很大程度上有着同质同构性,使主体与客体、自我与他物在实践创造的基础上经过审美精神运作而达到了和谐统一,这既是人类美好理想也更是审美的最高境界。二是无意识与自觉意识的关系。当人的本质力量与社会关系发生矛盾时,有的生命欲望得以实现或者可能兑现便形成了人的自觉意识,有的生命欲求受到社会条件束缚得不到实现潜伏于意识底层则形成无意识,这种矛盾生生不息流动转化。在鲁迅的一些文学作品中,我们可以体察到通过人道主义审美意识活动,人的潜意识突破了现实意识与现实关系的束缚,突破了自觉意识的防线,被审美理想升华为审美意识,而消除了无意识与自觉意识的矛盾则进入自由的审美境界。三是认知与意向的关系,即客观认知和主观情志的关系。在现实社会意识活动中,人常常以两种方式把握现实,即认识论式的便形成客观判断,价值论式的则形成主观判断,而审美判断则是二者的综合,即审美意识在更高水准上将认识功能与情感意志功能统一起来。鲁迅的小说创作就是典范,它们既不是表现论认为的小说是主观情志的表现又不是再现论认为的小说是对社会生活的形象认识,而是把表现论与再现论有机地结合在一起。文学作品不是表达某种有限的情感,也不是宣传某种意识形态,而是一种对人的自由和全面发展的最高理想的追求和创造,虽然一切文学艺术都根源于人的现实追求,但只有升华为审美理想才能成为美的。鲁迅深晓此理,所以在他的文学创作中审美的认识功能与情感意志功能是一致的,既能认识到某种深刻的人生哲理又能受到一次激情的感染。四是个体意识与集体意识的关系。在现实社会中,个体意识与集体意识往往处于对立中,而社会意识对个性意识的规范带有强制性甚至有时会使矛盾发展到对抗地步;只有到了马克思所认为的"排除一切不依赖于个人而存在的东西"而使人的个性得到充分发展的共产主义,个体意识与集体意识才能达到高度统一。由于鲁迅认同了这种彻底的人道主义并将自己的现代社会意识转化为现代审美意识,所以鲁迅在文学创造中把个体审美意识与集体审美意识完美地结合起来,而这种结合并非合二为一而是充分呈现出这样的特色:鲁迅个体审美意识越独特越能发现并创造独特的美,这种美越深刻越充分就越具有高品位与艺术魅力。① 而这种具有崇高审美品位和永恒艺术生命力的文学作品已"臻于真善美的境界",鲁迅为之奋斗了一生。正如他的挚友许寿裳所说:"鲁迅为反对不真,不善,不美而毕生努力奋斗,以期臻于真善美的境界,虽遭过种种压迫和艰困,至死不屈。"②

尽管"任何一个民族的艺术都是由它的心理所决定的"(普列汉诺夫语),但文学艺术却是社会意识中特殊而自由的意识形式,它与社会心理紧密相关又高于社会心理,乃是"最高的精神生产"(马克思语)。鲁迅的小说、杂文、散文、诗歌、散文诗等就是通过"最高的精神生产"而创构的现代化的审美意识的物化形式,把中国现代型的文学艺术提升到那个时代难以企及的高度。

---

① 以上四种关系的论述,参考了杨春时《系统美学》第四章(一),中国文联出版公司,1987 年。

② 许寿裳:《我所认识的鲁迅》,第 48 页,人民文学出版社,1953 年。

第三章　鲁迅创作是文学现代化的经典文本

“文学作品常常是在它与某个个体主体，即作者的联系之中被研究的”①。由于鲁迅具有以人为本位的现代哲学意识、现代社会意识和现代审美意识，总是带着强烈的“立人立国”的人道主义与爱国主义的博大情怀去反思历史、考察现实、体验人生，并且以现代的理性自觉和非理性感悟与自己对外界的所感所察所思相比照衡量，把对社会现实的判断升华为审美价值判断；然后以独特的现代白话语符系统精心营造独特的既是个人的又是时代的杂文、小说、散文、散文诗等文体范式，将中国新文学推上了时代所达到的现代化最高程度，所以鲁迅开创的文学传统是中国文学现代化的传统，鲁迅建构的多种体式的文学作品是中国文学现代化的经典之作。它所显示出的现代美学特征格外耀眼，这里只能择其要者略述之。

重估一切的反叛姿态

不论鲁迅前期确立的以人为本位的现代理性意识或者后期汲取的马克思主义的科学理性意识，它们的本质都具有实践性和批判性。所以鲁迅在其创造的文学世界里总是以重估一切的反叛姿态面对非人的历史、非人的现实、非人的意识形态，体现出一种自觉而强烈的现代批判意识。可以毫不夸张地说，现代中国文学史上没有一个文学大家能够达到鲁迅在文学作品中对非人社会非人意识批判的深广度。

重在评估并解构农村社会的观念形态。

犹太学者艾森斯塔德认为，在现代化过程产生的文化抗拒中，社会精英的取向可能依循两个不同的方向发展：“一为纯粹传统主义的保守方向或原教旨

① ［法］吕西安·戈德曼：《文学社会学方法论》，第97页，工人出版社，1989年。

主义的方向，其试图通过寻求能够维护非传统文化取向的新精英群体来对抗大众文化所具有的更为侵蚀性的机械趋向。另一种极端类型的文化取向始终是平民主义的，其特征是强调文化创造的大众文化形式和水准，几乎加以全部的认同和发展，以及文化中心与边缘的同一。"①鲁迅怀着"启蒙主义"登上新文学之峰，始终以个性主义与人道主义辩证统一的视野，以"哀其不幸，怒其不争"的平民主义情怀去关注农民的生态与心态，旨在解构农村社会不适应现代化"人国"需要的传统意识，从而建构适应现代化需要的现代社会心理。鲁迅在《呐喊》和《彷徨》中描写农村世界的小说，是以辛亥革命前后现代化临界期的农民心理为社会背景和思维参照的：

> 在所有的悲剧、喜剧、闹剧中，农民都是不折不扣的看客，甚至连当看客的心思也没有。他们发现自己被拖入近代最大的无序之中，中央政府政令不出都门，军阀混战，盗匪横行，统治丧失了最后一点道德遮掩，"饿殍满地，哀鸿遍野，整个中国日益陷入了水深火热之中，于是社会轰然解体，农民妻离子散，背井离乡"，流为乞，流为匪，流为兵，农民变成了"巨大的人类瓦砾堆"。整个农民阶层处于风雨飘摇、日薄西山之境。在对辛亥革命与"新党"的希望破灭之后，比以往更沉重的迷惘攫住了他们的心灵，麻木与六神无主仍然是这一时期农民精神状态的主基调。然而在这背后，希望的潜流也在流淌②。

这就是现代化临界期农民心理的重要特征，对农民现时悲惨境遇特别是麻木精神状态的关怀和体察成为鲁迅主体思维的聚焦点和艺术表现的兴奋点。并不是所有的五四文化运动和文学革命的先驱，对辛亥革命以后的麻木冷落的农民意识状态都感到巨大的心理压力，更是很少有人认识到中国社会现代化首要之务在解构农民意识；虽然五四运动以后有些青年知识分子投身农村平民教育，由居高临下的启蒙者演化为对农民道德形象过分推崇的民粹主义者，但是真正能够以清醒的现代理性意识和平等相待的平民姿态去评判开掘农民意识结构愚昧落后根源的，唯有鲁迅最独特最深刻。

鲁迅在文学世界里对农民意识的剖析是通过一系列审美意象群的营造加以体现的，始终有一个潜在的现代意识结构的隐影与之相对照，含蓄地闪现出

---

① ［以色列］S. N 艾森斯塔德：《现代化：抗拒与变迁》，第 39 页，中国人民大学出版社，1988 年。

② 张鸣：《乡土心路八十年》，第 201 页，上海三联书店，1997 年。

农民传统意识与社会现代化的进程是多么的格格不入;而且对农民意识的剖解是全方位的、毫不留情的。

评判农民的政治意识。有人否认农民有政治意识,也许因为它的朦胧含混。其实从朦胧含混中鲁迅发现了农民的政治意识,这就是鲁迅在小说中展示出的:农民是政治的“观众”又是政治的“暴众”。这就是说,在辛亥革命前后政治舞台上的统治者的权力争夺如转轮似的你方唱罢我登场的乱哄哄的情势下,农民们好像司空见惯无动于衷,即使那些参与政治夺权的革命者被杀头农民也只是扮演政治“看客”的角色,但一旦社会政治结构发生巨变而严重威胁着农民生命安全时,他们不仅揭竿而起举行“造反”,由政治“观众”而变成政治“暴众”,而且要夺取政权取而代之。在这种奇特的转换式的逻辑背后,隐含着某种恒定的政治意向,影响农民认同并接受现代化的“人国”意识,似乎在他们眼里什么样的政权交替都是一样的换汤不换药。虽然鲁迅在作品中刻画并针砭了农民充当政治“观众”的可憎可怜可悲形象,而对政治“暴众”则着墨不多;但是从一些感觉意象或情节片断中也能体悟到他们的存在。未庄的阿Q既在城里充当过看“杀革命党”的政治“观众”又在未庄充当过政治“暴众”。他明明知道“造反”是违反儒家“犯上作乱”之道而要“杀头”的,然而他还是要“造反”,要“革命”,这不仅仅反映了农民对封建国家政权的麻木盲目的认同,而且也表现了他们要抓住机遇当“暴众”以实现“皇帝轮流做,明年到我家”的政治梦想与机会观念。因为中国的历史是一种周期性乱治交替的历史,每次乱治之交既造成不少杀戮和破坏又造成一些“皇帝轮流做”的机会,这已内化为农民的一种较为普遍的潜意识,从阿Q宣布“造反”到土谷祠的皇帝梦正曲折地表现了农民的政治意向。辛亥革命推翻清朝皇权建立民主共和制,后者应属现代性政治国体,但在农民的潜意识中却与皇权政体并无差异;所以他们对夏瑜说的“这大清的天下是我们大家的”毫无国家观念的反映,对革命者推翻清皇帝建立新政权更是采取冷嘲轻蔑或愚昧麻木的态度,甚至错估了政治形势妄图趁机造反以圆皇帝梦。农民这种传统政治意识不转变则是建构现代化“人国”的巨大阻力。

揭穿农民的宗教意识。虽然到了现代化的临界期并不是所有的农民都想做梦当皇帝,它仅仅是一种潜在意念隐伏于农民心底,没有合适的政治机遇是不会化为政治举动的;然而农民的宗教意识却是极为普遍的,它作为一种根深蒂固的集体无意识主宰着农民的心理动向。一般说来,农民的宗教信仰分为祖先崇拜与神灵崇拜两类,而作为信仰发出体的农民实际上是与鬼(祖先)、神(神灵）处在相互交感之中，是与现实的伦理、经济生活与宗教生活处在高度融合之中①；不过农民对神灵崇拜已超过对祖先崇拜，他们是以神灵崇拜为主的，祖先崇拜只有祖先在农民意念中化为“鬼”、“神”时才具有宗教信仰的意义。农民并不认为神灵都像基督教和伊斯兰教所讲的属于彼岸世界，神仙谪降为凡人、人死而成神则是普遍的共识；但是农民却相信神灵属于超人体系，不只是能做凡人不能做之事，而且操纵着生杀予夺、祸福于人的大权。中国农民的这种宗教意识与现代科学理性意识是格格不入的，为了“立人立国”鲁迅将农民的宗教意识置于现代科学理性的审判台，进行剖析，并以小说、散文、杂文等艺术形式给予生动而深刻的表现。散文《无常》开宗明义：“凡是神，在中国仿佛都有些随意杀人的权柄似的，倒不如说是职掌人民的生死大事的罢，就如城隍和东岳大帝之类，那么，他的卤簿中间就另有一群特别的角色：鬼卒、鬼王，还有活无常。”中国农民对神灵崇拜所形成的宗教意识有其独特性，鲁迅在小说《祝福》中予以形象的展示。从鲁四老爷大骂康党中透露出《祝福》的时代背景应是由维新变法到辛亥革命的中国社会处于现代化的肇始期，鲁迅笔下的鲁镇是当时农村世界的一个典型缩影。通过对“祝福”这种迷信习俗的描写，既烘托出农村仍笼罩在乌云密布般的浓重沉郁的宗教氛围中，从小说“我”的深切感受中已折射出辛亥革命的农村毫无现代气息，农民的命运完全操纵在神灵手里；又揭穿了宗教意识对农民人性的异化和对农民灵魂的戕害，不仅祥林嫂的主体精神被宗教意识所毒化，而且整个鲁镇的人们都迷醉于宗教意识中。从特定意义上说，《祝福》的独特思想价值并非泛批“四权”而是直斥“神权”，它是农民意识现代化的最大魔障也是农村现代化的巨大障碍。《祝福》等作品所揭示的农民以神灵崇拜为核心的宗教意识的明显特征有：①既有功利性也有非功利性。“鲁镇年终的大典，致敬尽礼，迎接福神，拜求来年一年中的好运气”，摆上福礼，点上香烛，恭请福神们来享用，“年年如此，家家如此”。这反映了农民宗教心理的普遍功利性和宗教行为的普遍贿赂性，他们烧香拜神大都出于实际的生活目的，幻想以贿赂求神“通融”和“保佑”，用小的代价换取较大的实惠，这就形成了农民的有神则拜、有用则亲的信仰态度。但是鲁镇迎福神、拜福神的农民不都具有这种功利目的，祥林嫂对鲁四家的祭祖拜神之所以如此重视主要不是为了什么功利，只是以能否参与祝福活动来证明一下自己是否还具有一个“正常女人”的敬

① 张鸣：《乡土心路八十年》，第27页，上海三联书店，1997年。

神资格，她的精神崩溃与她逐步失去敬神的权利息息相关。因为在祥林嫂这位善良农妇的心中"神灵"则是彼岸世界之物，把敬神视为道德复归、灵魂得救的媒介和伦理合理化的重要标志，故她对迎福神敬福神的追求具有高层次意义。②具有泛神倾向。中国农民的神灵崇拜并不计较各个宗教之间的教义对立，也不在乎哪个神祇的地位高下，而是笼而统之的全神崇拜。这种全神崇拜的情感既与农民宗教心理的功利性有关又与他们漠视宗教理论相联系。鲁镇农村所崇敬的神灵，既有"送灶的爆竹"声中的"灶神"，又有"祝福"大典迎来的"天地圣众"即各种各样的神祇，当然主要是人死后变成的鬼神，还有信奉道教的陈抟老祖修炼成的"神仙"，也有祥林嫂捐门槛的土地神以及引起她极大恐怖感的地狱诸鬼神，也有善女人柳妈崇奉的佛教诸神。这众多神灵，鲁镇从鲁四到祥林嫂无不崇拜。他们主宰着农民的命运也毒害着农民的灵魂，神权的强大威力既维护着农村的封建政治结构、经济结构又维护着农村的伦理结构、思想结构，这种超稳定的农业社会结构已成为中国社会现代化的最坚固的堡垒。③宗教心理形成的多源性。农民虽然漠视名目繁多的宗教理论，但是各种宗教长期在农村流行所形成的宗教语境和文化氛围，对其宗教心理却起着潜移默化的作用，这就为研究农民宗教心理的理论渊源留下了痕迹。有的研究者认为，"融化于农民宗教心理的宗教理论有：源于佛教的因缘说，轮回论及劫变观念；源于摩尼教的二宗三际论和源于道教的内丹说、长生说等"①。因缘说与轮回论原本是佛教用来说明众生与世界状态的复杂学说，然而到了农民那里却变成了直线式的善有善报、恶有恶报的因果报应的说教。鲁迅在《无常》中提及的《玉历宝钞》和《玉历钞传》以轮回说描写了地狱的惨酷景象，把果报、轮回、地狱三者联为一体，形成了民间宗教的主要说法，柳妈对祥林嫂传授的就是这一套迷信邪说。祥林嫂作为一个勤劳的农妇只是嫁了两次男人，这本来并不是什么"罪恶"，然而封建礼教的"从一而终"观与儒家理学的贞节观却使她认为"有罪"，柳妈的因果报应说和地狱说进一步深化了祥林嫂的罪恶感和恐怖感。为了赎罪不致死后锯身分给两个男人，祥林嫂到土地庙捐门槛，最后一次"祝福"祭祀被拒之便宣告她的戴罪之身是不能救赎的，她只有带着"人死了之后究竟有没有魂灵"的怀疑和对地狱的极大恐怖走向死亡。鲁迅通过祥林嫂的悲剧不只是控诉了封建礼教吃人，更为激愤地抨击了宗教迷信害人，佛教地狱说更害人。不论农

① 张鸣：《乡土心路八十年》，第31页，上海三联书店，1997年。

民宗教心理的理论渊源有多少条，但支配这些宗教理论的基本线索还是关于善恶的道德信条，而善恶的道德信条又通过具体的善与恶同传统的伦理体系相联系，这样就使神灵崇拜向祖先崇拜伸出了衔接的枝条；反转过来，对祖先的崇拜中祖先既可以是鬼（家鬼）也可以是神，使之或多或少具有了神的位格，这样就使祖先崇拜也向神灵崇拜伸出了衔接的枝条，两者在心态上混合缠绕难分彼此，“这就是浑然、互渗的农民宗教意识”①。鲁迅作品揭示了这种农民宗教意识的独特性、欺骗性、伪善性、残酷性和害人性，为唤醒农民的人性觉悟迎接新时代的现代化到来注入了理性的强心剂。

剖解农民的家族观念。就其实质来说，家族观念表现在农民的宗教意识上就是祖先崇拜，而祖宗崇拜则居于“天、地、君、亲、师”祖先祭奠的第四位，这种尊祖敬宗之礼古已有之，它与建立在农民文明基础上的家族制度联结在一起。李大钊在“五四”时期就指出：“中国的大家族制度，就是中国的农业经济组织，就是中国二千年来社会的基础构造。一切政治、法度、伦理、道德、学术、思想、风俗、习惯，都建筑在大家族制度上作他的表层构造。”②作为意识形态的家族观念就是形成于这样的基础结构之上，它既可以理解为以家族（包括家庭）为核心的价值观念，强调个人为家族或为家庭而生而活，人生的首要价值是为了光宗耀祖；又可以理解为以家族（或家庭）为本位的社会观念，这不仅因为“天下之本在国，国之本在家”（孟子语），也因为传统的五种社会关系（君臣、父子、兄弟、夫妇、朋友）中有三种属于家庭关系，故处理家族关系的原则也可以处理社会人际关系；也可以理解为处理家族（或家庭）内部关系的伦理观念，然而在农民的伦理观念里却并非完全接受了正统道德原则的五常八德，主要是“父为子纲、夫为妻纲”以及“孝”与“义”两德，至于“君为臣纲”以及“忠”的问题农民是不大关心的，即使对于“孝”与正统之孝相比也低一个层次，农民主要关心“孝”的两端，一是“送终”一是“养生”；当然也如上述，家族观念表现在宗教上则是“祖先崇拜”。正因为家族制度是中国传统社会的基础，家族观念是中国传统意识形态的根本观念，它们从基层与深层加固了中国传统社会的整体结构，严重阻遏了中国社会向现代转换的进程。所以鲁迅毫不留情地义无反顾地对传统家族制度及其家族观念的弊端，以现代理性作为价值标准与思想武器进行了全面清

① 张鸣：《乡土心路八十年》，第32页，上海三联书店，1997年。

② 李大钊《由经济上解释中国近代思想变动的原因》，收入《五四前后东西文化问题论战文选》第241页，中国社会科学出版社，1985年。

算与评判。诸多杂文作了一针见血的批判，不少小说、散文作了形象的揭露，且不说《狂人日记》淋漓尽致地戳穿了传统家族制度及其家族观念的吃人本质，就以《阿Q正传》为例来说明鲁迅对家族制度及其家族观念的揭露所达到的深广度吧。鲁迅笔下的未庄就是中国传统农业社会的缩影，赵钱两大家族的关系构成这个社会的基本人际关系，而家族观念则是这个以家族为轴心的社会的主要意识形态，它既主宰着赵钱两大家族上层人物的观念也左右着阿Q这些下层小人物的意识。赵太爷的儿子进了秀才这与连个姓名都没有的阿Q毫无关系，然而阿Q却自诩是赵太爷的本家，深感“很光彩”；赵太爷闻听阿Q认他为本家大为恼火，不仅斥责阿Q不配姓赵，而且“给了他一个嘴巴”，这表明在赵太爷心里根本就瞧不起也容不得阿Q这个“本家”，这是对赵家的名门望族的极大辱没，是对赵家高贵纯洁血统的玷污。一个是自认“本家”一个是捍卫“赵家”，其实都是家族至上观念在作祟，他们视家族的荣誉、家族的利益高于一切。当然这并不是说阿Q仅仅是个家族观念的典型，这里所强调的则是从社会学的角度来审视阿Q，其灵魂中的确深受家族观念的渗染，即使他的精神胜利法也是家族观念的一种变形的表现。阿Q沦落成一个“浑小子”总是不甘心，念念不忘“先前——比你阔的多”、“我的儿子会阔得多”、“孙子才画得很圆的圆圈”。这说明家族观念已成了阿Q的无意识，他的荣辱和命运总是与家族的荣辱和命运联系在一起；也表明在他心目中家庭的尊卑长幼清清楚楚，祖父的地位比父亲的地位高，父亲的地位比儿子的地位高，儿子的地位比孙子的地位高，并以这种位格的高低来判定自己在社会关系中所受到的荣辱。但他也重视“不孝有三，无后为大”的儒教，小尼姑骂他“断子绝孙的阿Q”，竟使他难受一夜连觉也睡不成。即使阿Q骂人的口头禅“妈妈的”也渗透着家族观念，只要在未庄他以“妈妈的”诋毁了对方的祖宗父母之后他总有一种满足感。鲁迅认为“妈妈的”是一种“国骂”，他说：“中国人至今还有无数‘等’，还是依赖门第，还是依仗祖宗。倘不改造，即永远有无声的或有声的‘国骂’。”[①]像阿Q这样一个赤贫农民既没有明师传授过又没有智力读圣贤典籍也缺乏无师自通的悟性，怎么会有这么深重的家族观念呢？从社会学的角度察之，只能说是传统家族制度及其家族观念所形成的社会文化氛围的潜移默化的熏陶使然，是他长期置身于那种特定的封闭农村环境的切实的生活体验和心理感应使然，他不只是自觉不自觉地认同了

① 《坟·论“他妈的!”》，《鲁迅全集》第1卷，人民文学出版社，1981年。

家族观念且以精神胜利法的变态形式加以表现。鲁迅对传统家族制度及其家族观念的深刻剖析和无情批判，主要集中指向它的“弊端”，并非要彻底否定家族、家庭及家庭观念。因为家庭是人类社会的第一个天然的组织形式，是人们的“首属群体”，而亲族之情则是一种最自然的感情；只有当社会条件发生了变化，圣人贤者为社会立了规矩，方使自然形态的家族主义演变为伦理形态的家族主义①。于是“三纲”“五常”的封建伦理主义便与以血缘关系为基础形成的家族主义扭结在一起，桎梏着广大农民的思想性格，毒化着农民的个性灵魂，使农民的人性遭到严重扭曲和异化。到辛亥革命前后，社会政治、社会经济、社会文化、社会心态已开始进入现代化的历程，然而广大的农村仍然是个传统家族制统治着的社会，农民的思想意识仍然被传统家族观念主宰着。面对这样的农村社会现实，作为具有强烈忧国忧民忧生意识的文化先驱鲁迅，怎能不站在时代的理性高度对广大农村的病态社会与病态人生给予格外的人道主义关怀并发出唤醒人性的痛切呐喊呢？

鲁迅的一生是以现代理性或科学理性精神对非人的社会制度及其意识形态展开批判的一生，这种自觉的理性批判精神既体现于对传统封建宗法社会制度及其宗法思想的深刻剖析上，又体现在对篡夺了辛亥革命建立的民主共和体制而实行封建法西斯专政的新老军阀的政治制度和思想意识的无情批判上，也体现在对新文化新文学阵营内部的非现代意识非人学思想的批评上。而这种强烈的批判意识无不转化为物化的审美形式，流溢在鲁迅的小说、杂文、散文、散文诗等文本世界中，处处闪烁着鲁迅重估一切的反叛姿态。因此如果抽掉了鲁迅其人其文的现代理性或科学理性的批判精神，那就等于阉割了鲁迅的现代灵魂，就等于抹杀了鲁迅作品的现代性特征。本文之所以强调鲁迅小说等文类对农民传统观念的解剖而对其他方面的批判从略，主要因为鲁迅对农民意识的剖析具有独特的深刻和独特的价值。按西方学术界的划分，一般将上层文化与下层文化用大传统和小传统来表示，而对大传统与小传统的关系作了这样的界说：“在一个文明中，思辨性的大传统比重少而非思辨性的小传统比重多。大传统完成其教化在学校或寺庙中，而小传统的运作及传承则在其无文的乡村生活中。”但是“两个传统并非是相互独立的，大传统与小传统一直相互影响及连续互动”。② 中国的大传统与小传统就其意识形态的大方向而言，应以儒家为核心

① 刘林平：《阿Q精神与家族主义》，1992年《鲁迅研究月刊》第3期。

② 转引自张鸣著《乡土心路八十年》第10~11页，上海三联书店，1987年。

形成的儒释道三位一体为大传统，一直代表着官方的主导意识形态，而小传统主要是广大农村的民间传统，虽然民间传统接受儒家大传统的指导，但作为民间文化的小传统既不具有完备形态又对大传统表现出选择性和反叛性。如果说鲁迅写传统知识分子题材的作品主要批判矛头是指向大传统，那么写农民题材的作品主要是剖析小传统，既揭示了小传统与大传统的联系也展示了两者区别，如对农民宗教意识的评判，这就是鲁迅作品的独到之处；从整体上开掘大小传统的深层吃人本质，也是鲁迅作品独特的深刻所在，这是同代作家文学作品无法比拟的。至于在中国社会现代化的临界期甚至整个民主主义时期，鲁迅首先以现代理性批判眼光对准广阔农村的意识结构，至少具有这样的独特思想价值：它启示人们思索没有农村的现代化中国社会整个的现代化是推不动的，而农村现代化的最根本的任务是促使农民的传统意识向现代意识的转换，这是一个难以承担也必须承担的极其艰巨细致的历史使命，否则现代化的“人国”理想就不能在中国大地上变成光辉的现实。

背后潜隐的人权主题

鲁迅文学创作现代化的第二个基本特征是与强烈的理性或非理性批判意识紧密相关的。通过小说、杂文等文本对历史的或现实的、思想的或情感的、显意识的或隐意识的非人化因素的深刻批判和全面否定，在其反题背后潜隐着鲁迅对人性异化的愤怒反击和对合乎人性健全发展的人权呼唤。天赋人权思想是现代理性的核心，也是鲁迅人本哲学思考的焦点，更是鲁迅“人国”理想的精华。即使作为社会现代化的三大基本特征的理性、自由、法制也都环绕着人权这个轴心。虽然鲁迅在他的文学世界里很少从正面表现现代人权意识，就是那匕首投枪式的杂文也少有论述过人权问题，然而从鲁迅小说或杂文的批判性或否定性的反题中似乎可以感受到体验到每篇作品都潜在着一个现代人权主题，它往往与人道主义情绪、个性主义意识和忧国忧民情怀混合在一起或者被它们所遮蔽，只要拨开迷雾便可以发现文学世界中隐伏的人权主题，而且这个人权主题带有母题形态，从不同的层面或角度展开了鲁迅丰富的现代人权意识。

鲁迅以“个性张”“人国建”的现代文化视野，洞察数千年中国历史，审视目下活生生现实，石破天惊地发现中华民族是个食人的民族，并把这一发现通过人道主义这座桥梁转化为现代审美意识，谱写成现代化经典小说《狂人日记》。

这篇开创之作把笔触由现实伸向历史、由家族伸向社会,纵横捭阖,深层开掘,将思维焦点集聚在“吃人”这个反题上;然而透过这个反题的背后可以窥测出正题的寓意,这就是唤醒全民族的现代人权意识。正是从这个意义,我认为《狂人日记》是一篇地道的现代人权宣言,它所关注的是中国人的最根本的人权即生存权或生命权,这不仅仅关系到个人或一家人的生存命运也关系到整个中华民族的生存命运问题。可怕的是从古到今剥夺人的生命权的不只是传统的家族制度乃至整个封建主义,而是包括狂人在内的所有的中国人都参与了这场历史与现实紧密联结的人吃人的大惨剧大悲剧,越是以血缘关系为纽带形成的家族网络中的人吃人现象越惨烈越无情。从《狂人日记》描绘的人吃人图谱表层看,中国人的生存权或生命权似乎是通过你吃我、我吃你、自己吃自己的窝里斗的方式被剥夺被扼杀的,使所有的人都处在生命危机的极大恐怖之中。似乎也不是社会制度、阶级压迫使中国人丧失了生命权,不然的话,“也有给知县打枷过的,也有给绅士掌过嘴的,也有衙役占了他妻子的,也有老子娘被债主逼死的”,都参与了吃人的行列。照理说这四种人的生存权受到威胁或生命权被夺去,完全是吃人的社会制度和阶级剥削所造成的,但他们的这么凶的嘴却向人张开,也有意无意地成了吃人的一伙。特别是“狼子村的佃户来告荒,对我大哥说,他们村里一个大恶人,给大家打死了”,如果这是现实的真切反映而不是狂人的幻觉,那只能表明“佃户”与“大恶人”之间阶级斗争的尖锐化,佃户打死大恶人是正义的暴力行为,大恶人是罪有应得;但是作者的创作意图并非以这个情节片断来表现农村阶级斗争的激化程度,而是如其他诸多情节片断连缀一起组成一幅民族食人图。既然中华民族是个食人的民族,人人都丧失了生存权或者每人都有生命危机感,那么这不仅深刻地说明挽救民族危亡重在争取人的生存权或生命权,这既是拯救民族命运的当务之急也是自我拯救的当务之急;而且也生动地标示出“食人的民族”与现代化“人国”形成尖锐的对立,从对立中显现出“人国建”的正义性、合理性、必要性和紧迫性。虽然从狂人对中国人吃人惨景的幻觉化地夸大估量中流露出作者的忧伤和激愤,但是鲁迅并未陷入悲观主义和虚无主义,既看到“真的人”可以除灭“吃人者”,相信“将来容不得吃人的人”,更发出了“救救孩子”的正义呼声。其实“救救孩子”不限于那些没吃过人的孩子的本身,也包括拯救整个中国人的生存权或生命权,是现代人权宣言的最强音。这里值得深思的问题是,为什么中华民族成了食人的民族,为什么中国人既是被吃者又是吃人者即自己失去了生存权又去剥夺他人的生存权?造成全民族人权意识的异化、中国人两极心态的根源何在？作者似乎不是从社会制度或阶级斗争这一显层结构入手，而是从传统伦理道德的深层结构进行开掘，即从“仁义道德”的字缝里看出“吃人”两个字便道出了天机。传统的“仁义道德”之所以能使中国人形成吃人和被吃的两极文化心理结构，从而让每个人失去了生存权或生命权，人人具有“狮子似的凶心，兔子的怯弱，狐狸的狡猾”的性格，的确需要深长思之。吃人与被吃的两极心态实质上源于民族的主奴根性，即国民劣根性的主子意识与奴隶意识，这是一种带有普遍性的根深蒂固的无意识，是伦理文化铸造民族心理所生发的负面效应。这种扭曲的两极心态的外射特点是，当主子意识膨胀时，俨然以奴隶总管或治人的主子自居，得势不饶人，以强凌弱，以贵傲贱，处心积虑地压榨同类，或扼杀人的灵魂或灭掉人的生命，只许自己存在不准他人存活；一旦失势时，没有了应有的地位和名分，奴隶意识便占了上风，则表现得逆来顺受，卑躬屈膝，自甘下贱受辱，任人欺侮，任人宰割，毫无自主的人权意识和生命欲求。这种主奴根性造成的两极心态，鲁迅在杂文中把它形象地比喻为，在兽面前显示出十足的羊性，在羊面前显示出可怕的兽性，所缺少的就是主体意识和人权意识。从文化的视角察之，主奴根性造成的两极文化心理不论是压迫者或是被压迫者、是阔人还是穷人都或轻或重地存在着；而这种两极心理若形成可怕的恶劣循环，发展到极端便会导致中华民族成为“食人的民族”。对这种心理的恶性发展，《狂人日记》作了极其尖锐化、寓言化的淋漓尽致的表现。这种以食人与被食两极心态为特征的主奴根性形成的深刻文化根源，则是以“仁义道德”为准绳确立的封建礼教秩序桎梏并扭曲了人的健全正常的天赋人权意识和本能的生命意识，从两个方面消解或异化了人的主体性和个性，以变态的主奴根性取而代之。由于封建礼教的等级森严的秩序只承认规范化的人伦关系网络的存在，每个个体都被人伦关系网的等级所规定而无自由的选择权和独立自主权，如同一头牲畜牢牢地拴在固定的位置上，根本不把个人的生命视作由人权自主性的自我来设计来负责的独立实现过程。如果个人一旦背离封建礼治的规范而任其自然生命独自发展或单独行动，轻者则被冠以无异于禽兽的罪名，即如《礼记·曲礼上》曰“人而无礼，虽能言，不亦禽兽之心乎”。重者则要遭到封建专制的惩办。这种治人之术久而久之就使人完全丧失了生命的主动性、意识的主体性和人权的自主权，导致正常人性向两极恶性发展，于是以主奴意识为根性的被吃和吃人的变态心理便逐渐形成了。尤其值得注意的是，封建礼治秩序如铁铸的规格框架，把个人的生命意识、人权的主体意识及其自我形体都通过巧妙的安排或强制性的措施纳入了尊卑有等、贵贱有差的名分规定之中，在感情交流为幌子的基础上硬性赋予他们尊卑贵贱名分的特定意义甚至形成一种严格的统治秩序，以此取代了各种自然生命或天赋人权应有亲情关系、人际关系的真挚感情的沟通。这样的人一生没有人权的自由，更没有生命的自我张扬，言行举止完全遵循名分的规定，不敢以个人意志越雷池一步，并且以名分强加于人的等级牌号或各种标签来显示自己的地位和价值，使人成了按名分标准制造出的机械产品系统，唯独没有属于活生生人的独立生命意识和主体人权意识，剩下的只有被名分异化了的人性得以恶性发展而形成的两极心态的主奴意识。由“仁义道德”建构的封建礼治的软刀宰割和潜在伤害，中国人的人性发展背离了自然正常的人情、人性、人权的生命轨道，或通过温情脉脉的方式或通过硬性强制的措施进入了非人性非人权的恶性循环系统，这不仅使中国历史上出现了反复交替的做稳了的奴隶时代或想做奴隶而不得的时代，导致中国人从未获得人的资格即从来没有自觉的人权意识，甚至严重到这样的程度——中华民族是个食人的民族，即人人都有可能成为自己生命的戕害者和人权的剥夺者以及他人生命的戕害者和人权剥夺者。鲁迅在中国现代化临界期以《狂人日记》宣告的现代人权宣言和在杂文、书信中提出的中华民族是个食人民族的时代命题，既具有强烈的现实意义又具有深远的历史意义，也是鲁迅作品思想意蕴的最鲜明的现代化特征。

从宏观上看鲁迅以博大的人道主义与爱国主义情怀关注中华民族的生存权与中国人的生命权，不只是前期的文学作品以此为母题作了深入的开掘和生动的表现，而且后期的作品面对日寇犯境致使民族危亡的严重情势和新军阀国民党残酷专政，鲁迅更是无所畏惧地捍卫中华民族的独立权和中国人的生存权，向国内外的罪恶势力进行了针锋相对的斗争，誓死保卫中国人民的生命权和生存权。从微观上看鲁迅对妇女、儿童的生存权、生命权和发展权尤为关注，对青年的生存权、发展权、爱情权也是格外重视。且不说《祝福》中鲁迅对祥林嫂的起码生存权、人格权被剥夺以至生命权被摧折表示出极大的人道主义关怀；且不说《我之节烈观》、《论雷峰塔的倒掉》、《再论雷峰塔的倒掉》、《坚壁清野主义》、《寡妇主义》等论文，深刻批判了传统伦理道德、贞操节烈观、恶风恶习恶势力对妇女生命权、人格权、言行自由权的严酷摧残和非人性的虐杀，为“全国受过教育的女子，无论已嫁未嫁，有夫无夫，个个心如古井，脸若严霜，自然倒也怪好看的罢，但究竟也太不像真要人模样地生活下去”[①]的惨相悲境发出拯救的呼吁，为“中国的妇女实在没有解放的路”[②]发出沉痛的感叹，这从侧面反映出鲁迅强烈的女权意识；且不论鲁迅于北京“女师大”事件前后在驱杨、复校、与段政权“老虎”总长和“正人君子”斗争中，始终站在新女性一边为争取青年女性的自由权、平等权、人格权和教育权所表现出的现代女权意识；这里拟简述鲁迅与许广平相恋的关系所表现出的对女权的尊重与爱惜。鲁迅与许广平相爱从未流露出男权意识，始终以自由平等、互助共存的态度对待许，深恶那种“单有‘我’，单想‘取彼’，单要由我喝尽了一切空间时间的酒的思想”，充分尊重许广平的独立人格和女权意识，恋爱中一行一言都以新的方式显示出这种新精神[③]。鲁迅表现得那么真诚那么投入，丝毫见不出什么矫情和伪饰，这对鲁迅来说太不容易了。如果没有一种溶化于血液中的现代人学思想和自觉的现代女权意识那是难能做到如此天衣无缝、不露痕迹的，也许这是鲁迅作为现代知识精英典范的真诚的人格魅力所在。因为许广平与鲁迅的关系毕竟是师生关系，而且年龄的悬殊又造成下辈与长辈的关系，鲁迅与许广平相爱他既要彻底放下“导师”的架子又要突破辈分的界限，也要改变纯粹师生式的师道尊严的情感交流方式，真正以自由平等意识和现代女权意识对待新女性的许广平，这样方可成为性爱上的忠诚伴侣。从《两地书》鲁迅对许广平的称呼变化中，足见对许的亲昵对女权的尊重。鲁迅给许广平的第一封信称她为“兄”便把身份拉平，既突破传统礼教规定的师生界限又突破了森严的辈分界限，预示着更加亲密的平等关系的发展，并扩大了思想情感交流的自由度；随着情爱的萌发到热化，鲁迅对许广平的称谓和行为越发超越了师生辈分的礼数，完全以自由平等的赤诚自然的心态相见。鲁迅无意说许“小鬼”，她就给鲁迅写信以此署名，并把鲁迅的家说成“秘密窝”，甚至彼此开玩笑弄“恶作剧”。这种“放肆”的情感交流方式出现，一方面表明彼此的恋情关系进入到无拘无束、亲密无间的和谐境界，一方面表明鲁迅的现代女权意识在两性关系中得到淋漓尽致的挥发。鲁迅作品中不仅表现了强烈的现代女权意识，也表现出现代的幼者本位思想，并由此出发对传统的“中国亲权重，父权更重”的观念进行挑战，斥责“中国的老年，中了旧习惯思想的毒太深了，决定悟不过来”，总是以“圣人之徒”的伦常压抑或扼制孩子

① 《坟·寡妇主义》，《鲁迅全集》第1卷，人民文学出版社，1981年。

② 《坟·坚壁清野主义》，《鲁迅全集》第1卷，人民文学出版社，1981年。

③ 刘福勤：《做恋人的鲁迅》，1997年《广东鲁迅研究》第1期。

们的自由天性和生命发展权。《我们现在怎样做父亲》一文可以说是解放儿童的人权宣言书和批判传统父权专制的檄文。鲁迅以生物进化观阐明保存儿童生命、延续儿童生命、发展儿童生命的重要性,并呼吁那些已觉醒了的父辈,“各自解放了自己的孩子”,“自己背着因袭的重担,肩住了黑暗的闸门,放他们到宽阔光明的地方去:此后幸福的度日,合理的做人。”保护儿童的自由生存权和发展权“这是一件极伟大的要紧的事,也是一件极困苦艰难的事。”至于鲁迅对青年的生存权和发展权更为关心,在作品中多有言说,尤其对青年人的婚姻自主权和爱情自由权极其关切,不仅在《随感录四十》等杂文中向封建包办婚姻制度对青少年男女爱情婚姻的无情剥夺而造成的人间惨剧进行了沉痛的揭露和鞭笞,期待着人之子醒了后“人类问应有爱情”、完全解放了的青少年定会获得婚姻爱情的自由权;而且鲁迅在《伤逝》等小说中对于子君们高喊“我是我自己的,他们谁也没有干涉我们的权利”的人权口号而获得的爱情婚姻自主权是充分肯定的,同时对其与涓生同居后逐步滑向传统妇女的老路而丧失自我意识最终回到封建家庭又惨死则深感惋惜和愤慨。特别应该提及的是,鲁迅在小说《药》中写到革命者夏瑜为推翻清王朝的封建专政以建构现代共和政体的政治权被剥夺并遭杀戮,在《记念刘和珍君》等杂文中写到一群热血青年为了爱国而举行游行示威的自由权被剥夺并遭镇压,《为了忘却的纪念》、《中国无产阶级革命文学和前驱的血》等文写到革命者为反抗国民党法西斯专政而争取集会、结社、言论等自由权遭到国民党枪杀,也有杂文写到国民党当局查禁书刊出版权和发行权的卑劣行径,等等,不一而足。对此种种封建王朝、新旧军阀的暴行,鲁迅给予愤怒的抨击,并从反面充分肯定了作为一个现代革命者和爱国青年应享有的各种政治权利。总之,鲁迅的创作从不同的角度不同层面在批判非人的历史或非人现存的社会制度、意识形态乃至潜在意识的背后,都隐伏着一个现代人权母题,表现出创作主体的自觉的多维的人权意识,这是现代化“人国”的核心命题,也是文学现代化的根本特质。

营造现代文学艺术的综合智慧

“文学社会学的所有其他学派,无论是过去的还是当代的,实际上都试图在文学作品的内容与集体意识的内容之间建立各种联系”;然而这种方法获得的成果常常表现出两大局限:一是“使作品的整体避开独有的文学特征”;一是“作品对集体意识和社会现实直接面的复制”。唯有发生结构主义文艺社会学方法才彻底扭转了这种研究偏向，它既能透视“作品世界的结构与某些社会集团的精神结构是同构的”，更能发现“在由这些结构所制约的想象世界的创造方面，作者拥有完全的自由”，因而越是大作家越能“在既定的范围内成功地创造了文学作品，创造了一个想象的、连贯的、或几乎严格一致的世界”①。在我们从文学与社会这种必然的且复杂的联系中来探索鲁迅文学世界的思想意蕴与美学内涵时，不只是要开掘出那些与某些现代社会集团精神结构的相通性更应该发现其独特性和超越性，而后者往往体现于鲁迅以自由个性创造的与现实社会世界相应却又远远超越其的想象世界之中；而且也要勘探鲁迅以综合艺术智慧和超群的艺术创造力营构的现代文学艺术，从本质上超越了某些社会集团的意识形态或现代社会意识的局限，成为马克思所说的“最高的精神生产”品，它与博大的人道主义意识相沟通，与人类现代世界意识相衔接。这是鲁迅文学创作现代化的又一重要美学特征。

杂多而统一的文学体式

鲁迅营造的小说艺术、杂文艺术和散文诗艺术等，大都是独特的现代哲学意识、社会意识中的特殊的自由的意识形式，是创作主体遵循审美规范和美学理想创构的物化形态的“有意味的形式”，特别鲁迅所处在的现代社会的个性意识和人道意识得到迅猛觉醒，导致审美个性和个体审美意识的较快发展，传统的审美规范、艺术样式从整体上被冲破，现代审美规划和审美样态取代了传统审美艺术的正宗地位。正是在传统审美形式和审美规范与现代化审美艺术进行大交接之际，鲁迅一举成了现代审美范式和现代文体形式创造的艺术巨匠和文坛高手。现代短篇小说体式虽不是鲁迅独创然而却在鲁迅手中成熟的，现代杂文体式也不是鲁迅独创然而却是他将其推进现代艺术殿堂，现代散文体式虽然尝试者甚多然而唯有鲁迅别具一格，尤其是散文诗这种文体可以说既是鲁迅的独创又是他艺术个性的结晶。尽管鲁迅营造的文体杂多，是创造艺术形式的能手，但却统一于现代型“人的文学”经典范式之中。这充分体现了鲁迅善于熔中外古今艺术于一炉，锻造出与现代社会意识、现代审美意识相融合的杂多统

① ［法］吕西安·戈德曼：《文学社会学方法论》，第182～183页，工人出版社1989年。

一文学体式的综合艺术智慧；它们既是主体意识解放的硕果又是艺术思维大开放的结晶。

"有意味的形式"实质上就是我所讲的"文体"，尽管对这一概念的阐释多有分歧，但有一点却取得了共识，即"文体"不仅是文学作品的表层结构形式，而且"伟大的文体是伟大灵魂之回响"（朗吉弩斯语），"文体是对世界的看法上质的差异的揭示，而单凭意识和直接途径是不能实现这种揭示的。如果没有艺术，像这样的差异就会成为每个人的永恒秘密"①。鲁迅在"五四"前后的文体大解放运动中之所以比同时代文学家的现代型文体建构能高出一筹，一下子把现代文体艺术提高到世界级一流水平，固然原因很多，但我认为主要由于鲁迅获得了空前开放的精神结构、自由的审美心理、活跃的艺术思维，使潜在的艺术才能得到尽情的挥洒。他将对历史的深刻反思、对现实的深切体验和对人生的刻骨感受升华为审美情感和生命意识，通过白话语言符号这一崭新的信息媒体而物化为样态各异的文体形式，它们既是鲁迅伟大自由灵魂的外射又是鲁迅艺术思维的天才独创。

鲁迅创造的现代小说体式并非说每篇都尽善尽美，但总体上看却代表着中国现代短篇小说艺术的高峰，而且每篇小说体式都是鲁迅独特自由的审美心理和精神结构所物化生成的独特的话语体式，鲁迅对历史或现实有什么样情感体验、对各类生命体有什么样的生命感悟就决定着有什么样的小说话语体式。如鲁迅灵魂里活跃着"中华民族是个食人民族"的感悟和忧愤，于是《狂人日记》作为第一篇现代白话小说完全突破了传统章回体小说追求故事完整、情节离奇的结构方式，而是采用第一人称叙述的日记体，以 13 则"语颇错杂无伦次"的情节片断，只是"间亦略具联络者"，并没有井严有序情节结构，主要凭借狂人的自由幻想、意识流动为内在线索，上溯四千年的吃人历史，横向展开活生生的吃人现实，纵横交错地勾勒出一幅除了孩子外全民族都在食人的图谱。这种日记文本的白话体式既由创作主体的独特感悟所决定又大致符合客观现实的真实存在，使思想逻辑与历史现实逻辑达到高度统一。《呐喊》和《彷徨》中的体式大都新颖独到，无不体现出创作主体意识与客观生活逻辑在艺术构思上的巧妙对应，尤其那些描写知识分子生态和心态的小说话语体式更表现出主体积极介入、意识主动渗透的倾向。鲁迅曾说："没有冲破一切传统思想和手法的闯将，

① 转引自赵俊欣编著《法语文体论》第 2 页，法国现代小说家普鲁斯特的见解，上海译文出版社，1984 年。

中国是不会有真的新文艺的。”①鲁迅的小说体式正是借鉴中国传统小说和外国现代小说的艺术经验，凭借自己的想象力和创造力而建构的。文体是由表层结构、深层结构和物化机制三个层次相互作用而构成的有机体，如果从三个层次来剖析鲁迅创造的现代小说文体，可以发现其独特性及鲁迅超凡的艺术智慧。所谓文体的表层结构主要指能够具体感知的话语体式，既像浮雕般的突出又像作家指纹一样具有明显的不可重复性，它包括语言符号的选择与编码方式所表现出的特有笔调、氛围、风格等。鲁迅小说文体在这一层面上，所选择的语言符号是接近口语的现成白话和至今尚具活力的文言，形成了凝练、含蓄、简约、晓畅的白话语言风格，将这种白话符号组合起来的方式如从词法、句法到段落、篇章，都是鲁迅独运艺术匠心选择和创造的，既符合语言规律与艺术法则又具有不落俗套的创新性，使每篇小说的外在形式别具一格，显现出笔调的凝重深沉、氛围的忧愤感伤、风格的冷峻悲凉。所谓深层结构，主要指具体可感的话语方式所潜隐的主体心理精神结构，它包括审美的、情感的、个性的结构，与表层结构内在地有机地融为一体，方可使文体成为有意味的形式。鲁迅小说文体的深层结构就是其由现代理性非理性、外来思潮和固有血脉化合而成的以人本哲学为核心的现代社会意识和现代美学意识的精神结构，它由鲁迅深邃丰厚炽热冷峻的现代情感方式和自由开放坚毅孤独的个性体现出来，决定着鲁迅小说文体表层结构的现代性、独特性和多样性的艺术特征。所谓文体的物化机制，主要指以创作主体的艺术思维方式为中介将情感精神结构与话语体式同构物化，使深层结构呈现为符号化的结构实体；鲁迅的小说文体之所以浑然一体、新颖别致、不拘一格，重要的是得力于具有开放活跃的辩证艺术思维，它既具有放得开的散发性又具有收得拢的收敛性，既能够进行二项对立的艺术构思又能够进行多元整合，正是借助这种现代艺术思维作为中介或纽带把小说文体的表层结构与深层结构联结成完美的艺术整体。

从文类文体上看，鲁迅成功地创构了小说、杂文、散文、散文诗等，表现出他的综合艺术智慧；从个体文体上看，鲁迅的小说文体别出心裁，异彩纷呈，形成“鲁迅小说体”，也显示了鲁迅的综合艺术智慧。然而鲁迅营造的杂文体更带有个人文体的特征，“杂感这种文体，将要因为鲁迅而变为文艺性的论文（阜利通—feuilleton）的代名词”②。鲁迅为杂文体“侵入高尚的文学楼台”建立了丰功

① 《坟·论睁了眼看》，《鲁迅全集》第1卷，人民文学出版社，1981年。

② 瞿秋白：《〈鲁迅杂感选集〉序言》，《瞿秋白文集》第3卷，人民文学出版社，1953年。

伟绩,他不仅以文体改革大师的气魄和勇力为杂文体的建构披荆斩棘,冲破种种阻力:“如果艺术之宫里有这么麻烦的禁令,倒不如不进去;还是站在沙漠上,看看飞沙走石,乐则大笑,悲则大叫,愤则大骂,即使被沙砾打得遍身粗糙,头破血流,而时时抚摩着自己的凝血,觉得若有花纹,也未必不及跟着中国的文士们去陪莎士比亚吃黄油面包之有趣。”①而且以创造思维、渊博知识、精湛艺术,丰富、完善和发展了杂文体,实现了杂文体这一边缘性文体的直接评论性与文学性的浑然融合,实现了杂文体的多样化的表层结构与博大精深的深层结构的完美统一,实现了杂文体作为独立的一种文类进入中国现代文学殿堂的美学追求。当然我并不认为鲁迅的16部杂文集中的所有文章都符合杂文体的美学范式,但大部分却是典范性杂文。如果把“杂文体”作为一个大的文类文体概念,那么鲁迅在营构“杂文体”的类文体的过程中,创造了名目繁多的各式各样的小“杂文体式”,显示了鲁迅惊人的创造艺术思维的爆发力和冲击力,更显示了鲁迅在文体建构上具有用之不尽的综合艺术智慧。鲁迅几乎用毕生的心血营造现代杂文体,这与他一生以重估一切的理性批判姿态面对非人的历史、非人的现实、非人的意识形态,为“立人立国”宏愿实现而扫除一切障碍的强烈使命感紧密相关;因为要批判要战斗,“杂文体”无疑是最轻便、最犀利、最有效的文艺形式。此外,散文体、散文诗体甚至白话诗体也显示出鲁迅的独创艺术智慧。举凡诸种现代文体尽管杂多,却都属于现代型“人的文学”的文体艺术范畴。

交互为用的创作方法

由于鲁迅博古通今、学贯中西,自觉地汲取外来新文学思潮,所以他在对自己的现实感受、生命体验、历史感悟和未来憧憬进行审美物化时,并不是选择单一的创作方法,而是追求多种创作方法交互为用的综合效应;特别是以文艺社会学视野解读《呐喊》和《彷徨》集的小说创作,颇多这种感悟和认知。

鲁迅小说所运用的创作方法体现着艺术体系的逻辑性与历史性、社会性与个性化的统一。② 由于鲁迅小说世界所对应的中国社会正处在生活方式开始转型的激变期,造成阶级社会人的现实个性、现实意识与艺术个性、审美意识的分离或悖反,这就导致鲁迅小说创作方法的多样化。也就是说,只有运用多样化

① 《华盖集·题记》,《鲁迅全集》第3卷,人民文学出版社,1981年。

② 杨春时:《系统美学》,第227页,中国文联出版公司,1987年。

的创作方法——或是再现方法及其与之相对应的具象化方法，或是表现方法及其与之相对应的抽象化方法，经过现代人学审美理想的提升，那些现实个性和现实意识才能转化为小说的艺术个性和审美意识。不论《狂人日记》或《药》中所构造的认知性审美意象或意向性的审美意象以及充溢着的现代审美意识，无不是多种创作方法提升的结果。例如“人血馒头”是由革命者夏瑜的血浸染的，这个现实经验材料在《药》中，经过再现的具象化方法的提升转化为认知性的审美意象，而经过表现的抽象化方法的提升则变成意向性的审美意象，这就使“人血馒头”具有了多层次的深刻的思想意蕴和丰富的审美内涵。鲁迅在小说中很少运用那种直接肯定审美理想并创造与非人的现实世界完全相异的美的世界表现审美意识的理想化的方法及其与之相对应的肯定性方法，而更多地使用以评价、批判、干预非人的现实来体现审美意识或审美理想为特征的现实化方法及其与之相对应的否定性方法，有的小说这两种方法也是交互为用的。虽然外来的创作方法受一定的艺术观念和审美规则所界定，但鲁迅把各种创作方法借鉴过来用于小说创作时却进行了创造性的转化，使那些由一定的观念、规则限定的创作方法变成充分自由的、不被概念所控制的个性化方法。具有明确界限的定型的创作方法有古典主义、浪漫主义、现实主义和现代主义，它们经过了反拨中的肯定、肯定中的反拨几个逻辑阶段：古典主义尊崇理性，强调个性对社会价值规范的服从，而在审美上则表现了肯定与否定、具象与抽象的某种结合；浪漫主义对古典主义的反拨并没有完全否定其理性精神，只是赋予了新的内涵，主张以非现实的手段对抗现实并创造超越现实的理想世界，在审美方法上则表现为以肯定——抽象方法为主导；现实主义对浪漫主义的反拨也没完全否定浪漫主义的理想性，它只是强调从审美理想的高度对异化现实的揭露与批判、谴责与否定，蕴含着对合乎人道人性生活的向往和追求，在审美方法上是以否定——具象方法为主导；现代主义对现实主义的反拨，主张创作方法内容的非理性化、客观化和形式上的抽象化、主观化，强调以主体感受的真实和主观心理的时空形式来表现世界的荒诞性、丑恶性，是对现实异化和自我异化的极端否定，而在审美方法上以否定——抽象为主导。我之所以不厌其烦叙说这些创作方法的内容与形式的特点，拟说明鲁迅的小说从精神到方法都体现了对它们的交互使用，虽然现实主义与现代主义创作方法的兼用表现得更突出一些，但是认真体味却发现，古典主义和浪漫主义也没有受到冷落；难能可贵的是，鲁迅以独特的艺术思维将这些创作方法进行了有机的整合，取其各自所长熔铸成具有个性特色的创作方法，通过相互为用产生了极强的审美功能和审美效应，充分显示了鲁迅使用多种创作方法建构现代型小说的综合艺术智慧。

上述主要以文艺社会学方法和思维模式对鲁迅现代化文学的主体意识和现代化文学的美学特征作了粗略的考察，虽然不能说鲁迅各类文学作品都达到了现代化的至善至美境界，但也不能否认鲁迅建构的现代化文学世界却是独压群芳、挺拔卓立的；正因为有了鲁迅，中国近百年文学才显得格外灿烂，现代人类文化和世界文学之林才有中华民族的一席之地！

第四章　茅盾“人的文学”现代理念建构

百年中国文学的艰难沧桑经历具有元话语性质，虽然它有对传统文学的不自觉承续又有对域外文学的有意识借鉴，但它却没有拟古也没有西化，而是把古今中外文学置于新的交汇点和结合部上进行熔铸和锻造，生产出带有元话语色彩的文学观念形态和文学作品形态，使其成为可以不断阐释不断借用的文学文本和理论文本；尤其进入20世纪90年代现代中国文学研究热衷于重新解读重新评估，重新挖掘其现代性特征，这既是重构现代文学史的学术追求又是衔接五四文学理性主义精神的现时需要。研究实践反复证明，现代中国文学结构系统不只是有巨大的文学阐释空间，而且也有丰富的现代理性话语资源。

中国文学现代化的根本特征和话语实践，主要贯穿于体现于“人的文学”观念建立和“人的文学”创作。这是因为只有到了晚清至五四时代中国文化体系的建设方呈现出这样的现代化态势：尊重个人的自主性，承认个体的独特价值，允许个性的充分合理发展；重视个人的创新能力，发掘个人的生命潜能，倡导个人建设自我的合理的新颖的知识结构；突出文化精神上的进取意识，提高个人的理性自觉，为个人独立自主活动增强内力；加大文化领域的开放力度，使个人的视野在多元文化样态的交流中得到更新与扩大。这种文化态势，既有利于“五四”前后的文化先驱们自觉地重构适应中国人生存发展的现代文化秩序，又有利于他们在文学领域勇于革新锐意进取，创造适应中国人精神需要和审美欲求的现代性的“人的文学”观念和“人的文学”作品。正是“人的文学”观念的建立和“人的文学”作品的营造，在中国文学史上开创了“现代文学”的新时代，为中国文学沿着“现代化”方向持续发展提供了充盈的理性的或感性的叙事话语宝库。

近20年的现代中国文学研究似乎只重视探讨周作人对“人的文学”观念建立及其对中国文学现代化的开创所作出的独特贡献，而对同时代的茅盾有关“人的文学”的理论话语建树仅仅纳入“为人生文学”的范畴予以考察，却尚未从“人的文学”思想的广度与高度进行发掘与评述。其实，茅盾的“人的文学”观念既丰富又独特，它的重要理论价值与实践意义在中国文学现代化过程中已得到充分体现，站在今天的时代制高点对其追溯、发掘和阐释也是极为有益的。

永不休止地追求完美而孜孜不倦地进行创新乃是人的基本文化属性，而人的这种基本文化属性与既定的社会文化秩序间的矛盾冲突则是推动社会发展、更新社会文化体系的动力；仅就精神方面的追求完美而积极创新的个人自主活动来说，它之所以能直接与既定的社会文化秩序相冲突是因为它本身或隐或显地存有价值观念更新的要求。不过人类历史发展的伟大力量就在于这种冲突最终必须以进步的方式加以解决，即实现有利于个人自主活动新发展的价值观念。而文化价值观念的调整或更新则往往极其敏锐地体现于文学观念的调整或更新上。正是从这个意义说，文学的求新与发展和人在精神层面追求完美勇于创新的个人自主活动是同构同步的，所以伟大的文学家总是在探讨人的地位和价值过程中寻找文学的地位和价值。基于此，从文学与人关系这个特定角度来考察，西欧中世纪和中国封建社会的正统文学，其主导倾向是“非人的文学”。自欧洲文艺复兴以来，“人的发现”及与之相适应的“人的文学”观念的确立，这在人类文化史和文学史上具有划时代的意义，它开辟了一个真正的“人的文学”的理性自觉时代。

“五四”时期是中国文学变迁史上的真正的“人的文学”的理性自觉时代。伴随着以“人的发现”为核心的现代理性文艺思潮的澎湃腾涌，周作人第一次在中国文坛上提出了“人的文学”[①]观念，鲁迅首先创造了以《狂人日记》为标志的人的文学。周氏兄弟的文学理论话语和创作实践话语建构起一个全新的“人的文学”的价值观念系统，它同中国封建性的“非人的文学”的价值观念系统形成了整体性的对立。茅盾在《关于创作》一文中对“五四”文学革命的理性特征和思想价值作了这样的概括：“人的发现，即发展个性，即个人主义，成为‘五四’时期新文学运动的主要目标；当然文学批评和创作都是意识的或下意识的向着这个目标。个人主义（它的较悦耳的代名词，就是人的发现，或发展个性），原是资产阶级的重要的意识形态之一，故在新兴资产阶级的意识形态对封建思想开展斗争的‘五四’时期而言，个人主义成为文艺创作的主要态度和过程，正是理所必然。而‘五四’新文学运动的历史的意义亦即在此。”由于“文学革命正好要

① 周作人：《人的文学》，1918 年 12 月 15 日《新青年》第 5 卷第 6 号。

求是人性的解放”,因此就在中国新文学的黎明期出现了一个生机勃勃地自觉创造“人的文学”的光辉时代。

茅盾是以一个年轻有为、才华横溢的理性思想启蒙家、文艺理论家、文学翻译家的姿态跃上“五四”文坛的。虽然他在理论上提出“人的文学”观念晚于周作人,但他却对文学与人的关系作了深入而全面的探讨,所建构起来的“人的文学”的价值观念体系则具有新的理论特色和理论风貌,为中国文学现代化提供了独特的理性话语体系。

茅盾对文学与人关系的探讨并提出“人的文学”观念,是以西方近现代文学及其理性文艺思潮和中国传统文学作为正反参照系统,显示了他理论视野的开阔和深邃。

茅盾放眼于世界文学进化的过程,对文学和人的关系作了系统的考察和有独见的辨识,并汲取其“人的文学”思想。“譬如英国罢……他们文学者自身对于文学的观念,却和我们大不相同。他们不曾把文学当做圣贤的留声机,不知道‘文以载道’、‘有为而作’,他们却发现了一件东西叫作‘个性’,次第又发现了社会,国家,和民众,所以他们的文学,进化到了现在的阶段。”[①]英国发现个性的时代,正是文艺复兴伴随着人的发现诞生了人的文学时代。尤为可贵的是茅盾在《文学上的古典主义浪漫主义和写实主义》一文中从理性文学思潮的角度,以宏观的眼光鸟瞰了欧洲文学史上的古典主义、浪漫主义和写实主义进化的大路线,粗线条地勾勒出文艺复兴后人的文学演变的轨迹。古典主义文学从特定的意义讲,是对文艺复兴时代的人文主义文学的反拨。“他们认为古希腊罗马的文学算得最完全最匀称最善最美的了,做文学应当拿这种文学做标准,拿完全、匀称、美、善做极端的理想,处处表现出来”;古典派文学不重情而偏理,但这个“理”并不是以人性论为基石以个人为本位的人道主义的“理”,而是以“反自然的”、“强制的”、“方正中庸”为合于理,即这种“理”是对文艺复兴时期的人文主义思潮所倡导的人性解放、情欲满足、智力发展的重新调整和严加限制。特别18世纪中后期出现的冒牌的古典主义文学更加背离了文艺复兴开创的“人的文学”的轨道,使文学与人生脱节,使文学创造主体和对象主体的个体意识拘于古人思想而得不到自由发挥,“徒然做古人的奴隶”。浪漫主义文学的兴起是对古典主义文学的反拨,是对文艺复兴时代“人的文学”传统的继承和发扬。

---

① 茅盾:《文学和人的关系及中国古来对于文学者身份的误认》,1921年1月《小说月报》第12卷第1号。

“因为浪漫文学的骨子，浪漫思想，便是文艺复兴时代产物；在18世纪初暂时隐晦不见，让古典主义去出了一番风头来，后来古典文学弄得太不像样，于是浪漫思想复活起来，成了文学上的浪漫主义了。”19世纪上半期浪漫主义的兴盛是同启蒙运动“人的发现”紧密联系在一起的。如果说文艺复兴时期的“人的发现”重在人的欲望的解放，那么启蒙运动时期则重在理性的解放，把反教会由自然神论提高到无神论的高度，把人文主义提高到政治原则，明确地提出自由、平等、博爱、人权等口号，这就使人从“情”到“理”都得到解放，进入理性王国，并产生了一大批带有浓厚浪漫主义色彩的“人的文学”作品。茅盾认为浪漫派文学所崇尚的“理”与古典派文学的“理”不同，它是既“返于自然”又是“个人的”，卢梭作的《爱弥儿》全讲“自然”两个字，他作的《忏悔录》讲的全是个人主义，也就是说浪漫派文学所追求的是以个人为本位的人道主义自由王国，使人的个性意识在自然界或天界得以显现，而“自由”则是浪漫主义文学的精髓。虽然创造主体和对象主体的内宇宙在浪漫主义文学中得到极度自由，个性获得极度扩张，但是由于理想的天界并不存在，致使人的狂热追求常常由失望转入绝望，由于作家把主观描写抬得过分高，“只管向壁虚造，没根没柢地去发挥他们主观的真善美，而实在又想不出什么了不得的空想”，致使在艺术上仍落在前人的窠臼，这是浪漫派文学末流的大漏洞。这个大漏洞，导致“‘人生’和‘文学’不能相合，‘文学’所描写的不是现在的‘人生’。‘文学’上的人如是侠义勇仁，而‘人生’中实有的人都不是这样。”因此浪漫派文学发展到末流，不仅同当时现实人生相冲突，也同人的个性意识在地界得到踏踏实实的自我实现相冲突。从它自身的职能来看，“主观的浪漫文学，本是可以替人类发挥至高的理想的，现在却变成专替贵族阶级吹牛解闷的东西”。19世纪后半期写实主义文学的崛起又是对浪漫主义的反拨。如果说浪漫派的“人的文学”着重强调自我个性的解放和主观情感的解放，那么写实派“人的文学”则把人的自我解放发展为平民解放；“德谟克拉西的思想确是一盏明灯”，“举凡文学、美术，都欲德谟克拉西化”。因此写实主义文学更多地关注现实中的最大量的最普通的人，特别那些处在错综复杂的社会关系中的内心充满矛盾的人。不论是左拉、莫泊桑、福楼拜笔下的人物，还是易卜生、司汤达、托尔斯泰笔下的人物，都是生活在现实中活生生的充满七情六欲的普通人。而他们充满着是与非、善与恶、情与理、灵与肉的内心世界的矛盾冲突中无不闪烁着时代、社会、历史的巨大投影，显得他们更具有现实感、历史感、时代感、真实感、立体感。茅盾尤其推崇俄国批判现实主义文学,他认为在托尔斯泰、陀思妥耶夫斯基、屠格涅夫、契诃夫、高尔基5位现实主义大师中,陀思妥耶夫斯基的文学,都是描写病态心理的,“在写实派中,算得是心理的写实派”。如果说托尔斯泰的小说塑造了安娜这样完整的人性,那么陀思妥耶夫斯基更注重开掘人性深层的复杂性和矛盾性,向人的灵魂深处突进,这标志着创造主体对人自身的认识又深了一层。通过对欧洲近现代文学进化轨迹的宏观考察,茅盾作出这样的结论:束缚个人自由思想是古典文学的特色,而个人思想自由实是人群进化之原素;浪漫文学所本有的思想自由,勇于创造的精神,到万世之后,尚是有价值的,永为文学进化之要素;写实文学中所包有的批评精神和平民化的精神,我也敢决言永为文学中添出新气象的。[①] 茅盾站在人类文化哲学的高度以人为思维中心,从文学与人与人生的关系这个极为重要的视角考察了古典、浪漫、写实文学,不论否定古典文学或肯定浪漫、写实文学,都是以主体“人”能否获得自由意识、能否取得人性解放、文学能否关注人生作为价值判断标准的,并从而说明人的文学就是个性自由的文学、就是平民化的文学、就是为人生的文学。

从中国文化史上看,同西方不同的是“人的发现”并非是“人的文学”的开始。早在先秦时期,诸子百家便兴起了人性问题的讨论,大多是沿着人的自然属性与社会属性关系的认识路线进行考察和思索的;从根本上说就是人类怎样认识自己,人究竟应该有什么样的价值。道家由于特别强调人的自然性,所以他们视人的价值在于自然性的恢复;孔孟从强调人的社会性出发,认为人的价值在于讲仁义;墨子虽也强调人的社会性,但他却认为人的价值在于兼相爱交相利;法家从人性为利论出发,认为人的价值就是表现为以力气去争名夺利,等等。既然先秦诸子们对“人”的发现早于西欧文艺复兴时期一千多年,为什么没有带来人性解放运动和人的文学的诞生?这主要是特定的历史条件决定的。先秦对“人”的研究不是为资本主义作先导,而是为封建主义开路。在君主专政的历史背景下讨论人性问题,大致表现为两派:一派是强调人的自然属性,而这派主张顺应人的自然性的学说,在政治思想上程度不同地表现了对君主专政的批判和抗议,如道家把社会性看成是对人性的桎梏;一派是强调人的社会属性,主张用社会性来抑制人的自然性,而这一派在政治思想上却倒向了君主专制的怀抱,成为封建专制主义的重要理论支柱。这是因为,在君主专制时代,权力是

① 茅盾:《文学上的古典主义浪漫主义和写实主义》,1920年9月《学生杂志》第7卷第9号。

社会的杠杆,有了权便有了一切,所以人们视权力为至高无上的法宝,都想攫取权柄;特别在统治阶级占统治地位的社会中,凌驾于社会之上的权力是不会消失的,人的自然性和社会性总是处在对立之中,被统治者常常为生存的权力和起码的自然需要而浴血奋战,统治者则常常以暴力来剥夺人的生存权和维持生命的条件。但是统治者也意识到只靠暴力镇压是不会长久的,必须选择一种调节器来调和人与人之间的关系或者寻找一种灭火器来灭掉人们心里的各种欲火;而以孔孟之道为核心的儒家学说则具有这种双重功能。由于先秦是从奴隶制向封建制急剧转化的时期,并未替人性的研究提供适宜的历史土壤,所以着重强调人的社会性的儒学则成了君主专制主义的理论,成了人性顺利发展的枷锁。这就是中国人性说兴起的早,却没有产生以个人为本位的文化和以表现人性全面发展的"人的文学"的根本原因。在漫长的封建社会里,虽然也产生了带有自然人性和民主性的优秀文学,而且这些文学也具有"人的文学"的色彩,但从总体上来看,那些居于正统地位的正宗文学大都不是以人为本位的文学,而是以"礼"或"理"为本位的文学,不仅文学创造者丧失了主体性,表现或描写对象的人也失去了主体性,文学与人生脱了节,文学与作者都成了专制统治者的工具,致使文学中的"人"也被纳入儒家"礼"或"理"的规范,成了封建观念的传声筒或某些伦理信条的化身。茅盾在"五四"时期曾于《文学和人的关系及中国古来对文学者身份的误认》中从文学者自身和文学作品本身两个角度,对中国秦汉以来的正统文学进行了整体性的反思,并探索了文学与人的关系。从文学者自身来看,作家几乎完全丧失了主体意识,"常被帝王视为粉饰太平的奢侈品,所谓'待诏金马之门',名称是很好听的,实际上只是帝王的'弄臣'";不但帝王如此,达官贵人富商土豪都可以用金钱雇买几个文学之士来装点门面,混充风雅。所以"在中华的历史里,文学者久矣失却独立的资格,被人认作附属品装饰物了"。虽然在中国古代文学史上也不乏有骨气的有独立意识的有个性意识的作家,但大多数文人缺乏主体意识和自主意识,奴性意识、依附观念和驯服思想甚重,甘心情愿"为王门筝人",不知为耻反以为荣,"附属品装饰物,便是我国自来文学者的身份"。这种缺乏或失掉了自我价值和个性意识的文人所造出来的文学作品完全适应了帝王将相、达官贵人、富商土豪的需要,并体现了他们所崇尚的儒家文化意识。因此茅盾又从文学作品本身加以考察,深刻地揭示出古代文学中总可以看见"文以载道"这类气味的话,"登高而赋"一定要有忠君爱国不忘天下的主意放在赋中,触景做诗也一定要有规世惩俗不忘圣言的大道理放在诗中,做小说也一定要加上劝善惩恶的头衔。“总而言之,他们都认文章是有为而作,文章是替古哲圣贤宣传大道,文章是替圣君贤相歌功颂德,文章是替善男信女认明果报不爽罢了。这是文学者对于文学的一个见解。”古代的文学者不仅把自身当成统治阶级及其文化意识的附属品和装饰物,而且也把文学作为替统治阶级歌功颂德的工具、当成宣传封建伦理道德的传声器,从根本上割裂了文学与人与人生的血肉联系,文学者完全失去了独立意义,文学本身完全失去了“文学之所以为文学”的价值,这样一来文学不是“人的文学”,而是“非人的文学”。因之大半古来的“文学是和人类隔绝的,是和时代隔绝的,不知有人类,不知有时代”。封建社会暴力的专制和愚民的专制,使人变成了“死相”,人性得不到张扬,个性受到摧残,表现人的文学也异化为非人的文学;直到明清之际文化界才发出“理学杀人”的抗议,维新变法时期的一些思想启蒙家强烈呼唤人的自由,但他们的抗议和呼唤并没有冲破古老的封建王国,人文主义思潮和人的文学正在萌动,尚未成气候。所以茅盾深有感触地说:“我们中华的国民文学为什么至今未确立,我们中华的文学为什么不能发达的和西洋诸国一样?这也是不待深思而立刻可以回答的。这都因为我们一向不知道文学和人的关系,一向不明白文学者在一国文化中的地位,所以弄的如此啊!”①历史发展到“五四”时期,在中西文化大撞击大交汇中掀起了史无前例的新文化运动和思想解放运动,涌起了具有现代理性意义的第一次“人的发现”的文化热潮,不仅宣告了中国封建宗法社会和思想是吃人的,也宣告了中国古代的相当多的文学是非人文学,而且公开提倡“讲人意”,“辟人荒”,创造人的文学。②

正是在“五四”这个中国社会激烈转型的历史时期,在西方近现代文化同我国传统文化大撞击的关键时刻,茅盾站在时代所达到的认识高度上,以宏阔的历史眼光,以深刻的理性思维,从比较的角度对中西文学进行了整体性考察,回答了文学与人的关系这个具有重大现实意义和深远历史意义的命题,提出了“人的文学”观念。

“文学和人的关系也是可以几句话直截了当回答的。文学属于人(即著作家)的观念,现在是已成过去的了;文学不是作者主观的东西,不是一个人的,不是高兴时的游戏或失意时的消遣。反过来,人是属于文学的了。文学的目的是

① 茅盾:《文学和人的关系及中国古来对于文学者身份的误认》,1921 年 1 月《小说月报》第 12 卷 1 号。

② 周作人:《人的文学》,1918 年 12 月 15 日《新青年》第 5 卷第 6 号。

综合表现人生,不论是用写实的方法,是用象征譬如的方法,其目的总是表现人生,扩大人类的喜悦和同情,有时代的特色做它的背景。……文学者表现的人生应该是全人类的生活,用艺术的手段表现出来,没有一丝私心不存在一些主观。自然,文学作品中的人也有思想,也有情感,但这些思想和情感一定确是属于民众的,属于全人类的,而不是作者个人的。这样的文学,不管它浪漫也好,写实也好,表象神秘也好:一言以蔽之,这总是人的文学——真的文学。"①茅盾对文学与人的关系的理解和对"人的文学"所作的判断不无偏颇之处:一是"文学属于人(即著作家)的观念,现在已成过去的了"。这个说法未必正确,文学是创作主体和对象主体的统一体,它既是作家自我的表观也是对象主体人的表现,从这个意义上讲文学既是属于作家主体的,人又是属于文学的,无论就创作主体或对象主体来说,"人"总是文学的中心,故"人的文学"即是人化的文学,文学的人化。二是"文学不是作者主观的东西,不是一个人的,不是高兴时的游戏或失意时的消遣。"这未免有些片面。人的文学应该表现创作主体的主观意识,那种"没有一丝私心不存一些主观"的要求是不切实际的,即使在作品中表现的民众的全人类的思想感情也脱不掉作者的主体意识,即群体意识应寓于个体意识之中,而不能以群体意识来取代或抹煞个体意识;完全把文学当成高兴时的游戏或失意时的消遣,这无疑是片面的,但是不承认文学有一定的娱乐性和消遣性功能也是失当的。尽管茅盾对文学与人关系、个体与群体关系的理解有一定的偏颇,但基本观点是可取的,"人的文学"命题是较深刻的,具有强烈的现代理性色彩,它的理论价值和实践意义在近百年中国文学现代化过程中已得到充分体现。

茅盾建构的"人的文学"观念话语系统,其内涵是极其丰富的,具有原创理论色彩。这里拟就作为文学对象主体的人物和作为创造主体的作家两个视角,探测一下茅盾的"人的文学"思想。从对象主体的人来看,他至少把"人的文学"分为相互联系的三个层次,反映了茅盾对人的文学话语总体构建的设想。一是以平民为本位的"人的文学"。这比一般地笼统地强调人的发现进到了一个新的认识层次,即发现了在社会人群中既有特殊阶级的人又有与之相互依存彼此对立的平民阶级的人,前者大多是压迫者和吃人者,后者大多是被压迫被奴役被污辱被损害的人,如果要争取人的解放首先应该考虑平民阶级的人,这

① 茅盾《文学和人的关系及中国文学者身份的误认》,1921 年 1 月《小说月报》第 12 卷第 1 号。

就把“个人主义”式的解放具体到平民阶级的人的解放。这里所说的“平民”虽然是个群体概念，强调人的社会属性，但茅盾并非把“平民”作为“一群人”列入文学描写的具体对象，而是强调“平民”这群体中的个体的人；这个体的人是平民群体的一分子，不是特殊阶级的人，即他既是平民群体中的人又是具有个性意识的独立的人，他的某些性格只同特殊阶级构成依存关系中的对立，但其社会性却更多地与平民阶级相亲相通。虽然茅盾在对待群体与个体关系上不适当地强调了群体，但他涉及到“平民”群体的具体人物时，却更多地强调了那些现实中的活生生的个人。把这种平民的人作为文学对象的主体，作为文学创造的根据、创造的源泉和出发点，可谓之曰以平民为本位的“人的文学”。二是以国民为本位的“人的文学”。这里所说的“国民”是个比“平民”更宽泛的群体概念，这是立足于整个国家整个民族的文化基点上，对“人的文学”提出的要求，即“文学者现在是站在文化进程中的一个重要分子”，所负荷的使命“就他本国而言，便是发展本国的国民文学、民族的文学”，中国现在的文学家的“大责任便是创造并确立中国的国民文学。”[①]茅盾如此重视“国民文学”，不仅因为他在中西文学演变的比较中，认识到西洋文学已由发现了“个性”又“发现了社会、国家和民众”，即把人的解放同整个民族的解放和国家的独立联系起来，因此我们要创造“人的文学”，既要认同西方的以个人为本位的人的文学，也要认同以民众或以民族为本位的人的文学，这样才能使中国新文学赶上世界文化进程的趋向；而且因为中国古来缺乏真正的以人为主体的国民文学，大多是“做圣贤的留声机”的“文以载道”的贵族文学，创造国民文学是对封建性的传统文学的总体反拨。这里所说的“国民”虽然是个比“平民”的涵盖量大的群体概念，但并非要求文学对象主体的人物一定是“国民”群体，它所描写的人物仍是国民中的分子，是现代国民中的有血有肉的个体；如同鲁迅笔下的现代国人灵魂阿Q的形象，他即是一个带有综合性的国民典型，尤其那种奴性是整个民族的劣根，但阿Q却不是国民或某种精神的传声筒，他是一个扎根于民族土壤的出身于赤贫阶层的个性极为丰富复杂的活人。茅盾提倡的国民文学的对象主体就是在现代理性意识烛照下所塑造的像阿Q这样的既有国民共性又有人的个性(包括自然性)的性格组合体。三是以人类为本位的人的文学。这是把个人的解放、平民的解放、民族的解放发展到全人类的解放。这是把个人的发现推到一个最高层

① 茅盾:《文学和人的关系及中国古来对于文学者身份的误认》:1921年1月《小说月报》第12主卷第1号。

次。这也是“人的文学”的最高层次。这种人的文学是属于全人类的，是“沟通人类感情代全人类呼吁”①的审美实体；这是一种不分国界不分民族具有崇高而广阔的功利目的的人道主义文学。茅盾是放眼于全球和未来，带有预测性地提出了以人类为本位的人的文学；但这种具有全球意义的世界文学不是立即就能创造出来的，即“在现时种界国界以及语言差别尚未完全消灭以前，这个总的目的不能骤然达到，因此现时的新文学运动都不免带着强烈的民族色彩”②。也就是说，先发展本国的国民文学或民族文学，然后“便是要联合促进世界的文学”。就其世界性文学的对象主体来说，并不是要求创造一个代表全人类的形象来取代形形色色的个体形象，他仍然是各个民族的现实中的活生生的个人，在他的灵魂里既有与全人类相通的思想情感和共同的人性欲求，又有独特的民族（或国民）意识和个人意识。总之，不论是以平民为本位或以国民（民族）为本位或以人类为本位的文学，它们都是以人为中心并作为纽带，从而形成一个不同层次的“人的文学”的话语系统。虽然茅盾提出的“人的文学”对个性或个体强调得不突出，甚至有些片面，但他的人的价值论或主体论仍是以平民主义与之相联系的人道主义作为思想基础的，因此在他的“人的文学”观念里，人就是人，既非神也非鬼，既非“物”也非“道”，人回到人的自身，人的地位和价值得到重新肯定，而且由个体的解放发展到群体的解放，个体意识和新的群体意识在某种程度上找到了契合。这种人的文学观与世界近现代文学和理性文艺思潮同步，也符合中国的国情，表现出茅盾美学意识的全球性、超前性、且又能扎根于国土的切实性的文学视野和文学构想。

如果对这三个层次的“人的文学”综合以观，茅盾结合当时中国特定历史条件，对文学对象主体的人物提出了一些既有理论意义又有实践意义的美学要求。第一，茅盾是继周作人提倡“人的文学”之后提出他的“人的文学”观念，虽然他没有以进化论观点像周作人那样对人的自然性和社会性、兽性与神性、灵与肉加以探讨，也没有提出表现全面人性的主张，但他却从社会学的角度，综合地考察了中国人生，于平民阶级和特殊阶级的相互依存的整体性对立中，着重强调新文学的对象主体不再是那些将相侠客、达官贵人、遗老遗少、淫妇痴女、纨绔子弟、风流才子、牛鬼蛇神等，而应是广大的平民阶级中的普普通通的人，

① 茅盾：《文学和人的关系及中国古来对于文学者身份的误认》，1921 年 1 月《小说月报》第 12 卷第 1 号。

② 茅盾：《新文学研究者的责任与努力》，1921 年 2 月《小说月报》第 12 卷第 2 号。

或者是第四阶级(无产阶级)的人,或是农民阶级的人,或是平民知识分子,或是被污辱被损害者,或是青年学生,等等"现社会中的人"。这些人大都生活在社会的底层,是被奴役被迫害的对象,是首先应该获得解放的人。从文化意识的角度看,茅盾又把"现社会中的人"分成三流:①丝毫不曾受着西方文化影响的纯粹中国式的老百姓;②受着西方文化影响,主张勇敢进取的人;③介乎两者之间的不主张反古也不主张新主义的人,以及那些患有时代忧郁症的青年人。把这些普通老百姓作为对象主体,正是在文学描写什么人、为什么人这个根本问题上,使以人为中心的新文学同非人的旧文学区别开来,标志着文学的发展进入一个新阶段。第二,"人的文学"观念要求对象主体,不论平民群的人或者国民群的人,都应该是灵与肉辩证统一的人,个体性与群体性辩证统一的人,社会主体与生命主体辩证统一的人,是具有自主意识和自身价值的活生生的人,但是在特殊的反常历史时代的人,不仅灵与肉相冲突,即使自然性和社会性也不能统一,自主意识和自身价值也难以获得,因此人生的悲剧和社会的时代的悲剧是联系在一起的,人的性格悲剧是经常发生的,而在平民群的人身上表现得尤为突出。茅盾的认识虽然尚未达到这样明确的理性自觉的高度,但他已初步意识到在"五四"以后的低潮期文坛上笼罩着苦闷的气氛,出现了一大批内心充满了新与旧、情与理、灵与肉、社会性与自然性相搏击相冲突而陷入烦恼苦闷中的知识青年,所以他号召作家关注"青年的烦闷,烦闷后的趋向,趋向的先兆",应该"在文学作品中表现出来;而且不仅是表现罢了,应把光明的路指给烦闷者,使新信仰与新理想重新在他们心中震荡起来",让他们感受到新文学的使命"是声诉现代人的烦闷,帮助人们摆脱几千年遗传的人类共有的偏心和弱点,使那无形中还受着历史束缚的现代人的感情能够互相沟通,使人与人中间的无形界线渐渐泯灭"[①]。烦闷感、孤苦感、忧患感、悲伤感,这是知识青年人的精神悲剧;而广大民众特别是那些处于水深火热中的被奴役被损害的人终日过着非人的生活,他们的精神创伤更为惨重,人生悲剧更为凄惨,所以茅盾进一步指出:"文学家欲表现的人生,决不是一人一家的人生,乃是一社会一民族的人生。"[②]他所关注的不只是知识青年的个性解放,更重视广大民众和整个民族的解放,因为前者的解放是前提,后者的解放才是目的。没有前者的先觉醒而肩起启蒙重任,后者处于愚昧状态是不会认识到自身价值和实现自我的方向;没有后者

① 茅盾:《创作的前途》,1921 年 7 月《小说月报》第 12 卷第 7 号。
② 茅盾:《现代文学家的责任是什么》,1921 年 7 月《东方杂志》第 17 卷第 1 号。

觉醒后的参与意识和变革意识，前者的个性解放则大多是以喜剧开始而以悲剧告终的。第三，人的文学对象主体应该是性格复杂的人，不仅各种错综的社会关系在人物身上打下了烙印，而且内心世界也应该是多层次多侧面的；那种性格单一化平面化，缺乏个性和人性深度的形象茅盾是持批评态度的。他指责旧小说把普通的老百姓"都写坏了"，"把忠厚善良的老百姓，都写成愚骏可厌的蠢物，令人诽笑"，[1]也就是把复杂的性格单一化或脸谱化；特别当时有些写婚姻爱情的作品，其描写对象是"千人一面"，茅盾称这种文学是"伪文学"，并不是写人的真文学。相反，他对那些具有复杂性格的普通人形象是推崇备至的。他赞美鲁迅笔下的阿Q是个成功的典型，"阿Q这个人，要在现实社会实指出来，是办不到的"，但总觉阿Q这个人很面熟，"这是中国人品性的结晶"，而且"阿Q所代表的中国人的品性，又是中国上中社会阶级的品性"。[2] 人的文学的对象主体就应该具有复杂的性格和深邃的心理空间，作家必须努力创造像阿Q这样个体与总体、社会意识与生命意识、外性格与内性格既统一又矛盾的典型人物。茅盾在《人物的研究》一文中论述了人物性格的复杂性，他认为人物的职业特性、阶级特性、性的特性、特种人的特性、民族的特性和地方的特性，这种种特性是许多人共有的类性，而不于类之外再描写他的个性，那么我们就得不了一个典型人物；尤为可贵的是他没有把生活在阶级社会的人所"隐伏"的阶级特性视为惟一的共性：它只是种种特性中的一种，这个见解就比较科学一些。正是从这一典型原则出发，他要求"人的文学"所描写的主体人物既要有多侧面的共性也要有复杂的个性，在社会人生的错综交织的关系中创造出性格复杂的典型人物。陀思妥耶夫斯基是向人的灵魂掘进的先驱，他对笔下人物的灵魂进行严酷的拷问和审判，以发掘其人性深层的矛盾性和复杂性，把人物的刻画导向"灵魂之深"的深奥之地。茅盾不满意那些对人物的描写只停留在表面上，他赞美陀思妥耶夫斯基笔下人物的刻画已由表层"进入灵魂界或精神界"，这是"最高意义的写实"。[3] 茅盾这些对"人的文学"对象主体的思考和见解，是比较深刻和精到的，不仅丰富了"五四"时期建构的文学理论话语体系，而且对人物形象的塑造起过重要的指导作用。

---

① 茅盾：《创作的前途》，1921年7月《小说月报》第12卷第7号。

② 茅盾：《通信》，1922年2月《小说月报》第13卷第2号。

③ 茅盾：《塞尔维亚文学批评家拉夫令的，〈陀思妥耶夫斯基评〉》，1921年1月《小说月报》第12卷第11号。

“人的文学”的创造，关键在于作家主体意识的确立和发挥，所以茅盾又从作家这个角度作了探讨，提出了一些极为宝贵的见解，至今还令人耳目一新。对于作家来说，他的创造性首先应该体现在敢于直面人生的复杂而多变的世界，不仅能按照人的本来面貌表观他，而且也能把笔触深入到人的灵魂深处。“对人的心灵有着真知灼见，而且善于为我们揭示它的奥秘——这是我们评论写出了让我们惊奇作品的那些作家时所说的第一句话。”①茅盾不只是要求作家应像陀思妥耶夫斯基那样重在向人物灵魂的深层开掘，并曾多次强调作家必须坚持“实地观察”，要像现实主义大师巴尔扎克、福楼拜那样，所“描写的社会现实至少是亲身经历过的，描写的人物一定是实有其人的”（不一定如此）。只有这样才能遵照生活的本来样子，写出人的“真的普遍性”和“真的特殊性”；他批评当时有些青年作者由于“对第四阶级的生活状况素不熟悉”，写的人“总要露出不真实的马脚来”，甚至刻画第四阶级中人的心理“往往掺杂许多作者主观的心理，弄得非驴非马”。② 由于“实地观察”关系到能否创造出真正人的文学，所以茅盾要求作家亲自到第四阶级中去体验生活，到民间去体验生活，否则“新文学”创作要回到“旧路”。③ 此其一。欲创造一代“人的文学”，对创造主体来说必须获得现代理性意识，即那种与社会文化传统决裂而又高于社会传统的独立自我意识，也就是在同保守的、中庸的、封闭的、愚昧的、非人道的封建意识的碰撞中所形成的变革意识、探索意识、批判意识、创造意识、开放意识、科学意识、民主意识和人道意识、自由意识等，其核心乃是尊重人、保卫人、发展人、发现人的民主意识和人道意识；惟有在现代理性意识的指导下，作家在观察现实体验人生以及在整个构思创造过程中，才能以新的观念烛照一切、以新的感情渗透一切，才能以新的价值标准评估一切。茅盾步上“五四”新文坛就号召青年（当然也包括致力于新文学的青年）“翻然觉悟，革心洗肠”，以“个性之解放”、“人格之独立”等新观念，作为“学术利器”，“力排有生以来熏染于脑海中之旧习惯、旧思想”，从而“吸收新知新学”，“抱定人定胜天之旨”，发扬“奋斗主义”精神，创造吾族之文明，做一个“创历史上之新纪元者”。④ 作家不仅要具有个性意识、独立意识、奋斗意识，而且也应该发扬“重新估定一切的价值”的批判精

① 伍蠡甫主编：《西方文论选》（下）第428页，上海译文出版社出版，1985年。

② 茅盾：《自然主义与中国现代小说》，1922年7月《小说月报》第13卷第7号。

③ 茅盾：《评四五六月的创作》，1921年8月《小说月报》第12卷第8号。

④ 茅盾：《一九一八之学生》，1918年1月《学生杂志》，第3卷第1号。

神，在扫荡旧文化旧思想过程中“创造新价值，创造新原理，创造新标准”；[①]更应该具有德谟克拉西（即平民主义或民主主义）精神及与之相联系的人道主义精神。不过茅盾所提倡的平民主义已渗进了新的思想因素，他所说的人道主义不只是以个人主义为本位的人道观，乃突出强调了以平民或以人类为本位的人道主义；尤其可取的是他在平民主义和人道主义思潮腾涌的时候，初步意识到文学家也要具有阶级观念，他赞扬鲁迅的《故乡》是在对立的阶级观念指导下写成的，注意到人的各种特性中也含有阶级特性。现代理性意识包括现代审美意识，这对于人的文学创造者来说更为重要。年轻的美学家茅盾当时把“人的文学”视为“真的文学”，把“真善美”相统一作为评判中外古今文学家的美学标准，坚持反对那种非人的假恶丑的伪文学，号召新文学者努力创造具有“真善美”和谐统一审美境界的“人的文学”；欲要创造这种真的文学，作家必须树立新的美学观，认识到“最新的不就是最美的、最好的。凡是一个新，都是带着时代的色彩，适应于某时代的，在某个时代便是新；惟独‘美’‘好’不然。‘美’‘好’是真实。真实的价值不因时代而改变”。[②] 也就是说“真好美”三者的关系中“真”是“好”“美”的基础，是文学永远不变的价值和生命力。一个新文学者，惟有在这些现代理性观念的指导下，去研究人发现人，去研究人生开掘人生，去研究并反思中华民族的文化史，才能真正窥见作为社会关系总和的人和由动物进化过来的人的外宇宙和内宇宙的复杂性和矛盾性，才能真正发掘出“现社会现人生无论怎样缺点多，综合以观，到底有真善美隐伏在罪恶下面”[③]，才能真正发现一个民族的民族性里不管存有多少劣点，但是它总藏着一定的“善美的特点”。也只有在这种对人、对人生、对社会、对民族进行全面研究、体察、认识和把握的基础上，才能选取相应的创作方法塑造出人的复杂性格和发掘出人性的深度，完满而“综合的表现人生”，使这种“人的文学”放射出人道主义精神，“更能宣泄当代全体人类的感情，更能声诉当代全体人类的痛苦与期望，更能代替全体人类向不可知的命运作奋抗与呼吁。”[④]此其二。“人的文学”就是个性化的文学，茅盾称赞西洋“大文豪的著作差不多篇篇都带着他的个性”，他指斥“中国始终没有一个时代曾明确地认识文学须表现人生，须有作者的个性”，“自然

① 茅盾：《尼采的学说》，1920 年 1 月《学生杂志》第 7 卷第 1920 号至 1920 年 4 月第 7 卷第 4 号。
② 茅盾：《小说新潮栏宣言》，1920 年 1 月《小说月报》第Ⅱ卷第 1 号。
③ 茅盾：《为新文学研究者进一解》，1921 年 9 月月《改造》第 3 卷第 1 号。
④ 茅盾：《新文学研究者的责任与努力》，1921 年 2 月《小说月报》第 12 卷第 2 号。

他们的作品内找不出人生并没有个性了”。欲创造个性化的“人的文学”,对作家主体来说最重要的是充分发挥独特的创造性。茅盾从纵向上考察了源远流长的中国古代文学,认为它不能健全发展的根本原因之一就是作家“蔑视自己的创造力,专去摹仿古人”[①];近观“新文学革了旧文学的命,自当脱骨换胎,一新面目,才算是有出息”,但新文学创作的现状并不景气,真正能够“力去陈言戛戛独造的作家”并不多,不少人总免不掉因袭和模仿的旧病,竟使一些作品“除掉那流行的滥调和做作出来的别人的风格”外,根本就没有自己独运的艺术匠心和艺术个性。历史的教训与现状的刺激,使茅盾强烈呼吁新文学作者务必去“独立创造”,否则“耽误了自己的前程”,[②]也延缓了整个新文学创建的进度。当然茅盾反对的是“纯是模仿”,许多人物只是“一个模型里的出产品”,“缺少活气和个性”;他更深刻的见解却在于:独立创作自然是每个作家所应奉为格言的,但决不可误认为独立创作,即是摒斥一切成功的文学作品而不去研究,正同“企图思想独立的人,决不是闭目不看一切书籍,不研究古来各派思想,而自己空空洞洞的脑子里求思想之独立的;他必须先去博览深求,吞进了许多书籍,精研过各派思想,然后独辟蹊径,以成其独立的见解”一样,文学家独创性的形成亦然。即“一个文学家必须知道他前辈的文学家,在艺术上是达到了如何的境界,据有它,熔化它,使变成自己的血肉,然后再抛弃了前人的成规,而来独立创造”[③]。新文学家只有充分发挥独创性,才能在自由的艺术思维空间里,将自己的天才发现和个性气质同对象主体相拥抱相渗透,以铸造出真实的“人的文学”。鲁迅的《呐喊》集是个性化的“人的文学”的奠基作,表现了鲁迅高超的创造才能;所以茅盾最早称赞“在中国新文坛上,鲁迅君常常是创造‘新形式’的先锋”,[④]为新文学工作者发挥独创性以创造个性鲜明的“人的文学”树立了楷模。此其三。

以上仅从文学创造主体和对象主体两个视角,探讨了茅盾前期的“人的文学”观念构建及其对文学与人关系的深度理解。虽然他的文学理论话语体系并不十分严密完美,且有一定的偏颇,但整体以观却令人赞佩它的有见地的独创性和辩证的深刻性以及发人深思的原创性,它在中国新文学史上的巨大理论价

---

① 茅盾:《中国文学不能健全发展的原因》,1926 年 11 月《文学周报》第 4 卷第 1 期。

② 茅盾:《独创与因袭》,1922 年 1 月《时事新报》副刊《学灯》。

③ 茅盾:《告有志研究文学者》,1925 年 7 月《学生杂志》第 12 卷第 7 号。

④ 茅盾:《读〈呐喊〉》,1923 年 10 月《文学周报》第 91 期。

值如同鲁迅的《呐喊》、《彷徨》一样将光耀千古，它对中国现代型“人的文学”创作实践的指导意义时至今日也值得高度重视和深入研究。

归根到底，人的文学世界是一个为人类提供新的生存维度的世界，“人不仅像在意识中那样理智地复现自己，而且能动地、现实地复现自己，从而在他所创造的世界中直观自身”①。“人的文学”观念虽是现代理性话语的建构，而“人的文学”世界则是感性叙事话语的营造，但后者必须以前者为灵魂，前者也要以后者为支撑；不过“人的文学”的理论价值和审美价值的实现，最终既要有赖于广大读者更要有赖于富有艺术独创精神的文学创造者和具有理论发现机制的文艺理论建构者。茅盾集文艺理论家与文学作家于一身，在20世纪中国“人的文学”初创期就以其原创性的文学思想和深刻的艺术发现满足了人们的理论期待和审美需求，给人们以新的视野、新的意识、新的感觉、新的情怀和新的人生追求；逮及今天，中国人民热切呼唤新的文学巨匠出现，以新的文学理论建树和审美创作精品为人类提供更加丰富多彩的新颖独到的生存空间，此时此刻谁能不追忆不思念为创建中国“人的文学”世界而作出独特贡献的茅盾等文学先驱呢！

---

① 《马克思恩格斯全集》，第42卷第97页。

第五章　茅盾文学的现代化选择与求索

近几年对茅盾研究有股随心所欲吹起的贬损风，不是否定《子夜》的美学价值就是否定茅盾在现代中国文学史上的大师级地位，缺乏实事求是之意，不无哗众取宠之心。这里我不想对这股风进行反驳，若没有随风转者，它也就销声匿迹了。本文拟从现代化的角度来考察茅盾对中国新文学的独特贡献。

如果说“五四”文学革命是中国文学向现代化转换的真正标志，那么置身于新文学现代化大厦奠基工程之中的作家们并非都具有理性自觉，大多数是不知不觉地参与了中国文学的现代化创建。然而茅盾却具有清醒的理性意识，始终自觉地主动地从理论与创作的紧密结合上探索中国文学的现代化，从而使自己成为中国文学现代化建设的巨匠和具有高度理性自觉的文学现代化的设计大师。

探寻文学现代化的路向

人类历史进入近现代，由于资本主义生产力的迅猛发展打开了国际市场，“过去那种地方的和民族的自给自足和闭关自守状态，被各民族的各方面的互相往来和各方面的相互依赖所代替了。物质的生产是如此，精神的生产也是如此，各民族的精神生产成了公共的财产。民族的片面性和局限性日益成为不可能，于是由许多民族的和地方的文学形成了一种世界的文学”①。在这种社会发展总趋势和各民族文化大交流的背景下，各民族的文学希图在一个自我封闭系统中循规蹈矩地演进是不可能的，它们只有在相互影响、相互渗透和相互竞争中才能得以生存和发展，各民族文学只有兼具民族性与世界性才能进入世界文学之林。这势必促使各民族的社会系统和文学系统逐步向外开放，民族文学系

① 《马克思恩格斯选集》第1卷，第225页，人民出版社，1987年。

统也必然失去原来那些与本民族社会系统保持自动平衡的条件，这就要求各民族文学根据各自社会的经济结构、文化结构和政治结构等不同情态选择不同的途径，实现民族文学的现代化转换。中国文学进入“世界文学”总体格局进行竞争所选择的总路线，既不是像有些民族那样被西方近现代文学所同化或所消解，完全变成殖民主义文学，又不是像欧美那些先进民族的文学系统依靠其内部调节功能完成了文学由传统向现代的转变，而是在域外物质文化与精神文化合力的推动下，被迫地由封闭系统转为开放系统，使我国文学在中西文化的交汇冲撞中由古典走向现代。不过，中国文学的现代化并不是同世界文学的总发展趋向完全同步，这里面既有时间差也有空间差。既然我国文学现代化是在中西文化两大系统的对话中逐步实现的，并真正肇始于“五四”前后的新文化运动和文学革命，那么我们就应该在这样的宏阔国际背景与具体文化语境中来考察并探寻茅盾对中国文学现代化路向的思考和寻求。

中国文学的现代化过程实质上是东西的两种异质文学的嫁接或融合过程，它从纵向上要解决传统文学与新文学之间的矛盾，极力以西方先进文学为参照系来缩短或减少其“时间差”，又要从横向上解决域外文学与民族文学之间的矛盾，尽力承续和革新民族文学传统以接近或消融其“空间差”；而对西方文学借鉴与对民族传统文学继承的纵横坐标的“结合点”，就是中外两种异质文学的“嫁接点”。对此，在理解上所达到的深广度，在选择上所达到的准确度，无不体现出中国新文学先驱对文学走向现代化路径的探寻与思考所获得的见解是否正确无误切实可行。20世纪初以梁启超为代表的文学革新派，从政治思想层面来看已从保国保种的“中体西用”的框架中挣脱出来，转向改造国民素质的“新民”理论，即“淬厉其所本有而新之”，“采补其所本无而新之”。梁氏这种除旧布新思想已含有革新传统文化借鉴域外新文化的实现文化现代化的见识，不论内承“所本有”或外采“所本无”都是为了“新民”，所以可以把“新民”作为梁氏所选择的中西文化的“结合点”来看待。反映在文学观念层面上，梁氏根据“新民”的启蒙思想公开提出“诗界革命”、“小说界革命”、“文界革命”等口号，与之相适应，在语言变革上裘廷梁提出了激进的“废文言而兴白话”的主张；同时梁启超还倡导师法欧美、日本的政治小说来改造中国小说，以重建新小说。这表明他们对我国文学必须实行现代化已有了朦胧认识。

“五四”新文化运动中形成的“新青年派”对文学现代化路向的探索则有了理性自觉，胡适、陈独秀以绝不调和的立场对待中西文明冲突，旗帜鲜明地主张接纳西方近代文明来否定中国传统文化，比梁启超的“新民”论还激进，彻底否定了“中体西用”文化模式。“提倡新道德反对旧道德，提倡新文学反对旧文学”这“两反对”和“两提倡”就是“五四”新文化运动与文学革命联结为一体的纽带和标志；陈独秀把新青年派过激的现代化立场概括为，“要拥护赛先生，便不得不反对旧艺术、旧宗教；既要拥护德先生又要拥护赛先生，便不得不反对国粹和旧文学。”虽然在当时这种对民族传统文学的偏激否定有其历史的合理性和必要性，但毕竟不是以辩证唯物史观来正确对待传统文学，不能不在一定程度上影响中国新文学遵循现代化的道路健全发展。也应看到，新青年派在口号或理论上表现出的偏激的西化倾向并不能证明他们在文学创作实践中或在主体情感思维上所追求的也是所谓“全盘西化”，因为“西化”并不等于现代化；恰好悖反，新青年派在文学观念更新上或作品创造上，虽然于横坐标上大量引进西方文学思潮和文学样式，大有将民族文学导向“全盘西化”之势，然而他们的思想情感、审美意识总是与民族传统文学保持着深层联系，尤其是沿用传统的“一元论思维模式”[①]来建构新文学，这就从根本上保证了中国新文学不可能完全割断传统文学的脐带而走上“全盘西化”的道路。如果说梁启超等革新派把实行文学现代化借鉴西方与继承传统的纵横坐标的交汇点集中在“新民”上，那么“五四”时期新青年派对于中外文化的借鉴与继承的“交合点”则选定在“发现人解放人”这个焦点上，而文学思潮或文学创作层面的中西文学的交汇却主要集中在“人的文学”上；也就是借鉴西方近现代文学和继承古代传统文学以促使中国文学向现代化方向转换，其目的是从观念形态到创作形态都要建构“人的文学”。正是环绕着“人的文学”这个轴心，通过现代化的途径广纳博取域外的文学理论或文学样式，又以民族文学的内在机制遏住了“西化”的倾向，从观念到创作实行全面更新，使中国文学短短几年时间在现代化的道路上便跨出了关键一步。

从比较中方显辩证思维的光辉。新青年派除了文学革命主将鲁迅外，对文学由古典向现代转变的策略与道路的认识和实践都存在着这样或那样的偏颇。鲁迅虽然没有明确提出中国文学现代化和如何实行现代化的理论命题，但是他关于借鉴与继承的见解却蕴含着文学现代化及其如何实现现代化的高明策略和远见卓识。鲁迅早在《文化偏至论》中，就对文学现代化的借鉴于外、继承于

① 参见拙文《现代化与鲁迅批孔》，《山东师大学报》1991 年第 4 期。

内的机制与法则作了精辟分析："外之既不后于世界之思潮，内之仍弗失固有之血脉，取今复古，别立新宗。"意思是说，民族新文学的建构必须适应世界文学之潮流，具有世界性的美学特征，而要使文学获得这种新质因素，则应"取今"，即遵循现代化的法则去汲取和借鉴域外符合"世界之大势"的文学；对内则要"复古"即弘扬民族文学的优秀传统，使新文学"仍弗失固有之血脉"，只有经过现代化机制而"化"出来的新文学方是"别立新宗"的，既不是"洋化"也不是"古化"的具有中国现代特色的新型文学。在中国文学现代化的奠基期，对中国文学现代化从理论上作出了深刻而辨证论析的还有新文学巨匠茅盾。他和鲁迅并驾齐驱于中国新文苑，以高度的理性自觉，成了中国新文学现代化道路上年轻的探索者和开拓者。

与鲁迅一样，茅盾虽然没有明确提出文学现代化的理论口号，但在他的文学观念中已包含着现代化的思路，而且有些认识已达到了辩证唯物论的思想高度，闪烁着真理的光辉，并显示出茅盾宏阔而有深度的文学理论视野。早在人生派文学群形成之初，他在《小说新潮栏宣告》中便指出："我们对于旧文学并不歧视；我们相信现在创造中国新文学时，西洋文学和中国旧文学都有几分的帮助。我们并不想仅求保守旧的而不求进步，我们是想把旧的做研究材料，提出他的特质，和西洋文学的特质结合，另创一种自有的新文学出来。"（着重号为笔者所加）。这真是出自辩证思维的精辟之见，为中国文学现代化指出一条明确路向，80多年之后的今天也能启迪我们的深思：创造现代型的中国新文学既要借助西洋文学又要借助中国传统文学，所谓提炼出"西洋文学的特质"就是通过分析批判，辨清什么是西洋文学的特质，然后根据现代化的需要加以借鉴，而提炼出中国旧文学的特质也必须经过分析批判分清其精华与糟粕，然后依据现代化的价值标准汲取其精华。实际上，茅盾所说的提出中国旧文学的"特质"和提出西洋文学的"特质"并把两者结合起来，深刻地揭示出两种不同文化系统的文学特质通过现代化的制导与运作能够整合为一种新文学的内在规律，为创造一种自有中国特色的新文学指出一条现代化的必由之路。

不仅如此，茅盾还较早地将中国文学现代化置于民族文学与世界文学的辩证关系中予以考察。他明确指出："文学家所负荷的使命，就他本国而言，便是发展本国的国民文学，民族的文学；就世界而言，便是要联合促进世界的文学。

在我们中国现在呢，文学的大责任便是创造并确立中国的国民文学。”[①]这既反映了茅盾具有以民族文学推进世界文学的自觉意识，主动引导我国文学走向世界，与世界文学接轨，参与世界文学的创造，这就把中国文学现代化纳入建构世界文学的战略目标；又表现出茅盾立足于本民族文学现代化的实现，只有新型国民文学创造出来并进入世界之林才是以文学实绩参与了世界文学的建构，而新的国民文学不只是应具有民族性，更应具有世界性。因此“文学者现在是站在文化进程中的一分子；文学作品不是消遣品了，是沟通人类感情代全人类呼吁的唯一工具，从此，世界上不同色的人种可以融化可以调和”[②]。作为“创造我们的国民文学”的主体来说，必须具备全球意识和博大的人道主义胸怀，这样才能创造出既有民族特色又有世界性的现代化文学；也唯有这种现代型的文学方可“使文学更能表现当代全体人类的生活，更能宣泄当代全体人类的情感，更能声诉当代全体人类的苦痛与期望，更能代替全体人类向不可知的命运作奋抗与呼吁”[③]。这为文学的现代化提出更高的要求，展示了更远大的辉煌前景；但是茅盾也清醒地看到，“在现时种界国界以及语言差别尚未完全消灭以前，这个最终的目的不能骤然达到，因此现时的新文学运动都不免带着强烈的民族色彩”[④]。茅盾这些宏论蕴含着深刻的新文学现代化的卓越思考与高明的策略，而且对新文学的世界性或人类性强调到空前的高度，并把民族文学作为世界文学的有机组成部分来看待，这有助于促进民族文学现代化在深度与广度上的拓展。

由于为人生派的卓越理论家茅盾能及时地对新文学的现代化路径加以深刻阐明，并形成一种自觉的理论导向，故使人生派的文学观念和文学创作既植根于我国民族文化的沃土又来源于外国文学思潮，而“文学为人生”就是其借鉴外国文学、继承民族传统文学以实现新文学现代化的交汇点；与鲁迅为人生文学所不同的是，以茅盾为理论旗手的为人生派并没有把关注人生集中于对国民灵魂的改造上，而着重强调真实地写出人生的血和泪，批判人生的假恶丑，张扬人生的真善美。正是从这种为人生而文学的功利要求和美学追求出发，茅盾对外国文学的选择与采纳具有鲜明的指向性，即主要接受法国自然主义者丹纳和

① 《茅盾文艺杂论集》(上)，第25页，上海文艺出版社1981年。
② 《茅盾文艺杂论集》(上)，第26页，上海文艺出版社1981年。
③ 《茅盾文艺杂论集》(上)，第27页，上海文艺出版社1981年。
④ 《茅盾文艺杂论集》(上)，第28页，上海文艺出版社1981年。

左拉的文学思想及俄国的批判现实主义文学，而对西方文学中的感伤主义、颓废主义和唯美主义等则采取排斥态度；他对中国传统文学特质的选取指向也是比较明确的，从为人生而文学的目的出发，主要继承了从诗经中的“兴观群怨”到杜甫、白居易重现实人生的创作态度。从而使其在“为人生”这个基点上把外国文学的现代性与传统文学的民族性有机结合起来，形成了为人生派特有的现代化的美学倾向，并以为人生而文学的辉煌实绩充分证明茅盾为中国文学现代化所选择的道路是切实可行的，行之有效的。

建构文学现代化的理论

新文学的初创期能够像茅盾这样以辩证的理性思维放眼世界扎根民族大地来探索中国文学现代化之路的文学巨人，真是屈指可数。作为文学现代化的先锋他并没有把探索的敏锐触角仅止于宏观的寻路，而是积极建构现代型的现实主义理论体系和方法论，希冀以科学的文学理论为导向、以正确的创作方法为利器，使为人生而文学的美学理想遵循他认定的现代化路径得以顺利实现。

茅盾是中国现代型现实主义理论的最早的创建者，也是我国现代型现实主义创作最重要的实践者，他在20世纪中国现实主义文学史上的宗师地位是摆好了的，确定无疑的。从严格意义上说，在古代农业社会的中国文学演进中，只能说有一种现实主义精神而缺乏理论形态的现实主义美学原则与创作方法，就是被学术界认为是中国古典现实主义文学高峰的《红楼梦》也带有浓郁的浪漫主义的感伤文学色彩。李泽厚在《美的历程》中说：“无论是爱情主题说、政治小说说、色空观念说，都似乎没有很好地把握住上述（指明清以来的感伤主义思潮）具有深刻根基的感伤主义思潮在《红楼梦》里的升华。其实，正是这种思潮使《红楼梦》带有异彩。笼罩在宝黛爱情的欢乐、元妃省亲的豪华、暗示政治变故带来巨大惨痛之上的，不正是那如轻烟如梦幻、时而又如急管繁弦似的沉重哀伤和喟叹么？”一言以蔽之，“悲凉之雾，遍披华林”（鲁迅语）。实质上，现实主义理论是现代工业社会的产物，它与现代工业、现代科学有着深刻的血缘关系，与各行各业的现代化也有着直接或间接的联系，农业社会结构不存在现代化，唯有工业社会结构的形成才有了现代化的要求。作为一种社会思潮和文艺思潮的现实主义之所以首先在西方崛起，就因为西方最早地进入了工业社会，自然科学获得快速发展，科学精神与科学态度成为人们处理人与人、人与物等各种关系的准则。现实主义的“目标首先是科学”[①]，这也许是与产生于农业社会的古典主义文学的根本区别所在。“自从工业革命以来，科学长足的进步，真是一日千里；科学万能的思想深入人心，几乎处处地方都要用科学方法配合上去，太不合科学方法的浪漫主义文学自然也欲受智识阶级的鄙视”；特别是“科学昌明时代的19世纪后半，人人有个科学万能的观念；所谓科学方法（Scientific method）一直应用到哲学方面，不但哲学、社会改造的企图，本来多少带几分空想性质的，也闹起‘科学的’不‘科学的’来。文学当这潮流，焉能不望风而靡呢。这是写实主义兴起的一大原因”。伴随着工业日益现代化和科学技术的高速猛进，现代的城市也出现了，如果说“大城市里，从前是庄严盉皇的地方，俊秀风雅的结晶，曾为浪漫文学歌咏的地方，于今却大改了相，每处总有囚形鹊面的劳动者，点污神圣的面目；再如乡村呢，从前是自然美丽的地方，现在到处是工厂，把田庄的生活也变坏了”[②]。茅盾以上所述，深刻地揭示出现实主义思潮崛起与工业、农业的现代化以及科学万能观念深入社会心理和人们灵魂的必然联系，也暗示出古典浪漫主义文学在工业现代化的社会已失去存在的土壤和条件。因为工业现代化和商业现代化所卷起的新生活浪潮的巨大冲击波，既能打破人们在农业社会所形成的田园牧歌式的浪漫情调和追求和谐宁静幽远俊逸的诗化精神，又能迫使人们去接近亲和那种前所未有的物质化、平民化、凡俗化的生活及其与这种生活本来面目相吻合的真真实实的审美境界；特别是科学精神的弘扬和科学观念的确立，既改变了人们与世界的那种神秘不可知的关系而使其成为可以控制和认识的对象，又训练了人们的实证主义思维，培养了人们客观的调查实验和分析研究习惯，这为现实主义提供了科学的认识论与方法论。茅盾在“五四”时期所接纳的现实主义就是产生于西方现代化工业社会和科学实证主义的现实主义思潮，借以建构有中国特色的现代型现实主义理论。当然在“五四”文学革命初起时，陈独秀也公开提出世界“文学艺术亦顺此潮流由理想主义再变为写实主义（Realism）更进而为自然主义（Naturalism）”[③]，并号召“推倒陈腐的、铺张的古典文学，建设新鲜的、立诚的写实文学”；不过他仅仅作为一个口号提出来，对现实主义的具体内涵并没有作明确阐释，难免空泛笼统，缺乏实践的指导性与操作性。而茅盾却是最早地对西方现实主义理论作了

① 《茅盾散文速写集》，第65页，人民文学出版社。
② 茅盾：《文学上的古典主义浪漫主义和写实主义》，《学生杂志》第7卷第9期，1920年8月。
③ 茅盾：《现代欧洲文艺史译》，《青年杂志》第1卷第3号，1915年11月。

系统的介绍,并建立起较完备的现实主义理论体系和具体的创作原则与创作方法;它不仅是对传统文学的现实主义精神进行了现代化改造,也为中国新文学进入世界文学循环圈提供了现代型的审美原则与方法论,其开创意义是不可抹杀的。

与同时期提出的现实主义文学观相比,茅盾建构的现代型现实主义理论具有以下突出的特点:整合性。他既推重现实主义或自然主义,又提倡新浪漫主义和象征主义,从表面看似乎他摇摆于这两种相抵牾的文学思潮之间,实质上他独尊现实主义,只想汲取新浪漫主义与象征主义的优长来补正现实主义自身的缺陷,并以现实主义为轴心在"为人生"这个坐标系上把新浪漫主义与象征主义加以整合,使现实主义理论更完美一些,更具有现代色彩。此其一。平民化。是其现实主义又一特点。由于现实主义思潮源于世俗化平民化的工业社会生活,所以茅盾认定19世纪西方写实派是以德谟克拉西思想作为明灯,将文学艺术导向平民的人生,即"举凡文学、美术,都欲德谟克拉西化,不能再为一阶级少数人的私有物、娱乐品"①。在他看来,西方那些受贵族阶级豢养的文人所写出来的东西只有贵族阶级观赏,"所以描写的材料无非是贵族阶级的材料,主观的浪漫文学,本是可以替人类发挥至高的理想的,现在却变成专替贵族阶级吹牛解闷的东西"。由此他作出判断:"末流的浪漫文学是和贵族政治一个鼻孔出气的,是依赖着贵族政治而生活的,一旦贵族政治破产,浪漫文学也就不稳起来";"然而19世纪后半社会上经济组织的剧变,正是促成贵族政治的破产",况且这又是"劳动运动的萌发时代,德谟克拉西威权极盛的时候;社会上不安的现象,惨痛毕露,谁也不能装着不见,理想的文学和现实的人生怎样的不调和,谁也不能不感着,德谟克拉西的真理,谁也不能不承认。"②所以,唯有现实主义才能真实地表现这惨痛苦难的平民人生,这就是为何平民主义作了现实主义的思想基点。此其二。真实性。茅盾为平民人生的现实主义真实论是建立在客观真实性上,它主要来源于自然主义与批判现实主义真实观,来自崇尚客观实际的唯物主义美学思想;并以叶绍钧的人生小说作为这种客观真实的艺术样板:"冷静地谛视人生,客观地、写实地,描写着灰色的卑琐的人生的,是叶绍钧。""当他的技巧更加圆熟了时,他那客观地写实色彩便更加浓厚。"③这也道出了他自己对

① 茅盾:《文学上的古典主义浪漫主义和写实主义》,《学生杂志》第7卷第9期,1920年8月。
② 茅盾:《文学上的古典主义浪漫主义和写实主义》,《学生杂志》第7卷第9期,1920年8月。
③ 茅盾:《中国新文学大系·小说一集导言》,上海良友图书印刷公司1935年。

客观真实的美学追求:"我严格地按照生活的真实来写……对于我还不熟悉的生活,还没有把握的材料,还认识不清的问题,我都不写"①。故他认定"写实是客观文学"。这种真实论在中国文学史上是崭新的异质的文学观,划出一个文学现代化的新时代。此其三。实地观察。茅盾曾指出:"在写实派说来,便是客观——观察——的艺术。"所以他强调"创作文学时不可缺的,是观察的能力与想象的能力,两者偏一不可"②。重实地观察正是茅盾追求客观真实美的必然要求和必经之途。虽然注重观察是从左拉的自然主义那里汲取的,不过他不赞成自然主义者以单纯的生物学观点去观察社会现象,把人看成是消极地被环境和遗传决定着的动物,而是坚持以"科学眼光去体察人生的各方面",运用想象力去发现平民人生的"哲意",尤其应到民间或"第四阶级"中去观察体验,这正是茅盾现实主义理论比同期作家先进与高明之处。此其四。客观描写。茅盾选择"客观的描写"作为现实主义的重要描写方法与他客观真实的美学追求、实地观察的创作态度联成一体,形成系统的现实主义理论体系。他所要求的客观描写,就是从观察体验过的客观事实出发,忠实全面地描写人生,反映生活的本来样子,反对旧派小说那种"记账式"地一笔不漏地抄录平庸琐碎日常生活的写法,这就使"客观的描写"达到现实主义创作方法的高度,体现出一种现代科学精神。此其五。上述种种,并非说茅盾选择的现代型的现实主义美学原则与创作方法已达到尽美尽善的程度,其实如何将艺术追求与客观真实追求、提出人生问题与客观的描写在创作实践中统一起来,他却表现出一种在探索中困惑、在困惑中探索的矛盾情态与理论渴求。不过,茅盾在中国新文学奠基时期就创建了这种现代型的现实主义理论,它不仅对中国传统文学予以有力的反拨与改造,而且为推动中国文学现代化提供了先进的理论支持。

更值得我们重视的是,当"五四"文学运动开创的现代化道路向前延伸时,遇到20年代末出现的"革命的浪漫蒂克"文艺思潮的阻遏,狂热地否定"五四"文学的现实主义传统和人道主义精神,连一度活跃于"五四"文坛的创造社也拼命地向"五四"文学开刀,以惨重的代价来换取"革命文学发明权";然而茅盾却顶住了这股狂飙,冷静而稳妥地从现代美学的高度较好地解决了由"五四"为人生的现实主义向社会主义现实主义的过渡。如果说前期茅盾现代型的现实主义文学观主要建立在科学万能论与实证主义哲学基础上,那么,后期他是坚持

① 《茅盾回忆录(十)》,《茅盾研究资料》(上),中国社会科学出版1983年。

② 茅盾:《新文学研究者的责任与努力》,《小说月报》第12卷第2号,1921年。

更为科学的辩证唯物主义和历史唯物主义来研讨现实主义美学原则与创作方法。1925年前后，茅盾就有意识地探索马克思主义文艺思想与现实主义的结合问题，“用‘为无产阶级的艺术’来充实和修正‘为人生的艺术’”的观点，使其在“革命文学论争”中能清醒地看到某些机械的“左”的文艺思想对现实主义文学的诋毁，毅然决然地维护并坚持“五四”以来的现实主义文学现代化的传统，并力图从理论与实践的结合上将文学革命的现实主义精神和马克思主义思想指导的革命文学运动沟通起来。1929年他撰写的《读(〈倪焕之〉)》对“现代的新写实派文学所要表现的时代性”的“两个要义”的精辟阐释，同年完成的《西洋文学通论》对“新现实主义”美学原则和创作精神所作的理论概括，以及在系统研究“五四”及20年代有影响作家基础上所写的“作家论”，都是试图通过对新文学现实主义的现代化经验的总结来寻找无产阶级文学更切实地沿着现实主义的现代化方向健全发展的道路，并把“五四”时期构建的现实主义理论提高到一个新层次。

综合考之，茅盾对现代型的现实主义所作的独特贡献至少表现为三点：一是始终注重冷静的客观描写，强调逼真地再现生活，极力推崇文学的真实性，并把真实性作为衡量文学作品美学价值的最高标准，视真实性为文学现代化的最高品格，这在中国现代文学史上是空前的；而这种真实性是一种深刻地显示了人类历史发展的客观必然趋势的真实性，不仅与科学精神、实证主义相通，更与马克思主义的辩证唯物史观相通。二是始终坚持“五四”以来的为人生的现实主义的现代化美学传统，并联系世界文学发展的总体趋向和以高尔基为代表的前苏联无产阶级文学的经验教训，结合中国的特殊国情与文情，对革命现实主义理论作出了更加科学化的创造性阐释。三是通过自己的创作实践来丰富发展现实主义理论和创作方法。在回答现实与艺术关系这一根本问题上，不是一般要求文学真实地反映现实生活，也不是把文学的审美价值和文学反映现实生活本质对立起来，而是站在一个更高的审美的历史的角度，以文学的特殊规律与法则，真实地展示繁复纷纭的社会生活的整体面貌特别是其间的“政治、社会和思想的大变动”，以及历史发展的曲折性和“革命必然取得最后胜利”的历史趋向，从而使文学创作达到恩格斯所要求的“较大的思想深度和意识到的历史内容，同莎士比亚剧作的情节的生动性和丰富性的完美的融合”。这是茅盾革命现实主义文学观的本质内涵，也是他为中国文学现代化所创构的现实主义美学原则和方法论。

营造文学现代化的王国

茅盾以独特的艺术匠心，自觉遵循中国文学现代化的路径、现实主义美学原则与创作方法，营造有民族特色的文学现代化的艺术王国。不管“五四”以来对中国文学由古典走向现代进行了多少艺术探索，为中国文学现代化选择了多少审美范型，也不管新文学研究者对中国文学现代化持有何种价值尺度或抱有何种看法，但都不能毫无根据地贬低或否定茅盾在营构现代型中国文学中的大师地位，而且他所创建的艺术王国具有独特的审美选择和现代化特征。假若说经济上、政治上、军事上、文化上等方面的现代化是随着工业社会的发展和科学技术上的进步而日益进入人类历史进程，那么，文学艺术的现代化也应该有相适宜的社会基础、文化心态和审美追求。在茅盾致力于文学现代化艺术世界建构的时代，虽然中国从经济结构来说依然是个农业社会，但是自鸦片战争以来毕竟西方现代工业闯进中国，民族工业也有所发展，这对传统的农业社会结构无疑是个巨大冲击；特别是西方的精神文明、文化思潮、文学潮流更超前于农业社会结构而涌进中国，这就使沿海一带的城镇特别是上海这样的大城市的现代工业、现代文明首先发展起来，如同在小农经济的汪洋大海中出现一个个带有现代色彩的孤岛，它们不仅成了现代政治革命、工业革命的中心，也成了现代文化、现代文学的发祥地。茅盾营造现代化的艺术王国所选择的，主要不是农业经济落后的农村（当然也写了《农村三部曲》），而是比较先进的现代工业城市、现代商业城市，也就是他最熟悉最有认同感的现代大都市上海。这既是他建构现代文学王国的大本营，也是他构思现代化文学艺术大厦的客观依据。这种具有现代眼光和气魄的审美选择，不仅独压当时文坛上的群英，并且为他的现代化艺术王国的营造带来特有的优势和鲜明的现代性。

《子夜》就是他坚持现实主义美学原则建构的文学现代化的艺术范型。这里不妨试析之。

主体意识的现代性。作为创造主体的茅盾具有开放的现代意识、现代感情，他对现代都市出现的现代工业、现代商业、现代文化乃至现代生存环境并不像有些现代作家那样不适应、看不惯甚至产生厌恶感、疏离感，而是有一种适应感、亲和感和认同感，即现代都市接纳了茅盾而茅盾也接纳了现代都市。也许正因为这样，茅盾北大预科毕业后进入上海现代化企业商务印书馆便如鱼得水游刃有余，不只是愉快地出色地完成了分内工作，事业上欣欣向荣，薪水步步提高，个人的才能得到充分施展，创造的价值得到了企业的承认；并且他对现代化的生存环境、现代企业中的人事关系也能够和谐相处，24岁就被任命为《小说月报》主编，不久又把妻子接到上海，使他在现代化的大都市站稳了脚、安下了家。所以他对现代工业社会能够全身心投入，并没有同时代作家那种哀怨痛苦和忧伤愤怒的情绪，倒有一个比较稳定健全的心态和一副冷静客观的眼光，这就决定着他接纳了现代物质文明的同时也接受了现代精神文明，并激起他对现代科学精神的浓厚兴趣和对现实主义的格外偏爱。这使他在认同现代大都市的一切时，把偏见和盲点减少到最低程度，有可能获得一个客观化的现代都市的整体印象，对其深层的真善美与假恶丑也会取得一个较正确认识，特别对工业社会出现的新生事物新生力量，能运用现代价值尺度予以评估。创作主体意识的现代性和独具的优势，在很大程度上决定了他营造现代化文学世界时于选材、塑人、描景、结构等抉择的现代性。

题材选择的现代性。为建构《子夜》这个现代艺术王国，光靠作者已熟悉掌握的素材是远远不够的，因为他不仅想通过这部长篇小说全面剖析上海这个畸形工商业社会所达到的现代化程度及其总体面貌、各种复杂关系，而且还要透过对大上海的客观分析来揭示整个中国的社会结构、性质与发展趋向。这种地道的现实主义审美选择，决定他必须采取实地调查研究、亲身观察体验的办法。正如他在《子夜是怎样写成的》中所说："我在上海的社会关系，本来是很复杂的……同乡故旧中间，有企业家，有公务员，有商人，有银行家，那时我既有闲，便和他们常常来往。从他们那里，我听了许多。"这种认认真真的调查在一段时间内成了他的日常功课，几乎每天他都在"东西奔走"。他除了亲访现代都市各种身份的人物外，并且实地考察了现代工业如丝厂和火柴厂，还亲自考察了现代交易市场如毕商证券交易所；甚至连吴荪甫坐什么样的牌号的汽车这种小细节也反复调查研究过：原先想让吴坐福特牌小汽车，因为当时上海"流行福特"，后来经研究又改坐雪铁龙，因为"像吴荪甫那样的大资本家应当坐更高级的轿车"。从上面的调查研究中可以发现茅盾的倾向性，即他所调查的人几乎没有农业社会的人也没有市井中的芸芸众生，大多是现代企业、商业、金融业的人士，所实地观察的也不是城市中的名胜古迹而是现代化的工厂和交易所。这就体现出他构筑现代化艺术王国的严格现实主义精神和选材上的鲜明现代性。

框架结构的现代性。茅盾通过调查访问所搜集的大量材料，也许使他自觉地意识到作为现代工业社会缩影的城市的各种新型关系比起传统农业社会的人际关系更复杂得多，深邃得多，这对他设计《子夜》的整体结构框架是一种无形的决定力量。在整个构思过程中，创作意图的理性导向与感性材料的多义性丰富性使创作主体不能不偏离既定的工业城市与农业乡镇相互对照的结构模式，而遵循现代化工商业大都市本来实有的错综交叉的现代关系所形成的风景线：一条是现代企业家与现代企业家之间既联合又吞并的风景线；二条是现代企业家与现代工人阶级之间的既依存又对抗的风景线；三条是民族企业家与买办资本家之间既勾结又侵吞的风景线；四条是工业社会的代表人物与农业社会的腐朽人物之间的既亲缘又疏离的风景线；此外还有诸多条形形色色的人际关系所形成的风景线，穿插交错于各主要风景线之间。这众多现代工商业大都市的风景线，实质上是一个社会人情的人性的网状关系结构，带有明显的现代色彩，它相异于农业宗法社会的宝塔式的人际等级关系结构；《子夜》的结构框架与上海这座现代都市的人际关系的网状结构具有同构性。而它与双桥镇相关联那条风景线，不仅暗示出上海这座现代工商城市只是农业社会包围圈中的一个闪光的亮点，是一个蕴含着希望因素的怪胎，而且也使《子夜》的网状结构更复杂更真实。作为选择现代大都市为背景来建构现代长篇小说艺术框架且熟练地运用了现代辩证系统的艺术思维的，茅盾是中国文学史上第一人；创建适应表现现代工商业大都市社会复杂关系的网状结构模式的，茅盾的《子夜》是中国文学史上的第一部长篇，它完全打破了旧章回体长篇小说那种线性的单一的结构模式，为长篇小说结构艺术的现代化创造了经验与范例。

人物塑造的现代性。茅盾在《子夜》里精心构造了现代化小说的艺术框架，塑造了众多带有现代色彩的人物形象，他们不同于张爱玲笔下那些在现代工商业都市已被异化、扭曲的人物，而大多是代表现代工商业社会生产力的人物，且在网状的人际关系中显示出各自的现代性格。我们惯于从政治的伦理的视角或阶级分析观点对《子夜》近百个人物作出政治定性或道德判断，这无疑是文学研究的重要选择，然而却不是唯一的选择。如果冲破这种思维定势，从“现代人”这个角度来透视《子夜》所塑造的众多形象，也许会有新的认识。就拿核心人物吴荪甫来看，固然他身上有鲜明的阶级烙印，但并非是那种只有“反动性与爱国进步性”的扁平式形象，而是一个血肉丰富性格复杂的立体化的现代民族企业家的典型，这是在中国工业现代化进程中第一代企业家的代表，也是中国现代文学史里出现最早塑造得最成功的现代企业家形象。尽管他在处理家庭关系中曾流露出传统伦理道德的残余,但在其他所有重要错综复杂关系中所呈现出的思想意识、胸襟气魄、性格气质、智谋策略、经营手段、管理经验、运筹思路乃至思维方式、性欲情感等,都足以表明他是一个地道的现代工业的大企业家,无不带有现代型企业家的个性色彩。即使他内心的甜酸苦辣、感情上的喜怒哀乐、事业上的成败得失,也是一个现代企业家的真实生存感受和实在生命体验。在那样一个时代,他出色地实践了一个现代民族企业家的历史使命,也充分展示了一个具有现代意识的企业家的巨大能量和惊人的才干,他的悲剧是中国现代企业家生不逢时的悲剧,也带有存在悲剧和命运悲剧的色彩。因而吴荪甫的现代性格、管理经验、经营手腕与当代一些企业家有惊人的相似之处,就是他在公债市场上斗法的策略和失败的情态也有一种现实感。我对吴荪甫作如是观照和分析,丝毫没有否认他的阶级本质,我只是说他是上海这座现代工商业的畸形王国中的"现代人"而很少传统色彩。环绕着吴荪甫,茅盾刻画了一系列现代企业家、现代金融家,以及带有现代情韵的各式各样的知识分子;只有现代工业才能产生现代产业工人,作者也勾勒了朱桂英、张阿新、何秀妹等先进工人的形象。这就在现代长篇小说的艺术世界里塑造了个性鲜明的现代型人物群体,这是现代工商业社会涌现出的新人形象。作者不仅以严格写实手法刻画出他们的真实面目,而且以深刻的心理描写多层次多方位地剖析了主人公吴荪甫的复杂心灵世界,这越发增强了小说艺术王国的现代感。正如英国爱迭斯·华东所说:"现代小说真正的开始就是在把小说的动作从稠人广众的街巷间移转到了心理上去这一点。"有意味的是,茅盾对生存于现代工业社会诸多现代人作了比较客观真实的刻画,却对来自农业社会的吴老太爷作了讽刺性的描写,他如同行尸走肉见到现代化的工商业大城市的物质文明精神文明迅疾风化了;吴老太爷的死正意味着封建农业社会在逐步解体,现代工业社会正逐步走向胜利,吴老太爷猝死于上海没引起多大悲伤也象征着建立于血缘关系上的伦理道德正在被产生于现代金钱关系上的伦理法则所取代。作者在小说开头重笔写吴老太爷的死,既衬托出现代工业大都市的现代人的生命充满生机与活力,也烘托出现代化城市的胜利。

场景描绘的现代性。现代大城市的场所景色往往构成现代人生存的外在环境,茅盾在《子夜》中非常重视现代场所、现代景观的描绘,这不只是有力地烘托了那些现代型人物,也为小说艺术王国创造了浓郁的现代氛围。有些作家也热衷于描绘现代城市的景观,但他们的兴奋点与观照点却集聚在城市中的古老建筑、古老情调、古老风俗和古老故事以及那些非现代化的生活成分;而茅盾恰恰相反,他对那些有现代化特征的城市景观与现代化的大工厂、交易所有一种强烈的感知和浓郁的兴趣,不只是欣然接受了现代大城市五光十色景观的诱惑和喧嚣嘈杂的公债市场的挑逗,而且以浓墨来描绘现代城市的特殊声色、特殊景观、特殊场所,所以《子夜》没有中国古典小说那种古香古色,没有市井味、脂粉味和乡土味,而是充溢着现代气息。为了真实描绘出现代大企业家,他亲自赴工厂考察;为了如实地写现代交易市场,他大半个月内"每天出现在各个交易所中",并"挤在生意买卖的人丛中去打听行情",难怪现代交易市场被他描绘得如此生动逼真。《子夜》所描绘的不是一个古典味的城市,也不是一个病态城市,而是一个常态的真实的现代化的城市形象,这在中国文学史上也具有开创意义。

茅盾坚持现实主义创作原则,试图通过长篇小说形式来构造文学现代化的艺术王国,这种实验性的尝试开风气之先,颇有意义;况且,又取得了杰出的艺术成就,积累了丰富的创作经验,为中国长篇小说从内容到形式实行真正现代化作出了他人无法替代的特殊贡献。当然,既然是现代小说艺术的实验与尝试,就难免有败笔或失误,作为一种宝贵的历史教训后人是可以记取的,但对此首先必须有个正确的态度。读《子夜》常感理念较强,也许与作者的理性思维强于感性思维有关,然而这是否就是个了不起的缺点也值得研究。

刻画现代知识女性形象

在茅盾营造的文学现代化王国里,大放异彩的是那些栩栩如生的现代女性形象,如静女士、慧女士、章秋柳、孙舞阳、梅行素等,她们已超越了文化启蒙历史阶段而进入政治革命的狂飙时期,迎接血与火的历史考验,以显示其性格魅力和智慧风貌。文学的现代化固然体现于文本的各个层次,但是创作主体能否以现代文化意识和审美意识塑造出"现代人"的富有立体感、深度感的血肉丰富的艺术形象,却是现代化的最显著标志。茅盾对现代中国叙事文学的杰出贡献,乃是擅长于从革命人生的激烈冲突与人心内在的错综矛盾的互动中刻画现代知识女性的复杂人性和精神悲剧,对其灵魂的开掘和拷问达到了空前的深度,将"五四"以来的小说艺术的现代化程度推上了一个新的级位。这里不想对茅盾笔下的所有现代型女性形象逐个分析,也不想从宏观上予以总体考辨,只是重点解读章秋柳这个性格内涵颇为深邃而争议又多的现代知识女性。

“她是个怪人!”这是1928年茅盾创作的《蚀》三部曲之三《追求》中,曼青、仲昭等对章秋柳的品评,也为我们解读这个人物提供了思考线索,即她是否“怪”,“怪”在什么地方,为什么这样“怪”?其实,她这个“怪人”就“怪”在思想性格复杂,变化难测,不容易把握,并非那种单一化或平面化的性格,一眼即可望穿。这正表明作者塑造人物的成功,写出了人性的广度和深度。

章秋柳和慧女士、孙舞阳等是属于《蚀》中同一类型的现代知识青年女性。上海、武汉等大都市为她们的生存提供了现代文化语境,惨烈的大革命为她们的活动提供了政治舞台,所以她们都是1927年大革命高潮和低潮时期的各带有现代不同政治文化色彩的时代产儿。狂放的性格、浪漫的气质、追求的精神是她们现代文化人格的共同特征,但是同中有异:即周定慧的狂放带有感伤色彩,孙舞阳的狂放带有乐观色彩,章秋柳的狂放带有颓废色彩;周定慧的追求带有盲目性,孙舞阳的追求带有希望性,章秋柳的追求带有绝望性,而在浪漫性上则一个比一个强烈,这正是她们个性差异的显示。如果从形象内涵的丰满性、深刻性来看,似乎章秋柳的刻画比周、孙二女性更胜一筹。

章秋柳是一个在大革命低潮时期孜孜不倦的执著追求者。在她面前横着两条路任其选择:一条是继续追求革命的路,它将引她到光明,但是这条路艰难曲折,有许多荆棘,许多陷坑;一条是追求单纯感官刺激的颓废的路,它将引她到堕落,但是这条路舒服,有物质的享受,有肉感的狂欢。前者是为大多数人民群众谋幸福求解放的救国救民的光明康庄大路,后者则是为满足个人享乐主义要求的狭窄小路。何去何从,在当时对每一个患有时代忧郁症的知识青年来说,是关系到人生命运的严峻考验。章秋柳究竟要走哪一条路呢?她的灵魂深处进行着剧烈斗争,一直委决不下,总感到两者都得要,舍弃任何一条路在感情上都是割不断的。因为“冒险奋斗的趣味是她所神往的,然而目前器官的受用,似乎也舍不下。虽然理智告诉她,事实上是二者不可得兼,可是感情上她终不肯牺牲了后面的那一桩”①。这就必然使她的思想充满着矛盾,性格显得奇特多变,在常人眼里成了“怪人”。作者正是循着这两条道路,真实而深刻地开掘了章秋柳性格的复杂内涵及其思想演变轨迹。

在追求革命的道路上,章秋柳的希望被大革命失败的惨痛现实击碎以后,

① 文中的引文,凡不注明出处者,皆引自茅盾小说《蚀》三部曲之一的《追求》。

虽比本无希望的痛苦更加剧烈，但是她对于人生对于社会的改造，对于多灾多难的中华民族的独立解放，并没有丧失民族自信力和继续前进的勇气，只是由于看不清历史发展的必然趋向和中国革命的真正道路在哪里，因而患有“时代忧郁症”，常常流露出“幻灭的悲哀，向善的焦灼和颓废的冲动”。尽管如此，然而与她在一起追求过第一次大革命的同学中，她却称得上是一个对革命仍怀着憧憬、非倦于探索人生意义，并积极主张组织一个“社”与黑暗势力抗争，具有一定进取心的现代女性。

“是的，我们要组织一个社。”章秋柳抢着说。“我们这一伙人，都是好动不好静的；然而在这大变动的时代，却又处于无事可做的地位。并不是找不到事；我们如果不顾廉耻的话，很可以混混。我们也曾想到闭门读书这句话，然而我们不是超人，我们有热火的感情，我们又不能在这火与血的包围中，在这魑魅魍魉大活动的环境中，定下心来读书。我们时时处处看见可羞可鄙的人，时时处处听得可歌可泣的事，我们的热血是时时刻刻在沸腾，然而我们无事可作；我们不配做大人老爷，我们又不会做土匪强盗；在这大变动时代，我们等于零，我们几乎不能自己相信尚是活着的人。我们终天无聊，纳闷。到这里同学会来混过半天，到那边跳舞场去消磨一个黄昏，在极顶苦闷的时候，我们大笑大叫，我们拥抱，我们亲嘴。我们含着眼泪，浪漫，颓废。但是我们何尝甘心这样浪费了我们的一生！我们还是要向前进。这便是我们要组织一个社的背景。”

这段自白式的心灵剖析，极为深刻真实，使我们窥测到于这大变动时代一颗具有强烈社会责任感和火炽政治热情的青年知识分子的心在焦灼不安地跳动，从而展示出她的性格冲突和矛盾心理是由“大变动的时代”激发的。她不愿做一个得过且过、敷衍塞责、庸庸碌碌、醉生梦死的混世派，更不愿做那种无节操、无廉耻、卖友求荣、投敌叛变、与反动势力同流合污的历史罪人，也不愿做那种脱离火与血的现实斗争而闭门读书的“超人”；既不会做骑在人民头上作福作威的大人老爷，又不会做土匪强盗，也不甘心做个浪漫的颓废派，以耗费自己宝贵的一生。因此，她极力主张成立一个革命社团，在“处处听得可歌可泣的事”的鼓激下，在热血时时刻刻沸腾着的推动下，跟随苦闷的时代前进。这充分表明，章秋柳是一个有血性有政治热情有是非观有廉耻感有上进心的新女性，而且也是个性情豪爽、浪漫狂放、不拘小节的现代女青年。

组织一个社，这是一个积极的倡议，是在国民党反动派制造的白色恐怖下所进行的组织活动，也是追求革命的青年在前进方向不明的情况下“团结方向相同的人”致力于“社会运动”的具体行动，因此对待组织一个社持什么态度，也能检验出一个知识青年的政治风貌和文化立场。章秋柳、曹志方、王诗陶等人的态度是积极的，并把章的发言作为组织一个社的“宣言”；然而曼青、仲昭、史循、徐子材、龙飞等人并不积极，对章秋柳的主张采取敷衍态度，似乎都失去向前进的勇气和对政治的热情，相比之下越发显得章秋柳的政治责任感较强，上进心较切，参加社会运动的决心较大，不失为一个“志士气概，满身政治味，满口救国救民，所谓活动的政治的女子”。曼青虽然尚未绝望，但是他对现实却失去了希望，只把希望寄托给将来，变成一个“将来主义”者，对组织一个社致力于政治活动并不热心。他认为，“过去一年的经验告诉我，虽然社会如此的黑暗，政治是如此的浑沌，但是青年的革命情绪并不低落。是的，青年！愈青年的人愈勇敢，愈热烈，愈革命。中学生比大学生可爱，小学生又似乎更强”，“中华民族的前途，操在他们手里”。因此他决定走“教育救国”的道路，把教育作为他的“最后的憧憬”。章秋柳始终不同意曼青的选定，表现出明显的政治上的分歧；对于仲昭这个爱情至上主义者选定的“新闻救国”的道路，以及他的“半步主义”哲学，章秋柳也是不赞同的；对于怀疑派史循的“人性有循环，一动一静”的循环哲学，她更持否定态度。如果说，在开始辩论组织一个社从事社会运动的时候，章秋柳的思想性格尚充溢着“政治味”，表现出孜孜不倦地“向前进”的义勇，在“同学”中颇有“鹤立鸡群”之感，那么，史循的自杀却使她努力探求人生意义的性格发生了重要转折，她不仅对残酷的现实有了更深刻的认识，而且对自己眼前摆着的两条道路看得更清楚，同时对自己的灵魂也作了严格的解剖，表现出极为矛盾的思想心态。她从史循的浪漫历史、恋爱悲剧以及瘦骨嶙峋的体格，想到自己“健康的肉体，活泼的精神，等着你去走光明的大道！你应该将好使用你这身体，你不应该颓废！颓废时的酒和色会消融你的健康。你也会像史循一样的枯瘠消沉”。但是“光明”之路和“颓废”之途对她都有强烈的吸引力，因此她决定“先吃尽了人间的享乐的果子，然后再干悲壮热烈的事罢；可是现在看见了史循的殷鉴，她又怕待到吃尽了享乐的果子时，她的生命也就消失了”。她思想里这种不可调和的矛盾，实际是为自身的享乐而活着的利己主义还是为人民大众的幸福而壮烈牺牲的集体主义的斗争。正是这种内在的性格冲突推动着她向善美或向堕落走去，虽然在激烈的思想矛盾中有时流露出知识青年存有的脆弱性，但是“她有理由自信，她不是一个优柔游移软弱的人；朋友们都说她的肉体是女性，而性格是男性。在许多事上，她的确也证明了自己是一个无顾忌的敢作敢为的人。她有极强烈的个性，有时且近于利己主义，个人本位主义；大概就是这，使得她自己不很愿意刻苦地为别人的幸福而牺牲，虽然明知此即光明大道，但是她又有天生的热烈的革命热情，反抗和破坏的色素，很浓厚地充满在她的血液里，所以她又终于不甘愿寂寞无耻地了此一生”。特别王诗陶很警策的话更使她认识到，“我们都不是居心自暴自弃的人，我们永不会忘记牺牲了一己的享乐，追求大多数的幸福，只是环境不绝地来引诱我们颓废，而我们又是勇气不足，所以我们成了现在的我们。环境的力量太大了，脆弱的个人是无论如何抵抗不了的，我们须得联合起来奋斗，用群的力量来约束自己，推进自己”。因此她提笔写下了自己今后“精进不休”的誓言：

“以前种种，譬如昨日死；以后种种，请自今日始；刻苦，沉着，精进不休；秋柳，秋柳，不要忘记你已经二十六岁；浪漫的时代已经过去，切实地做人从今开始。”

由于章秋柳想转换自己的人生“方向”，决心“切实地做人”，因此在她过去的老同学曼青的眼里，“这章秋柳已非旧日的章秋柳，而是个全新的章秋柳，是热心帮助史循的章秋柳，痛彻忏悔过去的章秋柳；旧的章秋柳早已不能唤起他的幻想，新的章秋柳却正燃起了他的热情”。但是新的章秋柳在极其险恶的政治环境里并没有沿着追求革命的光明大道健步走去，她极力倡导组织一个社来用群的力量以约束自己的念头也逐步成了泡影，于是她的“切实地做人”的理想转化为对“痛快热烈的事情”的强烈追求。既然在追求革命的光明大道上，她看不到光明，造成了悲剧；那么在追求强烈的感官刺激的道路上，她的性格和命运如何呢？

作者以追溯的笔触写出了章秋柳在浪漫的学生时代，“谈论革命的发展，民众的觉悟，将来的希望，终于谈到恋爱”，成为一个众目注视的“恋爱专家”，表现出极强烈的个性解放要求和放荡不羁的浪漫性格；大革命失败以后，不仅她的革命理想被残酷的现实击碎，而且美妙的恋爱憧憬也随之幻灭了，虽然她仍然具有孜孜不倦在人生道路上进行苦苦追求的勇气，但是过去那种如痴如狂的恋爱热情已经消失了，代之而来的却是对一种“今日有酒今日醉”的颓废生活的追求，她所要求的已不是真正意义上的“恋爱”而主要是满足感官享受的“性爱”；不是为了自由幸福去“恋爱”而是为了排解苦闷去“恋爱”。这种基于本能性欲冲动的变态心理，使她拒绝了一切向她求爱的并值得她爱的男性，而去爱上一个她并不爱的悲观主义的男性，并甘愿为他牺牲。

她和曼青在学生时期曾经热恋过，后来曼青"为了党国的大事离开了学校，离开了章女士"。对于昔日的旧情，她与他都怀着甜蜜的回忆，这本来是他们重新建立爱情关系的良好基础；特别曼青看到章女士救助史循的慷慨解囊的义举和听到她要"切实地做人"的誓言后，他感到章秋柳"正合于他最近的理想的新女性"。实际上章女士并不像他想象的那样"理想"，在章女士的生命体验和感触中，虽然"她的嘴唇上接受了一吻，但是怎样的平凡的一吻呀，差不多就等于交易场中的一握手。旧日的印象是唤不回来了，过去的永远成了过去"。这表明章秋柳那种"神秘的感觉便一点一点变为滞钝"了，曼青的"爱"再也不能点燃她的"爱火"。也可以说，这正是她沿着追求感官刺激的颓废道路向下滑的心理反应："我是时时刻刻在追求着热烈的痛快的，到跳舞场，到影戏院，到旅馆，到酒楼，甚至于想到地狱里，到血泊中！只有这样，我才感到一点生存的意义。但是，曼青，像吸烟成了瘾一般，我们要求新刺激的瘾是一天一天地大起来了。许多在从前是震撼了我的心灵，而现在回想来尚有味的，一旦真个再现时，便成了平凡了。我不知道这是我的进步呢，抑或是退步。我有时简直想要踏过了血泊下地狱去！"对于章秋柳狂热地追求新奇刺激的变态心理和发怒似的吮吸他嘴唇的狂乱举动，曼青作出了疑惑不定的各种解释：或感到史循的自杀事件激乱了章秋柳的心灵，或觉得章秋柳是一个多愁善感的神经质的女子，或认为她变成了追逐肉的享乐的唯我主义者。这既表明章秋柳的性格极为复杂，的确有点"怪"，又说明她并不是曼青所理想的女性。章秋柳不仅有着要求新奇刺激的乖僻心理，而且有着强烈的独立意识和自主思想，在恋爱问题上谁也不能约束她，即"我理应有完全的自主权，对于我的身体；我应该有要如何便如何的自由；曼青怎样，可以不问，反正我的行动并不损害了他，也并不损害了谁。"尽管她的思想如此的古怪，性格如此的放狂，但是她的心灵还是向善的宽厚的，态度还是开朗的通达的。她见到曼青爱上了朱女士之后，不仅毫无嫉妒之心，而且好心好意地规劝他应对朱女士进行正确观察，否则"你的恋爱将使你受到很大的痛苦"。事实证明章秋柳的预见是对的，朱女士并非曼青所追求的理想女性，而是一个政治上糊涂、嫉妒心极强、狭隘自私的卑琐平庸的女人，相比之下章秋柳性格的善美的特点就更突出了。不仅曼青的"旧情"唤不起章秋柳对真正爱情的憧憬，而且龙飞、曹志方等人的求爱也遭到她的严厉拒绝。龙飞是个"永远演着恋爱悲剧"的人，他曾向章秋柳苦苦求爱，并说恋爱终究是神圣的，而章女士却给予他以鄙夷傲视的回答："你尽管自己去神圣罢！休想用这两个字来束缚我。

在我，无所谓爱，只有一时的高兴。像你那样姝姝然的小丈夫，使我连一时的高兴也会立刻冷却。”这又表现她性格中比较刻薄的一面。曹志方在“组织一个社”开展社会活动这一点上，和章秋柳是同调的，而且她在龙飞等人攻击曹“专权”的时候，主持正义地维护曹的尊严，肯定他的作为；但是当曹向她提出“爱”的要求，并希望她跟他一起下乡干“土匪”时，却遭到她的拒绝。不过，这次章秋柳的丰嫩的肉体和自尊心却被曹戕害了，“精神上她觉得是完全失败了”，她的“可以玩弄一切男性的自信心，在这里是动摇了，她感到了针刺一般的痛苦和焦灼”。她就是这样一个自尊心和独立意识如此强烈的女性。因此对于败在曹志方手里，她是决不甘心的，更加激起了她“要把怀疑派的史循改造过来”的决心，以表明她不是个“懦怯”者而永远是个强者，“将来总有一天叫大家知道我章秋柳是怎样的一个人”。这又展示出她的桀骜不驯，刚强自信，乖戾任性，我行我素；虽然在爱情上，她对一切向她求爱的男性表现出冷漠麻木而又纵性放荡的态度，但她立志改造史循却又表现出她的同情心和向善性。

史循这个怀疑派、颓废派，不仅精神支柱已经倾倒，而且身体也染上重疾，所以在常人眼里无论从哪方面观察也不会相信风流美丽、孤高傲世的章秋柳能献身于他，并自愿与他结合，即使被传染上花柳病也在所不惜。当她住进医院，仲昭为“这位好奇的浪漫的女士的前途已经是一片黑暗”担忧的时候，她却兴奋地说：

“最可恶的医生便是这一味地危言耸听，却抵死不肯把真相说出来。我不怕知道真相，我决不悲伤我的生命将要完结；即使说我只剩下了一天的生命，我也不怕，只要这句话是真实的。如果我知道自己的确只有一天的生命，我便要最痛快最有效地用去这最后的一天。……所以我焦急地要知道这问题中的梅毒在我身上的真相，仲昭，也许你听着觉得好笑。这几天我想得很多，已经把我将来的生命步骤列成了许多不同的表格，按照我是还能活两天呢，或是两星期，两个月，两年！仲昭，我说是两年！我永远不想到十年或是二十年。太多的时间对于我是无用的。假定活到十年二十年，有什么意思呢？那时，我的身体衰颓了，脑筋滞钝了，生活只成了可厌！我不愿在骄傲的青年面前暴露我的衰态。仲昭，你觉得我的话出奇么？你一定要说章秋柳最近的思想又有了变动了。不错，在一个月内，我的思想有了转变。一个月前，我还想到五年六年甚至十年以后的我，还有一般人所谓想好好活下去的正则的思想，可是现在我没有了。我觉得短时期的热烈生活实在比长时间的平凡的生活有意义得多！我有个最强的信念就是要把我的生活在人们的灰色生活上划一道痕迹。无论做什么事都好。我的口号是:不要平凡!"

章秋柳这种既不希望将来也不肯轻松放过现在并要拿出勇气执著于现在的态度,的确显得怪诞不好理解。这表明她在改造怀疑派史循失败后,身体和精神上产生更大的危机,史循没有被改造过来她却深受传染,不仅史循的梅毒伤害了她健美的体魄,而且他的悲观厌世的怀疑哲学也毒害了她的追求光明的思想灵魂,虽然她没有像史循走上自杀的道路,但是她的人生理想完全破灭了,只求得短暂的痛快和一时的热烈,实际上这是慢性的自杀,是自我的毁灭。可见,她和史循的结合,是产生于一种畸形心理上的畸形关系,是章秋柳思想走向颓废的重要转折。究其实,她之所以能产生要把悲观怀疑派史循改造过来的"新奇"念头并付诸实践,并非是"怪人"的"怪诞"行为,而是符合她的性格发展逻辑的:一是同她的"不要平凡",追求新奇的想法是吻合的。她认为"史循的自杀,不论在原因,在方法,都是十分奇妙","如果把这位固执的悲观怀疑派根本改造过来,岂不是痛快的事?岂不是奇迹?"二是史循的不平凡的经历激起她的强烈共鸣和同情。史循是一个"曾经沧海"的人,有过浪漫的历史,也演过恋爱悲剧,但是艰苦的经历并没有磨炼出他一副坚硬的骨头,反倒他的青春热血被煎干,成为一个消极者和怀疑派。在章秋柳看来他之所以成了这样,多半是因为他有病,生理上的痛苦影响他精神上的颓唐,"除非是大勇的超人,谁不是为了一点心理上的不健康而损害了心理上的愉快?想到这里,章秋柳看着自己的丰腴红润的肉体,不禁起了感谢的心情",而且是产生了同情感;特别是史循这番陈述:"自然觉得生命无论如何是可以留恋的。像我,至多不过再活一年二年罢了。对于世事的悲观,只使我消沉颓唐,不能使我自杀;假使我的身体是健康的,消沉时我还能颓废,兴奋时我愿意革命,愤激到不能自遣时,我会做暗杀党。但是病把我的生活力全都剥夺完了。我只是一个活的死人。秋柳,这样的生活,还值得留恋么!"——这就更激起她思想上的共鸣,因此她决定以自己健康的身体来拯救史循这个"活的死人"。三是她这样做,与其爱情观道德观并不矛盾,有着内在的一致性。她曾这样想过:"这不是自己爱史循,简直是想玩弄他,至少也是欺骗他;是不是应该的?第一次她回答自己:不应该!但一转念,又来了个假定;假定自己果然可以填补史循从前的缺憾,假定自己的欺骗行为确可以使史循得到短暂的欣慰,或竟是他的短促残余生活中莫大的安慰,难道也还是不应该的么?欺骗是可以的,只要不损害别人!一个声音在章秋柳的心里坚决地说。她替自己的幻念找得了道德的根据了。”章秋柳这些奇特的想法并不是完全不合情理，也不是完全没有值得肯定的价值，但也必须指出她改造史循的动因里最大的成分是主观主义的幻想和个人主义的猎奇。因此在具体改造史循的过程中，她的主观愿望同客观实践发生了尖锐的矛盾，无论她怎样的劝说或温爱，史循总是恋恋于旧日的史循，一个新生的史循并未奇迹般地出现在她的面前，“过去的并不肯完全过去”，“过去”的黑影子的尾巴，老是投射在“现在”的身上，史循的每个细胞里都留着“过去的根，正如他颏下的胡须无论怎样快的刀也没法剃去”。于是像一个艺术家忽然发现了自己的杰作竟有老大的毛病，章秋柳怏怏地凝视着史循的渐泛红色的面孔，颇有几分幻灭的悲哀了；特别她和史循宣布正式结婚之日就是史循暴死之时，这便使她的“改造”计划彻底失败了，因而也带来她精神上的全面崩溃。

总之，章秋柳不论是对“革命”或是对“性爱”的追求，其结局都是悲惨的，因而她的悲剧是双重悲剧，她的性格也是悲剧型的双重性格。

《追求》的成功，不仅在于真实地刻画了章秋柳的双重悲剧性格，也在于深刻地揭示出她的悲剧既是性格悲剧又是时代悲剧的根源所在。

章秋柳不只是外貌长得美，身体健壮，精力充沛，而且在她复杂丰富的心灵里也含有善美的特质，不论对“革命”的追求或对“性爱”的追求都表现出一种锲而不舍的韧性精神。如果在革命日益高涨的时代里，有一个良好的文化语境和政治环境，那她定能跟上时代的步伐，逐步成为一个坚定的革命者，在爱情上也许能找到一个理想的爱人，使自己的外在美和内在美得到更加坚实的发展；然而她却生活在大革命低潮时期的政治气压最浓重的大上海这个环境里，尽管她怀有美好的憧憬、善良的愿望和苦心的追求，总是逃脱不了悲剧的命运，她身上的一些富有价值的东西被撕毁了。小说主要从两方面开掘了造成她的悲剧性格的时代的或社会的原因：一是“四一二”反革命政变后，中国第一次大革命失败了，蒋介石变本加厉地推行法西斯统治，造成了上海等地空前的白色恐怖。在这种极其险恶的政治环境里，章秋柳等积极倡导组织一个社开展社会运动，希冀团结起来以群的力量与黑暗势力抗争，这是国民党反动政权绝不容许的。曹志方仅仅在街头发表一番抗日反帝演说，险些被冠以“共产党”惨遭杀害；而她的追求光明的政治理想随着“社”的计划落空也破灭了，向她张着吃人血口的是罪恶的社会环境，使她心灵上承受压力最大的是一个笼罩着阴霾的苦闷时代，几乎到处是不满的呼声和苦闷的呼声，尤其作为一个现代知识女性在这种矛盾极为尖锐复杂的时代所感受的痛苦会更大一些。社会的极端贫困化，找不到正当职业，经济上发生危机，也能使她们的革命信念和美好品质受到损伤。赵赤珠和她的爱人穷得连半个铜子都没有，又找不到职业，为的要保持思想的独立，为的要保留他俩的身体再奋斗，她不得不卖淫；王诗陶为了把烈士方明的遗孤养大也走了这条道路；章秋柳虽然经济条件比她们尚好一些，但是她在慷慨解囊救济了史循的药费后也在经济上发生了困难，这不能不影响她的为探索人生意义而不倦奋斗的精神。这都是国民党反动派统治下的黑暗贫困的社会现实造成的。二是大革命失败后共产党内出现了"左"倾盲动主义，使革命造成各种可悲的损失，章秋柳等要成立一个社继续"革命"不能不受到"左"倾思潮的影响，比如她的要痛痛快快干一场的想法以及曹志方单枪匹马到大街上公开演讲的活动等，都带有盲动色彩。作者虽然对此揭示得不十分明显，但是当时能自觉地从政治路线的高度来开掘章秋柳这些革命知识女性的悲剧原因，这在现代中国文学史上的确是罕见的，显示了作品独特的深刻之处。茅盾曾回忆说：

《追求》原来是想写一群青年知识分子，在经历了大革命失败的幻灭和动摇后，现在又重新点燃希望的火炬，去追求光明了。可是，在写作的过程中，我却又一次深深地陷入了悲观失望中。我从德址以及几个旧友那里听到了愈来愈多的外面的迟到消息，这些消息都是使人悲痛，使人苦闷，使人失望的。这就是在革命不断高涨口号下推行的"左"倾盲动主义所造成的各种可悲的损失。对于盲动主义，我和鲁迅议论过，我们不理解这种革命不断高涨的理论。在1928年初，我还写过一篇散文《严霜下的梦》，用象征手法，表述了革命的遭遇和我的心情，并对那时的盲动主义表示了"迷乱"，"不明白"和不赞成；我发出了询问："什么时候天才亮呀？"但是到了四五月间，我却完全被这些不幸的消息压倒了，以至我写的《追求》完全离开了原来的计划，书中的人物个个都在追求，然而都失败了。同年7月16日我在《从牯岭到东京》中写有一段话，很清楚地道出了我当时的情绪："我那时发生精神上的苦闷，我的思想在片刻之间会有几次往复的冲突，我的情绪忽而高亢灼热，忽而跌下去，冰一般冷。这是因为我在那里会见了几个旧友，知道了一些痛心的事，——你不为威武所屈的人也许会因亲爱者的乖张使你失望而发狂。这些事将来也许会有人知道的。这使得我的作品有一层极厚的悲观色彩，并且使我的作品有缠绵幽怨和激昂奋发的调子同时并存。《追求》就是这么两件狂乱的混合物。”

这里所说的“亲爱者乖张”就是指的瞿秋白和他的盲动主义①。这不仅对于我们更深入地理解《追求》的思想意义和认识价值提供了线索，而且为我们剖析章秋柳复杂性格及其悲剧形成的时代原因提供了依据。可见，章秋柳的悲剧不单是个人的悲剧，而首先是时代的悲剧，是那个悲剧时代的一部分现代知识青年的真实悲剧，在某种意义上也是“左”倾盲动主义造成的蕴含着深刻历史教训的悲剧。

章秋柳毕竟是一个现代知识女性，不论她的政治观、社会观或爱情观、道德观，都深深地打着个人主义烙印，总是处理不好个人与革命、个体与集体、情感与理智之间的紧张而深微的矛盾冲突，因此她的悲剧也是性格悲剧。她对“革命”的追求还是对“性爱”的追求，虽然表现出一些美好的品格，但也暴露出青年知识女性的弱点，如主观随意性、耽于幻想、放荡不羁、刚愎自信、唯我独尊、玩弄男性、易暴易躁、只图痛快等。带着这些复杂的思想性格因素投身到“光明与黑暗这两大势力的剧烈的斗争”的苦闷时代，既不能对瞬息变化着的客观形势作出正确估量，又不能清醒地识别各种思潮的真伪和各种人物的表演，更不能正确地判断历史发展的必然趋向，这就势必使自己陷入深刻的矛盾中。虽然她过分刚强，不承认自己的脆弱，然而她的双重悲剧就充分地反映出她性格的这一弱点。“因为自己正是所谓小资产阶级知识分子，遗传，环境，教育，形成了她的脆弱，她既没有勇气向善也没有胆量堕落么？或者是因为未曾受过训练，所以只成为似坚实脆的生铁么？”“似坚实脆”正是她性格的主要特点。根源于现代青年知识女性人格的狂热性、幻想性和虚弱性，时代越是苦闷，社会越是黑暗，压力越是沉重，这种“狂热性”“幻想性”和“虚弱性”，越能使一个现代女性产生一种变态心理和带有悲剧色彩的报复情绪。章秋柳在对“革命”和“性爱”的追求幻灭后，曾对王诗陶说：“你还有高远的志向，将来的希望，我是什么都不要，什么都没有。理想的社会，理想的人生，甚至理想的恋爱，都是骗人自骗的勾当；人生单求快意而已。我是决心要过任心享乐刺激的生活！我是像有魔鬼赶着似的，尽力追求剎那间的狂欢。我想经验人间的一切生活。有一天晚上我经过八仙桥，看见马路上拉客的野鸡，我就心里想，为什么我不敢来试一下呢？为什么我不做一次淌白，玩弄那些自以为天下女子皆可供他玩弄的蠢男子？诗

① 茅盾：《创作生活的开始》（十），1981年《新文学史料》第1期。

陶，女子最快意的事，莫过于引诱一个骄傲的男子匍匐在你脚下，然后下死劲把他踢开去。”这是一个多么可怕而又可怜的灵魂，这又是一个多么沉痛而又凄婉的精神悲剧，以及多么深刻的现代知识女性的性格悲剧！

茅盾毕其一生的精力，放眼世界，追逐先进文化思潮，选择那些有利于建构现代中国文学的理论范畴和文学模式予以创造性的改制和运用，从理论建设与文学创造两大领域推进我国文学现代化，留下一笔巨大的宝贵的文化遗产，我们应该以科学的态度和严肃的精神去研究它、弘扬它。

第六章 重评萧红的长篇小说《生死场》

三十年代的左翼文坛，繁花似锦，群芳争妍。新文学运动的主将鲁迅则是左翼文苑最辛勤的园丁，精心培育着新人新作。萧红的《生死场》便是在鲁迅浇灌下所绽开的一朵独放异彩的鲜花。

许广平同志在《追忆萧红》一文曾说：

> 鲁迅"除了拔出许多时间来和萧红先生等通讯之外，更多方设方给他们介绍出版，因此萧红先生等的稿子不但给介绍到当时由陈望道先生主编的《太白》，也还介绍到郑振铎先生编的《文学》，有时还代转到良友公司的赵家璧先生那里去。总之是千方百计给这些新来者以温暖，而且尽其可能介绍到外国。……从这里我们可以得知萧红先生的写作能力的确不错，而鲁迅先生无分成名与否的对作家一视同仁也使许多青年和他起着共鸣作用的重要因素。"

今年是鲁迅诞辰百周年纪念，是萧红逝世三十九周年，我们重评《生死场》所取得的现实主义成就，缅怀鲁迅为发展无产阶级文学事业，呕心沥血培育新人新作所作出的巨大贡献，是颇有意义的。

一

萧红在三十年代初，一直生活在东北抗日活动的中心哈尔滨。作为进步的文学青年。她很快得到中共东北地下党组织的关怀、引导和教育。从而开阔了视野，提高了觉悟，自觉自愿地置身于民族解放斗争的漩涡，成为反帝反封建的猛士。为揭露日寇侵犯东北的法西斯暴行和蒋介石妥协政策的投降实质，反映东北人民的抗日爱国斗争，以唤醒中国人民的民族意识，积极响应中国共产党的抗日号召，坚决抗击日寇侵略，挽救民族危亡，她以二、三十年代我国东北地区的现实生活为题材，提炼出富有强烈现实意义的主题，使作品洋溢着浓郁的地方生活气息，跳动着撼人心灵的时代脉搏，这是《生死场》的重要特色之一。

小说以高度的艺术概括力，从广阔的历史背景上，真实地描绘了东北哈尔滨附近农村的劳苦人民深受封建压迫、日寇欺凌的人吃人的“生死场”的“略图”，艺术地揭示出灾难深重的中国人民决非安于做稳了的奴隶时代，必然要走上反对阶级压迫、反对日本帝国主义侵略的民族解放道路，这是历史发展的趋势和时代精神的主流。小说的可贵之处在于，它没有把“不愿做奴隶”的农民的觉醒写得简简单单、轻轻松松，而是以严峻的现实主义笔触，严格按照生活发展的逻辑，从阶级矛盾和民族矛盾逐步激化的过程中，抒写奴隶们自发反抗的初步觉醒的艰苦历程。尽管苦难的人民在半封建半殖民地的黑暗王国的“生死场”里进行“死的挣扎”，思想灵魂深处往往流露出一些悲观消极的因素，但是“北方人民对于生的坚强”（鲁迅：《〈生死场〉序言》）却是他们思想性格中最本质的闪光的东西。作者善于通过描述阶级斗争和民族斗争在“北方人民”思想深处所引起的一系列的矛盾冲突，敏锐地把握住符合时代精神的主导思想，而让“生的坚强”的积极向上的沉毅勇为的性格，在北方农民的精神世界里开花结果，并以崛起反抗的先进思想力量战胜愚昧、落后、自私、保守、迷信、麻木等旧的思想意识，于是“愚夫愚妇们就悲壮地站上了神圣的民族战争的前线”（胡风：《〈生死场〉读后记》）。从勇敢的青年到善良的老汉，从命运悲惨的姑娘到生活道路坎坷的老太婆，甚至连那个只看见自己一只山羊的老农，他们各自走过一段漫长的逐步觉醒的艰难思想道路，最终都汇集到抗击日寇侵略的总的时代洪流里。

反帝反封建始终是新民主主义革命历史时期的时代精神的主潮。《生死场》所描写的人生图画，巧妙地把阶级斗争和民族斗争联系一起，深刻地揭示出封建主义和帝国主义是中国人民的苦难的根源，艺术地暗示了只有彻底完成反帝反封建的历史使命，才能真正清除半封建半殖民地的“乱坟岗”，受难的中国农民才能有“活路”。这是小说从客观效果上所显示出的重要思想特色。全书共十七章，头十章从不同的侧面勾画出东北农村在封建地主阶级残酷压榨下和封建意识的精神奴役下所形成的悲惨世界。农民们过着奴隶般的生活，虽然他们出尽牛马力，祖祖辈辈含辛茹苦地在东北这块美丽的土地上创造着物质财富，但他们却一代代地受着封建地主官吏的摧残宰割。封建地主阶级不仅无情地剥夺了他们的生活、生产资料以及做人的权利，而且以腐朽反动的封建意识来毒化农民的善良品格和淳朴的本性，使他们变得愚昧麻木。由于封建地主阶级的残酷统治，致使大好的东北农村日趋贫困化、落后化；正常的生儿育女成了母亲的鬼门关，可防止的传染病夺去不知多少贫男苦女的生命，美丽的荒山变成死尸狼藉的“乱坟岗”，这就是旧中国东北农村的“血淋淋的现实缩影”（许广平:《追忆萧红》）。小说的现实主义思想力量，不仅仅体现在对于封建主义所造成人吃入的罪恶社会现实的深刻揭露和无情鞭挞上，重要的是表现在对农民自发反抗的赞美上。哪里有压迫，哪里就有反抗，压迫愈甚，反抗愈烈，这是阶级斗争的规律，也是推动历史前进的动力。

作品的后七章虽然比前十章篇幅上少了些，但却是表现小说主题思想、体现时代精神的重心所在。它以洗练的笔墨勾勒出日本帝国主义在“王道”旗帜的掩盖下疯狂枪杀、奸淫、掳掠中国人民的罪恶图，暗讽国民党反动派拱手把东北三省送给日寇。这不止深刻地戳穿了日本帝国主义鼓吹“王道”的险恶用心和用封建的“忠臣”“孝子”“节妇”来毒化农民的卑鄙手段，而且揭露了日寇同中国警察狼狈为奸镇压反日爱国力量的罪行，说明了“中华国”改国号为“满洲国”，日本旗代替了中国旗，好端端的东北沦陷为日本帝国主义的殖民地，中国农民头上除了封建地主阶级的重压又加上帝国主义这座大山。小说这样描写，艺术地展示出中国新民主主义革命由日寇入侵发展到一个新阶段，即民族矛盾上升为主要矛盾，日本帝国主义是中国人民的最凶恶的敌人，“有血气的人不肯当亡国奴”、联合起来反击日寇侵略，是“不愿做奴隶的人们”发出的钢铁誓言，是民族抗战时代的最强音。作者在揭露日寇的法西斯罪行的同时，真实地抒写了以李青山为首的贫苦农民的民族意识的觉醒，赞美了他们誓死与日寇血战到底的反帝爱国的英雄气概。特别“宣誓”的“盛大的典礼”，写得非常感人：“桌前点着两只红蜡烛”，年轻的小伙子“袒露着胸臂，强壮而且凶横”，“李青山的大个子直立在桌前”领着大家宣誓，寡妇们表示“去救国”即使“千刀万剐也愿意”，老头们表示“我不会眼见你们把日本旗撕碎，等我埋在坟里也要把中国旗子插在坟顶，我是中国人，我要中国旗子，我不当亡国奴，生是中国人，死是中国鬼”。这充分写出中国人民在国难当头之际所表现出的强烈的爱国主义思想和勇于献身的精神。这次的“宣誓”大会虽然同“镰刀会”一样，都是农民的自发反抗方式，但它却标志着农民的觉醒已大大向前发展了，反抗的决心更大了，复仇的怒火更强了，由反抗阶级压迫发展到反抗民族侵略。尽管他们对当时中国共产党领导的东北“人民革命军”缺乏全面的正确认识，但是他们从被日寇“打散”的失败教训中，终于认识到“革命军”“有纪律”，“不胡乱干事”，因此决定

“再组织起来去当革命军”，最后李青山连同二里半奔赴“人民革命军”，这预示着农民由自发反抗向着自觉地投身于党领导的民族革命战争的方向转化。

二

《生死场》的主题思想和时代精神，主要透过作者塑造的人物形象体现出来的，尤其是表现在那些正面形象身上。作者坚持现实主义原则，情愿让自己的笔跟着生活的真实走，以粗线条的白描手法在二、三十年代的阶级斗争和民族斗争的特定历史背景上进行勾勒，塑造出富有时代感和浓郁生活气息的正面人物。这是小说的重要特色之二。

萧红善于从偏僻的东北农村的平凡而又平凡的现实生活中，透过“静穆”的表面开掘深潜的暗流，匠心独运地创造一个洋溢着时代生活气息的艺术天地！而在这个天地里作者以白描的写实手法对一些极普通、极平凡的正面人物进行刻画，尽力从他们的悲苦命运中挖出内在的灵魂美和性格美，展现出新的思想因素，并在他们的思想深处潜滋暗长起来。这样便使作品所反映的貌似平凡的生活和活生生的普通人物，蕴含着遒劲扎实的思想力量和时代精神。特别女性形象，刻画得尤为感人，更富特色，这可能同作者的生活感受、命运经历、女性气质等直接相关。

作者在描绘的富有东北地方色彩的悲喜剧环境里，用力塑造了老王婆的艺术形象。老王婆如同鲁迅笔下的祥林嫂一样，在封建宗法制度和思想结织的罗网里拼命挣扎，顽强地生活在半封建半殖民地的“生死场”中，所以她从作品里一出现，便怀着无限的“愤恨和潜怒”，向人们“述说她无穷的命运”。小说不仅以简洁的沉郁的笔调抒写了她的悲苦命运及其造成的社会根源，而且以明快的赞美笔触揭示出她为摆脱悲剧命运而显示出的性格美和思想美。她十分勤劳，迫切希望用自己的劳动双手创造幸福生活，这反映出农村劳动妇女的共同的美好品质和理想。作者是通过王婆在“麦场”上活动的描写来显示她勤劳的身影。她也非常善良，具有深厚的阶级同情感。“打渔村最美丽的女人”月英的家庭“最贫穷”，她患着瘫病常年卧床不起，深受封建男权思想毒害的丈夫也不管她，下身“脏污死啦”，臀部生了蛆虫。对于这样一位失去夫爱将要辞世的可怜瘫女，王婆怀着火热的盛情对待她，不仅为她洗下身的脏臭，而且弄了盆火给她暖着。这些细节写得非常动人，充分展示出王婆的善良心灵和温厚性格。就是这样一位勤劳、善良的普通劳动妇女，却遭到吃人旧社会的百般摧残；但她并没有变成安分守己的奴隶，而是顶着阶级的压迫、民族的危亡坚韧地挣扎着，顽强地生活着。作者正是把她置于阶级斗争、民族斗争的浪涛里，按照她性格的发展逻辑，真实地刻画出她的自发的阶级意识和民族意识的初步觉醒所经过的艰苦历程。王婆可以说是“生死场”中受苦最深、反抗性最强，觉醒最早的一个女性，她体现着作者的美学理想。是地主阶级的地租剥削，逼迫她牵着“老马走进屠场”，“被血痕所恐怖的老太婆好像自己踏在刑场上”，“幻想着屠刀要像穿过自己的背脊”，但是马所换取的“铜板”却被凶狠的地主从“手里夺去”，而王婆“好像是送葬归来一般”的痛苦着。这是惨无人道的阶级剥削，“屠宰场”如同人生的“生死场”，屠场里的屠夫杀死王婆一家的老马，“生死场”的地主宰割贫苦农民的灵肉。残酷的阶级压迫，触发了王婆的阶级觉醒，她坚决支持丈夫赵三参加“镰刀会”，并为他们的抗租活动“弄支枪来”，亲自教赵三“怎样装火药，怎样上炮子”；当赵三对地主刘二爷讲“良心”时，王婆“同他激烈地吵打”，痛斥他“初看起来还像一块铁，后来越看越是一堆泥”了。这些朴实的描写，是从阶级斗争的历史背景上，揭示了王婆的刚毅的斗争性格和满腔的复仇怒火。随着“镰刀会”的失败，阶级压迫越发残酷，地主照样“加租”，王婆家“仅有的牛上市去卖”，唯一的生产资料也失掉，不幸“王婆服毒了”。王婆走上自杀的道路，这一方面说明自发的反抗受到挫败后经不住更大的狂风恶浪的冲击，往往看不清斗争的方向而陷于绝境；一方面说明黑暗的反动政权给她以致命打击，她当“胡子”的儿子被“官项提去枪毙”了。尽管这里交代得不十分清楚，但可以想象出她儿子当“胡子”是罪恶社会逼的，况且“抢”点东西决不犯死罪。这正是旧官府同地主阶级相互勾结镇压贫苦农民自发反抗的表现。“镰刀会”的失败和当“胡子”的儿子的被杀，对于一个刚刚觉醒的农村妇女来说是承受不了的压力，所以她的自杀是有深刻的阶级根源和思想根源，是她性格发展的必然。但“王婆终于没有死”，她从“坟场”的“棺材”里经过痛苦的挣扎，顽强地活下来。这场大难不死，使她的性格有所变化，“她又酗酒起来”，“她更爱烦怒”。这正是她强压在胸中的复仇怒火找不到喷射目标的反映。所以当她见到“烈性”的女儿“要为哥哥报仇”时，她立即恢复常态，每夜在“林中教训女儿”，“谁杀死哥哥，你要杀死谁”。可见她的坚韧的斗争性格并未因为严重挫折而软化，仍然沿着自发反抗的道路在曲折的发展。历史进入了更黑暗的年代，日本帝国主义的“黑色舌头”伸进了东北，“宣传‘王道’的旗子”飘扬在“寂静”的农村。作者顺势入理地又从民族矛盾中揭示出王婆的性格冲突，真实地刻画了她充满阶级仇的心灵上又增添了“伤心”的民族恨，愈加激起她的反抗怒火，表明她的民族意识也在觉醒。王婆的形象，虽然不是一个完美的先进艺术典型，但作者却开掘出这位普通的农村劳动妇女必然朝着民族解放道路上迅跑的新的思想动向，反映出时代精神对她的烛照。

金枝也是作者笔下的一个感人的艺术形象。她在作品里的出现，是在富有诗情画意的“菜圃”中，此情此景的生动描写正同她对爱情的热烈追求和美好的向往交融在一起，仿佛这儿是半封建半殖民地这个黑暗王国里的一块自由天地，专供他们享受爱情的欢娱，其实这正是金枝不幸运命的不吉之兆。她“听着口哨响”猛然地跑到河湾同那个“发育完强的青年的汉子”去约会，这固然表现出她敢于冲破封建礼俗追求爱情自由的大胆勇敢精神，但她并没有理智地认识到成业不是一个理想的爱人，这又表现出她的幼稚单纯。由于经济上贫困和封建男权思想作祟，她同成业的结婚就是爱情喜剧的结束，人生悲剧的开始。婚后她从成业身上根本得不到爱情的幸福，感到他是“严凉的人类”，而她只成了家庭的苦力和泄欲的工具；特别残忍的是“小金枝来到人间才够一个月，就被爹爹摔死了”。这一震动灵魂的描写，不仅揭示出金枝的悲苦命运，而且挖掘出造成这种惨剧的社会根源：一是封建地主阶级的盘剥造成农民极端贫困化，迫使父爱发生异化，不是卖儿就是杀子，以解饥荒；一是把女人不当人待的封建恶习毒化了男子的思想，完全把妻子当成玩弄使用的工具，这是一种可怕的封建习惯势力。祸不单行，十年后金枝成了寡妇，她为了生计扮成“丑相”去日寇占领的哈尔滨谋生。作者不仅真切地勾画出她在日寇的淫威下胆战心惊的情态，而且怀着深深同情抒写出她在“缝穷”中所遭到的精神摧残和人身污辱。小说在农村和城市两幅“生死场”的画面上，刻画了金枝这个被侮辱被损害的女性，她虽然缺乏王婆身上的坚韧精神和民族意识的觉醒，但作者仍从这个平凡的年轻女性身上挖掘出性格的美：无论在多么艰难困苦的情况下，她要生活下去，表现了一定的“生的坚强”；即使她受尽了污辱，也没忘记家里卧床的病母，表现出善良的人性；尽管她的心灵刻下深深的创伤，然而并未麻木，在日寇的蹂躏下她“恨小日本子”，说明她的民族意识也有了微弱的萌发，在她“做尼姑”碰壁后若能加以正确引导，也许她会跟上时代的步伐。这些妇女形象尽管达不到典型环境中的典型性格的高度，但却是那个特定历史时代的特定社会环境中的活生生的人，因此具有一定的典型意义。

作者不但善于以简洁的写实笔触刻画女性形象，而且对男性形象的描绘也表现出一个女作家的特有才华。赵三是个复杂的人物，他的性格中既有反抗性又有软弱性，作者予以严峻的刻画，不拔高，不粉饰，尽力写出他思想发展的真实轨迹，虽然有些地方显得粗糙些。在地主阶级任意“加地租”的压榨下，赵三敢于参加“镰刀会”，并喊出“打死他吧！那个恶祸”的造反口号，表现出他强烈的自发反抗精神；但是从“监狱”出来，他“忏悔”了，受了地主的骗，妥协了，讲起所谓“良心”来；作者对他的弱点不姑息，不只进行无情鞭挞，恨铁不成钢，而且揭示他性格逆转的原因：一是被反动政权的“监狱”吓破了胆，二是中了地主的奸计，把仇人当成“恩人”，三是缺乏阶级自觉，只凭良心办事。这种一针见血地真实描写，既揭露了地主阶级同封建官吏狼狈为奸欺诈贫苦农民，又说明了农民的自发反抗没有正确的思想引导必定要失败。萧红笔下的不论是女性还是男性的正面形象，都具深沉而又明丽，洗练而又扎实的特色，总是遵照生活的必然规律和人类历史发展的趋向，或明或暗或直或曲地展示出人物的性格和命运。

三

主题思想的表达或者人物形象的塑造，总是同作者的艺术构思联系在一起。按照现实主义的创作方法，从生活的本来样子出发，不沿袭、不模仿，进行独创的艺术构思，使艺术形式如同新的内容一样也表现出新貌。这是《生死场》的重要特色之三。

小说没有固定不变的结构格局，一部具有独创性的作品总是有新颖的结构形态，显现出作者独有的驾驭结构艺术的能力。《生死场》的章节结构似乎松散一些，缺乏一个贯穿全书的中心事件；但这在一定程度上也体现出作者思路活脱，自由挥洒，不是为图解某些政治概念，让生活跟着自己走，而是忠实地遵循生活的逻辑去结构，把自己感受得较深的生活片断，组成一幅幅风景画、风俗画和人物画，作为结构的主要单位，且以“外在”的和“内在”的两条线索将其很自然地串联起来，形成一个能体现完整思想的艺术画面。这种结构，明显地缺乏按照矛盾情节的开端、发展、高潮、结局的轨迹来布局的结构的那种紧凑感和严密性（并非说《生死场》没有情节冲突）；它倒有些类似于散文的“形散而神不散”的结构特点。所谓“形”即是作品的一幅幅形象画面，所谓“神”，即流贯全篇的主题思想。小说开篇是一幅有声有色的打“麦场”的图景，洋溢着清新的农村生活气息；第二幅，是青年男女争取爱情自由的风俗图；第三幅是贫苦农民卖马抵租的阶级压迫图；第四幅是贫女月英惨死和“镰刀会”挫败图；第五幅是平儿为地主放牧，赵三卖鸡笼的生活图；第六幅是农村妇女生育的蒙难图；第七幅是王婆服毒和金枝孩死的悲惨图；第八幅是王婆训女为哥报仇图；第九幅是传染病致死人命图；第十幅是十年前和十年后农村对比图；第十一幅是历史转折图；第十二幅是日寇铁蹄践踏农村的侵略图；第十三幅是日寇的侵略激起农民组织反抗的救亡图；第十四幅是金枝在哈尔滨受凌辱图；第十五幅是李青山的抗日游击队受到挫折图；第十六幅是金枝在尼姑庵的见闻图；第十七幅是李青山等为抗日投奔“人民革命军”图。这一幅幅形象画面经作者的巧妙的艺术经营，结构成半封建半殖民地生死场的“略图”，从各个侧面真切地表现了北方中国人民的生的坚强和死的挣扎。这些画面跳跃性很大，似乎构不成有机的故事情节，的确有些“形散”，但是仔细研究起来，全篇还是有“外在”和“内在”的线索可寻的。贯穿全文的“外在”线索，从大的方面看，小说是遵照历史时间的推移来组织情节，第十章以前主要是截取生活的横断面构成一幅阶级斗争和自然灾害图，第十章以后着重摄取不同的生活场景组成一幅民族斗争图，主线清晰，联结有序；具体而论，王婆一家的挣扎、反抗、失败、再挣扎、再反抗的生活命运和二里半从拖着一条老羊象征着的小生产者的自私保守尾巴到甩掉“老羊”投奔革命军的漫长觉醒过程，也是贯穿小说始终的明显线索。所谓贯穿全篇的“内在”线索，就是残酷的阶级压迫和民族侵略必然迫使奴隶们走上反抗道路的思想红线和作者爱憎鲜明的感情，此乃小说的“神”。由于外在线索的贯穿，使作品的每幅画面，先后有序，连缀自然，具有明显的外在联系的逻辑性；因为内在思想线索的贯穿，使小说的各个生活场景多而不乱，众星拱月，趋向一致，富有明显的内在联系的逻辑性。这两条线索的交织与统一，就显示出小说的“形散神凝”的结构特点，从而可以看出作者于自由挥洒的笔墨中始终不离生活本来发展的趋向，在思路的纵横神驰中始终扣住主题思想的深化。如果作者能够注意某些章节的过渡，交代和照应，能够在剪裁的详略上更得体，那么小说的艺术结构会更严密、更完整，更有利于主题的表达和人物的塑造。

小说的场景描写颇有特色，有些能把景、情、人、事融为一体，达到了诗的意境。《生死场》的场景描写主要具有两个鲜明的特点：一是在抒情与叙事的结合中，洋溢着真挚、悲壮的美，如“罪恶的五月节”一章，描写王婆服毒送葬乱坟岗的场面，作者的真挚的同情感的抒写与王婆服毒的惨事的叙写完全交融一体，产生一种裂人肺腑的感染力量，李青山领导农民杀羊宣誓抗日救国的场景，以“救国”作为艺术抒情的“泉口”，由李青山带头，逐一宣誓，句句血声声泪，字里行间熔铸了不愿做亡国奴的悲愤和抗日救国的雄心，情真意切，荡胸涤肠，流露出情感、思想的真诚的悲壮美，洋溢着浓郁的诗意。二是在抒情与描绘的结合中，呈现一种绘画美，如“麦场”一章，作者开头便以浓淡相宜的彩笔描绘了麻面婆的土屋周围的景象，融情入景，情景相生，好一派诗情画意的农家风物画，色彩绚烂，境界明丽，给人以绘画之美。

一个在现实主义创作道路上接近成熟或成熟的作家，总是要形成自己的艺术风格，而这种风格往往存在于他的各个具有独创性的作品中，但他的每部具有独创性的作品又都以各自的方式表现了他的风格。从《生死场》的独创性中，初步显示了萧红的艺术风格：深沉而明丽，纤细而雄迈。这初露的风格或深或浅地打着阶级的、时代的、历史的、艺术的、性格气质的烙印。

但《生死场》仍有不足之处：对于小说结构的严谨性注意不够，人物的性格刻画不精细，有些语言不通或别扭等。虽然如此，但这部小说出现在三十年代左翼文坛上，却是百花园中的奇花异葩。它尽管经受了近半个世纪的风风雨雨的严峻考验，却依然在我国现代文学的园地里和世界文学之林中独放异彩。当我们怀着崇敬的心情纪念鲁迅诞辰一百周年之际，不能不想到他当年在萧红身上花费的心血，已为中国现代文学史写下了光辉的一页；重新评述这部小说，也算一种有现实意义的纪念吧！

1981.3

（本文最初发表于1982年《北疆》第1期）

第七章 山魂·水魂·人魂

——论孔孚山水诗的主体意识

纵观中国新诗发展史,发轫期的“五四”诗坛曾涌现出一批山水诗,虽然它们所蕴含的现代意识和审美价值至今仍给读者以新鲜之感和审美愉悦,但总嫌其浮露,诗味浅薄且技艺粗疏。“五四”以后由于社会解放重于一切高于一切,致使新诗园地的山水诗受到冷落,到了极左思潮泛滥时这朵奇葩已面临凋零枯萎的厄运。直至新时期思想解放的春风才吹开了山水诗这朵花蕾,使之重放异彩。孔孚的山水诗,在新时期山水诗坛上闪耀着灿烂夺目的光彩。他继承了中国古代山水诗的优秀传统,认同了“五四”以来新山水诗的一些美点,特别汲取了西方现代新诗美和意象派技法,通过创造性的转换、融合、改制,既形成了自己独特的山水美学观,又创建了超越前人的山水诗篇。

“人化的自然”与“人的对象化”

宇宙间的大海山川,都是未经改造的大自然,即“第一自然”,它吸引了中外古今无数诗人为之吟诗作赋。当代诗人孔孚并没有陶醉于古典山水诗的辉煌,也没有拜倒在外国山水诗人的脚下。他认为“如果不能后来居上,起一些新的摩天大楼,那就是没出息,不肖子孙”(《山水灵音》181 页)。诗人的壮志雄心已付诸艺术实践,他称得上地道的新时代的山水诗人。

孔孚诗集里描绘的山山水水摆脱了第一自然的原始形态,山有山魂,海有海魂,水有水魂,似乎他笔下的万千气象都富有灵性和神魂。这是诗人“按照美的规律”,对“第一自然”进行审美观照,创造的“第二自然”即“对象世界”,是物化的审美意识形态。具体考察,孔孚笔下所创造的山水诗包孕三个层面:一是诗人遵循大海山川的自然属性,按照美的规律来探索山山水水的灵魂并揭示其神秘的性格;二是诗人将自己的思想性格、情感灵魂贯注于自然对象,依托自然对象表现主体意识；三是诗人以主动姿态直接去拥抱自然界，“我”既不是隐身于大自然的背后，也不是消极等待，而是公开地积极地参与大自然，使自我与自然融为一体。不论哪个艺术创造层面，都是主客观的统一体，是主体审美意识和审美情趣的“对象化”，也就是“人化的自然”。孔孚的山水诗以高超的技艺比较成功地完成了“人化的自然”和“人的对象化”的转换，可以说已达浑然一体的艺术境界。水魂、山魂、海魂都取决于人魂，因此当我们阅读山水诗掩卷沉思的时候，仿佛一幅幅绚丽多彩的画面幻化为一颗颗神秘莫测的灵魂。如果把一颗颗灵魂汇集起来，便铸成了一位当代知识分子的整体灵魂，这正是诗人的独特灵魂。

不过，孔孚山水诗所蕴含的主体灵魂并非赤裸于山貌水面之上，而是隐藏至深，几乎每首诗都具有象征寓意。但诗人不是采用一般意义上的象征手法，而是现代象征艺术。正是借助于象征，诗人出色地筑起了“人化的自然”与“人的对象化”相贯通的桥梁。所谓现代意义的象征艺术，是指艺术形象与主体意识的高度契合，从宇宙万物中寻觅主体诗情与梦想的准确“对应物”。这种“对应物”所揭示的境界是通向创作主体的深层精神世界，因而其象征意蕴是含蓄、多义和多层次的。孔孚不仅深晓现代象征艺术，而且在山水诗中成功地创造了这种象征体的艺术境界。他认为李商隐《无题》就是一首“象在此”而“意在彼”的“不着一字，尽得风流”的纯象征诗，而这种象征诗具有“整体性”的特点，这正道出了现代象征艺术的主要品格。遵循象征艺术规律，孔孚创造出一首首富有象征意蕴的山水诗，通过山魂、海魂、水魂深刻而含蓄地表现了诗人的主体意识，从而勾画出当代知识分子的躁动不安、奋发向上的灵魂。

孔孚的山水诗并非孕育在艺术的象牙之塔，而是诞生于社会主义新时期，所以具有浓郁的时代气息。新时期是一个人的启蒙、人的觉醒、人性复归的社会主义道主义精神弘扬的美好时代，一切文学创作几乎都环绕着感性血肉的个体从作为理性异化的神的践踏下争取解放的母题旋转，“人啊，人”的呼喊差不多振荡着每个知识分子的心弦；尤其是改革开放的大潮又把思想解放运动推上一个新阶段，尊重自我、实现自我价值既是广大青年知识分子的心声也是觉醒了的中老年知识分子的心愿。虽然在文化意识形态领域不断地有所批判有所责难，但并没有阻挡住知识者外宇宙与内在的世界的自由空间不断拓展。在大时代文化氛围的感召下，具有独立人格的诗人孔孚重新燃起正义之火，放出人道之光。由于他的自由意识以及对自由的追求比一般人都强烈，他对新时代的感受和对过去岁月的反思比一般人都深切，于是他狂热地去拥抱大自然，以此抒写胸中澎湃激越的诗情诗意。因为在诗人眼里，唯有大海山川作为“对应物”构成的象征体，才能表现他那开放的自由心态、复杂的人生体验和躁动的思想灵魂。可见，孔孚的山水诗是一种新质的山水诗，从诗魂上与古典山水诗相区别，不论他所表现的什么灵魂——或忧伤或悲愤或孤独或兴奋或乐观，都是以现代意识作为思想根基。

忧伤之魂与孤独之魂

有人说朦胧诗是新时期的第一只春燕，首先喊出了人们胸中积压已久的酸甜苦辣，表现出一颗颗感伤忧郁的灵魂。其实孔孚的山水诗也是较早地表现了忧伤之魂与孤独之魂，不过它不是喊出来的，而是蕴含于象征体中，显得更深沉更凝重一些。

“你只有一点不好，
——苦！”
“这不正是我么？”
海皱起额头。

（《和海闲话》）

即便大声哗笑，
也看得出有点寂寞。
海啊，
究竟为什么？

（《海啊》）

诗人并没有渲染大海是一种巨大的异己力量，也没有歌颂大海是一代代人的养育者，更没有作突兀警拔的动态描写，而是把自己强烈的主观情绪熔铸在大海身上，仿佛大海与自己具有同样的命运同样的体验同样的灵魂，并作了相亲相近的静态描写，着重于它的内在个性的开掘和哲理性的探索。“苦”是大海的本质特点也是它的魂，正是在这一点上与诗人忧伤痛苦的灵魂相应，他心中的苦水如海洋那样深，诗人的灵魂长期被禁锢，苦水是倒不出来的，虽然新时期他的灵魂得到解放，精神获得自由，但那伤痕斑斑的苦魂是很难愈合的，越是心灵受到自由之风抚慰的时候越是按捺不住忧伤灵魂的颤动，这就必然激动诗人对历史、对与自己同命运的当代知识者人生道路的反思。所以即使有时候人能如大海一样“大声哗笑”，陶醉于幸福快乐的氛围之中，其内心深处却总“有点寂寞”，即有一颗与忧伤之魂紧紧相连的孤独之心。这正是被压抑或扭曲的个性已经觉醒和得到解放的表现，也是对苦难的过去铭记在心的外在流露。诗人喜欢选取大海作为自我灵魂的对应物来构成象征体，这既表明诗人的性格如同大海一样宽阔豪放又说明他的忧伤感、孤独感之强烈之深邃也同大海一样。

孔孚和自己同代的知识分子一起欢欣鼓舞地迎来了年轻的共和国。自我独立人格在五十年代之初得到社会的尊重，自身的价值在所从事的工作和诗歌创作中得到一定的显示。然而当代知识分子并非置身于宽松和谐的民主环境，所面临的是一个准大一统的社会格局。随着个人权利的集中强化和极左思潮的泛滥，使政治上和思想上的大一统愈加强固。孔孚同代的知识分子既在一定的范围内享有精神和心灵的自由解放，又要承受着大一统政治结构和思想形态的压抑。这就使知识分子的人格选择面临着双重价值目标的冲突：一是灵魂的价值，它将人格尊严、精神独立判定为至高的选择目标；一是肉体的价值，它认定只有个体的生存以及与之相联的所从事业才是居于首位的选择目标。这双重价值目标的选择本应在自由民主的社会条件下得到辩证的统一，但由于政治与思想领域的不断的“风云突变”，使两者的选择相悖离，当代知识者便陷于灵肉交战的心理困境。由于灵与肉之双重价值标准在人生的天平上是等价的，所以在五十年代后期的人生十字路口，有些知识分子极力在灵与肉冲突的张力中求得平衡，即在维系个体或事业生存的前提下坚持人格独立；有些知识分子在极左思潮的淫威下逐步交出那颗惹是生非的灵魂，遵循着“驯服工具”的哲学，使自我丰富复杂的内心转向自我束缚自我控制；也有些知识分子并不顾惜个体生命价值，而是去追求灵魂的永恒性，为真理而奋斗，顶着极左思潮的淫威，做一个正气浩然的具有独立人格的有识之士。我认为孔孚基本属于后一种类型的知识分子。他不仅思想灵魂受到一次次重创，而且肉体也受到一次次凌辱。从“反胡风”中经“反右”到“文革”，他们精神上和肉体上所遇到的非人待遇必然铸就其超常的忧伤灵魂和孤独心理，虽然他们为消除忧伤感和孤独感建立起一定的心理防卫机制，但那颗被灼伤的正直之心人道之魂是难以平衡的。虽然新时期孔孚及同代的知识分子得到政治上的平反和精神的松绑，但极左思潮与封建意识相胶合，如同幽灵一样不时地冒出来干扰思想解放和人性复归。因此说，诗人在山水诗中所表现的忧伤之魂和孤独之魂既有历史的伤痕又有现实的体验。“用雷的语言，大海邀我起舞。我习惯于孤独，禁不住泪眼模糊……”（《海情》之二）这首诗借大海直抒胸臆，虽含蓄不足。但感情激越，充分表达了诗人由忧伤而引起的孤独感之深重，任凭大海用雷一般的语言来邀请，也激发不起他手舞足蹈的欢乐心情。然而诗人对这颗习惯了的“孤独”灵魂并不满意，也想摆脱忧伤孤独情绪，和大海结伴尽情地狂舞，以使自我灵魂获得彻底解放。“禁不住泪眼模糊”，正表现了他这种欲挣脱孤独以获自由之魂而不得的矛盾心情。

诗人不仅善于通过大海来折射人魂，也长于借助大自然其他景物寄寓自我意识，抒发“小我”和“大我”的忧伤之感和孤独之情，并通过为客观某种物象的平反昭雪以展示自我深层意识的人道之魂和忧愤之魂。“将军礁”的身上“压一肩痛苦”，诗人安慰它“和海说说话，也许好些”（《将军礁》），这既表露了诗人的人道主义深情，也暗示出自身的痛苦灵魂常常依靠大海的柔情来抚慰。“飞凤岩”虽展开翅膀却老是在那里不动，“它想些什么呢？也许是只受伤的凤？”（《飞凤岩》）这块岩石有颗受伤的灵魂，徒有张开的翅膀却不能腾空翱翔，失去了争取自由的力量，失去了实现抱负和追求的技能。诗人对它的深切同情正是“飞凤岩”的形体引发其忧伤灵魂的共鸣。试想，处在新环境的诗人多么想展开翅膀，无奈灵肉的创伤太重。美女峰脚下的贝壳晶莹透明，玲珑可爱，大海却把它丢下，“看来一眼都没有看，让它冷受荒寒。我也有老祖宗样的经历，海！”（《贝壳》）这简直是对海发出的强烈控诉。贝壳的命运如同诗人一样，任你质洁灵美总逃不脱无情“大海”的摧残，遭受到不堪忍受的冷落。一个有才华的诗人怎能不为无辜“冷受荒寒”数十年的经历感到惋惜和忧愤；在诗人笔下，太阳艰难地冲出云围也有颗受伤的灵魂（《泰山日出》），某罗汉是个“寂寞的灵魂”（《某罗汉》），另一某罗汉有一对“忧郁的眼睛”（《某罗汉》），“苦罗汉”彻里彻外充满了“苦”（《苦罗汉》），连泉城山色也从“亮里现出一丝忧郁”（《泉城山色》）；大自然的景物决非都是如此感伤、忧郁、痛苦、寂寞，这是诗人悲剧审美意识使然，也是自我忧伤孤独灵魂的附显。尤其值得体味的是《过藏龙涧》、《钓鱼台小立》两首诗。前者为传说中大禹屠龙的冤魂一辩，后者也为大禹无辜杀龙的错案鸣冤。有意思的是这两个冤案都是出自一人之手，而这个大禹又是世人千古崇拜的大贤大德的明君，他竟接二连三搞冤案，这算什么圣人又算什么明君！试想有多少才华横溢、个性独特的知识分子在现代迷信的神威下做了屈鬼冤魂？如果没有深刻的人世感受和生命体验，不可能写出《过藏龙涧》这样的动天地泣鬼神的感人至深的诗篇；如果缺乏社会主义人道主义意识作桥梁，诗人也不可能把现实的感受和生活体验借助大自然的对应物转化为一首首洋溢着忧郁悲壮审美格调的动人诗篇；如果诗人缺少忧伤孤独的主体意识和现代悲剧意识，也不可能谱写出这么多深沉、凝重、含蓄的当代山水诗。

倔强之魂与奋进之魂

诗人与其同命运知识分子的灵与肉虽然备受折磨和摧残，但他们并没有向逆境屈服，没有由过分忧伤而消极颓废。就是获得彻底平反和真正解放之后，尽管其主体意识不时流露出忧伤孤独之感，但那倔强之魂与奋进之魂却在诗篇里强烈地闪烁摇动，丝毫也没有流露出悲观厌世的情绪和与时代的离心倾向，即使游山赏水也没有抒发闲情逸致，山山水水总是与其内心的忧国忧民之深情相通。这正是中国知识分子最可宝贵的性格。虽然当代有些知识分子的聪明才智不是全部用在征服自然和改造社会上，而是被迫消耗在征服自我、压抑自我乃至扼杀自我上，但是这一源自外部挫折的灵魂自食现象本是这些知识分子自身导演的内部挫折，而孔孚却不属于这类知识者。他在外部挫折或内部挫折中始终保持自己的独立人格和孤独而又倔强的灵魂，到了自由开放的顺境，其倔强甚至孤傲的性格越发放射出光彩。他在《泪柏下小立》一诗吟道：

其一：什么原因，
使你流这么多泪？
连血都渗出来了，
凝成琥珀？

其二：我也是这样的，
一个泪人！
就让我陪你一起流，
到地老天荒……

这株泪柏以顽强的生命力矗立在黄陵轩辕庙内，作为炎黄子孙的诗人自有中华民族倔强坚韧的性格，他面对阅尽人间沧桑、受尽内外部折磨的泪柏不禁发生情感上的交流，两颗忧伤倔强的灵魂找到了契合点，尽管心血洒尽眼泪流干，但还是忍辱负重地活下去。“就让我陪你活下去，到地老天荒”，充分展示出诗人那颗泡在血泪里的倔强不屈的灵魂。“一只雄鸡，/大喊天门。/没有谁理会，/它成了石头。/有人见它嘴滴着血/当雷火染红羽毛时。”(《金鸡叫天门》)这首诗的象征意蕴更加深刻丰富，耐人寻味。请看，黄山天门坎金鸡之石像一进入诗人的艺术视野，经过主体审美意识的处理，竟变成有性灵的雄鸡，仿佛它也要以傲然独立的性格力量划破夜空迎接黎明的呐喊，冲破禁锢它的“天门”，去争取自由解放并唤醒昏睡的人们。然而它的呼喊并没有得到“上帝天神”的理会，反而把它的赤子之心当成恶意。虽然它变成一块坚硬的石头，但是它的心并没有死，仍充满了生命的活力，当雷火燃烧它的羽毛时即使滴着血也没有屈服或畏惧，这就活灵活现地托出一颗倔强孤独的灵魂；同时也可以看出这只鸡对“上帝”是何等的坚贞和痴情，就是嘴滴着血也决不动摇改变自己的忠诚和志向。使人痛心者在此，其悲剧亦在此。

新时期文学在忧伤、孤独的音调之后进入一个探索的世界，即探索寻找自己的前景、理想、力量和生命；社会也为知识分子独立性格的发展和聪颖才华的显示提供了更多的民主和自由的环境。因此在探索的思想历程中自身固有的忧伤、孤独、倔强之魂往往转化为奋进之魂，使个体灵与肉的双重价值目标常常和谐地统一在时代发展的总趋势里。诗人在《仙人桥》一诗中唱道：“仙能过得，/人岂可觳觫？/我要走过去，/不学那条蛇。/云，/不用扶……”/由于探索现实人生理想的道路荆棘多于鲜花、险境多于顺境，因而也不知要过多少“仙人桥”，历经多少磨难！不过既然“仙人”能过去，那么作为宇宙精华的人特别是重新获得精神解放具有坚韧倔强性格的当代知识者，岂能知难而退、临险畏缩呢？“我要走过去，不学那条蛇。云，不用扶”，这是何等豪迈的气魄又是何等的勇于冒险精神！读着这首诗，仿佛听到时代巨人和诗人孔孚胸中的倔强之魂与奋进之魂在腾跃翻滚！再看，《天街一瞥》一只雄鸡站在屋脊上“向着东方喊”的意象，《天边遐想》听见天河鱼跳挽挽腿“去摸一条”的意象，《天烛峰》“象是照路的样子，东岳神擎一支火炬”的意象，《谒诸罗汉》那“反叛的一群”的意象，《苦罗汉》那不甘寂寞要“偷偷拨开山门”去获取新生命的意象，《千佛山巅我拣到一个贝壳》的“我骑在鲸背上，游向荒古天水”的意象，等等，无不闪动着灵魂之光，不过这里已看不到孤独和忧伤，看到的则是在呼唤光明、求索理想的征途上所表现出的刚毅倔强、奋进向上、不达目的决不罢休的男子汉气魄和新时代的精神风采，充满着一种浩然之气和阳刚之美。

诗人及同代知识分子这颗倔强之魂和奋进之魂根于对祖国对民族的赤诚之爱。越是具有个性意识、尊重自我、坚持独立人格的人，越是能站在现代理性的高度热爱生他、养他、育他的祖国和民族，哪怕灵与肉被蹂躏得遍是血印伤痕也不会动摇其对祖国对民族之爱，并且心甘情愿地在振兴中华民族的宏伟事业中使自我价值得到实现。孔孚对祖国对民族的挚爱，不仅渗透在对山山水水等大自然景物的深情赞美中，而且也表现在对民族性格、悠久历史、文化遗产的审美观照中，其兴奋点和关注点是弘扬民族的本质精神：

多少信念跨过去，
多少脚步跨过去。
抓住铁缆的，
是一个孩子。

十八盘上，
我看见我们这个民族。

（《升仙坊上眺十八盘》）

这是首足以体现我们民族本质精神的诗篇，它是对“民族魂”的热烈赞美，而诗人的倔强之魂和奋进之魂是与其同源的。实现四个现代化的宏伟目标如同攀登泰山十八盘，尽管道路艰险，但十亿人民越是艰险越向前，两个“跨过去”充分烘托出这种豪迈的气魄；没有一个落伍掉队的，只有一个孩子抓住铁缆，这不仅暗示出我们向四化进军的浩浩荡荡的队伍是个具有高度凝聚力的优化群体，也表明我们的伟大事业后继有人。

中华民族不只是丑陋，她既有光辉灿烂的今天和明天，也有光荣的过去，总是躺在老祖宗怀里醉生梦死固然是没有出息的子孙，但一味地把老祖宗涂得一团漆黑也是不肖子孙。诗人孔孚具有正确的历史观，当他对历史遗产进行审美观照时既发现了历史灵魂又发现了民族精神，并把它们付诸笔端谱就诗篇。如《天胜寨遗址一瞥》抒写历史上赤眉军起义的军容、军旗和营火，托出一颗永不消失的起义军的军魂；《轩辕柏》赞美中华民族悠久的文化历史，诗人从轩辕柏发现了民族文化的胚芽，并希望用云锦笺谱写五千年的文化史，“让海外游子都能看见”，这不只表现了诗人炽烈的爱国之心也表现出他渴望祖国统一之愿。名胜古迹是民族优秀文化遗产的重要组成部分，诗人以饱满的激情赋予名胜古迹以性灵，既展示出它们的历史丰姿又使它们洋溢着时代气息，极力发掘这些名胜古迹的历史价值和审美价值。如给“佛爷礁”开“美学”（《佛爷礁》），把“苦罗汉”拯救到“我们这个世界来”（《苦罗汉》），赞武则天“我就是我，大宇宙的情妇"(《乾陵》),等等。诗人以现代意识重新审视文化遗产,创造出了别具艺术匠心、蓄满现代审美情趣的诗篇。

写到这里,我们可以透过诗人主体意识在山水诗象征体中的显示,或隐或显地看到当代知识分子忧伤、孤独、倔强、奋进的灵魂。这颗灵魂总是同对祖国的赤诚对民族的挚爱有机地联系在一起,这是诗人及其同代知识者独立人格力量之根又是他们时代感之源。

孔孚说自己是个"为艺术"的诗人,但钻进山水艺术的宝塔,他的心里时刻同祖国、同时代连在一起,是一个具有强烈使命意识和忧国忧民情感的诗人。只是诗人并没有把山水诗视为某种思想感情的传声筒,而是极为严格地遵循"美的规律"和象征艺术创造山水诗,以寄寓深沉而强烈的主体意识,所以他的山水诗首先是艺术,即诗化的山水,山水的诗化。当然,这并非说孔孚的每首山水诗都是完美无缺的,如个别诗篇尚缺乏象征意蕴,有含蓄不足、精雕不够之感,但这影响不了他的山水诗所取得的重大成就和审美价值及其在中国新诗坛上的独特地位。

(评《山水灵音》,1988.5)

第八章　传统山水意识与孔孚新山水诗

——评《山水灵音》和《山水清音》

虽然不能说在中国七十多年的新诗坛上尚未出现过山水诗，但像孔孚创作的这样地道的山水诗精品实属罕见。如果说我国悠久的山水诗传统在现代诗歌创建过程中没有得到有意识的继承。似乎出现了“断代层”，那么孔孚山水诗的意义就在于填补了二十世纪中国新诗演进所留下的历史缺陷；不仅仅如此，并在弘扬民族山水诗传统的基础上开拓了当代山水诗发展的光辉前景。这里只想从传统山水意识的角度，试探一下孔孚山水诗的继承与超越。

一

在中国古代文学史上，山水自然具有独立的审美主题意义，这是与中华民族的丰富多彩的山水意识息息相关的。追溯山水意识的源头，值得注意的是散见于各种典籍中的远古神话，它生动形象地透露出中国人处于童年时期的山水意识特点：即在对山水自然的神秘观念中有一种自我解脱、自我解放的优良品性。可以说这种泛神论意义上的颇具人性的多元活跃的神秘论，它与西方远古人的凝固封闭的专具神性的神秘论有着本质区别。这是中国没有西方那样长达两千年之久的自然神秘系统的原因所在，也是中国. 人较早摆脱自然神的阴影以求认识山水审美价值的原因所在。特别到了有文字记载的时代，不仅将山水意识书面化，并表现其审美观念。有的研究者认为《易经》的八卦就是古人山水意识的结晶，八卦构图的最显著特点即十分讲究对偶匀称、错落有致，这正是中华民族山水审美意识的重要特色。一切的所谓阳刚美、阴柔美、动态美、静态美、敦重美、轻流美、特立美、奇陷美、鲜明美、模糊美、清新美、含蓄美等，在祖先眼里皆寓于对偶匀称、错落有致美之中，它是影响着中国人数千年之久的山水审美意识。

倘若说远古时期中国人的山水意识基本上还处在神秘论时代，那么春秋战国开始祖先的山水意识便进入价值论时代，突出地表现于儒家和道家的山水观。儒家经典《论语》，经常赋予山水以人的德性，将山水与德性联系起来，与言志联系起来，特别与仁智联系起来，所谓“知者乐水，仁者乐山”，实质上使山水人格化、气质化。在孔子看来，山水不再是主宰人类命运的神秘的异己力量，而是与人类处于同等地位的可理解的知己力量，凡山水自然具有的美德皆为人有的美德；可以说孔子从理论与实践的结合上开创了我国人本主义的儒家山水观，开拓了人与山水自然融合寄寓的审美境界。与儒家重道德价值的山水观相左的是道家的重个人情感价值的山水观。虽然儒道两家的山水观在肯定人性的存在、肯定人的尊严有其一致性，但是儒家却要求每个人应从最高道德标准来约束自己，来完善自我；而道家则主张每个人应顺其自然，排斥人为的束缚，来实现人性的逍遥。老子的《道德经》是道家山水观的开创之作，它将山水与“道”联系起来，与“无为”联系起来，与“无私”、“不欲”、“小国寡民”的社会理想联系起来，特别是把山水与人的追求自然逍遥联系起来，凡是人所希冀的自然之美都赋予山水，使山水人格化和个性化。这表明人的山水意识不只是从神的羁绊中解放出来，更重要的是以人为主体，将人的感情渗透到山水，将人的审美追求寄寓于山水，使人进入同山水相亲和的境界。道家这种重个性重情感的山水观直接促进魏晋南北朝山水诗的兴盛及其山水自然独立审美主题的确立。不论是曹孟德的“日月之行，若出其中；星汉灿烂，若出其里”(《步出夏门行》)的抒怀吟咏，不论是陶渊明的“采菊东篱下，悠然见南山。山气日夕佳，飞鸟相与还”(《饮酒》)的返朴归真的歌唱，还是谢玄晖的“余霞散成绮，澄江静如练。喧鸟覆春洲，杂英满芳甸”(《晚登三山还望京邑》)的清超高远境界的描写，都表明重情感的山水观不同于重道德的山水观，它尊重自我，表现自我，重视人的情感价值；同时还表明在审美中具有独立主题意义的山水自然，实际上是人的主体个性意识的感性显现，是人的精神力量的外化，是人内在心灵世界的直观性表述。总之，无论是重道德的山水观或者是重情感的山水观，都将人性美和山水美有机结合起来，充分肯定人的道德价值或情感价值，这无疑是古人山水意识的重大进步，并大大促进了我国山水诗的发展。

唐宋是我国封建社会的极盛时代，也是古人山水意识进入成熟的本体论时代。所谓本体论，即人的本体与山水本体的合而为一，审美主体和审美客体的合二为一，达到物我相亲，物我同化，物我合一的审美体验的理想境界。柳宗元将这种境界概括为“心凝形释，与万物冥合”。可见这种山水观念与价值论山水观有所不同，它所强调的人与山水自然的关系已不存在主次之别，而是对应相亲的关系，创作主体与山水自然完全融为一体，不再致力于将自然山水作为道德的象征，也不再注重于借自然山水以抒发情感，而是着重于情趣的陶冶，领受山容水态与人相亲相近的乐趣。如果说在价值论体系中人的自我意识的强化，自然山水的各种排列，都是按照主体的心理逻辑组合而成；那么在物我相亲的本体论山水意识中，自我主体意识被逐渐淡化、模糊，进入心理的最深的潜意识层次，真正达到了主观心理与客观美景高度融合的最理想的审美境界。柳宗元、王维、苏轼、杨万里等不少著名诗人的山水诗，都比较完整地体现出本体论的山水审美观念，拓宽了中国古代山水诗的美学传统。

从远古神话传说的山水意识的神秘时代，发展到孔丘、老庄的山水意识的价值论时代，直到唐宋的山水意识的本体论时代，形成了独具特色的丰富多彩的山水文化意识和审美习惯，它直接地持久地深刻地影响着我国山水诗的优良传统和民族特色的形成和发展。孔孚是一位诗论诗作兼备的具有文体自觉意识的诗人，他不仅通晓源远流长的传统山水意识和古典诗歌美学，而且对中国新诗发展的曲折历程也有深入的研究。他认为“新诗从一开始就想走全新的道路，未能很好地汲取古典诗歌美学精髓”；并清醒地看到“我们的新文学运动是从‘反载道’开始，但不久，就又回到了‘载道’；而且气氛似乎越来越浓，后来更强调配合中心任务”（《我与山水诗》）。可见孔孚并不热衷于这条“全新的道路”，而是以“敢于超越前人”的胆识和气魄，毅然决然地走“艺术派”的道路，当然最终他还是“为人生”的。基于这种美学追求，孔孚对中国传统的山水审美意识和古典诗学作了整体地辩证地研究和汲取，从其诗论和诗作来看他是更多地继承和发展了重个人情感的价值论山水意识和物我相亲的本体论山水意识，凭着他的诗才和灵气创造出一个属于他自己的山水诗艺术世界，确立了山水自然独立性的审美主题。

二

孔孚在新诗世界里所揭示的山水自然独立性审美主题，其内涵极为丰富深邃，要以明确的理性思维加以概括和描述是相当困难的，只能是仁者见仁智者见智。这里，就自己阅读的感悟和审美体验，从不同的层面对其主题意蕴作些探索性的阐释。

1. 孔孚的诗集《山水清音》和《山水灵音》都产生于八十年代。这个时期新文学的突出特征是反思，即文学要反思人与社会、人与人、人与历史、人与自然、人与文化的关系，由此一再激扬起人的个性意识，以适应改革开放、振兴中华的时代需要。孔孚山水诗对人与自然关系的艺术把握就是站在这样的新基点上，致使他的山水诗艺术世界中呈现出的物我相亲的审美境界，充溢着现代个性意识和强烈生命意识。山水自然人格主题的揭示，就是把人的主观意志灌输到自然的内核中，成为山水自然生气灌注的灵魂。这是因为当主体将心灵定性纳入山水自然之中，其内在矛盾特性便移植到山水自然的无机世界里，使山水自然便活起来，具有了人的性格和灵气。它已超越了传统的本体论山水审美意识，在物我同化的过程中"我"的个性意识获得了张扬。《海情》、《渤海印象》等诗写"大海跳起来和我接吻"、"大海邀我起舞"，达到了审美主体与审美客体相亲相化相合的境界；然而在这个境界中却活跃着人的情姿、情志和情态，变幻莫测的大海寓有浓郁的人情味，仿佛诗人的情感世界在与大海一次次交汇中已唤醒了自然界的生命意识。山川自然的雄伟壮丽不仅能激扬起对人性的认识，不仅能体现出人本质力量的折射；而且还可以用自然界残留的生命遗迹或文化名胜与诗人的精神世界相沟通，通过超现实超时代的神思遨游，使人从遥远的往昔记忆中重新唤起对历史人物生命意识或理想人性的审美体验，以便从根本上来补救人性中"近代人格弱化"的趋向，使人性更完美健全。孔孚山水诗中"漫山遍野的，是赤眉么"，或者是那群"反叛"的罗汉，或者是那一个"情种"的罗汉，或者是乾陵中那个"大宇宙的情妇"等，这些历史人物或佛教偶像无不具有强烈的叛逆精神和坚韧的个体生命意识；诗人对这些大自然留下的古老、神秘的残骸，给他们注满了生命质感，也赋予了新颖的当代意识，目的是为了呼唤现代人的主体意识并增强其生命动力。

科学家认为，自然界终究要在生命中进化到意识的程度，而这种意识的显现则是人。从这个角度理解，山川自然也具有潜在的生命意识。马克思曾说过："所谓人的肉体生活和精神生活同自然界联系，也就等于说自然界同自身相联系，因为人是自然界的一部分。"(《一八四四年经济学、哲学手稿》)既然人与自然界有着天然的联系，自然界是人的生存空间；那么孔孚继承中国古代山水意识的优良传统，在创造的物我相合的审美境界中极力发掘山水自然的生命意识，这无疑对于人的个性意识的张扬是具有天然益处的。他笔下的大海、岩石、山川、清泉、古柏、云雨、古迹,不仅具有生命意识,而且极富个性。这种强化自然山川个性的审美特征,是否可以理解为这是对现实之中能够与之相平衡的人的个性气质和胆识魄力的一种召唤?读着这些山水诗所感受到的,是人与山水自然融为一体的昂扬激越的生命力量,是人与大自然的心照不宣、息息相通的深层对话。虽然山水诗没有直接描写现实社会经济、政治的深刻变化,但其中仍充满了深沉的历史感和强烈的现实感。生命在这样的自然个性的观照面前,不仅同样注满了现代意识,而且也在山川自然的个性中感悟到自然生命的美。孔孚描绘的山水自然几乎没有那种“丑生态”,既没有阴森的河谷、毛骨悚然的险滩急流,也没有充满野蛮、狰狞、恐怖、荒凉之气的自然原生状;这里有的是“人化的自然”,“审美化的自然”,它是诗人根据自己的审美理想创造的“第二自然”或“第三自然”。为此沉浸在山水诗的艺术氛围中,所感到的既有充溢着天然趣味的自然之美,更有于自然之美中闪烁出的对生命真谛深沉思索的智慧之光。我们可以这样认为,诗人赞颂自然美正是为了赞颂生命强力,诗人掘发山川大海的崇高感正是为了树立生命的崇高感。孔孚山水诗中自然独立性主题意义的揭示,旨在观照生命,唤醒个性。这既是对传统山水审美意识的继承,更是对它的超越。

2. 山水自然独立性审美主题是多义性的,孔孚山水诗的物我相融的意境中并非都呈现着鲜明的个性意识。如果说传统重个人情感的价值论山水意识中,自我主体意识可以喻为山水王国中的尊贵王子,那么在物我相亲相合的本体论山水意识中,自我主体意识不再是王子,它逐步进入潜意识中,个性意识淡化了,模糊了。孔孚善于写潜意识中的山水之美,若梦非梦,似见非见,若是非是,似今非今,若动非动,似静非静,若视非视,似闻非闻,主观审美心理与客观美景达到了高度的融合,似乎诗人的创造在此已获得了对人的本体与山水本体的双超越,将人们带进一个玄妙莫测的朦胧神秘的审美境界。如《秋日佛峪某佛前小立》、《千佛山巅我拾到一个贝壳》、《黄山雪晴》、《天泉》、《天门峰即景》等大量诗篇,无不是“灵视”和“神思”的产物。诗人以敏锐的直觉,唤起一种潜意识的活动,他希望从物我相亲的是实非实似真非真的幻象中,整体性地把握这个陌生神秘甚至不可知的大自然界。像这样的诗境:崂山站在海边,/看扯天盖地的白雨。//她也蒙在白茫茫的雨幕里了,/隐约露一个发髻。(《白雨》)东边太阳。/西边月亮。//冰盘上,/两个果子。//粘几滴/露。(《北隍城夏日某晨印象》)这两首诗究竟要表达什么?空灵深邃,若有若无。审美主体与审美客体如胶似漆地拥抱在一起,从主体艺术思维幻化出一个个意象;而这种对茫茫宇宙的独特把握方式并没有明晰地显示出什么,大自然的奥秘也没有理性地揭示出来,它只完成了由现象客观世界向诗的审美世界的转换,使诗真正具有了诗性和诗意。读着这样的诗,虽然在理智上暂时得不到明确的彻悟,但是它却为人们揭开大自然或宇宙的奥秘架起座彩桥;特别诗中的隐约可闻的天籁之声和扑面而来的灵秀之气,既能"净化"心灵又能陶冶性情。它的美正是在不能明言之中,它的美正是来自朦胧之中,也许这正是诗人对传统山水意识体系中的神秘主义的认同和实践吧?

品味这类从潜意识的感悟和把握中写出的纯美的山水诗,不禁使人想起《庄子·秋水》篇中的"庄子与惠子游于濠粱之上",庄子悠闲逍遥,见"儵鱼出游从容",达到了人鱼皆乐的境界。这并非说孔孚具有庄子这种悠闲逍遥的兴致和情趣,其实他内蕴着深沉的忧患意识,而是说他在诗学上却执著地追求这种审美主体与审美客体相互娱乐的情趣,也就是说物我相亲相乐已成了诗人的一种审美取向和美的享受。正是出于这种审美追求,诗人在观照自然山水时,能以纯粹的物象作为捕捉的对象,揭去了物象上蒙罩着的价值面纱,忘却了直接的实用性和功利性,既不把自然物象作为伦理道德的象征,也不把山水草木视为思想意识的寄托,而是迷恋于山水自然的本体,把自己的灵与肉都融化在山水之中,热衷于情趣的陶冶,着意于领受山水自然与人相亲相爱的乐趣。如《下天都》:"我下天都,/云上天都。/蟠龙坡擦肩而过。//想告诉它那里风很大,/已跌下去了……"写人与云的亲切关系,并没有直接的功利目的,所追求的只是物我相亲相近的一种情趣。《猴子观海》写主体与"象石"的相亲关系,更富有审美趣味;"此狙公可以学诗,/收它做个学生"一句,把诗人与石猴之间以诚相待的亲密关系升华到审美的思想境界,美在其中,乐亦在其中。孔孚寻求的正是人的生命与自然灵性相互交感相互交融,在中国新诗苑绽开一朵朵独放异彩的鲜花。

3. 诗人继承传统山水意识精华,在反思人与山水自然的关系时,在把握山川自然独立性审美主题时,在开拓大自然的人格精神和生命意识时,在追求物我相亲相化的审美理想境界时,他并没有完全陷入神秘主义,也没有完全陶醉于"为艺术而艺术";他清醒地保持着当代理性精神,以人的理性光芒照射着自然生命体和生命的自然形态,对山川自然种种形态状貌加以审美透视和把握。对于《天街设宴》、《天街印象》这类"纯美"的诗,看来只是求一点"象趣",似乎没有什么“思想性”，但作者却作了这样解释：“我写天街之灵趣，从始至终，都有一个‘情’在那里张罗。既有‘情’在，怎么会没有‘思想’呢？说到底，这是一种爱，对祖国山水的一往情深。我写山水诗，就是基于一种对祖国母亲之爱。这一对祖国深沉的爱，必然要渗入我所观察和创造的山山水水中去。爱国主义，我想是每一首山水诗的精魂。”“思想性”就是理性精神在诗境诗意诗情中的体现，古今山水诗或隐或显或浓或淡地大都蕴含着一种理性情思，也许这是不言而喻的；现在值得深究的是孔孚山水诗的自然独立审美主题中的理性精神的基本内涵与性质及其审美价值。

传统的山水意识及其影响下出现的山水诗，大都具有哲理性。自然山水作为人体认识的对象化，一开始就带有哲理性。上古时代把自然山水视为神明之所在便步入了超现实的理念境地，必然诱发人对其进行思辨性观照，并缘此指向哲理性探寻，屈原《九歌》中的《天问》提出一百多个问题，其中不少涉及自然山川，使之带着哲理性进入人的意识结构；直至发展到价值论的山水意识和本体论的山水意识就更具有明确的理性色彩。与之相关的山水诗当然也富有哲理性，它们通过描画自然山水达到“言道”、“明性”、“论道”的目的。陶渊明《饮酒》抒写诗人悠然地采菊、望山、看鸟，目有美景，心无挂碍，“此中有真意”；而这个“真意”就是遗世独立、超然物外的妙谛。王维的山水诗《酬张少府》后四句：“松风吹解带，山月照弹琴。君问穷通理，渔歌入浦深。”虽然作者避而不答“穷通理”，但从前两句表现出的乐天自怡中完全透露了，即达则兼济天下，穷则独善其身，邦有道则现，邦无道则隐。杨万里的《过松源晨炊漆公店》：“莫言下岭便无难，赚得行人错喜欢。正入万山圈子里，一山放出一山拦。”诗人从下山观岭的感受中，获得了“山外有山”、“岭外有岭”的悟认，从而揭示出对事物认识无穷尽、前进路上不停息的深刻道理。王安石的《登飞来峰》：“飞来峰上千寻塔，闻说鸡鸣见日升。不畏浮云遮望眼，只缘身在最高层。”表现了站得高看得远的道理和不畏险恶的豪情。王之涣的《登鹳雀楼》、苏轼的《题西林壁》和《饮湖上初晴后雨》等著名山水诗，都蕴含着深刻的哲理性。清代袁枚的《新正十一日还山》写道：“重理残书喜不支，一言拟告世人知。莫嫌海角天涯远，但肯摇鞭有到时。”诗人以旅途行程为吟，说明“世上无难事，只怕有心人”，只要主观努力客观困难就能克服的道理。上述表明我国古代的山水意识和山水诗有着久远的哲理性传统；不过传统的理性精神既有精华也有糟粕，像儒家的带有禁欲主义色彩的“理学”、道家的“小国寡民”的政治理想和“鸡犬之声相闻，老死不相往来”的乌托邦境界以及“人生在世不称意,明朝散发弄扁舟”的消极隐逸思想,已被融化渗透进古代山水诗的意境、情趣和山水审美观念之中,这种具有历史局限的理性精神应予以贬斥否定。需要继承并弘扬的乃是传统山水意识和山水诗中至今还闪烁着哲理光辉和具有积极意义的理性精神。孔孚山水诗正是汲取了后者,并与现代理性精神有机地融合起来,以一种新的理性光焰来烛照自然生命体和生命的自然形态。不论是作为孔孚山水诗精魂的爱国主义,或者是蕴含于诗境里的人道主义、个性意识、忧患意识以及人生哲理,都是以现代意识作为思想基础的。这正是孔孚山水诗“新”的本质所在,也是诗人对传统山水意识和山水诗的具有进步意义的理性精神的认同与超越。

孔孚山水诗并非每一首都具有“言道”“明理”的哲理性,只能说有一些诗篇呈示出或隐或现的哲理境界或表现出哲理的各种形态。一是理寓于山水之中,并无明显的说理痕迹,总是把情思隐起来,藏于象外。《崂山》:“晨餐朝霞,/夜听潮音。/濯足于万顷烟波,/肩搭一条白云。/有大海这面镜子,/沾不得半点灰尘。”这首诗仅仅赞美崂山的清新、高洁、壮丽吗?不完全是。透过整个画面可以体悟出哲理意味,特别“有大海这面境子,沾不得半点灰尘”这句诗有着深刻的意蕴,缘此可以联想到人生社会也应该干干净净、清清洁洁,不能搞污染;人的思想面貌也须天天照镜子,决不要被不健康的思想侵蚀,永远保持其纯洁性。《和海在一起》:“有了水,/山就活了。//和海在一起,/崂山就坐不住了。”前一句写山与水的关系,后一句写山与海的关系,似乎并没有什么深意,但仔细体味便惊悟此中蕴含着大自然变化的规律;如果把这首诗作为象征,联系现实社会寻求其对应关系,它的哲理意味不是更深广吗?《月子口水库》:“水烟苍茫,/空濛濛又一个海洋!//多少流泉在这里汇合,都说:‘我要发光!”’乍一看这首诗只是写水库的苍茫浩荡,从而赞美劳动人民治山治水的伟大功绩,或者说它展示出水库能发电可以加速农村电气化的道理;但我认为这首诗有着更深刻的寓意,试想流泉汇合起来可以变成海洋,它的巨大潜力能够“发光”,如果人民群众汇合起来形成声势浩大的群体优势,不只能创造人工“海洋”这样的奇迹,不是在实现社会主义现代化过程中可以发出更大的光和热吗?这类山水诗不迳其理,甚至讳言其理,然而审美主体却把“理”渗透于山水之中或超越物象之外,显得如盐入水,羚羊挂角,不着痕迹。二是理显于山水之间,它不像上述诗歌那么理“隐”,但这个“显”又不是泛泛而论,只是把“理”作为“诗眼”,有画龙点睛之妙。《天街一瞥》:“天还没有睡醒,/屋脊上就站一只雄鸡,/向着东方喊……”最后一句就是“诗眼”，把全诗的思想揭示出来了。如果只认为雄鸡啼晓仅仅是呼唤光明，那未免太肤浅了；理解这首诗的深刻思想，关键要抓住“东方”二字。雄鸡为什么不向西方喊或南北方喊而偏偏“向东方喊”？这固然因为太阳从东方升起；我认为更重要的是由于在新时期整个中华民族觉醒了，中国人的个性觉醒了，振兴中华民族的大好时机来到了，因而雄鸡“向东方喊”既是欢呼又是呼唤！《钓鱼台小立》：“不见那涧绿水，/我钓秋风。//多想捞起那个冤魂，/垂一条思想的绳……”作者无心观赏那涧绿水，也无意体验那秋风送爽；而是感情激越神思飞扬，似乎由远古的冤魂联想到自身的冤案以及社会上的平反冤假错案。所以，最后两句的点睛之笔便揭示出深刻的思想、悲痛的忧愤以及不畏“圣人”权威的胆识和敢于伸张正义的气魄。《某罗汉》一诗最后的“我不知这佛的名字，却相信他是一个情种”和《乾陵》一诗末节的“我就是我，大宇宙的情妇”，都是两首诗的理性显现，使叛逆精神或个性意识得到了弘扬。这类山水诗的理性成分是在充分的感性材料的基础上，将主体感受予以点明，则熠熠生辉，光照全篇，作者并不以描山画水为满足，往往吐露出主体的感知和情思，致使诗境注入哲理素质；而这种“理”则是由观而得，由游而出，水到渠成，瓜熟蒂落，故能感人。三是理出于山水本身，而这种“理”大都是山水自然本身的物理性从人的意识中反映出来。即由山水诱发了人的感情，同时也启迪着人的思考，从中悟出世事万物之理。《过奇鬼峰有感》：“一峰峭拔如椎’/椎顶上趴个奇鬼。/美的地方也有狰狞的面目，/我想到太阳脸上的污秽。”奇鬼峰本身就具有雄伟与奇险、美丽与丑恶的双重性，由这种审美客体所引发起的主体审美感知，很容易升华为辩证思维活动，落到纸上便成了“美的地方也有狰狞的面目，我想到太阳脸上的污秽”这两句充满唯物辩证法思想威力的诗，特别后一句精辟警拔，发人深思。《雨中登十八盘》：“一盘雨，/一盘风。/不知几重天？/但见云层层。/听得有人喊：‘日头火样红！”’泰山十八盘又陡又高又险，确实是步步登天，这种特点反映到诗人的心灵上必然会悟出深刻的人生哲理，即只有不畏艰险敢于攀登的人，才能冲破前进道路上的层层云、重重雾，到达“日头火样红”的光辉顶点。《升仙坊上眺十八盘》也属于这种类型的哲理诗。这类山水诗，大多因为诗人观赏山水之后，或由山水启示了自己的认识，或由山水诱发了自己的体验，或由山水触动了自己的潜念，随遇而出或者沉思而得，道出宇宙、人生等方面的深刻哲理。不过这类诗，作者并不热心于追求，故数量较少。

孔孚山水诗的哲理，有的是诗人从山水的高低、上下、动静、美丑的原生形态而感悟出来的；有的是理存于胸猝然与山水相合，借山川而言之。正如宋代邵雍所说："夫所以谓之观物者，非以目观之也，非观之以目而观之以心也，非观之以心而观之以理也。"（《皇极经世全书解·观物篇内编十二》）不管是"悟出"的还是"注入"的，他都能使山水的动势静貌、奇观异象与所言之理，神貌契合，浑成一体。决不能认为寓含哲理的山水诗没有很高的审美价值，它的美学价值正体现在它的理趣美上。清代沈德潜说过："人谓诗主性情，不主议论，似亦不尽然"，只是"议论须带情韵以行"（《说诗晬语卷下》）。孔孚的哲理山水诗在总量上并不多，但无不是以含情之墨绘景，自然而顺畅的出理，既有形象的可感性又有情感的动人性，其理不抽象不枯燥，而能睿智灿然，理趣盎然。

三

孔孚在新诗王国里确立的山水自然独立性审美主题，其意蕴的丰富性和深刻性体现于主情型的、哲理型的、纯美型的、朦胧型的、文化型的等多种形态的山水诗中。它充分表明作者对传统山水意识和山水诗的继承和发展是综合的而不是部分的，是全面的而不是片面的，是深层的而不是表层的，是有选择有而不是良莠不分的。正是在弘扬民族山川文化优秀传统的基础上，在改革开放所造成的中外文化大交汇的时代背景上，孔孚创造了自已的山水诗的诗风。从特定意义上讲，孔孚及其山水诗的独特地位，在中国新诗坛上是别的诗人所不能取代的。

"老骥伏枥，志在千里。"孔孚的年龄虽进入老年，但他的诗心诗情仍处在青春勃发期，他"敢于超越前人"、"起一些新的摩天大楼"（《谈山水诗》）的雄心壮志更透射出他旺盛的艺术生命力。因此，我确信他会创作出更多更美的山水诗，奉献给他所热爱的伟大时代、伟大民族、伟大人民；并把中国新山水诗传统发扬光大，扩散开去，让更多的诗人拿起彩笔将山水诗推向一个新的发展阶段。

（1990.3.23）

后　记[①]

90年代过半已是20世纪末，我的自然年龄多次警告我不能“笔耕不辍自奋蹄”了，然而我的心理年龄却有一种“不知老之将至”的激情，它催促我边教边学边思边写，以缓解生命之焦虑、烦忧和紧迫，并从中获取人生的快意和乐趣。的确是这样，有些论文因教之需而写，有些论文因学之得而作，有些论文因思之惑而成，有些论文因兴之发而撰，但更多的论文是为争博士点、建重点学科之需而著。不管为何而写，大多数论文发表后或在争“点”建“点”中发挥了效用，我总有一种知足感和快慰感，然而也有一种追不上学术新潮的力不从心的遗憾感和危机感。

近几年我的所有著文，几乎都围绕“世界化视野中的现代中国文学”与“现代中国文学史学”这两大主攻方向，而研而写，将它们汇编成书各有自己的逻辑系统与价值体系。后者虽由山东大学出版社出版，有了一定反响；但我的感觉却是，前者下的工夫大一些深一些，花的时间多一些长一些。由于从世界化与中国文学的复杂深微关系中来探讨文学的现代化与民族化等重大问题，尽管有所发现有所突破却难免疏漏谬误，恳请专家读者批评指正。

本书得以顺利出版，全赖山东教育出版社领导和责编的竭诚支持，我衷心表示敬意和感谢。

朱德发

2002年1月15日

① 此《后记》是为山东教育出版社2000年3月第1版所写。

朱德发文集

第七卷

穿越现代文学多维时空

朱德发 著

山东人民出版社
国家一级出版社 全国百佳图书出版单位

图书在版编目(CIP)数据

朱德发文集:全10册/朱德发著.—济南:山东人民出版社,2014.1

ISBN 978-7-209-07570-1

Ⅰ.①朱… Ⅱ.①朱… Ⅲ.①朱德发—文集 Ⅳ.①I-53

中国版本图书馆CIP数据核字(2013)第304326号

责任编辑:李怀德

朱德发文集(第七卷)

朱德发 著

山东出版传媒股份有限公司

山东人民出版社出版发行

社　址:济南市经九路胜利大街39号　邮　编:250001

网　址:http://www.sd-book.com.cn

发行部:(0531)82098027 82098028

新华书店经销

山东临沂新华印刷物流集团印装

规　格　16开(169mm×239mm)

印　张　21

字　数　340千字

版　次　2014年1月第1版

印　次　2014年1月第1次

ISBN 978-7-209-07570-1

定　价　498.00元(共十卷)

目　录

穿越现代文学多维时空

作家作品之维

穿越现代文学多维时空

朱德发 著

山东文艺出版社

导言　现代中国文学的多维时空

“现代中国文学”与“中国现代文学”，是两个内涵与外延不同的学科范畴。前者在学界曾有人提出，但作为一个学科范畴正式命名并对其做出较系统界说的却是拙作《重建“现代中国文学史”学科意识》①。从时空来说，“中国现代文学”主要指涉的是1917年至1949年这个历史区间的中国新文学，也是从时间维度、社会层面所认定的中国现代性文学。然而，研究实践或教学实践却反复证明，“中国现代文学”作为一个特定学科的局限性则必须冲破，而且已经冲破。确有不少研究者，力图以“二十世纪中国文学”或“百年中国文学”取而代之，不过这样做，谈何容易。这不仅因为“中国现代文学”是法定的已纳入教育体制的人文学科，不仅因为经过几代学者的精心打造已使“中国现代文学”学科形成一套独特的思维模式、研究规范和学术话语，不仅因为该学科的臻于“成熟”已与众多学人的荣辱得失甚至切身利益联系在一起；而且也因为“二十世纪中国文学”或“百年中国文学”作为一个学科范畴，既存有时空的局限又有内涵的局限，随之现代中国文学的持续发展和延伸，这种局限性则越来越明显。我认为，“现代中国文学”作为一个学科范畴，它是建立在“现代中国”国家观念之上，其理论根据与史实根据我在《重建“现代中国文学史”学科意识》①一文已做了阐述；尽管任何人文学科的界定都不可能无懈可击，疏漏在所难免，不过相比较而言，“现代中国文学”作为新学科范畴其优长至少有二：

其一，“上可封顶下不封底”。即“现代中国文学”的开端是与中国社会现代化同时起步的，应追溯到甲午之战与戊戌变法。彼时中国社会结构的各个层面呈现出向现代转型的征兆，昭示着中国社会现代化的开始。从此，我国社会的现代化并不像西方发达国家那样仅仅是最简单形式中的“工业文明的缩略

① 《福建论坛》(人文社会科学版)2002年第2期。

语"[①],而现代化的历史过程却充满了各种悖论,错综交叉的冲突呈示于内在与外在互见的态势中,使我国传统社会向现代社会的转变显得异常艰难、曲折而漫长,即使到了21世纪的当下中国社会现代化所达到的深广度也不能估计过高。如果说古代中国历史在时空维度上已构成了长度、宽度和厚度相当均衡的完整形态,那么现代中国跨进现代化征程截止到目前只能算作不健全的进行态,故而"上可封顶"即与古代衔接,"下不封底" 即现代化来日方长,致使中国现代化的景观与前程在全球化潮流的澎湃腾跃中时而光彩耀目时而扑朔迷离。现代化的王国在根本上是自由的王国,文化的王国在根本上是灵魂的王国,文学的王国在根本上是情感的王国。因此,伴随着中国社会形态遵循着不同现代性方案探寻并实现现代化这个"上可封顶下不封底"的历史过程,必然地内在地在文化上出现了思想风貌同中有异或异中有同的灵魂王国,在文学上生成了审美色调异彩纷呈的情感王国;而且这诸多的个人的或公共的文化的或文学王国都是"在物质和精神给定的生存实体中的表现和释放"[②],它们特定的形式是在中国现代化过程中形成的历史框架,且在以主动的姿态参与社会现代化的进程中各司其职又完善自身。这样,以现代国家观念建构的"现代中国文学"学科在形态上便收编了以往用近代、现代、当代对现代中国文学完整系统的机械的人为的分割,在内涵上溶解整合了异质同构的社会意识、文化意识和审美意识,致使此学科既具有历史逻辑与思想逻辑严密的完整性又具有相当长度的历史延展性。

其二,多元并存,平等相待。"现代中国文学"是在21世纪之始的欲望驱使下所进行的体系性建构的设计,作为一个人文学科,从横向上它涵纳了中国不同民族不同地区的多种系统多种样态的文学,从纵向上肇始于晚清文学变革而下限则是伴随着国家现代化的步伐向前延伸。这样一个巨大的纵横交错的多元多维的文学时空,虽然并不是个和谐共处的文学世界,不同文学系统不同文学样态之间充满了矛盾,文学系统和文学样态本身也充满了冲突,但是它们却并存于现代中国这个宏阔而深邃的生态环境之中,既以中外文学又以古今文化作为其价值坐标和思想资源,新文学的生成与发展尚且与古今中外文学存有广泛的联系,就是通俗文学、台港文学、传统体式文学甚至少数民族文学、民间文

---

① [英]安东尼·吉登斯 克里斯多弗·皮尔森:《现代性——吉登斯访谈录》,第69页,新华出版社2001年版。

② 《马尔库塞文集》,第131页,上海三联书店1989年版。

学的生成演变也是以古今中外文化作为源头活水的。黑格尔曾说过："最晚出的、最年轻的、最新近的哲学就是最发展、最丰富、最深刻的哲学。"①从特定意义上说，现代中国文学是一门审美文化哲学，也具有"最发展、最丰富、最深刻"的文学时空。"每个具有历史方位的社会都把时空关系编成密码，输入其制度、机构、习惯和实践。"②现代中国虽然经历了民主主义社会和社会主义社会，并且始终处在动荡、变革、调整、转型的不稳定状态，但它却是"具有历史方位的社会"，并"把时空关系编成密码"，不只是输入国家"制度、机构、习惯和实践"，而且也输入进"现代中国文学"这座宝库，构成了多维度多层次的丰富多彩而又深邃幽远的审美文化时空。但是作为研究主体穿越现代中国文学时空，面对每个维度或层面的文学却要平等相待，即把各种形态的文学或各个维面的文学纳入研究视野都要以统一的价值尺度予以评说和解读，不要喜"新"厌"旧"，也不要厚此薄彼，持一种公正公平的立场为宜。

我在"现代中国文学"的多维时空中穿越、勘探了三十载（见本书第五章），有所发现有所收获，也有所曲折有所失误，但从未停止穿越求索的脚步，即使到了花甲之年其内心的学术激情仍在驱动我前行。我亦有自知自明，在有限的人生中不可能把"现代中国文学"多维时空穿越完，更不可能勘探透；而且我的发现和收获物化成各种文本出版后，究竟能产生多大社会效应，我也是心存疑虑和不安的。本书对"现代中国文学"多维时空的探索，并不完全是过去步履的叠印或重蹈，而是有所拓展、深化、开辟、填补的，以三大维度十五章组成专著的逻辑结构，维与维、章与章之间既有意义的递进性又有逻辑的相关性，以"现代化与民族化并举"的价值观念将全书内在地联结成一个求新务实的学术话语系统。下面把穿越"现代中国文学"时空三大维度的新发现并形成的学术创新点和知识增长点的大致思路与逻辑程序，加以简述：

"文学史论之维"五章，首章以"现代国家观念"构建"现代中国文学史"学科意识，论述了学科意识的基本内涵、功能特点和主要优长；接下的四章着重以开放的文学史理念从不同的维度对现代中国文学史的客体结构进行富有深度的探索，并以主体的独特理解和宏观把握进行历史的审美的叙述，既开掘出社会文化意识与历史变革互动关系在文学史生成过程中镌刻下的或隐或显、错综交织的双重叠影，又揭示出个人主义内化为创作主体意识对于重构现代中国文

① ［德］黑格尔：《哲学史讲演录》第1卷，第45页，商务印书馆1981年版。

② ［英］安东尼·吉登斯 克里斯多弗·皮尔森：《现代性——吉登斯访谈录》，第13页。

学史形态的独特功能和内在规律。如果说重构现代中国文学史应是文学运动形态、文学理论形态和文学创作形态的三位一体的互为作用相辅相成，那么其中的文学创作形态则是现代中国文学史重构的关键之维，尤其全景式文学史的叙写离开各种样态的审美文本就等于抽空了或割掉了文学史的血和肉。对于研究主体来说，穿越现代中国文学的多维时空，不只要有“在困惑中突围”的清醒理智和坚忍精神，还要有“在探索中求新”的敏锐感悟和创新意识，文学史写作既需要群体的集思广益更需要个人的勇力才识，敢于在体制的控制下发出自己的声音，建构起个人化的文学史论的话语系统，这正是笔者三十载孜孜以求的。

“文学思潮之维”五章，主要不是着眼于与文学创作形态同质同构的现实主义、浪漫主义、现代主义等文学思想和创作方法的探究，而是从文化哲学的高度选取多种与现代中国文学史生成与演化过程紧密相关且研究薄弱的文化思潮进行重点的突破性发掘，以填补现代中国文学多维时空穿越和透析的空白点或疏漏点。理性思潮由西方传入又与传统理性在现代中国文学营造实践中相冲突相融合，从而形成了现代中国文学流贯的以人为本位的多元理性精神，它既是现代中国文学之魂又是文学史结构的重要线索，既形成了现代文学创作主体的基本思维范型，又内化为创作主体的求真的人本的具体艺术思维，对此的系统而深入的研究应是开创性的文学思想增值。如果说理性思潮属于精英文化思潮之于现代中国文学的探讨，那么政治文化思潮之于现代中国文学是属于主流意识形态与现代中国文学结下不解之缘关系的研究。尽管对后者的研究是老话题，但欲将老话题转化为新话题，掘出新意蕴做出新判断，则取决于研究主体能否以新视野、新观念、新思维去重新体悟重新诠释，纳入真正的学理性研究规范。对此笔者选取了革命政治思潮中的重要范畴“英雄理念”进行了逻辑梳理与深入反思。理性思潮或政治思潮渗透并作用于现代中国文学的建构进程，都对于现代中国文学的世界化与民族化并举传统或两化互动规律的形成起到重要作用。但是有的研究者对于40年代处于战争状态的现代中国文学是否存在“两化并举”传统或规律却持疑虑态度，至于鲁迅建立于现代人本哲学上的“人国”思想仅仅是乌托邦还是对于建构现代化中国仍具现实意义也存疑问，对这些问题的回答和研究既提升到哲学高度又重视学理上的创新。

“作家作品之维”五章，着眼于现代中国文学多维时空的微观透视，注目在个体作家或不同文本的解读上。它们既是重写现代中国文学史的关键之维，又是文学思潮的重要载体,也是创作主体思维结出的硕果,总之是上述两维的主体承担者或物化的审美文本。不论为作家立传、对文本人物剖析或者论述文本的审美价值或创作特色,都是笔者早期穿越现代中国文学多维时空的探幽析微的独特体认和把握,或深或浅地存留着勘探者的原初的印痕,是本专著不可或缺的有机组成部分。

(草于2004.4.22)

文学史论之维

第一章　调整重建:“现代中国文学史”学科意识

20世纪80年代中期以后“中国现代文学史”学科观念受到全面挑战,“二十世纪中国文学”、“百年中国文学”、“中国新文学六十年”等学科设计相继出台,并在研究与写作实践中得到运用,预示着新的文学史学科意识必将取代“中国现代文学史”学科规范。

中国现代文学史应该是一个最开放最活跃的学科,动态性、嬗变性是它的生命活力所在。这不仅因为这个学科带有元话语性质,它的勘探与阐释的空间巨大而深邃,为见仁见智的一代代研究和书写提供了极大的可能性;而且也因为中国文学的现代化如同整个社会的现代化一样是个漫长的复杂的过程,现代化的正面效应和负面效应都会在我们国家多民族的文学样态中或隐或现地反映出来,过去的文学形态是这样,现在和未来的文学形态更是这样。这就要求文学史学科意识的建立与文学史观念的形成永远不能停留在一种理念上和一种认识上,务必从激活凝冻化的文学史实出发,从发现当下动态化的文学实际入手,采取人类文学发展的宏阔哲学文化视野,重审重读重估中国自晚清以来的文学演变史,不断调整学科意识与文学史观念。这种学术取向与动势,充分体现在世纪之交的重建文学史学科意识的言说里和重写文学史的行为中。对上述三种突破已有“中国现代文学史”学科模式与文学史观念的构想和设计,我们不仅认同和赞赏,也曾付诸理论研究和书写实践。不过从比较中我们认识到,欲要弘扬三种重建“新学科”在理念与实践上的优长并克服其局限,我们更赞成重建“现代中国文学史”学科意识,并认为它比其他学科构想在当下更具合理性、合法性、开放性、科学性和前瞻性。

“现代中国文学史”与“中国现代文学史”这是两个不同的学科概念,虽然它们在内涵与外延上有相通之处,甚至有某些同质同构性,但是前者的观照视角、对象范围、史学意识、价值观念、研究格局等却发生了变异,使这个新学科具有了自身的独特性。“现代中国”和“中国现代”不仅仅是语序上的颠倒,它们是从不同的视野和不同的价位来判定“文学史”。后者主要指涉中国的现代文学史,着重凸现其现代性,即中国现代型的文学史或曰中国新文学史,那些非现代性或非“新”的文学并不包括在内;前者不是着眼于“现代文学”,只规范现代性的文学,而首先放眼于“现代中国”的文学。“现代中国”是与“古代中国”相对应的,是从“现代中国”的大视野来审视文学,即凡是“现代中国”历史时期生成的文学都是研究的对象,不管是否具有现代性也不管是哪个民族的文学,只要属于“现代中国”这个大家庭的文学都应平等对待、合理排位。这里必须弄清“现代中国”的起讫时间。所谓“现代中国”即现代化之中国,它有别于古代化之中国,而现代化之中国是个艰难曲折的漫长过程。正如梁启超在上个世纪之交写的《过渡时代论》所指出的:“今日之中国,过渡时代之中国也。”“故今日中国之现状,实如驾一扁舟,初离海岸线,而放于中流,即俗语所谓两头不到岸之时也。语其大者,则:人民既愤独夫民贼愚民专制之政,而未能组织新政体以代之,是政治之过渡时代也;士子既鄙考据词章庸恶陋劣之学,而未能开辟新学界以代之,是学问上之过渡时代也;社会既厌三纲压抑虚文缛节之俗,而未能研究新道德以代之,是理想风俗上之过渡时代也。”①如果说梁启超所论的是中国现代化的过渡时代,不仅这个过渡时代的各种历史使命并没有完成,而且中国步入现代化的时代也应该从晚清算起。恩格斯曾说:“中日战争意味着古老中国的终结,意味着它的整个经济基础全盘的但却是逐渐的革命化,意味着大工业和铁路等等的发展使农业和农村工业之间的旧有联系瓦解”,“旧有的小农经济的经济制度(在这种制度下,农户自己也制造自己使用的工业品),以及可以容纳比较稠密的人口的整个陈旧的社会制度也都在逐渐瓦解。”②中日甲午战争之后,中国民族资本主义经济的确有了初步发展,为以康梁为首的变法维新运动奠定了经济基础;而变法维新派则通过学会、学校、报刊等机构把知识分子组织引入政治运动之中,使其思想接受西方意识,又通过这些机构或工具使知识分子政治化,“他们的宣传组织活动所起的影响,超越了他们自己的意愿,为后来的资产阶级的革命运动作了准备。”③所谓政治的现代化,“在发展中国家,尤

① 梁启超:《过渡时代论》,《辛亥革命前十年间时论选集》第1卷上册,第5页,三联出版社1978年版。

② 《马克思恩格斯全集》第39卷,第288~297页,人民出版社1982年版。

③ 胡绳:《从鸦片战争到五四运动》(下),第645页,上海人民出版社1982年版。

其是那些渴望推进实现现代化的国家的政府，正在制定和贯彻加快社会制度和经济改革的政策，要求他的全体国民同心协力实现这种社会变革。在这种情况下，对发展中国家政府构成障碍和危险的不是具有改革倾向的现代人，而恰恰是那些固守传统、对社会改革采取敌视和抗拒态度的人。”①以康梁为代表的革新派所推行的维新变法虽然在顽固守旧派的镇压下失败了，但是一场维新运动却将中国推上了现代化道路。这是因为“维新派发动的变法，基本上是以西方资本主义国家为参照系”，“主张要对中国传统的政治、经济、文化进行全面的改革”，②将中国现代化运动推上一个新的发展阶段。晚清的经济结构和政治结构向着现代化转型，这已被历史实践和思想逻辑所证明，与此相伴随的“诗界革命”、“小说界革命”、“文界革命”、“戏剧改良”及白话运动等文学的全面改革，也开启了中国文学现代化的先河。无论从哪个角度考察，“现代中国”应以甲午之战后的维新变法运动作为起点，中经中华民国、中华人民共和国两个不同社会制度的历史时期，但这都是中国社会逐步实现现代化的曲折历程，也是“现代中国”日趋进步、日臻完善的演变过程。“现代中国文学史”学科意识，正是建立在这样一个现代国家观念的基础之上，它不同于“中国现代文学史”学科意识主要从文学本体的现代性来立论的，即使它与外在社会形态相联系，也仅仅限于新民主主义，缺乏一个宏大的时空交叉的现代国家观念。

以“现代中国”观念构建的史学眼光，是以现代多民族多区域的主权国家概念来规范和划分现代中国文学的，试图建构一个肇始于晚清的“上可封顶下不封底”的文学史学科。凡是现代中国历史生成的文学现象、文学形态以及倡导的文学变革运动和创造各种体式文本的作家等，都应该纳入现代中国文学史研究或书写的对象范围。若是编纂现代中国文学通史，也就是全景式的文学史，在这个母体系统里到底应包括哪些文学子系统？首先要指明的，凡是生成于现代中国的文学并不都是现代性新文学，而现代性的新文学决不能涵盖现代中国所有样态的文学，虽然这是众人皆晓的常识性的道理，但在研究和书写现代中国文学史过程中，“新文学就是现代中国文学”却是个化不开的“情结”，这一思维定势突不破就难以确立“现代中国文学史”学科意识，也难以承认现代中国文学是个多元并存共生的文学系统。只有消解了“中国现代文学就是现代中国文学”或者“中国新文学便是现代中国文学”的强迫观念，才能真正从理论到实践

① [美]阿历克斯·英格尔斯等：《人的现代化》，第62页，四川人民出版社1986年版。
② 葛洪泽：《近代化理想的探索》，第87页，山东教育出版社1999年版。

认同并接受现代中国文学通史至少应包括这样一些子系统：

中国新文学（或现代文学）。它是现代中国文学总系统中的主干，其根本特征是现代性，也就是现代形态的文学。它的命名以进化文学史观为逻辑基点，即一个时代有一个时代的文学，文学革命也离不开新陈代谢的规律，故把中国文学区分为新文学与旧文学、传统文学与现代文学，随即形成研究和书写中国现代文学史的新与旧、传统与现代的二元对立思维模式和叙述方式，革命文学运动的兴起及其流变从创作主体思维模式到各体文本内涵进一步强化了二元对立思维的政治功能及对中国现代文学史的评述规范；后来西方的现代性或现代化理论传到中国，对中国新文学现代性或现代化的阐释出现了复杂的理论形态。这种新与旧、现代与传统的二元对立式的学科界定，旨在以旧托新、以传统衬现代，无疑强化了学科对象的性质，而且从鲜明的对照中突出了"中国现代文学史"的学科意识和价值定位。当然，这种学科意识也有不可避免的偏颇。虽然半个世纪的中国新文学（或现代文学）史的学科建设，已编纂二百多种文学史，几乎达到饱和程度，但是，由于新文学具有元话语性质，它的丰富而深广的感性世界是阐释不尽的，况且任何文学史的书写也不可能超越时代所达到的认知高度。因此，21世纪重构现代中国文学史，作为其主干部分的新文学，仍然是研究和书写的重点、热点和亮点。

中国通俗文学。它是现代中国文学通史总系统中有待进一步开发、重新定位的子系统。如果中国新文学是属于雅文学范畴，中国通俗文学是属于俗文学范畴，那么通俗文学与新文学不仅构成了现代中国文学总系统中的雅俗对立互补并存的关系，是两条各具特色的相互辉映的艺术风景线，而且通俗文学不像新文学生成那样以否定传统文学为前提而是有着源远流长的文学传统。虽然崛起于民初的通俗文学有别于晚清梁启超倡导的"新民"的启蒙小说，是对过分注重功利的"新小说"的反拨，然而也必须看到通俗文学与晚清风靡一时的政治小说和谴责小说并不是毫无联系、处于相互对立的两级。就连既创作谴责小说又创作通俗言情小说的吴沃尧也意识到它们之间的相通点。他在《社会与言情小说之关系》一文中说："要知俗人说的情，单知道儿女私情。我说那与生俱来的情，是说先天种在心里，将来长大，没有一处用不着这个情字。"[①]如果说通俗文学偏重于抒写"儿女私情"，那么新文学既抒写个性化的私情又叙说忧国

① 阿英：《晚清小说史》，第174页，人民文学出版社1980年版。

忧民忧生之情，所以通俗文学与新文学至少在言情上可以联通起来；更何况民初通俗文学是对传统文学世俗本性的自觉回归，是对市场经济条件下市民审美需求的自觉适应，这不仅在某种程度上抑制了晚清以来新文学日趋膨胀的社会功利倾向，同时也是促进中国传统文学向现代转型的衍生力量。到了五四时期，新文学并没有因为通俗文学的干扰而影响其生成与发展，通俗文学也没有因为新文学的批判而销声匿迹，它们都是现代中国日益兴起的工商业社会物质文明和精神文明运行规律的选择。可以说是现代人文主义文化孕育了新文学，是世俗的市民文化滋生了通俗文学，只有两者的并存并行发展方能适应人们不同层次的审美期待和工商社会保持平衡的需要。诚然，五四时期形成的新文学与通俗文学并存并行、对峙互补的格局为现代中国文学的健全发展奠定了良好的基础，但是由于20世纪的现代中国处在一个特殊时期，并出现一些不正常的政治气候和非民主化的社会体制，致使现代中国文学的演变曲曲折折。如果说从20年代到40年代新文学逐步取得强势而通俗文学则日趋弱势，并出现了俗中有雅、雅中有俗的合流趋向，那么，从50年代到70年代那种原生态的通俗文学却遭到灭顶之灾，残存的一些文本仅在民间流传，完全被带有通俗倾向的政治化文学所取代，及至80年代到90年代通俗文学重新崛起，大有压倒新文学之势，经过反复调整之后重新构建起新文学与通俗文学并存并荣、互衬互补的文学格局。既然通俗文学是个富有顽强生命力的自足系统，为适应现代中国日益发达的巨型文化市场的需要和广大民众日趋世俗化、娱乐化的审美期待而生产了大量的通俗文本，那我们在重建现代中国文学史学科的实践中务必纠正“独尊新文学贬抑通俗文学”的偏激情绪，务必克服“新文学品位高通俗文学不算文学”的偏见，务必把通俗文学置于现代中国文学多元格局中，以冷静客观的公正公平心态予以重读重解重评重估。

少数民族文学。它是现代中国文学通史的总系统中不可或缺的子系统，是现代中国文学史大厦的重要构成部分。以前编写的中国现代文学通史，虽然有的版本也涉及少数民族文学，但这只是一种点缀或是汉民族文学正宗地位的一种陪衬或是将其纳入文学现代化价值系统予以定位而得不到公正对待。当然，这比大多数版本的现代文学通史中少数民族文学缺席要好得多，至少表明已意识到中国文学史是多民族共建的。造成这种缺席或疏漏现象固然原因很多，如少数民族文学不发达、缺少现代形态的文本、有些少数民族文学作家已被汉文学同化而失去民族特色、少数民族文学多是口头流传的而文字记载的并不多、文学资料匮乏难以搜集等等。不过,最重要的原因乃是受到“中国现代文学史”学科意识的限制,不宜将少数民族文学纳入研究和书写的范围。一是学科创建之初,少数民族文学难以进入新民主主义文学的理论框架,这不是否认少数民族有的作家作品也符合新民主主义要求。二是中国现代文学史学科发展到80至90年代,已冲破新民主主义文学的政治定性,而以文学现代化或现代性为价值坐标来建构中国现代文学史的叙述模式仍有限定。现代中国特别是解放前的少数民族文学大都没有走上现代化道路,缺乏现代型的作家作品,因此他们不可能作为自足系统进入中国现代化文学史的重构,而被拒之于大门之外。但现代中国文学史的学科观念却匡正了中国现代文学史学科的褊狭,以兼容并包的气魄容纳现代中国所有少数民族文学,并以公正合理的平等态度来对待。现代中国是个多民族国家,近百年的国体演变经历了几种不同的社会制度,受到了中外多种文学思潮的冲击和洗礼。如果说新中国成立前各民族尚处在相互歧视相互仇杀的分裂状态,少数民族备受蹂躏和凌辱,那么建国之后少数民族经过民主改革便与全国人民一道进入社会主义现代化的征程,少数民族的文学艺术也纳入了大一统的政治体系和思想体系;进入改革开放的历史新时期,少数民族文学艺术如同经济体制转型一样也插上了现代化的翅膀,自由而活跃地续写着少数民族文学的新篇章。这就使少数民族文学与现代中国文学主潮异质性大于同质性、不同构大于同构性、非同步大于同步性,这是由社会经济结构、政治结构和文化语境的差异造成的。这仅仅是历时性的粗略考察,若是共时性的观照,既可以发现现代中国新文学与少数民族文学质与量的巨大反差(当然也有相通点),更可以窥测各个少数民族文学之间存在着极大的不平衡。有些少数民族有可能梳理出一个独具民族特色的文学系统,如藏族文学、蒙族文学、满族文学、维族文学等,有更多的少数民族文学难以自成系统。这并不奇怪,有些少数民族文学长期处于相对封闭的政治文化历史语境和审美文化历史语境,既缺乏与新文学主潮的沟通又缺乏与其他少数民族文学的交流,这种“各自为政”的独立演变状态在新中国成立后大有改观甚至已完全打破。然而解放前的封闭滞后的人文环境和原始荒蛮的自然生态对于研究少数民族文学却是至关重要的,决不能忽略。总之,少数民族文学是个极为复杂的文学系统,不仅审美文化意蕴复杂,语言符号体系也复杂。对于书写现代中国文学通史来说它们是个子系统,对于少数民族文学本身来说它们又是个多维的系统。有的少数民族文学可以建构自成系统的文学史,有的却难以做到这点。

在我们看来，重构现代中国文学全景发展史，必须解决并处理好如下几个关系：全景式文学史是个有机的整体，不是各种文学子系统的相加之和，而是有着内在肌理和逻辑联系的结构系统。少数民族文学作为全景式现代中国文学史的重要构件，它们与新文学及其他形态的文学有哪些内在的和外在的联系，有哪些历史的和现实的关联，只有将这些联系或关系探寻出来，少数民族文学才有可能成为现代中国文学通史的有机组成部分。少数民族文学是作为一个子系统共同进入现代中国文学通史的大系统，还是各个少数民族文学依据自身的发展脉络、性质特点分别进入现代中国文学通史的母系统，这需要通过对少数民族文学的深入研究，摸清底细，理清线索，做到心中有数方可处理好，不必有个预设的硬性规定，集体进入或分散插进都不利于文学史的自由灵活的书写。少数民族文学以什么姿态或什么方式进入现代中国文学史的总系统，实质上是以什么尺度和标准给少数民族文学以价值定位，这是个比较复杂的难题。不过依我们之见，对少数民族文学的评价不能完全以现代中国新文学作为价值坐标，也不能完全依附于现代中国文学主流话语，更不能以汉民族的审美取向和阅读期待为转移，必须在充分尊重各少数民族的文学历史、审美习惯、价值取向、心理需求的前提下，适当地参照中国新文学的价位，给少数民族文学以公平合理的地位，切忌求全责备或与主潮文学比高低。不论是哪个少数民族文学或汉民族文学，只要合乎真、善、美三个范畴的要求，只要有益于各民族同胞的生存和发展，都应该予以充分的肯定，都要在现代中国这部多民族文学史上占一席之地。既要凸现各民族文学的民族性，更要凸现各民族文学的超越性，正是这种超越性为各民族文学联结成现代中国文学史整体提供了可能。

台港澳文学。这是现代中国在不同制度不同背景下形成的区域性文学，它们也是现代中国文学通史的总系统中不可分割的有机组成部分。80年代以前中国现代文学史以《新民主主义论》划线，大都把台港澳文学视为“异端”排拒在现代文学史之外，进入80年代出版的一些中国现代文学史或20世纪中国文学史已开始关注台港澳文学，或把它们作为一个独立系统切割成若干段穿插在中国现代文学或20世纪中国文学的每个历史时期，或从台港澳文学中选取一些作家作品或文学流派组成几个章节贴在中国现代文学的躯体上，并没有把台港澳文学作为一个子系统真正纳入现代中国文学的总体结构，好像给现代文学肌体生硬地贴上几片肉，甚至有些肉过厚过重导致现代文学史的躯干倾斜。台港澳文学在20世纪的演变中各自形成了独具特色的区域性文学系统，即台湾有台湾的文学衍生史,港澳有港澳的文学流变史。尽管如此,它们仅仅是一种区域性文学,与广阔无垠的大陆文学有着千丝万缕的地缘、亲缘和血缘关系,从来就是现代中国文学的有机组成部分。作为一个子系统,它们与中国新文学主潮联系得更为紧密,不论是雅文学还是俗文学,都与现代中国雅俗文学构成了并存互补关系,有时同步前行,有时错位曲进。甚至有些著名作家也扮演着两栖角色,既在台澳创作新文学又在大陆创作新文本,他们在不同区域所营造的都是现代型的新文学,都是为现代中国文学大厦的建构展示各自的才华。究竟台港澳文学在现代中国文学通史的建构中占有什么位置,以什么标准予以评价,这是台港澳学者极为关注的问题,也是大陆学者正在探索解决的课题。我们认为,过去现代文学史研究和书写忽略了或拒斥了台港澳文学,主要是政治历史原因所致,但从反思的角度来看,这毕竟是个遗憾或缺欠。当下我们处于世纪之交的历史背景和文化语境,重构现代中国文学史,必须对台港澳文学给以足够重视,重新解读、评价和定位,这是势所必然的,也是理所当然的。至于如何评价怎样定位,这是研究者的学术自由,也是智者见智仁者见仁的,以权力话语做硬性规定并非明智之举。文学史的编写毕竟不是完全个人化的行为,即使个人化的书写也应该有个公众能够认可和接受的相对公正客观的价值尺度与实事求是的定位。台港澳文学在现代中国文学史中怎样排位、占多大的比重、有多高的价值,归根到底要视其文学实绩、文本品位、艺术成就高低而定,也就是从文学创作实际出发,以现代化与民族化并举的价值尺度和真善美相协调统一的美学标准进行具体的辨识和评判,并要与大陆同时代的作家作品在同一平台上予以比较,既不能高抬大陆作家作品又不能贬低台港澳作家作品,平等相处,公平选择。然后把那些足以代表台港澳文学发展轨迹和最高文化价值、审美水准的作家作品以及文学思潮流派择优选取,同相应的大陆作家作品以及文学思潮流派组排在一起,纳入现代中国文学史的网状结构,定准每个作家作品和文学思潮流派的位置与顺序,以强化文学史构建上的整体性和统一性。

传统体式文学。俗称为“旧瓶装新酒”的文学,这是现代中国文学通史总系统中不可割舍的子系统。古代中国文学经过晚清至五四两次大的变革,完成了以白话文取代文言文、现代文体形式取代传统文体形式的历史转换,确立了白话语体文的正宗地位和现代文体形式的新传统,这是中国古代文学转化为新文学的现代化重要特征。但是白话取代文言并非消灭文言,现代文体取代传统文体并非废弃传统文体。因为作为一种文化形态的文言和文体它们与中华民族的思维范型、习惯势力和集体无意识胶结在一起，即使再彻底的“文学革命”也不可能斩断其根深蒂固的联系，而且也不应该砍断古代文学与现代文学在形式层面上的这种承传性，这有利于现代中国文学多元化态势的形成。传统体式文学与新文学不是异质相对的，只是在样态上有些差异，实质上在骨子里面是相通的，所表现的文化内涵、思想情感是完全一致的，是一种体式上的民族化而内容上的现代化的“别体新文学”。早在新文学始创阶段梁启超言说“诗界革命”时便提出“革命者当革其精神，非革其形式”和“能以旧风格含新意境，斯可以举革命之实矣”①的主张，南社著名诗人柳亚子也坚持以文言和格律体创作诗章。即使五四文学革命的闯将鲁迅、郭沫若、郁达夫等，在创造现代白话小说、散文、诗歌的同时也没有放弃以传统体式写诗。特别是郭沫若、郁达夫创作了大量传统体式的诗歌，取得了相当高的成就，并为传统格式写新意境新内容的诗歌开了先河。考察 20 世纪中国诗歌，可以发现以古体文言写的诗、填的词，能构成一道瑰丽的艺术风景线。不仅诗词成绩斐然，小说以传统章回体进行创作更取得可观成就。且不说通俗小说，就是新小说以章回体取胜者也是不胜枚举，它们以传统体式进行宏大叙事，或表现私人生活，在叙写现代人的生态与心态的同时，也促进章回体的现代性转换。小说如此，以传统体式创作的戏剧文学、散文小品更是光彩夺目，其中有不少精品力作。上述的勾勒旨在说明传统体式文学源远流长，进入现代中国又有了新发展，形成了新传统，它与新文学互映互衬，是重构现代中国文学通史的别开生面的子系统。以前书写的中国现代文学史之所以没有名正言顺地容纳传统体式文学，关键在于受到学科意识和理论框架的制约。因为“中国现代文学史”只能以“新文学”或“现代型文学”为研究对象，只能以现代化为价值规范，传统体式文学是没有改制好的“旧文学”，不能进入研究视野，即使承认它们是“旧瓶装新酒”，也因其是“旧瓶”不能登大雅之堂，更不能作为一个子系统进入中国现代文学史的结构中。现代中国文学史学科观念则不同，主动地自觉地把传统体式文学纳入文学史总体框架之中，是其不可或缺的构成部件。它与作为主件的新文学不是对立的关系而是相辅相成的辩证关系，只有将传统体式文学融进文学史整体，方可显示出现代中国文学的丰富性、多样性。

此外，还有“民间文学”，这是一个客观存在的尚待开挖梳理的文学子系统。

---

① 转引自朱德发：《中国五四文学史》，第 198 页，山东文艺出版社 1986 年版。

因为“下层——民间”理念是现代中国文人和作家从本土小传统中发掘出来并加阐释而转换的现代权力话语，从传统文人的“俚俗”到五四学者的“民间”再到革命者的“人民”，正是一个本土的传统话语向着蕴涵民族、民主观念的现代话语的生成过程。在此过程中，“民间”理念曾发挥了重要的传导作用。革命者在利用民间文学方面曾经相当成功，在用“阶级”、“人民”重新定义“民间”之后，民间文学成为中国现代多元民族共同体——中华民族文化同一性的象征符号。所以，“在现代中国，民间文学作为现代多元民族国家的文化建构力量，最终成为政治民族主义的文化依据或政治—文化民族主义的意识形态式权力话语。”①由于民间文学在现代中国与主流文学的交汇、冲突、融合中有一个从理念到文本的转化、变异过程，因而将它作为一个子系统纳入现代中国文学史总体系统，给研究者的整理、阐释与书写带来了难度，也带来了深度。

既然现代中国文学通史是个多元系统的共同体，那么它的学科建构便有其独到的特色和功能：一是多样统一。现代中国文学是个大文学史观念，是在21世纪之始的继往开来的欲望驱使下所进行的体系性建构的设计，从横向上它要吞纳现代中国不同民族不同地域的多种系统多种样态的文学，在纵向上肇始于晚清文学变革而下限却是无止境的。这样一个巨大的纵横交错的文学时空，并不是一个和谐共处的文学世界，不同文学系统不同文学样态之间充满了矛盾，文学系统和文学样态本身也充满了冲突，正是这诸多矛盾成为各种各样文学嬗变发展、融会整合、变异创新的内在动力，正是这诸多冲突才是各种文学系统不断革故鼎新的生命力所在。学科建构的重要使命之一就是通过研究主体对文学矛盾客体的感受、体认、探寻，并从中把握其内在和外在的统一性、联系性，而书写成主客体相融合、多样性与和谐性相结合的现代中国文学通史。如果学科建构缺乏融会百川的功能，不能把各个文学子系统结构为一体，而是散乱无序地非逻辑地堆放在一起或者排列在一起，那就成了一锅大杂烩或一部杂乱的资料汇编。所以，从不同文学子系统之间的矛盾中寻找其统一性、从不同文学样态文本的内外冲突中窥探其契合点、从宏观上把握现代中国文学的相似点和趋同性，则成了能否成功地建构多样统一的现代中国文学通史的关键所在。也许可以从现代中国文学的多元矛盾体中发掘很多关联点、相通点，但在我们看来，现代性和民族性可以从不同层面、不同方位把现代中国多元文学系统联结为一

① 吕微：《现代性论争中的民间文学》，《文学评论》2000年第2期。

个有机的整体。二是宏阔深邃。现代中国文学史学科建构是以中外古今文学作为价值坐标和文化思想资源,不仅新文学的生成与发展同世界其他民族文学有着广泛的联系,也与悠久的古代文学传统有着承续关系,只要细致地考察那些经典作家和经典文本,就会发现作家文化人格的构成、经典文本的营造都有中外古今文化的渗透和积淀;通俗文学、台港澳文学、传统体式文学乃至民间文学进入现代中国这个开放的特定文化历史语境,都自觉不自觉地汲取中外古今文化,它们的生成、变异和转换都有古今中外文化作为既深且广的源头;即使少数民族文学进入现代中国的动态社会结构也不能总是处在封闭阻塞状态,它们随着中外古今文化的交汇对话也在变异或向现代化转换。可见,现代中国文学史学科建构有中外古今文化作为它的外在大系统,历史背景是极其宏阔的,价值资源是极其深邃的。诚如黑格尔所说:“最晚出的、最年轻的、最新近的哲学就是最发展、最丰富、最深刻的哲学。”①现代中国文学何尝不是这样。相对于古代文学它是最晚生成的最年轻的文学当然也是最发展最丰富最深刻的文学,因为它承传或整合了人类开放时代所有各民族各地区文学中的有利于现代中国人生存需要和审美需求的因素,在新的政治文化与审美文化的历史语境下有所开创有所发展,所以现代中国文学史学科的建构所依托的中外古今的文化背景是深广而又久远的。三是拓展出新。“现代中国文学史”学科比“中国现代文学史”学科不只在纵横向度上做了极大的拓展,为文学史探讨和书写提供了不少新的空间和领域,这无疑是新的知识增长点和新的学术增值点。这是因为建构一个新的学科体系,并非对既成的中国现代文学史学科的增增补补,应该视为是文学史建构的整体创新,从研究对象、学科意识、文学史观、框架结构乃至操作规范等都做了大的调整与革新。尤其值得提及的是,这种全方位的现代中国文学史学科,它涵括的形态各异的文学系统由矛盾冲突悖反变异所致而形成的大大小小的张力场和形形色色的关系网,就能开掘出新思想新意蕴新原理新史识;也就是说,没有张力就没有创新,没有关系就没有规律,有了创新就能新意迭出,有了规律就能深化认识升华学理。然而学科本身所蕴涵的新信息、新知识、新创意、新规律能否在建构过程中被开发出来并使之源源不断地出新,关键在于研究者或编纂者的竭诚努力,强化自身的学养,充实知识库藏,提高创新能力,开拓学术视界,以适应新学科建设之需要。现代中国文学史学科下线不

① [德]黑格尔:《哲学史讲演录》第Ⅰ卷,第45页,商务印书馆1981年版。

封底，有无限的延展性，新作家新文本层出不穷，新知识新信息目不暇接，这使本学科建构永远处在动静结合、有限无限的运作中，充满了言说不尽的话语活力。

面对全球一体化的总趋势，一切都在转变或转型，“现代中国文学史”学科建构正是抓住机遇迎接挑战。但愿它能成功，一展新姿。

（2002.1）

第二章　新文学史:社会文化思潮与历史变革的双重叠影

按语　最近清理已逝时光在不同的语境与心态下草写的书稿,其中《思想的交响与历史的变奏》这部残稿攫取我的视力与思绪,把我的心灵搅乱了,如同一汪平静的水被一块飞来之石击起层层波澜,1989 年下半年那段不堪回首的岁月从记忆中叠印出来:此时我和研究生刘开明沐浴着思想解放的阳光、吸吮着学术自由的空气,正在兴致勃勃地策划一个研究课题即从文化思潮与现代文学的互动关系中探索中国新文学的生成机制、规律及其形态特征,并从反思的高度总结中国新文学曲折艰难历程中所蕴含的沉重经验教训,命名为《思想的交响与历史的变奏——个性主义、民族主义和马克思主义共同塑造中国新文学浮雕》,写成五章 15 万字的学术专著。我们师生俩对这个课题既有准备又感兴趣,一边讨论一边撰写,既分工又合作,重进度也重质量,预计以师生共同的学术激情与才思智慧在一年内足以完成初稿。"天有不测风云",学术界突来的阵阵寒流,使敞开的个性萎缩了,自由的心态封闭了,青年学者的心灵遭到重创,老年学者的心有余悸加重。这就使本课题随着风云变幻的时暖时寒而写写停停、停停写写,到了实在写不下去的时候也就搁笔了。刘开明取得研究生学位后远走南方,我的心情也日益沉重,既不想再写下去又不愿把草成的两章改好,于是将它作为"残稿"收藏封存起来。今天翻出来,抚摸着它,思绪腾涌,感触万端,不知如何处理是好,是继续写完还是保留"残稿"? 最终思定:为了记住这段不正常的历史在心灵中所留下的阴影和在学术探索中所留下的曲折印痕,更为了怀念那种在逆境中坚持学术研究所结下的师生友情,我把这部只草成两章的"残稿"几乎一字不改地打印出来公之于世,作为历史的纪念。尽管它的整体学术水平与当今同类课题研究有了明显差距,文字也比较粗疏,但"残稿"毕竟真实地记录着我们师生的粗浅思考与躁动心态。原始的真实比修饰的真实更为可贵。(2003.8.1)

文学史，就其最深刻的意义来说，是一种心理学，研究人的灵魂，是灵魂的历史。一个国家的文学作品，不管是小说，戏剧还是历史作品，都是许多人物的描绘，表现了种种感情和思想。感情越是高尚，思想越是崇高、清晰、广阔，人物越是杰出而又富有代表性，这个书的历史价值就越大，它也就越清楚地向我们揭示出某一特定国家在某一特定时期人们内心的真实情况。

一本书，如果单纯从美学的观点看，只看作是一件艺术品，那么它就是一个独自存在的完备的整体，和周围的世界没有任何联系。但是如果从历史的观点看，尽管一本书是一件完美、完整的艺术品，它却只是从无边无际的一张网上剪下来的一小块。从美学上考虑，它的内容，它创作的主导思想，本身就足以说明问题，无需把作者和创作环境当作一个组成部分来加以考察，而从历史的角度考虑，这本书却透露了作者的思想特点，就像“果”反映了“因”一样，这种特点在他所有作品中都会表现出来，自然也会体现在这一本书里，不对它有所了解，就不可能理解这一本书。而要了解作者的思想特点，又必须对影响他发展的知识界和他周围的气氛有所了解。

——[丹麦]勃兰兑斯《十九世纪文学主流·序言》

一

假如我们想追寻中国新文学几十年风风雨雨的历史意义，也许勃兰兑斯的这两段话能够资我们许多有益的借鉴。显而易见，这也同样是我们对文学史研究的一种基本理解。文学史研究首先要关注的当然是文学的本体，而不能脱离文学本体的范畴，但将文本仅仅局囿于文学的符号系统、美学价值却又是另一种狭隘和偏颇。从个体角度看，文学是作家以独特的个性、感情、视角对灵魂深处的美的发现，是作家心灵创造性的自由表现；但从人类社会的角度看，文学是一种社会现象，它表现了社会心理与个人心理的调节关系，是个人心理与社会心理的创造性形象反映，它表现着社会生活的各种现象、蕴涵着社会生活的各种复杂因素。文学史研究的任务就在于通过人物灵魂的剖析来揭示这种社会现象的丰富内涵。但是文学史研究的并不仅仅在于文学的本体意义，而且还在于其作为“史”的演变和发展，探索它的演变动力机制和发展内在规律，因此也是一种历史研究。而历史研究首先意味着历史主义地对待历史现象，即从纷繁芜杂的历史表象中抉揭出隐藏在其背后的人类心理潜流，回答历史流变过程的疑窦和困惑，从而揭示出在一定的历史时期里人们内心的真实情况与心理的律动趋向。

最近几年来，中国现代文学的研究由于汇集了过于庞大的队伍而感到空前的“拥挤”困窘——研究领域的有限范围难以提供那么众多的“豪杰”施展身手的场地，研究对象的不断深化又给后来者造成难以逾越的障碍，使他们很难在已经被人一再咀嚼的东西里发掘出新的“金子”。本学科昔日的显赫地位和研究成果的轰动效应已不复存在。这一切都给本学科笼上了一层悲凉之雾，也导致了研究者的迷茫和困惑，更激起了他们的超越意识。因而所谓将现代文学研究引向纯文学研究、摆脱社会—历史批评模式、探寻文学的美学意义，即回归文学本体，在文本的研究基础上构建美学意义上的中国现代文学史的呼声便不时传出，并逐渐升级。[①] 的确，文学史研究首先应该顾及文学的独特价值，考察文学感受生活的独特视角、审美方式，并从中展示文学这种独特的精神形态在现实社会生活的存在和发展方式及其意义。然而从文学与现实的关系来看，任何一种精神产品，包括文学艺术都不能脱离现实生活。不管它多么艳丽多姿、绚烂独特都只能是根植于“现实”这个广阔的大地之上的。在现实生活中，文学从来就不是作家们在隔绝人世的“象牙之塔”中呢喃的梦呓，也不是警幻仙境的琼花灵草，它时刻与一个国家一个民族在一定历史阶段里表现出的时代精神紧密联系着，并且是一定历史阶段的时代精神、社会文化思潮通过作家的创造而表现出的审美形态，因此泰纳将文学看成是种族、环境和时代这三种因素的综合产物。文化学研究成果也同样表明了，人类文化的各个方面都不是孤立的，而是相互联系、相互渗透、共同作用地存在于一个文化大系统中，文学、艺术、政治、宗教、哲学、科学等等都是共存于这一大系统中的子系统。当我们研究其中一个的时候，不应将其孤立起来，因为它们的意义是由它们在整个文化体系中的地位所决定的，任何一个社会的文化和生活方式都不应作为统一的进化过程的局部情况或阶段来研究，也不应该作为独立的具体的整体来研究，这种整体

---

① 1985 年和 1988 年在北京召开了两次中国现代文学研究创新会，在这两次会议上，许多研究者都认为本学科存在着困境，应“回归与超越”。1989 年的《文学评论》第 3 期刊出尹鸿、罗成琰、康林的《现代文学研究的第三代：走向成功与面临挑战》，也说到了本学科正经受着“痛苦的蜕变”和所谓第四代研究者的“困惑、彷徨和焦灼”。

应当理解为它的内部的统一。① 这种"内部的统一"既是各样文化样式内在的精神联系,也是某一文化样式(精神产品)与其母体——现实生活的物质联系,即"因"与"果"的统一。文学对现实的回归和超越,都是自非人的东西向人的因素的接近,即现实的人生过程,它不能脱离作为社会关系总和的人的属性。现实性、社会性和历史性是人的属性,而作为人学的文学也必然包括这些属性,即文学的本体不能仅仅归结为形式、符号、语义等范畴,其根本之处就是它反映人的主体性,汇融着人的历史性、社会性和现实性。

就中国新文学而言,浓厚的现实因素和强烈的政治功利色彩是它最基本的特征,可以说,离开这两个因素,就无法谈论中国新文学。文学在现实社会中是最应该独立和超越的,没有独立和超越就没有文学自身的意义和健康的发展,但文学的独立和超越必须以作家的独立人格和自由心态为基本前提;而在中国现代社会里,动荡不定、风云变幻的政治风潮,中西文化的交汇碰撞和中国知识分子革故鼎新、追求富国强民之道的现实境况,使中国现代作家根本无法在风雨飘摇的现实世界中营构文学的"象牙之塔"。创造社诸君从高喊"为艺术而艺术"到高举"无产阶级革命文学"大旗,鲁迅从文化批判转向政治批判等例子就可见一斑。因此,我们认为,如果"回归文学本体"是想排除文学的社会、历史因素,否定研究文学的历史意义和社会价值,而仅仅从纯文学的审美层次来重构中国新文学史研究格局的话,或许也能够给我们辟出一片新的审美世界,发现新文学许多新的研究价值,从而带来一种文学研究的新的思维视野;但这种"回归"只能适可而止,一旦走向极端,即会从"史"中游离出来,悖离中国新文学史的本体。因为中国新文学虽然经历了五四文学革命,实现了由古典型向现代型的历史飞跃,但启蒙和救亡的双重任务都迫使文学的发展不能不承负着现实的重担,而难以保持纯文学意义上的发展和创新,文学只有在现实与传统、文学与政治、东方文化与西方文化的夹缝中才能生息发展。因此,中国新文学之所以能够吸引那么多研究者的关注,主要原因不在于它自身所拥有的现代审美精神和文学的符号意义、价值系统,而在于它是中国现代这一新旧军阀混战、政治斗争激烈、各种社会文化思潮纷然杂陈、中西古今文化大汇流大碰撞的特定社会历史的一面镜子,其中由于它最形象地记录着现代中国人的心路历程,从而最丰富最生动地蕴涵着中国现代社会文化精神形态嬗变的历史内容和表现方式,

---

① 参阅[美]亚历山大·阿兰德:《人类的历程——人类学导论》第二十一节,美国哥伦比亚大学出版社 1980 年版。

最准确最及时地反映了中国现代历史变革的全部艰难性和复杂性。每一个研究者都可以从这面镜子的折射中发现自己感兴趣的内容和激发内心的创造力的灵感。诚然,从文学中寻找非文学的内容,似乎与文学研究原则相悖,但不正是这种社会—历史批评模式为人们揭示了可以从文学与时代的生动联系中汲取活力的吗?文学既然是一种历史现象,它就应该回答历史的要求,不断实现对自身的超越,文学的功用由此而自单一化转向多元化。文学从来就不是“纯粹”的,它从历史中诞生,并还原于历史。

据此,我们认为,与近现代以来的社会文化思潮和历史变革始终密不可分的中国新文学史实际上就是中国近现代社会文化思潮(社会意识形态)与历史变革的双重叠影。只有在社会变革、政治运动与人对精神自由追求的双重掣动、相互催促中,只有在社会意识形态与文学自身运动的二律背反中,才能准确地理解并界定中国新文学史的内涵与外延,才能更深入地揭示出历史赋予中国新文学的全部丰富的历史价值、美学意义和思想启示。中国新文学,与中国近现代史一样,是诞生于中国近现代中外文化大汇流、大碰撞以及中国本土文化大重构的历史洪流中的,是诞生于中国知识分子前仆后继地探寻民族富强之路的艰难行程中的。因此,它的产生、它的精神内核、表现形态以及由此而来的审美精神、艺术原则、表义符号系统莫不受掣于中国文化与中国社会形态转型期的现实境况,莫不深深地烙印着中国19世纪末至20世纪这一社会文化急剧变动的历史时期里的社会意识形态和社会变革、政治斗争的痕迹和影子。可以说,如果抽掉这些特定的社会历史内容,也就无所谓中国新文学。

二

1840年,“英国的大炮破坏了中国皇帝的威权,迫使天朝帝国与地上的世界接触。与外界完全隔绝曾是保存旧中国的首要条件,而当这种隔绝状态在英国的努力之下被暴力所打破的时候,接踵而来的必然是解体的过程,正如小心保存在密闭棺木里的木乃伊一接触新鲜空气便必然要解体一样。”①马克思对中国传统社会解体过程的描述,说明了中国传统社会的解体其实就是由传统的封建

① 马克思:《中国革命和欧洲革命》,《马克思恩格斯选集》第2卷,第3页,人民出版社1972年版。(本书所用《马克思恩格斯选集》均为人民出版社1972年版,以后不再注明。其他小注均用此法。但因所用《马克思恩格斯全集》及《毛泽东选集》版本不同,故各自注明。——编者)

式小农业自然经济社会向近现代民主式工业社会的转型过程，是近现代西方文化对中国社会的濡化和中国传统文化拒绝濡化的过程，是中国文化在外来强力下被迫放弃我族文化中心主义（天朝文化模式）转向认同、接受外来文化的过程。这是一个十分艰难而复杂的过程，近现代中国一百多年来的一切重大问题都是它的分衍。

中国历史发展到清朝，虽然文治武功之盛，几乎堪比汉唐，但是到此时，中国传统文化作为一个整体已丧失了其固有的生命活力，而成了阻滞文化进步实现现代化的障碍。如段玉裁、王念孙、王引之和戴震们治学的方式虽颇近科学，但他们探寻的对象不是自然世界、人类社会，而是故纸堆的考据或义理。一般儒士高谈的也仅是心性理学，做八股文、做试贴诗、背诵诗云子曰，而置格致物理为不屑之物，形成了李鸿章所说的“中国士大夫沉浸于章句小楷之积习”①；特别是清朝几次大规模的文字狱，更是把知识分子的思维活动驱向制艺吟文、凝固到四书五经的功名仕途上。正如施威雪（EarlSwisher）指出的，“十九世纪的中国知识分子所表现的是一种故步自封的知识分子。这些知识分子过分陷于一种传统的模式里以致不能作那些为了维持其领导地位而行的基本思想改变。就中国知识分子的坚持孔学正统来看，19 世纪的中国很类似中世纪的欧洲。在培根发动知识革命以前，该时欧洲的知识分子浸沉于亚里士多德和经院哲学。中国知识分子具有许多德性，而且常常是光华灿烂且有良好品格的人，可是他们缺乏弹性，并且是在一个很窄的框架以内思想和行事。”②这就造成了中国文化缺乏发展的原动力，使之成为一个中古形态的自定自足体系（Homeostatic System），即一种以自我为中心的“天朝文化模式”。当中西文化在一连串的接触——明末清初的传教活动，清末的“船坚炮利”、洋务运动、维新运动，五四运动——之后，中国传统文化的天朝模式受到了前所未有的严重挑战。英国历史学家汤因比说过，任何文化构成都是来自自身和外界的挑战的反应方式，挑战与反应的交互作用构成了任何一种新文化重建的基本模式。中国新文化（包括中国新文学）的生成过程正体现出中国文化对西方文化的挑战所做出的复杂反应方式，即在外来文化的催促下展开的重构民族文化的文化本土运动。所谓文化本土运动，是一个主位文化因客位文化的冲击而引起的重整反应，使其性质可分为两种：一是存续式的本土运动（perpetuative nativistic movement），

① 参阅殷海光：《中国文化之展望》，第 58 页，中国和平出版社 1988 年版。
② 转引自殷海光：《中国文化之展望》，第 62 页，中国和平出版社 1988 年版。

类似宗教崇拜仪式和行为。它一方面是为了保存传统文化的特征和生活方式，另一方面又是为了反濡化。当原有文化受到外来文化冲击而发生危机时，原有文化的回返适应（reactiveadaptation），即表面的臣服和实质的仇视，这容易转化为排外运动，如近代史上著名的义和团运动。另一种是同化式的本土运动（assimilativenativisticmovement）。这种类型的本土运动主张吸引外来文化，并把原有文化之有价值的因素与所需新的要素合并起来，创建出新的文化整体。这种构建过程是开放的，所涉及的区间颇宽：从文化的基本前提到政治制度，从政治制度到经济生活，无不在更新之列。而重构的程序从极不切实际的或不可能实现的乌托邦到政治性的民族主义，从政治性的民族主义到文艺复兴，都在“文化革命”者脑海中荡漾。五四运动即属此类。在这两种类型的本土运动中，前者表现为文化保守主义，是阻滞文化更新的；后者表现为文化进步主义，是促进文化发展更新的。可以说，这两类文化反应方式始终贯穿着 20 世纪中西方文化交流、中国新文化建设的全部历史；即中国近百年的历史运动过程，它们的交互选择、共同作用构成了中国新文化和中国新文学乃至中国近现代历史的生成与发展的种种表现形态及其畸变、扭曲。

为了说明这一文化特征，有必要在此巡视一下中西方文化在中国近现代社会交汇碰撞的景观。我们知道，西方文化的大量输入，是中英鸦片战争的直接产物，与西方列强船坚炮利对中华民族的生死存亡的威胁紧密相连。也就是说，中国传统文化在西方近现代文化的冲击下发生变迁的过程，实际是由“船坚炮利”逼出来的。这是一种强迫型的文化“侵略”，它所带来的则是一系列不良的开端。在西方文化的逼迫下，中国社会的铁幕被打破了，其文化体系也必然在“变”与“不变”之间做出相应的选择。“适者生存”的进化论原理告诉中国人，只有“变”才能“适时而存”。“变”则要在意识形态和社会政治制度、生活方式等许多方面做出相应的调整，这对于尊古守旧、思稳惧变的中国一般老百姓来说实在是一件困难且痛苦的事情。实际上，在这一新旧过渡的交错时代里，并不是旧的去了而新的没有来，而是旧的远没有来得及去掉而新的已大量涌进。“新”与“旧”必然由此而在社会的各个层面乃至每个社会成员的身上展开激烈的斗争，而且主要表现为思想观念、伦理价值范畴的冲突，从而产生由价值信仰系统的危机而导致了整个社会文化的全面危机。“C. Geertz 曾指出，当社会和政治危机伴随着原有文化根基失落时，便迫切需要意识形态。意识形态不是科学,而且包含着某种要求支配人们观念和行动的信仰。"①当时,刚刚从沉睡中醒来的中国知识分子感到了一种从未感受过的价值失范、传统思维观念崩溃的痛苦。为了摆脱这种困境,他们苦恼地在新旧思想冲突的夹缝中寻找新的人生信仰、价值伦理范式。这种时代特征造成了他们在观念形态上的动摇性,时而保守、时而激进,如严复、梁启超、周作人、钱玄同、刘半农等一大批近现代著名的思想先驱皆如此。的确,在这样一个传统意识形态崩解后思想动荡而又得重新寻觅出路的时代里,一贯缺乏独立思考能力的中国知识分子之思想易变与多样分化便是无可避免的必然结果。一个知识分子或一些知识分子在不受人牵着鼻子走以后,因要独立地重建自己的思想天地以及追求对重大问题的解答而导致的思想动荡和困惑,实是必须付出的代价。欧洲自中古基督教的教统思想对知识分子思想的拘禁作用松弛以后的情形,多少与此时的中国思想界有点相似。既然此时的社会文化冲突和变迁表现为意识形态的冲突和变迁,那么整个社会文化系统(包括文学)的泛意识形态化就是不可避免的。实际上,如前所述,近现代以来的文化传统和由此而来的冲突、演变,大多离不开伦理价值范畴的意识形态竞争。这种情形,就导致西方文化在中国社会的濡化过程流于观念思想层次、宣传说教的政治功用层次,而缺乏以学术研究、理论输入为前提的文化深层建构,使新思想尽管表现上声势浩大却难以从根本上摧毁人们内心的传统框框,无法在理论建设上形成一个推进中国文化现代化的动力系统,因此传统的东西往往能够借新事物死灰复燃、借尸还魂,致使历史发展出现种种"循环怪圈"。

由此可见,中国现代社会文化思潮与意识形态有着难分难解的亲缘关系。一般说来,狭义的文化概念,包括两类不同质的文化系统——知识系统和信仰系统,前者是相对剔除了人们主观价值倾向的求知运作的产物,而后者则是与人们的社会利益、主观偏好紧密相关的价值选择结果——意识形态。究竟什么是"意识形态",目前学术界对它的理解和界说是非常混乱的,而它又是本书的一个基本概念,因此有必要先阐明我们对它的理解。"意识形态"一词,来源于希腊文 isξ α(观念、形象、概念)和 λ σ ros(学说),它的本义就是一种观念、概念、学说,表示一种思想和观念,是通过一种关于实际的理智过程的理论批判而形成的,为理性的统治做准备。但这种词义发展流传到现在,其含义有了很大

① 转引自李泽厚:《中国现代思想史论》,第58页,东方出版社1987年版。

的变化，一般不再是“观念科学”，而是指一种对于世界、社会和人的思想、感情和态度的整个体系，特别用于指政治中的思想、感情和态度——公开主张的或缄默接受的信条。因此“意识形态”是以一定哲学世界观为基础的政治理论体系，是一定社会阶层的世界观和思想总和，也可以说是一种“政治世界观”（dieideologie），它表明了人们的一种行动信条或信仰，具有明确的政治倾向性。这种理论体系表现为一种政治原则、行动纲领、价值标准和社会理想。在西方中世纪基督教文化和中国传统的儒家文化中，知识系统与信仰系统是混融一体的，其表现为知识服从于信仰、价值判断左右着理性认识，道德上的“善”或政治上的“是”必然也是知识上的“真”，反之亦然。中国新文化运动的思想先驱们之所以要拥护“赛先生”，高举“科学”的大旗，其重要目的就在于将知识从信仰的泥淖中解救出来，重建起独立于信仰系统的知识系统。然而，尽管中英鸦片战争特别是五四运动以后，作为传统意识形态支柱的儒学已经在西潮排浪般的冲击下，发生了真正的动荡，但这并不等于几千年来传统文化对新一代的影响将宣告烟消云散，实际上儒学的泛意识形态化的思维模式仍然决定着新一代知识分子的选择和思考倾向，并且在新文化的建构活动中也同样延续着，这就是林毓生所说的“借思想文化以解决问题的途径”的思维模式。从严复、梁启超、章太炎到鲁迅、陈独秀、胡适、吴虞等近现代思想先驱，在对中国传统文化的态度上，大都存在着“理智上的批判和情感上的回归”的矛盾现象，他们以西方各种“新”思想来批判和否定中国几千年的传统礼教，锋芒所指的是中国传统文化体系和中国社会组织结构对“人”的严重戕害，“重估一切价值”是他们最响亮的口号。但在实际生活中，他们却自觉承负着家庭的道德义务、遵守着传统文化所规定的处世原则、伦理规范，甚至在传统的生活方式中寻求慰藉等等。在泛意识形态的思维模式的影响下，近现代思想启蒙家们并不能在“分析重建”的方法论基础上对中国的传统文化深层结构进行理论剖析，而多是以人生经验和现实感受为出发点对传统的东西怀疑、批判和否定，导致批评的矛头主要指向传统的意识形态即传统的伦理价值观念，并企图“借思想文化以解决问题的途径”来达到否定传统文化，建立现代文化，即以西学中的“民主”和“科学”重建一种能够解除在整个民族生存危机时出现的意识形态危机的新的价值权威和信仰符号。当时，各色各样的“主义”，抑或进化论、“民主”和“科学”的倡导，都或多或少地存在着急功近利的现实功用目的，即用以取代日益式微的传统儒学并拯救意识形态领域的权威危机，这就使那些在西方纯粹是价值中立的学术理论与中国知识分子社会变革的现实需要结合起来，成为人生观、救国术，学术理论也就转化为意识形态。因此，国人对西方各种新思想的接纳和建构中国新文化就不能不局囿于意识形态的畛域之中。从清末严复对进化论、自由学说的介绍到五四时期中国思想界全面引进形形色色的西方思潮和学说，人们大都不关心它们的内在历史和逻辑联系，也不关心它们因何产生有何基础，而仅仅是考虑它是否能为我所用、是否能提供一种有别于传统的价值尺度，从而出现了将施蒂纳、尼采与托尔斯泰、卢梭相提并论，马克思、巴枯宁、克鲁泡特金、列宁、尼采、罗素、杜威等等各种本是相互对抗矛盾的学说融洽共存的怪现象。这一"无序"现象表明了人们在接受西方新思想时只是要寻觅其可以替代已逝的旧人生观的东西，仅仅停留于一种情绪上的评判态度——价值评判，其中虽然也包含着一些"分析重建"的因素，但由于"输入学理"没有和"研究问题"相结合，"价值判断"没有和"分析重建"相结合，不能不使各种新思想流于观念或情绪层次。这就导致了文化重构活动重落传统泛意识形态的窠臼，使中国的文化变革实际上成为价值信仰系统的变革。因而，当政治救亡的任务压倒文化启蒙的呼声时，新文化运动就自然转化为一场为政治选择做论证的意识形态革命。这场由整个民族的生存危机诱发的近现代文化变革，因救亡图存的急需而蒙上意识形态的色彩乃势所难免，但是整个思想学术界都被此政治化风气所支配，就不能不使整个新文化建构系统中的知识系统和信仰系统发生严重倾斜，从而导致社会文化心理过于集中到现实政治问题上；并由于要求重建价值信仰权威而放弃知识系统的科学性和独立品格，使整个社会文化思潮由此引起连锁震荡，形成了文化系统在新旧转型期的种种"失范"现象。在其间，作为社会文化心理集中体现的中国新文学自然表现得最为突出。从晚清的文学改良到五四文学革命，思想启蒙家和革命家等人组成的文学革命发难者群对文学的期待都相当高，甚至有人将其抬举到"黄金黑铁"、"国会立宪"之上。[1] 梁启超就认为，"欲新一国之民，必先新一国之小说"[2]；陈独秀指出："今欲革新政治，势不得不革新盘踞于运用此政治者精神界之文学。"[3]李大钊也认为："由来新文明之诞生，必有新文艺之先声……而后当时有众之沉梦，赖以惊破。"[4]面对着内忧

① 鲁迅："使知黄金黑铁，断不足以兴国家。"（《摩罗诗力说》）。

② 梁启超：《小说与群治之关系》，《中国近代文论选》上，人民文学出版社1959年版。

③ 陈独秀：《文学革命论》，《新青年》1917年第2卷第6号。

④ 李大钊：《"晨钟"之使命》，《晨钟报》1916年8月15日创刊号。

外患的严峻的民族危机、现实危机，他们期望以文学的力量去影响民族的精神生活，从而推进民族历史的发展进程。到后来，一些激进的无产阶级革命文学先驱则干脆把文学等同于政治宣传，提出文艺直接为现实的政治斗争服务。这样，文学就不是独立于意识形态的精神形态，而是政治意识形态的一个分支，并被运用于意识形态的革命洪流中。文学与意识形态的结合便构成了新文学运动的基本特征——文学的政治倾向性、实用性和现实性。因此，如何准确地理解和阐释文学与意识形态的复杂联系将是研究新文学史的首要任务。

但是反过来看，社会文化思潮的泛意识形态化与文学的推波助澜有着密切的关系。如前所述，中国思想是习惯于把文学抬举为“救国济世”的武器，直截了当地将文学等同于观念、思想的宣传和说教。五四先驱者虽然提出了建设中国新文化的宏愿，并试图从否定中国传统文化和输入西方文学理论这两个方面来完成这一重构活动。但是，由于他们是在西方列强的压迫下，整个民族出现生存危机，王权统治秩序出现解体，在意识形态领域也相应出现了信仰危机的时候而开始新文化建设的。在这种情形下，最急需的显然不是文学艺术的审美活动及其美学价值乃至科学理论的学术研究，而是以各种途径重建新的价值权威和信仰符号，因此整个新文化运动必然染上浓厚的意识形态色彩，使文学的变革、重构始终成为新文化运动的最重要的一翼，文学运动在每个历史变革中总是扮演着先锋和中坚的角色。这当然是由文学在中国文化中的特殊地位决定的。众所周知，在传统社会里，文人是中国的骄子，文学乃是一种“包罗万象”的文化财富。它不只是一种语言的表达方式，而且是一种重要的制度，其决定着中国士大夫能否做官、能否占特殊的社会地位、能否扬名声显父母。所以它代表的是整个由文言文符号系统维系着的思想文化制度、社会政治体制和伦理价值范式。这样，以提倡白话文反对文言文为主要内容的五四文学革命就不仅仅是革旧文学的命，而是一场基本价值的革命。它涉及整个传统文化体系的问题，而其直接指向的则是以“民主”、“科学”和个性主义、人道主义基本价值信仰系统的文化模式取而代之。因此中国新文学对意识形态的介入并没有任何外来的压迫，而是其自身属性的自觉衍化。它为思想革命服务、为新文化运动服务、为现实政治服务，都来自其对民族解放运动的自觉参与性，甘做唤醒国民精神、推动民族历史进程之武器的表现方式。尽管“宣传”和“说教”曾经使文学的表现领域得到了空前的扩展，也使文学在社会大变动与抵御外族入侵的政治和社会斗争中发挥过不可低估的积极作用。但是，通过诗歌、小说、漫画、木刻、戏剧这些文艺形式来传播甚至建构新的价值观念、思想学说和“救国救民”的大道理，很能给人一种荒谬的“滑稽”之感。正是这些幼稚而天真的“梦呓”造成了中国现代文化的观念化和浮泛化，也是导致中国现代文化泛政治意识形态的一个重要因素。我们可以从两个方面来说明这一观点。首先，中国的新文化建设是以怀疑、批判和否定传统文化的价值观念、道德伦理规范以及与之相关的社会政治制度、风俗习惯、生活方式为基本前提的。陈独秀在《新青年》第六卷第一号发表的《本志罪案之答辩书》，就指出了新文化运动“无非是破坏孔教、破坏礼法、破坏国粹、破坏贞节、破坏旧伦理（忠孝节义）、破坏旧艺术（中国戏）、破坏旧宗教（鬼神）、破坏旧文学、破坏旧政治（特权人治）”等等，而这一切主要是通过文学来进行的，由文学的革命来实现旧传统的消灭，由文学的批判来完成思想启蒙的历史使命。文学是情绪情感的载体，多是诉诸人的感情方面的，特别是刚刚从封建束缚中挣扎出来的新文学更是带着强烈的浮躁情绪和浪漫精神，这些特征都使其不论批判旧事物还是歌颂新事物都必然产生感情有余而理智不足的毛病。当然，鲁迅除外。鲁迅的小说、杂文对中国家族制度和礼教的分析、批判，不仅暴露了中国社会组织结构和伦理体系对“人”的严重戕害，而且深刻地说明了中国社会变革将不是以皇权或宗教权威的消灭为标志，因为中国的专制主义是渗透在社会的基本细胞——家庭及其伦理形态之中的，它并不会伴随着专制君主的灭亡而灭亡，从而由此提出“个性解放”、“妇女解放”、“救救孩子”、“思想自由”等一系列新文化运动的建设性命题。但从总体上看，中国新文学的“反传统”和追求“人的觉醒”的社会使命都仅仅表现为一种姿态，一种态度。这是社会心理学范畴中的态度，是指主体对环境中独立于主体之外的人或事物的认知系统、情绪反应以及行为倾向，它包括认知、情感和行为倾向三个方面。心理学研究认为，态度是由核心心理倾向与态度参数构成。核心心理倾向是对他人或某一事物的喜欢或不喜欢、赞成或反对，属情感的成分。态度参数是指构成态度三个部分中的不同数量的因素，态度的三个部分都有这种数量关系。显然，新文学中的态度主要是一种“评判态度”和“期待态度”，其中认知的因素远弱于情感的因素，由于情绪的流变性特别强，表现在现实中就是他们在理论上难以确立“逻辑一致性”。其次，中国近现代输入西学的工作，特别是向大众宣传西方的观念、思想和知识，主要也是通过文学艺术来完成的，毛泽东就曾把30年代国统区的左翼文学运动比喻为向国民党进攻的文化战场。这种用文学的形象化图解来传播、宣传理论思想的方式，就必然难免使理论流于情绪性的美丽诺言或浮泛空洞的革命道理。这种煽情式的宣传方式在社会危机时也许很有效力、很能唤醒民众、“深入民心”，但由于缺乏扎扎实实的学术工作，难以形成切实的理论基础促成新文化体系的合理建构，而仅仅是挑起一般人的直接反应，引起一般人的幻想，激起一般人的仇恨，煽起一般人的狂热，逗起一般人对未来产生美丽的憧憬。只要这些言论、大道理被人们接受，即可成为“政治宗教”的信条，颠扑不灭的绝对真理。可以说，中国新文化建设之所以出现那么多“思想走私”的渊薮，不能不说与文学的这种参与行为有联系。从以上两个方面看，由于文学对新文化运动中思想革命和政治革命的越俎代庖，在很大程度上造成新文化建设者们对思想革命和政治革命的理解，仍然摆脱不了知识与信仰合二为一的传统心态，促使文化变革仅仅止于实现政治功利的意识形态应用，从而进一步强化了新文化结构的僵化效应，使之构成过于偏枯和狭隘。不过文学的这种“宣传”和“说教”兴趣并非中国特色，而是一种带有普遍意义的世界现象。日本学者桑原武夫曾深刻地指出：“教会的一统思想的权威一旦剥落，人们便失去了往日的生活秩序。这时，向他们启示‘应该怎样生活’的，便是近代文学尤其是小说。十八世纪的小说，如何在含义上充塞着‘说教’，这使今天的读者为之瞠目结舌和反唇相讥，但在当时却是获得成功的一大因素。其典型，便是成为该世纪首屈一指的畅销书的卢梭所著《新爱洛绮思》一书。”①席勒也有过文学是“单纯时代精神传声筒”的名言。开始于本世纪初的中国新文学是以西方近现代文学为榜样的，其对西方文学的宣传和说教色彩的瞩目则为理所当然之事。但是，正如马克思所说的，“在我们这个时代，每一种事物都包含有自己的反面。”②在中国，现实和传统都迫使我国人走极端，对文学的宣传性过于倚重，使其成为实用主义的政治宣传工具，从而将文学纳入政治意识形态的范畴，直接服务于现实的政治需要，这就形成了中国新文学发展的失衡和倾斜。当然，在新文学发展史上还能出现许多短暂而辉煌的“瞬间”，其中创作和理论能够“偏离”和“超越”发难者的期待和现实压力的，则是多少带点偶像味道的五四文学。前述已经表明了这样的意思：近现代以来的中国，任何重大的历史变革都最终归结于政治意识形态的变革，甚至通过军事斗争来完成这种变革任务。首先，这是中国近现代知识分子一百多年来始终离不开“借思想文化来解决问题的途径”和“借政治斗争以解决问题的途径”这两种

---

① [日]桑原武夫：《文学序说》，第25页，上海师范学院出版社1984年版。

② 《马克思恩格斯全集》，第253页，人民出版社1956年版。

思维模式，致使他们的一切活动都是为了寻求“解决问题的途径”即社会变革的客观效用。因此，一切文化活动都必然在历史变革中靠拢最接近现实变革的政治意识形态，成为政治意识形态的构成部分；而意识形态的活动也同时是历史变革的主要内容。在中国近现代历史上，这两者常常是相等的、重叠的。其次，与近现代以来的民族危机相关。救亡的强烈忧患意识逐渐转化为政治制度和意识形态的变革意识，从而湮没了文化启蒙的呼声，使整个民族关心的都是如何从政治、军事上解决国家存亡的问题，而不是个性解放、自由、民主、平等、人权等现代化问题。同时，中国的文化启蒙任务主要由文学艺术来承担、是直接为救亡服务，应急色彩非常浓重，这也强化了知识分子的意识形态指向。以上两方面的因素，都显示出意识形态在历史变革中的深远意义和重要地位。因此，我们在论述文学与意识形态的联系时，其实也就是在探寻文学与历史变革的联系。由于文学在叠影这两者的时候，也主要是以其对中国近现代文学变革的反映体现出来的，作为投身历史变革大潮中的意识形态之分支，文学曾因此而获得无与伦比的历史荣耀，但其倾向于“政治的、社会的”属性虽使其外部表现领域得到空前的拓展，文学的现实力量也获得了空前的提高，然而其内部世界却相对狭隘了，文学的审美精神也相对淡薄了，文学的独立品格和自由风格同样相应地受到抑制。也许，这是历史发展的一种必然选择。民族的危机容不得文学的“超脱”，因此将文学导向政治意识形态，以之唤醒民族的生命激情和生存欲望，才是历史对文学最急切的召唤。既然历史在其发展过程中选择了政治，那么文学以政治的需要来构建它的世界，就是历史的必然律，不管这是否符合它自身的发展规律。

三

中国近现代历史是各种社会文化思潮的实验场地。西方近现代以来的各种思想、学说、“主义”，在“中国”这块渴待甘露已久的干涸的土地上，都是新奇的、难得的，因而也都能找到其知音。同时，许多土生土长的观念、思想、理论也竞相争雄炫耀，所造成的琳琅满目的局面实在让人眼花缭乱，难以分辨是非。自甲午至30年代前叶，中国思想界出现了罕见的“失范”现象，各种学派林立，相互竞争。西方的各种思潮，在时间上从古希腊的柏拉图、伊壁鸠鲁到现代的尼采、格柏森、克鲁泡特金，在空间上从新大陆的杰弗逊、华盛顿、潘恩、杜威到俄国的普列汉诺夫、列宁、斯大林都被介绍进中国，并在这块原是儒家一统天下的土地上播下繁衍的种子，形成相应的分支。这种纷繁状态既是文化多元发展的象征，也是社会体制和文化系统处于新旧范式转型期的"混乱"和"失范"。中国新文学作为社会文化思潮特别是其中的政治意识形态的主要载体，它与各种文化思潮都有或多或少的联系。但从总的倾向看，对中国新文学起决定性规范作用的是个性主义、民族主义和马克思主义。这是因为它们在整个中国近现代历史变革中所起的主导性作用使然。

个性主义、民族主义和马克思主义都是中国近现代文化体系的三个分支，也是中国文化自遇西方文化挑战以来所出现的种种反应方式中最主要的三种。个性主义是以个性解放、自由、民主、人权等为其基本内核的意识形态。它是西方近现代思潮输入中国和中国近现代知识分子向西方学习这一双向选择的必然结果。它随着中国近现代启蒙运动的兴起和发展而兴起和发展，同时又受到中国近现代历史主旋律——"社会变革"——的规约和制衡。个性主义思潮的形成给古老的中国文学注进了新鲜血液，从此开始了一个文学重建的新时代。以"人的自觉"和"文的自觉"为标志的个性主义文学迅速实现了中国文学由内容到形式的全面解放和重建，使中国文学中再度出现辉煌的瞬间，从而奠定了以"人性解放"、"人道主义"为基本精神和价值取向的中国新文学的基础。然而，自1925年以后，随着社会文化思潮的多向分化，中国新文学也在冲突中走向裂变，民族主义和马克思主义从不同的方面削弱和否定个性主义对文学的影响，并由马克思主义将中国文学导向一个新的历史阶段。民族主义几乎与个性主义同时诞生。正是由于中国人在西方列强的逼迫下走入了"世界民族之林"，才能使中国人产生了作为世界各民族之一员的自我意识——民族主义。它是中国文化对外来文化挑战的一种反应方式，是中国人感觉到亡国、亡教、亡种这将"被开除球籍"的巨大恐惧之后产生的民族危机意识、忧患意识。所谓"师夷长技以制夷"、所谓"中学为体，西学为用"、国粹主义乃至政治上的反帝爱国主义和民粹主义思想等都是近现代民族主义的表现形态。在整个中国近现代文化史上，民族主义是最为复杂、最为丰富地体现历史变革对社会心理影响的文化思潮，因此文学与之联系的形式也极为丰富而多彩。从总体上说，中国近现代知识分子"救国救民"的历史追求和"社会变革"的历史母题均为近现代民族主义对知识分子的心理规范和由此而产生的历史后果。它并没有因为五四以来个性主义的弘扬而削弱，而是随着中国近现代此伏彼起的救亡运动和政治风潮得以日益凸现和重新阐释。民族主义既是一种意识形态,也是一种精神需要,这是两个既有区别又互为依存互为前提的层面。作为意识形态的层面,代表着对传统的理性回适反应和对外来文化的自觉抗拒,也代表着一种对民族、对国家的认同意识,它对中国新文学的现代性发展表现出强大的阻滞、规范效应,使新文学的具体形态发生种种畸变甚至某种程度的回归。在具体的文学活动中,它一般从爱国主义母题、民族形式和文艺大众化等问题表现出来。作为一种精神需求,它体现出人类的一种普遍的情感指向、精神归宿,是长期的文化传统和人们跟本民族的自然感情联系而培养起来的文化心理结构,具有巨大的历史延伸性和精神魅力。中国现代作家普遍具备这一"情结",乡土文学的发达以及从个性主义到民族主义的回归之所以能成为普遍现象就是明证。这一心理基础是民族主义文学绵延不绝的根本保证。马克思主义是中国现代史上对整个社会的政治、经济、文化和文学艺术影响最深重的意识形态。正是马克思主义改变了中国的历史面貌,它对中国新文学的影响和渗透充分体现了政治意识形态对文学具体活动的规范效应以及对整个中国新文学史行程的主导作用。的确,它使中国新文学在民族解放和阶级解放的政治斗争中有过不可估量的历史功绩,使中国文学在一个更高的层次上实现了其历来的夙愿——历史使命感和社会责任感。但是,中国的马克思主义与经典马克思主义有着很大的区别,它是一个复杂而多质的发展体系,从五四时期的列宁、斯大林主义,"左联"时期的"无产阶级文化理论"到延安时期的毛泽东思想,都有着不同的历史内涵。因此,中国新文学所反映出的马克思主义思想的作用也是相当复杂多样的,而且在许多具体的创作和理论运用中,常常出现由于运用者僵化的教条主义和形而上学而导致过于强烈的政治色彩和过于急功近利的实用性,并从而导致一些作家由于过于强调集体主义而陷入群体主义的窠臼;由于强调阶级斗争和阶级分析而排除个性解放和民主自由的价值取向;由于强调民粹观念而认同、欣赏农民文化,造成了新文学发展的偏枯,且在一定程度上削弱了五四以来形成的文学现代化观念,使新文学为了谋求生存而不得不挣扎于政治斗争与文学本体的夹缝中。但是,中国新文学日趋政治化的倾向,并不能完全归咎于马克思主义理论本身的导向,而是由于特殊时期的历史使命和作家本身思想局限所造成的。

显然,文学在体现这三种文化思潮时,并非单向的因果线性联系,而是以复杂的方式来显示文学这一精神形态与历史的丰富联系,也展现了文学作为人类心理嬗变的晴雨表对社会心理的多维记录；而且这三种文化思潮对文学的影响并不是单一形式，它们之间是相互渗透、相互交叉的。这是因为它们尽管都是互不相同有着各自思想基础和理论原则的思想系统，但又都是中国近现代文化危机乃至整个社会危机的直接产物，是人们在历史大动荡大变革时代产生的理性力量和感情愿望的综合体，是中国知识分子“改造社会”思想的理论总和。它们都共同地体现了中国近现代思想家、革命家强烈的救亡意识、忧患意识和民族精神，是本世纪以来中国知识分子探寻救国救民之路的多种理论途径的殊途同归。在新文学运动中，文学理论和作家作品尽管有着浓重的意识形态色彩，但却很难发现有单色调的对象主体或审美文本，因为在那里一般不存在理论上纯粹的“逻辑一致性”，而是表现为杂色的多面性和模糊性。鲁迅、郭沫若、茅盾的作品及文艺思想就是综合地体现出这三种文化思潮的复杂影响。如果有人企图用“统一性”来苛求一个作家或用“动摇性”来批评一个作家都是一种危险的举动。然而，在改变中国近现代历史和文学的方向和道路上，马克思主义无疑起了决定性的主导作用。在一定程度上，甚至可以说离开了马克思主义就无法谈论中国近现代历史和文学，虽然这种导向所带来的后果并不尽如人意。当然，文学并不是消极地适应社会文化思潮的，而是表现出一定的参与历史的主动选择性。在五四时期，文学表现“个性解放”的思想主题、反映婚姻恋爱自由、呼唤个性的独立和文学倾向于社会人生，以现实主义的力量或浪漫主义的激情来唤醒沉睡的国民、改造国民性等等，都是中国文学走向“自觉”时代的主要象征，其中对个性主义的青睐是文学主动选择的结果。同时，许多作家是以自己的人生体验和现实感受从事创作，从而体现历史发展的规律的。所以文学与历史、与社会文化思潮的联系是整体性的交互选择，它们之间并不存在着单向性的决定因素，而是历史的发展同样给文学提供一种平等的选择机遇。选择既是双向性的同构，也是文学在历史活动中的必然发展。在历史本体与文学本体之间，可能会存在着许多偶然性，但联系却是无时不在的必然性。

（1989.10）

第三章　个性主义:主体的弘扬与文学的重构

东方发白,人类向各民族所要的是“人”,——自然也是“人之子”——我们所有的单是人之子,是儿媳妇与儿媳之夫,不能献出于人类之前。

可是魔鬼手上,终有漏光的处所,掩不住光明:人之子醒了;他知道了人类间应有爱情;知道了从前一班少的老的所犯的罪恶;于是起了苦闷,张口发出这叫声。

——鲁迅:《热风·随感录·四十》

一

不论是西方还是东方,人类从黑暗的中世纪走出来的标志就是“人的觉醒”,是魔鬼终于“掩不住光明”之后的“人之子醒了”。正是由于“人的革命”、“人的发现”和“人性的弘扬”,使世界历史结束了漫长的中古形态而步入近现代文明社会。

德国哲学家谢林曾深刻地指出:如果没有“人的革命”,就没有资本主义,没有近代社会的一切。[①] 而这一革命首先是从人意识到自己的本质——自由和意识到自己是个体的人——个性开始的。在西方中世纪,是基督教的神学时代。相对于“至高、至美、至能、无所不能,至仁、至义、至隐、无往而不在,至善、至坚、至定,但又无从执持,不变而变化一切,无新无故而更新一切;‘使骄傲者不自知地走向衰亡’,行而不息,晏而常寂、总持万机、而一无所需,负荷一切、充裕一切、维护一切、创造一切、养育一切、改进一切”的上帝[②];世间的一切都显得那

① [德]J·谢林:《先验唯心论体系》,第312页,商务印书馆1975年版。

② [古罗马]奥古斯丁:《忏悔录》,第5页,商务印书馆1963年版。

么渺小而卑微,人只有"轻视自己",才能"在上帝那里受到尊重"①。正如马克思所说的,"基督教的社会原则是颂扬怯懦、自卑、自甘屈服、服从驯服,总之,颂扬愚民的各种特点"②。针对中世纪神学社会对人的存在和人的尊严的极度蔑视和否定,13、14 世纪的意大利、法国爆发了西方历史上极为辉煌灿烂的文艺复兴运动。它以批判和否定中世纪为前提,充分肯定了人的个性、尊严和自由,要求"个人首先从内心是摆脱了一个国家的权威,这种权威事实上是专制的和非法的,而他所想的和所做的,不论是正确的还是错误的,在今天是被称为叛逆罪。"③因此认为"人"应该"随心所欲,各行其是"④,只有在人的意志得到充分自由发展的环境里,才能养出全知全能的人(Hommeuniversel),"人成了精神的个体,并且也这样来认识自己";"和极端的堕落一起出现了具有最崇高的谐和的人类个性的一种艺术光辉,这种光辉给人类生活罩上一层光彩,而这种光彩是古代文化或中世纪精神所不能或不愿赐予的"⑤。由此可见,文艺复兴运动实质上是一种被束缚、被禁锢、被凌辱已久的人们觉醒后,要求"个性解放"和人的自由发展的个性主义思潮。它一开始形成就具有以下两个特征:一是弘扬人的个性,提倡人的思想和个性的自由发展,充分肯定人的存在和人的自然欲求的合理性,强调人的价值和尊严的神圣不可侵犯;二是否定中世纪神学的禁欲主义,强调现世生活的意义,"不道德的享乐是不存在的"。

显然,个性主义思潮是西方商品经济发展和中产阶级作为一个独立的政治集团向贵族集团索回自己权利和尊严的必然结果。它体现了人类开始走向觉醒,向往光明、理性和自由的新世界,因而是合乎人类进步要求的。恩格斯曾说过,人类社会是一个由必然王国向自由王国不断前进的过程。而个性主义,即"人的觉醒"正是人类已经意识到自由的重要性并努力迈向自由王国的标志。因此它的兴起和发展正代表了人类社会前进的历史潮流,它一旦形成即立刻成为一股不可阻挡的思想洪流,冲击欧洲及世界各地,成为各国启蒙运动的重要思想武器。个性主义是一个发展的历史过程,在其传播过程中,各国的思想家

① 转引自费尔巴哈:《基督教的本质》,见《费尔巴哈哲学著作选集》下卷,第 53 页,商务印书馆 1984 年版。

② 马克思:《"莱茵观察家"的共产主义》,《马克思恩格斯全集》第 4 卷,第 218 页,人民出版社 1972 年版。

③ [瑞士]雅各布·布克哈特:《意大利文艺复兴时期的文化》,第 445 ~ 446 页,商务印书馆 1984 年版。

④ [法]拉伯雷:《巨人传·译本序》,成钰亭译,上海译文出版社 1981 年版。

⑤ [瑞士]雅各布·布克哈特:《意大利文艺复兴时期的文化》,第 125 页,第 446 页。

都从历史和哲学上对之进行了理论的补充、发展和完善，使之能够建立在坚厚的现实和逻辑的基石上。在17、18世纪法国启蒙时期，思想家们把个性主义的原则集中为“天赋人权”和“自由、平等、博爱”。卢梭那一声“人是生而自由的”呐喊，成了永远激励人们追求理想和自由的旗帜。在德国，许多杰出的哲学家，如谢林、费希特、康德、黑格尔也在哲学和历史学的范畴对“人”的概念和“自由”、“个性”的定义做了理性的分析和界说，表现出西方学术界对“人”的认识的深化。在康德看来，“人是自己的目的，决不能把人当作手段”。费希特则提出了“自我”与“非我”的学说，以自我为认识的基础轴心。从文艺复兴到康德、黑格尔这里，个性主义思潮处于理性主义的肯定阶段，是对人在上升时期的理性力量、个性、自由、权利的充分肯定和高度颂扬，这是人类对自我肯定、对理性崇拜走向巅峰的时代。也就是在这个时候，首先在德国哲学界悄悄地出现了一股对“人”的自我绝对性的怀疑和否定的非理性主义哲学思潮。叔本华是其先驱者和重要代表人物之一。他认为：现象界是无所谓自由可言的，任何作为个体的人也不可能获得绝对的自由。“个体只是属于现象，只是对局限于根据律和个体化原则中的认识而存在着的。”[①]尼采继承和发展了叔本华的思想，认为人没有超验的本质，因而也没有超验的自由，人在任何时候都可以重新创造自己的本质；人没有超验的目的，因而目的要由每个人自己来确定。不仅如此，人还没有超验的罪恶，在人的头顶上并无一个“绝对命令”或至高无上的道德准则，他的行为全由自己决定自己衡量。在他看来，社会只是一架机器或工具，个人才是目的，人有自身创造和自我选择的可能性和必要性。作为一个直言不讳的个人主义者，尼采认识到人的局限性，从而要求人敢于对一切神圣的东西进行怀疑和否定。这是西方个性主义思想发展的一个新的历史高度。从自我的绝对肯定和张扬，到自我绝对性的怀疑与否定，从夸大自我力量与价值，到对自我局限性的清醒认识，体现出在个性主义漫长的发展过程中，“人的自觉”总是不断地深化和日益彻底。这是个性主义对“人”的认识的两个互为辅助、互为补充的层面，它们共同构成了个性主义思想的丰富内涵，共同显示出人类对自身的认识深度。

当然，个性主义思潮作为西方中产阶级和市民阶层反封建的思想武器有着它自身不可克服的历史局限性。而对于其局限性的克服，把人的个性和自由提

① ［德］叔本华：《作为意志和表象的世界》，第377页，商务印书馆1982年版。

升到一个新的历史水平,就是马克思主义伦理观的历史前提。马克思主义认为,人类历史是人通过劳动而自我生存、自我创造的历史,人的意识与自我意识体现着人对自然、对社会的能动关系,体现着人从客观世界中发现的具有普遍性和必然性的规律,体现着人利用这些规律为已所用的水平。只有在"把每个人都有完全的和自由的发展作为根本原则"的共产主义社会里,人的个性才能得到充分发展,因此从个性主义到共产主义是人类思想发展的必然趋向。

中国个性主义思潮的兴起与西方个性主义思潮的兴起的文化背景是一致的,即都是要否定封建社会对"人"的个性剥夺和蔑视,是现实的内在要求给它提供了得以产生与发展的条件。但是西方个性主义却是西方文化自身的内部矛盾运动的结果,是西方文化本身的内在潜能的必然性发挥,而中国的个性主义虽也有其内因——明代以来自然增长着的个性因素所形成的自发性的量的变化,但这种内部发展本身并无法积蓄起足以冲破封建地壳的强力,而只有依赖西方文化的撞击才能显示出这种潜在的势能。如梁启超对小说的重新发现、胡适对古代白话文学的重新发现等等。因此它只能是"西学东渐"而带来的必然后果。中日甲午海战失败以后,西方文化汹涌而至,给中国知识分子提供了一次自由选择意识形态或学术思想的历史机遇,从而唤醒了第一批接受西方文化的知识分子的个性意识,使他们意识到中国文化的非人性,奋起追求一种"真的人"的现代文化。因此,当中国知识分子在追求物质文化(洋务运动)和制度文化(维新运动)的行为受挫以后,将改革社会的欲望转向更深层的思想价值领域时,个性主义自然成为他们变革中国思想伦理体系的思想武器。由此可见,中国的个性主义思潮虽萌芽于明代,但却成形于晚清,至五四时期才蔚然壮观。它是在批判中国传统封建宗法社会体制和传统儒学对个体的"人"的否定的基础上发展起来的,是西方近现代以来的个性主义思潮、自由主义思想、人权理论乃至达尔文、赫胥黎、斯宾诺莎的进化理论等一切关于"人"的学说理论,经过中国近现代思想家们的扬弃之后形成的一种中国近现代文化思潮,它以近现代意义的"个性"、"自由"、"人权"、"民主"和"平等"为基本内质,以"个性解放"、"妇女解放"、"婚姻恋爱自由"、"救救孩子"和"同情被侮辱与被损害者"为基本主题。这一思潮的形成和传播实际上标志着中国文化在西方文化的冲击下终于冲破了封建意识形态的铁壳,实现了质的历史飞跃,开始在文化思想上走出中世纪的宗法观念而迈向现代,并从此开始了中国现代化的艰难行程。文化上的每一次进步,都是迈向自由的一步,只有在人的个性得到自由发展和全面解放的前提下,社会才能得到健全的发展,现代化才能真正实现。因为对人的"个性"、"自由"的发现,是把人类从被束缚、被奴役中解脱出来,使人意识到人的价值、尊严的根本条件。正是由于"人的自觉",才可能有"历史的自觉"和"文学的自觉"。

个性主义思潮是在中国封建意识形态及其观念价值的汪洋大海中诞生并发展的,因此其坎坷的遭遇是西方个性主义所不能比拟的。在晚清时期,西方个性主义思潮主要是赴西方和日本留学的知识分子介绍到中国的,之后首先引起较激进的思想界的重视。维新运动著名人物康有为、梁启超、谭嗣同都倡言个性、自由。康有为写出《实理公法全书》,以自由、平等、博爱为人的中心,大胆肯定"人欲",明确提出"去苦求乐"的自然人性论,公开反对"存天理灭人欲"的宋明理学的禁欲主义。梁启超更是激进地鼓吹"天赋人权"理论,强调尊重个性独立与群体独立相结合的"新民"思想。但他们对个性主义的认识总离不了"托古改制"的窠臼和民族主义的阴影,无法达到"人"的真正觉醒。从理论探索上看,曾留学英国的严复所做的贡献更为突出。他主要是通过翻译《天演论》、《原富》、《原强》、《群己权界论》等西方一系列学术著作来传播西方自由主义政治理论、生物进化论和社会达尔文主义、自由商品经济理论和人文主义哲学思想,提倡社会进步和人性解放,抨击中国传统宗法制度对人的个性的束缚和对社会发展的阻碍,并认为中国社会落后的根本原因就在于不重视人的自由和发展,从而提出了"以自由为体,以民主为用"的变革中国社会的著名命题,指出"民之自由",乃"天之所界"。可以说,他是中国第一个从政治、经济、文化和自然科学(进化论)等方面系统地研究和介绍西方近现代学术理论的思想启蒙家,也是第一个将自由、民主、人权等西方人权理论与中国现实结合起来考察从而提出个性主义的一系列重要理论命题的近代思想奠基者。他对中国个性主义的兴起、发展以及个性主义的构成有着极为深远的影响。

与此同时,王国维、鲁迅、苏曼殊等人还从人的精神和审美领域对"个性"和"自由"进行了极其有益的探讨。王国维主要是从康德、叔本华、尼采那里领悟到现代悲剧意识和审美精神,认识到要"以极强烈的意志"并"辅以极伟大的知力",去"破坏旧文化而创造新文化",从而高度赞扬了"重估一切"的"肆行叛逆而不惮"的反抗精神。鲁迅的《破恶声论》、《文化偏至论》、《摩罗诗力说》等文章,明确提出:"掊物质而张灵明,任个人而排众数。人既发扬踔厉矣,则邦国亦以兴起。”[1]因为他已经认识到“欧美之强，莫不以是炫天下者，则根柢在人”，“是故将生存两间，角逐列国是务，其首在立人，人立而后凡事举；若其道术，乃必尊个性而张精神”，并大声疾呼：“人丧其我矣，谁则呼之兴起？”[2]然而，王国维、鲁迅的思想在当时并无法盖过汹涌澎湃的民族主义浪潮。就整体而言，晚清思想界所提倡的个性主义始终没能抛开“托古改制”的面具，也没有胆量对封建意识形态进行全面批判并与之彻底决裂，而是努力从古典文化中找寻契合现时代需要的因素，因此这种个性主义只能是与民族主义相混合而不能达到“人”的全面觉醒的。诚然，中国人的觉醒是以国民意识的获得为开端的，“国民”，并不属于自己，他属于“国”，属于“群”，不过“人的觉醒”与“群的觉醒”、“国民意识的觉醒”是有内在因果关系的。这也是历史发展的一个中介和过渡，它为“人”的全面觉醒做了很好的铺垫。

五四时期是中国人真正觉醒的历史瞬间。现在，五四已经成了一个有着特定内涵和外延的象征意象。一提起它，人们自然而然地就会想起“个性解放”、思想自由、言论自由、结社自由、民主和科学等等能够激起人们辉煌梦想和无限神往的名词术语。的确，作为一段真实地、历史地存在过的时代，五四是极有诱惑力的，其意义也极为深远。这是因为它是中国历史上第一次个性主义思潮，真正冲破了封建意识形态的厚密网罟而激荡整个社会，激励着刚刚觉醒的中国人批判和否定传统文化，勇敢追求自由、幸福和光明，即第一次由“人”来书写的时代。郁达夫曾深刻地指出：“从前的人，是为君而存在，为道而存在，为父母而存在，现在的人才晓得为自我而存在了。”[3]为自我而存在，“我是我自己的，他们谁也没有干涉我的权利”，[4]可以说是五四时代的最强音，它典型地表现出一种完全自觉的个性意识与自我主体意识。这是中国历史上一度兴盛的齐梁和明代两次个性主义思潮所无法企及的历史高度。当时，在理论上所体现出的人对自身的认识程度，即个性主义的理论水平，主要集中于陈独秀、胡适、周作人、鲁迅等的著述中。陈独秀是五四启蒙运动的急先锋和旗手，也是中国个性主义思潮的主要理论奠基者和积极倡导者，他批判和否定一切形式的对“人”的损害和扼杀。不仅反对封建理学、孔孟之道和宗法家庭，而且反对以“国家”、

---

① 鲁迅：《坟·摩罗诗力说》。
② 鲁迅：《坟·文化偏至论》。
③ 郁达夫：《中国新文学大系·散文一集导言》。
④ 鲁迅：《彷徨·伤逝》。

"民族"、"爱国"等名义来否定个性。他认为:"今日'国家'、'民族'、'家族'、'婚姻'等观念皆野蛮时代狭隘之偏见所遗留"①,"国家"是应该被破坏的偶像之一②;他在《我们应当不应当爱国》一文中指出,"爱国大部分是感情的产物","当社会上人人感情热烈的时候,他们自以为天经地义的盲动,往往失了理性,作出自己不能认识的罪恶","这是因为群众心理不用理智作感情的基础,所以群众的盲动,有时为善,也有时可为恶"。因此他提倡一种"持续的治本的爱国主义",即"内图个性之发展,外图贡献于其群",要求人们警惕那些借口"爱国"而欺骗人民无休止地"为国家作牺牲"或以"爱国"的口号对个性自由予以剥夺。这就使个性主义从晚清时期的民族主义中分离出来,成为独立存在的社会文化思潮。他认为,每个人都有其个性的尊严和价值,应提倡"个人本位主义",个体的存在与发展是社会和民族的存在和发展的基本前提。周作人也基本持此看法。他提倡的"人道主义并非世间所谓有'悲天悯人'或'博施济众'的慈悲主义,乃是一种个人主义的人间本位主义"。③ 而在胡适那里,则把这种"个人本位主义"提高到"纯粹的个人主义"。他极力宣传易卜生的名言"世界上最有力量的人是最孤独的人"。但是这看似"极端"的个人主义并非绝对的,他深刻地认识到:"社会是个人组成的,多救出一个人,便是多备下一个再造新社会的分子。"④争个人的自由必然与争国家的自由相结合才能达到目标,因为"我这个现在的'小我',对那永远不朽的'大我'的无穷过去,须负重大的责任;对于那永远不朽的'大我'的无穷将来,也须负重大的责任。我须要时时想着,我应如何努力利用现在的'小我',方才可能不辜负了那'大我'的无穷过去,方才不遗害那'大我'的无穷将来。"⑤鲁迅早在1907年就提出"任个人、排众数"的个性主义思想。到五四时期,他又通过一系列杂文和小说表达出他的"立人"思想,呼唤"救救孩子",抨击封建礼教的"吃人"罪恶,并且致力于以个性个人主义改造中国国民的劣根性。但是鲁迅从来就不是一个浅薄的个人主义者,他深深地懂得在"觉醒的人"与"吃人"的世界之间存在着既对立又统一的关系,每个人都可成为"真的人",但又不可避免地曾经"吃过人"。这是一种觉醒者对自我悲剧性的理解和主体灵魂的拷问,悲剧的自觉唤起的是"我"对生命意

---

① 陈独秀:《答钱玄同》,《新青年》1918年4月15日第4卷第4号。
② 陈独秀:《偶像破坏论》,《新青年》1918年8月15日第5卷第2号。
③ 周作人:《人的文学》,《新青年》1918年12月15日第5卷第6号。
④ 胡适:《易卜生主义》,《新青年》1918年6月15日第4卷第6号。
⑤ 胡适:《易卜生主义》。

义的更深刻认识，它把个体生存的悲剧性交给“赎罪的”个体承担，使之获得关于“人”与世界及其相互关系的理解。

对“人”的认识可能是而且必然是丰富复杂的，特别是对于“人”失落得太久而刚刚觉醒的大多数青年知识分子来说，“个性”、“自由”的概念是极其混乱而模糊的，他们深切地感受到要求个性解放，但又不知道“人”醒后该怎么走、怎么生活。然而无论怎样，觉醒的人是独立的个体，他不从任何外部事物中确立自己的坐标和价值，他只与“自我”这个上帝直接对话，只关心追问：“我是谁？我从哪里来？我到哪里去？”正是在这种个人与自我的直接对话中，而不是个人集合成为整体配合政治需要的精神氛围中，社会问题、人生问题、哲学问题空前活跃，打破了清末以来救亡文化（民族主义）的政治局面，出现了中国历史上第一次社会文化大还俗的健康趋向，市民社会和市民文化成为社会文化思潮的主流。闻一多将这一趋向称为中国文化和中国文学大循环的又一个开端。这是一个辉煌的开端，开端本身就是一首诗，然而诗中只是澎湃着激情的浪涛，却缺乏哲学的沉思和理性的引导，使之只能成为一首抒情诗而不是史诗。过多的感情或情绪因素，使个性主义从知识领域转向情感的和伦理的领域，即成为代替传统意识形态的新的信仰系统。五四思想启蒙家一度企图通过倡导科学、引进西方认知理论和认知方式将思想文化分为独立的知识系统和信仰系统的努力，由于理性因素的缺乏，而不可避免地使之意识形态化，从而导致其难以在社会现实中站稳脚跟，当政治形势的变化不利于个性主义时，它就自然而然地受到内外各种因素的削弱甚至批判和否定。因此，可以说五四时期个性主义思潮的意识形态化是中国个性主义难以持续发展的最根本原因。五四时期个性主义思潮的意识形态化主要是指个性主义思潮仅仅是关于“人”的命题的各种学说、主张的大杂烩，它并没有一个稳定的系统的知识结构和思想原则，只是表现为对传统与未来的一种新态度，提出一些在理念层次取代传统儒学的新的价值观念和信仰符号。正如胡适所说的，“新思潮的根本意义只是一种新态度。这种态度叫做‘评判’的态度，尼采说过现今时代是一个‘重新估定一切价值’的时代，‘重新估定一切价值’这八个字便是评判态度的最好解释。”[①]这就说明五四时期的个性主义与西方个性主义有着很大的差异，它是一种网袋式的个性主义，里面包裹着各种派生物，而且隐含着许多互相对立否定的因素，如个体意识

① 胡适：《新思潮的意义》，《胡适文存》四卷，第125页，上海亚东图书馆1921年版。

的觉醒与民族主义的前提、人的肯定与人的怀疑、个人的自由与阶级的解放等等命题的共存现象。这其实是“人”的觉醒、认识过程和方式中所隐含的内在悖论和显著矛盾,其中就暗藏着个性主义的内在危机。当外在的政治形势促使社会文化思潮转换时,这种危机便会全面爆发。

其次,五四时期的个性主义虽在情感和伦理领域获得了发展,但却没有自由主义的商品经济和民主政治的现实基础,使之只能如沙滩上的鲜花,必然因为没有充足的土壤和水分而枯萎凋零。但至今一般教科书仍给我们一种误解,即认为个性主义的兴起是中国资本主义发展的结果,是为发展民族资本主义工商业服务的,它的软弱性也根于中国资产阶级的软弱性。这其实是教条主义导致的理性偏差。事实上,中国个性主义思潮的最大遗憾正是没有一个得到充分发展的商品经济的物质基础,没有与自由主义政治和市场经济的联系。任何精神形态都产生于一定的物质基础。西方个性主义是西方资本主义商品经济和自由主义民主政治在精神领域的表现形态,而中国的个性主义却没有与之相应的经济基础——充分发展的自由主义商品经济和政治基础——自由主义民主政体。它之所以能获得暂时的繁荣,依赖的则是民初那种“王权崩溃”而新的政治力量尚未能控制社会的特殊时代环境,意识形态领域的统治出现诸多薄弱点。但是当一种新的政治权威建立的时候,个性主义那种虚假的繁荣便不复存在了。陈独秀曾对此有过清醒的认识,他指出:“现代生活,以经济为之命脉……故现代伦理学上之个人人格独立,与经济学上之个人财产独立,互相证明”,“西洋个人独立之义,乃兼伦理经济二者而言,尤以经济上个人独立主义为之根本也。”[①]鲁迅也指出,在没有掌握经济权的情况下,娜拉走后只能有两条路,即回来或堕落。[②] 尽管有一些思想家能认识到“个人独立”与经济独立的紧密联系,但在实际中“人的觉醒”运动并没有真正形成那种与自由主义经济和政治的联系,特别在启蒙主义的“文化决定论”的思维逻辑下的“人的解放”命题从总体上缺乏经济和政治的“眼光”,因此不能不造成“人的解放”与“经济解放”、“政治解放”的分离局面。自然,没有经济和政治基础的保证,“人的解放”就不可能成立。

由于这两个方面的原因,个性主义虽在五四时期极盛一时,成了社会文化思潮的主流,但却潜伏着自我瓦解的危机。就在个性主义欣欣向荣的时候,巴

① 陈独秀:《孔子之道与现代生活》,《陈独秀文章选编》上册,第153页,三联书店1984年版。
② 鲁迅:《坟·娜拉走后怎样?》。

黎和会狂飙突起，十月革命赤旗东来，民族危机的急迫和政治革命的呼唤交相激荡，晚清的国家主义（即政治全能主义）迅速复苏膨胀。这股巨大思潮裹挟着各种社会政治力量，浩浩荡荡，汇成不可阻挡的洪流，湮没了刚刚兴起的个性主义思潮。不过，虽然个性主义在五四以后受到了严重的瓦解和削弱，但并没有断流，而是在有限的范围内持续发展和完善。如胡适、张东荪、张君劢等人对个性主义的理论研究和传播宣传。他们就像一些只顾耕耘不问收获的“海滩上的种花人”①一样，不断地在这片干漠的海滩上种花，因为他们不相信这海滩上种不活鲜花。

中国个性主义思潮代表着中国人“对自身的透彻觉悟”的程度，涉及社会文化的各个领域，但它与中国文学的联系却主要是侧重于伦理学上的价值观念，即个性主义对“人”的那些基本价值判断及其对“人”的生存意义的态度和心理学上对人的认识。因为文学的变革以及文学创作所体现的主要是伦理学范畴的价值观念、道德评判和心理学范畴的自我意识、生命意识。对于文学来说，个性主义给文学提供的是关于“人的认识”的新的观念、思想，从而使文学找到自己的价值系统的坐标。这是一个能够划出新旧界限并足以支撑起新的观念系统架构的阿基米德点。有了这一支点，中国文学才得以跨越漫长的封建文学的暗夜，而实现整体性的历史转换，并且通过这一“转换方式”确立“人”——独立、自由而充满个性的个体在文学中的中心位置，使中国文学终于完成了自“非人”文学向“人的文学”的回归。而在心理学意义上，就是文学向“人”回归之后，确立“人的文学”的过程是一个心理学的过程，是作家对自我心理、生命欲求的理性透视和感性呈现。因此，五四文学主要有两种特征，即在伦理意义上对非人性的否定，对“真的人”的理想范式的呼唤和在心理学意义上的自我表现，鲁迅的作品兼具了这两种特点。另外，个性主义还给中国文学提供了方法论的意义。个性主义关于“人的发现”的新思路给中国文学提供了一种对人的认识的新途径，从而使文学能够以一种新的思维方法来重新思考和表现人。也正是由于这一新的思维方式的确立，使文学能以一种新的眼光去考察传统文学，从而发现中国传统文学“在根本上错了路子”，认识到“中国人向来因为不敢正视人生，只好瞒和骗，由此也生出瞒和骗的文艺来，由这文艺，更令中国人更深地陷入瞒和骗的大泽中，甚而至于已经自己不觉得”，于是呼唤“我们

① 徐志摩曾写过一篇题为《海滩上种花》的散文，表述这种精神，见《徐志摩选集》（下），人民文学出版社 2002 年版。

的作家取下假面，真诚地、深入地、大胆地看到人生并且写出他的血和肉来”[①]。同时，个性主义还给中国作家一种强有力的思想武器——怀疑论。怀疑论往往只是一种坚定的人本主义的副本而已。借着否认和摧毁外部世界的客观确定性，怀疑论便希望把人的一切思想都投回到人本身的存在上来。正是怀疑论给了中国现代作家以怀疑精神和批判精神，使之能够提出“重新估定一切价值”的口号，能对一切既定的秩序、价值大胆怀疑和分析。可以说，如果没有怀疑论的“重估一切”，中国文学就无法冲破封建意识形态的铁幕，新文学也就不可能诞生；如果没有怀疑论的“大胆假设，小心求证”的实验主义方法，中国新文学的个性主义原则就无法确立。

以中国文学在中国社会文化中的特殊地位而言，要实现中国文学的整体变革和重构，即由“载道”文学转为“人的文学”、由贵族文学转为世俗文学，而成为真正现代意义的文学则是相当艰难的。它需要历史提供适当的机遇，即找到一个在思想原则和方法论上都具有现代性的理论支点，而个性主义正好契合了这一历史需要。因为它不仅从意识形态意义上，而且也从方法论意义上给中国文学提供了促使其转换的武器，使之得以完成中国文学的全面变革和调整。当然，在具体的历史活动中，个性主义与新文学的联系是极其广泛而复杂的，以上所述的仅仅是一些主要的联系。正是由于这种联系构成了个性主义对新文学发生影响的主要方式，那么，个性主义究竟是怎样影响新文学的呢？这是理解个性主义文学的关键所在，而恰恰这里一直被人们所忽略。因为人们天经地义地认为“人的觉醒”就是“文学的觉醒”，这两者是互为前提、互为因果的同构关系，而没有进一步探究为什么“人的觉醒”会导致“文学的觉醒”，两者之间到底是以何种方式联在一起的。事实上，只有解决了这些问题，才能走进个性主义文学的园地。

在中国，个性主义虽然是一种社会文化思潮，表现在社会生活的各个领域，但是它主要体现在渗透在文学形态之中，并以文学的方式来向大众传播的，因此要将个性主义从文学中分离出来几乎是不可能的。它对中国新文学的影响首先表现在个性主义直接唤醒了中国文学的独立意识，使中国文学的重构有了基本的价值起点和逻辑起点。个性主义是中国先进知识分子改造社会的一种重要的思想武器，它改变了人的思想价值观念和思维方式。由于“人的发现”导

---

① 鲁迅：《坟·论睁了眼看》。

致整个社会文化结构的变革，而文学艺术则是最集中地负载人的伦理道德、思想意识的渊薮。因此，伦理道德的变革、个性解放以及对人的主体性的强化都应该以文学的变革为基本前提，并通过文学来推动并达到“人的解放”这一目的性的运动。近现代思想启蒙家的这种认识，就使中国文学受到了高度的重视，把文学的变革便自然提到了思想启蒙运动的重要位置上来。况且，要使文学达到为社会变革服务的目的，那就必须将文学从封建思想的桎梏中解放出来，从对封建意识形态的依附关系中独立出来，使之在内容和形式上都具有现代特征——文学自身的个性和文学创作者的个性。这既是个性主义的基本思想原则，又是文学自身发展的内在规律。由于文学是描写人、表现人的，所以应该具备个性主义关于“人”的理论准绳——人的自由、平等、个性和个性主义关于“人”的基本价值取向——促进人的生命及精神的健全与发展，崇尚人的意志、感情的真诚与自然。而在传统文学中“人”被异化了，人的个性被抹煞了，正是个性主义使中国文学发现了自己的失落状态，从而产生向“人的文学”复归的内在欲求。这样，个性主义就自然成了替代中国文学传统意识形态的主要思想内容，成为中国文学发生质变、走向现代之路的内在原动力。因为没有对“人”的重新发现，没有“人”的精神上的解放，便没有文学的解放，也就没有中国文学的重构。正是因为个性主义是一种直接触及中国传统文化的根柢——非人化——的新的意识形态，故而它才能成为促使新文学诞生的催生剂。这样就在个性主义与文学之间存在着一种渐进的发展图式：个性主义⇌文学的自觉和文学的重建，即个性主义导致文学的自觉，然后才有现代意义的新文学的诞生，而文学的自觉又为个性主义的启蒙目的服务。其实中国文学重构的过程就是个性主义的传播和建设的过程。从五四文学革命来说，1917 年初胡适、陈独秀揭起文学革命的大旗，乃是戊戌维新运动以后个性主义逐渐成为一股独立支配社会发展的主导力量的直接结果，是中国近现代知识分子把个性主义作为重建新的文化价值体系的时代哲学之后对文学的一种重新发现。正是由于个性主义给中国文学注入了新鲜的血液，才使其有能力挣脱陈腐的封建文化思想的束缚，实现自我的解放，文学革命才能全面爆发。

其次，个性主义改变了创作主体的世界观和思维方式，使创作主体得以摆脱传统意识形态的羁绊，从而获得了对“人”和文学的新的理性认识，也就是说使创作主体认识到“人”是社会的中心，也是文学的中心，文学的本质就是健全的人的自由精神创造，文学只有在描写人、表现人的情感欲望和审美需要中才能获得"人"的意识和文学的价值,成为真正的文学。创作主体获得这种对人的主体性的认识,就使创作主体在世界观和思维方式上与个性主义相一致,有了合乎人性要求的价值观念和情感态度,并由这种新的价值观念和情感态度导致新的审美意识的生成。文学虽然是客观社会生活的形象反映,但它主要是创作主体的心灵活动的自我创造的结晶,它首先体现出来的是创作主体对客体对象的情感态度,反映出创作主体的审美意识。因此,当个性主义改变了创作主体的世界观和思维方式的时候,这种变化必然会体现在其作品之中,从而使创作活动发生质的变化。自然,一个拥有个性主义思想的作品,他所创造出来的作品在思想感情和审美形式上无疑呈现出个性主义色彩。当然,这与西方的个性主义文学的诞生还是有重大差别的。在西方文艺复兴时期,作家并没有经过一场有意识的追求思想文化变革运动的洗礼,他们也没有一种明确的目的性的理性渴求,他们只是依靠来自自身的审美感受以表达他们的理性认识和情感态度,所以这便决定其文本的产生与发展的过程应是:审美感受→审美态度→情感态度→理性认识。当新的审美意识与传统观念发生冲突时,创作主体才能明确意识到自己的理性追求,从而寻找新的理论依据并导致理性的变化。这是因为在西方文学内部潜藏着促使其自身发生变革而否定传统文学的内在力量。而中国文学内部却没有这种隐含在其自身的否定力量,它需要一种外来的动力帮助它实现自身的否定即质变;因此当个性主义成为中国知识分子进行社会改造的思想武器时,作家们才发现个性主义也是文学改革的思想武器。于是,个性主义就成了中国作家的自觉理性追求,并以此矫正自己过去对事物的具体情感态度,从而实现自己审美意识的变革。就真正属于个性主义文学时期的五四文学来说,新文学的产生首先是五四文学革命的结果。当胡适、陈独秀、鲁迅、周作人接受了个性主义思想,并意识到个性主义思想可以使中国文学走出中世纪形态的"瞒"和"骗"的大泽,而且只有个性主义才能更好地把中国文学纳入整个新文化运动对社会思想意识形态的变革追求中时,他们真正觉悟到唯有"辟人荒"方可使中国文学摆脱传统理学的束缚而变成"人的文学",实现文学向"人"的回归,《文学改良刍议》、《文学革命论》、《人的文学》、《平民文学》等就是其理论形态的表征。有了这些充满着个性主义色彩的文学理论倡导与实践,才出现了迥异于传统文学形态的五四新文学文本。而作为创造主体的作家本人身上也存在着同样的情况,鲁迅就是明显的例子。鲁迅首先是作为一个西方文化的积极接纳者、西方个性主义思想的积极倡导和辛亥革命志士而出现在中国近现代史上的，他早年写的《科学史教篇》、《人的历史》、《破恶声论》、《文化偏至论》等论文，均体现出他作为一个最先觉醒的个性主义者和启蒙主义者对“真的人”的强烈追求，体现出他对中国社会文化和国民劣根性的深刻思索。正是这种对“人”的理性认识成为他日后转过来做五四文学先驱的一个重要的内在思想契机，也正是这些理性认识奠定了他所有创作的思想焦点，使他在理论思考和艺术创作中都自觉不自觉地集中于“人”的问题上。由于他对“人”的认识达到了中国个性主义思想的最高水平，使其创作也自然体现了中国个性主义文学的最高成就。当然，理性仅仅是成就鲁迅作品伟大的一方面，它只有与卓越的审美意识和艺术生命活力相结合，才能成为真正伟大的作品，而鲁迅正是这样的作家。

同样，这种由理性认识到创作实践的影响模式也是个性主义无法成为中国文学的内在欲求即无法在中国文学中扎下“根”来的一个重要原因。因这一影响模式大多只是在观念意识层面改变了创作主体的理性追求，而没有成为作家内心固有的美学取向和审美倾向，从而造成作家虽在理性上追求个性主义并获得对文学的新的理性认识，但却没有足够的时间把这些理性追求沉淀为作家情感心理和审美结构的一个有机组成部分，成为真正的个性主义者，即真正关注属于“自我”的一切：“我是谁？我从哪里来？我要到哪里去？”等等。的确，“自我”的真正觉醒对于丧失了“自我”太久的中国人来说，是一件极其艰难的事。就现代许多提倡个性主义的作家而言，他们大多数并不是先有了自我意识才去经验人生，而是理论和现实唤醒了他们的自我意识，才使他们醒悟到自己所过的非人生活，从而使他们体验到必须找回“自我”，但其是否能真正拥有“自我”而不被其他东西异化并不取决于他们的理性认识。对于一个尚没有确立内在的“自我意识”的作家来说，即使他曾经或现在被称为个性主义者，但却不可能是一个坚定的个性主义作家，如郭沫若从主张个性主义到否定个性主义的转变就很有代表性。文学创作的真正动力在于作家内在的审美情趣、人生态度、性格气质。当内在的“自我”没有与理性的认识达成一致时，理性认识就很难持续和深化。所以在总结文学发展经验和教训时，对理论倡导与创作实践的关系应该有一种较全面的辩证态度，而不能仅仅因强调其正面却忽略其负面的影响。

再次，从接受理论的视角来看，读者特别是先进知识界对文学的期待视野也能在很大程度上规范着文学的选择以及文学形态的存在方式。接受美学认为，作家创作文学作品要受到读者接受心理的限制。任何一种文学思潮、文学现象的产生都有其产生的读者基础,并要充分地考虑读者的期待视野(它包括人们的思想观念、道德情操、审美趣味、直觉能力和接受水平等等)。五四时期正是一个新旧交替的社会转型期。一方面,旧的体制、范式、观念、习俗、信仰、道德等,虽随着封建政体的崩溃而开始动摇,但并没有因此而解构;另一方面,新的政治制度、文化思想体系尚在探索之途中。这一时代特征使那些渴望变革现实的知识分子特别是青年学生,期待传播新思潮的新文学能够担负起清除这种思想混乱的局面而重建新的知识系统和信仰系统的重任,希望从新文学中获取新的文化思想和解除自己心中疑窦的钥匙,更盼望文学能够表达出他们对旧传统的怨愤和对新思想的神往,以宣泄心中被压抑按捺得过度的情绪,从而通过阅读新文学作品达到心理的暂时平衡。

为了满足读者的这种期待视野,新文学所关注的也应该与读者所关注的相一致,尽可能地表达读者的愿望和渴求。而当时,知识分子特别是青年学生的主要心理倾向是强烈要求"人性的解放"的反传统的叛逆精神和反抗精神。个性主义为主的新思潮则是他们衡量、判断传统与现代、新与旧、好与坏、该追求的还是该否定的基本价值尺度。这是因为从晚清到五四,个性主义正逐渐发展成为影响整个社会文化的主要思潮。由于它的主导作用,中国新文化运动一开始便成为一场狂飙突进地向传统文化猛烈冲击的思想解放运动。《新青年》所极力倡导的"自主的而非奴隶的"、"进步的而非保守的"、"进取的而非退隐的"、"世界的而非锁国的"、"实利的而非想象的"新青年"六要义"几乎反映了五四前后青年知识分子的普遍心声。在这种新思潮的感染下,"个性解放"与抨击封建三纲五常的礼教、封建等级制度的名教、陈腐朽败的宗法家族的时代要求,伴随着"婚姻自主"、"恋爱自由"的大胆追求,冲荡着整个中国城乡社会心理及其行为模式,从而形成整个社会需要层对文化产生了特定的"角色需要",期待它们能够表达社会的这种普遍期待。社会学认为,社会事物的存在和发展总要受一定的"社会角色期待"的影响和制约,它总是要自觉不自觉地因"社会角色期待"的变化而变化。如果它不顺应"社会角色期待"而一意孤行,就是社会学上的"越轨"现象,一旦社会事物越出"社会角色期待",它的存在和发展将是十分艰难而且有可能会受到惩罚。文学艺术尽管是人类理性和感性最敏锐的触须以及人类心理情感活动最生动的显现,但它在一般情况下仍受"社会角色期待"的制约,只有顺应"社会角色期待"才能生存和发展。无疑,在正常的社会秩序里,反叛和越轨是受到社会公众的谴责和非难的,但对于五四前后却恰恰相反，以个性主义为武器冲击封建礼教及其家族桎梏的“反叛”和“越轨”，却是历史发展的潮流所趋，也就是顺应社会进步的“社会角色期待”的摩登现象。因此，由于这一特殊的时代文化环境的赞许和鼓励，个性主义便很快成为中国文学重建活动的内驱力，成为中国新文学的主导灵魂。而与个性主义相联系的“个性解放”、“人道主义”、“民主”、“科学”等既是社会的兴奋焦点，又是新文学的重要主题。个性主义文学得以在这种社会环境的鼓励下积蓄起充足的力量击败了统治中国文坛长达数千年之久的封建“载道”文学，一举成为中国文学的正统和主流，中国新文学也就诞生了。但是在五四运动以后，由于“政治民族主义”再度兴起，“外抗强权，内惩国贼”的爱国呼声伴随着日益急迫的政治救亡运动和政治革命运动，逐渐转移了社会大众的心理指向，而他们对文学的“社会角色期待”也已经不再是五四前后的模式，乃是要为民族救亡和政治革命服务，“人”及其个性的命题由此而被湮没于政治的热浪中。显然，当“社会角色期待”出现这种转移时，文学也同样发生了相应的转移。因此在1925年以后，个性主义受到各种政治思潮的削弱和否定时，个性主义文学也必然遭到有形（革命作家的批判）和无形（五四新文化运动退潮）的严峻挑战，五四新文学不能不在这种冲突中发生裂变，以顺应社会大众的期待视野的位移。经过这一裂变，个性主义文学再也不是读者期待视野中的“宠儿”了，它只能在社会大众的冷落和嘲弄中退守一隅（知识界和文学界的自由主义阵营），负隅抵抗。而在个性主义退缩的同时，民族主义和马克思主义由于适合新的“社会角色期待”则迅速主导中国新文化以至新文学的发展方向，成为盖过个性主义文学思潮的另外两种文学思潮。

当然，尽管中国文学在个性主义思潮的冲击下开始走向“文学的自觉”，并且由于一大批思想先驱和文学先驱的共同努力而获得了极为灿烂辉煌的成就，文学成为“真的人”的理想追求和情感表现的负载体，也成了中国现代人体验现实人生、生命感觉的一种理想途径，由封建文学的“文以载道”变成了个体的自由的“人”的精神创造物。但是由于中国个性主义思潮的羸弱不堪，因而造成中国个性主义文学的先天不足，即使我们采取比较宽容的态度，也很难断言个性主义文学的成就能够达到创作主体、理论倡导者的理想水平和满足社会大众的期待视野。它的实际成绩距离一种完形的、成熟的、有其内在系统的文学形态还有相当大的差距。例如，在五四时期的许多最有成就的个性主义作家那里，他们对个性的表现也主要是以失恋和穷愁等方式表露出来的（郁达夫、郭沫若、郑伯奇的小说），而缺乏李大钊、陈独秀文论中那种有充分的自主欲望和勇气的

"新青年"的健全个性。他们由自己的个性要求观照社会、否定黑暗现实,但却绝少从个性主义的发展前景或个性主义的高度责任感来对待他们所面临的社会问题。当郁达夫《沉沦》中的主人公受到社会压迫而追求个性独立时,他不是诉诸如何以个体反抗社会从而谋求个性解放,而是将自己的命运消极地维系在祖国富强的希望上,哀叹:"祖国啊,祖国,我的死是你害我的!"将自己的命运与祖国的命运紧密联系在一起,是中国现代作家的革命民主主义觉悟的表现,但个性主义所要求的却是在自我充分独立、人格高度发展的前提下对祖国、对人民和对社会的责任心,并不是由于国家不富强就怀疑、否定自我存在的价值和自身的本质力量。这种缺乏坚定主体意识、竭力弘扬个性而只是怀疑自我存在价值和个性能量的现象,是普遍存在于五四新文学之中的。

中国新文学中个性主义软弱的另一种表现,就是感伤主义文学的泛滥。当昂扬激奋的五四高潮期刚刚退却,中国新文学那种破旧立新的狂飙突进精神,那种排山倒海的情感风暴,那种响彻云霄的生命呐喊,转眼间就变成了孤独、寂寞、苦闷、彷徨的幽怨、愤怒和感伤。从五四退潮到五卅前夜,"苦闷彷徨的空气支配了整个文坛"。中国新文学的个性主义旋律骤然由高昂转为低沉,它的色彩也由乐观变成感伤。许多作家在极度兴奋的追求个性解放之后很快陷入了理想幻灭、许诺无法兑现的极度悲哀和痛苦之中。这自然是梦醒之后无路可走的痛苦,这痛苦部分地应归咎于他们大多数只是把个性主义当作一种"梦"般的理想境界——不切实际的幻想和包医百病的良药。这就充分显示出个性主义文学理论准备的贫乏和物质基础的薄弱,也显示出个性主义在思考自我与社会、自我与人生的关系时没有确立"自我"的坚执性,更没有认识到自我解放的艰难性,因此鲁迅不能不在是否唤醒在"铁屋子"里昏睡的人而深感困惑。[①] 当然,在感伤忧郁之中也不乏严肃而痛苦的沉思。就像鲁迅那样,尽管"荷戟独彷徨"地"在沙漠里走来走去",但仍然在"走"着,而且以更深沉的力量表达他对"自我"的追寻;而在"浅草"和"沉钟"那里,尽管也表现出一种强烈的苦闷和感伤,但他们却是"在挖掘自己的魂灵,要发现心理的眼睛和喉舌,来凝视这世界,将其和美歌唱寂寞的人们"。[②] 不过从总体倾向来看,普遍的感伤和哀怨是个性主义文学软弱的一种反映,是作家对个性解放的失望和对强大的黑暗现实无能为力而在文学作品中的自然流露。可以说,这是作家在个性解放追求的过程中

① 鲁迅的《呐喊·自序》表述了这种心情。

② 鲁迅:《中国新文学大系·小说二集导言》。

的道德反省、自我价值危机感和个体本位失落感等思想情绪的综合表现，是对个性追求的忧郁怀疑。

为了摆脱这种困境，越过思想苦闷的情绪低谷，作家们只有把眼光投向社会，寻求通过社会的解放、民众的解放来达到自我的解放，从而幡然醒悟："在大多数人完全不自主地失掉了自由，失掉了个性的时代，有少数人来主张个性、主张自由，总不免有几分僭妄"，"要发展个性，大家应得同样地发展个性。要生活自由，大家应得同样地生活自由。"①这种对历史发展和现实的认识，意味着对个性主义否定的时代即将来临了。他们中的许多人缺乏对个性主义与集体主义或群体意识的辩证理解，便从个性主义阵营跳向马克思主义和民族主义的新阵营，放弃了原有的个性主义思想原则和价值标准而接受阶级解放民族解放的理论主张。但这种情况的出现，并不就意味着个性主义文学时代的结束，只是说它不再主宰文坛了。在新的时代环境里，它以更为多样的形态艰难地拓进着，并且在艺术探索和思想探索等许多方面依然代表着五四以后的中国新文学的最高成就。

二

作为一种文学现象，个性主义文学在中国走过了其曲折而艰难的道路，其中深深地印记着中国新文学发展过程的丰富性和复杂性。尽管它已经伴随着那时代的消逝而成为历史，但它的成功和失败、痛苦和欢欣、经验和教训都值得每一代后来者的深思和记取；而且由于它的历程正好契合了中国文学现代化的追求历史，因此对中国当代文学的发展同样拥有着极为深远的现实意义。

中国个性主义文学是随着中国现代作家对个性主义思想的接受以及他们对传统"文以载道"的文学观念的反动而产生的。晚清以来，西方近现代文学观念和外国文学作品被大量翻译进来，使中国文学的格局发生了动摇，传统的文学观念受到了空前严峻的挑战，由此导致晚清文学虽发生了巨大变化，但却没能从整体上突破古典文学传统形态的束缚。不过，在极少数作家和理论家那里，已经从西方思潮和外国作家中汲取了异域的"新声"而获得独立的自我意识，并在文学创作与理论中表露出这种"自我"来。他们就是苏曼殊、王国维、

① 郭沫若：《桌子的跳舞》，《创造月刊》1928 年 5 月 1 日第 1 卷第 11 期。

鲁迅。

苏曼殊进行文学创作之前,曾广泛涉猎过许多近现代西方文学作品,特别对西方个性主义文学有较精深的研究,写下了系统介绍和研究西方浪漫主义文学的著名论文《〈潮音集〉自序》。他非常推崇富于反抗和叛道精神的英国诗人拜伦和雪莱,说:"He(拜伦——引者)wasan ardentandsinceredevoterofLiberty——yes, heharedtoclaim Libertyineverything——greatand small, socialofpolitical." "Hiswhole life, ca-reerand production are intertwined in love and liberty."①"Both Shelleyand Byron'sworksareworth studing by every loveroflearning forenjoymentofpeot-icbeauty, and toappreciatetheloftyidealsofloveand liberty."②显然,这些外国作家的文学观念和思想价值取向对苏曼殊有很大的影响,从而导致他自身文学观念的转变和对西方文学思想的认同。在其《断鸿零雁记》、《焚剑记》、《非梦记》等言情小说里,他已经自觉地将爱情婚姻问题置于广阔的社会环境中,通过悲剧的形式批判传统文化对人性的压抑,表现青年男女对自由婚姻追求的现代性爱观念。在这些作品里,故事情节基本上是以代表封建礼教的家长与追求个性自由的青年男女构成二元对立的冲突,最后以悲剧结束。如《非梦记》这篇小说,主人公海琴、薇香与海琴的婶娘形成对立的矛盾冲突,双方之间展开激烈的斗争,无法调和,结果只能是薇香投江殉情、海琴出家为僧。在作品中,作者并没有直接把悲剧原因归咎于长者的个人性格,而是指向封建宗法制度和传统的门第观念。正是这些封建社会的价值观念、风俗习惯,剥夺了青年男女追求爱情婚姻的自由和幸福的基本人生权利,并由此控诉封建文化对人的个性和自由的摧残,从而表达出对个性自由的向往。但苏曼殊毕竟是新旧过渡时代夹缝中的人物,在保守者的眼里,他是新派的,而在激进者眼里,他又是旧式的,因此他的作品不能不深印着这种双重性。美国学者李欧梵在其著述《中国新文学的浪漫主义》里对此有过精辟的概括:苏曼殊通过他的作风和艺术,不仅"体现了旧时代的中国文学传统和西方的新鲜的鼓舞人心的浪漫主义的巧妙融合",而且体现了他那个过渡时代,整个情绪的无精打采、动荡不安和张皇失措。

同时,在文艺思想上,随着西方近现代文学理论的引进而导致了中国文学

① 意译为:他是一位热情而诚恳的自由信徒。——是的,他敢于在一切事物中主张自由,——无论大事小事,无论在社会方面还是在政治方面。他的整个生命、事业和创作都缠结于爱与自由之上。

② 意译为:无论是雪莱的作品,还是拜伦的作品,都值得一切爱好学问的人们进行研究,都可以作为诗歌美的欣赏品,也可以作为爱和自由的崇高理想来译介。以上两则引文均出自苏曼殊:《潮音集·自序》,载《苏曼殊全集》,第33~34页,柳亚子主编,中国书店1985年版。

理论的一定自觉。不少人认识到,人的本性就是追求快乐,艺术便起源于这一本性,文学的主体性就是人的主体性。① 代表这种现代文学意识觉醒的就是王国维。“他是我国封建社会最后的一个美学家,又是我国资产阶级第一个美学家”②。从1903年他发表《康德像赞》起,他就对西方美学理论和哲学思想进行较为系统的研究,其中叔本华、尼采等人的美学思想对他产生了深刻的影响,使他认识到文艺作品既要“合乎自然”也要“邻于理想”,即摆脱人的外在束缚,而“自由”地进行审美观照,以此“观物”、“观我,构成审美静观的纯粹主体(自然化)”。这种美学观突出了在审美观照中的人的主体性地位,反对文艺为封建意识形态所羁绊。王国维很欣赏康德的一句名言:“当视人为一目的、不可视为手段。”并以此为据提出艺术创作的“有我之境”和“无我之境”,否定将文艺作为“载道”的工具。所谓“有我之境”,即在“我”与“物”、主体与客体的冲突时,通过“物我利害之冲突的克服”,达到主体与客体的和谐统一;“无我之境”则是要求艺术家排除一切“我执”,敢于写“真感情”、“真景物”,这“无我”并非消除人的个性,而是企图通过艺术审美途径实现人的内在价值,即从现实的“必然”王国中挣脱出来,在审美体验的瞬间获得精神解放,进入“自由”领地、回归“自我”本身。这是一种深刻地意识到“人是生而自由的,却无处不在网络之中”后,试图从审美静观中辟出一条通往人的自由之路的尝试。美是苦闷的象征,是自由的表现,只有在审美的生命体验中,人才能从痛苦而烦恼的现实中解脱出来,升入“自由”真正实现的瞬间,成为自由的人。自由不是现实的,而是审美的。这是西方现代美学理论的主要论点,也是现代悲剧精神的理论阐释,是人在认识到自我的有限性和人与现实的永恒冲突之后形成的对“自由”内涵的重新界定。因此,王国维的悲剧美学观虽染上叔本华的悲观主义色彩,但却道出了中国现代审美精神——悲剧意识的主要内容。这正是中国文学现代审美意识觉醒的标志,也是中国现代个性主义悲剧文学观的肇始。

但是,不论是苏曼殊还是王国维,都没有能力发动起一场轰轰烈烈的个性主义文学运动。任何一场文学运动的兴起,都需要历史提供适当的机遇,特别是要对有着强大现实势力和深远传统惯性的中国古典文学进行全面的反动,更得借助历史发展的某种契机。尽管晚清时期中国社会结构已经开始瓦解,中国

---

① 在晚清时期,受西方近代文学观念的濡染,一些思想先驱已意识到人为文学之主体的原则,如鲁迅、康有为、王国维等人。

② 刘再复:《鲁迅美学思想论稿》,第27页,中国社会科学出版社1987年版。

传统文学的整体式微态势已经充分暴露出来，但近代社会所形成的一系列“革命”和文学发展的新态势均无法“另辟一片崭新的文场”。因为在总体上，那个时代虽有许多闪光的思想、独创的见解和新的文学因素，但它每每以具体技巧性的变化为归宿而缺乏新的结构质和转换生成机制来建构起新的系统，因而难以形成更深刻的推动文学发生历史性变化的态势和新思潮的更替。文学整体变革的关键，不仅要借助社会结构和意识形态整体变动的力量，不仅需要宏阔的深刻的思想文化变革作为前提和基础，而且需要个体完全自觉之后形成的文学观念的彻底更新。只有“人”的全面自觉，才有“文”的全面觉醒。显然，苏曼殊和王国维均没能达到这一高度的觉醒。正如郑伯奇在《关于苏曼殊》中所说，苏曼殊只能是一个“以老的形式始创中国近世罗曼主义文艺者”，他想变革现实、向往自由，却缺乏革命的勇气；而王国维却是一个政治上的“保皇党”和文化上的民族主义者。这种分裂的人格在他们的创作和美学思想里，得到了充分的反映。也许，这正是中国文学由传统向现代转变的一种必然过渡。当其内在的矛盾激化到一定的界点时，就会发生质的突变。这种质的历史飞跃是在五四前后来临的。

五四前后的中国，整个社会结构在西方文化的冲撞下发生了历史性的变动，经过长期孕育的个性主义文学观念和价值系统破土而出，形成了对中国传统文学的“足以发挥最大刺激能力的挑战”，提供了一个足以刺激人们对传统文学全面反省的新的参照系统，使之在“重新估定一切”之后设计新的文学蓝图。这便是中国新文化运动和五四文学革命爆发的历史缘由。“中国新文化运动其实就是人的运动。”①人的发现、个体主体性的弘扬以及由于个性解放要求而带来的爱情婚姻问题，成了中国新文学摆脱封建文学以建构新的范式的理论支撑点。正是由于“人的自觉”，使自由之神终于降临到中国文学的身上，人的个性、自由的极力弘扬成为五四新文学的基本内容，以致后来人们在总结和回顾这段文学史时，不断地指出：“文学革命者的要求是人性的解放。”②“人的发现，即发展个性，即个人主义，成为‘五四’时期新文学运动的主要目标。”③“五四运动的最大成功，第一要算‘个人’的发见”。④ 因此我们说，五四之所以是中国文学

① 蔡元培：《中国新文学大系·总序》。

② 鲁迅：《且介亭杂文·〈草鞋脚〉小引》。

③ 茅盾：《关于“创作”》，《北斗》1931年9月20日创刊号。

④ 郁达夫：《中国新文学大系·散文一集导言》。

的一个重要分水岭,就是因为于此之前的文学在整体上是否定人的个性的,而此后产生的文学里则是以肯定个性和自由为特征的个性主义文学。对个体生命价值的不同认识,决定着两个不同的文学时代和两种不同的文学精神。

不过,应该指出:从1915年的新文化运动到胡适的《文学改良刍议》、陈独秀的《文学革命论》1917年发表的这段时间,伴随着个性主义思潮的冲击,文学对"人"的认识不断深化,导致新文学发难者们努力给中国文学注入个性主义的内在活力,以图使中国文学从封建的清规戒律中解脱出来。然而,由于新文学发难者都是思想启蒙者、革命者,他们的双重身份使他们对文学的思考却仍然不离"社会改造"这一视角,只能将文学视为启蒙运动的一翼,希望它成为唤醒国民的一种武器。因此他们指责旧文学只写"个人之穷通利达","于其群之大多数无所裨益"。[①] 这种从社会革命、思想革命的角度立论的文学观与梁启超的"欲新一国之民,必先新一国之小说"的功利意识基本上没有什么差别。所以,不能认为有了《文学改良刍议》、《文学革命论》就有了中国文学自身的觉醒,它们并不能直接透出文学独立发展的信号。不过正是这种将启蒙附加在文学身上,给中国知识分子一种重新认识文学的新眼光,认识到"人的解放"是文学的本质,然后才能有文学的真正觉醒。

中国个性主义文学的真正诞生是以"人的文学"理论为标志的。1918年12月周作人发表了《人的文学》一文,明确提出"人的文学"的文学理论系统,主张以人道主义为本,对于人生诸问题,加以记录研究,而排斥非人的文学。同年,胡适发表了《易卜生主义》,系统地介绍了他的个性主义文学观。易卜生曾说过:"得到自由和伟大的第一步,就是要有个性。谁的个性少,他就只有一个人的躯壳;谁要是完全没有个性,他就等于零。"人的唯一任务就是在"虔诚的自我选择"中选择自己,而生命所需要的就是自我发展。他在给友人勃兰兑斯的信中说:"我所期望于你的,是一种真正纯粹的为我主义,要使你觉得天下只有关于'我'的事最要紧,其余的都算不得什么。……你要想有益于社会,最好的法子莫如把你自己这块材料铸造成器。……有的时候,我真觉得全世界都像海上撞沉了船,最要紧的还是救出自己。"[②]这种思想经过胡适的运思发挥,并辅之易卜生的《娜拉》、《国民公敌》等戏剧的翻译,遂使极力张扬自我的个性主义文学观开始滥觞。周作人和胡适的文论集中反映出"人的发现"之后文学观念

---

① 陈独秀:《文学革命论》,《新青年》1917年2月1日第2卷第6号。

② 胡适:《易卜生主义》。

意识的实质性变化，它是以“人”为主体的文学本体的自觉。

理论的自觉只有与实践相结合，才能使理论思维转化为现实力量；而且也只有这样，理论的意义才能在现实中凸现出来。因此探讨个性主义文学的丰富内涵应该从文学创作的生动感性世界中来获取。而在创作实践中，最能代表“人的解放要求”这一个性主义文学宗旨的主要审美形态的要数鲁迅。

鲁迅的《狂人日记》是中国新文学的第一声春雷。作品的主人公“狂人”亲身感受着封建礼教“吃人”的罪恶，深刻而清醒地认识到几千年的中国历史尽管满纸写着“仁义道德”，却是充满着“吃人”两字，从而发出悲怆而绵长的呼唤——“救救孩子”。他的另一篇小说《阿Q正传》则是通过“写出一个现代的我们国人的魂灵来”[①]，以揭露中国国民性的腐败和愚昧。阿Q是一个生活在中国传统文化的典型环境——未庄中的普通农民，但却染上了卑劣、胆怯、狡猾的劣根性，而缺乏一个“内在的自我”独立主体。通过塑造阿Q这一形象，鲁迅再次以一种悲哀的姿态揭示了中国传统文化的“吃人”主题。在他的《呐喊》、《彷徨》等小说集和《坟》、《热风》等一百多万字的杂文、书信、日记中，写下了鲁迅对个性主义理解的丰富性和复杂性。他作品的主题，有对旧社会摧残人性行为的深刻揭露，有中国人民在封建的黑暗地狱中的呻吟和挣扎，有觉醒了而无路可走的知识分子的痛苦和悲哀。他以自己敏锐的笔触揭示出一个深刻的真理：没有“人性的解放”，没有个性的自由发展，就没有新中国；而要达到“立国”之务，就得先“立人”，彻底埋葬“吃人”的社会。由此可见，鲁迅的个性主义思想的主要内涵是：尊重生命，弘扬人的生命力；主张人性的全面发展，反对压抑、毁灭生命欲求；不安于现状的生命抗争与追求和由此升腾起来的主观战斗精神。

鲁迅并不是一个浅薄的个人主义者，他的自我世界是由各种不同的文化思想构成的，它不可能是一个单质的世界，而是一种古今中西文化相互冲突、相互渗透又相互并存的心理结构。他尽管极度痛苦地拷问自我的灵魂，但又无法抹去历史阴影、摆脱缠在身上的“鬼气”。因为他体验到了一个令人战栗的事实：“有了四千年吃人履历的我，也难免于无意中吃了妹妹的肉。”[②]正是由于自我与旧世界的深刻联系，决定其对旧世界的否定必然伴随着对自我的怀疑和否

① 鲁迅：《集外集·俄文译本〈阿Q正传〉序及著者自叙传略》。

② 参阅鲁迅小说《狂人日记》。

定，所以他意识到自己不过“在进化的链子上，一切都是中间物”①，并含着悲凉地宣布：“我不过一个影……黑暗吞并我，并且光明又会使我消失。”②在《野草》中，鲁迅站在光明与黑暗的交界点上，同时体验着旧时代的死和新时代的生。当他穿梭于新旧两个时代的夹缝时，他感受到了自我挣扎的痛苦和自我分裂的悲哀。因此他在强烈渴求自我生命解放的同时，又勇敢地自我反观和自我否定。不但否定代表着过去绝望而衰亡的世界，而且也如那个“肩住了黑暗的闸门”的英雄一样，不惜以牺牲自己的生命来换取大众的新生。生是为了战斗，死是为了反抗——“反抗绝望”。这是一种执著于“此在”的生命意义、追求个体存在的现实方式，却又勇敢地反抗命运的生命形而上感受所唤起的深沉的战斗力量和韧性的主观战斗精神，这是对人的生命主体的超人式昂扬。从“救救孩子”的呐喊到“看透了造物的把戏”③的“反抗绝望”，从欢呼“人之子醒了”到沉浸于生命的孤独、悲凉是鲁迅对生命的体验历程，也是中国新文学对个性、个体存在意义的认识演变。

法国文学史家丹纳曾经说过：“当文明发展进程中新的进步产生出一种新的艺术时，总会有几十个杰出人物以两个天才人物为中心应运而生。几十个杰出人物只能把社会思想表现出一半，而一两个天才人物却能把这种思想完全表现出来。”④在五四时期，鲁迅正是这样的天才人物。如果只有孤立的天才，即使他再伟大，那也不能完全支撑起一个崭新的文学世界。五四文学不能没有鲁迅，但是没有拱卫在鲁迅周围的“群峰丛岭”——五四作家群，同样不能构成五四文学的全貌。五四之所以是一个个性主义文学的时代，是一个艺术的黄金世界，就因为有那么多真诚、热情而执著的个性主义作家。他们以对文学不同的态度和建设新文学的共同目标分为两个不同的群落——文学研究会和创造社，站在鲁迅两旁，共同建构起五四文学大厦。

文学研究会成立于1921年1月，奠定其理论基础的是周作人、沈雁冰，代表其主要创作倾向的是叶绍钧、冰心、庐隐。在其成立之初，它就庄严宣告：“将文艺当作高兴时的游戏或失意时的消遣的时候，现在已经过去了。我们相信文学是一种工作，而且又是于人生很切要的一种工作；治文学的人也应以这事为

---

① 鲁迅：《坟·写在〈坟〉后面》。
② 参阅鲁迅散文集《野草·影》。
③ 参阅鲁迅散文集《野草·淡淡的血痕中》。
④ ［法］丹纳：《英国文学史》，转引自普列汉诺夫的《论个人在历史上的作用问题》。

他终身的事业，正同劳农一样。”①这既是文学研究会作家们对文学的基本态度，又是他们从事文学创作的逻辑基点。他们虽然反对“文以载道”，认为“文学是人类感情之倾泻”，“他的伟大价值就在于通人类的感情之邮”，“文学就是文学”，“作者无所为而作，读者也无所为而读。”②但是他们更多的却是坚持文学的社会功利观和文学为人生的宗旨，认为个性解放是与社会责任、社会正义紧密联系的，“文学者表现的人生，应该是全社会的生活，用艺术的手段表现出来，没有一毫私心、不存一些主观”。③“为人生”的文学可以概括这一流派的主要创作特征。叶绍钧的《一生》等作品就表现出作者对个性主义理解的人道主义特征，即从人道主义的角度来同情描写被侮辱与被损害者的非人生活，同时又从个性主义角度透视封建传统对个性的戕害和践踏。作家的“自我意识”是通过对象化而移情到作品主人公身上表现出来的。这反映出作家的个性主义意识并没有将个性自由从广泛的社会联系中独立出来，也反映出他追求个性解放是与承担社会道义、社会责任合二为一的。因此，在叶绍钧、冰心、王统照等许多文学研究会作家那里，虽然也表现出强烈的个性主义色彩，但是作家们总是将个性纳入自己对社会人生的探索之中，如冰心对爱的表现、庐隐对婚恋及人生问题的沉思。将个性解放社会化的创作倾向，是启蒙运动对文学的要求，也是新文学作家自觉地承担启蒙任务的表现。但是过于强调文学为人生，就有可能出现将文学的价值仅仅理解为人道主义的同情和对社会人生问题的探索，突出文学对社会变革的客观效用，强化文学在揭示现实、干预生活、促进历史变革的社会功能。这种倾向在一定程度上忽略了文学之所为文学的独立因素、轻视个性主义关于自我肯定和自我实现的命题，从而有可能重演文学本体失落的危险。为了保持新文学发展的平衡状态，为了纠正文学研究会“为人生”文学对现实社会的倾斜，新文学运动自身又出现了一个平衡机制，即继文学研究会之后又成立了一个主张“为艺术而艺术”的文学社团——创造社。

创造社成立于1921年7月，以郭沫若、郁达夫、张资平、田汉、成仿吾、郑伯奇等人为主的一些留日学生组成的，其中“顶着创造社的担子在实际上精神上都发生一些作用的，仅仅郁达夫、成仿吾和我（指郭沫若——引者）三个人而

① 《文学研究会宣言》，《小说月报》1921年1月10日第12卷第1号。
② 郑振铎：《新文学观的建设》，《文学旬刊》1925年5月11日第37期。
③ 沈雁冰：《文学与人生》，《茅盾文艺杂论集》（上），第110页，上海文艺出版社1981年版。

已”。[①] 这些作家都有着强烈的浪漫主义精神，极力张扬自我、尊崇个性是其文学创作的主要特征。不论在什么时候，在什么国度，浪漫主义总是与人的情感、自我意识联系在一起的，甚至在某种程度上可以将浪漫主义作为个性主义的代名词。创造社作家从审美观念到文学创作都坚持以自我为中心、以表现自我为本位的态度，追求“文学的 Perfection 与 Beauty”，企图“以唯真唯美的精神来创造文学和介绍文学”[②]。在郁达夫那里，小说是倾泻他的“愤世嫉俗”、他的“苦闷”的“自叙传”，因而表现出的是一种对现实的极度的厌恶、反抗和否定的情绪。这种情绪又是来自自我于苦难的人生中体验到的“性的苦闷”和“生的苦闷”。他以一种“露骨的真率”揭示出传统封建文化扭曲下的人性的病态、变异，从而在自我的深渊中窥视封建文化对“人”的深层异化，渴求摆脱那流淌在血液中的传统毒素，成为一个健全的自由人。他强烈地追求自我的发展、自我的实现，当他醒悟到只有爱情才能实现其自我价值和尊严时，他不顾一切地大喊：“我所要求的就是爱情！”[③]而在郭沫若那里，情感、个性和真诚几乎构成了早期创作的全部主题。在《女神》中，郭沫若以一个自我被压抑的过久过重而刚刚获得解放的青年对个性主义所发出的欢呼，热情地抒发着个性独立、个性解放和个性发展的时代精神，以狂风暴雨的方式闪击封建传统道德及其社会存在；在《星空》中，又以低细的歌吟倾诉着自我对现实的感受、憧憬和梦幻。然而，无论是郁达夫的颓唐、伤感，还是郭沫若的激奋、昂扬，都是以一种青春特有的激情对个性的肯定、对自我的弘扬。热烈与感伤、叛道与追求、颓唐与奋进、真诚与苦闷，都是觉醒后的个性主义者所抒发出的“真的人”的声音，是“人之子醒了”后张口发出的叫声。

五四时期，是个性主义文学的黄金时代，此时各种“人的文学”思想纷然杂陈，文学社团、文学杂志、文学作品如雨后春笋不断涌现，体现出“人的觉醒”之后来临的“文的觉醒”的繁荣局面。但是好景不长，因为在五四文学观念和实践中一开始就埋藏着许多互相否定、互相对立的因素。五四文学是启蒙运动的一翼，然而将启蒙的任务加诸新文学，使之不得不为非文学的思想革命、政治革命分担过多的精力，从而导致文学在追求历史变革的使命时常常无法把持住自己的独立性，忘记了文学自身的启蒙，即对文学本体意义的关注。例如，文学研究

① 郭沫若：《“眼中钉”》，《拓荒者》1930 年第 4、5 期合刊。
② 成仿吾：《新文学之使命》，《创造周报》1923 年 5 月 20 日第 2 号。
③ 郁达夫：《沉沦》。

会“为人生的文学”强调在文学中表现自我与人生的关系，它有可能使文学在承担表现人生现实的义务中失去自我，也有可能在表现人生体验中获得自我、发现自我；创造社“为艺术而艺术”的文学强调表现自我，它有可能强化文学的独立品格和自我意识，但也有可能因过分放纵自我以致任凭情绪在文学中泛滥而使文学本体失落。启蒙的文学与文学的启蒙是两种不同的文学态度，而大多数五四作家由于侧重启蒙的文学而相对忽略了文学的启蒙。启蒙主义强化了新文学的社会功能和社会责任感，因此当民族救亡运动和政治斗争的热浪再度盖过个性主义的呼声时，中国新文学必然出现“社会角色的位移”，即由个性主义文学向非个性主义文学位移。这种位移是五四新文学自身所蕴涵的各种因素自然而然增长的必然结果，外在的现实条件只不过加快了其增长的速度。

在五四后期，民族矛盾日益激化、民族危机不断升级，从而使新文学队伍发生了严重的分化，“有的高升、有的退隐”，而坚守下来的寥寥数人也不能不感到置身于沙漠般的寂寞。个性解放所带来的兴奋和喜悦未能改变中国社会的混乱、腐败、愚昧和贫困，于是他们迷惘、苦闷、痛苦。追求个性的激情退了，但思索救国救民之路并未因此停顿。这时，马克思主义的阶级分析理论和集体主义思想，民族主义的爱国主义、民粹观念开始穿过思想的失范状态，潜进并统摄人们的视野。这些思想使他们突然醒悟到了：个性的解放无法解决中国的社会问题；只有阶级解放和民族解放，才能拯救中国。对个性主义的怀疑和失望，使他们焦急地寻找一种能够替代个性主义的新的意识形态，呼唤文学能够担当唤醒民众而给他们力量的重大责任。而马克思主义和民族主义正好迎合了这种新的时代需要。

马克思主义把“阶级的自觉”、“阶级斗争”作为历史发展的基本特征。它强调将“人的解放”与“阶级的解放”统一起来。实际上，这种思想早就存在于五四新文化思想之中，是启蒙思想的一个有机组成部分，是五四启蒙运动的合理发展与衍化。因此，马克思主义才能很快取代个性主义，成为中国现代作家的思想武器。在一些激进的作家看来，马克思主义不仅解决了历史和现实的一切疑难，而且为他们指明了走向光明未来的康庄大道。鲁迅从早期的“立人”思想和批判国民劣根性的主题到晚年走向马克思主义，叶绍钧《倪焕之》中的倪焕之和茅盾《虹》中的梅行素这两个从个性解放走向阶级解放、从个性主义走向集体主义的文学形象，都典型地反映出五卅前后作家及其创作倾向的重大变化。更为明显激烈的分化应该是1928年前后的“革命文学”论争。一些接受马克思主义的无产阶级革命作家以拉普式的马克思主义为理论武器完全否定以鲁迅为代表的五四文学传统，即否定五四文学中的个性主义，甚至宣布“阿Q时代已经死去”①。另一方面，五四运动所唤起的政治民族主义经过了五卅运动的激荡，迅猛腾涌起一股巨大的浪涛席卷整个社会，逼使作家不得不把目光从人的个性中转移出来，投向反帝救亡的民族解放运动。中国的启蒙思想，甚至个性主义的传播，都是源自对民族生存问题的思考，正是由于民族主义使“人”的启蒙思想应运而生。因此，当个体意识和个性解放无法解决民族危机问题时，对个性主义的怀疑和否定就成为历史发展的必然趋势。整个分裂的过程基本是在1925年至1928年之间进行，到30年代初已大体上形成了马克思主义文学、民族主义文学和个性主义文学三足鼎立的新局面。个性主义文学独霸文坛的时代结束了，代之而来的是文学发展的多元分化，是中国新文学在裂变之后的多维选择。

既然个性主义文学观念意味着“人的觉醒”与“文的觉醒”的统一，那么当文学觉醒之后所形成的审美意识必将积淀在作家的审美情趣、人生态度中，从而化为文学的内驱力，成为不容易改变的稳定因素，继续影响着文学发展的进程。所以，尽管1925年以后，个性主义文学经受了严峻的挑战而导致其整体的削弱，但是个性主义文学并没有因此而停止其生命历程。为适应新时代的文化环境，个性主义文学不能不表现出比五四时期更为丰富复杂的表现形态，其中主要有“语丝派”、“新月派”、“先锋派”、“论语派”和巴金、老舍、曹禺、路翎、徐讦、无名氏等创作类型。

“语丝派”是由五四后期一些明确意识到文学的非个性化倾向并自觉抵制这种倾向、坚持个性主义文学的作家们组成的，以鲁迅、周作人、林语堂、孙伏园为主要成员。这是一些思想上差异较大的作家，但他们都本着一个共同的目的，即“任意而谈无所顾忌，要催促新的产生，对于有害于新的旧物，则竭力加以排击，——但产生怎么样‘新’，却并无明白的表示，而一到觉得有些危急之际，也还是故意隐约其词”。② 他们主要以杂文创作为主，继承和发扬五四时期的杂文风格——抨击传统文化及时弊，追求个性解放。他们主张文学的自由，坚持作家创作的主体意识和文学自身的独立品格，反对文学的政治功利化倾向。因此其作品所表现的一般不外乎两点：(一)对现实社会及其政治制度的嬉

---

① 钱杏邨：《死去了的阿Q时代》，《太阳》月刊1928年3月号。

② 鲁迅：《我和〈语丝〉的始终》，《萌芽月刊》1930年2月1日第1卷第2期。

笑怒骂，抨击一切对个性、自由的压制形式；（二）强调文学是个性的自然表现，以自我发展、个性自由为文学价值的核心。前者可概括为“改造国民性”的主题，后者则是“自我独立”的主题。“语丝”作家大多有一种强烈的现实参与意识，把自己的创作活动视为文化批判和文化建设的一部分，因而在整个文化政治化的时代环境里是很难保持自己的独立发展的。1930 年 3 月，《语丝》停刊，“语丝派”也就自然瓦解。此后，鲁迅成了左翼文学运动的领袖；而周作人、林语堂则逐渐做起“穷则独善其身”的隐士，他们虽仍强调以自我为中心，但更主张以闲适为格调，一味沉湎于个人的小天地中顾影自怜，这实际上已经从个性主义向传统的审美生活方式回归，表现传统的“鬼气”在他们身上的复活，于是便形成“论语派”。

“新月派”是由一些留学英美的自由主义作家组成的。他们中间有胡适、徐志摩、陈西滢、丁西林、闻一多、梁实秋、沈从文等人。其雏形是 1923 年成立的新月社，初期他们主要是从事文化批评工作，以《现代评论》为阵地宣传英美式的自由主义政治思想、民主观念，抵制中国现政权及其社会的黑暗与专制。“新月派”正式成为一股影响中国新文学活动的力量是始于 1926 年初，徐志摩在《晨报副镌》上开辟了《诗刊》和《剧刊》之后所提倡的新格律诗和国剧运动。他们在诗歌理论上批评五四作家对诗歌艺术美的忽略，认为“美是艺术的核心”，真正的艺术家应以“海滩上种花的精神”去追求艺术的美。这美应包括音乐美（音节）、绘画美（词藻）和建筑美（节的匀称和句的均齐）三个要素，反映出精神之美、情绪之美的诗歌的内在韵律。徐志摩和闻一多分别代表这一文学思潮的创作和理论特征。徐志摩的诗形象地表现了他作为一个“单纯的理想主义者”，对于爱、自由和美这三位一体的理想人生的执著追求。他的诗歌总是离不了对大自然、对自由、对生命的放声歌唱，以致他无论是做诗为文无不是“筋骨里迸出来、血液里流出来、性灵里跳出来、生命里震荡出来的真纯的思想”①。那温柔甜美的《再别康桥》，那情深如陈酒的《翡冷翠山居》，就是一个自由的精灵在感触、体验大自然和人生的美时所荡漾出的心灵浪花。

国剧运动是“新月”剧作家们为了摆脱五四时期话剧的模仿倾向，试图从汲收外来话剧与传统戏曲的长处以创造能扎根于中国又不落伍于世界文化潮流的新戏剧的文学运动。他们认为，传统戏曲是写意的，外国话剧是写实的，而新

① 朱自清：《中国新文学大系 · 诗集导言》。

国剧就是要“在写意的和写实的两峰间,架起一座桥梁——一种新的戏剧”。丁西林、余上沅是新国剧创作的主要代表。他们的创作多是表现人生的体验,展示现实与理想的冲突,有时也以优雅的温情的笔调讽刺封建观念对人的歧视,如丁西林的《一只马蜂》、《压迫》等作品。但这一运动由于受到左右两边的夹击,很难生息发展,因而也没有取得很大成绩。后来在李健吾那里获得了较大成就,不过由于时代需要,它不能不在各种抗战戏剧或革命戏剧的浪潮下流失了。

最后,我们还应该谈谈“新月派”的一个重要代表人物、著名批评家梁实秋。他曾留美并师从美国著名新人文主义批评大师白璧德(Babbitt)教授。回国后,他立即高举白璧德的新人文主义(也称古典主义),反对五四浪漫主义的非理性滥情现象和过度的放纵自我,认为应该用新人文主义的理性去救治这一文学的病态。所谓新人文主义,即古典主义,它虽也强调个性、情感,但更强调理性、智慧,要求用理性来节制感情,即“凭着最高的理性,可以达到真实的境界”。同时,他还反对文学的功利化、意识形态化,认为文学的灵魂是“普遍的人性”,而不是“阶级性”。由于这些观点与无产阶级文学理论相悖,导致了他与以鲁迅为首的左翼作家的长期笔战。这是时代的产物,孰是孰非很难一言断之。因为鲁迅等人是从文学的社会功能出发,而梁实秋则是从文学的审美功能出发,所以争论虽轰轰烈烈,十分壮观,但谁都没能驳倒谁。显然,这是从政治需要还是从审美需要来观察文学所导致的对文学的不同认识。就梁实秋而言,最能体现其对人性探索的倒不是他的文学批评,而是他在抗战时期写下的《雅舍小品》。这是一些精致典雅、幽默风趣又不失绅士风度的小品文,其中往往透过一些日常琐事或司空见惯的事物剔析出人性深处的隐秘,隽永圆润而又深刻入里。

“新月”作家大都是“民主个人主义者”,受过英美式的严格教育,英美式的“自由、平等、博爱”的自由主义文化精神深深地影响着他们的人格心态、艺术气质和行为方式。可以说,他们的理论和创作实践构成了30年代个性主义文学的一支重要力量。他们后来发展成为所谓的“京派”,阵容有所增强,创作成绩也由于朱光潜、沈从文、萧乾的努力而走向鼎盛,成为继五四以后在审美的思想领域稳健地推进中国个性主义文学发展的文学流派。但在阶级斗争、民族矛盾极其紧张、尖锐的时代环境里,也显出了他们与中国社会现实的隔阂,从而导致他们的创作有一定的精英化和贵族化的倾向,表现出浓厚的书斋气息和学院风格。

与"新月派"几乎同时活跃于二三十年代文坛的个性主义文学流派还有"先锋派"，即诗歌创作中的象征诗派和小说创作中的新感觉派，其成员主要是一些法德留学生，如李金发、穆木天、戴望舒、穆时英等人。这些作家由于在留学期间就强烈地感受着20世纪西方现代主义艺术的时代精神，因此在文学创作上具有一种狂飙突进的先锋意识，往往在表现对象、审美趣味和创作方法等方面受西方现代派艺术的影响，走在艺术探索的前锋，所以我们称之为"先锋派"。应该说，对西方现代派艺术创作的借鉴和实验是始于五四时期的。在鲁迅、郭沫若、郁达夫等许多作家的作品中，都可或隐或显地看到西方象征主义和弗洛伊德心理分析理论的影子，但真正作为一种创作流派则是始于李金发。

1925年李金发的《微雨》出版，这是象征诗派由萌芽到诞生的标志。在他的身后跟着一大批诗人，如王独清、穆木天、冯乃超等。他们接受西方现代派的美学原则，通过诗歌艺术这一审美途径表现出自己对人生、生命的感受和思索，反映出自我对现实纷扰的厌倦、痛苦、感伤和颓唐，寻求艺术观照中的宁静和甜美。孤独、死亡、悲哀和迷惘是他们诗歌创作的永恒主题。因为他们要通过心灵编织的诗在"一般人找不着不可知的远的世界"和"深的大的最高生命"中寻找"诗的内在生命的反射"①；然而，当他们在生命的深处谛视时，总是听到或看到死神在生命的边缘微笑②。所以，在生与死的夹缝中笑着、跳着就是他们的艺术追求。到30年代，象征诗派在戴望舒那里走向了成熟的巅峰。戴望舒的诗歌多是诗人"撑着油纸伞，独自彷徨在悠长悠长而寂寥的雨巷"③中的生命感受。惶惑而扑朔迷离的感受和情绪伴着心灵深处悒闷的战栗唱出世界上最忧郁、最美丽、最轻柔的人生之歌的就是戴望舒。遗憾的是，在那刀光剑影的日子里，大多数人不需要这种忧郁、美丽和温柔。

"新感觉派"作家主要是20年代末、30年代初，以《现代》、《无轨列车》为阵地从事小说创作的"海派"作家，主要代表人物有刘呐鸥、穆时英和施蛰存。他们的作品多受日本"新感觉派"作品的影响，以弗洛伊德的心理分析法为理论依据，探究人类性心理的内在生命骚动和表现现代人对都市生活的复杂感受。人的情欲是他们作品的焦点和作品情节发展的内驱力，在施蛰存的《将军

---

① 穆木天：《谭诗——寄沫若的一封信》，《创造月刊》1926年3月16日第1卷第1期。

② 参阅李金发的诗歌《有感》，周良沛编《中国新诗库》三集，第553页，长江文艺出版社1991年版。

③ 参阅戴望舒的诗歌《雨巷》，《小说月报》1928年8月第19卷第8号。

底头》、《石秀》、《鸠摩罗什》,穆时英的《白金女体的塑像》、《某夫人》,刘呐鸥的《都市风景线》中,始终让人感受到有一团“神圣地燃烧着”的“原始的热——情欲”。情欲是人的一种本能力量,它是人的生命本体的深层核心和内在创造力的源泉。对性意识的开掘和表现,如果是严肃的、审美的,就会在审美的自由世界中获得对“人”的更本质的认识和更内在的自我实现。生命意识的表现是新文学对人性探索的一种深化和自我觉醒的一种必然趋势。文学艺术理应反映广阔的社会人生画面,但也有权利表现“自我”生命这一更为复杂的世界;而且艺术向人的生命深处的挺进,也是“人”的进一步觉醒和全面认识、理解自我的丰富性的集中体现。艺术是人类心灵的自由创造,它要捕捉的是人类那生命的永恒瞬间,要表现人类美好的欲望、纯真和生命力。历史不断地前进,世上的一切都将随着时间的流逝而被遗忘,唯有生命那美丽的瞬间是永恒的。

20年代以后,在艺术探索的疆场上汇聚着众多的天才,他们的所作所为又太卓尔不群了,以致时代不能接受,传统也不能宽容放任,最终只能如那流星一掠而过,虽耀眼夺目,却转瞬即逝。而真正代表三四十年代个性主义文学主流和中国新文学成就的主要是一些在五四浪潮冲击下觉醒起来,以现实主义的“为人生”的文学观为主导,继承和发扬五四文学传统的民主主义作家巴金、老舍、曹禺、路翎等人。显然,不论是巴金、老舍,还是曹禺、路翎都没有系统地表述过自己的理论主张。他们不像五四作家单纯地把文学看作启蒙运动的批判武器,也不如“新月派”、“先锋派”作家那样偏执于纯艺术美的追求,只是本着自己内心的创作冲动,以自己对社会人生的现实感受从事创作活动。他们的作品继承了五四文学的现实主义和个性主义传统,通过真实描写现实人生,表现自己对生活在现实关系中的“人”的同情和关注。在具体的创作活动中,他们都有强烈的作家主体意识,有自己对世界、对人生的独立看法,因而一般不受政治风潮的干扰,其作品也有鲜明的创作风格。

别林斯基说过:“没有一个诗人能够由于自由和依赖自身而伟大,他既不能依赖自己的痛苦,也不能依赖自己的幸福;任何伟大的诗人之所以伟大,因为他的痛苦和幸福深深根植于社会和历史的土壤里,他从而成为社会、时代,以及人类的代表和喉舌。”[①]巴金之所以能写下《激流三部曲》、《人间三部曲》,老舍之所以能写出《骆驼祥子》、《四世同堂》,曹禺之所以能写出《雷雨》、《北京人》,

① 《别林斯基论文学》,第26页,上海新文艺出版社1958年版。

就因为他们把笔触伸进到社会生活的深处,在时代的大潮中谛听历史的回音和现实的启示,从而以史诗般的画面展现封建社会这一隐形的庞然大物对人的个性及其生命的无情践踏与扼杀,反映出青年一代对理想人生的憧憬和追求。在高觉新(《家》)、汪文宣(《寒夜》)、祁瑞宣(《四世同堂》)、蘩漪(《雷雨》)等人物形象身上就典型地反映出一代现代人的深刻悲剧,同时也能强烈地感受到现代作家的愤怒与悲哀。因为这些人物的人生遭遇,鲜明而形象地体现出处于被压抑状态中的"人"的痛苦与挣扎和个性对于压抑的强烈抗争与无可奈何中生命的消磨。这"压抑"包括两个方面:外在的压抑,——人的生存环境对于人的敌视和限制,以及人的内在自我压抑。外界的压抑是导致自我压抑的条件,使他们不得不自我克制、自我贬抑,从而极力抹煞自我,把人性的正常要求先由自己亲自熄灭。这是背着沉重的心灵十字架之后的精神变态和人性扭曲。显然,这种对"自我"的任意践踏和蹂躏——不管是外在的还是内在的,都根源于不合理的社会现实和文化传统对一个人作为"人"的蔑视,是庞大的非人力量下"人"的生存悲剧。在他们身上,我们看到了五四个性主义思想对于形象塑造的积极参与,同时通过这些人物形象又让我们看到了个性主义在中国社会的悲剧命运。因为强大的传统力量的内外制约和人要求个性发展、自由生活的矛盾是不可调和的对立冲突,就个体的人相对于传统这一整体性的现实存在而言是极其渺小可怜的,所以它们之间的冲突必然是有价值的生命形式被毁灭的悲剧。这是将"发现自我"与"发现生活"联系起来考察现代人的命运所显示出的艺术作品的深广度。但是这些作家毕竟深深地受到五四个性主义思想的影响,因此他们的作品尽管主要是展现现代人的悲剧命运,然而更激荡着五四式的批判激情。《激流三部曲》对专制古堡的封建大家庭的控诉,《骆驼祥子》对黑暗社会的诅咒,《北京人》对传统文化的否定,都表现出五四式的青春热血和生命激情。在高觉慧(《家》)、曾树生(《寒夜》)、周冲(《雷雨》)、祁瑞全(《四世同堂》)等新生代的身上都显示出作家对未来、光明的向往,因为在这些"幼稚而大胆的叛徒"那里印记着"人"走向觉醒的苦难历程和追求新生活的勇气。这也是五四以后觉醒的人们为了彻底摆脱传统文化,彻底斩断与传统的精神联系而寻求对于自身及其发展的肯定方式,是对"人"的独立自主的新的价值观念的肯定方式。这种创作倾向以其深刻而典型的现实主义文学力量表现了个性主义的思想原则和中国人对个性追求的坚定信念。但是,在那强调阶级解放,注重描写社会悲剧、阶级悲剧的时代环境里,这种对"人"的解放,对"人"的悲剧命运的揭示是不合时宜的，而且愈到后来愈受到政治环境的扭曲，如巴金停止了小说创作，老舍写出了《龙须沟》，曹禺写出了《王昭君》。他们真正给中国新文学发展做出巨大贡献的，只是他们本着自己的创作个性，自由写作时所留下的作品。因为任何文学作品，不管其政治倾向如何，只有表现人的命运，揭示人的愿望和理想，表现人的尊严和价值，才能具有永久的生命力。而巴金、老舍、曹禺的主要作品正是这种对"人"的生存命运极度关注，热烈追求个性解放的作品。因此，到他们这里，五四所开创的个性主义文学才真正臻于成熟。

抗日战争的爆发，使绝大多数作家不得不过着颠沛流离的生活。特别在这民族生死存亡的危急关头，整个民族都在召唤着作家为抗日战争服务，拿起笔来宣传抗日，激发民族自强意识。然而宣传和创作却是两码事，"文章下乡"、"文章入伍"的宣传需要必然与正常的文学创作发生冲突。许多作家投笔从戎，许多作家因忙于宣传而停止创作，这不能不干扰中国新文学的正常秩序，原先就已遭到各方面夹击的个性主义在一段时间里（抗战前期）几乎濒于断流的危机。只是到了40年代，巴金、老舍、曹禺等人才冷静下来，继续遵循他们的创作个性写出《人间三部曲》、（《憩园》、《第六病室》、《寒夜》）、《四世同堂》和《北京人》，以更直面惨淡人生的现实主义笔触，描写个体在现实中的悲剧命运。这些作品虽然更为成熟，但其主题仍是30年代创作倾向的发展。而给40年代个性主义文学带来新色彩的应该是路翎。

路翎的《财主底儿女们》塑造了一个30年代后期至抗战期间的个性主义者的形象——蒋纯祖，通过这个人物反映出作者对个性在抗战现实中的存在意义以及对中国命运的痛苦思考。蒋纯祖是一个从正在崩溃的封建大家庭中走出来的青年知识分子，但他的整个生命都在呼唤着一个心声：个性解放。他认识到，"一直到现在，在中国没有人底觉醒"。他孤独、神经质、狂躁、野心勃勃，但他始终忠于他自己，所以即使是在抗战的残酷环境里，在革命集体中间他也顽固地要求"人道"，要求对"别人底生命底意义"的理解，要求尊重"个性"。这必然导致以自己的心灵自由为"最高存在"的蒋纯祖与把一切个人感情都视为"小布尔乔亚"的劣根性、习惯于要求个体为集体而抹煞自我存在的领导者之间的激烈冲突。其实这正反映出在抗战环境中个性主义与集体主义不可调和的矛盾。在那种时代环境里，民族的需要往往能造成个性毁灭的悲剧。蒋纯祖"个人底傲岸的内心"并不能拯救他自己。最后他终于被一个乡村少女朴质善良的道德力量深深地吸引住，在宁静的乡场上，这纯朴的道德力量温柔地抚慰着他那贵族青年“混乱的激情”。的确,在这个人物身上汇集了路翎与那个时代的先进知识分子鲜明的个性意识和强烈的主观战斗精神,并且“勇敢的提出了他底号召:走向与人民深刻结合的真正的个性解放,不但要和封建主义做残酷的搏战,而且要和身内的个人主义成分以及身外的伪装的个人主义的压力做残酷的搏战”[①]。这是中国新文学史上最宏阔、最壮丽地对个性解放、对“人底觉醒”的艺术探索,是中国个性主义者又一首激动人心的心灵之歌,其中深刻地揭示出一个个性主义者在中国的现实命运,提出了一系列严肃而远远未能得到圆满解决的问题。每当我们想起个性主义,耳边便回响着蒋纯祖那沉痛而悲壮的声音:“我们中国,也许到了现在,更需要个性解放的吧,但是压死了,压死了!……”

我们终于以最粗略的方式巡视了一番中国现代个性主义文学发展那短暂而坎坷的历程。每每提笔,我们总是不能不深深地叹息于“人”书写自己历史的艰难性和曲折性。马克思曾说过:“人们自己创造自己的历史。”[②]不管怎么样,在这短短的几十年时间里,中国人以自己独特的形式书写着自我解放的历史,包括“人”对自我认识的历史和“人”创造自我的历史。中国新文学既参与了这种历史的创造,又记录了创造历史的复杂过程,从而使我们能够透过这面心灵之窗与现代作家们一起思考着“个性”、“自我”等既是生命形而上又是现实形而下的人生问题,同时认识中国人自我觉醒的苦难历程。也许,这里面永远不会提供现成的、圆满的答案,但那意味深长的过程不也诱人深思吗?

三

历史的存在决定着意识形态及一切社会文化的内容与形式。中国现代个性主义文学的生存方式及其演变过程是与中国近现代历史变革紧密联系着的,历史前进过程中具体现实状况规约着它的思想内容和表现形态,必然在历史的发展中呈现出其与历史的丰富联系的主要特征,即中国现代个性主义文学的主要特征。这是由中国近现代以来个人从封建传统中解脱以及传统文化在家庭和社会生活等各方面都束缚个人自由的桎梏逐渐被打碎的解放过程所决定的,也是中国现代知识分子在历史运动过程中心理特征在文学中的呈现方式,因此

① 路翎:《财主底儿女们》。

② 马克思:《路易·波拿巴的雾月十八日》,《马克思恩格斯选集》第1卷,第603页。

它主要表现在启蒙性、主观性和悲剧性三个方面。

1. 启蒙性　中国新文化运动实际上是一场关于“人的解放”的思想启蒙运动。所谓思想启蒙运动是在民族危机时，由“伦理的觉悟”而引发的改造国民性的思想革命，是中国知识分子用现代思想改造中国的尝试方式。而中国新文学则是启蒙运动的直接产物和启蒙主义思想的主要载体。尽管中国近现代个性主义文学的兴起，标志着文学的普遍自觉的开端，但中国近现代个性主义文学运动又始终是与启蒙运动合二为一的。个性主义文学对传统文化压抑人性和黑暗现实摧残人性的大胆否定，对人的生命价值、生存意义的充分肯定，以及对“真的人”、“没有吃人的人”的社会的热烈憧憬与积极追求，这都是中国近现代知识分子启蒙思想在文学中的表现，同时也反映出现代中国作家主动承担启蒙者角色的现实。可以说，中国个性主义文学的主要理论和创作的代表人物陈独秀、胡适、鲁迅、周作人乃至文学研究会和创造社诸作家无一不是启蒙运动的主将。他们揭起文学革命的大旗，突破传统的文的模式与人的模式所奉行的都是启蒙主义。他们思考艺术问题时，始终是与人生紧密相关的，是与抵制国民性和改造国民性联系在一起的。鲁迅以为小说的任务是在改变愚弱国民的精神，他“也并没有要将小说抬进‘文苑’里的意思，不过想利用他的力量，来改良社会”①。在为什么做小说问题上，他“仍抱着十多年前的‘启蒙主义’，以为必须是‘为人生’，而且要改良这人生”，“所以我的取材，多采自病态社会的不幸的人们中，意思是在揭出病苦，引起疗救的注意”②。“人生派”作家的理论主张与创作实践基本上是与鲁迅相似。就是主张“为艺术而艺术”的创造社诸君，在谈论文学的使命时，也是将“对于时代的使命”放在首位，而把“文学本身的使命”放在末位，认为“文学是时代的良知，文学家便是良心的战士，在我们这种良心病了的社会，文学家尤其是任重而道远”③。启蒙主义对中国文学的觉醒和新文学的发展都起着巨大的推动作用，但启蒙主义所注重的并不是文学自身的独立存在意义，而在于它对改造中国社会的重要作用上，即将其作为能有效地唤醒国民意识改造国民性的思想武器。从梁启超的“欲新一国之民，必新一国之小说”到陈独秀指责旧文学只写“个人之穷通利达”、“于其群之大多数无所裨益”均体现出启蒙主义对文学的功利态度。

① 鲁迅：《南腔北调集·我是怎么做起小说来》。
② 鲁迅：《南腔北调集·我是怎么做起小说来》。
③ 成仿吾：《新文学之使命》，《创造周报》1923年5月20日第2号。

启蒙主义赋予了中国个性主义文学作为启蒙运动的一个重要分支的鲜明的时代风貌和个性品格。虽然它是受西方文学影响而诞生的，与西方近现代"人的文学"有着千丝万缕的联系，但是启蒙的目的性却与西方文学分离开来，导向一个独特的方向。它缺乏西方文学那种对人的生存意义的形而上体验，以及对人的未来始终抱关注的哲学沉思；它是指向民族深重的苦难和危机这一急迫的社会现实，关心的是人生的实存境况——处于封建文化汪洋大海中的中国人如何获得"人"的基本权利和尊严，即个性解放的问题。因此他们的作品所表现出的"人"与"非人"的冲突，主要是通过对社会和现实的认识、批判和反思体现出来的，即从民众基本生存需求和现实生存境况之间、个性主义的思想原则与现实的社会制度及社会习惯之间的冲突中展示出来的。其中鲜明地反映了中国现代作家对中国传统文化的反思、对中国现实的观察、对社会未来的探索，也体现出中国现代作家强烈的历史使命感和社会责任感，从而使他们的创作能够对中国人认识自我价值和改造社会具有重要的启蒙教育作用。由此可见，他们的启蒙主要不是对人的知识系统的传授与更新，而是对于人的精神结构的冲击和开启，是对封建宗法意识形态的证伪，是对科学、民主、个性解放等现代文化观念的弘扬，所以具有浓重的意识形态色彩。

在个性主义文学中，启蒙性在两个维度上具有双重的意义。一是在创作的主体思维那里，启蒙者一方面是用个性主义启蒙他人，即唤醒民众的自我意识；另一方面又是以新的"人"的基本价值观念确定自身，即确定自己乃是新世纪的自我和具有时代文化意义的独立人格。这是一个改造国民性、唤醒大众与自我认识、自我肯定的相互结合的两个方面。作为改造国民性的一面，是中国现代知识分子以现代的理性之光，"射入人民的园地"①，使大众意识到自己的非人境遇从而奋起为争取自己作为"人"的基本权利而斗争；而作为自我认识的一面，是指现代作家本人的自我觉醒的过程和对自我感情、欲望以及生命感受的自我透视与形象表现。鲁迅的作品就充分地体现出这两个层面相互联系的主要特征。他的《狂人日记》、《阿 Q 正传》、《祝福》表现了他作为一个执著的启蒙主义者对传统文化及其社会形式的怀疑精神和批判精神，他苦苦地寻找中国国民性的病根何在，以图改变他们的精神；而他的《孤独者》、《在酒楼上》、《野草》、《朝花夕拾》则反映出他对自我存在的悲剧性理解和生命感受。二是在具

① 《马克思恩格斯全集》第 42 卷，第 135 页，人民出版社 1972 年版。

体的文学运动中,启蒙还包括启蒙的文学和文学的启蒙两个互为联系的层面,前者是文学作为思想启蒙的武器、手段,其目的不是文学本身,而是启蒙;后者是文学的本体建设,它的目的不在启蒙,而是文学自身,是文学从失落中寻找自我、回归自我的努力过程。个性主义文学既是启蒙的文学,同时也是文学的启蒙。因为文学的本质就是人类自我意识的象征,它是关于人的本质力量丰富表现的形象体系。在一定程度上可以说,"文学是人学",中国现代"文的自觉"正是"人的自觉"的结果,正是由于"人的发现"使中国文学结束了其漫长的失落状态,从而寻找到自己本来的位置。因此,个性主义文学产生和发展的过程正是中国文学发现自我和确立自我的过程,其中包含着文学的启蒙和启蒙的文学的全部丰富内容、文学的价值体系、文体意识、文学思维方式等等。但是启蒙的文学与文学的启蒙之间互为前提又互为矛盾,文学的启蒙性导致了文学的功利性,从而影响了文学的本体建设,使文学无法获得审美意识和文体意识等内在结构的平衡发展。

2. 主观性　所谓主观性是指文学创作的自传色彩和抒情色彩。文学作品与其说是社会生活的反映,毋宁说是作家人格和心理活动的感性呈现,是作家自我表现和自我创造的符号系统。这在以反映自我、要求个性解放的个性主义文学那里表现得尤为明显。自五四以来,中国新文学基本上是表现它所处的时代的社会结构的变革历程,反映作为个体的人如何从传统观念的哲学、宗教或伦理领域中挣扎出来的历史。它的总体特征就是个人从封建传统中解脱以及粉碎在家庭和社会生活两方面对个人自由束缚的锁链,因此个人的内心生活、个人独特的生命感受、情绪嬗替就自然成为中国新文学的一项重要内容,特别是以反映人的命运、自我意识为主题的个性主义文学更是表现出强烈的主观性。

自我表现是个性主义文学的一个基本特征,而自我表现首先意味着文学创作主体对自己的个人生活经历和生命感受的侧重,这是因为"个性解放"、"个人觉醒"都不是建立在纯粹抽象的哲学思辨中的,而是艺术家的自我意识复苏之后对自己作为"人"的存在的现实思考与艺术表现的综合体。它始终是与艺术家向读者呈现自己的内心世界结合在一起的,他只有通过向内探索"自我",才能实现向外确立"自我";只有确立了自己在内心中的位置,即唤醒自我的个性,才能确立自己在社会生活及在整个社会结构中所处的位置。因此,作家的创作视角不能不在很大程度上侧重于反映他们的内心生活,包括对自己的感情、心境、想象甚至梦幻的描绘或分析，而他在创作时必须首先注意寻找机会来表达他自己的观点、感受、同情或憎恨，使艺术作品在一定程度上成为作家的内心独白，作者通过它来展示自己性格和生活中的不同侧面——尤其是较为忧郁、较为隐晦的侧面。

毫无疑问，文学文本在绝大多数个性主义作家那里都或多或少地存在着自传色彩和抒情色彩。鲁迅是以一个思想家去做文学家的，他的创作有强大而清醒的理性力量，所以有人认为他是“一个仁智双修的人。唯其智，所以顾视清高、观察深刻，能够揭破社会的黑暗，抉发民族的劣根性，这非有真冷静不能办到的；唯其仁，所以他的用心，全部照顾到那些愁苦可怜的劳动社会的生活，描写得极其逼真，而且灵动有力。”①的确，鲁迅是个不轻易袒露自己的作家，司马长风曾比喻说：“鲁迅在其作品中，如深隐在幕后，满身铜盔铁甲的武士。”②但这仅仅是其作品的一个侧面，在另一个侧面他也不时地袒露出真实的自我，咀嚼着自己心叶的痛苦和悲凉（《野草》、《故事新编》），呈现着自己内心的忧郁和孤独（《孤独者》、《在酒楼上》），眷恋着自己童年生活的欢乐和纯真（《朝花夕拾》、《故乡》），具有浓重的主观性。他自己也承认自己青少年时代的生活经历是他创作的主要源泉：“我在青年时代也曾经做过许多梦，后来大半忘却了，但自己也并不以为可惜。所谓回忆者，虽说可以使人欢欣，有时也不免使人寂寞，使精神的丝缕还牵着已逝的寂寞的时光，又有什么意味呢，而我们偏苦于不能全忘却，这不能全忘的一部分，到现在便成了《呐喊》的来由。”③当然，鲁迅作品的主观性并不是对个人生活的简单回顾或抒写，而是作者对“生命之川”的最深沉的体验，是他在强烈渴求自我解放的同时勇敢的自我反观。《野草》和《朝花夕拾》分别代表着他的自我表现的两种方式。在《野草》中，他呈现出一个现在的“我”的内心世界的极度焦灼、惶惑和痛苦，从而反映出作者对自我生命的体认、思考、期待、绝望和反抗；而在《朝花夕拾》中，他又呈现出一个过去的“我”的纯真无邪，体现了作者对生命的自然形态的眷恋和憧憬。在过去与现在之间架着一座桥梁，那就是梦，鲁迅常常以梦、幻想的形式来纪录自我生命的骚动，通过它们使一个真实的“鲁迅世界”坦诚地展现在读者面前。

更能代表这一特征的应该是现代浪漫主义作家。不论在什么国度、什么时

---

① 许寿裳：《我所认识的鲁迅》，第48页，人民出版社1953年版。

② 司马长风：《中国新文学史》上册，第46页，香港昭明出版社1978年版。

③ 鲁迅：《〈呐喊〉自序》。

代，浪漫主义都意味着以情感流泻、以自我表现为主的文学样式，它具有浓重的自传色彩和抒情色彩，如果抽掉了主观性，也就无所谓浪漫主义文学。在中国现代浪漫主义作家那里，无一不是以自己的亲身经历来表现自己对人生、命运的强烈感受和不懈探索的，从以自己的生命体验勇敢地否定传统文化，追求个性解放到展示个人内心的痛苦、孤独和忧郁，大胆地打开自己心灵的天窗让人们窥见其中隐秘甚至污秽的角落，这些都是为自己寻找一种最佳的表现途径，因此在中国现代文学史上才有那么多自传体、日记体、书信体的作品风行于世。其中郭沫若和郁达夫是最有代表性的作家。

郭沫若不仅写过《女神》、《星空》等诗集宣泄自己内心的激情，而且翻译了《少年维特之烦恼》，写下《少年时代》等七部自传体小说来描述自己的生活经历，特别是自己的童年和少年时代以及自己是如何走上文学创作之路的经历。这种以作家本人的命运和个人生活为题材的自传式作品是一种较普遍的现象，如胡适的《四十自述》、沈从文的《从文自传》等等。郭认为，“文艺也如春日的花草，乃艺术家内心之智慧的表现。诗人写一首诗，音乐家谱出一个曲，画家绘成一幅画，都是他们天才的自然流露：如一阵风吹过池面所生的微波，是无所谓目的。”他崇尚天才，即尊重自我，要“融化一切外来之物于自我之中，成为自我的血液，滚滚而流，流出全部的自我”。① 他的作品往往诞生于极端强烈的情感风暴里，在激情的驱使下，尽情地表现自我。

而郁达夫则是中国新文学史上最坦诚的作家，司马长风称之为：“裸露在台上，任人观赏的疯人”②。因为他最淋漓尽致地将一个人独特的个性、情感、生活诚实地谱写出来。如他那惊世骇俗的《沉沦》，郭沫若在《关于〈沉沦〉》中说它，以不加掩饰的自我表现和情感宣泄，“将自己心中所感受到的苦闷大无畏叫了出来”，以至于“他那大胆的自我暴露，对于深藏在千年万年背甲里面的士大夫的虚伪，完全是一种暴风雨式的闪击，把一些假道学假才子们震惊得至于狂怒了”。郁达夫的小说表现的都是他自己，在他所创造的形象体系中，压倒一切的是主人公也是作者愤怒的倾诉，是关于“性的苦闷”和“生的苦闷”的暴露，显示出十分强烈的主观抒情色彩。他要表达的就是他自己对现实生活和社会环境的厌恶、反抗、否定的情绪，而这种情绪又是由自我于苦难的人生中体验到“性的苦闷”和“生的苦闷”所造成的。所以他认为文学就是“自叙传”，只要表

① 郭沫若：《文艺之社会的使命》，《民国日报·觉悟》1925年5月18日。

② 司马长风：《中国新文学史》上册，第46页。

现出自我就是艺术。他的作品正是这种文学观的具体实践，在其“自叙传”式的小说中，主人公们一律烙印着作者纤细而病态的气质，却又极大地蕴藏着那一时代的骚动情绪，饱浸着觉醒后的自我的兴奋和苦闷，因而以极大的情绪力量感染读者，强烈地撞击着读者的心灵，造成十分强大的审美效果。由此可见，“露骨的真率”在文学创作中是一种强大的艺术力量，它在长期忽略了“人”的存在的中国文学中是使文学回归其自身的一个重要表现方式，而且显得更加具有艺术魅力。

在其他作家那里，“自我表现”的主观性也很突出。冰心就认为她写小说是为了“表现自己”，表现“充满了‘真’的自己”。就是庐隐的“社会问题小说”也是通过表现她自己的内心情绪来展示那个时代的知识青年的情绪，她作品中的露莎、亚侠、秋心、丽石其实都是庐隐自己，因此茅盾指出：“她的作品带着很浓厚的自叙传的性质。”①巴金的作品始终奔腾着火一样的激情，正是这种充满着主观性的抒情色彩，构成了巴金文学世界的自我意识和独创性。这样的作家可以说是俯拾即是，这里列举的仅仅是很小的一部分。

造成这种主观倾向的原因是多方面的，但主要有两个原因。首先，个性主义文学是“人的觉醒”的产物，被压抑得过深过久的中国人在刚刚冲破昏暝的暗夜，以勃然雄姿来迎接新世纪的曙光时，他们的第一个冲动便是自我的抒发，是让压抑了几千年的内在激情如江河般奔涌出来，他们最关心的就是自我存在方式及其与社会的联系，这就不能不在他们的作品中以主观抒情的方式，将自我和盘端出，让它在字里行间跳跃，并通过这种自我表现的途径表达自己直接参与现实的意向以及对生活发言的欲望。那是一个发现了“自我”而且渴望表现“自我”的时代，因而作为这种时代精神载体的文学，也必然是主观的。其次，中国文人传统的自传特征和抒情特征，是导致个性主义文学主观性的另一个重要原因。虽然，个性主义文学是在反传统中诞生和发展的，但传统的文学观念仍是决定其表现形态的一个内在因素。捷克文学史家普实克曾指出：中国传统文人有一种自我表现的兴趣，从中国诗歌美学的“诗缘情”到传统的小说创作手法都有侧重于主观性的内心性，倾向描述个人经历并以此来理解生活悲剧意义的传统。② 显然，当这一纵向传统与横向的外来浪漫主义文学精神结合时，对个人

---

① 茅盾：《中国新文学大系·小说一集导言》。

② ［捷克］普实克：《中国文学的个人主义和主观主义》，参见李欧梵编《抒情诗与史诗：中国现代文学研究》，印第安纳大学出版社1980年版。

自我生活表现的重视就是自然而然的了。

3. 悲剧性　20世纪的中国，是一个充满着悲剧色彩的社会大变革时代，而作为记录这一时代的情绪和心理的文学必然笼罩着这种时代的悲剧特征；特别以表现中国现代知识分子的心路历程，表现现代作家作为觉醒的人，亲身感受到希望幻灭后的悲哀，兴奋消退后的痛苦，他们亲自置身于传统与现实、现实与理想冲突的夹缝中，在痛苦、悲哀和绝望中挣扎。鲁迅就悲叹："有谁从小康之家坠入困顿的么，我认为在这途路中，大概可以看见世人的真面目。"①郁达夫"可怜他自小就受了社会的虐待，到了今日，还不敢相信这尘世有一个善人"②，表明他被人欺得太甚。郭沫若、闻一多在国外时，由于强烈的爱国之情，曾把祖国比作清晨少女般的可爱，但他们一旦踏进这块黑暗的土地时，就被这潭"死水"的污浊震惊。因此他们的创作不能不带着一种普遍的悲剧感。

在中国几千年的文学史上，虽然也曾出现过《孔雀东南飞》、《窦娥冤》、《长恨歌》、《红楼梦》等杰出的悲剧作品，但其中缺乏自我觉醒、自我意识的存在，常常由于"曲终奏雅"、"生旦团圆"而冲淡其悲剧力量。悲剧审美意识的真正觉醒是伴随着个性主义文学的出现而形成的。所以现代作家大多是抱着自觉的态度写悲剧的。鲁迅号召作家"直面惨淡的人生，正视淋漓的鲜血"，揭出病苦以引起疗救的注意。郑伯奇则呼吁"回复了国民意识的文学家，第二步便要深入到现实的血液里去，探索国民的苦痛之所在"，抒写"溺在这大海的人们的呼救的悲鸣"。③他们推崇悲剧的"沉痛悲惨"，认为只有这样，"方才可以使人伤心感叹，使人觉醒家庭专制的罪恶，使人对于人生问题、家族社会问题发生一种自省"④。这表明了现代作家选择悲剧，首先是启蒙的需要，因为悲剧比其他艺术形式更加"思力深沉、意味深长、感力最烈、发人猛省"⑤，所以悲剧审美意识的觉醒是启蒙主义的产物，是为了对传统社会文化及其社会结构的批判和表达对理想人生的追求才奠定了悲剧意识在文学中的位置。鲁迅的《狂人日记》、《阿Q正传》、《祝福》以及许多"人生派"作家的作品都是描写了在传统社会崩溃的过程中的人的悲剧命运，每个社会成员都是吃人和被吃，并通过批判家

① 鲁迅：《〈呐喊〉自序》。

② 郁达夫：《茑萝行》。

③ 郑伯奇：《国民文学论》，王延晞、王利编：《郑伯奇研究资料》，第230页，山东大学出版社1996年版。

④ 胡适：《文学进化观念与戏剧改良》，《中国新文学大系·理论建设集》。

⑤ 冰心：《中国戏剧之比较》，《晨报副镌》第62期。

族制度和传统礼教的"吃人"深入剖析中国社会的非人特征、批判国民劣根性，从而希望更多的人"到光明宽阔的地方去"[①]。恩格斯曾指出：在人类历史上，如果"能够认识到某一时代的社会存在形式和政治存在形式的内在联系，那么这照例是发生在这些形式已经半衰退和濒于瓦解的时候"[②]。因此，觉醒的中国人在传统社会崩溃的时候，他们就发现了"社会存在形式和政治存在形式的内在联系"的悲剧特征，从而促使他们"大胆地看取人生并且写出它的血和肉来"，以悲剧的形式震醒尚昏睡在"铁屋子"里的人，即否定旧的、催生新的。这是一种社会悲剧，是发生在现实社会特定的物质条件、精神条件之中并在这些条件的基础上形成的各种社会关系所决定的悲剧。鲁迅的《阿 Q 正传》、茅盾的《子夜》、老舍的《骆驼祥子》、巴金的《寒夜》、曹禺的《日出》，这些优秀的悲剧作品都是通过表现社会现实的悲剧生活，描写社会的不合理、不公平的黑暗现象。显然，这是中国现代社会最普遍存在的悲剧形式。作家们在揭出悲剧的根源时，往往以突出道义感的表现方式注入作家的愤怒和悲哀，通过描写主人公的悲惨命运，给人以心灵的震撼，从而达到深刻的思想启蒙作用，使作品具有巨大的社会批判力量、认知力量和不朽的艺术价值。

悲剧的另一种类型是命运悲剧，是以表现自我的生命历程、表现自我内心的孤独、忧郁、悲哀为主题的悲剧类型。它主要源于个性主义文学的主观性，源于现代作家对"自我"觉醒过程的悲剧性生命感受：中国现代知识分子在新旧社会冲突的夹缝中进行挣扎的悲剧感受，他们对现实生活、精神生活方面的血泪斑斑的悲剧体验。这种心理特征不能不使它们在向外瞭望社会悲剧的同时，更向自己的心灵深处逼视，掏出自己那哭泣的心叶，向人们展示自己的苦闷、寂寞和悲哀。心灵的哭泣，或许能代表自我反抗的声音，但在意识到"绝望之于虚妄，正与希望相同"[③]之后，孤独和悲凉就会由意识层面深化为生命本体的形而上体验，成为与强有力的生命力融为一体的命运悲剧。这是悲剧艺术的最高境界，是悲剧艺术的现代审美精神所在。在命运悲剧中，意识与潜意识、欲望与现实、生与死之间的冲突构成了基本的悲剧情节。在这些纯粹形而上的冲突中，表现作家对人与世界之谜的本体反思，对生存、死亡、价值和意义等问题的哲学顿悟，它"比其他艺术形式都更加突出地提出有关人的处境的种种问题"，

① 鲁迅：《坟·我们现在怎样做父亲》。
② 参见恩格斯：《路德维希·费尔巴哈和德国古典哲学的终结》，《马克思恩格斯选集》第 4 卷。
③ 鲁迅：《野草·希望》。

"暗示着宇宙和人生的本来性质"[1]。因此在根本上,它要表现的不是一般的社会问题,而是透过社会现象和人生存在来展示人生的边缘状态,表现对生命、对人在世界上所处的地位的沉思,追问存在的根据和意义,寻找对现实的超越。王国维曾认为,这种对"人生底究竟和宇宙底根本"[2]的探索是文学的永恒性和普遍性。当然,在新文学史上,"自我表现"的命运悲剧中对生命彼岸的秘密性十分感兴趣的作家并不多,大多数人来表现的人生痛苦,与其说的是叔本华、尼采式的生命悲剧,毋宁说是易卜生式的个人面对着社会的愤懑,是"历史的必然要求与这个要求的实际上是不可能实现"[3]的极度痛苦,是"有价值的个体"在被社会吞噬途中发出的悲怆,如郁达夫、庐隐、路翎、无名氏文本中呈现出的命运悲剧。只有伟大的鲁迅,才达到了那种"前不见古人"的悲剧审美境界。鲁迅的一生是孤独的、悲剧的。他虽是一个执著的启蒙主义者,他用他那支尖刻而犀利的笔写下大量启蒙主义的杰作,但他的作品中最有魅力的却是他以艺术形式表现出来的对生命本体的深沉体验与感悟,是由他作品那孤独和悲凉汇聚起的艺术力量。在鲁迅那里,生命的存在是荒谬的矛盾,在"充实"中同时感到"空虚",在"死亡"中知道"它还非空虚"。这是对生命本体——生与死——的艺术探索。对于鲁迅来说,生存是与活跃的生命力"肉搏这空虚中的暗夜"[4]相联系的,因此他以韧性的主观战斗精神来反抗一切对生命的亵渎。他在各种各样的战斗中寻求生存的乐趣,在其中实现自己的生命价值。同时,他又始终将"生"与"死"联系在一起,深刻地领悟生存正是为了走向死亡,是为了反抗绝望。诚然,这是执著于"此在"的生命意义所引起的生命痛苦和荒谬人生的悲剧性感受,但是这种悲剧并非颓唐和厌世者的顾影自怜,而是作为一个人生道路上的孤独者对社会罪恶的愤怒抗议,它是与人企图超越有限生命的形而上悲剧融合在一起的。正是由于对生命存在的透彻的觉悟,使他的生命意识迸射出一种与孤独、悲凉融为一体的希望;是那"看透了造化的把戏"的"叛逆的猛士",在"洞见一切已有和现有的虚墟和荒坟,记得一切深广和久远的苦痛,正视一切重叠淤积的凝血,深知一切已死、方生、将生和未来"[5]后,对人的生命主体的超人式昂扬。

① [俄]鲍列夫:《美学》,第89页,中国文联出版公司1986年版。
② 王国维:《红楼梦评论》。
③ 参见恩格斯:《致斐迪南·拉萨尔》,《马克思恩格斯选集》第4卷。
④ 鲁迅:《野草·希望》。
⑤ 鲁迅:《野草·淡淡的血痕中》。

悲剧在鲁迅这里达到了真正的成熟。

有限的篇幅使我们很难深入而全面地展现中国个性主义文学的丰富姿态，因此我们只能借助这些苍白的抽绎试图窥测其曾经存在过的方式，找出它仍在流动着的生命力。在匆匆结束本章时，我们只能说：个性主义及其文学形态就像山峦一样古老而常新，人们有时会遗忘或轻视它，然而总会重新获得它，可又从来不会有人使它彻底完成。

（1989.11）

第四章 文学创作:构建现代中国文学史学科的核心价位

作为独立学科意义的中国现代文学史,经过教学实践和科研实践的反复检验,它得以存在的合理性与合法性是不证自明的。然而在上世纪末叶的文化反思浪潮中却有不少学者对“中国现代文学史学科”提出质疑、评判和挑战,深感重构“中国现代文学史学科”的紧迫性与重要性。于是在总结已有学科建设与演变过程中积累的经验和留下的教训的基础上设计出诸多重构新学科的方案,如为人们所熟知的“20 世纪中国文学”、“百年中国文学”、“中国新文学六十年”等;而我则极力主张重构“现代中国文学史学科”,它应建立于现代国家理念之上,凡是随着中国 19 世纪与 20 世纪之交步入现代化国家探索与建构之途所生成的所有文学运动、思潮、流派以及作家作品都是本学科的构成因素或基本内涵,这个学科与古代中国文学史学科相互对应,有区别也有联系,它“上可封顶下不封底”,相伴于中国社会现代化进程走完了 20 世纪又不停顿地跨入 21 世纪。只要中国现代化的历史使命未终结,那“现代中国文学史学科”就要延展开去,至于这个“学科意识”的详细论述可见第一章。

就本体而言,现代中国文学史学科的构成大致包涵文学运动形态、文学理论形态、文学创作形态三大维度,它们在文学史学科总体结构中既是共时性的又是历时性的。如果把作为学科文本的文学史建构定格在某个历史区段进行静态研究,着重探察这三大维度之间的横向联系及其各自的应有价位,那么它们就是处于一种共时态;如果将现代中国文学史文本建构置于演变过程中而进行动态考察,摸清这三大维度的承传或超越的纵向联系及其各自变化的态势,那么它们就是处于一种历时态。不过,共时态也好或历时态也好它们仅仅是相对的,实际上构成文学史文本重构的三大维度永远都是处在一种时空交错的状态,即置身于特定的物质文化与精神文化的网状结构之中。笔者拟于三大维度的互动关系中探析文学创作形态何以是关键之维,以及如何深化文学文本解读以提升重构现代中国文学史著作的创新度。

所谓文学运动形态主要指涉那些在文学发展过程中有组织有纲领有规模有倡导有指向的带有群体性的有一定效果和影响的文学活动。现代中国"文学运动"形态在文学史中具有纵横交错的时空维度,且蕴含着丰富复杂的文化内容与审美意味,它与文学理论形态、文学创作形态的关系则是同质同构、重合包容的,却又是各个相对独立而存在并且自成系统的。从同质同构关系来说,作为一个完整的"文学运动"总是有相应的理论主张作为导向和旗帜,它是文学实践活动的行动纲领,是文本创造的指南,也是文学论争或文学批评的依据;而文学创作正是文学运动的实绩与效果,也是文学理论观念的实践产物与艺术结晶。可文学理论的贯彻落实与文学本文的创作营造并从而开辟出文学理论的新领域和文学创作的新天地,却又必须依仗"文学运动"的组织力量、群体智慧和规模效应,所以它们三者应似一个同质同构的文学系统。就其重合包容的关系来说,文学运动具有宏观统摄力和涵盖力,它可以包容文学理论形态与文学创作形态,文学理论在文学运动中虽起先导作用但却靠文学运动得以充实、完成与发展,形成文学理论系统(包括文学批评观、文体观、创作观等),即没有文学运动的发起就不会有文学理论的参与和支持;没有文学理论的指引和导航,文学运动也会是盲动的,故它们之间又是互为因果的。而文学创作正是文学运动的必然结果,它同文学运动是包容被包容的关系,且与文学理论在文学运动过程中相辅相成互渗互促地平行发展,只是文学创作是一个感性形态而文学理论则是一个理性形态。虽然文学理论与文学创作这两个形态被文学运动形态所包容所统辖,但是它们又是相互依存、相互重合的。假若一个文学运动缺少理论与创作的支撑或者一个文学运动既不产生理论文本又不生产文学作品,那么这个文学运动就是徒有其名或不算什么运动的。从相对独立性来说,这不是着眼于整个现代中国文学史而是就一个文学运动而言,它们三者之间的关系虽是同质同构、重合包容的,但又是各个独自成系统的。文学运动是个有发动有组织有参与有目标有行为的合目的的合群体的动态过程,它是不以研究者主观意志为转移的客体存在,至于如何评价它、言说它、构成何种文本这是另一回事。文学理论形态生于文学运动成于文学运动,一旦形成一个或多个自足性的文学理论体系,它可以不受文学运动的牵扯和制约而独立存在,也可以不需文学创作的印证而自成系统,也就是说文学理论形态能够摆脱文学史纠缠有相对的独立性,有别于文学史的自身价值;文学创作形态尽管是文学运动与文学理论的实践产物,但由于它是感性的审美的意识形态,因而它完全可以不顾及文学运动和文学理论的制约,成为一个自足自律的文学本文系统,以显示自身的独立价值和意义,即人们可以忘记五四文学运动却忘不了《阿Q正传》,人们可以忘记左翼文学运动却忘不了《子夜》。

根据它们三者之间的相互联系又各自独立的关系,如果不是重写现代中国文学运动史或现代中国文学思潮史而是重构现代中国文学通史文本,那我认为在书写某个完整的文学运动时,应该把重中之重放在文学创作形态上即从文学史角度重解重评文学作品,而把文学运动作为文本生成的特定历史背景与文化语境,把文学理论作为文本产生的知识资源和思想资源。后两者可以大大压缩笔墨,以理清历史与逻辑线索以及它们与文学作品的关系为宜,力避那种"三分天下各居其一"的搭配方案。其实突出了文学创作形态就等于突出了文学运动的意义和文学理论的威力,以强化文学史本体与主体特色。这是仅就在一个文学运动的时空间,如何处理三者的关系谈点己见。但从整个现代中国文学通史文本所包含的文学形态来看,其中新文学(即现代文学)的生成与发展确实得益于也受损于"文学运动"的连续不断或日趋政治化,其他文学形态如通俗文学、各少数民族文学、民间文学、旧体式文学等的衍化很少有"文学运动"相伴。即使新文学在发展过程中,也不是所有的文学创作都与"文学运动"有关,不少经典文本是远离"文学运动"或抗拒"文学运动"而创作的,尤其有些少数民族文学和民间文学的本文是根据口头流传或文字记录整理出来,更不是"文学运动"的直接产物。所以我们有理由说,重构现代中国文学史文本可以大大淡化"文学运动",凸现文学作品的主体地位。

文学创作形态是现代中国文学史文本重构的基础或躯体,是三大维度互动关系中的关键之维,这是毋庸置疑的,却不是每个治史者能够认可且自觉实践的。不管强调文学史的客观性高于一切的客体论者,或者主张文学史的主体性重于一切的主观论者,或者坚持文学史应是主客观统一的结合论者,都不能不以文学作品作为建构文学史文本的基础。因而无论持何种文学史观的学者,如果不承认文学作品是文学史研究或写作的基础,或者轻视文学作品在文学史中的独特地位和价值,那就意味着取消了文学史及自身书写文学史的资格,说得重一点,就是不承认文学还有"史"。为强调文学创作形态在编写文学史过程中或者说它在文学演变进程中的重要价位,不少学人提出现代中国文学史实际上就是文学作品史或曰主要是文学作品史,并把这一主张付诸研究和写作实践,我们已见到多部这样的文学史著作。虽然将文学作品作为编纂文学史的基础几乎成了人所共知的常识和写作行为，但真正在文学史研创过程中处理好文学作品、理论思潮、文学运动三位一体的辩证关系并突出文学作品基础地位却并不容易，特别从重新解读经典文本入手以改观现代中国文学史文本的整体面貌、提高其总体学术水平和创新力度就更不容易了。

从对现代中国文学史学科建构“三大维度”相互关系的探究中，已略论文学创作形态是文学史文本构成基础或躯体的必要性和重要性。不过我认为，还有些思维角度和张力空间须进一步考察与追寻：其一，文学家创造出的各种文本异彩纷呈、光辉夺目，在现代中国文学演进的画廊里形成一条条交相辉映的风景线，它们既是一场文学变革运动结下的累累果实，又是各种理论主张、美学原则和创作方法在艺术实践园地绽放出的百姿千态的鲜花。由此可想见，现代中国文学史实际上就是文学作品层出不尽、争奇斗妍的历史，也是研究主体遵循文学史理念排列组合样态各异文学作品的展览史。如果说文学运动形态是现代中国文学史文本建构的“史线”、文学理论形态是“史魂”，那么文学作品形态则是现代中国文学史文本的“骨肉”，试看哪个历史区间的文学创作成就高、文本丰富，这个区段的文学史就灿烂辉煌；哪个历史区间的文学创作品位低、文本贫乏，这个区段的文学史就没有光彩。所以缺乏文学作品作为“骨肉”的文学史文本如同空中楼阁，也好像一副空架子，唯有作品充盈、文本精良的文学史文本才是骨骼健壮血肉丰满的文学史文本。有时读到一些文学史，文学运动或理论思潮的铺陈过多过详，而文学作品的叙述过于简略或者老调重弹，颇感沉闷乏味，不忍卒读。

其二，治史者的最高追求是把文学史文本写成灵魂史，勃兰兑斯提倡过也实验过，却很难断言他的《十九世纪文学主流》就是多卷本的“灵魂史”，中国学者在书写现代文学史文本的漫长过程中大都努力探索过尝试过而成功者却少见。这表明将文学史写成灵魂史难度太大，不过却能启发我们做这样的思考：有各式各样的历史文本，为什么不说所有的历史都是灵魂史而只强调文学史文本是“灵魂史”？也许这正是文学史文本的独特之点。就我的理解，文学史之所能成为“灵魂史”，除了研究者的史学意识、生命体验、阅读感受、价值取向可以整合为主体意识，贯注于文学史写作而化为“灵魂”外，最重要的是作为研究对象的文学作品属于审美意识形态范畴。即“文学是显现在话语蕴藉中的审美意识形态，这种审美意识形态是一般意识形态的特殊形式，而一般意识形态又属于社会结构中的上层建筑"[1];阿多尔诺也有这样见解,"艺术的本质是双重的:一方面,它摆脱经验现实和效果网络即社会;另一方面,它又属于现实,属于这个社会网络。于是直接显示出特殊的美学现象:它始终自然地是审美的,同时又是社会现象的。"[2]这说明文学具有审美与意识形态的双重性质,作为文学文本总是通过话语系统的蕴藉来承载或存活审美意识形态。既然文学是审美意识形态,那么形形色色的文学作品则是情感与认知、理性与非理性、意识与潜意识交织的感性世界和灵魂世界。仅就现代中国文学作品系列来说,它们既是百年来中华民族忧患、觉醒、抗争、奋进、复兴的灵魂载体,又是各族人民的思想情感、审美精神逐步向现代化艰难曲折转变的痛苦与快乐交融的灵魂载体;既是中国知识分子由梦醒、追求到幻灭、异化再到觉醒、反思的梦想史、奋斗史、血泪史的审美文本,又是中国女性从人的解放、个性解放到女权解放的灵魂写照。总之,现代中国文学作品是百年中国社会心理和各族人民心态的大写实大写真,因而重构现代中国文学灵魂史首要的任务在于系统地解读和深入地剖析各种样态的文学作品。

其三,建构现代中国文学史文本重在突破重在创新,而要突破与创新关键在于能否获得新文学史观、发现新史识、开掘新意蕴,以形成新的文学史意识、审美意识的逻辑系统和新的知识结构。虽然这些"新"思维成果可以从文学运动形态和文学理论形态获取一些,但更多的更新的更具原创性的东西却是蕴藏在文学作品系列中。因为文学作品尤其是经典文本带有话语蕴藉性质,不仅创作主体的显在意图或潜隐意图完全蕴含于话语系统之中,并要通过话语系统予以显现,而且文学批评者或文学史研究者对文学性质、意义和规律的理解和认识也必须依据这种话语蕴藉——也就是说文学活动作为处在特定意识形态语境中的"说话人"和"受话人"通过"文本"而展开的"沟通"过程,其五要素(说话人、受话人、文本、语境和沟通)无不存在于话语系统中,由话语系统蕴藉而成。从微观层次上说,文本是有待阅读的具体对象,是由语词、句式、意象、风格等复合体的话语系统的蕴藉构成,而叙事主体、抒情主体、人物形象、情节意境等都蕴藉于文本之中。因此作为话语蕴藉的文本具有无限丰富的意义阐释空间,特别是那种经典型的文学作品,其意义并非是确定的和完结的而是含蓄的和含混的,甚至是模糊、朦胧和神秘的。但丁所说的文学作品具有字面意义、譬

① 童庆炳主编:《文学理论教程》,第75页,高等教育出版社2000年版。
② 童庆炳主编:《文学理论教程》,第71页,高等教育出版社2000年版。

喻意义、道德意义和奥秘意义这"四意"的层层组合、递进与涵摄，正相当于文本的话语蕴藉，它可以满足读者或研究者取之不尽言之不完的阐释兴趣。[①] 现代中国文学生成的经典化文本同样具有话语蕴藉的特点并带有元叙事性质，其意义的丰富性、深邃性和原创性是文学运动形态和文学理论形态所无法比拟的。所以，只有对文学作品的话语蕴藉深入开掘、敏锐发现，才是突破已有现代文学史之关键、重建现代中国文学史文本的创新之源。

其四，文学作品贵在独创，文学史文本也贵在独创，千篇一律的模式化、雷同化是文学创作的大忌，也是文学史文本书写的大忌。然而文学史的独创却是源于文学作品的独创，如果研究者不能把文学作品的独创性发掘出来，就不可能凝成文学史文本的独创性。在现代中国文学生成发展的过程中，那些有出息有才华的作家极为重视文学营造的独创性和个性化，非常鄙视厌弃那些缺乏创造性的平庸之作、缺乏个性的模仿之作以及文学创作上的公式化教条化倾向。如果没有前者的突进、开拓和创造，保留下大量文学精品力作，那么现代中国文学史重构就会建立在杂草丛生的荒原上而不是百花盛开的沃土上。所以文学作品的独创性对现代中国文学史文本的重写极为重要。其实在文学史上独占风情、倾倒群芳的是那些具有独创性、个性化的文学大家和经典文本，随着时间的推移和社会的变迁，现代中国文学史上能留下来的作家作品会越来越少，也只有那些独创性突出、个性鲜明、具有蕴藉特点的文学文本能世代流传。早在五四新文学初创期，茅盾就特别重视文学作品的"独创"性，一方面他指出"新文学革了旧文学底命，自当脱胎换骨，一新面目，才算是有出息"，然而新文学总免不了因袭模仿的旧病，"除掉那流行的滥调和做作出来的别人的风格" 外，"纯是模仿，而不去独立创造"，"缺少活气和个性"，许多人物只是"一个模型里的出产品"，根本见不到栩栩如生的人物个性；一方面他充分肯定那些具有独创性的作家及其作品，他敬佩并推崇鲁迅的高超而非凡的创造才能，认为 "在中国新文坛上，鲁迅君常常是创造'新形式'的先锋：《呐喊》里十多篇小说几乎一篇有一篇的新形式，而这些新形式又莫不给青年作者以极大影响，必然有很多人跟上去试验。丹麦的大批评家布兰克斯曾说：'有天才的人，应该也有勇气。他必须敢于自信他的灵感，他必须自信，凡在他脑膜上闪过的幻想都是健全的，而那些自然而然来到的形式，即使是新形式，都有要求承认的权力。'"[②]百年现代

① 童庆炳主编：《文学理论教程》，第 73 ~ 74 页。

② 朱德发等：《茅盾前期文学思想散论》，第 287 ~ 291 页，山东人民出版社 1983 年版。

中国文学史文本真正具有独创性的发现却是远远不够的。且不说鲁、郭、茅、巴、老、曹这六位文学大师的经典文本的独创性仍沿袭以前的看法并没有新的概括，这就是近二十年炒得过热的一些作家的成功之作也没有对其独创性进行多方位的开发，更没有把文本的独创性置于文学史的总体格局进行有深度的比照分析。况且重构现代中国文学史学科又发现并开拓出不少样态的文学作品系列，对其独创性的勘探尤为紧迫和重要，否则就无法在深广的文学作品基础上建立具有独创性的现代中国文学史学科。

其五，不论学术型的文学史文本、普及型的文学史文本或者教材型的文学史文本，都是为了写给不同层次人群阅读的或参考的或研究的，因而我们不能不充分考虑不同层次阅读者的期待视野，尽量满足其参阅需求与读书兴趣。经常听到有人议论，现行的文学史著作总是“板着个面孔”，过于严肃过于生硬，仿佛是政治思想教材用来“教训人”；或者有些文学史写得像八股，陈词滥调，枯燥无味，毫无生气和新意。这并非说所有的中国现代文学史著述都是这样的，但作为一种书写模式或写作倾向却影响了不少文学史文本的编纂。究其原因可以列出数条，其中重要的一条乃是没有把文学作品真正作为现代文学史文本构成的基础或躯体，而在文学运动或理论思潮的阐述上则用力太多。即使那种以文学作品为基础的文学史文本，由于在作家作品的“论”字上大做文章把情感世界抽空了，文学史文本上的作品评价只剩下干巴巴的几条筋。文学史之所以是文学史，就在于它的主要研究和书写对象是具有情感性形象性特征的文学作品，是文学作品的演变史而不是思想逻辑的抽绎史。这决非说文学史文本仅仅是文学作品的感性描述而排斥理性思辨。我是说文学史应重视文学作品的感性与悟性有机结合的叙述，把理性史识作为一条条思想线索贯穿于文学作品的连续性、生动性、丰富性的叙述过程中。应该纲举目张，而这个“纲”与“目”则必须与对文学作品的生命体验和审美感悟相结合，过分热衷于理性思辨、过多强调思维超越，容易把文学史文本写成思想史。这不仅失去了文学史文本的特点，而且也悖离了广大读者阅读文学史由感性到知性再到理性的思维规律，尤其知识青年对现代文学史的理解和把握总是从阅读文学作品开始的。因此，重构现代中国文学史文本务必把文学作品解读好、感悟好、叙写好。

由于创作形态（即文学作品）在重构现代中国文学史文本中具有如此重要的价位，所以文学作品以什么姿态、面貌进入文学史架构则是值得深入探究的。仅从所谓新文学领域来看，各种体式的文学作品举不胜举，穷尽半生的精力与时间也搜集不全更读不完。同时，作为有特定框架结构的现代中国文学史文本也不可能包罗万象，把所有的文学作品都涵纳进去。如果真这样，那就不称其为文学史而是地道的资料汇编或目录索引了，故而文学史文本对作品必须有选择有取舍，否则就不是文学史文本。而文学史选择作品的依据就是文学史观及其与之相联系的价值标准，即有什么样的文学史观及其价值标准就选择什么样的文学作品，被选中的文学作品就是文学史观的实证根据和感性表征，其中那些最具代表性的经典文本的话语蕴藉则是文学史观最深层原创意义的渊源，也是最能显示文学史独特深度的象征喻体。从这个意义上说，以昂扬姿态进入文学史架构的首先是那些足以显示文学史观创新品格和科学品格的经典文本。文学作品一旦被选入现代中国文学史的网状结构就必须根据主体要求与自身特点定好位，以成为文学史文本这张大网上的一个化不开的“结”；而这张大网实际上是由文学史客体逻辑与主体逻辑编织成的，选定好文学作品在这张大网上的“结”，既要看文本话语蕴藉的情感逻辑或内在肌理是否与网“结”相连通，又要看研究主体是否根据文学史文本结构需要从文学作品中把相适应的情感或理性逻辑发掘出来。因为文学作品的话语蕴藉极为丰富也具有多向度，研究主体的发现机制只有循着文学史观的指向从文本中所开发出来的意义逻辑，才能把文学作品凝固在网结上，使之成为现代中国文学史文本整体结构的闪光点。由于文学史架构至少是由文学运动、文学理论和文学作品三大维度组成，所以文学作品进入文学史文本结构不仅要从宏观上发掘它本身与这张网络的纵横联系，也要从微观的透视中发现文本与相应的文学运动和文学理论之间深微的张力关系。既以文学创作实绩印证文学运动的得失和文学理论的优劣，又要以文学作品充实丰富文学运动和文学理论，使文学运动的价值和文学理论的意义真正由文本的话语蕴藉来体现，以把“三大维度”变为现代中国文学史文本架构中的相辅相成的“三位一体”。

文学作品形态进入现代中国文学史文本架构，是否能改变已有中国现代文学史叙述模式，是否能开创现代中国文学史研究新局面，是否能写出创新性与科学性品格兼优的现代中国文学史著作，最重要的不在于把文学作品特别是那些经典文本作为文学史文本建构的基础或躯体，加大文学作品的比重，压缩文学运动和文学理论的分量，而在于重新解读文本、重新发现创意、重新开掘史识、重新评估其意义和价值，这是重写文学史文本的根本也是文学史创新之关键。这并不是说把解读文本所发现的一切新意卓识都可以写进文学史，而是说它至少为不同体例不同模式的现代中国文学史文本建构提供了可资选择的新颖独到的文本阐释话语。实践证明，作品有创意写成的文学史文本就有创意，文本话语蕴藉开挖深文学史书写就有深度，作品优劣评价准确文学史就有科学品格。既然重新解读文学作品成了提高重构现代中国文学史文本学术质量关键之关键，这里就有个操作性极强的方法论问题，即如何解读文学文本尤其是经典文本，怎样能解出新意，怎样能读出新味？回答这个问题相当困难，并没有令所有人认可的答案，也许“见仁见智”才是解读文学文本的一般规律。在我看来，“经典文本解读”就是对现代中国文学经典文本进行“还原释读”，即把原汁原味品出来，把原思原意释出来。这样它既可以拨正过去文本解读中产生的种种误解或制造的不少谎言，又能够纠正多年来只热衷宏观考析而忽视微观探索所造成的中国文学研究的粗疏空泛；既可以为21世纪现代中国文学研究系统工程的启动和文学现代化研究新格局的开创打下坚实基础，又能够为建构中国式的独具系统的现代审美文化原则和中国造的原创理论体系从经典文本中来挖掘来发现，特别是可以为重建现代文学史学科提供取之不尽的新成果新意识新思维新信息。至于如何“还原释读”，我认为有两点尤为重要：一是发现作家的显动机与潜动因、文本的显结构与隐结构、人物的显意识与潜意识之间存在的悖论和张力，以及文本与读者的无意识联系，从而引发出诸多困惑和立论探索的勇气；二是充分运用艺术感悟力和发现逻辑机制，把解读的过程作为解读者以生命去体验去感受去拥抱文本感性世界的过程，作为以相应的深度理论模式去阐释去深化去提升感性文本世界的过程，使个人生命宇宙、群体生命宇宙与文化界生命大宇宙在精神哲学上达到某种契合。由于从不同的维度化入文本又化出文本，因而发出了不同的学术声音，获得不同的生存感悟和审美判断，这既是对文本深层密码的破译又是对人学深层密码的原释。

（2002年岁末）

第五章　文学史研究：在困惑中突围和在探索中求新

（存目，见弁言一）

文学史论之维

第六章　理性思潮:现代中国文学的多元理性精神

凡是有人群的地方,不论居住于地球的任何角落,只要有头脑有思维功能,都能生成理性并凭借理性力量维持或推进人类的生存和发展。不管你意识到或没意识到,都有一种理性精神在烛照着人的内宇宙和外宇宙,使人在与自然、社会、群体甚至自我的接触、亲和、矛盾和搏斗中减少盲目性增强自觉性,以清醒的理智力量在改造客观世界的同时也改造主观世界。不只是人的生态也有人的心态,总是从不平衡走向平衡、再从平衡走向不平衡,这种永无止息的合乎规律的运动,既要靠理性思维导航又要仗理性力量推进。世界上任何民族文化都是人的理智力量和实践力量创造的,是为了人的合目的合理想的生存和发展而创造的,致使理性精神在不同国度不同民族的文化语境中普遍存在着、弥漫着。文学既然是人学且与人的生存命运息息相关,并以一种特殊的方式表现或再现了人的内世界或外世界的千变万化,那么文学势所必然地承载着流淌着人类的理性精神,即使地球上那些发展滞后的民族或人群,只要他们能思考且能以话语来表述或交流其思维成果,也不乏理性精神的播扬和流传。理性精神在人类繁衍生息、创造发展的领域无所不在无时不在,它能跨越任何文化语境撒向人间、注入人心。因此,理性精神是跨文化语境的。理性精神对世界各个民族来说不存在着有无的问题,而只有优劣、精粗、真假、善恶、美丑、新旧之别。

现代中国文学在建构过程中,既受到理性思潮的冲击又深受非理性思潮的浸染。如果说现代主义文学更多地流贯着非理性文学精神,那么现实主义文学则强烈地体现出多种色彩的理性精神,因之本文的重点是从理论思潮的角度深入探讨现代中国文学的多元理性精神。

一、理性的本源涵义

对理性精神的探讨不能停留于泛泛而谈,首先应考察理性的本源涵义。“理性”一词源于拉丁文 ratio,与希腊文 empeiria(经验)相对照,虽然“理性”总是关于人的一个概念,是人清醒地有意识地进行判断和思维的一个出发点,但并非开始就特指科学的逻辑的思维方式。从不同时期对“理性”的不同阐释和用法便可发现这一概念的涵义也不是一成不变的,其内涵和外延相当复杂,具有弹性很大的阐释空间。古希腊时期的思想家认为理性是从人身上表现出来的,而它的来源却是神性的。柏拉图把理性最高境界的真善美说成来自神本体,只有来自神的力量的理性才真正称得上理性。17 世纪的理性主义者笛卡尔、斯宾诺莎、莱布尼茨仍坚持理性来自神本体的看法,认为宇宙是“由上帝决定的理性排列的体系”。① 18 世纪的启蒙理性虽然并未彻底颠覆柏拉图主义的神本体论,但主体理性却突出起来,直至 20 世纪主体理性仍是理性概念的主要内涵。“18 世纪摒弃了这种演绎和证明的方法。它不再在体系的严密和完美方面与笛卡尔、马勒布朗士、莱布尼茨和斯宾诺莎一争短长了。他所探寻的是关于真理和哲学的另一种概念,其功能是扩展真理和哲学的范围,使它们更灵活、更具体、更具有生命力。”②在笛卡尔等的形而上学体系里“理性”是永恒真理的王国,是人与神的头脑里共有的真理王国,理性的每一个活动似乎都参与了神的本质;而 18 世纪则不同,它是在一种朴素意义上看待理性,“理性不再是先于一切经验、揭示了事物的绝对本质的‘天赋观念’的总和”,而是把“理性看作是一种后天获得物而不是遗产。它不是一座精神宝库,把真理像银币一样窖藏起来,而是一种引导我们去发现真理、建立真理和确定真理的独创性的理智力量”。“整个 18 世纪就是在这种意义上理解理性的,即不是把它作为知识、原理和真理的容器,而把它视为一种能力,一种力量,这种能力和力量只有通过它的作用和效力才能充分理解。”③这一信念在西方 18 世纪文化的各个领域都扎下了根。孟德斯鸠说:“我们的心灵生来就是为了进行思索,即为了理解事物的,但必须具有好奇心,因为正如万物形成了一根链条,其中每一观念都先于一

① [英]约翰·科廷汉:《理性主义者》,第 74 页,辽宁教育出版社、牛津大学出版社 1998 年版。

② [德]E·卡西勒:《启蒙哲学》,第 5 页,山东人民出版社 1996 年版。

③ [德]E·卡西勒:《启蒙哲学》,第 5 页。

个观念又尾随另一个观念一样，只要人们把握了一个观念，必定还想把握另一个。”这种求知欲，这种科学力比多曾被神学独断论斥为理智的高傲，剥夺了它的合法权利，但18世纪文化的基本目的就是捍卫、强化和巩固这种思维方式。①

理性作为思维方式，18世纪没有跟随笛卡尔等先哲的思维方式亦步亦趋，恰好相反，它不是就教于笛卡尔的《方法论》而是求助于牛顿的“哲学思维的准则”，使哲学走上一个全新的方向，即他并不像笛卡尔们先提出一些原理、概念和公理然后通过抽象推理而获得“知识”或“真理”；牛顿的方法不是纯演绎方法而是分析方法，通过观察现象研究经验材料去探求物质世界的普遍秩序和规律，即不可以先于现象去把握秩序和“理性”而应在现象本身的内在联系中去发现规律和“理性”。对于18世纪方法论的革命，卡西勒做了极高的评价：“理性的最重要的功用，是它有结合和分解的能力。”理性创造了整体，“并按照自身的规则把各个部分装配到了一起，它就对自己的产物获得了完备的知识。理性理解这种结构，因为它能按其整体性、按其个别部分的先后顺序再生这一结构。”②只要理性学会把自己独特的分析解剖和综合重建法运用于某一新的、极端重要的知识领域，它就能进入这一领域并取得创新趋优的效果，文学领域无疑也是理性关注的领域，不论文学运动形态的推进或者文学理论形态、文学创作形态的建构都得力于理性的分析综合功能。

关于“理性”概念含义的阐释，除了启蒙时代所做出的理性意味着分析和综合、意味着一种能力一种力量外，托马斯·阿奎那把理性分为广义的和狭义的。前者是指与感觉相对的精神活动，是一种较高的整合性思想，既是抽象思维又有直接洞见事物本质的功能；后者是指抽象、推理、比较和区分的思维活动，与科学理性内含相似。启蒙时代以后到19世纪末，基本上是从狭义上来界说理性，以致造成理性就等于抽象思维的误认。其实广义的理性是人的所有智性活动或者思想认识的统称，它包含狭义理性所没有的“领悟”这一中国传统思维中的极为重要的概念，它强调对本质的直接洞见。现代思想家和美学家对“悟性”给予前所未有的关注，海德格尔提出的“诗意的思”当作如是解，即感受性的诗之所以能与本质性的思融为一体，其通道乃是“领悟”，这就使“理性”在

① ［德］E·卡西勒：《启蒙哲学》，第11页。
② ［德］E·卡西勒：《启蒙哲学》，第12页。

文学创作中真正具有了合法性。①

二、理性的一般涵义

理性的一般涵义与其本源涵义并不矛盾。只是本源涵义特指西方思想家对理性的不同界说,即对源于拉丁语的"理性"在不同的地域或不同历史时期所做出的引申发挥,前面仅仅是简略的概述;而理性的一般涵义应是跨文化语境的,是不同时期不同民族对"理性"的日常理解和一般用法,有的表述直接借用"理性"一词,有的表述尽管不用"理性"而话语中已含有"理性"的意思,致使有些民族对"理性"的界说套用西方的话语,有些民族对"理性"的理解源于本土化的话语系统。但不论对"理性"的一般涵义有多种理解或不同解说,它总是人之所为人的一种本体性的逻辑呈现、一种精神力量的象征。具体而论,从不同角度切入,对理性可以做出不同的解释,最常见的说法有:理性是人的思维活动方式,它包括概念分析、逻辑推理、整合思辨等。按照通常的理解,人的思维大致分为感性、知性和理性三个程序。正如康德所说:"我们的一切知识都开始于感官,由此前进到知性,而终止于理性,在理性之上我们再没有更高的能力来加工直观材料并将之纳入思维的最高统一性之下了。"②人们获取知识或真理是要经过思维自足系统的感性到知性再到理性三个递进的逻辑层次,而且理性是最高的思维能力。固然文学创作凭借的应是感性材料,"把经验作为出发点,每个人要想成为艺术学者,都必须走这条路"③;但是仅仅根据直观经验或感性知觉是不可能洞察事物的"普遍性和永远性的原则"的。黑格尔认为:"事物的深刻方面却仍不是单凭这种鉴赏力所能察觉的,因为要察觉这种深刻方面所需要的不仅是感觉和抽象思维,而是完整的理性和坚实活泼的心灵。"④只有理性思维活动,才能"打破感官事物的锁链而进到超越感官界的飞跃"⑤,以产生有创意的新思想。按照康德的说法,感性、知性和理性在人的自足的思维链条上是各司其职的:"通过我们被对象所刺激的方式来获得表象的这种能力(接受

---

① 徐亮:《当代文艺学科中"理性——非理性"问题的讨论及概念清理》,《文艺理论研究》1999年第8期。

② 杨祖陶、邓晓芒编译:《康德三大批判精粹》,第199页,人民出版社2001年版。

③ 黑格尔:《美学》,第1卷,第19页,商务印书馆1981年版。

④ 黑格尔:《美学》,第1卷,第42~43页。

⑤ 黑格尔:《小逻辑》,第125页,商务印书馆1981年版。

能力),就叫做感性。所以,借助于感性,对象被给予我们,且只有感性才给我们提供出直观;但这些直观通过知性而被思维,而从知性产生出概念。”“当我们被一个对象所刺激时,它在表象能力所产生的结果就是感觉。那种经过感觉与对象相关的直观就叫做经验性的直观。一个经验性的直观的未被规定的对象叫做现象。在现象中,我把那与感觉相应的东西称之为现象的质料,而把那种使得现象的杂多能在某种关系中得到整理的东西称之为现象的形式。”[①]所谓“知性一般说就是认识的能力。认识就在于被给予的表象与一个客体的确定的关系。但客体则是在其概念中结合着一个所给予直观的杂多的那种东西。然而现在,表象的一切结合都要求在这些表象的综合中的意识的统一。于是意识的统一就是唯一决定诸表象对一个对象的关系,因而决定这些表象的客观有效性并使得它们成为知识的东西,乃至于在此之上建立了知性的可能性。所以,知性的所有其他运用所依据的、同时也完全不依赖感性直观之一切条件的最初的纯粹知性知识,就是统觉的本源的综合统一这条原理。”[②]“既然我们可能有的一切直观都是感性的,所以在我们这里,通过一个纯粹知性概念对某一个对象思维,只有当这个概念与感官对象发生关系时才成为知识。”[③]因此,“每当把一个对象归摄到一个概念之下时,对象的表象都必须和这概念是同质的,就是说,这概念必须包含有归摄于其下的那个对象中所表象出来的东西”,如同“一个盘子的经验性的概念和一个圆的纯几何学概念具有同质性的,因为在圆中所思维的圆形是可以在盘子中直观到的”[④]。如果说知性思维具有这种“规则的能力”,那么理性思维则具有“原则的能力”,而“来自原则的知识(就其自身来说)完全不同于单纯的知性知识,后者虽然也能以某种原则的形式而先行于其他知识,但就其自身来说(如果它是综合性的)却不是基于单纯思维之上的,更不包含依照概念的普遍性。知性尽管可以是借助于规则使诸现象统一的能力,而理性则是使知识规则统一于原则之下的能力。所以理性从来都不是直接针对着经验或任何一个对象,而是针对着知性,为的是通过概念赋予杂多的知性知识以先天的统一性,这种统一性可以叫做理性的统一性,它具有与知性所能达到的那种统一性完全不同的种类。”“实际上,规则的杂多性和原则的统一性是理

---

① 杨祖陶、邓晓芒编译:《康德三大批判精粹》,第 83 页。
② 杨祖陶、邓晓芒编译:《康德三大批判精粹》,第 141 页。
③ 杨祖陶、邓晓芒编译:《康德三大批判精粹》,第 146 页。
④ 杨祖陶、邓晓芒编译:《康德三大批判精粹》,第 152 页。

性的要求，为的是把知性带进和自己的彻底关联之中，正如知性把直观杂多纳入概念之下并由将它们联结起来一样。”既然理性是一种原则的能力，那么“原则”又是什么？在康德看来，“原则这个术语是含糊不清的，它通常意味着一种能被作为一条原则的知识，哪怕它自己本身及根据其自身来源并不是什么原则”；“知性根本不可能获得来自概念的综合知识，而这些知识才真正是我们不折不扣地称作原则的知识”。[①] 理性作为最高的思维方式，它具有不可超越的统摄力、涵括力和综合力，虽然它远离感性思维、别于知性思维，但理性思维的逻辑运作所获得的理性知识或思想真理却或隐或显地联系着感性思维的直观力和知识思维的规则力。具体到一个学者或作家，面对着精神世界和物质世界以及国家和社会第三种实在领域，终日里自觉不自觉地运用主体思维方式去感受去体认它们，我们决不能把它们看成是“由简单的感觉材料组成的，而必须追溯它的起源”；但具追根溯源思维力量的却是理性，只有凭借理性的无坚不摧无孔不入的穿透力、剖解力和综合力，“深入探讨它的源泉，我们才能成功地使这种实在服从于规律和理性的支配”[②]。以理性思维获得对这三个实在世界的总体把握和规律性认识，既有利于社会科学研究也有助于文学艺术创作。

理性是一种清醒的理智力量。理性思维的逻辑运作应似人的理智活动，越是从事智力劳动的人这种理智活动越频繁，越是智商高的人这种理智活动的效率越高，而且迸发的理智力量越强大。尤其那些精英知识分子或才华横溢的文学家无不在研究实践或创作实践的理智活动中焕发出理性的光辉或聪颖的智慧，以一种清醒的理智力量去攻克科学难题或破译生活的密码，用不同的形式去把握内外宇宙的真面目或人生世界的真谛。但是无论什么人对物质、精神、国家和社会运动实在世界的认知和理解，并不是时时处处都处在澄澈透明、了如指掌、正确无误的清醒精神状态中，而不少时日或不少地方是模模糊糊、朦朦胧胧，甚至昏昏然非非然，至于那些芸芸众生更不能侈谈以理智的眼光观察周围的一切和以理智的力量对待外在的一切了。因此清醒的理智力量对于人类的生存和发展尤其中国人的振兴和强大极为重要，无论从什么角度来考察和估量它的价值和意义都不会过分，即使精英知识者或作家诗人也患有“理智力量”匮乏症，更需要理性的启蒙。“一旦思想的力量在人的身上觉醒，它就会不可抗拒地向前挺进，去反对现存秩序，把它召唤到思想法庭上，向它的合法资格、它

① 杨祖陶、邓晓芒编译：《康德三大批判精粹》，第200～203页。
② ［德］E·卡西勒：《启蒙哲学》，第16页。

的真理性和有效性提出挑战。”①思想力量的觉醒就意味着人们获得了清醒的理智力量，有了这种清醒理智力量的人就能进行自我拯救，把自己从蒙昧的迷昏的奴役的精神状态中挣脱出来，真正认识自己、解放自己，将潜在的变革意识和创造能量释放出来，在改造客观世界或周边社会的同时也改造自己、完善自己，使自己的理智力量得以最大限度地发挥。理智力量从每个人身上焕发出来，或体现在科学事业或体现在文学事业或体现在一切事业上，有明显的强弱之分大小之别；就是体现于日常事物、人际关系的处理上和自我言行的控制上也有高明与拙劣之不同。因而对每个人的理智力量的开发和使用及其所产生的实践效应，必须以实事求是的科学态度予以对待，既不能抹煞人与人之间的理智力量的差异又不能不加褒贬地拉平所有人的理智力量，对于那些以自己的聪慧理智在事业上创造佳绩、在人际关系上和对待自我上表现出高风亮节的人就是要进行褒扬，而对那些理智力量薄弱或缺乏理智头脑的人就是要积极引导合理发掘。虽然理智力量人皆有之，特别是知识精英、作家诗人大都富有聪慧才智，否则就创造不出无愧时代、流传百世的文学经典；但是必须指出，要获得清醒的理智力量并不容易，尤其知识分子文人作家能够在任何历史背景和文化语境下都能保持清醒的理智头脑并在文学实践中将理智转化为一种物化的审美力量，就更加不容易了。在我看来，知识分子或文人作家在现代中国欲获取清醒的理智力量，至少应具备三个客观条件：一是以“主智论”取代“反智论”，营造一种尊重主体理性、个人智慧的人文环境和政治氛围。因为中国自古以来形成一种“反智论”政治传统，到了“文革”时期达到登峰造极，反智主义压倒了主智论，个体的现代理性意识或聪明智慧受到无情贬抑和摧残；到了新时期，主智论逐步占了上风，人们的清醒理智力量才得以焕发，所以创造一个“主智论”的客观环境对于个体知识者或作家诗人获得清醒的理智力量至关重要。二是运用理性思维的发现逻辑机制，从中外文化思潮交汇中去发现富有科学性真理性的理性意识。而这种理性既能抗拒反智主义对知识或智慧的戕害，又能开发人的智力或智慧，也能为人的才力智慧的充分发挥确立正确的向度。也许正是这种理性具有排斥不正确理性和非理性干扰的功能，使主体获得清醒的理智力量。三是积极参与实践活动，尤其是文人作家。固然科学研究或文学创作也是一种实践，但它却不能代替社会实践。只有把科学研究或文学创作同广泛的社会实践

① ［德］E·卡西勒：《启蒙哲学》，第16～17页。

结合起来,才能真正从实践中验证你是否具有了“清醒的理智力量”,并且这种“理智力量”是否在科研或创作实践中转化为导向正确的建构或创造力量;同时通过实践也能出真知长才干,以充实和发展已有的“清醒的理智力量”,使实践成为文人作家取之不尽的“理智力量”的源头活水。

理性是一种不朽的精神追求。根据笛卡尔的观点,精神实体和物质实体之间存在着根本的不对称,即“人类身体与其他(不是身体)的物体之间的区别在于,它只是由某种肢体结构和其他类似的偶然成分构成的,而人类心灵则不是这样由偶然之物构成的,而是纯实体。因为即使心灵的一切偶然发生了变化,使得它有着不同的理解对象和不同的愿望和感觉对象,但这并不能解释成它变为了一种不同的心灵;另一方面,人类的身体仅仅在某些部分的形状发生变化时,就会失去它的同一性。由此可见,身体可能轻而易举在被毁灭,而心灵则由于其本质而成为不朽”。他又指出:“我们每个人都把自己理解为一个思想之物,能够在思想中把自己与其他的实体区分开来,无论这些实体是思想实体还是扩延的实体,仅从这个事实就可以确定,在这个方面,我们每个人都实际上不同于其他的思想实体,不同于每个物质实体。”①且不论笛卡尔的二元论是否对称是否正确,单是他提出的人的心灵是不朽的,每个人是一个思想之物的观点就对我们有所启迪。不论人的心灵或思想都是属于精神范畴,而且理性主体来主宰来统驭,所谓心灵之不朽实质上是说理性精神之不朽,所谓个人是思想之物实质上是说个人是理性主体,这正是他对“我思故我在”著名论断的阐释。其实,人的精神实体的构成不仅有理性还有非理性。作为一种心理机能应是理性与非理性、意识与无意识、思想与情感的共同体,尽管它们处于不同的精神层次而且又有相互冲突的一面,但却是精神实体的有机构成部分。作为一个人的不朽的精神追求,不会是非理性、无意识、情感等精神因素在起主导的决定的作用,而应该由理性、意识或思想来承担,强调心灵的不朽或精神的不朽主要指后者而不是前者。如果说人的不朽的精神追求乃是“自由”,那么“我们的自由就在于我们的理性活动之中”。斯宾诺莎在《伦理学》中明确指出“‘理智的能力’是人类自由的关键,正由于理性蕴含着人类的理想之光或自由之神,所以他对作为理性的思想观念进行了严格区分,即‘我们的心灵既是主动地行动又是被动地行动:当它拥有恰当的观念时,它是在主动地行动(agit),当它拥有不恰

---

① [英]约翰·科廷汉:《理性主义者》,第92~93页。

当的观念时,它就是被动地行动(paeieur)。'"[①]左右人们精神主动追求还是被动追求、是正确的追求还是错误的追求,最重要的取决于人的理性观念是"恰当的"还是"不恰当的"。这不仅指明作为理性的观念、思想有正确与否、恰当与否之分,而且也指明人的精神追求正确与否、主动与否必须以恰当的理性作为价值理想或价值尺度。因此我们必须对支撑着人们精神追求的理性观念做出具体分析,这对于我们正确认识文学作品的创作主体或对象主体的精神追求或审美理想也是大有裨益的。理性观念是否恰当决定着精神追求的价值取向或心理取向,因而不能从单一的视角来考察而做出全称判断,这是由于人的精神追求既是多向度的又有短期和长远之别,必须进行多角度的具体分析。虽然我们可以认定只有有利于人类生存发展的理性观念才是恰当的,但这有点笼统,难以把握。对于文人学者来说,要判断某一理性观念是否恰当,至少应从群体和个体两个维度来辨识。就群体来说,伦理观念恰当与否主要看它是不是反映了社会群体生活所普遍要求的公平和正义,如果只代表个体生活所要求的公平和正义那不一定是恰当的伦理观念,这是因为伦理是外在于个人的客观社会关系,集中反映了群体的权利,而这种权利有时与个体权利相一致有时也是互相冲突的,所以判断伦理观念是否恰当首先应分析它是否代表了群体的公平权和正义权。要是真的如此,那么文学作品所表现的伦理观念就是恰当的,作家主体或对象主体的精神追求也是正确的。就个体来说,道德理性是否恰当主要不是看它是否反映了群体的自由要求和完美境界,而主要着眼于个体,因为道德是个人内在的自觉意识、自由追求和自我完善,虽然道德理性也能把个体的自由向往和群体的自由愿望统一起来,成为一种理想的公共道德,但是在更多的时候是群体的道德理性压抑或取代了个体道德理性,群体的自由追求掩盖了个体的自由向往,以群体的道德完善顶替了个体道德人格。可见,只有代表个体自由要求和人格完善的道德理性才是恰当的,而合乎群体自由追求的道德观是否恰当必须具体分析。文学作品中表现出不同的道德观念或道德精神追求,大多是传统道德理性与现代道德理性交织在一起,如果对此要做出正确的价值评判,那就必须坚持能反映出个体自由追求和人格完善的道德理性。理性作为一种精神追求几乎贯穿于每个时期的文学创作中,体现于每个文学建构的主体身上,只有精心地研究、认真地解读,才能从中总结出何为恰当的理性观念何为不

① [英]约翰·科廷汉:《理性主义者》,第183页。

恰当的理性观念。

理性也是各种原则原理、规范惯例，是一种限制或束缚自由的力量。康德所说的“理性是原则的能力”，若是指思维功能的话，那我们可以做这样的理解：理性思维既能根据已有原则进行推理判断，又可以在推理中创造出原则原理。如果这种思维方式具有普遍意义，那么人们不论在何种岗位工作或在何种地域生活，特别是其中的知识分子都在自觉不自觉地运用“理性的原则能力”创造原则原理、制定各种规范、归纳各种惯例，或建构或改善有利于人类生存发展的社会环境和生活秩序，或创造或发展人们生存所需求的物质文明和精神文明。然而正是人们在制定并坚持各种原则原理、规范惯例创造物质文明和精神文明的过程中，从思想到行动却陷入深刻的悖论，这也是理性本身的悖论。追求自由是人类的天性也是终极价值，更是理性的核心，缺乏自由理性的理性是没有意义也没有灵魂的理性，甚至成为一种有害的理性。但是人类为了社会的发展，创造更高的物质文明和精神文明又必须制定原则原理、规范惯例把人群组合起来，把意志集中起来，把人心凝聚起来，把行为管束起来，这都是以牺牲主体自由理性为代价的，将个体的思想和行动自由限定在理性规定的范围内，这必然造成了个体与群体、个人与社会、自由与规范、个体与秩序乃至理性本身的永恒冲突。而解决这些冲突不能靠非理性，还要依仗理性。这里就提出一个严肃的问题，即究竟什么样的理性的原则原理、规范惯例才有缓解或平息这些冲突的功能。迄今为止，一代代仁人志士不知解构了多少不合时宜的原则原理、规范惯例，又重构了多少与时俱进的原则原理、规范惯例。尤其进入现代社会以来，“理性”受到严重的挑战，反理性思潮涌动，不仅各种冲突没有得到解决，反而更加尖锐化，这就需要更高的理性力量参与其中进行调整、平衡。历史总是在“二律背反”中前行，即“文明每前进一步，不平等也同时前进一步。随着文明产生的社会为自己建立的一切机构，都转变为它们原来的目的的反面”①；我认为不仅仅“建立的一切机构”也应该包括为文明社会保驾护航的各种原则、规范、章程、惯例也会走向原来目的的反面，致使理性主体受到冲击甚至人性被异化。《共产党宣言》是这样描述资本主义所期待的自由、平等、博爱的“理性王国”在历史的“二律背反”中由否定走向否定的：“资产阶级在它已经取得了统治的地方把一切封建的、宗法的和田园诗般的关系都破坏了。它无情地斩断了

---

① 《马克思恩格斯选集》第3卷，第179页。

把人们束缚于天然首长的形形色色的封建羁绊,它使人和人之间除了赤裸裸的利害关系,除了冷酷无情的'现金交易',就再也没有任何别的联系了。它把宗教的虔诚、骑士的热忱、小市民的感伤这些情感的神圣激发,淹没在利己主义打算的冰冷之中。它把人的尊严变成了交换价值,用一种没有良心的贸易自由代替了无数特许的和自力挣得的自由。"[①]19 世纪以来,巴尔扎克为代表的批判现实主义文学为"理性王国"被损坏而进行了义正词严的人道主义理性抗议与鞭挞。为了克服资本主义的内在危机以及人们因异化而带来的灵与肉的双重痛苦,依仗一般的理性力量和非理性潮流都是无济于事的,于是马克思设计了最崇高的理性王国取而代之,这就是"共产主义"。由于"共产主义就是作为人的自我异化的私有制的彻底废除,因而就是通过人而且为着人,来真正占有人的本质;所以共产主义就是人在前此发展出来的全部财富的范围内,全面地自觉地回到他自己,即回到一种社会性的(即人性的)人的地位。这种共产主义,作为完善化了的(完全发展的)自然主义,就等于人道主义;作为完善化了的人道主义,也就等于自然主义。共产主义就是人与自然和人与人之间的对立冲突的真正解决,也就是存在与本质,对象化与自我肯定,自由与必然,个体与物种之间的纠纷的真正解决。"[②]文学作为一种审美形式,面对历史的"二律背反"和生存的悖论给人们带来的痛苦和感伤,从来也不采取回避的策略而是勇于干预,使文学真正成为缓解生存矛盾、呼唤自由尊严、释放生命焦虑的特殊方式,人们越是陷入生活冲突和理性悖论而不能自拔时越是需要文学的拯救功能,越是能够促进文学的发展。与此同时,文学在历史与生存的悖论中也承担起颂扬理性力量、展示人道主义之光、追寻更崇高的理性主义理想的使命,使人们在审美愉悦中解除心理的过度紧张,沐浴着新的理性曙光以达到心理的平衡。

三、理性与非理性

人类认识史告知我们,理性并不是万能的,并不能对人的内宇宙与外宇宙都做出正确的解释,它也不可能对世界上或人生的一切问题都给出解决的答案,特别对于作为这大千世界上的匆匆过客的人如何超越自身存在等问题,理性更是无能为力。于是人们便对理性本身进行了质疑与批判,欲望、意志、本

---

① 《马克思恩格斯选集》第 1 卷,第 253 页。

② 马克思:《1844 年经济学——哲学手稿》,第 8 页,人民出版社 1979 年版。

能、冲动、潜意识等理性难以说清的东西不仅纷纷跨进文学艺术大厦也闯入哲学殿堂,一股非理性或反理性思潮就出现了。正如存在主义者加缪所说:"一个能用理性的方法解释的世界,无论有多少毛病总归是个亲切的世界。可是一旦宇宙的幻觉和光明都消失了,人便觉得自己是一个陌生人,他成了一个无法召回的流放者,因为他被剥夺了对于失去的家乡的记忆,而同时也缺乏对未来世界的希望;这种人与他自己的生活分离、演员与舞台的分离,真正构成了荒诞感。"①这是典型的非理性的感受与体认。

就一般的理解,非理性主要指一切有别于理性思维的精神因素,如情感、直觉、幻觉、下意识、灵感等;也指那些反对理性哲学的各种非理性思潮,如唯情论、意志论、生命哲学、无意识论、直觉论、神秘主义、虚无主义、相对主义等。不过在汉语中对"非理性"概念的理解含有两种有区别的意思:一是"外于理性的"非理性,即它不属于理性范畴却又不拒斥理性的意识内容,如感性、情感、直觉、灵感等;一是"反理性的"非理性,这一概念是指与理性不相容的排斥性的心理内容,即潜意识、幻觉、梦境等,理性对它既无法互容合作又无法加以理解,处于两极对抗状态。②

"外于理性"这一概念虽然属于非理性范围,但它却能与理性相容相合,也许这就是理性主义者莱布尼茨所讲的"结合的艺术"。他认为"结合的艺术"是一门科学,也是一种综合的方法,"在能够做出发现的心灵中,有些是较为分析的,有些则是较为结合的",哲学家的目标应该是用"真实的定义"表达"恰当的"或"直觉的"知识。③ 这说明理性并不排斥直觉或感性,它们是可以结合的,"外于理性"的非理性不仅不反对理性且能与理性相融合的。这一区分度正是以莱布尼茨的认识系统作为理论基础的,因为他把认识分为两大层次:一是朦胧的认识,主要指半意识或下意识状态,如梦境,这正是反理性的内容;一是明晰的认识,而它又可分为明确部分和混乱部分,前者指理性认识(逻辑思维),后者指感性认识即外于理性却不拒斥理性的情感、直觉等。莱布尼茨修正了笛卡尔的"天赋观念"说,明确指出"观念与真理是作为倾向、禀赋、习性或自然的潜在能力而天赋在我们心中,并不是作为现实作用而天赋在我们心中的,虽然这种潜在能力永远伴随着与它相适应的、常常感觉不到的现实作用。""诚然我们

① 《现代西方文论选·西西弗斯神话》,第357页,译文出版社1983年版。
② 参见徐亮的《当代文艺学中"理性——非理性"问题的讨论及概念清理》一文。
③ [英]约翰·科廷汉:《理性主义者》,第70页。

不能想象，在心灵中，我们可以像读一本打开的书一样读到理性的永恒法则，就像在'揭示牌'读到裁判官的法令那样毫无困难、毫不用探求，但是只要凭感觉所供给的机缘，集中注意力，就足以在我们心中发现这些法则。"[①]人的心灵中虽然有一种发现真理的"潜在能力"，但是它只有借助感性经验提供的机缘才有可能获得理性思维成果，这进一步说明即使人的心灵是一块"有纹路的大理石"，如果缺乏感觉经验也不能取得明确的理性认识，可见"外于理性"的非理性的感性、直觉等不是拒斥理性而是有助于理性的形成。"外于理性"这一概念对于文学创作太重要了，必须深入理解正确运用，以对现代中国文学做出新的发现和新的阐释。文学作品固然是个感性世界，是情感铸造的审美文本，文学创作活动也主要得力于形象思维或灵感思维，即"一件艺术品，只有当它把作者内心中激荡的感情传达给听众的时候，它才能产生最大的效果，才能由此引起听众内心情感的激动"；但是苏珊·朗格并不同意文学艺术是自我情感表现的观点，她反驳说：现代科学已经证明动物确实有情感，也时常发泄情感，倘若文学艺术仅仅是一种自我发泄或自我表现，那无疑是说动物也能从事艺术活动，进行文学创作。因此朗格认为"艺术表现的是一种艺术家所认识到的人类普遍情感，一种关于情感的概念。""在人类社会中存在着一种普遍的情感。这是一种脱离了每一个人的情感，是人类普遍共有的情感，亦即各体情感的抽象物。"[②]既然文学艺术所表现的情感是一种人类普遍情感，是一种情感概念，是各种情感的抽象物，那么这种情感就不是纯粹的非理性情感，应该是一种"外于理性"的非理性情感，或者说是一种融入理性因素的情感，甚至是一种情与理融合的情感。别林斯基曾说过："激情永远是观念在人的心灵中激发出来的一种热情，并且永远向往观念。因此，它是一种纯粹精神的、道德的、极其完美的热情。"[③]激情应似人的心灵中迸发出的一种最强烈的情感，但它并非处于无序的非理性状态，而是从观念中激发出来又向往观念的，这说明非理性的激情也离不开理性的伴随与导引；激情尚且如此，至于其他的情感活动更不能完全摆脱理性思维。所以，"外于理性"这个概念，内含着理性与情感、直觉、感性等非理性的潜隐联系，甚至达到了难舍难分的胶合程度，这正符合文学艺术特质的要求。

而"非理性"概念中的"反理性的"这层含义，乃是拒斥理性、与理性相冲突

① 《西方哲学原著选读》上卷，第495～496页，第494页，商务印书馆1981年版。
② ［美］苏珊·朗格：《情感与形式》，第9～10页，中国社会科学出版社1986年版。
③ 转引自《鲁迅选集·杂文卷》，第8页，山东文艺出版社1990年版。

的。这主要体现于:或是用反理性来指涉某些非理性主义学说,如叔本华的带有悲观主义色彩的唯意志论、尼采高扬的“权力意志”论、弗洛伊德的精神分析论、柏格森的生命哲学以及海德格尔、萨特等的存在主义哲学,因为它们都强调非理性的优先地位和决定作用,否定了理性的指导作用,颠覆了理性主宰一切的中心地位,故称它们为反理性思潮;或是用“反理性”来评价一种学说本身或者某种艺术文本,说它们的意义是不合理的或缺乏理性或反理性的,但由于评价主体对“反理性”的理解或用法存在明显差异,甚至出现任人而意的现象,这就给评价带来见仁见智的主观色彩。这里要特别指出的是,揭示非理性存在或阐释非理性力量的理论,并不等于都是非理性或反理性的理论,这主要因为那些所谓非理性主义者是承认普遍理性的,而区别现代主义与后现代主义的重要尺度就是视其是承认普遍理性还是主张理性多元化,承认前者则是现代主义思潮的标志,主张后者则是后现代主义的标志。虽然在现代中国文学生成与发展的历史进程中,没有像西方文学那样直接导源于强大的系统的持久的反理性文化思潮,与反理性具有如此紧密的同构同质同步性;但是具有开放胸怀的现代中国文学却几乎同时接纳了理性与非理性文化思潮相互交织、错综混杂的冲击,这就造成百年中国文学精神内涵的理性与非理性的复杂性和难辨性。因而,不仅要求我们对现代中国文学理性精神的体认、梳理和阐发应下一番探幽发微的深功夫,而且对非理性或反理性思潮在现代中国文学中的渗透和影响的发掘与反思更要持一种极为严肃认真的态度。有位青年学者深有体会地说:“反理性,绝不是摔一摔啤酒瓶,它必须以一个强大的理性作为其‘反’的前提和背景。正因如此,叔本华从康德的体系中走了出来,孤身一人与黑格尔抗争;正因如此,尼采以反基督教的面目出现,借助酒神的迷狂而冲出知识与道德的迷宫;正因如此,弗洛伊德发现了意识背后的欲望与本能,看到了文明对人的压抑已经深入到了生命的底层;正因如此,柏格森拆解了时间与空间的完整构架,要在‘滑稽’中发现灵魂的扭曲,并在‘绵延’里体验生命的流动;正因如此,海德格尔放弃了对人所进行的一切先验的本质规定,让‘此在’在没有剧本和导演的情况下出场、行动;正因如此,萨特让主体凭借‘虚无’去进行‘选择’,并通过选择而完成人类的历史和个体的生命……对于这一切的一切,我们尽可以斥之为‘不科学’,但却不能说他们‘不严肃’。”①不论理性思潮或非理性思潮,作

① 陈炎:《反理性思潮的反思》,第271页,山东大学出版社1994年版。

为一种美学作用于文学创作主体意识并从而营造出审美文本，它们的存在形态或显著特征都有可能是优长与缺陷并存、正效应与负效应互补，所以对文学中理性精神的评价不能过褒，而对鼓吹非理性或反理性文本的分析也不要过贬，应该以辩证系统的整合思维和历史唯物主义的大视野对它们在现代中国文学中的功能效用做出公正公平的科学评述，尤其对那些排斥理性过度宣扬非理性的文学作品的解读与分析应贯彻一种新理性精神，因为“新理性精神意在探讨人的生存与文化艺术的意义，在物质挤压中，在反文化、反艺术的氛围中，重建文化艺术的价值与精神，寻找人的精神家园。”①

四、理性精神的多样性

人类应当研究的是人，而人则应当有理性，这是人区别于动物的根本点，就连反理性思潮也承认理性的普遍性和理性的多元性。虽然 20 世纪中国生成形形色色的“人的文学”，体现出差异互见的理性精神，但它们都应属于人类文学或世界文学范畴，不管文学样态多么异彩纷呈，理性精神则是其共同的思想灵魂和美学特征。卡西勒在总结西方启蒙时代精神时说：“18 世纪浸染着一种关于理性的统一性和不变性的信仰。理性在一切思维主体、一切民族、一切时代和一切文化中都是同样的。宗教信条、道德格言和道德信念，理论见解和判断，是可变的，但从这种可变性中却能够抽取出一种坚实的、持久的因素，这种因素本身是永恒的，它的这种同一性和永恒性表现出理性的真正本质。”②然而在中国 20 世纪的时代精神或包括文学在内的意识形态中却见不到“统一性和不变性”的理性，也就是说“理性”一词早已失去了它的一义性，而变成一个多义性的概念，尤其从文学形态里显示出的理性精神更是色彩斑斓，充分印证了这一判断的正确性：“理性这个一般概念是很笼统的，只有给它加上恰当的‘种差’(differentia specifica)，它才能变得清楚而明确。”(卡西勒语，同上)理性是有“种差”的，它并非完全是统一的不变的，它是可变的也是有“种差”的。以此来考察 20 世纪中国文学所体现出的理性精神，其“种差”何在呢？也就是说，20 世纪中国文学理性精神的多样性，如何发现、理解和评说？这正是我们要竭力解决并突破的关键问题，也是本书研究的创新点和增值点。20 世纪中国文学理性精

① 钱中文：《文学艺术价值、精神的重建——新理性精神》，《文学评论》1995 年第 5 期。

② ［德］E·卡西勒：《启蒙哲学》，第 4 页。

神的多样性，首先取决于创作主体思维范式的多样性：理性离不开主体思维，它既是主体最高层次的思维方式又是主体思维的成果，更是主体精神力量与思维能力的显现。卡西勒下面这番话对于我们理解20世纪中国文学的理性精神是有启迪性的：

> 整个18世纪就是在这种意义上理解理性的，即不是把它看作知识、原理和真理的容器，而把视为一种能力，一种力量，这种能力和力量只有通过它的作用和效力才能充分理解。理性的性质和力量，仅从它的结果是无法充分衡量的，只有根据它的功用才能看清。理性最重要的功用，是它有结合和分解的能力。它分解一切简单的事实，分解所有简单的经验材料，分解人们根据启示、传统和权威所相信的一切；不把所有这一切分解为最简单的成分，不把关于这些事物的信念和见解分解为最终因素，它是决不罢休的。分解之后就开始建设。理性不能在这一堆支离破碎的废墟前停步；它不得不从中建起一座新的大厦，一个真正的整体。……只有把理性概念描述为这种双重的理智运动，也就是说，把它描述为作用概念，而不是存在概念，才能充分揭示它的特征。①

20世纪中国文化特别是文学的各个领域虽然不同于西方19世纪可以用“理性”来概括其时代精神，但是它们之间不仅在理性精神上有相通之处，而且在思维方法上也有契合之点，所以卡西勒探究理性特征的思路与见地是可以借鉴的。理性不是“永恒真理”的王国，也不是人和神的头脑里共有的真理王国，不是一座精神宝库，而是一种引导我们去发现真理、建立真理和确立真理的独创性的理智力量。理性之所以具有这种积累知识、创造原理、建构真理的能力与力量，最重要的是理性具有“结合和分解”的功能；而这种“结合和分解”的功能则是源于理性主体的分析综合的思维范式，“只要理性学会把自己独特的分析解剖和综合重建法运用于某一新的、极端重要的知识领域，就能进入这一领域”②，即使那个具有无比丰富性、多样性、异质性和流动性的心理领域也能切进去，给以分析与综合。理性作为主体的一种分析综合思维范式至少具有解构与建构两大功能：就其解构功能来说，它能以主体思维的分解力和穿透力，或对原

① ［德］E·卡西勒：《启蒙哲学》，第11～12页。
② ［德］E·卡西勒：《启蒙哲学》，第14页。

生态的事实或对获取的经验或对既成的传统或对定型的思想或对已有的结构进行拆解和剖析，去伪存真，由表及里，发现真理，揭示规律，革故鼎新；就其建构功能来说，它是与解构同时进行的，在充分剖析的基础上，清除那些不符合理性要求的支离破碎的东西，汲取那些符合理性要求的精华，以建构新的整体新的结构新的体系。这种解构与建构并举的主体思维功能正是人的"双重的理智运动"的结果。联系20世纪中国文学的解构与建构过程，不难发现分析综合的理性思维范式已被大多数新文学创造主体所接纳，已成为解构传统文学形态建构现代文学形态的主导思维方式，并且发挥了巨大的功能效用。大到每个文学运动的形成和终结，如晚清文学变革、五四文学革命、左翼文学运动、工农兵文艺运动、80年代文学复兴、90年代文学转型；中到一个个文学团体、文学流派的形成，或者每种文学类型如女性文学、启蒙文学、革命文学、市民文学、抗战文学等的生成；小到每篇文学作品，不论叙事文本或抒情文本的建构，凡此种种都可以寻绎出创造主体的分析综合的理性思维范式的踪迹，也可以发掘出这种思维范式所起到的作用和效力。不过，理性作为一种分析综合思维范式体现并贯穿于20世纪中国文学的解构与建构过程中，则转化为多种具体的主体思维方式，它们所产生的功能与效应是有大小之分正负之别的。这里择其几种主要思维方式略论之：一是以新陈代谢为功能特质的进化发展思维模式。这是建立在新与旧二元对立思维上的分析综合，即对旧的物体或结构进行追根溯源的分解剖析，并从而综合出新的整体、建构起新的结构，这种思维模式曾作为从晚清到五四文化运动与新文学运动崛起和发展、传统文学形态解体与现代文学形态建构的主导思维范式，虽然这种主体理性思维在"革故鼎新"、"破旧立新"中初步建构起中国现代文化系统、现代文学系统、现代知识系统、现代话语系统等，但也显露出这种思维方式的诸多缺陷：在分析新与旧、中与西、古与今、现代与传统、白话与文言等两两相对文化、文学范畴时，过分强调其对抗性，过分肯定前者而否定后者，相对忽略了对它们进行综合则必须依据其两者之间的统一性、契合性乃至转换性的深入开掘，强化了分析功能而弱化了综合功能，使剖析与综合有机联系的思维方式在具体运作中有所游离，在一定程度上出现了破坏大于创造、解构多于建构的后果。二是以机械的阶级论为功能特质的非此即彼的分析综合思维模式。这种思维模式是建立在两极化的二元对立的阶级论之上，落实到现代中国文学的解构与建构过程中则是对某些文学形态、文学思潮或作家作品的分析与判断，往往是主观化绝对化地定性为不是革命文学就是反革命文学、不是无产阶级文学就是资产阶级文学或是封建主义文学。固然在阶级社会里文学带有一定的阶级性,但是并非所有的文学形态、思潮流派或作家作品都具有势不两立的阶级对抗性。这种思维模式对现代中国文学的剖析,从局部到整体、从表层到深层、从发生到探源,都是非此即彼的绝对化。虽然对所谓敌对文学解构得很彻底,却在综合重建上失去了统一的文化根基和美学资源,严重损伤了革命文学的完美建构和健全发展。经过“拨乱反正”,把机械论的两极对立的所谓分析综合思维方式已调整为以“对立统一”规律为特征的辩证系统思维。这种思维模式已发展充实了理性的分析综合思维,并注入了实事求是的科学精神和思想路线,新时期以来文学的振兴与发展充分显示了马克思主义的辩证系统思维模式的巨大威力与积极效能。三是分析综合思维范式转换成现代科学的整体辩证思维模式。由于系统论、信息论、控制论的合理因素渗入,使这种思维模式突破了以“二元对立”为核心的分解综合思维范式的局限,强化了理性思维的整合功能、联系功能、动态功能和实践功能,现代中国文学的多次转型、不少文学流派的营造、许多文学样态的构成及优秀文本的创造等,无不折射出现代整体辩证思维模式的优于高于其他思维方式的效用。总之,理性作为一种分解剖析和综合重建的思维范式,在20世纪中国文学领域伴随着创作主体理智活动的运作,显示出几乎不会穷尽的力量,“它使可见的宇宙扩展得超出了一切界限;它穿越无限的空间和时间;它孜孜以求在自身中产生全新的形态”,①以新的美学理念为制导来建构现代中国文学的“整个大厦”。

其次,现代理性精神的多样性。创造主体以其现代思维、现代意识、现代情感、现代话语建构的20世纪中国文学,虽然走过一段艰难曲折的历程,但总体上看还是由不同形态构成了现代性文学,洋溢着多式多样的理性精神。在我看来,20世纪中国文学流贯的理性精神主要有二:一是自然科学理性精神;二是人文主义理性精神。首先考辨自然科学理性精神,它是五四文学革命中被喻为“赛先生”的。这种科学理性精神对现代中国文学的解构与建构所起的卓有成效的作用是贯穿始终的,而且也是极为显著的,粗略察之便可发现它着重体现于:从创作主体来看,科学理性精神改换了文学先驱的思维路线与文学观念。《天演论》是西方自然科学理论,经严复译述出版后,“这种思想像野火一样,燃烧着许多少年的心和血”(胡适语),在文化界产生了巨大而深远的影响,冲破了

① [德]E·卡西勒:《启蒙哲学》,第23页。

自古以来的“天不变道亦不变”的僵化思维定势，确立了物竞天择、人文进化的思维路线。是严复第一次把生物进化的科学理性精神引入中国文学领域，确立了自然人性论文学观；及于五四新文化运动，以进化论为标志的科学理性精神已作为主导思潮作用于文学观念的更新和文化视野的拓展。陈独秀写的《现代欧洲文艺谭》，胡适相继发表的《文学改良刍议》、《历史的文学观念论》、《建设的文学革命论》、《文学进化观念与戏剧改良》、《国语的进化》等文，无不以科学理性作为文学观念建构的精神支柱。“新潮”社骨干傅斯年论述了科学理性与文学同步消长的关系：“今后文学既非古典主义则不但不与科学作反比例，且可与科学作同一方向之消长焉。写实表象诸论，每利用科学之理，以造其文学。”“方今科学输入中国，违反科学之文，势不相容，利用科学之文，理必孳育。此则天演公理，非人力所能逆从者矣。”①文学研究会理论旗手沈雁冰于 1922 年明确指出，“文学到现在也成了一种科学，有它的研究对象，便是人生——现代的人生；有它研究的工具，便是诗（Poetry）、剧本（Diction）”。② 既把文学作为科学理性的价值实体又把现代人生作为文学科学的研究对象，也把文学艺术作为表现人生的工具理性。即使周作人提出的著名的“人的文学”观也根源于达尔文进化论的科学理性精神影响。总之，科学理性精神是通过以进化论思想来转换主体思维路线和文学观念，以辐射现代中国文学的各个层面，发挥了重要的制导作用和潜在的文化整合功能。从文本主题来看，科学理性精神转化为批判理性，深刻揭露了民族精神的愚昧麻木，尖锐批判了封建迷信和鬼神崇拜，这是 20 世纪中国文学的重要主题之一。因为在中华民族的广袤的大地上，从大人到儿童，从知识分子到广大民众，从汉民族文化到各少数民族文化，几乎都笼罩在鬼神迷信、偶像崇拜的封建愚昧氛围之中，故以科学理性精神反对封建迷信、根除精神愚昧则成了现代中国文学长期关注的题旨。不仅如此，有些文学作品还通过描写重大科学活动或科技成就或科学创新，塑造各类科学家的艺术形象，来弘扬科学理性精神，呼唤科学春天的到来。但是也有的作品表现了科技理性的负面效应即对人的异化，“科学对于劳动者来说，表现为异己的、敌对的统治的力量。”③从创作方法来看，现代中国文学遵循的艺术地把握世界与表现世界的

① 《中国新文学大系·建设理论集》，第 119 页，良友图书印刷公司 1935 年版。

② 沈雁冰：《文学和人的关系及中国古来对于文学者身份的误认》，《小说月报》1922 年第 12 卷第 1 号。

③ 《马克思恩格斯全集》第 47 卷，第 572 页，人民出版社 1972 年版。

创作原则和创作方法主要是各种形态的现实主义，其中包含自然主义和新写实主义，然而这些创作方法直接或间接地深受科学理性精神的影响与渗染。现实主义经典大家巴尔扎克“奉自然科学家的趣味为师傅，以自然科学家的才能为奴仆，以自然科学家的身份描拟着现实”[①]；自然主义经典作家左拉汲取了龚古尔兄弟描写病理学与遗传学的创作特点，宣布“文学由科学来确定”[②]，从而形成了自然主义创作法则。沈雁冰借鉴西方的写实主义或自然主义来建立中国的现实主义创作原则与创作方法，他特别强调“为人生”文学的创作要重视实地观察和客观描写，而这种写实主义或自然主义的创作方法是“经过近代科学思想的洗礼的；他的描写法，题材，以及思想，都和近代科学思想有关系”[③]。足见现实主义创作方法直接受惠于科学理性精神，而以现实主义或自然主义或新写实主义创作的文本无疑也程度不同地体现出科学理性精神，不仅因为这些创作方法要求作家实地观察、客观描写，也要求作家不带主观情感地科学地揭示生活的本来面目或生存的原生态。瞿世英明确指出“科学精神对于小说至少有三种贡献”：一是增加了创作的“材料”，也使“小说家更学了一种新的方法”；二是深受“科学的濡染”，写出了人生真实，形成现代小说的“特别优点”；三是“因为科学发达”，改变了人们的世界观与人生观，影响了作家的作品[④]。陈钧也指出小说创作的“观察务真，一如科学之研究声光电化然。虽毫厘微末之间，亦必辨析精确。此种科学的精神，小说家所必备也。”[⑤]正由于现实主义创作方法以科学理性精神作为支撑，导致现代中国百年文学形成一种求真务实的文学传统与创作风格。科学理性精神不仅洗礼了现实主义、自然主义创作方法，也冲击了现代主义创作方法。弗洛伊德创立的一套心理学理论体系和精神分析学，既是现代主义的思想基础又形成意识流创作手法。这套开拓潜意识领域的心理科学精神影响了20世纪中国文学界的现代主义创作方法，也形成了以意识流为特征的文学流派。其实，现代理性精神并不完全与人的潜在欲望相抵牾，也不反对文学艺术表现人的潜意识。早在启蒙时期伏尔泰就说过，“没有欲望，没有名利欲，没有野心和虚荣心，人性的进步、鉴赏力的提高和科学艺术的完善都是不可想象的”。在狄德罗看来，“企图反对欲望是徒劳的，企图消灭欲望更是

① 泰纳：《巴尔扎克论》，《古典文艺理论译丛》，第75页，1957年第2期。
② 左拉：《实验小说》，第466页，中国社会科学出版社1988年版。
③ 沈雁冰：《自然主义与中国现代小说》，《小说月报》1922年7月第13卷第7期。
④ 瞿世英：《小说的研究》第四部分，《小说月报》1922年第13卷第7期。
⑤ 陈钧：《小说通义》，《文哲学报》1923年第3期。

可笑之至,因为这样做只会破坏理性高傲的基础。诗歌、绘画和音乐中一切卓越的东西,艺术和道德中一切崇高的东西,都出自这一源泉。因此,我们不应削弱情感,而应强化情感,因为欲望之和谐和平衡,而非欲望的毁灭,乃是灵魂的真正力量之所在。"①虽然弗洛伊德提出的力比多泛性主义并不一定是科学的,但是他指出的性冲动、本能欲望作为潜意识的内容却为文学艺术表现人的心理世界增加了深度感和丰富性,使现代中国文学体现出一种新的科学理性精神。艺术实践证明,科学理性精神注入20世纪中国文学既强化了它的"真"的品格也强化了它的"美"的品格。这是因为"真与美、理性与自然只是同一个东西、同一种不可移易的存在秩序的不同表现,自然科学和艺术不过是表现了这种秩序的不同方面而已,除非艺术家认识了这种秩序的规律,除非他全神贯注于这些规律,否则他就不可能创作出能与自然的创造物相媲美的作品,也不可能把真正的生命注入他的形式之中。谢尼埃总结了古典主义批评的这一基本信念,他的一首说教诗便集中阐发了这一信念:'美德、天才、精神、才能、鉴赏力都源于良知即理性。所谓美德? 就是付诸实践的理性。何谓才能? 就是理性的辉煌的呈现。何谓精神? 就是理性的完美表现。鉴赏力纯属精神的良知,天才则是崇高的理性。'"②科学理想与美学理想之间的完美和谐在现代中国文学艺术的王国里并不多见,然而科学理性精神的介入却给中国文学带来了新质。

二是人文主义理性精神。科学理性精神与人文理性精神虽然属于不同的思想范畴和知识范畴,但是它们之间却是相通的。如果科学理性精神也把人作为它的逻辑中心,那么科学理性精神既可称为广义的人文理性精神又可以说它含有人文理性精神因素;若是把它们置于20世纪中国文学本体来考察,那科学理性与人文理性之间的关系则是斩不断理还乱的,要是将它们置于个体或群体作家的心理世界予以辨识,那只能说科学理性精神与人文理性精神处于一种你中有我我中有你的交织状态。尽管科学理性精神与人文理性精神在文本与人本中有着千丝万缕的联系,甚至你在言说一个作家的人文理性精神时也是在言说其科学理性精神、你在解读一个文本的人文理性精神时也是在解读其科学理性精神;然而人文理性精神毕竟有它特定的内涵和特定的功能,尤其它从现代中国文学世界中呈现出的独特精神风貌和智慧丰采值得精心研究与辨析。中国学术界于1993年曾围绕"人文精神"问题展开一场热烈讨论,众说纷纭,莫衷

---

① [德]E·卡西勒:《启蒙哲学》,第104页。

② 谢尼埃:《理性》第8~14行,转引自卡西勒:《启蒙哲学》,第275页。

一是，不过有人提出“中国从未有过人文精神”、“人文精神究竟是什么”等，倒是应该认真予以思考的。说“中国从未有过人文精神”无须反驳，谁也不会相信这种否定一切的偏激之见，但是要给“人文精神”下个完满的定义却不容易。有的研究者给“人文精神”这一概念做了这样的界说：

> 人文精神是人性——人类对于真善美的永恒追求以及表现在这种追求中的自由本质——的展现，这种追求表现着人类对于自己所从来的外在自然和自己的内在自然（动物式的情欲）的自觉超越，使人的感性生活具有日益丰富而高级的文化品位，从而把人与自然界区别开来；这种自觉超越同时又意味着人能够以自身的尺度去从事自由的创造性活动，不断地从精神的必然王国向自由王国飞跃。因此，人文精神本质上是一种自由的精神、自觉的精神、超越的精神。

这一定义的具体化则认为“人文精神包含三个层面：第一，对于‘人之异于禽兽’、而为人所特有的文化教养的珍视；第二，对于建立在个体精神原则基础上的人的尊严、人的感性生活、特别是每一个人自由地运用其理性的权利的珍视；第三，对于建立在教养有素基础上的每一个人在情感和意志方面自由发展的珍视。”①我基本认同这个界说，却又感到作为“人文精神”的一般概念应该简明且有弹性，实质上这个定义用一句话来概括就是“人文精神”是一种珍视个体或人类自由的自觉精神。它既源于经验主义哲学又源于理性主义哲学，其主旋律则是“人的发现”，自文艺复兴以来不仅注意以重视人的感性生活和意志自由的人文理性思想对“人的发现”，而且也注意以重视科学理性精神去认识宇宙和人生真理的知识思潮对“人的发现”。其实这两大思潮并不像学术界所区分的那样是“人文主义”与“科学主义”的相互对立的哲学思潮，它们在“人的发现”上是契合在一起的，都是提倡人的自由和解放；它们之间的分野只是前者是“行动哲学”即强调“外于理性的”生命体验和人生感悟，后者则是“知识哲学”即强调认知理性对人生的指导意义。② 在我看来，人文理性精神就是以人为本位的人道主义精神与原则，它的哲学基础就是唯人主义的人学本体论，它是对人生的价值和意义不断追问、对真与善、爱与美的智慧永远追求的终极关

① 许苏民：《人文精神论》，第9～10页，湖北人民出版社2000年版。

② 许苏民：《人文精神论》，第12页，湖北人民出版社2000年版。

怀的学问。虽然人并非客观物质世界的本原,但却是属于人的意志和价值的世界的本原,现代人文理性精神的人本哲学并不拒斥形而上学(本体论),是直接以人作为属于人的意义与价值的世界本体。“需要讲到人,具体地而不是抽象地讲人,就必须立足于每一活生生地存在着的人类个体的生命追求,让物质带着诗意的感性光辉向人的全身心发出微笑,让真与善、爱与美在物质世界的感性光辉中放射出它的光芒。一切社会制度、伦理道德、文化传统,都应该服从并服务于使每一个体获得人生之自由幸福的目的,而不是相反。人不能也不应充当任何违背人的自由全面发展要求的社会制度、文化传统、伦理道德的牺牲品。”不过也应清醒地看到人在世界中的主体地位,即在人与自然、人与他人和群体等复杂的关系中,都存在着竞争与互助、反抗与宽容的对立统一性,也就是说“在自然界的生存竞争中,人确立了自己的主体性,并进而认识到维护自然界生态平衡的必要性;在社会中,反抗与宽容导致个性解放与大团结的统一”。从这样的意义上讲,“宽容”是人文理性精神的原则,“反抗”也是人文理性精神的原则。如同宇宙中的一切事物“都是在引力与斥力相抗衡的‘力的结构’中才能维护其存在一样,人要在自然中、在社会中维护自己的生存、维护自己的尊严,就不可能没有反抗”。[①] 实际上这种“反抗”的目的仅仅在于获得与“被反抗者”同等的主体地位,绝不是对他者的危害、侵犯、压迫和剥夺,否则“反抗”就悖离了人文理性精神。也许这是从学理上对人文理性精神所给出的阐释,然而联系20世纪中国文学的创作实践(且不论文学运动形态和文学理论形态)中所贯注或体现出的人文理性精神,要比学理性所论的复杂得多、深微得多、具体得多,必须深入地探幽析微方可揭示出来。这里只想对如何发掘现代中国文学创作文本的人文理性精神做些提示。既然人文理性精神是以人为本位的人道主义原则和关怀,而20世纪中国文学从本质上讲又是“人”的文学,人文理性精神无疑铸就了它的灵魂。不过,人文理性精神是以“人”为本位的又是以“自由”为核心的,而20世纪中国文学世界中呈现出的“人”和“自由”则是形态各异的,如果仅仅以个人主义为本位的人道主义原则作为唯一的价值尺度,那不可能对现代中国文学里蕴含的人文理性精神做出公正全面的发掘与评价。我认为,不论文学作品中是以个体人为主体或是以群体的人(包括人类的人、国家的人、民族的人、阶级的人、党派的人)作为主体,只要他们都是为了争取或捍卫

---

① 参见许苏民:《人文精神论》,第21~24页。

或坚守民主、自由、独立、平等和解放,都应该算是体现了现代人文理性精神,贯彻了人道主义原则,表现出人道主义关怀。要是我的这种理解合情合理能够成立的话,至少我们应从如下的维度或层面来开发和阐释20世纪中国文学的人文理性精神:

以个体为本位的人道主义理性精神,就是周作人在《人的文学》中所概括的"个人主义的人间本位主义"①,即现代人本主义的个性主义精神。而这种个性主义不同于极端利己主义或唯我主义,它是与人道主义相辅相成、辩证统一的,既有别于森鸥外的"利他的个人主义"又不同于车尔尼雪夫斯基的"合理的利己主义";既有别于基督教的广济博施的人道主义,又不同于托尔斯泰否定自我欲望的人道主义。而是把首先肯定自我、优先发展自我的个人主义与随后尊重他人顾及他人的人道主义在"发现人"这个契合点统一起来。"人与一切理性的存在,其本身作为目的存在的。"(康德语)但每个人都是类存在物,是人类的一分子,而个体人只有在类的关系中才能形成人之所以为人的意义和价值的世界。这不仅因为每个人或男或女均不是一个独立自主的存在,而是在与异性的关系中构成一个具有"人"完整形态的生物学属性和初步的人的属性的"自我",不仅因为每个人在群体实践中获取的自我意义和创造精神都不可能超出人类"大我"的社会意识范围,而且也因为每个人要维护自己在属于人的意义和价值世界的本体地位,就应该超越个体生命的有限存在,将终极关怀指向类的生命的无限绵延,并以此为出发点来关注宇宙总体的无限存在。② 所以,只有个性主义理性与人道主义理性的有机结合,才能充分体现出现代人本主义精神,才能实现人学本体论以每个人的幸福、自由、尊严、权利为目的的价值观。对于个人来说幸福是属于自己的,而对于人类社会来说幸福又不仅仅属于个人,没有人类的幸福个人的幸福是有限的。肯定人的尊严必须肯定人的自由,没有人的自由岂有人的尊严。这既是个性主义的核心理念又是人道主义的理性追求,对于个人来说自由与尊严是自我的权利,对于人类社会来说自由和尊严应是人人争取和享有的权利。只有人与人之间都能平等地享有人之所以为人的基本权利,并从而产生个人对一切人都是公平的最高意志即现代民主法治的社会,这样才能从根本上确保个人性格的健全发展和个人权利的顺利实现。但是这里必须指出的,既然是以个人为本位的人道主义理性精神,那就应该首先发现

---

① 周作人:《人的文学》,《新青年》1918年第5卷第6号。

② 许苏民:《人文精神论》,第30页。

个性、解放个性和优化个性、张扬个性，突出个人的尊严、个人的自由和个人的权利、个人的潜能，充分发挥人的主体能动作用。对以个人为本的人道主义理性精神做这样的理解和强调，比那种只言说人道主义的关心人、爱怜人等一般涵义则深刻地体现出人道主义关于人是世界的中心、人可以主宰世界的基本思想，揭示了“把人当作人”的深层内涵。如果人道主义缺乏个人主义的内容而仅限于关爱人的层面，那就会蜕变为封建统治者也能够接受的“仁政”学说或者宗教教义也可以容纳的慈善主义。以个人为本位的人道主义理性，实质上是一种现代人学本体论，其核心是强调人的主体性，强调自觉的人既是主宰世界的力量又是自己的主人，只有肯定并高扬人的主体精神，人方能真正成为人，人类社会才有希望。20世纪中国文学的作家们并非都能这样理解和认识以个人为本位的人道主义理性内涵，只有那些真正把以个人为本位的人文理性精神转化为主体社会意识、文化意识和审美意识的作家，在文本中才能突现个性主义主题、塑造个性主义形象、营造个人化审美意境和个性化艺术风格、展现至善至美至爱的终极审美理想。具体来说，具有以个体为本位的人文理性精神和人道情怀的作家，在创作审美文本过程中，从肯定方面考之：个性理性激发了人的情感解放和思想解放，张扬了人的不可遏制的生命力和人的超越性的价值追求，激励人去探索真理甚至去发现人的潜在能量，促使人在首先争取自我尊严、自由和权利的同时也去关注他人的尊严、自由和权利，在把握自我的生存运命、个人发展的同时也去关爱他人的人生命运和发展前景，敦促人追求并创建合乎个性全面发展、人性能得到完善优化的民主、理性、法制三位一体的人类社会，并提醒个人应勇敢面对内外宇宙损害个性的挑战以及传统文化与极左思潮合力摧毁个性的难以抗拒的悲剧命运；个性理性精神注入人物形象塑造，虽然没有刻画出像西方文学中那种气吞山河、横空出世式的充分体现个性主义英雄气概的艺术典型，但却出现了一批追求人格独立、自我尊严、个人权利并跃动着生命活力、敢于反抗扼杀人性自由的非人道社会制度及其思想意识的个性主义形象，使现代中国文学呈现一道也能体现以个人为本位的人道主义理性精神的艺术风景线。从否定方面察之：个性理性精神，承担了批判封建专制文化所造成的中华民族人格异化、奴化状态的历史任务，也承担了批判传统的“存天理灭人欲”禁欲主义和新型禁欲主义（极左思潮）而拯救中国人灵魂、唤醒中国人生命欲望的使命，正是通过这种持久地批判来肯定并显示现代个性主义理性的强大威力，从而形成了贯穿20世纪中国文学始终的改造国民劣根性重塑国民灵魂的重要主题；尤其值得提及的是，在中国革命历程中占统治地位的无产阶级意识形态所出现的极左思潮和极左势力对以个人为本位人道主义理性精神的压抑扼杀达到毁灭的程度，并与根深蒂固的封建主义幽灵及其强大的习惯势力联手对文学上的以个性主义为特征的人道主义理性精神进行一次次围剿与扑灭，但是最终在真正的马克思主义理性和现代个性主义理性的合力批判与反击下，极左思潮和封建幽灵得到清算，使现代中国文学中的人文理性精神重放光芒；个性理性最有深度的批判莫过于个性主义艺术形象自我灵魂的剖析与拷问，主要集中于对那些自我放逐、自我沉溺、自我毁灭的感伤主义者、颓废主义者、享乐主义者、虚无主义者、极端利己主义者、唯我主义者、拜金主义的针砭和批判，既揭露了现代个性主义自身的软弱性和局限性又指斥了那些形形色色的文化专制主义或反理性思潮对人性的伤害，在否定中肯定了人的合理的感性欲望和生命价值，以现代人文理性精神制导人性的合理张扬和个性的健全发展以及生命欲望的正确实现。

以群体为本位的人道主义理性与关怀，这种人文理性精神与以个体为本位的人道主义精神是互为一体的，是现代人文理性精神的相辅相成的两个侧面。前者着重突出“群性”后者则着力强调“个性”，在人道主义理性平台上，只有“群性”依托下的“个性”，没有悖离“群性”的“个性”，同样的道理只有“个性”支撑下的“群性”，没有无个性参与的“群性”。正如周作人所比喻的：“人在人类中，正如森林中的一株树木，森林盛了，各树也都茂盛，但要森林盛，却仍非靠各树各自茂盛不可。”①形象揭示了在人类世界里“个体”与“群体”的相依为命、相互依傍、并生并长、同盛同茂的辩证关系，唯有在这种“个体”与“群体”和谐相处的人类社会和人文环境中，灵肉一致的完人及其个性才能得到健全发展。然而，这种带有乌托邦色彩的人道主义理性设计却受到文明社会的屡屡挑战，使“个性”与“群性”在人自身、“个体”与“群体”的社会中始终处于紧张状态。“纵观历史，任何一种社会都遇到来自两方面的威胁：一是由于过分强调的共同利益而排斥个体的独立人格和个性自由，由此也就遏止了社会进步之活力的源泉，导致社会的停滞和僵化；而作为对这种扼杀个性的社会制度的惩罚，则是狭隘利己主义的泛滥和社会的腐败，乃至使整个社会处于一盘散沙的境地，人们对政府发动的任可事情都难有发自内心的热情和兴趣，甚至在外敌入

① 周作人：《人的文学》，《新青年》1918年第5卷第6号。

侵时也难以组织有效的抵抗。二是片面强调个人利益和个人的绝对自由而排斥群体的共同利益,乃至消解一切社会规范,从而导致无政府主义泛滥,使得任何为了社会共同的利益而必需的合作和联合都成为不可能的事。在这种情况下,不仅不可能推进社会的进步,而且同样威胁到社会的生存。这两种片面所导致的后果可谓殊途同归。因此,如何合理地划分群己权界,如何既维护为群体之生存和发展所必需的社会规范,同时又不给个人以过多的束缚,至今仍是海内外思想界致力于探讨的一个重要课题。"[①]以尊己为宗旨的人道主义和以尊群为宗旨的人道主义在学理上可以形成一体化的人文理性精神,但在20世纪中国文化建设实践和文学创作实践中,往往是矛盾大于统一、紧张大于和谐、分裂大于整合。宏观审视,现代中国以群体为本位的人文理性精神主要有四种存在形态:其一,以国民为本位的人道主义理性精神。"国民"这个群体是与欲建的君主立宪和已建的中华民国的新国家观念联系在一起的,凡是生存于新国家的人群都属于"国民",人文理性精神着重关注国民性的改造、唤醒国民的觉悟,以新的国民精神风貌和人格力量致力政治改良或政治革命,通过和平手段或暴力手段颠覆有碍于国民生存与发展的封建专制政权,以建立适合于国民生存与发展的民主型的新政权。虽然以国民为本位的人道主义理想在政治层面并未实现,但在伦理道德层面却提出一个改造国民性的"新民""新心"的启蒙命题,在文学创作中形成了改造国民劣根性以重铸国民灵魂的重要主题。这种尊群的人文理性的确在处理个体与群体关系上曾出现以后者遮蔽前者、以群体压倒个体的权力话语。如孙中山在三民主义里就强调现存中国当务之急是争取国民之权利、民族之自由、国家之独立,而法国大革命中提出的"不自由毋宁死"的个性解放口号是不适宜中国的,也许正是因为辛亥革命从理论到实践忽视"人的发现"和个性觉醒,把国民争自由争独立之权与个体争自由争解放之权对立起来,才造成国民革命的失败(至少是原因之一)。不过,在革命实践和文学创作中却出现了维新"六君子"、邹容、陈天华、秋瑾等集尊群与尊己于一身的人文主义英雄典型,他(她)们身上所闪烁的理性光辉既是个性主义的又是人道主义的,有机地融入其思想灵魂。其二,以"平民"为本位的人道主义理性精神。虽然与以"国民"为本位的人文理性精神在"尊群"上是相通的,都关注群体的权利与命运以及生存环境的变革,但是以"平民"为本位的人道主义对群体的关

① 许苏民:《人文精神论》,第45页。

爱是有等差的，关注的重点对象是有别于贵族特权阶层的平民百姓乃至那些被污辱被损害被压迫者，不仅同情“平民”的生存权发展权更关注他们主体意识的觉醒和人性的解放以及“平民”人生环境的改良；尤其关怀平民之中的“第四阶级”即生活在阶级社会最低层而受苦最深受难最重、且不说人格自由权就连生存权也被剥夺的平民百姓的悲苦命运。这是一种博爱式的人道主义精神，并没有把“关怀”仅仅停留在人道主义同情上，而是自觉地以“平民主义”来唤醒其做“人”的自觉意识和反抗意识，引导其冲决种种形式的精神枷锁和贵族阶层的压迫，争取“人”的价格和“人”的权利，建构一个没有平民与贵族之分的平等、民主、博爱的人生社会。这种以“平民”为本位的人文理性精神并没有像以“国民”为本位的人道主义理性有那么强烈的政治功利色彩和群体的暴力行动，也没有以群体的利益和权利遮蔽或压倒个体的利益和权利，削弱或压抑“个性”在“群体”中的独立自主的地位；而是在“平民主义”理性精神笼罩下的“平民”中的个体与群体平等地承担着争取自由权、生存权的改造自我、改良人生的共同使命，尽管“平民”们缺乏无坚不摧的个性力量和群体优势，然而他们在人生的道路和争取平民解放的道路上曾挣扎过、奋斗过，不论他们的成功和失败都显示出以“平民”为本位的人道主义精神的优势和劣势。此种人文理性精神集中体现于为人生的“平民文学”里，值得深探之。其三，以“全民”为本位的人道主义理性精神。而这种人文理性精神比其以“国民”或“平民”为本位的人文理性精神在内涵与外延上更加深广，它超越了民族、阶级乃至阶层的界限，所关注的是全民的生存权、发展权或整个国家的独立解放、富强振兴或者民族的尊严和主权，只有国家强大、全民富裕或自由了，与世界其他各民族平等相处了，那么作为这个国家或民族全民中的个人才能获得生命的安全感、人的尊严感、享受人应享受的各种权益。这种以全民利益、权利和尊严为首为上的人文理性精神，在20世纪中国文学中主要体现于抗战文学与新时期文学中。因为抗战文学生成于战争文化背景，日寇入侵整个国家危在旦夕、国家主权和全民生命财产遭到践踏，全民总动员发起抗战首先捍卫的是国家的主权、民族的尊严和全民的生存权，以正义的战争粉碎灭绝人性的非理性的法西斯战争，争取中华民族的独立解放，使每个中国人的生命强力和个性力量在全民英勇抗战的洪流中得到空前的释放与张扬，全民用自己的生命和鲜血在民族解放的旗帜上写上“正义、理性、人道万岁”八个大字。也许在抗战文学里洋溢的以“全民”为本位的人道主义理性精神中掩盖了以个体为本位的人文理性精神的光辉，或者说气吞山河、大义凛然的民族英雄主义遮蔽了现代个性主义，但是只要仔细解读抗战文本便会发现：民族解放的主题并不排斥个性解放的主题，民族英雄主义形象含有个性主义英雄之魂，以全民为本位的人文理性力量中不乏个性生命强力。新时期文学中的以“全民”为本位的人道主义理性精神不同于抗战文学的特殊背景，它是产生于改革开放的“太平盛世”的文化语境，文学主体所关注的是全民物质上的富裕、精神上的解放、心灵上的开放、个性上的张扬，甚至反理性思潮对民心的腐蚀和人格的扭曲，以及整个民族在全球化浪潮冲击下的独立尊严和日益强大的地位。这种人文理性精神与以个人为本位的人道主义精神是相辅相成、平起平坐的，危机并非来自人文理性精神结构的内部，而是一浪高过一浪的非人文主义思潮或反理性主义思潮，因而在这种情况下不论哪种形态的人文理性精神于文学领域中都承担着捍卫全民权利、维护人格尊严、严防人心堕落和人性异化、使中华民族以新的精神风貌与人格魅力屹立于世界民族之林的使命。其四，以“人民”为本位的人道主义理性精神。而这种人文理性精神极为复杂，不论从学理上或实践上难以分辨清楚，但是它在 20 世纪中国文学历程中较长时期处于统治地位，大量的文学作品是以它作为精神底蕴的，所以为了探讨文学的理性精神说不清楚也得说、辨不清楚也得辨。这里所说的“人民”为本位的人道主义，实质上就是马克思主义人道主义，这种人文理性精神是人类思想史上最崇高最博大的人道主义理性精神，既把个性的自由发展作为实现共产主义的重要前提又把争取全人类解放然后解放无产阶级自己作为奋斗目标，并在《国际歌》中一再咏唱没有神仙皇帝也没有救世主、要解放全靠自己，这就自觉地把人类解放、阶级解放和自我解放有机地统一在一起，应该说这是最完整、最深刻、最高尚的人文主义理性精神和人道主义情怀。然而，它在中国现代历史的进程中却演变为两大文化思潮：一是以政治上的极权主义和文化上的专制主义偷换了马克思主义的人道主义，以唯我独“左”、唯我独“革”的极端个人主义取代了马克思主义个性观，以机械阶级论顶替了马克思主义的人性论，这股披着马克思主义外衣的极左思潮到了“文革”达到登峰造极，个性主义和人道主义的理性精神是其反复批判与清算的思想大敌，皇权思想、救世主意识猖獗一时，人性被异化，个性被扼杀，奴性、驯服工具论一度主宰了民族灵魂。二是与这股反人道、反人性、反理性思潮相对的则是真正的马克思主义的人道主义理性精神，它以“全心全意为人民服务”为宗旨，正确地处理了人类性与阶级性、党性与人性、集体性与个体性之间的辩证关系。在争取阶级解放的同时不忘记个人的解放,在争取群体自由的同时不忽略个性的自由,在争取人民权利的同时不漠视个人的权利,在争取集体利益的同时不忽视个人的利益,在弘扬革命英雄主义精神的同时不忽视个人的智慧和力量,所塑造的英雄形象往往是群性、党性和个性的统一体,他们既有崇高的人道主义理想,又有博大的人道主义胸怀,也有不屈不挠的个性主义精神。这两股异质相对的真假难辨的文化思潮作用于渗透于左翼文学、工农兵文学和"十七年文学"的创作文本中,常常混杂在一起,必须仔细分析与辨认,简单化的肯定或否定都不是实事求是的科学态度。前一种思潮如果在文本中成了主导意识,那这种文学则悖离了"人的文学"传统与人文理性精神,已蜕变成非人的文学;后一种思潮若是在文本中成为主导灵魂,既要有分寸地肯定其人的文学特质又要发掘其人文理性精神。不过,这两股思潮在演变中或作用于文学创作中都是以"人民"为本位的姿态出现,而且"人民"这个概念与时俱进,不同历史阶段有不同的含义,从30年代到70年代是以阶级论来界定"人民"范畴,而到了80年代90年代"人民"与"全民"概念则合二为一。那股假马克思主义思潮是把"人民"作为其推行极权主义、专制主义而猖狂反人道反理性的幌子,把各种形态的人道主义理性都视为"封、资、修"的东西,把掌握现代理性精神或人道主义思想的知识分子都视为工农兵施行专政的对象,这既害了现代知识群体又坑了工农兵大众。只有真正的马克思主义人道主义思潮才正确容纳了以"人民"为本位的人文理性精神,而且不失时机地剔除"人民"概念的乌托色彩和人为的阶级局限,使马克思主义的人道主义理性精神照亮全民的心灵,使中国人民的个性沐浴着人文理性精神的光辉愈加健全和完美。

不论科学理性精神或人文理性精神,都在互渗互补的过程中聚成强烈的光束,投射进文化领域中的信仰理性、政治理性、女权理性、道德理性、价值理性、工具理性、审美理性乃至民间理性等,使各种理性在20世纪中国不同样态的文学作品中发挥了特有的美学功能,显示出独异的精神特质。从学理上对20世纪中国文学理性精神所作的探究与概说总不及文本解读获得的感悟那么深微、那么丰富、那么复杂、那么确切,因此真正对20世纪中国的理性精神做出深入的开掘与全面的把握,有待于精心解读各种体式的文学作品。

（2002.7）

第七章　革命"赤潮":左翼文学"英雄理念"的演绎与反思

现代中国文学理论系统中最丰富最完备也是最复杂的应是无产阶级文学理论形态,其中的无产阶级英雄观及其所形成的美学范畴或创作规范并未引起学界的广泛重视而进行系统深入研究,所获得的理论成果往往隐含于无产阶级文学理论研究的总成就里。无产阶级英雄理念及其所形成的美学范畴虽然有独具的理性特征和独有的文化内涵,但是它并不像以往的研究者所界定的那样与其他英雄理念及其美学范畴完全异质相对,实质上它们之间是有互通点和联结点的,都应该视为现代中国文学英雄观念形态。我这里拟用无产阶级英雄理念及其美学范畴来命名,也想用左翼文学英雄理念及其美学范畴来表述,不过不管怎样命名或表述都要把无产阶级英雄理念的探讨纳入学术范畴,多谈点学理少谈点政治意识形态,增强文学理论的本体论色彩。并且对左翼文学的理解和运用也主要指30年代的左翼文学;而对学术界从广义上来把握左翼文学,泛指一切的马克思主义原理及其美学范畴规约的文学,如20年代革命文学、30年代左翼文学、40年代工农兵文学、"十七年"人民文学、"文革"文学,我亦认可。虽然就本质而言,这些样态的革命文学应似左翼英雄主义文学,它是左翼英雄理念及其美学范畴的物化形态,又通过创造英雄叙事文本的实践,充实或调整了左翼英雄理念及其美学范畴,但是我们对其系统研究并做出新的理论诠释仍按照原来的命名依序展开。

一、革命文学的"英雄理念"

毛泽东对二三十年代的左翼文学运动虽然没有直接参与领导,但对其评价却相当高,并亲自领导或以其文艺思想主宰了40年代以后的历次革命文学运动,因而研究革命文学英雄叙事及其理论依据即英雄观念和创作规范,谁的英雄理念都可以绕过唯独毛泽东的英雄观念不能绕过，必须认真探讨和深入阐发。毛泽东的英雄观念既丰富又深邃，至少具有两大思想特点：一是针对现实中的活生生的英雄人物，来阐述其英雄观念。鲁迅是现代中华民族的英雄，尤其是新文化与新文学的伟大英雄，是出类拔萃的英雄豪杰。郁达夫在《怀鲁迅》中赞叹说："没有伟大的人物出现的民族，是世界上最可怜的生物之群；有了伟大的人物而不知拥护，爱戴，崇仰的国家，是没有希望的奴隶之邦。"①不过数十年来任何人对鲁迅英雄本质、英雄行为和英雄业绩的概括和评价也没有毛泽东那么全面、深刻和崇高："鲁迅是中国文学革命的主将，他不但是伟大的文学家，而且是伟大的思想家和伟大的革命家。鲁迅的骨头是最硬的，他没有丝毫的奴颜和媚骨，这是殖民地半殖民地人民最可宝贵的性格。鲁迅是在文化战线上，代表全民族的大多数，向着敌人冲锋陷阵的最正确、最勇敢、最坚决、最忠实、最热忱的空前的民族英雄。鲁迅的方向，就是中华民族新文化的方向。"②毛泽东从"文学革命"和"文化战线"两个相互关联的历史平台上透析鲁迅的英雄本质和英雄性格，一个"主将"三个"大家"五个"最"字把鲁迅这位"空前的民族英雄"推上了不可企及的高度，在中华民族的历史上雕塑起一座极其崇高极其完美极其雄伟的民族英雄纪念碑。虽然鲁迅是个了不起的英雄，但却又是一个充满了七情六欲的心灵结构十分深邃复杂的活生生的人，至于通过文学形式如何来塑造鲁迅这类的现代文化英雄形象和民族英雄，应该比理念中的英雄更要丰富一些、更要真实一些，使英雄可敬可爱又可感可亲，能走进英雄心灵又能走出英雄心灵，与英雄进行平等的心心相印的对话。如果把英雄拔得太高了，那就会失去广泛而坚实的基础，感召力和可信度就要受到质疑，因为英雄也是人而不是神。毛泽东在《纪念白求恩》一文中对白求恩的国际主义英雄特质做了多方面论述，将国际主义精神、共产主义精神以及"毫无自私自利之心的精神"具象化；《为人民服务》一文则以张思德为榜样论述了"为人民利益而死"的英雄其价值"比泰山还要重的"③。毛泽东的英雄理念不是从抽象到抽象而是由具象而抽象，总是把英雄精神升华为共产主义精神、国际主义精神、彻底为人民服务的精神，并与中国人民乃至全世界被压迫民族的解放事业联系起来。二是通过诗词意境的构造，把英雄理念诗性化。毛泽东抒写的每首诗词几

① 《郁达夫文集》第4卷，第162～163页，花城出版社1991年版。

② 《毛泽东选集》，第658页，人民出版社1968年版。

③ 《毛泽东选集》，第905页，人民出版社1968年版。

乎都洋溢着豪迈的英雄气概和无畏的英雄精神，既是他英雄个性意识的释放又是他革命情怀的抒发，甚至把英雄的生命冲动化为诗句直接表露出来，如“为有牺牲多壮志，敢教日月换新天”；“不到长城非好汉，屈指行程二万”，“江山如此多娇，引无数英雄竞折腰”，“俱往矣，数风流人物还看今朝”，“钟山风雨起苍黄，百万雄师过大江”，“我失骄杨君失柳，杨柳轻飏直上重霄九”，“春风杨柳万千条，六亿神州尽舜尧”，“喜看稻菽千重浪，遍地英雄下夕烟”，“中华儿女多奇志，不爱红装爱武装”，“独有英雄驱虎豹，更无豪杰怕熊罴”，“要扫除一切害人虫，全无敌”等，无不充满了与天斗其乐无穷、与地斗其乐无穷、与人斗其乐无穷的无所畏惧的英雄主义精神和革命乐观主义精神，这是毛泽东英雄理念的诗意化。毛泽东的英雄理念通过理论文本和诗词文本以及方针、政策、路线等渠道，借助领袖的权威和崇高地位灌输并占据意识形态领域，渗透进整个社会心理，营造出特定的英雄文化语境和英雄文化氛围，潜隐地改变了群众的思维方式和审美心理取向；尤其是文艺理论家和文学艺术家以敏锐的理性思维和艺术感悟将毛泽东英雄理念化进自己的文艺思想和文学创作，成为革命文学英雄叙事的主导性英雄美学范畴。

其实早在20世纪20年代，革命英雄理念就成为中国无产阶级文学思想中的重要美学范畴。郭沫若1922年已明确意识到要在“反抗资本主义的毒龙”的“文学中爆出无产阶级的精神”，而把这种“精神”理解为革命英雄精神并不牵强。早期共产党人邓中夏在《贡献于新诗人之前》中提倡“多做表现民族伟大精神的作品”，而这种伟大精神可以“使人民有为国效死的精神”，这无疑是不怕牺牲的英雄主义精神，并希望作家能写出拜伦《哀希腊》这样“风行全球，脍炙人口”的英雄诗篇。[①] 沈泽民认为，“世界的无产者正从沉睡中醒来，应着时代的号声的宣召，奔赴历史所赋予他们的使命”，所以革命的文学家应表现“民众的反抗精神”[②]和英雄气概。沈雁冰于1925年发表的《论无产阶级艺术》一文指出，作为叙事文学的小说家高尔基“是第一个把无产阶级所受的痛苦真切地写出来，第一次把无产阶级灵魂的伟大无伪饰无夸张地表现出来，第一个把无产阶级所负的巨大使命明白地指出来给全世界人看！”虽然他没有明确提出塑造无产阶级英雄人物的理念，却称赞范尔海仑的戏曲《晓光》怀着同情无产阶级的感情刻画一个领导工人取得罢工胜利的“好领袖”，只是这个好“领袖”

① 邓中夏：《贡献于新诗人之前》，《中国青年》1923年12月第10期。

② 泽民：《文学与革命的文学》，《民国日报》附刊《觉悟》1924年11月。

是个决定胜利的"特出的超人",带有个人英雄主义倾向,"依无产阶级的集体主义,群众的首领不过是群众的集合的力量之人格化,是集合的意志之表现,是群众理想的启示者"①。在现代中国文学史上也许这是首次以辩证唯物史观论述了群众与领袖、集体主义英雄与个人主义英雄的关系,其见解的先锋性深刻性至今发人深思。与此同时,他在《人物的研究》一文中提出无产阶级文学应写出人物性格的复杂性,既要描写人物的职业特性、性格特性、民族特性和地方特性,又要写出人物的阶级特性,这是"因为所属的阶级不同,人们又必有阶级的特性",但是"要描写阶级的特性,比描写职业的特性要艰难得多;其故在职业的特性是显而易见的,作家大都能见到,至于阶级的特性就比较深伏些",在世界文学人物画廊中高尔基对苏俄无产阶级人物的描写"算是顶成功了"②。这一典型人物论也可视为革命英雄人物的创作规范,比起此后出现的无产阶级文学典型范畴要辩证深刻得多,它没有把人物的阶级性视为唯一的本质属性。茅盾对普罗文学之"师"蒋光慈小说所描写的革命英雄人物的"脸谱主义"做了深刻的批评:"这样'脸谱式'地去描写革命者与反革命者,未免单纯,又这样'脸谱式'地使读者去认识何者为革命,何者为反革命,也未免流弊滋多。"主张根据"正确的观念,充实的生活,和纯熟的技术"③去写好革命者的英雄形象。他在《向新阶级迈进》一文中指出:"一个前进的艺术家在民族的英勇斗争中亲身体验了斗争的生活,他的喜悦,他的悲愤,他的斗争的快感,他的对于最后胜利的确信,是他个人的,然而亦就是全民族的,他由心灵的激动而来的'呼喊'一定是代表了时代精神的艺术。"而"九一八"事变以来的中国文学就是"全民族的前进的艺术家所创造"的"表现民族解放斗争的英勇壮烈的行动,推动民族解放斗争的前进"的革命英雄主义文学,决不能在文学中宣扬"投降的理论和失败的心理",因为"阿Q式的哲学都是只能引诱全国民众去做亡国奴,去做顺民"④。不论从左翼文学扩大到"民族革命战争的大众文学"或者与之相辅的"国防文学",茅盾认为都是"宣传民众救国热情和英勇行为的文学",以描写民族自救的英雄战争和民众不怕压迫不畏诬蔑的英雄行为⑤。总之,左翼文学运动时期,茅盾的英雄理念已不是要求革命文学描写"个人主义的英雄,而是勇

① 沈雁冰:《论无产阶级艺术》,1925年5~10月陆续发表于《文学周报》。
② 沈雁冰:《人物的研究》,《小说月报》1925年3月第16卷第3号。
③ 茅盾:《关于"创作"》,《北斗》1931年9月创刊号。
④ 茅盾:《向新阶段迈进》,《文学》1936年4月第6卷第4期。
⑤ 茅盾:《需要一个中心点》,《文学》1936年5月第6卷第5期。

敢的有组织的服从纪律的新英雄”[1]即无产阶级革命英雄。左翼文学时期,瞿秋白在《马克思恩格斯和文学上的现实主义》中不仅倡导革命文学应主要描写“真正下层民众(尤其是无产者)”中“集体性的新式英雄”的理念,且以“集体性”与其他英雄理念相区别,更为可贵的是提出如何塑造英雄形象的典型化方法,他说:“巴勒扎克表现自己小说里的英雄的方法,正是恩格斯写给拉萨尔的信里所说的:‘人的性格不但表现在他做的是什么,而且表现他怎么样做。’巴勒扎克在事实之外,在所谓‘到处都发生着的事情’之外,还能够揭开内幕,暴露社会生活的机械体。”[2]并联系文本创作指出:“文艺作品应当经过具体的形象,——个别的人物和群众,个别的事实,个别的场合,个别的一定地方的不定期时间的社会关系,用‘描写’‘表现’的方法,而不是用‘推论’‘归纳’的方法,去显露阶级的对立和斗争,历史的必然和发展。”[3]并从而对当时革命文学英雄叙事存在的“脸谱主义”予以批评,他说“反革命的一定是只野兽,只要升官发财,只要吃鸦片讨小老婆;而革命的一定圣贤,刻苦,坚决等等”这样“简单化的艺术”,既不符合真实生活又不符合艺术真实,因为“工人农民自己也是活人”,“反革命的,一样会有自己的理想、自己的道德”,“假定在文艺之中尚且给群众一些公式化的笼统要领那就不是帮助他们思想武装起来,而是解除他们的武装”[4]。蒋光慈的革命文学英雄观是建立在对当时中国社会革命和社会思想主潮的主观估量上,他认为“我们的社会生活之中心,渐由个人主义趋向到集体主义”,“现代革命的倾向,就是要打破以个人主义为中心的社会制度,而创造一个比较光明,平等的,以集体为中心的社会制度”,因而“在社会生活中,所谓英雄,当然占有相当的位置,但是现代革命的潮流,很显然地指示了我们,就是群众已登上了政治的舞台,集体的生活已经将个人的生活送到不重要的地位了。无论什么个人或英雄,倘若他违背革命的倾向,反对集体的利益,那只是旧势力的遗物,而不能长此地维持其生命。”而“在革命的作品中,当然也有英雄,也有很可贵的个性,但他们只是群众的服务者,而不是社会生活的中心。”[5]显然,蒋氏把个人主义英雄与集体主义英雄对立起来,虽然强调集体主义是新英雄的本质特征这与左翼理论家的英雄理念是一致的,但是他们把个人主义与集体主义

---

① 茅盾:《需要一个中心点》,《文学》1936 年 5 月第 6 卷第 5 期。
② 《瞿秋白文集》(2),第 1025 页,人民文学出版社 1954 年版。
③ 《瞿秋白文集》(2),第 868 页。
④ 《瞿秋白文集》(2),第 870 ~ 871 页。
⑤ 蒋光慈:《关于革命文学》,《太阳月刊》1928 年 2 月 1 日 2 月号。

对立的观念却悖离了马克思主义。资本主义提倡的个人主义是利己又利他的个性主义，并非极端个人主义，社会主义强调集体主义并不否定利己利他的个人主义，所排斥的是自私自利的极端个人主义，即个体主体意识与集体主体意识应是辩证的统一体。左翼文艺理论家把集体主义与个人主义完全对立起来是不符合辩证思维方法的，即使一个活生生的革命英雄在其思想灵魂中也不会只有集体主体意识而毫无个体主体意识，就是一个所谓个人主义英雄人物在头脑中也不能只有专门利己毫无利人的思想意识，因为人是社会关系的总和，任何一个英模豪杰的主体意识和行为动机以及才干智慧都或深或浅地打上社会关系总和的烙印。蒋光慈把"革命文学"以前的五四及20年代文学都视为个人主义文学，而个人主义文学中所描写的英雄都是个人主义英雄，所以革命文学统统予以反对，这表明他实际上所站的文化立场并不是大公无私的具有解放全人类博大胸怀的无产阶级立场，恰恰是唯我独"革"唯我独"左"的极端个人主义文化立场，这是不少左翼文艺理论工作者的通病和偏见。当时一位尊《文化批判》为"导师"的评论者倒说了些老实话："普罗列塔利亚特出身者，不一定具有普罗列塔利亚特的头脑"，"而偏偏是反普罗列塔利亚特的脑筋"，因为"他们的脑筋根本没有受过正确的普罗列塔利亚特的洗礼，往往有意识地或者无意识地表现出他们那些传统的自私，虚荣，个人主义，英雄主义的行动来"，这就导致"他们的作品里主人翁，往往只是小资产阶级的革命领袖的活动，而且情绪方面，有时竟好像某某大报所鼓吹的'侠义的革命精神'一样，无产阶级文学应该这样的么？"①这是深刻的批评又是有力的质疑。究竟什么是无产阶级文学的英雄精神或英雄品格，革命文学倡导者斩钉截铁地回答："最勇的斗士大概是最健全的。文艺是阶级的勇猛的斗士之一员，而且是先锋。他只有愤怒，没有感伤。他只有叫喊，没有呻吟。他只有冲锋前进，没有低徊。他只有手榴弹，没有绣花针。他只有流血，没有眼泪。"②这种"最健全"的没有丝毫感伤色彩的大无畏的英雄主义和最勇猛最先锋的冲锋前进的英雄性格，也许是革命文学倡导者太富有浪漫主义的主观想象，是理想的乌托邦，只有在"样板戏"的英雄人物身上才可以见到。革命英雄也是有血有肉有情有爱的普通人，岂能没有"感伤"没有"眼泪"？原来革命文学的英雄叙事出现"神化"英雄人物的倾向，从"革命文学"提倡之始就埋下了伏线。

---

① 《读者的回声·普罗列塔利亚特意识问题》，《文化批判》1928年3月15日第3号。

② 麦克昂：《桌子的跳舞》，《创造月刊》1928年5月第1卷第11期。

左翼文艺理论家的“英雄”理念是否源于马克思主义的“新人”理论？这里试作简单比较即可清楚。马克思恩格斯认为，“革命之所以必需，不仅因为没有任何其他的办法能推翻统治阶级，而且还因为推翻统治阶级的那个阶级，只有在革命中才能抛掉自己身上的一切陈旧的肮脏东西，才能建立社会的新基础。”[①]这就明确告诉我们，无产阶级新人或英雄必须通过革命实践才能产生而不是空想出来的；并且他们身上原本就存有“陈旧的肮脏东西”，只有经过革命实践方可“抛掉”而变为新人。作为共产主义新人或无产阶级革命英雄并不会因其获得了“集体主义”意识而丢失了活生生的个性或个性自由发展的机遇。因为“在共产主义社会中，即在个人的独创的和自由的发展不再是一句空话的唯一的社会中，这种发展正是取决于个人间的联系，而这种个人间的联系则表现在下列三个方面，即经济前提，一切人的自由发展的必要的团结一致以及在现有生产基础上的个人的共同活动方式。因此，这里谈的是一定历史发展阶段上的个人，而绝不是偶然的个人，至于不可避免的共产主义革命就更不用说了，因为它本身就是个人自由发展的共同条件。”[②]马克思恩格斯在《共产党宣言》中亦指出：“代替那存在着阶级和阶级对立的资产阶级的旧社会的，将是这样一个联合体，在那里，每个人的自由发展是一切人的自由发展的条件。”[③]不论在无产阶级革命时期或者建立起共产主义联合体，马克思主义都没有把集体的人与个体的人、集体主义与个人主义完全对立起来，也没有以集体主义压倒个性主义或融化个性主义，一直强调为个人的自由发展提供了更好的条件，因此作为共产主义新人或无产阶级英雄的性格结构不能只有“集体主义”而没有“个性主义”，唯有“私有财产不仅夺去了人的个性，而且也夺去了物的个性”[④]。无产阶级所从事的“共产主义革命”产生出的革命英雄更应该具有独创性和丰富性的个性，不能仅仅是无产阶级集体意识的艺术传声筒。左翼文学时期倒是那些非激进的文艺理论批评者说了些具有唯物辩证主义色彩的文学见解：文学艺术何尝有什么个人主义文学与大众文学（指革命文学）的分别，艺术只有“真”与“伪”，“艺术家的心血，注到他的艺术品中，他的目的为的是自我，而结果的是大众的。”“所谓‘自我’（或者‘个人’）”是怎样造成的，“当然不能离开社会，当然

---

① 《马克思恩格斯全集》第3卷，第78页，人民出版社1982年版。

② 《马克思恩格斯全集》第3卷，第516页，人民出版社1982年版。

③ 《马克思恩格斯选集》第1卷，第273页。

④ 《马克思恩格斯全集》第3卷，第254页，人民出版社1982年版。

不能不受现代思潮的影响”；但“普通的自我”与“文学家的自我”却是不同的，“因为每一个文学家，他的神经是最易于刺激的，他的同情心是渊博的，他的感受性是灵敏的；普通的人们所不以为痛苦的，他觉得十分痛苦，普通的人们所能忍受的，他不能忍受，普通的人们以为并不算什么可同情的事，他却迸出同情的血花”，所以“文学家的‘自我’，是现代社会现代思潮现代的一切的焦点！文学家表现了他的自我，便是表现了现代社会现代思潮现代的一切！”[①]这篇文章是针对“革命文学应是反个人主义的文学，它的主人翁应当是群众，而不是个人”的偏激观点而发的，它是从文学家主体的视角论析了不能以个人主义与集体主义区分文学的性质，不论什么形态的文学也不论文学中描写的人物是英雄还是一般人，都是作家主体对现代社会现代思潮的自我感受和独特体验，都是特殊性与普遍性的统一体。虽然他的观点的表述见不到“革命”“英雄”等字样，但其不同意“革命文学应是反个人主义的文学”的文化立场和艺术观点却是显而易见的。

革命文学倡导期的创造社和太阳社所提出的无产阶级英雄理念，实质上是乌托邦式的“英雄”观念，是左翼文艺理论者主观化的浪漫构想。列宁曾说过：“无产阶级文化并不是从天上掉下来的，也不是那些自命为无产阶级文化专家的人杜撰出来的，如果认为是这样，那完全是胡说。无产阶级文化应当是人类在资本主义社会、地主社会和官僚的社会压迫下创造出来的全部知识合乎规律的发展。”[②]鲁迅曾批评创造社和太阳社诸君自命为无产阶级文艺家，他们不仅武断地否定了五四文学革命建构的新文学及其优秀传统，且自命不凡地主观断定五四新文学中塑造的英雄是个人主义英雄，并在彻底否定五四文学的前提下提出革命英雄或集体主义英雄的命题，虽然不能说这个命题是他们头脑杜撰出来的，至少可以说他们从苏俄和日本搬来的所谓无产阶级文学观和“新写实主义”（或曰革命现实主义）已脱离了中国革命实际和社会实际，主观化理想化的革命英雄理念只能供奉在空中楼阁之中：一是他们错误地估计了无产阶级英雄人物产生的特定时代背景，主观认为1928年中国已进入社会主义革命阶段，社会主要矛盾是社会主义与资本主义矛盾，在意识形态领域是无产阶级思想与资产阶级思想斗争，所以做出了这样荒谬绝伦而又“左”得可爱的判断：鲁迅是“资本主义以前的一个封建余孽。资本主义对于社会主义是反革命，封建余孽对于

① 侍桁：《个人主义的文学及其他》，《语丝》周刊1928年5月第4卷22期。

② 《列宁选集》第4卷，第345页，人民出版社1972年版。

社会主义是二重反革命。鲁迅是二重的反革命的人物。”[1]鲁迅是无所畏惧的彻底反封建的文化英雄又是空前的“我以我血荐轩辕”的民族英雄，而在杜荃眼中却是“社会主义革命时代”的“二重反革命”。试问，连鲁迅都成了“二重反革命”，那么只有杜荃这样的自命无产阶级革命者才是“革命英雄”吗？这种黑白颠倒、人妖不分的逻辑与对中国时局的错误判断是分不开的。尤其钱杏邨对鲁迅作品的时代性估计更反映出太阳社对当时大时代的分析多么主观多么武断多么偏激。他认为鲁迅作品大都写的是“科举时代的事件，辛亥革命时代的事件”，阿Q则是“辛亥革命时代的农民”的代表，“是可以代表中国人的死去了的病态的国民性的”，而在鲁迅创作《阿Q正传》的“十年来（1918—1928）的中国农民是早已不像那时的农村民众的幼稚了。所以根据文艺思潮的变迁的形势去看，阿Q是不能放在五四时代的，也不能放在五卅时代的，更不能放在现代的大革命的时代的。”这里所说的“现代的大革命的时代”无疑是社会主义革命时代，由此出发对阿Q这样的农民革命性的估计自然就理想化，即“中国农民的革命性已经充分地表现了出来，他们反抗地主，参加革命，近且表现了原始的Baudon的形式，自己实行革起命来，决没有像阿Q那样屈服于豪绅的精神”；“他们不是莫名其妙的阿Q式的蠢动，他们是有意义的有目的的，不是泄愤的，而是一种政治的斗争了”，“现在的农民趣味已经从个人的走上政治革命的一条路了”[2]。毛泽东曾说，严重的问题在于教育农民，不经过马克思主义思想的启蒙教育和长期的革命斗争实践锻炼，中国像阿Q式的农民在1928年以前就已经成了“有意义的，有目的”地参加政治革命与豪绅地主进行自觉反抗的革命英雄，这种拔高式的理想化的估计物化为审美形象，也许这就是钱氏所追求的革命英雄人物吧？这种脱离时代特点的乌托邦英雄在左翼文学叙事文本中已被视为“浪漫蒂克”式的人物。二是机械的混乱的所谓阶级分析，既对社会人群阶级属性的规定造成了随意性、误判性，又给文化精神或思想意识的阶级定性造成了模糊性、敌对性，也给革命英雄人物的精神面貌和思想风貌的展示带来了含混性、不确定性。后期创造社和太阳社诸君，把鲁迅定为“二重反革命”即封建阶级和资产阶级兼而具之，视早期共产党人茅盾为小资产阶级，他们本身当然自命为“无产阶级”文艺家，这样的阶级划分究竟根据什么政治、经济或文化、思想标准？很难测定。将五四至1928年以前的文学判定为资产阶级个

① 杜荃：《文艺战线上的封建余孽》，《创造月刊》1928年8月第2卷第1期。

② 钱杏邨：《死去了的阿Q时代》，《太阳月刊》1928年3月号。

人主义文学或小资产阶级感伤主义文学，而1928年革命文学倡导期出现的文学则是普罗（无产阶级）文学，《阿Q正传》中的阿Q式的落后农民到了1928年无产阶级的革命时代跃身一变就成为自觉的革命战士了，说这些作家是无产阶级革命作家而那些作家则是资产阶级、小资产阶级作家，我今天是资产阶级作家明天有可能就成为无产阶级作家，等等，凡此种种阶级定性又是根据何种价值尺度？特别是中国缺少地道的产业工人，唯有产业工人才是无产阶级主力军；而革命文学所描写的是“工农大众”及革命知识分子，“工农大众”中的工人并不是地道的产业工人，广大农民又分为好多阶层，他们当中到底哪些是真正无产阶级并没有明确的区分度，往往笼统地把“劳苦工农大众”都作为无产阶级看待，如果不对他们进行真正的无产阶级思想的灌输、不经过火与血的革命斗争考验，那不可能成为无产阶级革命英雄。况且1928年中国的革命并不是无产阶级领导的社会主义革命，创造社与太阳社的革命作家既缺乏对无产阶级及其意识形态的正确理解又缺乏对实际斗争中“劳苦工农大众”的深切体验，怎能塑造出无产阶级革命英雄形象？故而只能根据自己的主观设想和假定刻画一些极端理想化虚幻化的革命英雄了。至于文学创造主体或文学描写对象主体所承载的文化思想或精神意识仅仅以个人主义与集体主义来区分也未免过于简单了，以集体主义思想作为革命英雄灵魂并与五四新文学流贯的个人主义精神异质相对予以否定也未免太粗暴了。无论集体主体意识或者个体主体意识在左翼文学时期都是先进的革命的意识，它们之间不是相互对抗相互排拒而是相互渗透相互补充以结成共谋的思想同盟，完成文学文化战线的斗争使命，这也是革命英雄心灵结构不可或缺的精神支柱。冯雪峰对这个历史时期文学文化思想意识的分析颇为深刻：包括革命文学在内的“新文艺所斗争的对象，是封建残余势力和帝国主义及一切反民主主义革命的思想，而它所服务的是所有的全体人民；因此，它为民主革命所要求，也为它本身所赋有的思想所要求，必须是一个广大的人民的精神运动，一个广大的人民的思想斗争。中国革命是反帝反封建的民主革命，也就是各革命阶级的人民的联合的革命；虽然因为中国经济落后，和资产阶级的乏力，动摇，甚至反动，使革命的领导责任落在无产阶级的肩上，但无产阶级仍不能以领导了农民和小资产阶级就够了，仍必须联合民族资产阶级和一切进步的及被压迫的全体人民。”虽然“各派或各阶层的思想是仍有差别的，因此仍可以互相批评的”，“不过其中有一个共同点，即民主主义革命的目的和要求是相同的,各派思想自然都必须在客观上带有革命性的。"①"左联"成立以后虽然在很大程度上纠正了激进理论家关于革命文学及其革命英雄理念的政治乌托邦想象或者不是革命文学就是反革命的两极对立的思维模式,左翼文学家取得了一定的共识;但在革命文学的英雄叙事中仍残存着以革命现实主义装饰好的主观主义和理想主义倾向,即"人物的活动,完全是概念"在支配着,"简直是用小说体演绎政治纲领"②。左翼文艺理论家的"英雄"理念大多是各抒己见,尚未受到政治集团的组织纪律的强制和一定政治指令的限制,乃是在当时能够汲取到的无产阶级世界观、文艺观或唯物辩证法启迪下根据自己对革命文学及其英雄形象的理解而提出来的,还没有成为一种主宰文坛的霸权话语,任何左翼作家在营造英雄叙事文本过程中主要受个人的自由意志所支配,你可以遵循左翼理论家的英雄观去创作也可以不听其引导,完全依据自己对革命斗争生活的体验去刻画工农大众的英雄人物,所以左翼文学英雄灵魂的塑造是以何种主义或理念为主导,是作家自主自由的选择,没有文化专制主义的霸道。如果说无产阶级英雄理念在现代中国文学界有个逻辑上的演变过程,那么左翼文学时期的革命英雄理念则显示了第一个历史逻辑阶段的特点。

二、社会主义现实主义的"英雄"理念

"新英雄"理念是伴着革命文学运动的酝酿兴起而提出的,成为"新写实主义"即革命现实主义的一个美学范畴,但是"新英雄"理念内涵的丰富化和外延的明朗化却是随着"社会主义的现实主义"思潮的演变而演变。社会主义现实主义作为创作方法和美学原则正式提出并做了理论阐释,应是周扬于1933年发表的《关于"社会主义的现实主义与革命的浪漫主义"——"唯物辩证法的创作方法"之否定》一文,中国左翼作家联盟把"社会主义现实主义"确定为左翼文艺的创作方法。这种创作方法完全是从苏俄搬过来的,虽然它以否定"唯物辩证法的创作方法"为前提,但实质上仍以无产阶级世界观及其唯物辩证法作为哲学思想基础,依然与"新写实主义"、"唯物辩证法的创作方法"在本质上是相通的。1942年毛泽东《在延安文艺座谈会上的讲话》阐述了文艺为工农

① 《雪峰文集》第2卷,第102~103页,人民文学出版社1982年版。

② 郑伯奇:《〈地泉〉序》,上海湖风书局1932年版。

兵的方向之后明确主张创作方法则是“社会主义的现实主义的”，并以辩证唯物主义反映论的观点进一步阐发了坚持社会主义现实主义创作的“文艺作品中反映出来却可以而且应该比普通的实际生活更高，更强烈，更有集中性，更典型，更理想，因此就更带普遍性。革命的文艺应根据实际生活创造出各种各样的人物来，帮助群众推动历史的前进。”①如果30年代左联时期对社会主义现实主义的提倡仅限于马克思主义文艺理论家或文学社团，是否认同它是否遵循它尚有作家选择和讨论的自由，并没有成为所有的左翼文艺理论家和作家诗人必须普遍认同和坚守的创作方法；那么《讲话》则是从政党的立场提出社会主义现实主义的，无疑具有了法定的党化的规范性，它与政治上的大政方针、路线政策紧密相连，体现了政党的权力意志，所以革命文学理论家和作家诗人必须坚定不移地遵循和坚持，即使对此有所阐发也是在坚持与遵循中的阐释，它的根本原创性和本质规定性是不容置疑的，否则就是政治立场或政治态度问题，特别到了后来，社会主义现实主义则成为文坛的霸权话语和文艺创作的钦定法规。因而，对“新英雄”理念的探讨，在社会主义现实主义的框架内展开较为适宜。

茅盾于1930年提出的革命文学创造的人物形象“不能是个人主义的英雄，而是勇敢的有组织的服从纪律的新英雄”②，或者1932年瞿秋白倡导的描写下层民众的“集体性的新式英雄”③理念，都是属于“新写实主义”或“唯物辩证法的创作方法”范畴。周扬于1933年12月在论述社会主义现实主义美学原则和创作方法时，明确指出：“社会主义建设的时代是个英雄主义的时代。英雄主义，伟业，对革命的不自私的献身精神，现实的梦想的实现——这一切正是这个时代的非常特征的本质的特点。”虽然周扬在此没有明确提出社会主义现实主义的“新英雄”理念，但他却承认“不自私的献身精神”或“英雄主义”是时代的最本质特点；而作为承担着以社会主义精神去教育人民、“在发展中，运动中去认识和反映现实的”④社会主义现实主义，责无旁贷地要通过塑造无产阶级英雄人物去反映大时代的“英雄主义”本质特征，这是确定无疑的。不过当时中国并非处于社会主义建设的英雄主义时代，而是一个如火如荼的民族解放战争的英雄主义时代，时代不同在文学创作中弘扬英雄主义精神却是相通的。1938年周

---

① 《毛泽东选集》(一卷本)，第816页，人民出版社1968年版。

② 茅盾：《西洋文学通论》，第195页，上海世界书局1930年版。

③ 瞿秋白：《马克思、恩格斯和文学上的现实主义》，《现代》1933年第2卷第6期。

④ 《周扬文集》第1卷，第110页，人民文学出版社1985年版。

扬在《我所希望于〈战地〉的》一文中说："抗战怎样在改变着这东方古老的民族，怎样在发挥出它内部蕴藏着的力量，怎样在产生着新的民族英雄的典型。"① 因此"描写守土卫国的民族英雄，他们的英勇壮烈的事迹"，"这应是作家的最神圣的责任"②。周扬所提出的坚持社会主义现实主义创作原则所描写"新抗日英雄的典型"理念，并不像左联时期茅盾、瞿秋白、冯雪峰等突出地强调革命新英雄的集体主义，而是着重弘扬抗日新英雄的民族英雄主义精神，这是时代本质特点的不同在新英雄理念中所出现的细微的非本质差异。由于周扬意识到"表现抗日英雄的典型是我们作家的一个最光荣的任务"③，故而他对"许多民族英雄的新的典型，无数可歌可泣英勇壮烈的事迹，都还没有在文艺上得到应得的反映"④予以严正批评。冯雪峰在1940年写的《论典型的创造》一文中批评抗战文学"流行着超历史的，超阶级条件的理论和倾向，仿佛有一种无性的纯粹的民族英雄或民族战士，教人秉着'英雄'，'牺牲'……等等任何时代都有过的人类美德，放在一个人物身上创造出民族英雄典型来"⑤；这种所谓"民族英雄"是"无性"的，既没有"强大的思想力量"又没有"明确的历史性"。因此，冯氏要求现实主义创作方法应学习塑造阿Q典型那样去描写新民族英雄典型，"倘若鲁迅先生不从中国社会的根本矛盾上去捉住阿Q根性的历史的根源，不借此来展开社会思想形态的战斗，则首先阿Q就不能有这样凸出，而《阿Q正传》也不能具有这样巨大的思想力量和历史的真实"⑥。按照茅盾的现实主义英雄理念，对抗战文学英雄形象的刻画似乎提出了更切实更辩证的美学要求，1937年9月他批评文艺战线"没有把英勇的战线尽量地描写出来，也没有把史诗似的壮烈的部分形容于笔墨"⑦；1938年2月他批评《八百好汉》没有处理好群体英雄与个体英雄的关系，只"强调那八百位无名英雄的英烈"却不写"作为主角"的英雄，"即使将谢团附作为主角，也不会陷入'个人英雄主义'的毛病的"⑧。是年茅盾在《八月的感想》中写道，批评家不断提醒"写典型的人物"，"战斗着的中国，不会缺少新的典型的；'新的人民领导者的典型开始产生了，和

---

① 《周扬文集》第1卷，第230页。
② 《周扬文集》第1卷，第237页。
③ 《周扬文集》第1卷，第248页。
④ 《周扬文集》第1卷，第261页。
⑤ 《雪峰文集》第2卷，第49页。
⑥ 《雪峰文集》第2卷，第46页。
⑦ 茅盾：《展开我们的文艺战役》，《救亡日报》1937年9月13日第15号。
⑧ 《茅盾文艺杂论集》（下集），第692页，上海文艺出版社1981年版。

过去完全不同的军人性格产生了，肩负着这个时代的阿脱拉斯(Atlas)型的人民雄姿，在开始逐步地出现。”这些新英雄形象固然现实主义文学要描写，然而另一方面却也有“新的人民欺骗者，新的抗战官僚，新的发国难财的主战派，新的卖狗皮膏药的宣传家”，揭露这些丑角的嘴脸也是现实主义文学的职责。可喜的是，我们从姚雪垠的《差半车麦秸》看到了“肩负着这个时代的阿脱拉斯型的人民的雄姿”，碧野在《获鹿》中为我们描写出“红花的女英雄”，这些“新的典型”虽是“略具须眉的素描”，但是“蓓蕾既已含苞，终有一日灿烂开放”[①]。从严格意义上讲，抗战文艺运动对新民族英雄理念的探讨，很难说达到了社会主义现实主义的美学要求，大多是各抒己见，表述的是个人化的对民族英雄理念的见解，并没有自觉地体现政党对新英雄人物的理想诉求，仅仅是马克思主义文艺理论家对“新英雄典型”的话语表述，尚未纳入政党的文艺路线。

1942年毛泽东《在延安文艺座谈会上的讲话》发表以后，通过文艺整风运动的灌输和强化，体现政党意志的表现工农兵“新的人物，新的世界”的理念伴随着社会主义现实主义口号的正式提出，才在解放区革命作家的观念形态中扎了根，并在创作实践中得到贯彻。“他们把农民群体作为中国无产阶级革命的唯一载体，赋予农民——尤其是认为具备了无产阶级世界观的新型农民，以彻底的革命精神和思想的前卫性；在艺术上精心去营造未来美好的人类家园，追求英雄主义的完美意识与理想主义的浪漫情愫。”[②]1944年周扬在阐释《讲话》提出的文艺普及与提高的关系时，特别强调高尔基的观点：“最深刻、最鲜明、在艺术上十分完美的英雄典型是民间创作、劳动人民的口头创作所创造的。”1947年他指出，“表现群众的英雄主义，使文艺无愧于这个新的群众的时代”。1949年周扬在第一次文代会上做了题为《新的人民的文艺》的报告，充分肯定了解放区文艺作品“反映了中国人民如何在反对民族压迫与封建压迫的各式各样的斗争中，克服了困难，改造了自己，产生了各种英雄模范人物”；不仅指出“英雄从来不是天生的，而是在斗争中锻炼出来的”，并且概述了英雄人物成长的道路，即“在共产党的领导和教育以及群众中的批评帮助之下，许多有缺点的人把缺点克服了，本来是落后分子的，终于克服了自己的落后意识，成为一个新的英雄人物。”[③]周扬上述对“新的英雄人物”的见解已经不仅仅是一个马克思主

---

① 茅盾：《八月的感想》，《文艺阵地》1938年第1卷第8期。

② 《周扬文集》第1卷，第466页。

③ 宋剑华：《百年文学与主流意识形态》，第28页，湖南教育出版社2002年版。

义文艺理论家的发言，而是代表政党的文艺路线在说话，具有权力意志作为坚强支柱的指令性，故而在革命战争即将结束之际他号召作家以革命战争为题材写出“许多部的伟大作品！它们将要不但写出指战员的勇敢，而且要写出他们的智慧、他们的战术思想，要写出毛主席的军事思想如何在人民军队中贯彻，这将成为中国人民解放军斗争历史的最有价值的艺术的记载。”①也许这就是建国之初描写革命英雄的权威的叙述模式。1950年周扬在《论〈红旗歌〉》中又为描写工业生产战线上的英模人物概括出一个英雄叙事范式：“在生产竞赛中必须强调个人模范与集体模范相结合，先进的帮落后，英雄带动大家，这才是真正的集体主义的英雄主义。”②如果说前者是个“成长式”的英雄叙事模式，那后者则是个“相结合”的英雄叙事模式，此后文学创作的英雄叙事基本上沿袭了这两种范式。可贵的是，这时周扬的新英雄理念并没有像30年代某些左翼文艺理论家把个体英雄与集体英雄、个性主义与集体主义、先进者与落后者绝对对立起来，而是强调它们之间的结合或转化。建国后，周扬更加自觉地以毛泽东文艺路线的权威解释者和坚定贯彻者的社会角色著述或发言，1951年在以《坚决贯彻毛泽东文艺路线》为题的讲演中指出：“我们的文艺作品必须表现出新的人民的这种新的品质，表现共产党员的英雄形象，以他们的英勇事迹和模范行为，来教育广大群众和青年。这是目前文艺创作上头等重要的任务。”③这段话有三点新提法：一是强调新人民的新品质，而这种新人民的新品质则是，“只有当一个人觉悟到能够为公共利益斗争，能够把国家和全体人民的利益放在个人或家庭的利益之上的时候，这个人才说得上是新的人物，他们的品质才是新的品质”；实质上这是规范了新英雄的新品质，主要在处理集体利益与个人利益的关系上视前者为上，但并没有否定个人利益的存在，这样的集体主义英雄与个人主义英雄就有了联通点或转化点，而不是异质相对的。二是强调“表现共产党的英雄形象”，充分发挥革命文学的教育功能，却忽略了英雄形象作为艺术典型的审美功能，这也许是革命英雄理念普遍存在的偏颇。三是站在贯彻政党文艺路线的高度，将塑造新英雄形象作为革命文艺创作的“头等重要的任务”这固然是首创，但是与毛泽东在《讲话》中提出的“应当根据实际生活创造出各种各样人物来，帮助群众推动历史的前进”（着重号为笔者所加）的精神并不完全

① 《周扬文集》第1卷，第529页。
② 《周扬文集》第2卷，第25页。
③ 《周扬文集》第2卷，第59页，第120页。

吻合，实践已经证明“头等任务”说严重影响人物塑造的多样化个性化。同年在剧本《长征》座谈会上，周扬对塑造革命英雄“必须表现革命人物的英雄气魄”，“表现英雄人物坚强的，乐观的，勇敢的精神”；而“对牺牲、悲惨、感伤的一面，应当适当地避免”。这种“革命英雄”的创作规范消解了英雄人物个性的丰富性复杂性，易于把英雄人物描写引上扁平化、雷同化的道路，似乎革命英雄只有革命乐观主义精神而不应该有“悲惨、感伤”的情绪，这种理论的误导使革命文学创作出现多少人性、人情、人味贫乏的英雄人物？1952 年周扬所著的《毛泽东同志〈在延安文艺座谈会上的讲话〉发表十周年》一文，与 1950 年相比，他的革命英雄理念又升到一个新的层次，他完全以《纪念白求恩》提出的共产主义新人的标准，即“一个人只要有‘毫无自私自利之心的精神’，‘就是一个高尚的人，一个纯粹的人，一个有道德的人，一个脱离了低级趣味的人，一个有益于人民的人’”来要求文艺作品“真实地、生动地写出”这样的工农兵英雄人物，“对人们起共产主义教育作用”①。将文艺作品塑造工农兵英雄形象提到如此高的理想化程度大大超越了现实生活中工农兵英模人物的真实思想和道德品质，就是比实际生活中的工农兵人物更集中更理想也难以拔得如此高；况且这种英雄理论似乎悖离了周扬自己对社会主义现实主义所作的“艺术家是从现实中，从生活中汲取自己的形象”②的阐释，尤其在此后的文艺创作实践中要求以共产主义理想新人的价值标准去描写或评说工农兵英雄形象，也许这正是造成竭力抬高革命英雄或神化革命英雄的理论根据吧？

不过，1952 年《文艺报》和 1953 年第二次文代会所开展的关于创造英雄人物的讨论，也发出一些求同存异的声音，或结合社会主义现实主义创作方法提出一些有价值的见解。冯雪峰 1953 年发表的《英雄和群众及其他》一文，首先指出“创造正面的、新人物的艺术形象，现在是成为一个非常的迫切的要求”，而这些不可计数的“新型的英雄，是在生活的革命斗争中，在共产党的领导和共产主义思想的教育之下，迅速成长起来的完全新的人物”，他们“发扬着共产主义的高度的忘我精神、自我牺牲的革命英雄主义和爱国主义精神，同时也发挥着我国劳动人民勤劳坚忍的传统精神”，“在他们身上萃聚着工人阶级和劳动人民的创造智慧和一切新的、在生长着的崇高品质。”冯氏对新型英雄优秀品质的概括虽然也从共产主义思想高度着眼，但他不同于周扬的新型英雄理念

① 《周扬文集》第 2 卷，第 151 页。

② 《周扬文集》第 1 卷，第 105 页。

的是：其一他从动态上指出新英雄的崇高品质是“生长着”的而且又是继承了劳动人民的“传统精神”；其二他反复强调“四个不可以”即“不可以把先进分子和英雄们从实际生活的矛盾斗争中孤立开来，不可以把他们从他们在斗争中作为矛盾冲突的一方面的地位上孤立开来，不可以把他们从他们所反映的伟大的社会力量（即革命力量，也即是和他们在一起斗争着、前进着的广大的普通人民群众）孤立开来，不可以把他们从现实的历史前进运动的力量和方向孤立开来”；其三“英雄是群众的一分子，只有在群众身上所能有的东西，才能在英雄身上出现，或者先出现”，因此我们可以“从广大的普通人民群众身上，从所有一切先进英雄人物身上，还可以概括出比实际存在的先进英雄人物更充实的崇高品质的精神，创造出更突出、更典型的先进英雄人物。”①这可看成是充满辩证思维力量的社会主义现实主义的革命英雄理念及典型化方法论。即使对古典名著《水浒传》中梁山英雄人物冯氏也是以唯物辩证史观和革命现实主义创作原则进行评述，他说：作者施耐庵“虽然使宋江说些‘非敢反叛朝廷’之类的话以作掩护，然而却以完全的、同情的、肯定的、拥护的态度来描写这些‘大逆不道’的人，把他们作为正义的斗争者，作为人民群众向往和喜爱的好汉、英雄、大丈夫、义士来歌颂，这是多么大的胆量和魄力呢！”而“这些英雄人物不管他们是不是从农民阶级出身，只要是和农民群众在一起举行起义，只要他们的斗争是属于农民阶级的革命斗争，那么，写这些英雄人物的这种斗争，也就是写农民群众的斗争。把群众和英雄割裂开来看，把英雄从群众中孤立开来，是很错误的。”②这是对他的革命英雄与革命群众辩证关系理论的有力补充和延展。在冯雪峰于1954年发表《回答关于〈水浒〉的几个问题》的同年，他在人民解放军第二届创作会议上的讲话中又进一步阐述了社会主义现实主义英雄观，他说：“我们负担的是人民革命战争史诗或英雄史诗的任务。我们的任务是要描写我国伟大人民，在我们党领导之下，在革命斗争中，在保卫世界和平斗争中，所表现出来的最动人的革命英雄主义，最高度的爱国主义和国际主义”。若说这些见解是对以往革命英雄理念的强化，那么冯氏的革命英雄观的独到之处主要体现在：一是在这里他明确指出，“共产党员首先是人，是人民群众中的人，是人民中的优秀分子；他们除出党所培养出来的作为一个共产党员应有的优良品质以外，具有人民的一切特征，具有每一个普通人都有的各自的个性。”因此“应该照实际

① 冯雪峰：《英雄和群众及其他》，《文艺报》1953年第24期。

② 《雪峰文集》第2卷，第573～575页。

生活中那样，去描写活生生的共产党员，去把具有鲜明的生动的特征和各自的个性的共产党员的性格描写出来。”二是“先进人物或英雄人物也有他们的缺点”，“这些人所以成为先进人物，成为英雄，是因为他们英勇地、忘我地从事革命斗争和从事创造，同时也因为他们勇于改造自己，克服自己的缺点”。所以，“如果为了人物的品质和性格的现实性的必要，也描写到他们的缺点”，这不会损害英雄人物的“高贵品质”。三是坚持社会主义现实主义创作方法塑造革命英雄人物是否可以描写所谓“私生活”、“内心生活”和所谓“心理描写”问题，虽然冯氏以所谓阶级观点对资产阶级“私生活”“内心生活”的揭露和批判难免“左”的痕迹，但是他却承认我们人民仍有“私生活”，只是新社会的“‘私生活’已经不是生活的中心，因为我们的人民正在从个人走向集体，正在把个人的生活及个人的幸福和社会生活及集体的幸福结合起来。这是我们今天实际生活的一个根本的特点，也是我们生活的本质”。这种求真务实的辩证分析是可信的。“我们人民正在空前地逐渐形成自己的‘内心生活’，空前地逐渐把自己的‘内心生活’丰富起来”，例如“我们的战士当然也要怀念他们的爱人，他们的母亲，他们的儿女和他们的朋友及一切亲人；这种怀念也当然是他们的‘内心生活’。但除此之外，还有更重要、更深刻、更有特征的‘内心生活’”，这就是“集体主义和革命英雄主义的精神，已经深深地刻在他们的性格中”。至于“心理描写”，“描写人物、描写性格，当然要研究人物的思想情绪以及他们在行动时的心理状态，也要描写思想、情绪和心理，否则就表达不出人物的思想和精神来”①。冯氏的社会主义现实主义文学的新英雄理念，相比较而言，是辩证而深刻的、切实而求真的，如果当时能进入文坛主流话语或者成为导向性的新英雄美学范畴，那“十七年”革命文学的英雄叙事或英雄人物塑造所获得的文学史意义与美学价值会更大些。

在第二次文代会上，周恩来所作的政治报告从贯彻工农兵文艺路线出发，强调“文艺就必须首先歌颂工农兵中间的先进人物”，而且只能把“劳动人民的优点写出来”，不要写“缺点”，因为我们所坚持的创作方法和美学原则的“革命的现实主义和革命的浪漫主义结合起来，就是社会主义现实主义”②。与冯雪峰不同的是，周恩来首次从“两结合”创作方法提出塑造没有缺点的工农兵英雄，只字不提包括知识分子在内的有缺点或正在成长的“人民英雄”，可见权力话语

---

① 冯雪峰：《关于人物及其他》，《解放军文艺》1954 年第 7 期。

② 《周恩来论文艺》，第 52～53 页，人民文学出版社 1979 年版。

中的“英雄”理念越来越理想化了。周扬在第二次文代会上所作的报告,依据毛泽东文艺思想进一步阐释了社会主义现实主义英雄观,不仅与自己以前提出的可以写缺点、写转变的英雄理念有所变化也与冯雪峰所论述的英雄观差异明显,并“把社会主义现实主义方法作为我们整个文学艺术创作和批评的最高原则”,号召“各个作家、艺术家都是按照他们各人不同的生活经历和创作道路来达到社会主义现实主义”,并由此出发对工农兵英雄理念做了这样的阐释:“在现实生活中,作为特定的社会典型的人民英雄的性格是共同性的,但各个英雄又具有自己的个性,他们的成长过程也是各种各样的”,我们“不应当把英雄‘神化’或‘公式化’”,这些见解无疑是可取的;“至于一个人物如果具有和英雄性格绝不相容的政治品质、道德品质上的缺陷或污点,如虚伪、自私甚至对革命事业发生动摇等,那就根本不成为英雄人物了,他还有什么价值值得人去称赞和歌颂呢?我们的作家为了要突出地表现英雄人物的光辉品质,有意识地忽略他的一些不重要的缺点,使他在作品中成为群众所向往的理想人物,这是可以的而且必要的。我们的现实主义者必须同时是革命的理想主义者”①。这种完美无缺的“英雄”理念,实质是打着革命现实主义旗号的革命浪漫主义英雄理念。周恩来与周扬阐述的工农兵英雄理念充分体现了政党最高权力意志,随着所谓意识形态领域“兴无灭资”斗争的狂热化越来越具有绝对真理的权威性,只能作为文艺法规和创作定律来遵循与执行,很难容纳具有合理性科学性的不同之见。当时《文艺报》在第二次文代会前曾连续几期登载关于创造新英雄人物的讨论,既提出“描写人民的灵魂及其斗争”的观点又提出“要使正面人物是有血有肉的,不是概念化公式化的,就必须着重描写人物的内心矛盾甚至人格分裂”的见解。这应该是些有利于塑造丰满且有深度的英雄形象的意见,却遭到周扬的严肃批评,说“这种思想和第二次文代会的精神是没有共同之点的”②;同时也批评路翎在《洼地上的“战役”》里所表现的英雄志愿军的心理或精神状态是“浓厚的感伤主义占了完全的上风,正是在这一点上,作者严重地歪曲了人民志愿军战士的思想面貌,而宣传了资产阶级个人主义的思想和感情”③。像这样粗暴的乱上纲的所谓阶级论文艺批评也不知扼杀了多少有才华有个性的作家作品。周扬的“新英雄”理念前后是有矛盾的,似乎随着大的政治

① 《周扬文集》第2卷,第249~252页。
② 《周扬文集》第2卷,第314页。
③ 《周扬文集》第2卷,第326页。

风向转,1956年在“双百方针”启迪下他在《在中国作协文学讲习所的讲话》中对社会主义现实主义“英雄”理念的阐释就比较辩证一些深刻一些。他说:“我们过去强调集体主义、爱国主义、强调纪律,反对个人主义,于是许多英雄人物出来了”,这是“它积极的一面”;“但是也有它阴暗的消极的一面:因为反对个人主义连个性也反掉了,因为强调集体主义把个人的事情忽略掉了,只承认党性,不承认个性,这可以说是我们这几年来实际上的倾向,这种倾向多多少少地反映到文学作品中来,于是就有些公式化。强调集体主义和反对个人主义、分散主义,这是对的,我们今后还要继续强调。可是不能忽略了别一个方面,所谓‘大公无私’,好当然好,但这只是理想,不大可能办到,所以毛主席说要‘大公有私’,这就对了,这才是辩证的。先是公,后是私,个人利益要服从集体利益,但不能把个人利益一笔取消。所以,个人利益和集体主义的关系的正确解决,党性和个性关系的正确解决,和我们文学作品有很大的关系。”①是年周扬在中共“八大”上的发言进一步强调要写出工农兵英雄形象的个性,他说:“提倡文艺作品表现工农兵的形象,创造我们时代的先进人物典型,是完全正确的。”而“我们有些作家因为对于新生活的体验不深,在表现工农兵群众的时候,往往只写了一般化的抽象的群众,而没有写出群众中千差万别的个性;只是写了一个人物的外表而没有写出他的真实的思想的感情。”“表现新的社会主义个性,是文艺创作的一个最重要的任务。但是,有些人都趋于极端,变成只准许作家描写工农兵,描写先进现象和先进人物,而描写先进人物又常常是从抽象的道德概念出发而不是从实际生活出发的。这样,许多作品中出现的人物就成了没有生命的没有个性的。”②周扬上述英雄理念倘若能在革命文学创作实践中得到真正地贯彻,那么工农兵英雄形象的塑造就会增强个性化减弱概念化、增加多样化减少雷同化。但是1957年的所谓扩大化的反右斗争却又大批特批“个人主义”,作为文艺界反右斗争的领导,周扬的英雄理念也只强调集体而不言“个人、个性”了。茅盾则表现出作为一个马克思主义文艺理论家的胆识和勇气,于“左”倾思潮泛滥的1959年在中国作协一次创作工作会议上发言,提出了富有真理性的英雄观,有针对性地指出:“英雄人物是发展的,也就是说,英雄人物的思想品质有发展,英雄人物也可以有缺点,不过他在斗争中最后还是克服了缺

① 《周扬文集》第2卷,第417~418页。

② 周扬:《让文学艺术在建设社会主义作大事业中发挥巨大的作用》,《人民日报》1956年9月25日。

点。写一个英雄人物从一开始就是全智全能全德,不但从不犯错误,而且政治上、思想上高度成熟,那也很好,可是这就像个超人了,超人是很少的,会引起不真实之感。事实上倒是有缺点,也能犯错误,但在斗争中,在自觉的努力下,终于把自己锻炼成为更完善的英雄人物,对于群众的教育作用,会更加大些。”而描写这种有缺点的成长式或发展式的英雄人物,“这不是公式,这是生活的逻辑”。①

关于社会主义现实主义“新英雄”理念的讨论,虽然有些不同的声音闪烁出真理的光辉,但在主流意识形态“新英雄”话语的高压强势之下投射进革命文学英雄叙事所起到的作用,恐怕也是微乎其微了。造成这种效果的原因也许很多,然而最根本的原因则是社会主义现实主义“新英雄”理念是执政党工农兵文艺路线的核心美学范畴。创造工农兵新英雄人物是社会主义文艺的头等重要的任务,政党的意识形态及其方针政策路线是依靠工农兵英雄人物来体现的,对人民进行社会主义乃至共产主义教育是要借助工农兵英雄形象作为榜样来灌输的;为达到此目的不可能容许文艺家遵循与主导英雄理念有稍微差异的英雄观进行工农兵英雄人物塑造,这已不再是 30 年代左翼文学描写英雄人物可以自由选择英雄理念的时代了,而此时必须强调“新英雄”理念的大一统,工农兵英雄人物的思想灵魂只能由政党的指导思想来铸造,否则就是被贬斥被批判的所谓“个人主义英雄”,或者是什么“封、资、修”英雄理念在作祟,这是主流意识形态绝对不能容纳和忍受的。上述是“新英雄理念”演进的第二个逻辑层次。

三、“两结合”文艺主潮的“英雄理念”

所谓“两结合”的文艺主潮,特指革命现实主义与革命浪漫主义相结合的创作方法和创作原则所形成的文艺潮流。早在第二次文代会上周恩来的政治报告已提出“两结合”创作方法,周扬的发言中也触及到,不过他们只是以它作为对社会主义现实主义的一种阐释,并没有当成一种主导的独立的创作方法论把它确立起来,而且也未形成文艺主潮;“两结合”创作方法和创作原则正式以最高权力话语予以论断和表述,则是 1958 年毛泽东在成都会议上为适应大跃进

① 《茅盾文艺评论集》上册,第 395 页,文化艺术出版社 1981 年版。

那种高昂、狂热、磅礴的革命浪漫激情针对中国诗歌的发展方向提出的:“形式是民歌,内容应是现实主义和浪漫主义对立的统一。”实质上社会主义现实主义就是一种革命浪漫主义,由于它始终有一层“现实主义”外壳包裹着,而且人们的理解和阐释也主要着眼于“现实主义”,这就影响或遮蔽了“浪漫主义”的核心地位。正如后来周扬在《新民歌开拓了诗歌的新道路》中所阐发的:“毛泽东同志提倡我们的文学应当是革命的现实主义和革命的浪漫主义的结合,这是对全部文学历史的经验的科学概括,是根据当前时代的特点和需要而提出的一项正确的主张,应当成为我们全体文艺工作者共同奋斗的方向。”①“两结合”的提出本来是针对大跃进民歌而发的,经周扬这位文艺界政治理论权威一发挥,不仅成了具有普适性的指导性的所有文学艺术的主张和方向,而且也是“全部文学历史”的规律性总结;随之“两结合”便形成压倒一切的文艺思想主潮,以强大的政治优势制导文学理论与文学创作的生存与发展态势,而“新英雄理念”则成为“两结合”文艺主潮的核心美学范畴,并在阶级斗争为纲的“左”倾思潮的任意泛滥的情势下使“英雄理念”越来越理想化神魔化。1958 年对《林海雪原》这部革命英雄传奇小说的评论,权威批评家何其芳竟说少剑波存在“个人英雄主义”,且不说“个人英雄主义”与“集体英雄主义”是否异质相对值得批判,就以少剑波的整体形象来说,足以称得上理想化神圣化的无产阶级革命英雄,已经达到毛泽东对共产党英模人物的经典定义要求:“这些干部和领袖懂得马克思列宁主义,有政治远见,有工作能力,富有牺牲精神,能独立解决问题,在困难中不动摇,忠心耿耿地为民族、为阶级、为党工作”;而“这些人不要自私自利,不要个人英雄主义和风头主义,不要懒惰和消极性,不要自高自大的宗派主义,他们是大公无私的阶级的民族的英雄,这就是共产党员、党的干部、党的领袖应该有的性格和作风”②。这是共产党员英模人物思想品格“应该有”的理想化浪漫化的要求,并非“实有”或“已有”的现实主义要求。我觉得少剑波在小说世界里不论作为党员、干部或者指挥员都达到了共产党员最经典最理想的英雄楷模的标准,何氏还指责他是“个人英雄主义”,这只能使我想到在何其芳心目中的“革命英雄”比经典定义要高得多、“纯”得多,革命英雄叙事是难以企及的,那只有到主观幻想的革命浪漫主义艺术王国里去寻觅了。虽然在反右和大跃进的背景下提出的“两结合”并没有公开地否定“革命现实主义”,但在

① 周扬:《新民歌开拓了诗歌的新道路》,《红旗》1958 年第 6 期。
② 《毛泽东选集》第 1 卷,第 255 页,人民出版社 1987 年版。

反复批判"写真实"论之后实际上已抽空了现实主义的本质规定,所余下的只有空泛而虚拟的浪漫主义的"英雄"假设了。也许出于一种理性自觉,这时茅盾对"两结合"的"英雄"观念,做出了自己的诠释。就在"两结合"创作方法成为文坛主流话语的1958年,茅盾在《夜读偶记》中仍以二元对立的辩证思维阐释他坚持的新英雄理念,他说:"社会主义现实主义所要求塑造的英雄人物既是抱有伟大理想的舍己为人的英雄,同时又是现实的人;他们不是个人主义的英雄而是集体主义的英雄;是从群众中产生,而仍然是群众中一员的英雄,而不是从半空中掉下来的超人式的英雄。他们不怕牺牲生命以求实现的伟大理想,也不是出之于幻想或空想",而是马克思主义的科学理想。"抱着这样的伟大理想的英雄人物应当是丰采照人而又和易可亲,应当是随时随地都在群众前面而又不脱离群众,应当是胸襟阔大、高瞻远瞩而又决不主观,没有空想。"①至少在客观上这是对"两结合"文艺主潮"英雄"理念的空想化或幻想化的一种拨正。然而到了1960年第三次文代会吹响了反对所谓"现代修正主义"号角,茅盾却不得不以大跃进时代出现的"假、大、空"的新英雄为例来阐释"两结合"的革命浪漫主义英雄观。茅盾的这种摇摆既可以解释成形势所迫不得已而为之,又可以说明茅公终其一生处在"矛盾"中。反倒60年代初的赵树理这位一贯体现工农兵文艺路线方向的"榜样"人物,对"两结合"的浪漫英雄观唱了反调,在理论上他主张"要表现新英雄人物,先要认得新英雄人物。识别的界限是,要看他是否真正在那里忘我地建设社会主义,有没有为共产主义奋斗的伟大目标。在日常生活中,我们常常碰到许许多多的英雄人物。他们有过大的理想,一声不响,勤勤恳恳地在那里建设社会主义。""我是喜欢这样的英雄。"②在创作上,他写了《实干家潘永福》中的潘永福这样提倡实干的、反对浮夸的、勤勤恳恳的、埋头苦干的建设社会主义新英雄。大跃进的非理性狂欢过后的整个社会结构进入调整期,在文艺界围绕创造新英雄人物的美学问题出现纠"左"的主流话语,一是周恩来说:"有人提'高标准'的英雄人物,怎么会有那样的英雄人物?"③一是陈毅说:"写英雄人物也可以写他的缺点,写他的缺点更可以看出他的长处。"④在大连农民题材短篇小说创作座谈会上,邵荃麟除了"强调写先进

① 茅盾:《夜读偶记》,第107页,百花文艺出版社1958年版。
② 《赵树理文集》第4卷,第1647页,工人出版社1980年版。
③ 《周恩来论文艺》,第174页,人民文学出版社1979年版。
④ 《党和国家领导人论文艺》,第153页,文化艺术出版社1982年版。

人物、英雄人物是应该的”外，提出了写“中间状态的人物”的观点，并称赞赵树理等小说家坚持现实主义描写农村“中间人物”所取得的成就。

上述的一些“新英雄”理念显然不符合“两结合”文艺主潮“英雄”观，所以贴近现实主义“真实论”的英雄理念不仅在创作实践中没有取得预想效果，被极左浪潮所吞没，反而触犯了以“阶级斗争为纲”这条政治高压线，有人认为“这并不是一个次要的问题，而是无产阶级革命文学的一个根本问题”①。“文革”前夕，“两结合”文艺主潮的“新英雄”理念已成为制造现代迷信的理论根据，文艺创作所塑造的英雄人物则成了造神的工具，力图把英雄理念或英雄人物变成造神的能指和所指的话语系统。当时《文艺报》评论员写了一篇题为《用毛泽东思想武装起来，做又会劳动又会创作的文艺战士》，着重推广部队作家创造英雄人物的经验，非常明确地指出：“看不到英雄怎么办？看不到，多向毛主席著作去请教，按照毛主席教导选苗苗；看不到，问群众，问领导，群众眼睛亮，领导站得高；看不到，勤把自己思想来改造，要和英雄人物走一道。看到了，要用毛主席著作来对照，看他做到哪一条，领先哪一条，体现哪一条。”②这就把工农兵英雄塑造引上一条政治观念先行、领袖意志决定论的悖离美学规律的道路，所塑造出的英雄人物不是源于生活高于生活的艺术形象，而是某种政治意识、政治路线的抽象符号或是领袖主观意志的艺术载体，完全抹煞了工农兵英雄首先是个活生生的人的本体，成了地道的按照某些政治教条或某种既定政治图式塑造起来的神像，通过芸芸众生盲目崇拜工农兵英雄神而去崇拜其背后矗立的更高大更完美的权力至高无上的现代神，轰动一时的《欧阳海之歌》就是这种“造神文学”的经典文本。“文革”十年把遵照“三忠于四无限”的政治规范塑造工农兵英雄人物推上了极端。1966年出台的《部队文艺工作座谈会纪要》明确规定：“要努力塑造工农兵的英雄人物，这是社会主义文艺的根本任务。”其实，《纪要》的“根本任务”说并非新提法，只不过是《讲话》成为革命文艺法规以来的“重要的”、“首要的”、“头等重要”、“最主要的”、“最中心”任务等强调性词语的合乎程序的延展，没有多少词面上的新意，只表明革命文艺塑造英雄的路子越走越窄、越走越离开现实生活。早在50年代毛泽东给《合作化的带头人陈学孟》写的按语中就指出：“在中国，这类英雄人物何止成千上万，可惜文学家

① 刘白羽：《雷锋形象》，《文艺报》1963年6月号。

② 《文艺报》1965年12月号。

们还没有去找他们。”①毛泽东的意思很明显，遵循党的社会主义时期的总路线，能够带领数亿人民走社会主义道路的就是像陈学孟这样的工农兵英雄，所以文学家们必须自觉地塑造工农兵英雄人物，为贯彻党的总路线总任务服务。截止到“文革”前夕，塑造工农兵英雄人物这个头等重要任务在文艺界落实过程中并不顺利，毛泽东颇为不满。1962 年 9 月江青曾找中宣部文化部正副部长谈话，传达毛泽东的指示，说“舞台上，银幕上帝王将相、才子佳人、牛鬼蛇神泛滥成灾”，而几位部长却“充耳不闻”②；同年 12 月毛泽东对华东省市委书记说：目前的戏剧舞台上“帝王将相、才子佳人多起来，有点西风压倒东风”③；1963 年底毛泽东多次批语文化部，并让文化部好好检查、认真改正，不然就改名“帝王将相部”、“才子佳人部”或“外国死人部。”④这说明宣传部、文化部已违背毛泽东文艺路线及其塑造工农兵英雄人物的根本任务，而滑进了所谓“修正主义”陷阱。难怪江青 1966 年在部队文艺工作座谈会上说，过去有些写英雄人物的作品写了错误路线，违反纪律，谈情说爱，英雄之死等，这“都是资产阶级的、修正主义的东西，必须坚决反对”⑤。按照江青的说法，不仅过去革命文艺所写的英雄不是真正的工农兵英雄，“都是资产阶级的、修正主义的东西”；而且必须以毛泽东革命路线作为唯一准绳来塑造工农兵英雄，否则就犯了路线错误。毛泽东认为党内始终存在着两条路线的斗争，意识形态领域两种思想的谁胜谁负的问题始终没有解决；而毛泽东思想既是无产阶级革命路线的正确代表又是无产阶级思想意识的正确体现，所以工农兵英雄形象其灵魂必须以毛泽东思想来铸造，其行为必须以毛泽东革命路线来制导。这就把工农兵英雄人物的塑造提升到两个阶级、两条路线、两种思想相互搏斗的高度，而工农兵英雄人物必须以胜利的姿态体现出毛泽东革命路线、毛泽东思想武装的无产阶级及其意识形态永远是战无不胜的。从 1962 年毛泽东规定在党内开展反对资产阶级代理人修正主义者的阶级斗争直到“文革”中把它落实为反对党内走资本主义道路的当权派，而文艺上的在两条路线斗争中塑造工农兵英雄人物的根本任务则逐步得到强化；随着“文革”的所谓两条路线的斗争日趋激化，文艺的“根本任务”在 1975 年前后得到极端化的强调，为了配合两条路线的斗争江青认为表现革命战争年

① 《毛泽东选集》第 5 卷，第 248 页，人民出版社 1997 年版。

② 戴嘉坊：《样板戏的风风雨雨》，第 6 页，知识出版社 1995 年版。

③ 戴嘉坊：《样板戏的风风雨雨》，第 7 页

④ 戴嘉坊：《样板戏的风风雨雨》，第 8 页。

⑤ 《江青同志讲话选编》，第 16 页，人民出版社 1968 年版。

代的“样板戏”也过时了，说什么“现在那些样板团演出的戏都老掉牙了，很少有社会主义时期的题材，一个也没有与走资派做斗争的内容”。随之“初澜”就写了篇题为《一项重大的战斗任务》的文章，号召写与走资派做斗争的英雄，并说这是文艺工作者的重大战斗任务，是“时代的要求，阶级的委托”①。至此，文艺上塑造工农兵英雄人物的根本任务，终于在“文革”极左思潮猖獗中彻底落实了，而现代中国文学的英雄主义叙事也走进了死胡同。江青带领样板团所创作的“现代样板戏”，应视为是落实革命文艺塑造工农兵英雄人物根本任务的“成功样板”，并由于会泳写了篇题为《让文艺舞台永远成为宣传毛泽东思想的阵地》的文章，总结了样板戏塑造革命英雄形象的创作经验，他说：“我们根据江青同志的指示精神，归纳为‘三个突出’，作为塑造人物的重要原则。即：在所有人物中突出正面人物来；在正面人物中突出主要英雄人物来；在主要人物中突出最主要的即中心人物来。”②后来在“三突出”的基础上又衍生出“三陪衬”（以反面人物陪衬正面人物，以正面人物陪衬英雄人物，以英雄人物陪衬主要英雄人物）、“三铺垫”、“三围绕”、“多侧面”、“多浪头”、“多回合”、“多波澜”等辅助性的创作原则。这一套塑造革命英雄人物的创作原则，并不是什么独创性的发现，实际上“是革命文学理论自20年代要求写革命英雄人物以来的创作经验的极端总结，也是对所谓革命文学理论之典范化的内在意图的最为真实和率真的表达。”③

“两结合”文艺主潮的“英雄理念”到了“文革”十年发展到“根本任务论”，塑造工农兵的无产阶级英雄形象完全是领袖政治意志的体现，领袖说谁是无产阶级英雄谁就是，这比社会主义现实主义英雄理念只强调体现政党政治意图又进一步推向了极端。因而，所谓“塑造无产阶级英雄典型”的“根本任务”就是大张旗鼓地宣传毛泽东思想，即一条路线（毛泽东政治路线）、一个观点（毛泽东思想观点）要天天讲、月月讲、日日讲，使对领袖“三忠于四无限”崇拜的无产阶级英雄灵魂变成全国人民的灵魂，以适应“造神运动”之需；所谓“三突出”创作原则最终是为了突出毛泽东思想、毛泽东革命路线，使英雄人物成为毛泽东思想的化身和载体，难怪“文革”时期的文艺创作组则更名为“毛泽东思想写

① 林韦等：《“四人帮”批判》，中国社会科学出版社1983年版。

② 于会泳：《让文艺舞台永远成为宣传毛泽东思想的阵地》，《文汇报》1968年5月23日。

③ 余虹：《“现实”的神话：革命现实主义及其政治意蕴》，《文化研究》第2辑，天津社会科学院出版社2001年版。

作组”。长篇小说《虹南作战史》就是根据“无产阶级专政下继续革命的理论，以及毛泽东关于社会主义时期农村阶级斗争和路线斗争的论述”而创作的；“洪雷生是居于中心地位的高大完美的无产阶级英雄”，也是按照“三突出”原则突出主要英雄人物而塑造的。① 可见“两结合”文艺主潮的“英雄理念”推至极致而对工农兵英雄形象塑造的绝对要求则是，以领袖的主观意志为灵魂，以领袖的意识为意识，以领袖的路线为行动纲领；只有这样，才能成为“高、大、全”的无与伦比的“无产阶级英雄”。这是“新英雄理念”演进的第三逻辑层次。

四、革命文学“英雄理念”的反思与评判

A. 不论“新写实主义”把写“新英雄”作为“尖锐题材”，或者社会主义现实主义将描写工农兵英雄作为“头等重要大事”和“首要任务”，或者“两结合”文艺主潮把塑造无产阶级英雄典型作为“根本任务”，都是将“英雄典型”作为无产阶级革命文学的重要美学范畴。从其强调务必站在革命立场（或党性立场）上、坚持唯物辩证法的无产阶级世界观来刻画英雄形象来看，所谓的“新英雄理念”已不是严格意义上的现实主义美学范畴而实质上则成了以现实主义为装饰的主观浪漫主义的革命英雄观。因为“文学上的现实主义，不是任何人所定的法律，它是在文学艺术实践中形成的所遵循的一种法则。它以严格地忠实于现实，艺术地真实地反映现实，并反转来影响现实为自己的任务。它是指人们在文学艺术实践中对于客观现实和对于艺术本身的根本的态度和方法。这所谓根本态度和方法，不是指人们的世界观（虽然它被世界观所影响所制约），而是指：人们在文学艺术创作的整个活动中，是以无限广阔的客观现实为对象，为依据，为泉源，并以影响现实为目的；而它的反映现实，又不是对现实做机械的翻版，而是追求生活的真实和艺术真实。”②尽管秦兆阳对“现实主义”的界说并没有摆脱“革命”的或“社会主义”的“现实主义”的主观政治话语的限制，然而他却否定了“新写实主义”或“社会主义现实主义”的“唯物辩证法现实的二元区分和一元本质优越论，否定了一种现实、一种认识的独断论，进而否定了文艺专制的正当性，还现实以丰富性，还现实主义以自由（广阔即自由的别

---

① 杨鼎川：《1967：狂乱的文学年代》，第87～88页，山东教育出版社1998年版。

② 秦兆阳：《现实主义——广阔的道路》，《人民文学》1956年第6期。

名)"[①]。而"革命英雄理念"正是建立于秦氏"三个否定"的所谓现实主义理论基础之上,其主观的武断的幻想的革命浪漫主义英雄观的实质昭然若揭。"新写实主义"的"新英雄理念"之所以必然是一种革命浪漫主义英雄观,这是因为无产阶级革命要借用"新英雄" 人物宣传革命理想、革命路线和革命策略,而要论证这种宣传的正当性合理性,"革命文学理论家必须将其理想、策略、方针路线说成是社会发展之必然,说成是客观的东西";"实际上这种理想不过是一种政治乌托邦想象,其相关的策略、方针路线也不过是某个人、某集团一时的主观设想,况且并不一定与所谓的理想相关。而所谓'无产阶级的世界观' 其实是某种主义政治的乌托邦话语或某一时期政治策略与方针,所谓'唯物辩证法'背后是一种预定性的先行指令"[②]。所以,在无产阶级世界观指导下或唯物辩证法启示下所演绎的"新英雄理念",必然具有革命浪漫主义倾向,它充分体现于普罗文学的创作中。正如1932年郑伯奇批评华汉的普罗小说所指出的:"你的作品,题材多少是有事实根据的,人物多少是有模特儿存在着,然而题材的剪取,人物的活动,完全是概念——这绝对不是观念——在支配着。最后《复兴》一篇,简直是用小说体演绎政治纲领。"普罗小说英雄叙事的这种革命的浪漫正是"把现实神化了去写","把现实虚伪了去写"。[③] 社会主义现实主义的"新英雄理念" 并未因它取代了 "新写实主义"和唯物辩证法创作方法而改变它们共有的哲学基础"唯物辩证法",也并未因社会主义现实主义借塑造工农兵英雄来具体宣传政党意志、政党方针路线而改变其共有的乌托邦政治意识形态,故而社会主义现实主义的英雄理念实质上仍然是革命浪漫主义英雄观。这不仅因为社会主义现实主义的哲学基础"唯物辩证法"提供了一套分离现实的技术和话语,即整个现实的构成是二元的(时间维度上是必然/偶然,空间维度上是本质/现象),而这种二元区分就建立了一种有等差的现实秩序,并设定某种现实是必然的或本质的,致使这种现实具有优越性,这就为创作主体主观地任意地判定这是英雄事迹那不是英雄事迹、这是英雄本质那不是英雄本质提供了话语口实;所以唯物辩证法既能为某些作家主体塑造想象中的工农兵英雄人物予以哲学辩护,又能为某些作家主体的指鹿为马式的革命英雄独断论提供哲学根据,更能为某些文学批评家任意挥舞棍子批这个英雄人物是个人主义英雄斥那个

① 余虹:《"现实"的神话:革命现实主义及其政治意蕴》。

② 余虹:《"现实"的神话:革命现实主义及其政治意蕴》。

③ 秦兆阳:《现实主义——广阔的道路》。

工农兵先进人物是小资产阶级思想灵魂提供哲学理由。而且也因为提倡社会主义现实主义的左翼作家是凭借“无产阶级世界观”即马克思主义来认识现实的本质与必然，经过了从所谓“‘无产阶级世界观’出发认识和描写现实到从‘党的政策’出发去认识和描写现实，就是从服从主义意志到服从政党意志的转移”①的历史进程；而这个进程中为了强化革命文艺宣传马克思主义、政党的方针路线政策的政治使命意识，始终把塑造新英雄放在重要的或首要的地位，尤其工农兵英雄的塑造是重中之重。如果真正从丰富的广阔的复杂的现实出发来选取和描写英雄人物那有可能创造出贴近现实贴近生活的血肉丰满的现实主义英雄典型，而革命文学塑造新英雄则必须站在党性的立场上以“无产阶级世界观”去裁剪丰富复杂的现实，以“典型化”的方法去创造新英雄人物；但是以无产阶级世界观和政党方针路线为唯一尺度裁剪的现实或选取的英雄人物，有可能离原生态的现实越来越远，与无产阶级世界观的假定性和政党方针路线的法定性却越贴越近，致使从所谓现实中剪裁或选取的英雄人物成了所谓无产阶级世界观和政党方针路线的图解。况且有些革命作家并不具备“无产阶级世界观”，也不熟悉政党的方针路线政策，若是一定要求他们遵循社会主义现实主义创作方法描写工农兵英雄人物，那他们必然就凭借自己的主观设想去编造英雄叙事，所描写的工农兵英雄人物也许更加虚伪化了。至于以“典型化”方法塑造英雄的诉求更高：“典型是表现社会力量的本质，与社会本质力量相适应，也就是典型是代表一个社会阶层，一个阶级，一个集团，表现它最本质的东西。”②所谓“社会力量的本质”是马克思主义世界观先验规定的，也“是由政党政治话语先行指定了的，是政党的政治理想与价值的代码，它的艺术形象化身就是‘先进人物’，因此‘先进人物’就是典型。”③这种塑造先进英雄人物的“典型化”方法与装饰着社会主义现实主义外衣的革命浪漫主义“英雄理念”是同质同构的。如果说社会主义现实主义的革命浪漫主义英雄理念尚有“现实主义”伪饰，那么“两结合”文艺主潮的“英雄理念”则是赤裸裸的革命浪漫主义的，不过为了掩饰这种赤裸性，姚文元做了这样的辩解：“共产主义理想本身在我们这个时代是最大的真实，没有真实性决不会有理想性，抹煞了生活的理

① 余虹：《“现实”的神话：革命现实主义及其政治意蕴》。
② 《周扬文集》第2卷，第197页。
③ 余虹：《“现实”的神话：革命现实主义及其政治意蕴》。

想性也就抹煞了真实性。”①这就把革命现实主义与革命浪漫主义等同起来,也点破了革命现实主义“英雄理念”的革命浪漫主义实质;到了“文革”期间则把浪漫主义“英雄理念”推至绝端。

B. 革命现实主义的“新英雄理念”从内涵到外延是个政治意识形态话语系统。“新英雄理念”作为革命现实主义美学范畴,它是从所谓无产阶级政治立场出发根据抽象的共产主义理想对革命文学的理性诉求,而不是从人类文学发展的历史和无产阶级文学的创作实践中引申并总结出的合乎审美规律的话语。所谓政治意识形态话语系统,主要指那种被特定的政治群体或政治集团信奉并遵守的具有真理性的、某种价值取向和实践意义的言语所构成的。从政治集团的特定立场及其信仰的政治理想为出发点对文学艺术的诉求,往往是从特定的预期政治教条出发而对文学提出来的要求,而这种政治教条便能构成意识形态话语系统。从“新英雄理念”演进的三个逻辑层次来看,“新写实主义”的“新英雄理念”是出自于无产阶级世界优先论和马克思主义的“新人”理想,希冀革命文学通过描写劳苦工农大众的英雄人物,以其作为传递和宣传马克思主义意识形态话语系统的“留声机”和信息符号;社会主义现实主义的“新英雄理念”出自于中国化的马克思主义话语体系,并具体化为政党的政策方针路线的政治诉求,而工农兵新英雄人物在一定程度上则成了政党方针路线政策话语的物化形态,这种物化形态可以作为无穷的榜样力量来推广政党的政策路线和主观意图;“两结合”文艺主潮的“新英雄理念”完全出自具有“放之四海而皆准”真理品格的“战无不胜”的“领袖思想”,是“领袖意志”的绝对的政治理性诉求,而“塑造无产阶级英雄典型”就是“领袖”政治话语的最神圣的雕塑,及至“文革”时期则成了统治一切、指挥一切的极权主义政治话语的宣传机器。总之,革命现实主义“英雄理念”作为一个政治意识形态话语系统落实到现代文学革命叙事的新英雄人物的塑造上,并不是说所有的工农兵英雄形象都缺乏活生生的真实生命感,所有的革命英雄人物都是缺乏个性的政治意识形态话语系统的构造物,而是说有相当多的新英雄人物的个性意识或自我灵魂被置换或者被阉割则成了政治意识形态主流话语的传声筒或形象化符号,作为英雄人物的“我”在文本中出现所发出的声音不是出于内心的个性化的声音,似乎代表一个政党或某个社团或某些群众来言说的政治意识形态话语,这在革命现实主义“新英雄理

① 姚文元:《社会主义现实主义文学是无产阶级革命时代的新文学——同何直、周勃辩论》,《人民文学》1957年9月号。

念"于创作实践中所演进的三个逻辑阶段越来越明显。正如有的研究者所说的:"在'无产阶级世界观优先'的'新写实主义'阶段,'我'(笔者认为可指英雄人物)代表一群人所认同的'马克思主义话语'(即无产阶级世界观)说话。比如'我'只要开口说话,便在马克思主义的阶级论框架中说话,离开了这个框架'我'无法说话。在此与其是'我'和'我们'在说话不如说是马克思主义的话语在说话。在'政党政策优先'的'社会主义的现实主义"的阶段,'我'无法说话。在'政党领袖话语优先'的'两结合'阶段,尤其是'文革'时期,'我'代表一群人所认同的'政党政策话语'说话,离开了党的政策,'我'代表一群人所认同的最高指示'毛泽东思想'说话,离开了'最高指示''我'无法说话。比如革命样板文学的写作。"①无产阶级英雄人物就是一种"政治典范",这一点周扬说得极为明确:"文艺作品所以需要创造正面的英雄人物,是为了以这种人物去作人民的榜样,以这种积极的、先进的力量去和一切阻碍社会前进的反动的和落后的事物做斗争。"②显然,要求文艺作品塑造英雄人物而成为批判的武器,以马克思主义意识形态话语去战胜一切阻碍社会前进的所谓反动和落后的话语系统。

C. 革命现实主义的"新英雄理念"是以否定人性论或人道主义为前提而建立在阶级论的基础上,它总是囿于人性论与阶级论、个人主义与集体主义、无产阶级与资产阶级二元极端对立的框架中,一方面从理论上阐释革命英雄理念,一方面从实践上塑造无产阶级英雄人物,这不仅使"新英雄理念"出现了偏颇,也使新英雄塑造留下了缺陷。这里不想详谈英雄人物塑造的缺陷,重点探析"新英雄理念"的偏颇。所谓人性既是抽象的又是具体的,人性的抽象性主要指它具有普遍性,"人之异于禽兽"其本质区别在于人类有人性,只要确证个体的人并没有异化,那么这个人仍未丧失人性的本质规定;而人性的具体性主要指人性的差异性和复杂性,且存在于人的个体生命和群体生命中,或存在于人的感性与理性交织的心灵中,不论人的形而上的生命追求或者形而下的生命冲动都源于人性。"人文精神是人性——人类对于真善美的永恒追求以及表现在这种追求中的自由本质——的展现,这种追求表现着人类对于自己所从来的外在自然和自己内在自然(动物式的情欲)的自觉超越,使人的感性生活具有日益丰富而高级的文化品位,从而把人与自然界区别开来;这种自觉超越同时又意味

① 余虹:《"现实"的神话:革命现实主义及其政治意蕴》。

② 周扬:《为创造更多的优秀的文学艺术作品而奋斗》,《文艺报》1953年第19期。

着人能够以自身的尺度去从事自由的创造性活动，不断地从精神的必然王国向自由王国飞跃”，[①]故而人性的本质应是自由性、自觉性和超越性。科学精神同样是人性，它使人真正从人性是“神性”的迷雾和兽性的野蛮中走出来，恢复了人性的本真面目。自“文艺复兴”以来，时代精神的主旋律是“人的发现”即人性的发现，不仅注意人的感性生活和意志自由的人文哲学思潮是“人的发现”，即人性发现的时代精神表征；而且注重以科学精神去认识宇宙和人生之真理的知识哲学思潮，其意义更是“惊天动地的人的发现”即人性的发现。严复和夏曾佑曾说“英雄”是“公性情”，他们发现了“英雄”是普遍人性。心理学研究证明，“英雄情结”是一种集体无意识，每个被发现的人都有潜在的无意识“英雄情结”，都有一种英雄的生命冲动，即使从人与其现实存在对象——人与自然、人与作为个体存在的人、人与社会群体、人与文化传统、人与社会历史——这五种关系来考察，也可以发现人在处理、调整五种关系的历史的具体的实践中不仅显示了英雄本质力量，也锻炼、充实、丰富了差异互见的英雄个性，只要主客观条件具备，任何人的英雄情结都会被激活，迸发出一种改造客观世界同时也改造主观世界的英雄伟力和豪迈气魄，可见“英雄”是一种普泛的人性。科学马克思主义承认人性的同时也发现了人的阶级性，既没有把人性与阶级性等同起来，又没有以阶级性取代人性。固然他把一切历史都视为阶级斗争史难以令人信服，但认为在阶级社会里人具有阶级性却是富有真理性的发现。马克思主义阶级论一经中国化，就纳入二元极端对立的理论思维模式，不只是把人性与阶级性完成对立起来，特别是以阶级性或党性否定并取代了人性，使活生生的充满生命活力和个性意识的活人变成先验决定的阶级性符号，英雄的普遍性也被唯无产阶级英雄才是真英雄的独断论所吞没，其他的英雄人物及理念都冠上被否定被定性的阶级帽子。本来人的阶级性是包含在人性之中，它只是复杂的深邃的多维的人性结构中短暂的表层的一维，到了阶级消灭之时人的阶级性也随之消失了；然而阶级论者不仅把阶级性与人性对立起来，视阶级性为人的永恒的唯一的人性，把人的所有思想情感、行为方式甚至人化的花鸟草虫等都硬硬地烙上阶级的印章，并且将阶级论泛滥化、随意化、命定化和机械化，在理论上造成了极度的混乱，在实践上产生了极深的恶果，“文革”阶级论则成为意识形态实行全面专政的理论基础。且不说从延安文艺整风到建国十七年，每次文艺

① 许苏民：《人文精神论》，第9页。

战线的所谓意识形态领域阶级斗争所冒出来的“无产阶级英雄”是“阶级论”育化的变态者,就是以“阶级论”分析定性的工农兵英雄也在很大程度上失去人的本来面貌和人性的丰富深邃,而且对工农兵的阶级分析也是极其主观武断的。假设工农兵可以成为“无产阶级英雄”,那首先应具体剖析“工人”、“农民”、“士兵”各自的复杂结构,工农兵每个群体都是由多阶层多身份多意识多价值多倾向的人构成,要是以政治标准或经济尺度或思想准则来划定其阶级属性,那就应该有坚实的科学的统一的阶级标准,不能仅仅凭借政党的政治需要或领袖的主观意志来判定工农兵的阶级性质及其英雄人物的本质特征。其次,再把置身于革命战争或政治斗争或经济建设的实践中经受考验的工农兵,选择抉取那些足以确证工农兵阶级性及其英雄人物本质特征的所谓“事实”予以夸饰性的描述。至于实践中那些真正能反映工农兵阶级性及其英雄人物复杂深邃人性的“事实”则作为非无产阶级的东西而被剔除掉,这怎能塑造出具有强烈真实感的工农兵英雄形象?这种阶级论分析从思想到创作乃至革命实践所造成的负面影响和历史教训是值得认真记取的。在革命文论中所出现的“无产阶级”(或“第四阶级”)或是“工农兵”或是“群众”或是“人民”等概念,都不是从政治角度定性的阶级概念,正如有的研究者所指出的:“实际上‘无产阶级’只是一个经济身份概念,作为某种经济身份集团,它有共同的经济地位和经济要求,但并不能从中推出统一的、无个性的‘心声’。‘工农兵’只是一种职业分类,同一职业者不一定有同一的‘心声’,不同职业者更不一定有同一的心声。‘群众’和‘人民’作为人群的集合名词,其所指只是无数个体的集合”①,那发出的心声会有更多的杂音。这里说的“心声”可理解为人性,不论经济身份或是职业分类既不能规定人性的差异又不能决定人的阶级分野;但阶级论者却给他们都赋予了阶级本质,皆可代表政治意义上的“无产阶级”,这就以共有的阶级性代替了普遍的人性,以共有的话语掩盖了个人的话语。其实,个体的人或群体的人,首先是具有丰富人性的人,即使一个人或一群人隶属于某个阶级的他或他们也仍然是人,他或他们是以人的资格和尊严参与了某个阶级集团。当人具有了某种阶级性或阶级意识时,既不能说这个人失去了人性,又不能说这个人被异化了,只可以说这个人的人性更丰富了,有了人的个性觉醒也有了阶级觉醒。无产阶级英雄或工农兵英雄也是这样,他们首先是个活生生的人,比一般

① 余虹:《“现实”的神话:革命现实主义及其政治意蕴》。

的人性更丰富，英雄性则是其人性最强劲的表现之一，既与一般人的“英雄情结”或英雄冲动有相通点又有其不同；而所不同的根本点在于，无产阶级英雄人物或工农兵英雄人物的英雄动机或英雄行为的价值取向同“无产阶级只有解放全人类然后才能解放自己”的理性设想相关联，并且在不同程度上达到理性自觉高度，否则就难以断定他是不是无产阶级英雄。既然无产阶级英雄理念通向“解放全人类”终极目标，不仅不应该以阶级性否定或取代普遍人性，反而要容纳、充实、完善和发展人类一切美好的人性，当然也应该包括人类的“英雄”性情在内。

D. 如果说中国化的阶级论分析赋予无产阶级或工农兵的英雄人物更多的理想化、完美化的思想品质，把英雄人物拔得过高；那么通过对知识分子的阶级分析则把他们从政治上一压再压、一贬再贬，及至“文革”成了全面专政的对象，这就导致革命文学的英模人物谱系中的知识分子英雄的严重缺席，左联时期的革命文学叙事中不乏知识分子英雄形象，到了延安工农兵文学、“十七年文学”和“文革”文学中几乎见不到知识分子的英雄人物了。所谓知识分子，顾名思义是指特定社会结构中那些通过正规教育或非正规教育掌握一定人文知识或科学知识的人群，他们同工农兵相比连个社会职业身份也不算，飘忽游荡，散乱流动，社会的各行各业都有知识分子的身影，其中政权机构、科学研究、学校教育、新闻出版、文学艺术等单位是知识分子较集中的场所。自从中国社会变革进入19世纪末或20世纪初现代化肇始以来，相当一部分知识分子成为政治运动、文化运动和文学运动的先驱者、倡导者和推进者，世人称他们为仁人志士、英雄豪杰，出现了不知多少“杀头不要紧，只要主义真”的殉道英雄。他们不仅拥有现代最先进的文化知识、科学技术、政治意识和价值观念、审美理想，而且也具有为实现其政治抱负、现代理念的不屈不挠、无所畏惧的躬身实践的行为和精神。抗战爆发后有大量生活在大后方或大城市的知识分子克服千难万险投奔革命根据地延安，这本身就体现出知识分子的革命豪情和英雄行为；但是在延安开展的多次肃整运动中有不少知识分子却成了被肃整的对象，特别通过文艺整风运动从理论上宣判他们头脑中有个小资产阶级王国，并上纲到亡党亡国的吓人政治高度进行批判。从此知识分子不只是有了小资产阶级或资产阶级的阶级归属，也由革命的先觉者或先驱者或现代知识拥有者变成了必须“脱胎换骨”的被改造的对象，随着“兴无灭资”斗争在意识形态领域的深入，知识分子头上的政治帽子越来越多、越来越重，到了“文革”成了被实行全面专政的主角。现代知识分子之所以与工农兵大众的历史地位出现错位或颠倒，以及知识者从灵魂到肉体遭受到一次次无情摧残，甚至制造了无数冤假错案，它的原因可以从多维度去探究，但铁的历史事实所确证的阶级论分析的乱用泛用则是其重要原因之一，欲加之罪何患无辞！既然五四以来的现代精英知识分子被霸权话语主观武断地定性在小资产阶级或资产阶级营垒，变成被改造被批判乃至被专政的对象，那么在革命文学的无产阶级英雄谱系中的严重缺席乃是势所必然的了。这种机械武断的阶级论所造成的历史灾难，既坑害了现代知识分子又害苦了工农兵，也损伤了革命文学的英雄塑造。只有善于总结历史教训、记取历史教训的民族，方能真正成熟起来、健全起来，使民族摆脱历史受挫的阴影而将文学艺术的发展推向真善美和谐统一的美学境界，也使文学地地道道地成为以人为本的文学，英雄人物真正成为血肉丰满、人性充盈的活生生的真人。

E. 现代知识分子在革命文学系统中被宣判为被改造被批判的对象，若是一旦表现好即使有资格成为英雄，那也是个人主义英雄或个人英雄主义的代名词；关键在于现代知识分子头脑中的小资产阶级王国里供奉的是个人主义、人道主义、人性、人情等人类固有的本性，似乎在无产阶级词典里这些都是资产阶级思想意识，连感伤、忧郁、苦闷、迷惘等人类共有的情绪也属于资产阶级情调。基本这种阶级论分析，便形成了个人主义与集体主义绝然对立的思维框架，凡是与个人主义沾上水、靠上边的思想意识、情感情绪或心理灵魂，都是小资产阶级或资产阶级意识形态，都是与无产阶级集体主义意识异质相对的格格不入的，发展到极端即使自左翼文艺运动以来直至"文革"前的无产阶级革命文艺思想也作为修正主义文艺思想被彻底批判，难怪在革命文学兴起之初蒋光慈等就把革命文学作为集体主义文学与五四个人主义文学对立起来，这与"文革"思想意识遥相呼应；本来蒋光慈、周扬等都是坚持无产阶级集体主义意识形态，倡导革命文学以反对所谓资产阶级个人主义文学的英雄人物，却在不同的历史语境下（即30年代或"文革"）遭到其所坚守的主义的无情批判，几乎由英雄变成历史"罪人"。沉痛的历史教训，使每个有良知的革命文学理论家和作家诗人都进行过痛定思痛的忏悔式思考，即使周扬这位极力鼓吹和捍卫极左文艺思潮的"英雄"也在20世纪80年代初揭起人道主义个性主义大旗反对人性异化了；同时有更多的知识分子从实践与学理的结合上破除二元极端对立的僵化思维模式，以辩证系统思维规律来探讨和阐释个人主义与集体主义之间的深刻关系。其实，早在五四文学革命时期，文化先驱们提倡的个人主义就是个性主义，而且这种个人主义并非那种传统意义上的利己主义也不是后来所说的极端个人主义，乃是一种利己又利他、尊己又尊他的个人主义，这在胡适的《易卜生主义》、周作人的《人的文学》等文中皆有明确论述，周作人还以树木与森林为喻阐明了个人与集体的辩证关系；早期共产主义者李大钊在《我的马克思主义观》中主张以“人道主义改造人类精神，同时以社会主义改造经济组织”。他在《少年中国的“少年运动”》一文里明确提倡“一种精神改造的运动，必须本着人道主义精神，宣传互助、博爱的思想，以改造现代中国堕落的人心；使每个人都能拿出‘人’的面目来对待自己的同胞”。可是到了1928年“革命文学论争”却以无产阶级集体主义否定了个人主义即个性主义或人道主义，完全把个人主义与集体主义对立起来。实质上，革命文学所反对的是个性或个性主义，而不是真正的个人主义。“所谓的个人主义，是资产阶级——资本主义社会所固有的，并与经济自由和无限的私有财产相关，但这样的个人主义与个性没有任何共同之处，并且仇视个性。资产阶级——资本主义的个人主义毁灭个性。”①这里所说的个人主义，就是资产阶级的极端利己主义；革命文学以无产阶级意识作为思想武器所批判的应当是这种“个人主义”，而不该把等同于个性主义的个人主义也当成利己主义予以批判，这究竟是认识上造成的误区还是不分青红皂白横扫一切的极左错误？值得深思。“反对资本主义，解放劳动和劳动者的斗争完全不应该变成为个性彻底社会化的斗争，不应该对个性的全部生活进行社会化，因为这将是对个性和精神自由的否定。”“解放劳动是把个性从资产阶级——资本主义世界的压迫人的幻觉中，从社会日常的压迫和统治中解放出来。”②但是“孤立的个性没有能力同剥削和暴力斗争，为提高自己的生活质量斗争，只有在与其他个性结合，只有社会性地才能展开这个斗争，工人运动的合理就在这里。”③从工人阶级反对资本主义以争取自身解放的斗争中论述了个性与集体性的辩证关系，斗争的社会化是为了解放个性而不是泯灭个性，只有“孤立的个性”与“其他个性结合”形成集体优势才能取得解放个性斗争的胜利，因此个性主义与集体主义在共同的解放斗争中不仅不是对立的而且是相辅相成的。联系中国无产阶级领导的争取民族解放和阶级解放的错综复杂的斗争，归根到底是为了以集体力量争取个性解放，正如《共产党宣言》所说的没有个性的自由发展

---

① ［俄］别尔嘉耶夫：《论人的使命》，第281页，学林出版社2001年版。

② ［俄］别尔嘉耶夫：《论人的使命》，第284页。

③ ［俄］别尔嘉耶夫：《论人的使命》，第290页。

难能实现社会主义和共产主义;而在这场争取中国人个性解放的浴血奋战的斗争中所产生的无数革命英雄既有个性意识又有集体意识,没有个性意识的英雄是盲动的愚昧的英雄,没有集体意识的英雄不可能在"同剥削和暴力斗争"中取得胜利而成为真正的革命英雄。尽管革命现实主义"新英雄"理念只承认集体主义英雄而否定个人主义英雄,但是那些优秀的革命文学英雄叙事文本所塑造的真正革命英雄都是个性意识与集体意识有机结合而铸就灵魂的英雄。当然也不可否认在革命文学中,根据极为偏颇的理想化的"新英雄"理念描绘出一些概念化符号化的所谓革命英雄人物,"文革"文学的英雄叙事尤为突出,对广大民众起到一种欺骗性的蛊惑宣传作用。正如有位俄国学者所深刻分析的:有"一种蛊惑宣传,它通过向大众献媚和出让最高价值的办法控制大众,它在革命的社会运动中就发挥了这样的作用,这种蛊惑宣传总是意味着数量背叛质量,歪曲价值等级,为了权力的淫欲而放弃高尚。大众只能依靠象征来生活,宗教象征、民族象征或革命的象征,只有这样的象征才能鼓舞他们,使他们超越平庸的日常性。大众靠激情和情感生活。思想、概念和理论对他们来说只是作为斗争或神话的象征而存在。在法国革命中变成象征和神话的是关于自由、平等和博爱的哲学学说。"①中国"大跃进"时期涌现出的张扬无产阶级革命英雄主义精神和共产主义乌托邦理想的大量民歌以及"文革"文学塑造的"高、大、全"的无产阶级革命英雄形象,实际上就是极左思潮、空想学说的神话和象征,广大人民只能依靠这种所谓"宗教象征"、"革命象征"和"神话象征"来过着"穷过渡"的生活,甚至导致"个性在某些信念的基础上的狂热和狂怒之所以可能"。只因为这种"蛊惑宣传"煽动起大众的集体无意识,没有大众的集体无意识"个性的狂热和狂怒都是不可能的",故而"在狂热和狂怒中起作用的是集体的无意识,集体的象征推动着狂热和狂怒"。其实,"个性的无意识自身不能制造狂热和狂怒,因为这个状态要求有一个营养环境,这种环境只能在大众生活中提供。"②而在大众生活中能够形成制造狂热和狂怒的最典型"营养环境"的莫过于大跃进和"文革"这两区间的大众生活,其中,起重要作用的乃是文艺作品所塑造的所谓"无产阶级英雄"进行的"蛊惑宣传"。这不仅揭示了个性与集体不可分割的内在联系;而且阐明了革命文学所描述的象征"思想、要领和理论"的无产阶级或工农兵的英雄神话,不论对个性或者大众都是一种"蛊惑宣传",妄图把"个

① [俄]别尔嘉耶夫:《论人的使命》,第299页。
② [俄]别尔嘉耶夫:《论人的使命》,第300页。

性”和“大众”引上一条集体无意识的狂热和狂怒的非理性的生活道路，而在这条道路上中国人则是深受其苦、深受其害的。

F. 法国著名社会学家吕西安·戈德曼提出的个体主体与集体主体两个理论范畴，类似个人主义与集体主义；但他却强调了不论个体或集体都应具有主体性。在吕氏看来，个人主义与集体主义并非异质对立的概念而是同质同构的辩证范畴。他说：“我们没有遇到过外在于个体意识的集体意识，也不存在任何与个体意识割裂开来的意识。只不过一些个体发现他们处在主体内在关系中，而不是在主体间性的关系中，并且正是这种关系构成了所有思想和文化行为的主体。”因此“作为个体或超个体（集体）的主体概念并不是一个简单的术语而是对所有人文科学的研究都具有决定性的问题”。[①] 既然个人主义与集体主义之间是辩证的互动关系，集体是复数个体，个体是集体中的个体，集体由个体聚合而成，离开个体而集体就不存在，个体的存在要依靠集体，离开集体的个体就失去了价值和意义；那么对于个体英雄与集体英雄以及他们所具有的个人主义英雄意识与集体主义英雄意识可以做出如下这样的辩证理解，以补正革命现实主义“新英雄”理念的偏颇：从个体英雄与集体英雄的辩证关系来说，个体英雄是集体英雄的个体，他是集体英雄的一分子或出类拔萃者，没有集体英雄的依托和支撑，个体英雄也难以存在；而集体英雄则是个体英雄的集合体，没有个体英雄的整合那集体便成了乌合之众或芸芸众生。如果说这仅是从人与群的角度阐释个体英雄与集体英雄的表层关系，那么从思想意识的深层关系考析，个体英雄意识主要是个体主体意识，既包括理性层面的英雄观念、情感层面的英雄气魄又含有无意识层面的英雄情结或本能性英雄冲动，这也是习称之的个人主义或个性主义英雄意识；而这种多层面的个体主体英雄意识“既然创造历史，生成世界，以及使变化成为可能的，都是超个人精神主体”[②]（即集体主体）的，也就是“个体的建构只有在与个体的社会化，与组成他之衍生（becoming）的诸集体范畴相联系时，才能得到说明”，即“通过集体主体，历史才成为可能”。这是因为“最强的个体即是那些最与精神生活一致的个性，也就是说，在其积极性和创造性的各个方面，最能与社会意识的根本力量相一致的个性。”[③]由此可以说，无产阶级或工农兵的集体英雄意识（不论理性层面的英雄观念或感性层

① ［法］吕西安·戈德曼：《文学社会方法论》，第109页，工人出版社1989年版。

② ［法］吕西安·戈德曼：《文学社会方法论》，第24页。

③ ［法］吕西安·戈德曼：《文学社会方法论》，第16～17页。

面的英雄豪情、无意识层面的英雄情结）也应是超个体主体的英雄意识，即个体主体英雄意识的复数体或集体合体意识；而个体主体英雄意识聚集成改造世界、创造世界的物质力量则必须通过与无产阶级集体英雄意识转化为巨大物质力量，才有可能取得改造世界创造世界的伟大胜利，并创造出英雄业绩。正是从这个意义上讲，创造历史既是无产阶级的集体英雄壮举也是参与其中的个体主体的英雄行为，倘若无产阶级是最能体现或代表社会集体意识的根本力量，那它就会在改造世界创造世界的革命实践中与最强的主体个体在精神上所迸发出的创造性有机结合起来，而不是拒斥个体主体的最富个体化的英雄意识和英雄行为。试想，20 世纪在中国这片神奇的土地上所演出的抗日战争、解放战争乃至隐蔽战线战争的威武雄壮的戏剧，涌现出无数的可歌可泣的英雄人物，不论是个体英雄或者是集体英雄，从其意识层次来剖析可以发现，他们都是个体主体英雄意识与集体主体英雄意识的辩证统一体；尤其在激战中产生的个体英雄或群体英雄，在短暂的一瞬间，它容不得英雄们去做过多的理性思考或精神漫游，往往主体意识深潜的英雄情结或英雄生命冲动刹那间被激活就会转化为过人的勇敢、超人的胆略或超常的智慧，而创造出英雄般的奇迹，这既是个体主体英雄意识的显示又是集体主体英雄意识的展现。有不少优秀革命文学英雄叙事文本也是这样描写的。然而革命现实主义“新英雄”理念却硬要把个体主体英雄意识和集体主体英雄意识对立起来，只承认集体英雄主义而否定个体英雄主义，这并不是马克思主义的逻辑吧?！尤其是当我们考察无产阶级集体英雄意识的深潜层次时“总是把主体看作一个个体”，只有这样才能运用弗洛伊德创立的精神分析学说对英雄人物的心灵结构进行有深度的探究；而“弗洛伊德已在他的伟大发现，特别是无意识的发现中巩固了他的个人主义观点”，即“对弗洛伊德来说，只存在个体，主体总是一个‘我’”，那个体“我”的无意识就是“性欲和欲望，或用准确术语说力比多”①，而主体则能把具有英雄力比多的“我”变成一个冲动的客体。所以研究或描述个体英雄或集体英雄的无意识的英雄力比多，都必然着眼于主体个性，决不能独断地生硬地把个体主体英雄意识与集体主体英雄意识相互依存相互包容的关系割裂开来，人为地造成个体与集体水火不相容的两极。

G. 在不同历史阶段倡导的革命文学“新英雄理念”，虽然缺乏合乎逻辑的

① ［法］吕西安·戈德曼：《文学社会方法论》，第 104 页。

科学性的现实主义美学品格，带有强烈的理想化、主观化、虚拟化的革命浪漫色彩；但是它在革命文学英雄叙事文本的建构过程中却是作为装饰好了的革命现实主义“英雄”范畴被贯彻被坚守，因此，这就使“新英雄理念”与革命文学创作实践之间呈现出既有顺向又有逆向的错综复杂关系。就顺向来说至少出现三种情形：一是革命英雄理念的内涵与外延与文本中塑造的英雄形象完全相对应，有什么英雄理念就如法炮制出什么样的英雄人物，英雄人物类似于英雄理念的图解；若英雄理念带有理想化主观化色彩就会塑造出浪漫的革命英雄，若革命英雄理念重客观重现实就会塑造出带有真实感的革命英雄，若英雄理念源于“两结合”思潮就会塑造出现实性与虚幻性兼具的革命英雄，但是到了“文革”文学则出现了瞒与骗的神化英雄。二是革命英雄理念与革命英雄塑造在局部上顺向，即合乎革命现实主义创作原则对英雄人物塑造的真实性要求，这是因为英雄理念对英雄人物主体意识的概括在局部上符合原生态的英雄性格逻辑，而不是主观臆断的理想化的东西；遵循这样的英雄理念所规范的真实性原则塑造出的英雄形象，无疑就具有相当程度的可信性和真切性。三是索性拨开革命英雄理念的现实主义伪饰，以革命浪漫主义实质的英雄理念塑造浪漫主义英雄形象，这里往往出现两类不同的浪漫式英雄：一类是合乎理想充满豪情的革命英雄，因为革命战争充满了浪漫因素，传奇式的浪漫故事或浪漫英雄时有发生，如果革命文学英雄叙事依据浪漫英雄理念如实地描绘革命战争发生的传奇式的浪漫英雄故事，那这样的革命浪漫主义英雄也具有不可低估的审美价值；一类是完全从浪漫英雄理念出发炮制出的符合“蛊惑宣传”需要的虚假化、魔幻化的浪漫英雄人物，“文革”造神运动中出现了不少这样的瞒与骗的浪漫英雄。就逆向而言至少也有三种情态：一是有的创作主体亲自经历了如火如荼的革命战争，或是某些革命斗争和解放战争的指挥员或战斗员，或是随军记者、医务人员、支前人员等，与英雄人物生活在一起、战斗在一起，或自己本身就是英雄乃至英雄集体的重要成员，对英雄人物或英雄壮举有刻骨铭心的真实体验和亲临其境的感受；因此他们创造的革命英雄叙事文本及其英雄人物就会悖离“革命英雄理念”的理想化虚幻化的浪漫要求，真正以写实手法栩栩如生地描写出革命战争的历史真实和英雄人物的性格逻辑真实，灵活地呈示出革命战争的悲壮惨烈的真情实况和英雄人物的本来风貌，在革命文学中这样的英雄叙事文本并不少见。二是作家世界观所认可的“革命英雄理念”与革命斗争现实或解放战争现实发生严重冲突或者说存在巨大落差，具体而言就是“英雄理念”对英雄形象性格内涵和行为举止的要求过于理想化，与现实中的个体或群体的英雄相差太远，无论采取什么艺术手段剪裁现实题材也难以达到“英雄理念”所规定的高度；而作者又不想跳出客观现实本身逻辑规定而过于拔高英雄的思想境界，于是便在“现实”与“理念”的相互冲突中塑造英雄人物，虽然这样刻画出来的英雄形象仍带浪漫色彩，但基本上却是合乎现实主义对英雄典型的审美要求的。三是有的作家从内心就抵触那种“高、大、全”的“革命英雄理念”，尽管革命现实主义理论话语采取高压态势迫使这些有独立意识的作家就范，而他们并不想轻易放弃对“英雄形象”的独特审美追求，仍坚持现实主义的求真务实的创作原则，从现实生活出发去创造英雄人物，即使那些革命英雄也是作者从革命斗争的激烈冲突中或者革命战争的腥风血雨中以自己的生命激情和艺术灵感提炼升华出来的，写出了有相当人性深度的革命英雄。虽然这些作家作品曾遭到主流话语的无情批判，然而艺术实践和历史逻辑充分证明，他们所坚持的却是货真价实的现实主义革命英雄观。

（2004.2）

第八章　理性精神:现代文学创作主体的思维范型

在现代中国文学总体结构中至少包涵文学运动、文学理论与文学创作三大形态,如果说理性精神与文学运动形态、文学理论形态的关系是显而易见的、明确清晰的,因而对其进行梳理与开掘、发现与阐释并不会感到困惑太多、难度太大;那么理性精神与文学创作的关系则是隐而不露的、含糊不明的,因而对其探幽析微、揭秘索隐就会感到深不可测、力难从心。但我们的研究却选择了后者,想在攻克难关的探索过程中增加自信、获取智慧,从多视角勘探理性精神与现代中国文学创作的复杂关系。本文拟论析理性思潮或理性精神对创作主体思维的渗透与影响。

一、创作主体的基本思维模式

"一个民族要想站在科学的最高峰,就一刻也不能没有理论思维。"①恩格斯这里所强调的主要指理论思维对一个民族的自然科学或社会科学的极端重要性,但是它对文学创作也有深刻的启示性与指导性。固然文学创作所营造的是审美的感性或情感世界,不是理论思维成果,不过文学创作过程并非创作主体的非理性活动而是有理性制导的自觉行为,不仅鲁迅抱着"启蒙主义"进行小说创作,而且不胜枚举的文学流派或文学大家也是坚持明确的宗旨和意图致力于文学创作。这除了因为文学创作是属于审美意识形态的质的规定外,重要的是由于现代中国大多数作家深受现代理性思潮的洗礼,那些被接受被认同的理性精神已内化为创作主体意识,甚至深入潜意识层次与集体无意识相融合,故而文学创作或隐或显地都贯注着作家主体的理性精神。正是从这种意义上说,

① 《马克思恩格斯选集》第3卷,第467页。

现代中国文学既是形象的，也是理性的。

文学创作的现代化从根本上说是作家主体思维的现代化，没有主体思维现代化绽开的艳丽之花怎能结出现代文学本文的思维之果？现代中国文学大厦里绚丽多彩的精神产品和审美文本无不是创造主体的思维结晶，试看琳琅满目的文学作品不论是写实型的或是理想型的或是象征型的，都是主体思维通过创作实践而营造的。“熟知人的思维的历史发展过程”①应该晓得，现代中国文学创作已超越原始思维、古代思维阶段（这是就总体而言，其实具体文本建构依然可见原始思维或古代思维的功效），而进入了近代思维、现代思维和当代思维交互作用、交互渗透、交互冲突、交互补充和交互融合的思维空间，科学主义理性精神、人文主义理性精神、马克思主义理性精神共同塑造着作家们的主体思维。尽管现代中国文学作家作用于文本创造的思维模式或思维方式是多种多样的，其功能效用也有强弱优劣之分，却皆是现代型思维，都是现代理性思潮激荡铸造的思维范型。众所周知，从晚清到五四是我国文坛上理性思潮的活跃期，西方演进了几个世纪的科学主义理性、人文主义理性与马克思主义理性甚至一些非理性差不多同时涌进中国思想界与文学界，刷新了一代中国文化先驱的知识结构与思想观念，更新了一代中国进步知识分子的思维习惯与思维方式。他们既认同了哥白尼、伽利略、牛顿、培根、达尔文等科学家的科学理性精神与思维方法，又接受了从文艺复兴到思想启蒙的人文主义理性精神，也接触了从康德、黑格尔到马克思、恩格斯的理性学说和日臻完善的辩证思维，同时也受到叔本华、尼采、柏格森、弗洛伊德等非理性思潮的渗染；随着中国社会现代化进程的推演，马克思主义理性精神及其唯物辩证法逐步深入人心，科学理性精神与人文理性精神也在曲折中运行，及至改革开放的新时期，各种形态的理性精神乃至非理性精神如同火山爆发，冲破了各种僵化思想的禁锢与思维定势，继五四之后中国人的思想又获得空前解放，尤其作家文人的思维发生了一次深刻革命，一切不适应现代社会实践、现代科学发展与现代文学创作实践需要的思维方式被淘汰被改造被调整，现代型思维范式在社会变革与文学创作实践中或重新焕发威力或重新确立与完善，逐步建立一种多层次、多维度、多视角、全方位开放的立体思维。

这种充溢着理性精神的现代思维模式，体现了人类的智力、智能和思想文

① 《马克思恩格斯选集》第3卷，第466页。

化的开化、开发程度；作为现代中国文学创造主体的精英们，首先敏锐地接受理性精神并内化为现代思维方式，而这种现代型思维作用于文学创作便呈现出一些重要特质与功能：一是原则性思维，即思维的指导性。所谓思维的指导性，就思维背景而言，在思维方式上要以某种立场、理论、规律、观点等理性精神为指南；就思维指向而言，思维的指导性则表现为以某种既定的立场、理论、规律、观点等理性精神来规范和纠正思维的导向，使思维按照思维主体的意志发展。①原则性思维的指导作用在启蒙文学、为人生文学、左翼文学、工农兵文学、革命文学、新时期文学中有显而易见的体现，否则这些文学样态就失去了开发民智、改良人生、鼓动革命、教育人民、团结民众、推动社会变革的巨大力量，就丧失了个性解放、民族解放、阶级解放乃至人类解放的感召力量；不过原则性思维不是以概念、推理、判断等理性思维过程出现在文学创作中，作家主体的立场、观念、设想、意图完全溶解在文本结构的审美感性形态或形象体系里。这种理性精神的导向隐蔽得越彻底、越是含而不露，文学形象的美感就越强烈、文本的审美品位就越崇高，否则文学作品便会出现理念化、说教化的倾向。文学作品既然以感性的形象形态存在，那么作家主体投入现代文学创作而对栩栩如生的各种形象的获得，主要不是依赖理性思维的判断而是直觉思维的瞬间领悟，这样才能增强审美形象的感性特征。但是文学创作又离不开理性思维的规范与理性精神的导向，正如黑格尔所说："在艺术里，感性的东西是经过心灵化了，而心灵的东西也借感性而显现出来。"②感性形象经过创作主体心灵化的过滤，无疑注入了作家的立场、观点，使感性形象受到理性精神的制导，感性与理性在主体心灵中通过冲突、交汇、互渗而整合为美感形象，达到了这样的交融程度："在真正诗的作品里，思想不是以教条方式表现出来的抽象概念，而是构成充溢在作品里的灵魂，像光充溢在水晶体里一般。"③若能认真仔细地体察现代中国文学各种体式文本的创构，创作主体对时代精神的感受、对人物之间张力关系的处理、对叙事模式和创作方法的设计甚至对表述话语的选择，都或明或暗地体现出原则性思维迸发出的理性力量在起作用，致使许许多多优秀的或经典性的文学文本直观上是以审美感性形态而存在、深层次则以理性精神为灵魂，原则思维的导向性完全蕴含在感性形象、审美意境与艺术细节之中。

---

① 李甦平：《中国思维坐标之谜》，第149页，职工教育出版社1989年版。

② 黑格尔：《美学》第1卷，第49页。

③ 《别林斯基论文学》，第51页。

二是以辩证法为核心的辩证思维。这种思维范式在古代曾以朴素的形式出现,但真正的辩证思维是通过现代科学主义理性精神和方法论与现代人文主义理性精神和方法论的渗透与整合以及现代各种实践的检验才形成的,并在现代自然科学与社会科学研究中以及推动中国社会向现代化转型中发挥了巨大威力。现代文学创作虽然不像科学研究那样,须臾离不开以辩证思维的巨大逻辑力量去探索与发现,更不能把辩证思维作为一种创作方法来使用;然而文学创作却摆脱不开辩证思维,尤其艺术辩证法对文本建构极为重要。创作主体既要依赖辩证思维的理性力量去选择和获取中外古今的文化知识与审美经验,以更新充实知识结构、增强深化文化涵养和文学修养;又要凭借辩证思维的理性力量冲决形而上思维、直线思维、机械思维等,以现代人的理性思维来开拓新的艺术视野与美学眼光;既要依赖辩证思维的理性力量去洞察现实社会、现代人生以及各种人的内在世界与人和人、人和社会、人和自然、人和宇宙等错综复杂的关系,在真正感悟的基础上做出合情合理合法的辩证分析,从中获取真知、真理、真才,同时也发现有价值的文学题材、提炼出有意义的文学主题、捕捉到性格内容复杂的人物形象,又要凭借辩证思维的理性威力在原则思维的主导下建构审美感性形态的各体文本,将理性辩证思维通过文学创作实践的审美中介转换为艺术辩证思维,使其在艺术构思、文本结构、人物塑造、情节设计、叙事运作、意境创造等环节上充分显示出艺术辩证法的功能。不过也应看到,在现代中国文学创构中,不少文本结构的辩证思维简约为二元对立思维,只讲对立不重统一,只讲斗争不求和谐,不论主题表达或人物刻画的肯定与否定、真善美与假恶丑都是两两相对、极为鲜明,似乎二元对立的张力关系中没有模糊值或不确定因素,只有理性的清晰纯粹没有非理性的神秘莫测;特别是有些左翼文学文本和战争小说文本的创作,辩证思维则变成了极端化的非此即彼的二元对立思维,加上机械阶级论的参与主导,辩证思维已经“不辩证”,阉割了辩证的理性灵魂,使文学的审美感性形态变成某种政治理念的图解,使血肉丰满的人物形象变成某一阶级定性分析的符号。这是对艺术辩证思维的扭曲,也是对艺术辩证思维活力的消解。凡是那些有巨大历史深度、思想深度的史诗性的经典文本,在其宏大的叙事结构和感性形态中无不蕴含着深刻的艺术辩证思维与强大的理性力量。茅盾的长篇小说《子夜》虽然理性力量与感性力量有所失衡,而另一长篇小说《腐蚀》女主人公赵惠明的心理剖析又有理性太强之嫌,但是谁也难以否认这两部小说主题思想开掘达到的历史深度、人物心理刻画达到的人性深度，无不得力于艺术辩证思维的出色运用，尤其对赵惠明充满矛盾心灵历程的真切剖析，是艺术辩证法的成功实验。作为现代理性支撑的辩证思维具有整体原则、动态原则、联系原则和实践原则，这四大原则如果内化为创作主体的思维方式或自觉意识，都会在不同样态的审美文本建构中发挥积极功效：坚持整体原则就能使作家把再现或表现的感性形象视为一个处在多种联系中的整体，综合地多层次地多变量地精确地考察它、感受它、把握它、表现它，通过虚构和想象把真实的感性形象升华到诗意浓郁的审美理性境界，一首完美的小诗《老马》、一篇优秀的小说《孔乙己》甚至一个活生生的人物形象阿Q，都应视为整体理性思维通过艺术实践而转化成的审美整体感。坚持动态原则就能使作家的辩证思维对文学创作要表现或再现或象征的感性对象，通过渐变与突变、偶然与必然、外在与内在的透析，深刻地把握感性对象的质变规律或成长人物的内在机制及其变化的多维原因。如“十七年文学”与新时期文学中出现了相当数量的成长小说，塑造了一批成长中的人物形象，虽然动态理性原则在创造成长小说或塑造成长人物过程中起了重要作用，但由于“十七年文学”创作主体坚持的辩证思维动态原则受到机械阶级论的制约，又没有把理性精神完全融入感性形象中，致使成长小说情节的演变过于简单化、表层化，成长人物的转变过于僵硬化、理念化；而新时期的成长小说则显示出新的艺术风貌，因为作家主体所坚持的辩证思维的动态理性原则与自由创作意志相结合，不论成长小说主题的开掘或成长人物的塑造，都能从感性与理性相生相克的动态过程中获得规律性的形象表现或富有深度的审美呈示。坚持辩证思维的联系原则就能使创作主体的理性精神穿透文学再现或表现或象征的感性形象或客体事物，把它们作为一个开放系统的内部各要素之间的线性或非线性的相互联系及其与外在大系统的网状结构的线性与非线性联系来把握，使内外系统从无序转化为有序，不仅文本结构中的错综复杂的叙事情节可以得到有条不紊的终结，审美感性形象也能从内外冲突交织中走向统一；并且能够依据联系原则展开思维的想象翅膀，上天入地，遨游八极，把人世间或宇宙间的一切人、物、景纳入艺术视野，以创构审美境界宏阔深邃的文学文本。坚持实践原则就能使现代作家以理性精神激励或鞭策自己深入到现代社会的各种实践中，亲身感受人生、熟悉人群、体验生命，通过不断实践去拥抱自己想表现的生活并与各阶层人们促膝谈心当面对话，真正从生活底层与心灵深处发现创作素材；同时可以获取生命中的新信息、新苗头、新人物、新情感、新感悟、新知识、新思想和新理性，为文学创作提供丰富厚实的储备；况且创作的文学文本是否能产生积极的社会反响与轰动效应，不只是应得到人民群众阅读实践的检验，也要经受现代生活实践的检验，特别是那些源于生活高于生活的现实主义文学作品更是得力于辩证思维实践原则的理性精神的烛照与渗透，故而现代生活实践既是文学创作的源泉又是衡估它的尺度。

三是创造性思维既能产生前所未有的思维成果，亦是具有崭新内容的思维。不同于那种在主体思维过程中本质上不产生新东西的“再现性思维”，只有在思维过程中常常产生意料之外新东西的思维方可称之为“创造性思维”。具体说，“创造性思维就是创造者在强烈的创新意识下将大脑中已有的感性或理性的知识信息，按科学的思路，借助于想象与联想、直觉与灵感，以渐进性或突变性飞跃的形式得到重新组合，脱颖、升华所出现的思想闪光和顿悟，从而形成有社会价值的新的观点、新的理论、新的知识、新的方法、新的产品。”①创造性思维作为现代人的思维范式对于现代中国文学创作尤为重要，那些成就卓著的文学家都具有创造性思维，如果缺乏创造性思维他们就不可能营造出属于自己的个性鲜明的艺术王国。茅盾曾赞颂鲁迅是创造小说审美形式的能手，《呐喊》中的每篇小说文本结构都有独特的表现形式；岂止是小说，鲁迅的散文、散文诗、杂文创作皆是其创造性思维的成果。那些嵌在现代中国文学史册上的经典文本如同一颗颗艺术明珠，各自放射出夺目的异彩，它们无不是创作主体的创造性思维的结晶。而有些雷同化、公式化、概念化的文本则大都出自缺乏创造性思维作家之手，既没有思想光彩又没有艺术魅力，终究会成为现代中国文学领域中的“垃圾”。考察创作主体在现代中国文学文本建构中所运用的创造性思维，大致具有两个突出的功能特点：其一，创造性思维作为一个复杂的系统工程呈示于主体文学的创作活动中，而激发创造性思维动力机制的乃是理性精神制导下的抽象思维、形象（感性）思维与灵感思维的综合作用。文学创作虽然拒斥抽象思维，但抽象思维（即逻辑思维）所具有的触类旁通、由此知彼、由表及里、变未知为已知、发现真理、获取规律的创造性功能却是有助于文本建构的，特别是抽象思维迸出的新理性精神往往铸成优秀文学文本的灵魂，也是主体形象思维与灵感思维运作于文学创作过程中的导向。形象思维是文学创作的主要思维形式，又称为直觉感性思维，正是这种思维决定着文学作为一种审美感

① 李甦平：《中国思维坐标之谜》，第157页。

性形态而存在，但是创造性形象思维的创造能力和创造行为却是由其联想力与想象力所激发的，有出息的或没有出息的现代文学家的重要区分点则在于联想力和想象力的高低，文学作品审美品位的高低往往也取决于创作主体联想力与想象力的强弱。所谓联想力源于作家主体认知某一物象又想到另一物象、感受某一生命体又悟及另一生命体的心理过程，作家们就是在不同质物象或生命体的联想中，或者借助“假设联想”或者借助“因果联想”或者借助“推理联想”或者借助“模拟联想”去发现新的形象、新的主题、新的意境、新的形式以及新的知识、新的真理；所谓想象更是作家的一种创造性思维活动，它可以对记忆中过去感知的形象经过心灵加工而产生一种新的形象，它可以作为从已知到未知探索新的表现天地、勘探新的主题的桥梁，它可以超越一切时空界限在自由理性的引导下由必然王国进入自由王国，推动形象思维在文本营构上创造一个个别开生面的审美境界。与形象思维相似的是灵感思维，又名顿悟思维或直觉思维，它是人的显意识（有意识）与潜意识（无意识）相互作用相互通融的结晶，如果把显意识视为理性意识、潜意识视为非理性意识，那么灵感思维也是理性意识与非理性意识的交融结合，它无疑是作家主体致力于现代文学创作的重要思维方式。作家的灵感虽然孕育在潜意识之中，但是从它的勃发到生成总离不开闪烁着理性精神的显意识的参与，即当着潜意识孕育灵感时除了依靠潜意识的推动外，还常常借助显意识理性力量的通融，而当灵感孕育成熟时即突然由理性精神烛照沟通，涌现于理性层面的显意识方可成为灵感思维。不少有才华有创造力的作家都谈到灵感思维在其审美文本建构中的奇妙作用，那么究竟为什么灵感思维作为一种创造性思维在现代中国文学创作中能产生如此巨大的能量，这也许是由灵感思维本身的特性决定的。由于灵感思维基本上是非逻辑的思维方式，尽管它不拒斥理性精神的参与，但它并没有纳入理性逻辑思维的规范，相对来说比较自由不受拘束，往往表现为一种非逻辑的中断或逸出思维轨道，而其独创性恰恰就产生于这种非逻辑思维中；也由于灵感思维是主体思维过程渐进性的中断、飞跃式的思维方式，故而作家通过长期的生活积累、生命体验而引起的深沉思索所产生的“顿悟”，实质上就是灵感思维渐进性的中断而发生的质的飞跃，于是独创性的艺术构思或审美文本就会产生；更由于灵感思维是一种理智图像式的思维方式，在文学创作过程中它常常借助“智力图像”进行思维活动，而这种图像或形象并非通常意义的图形乃是包含着深刻理性意蕴的形象，焕发着理性思想的光芒。总之，在现代中国文学创作过程中，形象思维、灵感思维与抽象思维在理性精神照耀下达到了一定的默契与融合，非理性与理性、非逻辑性与逻辑性、渐进性与突发性、潜性与显性取得辩证统一，由此形成了文学创作主体感知内外宇宙、把握内外宇宙、表现内外宇宙的创造性思维。其二，创造性思维在现代中国文学创作的运用过程中，并不是一帆风顺的，每个作家在每个历史区间都能营造出独创的艺术世界和富有个性化的文学作品，而往往要靠创造性思维自身的功能去冲破和抗拒来自于内部和外部的阻力，尽量发挥创造性思维在文学创作中的独特作用。创造性思维在现代文学作品的建构中，之所以能够不断创新，生产出一批批精品力作或经典文本，就其思维本身来说，它有一种抗压功能。现代中国作家坚持创造性思维致力于文学创作至少要抗拒四种压力：传统压力，古代文学在数千年的演进中形成强大的牢固的传统，其中优秀的文学传统经过现代性转换可以成为新文学文本结构的基因，而其中保守僵化乃至腐朽的文学传统则对作家主体运用创造性思维建构新颖独特之文本却形成巨大阻力；习惯压力，既有外在的又有内在的，对于一个现代作家来说这种压力主要来自本身的思维习惯，不论文本的构思、题材的选择、主题的表现、人物的刻画或者叙述方式的运用、情节结构的设计、创作方法的使用等，皆习惯于走老路或习惯于跟风从众，既懒于冲破自己的创作习惯又不敢冒犯共守的创作惯例，给创造性思维在文本建构中的顺利发挥造成一种无形的压力；时代压力，只允许时代选择作家而作家则无力选择时代，作家的文学创作只能服从时代需要而不能自由追求自成一统，抗战全面爆发的时代精神就是“抗战高于一切，抗战重于一切”，一切文学创作都必须服从抗战、表现抗战，这种时代压力是难以抗拒的，作家主体的创造性思维受到遏制，文学创作中出现“抗战八股” 就成了自然之事；权力压力，主要来自两个渠道，一是文化专制形成的霸权话语，从思想到话语强调大一统，抑制作家的创造性思维，力图将作家的创作追求与审美理想纳入权力话语预设的轨道，一是盲目崇拜思想权威、崇拜政治偶像的奴性心理，在文学创作中心甘情愿地跟着“权威”“偶像”的指挥棒转，以自戕的方式来扼杀创造性思维，这种权力压力在极左思潮泛滥的历史时期表现得极为突出。凡是能够自觉坚持创造性思维抗压功能的现代作家，顶住了或战胜了上述四种压力，就在不同的历史区段创造了独放异彩的文学世界和审美文本，形成了自己独特的艺术风格；凡是抵挡不住种种压力的现代作家或者表现出某种软弱性和屈从性，就不可能充分运用创造性思维营造文学作品，现代中国文学史出现的公式化、雷同化、概念化、八股化的文学赝品也许大多出自于这样的作家之手。创造性思维之所以具有抗压功能，重要的原因是现代理性自由精神焕发并强化作家主体的个性意识、独立意识和开放意识，铸就一种勇于探索、独立思索、敢于创新、坚持真理的主体文化人格，这就使一些作家在文学创作中不畏压力、抗拒压力并以创造性思维建构个性化的艺术王国，即使在不正常的气候下遭遇泰山压顶的淫威，有些作家仍创作出闪现人文主义理性光辉的文学作品。此外，为确保文学创作主体的创造性思维能够不断突破与创新，还有两种不可忽略的思维功能，即怀疑性功能与自变性功能，这也是创造性思维自足系统的内在功能。怀疑性功能是与抗压功能密切合作的，在文学创作中作家对生活的感受与认知是有限度的，对生命的体验与把握也是有限度的，然而作为文学表现或再现的客体外在世界与主体内在世界却是无限的，尤其文学作品所独具的感性、情感甚至欲望世界更是扑朔迷离，这就要求作者对文学对象主体要反复地感受反复地领悟，不仅敢于对已知的进行大胆怀疑也敢于对未知的提出怀疑拷问，即使对那些神秘的模糊的不确定的感觉印象也应以理性精神把它照亮，从而领悟到一些从未领悟的新东西、发现一些从未发现的新感情、新主题、新人物、新形式。而自变性功能却是创造性思维独有的，它不同于那种被动的依赖的"他变"性思维（是权力意志强迫变或是他人猛击一掌逼迫变），而是在创作过程中独自发现对主题、人物的把握与体认出了差错或者自己陷入误导误读，主动地纠正差错，独立地拯救自己，真正把文学创作纳入理性精神照耀的既能独立坚持己见又能独立矫正己见的创新之路。

对现代作家从事文学创作影响最深刻、作用最巨大的，除了充溢着科学理性精神与人文理性精神的原则性思维、辩证性思维、创造性思维以外，还有与辩证性思维相关联的系统性思维。系统思维是以现代系统科学理性精神作为基石，而现代系统科学理性则包含"类比型"系统理论、"耗散结构"系统理论、"协同学"系统理论（以信息论、控制论和突变论为基础）、"参量型"系统理论，这种理论深入自然科学与人文科学的实践则构成了充满科学理性精神的系统思维方法。系统思维方法就是从系统的观点出发，始终从整体与部分、部分与部分、整体与环境的相互联系和相互作用中，综合地精确地考察对象，以达到最佳目标的一种方法。① 而系统思维方法将文学的再现或表现对象置于某一系统进行考察与把握时，则呈现出整体性、相关性、层次性、有序性、动态性、结构性、优化

① 李甦平：《中国思维坐标之谜》，第155页。

性等特征。审视现代中国文学作品系列，有些长篇巨著如小说《子夜》、《激流三部曲》、《四世同堂》、《三家巷》、《红旗谱》、《红日》、《古船》、《故土》、《花园街5号》、《白鹿原》、《十面埋伏》、《羊的门》等艺术构思，都或隐或显地留有创作主体系统思维的印痕；甚至有些人物如阿Q、觉新、蘩漪、吴荪甫、祁瑞宣、印蒂、周炳、林道静、朱老忠、高加林、章永璘、白嘉轩、许三观、庄之蝶等形象的塑造，也可看出创作主体系统思维所起的作用，致使每个人物的性格内涵都可视为一个整体系统。不一定这些作家都主动地接受过系统思维的科学理性精神及其方法论，但由于生于现代社会、感于现代系统科学，在潜移默化的影响与感染下也就把系统思维内化为主体艺术思维，于文学创作过程中主体的系统思维就显示出独特的功能。

在科学主义理性、人文主义理性与马克思理性制导下所形成的现代中国人的原则思维、辩证思维、创造思维与系统思维，具有普遍的意义与价值，它们的功能效用不仅体现在现代中国文学创作中也贯穿于各行各业的实践中。如果我们的研究仅仅停留在现代理性思维规律的一般性与普适性上是不够的，那就必须深入探讨现代中国人的普遍思维方式落实到现代文学创作实践中则形成何种特殊思维方式，它们具有什么独特的功能，体现出哪些理性精神。因为人类思维的开拓性结构越是发展到现代理性精神充盈的时代，它的科学性、开创性和实践性越显豁；然而当它进入以形象性、情感性为标志的文学创作领域时其思维特征就被罩上了一层朦胧的含混的甚至神秘的色彩，越是那些优秀的经典性的文学作品越是难以辨识主体思维的特点与功能及其体现出的理性精神，所以值得认真体察和仔细琢磨。

二、创作主体的求真艺术思维

考察现代中国文学的生成过程，文学先驱们一开始就强调以科学理性精神与民主理性精神去指导新文学创作，不约而同地把审美眼光投向中国人，致使现代中国文学始终贯穿一个“人的主题”。因此，“首在立人”则成了现代中国文化史上先哲们最敏感最关注的中心话题。魏源早在《海国图志》中就针对国民劣根性提出了“去伪，去饰，去畏难，去养痈”而“使风气日开，智慧日出，方见东海之民犹西海之民”的关于人的现代化主张；随后冯桂芬在《校邠庐抗议·制洋器议》中，激烈地指出并非中国人的天赋不如西方人，而是人为的原因使然，

"如耻之,莫如自强"也;甲午战败更暴露出清朝统治者不如人,专制官僚体制又由这帮不如人的人来维护的,而这帮不如人的人所以能主宰民族命运又在人民的愚昧无知与任人宰割,故要维新、要变法、要开民智、要正人心则成为维新之士的共识,严复认为"鼓民力"、"开民智"、"兴民德"乃是中国改革与进步的根本,而"开民智"为重中之重;戊戌变法失败后,维新之志士唐才常发出了"欲新民必新学,欲新学必新心"的愤激呼喊,严复提倡"以愈愚为急务"的改造国民性的口号,梁启超先后发表了《新民说》、《新民议》等论著,深刻揭露了国民腐败堕落之根源,既提出了改造国民劣根性之策略又设计了理想国民性之规范;革命派邹容在《革命军》中发出了"革命先去奴隶之根性"的大声疾呼,1905 年在日留学的鲁迅庄严提出"怎样才是最理想的人性"、"中国国民性最缺乏的是什么"、"它的病根所在"这样的时代课题;1904 年《20 世纪之大舞台》创刊就提出了"改革恶俗,开通民智,提倡民族主义,唤起国家思想"的宗旨,孙中山在《民报发刊词》中号召以"理想输灌人心,而化为常识,则其去实行也近";《20 世纪之支那》在其《发刊之趣意》里表述要"以正确可行之论,输入国民之脑,使其有独立自强之性,而一去其旧染之污,与世界最文明之国民,有同一程度,固得以建设新国家";1907 年秋瑾为《中国女报》作的发刊词号召中国女子"精神奋发,绝尘而奔,以速进于大光明世界,为醒狮之前驱,为迷津筏,为暗室灯,使我中国女界中放一光明灿烂之异彩";1909 年《越报》在《宣言书》中明确提出"以招国魂于濒亡,冀挽狂澜于将倒"为其宗旨;辛亥革命露出败相之后越发激起文化先驱对于"立人"及改造国民性的思考与探索,陈独秀、李大钊、胡适、鲁迅、周作人等以《新青年》为舆论阵地,掀起一场史无前例的"发现人"的思想解放运动,史称新文化运动,实质上"新文化运动是人的运动"。① 正是伴随着日益深化、日益规模化的"人的运动",兴起了以"人"为中心的新文学运动,既提出了"人的文学"主张又诞生了"人的文学"本文,从此以后"为什么人"的问题一直是现代中国文学的根本问题和原则问题。我之所以不厌其烦地谈及"人"的文化运动与"人"的文学运动,旨在说明先哲们总是以"科学"为标志的现代科学理性思潮和以"民主"为标志的现代人文理性思潮去启迪人、去发现人,并以此为制导来创造"人"的文学作品,因而科学理性精神与人文理性精神既是现代中国人之魂又是现代中国文学之魂,它们两者之间不是相互对立的

① 《陈独秀文章选编》,第 517 页,北京三联书店 1984 年版。

而是相辅相成的。严复在20世纪之初就反对把科学理性精神与人文理性精神人为地割裂开来，主张把科学理性与人文理性结合起来。他说："西人谓一切物性科学之教，皆思理之事，一切美术文章之教，皆感情之事。然而二者往往相入而不可强分。科学之中，大有感情；美术之功，半存思想。"①五四新文化运动与文学革命始终把"科学"理性精神与"民主"人文精神两面旗帜相互辉映，照耀着"人的发现"运动与"人的文学"创作活动；而引领新文学运动的旗手与创造"人的文学"的主将鲁迅则是将科学理性精神与人文理性精神结合得最紧密，卓有成效地服务于其"立人"的目的和"人的文学"创造。

由于"立人"文化运动的战略需要与"人的文学"建构的切实要求，现代中国作家主体经受一次次科学理性精神和人文理性精神的洗礼与激发，通过消化、汲取、积淀与认同，久而久之则在脑海中形成了诸多有利于现代文学创作的特殊思维模式。我认为其中最见成效的一是洋溢着科学理性精神的求真艺术思维，一是充满着人文理性精神的人本艺术思维，它们作为创作主体思维的相互为用的两翼翱翔于现代中国文学创造的艺术王国。所谓求真艺术思维主要指创作主体从观察、体认和把握与人相关的内外世界和借助文体表现、再现和象征与人相关的内外宇宙，都以崇真作为思维中心、以求真作为审美价值目标；而现代中国文学创作的作家、诗人们的求真艺术思维的形成则须臾离不开科学理性精神的孕育与滋养。沈雁冰于1922年在《文学与人生》一文中曾说："近代西洋的文学是写实的，就因为近代的时代精神是科学的。科学的精神重在求真，故文艺亦以求真为唯一目的。"②既然文学艺术的求真源于科学理性精神的求真品格，那么现代中国文学作家们的求真艺术思维应似作为现代中国时代精神重要特质之一的科学理性渗透内化而成的。

从文化、文学界的思想内在理路来考察，科学理性精神的来源固然有对中国明清本土内发性的科学理性精神的继承与认同，如丁文江视明末徐霞客为"朴学之真祖"、胡适认为清代"朴学"富有科学精神；但是大量的科学理性思想及其方法论却是从西方引进的，传播于中国思想文化领域，深化于现代中国知识分子内心。早在中国文学现代化伴随着中国社会现代化的起步阶段，严复为了坚持并实施自己的"必以开民智为第一义"的启蒙主张，他既在翻译赫胥黎《天演论》中宣扬生存竞争、自然选择、适者生存、不适者淘汰的科学理性精神，

---

① 《严复集》第2册，第279页，北京三联书店1984年版。

② 茅盾：《文学与人生》。

又在《原强》中强调西人的求科学真知的精神并推崇培根的科学归纳法为“一切法之法,一切学之学”,也在《论世变之亟》中提倡“于学术则黜伪而崇真”的科学理性精神;尤为可贵的是,严氏在《论教育书》中独具慧眼地看到,科学理性精神之获得比其他观念虽困难却更为根本。梁启超为了建构“新民”文学以开民智,在《西儒学案》中介绍西哲笛卡尔、霍布士、洛克、康德的学说及其所蕴含的科学理性精神,实事求是地指出中国传统思想缺乏崇真的科学精神,并提倡以科学求真的态度对待西方的新学说,他在《保教非所以尊孔论》中批评那些“保教者”牵强附会地把西方新思想新学说纳入传统文化旧轨道,也在乙卯年《国风报》中斥责那种以假乱真、“不复追求其真义之所在”的恶劣学风;陈独秀特别推崇“赛先生”,提倡“归纳论理之术,科学实证之法”,并强调只有运用这种方法去认识世界方可使“学术兴”而“真理明”。① 从晚清到五四,科学理性精神澎湃腾涌,而建立于近代科学理性基础上的西方实证主义哲学思潮则是对五四新文化运动与文学革命影响最深的科学理性精神;胡适将这一思潮移植到中国,他认为从达尔文、赫胥黎到斯宾塞的实证主义可以概括为“拿证据来”四个字,在科学方法的应用上只不过是“大胆假设,小心求证”八个字,并强调“实验主义”作为一种科学方法其根本目的就是“教给人一个不受人惑的方法”,应以科学理性精神解决人生观问题:“我们只有做官发财的人生观,只有靠天吃饭的人生观,只有求神问卜的人生观,只有《安士全书》的人生观,只有《太上感应篇》的人生观,——中国的人生观还不曾和科学行见面礼呢!我们当这个时候,正苦科学的提倡不够,正苦科学的教育不发达,正苦科学的势力还不能扫除弥漫全国的乌烟瘴气。”②号称“科学神”的丁文江在20年代的“科学与玄学”论战中以科学理性为武器批驳“玄学鬼”张君劢,积极提倡“科学的目的要摒除个人主观的成见,——人生观的最大障碍,——求人人所能共认的真理。科学的方法,是辨别事实的真伪,把真事实取出来做详细的分类,然后求它们的秩序关系,想一种最简单明了的话来概括它。所以科学的万能,科学的普遍,科学的贯通,不在它的材料,而在它的方法。爱因斯坦谈相对论是科学,詹姆士讲心理学是科学,梁任公讲历史研究法,胡适之讲《红楼梦》,也是科学。”虽然视科学方法为“万能”有点绝对,但他强调以科学方法辨别真伪却是正确的。鲁、郭、茅、巴、老、曹等新文化伟人与文学巨匠无不尊重科学理性精神,尤其是鲁迅

① 《陈独秀文章选编》,第279页。

② 胡适:《科学与人生观》,第12~13页,山东人民出版社1987年版。

毕其一生提倡科学理性、弘扬科学精神，运用科学方法，把科学理性作为改造国民劣根性的利器和治疗老中国儿女思想上“祖传老病”与“无名肿毒”的药方。现代中国文学创作主体的求真艺术思维不仅深受域外近代科学理性精神的影响，更受到马克思主义科学理性精神的渗透，因为马克思主义的哲学基础是辩证唯物主义与历史唯物主义，最讲究调查研究的科学方法和实事求是的科学精神，最追求对人与物的由表及里、由浅入深、由显到隐的本质真实，把发现真理、坚持真理、丰富真理和捍卫真理视为生命，所以马克思主义科学理性精神（主要是社会科学）尽管遭到篡改与歪曲但它对作家们求真艺术思维形成所起的作用却是不言而喻的。

由于域外科学理性精神进入我国思想界、文学界是共时性的，对作家思维的影响又是综合的，故有必要对西方现代科学理性精神予以探讨，即当19世纪末西方出现了非理性主义思潮之后传入中国的现代科学是否还有一种求真的理性精神，它们对现代中国文学家的求真艺术思维产生了何种影响。与西方近代科学理性思潮有所不同的，现代西方哲学对“真”的探讨出现了“语言学转向、历史学转向和心理学深化”三大特征。理想语言学派的代表人物罗素曾来过中国讲学，他寻求建立确定的和没有疑问的知识体系的方法，以发现“有多少东西我们能说是知道，以及知道的确定性或未确定性究竟到什么程度”①，强调必须借助逻辑来辨明真伪，并认为一切科学知识的命题都可以最终分析为逻辑上不可再分析的“原子命题”，而“原子命题”所指称的就是作为人们直接经验的“原子事实”，通过数理逻辑的理想语言来建构世界图像的知识体系，这种源于“原子事实”的认识思维模式尽管有别于形而上学的理性思辨，但仍透露出一种求真务实的科学理性精神。罗素的学生维特根斯坦在其《逻辑哲学论》中向人们昭示这样一种意思：经验事实构成逻辑图式，而图式则是经验事实的同构对应物，如同一座城市与这座城市的地图的关系一样，故有意义的命题是真命题，它既可以为经验所证实又合乎逻辑的句法，对于凡是不可言说的东西就应该保持沉默。如果说罗素为代表的逻辑实证主义主要着眼于人如何获得确切可靠的科学知识、重在提高人的科学理性精神，那么存在主义者海德格尔及其学生伽达默尔所代表的日常语言学派则实现解释学从知识论向研究人的现实存在的本体论的转变。海德格尔的存在主义对现代中国知识者尤其新时期

---

① ［英］罗素：《我的哲学发展》，第7页，商务印书馆1982年版。

文学创造者的影响既深且广,他认为存在的意义就是人的"理解",正是人的理解活动才使人成为有意义的存在,因之"理解"不是认知的方式而是人存在的方式;他晚期的著作《通向语言之路》、《诗·语言·思》等又把解释学与语言哲学结合起来,强调指出语言不仅是表达思想的工具,而且语言本身就是人的存在方式,人的全部理解都是以语言形式实现的,正如他所言"语言是存在的家,在它的住处住着人"。虽然他的哲学思想指向人的非理性存在,但他却是以科学理性精神作为方法论的灵魂,体现出一种"打破沙锅问到底"的科学求真精神。[①] 伽达默尔承续并发展了海德格尔的存在哲学,他使语言成为研究人理解人的中心,升华到本体论的地位,这虽然夸大了语言作为一种文化现象的作用,但不能不承认语言是人们进入属于人的文化世界的前提,是人的真实存在的基本特性之一,故语言成为哲学研究对象则有助于深化对人的存在本真的认识。特别应注意,在对"真"的研讨中,心理学介入科学哲学,将科学理性及其方法用于人的发现与人的文化创造,使对人本真的认识深入到心理层次,弗洛伊德则是以理性的科学方法揭开了人的非理性的潜意识心理世界,对人类心灵的探讨做出了重大贡献。20 世纪以来西方以理性的科学方法研究人类心理所形成的各种学说及其思维模式,在中国思想界、文学界产生了广泛影响,尤其弗洛伊德的精神分析被不少作家所接受并形成深度的求真艺术思维,在文学创作中进行了有成效的实验与尝试。

不论西方近代科学理性精神或现代科学精神以及它们的方法论,都对准一个目标即通过求"真"达到服务于人生,而这些关于"真"的探讨的科学哲学思潮大都涌进现代中国的思想文化领域与文学艺术园地,形成一种深厚的知识背景或强烈的时代精神或浓重的文化氛围,持续不断地潜移默化地作用于文人学者或作家诗人的心灵,逐步确立了求真的艺术思维。如果缺乏由上述科学理性思潮构成的思维环境,那现代中国文学作家们的求真艺术思维的形成将成为无水之源,正是从这个意义上说,"人在很大程度上是环境的产物,亦即是他所隶属的文化的产物"[②];虽然思维是不以个人意志为转移的客观存在,但"客观成分的一条规律是:环境并不排斥自我,与此相反,所有人的生活都是从他们各自

① 参见许苏民《人文精神论》,第 288 ~291 页。
② [美]阿瑞提:《创造的秘密》,第 390 页,辽宁人民出版社 1987 年版。

的自我环境关系中获得了意义。”①在同样的思维环境中，一个现代中国文学家能否获得创新趋优的求真艺术思维，关键取决“自我”能否充分发挥主动精神与聪明才智，使自己的艺术思维日趋完善，尽量实现自我生存的小思维环境与大思维环境在更高层次上的和谐统一。凡在现代中国文学史上取得了卓越成就的文学家，几乎都能借助或改造科学理性精神或科学知识构成的思维环境并从而形成各自较完善的求真艺术思维，既创造了具有崇真美学品格的经典文本，又缔造了富有真实艺术风格的文学流派，也使各种样态的现实主义文学成为百年中国文学的主潮和最璀璨的艺术景观。

充溢着科学理性精神的求真艺术思维，虽然具有不同个性的创作主体在建构现代中国文学不同体式文本的运作中呈示出明显的差异性，但在总体上却有些大致相同的特点与功能。这里以鲁迅与茅盾的求真艺术思维作为个案试析之，以此窥见现代文学创作主体思维，因为这两位文学巨匠具有代表性而且影响极其深远。鲁迅的求真艺术思维深受各种科学理性精神的熏陶，形成了完善的求真思维模式，显示了突出的特点与巨大功能：其一，从求真艺术思维出发，鲁迅把“真”视为美学的最高范畴和文学艺术的生命所在，使“真”在文学创作中达到前所未有的崇高价位。他说：“‘讽刺’的生命是真实；不必是曾有的实事，但必须是会有的实情。所以他不是‘捏造’，也不是‘诬蔑’。”②鲁迅所讲的讽刺艺术不只是杂文也包括其他文学类型，把“真实”提到文学艺术生命线的高度，而且这种“真实”既可以是“曾有的实事”又可以是“会有的实情”，道出了客观对象真实的既定性和必然性，前者是强调事实的叙事，后者则是强调想象的叙事，但都必须达到“真实”，这是文学文本的生命所在也是价值所在。鲁迅这种出自求真思维的“真”的美学观从根本来说，是建立在以科学理性精神对文学与生活关系的唯物主义的解说上，他在致徐懋庸的信中说：“文学与社会之关系，先是它敏感的描写社会，倘有力，便又一转而影响社会，使有变革。这正如芝麻油原从芝麻打出，取以浸芝麻，就使它更油一样。”③文学与社会的这种辩证关系通过创作主体为中介转化成审美文本，之所以感动人就在于离不开“真实”，否则就失去了艺术生命力，“只有真的声音，才能感动中国的人和世界的

---

① 考夫卡：《艺术心理学中的问题》，引自[美]M·本普曼编《当代美学》，第415页，光明日报出版社1986年版。

② 鲁迅：《且介亭杂文二集·什么是“讽刺”?》。

③ 鲁迅：《书信·致徐懋庸》，《鲁迅全集》第12卷，第302页。

人”。[1] 唯有真文学才有艺术之美，文学文本的真源于生命的真，若是没有创作主体的求真艺术思维，生活的真也难以转化为文学艺术之美。正是为了创造具有崇真品格的人的文学，鲁迅终其一生反对“瞒和骗”的文学。他说：“中国人向来因为不敢正视人生，只好瞒和骗。由此也生出瞒和骗的文艺来，由这文艺，更令中国人更深地陷入瞒和骗的大泽中，甚而至于已经自己不觉得。世界日日改变，我们的作家取下假面，真诚地，深入地，大胆地看取人生并且写出他的血和肉来的时候早到了；早就应该有一片崭新的文场，早就应该有几个凶猛的闯将！”[2]这是鲁迅对“真”的新文学发出的时代最强音，又是向一切瞒和骗的文学发出的决战誓言。通过创作实践，鲁迅不愧为开辟新文场的闯将，以无坚不摧、永远进击的韧性战斗精神扫荡瞒与骗的文学，营造了一代至真至美的现代型文学经典。其二，从求真艺术思维出发，鲁迅对文学本文“真”的要求至少有两层含义：一层是文学再现或表现社会人生必须具备客观实在性，即客体对象的本来样子或原生态；一层是作家主体的主观情感必须“真挚”，即文本内容所倾注的应是作家的真情实感。总之，文学本文内容的“真”应是“真相”与“真情”的有机统一，即客观内容的实在性与主观情感的真挚性的奇妙结合，它既是现实主义文学的灵魂又是优秀文学家或文学流派获得成功的生命线。这种含有科学理性“真”的精神的叙事文本，不仅要从人生中开掘富有真理性的思想主题、从现实生活中提炼真实可信的艺术情节与艺术细节，而且要塑造发出“至诚之声”的“精神界之战士”、“说真理者”的艺术形象以及具有诚与爱品性的“真的人”；特别是悲剧文本既要真实地开掘悲剧主人公潜隐的被毁灭的真正“价值”和内心世界美之所在，又要真实细致地揭示悲剧主人公身心“价值”被毁灭的过程，也要真实地暴露悲剧主人公造成真正悲剧的根源，从而完全打破那种虚假的乐观主义与瞒和骗的大团圆主义，就其实质来说悲剧的艺术生命也在于“真实”。即使抒情文本，鲁迅也是从求真艺术思维出发，要求新诗发出真的声音，呼吁人们“能够大叫，是黄莺便黄莺般叫；是鸱鸮便鸱鸮般叫”[3]，使诗人在诗中直抒胸臆，真实大胆地抒发自己的悲哀、痛苦、憎恨、忧愤与欢乐，“这是血的蒸气，醒过来的人的真声音”，不只要反对矫揉造作的虚情假意更要反对伪君子式的满口仁义道德心中则是男盗女娼的恶情恶意，因为这种伪道德家的

① 鲁迅：《三闲集·无声的中国》。
② 鲁迅：《坟·论睁了眼看》。
③ 鲁迅：《热风·随感录四十》。

声音是人的文学的致命毒剂。其三,从求真艺术思维出发,鲁迅一方面以科学态度对待中国传统文学与世界文学,严谨求实地承继古代文学优秀传统,决不切断固有之血脉,对外国文学采取拿来主义,决不盲从不迷信,跟上世界文学之潮流,不论继内或借外都是为了创新趋优,建设有民族特色的现代型文学;另一方面坚持科学的美学理念,以敏锐的现代眼光与先进思维方法去观察、感悟现实社会人生,通过时间隧道去考辨、反思历史,追问存在的合理性,探询人生的哲意,能够在现实的或历史的惯性轨道上产生"离经叛道"和求新求变的创新意识与创作动机,从内外宇宙发现并把捉现代文学再现或表现或象征的新主题、新故事、新人物以及与之相适应的新意境、新体式和新语言,致使鲁迅成为创造新文学形式的高手也使他成为现代文学各类经典文本的营构者。特别值得称道的是,鲁迅对于那些可以作为文学创新对象的人、景、物的真实存在状态,或肯定或否定或批判或质疑,甚至对其中蕴含的理想因素或哲理意蕴的探询,既积极大胆又审慎求实,表现出一种严谨务实、求真求新的科学态度。真实是文学创新的根基,创新是对真实的超越,而所营造的文本又获得新的美感真实。鲁迅最厌恶那种"遮眼文学",这种虚假的文学如同安徒生童话里的"皇帝新衣",没有一点真的,而那个敢说真话的孩子却道破了骗人的幻象,文学家更应该勇敢地揭露"遮眼"一类的骗术,还人、事、景、物以本真的面目。鲁迅积极提倡与障眼法相对立的写实"白描"手法,因为这种手法的最大功能是"有真意,去粉饰,少做作,勿卖弄而已"①。在现代文学建构过程中,只有竭诚求真才有助于文本的创新。

与鲁迅在新文场上并驾齐驱的茅盾也是一员闯将,他深受科学理性精神洗礼,确立了完备的求真艺术思维,显示出一些独到的功能特点,这里略加论述:其一,从求真艺术思维出发,茅盾汲取了作为自然主义或批判现实主义以及泰纳艺术哲学思想基础的科学理性精神,来阐释文本建构如何把握文学与人生的对应关系。由于它们主要是以自然科学理念和实证论方法考察了文学与人生之关系,只认定"'文学是人生的反映',人们忘掉生活,文学就把那种种反映出来。譬如人生是个杯子,文学就是杯子在镜子里的影子。"②这虽然不符合辩证唯物主义的科学反映论,然而却含有朴素的唯物主义真实论的美学因素,特别茅盾做出了"文学的背景是社会"的论断,进一步说明了文学反映的人生是社

① 鲁迅:《南腔北调集·作文秘诀》。

② 茅盾:《文学与人生》。

会的人生,并非生物学观点所认为的那种纯自然属性的人生。尤其可贵的是,茅盾这时已要求新文学反映的人生社会是划分阶级的,有贵族阶级,也有平民阶级,城乡劳动者阶级和第四阶级,文学主要应表现绝大多数的被侮辱被损害的不幸人们的真实人生。茅盾还认为,"讲文学与人生的关系,单是说明'社会的'还是不够的",而且应该探究文学同人种、环境、时代以及作者人格之间的关系,这显然是受了泰纳的文学创作及其发展是由种族、环境、时代三种力量决定的观点的影响。不过,他没有把"种族"当成文学的"内部主源"、把"环境"当成文学的"外部压力"、把"时代"当成文学的"后天动量",将它们的作用强调到不适当的程度;而是着重指出文学同它们之间的关系较紧密,它们也是人生的组成部分,不论文学创作,或者文学发展,都要受到它们的影响。他不仅看到了"人种的不同,文学的情调也不同,那一种人,有那一种的文学",而且也看到了"环境在文学上影响非常厉害",说明"一个时代有一个环境,就有那时代环境下的文学";他不仅指出了"各时代的作家所以各有不同的面目,是时代精神的缘故;同一时代的作家所以必有共同一致的倾向,也是时代精神的缘故",而且也指出了作者的人格对文学的影响也"甚重要","革命的人,一定要做革命的文学"。① 这些看法是符合唯物主义真实论的,比起泰纳的文艺观来,茅盾对新文学创作的要求更体现出科学理性精神。泰纳所说的种族生活于其中的"环境"主要指自然环境,如地理、气候等,他所强调的地理因素,根本无法说明同一种族的文学艺术在不变的土壤、气候等条件下所产生的不同的变革和发展;而茅盾所强调的"环境"主要是社会环境,这个社会环境"不是专限于物质的,当时的思想潮流,政治状况,风俗习惯,那是那个时代的环境,著作家处处暗中受着他的环境的影响,决不能脱离环境而独立。"泰纳所理解的"时代"比较笼统抽象,看不出是什么性质的时代、什么先进的时代精神;而茅盾所阐述的时代,主要指"时代精神",而这种"时代精神支配着政治、哲学、文学、美术等等,犹影之与形"。② 中国当时处于一个"乱世"时代,反帝反封建的革命民主主义精神则是时代精神,而反映这种时代精神的创作应该是"怨以怒"的真实人生文学。③ 这说明茅盾对新文学创作的崇真求实的美学追求,批判地吸收了自然主义或批判现实主义以及泰纳艺术哲学的科学实证主义真实论的合理成分,并且

① 茅盾:《文学与人生》。
② 茅盾:《文学与人生》。
③ 茅盾:《社会背景与创作》,《小说月报》1921 年第 12 卷第 7 号。

有所发展和突破。其二,茅盾从求真艺术思维出发,汲取了左拉自然主义的科学理性精神,提出了文学艺术的最大目标是"真"。茅盾认为,科学理性精神重在求真,故文艺也应该以求真为唯一目的。左拉完全把科学家和文学家等同起来,完全把科学家的实验方法硬搬进文学创作领域,不免陷入机械唯物论;茅盾着重接受了自然主义的从真实的事实出发去"寻求真理"的精神,要求作家致力于新文学创作应该有严格的科学态度,像科学家那样实事求是地去观察人生、研究人生、反映人生,心里怎样想,口里就怎样说,老老实实,不可欺人。① 他不仅仅指出文学要表现全体人生的真的普遍性,而且也要表现各个人生的真的特殊性,只有文学达到普遍的真和特殊的真的高度结合,才会"美"才算"善";而这种文学的普遍的真和特殊的真,正是宇宙万物没有绝对相同的客观物质世界的真实反映。② 具体来说,茅盾所讲的"真",首先是指文学作品是现实社会人生的真实反映,它的内容必须具备客观实在性,即"实在人生的写真"③。强调这一点非常重要,因为没有社会人生的客观实在性,就没有文学艺术的物质基础,也就没有成功的文学艺术。别林斯基曾指出:"客观性是诗的条件,没有客观性就没有诗;没有客观性,一切作品无论怎样美,都会有死亡的萌芽。"④可见,文学艺术的第一性"真实",是客观实在的真实,而艺术内容的客观实在真实,正是来源于客观事物本身固有的真实。因此,他反复要求从事于新文学创构的作家,必须接触社会,经验人生,努力求真,坚决抵制虚假文学和传统文学的"大团圆"主义。⑤ 其次是指作家反映到作品里的主观感情的真实,也就是作家对自己所表现的社会人生,必须倾注真情实感。茅盾认为,这种感情不仅要"真挚",而且这种"思想和感情一定确是属于民众,属于全人类的,而不是作者个人的",唯有这样的文学才是"真的文学"。⑥ 这里值得研究的问题是:有人认为自然主义者都反对文学作品表现主观感情,只是强调反映现实人生的纯客观真实。其实,这种理解并不全面。最彻底的自然主义者霍普德曼主张"艺术品所呈现的状态应该完全和事实吻合,不要说不能掺杂一些主观,连剪也不能。凡是人生中所有的动作不论其怎样冗杂琐细,毫无意味,也当一一再现于文学

---

① 茅盾:《文学与人生》。

② 茅盾:《自然主义与中国现代小说》,《小说月报》1922 年第 13 卷第 7 号。

③ 茅盾:《自然主义与中国现代小说》,《小说月报》1922 年第 13 卷第 7 号。

④ 《别林斯基全集》第 2 卷,第 419 页。

⑤ 茅盾:《文学与人生》。

⑥ 茅盾:《文学和人的关系及中国古来对于文学者身份的误认》。

作品中"①。这是纯粹的客观主义;但是左拉的自然主义对此是有矛盾的,虽然他不同意说一部文学作品完全在于个人的感情,但他也不同意把文艺作品当成客观世界的纯客观的照录,不仅指出可以"修改自然",而且认为个人的感情是文学创作的最初的冲动,艺术家的这种个人感情总是要从属于较高的真理规律和自然规律的。② 茅盾接受了左拉自然主义真实论的影响,因此在强调文学作品内容的客观真实的同时,也注意到它的主观真实(偶尔也有矛盾)。正因如此,所以他极力反对当时名士派的虚情假意的文学,指斥他们作品里的思想全是些游戏玩世的思想,全是些名士的风流牢骚,统统是假的;主张新文学必须具有普遍真的感情,"一定是全人类共有的真情感的一部分,一定能和人共鸣,决不像名士派之一味无病呻吟相比"。只有这种真的文学,才于社会有价值,才能尽到"文学的最大功用"。③ 其三,从求真艺术思维出发,茅盾汲取了左拉自然主义的注重实地观察的崇实思想,这同自然主义的严格求真的科学理性精神紧紧联系在一起。茅盾认为"实地观察"是自然主义者的共同主张,是我们所应当引为的指南,是自然主义带来的两种法宝之一。因此要求文学创作所表现的主题、人物,描写的环境、事件,都必须源于被观察过的客观现实生活;不实地观察,作家就不能如实地描写客观世界的真实存在。茅盾主要接受了自然主义的崇尚实际的躬身观察的精神,他并不赞同自然主义者用生物学的观点来观察一切社会现象,把"人"看成只有动物的本能、消极地被环境和遗传决定着的动物;更不同意自然主义所认为的"社会环境是一群活着的人所造成的结果,而这一群活着的人绝对地服从物理的和化学的规律,这些规律对于活着的人一如对于没有生命的物体同样是起作用"④的物质机械的命定论。他当时主张文艺创作应该在革命民主主义思想(德谟克拉西精神)指导下,先"用科学的眼光去体察人生的各方面,寻出一个确是存在而大家不觉得罅漏",再"用科学方法整理、布局和描写",最后"根据科学(广义)的原理,做这篇文字的背景"。⑤ 尤其可贵的是,他能根据实地观察的要求,号召作家到民间去,去亲身体验,只有这样才能创造出真正的中国的自然主义文学来。⑥ 当时一些新文学作品描写农村劳

---

① 希真:《霍普德曼传》,《小说月报》1922 年第 13 卷第 6 号。

② 左拉:《实验小说论》,《西方文艺理论名著选编》中卷,北京大学出版社 1986 年版。

③ 茅盾:《什么是文学》,原载松江暑假讲演会《学术讲演录》1924 年第 2 期。

④ [法]让・弗莱维勒:《左拉》,王道乾译,第 59 页,平明出版社 1955 年版。

⑤ 茅盾:《对于系统的经济的介绍西洋文学的意见》,《时事新报》副刊《学灯》1920 年 2 月。

⑥ 茅盾:《评四五六月的创作》,《小说月报》1921 年第 12 卷第 8 号。

动者生活的，与劳动者的实际生活相差很远，描写第四阶级生活的，弄得非驴非马，主要因为作者“不曾实地观察”，对劳动者生活不熟悉，在心理上“很隔膜”。[①] 这说明茅盾所强调的“实地观察”在很大程度上突破了自然主义的纯客观主义态度的局限，突破了自然主义在观察中注重追求表面的局部的真实而忽视自然生活中真正本质的东西的局限。他在批判吴宓对写实小说的诽谤时指出：“写实派作家所谓‘实地观察’本来就不是定取实事做小说材料的意思，中国提倡写实主义的人，似亦未曾主张过”，“我以为中国不能有好的写实小说出世，实因这些‘小说匠’以假乱真所致”。[②] 茅盾特别强调作家在实地观察中，要像蓝煞罗一样，定了眼睛对黑暗的现实看，对杀人的惨景看；必须有钢一般的硬心，去接触现代社会的罪恶；“要以我们那几乎不合理的自信力，去到现代的罪恶里看出现代的伟大来”，坚决“诅咒一切命运论的文学”。[③] 这种敢于正视罪恶的现实并从罪恶的现实中看出“伟大”来的观察态度，已完全摆脱了自然主义的机械的定命论的影响。其四，从求真艺术思维出发，茅盾汲取了自然主义的科学描写法，要求新文学创作必须注重客观描写。茅盾不止一次地说：“自然主义者带来了这两件法宝——客观描写与实地观察——在西方大都市里找求小说材料，所得的结果是受人诟病的定命论等不健全思想。但是如今我们用了这两件工具——在中国社会里找小说材料，恐未必所得定与西方自然主义者找到的相同罢。”[④]这说明他当时提醒人们所学习的，“并不是人生观的自然主义”，而是“自然派技术上的长处”[⑤]，即科学描写法或客观描写，这同左拉倡导的科学实验方法一脉相承。具体表现在创作过程中，“实地观察”是一部作品构成的基础和前提，而实验的方法则是这部作品能够真实地按照“真理规律和自然规律”，原原本本地反映“自然和人”的中心环节和唯一方法。[⑥] 茅盾排除了左拉实验方法中机械定命论的思想，完全把它作为一种“写真的器具”[⑦]接受过来，针对中国文学的弊病，力倡客观描写的科学方法。所谓“客观的描写”，就是“按照生活的全部真实性和赤裸裸的面貌来再现现实，忠于生活的一切细节”，

① 茅盾：《自然主义与中国现代小说》。
② 茅盾：《“写实小说的流弊”?》，《时事新报》附刊《文学旬刊》1921 年 12 月第 57 期。
③ 茅盾：《乐观的文学》。
④ 茅盾：《自然主义与中国现代小说》。
⑤ 茅盾：《自然主义的怀疑与解答》，《小说月报》1922 年第 13 卷第 6 号。
⑥ 左拉：《实验小说论》。
⑦ 茅盾：《自然主义与中国现代小说》。

它“所要求的不是生活的理想而是生活的本身,按照它本来的样子”(别林斯基语)。这同左拉所说的“自然主义小说不插手于对现实的增、删,也不服从一个先入观念的需要”,“必须如实地接受自然,不从任何一点来变化它或削弱它”①的观点,并没有根本区别,基本上是一致的。茅盾所主张的客观描写,虽然也强调过“丝毫不掺入主观的心理”,照实地描写人生,老老实实地把社会实有的人生摹写出来②;但是他并不完全同意自然主义者的“人生的主体实是黑暗的野蛮的”,“人在灵肉两方面都是脆弱的、个人绝对的不能反抗环境”,必须如实地描写“下流人的酗酒、犯罪、兽欲”③实况的客观描写。他认为人生既有黑暗也有光明,既有野蛮也有文明,人性中既有美点也有劣点,现实社会既有罪恶也有伟大。因而,他对新文学创作的客观描写提出了新的要求:作家必须从观察的客观事实出发,忠实地全面地描写客观存在,但这种真实的客观描写并不完全是照录生活实况,而必须“合情合理”地分析人生、描写人生,反映人生的本来样子。他反对那种专记叙人物的许多连续动作的“记账式”的描写法——只会一笔不漏地抄录平庸、琐碎、卑陋的日常生活,它不是什么艺术创作,是“记账”似的生活报告,是一些“粗制的流水账式的事实的集合物”④;同时也反对那种专门“死抄实境”的一味披露隐私的实录黑幕的诲淫诲盗的小说。实质上,茅盾所力倡的客观描写,已接近或达到了现实主义写真实的要求。其五,从求真艺术思维出发,茅盾结合中国的历史特点和新文学发展的现状,以公平的批判的眼光吸取西方各种文艺思潮(古典主义、浪漫主义、自然主义或写实主义、象征主义、新浪漫主义、社会主义现实主义),形成了他的带有唯物辩证理性色彩的新文学真实观:一是否定与肯定相结合。如果说鲁迅的文学真实观具有彻底否定封建制度、礼教、传统意识的特点,那么茅盾的真实观便显示了否定与肯定相结合的特点。它不仅要求新文学创作彻底揭露旧社会的黑暗和封建传统的罪恶,应给“恶社会的腐败根极力抨击”⑤,而且还指出反映社会人生的文学“必然含有对于当时时代罪恶反抗的意思和对于未来光明的信仰”,即“隐隐指出未来的希望,把新理想新信仰灌到人心中,这便是当今创作家最重大职务”⑥。由此

① 左拉:《戏剧中的自然主义》,《西方文艺理论名著选编》中卷。
② 茅盾:《人物研究》,《小说月报》1925 年第 16 卷第 3 号
③ 希真:《霍普德曼的自然主义作品》,《小说月报》1922 年第 13 卷第 6 号。
④ 茅盾:《杂谈》,《时事新报》附刊《文学旬刊》1923 年 2 月第 65 期。
⑤ 茅盾:《我们现在可以提倡表象主义的文学么?》,《小说月报》1920 年第 11 卷第 2 号。
⑥ 茅盾:《创作的前途》,《小说月报》1921 年第 12 卷第 7 号。

出发,他主张文学家不但要鞭挞民族性的劣点,更重要的是挖掘民族性的美点,在文学作品里"把它发挥光大起来"[①]。只有这样的文学才是真的文学。二是观察与想象相结合。茅盾在吸收了自然派的实地观察的唯物思想的同时,又采纳了浪漫派的主观想象,把观察与想象结合起来,即创作文学时必不可缺的是观察的能力与想象的能力,而二者偏一不可。[②] 只有具备深刻的观察能力,才能认清现实的罪恶及其根源,为彻底否定提供条件,如果观察不深,认识不透,就不可能对罪恶的社会进行彻底否定;要在彻底否定的前提下肯定光明的未来,只有观察能力还是不够的,必须充分发挥想象能力,由此及彼,由表及里,从现实生活自身的逻辑预示生活的新动向,从社会发展规律想象出历史的趋向,预见光明的未来,使新文学创作达到更高的真实。三是分析与综合相结合。所谓分析,就是以科学解剖的手段剖析人生的假恶丑,是一种片面的认识人生、反映人生的手段;所谓综合,就是全面地认识人生反映人生的手段,这是茅盾从新浪漫主义那里接受了综合表现人生的艺术手法,将分析与综合结合起来。在他看来,现实社会人生,无论怎样缺点多,但是综合以观,终究有真善美隐伏在罪恶下面[③],也就是说世间万象、人类生活,莫不有善的一面与恶的一面,真善美与假恶丑对立统一而存在着。文学创作如果只表现假恶丑,诚然有一定的认识作用和艺术价值,但只是反映了人生的一方面,到底算不得完整无缺地忠实地表现人生的真相。[④] 只有分析与综合两种手段结合运用,才能全面正确地表现人生,才能按照生活实际存在的样子更真实更理想地反映现实。特别他接受了社会主义现实主义文学后,认识到革命文学"第一个把无产阶级所受的痛苦真切地写出来,第一个把无产阶级灵魂的伟大无伪饰无夸张地表现出来,第一个把无产阶级所负的巨大使命明白地指出来给全世界人看",也就是文学作品真实地"表现无产阶级灵魂,确是无产阶级自己的喊声"[⑤](着重号笔者加)。这就把高度艺术真实同鲜明的政治倾向结合起来,标志着茅盾对文学创作真实性的要求又上了新层次。以鲁迅与茅盾为代表的现代中国文学家们的求真艺术思维对新文学崇真美学理想的孜孜不倦追求,不仅有精到的文学真实观的理性表述更贯彻于文学创作实践中,营造出相当数量的洋溢着科学理性精神的具有真实品

① 茅盾:《新文学研究者的责任与努力》,《小说月报》1921 年第 12 卷第 2 号。

② 茅盾:《新文学研究者的责任与努力》,《小说月报》1921 年第 12 卷第 2 号。

③ 茅盾:《为新文学研究者进一解》,《改造》1921 年第 3 卷第 1 号。

④ 茅盾:《为新文学研究者进一解》,《改造》1921 年第 3 卷第 1 号。

⑤ 茅盾:《论无产阶级艺术》,《文学周报》1925 年第 5 - 10 期。

格的经典文学文本或文学流派，使现代中国文学与传统的瞒与骗的文学相比成为一代地道的真的文学，形成了求新求变求真求美的优秀文学传统。但是也必须清醒地看到，鲁迅、茅盾等文学主将以及诗人作家们确立的求真艺术思维与求真求实的文学传统在运演过程中，遭遇所谓“本质真实论”的狙击与歪曲，一度使现代中国文学创作误入反科学理性精神的歧路，在特定的历史条件与文化语境下出现一些瞒与骗的文学。固然文学是有本质真实的，而且我一直在探索各种文本的更符合科学理性精神的本质真实；但我这里指斥的文艺“本质真实论”是那种主观的先验的本质真实决定论，不是从科学理念出发而是从想当然的随意性出发，不是从客观实在出发而是从非科学的概念出发，先判定某些事件或某些人物的与生俱来的所谓阶级本质，以获得一种本质决定论的文学观念或认知模式，或者依据某些政治权力话语形成对某事某人的定性看法，或者为盲目歌颂政治偶像而主观设计一个人物图谱予以陪衬，然后通过作家们的被异化的头脑物化为审美文本，使其成为某种“本质真实”的艺术符号。这不仅悖离了现代中国文学求真求实的优良传统，也是对科学理性精神的亵渎，一度造成瞒与骗文学的泛滥。历史曲折的沉痛教训告诉我们：真实是文学艺术的生命，不坚持充溢科学理性精神的求真艺术思维，新文场上定会“生出瞒和骗的文艺来”（鲁迅语）。

三、创作主体的人本艺术思维

以人文理性精神为柱石的人本艺术思维与以科学理性精神为支柱的求真艺术思维，应似现代中国文学创作主体思维的互动互补的重要两翼，缺少求真艺术思维的支撑就难以认清人的本来面貌与多维人格特征以及人的内与外既矛盾又统一的世界，因而便创造不出货真价实的“人的文学”；如果求真艺术思维一旦疏离或摆脱人本艺术思维的制约而任意地发散和求索，那就不可能表现“人”的主题与建构“人的文学”，可以说人本思维是作家主体创造各种形态“人的文学”的主导性艺术思维。所谓人本艺术思维主要指创作主体对各种样态文学本文的建构都要以人为中心，用不同的审美形式表现或再现或象征现代中国人乃至全人类的生态与心态以及人与自身、他人、社会、自然、宇宙之间的复杂关系，遵循美的规律创造“人的文学”，使之洋溢着人文理性精神。而现代中国文学作家们的人本艺术思维着重由近现代人文主义理性思潮冲激作用的结合，这是因为作家们在文化批判实践与文学创作实践中大都经受了人文理性精神的渗染，亲身感受到改造国民劣根性以重塑国民灵魂、清除国民的主奴意识以确立人的尊严价值、提倡个性解放以增强个体独立意识就必须弘扬人文理性精神，欲创造"立人"的现代文学则必须具有以人为本的艺术思维；况且人文理性精神对于知识分子作家来说不需要外力的灌输而有一种内发的自觉接受机制，满足其充实优化自我文化人格的精神期待和建构"人的文学"的内在欲求，所以现代中国文学作家是以历史的主动姿态汲取人文理性精神来内化为人本艺术思维的。

从文化文学思想的发展理路来看，现代中国的文人作家早把明清之际的人文主义启蒙者作为直接先驱，并汲取其人文理性作为批判宋明理学的武器，谭嗣同著《仁学》引用王夫之的人学见解斥责宋明理学，刘师培撰《李卓吾先生学说》一文称他为"激进派第一人"，章太炎作《释戴》肯定戴震反理学的人学思想，五四时期的文人作家既接受了域外的人文理性思潮也承续了明清人文思想，即使鲁迅《狂人日记》中礼教"吃人"的命题也可以从戴震、冯梦龙、袁枚的著述中找到根据。虽然现代中国文人作家与明清文人作家在人文理性上有着"心有灵犀一点通"之感，但是现代文人作家汲取最多的、受影响最深的却是西方近现代理性或非理性的人文主义思潮，最终确立了以人为本的艺术思维。这里面，既有从文艺复兴到思想启蒙的各种形态的人文主义理性思潮，又有叔本华、尼采、柏格森等的非理性人文思潮，更有马克思主义人道主义理性思潮；而这些人文思潮所形成的强大而持久的精神力量或共时性或历时性地征服了现代中国文学作家的心，决定其主体思维的人本价值取向与人文美学追求。晚清文学变革主将梁启超的人本艺术思维主要是由西方人文理性思潮孕育而成的，他接纳了西方人"不自由毋宁死"的自由理性来反对"吾民之以奴隶自居"的意识，他接纳了西方人"合群"思想来批判中国人"一盘散沙"的行为，他接纳了西方人的"权利思想"来揭露中国国民性的劣点；而这些思想的核心则是"自由"理性，"今日欲救精神界之中国，舍自由美德外，其道无由"。[①] 正是从自由理性精神导引的人本艺术思维出发，梁启超力图建构"人性文学"或"新民文学"。邹容在《革命军》一书中，以西方自由、平等、权利、法治等人文理性为价值标准描绘出理想国民人格的四个特点："一曰，养成上天下地，唯我自尊，独立

① 梁启超：《十种德性相反相成义》，《辛亥革命前十年间时论选集》，第11页。

不羁之精神”；“一曰，养成冒险进取，赴汤蹈火，乐死不辞之气概”；“一曰，养成相亲相爱，爱群敬己，尽瘁义务之公德”；“一曰，养成个人自治，团体自治，以进人格之群。”邹容认为，只有具备这种品格的中国人才能“复我天赋之人权，以立于性天智日之下，与我同胞熙熙攘攘，游幸于平等自由城市之中”。五四文学革命先驱的人本艺术思维的形成主要汲取了个性主义、人道主义理性精神的滋养，从多角度多层面丰富了“人的文学”理念并建构了多样化的“人的文学”文本。陈独秀从道德理性层面提出“伦理的觉悟，为吾人最后觉悟之最后觉悟”，必须“要抛弃私有制度之下的一个人、一个阶级、一个国家利己主义的道德，开发那公有、互助、富于同情心、利他心的新道德”[①]。李大钊也从道德理性的角度深刻揭示专制制度造成了国民保守落后的劣根性，“主张以人道主义改造人类精神，同时以社会主义改造经济组织。不改造经济组织，单求改造人类精神，必致没有效果。不改造人类精神，单靠改造经济组织，也怕不能成功。我们主张物心两面的改造，灵肉一致的改造。”[②]他作为一位早期马克思主义者对新的道德理性做了高瞻远瞩的预测：“我们今日所需要的道德，不是神的道德、宗教的道德、古典的道德、阶级的道德、私营的道德、占据的道德；乃是人的道德、美化的道德、实用的道德、大同的道德、互助的道德、创造的道德！”[③]既体现出马克思主义的博大人道主义理性精神又表现出对理想人格的崇高人文道德品性的要求。不论是陈独秀或是李大钊的人本主义理性精神都达到了一种新的思想境界，对现代文学作家人本艺术思维的确立发生了深刻影响。鲁迅的人文主义理性精神聚焦于“立人”思想，这是鲁迅独特的人学见解，也是一个伟大的时代命题，具有普遍的深远的人学价值和意义。之所以要“立人”，鲁迅从其吸纳域外的人道主义、个性主义理性思想与尼采、叔本华、柏格森、弗洛伊德等非理性人学思想出发，不仅发现了“中国人向来没有争到过‘人’的资格，至多不过是奴隶”，也发现中国历史上只有“想做奴隶而不得的时代”和“暂做稳了奴隶的时代”，更发现中国宗法家族社会及其仁义道德的“吃人”本质；不仅发现了主奴两性完备的阿Q主义，也发现中国人的面子主义，更发现了中国人灵魂被异化而变成了“死相”。因此鲁迅立于时代人文主义理性思潮的制高点发出“立人”的誓言，义无反顾地砸碎铁屋子以唤醒每个人的自尊心与个性自觉，使中国人

---

① 《陈独秀文章选编》，第445页。

② 《李大钊文集》（下），第68页，人民出版社1984年版。

③ 《李大钊文集》（下），第152页。

具有完善的现代人文主义理性精神和诚与爱兼而有之的现代文化人格。鲁迅博大精深的以"立人"为旨归的拯救人、唤醒人、解放人、发现人的人文主义理性思想与此后各种形态的人文理性精神汇成巨大的潜流,冲洗并浸润着一代代作家的心灵,深化着强化着他们的人本艺术思维,创造出样态各异的"人的文学"。当然鲁迅也清醒地看到,他的"立人"思想在现代中国文化建设与人的文学营构过程中必然会遭到狙击或受到扭曲。他说:"中国大约太老了,社会里事无大小,都恶劣不堪,像一只黑色的染缸,无论加进什么新东西去,都变成漆黑,可是除了再想法子来改革之外,也再没有别的路。"①尽管人学思想遇到这样的玷污那样的指责,尤其极左思潮对个性主义、人道主义等现代人文理性精神一次次围剿,但是社会改革的大潮势不可挡,终究鲁迅"立人"思想的巨大理性威力冲破了黑色染缸并在新的历史条件和文化语境下焕发出更加夺目的光辉,且在塑造"社会主义新人"的契合点上与马克思主义人道主义以及其他形态的人文主义理性精神整合为一体,承担起新的"立人"历史使命,致使现代作家的人本艺术思维经过历史的曲折变得更加充满活力,在"人的文学"创作中发挥着巨大作用。

充溢着人文理性精神的人本艺术思维如同饱含着科学理性精神的求真艺术思维一样,在现代中国文学创作中显示出一些独有的功能特点,这里略论之:其一,从人本艺术思维出发,创作主体进入文学创作的选材,就有一种潜隐的人文理性视野予以关注和择取。作为现代文学创作的题材,是以精神现象的形式储存于作家的心中,从根本上说它们是源于客观的社会生活的。或有意识获取的或无意识获取的,或从实践中获取的或从书本上获取的,即无论采取什么方式获取题材:一是要把外在的刺激、信息转化为有意义的兴奋的符号吸入大脑,一是要对获取的材料进行淘汰选择;然而在对信息材料的吸纳与选择过程中伴随作家的直觉感受机制却是由潜在的人文理性来引导,使那些蕴含人文价值和理性精神的信息材料通过艺术联想就成了文学创作题材,直接进入"人的文学"作品的建构。其二,从人本艺术思维出发,创作主体要对心中储存的信息材料或创作题材进行审美透视与艺术发现,而在透视和发现中必须依据自己认识与评价生活的人文理性原则和自由审美意识。虽然审美透视或艺术发现既是作家心灵的顿悟又是作家独特眼光的凝注,也是作家内在体验与外在机缘的契

① 《鲁迅致许广平书简》,第7页,河北人民出版社1979年版。

合，但是作家的这一系列心理活动并非都是无意识的，而是有着人文理性的渗入，将审美透视出的或艺术发现出的非凡的意蕴、深刻的形象和新颖的形式纳入人道主义的自由美学境界。如果说信息材料的积累与选择是作家进入“人的文学”创构的起点，那么审美透视或艺术发现则是人的文学创造得以发生的根由。例如鲁迅之所以创造出《狂人日记》这篇“人的文学”的经典小说，就是因为鲁迅通过阅读中国历史和观察活生生的现实，发现了“中华民族是个食人的民族”；这是根据人道主义思想原则发现并做出的理性判断，由此便生发出《狂人日记》这篇惊世骇俗的小说。假若没有鲁迅独特艺术发现的理性启示，没有爆发出闪烁着真理光辉的思想火花，没有从历史材料或现实现象中发现中国人的生命被吃的惨状以及封建礼教“吃人”的本质，没有激起作家的人道主义关怀，并以此唤起作家的创作激情和心理能量，鲁迅就不一定找到进入小说创造过程的别开生面的艺术大门。所以可以获得这样一条规律性认识：形象的又是理性的审美透视或艺术发现如同一盏明灯，能够照亮储存于脑海中有关的信息材料，并在瞬间环绕着此种独特发现将信息材料予以有序的排列组合，而营造出独创的人的文学作品。其三，从人本艺术思维出发，作家主体进入现代文学文本创造的构思阶段，人文理性精神的导向与规约显得极为重要。所谓“艺术构思就是作家在材料积累和艺术发现的基础上，在某种创作动机的指导下，以心理活动和艺术概括方式，创造出完整的呼之欲出的意象序列的思维过程。”①艺术构思是现代文学作品创造的最重要的环节，而作家主体不论对写实文本、浪漫文本或象征文本的构思都由创作动机来指导，但作家的创作动机大都是理性观念，以什么样的理性观念来指导往往决定构思的价值取向、美学追求乃至文本的性质；人本艺术思维则要求现代作家以人文理性精神作为总的创作动机来引导艺术构思，或者叙事文本的主题提炼、抒情内涵、表达方式、节奏张弛、音韵谐调和基调悲喜等，都受到人道主义或个性主义等人文理性的或隐或显的制约。虽然不同的文本创构或不同作家的艺术构思有不同的思路和特点，但在人文理性精神的烛照下总有些趋同性。无论创造何种样态的“人的文学”作品，作家在艺术构思中都要面对从内外世界里涌出来的各种各样的刺激、信息的分解与聚合、碰撞与融会，而所有的审美发现或回忆沉思都要在这里受到检验与辨识、整合与升华，这至少应处理好这样几种关系：一是想象与联想。前者在艺

① 童庆炳主编：《文学理论教程》，第122页。

术构思中的主要功能是把一切以形象形式储存于作家头脑中的信息、感受、体验转化为能够被读者感知的审美形象，不论是再现想象、比拟想象或者是虚构想象、创造想象都不能完全摆脱人文理性思维的导引，使构思出的活生生的形象蕴含着人道之魂；后者联想是由此物想到彼物的心理过程，实际上也是一种想象，不论接近联想、类似联想或者对比联想都不是杂乱无序的胡思乱想，总是有意无意地遵循着理性规律，使联想可以举一反三、触类旁通也可以给想象插上翅膀、浮想联翩。想象也好联想也好，其宗旨是协助艺术构思营造以人为主体的各种形态的文学作品。二是理智与情感。前者指作家的理性思维和认识，后者是指其感情和情绪，两者在艺术构思中相互为用缺一不可。这不仅因为储存于作家脑海的信息材料既含有一定的情感能量又内蕴一定的理性因素，也因为理智可以引发情感的解放、肯定情感的价位、调整情感的强度、规引情感的向度，同时情感也可以激发主体新的理性追寻、促动新的理性发现或将情感转化为理性。但是理智与情感又是一对矛盾体，如果以人文理性精神来统驭情感，那情感的宣泄或勃发就会走向正常，有利于人性的健全展示；如果以非人本理性来制约情感，那有可能窒息情感或扭曲甚至扼杀情感。由于理智与情感是新文学作品的重要内涵，所以人文理性精神对于控制文本构思中的情绪、感情的收与放至关重要。三是意识与无意识。前者是指作家的理性意识，它对储存于作家头脑的信息、材料通过分析与综合能结构成有意义的完整的文学作品；后者则是潜伏于作家理性意识之下的非理性意识，对信息、材料的组合也能起到一定的潜隐作用。这两种心理能力共同作用于作家创造文学作品的构思过程之中，它们之间的关系类似理智与情感的关系，即非理性无意识对信息、材料的组合只是发挥潜隐的功能，而在构思中所使用的信息、材料却是理性意识机制提供的，特别是非理性无意识机制的运作方向是由理性意识机制导引的。虽然在构思中有些深微的细节末梢是无意识机制承担的，但是它的运作程序却源于理性意识。这种关系好似人的本我、自我与超我三层次的意识结构，不过欲建构“人的文学”作品，理性意识对无意识的引导却是由人文理性精神来承担，这主要表现于一切有关形象、情节、结构、语言等信息材料的分析与综合的理性思维的归纳、演绎之中。其四，从人本思维出发，作家主体进入人的文学创造的物化阶段，着重以人文理性精神投射于文学形象，使各种高级形态的文学形象寄寓着人道主义的内在生气、情感、灵魂、风骨和精神。考察现代中国文学每篇或每部作品，可以看到它是一个由表及里的多层次的文本审美结构，它的话语层面既有内指性又有含蓄性也有陌生性，产生了无穷的艺术魅力；然而话语层面仅是文学作品的表层，只有文学形象层面才能构成文本的具体可感的动人的艺术世界。不论文学形象是属于意境意象或者典型人物，都是主观与客观的统一、虚拟与真实的统一、个别与一般的统一、模糊与确定的统一。它们之所以能形成统一的整体文学形象就在于创作主体的理性思维引导并规范感性思维，使感性文学形象达到“合情合理”的审美境界。所谓“合情”是指文学形象表现或反映的人生感受是真切的、生命体验是真诚的、内在情感是真挚的；所谓“合理”既指文学形象的客观规定性符合生活逻辑，又指艺术形象合乎理想追寻，总之合情也好合理也好都是连带着感性与知性的理性思维起了主导作用。人本艺术思维渗透于投射进文学形象，不论意境的营造、意象的选用或者人物的塑造，都有程度不同的人文理性精神的注入与流贯，从以“新民”为主体的文学形象到以“人”为主体的文学形象、从“平民”为主体的文学形象到以工农大众为主体的文学形象、从“人民”为主体的文学形象到以“市民”为主体的文学形象，无不体现出色调不尽相同的人道主义理性精神与人性内涵的深广度。至于构成人的文学文本的纵深层即文学意蕴层面，不论现实内容、历史内容或者哲理内容、审美内容，只要创作主体的人本艺术思维作用其中，那都蕴含着丰富的人文理性精神和复杂的人道主义意识，这就是人的文学作品的本质深度所在。

在现代科学理性思潮与现代人文理性思潮的渗透与作用下，创作主体所形成的独特的求真艺术思维与人本艺术思维，都是为了建构各种形态的“人的文学”作品；而文学文本中贯穿的或体现的人文理性精神之所以为人文理性精神、科学理性精神之所以为科学理性精神，就在于其把真善美的和谐统一视为最高的审美境界，就在于其把真善美作为文学评判的绝对价值标准。而这一最高审美境界与绝对价值标准的根基，则是高于一切的不可撼动的人道主义理性原则，也就是把作为真善美之追求的人真正当人对待，就是以人作为终极关怀的对象。如果现代中国文学创作以彻底的人道主义理性作为至高的原则与崇高灵魂，那就应该以人道主义理性重估一切价值，确定以追求真善美为核心的“人的文学”的基本内涵。正如有的研究者所概括的：

在“真”的追求方面，它提倡尊重实践，尊重劳动，尊重经验认知，尊重自然的和社会的公理，尊重知性逻辑，尊重每一个人自由地运用其理性的权利，教人以不受人惑的方法，培养既勇于坚持真理而又尊重各自见解、乐闻相反之论的多元文化心态；在追求“善”的方面，它提倡尊重人类普遍价值的公理，崇尚自由、平等、社会公正和正义，尊重每一个人在不同的道德价值面前作自由选择的权利和个性的自由发展，同时又坚决反对道德相对主义和“犬儒主义”的人生态度，崇尚道德良知，强调每一个人对于社会所负有的不可推诿的道德责任。在追求“美”的方面，它既尊重每一个人建立在教养有素的基础上、既把自己当人看、也把他(她)人当人看的前提下的情感的自由发展，尊重每一个人选择的不同的情感方式，尊重人们的多样化的审美情趣和风格，同时，它又努力提倡一种“高尚的、健全的理想主义”，崇尚“观念的和生活哲学的真正崇高”，——如诺贝尔文学奖的评选标准向人们所昭示的那样，——“让人性能比从前更好、更高尚”。①

文学是感性的情感世界，它以各种生动感人的艺术形象透射出深层的理性思考或人生哲意，如果现代各种样态的“人的文学”作品在感性形象体系中渗透了上述真善美的理性追求与探索，那应该看成是整个现代中国文学所体现出的理性精神的特征。

真正人的文学作品里，理性精神不是以教条方式表现出的抽象理念，而是溶解在审美形象中的灵魂，所以应该从创作主体意识切入，通过对某种类型或形态的文学作品的深入探求，竭力来发现丰富多彩的理性精神和深邃复杂的人学内涵。

(2002.9)

① 许苏民:《人文精神论》，第574页。

第九章 “两化并举”:现代中国40年代文学的总体特征

现代中国文学天生的使命就是要面向世界、走向世界、与世界文学对话,否则就不能进入世界文学旋转的轨道,因而从一开始便提出一个现代文学如何实现“世界化”、怎样增强“世界性”的课题,这是时代使然也是历史使然,更是文学家们的内在要求使然也是文学潮流使然。“世界化”作为一个既有时间维度又有空间维度的时空范畴,它可以涵括百年中国文学出现的近代化、现代化、后现代化几个概念的内涵和外延,而“现代化”却容纳不下;“世界性”作为百年中国文学某一本质规定性的美学范畴,它能够容纳现代中国文学呈示出的近代性、现代性、后现代性的基本特征,而“现代性” 则包容不了。特别是“世界化”与“民族化”,从时空维度和内涵性质来看,是两个对应的范畴,只是前者着眼于全人类后者着眼于某些民族,它们之间的关系应是一般与特殊的关系;而“现代化”与“民族化”却不是相对应的概念,“现代化”能够与 “古典化” 两两相对,而不能同 “民族化”相匹配,因为“民族化”既可以是近代文学的“民族化”,又可以是现代文学的“民族化”,也可以是当代文学的“民族化”;“现代化”只能用来研究中国现代文学。至于“现代性”与“民族性”两个概念之间的关系也是如此。随着人类社会信息时代的到来和全球一体化的加速,“世界化”和“世界性”两个范畴对于现代中国文学的研究,将显示出持久的思想威力和生命力。所以,在我看来,以 “世界化” 与 “世界性”两个范畴构成理论模式来深化现代中国文学研究比起“现代化”与“现代性”两个概念,也许会更科学一些,更优越一些。

现代中国文学的民族化和世界化之间的关系并不是“非此即彼”的两极对立,而是彼此依存、相互补充、并行不悖的相辅相成的关系,是制导我国现代文学健全发展的两翼;也可以说“两化”是一个双向同构运动的相互变奏的过程,从而形成了现代中国文学的具有制导性的良好传统。从运动过程来说,现代文学的世界化的功能机制主要体现于横坐标上对域外民族文学的积极借鉴和审慎选择上;现代文学的民族化机制主要体现于对本民族文学传统的继承和扬弃上。因而要创建真正意义的世界性与民族性融为一体的现代中国文学,既应自觉地使外来文学的横向借鉴成为“洋为中用”的融化和改造,并要使对民族文学的纵向继承成为“推陈出新”的扬弃和超越,又应主动地使互相矛盾的横向借鉴和纵向继承两种不同方向的运动有机地谐调和统一,使之成为一个辩证统一的历史进程。既然现代文学的民族化世界化的过程一方面要借鉴外国文学的优长一方面又要继承民族文学的传统,那么能否正确地认识和把握在借鉴与继承的纵横坐标上的“结合点”和“衔接点”则成了创建具有中国特色的现代型文学的关键。当然,我们对文学创作中的借鉴外国与继承传统不能做均衡等量的机械理解,它们不论体现于作品中或流派中,不可能是半对半,而总是有所侧重;至于借鉴与继承的纵横坐标的“结合点”和“衔接点”也不会固定不变,既是可变的又是极为广阔的区间。这是因为不仅文学民族化所寻求和强化的民族性有着丰富的内涵,而且文学世界化所探求和凝成的世界性更有着广泛和深邃的意蕴。只有这样,文学民族化和世界化的表现形态,才能多彩多姿。

一

20 世纪初肇始中经五四直至二三十年代,是现代中国文学的生成与建设期,通过文学革命先驱们如梁启超、陈独秀、胡适、鲁迅、周作人、沈雁冰、郭沫若等的艰苦探索,从理论与实践的结合上解决了中国文学转型后如何实现世界化与民族化问题,将现代中国文学的建构纳入“外之既不后于世界之思潮,内之仍弗失固有之血脉,取今复古,别立新宗”[①]的逻辑框架,从而形成了现代中国文学的世界化与民族化相互变奏的制导性传统,涌现出一大批如《阿 Q 正传》、《二月》、《蚀》三部曲、《家》、《雷雨》等既富民族性又具世界性的精品力作,以及诸多如为人生派、乡土文学派、新月诗派、现代派诗、言志派散文、论语派、京派、海派等“两化”色彩鲜明的文学流派。然而,现代中国文学跨入 40 年代是否仍坚持世界化与民族化互动规律来创造文学,“两化”相互变奏的制导性传统能否得到延伸,倒成了一个学界颇有争议也值得深入探究的问题。有的论者认为 40

① 鲁迅:《坟·文化偏至论》。

年代文学向传统回归走上复古之路，也有的论者认为40年代文学只有大众化或民族化而没现代化或世界化。并不能说这些看法毫无根据毫无道理，问题的关键是我们应怎样历史地辩证地看待40年代文学的“向传统回归”和民族化与世界化关系的重新调整。

我认为，40年代文学出现向传统回归的趋向并不是复古，而是中国文学合乎规律的发展。任何事物的发展都是螺旋式的上升，总是在否定之否定中运行，文学的发展也逃不出这条根本规律的制约。尤其现代中国文学的演变与西方现代文学的演变有所不同。如果说西方文学的演变所呈现出的是一条总是在不断超越的进化路线，那么现代中国文学的演变则呈示出一条循环反复的路线，这种特殊路径就决定中国文学的世界化总是根植于民族化。现代中国文学是在否定封建文学传统中生长的，否定是为了新质的产生，而这种新质乃是依据新文学审美追求的需要和“两化”的要求汲取传统文学与域外文学的“特质”，由创作主体积极“介入”加以催化融合而成的。因此这种新质既蕴含着对传统文学特质的继承又是对它的超越。如果这种在否定中继承在继承中超越于正常状态下，那是不会出现大的波动或大的调整的；如果在否定中中断了对传统文学的继承机制而完全以异族文学的特质转换为新质，或者处于一种特殊历史状态下新文学的运行已出离了既定的规律并与特殊状态失去平衡，那就需要进行大的调整。然而这种大的调整，仍然是合乎螺旋式发展的规律。

况且，40年代文学呈现出的回归传统的趋向，究其内外原因是较为复杂的，而其中最重要的原因则是与民族危机紧密相关。日本法西斯大举入侵使中华民族到了最危险的关头，于是全面抗战爆发以后，不能不以强制的方式扭转现代中国文学沿着世界化与民族化互动规律运行的既定历史进程，迫使文学与中国人民一道去接受腥风血雨、烽火硝烟的考验，作家们的价值观念、审美理想和行为方式在时代的感召和重压下岂能不进行自我调整？这是时代的选择也是自我的选择。丹纳曾说，时代的趋向始终占着统治地位，“企图向别方面发展的才干会发觉此路不通；群众思想和社会风气的压力，给艺术家定下一条发展的路，不是压制艺术家，就是逼他改弦易辙。”[①]顺应大时代的历史召唤，大多数有爱国心和正义感的作家改变了原有的价值取向和行为模式，自觉地承担起时代赋予自己的历史使命，由营造以个人为本位的艺术王国向追求以“人民”为本

① 丹纳：《艺术哲学》，第35页，人民文学出版社1963年版。

位的民族的大众的文学转变。当时艾青明确指出诗人的人生选择与转变:“好多诗人放弃了优裕的享受参加了抗战,好多诗人挣脱了温柔的羁绊,出发去工作,好多诗人绞杀了那个一直残忍地统治着他们的创作生活的,把艺术当作精神的私有财产的观念,而把自己的思想感情为这新的日子,新的事件而服役。”①正是这种自觉的或被迫的选择,使作家诗人在空前伟大的民族解放战争中真正认识到人民群众才是取得抗战胜利的决定性的主导力量,不能不冲破文学只是为了表现自我的私有文学观,焕发出用民族形式表现时代精神以满足人民大众审美需求的创作激情。《抗战文艺》在《发刊词》中号召作家们“把整个的文艺运动,作为文艺的大众化的运动,使文艺的影响突破过去的狭窄的知识分子的圈子,深入于广大的抗战中去”②;就连当时倡导通俗文学的陈蝶衣也认为,“在目前这样的大时代里,新文学应该尽速地和大众发生密切的关系。”③在文艺与人民大众逐步同一化的过程中,由于作家体认到民族、国家、阶级利益至上则是时代的主导精神,所以就把以文学对民众进行思想启蒙的文化战略任务简化为以文艺作为动员民众积极抗战的武器,正如艾青所指出的:“革命的文艺创作则是从情感开始到理智去影响人走向革命,组织人为革命而生,为革命而死。”④虽然这种以工具理性和政治功利主义来理解文学社会职能的主导思维方式,往往会造成对文学本体的审美性和艺术性的漠视,但是对置身于40年代中华民族正在血与火里挣扎、搏斗、求生、救亡、复兴的历史主潮的“今日中国文艺作家的课题,应是要在政治意识形态上造出其顶点来”⑤。这既是如火如荼的大时代的要求又是有良知的作家们强烈的爱国责任感和民族道义感所致;假如一个作家或诗人怯于对大时代的呼应、怯于承担民族道义、不敢正视严峻现实、不敢肩负文艺特殊使命,那就是“民族的罪人”,所以“我们就是要用诗来号召大众、教育大众、组织大众,使他们每一个都面向着这民族解放的战争,而贡献出他们所有的力量。”⑥既然作家、诗人们确立了以文艺创作来号召、教育、组织大众奋起抗战的自觉功利意识,那就要求作家、诗人们在文学作品里发掘民族意识、弘扬爱国传统,以传统文化中蕴含的丰富爱国主义精神和无畏英雄主义气

---

① 艾青:《论抗战以来的中国新诗——〈朴素的歌〉序》,《文艺阵地》1942年第6卷第4期。

② 《抗战文艺·发刊词》,《抗战文艺》1938年第1卷第1号。

③ 陈蝶衣:《通俗文学运动》,《万象》1942年第2卷第4期。

④ 艾青:《我对于目前文艺上几个问题的意见》,《解放日报》1942年5月15日。

⑤ 沙介宁:《论文艺上消毒与肃奸工作》,《救亡日报》1939年8月22日。

⑥ 高兰:《诗的朗诵与朗诵的诗》,《时与潮文艺》1945年第4卷第6期。

概以及深沉忧国忧民情怀去感染、激励和启发民众，甚至从历史长河中将屈原、岳飞、文天祥等爱国主义与英雄主义集于一身的典型发扬光大，为广大民众树立起顶天立地、浩气长存的光辉榜样。这就造成了40年代新编历史剧、新创历史小说的繁荣，虽然这些历史题材的文学作品至今读起来有点理念有余美感不足，但是当时所产生的巨大感染力和社会效应仍留在人们的记忆里，仍充溢在报刊书籍的字里行间。从表层上看五四以来的现代化文学已大跨步向传统文化回归，仿佛那种标志着古典文学向现代文学转型的发现人、解放人的人文主义精神已被传统的爱国主义、集体主义精神所取代，在文学世界里只有民族性的增强而见不到世界性的色彩。然而从深层来看，这是一种错觉或误读。抗战的爆发正是为中国文学承续传统文学以实现民族化、借鉴域外文学以实现世界化提供了契机，从文学观念到文本创作都显示出作家们对“两化”关系的理解和实践更加辩证更加有力度。虽然历史的铁铸史实不能假设，但研究者对历史却可以不断反思。如果不是抗战全面爆发，也许不少作家只能蹲在城市的亭子间、书斋里或课堂上畅想新文学的世界化或现代化，只能把知识分子视为文学世界化与民族化的缔造者，只能把城市文学看成是世界化或现代化唯一的文学，只能把“欧化”或“西化”的文学当成地道的世界性或现代性文学，而把那些追求民族风格、探求民族性的文学视为“复古”；但是血与火的解放战争实践考验并教育了大多数作家，迫使他们由城市走向乡间、由个人安乐窝走向残酷的战场，这打开了他们狭窄的视阈和胸怀，破除了他们坐井观天所形成的不切实的种种偏见，使他们能够站在一个新的制高点来认识民族与世界、城市与乡村、现代与传统、个体与群体、审美与功利、借鉴与继承等之间的辩证关系。正是在对这些张力关系取得新的共识的指引下，便把现代中国文学的世界化与民族化推上一个新的美学境界。比如对民族与世界关系的理解，由于中国民众奋起抗战是对整个世界反法西斯战争的有力支援，争取中华民族解放寄寓着人类解放的期待，这就使中国抗日战争成为全世界反法西斯战争的有机组成部分，过去曾经侵略中国的列强也成了中国抗战的盟友，而中国民众也成了世界人民反法西斯的重要力量。因此在这种世界性战争背景下创作的抗战文学既是世界的又是民族的，它是以抗战为纽带把中国文学的世界化与民族化紧密地联系在一起。正如当时郭沫若所指出：“现实，最迫切地，要求着文艺必须作为反纳粹、反法西斯、反对一切暴力侵略者的武器而发挥它的作用。在中国而言，则是抗战第一,胜利第一。"①前者是就全世界反法西斯任务而对文学的战斗功能提出了要求,后者是联系中国抗战给文学指明了方向,这就把中国文学的世界化与民族化捆绑在一起。再比如对个体与群体关系理解,也没有像有些研究者所说的那样,抗战文学是群体压制个体、集体消融个性,而至少从当时理论上显现出辩证思维之威力。诚然,40 年代文学创作着重突现人民大众是民族解放的决定性主导力量的主题,对个人主义思想情绪进行了尖锐的批判,也提出"只有集团的力量才是伟大的力量,只有集团的力量才是可以摧毁一切和建立一切的胜利的力量。新时代的诗歌应该充分讴歌这种力量,表现这种力量"②的创作口号;但在实际认识上却没有走向极端,只是在对集体与个体辩证关系的理解上根据时代的需要而强调了前者,这是合情合理的,并没有把个体否定掉,即"我们所谓'集体主义',绝不是排斥个人的个性或特殊才能发展的。恰恰相反,我们要在集体主义行动中,更大量的帮助他那个性与特殊才能的发展。任何个性与特殊才能的发展,必须面对着现实。时代太伟大了,炮火太猛烈,梦醒了,我们回到现实。"③我之所以要引述 40 年代文学对个体与集体关系的理解,主要不是对抗战文学做出审美品位的评价,而是从世界化与民族化互动关系的角度来观照 40 年代文学。似乎有一种流行的观点,文学创作主体以个人性和个性意识营造文本,而文本中又表现了个性主义或人道主义,这才是文学现代化或世界化的根本特征,因为个性主义或人道主义是世界性的现代意识,而集体主义或群体主义意识不是现代意识乃是源于中国传统伦理主义或马克思主义,所以 40 年代抗战文学或革命文学算不上严格意义的现代化或世界化文学,充其量是民族化大众化的文学。且不论以这样的价值标准来评判 40 年代文学"两化"是否正确,就是把个性主义与集体主义、个性主义与传统伦理主义、个性主义与马克思主义完全对立起来,也既不符合 40 年代文学的客观实际,又在理论上犯了个常识性的错误。个性主义作为一种思想潮流传入中国从来也没有否定集体或群体,早在五四时期周作人在《人的文学》中就做了辩证的阐述;马克思主义思想体系重视集体主义却并不否定个性主义,且把每个人的个性自由发展作为实现共产主义的前提和目标;即使中国传统伦理主义也不是完全排斥个性意识、对个人的尊严与价值毫不尊重,虽然五四文学革命借用西方的个性主义对传统

① 郭沫若:《今天创作的道路》,重庆《创作》月刊 1942 年第 1 卷第 1 期。

② 徐中玉:《论我们时代的诗歌》,《抗战文艺》1938 年第 2 卷第 11、12 期合刊。

③ 巴人:《开展文艺领域中个人主义斗争》,《文艺阵地》1939 年第 3 卷第 1 期。

伦理主义进行了彻底批判，但其中的个性意识、英雄主义、道义思想、抗争精神却在抗战文学中得到弘扬。40 年代文学从理论到创作可以说是根据民族解放或阶级解放乃至人类解放的需要对中外古今思想文化意识进行了一次重新整合，只要有利于“反纳粹、反法西斯、反对一切暴力侵略者”的思想都拿过来，结成思想文化战线上的新同盟，这应视为文学世界化与民族化相互变奏在文学思想意识上呈现出的新效果新特征。

40 年代文学由于抗战爆发使作家的思维方式、价值观念和审美理想做出了较大调整，从理论到创作出现一种向传统文化回归的趋向，这是从表面能观察到的史实，但它却没有中断现代中国文学沿着世界化与民族化互动规律运行的历史历程，所谓的“向传统文化回归”实质上是对各种形态的思想文化在文学领域进行一次新的整合，使文学意识的民族性与世界性更加融为一体。

二

40 年代文学的复杂性在于它分散于政治格局不同的早已存在的解放区、国统区和沦陷区（包括孤岛），它们遵照五四前后已形成的世界化与民族化相互变奏的制导性传统各自谋求发展。假如全面抗战不爆发，那“区域政治”的分野会越来越大，各区域文学的流向也会越来越难以把握；正是民族解放战争雄起以“抗战高于一切、民族利益高于一切”的最强大的政治话语和最浓重的政治氛围，把各个政治区域拉近了或覆盖了，即使生存在日寇蹂躏下的沦陷区的作家只要有一点良知和正义感也会拍案而起，为民族解放谱出无愧于时代的篇章。但也不能否认，毕竟存在区域性的政治格局，各个区域作家的生存状态、思想取向、情感体验、艺术追求以及时代感应是有所差异的，这不能不反映在各区域文学在实现“两化”过程中的理性自觉程度、结合完美程度以文本优化程度上均存在着这样那样的不同。

解放区文学与 40 年代其他区域文学相比，它以辩证系统的逻辑思维总结了现代中国文学发展的“两化” 互动规律，以高度的理性自觉与主流话语的姿态来制控文学的民族化与世界化，充分抓住了民族解放与阶级解放这个大好机遇，创构了以人民（工农兵为主体）为本位的新型文学，它验证了 “越是民族的越是世界的”这条艺术法则的合理性与有限性。众所周知，“为什么人”总是中国新文学要解决的根本问题和原则问题，也是新文学借鉴域外文学以实现世界化、继承民族文学以实现民族化的交结点或结合部，既可以用“为什么人” 作为辨识和选择外国文学或传统文学或优劣或精或粗的根本价值尺度，又可以从“为什么人”上判定文学“两化”的根本性质和根本方向。五四和20年代有些作家或文学流派视“表现自我”或“表现个性解放” 为文学宗旨，同那些为人生为平民为变革的文学作家或流派相比，在对“为什么人”这个根本问题的理解和认识上则有明显的不同。因此他们对于借鉴与继承及其两者交结点、“两化”的根本性质和基本方向的把握程度、实践效果表现形态则存在着明显差异，甚至悬殊。不过其中“为民众”的文学倾向越来越鲜明，民族化与大众化相结合的趋势也越来越明显，甚至那些坚持文学是“自我表现”的作家或流派也走出个人的小天地而面向广大民众或“第四阶级”的人生。“艺术派”的主将郭沫若在五四时期曾高举个性解放的大旗、提倡文学表现自我，后来在文学“为什么人”这个根本问题上转变了看法：“我从前是个尊重个性、景仰自由的人，但在最近一两年间与水平线下的悲惨社会略略有所接触，觉得在大多数人完全不自主地失掉了自由，失掉了个性的时代，有少数的人要求主张个性，主张自由，难免出于僭妄。是的，僭妄；我从前实在不免僭妄。但我这么说时，我也并不是主张一切的人类都可以不要个性，不要自由；不过这个性的发展和自由的享受，是不应该有少数人独占的！要发展个性，大家应得同样地发展个性。要享自由，大家应得同样地享自由。但在大众未得发展个性，未得享受自由时，少数先觉者倒应该牺牲自己的个性，牺牲自己的自由，以为大众人请命，以争回大众人的个性与自由！”①他的思想颇有代表性，既反映了思想意识的转变也反映了文学服务对象的转变。虽然郭沫若的表述没有强调在大多数人尚未觉醒时需要少数先觉者提倡个性解放进行思想启蒙的必要性和重要性，也没有讲清“为大众人请命”的献身精神与个性解放、群体意识与个性意识之间的辩证关系；但是他并没有否认争取个性解放争取个人自由，只是强调应该与民族一起发展个性共同享受自由，且表示要为“争回大众人的个性与自由”而奋斗。这里面既含有中国传统文人那种“先天下之忧而忧，后天下之乐而乐”的思想因素，也含有“无产阶级只有解放全人类然后才能解放无产阶级自己”的先进思想因素。正是在“为大众”这个根本点上，传统的思想精华与世界最先进的思想体系在郭沫若的文化心态上达到一定程度的契合。这种“为大众”的思想不仅符合特定历史条件下

---

① 郭沫若：《文艺论集·序》，第3页，人民文学出版社1979年版。

时代潮流发展的需要，也适应了中国新文学主潮演进的要求。因此20年代末"革命文学派"和30年代"无产阶级文学派"都明确提出文艺为工农劳苦大众服务的主张。只是到了40年代毛泽东《在延安文艺座谈会上的讲话》，才真正以马克思主义的辩证唯物史观和文艺学说深刻地论述了"文艺为什么人和如何为"这个根本问题和原则问题，确立了文艺为"最广大的人民大众"首先为工农兵服务的根本方向和基本路线。围绕文艺为人民大众服务这个结合部或契合点，40年代几乎所有的新文学作家或文学流派对文艺的民族化或大众化、现代化或世界化，从理论到实践都进行了广泛而深入的探索，广大作家、理论家做出了不懈的努力，取得了重大成就，积累了丰富的艺术经验，也留下了值得记取的沉痛教训。

从"两化"的角度考之，抗战期间由国统区波及到解放区那场关于文艺民族形式的讨论，虽然在论争中出现过这样或那样的偏颇甚至错误观点，但是对于实现中国文学的现代化或国际化、民族化或大众化却提出很多精到之见。它不仅充实和丰富了文学"两化"的理论，而且在创作上掀起了向民族化、大众化倾斜的潮流。文艺民族化大众化的核心问题是如何为最广大农民服务的问题，如果这个问题不解决那现代中国文学就不可能从总体上实现世界化民族化，到了40年代这个核心问题的解决既有必要性也有可能性。从必要性来说，新民主主义革命的主力军是广大农民，他们是民族解放斗争的中坚力量，正是从这个意义说中国革命实际上是一场农民革命战争。文艺界确认以农民为主体的人民大众为民族解放与阶级解放的主导力量，这无疑从逻辑上预设和规约文艺大众化或民族化以及"两化"目标得以实现的终极追求和必由之路。文艺大众化的主要任务是解决文学为农民立言并创造为农民喜闻乐见的民族形式，这既是中国历史变动的需要也是中国文学存在和发展的需要，尤其在广大人民起来夺取政权或当家做主的时代，必须从根本上解决文艺为人民特别是为农民服务的问题，这是中国文学史上的首创与壮举，终于使广大农民在文学领域有了自己的主体地位。从可能性来看，中国新文学在世界化历史语境下一开始实现现代化民族化就关注农民问题，既产生了一批以现代意识烛照并反映农民生活的文学作品，也出现了连绵不断一直延续到40年代的乡土文学，积累了创作农民文学的经验，培养了擅长描写农村景观和人生状态以及农民心理和价值取向的作家队伍；抗战爆发后大批作家从城市走向农村，与广大农民有了较多的接触，对山村田野的生活也有了一定的感受，不仅缩短了现代化城市与滞后乡镇的历史距离，也使知识作家面向世界所接受的现代知识文化与长期生存在传统文化或民间文化语境的广大农民有了对话的机会，在有意无意中古今中外文学就找到了契合点。正在这时候，毛泽东发表的《在延安文艺座谈会上的讲话》将历史的客观要求和现实可能转化为文学变革的自觉意识，紧紧抓住“一个为群众的问题和一个如何为群众问题”，从中国当时正处于战争状态的具体国情和生活实际出发，全面论述了革命文艺的基本理论、基本原则和根本方针，形成了以工农兵为主体的人民本位文艺观，为真正把文学的民族化世界化推进到最广大的农民中去，并使农民真正成为文学中的对象主体奠定了理论基础。毛泽东把文艺大众化同作家的思想感情联系起来考虑，明确地指出“大众化”就是“我们的文艺工作者的思想感情和工农兵大众的思想感情打成一片”。尽管这一指向在思想情感层面强制性地拉平了知识文人的现代意识与农民固有意识的差距，颠倒了知识作家和工农群众在文学世界里的角色关系，削弱了知识分子五四以来获得的居高临下的启蒙姿态，武断地认定知识者充溢着现代理性意识的世界观为“小资产阶级王国”；但是为了提高并强化工农兵在新文学中的主角地位，并与他们在革命战争中的主力军地位相呼应，就不能不把知识分子“拉下马”，这也是对中国知识分子的队伍状况及其思想情感所做出的错误估量必然导致的结果。也许这样做，为在现代中国文学史上进一步解决了文艺大众化问题，指出了文艺大众化的根本途径，不过后来实践证明为此付出的代价也是惨重的。其实以工农兵为本位的人民大众文艺决不是一个自我封闭的系统，乃是一个现代型的开放体系，既要在与世界各民族文学的联系中增强现代化机制，又要在与本民族传统文学的衔接中加强民族化的机制，而完成这一使命，中国知识作家要具有独特的优越条件和过人的才能，这也是时代的赋予和历史的选择。对此《讲话》也做了辩证的论述：“我们必须继承一切优秀的文学艺术遗产，批判地吸收其中一切有益的东西，作为我们从此时此地的人民生活中的文学艺术原料创造作品时候的借鉴。有这个借鉴和没有这个借鉴是不同的，这里有文野之分，精细之分，高低之分，快慢之分。所以我们决不可拒绝继承和借鉴古人和外国人，哪怕是封建阶级和资产阶级的东西。但是继承和借鉴决不可以变成替代自己的创造，这是决不能替代的。文学艺术中对于古人和外国人的毫无批判的硬搬和模仿，乃是最没有出息的最害人的文学教条主义和艺术教条主义。”这对于实现中国新文艺的世界化和民族化具有深远的理论意义和实践指导意义，同时也把我国文学的“两化”双向同构运动提高到马克思主义思想的自觉高度。不过,《讲话》将工农兵文艺运动与政治路线联系起来又强调文学从属于政治,这不只是偏离了文学“两化”规律,也为文学更加政治意识形态化提供了强制性的权力话语。

《讲话》从理论上解决了文艺大众化、民族化的问题;但是要把这一种理论转化为创作实践并验证它是否正确,尚需进行艰苦的努力和不懈的探索。40 年代的山药蛋派、荷花淀派在实现文学的大众化民族化和世界化方面各自做出了独特贡献。赵树理之所以能够自觉实践文学的民族化、大众化,他自有得天独厚的条件,王春在《赵树理是怎样成为作家》一文中把它概括为三件宝:头一宝是他懂得农民的痛苦;第二宝是他熟悉农村各方面的知识、习惯、人情等等;第三宝是他通晓农民的艺术,特别是关于音乐戏剧方面的。除了这“三件宝”,他还有为农民创造喜闻乐见文学的强烈责任感和高度自觉意识。在他眼里具有鲜明现代色彩的新文学虽有深刻的思想和宏达的见解,但只停留在少数知识分子中间却与广大群众特别是农民无缘,于是他立下要做“文摊文学家”的“宏誓大愿”,立誓从事拆散那高不可攀文坛高台的工作,下决心“为百分之九十的群众写东西”。这种为农民而文、文为农民所用的使命感与功利性相结合便构成了赵树理文学追求的主体思想和根本出发点,使他成为文学民族化、大众化的自觉实践者和卓有成效的开拓者。由于赵树理与文学的民族大众化结下不解之缘,“宁可不在文艺界立案,也不改变我的写法”,无论在什么环境下都始终不渝地按照既定方向进行探索,所以他的创作业绩有力地说明了新的社会意识、政治意识和审美意识是可以完成新文学和传统文学的历史嫁接,把新文学的世界化与民族化统一起来。应该说赵树理的文学创作是“越是民族的就越是世界的”名言的最好的范例。这几年学界对赵树理小说非议颇多,什么“理想主义”、“大团圆主义”、“政治化叙事模式”、“图解政策的标本”等等。我并不否认赵树理小说有这样或那样的不完美之处,但我不同意轻率地武断地上纲上线地乱扣帽子。《小二黑结婚》、《李有才板话》特别是后者受到的指责太多,什么对五四文学精神的反动、青年形象都是跑龙套的,缺乏心理深度等。也许后者有点根据,但指斥《李有才板话》悖离五四文学精神却有点离谱,凡读过这个中篇的大都可以感悟到:文本是以革命理性启发“老”字辈和“小”子辈的抗争意识,靠自己的力量去解放自己;以法治理性去教育贫苦农民,与不法村长做斗争,揭露其主与奴的两面性,以争取合法人权;以公平理性去武装贫苦农民,同地主恶霸进行说理斗争,以获取财产权和生存权;以民主理性去启发贫苦农民,争取当家做主的民主权；以道德理性去开启贫苦农民，相亲相爱互助互利。这就把革命理性意识与现代理性意识以及民间理性意识和谐地统一起来，不正是对五四文学启蒙精神的发扬与超越吗？所谓超越主要指启蒙者不是以居高临下的姿态出现而完全以与贫苦农民平等的身份隐于其中。这一中篇与《小二黑结婚》都应视为解放区小说"两化"之经典文本。赵树理开创的文学寓世界化于民族化大众化之中的新风气新传统，形成一个有声有色、影响深远的山药蛋文学流派。在我们肯定赵树理及山药蛋派的"民族化大众化"的历史功绩时也应以"世界化民族化并举"的标准对其进行审视，颇有民族化有余世界化不足之感，甚至把民族化等同于大众化、大众化又等同于通俗化。究其原因至少有两点值得指出：一是对五四新文学"两化"传统缺乏辩证的分析，不能不影响他在致力于文艺民族化大众化的探索中对新文学传统的全面而正确地继承。他重视吸取五四新文学的丰富营养，却又认为鲁迅《阿Q正传》这部世界化民族化的典范之作因其父"听了竟连连摇头"就断定广大群众与新文学无缘，这种偏见导致他立誓要拆除新文学这座高不可攀的文坛高台，固然决心可嘉，然而这种偏激之见必然在创作实践中处理不准世界化、民族化或大众化的关系。二是由于他对中国新文学传统的认识有一定片面性，并不认为五四以来接受外国文学影响的新文学是正统，致使他对于借鉴世界其他各民族文学以促进新文学现代化而存在着一种矛盾心态。40年代他说过"即使为了给群众写翻身运动，又何曾不需要接受世界名著之长"①的话，说明他有一种开放的意识，这种认识到建国后又有所深化，在他参加了中宣部学习理论班钻研一些外国名著后曾自觉认识到"中国民间传统文化的缺陷是靠这一面来补充的"；但有时候他又感到外国文学作品"看起来总觉得别扭"，②这表明他思想上还有一定的保守性。这种矛盾的文艺观无疑会影响他对文学世界化或现代化、民族化或大众化关系的正确处理，出现偏差是容易理解的。

荷花淀派如同山药派一样都是在《讲话》精神的照耀下自觉地实现文学的世界化、民族化、大众化，都经过历史打磨而共同塑造着以工农兵为主体的新文学民族性的特征。尽管荷花淀派的美学理想不同于山药蛋派，旨在构筑一种新的文学世界，即新人物与新环境、新感情与新行动、新生活与新关系、传统审美形式与现代审美形式、书面艺术语言与口头艺术语言达到和谐统一；然而它们

---

① 赵树理：《艺术与农村》，《人民日报》1947年8月15日。

② 赵树理：《决心到群众中去》，《人民日报》1952年5月20日。

对继承悠久的传统文化以实现新文学界的现代化民族化却都在积极探索，锐意开拓，使其文学作品具有浓重的民族特色。我国悠久而丰富的历史文化经过长期积淀在民族意识和潜意识中所形成的文化心理结构，是支配这两个文学流派作家的创作思维趋向和艺术特征的主体心理条件。由于他们对文学民族化大众化的审美追求同中有异，决定了他们对传统文化精神母体的选择取向也是同中有异的，因此形成了这两个文学流派同中有异的民族特色。如果说传统文化中的入世精神及其忧国忧民的忧患意识对以赵树理为代表的山药蛋派产生了决定性影响，那么以孙犁为代表的荷花淀派则着重继承了民族文化心理中的乐感精神，其忧国忧民的思考是通过乐感精神来体现的。数千年小农生产方式的生存危机通过历史的积淀而转化为民族文化心理结构，然后再以理论形态表现出来，则成为忧患意识；孔孟创立的儒家学说将这种忧患意识与“修身齐家治国平天下”思想信条结合起来，便以忧国忧民忧生的入世精神来强化人们的主体意识，以期达到社会安定、群体和睦和民族共融之目的，使封建社会长治久安。五四新文化运动虽然对封建意识形态进行过猛烈批判，但是这种忧国忧民的入世精神却深埋在民族文化心理底层，当民族解放运动日益高涨时，这种传统的忧患意识则复活起来。山药蛋派诸作家则把这种传统的忧国忧民意识与新获取的现代阶级意识、爱国意识、集体意识结合起来，使他们在 40 年代写出一大批跟踪社会潮流、表现忧民之心的充溢着忧患意识的问题小说。荷花淀派的作家们也具有忧国忧民的强烈责任感，而他们这颗忧民忧国之心却体现于乐感精神之中。传统文化心理结构中的乐感精神源于道家的“天人合一”的哲学和儒家的中庸思想，主要表现为乐天知命、静虚达观、中庸温和，孔子的“乐而不淫，哀而不伤”的诗歌、钟嵘的“滋味说”、司空图的“韵味说”、王渔洋的“神韵说”以及王国维的“境界说”等无不体现着乐感精神。“荷花淀派”对传统文化乐感精神的继承是建立在批判其乐天知命、逃避现实等消极思想因素的基础上，着重选取其积极因素与革命乐观主义精神结合，以期达到对真善美的弘扬。40 年代孙犁的《荷花淀》、《琴和箫》、《嘱咐》、《村歌》、《光荣》等及该派其他作家一大批文学作品无不把传统文化的乐感精神化为新时代美的艺术和艺术的美。特别在艺术风格上，这两派都带有浓郁的民族色调，但也有明显的差异，山药蛋派具有土色土香的朴质美，荷花淀派则富有“清水出芙蓉”的新鲜优雅美。从文化渊源来看，虽然都可以从传统文化中的乡土意识找到“根”，但因为两派对“文艺大众化”的审美追求不同也表现出对传统文化的不同选择目标。山药蛋派诸作家特别是赵树理视大众化为通俗化，故尽力从传统的民间文化、民俗文化中汲取艺术营养；荷花淀派诸作家并没有降低"文艺大众化"的审美要求，一味迁就农民中的低层的审美水平，既重视普及但更重视提高，孙犁把"美的极致"作为艺术的追求目标，因此他们更多地从古代老庄文化思想汲取艺术营养。老子曾推崇"大音希声、大象无形"的艺术境界，庄子提出天然本色的"神妙化工"的艺术观，李白主张"清水出芙蓉，天然去雕饰"等。这些无不对孙犁等的审美观产生了影响，他们在创作中赋予传统文化中的纯美精神以新的审美内容，并在艺术风格上鲜明地体现出来。如果说一种民族文化是一种文学的生命因子，它与特定时代生活结合通过作家的审美实践可以内化为文学作品的血肉和骨骼，并从而由内到外地强化文学的民族化的话，那么山药蛋派和荷花淀派同我国传统文化的选择与继承关系及其由此带来的新文学民族化的各放异彩的艺术风貌，是值得认真研究和充分重视的。

三

40年代解放区文学在主流权力话语的强制规范下，尤其延安文艺整风后不少作家心惊胆战地压抑或藏匿了主体化的情感意识与个性化的审美追求，以人格的政治化与思维的一统化推进模式化的写作，在文学大众化或民族化、现代化或世界化的道路上树起一座"新的天地、新的人物、新的感情、新的作风、新的文化"[①]的里程碑；然而若是以"两化"视角重新审视这座里程碑便会发现它上面已粉饰并涂盖了解放区文学的潜在危机，即以"人民"（即工农兵）为本位的"人的文学"向以"救世主"为本位的"神的文学"转化，出现了以传统的民族意识取代现代人学意识的趋向。1947年草明的短篇小说《延安人》已出现"巨人"住进两千年前"龙"住过的窑洞，"人龙"意象的呈现是与当时诗歌中反复诵唱的"大救星"意象相呼应，初显"神的文学"征兆，而这种"神化文学"是与以现代文学意识、审美意识为精神支柱的世界化与民族化互融互补的"人的文学"相悖反的。越是到了40年代后期，文学表现以民族解放、阶级解放为中心主题的方向中越是缺乏现代知识分子作家对"救亡"与"建国"重大课题的独立思考，统帅一切、指挥一切、缔造一切的"救世主"意识在革命文学的主题中越来越

① 郭沫若：《〈板话〉及其他》，《文汇报》1948年8月16日。

占主导地位。相比之下,40 年代国统区甚至上海"孤岛"的文学在"两化"互动规律制导下,不管理论上的探索或者创作上的实践都要松散得多、开放得多,既没有权力机构的强制性举措迫使作家就范,又没有权威性的理论话语规约或控制其创作方向,可以放开手脚对文学的世界化与民族化进行多样性的追求。所以国统区文学并没有因为抗战爆发而中断了五四以来新文学已形成的世界化和民族化相互变奏的制导性传统,反倒在民族解放的旗帜下从文化到文学出现了大碰撞大融会大整合的繁荣景象,将文学的世界化与民族化推上一个新的美学层次。这并非说解放区文学对国统区文学没有产生积极影响,如赵树理的小说《小二黑结婚》、《李有才板话》、《李家庄的变迁》等传遍了国统区,并博得郭沫若、茅盾等文学巨匠的高度评价;《讲话》精神曾在重庆《新华日报》发表过。但是这些影响没有左右国统区文学发展的总趋向,更没有阻止其对文学现代化与民族化的自由追求,而在理论探讨上或文本建构上都有其独到之处。

从理论探索上看,40 年代国统区文艺家围绕"民族形式"的讨论,对现代中国文学的民族化世界化提出了不少精到的见解,而这些关于"两化"的理论建树主要集中在胡风的《论民族形式问题》一书中。他以辩证唯物史观论述了新文学的国际性(即世界性)与民族性、新民主主义的内容与民族的形式之间关系及其内涵,实质上这是对新文学的世界化与民族化提出的总看法。他说:"在文艺上面,对象是民族的现实,方法是现实主义。从对象上说,要求具体的形象;从方法上说,要求科学的认识。由现实主义的方法出发,内容是体现在具体的形象里面的、科学的认识,形式是通过了科学的认识的、具体的形象。内容和形式,都要通过现实主义的方法才能够获得。这就是国际性和民族性的矛盾和统一,'新民主主义的内容'和'民族的形式'的矛盾和统一。所以'民族形式',不能是独立发展的形式,而是反映了民族现实的新民主主义的内容所要求的、所包含的形式。既然是内容所要求的、所包含的,对于形式的把握就不能不从对于内容的把握出发,或者说,对于形式的把握正是对于内容的把握底一条通路。"[①]现实主义创作方法之所以能把文学的国际性与民族性、文学的现实内容与民族形式统一起来,具有既能使文学实现世界化又能使文学实现民族化的强大调整和综合功能,在胡风看来,是因为现实主义是人类历史累积下来的科学的世界观反映在文艺上的特殊的面貌,所以我们应该积极地接受世界革命文学

---

① 《胡风评论集》(中),第 257 ~ 258 页,人民文学出版社 1984 年版。

的经验；又因为现实主义是认识民族现实的导线，所以我们应该在具体的活的面貌上深入生活。前者是把握对象的方法，而后者则是被生活把握的对象，唯有前者被融化在后者里面才能使国际的东西变成民族的东西，唯有后者被贯穿在前者里面才能使民族的东西变成国际的东西。① 胡风对于革命文学在新的历史条件下更深更广地继承并发扬五四新文学传统推进世界化民族化并行同构发展的见解，闪耀着辩证艺术思维的威力，不仅当年七月派以其创作实绩验证了胡风这些理论观点的正确性和可行性，而且在80年代那些七月派的幸存者，仍然用他们的创作实践来弘扬经胡风总结而理论化了的五四文学革命的现实主义传统，为社会主义新时期文学的世界化民族化做出了自己的努力。

从文学批评上看，如同理论上追求40年代文学应该是世界化与民族化相结合一样，也是以世界文学的经典名著作为参照系对抗战时期的文学创作予以批评和引导，促使文学在世界化与民族化的互动规律中健全发展。抗战初起郁达夫就指出，在整个民族生存于飞机大炮下的时候决不可能产生反映这一民族战争的大小说和大叙事诗，因为在这个时刻只有炸弹大炮才是最有刺激性的东西，而平时被人们视为人生大问题的生与死这些日常生活中见惯不怪的现象再也很难激发人们对其深入探究的兴趣和欲望。② 这种断言在战争初期是有道理的，但是随着时间的变迁人们越来越企盼写出无愧于伟大时代的史诗性巨著，而这样的文学精品力作既是世界性的又是民族性的，既有"艺术的完美"又有"心里的深致"③。当时很多文学作品达不到如此完美的程度，于是一些文学批评家就以世界名著为价值尺度给予评述与比照，自觉地把中国民族化的文本纳入世界文学的艺术格局。特别进入40年代并没有因为战乱打断对外国文学的评介，反而掀起一个系统地评介外国古典文学名著的热潮，同时也翻译了一定数量的小说艺术论著，并发表了一批学习世界文学名著与现代主义思潮的文章，为文艺批评家对40年代文学进行衡估、对作家诗人们的文学创作进行评述提供了参照系。刘西渭对郁茹《遥远的爱》、路翎《饥饿的郭素娥》、穗青《脱缰的马》三个中篇的评价就是以西方19世纪自然主义文学作品为标准的，他认为郁茹《遥远的爱》泛滥着乔·桑的"主观的抒情的心性"，而作者是自然主义大师左拉的"不及门的弟子"；路翎《饥饿的郭素娥》虽有"一股冲劲儿"，但也"带

① 《胡风评论集》(中)，第257~258页，人民文学出版社1984年版。

② 郁达夫：《战时小说》，《自由中国》1938年第1卷第3号。

③ 李健吾：《萧军论》，《大公报》(香港版)1939年3月7日-14日。

着泥沙”；与福楼拜的艺术追求相比，他觉得穗青的《脱缰的马》在这三个中篇中取得的“成就是卓越的”[①]。显然，这是以欧洲自然主义经典大家的艺术成就和美学风格来评估三个中国作家的小说文本，无疑缩短了与世界文学名著的差距，“希冀对于时代的积极的使命能够有所为力”。有的文学评论家对于40年代初尚未产生堪称史诗性长篇小说的原因进行探析，仍坚持中外经典名著为价值标准，从创作主体与读者主体两个视角切入：“一方面固是由于近年以来质量丰，足以引起注意的长篇创作太少，另一方面，也因为大部分新文学的读者都过早地接受了西洋名著的影响，养成了眼光过高的习性，面对自己人的创作多少怀着一点轻视的偏见。尤其最近十几年来，我们大批地介绍了外国的优秀著作，相形之下自然觉得自己的创作，无论在内容的丰足及技巧的纯熟上都要逊色得多。因之，即使是经过《红楼梦》《水浒传》《儒林外史》之类的桥梁过来的新文学读者也觉得非读托尔斯泰，屠格涅夫，迭更斯及雨果左拉等大作家的作品不能满足自己的欲望。”[②]上述足以表明处于社会急剧转型与时代大动荡40年代的文艺理论家与文学批评家，并没有忘记现代中国文学的发展必须置于世界文学格局，必须遵循世界化与民族化互相变奏的规律，即使评价一部文学作品的思想深度与艺术高度也应该以中外文学经典名著作为价值坐标。正是具有了这种文学理论与文学批评自觉，致使40年代中国文学发展在主导方向上总是面向世界、面向全人类的。

从文学创作上考察，40年代国统区或上海“孤岛”的文学作品琳琅满目、文学流派异彩纷呈，无不或隐或显地展示出民族性与世界性相互依存的美学特征以及“两化”互动规律对它们松弛有张的规范，充分体现出文学理论与文学批评在这方面的理性自觉直接导致文学创作的理性自觉。且不论众所熟悉的文学大家茅盾的《腐蚀》、巴金的《寒夜》、老舍的《四世同堂》、曹禺的《北京人》、钱钟书的《围城》、张爱玲的《传奇》等，既是民族的又是世界的文学经典之作，这里拟选取七月诗派与乡土文学从“两化”视角略加论述。“七月派”不仅具体实践了胡风提出的把“文学的国际性（即世界性）与民族性”整合起来的理论见解，而且在新诗创作上直接承传和发扬了鲁迅所开创的既要文学世界化又要文学民族化的现实主义传统。而这种“两化”传统蕴含着鲁迅对域外文化思潮有所选择、对传统文化有所发现的深刻涵义，体现出一种内在的文学构成规律，

① 刘西渭：《三个中篇》，《文艺复兴》1948年第2卷第1期。

② 鹏溪：《〈淘金记〉读后》，《抗战文艺》1944年第9卷第12期全刊。

即:选择的过程意味着鲁迅与域外作家心灵对应、精神契合、话语交流、吐故纳新的过程;发现的过程意味着鲁迅在世界先进文化映照下重新发现传统文化的活灵魂活机制,并与之融会贯通,使域外文化与传统文化在超越时空、超越国界族界的层次上同现代中国人的生存发展的精神需要和生命需求、审美需求结合起来,铸造一种世界性与民族性兼优的新型文学。这一传统在40年代"七月诗派"得到深化与弘扬。这可以从两个角度来观照:一是诗歌中的抒情主人公发生了新的变化,二是创造了具有中国民族特色的自由体诗。随着五四浪潮所掀起的个性解放思潮逐步被强固的中国民族文化传统所吞没,形成一股向民族文化回归的强大势能,七月派的诗人们并没有在这种回归潮流中迷失方向,既没有走上文学的复古主义道路也没有远离现实斗争和时代主潮而在文人圈子里进行古典主义美学追求,他们遵循鲁迅的文学精神创造出现实性、民族性、现代性融为一体的新诗。特别是抒情主人公从自我感情世界走出来,在现实的广阔大地、在民族文化传统中获得了真正充实自己的源泉,寻找到自我的真正归宿,把追求个性解放同追求民族解放结合起来,把追求人生真谛与探求救国救民道路、寻求政治上的归宿结合起来。从主题意向来看,"七月派"的诗歌表现出强烈的民族忧患意识。而这种民族忧患感并不同于那些从艺术象牙塔里出来的诗人群,他们表现在忍辱求全等待自由解放的层面上,七月派是表现在不屈不挠、艰苦卓绝而追求解放的层次上。艾青从抗战一开始便以诗歌作为战斗的号角,向浴血奋战的全国军民吹起"短促的,急迫的,昂扬的,在死亡之前决战中不中止的冲锋号",表现出一种悲壮的民族忧患感;这种悲壮的民族忧患感与历史上陆游的诗、辛弃疾的词以及民族英雄岳飞《满江红》词中表现出的激昂悲壮的情调是一脉相承的,只不过艾青的诗歌中这种民族忧患感是以现代思想为基础,显得更深沉更忧郁更富有时代色彩。艾青曾这样表述当时写诗的心情:"叫一个生活在这年代的忠实的灵魂不忧郁,这有如叫一个辗转在泥色的梦里的农夫不忧郁,是一样的属于天真的一种奢望。"[1]但艾青毕竟不同于那些象征派的诗人,而是奔赴在前线上使他"看见了中国的深厚的力量","更使自己知道战争的路给谁走是最艰苦的,而且也只有他们才会真的走到战争的尽头,才会真的从自己的手里建造起和平——真的和平,而不是妥协,不是屈服,不是投降,不是挂白旗的和平"[2];而这个"谁"就是全国人民,唯有他们在艰苦地追求民

① 《诗论·服役·二十二》,《艾青全集》第3卷,花山文艺出版社1991年版。

② 艾青:《为了胜利》,《抗战文艺》1941年第7卷第1期。

族的解放，唯有依靠他们才能争取抗战的最后胜利，这就使他诗中表现出的民族忧患感升华到最高境界。七月派成员邹荻帆的诗歌也有不少主题表现出民族解放的忧患悲壮的诗意诗境。与这种诗情诗意诗境相适应，七月派创造了具有中国民族特色的自由体诗。艾青曾说，新诗是对旧诗而言，白话诗是对文言诗而言，自由诗是对格律诗而言。突破格律诗的束缚而强调诗的形式自由以适应表现新内容，乃是自由体诗的本质意义。不过突破诗的旧格律不等于新诗完全不要格律，自由体诗的自由也不是绝对自由，只有以辩证艺术思维正确理解新诗形式的格律与自由之间关系并把握它们转换的“度”，才能创造出具有中国民族特色的自由体诗。戴望舒在《诗论零札·七》中说自己写诗的体会：“韵和整齐的字句会妨碍诗情，或使诗情成为畸形的。倘把诗的情绪去适应呆滞的、表面的旧格律，就和自己的足穿别人的鞋子一样。愚劣的人们削足适履，比较聪明一点的人选择比较合脚的鞋子，但是智者却为自己制造最合自己的脚的鞋子。”这种“最合自己脚的鞋子”应该是诗的情感内容与诗体形式达到完美统一，而这种诗体形式既不是绝端自由的也不是僵滞死板的，是一种最适合表达自我情感的中国化了的自由体诗。自由体诗的格律应该为，自由是其“格”，感情是其“律”，它给诗情诗意解除了一切束缚，赋予内容以充分的表达权利。由以戴望舒为代表的象征诗派发展到艾青等人的七月诗派，中国式自由体诗日臻成熟。七月诗派的自由体并非向早期那种“绝端自由”的自由诗的回归，它不仅注重内在的节奏也吸取了新格律诗派的某些合理因素。如艾青的《春》是首比较典型的自由体诗，全诗在总体上自由流动、气势贯通，但却给人以波澜起伏的旋律感，情绪的律动表现为语势的顿挫，流动中含有些微格律性，这标志着五四时期自由体已进入一个新的层次。绿原在《白色花》的《序》中说：“中国的自由诗从‘五四’发源，经历了曲折的探索过程，到三十年代才由诗人艾青等人开拓成为一条壮阔的河流。”①可以这样说，艾青等“七月诗派”在中国新诗发展史上完成了自由体的现代化与民族化的“综合”任务，使具有中国民族气派的自由体诗呈现出一些新的特色。七月派的自由体诗之所以具有民族气派，首先取决于他们大多数诗歌是从民族的坚实生活土壤里滋生出来的，都自觉不自觉地是这个民族的“自我表现”，无疑在其运用的自由体诗中也透露出民族气派的信息。如艾青那些写中国乡村的诗深深扎根于中国民族的深层土壤，有浓郁乡村

---

① 绿原：《白色花》，第2页，人民文学出版社1984年版。

气息，其自由体形式也具民族气派。自由体诗在中国的演变其外来影响不断稀释而古典诗词影响则逐步加深，但它不是向格律体转化，而是赋予自由体以民族色彩。“七月诗派”的诗篇大多是无韵的自由体，但却有着诗句错落有致的变化，给人以庄重淳厚美；由于没有脚韵的照应，促使读者全神贯注于意象与感情的变化并进而领会诗的内涵美；因为无韵诗句保持了口语的本色朴质素雅，无人工雕琢痕迹，便愈加体现出自由体诗的散文美。不过自由体诗的散文美并不是有人所批评的“散文化”。艾青曾对诗的“散文化”与“散文美”做过这样的区别：“散文化的诗的最大特征，是创作过程中排除了形象思维”；而“散文美”实指口语美，“为了把诗从矫揉造作、华而不实的风气中摆脱出来，主张以现代的日常所用的鲜活的口语，表达自己所生活的时代——赋予诗以新的生机。”①这种民族色彩较浓的自由体是中国民族化的自由体诗，民族性与现代性在诗体中达到完美统一。虽然它成熟于“七月诗派”，但并非为其独有，而是现代中国所有自由诗派或爱好自由体的诗人，把世界性自由体诗与中国传统诗词体相结合所创造出的最富生命力的一种艺术形式。

形成于30年代的中国乡土文学的本土化或民族化传统在40年代国统区的乡土文学意识中不仅被承袭而且有所超越有所突破，如果说40年代以前乡土文学主题的演进与现代城市文学主题的运行是分道扬镳的话，那么40年代它们之间在文化意识深层有了对话、互融、合流的趋向，即城市文学主题的现代意识流进乡土文化意识，乡土文学的民族意识向城市文学的现代意识升华。而造成这种城乡文学主题合流的趋向，不只是因为空前的民族解放战争需要充分发掘并调动广大农民的反抗力和创造力以及乡土文化中蕴含的精神力量，而且也因为大批的城市人和长期居住城市的作家成了“流亡者”或走进了乡村，他们穿行于城乡之间，既为城乡文化合流搭桥，又成了城乡文学主题趋同的中介。有人说，“西方现代文学的共通背景就是都市文化；没有巴黎、柏林、伦敦、布拉格和纽约，就不可能有现代主义的作品的产生”②。这里指的是现代主义文学皆以都市文化作为背景，其实中国文学的现代化或世界化也是离不开都市文化。假如这个观点能够成立的话，那么40年代中国城乡文学主题的合流，正是文学的现代化或世界化的城市文化与本土化或民族化的乡土文化的大碰撞与大汇融，在蒋纯祖（《财主的儿女们》）、伍子胥（《伍子胥》）、梦华（《引力》）、胡珈航

① 《诗论》，《艾青全集》第3卷。

② 李欧梵：《上海摩登·中文版序》，第3页，正港资讯文化事业有限公司2000年版。

(《潮》)、聂士儒和张贺轩(《流亡图》)等“流亡者”形象系列中,已体现出世界性的现代文化意识与本土性的民族文化意识进行交流对话的趋向。在我看来,最容易被忽略的国统区乡土文学意识恰恰是最富有深度和力度地承载了新文学世界化与民族化并行不悖的传统,这主要表现在:一是由恋土守乡意识向民族解放乃至人类解放意识的转换。抗战进入40年代,以农民为主体的人民大众经过民族解放与阶级斗争的血与火的洗礼,挣脱了恋土守乡的传统精神枷锁,完全以新的精神风貌与新的思想觉悟登上时代的历史舞台,他们社会角色的转换正意味着其文化心理由传统向现代的转换,使根深蒂固的乡土文化意识通过战争或斗争的实践向世界性的现代文化意识攀升。端木蕻良的长篇小说《大地的海》通过“土壤的故事”表现了人与土地关系的富有生命感悟的哲理思考,不仅深刻地揭示了人与土地之间循环往复的如同母子般的关系,即“只有土地才是儿子的真正的母亲”,“母亲把初生的婴儿的肚脐带埋藏了,报告大地的儿子已经来到人间,这便是人与地所立的永约”;而且也展示了主人公来头在同日寇侵略者战斗取得胜利后的情感变化,如果以前来头们同被迫压者斗、同自然灾害斗,仅仅以“勤奋去解除痛苦”,那么通过与侵略者的战斗胜利“我们可以作土地的主人了”。不过这个时候的农民仍带着恋土守乡的情结参与了阶级斗争与民族解放战争,其思想境界并没有新的飞升;固然与生命息息相关的乡土意识也是以民族文化为底蕴,但必须指出乡土意识有其保守性、封闭性的一面,若是不加以引导,很难与现代文化意识契合,所以作者通过艾老爸的口又把来头对人同土地关系的认识提到一个新高度,暗示出主人公的思想发生新的转变。他们悲壮而坚定地宣告:“地,地,地,它简直活吞了我们,让鬼种它去吧”;几千年来,自从神农皇帝到现在,“没有一个老农人能逃出去”,“让我们永远逃出它去吧”,“像一只野鸟似的,自由自在的”。[①] 小说既表现了农民的阶级意识、民族意识的觉醒又表现了他们挣脱恋土情结而获得个性意识的觉醒,毅然崛起于抗战历史舞台上。二是发掘潜藏于人性深处的原始生命强力,来医治农民“精神奴役的创伤”。有人说40年代文学的主题是“救亡压倒启蒙”,这种把启蒙与救亡两大主题对立起来且又以后者压倒前者的观点是经不住检验的。沈从文的湘西乡土小说旨在“借文字的力量,把野蛮人的血液注射到老迈龙钟颓废腐败的中华民族身体里去使他兴奋起来,年青起来,好在二十世纪舞台上

① 引文出自端木蕻良长篇小说《大地的海》,上海生活出版社1938年版。

与别个民族争生存权利"①。40年代路翎创作的乡土小说就是要从民众身上发掘"原始的生命强力"来医治其"精神奴役的创作",以焕发民众被封建伦理道德或传统习惯势力所扼杀的历史创造精神与主动精神,投身于民族解放战争,在争取民族解放的同时也争取个人精神解放。这是鲁迅开创的改造国民劣根性、重铸国民灵魂启蒙文学主题的延展,也是40年代乡土小说的启蒙意义所在。人类的"原始生命强力"是一种普遍人性,一切带有禁欲色彩的伦理道德和风俗习惯都对它进行扼杀或压制,一切"发现人、讲人意"的现代文化意识都尊重并解放人的"原始生命强力",所以40年代乡土小说发掘人的生命强力的主题正是世界性的现代意识与民族性的乡土意识相互冲突相互融合的艺术显现。骆宾基的中篇小说《一个倔强的人》,写身为准尉军衔的某连特务长潜回家乡后面对日寇侵略者,他倔强地挺身而起,打着"红枪会"的旗号把农民久受压抑的野性的非理性的原始生命冲动与狂热的激情诱发出来,然后将他们拉上东山与日寇打游击,"他们时时刻刻想杀人,时时刻刻想放火。实际上日本人在他们的心目中,并不占地位,只是一种毁坏几千年来的传统生活的欲念,在他们的血液里燃烧着,一种不自觉的对现世的报复欲念,支配着他们。"这说明人的非理性的原始生命强力只有经过现代理性的启蒙与引导,才能转化为献身民族解放斗争的自觉意识。端木蕻良的长篇小说《科尔沁旗草原》第一部,对老一代农民在"大时代"面前表现出的明哲保身的安命精神以及那"被四千年的镣铐锁住了,你们不敢抬头,你们不敢叛逆"的奴性意识予以针砭,希冀以"科尔沁旗草原给你们的那种力量"使农民冲决土地的束缚与专制的禁锢,焕发出新的人格力量去争取"最好"的生活。在40年代胡风曾深刻地分析说:人民既有"承受劳动重负的坚强和善良,同时又是以封建主义底各种各样的具体表现所造成的各式各态的安命精神为内容的。前一侧面产生了创造历史的解放要求,但后一侧面却又把那个要求禁锢在、麻醉在,甚至闷死在'自在的'状态里面;这个惯常是被后一侧面所包围的统一着但却对立着的内容,激荡着、纠结着、相生相克着,形成了一片浩漫的大洋。"②无疑每一个人民的心理内容都是这样一片浩漫的大洋,乡土文学在描述人民情感意识这片浩漫大洋时,既要弘扬其固有的坚强和善良的人格又要以现代文化意识克服其安命精神,使人民获取的新型人格内涵不仅有民族文化精华的积淀也有现代文化意识的渗透,两者的有机整合方能内

① 苏雪林:《沈从文论》,《文学》1994年第3卷第3号。

② 胡风:《论现实主义的路》,《胡风评论集》(下),第349页,人民文学出版社1985年版。

在地迸发出民族解放、阶级解放乃至个性解放的思想要求和创造历史的性格力量。其三，用现代理性之光照亮农民愚昧的心智世界，由不成熟转变成适应大时代要求的现代人。这是乡土文学启蒙主题的进一步深化。“启蒙就是人类脱离自己所加之于自己的不成熟状态。”①而要使农民摆脱思想意识甚至思维方式上的“不成熟状态”，就需要以现代理性精神照亮其愚钝的心智世界，使其获得主体意识和自由意识，去接受大时代的考验，去适应民族解放的需要。但真正能使农民摆脱“不成熟”精神状态的，除了其本身要有勇气运用自己的理智，在革命战争实践中自己解放自己外；创作主体已有条件承担起启蒙的重任，因为这些乡土文学作家早已在城市中获得了现代理性意识又熟知鲁迅开创的启蒙文学传统，并且“战争”把农民的命运与作家的命运联在一起，所以乡土文学世界便呈现出以现代理性精神制导本土文化意识的主题意向。姚雪垠的中篇小说《牛德全与红萝卜》，既写出了兵油子牛德全参加抗日游击队的“不甘心做鬼子顺民”的朴素的爱国觉悟和“想找一个出头之地，浑水摸一摸鱼”的个人打算，更写出了牛德全在“伟大的同志爱”的感召下和理性之光的指引下由“旧时代的江湖义气向新时代的革命责任感”的转变。骆宾基的长篇小说《边陲线上》描写战斗在北国边陲的人们既愚蠢又粗鲁的“不成熟状态”，虽然他们“真想给民族争光”，但是他们却不接受不理解排队、出操的意义，对他们不进行纪律教育与理性引导怎能成为一个自觉边防战士？端木蕻良的长篇小说《大江》刻画主人公铁岭的成长过程，在现代理性精神烛照下使这位在乡土味道醇厚的传说中长大的具有“山林的性格”的农民，告别了家乡却又斩不断对家乡潜在渴望的矛盾心理，即使在酷烈的战斗中受了重伤也依然于梦幻中“回到家乡”，从而揭示出一条规律：要使愚钝保守的农民变成“新人”，以现代理性给予启蒙是个极其艰巨曲折的历史过程。沈从文40年代创作的长篇小说《长河》也不再一味地赞颂湘西浓郁纯朴的人情美了，他深深地感受到湘西人的“一切生活都混合经验与迷信，因此单凭经验可望得到的进步，无迷信掺杂其间，便不容易接受”。迷信就是愚昧，是麻醉农民的最经典的命运观念，应似思想启蒙的长期工作。总之，40年代国统区乡土文学主题含有丰富、复杂、深邃的文化内涵，现代与传统、世界与民族、城市与乡镇、本土与外地之间的错综关系所形成的张力场，充满了各种文化冲突、思想交锋和意识碰撞，最终在现代理性精神的引导下逐步趋向

① 康德：《历史理性批判文集》，第22页，商务印书馆1990年版。

整合，以世界性的先进文化与民族的优秀文化塑造着以农民为主体的人民大众的新的文化人格。

我对40年代中国文学的世界化与民族化互动规律的考察与揭示并不是全方位全景观的，仅从选取的多个研究视角便可以发现，40年代文学的运演并没有因为“抗战全面爆发”中断“两化”的制导传统，也没有游离出现代中国文学已形成的世界化或现代化与本土化或民族化处于“世界文学”的一体格局，借鉴和继承的纵横坐标的“结合部”或“交接点”显得更错综更广阔。借鉴域外文学以促进现代化、世界化或者继承传统文学以强化民族化、本土化，都呈示出有所侧重有所偏爱，这也是势所必然，但两者决没有过分偏离或排斥而脱出“世界化与民族化相互变奏”的运行规律和制导性传统。

（2000.1）

第十章　人本思潮：鲁迅“人国”思想的现代化意义

以梁启超为代表的晚清文化先驱，面对着救亡图存的民族危机，积极寻求“治华”方案，由于深受“保国保种保孔”思维定势的局限，终究没有摆脱“尊皇”的政治路线，选择了“君主立宪”的国家制度，虽然它比封建专制有所进步，但毕竟是个专制国体，并没有完全把我国引上现代化的道路。当然应该承认，晚清梁启超的文化学术思想对五四文化先驱具有不可低估的吸引力和影响力，胡适曾在《自传》中说：“《新民说》诸篇给我们开辟了一个新世界，使我彻底相信中国之外还有很高等的民族，很高等的文化；《中国学术思想文化之大势》也给我开辟了一个新世界，使我知道四书、五经之外中国还有学术思想。”鲁迅受到梁启超“新民”思想的深刻渗染，但鲁迅的立人立国思想却从本质上突破和超越了梁启超的文化思想，提出了具有现代意义的“人国”理想。这种以“人”为本位的立国之策，从根本上与梁启超的以“君”为本位的“治华”方略划清了界限。

一

鲁迅完全冲破了“尊皇” 以 “保国”的思维模式，立足于世界文化的制高点，放眼整个世界的总体发展趋势，坚持以西方社会把理性、自由、法治作为现代化基本特征的价值标准，高瞻远瞩地来设计救国救民的方案，从而提出了建构“人国”的历史命题，时隔近一个世纪仍发人深思。鲁迅在《文化偏至论》中说过：

中国在今，内密既发，四邻竟集而迫拶，情状不能无所变迁。夫安弱守雌，笃于旧习，固无以争存于天下。第所以匡救之者，缪而失正，则虽日易故常，哭泣叫号之不已，于忧患又何补矣？此所为明哲之士，必洞达世界之大势，权衡较量，去其偏颇，得其神明，施之国中，翕合无间。外之既不后于世界之思潮，内之仍弗失固有之血脉，取今复古，别立新宗，人生意义，致之深邃，则国人之自觉至，个性张，沙聚之邦，由是转为人国。人国既建，乃始雄厉无前，屹然独见于天下，更何有于肤浅凡庸之事物哉？[1]（着重号笔者所加）

鲁迅“人国”思想的提出既不是天上掉下来的，又不是古已有之的，也不是主观拟定的，而是通过对世界大势的研究，反复比较权衡了其他先进民族的政治体制和文化思想，摒弃了偏颇取其神明，并结合中国社会的历史与现状加以选用，力求达到有机的结合，以一种能“争存于天下”的新社会结构来取代积弱难强、积重难返的旧制度。欲建立独见于天下的“人国”，首要的应以现代文化思想对国人进行启蒙，只有国人具备现代化的自觉意识才能使中华民族走上现代化的征程；而国人思想的现代化既不能全盘西化失去传统文化“固有之血脉”，又不能尊孔复古落后于“世界之思潮”，必须把先进的世界文化思潮与民族传统文化中尚有活力的思想血脉融合为一体，创立一种有利于国人“个性张”的“别立新宗”的现代文化。当国人有了自觉的个性意识和现代观念之时，也就是建立于小农经济基础之上的分散落后的“沙聚之邦”的封建农业国的解体之日，唯有“人国既建”雄厉无前，我国方可屹立于世界先进民族之林。鲁迅的“人国”思想内涵极其深邃丰富，具有现代性、独创性和远见性。

所谓“人国”，是与皇权专制或君主专制的国家异质相对的；并以英美法诸国的“扫荡门第，平一尊卑，政治之权，主以百姓，平等自由之念，社会民主之思，弥漫于人心”[2]，使“社会民主之倾向，势亦大涨，凡个人者，即社会之一分子，夷隆实陷，是为旨归”[3]而作为“人国”的参照系，强调百姓当权作主，强调尊重个人权利，强调平等、民主、自由，而且“平等自由，为凡事首”，这实际上体现出社会现代化的理性、自由、法治三个基本特征。显然，鲁迅设想的“人国”是以个人为本位、以人权为至高的国家，在个人与国家的位置上无疑是个人第一、国家第二，所以鲁迅把“人生之意义”、“个人之尊严”视为“二十世纪之新精神”，极力推崇歌德、叔本华、尼采等人的充分张扬个性、发展自我、强化生命意识的理论。然而这种“人国”里的个人究竟应该具有怎样理想的人性呢？鲁迅早在日本留

① 鲁迅：《坟·文化偏至论》。
② 鲁迅：《坟·文化偏至论》。
③ 鲁迅：《坟·文化偏至论》。

学时就开始思索“什么才是理想的人性”，在五四时期他以进化论的观点做了这样的回答：人一要保存生命，二要延续这生命，三要发展这生命；之所以如此，鲁迅认为，“既是生物，第一要紧的自然是生命。因为生物之所以是生物，全在有生命，否则失去了生物的意义。”[①]这就是说，能够得到自然发展的人性应该是理想人性；所以人性发展的自然需求即类似于生物本能的基本需要，都应该得到满足，以确保人性的健全发展。鲁迅在《我们现在怎样做父亲》一文中批评那些“苛责后者又来专做他的牺牲，毁灭了一切发展本身的能力”的父亲，对孩子应采取“健全的产生，尽力的教育，完全的解放”的人道主义态度，促其人性得以自然发展。鲁迅曾为青年设计了“一要生存，二要温饱，三要发展”这样的奋进目标，这里面也包含着人性发展的自然需求，“有敢来阻碍这三事者，无论是谁，我们都反抗他，扑灭他！”并且鲁迅自己亦坚定地表示：“我自己，是什么也不怕的，生命是我自己的东西，所以我不妨大步走去，向着我自以为可以走去的路；即使前面是深渊，荆棘，狭谷，火坑，都由我自己负责。”[②]为使人性得以自然发展而获取理想人性，就应该有鲁迅这样的大无畏精神和悲壮的责任感。强调人性的自然发展，从思想根源来说是出自于自然人性论；自然人性论所形成的世界观和理想人性曾在西方社会现代化进程中起过重要作用，它在中国社会现代化开始阶段同样扮演了开路先锋的角色，成为创立“人国”的重要思想武器和人格力量。不过西方启蒙思想家为驱动人的现代化所主张的自然人性论其背后所隐藏的乃有“我是人，就要享受人生的一切”的要求，往往陷入纵欲享乐主义泥淖；而中国思想启蒙先驱的自然人性论则是从达尔文生物进化论受到启示把它移入人类社会中，着力强调的是只有人性得以充分地自然发展方可成为现世的生存者，否则将被淘汰。所以中国人要在国际竞争日趋剧烈的时代获得生存权和发展权，就必然冲决束缚其身的一切罗网，使人性得以充分地发展和张扬，最为急切的不是一味地迷恋于享受而是要竭力争取生存权；特别是对那些睡在铁屋里的尚未醒悟的国人来说，极为紧要的是将其唤醒，群起砸碎“想做奴隶而不得的时代”或“暂时做稳了奴隶的时代”，勇敢地“创造这中国历史上未曾有过的第三样时代”，这就是“争取‘人’的价格的时代”[③]即“人国”的时代。可见以自然人性论来检验和要求中国人的人性有着深刻的文化背景和社会现

① 鲁迅：《坟·我们现在怎样做父亲》。
② 鲁迅：《华盖集·北京通信》。
③ 鲁迅：《坟·春末闲谈》。

代化的意义。

从建构"人国"的目的出发，鲁迅"觉得我们民族最缺乏的东西是诚和爱"；正由于人性中缺少"诚和爱"致使中华民族成为一个"食人"的民族。因此，鲁迅疾呼"真的人"即具有"诚心"和"爱心"的理想人性的国人出现，创立一个"人爱人而不是人吃人"的新世界。鲁迅不止一次地说："中国的社会，虽说'道德好'，实际却太缺乏相爱相助的心思。"并强调指出："我现在的心以为然的便只是爱"，"独有爱是真的"。于是他号召："所以觉醒的人，此后应将这天性的爱，更加扩张，更加醇化，用无我的爱，自己牺牲于后起新人。"[①]这里，鲁迅为理想的人性又提出相互联系的两点新的道德行为规范，即一是"觉醒"一是"爱人"。所谓"觉醒"就是"爱己"，尊重自我，发展自我，解放个性，爱护尊严，故"无论何国何人，大都承认'爱己'是一件应当的事，这便是保存生命的要义，也就是继续生命的根基"；[②]所谓"爱人"就是"觉醒"的目的所在，用"无我的爱，自己牺牲于后起的新人"。这就把个性主义与人道主义辩证地统一于理想人格之中。就其实质而论，人与动物的最大区别就在于人是有感情有理性的动物，爱本来就是人性的重要表现。马克思主义从来也没有否认爱，而且明确地指出："我们现在假定人就是人，而人同世界的关系是一种人的关系，那么你就只能用爱来交换爱，只能用信任来交换信任。"[③]所谓"信任"就是"诚"的意思，即诚实、诚心、诚意，以诚相待，这样才能相互信任；鲁迅提出的"诚"是针对"瞒和骗"的，前者是突出理想人性中的真，后者是批判人性中的假。只有诚心才能有爱心，只有爱心才能有诚心，只有人性的真才有人性的美，只有人性的美才能有人性的真，两者相辅相成、相生相伴，构成理想人性的两大基本特征。在鲁迅的设计中，"人国"的主体和主宰既不是君主或皇帝也不是那些吃人者，而应该是具有理想人性的充满诚心与爱心的"真人"；而要使这样的现代人得以顺利地生存与发展，就必须建构一个自由、民主、平等、理性、法治的国体。这也许就是现代型的"人国"蓝图。

---

① 鲁迅：《坟·我们现在怎样做父亲》。
② 鲁迅：《坟·我们现在怎样做父亲》。
③ 马克思：《1844年经济哲学手稿》，《马克思恩格斯全集》第42卷，人民出版社1972年版。

二

欲实现“人国”理想必须彻底摧毁封建专制赖以存活的封建文化结构，对此鲁迅既有认识上的自觉性又有行动上的坚定性。恩格斯对西方封建社会的文化结构模式做过深刻的论析：“中世纪把意识形态的其他一切形式——哲学、政治、法学，都合并到神学中，使它们成为神学中的科目”；“神学在知识活动的整个领域中的这种无上权威，是教会在当时封建制度里万流归宗的地位的必然结果”①。文艺复兴与启蒙运动正是通过批判这种“泛宗教意识形态”文化模式，“教会的精神独裁被摧毁了”，方使“明快的自由思想，愈来愈根深蒂固”，并为西方社会的现代化打下了坚实的思想基础。但由于社会历史条件的差异，在中国漫长封建社会里却形成了有别于西方“泛宗教意识形态”的典型文化特征，即政教合一，王者与圣人合一，政统、道统、文统合一；这种文化模式与中国传统知识分子的由知识而伦理、由伦理而政治的价值取向相对应，形成一个集自然、社会、政治、伦理、宗教为一体的“天人合一”、“天人合德”的图式，其中的社会政治系统与价值信仰系统总是高度地胶合在一起，凝成一个异常强固的封建国体结构。正是由于中国的至高公理是，“政治道德化，道德政治化”，所以封建伦理道德价值体系只有借助于皇帝的政治权力和宗法国家制度才能得以实现；而以皇权为轴心的宗法封建制的世俗合理性也只有通过传统伦理道德价值标准才能得以估量，这就决定了封建社会基本结构并不能转换出适应现代化需要的新机制。辛亥革命虽然没有建立起一个鲁迅所设想的“人国”，但最后一个封建皇帝毕竟被赶下台，中国封建王国毕竟在政治上解体了，从根本上动摇了“政教合一”的传统文化价值体系。五四新文化运动掀起的反封建意识形态的热潮，从特定意义上说正是给辛亥革命补上忽略从文化思想上彻底摧毁封建伦理价值体系这一课。鲁迅也正是为了摧毁价值信仰系统与政治系统高度连锁的封建社会结构，给中国社会“人国”的建立做些清基铺路工作，故才义无反顾地以“精神界的战士”的雄姿站在反对封建文化的第一线。

大家公认鲁迅对封建文化的批判具有全面的彻底的整体反叛思维的特点；然而鲁迅反封建的独到深刻之处却在于抓住其文化思想体系的老根即精

① 恩格斯：《德国农民战争》，《马克思恩格斯全集》第7卷，人民出版社1972年版。

髓——“伦常”穷追不舍，多面出击。因为中国的“圣人之徒”最恨人动摇的东西之一“便是他的伦常”①，抓住“伦常”就等于抓住“政教合一”封建文化思想躯体的神经中枢，一击便可致其全身瘫痪。毛泽东在给张闻天的信中论述：“‘家庭中父与子的关系，反映了社会中君与臣的关系’，不如倒过来说：‘社会中（说国家中似较妥当）君与臣的关系，反映了家庭中父与子的关系’。事实上奴隶社会与封建社会的国家发生以前，家庭是先发生的，原始共产社会末期氏族社会中的家长制，是后来国家形成的先驱，所以是‘移孝作忠’而不是以忠作孝。一切国家（政治）都是经济之集中的表现，而在封建国家里，家庭则正是当时小生产经济之基本单元，如伯达所说的‘基本细胞’，封建国家为了适应它们的集中（封建主义的集中）而出现。”②由于“家”是国的缩影，家庭与国家与社会联成一体，所以家庭的伦理道德可以扩大为整个社会乃至立国的原则，家庭中最重要的“孝”则演化为国家中最重要的“忠”，封建国家的政治统治则成了“家天下”的家长统治，而在这个基础上形成的文化思想体系的核心必然是以家庭为本位的伦理道德观。所以只有彻底批判伦理道德才能从根本上颠覆封建政治制度及其整个意识形态，才能真正唤醒中国人的个性意识和伦理觉悟。陈独秀宣称“伦理之觉悟，为吾人最后觉悟之觉悟”；李大钊认为“中国的纲常、名教、伦理、道德都是建立在大家族制上的东西”；吴虞疾呼“儒家以孝悌二字为二千年来专制政治与家庭制度连续之根干”，倘若“儒教不革命，儒学不转轮，吾国遂无新思想，新学说，何以造新国民？悠悠万事，唯此为大已！”③鲁迅坚定不移地抓住伦理道德这个彻底反封建的中心环节，与新文化先驱者一道从封建家族关系内部猛攻昏乱而残暴的伦理道德，揭露其荒谬、虚伪、丑恶和反人道的本质。《狂人日记》就是射向以家族为本位的封建礼教的重炮，无情地撕去封建家庭所蒙着的含情脉脉的“孝悌”面纱与数千年中国历史所披的“仁义道德”的伪装，入木三分地揭露其“吃人”的罪恶本质。由于封建皇权“以孝治天下”，因而鲁迅特别着力于封建伦理中“孝道”的批判。在《我们现在怎样做父亲》中指斥长者本位是一种“古传的谬误思想”，而“‘三年无改于父之道可谓孝矣’，当然是曲说，是退婴的病根”；《二十四孝图》之类的“孝子教科书”，鲁迅尖锐地批判其“以不情为伦纪，诬蔑了古人，教坏了后人”；《魏晋风度及文章与药及酒

① 鲁迅：《坟·我们现在怎样做父亲》。

② 《毛泽东书信选集》，人民出版社 1983 年版。

③ 吴虞：《儒家主张阶级制度之害》，《新青年》1917 年第 3 卷第 4 号。

之关系》是从嵇康的被杀揭露封建“孝道”的虚伪性和残酷性。这就充分表明了“以孝治天下”乃是封建伦常极典型地卓有成效地为封建政权服务的实质。但是我们决不能认为封建伦理道德仅限于“孝道”，其实它是建立在以家族为本位基础上的一个庞大森严的思想体系。在鲁迅看来，以家族为本位的伦理道德对整个中国文化的渗透既深且广，不只是与人们的思想意识和生活方式有着根深蒂固的广泛联系，而且与封建社会“大一统”的垂直隶属型的内部结构和等级统治秩序完全融为一体，形成强固的伦理政权化、政权化伦理化的治人治家治国的高度连锁体制。如果说中国古书上只是指出中国封建社会的“王臣公，公臣大夫，大夫臣士，士臣皁，皁臣舆，舆臣隶，隶臣僚，僚臣仆，仆臣台”的等级制度，那么鲁迅则进一步指出“台”虽然没有“臣”却“有比他更卑的妻，更弱的子在”，而且其子也很有希望，“他日长大，升而为‘台’，便又有更卑更弱的妻子供他驱使了”。[①] 这样便“一级一级的制驭着，不能动弹，也不想动弹了”。也许这就是中国封建社会之所以能够长期而稳固地施行专制统治的秘密所在。鲁迅是立足于变革中国社会并推进社会现代化以实现“人国”理想，才紧紧抓住“伦理道德”这个主要症结，对与以家族为本位相联系的封建宗法制度和宗法思想观念从根本上进行了否定与批判，这显示出鲁迅善于抓住要害、层层深入、重点突破、全面击毁的彻底批判封建文化体系的思维特点与独到深刻。

从整体观念上看，以伦理道德为特征的中国传统文化意识与建构“人国”所需要的以人为本位的现代意识，是隶属于两种不同文化思想范畴的异质意识；因此只有在总体上否定封建文化的结构功能和彻底揭露其“存天理灭人欲”的非人或吃人本质，才能在否定和揭露中以现代意识为价值尺度对其重新进行衡估与鉴别，取其那些可以通过现代化改造有可能转换为现代文化的合理合情的思想因素。鲁迅对封建纲常伦理以及宗法制度进行否定和批判所体现出的彻底性、全面性和坚定性的特征，正蕴含着这种深刻的辩证思想。试想，假若不遵循“整体否定”的思维模式而是坚持“中体西用”，那就不能摧毁“天不变道亦不变”的封建价值体系以创立现代化需要的开放型的充满现代性精神的价值体系；如果不能从根本上否定以忠孝为核心的封建伦理道德，那就不可能把中国人从重重罗网中解放出来而获得独立自由意识；倘若不对“君君臣臣父父子子”纲常名教进行彻底批判，那就不可能消除封建等级制度而在民主平等的基

---

① 鲁迅：《坟·灯下漫笔》。

础上建立起真正的“法治”。总之,科学与民主是建构现代化“人国”的两大理性支柱,然而科学与民主是舶来品,中国传统文化思想又没有产生出科学与民主。顾准有一段话颇有意思,他说:“中国思想只有道德训条。中国没有逻辑学,没有哲学。有《周髀算经》,然而登不上台盘。犹如中国有许多好工艺,却发展不到精密科学一样。中国没有唯理主义。范文澜痛诋宗教,他不知道,与基督教伴生在一起有唯理主义,这是宗教精神。固然窒息科学,也培育了科学。中国有不成系统的经验主义,一种知其然而不知其所以然的技艺传统,这成不了‘主义’,只成了传统的因袭。”“中国,除了伦常礼教,没有学问,专心知识、探究宇宙秘密不是出路,要逃避王权,只好走老庄禅佛一路。”①我并不完全同意他的见解,但是有一点我是认同的,溯其文化渊源,中国传统思想生不出科学与民主,而要确立以科学与民民为标志的理性意识则必须彻底批判中国封建文化思想。近几年兴起一股文化保守主义和复古主义的强劲思潮,打着历史反思的旗号或明或暗地贬低和否定五四时期彻底反对封建文化传统的巨大意义。如果不是留恋王权专制的等级制度而是为了推进中国社会现代化,那就应该承认五四新文化运动是一场“彻底地不妥协地反对封建文化的运动”,那就应该肯定鲁迅是站在反对以封建伦常为核心的传统文化思想第一线的最勇敢旗手的历史地位。

三

实现“人国”的理想,不仅要推翻非人的封建王国,更为重要的在于“立人”,即通过改造国民劣根性重铸国民灵魂、重塑民族人格,使每个中国人都具有现代意识和现代文化人格;只有这样的现代人才有可能自觉地解构封建专政国体以建构充满理性、民主、自由、法治精神的“人国”。这是一项极其艰巨复杂的国人灵魂的改造与重塑工程,并非一代人能够完成的,它将伴随着社会的现代化步伐越来越显示出这项工程的重要性与长期性,很难设想一个灵魂僵化陈旧和人格素质低劣的民族能建成物质文明与精神文明高度发达的现代强国。从这个意义说,作为中国社会现代化起始阶段的文化主将,鲁迅的改造国民性的思想与实践的历史价值及对当今的启示,怎样估价也不会过分的。

---

① 《顾准文集》,第352页,贵州人民出版社1994年版。

与同时代文化先驱相比，鲁迅深刻地发现了国民的主奴根性，这是一种国民劣根性，其文化心理既有奴隶意识又有主子意识，即失势时逆来顺受，卑躬屈膝，自甘下贱受辱，毫无反抗性与人格尊严，任人欺侮嘲骂，奴性十足；一旦得势则以强凌弱，以贵傲贱，俨然以主子自居，千方百计地压榨同类，实际上这是失去人性的一种沉沦。这种主奴根性鲁迅把它形象地比喻成，在兽面前显示出十足的羊性，在羊面前显示出可怕的兽性，所缺少的就是人的个性、主体性。从文化视角来考察，主奴根性不论压迫者或被压迫者、阔人还是穷人都是或轻或重地存在着。例如阿Q得势时其文化心态与赵太爷一样具有主子的优越感，他不仅不放弃欺凌统治他人的机会，而且对那些比自己更弱小的小D和小尼姑极尽凌辱之能事；而平日对阿Q们以主子自居、威势逼人的赵太爷一旦失意时，顿失往日的威风也显得奴性十足，甚至对他最看不起的奴隶阿Q竟称颂其为“老Q”。可见主奴根性之间形成了可怕的恶性循环，发展到极端便导致中华民族成了“食人的民族”。鲁迅以象征意象来比喻“吃人”，来揭示国民的主奴根性，予以针砭与批判。他大致把“吃人”分为三种文化心态：一是“吃人”，主子意识占了上风，那些被吃者都是弱小无辜，横遭摧残，哀告无门，得不到丝毫同情；二是既食人也被人食，主奴心理兼而起作用，当自己被人食时表现出奴相，当自己去食那些更弱者时则露出凶相；三是自食，即人性完全被扭曲或异化，对自我精神进行自我压抑或自我扼杀，这是主奴根性深入骨髓而转化为一种无意识或潜意识，也许这是最可怕的“吃人”。主奴根性的形成有深刻的文化根源，这就是封建礼治秩序从两个方面消解了人的主体性与个性，以主奴性取而代之。一是因为礼治秩序只承认人伦关系网络的存在，每个个体都被人伦关系所规定而无独立自主权，根本不把个人的人生视作由自己来组织来负责的自我实现过程，如果个人离开了礼治的规范而独自行动，那无异于禽兽，即“人而无礼，虽能言，不亦禽兽之心乎?”[①]这就使人完全丧失了主动性、主体性和自主性，于是主奴意识便潜滋暗长起来；二是礼治秩序把人的个性、主体性消融在尊卑有等、贵贱有差的名分规定中，在许多感情交流的人伦关系的基础上强制地赋予它们尊卑名分的意义甚至形成一种统治秩序，以此取代了各种亲情关系的感情沟通，这样一来人的一生是按照名分规定行事，并以名分强加于人的标签来显示自己，使人成了名分标准所塑造的产品系列，唯独没有属于自己的个性和主体性[②]，剩下

① 《礼记·曲礼上》。

② 刘再复、林岗：《传统与中国人》，第411～413页，三联书店1988年版。

的只有被名分异化了的主奴性。鲁迅对中国人主奴根性的揭露与批判,旨在改造国民劣根性,唤醒国人的个性意识和主体意识,迅速挣脱封建礼教的羁绊,以独立自由的现代意识重铸自我灵魂、调整文化心理,为“人国”理想的实现提供优化的人性与人格。

同发现国民主奴根性紧密相关的鲁迅又发现了国民的阿Q性,虽阿Q性的内涵极为深邃丰富,但其核心却是精神胜利法,这是鲁迅对中国文化乃至世界文化所做出的独特贡献。从哲学的角度看,阿Q精神胜利法的背后隐藏着一种宇宙观和人生观,即对周围世界或人生的看法并不受客观真实性的制约,完全取决于内心的自我与自我所达成的“契约”,对“我”来说周围世界或人生环境是依据内在心象而改变,即由改变自我认同的“契约”进而改变世界在内心的形象,只要用个虚名去更改了“实在”就等于改变了真相的“实”,世界本没有客观性与绝对性,只要能够克除我执,任何东西都可以随心所欲地去“名”它,“名”它什么就是什么,这样就可能使自我从苦恼悲惨的周围世界与人生境况中摆脱出来,进入一个主观幻想营造的“永恒胜利”的精神境界。阿Q巧妙地运用这种以“心象”取代“真相”、以“虚名”取代“实有”的自欺欺人的荒诞逻辑,应付现世的一切挑战,明明是一次次的实实在在的失败他都在精神上转化为一次次的虚虚妄妄的胜利,自我陶醉,自我满足,久而久之,自我变成了“死相”,社会也变成了“死相”。这种极其荒谬的巧妙为奴的人生哲学代代相传,沉积于民族深层文化心理则转化为集体无意识。阿Q性就是国民劣根性最集中的综合,阿Q悲剧就是中华民族最深刻的精神悲剧。如果说国民的主奴根性与儒家文化的强渗透直接有关,那么阿Q的精神胜利法则内在地受到庄禅哲学的潜移默化的影响。老子主张的“浑其心”、庄子提倡的“吾丧我”、佛禅主张的“涅槃”与“顿悟”,诸种解脱方式的根本精神就是要求人舍弃主体性泯灭自我,同归于“物化”;而这种安顿情志的方法落实于具体人生,往往使人对外在环境刺激丧失了正常的感应力与评判力,克除了主体的各种欲求,人同环境的稳定关系被切断,既认不清楚客观现实的挑战又不能依据求生存求发展的原则做出创造性的回应,只好回到内心,克除我执,舍弃自我,由解脱误入麻醉,由此亦一是非彼亦一是非的混世陷入自欺欺人。“正所谓闭目以灭色相,塞耳以息音声。就是说,解脱之道的价值取向思想方式与阿Q精神有着深层意义的同一:以无视客观性来达成解脱。兼具极高智慧的庄禅哲学落实到日用百姓里,便蜕变成‘鸵鸟哲学’和‘乌龟哲学’。”①总之，封建礼治秩序是从强制的外在规范方面压抑或取消人的主体性和自我人格，庄禅哲学的解脱方式则从内在人生方面压抑或取消人的主体性和自我人格；来自外部的压力造成个体自我实现的文化环境与社会条件的极度恶化，来自内部的压力会导致个体自我实现的主体能力的完全丧失。可见儒释道三位一体的传统文化在取消主体泯灭人性上确有异曲同工之妙。

不论是国民的主奴根性或者是阿 Q 精神胜利法，都是实现社会现代化与“人国”理想的巨大障碍，鲁迅终其一生批判国民劣根性旨在为走向现代化扫除障碍；然而鲁迅并没有仅仅停留在对国民弱点的批判上，而是积极探索国民性现代化转换的路径，并以文学手段挖掘理想的国民性，塑造成艺术形象作为“立人”和重铸民族灵魂的参照榜样。

鲁迅虽然淋漓尽致地揭露国民劣点，然而他对中华民族并没有失去信心，无论他对国民性弱点揭露的出发点或者归宿点，都基于对我们民族最深刻的爱。鲁迅曾说：“我们生于大陆，早营农业，遂历受牧民族之害，历史上满是血痕，却竟支撑以至今日，其实是伟大的。但我们还要揭发自己的缺点，这是意在复兴，在改善。”②鲁迅认为精神素质的改造是民族改造的根本，正如他在《习惯与改革》一文中指出：“体质和精神都已硬化了的人民，对于极小的一点改革，也无不加以阻挠。”正视民族精神上的弱点并予以积极疗治，鲁迅视为人的现代化与社会现代化的重要一环，所谓“首在立人”的巨大意义就在于此。因而鲁迅在《狂人日记》中不仅预言“将来容不得吃人的人，活在世上”，满怀激情地欢迎“真的人”的到来，而且充分相信国民劣根性是可以改造的，人性是能复归的；他还为吃人者人性的转变指出一条途径：“后来因为心思的不同，有的不吃人了，一味要好，便变了人，变了真的人。”并“劝转吃人的人”，若是“你们要不改，自己也会吃尽。即使生得多，也会给真的人除灭了，同猎人打完狼子一样！”鲁迅对愿意转变的吃人者一样采取劝说开导的策略，只是对那种死不悔改者运用“猎人打完狼子”的暴力手段，这就把思想启蒙与社会革命统一起来，其目的都在于改造社会，为创建“真的人”的现代化“人国”铺平道路。鲁迅更多的是通过艺术手段来勾画具有理想人性的古代的或现代的国人形象，以推动中国人向现代化转变。鲁迅多次呼唤“精神界的战士”，而且在他的小说艺术世界里总是或显或隐地屹立一

① 刘再复、林岗：《传统与中国人》，第 414 ~ 415 页。

② 鲁迅：1936 年 3 月 4 日《致尤炳圻》，《鲁迅全集》第 13 卷（书信）第 683 页。

个彻底反封建的"精神界的战士"形象。那种"站在沙漠上，看看飞沙走石，乐则大笑，悲则大叫，愤则大骂，即使被沙砾打得遍身粗糙，头破血流，而时时抚摩自己的凝血，总得若有花纹"[①]的猛士们，鲁迅也是倍加赞赏；《一件小事》里使我们"看见鸠首囚形的愚笨卑劣的代表的人形下面，却有一颗质朴的心，热而且跳的心"[②]。《故事新编》以赞美的笔调描写了以自己高尚的情操和愉快的劳动创造出美好世界的女娲、用自己的勇敢和高超射术杀死修蛇封豨为民除害的后羿、为被压迫者被损害者进行血的复仇而献出生命的宴之敖者，展示出这些英雄的美丽、勇毅、多智的品质和强烈的正义感，还出色地刻画出大禹、墨子这样的为民兴利除弊而埋头苦干、奋斗不已的英雄形象；特别对那些拼命硬干、舍身求法、为民请命的"中国脊梁"式的人物更加推崇，并且公开宣称："那切切实实，足踏在地上，为着现在中国人的生存而流血奋斗者，我得引为同志，足自以为光荣的。"[③]这些国人形象或多或少地都带有理想人性的特征，甚至有的就是鲁迅心目中完美的理想人性的化身，他们不仅可以作为重塑民族灵魂的榜样或参照，而且也是推动中国社会现代化、实现"人国"理想的中坚力量。

四

诚然，鲁迅提出的"人国"思想尚未形成高度思辨的严密理论体系，更多地表现为传统的"经世致用"的理论形态；但它在中国社会现代化和中国人现代化的肇始阶段，既具有理论上的导向意义又具有实践上的指引意义，甚至他对历史留下的未完成课题站在今天现代化的高度进行反思尚具有深刻的启示价值。

启示之一：一个民族在现代化过程中应该有一种思辨色彩很强的理论体系，如果把理论完全建立在时效性上，缺乏理论的距离感，那就会失去理论的意义，不只是在瞬息万变的新情况新问题面前感到困惑，甚至对自己的理论主张也产生怀疑；并且为了急功近利常常把眼睛盯在脚尖上，导致方向的迷失。1926年鲁迅曾发出这样的感叹："倘说为别人引路，那就更不容易了，因为连自己还不明白应该怎么走。"[④]这种彷徨、困惑、迷惘感，与他的"人国"思想回答、

① 鲁迅：《华盖集·题记》。

② 沈雁冰：《鲁迅论》，《小说月报》1927年11月第18卷第11号。

③ 鲁迅：《且介亭杂文末编·答托洛斯基派的信》。

④ 鲁迅：《坟·写在〈坟〉后面》。

解决不了眼前的现实问题不无关系。因为在鲁迅“人国”思想里的民主、自由、科学等，于西方社会现代化进程中并不具备全能意义和终极价值、形而上学的品格。民主与自由作为一种意识形态是属于世俗化的信仰文化系统，它们不具有形而上的超然意义，只不过是实现个人权利和公民权利的有力工具；科学在西方是属于知识文化系统的工具，其底蕴只是解释客观世界的一种方法，并不含有价值意义。所以“人国”思想缺乏令人神往的终极价值信仰，基本上没有超越种种世俗化功利化的理论形态，不能在精神境界上与现实拉开距离，面对五四落潮的社会大动荡大分化所带来的诸多现实问题，作为新思想被推崇的民主意识、自由意识、平等意识、个性意识、人道意识等显得无力以对，难以回答并解决眼前的现实问题，故而既引起社会的深刻失望又加深了知识界的意识危机。具体来说，“人国”思想本身只是反映了现代化的世俗要求，这种内在的理论局限不能解释现代化本身的局限：如现代理性的本质是批判怀疑的，而批判怀疑推向极致就会导致普遍的虚无感，甚至怀疑理性本身；对于这种理性本身的局限，上述的新思想是难以解决的，其主要原因在于它本身缺乏一种超然的终极价值信仰，既不能确定理性的限度又不能拯救理性本身。再如随着传统伦理道德日渐式微，理性的高扬使人变得越来越自由，不过自由发展到极致也会陷入不自由的境地；而要达到完整意义上的自由即外在自由和内在自由，除了理性自觉外还必须有赖于终极价值信仰，就是说终极价值信仰是内心自由的重要资源之一，若失去它也就失去了内心自由，然而“人国”思想所弘扬的现代意识只能给自由以理性自觉却不能给自由以终极信仰的资源。虽然鲁迅所信奉的“人国”思想不能正确回答并解决我国现代化初期所遇到的世俗性问题，人道主义作为“终当胜利”的理想也难免笼统空泛，但鲁迅并没有消沉下去，他是在探索中苦闷、在苦闷中探索，经过一段上下求索之后，终于认准并选择了共产主义文化思想体系，把“人国”理想纳入历史唯物主义和辩证唯物主义思想轨道。

启示之二：在一个民族的现代化过程中，首要的应重视人的现代化，应重视人的灵魂重塑和人格的提升，否则社会现代化将受阻或变形。鲁迅“首在立人”的思想具有深远的战略意义，在一个社会进入现代化初期应该强调“立人”，就是社会现代化达到相当高的程度也不能忽视“立人”。所谓“立人”就是通过改造国民劣根性重塑国民性格，以适应社会现代化对人的要求；也就是随着社会现代化的展开与深入，既要做好充分的文化心理准备又要不断充实、调整和更新文化心理。这就要求我们敢于正视那些影响社会现代化的民族性弱点，敢于通过理性反思来清除民族文化心理中沉淀着的落后腐败的东西即妨碍现代化的精神阻力；而且勇于以现代意识和理想人性来重铸民族灵魂和重塑民族性格，使民族文化中固有的真善美与优秀的现代思想品格在"现代化"这个坐标上融合起来，完成民族文化心理与民族思想性格的历史性的伟大飞跃。只有人的现代化才能有力地推动社会的现代化，不过在人的现代化过程中必须处理好个体意识与群体意识的关系，充分考虑到人与人之间关系中人的潜能的发挥与价值的实现。西方理论在处理个体与群体关系上坚持利己又利他的人道主义，尼采认为具有独特生命力和智慧品格的个人并非舍世界以利己，而是要对世界做出特有贡献，只有人具有了独特的个性与地位然后才能与群体沟通，才能有益于世界，"成为你自己"就是要求你开放出特异的花卉，每个人都能创造自己的美，每个人都能欣赏其他人所创造的各自的美。人人都是美的创造者和欣赏者，这样的个体生命才是最有意义的生命，这样的人生才是最有意义的人生。[①] 鲁迅的人学思想曾受尼采的影响，他强调"重个人"即重视个体意识觉醒，但个人觉醒后必须砸碎"铁屋子"唤醒所有的国民，只有众人都具有人的资格与地位才能建立"人国"。五四时期几乎所有的思路启蒙者都强调个性解放，都认为理想人性乃是人格独立、个人为上、自然发展，但是个体意识的更新只是一个前提，群体意识的变革才是目的，这与西方视个人为目的是不同的。这样来理解并处理个体与群体的关系，除了与当时所处的特定历史条件与时代环境有关外，最深层的原因在于包括鲁迅在内的新文化先驱们没有从根本上摆脱中国传统的修身齐家治国平天下的道德行为规范，后来鲁迅将个体意识纳入共产主义思想框架之中，集体主义意识增强了，个体本位意识削弱了。个体意识与群体意识、个性解放与人类解放，它们之间的关系应该是辩证统一的，为什么硬要把它们弄成水火不相容的对立两极呢？它们之间关系理解得正确与否、处理得是否得当，直接影响到中国人的现代化和中国社会的现代化，值得深长思之。

（草于 1996. 8）

① 朱德发：《五四文学新论》，第 48 页，山东文艺出版社 1995 年版。

作家作品之维

第十一章　知识精英:“朱自清颂”
(1898－1948)

我们中国人是有骨气的。许多曾经是自由主义者或民主个人主义者的人们,在美国帝国主义者及其走狗国民党反动派面前站起来了。闻一多拍案而起,横眉怒对国民党的手枪,宁可倒下去,不愿屈服。朱自清一身重病,宁可饿死,不领美国的“救济粮”。……我们应当写闻一多颂,写朱自清颂,他们表现了我们民族的英雄气概。

——毛泽东

朱自清是新文学的开拓者,是现代著名的诗人、散文作家,是古典文学的研究者,是毕生从事教育事业的教育家、是富有正义感的爱国者,是民主主义的斗士。“中国人是有骨气的”这种高风亮节,体现在他一生的多方面。

他在人生的道路上,是迈着艰苦的前进脚步的。吴晗在《悼朱佩弦先生》一文中曾引述了朱自清参加最后一次座谈会上的讲话,似可看作这是他对自己走过道路的深刻总结:

过去士大夫的知识都用在政治上,用来做官。现在则除了做官之外,知识分子还有别的路可走。士大夫是从封建社会来的,与从工业化的都市产生的新知识分子不同。旧知识分子——士大夫是靠皇帝生存的,新知识分子则不一定靠皇帝(或军阀)生存,所以新知识分子是比较自由的。

知识分子的道路有两条:一条是帮凶帮闲,向上爬的,封建社会和资本主义社会都有这种人。一条是向下的。知识分子是可上可下的,所以是一个阶层而不是一个阶级。

要许多知识分子都丢开既得利益,是不容易的事,现在我们过群众生活还过不来，这也不是理性上不愿意接受，理性上是知道应该接受的，是习惯上变不过来。所以我对学生说，要教育我们得慢慢来。

朱自清出身于一个封建小官僚家庭，1898 年 11 月 22 日诞生在祖父就任承审官的江苏省东海县；他家原籍是浙江绍兴，后因举家迁住扬州，同此地结下不解之缘，够得上古人说的“生于斯，死于斯，歌哭于斯”了，故自称“我是扬州人”。幼年时取名自华，号实秋，后考入北京大学本科改名自清，字佩弦，发表文章时通用朱自清，间或也用“佩弦”。因他是这个没落的士大夫家庭的长子长孙，极受家里宠爱，五岁便由父母启蒙课读，养成沉然好学的习性，后上私塾，终日埋在经籍、古文、诗词中，深受古代文化的熏陶；1911 年辛亥革命爆发，14 岁的朱自清正在江苏省立扬州中学刻苦攻读，“他在那时喜看说部书，便自命为文学家”，毕业时学校给与“品学兼优状”（李方谟《我记忆中的朱自清》）。可见中学阶段他便喜爱文学作品，并立志做个“文学家”，这为他五四新文学发轫期跃上文坛做了一定的准备。辛亥革命的胜利果实虽然很快地被反动军阀所篡夺，中华民族的灾难日益深重，国家黑暗到了极处，人民痛苦到了极处；然而清朝的最高封建统治者毕竟被推翻了，一些出身于士大夫家庭的知识分子想靠皇帝做官的美梦也被打破了。朱自清可以说是扬州这个趁第一次世界大战之际民族资本主义工业一度发展的“工业化的都市产生的新知识分子”，尽管没落士大夫家庭的传统教养，私塾的封建文化教育的陶冶，旧的伦理道德观的浸染，不能不在他心灵上打上难以磨灭的烙印；但是时代的暴风雨总是不断地冲刷着中国这个封建王国的断垣残壁，也冲洗着一些向往自由的新知识分子身上的积垢，使其以新的姿态迎接大时代的考验。朱自清这位温雅而坚忍、庄重而矜持的青年知识分子，正是跟着时代的步伐，于 1917 年考进五四新文化运动和文学革命的策源地北京大学本科的哲学系，真正开始了他要争取做一个“比较自由”的“新知识分子”的斗争生涯。但在北洋军阀政府直接统治下的北中国比南方更黑暗；加之“他青年时代的读书生活是相当贫苦的”，“五四运动前后，在北京大学读书的那几年，冬天晚上睡觉，只有一条破棉被，要用绳子把被子下面束起来”（陈竹隐《忆佩弦》）。因此，他直觉地厌恶旧中国的半封建半殖民地的吃人社会，同情广大受压迫受屈辱的人们。由于他只能以沉思的哲学眼光去敏锐地观察和剖析灾难深重的社会现实，缺乏以一种冲破“风雨沉沉的夜”的勇气和魄力，在“前面一片荒郊”上去踏出一条路来；而对于靠着新旧军阀生活，与旧势力同流合污他又极端仇视，与人民大众的争自由求解放的革命行动结合他也心有所惧。所以,他只好带着自身性格的深刻矛盾,追寻着历史发展的轨迹,坚忍而踏实地曲折而缓慢地一步一个脚印地走着"新知识分子"的道路,最终才成为一个有骨气的革命民主斗士。

新文学的开拓者

朱自清曾自谦地说:"我是大时代中一名小卒,是个平凡不过的人。才力的单薄是不用说的,所以一向写不出什么好东西。我写过诗,写过小说,写过散文。"(《〈背影〉序》)其实,他是一个有才气的五四时代的新诗人,虽然他不是最早致力于白话诗创作,但是他的诗作却"远远超过《尝试集》里的任何最好的一首"(郑振铎《五四以来文学上的论争》)。风雷激荡的五四时代造就了诗人,诗人的诗作又分明地刻下五四时代车轮的迹印。朱自清在五四新思潮的启迪和冲击下,亲身经历了1919年以北京大学为中心的学生爱国示威运动,这是划时代的反帝反封建运动,也是彻底的文化革命运动;他"和著名的共产党人邓中夏等建立了很好的友谊"(陈竹隐《忆佩弦》);并参加了由北大进步教授支持的与"新青年"派并肩战斗的"新潮"社;1922年1月又同叶圣陶、俞平伯等创办中国新文学史上第一个诗歌阵地《诗》月刊。五四运动的浪潮冲开了他心灵的门扉,大学四年攻读哲学培养了他敏于观察分析社会问题的能力,忧国忧民的情感激励他去探索人生的道路,沸腾的生活唤起他创作诗歌的欲望。后来他回忆为什么在五四时期拿起诗笔,"这是时代为之"。(《论无话可说》)因为"那时是解放的时代,解放从思想起头,人人对一切传统都有意见,都爱发议论,作文如此,作诗也如此。他们关心人生、大自然,以及被损害的人"。(《诗与哲理》)在这种进步的人生观和文学观的指导下,他活跃于五四新诗园地,成了新文学阵地的开垦者。这个时期的诗除在他和郑振铎、俞平伯等八人合集《雪朝》中收入的17首外,其余大都收在《踪迹》里。他的诗以独特的思想色彩和鲜明的艺术风格,从一个侧面显示了五四新诗创作的实绩。他认为"白话新诗在传统里没有地位","这儿需要斗争,需要和只重古近体诗与骈散文的传统斗争。这是工商业发展之下新兴的知识分子跟农业的封建社会的士人的斗争,也可以说是民主的斗争"。(《什么是文学》)可见他在新诗领域致力于新诗创作,不仅自觉地为白话新诗在中国文学史上争取独立地位,而且也把新诗作为民族资产阶级"新兴的知识分子"同封建士大夫阶级进行民主斗争的武器。

歌颂光明，暴露黑暗，是他诗歌的重要思想特色之一。苏联十月社会主义革命胜利曙光的照耀，马列主义在中国的传播，平民主义思潮的激荡，点燃了年轻一代诗人的诗情。朱自清也和同时代的进步诗人一样地放开歌喉，去赞颂光明。他托物言志，以赞美煤的"赤和热"，来抒发内心对"美丽而光明"(《煤》)的憧憬；在《满月的光》一诗中，他描绘出一个光明的理想世界，并愿意永远浸在这个"光海里"。这是新世纪的春雷给无涯黑暗的古老中国带来的新希望，在诗人心灵上的光辉投影，也是五四运动的狂涛冲击着诗人的积郁愤懑的痛楚的心所发出的高亢乐观的音响；不过，他的歌唱光明不单纯表现出一个"新的知识分子"对新时代曙光的空泛的呼喊，而且传达了"那蓝褂儿，草鞋儿，赤了脚"的平民们的心声。他认为现代的"文人得作为平民而生活着，然后将那生活的经验表现，传达出来"(《什么是文学的"生路"》)的文学。提倡平民文学是五四新文坛叫得很响的口号，朱自清这里所说的"平民"，如果联系他的《人间》一诗来具体考察，不是一般地专指小资产阶级或资产阶级，而应包括那些挑着"空的箩担"在死亡线上挣扎的"黑而干瘦"的劳苦大众；诗人并"接触他纯白的真心"，愿意为"平民"而歌唱，表现他们的苦难，表达他们对时代的热切希望。诗人不只是赞美光明的未来，而且积极去探索以怎样的人生态度来实现对光明的追求。《光明》一诗对此做了形象的回答：光明不是上帝赐给的，"你要光明，你自己去造"。这既表现了诗人的积极进取、脚踏实地的人生态度，又分明透露出进步思想在他内心激起的兴奋感。尤其可贵的是，在五四运动退潮期，新文学阵营出现了分化，他不仅承受了五四文学的战斗传统，参加了标榜为人生而艺术的现实主义文学团体文学研究会，而且写出了一些带有明显社会主义倾向的新诗篇。《赠 AS》以炽烈而真挚的感情，以丰富的想象和绚丽的色彩，描绘了革命者邓中夏的英雄形象：

你的手像火把，/你的眼像波涛，/你的言语如石头，/怎能使我忘记呢？/你飞渡洞庭湖，/你飞渡扬子江；/你要建红色的天国在地上！/地上是荆棘呀，/地上是狐兔呀，/地上是行尸呀，/你将为一把快刀，/披荆斩棘的快刀！/你将为一声狮子吼，/狐兔们披靡奔走！/你将春雷一震，/让行尸们惊醒！/我爱你的骑马，/在尘土里驰骋——/一会儿，不见踪影！/我爱看你的手杖，/那铁的铁的手杖；/它有颜色，有斤两，有铮铮的声响，/我想你是一阵飞沙走石的狂风，/要吹倒那不能摇撼的黄金的王宫！/那黄金的王宫！/呜……吹呀！

气势磅礴，感情激越，意境宏伟，形象飞动。不仅将个人真挚友情的抒发同对无产阶级革命壮丽事业的由衷歌颂结合起来，并且把推翻旧世界的“黄金王宫”的革命豪情同建立共产主义的“红色天国”的崇高理想结合起来，这不只是赞美革命者邓中夏个人，似应看作是对整个无产阶级革命力量的歌颂。这虽然只是朱自清的朴素的初步觉醒，但他明显地超越了五四运动低潮期那些患有时代忧郁症的知识分子探索“爱”与“美”的所谓理想天国的思想境界；并通过与革命者光辉形象的比照，严格批判“在灰泥里辗转”的自己，这是他一生文学生涯中的良好的起步。《送韩伯画往俄国》越加酣畅热情地歌颂了列宁领导的十月革命。作者把新生的社会主义苏联喻为光照大地的“火一般的红云”，并透过对追求真理的先进知识分子形象的刻画，真诚地表露诗人的政治理想，即希望他“将在红云里偷着宇宙的密意，放在你的画里，可知我们都等着哩”；这是要求他从苏联这个红色的国度偷点光明，以照亮祖国死寂的暗夜。

歌颂光明必然要诅咒黑暗，向往新世界必须要暴露旧世界。朱自清是一位直面人生、关切人生的现实主义作家，他更重视对黑暗现实的抨击，往往把暴露黑暗和歌颂光明交织在一起。他曾说：“我们现在需要最切的，自然是血与泪底文学，不是爱与美底文学；是呼吁与诅咒底文学，不是赞颂与咏歌底文学。”（《〈蕙的风〉序》）大学生时代写的《羊群》，通过对恶狼吞吃羊羔的描写，借喻弱肉强食的吃人的罪恶社会，当然也流露出人道主义的怜悯情绪，哀叹人间的不平和被血玷污。诗人于1920年5月毕业于北大哲学系后，即入杭州第一师范学校任教，并支持冯雪峰、潘漠华等四人组织的“湖畔诗社”及赵平复、魏金枝等组成的“晨光文学社”；此后又辗转于温州、宁波等各地中学执教，比较广泛地接触了社会中下层，对黑暗现实和苦难人生的看法比学生时代显得更深沉了。不仅《赠AS》在歌颂光明的同时，把笔锋刺向行尸走肉的黑暗现实，而且回南后写的《小舱中的现代》，通过对可怜的小贩和求乞者为生存而进行搏斗的残酷场景的描写，对半封建半殖民地现代社会的抨击更深沉更强烈了。《转眼》、《冷眼》、《侮辱》、《人间》等诗，透过人情世态的描写，揭露了血泪的现实人生中的人与人的关系是冷酷和隔膜的。

抒写徘徊悲哀情绪，表现挣扎向前精神，是朱自清五四前后诗歌创作的又一重要思想特色。他的诗歌并不都是体现了时代的最强音，而有相当多的诗篇则流露出一种彷徨苦闷的哀调悲音。这主要因为：一是五四高潮过后他的“希望”在残酷的现实中逐步破灭了，发现自己当初对光明的追求、对红云的歌颂只是"范畴而已",对革命"既不深思力索,又未亲自体验"(《论无话可说》),因此当不切实际的幻想在现实中被击碎后,就不能不犹豫、苦闷、徘徊,如《秋》、《心悸》等诗真实地抒写出自我内心的孤寂沉郁情绪;二是作者世界观的反映。他自我解剖说"是一个不配革命的人","永远只能跟着而不能领着"(《那里走》);而在"行为上主张一种日常生活中的中和主义"(《残信》)。这种带有中庸色彩的人生哲学不能不影响他政治的进步和文学创作的思想倾向。《转眼》一诗,表现了诗人在五四运动低潮期的"理不清的现在,摸不着的将来","待顺流而下罢,空辜负了无生的我,待逆流而上啊,又惭愧无力的"他的痛苦矛盾心情。然而诗人又非是悲观主义者,他具有面对现实在挣扎中前进的精神。1922年底写的长诗《毁灭》则表现了他直面现实探索人生的积极进取态度,这是他世界观极为可贵的因素。《毁灭》是诗人"被家庭社会两重的压迫以后所发出的声音,还是这样的不屈不挠,可见他底本性绝非荏弱易折的"。(俞平伯《读〈毁灭〉》)这首长诗既是诗人思想斗争的自白又是实际行动的誓言,它"决不是一面空大鼓敲着来吓唬人们",而"是呻吟,也是口令,是怯者的,也是勇者的叫声",表现了诗人以"专崇实际"的精神勇于在纷繁的纠葛中挣扎着探索人生道路的毅力和决心,自誓"不再仰眼看青天,不再低头看白水,只谨慎着我双双的脚步:我要一步步踏在土泥上,打上深深的脚印"。这正是作者朴实无华、执著现实的韧性品格的生动写照。"《毁灭》在新诗坛上,亦占有很高的位置。我们可以说,这诗底风格、意境、音调是能在中国古代传统的诗词曲以外,另标一帜的","论它风格底宛转缠绵,意境底沉郁深厚,音调的柔美凄怆,只有屈原底《离骚》差可仿佛"。(俞平伯《读〈毁灭〉》)

作为新文学阵地的开拓者,朱自清不仅在诗歌内容的革新方面做出了积极的贡献,而且在诗歌艺术方面也做了谨慎而大胆的探索,形成了自己诗作的明快而朴实、深沉而柔美的艺术风格。他主张写诗应表现人生的"血与泪",要抒发时代的声音,要富有真情实感,厌弃那种"托情于幽微远渺之中"的唯美主义诗风;而且在艺术上要求"精粹",坚持"极自然而又极慎重的态度"去写诗,反对那种"仓促的粗制品"(《短诗与长诗》)。他的诗歌创作真正实践了他既注重真实性又崇尚美感的新诗主张以及严肃的创作态度。郑振铎在《五四以来文学上的论争》中赞他"功力的深厚,已绝不是'尝试'之作,而是用了全力来写作的"。因此,他的新诗在艺术上显示出新的特色:一是凭借丰富的想象,巧妙地采取多种表现手法,创造诗味浓郁的意境。或托物言志或借景抒情,或因情生景或望景生情，或融情入景或物我交融，或对比烘托或象征暗示，造出一个个生动深幽的艺术境界；特别是那些风格隽永凝练的小诗，都有一个闪闪发光的“内核”作为意境的“眼”，令人深思寻味。二是实现了诗体的大解放，根据思想内容表达的需要，采取了自由灵活的诗体格式。既有一时感兴的小诗又有节奏明快的短诗，既有繁音复节的长诗又有表现哲理思索的散文诗。这多种诗体形式的尝试有助于自由体新诗的发展。三是清新朴实、自然形象的新诗语言，这在当时的诗坛上也是可贵的。虽然致力新诗创作的人，都强调以白话语言作为新诗的“利器”，但在实际创作上大多脱不尽文言的痕迹或欧化的句法；而朱自清非常注重以现代口语入诗，并能从日常生活中提炼一些极为生动、通俗、自然、准确的比喻，给人以新颖的形象感，显示出诗人非凡的驾驭语言的能力。

总的来看，朱自清在五四新文学运动中，尽管他的诗歌主张或创作并非完美无缺的，但是他为我国新诗创作的奠基铺路所留下的辛勤探索的脚印，所尽到的新文学开拓者的职能，将在中国现代文学史册上放射出不灭的光彩。

具有划时代意义的五四运动高潮过去以后，曾引起各个阶级的动荡和分化，出现各色各样的人，走着各种不同的道路。从 1920 年到 1925 年暑假，朱自清正在山水秀丽的江浙一带从事中学教学和新文学活动；同时也是他生活波动不宁、思想斗争激烈、探索人生道路的时期。1922 年 11 月 7 日他在给俞平伯的信中，讨论人生哲学和对生活的态度。他说：“弟虽潦倒，但现在态度却颇积极；丢去玄言，专崇实际，这便是我所企图的生活”；“我自今夏与兄等作湖上之游后，极感到诱惑底力量，颓丧的滋味，与现代的懊恼”，但是“我不堪这个空虚，便觉得飘飘然终是不成，只有转向，才可比较安心”，“使生活底各个过程都有它独立之意义和价值”。（《信三通》）于是，“先生自觉而肯定地要走上一条平凡、踏实、及时认真努力、一步一个脚印的道路。在本分的文化教育战线上，特别在新文学阵地上，作一名尖兵，不断地努力于创作实践和理论探讨，为开辟、发展新文学的道路，做出自己的业绩，因而成为新文学运动早期著名的诗人和散文家。但先生决不是‘象牙之塔’里那种为文学而文学的作家，也决不是那些徘徊十字街头无所适从的苦闷或闲散的文人，而首先是一个有民族气节和正义感，有深厚真挚感情的爱国主义者”。（季镇淮《纪念佩弦师逝世三十周年》）在新文学阵地上，如果说朱自清五四前后着重以新诗创作显示了新文学的威力，那么五卅以后他主要以独具风采的散文创作为新文学的发展开拓了新领域。他是个为人生而艺术的作家，认为“我们所要求的文艺，是作者真实的话”，“自叙传性质的作品，比较的最是真实，是第一等”（《文艺的真实性》），而散文比诗歌更能够“表现着，批评着，解释着人生各方面”。（《〈背影〉序》）于是他停下了诗笔，操起更适宜于酣畅淋漓地缜密细腻地描绘人生和抒诉情怀的散文彩笔。随着他在江南各地观察社会底层的深入、生活视野的拓宽，在从事教育工作之余以主要精力付诸散文创作。“就散文论散文，这三四年的发展，确是绚烂极了：有种种的样式，种种的流派。表现着，批评着，解释着人生的各面。迁流曼衍，日新月异：有中国名士风，有外国绅士风，有隐士，有叛徒，在思想上是如此；或描写，或讽刺，或委曲，或缜密，或劲健，或绮丽，或洗练，或流动，或含蓄，在表现上如此。”（《〈背影〉序》）朱自清是根据自己的美学观、独特的感受、精湛的艺术造诣，认真严肃地创造了独具风格的新散文。1923 年他“擎了新文艺的火炬到温州，使那里的新文学运动，顿放光明”（朱维之《佩弦先生在温州》）；是年 4 月创作了《笑的历史》，10 月创作了《桨声灯影里的秦淮河》；1924 年 2 月创作了《绿》，3 月作《白水漈》，4 月作《生命的价格——七毛钱》等，一篇篇优秀散文陆续问世，真是一发而不可收，是年底出版的诗文合集《踪迹》收散文七篇；1925 年五卅运动爆发，作《血歌》和散文《白种人——上帝的骄子》，愤怒地斥责帝国主义的屠杀和种族歧视。与此同时积极从事文学活动，他和俞平伯、叶圣陶等合编的诗与散文专集《我们的七月》、《我们的六月》接连出版，并到宁波四中师范部讲演《我们对文学的态度》。

朱自清是在曲折的道路上随着时代前进的。1925 年暑假后，他自浙江白马湖春晖中学来北平清华大学国文系任教授，正值中国第一次大革命时期。他除了致力于中国文学史、中国文学批评史的研究和现代文学评论外，在文学创作上主要从事散文写作，使其得到进一步发展。除了 1925 年 10 月作的《背影》、1927 年 7 月作的《荷塘月色》等优秀的文艺散文外，写的更多的是一些带有杂文性质的散文、游记散文以及描写家庭题材的散文小品等。作者仍然按照自己选定的道路更加广阔更加踏实更加坚定地走下去，他没有完全离开现实无视现实，也没有离开爱国主义立场，并把散文写作同自己的思想倾向和特定的心境紧密联系起来。1926 年“三一八”事件爆发，他随清华大学队伍参加游行示威，写作散文《执政府大屠杀记》和《哀韦杰三君》，愤怒控诉反动军阀政府屠杀爱国学生的罪行；1927 年蒋介石发动“四一二”反革命政变，“佩弦当时没有找到正确的出路，四顾茫然，‘觉得心上的阴影越来越大’。他又在苦闷中彷徨了”，“便觉得‘还是暂时超然的好”。（陈竹隐《忆佩弦》）《荷塘月色》便微妙地表现了他当时"心里颇不宁静"的思绪。1931 年日本帝国主义发动侵略中国的"九一八"事变,朱自清时在英国游学,"阅报知东省事日急","时时想到国家的事",使他的思想开始转变;1932 年 9 月返国,任清华大学中国文学系主任,同月闻一多自青岛大学来清华大学任中文系教授,这是闻朱同事论学的开始;1935 年 12 月 9 日和 16 日,北平大中学生为反对冀东汉奸伪政权,两次举行爱国示威运动,朱自清曾随清华学生进城游行示威,对国民党反动派残酷镇压爱国学生的罪恶行径表示愤慨,并多次掩护进步学生逃脱国民党特务的搜捕。这个时期,作者写下了大量的散文,如《儿女》(1929)、《择偶记》(1930)、《给亡妇》(1932)、《冬天》(1933)都是写家庭题材的佳作,还有些取材于欧洲各国的具有域外风土人情特色的游记散文,等等。这些散文大都收集在《背影》、《欧游杂记》、《伦敦杂记》、《你我》、《杂文遗集》等书中。这些散文大都写在新民主主义革命史上的第一、二次国内革命战争时期,虽然尚未直接地充分地反映出风起云涌的大时代的革命风貌,但也从侧面透露出那个时代的革命消息,并从不同的角度反映出半封建半殖民地社会现实人生的苦难,在一定程度上表现了反帝反封建的思想倾向;特别是作者能以娴熟的艺术技巧,清新洗练的口语,委婉细腻、朴实凝练的风格,描述他所接触的各种生活,或叙事或写景,或状物或抒情,无不娓娓动人。这些散文是中国现代文学中的瑰宝,是中国散文艺术中的明珠,又一次证明了朱自清是新文学战线上的能工巧匠。

统观他的散文创作,在思想内容上呈现出一些鲜明的特色。其一,朱自清虽然在主观上不想过问政治,然而却写出一些带有政治色彩的散文,这表明他作为一个正直不阿的爱国主义者面对着残酷的阶级斗争现实不能不仗义执言,不能不以自己写实的笔触揭开黑暗社会的帷幕予以暴露之,这必然要在一定程度上触及生活的本质。《执政府大屠杀记》具有鲜明的政治倾向性和尖锐的针对性,它怒不可遏地揭露了段祺瑞政府屠杀爱国人民的血腥暴行,并直接向日本帝国主义的走狗、封建军阀头子段祺瑞提出了义正词严的质问:"就是不谈什么'人道',难道连国家的体统,'临时执政'的面子都不顾了么?段祺瑞你自己想想吧!"由于作者目睹了这场惨案,深深刺痛了他的爱国心和民族自尊心,因此他痛心疾首地喊道:"我们国民有此无脸的政府,又何以自容于世界!这正是世界的耻辱呀!"《白种人——上帝的骄子!》的矛头则是直接刺向侵略成性的帝国主义分子。它通过对一个凶恶骄横的小西洋人的刻画,揭示一个具有深刻社会意义的主题。"这一次袭击实是许多次袭击的小影,他的脸上便缩印着一部中国的外交史。”作者所说的“许多次袭击”，是指1840年鸦片战争以来的所有帝国主义侵华的罪行；所说的“一部中国的外交史”，是喻指一部帝国主义的侵略史和中国封建统治者的屈辱投降的卖国史。这篇散文以小见大，表现了作者对帝国主义和种族主义的极度憎恶，捍卫了炎黄子孙的民族尊严。正由于封建主义和帝国主义的残酷统治，使吃人的半封建半殖民地的中国社会更加黑暗。《生命的价格——七毛钱》通过对一个天真无邪的小女孩仅仅以七枚小钱的区区价格在生命市场上拍卖的惨象描写，揭开了一幕幕触目惊心的惨剧，无情地抨击了那个吃人的罪恶世界，最后作者发出了质问：“这是谁之罪呢？这是谁之责呢？”他只能向“钱世界里的生命市场”倾泻满腔愤怒，由于世界观的局限，他还不能认清造成这种惨痛悲剧的罪魁祸首究竟是谁，更找不到解决这种悲剧的答案；不过可贵的是，作者能够站在被压迫者被奴役者的一边去揭露旧社会的黑暗和灾难，这就在一定的程度上触及“改造这人生”的社会课题。《阿河》、《航船中的文明》等也属于写人生悲剧一类的散文。这在朱自清的散文中是思想价值、社会意义最高的一部分，也是反帝反封建的政治色彩最明显的一部分。

其二，朱自清的散文不仅直接揭示人生的悲苦，而且更多是透过写自己、写家庭这个特定的角度，从侧面影射人生的苦难和黑暗。所以他有相当多的自叙传色彩很浓的散文，这也是他散文的重要思想特色。作者曾在《文艺节纪念》一文追忆五四文学运动“攻击‘吃人的礼教’，从家族的束缚下解放了个人，解放了自我”，“觉醒了个人，认清了自我”。朱自清是带着破落的士大夫阶级家庭的烙印和旧礼教的阴影走进新文化新文学阵营的，后来又背着沉重的家庭经济包袱和亡妻丧女的痛苦心情在人生道路上踽行，因此他写的自叙传性的散文，是自己思想斗争的真实剖析，是内心感情的真挚表露，是自己家庭生活的生动写照，充溢着浓郁的人情味和反封建的民主精神。《笑的历史》，通过一个纯真善良的少妇的如泣如诉的自述，反映出衰落的封建官僚家庭如同监狱一般，扼杀了青年女性的天真的个性；《择偶记》，通过抒写自己旧式的父母之命的婚姻，从而揭示了在封建包办婚姻制度下男女青年的爱情自由被扼杀的难以明言的辛酸；《背影》透过描述自己家庭衰落的凄凉困窘以及父慈子孝的真情实爱，从侧面影射阴冷灰暗的世态；《给亡妻》虽然抒写自己对亡妻的无限深挚的悼念之情，但是通过对辛勤操持家务、“换了金镯子帮助我的学费”、劳累成疾而死的亡妻一生命运的真实描写，也在一定程度上反映了社会人生的凄凉和冷漠。虽然作者并不是要揭露造成这种家庭惨剧的社会根源，但在客观上却能使读者从这种脍炙人口的散文中得到如何解决人生苦难的启示。《儿女》既写自己儿女成群如同“蜗牛背了壳”的切身痛苦,又自责“我是个彻头彻尾自私的人,做丈夫已是勉强,做父亲更是不成”,特别是“仍旧按照古老的传统,在野蛮地对付”和“抹煞孩子们的权利”更是不能宽恕,表现出一种反对封建家长统治的民主精神。尤其对朱自清直抒胸臆、坦率地解剖自己的散文,更应该予以历史的评价。如1928年2月写的《那里走》和1931年3月作的《无话可说》,都是在第一次大革命失败的低气压下处在彷徨状态的知识分子解剖自己宣泄苦闷的真实的自供状,主要写自我内心郁积的时代忧愤,表现出一种严于责己而又无法自解的矛盾痛苦心情:“我们的阶级,如我所预想的,是在向着灭亡走;但我为什么必得跟着?为什么不革自己的命,而甘于作时代的落伍者?我为这件事想过不止一次。我解剖自己,看清我是一个不配革命的人!这小半由于我的性格,大半由于我的素养,总之,可以说这是命运规定的吧。”像朱自清这种痛苦的矛盾心理状态,在那个动荡不安的大时代具有广泛的代表性,但是能够像他这样无情地谴责自己,大胆真诚地敞开内心的秘密,并暴露于众目之下,如同一面镜子照映大家,这是不多见的,也是十分可贵的。因此对这类散文的认识价值和社会意义不可否定。

其三,朱自清是一位散文领域里的高等的风景画家,最擅长以重彩工笔描山画水,因此他写的一部分融景入情、融情入景的散文,举世称誉为“美文”,或赞为现代文艺散文的代表作,对中国散文的发展产生了深远影响,如《桨声灯影里的秦淮河》、《荷塘月色》、《绿》、《春》等都是众口传诵的名篇。这些散文的独特价值,不只是它们酣畅淋漓地描绘了祖国秀丽山河、绮丽景色之美,再现了“人化的自然”的神韵,给人以强烈的美感享受;更重要的是作者不是为写景而写景,而是遵循为人生而艺术这条现实主义脉线去描山画水,“写到了风花雪月,也总要点出人与人的关系,或人与社会的关系,以抒怀抱”。(郁达夫《中国新文学大系·现代散文导论》下)或者寄托政治忧愤,或象征对光明未来的追求,或深蕴个人忧国忧民的情思,总之无论写春花、记秦淮、状瀑布、绘荷塘,都注入了作者的独特感受和内心的情愫,绝不是士大夫式游山玩水的闲情逸致的抒发,它们总是同现实人生的苦乐忧喜联系在一起。这又是朱自清散文的思想特色之一。此外,作者写于30年代的《欧游杂记》和《伦敦杂记》中的游记散文,颇有异国风味,独具特色。有详细描述罗马、巴黎、柏林、伦敦等名胜古迹的,有用诗的语言描写古代文化名城威尼斯、佛罗伦司故城和罗马废墟的,有以细致的笔触描画瑞士与莱茵河沿岸秀丽风光的，有介绍西欧社会的风土人情的，特别对伦敦市各式各样文化乞丐的描写，在一定程度上揭露了资本主义世界的病态。朱自清散文的思想内容虽然缺乏强烈的革命气息和威力逼人的战斗激情，但是它们毕竟流灌着或强或弱的时代精神，基本上是与五四新文学的现实主义战斗传统一脉相承的。

李广田在《〈朱自清选集〉序》里对朱自清散文在现代文学史上的独特地位做过这样的评价："在当时的作家中，有的从旧垒中来，往往有陈腐气；有的从外国来，往往有太多的洋气，尤其是往往带来了西欧世纪末的颓废气息。朱先生则不然，他的作品一开始就建立了一种纯正朴实的新鲜作风。"说明在五四以后的散文作家中，朱自清能够以自己的创作实践建立起"纯正朴实的新鲜作风"。这不只是标志着朱自清对中国现代散文发展做出了独特的贡献，而且也是对旧文学的示威，在散文创作方面显示了"文学革命的实绩"。

在当时文坛上，有人认为"白话"不能创作"美文"，唯有"文言"才可以写出"美文"。朱自清以自己的创作实践充分地证明了白话不但能够创作"美文"，且能创造出胜过文言散文的白话散文。他散文的"美"主要表现在：

浓烈的诗意美。朱自清的散文具有诗的素质，它把抒情、叙事、描写、议论巧妙地糅合起来，创造出多姿的富有诗意美的艺术境界。一是在抒情与叙事相糅合创造的意境中，洋溢着一种真挚的美。如那些偏重写儿女情长的散文——《背影》、《给亡妇》、《儿女》等，作者把自己的纯真挚朴的真情实感熔铸在所叙述的事件中，使叙事与抒情交织为一体，流露出一种深沉的真挚的人情美。二是在抒情与描写相结合创造的意境中，显示出一种画中有诗、诗中有画的美。朱自清善于用重彩画笔描绘各种风景画、风俗画，做到了"融情入景""情景交融"，创造出一个个诗意浓郁的意境。不论是《桨声灯影里的秦淮河》还是《荷塘月色》、《绿》等自然风景的描写，都融注了作者的感情，带上强烈的"个人"色彩，使这一幅幅风景画的描写，完全"情意化"了，达到了"画中有诗，诗中有画"的艺术境界。三是在抒情与议论互相渗透所形成的意境中，蕴含着一种"理趣"的美。朱自清那些偏重于"融情入理"的散文里，在叙事中有理论的美，在理论中有抒情的美。如《白种人——上帝的骄子》、《生命的价格——七毛钱》、《航船中的文明》、《执政府大屠杀记》等，都是"理智的结晶"，它们将叙事与议论结合起来，而作者强烈的爱憎之情又灌注在叙事与议论之中，不仅把批判的矛头指向旧制度旧风俗，而且对准了封建军阀和帝国主义，于幽默诙谐中显示着批判的威力，在娓娓叙事中“情理俱美”，闪耀着“理智”的光彩。

朱自清的白话散文不仅具有浓烈的诗意美，而且还富有结构形式美和语言美。

结构作为形式美的因素是为创造散文意境服务的。《背影》的结构具有整体的美，它以“背影”为意境的“聚光点”，并由此出发对各种材料进行了繁简得当的剪裁和布局，该详则详，该略则略，由远及近，步步开拓，完整地创造了“文中有诗，文中有画”的意境。为了有层次地开拓意境，朱自清擅长在散文中运用艺术线索，把所见所闻所思所感的各种材料缝合起来，或用叙述线索或取思想感情线索，使散文结构显得紧凑严密。如《冬天》以对亡妇的悼念之情为内在线索，将三个冬天的生活片断贯穿在一起，构成一幅完整的艺术画面，显得布局匀称妥帖；《春》以盼春、迎春、颂春的欢快激情作为内线，串起六幅画面，使结构具有整体美；《背影》的感情线索更突出。作者是在“泪如泉涌”的感情冲击下写成此文，所抒发的不是一般的思父之情，而是一种刻骨的思父深情；它犹如一股细流奔泻于字里行间，父亲的“背影”作为艺术抒情的“泉口”，字字句句融注了思念父亲的感情和无以孝敬的痛惜之感。作品开头破题：“我最不能忘记的是他的背影。”这似乎想从“背影”这个抒情的喷泉口，一下子把思父之情推向感情的波峰；然而作者破题之后却没有顺势将这种激情“扬”上去，而是以“我”的“冷漠”态度来追叙父亲的爱子之心，以“我”的“冷”来衬托父亲的“热”，形成了父子之间感情上的不谐调，造成了文章的跌宕。如：奔丧毕，父亲送我回京读书，我无动于衷；父亲同脚夫讲行李的搬运价钱，我嫌他“说话不漂亮”；父亲再三叮嘱我途中注意事项，我却心里“暗笑他的迂”。至此，作者把“我”对父亲的冷漠感“抑”到了波谷；正在这个节骨眼上，作者把笔锋陡然一转，推出了父亲过铁路爬月台为“我”买桔子的最动人的特写镜头，“我”望着父亲的“背影”，敬爱痛惜之情油然迸发，泪水夺眶而出，感情的波澜由波谷一下“扬”到了波峰，紧接写父亲买桔回来的情景，“我的眼泪又来了”，再一次把感情的潮水“扬”起大波，最后收笔扣到“信”上，又想起送别的“背影”，泪如泉涌，悲痛交集，这样便把“我”的思父之情再次推到顶峰，使作品产生了撼人心灵的感染力量。作者就是紧紧抓住这条波动起伏的内在感情线索，贯穿起一系列的典型生活细节，把真情实感与娓娓叙事结合起来，使文中的不事粉饰、不着意渲染的生活细节变成了感人的“艺术细节”，产生了动人的抒情魅力。朱自清的散文结构不仅富有整体美，而且也富有变化美，即结构不平板，不单调，参差变化，千姿百态。

艺术语言具有朴素美。朱自清的散文语言是精美纯朴的白话语言，非常重视汲取口语词汇，采用口语句法，具有“谈话”的作风；特别善于学习和运用口语的节调，构成“谈话风”语言的音乐旋律。如《春》里有这样一段描写：“桃树、杏树、梨树，你不让我，我不让你，都开满了花赶趟儿。红的像火，粉的像霞，白的像雪。花里带着甜味儿；闭了眼，树上仿佛已经满是桃儿、杏儿、梨儿。”以整齐而又有变化的短句、较有规律的停顿和抑扬有致的句调，构成一种自然错落的抒情节奏，有力地烘托出作者对春天的赞美之情。

总之，朱自清的散文不论是内容或是形式或是语言，都具有美感力度。它是地道的白话“美文”，具有纯正朴实的新鲜作风，尽了“对于旧文学的示威”（鲁迅《小品文的危机》）的职能。

辛勤耕耘的学者

1925年8月朱自清到清华大学任教后，不仅他在新文学的散文园地结下累累硕果，而且他的学者生涯也真正从此开始，使他在学术领域成为一个辛勤的耕耘者。他之所以要敲开浩如瀚海的古代文化遗产的整理和研究的大门：一是教学的需要。他总是把学术研究同教学结合起来，为了教好学，广泛地开展对古代文化的研究，自汉字、汉语语法、经史子集、诗文评论、小说歌谣之类，以及外国文学，无所不览，无所不涉猎研究。由于他学问渊博，研究精深，故教学既能旁征博引又能深入扎实。据季镇淮回忆，他讲宋诗时先举唐朝刘长卿的七律《送李录事兄归襄阳》和宋朝苏轼的七律《和子由渑池怀旧》两首诗进行比较分析，然后归结唐宋诗的异同，即这两首诗虽内容相同，都讲离别，但意味不同，前者抒发感情，后者说明道理，故唐诗主抒情，宋诗主说理，唐诗以“风诗”为正宗，宋诗则以文为诗，即所谓“散文化”；所用的教材是他从《宋诗钞》里精选的，白文，无标点注释，他逐句讲解，根究用词用事的来历，并随处指点在风格上宋诗与唐诗的不同。这种富有启发性的讲解是建立在对中国古代诗歌深入研究的基础上，所以在他的学术论著里不少篇目是以诗歌的研究为题的。二是思想苦闷的寄托。第一次大革命失败后，中国正处在大动荡的苦闷时代，朱自清同许多进步的知识分子一样，在严峻的考验面前虽然头脑还清醒，认识到自己彷徨于中路，但是又缺乏勇气以实际行动参加艰苦的革命斗争，因此内心极度苦闷。他在《那里走》中痛苦地说“我是要找一条自己好走的路”，由于“驳杂与因循是我的大敌人”,“现在年龄是加大了,又遇着这样‘动摇’的时代,我即不能参加革命或反革命,总得找一个依据,才可姑作安心地过日子。我是想找一件事,钻了进去,消磨了这一生。我终于在国故里找着了一个题目,开始像小儿的学步。”他这种不甘消沉堕落,虚度一生,想尽己所能有点作为,而把探究学术作为排忧自慰的寄托的设想,虽然从政治的角度来考察,这是小资产阶级知识分子软弱性、动摇性的表现,但是从发展我国的学术事业来看,他的选择尚有一定的积极意义,况且在风云变幻的30年代事实上他并没有完全离开现实斗争而去搞纯学术研究。

朱自清对古典文学的研究极其广泛,虽然他没有写过系统的史的专著,但从他进行的个别专题研究中,即可发现他对汉语言、文字、文学、理论诸方面都涉及了,而重点又集中在中国文学史和中国文学批评史两个方面。他在教学之余,辛勤探究学术所留下的丰富成果,不仅是学术宝库的值得珍视的理论财富,而且它们为推进中国新文学的发展也提供了可贵的借鉴。他对古代文化遗产的研究,至少有这样几个特点应该特别重视:

试图以朴素的唯物史观去考察和研究古代文学。他认为研究中国的古代,必须“客观的认识古代”;所谓“客观的认识古代”,就是“要使局部化了石的古代复活在现代的人心目中。因为这古代与现代究竟属于一社会,一个国家,而历史是连贯的。我们要客观的认识古代;可是,是‘我们’在客观的认识古代,现代的我们要能够在心目中想象古代的生活,要能够在心目中分享古代的生活,才能认识那活的古代,也许才是那真的古代”。比如闻一多“研究伏羲的故事或神话,是将这神话跟人们的生活打成一片;神话不是空想,不是娱乐,而是人民的生命力和生活力的表现”,“是人与自然斗争的记录”。(《中国学术的大损失》)这就是现代的“我们”对古代文学遗产的客观认识,对于古代文学的研究不仅不能迷恋“化了石的古代”,应放在“整个时代整个社会”里进行具体的客观的分析;而且还要以阶级对立的观点对一些传统文学概念做出历史的评价。他认为“中国传统文学以诗文为正宗,大多数出于士大夫之手。士大夫配合君主掌握着政权。做了官是大夫,没有做官是士,士是候补的大夫。君主士大夫合为一个封建集团,他们的利害是共同的。这个集团的传统的文学标准,大概可用‘儒雅风流’一语来代表。载道或言志的文学以‘儒雅’为标准,缘情与隐逸的文学以‘风流’为标准”。(《文学的标准与尺度》)这显然是以朦胧的阶级对立观点对中国传统文学的“儒雅风流”的文学批评标准做了考究。他的重要论文《什么是中国文学史的主潮》、《古文学的欣赏》、《现代人眼中的古代》等，都是以批判地接受古代文学遗产的态度写成的，颇有一些独到的识见。

穷根溯源，一丝不苟，这是朱自清研究学问的一贯精神。比如他对古代以来批评史上若干传统说法，像"诗言志"、"赋比兴"、"沉思"、"翰藻"等等，无不加以严格的分析和考辨，研究它们的来源和演变，写成单篇论文。他曾说："这个得认真的仔细的考辨，一个字不放松，像汉学家考辨经史子书。这是从小处下手。""朱先生这样研究文学批评史，就精神和方法说，都是科学的。先生自谦为从'小处'下手，实际这是必不可少的基础功夫。有了这个基础，然后才便于建造批评的大厦。朱先生读书研究非常细心，确实是一个字也不放松，注意到人们轻易忽略的地方。有时发现问题，而且也已有了看法，但他不写，启发我们研究，写出笔记或文章"。（季镇淮《纪念佩弦师逝世三十周年》）朱自清多年致力于文学批评的研究，"关于这方面的材料，他搜集得很多，每一个历史的意念和用词，都加以详细的分析，研究它的演变和确切的涵义。《诗言志辨》只是写成的关于这些材料的极小的部分，但已经廓清了多少错误的观念。这书收着《诗言志》、《诗比兴》、《诗教》和《诗正变》四篇论文，都是多少年来研究的结晶"。（王瑶《朱自清先生的学术研究工作》）他以谨严的一丝不苟的治学态度.对"诗言志"、"诗教"、"比兴"和"正变"四条传统的文学诗论做了穷本溯源的考察，以翔实的史料和精辟的分析相结合，阐明了它们产生的历史根源和演变的流程。

或论述文学现象或评价作家作品，注重其与时代与社会的联系，且以公平的眼光加以考察，这是朱自清在学术研究中试图坚持的原则。他称赞闻一多评价大诗人屈原时，"将他放在整个时代整个社会里看"，"承认屈原是伟大的天才；但天才是活人，不是偶像，只有这么看，屈原的真面目也许才能再现在我们心中"。（《中国学术的大损失》）只有联系当时的社会条件和时代背景来看一个作家或一部作品，才能恢复其历史的本来面貌，做出公正的评价。不仅闻一多坚持这样做，朱自清也试以这样做。他认为杜甫之所以被人们所敬重，主要"因为杜诗政治性和社会性最浓厚"，他写"民间的实在痛苦，社会的实在问题，国家的实在状况，人生的实在希望与恐惧，更给诗开辟了新世界"（《诗第十二》）；《西厢记》这部戏剧和《水浒传》这部小说都是"雅俗共赏"的作品，这是因为：《西厢记》无视了传统的礼教，《水浒传》无视了传统的忠德，然而'男女'是'人之大欲'之一，'官逼民反'，也是人之常情，梁山泊的英雄正是被压迫的人民所想望的”。(《论雅俗共赏》)这都试图从文学与社会人生的关系上,考察它们的社会功利,并对这些作家作品的价值做出比较切实的评价。

朱自清主张“用新的观点研究旧时代的文学,创造新时代文学”(吴组缃《敬悼佩弦先生》)。因此他在探究学术中往往把古代文学的研究同现代新文学的创造有机地联系起来,体现出一种“古为今用”、“借古鉴今”的精神。比如他考察中国传统文学标准的演变,从古代先秦两汉文学开始一直研究到五四文学革命以后的新文学标准,把古代文学的变迁同现代文学的继承和发展紧密联系起来。他认为中国传统文学标准发展到五四时期,由于新文化运动新文学运动的兴起“划出了一个新时代”,“大家拥戴的是‘德先生’和‘赛先生’”,“社会已经不是士民的对立,而是封建的军阀官僚和人民的对立”,因而“这时候的文学是语体文学,开始似乎是应用着‘人情物理’‘通俗’那两个尺度以及‘自然’那个标准”,然而“‘人情物理’变了质成为‘打倒礼教’”,“‘通俗’和‘自然’也让步给那‘欧化’的新尺度”;“五卅运动接着国民革命,发展了反帝国主义运动;于是‘反帝国主义’也成了文学的一种尺度”。(《文学的标准与尺度》)很显然,他试图以新的观点通过对文学与社会斗争关系的探究,来阐明文学传统标准演变到五四运动以后的新民主主义历史时期,应该以反帝反封建作为新文学的标准和尺度。朱自清对中国古代诗歌欣赏或语言等的研究,也常常同现代文学的诗歌创作和“大众语”运动相联系。他把中国文学发展史作为一个完整链条来考察,并从而揭示出每个历史阶段文学的继承性和异变性。

朱自清的学术性的研究文章如同他的散文一样具有独特风格。文字精练,笔法活泼,深入浅出,融会古今,识见独到,特别在词语的运用上颇下锤炼功夫。季镇淮曾回忆说:“记得先生看了我写的一些不像样的文章,无论已发表或尚未发表,没有漠不关心的,每次都要表示意见,多数是在文字上有所鼓励。朱先生看文章总要注意文字这种态度,对我的印象很深。我觉得应当学习朱先生无论写什么文章都要注意文字把文章尽量写好的努力。”(《纪念佩弦师逝世三十周年》)这是一种优良的文风,也是朱自清学术研究的一种特色。

朱自清在学术领域辛勤耕耘,不是迷恋故纸堆,而是以批判的眼光在丰富驳杂的古代文学遗产中推陈出新,所以对他留给我们的学术成果应本着不苛求于前辈的态度,进行认真的全面的研究。

有骨气的民主斗士

1937年七七事变,抗日战争的烽火进一步点燃了朱自清的爱国心。他走出了安居治学执教的清华园,随清华大学南下,辗转万里,由天津而青岛,由济南而徐州,由长沙而昆明,又在北大、清华、南开合并组成的西南联大任教。这是他生活道路的一个转折点,也是他思想的新起点。由于他离开了宁静的学者生活,接触了广阔的社会现实和受难的人民,经受了颠沛流离生活的磨炼和硝烟烽火的熏灼,因而使他的眼睛更亮了,活动更积极了。他于1938年3月参加了中华全国文艺界抗敌协会,被选为理事,努力从事抗战文艺运动;而且踊跃地参加抗战爱国活动,出席七七抗战二周年纪念大会,热烈歌颂抗战,欢呼中国在抗日烽火中新生。他在短文《这一天》中写道:"东亚病夫居然奋起了,睡狮果然醒了。从前只是一大块沃土,一大盘散沙的死中国,现在是有血有肉的活中国了。从前中国在若有若无之间,现在确乎是有了。从两年后的这一天看,我们不但有光荣的古代,而且有光荣的现代;不但有光荣的现代,而且有光荣的将来无穷的世代。新中国在火光中成长了。"表现了炽烈的爱国热情和忠于祖国的赤子之心。

但是国民党统治的大后方越来越黑暗,并没有给奋起抗战的人们带来更大的希望,人民的生活日益贫困化,作为有骨气的学者作家朱自清当然也受到穷困的威胁和熬煎。据陈竹隐回忆:"我们家里上有垂老的双亲,下有八个子女,生活愈益艰难,为生活所迫,我带着几个孩子去成都,那里物价比较便宜些。佩弦一个人在昆明,穷困得连御寒的棉衣也添置不起。1942年,昆明遇到了十年来最冷的冬天,佩弦只有一件旧皮袍,纽扣都掉了,破烂得不像样子。做不起棉袍,又没有大衣,便在街上买了一件赶马人用的毡披风,披着从乡下进城去上课。"贫困并没有消磨他的抗战热情,也没有使他向国民党当局折腰;他"忍受着这一切痛苦,他认为抗战第一,个人生活苦一些不要紧,从未发牢骚、有怨言"(《忆佩弦》),表现了一个忠贞爱国知识分子的骨气。面对国民党反动派的腐败黑暗统治,朱自清更加关心现实人生课题,再不像大革命失败后曾一度回避政治风雨,而敢于"指点江山,激扬文字"了。他在成都看到饥民吃大户抢米仓,写了《论吃饭》,愤怒谴责国民党当局根本无视"民以食为天"的天经地义的大道理,充分肯定饥民这种"集体的行动是压不下去也打不散的",表明他对群众的集体力量有了清醒的认识。1942 年初西南联大学生举行倒孔(孔祥熙)游行,这是抗战以来昆明学生民主运动的第一声,朱自清不仅同情支持学生的正义行动,而且称赞学生这次“游行秩序良好,人数众”,显示了民主力量的声威。“事实在教育着他,他的高度的正义感也促使他认识事实的真相,重新考虑问题。1945 年暑假,他从昆明回到成都,曾对我说:‘以后中间路线是没有的,我们总要把路看清楚,勇敢地向前走,这不是容易的简单的事。我们年纪稍大的人也许走得没有年轻人那么快,但是,就是走得慢,也得走,而且得赶快走。’”(陈竹隐《忆佩弦》)这是朱自清自觉地在政治上抛弃中间路线,从爱国主义者民主个人主义者转变为革命民主主义者的真正开始。特别 1945 年 8 月 15 日,他听到日本帝国主义投降的消息,兴奋地和老百姓在一起狂欢了一夜;但是在胜利声中他仍然带着深沉的忧虑:“胜利了,可是千万不能起内战”,表明他对国民党当局的政治面目认识得愈来愈清楚了。所以,抗战胜利后,国民党在昆明的什么“司令”或“要人”要拜访他,收买拉拢他,尽管他当时生活极端困难,却断然拒绝国民党的高官厚禄的引诱,表现出一个革命民主主义者不与群魔同流合污的高风亮节和硬朗的骨气。1945 年 12 月,国民党反动派在昆明屠杀反对蒋介石内战政策的大中学生,造成了震动大西南的“一二·一”惨案,朱自清悲愤不已,并亲临死难烈士的灵前致敬;1946 年 7 月 11 日晚国民党特务刺杀了李公朴,又公然于 15 日白天刺杀了闻一多,更加激怒了朱自清。他悲愤到了极点,痛斥“此实惨绝人寰之事”,“手段如此之卑鄙!此成何世界!”他决然要踏着烈士的血迹前进,并疾书《挽一多先生》新诗一首,热烈赞颂闻一多“是一团火,照见了魔鬼;烧毁了自己!遗烬里爆出了新中国!”成都各界人士举行“李闻惨案”追悼大会,朱自清冒着白色恐怖毅然出席大会,做闻一多生平报告,正面向国民党提出抗议,表现了凛然的正气。

1946 年 10 月,朱自清随着所谓“教员”,又回到北平,任清华大学中国语言文学系主任。这时的北平“物价像潮水一般涨,整个的北平也像在潮水里晃荡着”(《回来杂记》);回北平不到几天他就见到宪兵警察殴打三轮车工人,愤怒地上前同警察讲理,进一步表明他和人民站在一起了。他不仅在行动上积极参加民主运动,而且在学术研究和写作中也尽力体现人民的立场。1947 年 2 月,他痛恨反动派迫害人民,在抗议北平当局任意逮捕人民宣言上签名,虽然国民党发动各家报纸诽谤他,并把他列为国民党的黑名单的第一名,但他不怕坐牢,在反动派面前坚定地站起来了。同年 3 月,他参加北大文艺社和清华文艺社的联欢会，不仅同意大家的文艺应当密切和现实联系起来的主张，而且号召大家的“眼光望地下看，不是望天上”（杨汇《一个聚会》）；是年4月，应清华通识社邀请做题为《谈气节》的讲演，批判了封建时代气与节的标准，他对“气节”做了新的解释，认为“气是敢作敢为，节是有所不为”，而“这敢作敢为是以集体的力量为基础的，跟孟子的‘浩然之气’与世俗所谓‘义气’只注重领导者的个人不一样”。同年5月20日，北平大中学生三万人举行反饥饿反内战示威，他在呼吁和平书上签名；8月，作《闻一多先生怎样走着中国文学的道路》一文，精辟地论述了闻一多在文学创作和学术研究上做出的杰出贡献，强调指出“闻一多先生是为民主运动贡献了他的生命，他是一个斗士。但是他又是一个诗人和学者。这三重人格集合在他身上，因时期的不同而或隐或现。”如果以这个论断来概括朱自清的一生，不是也相当确切吗？特别在他的生命即将结束时，还将李商隐的“夕阳无限好，只是近黄昏”两句诗反其意而用之：“但得夕阳无限好，何须惆怅近黄昏”，表现出对新时代即将来临的曙光的热切期待，并激励自己更勇敢地同美帝国主义及其走狗国民党反动派进行斗争。他在许多反对国民党黑暗统治者的宣言上签名，尤为重要的是在《抗议美国扶日政策并拒绝领取美国面粉宣言》上签了名，直到临终前还谆谆嘱咐家属，“以后不买国民党配给的美国面粉”，充分体现了中国人的骨气。至此，一个坚忍不屈的民主斗士的雄姿屹立在我们面前了。

朱自清后期在投身民主斗争的同时，勤奋不息地致力于研究和写作，硕果累累。从1946年到1948年连续出版了《经典常谈》、《诗言志辨》、《新诗杂话》、《标准与尺度》、《语文零拾》，《论雅俗共赏》等论文集，其中大部分是探讨古代文学遗产的学术著作，也有一部分投枪匕首式的杂文，还有一些现代文学评论的文章。

这里，特别应提及一下，朱自清对中国新文学做出的不朽贡献不仅表现在诗歌和散文的成就上，而且也体现在他的文学评论上。自五四文学革命步上新文坛起，他始终以现实主义的美学标准，以独到的审美眼力，巡视着新文学的各个领域，写出了不少篇有识见有影响的现代文学评论文章（或专论或短评或序跋）。如二三十年代写的《叶圣陶的短篇小说》、《〈老张的哲学〉与〈赵子曰〉》、《子夜》、《白采的诗》、《读〈湖畔〉诗集》、《中国新文学大系诗集导言》、《新诗的进步》等；特别是抗战爆发以来写的现代文学评论更具有新的思想特色：一是认识到文学的标准与尺度到了抗战以后的新历史时期已发生质的变化。“抗战起来了,‘抗战’立即成了一切的标准,文学自在其中。胜利却带来了一个动乱时代,民主运动发展,‘民主’成了广大应用的尺度,文学也在其中。这时候知识阶级渐渐走近了民众,‘人道主义’那个尺度变质成为‘社会主义’的尺度,‘自然’又调剂着‘欧化’,这样与‘民主’配合起来。但是实际上做到的还只是暴露丑恶和斗争丑恶。这是向着新社会发脚的路。受教育的越来越多,这条路上的人也将越来越多,文学终于要配合上那新的‘民主’的尺度向前迈进的”。(《文学的标准与尺度》)由于着眼于以社会的政治的标准和尺度来审视和评论新文学,这必然给他的文学评价带来鲜明的战斗色彩。二是与第一点联系的,非常强调新文学的时代性和功利性。他认为“文艺有社会的使命,得是载道的东西”,必须“靠文艺为新时代服务”;而要真正使文艺“为新时代服务”,首先文艺工作者应“愿意做新人”,“去撞自己的丧钟”,来一番自我改造。如果说“新文学运动以来的作者早就在写农村,写官僚”,那只是“站在知识阶级自己的立场上尽了反封建反帝国主义的任务”,那么“现在这时代进一步要求他们自己站到平民立场上来说话”(《什么是文学的“生路”》),只有这样,新文学才能真正为新时代服务,为民族解放战争和民主运动服务。正是从这种革命的功利观出发,他认为艾青抗战时期写的《向太阳》、《火把》,老舍的《剑北篇》,臧克家的《东线归来》、《淮上吟》等诗,体现了时代精神,表现了“全民族的情绪”,鼓舞了全国人民的抗战信心,点燃了人们的爱国热情;特别他对鲁迅、冯雪峰等的匕首投枪式的杂文尤为推崇:强调鲁迅的杂文“主要的是他在用了这‘匕首’和‘投枪’战斗着”,充分发挥了“尖利的批判的武器”(《鲁迅先生的杂感》)的作用;并指出冯雪峰的杂文“教人们将种种历史的责任‘放在自己的肩上’”,启示人们“走上自觉的战斗的路”(《历史在战斗中》)。他后期的文学评论之所以具有这样鲜明的政治倾向性和战斗性,是同他的革命民主斗士的立场是一致的,正是他的“斗士”风格在文学评论中的体现。

最后让我们以冯雪峰对朱自清一生的评价作为结语吧:

“朱先生是在一步一步向着革命的阶级思想走去的,这就是他在前进了,只不过他是走得非常地艰苦,脚步很慢。……因为历史的前进运动,完成于人民及其先觉和英雄们的猛进,但也同样要完成于一切负着种种包袱而辛苦跋涉的人们向着目的地的最后到达。在这意义上,对于多数知识分子的转变和前进,朱先生就给了一个不同的鼓励,展示了一种同样很深刻的历史意义。

“作为一个新文学的开垦者,推广者,以及传授给青年和培植青年的教育者，朱先生实在是一个很坚毅和很勤恳的工作者，并且对于新文学和青年，他实在是一个可敬佩的、吴晗先生所说的保姆。他确实好像用了母性的爱在保护新文学和指导青年的。但是他缺少思想上的革命的开路和火炬似的照明的气魄。

“作为一个文学批评家，朱先生是守着时代前进和文艺的进步性的原则，很少‘门户之见’地做广泛的批评与解释，对读者和作者都负责的。但朱先生还只是从时代推移的表面征候去说明文艺的现象，而没有从社会和社会思想与阶级对立的根源去分析文艺派别和文艺现象的根本意义；他只从一般的所谓时代思潮的顺流的趋势，或文艺思想的表面的发展顺序，去解释文艺发展的趋势，但不是从社会关系的发展和变化，以及在这里特别重要的思想斗争，理出文艺发展的根本线索。

“朱先生的文学遗著固然是新文学的产业，但我以为我们将更着重他在思想发展上最后的艰苦的精神。”（《悼朱自清先生》）

（1985年7月）

附录一　朱自清主要作品集

《雪朝》（八人合集，第一集为朱自清作品），1922年6月商务印书馆版。
《踪迹》（诗与散文合集），1924年12月亚东图书馆版。
《背影》，1928年10月开明书店版。
《欧游杂记》，1934年9月开明书店版。
《你我》，1936年3月商务印书馆版。
《伦敦杂记》，1943年4月开明书店版。
《诗言志辨》，1947年8月开明书店版。
《新诗杂话》，1947年12月作家书屋版。
《标准与尺度》，1948年4月文光书店版。
《论雅俗共赏》，1948年5月观察社版。
《朱自清文集》（共四册），1953年3月开明书店版。
《朱自清选集》，1951年7月开明书店版。
《朱自清序跋书评集》，1983年9月生活·读书·新知三联书店版。

附录二　朱自清研究资料简目①

李广田:《朱自清先生传略》,载《朱自清选集》1951年7月开明书店版。

季镇淮 :《朱自清先生年谱》,载《朱自清文集》(一)1953年3月开明书店版。

陈孝全、陈锡岳:《朱自清生平事略》,1981年《华东师范大学学报》5、6期。

时萌:《闻一多朱自清论》,1982年6月上海文艺出版社版。

野丁:《忆朱自清》,载《文坛史料》1944年3月中华月报社版。

尚士:《朱自清与闻一多》,1946年12月28日《文汇报》。

吴晗:《悼朱佩弦先生》(写于1948年8月14日),《投枪集》1959年9月作家出版社版。

冯至:《朱自清先生》,1948年8月《中建》(北平版)1卷3期。

闻家驷:《一个死不得的人》,1948年8月《中建》(北平版)1卷3期。

林庚:《悼佩弦先生》,1948年8月《中建》(北平版)1卷3期。

杨振声:《纪念朱自清先生》,1948年8月28日《新路周刊》。

郑振铎:《悼朱自清先生》,1948年9月《中国建设月刊》6卷6期。

李广田:《记朱佩弦先生》,1948年9月《中建》(北平版)1卷4期。

王瑶:《悼朱佩弦师》,1948年9月《中建》(北平版)1卷4期。

《朱自清先生追念特辑》,1948年9月《文讯月刊》9卷3期。

俞平伯:《朱佩弦兄遗念》,1948年9月《论语》第161期。

李广田:《朱自清先生的道路》,1948年11月《小说》1卷5期。

《朱自清先生追悼会特辑》,1948年9月26日《西方日报》(成都)。

王瑶:《朱自清先生的学术研究工作》,1948年9月《国文月刊》71期。

钟敬文:《一个榜样·一篇宣言——追悼朱佩弦(自清)先生》,1948年10月《小说》1卷4期。

唐弢 :《新文艺的脚印——关于几位先行者的书话》,1949年8月《文艺复兴·中国文学研究号》(下)。

① 因本稿1985年初写成,故20世纪80年代及其以后研究朱自清的著作和论文均未编入。

冯雪峰：《悼朱自清先生》（写于1948年10月），《论文集》第1卷1952年9月人民文学出版社版。

王瑶：《念朱自清先生》，《中国文学论丛》1953年2月平明出版社版。

人韦：《诗人·学者·民主斗士》，1958年8月12日《北京晚报》。

吴晗：《关于朱自清不领美国"救济粮"》，1960年11月20日《人民日报》。

陈竹隐：《忆自清》，1960年11月23日《光明日报》。

吴晗：《他们走到了它的反面——朱自清颂》，1962年8月12日《光明日报》。

郭绍虞：《由"狷者"变为斗士》，1978年8月13日《文汇报》。

陈竹隐：《忆佩弦》，1978年《新文学史料》第1辑。

季镇淮：《纪念佩弦师逝世三十周年》，1979年《新文学史料》第2辑。

阿英：《朱自清小品序》，载《现代十六家小品》1935年8月光明书局版。

蒲风：《五四到现在的中国诗坛鸟瞰》，载《现代诗歌论文选》1936年6月上海仿古书店版。

杨振声：《朱自清先生与现代散文》，1948年9月《中建》（北平版）1卷4期。

王瑶：《朱自清先生的诗和散文》，1950年8月13日《人民日报》。

何以聪：《朱自清早期散文的艺术特色》，1962年8月18日《文汇报》。

马焯荣：《论朱自清的散文》，《文艺论丛》第8辑1979年上海文艺出版社版。

吴周文：《论朱自清的散文艺术》，1980年《文学评论》第1期。

周庆基：《略论朱自清散文的语言特色》，1979年《徐州师院学报》第4期。

陈孝全：《论朱自清的散文创作》，1978年《上海师范大学学报》第4期。

苏振元：《试论朱自清散文的艺术风格》，1980年《杭州大学学报》第1期。

陈孝全：《论朱自清的诗歌创作》，1980年《天津师院学报》第3期。

诸孝正：《朱自清散文艺术谈》，1980年《华南师院学报》第3期。

胡范铸：《朱自清散文语言艺术美》，1981年《华东师范大学学报》第5期。

王瑞貂：《论朱自清诗作的思想艺术特色》，1982年《南宁师院学报》第1期。

林兴仁：《论朱自清的"意在表现自己"》，1982年《江海学刊》第4期。

江耕：《朱自清的散文创作》，1982年《语文月刊》第4期。

陆耀东:《论朱自清的诗》,1983 年《黄石师院学报》第 1 期。
王轶伦:《谈谈朱自清的文采》,1983 年《湘江文学》第 2 期。
谓川:《朱自清君的〈历史的笑〉》,1923 年 8 月《小说月报》14 卷 8 号。
钟敬文:《背影》,1929 年 2 月《一般》7 卷 2 号。
沈从文:《不灭的背影》,1948 年 8 月 28 日《新路周刊》。
俞平伯:《读〈毁灭〉》,1923 年 8 月《小说月报》14 卷 8 号。
吴周文:《春的赞歌》,1979 年《语文学习》第 2 期。
诸孝正:《略谈〈绿〉的艺术特色》,1979 年《广东教育》第 8 期。
高捷:《〈背影〉的构思》,1981 年《名作欣赏》第 4 期。

第十二章　形象系列:茅盾笔下的“时代女性”

一、茅盾小说“时代女性”的性格结构特征

在五四的中国传统文化与西方近现代文化的激烈冲撞中,“人的发现,即发展个性”成为“新文学运动的主要目标”①,随之茅盾提出了“人的文学”观念;1927 年以后他开始致力于小说创作,并把研究“人”作为他“写小说的第一目标”②。尤为可贵的是,在他接受唯物史观后不仅深切认识到人既是自然的人又是社会的人,而且清楚看到作为现实的社会关系总和的人具有复杂的特性。他明确指出,小说人物的职业特性、阶级的特性、性的特性、特种人的特性、民族的特性和地方的特性,“这种种特性是许多人共有的类性,而不是某人的所特有的个性,一个上海小贩做某小说中的人物时,除了他职业特性,阶级特性,民族与地方特性等等,凡为上海小贩所共有的类性外,当然还有他个人特有的个性。如果作家只描写了他的类性,而不于类性之外再描写他的个性,那我们就得不到一个典型人物”。这不仅深刻地揭示了典型人物的共性与个性的辩证关系,也清楚地说明了“阶级特性”并非是人物“类性”的唯一内容,它只是种种特性中的一种,而且比较“隐伏”,并不像“职业的特性是显而易见的”③。正是从这一典型原则出发,他要求新小说的人物形象应是共性与个性的辩证统一,应是各种性格元素有机的构成系统。因之他既反对那种“许多人物都只是一个模型里的产品”④的公式主义,又反对那种人物刻画表面化的“脸谱主义”⑤,也反对

① 茅盾:《关于“创作”》,《北斗》1931 年 9 月创刊号。
② 茅盾:《谈我的研究》,《印象·感想·回忆》,文化生活出版社 1936 年版。
③ 茅盾:《人物的研究》,《小说月报》1925 年 3 月第 16 卷第 3 号。
④ 茅盾:《新文学研究者的责任与努力》,《小说月报》1921 年 2 月第 12 卷第 2 号。
⑤ 茅盾:《关于“创作”》。

那种把几种性格元素硬凑在一起的拼盘主义；极力主张在错综复杂的人生关系中创造出具有多侧面性格特征、灵魂深邃的艺术典型。联系茅盾小说的人物塑造，他努力实现自己的美学典型理想，虽然不能说他笔下的人物都是各种性格元素按照独特的结构方式组成的有机系统，但至少他刻画的"时代女性"——章静、周定慧，孙舞阳、章秋柳、梅行素、赵惠明等，大都具有一个复杂的性格系统，是多种性格元素组合成的网状结构；而在这种结构中各种性格元素相互交织、相互渗透、相互转化并形成有序的结构层次，使各自的性格呈现出充满生命辩证法的运动状态，仿佛每个性格都是相反相成的两种性格力量的张力场。具体来说，茅盾小说"时代女性"的性格结构展示出一些明显的审美特征。

其一，性格结构的多元素和核心元素的辩证统一。茅盾塑造的"时代女性"，都是一些具有鲜明时代色彩和活生生的生命体，其性格世界是众多性格元素构成的；而这些性格元素并不是等量的主次不分地排列在一起，乃是一个具有主导性的核心性格元素把其他性格元素联结成为一体，使性格整体总是按照一定趋向合乎逻辑地发展。他深有体会地说："要从发展中看人物。这可以从两面说：一个人本身有发展，这是一面；一个人所在的社会有发展，这是又一面。人时时在发生变化，社会万象——即人之周围亦时时在发生变化；人之变化累积而为社会万象的变化，而社会万象之变化又影响到人使他变。这一切的变，个别观之，则或在向前进，或在朝后退，或在方升，或在没落，但就整个而观，则在向前行，在矛盾曲折中向前进的。所谓从发展中看，就是在这种错综交互的变化关系上去看。"①所以他创造的"时代女性"形象都是在社会的错综复杂的变化关系中显现其性格特征的动态系统，虽然其性格元素随着社会的发展而不断发展变化，但核心性格元素却具有相对的稳定性，致使性格元素的变动性和性格元素的稳定性的不断综合而形成一个性格流迁的极为复杂的动态过程。梅行素(《虹》)是茅盾刻画得比较成功的"时代女性"，她的性格结构则是众多性格元素和核心性格元素的有机统一，是一个随着时代的变化而形成的复杂有序的性格运动系统。梅女士的核心性格是"认定目标永不回头"的永远"往前冲"的进击精神，其他性格元素则围绕这一主导性格而消长沉浮。作者透过家庭生活、学生生活、教师生活、社交活动和革命等多侧面，于各种错综的人际关系中，比较广阔地反映了梅女士的二重性格的正反相互渗透的特征。从外貌来

---

① 茅盾:《关于小说中的人物》,《抗战文艺》1941 年 3 月第 7 卷第 2、3 期合刊。

看，她秀气而挺拔，温柔而刚强，任性而坚毅，是个无可挑剔的东方美人。在家庭生活中，她是个“不平凡的女儿”，既尊敬其父又不满其父，既想做叛逆者又不敢违父命，尤其在她的婚姻问题上，对于父亲把她许给表兄柳遇春，心中大不快但又不敢违反父亲的旨意；明明深爱着另一表兄韦玉，却又不敢冲出家庭牢笼，偏偏嫁给自己讨厌的表兄柳遇春，嫁给柳遇春本想保住自己逃脱权，仍同韦玉相爱，但自己却一次次受骗，对柳遇春既憎恶又怀希望，既有天真的幻想又有幻想破灭后的沮丧，既深深地爱着韦玉又恨韦玉软弱不成钢。在学生生活中，五四新思潮的冲击，使她个性意识空前增强，毅然决然要同旧传统旧世界搏斗；从她的极度兴奋中透露出不切实的幻想，于她的强烈欢快中透露出盲目的乐观情绪，从她单枪匹马地同社会的险风恶浪的拼搏中透露出她的幼稚和脆弱，天真和轻信，特别在同柳遇春的较量中非但没征服对方反陷进了“牢笼”，她冲破了柳家的禁锢却又孤单一身在社会的海洋中茫然前行。在教师生活中，她既想在以新思想为名的学校干一番事业，却又对那种弥漫着混浊空气的教师生活不满，虽然自己能够洁身自好，不同流合污，但却又无力改变这种虚伪的现状，她虽然对那个满口“新思想”骨子里仍是陈腐观念的惠师长不满，但她却又进入惠师长公馆做家庭教师；她虽然痛恨四川政界、教育界的互相攻讦、尔虞我诈、腐败糜烂、道德败坏，胸中燃起愤怒烈火，但她又深感势孤力单、厌烦苦恼。她离开四川来到上海，她接触了各种各样的人，虽然她的杂多的性格侧面尚未得到充分表现，但从她的社交活动和革命活动中，也能窥测出她的个性解放观念同革命集体观念在灵魂深处展开搏斗，使她性格闪烁着新的光彩。梅行素的性格系统的运动过程几乎是与从五四到五卅的时代滚滚洪流同步的，虽然她的性格表现出多元素的相反相成的二重性，但其性格系统并不紊乱，“认定目标永不回头”的进击性格始终是她的主导性格；也就是说她能“因时制变地用战士的精神往前冲”，“她唯一的野心是征服环境，征服命运”。质言之，她是个富有时代色彩的女强人，刚与柔在她身上得到了辩证的统一。她之所以能冲破柳遇春的“牢笼”，战胜自己的弱点发扬性格的美点，是因为那种永不回头往前冲的独立人格力量起了决定作用。她“觉得一个全新的世界已经展开在她面前，只待她跨进去，就有光明，就有幸福”，于是下决心“现在有路，现在先走”。在这种带有理想色彩的“往前冲”性格力量的驱使下，使她在与家父、丈夫相搏斗中表现出的性格弱点——脆弱转化为坚毅、轻率转化为干练、浮躁转化为深沉、幻想转化为追求、绝望转化为决心、苦闷转化为奋进、犹豫转化为背叛，使她的性格美点得到发扬光大,化为同旧传统旧势力进行抗争的巨大力量。这样,她的整个性格世界便进入一个新的精神层次。她之所以能冲破四川政界、教育界的张张罗网奔赴上海寻找新路,也是那种永远进击的主导性格力量和锲而不舍追求光明的精神起了决定作用。是这种主导性格驱走了她心灵上笼罩的懊丧、失望、苦闷、迷惘的阴云,是这种核心性格把她胸中的反抗怒火引上了对旧途的否定和对新路的追求。她之所以能在上海这个错综复杂的生活漩涡里找到了革命,找到了真理,使自己“眼前展开了一个新宇宙”,也是那种“因时制变地用战士的精神往前冲”的核心性格,支配她克服外界的种种困难和自身的种种弱点,初步摸到了由“个人主义,自我权利,自由发展”等个性解放意识通向“革命的斗争的宇宙观和人生观”以及集体主义思想的桥梁,使他的整个性格在灵魂世界升华到一个更高的精神层次。梅行素的多元的性格因素和核心性格因素就是这样随着时代潮流的发展形成一个辩证统一的动态性格系统,既顺应了社会关系变化的趋向又符合梅女士性格自身发展的逻辑。

其二,性格结构多层面或众多元素不是机械的组装和线性的排列,而是通过一定“中介”有机地联系为一体。茅盾深晓人物性格结构的辩证法,他塑造的“时代女性”尽管性格复杂,矛盾交错,但他总善于通过一定的“中介”即特定的联结方式把它们统一起来,构成一个完整的艺术体。列宁曾说:“要真正地认识事物,就必须把握、研究它的一切方面,一切联系和‘中介’。”①在诸多性格元素的结构过程中,这个“中介”就是多层面性格相互渗透相互交融的契合点,如同聚光镜的焦点一样,它能把不同角度射来的不同色彩的光束集在一起。联系小说创作来考察,这个“中介”乃是“人物性格各种表象背后的心理内涵”②。且不说联结梅行素核心性格与其他性格元素的“中介”是对自由渴望的心理机制,就以《蚀》中的孙舞阳的性格结构来看,足以说明茅盾长于选取特定的方式把相反的性格元素组合成一个有血有肉的生命体。作为“时代女性”,孙舞阳是属于“慧女士型”的。小说把她置于对革命的追求和对性爱的追求交织的两条情节上,刻画了她的杂多而统一的性格;而把她的核心性格和其他相互矛盾的性格元素联结为一体的“中介”,则是她心理世界的火热革命激情和强烈的个性解放意识。在追求革命这条线索上,作者笔下的孙舞阳,是个有青春的朝气,火热的政治热情,敢于跟着时代潮流跑的弄潮儿,在当时那种“世界变得太快,

① 《列宁全集》第4卷,第453页。

② 刘再复:《性格组合论》,第298页,上海文艺出版社1986年版。

太复杂,太矛盾”的大革命时代的氛围里,由于孙舞阳内心燃烧着革命激情,所以同左右摇摆的方罗兰相比,她的政治立场基本坚定,对革命的成功或失败虽缺乏深刻的认识但大体清醒,对两面派胡国光始终保持警惕,并从感情上厌恶他;与共产党员李克相比,她缺乏李克那种英雄气概和敏锐的政治头脑,但她却支持李克的革命行动,同意他的政治见解,她是个有政治主见的革命者。在店员运动中,她这位妩媚聪慧带有浪漫气质的女性于斗争的紧要关头,表现得异常冷静、沉勇,一扫平时眼里的“无限幽怨”,显示出“俊爽英勇的气概”;在对待城南农民运动出现的“多者分其妻”的过火行动上,她既受到“左稚病”的影响又能从争取妇女彻底解放的角度认识到这里“妇女觉醒的春雷”;在夏斗寅独立师与蒋介石相勾结发动武装叛乱的紧急时刻,孙舞阳善于观察风云变幻,政治嗅觉相当灵敏,对两面派胡国光的揭露尖锐泼辣,是非分明,虽然夏斗寅叛军逼近城下但她表现得异常机智勇敢。总之,在追求革命这条线上,“革命性”则是她的主导性格,其他的性格元素都围绕着它;但是能够把她身上非革命性格转化为革命性格,把相互矛盾的性格元素统一于核心性格之中,其“中介”就是孙女士胸中燃烧着的革命激情。如果说在追求革命的道路上,所看到的孙舞阳性格结构显示出单纯、明朗、爽利的特点;那么在追求性爱这条线索上的孙舞阳的性格结构,则显得更为复杂一些。即她不仅是个具有强烈革命激情的人,也是一个具有七情六欲的人,她的个性解放意识比一般的女性更猛烈一些。她在多角恋爱关系中特别在同方罗兰、陆梅丽的“三角”纠葛里,执拗不驯地按照自己的恋爱观、道德观来处理一切,成了情场上“勇敢的大解放的超人”,充分显示了她复杂性格的二极因素:既我行我素又落落大方,既天真活泼又深于世故,即浮躁轻率又心中有数,既放荡任性又温柔细腻,既浪漫妖艳又性情豪爽,既是情场上的“魔鬼”又是含情脉脉的恋人。在多角恋爱关系中,从表面看,很多男子汉疯狂地围着她转,她也能从容不迫、左右逢源地应付着,但实际上真正坚贞不渝地一心一意地爱她的男子并不多;方罗兰算是对她情深意切,但她始终脚踏两只船,孙舞阳对朱民生也有过意,但却认为他是个糊涂虫没有深爱之处,所以她内心并不爱方罗兰,也不爱缠着她的人,只是玩玩而已。这种“玩玩”的恋爱态度,虽然是她轻浮、放荡、浪漫的外在表现,但却掩饰不住她内心的痛苦和矛盾;因为她是个自尊高傲的人,“她有被侮蔑的敏锐的感觉”,只要她亲热过的男子汉稍微对她的人格有所辱没或损害,她一定要采取针锋相对的自卫手段,对男性的所谓“玩玩”正是她的一种不得已而为之的矛盾幽怨情绪的外在流露。小说有一段孙舞阳围绕方罗兰要同陆梅丽离婚的对话描写，深刻揭示出她的一颗坦率而世故、热情而严酷、豁达而放荡、同情而绝情、利人而利己的极为矛盾的少女的心。作者是靠极度强烈的个性解放意识作为“中介”把孙舞阳的诸多矛盾性格元素融为一体。正由于她是个“大解放的超人”，使她的性格两极经常处在摇摆的交错地带，很难以明确的理性加以概括，只能意会不能言传，更难从理智上区分出她某些性格元素的美与丑或善与恶。这正是作者善于塑造性格复杂形象的高超之处，虽然为了分析方便，我从两条线索上解剖了孙舞阳复杂的性格内涵以及联结其诸多两极性格元素的心理机制，但这决不能认为她是分裂的性格。其实不论她对革命的追求或对性爱的追求，所表现出的复杂性格都是由火热的革命激情和强烈的个性意识作为纽带内在地有机地结为一体。因为她的革命意识或个性意识都是为着人的解放，正是在这个结合点上把孙舞阳于革命战场和情场上所显示出的多侧面的性格两极交融在一起，使她的性格成为一个复杂的生命有机体，而不是那种概念化、表层化或单一化的形象。

其三，性格结构的不确定性与确定性的辩证统一。“性格的组合过程，就是性格的各种元素围绕着性格基本特征所进行的一种模糊集合过程”，这是因为性格的“二极因素总是通过一定的联系方式（中介）而浑为一体，这种中介使得对立的二极互相渗透以至使二极模糊化”①。所谓性格组合过程的模糊化，也就是性格结构的不确定性；而这种不确定性主要与作为性格结构各种元素联系的“中介”——内心情感的不确切性紧密相关。因为人的情感最不确定，最难捉摸，也是最带有模糊性，正是凭借这种情感“中介”把各种性格元素凝聚成有机的性格整体。况且，作为创造主体的作家在特定审美对象的刺激下，种种不同的意象会通过内在心理的转换，不断射向心灵的接受机制，它们一旦达到心灵的光屏便会使之在感知阶段上的差别消失，各种意象之间相互共鸣、生发、抵消和补充，便合成一种更为宽广、深沉和博大的体验，而这种体验则带有模糊性和不确切性；如果把这种体验作为性格结构的诸元素及其相互联结的“中介”，那也能使性格组合的过程呈现出不确定性或模糊化的特征。茅盾笔下的“时代女性”的性格结构的情感“中介”大都具有不确定性。章秋柳这个“时代女性”在常人眼里是个“怪人”，她的“怪”就“怪”在性格内涵复杂，情感变化莫测，不易把握，其实这正是她性格结构不确定性或模糊性的表现。她不是某种观念的化

① 刘再复：《性格组合论》，第296～297页。

身，而是一个内心充溢着反潮流、反限制、争取个人自由激情的女性，正是这种激情使她在大革命低潮期不断地引起新的苦闷和厄运，使他体验到别人体验不到的焦虑、烦闷、孤独、绝望等内心情绪，这种复杂的带有模糊色彩的情感体验形成她性格深层结构中的骚动、不安、痛苦和拼搏，也导致她最后的悲剧。她在追求革命的路上，其内心的激情交织着各种复杂的情感内容。这里，既有她的希望被大革命失败的惨痛现实击碎后的剧烈痛苦感，又有继续为中华民族的独立解放而奋斗的政治热情，既有看不清中国革命出路的深沉忧郁感，又有面对残酷现实不甘颓废的青年血性，因之常常流露出“幻灭的悲哀，向善的焦灼，和颓废的冲动”。正是这种难以名状的不确定的情感“中介”把她的性格二极因素交融联结在一起，构成一个充满艺术魔力的形象。由于章秋柳的政治激情在极其险恶的政治环境里一次次被击碎，她的“切实地做人”的理想之火破灭了，便转向对“痛快热烈的事情”的强烈追求，过去学生时代那种如痴如狂的恋爱激情已经消失了，代之而来的却是对一种“今日有酒今日醉”的颓废生活的追求，她所要求的已不是真正意义上的“恋爱”而主要是满足感官享受的“性爱”，是为了排解苦闷去“恋爱”，因之使她拒绝了一切向她求爱的并值得她爱的男性，却爱上了一个她并不爱的悲观主义的男性，并甘愿为他牺牲。史循是个怀疑派、颓废派，精神支柱倾倒且染上重疾，故在常人眼里无论从哪个角度来看也不会相信风流美丽、孤高傲世的章秋柳能献身于他。从她与他相结合的特殊关系中，既可以窥探章秋柳性格的极度矛盾性，又可以推测她心内的复杂感情如何作为“中介”把诸多二极性格因素结构成一个模糊的艺术整体。试想她同史循结合的情感内容何等模糊，难以捉摸；也许这里面有性爱的情欲，也许有爱情的希望，也许有人道主义的同情，也许有同病相怜的情绪，也许有献身救人的情操，也许有好奇心理，也许是一种不平凡的热烈追求，也许是一种彻底绝望后的颓废……总之她心内的情感带有很大的不确定性和神秘性。正是这种极为复杂的情感内容把章秋柳的诸多的相矛盾的性格因素胶固在一起，才使她的性格结构呈现出不确定性或模糊性的特征。当然我们在考察“时代女性”的性格结构的不确定的特征时，并没有忽视或否认她们性格结构的相对确定性和明朗性，如果不承认后者，那就意味着从总体上否定了“时代女性”形象的质的规定性。茅盾塑造“时代女性”的高明之处，恰恰表现在他把人物性格结构的不确定性和确定性、模糊性和明朗性辩证地统一为一体。章秋柳的性格表象虽然极为复杂，情感虽然波动很大，极不稳定，但是她的主导性格是相对稳定的，也是明确的,这就是她那种我行我素的执著追求精神。尽管她对革命和爱情的追求都是绝望的,但她始终没有放弃追求,所以她的整个性格结构并不混乱也不散漫,具有相对的确定性和明朗性,而且性格运动的趋向也是合乎历史逻辑和自身逻辑的。章静是茅盾刻画的"时代女性"中较出色的一个,她不是"标本式"的,也不是"傀儡式"的,而是个"立体的复杂性的活人"[①],是由多种二极性格元素构成:她既脆弱又刚强,既热情又孤傲,既天真又糊涂,既开朗又拘谨,既自信又怯懦,既耽于幻想又不敢躬身实践,既向往革命又害怕革命艰苦;虽然她感到不断幻灭的悲哀,但从不放弃对希望的追求;虽然受到挫折后曾相信过命运论,但她并不安于命运的摆布,总是在生活的漩涡中挣扎着,等等。要而言之,她既是个天真的梦想家又是个卷进革命激流不敢弄潮的怯弱者,既是情场上的受骗者又是爱情生活的迷恋者。她的杂多统一的性格结构是以内心的复杂情感作为连接的纽带,尽管这些情感随着她的不断追求不断幻灭的性格运动呈现出一些不确定性和模糊性,但是她的向善的强烈追求意识却是一以贯之的核心性格,它始终左右着章静的矛盾性格按照一定的指向发展,构成一个相对不确定和相对确定的辩证统一的动态性格系统。

其四,努力开掘人物性格的内在矛盾性,有分寸地揭示"时代女性"灵魂深处的奥秘。茅盾十分赞赏陀思妥耶夫斯基向人物灵魂深处突进,能揭示出人性深层的矛盾性和复杂性,并称这种创造手法是最高意义的写实。的确是这样,要塑造出具有较高审美价值的典型人物,必须重在向心灵深处开掘,因为性格立体感的内在机制是人物内部的对立运动。且不说茅盾在开掘章静、章秋柳的心灵深层,极力展示其情与理、灵与肉的激烈搏斗,并借助梦幻表现其深层心理结构中带有恐怖、神秘色彩的梦魇意识;就以赵惠明(《腐蚀》)的性格结构来看,她的塑造成功不在于性格表象的复杂性,而在于灵魂开掘的深邃性。赵惠明陷入特务机关,其内心充满了矛盾,深感过着"比鬼都不如的生活",而这种互相倾轧、勾心斗角、杀机四伏、淫邪放荡的恶劣环境形成了她的阴郁、空虚、多疑、危机、警觉、诡诈、狠毒、随机应变、喜怒无常的独特心理;"鬼性"与"人性"的交战构成她内心世界的复杂态势,即她是个堕落者却又在心底保留着未泯灭的良知,她的心灵是一个被腐蚀者的心灵又是个受害者的心灵,她内心充满了痛苦的自谴和复仇情绪而在特务面前又不能不告密,她为失去的美好生活深感

① 茅盾:《创作的准备·四 关于"人物"》,北平生活书店 1946 年 6 月第 1 版。

痛惜却又不能勇敢地救出过去的爱人小昭，她在狱中见到小昭按捺不住潜意识的强烈情欲冲动却又不能忘记软化瓦解小昭的特务使命。作者并非把赵惠明内心世界的错综交织的矛盾运动看成与外宇宙绝缘的独立体系，总是把她的心理活动同特定的外界环境相联系，即她心灵深处的每一个细微波动和演化都与当时社会上的各种矛盾冲突的变化分不开，纷纭繁杂的事件、变幻莫测的情势，均能非常敏感地引起她的或喜或忧或进或退的心理波动和内心冲动。特别作者对赵惠明心灵的开掘既有质的规定性又有分寸感，也就是说在刻画她的复杂性格时很注意于不确定的或神妙的审美感受中找到某种确定性或清晰度，用系统论的观点来说就是抓住了系统运动的有序和无序的临界线，即把握了赵惠明身上的"鬼性"与"人性"相冲突、相转化、相交融而形成新生命体的"度"。因此小说虽然把她写成一个灵魂被特务政治腐蚀的青年，揭露了她心灵中的"鬼气"；但她却又是一个可救药的"鬼"，即她的意识深层尚存有未泯灭的人性，鬼性和人性在她心理上构成二极辩证统一的运动规律。一开始她身上"鬼气"多于"人气"，"魔性"大于"人性"；由于作者善于掌握由"鬼性"转化为"人性"的"度"，当在小昭被害后她的生命也受到威胁，即她的人性潜能积累到足以战胜她身上的魔性的时候，她便由魔鬼变成了真的人，走上了自新的道路。当然茅盾有分寸地向赵惠明心灵深层掘进，并非能用科学的尺度来加以测量和计算；说他把握了"鬼性"和"人性"的"度"，这只是欣赏主体的审美感受和审美判断，假使真正能把赵惠明身上的鬼性与人性按比例地予以科学测定，那她就不是一个灵魂深邃的活生生的艺术形象了。

要塑造成功的典型人物，应研究性格结构的艺术规律。茅盾小说"时代女性"的性格结构为我们积累了丰富的艺术经验。上述的四点可以说是挂一漏万，尚需全面而深入地进行研究总结，以备新时期小说创作的借鉴。早在20年代初，茅盾曾表述过这样一个意思：要一篇小说出色，专在情节布局上着想是难得成功的，应在人物和背景上着想；人们所欣赏的是灵魂的搏战与人格的发展，绝不是忽离忽合像做梦似的情节。[①] 今天重温这段话，联系他笔下的一个个栩栩如生的"时代女性"，我们怎能不赞佩茅盾塑造复杂人物形象的高超技艺并学习他精湛的性格结构的理论经验呢？

（写于1988.8）

① 茅盾：《杂谈》，《时事新报》附刊《文学旬刊》1923年2月21日第65期。

二、章静论

作为再现艺术的小说，它所描写出的人物不应是“标本式”的，也不该是纸剪的“傀儡式”的，应该是“立体的复杂性的活人”①。茅盾正是根据这种美学追求，创作生涯一开始便在处女作《幻灭》中，比较成功地塑造了章静这个具有立体感的现代知识女性形象。它初步显示出作者善于以深刻的现实主义笔触在动荡的大时代的激流里刻画活生生典型的艺术才能；同时也表现出他起步创作就不只是以文学家的身份并以革命者的姿态来致力于小说艺术，即自觉地将他对革命问题的深沉思考、对大时代的独特感受，以及作为革命家的审美理想，如同血肉一样融入物化形态的形象机体中。茅盾亲身参加过第一次大革命，经验了动乱中国最复杂的人生的一幕，虽然大革命的失败曾使他一度感到了幻灭的悲哀，人生的矛盾，但他并没有停止对革命道路的探索，也没放弃革命者的社会责任感，而想以小说艺术刻画自己熟悉的小资产阶级知识分子，以“写他们在大革命洪流中的浮沉，从一个侧面来反映这个大时代”②。《蚀》三部曲，可以说是作为革命者和文学家的茅盾对经验过的革命人生所作的真实记录，章静等现代知识女性形象的塑造，深刻地寄寓着作者对革命道路的苦心思索和对小说艺术的美学理想。

茅盾笔下的章静，是一个具有复杂性、内向性、变动性特征的艺术典型。就其复杂性来说，她的性格是由多种性格因素构成的对立统一体。她既孤傲又脆弱，既天真又糊涂，既热情又冷漠，既自信又怯懦，既向往革命又怕革命艰苦，既耽于幻想又敢躬身实践；虽然她不断感到幻灭的悲哀，但从不放弃对希望的追求；虽然她受到挫折曾相信过命运论，但并不安于命运的摆布，总是在生活的漩涡中挣扎着；她虽然不是个爱情至上主义者，但在获得了理想爱情时又是那样的陶醉于个人的甜美生活之中，等等。就其内向性来说，静女士不像慧女士那样锋芒毕露，咄咄逼人，她显得那么深沉含蓄，又是那么文静美丽。作者在第三章曾把慧与静的形态美作了对照描写，虽然她们的外貌形态都是美的，但静女士的形态美是一种整体美，是一种描绘不出来的含蓄美，如同一首优美的抒情诗只能意会不能言传；而慧女士的形态美是可以描绘的，是十分外露的。由于

---

① 茅盾：《创作的准备 · 四 关于“人物”》。

② 茅盾：《创作生涯的开始》，《新文学史料》1981 年第 1 期。

形态美是心灵素质美的外在表现,故透过形态美既可以窥测到慧女士性格的外露性特点,又可以看到静女士性格的内向的含蓄性特点。就其变动性来说,静女士的性格不是定型的,而是静中有动,动中有静,虽然她的基本性格在小说中没有发生根本性变化,但她的思想在不断的追求不断的幻灭中并未停止在原来的水平线上,是有所发展有所前进的,而这些变动又未改变静女士性格质的规定性。本文试想探讨一下作者怎样塑造了静女士这个成功的典型,是否有规律可循。

1

茅盾塑造静女士这个具有立体感的女性典型,主要不是置于狭小家庭环境中,而是把她放在广阔的时代的大背景上。即循着从 1925 年五卅运动到 1927 年八一南昌起义这段历史发展的脉络,按着她性格发展的内在逻辑,深刻而真实地活画出静女士在动荡的大时代的斗争漩涡里,不断追求而又不断幻灭的心灵历程和思想轨迹,生动地展示出她多侧面的性格特征。

章静在人生道路上的第一次追求和幻灭,大约在五卅爱国运动周年纪念以前,主要是对革命的追求和幻灭。作者对这次追求和幻灭的描写,采取了直叙和追叙相结合的手法,即在正面描述章静幻灭的过程中有机地穿插回溯了她在五卅周年前对革命的热情追求。从追叙中,展示出章静是一个深受五四以来新思潮激荡和启迪的新女性,她背叛了封建礼教为青年女子所规范的道路,决然离开母爱温馨的富裕家庭走进省城女校,遂受到新教育的培养和新思想的熏陶,使她眼前打开一个新的世界,亟待她去认识去适应去变革。这时大革命酝酿期的风暴已波及到她求学的省城,并且她根据自己对革命风潮的理解,积极参加女校反对校长的斗争,表现得相当勇敢和热情;但是闹了风潮后,她对革命的幻想很快破灭了。作者在追叙中重点不是揭示静女士在第一次追求中所表现出的政治热情和蔑视旧势力的反抗精神,而是以简洁的笔触着重开掘了她幻灭的主观原因。即慈母的娇惯既养成她高傲的脾气,洁身自好的习性,又养成她耽于幻想、受不了挫折的脆弱性格,以及“对于被压迫者的同情”的“怜悯哲学”。带着这些思想性格投身革命风潮中,如果在革命顺利进行中尚能发挥一定的积极作用,一旦革命受到挫折或者遇到困难,或者革命风潮的趋向和自己的主观幻想发生矛盾,那很快就要变为消极因素,拖着她离开革命风潮的漩涡,跌进苦闷、抑郁、烦恼的矛盾中。

小说开篇正是以直叙手法刻画静女士从闹风潮的火线上败退下来，怀着对革命幻灭后的忧郁心情来到大上海，“只想静静儿读点书”，希冀在书本里求得定神剂，以医治第一次幻灭后所染上的带有时代色彩的“烦闷症”；然而上海市并不是个避风港，根本找不到“一个合于理想的读书的地方”，致使她的烦闷症非但没医好反而愈加消极苦闷，思想陷入极度矛盾中。面对着“拜金主义化”的大上海，面对着五卅反帝运动策源地的大上海，面对着“山雨欲来风满楼”的处在大革命高潮来临前的大上海，章静的心情并不平静，在心灵深处进行着激烈的思想交锋：从此消沉下去，与拜金主义化的上海同流合污非所愿，因之她讨厌上海的喧嚣和腐败的恶风；重新回到家乡，按照妇女传统的归宿做个“贤妻良母”，她心不甘；但是让她涌进大革命的激流中，不仅有所惧而且有所厌，故对上海各大学举行的纪念五卅周年等种种政治活动采取回避态度，甚至感到厌倦，即使受到同学的批评也没有使她意识到忧郁和怯懦已经把她和大革命时代隔开了。于是她本着自己没有主见的现代知识女性的人生思考，在第一次对革命幻灭后又开始了第二次盲目追求。

章静在人生道路上的第二次的追求和幻灭，正值北伐胜利进军、上海各界举行五卅周年纪念活动之际。主要是对爱情的追求和幻灭。作者以深刻细致的写实手法，着重刻画了“静女士型”的主要性格特征。从五四倡导妇女解放运动以来，一些觉醒的知识女性所走过的道路并不完全一样。有的先从两性关系上赤裸裸地争取性的解放，有的着重争取家庭平等和婚姻自由，有的走着争取个性解放和参加社会变革相结合的道路，有的追求革命加恋爱的时髦生活，有的致力于争取和男子享有同等受教育或参政的权利，等等。章静所选择的女性解放道路则具有独特之处，即先争取与男子一样受教育的权利，与此同时参与社会变革活动，闹风潮的幻想破灭仍坚持“静心读书”的夙愿，当在革命的巨涛冲击下使她不可静心读书而陷入烦闷孤苦的氛围中的时候，才开始了对爱情的追求。

静女士对两性关系的态度极为严肃，维护它的庄严性和圣洁性，不同于慧女士在这个问题上所表现出的随意性和放荡性；但由于她把两性关系看得过于神秘，存在严重的羞怯心理，这不能不阻碍她的合理的正常的个性解放要求的发展。正当她忧心忡忡地挑开爱情上的神秘轻纱要做一些试探时，善于玩弄女性的抱素向她进行挑逗；虽然开始她有些窘，也不十分喜欢他，但由于抱素抓住她的性格弱点采取相应的手段，主动向她进攻，终于使她上当受骗。她同抱素这种“不愿人家知道”的关系，对章静这位骄狷的小姐来说，带来的并不是初恋的幸福，而是空虚的悲哀，是平淡无奇，是惘然烦恼；特别当她发现一帧女子的照片和一张领“帅座”津贴的字条时，她如大梦初醒，这才理智地认识到她引为“知心”的抱素竟是一个“轻薄女性的猎逐者”和一个“无耻的卖身的暗探”，是个骗子，是个恶鬼。她能迅速地识别出抱素的狰狞卑鄙的丑态，这固然表现出她还没有被“恋情”冲昏头脑，对反动军阀及其走狗仍深恶而痛绝之；但由于小资产阶级女性的怯弱性作怪，她不敢挺身公开揭露抱素这个政治上的间谍和爱情上的骗子，而是避进医院逃开她的恶魔似的“恋人”。

静女士爱情幻想的破灭，造成了初恋的悲剧。小说的深刻之处，不独表现在生动地揭示了她爱情幻想的萌生、发展直到破灭的真实心理过程，更主要地表现在或明或暗地联系着大革命的时代背景开掘出她初恋悲剧的思想根源。一是逃避火热的革命生活的不问政治的思想倾向。她对围绕着五卅周年纪念上海各界开展的反帝反封建的政治活动无动于衷，只想“静心读书”，并几次陪抱素到外国影戏院看戏，虽然她也感到纪念五卅反帝爱国运动到外国戏院看戏未免“外惭清议”，但她对抱素诋毁攻击进步学生的革命举动却采取默认态度。她这种逃避革命运动远离政治的思想，为抱素钻了空子，对他在政治上完全丧失了警惕，甚至把他当成“知己”，直到上当受骗才幡然悔悟。这个沉痛的教训，对那些初恋的知识青年是有深刻启示的。二是母爱和“怜悯哲学”这些人道主义思想，在当时的历史条件虽然尚未完全失去其进步性，但是它的局限性和消极性在静女士追求爱情的过程中却突出地表现出来。母爱不仅是形成静女士孤傲、脆弱、多愁善感性格的重要因素，也是她盲目地把抱素虚情的体贴当成真诚的爱情的思想基因；特别是“怜悯哲学”，不仅使她在分析判断慧女士和抱素幽会这个问题上是非不清，黑白不明，采取了折中调和的态度；而且使她宽恕并爱上了这个“可恨”的抱素，让抱素这个贪花能手得以施展骗术，骗了一个又一个天真幼稚的少女，也造成了自己初恋的悲剧。三是“由于本能的驱使，和好奇心的催迫”。所谓“本能的驱使”，作者指出了静女士的受骗与盲目的性冲动有关。因为这种本能的性冲动是一种反理性主义的潜意识，它可以驱使一个人在失去理性控制的情况下做出一些盲目的不清醒的事情，静女士被诱骗的悲剧就是明证。所谓“好奇心的催迫”，表明静女士单纯幼稚，耽于幻想，以好胜猎奇的思想去揭开两性关系的秘密，这是她初恋悲剧的重要心理因素。如果静女士能够从这次爱情幻灭的悲剧中汲取一些教训，那么在以后的人生道路上步伐会更稳健一些。然而一个脆弱的小资产阶级知识女性的思想转变并不是那么容易的，小说极为真实地写出了章静思想演变的艰苦性、反复性和曲折性。

章静在人生道路上的第三次追求和幻灭，正值北伐军长驱直入，攻占武汉三镇，国民政府迁到武汉，这时的武汉已在国民党左派和共产党的掌握之下；而静女士这次的追求和幻灭主要体现在对大革命的态度上。如果说她第一次对革命的追求和幻灭仅仅限于省城女校闹风潮，小说主要以追叙略写她的性格特征，那么这次作者却是将静女士置于大革命的熔炉里，从正面着笔来刻画她的性格。

初恋被骗使静女士住进医院，这在她的人生道路和思想历程上的"现在和过去之间，划了一道界线"。虽然过去的一切不再闯入她的暂得宁静的灵魂，她的多愁善感性格似乎也有些改变；然而她这时却缺乏一种先进思想指导对爱情上的受骗从积极方面去接受教训，而是陷入不可知的命运论中，误认为"人们都是命的工具，谁能逃避命运的播弄"，因而使她不敢再自信，不敢再有新希望。究竟是什么力量把静女士从悲观主义的命运迷惘中引上正确的思想轨道，又是什么火种点燃了她对生活的希望呢？小说令人信服地展示出，是大革命的胜利捷报唤起了她对革命的同情和向往；是助理医生黄兴华的"爱国论"启迪了她的爱国热情；是科学道理破除了她对运命的迷信，终于使静女士"剥落了悲观主义的外壳，化为一个黄医生式的爱国主义者了"。但她仍是大革命的旁观者和同情者，对自己"在这争自由的壮剧中"能否做出贡献尚缺乏信心，又陷入新的性格矛盾中。最终静女士经过激烈的思想交锋，才投进了武汉这座革命大熔炉。作者真实地刻画了她思想演进过程，展示出经过新旧思想的交战，新思想暂时取得了胜利，"新的诱惑新的憧憬，已经联结为新的冲动，化为一大片的光耀，固执地在她眼前晃"，使她的"创造历史的时代"的责任心有了觉醒，中学时代的"勇气，自信，热情，理想"又回到她身上；她已经看到热烈、光明、动的新生活张开欢迎的臂膊等待她，这个恋爱场上的失败者此刻满心想在"为社会服务"中得到精神上的安慰和生活上的乐趣。这固然表明她的思想有了新的进步，她的性格注进了乐观因素；但是她并没有真正理解革命的意义，更缺乏为社会服务的充分思想准备。她对革命的向往带有很大的幻想性，她对新生活的乐观带有很大的盲目性，她为社会服务带有明显的满足自己乐趣的个人主义色彩。这就为她到武汉革命大熔炉的探索埋下了幻灭的伏线。

大革命时代的武汉既是个大熔炉又是个大漩涡，既有热烈紧张的革命工作又有很浓的浪漫气氛。静女士初到武汉“自觉满身是勇气，满眼是希望。她准备洗去娇养的小姐习惯，投身最革命的工作”。这种决心和勇气能否化为革命行动，关键在于能否经受住革命大熔炉的冶炼和大漩涡的冲击。两个月的实践证明，静女士对革命的追求——或编进政训班学习或到妇女会办事或到省工会工作，都幻灭了。小说的艺术描写明确地展示出这三次幻灭的主客观原因：从主观上看，静女士的思想既有积极的一面也有消极的一面。她有是非观和好恶感，她更有自我解剖的批评精神。李克批评她多愁善感，赵赤珠批评她意志薄弱，她都能诚恳地接受，并承认自己有许多缺点。致使一个耽安逸喜享乐的小姐增强了自信，希望自己以吃苦的精神去做“切切实实关系万人生活的事”；而且对那些“革命者”的追求新奇的性欲刺激和革命队伍内部的“裙带关系”，她是极为不满的。这都是静女士思想中闪光的东西，也是她的性格在革命熔炉里有了进步的表现，即使她所憧憬的新生活也含有合理的因素。但同时也必须指出，她缺乏坚定的革命立场和正确的人生观，往往以小资产阶级的主观性、幻想性和趣味性来对待革命现实生活，因此她对革命熔炉里的问题不能做出正确的分析，看到的阴暗面多光明面少，更缺乏同一切不良现象做斗争的坚强毅力。在顺利的环境下尚可跟着革命走几步，一遇到逆境同自己追求的“光明热烈的新生活”发生矛盾，就不能以理智的头脑去认识并解决它，这必定使自己五分钟的革命热情遭到严重挫伤，既不能持之以恒地为改造客观世界竭尽全力地进行艰苦的工作，又不能在改造客观世界的过程中主动地严格地改造自己的主观世界。从客观上看，大革命时期的武汉的确处在“大矛盾”之中，真革命、假革命和反革命混杂在一起，光明与黑暗、真善美与假恶丑同时并存，作者对此做了真实的描写。面对着这些错综复杂的矛盾，文雅拘谨、阅历不深、富于幻想的静女士，不仅在理论上解释不清，而且在感情上也忍受不了。所以她这次对大革命追求的幻灭既有深刻的思想根源又有着不可漠视的社会原因，也就是说大革命时代的武汉尚未提供使章静这类知识女性顺利地转化为一个坚强的革命者的客观历史条件。

不过，静女士这次对革命追求的幻灭并不像初恋悲剧对她打击那么大，她不再相信命运观，而是在“大熔炉”、“大矛盾”中积极探索和思考。参加在南湖举行的第二期北伐誓师典礼是她思想发生新变化的转折点。“典礼”唤起了她对人生的新希望，促使她对革命产生了新看法；特别是“这些疲劳烦闷的人们在必要时确能慷慨为伟大之牺牲”这一“新发现”，更加鼓起了她的勇气，推动着她在大革命时代向“新生活”不息地追求。

章静在人生道路上的第四次追求和幻灭，正处在蒋介石在上海发动了“四一二”反革命政变，“武汉这个大熔炉，卷起了一个更大的漩涡”，虽然北伐捷报频传，武汉国民政府却矛盾重重，险情迭起，夏斗寅叛变，长沙发生“马日事变”，中国共产党领导的南昌起义正在调兵遣将。在这种极其复杂险峻的历史背景上，作者真实地描写了静女士对革命和爱情的交互追求和幻灭；而在这次革命和爱情相交结的追求和幻灭过程中，她所显示的性格却富有一些新的特色。参加北伐誓师典礼是她在人生道路上不断追求的新转机，同慧女士和王诗陶所结成的真挚友谊为她解剖自己、重新探求增加了勇气，这不仅使她对自己在机关团体和工会工作中所暴露出的思想弱点做了自我批评，并使她的认识达到一个新境界，即“在这时代，良心更督促我贡献我的一份力”，“我虽然决心不干工会的事，还是想做一点于人有益，于己心安的事”。正是在这种社会责任感的催促下，她毫不犹豫地担负起伤员的看护工作，并在实际工作中把对革命和爱情的追求巧妙地结合在一起，使静女士的思想性格在大革命失败后的浓重的政治低气压下放射出可贵的“微光”。

在对革命的追求中，她不像初到武汉时在短短两个月里换了三次工作，带来三次幻灭的烦恼。这一次她对伤兵医院的看护工作颇为尽心尽职，不怕脏不怕苦，热情耐心地照护伤员，并亲自为伤员解除精神痛苦，主动地给伤员读报成了她的“新的职务”，表明静女士的思想在原来的基点上有所前进。也正是在她尽心职守和伤员的接触中，她重新萌发了情心。

在对爱情的追求中，她克服了初恋时的盲目性和好奇心，比较有理智地在致力于伤兵院工作中逐步爱上了北伐前线负伤的强连长。开始她敬重强连长“为争自由而流血”，并对他的“太文秀”的体格和“失掉一只乳头”的伤情“寄与满腔的怜悯”；特别当她聆听了强连长述说受伤的经过、临颍战斗的悲壮场景以及他对战斗的充满英雄豪情的深切感受后，静女士对他越发倾心了。虽然强连长参加北伐革命前曾“崇拜艺术上的未来主义”，带着“追求强烈的刺激”的思想投入了北伐革命，但是经过革命战争的严峻考验，他不仅以拼命战斗的实际行动赢得了胜利，为人民的自由解放洒了热血，而且未来主义并不是他追求的终极目的，即使负伤住院仍念念不忘重返战场；尤为可贵的是在大革命失败后的北伐军的急剧分化中，他毅然选择了南下参加南昌起义的道路，和革命者东方明等一起抛开了甜蜜的爱情，踏上新的征程。对于这样一位强连长，静女士深深爱上他，并没有什么值得非议的，“确可说是自然主义的爱，而不是未来主义”的。虽然她在处理革命与爱情的关系上尚未达到革命爱情观的高度，但也不是爱情至上主义，她没有以爱情的“蜜月生活”拖住强连长；当然在革命和爱情发生尖锐矛盾时，她的思想曾痛苦过，幻灭过，悲伤过，矛盾过，然而最终“静的温婉的女子的心，转又怜悯她的爱人了；她知道一个人牺牲了自己的主张是如何痛苦的——虽然是为所爱者牺牲。……现在她明白了强的心理，认定了强的坚固的爱情，她不但自慰，且又自傲了。她天性中的利他主义的精神又活动起来。”说明静女士当大革命处在危急关头并没有完全沉醉在个人主义的爱情美幻中，她思想中尚有深明大义的理智因素，不仅从革命的角度支持强连长参加南昌起义，并以其真挚热烈的爱情感化了强连长，使他“抛弃未来主义”。如果从道德观来考察，静女士对待爱情并不像当时那些过分浪漫的女性，在革命队伍中乱爱乱恋，她是忠于情专于爱的，对于她同强连长的爱情是极为珍视、坚贞不渝的。这一次追求对静女士来说与以前的追求有所不同，她是把革命和爱情相辅相成地交织在一起，革命促成了爱情，爱情推动着革命，并把未来个人的幸福寄托于革命。因此她鼓励爱人去南昌打仗，安详而坚决地说：“我已经彻底想过，你是应该去的。天幸不死，我们还是年轻，还可以过快乐的生活，还可以实现后半生的计划！不幸打死，那是光荣的死，我也愉快，我终生不忘你我在这短促的时间内所有的宝贵快乐！”虽然这番话尚未彻底突破个人主义的忧乐观和荣辱观的局限，但她的思想境界比以前开朗了，性格比以前坚强了。

茅盾就是这样的以真实而深刻的现实主义笔触，在第一次大革命这个大熔炉、大漩涡、大矛盾的典型环境里，生动地描绘出章静不断追求不断幻灭的人生历程，出色地塑造了“静女士型”的现代知识女性典型。这样把主人公的性格演变史和大革命时代或明或暗地联系在一起，既可以使人物性格概括巨大的历史内容，又可以揭示人物思想变化的深厚的现实根基，使形象显得丰满扎实，跃然于历史画卷上。

2

茅盾对章静典型的塑造，其艺术功力还表现在对静女士思想灵魂的剖析上。如果说在五四前后的短篇小说创作中，充分显示了鲁迅解剖现代国人灵魂的高等画家和解剖手的高超才能，那么在五卅以后的长篇小说创作中，茅盾继承并发扬了鲁迅的画灵魂的现实主义传统。他早在《近代文学体系的研究》中就指出"心理解析的精研"乃是近代文学的特点之一。他在《幻灭》中对静女士"心理解析的精研",不仅达到独特的深度,而且在剖析手法上达到多样化。

一是联想式的心灵剖析。借助外界客观景物的刺激,引起一系列联想,使内在的情感掀起一些波澜。静女士晨起看见晒台上一件淡红色的女人衬衫,勾起她一连串联想:由衬衫想到女人出嫁的最圣洁也许是最丑恶的历史,又想到少妇的欢乐、失望和悲哀以及理想的破灭,进而想到少妇的温柔、怯弱、幽悒的性格,然后联想到自己的身世和前景,不自禁地落下泪来。这种联想式的心理剖析,严格遵循人物思想活动规律,展示出静女士心灵演进的层次性及她的敏感而脆弱的性格特征和内心的隐痛。

二是回忆式的心理描写。大凡一个人都有自己过去值得回顾的历史和旧情,往往在某一物件或举止的诱导下,很容易激起对往事追忆的感情。如果说联想式的心理描写带有主观推测性的特点,那么作者对静女士的回忆所作的刻画,却是从再现真实的旧情旧景中揭示出她的心灵活动。静接到慧的信,不由得对中学时代的温馨旧情做了回忆。这种回忆式的心理刻画,既展示出她俩的友谊有着很深的历史渊源,又揭示出静同情爱怜被侮辱被损害者的善美心灵。小说多次运用回忆式心理描写揭开静女士的心底秘密,特别回忆母亲让她自由选择对象、送她金戒指那段心理描写,极其含蓄深微。

幻象式的心理刻画。幻象是一种下意识的精神活动,往往带有很多幻想成分,当然也含有合理性因素。抓住人物在特定情景里下意识的精神幻象进行描写,很容易开掘出人物内心世界的最隐秘的东西。静女士失身于抱素后心情极不平静,既害怕暴露出去,而"希望"又时时刺激着她,在这种矛盾心境里她想到可爱的故乡,由此便产生了一系列精神幻象。这段幻象式的心理描写,虽然是一种潜意识的外化,却也在某种程度上展示出静女士对初恋的美好憧憬,而这种憧憬既带有农村新婚的风味又带有情窦初开少女的天真性和好奇性。静女士看了报纸上谋杀案所产生的人间丑恶"结成了大的黑柱"的幻象描写,揭示出她对旧社会制度极度憎恶的心理状态。这种幻象式的心理描写,如果运用得当,可以增强人物心灵开掘的深度和形象刻画的诗意美。

自责式的心理剖析。由于人物经常处在矛盾状态,两种思想或两种性格总是不断地交锋,所以运用自责式的心理剖析,能够比较真实而深刻地揭示人物性格在自责中演进的轨迹。静女士的性格充满了矛盾,她的心情从未真正安静过,总是处在不断地追求和幻灭过程中,"旧创伤"和"新理想"进行着激烈交锋，良心上不断地自我谴责，并以此推动着自己在人生道路上不停地探索和追求。正是从人物这种性格特点出发，作者反复运用自责式的心理剖析。静于初恋幻灭后住进医院，“新理想”和“旧创痛”这两种相反力量在心里展开“暂时不分胜负”的拉锯战，最后新的战胜旧的，这实际上表现了静女士自责的胜利。她到武汉对革命追求幻灭后的内心斗争或听到强连长去南昌打仗所产生幻灭后的良心责备，作者都采用了自责式的心理剖析，总是以新的希望合乎逻辑地去取代幻灭后的悲哀情绪。茅盾的自责式的心理剖析具有辩证的特点，即揭示人物内心两种力量的搏斗不是紊乱的混战，而是新旧思想合乎理性逻辑要求的比较有条理地进行论战，最后正确的总要取得暂时的优势，使人物思想向前跨出一步。

烘托式的心理描写。有时为展示人物的精神境界或心理活动，不采取直接的心理描写，而是从侧面描写人物寄情或言志的景物，以此来烘托或显示人物的内心世界。这种烘托式的心理描写，往往给作品造成寓情于景、情景交融的艺术境界，以增强人物的诗意美。静女士参加北伐誓师典礼后受到鼓舞，曾与慧女士和王女士共游首义公园，三人坐在黄鹤楼孔明墩边谈心。作者这里没有直接刻画人物的心理活动，而是对当时武汉的壮丽夜景做了富有时代色彩的诗情画意的描写，不仅有力地烘托出章静等三位女士此时胸中滚动着的悲壮热烈的情绪，而且联系武汉的时局来看的确富有深刻的象征意义。

上述心理剖析手法的成功运用，强化了章静形象的深度，使她的外部形态和内里世界达到和谐的统一，成为一个血肉丰满的现代知识女性的艺术典型。

3

茅盾在1927年九十月间发表了《幻灭》，并成功地塑造了静女士这类小资产阶级知识女性的形象，既在一定程度上体现出他对中国革命的深沉思索，又表现了他在小说艺术上的美学追求。因此，静女士形象的问世具有不可低估的思想价值和美学意义。

由于章静的追求和幻灭的思想历程和行动轨迹总是同大革命时代的风云变幻联系在一起，因此透过她的形象可以窥测出大革命的多方面的具有史学价值和认识价值的真实侧影；特别在静女士不断探索中所发出的“微光”，更富有现实的深远的意义。时值大革命失败的低潮期，唯有坚定的中国共产党人揩干净身上的血迹，掩埋好伙伴们的尸体，举行了环球闻名的南昌起义，打响了中国武装革命的第一枪；而大批被时代巨潮卷进了大革命漩涡的小资产阶级知识分子却在这低潮期陷入信仰、思想和精神的危机之中，苦闷、彷徨、消极、颓废成为他们的普遍心理状态。茅盾笔下的静女士，虽然在大革命失败后也苦闷烦恼过，但她却仍在探索和追求，在此刻自己的思想不仅没有退坡反而向前跨出一步，最后愉快地支持爱人参加南昌起义。尽管她身上闪出来的仅仅是“微光”，但这对那些仍在苦闷中徘徊、悲观中颓废的小资产阶级知识青年来说，具有多么大的启示力量。

章静毕竟不是个坚定的革命者，因此她在追求和幻灭中暴露出的小资产阶级知识女性的思想和性格弱点，也能启迪读者悟出深刻的历史教训和人生哲理。其一，作为一个“理智上是向光明的，‘要革命的’，但感情上则每遇顿挫便灰心”①的像“静女士型”的知识分子，若要跟上革命时代的步伐，必须勇于投身革命实践，并在实践中自觉地克服小资产阶级的主观性、幻想性和软弱性。这是因为“革命是痛苦，其中也必然混有污秽和血，决不如诗人所想象的那般有趣，那般完美；革命尤其是现实的事，需要各种卑贱的，麻烦的工作，决不如诗人所想象的那般浪漫”；“所以对于革命抱着浪漫谛克的幻想的人，一和革命接近，一到革命进行，便容易失望。”②鲁迅这里批评的是那些充满幻想的小资产阶级革命诗人，但对“静女士型”的小资产阶级知识分子也是切中要害的针砭，从而也显示出章静形象的思想意义。其二，作为“静女士型”的知识分子在革命人生道路上探索，只有掌握了无产阶级思想武器，才能克服思想上的片面性和行动上的盲目性，才能在大时代的狂风巨浪中，眼睛亮，方向明。静女士在追求中的一次次幻灭，造成精神的悲剧，就其思想根源来看，主要是资产阶级人道主义的“怜悯哲学”和唯心主义的命运观在作祟。虽然人道主义在五四前后的反封建斗争中具有历史的进步性，但是到大革命时期无产阶级思想体系已成了新民主主义革命的主导思想，这时候的人道主义本身固有的消极性则暴露得越来越明显，至于宿命论思想就更加消极和腐朽了。唯有马克思主义的世界观和方法论，才是追求革命的知识青年改造自己献身革命的思想法宝。

作为一个“静女士型”的美学典型，在中国文学史上也具有独特的地位。所谓“静女士型”的知识女性，大致有这样一些共同特征：在气质上多愁善感，富于幻想；在性格上孤傲而脆弱，温柔且善良；在思想上具有民主倾向。中国优秀古典小说《红楼梦》中的林黛玉，虽然具有这类女性典型的某些特征，但由于时代

---

① 茅盾：《从牯岭到东京》，《小说月报》1928 年第 19 卷第 10 号。

② 鲁迅：《二心集·对左翼作家联盟的意见》。

的局限,不论道德观伦理观或婚姻观,都没有彻底冲破封建传统思想的藩篱。五四运动揭开了新时代的篇章,如果说五四以前的具有民主思想倾向的知识女性从未彻底打破封建精神枷锁,朝着个性解放的道路上迅跑;那么五四时期或五四以后的小资产阶级知识女性,则在新时代洪流的激荡下和各种新思潮的启迪下,砸开了封建伦理道德的闸门,选择不同的方式和途径去追求自身的解放或社会的解放。这个时期新小说中出现了不少具有"静女士型"知识女性某些特征的形象,同林黛玉相比已有了新的思想特色。冰心笔下的云英、庄鸿姊姊等形象,虽然也有林黛玉的一些性格特点,如善良而怯懦、温柔而多愁,缺乏同传统妇女观念彻底决裂和奋力抗争的勇气等;但时代毕竟不同了,她们总是在妇女解放的道路上跨出一大步,不只是冲出家门走进了学校门,得到与男子同等受教育的权利,而且思想境界提高了,不再是把个性解放仅仅局限在争取爱情自由上,也不是为了自己的出人头地而受教育,乃是把"念书求知" 同将来"替社会谋幸福,替祖国争光荣"联系起来。由于她们性格的怯弱和传统势力的浓重,其远大志向不但没有实现,还造成了悲剧。历史发展到 1927 年大革命时代,"静女士型"的小资产阶级知识女性,尽管身上仍然保留着林黛玉、云英、庄鸿姊姊等性格中的一些传统性的劣根,但是章静在争取妇女解放的道路上跨出了更新的步伐,有了更新的觉醒:她在经济上完全独立,不再像林黛玉寄人篱下饱受冷眼苦,不再像庄鸿姊姊因经济拮据中途退学;她在政治上可以自由地追求革命,把妇女解放同民族的独立和人民的解放联系起来;她在爱情上可以彻底冲破传统观念的束缚,完全由自己作主,不再像云英最后做了包办婚姻的牺牲品;她在教育上可以同男子一样享受高等教育的权利;她在为社会服务上不再是将来的"志向",而是现实的躬身实践。这都是大革命时代为静女士型的知识女性提供的良好的历史条件。但也必须指出,"静女士型"的知识女性固有的性格弱点,同大革命时代精神和历史发展的必然要求存在着尖锐矛盾。这就激化了章静自身内部的性格冲突,促使她提高了通过自我改造逐步跨进革命者行列的自觉性,并从而由章静身上展现出"静女士型"这类女性在历史长河中发展前景的"微光"。可见,茅盾笔下的"静女士型"的知识女性形象,既含有历史上知识女性的某些传统性格特点,更富有大革命时期知识女性的新的思想特征和丰富的性格内涵,比中国文学史上已出现的同类形象具有更深广的典型意义和独特的审美价值。

(草于 1983 年 12 月)

三、孙舞阳论

茅盾是中国现代文学史上长于刻画女性形象的小说家，尤其以小资产阶级知识女性的塑造誉满文坛。若说《蚀》三部曲之一的《幻灭》里，比较成功地塑造了静女士和慧女士两个具有独特审美意义的形象，为他在小说世界里探索中国式的现代新女性的美学内涵和个性特点，初步积累了经验，打下了基础；那么《蚀》三部曲之二的《动摇》，在新女性的刻画上，不论性格内涵或表现手段，都有了新的开拓。

孙舞阳在《动摇》的艺术画面中，并不是最主要的人物，作者也没有为她花费更多的笔墨，然而她的独特地位却是任何人物都不能代替的，或在政治舞台上的表演，或在情场上的活动，颇令人注目。她和慧女士的性格虽属同一类型，但同中有异，异中有同；她和静女士的性格虽不属同一类型，但也有相似之点。"她"就是"她"，个性极为鲜明。

五四以来，在小说艺术领域里出现的争取个性解放的新女性形象，大多是从两性关系、婚姻家庭这样的特定角度，来发掘其性格内涵及其审美价值的；茅盾在《蚀》三部曲中对小资产阶知识女性的开掘，却选择了自己最熟悉也最有力的角度，即"变得太快，太复杂，太矛盾"的大时代，因之他笔下的知识女性都有着强烈的时代感和具体的历史规定性。透过这些女性形象可以窥见，作者要着力探索的已不纯是在封建精神桎梏下的知识青年女性如何走上争取个性解放之路的社会问题，而主要试图回答已经踏上个性自由之途的青年女性怎样同大时代的前进步伐取得一致，使个性解放如何与中华民族的解放有机结合起来的时代课题。《幻灭》先是从两性关系的角度，真实地写出静女士和慧女士的悲剧命运，开掘半封建半殖民地社会洋场生活的某些本质；后是从大革命时代的瞬息万变的生活激流中，展示出她们性格的内涵，影射武汉大革命的动乱。而《动摇》对孙舞阳性格的开掘，与《幻灭》所不同的是，它将大革命时期的极为错综复杂、尖锐激烈的矛盾，集中在武汉政府统辖的一个小县城，为人物性格的展开提供了极有力的典型环境，并且把孙舞阳对性爱的追求和对革命的追求交织在一起来刻画，含蓄地表现了作者对中国革命问题的"冷静的思索"[①]和对

① 茅盾：《创作生涯的开始》。

知识女性命运的苦心探求。

在追求革命这条活生生的情节线索上，作者笔下的孙舞阳并不是个“观潮派”，更不是个“假革命”，而是一个跟着时代潮流勇进的弄潮儿，是一个在革命与反革命的搏斗中立场比较坚定的革命者，是一个在革命队伍内部“左”倾与右倾斗争中头脑比较清醒的女性。虽然她没有完成什么轰轰烈烈的伟大事业，也没有创造什么惊人的英雄业绩，但每当斗争极为复杂尖锐的关键时刻，她总是要站出来积极亮相，总是要顽强地坚持自己的革命立场，表明自己的政治观点的。茅盾在《从牯岭到东京》一文中说：“《动摇》的时代正表现着中国革命史上最严重的一期，革命观念革命政策之动摇，——由‘左’倾以至发生左稚病，由救济左稚病以至右倾思想的渐抬头，终于为大反动。”①小说里所表现的“左”倾主要发生在统一战线之中，而不是指共产党内的。作者是“要写大革命时期一大部分人对革命的心理状态，他们动摇于左右之间，也动摇于成功或者失败之间。《动摇》里的重要人物，国民党‘左派’方罗兰，就是这样一个人，他动摇的结果是思想上的矛盾、迷惘乃至错乱。另一个重要人物是土豪劣绅的代表胡国光，他混进革命阵营，却以极左的面貌大肆活动，当时议论纷纷的‘过火行为’，很多就是胡国光这班人制造的。他们以比共产党人还要‘左’的面貌出现，从而破坏共产党的声誉，破坏革命，然后本相毕露，血腥镇压革命”②。可见，孙舞阳投身武汉时期的大革命，所面临的矛盾极为复杂：既有工农商学妇革命群众同豪绅地主反动店东之间的阶级斗争，又有统一战线内部“左”倾和右倾两种思想的交锋，既有革命“左”派和反革命两面派的斗争，又有县党部和县政府之间的冲突，等等。小说正是在这些性质不同的矛盾中，比较真实地再现了孙舞阳的政治风貌和对革命的心理状态：同动摇于左右之间、思想极其矛盾的方罗兰相比，她的政治立场基本上没有动摇过，对革命的成功或失败都能保持比较冷静的头脑，她对混进革命阵营的胡国光始终存有戒心，从思想情感上厌恶他；与共产党员李克相比，她缺乏李克那种大无畏的英雄气魄和极为清醒的政治头脑，但她对李克的革命行动是支持的，对他的安全是关心的，对他的政治见解是同意的；特别她对特派员史俊的在政治上的盲动和右倾是有所非议的。显而易见，她在政治上虽然不是坚定的革命“左”派，却也不是糊涂者或右倾者，乃是一个有一定政治主见的革命者。小说对于她作为一个小资产阶级革命者的具

① 茅盾：《从牯岭到东京》。
② 茅盾：《创作生涯的开始》。

体思想性格,是在波澜起伏的革命浪涛中加以揭示的。

翻开小说,扑面而来的是“世界变得太快,太复杂,太矛盾”的大革命时代的浓郁气息,阶级斗争的浪头一个高过一个。具有静女士某些性格特征的陆梅丽,在大时代的壮潮面前退却了,消沉了;国民党“左派”方罗兰左右摇摆了,不得不对敢于在时代风浪里游泳的孙舞阳表示赞美之情:“舞阳,你是希望的光,我不自觉地要跟着你跑。”这是他从爱情的角度窥探出孙舞阳具有“女性的迷人”魔力,也是从革命的角度体察到她有青春的朝气,火炽的政治热情,勇于跟着时代潮流奔跑的毅力。方罗兰的赞语,可以说为孙舞阳的性格定下了基调;而她身上所闪烁出的“希望的光”,正是作者当时对革命深沉思索及其美学理想的具体体现。

围绕着轰轰烈烈的店员运动,掀起了革命与反革命的斗争、统一战线内部“左”倾和右倾思想的冲突的第一个高潮。店员工会提出“加薪”、“不准辞歇店员”以及“店东不得借故停业”三点要求,但是很多店东不承认,并和土豪劣绅勾结预谋搞反革命暴乱;而店员工会、农民协会、童子团、纠察队也做好了镇压反动派的准备。面对着反革命势力的挑战,作为县党部的负责人方罗兰理应支持革命群众的合理要求,正确引导店员运动,然而他却神思恍惚,一筹莫展,并在联席会议上提出一个带有右倾妥协色彩的提案;相比之下,由省里派到妇协会办事的孙舞阳却支持了“主张三大要求暂时保留,电省请派专员来指导解决,一面仍须严厉镇压土豪劣绅和反动店东的阴谋捣乱”的比较正确的提案。这既表现了她对店员运动的积极态度,又表现出她有一定的组织观念,更表现出她对反革命暴乱施以坚决镇压的革命立场。虽然作者着墨不多,仅这画龙点睛的几笔,便展示出孙舞阳在革命斗争激浪中的风貌:

> 在紧张的空气中,孙舞阳的娇软的声浪也显得格外袅袅。这位惹眼的女士,一面倾吐她的音乐似的议论,一面拈一支铅笔在白嫩的手指上舞弄,态度是很镇静。她的一对略大的黑眼睛,在浓而长的睫毛下很活泼地溜转,照旧满含着媚,怨,狠,三种不同的摄人的魔力。她的弯弯的细眉,有时微皱,便有无限的幽怨,动人怜悯,但此时眉尖稍稍挑起,却又是俊爽英勇的气概。

从她的言谈举止相貌,可以窥测出这位妩媚聪慧带有浪漫气质的女性,在阶级斗争极为紧张的气氛下,她的头脑是多么冷静,态度是多么沉勇,尽管平常眼里满含着“无限的幽怨”,但在关键时刻她却表现出“俊爽英勇的气概”。争论的结果，“大家心心相照”地“依了孙舞阳的催促，由主席指定三个人驰往出事地点，一面通过了第二提案电省请示”。她虽然仅仅是一个妇协的办事人员，然而她的提议却是举足轻重的。这表明在政治上她是有主见的，并不完全是一个“恋爱狂”。随着革命的深入，斗争更为复杂，豪绅地主胡国光以极左的面目出现在店员风潮中，不只蒙骗了店员工会和总工会，而且也骗取了省特派员史俊的信任和器重，使他得以钻进县党部。但是对于胡国光的反革命两面派的表演，开始孙舞阳就有直觉，至少从感情上讨厌他，鄙视他，这与史俊对他的青睐、林子冲对他的夸赞，形成鲜明对照：即孙舞阳当众嘲笑胡国光的所谓“革命家”的丑相，“讨厌这瘦黄脸的人”，故意“要他早走”。作者虽然没有集中笔力开掘孙舞阳参加革命的思想基础，但是偶尔在激烈斗争的间歇之间也以插曲的方式，让她边跳边唱“起来！饥寒交迫的奴隶……到明天”的《国际歌》，以展示其思想境界。这也是作者于大革命失败后在苦闷彷徨中探索革命道路而始终坚信共产主义理想的曲折表现。

小说就是这样在以社会阶级斗争所构成的情节冲突中步步深入地展开对孙舞阳性格冲突的描写。继城市店员运动之后，南郊农村掀起了打倒土豪劣绅、实行“耕者有其田”的农民运动；但也提出了“多者分其妻”的不恰当口号，于是出现了“打倒夫权会”、“拥护野男人！打倒封建老公”的“左”的行动。围绕这场“火山爆发似的运动”，土豪劣绅大造“公妻”的谣言，胡国光以极左的面目出现，浑水摸鱼，县党部的看法也有分歧。作为代表妇女协会的孙舞阳，对城南农运中发生的“多者分其妻”的运动，在认识上尽管也有“左稚病”的些微影响，但她主要是从争取妇女彻底解放这个角度上，肯定了它是“妇女觉醒的春雷”、“婢妾解放的先驱”，并认为城里的妇女运动反而落后，得出“进步的乡村，落后的城市，这是我们的耻辱”的结论。不只是孙舞阳对妇女解放运动有这种急切的心情，就是以老实持重著名的县党部妇女部长张小姐也“痛论婢妾制度之不人道，为党义所不许，而当尼姑的女子也非尽出自愿，大都为奸人掠卖，尼庵之黑暗无异于娼寮”。正因为她们是从彻底砸碎封建吃人制度以解放妇女的意义上来认识南郊的运动，所以对于胡国光利用南郊农运中的“左”的做法所提出的“一切婢妾，孀妇，尼姑，都收为公有，由公家发配”的极左主张，坚决予以抵制；同时制定了解放婢妾、尼姑、孀妇的具体方案，并成立了“由公家给以相当的教育和谋生的技能，然后听凭她们的自愿去生活”的“解放妇女保管所”。这一措施无疑是有利于争取妇女解放的。虽然孙舞阳在该所从事妇女解放的教管工作，由于胡国光的捣乱和破坏，使“保管所”成了胡国光之流的淫乱之地，保管所的干事钱素贞就是胡国光的姘头。而最先发觉她在保管所的劣迹，向方罗兰提出质问的却是孙舞阳。这一切描写，作者力图从第一次大革命高潮中妇女解放运动的背景上，进一步展示孙舞阳积极致力于妇女解放的侧影，尽管她思想上有“左”的印痕，但对妇女解放意义的认识却是基本正确的。

阶级斗争的激化推动着孙舞阳性格的发展。蒋介石发动“四一二”反革命政变后，武汉国民政府以汪精卫为代表的右派势力对大革命中兴起的工农运动怕得要命，暗暗采取镇压政策，一方面密令县长逮捕农协会执行委员，一方面指令解散县党部和社会群众团体。这不仅激化了县政府和革命群众之间的矛盾，而且也给以胡国光为首的反革命势力造成可乘之机。夏斗寅独立师与蒋介石相勾结发动武装叛变，更助长了这个小县城的反革命气焰。加之县党部对胡国光的一味迁就姑息，终于养痈成患。小说真实地描写了这场革命与反革命、革命思想与右倾思想的错综复杂的斗争。也正是在这矛盾冲突的高潮中，进一步再现了孙舞阳的性格特征。在复杂多变的斗争中，孙舞阳不只是消息灵通，连方罗兰也不得不到她那里探听时局的发展，表明她关心革命，善于观察了解阶级斗争的动向，并非是站在革命之外的旁观者，乃是能体察风云变幻的有心人；而且她在政治上比较敏锐，可以这样说，县党部或革命群众团体中对胡国光这只老狐狸始终有戒心的是孙舞阳，首先批评史俊在举用胡国光问题上所犯的右倾错误的也是孙舞阳。当方罗兰要探听胡国光的行为时，孙舞阳直截了当地指斥：

> 胡国光这人，鬼鬼祟祟的极不正气；我第一次看见他，就讨厌。都是上次的省特派员史俊赏识他，造成了他的势力。我看这个人完全是投机分子。……
>
> 胡国光大概是因为上次省里来人大利于他，所以希望第二次的运气了。但此次来者如果仍是史俊，我一定要骂他举用非人；胡国光就该大大地倒霉了！

尖锐泼辣，是非分明，充分显示了她的鲜明的革命立场和敏锐的政治嗅觉。胡国光的反革命两面派的卑鄙行径被省特派员李克揭露，他狗急跳墙，煽动不明真相的店员工会要“打李克”，这个消息是孙舞阳最早报告的；李克真的被打伤也是孙舞阳最先报告的；胡国光唆使流氓血洗妇女协会，最先脱险逃出来叫公安局派警察去镇压的又是孙舞阳；反动暴力袭击县党部，打电话给警备队派兵解围的也是孙舞阳;夏斗寅的叛军逼近县城,危在旦夕,通知吓昏了头脑的方罗兰迅速转移到南乡去的,又是孙舞阳;反革命军队进了城,在极端危险的情势下还替刘小姐装假髻,最后化装成小兵安然地出了城的仍然是孙舞阳。

作者就是这样把孙舞阳置于阶级斗争极其险恶的关口,既刻画出她机智勇敢的性格,又突出她的不同凡响的政治觉悟。虽然第一次大革命处于逆境之中,但她坚决贯彻共产党员李克将革命力量暂时撤到农村的“主意”,毫无悲观恐惧情绪,表现得异常沉勇乐观。当然,这里也要指出,如果在“革命”这条情节线索上,小说能够以较多的典型细节来表现孙舞阳,那么她作为一个革命者的艺术形象,其血肉会更丰满一些,所概括的历史内容会更充实一些,所提供的美学价值会更大一些,所产生的艺术感染力会更强一些。

孙舞阳是一个杂多统一的活生生的小资产阶级革命知识女性的形象。她的思想性格虽然和周定慧有类似之处,却有明显的个性差异:她们都卷进了大革命时代的漩涡激流之中,但是慧女士尚未在复杂的斗争里充分地显示自己的革命性格和战斗风貌;孙舞阳不仅表现了敏锐的政治嗅觉和识别投机分子的能力,而且在革命危机时刻表现出惊人的沉勇、镇定、机智。她们对爱情都有过狂热的追求,表现得轻率放荡,并对男性产生了“玩玩”的念头;但是慧女士初恋幻想破灭后却对男性采取强烈的报复主义,把一切缠着她的男性都看作坏人,产生了严重的变态心理。而孙舞阳对男性的“玩玩”尚未达到如此敌视报复的程度,并能给那些真正爱恋她的男性以同情和怜悯。她和章静虽然不属于同一类的女性,性格差异也较大一些,但是她们尚有共同之处,例如强烈的自尊心,优美善良的天性,美丽动人的体态,坚忍的追求精神等。茅盾不愧为刻画知识青年女性形象的高等画家。

小说不仅在相互交错的革命和爱情两条情节线索上刻画了孙舞阳的形象美,展示了她的多色彩的内心世界;而且还巧妙地从方罗兰的幻象中或眼睛里或感受中,以及与梅丽女士的对照中和环境的烘托上,来塑造孙舞阳的形象。孙女士第一次在方罗兰眼前出现的幻象,是“一个艳影,正对于他可怜的灵魂,施以韧性的逆袭,像一个勇敢的苍蝇,刚把它赶走了,又固执地飞回原处来”。若说这次幻象的描写,着重表现了孙舞阳的艳丽动人以及对性爱追求的韧性勇敢精神,那么第二次出现在方罗兰眼前的幻象,则表现出她的形体容貌美:她“全身洒满了小的红星,正和南天竹子一般大小。而这又在动了。墨绿色的红星现在是全体在动了。它们驰逐迸跳了！像花炮放出来的火星，它们竞争地往上蹿，终于在墨绿色女袍领口的上端聚积成为较大的绛红的一点；然而这绛红点也就即刻破裂，露出可爱的细白米似的两排。呵！这是一个笑，女性的迷人的笑！再上，在弯弯的修眉下，一对黑睫毛护住的眼眶里射出黄绿色的光。”写体态画肖像，这本是静态描写，很容易呆板化一般化，而这里却用比喻、拟人手法把静态写活了，特别画眼睛描牙齿又和“女性的迷人的笑”的强烈抒情相结合，这就使孙舞阳的形象跃然于纸上，于静态中产生了动态美。接着作者又从方罗兰的感触中把孙舞阳与陆梅丽做了对比描写：以陆的消沉反衬孙的活泼，以陆的暮气反衬孙的朝气，以陆的冷眼旁观反衬孙的勇往直前，以陆的感伤情绪反衬孙的青春活力，以陆的心胸狭窄反衬孙的开朗大方，以陆的拘泥于礼节反衬孙的豪放不羁，以陆的多疑嫉妒反衬孙的通情达理，以陆的半解放反衬孙的“大解放”，以陆的狷傲反衬孙的豁达；并且还以方罗兰的“畏缩，拘牵，动摇，琐屑的庸人”性格来反衬孙的“勇敢的大解放的超人”性格。通过这些多侧面的比照，使孙舞阳的性格更加鲜明，虽然从“情人”眼里来写她难免有一定的偏见，但基本上反映了她的本相；特别在反革命叛军逼近县城那段对照描写，更真实地展示出孙与陆的性格差异：“她的豪放不羁，机警而又妩媚，她的永远乐观，旺盛的生命力，和方太太一比而更显著”。作者对孙舞阳的思想性格不只是有肯定有赞美，而且也有指斥。如小说曾描写她住所的环境和陈设，特别突出她把避孕药放在桌子上这个典型细节，这应该看成是对她过于放荡、浮躁、浪漫性格的一个有力的针砭，也是一种巧妙的烘托，使她的个性特征显得更加刺目了。

孙舞阳这个女性形象的塑造并不是完美无缺的。不仅她作为一个革命者的性格不够扎实丰厚，而且作为一个对性爱热烈追求的女性来看，更有些可以挑剔的地方，如过多的胸部描写、肉感描写，这虽然能突出她的性格特点，不过写得露骨了，那就失去了含蓄美，甚至对读者会产生不良的效果。尽管如此，但孙舞阳这个女性知识分子形象同其他女性形象相比却给人以发人深省的新的思想启示：一是她的性格内涵寄寓着大革命失败后作者对中国革命前途的深刻思考，虽然当时茅盾认不清革命的具体道路，但是他对共产主义的信念并未动摇，孙舞阳高唱《国际歌》及表现出的乐观情绪，正是作者革命理想的折射和艺术体现。二是透过孙舞阳的形象，可以窥见五四以来踏上个性解放道路的时代女性，要避免历史的悲剧命运，必须不停顿地涌进大革命的浪潮，必须把争取人格独立与争取民族独立结合起来、把争取个性解放与争取国家解放结合起来；而要把两者自觉地结合起来并以前者服从后者，则必须把现代知识女性的个人主义思想引导到集体主义思想的轨道。小说对这样一个严肃的时代课题已经触及到了，虽然没有做出明确的回答，但已经十分可贵了。

（草于 1984.1）

第十三章　五四长篇：《一叶》的美学价值

王统照于1922年创作的中国现代文学史上最早的长篇白话新小说之一《一叶》，它在广阔的历史背景上，以李天根的不平凡的生活道路及其在“迷惘的渊里”探索人生的奥秘为线索，通过其父和慧姐的悲剧以及芸涵和柏如悲惨遭遇的真实描写，在一定程度上抨击了吃人的封建制度，揭露了北洋军阀篡夺辛亥革命政权后所推行的封建法西斯统治，表现了患有时代苦闷症的知识青年面对着残酷的现实在灵魂深处所经历的深刻而痛苦的思想矛盾：“人果然是相谅解与相亲啊！为何人生之弦音上，都鸣出不和谐的调子？为何生命是永久地如一叶的飘堕地上？为何悲哀是永久而且接连着结在我的心底？”①

1922年前后反映知识青年的烦闷苦恼，成了新文学的重要题材，也是进步作家所关注的时代课题，故使苦闷彷徨的空气一度支配了整个文坛。王统照《一叶》的独特的思想意义，不止表现在与当时同类题材小说一样地真实地反映了“青年苦闷”这重要的历史问题，而且主要表现在：它不是孤立地写青年的苦闷，而是紧密联系家庭、社会和时代思潮来揭示知识青年苦闷忧郁所形成的历史根源、社会根源及思想根源，并从对这些历史的社会的思想的根源的掘进中映射出某些时代的本质特征以及社会人生的苦难。因此可以说，《一叶》的真正思想价值，不仅在它为我们提供了认识那个时代知识青年苦闷彷徨找不到正确出路的一面真实的镜子，而主要在它从贵族阶级的破产及其分化出来的知识青年的不幸遭遇这样一个特定的角度，为我们提供了认识那个半封建半殖民地社会的动荡不安、灾难深重的人生的艺术画卷，借以引起疗救的注意。这里不准备对小说的思想意义进行具体论述，而着重探讨一下它的美学价值。

考察《一叶》的美学价值，首先要弄清王统照早期的美学追求。他曾在《文学的作品与自然》一文中引用丁尼孙的诗句来表述自己当时的美学见解：

① 王统照：《一叶·诗序》，《王统照文集》第2卷，山东人民出版社1981年版。

美，善，知，是互相启示
的姊妹三个，而友于人，
在同一屋顶下共同居住，
除非泪痕，是永不能有分裂。

他认为“美，善，知”是宇宙间所有的宝物，也是人生各方面不可缺少的生命总和，因此作为人生镜子的文学作品必须是“美，善，知”的统一体。所谓“美”不仅指作品的形式美，更重要的是“原质”的美，如果“缺少美的描划与原质，外形固失其光辉，内义亦因之枯窘”；所谓“善”，不是旧文学中含有的“劝惩戒励”的成分，而是作品中所表现的崇高的思想感情，可以“引动，感化”人们，“诉通人与人的感情，扩大人们的同情”，以适应民众改造苦难人生的需要；所谓“知”，不是旧小说那种“讲究韵律，搬弄笺注，以炫其学博”的“知识”，而是指文学作品中所表现的“智慧”，即作者通过对客观事物的深入观察，从捕捉的“无量的印象”中所获得的真知灼见，是对生活本质认识的艺术表现。美、善、知反映在文学作品里如同三个相亲相爱的姊妹，“不能分剖而且也不可分剖”①，形成一个有机的艺术统一体，这就是王统照创作《一叶》时的美学追求。尽管这部长篇小说并不是成功之作，尚未达到作者所追求的美学境界，但是作者为实现“美、善、知统一体”的美学理想所做出的积极探索是值得肯定的，小说在这方面所取得的经验和教训也是应该重视的。

一

从小说的“原质”来看，它的美学价值主要表现在作者尽力挖掘人物性格中的美善的特点，刻画出一些身上的美的善的有价值的东西如何被罪恶的旧社会撕毁而造成痛苦、不幸或死亡的悲剧型的形象。尽管这些形象还没有达到再现典型环境中的典型性格的现实主义典型化的高度，但这些形象的悲苦命运却能引起人们的深切同情，从而取得了强烈的悲剧效果。悲剧并不一定是惨剧，因此作者不能以渲染悲剧人物的悲惨遭遇或不幸命运为满足，而应当首先把悲剧人物身上有价值的东西揭示出来。王统照在《一叶》中正是这样来刻画那些痛苦的不幸的或死亡的悲剧形象。小说中张柏如这个知识分子形象，作者不仅真

① 王统照：《文学的作品与自然》，《晨报》附刊《文学旬刊》1923年7月11日。

实地描写了他的悲惨遭遇，而且尽力发掘他身上有价值的东西，如“好读书而勤恳”，重视友谊，珍惜爱情，有着强烈的为社会工作的责任感，在敌人的严刑拷问下不屈服，即使身体、精神蒙受了严重的创伤后仍希望中国几年后“要有不可思议的大变动”。越是表现他身上这些美好的品质，越能激起人们对摧残毁坏这些有价值东西的封建军阀反动政权的愤恨，越能使人更强烈地同情柏如的悲惨遭遇。柏如的妻子绿存是个贤惠温柔的女性，她是“很少的好女子的榜样”，作者费了不少笔力来刻画她身上的情爱美人品美。就是这样一个“好女子”却遭到了不幸，不仅她心爱的丈夫险些被恶势力夺去了生命，而且她与他所建立起的美满幸福家庭也在风雨飘摇之中。这就把人间美好的东西撕毁给人们看，由此可以产生强烈的悲剧效果。天根的母亲虽然是个大家闺秀，“望族”大家庭的少妇，但她的命运却是极其不幸的；作者从多方面描写了她作为一个贤妻慈母形象的美点，尽管她出身在封建贵族家庭，然则她身上很少封建地主阶级的反动性、残忍性和自私性、腐朽性的烙印，她身上更多的是善良、贤淑、慈爱、温和、通达、明慧等美德。就是这样一个妇女，在那种暗无天日的旧中国却遭到封建家族制的无情摧残和打击，使她年纪轻轻地做了寡妇，沉重的家庭担子和精神压力折磨着她。如果这个人物身上打着很深的阶级烙印，即使她的遭遇再惨也不会引起人们的同情。慧姐的悲剧之所以具有惊心动魄的悲剧力量，主要因为作者把她塑造成一个美的典型，她不仅外在美，更重要的是具有浓郁的人情美，正是这样一个美丽聪颖的青年少女被封建包办婚姻制度虐杀死，这怎能不激起人们对造成这一悲剧的旧社会制度的愤怒之情和反抗之心呢？芸涵这个形象的刻画，作者不但写了她极其悲惨痛苦的人生遭遇，而且极力发掘她的俊美、聪明、温柔、活泼、深沉、热情的性格特点。她的悲剧不只是“悲”在罪恶的旧社会吃掉了她的双亲、玷污了她的纯洁的心灵、凌辱了她少女的身子，同时也“悲”在她变成一个虔诚的宗教徒而不悟的精神悲剧上。因而，她的悲剧既能引起人们对黑暗旧社会的愤懑情绪，也能激发人们的深思：帝国主义伴随着武装侵略在中国推行的宗教活动，不仅腐蚀麻醉了一些中国人的美好灵魂，使其丧失民族意识，并能使其“感恩戴德”地跟随洋人离开自己的祖国。总之，这部小说在“原质”上的美学价值，主要表现在作者比较真实地开掘出这些悲剧人物身上潜藏的“价值”，尽量把他们内心世界的美揭示出来。虽然这些悲剧染上一定的定命论色彩，但基本上艺术地显示出他们的悲剧之源并不是个人命运而是吃人的半封建半殖民地的社会制度。沈雁冰当时曾说过：“一个民族既有几千年的历史，他的民族性里一定藏着善美的特点；把他发挥光大起来，是该民族不容辞的神圣的职任。中华这么一个民族，其国民性岂无一些美点？从前的文学家因为把文学的目的弄错了；所以不曾发挥这些美点，反把劣点发挥了。"①可见，在文学作品中能否开掘中华民族的国民性里"藏着善美的特点"，能否充分发挥这些"美点"，这是新旧文学的重要区别之一，也是创造有价值的"国民性的文学"的重要标志之一。小说《一叶》尽力揭示一些带有悲剧色彩的人物形象的"善美"特点，正体现出五四新文学的重要特征，因而它也是一部有价值的"国民性的文学"。

小说中所刻画的悲剧型的人物形象，蕴含着作者的主体识见和主体美感态度，这也是强化人物形象美学力量的不可忽视的因素。王统照在描写那些悲剧人物时，并不是自然主义地复制客观对象，他总是带着深沉而强烈的主体情感和独到的主体见识来溶化客体，使主体的感受同客体形象交融在一起。他曾多次强调"文学家必以自己的感情为主，去创作文学"，不仅在创作中要"把自己的感情与人，而同时也要把别人的感情拿了进来作自己"；"文学家必须有同情，能将对象及我连为一体，然后方能描写的出色"，因为"同情是一种链锁，将我与对象渗合为一的原动力"。由于王统照认识到进行文学创作应该把主体的思想感情渗透进客体对象之中，使主体的"我"与客体的形象连为一体，所以在《一叶》中我们不仅能看到他所描绘的一个个带有悲剧色调的客体形象，而且也能觉察到作者这个主体形象在闪动。主体形象仿佛抒情诗中的抒情主人公，也就是客体形象"化为主体的血肉般的所有物，浸透到他的感觉中，不是跟他的某一方面，而是跟他的整体存在结合起来"②。这样，作为主体的作者既是多个悲剧型的客体形象的塑造者，而他的主观情感又是客体形象的有机组成部分。不仅天根这个精神悲剧形象渗入了作者的思想情感，概括了主体的身世遭遇和生活经历，成了作者某一个阶段的生活阅历和主观感受的艺术化身，带有强烈的"自叙传"的主观感情色彩；而且其他悲剧形象也大抵是主体和客体的浑然一体，不论嘉芷夫人或慧姐的形象里都渗透着作者的深挚的爱，即使柏如、芸涵的形象也融入了作者的深切同情和对人生的"识见"。正因为形象渗进了作者的主体独特感受和美感倾向，所以使他们产生了强烈的悲剧效果，并且使这些形象更富有真实感和诗意美，能够诱发读者去体会这些形象所蕴含的人生哲理。

---

① 沈雁冰：《新文学研究者的责任与努力》。

② 《别林斯基选集》第3卷，第59页，上海译文出版社1980年版。

二

从《一叶》的艺术形式来看,虽然并不完美,甚至存在不少缺陷,但具体分析考察它的美学价值,还是值得重视的。正如同《一叶》没有塑造出个性鲜明的典型形象,决不能因此就否定它在人物塑造上的美学价值一样,对它的艺术形式的美也应该持这种实事求是的态度。

布局结构是小说形式美的重要构成因素。不同的创作意图,不同的主题思想,规定作品不同的布局结构及不同形象的组织方式。王统照非常重视结构布局的革新和完美,他认为新文学作品的布局同旧文学所谓的程式化定型化的布局"步骤不同","布局并没有一定的次序,不过随各人的意思自由的分配就罢了";当然这里的"自由的分配"并不是随心所欲,而是要求根据内容的需要在布局中注意"匀配"及"调和",这样的结构形式才能美,"全篇文章即能特别的出色"。[①]。过去的长篇小说由于是在"讲故事"的民间文学基础上发展起来的,因此作者往往以主人公的超凡入圣、追求曲折离奇的故事情节取胜,表现在布局安排上出现了一套程式化的格局。随着历史的发展特别到了五四文学革命时期,小说的创作目的已由歌功颂圣、惩恶扬善、消闲游戏变为抒发自己的感情、表达对社会人生的看法、反映社会人生问题,成了改造人生的利器;所以作者对情节的提炼是根据揭示人物的灵魂、表达"自己深沉坚实的哲学思想"(即人生观)的需要,毫无保留地舍弃那些离奇耸闻的带有很大偶然性的事件,大量地采取具有普遍性、真实性和带有必然性的生活片断、风俗人情、自然风光、日常事件组成情节,这种新小说不是以情节作为构成小说的中心,而是以人物为中心。这种内容上的变化,表现在结构形式上则是完全打破了以前长篇小说那种程式化布局的束缚,而是朝着自由、灵活、多样、开阔、复杂的结构形态的方向发展。《一叶》的结构形式虽然在布局上并不十分"匀配"或"调和"(如倒叙部分冗长),情节的组织也不够十分严密,但是从总体来看它却是一个新的结构形态,在很多方面体现出作者勇于探索、敢于创新的艺术匠心。

从表现复杂的生活内容和作者对人生的哲理思考的需要出发,《一叶》采取了双线结构形式。从外部形态看,它是以李天根的不平凡的生活经历为线索,

---

① 王剑三:《文学观念进化及文学创作要点》,《晨报》附刊《文学旬刊》1923年9月11日。

把一系列的具有相对独立性的带有悲剧色彩的人生片断相互交错地连缀在一起，构成一个复杂的苦难的人生画面。在总体布局上，它没有一个“开端、发展、高潮、结局”这样的单一的完整情节；它好像是一个若干“人生零碎”的有机结合体，其中有天根的家庭悲剧、慧姐的婚姻悲剧、张柏如的不幸遭遇、芸涵的悲惨历史、海边老渔民的凄凉家世、姨表弟的恋爱悲剧以及资产阶级领导的辛亥革命和“二次革命”的惨败镜头等。尽管这些人生片断或社会生活镜头组合在一起不能形成一个完整的情节，总体上缺乏高潮，似乎显得平淡无奇，松散不严密；但是仔细考察一下，也可以感到内中有些悲剧故事也有自身的高潮，它们形成了小说的波澜；乍看起来似乎每个人生片断之间缺乏必然的联系，实际它们彼此是形散而“神”并不散，所谓这个“神”就是小说的内在的思想线索，也就是作者对于苦难的社会人生进行探索所作的哲理思考。这两条线相辅相成、交互为用，把若干人生片断结构成一个艺术整体。作者对人生的独特感受和识见，是通过天根这个形象体现出来的，即人生的痛苦与“爱”是并行的，而且如同树叶一样随四季的变化而循环无穷；这种循环论和定命论正是天根也是作者借助于若干个人生的不幸命运所做出的主观推测，然后又到唯心主义哲学著作里去找理论根据。这样，小说中所描写的一个个不幸的悲剧就不是各自独立，互不相干的，而是被作者的“哲学思想”所统摄所烛照，成了作者“人生观”的外化的形象“表现”。[1] 这既是作者的独特构思，又是他追求的美、善、知统一体的美学理想的具体体现。这种双线结构形式运用得好，有助于小说表现复杂社会人生内容及作者对人生的深刻感受和认识，以增强作品反映生活的深度和广度。《一叶》所运用的双线结构虽然取得了一定的成效，但由于作者所表现的“人生观”含有消极因素，这在一定程度上削弱了艺术形式的美。

为了避免平铺直叙，《一叶》在布局安排上采取了倒叙的写法，并且在全书穿插了天根的日记片断。对于这种写法早在小说发表时成仿吾写的《〈一叶〉的评论》中做了比较详细的分析。文章中虽然指出了这种倒叙写法在《一叶》中运用得不理想，但是尚未全面考察这种写法在艺术上的得失，而是以偏概全，否定得多肯定得少。假若小说不是采取这种倒叙的写法，而是从天根生下来一直到上大学这样按着历史发展时序一笔笔地写，这不仅使小说布局更加冗长、拖沓、漫散，浪费了很多不必要的笔墨，而且背离了作者的独特构思，不可能更有

① 王剑三：《文学观念进化及文学创作要点》。

效地更突出地表现作者对人生的看法；运用倒叙的写法，尽管小说中有些地方衔接不紧密，有些情节剪裁或安排不精当，显得倒叙部分过长，但总的看来是取得了较好的艺术效果。作品开头即写天根在北京上大学患了苦闷忧郁症，并受到定命论和悲观主义影响。当读者看了天根如此苦思抑郁的形象时，情不自禁地要想：这样一个受过高等教育的青年处于大动荡的五四时代，为什么心境如此忧郁，为什么对唯心主义哲学发生了兴趣？这就是倒叙写法所起到的引人入胜的作用。然后小说按照天根从小学到中学直至大学所走过的道路，广泛地联系家庭的社会的人生悲剧，揭示了他的痛苦忧郁症的由来，并从而说明要治好天根的精神忧郁必须同疗救那病态的人生社会结合起来。特别在整个结构中所穿插的天根的日记片断，不仅减少了对一些情节的铺叙，节省了笔墨，而且有利于展示人物内心世界的奥秘，也能增强作品的波澜和抒情色彩；至于慧姐、芸涵、柏如及老渔民各自苦难史的插话，更增加了小说的美感力量。像这些艺术匠心，有助于强化小说的形式美。

三

《一叶》很注重自然景色的描写，它不是客观地描写风光景色，为写景而写景，而是为着烘托人物的情绪、映衬人物的心境，带着强烈的主观色彩去写景，使人物的思绪情感与客观景物交融为一体，创造出一幅幅情中有景、景中有情的富有诗情画意的艺术境界。上篇第二部分描写天根晚上“想起定命论三个字的感触与悲切”的心情，就以窗外花叶上的滴答滴答的夜雨声加以烘托：“细淅的雨声，似乎缓弛地奏着悲剧的音乐，一声声正着在他的心弦上”，这是以景托情，以情融景，愈加表现出天根“孤单与忧切”的情绪；为了突现天根少年时代的对人生的美好憧憬，又是另一番色调鲜明的景色描写：“春日的斜阳之夕”，“映着黄金色的返光，射在雨后的树叶上，放出鲜润的柔光来”，这种迷人的明丽的景色正诱发出少年时代天根对“美丽的青春”、“灿烂的前途”以及如花似玉般的美妙人生的追求和畅想。这是多么富有诗意美的境界。第十四部分为了烘托天根对慧姐的悲悼思念之情，极力渲染慧姐坟墓周围的凄凉气氛：枯树的枝条在积阴的天气中抖动，乱坟拳头般排列着埋在雪的山坡下，日光似蒙了灰色的面幕，北风吹得耳尖都发冷，天根立在慧姐的坟墓上也不知是哭是笑，只觉得腮颊上即时如冰住的一样难过。这段情景相生的描写，不仅表现出慧姐死后的悲凉,加浓了她的悲剧感染力,而且含而不露地衬托出天根对慧姐的思念之深、哀悼之切。下篇第八部分对青岛海光水色的描写,同天根、柏如、绿存三人的真挚友情交织在一起,使人读了感到山美、海美,不如人情美,这既是一幅美丽的风景画又是一幅动人的人情画;就是以这幅景情交融的海岛图为背景,作者又巧妙地插叙了老渔民的悲剧故事。它深刻地揭示了大海不仅能给人们带来美感享受,而且也能给人带来莫大的灾难,大海如苦难的人世间一样,变化无常,浪涛翻滚,不时地为贫苦的渔民制造悲剧。这就进一步强化了这幅富有诗意的海岛图的悲剧力量。此外,《一叶》还通过梦境和幻觉的描写,来开掘人物灵魂深处的潜在意识。这种手法的采用有助于剖析天根、柏如对人生问题的思考和思想矛盾中的深微变化。特别天根是个性格深沉敏于思索而又陷于迷惘的深渊不能自拔的人,作者不少章节里以梦境和幻觉的描写,来展示他思想中的深刻矛盾。这种梦幻的穿插描写紧紧同直面惨淡人生现实的写实主义刻画有机地结合在一起,不仅使写实主义糅进了浪漫主义情愫,而且给小说的艺术画面染上一层扑朔迷离的诗意美。

四

统观《一叶》,可以初步察觉到王统照在艺术上主要的是追求一种朴素美。所谓朴素美,是寓华于朴、平中有奇、返璞归真的一种美学境界;而他要在作品中表现的“善”和“知”,都应该不露痕迹地融化于这种朴素的艺术境界之中。虽然《一叶》离这种朴素美的艺术境界尚有一定的差距,但它却是朝着这个方向做了些有益的探索,主要表现在:其一,取材朴素,很少奇险惊心的事件和大波大澜的斗争,而是开掘普通平凡的生活题材,除了作者熟悉的家庭、学校生活,就是所见所闻的能引起自己共鸣的日常的人和事,基本上能从自己感受最深的生活出发遵循生活的逻辑去构思作品,寓“自己的哲学思想”于朴实无华的题材之中。其二,情感的真实与笃诚,不论是写人状物或者是写景抒情,所表现出的喜怒哀乐之情感,都是真实的,既没有忸怩作态的故作多情,又没有大喊大叫的空泛之情,也没有那种违心的虚情,这种朴素的感情是从作者心灵中自然流露出来的。正如作者在《诗序》中说到的:“我真诚地要诅咒人间!我愿凭其热如火的月光,来洗涤互相欺侮的罪恶!我助着秋夜之雨哭呢!我随着悲咽之琴鸣呢!且是,我每每地向我的笔尖祈祷!”充分表明作者是以“白白袒露的真诚”进行创作，这必然给作品带来真实朴素的美。其三，语言朴素清新，没有华丽词藻的堆砌，也没有那些过分夸张的空话浮语，更没有陈词滥调的充塞，作者把语言的锤炼功夫用在形象描写的逼真上和情思表达的准确上，即使那些描绘自然景色的语言也是用得相当贴切的。虽然有些句法带有欧化倾向，但并不损害整个小说语言的朴素美。作者当时对于艺术朴素美的追求，具有革新的意义，因为彼时充斥文坛的现代旧派小说存在着一种专事藻饰、感情虚假、追奇逐异的倾向，王统照的《一叶》以朴素的美问世，这本身就是对旧文学的一种示威，并从美学风格上同旧派小说划清了界限。

总之，王统照为了表现“活 的 人 生，真 的 人 生”①，努 力 创 造“美、善、知”统一体的艺术境界，尽管《一叶》在“原质”美和形式美的追求上都存在一定的缺欠，但从总体上看它基本显示出一个美善知结为一体的艺术面貌：既蕴含着各种悲剧人生的美，又深藏着自然风物的美，也流贯着人的思想情感美，而这些美质都体现着作者对真的人生、活的人生的独特感受和识见，即所谓“知”；根据这些原质美和“知”的表达需要，作者尽力择取与其相适应的艺术形式，不论是布局安排或是表现手法或是艺术风格，都显示出不同程度的“美”，与小说的原质美和作者的“智慧”融为一体。正由于这样，所以作品可给人们以“伟大的道德与精神的启示”②，充分发挥了“善”的功利作用。

我们承认《一叶》在思想上和艺术上都存在一些明显的不足，特别是全篇小说缺乏一个栩栩如生的人物形象；但也必须肯定它是中国现代新小说史上最早的长篇小说之一，它虽不是成功之作，可也不是失败之作，而是大胆尝试的成果。对过去的或当时的旧小说来说无疑具有重大的革新意义，不论它的思想内容或艺术形式都表现出现代新小说的一些基本特征，特别在体式上冲破了章回长篇小说的程式化的格局，使长篇小说获得了解放和自由。如果说鲁迅在五四前后是短篇小说格式创新的巨匠，建立了不朽的功绩；那么王统照在长篇小说的体式的革新上也表现出独到的才能，做出了独特的贡献。沈雁冰当时在《自然主义与中国现代小说》的长文中，曾对现代旧派小说的章回体（这种体式也有可取之处）的流弊做了具体的深刻的揭露，指明章回体到了现代旧派小说家的手里已抹煞了这种体式的固有长处，而使它本身的局限性得到恶性发展，日趋程式化僵死化，不仅“束缚作者的自由发挥”，破坏了艺术形式美，而且把小说

① 成仿吾：《〈一叶〉的评论》，《使命》1927年创造社出版部版。

② 王统照：《何为文学的“创作者”？》，《晨报》附刊《文学旬刊》1923年12月11日。

艺术引进了死胡同。在这种情况下，王统照连续写了《一叶》和《黄昏》两部长篇新小说，突破了定型化的章回体的格式，创造了自由、灵活、多样的新的长篇小说体式，尽管它还不完美，但是它在中国新文学史上的开拓意义和奠基作用不是越发显得重要了吗!?

（草于 1983.5）

第十四章　左翼经典:《上海屋檐下》的人物塑造

“抗战对我们的剧运开创了一个新的时代”①,涌现出一批优秀的文学剧本。其中夏衍写于抗战前夕的《上海屋檐下》(以下简称《上》剧)是代表作之一,取得了较高的革命现实主义成就,为中国话剧创作提供了新鲜经验。本文拟就情节结构及人物塑造,探讨一下此剧所显示出的现实主义特色。

一

没有冲突便没有戏,然而构成戏剧冲突的矛盾并不是作者凭空想象的,它是客观现实生活的矛盾经过剧作家的形象思维而精心结构的。夏衍从来就反对那种不问生活真实只求情节离奇的“情节戏”,他认为应该严格遵循现实主义创作原则,老老实实地从生活出发,按照生活本身的规律,组织戏剧情节,揭示矛盾冲突。《上》剧的戏剧情节,乍看起来,缺乏曹禺《雷雨》那种波澜起伏、错综纠葛的矛盾冲突和汹涌磅礴的气势;但认真探究起来,不难发现《上》剧的情节组织有独到之处:它不追求那种“太像戏”的矛盾冲突,而是遵照生活的本来面目安排戏剧情节,使那种貌似平平实实的情节里蕴藏着震撼灵魂的冲突,显得深沉幽远,闪烁曲折,这也许是《上》剧情节布局的特色。

《上》剧的结构形态,不同于《雷雨》把错综复杂的矛盾集中于周朴园这个封建买办大家庭的舞台上,也有别于《日出》以“损不足以奉有余”这个“基本观念”把“多少人生的零碎”(《日出·跋》)结构起来;它是将五个家庭的生活命运史放置在一层楼的上上下下,差不多几种矛盾同时展开,齐头并进,而每家的矛盾又似乎各自为政,不少矛盾的表现形式不一,而且解决矛盾的方式也各异,

---

①　夏衍:《戏剧运动的今日与明天》,《边鼓集》,美学出版社1944年版。

仿佛一个大舞台同时演出五台小戏。这是一种大胆的尝试,如果安排失当,就会出现杂乱无绪、喧宾夺主、各自争戏、转移观念视线的后果,但《上》剧的尝试比较成功,收到了出奇制胜的戏剧效果。

在这五家的悲苦命运所构成的戏剧情节中,林家的矛盾冲突始终贯穿全剧,而由林志成、匡复、杨彩玉三者之间所形成的林家的矛盾冲突又是异常的复杂隐微,深蕴着难言的苦衷。原本林、匡之间是友情很深的老同学,现在林却于匡被捕中与其妻同居,实际上成了"情敌",如果林根本不念过去同匡的深情厚谊,如果匡根本没有托妻于林来照管,那么他们之间的矛盾就比较容易解决,然而事实却恰恰相反;匡与杨之间,原本是情投意合的爱人关系,可现在杨因匡被捕无音信却与林同居,成了林的实际上的妻子,如果此时匡已淡薄了杨,或杨已负了心,那么矛盾也易于解决,然而事实又偏偏不是这样。林与杨之间原本没有很深的关系,只因匡被捕林从道义和友情上挑起了照顾杨氏母女的生活重担,后在特殊情况下二人又同居,现在因匡突然闯进他们的生活激起新的矛盾,从感情上杨依然深爱匡,而对林又依依不舍,林认为从道义和友情上杨应归于匡,而在感情上又情意绵绵。他们之间三角关系的焦点集中在杨身上,即她究竟应该归谁,表面看问题不难解决,实际上这些矛盾同他们灵魂里最隐秘的东西交织在一起,显得异常的深微复杂,富有扣人心弦的戏剧性。对于他们之间的矛盾冲突,作者并没有故意地夸张和渲染,而是遵照生活本身的逻辑,合情合理地安排在三幕戏里,寓真实于平凡之中,寓新奇于朴实之中,寓波澜于静谧之中。

《上》剧的现实主义深刻性,不单是通过匡、林、杨的爱情纠葛,揭示了他们之间的隐秘深微的矛盾,展示了他们各自性格的人情美,更重要的是透过他们爱情上的悲欢离合,触及重大的社会矛盾,这正是《上》剧在情节布局上的高明之处。他们之间三角关系的矛盾冲突的形成,有着深刻的社会背景,无不同国民党的黑暗统治交织在一起。是蒋介石发动的反革命政变,逮捕了匡复,破坏了他们的幸福家庭,拆散了他们志同道合的夫妻关系;是国民党的白色统治,造成了社会贫困化,逼得彩玉母女挣扎在死亡线上,形成她与林同居的特殊条件;是国民党的血腥镇压,严重摧残了革命者匡复的身心健康,使他失去生活的勇气和条件;是国民党政权的猖獗,造成社会的极端黑暗、落后,迫使很多青年走投无路,或被解雇失业,或被逼上绝路。作者精心安排的匡、林、杨之间的矛盾冲突,无不源于30年代国统区的黑暗社会现实,实际上是建立在人民群众同国民党尖锐对立的矛盾基础之上。质言之,国民党的残酷统治是他们爱情冲突的总根子。作者巧妙的艺术匠心在于:为揭露国民党的反对统治,不露痕迹地组织了匡、林、杨之间的矛盾冲突,一字不提"国民党反动派",但处处却在揭露它,诅咒它。这便使平凡的爱情冲突富有深刻的现实战斗意义和含蓄的政治色彩,使生活的真实性和政治倾向性完美地结合在一起。

与此同时,作者独具心裁地组织了其他四家的矛盾冲突,使他们各自的苦难史通过艺术经营化为戏剧情节,是构成《上》剧艺术整体的有机组成部分。各家的戏剧冲突,都有自己发展的轨迹,形成各具特色的戏剧高潮。施小宝被流氓"小天津"逼着去卖淫,但她远航在外的丈夫又快回来,她心急如火,又无力反抗流氓的威胁,这是她悲剧命运的高潮;黄家楣夫妇送走父亲后,从孩子的身上发现父亲留下的血汗钱,表明父亲对儿子失去了希望又把这种渺茫的希望寄托在下一代身上,这是黄家悲苦命运的高潮;李陵碑一生命运的高潮似乎已经过去,剧本所展现的是高潮尾声的延长,他是一个绝望的化身,是死亡的等待;赵家夫妇带着讽刺喜剧的色彩活跃在舞台上,他们家的矛盾冲突虽然缺乏明显的高潮,但也是波澜起伏地向前推进,特别赵家住在灶坡间,构成五家的自然中心。这样他们夫妇的矛盾纠葛,既在一定程度上对其他四家冲突的展现起着推波助澜的作用,又间或对各家的矛盾起着穿针引线的作用。作者将五家安排在同一的政治环境和自然气氛里,展开他们各自的性格冲突,描写他们各有特征又相互联系的一天生活,并非故意制造戏剧性的情节,而是严格地从现实生活出发,摄取平凡而富有特征性的生活细节,来表明共同的思想主题和各有性格的人物。林、赵、施、李、黄这五家虽然表面上各自为政,互不干涉,但是由于作者善于将不同的人和事交织穿插起来,构成有形或无形的联系,因而他们还是结构成一个完整的艺术整体。不仅他们五家有着或明或暗的来往联系,而且共同的人生悲苦命运把他们联系在一起,推翻这个不合理的社会制度以拯救受苦受难人的根本利益把他们联系在一起。从这一意义上看,他们每家的矛盾冲突都是社会主要矛盾的折光反映,人们的不幸命运都是对罪恶社会的控诉和抨击。

作者坚持现实主义原则布局戏剧情节,不仅注重从悲苦的人生中选取富有典型意义的人和事,同时也重视对含有理想色彩的人和事的提炼。《上》剧在由五家悲苦命运史所构成的戏剧冲突中,穿插了"小先生"葆珍等到社会上教识字教唱歌这一富有深刻象征意义的细节。它的时续时断的出现,既艺术地暗示出“不爽朗的太阳”随时可以冲破云团，驱除阴沉的“黄梅天”，光照大地；又清楚地说明了孩子们的歌声能够唤醒成年人一时蒙尘的忧郁心境。不仅匡复抛开颓丧之感，甩掉私人的纠纷，重返革命道路，而且“上海屋檐下”的“小人物”竟然齐唱“大家联合起来救国家”。这虽然有点夸大了孩子们唱歌的作用，给人一种不够真实之理念感，但必须看到：这表现了作者对未来的热切希望，反映出“将要到来的时代的脚步声”，体现了夏衍对中国当年政治形势发展趋向的认识和先进的美学理想。作者曾说过：“葆珍、阿牛几个小孩子希望最大，他们历史负担少，包袱少，将希望寄托在他们身上。我们这辈人，有着历史包袱，下辈子的人会好起来，在最后的唱歌里面，我写到：不要怕，胆子越来越大。”①

《上》剧的戏剧情节，由于作者是在先进的世界观指导下严格遵循生活的本来面目来组织的，因之它的戏剧冲突呈现出朴实不失于生动，平凡不失于新奇，真实不失于理想的革命现实主义特色。

二

《上》剧除靠矛盾冲突的精心组织塑造人物外，还突出地运用了洗练的写实手法，通过勾画人物的动作、言语、表情和心理活动，来揭示人物的性格特征，生动地描绘出“上海屋檐下”一群“小人物”的栩栩如生的形象，尽管他们的典型化程度不尽完美，但放进中国现代文学史的人物画廊里，也是独具风采的。这些“小人物”的思想性格不是作者为了写戏按模式制作的，他们是从30年代上海的“悲惨世界”里提炼出来的洋溢着浓郁生活气息的活人。善良、忧郁、软弱是这些“小人物”（有的除外）的共同特征，但他们又各自有着不同的性格史和独特的个性。

匡复是《上》剧中以精练的写实手法塑造得比较有特色的人物。不能笼统地说匡复是个“悲观主义者”、“弱者”、“逃兵”等。尽管他曾一度表现出悲观和软弱，但从作品的描写实际出发，着眼于性格的总体，就不难看出他是一个在革命道路和生活道路上受过严重挫折的革命者的形象。“我们不能以今天的标准去要求过去”②，更不能以公式化、模式化、概念化的所谓“革命英雄形象”去衡量他。作者是依据30年代白区的特定历史背景，以写实和追述的手法，既不

① 夏衍：《谈〈上海屋檐下〉的创作》，《剧本》1957年4月号。

② 夏衍：《谈〈上海屋檐下〉的创作》。

回避、粉饰，又不渲染、夸张，实实在在地勾画匡复性格的演变历程。先以白描的笔触刻画匡的静态肖像：他是“一个须发蓬松的中年男子，穿着一套不称身的西装，肩上已经湿透了，他有一双善良而眼梢细长的眼睛，高耸的鼻子，但是态度可以看出他此刻正在一个饱经苦难而身心俱惫的状态之下，他就是彩玉的前夫，志成的好友，葆珍的父亲——匡复。”虽然从他的眼睛里透露出善良的心灵，但总的外貌却给人以身心遭受严重创伤的残兵败卒的印象。这并非他性格内容的全部，对于他过去的革命生涯和何以落到如此地步，是通过剧中人的真实的对话和追述加以描划的。这样的艺术处理，不仅节省了笔墨，避免呆滞的“平铺直叙”，而且增强了性格发展的戏剧性。从彩玉的追忆中，勾画出匡复八年前是一个生气勃勃的青年革命者，在国民党的白色恐怖下，他出生入死地为革命到处奔波，且以革命精神开导爱人同自己并肩战斗，既敢于为妻子女儿的“幸福生活”而奋斗，又勇于为拯救千百万大众的苦难而献身。就是这样一个勇敢、热情、爱憎分明的青年革命者落入敌人魔掌，投进国民党龙华监狱受了八年酷刑。这些洗练的追述，蕴含着丰富的潜台词，给观众留下回味的余地，可以想象匡复八年的监狱生活所受到的非人摧残。他虽然没有完全垮下去，但他一登场就表现出身心受到重创。从他迫不及待地寻找妻女的急切心情和慌乱的行动的描写上，既揭示出他对生活并没有完全丧失信心，热切希望以爱情来疗救心灵的伤痕，又表现出他对彩玉的爱情忠贞不渝。这表明他不只是饱经忧患的革命者，同时也是一个富有人情味的活人。正因他恋妻爱女心切，故一听到彩玉同志成同居，便顿时神经“混乱”，精神“颓然”，受伤的心灵又遭沉重打击。这种心理变化写得也是非常真实的，表明他是个有感情的人，不是个铁石心肠者。作者就是环绕着关系到个人切身利益的爱情矛盾如实地展开了匡复的性格冲突描写，再度让主人公经受灵魂的严峻考验。一个严肃的现实主义作家，敢于直面痛苦的人生，敢于实写人物心理的真实演变，敢于在人生的关口上展示人物的性格。

第一关考验：匡与林交锋。面对妻子已跟老同学同居多年的严酷现实，他终于咬牙忍受了内心痛苦，听完了林的诉说和忏悔，他没暴怒泄愤，也没马上离去，暗自忍饮人生的苦涩，似乎谅解了老同学。这种含蓄的描写，是符合匡的思想性格和他跟林的特殊关系的。试想，匡复毕竟是个革命者，具有一定的革命胸怀和革命觉悟，况且他和林是友情至深的老学友，杨和林的同居又是在一种极其特殊的情况下造成的，既不是妻的不贞，也不是友的不诚，而是为了生活下去，为了后代。鉴于这些主客观条件，匡复只能以如此的态度对待这个问题，反之是要破坏他的性格的，那样匡复也不是匡复了。这种真实的描写，不仅表现出他的只要“她们幸福”尚可忍受一切的诚挚善良的爱情观，而且也表现出他能体察老同学“犯罪”的特定环境和痛苦心情的宽宏胸怀。当然，这并非说他的心灵就安然无恙了，坦荡无忧了。这第一关的考验，显示出匡复的性格，既有作为一个丈夫和朋友的人情美，又有作为一个革命者的先进性。

第二关的考验:匡与妻交锋。这愈加深微复杂的矛盾必然激起匡复更加剧烈的性格冲突，使他的性格呈现出丰富的内容。匡复站在悲痛不已的妻子面前，如同从甜蜜的美梦中醒过来一样，彩玉已不是过去的彩玉了，铁一般的事实不敢承认也得承认，不敢相信也得相信。于是他冷静地做出了抉择，不能以自己“归心似箭”的感情对待，应该既不违背妻子的意愿，也不伤害老同学的友情。正基于这种想法，所以他急切地问彩玉“同居”的真实动机，如果真正的“为着生活”不是为了“感情”，那他可以心安理得地同彩玉重新团聚，开始新的生活。这样对彩玉和志成的感情都没有多大损伤，否则就要从感情上破坏他们同居的幸福，使他俩陷入更痛苦的深渊，这种道义上的责任感给自己所造成的内心痛苦比寻妻而不得的爱情痛苦会更大些。他这些深沉的思索，蕴藏在简练的对话背后，尽管委屈了自己的情爱，埋下了痛苦的种子，但他可以真正实现过去对妻子许下的诺言:为了“她们生活得幸福”他可以牺牲一切。然而当他从彩玉的泣诉中得知“同居”是为了“生活”后，他的思想又有深微的斗争，由带些微的讥讽口吻立即变为亲切的安慰。虽然感情接近一步，但他却不敢大胆地接受彩玉的爱情，顾虑重重，担心自己的身心条件不会给彩玉母女带来什么“幸福”，反而不如他们同志成生活在一起更好些，因此他又提出“生活幸福”与否的问题进一步询问彩玉。当了解到她们生活得并不幸福时，他痛悔交集，痛的是爱妻和女儿因为自己含辛忍辱地苦熬了八年，悔的是自己没担负起“丈夫”和“爸爸”的责任，反倒见面后生硬质问。越是这样真实地刻画他内心微妙的思想感情活动，越能激起人们思考造成他们恩爱夫妻痛苦的根源是什么，很自然地就迁怒于国民党反动派身上。国民党对革命者施行的法西斯手段极其残忍，给匡复的重创太深了，所以当彩玉真正提出要和他重新生活时，他愈加焦躁苦痛，不知所措，流露出“一个人生战场的残兵败卒”的软弱而颓丧的情绪。作者在剧本里毫不掩饰地鞭挞这个革命者思想灵魂里的“鬼气”，并或明或暗地揭示出他何以革命意志衰颓、失去生活勇气的深刻原因，旨在疗救他，使其重返人生战场，表现出一个革命现实主义作家的社会责任感。匡复之所以变得这样软弱，既有他思想性格的基因，又有不可抗拒的外在条件，作者做了含蓄而洗练的描写。从主观来说，他带着一定的浪漫主义幻想，拖着一条小资产阶级尾巴投入革命洪流，当革命顺利进展时，他不愧为革命的勇士；但在革命形势发生逆转，特别被捕入狱，受到酷刑折磨后，由于对革命前景认识不清，缺乏艰苦的长期的革命思想准备，于是革命意志由坚强变得软弱，革命情绪由高昂变得颓丧，这正是出身小资产阶级革命者的摇摆性的必然反映（对此描写虽不明确，但从丰富的潜台词里可以推想出来）。从客观来说，一是国民党反动派的惨无人道的迫害，使他这样的革命者难以承受，严重地损伤了身心健康；二是黑暗腐败的半封建半殖民地社会，到处是“卑鄙，奸诈，损人利己，像伤了的野兽一样的无目的伤害人”，这种罪恶现象击碎了他的“世上的事件件看得简单”的梦幻，必然使他陷于空虚、苦闷、彷徨的境地；三是自己的爱人在一种特殊情况下与老同学“同居”的严酷事实，不能不宣告他出狱后唯一可以得以安慰的“希望”也在很大程度上破灭了。正是这诸种主客观原因，造成他对生活“失掉了信心”的软弱情绪。这是一个小资产阶级革命者的政治理想和生活理想在现实面前遭到严重挫折后的真实反映。对于匡复这样一个暂时丧失生活和斗争勇气的革命者，光讲一番革命大道理是治不好他心灵的创伤的，剧作是用彩玉温柔的爱情来点燃他将熄灭的爱火，以葆珍聪慧的天性来温暖他那颗将要枯竭的慈父心。这种人情感化作用在特定的环境里比空洞的说教大得多。果然发生了一定效用，使匡复的革命青春得以焕发，重新生活的勇气得以振作，这便为他在关键时刻所采取的果断行动做了思想准备。

第三关的考验：彩玉究竟是爱谁。这是触及匡复思想灵魂最痛苦的问题，也是揭示他性格最强烈的冲突。志成决然离去，彩玉依依不舍，面对这样一个严肃的生活课题，这时“匡复茫然地站着”，耳边又听到“联合起来，保国家”的歌声，他思想斗争极其激烈，眼前的切身利益与国家、民族和人民大众利益发生尖锐矛盾，终于后者战胜了前者，最后他毅然决然地为了“您们的结合”和“受难的人”而勇敢地重返革命征途。作者这样描写，虽然有点生硬，但基本上并不违背匡复的性格发展逻辑，而早已从多方面暗示出他这样做的思想基础：其一，匡复得知彩玉和志成“同居”后，最关心的是他们为了“生活”还是为了“感情”，如果是后者，那他已做了牺牲自己爱情的思想准备，如今真相大白，他必然要忍受私人感情上的暂时痛苦，来成全他们的幸福；其二，匡复深感志成对彩玉母女照顾之恩,又晓知志成已被工厂辞退,一旦离家前途茫然,凶多吉少,故不忍心为了自己的"重逢"而让他遭到不幸,况且自己早意识到凭自身的条件不一定比志成能使彩玉母女更幸福些;其三,匡复终究受过革命的洗礼,尽管思想一度消沉,但胸中早已埋下再燃的火种,所以他听到葆珍的歌声一下子便发生了共鸣,似乎歌声传出的就是他的心声,表现出"跌倒了我会自个儿爬"、重返前线打"强盗"保国家的决心。正是基于这种认识,他才果决地"打定了主意",奋起出走。这里我们可以联想起裴多菲的"生命诚可贵,爱情价更高,若为自由故,二者皆可抛"的名诗,尽管匡复的思想境界不一定达到这样的高度,但他在关键时刻的举动却表现出一个革命者的义勇和胸怀。

剧作就是以这种洗练的写实手法,从现实生活出发,真实地塑造了匡复这个革命和生活道路上受过严重挫折但终于踏上新征途的革命者的形象。有的评论者说,"作者过分强调这种感伤主义,就不能更充分地突出匡复这个革命者的正面形象"。[①] 我觉得这是脱离作品实际和人物性格发展必然的苛求,不能硬要作者按照某种模式和评论者的主观想象来刻画人物。诚然,剧作描写了匡复的感伤消极情绪,但并未"强调",而是如实地写,更没有达到"感伤主义"的程度。因为他并没有为狱中受折磨和爱情上受挫折而悲观失望到一蹶不振的地步,他终究重新鼓起了生活和革命的勇气,尽管他不是个坚定的革命者,却也不是个感伤主义者。作者是以严谨的现实主义态度,遵循人物性格的发展逻辑,真实地刻画了匡复的形象,也是现实生活中的活人,不是某一阶级概念的图解。夏衍曾说过:"有人说,为什么匡复的感情这样阴暗?我说,他是一个出身小资产阶级的知识分子,在狱中受了折磨,刚出狱,又碰上这么一件事,他不可能一点不彷徨,不痛苦。……可不可以写得更硬朗些?我想,可以在另一个剧本中。我不想再勉强已经形成了的人物。演员可以在第三幕演得开朗些,但也只能按着原来的人物作一定的发展,大动是不可能了。我有这么一个经验,就是:最初是作者写角色,后来,当角色的性格形成之后,他就逼着作者按照他的性格去发展了,要勉强是很难的,勉强了就不真实,我认为不论是社会主义现实主义或者批判的现实主义,这一点是一样的。你们看过《家》,觉慧会出走,觉新是不会出走的;觉新走了,就不是觉新了。"[②]

---

① 陈瘦竹:《左联时期夏衍的剧作》,《左联时期无产阶级革命文学》,江苏文艺出版社 1960 年版。

② 夏衍:《谈〈上海屋檐下〉创作》。

三

女主角杨彩玉的形象刻画得栩栩如生，具有一定的人性深度。从她身上仿佛可以看到鲁迅《伤逝》中子君的面影，但她比子君的形象有了新的发展。我不完全同意说她是“生活的奴隶”(唐弢:《廿年旧梦话“重逢”》)。她固然有软弱的一面，但这并不是她性格的基本内容。作者以严峻的写实态度，既热情地针砭了她性格的弱点，又竭力开掘她性格中闪光的东西。她心中充满了“最痛苦的矛盾”，即“她和匡是志同道合的患难夫妻，和林的关系是在特殊的情况下‘陷入’的”①。她是一个曾同情和支持革命、“为着恋爱而抛弃了家庭”的少女，后来在特殊情况下怀着痛苦抑郁的心情做了林的家庭主妇，现在又在感情上挣扎于前夫和后夫之间的复杂女性。

幕启首先映入观众眼帘的杨彩玉是个面带“阴影”、忧心忡忡的家庭妇女形象，表明她的家庭生活并不美满，内心并不平静。孩子不喊志成“爸爸”、别人的嘲弄、赵妻的闲话以及志成“板着面孔”等，如同利箭一样刺激着她那颗善良脆弱而又刚强的受伤的心，这不能不引起她对前夫的深切怀念。然而前夫何在呢？对她来说只能是更加悲怆的绝望，使其陷入更深的苦闷中；而这种隐秘的痛苦之情又不能对后夫和孩子流露出来，只好埋在心底，这必然形成她的忧郁、沉默的性格。彩玉过去并非这样，为什么如今落到这步田地？作者不是直接诉诸观众，而是在剧中人的简明对话中，以追述的方式予以揭示的。从第二场的匡、杨对嘴中，人们了解到彩玉过去并非是抑郁寡欢的人，原来她有过美好的生活理想和为革命勇进的精神。为了争取爱情自由和个性解放，选择一个志同道合的爱人，她敢于冲破封建伦理的束缚，毅然抛弃养育自己的富裕家庭，“为着恋爱而不怕危险地嫁了”一个“穷光蛋”，表现出一种大胆的反封建精神。从这一点来看，倒有些与《伤逝》中的子君相似；但她同匡复结婚后，与子君的生活态度和命运道路是大不相同的。彩玉结婚虽然“不曾过过一日平安的生活，贫穷，逃避，隔绝了一切朋友和亲戚”，但是她为了爱人的革命理想，“为着大多数人的将来”，她“只是忍耐，忍耐”，同甘苦共患难，表现了坚毅的精神。尽管她不是一个实际上的革命者，可她的行动已说明她是革命事业的同情者和支持

① 夏衍:《谈〈上海屋檐下〉创作》。

者。匡复被捕入狱,是她生活道路的重大转折,不仅给她的精神带来难以承受的打击,同时给她们母女的生活带来极大的威胁。在那白色恐怖异常嚣张的国统区,作为革命者的妻女随时都有生命的危险,哪里有她们的活路呢?然而彩玉并没有走向堕落,也没有走上绝路,她牢记自己是革命者"匡复的妻子,我得独个儿活下去,我打定了主意,找职业"。既表现出她对匡的爱情坚贞不渝,又在一定程度上反映出她对匡从事的革命事业抱有希望,这也许就是鼓舞她坚强活下去的思想动力。但是残酷的现实不容许她这种女人的求生愿望得到实现:一是因为"葆珍缠在身边",她"什么门路都走遍,什么方法都想尽",没有"肯花钱用一个带小孩子的女人";二是由于匡复被捕,一切亲朋好友深恐受到牵连,"谁也找不到,即使找到了,尽管嘴里不说,态度上一看就知道",这是多么冷酷的世态;三是生活在如此黑暗世界上的女人,"冷笑,轻视,排挤,轻薄,用一切的方法逼着,逼着你嫁人!逼着你乖乖的做一个家庭里的主妇!"这是对国民党反动派黑暗统治的血泪控诉,同时也揭示出她再嫁的深刻社会根源。读者不难想象出,当时摆在她面前的只有四条路:或堕入下流社会靠着卖肉体为生,或撇下孩子寻短见而死,或流落街头冻饿而死,或找个有正义感有同情心的人结合。为了孩子,为了生活,也为了等待,她选择了后者,表现出她在极端恶化的情形下所持的积极生活态度。我们不应以封建的贞操观来责备她,应以革命人道主义来正确评价她。这绝不是她对前夫的负心另寻新欢,正是前夫的爱情及其从事的正义事业激励她在如此特殊的条件下忍辱含悲地活下去。即使她和志成同居,生活也并非幸福,终日背着忧郁的精神压力度日,只把对生活的一线希望寄托在葆珍身上。

由于她是在这样的条件和心境下,跟志成同居,所以当匡复突然闯进她的生活的时候,她便更热切地期待着同匡复"从新"生活,"幸福"地在一起。这不单表现她敢于承担责任的坦荡胸怀,也表现出她对匡复的深挚爱情和从新过幸福生活的勇气。相比之下,匡复显得犹豫被动,彩玉却表现出进攻的姿态。"爱情"焕发了她当年的青春义勇,"重逢"扫除了她心灵上的阴云。于是,对她匡复丧失生活自信力的软弱病,采取了刚柔兼施的态度:一方面从理智上来激发他的生活勇气,希望他实现恋爱时的誓言,做勇敢的"格普莱",毫不迟疑地接受"黛莎"的爱情,为此她以"太自私"、"太残酷"、"嫉妒"这样带刺激性的字眼,来敲击他发木的灵魂,表现出她的恨铁不成钢的热切心肠;另一方面她用爱情的烈火去温暖他的心,以葆珍的可亲可爱来诱发他的父爱。在这种情况下,就是你心冷如冰也会被溶化的。

作者的现实主义笔触是冷峻严肃的，它既真实地写出了彩玉对匡复的一如既往的爱恋之情，表现出她刚强、勇敢、炽烈，温柔，多情的性格；又揭示出她思想深处的隐微矛盾，即当听到志成一旦要离开的时候，她情不自禁地“惶急”和“啜泣”，流露出难舍难分的离别之情。剧作如此描写，充分体现了彩玉性格的真实性和复杂性。人的性格、感情都是在具体的客观环境中形成的。假如作者不这样写，而让她冷酷地挤走志成，或冷淡不睬他，或采取忘恩负义的粗暴行动，那就真正歪曲和破坏了她的性格。只要设身处地想一想，作者这样写是颇费斟酌的，并且也注意了分寸。从道义上讲，志成对她们母女是救命恩人，为了她们生活下去，忍受老板欺辱，用血汗钱养活她们八年之久；从感情上讲，她同志成相依为命同居多年，即使一开始是“为了生活”，那在以后漫长的生活道路上，不会不产生一定的感情；从理智上讲，她深知志成缺乏生活经验和斗争勇气，盲目出走定然是凶多吉少。正是基于这种复杂的心情，在关键时刻她为志成出走担忧、惶急、啜泣……这不能不说是十分自然而真实的。但这并不意味她爱林甚于爱匡，倒是恰恰相反，当彩玉得到匡复离去的消息时，她不仅表现出“半狂乱状态”，而且“大声地恸哭起来”，这清楚地表明她对匡爱得更深。最后她所得到的是恩人加情人，失去的是真正的爱人，这不能不给她造成终身遗恨。虽然彩玉“憬然地听着她们的歌，抬起头来”，可是她难以真正鼓起生活的勇气，疗治她心灵上的创伤，因为时代、人物性格的局限，现实主义作家只能让她的女主人公暂时痛苦地生活在矛盾的漩涡之中。这是一个富有人情美的可爱而又可怜的刚柔兼备的女性。

四

在他们的三角关系中，处于重要地位的林志成，也是一个塑造得比较感人的艺术形象。他富有同情心，正义感，对工厂老板的剥削敢怒不敢抗，只在背后发泄不平之气，是一个表现了一定软弱性的小职员。作者刻画他的性格特征，不但是将他置于三角关系中，也放在他同工厂老板的关系中。前者揭示了他对爱情、友谊以及革命的态度，后者展示了他对压迫者的态度。

林志成“在工厂不结人缘，受人欺负，被人当作开玩笑的对象”，“他的后辈一个个地做了他的上司”，他“整天地担忧着饭碗会被打破”。这表现出他为人正直老实，有点骨气，不会巴结奉承，因而也得不到上司的青睐和提拔，郁郁不得志，随时都有被解雇的危险。可见，他是一个被奴役被损害的小资产阶级知识分子。虽然不敢正面同工厂老板和顶头上司进行斗争，但他对厂方为赚钱任意加班加点，把工人当牛马一样驱使的剥削手段极为不满，对顶头上司任意训斥污辱“职员”极为愤慨，他坚决拒绝参与迫害工人的活动；有时向彩玉发泄不平之气，有时对赵振宇发牢骚和揭露中国的“男盗女娼”的社会黑暗，有时还发出“有朝一日我有了势力，我一定要把那些……”的喊叫；他急切地想摆脱“上面的将你看成一条牛，下面的将你看作一条狗”的“工厂管理”人的地位。这不仅写出了他对中国旧社会和工厂剥削的极度不满，同时也刻画出他热爱自由、主持正义、不愿跟压迫者同流合污、试图反抗的良好品格。

志成在工厂里忍气吞声地工作八年，为了彩玉母女的生活，他看够了“厂务主任的脸色”，胆战心惊地保住“饭碗”。这表明他对工人没做过伤天害理的事情，也表现出他对匡复一家的一片赤诚。在匡被捕的白色恐怖下，他没辜负老同学的重托，担负起照顾妻少的义务，其他至亲好友远远躲避，唯有他敢冒风险，这是他对友情的忠诚也是对革命同情的表现。也许有人要问：既然他对老同学忠诚，为什么竟和他妻子“同居”呢？其实这不能责备志成，更不能把道义的责任完全推到他身上，作品的深刻之处就在于它能将重大的政治主题蕴含在温情脉脉、错综复杂的爱情纠葛中。只要我们从剧本的描写实际出发，认真探究一下，就会看到志成同彩玉的结合，主要是国民党反动派的法西斯统治造成的。匡复被捕押在龙华三年音信不通，同案者死的死变的变；而匡复家里的一切被国民党抢劫一空，彩玉和葆珍“潦倒在一家阁楼上”，无人问饥问寒，就在这危险之时志成救出他们。假如没有国民党反动派的血腥镇压，哪能造成他们“同居”的客观条件呢？从主观上看，志成确实不知道匡复还活着，在那种“宁肯错杀三千，不能放走一个”的白色恐怖日子里，“足足等了三年”谁还能想到他还活着？如果志成明知匡有很大可能还活着，那他同彩玉的结合是应负道义上的责任，但他们却在相反的情况下这样做了；特别他同彩玉同居，主要为了“使她们幸福”，为了保护葆珍，“使她能够念书，能够继续你（指匡复）的志向”，这种善良的动机是不可指责的。这里，我们不能以封建道德观来认识这个问题，应该用革命的人道主义从特定的历史条件出发进行实事求是的分析。作者这样描写，是真实的，合情合理的，说明现实主义创作是不能凭主观愿望来改变的，只能从生活的真实出发来描写戏中人，不能从戏出发来写生活中的人。

尽管志成同彩玉的结合,他不应该负道义上的责任,但是他却严于解剖自己,并未过多地强调客观原因而推卸自己的责任,反而勇敢地承担了道义上的责任,不仅沉痛地向老同学忏悔,而且情愿接受老同学的"裁判"。特别当他得到匡复的谅解后,如释重负,说自己"真痛快,我从一方面受人欺负,一方面又得从欺负人的那种生活解放出来",并主动备酒同老同学痛饮。这固然是庆贺自身摆脱奴役生活的"解放",更重要的是庆贺老同学虎口逃生与亲人相会。当他真正见到彩玉和葆珍有了归宿后,他尽力克制自己的感情,决然要悄悄离去。但彩玉发现他要走,深情挽留时,他强压在心底的感情潮水突然爆发,情不自禁地"抱住"彩玉。这些描写都符合他思想性格发展的必然,表现了现实中活人的真正复杂性。诚然,从道义上他确实受到良心的责备,自悔跟彩玉同居犯下了罪;但从感情上他和彩玉经过八年的生活,的确依依相恋,一旦分离是承受不住的,这是人之常情,特别他的性格比较软弱,又没有明确的奋斗方向,究竟到哪里去,他是茫然无所措,这更增加了他难舍难分的感情。如果匡复不走,志成平静下来定会以理智战胜一时的感情冲动,成全匡复。匡走后,他虽然见到匡留下的字条得到一点安慰,但他那种内疚的情绪将长时间地缠绕他,折磨他。因为他毕竟不是一个革命者,小资产阶级的软弱性不会使他迅速地坚强起来,除非他立即投身抗战爱国运动的洪流中。

作者以洗练的写实手法,精心塑造了匡、杨、林三个具有相当人性深度的感人形象,如同生活本身一样的真实而又复杂。通过他们难以言喻的内心痛苦和难以医治的精神创伤,深刻地揭露了国民党反动派的罪恶及其对人民精神上的严重戕害;透过他们不同程度的阶级意识和民族意识的觉醒,从特定的角度暗示出受苦人的未来光明前程。

剧作还刻画了黄家三口、赵氏夫妇、施小宝、李陵碑等人的形象,虽然都表现出程度不同的性格弱点,但他们并没有丧失人情美。作者不仅热情地针砭了他们的劣根性,并且尽力开掘他们性格的真、善、美。其中赵振宇的性格刻画得尤为鲜明生动。他对现状不满,敢于指点时政,表现了他对国家大事的一定关切;但是他属于乐天派,有点玩世不恭。考究起来,他还没有失去赤子之心,对未来尚存一丝希望;他幽默风趣,能引起人们善意的笑声,他是"上海屋檐下"这个特定环境里最少忧郁情绪的人。

《上》剧刻画人物的不渲染不藻饰的洗练的写实手法,颇似契诃夫的人物刻画,常常能以一个动作或一句台词,写出整个人物内在的复杂心情和独特的性格来;也像中国传统画的白描,以淡墨勾出人物的思想灵魂,细致而不落痕迹,含蓄而不隐晦,深沉的感情蕴藏在人生图画的背后,虽然没有概念化的说教却富有强烈的政治色彩和动人的艺术感染力。这是《上》剧塑造人物表现出的鲜明的现实主义特色。

由《上》剧可以看出,夏衍当时的心灵是生活在现实生活的深处,从这个深处观察体验了所发生的一切,然后在先进美学观的烛照下,把一切本质的东西加以艺术概括,通过"上海屋檐下"这种特定环境里的人物与人物的日常平凡生活,写出那个时代生活的政治的、经济的、精神的及社会的面貌,并展示出时代发展的趋势,而这些剧中人物都和现实生活里的人们一样地生活着,他们依据自己的内心活动在思想,按照自己的独特性格在行动——真实坦率地谈自己的问题,赤裸裸地表现自己的愿望,不自觉地暴露自己的弱点,而这一切都或深或浅地打上了时代的阶级的烙印。这些都是30年代中期国统区大都市小市民的真实写照,从而显现出一定时代的生活真实。史坦尼斯拉夫斯基在《我们艺术生活》中曾这样评价契诃夫的剧本:"有些剧本,初一看,显不出它们的深度来。你读过以后会说:'好。'不过里面没有出乎平常的东西,没有怡心悦目的东西。一切恰如日常必然的样子";但奇怪的是你"多读一遍,你就多发现许多新的东西。你把戏中同一角色演到五百次以上,你会在每次表演中都发现一点新东西,好像戏里藏着一个深不可测的创造力的源泉一样,又像藏着精练的诗歌的一朵花一样,向四周放散着芬芳。"虽然《上》剧并未达到这么高的艺术造诣,但它在相当的程度上表现出契诃夫剧本的一些类似的特点,当然也有新的突破。

(草于1982.11)

第十五章　红色文本:《暴风骤雨》的创作特色

杰出的无产阶级作家周立波同志,在他一生的创作生涯中,时代的幸福感、民族的自豪感、攀登文学高峰的雄心壮志,总是激励他为无产阶级“创造历史上从来没有的光焰万丈的文学”的巨大力量的源泉。他曾深情地说:“我们有这样可敬的先辈(指古代的优秀文学家),又生活在伟大的毛泽东时代,我们的生活比历史上的任何作家的生活都要丰富,都要幸福。我们大家应有这个雄心和信心:创造无愧于我们祖先,无愧于我们时代的、表现我们时代英雄的社会主义现实主义的卓越的作品。”①

周立波正是继承并发扬了五四以来的新文学的现实主义战斗传统,《在延安文艺座谈会的讲话》的光辉照耀下,坚定不移地沿着革命现实主义道路前进。长篇小说《暴风骤雨》“在题材上和语言上,以及反映斗争和生活的深度和宽度上,都有新的飞跃和发展”,特别实现了“新文学描写了共产党员和劳动人民的崇高的品质”②的伟大使命,不愧为革命现实主义的卓越作品,不愧为毛泽东文艺思想雨露滋润下所结的硕果。试探一下《暴风骤雨》革命现实主义的创作经验,对于我们进一步发扬《讲话》的精神,繁荣新时期的社会主义文学创作,是大有裨益的。

一

我国革命现实主义的基本特点,要求文学工作者以人民的生活为文学创作的“矿藏”和“玉石”,在无产阶级宇宙观的照耀下,严格按照生活的本来面目来反映生活,不仅要写出生活外表的真实,而且要写出生活内在的真实和作者

① 周立波:《谈人物创造》,《文学浅论》,北京出版社1959年版。

② 周立波:《谈人物创造》,《文学浅论》,北京出版社1959年版。

思想情感的真实，以及生活发展的必然趋向，以达到反映上的高度真实。《暴风骤雨》给读者的突出印象是，洋溢着浓郁的生活气息和强烈的时代感，周立波笔下的东北地区的风物人情，自然景色，人物的举止言行，音容笑貌，经历教养，甚至深微的心理活动以及民族的阶级的地域的特性，都酷似生活本身一样的真切动人，仿佛觉得他不是在虚构故事和塑造人物，而是"在纸上描绘真人真事"，"把真人的风貌和他生活的环境，真事发生时的详情实况，具体、集中而又扼要地，用白描的手法反映出来"①，随着小说艺术画卷的舒展，如同身临其境地经历和体验了党在40年代所领导的一场急风暴雨式的土地革命的真实生活。

"判断一个作品是否是社会主义现实主义的，主要不在它所描写的内容是否是社会主义的现实生活，而是在于以社会主义的观点、立场来表现革命发展中的生活的真实。"②这是革命现实主义的真实论区别于一般现实主义真实论的根本特征。周立波是深晓此理的。《暴风骤雨》的创作，他是明确地站在党性和党的政策的立场上，严格遵循生活本身的规律，"以阶级观点去周密地分析研究"东北土地改革的"生动丰富的材料"③，从更高的真实意义上描写了党领导的土改运动的本来历史面貌以及农村革命发展的必然趋势。它比30年代蒋光慈的《田野的风》、叶紫的《丰收》描写第二次国内革命战争农村土地革命所达到的革命现实主义真实性的程度，要高得多，深得多，广得多，表明革命现实主义在描写农村题材方面有了新的发展和突破。

《暴风骤雨》取得的革命现实主义的高度艺术真实的成就，首先表现在典型环境描写的真实上。周立波认为"写人物要描出他们的环境，和环境促成的他们的个性"④，这是符合恩格斯提出的创造典型环境中的典型性格的现实主义的根本原则的。人是社会关系的总和，一定的人物性格的形成是一定的社会关系的各种矛盾冲突使然。但在现实生活的特定环境中，充满了多种多样的矛盾冲突，而这些千姿百态的矛盾冲突并非每一种都可以充分地反映社会历史的真实面貌，也不是每一种都可以作为形成典型性格的典型冲突。革命现实主义所要求的典型矛盾冲突，应该是能够充分反映一定革命历史时期的人民革命斗争生活的本来面目的矛盾冲突及其发展的真实过程和必然趋向，必须表现它的丰

① 周立波：《〈暴风骤雨〉是怎样写的?》，1959年《文学评论》。
② 周立波：《回答青年写作者》，《文学浅论》。
③ 周扬：《社会主义现实主义——中国文学前进的道路》，《周扬文集》第2卷。
④ 周立波：《谈人物创造》。

富性,生动性、曲折性。社会生活中的矛盾冲突还不是现实主义艺术创造所达到的典型矛盾冲突,而要使生活中的矛盾冲突化为典型的艺术冲突,构成塑造典型性格的典型环境,最关键的一环看其是否能把典型的艺术冲突同它所反映的时代的主要矛盾有机地结合起来,看其能否充分显示出每一性格形成及其发展的现实根据和历史根据。《暴风骤雨》在这方面的独到之处在于:

艺术冲突发展的辩证法同土地改革运动现实生活的辩证法达到高度真实的统一,即小说艺术冲突发展变化的过程真实地反映了土改斗争过程的艰巨性、曲折性和复杂性,准确而深刻地揭示出土改运动必然胜利的历史趋向,此其一。

《暴风骤雨》艺术冲突的构成是源于第三次国内革命战争时期党领导的东北解放区彻底摧垮农村封建势力的土改运动。由于这场土改斗争所面临的敌人是一个统治中国农村数千年的封建地主阶级,不仅其反动势力根深蒂固,盘根错节,不肯轻易退出农村历史舞台,而且它们背靠美蒋反动政权,暗地勾结土匪特务,这就决定了广大农民群众必定要同封建地主阶级进行艰苦曲折的阶级大搏斗。这是土改斗争生活的客观真实。周立波不是照搬实际生活环境的矛盾冲突,而是根据艺术创造的需要,对土改实际斗争中的各种矛盾冲突进行比较分析,提炼概括,牢牢抓住农民阶级同地主阶级这一主要矛盾,经过精心地取舍剪裁,构成艺术的典型冲突,即以赵玉林、郭全海为代表的翻身农民和以韩老六、杜善人、唐爪子为头子的反动地主阶级的主要矛盾冲突为主线,带动其他矛盾冲突的描写。这就真实地表现出土改斗争的艰巨性、曲折性和复杂性,形象地反映了这场伟大历史变革的本质面貌,使艺术冲突所形成的典型环境达到了高度真实。小说上卷所展开的矛盾冲突可概括为四个回合:第一是萧队长率领工作队进屯不久召开诉苦大会,由于大部分农民尚未觉悟,坏人趁机起哄,致使这次斗争没有把地主韩老六的威风打下去。作者对这次斗争的失利既没讳饰也没照搬,而是经过提炼予以真实的描写,揭示出一定的土改斗争生活规律,即不仅说明真正把农民发动起来形成所向无敌的阶级力量非大轰大嗡的做法所能济事,又说明地主阶级不是一戳即破的纸老虎,非认真对付不可。第二是工作队进一步发动群众,依靠赵玉林等贫农骨干举行第二次斗争韩老六大会,虽然韩老六威风大减,但因李振江等明批暗保,使真正的贫雇农有点泄气,反映了对敌斗争的艰巨性。第三是随着土改斗争的深入,地主阶级施行软硬两手,进行疯狂反扑;萧队长带领全屯群众粉碎敌人的阴谋,活捉韩老六,召开公审大会，民愤大平，人心大快，取得土改的初步胜利。作者以革命现实主义的笔触，极其生动地描绘出这场斗争的跌宕起伏，步步深入的发展轨迹，不只真实地反映了斗争的胜利来之不易，而且暗示出胜利后的斗争更加艰巨，把生活真实和艺术真实统一起来。第四是元茂屯贫雇农正在欢庆翻身胜利，地主韩老六的弟弟韩老七带领匪徒下屯袭击；在狙击顽匪、保卫胜利果实的斗争中赵玉林光荣牺牲，全屯举哀，化悲痛为力量，去迎接更加艰巨复杂的阶级斗争风暴的考验。从小说下卷的矛盾冲突发展过程来看，重在描写翻身农民在“砍挖”运动中同地主阶级的斗争，这是土改运动的深入。虽然下卷矛盾冲突的线索较多，但农民同地主斗争的主线还是分明的，表明作品的艺术冲突总是同土改运动的主要矛盾紧紧地扣合在一起。概括起来，下卷大致写了三次大的阶级较量，形成错综复杂的矛盾冲突：第一是复辟与反复辟的斗争。萧队长离开元茂屯后，农会大权被煎饼铺经理张富英、坏蛋李桂英和破鞋小靡子所篡夺，翻身的贫雇农重受二茬罪；萧队长重返元茂屯，根据《中国土地法大纲》的精神，组织贫雇农，粉碎了封建势力的复辟活动。这场斗争在整个土改运动中是一场特殊的斗争，所打击的对象并非是韩老六那样的货真价实的恶霸地主，而是以伪装面目出现的同地主有千丝万缕联系的封建势力，他们是地主政权赖以复辟的社会基础。因此真实地描写这场反复辟斗争的胜利，不仅表明土改斗争的艰巨性、复杂性和曲折性，而且标志着土地运动的深入发展，为进一步开展对地主阶级的斗争扫清了障碍。这种进入对土改斗争内部规律的开掘，表现出作品矛盾冲突的深度。第二是开展“砍挖”运动，没收地主的“浮财”，同地主杜善人等进行面对面的斗争。郭全海带领砍挖小组，不但巧妙地挖出杜善人的“浮财”，从经济上给地主阶级以狠狠打击；而且翻出他的“变天账”和枪支，又从政治上粉碎了地主“变天”的阴谋。第三是顺藤摸瓜，追捕地主韩老六的哥哥、大特务韩老五，拔掉国民党反动派暗藏的反革命势力，取得了土改运动的重大胜利。最后结尾是“三喜临门”：一喜斗垮反动地主阶级，大家欢天喜地分配胜利果实；二喜冲破封建枷锁，翻身农民郭全海和刘桂兰欢天喜地结了婚；三喜解放战争胜利发展，为彻底埋葬蒋家王朝，保卫胜利果实，翻身农民欢天喜地大参军。如果按照围攻《暴风骤雨》的某些人的逻辑，党领导的土改运动，农民应是常胜军，革命道路是笔直笔直的，胜利是一个接一个的，写斗争的失利就是歪曲，写农民的失败就是攻击；但是周立波严格遵循生活本身的固有规律，准确把握土改斗争中农民同地主这一主要矛盾的发展脉络，合情合理地安排矛盾冲突，使生活冲突化为典型的艺术冲突，生动地展示了土改运动的艰巨性、曲折性和复杂性，真实地再现了这场波澜壮阔的土地斗争的本来面貌。可见，《暴风骤雨》艺术冲突发展变化过程所昭示的真理同生活的辩证法是一致的，充分显示了革命现实主义的巨大威力。

围绕主要矛盾冲突，从纵横两方面延伸，力图在更广阔的历史背景上创造典型环境，从更深刻的程度上概括丰厚的生活内容和反映社会历史的某些本质，此其二。

《暴风骤雨》的艺术冲突是40年代后期党领导的农村土改运动的错综复杂矛盾的典型化。从纵的方面来看，小说准确地概括了土改斗争中农民同地主的主要矛盾的曲折发展进程及其在各方面的具体表现，既写了对抗性的敌我矛盾又写了人民内部矛盾，具体表现在：于真实地写出地、匪、特相勾结疯狂对抗土改运动的同时，且生动描绘了地主韩老六如何拉拢佃农李振江及其他社会渣滓做他的忠实走狗，以伪装的面目来破坏土改斗争的发展，反映了斗争的复杂性；在农民内部，由于历史地位的局限、出身经历的不同和经济条件的差异，以及封建阶级思想意识的毒害深浅不一，因而他们在土改过程中所表现的政治态度、觉悟程度是不同的，不论是面对面地斗争地主，或是反击土匪武装，或是分配胜利果实，或是大参军运动，都程度不同地反映出他们本身或彼此之间的先进思想与落后意识的斗争，这样就把农民本身或彼此之间的两种不同思想冲突的描写同主要矛盾冲突有机地联系起来，深刻地说明农民阶级在改造封建旧农村的同时必须改造自身的主观世界；在土地运动中，工作队内部的两种思想两种工作作风的斗争也相当激烈，表明他们对这场运动规律的认识走过一段由不自觉到自觉的道路，说明他们结合实际斗争正确贯彻执行党对土改运动的方针政策曾一度走过弯路，这种次要矛盾的描写同主要矛盾冲突紧紧结合在一起，既表现了艺术冲突开掘的广度又表现了它的深度；由于土改运动是摧垮农村现存制度、现存秩序的异常深刻的大革命，因而斗争中出现“左”或右的偏向是在所难免的，这也是在解决农民同地主这一主要矛盾过程中如何执行党的方针路线的反映，小说对此做了一定的真实描写（当然还是不够的），这说明土改运动是在克服“左”右偏向的斗争中前进的，说明用党的政策将农民的思想引导到正确的轨道是要经过一个艰苦复杂的历程；此外，小说还巧妙地穿插介绍了主要人物的生活史以及元茂屯人民思想和生活的变迁史，从而揭示出眼前这场土改斗争的历史根源、阶级性质及其现实的深远的伟大意义。从横的方面来看，小说不是孤立地写元茂屯的土改斗争，它是将农村的阶级斗争同全国阶级斗争的总形势联系起来，即把元茂屯的土改运动同整个解放战争的大局联系起来，如解放军支援工作队击退韩老七的反革命偷袭、元茂屯大参军的描写等，这不仅从元茂屯的斗争风云中令人感到整个时代的脉搏在强烈地跳动，而且由元茂屯的土改斗争反映出全国土改运动的发展趋势及其同解放战争相辅相成的深刻关系，同时由此也可以窥视出整个新民主主义革命即将在全国取得全面胜利的动向。这种对艺术冲突的纵横开掘，既开拓了《暴风骤雨》的典型环境领域，又扩展了艺术概括上的生活容量，多方面地揭示了生活的真理，使革命现实主义的艺术创造达到了相当高的真实。

矛盾冲突的深入开掘，不仅注意到土改斗争生活的表面现象，更重要的是把艺术触角伸进了土改运动阶级斗争变化的内在规律，准确而深刻地揭示出在土改斗争过程中敌我力量的消长趋向以及敌败我胜的根源，此其三。

周立波遵循艺术规律，从不满足于对土改运动的表面现象的模拟，而始终将写实的笔力探入现实斗争生活已发生或必然发生的重大事件中，从而形象地描绘出土改过程中敌我力量升降沉浮消长得失的深刻变化及其发展的总趋向，以生动的艺术画面显示出：以赵玉林、郭全海为代表的农民阶级由弱到强，由失利到初步胜利，由再失利到重大胜利，在革命实践中越斗越强，以摧枯拉朽、暴风骤雨之势，最终夺回了农村这块封建地主阶级统治几千年的世袭领地，彻底摧毁了地主阶级赖以统治的封建经济基础，翻身农民成了新社会的主人，英姿勃发地活跃在农村的政治舞台上；而以韩老六为代表的反动地主阶级尽管嚣张一时，多次进行疯狂挣扎，但由于地主阶级极端反动、没落、腐朽的本质所决定，势所必然地一步步走向历史早已掘好的坟墓。小说如此真实地反映了土改运动滚滚向前、不可阻挡的历史潮流，热情地赞美了暴风骤雨般的农民革命运动，并且深刻地揭示了形成这种历史必然趋势的主客观原因：从主观上看，农民阶级是农村新力量的代表，具有强大的生命力，是新民主主义革命的主力军；而地主阶级则是农村最腐朽最反动力量的代表，日薄西山，气息奄奄，是新民主主义革命的主要打击对象之一。从客观上看，农民阶级是在中国共产党的正确领导下和马列主义、毛泽东思想的哺育下，是党在农村开展民主革命运动的依靠力量，特别是解放战争的胜利进军更为广大农民战胜封建地主阶级提供了根本的保证；而地主阶级的靠山——美蒋反动派在全国的大势已去，濒临全面崩溃，这就砍断了地主阶级赖以存活的政治支柱。《暴风骤雨》的艺术冲突的辩证发展过程同土改运动演变的根本规律，就是这样生动真切、深蕴和谐地统一在一起，达到了革命现实主义的高度真实。

归根结底，构成作品典型环境的艺术冲突的真实的最根本点是人物性格冲突的真实。因为人是社会关系的总和，既然艺术冲突的根据是源于社会现实关系，那么作为这种社会关系总和的焦点的人与人之间的关系，当然应该是艺术冲突的基点，故曰情节（即艺术冲突）是人物性格发展的历史。《暴风骤雨》的具有既深且广特点的艺术冲突充分体现在对立双方的各种人物的性格冲突中，即40年代中国农村土改运动中两个阶级的大搏斗这样具有重大政治意义的主要矛盾冲突，艺术化地变成代表无产阶级革命力量和代表腐朽地主阶级反革命力量的各类人物的栩栩如生的性格之间的矛盾冲突。从塑造的主要正面人物赵玉林、郭全海和反面人物韩老六、杜善人之间的根本对立的性格冲突来看，他们各自性格冲突的内容和形式及其发展变化，无不体现着各自所代表的阶级利益，无不反映着各自代表的阶级在土改运动中变化的历史趋势，从而深刻地展示出经过土改斗争的新农村现实生活的新特点、新风貌以及发展的新方向。周立波不仅以鲜明的阶级观点揭示了处在根本对立地位的主要人物的性格形成、彼此冲突及其发展演变的历史的和现实的根据；而且透过对同一阶级不同阶层或不同类型或人物自身性格思想冲突的艺术概括，深微地揭示出土改运动对各个阶级内部或不同人物思想领域的震动，从而反映了这场土地革命的深刻性和彻底性。

《暴风骤雨》所概括的土改运动中元茂屯两大阶级的斗争及在各方面的表现，或者代表各种势力的人物性格的冲突，并不是从抽象的概念出发，而是站在无产阶级的党性立场上，坚定不移地从东北地区土改斗争的现实生活出发，按照艺术规律加以去伪存真、由表及里，比较准确地概括了土改运动本身固有的艰巨性、曲折性和复杂性以及各个阶级或阶层代表人物思想性格冲突的深刻演变，真实地再现了历史的运动过程及其发展趋向，这就比较成功地创造出作品的典型环境，此乃《暴风骤雨》取得的重要的革命现实主义成就之一。

二

典型性格的真实，是革命现实主义艺术真实的根本，创造真实的典型环境是为着塑造真实的典型性格。而典型性格真实的关键在于如实地反映人的性格的客观实在性,即人类社会实践形成的性格、情感、心理状态的丰富性、全面性,而不应舍弃人的本来面貌,主观地把人物性格单一化、片面化、绝对化。《暴风骤雨》的又一革命现实主义特色是:遵循真实规律,透过典型的艺术冲突,塑造了各种类型的真实性格的形象体系。由于土改运动是40年代中国农村掀起的一场使各个阶级、阶层人物之间的关系及每个人从物质到精神都发生深刻变化的大革命,随着斗争的发展和激化,各个阶级、阶层的代表人物都做了充分的亮相,活现出他们各自不同的真实性格;因此周立波以历史唯物主义观点,比较分析了自己在土改实践中经验过的"各阶层的人物的行动姿容、心思情感和生活习惯",发挥了革命现实主义的"本领","把接触的人物个个都写活"①,展现了各类人物的真实而丰富的性格。不论先进人物萧祥、赵玉林、郭全海、白玉山、赵大嫂、白大嫂、刘桂兰等,或者处于中间状态的人物老孙头、花永喜等,或是反面人物韩老六、杜善人、唐爪子、韩长脖等,他们都在土改运动所引起的各种复杂的现实关系中,显现出各自性格的本质特征和鲜明个性。作品不仅写出他们的"真相",而且也写出他们的"真情",即思想感情的真实变化过程。这样众多的活灵活现的形象体系,为现代文学的人物画廊增添了新的风采。虽然《暴风骤雨》的各种类型的真实性格是坚持革命现实主义原则创造的,但由于各种性格的内容和形式及其变化的轨迹等方面的差异,因而在典型矛盾冲突中所显现出的性格真实具有不同特色。

描写共产党员的"崇高品质"②,是革命现实主义新文学的根本要求之一。《暴风骤雨》的成功之处在于,它没有把共产党员人为地理想化,写成无不超绝的"完人",而是从革命的真实生活出发,实实在在地展示出无产阶级先进分子的全部的丰富性格,从他们身上读者可以看到丰富复杂的性格和谐地统一着一个完整的个性世界。正如周立波所深刻体会的:"把先进人物写得十全十美,毫无缺点,是不现实的。要是那样,共产党员、革命干部用不着进行批评与自我批评了。"③如果硬把共产党员或革命干部写得十全十美,那本身就违背了现实主义的真实律。萧祥是作品中着力刻画的在政治上、思想上、作风上比较成熟的党的中层领导干部,是土改工作队的队长,是群众斗争的组织者和领导者,但作者并没有"神化"他,也没有把他写成无不超绝的"完人",更没有按照某些"抽

① 周立波:《暴风骤雨是怎样写的?》。

② 周立波:《谈人物创造》。

③ 周立波:《回答青年写作者》。

象概念”或“政策条文”去图解他，而是把他置于土改斗争的激流漩涡，透过对敌斗争、同内部错误倾向斗争和农民的广泛接触，既真实地展现了他思想灵魂的美，又真切地刻画了他的外形特征，把他写成一个充满朝气的、性格丰富的真的活人。他既是群众的带头人，又是普通的群众中的一员；既是对敌斗争的指挥员，又是身先士卒的战斗员。在对敌斗争中，或是打退韩老六的糖弹进攻，或是活捉韩老六公判枪决，或是反击韩老七的武装偷袭，或是粉碎张富英的复辟阴谋，都真实地表现出他政治敏锐，爱憎分明，立场坚定，具有大无畏的革命精神和较高的政策策略水平；在工作队内部的两种思想两种作风斗争面前，他毫不让步，但对犯错误的刘胜、小王却满腔热情地帮其走上正确路线，表现出高度的原则性和宽广的革命胸怀；他是执行党的政策的模范，是始终坚持党的群众路线的榜样。但萧祥却不是“四人帮”鼓吹的那种“站在高坡上，挥手指方向”的盛气凌人、目空一切的所谓“领导干部”，也不是那种满脑子“政治教条”缺乏丰富人情的所谓“原则干部”；他是一个既平易近人又有领导风度、既懂原则又富有人情的人民公仆。他随时把党的温暖和火热的感情送到群众的心坎上，如把自己的衣服毯子送给郭全海穿盖，离开元茂屯还抽空回来看望老田头和赵大嫂子，对刘桂兰和郭全海的婚事亲自过问，这都表现了浓厚的人情味。萧祥身上体现出这些作为党的干部的应有的本质特征，都寓于他敏锐、冷静、沉勇、果断、热情、质朴的鲜明个性之中。艺术上的性格真实必须依据现实生活中人的性格真实。可贵的是萧祥作为党的干部的突出性格特征，不是作者从土改斗争生活中挑出个别特征加以绝对化，并根据这种绝对化、抽象化的特征来虚构的形象，也不是从概念出发，主观想象造出来的某些性格特点而是到生活中去找事实加以印证的形象；他是作者遵循革命现实主义真实规律，按照生活的本来面目，提炼出来的一个具体的活人，不是异化的丧失了人的血肉的神，因而作品尚未落入塑造党员干部形象单一化、模式化、标准化的窠臼。当然这并非说萧祥这个形象在刻画上已达到尽善尽美的程度，这里只是从形象总体的真实性、丰富性上同30年代、40年代无产阶级文学作品所出现的党的干部形象来比较，不能不说他是党的干部画廊里较出色的艺术典型。

“主要人物是一定的阶级和倾向的代表，因而也是他们时代的一定思想的代表。”①从五四新文学创建以来，真正把农民作为作品的主要人物来描写，并且

① 《马克思恩格斯选集》第4卷，第343～344页，人民出版社1972年版。

依据革命现实主义原则进行刻画的成功的农民真实典型并不算多；可以说《暴风骤雨》在这方面做出了突出的贡献，而且周立波笔下的农民的真实性格具有新的特色。革命现实主义所要求的农民的真实性格，“并不是以普通农民的或一般民主主义的观点而是以工人阶级的社会主义的观点来描写农民的，他们以工人阶级的眼光观察了农民的命运，表现了在共产党领导之下农民的从事革命斗争，他们的生活地位的变化和思想觉悟的过程。他们歌颂了农民无穷无尽的革命毅力，同时也批评了他们的各种保守的、落后的心理、意识和习惯。描写了农民的翻身，实际也就描写了工人阶级对农民的领导”①。《暴风骤雨》塑造的先进农民的形象充分体现了这些基本特征。上卷的主要人物赵玉林，下卷的主要人物郭全海，都是在40年代党领导的土地改革这场暴风骤雨中首先觉悟的新的农民英雄，是贫雇农的优秀带头人，是在农村新的生活土壤成长起来的党的基层干部。作品真实地描写了他们为阶级兄弟们的翻身而战的全部丰富的英雄性格。他们不是单一化、理想化的却是带有理想色彩的英雄形象，其中最真实动人的是赵玉林。作者始终把他推到矛盾冲突激化的时刻来刻画，因而他的性格得到比较充分而真实的展示。小说一开始便交代了赵玉林之所以能够迅速成长、且练就一身钢铁般的硬骨头的苦大仇深的阶级基础；正因如此，故一经党的教育，便很快打消重重顾虑，满腹仇恨立即化为反抗的烈火，他是元茂屯第一个走上自觉革命道路的农民。但有的评论者认为赵玉林变得太快，尚未揭示出他“思想成长的内部矛盾”。这是不符合作品描写实际和赵玉林性格发展内在逻辑的指责。评论者不能想当然地要求每个人物的成长都要经过一个“内心长期斗争的苦难历程”，应该从作品描写的真实生活出发，具体分析每个人物所处的具体环境、阶级基础和思想觉悟的起点。像赵玉林这样的在死亡线上挣扎过来的硬汉子，阶级恨民族仇本来就积满了胸膛，只要革命的火把一照耀，很快就会燃烧起来，这是符合他的性格发展逻辑的，如果硬要按照某种“模式”经过反复的“内心斗争”才始觉悟，那才真正背离了革命现实主义的真实律。其实，作品具体真切地揭示了赵玉林在阶级斗争的激浪里走上自觉革命道路的心灵历程，参加共产党是他思想性格达到新阶段的重要标志。随后，小说从更广阔的时代背景上，多方面地再现了他在土地改革这个特定的历史环境里所形成的真实的英雄性格，为保卫红色新政权和翻身果实在同顽匪的战斗中而英勇牺

① 周扬：《社会主义现实主义——中国新文学前进的道路》。

牲，使他的英雄性格达到光辉的顶点。赵玉林就是这样一个以革命现实主义创作方法塑造的闪烁着无产阶级思想光芒的新型农民英雄典型，他是觉悟的农民阶级的代表，是时代先进思想的代表。由于他的思想、感情、性格和命运，同40年代伟大变革时代的脉搏紧紧联系在一起，因而他的形象具有很高的真实性和典型意义。但别具心肝的江青却诽谤说："塑造起一个英雄形象却让他死掉，人为地制造一个悲剧的结局"，并诬蔑周立波的"创作思想就是好人最后要死"。这种恶毒攻击，恰好从反面说明周立波坚定遵循革命现实主义创作原则，严格按照生活发展规律和性格本身的逻辑，去塑造英雄典型，同"四人帮"鼓吹的那套反现实主义的主观"造神"、"三突出"的谬论是根本绝缘的。阶级斗争的规律告诉人们："要奋斗就会有牺牲，死人的事是经常发生的"；况且土地改革这场你死我活的阶级大搏斗，牺牲在所难免，这是不以人们意志为转移的客观现实。小说正是根据阶级斗争规律和现实生活的客观实在性来描写他的牺牲，不仅写他的壮烈行为也写他的悲痛哀音，绝不是"人为" 地写他的牺牲，乃由当时的主客观条件所决定。从主观条件看，赵玉林英勇无畏，冲杀在前，而又缺乏战斗的经验；从客观条件看，胡匪来偷袭，人数多，又几经战场，暂时处于优势，加之战争本身就是残酷的，牺牲带有很大的现实可能性。作者怀着极其悲痛惋惜的心情，不但写出赵玉林的牺牲是受生活规律所制约，展示了革命斗争的艰苦性，表明土改的胜利果实是烈士的鲜血换来的；更重要的是写出了赵玉林光荣牺牲所产生的巨大影响，从客观效果上进一步烘托出英雄性格达到了革命现实主义悲剧真实律的要求。

围绕在赵玉林周围的郭全海、白玉山、赵大嫂、白大嫂、刘桂兰等，都是在土改运动中涌现出的新型农民形象，尽管他们各自出身经历不同、性格气质各异，但他们都是土改斗争的中坚力量，是摧毁农村封建堡垒的急先锋。作者没有舍弃他们性格的本来样子，把它们各自性格的丰富性和复杂性单一化、一律化，而是把他们置于土改斗争这个错综复杂的典型环境里，依据各自思想觉悟的过程和性格发展的趋向，塑造出具有鲜明个性的活的新人群体。真实而鲜明地从革命发展中刻画新人的丰富复杂的思想、感情和性格，是周立波在人物描写上所表现出的重要的革命现实主义特色。赵玉林、郭全海等这些真实的艺术形象，他们全部性格的发展，都扎根于我国新民主主义革命的生活土壤中，都扎根在东北农村阶级斗争日益尖锐化的严酷现实里，扎根于中国共产党领导农民闹翻身的崭新道路上。作品不仅充分展示了这些新式农民性格的高度真实，而且也表现了他们的理想光辉；但这种理想的表现形式并不是那种超越现实，畅想未来，海阔天空，浮想联翩，乃是通过对土改运动发展着的革命现实生活的真实描写和对新人形象的典型化来体现的，因而这种理想化并未导致概念化，它蕴含着全部思想感情和性格的真实。这是《暴风骤雨》以革命现实主义创作方法塑造新人形象的独到和深刻之处。

一部革命现实主义的鸿篇巨制，注意刻画英雄或先进人物性格的真实固然重要，但是它要从广度和深度上反映现实社会生活的本来面貌，就决不能忽视多种多样的非英雄或先进人物的塑造；况且，任何英雄或先进人物都置身于一定的社会关系之中，总是同周围的人发生直接或间接的联系。因此，一个现实主义作家，倘若不能真实地描写这些不同类型人物及其相互关系，那就创造不出典型环境中的典型性格的真实。特别那些思想处于中间状态的人物，即"中间人物"是极不稳定的游动的社会阶层，他们向前跨进一步很可能成为先进或英雄人物，后退一步则可能成为反面人物争夺的对象，这种分化在大变革时代尤为显著。文学作品如果能遵循真实规律恰如其分地写好这部分"中间人物"，那是不可低估的现实主义成就。《暴风骤雨》除着力于赵玉林、郭全海等主要农民英雄性格的刻画外，还化了很大力气塑造一些思想处于中间状态的农民形象。其独特之点在于，不只是真实地写出他们性格的复杂性，重要的是写出了他们思想感情变化的真实过程。其实在周立波笔下，对这部分中间人物思想感情变化的剖析，就是真实地展示他们性格发展的历程，就是这部分人如何在先进人物带动或影响下向无产阶级思想轨道演化的过程，在某种意义上也可以说就是整个农村社会在土改风暴的冲击下的变化过程。小说的"中间人物"的思想感情描写和社会现实关系的描写就是这样有机地真实地统一在一起，它以强大的吸引力诱导读者去分析人物心灵的演变，从中受到规律性的启发。其中老孙头的性格变化过程写得尤为细致真实。老孙头是一个带着一定的精神负担卷进土改暴风雨中的基本倾向革命的老一代贫苦农民的典型。罪恶的旧社会不仅从经济上榨取他，而且从灵魂上毒害他，使他沾染了不少的旧意识坏习气，既胆小怕事，瞻前顾后，又喜欢吹牛，看风转舵，始终拖着一条"自私"的尾巴。作者对这个人物的刻画力避表面化、简单化和直线化，而是从发展着的社会关系中真切实在地描写了他性格的复杂性及其思想转变的艰巨性和曲折性。由于老孙头带着传统的私有观念所造成的精神枷锁，随同赵玉林、郭全海等一起登上农村的政治舞台，因此他在每一场阶级斗争中，表演得总是不自然不谐调，在公与私两种思想激烈交战中演进，扮演着一个充满新旧生活气息的喜剧性人物。他身上虽然具有跟党走闹翻身、热爱革命仇恨地主的先进思想，并且这种思想感情随着土改的进程在逐步增长。但是也存在着与土改大变革时代精神和集体主义思想不合拍的私有观念。直到《分马》一节，他尽管以进步的姿态出现在积极分子当中，但他在选马或换马的节骨眼上却暴露了个人主义的自私性，这就预示出他要真正同传统的私有观念决裂，还有一段漫长的艰苦历程。老孙头这个有血有肉的典型性格的真实刻画，不仅为《暴风骤雨》取得的革命现实主义成就增色，而且深刻地说明暴风骤雨般的土改运动可以迅速地摧毁地主阶级的封建统治，却不能一下子荡尽封建传统意识对广大农民的毒害，党在农村要将老孙头这样农民的私有观念引导到无产阶级集体主义思想轨道，将分散落后的小农经济引导到社会主义道路，乃是中国革命的一个既艰巨又重要的历史课题。

反面人物是构成错综复杂阶级关系或真实的艺术冲突的必不可少的方面，因此写好反面人物不仅能真实地再现土改斗争的本来面貌，而且是革命现实主义不可忽视的艺术使命。《暴风骤雨》反面人物性格的刻画是真实的，是从土改激烈的矛盾冲突中概括出来的活人，并没有把他们脸谱化，更没有把他们漫画化以至丧失了性格的真实生命，而是将其内心世界的丑恶、性格的复杂性和个性的鲜明性如实地表现出来。如韩老六的凶狠，杜善人的奸诈，韩长脖的势利，张富英的阴险，都写得栩栩如生，并透过这些“个性”可以窥探他们灵魂的丑恶本质或性格的复杂。其中对恶霸韩老六凶相黑心的刻画尤为真实。小说不是把他写成一打就倒、一戳即破的纸人纸马，而是在典型艺术冲突中真实地再现了他既穷凶极恶、诡计多端、阴险毒辣，又胆战心惊、惶恐虚弱的性格特征，活现出地主阶级的反动丑恶本质。而这些形形色色的反面人物并非同先进人物或“中间人物”绝缘，尽管他们的阶级地位、思想状况有质的不同，但由于长期集聚在农村这个社会里，不可避免地要发生这样那样的关系。因此，刻画如此多的个性迥异的真实的反面形象，有助于凸现典型环境中的先进人物或中间人物的真实性格。

在无产阶级宇宙观的指导下，坚持革命现实主义的真实规律，从发展着的现实生活出发，于典型环境中创造各种类型的真实的典型性格，以推动历史前进，将永远是革命现实主义应该重视的课题。周立波在这方面为我们提供的艺术经验是值得借鉴的。

三

革命现实主义要求作家以革命发展的观点,按照实际生活存在的样子,真实地历史地具体地反映生活,揭示生活内在的规律性。因此这种创作方法在具有鲜明个性作家的成功创作中,必然体现为不同的艺术风格。每个作家独特艺术风格的形成,同其独特的生活道路、自己的世界观和审美理想、文化教养和创作才能、心理气质和性格爱好等,以及社会的时代的客观因素,紧密地联系在一起。周立波从30年代左翼文艺运动以来,不仅经受了如火如荼的革命斗争的洗礼,而且在致力于无产阶级文学活动中,积累了丰富的经验,具备了精深的文学修养和渊博的文化生活知识,树立了正确的审美观点,掌握了熟练的艺术技巧,特别经过延安文艺整风,学习了《在延安文艺座谈会上的讲话》,使他的世界观文艺观在30年代受到苏联社会主义现实主义影响的基础上,得到进一步提高;加之个人的兴趣爱好、性格气质以及革命战争年代的时代条件,这诸种因素就决定了他的扛鼎之作《暴风骤雨》的革命现实主义的艺术风格。总的特点可概括为:平易处见真情,明朗中显深沉,淡雅中藏美丽,朴实中含诗意,恢宏中有简约,具有一种质朴、真切、自然的美。这种"艺术的美,其源出于生活",它"是生活的反映,是现实的再现,但绝不是照抄,更不是单纯的照相"①。可见,《暴风骤雨》的艺术风格是作者根据革命现实主义的真实律能动地反映生活的结果,是作者按照反映革命现实生活的需要在语言、结构、表现手法等方面刻意追求的结晶。这种"自然的风格" 体现在作品的多方面,现在仅就小说的结构艺术略述一下。

《暴风骤雨》的结构布局像生活本身的逻辑那样顺理成章,真实可信;文笔运行又像行云流水那样舒卷自如,波澜起伏,抑扬有致,给人以朴实、真切、流畅、自然之感,这正是作品总的艺术风格在结构方面的体现。具体来看,小说的结构是依据土改运动的演进过程进行布局,把结构艺术的辩证法同现实生活的辩证法统一起来。作者从土改运动的发展总趋向着眼,从具体斗争生活入手,紧紧抓住农民同地主斗争这条主线,详略得当地进行艺术概括,既不追求那些离奇的情节,又不虚构那些脱离现实生活太远的所谓"美妙理想",而是在现实

① 周立波:《关于小说创作的一些问题》,《人民文学》1977年12号。

生活这块坚实的土壤里，提炼扎扎实实的故事情节，循着生活的固有规律，进行合情合理的布局，使整部《暴风骤雨》的艺术结构像如火如荼的土改斗争生活本身那样真实自然，红火感人。由于作品是根据土改运动本身的生活逻辑安排情节组织结构的，尽管采取直叙的表现手法，但丝毫没有流水账式的平淡无奇之感，反显得整个结构在顺势行进中波澜起伏，错落有致，曲折中见明快，复杂中求单纯。既有公审韩老六、反击韩老七的大波大澜，又有工作队内部斗争的微波细澜，既有分配胜利果实的凯歌，又有悲悼革命烈士的哀乐，既有领导同群众循循善诱谈心的絮语，又有男女青年谈情说爱的插曲，整个艺术画面的构图像一幅幅引人入胜的朴实动人的历史画卷和淡雅自然的民俗画、风情画，富有浓郁的生活气息和明丽的地方色彩。整部小说的情节结构尚且如此，就是有些章节的布局也同样构图精巧，抑扬曲折，如生活本身那样朴实真切。《分马》一章就是很好的例证，不妨试析之，由此可见一般。

《分马》一节安排了分马与换马两个重要情节，以大公无私的先进思想与私有落后思想之间的深微矛盾作为内线贯穿始终，致使两部分构成一个有机的艺术整体。分马正式开始前，穿插了老孙头和小猪倌的开玩笑，烘托了分马的欢乐气氛，揭示了分马的意义，并暗示出新的矛盾，为全章情节发展做了有力的铺垫。作者的艺术概括并未停留在“翻身乐”的欢快场景上，接着作了深入的开掘，针对农民思想中落后自私的一面在分马时可能抬头，合乎规律地安排了郭全海抓住有利时机向农民进行教育的情节，表明结构安排严格遵循生活本身的内在逻辑。郭全海的及时教育保证分马顺利进行，推动着情节发展。紧接着以错落有致的章法，布局三百户分马的场景，有点有面，有扬有抑，波澜起伏，扣人心弦。特别中间穿插了老孙头骑马摔跤的喜剧情节，增加了作品的风趣和生活气息，烘托了分马的欢腾气氛，展现出翻身农民的新的精神状态和新农村的时代风貌，给读者以真实明快之感。最后以李毛驴牵回自己的毛驴作为“分马”的结束，“只有老王太太不乐意”一句点出了矛盾，同欢乐气氛形成鲜明对照，使情节的发展掀起一层新的波澜，这就很自然地由“分马”过渡到“换马”。可见，“换马”情节的安排并非巧合，它是生活发展的必然。在换马过程中，翻身农民思想中公与私的斗争是极其尖锐、微妙的，出现了复杂的思想状况。如何把这些微妙复杂的思想矛盾忠实而自然地表现出来，这要看作者驾驭结构的才能。作者并未自然主义地不分巨细、面面俱到地安排每个农民的思想活动，而是根据革命现实主义原则，从生活中提炼典型情节，突出了老孙头的“落后”，充分揭示他的私心，其他群众的思想活动在其衬托下，条分缕析地表现出来；而这些思想差异又都集中在“换马”这个焦点上，显得层次分明而又曲折，复杂而又单纯，既表现了农民思想感情变化的艰巨性，又反映出新思想意识正在翻身农民身上成长。特别不让老王太太换去郭全海的马和老孙头的马而换去老田头的马的情节安排，是极其得当的。试想，如果换了郭全海的马，情节还有什么发展？若是换了老孙头的马，他的思想必然不通，而要打通他的思想却延缓了情节，如果让他来个急转弯，必然违背思想发展规律，唯有老田头思想基础好，又提前和老伴商量过，最合适。可见作者安排处理情节，即使对生活的细微变化也是严格恪守的。至此，似乎围绕换马所展开的矛盾已经解决，实际上一波刚平一波又起。老田太太表面同意换马，但“心里不甘”，说明小生产者的私有观念一碰到关系切身利益的实际问题，就会暴露出来，要把他们引上集体主义道路，是个长期而艰巨的任务。这个情节的安排，为以后郭全海换马提供了条件，给读者留下丰富的想象余地。总之，《分马》的情节结构显示了这样的特点：一是情节布局切切实实地遵从生活的固有规律，决不故弄玄虚，为追求情节奇特而违背生活真实，总是顺情顺理地安排每个情节，使艺术构图如同生活本身一样真实生动。二是情节结构，单纯中有变化，于变化中求和谐，然而单纯并非单调，而是于单纯中穿插喜剧场面，在错落中突出主线。显示了革命现实主义创作方法在谋篇布局方面的优越性和周立波在艺术上苦于探索追求所形成的独特风格。

如同一切优秀作品一样，《暴风骤雨》也不是完美无缺的。这部小说的成功之处，我们仅从它在坚持革命现实主义创作原则方面所取得的经验与成就，做了粗浅的探讨。它的不足之处，我们也想从它在某些方面违背了革命现实主义真实原则（当然也有其他原因），予以指评。土改运动初期曾出现过较严重的“左”的错误，这是个事关方针路线的问题，作为一部反映土改运动全过程的长篇，对此不能轻描淡写，只有真实地正确地把它反映出来，才符合土改运动发展过程的本来面目。下卷写张富英等人的篡权复辟活动，这是合乎生活规律的，说明阶级斗争的反复性和曲折性；但是郭全海被夺权后，既不向上级党组织反映，又不发动群众进行斗争，反倒采取无事一身轻的消极态度，这是不符合郭全海性格真实的，因为他在上卷已是土改积极分子，赵玉林的亲密战友，怎么忽然变得如此消极呢？至少缺乏足够的根据。这也可以从败笔的教训中使我们悟到：时刻不能忘记艺术的生命在于真实。然而，纵观全书，这仅仅是白璧微瑕，并不影响《暴风骤雨》的革命现实主义光辉。

《暴风骤雨》是在毛泽东《在延安文艺座谈会上的讲话》的光辉照耀下产生的。它的成功在一定程度上说明《讲话》是无产阶级文艺发展史上的一个里程碑，并开创了中国无产阶级文学的一个崭新时代；它的成功充分证明《讲话》阐明的人民生活是革命文学的唯一源泉的科学论断，是放之四海而皆准的真理；它为我们提供的最重要的经验也就在于："从生活到创作，是一个复杂的过程，是需要付出辛勤劳动的。毛主席教导我们长期地'观察、体验、研究、分析一切人、一切阶级、一切群众、一切生动的生活形式和斗争形式、一切文学和艺术的原始材料，然后才有可能进入创作过程。'这里的'观察、体验、研究、分析'八个大字和五个'一切'，是极其艰苦和复杂的对于生活的认识的过程。要是你认真地遵照了毛主席的上述教导，那就一定会从丰富的生活素材里得到可以入诗的艺术矿藏。"这是一切革命文艺工作者必须遵守的座右铭，也是《暴风骤雨》获得成功的最根本原因。

（草于1980年7月，最初发表于《文苑纵横谈》1983年第6期）

后　　记[①]

去年夏天我住进新居“小高层”，当时有人说它是山师眼下最好的楼房，我的老友许志英兄也说我住上全国同代同行教授最好的房子；我听了这些赞语，是疑惑的又是认可的更是心存感激的。同时，也有些亲朋好友颇为关切地对我说：“你该享受了，珍重身体安度晚年比什么都紧要，不然这座新居对你来说来得太迟了！”“来得太迟了”一语的确对我的触动极大，莫非我的人生之路不长了，享受的时日也不多了，是应该认认真真对待“老之将至”这条不可抗拒的自然规律了？否则我真的就要亏了“新居”，要辜负那些真诚关心我的人了？

不过，如何“抓紧享受晚年”我有自己的想法，除了心情自控好、劳逸安排好、食宿调节好以外；我要读那些我最想读的书，我要作那些我最想作的文，还要尽力把我三十余载在学术园地耕耘残留下的难以忘记的“雪泥鸿爪”拾掇起来，以体验人生的真正乐趣，感受生命的真正充实。本书虽是搬进新居一年来编著的，但从其逻辑系统中却可以窥见从20世纪80年代初到21世纪初我对学术追求、文学探索、艺术感悟、理性思考所余留下的斑斑点点而又丝丝缕缕的痕迹，不论其或深或浅、或正或误都与我的学术生命潜能联系在一起，恳祈方家读者评点指正。

倘说我在学术研究上有点“成就”，那首先应感谢山东出版界把我扶起来又推介出去。我的第一本专著《五四文学初探》，就是1982年山东出版界冒着政治风险出版的；《穿越现代文学多维时空》也许算我最后一部专著，是山东文艺出版社顶着经济压力纳入出版计划的。令我铭记的是，今春我怀着复杂的心情与现任山东文艺出版社社长路英勇博士洽谈本书出版，既怕他一口回绝又怕他难为情，没料到路社长慷慨答应并竭诚支持，把本书列为重点选题，使我的感激敬佩之情油然而生，至今感念不已！

（2004.7.15）

---

① 《后记》为山东文艺出版社2004年12月出版的《穿越现代文学多维时空》初版本所写。

后记

朱德发文集

第八卷

朱德发序评集

朱德发 著

山东人民出版社
国家一级出版社 全国百佳图书出版单位

图书在版编目(CIP)数据

朱德发文集:全10册/朱德发著.—济南:山东人民出版社,2014.1
ISBN 978-7-209-07570-1

Ⅰ.①朱… Ⅱ.①朱… Ⅲ.①朱德发—文集 Ⅳ.①I-53

中国版本图书馆CIP数据核字(2013)第304326号

责任编辑:李怀德

朱德发文集(第八卷)
朱德发 著

山东出版传媒股份有限公司
山东人民出版社出版发行
社 址:济南市经九路胜利大街39号 邮 编:250001
网 址:http://www.sd-book.com.cn
发行部:(0531)82098027 82098028
新华书店经销
山东临沂新华印刷物流集团印装

规 格 16开(169mm×239mm)
印 张 23.75
字 数 380千字
版 次 2014年1月第1版
印 次 2014年1月第1次
ISBN 978-7-209-07570-1
定 价 498.00元(共十卷)

目　录

朱德发序评集

山东电子音像出版社

朱德发序评集

Zhu DeFa XuPingJi

朱德发／著

绪文　观星录①

近20多年是文艺的春天，也是学术的春天，虽然时有“高天滚滚寒流急”，但总的变化趋向却是“大地微微暖气吹”，吹得文艺百花怒放，吹得学术百家争鸣，吹得流行文化潮流更是一浪高过一浪。

在流行文化潮流中最时尚的是炒“星”、捧“星”、追“星”，一个刚出茅庐的靓女美男转眼间便成了大红大紫的“影星”、“歌星”、“体星”，而且很快就腰缠万贯，不是百万“富翁”就是百万“富婆”，似乎世俗的文化空间都被这数不清的“星”的光束烧焦了，尤其那些小报记者为制造花边新闻“烧”得团团转，真是苦不堪言。

我不是厌弃流行文化，也不是鄙视这种“星”那种“星”；恰好相反，我的日常生活离不开“影星”、“体星”，倘若没有他（她）们的存在，那我的生活从外到内将变得枯寂无味，正是在欣赏“影星”、“体星”的高峰体验中，浑身的紧张得到缓解，疲倦的体魄得到放松，自然的年龄得到延长。但是，我绝对不是“炒星族”、“捧星族”、“追星族”；并非不想入“族”，而是“力不从心”，“炒”不动了，“捧”不起了，“追”不到了。

既然影视界、音乐界、体育界“明星璀璨，层出不穷”，引无数追星者竞折腰，为其竭力地“炒”，尽情地“捧”，在流行文化潮头上架起一座座彩桥；那么在疏离流行文化潮流的学术界就没有出现“繁星”或“明星”吗？也许缺少“追星族”，也许缺乏“炒”和“捧”，也许不合事宜，也许没有这种那种“星”，也许什么都不是；就是因为学术界不兴这一套，不玩这一手，兴的是在寂寞中求生存，在沉默中谋发展。在我看来，这是一种清高自许、孤芳自赏的心态，也是一种无可奈何花落去的潜在忧伤。只要敢于睁开眼看，学术界与影视、音乐、体育三界同样也是“星光灿烂”，关键在于能否主动地去寻觅、去体察、去发现、去展示，

① 《绪文》为山东电子音像出版社2006年6月出版本书所写，不包涵此后增补的序评。

“炒”和“捧”固然不可取，而故意掩盖、埋没和抹煞更不是良策吧？

我没有主动地在学术界发现“新星”，而且谁也没有赋予我做个伯乐的权利；但是有些青年学子或新朋故友总是把他（她）们用智慧才情写成的学术著作赠给我，并非常诚恳热切地渴求我为其书作“序”写“评”，而我这个人不擅长这一手更不想借此炫耀什么，只是在盛情难却的情势下我才硬着头皮写起“序”和“评”来。其实“序”与“评”都一样，是对一个人的学养、眼力、胆识的考验，为他人作“序”写“评”最能掂出自己的斤两。对我来说，这是个学习他人学术优长、聪慧才智、新知卓识以充实提高自己的良机，尤其审读那些学术激情昂扬、创新之见迭出、思想火花迸发、思辩威力逼人的著述，我常常拍案叫绝、赞叹不已；当然也有些著作读起来既乏创意又乏深度，但字里行间充溢着的苦钻细研的探索精神和渴求进取向上的情怀却是感人至深的。因此，凡是进入评述视野的著作，我竭力从中发现其学术创新点和知识增长点，竭力揭示其创造性思维和发现逻辑机制，竭力总结其学术经验、思维规律及其独特的学术个性，有时也借题发挥表述自己的史识和见解，不过我从不过分的苛求亦不过多的指责，即使批评其缺点也是从肯定中或希望中指出，这样就使我作的“序”写的“评”具有了独立的学术价值和论文品格。

书评写得不多而“序”写得越来越多，使我由朦胧到明朗逐步意识到：为他人作“序”写“评”岂不也是自觉不自觉地在观察和发现学术之“星”吗？虽然从一本书中难以判定谁就是颗学术“新星”，谁就不能成为学术之星，但是至少可以从闪烁的星光中窥测出或预见到，不久的将来谁有可能成为学术界冉冉升起的耀目的“新星”，谁有可能像流星一样瞬间便从学术天空中消失。历史的辩证法已经证明，当年不少我为其作“序”写“评”的青年学者不仅被人们公认为学术界的“新星”，而且他们放射的光芒越来越耀眼。与影视界、音乐界、体育界的明星相比，学术界的“明星”一旦升起，其寿命会更长些、辐射力会更深远些。

（2006年6月27日）

发散性的思想特点与智慧风貌

——序《郭沫若:一个复杂的存在》

为他人之书作序,非我所愿,非我所长。因而,我的书亦从未请人作序,是好是坏任世人评说。究竟这是一种人的常态还是变态?至今尚不明白,仍在困惑中。但有一点还清醒,我作序并非因为我比著者高明,或以导师自居,或以权威自命;乃是因为我从青年学者身上发现了新的学术之光,希望之光,生命之光。这正是我所渴望和急需的。就这点来说,作序并非扬他人之长,增他人之誉,旨在补己之短或出己之名,这种私心何必掩饰呢?不过,我为魏建的书作序,还有一种"知恩必报"的传统观念在起作用。

记得80年代初,魏建在山东大学进修,正赶上我的一本小书问世,他热情地来访问我,并以诚挚的态度尊我为师,不久便在孙昌熙教授指导下为我的小书写了篇评论。谁能料到"风云突变",他和孙老为这篇评论同我一起蒙冤呢?然而值得我感佩的是,他这位年轻学者和孙老一样顶住了阴风,既没有随风转也没有"杀回马枪"。"疾风识劲草",从此以后我便喜欢上这位有点学术骨气的年轻学者;正巧1985年他又考取山东师大中国现当代文学专业的研究生,我们成了师生关系。平等相处,教学相长,使我们的关系日益融洽,似乎跨越了"师道尊严"这堵墙。越是在这个时候,我内心深处便越是潜滋暗长一种歉疚的思绪,为什么让这位年轻学子刚登上论坛就为我的书在心灵上蒙上一层阴影呢?我们相见时,他从来不提这件事,亦没有流露一点埋怨情绪,而我的心却越是感到不安。随着岁月的流逝,这种不安之心早已平静了,可我始终没有淡忘孙老和这位年轻人与我同患难之恩。通过这场小小风波和三年师生关系,使我清楚地认识到,魏建在学术追求上有一种勇气和胆识,不怕"左"不惧"右",认准是"真理"就以生命捍卫之。读了他这本"郭沫若"研究专著,越发感到他这种学术品格的可贵。郭沫若是中国现代文学史上的巨人,也是在文化学、历史学、考古学、文艺学等方面卓有成就的学者,更是20世纪中国政治史上的显赫人物。然而对他的终生评价，学术界并不一致。因之对郭沫若的人格进行系统研究和全方位把握，其难度相当大，既要在学术上突破道道难关，又要在政治上担些风险。魏建从读研究生到留校从教则毅然决然地选择了"郭沫若"作为自己的研究对象，表现出一种锐意探索的勇气和才智勃发的胆识。

学术研究永远不会停止在一个水平上，总要不断发现不断前进的。研究郭沫若的成果累累，已达到相当高的学术水平；想在已有研究基础上开拓新局面，拿出新成果，必须花大力气下深功夫。魏建在学术研究上有一种越是艰难越向前的冲劲和敢于突破前人研究成果的创新意识。经过多年潜心钻研，他终于选准了研究"郭沫若"的突入口，即郭沫若是"一个复杂的存在"，是个充满各种矛盾的生命体，是个多元因素形成的系统结构。从这个总体把握入手，在宏观与微观的结合上考察了郭沫若的复杂人格、多元文化观、矛盾文艺观和史剧的得失，既没有美化他也没有贬低他，既没有"捧"他也没有"压"他，而是以多维的视角在恢复郭沫若为人为文的历史本来面目上进行了比较有深度的研究，提出了一些发人思考之见。

库恩认为，"科学中的大多数新发现和新理论并不仅仅是对现有科学知识货堆的补充。为吸取这些发现和理论，科学家必须经常调整他们以前所信赖的智力装置和操作装置，抛弃他以前的信念和实践的某些因素，找出许多其他信念和实践中的新意义以及它们之间的新关系。接受新的就必须重新估价、重新组织旧的，因而科学发现和发明本质上通常都是革命的。所以，它们确实要求思想活跃，思想开放，这是发散性思想家的特点。"[①]魏建对郭沫若的研究就具有这样的思维特点。当然，这并不是说魏建的研究不重视收敛性思维的那套扎实的硬功夫，恰恰相反，他对郭沫若本人的研究或对整个创造社的研究，都是以收集资料、整理资料、审视资料作为进入研究的先导工程。因而，似乎从他对郭沫若的研究上，我发现发散性思维与收敛性思维集于魏建一身，使他产生一种矛盾的张力，写出了这样引人注目的研究成果。

在目前经济大潮冲击下进行学术研究，既需要一种执着精神，更需要一种稳定心态，否则在科研上不会有什么建树。且不说魏建抓住"郭沫若及创造社"这个研究重点紧紧不放所表现出的锲而不舍的执着追求精神，就是"权"与"钱"的诱惑下亦没有动摇他致力于学术研究的决心和恒心，这也是值得称颂

---

① 《必要的张力》，福建人民出版社1981年版，第223～224页。

的。就魏建所表现出的才能来看，从政和经商他都行，然而“权”与“钱”的魔力似乎并没有征服他，他坚定地走在治学执教这条老路上，且留下一道道闪光的脚印。这在那些官本位思想和拜金意识严重的人的眼里，对于像魏建这样有才干的青年自甘寂寞和清苦仍在孜孜不倦做学问，简直是不可思议的；但对于我们这些在高教岗位和学术园地耕耘数十年的人来说，却深感欣慰和兴奋，因为从他们身上迸发出一种映照学术研究界的希望之光，生命之光！

（1993 年 4 月 24 日）

坚韧的攀登 闪光的足迹

——序《缪斯的精灵》

人的表白应该是真诚的，然而真诚的表白未必都能兑现。我曾表白过，作“序”非我所愿非我所长，既然如此，何以又要作“序”，岂不自食其言？我只能答之，感情使然。理虽能驭情，但情更能抑理，故使我有不少理性表白坚持不到底。我和姜振昌同志既有师生之情，也有朋友之谊，捧读他的新著《缪斯的精灵》，真是被其“精灵”所诱惑所感动；它的魅力激活了我情感思维的火花，而且越烧越旺，情不自禁地迫使我拿起笔来，将所思所感略作表述。市场经济讲究“包装”，若学术著作需要“包装”的话，那我的“序”连“包装”的价值也无有，振昌的著作才算得上“货真价实”的“精品”。

振昌同志在现代文学领域里辛勤耕耘，起步于八十年代初，一步一个台阶地往上攀登，留下一道道闪光的脚印，本书汇集的十六篇论文清晰地记录着他不断开拓不断前进的足迹。这十几年的改革开放时代是思想解放的时代，也是现代文学研究的最辉煌时代。振昌的研究总是追踪着学术研究的稳健步伐，以其特有的学术光束投射在时代科研的聚焦点上，显示出独特的研究范围、学术思路和价值取向。他以鲁迅杂文研究作为其构建学术大厦的根基，随之将研究触角伸向整个现代杂文领地，由杂文扩大到对散文大家族的研究，然后又波及到新山水诗、通俗小说、广告文学等特异文体的探讨。学问的开掘同知识的积累过程相似，好像在雪地里滚雪球，越滚越厚越大；雪球在阳光照射下化为水溶进大地，学问和知识在一定条件下也能熔化于脑海里，变成宝贵的精神财富。所以搞学术研究不能一口吞进个大雪球，需要选择一个据点，逐渐扩而大之，加深加宽加高，日积月累，具有个性特色的学术大厦便会建成。振昌选择的这条由“点”到“面”的研究路线，不仅是量的积累也是质的增殖，并有两个突出特点：一是攻坚。所谓攻坚，他所选定的杂文研究领域，特别是鲁迅杂文，已被学界强手研究过探讨过数十年，要想挖出新的东西就要“攻坚”；正是在“攻坚”中显示了他的毅力和才气，一方面对鲁迅的杂文从思想与艺术相融合的角度，结合主体心理进行深入开掘；一方面对现代杂文作了系统的整体的考察，发掘出一些未被发现的杂文作家作品，这就使他的“攻坚”取得了可观的战绩。二是拓展。所谓拓展，他并不满足现代文学已涉足到的范围，而是以拓荒者的勇气和魄力开辟新的研究天地，如“现代纪游文学”、“现代山水诗”等专题的探究，无不为现代文学研究填补了薄弱地带。

如果说“选准重点逐渐向四周发散”是本书内在结构的特点或是富有启迪意义的一条研究思路，那么史的意识、史的眼光、史的高度则是这本著作的又一特点。阿尔贝·蒂博代曾把文学批评区分为三种：由一般读者或报社记者完成的“自发的批评”、专家学者从事的“职业的批评”及文学家所表述的“大师的批评”。虽然蒂博代对其中的大学专家学者的“职业的批评”多有嘲讽之词，但他也不能不承认职业的批评家有良好的教育、深厚的历史感、知识体系化、视野开阔、持论平正通达等优长，特别是其系统化、条理化的阅读倾向则是文学史研究的必要前提，可见“职业的批评”所擅长的正是文学史的研究，“这一批评成为文学19世纪最为坚实和最为可观的组成部分之一”。① 文学史研究不论是研究对象的选择、理论框架的设定或是文学现象、作家作品的评价，都需要研究主体学识与才情、广博与精深、新颖与通达等的调适与平衡，往往追求一种“持重厚实”的学术品格。《缪斯的精灵》虽然不是一本严格意义上的文学史著作，但大部分论文却具有“职业的批评”的基本特征，充分体现了研究者对史学品格的追求，将史的意识、史的眼光、史的高度具体落实到位，几乎从每个研究课题上都能表现出来：其一，“史识”与“史实”紧密结合，“史识”完全由“史实”中导行出即“有感而发”，而“史实”的实证性与可靠性又成了“史识”的坚实基础，但“史识”并未与“史料”处于等量地位，始终作为主体进行制导，使“史识”得以集中与丰盈的发挥。这既对现代文学史研究中的唯事实主义进行了有力冲击，又对那种偏于架空“史识”的空泛倾向作了坚决的抵制，如《崛起在尴尬的时代夹缝中》、《传统向现代的美学嬗变》等文则达到了真正史学的学术水准。其二，以历史整体观和辩证发展观对现代杂文、现代纪游文学、现代山水诗等文类的发展动向、流变机制和美学特征，作出宏观的概括和辩证的历史分析，增强了著作的历史感和辩证威力，如《创造“又一村”胜境的系统工程》一文是对现代杂文艺术的

---

① ［法］阿尔贝·蒂博代著：《六说文学批评》，三联书店1989年版，第45页。

整体系统考察，并以辩证发展观概括出杂文的四个艺术世界："直感理性和理性直感的形象特征"、"艺术的情感和情感的艺术"、"'言志'意识的觉醒与强化"、"议论不推理，不作结论"。这四个艺术世界实质上是现代杂文艺术的基本美学特征，这是颇有见地的总体把握和辩证透视，具有高屋建瓴的气势，逼近了文学史研究的高度。其三，文学的"外部研究"与"内部研究"尽量达到统一，文学的形态学描述与发生学追踪尽力做到有机结合。前者对文体或作品的研究，长于从创作主体切入，对文学本体从"外部"到"内部"或者从"内部"到"外部"进行整体透视与微观剖析的综合研究，使作出的判断或结论具有"外部"与"内部"审美因素相融合的特征；后者的努力可以从杂文、纪游文学、山水诗等文体的纵横交合的研究上看出表征，即不只是从形态学的角度来考察各体文学的总体特点并予以真切朴实的描述，而且也从社会的历史的文化的角度探索其生成流变的轨迹及缘由。这种研究并非是一般的文学批评或文学评论，自然具有其独特的史学品格和史学追求，所作出的审美判断或获得的丰富学识无疑具有相对的历史稳定性，决不是华而不实或追赶时髦的应景之作。

文学研究如同科学研究一样，摆在研究者面前往往有两条道路，或者是整理前人的成果或者是突破前人的成果。《缪斯的精灵》虽然重视对前人研究成果的整理，但这并不是它追求的目标。它仅仅想从以前的研究材料中寻找空隙或薄弱点，作为突破的前提条件；重要的是如何超越前人研究成果，将自己的研究提高到一个新的层次，所以作者非常倚重发现的逻辑机制。因为发现是一切科学研究追求的真谛，没有发现就不可能突破，更不可能超越。库恩认为，凡是有深刻和广泛影响的科学发现，它将带动整个结构的调整，从而表现为一种革命的进步①；这种科学发现机制也适应于文学研究，只有在研究的道路上不断地有所发现有所前进，方能使我们现代文学研究永远不会停止于一个水平。"超越前人"作为一种人类生存与发展的本能，它时刻驱使着一代代学者向社会认可的规则或惯例或成见进行挑战，努力走出生命之躯难以承受的巨大阴影，因此成功地探索者总是要想方设法以自己的智能和策略冲破已有的经验和教条，为一代人思维和感知方式的变化作出应有的贡献；而文学研究的每一项成功探索无不借助于发现机制，它首先要求研究者占有丰富的资料，既要从历时性的时间层次也要从共时性的空间层次广泛搜求，这是发现的重要依据。正如梁启

① 库恩：《科学发现的历史结构》，《科学》，第CXXXVI卷，1962年6月1日。

超说过的:“无论做哪门学问,总须以别伪求真为基本工作。因为所凭借的资料若属虚伪,则研究出来的结果当然也随而虚伪,研究工作便白费了。”[1]振昌同志的文学研究总是在资料的搜集考辨上下扎实的功夫,他出手的每篇论文都给人以沉甸甸的厚重感,很少那种不着边际的泛泛而论;但是他并没有陷于实证主义的繁琐考证和资料堆砌,非常重视从凝冻形态的历史资料中发现问题,洞见规律性的思想,由资料中引出逻辑结论,达到思维的超越。如《传统向现代的美学嬗变》一文,他翻阅了大量的现当代诗歌及有关史料,从中发现了中国新山水诗的流变轨迹、美学特征等,作出一些发人深思的逻辑判断;《“缪斯”的精灵》一文是在前人研究成果的基础上,重新阅读、感受作品或史料,发现鲁迅杂文有三种类型的“自我”表现形式,显示了思维机制的超越性。章学诚曾说:“学问文章,聪明才辨,不足以持世,所以持世者,存乎识也[2]”。虽然章的表述有矛盾,不能把“学问”与“识”对立起来,但是他重视从前人研究成果或史料中发现思想见识却是难能可贵的。重视发现机制、重视思维超越固然十分必要,不过也应注意到:文学研究的探索总是因为提出新的命题或作出新的结论,而一旦站住脚进入学术主潮为学界所熟悉所公认后,便意味着它的新颖感、先锋性的逐步消失;于是便又开始运用发现思维机制,向学术主潮所推崇的观念或定见挑战,进行新的超越,推动学术研究不断发展。

文学研究也如科学研究一样并没有捷径可寻,也没有坦途可走,唯有那些不惮曲折不畏艰苦的勤奋好学的人才有希望搞出一点成绩来。光靠才气灵气并不能取得令人满意的成绩,成果来自于勤奋来自于好学,这是人所共知的常识;然而要付诸实践并非人人都能做到,特别在任何环境任何条件下一以贯之的勤奋好学更不容易做到。振昌同志的勤奋好学精神是相当感人的。记得八十年代中期,他为了摸清现代杂文的资料情况,仅在北京图书馆一边吃着凉馒头一边查抄资料就苦干了一个多月,回校后反锁门在宿舍里阅读、整理资料又拼了数月,翻检了三百多本原版杂文集。正由于他在现代杂文研究上下了苦功夫和深功夫,所以其专著《中国现代杂文史论》为人民文学出版社所赏识并付诸出版;本书中收录的多篇研究杂文的论文,史料的实证性与思维的超越性也达到了有机的统一。文学史研究是一种投资大、收效慢的长线专业,对于选择这一专业的莘莘学子来说,既需要持之以恒的勤奋刻苦精神也需要一种耐得寂寞

---

① 梁启超:《中国近三百年学术史》,中华书局 1989 年版。

② 章学诚:《文史通议 · 说林》,中华书局 1985 年版。

坐冷板凳的孜孜以求的韧性精神，因为这门学科不仅难以在学术上成为偶然间的“暴发户”，就是像文学评论中那种出奇制胜的机遇也太少了。特别是在当前滚滚的商品大潮的不断冲击下，作为一个青年学者有点经济头脑计算一下学术成本，并据此来设计自己的学术路向甚至作出最佳选择，在我看来这并非是不安分的狂妄之举，而是一种人生权利和观念更新的表现，鼓励没有必要，指斥大可不必；但我却希望青年学子能坚守文学史研究阵地，不抱急功近利的目的，重视文化积累和学术理想，自觉地为文学史研究这门学科增辉添彩。振昌同志从读研究生选取现代文学史这个专业以来，几经商业大潮诱惑，始终不改其志，总是以韧性的执着和勤奋的追求，在文学史研究这条几代人走过的道路上艰难奔波。我对这样的青年学者，不仅充满了敬佩之情，而且寄予我们这一代学者的愿望。

振昌同志的学术生命力正处在旺盛时期，企盼着他的勤奋善思、诚实严谨、开拓求新的治学精神在更加宽阔的学术沃野上弘扬光大，结出累累硕果。

（1993 年 12 月）

有开创意义的拓荒工程

——序《胶东当代文学史略》

安家正是我大学的师兄,同在孔孟之乡攻读汉语言文学专业,都是由胶东半岛来到鲁南平原,老乡之情很快把我们拉近,并为办校刊《红色教育家》又经常凑在一起,或研究稿件或切磋学问,文史政哲、中外古今,无所不谈。虽然在那个"以阶级斗争为纲"的年代,思想禁锢得很严实,但在师友亲朋之间还有点"学术自由"的空气。我当年对家正颇有敬佩之感,不仅因为他高我一个年级,主要因为他思维敏捷,敢想敢说,坚持己见,很有点辩才,有时直率得可爱,有时胆大得惊人。大学毕业后,他回家乡胶东工作,我到山东师大任教,虽然"文革"十年音信隔断,然而大学阶段建立起的友情却难以忘却,每当有学友从胶东来济,我总要打听家正的消息。曾为他一度"怀才不遇"有所不平,曾为他调进高校任教感到高兴,曾为他创作获奖感到自豪,曾为他学术研究孜孜不倦的追求有所感动。对一个民族来说,历史的曲折常常孕育着发展的种子;对一个学者来说,人生的挫折往往潜伏着腾飞的势能。改革开放为家正施展才能提供了良机,十八般武艺他都尝试过,虽然不能说样样都精,可件件皆通,特别他的通俗小说创作、作家作品研究在文坛学界引起人们的关注。今天他又完成了洋洋三十余万言的《胶东当代文学史略》(以下简称《史略》),可以说这是他学术探索道路上的里程碑,也是他多方面展示武艺的重头戏,值得祝贺和称颂。

文学史研究在文学研究的总体格局中占有极其重要的位置,只要承认文学的发展是个动态过程,而且又是有规律可循的,文学史研究就会越来越具有吸引力;况且文学史研究是一种带有综合性质的研究,那种"试图将文学史与文学理论和文学批评隔离开来",强调"文学理论不包括文学批评或文学史,文学批评中没有文学理论和文学史,或者文学史缺乏文学理论与文学批评,这些都是难以想象的”①。既然文学史研究与文学理论、文学批评保持一种你中有我、我中有你的相互依存又相互独立的密切关系，那么作为一个文学史研究者既需要具备较深的文学理论修养、较高的文学批评鉴赏能力，更需要掌握丰富的史料、学识以及公正的评判眼光。家正致力于文学史研究且在较短时间完成了《史略》，我认为早已具备文学史研究的能力和条件。在我的印象中，他有博览的习惯，人文科学或自然科学只要他感兴趣的都要翻阅。特别中外文学史知识他有系统化的阅读储备。这不只是充实了他的知识结构，也增强了他深厚的历史感。他的社科理论基础坚实而系统，对中外文艺理论思潮有较浓的兴趣，并能在文学研究中具体运用，显示出较强的理论思维能力和独立思考的学术品格；他的文学批评富有才气和灵气，艺术感觉相当敏锐，注重作品的美学风格和艺术品位，评得活泼灵动，没有那种沉闷的学究气。此外，他研究胶东文学史还有两个得天独厚的条件：一是本人是作家，小说、戏剧、散文、报告文学等都有佳品问世，既懂得创作的奥妙和甘苦，又晓得当代文学演进的脉络；既具有丰富的创作实践经验，又具有从经验世界升华到形而上境界的思辨能力。二是他是胶东作家群的一个新兵，既受到老一代作家的栽培和滋补，又深受老一代作家优良传统的影响和熏陶，既了解同代作家的创作底细，又熟悉他们的文学追求和创作格调，既热爱胶东的山山水水，又深晓胶东的文化风情，并以“恋乡情结”把自己与胶东光荣的过去、辉煌的现在、灿烂的未来联系在一起。这一切，为家正从事胶东文学史研究并获得丰硕成果提供了有力的保证和优厚条件。

家正把“胶东文学”作为特定范畴纳入“文学史”格局进行“史”的研究，这应算是具有开创意义的拓荒工程，是对地域文学史研究所作的独特贡献。“胶东文学”这个称呼在文坛上并不陌生，对胶东作家作品进行评论和研究的著作和论文也见过一些，但从“史”的角度对“胶东文学”予以整体的独立的研究却是罕见的。因而《史略》填补学术研究空白地带的意义是不容抹煞的。地方性的文学史我也读过几本，写出特色写出深度者少，一般化的较多。“胶东文学”作为一种文学现象研究是可以的，能否作为“地方文学史”加以综合系统考察我曾怀疑过，粗读《史略》后，我不只消除了疑虑，而且坚信“胶东文学”能写成颇具特色的地域性文学史。翻开现有的中国古代文学史，几乎难以寻到胶东的著名作家或有名作品。但“五四”文学革命后，有声誉的现当代作家便逐步出现

---

① 韦勒克、沃伦著：《文学理论》，1984 年三联书店版，第 32 页。

了。较早登上“五四”新文坛的是新潮社的杨振声，他是蓬莱人，至少为现代文学的开创起过一定的先锋作用；到了抗战时期，胶东民主根据地建立，在《在延安文艺座谈会上的讲话》的照耀下，胶东地区的革命文艺创作和群众性的文娱活动开展得相当红火，形成了与延安解放区文艺运动遥相呼应的胶东解放区文艺运动，涌现出一些有名的剧作家和文学剧本；解放后“胶东文学”创作一度繁荣过，在全国描写军事题材的有影响的作家作品中也能找到胶东作家反映胶东革命战斗生活的佳作；历史推进到新时期，“胶东文学”有了长足的发展，老中青三代作家为“胶东文学”共创辉煌，既显示出“胶东作家”的群体优势，又表现了“胶东作家”在各自的艺术追求中含有一种相近似的“共有的特色”，即唯有“胶东文学”才有的地方色彩。“胶东文学”之所以有着浓郁的地方特色，考其原因不外是：从创作队伍构成来看，大多数作家是沐浴着胶东半岛山光海风成长起来的，其中不少作家又在本乡本土从事文学创作，这便于相互接触、联络感情、促进交流、彼此影响，以乡情为纽带结成友谊；从文化心理来看，地域性的胶东文化传统和文化氛围不断地积淀不断地熏陶，容易形成相似相同的文化心态和语言习惯，这是胶东地区作家具有趋同艺术追求的深层文化基因；从审美取向来看，同一地区的作家彼此之间有可能形成师承关系，或一代传授一代，或同代之间争相学习模仿，特别是相近相同的审美心理和艺术追求能使他们在选择题材、人物塑造、审美形式和艺术风格上具有某些趋同性，胶东作家群也深受这一规律制约。这些缘由必定导致“胶东文学”的“共有的特色”。由于“胶东当代文学”有个形成发展的过程，并在特定的时代氛围和文化语境下凝成一些“共有的特色”，既有创作力量雄厚的作家群体，又有成就卓著的个性色彩鲜明的代表性作家，因而把“胶东文学”作为一个自足系统的地域性文学进行研究，不仅具有开拓意义，也具有史学价值。

文学研究领域中每一项有意义的理论探索，最终都将落实在文学史研究中。家正对“胶东文学”的研究始于作家作品评论，曾与许临星合著《峻青创作论稿》。通过文学评论他既获得了大量感性的文学史料、切实的审美感受和审美判断，又获得了新的理论视野和规律性的思想观点。正是在此基础上他萌发了撰写胶东地域文学史的想法，虽然也听到一些“奇谈怪论”，但并没有影响他“综合治理”胶东文学的勇气。通过艰苦的探索、刻苦的阅读和精心的搜求，以新的理论透视已占有的丰富文学资料，从而获得了“史识”，对“胶东文学”形成了整体看法，使资料的实证性与思维的超越性得到较好的融合。“史识”就是思维的超越性，文学史如果缺乏“史识”那就意味着失掉了灵魂，充其量不过是文学资料的汇编，所以治史者从来重视“史识”。章学诚曾言：“近日学者风气，征实太多，发挥太少，正如食桑叶而不能抽丝”，因而他主张“学贵识也”[①]；黑格尔也说过：“一个伟大的精神能创造伟大的经验，能够在纷然杂陈的现象中间见到有决定意义的东西”[②]；都是强调见识的重要性。一部文学史的学术价值往往也取决于其是否具有“史识”。家正对“胶东文学”的研究，不仅重视资料的实证性与思维的超越性，获得一些有思想价值的“史识”，并在“史识”的规范下建构起《胶东当代文学史略》的理论框架，即运用理性思维方法从最高层次上驾驭全局。文学史的框架千姿百态，并没有固定格式或现成的图式，它是研究主体的一种能动性和创造性的表现。《史略》以作家论为单位以时间为纵向贯穿线索分成“上篇”与“下篇”两大板块，既展示出“史”的过程又展示出多彩的艺术风貌。这种框架不一定是“史”的最佳体例，也不是新颖独到的图式，但却是在研究者明确的理论思维指导下形成的体现其意图的结构，即通过这一框架在特定的历史范畴内来显示胶东文学的辉煌的创作实绩以及万紫千红的艺术风姿，从而表明“文学史就是创作史”这样的文学史观。特别是从“胶东文学”本无“史”的角度来看，这种框架不仅使“胶东文学”有“史”的物化形态，而且它的开创性的拓荒意义更值得人们重视。

《史略》选取“描述”作为特有的陈述方式也是应该称道的。文学史研究或文学评论中的陈述，不同于科学的陈述，乃是一种带有直觉性的感悟性的审美心理投射，“描述”则是对文学作品一种经验和体验的复制，它既是理解与判断的基础，本身也包含着理解和判断。罗兰·巴尔特说：“理解一部叙事作品，不仅仅是弄懂故事的展开，也是辨别故事的‘层次’，把叙述‘线索’的横向连接投到一根垂直的暗轴上”[③]。这是指的文学研究的描述层次。我们将文学作品作为研究对象纳入视野，常常感到它的模糊性、整体性难以切割分解，难以找出分析的语言，难以归入理论上加以界定，这时我们只能借助于描述；因为描述是一种对“客观印象”的领悟，“对于艺术的谈论就属于对事物印象的谈论，艺术谈论的逻辑就是表现性描绘的逻辑”[④]；也就是说，文学评论或文学史研究的逻辑可

① 章学诚：《文史通议·说林》，北京：中华书局1985年版。

② 黑格尔：《小逻辑》，商务印书馆1981年版，第87页。

③ 罗兰·巴尔特：《美学文艺论方法论》（下），文化艺术出版社1987年版，第533页。

④ V·C奥里法里奇：《艺术哲学》，中国社会科学出版社1986年版，第122页。

视为描述的逻辑。《史略》对胶东文学史的研究是以重要作家的主导审美取向或创作倾向作为研究对象的。这首先要对大量文学作品进行评论，然后从中寻绎带有规律性的典型文学现象或带有相似特色的审美风格。这种研究思路，选取描述作为主要的陈述方法是较为适宜的，这表明研究者不是抽象枯燥的说教而是绝妙的导游者。由于文学作品具有伴随着美感的形象的特征，对其进行描述不仅仅是内容的简单复述，也不可能是舍弃形象的抽象逻辑推理，它必须以黏附着直觉思维的语符系统再现文学作品的真实内容，以保持原作的审美特征和艺术生命，这样的文学研究者才有可能成为读者接受原著的导游者。我国传统的文学评论中的描述既表现了批评家的理论智慧又表现了批评家的艺术造诣。刘勰在《文心雕龙》的《辨骚》中这样描述屈原赋的艺术："故其叙情怨，则郁伊而易感；述离居，则怆怏而难怀；论山水，则循声而得貌；言节候，则披文而见时。"寥寥数言，在"叙"中寓"评"，情理兼备，描述之至境也。翻检《史略》不乏精确的描述，既有微观式的描述，显示出文学作品的一切浓淡色度和人物形象灵魂中的一切隐秘变化；又有宏观式的描述，它是一种鸟瞰，一个镜头或几笔彩绘就把原作的精神与艺术面貌或某一作家的创作风格概括出来。不论哪种描述，都不是单纯直观性产物，实际上已存在主客观经验的总结，渗透着理性，与《史略》交融在一起。

《史略》作为对"胶东文学"进行系统研究的第一部史著，我承认它并未达到尽善尽美的史学境界，但我对它不做这种毫无实事求是之意的苛求，而是充分肯定研究者这种勇于探索大胆尝试的精神；它本身的学术价值固然重要，但它的开拓意义更重要。我相信家正同志将来会奉献一部比《史略》更系统更完整更有深度力度的全景式的"胶东文学史"！

（1995 年 1 月 20 日）

勇于进击的探索性格与锐意创新的张力思维

——序《境遇与策略》

青年人中向来不乏有才之士,常常是“踏破铁鞋无觅处,得来全不费功夫”。我对张清华的发现就是在一次偶然的机会。大学阶段我给他所在年级授过课,听说他有点小才气,古典文学修养较深,尤爱诗词歌赋,对新时期文学亦倍感兴趣,但我没有具体辅导他,当面交谈就更少,毕业后他分回家乡任教毫无联系。记得87年我应邀去滨州主持编写一部文学史,并在滨州师专做了一次学术报告,当时清华已在滨州师专讲授外国文学近三年了。老师往往会忘记学生,而学生对老师的怀念却是终生的。清华没料到我能来偏僻的滨州,虽然我对他的印象模糊了,但他见到我却又惊喜又热忱,并亲自跟车把我送回济南。就是在返济的路上通过促膝交谈,中外古今、天南地北地闲聊,我察觉到他名不虚传,的确有才气,值得深造。一是他虚心好学,求知心切;二是他悟性过人,触类旁通;三是思维敏捷,求异追新;四是知识面广,中外皆通;五是参与多部书稿撰写,具有较好的研究素质。由于我发现了清华有可能迅速成才的主观条件,便把我想写一部从古至今的中国情爱文学史论的初步构想对他讲了,引起他极为浓厚的兴趣,且对我的设想提出不少“不谋而合”的学术见解,表示愿意参加这个课题的研究。我求才心急,开诚布公直截了当地动员他报考研究生,次年清华果真以优异的专业成绩考取了我的研究生。

在攻读硕士研究生三年中,他经受了火的锻炼和考验使之思想较前深沉了,他经受了系统的专业学习和训练使之知识结构较前厚实了,他经受了中外新思潮的冲击和洗礼使之理论思维较前开放了;特别通过研究和撰写《中国情爱文学史论》的实践锻炼使之科研能力较前有了大幅度提高,初步显示了他的学术才华和科研实力。这部专题史论为省社科“七五”规划项目之一,是个开拓性的课题,全书的总体构架分“古代篇”、“现代篇”和“当今篇”三大板块,其中难度最大的“古代篇”由清华来承担。他不仅出色地完成了中国古代情爱文学的考察和研究，而且以新的理论视野、新的思维方法来透视和阐释古代情爱文学的文化意蕴、审美特质、流变轨迹及其内在机制，对《金瓶梅》、《红楼梦》等名著敢于突破前人的思维定势从新的视角作出新的理论概括；尤其是原型理论和范式理论的灵活运用把古代情爱文学的研究提升到一种新的学术境界，因此本书问世后所引发的评论几乎都认为“古代篇”写得最有特色、最有深度、最富开拓性。清华研究生毕业后留在山东师范大学语言文学研究所从研执教，其主攻方向是二十世纪中国文学，但因他兴趣广泛、具有开阔的学术视域和较深的理论修养，所以近三年他并未仅仅局限在主攻方向上，也就是既在“点”上深入又在“面”上拓展。“点”的深入不只是为了开掘新东西也为了从深层沟通20世纪中国文学与中外古今文学的内在联系，在世界各民族文学的宏阔背景上建构“20世纪中国文学”研究的新格局；“面”的拓展也不只为了开辟新领域同时是为了深化“20世纪中国文学”的研究寻找并熟悉更多的理论武器。也许正是基于这种设计，尽管他背着沉重的经济包袱又照顾着病妻幼女，但他总是以超人的毅力挤出时间和精力为实现其科研构想而拼搏，商品大潮的冲击也并未动摇他致力文学研究的意志，高薪单位的经济诱惑也没有松懈他完成科研规划的决心。他以研究骨干的角色参与了《宗教与中国文学》和《中国山水诗论稿》两个省社科规划重点项目的策划与撰写，尤其后者他承担了“中国山水诗的文化意蕴”和“中国山水诗美学风格”两大章的十多万字的研究和撰写任务，占全书总字数的四分之一，这两章可以借鉴的新成果并不多，而他却运用新的理论方法对古今长达二千多年的山水诗作了重新观照和概括，获得一系列新的史识和新的见解，增加了全书的新颖感和理论力度，再一次显示了他较厚实的美学理论功底和较强的研究素质。这可以说是他的科研构想在“面”上的拓展。以上这些不仅有力地证明了清华的学识和能力足以参与完成重大的研究课题，而且也雄辩地说明他的才干和胆识可以支撑其独立进行重要科研项目的策划和建构。最近的一两年，他以独立作战的姿态完全按照自己的学术眼光和审美取向，对中国20世纪文学进行重点深入研究：一是以现代化为价值坐标重新审视20世纪中国文学现代化的艰难历程及其成败得失，对各种形态的现代主义文学思潮尤为关注；一是立足于新思潮的前沿，对新时期文学创作倾向和新人新作进行跟踪评论，把“史”的研究和当代文学评论有机地结合起来，前者使他的评论增强了历史纵深感，后者使他的史学研究具有强烈的当代性。围绕这两个重点，他撰写了一系列有理论意义和学术价值的论文或评论，有的发表于国家重要报刊如《文学评论》、《文艺报》上，他的文章被全国学术界有影响的“人大复印资料”全文转载的达十多篇，其转载率于青年学者中是较高的，表明他的学术研究和文学评论的分量与质量引起了学界的关注和重视。这种“点”上的深入，有助于增强其深厚的历史感和知识的体系化，有助于强化其思维的敏锐性和超越性，有助于开拓其宏观视野和整体把握力，有助于更新其理论模式和研究话语。

摆在我面前的《境遇与策略——20 世纪中国文学的文化逻辑》（以下简称《境遇与策略》）这部史论结合的书稿，是清华近两年对中国新文学深入思考和大胆探索的水到渠成的研究成果，可视为他步入学术园地第一个爆发期所闪烁出的灿烂的思维火花。在我看来，中国 20 世纪文学特别是其中的“现代文学”经过几代学人的开掘已不是一座蕴藏量丰富取之不尽的富矿了，对于致力新文学研究的青年一代学者来说要想超越前人或者在研究上达到整体性突破是极其艰难的；然而也并非没有“超越”和“突破”的可能性，问题的关键在于能否认真对待前人的研究成果从中找出新的突破口，能否以超人的勇气重新勘探、深挖细掘，能否用新的思维新的策略对中国新文学这座宝藏重新考察重新分析重新整合。本书的可贵之处就体现在这些方面。文学研究从资料的实证性到思维的超越性所表现出的主体的能动性和创造性，往往不是以现成的形式、直接的内容表现出来，重要的是通过一定的理论框架的建构来体现。《境遇与策略》将新文学置于由 20 世纪中国整体人文环境和文学发展内在逻辑相结合所形成的特定历史范畴即“文化境遇”之中，以新思维新角度，有选择地——或选取内蕴深邃而又隐蔽的文学思潮或选取具有典型现代意义的文学现象和文艺创作——对 20 世纪中国文学演变的总体趋向、内在机制以及艺术策略进行宏观审视与重新描述。在这一主导思想的指引和规约下，它所建构的理论框架并不一味追求形式上的所谓严密、完整、系统和面面俱到，而是着意于那种“形散神凝”的具有内在逻辑统一性、思维空间发散性的结构图式；这种有弹性有张力的理论框架的建构需要研究主体“打破感官事物的锁链而进到超越感官界的飞跃”[①]即以创造性的理性思维介入，从历史哲学与审美哲学层次观照并驾驭二十世纪中国文学全局，由面及里、由显到隐、由实入虚地探究新文学现代化艰难曲折历程所蕴含的奥秘、规律及各种艺术策略的实际效果。因而若加以具体考察便会发现，本书的理论框架的建构是一种历史感与现实感双重辐射的图式，即

① 黑格尔：《小逻辑》，商务印书馆 1981 年版，第 125 页。

体现了哲学思维的高度抽象又体现了建基于感觉经验的现实性。对20世纪中国文学进行“史”的研究无疑是个复杂的系统工程,在对本书理论框架的建构中,主体深知必须体现出文学与文化的整体关系以及文学系统自身各种关系与各种质的规定的综合,达到有机联系的整体统一;因而它既扬弃了审美经验的感性具体的混沌性,也扬弃了审美过程知性分析的割裂性,保留了感性具体的整体性和知性分析的清晰性,然后以一种历史逻辑与理性逻辑相统一的更高的理论形态达到了思维的超越性。不论全书的理论框架建构或者每章的理论框架建构都具有高度抽象性和高度具体性的特点。并不像有些文学史研究只把文学运动、文学思潮、作家作品按时代组合起来,着眼于文学外部形态的联系,至于运动形态、理论形态和创作形态自身的和它们之间的内在深层联系则根本不予深入探讨。正如黑格尔所指出的,一部著作理论框架的建构只注重这种形式分类,“其编制大体就是把同类的东西摆在一起,把较简单的东西放在复杂的东西之前”,而不能“从对立面的统一中把握对立面,或者说,在否定的东西中把握肯定的东西。”①与上述第一个特点相联系的,《境遇与策略》一书理论框架的第二个特点是,它善于运用辩证法从纷纭复杂的文学资料中寻绎出有序性、过程性、联系性和矛盾性,揭示出它们的结构密码并从而恢复其生命,从中发现具有决定意义的带有规律性的东西。大而言之,全书设六章如同用六个板块筑成了总体框架结构,虽然从现形态来看每个板块之间有相当大的独立性或者说联系得不够紧密,然而研究者却以辩证思维的机制和威力从充满矛盾、悖论的文学现象中洞察出对20世纪中国文学现代化具有决定意义的特殊路径与文化策略,这就是:20世纪中国文学的“文化境遇”带有浓重的泛启蒙主义的理性色彩,而造成中国文学真正与世界文学同步现代化的乃是由于创作主体采取了引进非理性文艺思潮的立场和策略,使中国文学的现代化以特异姿态在这种二律悖反的相激相荡中艰难曲折地运行。这种具有决定意义的新发现就成了全书框架结构的理论支柱和思想线索,将六个板块有机地串联为一体。小而言之,每章理论框架的建构也具有这样的特点,总是以辩证思维从中西比较的角度对纷纭复杂的史料进行深入的开掘,摸清文学流变的内在矛盾冲突及其主导趋向,并从而获取一种符合历史逻辑的思想认识,以改写既定的历史结论,形成新的统一体。另一方面,《境遇与策略》的理论价值和学术价值不只是体现在理论

① 黑格尔:《逻辑学》上卷,商务印书馆1981年版,第38~39页。

框架建构上所显示出的创造性与开拓性，同时也体现于对20世纪中国文学在总体上或局部上所进行的有意义的探索或有见地的思考上。中国新文学史蕴含着几代人的文学思考和学术追求，中国学界已有人像《俄国文艺学史》那样“把被称为学院派的学者们的著作中所包含的理论论述、文学史的结论与研究加以系统化”①，撰写文学史学史之类的著述；而清华的著作则是在前几代学者研究的基础上力求超越、重新探索、锐意开拓，这种理论勇气和学术追求是值得称赞和肯定的，至于本书在学术观点上有哪些突破哪些超越，这需要从宏观上考察和微观上识别。在我看来，至少这些思考带有突破性或探索性：

其一，对20世纪中国文学所处的“文化境遇”作了重新的认识、定位和发现，对其整体的启蒙主义文化逻辑，“现代化焦虑”和具体的阶段性逻辑作出了新的认证与解释。从而为大量文学现象的再认识提供了评判的客观依据；其二，在“文化策略”或“艺术策略”的论证上，找到了一种更为接近历史存在的二元视角，对特定文化情境下的激进主义与文化保守主义行为作了重新的评判和论述，在这一方面是尤其具有突破性的；其三，总结出大量规律性的历史现象，对20世纪中国文学发展的内在动力、具体运作、历史整合等等现象都作了全新意义上的论述，如对现代主义的新认识，对文化逻辑的历史循环与悖论反复以及文化策略的相应调整的论述，对某些激进形式的艺术策略的议论分析，对一些文化范畴而不是社会历史范畴中的传统价值取向的特殊肯定，对80年代多重状态中的文学与文化思潮的认识分析等等，都是独具思考深度，卓有发现的；其四，从方法运用上也实现了较大的突破，整体理论话语是十分新颖的，对文学和文化现象的分析评判完全越出了社会学立场上的一元论标准。将最新的解构主义、后现代主义、殖民主义和后殖民主义以及新历史主义文化理论进行了综合性的运用，如以后殖民文化视角对《围城》所作的“新论”，从历史话语的变革历程的角度对“寻根文学”的重新认识，从文化保守主义角度对沈从文和张炜等作家的论述等等都是极富发现精神的。

上述，我对《境遇与策略》的理论框架与学术观点所作的归纳与阐释并不全面也不深入，更不意味着我对本书作了全称肯定或对所有的见解都赞同；尽管该书的理论框架有些开放有余严密不足、学术观点有些大胆有余谨慎不足之嫌，但我认为它确实是一部具有探索性、开拓性、新颖感、理论色彩强，散发着青

① 尼古拉耶夫等著《俄国文艺学史》，三联书店1987年版，第4页。

春学术气息的著述，它为20世纪中国文学研究在理论上增加了新值、在方法论上增加了新法。

综观清华近几年学术研究的实绩，初步显示出他的爆发力、进击力、创造力以及勇于攀登科研峰巅的魄力、才华和胆识。他的文学研究之所以步步高除了这些性格素质外，主要得力于如是的独特优势：一是发散性思维方式的富有成效的运用。读清华的著述或论文常常感到其思维有很强的辐射力，既可以环绕中心论点向纵向辐射也可以向横向辐射，不断地拓展出新领域，增加了信息量，充实了理论意识，易于使自己的研究走向创造的境地，这正是得力于发散思维的功能。库恩说得好："科学中的大多数新发现和新理论并不仅仅是对现有科学知识货堆的补充。为吸收这些发现和理论，科学家必须经常调整他们以前所信赖的智力装置和操作装置，抛弃他以前的信念和实践的某些因素，找出许多其他观念和实践中的新意义以及它们之间的新关系。接受新的就必须重新估计、重新组织旧的，因而科学发现和发明本质上通常都是革命的。所以，它们确实要求思想活跃，思想开放，这是发散性思想家的特点"①。文学研究也是这样，想突破原有的理论定势或所谓权威性的成见，获取较大的超越和较多的新意，必须借助于发散性思维促使科研结构发生变革的这种巨大威力。清华的可贵之处不只是卓有成效地运用发散性思维开展文学研究，取得一些具有开拓意义的研究成果，而且他也晓得文学光有思想活跃、自由度大的发散性思维是不够的，还必须借助于收敛性思维的扎实功夫，也就是既在文学资料的收集与整理上下力气又对前人的研究成果作了认真的取舍，这样他就把发散思维与收敛思维纳于己身，不断地产生矛盾张力不断地涌现研究成果。二是发现逻辑机制的主动而自觉的遵循。发现机制与发散思维在文学研究中有着异曲同工之妙，发散思维活跃的人其发现机制也充满活力。发现，是一切科学研究追求的真谛；当然也是文学研究追求的普遍目的，特别是要突破前人研究的思维定势就必须遵循发现的逻辑规律。清华不仅是自觉、主动地遵循发现的逻辑机制从事文学研究，不断发现不断突破，不满足自己获得的史识或已达到的学术水平；能够积极在寻求文学研究中运用发现机制的运作特点，即经验观点与理念观点的统一、形而上学的普遍性与现实事物的特殊性的统一，即"导向实体的必然和统摄整体的原则"②，让人感觉到其发现机制从不停留于审美经验层次而是随时升华

① 库恩：《必要的张力》，福建人民出版社1981年版，第223～224页。

② 黑格尔：《美学》第1卷，商务印书馆1981年版，第28页。

到形而上学的思辩境界;另一方面他从不绕过矛盾来运用发现机制,越是充满了矛盾、悖谬的文学现象越是他重点冲刺的研究对象,表现了发现逻辑规律的运作机智,从他著述的大小标题便可看出这一点。因为矛盾特异的文学研究对象中往往潜存着一种科学“史识”的发现,一旦将其由隐到显地展示出来,就会改写既成定论的历史。三是艺术感受的异常敏捷、锐利和深微。这是在文学研究过程中能否有成效地运用发散思维方式和发现逻辑机制的重要前提;特别是文学艺术“是人类情感的符号形式的创造”①,它所表现的人的本质力量和深层意识、微妙心理、神秘思绪都是以情感作为媒介和通道的,人的深层意识无不囊括在情感的衣裳里,而作品的“情感性”又是那么复杂、流动、模糊、深细,实在难以把捉和确定。清华对文学思潮、文学创作以及其他艺术品类有较高的鉴赏力和识别力,特别对那些带有现代主义或后现代主义意味形式的诗歌有着极敏锐的艺术感受力,透过朦胧的情感轻纱能迅捷地抓住其美学特征,作出准确的审美判断。读他的研究文章会感到,越是复杂的文学现象、艰涩隐晦的艺术作品通过他的审美感悟和体验越是能作出有明晰区分度的理性概括和辩证分析。四是汲取“先锋意识”促使文学观念的更新。说清华是文学研究队伍中的“先锋派”成员,并不一定恰当,但他的确善于从当代世界新思潮中获取启示,不断地充实或刷新自己的文学观念和研究模式。在这方面于青年学者行列中他是较突出的,也是见出明显成效的一个,如他对现代主义或后现代主义的各种理论思潮以及那些时尚的方法论,几乎都研究过和触摸过;但他并非赶时髦、唯新是好,总是自觉地结合研究对象的需求大胆而又审慎地汲取,化为自己的方法论。文学研究中的每一种先锋思潮或理论探索最终都要落实在文学史研究上;而且任何先锋理论或方法从定型到具体运用于文学研究实践都需要经过一系列的转化和变形,否则就会出现生搬硬套或产生负效应。《境遇与策略》新理论新方法运用得比较好,形成了一套新的研究话语。五是开放的宏观视野与大跨度的整合能力。由于清华的学识比较广博,思维的超越能力和联想能力比较强,长于从经验世界飞升到形而上学境界进行精神漫游,所以使他的研究成果显得视野特别开放宏阔,善于抓住文学现象或文学作品之间的内在联系进行大时空跨度的理论整合,尤其敢于将不同的批评模式共置于20世纪中国文学史结构中进行一系列的转变与整合;不过他的宏观研究或大跨度理论整合总是或紧或松

① 蘇珊·朗格:《情感与形式》,中国社会科学出版社1986年版,第51页。

或隐或显地联结着对具体文学现象或作品所作的微观透视和剖析，即重宏观研究的高度广度追求又注意微观研究的深度效应。

自然，在对清华的独特优势进行简略考察中，时而也发现优势中潜含着一定的危机。如发散性思维方式的偏重有时会使其发现流于空泛；再者，宏观研究的大跨度的理论整合，必须借助精湛的理论修养和严密深细的逻辑论证，否则就会出现理论思维的大跳跃或大间歇。对于一个严肃进取的青年学者来说即使细波微澜的潜隐危机，也要引起高度重视。

学术研究如同其他的事业一样，总是后浪推前浪，一代胜过一代。因此我们不仅对青年一代学者寄予厚望，严格要求，同时也更应该为他们迅速成才、施展才华创造有利条件。中国学术界“老者本位”观念较深，老师在场学生不敢说话，老师不牵头著述就难以出版。杨振宁博士回国讲学多次谈道：“中国科学的希望就在于中国的中、青年科学家有没有发言权。”①清华在文学研究的第一个爆发期由于人文环境的改善取得了不少发言权，其才气、灵气和创造性从科研成果中得到令人注目的显示；目前他已进入而立之年，正是风华茂盛之时，即将步进更加成熟老练的境地，我相信他会创造出更多更好的科研硕果迎接 21 世纪，在一个更高的学术境界铸造和展示自己的艺术才华与文化人格魅力。

（1995 年 2 月 24 日）

① 1995 年 2 月 19 日《文摘报》第 4 版。

三面出击皆有所获

——序《姜静楠班卫东文学论文集》

韦勒克、沃伦在其所著《文学理论》中，批评那种在文学研究总体格局中"试图将文学史与文学理论和文学批评隔离开来"的观点，严正地强调"文学理论不包括文学批评或文学史，文学批评中没有文学理论和文学史，或者文学史里缺乏文学理论与文学批评，这些都是难以想象的"①。也就是说，在文学研究这盘棋中，文学理论、文学史、文学批评既各自独立又相互联系，既有独特的角色任务又可以彼此自由转换，三者形成了不分不合又分又合的极其微妙的研究关系和鼎立局面。作为一位出色的文学研究者，对文学理论、文学史和文学批评都应该积极尝试，勇于探索，三面出击，皆有所获。即在文学理论探索中闪烁出真理的火花，在文学史研究中迸发出独到的史识，在文学批评开展中放射出智慧的光芒；而且在这三位一体的你中有我我中有你的整合中显现出研究主体的才气和灵气。

《姜静楠班卫东文学论文集》（简称《文集》）在某种程度上体现了文学研究的总体格局和研究主体的综合优势。它既有文学理论探索的文论如《文学与生活：理论命题的重新审视》等，又有文学史研究的文论如《陶渊明的现代版——论钟敬文的隐居纪游文学》等，也有文学批评的文论如《论〈古船〉中的艺术象征》等，并从而显示出著者的研究视域开阔、探索魄力雄大、学术眼光锐利。以联系的观点审视，这三部分文论又是相互渗透相互兼容的，文学理论的研究既含有文学史又包容文学批评，文学史的探讨既要依仗文学理论又要借助文学批评，文学批评的开展既离不开文学理论的支撑也离不开文学史的背景。从研究主体的角度来观照，文学理论的探索总是基于文学史研究中出现的新问题或文学批评中出现的新倾向，并借助史学的眼光和评论的锐气，对那些已成思维定

① 韦勒克、沃伦：《文学理论》，北京三联书店 1984 年版，第 32 页。

势的理论命题进行重新审视和探讨,以获取新的理论见解。文学史研究的新发现新史识,得力于每一种时尚理论的成功探索,探索出的新理论,形成的新思维,最终落实到文学史研究和文学批评中,或部分改变文学史已有的研究格局或在某种程度上更新文学批评模式和价值标准;特别是文学批评的敏锐感悟和睿智发现更使文学史研究增加了新值以及勘探文学史河域的深度和力度。文学批评不能只停留于直觉的感悟层次,或只注重一味的品评和鉴赏,应及时地将感觉到或体验到的东西升华到理性层次,或以新的理论思维给予精辟的概括,梳理出一些文学规律,归结出一些美学特征,或以形而上的思辨对审美感受中的"神秘余数"进行破译和蠡测,将作品里蕴藏的多义、朦胧、永恒、奥秘的东西通过文学批评尽量多地开掘出来;大凡文学批评的对象,不论是作家作品、社团流派或者是文学现象、理论思潮,都是文学史构成的部件或因素,从这个意义说文学批评也是一种文学史研究,这不仅因为文学批评的成果要进入文学史研究的"集装箱",而且文学批评既应以文学史作为宏阔的背景又需借助先锋性的文学史观、深刻精到的史识、求实求真求新的思维方式等。正因为静楠在文学研究的总体设计中,将文学理论、文学史、文学批评紧紧拴在一根链条上,研究运作过程尽量发挥它们之间的互渗性、互补性的巨大功能和内在优势,所以形成了《文集》的理、史、评有机结合的总体特征,即使那些单篇文论也具有论中有史、史中有论、论中有评、评中有论、史中有评、评中有史的特点。这无疑显示出作者在文学研究上苦心经营的胆略与"综合治理"的魄力,以及多面出击所获得的硕果。

《文集》的综合优势和总体特征只能包括而不能代替文学理论、文学史、文学批评各自研究的成就和特长,这就不能不分别加以考察。就其文学理论的探索文章来看,只要你阅读了《文学与生活:理论命题的重新审视》、《"重写文学史"现象论》等篇,那你便会发现静楠作为一个青年学者在理论研究中所体现出的一代人的思考方向和超越意识。传统文学理论体系中不少观念、范畴、原理等受到机械论或社会庸俗学的渗染和影响,甚至形成了一些僵化凝固的理论模式或思维定势,严重地阻碍着文学理论的发展和方法论的更新。像静楠这样的带有先锋气魄的青年学者总是以超越意识突破某些传统理论观念的桎梏,尤其作为人类求生存求发展必须"超越前人"的天然本能总是时刻驱使他们向社会认可或众人承认的定论、成见和权威话语挑战,努力走出巨人的阴影和机械论的陷阱,把探索真理、认识真理和把握真理作为神圣的天职。文学与生活的关系早已有了权威结论，且为大多数人所接受所承认，几乎成为众所周知的常识；然而静楠却从中发现了经不住检验和推敲的非正确之见，从而提出了自己的闪烁着辩证思维威力的见解，对文学与生活的深刻而复杂的关系作出了发人深思的阐释，表现了理论思维的开放性和冲击力。当然他的理论探索也不同于自鸣才气横溢的先锋学者"唯新是好"，今天提一种新理论明天推一个新方法，老是跟着外来新思潮转；读他的《"重写文学史"现象论》便会感到其并不盲目的崇拜时尚，也没有那种年轻气盛，动辄指斥前人研究成果的莫名其妙的优越感，而是能够以冷静的心态、求实的精神和辩证的思维对"重写文学史"现象从多层面进行理论透视，对前人的理论框架或文学史观作出令人诚服的分析，对那种"重写文学史"的先锋理论和标新立异的见解并不一味的赞赏，表现出博采众家自成一说的兼容创新的气度和超越自我思维惯性去理解认同相异学术观点的潜能。就其文学史研究的文论来说，静楠能自觉地将文学理论探索所获得的新思维新观念新方法，针对文学史研究对象的特点有选择地加以灵活运用，形成新颖独到的从感性的具体到知性的抽象再到理性的具体的理论思维框架；理论框架的建构体现了文学史研究主体的理性技巧，史料一旦遵照框架的内在要求排列组合起来，它便超越史料本身的价值，激发思想的增值，这正是主体辩证思维的内在超越性。黑格尔说得好："思维之超出感官世界，思维之由有限提高到无限，思维之打破感官事物的锁链而进到超感官界的飞跃，凡此一切的过渡都是思维自身造成的，而且也只是思维自身的活动。如果说没有造成这种过渡，或提高的过程，那应该说是没有思想。①"《文集》中三篇研究中国现代纪游文学史的文章之所以达到史与论有机结合、具体感性与知性抽象的有机结合、史料的实证性与思维的超越性的有机统一、浓重的历史感与深切的现实见识的辩证统一，主要得力于研究主体的颇具穿透力的理论思维和丰富的资料积累及其敏锐的思维飞跃能力。文学史研究必须冲破"教科书"的惯性心态，纳入学术研究轨道，这不仅应在变革文学史观中更新知识结构，更重要的应在重新发现重新评价上下工夫。《文集》中对"五四小说"、"左翼小说"中青年形象的研究多有新见，特别在"五四小说"的探索中先于权力话语提出了知识分子早在五四时期就是工人阶级的一部分，这种"史识"的超前性表现出作者的理论勇气；从史的角度对新时期各种形态小说所作的探讨有不少新的判断，总结出一些新经验新规

① 黑格尔：《小逻辑》，商务印书馆1981年版，第136页。

律。文学史研究的深化既需要新颖而恰当的理论与方法又需要借重学者自身的才情史识与学术素质，静楠是努力这样做的。就其文学批评的文章来看，似乎这是他的强项，更能显示出其艺术感受、欣赏品位、价值评判、理论概括等方面的优长。文学批评的思维行程一般是顺着两条路线进行的，一条是保留感性具体印象的审美感知，一条是循着理论思维形式从抽象到具体（理性）的上升。有的文学批评者把两者对立起来从而视文学批评为纯感觉的东西，只强调写个人审美愉悦中沉醉的心情和浮光掠影的朦胧印象，甚至把文学评论仅仅看成是“悠闲”的艺术欣赏。卡西尔在《人论》中反对这种误解，他指出：“一件艺术品的美绝不是‘悠闲的’。对艺术欣赏并不发生于一种软化或放松的过程中，而是在我们活力的全部的强化中。这种态度是审美观照和审美判断的必要前提，而我们在游戏中所看见的那种消遣，则恰恰是与这种态度相反的。艺术要求最高度的全神贯注。只要我们没有全神贯注，而是追求令人愉悦的感觉和联想的单纯游戏，那我们就无法领悟艺术品本身。”[①]读《文集》的文学批评文章，我深有所感所悟：一是批评者全身心地投入文学作品，全神贯注地去体验感悟批评对象，发现文学世界中那些神秘的东西或具有普遍意义的思想主题或文学流变的潜在趋向或蕴含的鲜活的艺术经验；二是“每一件艺术作品都有一个直观的结构，而这就意味着理性的品格。[②]”静楠意识到描述和解释这种直观结构何以与理性结构统一起来便是文学批评者的任务，即开掘作品形体上潜存的理智品格及其所承载的思想内涵，所以他长于运用理性思维方法，从宏观的最高层次驾驭全局，使文学批评显现着理论思维的优势和主体意识的自觉性、攻击性及发散性；三是作者虽然身居大学，重视文学批评的理论感，但他并不追求学院派文学批评的格调，当然也不存在学院派批评的缺乏艺术敏感和生活激情的弊病，《文集》那些文学评论体现出批评者良好的文学感、较高的审美品位、较深的人生智慧和飞动的生命激情，流贯着浓郁的人文精神和求实求真的学术品味。上述的感悟，在我看来既是静楠的文学批评追求也是它显露出的重要特色。

《文集》所以具有令人注目的学术价值、理论价值和现实意义，若是从研究主体寻求缘由，那这几点在我看来极为重要：从某种意义说文学研究的成果是主体思维绽放的花朵，静楠从读研究生到留校执教以来不仅重视自己思维模式的调整和更新，更注意发挥辐射思维、怀疑思维、求异思维、逆向思维等思维方

---

① 卡西尔：《人论》，上海译文出版社1985年版，第210页。

② 卡西尔：《人论》，上海译文出版社1985年版，第213页。

式的创造性功能，敢于进行开拓性、探索性的文学研究；资料的搜求、知识的积累是文学研究的重要根基，静楠既重视博览文学资料也注意搜求交叉或边缘学科的资料，既重视更新自己的知识装置又注意充实扩大自己的知识领域，使知识随着世界性的“知识爆炸”而不断增值；敏锐而开阔的学术视野和睿智而深刻的发现机制与研究主体的理论修养分不开，对此静楠有较高的理性自觉，不论是古代的现代的或中国的外国的人文理论思潮他都采取兼收并蓄、为我所用的态度，特别是对二十世纪的各种先锋性的理论思潮和批评方法倍感兴趣，这不仅扩大并深化了他的理论思维，增强其理论意识的超前性，同时也开拓了他的研究领域即从文学研究过渡到影视艺术研究；学有专攻，业精于勤，静楠始终把文学艺术研究作为自己的价值目标，即使在艰难的境遇里也没有放弃对学术的追求，总是勤勤恳恳、兢兢业业地把自己的心血洒进文学研究园地，用汗水浇灌出一朵朵学术之花。

《文集》并非篇篇皆佳，总体观之只能说是探索性的有益之作或者说是尝试性的成功之作，如果以大家的学术风范和杰出的文论标准来衡之，那么就会激起静楠在学术研究上更加奋发的勇气和更加深细的耕耘，集中精力和时间突破一点，形成自己的学术优势，然后全面开花。我相信，凭着静楠的才气和毅力，充分抓住时代提供的大好机遇，有希望在不太长的时间内站在文学研究的“国家队”之列。

（1995 年 4 月 19 日）

创建有中国特色的“风格学”

——序《文学风格概论》

“由于艺术史上已经建立了能够为公众广泛接受的一系列风格，例如，古典的风格、哥特式的风格、文艺复兴的风格和巴罗克的风格等，把这些术语从艺术中输入文学看来是颇为诱人的。”[①]欧洲艺术史的丰富多彩的风格值得称颂，中国艺术史的风格更是千姿百态，同样值得赞美；特别是对于中外艺术风格通过不同途径进入文学领域所带来的新特质、新风貌、新格调，更值得认真研究。“风格”作为一个文艺美学范畴，不只是中外文学艺术家被它吸引住并确定为终极审美目标，通过艺术实践来创建具有独特风格的艺术王国，而且文艺理论家、文学批评家更被它的魅力所诱惑，从理论上不断进行探索，作出种种的美学阐释，或以论文发表或以专论面世。这表明，对“风格”的研究越来越引起学者们的关注。但也应该看到，在中国文艺理论界、美学界，对“风格”的研究尚待深入，尚待拓展，特别以专著形式系统探讨“风格”问题的论著并不多见，至于有意识地苦心建构有中国特色的“风格学”专著更是罕见了。姜岱东教授数十年致力于文艺理论、美学的教学与研究，同时从事文学创作与文学批评，既具有深厚的理论修养和文学涵养，又具有丰富的创作体会和教学经验，这为他“风格学”的研究打下了坚实的基础并提供了特有的优越条件。经过多年的精心营造，形成了独特的理论框架和基本思路，并在自己的创作与教学实践中反复地检验，最后完成了《文学风格概论》这部专著，为中国文艺理论、美学研究增添了新成果，从特定意义上说，它具有一定的开拓性与创建性。

且不说建构“风格学”是个难度较大的系统工程，就是对于作为艺术美学范畴的“风格”的界定也很难一致，甚至不少界说空泛玄妙，只能意会不易表述。但由于“风格”太迷人了，对文学发展太重要了，即文学艺术发展是以风格的百

---

① 韦勒克、沃伦：《文学理论》，三联书店1984年版，第199页。

花齐放、推陈出新为标志的，“江山代有人才出，各领风骚数百年”正揭示出风格的新陈代谢是文学艺术的基本规律，所以，勇于攻坚的学者对于“风格”这个难题仍在深入探究，大致形成了“主观论”和“统一论”两种说法。“主观论”认为风格是人格在作品中的体现，布封说的“风格即其人”、我国古文论说的“文如其人”和“文品出于人品”等，就是这种主观论。从作者的个性和思想作风不能不体现于作品中这个角度来考察，主观论有其合理性，是可以成立的；但从特殊的视角来看，“风格”与人格并不一致，甚至相差甚远。厨川白村在《苦闷的象征》中写道：“平素极为沉闷的憎人底（rnisanthropis）人们里，滑稽作家却多，例如夏目漱石氏那样正经的阴郁的人，却是作《哥儿》（坊チャン）和《咱们猫》（吾輩ハ猫テアル）的 humorist，如斯惠夫德（J·Swift）那样的人，却作《桶的故事》（Tale of a Tub），又如最近的研究，谐谈作者十返舍一九，是一个极其沉闷的人物。凡这些，我相信也都可以用这人格分裂说来解释。”①人格分裂可以说是“风格”不同于人的作风的现实原因。在现实中作家精神世界的苦恼和冲突要通过文学艺术活动来解脱，而文学艺术活动创造的则是理想的自我，并非现实的自我。这样一来，“风格”就可能与个人作风相去甚远。况且这种差异不仅体现在气质上，更体现在人格发展的高度上。试想有多少优秀作品能把人带入极高的审美境界，然而作家本人的品格却没有达到这么高的境界。“统一论”力求摆脱主观论的片面性，主张风格是主观与客观的统一和综合，是文学艺术所能企及的最高境界。此说的深刻处在于把文学艺术风格与事物本身特征和主体的特征区分开来，试图在二者的综合中寻找风格的独特性，这比起主观论来无疑是个进步。中国现代论坛对“风格”内涵与外延的阐释，由于长期受形式主义和“左”倾文艺思潮的影响，一直存在着肤浅、片面、甚至错误的理解。《文学风格概论》在吸取前人研究“风格”美学范畴成果的基础上，基本坚持“统一论”的观点，以正本清源和锐意开拓的精神，对“风格”的内涵与外延作了比较科学、辩证的论述和深入浅出的解释，从外部形态与内在意蕴的结合上把握风格的审美属性和基本特征。这不仅对“风格”理论有所突破、有所贡献，而且在方法论上也有启示意义。

对文学艺术风格的研究可以采取由微观到宏观的思维路线，逐步深化，逐步扩大，即由个体的解剖到部分的分析再到整体的把握。韦勒克、沃伦曾遵循

---

① 《鲁迅译文集》第3卷，人民文学出版社1959年版，第75页。

这种思维取向来考察文体风格:“假如我们能够描述一部作品或一个作家的文体风格,我们也就无疑能描述一组作品和一个文学类别的文体风格、哥特式小说、伊丽莎白时代的戏剧、玄学派诗歌;我们也能够分析像17世纪散文中的巴罗克风格的文体种类;我们甚至还能进一步总结一个时代或一个文学运动的风格。”①这种“风格”研究的思维方式固然可取,但是运用从宏观到微观的思维路线来探索文学艺术风格也是行之有效的。杨春时所著《系统美学》首先从宏观上来审视美和艺术的风格,提出应在逻辑的、时代的和个性化的三个层次上来把握文学艺术美的总体风格:“在逻辑层次上,审美范畴和艺术范畴内容方面与形式方面的结合,形成了四种基本的美和艺术风格模式:肯定(理想)——抽象(表现);否定(现实)——具象(再现);肯定(理想)——具象(再现);否定(现实)——抽象(表现)。这四种基本风格是美和艺术的具体风格的框架,在一定时代的和具体的审美活动、艺术活动中,它们衍化为许多时代的风格和个性化的风格。”②在对美和艺术风格总体把握的宏观思维的导引下,然后对每个时代或具体艺术品类的风格进行了有深度的微观分析,获取了新颖的思维成果。《文学风格概论》是把这两种思维路线结合起来,交互使用,力求宏观把握与微观考察达到有机统一,既重视理论概括的高度又注意具体分析的深度。我们常见的“风格学”论文或著作,容易犯从概念到概念、从理论到理论的单纯抽象推演的毛病,空泛玄虚,晦涩难懂;也有些研究风格的著述缺乏理论的深入透视和有见地的理性概括,或从罗列的一堆资料中归结出某种风格,或列举大量作品来证明某种风格,这种琐碎的无视联系性、整体性的实证研究并不足取。《文学风格概论》最突出的优长是在宏观与微观相互作用下,基本上做到了理论思维与艺术实践的有机结合、资料的实证性与思维的超越性相互一致,即论述风格紧密联系创作实践、鉴赏实践和教学实践,从而使本书具有较广泛的实用性和可读性。

“风格”理论的产生与发展有个逐步完善的过程,形成了一个纵横交叉的坐标系。如果我们把传统的风格看作是审美系统的结构,现实生活的状况是审美系统的环境,那么现实生活的变化通过审美理想的“中介”作用于美和艺术的传统,就会导致整个审美系统或美学风格的变迁,而“风格”理论正是随着审美系统(风格)的演变逐步完善、充实起来的。就拿中国古典主义美学风格理论来

① 韦勒克、沃伦:《文学理论》,三联书店1984年版,第199页。

② 杨春时:《系统美学》,中国文联出版公司1987年版,第300页。

说，是经过了古典主义前期和古典主义后期的衍化才逐步完备的，前期的古典主义风格理论是由春秋至盛唐形成、发展直至顶峰，其基本特点是理性精神与审美意识的基本一致。刘勰在《文心雕龙》中指出古典风格有六点要义："一则情深而不诡，二则风清而不杂，三则事信而不诞，四则义直而不回，五则体约而不芜，六则文丽而不淫。"这些美学观点鲜明地体现了古典主义前期的风格特征。后期的古典主义风格理论由中唐到明中叶日见式微，以审美意识与封建正统理性意识的偏离为特征，但尚未摆脱其支配；这时期的美学风格理论代表作是《二十四诗品》和《沧浪诗话》。西方的风格理论也相当丰富完备，它同样经过一个发生发展的演变过程。因此要建构新的"风格学"，就必须对中外风格理论进行系统的比较研究，在借鉴中突破，在认同中超越，否则"风格学"将成为无源之水、无本之木。《文学风格概论》的可贵之处在于，以史论结合的考察思路在纵横交叉的坐标系上，既对中外风格理论的演变线索梳理清楚，又将各个历史阶段风格理论的基本要点归结出来，以论带史，以史证论，视野开阔，信息量大，使"风格学"建构的理论体系来之有源、变之有本，弘之有向、扬之有继。

此外，本书框架严密，思路清晰，文笔简明，表述流畅，语言朴实，无艰涩之感，开卷必有收益。是为序。

（1995 年 5 月）

中华民族的人格典范

——序《民族魂鲁迅》

马来西亚著名诗人、学者江天(本名吴天才)先生,我与他未曾晤面,只有一次文字交往,为他的诗作写过评论:但从有限的往来中,我感到他对中国学者充满了信任感和美好友情。相形之下,我对吴先生的新作《民族魂鲁迅》约我作序,就缺乏应有的热情和礼貌。他今年一月来信约稿半年后我才草成,固然这里多有客观原因,不过主观上重视不够也是不能推卸的。吴先生经常来中国参观访问,我相信是有见面机会的,到那时我将当面致歉。

吴先生虽然是国际友人,但从"寻根"的角度看,他的祖籍是福建莆田,是地道的炎黄子孙,有一颗炽热的中国心,所以读他的诗篇毫无异国人的诗意诗风诗味,体悟到的是民族的诗情、民族的格调、民族的语言,可以说民族化与国际化在诗章中达到较完美的结合。

国际文坛上对鲁迅的认识与评价不是没有差异的,即使中国人对鲁迅大不敬的也有人在;然而最值得敬佩的是吴先生始终不渝地崇拜与敬仰伟大的革命家、思想家、文学家鲁迅,并以饱蘸无限深情的笔通过诗歌这种长于抒情的文体来赞美鲁迅、颂扬鲁迅,从多角度多层面塑造鲁迅的光辉形象,使鲁迅成为中华民族现代人格的典范。《民族魂鲁迅》这本诗集最重要的特色也是最独特的贡献,在我看来则是诗人站在时代的制高点,以世界的眼光来观照鲁迅,以诚挚敏锐的审美感觉来体认鲁迅,从而把鲁迅塑造成中华民族的理想人格,全人类的优秀代表。正如诗人反复咏赞的:"鲁迅不仅是属于中国/亦是属于世界"。这不仅是向世界人民宣传了鲁迅,捍卫了鲁迅,而且为中华民族、为全人类树立了光辉榜样。

所谓理想的人格是指在特定的社会文化环境与时代氛围里培养锻炼出来的,且得到社会普遍承认乃至整个人类认可的做人的楷模。在吴先生的审美视野里,鲁迅就是现代理想人格的化身。首先他从宏观上把握和歌颂鲁迅:

在中国大地上
出了一个
万民景仰的
民族魂——鲁迅先生
是中国的幸运
也是中华民族的骄傲

鲁迅是属于中国
也是属于世界……

——《让鲁迅精神永放光芒》

鲁迅
是仰之弥高的
巍峨高山
蕴藏着
伟大光辉的思想
坚韧战斗的精神
高风亮节的人格
光芒万丈的著作……

——《鲁迅是高山》

鲁迅
是浩瀚无垠的大海
蕴藏着
奇珍异宝
取之不尽的民族文化精神食粮
汹涌的浪涛
是他高亢的声音
碧蓝的海水
是他宽宏的度量……

——《鲁迅是大海》

“民族魂”是画龙点睛之笔，具有高度的概括性和深邃的穿透力，展示了鲁迅崇高伟大的民族灵魂。“民族魂”是对鲁迅理想人格的整体描绘，继而以“高山”和“大海”两个意蕴丰富深远的比喻，生动形象地揭示了鲁迅的思想、精神、人格、度量、声音等方面的特征，颇有象征意味。这样就使读者对鲁迅的伟大人格有个总体认识。然后，诗人从微观上多侧面地刻画鲁迅的人格内涵与精神特质。

从政治角度诗人尽情地赞颂鲁迅的“我以我血荐轩辕”的爱国主义精神和以解放全人类为己任的国际主义精神。“鲁迅的路/危机四伏/他无畏地杀出重围/鲁迅的路/是反帝反封建反殖民/是中华民族前进的前导和明灯/鲁迅一生的道路/是‘我以我血荐轩辕’/为中国的新生而战斗”。鲁迅是个彻里彻外的爱国主义者，是中华民族的最杰出的现代英雄。他胸中的爱国激情如同一团火，“鼓舞着/英勇战士及民主人士/推翻帝国、封建及官僚主义统治的旧中国/你是一团火，迸发出/高昂的爱国主义精神/激励在血的荆棘道路上的革命战士前进/誓消灭‘一切种种的猎人，一切种种的猎狗’/你是一团火/点燃人民心头的怒焰/决心将自己的鲜血和生命献给祖国/献给中华民族的解放事业/为全世界受欺侮凌辱压迫的弱小民族/创造出一个世界大同的新天地”。鲁迅的爱国主义既不是狭隘的民族主义也不是大国沙文主义，而是与国际主义真正结合为一体的现代开放型的爱国主义，这正是鲁迅作为中华民族和全人类人格典范的思想基础——即开放的爱国主义情怀蕴含着博大的人道主义。所以诗人热情地赞美“鲁迅是中国的骄傲/也是世界的骄傲/鲁迅是伟大的爱国主义者/也是伟大的国际主义者/鲁迅是龙的传人/他立下‘我以我血荐轩辕’的宏伟志向/也同情和关心被压迫剥削侮辱损害的弱小民族/全力支持他们坚持不懈地为自由和解放而斗争”。从思想的角度诗人尽情地赞美鲁迅是伟大的启蒙主义者，为了“救国救民”终生追求真理、“捍卫真理”，“高举民主和科学的大纛”，“启迪人民的自觉/鞭挞自甘堕落的奴性/与‘阿Q的精神胜利法’/重视疗救与改造愚弱的国民性/他抨击长期毒害和禁锢人民精神的/封建主义的镣铐/铲除奴役和剥削民族的/腐败官僚资本主儿/他反对夜郎自大/妄自菲薄/崇洋媚外/他鄙视丧失民族自尊心/对外国人卑躬屈节的‘西崽相’/和认为中国样样不如外国人的买办文人”。由于鲁迅坚定不移地改造国民劣根性，通过针砭和疗救，唤醒千百万像阿Q一样的国民，“使无声的中国/变成有声的中国”；由于“鲁迅/是一口井/深藏着/博大精深的思想知识/与高尚的人格道德/陶冶/赤县子孙/做个顶天立地的中国人”。这不仅表明鲁迅是改造国民性重塑国民性的高级灵魂工程师，而且也是“光辉的思想照遍世界”的“旷世一奇人”。从文学角度诗人尽情赞美鲁迅既是“一位医治愚弱国民麻木精神的文学家”，又是一位“屹立于世界的中华民族文化的伟大代表”和“世界著名的文豪”。吴先生在《文坛巨星》一诗中这样来抒写对伟大文学家鲁迅的由衷敬仰之情：“从古到今/中国文坛上/出现无数星星/而我独爱/那颗光芒万丈的巨星”；经过历史上天翻地覆的巨变，无数星星已黯然消逝，“唯独那颗巨星/已从龙的天空/照向/世界的天空/已从神州大地/走向四海五洋/而今/这颗不朽的巨星/不仅属于中国/亦属于世界”。从性格角度诗人尽情歌颂鲁迅的硬骨头精神，这是中华民族最优秀最可宝贵的品格在鲁迅身上所得到的最强烈最集中的体现，所以吴先生对此感受最深，歌颂的诗篇也最多，从不同的语境不同的方位来透视硬骨头性格的种种特征。其中有一首诗名曰《鲁迅是一根硬骨头》，用因果句式构成排比的诗行，不只是淋漓尽致地赞美鲁迅的硬骨头精神，而且铿锵有力地颂扬了鲁迅硬骨头性格的巨大威力和能量。正因为鲁迅有“一根硬骨头”，故使他在民族解放斗争中成为伟大的爱国主义者和国际主义者，在思想启蒙运动中成为伟大的新文化先驱，在新文学运动中成为伟大的文学家。可见，硬骨头精神是鲁迅这颗“民族魂”的聚光点，也是中华民族理想人格最闪光的部位。

吴先生在他的诗集里就是这样的从宏观与微观的结合上、整体与局部的结合上，塑造了具有立体感的鲁迅形象，从而勾勒出中华民族现代理想人格和全人类楷模的轮廓。诗人借用多种艺术技巧来抒写和颂赞鲁迅的崇高品格，其中用得较成功的艺术效果较好的是对比映照手法。美与丑的对照。以周作人最后变节当汉奸的丑行来反衬鲁迅的高风亮节，诗人这样写道：“同是一个母亲/却生出两个不同的儿子/一个是为国为民的硬骨头/一个是卖国求荣的奴颜媚骨/一个是中华民族崇敬的民族魂/一个是中华民族唾骂的汉奸”。这是有具体所指的美与丑的鲜明对比，还有些诗篇是以某类人的肮脏灵魂与鲁迅的甘为孺子牛的崇高精神相比，如《在鲁迅塑像前》、《心中的丰碑》等诗。今与昔的对比。以半个世纪前鲁迅战斗过的旧中国同充满了阳光的新中国相比，以阿Q、孔乙己、祥林嫂的苦难时代与今天中国人站起来的扬眉吐气的新时代相比，这不仅展示出鲁迅的爱国宏愿、奋斗目标已变成了光辉的现实，进一步烘托鲁迅为民族的解放事业所建立的丰功伟绩；而且也表现了鲁迅的伟大人格、崇高精神继续“引导着中国人民/迈步走向世界”，“他永远/活在中国人的/心中”。这

当广泛，大致可分为咏物诗、写景诗、怀古诗、赠答诗、悼亡诗、论书题画诗等。这些诗的内涵丰富，情感真切，各有深意，趣味高雅，基调健康，既没有理性说教，也没有无病呻吟，大都是有感而发、有悟而作。试析同光的赠答诗最能见其真情真性，他把这类诗提升到一个新的审美境界。所谓赠就是题赠、寄赠，是诗人写给别人看的；所谓答就是唱和，是对别人赠诗的应答。中国传统文人颇重人伦，赠答诗在维系伦常关系、交流情感方面具有特殊功能，所以赠答诗古已有之，而且出现了不少脍炙人口的名篇，如王勃的《送杜少府之任蜀州》、孟浩然的《望洞庭湖赠张丞相》、李白的《沙丘城下寄杜甫》、杜甫的《天末怀李白》等。同光的诗继承了古代赠答诗的优良传统，在新的时代氛围和文化语境里重谱新篇，表现出一种精神美和人情美，显示出作者的壮美的胸怀。如赠同窗学友的诗，既有表达"同窗别后难同座，话到飞霞月上钩"（《烟台海上酒楼忽逢大学同窗话旧》）的深情厚谊的诗，也有抒发"每看多情天上月，常牵思念到云霄"（《怀郡军兄二首》）的想念情至的诗，更有赞美同学豪情壮举的诗："壮志孥云气似虹，蓬莱自古出豪雄。横马跃枪西塞远，五湖四海缚蛟龙。"（《赠刘书笙兄》）不仅赠同学的诗，情真意切；就是赠友人的诗，也是发自肺腑。他和书画家、诗人叶鹏飞兄弟相称，友情深挚，既有切磋艺术的赠和诗，也有："今日江南风景好，老兄可是有新词"（《甲戌春寄鹏兄》）的思念企盼诗；对长者的赠诗表达出一种诚挚尊敬之情，"诤言娓娓传真谛，相别不知日已昏"（《访蒋维崧先生》）；《戏和王莲芬先生》的应答诗对书画家，女诗人的高风亮节寄寓由衷的赞美之情。这些赠答诗一洗古人"怀才不遇"的忧怨和"黯然销魂"的悲酸，代之以昂扬奋发的激情和真情实感的美意。悼亡诗可谓源远流长，最能切入人的感情深处，常常闪射出动人心魄的情感美的火花；同光对古代悼亡诗的美学传统心领神会，他写的悼亡诗虽然不多，但从《悼许光兄》、《哭许光》、《悼王国满兄》诸诗来看，那种感天地泣鬼神的悼念之情，撼人灵魂，催人泪下。怀古诗也可以称为咏史诗，在同光的诗稿里虽数量不多，但分量却很重，读起来沉甸甸的，有一种深沉感和厚重感。它们既没有古诗人陈子昂《登幽州台歌》那种"前不见古人，后不见来者"的极端孤独忧伤之感，也没有崔颢《黄鹤楼》那种"昔人已乘黄鹤去，此地空余黄鹤楼"的空虚感和疏离感，而是在怀古咏史中体现出当代诗人的一种新的情思、新的史识和新的审美观照，抒发了对古人的怀念崇敬之情。《访易安居士纪念馆》的"人瘦黄花芳不断，千年人在明月中"、"词人不返名泉老，红瘦绿肥说到今"等诗句，道出了作者对李清照芳魂的呼唤和精湛词艺的崇拜；《游云峰山》的“尤羡古人多健笔”、“论经一曲谁能继，总是前贤说后生”等诗句，对郑道昭豪放飘逸的书法风格极尽赞美之情，也隐含着作者光大前贤书法艺术的志向；《过香山吊白居易墓》赞颂其“《长庆》一编尽耀华”；《东坡舣舟亭》二首既对“坎坷官途苏子迹”发出感慨，又对“洗砚池边风物老，坡仙何日系轻舟”流露出怀恋；《游西湖谒岳王墓》的“一代英雄扬浩气，忠骨万世与湖留”表现出对民族英雄的由衷崇敬之情；《谒中山陵》的“民生民族民权事，千古高风一伟功”，既讴歌了孙中山的三民主义又肯定了他的丰功伟绩；还有对“青史永垂见遗功”的伍子胥的颂扬，对唐太宗“疆场奔驰南北征”而“神威显”的赞美，对“古今能有几包翁”的意味深长的赞叹，等等。这类怀古诗折射出同光对历史人物的审美把握是源于辩证唯物史观的美学理想，自觉地把历史的真正“风流人物”推到崇高美的位置上，并借此抒发自己的豪情壮志和对“风流人物”的真挚敬仰的感情。

“诗是心声，不可违心而出。”的确如此，优秀诗篇总是发自诗人的肺腑，既是内在情感的自然流淌也是诗人心灵世界的真实写照，不能有矫情不能掺假，“其心如日月，其诗如日月之光，随其光之至，即日月见焉。故诗以人见，人又以诗见。”（叶燮《原诗》）这说明一个人的思想品格总要或隐或显地在诗作中表现出来，诗品和人品应该是一致的，所谓“人高诗亦高，人俗则诗亦俗，一字不可掩饰，见其诗见其人”（徐增《而庵诗话》）。读同光的诗，见其赤子之心，感其真挚之情，决没有虚情假意之语，也没有勉强造作之词，这就使他的诗品与人品同放光彩。这不仅体现于他的赠答诗、悼亡诗、怀古诗中，也体现于他所有的诗中；尤其那些咏物写景的大量山水诗，“人高诗亦高”，既代表着同光诗作的杰出成就又突现出其诗歌的鲜明特色。

中国是个诗国，更是个山水诗大国，它形成了悠久的美学传统，古典山水诗流传下众多的灿烂辉煌的篇章。虽然近百年的内忧外患、战乱不断影响了山水诗的现代转型和发展速度，但改革开放以来由于政治清明、社会安定、生活改善、思想解放、交流频繁、旅游兴起，故使纪游山水诗重新繁荣起来，大有“独占风情向文苑”的发展态势。同光写下的大量纪游山水诗就是产生于这种时代背景下，既是对传统山水诗的继承又是对古代山水的超越，应该是属于格律体的现代山水诗。他力求把诗歌的民族化与现代化融合起来，呈现出新的诗美特征。山水诗是自然山水美与主体审美心灵相融合的艺术载体，也就是自然山水美与主体审美心灵的化合、客观美与主观美的统一。“山谷云：‘天下清景，初不择贤愚与之遇,然吾特疑端为我辈设。'"(惠洪《冷斋夜话》)山谷(黄庭坚)所言已涉及到客观自然景物和主体情思的关系,它的独到之见在于:作为客体的自然景物,不论是山川江海或是花草林木或是风云雨雪,可以供任何人所观赏,对所有的人都采取一视同仁的态度,正如杜甫的"江山如有待,花柳自无私"的诗赞颂了天下自然景物这种无偏见无私心的开放奉献精神;但这只是二者关系的一个方面,更重要的是尚存在着天下清景"端为我辈设"这种特殊情况,即稍作深入思索后会发现,天下清景对所有人的接待并不是"一视同仁"的,人们对天下清景(自然景物)的观赏也是有选择的,这两者发生关系是有条件的。正如马克思辩证分析的:"只有音乐才能激起人的音乐感",就是说只有能给人以美感的自然景物才能引起人们的观赏兴趣;但是"对于不辨音律的耳朵说来,最美的音乐也毫无意义,音乐对它说来不是对象"(马克思:《一八四四年经济哲学手稿》,人民出版社 1979 年版,第 79 页)。就是说观赏者必须具有敏锐的观赏能力和浓厚的兴趣才能对自然景物通过观赏发现其美,并与主体心灵的审美情趣相感应以作出独特的审美选择,谱写出自然景物"端为我辈设"的具有显著个性的山水诗章。同光写了不少以大海为审美对象的诗篇,读了这些诗深感大海千变万化的自然景观"端为我辈设",仿佛他俨然是大海之子,通过对大海的拥抱与观赏获得了异常丰富的审美感受;他又把大海赋予他豪情壮怀的生命体验,物化为一首首赞美大海的诗篇。在他的诗笔下,你能见到"何处云烟起"的大雾迷漫的"海天都不见"的海景,也能见到"横飞雪满天"的浪涛汹涌"海欲翻"的海景,更能见到"风作涛声吼怒采,浪高直比烽火台。今朝观海最壮美,亿马奔腾横万排"的雄险景观,仿佛身临其境,与作者的感情共振、心弦共颤;尤其你能体验到海中晚霞"钓翁闲坐忘还家"的海上垂钓的优哉悠哉的怡悦心态与乐趣,以及海岛渔家之乐之美:"岛后涛前七八家,葫芦滩畔卧虹斜。归舟高唱鱼舱满,鱼大童顽弄晚霞。"(《长山大黑山岛其二》)又一首更形象更富有情趣:"湾小难盛笑声频,斜阳裂嘴喷黄金。船来海面如潮涨,此是渔家含笑吟。"(《渔讯期,长岛渔村所见》)这些吟咏大海的诗篇是具壮美感、趣味性乃至充溢生活气息的山水诗,大海确实"端为我辈(作者)设",造成一种"风景这边独好"的强烈审美效果。不仅大海之景为同光独设,似乎梅也为他独占,而他对梅则有一种特殊感情和审美情趣。故其诗稿中以梅为题的诗至少有《自题画梅绝句》、《题舒传熹先生所作月梅图》、《雪夜画梅》、《无锡赏梅》、《丙子年三月同玉德兄江南梅,南京梅花山有作》、《画梅一枝赠王丰兄还泉城》、《戏和王莲芬先生》等。

诗人之所以钟情于梅并以其作为咏物山水诗的主要审美对象，也许梅的“雪压愈精神”的坚韧风骨、“不与百花争丽色，雪风霜雨染清芳”的无私高洁精神、“梅花天下最知己”的人生友情追求、“冰清玉骨好花魂”的纯真无瑕的品格，与作者的人生哲学、审美理想和价值观念息息相通，与其说是咏梅不如说自喻更贴切。不论是吟海的诗还是咏梅的诗，都是自然景物美与作者心灵美相融合的艺术结晶，而这些山水景物诗写得如此有特色既是海与梅端为作者所设又是诗人独爱海与梅，唯有爱得深才能对海与梅有种独特感受和独特发现，才能写出有个性色彩的山水咏物诗来。著名雕塑家罗丹说得好：“所谓大师，就是这样的人：他们用自己的眼睛去看别人见过的东西，在别人司空见惯的东西上能够发现出美来。拙劣的艺术家永远戴别人的眼睛。”（《罗丹艺术论》）同光在书画艺术和诗歌艺术上的美学追求上应铭记罗丹的名言，虽然眼下还不是大师，但只要不畏艰难肯登攀，定会使自己的书画诗歌艺术达到一个理想的审美境界。

吟诵同光的山水诗，仿佛中国丰富多彩的自然山水形象经过他的模山范水便活灵活现地浮在眼前，所见到的自然山水的结构是由各种形式的自然因素有规律的组合，既有山地、河谷、平原、岛屿等地形因素，也有分布于地形中的海、河、江、湖、泉、溪、潭、瀑等不同形态的水系因素，既有生长于山山水水之间的千姿百态生机勃勃的花草树木等植被因素，也有随着时间推移而不断变化所形成的自然山水的色彩美、线条美、声音美等，凡此种种构成的五彩缤纷的有规律的自然景观形式，成了他山水诗创作取之不尽的自然美的源泉，并且他能通过自己的观赏、体验和感受而捕捉到山水形象的特征，创造出有特色的山水诗。众所周知，泰山的自然景观雄伟高大，素有“天下雄”之称，其形象富有雄伟之美，为历代山水诗人所倾倒，谱写出一首首传世的山水诗。唐代李白的“平明登日观，举首开云关”；宋代王奕的“手摩红日登三观，袖拂黄尘看九州”；金代元好问的“奇探忘登顿，意惬自迟归”；明代杨继盛的“志欲小天下，特来登泰山”；清代缪润绂的“直上危巅休怯险，登山毕竟要雄才”等诗句，各从不同的角度来烘托泰山形象之雄伟。同光的《泰山雨中游》：“烟雨泰山情雾浓，松风立马共嘶空。瞬间山壑腾白蟒，遥挂天门玉阙中。”不仅渲染出泰山的雄伟之态，而且描绘出雨中泰山的飞动之势，新奇的想象、跃腾的比喻，神妙的构思，色彩声音的交感，自然景观与人文景观的互映，有力地烘托出雄伟泰山的动态美。胶东�嵛山也是座名山，作者在《游岠嵛山》中既写出它“纵目群峦气势雄”的壮美也写出它的“寒溪水碧总匆匆”的秀美。不过山水景观的秀丽之美莫过于江南的江浙一

带，西湖的媚秀之美，太湖的绣秀之美总是显示出生机勃勃、丰满明艳的青春形象，它易于诱发诗人的情怀，激起诗人的创作热情，谱写出充溢着秀丽之美的诗章；同光的《又忆太湖漫书》、《常州郊夜》、《游太湖遇雾一首》、《太湖》、《夜月常州公园晚步》、《游西湖谒岳王墓》等无不展现出江南山色风光、人文景观的特色。总观同光的山水诗，都不是为写景而写景为画水而画水为模山而模山，乃是把游山赏水获得的山水风景信息与诗人的山水审美经验、文化素质和心理因素结合起来，在主体处于超脱状态下进行主客体之间审美情感交流，或赋予山水客体以某种人格和灵性，或赋予客体山水以某种情思和哲理，从而达到物我相亲、托景比德、寓志于景、情景交融、景中有情、情中有景，有我之境或无我之境的审美境界；甚至有些山水诗已升华到"畅游"的审美层次，进入山水审美的自由王国。所谓"畅游"的审美层次，就是诗人进入畅游境界后能自然而然地心与景化、心与景合，悠然地陶醉于自然山水美的王国，往往神思浩荡，思接千载，丰富的想象力或与秀丽幽深之景化合或与雄伟旷远之景融合，产生审美共振的畅游意境，付诸相应的语言符号便形成优美诗篇，如《山行杂咏》、《登千山》、《海上杂感》等诗则程度不同地接近"畅游"的审美层次。尤其值得提及的是，同光通绘画、精书法、会作诗，他有艺术才能把三者结合起来，故使他的咏物山水诗形成了诗中有画、画中含情的艺术个性。《晨起登丹东铁道大厦十八层平台》是这方面的优秀之作："晓陟江楼最顶层，溟濛树色棹盈轻。大江桥下烟波鱼，风雨一江千古情。"这是一幅画中有诗，画中有情，诗中有景，景中有人的朦胧幽深的江晓图，特别"风雨一江千古情"一句，情悠悠，水悠悠，情深旨远，耐人寻味。

虽然美学风格是个富有弹性的概念，但是优秀的艺术作品无不具有独特的审美风格，而且一个作家或诗人也不限于一种风格。朱熹曾说："李太白诗，不专是豪放，亦有雍容和缓底，如首篇'大雅久不作'多少和缓。陶渊明诗，人皆说是平淡，据某看他自是豪放，但豪放来得不觉耳。"(《朱子全书·论诗》)同光的诗也在追求一种风格并初步呈现出来，那就是豪迈奔放、雄奇飘逸；然而又不是专注这种风格，至少在《窗前梧桐树下赏月寄妻》、《独居》、《晨起与小儿梦萝漫步，戏成绝句》等诗中流露出一种婉丽轻柔的风格，甚而还有的诗表现出一种牧歌式的恬淡闲适的情调。

诗贵创新，只有创新才有生命力；而诗歌创新往往有二途：一是另辟蹊径，不蹈袭前人一言一句，完全是"出自新意"；一是在前人创造的基础再创造，达到

"袭而愈工若出于己者"(魏泰《临汉隐居诗话》)的水平。同光的诗虽然喜用律体的七绝五绝,增加了写诗创格的难度,但他在意境的营构上、炼句炼字上苦下功夫,切忌"诗恶蹈袭古人之意",竭诚遵循诗歌创新的途径,力求每首诗能出新意。叶梦得在《石林诗话》中评曰:"王荆公晚年诗律尤精严,选语用字,间不容发,然意与言会,言随意遣,浑然天成,殆不见有牵率排比处。"写诗欲达到清丽自然、新颖别致的审美境界,"看是寻常最奇崛,成如容易却艰辛。"(张籍诗句)同光处于风华正茂之年,学无止境,艺无止境,务要学习前人更要超越前人,不仅绘画、书法出精品,诗歌也应多出精品,待到跨世纪之日到来时,祈在故乡再赏佳作。是为序。

(1996年6月8日)

独特的理论思维优势

——序《文学的精神家园》

学有专攻。杨政同志作为中国新文学的忠诚研究者,她的主攻方向极为明确,始终潜心于新时期文学和山东作家群的研讨,勤于思考,勤于笔耕,既跟踪评论新人新作又著书立说,刚读过她的专著《山东青年作家与齐鲁文化》,又一部新著《文学的精神家园》摆在我的书案。我为她专攻新时期文学所取得的硕果而高兴,也为她孜孜不倦、锐意进取的精神所感动,更敬佩她的不赶时髦、不追新潮、脚踏实地、稳中求新的治学态度和评论风格。杨政的学风、文风是长期养成的,记得上大学或在职进修时,她总是坚持"业精于勤"、"学有专攻"的信条,勤勤恳恳的读书,扎扎实实地做学问;特别是立家之后承受着沉重的家务负担,仍在专业上执着追求,深化美学理论修养,拓展新文学知识结构,提高学术研究与文学评论能力,确立有实事求是之意而无哗众取宠之心的严正学风。正是这种坚实的根基和良好的作风,使其在从事新文学研究与评论这十多年里,不断获得新成果,不断展现新辉煌,在那一串串探索与追求学问的足印中闪现着自己的学术个性和睿智的才气。

理性自觉。文艺创作需要激情,学术研究虽也需要激情但更需要的是理性,再敏锐的艺术感受与审美悟性如果不能及时升华到理性高度也凝成不了文学论著。一般的女研究员,长于对文学作品作感悟性描述,惊叹她们艺术感受如此的深切与细微,往往男研究员自甘不如;但读了杨政同志的专著后,深感她的艺术感悟力较强而理论思维力更强,非常善于把一些复杂的文艺问题置于理性的审判台上加以论证与评论,不时显示出辩证唯物史观的思想威力,以一种强有力的逻辑能量征服读者,甚至偶尔出现一种所谓的"片面深刻"也令人诚服。她的逻辑思维之所以有力量,从其专著里可以悟到:自觉坚持辩证理性思维,不论对80年代崛起的现代主义思潮的反思或对新时期文学回归民族传统的论述,或者对民族、作家、责任感三者关系的论证,都能够从多角度进行辩证具体切实有力的分析，事实摆得充分，道理讲得透彻，揭示出各种复杂文学现象的深层联系及其本质区别。此其混混一。不管是正面立论还是反驳谬误具有鲜明的针对性，毫不模棱两可、含含混混，而单刀直入，针锋相对，是就是是，非就是非，这种坦率正直、锋芒毕露的争鸣态度与批评作风在今天的文学界并不多见；不过她的用意是善良美好的，是为真理争高低、为新文学繁荣论是非。如对80年代中期文坛掀起的彻底反传统、全盘西化的文艺思潮的反思与批驳，颇有论战的锋芒和反驳的气势，立场坚定，观点鲜明，是非清楚，决不宽容。尽管如此，但这只是一种理论争鸣，以理服人，以情感人，绝对没有那种所谓“大批判”的遗风。唯有这种理论争鸣的锋芒性、文学批评的战斗性，方能使文艺论争有活力、文学批评有力量。此其二。理性视野开阔，旁征博引，理论与作品结合，中国文学与世界文学比较，把论述新时期文学置于中外文学交汇冲撞的广阔背景上，使自己的见解和观点成为纵横开合理论思维框架的焦点，得到突出而集中的强化，放射出耀眼的思想光束。此三。在理性自觉的导引下，充分运用研究主体的发现逻辑机制，对新时期文学进行重新审视重新发现，并不满足已有的研究成果，力求有新的突破新的超越。黑格尔说：“当我们说一本书或一篇演说包含甚多或内容丰富时，大都是指这书或演说中具有很多的思想和普遍的道理而言。反之，一本书，或确切点说，例如一本小说，我们决不会因书中堆集有许多个别的事实或情节等，就说那本书的内容丰富，由此可见，通常意识也明白承认，属于内容的必比感觉材料为多，而这多于感觉材料的内容就是思想。”①所谓感觉材料，对于一个文学研究者来说，主要指文学作品、文学思潮，而杨政并未陷入大量的感性材料之中，而是敢于向已有的学术观点挑战，从丰富的资料中引出新的理论见解，产生了自己的学术思想；尤其对“寻根文学”的研究与阐释颇有独到之见，显示出新的学术视野和思想威力。此其四。由于作者对新时期文学有一种理性自觉，“能够在纷然杂陈的现象中洞见到有决定意义的东西”②，所以不仅增强了著作的理论色彩，也显示出一个女学者独特的理论思维优势。

探索规律。这是文学研究者的重要使命。也是决定一本著作学术价值高低的重要标志。从章节的具体内涵到全书的理论框架，作者有意识地在探讨新时期文学的民族意识和民族特色，也就是新文学的民族性问题。实质上它触及

① 黑格尔：《小逻辑》，商务印书馆1981年版，第125页。

② 黑格尔：《小逻辑》，商务印书馆1981年版，第87页。

到整个中国新文学民族化现代化的方向和规律，探索这个课题既是对二十世纪中国文学的深刻反思，又是对新时期文学发展前景的有战略意义的预测，它既是文学的创作实践问题，也是个有争议的理论问题。就文学来说，“越是民族的，便越是世界的”，它是从鲁迅所说的“有地方色彩的，倒容易成为世界的”①引申出来的命题；而且中外文学发展史无不反复证明那些具有世界意义的不朽之作，大都深刻反映了本民族的社会生活和文化心态，富有浓郁的民族特色。任何一个民族在其形成和发展中，它的物质生活和精神生活的双向交流相互反馈，逐步凝成独特的生活方式、伦理道德、风俗习惯、心理素质和语言文化等，而这些只属于本民族的有别于他民族的特有民族特征积淀于民族文化心理，经过世代相传和不断强化则成了观念形态中的民族性；那些经久不衰的文学作品由于形象地表现或艺术地再现了这种根深蒂固的民族性，则烙印上强烈的民族特色或民族个性，正是文学这种特有的民族性不同于其他民族文学的审美价值和审美情趣，才引起各个民族读者的关注和兴味。不过文学的民族性如同任何民族固有的民族性一样，并不是凝固不变的，民族物质生活和精神生活呈现出的阶段性或时代性的变化，不断地给固有的民族性注入新因素输送新信息，作为民族文化心态艺术载体的文学，总是最敏锐地表现这种变化着的民族性所蕴含的新因素新信息。而这种随着时代变更的民族因素，是在历史的辩证演变过程中对固有民族性的认同与超越。但是仅仅强调文学的民族性而不重视它的世界性也非完整之见，因为世界性如同民族性一样都是文学固有的属性，也就是指文学的艺术画面和形象体系中注入的各民族共同相通的东西，它是具有普遍意义的人类因素，那些在世界范围内受到推崇和享有盛誉的文学名著无不是民族性和世界性的完美结合。别林斯基对文学的民族性和世界性的关系作过精辟的论述：“对于一个诗人来说，如果他希望自己的天才到处被一切人所承认，而不仅为他的本国人所承认，民族性应该是首要的，但不是唯一的条件：除了是民族的之外，他还得同时是世界的，就是说，他的作品的民族性必须是人类思想之无形的精神世界底形式、骨干、肉体、面貌和个性”。② 文学的民族性是首要的，它决定一个民族文学的基本面貌，但从宏观的角度来看，每个民族都是整个人类的一部分，越是到了二十世纪，各民族相互渗透和交流的世界一体化的趋势就越明显，这势所必然地导致文学民族个性中寄寓着和投射进人类的共同特

---

① 《鲁迅全集》第12卷，人民文学出版社1981年版，第391页。

② 《别林斯基论文学》，上海新文艺出版社版1958年版，第93页。

点。正是从这个辩证意义上说:“只有那种既是民族性的同时又是一般人类的文学,才是真正民族的;只有那种既是一般人类的同时又是民族性的文学,才是真正人类的”。①

中国文学的民族性与世界性,真正作为民族化现代化的新文学的发展方向和规律的前提和基础而存在,并不是在古代而是从二十世纪初肇始,就是说中国古代文学的演变不存在“民族化”、“现代化”问题,这“两化”的出现是与特定的历史条件和特殊的文化背景联系在一起的,如果不具备现代的国内外的大环境,那文学本体自然生成的“两性”充其量不过是文学存在的质的规定性,不可能转化为推动文学发展的能动规律。从世界范围看,历史进入近现代,由于资本主义生产力的迅猛发展打开了国际市场,各民族文化文学势必展开大交流大冲撞大汇融,促使各民族的社会系统和文学系统逐步走向开放,民族文学系统也逐步失去原来那些与民族社会系统保持自动平衡的条件,这就注定各民族文学不可能完全在“两性”的基础上遵循传统的轨道运行,必须根据各民族的不同情况和做出不同选择,对民族文学进行局部或整体的调整,使文学的民族性和世界性获得新质因素或具有新的内涵。从国内情势看,中国文学进入“世界文学”的大竞争圈并不是始于鸦片战争的国门被打开而是晚清的文学改良运动,因为从这时起,中外文学真正开始交流并意识到中国文学由古典走向现代必须置于中外文学的广泛交汇中。不过,我们考察中国文学步入世界文学总体格局时,既不能片面地过高地估量古代文学的辉煌成就而见不到落后性腐朽性一面,而否定对民族文学进行重新调整以实现现代化的必要性;又不能机械地强调中国封建经济政治极端落后必然导致民族文学落后,并因此对之采取虚无主义态度,彻底否定民族文学优秀传统而误入“全盘西化”的道路。我国文学的民族性并非总是老化于一种静态模式,特别是进入近现代社会后,在中西文化巨大反差的冲击下已发生结构性的动态变化,这种新型文学的民族性既承续了传统文学民族性的精神又根据民族社会形态和民族文化心理的新变化而增进了新因素,以形成新层次上的民族性;民族性与民族化是一对既有联系又有区别的概念,“民族化”作为具有实践意义的动态口号或运行规律的出现,是伴随新文学的民族性而来的,民族性是民族化的客观基础又是它的运作结果,即依靠民族化的动态机制进行不断强化,使新文学的民族性不断更新不断升华,因而

① 《别林斯基选集》第3卷,上海译文艺出版社1980年版,第187页。

新文学的民族化决不是一个因循守旧、维护国粹的保守性口号，而是一个充满革故更新精神的能动性口号，它的本质意义在于强调新文学的发展必须扎根于民族生活土壤，在选择借鉴域外文学的过程中既要积极弘扬民族文学的优秀传统，又要毫不留情地剔除域外文学固有的并不适合中国国情的风格情调和审美意识，使新文学与传统文学的血脉相接，在新的“结合点”上铸造有中国特色的民族新文学，以防文学误入“西化”的道路。至于中国新文学现代性的形成，并不像传统文学的世界性是自生自长的，它主要是靠一种自觉理性指导从改造旧文学以适应“世界文学”发展需要出发，积极借鉴域外文学特别是西方近现代文学，加以合理化和适用化的改制，变成既能与世界上各先进民族文学相通又能与我国新文学的民族性相融，这便构成了新文学的现代性。现代性虽不等于新文学的现代化，但现代性却是现代化的基本前提又是它最终的结果，如果新文学演进过程中缺乏现代化的运作机制和内在规律，就有可能由于片面强调民族性而重蹈复古旧辙，使中国文学很难适应世界文学发展的总趋势。因此现代化作为一个动态口号的精神实质，是在于强调民族文学在新的国际条件下要生存要发展不能自我封闭也不能墨守成规，必须积极借鉴汲取域外文学特别是西方现代型的文学观念和文学作品，在继承和发扬民族文学传统时舍弃其固有的与新思潮新时代格格不入的陈旧内容与保守形式，使新文学与世界优秀文学息息相通，在中外文学的交汇点建构具有现代色彩的民族文学。总之，中国新文学的民族化与现代化之间的关系，是彼此依存、相互补充、互为作用、并行不悖的相辅相成的关系，它是一个双向同构运动的历史变奏过程，是保证中国新文学健全发展的两翼。二十世纪中国文学演变的实践反复证明：“两化”结合得好新文学就繁荣发达，文学精品层出不穷；“两化”结合得不好新文学发展就会出现曲折，也产生不出经典之作。杨政同志的专著，从理论与创作的结合上，雄辩地论述了新时期文学不能走“西化”的道路，必须遵循民族化现代化并举的方向和规律，这样才能使新时期文学欣欣向荣地发展；特别对文学民族性与民族化的突出强调，更具有强烈的现实意义，为纠正新时期文学的某种不良倾向提供了有价值的理论支持。

超越前人。这谈何容易，君不见“古来征战几人回”！不过，王国维在《人间词话》中为立志治学者指明方向：“古今之成大事业大学问者，必经过三种之境界”，并分别引用晏殊、柳永和辛弃疾的词句对三种境界作了诗意化的描述，即“独上高楼”言立志，“衣带渐宽”言苦学，“蓦然回首”言成功。不管这种阐释是否准确够味，但有一点对我们立志治学者深有启发：欲获得成功实现“独上高楼”的学术理想，必须通过苦学精神来“超越前人”。其实，“超越前人”作为人类生存与发展的本领，无时无刻不在驱使着一代代学者向社会认可的学术观点或理论模式或思维定势进行挑战，竭力走出巨人的阴影，攀登新的学术境界。杨政同志的文学研究正处在“超越前人”的攻坚阶段，而且有明确的主攻方向，并不像那些“学术游击队”打一枪换一个地方；只要能继续发扬自己的学术研究优长，不断超越自己的思维惯性而去博采众家，充分运用自己的发现逻辑机制而去锐意开拓，然后自成一说再现学术锋芒，此乃大有希望。

（1996年6月14日）

探索文学家大智慧的奥秘

——序《文心花雨》

17 世纪法国出现一个半瘫痪的青年学人,他就是帕斯卡尔,被誉为天才的巨人;他在遗著《思想录》中有一段发人深思的精辟之见,闪烁着大智慧的光芒:"人只不过是一根苇草,是自然界最脆弱的东西;但他是一根能思想的苇草。用不着整个宇宙拿起武器来才能毁灭他;一口气,一滴水就足以致他死命了。然而,纵使宇宙毁灭了他,人却仍然要比致使于死命的东西更高贵得多;因为他知道自己要死亡,以及宇宙对他所具备的优势,而宇宙对此却是一无所知。因而,我们全部的尊严就在于思想。"可见,有了思想,便有了一切,有了整个宇宙,人的尊严也许就在于此,人的智慧也许就在于此。帕斯卡尔虽然一生被恶疾缠身,但由于他深信人的全部尊严在于思想,故使他以非凡的毅力、非凡的勤奋、非凡的战斗精神,与病魔斗,与经院宗教斗,与墨守权威的陋习斗,与神秘的大自然大宇宙斗,他以超人的智慧为人类世界留下那么多了不起的科学成就和思想成果,真可谓世界级的大智慧者!

人类正是凭借自己的思想和智慧在不断地认识世界、改造世界,并根据自身的生存发展需要创造着形形色色的物质世界、精神世界和艺术世界,充分显示出人的卓越的才能和丰富的智慧。文学艺术是人类在生存发展过程中遵循美的规律从自己的审美欲求出发而创造出的独特审美世界,是人类自由生存的特殊方式,它体现出人类中作家群的特异天才和艺术智慧。虽然世界各民族的优秀文学无不是作家的智慧结晶,但是不能不承认作家的智慧才能是有大小之分的,其思想品格乃至天赋才识也有优劣之别的;因此作家群并非都是天才的文学家,并非都是大智慧的文学巨匠,并非都是设计和建构人类文学大厦的艺术大师,这里面是有明显差异的也是可以分层次等级的。唯有那些文学巨匠或艺术大师才能代表或反映人类在不同民族、不同历史阶段创造审美世界的最高艺术智慧,才能显现出人类的思想光辉的全部尊严。王少元、张光芒主编的《文心花雨》属于《成功者大智慧从书·文学卷》,它以智慧型的年轻学者的眼光和标准,从世界文学史的大格局中选取了一批大智慧型的文学家;这些古今中外的文学家在创构人类文学世界的进程中,与其他人类生存领域的巨人大家一样,无疑作出了独特贡献,显示出超人的智慧。当然,世界级文学大家并不仅仅限于此,有些作家也不一定合乎级别,至于"大智慧"只能从相对意义上来认识;不过我敬佩这两位年轻主编的开拓精神和探索勇气,且能从新的角度来揭示中外古今著名文学家的大智慧的奥秘,给人以别开生面的新颖感和启人思索的深刻感。文学家建构文学审美世界需要创造性的智慧,学者研讨这些智慧型的文学家也需要开拓型的思想智慧。

《文心花雨》并不是一般的文学家评传或作家论,它的宗旨在于探索文学家的大智慧的奥秘,这就决定了本书必具的重点和特点。其一,文学家的智慧是怎样形成的?回答这个问题并不能靠纯粹的抽象议论,而是从对每个作家的不同身世、人生经历、遗传基因、先天秉赋、个性特点、思想气质等侧面的具体考察和生动描述中,去挖掘其创作才能或艺术智慧形成的诸多因素,并展示出其智慧之所产生的富有规律性的东西;尤为可贵的是,著者坚持了辩证唯物史观对每个文学家的智慧形成原因作了透视和观照,没有把"遗传基因"、"先天秉赋"强调到不适当的程度,也就是说既承认先天、遗传的差异又不承认它们是智慧形成的决定性的因素,决定性的因素恰恰是由后天诸多缘由所组成,以合力作用于一个文学家而形成其大智慧,没有思想就没有人的智慧,作家的智慧正是后天诸多自身的或外界的不同因素的强烈刺激和诱发,激活其思想,震荡其脑筋,使之产生了深刻的人生体验、强烈的生活激情和非凡的睿智见识,并从而凝成了超拔丰富的智慧。从著名文学家的生平经历的有选择的重点描绘中,我们不难看出:艰苦的人生出智慧,曲折的道路出智慧,愤怒的人生出智慧,悲剧的人生出智慧,勤奋好学出智慧,刻苦钻研出智慧,勤思苦想出智慧,少有壮志出智慧,敢于变革出智慧,勇于实践出智慧,孜孜追求出智慧,严格家教出智慧,良好教育出智慧,顺境可以出智慧,逆境也可以出智慧,等等,不一而足。这都是带有规律性的启示,告诫人们自由只能来自对规律的认识,"大智慧"也只能来自对规律的敏锐感悟和正确把握,因之智慧型的文学家亦应该是个思想家。其二,文学家的智慧如何在社会上施展并为人类生存发展作出独特贡献?回答这个问题比第一个问题显得更重要一些,而且难度更大一些。但著者却以机智的逻辑与巧妙的手法来探索并阐述这一问题,即着力于揭示每个文学家怎样抓住历史、时代和具体人文环境所提供的机遇来施展自己的智慧、充实自己的智慧和运用自己智慧，以及个人智慧如何适应历史、时代和独特环境的需要和选择而转化为文学艺术品类，深得社会的广泛承认和赞许。这是个颇有历史感和思想深度的命题。机遇，对于处在同一时代、同一历史区间或同一文化语境的作家来说，都是公正平等的，厚此薄彼、亲张疏李的现象决不会发生；问题的关键在于作家主体能否以敏锐的理性自觉抓住历史机遇，根据时代、历史提供的有利条件，尽量地发挥自己的聪明才能和天才智慧，创造出艺术匠心独运的适应时代、历史需求和人类生存发展渴求的文学作品，而这样的文学作品不只是具有强烈的时代效应和永久的历史效应，并且是作家独创性智慧的载体和文化人格的信息符号。创作实践反复证明，哪个作家善于观察时代的风云变幻、善于抓住历史机遇，他就会在文学艺术上充分展示自己的智慧，取得一个个成功，创造一次次辉煌，时代造就了智慧型的作家，智慧型作家创造了人类文学史；哪个作家如果抓不住或者抓不准历史机遇或者放弃了时代提供的良机，即使他个人是个天才或“大智慧者”也不会创造出传世之作，甚至他的“智慧”所物化的文学作品有害于人类的生存与发展，对时代、历史的演进产生负效应。因此，能够抓住抓准历史机遇，对于一个作家来说，这本身就是“大智慧”的具体表现；况且又能创造出无愧于时代、无愧于历史的文学作品，这不仅越发显示了自我的艺术智慧更以人类的智慧丰富了自己，使自己变得更聪慧，从而成为人类在特定历史阶段的某一侧面的智慧的化身。可见，本书编著者从能否抓住历史机遇来探索文学家艺术智慧的挥发程度、社会效应及其历史渊源，这是个明智的选择也是个较好的角度，易于揭示文学家的“大智慧的奥秘”。其三，文学家智慧的特殊性是什么？这个问题的提出是合乎由一般到特殊的思维规律的。如果说凡是成功者的大智慧都是在历史、时代提供的机遇上得以充分的发挥和充实，那么作为一个著名的文学家他在抓住历史机遇所展示出的智慧就具有了鲜明的特性，与其他成功者的智慧有所区别，这就把对作家智慧奥秘的探索引向具体化个性化。本书作者大都循着这样的思路，从文学家的独具特色的思维方式、创作灵感、艺术独创、才智学养、审美理想、美学风格等角度，夹叙夹议地阐释了每位文学家智慧的特殊性，并揭示了这种智慧生成与发挥的特殊规律和特殊效应，这不仅增加了本书的特色也强化了对作家智慧奥秘探索的深度。上述三个重点与特色并非各自独立，而是有机的联系在一起，形成一个内在的思维网络，作为对每个文学家智慧奥秘探究的逻辑框架。

从体例上看，本书既突破了传统的文学家评传或人物传记的模式也超越了作家创作论的写法，而采取一种别出心裁的体式，似乎也可以把它视为“文学家评传”或“作家传论”的另一种写法，这无疑体现出主编设计本书体例的独创智慧。正是从这种体式的要求出发，致使大部分篇章具有散文式的风格，叙述、描写与议论相结合，故事性、趣味性与可读性相结合。这就决定了本书的独特价值与社会效果，即不仅有利于普及中外古今文学史知识，提高广大读者的文学作品的阅读鉴赏能力；而且有助于丰富读者的人生智慧和创造智慧，认识并掌握智慧生成和运用的规律，从而使全民的智慧与才能得以不断充实和增强。“开卷有益”方为好书，但愿本书能达到预期的效果。

从中外古今文学史上精选38位大智慧型的著名文学家很难选准，误选或漏选似乎不可避免；但有的文学大师确实应该入选的，如中国现代文学史上的茅盾，无论从哪个角度来看也不该漏掉。由于本书是多人执笔写的，有些篇章尚未体现主编的意图，质量的差异性较为明显。尽管如此，然而从整体上观照，可以肯定地说，这是一部有开创有特色有意味的好书。是为序。

（1996年7月10日）

“我们全部的尊严就在于思想”

——序《未了集》

黑格尔说:“当我们说一本书或一篇演说包含甚多或内容丰富时,大都是指这书或演说中具有很多的思想和普遍的道理而言。”①武鹰兄的《未了集》就是这样一本内容丰富、情感充沛、思想深刻的好书;而它的深刻思想既闪烁于“文化评论”、“作家作品评论”、“文艺杂谈”、“序言前言”之中,又蕴含在“文化名人剪影”、“散文随笔”里面,故每读一遍不只是在情感上受到震动更重要的是在理智上受到启迪。一本书有没有自己的思想和卓识,它决定着一本书有没有可读的价值与鉴赏的品位,也决定着著书立说的作者能否获得应有的敬重和尊严。法国17世纪出现的天才巨人帕斯卡尔在其遗著《思想录》中说,人只不过是一根苇草,是自然界最脆弱的东西,但他是一根能思想的苇草,因而“我们全部的尊严就在于思想”。《未了集》仅是新时期以来武鹰兄在繁忙的编辑之余辛勤耕耘的部分思想情感成果,它既是抽象思维的产品又是形象思维的结晶,也是理性思维与感性思维交互作用的硕果,总之它是从创作主体和评论主体的意识中流淌出来的,以独特的语言传媒信息体系建构的自己的话语。作为老友我理应跟踪阅读、全面了解其文其人,遗憾的是我对武兄的为文至今方得机会有了较系统的品赏,从而进一步加深了友情,深化了认识,初步形成了这样一个总体印象:其文,追求真正精深的品格,把思想之深寓于真情真意真理之中;其人,学者、评论者、作家集于一身,即学者型的评论家,评论型的学者,又是作家型的学者和评论者。虽然不能说他十八般武艺样样精,但至少可以说有几套拳路几种枪法却是皆通的,堪称文艺界、学术界的“通才”、“全才”。

文学研究的总体格局应该是文学理论、文学批评和文学史这三种学科所构

① 黑格尔:《小逻辑》,商务印书馆1981年版,第125页。

成的相互独立又相互渗透的有机联系的“三角关系”，那种认为“文学理论不包括文学批评或文学史，文学批评中没有文学理论和文学史，或者文学史里欠缺文学理论与文学批评，这些都是难以想象的。”①道理很明显，文学理论的范畴、准则、原理乃至技巧都不可能“凭空”产生，必须根植于具体文学作品和文学史的研究；而文学批评或文学史的编著，如果没有一套文学原理、一系列文学概念、一些可资参考的美学观点和一些抽象的理论概括也是无法操作的。在文学研究的总体格局中，作为一个孜孜以求的研究者总是要根据自己的学养、爱好、兴趣、特长和社会需要，或扮演文学理论家的角色或扮演文学评论家的角色或扮演文学史家的角色，或者扮演综合型的文学研究者的角色；而每一类文学研究角色的价值目标和自身素质是有一定差异的。致力于文学理论研究的学者应具有深邃的理论思维、开放的学理修养、玄妙的思辨能力和“超越前人”的先锋意识，所追求的乃是原则原理的创新、概念范畴的新鲜和理论体系的重构；从事文学批评的学者除了应具备坚实的理论基础外，特别需要敏锐的艺术感悟、深切的审美体验和高超的鉴赏能力，所追求的乃是独特的艺术发现、深层文化的发掘和审美情趣的品味、艺术个性的把握；热衷于文学史研究的学者应有丰富的知识结构、公正的评判眼光、深厚的历史感、超脱的学术心态、开阔的宏观视野和系统化条理化的阅读倾向，所追求的是通达而新颖的文学史意识、稳健而独特的理论框架和持重而厚实的学术品格。其实这三类文学研究角色的应有素质和价值追求并没有严格的区分度而只是相对而言，往往是相互渗透、相互作用的。统观《未了集》，除文艺散文、艺术随笔外，大都属于文学研究总体格局，既有紧密联系文学实践、创作倾向展开的有针对性的文艺理论研究或文学研究方法新探；又有从人本或文本的深切感受与心灵体验出发，以“心有真情”、见有卓识的妙笔铸就的一篇篇作家作品评论以及熔知识性、学术性、趣味性于一炉的文艺杂谈，如《想象与虚构小议》广征博引、深入浅出、理趣横生；更有一些论文对于研究对象的选择、理论框架的设计乃至作家作品的评价注重其相对的稳定性与连续性，使史识与资料、学养与才情、广博与精深、通达与开创等尽力达到统一，具有文学史研究的品位，尤其研究民间文学的序言前言不仅史与论有机结合而且充实了中国新文学研究的薄弱环节。这在相当的程度上体现

① 韦勒克、沃伦：《文学理论》，三联书店1984年版，第32页。

出武鹰兄具备在文学研究总体格局中扮演各类角色的文学素养和价值追求；特别值得提及的，他有一组写文化名人的文章，达到了情文并茂、格调高雅、智慧丰厚、哲理迭出的境界，充分反映出作者对书画艺术、影视艺术和戏剧艺术也有浓厚的审美兴趣和较深的学术造诣。同时，也使我们看到他的文学（也有艺术）研究有些突出的特点和可取之处。

近十几年在有些研究者的心目中似乎马克思主义文艺学方法论“过时了，不灵了”，然而武兄却始终坚持它，并写出一系列闪耀着马克思主义文艺学方法论光辉的文章。在文学艺术与社会的有形与无形的广泛联系中（这种联系是必然的），马克思主义所提出的从社会存在去寻求社会意识，始终是一条根本性的规律和一种根本性的方法。因此他在不少的研究论文中对作家作品或文学现象的考察，总是将它们置于一种具有普遍联系的社会思潮和文化语境中去获得有说服力的解释。“如果不把唯物主义当作研究历史的指南，而把它当作现成的公式，按照它来剪裁各种历史事实，那末它就会转变为自己的对立面。”[①]他在文学研究中所追求和运用的是马克思主义文艺学方法论的科学形态，与那种机械论的公式化的庸俗社会学方法论彻底划清了界限；而那些把马克思主义文艺学方法论在文学研究实践中作了庸俗化的施用者，其关键在于缺乏对辩证法的深透理解和有成效的实践，比如说在探究文学现象出现的原因或文学史生成的根源时并没有注意到在经济隐蔽而深邃地作用下，其他因素都在力的平行四边形的相互作用里产生自己的力量，而这种相互作用则又是以时间、地点为条件的，形成了时间与空间、历时与共时的多维的网络型结构。但《未了集》不论是对文学作品的评论、作家文人的评述或者是对文学理论的阐发、文学史现象的论析，却都成功地运用了唯物辩证法，显示了辩证思维的威力。历史的尺度与美学的尺度相统一，是马克思主义文学方法论的重要批评原则，恩格斯早在1846年出版的《诗歌和散文中的德国社会主义》一书中批评格律恩的《从人的观点论歌德》时就坚持了历史观点与美学观点相结合的批评原则。即对伟大的文学家歌德作出全面评价，美学的尺度必须与历史的尺度相统一，也唯其与历史的尺度相统一的美学尺度才获得了自身的历史感。“我们决不是从道德的、党派的观点来责备歌德，而只是从美学和历史的观点来责备他；我们并不是用

① 《马克思恩格斯选集》第4卷，人民出版社1972年版，第47页。

道德的、政治的,或'人的'尺度来衡量他。"①而是坚持"美学和历史的观点",把美学评价纳入历史唯物主义范畴。恩格斯之所以视美学的观点与历史的观点相统一的批评原则为最高的价值标准,在我看来这是因为单独地游离于文艺作品深层内涵而在表层运作的所谓美学评价算不上真正的美学评价,只不过摭拾一些外观的艺术技巧而已;而文艺作品的技巧真正能升华到美学高度的,它总是与作品的深层文化意蕴或丰富历史内容有机地结合在一起,所以对文艺作品进行美学评价必须从其文化内涵或历史内容出发,寻求作品的美学表现与之和谐度。《未了集》的"作家作品评论"、"文化名人剪影",灵活地运用了美学与历史相统一的价值尺度,对文艺作品的评价总是对文化意蕴或历史内容作出马克思主义的判断与阐释,尽力发现作品的思想美、精神美、情感美、灵魂美和艺术美,把历史评价与美学评价尽可能地结合起来;而对作家、诗人、艺术家、文化名人的评述,既不以抽象的人性观点来看待也不以"党派的观点来责备",仍坚持美学与历史相统一的准则,力求从特定的历史背景、文化语境或艺术氛围里发掘其精神气质、性情志趣、心灵操守和多才多艺、美学追求,把人格与文格、人品与艺品、心灵与外貌、才识与技艺等糅合在一起,进行有历史感、现实感和个性感的综合评价,评之得体,述之有据,以理启人,以情动人。

我常见到一些文学研究的文章,或流露出一种莫名其妙的优越感,动辄指责前人的研究成果"观点陈旧"、"材料堆砌";或进行形而上的精神漫游,美其名曰是"深刻的理论思辨",一个普通的观点或一个简单的问题,经过如此的"思辨"绕来绕去能"绕"出洋洋万字,也不管有没有坚实而系统的资料作根据,这种脆而不坚、华而不实的文风实在令人厌倦。然而《未了集》读后给我们的突出感受却是,作者不仅善于处理前人研究成果与今人研究成果、过时的与行时的理论框架和研究方法的关系,既不崇"旧"也不趋"新",而是在新与旧的适度的张力场中施展自己的才华,实现自己的学术追求;而且作者虚怀若谷,善于向古今中外名人名作学习,抓住在山东省图书馆工作18年的特殊机遇钻进知识海洋,贪婪地汲取精神营养和文化文学乳汁,博采众长以充实自己、丰富自己、提高自己,故使自己的文学研究成果结结实实、沉沉甸甸,没有那种空空洞洞的泛泛而论也没有那种故弄玄虚的哗众取宠之心,总是把耿耿直直地做人和老老实实地

① 《马克思恩格斯全集》第4卷,人民出版社1972年版,第275页。

为文结合起来,思想的稳健性深刻性总是与理性的完整性、资料的实证性交融在文章里。黑格尔曾说:“事物的深刻方面却仍不是单凭这种鉴赏力所能察觉的,因为要察觉这种深刻方面所需要的不仅是感觉和抽象思考,而是完整的理性和坚实活泼的心灵。”[①]敏锐的艺术感觉、抽象的理论思维、完整的理性和坚实活泼的心灵在文学研究过程中固然重要,缺乏这些主体的优越条件既不能发现深刻的思想也不能进行创造性的研究;但是不能详细地占有大量丰富的资料作为基石和先导,那文学研究便会驰骛空虚,流入玄思奇想。只有把资料的实证性、可靠性与思维的开拓性、超越性辩证地统一起来,才能使文学研究获得累累硕果。《未了集》有些文章写得扎实又有见地,主要得力于主体思维的超越性与客体资料的实证性达到辩证统一。所谓资料就是在一定的时空范围内前人或他人的实际活动、思想活动和文化活动的记录以及文学生成的大背景材料与小背景材料等;而文学研究正是凭借这些资料,发现其中的文化意蕴、审美意识和精神内涵。不过占有了大量资料也要善于驾驭和运用它们,从中发现问题或引出独到之见,否则会淹没在资料的海洋之中,所获甚少或一无所得。正如黑格尔所说,一堆知识的聚集并不能构成科学,必须善于从资料中发现以“理性为基础的现象的连续”,并从而“揭示出这内容,才能表明它是一个理性的历史”[②];文学研究也是这样,必须从感性和知性的文学作品或文学史料引向理性的判断或发现独到的“史识”。《未了集·〈中国民间歌谣·山东卷〉序》这篇长文是对山东民谣的系统研究,它是作者在占有大量丰富的民谣资料的基础上经过由表及里、去伪存真的梳理和发现而写成的,将纵向的史的线索勾勒与横向的歌谣特点和文本的剖析结合起来,使文章具有了史论兼备的品格。像这样的论文,不仅要将搜集到的民谣资料通过梳理与发现纳入由“史识”统帅的时空框架,同时也要对资料的真伪进行考辨与鉴别,这也是保证文学研究质量的重要环节。梁启超说过:“无论做哪门学问,总是以剔伪求真为基本工作。因为所凭借的资料若属虚伪,则研究出来的结果当然也随而虚伪,研究工作便白费了。”[③]文学研究有了可信可证的资料未必就能达到思维的超越;而所谓思维的超越则是能从

---

① 黑格尔:《美学》第1卷,商务印书馆1981年版,第327页。

② 黑格尔:《哲学史讲演录》第1卷,商务印书馆1981年版,第35页。

③ 梁启超:《中国近三百年学术史》,引自《梁启超论学史二种》,复旦大学出版社1985年版,第382页。

充实的资料中洞见有规律的思想，或者是由资料而上升的逻辑结论，因之可以这样说思维达到什么程度资料的发现也达到什么程度。爱因斯坦说："知识不能单从经验中得出，而只能从理智的发明同观察到的事实两者的比较中得出。"①也就是说思维只有对感性材料或经验资料获得超越才能产生新的思想；但是思维的超越必须来自资料的实证性，故爱因斯坦又说："科学力求理解感性知识材料之间的关系，也就是用概念来建立一种逻辑结构，使这些关系作为逻辑结果而纳入这样的逻辑结构。"②有了理论思维指导下形成体现意图的结构，搜集来的各种文学资料只有与之合拍方能显示出资料的价值和生命。

《未了集》对我们还有一个重要启示，文学研究尽管凭借理性思维活动，但却包含主体情感的投射。且不说作者以饱蘸深情之笔谱写出的《虎口余生忆母亲》、《致我心中的精灵》、《雁引思念去》、《啊，雪莲花》等脍炙人口的抒情散文，使我想起"艺术要达到真正的再现只有通过一条途径，亦即借助审美要素的魔力而传播盛情"（杜夫海纳语）、"艺术，是人类情感的符号形式的创造"（苏珊·朗格语）等名言；这里要谈的是那些理论色彩很强的"文艺评论"、"作家作品评论"，无不渗入情感因素。特别是对作品的评论重视"情"的发现，即通过情感这个媒介和通道来发掘文学作品所表现的人的本质力量和深层意识，通过探索情感的强化过程来揭示深层意识的升华过程。正因为作者注重作品"情"的发现，抓住"情"这个中介又发现了作品本身的美学特征或艺术规律，所以将它升华到理性高度进行逻辑演绎时也伴随着情感的浸染，使文艺评论带上强烈的感情色彩。当年梁启超写起时论来笔锋常带感情，因之他的文章一出手便不胫而走。可见论文中的情感征服力在某种程度上比思想的征服力更为深邃和久远。武兄进行文艺创作满怀激情，致力文学研究依然激情勃发，真是难能可贵。关于情感或激情在文艺作品中的特殊作用，黑格尔作了这样的表述："通过渗透到作品全体而且灌注生气于作品全体的情感，艺术家才能使他的材料及其形状的构成体现他的自我，体现他作为主体的内在的特性。因为有了可以观照的图形，每个内容（意蕴）就能得到外化或外射，成为外射事物；只有情感才能使这种图形与内在处于主体的统一。"③至于激情在文学研究中的特殊功能，我们从别林

① 《爱因斯坦文集》第2卷，三联书店1980年版，第278页。
② 《爱因斯坦文集》第2卷，三联书店1980年版，第235页。
③ 黑格尔：《美学》第1卷，商务印书馆1981年版，第359页。

斯基的一段话中可以得到深刻启迪:“激情永远是观念在人的心灵中激发出来的一种热情,并且永远向往观念。因此,它是一种纯粹精神的、道德的、极其完美的热情。”①从某种意义上讲,文学评论是主体观念的产物,所以激情必然伴随逻辑思维的运作,荡漾于论文的字里行间,增强思想表达的力度。

超越自己、超越他人作为人类求生存图发展的本领,总是驱动着一代代文人向自我的思维定势挑战、向社会习惯的思路挑战,以自己有限的生命力和创造力去开辟新的学术天地。武鹰兄是位有思想有激情有学养有追求的学者,今天所见到的仅是他的“未了集”并非“终结篇”,我深信不久的将来会读到他在文学研究领域所创造出的新篇章!是为序。

(1997年4月15日)

① 《别林斯基全集》俄文版第7卷,第312页,见山东文艺出版社1990年版的《鲁迅选集·杂文卷》第8页。

弘扬现代学术传统

——序《现代作家新论》

摆在眼前书案上的《现代作家新论》(下称《新论》),是青年学者李掖平的学术专著。20 年前她是我的学生,20 午后我们同是致力于中国新文学研究与教学的大学老师,读着她的新著确有一代超过一代、青出于蓝而胜于蓝的欣慰感与自豪感。这部著作不是现代作家研究的述评,也不是现代作家作品的评介,更不是作品分析或研究资料汇编,而是作者以生命激情和创造才情凝成的高品位的学术力作,从人本与文本的有机结合上把现代作家作品研究推上一个“重读、重评、重估”的新层次。

一本真正称得上中国现代文学研究的学术专著,既应具有较高的学术理论价值又该具有学科建设的重要意义,在我看来《新论》兼而有之。

就其学术理论价值来说,综观全书至少体现于:一是通过对作家作品以及文学流派的重读重解,由表及里、由显到隐地发掘小说或新诗演变的内在机制或潜在规律,使对文学作品或文学现象的论析达到应有的深度和高度。如《现代诗美的生成与嬗变》,实质上是深入考察了整个现代新诗系统并从中发现了新诗的基本美学规律及其各种审美机制(或方式),这些富有创见的理论概括与理性阐释,一下子就把中国新诗艺术规律的研究提高到一个新的学术境内。二是敢于以自己独到而深微的阅读感受和细腻而准确的审美体验,怀疑并推倒已有的“定论”,在充分扎实的实证基础上为某些作家作品作出令人诚服的新结论,且给予科学的历史定位。如《爱之弦上的哀歌》写得最有力度和深度,具有“拨乱反正”的性质,真正恢复了叶灵凤性爱小说在中国现代小说史上的本来面貌和真实价值,摘掉了长期扣在他头上的种种带有污蔑色彩的帽子。因而可以说,对叶灵凤小说的研究,不只是在性爱理论上有新的开拓,而且也带有整体性的突破。三是在对一些尘封已久的作家作品的反复审读仔细体味的过程中,作者以开放的史学意识和现代美学眼光从文本中发现了深层的文化意蕴、潜在的生命意识和朦胧的审美诗意,从而在理论上作出一系列新颖独到的审美判断和别开生面的理论思辨,为现代作家作品研究的学术宝库增添了新的理论信息。如象征诗派和现代诗派虽然改革开放以来成为学界关注的热点,但真正把这两个诗派的诗人的诗作如数家珍一样地全部认真地进行品赏解读,将那些已被误读或费解的诗篇的象征意蕴开掘出来并给予正确地阐释,则是《幽邃诗境的探索与开拓》和《象征诗美的追求与创造》两文。它们确实下了细功与深功,不仅从那些已熟悉的象征诗人的诗作中发掘出新的象征意蕴,进行了有新意的理论概括或作出了诗意浓郁的审美判断,给人以新颖的诗学启示;而且对那些湮没已久的象征诗人的诗作中"隐喻暗示人的内宇宙潜隐的奥义神秘和郁闷愁思",通过重新发现重新体味以唤起自己的精神启悟和心灵感应,并从而进行形而上的思辨,于是对深潜的象征意蕴作出了令人穿透重雾、豁然开朗的理性分析;特别对众多象征诗人在不同审美时空中营造的象征风景所呈现出的独特审美追求作了如此的归类:以李金发、穆木天为代表的意念象征,以冯乃超、姚蓬子为代表的色彩象征,以戴望舒、何其芳为代表的情调象征,以卞之琳、废名为代表的哲理象征,这无疑是对象征派诗歌研究的细化与深化,为中国现代新诗研究增加了新的学术含量。四是没有艺术个性的作品就不是精品力作,本书著者深谙此理并付诸研究实践,致使对每个作家作品的探索都能抓住其鲜明的艺术个性,从敏锐深微的审美感悟中分辨出人物形象或艺术创造或审美风格的各自的形形色色的特点,然后从各自的不同个性或特点入手进行富有创见的论析,不论对人物性格的剖解或对艺术成就的概括或对创作风格的把握,都能突现其个性化的特征,从理论上进行新的开拓,归结出一系列实证性与超越性相统一的独到之见。《诗化小说的建构与衍化》是篇有开拓有建树的力作,通过对郁达夫与沈从文抒情小说的相互对照的比较研究,既准确地揭示出二人抒情小说诗化的四个主要特征及其不同的个性差异,又深入地开掘了郁、沈两种不同品格抒情小说形成的诸种根源及其历史演变的联系性和必然性,尤其在具体论证的逻辑演绎过程中显示了主体思维的相当深度与广度;对新感觉派穆时英、刘呐鸥、施蛰存三人创作个性的分析及其对艺术创新价值的独特贡献的评价,无不显示出著者的慧眼卓识;对张爱玲小说世界女性意识的发掘与论析也突出其独特性,给人以新鲜感;巴金小说的青年形象系列已是学界的老话题,曾作出多种多样的归纳与分析,而《新论》则从一个新角度把青年知识者概括为三大形象系列,并进行了有见地的阐述,体现了"重读重解重评"的学术理论意义。

考其学科建设的重要意义,不妨作这样的理解与设想:“重写文学史”的口号提出之后,对过去编著的中国现代文学史的理论框架、价值标准、既成定评定位乃至主体思维模式和研究方法,给予了一定程度的反拨与冲击,使近几年现代文学史的研究有所突破有所深化;然而从总体上看,至今尚未出现一部公认的具有“重写”价值的崭新学术风貌的“中国现代文学史”,其中的原因较为错综复杂,尚未从“重写”的战略高度对现代作家作品进行“重读重解重评”却是不可忽视的原由。从特定意义说,文学史就是作家作品的流变史,虽然现代文学史是由文学运动形态、文学理论形态与文学创作形态三大板块组成,但是文学创作形态则是文学史建构的基础之基础、核心之核心、支柱之支柱,所以削弱或忽略了作家作品的地位与价值就等于消除了中国现代文学史这一学科存在的必要性和重要性。只有从现代作家作品重新研究起,使发现与开拓、拨乱反正所获得的学术成果接近或达到“重写”的要求和标准,才有可能为“重写文学史”以推进中国现代文学学科建设提供更为丰富扎实的史料、更为新颖独到的史识和更为开放的学术视野。可见,《新论》本身就是为“重写文学史”所做的极其切实而有意义的研究工作,不仅为中国现代文学学科的发展进行了卓有成效的探索与开拓,使那些长期处于边缘的作家或被尘封蒙蔽的作家或被扭曲贬抑的作家,重新复了位或重新定了位;而且从中可以获取“重写文学史”的理性启示与学术经验:一是《新论》是由小说论与新诗论两大部分构成一个现代作家作品研究的整体,而贯通专著始终的内在线索则是“人的文学”与“美的文学”。所谓“人的文学”就是以个人为本位的人道主义文学或人本主义文学或为人生的文学或表现生命意识的文学,这是最富有现代人学品位和最具人性深度的文学;所谓“美的文学”是遵循美的规律与美的法则创造的具有相当审美品位的现代文学,其实“人的文学”与“美的文学”是以人性、人道、人情为中介而有机地铸成了现代型的中国新文学,这正是中国现代文学系统富有生命活力与艺术魅力的本体部分。这两条主线是《新论》从作家作品的选择与评析到全书的组编与构成所以一贯之坚持的,使全书既有强烈的现代人学价值又有浓郁的审美意义;并从而启示我们:“重写文学史”也必须始终坚持“人的文学”与“美的文学”这两条主线,唯有这样才有可能写出具有本体论意义的中国现代文学史。二是《新论》不论对小说世界的开掘或者对新诗境界的发现,总是以睿智的艺术感悟力和自己的生命强力,透过审美形式层和审美经验层,去把捉人的内宇宙或潜隐层的人性之深度、人情之复杂、生命冲动之强烈、潜意识之神秘;这种借助人性论、心理学、精神分析学、生命哲学的综合思想威力所取得的研究成果，显示了这样一种有深度的史学倾向，即中国现代文学史是地道的人类心灵史。这就启示我们："重写文学史"就应该把中国现代文学史写成一部中国人的心灵演化史，既要把现代文学研究提到本体论的高度又要把它升华到现代人学的哲学层次。

一部有学术理论价值和学科建设意义的专著问世，总是在主体思维的运作上或现代学统的形成上显现出一些可资借鉴的带有规律性的学术经验。

文学研究的主体思维运作往往循着两条路线行进，一是保留阅读作品时获得的感性具体印象的审美感知，一是循着一般的理论思维模式从抽象到具体(理性)逐步上升。这两条思维行程各有优长，而在实际研究过程中常常是交互运用的；不过《新论》理论框架的建构却大都是遵循前者的即从感性的具体到知性的抽象再到理性的具体，以构成历史感与现实感双重辐射的图式。这种理论框架用来研究现代作家作品就避免了那种先预设理论图式后选资料予以填充的主观随意性或削足适履的局限性，而是把研究的逻辑基点与思维起点确立在具有生动性、具体性、鲜明性和丰富性的感性意识上，使文学研究真正获得一种科学品格。虽然《新论》著者格外重视自己阅读作品的审美感受，甚至以火热的激情去点燃作品的激情，以自己的生命力去激活人物形象的生命力，尽量寓史识于感性史料；然而这并非说研究主体只满足于对文学作品的感知，因为她深晓感知是有局限性的，仅靠感知所获得的顶多是最抽象最贫乏的真理，只有遵循感性的本能及时升华而超越自身方可达到理性层次，"人只有把自己提到最高理性的高度，才可以接触到一切物理和伦理的本原现象所自出的神。神既藏在这种本原现象背后，又借这种本原现象而显现出来"(《歌德谈话录》第183页)。而这里所说的"神"，就是凭借理性思维洞察出的规律性认识。文学作品的文化意蕴或思想内涵在感悟的基础上更要依靠研究主体的理性思维去探索去概括，这主要因为文本创造主体"艺术家的地位愈高，他也就愈深刻地表现出心情和灵魂的深度，却不是一望而知的，而是要靠艺术家沉浸到外在和内在世界里去深入探索，才能认识到"(黑格尔《美学》第1卷第35页)。越是那些经典性的现代作品越是需要凭借主体理性思维去发掘其已达到的思想灵魂深度。《新论》研究者的运思，生动而深刻地展示出这样一个理性思维的逻辑行程：即从对作家作品的感性具体认识到对作家作品的知性抽象分解再到对作家作品的理性具体认识，形成一个辩证思维运动过程，既促进了文学研究的思想增值又促使文学研究的思想群的产生，导致每一“作家作品论”大都具有独特新颖的理论框架和见解精到深切的逻辑系统。

专家教授从事的职业文学研究，往往要求研究者具有良好的教养、深厚的历史感、知识体系化、学术视野开阔、持论平正通达，追求学识与才情、广博与精深、新颖与稳定的平衡与调适的“持重厚实”的学术品格，“不介入直接的政治斗争和文学运动，相对超脱的地位使得其比较容易保持学术独立和思想自由”（陈平原《小说史：理论与实践》第 5 页）。《新论》作者具有从事职业文学研究的应有素质和才气，但却没有那种“传统派学术”严守规则、思想僵化的学究气，也没有“先锋派学术”那种片面深刻与偏激情绪，而是追求一种稳健中见新颖、厚实中出深刻的学术品格；尤其她从大学本科起一直坚持的系统化条理化的阅读文学作品的良好习惯，为她的现代作家作品研究打下了坚实基础，也为其学术品格的形成提供了必要前提。其实早在世纪之初梁启超就开创了“学术独立和思想自由”的现代学术传统，直至 90 年代初“现代文学”研究领域经过 80 年代的拨乱反正之后逐步形成的新一代学者（包括李掖平在内），才自觉地坚持并弘扬了“以学术为本位”、“思想独立自由”的现代学统，将学术当成人生的第一需要来追求，既能拒斥商场上的金钱诱惑也不妄作步入官场的美梦，心甘情愿地坐冷板凳，享受着读书苦、苦读书的人生情趣，凭着一颗独立思考的大脑和一支勤奋的秃笔，思辨着演绎着一篇篇人文学术论文，既显示出学者的人生价值又为现代文学研究开拓了新局面。《新论》就是发扬以“学术本位”、“思想独立”为特征的现代学统所结出的硕果。

一个真正的现代学者不仅应有“超越前人”的气魄，也要有“超越自己”的勇气，希望掖平同志不断努力不断创新，拿出更多更优的学术理论成果迎接二十一世纪！

（1998 年 2 月）

“情感批评模式”的出色尝试

——序《穿越九十年代》

全神贯注于面前摆放着的王克安同志以心血凝成的书稿,我的敬佩之意与赞美之情油然而生,“解放了的女性什么佳绩都能创造出来”的颂词不觉脱口而出。在阅读过程中,我虽然缺乏心理学家荣格那种“突然感到格外酣畅淋漓,像欣喜若狂,像被排山倒海的力量席卷向前”的情感体验,但至少在我心里唤起一种比我自己的声音更强的声音,这也许就是那种“后浪推前浪”催促我在学术征途上仍须向前的声音。这种进取向上的声音,近几年来从青年学者的学术成果中不时地迸发出来,叩击着我的心灵,驱动着我的步伐,唤回我已逝的学术青春;而这一次克安同志的书稿又使我感受到这种奋进的声音,我怎能不由衷的感激? 怎能不真诚地祝贺本书的问世?

记得爱因斯坦说过这样一句耐人深思的话:“我不能容忍这样的哲学家,他拿出一块木板来,寻找最薄的地方,然后在容易钻透的地方钻许多孔。”在最薄的木板上钻出孔来既不用动多少脑力又不必费多大体力,更谈不上是什么了不起的创造,若有人为之喝彩也显示不出惊人的意义。文学研究要有所发现有所成就应具有爱因斯坦提倡的在木板厚处钻孔的精神,只要能持之以恒地发扬这种精神,不仅可以把木板钻透,也可以从中发现不少奥秘;如同以这种钻孔精神来研究或评论你选取的文学对象一样,既能钻深又能钻透,从中发掘出别人发掘不出来的新东西。克安同志选择刘心武 90 年代的文学创作作为研究评述对象,并不能说这是个坚硬无比的厚木板似的钻研对象,但也不是块容易钻透钻深的薄木板。从总体上看,在新时期的作家群中刘心武是屈指可数的著名小说家之一,他的文学作品尤其是长篇小说其文化意蕴相当丰厚,其人性内涵相当复杂,其灵魂拷问相当深刻,其审美品味相当浓郁。虽然他 90 年代的文学作品被评论者钻过不少孔,也挖出不少东西,然而也有很多厚处深处尚未钻过或者钻得不深不透,特别那些已钻过的地方再要钻出新东西也是难上加难。因此从这个意义上说,深化对刘心武创作的研究与评论是一场有难度的攻坚战,并非轻而易举地就能攻下来并获得满意的成果。克安同志有那么一股不怕攻坚的韧性精神,有那么一种敢啃别人啃过的硬骨头的顽强魄力,她不知牺牲了多少节假日也不知熬过几个酷暑寒冬,总是朝着研究对象的厚处投出思维锋镝,总是以思维穿透力专向评论对象的硬处钻孔,终于以宝贵的思维能量通过深钻苦研获得了成功,写出了《穿越九十年代——刘心武新作述评》,在自己的治学道路上建立起第一座学术之塔。这既是一种敢于在厚处硬处钻孔的锲而不舍的道德力量的体现,又是一种思维智力所产生的硕果。我相信,作为一个涉足文学研究领域并不深的青年学者王克安同志来说,尽管在成书的过程中吃过不少的苦,耗过不少心力,也受过不少委屈,但是自己的思维所创造的研究成果却能报偿一切的,它所带来的兴奋与喜悦也足以安慰一切的。

我非常赞同著名科学家丁肇中的体悟:"任何科学研究,最重要的是对于自己从事的工作有没有兴趣。"兴趣是人对物的一种特殊的认识倾向,它也是一种伴有快乐、欣喜和满意等的肯定性的情感体验;而兴趣又有广阔性、集中性、持久性和倾向性的品质,作为一个优秀的科学工作者或杰出的文学评论工作者往往这诸多品质在他们身上能得到良好结合。如果把人脑比作一部思维的机器,那么兴趣则是这部思维机器的动力;虽然人脑这部思维机器有优劣之分、思维动力也有大小之别,但是一部质量并不超群却不停运转的思维机器其思维效率有可能比质量出众而时停时转的思维机器要高得多。这是因为兴趣的集中性、持久性、倾向性等品质,既是促使研究者或评论者朝着选定目标勤奋进击的内存激素,又是驱使他们不断钻研不断开掘的取之不尽的动力,所以只要有充足的文学评论思维兴趣,评论者的思维就如同接通了电源的机器,无时无刻不在运斧用斤,不仅感到文学研究或文学评论苦中有乐或进入乐而忘我的学术境界,而且也能促进创造性思维成果的产生。我审读克安同志的专著,有个较深的感受就是她对刘心武文学作品有着浓厚的持久的强烈的阅读兴趣和评论兴趣。这种兴趣不只是表现在她对刘心武文学创作的跟踪阅读、跟踪搜求评论与研究刘心武的资料上,更表现于她在阅读与搜集的基础上怀着极大的兴趣对刘心武 90 年代的文学创作进行深入的研究和对评论文章进行系统的述评。在那些先锋的评论者眼里,90 年代的刘心武并不走红了,他创作的带有浓重人文启蒙色彩的小说已似乎再不能产生"轰动效应"了,所以在评论界他也不是热点和重点了;然而克安同志的阅读与评论的兴奋点却始终集中在刘心武身上,几乎对他的每一部长篇小说都进行了全面而深刻的解读，即使那些随笔短论她也带着浓厚的兴趣进行了理性阐释。克安同志对刘心武的文学创作如此感兴趣，也许缘于研究对象本身的确蕴含着丰厚的文化信息、深刻的思想情感、强烈的生命意识和浓郁的美学意味，而这一切又恰好满足了评论者的审美需求、期待视野和兴趣倾向；也许缘于刘心武其人其文在新时期文学格局中举足轻重，或是体现了某种价值取向或是代表着90年代文学跨入21世纪的某一方向，而评论界对这一切的淡漠或忽略则从反向激起了克安同志的义愤，并从而增强了她评论刘心武文学的理性自觉？在我看来，究竟哪些缘由引起她对刘心武研究的兴趣并不重要，重要的是这种兴趣激活了她的文学评论思维，使她的兼具文学评论思维兴趣广阔性与集中性，既能把主体思维集中于刘心武90年代的文学作品上又能以此为中心向外发射思维辐条，带着评论者的特有敏感由此及彼、由表及里，力求做到评论的深度与评论的广度能够结合，常常有感于作品而有悟于心，发现一些其他评论者未发现的东西。同时，也使她的评论思维兼具兴趣的倾向性与持久性，既提高了主体思维的效率又增强了思维的穿透力，这主要体现于：由于她具有思维的兴趣倾向性故对其他作家作品兴趣不大而独对刘心武的具体作品倍感兴趣，并长于对其个案进行研究与评述，在微观研究上显示自己的思维智力；因为她具有批评思维的兴趣持久性，故总是把兴趣较长时间集中在刘心武这一个研究对象身上，把思维的兴奋点投射于一个评论对象易于快出成果出好成果。这是合乎思维规律的。人的思维兴趣总是有一定限度，超出这个限度人的思维或失去敏感力与穿透力或产生疲乏感而丧失灵敏性，对于个体评论者来说最好是相对稳定地把思维兴趣集中于倾向于一个评论对象，持之以恒，最终才会向学术界奉献出有特色的文学评论成果。我想，王克安同志能够穿越90年代刘心武的新作且著成一本书，这不能不承认是得力于主体思维兴趣的倾向性、集中性与持久性。

阅读克安同志的评论稿，能感到字里行间充溢着感情，似乎她的思维兴趣总是与情感交融在一起。列宁曾说过，人若没有情感也就没有而且不可能有对真理的追求；甚至前苏联学者阿·布罗夫认为，“只有情感思维才是真正的思维。”如果说兴趣能影响思维效率的话，那么情感则可以最终左右思维结论，因此在所有非智力因素中对文学评论主体思维影响最大的莫过于情感。虽然文学评论工作者一般都是从一定的理论体系、文学观念或美学标准出发，对文学作品和文学现象作出自己的分析和判断，然而评论者既非无情之人而评论文章又非无情之物，总是会从评论文章中或隐或显地或强或弱地流露出情感倾向的。所谓情感倾向性是指思维主体的情感经常由什么引起并指向情感源的，它最终受到人的世界观和人生观的支配。在文学评论中，偶尔也会发现这样的奇怪观象，像托尔斯泰和歌德那样伟大的文学家有时也会受情感倾向的左右，难以保持客观、冷静、公允的思维态度，以至失去理性的控制能力，让自己的否定性感情把思维结论推向偏激的顶端，如托尔斯泰对莎士比亚的否定、歌德对雨果的贬抑就是例证。不只是当文学评论对象拂逆了评论主体的情感倾向时会出现片面的思维论断，就是评论对象迎合了评论者的情感倾向也会使思维结论失去分寸而滑向偏激的顶端。当前文学评论界出现不少在情感倾向主宰下所作出的过分溢美的思维判断，如有些文学作品并非美轮美奂，尚未达到成熟的美学高度，然而却被某些评论者吹得天花乱坠，美上加美，令人莫名其妙。上述评论观象的出现，固然可以表明情感倾向有碍于评论者思维的正确运作，但这并不在情感倾向的本身；也就是说，主体评论思维是否正确并不取决于评论者是否具有情感倾向，而在于情感倾向指向是否正确，是否在评论者的理性支配与导向下。即使是正确的情感倾向也不能挣脱理性的控制，否则必将作出过分偏激的批评思维结论。可见，充当一个好的文学评论者既要全面提高自身素质，使自己的情感永远倾向正义、公平、友好，永远倾向人世间的真善美，从根本上避免由情感倾向性误导而造成的思维判断的失误；又要自觉地在整个文学评论过程中坚持理性指导，情感倾向始终不脱离理性的控制。不论文学评论对象拂逆或者迎合评论者的情感倾向，作为文学评论者都不要过分冲动，即情感之火既要点燃却又不能超过“临界点”，只有理性把情感调控得恰到好处，文学评论思维的情感倾向性方能成为独到见解的来源。这就要求文学评论者既要自觉地把握正确的情感倾向，纠正那些不正确的情感倾向；又要善于调节和引导自己的感情倾向，巧妙地利用情感倾向给文学评论思维以动力。心理学家发现，当人处在积极性情感统摄下的时候，人的五大智力因素如观察力、记忆力、想象力、操作能力与思维能力都能达到空前活跃，智力效应和思维创造力也会大大增强；而处于消极性情感的统摄下人的智力活动则会出现相反的情况，所以文学评论主体思维的情感应稳定在积极性情感这个基点上，力求在乐观豁达、兴奋进取的情感状态下展开评论思维，这样才有可能获得意想不到的研究思维成果。克安同志评述刘心武 90 年代的新作，并没有因为自己的喜爱而导致思维情感倾向的失控作出过分溢美的判断或过分偏激的贬抑，她能较好地以明晰的理性将自己的情感倾向导入正确的思维轨道，不论从宏观上审视文学创作或者从微观上透视每部作品，都能在积极性情感倾向统摄下展开极为活跃的思维活动，使理性分析总是伴随着主体情感的燃烧，以理驭情，以情激理，所作出的思维判断显得那么中肯、平实、稳妥、令人诚服。由此我想起了“情感批评模式”的几个特点：一是鲜明的情感倾向和情感色彩，二是融理论思维于生动活泼的形象思维之中，三是美文化的表述形式。不能说克安同志的文学评述完全符合这种“情感批评模式”，但至少贴近了“情感批评”的基本要求。

如果仅仅具备了在厚处钻孔的韧性精神、集中持久的评论思维兴趣和积极正确的思维情感倾向，那还不能进行富有成效的有系统的文学评论或文学研究；起码应有一个文化素质、理论修养、文学积累、资料搜集、运笔写作的逐步强化和深化的过程，只有整体的文化人格素质有了明显的提高，才能确保自己所从事的文学评论或文学研究达到预设的效果。克安同志大学毕业后，挤出时间和精力，系统地阅读中文专业书籍，刻苦攻读外语，并通过外语出国考试，特别利用在山东师大中文系从事图书情报工作的有利条件，结合本职工作编写了近二百万字的文献资料；与此同时，她抓住业余时间积极开展文学研究与文学评论，既参与了国家课题《二十世纪中国现当代文学作家心态史》的撰写，又独自撰写并发表了一批文章，充分显示了她有较好的文化素质、较深的理论思维、较敏锐的艺术感悟能力、丰富的文学资料储备以及较强的独立研究能力和话语操作能力，这就为她致力于文学专题研究或文学评论打好了坚实的基础。由于克安同志日益完善了从事文学专题研究或文学评论的应有素质与条件，致使她的新著《穿越九十年代——刘心武新作述评》呈现出独特价值与鲜明特色：一是从述与评结合上系统而全面地研究刘心武 90 年代的新作这是第一部，这种开创性的意义不仅仅表现在为中国新文学研究宝库增添了新成果，也表现在有助于推动 90 年代我国文学研究格局的拓展；二是一部部作品解读所形成的作品论与宏观的“近二十年刘心武研究述评”组合成了全书的框架，微观的作品阐释多是自我感悟升华的理性见解与审美判断，宏观的研究述评多是综合或择取他人的评论观点和已达到的研究水平，这样把“自评”与“他评”有机地结合在一起，于相互映照中可以显示出“自评”在“他评”已达到的水准线上有所突破有所超越；三是新颖的理论概括与具体形象的描述糅合在一起，理论的提升源于具体的情节和生动的形象，显得理论见解那么扎实那么雄辩，描述的展开总是环绕着理论观点旋转，显得具体描述那么有灵魂那么有深度，这种述评结合的话语方式既能给人以深刻的理性启示又能给人以生动的形象体悟。任何一部人文科学著作都是可以挑剔的，本书的缺欠当然也是在所难免，但我所意识到的不足决不会影响它的独特价值和应有的学术光彩。

克安同志并非专门从事中国新文学研究的学者，也不是职业性的致力于新时期文学评论的什么"家"；然而她却以一个女性的志气、毅力、才情默默地在新文学园地耕耘，竟写成一部有特色的著作，这对她来说应该是个"奇迹"。我在惊喜之后，想了好多，上述就是所想的一部分。是为序。

（1998年4月30日）

富有张力的学术性格

——序《中国散文艺术论》

在源远流长的中国文化史上，每次认知范式的重大变革，总会给学术研究带来程度不同的思维活跃和文化增值。数千年古代文人惯用儒释道互补的认知范式，注重直悟性感受而不在意逻辑思辨过程，曾造成古代学术文化一度辉煌；“五四”真正开始接受西方近现代认知范式，特别是马克思主义辩证唯物主义和历史唯物主义遂后成为中国唯一的认知范式，虽然认同并运用此范式的知识分子有过极其痛苦的经历，但这种最具权威性的认知范式却推动了中国现代学术文化的建构；“文革”后西方现代文化大潮裹挟着系统论、控制论、信息论等“三论”在中国广泛传播，引起认知范式的重大变革，也带来学术文化的繁荣；随后后现代主义文化思潮又涌进中国，掀动一场“文化地震”，猛烈冲击着中国传统认知范式，力图消解深度模式，“语言竟成为了一种认知范式”（詹姆逊语）。对于后现代主义这种认知范式，人们可以从学理上去理解它，却不能在感情上接受它，更不能在学术研究中去全搬照用它，否则将陷入历史虚无主义和认知唯心主义。正值后现代主义话语妄图颠覆传统深度模式和科学认知范式，一些先锋学者大肆鼓吹、盲目模仿和狂热操作后现代认知范式之际；王景科同志作为一个严肃的学者，并没有推波助澜也没有逐浪追潮，既没有解构传统又没有否定自我，而是在“解放思想，实事求是”思想路线的指引下，坚持开放的辩证唯物史观的最精妙、最科学的认知范式，在散文创作研究领域进行孜孜不倦的殚精竭虑的十多年探索，以学术为本，追求新知，卓有成效地完成了省教委的重点课题《中国散文艺术论》（以下简称《艺术论》），可以说这是对后现代消解一切中心、消解一切深度模式的有力回敬。尤其应该指出的是，从多层面多维度对中国散文创作艺术进行全面系统研究并且自成体系的散文美学论著并不多见，就此而论本书既具有不可代替的学术价值又具有学科建设意义，既具有指导散文创作的借鉴价值又具有为学术文化增值的散文理论开拓意义，既可以作为大学生的选修课教材又可以为广大爱好散文的读者提供鉴赏与写作的参照。

“一个成功的科学家必然同时显示维持传统和反对偶像崇拜这两方面的性格。”(库恩语)作为一个人文科学的研究者也应该具有这样的学术性格,在对研究课题的探讨过程中保持着维护传统而又打破传统的必要张力,这样才能产生引人注目的研究成果。王景科同志的这种学术性格首先体现于《中国散文创作艺术论》的理论框架建构上。似乎她有建构理论框架的自觉意识,将历史的理性的科学知识与心灵的感兴的审美体验结合起来,使所形成的全书的总体框架能够规范一切的描述、阐释和论证手段,使一切经过分析综合的文学作品资料和思想理论资料可以基本上获得一个完整的显现形态与恰切归属。全书框架由“文体论”、“主体论”、“人格论”、“创作论”、“思维论”、“情感论”、“技法论”、“风格论”等十章构成,这个理性图式至少具有这样一些特点:一是既在某些章节安排上承续了前人的传统又在很多章节布局上突破了传统,有所开拓有所创新,从整体上给人以似曾相识又非相识的妥贴感和新颖感。二是人本与文本的有机结合,即十论既有对创作主体的本体研究又有对散文文本的本体探讨,然后将人本的系统思考与文本的深入探索遵循一定的逻辑顺序而组成全书的结构形态,其中着力突出了创作主体在散文创作中的人格力量、思维功能和感情机制,这就不同于那种只着眼于散文本体研究的体例;尽管在总体框架中强化了创作主体意识,但并非忽略散文创作自身规律的探究,往往是人本中有文本,文本中有人本,或是人本与文本研究相互并存各自成章。三是框架的逻辑行程既能从感性的具体到知性的抽象又能从知性的抽象到感性的具体,使“中国散文创作艺术”的各种联系获得纵横交错的全面展开;特别重视运用自内生长性的方法潜入研究对象(各种材料)本身进行艰苦求索,把发现的内在逻辑线索理出一个合乎规律的头绪,然后再构成理论框架的富有生命力的形态,小至章节结构大至全书框架都在一定程度上体现出康德提倡的自内生长性的建构理论框架的方法论的威力。本书的理论框架之所以能使分散的庞杂的感性的理性的研究散文创作艺术的材料,遵循一定的原则原理进行抽象组合后达到内在的超越并促进思想的一定增值,归根到底是以辩证唯物主义作为理论基础的。

其次体现于多视角的选择及其有效的运作上。所谓视角是研究主体在理论框架的规约与引导下介入研究客体的一个途径或突破口,如同寻幽探胜若是选不准角度就难以揭示风景的美点一样;对于中国散文艺术研究来说,视角乃是一种认识的方式和审美的方式,通过研究主体意识对研究对象的渗入与投射，客体对象所呈现出的理性风貌已介入了研究主体的灵魂。曾被人们誉为20世纪小说美学里程碑的布斯的《小说修辞学》，就是以全新的视角来研究小说艺术而获得巨大成功的。《艺术论》在视角的选择上虽然不是全新的，但不能否认研究主体充满张力的学术性格却在视角的选用上显示了既尊重传统又注重超越传统，竭力开拓新视角的学术素质。一是把寻找视角的过程看成理性重建过程，全书十章实际上每章都是选取一个大的角度来探索散文创作艺术的特殊本质和内在规律，而各章的不同视角则成了研究主体的发现逻辑机制的通道或贯穿线。正是这些不同角度把中外古今的散文资料联缀成一个有秩的整体，也正是这些不同角度的穿透力突入散文客体的深隐层次把各种内在联系贯通为一体才使《艺术论》能够成为一部带有开拓性的散文美学专著。二是从散文客体结构的多维的本质特征中选取新角度，以开拓主体思维与散文客体多元特征相对应的思维空间，使对散文本体的理性认识具有创新性与准确性。第一章“文体论”旨在探讨散文本体的特质，著者从四个较新的视角切入研究对象，通过主体意识对客体对象的感悟、认知、判断，最后把散文艺术本体特质概括为“真”、“情”、“美”、“活”四个字，切中要害，语语中的，不俗之见，发人深思。再如对散文的构思艺术从多角度进行考辨后，总结出“新”、“奇”、“巧”、“妙”四个艺术特点和规则，也具有一定的新意。不仅对散文客体选取新视角进行多维度的考察，从而获得一些新见；而且对创作主体的探讨也没有完全沿用传统角度，选取新视角拓展了新视野获取了新见解。如第三章“人格论”，这在一般的散文创作论的书册中是见不到的，《艺术论》却新辟了专章；对于这一章的论述，著者选取了从一般到特殊层层深入的新视角，展开感性思维与理性思维相结合的运作，先探讨中国人与西方人的人格及中西人格论的差异，然后具体界说文学创作中的人格及其功能，特别从四个角度考析了文学创作的人格内涵，提出了“主体人格”、“客体人格”、“作品人格”、“文化人格”的看法，给人以新鲜感的理性启示。其实，在研究中新视角的选择，既在主观上体现了研究者的理论思维能力和整体文化素养，又在客观上反映了特定时代背景下民族反思的要求和一定文化语境下读者对学术的新需求。

再次本书著者富有张力的学术性格体现于辐集思维与辐射思维的交互使用上。从《艺术论》能看出景科的研究既不迷恋学界的资料派又不崇尚学界的理论派，所追求的是丰富翔实的资料与开放深刻的理论有机结合的学术境界。因此，一方面她借助辐集思维方式的独特功能，围绕“中国散文创作艺术”这个研究焦点，广泛地搜求并聚敛古今中外的散文作品与散文理论的资料，既从时间上追溯散文资料又从空间上扩展散文资料，不论作品资料或者理论资料的搜集都注重它们的原始性、典范性和可靠性、代表性，这就使《艺术论》显现出扎实的基本功；另一方面，著者并未沉浸于资料的海洋中，善于以宏阔的理论视野驾驭资料，借助辐射思维方式的发散开拓功能，从占有的大量资料中发现问题，举一反三生发开去，增长见识以形成逻辑思维网络，然后从思维抽象回到理性具体，又与辐集思维收敛的资料发生了有选择的对应，这样才能形成《艺术论》这部专著。正如黑格尔所说，“一堆知识的聚集，并不能构成科学”，只有通过辐集思维与辐射思维的交互运作，才能把感知和知性的资料引向理性的综合。由于辐集与辐射两种基本思维方式的出色运用，致使《艺术论》具有两种突出的学术品格：一是史论结合以论驭史。本书虽然是部论著，以学理的阐发、规律的探讨为重点，然而著者在中国散文创作艺术理论的发掘与辨析过程中，却总是从“史”的角度出发，按照历史演进顺序进行考察，阐明某种散文原则原理或者创作主体文化人格、艺术思维的流变，并以可信度较高的史料史实予以印证，给人以真实的历史感；不过这种“史”的考析并非主旨所在，只是为了更有力地阐释散文创作艺术的原理和规律，最终还是以理驭史，以增强散文艺术的理论广度与深度。二是实证性与超越性的辩证统一。在本书的整体论证过程中，虽然归纳逻辑机制与演绎逻辑机制均发挥了重要作用，但它们都离不开实证思维对大量散文资料的筛选、调遣和取舍。因为归纳思维有了充实的资料作依据方可归结出某个散文创作规律，演绎思维有了扎实的资料作根据方能印证某种散文创作原则的可靠性。如果仅仅停留在资料的实证性与可信性上，那么《艺术论》不可能摆脱资料汇编的模式而达到论著的思辨高度；本书恰恰在论述中充分调动了研究主体的发现机制与创造潜能，不时地从实证资料中引出新的见识作出新的判断，既以透视的眼光从资料中寻绎它们之间的内在联系，又以过程性的观点发掘资料中规律性的踪迹，更以破译的功力来阐释散文结构密码并获取理性文化意识与审美意识。这种思维的超越性与资料的实证性的有机结合，既增强了《艺术论》的深度感也增强了它的扎实感。

景科同志是我 28 年前的老学生，留校后我们一直在山东师范大学中文系从研执教，虽然我们之间的既定师生关系没有改变，但是她在教学、科研上取得的长足进步与可喜成就却给我后浪推前浪的紧迫感和振奋感。知生者莫于师也，知师者莫于生也，也许有一定道理。正是从这种师生关系出发，我道一句推心置腹之言:“景科独著《中国散文创作艺术论》,是她心血的结晶,成之不易啊!”

只有在科研领域中勤奋耕耘孜孜追求的人,才能有喜人的收获。几十年来景科同志不论在什么情况下也不管碰到多少困难,都能以坚强的毅力和非凡的才干朝着既定的研究目标奋进,攻克一个个科研难关,完成一个个研究课题,在她涉足的专业研究园地留下闪光的印迹。先后出版的个人专著有《历园集》、《陈毅外交艺术》,主编的著作有《中国传统节日诗词鉴赏》、《中国二十四节气诗词鉴赏》、《应用文写作教程》、《基础写作》、《应用文写作概论》,参与编写的著作十多部,在国内公开发行的报刊上发表论文70余篇约计百万字,其中获得山东省社会科学优秀成果奖的有三项、获得华东地区优秀科研成果奖的有一项,获得山东省刘勰文学评论奖的有一项。景科同志从不满足已取得的学术成就,总是在研究上不断开拓新天地,勇于探索,锐意进取,《中国散文创作艺术论》就是力图把自己的学术研究推上一个新层次的专著。

实践出真知,日久结硕果。景科同志专注于散文创作艺术的研究,始终与她的大学写作教学实践和当代散文评论实践紧密联系在一起。从1989年起她就给中文系89级本科生开设“散文创作研究”选修课,坚持以教学带科研、以科研促教学的原则,即把教学提出的学术要求或在教学中发现的问题作为自己科学研究的重点和难点;然后再把经过苦心钻研而获取的学术成果充实到教学内容中,这既提高了教学水平又能发现新问题将研究引向深入。经过从教学实践到科研实践的多次反复,不仅对散文创作艺术的本质特征、内在机制、艺术法则和美学规律有了更深入的理解和更准确的把握,而且也丰富了自己的知识结构和扩大了学术视野,为“散文创作研究”开辟了一个中外古今任其纵横驰骋的思维空间。与此同时,景科极为关注当今散文创作动向,对那些优秀的散文作品跟踪评论,对一些不良的散文创作倾向进行批评。通过评论实践获得了新的散文观念、新的审美体验、新的创作信息和新的散文文本,并有意识地及时地把这些新东西充实到自己的散文教学实践和散文研究实践,以增强教学与研究的生命活力。经过十多年的教学实践、研究实践与评论实践的相互促进、相互激发、相互磨合,终于凝成《中国散文创作艺术论》这一令人注目的成果。

正由于景科同志在教学与科学两条相辅相成的战线上,以自己的聪明才智和奋斗精神作出了独特贡献,所以山东省妇女联合会编写出版的《齐鲁巾帼》一书将她立专章介绍,以资鼓励。不过《艺术论》并非完美无缺之作,如同一些有开拓性的论著一样都有可挑剔之处;也许因为著者教学任务繁重、事务工作较多、科研战线拉得过长,来不及精心推敲、深细修改,难免粗而不精、疏而不严。我确信,凭着景科同志的才气和拼劲,在今后的科研道路上,她一定会拿出更多的精品力作,奉献给她所热爱和忠诚的教育事业和学术事业。

(1999 年 3 月 20 日)

探究诗理 构建诗学

——序《现代诗思问录》

如果认定文学是自由情感的存在形式,文学应以情感为本体,那么作为文学家族中的骄子诗歌更是情感的结晶体。历来对它的品评与赏鉴难以作出准确的地道的理性判断,“只能意会,不能言传”的古训的确道出一些奥妙,就我的阅读经验来说也颇有此感。记得在大学读书,我一度对古今中外诗歌发生了浓厚兴趣,不是抄写就是背诵,但总是品不出真正的诗味,也悟不透真正的诗意,更感受不到真正的诗美;尤其对那些现代派诗歌的象征意蕴、朦胧诗意和形而上玄思,更是体会不深、琢磨不准。当了大学老师以来,我既讲解不好现代诗歌又评论不准中国新诗,故在我的研究成果中很少涉足新诗领域,这表明我有点“诗盲”也缺点“诗才”。读了子张(即张欣)的《现代诗思问录》这部专著后,越发感到我对现代诗知之太少,感之太浅;而子张对现代诗悟之颇深,论之颇精,真是后生可畏,一代胜过一代。既然对现代派诗的研究我不如子张下过深功夫,那为何以师者的身份为其诗论作序?一是当下这种“外行”给“内行”写评作序的滑稽事太多,已司空见惯,怪亦不怪了,不妨我也扮演一次这种角色吧;二是子张确实当过我的学生,89 年他在山东师大读研究生进修班,我为他授过课指导过结业论文,随后他考取南京大学现当代文学在职硕士研究生,我也协助南大老师为其授课审阅论文并参与答辩,从此建立了深厚的师生之谊,有了这种真挚的友情关系我怎能推辞呢?三是为其作序并不表明对现代诗研究我比子张高明,恰恰相反正为我这个缺乏“诗才”者提供了良好的学习机遇,况且先哲有“愚者千虑必有一得”的名言,更激起我作序的勇气。

《现代诗思问录》是子张近十年潜心研究新诗的诗论集,它从总体上已超越了那种印象式或感悟式的评论层次,而在很大程度上达到了探究诗理构建诗学的学术境界,虽然并非篇篇都逼近这样的高度,但是大部分诗论却显示出较高的学术品位和较强的理论意义。全书除附卷共分四卷,每卷的研究对象各有侧重，无不对中国新诗研究开拓新域增加新值，并显示出各自的独特性与新颖性。第一卷以高屋建瓴的宏观视野对中国四十年代现代主义思潮诗歌诗评进行多方位的考辨与多层面的论断。既有纵向梳理诗潮流演的历史感又有横向诗性诗意阐述的深度感，特别是对该派"知性抒情原则"、"双重抒情主题"的分析确有独特的史识与见地，对现代主义诗歌的几点思考更富有诗学的启示性，像这样全面综合地深入开拓地研究40年代现代主义诗歌的学术成果在国内学界实属少见。第二卷是从文体学的角度对初期象征诗派、新月诗派、现代诗派、七月诗派、"归来的诗人"以及"第三代诗人"在新诗体式建构上的独特贡献作了令人诚服的评析，不论对诗体理论的考察与阐释或者对诗体范式创构的概括与辨析，大都具有开创性的意义，至少充实了目前中国新诗体式研究的薄弱点。第三卷以不同的视点透析个体诗人和诗歌现象，虽然这些个案研究聚焦于某一诗人、某本诗集或某种诗歌现象，但却充分显示出研究主体正在形成的学术个性和微观分析的深细功力；尤其写得简洁精悍、带有史学品格的《现代城市诗发展述评》，以及朱健、牛汉、冯骥才、冯玉祥等的深刻而又精炼的诗论，更是为诗评界忽略的诗人所开拓的新篇章，也表现出研究者艺术触角的敏锐与细微。第四卷是为一个当代诗人写专论，既有对吕剑其人其诗的总述又有对吕剑乡土诗和友情诗的分论，既有与诗人的通信又有对诗人的访问记，不论是评论还是叙事，研究者的笔锋都饱含着诚挚的感情，由此可以想见子张为了写好诗论不知付出多少心血去熟悉去拥抱自己的研究对象。总之，这是一部有开拓有创意、有灵气有才气的诗论集，是中国新诗研究的重要收获。

子张对于中国新诗研究取得令人瞩目的佳绩，特别是对于现代主义诗歌、城市诗歌研究已走在学科的前沿，成为国内有一定实力和知名度的青年学者和诗评家，《现代诗思问录》的出版就是最有力的证明。一个青年学者之所以能在中国新诗研究领域取得一定的发言权和占有一席之地，从主体条件来看，主要在于：一是子张对中国新诗有浓厚的审美兴趣和坚韧的研究毅力。从我们成为师生关系起，在我印象里他所写的论文或提出的问题，几乎都是有关中国新诗研究的重要课题和新诗发展的命运问题，他想得深想得远，即使一些问题难度较大或者争论不下也总是孜孜不倦地探求和询问，勤于思考虚心求教，记得《现代城市诗发展述评》一文，他不厌其烦地探索与修改，精益求精，直到《中国现代文学研究丛刊》录用发表方停止推敲。可见，只有在学术研究上肯下苦功夫与深功夫的青年学子，才能在研究的征途上留下一串串闪光的足迹。二是子张具有自觉的创新意识，厌弃那些陈陈相因，人云亦云的老调重弹，敢于冲破成规禁忌，以思想解放的冲击力和创造力去拓展新诗研究领地，这是青年学者可贵的学术性格。如以“40 年代现代主义诗歌”这一新概念来取代“九叶诗派”、“新现代派”、“西南联大诗人群”等命名，既科学又有整体感，这就是对中国新诗研究的别开生面的创新；再如选取文体学的视野来审察考析诸多新的流派的文体变革与诗体建构，或选取独特角度对个案诗人诗作进行探索和评析，都体现出研究者强烈的创新意识。学术研究贵在创新重在创新，如果一个致力于新文学研究的青年学者只会鹦鹉学舌不会独立思考，那是最没有出息的学界庸人。三是子张的严谨扎实的治学态度一直得到学术界的承认和老一辈学者的好评。他每篇论文的创新之见都不是玄思空想，而是从系统地阅读资料或赏析诗作中提炼、引申、生发和升华出来的，言之成理，论之有据，资料的实证性与思维的超越性总是糅合在一起。每当研究一个新课题时他先从搜集资料入手，既到图书馆查阅原始资料又亲自访问诗人去获取活资料，直到把能够寻找到的资料都拿到手，他才进入真正的研究状态，反复阅读反复体验，不断深化不断拓展，不断发现不断升华，然后围绕新发现新见解形成自己的逻辑框架，写成一篇篇观点新颖、论证扎实的论文，如论 40 年代现代主义诗潮诗歌的六篇长文就充分体现出这种严谨的学风和一丝不苟的活学态度。梁启超在《中国近三百年学术史》中曾说：“无论做哪门学问，总是以别伪求真的基本工作。因为所凭借的资料若属虚伪，则研究出来的结果当然也随而虚伪，研究工作便白费了。”即使倡导新历史主义文化批评的大师海登·怀特也不否认资料在研究中的重要地位，他认为，每一部历史文本都呈现为叙述话语的形式，它包括一定数量的资料，解释这些资料的理论观念，以及描述过去事件的叙述结构。既然资料的详细占有是进入文学研究的先导，那子张的新诗研究重视资料的积累就是一种值得赞扬的基本功了。此外，子张的艺术思维相当灵敏相当流畅，在诗论集中得到充分的体现。他所研究的新诗流派和个体诗人大都具有现代主义诗美倾向，而现代主义诗歌则强调表现心灵这一最高真实既不能通过理性去把握又不能直抒胸怀，只能借助于有形具象的客观对应物来暗示来象征，使诗歌成了一座象征的森林，这就造成了现代派诗歌的朦胧性、模糊性和多义性。如果研究者缺乏审美思维的灵敏性和艺术思维的流畅性，那就很难对现代派诗歌进行有深度的解读和有明晰度的阐释。不仅新诗研究要求主体思维富有敏锐性与流畅性，就是对其他文学品类进行评论和研究也需要主体思维具有这种灵敏流畅的反应能力和感受能力。

并非说子张的诗论集都是精品力作，质量不平衡、品位有高低在所难免，虽然我的诗评眼光不高却也能感受到；子张的学术研究正在走向辉煌，凭着他的勤奋、才华、灵思、追求，在不久的将来定会登上新的学术高峰。是为序。

（1999年4月17日）

敢于啃硬骨头的韧性精神

——序《决绝与新生》

张光芒于九十年代初带着多年的教育实践经验和沂蒙人的骨气考取了我的硕士研究生。三年的攻“硕”学习，勤勤恳恳，扎扎实实，不显山不露水，默默耕耘，知识结构日益厚实，科研能力日益增强，学术功底日益稳固，到毕业时真正显示出思想的成熟、治学的严谨和志向的高远。留校执教从研是其所愿，也是校系的严格选才，他既有强烈的使命感又有精心的自我设计，虽然经受点生活的波折，但并没影响其事业上的进取和学业上的追求，教学上敢于肩重担，科研上敢于啃硬骨头，依然是认认真真地治学，坦坦荡荡地做人，远离是非窝，冷眼看名利，任商海诱惑力有多大，从未动摇其献身学术之志。继之于1997年以优秀成绩考取苏州大学中国现当代文学博士点的博士生。他的坚韧、睿智、稳健、奋发、求胜的人格力量在攻读博士学位过程中得到弘扬，落实到学术研究上除完成个人专著《中国现代文学史》、主编的《成功者大智慧丛书·文学卷》、参编的《中国现代文学史实用教程》等外，一本专论《决绝与新生——五四文学现代化转型新论》(以下简称《五四》)又呈现在我的面前。我赞叹他的学术爆发力，又深深感到他的人格是在人生的实践、学习、再实践、再学习的良性循环中得到不断充实不断优化的。

“五四文学”是个说不完的话题，每代学者有每代学者心中的“五四文学”。今年正值五四运动80周年，作为它的重要一翼和文化结晶的“五四文学”更引起年青学子们的关注，重读“五四文学”、重评“五四文学”、重解“五四文学”、重写“五四文学”已成为近几年他们的共同心愿和学术追求。光芒结缘于“五四文学”是攻读硕士学位阶段，也许受到我的潜移默化影响，当然更是他的学术兴奋点和价值目标所在，使其不知不觉便在心中凝成了“五四情结”；尽管当时中国学术界充满着阴冷悲凉之气，过分地鼓吹五四文学启蒙精神有点犯忌，然而“新生的牛犊不怕虎”，沂蒙人那种“骨气”化为学术研究的“锐气”，于是他采取从语言文体研究入手的策略，踏上了对“五四文学”重读重探重写的征途，《五四》是其在读“硕”攻“博”中初战告捷的成果。我不能武断地说它已成为“重写五四文学”的开创之作，而他力图重写五四文学的勘探勇气和闪光足迹却被真实地记录下来，似可看成他为纪念五四运动 80 周年的献礼也可视为他的学术追求步入一个新境界的标志。

“五四文学”诞生至今已走过 80 多个年头，比“五四运动”还要长几岁；几乎追随着她的步伐，历代学子进行观照与研究亦度过 80 个年头。且不说新时期以前的研究成果之丰；就说新时期以来对“五四文学”研究之热、探讨之深、触及之广、成果之多、收获之大也是空前的，颇有“百家争鸣”而皆话“五四”之势。面对着历代学者研究五四文学取得的如此丰盛的学术成果，当代青年学子立志“重写五四文学”，拟超越或刷新前人的学术研究，“新锐”们的勇气诚然可贵，然而落实到具体研究实践中谈何容易？正是从这个意义说，光芒的《五四》所显示出的创新精神、开放思维、独到见解、特殊角度、深微阐释、学理探源等，应似对五四文学乃至整个 20 世纪中国文学研究的难得贡献，也是令我们老一代学人兴奋的可贵探索与突破。

研究“五四文学”的学术性或半学术性的著作和论文虽然不能说浩如烟海，却可以堆成一座小小的书山。为了摸清底细，向“五四文学”的纵深探索，光芒曾用了半年多的时间浏览已搜寻到的研究成果，并在此基础上写成一篇 2 万多字的述评，从中他也找到一些“可趁之机”或薄弱环节或突破口或误读误解，为《五四》一书的写作至少打开四条通道：一是已研究烂熟的一些命题，如五四观念现代化、五四文学创作人道主义灵魂、五四文学精神、鲁迅周作人等文学巨匠，很难从宏观上突破，拿出全新的成果，于是他就从前人的研究中找缝隙寻矛盾或者选取新角度，加强微观的透视和深细的分析，这样“翻”出来的新鲜见解虽不是整体上的“重写”，但这些“老树新芽”却弥足珍贵，捧读它们能不时地生发出“山重水复疑无路，柳暗花明又一村”之感。二是从前人研究的偏至中确立新的观照视野和勘探路向，力求对“五四文学”的重写有较大的“突围”。如很长阶段学人们对五四文学研究偏于启蒙精神、思想内涵、社会意义、政治功利等，而对于具有本体论意义的语言文体研究只是“鸡零狗碎”，缺乏系统的完整的深入的探索，于是《五四》一书就以新的语言文体学对五四文学的语言变革、文体解放、新文体建构、时代文体特征进行了有深度有力度的探讨，填补了五四文学研究的薄弱一环。三是肯从理论渊源上发现了五四文学研究中的不少误读，以正本清源的精神重新阐释一些重要的概念或基本原理，重构研究主体的理论思维，然后对五四文学研究的一些命题重解重评。如“对五四文学的理性批判”就是这方面的尝试。作者认为，在五四文学研究中“理性”是个用滥了的概念，其内涵与外延始终缺乏一个统一认识；他所理解的理性概念，既非指传统意义上控制人的行为的理智力量或单纯的科学理性，又不是先于一切经验并揭示了事物绝对本质的“天赋观念”的总和或是存在着等待人们去发现的宝库，它应该是既包含了人们认识社会、自然及人类本身的能力又是引导人类发现真理、建立真理的具有独创性的理智力量。这样的理性是立体的、发展的、动态的，它的结构在深层是逻辑理性（理论理性），表层是价值理性（实践理性），从纵向来看有历史理性与纯粹理性之别，而从横向来看则有政治理性、科学理性、民主理性等。正从这种理性观出发，对五四新文化运动与文学革命重新审视重新评价，他发现“五四”标举的理性旗帜更多地局限于应用理性和实践理性层面，尚未深入到理论理性及以“统一性”为特征的体系理性的深层，即使价值理性也未达到以方法论为中心的理性思维高度，并联系运动实践和创作实践对这种理性缺陷及其根源作了令人诚服的论析，这应似以理论概念的突破带来了五四文学研究的重要突破。四是“顺藤摸瓜”贯通20世纪中国文学，即沿着五四文学精神这根藤蔓的延伸来考察新文学的流变轨迹及其创作果实，然后以果推因对五四文学进行反思；在对“文学百年风雨坎坷路”的经验教训、基本规律有了深刻认识的前提下，提出了“中国文化：是否需要第四次觉醒？”这样一个发人深思的时代命题。

不论从学术研究的角度、文化建设的角度或者从社会发展的角度来看，有时发现或提出一个问题比回答或阐释一个问题的意义和价值还要大。且不管中国经历了科技觉醒、政治觉醒、伦理觉醒之后是否还需要来一次理性觉醒；光芒敢于在世纪之交发出这样的呼喊，就足以表现出他的强烈时代感、使命感、忧患感和青年学子的理论勇气。也许一些高人能从《五四》这本小册里找出这样的误漏或挑出那样的幼稚，这对一个正在展翅起飞的青年学者来说大有裨益，应该勇敢地去承受；即使一些不正当的指责也不要睬它，按照自己既定的学术目标追寻下去，终有一天重写“五四文学”的理想会变成光辉的现实。

光芒已显示出的学术才华和科研实力，与他持之以恒的勤奋进取的精神境界息息相关；在我的印象里，他这种勤奋进取精神贯注于科学研究中，主要表现于“三肯”功夫上：一是肯下苦功夫。科学研究来不得半点虚假，来不得丝毫马虎,也来不得偷懒耍滑,更不能找歪门邪道;只有脚踏实地,刻苦攻关,把汗水心血洒在对学术孜孜不倦追求与探索的旅途上,方能结出一串串科研成果。他为了保质保量地及时完成一部书稿,白天跑图书馆钻阅览室,晚上开灯夜战,拼了半年连回家探亲也舍不得节假日;他撰写一篇论文也是肯下苦功,往往通宵达旦,完不成是不会休息的。我记得怕苦怕累的字眼从未由他嘴里吐出来,无论交代什么科研任务给他,他总是愉快地接受,不惜脑力才力地去攻克它,哪怕是块硬骨头也要一口口啃下来,问他累不累,老是笑着说"没有什么"。有了这种肯下苦功夫的拼搏精神,哪有登不上的科学山头呢?二是肯下深功夫。学术研究就怕浅尝辄止,深不下去,特别是文学研究的主要对象是神秘莫测的感情世界,如果只停留在审美表层结构不能进入深层结构,那就不可能发现无限丰富的审美意蕴;而要不断发掘审美意蕴不只是应有敏锐的艺术感悟力,更重要的则是通过理论思维训练来提高理论穿透力和概括力。光芒拟从语言文体入手研究五四文学,除了在史料的辨识、梳理上下深功夫,主要在语言学、文体学上深化理论修养,形成一套新的语言、文体理论模式,以拓展五四文学研究的新领域新视野;他不满足于20世纪中国启蒙文学已有的研究成果,整整用了半年的时间在中西启蒙思潮上下深功夫,特别西方有关启蒙主义理论的著作能搜罗到的他都钻研过,并作了详细的学习札记,形成一种新的启蒙文学观。三是肯下细功夫。学术研究不是粗功夫活而是细功夫活,粗心大意、草率从事是拿不出精品力作来的。我不是说光芒的研究成果已达到学术精品的要求,也不是说他写出的论著已达到逻辑严密无懈可击的地步;仅仅是说他的研究重视在一些细微之处下功夫,能从小的缝隙或微不足道的地方发现问题,推敲琢磨出一些新意思,尤其对五四文学的一些悖论冲突、矛盾关系的论析,既能理清其内在的深微联系又能辩明其朦胧模糊的区分度。正由于光芒能自觉地在科研上下苦、深、细的硬功夫,所以他的学术成果和发展势头越来越引起人们的关注。

光芒在学术苦旅上刚刚起步,虽然已有了喜人的成果,但与他对学术的高远追求相比容不得半点骄躁之气,只有进一步充实、更新知识结构,进一步强化、解放理论思维,进一步提高、优化科研才能,才能迎接21世纪学术界的挑战,在激烈的竞争中去实现自己的宏愿!是为序。

(1999年4月26日)

文学研究应是一种智慧学

——序《艰难的蜕变》

文学研究应是一种智慧学，在方法论上它表现为能有统辖全局的高屋建瓴的智慧，在学术上则表现为能发现某些文学新原理新原则或者对某些文学现象及其原因作出富有真理性的阐释而凝成的新知识系统；然而这些文学原理原则或知识系统的获得并非研究主体的任何思维都可以生效的，"只有思维深入事物的实质，方能算得真思想。"如果一部文学研究专著缺乏"真思想"形成的文学原理和知识系统，那就难以测定其学术品位和学术水准了；我们之所以断定某部文学研究专著达到相当高的学术层次，就因为它具有一定的或完整的独创的"思想群"和"知识群"，并体现出研究者的思想风貌与智慧风采。

潘晓生先生的力作《艰难的蜕变》，是对当代小说世界里女性形象系统从多维度多层面进行深入勘探与系统研究的富有开拓意义的学术专著。虽然近几年有关当代女性文学或某类女性形象、某些个体女性形象研究的论文或著作并非没有读过，但真正能满足我的理论期待视野的或者把当代小说中女性形象作为整体研究对象纳入理论框架进行深入探讨的，《艰难的蜕变》应算我所见的第一部。它的重要学术价值，不仅仅在于选取女性形象研究的新角度且寻找到当代小说客体的新结构特征，扩展了与客体结构特征全方位对应的主体思维空间，也不仅仅在于通过对女性形象的动态考察与静态剖析使专著具有史论兼备的学术品格；而重要的在于研究主体在与文本作者、叙述者和女性人物之间的或隐或显的对话过程中，充分调动了自身的创造理性机制和发现逻辑机制，消解了以前对女性形象研究的误区和盲点，在对女性形象本真面目进行辩证剖析的同时"以反思的方式也就是用思想的关系来规定真理"①而达到"理性重构"，凝成一系列新的理论创新点和知识增长点，使本书在相当程度上富有"智慧学"

① 黑格尔：《小逻辑》，商务印书馆1981年版，第87页。

的品位。

《艰难的蜕变》的独特贡献首先体现于它从当代小说各个历史区段中发现并梳理出女性形象的完整系列,并深刻地揭示其内在的发展机制和外在的演变轨迹,把当代小说世界里的女性形象研究提升到一个历史逻辑和思想逻辑相结合的整体认识与把握的学术层次。当代小说的整体原本就是一种时空交错的网状结构,研究者要从这个网状结构中的每篇小说里把女性形象梳理出来,并进行有机的合理的归类,组合成一个关系复杂的内涵丰富的女性形象系统,这不仅需要著者的识力、魄力和耐力,更需要著者具有多维的立体型的思维空间。正因为著者具备这种学养和功力,所以不难发现本书形成一个网络型的思维框架:即对女性形象系列的既重视横向的也就是左邻右舍关系的研究,展示出同一历史区间女性形象的差异性和丰富性,更注重从纵向上揭示女性形象在演变过程中的联系性、超越性及阶段性的特征;尤其能从纵横交叉的发展总势中透析女性形象系列的错综性、复杂性及其嬗变的内在机制和结构性调整的外在形态。

专著对当代小说中女性形象的研究并没有仅仅局限于对其自身本体的考察,而是自觉地把女性形象系列置于外在的社会的大系统,重在探索每个历史区间女性形象总体特征形成的社会缘由以及塑造女性形象成败得失的根本原因所在。正如论者所道:“分析任何一种文学形象,总是要从它产生的特定时期的社会文化大背景入手,从当时社会生活、社会意识形态、社会政治、经济、文化发展变化的视角去探讨生成的原因。尽管不同的批评方法侧重不同的方面,但背离了这一大原则,就可能导致分析对象和分析结构的矛盾冲突,从而违背批评者的初衷。”由于著者坚持了这种建立在历史唯物主义思想基础上的文艺社会学批评的原则和方法,在对当代小说中女性形象的探究过程中,“充分注意到各个社会生活时期复杂多变的情况,注意到作家不可避免地要受到的多方面的影响,注意到大的社会政治文化背景的波澜起伏与作家内心世界波动的对立统一”,所以本书才比较“真实、准确、客观、合理地揭示出每一类形象蕴涵的意义和指示出的社会价值趋向,得到文学发展演变与社会发展演变的清晰轨迹”(引文见《绪论》)。比如对五六十年代小说中女性形象乃至“文革”小说中女性形象出现的“阶级化”、“政治化”、“英雄化”、“脸谱化”、“概念化”甚至“假、大、空”等弊端的剖析,就因为论者能紧紧扣住当时社会政治文化背景与主流意识形态所形成的强控制功能与霸权话语导向,故而深刻地揭示了造成女性形象塑造诸多弊病的根本原由,作出了有说服力的理性判断。

一个杰出的文学评论者和文学史研究者在运用文艺社会学方法论的同时总是要与心理学方法论有机结合起来。勃兰兑斯所信守的文艺社会学方法论就强调文学是心理学,他说:“文学史,就其深刻的意义来说,是一种心理学,研究人的灵魂,是灵魂的历史。一个国家的文学作品,不管是小说、戏剧还是历史作品,都是许多人物的描绘,表现了种种情感和思想。感情越是高尚,思想越是崇高、清晰、广阔,人物越是杰出而富有代表性,这本书的历史价值就越大,它也就越清楚地向我们揭示出某一特定国家在某一特定时期人们内心的真实情况。”[①]潘晓生先生以文艺社会学方法论在对当代小说中女性形象系列的复杂深蕴的内涵从外在的社会政治文化大系统进行开掘的时候,并没有忘记借助心理学方法论对女性形象心灵世界和精神结构进行更有深度的探析;特别对新时期以来小说中各类女性人物心理考察所达到的深微度,对其意识活动把握所达到的精确度,对其思想灵魂分析所达到的到位度,对其精神结构剖解所达到的深刻度,都可以看成它已把当代小说中女性形象研究升华到一个新的学术境界。由于文艺社会学方法论与心理方法论在对女性形象系列深入研究中的相互作用相互补充相互充实,不仅深刻地揭示了当代小说女性形象演变的客观规律和内在机制,突出地展示出女性形象塑造的成功经验与失败教训;而且形象地显现出中国当代女性解放的曲折历程,生动地呈示出当代中国女性精神结构的痛苦嬗变和思想灵魂艰难蜕变,因此既可以视本书为当代女性文学史的缩写或另构,又可以看成中国当代妇女的心灵流变史。总之,著者是站在世纪之交的文化思想制高点上,以深度思维模式与宏观的学术眼光,从现代小说中女性形象心理变化的角度进行了深入挖掘,“寻找她们内心世界的那条流动之河,仔细观察其中溅起的每朵浪花,形成的每一道涟漪。当代社会的每一次风起云涌,每一场疾风暴雨,每一次历史转折,都对女性的精神世界形成巨大冲击波,都由此引起强烈的思想冲突,并最终导致她们的生活发生重大变化。”(见本专著175页)这些论述极为深刻精到,是对女性形象精神历程深入考察所形成的真知灼见;但著者对当代女性形象心理的探索不只是出色地运用了“直达思维”,也成功地运用了“旁通思维”,按照德·波诺的说法“直达思维把一个孔眼挖得更深,旁通思维则试图多次钻孔”[②]以扩展思维空间,致使激活研究主体创造性思维而成为可能,致使研究成果的思维增值成为可能。因此著者以直达思维在探究当

---

① 勃兰兑斯:《十九世纪文学主潮·引言》,人民文学出版社1980年版。

② 转引自林传鼎《智力开放的心理学问题》,知识出版社1985年版。

代女性形象的心理流变历程时也有效地展开旁通思维，既充分关注女性精神千变万化的不同表现形态，从中发现她们内心世界的或大或小的差异，并从而准确把握她们精神性格的独特性；又在发展变化中发现对社会、爱情、家庭三维度的思索始终是女性形象系列的精神世界的焦点，是她们心灵中最深层最突出最敏感的问题，并且围绕这些问题在女性形象内心世界掀起巨大波澜，铸就她们同中有异的鲜明精神个性。

驾驭全局的对当代小说中女性形象系列的宏观研究，固然使本书体现出对以前学术成果有了整体上的突破，显示出著者深广的学术视野与智慧风貌；然而微观的局部研究或具体形象剖析或文学现象辨识，更能体现出著者艺术感悟的敏捷、知性认识的睿智和理性思维的独特，这不只是表现为能从女性形象蕴涵中发现原创性学理以形成新的“思想群”，也能从研究对象的具体切实的剖析中建立起新的知识增长点，以充实丰富文学研究这种“智慧学”。马克思说：“感性必须是一切科学的基础。科学只有从感性意识和感性需要出发，才是现实的科学。”把当代小说中女性形象作为研究对象，著者面对的就是一个个具有生动性、具体性、鲜明性甚至神秘性、模糊性的感性世界，特别是那些成就越高的小说家笔下塑造的女性形象就越深刻地表现出心情和灵魂的深度，而这种心情和灵魂的深度却并非一望而知，甚至有的女性形象的心灵深不可测；因而必须靠研究者沉浸到感性世界里去深入的探索，进行灵魂与灵魂、思想与思想、情感与情感的真诚对话，充分发挥感性思维、知性思维与理性思维的层层递进的综合逻辑功能，方能把女性感性世界的丰富复杂意蕴发掘出来进行理性概括，凝成真正“现实的科学”即新学理与新知识。《艰难的蜕变》之所以富有创新性和科学性的学术品格，重要的原因是研究者出色地运用了发现逻辑机制与感性知性理性三位一体思维程序的综合功能。如第一章第一节有关“女性意识认识误区”的分析颇有新意，有关女性形象中那些“游离时代潮流之外的旧生活传统的固守者”的心灵剖析也是相当有新见的，有关“缘于公共意识的流行叙述模式”的透析与概括很有创意；再如第三章与第四章的各节的总体思路与具体论述，新知迭出，创见成串，给人以深微的新颖感和理性启示；特别那些黏带着感性血肉的人物分析与理性判断充分显现出研究者的思维特点与学术个性。记得列宁说过，关系的研究就是发现真理就是发现规律；爱因斯坦也说过，“科学力求理解感性知识材料之间的关系”。本书非常重视当代小说中女性形象系列与外在社会网络的错综复杂关系的研究，也重视女性形象精神结构文化心理的深层关系的探索，更重视各种历史区段女性形象之间内在联系的勘察；正是通过女性形象系列内外关系的深掘细挖,从中发现了不少带有真理性、规律性的科学见识,这主要获益于理性辩证思维的成功运用。何况研究者深晓马克思在《哲学的贫困》中对辩证思维运动的精辟论述:“理性一旦把自己作为正题安置下来,这个正题,这个思想就会自相对置,分为两个矛盾的思想,即肯定和否定,‘是’与‘否’。这两个包含在反题中的对抗因素的斗争,形成辩证运动。”而“这两个彼此矛盾的思想的融合,就形成新的思想,即它们的合题。这个新的思想又分为两个彼此矛盾的思想,而这两个思想又融成新的合题。这种增值的过程就构成思想群。同简单的范畴一样,思想群也遵循这个辩证运动,它也有另一个与自己矛盾的思想群为自己的反题。从这两个思想群产生新的思想群,即它们的合题。”《艰难的蜕变》从宏观到微观对中国当代小说中女性形象的研究,较好地遵循着这一辩证思维运动规律,从关系中探索,从矛盾中发现,从思辨中概括,从理性中升华,既促进了已有研究成果的思想群的增值又激发了研究主体思想群的新生,足以显示出马克思主义辩证思维的巨大创造力与思想威力。

总之,从学理上看,《艰难的蜕变》具有创新开拓的学术品格;从方法论观照,也有值得称道之处;它既能把着力考察当代小说中女性形象演变的外部规律与深入探讨女性形象精神世界变化的内在机制有机结合起来,又能从多角度透析每个历史阶段代表性女性形象的文化内涵以及从总体上对当代小说中女性形象系列进行宏观综合;既能以主体意识介入发现女性形象的深隐层次与性格结构的复杂性又能以形上思维发现女性形象的超越意识和抽象意义,这就使研究者所建构的逻辑框架与当代小说中女性形象系列的客观结构具有了良好的对应性又富有强大的阐释功能。

值得敬佩的是,晓生先生身兼多职,在从事繁杂的行政管理工作中始终没有放弃中国新文学研究这块阵地,既是个年轻有为的干部又是个有才气有思想的青年学者,在这两条战线上发奋拼搏皆取得佳绩,并没有顾此失彼,或丢掉学魂只有官魂,或放逐官魂只要学魂,这是多么不容易获得的“两全其美”的结果!但愿著者今后在治学上下更深的功夫,期待下一部学术精品早日问世!是为序。

（2000 年 6 月 27 日）

独立的学术姿态　兼容的学术视野

——序《文学的调整与再生》

古人说的“十年磨一剑”，既是对一柄寒光闪闪宝剑的赞美又是对一个有抱负有毅力的匠人或剑客的激励；至于它的象征寓意对在治学上进行精益求精追求的历代学人更是产生了难以估量的积极效应，试想中国学术史上哪一部具有开拓意义的著作不是学者们在较长时间内深钻苦研的心血结晶？摆在我面前的《文学的调整与再生》并不是那种多卷本或数十万字的学术巨著，仅仅是一本十多万的小册子，然而它却是季桂起先生用才情与识力花了十年功夫磨出的新颖独特的“学术”宝剑。读着它，一方面激起我由衷的敬佩之感和赞美之情，意识到学术的质量与品位不能只看书的厚度和字数；一方面诱发我一段美好而又遗憾的回忆：

记得 1985 年秋，思想解放运动经历短暂的曲折又走向高潮，桂起吸吮着学术自由的空气考取了山东师大现当代文学硕士研究生；而我们这批中年老师也刚刚取得正式指导研究生的资格。在授课、研讨、交谈的频繁接触中，我熟悉了桂起，桂起亦认同了我，师生的友谊随着学术切磋与心灵对话的深化日益笃厚；而且我也深感桂起天资聪慧，勤学善思，性格稳健，思维活跃，不显山不露水却心中有数，肯在做学问上下功夫，尤其对当时流行的新思潮新方法接受快悟得深，并能联系中国现代文学研究的历史与现状加以运用，常常提出一些“出格”的发人深思的问题，甚至他有些想法与思考令我叹服和震惊。我一直对中国近代文学与“五四”文学、传统文学与现代文学的关系比较关注，也作了些考察与探讨；而桂起对这段文学史的诸多难点疑点既有浓厚的兴趣又有些独立思考，这越发增强了我们之间“志同道合”的情感，逐步地自然而然地形成了学术上的“忘年之交”。他的硕士学位论文就是本书的初稿，从选题、定稿到答辩的全过程，我虽然没有具体指导过，但我对他的研究方法、考察视角、理论框架、基本思路与学术观点，都是非常认同与赞赏的，故在审阅评语中给予充分肯定和较高评价，并建议桂起在此基础上深入开掘具体论证，写成一部具有开创性的学术专著。当年我之所以赞赏和肯定他的学位论文，主要理由在于：一是从近代文学研究入手，探索中国古典文学向现代文学转换刚刚起步，有开拓性的学术成果不多，而桂起的学位论文既填补了学界研究的薄弱环节又开辟了深化这一课题研究的新路径；二是它冲决了"政治决定论"与"意识形态一体化"的强固研究模式，以开放的多维的文化视野来勘探近代文学的嬗变过程、演化规律与内在机制，获得一些新的"史识"，给人以新的理性启示与学术眼光；三是它打破了惯用的机械论社会学研究方法，较成功地运用了具有整体性、联系性、层次性功能特质的系统论研究方法，把近代文学作为一个有机整体由外而内层层深入地进行考察和探析，研究方法的科学性对应了研究客体结构的基本特征，因之也带来了意想不到的思维成果；四是我从中发现桂起具有锐意进取的精神、理论探索的勇气、学术创新的才华和严谨治学的态度。观其文察其人，我觉得桂起在学术研究上大有发展潜能，应该为他的迅速成长提供良好的学术环境，因此在他以优秀成绩取得文学硕士学位后经校系研究就把他留在山东师大中文系从研任教；结果没有留住，他仍回到母校德州师专求发展。虽然分袂十多年他已成为有实力的青年学者，取得了喜人的研究成果，并破格晋升为教授，在学术追求上越发显示出强劲的势头；但就我的私心来说，当年把他放走总是在情感上留有消除不了的遗憾。为了弥补这种遗憾，前些年邀他参加我主持的国家教委批准的《中国近代文学与"五四"文学》（现更名为《跨进新世纪：中国文学由古典向现代转换》）课题，他出色地完成了所承担的研究与撰写任务，无论从哪个角度看都显示出现在的桂起已是位颇有学养、颇有思想、文笔圆熟的后起之秀了，我感到欣慰也受到激励！

当年的硕士学位论文，经过十年的精心打磨，现已成为精粹坚实、品位尚高的学术专著。它原有的创新思维、学理光点、冲击魄力和青春气息并没有随着时间的流逝而消失，反而越发显现其原创思想、科学品格和学术价值是经得住历史实践检验的。虽然近代文学研究已是当下的热门话题，古代文学与现代文学关系的探讨越来越深入，研究成果也越来越多；但这并不影响《文学的调整与再生》的独立地位与独特价值，也许正是在诸多学术著作的比照中方显出它的本色与特质。桂起的专著深加工后可取之处很多，我不想面面俱到的予以罗列，只就一点论之：它是近代文学个人化研究的较早的也是较为成功的尝试之作，为学术的个性化写作提供了较好的范例。我并不是说以前的新文学研究都是群体操作而没有个人化写作,更不敢武断地说新文学的个人化研究从桂起开始;我是从这样的基点和意义上来考察和立论的:新时期以来集体承担同一研究课题成为时尚,个人的学术声音往往消融在主编或群体的话语中,尤其是中国近代文学史教材的编写既是意识形态化的"遵命"写作又是大同小异的东抄西摘;即使有些个人性的近代文学研究也大都冲不破既成的理论框架,沿袭着传统的思维模式,使用着机械的研究方法;特别从整体上超越已有近代文学研究套路和思维方式的著述更是少见。然而桂起的学术专著却为中国近代文学变革的研究开拓出一条新思路,展开了一种新格局,提供了一个新方法。它不仅标示出近代文学研究已进入从整体上突破的新学术层次,而且也显示出个人化研究的优势与特点:一是从泛意识形态化的研究范式中挣脱出来,坚持以学术为本位的文化立场,自觉地把近代文学研究纳入"为学问而治学"的学术轨道,既剔除了研究中硬塞进来的急功近利的政治目的又疏离了主流意识形态对近代文学探讨的严密控制,既不留恋前辈学者遵照特定政治理论与价值范畴形成的"权威观点"或"知识谱系"又不轻率地否定前人的研究成果与治学经验,完全以一种独立的学术姿态和兼容的学术视野重新审视中国近代文学;二是以系统论的独特功能与文化学的价值眼光整合成新的文学史观、新的评估标准与新的操作规则,把近代文学变革作为一个整体的动态系统置于中外古今文化构成的纵横坐标上,由表及里、由显到隐地多层次多维度地深入探索近代文学变革的文化内涵与内在机制,所形成的总体逻辑框架卓有成效地适应了对近代文学客体结构或信息媒体进行阐释和破译的需要,真正体现出以探索真理、研究学问为旨归的治学精神;三是研究主体以自由心态、独立思想与开放胸怀来面对研究对象,始终从个人的感受、认知和理解出发,循着由宏观到微观、从微观到宏观的逻辑程序独立考察与独立运思,既重视资料的实证性更重视思维的超越性,使自己所形成的独特史识、学术创见和理论框架,不只是具有微观具体剖解的扎实,也有宏观高屋建瓴的气势,给人以深度感和高远感;四是"学术本位"的执着追求从骨子里透露出桂起在探索中所坚守的特立独行、敢说真话的品格,不戴任何有色眼镜或固定框框,以自己的学术良知从近代文学的变革中去体悟去发现去概括,从而凝成新颖独到的"思想群"和"知识群",并从而确立了带有个人色彩的学术话语体系。

正是这种个人化研究的独特优势与功能,致使本书形成一系列学理创新点和知识增长点,充分显示出新一代学者特有的思想风貌和智慧风貌。科恩认为，在科学研究中为获取新发现和新理论，“科学家必须经常调整他们以前所依赖的智力装置和操作装置，抛弃他以前的信念和实践的某些因素，找出许多其他信念和实践中的新意义以及它们之间的新关系。接受新的就必须重新估价、重新组织旧的，因而科学发现和发明本质上通常都是革命的。”也就是说，“科学研究只有牢固地扎根于当代科学传统之中，才能打破旧传统，建立新传统”。所以从这个意义上说，“一个成功的科学家必然同时显示维持传统和反对偶像崇拜这两方面的性格”（见《必要的张力》中译本第223～225页）。自然科学的新发现新创造需要研究主体性格中充满这种“必要的张力”，人文社科研究同样需要出于研究主体发散思维与收敛思维相磨相荡之间的矛盾张力。如果桂起对中国近代文学演变的研究不能适时地接受当代科学的系统方法论与崭新的文化学知识，以更新自己的文学史观、思维方式和智力装置，如果不具有反对旧传统与建构新传统的双重性格，如果不是发散性思维和收敛性思维集于一身；那就不可能产生一种巨大的张力，就不可能写出这本创新性与科学性兼备的学术专著。人文科学研究常常呈现出两条路向，或热衷于整理前人的成果或敢于突破前人的成果。前者表现于近代文学研究中只能算是陈陈相因、“资料长编”、人云亦云、重复制作，用黑格尔的话来说就是“一堆知识的聚集，并不能构成科学”（见《哲学史讲演录》第1卷第35页）；后者的研究从近代文学来看是相当薄弱的，尤其以辩证系统思维见长的宏观研究并未引起学界的足够重视，甚至遭到某些贬抑。而桂起则坚定不移地选择后一条研究之路，扎扎实实地以宏观研究的威力突破了前人的成果，不断探索不断发现不断前进，形成了自己的近代文学研究视域与学术优势，他所建构的科学研究框架亦将带动近代文学研究整个结构的调整。

人贵自知自明。桂起以高标准反思了这本书存在的不足，我赞赏他这种精神也同意他的一些看法；但我更从中看到了一个青年学者所追求的学术理想、所向往的大家风范。我深信，若按照这个势头发展下去，桂起的学术理想和人格追求不久就会转化为光辉的现实！是为序。

（2000年7月1日）

诗情与哲理相融合

——序《丁玲和她的文本世界》

万直纯是位勤奋好学的青年学者，虽然他离开济南十几年了，但他读研究生期间给我留下的印象经常在我的记忆里浮现；尤其在《文学评论》等刊物上读到他一篇篇新作时，他活跃的思路、敏锐的感受、独特的表述方式和快速度的安徽腔、笑容可掬的面孔，总是清晰地展现在面前。那时他常到我的书房，谈得最多的是丁玲研究的心得体会，尽管他的安徽话和我的胶东腔带着浓重的地方味，却影响不了彼此心灵的沟通和学术上的切磋。从他快节奏的表述中，初始我认为他的思维有点紊乱，后来听多了习惯了，才体会到他有不寻常的悟性和周密的思辨力，特别对丁玲其人其文的思考总是能冒出些新鲜见解，发散出令人惊异的思想火花；而且从交谈中我也了解到，他在大学阶段对丁玲的作品就爱不释手，进入研究生层次又自觉地把“丁玲研究”作为自己的主攻方向和关注的焦点。这种全身心的投入和孜孜不倦的探索，使他出色地完成了硕士学位论文《冲突与骚动：丁玲的文本世界——丁玲创作审美特征论》。

从毕业论文到学术专著，他经过较长时间的苦心钻研和精心思考，既体现了他严谨的治学态度，又表现出他的理论勇气，既反映出他以心灵体悟艺术世界并与之同感共振的研究气质，又透露出他将诗情与哲理融为一体的评论风格。这些富于学术个性色彩的表现令我赞赏，可更使我感兴趣的则是在他这本专著里所显示出的独特的学术视野和观照问题的新眼光。记得他读研究生那几年正是思想极为活跃的新时期，各种新思维新方法猛烈地冲击着新一代学者，使其不断更新观念，不再像20世纪五六十年代的学者那样思考问题往往采取单一化的角度，也不用那种非此即彼、黑白分明、不是好就是坏的两极化标准来归纳主题或分析人物；而是竭力获取多维视野即立体思维，从不同角度不同层次来观照评判作家作品，完整地系统地内在地加以把握和认识，从浅层次的道德化或政治化的评判转向以历史的审美的价值标尺于人本文本的深层探寻其丰富的人生意蕴和美学意蕴，并在诗情与哲理相融合的高度上予以品味与论辩。

新视野新眼光必然能带来学术研究的新风貌新品位。丁玲研究是近年来的热点，发表不少有分量的论文，也出版一些有影响的著作，但要从整体上突破是有相当难度的；极其可贵的是万直纯既有超越的勇气又有突破的功力。他这部专著并非那种拼拼凑凑的“大杂烩”，更不是重蹈旧辙的“走老路”，也不是人云亦云的“老调重弹”；而是以新思维、新观念、新方法、新标准所构成的独特学术视野和新眼光，全方位考察并深入研究了丁玲其人及其文本的价值，将两者有机结合起来置于20世纪中西文化交汇冲撞的纵横坐标系上作了富有开拓性的探讨，既有宏观的广度和高度又有微观的深度和力度，整个思维过程显得史料扎实、观点新颖、判断准确、论述深细、逻辑严密、层次清晰，全书形成一个自成体系的独立系统。但他的新思维新观念新方法的运作始终以历史唯物主义和辩证唯物主义作为导向，并以此为指导有选择地汲取西方现代美学、文化学、心理学、现象学、语义学、结构主义、系统论等合理因素，形成新的思维模式或理论观点以作为丁玲研究的总体框架，使研究主体的逻辑构思与研究对象的基本面貌相吻合，既显示出一种新的理论风貌又体现出一种求实精神。特别是对丁玲“文本世界”的研究达到一种新的认识高度，对现代女性精神世界的开掘尤为独到而深刻，从梦想与现实、灵与肉、情与理、生与死、分裂与整合等几组对立矛盾入手，通过有见地的分析，活灵活现地揭示出人性的复杂和深邃；并从“叙述模式”、“性格组合”、“反讽观照”等视角探讨了丁玲“文本”的辩证艺术规律，提出了一系列新的学术见解，突破了不少现有的艺术概括。这都显示出著者的独特学术视野和新的研究眼光。

读着这部有开拓性有特色的学术专著，颇感欣慰，不仅因为它给丁玲研究乃至现当代文学研究增添了成果，更因为我深深地受到青年学者锐意创新勇敢开拓的学术气魄的激励和那种辩证逻辑威力的感染，使我更加坚信“长江后浪推前浪，一代更比一代强”。这是学术事业昌盛的希望所在，也是人类社会发展的希望所在。我相信万直纯他们这一代青年学者，决不会辜负当前改革开放的大好时代的殷切期待，定能保持好学深思、勤奋进取、治学严谨、视野开放的学术风格，拿出更多更精的研究成果来。

（2000年12月）

门外探娄书之美

——序《娄以忠书法艺术》

所谓“娄书”，乃娄以忠书法艺术之简称也。行家观之能入其堂奥，发他人未发之真谛；外行只能从门外窥探其貌，谈些隔靴搔痒之言，后者则是我。

娄书是精心营造的艺术之林，它由色彩美、线条美、骨架美、动态美、静态美等所凝成的空间结构形态美，具有强烈的审美感染力和诱惑力，连我这样不懂书法妙道的人也不能不为之倾倒为之迷醉，仿佛被它导入气象万千的群山丛林之中，泰山之雄、黄山之奇、华山之险、峨嵋之秀、青城之幽、武陵之奥、五台之旷尽收眼底，莫非这就是娄书富有综合美的艺术风格？

中国传统审美观，强调通过“物我相亲”、“物我同化”、“物我融合”、“超越物外”而逐步升华，最后进入理想的审美王国。娄书据我的审美感受，其构建的艺术王国不只是流溢着古典的和谐美，更重要的是充盈着现代的崇高美；尤其他的行草纵横恣意，神采灵动，气势磅礴，雄浑奔放，天马行空，挥洒自如。如果说通过娄书的特有形态激起我心灵的美感愉悦，而这种“悦形”仅仅是窥探其书法艺术之林的第一个审美层次，是跨入娄书艺术王国的审美门槛；那么“逸情”则是审美主体在“悦形”的基础上从娄书的艺术之林中获得大量书法文化信息，丰富的书法审美经验，主客体之间形成了一种审美情感交流关系。此时，娄书作为审美客体在“我”心中活起来，每个字有了动感，字里行间充满了张力，使我所感受的不只是它的外在形态美，而且也体验到它的内质美即风骨美；这种风骨美无疑是以忠的人格美、心灵美的投射和灌注，仿佛窥见其笔锋饱蘸着激情在挥洒生命之浩气、创造之才气、艺术之灵气，将身心化入书体之中，达到人格美与形态美相交融的审美境界，连我这个审美主体也成了形神兼备、自然天成、浩气荡漾、神气灵秀的娄书艺术的画中人了。这时，创作主体与审美主体的心灵获得了“沟通”，我情不自禁地对娄书艺术发出由衷的赞叹。

由娄书审美的第二个层次“逸情”进入第三个审美层次则是“畅神”，即“万趣融其神思”为“畅神”(南宋画家宗炳语)。以忠半生与书法结下不解之缘,以至“不知老之将至”,可以说已成“书痴”,对书法有“应会感神、神超理得”的审美体验,终于进入书法艺术的自由王国,臻至“畅神”的审美境界,书《前出师表》和《后出师表》就是“畅神”的艺术结晶。此种“畅神”境界以忠在《联语书法》“后记”中已道出:“近年来我踏遍了书画热度极高的齐鲁大地,‘飞笔舞墨纵横意,宿露餐风来去踪’,每天一处,总是面对崭新的天地,有看不尽的风物光华,听不完的世理人情,兴之所至,情不自禁,随口编来,任笔写去,挥挥洒洒,从从容容,直觉别有一番痛快淋漓。”我作为审美主体随着审美层次的升高也进入了“畅神”境界,浮想联翩,神游八极,娄书艺术如同长出双翼将我带至一个新的思想制高点:作家融儒家“智者乐水”、“仁者乐山”的进取乐观意识和道家“游心物外”的逍遥洒脱意识为一体,熔阳刚之美与阴柔之美于一炉,把书法艺术的思想境界提高到了哲学高度;并使我看到了以忠既是一个具有高尚的品格和志趣,浓厚的艺术素养,丰富的审美经验,广博的自然科学和社会科学知识的学人,又是一个能以“天地为庐”、“俯仰宇宙”、“思接千载,视通万里”的能悟透人生哲理和审美规律的哲人,更是一个能将神思浩荡、物我同化、神超理得所获取的深层美感和哲思水到渠成地引入书法艺术,且使之跨进书法审美自由王国的艺人。由于以忠集学人、哲人、艺人三种角色的才华和智慧于一身,故造就了他的雄健豪放、神韵飞扬、娴熟精湛的书法艺术,成就了他这位名扬海内外的杰出的青年书法家。

以忠是我大学同窗四年的学兄,共修汉语言文学专业;毕业后一起来到济南,从未中断过友好来往,就是在那个“知识越多越反动”的反智论猖獗的岁月,他管理饭店我也是吃饭的常客。尽管我是书法艺术殿堂的门外汉,但同以忠的交往中却得知他的书法造诣之深,成就之大的主要经验在于:一是得益于志在书法,心诚则灵。以忠酷爱书法,兴趣极浓,志向弥高,迷恋到如痴如醉的程度,书法既是他的专攻之业又是他人生的价值根基,无论在逆境或顺境从未松懈过对书法艺术的审美追求,忧在书法,乐在书法,书法成了他生命的有机组成部分;正由于以忠对书法有一颗赤诚之心,所以他数十年孜孜不倦地去探索书法艺术的奥秘,通过苦钻苦研苦学苦练去打开书法审美的心灵窗口,多方面多渠道地去汲取书法艺术的信息,不断深化和升华自我对书法的审美感受和审美愉快,并付诸创作实践,在实践中整合,在整合中提高,使书法艺术步步攀上高峰,实现了自己的美学理想。二是得力于读万卷书,行万里路。画论云:“不行万里路，不读万卷书，欲作画祖，其可得乎？”又说：“画家以古为师，已自上乘，进此当以天地为师。”书画同理，致力于书法艺术也要读万卷书、行万里路。所谓读万卷书，就是通过博览群书来充实知识结构、扩大学术视野、增强文化修养，特别是学习书画艺术专业书可以吸收前人的书法经验和书法技艺，提高审美感受力和艺术鉴赏力。以忠在这方面有独特的优势，系统地阅读了大学本科汉语言文学专业的经典之作或精品之作，从事书法艺术以来又边创作边读书，使他的文化涵养、知识学问、文学修养、艺术素质、审美能力、美感悟性等都在其书法艺术世界里得到或隐或显的体现；尤其古代书法艺术提倡的骨、力、势的雄强雄健之风，飘逸潇洒豪放之美在娄书中得到神传，“正书法，所以正人心”、“写字者，写志也”、“笔情墨性，皆以其人的性情为本”的人文书法传统在娄书中也得到弘扬，清代刘墉的“貌丰骨劲，味厚神藏，不受古人牢笼，超然独出，入乎古人而出乎古人”的书法变革精神在娄书中更得到继承。所谓行万里路，强调艺术家应躬身实践，主动地到社会这个大学校里去经验去学习，到大自然的怀抱里去探索去感受，从丰富多彩的实践中获取直接经验和感性体验，调整或更新审美文化心理和审美理想追求，以便更好地从事书法艺术创造；如果缺乏行万里路的实践，就会“人无兴，景不识，心不诚，情不灵，情景不融，无美感可言”，艺术创造就没有生命活力，也没有灵感激情。以忠深晓此理，足迹几乎踏遍齐鲁大地和祖国的名山大川，既亲身感受了现代物质文明和精神文明，领略了“江山如此多娇”，体认了锦绣河山之美，又饱赏了我国碑学派和帖学派在各地遗留下的断碑墨迹和残片刻帖，为其学习和研究古代书法艺术积累了宝贵资料；随着书法艺术走出国门，以忠先后在日本、韩国、新加坡等国举行书法展，不仅与亚洲诸国进行广泛的文化交流，而且观赏了这些国家的现代文明、现代艺术以及名胜古迹、自然风光，开阔了眼界，激活了灵感。这一切促使他的书法艺术大进，达到了现代感与历史感相融合的审美境界。

学无止境，艺无止境。以忠年近花甲，但对一个书法家来说却进入成熟期，我相信他的书法艺术将出现新的辉煌新的高峰，作为学友我热切地期待着！

门外话，贻笑大方。姑且为序。

（2000年12月7日）

以聪明才智开辟学术园地

——序《走近茅盾》

喧嚣浮躁的环境，追名逐利的氛围，是对人文学者的巨大心理考验。谁若能耐得寂寞，顶住诱惑，视“追求学问、探索真理”为终生的价值根基，那么，不论在什么岗位也不论扮演何种社会角色，谁就能以自己的聪明才智开辟学术园地，结出硕果，以充实人类积累起来的文化宝库。翟德耀同志从30年前踏进大学校门便游进了书海，逐渐与学术研究结下不解之缘，任凭风云怎样变幻，不管角色如何移位，总是坚定不移地守住内心的“学术情结”，忧在学术，乐在学术，至今痴心不改。即便周围的压力再大，环境的诱惑再强，他也毅然决然地在学术领域不息地耕耘，不停地追求，不断地进击，以实现自我的学术理想。唯其如此，他不仅以有分量的研究成果一次次获得省社会科学优秀成果奖，而且以身在编辑岗位而被遴选为硕士研究生导师的事实证明了自己的学术实力。

德耀并非那种性格外露、好表现自我的研究者，也不是那种故作高深、故弄玄虚的研究者，而是那种稳健扎实、论说有度的研究者。虽然他不是专职从事教学和研究，主要的时间和精力用在《山东师大学报》(人文版)的编辑工作上，但几十年来却始终没有松懈对学术的苦心追询，没有消解学术探讨的激情。从他的工作与科研实践可以看出，他较好地处理了三种关系：一是既当好学报编辑又搞好学术研究。这两者看似矛盾，解决不好就会顾此失彼，而在德耀身上却有机地统一起来。当编辑既提高了辨识学术水平高低的眼力，不断更新学术视野，充实调整知识结构，提高话语操作能力和文字表述能力，又能使他及时地了解学术研究现状和动态，洞察学术研究的薄弱环节，寻找研究的突破点，从而形成自己的问题意识和研究课题；通过自己有针对性、有超越性的学术研究，不只是拿出了一批填补薄弱点的科研成果，而且提高了自己的才智和编辑水平，这就形成了以编刊带科研、以科研促学报的良性循环。二是既重视宏观研究又重视微观剖析，将二者辩证地结合起来。重视宏观研究，显示出高屋建瓴、驾驭全局的学术视界和概括能力,增强了思维的高度和论证的力度,他的不少论文就体现出这方面的才能和优长;注重微观研究,则显示了他对文本解读的优势,其艺术感悟之敏锐,主题挖掘之深刻,人物分析之细微、语言阐释之准确,形成了作品赏析或文本解读探微扎实、圆熟老到、稳健出新、别开生面的文格和文风。正由于他重视从文本、从资料入手的微观剖析,故使他的宏观把握能够牢牢地扎根于微观研究的坚固基础之上,论述的实证性与抽象的思辨性达到了统一。三是研究领域由面到点,即从人文社科领域的广泛涉猎深入到中国现当代文学学科,再从现当代文学学科聚焦在茅盾其人其文上。后者是德耀20年研究的一个重点和兴奋点,介入较早,又坚持不懈,发表了一系列有学术质量的茅盾研究成果,使他成为在茅盾研究领域取得可观成就的学者。

本书选取的20多篇论文都在学术刊物上发表过,它们既经过历史的考验又经过读者的检验,是言之成理、论之有据的有深度也有力度的成果。虽是论文结集,但由于紧紧围绕几个专题展开,把它们按照一定的逻辑框架组合在一起,是可以看作一本学术专著的。它没有枝蔓,没有水分,结结实实,沉沉甸甸,有相当的学术含量。这本专著,集中了德耀对文学巨匠茅盾几个侧面的探讨和研究,呈现出他对茅盾研究的思考。在百年中国文学的沧桑历程中,茅盾创造的各种样态的文本,都带有元话语性质,具有无限的阐释空间;尽管在评价上出现了较大分歧,但只要是以一个学者的起码良知和求实态度去研究,评低评高都是学术研究的正常现象。令人难以接受的,是那种出离文本的随意贬损,那种随风而起的嘲骂之论,似乎"把茅盾这位文学巨人骂倒了,他这个学术巨人就站起来了"。这是不可取的。德耀对茅盾其人其文的研究从不盲目跟风,随波逐流,从不墨守成规,固步自封,从不头脑发热,任意妄断,而是"努力于吸纳新观念、新思潮、新方法,尽可能完备地占有研究资料,取精用宏,求真务实,言之有据,持之有故"(见《后记》),这种实事求是的思维模式和科学的治学态度,贯穿于他对茅盾研究的全过程。通过对茅盾带有元话语性质文本的阐释,形成他关于茅盾研究的独特话语和学术优势:一是80年代初就注意从比较的视角来研究茅盾与俄国文学的关系,探讨茅盾为人生文学观和写实主义创作倾向的渊源,不仅起步早,而且有一定的开创性;二是80年代初就关注茅盾译介外国文学的活动,探讨茅盾译介外国文学的特点,为新时期一度掀起的翻译并吸纳外国文学的热潮提供历史之鉴;三是从原典原作入手,对茅盾的新女性观、妇女解放理论、婚恋观以及在小说中所塑造的"时代女性"形象系列,从不同的角度进行了系统而深入的研究，特别以文化人类学和审美文化学所作的理论阐释和心理透视，既有论述的深度又有理论创见，从理论与文本的结合上把茅盾在这个领域的思想建树和艺术营构的研究提升到新的水平；四是茅盾对中国文学的现代化与民族化既有理论上的探索又有文本上的建构，而学界很少有人从现代化与民族化的互动关系切入来研究茅盾对中国新文学建设所提供的宝贵经验，德耀在这方面的研究是下过较深功夫的，获得的学术成果具有开拓性的理论价值和实践意义；此外，对茅盾历史小说的研究起步早，对茅盾散文的探讨既有独特的视角又有自己的新发现。总之，虽然不能说本书所有论文都是创新或开拓之作，但总体上却显示出相当高的学术水准、新颖的思想风貌和明睿的智慧风采以及锐意求新而又严谨扎实的治学作风。

德耀既有思维的优势又有创造的潜能，既有知识的积累又有坚韧的毅力，既有开放的视野又有学术的自觉，相信今后在茅盾研究、中国现当代文学研究乃至其他人文学科的研究上一定会奉献出新的理论硕果。是为序。

（2001 年 3 月 4 日）

保持科学研究“必要的张力”

——序《〈新潮〉的历史回响》

具有创新性的现代文学研究成果，总是以新发现的未知经验材料为依据的，总是从以前的理论思维空隙开始的；但并非所有研究成果都是这样的，爱因斯坦“相对论”的发现则是借重于一种逻辑推理力量，即“人的头脑应当独立地把形式构造出来”，马克思曾把辩证法的内在超越描述为思想群的“增值”。不管遵循何种思维规律对现代文学进行探察和研究，都不能因袭重复前人的学术成果，必须在对研究对象的解读、阐释和判断中有所继承有所突破有所认同有所超越，以新成果充实丰富现代文学研究的学术库藏。

张用蓬、齐成民合著的《〈新潮〉的历史回响》（以下简称《回响》），就是这样一部带有开拓性的创新之作。“五四”新文化运动和文学革命近20年来始终是现代文学研究的热门话题，著作、论文层出不穷，有人说“五四”成了说不完的“启蒙神话”，也有人说“五四”研究达到饱和再也挖不出“金子”了。虽然这些说法有根有据，但是只要精心勘察便会发现“五四”新文化新文学研究仍遗留下一些薄弱地带，《新潮》社的研究就是这样。《回响》正是抓住五四文学研究的薄弱环节，对作为新文化群体的《新潮》社进行了全面而系统、扎实而有深度的研究，这应该说是整体性的突破和开拓性的探讨，为中国现代文学在21世纪的研究展示了新的学术增值点和知识增长点。《回响》不是那种洋洋洒洒的鸿篇巨制，而是以文化学视野写成的一本坚坚实实、旨在创新的“文化普及性的小册子”，由表及里，深入浅出，朴实无华，新见连珠是它的学术品格。本书概括起来有如下三个特点：史、论、传三位一体的书写框架。《新潮》是五四时期影响稍逊于《新青年》的综合性文化杂志，以此为阵地团结了一批青年学子，形成一个以《新潮》为标志的文化社群，早期的为人生小说派和白话诗派与其紧密相关，它既是文化启蒙运动的积极倡导者又是新文学建设的勇敢尝试者。《回响》不仅从多角度考察并肯定《新潮》社的开创之功和立业之绩，而且以史家之笔真实地描述了它作为一个独立文化派别的演变轨迹。文学史是个生动丰富的时间隧道,文学(或文化)社群也有个生成发展过程,以前的研究者很少从文化社团的角度详细探询《新潮》社的流变史,而《回响》却极力恢复其历史衍化的本来面目,给人以强烈的历史真实感。不过这决不是史料的杂乱堆砌和无序组合,而是把历史逻辑与思想逻辑统一起来,以现代理性思维穿透凝冻史料的硬壳,寻找其内在的思想联系和情感脉络;主体意识不仅贯通了《新潮》社的这个客体小宇宙,也由此散发开来与"五四"文化运动这个大宇宙客体联结起来,将《新潮》社所作出的方方面面的业绩置于中外文化交错的价值坐标系上给予理性的评判与论析,循着一条由感性到知性的思路攀升至应有的理性认识高度,形成一个"史"与"论"相交合的双重辐射的结构图式。如果仅仅止于此,本书的框架只有深度而没有广度,而且站在新世纪文化制高点上从反思的立场对《新潮》社进行整体研究也是远远不够的;所以合目的合逻辑地增加了《扬帆弄潮话才俊》、《进行途中友与仇》两章,对《新潮》社骨干成员予以个案研究,实际上是为他们立"传"。即这些"才俊"既以《新潮》为阵地在"五四"新文化运动这个历史舞台上亮相表演各显才华,此后又各奔东西在20世纪中国社会这个大历史舞台上阅尽沧桑各司其职,有的"才俊"在延展并承扬着《新潮》精神,有的"才俊"则悖离了"五四"新文化传统成了历史的"泡沫"。这样就把对一个文化社团的考察同百年中国历史变迁联系起来,开阔了书写的视野,增强了探讨的广度,显示出史、论、传三位一体框架的优长。

史料的实证性、丰富性与思维的超越性、辩证性的有机结合,是研究者孜孜以求的,否则就不会写出扎实而有创意的著作。《回响》在这方面的刻苦努力已取得了良好效果,显示出明显的特色和优势。梁启超说过:"无论做哪门学问,总须以别伪求真为基本工作。因为所凭借的资料若属虚伪,则研究出来的结果当然也随而虚伪,研究工作便白费了。"(《中国近三百年学术史》)《回响》详细查阅了《新潮》的原始资料、五四时期与《新潮》社密切相关的报刊以及主要成员的生平资料,占有的资料相当丰富翔实;并对资料进行了认真的考辨与精审,从中选取那些内蕴着有序性、联系性、过程性、矛盾性、互证性并能发现原创思想的资料,即"能够在纷然杂陈的现象中洞见到有决定意义的东西"(黑格尔《小逻辑》);然后进行思维超越和逻辑思辨,即超越了诸多资料本身的价值,大大激发了思想的增值,形成了资料可靠的实证性与思维超越的辩证性相统一的理论逻辑系统。正可谓"思维之超出感官世界,思维之由有限提高到无限,思维之打破感官事物的锁链而进到超感官界的飞跃”（《小逻辑》）。《回响》第二部分《〈新潮〉家园景观》之所以写得最有分量也最具新意重要的因由是研究主体能通过大量经验性的感官材料进到超感官的理性飞跃，而这种超越性的思维飞跃一方面从感官材料内部的充满矛盾、悖论的张力场中生发出思想，一方面从自身的知识积累、理论素养和学术库存中选取相应的思想模式和话语系统，将这两方面加以有机地衔接、整合和升华，便形成了从“文化设计的自我调适”到“奇理斯玛的理想”再到“追求最后觉悟之觉悟”等新鲜独到的思维链条。由此我想到近10年学界有股浮躁之气，表现在学术研究上则是不想在原始资料的查阅审读上下苦功夫，甚至不看原作不查资料也敢发表长篇宏论，云里雾里凑成几万言；商品有“假冒伪劣”，莫非此病也传染到学术界？值得深思！《回响》两位青年学者，能抗住金钱和权力的诱惑，安于枯燥寂寞的书斋生活，在尘封已久的书刊报纸里钻进钻出，探求学问，寻找真知，用自己的独立大脑来重写历史、演绎人生，这种踏踏实实在学术园地耕耘的精神不应该肯定吗？

比较研究对考察社团与社团之间的异同和作家与作家之间优劣是一种行之有效的方法，但并不是所有的研究者都能用得成功。在我看来，比较方法在研究中能否取得成效，关键在于研究者对考察对象是否熟悉，在考察中是否能出色地运用发现逻辑机制。《回响》卓有成效地运用比较研究方法，深入地探察了《新潮》与《新青年》之间的关系，发现了它们的相同点和不同点，开掘出一些前人未发掘出的新学理新思想。在习见中，《新潮》社的主要成员是北大学子，是在《新青年》社胡适、周作人等老师的直接指导下或参与下结成的社团，《新潮》杂志也是在《新青年》直接影响下创办的，仅仅是对《新青年》的补充，《新青年》的精神就是《新潮》的精神，从社团的成员到刊物似乎所有光辉都发自《新青年》的光源，没有自身散发出的异彩；然而《回响》作者通过“细细研读”、通过多维比较，“发现《新潮》所讲的‘科学’、‘民主’与《新青年》所讲的‘科学’、‘民主’其内涵并不完全一致”，“在《新青年》的表述中，科学是用来规范人与自然、人与社会、人与历史的关系的；民主则体现了人类生存的基本渴望，即要求在政治上消除压迫，在经济上消除剥削，在文化上消除歧视”；“而《新潮》所说的‘科学’更多的是一种研究方法，‘民主’则是对待社会、学术的态度。它主要表现在如下几个方面：其一，开放、自由、创造的浪漫激情”；“其二，实事求是的科学主义态度”；“其三，重在实践的建设主义态度”。最为可贵的是，《新潮》它能“在北洋军匪、安福贼徒、袁氏余孽横行的环境里，为我们这个民族的真正兴盛种下知识理性的纯学术的种子,这是何等的无畏和智慧!""从本质上讲,新潮社是一个自由主义的群体,以科学、民主、自由、人权、理性、秩序为内在精神导向的,立足于以文化学术参与社会"。且不论这些判断是否具有辩证性与科学性,但我看来却是研究主体从《新潮》与《新青年》的比较中,于占有的丰富史料里以自己的发现逻辑机制抽象出来的新见史识,是经过独立思考而作出的理性概括,这既是新潮社对中国新文化新学术所作出的独特贡献,又是它在中国现代学术史与文学史上能够占有一席之地的立身之本,也是今天重评重写新潮社历史的意义所在。不仅仅如此,《回响》对傅斯年与新潮社、傅斯年与胡适、鲁迅与新潮社、俞平伯与新潮社、罗家伦与新潮社、周作人与新潮社等的比较研究,都有所开拓有所发现,提出一些启人思索的见解,增强了本书的学术品位。

库恩在《必要的张力》一书中指出:"科学中的大多数新发现和新理论并不仅仅是对现有科学知识货堆的补充。为吸收这些发现和理论,科学家必须经常调整他们以前所信赖和智力装置,抛弃他以前的信念和实践的某些因素,找出许多其他信念和实践中的新意义以及它们之间的新关系"。故而"一个成功的科学家必然同时显示维持传统和反对偶像崇拜这两方面的性格"。他尽管是对自然科学家而论,然而作为人文科学研究者也必须具有这种革故更新的性格,使自己的学识永远不要停止在一个学术水平上,不断有所发现有所创新,总是保持着科学研究上"必要的张力"。是为序。

(2001 年 8 月 12 日)

反思的品格 体系的建构

——序《中国近现代启蒙文学思潮论》

学无止境,学术追求亦无境。作为一个有志向的青年学者,就应该自觉地在自己开辟的学术园地,持之以恒地探索追求,孜孜不倦地耕耘播种,以毅力和才华培育出累累硕果,以丰富祖国的学术宝库,为人类学术文化增值。张光芒同志从攻读硕士学位到博士学位直至今天进入南京大学文学院博士后流动站,始终坚定不移义无反顾地遵循既定的科研目标开拓奋进,一步一个台阶地向学术高峰攀登,在自己的学术园地里不断地闪烁出亮眼的"光芒"。作为他的导师,我望着他奋斗的足迹、培育的成果,颇感欣慰,也充满了更大的期待。

放在我面前的这部学术含量丰厚的著作,既是光芒的优秀博士学位论文的扩充版,又是他出色完成的省级社科规划项目的最终成果,曾受到博士学位论文答辩委员会的高度评价,诸专家充分肯定了论著的开拓性学术意义和重大理论价值。兹将我对这部专著的审读印象和众专家的评语予以整理和综合,权作本书之序言。

近 20 年来中国现代启蒙文学始终是学界关注的热门话题,而且涉及到对近现代启蒙文学的研究著述也并不鲜见,但是真正从启蒙主义思潮的角度对其进行系统而完整的考察尚属无人问津的薄弱环节。就现有成果的研究视野来说,或者侧重于从广义上的文化思潮(包括政治的、经济的、人文的诸方面)论述启蒙,或者主要限于艺术思潮(包括语言的、文体的、审美的、主题的等等)的角度,而将两个方面加以整合者则十分缺乏。因此该书所选课题既有相当大的难度,又有重大的理论价值和学科建设意义。作者不只是填补了研究界在这一领域的空白,而且第一次对中国近现代启蒙哲学、启蒙美学到启蒙叙事进行了层层深入的系统研究。它既是一部中国近现代启蒙文学思潮史,又是一部从启蒙哲学高度阐释近现代启蒙文学的专著。就其考察的系统性和论述的创新性来说,为至今学界所罕见。尤其值得重视的是,它更具开拓性地运用了历史与逻辑相结合、内涵与外延相统一的研究思路，深刻挖掘了中国近现代启蒙主义文学思潮所蕴含的原创性思想体系与艺术表征，对其源于民族文化发展的内在根据、基于特定时代精神的建构过程及深潜层次的逻辑机制等都作出了独到的理性剖析与梳理归整，达到了相当的理论深度。论著从哲学精神上所总结的近现代启蒙文学思潮的“双向运作机制”、“功能系统”、“启蒙动力学”等尤富学术建构性与开创意义。

由于近现代启蒙文学思潮不但涉及到哲学与美学、创作与批评、理性与情感、文化与社会等诸多层面，而且它又是在中外古今文化的剧烈碰撞与多元交锋中发生发展的，因而无论在当时的文化、文学界还是今天的研究界，它都是一个充满悖论冲突、歧义丛生、众说纷纭、莫衷一是的话题。但作者能够跳出二元对立思维模式，采取了逻辑整合式的研究方法，从理论上切实解决了有关中国启蒙主义文学思潮的许多悬而未决的问题。如中国近现代启蒙思想家、文学家在接受外来启蒙思潮、哲学思想的影响时怎样体现了历史的客观必然性以及“误读”之后的“中国化”启蒙思想内涵到底是什么等问题，论著都作出了较为精辟且切中肯綮的解答。得力于此，长期困扰研究界的理性与情感、立国与立人、救亡与启蒙、东方文化与西方文化等对立冲突性的命题都得到了较为明晰而深微的阐释。

作者以正本清源的态度、严谨扎实的学风和鲜明的理性思辨意识切入论题，使论著不但论据充分，论证严密，从整体上显示出强烈的逻辑感与体系性；而且观点新颖，论断独到，在论证过程的许多环节上都有创造性的见解。如对五四时期启蒙思想界“理性的非理性化策略”的剖析，对创造社启蒙美学思想的发掘等都给人以耳目一新之感；对近现代启蒙文学思潮“释放与弘扬”和“疏导与改造”这样两种向度的概括，极为符合历史的本来面目，也有力地否定了所谓“批判改造国民性”是中国现代启蒙主义文学总主题的流行观点，“启蒙浪漫主义叙事”、“启蒙理性主义叙事”等提法也系作者首创，可望对启蒙文学创作的研究起到拓展视野的作用；而“自由意志”、“情、理、欲”、“启蒙动力”等虽是研究界屡屡使用的概念，但该书无意于人云亦云或只是模糊地使用，而致力于重新规范、重新界定，赋予其特定的逻辑内涵，体现出鲜明的学术个性与理论开拓意识。

本书不仅具有敏锐创新的理论品格，也富有打通“时间隧道”的史学品格，史论结合、论中有史、史中有论、相得益彰正是其鲜明的学术特征。从对“启蒙文化思潮到启蒙文学思潮”的历史逻辑考辨中，既开拓性的理论价值又有重构文学史的史学意义。在此基础上，作者又进一步通过梳理1902年以后文学创作启蒙意识的演进过程，提出其科技、政治及伦理诸层面的觉醒呈现为共时性存在，以互缠互动的审美方式推动着启蒙意识逐步深入，并在深层文化结构上与五四启蒙思潮相接续的新见解。同时，作者还从理性精神成长与建构的角度对近现代启蒙文学作了纵横捭阖的史论结合的考察与梳理，从而发现了，文学作为一种审美形态，其理性精神的特殊性恰恰表现为质疑传统理性并解构一切现有不合理的理性体系。近代文学囿于时代文化的局限，以不同的方式显示出情与理的内在分裂。这一现象在五四之后得到克服和超越，表现出情与理相互激荡的新的张力样式。新文学通过各类形象的情感体验方式与活动方式，展现自身的理性批判功能，并寄寓了作家对理性精神之培育、成长和充实的深层思考。

作者以系统辩证的整体性思维对中国近现代启蒙思潮与启蒙文学所进行的富有开创性的探索研究，在发现、梳理、开掘、阐释和整合的逻辑过程中，始终贯穿着一种正本清源、纠谬匡误的反思精神，从强烈的反思意识和增大的反思力度中既体现出研究者不畏权威敢于立言的学术胆识，又表现出作者创造性思维在独到之见上所闪烁出的强大逻辑威力。本书的反思品格集中体现于：

一是一反“救亡压倒启蒙”的流行观点，提出对启蒙叙事进行解构的最重要的冲击性力量是“道德叙事”，并对其进行了详细的解析。作者认为，中国近现代文学真正的“宏大叙事”是道德叙事。近代文学道德叙事的实质内涵表现为“道德至上，私德优先”。五四文学虽然以“提倡新道德，反对旧道德”为叙事转换的革命性标志，但传统道德的某些根本价值原则仍然在深层结构中起着决定性作用，即使对新道德的高扬也在道德/艺术思维方式上与传统道德叙事纠缠不清。一方面它是“道德至上”审美原则的超常延伸，另一方面它又将近代道德叙事发展为审美上的道德实用主义叙事。

二是对30年代的“新启蒙运动”进行了批判性的反思。本书认为，30年代的“新启蒙运动”以对五四启蒙精神的接续与承继为理论出发点，同时试图实现一种新的超越。比如它更加强调理性与知识，更为强调新文化的建设性，并以历史唯物主义为理论旨归，因之也具有了鲜明的政治倾向性与革命色彩。但它自身又充满了危机的种子，表现为启蒙作为手段与作为本体的内在矛盾、、思想方法与理论工具的内在矛盾及以反权威、反武断为标志的“思想自由”口号与实际上要求"思想统一"的内在矛盾。这一切终于使其走向了自己的反面甚至走向了反启蒙。

三是通过反观40年代作家、知识分子对五四启蒙精神的阐释方式与方法，透视40年代文学启蒙精神的衰退。作者指出，从30年代到40年代，对五四文学精神的阐释经历了一个颇有意味的变化过程。在基本价值判断上，对五四运动从否定到肯定，从多元化的阐释到一元化的独尊，反映了从历史寻求现实必需的思想凝聚力及精神动力的目的。进步文化界通过"纪念"、"回忆"和"阐释"等方式展开了探索五四精神，汲取历史力量的运动。其实质却是可以用"价值偏离"加以概括。落实到究竟应从理性层面还是实践层面、文化的还是政治的角度来确认五四精神，它则表现为强调后者而忽视或回避前者。这样就在思想内涵上表现出一种不断置换不断删取增减的"曲解"过程，并成为此后几十年大陆思想界的权力话语。这些反思性的论辩，不只是新见迭出，发人深思，也丰富充实了全书自成体系的逻辑系统。

总之，论著从根本上改变了过去研究中国近现代启蒙思潮与启蒙文学的总体思路、切入视角、预设价值和逻辑框架，彻底摆脱了前人那种立足于"被动性影响"研究的模式，将视角与思路调整为对"内在原因"的勘探与开掘，从扑朔迷离、错综复杂的历史客体深层中发现中国近现代启蒙文学思潮的原创思想与内在逻辑，许多为传统性研究轻视甚至遮蔽排拒的历史现象都被纳入"启蒙文学思潮"范畴，给出了新的界定、新的阐释，并进行逻辑体系的重新整合，以系统辩证的人学视野和"综合交叉"的思路穿过历史的立体深邃时空，揭示出论述对象的演变规律、本质面貌以及基本特征。这一切充分显示出作者突出的逻辑思辨力、理论整合力和体系建构力以及扎实的理论功底和科学的治学风格。

即使具有严密的逻辑体系、富有开创品格的学术成果也不是完美无缺的，这一点作者能够自知自明，且在后记中做了中肯的自我批评；这里我不想过分挑剔，只是希望光芒通过在博士后流动站的潜心研究，拿出更优秀的学术成果，为21世纪现代中国文学研究开拓新的学术境界。

（2002.3）

求真务实创新趋优的学术品格

——序《中国现代文学批评史论》

每逢为学界后起之秀的著作写“序”或作“评”时，我手中的笔仿佛增加了分量，颇有点沉重感。也许这是因为见到青年学者的学术智慧、理性见解、创新意识、探求精神已达到新的层次，非我所能企及所能领悟，故而写的“序”或作的“评”往往言不中的，既击不着要害又揭不出亮点，只能说几句无关痛痒的陈词老调，或离题万里发挥一下，以搪塞过去交上卷所致。实想起来，真是辜负了青年学者的期待和信任，试问有良知的学人谁能不沉重？但是并未因此而压抑住我的由衷欣慰之感和敬佩之感。我从这些后起之秀的青年学者身上发现了胜于我们一代人的新素质、新思维、新追求、新希望，无疑他们将成为21世纪现代中国文学研究领域的新星，在全球化语境下必定能超越我们这一代，把现代中国文学研究水平推进到世界学术前沿。

我是带着这种复杂感情为周海波同志新著《中国现代文学批评史论》（以下简称《批评史论》）作序的。我与海波既是师生关系又是校友关系也是朋友关系，在年龄和辈分上我虽然是个“长者”，但在学术上和友情上却完全是平等的，至少我是这样感受的也是这样对待的。所以近十年我对海波在学术研究上的长足进步比较关注，也为他暗暗高兴，不论海波问世的多部学术专著或者参与完成的重大课题或者发表的研究论文评论文章，只要能进入我的阅读视野的总是要浏览一下或仔细读一遍，既可在学术上得到一些令我振奋的启示又能在精神上受到一种青春激情的感染。尤其他对五四文学的探讨、郭沫若的研究以及新时期文学的评析，足以显示其独特的把握、睿智的见解和新锐的魄力，甚至有一种冒险的科学精神和学术胆识。学无止境，追求无止境。早已有了教授头衔的海波，并不满足自己学术上的成绩、学界的名气以及青岛大学给他的地位，毅然决然地横下一条心攻读博士学位，通过深造向学术高峰攀登，终于他突破了外语难关，以优异的成绩考取了博士生。在当下这种学术浮躁、人文科学贬值的环境下，海波如此痴迷于现代中国文学研究，孜孜不倦，探赜索隐，与时俱进，永远进击，此种精神和魄力对于一个有出息的青年学者来说，是极为可贵的。

摆在我面前的《批评史论》，是海波拜师的最贵重的见面礼也是一份优秀答卷，我作为导师只能粗略地写个审阅意见，权且作为本书的序。古代中国文学，郭绍虞先生在精深研究的基础上曾写过一部著名的文学批评史；而对现代中国文学批评史的研究和写作真正“热”起来，并出版几部有一定分量的著作，在我的记忆中是近二十年的事情。之所以出现这种滞后的学术现象，在我看来，主要原因有三：一是现代中国文学批评缺乏明显的独立自足系统，它常常与社会批评、文化批评甚至意识形态的斗争、阶级斗争、政治路线斗争交织在一起；特别在政治气候不正常的历史阶段，文学批评或者成了政治斗争的工具或者以政治斗争取代或覆盖了文学批评，使文学批评丧失了自身的价位。因此研究文学批评史就必然触及到思想领域或政治领域的一些极为敏感的大是大非问题，对这些问题的阐释难以理清又有一定政治风险，故而学界问津者不多。二是现代中国文学批评往往和文学理论混为一团，如茅盾既是文学批评家又是文学理论家、朱光潜既是文学批评家更是文学理论家等，在研究他们的文学理论时实际上也在研究他们的文学批评，在探讨他们的文学批评时实际上也是在探讨他们的文学理论。由于文学批评和文学理论这种胶着状态，所以修现代中国文学史或者治现代中国文学理论史的学人，常常把文学批评包容在文学理论形态之内或文学理论思潮之中，没有突显出文学批评的独到特点和功能。三是研究主体认识的不足或认识上的误区。这种认识上的不足或误区的造成除了上述两点原因外，重要的是理解不透文学批评对整个现代中国文学系统的建构和发展所起到的重要作用，没有把文学批评视为现代中国文学整体的有机组成部分，误认为文学批评是现代中国文学史总体结构中可有可无的因素。其实，在现代中国文学营造和演变的进程中，既充满了错综复杂的冲突悖论又布满了各种艰难险阻，须臾也离不开文学批评的鸣锣开道、扫除拦路虎的战斗功能，奖掖新人新作、指斥不良倾向、引导前进方向的评论功能，以及在文学批评中实践理论、检验理论、发展理论的创造功能；特别与古代中国文学的建构与发展相比，现代文学批评显得更重要也更活跃。所以强化文学批评，或者把它作为现代中国文学通史构成不可或缺的部分或者独立撰写现代中国文学批评史，不仅仅是填补了现代中国文学史研究的薄弱环节，更重要的是拓展并深化了现代中国文学的研究，既有学术理论价值、学科建设意义，又有矫正当下文学批评不良风气、繁荣

21世纪中国文学批评的现实意义和借鉴价值。

已见到的几部现代中国文学批评史著作，各有创意和特色，它们为现代中国文学批评史的研究和书写奠定了基石也提供了参照，不过任何一部学术著作都不可能把研究对象的丰富内涵与外延阐释穷尽，更何况作为探讨并不深入、并不完整的现代中国文学批评史这样的研究对象，定然会留下更多的重新阐释空间和尚待解决的难题。《批评史论》正是在对已有研究思路、已有研究成果比较熟悉且有所借鉴，而对存在问题基本摸清且设计出突破方案的前提下，开始了它的有所发现、有所开拓、有所前进和探索的思考，使书稿从微观到宏观都显示出一种重写现代中国文学批评史的创新风貌和超越气势。它至少有这样一些学术闪光点和知识增长点迎合或满足了我们的阅读期待：其一，重新界定"中国现代文学批评史"的概念及其研究范围，对"文学批评的内部构成及其外化形式"作了新的界说，不仅明确指出"文学批评史既是文学的批评历史，同时又是思想文化史的一个分支"，这种双重性质决定了文学批评是一种文学精神活动并发展为一门独立的学科，它与文学、文化、社会紧密联系为一体；而且也清楚地意识到"文学批评应具有它自身的两重性质，作为精神产品的文学批评和作为创作批评、价值判断的文学批评，它既是文学艺术的，又是科学的"（以上引文见《绪论》）。这种文学批评观给人以新颖感，似可看成全书的逻辑基点和立论根据。其二，正是从新的文学批评观出发，全书始终把现代中国文学批评与现代中国文化、文学纽结在一起进行考察和研究，文化、文学不只是文学批评的对象而且也是文学批评赖以存在和发展的审美文化资源，有了这丰赡的思想、文学资源方使文学批评多姿多彩；不仅如此，并将这种综合性的考察置于中外古今的文学批评背景，着力解决了现代中国文学批评的形成及其特点、现代中国文学批评文体的创立等重大理论问题，明确地指出现代中国文学批评的形成不同于西方文学批评的重要之点在于缺少哲学社会科学和现代语言学的有力支持，它主要是在继承古代中国"诗文评"的基础上，受到西方文学批评的强烈冲击而诞生于现代报刊的社会文化批评论和现代散文文体，这就导致它从形成开始就具有浓烈的社会性、政治性色彩，也具有散文化的审美特征。这些推论与判断颇有新意。其三，从纵向上看，本书是把百年现代中国文学批评作为一个整体来把握，既突破了中国现代文学批评史三十年的分期界限，又打通了中国现当代文学批评史人为地分为两个区段的障壁，以整体的文学视野对百年现代中国文学批评史进行了系统而有深度地探询和考察，展示了文学批评史的完整性也揭示了文学批评史的复杂性,“在解读文学批评文本的同时,解剖批评的结构类型和语言形态,梳理现代文学批评流变的历史轨迹、发展规律及经验教训”(见《诸论》),在逼近现代中国文学批评史的真实面貌上下了硬功夫。尽管百年现代中国文学批评的流派杂、类型多、进程曲折、标准混乱,很难用一个价值观念把它们整合起来形成一个较为严密的逻辑体系;但是本书却选用了“现代化”这个歧义多弹性大的范畴作为贯穿全书的中心线索或价值坐标,力图形成一个“杂多统一”的史与论有机结合的文学批评史框架,这应似在总体突破已有文学批评史架构所作的积极尝试。其四,并非现代中国文学批评所有的流派、类型、模式、话语等都能纳入“现代化”的价值体系,有不少文学批评与“现代化”相悖反。然而《批评史论》对这些复杂现象却采取了实事求是的宽容态度,力避那种绝对肯定或绝对否定的趋向两极的二元对立思维模式;而是把现代中国文学批评看成一个多元并存的互补结构,各种类型或倾向的文学批评的积极功能或消极效应都放在这个总体格局中予以公平合理的评述。比如,本书对五四时期及其以后文学批评内涵中出现的激进主义、保守主义思潮所进行的反思性研究,一直延展到八九十年代的文化讨论中,并不随波逐流,盲目的肯定或否定,而是从文学批评的学术规范、原则原理以及现代文化秩序的重建出发,对不同的批评流派及其批评标准和方式方法进行辩证而科学的分析,既肯定了五四新文化运动中的激进主义思潮在现代文化建设和现代文学批评建立上所具有的开创意义,又指出了“学衡派”、梁实秋为代表的古典主义批评在学术规范重建上也有不可否认的积极作用。可见,著者是立足于当代认识高度,面对现代文化发展中急待解决的重要问题,通过反思并总结百年现代中国文学批评史的经验教训,为21世纪中国文学批评提供有益借鉴和理论支持的,这就增强了本书的当代性和现实感。其五,书写文学批评史易于以论带史或以论代史,或以预设的理论框架来规整批评史,往往消解了文学批评的丰富性和复杂性;而《批评史论》则是从文学批评的史实、史料、文本出发,着力对实证性、可靠性和详尽性兼具的文学批评资料予以感悟体认和理解,并从中引出有新意的史识、理念和见解,极力做到史与论、感性与理性、个体与流派、现象与本质、静态与动态、微观与宏观的有机结合,既突出了感性资料的实证性又突显了主体思维的超越性,既强调了批评流派的群体优势又强化了批评个体的个性化色彩。尤其重视文学批评文本的重新解读,竭力探寻现代文学批评的文体特征,概括出多种别开生面的批评模式,并试图在批评文体的科学化和审美化之间架起一道艺术桥梁，甚至有意识地研究批评主体思维模式的调整或更新，这进一步增强了本书的深度感。上述的一些创新点或书写特征，足以确证本书所具有的求真务实、开拓创新、取精用宏、重读重写的学术品格，以及它必将产生的积极社会效应和可观的学术价值。

再好的学术著作也是有缺欠的，也是可以挑剔的，我这里不想对本书的不足多加指责，只想作一点充满期待和希望的预测：海波是一位永不满足、锐意进取、朴实无华、深沉稳健、敢于攻坚、勇往直前的青年学者，通过三年的博士学位攻读，他的科研水平和学术实力一定能达到新的高度！

（2002 年 4 月 22 日）

在流行文化包围中坚守为学问而治学的立场

——序《台港情爱小说论》

如果说在人类文学流变史上情爱主题是永恒的话，那么在世界学术演进史上情爱文学研究则是个说不完的话题。这不只因为情爱是人类生命之源与生存之根，也因为情爱文学富有不朽的审美感染力和艺术生命力。中国大陆现代文学的流程，虽然出现过一段“无性无爱”区，但综合以观它并未截断情爱文学的脉络；尤其是台港情爱文学的异彩纷呈，填补并充盈了大陆某一区段情爱文学的缺欠。由于现代中国情爱文学具有深邃的阐释空间和广博的勘探领域，故吸引着一代代学者孜孜不倦地对其进行探索与研究，不少论著或史著纷纷问世。

上世纪八九十年代之交，我的学生谭贻楚、张清华正在攻读硕士研究生学位，他俩属于那种“善学者，好逸而功倍”的青年学者，既有相当的知识积累又有较强的研究能力，且对中国情爱文学研究有浓厚的兴趣。作为他们的导师，我也早有系统梳理深入把握数千年中华情爱文学流变轨迹和内在肌理的构想，并试图通过科研实践来探索培养创新型研究生的路径。这样我就遵循以教学带科研、以科研促教学的总体思路，教学相长，师生共谋，群策群力地完成了从古至今的“中国情爱文学史”这样一个带有开拓性的研究课题，获得了人才、成果双丰收。论著出版后，我感到最大的缺憾是，这部纵横捭阖的中国情爱文学史论缺少“台港情爱文学”的论述。对此在书写过程中并非没有察觉到，只是苦于当时资料的限制难以把握台港情爱文学的全貌。取得研究生硕士学位后，贻楚奔赴改革开放的前沿阵地深圳去“创业”，他充分利用业余时间和深圳得天独厚的资料条件，从搜集、阅读原始文本入手，扎扎实实研究台港情爱小说，“十年磨一剑”，终于圆了他早在读研究生时就欲独立写一部有关台港情爱文学研究专著的梦。这既可以视为是对合著《中国情爱文学史论》的拓展、深化与补救，又可以看成是对中国情爱文学研究的匠心独运的开创之作，为台港情爱文学的深入研究增加了新论与新值。披阅之后，颇感欣慰与敬佩。

审读《台港情爱小说论》给我印象最深和启迪最大的是：视野开阔，感悟敏锐，论析深切，新见迭出，把审美分析与文化阐释、史料实证与思辨超越有机结合起来，以审美感染力打动人，以雄辩逻辑力诚服人。具体体现为，新颖独特的逻辑框架，呈示出创造性的建构功力，此其一。台港情爱文学的实存文本，仅仅是一堆杂乱无序的档案材料，有些是显而易见的显形文本，有些是伏藏暗处的隐形文本，需要研究者花大力气去阅读、搜求、发掘、整理，将那些真正属于情爱文本的或情爱叙事的归纳在一起，以敏捷的感悟力与锐利的思维穿透力由表及里、由浅入深地开掘出情爱文学作品之间的内在联系，使无序的情爱文本变成有序的情爱文本，形成一张疏密相间、互通有序的逻辑网络；而这张逻辑网络既源于台港情爱文学的或隐或显的客体结构，更体现出研究主体对情爱文本的独特体验和建构《台港情爱小说论》的别致逻辑思路，使它所形成的框架不是习见的以时间转移为表层线索贯穿的文学史体例，也不是以“作家论”或“作品论”为单位组合的散点连缀式的逻辑结构，乃是依据主体从文艺思潮与审美意蕴双重视角对情爱文学的深层发现所凝成的独到史识和逻辑系统而设计成全书的框架，所以新颖而独特，给人以别开生面之感。

多维的视角，深度的勘探，比照的考察，创造性的书写，此其二。台港情爱小说既有先锋型的又有写实型的，既有浪漫型的又有象征型的，既有高雅型的又有通俗型的，既有现代型的又有古典型的，可谓审美形式千姿百态，审美内涵丰厚精深。研究主体基于这种认识和把握，便从多维视角对不同类型或不同流派的情爱文本进行颇具深度的勘探，发掘出人们未曾发现的甚至有些是原创的即台港情爱文学叙事所独有的审美意识、文化精神和艺术格调，并将这些新开采、新发现置于现代中国文学宏阔格局中，通过大陆与台港情爱文本相互比照，作出了许多富有创见性的理论概括和文化阐释，使《台港情爱小说论》在学术上达到了可观的深度和广度。对于这一点，作者在《导论》中就曾清楚地表述过：“确定了研究对象，如果不能采用相应的研究方法，也无法揭示出情爱小说所描绘的那些千差万别的情爱心理情爱行为后面所隐藏的极为丰富多彩的文化内蕴，恰如在浩瀚的大海之中，如果没有潜水的工具，人们必然无法沉入海底去饱览那琳琅满目令人心旷神怡的宝藏世界。我们所要采取的研究方法，就是将台港情爱小说置于中国现代文学发展的进程中加以宏观的考察，以大陆现代情爱小说作参照，既要揭示出两者之间共同的特性，更要挖掘出台港情爱小说独特的艺术价值；既要描述出台港情爱小说中千差万别的情爱表象，更要借此来洞察隐藏在这些表象深层的文化价值内核，尽可能运用哲学、美学、心理学、历史学等方面的最新研究成果，来观照剖析不同类型不同层面情爱小说的艺术内核，为中国文学的发展提供可以借鉴的艺术经验。”

以鲜活贴切的语言为台港情爱小说的审美体验与审美认知命名，形成有个性色彩的学术话语，此其三。新历史主义研究，强调历史不再是主体面对的客观存在，它只是主体运动的过程；历史不再是过去的事实，它只是文本的形式。尽管新历史主义不是科学的研究方法，但它突出主体在建构历史文本过程中的决定作用还是可信的。所谓文本亦可称为话语系统，而话语系统乃是主体为达到沟通之目的在特定语境下以特定语言构成的。《台港情爱小说论》作为学术文本，它之所以能够以新颖的智慧风貌与深刻的思想特色与读者相沟通，与其建构了一套相应的话语系统密切相关。研究主体对台港情爱小说无论从理性层面、经验层面还是体验层面都获得了丰富多彩的审美感受与审美认识，究竟选取什么样的修辞方式、语言词汇等来进行命名（从这个角度可把学术研究视为一种命名）活动，这关系到建构一种什么样的学术文本或话语系统。关注台港情爱小说研究的不只贻楚一人，但像他这样以长久的时间痴迷于台港情爱小说并作出富有开拓性系统性研究的学者并不多，尤其像他这样以具有鲜活、激情、深切、生动的修辞方式和词汇语言来建构独特的台港情爱小说研究的学术话语系统的学人更是罕见，且不论《台港情爱小说论》全书的行文风格，单从目录上也足见其对学术话语的匠心追求与苦心营造。仅据上述三点印象，我认为这部论著是对台港情爱小说深入探究后的创造性书写，尽管也可以作点苛求性的挑剔，但总体上是瑕不掩瑜的。

《台港情爱小说论》是研究主体审美艺术思维与理性逻辑思维所结出的学术硕果，它的重要价值和意义，除了弥补现代中国情爱文学特别是台港情爱小说研究的薄弱环节，其以史与论兼具的理性发现和美学创见充实了我国情爱文学探讨的学术宝库之外，还有三点值得论及：一是为全景式的现代中国文学史的重构提供了史料与史识的资源。这里所讲的现代中国文学史是以现代国家观念建构的包括台港文学在内的大文学史学科，上至 20 世纪起始下不封底，凡是伴随着中国社会现代化进程所生成的各种形态的文学，不分地域也不分民族都是现代中国文学史所研究并书写的对象。最近几年问世的某些现代中国文学史或 20 世纪中国文学史著作虽然也增添了台港文学的章节，但总体感觉如同在一件完好的衣服上打了个补丁，仅是一种点缀，并没有融入文学史的有机体。这里面的原因固然很多，但对与台港文学的史料搜集不全、研究不深或存有某些政治偏见恐怕不无关系。《台港情爱小说论》的写作与出版，至少为我们重写现代中国大文学史提供了一些可贵的资料线索、解读视域和真知卓识。

二是为在更深广的层次上开展大陆与台港乃至全球华人圈的文化、文学、学术交流、对话和沟通提供了一个特殊文本。这里我无需特别强调《台港情爱小说论》一书的写作与出版在反分裂、促统一等政治层面上的意义，单从海峡两岸的文化交流方面来看，《台港情爱小说论》一书就有其不可低估的价值。如果说从政治文化、经济文化上对居住于不同地域的中国或华人展开对话与进行沟通尚有一定的隔膜甚至是阻力，那么以情爱审美文化相互交流相互感应相互认同，不只是容易得多且会取得意想不到的效果。这不仅因为情爱文化具有跨越一切界限的超越性，更因为它能从人性深度、人情厚度上激发起强烈的共鸣效应，使不同地域的人们自觉不自觉地展开人性对人性、心灵对心灵、感情对感情的对话和融通。《台港情爱小说论》作为台港情爱小说研究的学术专著，至少可以在我国不同地域的文化、学术对话与交流中发挥出一个有效媒介的作用。

三是有助于市场经济条件下情爱模式的调整、婚恋道德的建构和两性人格的优化。由于特殊的历史背景和特殊的人文地理环境，以市场经济为重要特征的社会结构向现代化转型，台港地区比大陆起步早、转得快、变得彻底，尤其是情爱、婚姻生活方式及其道德观念在商品大潮的冲击下已作了多次调整或更新，人们的婚恋观、道德观和价值观发生了与市场经济相适应的深刻变化，社会现代性所产生的正负效应已积淀于情爱或婚恋关系中，这就使台港情爱小说所承载的情爱叙事或婚恋叙事及其内蕴的道德观念和价值观念比起大陆同时期的情爱小说叙事，具有明显的差异性和超前性，并使市场经济对情爱活动、人性检验和人格塑造所产生的复杂影响或遗留的印痕，或明或暗地储存于台港情爱小说文本里。研究主体深入系统地考察和探究台港情爱小说，并从反思的高度来评述发达的市场经济社会形成的情爱关系、婚姻关系、伦理关系和情爱心理、人格结构所发生的变异：哪些是积极的哪些是消极的，哪些是合理合法的哪些是非理非法的，哪些是优美优质的哪些是丑恶劣质的，尤其对金钱至上、享乐至上、权力至上意识对情爱婚姻关系的主宰或对两性心理的侵蚀所产生的恶劣影响的批评，都值得大陆社会当下处理婚恋关系、调整爱情观或价值观予以参照和借鉴，从而使人们在社会结构转型过程中建构起更有利于享受爱情、优化婚姻、健全人格的婚恋范式及其道德意识。《台港情爱小说论》对此的探索是自觉的,获得的思想成果也是积极有效的。

贻楚潜心研究十多年,完成了这样一部有创意有价值的学术专著,这种孜孜以求的攻关毅力与韧性精神不仅应该称赞,更加难能可贵的是他在深圳这样一个经济昌盛、物欲横流的现代化都市中居然仍能保持一个"真学人"的品格和心态:见到别人发财心不动,听到别人升迁不走神,为教书育人而治学,为探求学问而治学,把学术研究视为值得献出自身聪明才智的价值目标,这是多么的不容易!英国学者迈克·费瑟斯通在《消费文化与后现代主义》一书中对后现代文化现象曾有如下的描述:"艺术与日常生活之间的界限被消解了,高雅文化与大众之间层次分明的差异消弭了,人们沉溺于折衷主义与符码混合之繁杂风格之中,赝品、东拼西凑的大杂烩、反讽、戏谑充斥于市,对文化表面'无深度'感到欢欣鼓舞,意识生产者的原创性特征衰微了……"这种后现代文化以感官刺激与享受为目的、以消费休闲为中心,它使精英文化隐退,消费文化畅行市面,早在20世纪八十年代初期,它就穿过罗湖桥从香港登陆于深圳,为当下中国人特别是深圳人生命欲望的宣泄、各种能量的释放开辟了通道。在这种文化语境下,贻楚能顶住外在的强烈诱惑,使自己的生命欲望转化为研究学问的创造能量,于内心深处坚守住一块为学问而治学的净土,确实难能可贵,可喜可贺。是为序。

(2003年3月8日)

“学以活之，思以精之”

——序《重叠的镜像：文学史理论与实践》

“有志不在年高，无志空活百岁。”这是至理名言，中外古今多少英雄豪杰的壮举，多少学人墨客的业绩，都显示出它的话语威力。贾振勇是个有志向的青年学者，探究学问、昌盛学术是其攻读硕士学位时确立的价值目标，“学以活之，思以精之，朋友以磨之，名誉以崇之，不倦以终之，可谓好学也已矣”（语出扬雄《法言·学行》）则成了他的座右铭，致使其边学习边研究，很快便与人合著出版了《齐鲁文化与山东新文学》，同时在国家级刊物《文学评论》上发表了重评“学衡派”的论文，随后又获首届山东省优秀硕士学位论文奖，学术著作获首届山东省刘勰文艺评论奖，这初步显现出他在学术研究上的不俗实力与创造潜能。

在大学任教两年后，振勇又考取博士研究生，我发现他对学术追求的目标比以前更高远了，读书与研究已成其生命价值根基。“生也有涯，无涯惟智”（语出《文心雕龙·序志》），于是他立誓要在无涯的学海里明中外经典之旨、涉古今万家之书。作为导师我对他的宏大志向既赞赏支持又严格规约，引领并鞭策其躬身践行，除了让他在我主持的国家社科基金课题《20世纪中国文学理性精神》中担纲重任外，且与他合著出版了《评判与建构：现代中国文学史学》（国家教育部立项）。读硕攻博的短短几年，他出版两部学术专著、参编参著多部文学史著作，发表学术论文60多篇，足以表明“有志不在年高”这句古训的正确性。今后，振勇只有在不断追求不断超越的科研征途上，戒骄戒躁，虚怀若谷，深钻精研，锐意进取，方能达到预设的学术峰巅，成为一个梁启超所说的具有真才实学的“真学者”。

振勇获得博士学位留校后，破格晋升为副教授，致力于现代中国文学的教学与研究，又莫负师望，把一部论著《重叠的镜像：文学史理论与实践》捧到我的面前，让我为此说几句话。我由衷地感到欣慰，并为他“初战告捷”表示祝贺。由于书中大部分章节我已读过，主旨是围绕“重写文学史”这一核心命题从理论与文本的结合上所进行的思考与探讨，我对其具有先锋色彩的文学史观、理论思维、话语系统较为熟悉，既表示过认可和赞赏又表示过质疑和商榷，因此这里我不想就其具体的理论观点、逻辑思路与话语方式作出评述，仅从论著中显示出的学术特色和治学精神发表点感悟。

自觉的学科重构意识。作为人文学科的中国现代文学史，从建国之初创立至今已走过半个多世纪，学科在演进中曾出现过的耀目辉煌而今于青年学者眼中已黯然失色，并以“后现代”理论对其进行颠覆与解构，从文学史观、价值规范到框架结构、话语方式都遭到贬斥和否定；但经过一番狂轰滥炸之后，中国现代文学史究竟应重构什么性质、何种样态的学科意识，那些长于颠覆的先锋学者并没有给出一个新颖独到的学科构想。振勇亦属先锋型的青年学者，他对中国现代文学史的传统书写作过深刻的理论反思，虽然也以后现代的新历史主义解构那些反智主义的文学史观和价值规范，但他更重视建构“现代中国文学史”新的学科体系，体现出一种自觉的学科重构意识，这对于涉足文学史领域不深的青年学者来说是极为可贵的学术品格。我曾在一篇反思中国现代文学史研究与书写的文章中，把从事现代文学史研究和教学的学者分为三大派，即“维护传统派”、“修修补补派”和“学术本位派”，且不说这种划分是否准确，也不论前两派的思想特点，这里着重谈谈可以把振勇归入“学术本位派”的派性特征。所谓“学术本位派”是指那些真正把“中国现代文学史”研究与重写自觉地纳入“为学问而治学”的学术轨道、为重构现代中国文学史新学科而殚精竭虑的中青年学者，“他们在金钱诱惑下既不想‘下海’当‘暴发户’，又不想给款爷们舞文弄墨；于官本位面前既不想失去独立追求的学术目标而以‘官魂’取代‘学魂’，又不想放弃文场的清苦寂寞而去趋奉官场的华贵荣耀；既不留恋过去“现代文学史”按照既定的理论框架为这种‘运动’服务又为那种‘运动’张目曾出现的‘辉煌’，又不轻率地否定前人的研究成果和治学经验；既大胆而审慎地冲破了‘现代文学’以某种权力话语构筑起的形形色色的围城，又不盲目急促地搬用外来的新观念新思维新方法来建立让众人遵循的所谓新的理论框架、新的文学史观、新的价值标准与新的操作规则。而是以开放的胸襟、自由的心态以学术为视野，对‘现代文学’进行多层次多角度甚至全方位的探索与尝试，把‘现代文学史’学科作为一个真正的独立学术系统来对待（见《中国现代文学史研究的学术趋向》）。振勇对现代中国文学史学科重构的孜孜不倦的探求，充分体现出以学术为本位的研究取向和创造精神。

锐意求新的理论勇气。热衷于现代文学史学科的重构，不仅要求研究者系统扎实地掌握文学史知识，熟悉并通晓文学史书写的历史与现状；而且更要求研究者对中外文学史理论模式、概念范畴有所了解，且能内化为自己的主体思维。振勇近几年对文学史的学习和研究极为投入，专心致志地参与了几部文学史的改写或重写；尤其对文学史理论及相关的文化学、美学、哲学、史学、心理学等倍感兴趣，后现代的解构主义、叙事学、话语理论、新历史主义等深深地吸引着他，催促其精钻细研，化为理论思维和学术话语，针对自己的文学史研究和书写中产生的困惑疑难或问题意识进行新的理论阐释，突破一个个带有机械论或保守僵化色彩的文学史观和习以为常的史识史见，形成一个个新颖独到的文学史理念、美学见解和理性话语，充溢着学理的逻辑雄辩力，闪烁着真理的思想锋芒。如"重构文学史的价值规范"、"审美阐释的理论期待"、"文学史研究的视野转换"、"文学史话语实践与类型"、"开辟文学新时空"等诸论，充分体现出振勇锐意求新的理论勇气。不过他的敢于突破与创新的理论勇气，既不同于有些先锋学者那种以'洋'贬'中'、以'后'否'前'的颠覆姿态，又不同于有些先锋学者那种食'洋'不化、乱砍乱套的盲动作风；而是坚定恪守鲁迅创立的"外之既不后于世界之思潮，内之仍弗失固有之血脉，取今复古，别立新宗"的现代学术传统，不论是汲取域外的现代理论与后现代主义思潮或者承续中国古典文论，振勇都能依据"洋为中用"、"古为今用"的原则，经过解读、消化、扬弃、吸纳的主体心理接受过程，将那些中外古今的富有科学性、真理性、原生性的理论因素重新加以整合，旨在建构现代中国文学史学科的"新宗"。这种理论勇气不是破坏性而是建构性的，即使对传统理念有所破坏也是为了"别立新宗"。

探赜发微的剖析功力。凡是关注现代中国文学史学科重构或现代文学史重写的学者，都有一个近乎常识性的共识：文学文本进入现代中国文学史架构是否能改变已有现代文学史叙事模式，是否能改变现代文学史书写的总体格局，是否能重写出创新性与科学性两种品格兼优的现代中国文学史，最重要的不是加大文学作品尤其经典文本的数量和比重，而在于重新解读文学文本、重新发现其创意、重新开掘其史识、重新评估其意义与价值，这是重写文学史的根本也是文学史更新的关键。因为"文学史研究不同于历史研究的地方就在于它需要处理的不是文献，而是不朽的作品"（韦勒克语）。振勇深晓此理，所以在他探究文学史重构的学术视野中，文学"作品作为创作的产物、批评的对象、理论建构的基点，成为文学史释义的关系中轴，于是作品文本本身就成为这个关系网络的核心,而经典作品文本由于其出类拔萃性和不朽性,就成为核心的核心。”基于这种认识,振勇不仅对文学史理论的深钻细研怀有浓厚的兴趣,而且对文学作品特别是经典文本的重读重解也下过探赜发微的剖析功力,如对《伤逝》、《蚀》、《星》的解读颇有深度,为现代中国文学史建构提供了可资选择的新鲜精致的文本阐释话语。文学史写作反复证明,文学作品有创意文学史就有创意,文本意蕴开掘得深文学史书写就有深度。既然重新解读文学作品成了提高重写现代中国文学史学术质量的重要一环,这里就提出了一个“如何解读文本尤其经典文本,怎样能解出新意、读出新味来”的难以说清的问题。我以为:经典文本解读,就是对现代中国文学经典文本进行“还原释读”,它既可以拨正过去文本解读中产生的种种误解或制造的不少谎言,又能够纠正多年来只热衷宏观考析而忽视微观探索所造成的中国文学研究的粗疏空泛;既可以为21世纪现代中国文学研究系统工程的启动和文学现代化研究新格局的开创打下坚实的基础,又能为重建现代文学史学科提供取之不竭的新成果新意识新思维新信息。由于经典文本是一个内涵无限丰富的阐释空间,所以“还原释读”务必要突出两点,一是发现作家的显动机与潜动因、文本的显结构与隐结构、人物的显意识与潜意识之间存在的悖论和张力,以及文本与读者的无意识联系,从而引发出诸多困惑和理论探索的勇气;二是充分运用艺术感悟力和发现逻辑机制,把解读的过程作为解读者以生命去体验去感受去深化去提升感性文本世界的过程,使个人生命小宇宙与文化界生命大宇宙在精神哲学上达到某种契合。由于从不同的维度化入文本又化出文本,因而能够发出不同的学术声音,这既是对文本深层密码的破译又是对人学深层密码的原释。不论对经典文本解读采取什么思维方式或者遵循何种释义规律,解读释义主体的探赜发微的剖析功力却是决定性的,一定要强化这方面的训练。

《重叠的镜像:文学史理论与实践》是探索性的创新之作,难免误漏,但它所体现出的治学精神与创新意识,正昭示着一个有为的青年学者将脱颖而出、大展宏志。

（2003年6月17日）

“诗人的劳动——特别可敬的劳动”

——序《盛世吟》

王宗洲先生的爱女王姗姗,20 世纪 90 年代初在山东师范大学攻读中国现当代文学研究生,从那时起,我和宗洲先生有了交往,见过几次,缺少开怀畅谈。因我平常忙乱而疏于友情,没有主动拜访宗洲先生,更没有以电话问寒问暖;而宗洲先生则谦和热情,以德感人,每逢佳节总有电话问安以表敬意,即使平日里也常来电话问候关切或通报姗姗在国外的近况。尤使我感动的是,2003 年我被评为“国家级教学名师”,宗洲先生闻讯立即赋诗一首,发表于《山东师大校报》,以示祝贺;当有的老师告知我时,我的感激之情简直按捺不住,不知说啥是好,没料到宗洲先生已把我视为至交知己,而我却忽略了这位老朋友,真是愧疚之极! 今年春节宗洲先生又把贺诗亲笔写成条幅,裱装好送到我的新居,祝贺新春,这份厚重之礼和真挚之情在钱权交易的世风下显得何等珍贵!

君子型人格是我国传统文化中最理想的人格,它具有温文尔雅、达观大度、自尊自重、宽人律己、心怀天下的人文风范,所谓的“为生民立命;为天地立心;为往圣继绝学;为万世开太平”则是它的终极价值追求。这种君子型理想文化人格传到现代,便与中国化马克思主义的“新人”理想汇融嫁接,其文化内质虽有所转换,但合理的文化因素却注入马克思主义的文化人格,在中国共产党领导的革命队伍里的英模人物身上得到光辉的体现。宗洲先生解放前夕参加人民解放军继之又进入志愿军行列,转业后在省劳动厅长期从事劳动工作研究,编刊物办杂志,并有多部劳动方面的著述问世。半个多世纪的共产党培养,马克思主义教育,劳动研究工作实践磨炼,以及传统优秀文化、诗词歌赋的熏陶,使他形成一种既具现代性气质又带传统色彩的新型君子文化人格。不仅与宗洲先生深交的人有此印象,而且读了他的诗词的人更会感受到这种现代型的人格风范的活生生的存在。

文如其人,人格决定诗格,这在宗洲先生的诗词中体现得较为充分。以前通过文字交往,我只晓得宗洲先生是位笔耕不辍、苦钻善思、治学严谨、文笔老到的学者型官员;从读过其诗词之后我感到宗洲先生本色似诗人,仿佛他的文化人格素质到了晚年陡然转化为诗情诗意诗美,铸成了一篇篇诗味浓郁的审美佳构,将你诱入一个激情柔情交织、壮美妩美相融、理性非理性互渗、小我大我拥抱的美学境界。请看诗集的"时代风采"、"锦绣河山"、"纪念感赋"、"抒情咏志"、"即兴感怀"、"泉城新姿"、"利剑投枪"、"情系体坛"、"画中有诗"、"题和赠答"、"亲情寄语"、"抗击非典"、"域外情丝"13个小标题,足见400余首诗所涉题材之广泛,诗人审美视野之开阔,诗词时代感之强烈,诗情诗美之浓郁;"先天下之忧而忧,后天下之乐而乐"的"古仁人"之理想,革命英雄主义、爱国主义、社会主义、集体主义的政治情结,人本主义与人道主义互融的人文关爱,通过诗人的灵感转化为诗思,充溢于诗词的字里行间,使每首诗词的"有我之境"或"无我之境"无不透露出强烈的政治意识和个性色彩。虽然这四百余首诗千姿百态、内涵丰富,但都是诗人有感而发、有思而作的抒情诗,显示出抒情诗的明显特色。有些抒情诗表现的是重大主题,如《清明节凭吊英雄山烈士陵园》、《参观济钢集团总公司有感》等,容易落俗套,出现理念化,而诗人却从中发现了最富有诗意的景象而抓住瞬间的高峰体验进行构思,把读者带入浓郁的情感世界,引入美的联想之中,不论歌颂之情或悼念之思都能唤起人们审美的对位效应。可见,诗人之产生情诗,孕育诗篇,都不是搜索枯肠而来,往往是在生活中碰到一件事或在参观旅游中触到一景物或在海内外亲朋好友交往中偶发所感,点燃了诗人情思的火花,炽烈的感情之门突然打开,喷发出激荡的生命之泉,既引起诗人丰富的想象又唤起其生活经验储存,既冲开诗人的深广审美视野又唤起其潜隐的激情,于是搜捉或选择与主体构思相应的意象、语言和体式,谱成一首首诗篇,虽不能说每篇诗词都经过精雕细刻却可体会到作者"爱好古诗词"所达到的"痴迷近似颠"的程度。毛泽东曾说,古体诗词"这种体裁束缚思想,又不易学";而宗洲先生则对古体诗词却如此痴迷,在学习上下过不少苦功夫和深功夫,且能较娴熟地运用它表达现代人的思想情感,在不到10年的时间赋诗作词千余首,对于一个古稀之年的诗人来说不能不说是个"奇迹",这既是对古代优秀文学遗产的承传又是对古体诗词的创新性尝试。特别应提及的是,宗洲先生的古体抒情诗词意境的深沉高远,有赖于他思想意识的深度和生活体验的广度以及热爱人生的浓度。在他的视域中到处有生活到处有诗意,生活的诗化,诗化的生活,人生的一切都可以按照美的规律去创造,人性人情人心可以借助诗意诗境去净化去提升。可以说，宗洲先生是位乐观派诗人，开放胸襟与乐观主义精神联结着，人文情怀与人道主义统一着，崇高情感与远大理想凝结着，艺术概括与政治诉求交融着，构成其诗词乐观、开朗、情深、旨远的审美意境，洋溢着美的力度和强度，感染人的性情打动人的灵魂，使人们在获取审美怡悦的同时也获得理性启示。“文学形象几乎永远大于思想，它表现着复杂的精神生活的人，在矛盾的情感和思想中的人。”（高尔基语）优秀的抒情诗也应该是这样的。

“诗人的劳动——特别可敬的劳动，是要捕捉活人，而不是捕鱼。”（马雅可夫斯基语）对于宗洲先生来说，晚年填词赋诗可能是一种饶有兴味的生存方式，既能释放生命的余热又能消遣娱乐；然而这又是一种可尊敬的劳动，何许因为宗洲先生长期致力于劳动工作的研究已将“劳动创造一切”的真理溶化在生命里，即使到了应该享受天伦之乐的晚年也深感“惟劳动其乐无穷”的真谛，故而把自己的天赋、灵感和才情投入到“诗人的劳动”中，这是何等有价值有意味的晚年生活！此也算“序”吧。

（2004.2.12）

坚持人学思想和"人的文学"观

——《中国现代文学史新编》前言

文学观念是构筑一部文学史的关键,即有什么样的文学观念就有什么样的文学史,观念越正确文学史就越富有真实性和科学性。这部《中国现代文学史新编》,我们试图以马克思主义的文学理论作为总的指导思想,以高尔基的"文学是人学"的文学观作为具体纲领,着重从文学与人的关系来考察和研究中国现代文学史,从而展示它的本质面貌。

最早提出哲学人学思想的哲学家是费尔巴哈。在他看来,哲学应当把最能激发人的情感的事物视为自己的对象,而人就是这样的对象。他曾公开宣布:"新哲学将人连同作为人的基础的自然当作哲学唯一的、普遍的、最高的对象,因而也将人学连同自然学当作普遍的科学"。[①] 然而,费尔巴哈毕竟不能突破旧哲学的眼界,作为一个朴素的感觉论者他不能像马克思那样向外深入到人的社会生活。马克思批判了费尔巴哈对人的直观的抽象的理解,继承了他的哲学人学的思想,建立了历史唯物主义的人学理论。在马克思看来,"现实的历史的人"是哲学研究的对象和出发点,而哲学的真正使命是人的解放。正是他深刻指出的:"任何一种解放都是把人的世界和人的关系还给人自己",[②]即"人的根本就是人自身"[③]。马克思主义既把人作为社会关系的总和,强调他的社会性、实践性和群体性;又认为"人是一个特殊的个体,并且正是他的特殊性使他成为一个个体,成为一个现实的、单个的社会存在物。"同样"他也是总体,被思考和被感知的社会主体的自为存在,正如他在现实中既作为现实存在的直观和现实享受而存在,又作为人的生命表现的总体而存在一样。"[④]马克思主义人学观是

① 《费尔巴哈哲学著作选集》(上卷),商务印书馆 1984 年版。

② 《马克思恩格斯全集》第 1 卷,人民出版社 1962 年版。

③ 《马克思恩格斯全集》第 1 卷,人民出版社 1962 年版。

④ 马克思:《一八四四年经济学哲学手稿》,人民出版社 1979 年版。

辩证的,即人是个体和总体的辩证统一,是社会性和自然性的辩证统一,是思考和感知环境的社会性主体及受影响于社会环境的生命主体的辩证统一;也就是具有自主意识和自身价值的活生生的人,是遵循自己的意志、愿望、追求和逻辑行动着实践着的人,是一个进入必然王国并达到自由王国的人。即使将来的共产主义社会这个"真实的集体"也是"各各个人在自己的联合中并通过这种联合获得自由"①。高尔基较早地把马克思主义人学思想引进文学领域,提出了"文学是人学"的理论命题,它连同马克思主义哲学人学理论在一起,不仅对文学创作具有重大的指导意义,而且对文学史研究也产生了深远的影响。

在马克思看来,人是社会的主体,作为人学的文学当然也应该把人作为主体;不过文学的主体应包括创作主体、对象主体和读者(接受)主体。于中国现代文学的发轫期,尚未完全获得历史唯物主义人学观的茅盾就从文学和人的关系的角度考察了中西文学史,写出了《文学和人的关系及中国古来对于文学者身分的误认》(1921.10)的名文。他认为在漫长的封建社会里根本就没有解决好文学与人的关系,不论创作主体、对象主体或接受主体都没有在文学上取得独立的资格,所以也没有产生真正的人的文学。就文学创作者自身来说,即那些词赋之臣,常常被帝王视为粉饰太平的装饰品,所谓"待诏金马之门",名称虽动听,实是帝王的"弄臣";至于那些达官贵人富商土豪可以用金钱雇用文学之士,舞文弄墨,以装点门面,附庸风雅。可见,"在中华的历史里,文学者久已失却独立的资格,被人认作附属品装饰物了"。就居于正统地位的古代文学来说,大都是"替古哲圣贤宣传大道理"、"替圣君贤相歌功颂德"等,既不反映广大平民的人生又不表现人类的真实感情,所以这种"文学是和人类隔绝的,是和时代隔绝的,不知有人类,不知有时代"。与中国古代文学相比,茅盾发现西洋文学虽也经过一个中世纪的黑暗时代,但是"他们不曾把文学当作圣贤的留声机,不知道'文以载道'","他们却发见了一个东西叫作'个性',次第又发见了社会,国家,和民众,所以他们的文学,进化到了现在的阶段"。所谓"个性"发见,就是欧洲文艺复兴的"人的发现",随着人文主义思潮的激荡和对人研究的深入发展,西欧出现了一代代的各具独特形态的"人的文学"。鉴于中国古代文学的教训和欧洲文学进化的经验,茅盾在对文学与人的关系作出自己的解释(有片面性)后,明确地提出了"人的文学——真的文学"的观念。虽然他提出的"人的

① 马克思、恩格斯:《德意志意识形态》,载《马克思恩格斯全集》第1卷,人民出版社1972年版。

文学”观晚于周作人提出的“人的文学”命题，但是他对“人的文学”的解释却不同于周作人。如果说周作人提出的人的文学是立于以个人为人间本位的人道主义立场，那么茅盾则着重强调“文学作品中的人也有思想，也有感情，但这些思想和感情一定确是属于民众的，属于全人类的，而不是作者个人的”①。虽然他们对人的个体和总体之间的关系缺乏辩证的理解，但都认识到文学是人学，人是文学的主体，文学所表现的是人的生活、人的感情、人的理想。尽管五四时期的“人的文学”思潮或“人的文学”创作尚未达到马克思主义人学思想的高度，但随着马克思主义被越来越多的作家所接受，随着对人的本质认识越来越接近或达到历史唯物主义人学思想水准，那些站在时代前列顺应社会政治环境需要的文学家们便对文学对象主体进行了一次次的历史选择，而每一次选择都意味着中国现代文学进入一个新的层次。不管是五四时期提出的以个人为本位的文学、以平民为主体的文学，或者是三四十年代倡导的以劳苦大众为主体的文学、以人民大众为主体的文学，乃至以工农兵为主体的文学，就其本质来讲都是不同形态和内涵的“人的文学”。由于中国现代文学从形成到发展的三十多年，作为社会主体和文学主体的中国人民经受了尖锐复杂的思想革命、阶级斗争、民族斗争、政治革命等火与血的洗礼，所以始终把争取自身解放、民众解放、阶级解放、民族解放作为崇高的历史使命，这就给不同内容的人的文学带来独特的色彩。

基于对现代文学这种整体性的思考，我们首先对这部文学史的体例作了新的调整，不再把三十几年的现代文学按照某一标准划分为若干历史阶段，而是把它作为一个有序的整体的动态系统来把握。全书分为“开篇”、“正篇”、“末篇”三大部分。“开篇”着重从文化意识和文艺思潮的角度，纵横结合地勾画出中国现代文学的演变轨程，并展示新文学发展的规律。“正篇”是本书的核心，按照体裁分成小说、诗歌、戏剧、散文四大创作系列，完全打破了作家论的传统格局；而每一个系列又依据风格、流派、题材分成若干章，将宏观审视的概述与微观考察的抽样分析有机地结合起来，借以显示“中国现代文学是个多元系统结构”。这样安排虽然把同一个作家的重要创作分散到各个系列，不利于对作家的整体性了解；但对于全面地系统地把握文学史发展的脉络却是大有裨益的。因为最足以显示新文学实绩和展示创作规律的是文学作品，尤其那些象征

① 茅盾：《文学和人的关系及中国古来对于文学者身分的误认》，《小说月报》第12卷第1号，1921年1月。

意蕴丰富和艺术完美的代表作将经受住历史的长期考验,故作了抽样的深入分析。“末篇”具有承上启下的地位,它既是对中国现代文学的经验教训的总结,以照应或补充“开篇”或“正篇”的内容;又是对当代文学的展望和预测。这三大部分并非各自为政,而有着内在的逻辑联系,构成一个完整的文学史体例。

根据全书的指导思想和体例特点,在“编写大纲”中作了如下的规定:

“一、坚持历史唯物主义的人学思想和‘文学是人学’的观念,着重从文学与人(包括个体的人和群体的人、小我与大我等)这个视角来审视和探讨中国现代文学;所编著的文学史应是人性解放的形象史,人生奋斗的形象史,民族解放的形象史,阶级斗争的形象史,现代国人灵魂的衍化史。

“二、‘开篇’要求写清自晚清文学改良到五四文学革命在中西文化不断撞击中以人的发现为核心的现代意识的获得并逐步向以阶级、民族为本位的群体意识转化的轨程,以及伴随着文化意识所产生的以个体或群体为本位的文学观念和文学创作的不断演化的轨迹。

“三、每个新文学系列的‘概貌’,要求将纵向和横向考察结合起来,纵向上应写清本系列文学发展的阶段性及轨迹,特别要重视文学规律的揭示;横向上应写明本系列的总体审美特征,特别要突出本系列文学的创作主体和描写(或表现)形象在个体意识或群体意识上所达到的人性深度,并要把在专章中涉及不到的曾在历史上产生过影响的作家作品带进去。

“四、每章的文学抽样评述,都要以‘人的文学’观念为总的价值判断标准,可以从多角度或选取某一角度,运用不同的批评模式进行评析,特别应该多用美学的和心理学的批评模式。每章文学抽样分析,先从总体上概括这类文学或这派作品的共同特色,然后对每个作家的代表作的艺术个性即独到之处进行深入的开掘,特别要突出其对中国新文学的独特贡献,并照应这类或这派文学作品的共同特征;在评述中要抓住特色,那就必须进行横向比较,既要写出这个作家作品与其他作家作品的相通点,又要写清他们的不同点,并指出主客观原因;抽样分析应把创作主体意识和作品内涵、思想性和艺术性有机地统一起来;不仅章与章之间要互相照应,既不要各自为政,也不要互相重复,而且系列与系列之间也要互相贯通,把整部文学史作为一个有序的结构系统来把握。

“五、‘末篇’既要从历史唯物主义人学思想和‘人的文学’观出发,对中国现代文学进行反思,总结经验教训,揭示艺术创作规律,又要在‘人的文学’观念烛照下来考察当代文学的认同和超越。

“六、对文学现象、社团流派、文艺思潮以及作家作品的评述，一定要坚持实事求是的历史唯物主义态度，对政治性的定性判断要慎重，更不要轻易地戴上‘反革命’或‘反动’的政治帽子，不要把复杂的文学现象或多功能的文艺作品简单化。

“七、不论是‘开篇’‘末篇’或是‘正篇’的文学系列，在评述过程中既要注意对中国传统文学的批判继承，又是重视外国文学的有益影响和作家的创新；从某种意义上讲，没有中西文化、文学的交流，没有‘拿来主义’的贯彻，就没有中国现代‘人的文学’的诞生与发展。”

如果要问这部文学史有什么特色或者有什么突破，那从上述的体例设想和编写“规定”中便可以窥测出来。虽然在编写过程中，全体执笔者和负责通稿者尽力按照大纲要求、遵循总的指导思想，去完成各自分担的书稿任务；由于种种主客观原因，稿件质量的不平衡是难免的。但值得欣慰的是大部分书稿都写得较好，既有深度又有突破，在很大程度上显示了本书的基本特点。由于水平的差异、时间的促迫，误漏在所难免，祈请专家和同志们指正，容后修改。

（1986.12）

现代文学多维结构的富繁性

——《新文学珍本丛书·小说卷》前言

中国现代文学作为特定的历史范畴,它所包含的文学作品极为丰富复杂而又多姿多彩,研究实践和阅读经验已证明,它是用之不竭的资料库藏与取之不尽的审美源泉。不论从学术研究或阅读欣赏的角度,都不能轻率地说现代文学作为历史遗产既没有发掘的价值也没有品赏的意义。似乎在有些人眼中它们不是充当“启蒙思想工具”就是扮演“政治斗争武器”的角色,到了求安定图享乐的今天已没有人怀念并赞赏这些“旧文学”或“传统文学”;特别是有的刚写了几篇小说或几首小诗的青年作家,连鲁迅也不放在眼里,甚至口出狂言,盛气凌人。

且不说这种盲目自大、狂妄无知是鲁迅当年批判的阿Q精神在这些人身上的复活,他们本身的表演就足以说明现代文学改造国民劣根性的传统将代代传下去;况且现代文学是个多维的开放的结构系统,不只是存有充当过启蒙或救亡工具的文学作品,即使这些具有浓重社会功利色彩的作品也不都是毫无思想意义和审美价值的,更应该看到的是那些自觉地或者根本不想充当社会变革工具的非主流非正统的文学作品。如果把“现代”作为一个历史时期的时空标志,那么从“五四”肇始的现代时期的文学结构系统,它是对古代文学系统进行了整体性的结构调整,所形成的新文学格局既有开创型的现代文学又有翻译型的外国文学,既有古典型的传统文学(已发生某些现代性转换)又有通俗型的民间文学,这诸种形态文学之间不是主奴关系而是平等关系,当然谁也不能否定开创型的现代文学是以后三种类型文学作为源流或参照建构的新文学,是合乎现代人群之需要和时代发展之需要的。不过,相对于现代时期的文学结构,开创型的现代文学作为子系统也是个多维的宽松的结构,其文学作品是研究和阅读的主要客体对象。从文化态度和艺术风格上审之,它既有雅文学又有俗文学,雅俗互衬互补构成了现代文学两大艺术画廊;从文学精神与价值取向上察之,它既有启蒙文学又有救亡文学，既有战争文学又有政治文学，既有为人生文学又有为艺术文学，既有人本主义文学又有民族主义文学，既有自由主义文学又有古典主义文学；从审美原则与创作方法上考之，既有写实型文学又有浪漫型文学，既有象征型文学又有存在型文学，既有表现型文学又有意识流型文学；以政治尺度来划分，则有左、中、右之别的文学或曰小资阶级、资产阶级、封建阶级、无产阶级的文学。从不同的角度对现代文学这个错综富繁的子系统能够作出多种多样的分解归类，这只能充分表明：一是不能简单地说现代文学唯有启蒙与救亡两大功利主题，漠视它的丰富性和复杂性，将其他形态文学置于不顾不睬之境；二是不同形态的文学在艺术风貌或质的规定上虽有所差异，但在现代性这一本质上和现代化这一机制上却有相通点，否则就不能成为现代文学系统的构成因素；三是现代文学系统结构诸因素或各种形态既有独立性又有统一性，既有冲突性又有亲和性，既有差异性又有趋同性，既有稳定性又有嬗变性，既有自主性又有互换性，它是个有很强调节功能的充满生机活力的结构；四是现代文学系统的分解剖析，长时期是被研究主体或阅读主体的非此即彼的二元对立思维模式主宰着，形成一个顽固的二项绝对排斥的话语体系，不是给文学作阶级定性就是给作品下政治判断，不仅使现代文学系统各种形态的评价失去公允、平等、合理的价值尺度，而且也拒斥、否定或贬抑了大量有意义、有情趣、有诗境、有味道的文学作品，对此进行的"拨乱反正"的工作虽然取得很大进展，但人们那种习惯了的二元对立思维仍余留着非他即我的损伤审美价值的杀机，致使有相当的文学作品得不到公平待遇和科学解读；五是现代文学系统的创建仅仅三十多年的时间，可以说"弹指一挥间"，然而涌现出的文学作品，其数量之多、内涵之丰、性质之杂、风格之异、影响之广、流传之长，是中国古代任何短暂历史区段的文学所无法比拟的。这批浩瀚富繁的新传统的文学遗产已作为凝冻形态存在于逝去不远的历史长河，研究者必须站在世纪之交的文化制高点上，以新的思维模式、新的理论框架、新的探究方法，进行重新开掘、重新发现、重新评估；对于广大读者来说，也要冲决传统的思维定势和阅读习惯，以变化了的文化心理和审美心理以及现代人的眼光，有选择地重新阅读、欣赏现代文学作品，那将会收益无穷，其乐无穷！

应当承认，真正有价值有意味的文学作品无不具有超越性，它们不仅仅属于其赖以产生的那个时代、那个国度，而是完全可以跨越时代、跨越国界，既是本民族代代相传的珍品也是全人类的艺术瑰宝。因为文学作品从价值角度考察，并没有新旧之分只有大小、利弊之别，它们所表现出的永恒主题、营造的独特艺术、铸就的审美风格，与不同民族、不同国界、不同时代的人类的文化心理或审美取向，总会有这样或那样的相通点和感应点，这就是文学作品之所以具有超越品格的自身规定基质和深广的社会心理基础。古代的《诗经》、《楚辞》、《史记》、魏晋诗文、唐诗宋词、元曲杂剧、明清小说中的优秀之作具有这种超越性，现代文学的鲁、郭、茅、巴、老、曹等大师级的文学作品以及那些未定级的作家作品也有强劲的超越性。正是这种超越性决定着每个时代的优秀文学作品的文化意蕴与艺术生命的不朽性和永恒性。当然也要承认，在不同历史条件下学者和读者情感体验的差异和审美心理的变化也会影响到对文学作品的感悟、体验和评价以及价值取向的转换，像在战争时期曾产生过轰动效应的现代文学作品在今天的学者和读者心理上并激不起多大的震动，尤其对现代革命文学作品中那种传道说教倾向有一种隔膜感甚至厌倦感；而对那些表现生命意识、复杂心理、人性人情、微妙情绪等的曾被戴上"小资产阶级情调"帽子的文学作品，或者坦诚直率地描写性爱乃至变态心理的文学作品，或者亦雅亦俗、雅俗兼备的言情武侠作品，却能引起学者的格外关注和读者的浓厚兴趣。这与思想解放以来人文环境的自由宽松，改革开放带来的物质生活与精神生活的巨变所引起的学者和读者的审美心理、价值观念和情感体验的变化，是分不开的。这固然反映了现代审美心理的进步和审美需要的复杂，但是这种"进步"决不能从一个极端走向另一个极端，更不能割断与前人审美心理与价值取向的必要联系；更何况现代文学产生的文化思想根源与当代人所处的文化环境并不完全是异质相对的，它们基本上属于同一的现代文化体系，因此不能过分强调和扩大现代人与当代人的情感体验和审美心理的差异而影响对不同形态文学作品作出不切实的奇低奇高的评价或采取贬此褒彼的不公平的阅读态度。阅读什么样的作品、喜欢什么样的作品读者有选择的自由，其审美兴趣或阅读爱好应该受到尊重；但是进入研究领域的文学作品却应当受到公平的对待，作出科学的价值评估。这里还要指出的是，不论是学者的研究实践或者是读者的欣赏活动，由于其研究重点不同或阅读兴趣不同以及各自的文化素养、审美能力有差异，都不可能在选择现代文学作品上达到趋同性，肯定会出现不同层次、不同追求的择取倾向和期待视野，而且对待同一部文学作品也会出现仁者见仁、智者见智，这是毋庸置疑的常理。

鉴于上述对现代文学作品客体与研究、阅读主体的考虑，我们接受了齐鲁出版社拟编选《新文学珍本丛书》的任务。虽然在编选过程中又受到种种制约，但总算把小说卷编选完。任何文学作品的编选都有编者的特定角度和价值标准，而且也有出版社依据市场规律提出的要求，这就决定了任何选本都不可能是完美无缺的，令人人满意的。因此编选者和出版社只有些微的要求：但愿选本对研究者重写文学史或重新解读作品能提供些补充资料，并从中了解编选者的意图是想把那些重在写生命、写人生、写情爱、写心灵、写人性、有深度、有意蕴、有情趣、有美感、有个性的文学作品提升起来，它们并非是某些人眼中的经典之作，然而却有可能在文学史上越来越引起有心人的关注，说不定在中外文学对话中也会有人提及，这就为研究者给作家作品重新定位提供点参照；但愿选本能为喜爱现代文学或想了解现代文学的广大读者提供一个开卷有益也有趣的珍版，使其对每篇作品的阅读都能感受到生命的跳动、人生的苦乐、生存的艰难、奋斗的激情、性爱的炽烈、感情的深沉和思想的力度，同时也会强烈地体验到文学的独特艺术魅力、美感的动人怡悦功能以及寓教于乐的既育人又消遣的特殊作用，从中也能领悟到作者的艺术匠心、运思技巧和驾驭民族语言的惊人能力，读者们可以在不知不觉的潜移默化中提高了文化素质，丰富了知识结构，增强了阅读兴趣和欣赏能力；但愿选本为在校的中学生和大学生提供一本课外读物或文科参考资料，它有可能成为“良师益友”也有可能成为收藏的珍本。总之，我们编选的愿望是积极的美好的，只要能得到研究者和读者们的默许与认同，便足矣！

（1988 年 12 月 8 日）

“吹尽黄沙始到金”

——序《传承与再造》

唐诗人刘禹锡在《浪淘沙词九首》中有个名句，即“千淘万漉虽辛苦，吹尽黄沙始到金”，喻指取得任何可贵的东西务必以韧性精神进行长期的艰苦努力。做学问更需要这种坚忍不拔的耐性和孜孜以求的魄力。李宗刚同志继去年出版了个人著作之后又把《传承与再造》这部文学专论送到我面前，仿佛一股浓烈的学术青春气息扑鼻而来，情不自禁地吟出上述刘禹锡的诗句，聊表我的由衷赞赏和真诚敬佩之情。宗刚上世纪90年代初取得研究生硕士学位后便留校从事写作教学与研究，我们虽然不是同一专业却是相邻的学科；写作专业不少教师在现当代文学学位点上当导师带研究生，两个学科的亲密关系既深化了我与宗刚的师生、同仁、朋友等多重关系又增加了在治学上相互切磋对话交流的机会。从频繁的接触交谈中，我不仅晓知宗刚内心有个化不开的钟爱“现代中国文学”的学术情结，也感受到他始终未放松对现代中国文学研究的苦苦探索精神，更清楚地了解到他急于考博深造、再上层楼的勃勃雄心。终于2002年宗刚考取了中国观当代文学专业的博士研究生，为其学术理想之梦的实现创造了良好条件。由于考博之前宗刚在学术研究上已有些积累的成果，读博以后又发愤攻关刻苦写作，所以不到两年就连续出版了两部著作；尽管不能说这些著作都是从“黄沙”里拾来的“金子”，然而一个青年学者有了这种“千淘万漉”的艰苦探求精神还愁“金子”捞不到手吗？

况且，摆在眼前的《传承与再造》剥开黄沙已露出闪闪发光的“金子”；这诸多“金子”就是本书的创新点，就是它的真正学术价值所在。通过精读默察，我发现这部现代中国文学研究专著的创新点散布于如下三个主攻方向：一是中国文学由传统向现代转换的研究。关于现代文学与传统文学关系的探讨是个极为复杂的热门话题，也是近十年现代中国文学研究深化的表现，不少学者对此的研讨已取得令人诚服的成果。相比较而言，宗刚对本课题的研究，有其独到的可取之处:起步早,他在攻读硕士学位时就开始关注传统文学向现代文学的转换,当大学教师以来从未停歇对这个话题的思考,攻读博士学位仍把它作为主攻研究方向之一;不是全方位探讨传统向现代文学的转换,而是集中在中国小说向现代转型的研究上,由此深进去发掘转型的内在特殊规律,并进而发现中国文学向现代转型的整体风貌和总体轨迹;对中国小说向现代转换的考察不是停留在表层结构的变化,乃是从创作主体的文化心理或审美情感的深层开掘小说由古典型转变成现代型的内在机制,这是对“转换”规律的深度研究,并非一般浅尝辄止的探察所能达到的学术境界。比如,著者认为“中国小说由传统向现代转换的逻辑终点是审美情感,其转换力的驱动和逻辑起点则是理性认知”(见该书第18页);这是颇有见地的精到判断,合乎中国小说由传统向现代转变的内在规律。的确如此,逮及晚清中国小说发生了结构性转变,并不是创造主体的非理性情感使然,而是“小说界革命”倡导者梁启超等先驱们首先在理论形态上建构一套“新小说”观念系统,使每个致力于“新小说”创作者获得新小说理念,有了创作新小说的理性自觉之后方可进行新小说文本的建构。这种“理论提倡在先,文学创作在后”的逻辑程序,不只是中国小说由传统向现代转换的独特轨迹,几乎整个中国文学向现代转换也未突破这个先验的理论框架。本专著的可贵点,不仅仅从理论上反复阐明了这种规律性的认识,并且结合具体作家的从理性到情感的变化以及小说的构成要素,切实而深入地剖析了这种深层的转换机制。

二是从众所周知的研究对象身上寻找新的突破口或价值增长点。百年中国文学虽然是个博大精深的审美文化原创系统,有选择不尽的研究课题也有阐释不完的学术空间,但是从它诞生之日起便有一代代学者在现代中国文学园地上进行辛勤的反复的探索和耕耘,即使学术感悟再灵敏的研究者也难以勘察出一块未开垦的处女地,尤其那些文学巨匠或经典名著的研究差不多达到饱和程度。面对着这样的现代中国文学研究的历史和现状,对宗刚这一代青年学者或博士研究生来说既是意志的考验又是学养的检验,如何从学习中突围、从承传中超越是他们必须用智慧和行动迅速作出回答的历史的也是学术的重要课题。宗刚对这个严峻课题的回答只能说是刚刚开始,但从他交出的答卷中却可以发觉其学术追询所表现的良好势头,即敏于从梁启超小说观、“林译小说”、巴金文学叙事等“老话题”里发现新的突破口或新的价值增长点,应是对这些研究对象的深化又是对其薄弱点或疏漏处的重新挖掘,为现代中国文学研究宝库增加了学术新值。"林译小说"风靡一时,对现代中国文学史肇始阶段出现的这种特异现象不少学者作出了各自的解说,但却罕见从多维度多层面进行阐释的有说服力的论著;宗刚敏锐地抓住了"林译小说"这一特异现象且予以"再解读",他从文化心理结构的趋同性和矛盾性、林氏文言翻译话语的特殊魅力与优长以及林氏"补天意识"和"经世意识"对译文的有效制导、接受主体的文化期待和审美需求等维面,比较深入地考察了"林译小说"风靡一时的多种潜在因缘,概括出一些启人深思的独到见解,这是"老话题"研究的深化又是学术上的求新。《自然科学视野中的鲁迅其人其文》角度选得好,虽然学界已有鲁迅与自然科学关系研究的著述,但是从知识结构、文化人格、思维范式以及文本具体内涵、创作原则等角度来探讨鲁迅其人其文所受到的自然科学的既深且广的影响,这应似有开拓有创意又有一定学术含量的研究,也表现出宗刚在鲁迅研究上寻找突破口所花费的苦心。巴金作为现代文学巨擘,对其深入探究也难以觅到新的突破口,宗刚将巴金其人其文置于中西文化交汇点上进行人本与文本互动的同质同构研究,有所深化有所拓展,获得了"巴金作为独特的'这一个'精神个体,创造了独特的'这一个'的文本世界"的充满辩证思维威力的科学结论;不过《巴金五十年代文学叙事的变异》更能窥见宗刚的学术胆识和理论勇气,论著不仅填补了巴金解放后文学叙事研究的薄弱环节,而且作出一些有深度的理性诠释,提出一些精到的学术见解(见该书第 199 页)。

三是选取经典文本重新解读、重新发现、重新评价,从不同的维度化入文本又化出文本,在破译文本的深层密码上发出自己的声音,这是宗刚在本书中苦苦求索的。《藤野先生》、《新儿女英雄传》、《保卫延安》都可视为现代中国文学史上的经典文本,对它们的解读和阐释见仁见智是正常的学术研究现象,当然在特殊的政治气候下对其进行的歪曲性的误读或诋毁不属于学术研究范围。这三篇经典性的文学作品已有不少的研究成果,当下重新解读欲达新的认知高度既要以真诚敏细的心灵去感悟文本的原生态审美世界,对其探幽发微以获取新的体验新的认知;又要寻求相应的理论范畴和思维模式把阅读的新感新知升华到理论高度,纳入富有深度的思维框架进行创造性的概括与阐释。虽然不能笼统地夸说本书的经典文本解读已达到如此的深度和高度,但是至少可以从中看到宗刚在解读文本过程中是竭诚投入的,仿佛以自己的生命去参悟文本中的生命,究竟悟得深不深、准不准另当别论。而给我的感触和启迪却是:对《藤野先生》的解读别开生面,发掘出一些新意蕴,破译了一些人文精神密码;从《新儿女英雄传》中读出了五四文学精神的承传，给人阅读视野一亮的感觉；《保卫延安》的解读也不是老调重弹，从真切的感受中发出自己的学术之音，令人对《保卫延安》的文学史价位重新思考。

《传承与再造》作为一部研究现代中国文学的论著，固然是研究主体下大力气从“黄沙”中淘拾出的“金子”，但是以严格的标准进一步检验便会发现，有些“金子”尚未达到“赤金”的成色，或身上粘着黄沙或与黄沙掺在一起，这不能不在一定程度上影响这些“金子”的质量。尽管有这些微瑕，而从总体上观照却掩盖不住全书的创新之光、求是之意、务实之真和开拓之势，这预示着宗刚通过攻读博士学位将在现代中国文学研究上攀上新的台级。

在我指导的博士研究生中，宗刚已有副高级职称，教学、科研的经验较为丰富，据我的观察他具备在学术研究上“更上一层楼”的良好条件：其一，苦学。也许宗刚有一段工作经历，深晓“学然后知不足”的道理，考取博士以来发愤苦学，博览群书，重读经典；为了分秒必争地抓紧机会多读书，他从舒服的家庭中走出来，特意住进山师五排房的斗室里，寒冬酷夏，白天黑夜，只要有时间就伏案读书，并且得到家人的竭力支持。有了这种苦学精神，书山再高也能爬上去。其二，好问。宗刚读书多了，随着知识结构的充实，发现的疑难问题也多了，所以不论课堂讨论或者师生见面都可见到宗刚不厌其烦地提问题，有一种打碎砂锅问到底的精神。有了这种好问的习惯，就容易形成“问题意识”，不断深化研究领域。其三：善思。主要指宗刚在思索问题的过程中偶尔迸发出一些“奇思妙想”，尽管有些想法并不成熟也不够深刻，但其中却蕴含着可贵的创造性逻辑机制和出新求异的学术激情。有了这种善思的能力，就会结出丰硕的思维之果。其四，诚实。这既是宗刚的可以信赖的优秀品格之一，又是他致力于文学研究表现出的求真务实的治学态度，虽然他有些“奇思妙想”，但在学风上却没有故弄玄虚、华而不实的表现，文如其人，他做学问总是勤勤恳恳、诚诚实实，即使出现创新思维的超越性也不会滑出实事求是的认知轨道。我相信宗刚在今后的治学道路上定会光其所长克其所短，牢记“学者不患才之不赡，而患志之不立”（徐干语）的古训，以锲而不舍的追求进击精神，在自己耕耘的学术园地里结出更多更好的优质果实。

（2004 年 7 月 25 日）

“自古成功在尝试”

——序《现代传媒视野中的中国现代文学》

学术追求是无止境的，也是其乐无穷的；但并非每个学者在追求中都能做到持之以恒、层层攀升的，因之也皆可体验到成功之喜悦的。只有那些勤奋聪颖的学者在孜孜不倦地探索中，方能从自己所付出的艰辛、心血和智慧里，真正感受到学术上的有所发现有所突进有所建树，实在是生命的“狂欢”和人生的“大幸”！我每读到这样的创新趋优型的学术著作，既倍感兴奋又深表敬佩。海波的新著《现代传媒视野中的中国现代文学》（以下简称《现代传媒》），再一次使我获得如此的体验和感悟。

记得前年我为海波的专著《中国现代文学批评史论》所作的“序”中这样写道，我“只想作一点充满期待和希望的预测：海波是一位永不满足、锐意进取、朴实无华、深沉稳健、敢于攻坚、勇往直前的青年学者，通过三年的博士学位攻读，他的科研水平和学术实力一定能达到新的高度！”海波为博士学位论文答辩所提供的《现代传媒视野中的中国现代文学》论文，得到答辩委员会的普遍肯定与称赞，一致认为它是一篇具有开创性的优秀博士论文；并充分证实了我的预测——三年的读博会使海波的“科研水平和学术实力”达到一个“新的高度”。在博士学位论文的基础上，海波在框架结构和资料实证上作了进一步拓展，在理论建构和逻辑思辨上作了进一步发掘与强化，形成一部洋洋50万字的创新趋优型的学术专论。作为导师我由衷地为海波学术攻坚所取得的优异成果表示祝贺，并为这篇优秀博士学位论文能得到国家级人民文学出版社的竭诚支持和出版表示深深的敬意。

我之所以称赞和肯定这部专著，是因为在阅读过程中它的闪光思想、雄健思辨、坚固实证和严密论析所凝成的逻辑威力，激活了我的学术激情，启迪了我的理性思考，把我导入了一种新颖而又深邃的学术境界，使我从中获得“研究学问要出思想，创新思想应有学问”的重要感悟。治学难，从治学中创新思想更难。有多少学者为治学青丝变白发，甚至耗尽平生心血，然而所做的学问中究竟有哪些独创的思想理念或新见卓识或思维范式，恐怕难以给出令人诚服而又满意的评估；往往见到不少著述不乏“学问”而乏“思想”尤乏“创新思想”，当然也有些著作不乏“创新思想”则乏深厚“学问”。若是一部著作真正能做到“有思想的学问和有学问的思想”（王元化语）的辩证统一，那确是值得称道的学术精品力作。在我看来，《现代传媒》就是这样一部既有“学问”又有“思想”的探索性的创新力作。

本书是对中国现代文学与现代传播媒体两个学科互动交叉关系的纵横捭阖研究，虽然其学术创新带有整体性和全方位的特征，在理论上与方法上力求全面突破；但是它的最可取的学术价值有三点值得特别论及：其一，创新文学理念。广泛地搜求和占有资料是文学研究的先导，通读本书便可以看到海波花大力气下大功夫查阅了大量的第一手材料，翻阅了几百种中国现代报纸、期刊，阅读了目前所能找到的有关现代报刊的有关资料及报人回忆录、报刊档案等；然而他并没有淹没于资料的海洋里，“徒逞其博而不知所择”（崔述《考信录提要》），更没有滥用资料，饾饤满纸，乃是善于从感性或知性资料中发现新逻辑新史识以形成新的文学理念，而“大文学”观念就是这样抽绎出来的。黑格尔曾说，“一堆知识的聚集，并不能构成科学”，只有从资料中发现以“理性为其基础的现象的连续”才能表明“它是一个理性的历史”（《哲学史讲演录》第1卷35页）。海波认为，中国现代文学的研究需要切入现代传播媒体的研究视角，还原到中国现代文学的现场，考察中国现代文学的原创性特征。正是从这一研究视角出发，现代媒体的报纸期刊则形成了中国现代文学赖以生存的“文学场”，这个“文学场”决定了现代文学是以精英知识分子为主体的，同时也决定了现代文学的平民化特征。因而，中国现代文学的产生既不是中国古典文学发展的“必然要求”，又不是中国文学向现代化的“转型”，也不仅仅是对西方文学的简单“移植”，而是建立在新的传播媒体、传播方式基础上的新的文学类型，是中国现代知识分子进行社会革命受挫之后向文学的转移，是在现代传播媒体和政治社会思潮制约下的文学诉求。可见，这种文学就不再是一般意义上的“纯文学”，而是体现着文史哲交融一体的泛化特征的“大文学”，这也是中国现代文学所具有的原创性的文学史意义。“大文学”理念的提出并不是已有“文学”范畴的重复而是对其进行新的拓展或再创造，这是因为本书作者通过对丰富翔实的媒体资料和文史资料的梳理与考辨，“充分认识以报纸期刊为主体的现代传媒对现代文学的意义”(引自本专著中的话语均不注出处)。“现代传媒不仅仅是作为文学的载体而存在,而且也作为文学的本体而出现”;“它既是现代文学存在的物质和文化条件,又是作用于文学的社会革命和西方影响的媒介功能体现”;“更重要的是,现代媒体带来的是一种本源意义上的新质文学,是一个文学新纪元的开辟。”所以在作者看来,“现代传媒视野中的中国现代文学显然不是‘纯文学’或‘纯审美’意义上的概念,无论创作主体的作家身份特征,还是文体类型及其传播媒体和方式,都已经逸出于‘纯文学’范畴而具有了‘大文学’的特征”。不论从内涵或外延对‘大文学’理念的界说都应视为作者的独创之见。现代媒体与现代文学之间的关系不只是“媒介”与“文体”、“文体”与“客体”、“内部”与“外部”、“生存”与“语境”等二项对立关系而是同质同构的你中有我我中有你的本体关系,这就使现代媒体以多种元素或多层内涵进入中国现代文学结构系统,它们必然带来文学系统内在的元素与元素、部分与部分的张力关系及其功能质的深刻变化,对于这种“大文学”的构成及其系统内涵与功能的阐释虽然尚待深化,但“大文学”作为一个新创的文学理念却是能够成立的,并从而显示出作者敏锐的思维超越与理论创新能力。由“大文学”理念演绎开来,以现代媒体作为逻辑基点,作者从宏观到微观、从微观到宏观对中国现代文学本源和本体进行了深入细致的发掘与抽绎,又新创了“文学场”、“大文学史”、“大文体”等文学理念并赋予其新的涵义,连同“大文学”理念一起便初步形成独具理论色彩的文学思想系统或曰新的文学史观念体系。它对于重新阐释中国现代文学或者重构中国现代文学史,颇有理论价值和实践意义。

其二,重构文学史。“大文学”等新的理念系统源于并高于中国现代文学与现代传媒的同质同构的本体关系,同时作者又以“大文学”等新观念为制导重构中国现代文学史,它冲破了以往中国现代文学赖以建构的观念形态与书写格局,以全新的文学史观和理论框架重构中国现代文学史。虽然只能说这种“重构”仅仅是一种有魄力有胆识的尝试,而且也算不上是一种完整形态的文学史范式;但是在中国现代文学史的重写上它却是一次严肃的探索和开创的突破,哪怕你可以从中剔出十处百处的缺陷或谬误也掩盖不住这种“重构”所形成的新的“史识”、新的格式、新的特点。从严格意义上说,这种“重构”是文学史观念与文学史叙事的有机结合,或者说是一部别开生面的中国现代文学史论。无论对其如何命名,都难以真切地准确地概述出这部“重构”文学史所内含的或呈示的新史识与新特色。所谓“史识”就是治史者“在纷然杂陈的现象中洞见到有决定意义的东西”（黑格尔《小逻辑》第87页），即对感性或知性史料的超越而产生的思想见识；它是文学史建构的主脑或灵魂，并规范着文学史的逻辑架构，决定着文学史的思想特质和理性风貌。《现代传媒》一书由纲举目张的大小“史识”构成一个史与论结合的逻辑网络，大小“史识”如同一颗颗明珠嵌镶在网结上，其中最耀眼的“史识”有：一是对中国现代文学生成的渊源的探察，一反传统的“外引论”和“内发论”，即既不完全认同中国现代文学是西方文学作用的结果又不赞成中国现代文学的生成是古典文学发展的必然要求，它主要是借助于现代传媒、社会革命、西方影响三位一体所形成的合力重建起具有原创意义的新型中国现代文学，而这一新型文学系统的性质功能、审美特征、文体类型不只与古典文学有本质之别，且与域外各民族文学也有巨大差异，它是自成体系的独具中国特质特色的原生态的现代文学。不管你同意不同意这种“史识”，却都是作者从中国现代文学生成渊源的考析中所获取的独特的对现代文学的总体把握，为重构文学史提供了思想基石。二是为什么人的问题是中国现代文学的根本性的方向问题，通过纵向的动态考察，作者发现为平民而文学所形成的平民化趋势则是中国现代文学发展的主导方向，并规范着现代文学的总体审美特征。获得这一“史识”的重要根据是：近世以来，以报纸期刊为主的现代传播媒体在两个方面呈现出它的文化价值，一是报刊传媒的政治文化功能，即报刊成为社会改良派和革命家的政治宣传工具；一是报刊传媒的商业文化功能，它成为现代都市社会的大众读物，进入市民的日常生活。现代知识分子正是发现了报刊这两方面的功能，并将其结合于一体，既充分发挥了报刊的平民化特点，使报刊深入到市民社会中去，而又借重于报刊的政治宣传功能，使报刊在深入市民的过程中，对民众进行思想文化启蒙。从知识分子所选择的文体来看，他们主要是看重具有提升读者精神、启发民智的小说，以及具有鼓动性的诗歌、杂文等。可以说，当知识分子选择了现代文体时，他们本意并不在于文学自身，而在于借文学的文体形式，通过报刊进行知识分子话语的建构，通过报刊向社会发言，通过报刊进行他们的社会宣传。同时，建立在现代传媒基础上的现代文学，不存在“雅文学”和“通俗文学”的区别，从其本质上来说，中国现代文学都属于“通俗文学”，都是面向平民读者的平民化文学。它们又可分为“新文学”和“都市流行文学”，前者中以鲁迅、郭沫若、茅盾、巴金、老舍、沈从文等为代表，后者可以张恨水、周瘦鹃、程瞻庐、吴双热等为代表，而张爱玲、苏青等可作为两种文学发展成熟的重要标志。作者认为，“现代文化传播视野中的中国现代文学并没有严格的‘雅’、‘俗’之分，不但‘雅’‘俗’相互转化、融合，而且‘雅’与‘俗’并不能真正概括现代文学的文类、流派及其文学特征。”正如杰姆逊所说：“对我来说，一种更为妥贴的文化研究不应让人觉得要在‘雅’与‘俗’之间作非此即彼的选择，比如，研究经典作品了，就不能碰电视、流行歌曲音乐之类。在我看来，两者是一个整体领域中的辩证的组成部分。”（《晚期资本主义的文化逻辑》第14页）既然中国现代文学与现代传媒具有同质同构的整体性，那就不可能存有“雅”与“俗”相对的明显界限，在本质上都体现出平民化的发展方向和审美的趋向。这就为重构中国现代文学史铺下了思想主线。三是对中国现代文学的文体选择及其特点获得新的认识，并作出了新的概括和新的阐述，使重构现代文学史的骨架焕然一新。作者认为，“一种文体的选择与创造，主要取决于一个时代的审美倾向和文体意识、传播媒体与传播方式，而一个时代的审美倾向又往往与一定的文化传播媒体和传播方式联系在一起”；所以“现代传媒的文体选择主要从新闻传播和体制以及现代传媒所引发的文化精神出发，在这里，报刊所面对的读者大众与文体要求之间产生了某些认同关系，正是由于读者对报刊文体的认同，引发了现代报刊传媒的文体变异，同时也影响到文体的某些原发性的变异，以报刊为主的现代传媒对文体提出了不同的要求。”基于这种辩证认识，书稿中对现代文体的选择及其格局变化作出了史论并举的阐述，明确地指出新的传播媒体要求新的文体形式与之相配，以报纸期刊为主要的现代传播媒体，适应现代文化的平民化要求，小说成为20世纪最重要的一种文体，散文也发生了重大变化，诗歌突破了文人雅士的象牙之塔，从诗到诗歌，在这一文体命名中，体现了现代文化精神的变化趋向。与此同时，各种文体的内部构造也发生了变化，叙事方式、抒情方式、议论方式以及语言问题，获得了媒体载体下的现代变革。

总的说来，全书以新颖独到的大小“史识”所形成的以专论为主的框架结构，并没有影响其文学史重构的意图展开，如果说前半部是对中国现代文学史的总体性质、中心线索与基本特征的重新界说，那么后半部则是对现代文学各体的变异与演化所进行的“史”的叙述与新解。这种以论带史、史论结合的重构文学史的追求，既体现出学理上的深度感又呈示出叙述上的历史感。

其三，活用新方法。不论是创新文学观念或者是重构文学史，都与灵活地运用新思维或新方法密切相关。“思维之超出感官世界，思维之由有限提高到无限，思维之打破感官事物的锁链而进到超感官的飞跃，凡此一切的过渡都是思维自身造成的，而且也只是思维自身的活动。如果说没有造成这种过渡，或提高的过程，那应该说没有思想。”（黑格尔《小逻辑》第136页）而造成思维的过渡或提高并产生新思想新理念必须借助相应的思维方式，也就是新的方法或新的视角。对于文学研究来说，欲突破想创新不能不寻求新方法或新视角，以驱动主体思维的过渡、提高或超越，并创造出新思想新史识；因此追寻新方法或新视角的过程实际上是发现逻辑机制有效运用的过程，是排除盲点消解僵化的“理性重建”过程。《现代传媒》之所以具有显明的学术创新感和诸多价值增长点，从方法论上看主要得力于受益于主体的思维空间，并使主体思维空间与现代文学客体结构特征达到全方位对应；而且也表明研究主体通过对现代文学的全盘检索已有了全局性了解和把握，否则不可能自由选择“现代传媒”角度以形成新的学术视野来对中国现代文学史重构，并进行整体性突破与改写。为了最大的限度地从方法论上发挥“现代传媒”视角的阐释功能与透析威力，作者把“现代传媒”作为全书的关键词对其内涵与外延进行了既有深度又有广度的创造性阐释，不仅从传媒的形态质地、传播内容和传播形式等三大维度作了有理有据的分析；而且对现代传媒与现代文学的深邃交叉的充满张力的关系，从“媒体即载体”、“媒体即中介”、“媒体即语境”、“媒体与文学共生现象”等层面进行了有新意的发掘，尤其关于“媒体与文体”互文性关系的探究颇为精到。通过对“现代传媒”这样的理解与把握，它不只构成了研究主体的容纳量大、涵盖力强的新视野新思维新理路，也使“现代传媒”成了同“现代文学”一体化的研究对象。正是借助“现代传媒”的新视角新方法，改变了对中国现代文学生成之源的传统看法，创新了“大文学”等一系列文学理念，重构了现代文学史的框架与雏形，并对文体格局及其各体形式的变异作出新的界说，等等。不仅如此，而且得力于“现代传媒”视角的穿越与剖解，使中国现代文学的生产体系、作家身份特征、“现代性”特质等获得了新的话语系统与表述方式；特别对“现代传媒在启蒙运动中的意义”的探讨，是从“传媒符码与现代民族国家想象”、“在功能与功用之间”、“现代传媒作为启蒙的三种方式”、“双刃剑：现代传媒的负面效应”等多侧面进行了辩证而深刻、务实而求新的分析与概括，把文学启蒙与启蒙文学的研究提升到一个新的理性层次。至于“传媒符码与现代文学语言”的探究，由于“引入报刊为主体的新闻传播媒体这一研究视角”，也从“白话文的传媒基础”、“现代语言变革运动”、“现代传媒中的语言问题”等维度作出了颇见学术功力的且带创意的阐述。

总之，“中国现代文学研究需要建立自己的研究理论和方法，需要重建中国现代文学界理论体系，因而，理论回归既是对研究材料的回归，又是文学回到‘中国现代文学’自身。”作者的这种雄心勃勃的学术构想与理论追求是极为可贵的，而且在本书的研究实践中所取得的初步的又是卓有建树的成效更是可喜的。胡适在五四文学革命中写下的《尝试篇》，不同意陆放翁的“尝试成功自古无”的说法，而反转成“自古成功在尝试”，以表述文化先驱“为大中华，造新文学”的坚定信念。海波步入学术研究征途以来，就以这种有胆有识的“尝试”精神攻克一个个科研难关，突进一个个学术领地，收获一部部研究成果；而今又取得博士学位，如同给自己插上腾飞的翅翼，不只会使“刚刚起步”的“重建中国现代文学理论体系”及“重构文学史”的课题能在已有基础上完成得更出色更超拔，而且终生的学术想象也会瞄准人文科学的顶峰飞得更快更高更远！

（2004 年 10 月 1 日）

“网络文学”研究的创建之作

——序《基于虚拟现实的虚拟现实建构》

美国学者切特罗姆认为，“新的传播媒介如何重造我们对过去的概念，又如何勾画出知识本身的轮廓，这些超历史和认识论问题几乎一点也没被讨论过”；因此以媒体为切入点可以“去理解媒介是如何直接干预着我们的理性和感性的生活、我们的政治、我们的工作、我们的审美态度以及我们的集体记忆。”①如果说美国学者对现代传媒与美国人的思想情感和审美态度以及知识结构之间关系的探讨比较薄弱，那么中国学术界对此的研讨则是刚刚起步，尤其对数字媒体——互联网的兴起所带给中国人崭新的生活方式和思维方式以及所形成的网络文学这种新型文化范式的研究更是不舍一顾，即使问津者也是寥若晨星，尚未将其纳入真正的科学研究范畴。其实，“人类社会迄今为止唯一一种闪耀着技术的金属光芒的变化，一种被技术武装到了牙齿的文化”，②乃是现代传播媒体生成的传播文化，特别是由信息技术革命所导致的全球化时代的数字媒体生成的网络文化更具有典范性与普适性。仅从现代传播媒体与现代中国文学关系的粗略考察便可发现，现代文学自诞生之日时就与现代传媒共生共存、互动互促、相辅相成、并进并举。现代传媒既是现代文学的生成与存在的载体又是现代文学得以广泛传播的媒介，它既为现代文学发生发展营造良好文化语境并提供丰富的背景材料又与现代文学在文本文体上形成“互文性”的同质同构关系；特别是数字媒体对报纸、杂志、图书等传统媒体给予极大冲击，改变了报纸、广播、电视三大传媒一统天下的格局，使现代中国文学出现跨媒体传播的态势，并生成了作者、读者与论者互联互通的同构一体的网络，为现代中国文学总格局增进了网络文学这一独特形态，或者说在现代中国文学进程中开辟出一块

① ［美］丹尼尔·切特罗姆：《传播媒介与美国人的思想》，中国广播电视出版社1991年版，第3～4页。

② 潘知常、林玮：《大众传媒与大众文化》，上海人民出版社2002年版，第8页。

网络文学的新天地甚至形成一个网络文学时代。因此,以现代传媒为视野把新崛起的“网络文学”纳入学术范畴进行系统深入的研讨,这是一项探索性、拓荒性的开创工程。正是从这个意义说,马立新博士的论著《基于虚拟现实的虚拟现实建构》,既有创新的学术理论价值又有开拓新学科的建构价值,也有导引网络文学健全发展的规范价值又有跨学科关系研究的方法论价值。

并非每个学者都感兴趣于“网络文学”或有资质有学养有能力研究“网络文学”,也并非每个有条件致力于“网络文学”的研究者皆能取得新颖独到的学术理论成果;马立新博士能够敏锐地感受体认“网络文学”并形成新的“问题意识”作为研究课题,进行专心致志的开拓性探讨与系统深思,以凝铸为一部开拓性的学术专著,是与其自身的独特优势密切相关的:一是文理兼通。立新从小喜爱文学而大学读的理科,并获取重点大学理科硕士研究生学位,其外语水平与专业知识已达到出国深造的资格要求;然而酷爱文学的梦想总是希冀于中国大学得以现实,在文理结合的研究新途上施展自己的才华,于是他毅然决然地放弃出国机会一心要攻读中国现当代文学的博士学位。考取博士生后他以“只争朝夕”的攻坚进取精神充分利用可以利用的时间与精力,较系统地阅读并钻研海内外人文科学的经典理论与中国现当代文学经典文本,尽力从学术领域、思维方式和话语建构上将文理知识融通起来,这就为他从事网络文学研究提供了文理皆备的知识结构。二是实践经验丰富。立新大学毕业后曾参加5年实际工作,积极结合实践需要开展科学研究,发表了一批有价值的研究成果,并获得地市级专业技术拔尖人才的称号,初步崭露出开拓创新的科研素质;后来取得理科硕士学位后转到《山东科技报》、《大众日报》从事新闻工作,既积累了较丰富的办报经验又熟悉了现代传播媒体的知识技能,并从此开始关注网络文学,由喜爱创作网络文学而进入探索研究网络文学这新领域,使他坚实的文理知识与丰富的实践经验以及熟练操作数字媒体的技术技能在“网络文学”研讨过程中得到综合应用。三是锐意进取务实求新。文理互通、经验丰赡的复合型人才,要在学术研究上取得优异性的突破成果,必须具有孜孜不倦的持之以恒的务实求新精神,学无止境,研究无止境。立新从学理转到学文、从自然科学研究过渡到人文科学研究,并且在不断转换融合的探索道路上留下了扎实闪光的足迹,这充分显示出他具有锐意进取务实求新的科学精神和创新潜能。他的博士学位论文是以红色理性视野重读重评革命文学,获得专家们的好评并已正式出版;与此同时他又潜心跟踪研究网络文学五年之久,写成这样一部开拓性的专论，这是其锐意进取的创造力的新爆发，值得祝贺与称道。

“网络文学”对我来说是个近乎陌生的文化审美世界，严格来说我没有资格为《基于虚拟现实的虚拟现实建构》一书作序，也许因我是马立新博士的导师难以推诿作序的重托，故而只能把阅读本书的收获体会写在下面，姑且为“序”吧。

如果把1999年台湾成功大学蔡智恒的《第一次的亲密接触》诞生作为中国网络文学的滥觞，那么迄今它不过5年左右的成长期。尽管时间如此短暂，然而伴随着数字文化应运而生的中国网络文学自诞生之日起就表现出超强的生命力，正在急剧改变着文学生态圈的传统秩序。由于本书作者较早就关注中国网络文学的发展进程，在专著中能够深切系统地分析和总结了中国网络文学5年来的发展概况，探讨了网络文学的定义和本质特征，分析了网络文学创作、文本和接受过程的特点；鉴于数字技术的极端重要性，作者从网络文学发展的实际联系到当代中国文学的命运，重点剖析了当代中国文学的跨媒介传播机制，并对网络文学发展中存在的问题及其走势作了深入探讨。附录的部分中国网络文学文本，将有助于读者整体了解和把握当下网络文学的整体创作水准。

本书的建构之一，是以系统论的文学观探讨了网络文学概念的内涵和外延。明确指出网络文学的定义至少应符合体现或涵盖以下三层含义：其一，媒介因素是构成网络文学必不可少的核心部分。网络文学是由网人在数字媒介（网络）上创作的供网人在线阅读的文学作品。它具有文学作品的特征，但其形式不能脱离网络媒介。其二，传播方式的互动性特征。网络文学以声音、文字和其他视觉效果为表达方式，具有交流和互动性。故而网络文学是一个交互流动的系统，其形式和内容是可被再创作的。其三，文本的不确定性。网络文学作品只有原始版本，没有最终版本。它与其后的回应和更改构成一个整体；因此，纸质网络文学书籍，网络文学影视，网络游戏故事等也应属于网络文学的范畴。总之，网络文学是网人借助数字技术以互动方式创造的以传播人类情感为目的的语言符号系统。网络文学的系统观突破了传统的单一视角的多种局限，既不把文学仅仅看作传统秩序建构起的文本或精英作家的创造，同时也把长期被忽视或处于被动地位的读者提升到与作者同等重要的地位，还特别兼顾了文学的媒介因素。四种文学要素共同承载着人类的情感，致使人类情感的符号化表达构成了网络文学的血肉和肌质。不仅如此，系统观且能够很好地体现出网络文学的动态性、不确定性和多样性，因为系统本身就是一个始终处于运动状态之中的过程。

本书的建构之二，主要从写作主体、创作文本、作品载体三方面论证了网络文学的本质内涵。就写作主体来说，网络作者除具有网民的共性，还具有非专业性和身份隐秘等特点，目前的网络写家以理工科的居多；并且网络文学的作者普遍比传统作家年轻而新潮。就创作文本来说，一般所见的网络文学作品，大多篇幅短小、题材新潮、且带有非功利色彩。这种文学创作，越过了编审的界限，能自由地在民间传播，有以往的民间文学作品所无法比拟的优势。这体现了网络文学创作独特的价值观，即不受实际利益驱动，以表达观点为根本动机。就文本载体来说，它具有流通的开放性、接受的特定性和互动性三个重要特征，颠覆了传统媒体在普通人心目中高不可攀的神圣地位。网络不相信权威，也没有权威。网民们拥有的不仅是写作的自由，而且是自由的写作。每个人都有发表意见的权力，别人也有不同意的权力。几乎每一个观点都有人回应，每一篇文章都有人评论，甚至参与创作。在阅读网络文学时，读者可能参与其中，不断与作者交流，共同完善文本。单向性传播被打破，读者与作者身份可自由转换。这种互动性使网络文学真正成为读者的文学。

本书的建构之三，作者根据文本生成的主体特征、审美特征、物理特征等，将现有的网络文学作品分为五类，即留言板型、传统型、泛文化型、互动型和超文本型。留言板型网络文学最初来源于国外留学生或大学网站的留言板（BBS）。作者大多是较早接触网络的海外理工科学子，其基本的故事套路是“网上爱情网下散”。留言板故事无论结构还是内容，都比较幼稚。但是，这类作品的轻松、幽默，是对网络生态的第一手描述，很受网民喜爱。网络文学作者中，有一部分作者认同传统文学的观点，他们是身在网上，心归传统，用传统文学作品的评价标准来要求自己，因此他们属于传统文本，创作的网文学作品受到了传统文学编辑的好评。在他们的作品里，运用了文学创作手法，关注现实生活，对真实生活层面描写揭露较多，网络对它们来说就是一个发表的工具，故网络在其中只占微不足道的地位，甚至完全不被考虑。在文学网站的繁荣背后，是无数网络作者勤奋的“打铁”（在留言板发表文章）与跟帖（回复别人的文章），而这些都可称泛文化型网络文学作品。由于范围的宽泛，泛文化型网络文学在所有网络文学中作品最多。作品的形式多样，题材广泛、内容丰富，小说、散文、诗歌无所不有。正是因为泛文化型网络文学容纳了最广泛的群众，才使网络文学成为大众媒体注目的焦点。泛文化型网络文学中可能有经典的词句和场景，却较难产生经典的文本。互动型文本多为“故事接龙”型，它能将受众与传播者、言说者身份融合起来，最能体现网络广泛接纳、变化多端的特点。其形式为：提供几个简短的故事开端，介绍缘起，一两个主要人名，其余任凭广大网友接龙续写。每人的续写须达到一定长度，内容可尽情发挥想象，只要能与故事相关，无具体要求。这种创作形式的好处在于：一般网友时不时都会有一些奇思妙想，但又缺乏连缀成章、构建完整故事的能力。在“故事接龙”中，他们可以选择自己适合的情景续写，让故事按自己喜欢的方向发展。“超文本”型作品本身可以说就是一个网络。它利用了互联网可进行纵深化阅读的特点，将原文本所涉及的所有信息编织成为一个新的超文本结构。其中，几乎所有的人名、地名二词语都有链接，指向交互的阐释、评论和说明。在这种文本背后，读者可以明确地看到一个巨大的信息网络；而对此类文本的阅读，一不小心就会越走越远，仿佛深陷入网络中。

本书的建构之四，从六个维度考察并概述了网络文学的文本特征。一从形态特色上看，首先，网络文学作品的标题，十分讲究，力求对读者有吸引力；其次是文章风格，轻松随和，清丽婉约之作比沉实厚重、生涩阴郁的作品受欢迎得多；再次是网络文学的语言有自己的特色。网络文学词语主要有三个来源，一个来源是科技用语，二个来源是聊天室用语，三个来源是将英文简化或用其他解释，使其产生歧义。二从审美特征上看，网络文学更注重自我愉悦。网络文学是自娱性的宣泄，它无视现成规范，只从最原始的生活中汲取养料，简洁、明快、单纯，现实与生活具有亲和性。网络的无为书写，直抒胸臆可以说是文学的复归。三从结构特色上看，大部分网络文学作品结构随意，口语化写作使它们更像讲故事而不像做文章。当然还有一部分热衷于探索的网络文学作者，十分注重结构，甚至沉迷于文本形式，将网络的先进技术和文本链接、定时跳转等功能作为其结构实验的手段。四从自我意识上看，网络文学的创作处在一种野草荒芜或山花烂漫的状态，与传统文学的经典化、规范化、系统化不同。网络文学对其社会作用、读者认同度还缺乏把握，因此网络文学在面对传统文学时，既骄傲又谦恭。自我中心是网络文学的特色。五从接受过程上看，网络文学具有大众文化的快餐性。模式化和消费特性是它的两个侧面。六从文本建构上看具有互动性和不确定性。

此外，本书还对当代中国文学的跨媒介传播规律进行了探讨，特别分析了技术进步因素在推动文学理念变革尤其是文学大众化进程中的巨大作用。本书上述探索与概括、论析与阐述，对“网络文学”的研究并不能说已达到应有深度和高度，或者说已建构起无懈可击的理论体系；但是必须肯定的是这些理论探讨与逻辑阐释却是源于“网络文学”现象及其文本的较深层次的文化意蕴和审美特质，是对“网络文学”原创性的新发现新阐释，形成了一套带有开创性的有利于深化“网络文学”研究的话语系统，并提供了较为丰赡的“网络文学”的信息资料，使本书研究主体的超越性的创新认识建立在扎实可靠的实证基础上，凝成了求真、务实、创新的学术风格。

“网络文学”纳入学术研究领域是个新的课题，具有广阔的研究前景。凭着马立新博士的学养知识、才华潜力、开放性格、文理视野、人生智慧和创新精神，定能在“网络文学”这块新兴领地里继续开垦，深入发掘，广开思路，著书立说，建构起更辉煌的学术大厦。

（2004 年 11 月 5 日）

以反思姿态走进历史深处

——序《理性与革命:中国左翼文学的文化阐释》

古人云:“广积未必皆当,而思之自得者真。”(明代王廷相《慎言·潜心篇》)意谓博览群书未必都能有所得,只有善于思考才能体会其要旨,把握其精华。贾振勇在读“硕”攻“博”期间,虽然阅览了不少中外古今的文论经典和文学名著,但他的可贵之处并不在“博览”而在于敢想勤思,并能联系现代文学研究的历史与现状发现问题,以形成“问题意识”及破译“问题密码”的阐释思路与逻辑框架。也许你会从他的敏思求新、孜孜探询中剔出这样那样的疏漏,而对他的这种博览而思之、思之则求真的勤奋治学精神却不能不投以赞赏与激励的关爱。正因为有了这种精神,继《重叠的镜像:文学史理论与实践》学术专论于2002年问世后,他又将获得山东省优秀博士论文奖的《理性与革命:中国左翼文学的文化阐释》精心修改扩写为一部20多万字的学术专著。它应似重新解读中国左翼文学的探索之作,也是还原左翼文学本真面目的求新之作。

纵观人类文化与文学流变史,虽然在20世纪中叶前后出现一脉左翼文化文学思潮,但是真正形成完整运动形态、理论形态和文学形态的并在一个民族的文学构成中成为主导性潮流的,恐怕独有中国左翼文化与文学。当年强烈影响中国的日本左翼文化文学早已销声匿迹,为吾之师的苏俄左翼文化文学也改弦更辙了;而中国左翼文化文学不仅在20世纪30年代以强劲的势头改变了“五四”以来我国新文化与新文学的历史走向,并且它所形成的文学传统直至21世纪的当今仍对中国文学的运演起着或隐或显的支配作用,成为目前文学发展乃至文化建设的最重要的历史资源之一。与近百年现代中国文化文学其他历史区段研究相比,如果说晚清至“五四”的启蒙文化文学、新时期以来多元样态的文化文学已从宏观的学术理念、思维范式到微观的文学史描述、本文阐释,都达到了相当层次的学术高度和理论深度;那么左翼文学的探讨却在较长时间受到冷落,见不到“拨乱反正”后的新突破新成果,尽管近几年学术界一些中青年学者对左翼文学发生了浓厚兴趣，也发表或出版了一批使人眼前一亮的论著，但总体上难觅有反思力度、阐释深度的真正把左翼文学研究纳入学理规范的理论成果，且有不少难点或疑点需要新的理论模式作出令人诚服的阐述。中国左翼文化文学在研究上之所以从整体上进行突破难度较大，原因较多，但主要缘由却是存在于研究主体思维的诸多障碍尚未解除：首先难以摆脱价值判断的政治惯性思维束缚，难以将历史上的政治命题转化为当今的学术命题来研究；其次，对审美评价尺度加以狭隘化理解与运用，忽视作为文学本质特征之一的“审美”概念的丰富内涵和多元性；再次，思维范式和研究方法的单一化、简单化，“非此即彼”、“二元对立”的研究范式，依然是主要的学术分析和价值判断的思维主轴。凡此种种，易造成中国新文学界阐释系统出现两套评判尺度，比较典型的如：对大多数左翼作家作品，认为缺乏审美资质和艺术品位，往往强调其文学史价值；而对非左翼的、尤其是那些政治上有所谓“问题”而艺术水准较高的作家作品，则强调其审美价值。这种“历史与审美”处于分裂状态的评述秩序，既折射着20多年来我国的社会思想文化境遇，又表明多维的开放的中国左翼文学研究视野尚未形成，更遑论具有重大创新价值的学术成果的出现。

本书作者既然从研究主体思维中摸清了突破左翼文学已有格局和成规的症结所在，那么他就以更新了的学术视野、调整了的思维范式与价值观念，在改革开放带来的日益宽松自由的社会语境下，充分地利用学术积累日趋成熟的有利条件，立足于人文科学研究的学术前沿，大胆而审慎地借鉴国际上的先进理论与前人的学术资源，尽量贴近历史本身走进历史深处，以持有文化批判的反思姿态，对中国左翼文学界进行系统全面地勘探与论析，希冀以客观、公正、科学、原创的研究成果推动左翼文化和文学的研究有较大的创新和突破，致使现代中国文学研究的总体格局有所变动、现代中国文学史观念更新及其文本重写有所裨益、现代文人知识分子自身价位重新估定有所增值，尤其为建设有中国特色社会主义先进文化提供理论支持，也许这就是本书值得肯定的学术追求和价值理想。

基于此，《理性与革命：中国左翼文学的文化阐释》显示出的总体学术风貌和理论特征应是：运用历史诗学，坚持文化批判，从文学、哲学、政治、历史、美学、宗教、传播学、社会学、文化人类学等跨学科的多维“文化研究”视野切入，紧扣“现代性→理性→革命→文学”的历史精神演绎逻辑线索，围绕文学运动、思潮理论和作家作品三大文学史构成形态，宏观纵论与微观分析相结合，考释和阐说左翼文学真实的历史内涵、价值追求和美学特征，辩证分析和判断其历史合理性与历史阙失，阐述其历史作用和精神影响。而本书的切实具体的理论创新点与学术增值点，则表现于概念范畴的重新界说，原则原理的重新阐释，文本内涵的重新发掘，研究思路的重新建构以及思维范式的重新拓展上。这里择其要者简论之：

其一，通过分析“元典马克思主义→苏俄、日本→中国→文学、文化”的层递传播与转换接受的复杂进程，不但探讨了中国左翼文学理论架构、价值取向的现实合理性，也尽量原创性地显示出中国化马克思主义意识形态观念在形成和建构过程中的权威虚构性，这是马克思主义在理论东移过程中发生的变异，亦是中西文化的一次激烈碰撞与强度交融。尤其是该书循此思路关于意识形态部分的研究与考释，对中国左翼文学意识形态文学观的形成过程、逻辑脉络和精神特质，进行了全面、系统、带有创造性的梳理和总结，具有重要理论创新意义。这是迄今为止，卓有成效地运用意识形态理论、视角和方法，对中国左翼文学运动和文化现象进行的较为全面的也是富有成果的探讨。

其二，自觉把中国左翼文化与文学的研究置于特定的历史范畴，深入地探察了“现代性→理性→革命→文学”的普遍性精神发展的逻辑取向及其与区域性中国现代民族国家的未来社会憧憬相遇合，并对其所产生的以“理性与革命”为精神指南的中国左翼文学的先锋性、试验性、叛逆性和批判性特质，以及自身范畴的整合性、自足性、封闭性和压抑性特征，作出切合历史理性逻辑的深刻辨析和富有创意的概述。虽然我们站在今天的价值平台上，已经非常清楚地认识到中国左翼文学自身发展的那些弊端，且作为现代中国文学史的重大教训被记取；但我们往往忽略它在产生之初、处于半自发状态时那种天然合理性，以及相伴而生的文学思潮、文学创作方面的先锋性特质，以及道德精神上颇具崇高色彩的叛逆性和批判性内核。而这些，恰恰是它当年熠熠生辉的最主要的因素，亦是今人当为之感慨之处。这正显示本书出色地运用了辩证逻辑思维，既忠于历史本质真实又重视批判性的文化反思。

其三，作为审美意识形态的中国左翼文学生成于异己统治阶级思想占统治地位的政治环境与文化语境，本书以深刻的洞察力与辩证思维，不仅发现了左翼文学历史精神发展线索的“同一性”，而且有新意地揭示出左翼文学在“非法”语境中建构话语权力的差异性和“创造性”。这如同马克思主义本身是资本主义社会中一种非法精神力量，中国左翼文学运动作为一支非法的力量，在争夺文坛话语霸权的过程中，之所以能够所向披靡，很重要的一个原因，在于它对“正统”的藐视和颠覆，此正是中国左翼文学最富创造性的部分。显然，左翼文学本身的这种曾经有过的真实状态，当它自身成为“正统”后，却转向了自己的对立面。历史精神发生了逆转，当年所批判、所颠覆的精神现象变为合法的，那种真正的创造性变成了保守的精神限制。本书的这种有深度有力度的文化反思精神，颇具历史的沉重感，也有现实的警示意义。

其四，“辩证唯物主义历来是联系艺术与社会的最精妙的方法，而戈德曼的贡献，确切说来正是在继承了这种最精妙的传统，并且还创立了允许人们能在这两种互不相同的层次之间左右驰骋的典型范畴”；而这些范畴则“铸成了一个系统、辩证的模式”（吕西安·戈德曼《文学社会学方法论》第2～3页）。振勇正是依靠一些辩证的范畴，出色地运用了系统的关系思维模式，通过“政治与文学”和“理性与审美”两大核心命题的辨析与考释，特别是“政治激情与文学想象的互为主体性”、“文艺自律性与意识形态总体性”、“文人知识分子与政党政治”、“审美内涵的重新阐释和左翼文学的政治移情”、“理性、经验、激情等相生相克情境中的创作”、“意识形态冲动、实用主义和乌托邦想象的氤氲互生”等子命题的分析阐释，创构性地弥补了价值评判和文学史书写中“历史与审美”的分裂状态；尤其对“文艺自律性和意识形态总体性”的分析与阐释，以准确、清晰和辩证的理论思维与视野，掘发和说明了政治与文学这两种不同精神形式的关系和界限，而文人知识分子与政党政治关系的研究，则冷静、细致地考察和辨析了双方在历史潮流中的相互抉择和相互依托。特别该书从审美再理解的角度切入历史，更是一大理论和学术亮点。上述理论视野和学术方式的运用，不但较为圆满地阐释了过去左翼文学研究中许多难以解决的问题和困惑，而且对现代中国文学和文化研究，具有抛砖引玉的作用，不仅是学术研究内涵的扩大，同时也是研究范式的拓展。

长期困扰着中国左翼文化与文学研究难以有重大的突破的，还有个体与集体、人性与阶级性、个体主体与集体主体等范畴，而这些范畴原本就是辩证的范畴，不论是寓于作家主体的精神结构或者是蕴含于文学创作的审美世界中，它们都不是绝端对立的而是辩证地融为一体；但由于机械主义思维方式的主宰，总是在探究左翼文化与文学过程中把这些“辩证的范畴”推向异质相对的两极，这不仅人为地切断了左翼文化与文学同“五四”新文化新文学的有机联系，而且也严重影响对左翼文化与文学的科学总结与合理承传。本书有关这些范畴的把握与阐释虽触及到了，但给人的感知却总未达到上述几对范畴所阐释的深刻度与准确度，如果这些范畴也能像上述几对范畴那样进行正本清源的梳理和辩证系统的论析，并且与创作文本的解读紧密结合起来，那就能增多理论创新点与学术增长点，也能为深化现代中国文学研究拓展更多的具体的新思路。

《理性与革命：中国左翼文学的文化阐释》之所以具有强烈的理论感与浓重的学理味，也许与贾振勇博士酷爱理论的浓厚兴趣有关。他热衷于阅读中西方各种哲学人文科学的论著，并结合现代中国文学不同研究对象的阐释需求加以融会贯通，形成互为适应的不同理论模式，或者整合为宏观的理论视野，或者强化理论思维统摄力与穿透力；尤为感兴趣的则是对西方的带有前卫色彩的方法论的探索与借鉴，"方法尽管说是客观的程序，但即使把信息化罗列出来，也仍然看不到真理，而必须有把它变为自己的东西的主体化的意志和活用它忍耐痛苦、不断思考的意志。"[①]振勇既有锲而不舍追询新方法论且转化为自己思维方式的"主体化的意志"，又有坚持不懈活用新方法的韧性探索精神。固然理论"思维能产生思想，而且能产生它所需要的特定思想"；[②]但是没有相应的方法论与之有机结合，也难以深入事物实质而产生"真思想"。所以研究新理论探讨新方法是开创现代文学研究新局面的关键。不过，"将一种方法运用于研究对象，必须以实践为中介，调整方法与对象适应度，找出一系列的中间环节，这个任务不完成，最好的方法也是一句空话"；如果通过对材料的潜心研究而"不能上升到理性的理论框架的建构，也就是还没有找到材料中的生命，还没有寻求到客观固有的结构的密码。"[③]振勇正是在左翼文化与文学研究的实践中把选取的新理论、新思维、新方法以错综复杂的中间环节联为一体，生发出惊人的创造力与阐释功能，故而写出了这部有相当理论深度和学术创意的专著。

"为人第一谦虚好，学问茫茫无尽期。"（冯梦龙《警世通言·王安石三难苏学士》）愿振勇博士以虚怀若谷的精神迎对学术征程上的得与失、喜与忧，走自己的治学之路，建自己的学术园地，用青春的激情与充盈的智慧去探索"茫茫无尽期"的学问。是为序。

（2005 年 1 月 2 日）

---

① 今道友信：《美学方法叙说》，《美学文艺学方法论续集》，文化艺术出版社 1987 年版，第 378 页。
② 黑格尔：《小逻辑》，商务印书馆 1981 年版，第 67 页。
③ 陈鸣树：《文艺学方法概论》，上海文艺出版社 1991 年版，第 3 页。

开拓研究通俗文学的新理路

——序《现代性视野中的张恨水小说》

温奉桥以自强不息、坚忍不拔的精神，克服了生活上的种种困难，出色地完成了三年读“硕”三年攻“博”的学业，于2000年获得博士学位后分到中国海洋大学文学院从事现代中国文学研究和教学，且对王蒙研究已初见成效。“积学以储宝，酌理以富才。”(《文心雕龙·神思》)奉桥在学习过程中，重视知识的积累，充实和更新自己的知识结构；更重视事理的探讨，提高自己的思辨能力，丰富其智慧和才学。他不轻易动笔，也不急于发表文章，至少读“硕”三年是其积累知识、思索问题的阶段；到了攻读博士学位时，他连续写成几篇论文，见解不俗，出手不凡，创新意识之敏锐，理论思维之深刻，掌握资料之扎实，是我没有估量到的。我主持的国家社会科学基金项目《20世纪中国文学理性精神》，他参与撰写“非理性的‘哲理文学’”一章，虽难度较大却写得较好；《现代性视野中的张恨水小说》是他独立完成的博士学位论文，博得答辩委员会的一致好评，在此基础上经过修改和扩充，形成一部新颖独特的具有开拓性的深入研究张恨水小说的学术专著(以下简称《现代性视野》)。

近20年随着中国通俗文学研究的升温，章回大家张恨水小说的探讨已成为热点，出现了一批令人注目的科研成果；但是从整体上予以观照，却会发现这些研究著述并没有突破新与旧、雅与俗、严肃与通俗文学二元对立的研究框架及其扬前者抑后者的价值观念。也就是说，张恨水的小说创作在价值平台上不能与新文学平等对待，不能公正地给以评判，二者的原态生下来就注定有高低之分优劣之别。奉桥的新著《现代性视野》则对张恨水小说的研究与评说，力图突破惯用的二元对立的评判框架，以现代性视野对其重新考察、重新解读、重新评述，把张氏小说研究带入一个新的学术境界。

恩格斯把“思维着的精神”称之为“地球上最美的花朵”；[1]而人类独有的思维则是运用概念进行分析、综合、判断、推理的过程，其中概念确是思维方式的决定性要素，可见思维的更新首先是概念的更新。正是从这个意义说，对一些基本概念重新理解或重新阐释应是学术理论创新的首要前提，也是文学创新研究的关键环节。“现代性”是从西语借来的使用频率极高的、意义最含糊的概念，故有人把现代性称为“无限的现代性”。也许因为现代性这个概念难以寻到统一的语义场，具有多种言说的张力空间；又因它是现代中国文学研究最通行的价值观念，似乎只有新文学方是现代性而像张恨水所代表的通俗文学则缺少现代性或没有现代性。所以，抓住“现代性”这个关键词而作出新的解释与新的理解并由此形成研究主体的新视野新思路新观念，乃是突破张恨水小说已有研究模式的逻辑基点与思维通道。“现代性”作为惯用的范畴，是个“十足的杂音异符混合体”，在西方话语系统中众说纷纭；然而奉桥却凭借自己的刻苦钻研精神和敏锐辨识能力，从西方众多论者的杂乱多义的说法中，通过知识“考古”则把“现代性”复杂内涵梳理出三个维度，即“时间性”意义上的现代性、“时代性”意义上的现代性和价值意义上的现代性，并对这三个维度的现代性的相互关系与内在联系作了有理有据的阐释。通过对现代性的动态考察，他发现“就现代性这一概念内涵的生成、发展和演进而言，主体性或称自主性应该是其本质化的涵义”，故“在通常意义上讲，现代性主要的是个批判性、反思性概念”。而“所谓审美现代性，实际上就是对现代性的合乎逻辑的发展，现代性的工具理性、合理性特点，即‘世俗现代性’与审美现代性之间有种内在的承续关系，它们都应该建立在现代性的基本含义上，即现代性产生于主体的自我意识，正如梅绍尼科所言，‘现代性存在于创造主体和主体的目光之中，’现代性并‘没有固定的、客观的参照对象，它只有一个主体’”。因此，“现代性的一个最本原性的含义，就是一种建立在现在历史意识之上的与时俱进的时代精神、变化意识，这种历史意识和时代精神体现了的自我解放的内在要求和历史动力，即人的主体性意识的面向未来的发展诉求。”（引文出自其专著第一章，以下出处若相同则不再另注）同时，他还认为，“在社会历史层面，现代性与传统、古代性内在地存在着一种对立的否定式的紧张关系，但在审美层面而言，这种对立的否定式紧张关系却不复存在，而更多地表现为二者之间的承续关系，这是历史现代性与审

---

① 《马克思恩格斯选集》第3卷，人民出版社1972年版，第462页。

美现代性的一个重要区别。”虽然文学的审美现代性同样具有主体性意义，“但是表现在文学中的现代性含义，也并不必然地表现为反思性、批判性，特别是在现代中国文学中，由于现代性的非原发性特征，它的现代性曾受到西方现代性文学发展理路的强烈的引导、暗示作用，所以与西方文学的现代性的反叛性、解构性相比，现代中国文学的现代性具有强烈的建构意义和结构功能，体现了更加明显的主体感”。基于对“现代性”内涵的深刻辩证的理解与认识，便形成研究主体探讨研究对象的开放的灵活的理论视野、考察角度和思维之网。奉桥正是以其所理解的现代性作为宏观视野、微观角度、纵横思路与价值坐标，对张恨水小说进行了深入切实的勘探和务实求新的解读。

以现代性作为视野来考察现代中国通俗文学，就是选择了一种新的学术眼光。因为从“五四”文学革命以来总是在评论界有一种主调即通俗文学是“旧文学”，茅盾写了不少文章就是视通俗文学为“旧小说”予以严厉挞伐的，直到今天也许有相当多学人认为通俗文学不是现代性的文学，所以用现代性视野探索现代中国通俗文学这是新的开拓，也是揭示通俗文学新内涵新特征的一种新的思维方式。在现代性宏观视野的探索与辨识下，本书将现代中国两大文学形态即新文学与通俗文学进行了富有创见的比较分析，发现“以五四为肇始的现代中国文学，对传统文学观念、形态的反叛，客观上形成了现代中国文学的两种现代性规范”：一种是五四新文学对现代性是“单值性认同”，所坚持的是“新”优于“旧”的扬“新”废“旧”的单一直线型思维方式，“导致了对传统文化、传统文学的某种打压姿态，‘全盘西化’式的现代性理路，在一定意义上‘遮蔽了’现代性的另一种声音，另一种理路”，而这种“价值判断上的简单化”使作家们深陷一种“现代性”误区，新文学便在“西化”的单车道上运行，总是把“传统文学”作为现代性文学的对立物；一种是体现本土审美倾向的通俗文学即现代性的“另类”表现形式，“鸳鸯蝴蝶派文学和‘五四’文学一样，都是一种现代性的表意方式。‘五四’新文学是一种启蒙的精英意识的现代性，它主要面对知识分子；鸳鸯蝴蝶派文学是一种世俗的现代性，它寻求的是与市场的结合，选择与当时的市民观众相结合的方向。‘五四’新文学是一种激进与传统彻底决裂的现代性，对传统采取了彻底决裂的态度。鸳鸯蝴蝶派却代表了一种温和的渐进的改良的现代性，它寻求的是一种现代和传统的结合与传统的转化，对于传统的不合理的和不人道采取一种温和的否定的态度。它们可以说是现代性在不同方面、不同思路上的不同选择”（罗金《鸳鸯蝴蝶派：另一种现代性》）。把现代中国文学区分为两种现代性发展路向与审美取向，是符合现代中国文学的客体结构的，也为在同一的现代性平台上探究通俗文学特别是张恨水小说提供了合理性和合法性，消除了“新”优于“旧”、“雅”高于“俗”的传统偏见和评价弊端，为深化现代中国雅俗两大形态文学的研究开辟一条新思路。在两种现代性理念的引导下，本书对张恨水的文化观念与文学理路进行了综合考察与探析，明确指出，“与五四新文化健将们对传统文化的偏激情绪不同，在张恨水看似偏于保守的文化观察中，可能蕴含着张恨水一种更加平和、理性，同时也更具有建设性的文化现代性生成理路”。张氏认为“过渡时代”的文化人肩上有“两份重担”，即“一份是承接先人的遗产，固有文化，一份是接受西洋文明，这两份重担必须使它交流”，以产生新质文化形态。这就使张恨水摒弃了非新即旧、新优于旧的绝对化思维模式，在“中”与“西”、“新”与“旧”之间进行探索与整合，开创出一条“过渡”式的现代化之路，通过对传统文化、文学的调整和“改造”，使传统文化、文学的价值体系、思想结构、审美意识与文体形式逐步发生变化，以适应中国文化、文学进行整体性的置换；而张氏所创造的独具特色的现代通俗小说则体现出这种现代化价值取向和文化姿态。这种颇有新意的理性概括，从总体上提升了张恨水在现代中国文化史与文学史上的价位。

“角度体现了文学研究中发现的逻辑机制，因此，寻求角度的过程实际上是一种排除盲点的‘理性重建’过程。”[①]奉桥选取了现代性作为研究张恨水小说的视野或角度，充分运用主体的发现逻辑机制对张氏其文的探索就不可能止于文化观念或文学理路上，而重在对其小说文本的重新发现和重新阐释，这样才有可能完成对张恨水研究的“理性重建”，形成一套以现代性角度切入张氏小说进行解读的话语体系。本书充分证实了这种探索与发现的卓有成效性。首先，通过现代性角度的功能机制，从三大维度考察并发现了“张恨水小说的主题现代性”。从“民间叙事”维度上，作者发现了“张恨水在世俗化的平民视角上展开了中国现代都市社会的现代性存在，张恨水的写作打开了五四之后左翼文学实践所不曾涉猎和一般新文学的‘都市’作家不曾深入的新领域：即一个‘没有完成’的‘现代’给中国的都市市民生活所带来的某种颇富有‘时代感’的种种形态，以及在这个‘过渡时代’中生长出来的新的价值形态、行为准则、情感倾向。而这一系列的主题内涵都是通过市民社会的‘平日的私人行为’来表现的，

① 陈鸣树：《文艺学方法概论》，上海文艺出版社1991年版，第511页。

几乎没有‘宏大叙事’，与新文学此时所热衷的‘大主题’相比，张恨水的小说则把‘平日的私人行为’作为了小说的意义范畴”。这是有见地的论述，从比较中突显了张恨水民间叙事主题的独特价值。从“现代市民主题表现形态”的维度上，作者通过文本解读从中发现了张氏小说现代性市民主题主要由“梦幻情绪”、“欲望主题”、“正义主题”和“价值主题”四个层面构成，而“这些主题都带有现代都市的民间性”，它不同于那种以“国家意识”为核心的主流叙事，“而是来自市民社会并体现了他们的主要价值期待和心理情感的时代中心意识”，“相当生动地呈现了中国社会特别是大都市市民社会走向现代性民族国家这一‘过渡时代’的情感状态和意识风貌。”这是对张恨水小说“现代性主题”的富有深度的概述，把都市文学的民间性与现代性融为一体，深刻揭示了张氏小说主题意蕴的民间性与现代性的潜隐关系。从“平民意识与启蒙视角下移”的维度上，以“五四”启蒙文学主题为参照，奉桥发现了张恨水最重要的通俗小说都以一贯之地承续和表现了“五四”文学所开创的现代性主题，如言情小说《金粉世家》“在其思想上的‘启蒙性’，与五四新作家的作品，并没有多大的区别，区别仅仅表现在《金粉世家》具有更强的可读性，更容易被读者所接受”；如果说“五四启蒙文学大都采取了一种居高临下的教喻式‘启蒙姿态’，在客观上造成了‘启蒙者’与‘被启蒙者’的距离感”，那么“在张恨水的通俗小说中，这种‘启蒙姿态’就降为某种对等式的平等地位，启蒙视角明显下移，拉近了‘启蒙者’与‘被启蒙者’的心理距离，具有某种平民化色彩。”这种闪耀着思想亮色的分析，给人们以新鲜感和一定的理性启示。其次，以现代性为视角切入张氏小说文本世界，穿越其审美内涵与审美形式，作者发现了“张恨水小说的文体现代性”。现代中国新文学作家几乎都无法摆脱一种“现代性”的文类偏见，即唯有“西化”文体才是现代性文体，而承续传统文类创造的文体就不是现代性文体，乃是“旧文学”；作者认为“张恨水的‘章回体’小说创作，是在五四作家的深刻的文类偏见的目光中，成长起来的一棵枝繁叶茂的参天大树。”要是说五四作家大都“采取外国的良规，加以发挥”而营造了新文学的现代性文体，那么张恨水等通俗作家则是“择取中国的遗产，融合新机”①而创造了小说的现代性章回体。“张恨水对章回体所作的极富有现代感的‘改造’，即反映了张恨水与五四新作家相比对普通读者更大的关注，同时，也表明张恨水对时代的一种更加实际的判断和表观”。

① 鲁迅：《且介亭杂文·〈木刻纪程〉小引》，人民文学出版社1981年版。

因此张氏对通俗小说“文体现代性重塑之一”则表现在:“已经不再沿用原来的对仗回目了,所有的回目都变成了单句,以后则完全废除了‘回目’这一章回小说的标志性‘外壳’,代之以简洁明快的小标题”;实际上“章回体这类标志性特征的剪除,影响到了小说的外部表现形态,是一次文体解放”。“文体现代性重塑之二”,更重要地表现在对章回体这一传统文体系统的“编码”所进行的改造,即在“同化”中创新,将传统艺术成规融进了新的艺术基因,从根本上使章回体具有了时代感和现代性,传统文体焕发出现代生机:一是“叙事视角的多元交错”,打破了传统章回小说贯穿始终的占统治地位的全知全觉的叙事方式;二是“叙事时间的‘碎化’”,突破传统章回体过于平板直线型的叙事格局,张氏小说不仅大量采用叙事时间的闪回和闪前手法,还采用了富有变化的“速度叙事”,以形成叙事的疏密度与文本的节奏感;三是“叙事视点的内化”,这主要体现在张氏小说大量运用心理描写和梦境、潜意识心理、性心理的描写,特别对人物内心独白的描写更是体现小说“现代性”的重要标志;四是“叙事结构与叙事动力”,即张恨水小说的“三角恋爱”叙事模式所产生的“动力势能”影响了整个小说的结构形态,并为突破传统小说“大团圆”结局而建立动态开放结构提供了支持。上述,《现代性视野》对张恨水小说从主题到文体所进行的探赜发微的考察与富有新意的阐述,是本书最有学术含量的开发与最有创见的论析,它所形成的“现代性”话语系统标示着张氏小说的研究已进入新的学术层次。

奉桥以现代性视野探察张恨水小说虽然有了新的发现新的突破,但这只是良好的开始,应遵循已开辟的新思路、新视角对张氏的全部文本及其他通俗文学勘探下去,深究细研,精读妙悟,锐意进取,敢于求新,绽放更加璀璨的思维之花,结出更加坚实的思维之果。是为序。

(2005年1月20日)

两种角色有机结合所创造的优秀学术成果

——序《现代中国文学话语变迁与中学语文教育》

有所实践方有所体验,有所体验方有所发现,有所发现方有所出新。张伟忠1999年获取文学硕士学位后便分配到省教育厅教研室从事中学语文教学研究。他干一行爱一行,爱一行专一行,以积极主动的姿态投入语文教学研究实践和方兴未艾的中学语言教改热潮,善于从教改实践中发现问题、探究问题,并以新思维新观念新方法回答阐释问题。于是,一篇篇出新的研究成果则载于国内期刊,这不只引起教育界或学术界的一定关注,且激起他攻读博士学位继续深造的热切期望和浓厚兴趣。2002年,伟忠通过严格的考试被录取为正式统招博士研究生,他怀着"秀木终成栋"的志向和较为丰富的语文教育改革的实践经验,竭力扮演好文学博士研究生与语文教学研究人员的两种角色,尽管在"两条战线作战"极其辛苦劳累,但是凭借其坚韧毅力与聪明智慧却出色地完成了使命,博士论文《现代中国文学话语变迁与中学语文教育》正是其两种角色有机结合所创造的优秀学术成果。

从我的有限阅读视野来说,将近百年中国文学话语流变与中学语文教育演化捆绑在一起,进行跨学科的系统考辨与勘探,这应似开创性的研究。之所以认定此课题带有开创性,不仅因为它填补了现代人文学科研究的薄弱点或空白点,目前虽对现代中国文学变迁或现代中学语文教育衍变进行分流分科探究的学术成果并不少见,而将两者置于一个同构框架里予以整合研究却是开风气之先的;更因为研究者带着自觉的改革意识与学术的创新欲求,以新思路新观点冲破了已被实践证明是谬误的定格习见,乃至过了时的思维模式,用锐意求新的精神来完成这项开拓性的课题。伟忠能够出色地做成这篇博士论文,他所具备的主观条件得到了充分发挥与竭诚开掘,其中最主要的也是起决定作用的有三条:

一是双重知识积累。在他的知识结构里,通过大学的学士、硕士、博士三个学习阶梯，已积累了系统而扎实的现代中国文学的理论知识与基本常识，这一重知识的获取与积累虽说是难以穷尽的，但相比较而言伟忠的现代文学知识储备对于完成本课题还是够用的，况且他撰写博士论文的过程就是运用、搜求、深化、拓展、丰富现代文学知识的过程；至于现代中学语文教育知识，并非所有文科博士或学者都能通晓和掌握的，因伟忠专心致志从事中学语文教学研究达数年之久，不仅熟悉中国现代中学语文教育知识，积累了相当可观的中学语文教学资料，而且对国外中学语文教育的基本知识、改革现状、研究动态也有所了解，这是他独具的知识优势。没有这双重的知识积累，就没有创新趋优学术成果的坚实基石与丰盈资源。

二是双套理论范式。仅有知识的积累是不够的，哪怕获取的经验知识、理性知识或直接知识、间接知识再丰富，也不能算个人的创新学术成果，只有把相应新颖的理论范式与坚实可信的资料知识结合起来，经过研究主体发现逻辑机制与发明创造能力的运作与营构，已有的人文知识或科学知识才有可能转化成新鲜独特的学术果实，这不是旧有知识的堆砌也不是他人知识成果的转让。因而，研究主体理论思维是否优化，理论范式是否科学，在相当程度上决定着学术研究能否创新。从宏观上说，研讨现代中国文学与中国语文教育的关系，作者至少应具备两套理论范式，一是能从多维度透析洞察现代中国文学史的理论范式，而这套理论范式主要由文学史理念与思维方式构成，它应具有发散、收敛、阐释与整合的思维功能；一是能从多方面考察探析中学语文教育变迁的理论范式，而这套理论范式主要由教育理念、文学理念与科学理念以及相宜的思维方式构成，因为中学语文教材所选取的文本固然文学篇占相当比重，但自然科学篇也不少，所以探讨近百年中国语文教育变化所需要的理论范式具有多向性、相关性与综合性的特点。伟忠攻读研究生学位或致力教研工作，都非常重视自身的理论修养，对各种体系的文学理论和国内外的教育理论皆发生兴趣，并有针对性地钻研一些带有前沿性或先锋性的文学原理和教育原理；尤其他能结合博士论文的选题与写作，在各种理论范式的学习、研究、消化、汲取和选择上花费精血，使其文学观、教育观、史学观、思维方法以及理论范式作了多次调整、多次更新，尽量让其理论范式能对研究对象进行开拓性的或科学性的探究。众所周知，近百年中国社会科学的各种理论范式，特别是文学理论和教育理论，遭受机械论、庸俗社会学、极左思潮等的伤害极为惨重，至今有些理论范式仍未恢复其原创性、科学性、真理性的本貌；所以在理论上的拨乱反正、清除谬误、创立新说、建新范式太不容易了，尤其跨学科研究所需的相辅相成的双套理论范式的取得与掌握更不容易。伟忠在这方面所下的功夫是值得的，也是应该称赞的。

三是双种价值坐标。从特定意义上说，学术研究就是一种价值判断，探讨的是过程也就是价值判断的过程；如果没有价值判断就无法从研究对象中发现有意义的真理，更无法创造有价值的学术话语系统。但是要从研究对象中发现有价值的东西并从而创构有意义的科学体系，则必须选择或建立一种价值坐标，而这种价值标准既应是科学的，因为它吻合研究对象本身所具有的规律性或真理性，并能对其进行较为准确的概括或较有深度的阐释；又应是崇高的，因为它符合人类追求真善美的终极价值理想，且能对研究对象所蕴含的诸多有意义的因素给出具有哲学高度的价值判断或意义分析。总体上说，现代中国文学与中国语文教育合二为一的研究，基本上属人文科学范畴，应该确立一个多数人认可的公共价值坐标；但它们又毕竟是各成体系的独立学科，并置起来进行跨学科研究决不是抹煞其差别将它们视为同质同构的一体化，所以对它们的探讨不仅需要两种既相通又相异的价值坐标，而且也要从现代中国文学与中学语文教育在百年流变中所形成的各自系统的复杂性、深微性与错综性出发，确立一些差异互见的与宏观价值坐标相关联的微观价值标准，以适应对每一个具体文化现象或每篇文学文本作出探幽发微的价值分析。试想一下，不论从丰富多彩、斑斓驳杂的各类文体中选取优秀文本作为中学语文教材，或者对中学各年级语文课本进行讲读，都离不开宏观与微观相结合的价值尺度；否则就难以从现代文学作品中选准选好中学语文篇目，也难以在讲读语文课本过程中对真正有意义的东西作出科学的价值判断。况且，近百年现代中国文学或中学语文教育的流变，除了深受中外古今纵横交错的价值观念的影响外，还在相当一个历史区段遭到极左政治或文艺价值标准的左右，这给作者为完成本课题而确立正确的价值坐标增加了更大的难度。由于伟忠在学习和研究中苦于思索，长于钻研，敏于求新，尤其善于总结自己在现代文学研究与中学语文研究中运用价值标准的实践经验，以及学习汲取国内外先进的价值观念；因此，他不仅建立起两种颇有特色的价值坐标而且能在博士论文撰写中较为灵活熟练的运用，并取得了积极的学术效应。

伟忠既然对研究课题感兴趣有体悟，本身又能在知识积累上得到充实，在理论范式上得到更新，在价值坐标上得到调整；那么，这不仅从根本上确保其出色地完成了博士论文的研究与写作任务，而且所建构的学术成果也呈示出诸多思想亮点与价值新点，这里只能择其要者略论之：

新视角，新焦点。面对研究课题的艰难庞杂，选择最佳的切入视角和勘探焦点则成了突进课题并潜入其深层的关键。正是伟忠所体验的，一进入研究“主要的困难在于很难找到一条合适的线索或视角来梳理现代中国文学和中学语文教育之间千头万绪的联系和交叉影响。直到有一天‘话语’这个词进入我的研究视野，才有柳暗花明的感觉。自此我以话语变迁为线索，以话语实践为主要内容，采用话语分析的方法，重新审视现代中国文学和语文教育的关系，我发现走进一块尚待开垦的宝地”（见《后记》）。选取“话语”或“话语实践”作为本课题的新视角和新焦点，之所以能使伟忠的学术视野豁然开朗，这不仅因为以“话语”理论来探究现代中国文学与中学语文教育之间关系的学者“确属凤毛麟角”，甚至根本就没有人这样系统而深入的研究过，故而这是个罕见的新视角新焦点；而且也因为话语理论或话语分析其思想威力与方法功能，可以满足研究主体应对研究客体的开发与阐释需求，也就是说“话语”作为一种方法论不论其原则原理或思维方式都与研究对象的外在形态或内部结构，有着相当的对应性、契合性、包容性和涵盖性，只有用话语和话语分析才能进入研究客体的奥堂，破译其内蕴的人性密码或真理密码。这是因为，话语和话语分析的理论思想大致包涵文本、话语实践和社会实践三个向度，任何话语“事件”同时都被视为具有内在深层关联的一个文本、一个话语实践实例和一个社会实践实例的三位一体。文本作为话语的一个向度或一位则包括书面的或口头的一切现代中国文学产品和中学语文教育的文件纲领、教材篇章等，话语实践这个向度或一位的主要功能是用来阐明文本生产过程和解释过程的性质，而社会实践这个向度或一位则着重关注社会分析方面的问题；概言之，话语理论作为一种方法论，既关注作为话语文本的现代中国文学和中学语文的本体论研究，又能从话语的视点对其进行内在律的探察，也能从社会实践对其进行外在律的研究。这样就把本课题的探讨纳入一个富有巨大弹性的既深且广的纵横捭阖的阐释描述时空，不仅有利于将现代中国文学与中学语文教育的丰富而驳杂的内涵聚焦于“话语”上予以条分缕析的梳理，而且更有利于对其本体内容及其相互关系进行有深度的话语分析。

新架构，新概述。在“话语”作为新视角、新聚焦的导引或规约下，论著遵循现代中国文学与中学语文教育纵向演变的相辅相成、有分有合的两条“史”线而组合成一个双向互动的新架构。整体观之它是一部跨文学与教育两个学科的百年话语史论，分开视之则是两部人文话语史即现代中国文学话语史和中学语文教育话语史的缩写；但从其逻辑关系来看，这两部话语史是个结构严谨的整体，决不能随意将其拆开，因为它们并非“各自为政”单线推进，若是这样来书写那就不算跨学科研究了，而且也失去了它独具的学术价值。这部论著的新架构之所以值得称道，不只是它把富繁复杂的内容有层次感、有递进感、有深度感、有完整感地结构成一体，形成一套别开生面的相互影响相互融合的现代中国文学与中学语文教育共存并进的话语系统；特别是它以新的表述方式对近百年现代中国文学和中学语文教育在历史演变的每个逻辑阶段所呈现出的共有话语特征给出新的概括，这应是研究主体对历史分期和话语特色的独到体认与把握。你可以不认同他对百年中国话语史的分期也可以不同意他对每个历史区段话语特点的表述，但是我们不能不对他这种“新概述”所表现出的史学见识与创新勇气投以敬佩的眼光：“本论文认为现代中国文学话语主要经历了晚清时期的教育话语、五四时期的启蒙话语、二十世纪三十年代的大众话语、四十年代的革命话语、五十—七十年代的政治话语、八十—九十年代的人文话语、世纪之交的全球话语七个阶段。这几个阶段的文学话语，既有其规定性特征，又有其交叉、错位性，但都能大致反映出时代的主流话语趋向。在每一阶段中，文学话语和语文教育都有着复杂的关系，这个关系可以用话语分析的方法，从文本、话语实践、社会实践三个向度得到说明。”（见论文“摘要”）正是依据这个框架、思路和方法，作者对研究课题进行了卓有成效的话语分析，作出了一些颇有新意的概述，使论著的史论结构呈现出新的思想与智慧风貌。

新契合，新深度。不管是现代中国文学话语系统还是中学语文教育话语系统，虽然它们在诸多方面有相通点，但毕竟是两个系统质存有差异性的学科，因此它们构成互动关系所产生的相互影响并非是完全对等的，也不是全方位对应式的互促互补。如果要对现代文学话语与中学语文话语的错综深微的互动关系进行由表及里的深度探索，那就应选准它们契合点；也就是说，现代文学学科和中学语文学科之间在何种具有本质决定性的联结点上发生了契合。本论著选择了“人学”作为两者的契合点，这应是它们的本质规定，现代中国文学属于人学范畴是毋庸置疑的，中学语文教育话语尽管杂有自然科学话语，但经过创作主体或教学主体的人文情怀的渗透也成为现代人学了。可见，选准了人学也就选准了现代文学与中学语文互动关系的契合点，也是抓住了两者的本质特征。通过对教育话语、启蒙话语、革命话语、人文话语、政治话语等七种不同形态话语的分析,特别透过经典文本的个案剖析,使所开掘出的人性内涵达到了新的深度,使所发掘出的真善美的价值理想达到了人文主义应有高度。人学既是现代文学与中学语文相互关系的本质纽带,又是它们之间互相拥有的思想灵魂。虽然在百年的流变过程中,现代文学话语与中学语文话语的纽带和灵魂都遭到极左意识的摧残、阉割乃至取代,但是现代人学内涵总是在曲折中潜行,尤其启蒙话语、人文话语、全球话语等占主流的几个历史时期,人学内涵也得到了充实和发展。“人学”作为现代文学与中学语文两个话语系统的契合点,不仅增强了论著人文主义精神与人性内涵的开掘深度,也进一步确立了以人学作为研究现代文学与中学语文价值坐标的牢固地位。

新资料,新发现。这种史论结合以史证论的跨学科研究课题,必定要求作者从时间纬度或空间纬度下苦功夫搜求资料、占有资料。虽然现代中国文学史的已有参考资料比较多,但是对中学语文教育发生直接而又深刻影响的不少新资料却是伟忠搜集的,特别近百年中学语文教育话语资料是新蒐集整理的。这些新资料的获取,增加了论著的信息量和厚重感以及论述的实证性与可信性,也为作者运用发现逻辑机制提炼新史识、铸成新见解提供了新资源。没有新资料就不可能有新发现,论著那些新见迭出或迸发思想火花的章节,大都与新资料结合在一起;即使《结语》中的那些宏观性的带有创见的规律性的理性认识或理论概括,也是从前面章节的丰富新颖的资料中演绎升华出来的。

这篇博士论文已形成一部创新趋优的学术史论,尽管我并不认为它达到了难以企及的学术水准,甚至现代中国文学与中学语文教育两套话语系统及其互动关系的研究尚待进一步强化与深化;但是对于本论著的开创性学术价值及它将对深化现代中国文学研究和指导中学语文教学改革所起的启迪作用,我是充分肯定的。现代中国文学话语与中学语文教育话语互动关系的研究应视为系统工程,我相信以伟忠的才华、毅力、灵气和学养是会沿着既定思路向纵深掘进的,并从这片“宝地”里发现出更多更好的珍宝,我热切期待着。是为序。

(草于2005年国庆节)

"为学必须先立志天下事"

——序《左翼至抗战:文学英雄叙事的当代阐释》

往年每逢审读博士论文,我的情感总是波动很大,也想保持正常心态,却难以调节平衡。时而拍案叫绝,兴奋不已;时而有失所望,恨铁不成钢;时而心生无名之火,不知喷向何方。不过近年阅读博士论文,我再也没有勃生激情了,心态安静,思绪稳定,即使对待粗糙平庸的论文也激不起忧怨的思情,我会精心地辅导,冷静地教诲,耐心地指点,宽容地对待;也许独有王寰鹏的博士论文《左翼至抗战:文学英雄叙事的当代阐释》(以下简称《文学英雄叙事》),令我读后颇激动了一番。这是因为从审阅的体验和感悟中,我真切地发觉论文实现了寰鹏预想的"学术追求和价值期待":即"以文本重读新解为基础,在新的理论视野下,对左翼至抗战文学英雄叙事进行宏观与微观相结合的探索,旨在把握英雄叙事与主流意识形态的关系,确立英雄主义在现代中国文学史上的价值地位,研究英雄叙事的形态类型、叙事特征和叙事模式,找出隐含在文本中的叙事结构以及叙事结构所包含的最本质的意义,从而发现英雄主义在文本显现中的内在逻辑,揭示英雄叙事在现代中国文学史上的发展规律。"(引自"中文摘要")从左翼到抗战文学的英雄叙事虽然在不少的文学史著述或学术论集论文中多有精到的论述,但是以新的学术视野对这一历史区段各种形态文学英雄叙事进行系统深入的考察与探析,并达到再解读、再认识、再反思的学术境界的却不多,本专著所彰显的创新成果是弥足珍贵的。作为一个导师,阅读这样的论著怎能无动于衷呢?诚然,任何学术著作都不是完美无缺的,都是值得挑剔的;但决不能以此障目而漠视或否认其理论创新点和学术增值点,更不能因为有点瑕疵而消解审阅主体对其肯定赞佩的激情。

《文学英雄叙事》既是寰鹏在学术上孜孜以求所达到一个新高度的标志,又是他遵循博士培养目标奋发图强刻苦攻读所取得的喜人果实,也是他向关心他的亲朋师友交出的一份合格的答卷。根据博士生培养目标的要求,这些年与博士生面谈时，我总是在对话中启示他们应自觉地把自己培养成“学习型、研究型、创新型、务实型”的高级人文科学人才。大多数博士生心领神会，按照“四型”人才设计自己、塑造自己，抓住攻读博士学位的三年时间，分秒必争地去完成学业，高标准地去攻克科研难关；也有个别博士生自流放任，我行我素，胸无大志，仅仅为了混个博士文凭，并不想在学业上出大力下苦功夫。寰鹏是属于前一类型的博士生，他雄心勃勃，志向高远，使命感强，劲头十足，具有现代青年学者的思想风貌和智慧风貌。三年前他一考取博士生，便按照“学习型”人才的要求制订了系统而详细的学习计划。他深知系统地阅读钻研现代中国文学的作家作品的重要性，于是就把现代作家作品的精研细读作为学习的重点和切入口，利用自己所有的工作之余和所有的节假日突进书海。“山不厌高，水不厌深”的永不满足的学习追求，驱使他在书海里越游越深、越游越远，弥补了其在职攻读博士学位“学习时间少，读书不足”的缺欠，使他的知识结构发生了变化，朝着“资之深，则取之左右逢其源”（《孟子·离娄下》）的治学境界奋进。也就是说，做学问如果根底深厚，就能取之不尽，得心应手；如果没有广博深厚的知识积累，那就不可能创立新说，即使有了创见新意也没有丰富的资料供其左右逢源地使用。我并不是说寰鹏通过发奋读书所积累的知识，已达到了“资之深，则取之左右逢其源”的程度，而是说他的刻苦学习已为其做学问储备了较深厚的知识，若是持之以恒地学习、学习、再学习，那就有可能达到孟子所期待的治学境界。《文学英雄叙事》足以证明其知识背景与学习视野已突破了论题的范围，若是没有系统厚实的现代文学知识来支撑，那论文的框架建构、新说创立就不可能获得左右逢源的文本资料和扎实可靠的根据。

博览或精读群书以充实知识结构，这仅是将自己塑造成研究型人才的良好前提，若是就此止步不前那只能成为一个“知识箩筐”，不可能转变为研究型学者。只有通过研究实践把所学的知识激活，使凝冻的知识成为活的知识，从学与用的有机结合中，发现问题并形成有价值的问题意识，全身心地进入研究状态，用已掌握的知识解决问题、阐释问题；又在解决和阐释问题的过程中更新知识充实知识，使获取知识与研究实践得以良性循环，并从循环中深化知识结构增强研究自觉，这样才有可能把知识不断地转化为“学问”。寰鹏积极探索学习与研究的互动规律，他考取博士生的第一学年的下半学期曾多次谈到在系统读书中发现的问题，提出一些值得深入研究的问题，试图运用所学的新理论新知识来分析阐发这些问题，流露出不少新见解新史识，于是我便鼓励他不失时机地抓住新想法形成新思路草拟成文。后来不久，寰鹏带着已有的知识积累和研究欲望，积极投入到《现代中国文学英雄叙事论稿》的写作。该书由导师选题并主编，多次组织博士生进行集思广益的研讨，这既可视为博士生的选修课又是引导博士生进入研究状态的重要举措。寰鹏在本课题所承担并撰写的任务，与其博士论文选题相关，虽然不是博士论文所研究的全部，但却是它的核心。这种把研究课题与博士论文相结合的做法，可以获得一举双赢的学术效果。一方面围绕研究课题的完成既能开拓深化参编者的知识结构，调动自身所有知识为课题探究服务，又能在研究实践中增进智慧才干，提高用得上过得硬的研究能力，为博士论文的写作做好坚实的知识与技能准备；另一方面博士论文写作是源于课题研究又高于课题研究，它以严格的学术规范与较高的质量标准，要求博士生精益求精，百尺竿头再进一步，使其充分意识到学术追求无止境，研究发掘永远不会止于一个水平。这也许就是鞭策寰鹏在完成研究课题的基础上把博士论文打造得更好的内在思想动力。当博士论文进入攻关阶段时，听说寰鹏达到了一种废寝忘我的研究状态，即使头脑发胀、眼睛冒花也要坚持一字一字地写下去，偶尔睡梦中有个新观点迅速爬起来奋笔疾书。有了这种忘我的研究状态，就能获得趋优的研究成果。记得寰鹏是在一个春夏之交的早晨，匆匆地把博士论文草稿送到我的书房，眼睛布满了血丝，非常谦和地对我说："老师，请多提意见，哪怕掉几斤肉也要把论文改好！"我阅完初稿后，油然生出一种欣慰感，尽管论文存有诸多不足，但是初稿能达到如此好的学术水平，这对于一个在职博士生来说，是多么不容易啊！

自觉的研究意识，忘我的研究状态，固然是一个研究型人才必备的主观条件，但仅止于此并不一定能成为一个"创新型"人才。创新是一个民族的生命所在，更是学术生命所在。对于一个有出息的学者来说，终生在探索，终生在创新，这样才能葆有学术青春。但是科研上的创新极其艰难，除了要有忘我的拼搏精神外，至少研究主体应具有三种素质：一是发现的逻辑机制，二是睿智的问题意识，三是创造性的建构能力。这三者形成相辅相成的创新逻辑链条，运作于对研究对象的探索、开发、攫取、升华、重构的全过程，创新出别开生面的学术话语系统。由于寰鹏能主动地以"创新型"人才的标准来要求自己，既在科研实践中开发自身的创新素质又善于通过实践吸纳众人所长来优化主体创新素质，竭尽才智在博士论文的研究与写作过程中发挥创造潜能，故而改写了左翼至抗战文学英雄叙事的已有研究格局和学术成果，从结构框架到理论观点、从资料发现到逻辑演绎、从文本细读到个案剖析，都体现出强烈的求新意识和鲜明的创新印记。左翼至抗战文学的英雄叙事在学界的研究著述中少有以新英雄主义观对其进行系统地整体地探讨的，而《文学英雄叙事》一书则从文化语境、嬗变轨迹、形态类型对其作了纵横交错的三大维度的深入探察与总体把握，从整体上给人以新颖感。例如，说“抗战初期文学英雄叙事的纪实性要素增多；抗战中后期的英雄叙事文本游移于写实性与传奇性之间；抗战后期英雄叙事的象征性、隐喻性增强”，这种从纵向上对抗战文学英雄叙事总体审美特点的考析与概述是有见地的，也是慧眼独具的；对左翼至抗战文学三大形态类型的概括和左翼文学英雄叙事的“伦理革命英雄”置换模式与抗战文学英雄叙事的“匪类/民族英雄”转化模式的论述，都有创新之见蕴含其中。至于选取鲁迅、蒋光慈、萧红、萧军、郑振铎、端木蕻良、宋霖、谢冰莹、姚雪垠等的文学英雄叙事所作的“个案剖析”，不论是对鲁迅历史小说塑造的神灵英雄、君王英雄、文人英雄和侠客英雄的解读，还是对二萧英雄走向“群化”倾向的阐述，还是对郑振铎历史小说英雄叙事与左翼文学英雄叙事具有相同良知形态的探讨，或者是对端木蕻良小说中的英雄自然化、自然英雄化的叙事模式的概括，或者是对谢冰莹《女兵自传》的女性主义与英雄主义相结合等思想特质的分析，都有思想闪光点与学术创新点，给人以新的理性启迪；尤其“结论”部分从七个角度对左翼至抗战文学英雄叙事作了总结与升华，展示出一些具有相当高度与深度的规律性认识，这应似研究主体力求在探讨中创新的聚焦点。博士论文的写作实践，初步显示出寰鹏锐意进取的创新意识，以及发现逻辑机制的强劲、问题意识的强烈和建构能力的增强。

学术研究的创新既不是无根无据的异想天开又不是主观随意的奇思玄想，与其相伴随的应是须臾离不开的求真务实的科学态度。因而真正优秀的学术著作，不只是具有独到的创新品格，也要具有坚实的科学品格；同样，作为一个创新型人才，必须具备务实的科学品质，树立坚定不移的实事求是的科学观，只有这样的务实求新的学者创造出的学术成果，才有可能经得住历史与时间的检验，放射出真理的光辉。寰鹏做学问能坐得住稳下心，既不浮躁又不张扬，有一种扎扎实实的一丝不苟的科学务实精神，不只是为新观点的确立寻求过硬的实证根据，即使每个概念的运用、语意的表述、逻辑的推演也要在准确精到上下细功夫与苦功夫。这种求真务实的治学精神在其博士论文中得到了较好的体现：一是广而细地搜求资料，这是进入创新性研究的先导，而这种资料的求索并非止于从左翼到抗战文学的英雄叙事文本，也包括中外学人对这段文学史的研究评述的资料以及最新的英雄主义史观的论述，虽然不能说寰鹏对左翼至抗战文学英雄叙事的原创文本或原始资料的搜集所下的功夫已经既深且细了，但是至少他发掘出一些新的英雄叙事文本，拓展了现代文学英雄叙事探索的领地；二是精读细研左翼至抗战文学的英雄叙事文本，尽力阅读那些发表在报刊上的原始文本或出版社最初出版的文学作品，并且潜入文学文本的多层审美世界，与书中人物进行心对心面对面的对话，细致入微地去体察发现各种人性密码和隐蕴文化密码，然后以相应的理论范式给予较为准确的破译和富有新意的阐释；三是并非所有的左翼文学或抗战文学都是英雄叙事文本，也不是所有文本的英雄叙事都是有价值的，这里需要通过认真的梳理和细心的辨识后进行科学的归类，并从中选取具有代表性或典范性的英雄叙事文本重点解读。对于文本的辨识，《文学英雄叙事》是严肃的，毫不含糊的，如作者发现孙席珍的战争小说具有非英雄化倾向，立即把写成的万字书稿全部删掉。上述三点，足见作者求真务实的治学态度。

寰鹏在攻读博士学位的三年中，克服了难以想象的困厄，攻下一个个科研难关。由于他的努力有方向，奋斗有目标，故而在攻关攀登的征途上减少了盲目性增强了自觉性，一步一个脚印地逼近了“学习型、研究型、创新型、务实型”高级人才的塔基，博士论文《文学英雄叙事》则是最有力的见证。对于寰鹏来说，刚刚踏进人文科学研究领域就开了个好头，难能可贵；但在今后的学术旅途上要保持住这个好势头，却比开头更难。这里录几句古人的名言以警示且与之共勉：“为学必须先立志天下事。”（清代陈宝箴《论学必先立志》）“为学大病在好名。”（明代王守仁《传习录》上）“为人第一谦虚好，学问茫茫无尽期。”（明代冯梦龙《警世通言·王安石三难苏学士》）是为序。

（2005 年 7 月 20 日）

更新研究思维范式

——序《现代中国文学的多种面相》

或评职称或评科研奖,我不知多少次地听到这样的评说,“此书是学术专著,彼书是论文集,不能同等对待”,言下之意是专著水平高而论文集水平差。这种成见不仅导致评职称量化计分“专”高“论”低,也使科研成果评奖的档次拉大了距离。我认为这种笼统的比较是不公平的。不论专著或论文集都要具体分析,区别对待。专著的学术水平有等差,论文集质量也有高低;优秀的专著和优秀的论文集在学术层次难分等级,平庸的专著与平庸的论文集都是学术的劣质品,尤其是学术专著的平庸之作比比皆是,伪劣者多于论文集。也许是因为所谓的“学术专著”,既可以掺假又可以多增水分,甚至可以雇人来写,并且只要有钱买到书号自己就能出资印刷,想印多少就印多少;但是论文集出版却要闯过多道关:一是选题成文关,二是刊物发表关,三是资助出版关。如果说后者有钱即可出书,这与专著没有差别;那一、二道关并不易过,要经过多次修改多次审稿,没有创新点难以发表,文字太长水分太多更不易发表,直到经过反复锤炼和推敲修改后方有问世的希望。所以,最后得以发表的论文结集出版总要比平庸的学术专著,更能显示一个学人的学术实力和科研水平。难怪有的学人一生发表不出一篇高水平的学术论文,却能出版一本本所谓的“学术专著”,究竟二者孰高孰低不是显而易辨吗?当然毋庸置疑能出版优秀学术专著的学者定能发表高水平的学术论文,并不存在上述的奇异现象。

基于这种识见或偏见,我更看好顾广梅的论文集《现代中国文学的多种面相》,虽然不能说篇篇论文都是创新之作,但大多数文章富有新意,给人以深刻启示或令人眼前一亮,闪烁着新的思想火花。一是研究范式的更新。流变了近百年的现代中国文学,不论作家作品或者思潮流派,应该说异彩纷呈,展示出多幅现代性面孔;而学术界或评论界对它们的研究或评说,由于长期受主流意识形态话语的制控和影响而形成了强固的研究范式或僵化的思维定势,几乎把所有的文学理论形态和文学创作样态都装进一种思维范式或一种价值体系来阐释来评述，甚至表述的学术话语也如同一个模型里铸造出来的。但是，这种近似机械的凝固的研究模式已不适应全球化语境下的现代中国文学研究，新崛起的一代学者首先向传统理论模式发起强有力的挑战，借鉴世界先锋理论思潮来更新研究范式，给现代文学研究带来了新气象，营造了新景观。广梅(在读博士)攻读硕士学位时就对新思维新方法有浓厚兴趣，并尝试性运用新理论范式写出了《鲁迅小说叙事模式》、《中美自白派女性诗歌比较观》等有新见的论文；随后留校在从事教学工作的同时仍沿着既定的路向于学术研究上进行创新趋优的追求。2004 年她考取博士后更加自觉地在科研中注重研究范式的革新，不论对巴赫金复调诗学的运用或是对马克思主义诗学阐释学的反思还是对病态心理学的借鉴等，都能概括出研究对象的独特性获取较有新意的研究效应，即思维范式的更新生发出新的思维成果，为后起学者开创的学术新局增了彩。二是探寻新的突破点。以新的理论视野去审视已有的现代文学研究的学术成果，从研究的研究中去发现薄弱点、疏漏点、矛盾点和误读点，形成既新且真的问题意识，并带着问题重新阅读重新感悟原创文本，以化入化出的感性与理性相融合的思维方式去解读文本蕴含的人性密码和人文精神，给出了一些富有个性化和理论深度的学术阐释。曹禺及其创作的研究成果几近饱和程度，可以说能采取的视角能运用的方法都在曹禺其人其文的探讨过程中实验过，并获得不少优质学术成果；而广梅却在重读曹氏原著及对他的研究著述中，发现了不少误读，于是写成《从误读看曹禺及其创作》和《对〈雷雨·序〉的一次接受学细读》两文，既破解了曹禺研究上的一些疑点和难点又亮出了自己的新见和看法。张承志的研究也是个热点，评述成果不少，当然也存有悖论点或疏漏处，《张承志述评》有针对性地作出了有见地的评述并提出一些有价值的见解。三是拓展新的研究域。文学研究不同于开采矿藏，矿藏再富也有采尽之日，然而文学这座矿藏却不是物质构成的，乃是作家用他的形象思维、生命体验和精神因素营造的情感世界，具有无限的感受和阐释空间。因此现代中国文学作为一个独特的审美系统和文化宝库，是永远探究不尽的，总是余留不少空白点或处女地；细心的研究者是会以新的眼光窥测新研究域，发现新课题的，以拓展现代文学探索的天地。这些年广梅好像一个勤奋的探矿者，在现代中国文学的文山书海中不断发现新矿苗，觅出新的探察口，找到新的研究课题。从对 20 世纪 30 年代中国革命文学赤潮的洞察中，她发现了女性反成长叙事；从对现代短篇小说的浏览巡视中,她发现了女性疾病叙事,于是就写成了《30年代革命风潮中女性反成长叙事的发现与反思》和《女性疾病与隐喻——从三个短篇小说说起》两篇带有填补空白价值的学术论文,拓展了现代文学研究的领域。四是作家论的改写。在现代中国文学的学术史上,茅盾于20年代末到30年代中连续写了《鲁迅论》、《王鲁彦论》、《徐志摩论》、《庐隐论》、《冰心论》、《落花生论》等作家论,既表明茅盾是撰写作家论的高手又说明他开了现代文学研究写作家论的风气之先,正是沿着这个学术传统几代学者为现代文学作家写了不少有特色的作家论,到了年轻一代学者手里"作家论"的写作呈现出新的学术风貌。广梅刚踏上现代学术征途就敢于写作家论,既显示出她敢于突破的学术勇气又显示有较强的微观与宏观相结合的研究能力,从《老舍论》、《余华论》中便可以觉察出她这方面的勇气和能力。虽然不能说这"两论"有什么重大突破或者说已达到"重写"的高度,但是应该把它们视为对"作家论"的尝试性的"改写",不论写作模式或文本内涵都有些新的开拓,尤其《余华论》的创意更多一些。至于《小说创作论》也有自己的独立思考,为小说美学增添一些新价值,表现出研究主体理论上求新的强烈愿望。五是跟踪评论显新识。现代中国文学的发展前景无限深广,新人新作层出不穷,因此致力于现代文学研究的学人应具有一种跟踪新人新作评论的学术激情,这不仅能够激活学术思维永葆学术青春,而且还能获得新的审美信息、审美感悟和新的理论视野、研究方法,以推动现代文学研究跟上学术前沿的步调。广梅尽管没有在"跟踪评论"上投入过多的精力和热情,但从她已发表的文学评论如《评纪宇长诗人'97诗韵》、《评左建明散文集〈雨夜温柔〉》、《论张承志精神与文本的三种困境》、《从〈活着〉、〈许三观卖血记〉看余华写作理想与文本实践的悖论》等文中,便可以发现其敏锐的艺术感悟、独特的认识思路和不凡的学术见识,为当下文学评论增加些微的学术含量。

重要的不是从广梅的论文集中透视出多少亮点或特点,而是从中发现了作为一个女学者已具备的良好素质。由文学硕士而进入攻读文学博士的行列,意味着她在科学研究中扮演了名副其实的女学者角色,不只是以自觉的姿态驰骋于学术园地,而且也显示出21世纪女学者的思想风貌和智慧丰采。广梅虽然尚未最后完成博士学业,在学术研究上仅仅是初试锋芒,但却显露出一些将来有可能成为优秀女学者的潜能。首先是敏于创新的能力。人文科学必须创新,这是建设创新型国家的需要,也是做个创新型学者的必备条件;但是学术创新谈何容易,只有那些思想活跃、性格开放、勇于探索、善于发现、富有联想、务实求新、永远进击的学人，才有可能在科研实践中展示出不俗的创新能力。广梅在有限的研究中初步显现出创新能力的敏锐，对于一个女博士来说这是弥足珍贵的。其次是长于整合的能力。这里的整合是指综合，只有分析没有综合，是难以形成新的研究成果，故而整合能力对一个学者来说至关重要。固然搜集资料、整理资料、阅读资料、感悟资料，是人文科学研究的先导；但是不能对已感悟和认知的处于分散游离状态的思维碎片进行梳理性的整合或整合性的梳理，那就不可能形成一个严密的逻辑系统而生产出新的科研成果。不论是“作家论”或“研究述评”的撰写，均可看出广梅有较强的整合能力。再次是从不言败的争强好胜的内在品格。“争强好胜”对于学人来说似乎人皆有之，如果把这种性格用于处理日常人际关系，那就会出现一些不必要的或毫无意义的麻烦或紧张；若是将其用于学术研究，那就能使“争强好胜”转化为在科研上创新趋优、锐意进取的内驱力，成为一个学人必备的优秀品格。试想一下，在艰辛的科研道路上，不“争强”不“好胜”，怎能攀登学术高峰？作为一个导师，我深知广梅在科研中确以“争强好胜”的性格素质作为一定的潜在动力的。

对于广梅其人，治学道路虽然艰难而漫长，但却充满了诱人的魔力，布满了芬芳的鲜花；只要能聚精会神、专心致志地在学术研究上孜孜以求，扬长避短，戒骄戒躁，就一定会达到光辉的彼岸。是为序。

（2006年1月10日）

自强不息的治学韧性

——序《20世纪90年代长篇小说文体论》

10多年前为一位青年学者写序,我曾真诚地说过"作序非我所愿,非我所能",直到今天记不清写了多少序之后,仍未放弃初始的想法。既然如此,为何不坚持己见,还要悄然地写下去,这不是自相矛盾、自食其言吗?是的,人就是个矛盾体,一生就活在悖论之中,哪有自由自在、随心所欲的人?尤其当了研究生导师,责任使然,情感使然,就更难谢绝青年学子的殷切之求,即使不想写不能写也要勉力敷衍一篇。我十分佩服那些长于作序者,听说稿不看书不读,神思一来妙笔一挥就是一篇尚可"传世"之序,甚至还索取不菲的"运笔费"。相比之下,我既无灵思又无神笔,即使为熟人熟文写序也只能是篇任之所至情之所至的拙文,不为别的只为师生之谊。

王素霞1993年考入山东师范大学中国现当代文学专业,攻读硕士学位研究生,毕业后分在同城某高校任职,相互来往不断,后又考取博士生,上课讨论、交流切磋的机会更多了,从硕士论文到博士论文不仅阅过也写过评语,可见对其人其文我应该是有发言权的;然而要为其专著作序就犯难了,究竟定个什么基调,从什么地方入笔,越是熟悉其人其文越是拉不开间距,既看不清又抓不准。因而我只能从记忆中捞出几点感悟性的深度印象拼贴一下,权且算是在作序吧。

素霞给我的第一个印象是,稳健而有灵气。上世纪90年代初,全国大学有硕士研究生授予权的单位不多,她有志报考研究生就投奔到山东师范大学来,一是这里的现代文学专业50年代就招收研究生,底子厚些,经验多些;二是从事现当代文学的教授有8人之多,当时也算得上师资力量强。也许她是慕名而来,我接见她多次,给我的感觉是热情而不浮躁,稳健而不张扬,说起话来有板有眼有条有理,思维活跃且透着灵气。考试常常会出现偶然现象,素霞初试专业成绩颇优秀,没料到外语考得不够理想,距录取分数线仅差两分,所以只能

"特批"录取。经过对她的全面考察和分析,一致认为她是个有灵气有涵养的可以深造的研究生,外语只差两分并不能反映出该生的整体上的良好素质。通过教学实践、科研实践和学习过程,雄辩地证明素霞不论攻读硕士、博士学位或者参加实际工作,都表现出她作风的稳健、思想的深沉、感悟的敏捷,浑身散发出一种灵动之气,是位难得的有才华的女学子。有件小事我记忆犹新:读博士第一学期开设"重读现代文学经典"课,我让每位博士生写一篇重读鲁迅小说《伤逝》的论文。《伤逝》的解读与研究文章几近饱和,突破是相当难的;而素霞则以叙事学视野对《伤逝》进行透析,发现诸多新意蕴形成一些新见解,而且找出不少叙事上的疏漏。这不仅表现出她严正的一丝不苟的治学态度,也表现出她智性的聪慧而有灵气,一般学人难以发现的她却能敏锐地发现出来,且能论之凿凿,深细入微,颇见学术功力。

素霞给我的第二印象是,苦学精研而有韧性。沉稳的性格决定她无论在何种情况何种条件下,都能沉下心来在学习中或在科研中或在工作中进入思考与研究状态。而且不为官本位的诱惑所动也不为钱本位的魔力所驱,总是朝着自己选择的执教目标和治学方向去默默地奋斗。就她的知识结构、思维能力和艺术感悟,攻读硕士学位或博士学位期间都可以写出一批学术论文或文学评论,甚至可以提早出版自己的专著;即使她在高校科研处工作掌握着申请出版的特权也不利用。她在读研究生特别是读博士生时,著文出书已成时尚,既是校方的要求和期待又是自己名利双丰的好方式,也是表明自己学术实力的有力证据。但是这一切都没有动摇她通过苦学精研打好坚实基础、做好科研积累的决心和信心,似乎见到他人发表文章她并不心热,看到他人出版著作也不眼红,十多年钻进书海苦学而积累知识这是需要多大的韧性精神。有时交谈起来,她有不少新想法,应似苦学精研的思维果实,而她却不愿意马上采摘下来,总是反复琢磨思考方能命笔成文。她并不看重论文发表的数量而孜孜以求的则是论文的质量,她并不急于草草出版专著而苦苦追求的则是有创意的著述,也许"不鸣则已,一鸣惊人"是她最潜在的隐秘之想吧?尤其使我钦佩的是,她本身具备从政经商的条件,不急不躁,会说会道,又有硕士毕业后几年从政的工作经验与管理能力,取得博士学位为其从政经商更是如虎添翼;然而面对着官场、商场的巨大诱惑她却毅然决然地选择了大学教学科研岗位,把从教治学作为毕生竭诚竭智竭力以赴的价值目标。这不仅能使她十几年苦学所积累的知识用在刀刃上,发挥其最大化的效能,而且也能使她处心积虑所精研的思维成果转化为学术著作。但愿她在科研上"一发而不可收",能在南国的现代中国文学研究天空冉冉升起一颗学术新星,这是我所热切企盼的!

素霞给我的第三个印象是,敏于创新而有"度"。现代中国文学研究领域挤满了有才气的学者,一代胜过一代的辛勤耕耘,收获了数不清的学术果实;尤其青年一代学者的崛起,形成了一个相互竞争、创新趋优的学术格局。在这个格局中,作为后起的学者几乎都是博士学位获得者,要想取得一席之地可谓难上加难,而自身是否具有锐意创新意识则成为能否从"群英"里脱颖而出的重要主观条件。素霞攻读硕博研究生学位6年之久,已在苦学精研过程中表现出敏锐的创新意识,不管在学习研究中发现的微观问题或宏观问题并从而形成的问题意识,都显现出不俗的独立思考或不凡的创新思路。虽然开始进入学术天地,她的思维跳跃性较大,缺乏内在的逻辑连贯性,但其生发出的观点与见解乃至总体思路却是新颖独到的;后来经过刻苦的思维训练,终于突破了思维上的障碍,形成了具有开放性、穿透性、连贯性和缜密性的逻辑思维能力,并能自觉地做到与发现逻辑机制相互为用,把发现的新问题新意蕴新思想及时转化成既有创新精神又有求真务实品格的逻辑话语系统。当下学术界有些所谓的先锋学者,唯新是求,越新越好,为了求新意毫无顾忌,什么学术规范,什么原则原理,什么学术传统,什么逻辑规律,都可以统统抛开,或生吞活剥西方研究范式,或生搬硬套域外理论思维,或乱用连自己也不通晓的古代文论的概念范畴,把现代中国文学的思潮流派、作家作品阐释得越像"洋人"或越像"古人"越有"创意","现代性"和"民族性"如同两张无边无际的大网,或把研究对象网进"现代性"或网进"民族性",抹煞现代中国文学的独特性和特殊性;更有甚者,怀有投机心理,为了赶快出人头地,博取"新权威"或新名人的称呼,竟然"怀疑一切,骂倒一切",不只老一代有成就的学者不放在眼里,就连创建现代文学的巨匠鲁、郭、茅、巴、老、曹也嗤之以鼻,似乎不这样就不能"标新立异"。素霞并没有沾染上这种不良学风和学术恶习,尽管自己也有强烈的创新意识,但从她的研究五四文学的硕士论文和探讨90年代小说文体变革的博士论文来看,答辩评委公认其皆是属立意在创新的优秀学位论文,并且是有分寸感有"度"的创新,既注重从大量审美文本或丰富资料中发现原创性又重视学理阐释的科学性和辩证性,正所谓敏于创新而不出格,"度"掌握得较好,也许她这本专著已体现出这种学术特点。

素霞给我的第四个印象是,有志气而自强不息。她的学习道路或生活道路并非像有些女研究生那样，一帆风顺，满地鲜花，处处阳光，虽然她的家庭条件比较优裕，本人学习向上的客观环境也好；但是她的独立意识、自强意识却极为突出，不依不靠，不阿不谀，不屈不伸，不亢不卑，总想靠自己的能力和才干去"闯天下"，克服了一个个困难。记得她分配到某高校科研处工作，自己的学术专长、业务能力得不到"用武之地"，只能从头学习科研管理，除了完成校内繁琐任务外，还要到外地出差或开会参观，忙得不可开交；她不仅很快熟悉了这套管理工作，还主动抽出时间去系里代课，赴外校学习外语，见缝插针地温习专业，就是行政杂事再多，家务牵累再大，也没有放松学习研究；尽管她与爱人挤在不到10平方的斗室里，经济上也比较拮据，但从不叫苦也不怨天，完全相信自己可以改变眼前的一切，终于凭借独立自强意识、浑身骨气志气立了家也创了业，出版专著正是其自强不息精神在创业上的展现。"厚积薄发"，我坚信素霞未来学术的发展势头会越来越强。

越写脑海涌现的印象越多，只能就此搁笔，将上述四点拼凑起来以为序。

（2006年1月27日）

现代性研究视角的成功运用

——序《近二十年官场小说论》

唐欣博士系南京大学著名教授叶子铭、许志英先生的高足弟子，取得博士学位旋即进入博士后流动站专心致志研究了两年，已成为名副其实地从事中国现当代文学研究的高层次的优秀人才。放在我面前的学术专著并非她在流动站完成的研究课题，乃是其博士学位论文修改而成的。也许因为我是唐欣进入博士后流动站的指导教师，对她的学术水平、科研实力以及主研方向较为熟悉；也许因为我曾审读过她的博士论文并主持其博士学位论文答辩；更因为叶子铭先生已仙逝，许志英先生有病在身，故而为其新著《近二十年官场小说论》作序的任务便责无旁贷地落在我的肩上。虽然入春以来我的视力有所下降，读那种密密麻麻的论著常辨认不清，但是眼前的模糊字迹却能诱发起我过去阅读其博士论文的一些记忆，并由此生发联想，凑成这篇序文。

伴随着近20年社会的急剧转型，由于双轨制并存而导致的一些制度性的腐败，尤其官场腐败则成为公众颇为关注的社会问题；因此那些社会责任感和历史使命感较强的作家便以“现实主义”叙事模式创作了一批所谓“官场小说”，及至90年代中后期这种叙事形态的营造呈现出热闹繁荣的文化景观，小说、电视剧和电影共时性地活跃在中国文化艺术舞台上。这诸多官场小说虽然带有传统革命现实主义文学样态的某些修辞特征，如以二元对立尖锐矛盾组成的情节结构、以“英雄”人物负载某种社会价值功能、以某些地域或社群的具体时空作为典型环境等；但是从总体上看，这种“现实主义”叙事形态毕竟在内涵和技艺上发生了新的变化，尤其作为一道独特的文化景观却呈示出一些新特色。不仅主流话语对官场小说极为青睐并倍加表奖，就是在大众消费市场上也是搞得很红火的；唯独知识界有些文人并不看好这类以“现实主义”表现社会“尖锐问题”的文本，或视之为“主旋律”或视之为大众文化，贬多褒少，甚至不舍一顾，与那些新启蒙主义、现代主义、女性主义叙事文学始终成为研究热点相比，官场叙事的评论和研究受到冷落，致使系统而有分量的学术理论成果实在罕见。正是在这种学术背景下，唐欣以严谨的治学态度和公正的学术立场，选取近20年的官场小说作为研究课题，以新的视野、新的理路和新的话语对官场小说进行了系统梳理与深刻阐释；即通过系统梳理使著述具有史的流动感，通过深刻阐释使专著富有论的深邃感。这种史论互融，以论彰史的学术品格，标示出官场小说研究已进入到整体创新的学理层次，其学术价值远远超出填补当代文学研究的薄弱点，它所发掘出的现代政治伦理、现代道德理性、现代审美意蕴以及新思维范式的出色运作，更是值得重视的新鲜思想文化资源与研究方法论。

官场小说大多是取材于国家公共权力机构，属于政治意识形态的所谓宏大叙事，涵括了诸多复杂的话语系统，是个多重暧昧的话语场域。概言之，它包含三种基本表意形态："一种是以朴素的写实叙事成规呈现乡村、城镇、国营企业等空间中基层管理者、工人、农民等的生活处境；一种是以80年代的改革主义话语继续宏观地跟踪90年代中国社会的改革现状；还有一种与'反腐败'这一政治问题直接关联，并获得一个特殊的名称：'反腐戏'、'反腐小说'或'反腐题材剧'。"[①]唐欣从这多种表意形态中着力探讨了官场小说，其可取之处是将这诸多复杂暧昧的叙事话语形态纳入了现代学术视野而避开了僵硬的意识形态研究模式。以现代性为视角切入官场小说话语场，既有利于穿透其复杂多义的叙事文本，且能以现代性为价值坐标对其繁富的文化意蕴作出含有真理性的阐释；又有利于形成一种理路清晰而新颖的研究范式，使宏大叙事的意识形态的探究进入学理性阐释范畴，不是以同质同构的意识形态范式去解读同样的意识形态表意文本，而是以差异互见的现代性学术思路对带有政治意识形态性质的官场小说作出学理性探析。专著成功地运用现代性视野对近20年官场小说进行了纵横捭阖的探察，深入剖析了官场的权力叙事与现代性焦虑，多面勘探了官场小说所表述的现代认同危机，有力批判了官场小说的叙事伦理；通过以上三大维度的探幽发微和逻辑论证，研究主体从官场小说文本中发现出的原则意蕴所生发的思想闪光点和理论创新点，大都聚焦于①权力叙事现代性焦虑的"影响的焦虑"、"错位的焦虑"和"政治的焦虑"；②官场叙事现代认同危机的"理性主体的异化"、"知识主体的反思"和"话语主体的变相生成"；③官场小说叙事伦理的"官场伦理"、"人民伦理"、"大众伦理"等话题上。这不仅在立意谋

① 贺桂梅：《人文学的想象力》，开封市：河南大学出版社，2005年，第234页。

篇的整体上给人一种锐意创新的冲击力与新颖感，而且给当代文学意识形态课题的研究提供了一套表现力鲜活深切的学术话语系统。以现代性视野探究带有强烈意识形态色彩的官场小说，并不是以非意识形态的方式去完成其意识形态实践，也就是与文学研究“去政治”诉求的同时相伴随的则是另一种政治实践；现代性诉求实质上也是一种政治诉求，只不过它以现代性意识形态方式取代了政治性意识形态方式而对文学予以探求与追询。且不论对于当代文学权力叙事的宏大课题研究，即使对于当代文学日常生活叙事的探讨也不是纯粹的审美研究或纯粹的学术研究。90 年代以来文学研究有一个显著症候，不论课题的选择或研究实践都有一种“去政治”的偏向，这也许是对传统政治意识形态研究模式的反拨或否定，但决不能趋于“去政治”另一极端。而以现代性意识形态范式取而代之就是研究官场小说这类课题的最佳选择，唐欣的成功研究实践则是有力的明证。

文学史即心灵史，它决定文学研究重在心灵的探秘，这也是最富有难度和深度的研究。唐欣以现代性视野对官场小说透析的另一个可取之处，就是着力穿越文本的心理世界，洞察人物主体的精神结构，揭开其心灵的秘密，破译其深层的人性符码。官场小说表现或再现的国家公共权力结构，无不与置身其中的“人”的精神结构息息相通，权力欲望是官场中“人”最强烈的欲望，又是最隐秘的最暴烈的欲望；由于中国官场充满着传统与现代、中与西、权与法、公与私、情与理等悖论性冲突，故而最容易使权力中的“人”的内心世界产生这种焦虑或那种焦虑。著者通过解读官场小说敏感地体察出人物主体的心理律动或情绪焦虑，于是便从中西国家现代化“滞后差”的叙事框架中发现了国人心理所承受的“影响的焦虑”，从“前现代”、“现代”乃至“后现代”的进化链条的“时空差”叙事中发现了“错位的焦虑”，从现代权力建构出现的症候中发现了“政治的焦虑”；这诸多“现代性焦虑”虽然是透过官场小说个体人物的心态或情绪而个性地表现出来的，但它却反映了转型期我国公民的一种普遍性的精神状态，尤其置身于权力机构与经济改革之间悖反紧张关系的掌权人物的焦虑心态会更深微更复杂更强烈。这种深度的焦虑心态的探察，是从官场这个政治敏感区域勾勒出我国公民从传统走向现代的过渡期的心灵嬗变轨迹。如果说“现代性焦虑”的考察，带有对公民普泛心理或情绪的透析，尚未达到应有的心灵深度；那么揭开官场小说权力的厚重幕布，直面权力主体的精神层面的现代认同危机、伦理道德失范以及人性坠入深渊，并将其放在现代理性审判台予以辨别与论析，致使对官场小说主体心理的探究臻至相当的深度。特别是对官场小说两类人物的心灵探察：一是理性主体在现代科层制具体运作过程中被“工具性”所残害所异化，一是知识主体步入政场怪圈而导致的精神状态之扭曲和变异，不论对其心路历程细致入微的分析或者对其人性异化原因的探究，都显示出著者长于心理研究的学术功力。

唐欣博士对近20年官场小说的深入考察与全面剖析，所形成的学术成果之所以具有明显的创新性和相当的深度感，在我看来，一是得力于她对官场小说文本的搜集较全、解读较深。不只新时期以来的官场小说，从短篇到长篇皆研读过，以心灵去感悟，以理智去透析，或思想内涵或审美意蕴，或成功之处或败笔之点，都了如指掌、心中有数；而且对古代官场文学特别是近代官场小说也进行了认真阅读与研究，并与新时期小说的权力叙事作了有见地的比较，这就为其创新性完成近20年官场小说的探究奠定了坚实的基础。二是得力于她审美感受的敏细，艺术体验的深微。官场小说的艺术成就参差不齐，总体审美水平不高，但其思想文化内涵却极为复杂丰盈，有些思想主题显露于语言层面易于把握，而相当多的文化思想则是隐含于人物形象、情节细节之中，所以研究主体的艺术感悟迟钝粗糙是难以通过审美形式把官场小说的思想蕴藏发掘出来的，尤其作家那些独特的发现、原创的思想若不能从文本中敏察出来，会直接影响学术研究的创新。《近二十年官场小说论》的诸多新思想新见解，也许全赖著者对官场小说思想内涵的敏锐感悟与深刻发现。三是得力于著者新颖而辩证的理论思维，能够把从官场小说中所感受到、体悟到的东西及时地升华到相应的理性范畴得到有效的理论阐释。唐欣有浓厚的理论兴趣，对西方的经典哲学理论特别是先锋哲学思潮用心钻研过，并能内化为自己的理论思维，形成新颖开放的研究范式。现代性理论极为复杂，见仁见智，众说纷纭；而著者在探讨20年官场小说过程中，却较熟练地运用了现代性研究范式，从视角、理路到阐释、表述都是现代性理论话语，发挥了较好的理论效应，取得了优质的学术成果。

“前途似海，来日方长。”（梁启超《少年中国说》）唐欣专著的问世，标志着她在学术征程上开了个新局，亦昭示出她的学术实力与创造潜能具有难以预测的发展空间；希冀著者竭力以赴地投入人文科学研究，拿出比同代女学者更为创新趋优的学术成果。

（草于2006.3.14）

重建文学史观与写作范式的尝试

——序《生态文化学与30年代小说主题研究》

美国著名科学哲学家托马斯·S·库恩认为,“一个成功的科学家必须同时显示维持传统和反对偶像崇拜这两方面的性格。”①自然科学的创新发明离不开研究主体这种充满张力的性格,社会科学的突破创新也需要研究主体具备这两方面的性格。因为唯有“维持传统”才能在汲取前人有益成果、弘扬优秀传统的前提下而有所突破有所前进,唯有“反对偶像崇拜”才能解放思想超越自己超越他人而有所发现有所创造。李钧博士在人文科学研究或文学史建构上虽然起步较晚,但从其科研实践及其发表的学术成果中已显示出源自于主体发散型思维与收敛型思维相磨相荡之间所折射的张力性格,新著《生态文化学与30年代小说主题研究》(以下简称《主题研究》)更是有力的明证。

《主题研究》,既是李钧博士完成的山东省社会科学规划项目,又是被答辩委员会评定的优秀博士学位论文。它所研究的具体对象虽是20世纪中国30年代小说主题,而真正的学术目标却是从理论建构与写作实践的有机结合上为重构现代中国文学史进行卓有成效的尝试,至少为重写30年代断代史作出了成功的探索,也为整个文学史的全景观书写提供了一个新颖独特的叙述范式。自上世纪80年代重写文学史的学术行为展开以来,在相当程度上解构了50年代形成的文学史观及其研究思维和书写范式,致使现代中国文学史研究步入一个新时期;不过一个新学术范式在超越传统范式的同时也必须接受传统范式的质询,也就是80年代现代文学史研究范式怎样容纳既有文学史范式包含的内容则成为重新检验80年重写文学史过程时的基本问题。正如库恩提出“范式”论所指出的,在评价“新”的研究范式比传统范式更为“合理”时有一个基本标准,就是“一个新范式要能被接受,就必须既能解释支持旧范式的根据,又能说

① [美]库恩:《必要的张力》中译本,福建人民出版社1981年,第225页。

明用旧范式无力解释的论据。换言之,新范式的成功之处就在于它的解释更具有包容性。"①"文革"前以左翼文学为重心的中国现代文学史研究模式与于80年代后以五四新文学传统为核心的新文学史范式相比较,"前者是在社会主义革命高潮期形成的,它的核心内容在于解释'革命'为何成功,以及如何指导'不断革命'的文学发展进程,因而它的主要内容就是叙述以左翼革命文学为主线的新民主主义文学和社会主义文学的发展历史。而后者则是在以'现代化'为核心内容的新时期提出来的,它主要解释的是中国文学的'现代化'如何发生及其在一个世纪中的发展进程。"②80年代后形成的中国新文学研究范式是以五四启蒙文学作为核心标准的,虽然五四文学传统对整个现代中国文学有着深广的影响,但是它毕竟不能涵盖或贯穿全部现代中国文学史,既不能容纳五四之前与之后的现代中国多种样态的文学更不能容纳以"否定"五四文学为前提而生成的30年代左翼文学。这说明以启蒙文学为核心内容的新文学史研究范式包容不了既有文学史范式的内涵,那么究竟什么样的文学史观及其写作范式才是更为"合理"、更为科学的学术范式呢?这正是《主题研究》要回答的关键问题,也是本专著的重要价值所在。

近几年有关30年代文学尤其左翼文学的重读重写的理论成果或者史论并举的断代史书写已问世不少;与此同时也亮出了整体文学史观或新释的人的文学史观并形成了相应的叙述模式,这不仅深化了30年代文学的研究,而且也拓展了现代中国文学研究的思路与格局。固然这些研究成果所显示出的学术范式较之以左翼文学为核心的和以五四文学为核心的研究范式具有宽容性和合理性,但是它没有完全突破既有范式的局限和偏颇。《主题研究》一书的著者以刻苦攻关的毅力和主动进击的精神,几乎查寻了几代学人对30年代文学探索的足迹,如痴如醉地翻阅了30年代文学的原始资料,从中发现新问题、新意蕴、新诗学和新信息,并把它们纳入以生态文化学文学史观所建构起的理论框架进行探幽发微的论析和纵横捭阖的探索,作出了一系列的具有创意的理论概括和具有相当深度的悟性阐发,营造了一部集多副面孔于一体的30年代小说史论,开创了将现代中国文学置于多元生态文化语境进行重新钩沉、重新梳理、重新评述、重新书写的新格局,并从而显示出生态文化学文学史观及其研究范式比

① [美]A·德里克:《革命之后的史学:中国近代史研究中的当代危机》,《中国社会科学季刊》《香港》春季卷,1995年2月。

② [美]贺桂梅:《人文学的想象力》,河南大学出版社2005年,第69页。

之于以前的文学史观及其书写模式更具有合理性、公正性和科学性。

一本著作或一篇论文，有无学术价值和存在意义重在是否有创新点，这是每个从事学术研究的人都竭力追求的；但是学术创新谈何容易，其中的甘苦只有那些真诚的学者在科研实践中方可体验到。所以我们对待既成的研究成果，既不要轻看更不要矢口否定，应认真地阅读比较、辨识评判，哪怕有一个创新点也要予以肯定，这是对著者脑力的尊重，也是对自己人格的检验。在我看来，《主题研究》的创新度不只闪显于某些章节之中，而是体现于整体构成，因之难以寻觅出源于传统思维模式的陈腔套话，从观念理路到话语运作都给人以务实求新之感；不过最耀目的创新点则是借助“文化生态学”的基本理论范畴，根据30年代多元文学形态的特定研究对象的实际需要，汲取多种学说的思想资源，加以合乎逻辑的理论整合，建构起自圆其说的“生态文化学”，并与30年代文学客观结构相契合而形成的“生态文化学”文学史观和真善美有机统一的价值坐标。这不仅为重写30年代小说史提供了别开生面的理论范式，而且对于重构现代中国文学通史也具有重要借鉴意义和参照价值，这是可贵的理论创新。围绕“生态文化学”这一重构文学史的核心理念和学术视野，作者依据自己的经验和积累，对重构现代中国文学史的具体理论原则、概念范畴、思维方式，例如“人的文学”、“发现历史与还原历史”、“文学的自由与自由的文学”、“历史的文学与文学的历史”等，进行了深入的思考和辩证的阐释，提出了不少新见卓识；并形成一套切实可行的运作思路，即以多元文化主义眼光去发现、呈示、还原、建设文学史和以经验主义触摸、体验与归纳去取代建构主义的命名、定性与演绎而感受贴近文学史，这无疑是重写文学史的方法论上的更新。文学史观念或方法论的创新对于重构现代中国文学史固然重要，但是在操作层面上研究主体能否将其与研究对象即30年代文学有机结合起来而创造出新的文学史文本却更需要学术智慧和功力。也就是说，“生态文化学”作为重构30年代小说史的文学史观、理论视野和价值体系，其建造功能、组织机制、整合作用或思想穿透力阐释力，如何通过研究主体的匠心运作和成功实践，转化为文本的逻辑框架、思想线索，思维方式或具体的史识史魂，贯穿于全书的整体结构或渗透于章节之中，天衣无缝地把本书联结成浑然一体的话语系统，尤其各章各节的逻辑链条既能穿越障壁又能环环相扣，使“生态文化学”文学史理论模式与研究对象“30年代小说”融为一体而没有若即若离的疏游之感，对此作者是下了深功夫和细功夫的，并呈现出诸多鲜明的书写特点或创新之点。

根据“生态文化学”文学史理念所建构的与30年代文化思潮、小说理论和创作形态的客体结构相吻合的逻辑框架，使错综复杂的研究对象各自回归到原生态的位置，史识源于丰盈的史料，史料被史识所激活，研究主体始终坚守以史带论，以论驭史、论从史出、史论并举的叙史原则。这种文学史体式的着力创新点正体现了“生态文化学”作为文学史观的构造威力，它不同于以左翼文学为核心的叙史范式只突显“革命文学”而遮蔽其他文学形态，也不同于以五四文学为核心的书写模式着重突显“启蒙文学”而忽略其他文学样态；以“生态文化学”建构的文学史体式则是依据“存在就是合理”的原则，将一视同仁地公正公平地对待和评述30年代所有形态的文化思潮及其所孕育出的小说文本，使之各就其位各复其态，走近历史贴近历史，使这种体式书写的文学史不再让那种“恢复历史本来样子”的学术追求永远成为史学的乌托邦。此其一。在“生态文化学”理论视野的烛照下，研究主体既不满足30年代文化文学已有的资料汇编又不满意既成的30年代文化文学的研究成果，而是带着强烈的“问题意识”和务实求新的学术渴望一头埋进图书馆的特藏书库，从那些尘封的30年代出版的原始杂志或原版书籍中去感受、去体悟、去搜求、去钩沉、去梳理、去辨识——生成于特定文化语境和特定时代氛围的五种形态的哲学文化思潮，或探察其以何种结构方式形成了有利于小说生成的文化生态环境，或重新发现自由主义文化、马克思主义左翼文化、市民主义文化等的原创价值内涵，或重新阐释评述民族主义文化、三民主义文化的有益之处，这既发掘出一些新资料又生发出一些新观点也形成一些新的阐释思路。也许因为30年代的文化生态的构成极其错综复杂悖论百出，后来的评述更是众口不一、分歧极大，故而本书对各种文化思潮的探源颇见力度，对其评析颇见深度，语言表述清晰而丰实。同时，与勘探五种形态的哲学文化思潮紧密相关的文学思潮，本书除了对不同理论形态的文学思潮之间的相互关系及其本体内涵进行重新开掘与阐述外，并根据其诗性特质将其概括为“无产阶级小说学”、“生活诗学”、“有根的诗学”等美学范畴；而这些理论范畴的发现与提出都与30年代五种文化思潮构成的文化生态直接相关，即有什么样的哲学文化思潮就能孕育出什么样的小说美学，而小说美学正是文化思潮在小说领域里的集中体现，并为不同样态的小说文本的创造提供了美学规范。论著不只对哲学文化思潮与文学思潮之间的深微关系作了探索，而且对各种形态的小说美学或诗学的独特内涵作了富有新见的理论阐释。此其二。以“生态文化学”为指导而对30年代五大主题进行重新探究和书写，论著是遵循哲学文化思潮、文学理论思潮和小说创作形态这三大逻辑层次，由宏观到微观、由理论抽绎到文本剖析，层层深入地推进；而对小说文本的解读并非五种形态的小说全部纳入研究范围，乃是从不同样态的小说文本中选取那种有代表性的或者被历史湮没的或者被传统史学范式遮蔽的小说，进行个案分析，由“点”的深入透析以窥测小说的艺术全貌和共有特色，特别是对入选的小说文本所进行的体验解读或评点式分析或印象式评述，都读出了、析出了、评出了新意，将30年代小说研究由个案剖析而带入了一个有可能全方位创新的学术境界。在“生态文化学”视野的总览下，由哲学文化思潮、文学理论思潮与小说创作形态的相互联动所构成的30年代小说主题研究的史论文本，伴随着主体思维的纵横穿越、锐意求新所迸发出的思想火花，必须有相应的语言予以准确的表述，使新体验、新史识以新话语得到彰显；《主题研究》的语言、修辞和逻辑颇见功力，形成一个与思维运作相吻合的精炼朴实且有文采的话语系统，尤其那些描述主体感受与体验的笔锋常常是情理交融、议叙结合，史中有识，识中有史。此其三。

以“生态文化学”作为文学史理念而对30年代小说主题进行研究，仅仅是李钧博士试图重构现代中国文学史的初步的又是成功的尝试。尽管在尝试中尚有可挑剔之处，如新文学史理念与研究对象相互融合所达到的有机统一程度、对左翼文学进行当代反思所达到的力度、理论创新所达到的逻辑深度等，都有待于进一步深化与细化；但是从总体来看本书却是创新趋优之作，充分显示出作者具有独立驾驭重大研究课题的气魄、胆识和才华，更富有那种虚心好学、勤奋向上、废寝忘食、深钻苦研、为文去忧、唯书是乐的“真学者”（梁启超语）的治学精神。这正是李钧在博士学位论文《致谢》中所言之感：“2004年秋天论文开题后，我就一头扎进图书馆特藏书库，准备攻下第一批26种民国报刊。……每天七个小时，雷打不动。不时发现优美作品，内心快乐无比，这时候觉得：选择了文学，是一种幸福！”有了这种境界，这种毅力，还有攻不下的人文科学堡垒吗？李钧博士带着饱满的学术激情和雄心大志，在现代中国文学研究领域里屡试锋芒屡见成效，在来日方长的学术征程上为重构现代中国文学史，他会毫无保留地奉献自己的智慧和才干，成为学界的名副其实的后起之秀！是为序。

（草于2006年酷夏）

辛勤耕耘自选的学术园地

——序《新式教育与五四文学的发生》

李宗刚同志获取研究生学位后，留校从事教学与研究工作。他总是默默地探索，孜孜地追求，任劳任怨，埋头苦干，即使科研有了新成果也不张扬；然而他内心的奋斗目标却从未动摇过，这就是通过自我的辛勤耕耘来创建自己的学术园地，做一个名副其实的“真学者”。为了实现这个目标，他跨出的第一步就是于2002年考取了博士研究生，心想通过深造使自己在学术上登上新台阶；经过三年的深钻苦研，他的确圆了博士梦，而且学养有所深化，学术明显提高，似乎步入了新的治学境界，为繁荣现代学术文化的信心越发增强了。

三年攻读博士学位，对于宗刚这位年逾40岁的学者来说，并不轻松，虽然在知识与学问上他有相当积累，也有了高级职称；但是博士的标杆是很高的，欲获得优秀博士学位谈何容易，不拼上几年，不掉几斤肉，不绞尽脑汁，不狠挖潜能，是难以写出一篇具有创新性的博士学位论文的，而且本身的学术水平也不可能有个整体性的提升。也许宗刚考博前已做好了各方面的准备，并且把“家”从省委宿舍搬到山师大的斗室，全家人竭诚支持他拼搏了三年。虽然亲人的支持增强了宗刚的动力，但是他本人若缺乏健全的人格力量那也是达不到预设目标的。人格力量对于一个追求上进、追求超越的人来说，实在太重要了。宗刚的人格尽管是多侧面的，然而在他攻读博士学位期间起决定作用的则是“坚毅”与“诚实”两个性格特点，就是说，是“坚毅”与“诚实”的性格特点所显现的持久而强大的精神力量支撑着宗刚攻克一个个科研难关，实现了自己之所求和自己之所想。记得博士论文开题报告时，宗刚的论题范围是环绕着五四文学发生学展开研究的，而从何角度切入则是决定本论题能否出新的关键一环，不过当时并选选好；与此同时他承担的省社科规划项目《现代中国文学英雄叙事论稿》的“十七年”文学英雄叙事的十几万字的撰稿任务，亦要求突破出新，不能老调重弹。这两个科研课题之间的差异又太大，不论逻辑框架、理论观点或者资料搜集、整理辨识都不能互相贯通与彼此借鉴，实际上是在不同思路轨迹上同时完成着两个课题，这越发增加了研究的难度。不仅如此，在两个大课题的完成过程中他还要在国内核心期刊上发表相当数量的学术论文，方可取得答辩的资格。面对着如此繁重的科研任务，宗刚表现得异常的坚毅和诚实。博士论文从定题、运笔到成稿，他不厌其烦地征求导师、同学的意见，修改了再修改，有时导师的批评很尖锐，他也虚心听取，诚实接受，并且反复追询，打破沙锅问到底，从来也没有流露出不懂装懂、不会装会或者姑妄听之、内心不服的情绪，在学问面前诚诚实实，虚怀若谷，即使有些水平不及他的人也能不耻下问；尤其能正确对待外审博士论文的评阅意见，逐句逐条地进行研究，找出不足与差距，即使有些评审意见主观武断随意评之他也能认真思考，并没有什么抱怨情绪，总是从自身找问题。正由于他如此诚实虚心地看待做学问，如此一丝不苟地坚韧不拔地修改博士论文，所以最终答辩时获得了“优秀博士论文”的评语。宗刚这种坚毅与诚实的人格精神固然体现在多方面，但我感受较深的除在完成博士论文的过程外，还有他承担的“十七年”文学英雄叙事的撰写。这部书稿由多人完成，为保证全书学术质量的匀衡，我对每个章节的要求都比较严格，凡是不符合总体设想的或不达标的书稿一律要大改或重写；宗刚有些章节不知修改过多少遍，甚至有的篇章重写过，但他总是真诚实在地听取意见，认认真真地修改，哪怕熬上几个夜晚也不叫苦，直到改得自己满意为止，表现出一种超常的毅力。然而，宗刚在科研中表现出的坚毅与诚实的人格力量和治学态度，终于转化为可喜的学术成果，得到了回报，不只是他博士论文有的章节发表在国家级刊物《文学评论》上，而且他参与撰写的《现代中国文学英雄叙事论稿》也由山东教育出版社正式出版了；与此同时，近两年他在国内核心期刊上发表了十几篇学术论文，并产生了较大的反响。特别值得提及的是，通过科研实践，宗刚选好了“晚清至五四文学”和“十七年文学”两块园地，定准了“五四文学发生结构学”与“十七年文学英雄叙事重读重评”两个主攻方向，并由此发散开去深化现代文学与古代文学的关系研究以及20世纪现代中国文学的整体把握；有了自己的研究园地与主攻方向，他就会使自己的发现逻辑机制与创造潜能开出更灿烂的学术之花。

正是在坚毅与诚实的人格力量与治学精神的驱动下，宗刚在博士论文的基础上，经过精心设计和修改，形成了《新式教育与五四文学的发生》（以下简称《文学发生》）这部学术专著。虽然眼下不少书上都贴上学术专著的标签，但是仔细研读一下便可发现其并不具有专著的特点，连点学术味道都没有怎能成为专著呢？相比较而言，宗刚的力作《文学发生》应是地道的学术专著，从其显示出的创新点足以证明之：

选取新视角切入，形成探索的新思路。五四文学发生的研究并不是新课题，前人已从多维度考察了五四文学发生的原因，早就突破了单一的因果链条，既有从外在律探讨的学术成果又有从内在律剖析的研究论著，也有从远因与近因、偶然与必然相结合勘察的新见卓识，总之五四文学发生学研究是个老话题了。因此想在前人研究的深厚基础上有所突破有所前进，必须选取新角度发现新领域，若只综合现有研究成果那是没有多大意义的。宗刚不想吃别人嚼过的馍，在对前人的著述浏览、梳理与辨析之后，他发现虽然前人在探究五四文学发生的多方面原因时，对新式教育有所触及，但却没有深入地全面地从新式教育与五四文学发生之间的深远而复杂的关系作出有力度的探索与阐释。这一发现为其五四文学发生学研究选定了新角度、展开了新视域，且形成了新理路。这不仅在很大程度上突破前人对五四文学发生学研究的整体框架，填补了长期被忽略的薄弱环节；而且也为五四文学发生学探讨开拓了新思路，展示出五四文学与现代教育跨学科研究的可能性和必要性。

遵循选定的新视角、新理路，本书作者围绕"新式教育与五四文学"互动关系这个中心点，充分发挥辐射思维的独特功能，从多侧面多维度展开发散以探索新式教育与五四文学发生的复杂深微关系。这里既有宏观上的考察：新式教育下的课程设置与五四文学之发生、科举制度的废除与五四文学之发生、新式教育下的教师与五四文学之发生、新式教育下的学生与五四文学之发生、新式教育下的公共领域与五四文学之发生等；又有微观的个案剖析：林译小说与新式教育下五四文学之发生、新式教育的科学品格（以鲁迅为例）与五四文学之发生。通过这诸多错综交叉关系的宏观中有微观、微观中有宏观的探索与阐释，不仅深刻揭示出新式教育与五四文学相辅相成的互动关系，使人诚服地认识到没有新式教育的兴起不可能有五四文学的迅速发生并取得成功，而新文学的生成又大大推动了现代教育的发展并改变其面貌，这就为五四文学研究的学术库藏增进了新成果。

宗刚对新式教育与五四文学发生互动关系的探索，并未停留在课程设置、教育内容、教学方式等与五四文学发生的一般表层关系的考察上，而是出色地运用现代心理学来探察新式教育对五四文学创建主体现代文化心理结构形成所起的独特作用,五四文学创建主体正是在新式教育所塑造的现代文化心理和审美心理的驱动与制导下才倡导或创建了五四新文学,并使自己成了五四文学革命的先驱或中坚,这应是有深度的研究;并启发我们联想到:若不是胡适、陈独秀、李大钊、鲁迅、周作人以及留日派和欧美派一批现代知识分子接受了新式教育,树立了现代文化观、文学观、审美观,自觉而积极地投入五四文学的倡导与创建,那有五四文学的蓬勃兴起和创作实绩的瞬间辉煌?当然我也不能否认其他方面的原因,只是对忽略新式教育对五四文学发生所起的重要作用有点遗憾,感佩本书对此作了补救。作者对主体心理分析不仅关注文学倡导者和创建者对五四文学发生的内在作用,而且也关注了接受主体心理变化对五四文学发生的重要作用,这是个新发现的视角,以往的研究很少从接受主体的角度来探讨五四文学的发生,这一角度不只新颖独到也是五四文学发生学研究的新开拓。正如著者所作的辩证而精到的分析:"新式教育对五四文学的发生起到的重要作用,不仅在于它培养了具有异质文化心理结构的创建主体,而且还在于它培养了与创建主体文化心理结构相对应的接受主体。前者在五四文学的发生过程中,起到了主导作用,他们用自己的青春、激情和现代理性,书写了打上他们思想烙印的一代文本,标示着那一时代的文学所企及的高度;后者则用自己的青春、激情和现代理性,尽情地承受着创建主体的思想滋润,在充满激情的回应中扩放了这一思想的音量,使之最终成为磅礴于时代的主潮,这不仅刷新了中国的教育,而且也刷新了中国的文学,使五四文学获得了最终的确立。"这是合情合理地令人诚服的带有辞彩的逻辑判断。在不少研究五四文学的著作中之所以只突出创建主体的决定作用而遮蔽了接受主体对五四文学的作用,一因研究视角的单一,二因有些接受主体也是创建主体,具有双重身份;其实,五四文学的生成缺乏接受主体的积极回应甚至参与,那五四文学的发生难以形成规模,即使建构的文学形态不经接受主体的检验也不可能确立,所以只有从五四文学创建主体和接受主体的结合上对现代文化心理建构作出有深度的剖析,才有可能深刻地揭示五四文学发生的内在机制和潜在原因,这正是本书最具新意、深度之所在。

本书借用了哈贝马斯的"公共领域"范畴,用来解释新式教育与五四文学发生的关系,所作出的分析也给人眼前一亮之感:"新式教育促成了公共领域的确立。公共领域的确立使知识分子找寻到表达自己意见并进行交流对话的场所。特别是新式教育下的大学,公共领域的功能就更具有显著的效力,这成为知识分子在报刊媒介之外进行对话又一重要公共领域,使五四文学的发生找寻到了自我实现的独特方式。”这不只是开拓了五四文学与新式教育关系研究的新视域,而且这种分析也合乎五四文学发生的实际语境,是颇有新意的。另外,在新式教育与五四文学发生关系总论的统领下,对林译小说和鲁迅科学品格所作的个案分析也有不少新拓展新发现;尤其从新式教育塑造现代学人文化心理的视角对鲁迅所作的阐释,确有新的发掘新的概括,这都增强了本书的新意或创意。

如果对新式教育与五四文学发生关系的探索,把教育背景再扩大一些,资料的搜求再详尽一些,理论思维再放开一些,逻辑论证再严密一些,那专著的科学品格与创新品格则会更耀目一些。尽管如此,但这不影响本书是一部从一个新的角度对五四文学发生学进行开拓性研究的既有深度又有新意的学术专著。

著者虽然出版了几本著作,又发表了数十篇有学术含量的论文;但这对于心怀宏志的宗刚来说仅是在学术征途上跨出第一步的成果,今后的学术步伐既要跨得快一些又要追求创新趋优,这就要求宗刚继续发扬“坚毅”与“诚实”的人格力量和治学精神,以实现其科研理想与学术期待。

(草于2006年8月30日)

这是一本说“新”话讲“真”话的书

——序《精神追寻与生存突围》

每逢读到一本有创意的新书，特别那些出自青年学者之手的专著，我总是按捺不住兴奋的思绪，情不自禁的赞叹声便脱口而出。现在摆在我面前的《精神追寻与生存突围——论欧美华人女作家纪实作品中的女性自我书写》（以下简称《女性自我书写》），是宋晓英博士精心营构的学术著作，这本来是她获得专家好评的博士论文修改而成的专论；随着阅读速率的行进我的喜悦敬佩之情油然而生，我的追忆也溯回到1978年：是年宋晓英以优秀成绩考取山东师范大学中文系本科，当时我给这个年级讲授《中国现代文学史》，因大堂讲课人数多，作为授课教师不可能认准每个学生的面孔和记牢每个同学的名字；而宋晓英的影像和名字却较早地印在我的脑际，一是课后辅导时她总是面对面地问这个问那个，二是她多次到我宿舍去求教，这就给我留下一个刻苦好学、聪慧灵敏的印象。本科毕业后她在济南某高校任教，于教学与科研园地辛勤耕耘了十多年，取得了不少成绩也获得不少经验，深化了学养，丰富了知识，开阔了视野，提高了见识，产生了新的学术追求，这是与她多次交谈中我所感受到的，于是1990年代后期她便考取了山东大学中国现当代文学专业的硕士研究生。取得了文学硕士学位，虽然她已届中年，但是她的学术激情和求学欲望却日益强烈，2003年经过紧锣密鼓的准备后又考取山东师范大学中国现当代文学专业的博士生。这一年对晓英的家庭来说可谓是“双喜临门”，即母女携手步入大学不同层级学习，女儿考取浙江大学本科而她则开始攻读博士学位。通过三年的打拼与攻关，晓英不仅圆了博士梦获得博士学位，而且正式出版的学术专著已验证她具备了博士的真才实学和应有的学术水平，为其学术“幻想的翅膀永远渴望高飞”（见《后记》）打下了坚实而深广的根基。试问，作为一个导师读着这样的著作，能不由衷的高兴和感佩？

晓英博士这本书所涉及的20世纪八十年代以降大陆出身的欧美华人女作

家纪实性自我书写文本，对于此研究对象我没有触摸过更谈不上系统探讨了，老实说我是跟随晓英进入博士论文写作过程而有所了解有所思考的，距真正的深入系统研究相差甚远；因此我没有学术资格对本书指指划划、评评点点，只能作为一个读者面对不甚熟悉的陌生领域谈点粗浅的感触和印象。阅后掩卷回想，它给我的总体感觉是：这是一本讲“新”话的书，这是一本讲“真”话的书，这是一本讲“实”话的书。

目前市面的大小书店摆放着不少令人眼花缭乱、装订精美的人文科学著作，但是真正具有开拓性地讲“新”话的书并不多，甚至有的书是老调重弹套话连篇；读了《女性自我书写》则使我从多个层面上感受到它是讲“新”话的书，其所构成的不是一个陈词旧格的话语系统而是一个别开生面的新颖独到的话语体系。从选题层面来看，本书所研究的是个新课题，对 80 年代以来的欧美华人女作家纪实性自我书写文本这种独特文化现象，虽然个别作家的个别作品有些评论，但在整体上缺乏深入系统的考察和探讨，遗留下众多的尚未开垦的“处女地”，所以晓英博士选择的研究课题具有相当程度的开创意义。从构架层面来看，匠心独运地将“女性自我书写文本”这个新研究对象置于新的逻辑框架，作者力图打通地域、文化和语言的界限，把欧美华人女作家纪实性自我写作作为独特的整个文化现象放在世界文学格局和大中华文化范畴中进行系统综合探讨，既厘清“纪实性作品中的女性自我书写”与一般评论文章里“女性写作中的自传性”是两个内涵不同的概念，又以“纪实性作品中的女性自我写作”的新命名将欧美华人女作家自我生命历程写作整合为一个独立的研究系统，同时也以主体双重文化身份为基点分述其西语写作和汉语写作的不同文化对策及其人格分裂的两难与尴尬，这都给人以整体性的新颖感。从方法论层面来看，根据新研究对象和新逻辑框架的探索与阐释的要求，作者并未选择单一的考析视角与思维方法，而是借用了人本主义、生存主义哲学，引入了“个体生存观”、“女性自我观”、“跨文化视角”、“双性视野”、“人类文化”、生态主义等理念，组成了综合而灵活的思维方法与阐释模式，以及相应的评价体系，对欧美华人女作家纪实性自我写作文本进行重新解读，对其多层次的文化意蕴和深潜的生命意识以及诗性美学品格作了深入的开掘、有新意的阐释与理论概括；特别是对创作主体的将西方现代理念与东方哲学意蕴相融合的异质美学追求的勘探，对新世纪以来网上创作的欧美华人女性纪实性自我书写文本的非功利性与“性灵性”等特点的评析，给人以眼前一亮的新鲜感。从表述层面来看，既没有陈词滥调又没有生造独撰，而是运用朴实鲜活、准确现成的既合语法又合逻辑的句式与言语，将研究主体的新体悟、新发现、新判断和新思辨表述得有条有理有根有据，这就组成了全书的讲“新”话的学术话语系统。

一本书能够讲“新”话有“新”意是与敢讲“真”话求“真”理紧密相关的，若不以“真”为本那“新”话既无根又无源，也许“新”话就变成了假话或谎话，只有“新”话出自“真”话才有可信度，才是真正意义上的创新。现下有的书不只滥调多谎话也多，甚至“真”话被假话覆盖了，这虽然不是普遍现象可也透露出“话语危机”。至今社会上尚未根除说假话心不跳讲谎话脸不热的恶习，可能正像鲁迅所说的“中国人更深地陷入瞒和骗的大泽中，甚而至于已经自己不觉得”，[①]久而久之便形成了一种不良的思维习惯。所以做个正直的学者首先要有勇气冲破说假话讲谎话的社会风习和瞒与骗的思维惯性，以坦荡诚实的科学态度面对所研究的文学对象，潜入文本的深层世界去感受去体验去发现去触摸其本真的情感思绪、生命意识、文化意蕴和美学诗性。《女性自我书写》所研究的对象“欧美华人女作家纪实作品中的女性自我书写”对于大陆的多数学者来说是个陌生的世界，究竟如何理解怎样认识方能获得真知灼见，其主观随意性是很大的；但晓英却严格按照学术规范以科学理性精神和敏锐的艺术感悟，对研究对象由表及里、由外到内、由浅入深、由显及隐地进行层层体验、层层发现、层层认知，完整地把握了“女性自我写作”的本真的外宇宙与内宇宙，既发现了女性童年、少年、青年的真实自我的创伤记忆又发现了“饥饿的女儿”的残酷人生与生存本原及其造成其悲剧命运的“野性的、原发性的乃至暴力的东西”，既发现了女性情爱之殇与历代“政治运动”息息相关又发现女性的人格异化与分裂是“文革”与所谓“阶级论”所致，既发现了女性“去国离乡”的“逃离意识”是主体意识觉醒而对人生再次选择的体现又发现了女性连根拔起到异邦进行生命再植则面临着巨大生存危机，既发现了女性的现代人格建构与女性自我认同的蜕变轨迹与心灵冒险又发现了漂流海外的女性变成自由的“新移民”并没有“数典忘祖”，既发现了欧美华人女作家获得双性视野处于双重边缘地位又发现华人女作家的审美书写是对女性生命的总结也是自我实现的需求，等等。这些发现无疑是“真”的发现，但在诸多的“真”的发现中有些触及到政治敏感区域或高层政治人物，文本中对这些敏感问题或政治人物是采取反思性的批判态度，

① 鲁迅：《论睁了眼看》，《鲁迅选集·杂文卷》第98页，山东文艺出版社1990年版。

并没有为“贤者讳”或“圣者讳”；而研究者将这些敏感问题或政治人物从文本中发现出来既没有掩饰又没有开脱，同创作主体持同一立场将其一针见血地真真切切地揭露出来，这就使本书具有了讲“真”话的品格。

在人文科学研究中讲“实”话与讲“真”话同样不容易，也与治学态度是否老老实实、认识路线是否实事求是密切联系在一起。从讲“新”话、讲“真”话和讲“实”话的相互关系来看，讲“实”话是讲“新”话和“真”话之基，如果缺乏“实”话之基那“新”话和“真”话也成了“假大空”。所以学术研究只有“新”之魂、“真”之本而缺乏“实”之基，是建构不起坚固而新颖的学术大厦的。晓英博士为把“欧美华人女作家纪实作品中的女性自我书写”由审美感性文本转化为理性学术话语，体现一种讲“实”话的风格，她在原始资料与原创文本的搜集与辨识上下了苦功夫与深功夫。由于她所研究的对象都是欧美华人女作家20世纪80年代以来的或用汉语或用英语或用双语创作的纪实性文本，大多发表在欧美发行的文学杂志或由异邦出版社出版的，或者收藏于外国图书馆，当然也有一些流散在中国大陆的书店、图书馆和出版社，所以要把这些散乱无序的实实在在的客观资料汇集起来不是件易事。晓英博士除了在国内到处查阅搜求原始资料外，特以访问学者的身份亲赴英国半年之久，一是面对面地与作家交谈实地访问，一是在英国图书馆查找有关资料或购买英文杂志书籍。当把大量的实存资料从原版书或原创杂志上收集汇总后，根据本课题研究所规定的范围、对象，晓英博士对占有的客观资料逐一进行辨识和梳理，从中挑选出那些真正属于“纪实作品中女性自我写作”的文本作为具体切实的研究对象；然后又对每一文本进行精读细读，破译汉文或英文组成的文化信息符号、思想意蕴符号或人性密码、生命密码，原原本本地去领会去感受女性复杂而真实的心灵世界和人生之旅，用贴近心灵、贴近生活、吻合体验、吻合认知的朴实无华、准确逼真的话语将研究主体的思维之果传达出来，言之有据，扎实可靠，这就使本书具有了讲“实”话的品格。

本书尽管在资料的求索上受到了客观条件限制，在人性开掘上有待深化，在理论思辨上尚需缜密；但这些都遮不住它的务实求真出新的学术品格光辉，更掩盖不了它的拓荒性的开创价值。晓英博士在成书过程中所表现出的坚毅精神、进击性格和谦虚胸怀，更令人感动。本书是由博士学位论文修改而成，晓英完成博士论文的过程就是攻关登峰的艰难过程，不论她的体力或精力几乎都用到极限，论文改了写、写了改，反复一次都是对她意志和身体的考验，也是学术登顶的艰苦实践；虽然她病倒过，消瘦得厉害，但她从不叫苦从不埋怨，总能咬紧牙关闯过去，表现出一种坚毅顽强的治学精神。她并不满足博士论文能通过即可，而是孜孜不倦地追求，有一种达不到优质博士论文誓不罢休的劲头；在专业上学习上也是这样，既重视“学有专攻”又关注“学有博攻”，不断地给自己加压，虽然她感到自己的年龄不占优势、原来的基础也有薄弱点，但她并不自馁，而是充满自信力地在求学苦旅上永远进击，如果她缺乏韧性的进击性格就不可能顺利地完成学业、取得博士学位又出版学术专著。其实，晓英的专业水平和业务能力是相当可观的，试问像她这样年龄的高校教师有多少人能用汉英双语给中文系大学生讲专业课？但她从不声扬，连我作为她的导师也没听她亲口说过；她攻读博士三年不管专业学习或者撰写论文，总是虚心地向教师求教，学习同学长处，尤其写作博士论文不知她求教于多少校内外的导师，也不知她征求过多少同学的意见，即使你对她的论文提出苛刻要求也能诚心地听之改之，这种谦虚胸怀也许就是她锐意进取的内在基因。

晓英博士的学术之路来日方长，我相信她会以自己的智慧和毅力去“穿越学术隧道”或攀登学术“山岩”（见《后记》），留下自己一串串闪光的务实求真出新的足迹。是为序。

（2007年1月28日）

新颖独到的女性文学研究

——序《中国当代女性思潮论》

现代中国女性文学研究，伴随域外女权主义文化思潮的汹涌而至，以及思想解放运动中知识女性的进一步觉醒，掀起一浪又一浪的学术热潮；尤其是女学者出于性别的欲求和激情对女性文学研究极为关注与投入，所发表的大量学术论文和出版的很多理论专著既闪烁着智慧的光芒又透射出当代女性强烈的自我意识，它们不仅深化并拓展了现代中国文学研究领域，也为现代中国文化建设提供了新的思想资源。我虽然没有从女权主义理论视野研究过女性文学，却为了指导偏爱女性文学研究的博士生，接触了一些女权主义理论和女性文学研究著述，开阔了眼界增进了知识，也产生了一些疑虑；特别担心女权主义的偏激情绪会带来女性文学研究的偏颇并进而导致男女之间新的隔阂，即男权主义解构了而女权主义却称霸了。也许这种忧虑是多余的，也许我的灵魂深处仍有男权意识在作祟。正是在这种特定的学术背景下我怀着这样的文化心理，阅读了马春花博士的专著《中国当代女性文学思潮论》（以下简称《思潮论》），倍感兴奋深受启发，它不只是消除了我对女性文学研究的不必要的忧虑，而且把我引入女性文学研究的新的学术境界，使我的视域豁然开朗；原来中国当代女性文学思潮还可以这样的梳理、这样的解读、这样的阐释，且能演绎出这样一套新颖独到的女性文学研究的学术话语！

“所谓文学思潮主要指文学思想、文学观念及其创作倾向所聚集的一种文学潮流，它虽然是文学家所思所想的思维成果，但却体现于文学运动形态、文学理论形态和文学创作形态，并常常以美学原则、创作方法或文学精神给文学运动的开展文学创作的取向或文学群体的结成以有力的规范与指导。”（见拙著《世界化视野中的现代中国文学》第 215 页）中国当代女性文学历经半个多世纪，从艰难曲折中走过来而进入 21 世纪的艺术春天，以“女性文学思潮”的视角对“当代女性文学”进行以史带论、以论驭史的学术研究既为罕见也颇有难度，这应似开创性的探索与发掘。且不论半个多世纪的中国当代文学河流是否存有一股女性文学思潮,即使存有这股文学思潮也是与其他文学潮流缠绕交织在一起,如果没有主体思维锐利的穿透力与敏细的辨别力那是难以将其发掘出来并加以清晰梳理的。《思潮论》不仅从纷纭繁杂的当代文学潮流中发现了一以贯之的女性文学思潮,既由文学理论观念里寻绎出根据又从创作文本中找到充分例证,有理有据地验证并论述了中国当代文学的确存在一股女性文学思潮;而且依据女性文学思潮在流变过程中所显示的不同特征将其命名为“女权主义、女性主义、女人主义”——这里的女权主义是指毛泽东时代的女权思想,女性主义是指西方传来的女性意识,而“女人主义”则是马春花独创的概念,并以它们所标志的女性文学思潮而形成的三个逻辑演进层次,为专著搭建起一个史论结合的框架结构。论著的可取之点不只体现在从理论形态上对“女权主义、女性主义、女人主义”的内涵与外延所作出的富有新意的理性阐诠,重要的则是体现在对这三种主义产生的社会文化语境及其文学创作形态相互关系的探赜发微的深入分析上,切实做到了女性文学理论观念阐述与女性文学创作文本剖析的有机结合,从宏观到微观,纵横捭阖,建构起一部“中国当代女性文学思潮史”,既有“史”的真实感又有“论”的创新感。

如果说《思潮论》在宏观上建构了一个颇有创意的框架,那么在中观上它又以叙事学的视野深入考察了“女权主义、女性主义、女人主义”各种文学思潮渗染制导下生成的异彩纷呈的审美文本,并以独特的美学眼光与价值尺度将其归纳为多种别开生面的叙事模式,给人以整体的新颖感。因为不论何种具有思潮倾向的女性文学作品既有趋同性又有差异性,而这种异同性是蕴含于审美文本世界,其区分度并非清晰可见,只有通过深切的审美感受与细微体察方可从其差异互见中发现它们的关联性和趋同性,然后运用叙事学从理论上归纳出若干叙事模式。这实际上是从繁富的女性创作现象中对艺术规律的发现,也是对三种女性文学思潮的有力支撑和丰富充实。由于毛泽东时代的女权话语与女权主义在关注女性政治解放而遮蔽伦理觉醒上具有同质同构性,故而探寻其影响下创作的女性文学作品的趋同性特征以归结叙事模式不是太有难度;而《思潮论》的可贵之处,一是从新视角以叙事修辞把毛泽东时代的女性文学概括为两大叙事模式及其各自三种具体模式,二是对其进行的综合论述与具体剖析有不少创新之见,这将毛泽东时代女性文学的研究提到新的学术层次。再如,充溢着女人主义思潮的女性文学创作出现于世纪之交的文坛,它们本身的思潮倾向极为模糊,与研究主体的视线没有拉开一定距离,仿佛创作者与研究者都置身于这种女性思潮所造成的艺术氛围之中,很少有人从叙事形态的角度对女人主义文学予以梳理;而《思潮论》却拨开了迷雾,辨清了女人主义文学的面目,把它们概括为三种新鲜别致的叙事模式,从女人主义文学理论与女性作家创作态度的结合上给出了有深度的分析,这应是开创性地对女性文学所作的探索研究。没有探索难以突破也难能创新,虽然这种探索带有一定的冒险性,但是其探索精神对于深化现代中国文学特别是女性文学研究却弥足珍贵。

不对女性文学文本用足精读细读的功夫,论著就达不到应有的深度,更不能从文本中发掘新意蕴新思想新美感借以形成创新之见。从微观上考之,凡纳入《思潮论》逻辑框架的女性文学的重要的或代表性的作品,几乎都以借鉴先锋理论形成的新视角、新思路、新话语进行了精读细解与准确表述,达到了重读重评的认知高度,这不仅丰富了专著的学术内涵也强化其从"实"中求"新"的品格。如对翟永明诗歌女性主义意识的分析,细致入微,有深度也有新意;对王安忆女性小说《三恋》性爱主题及其人物性格的剖析入木三分,王安忆与铁凝女性小说的比较分析也很精辟,不时闪烁出耀目的思维火花,充分显示出论者艺术感悟睿智、理论思维缜密、语言表现力强的优势。

《思潮论》的学术价值和理论意义,不仅仅体现于对中国当代女性文学思潮的"史"的梳理和"论"的阐释上,还体现在"辩证的女性文学观"的建构上。在我看来,这种理论创新是女性文学思潮研究的必然结果也是更重要的建树,不管这种女性文学观是否完全具有严密科学的逻辑体系性,也不管你是否认同它,但是这种理论建构的勇气却是极为可贵的,它既可以在很大程度上摆脱对西方女权主义学说的臣服与盲从又可以尝试建设中国特色的女权文学理论。论者从三个逻辑层次阐述其"辩证的女性文学观",一是"辩证的男女平等观",它以中国传统的辩证思维作为建构女性和谐美为旨归的文学观的哲学基础,这既合乎时宜又有永恒价值;二是"辩证的女性主体观",对女性主体性的两个维度的辩证关系,作了比较深透的论述,其新见令人诚服;三是"辩证的女性文学观",既是对女权主义、女性主义文学观的反拨与汲取,又是对它们的超越与创新,是带有中国特色的女性文学观。虽然"辩证的女性文学观"在理论创新的力度上、逻辑内涵的深度上与论述阐发的严密上尚有不足,但却为进一步从理论与创作的结合上来完善它提供了良好基础。

从严要求,《思潮论》在当代女性思潮的勾勒上有粗疏之处,理论阐释有的见解值得商榷，文本分析有点几近繁琐；然而这些并不足以遮掩专著的开拓性的创新性的学术光辉与睿智的思想锋芒，因此它是现代中国女性文学研究史上值得重视的新收获。

人的生命潜能虽然是有极限的，切不可盲目地开发而消耗在毫无意义的欲望追求上；但是这种生命潜能若能最大限量的挥发，合理而科学地运用它却可以收到最大化的效果，使人生变得丰实，事业变得光彩。马春花在攻读博士学位三年中，可以说竭尽生命创造潜能，在多个方面获得了骄人的成绩。除了以主要的生命能量完成了博士学业，写出了令人赞赏的博士学位论文《中国当代女性文学思潮论》，顺利地拿到博士学位证书外；并光荣地做了母亲，养育了一个宝贝儿子；曾带着论文的修改任务到韩国体验了半年多的“外教生活”，试看马春花的博士人生多么充实多么风光。我虽然默许她以旺盛的生命力去拥抱这一切，也肯定她多方面结出的硕果，但是对她没有在读博三年的学业上投入全部生命能量与聪明才智也有点遗憾；若是她能把生命创造潜能扎扎实实地毫无散发地渗进学术园地，那她争胜好强的人生理想就会得到迅速而圆满地实现，以更健全丰盈的翅膀在学术天空飞得更高远。

因为就我的了解，马春花并不是那种安于平庸生活的知识女性，骨子里有一种从不言败决不服输、永远进击逞强求胜的韧劲；况且，她天资聪慧，艺术感受敏锐，理论兴趣浓厚，知识储备或文化修养均有增强，并在大学执教从研，足见其在学术上要腾飞已具备主客观条件。她若能抓住良机乘胜追求下去，不仅在女性文学乃至在整个现代中国文学的研究平台上，都会见到马博士更多更好的学术业绩。我热切期待着！是为序。

（草于2007年11月18日）

一部有学术特点和实用价值的参考书

——序《汉语言文学专业学习全程指导》

感受着全球经济一体化的时代氛围与市场经济带来的巨大诱惑，以及自上而下或自下而上的"重理重技轻文"的舆论风气；致使社会心理取向与价值追求已向"经济至上"或"科技至上"倾斜，自然科学知识或经济理性知识受到格外的重视与青睐，相比这下，人文哲学知识或伦理道德知识却遭到贬值与漠视。这股时代之潮和社会之风不能不对各类高校的汉语言文学教育，给予强烈的冲击与压抑，使其越发向着边缘化位移。如果在"文革"中出现"人文知识无用论"可视为极左思潮的必然产物，那么在"经济主宰一切"的情势下仍有"人文知识无用论"的流行则是极不正常的。照理说，经济越昌盛人文越重要，也许"以人为本"的国策就是对这种"重理重技轻文"的社会风气的有力反拨与匡正。

高等学校所设置的汉语言文学专业，既是国务院学位办所规定的一级学科也是隶属于人文社会科学范畴。尽管作为高等学校文科教育它开设了文艺学、中国古代文学、中国现代文学、中国当代文学、比较文学与世界文学、古代汉语、现代汉语、写作学、美学、电影学、古典文献学等10多门课程；但总体上说这诸多课程只不过是语言与文学两大专业的分门别类的科际之殊，是从不同的维度、不同的层面和不同的系统进行既深且广的人文基础教育而已。汉语言文学的所有课程不仅承载着中华民族的文化知识也承载着全人类的文化知识，不仅涵纳着中国古代丰厚的人文传统也蕴含着20世纪以来新国学的现代人文精神；因而汉语言文学专业既是传播中外文化知识又是进行人文教育的重要渠道，尤其语言文学课程所承载的人文精神极为丰赡、极富感性、极具审美性，能充实人的心灵也能激活人的生命。试想一下，历经数千年改朝换代的中华民族是在乱与治相互变奏的历史逻辑中行进的，若是没有强固的人文传统以及稳定的人文教育机制，中国人怎能从内忧外患、动乱分裂中不断地凝聚起来，怎能创造出灿烂辉煌的人类文化，怎能形成一个多民族的大国屹立于世界的东方？中华民族进入20世纪，虽然与世界接轨而开始了现代化征程，但是我国的现代化却是极为艰难曲折的，既经过长期的“武器的批判”又通过痛苦的“批判的武器”。尽管如此，中国人之所以能够历尽磨难而走现代化之路痴心不改，其中的深层原因不只有人文传统的强力支撑，更有现代高等学校所开设的以语言文学为重镇的人文教育各门课程及其教育体制生发出的独特功能效用。20世纪以来，为了中华民族的伟大复兴以推动现代化进程，不知有多少仁人志士、文化先驱、革命先驱和英雄壮士、知识精英，或者是出国留学或者是在国内高等学校求学，大都通过学习语言文学各门课程接受了传统的或现代的人文教育，借以优化其人性，塑造其人格，坚定其意志，美化其心灵，丰富其美感，从而确立了追求真善美的博大胸怀和远大理想；不仅高等院校的语言文学专业的人文教育在塑造现代国民灵魂、激发现代人生命创造能量中发挥了潜移默化的卓有成效的作用，即使中小学的人文教育也主要依靠语言文学教学来播撒真、善、美、爱的种子，使青少年沐浴着人文精神茁壮成长。尽管处于当下消费主义时代的人群，易于产生精神危机或道德失范，然而由于我国雄厚的人文传统通过各种方式得到开发，特别借助语言文学教育得到弘扬，致使人们的灵魂焕发出人文光芒，伦理道德增强了人道色彩，既阻住了思想的滑坡又遏住了人性的堕落。唯有基于这种认识，我们方可断定以汉语言文学为核心内容的人文教育不仅是各类高等院校文科的基础课程，而且也应是全民的基础课程；也只有全民通过不同渠道或不同形式直接或间接地受到程度不同的汉语言文学的教育与熏陶，方可提高全民的文化修养与人文素质，方能在人文理想的激励下以坚韧的人文性格力量去构建和谐社会，去创造美好人生。

不论何种性质或形式的高等院校所开设的汉语言文学课程，都有一个趋同的目标，主要是培养理想性的创新型有用人才，虽然10多门骨干课程各有具体的培养要求，但是它们在达到总的培养目标上皆要于三个维面尽到职能：就其精神维面来说，不论文艺理论或文学作品或影视艺术，都要通过语言、语法、修辞等艺术媒介的感悟和分析，来传授古今中外的人文理想、人文情怀和人文精神，使受教育者的人性、心灵与境界真正体验到人文精神的魅力，感受到人文情怀的博大，从而树立真善美和谐统一的人性理想，并增强爱祖国、爱民族、爱人类的真情实感。就其知识维面来说，汉语言文学专业的所有课程，都从不同的系统来传授理性知识特别是人文科学知识，不仅能开拓受教育者的知识视野和知识结构，也能使学员获得丰富的知识资源与厚实的知识背景，真正成为具有真才实学的现代知识分子,使其在从事某种社会事业与实践活动中发挥“知识就是力量”的效能。就其能力维面来说,汉语言文学的各门课程通过正确的传授与认真的解读,既可以提高学员的人文理论思维能力与审美艺术感悟能力,又能提高他们的语言传达能力与文字表达能力;也就是提高其以现代思维和现代话语去发现问题、阐释问题、提出方案、表述已见的解决问题的能力,从而增强他们坚持“以人为本”原则去面对和处理一切实际问题的自觉意识。

既然高等院校设置的汉语言文学专业与时代经济潮流相关、与20世纪历史相关、与人文教育相关、与人文传统相关、与培养人文精神和理想人才相关,并从这诸多关系中显示出汉语言文学各门课程的强烈现实意义与深远历史意义;那么我们没有任何理由轻视或贬抑汉语言文学专业,更没有任何道理把它边缘化,没有任何根据忽略对如何教好和学好汉语言文学各门课程的方法论进行深入研究。正如本书编写说明所指出的:“目前高校扩招居高不下,师生比例过高。在此情形下,现今大学生根本享受不到传统的言传身教,遑论高校在教学方法和学习方法上更需要引导其独立地获取知识,培养能力。这样,通过一种指导用书来补缺失就显得极为必要。为此,我们拟编写这本汉语言文学专业指导用书,希望借此系统地、全过程地指导该专业学生的学习,帮助其增强学习的目的性、主动性和前瞻性,使其做到学前有所了解,学中有所遵循。此即本书的成书动因与价值所在。”然而在我看来,本书的编写问世,其价值远不止于此,通过上述的分析我已揭示出本书的意义了。

《汉语言文学专业学习全程指导》(以下简《全程指导》)的各章由多位大学中青年教师所撰,虽然水平参差、规格有殊,但并非是急就章,而是通过系统的研究与认真的梳理所精心写成的,并把自己的学习体会与教学经验融进了论稿,使其既有相当的学术水准又有方法论的意义。总起来看,本书至少有这样一些特点与功能:

整体性。对于作为二级学科的文艺学、中国古代文学、中国现代文学,中国当代文学、比较文学与世界文学、古代汉语、现代汉语等课程,本书都从性质上、特点上或基本内涵上作了系统的考察与梳理,进行了言简意赅的勾勒与诠释,展示出该课程的知识体系和学术风貌,给受教育者学习本门课程先种下一个完整印象,有一个全局性的整体认识,这就能引起学员从总体上把握本课程的浓厚兴趣与宏观思考。若把汉语言文学专业视为一个总体话语系统,那么10多门骨干课程则是相对独立的子话语系统,虽然每个子话语系统所承载的文化信息量或人文科学知识内涵有所差异且形成了不同的特质,但是它们毕竟构成了一个以人学为特征的或以"人"为叙事与论释对象的共同话语体系。《全程指导》依章分开来看,各有一个整体性的话语系统,有助于学员对该课程的总体了解与把握;若把各章全面视之那有利于对汉语言文学专业总体话语系统轮廓的认知与掌握,更有助于学员从总系统与子系统的差异互见的联系中感悟汉语言文学专业的博大精深而又异彩纷呈。

前沿性。汉语言文学虽然是个长线专业和老学科,但从人文社会科学研究的角度察之,它始终处于学术前沿位置,不论研究思维、理论视野、表述话语及其产生的学术成果总是在不断地更新不断地前进,从未停滞于固定的水平线上;特别近30年的学术研究由于思想解放潮流的驱动,冲破了极左思潮所设置的一个个禁区与僵化机械的思维定势,使汉语言文学专业各学科汲取了海内外大量新颖的前沿的研究成果,调整了或革新了汉语言文学的传统课程甚至增设了不少新课程,不论传统课程或者新设课程总是把内容革新置于深入教学改革的首位。况且,在教学与科研的互动框架中,老师们无不遵循以教学带科研、以科研促教学的规律,以自觉的永远进击的姿态致力于学术研究,并在分析认同前人研究成果的前提下不断开拓前进,同时又能不失时机地将自己或他人的最新学术成果吸收进教学过程,因此这就使汉语言文学的各门学科的教材内容与教学内容富有前沿性。正是从这种认识出发,《全程指导》各章设有"研究综述与前沿动态"一节,集中介绍本门课在学术研究上的总体态势与科学水平,特别突出地强调了当前研究的前沿课题及其产生的成果与分歧,从而展示出本课程的发展前景与学术追求。本书有意识地突显学科的前沿性,颇有教学战略眼光,因为本学科所培养的理想人才不仅要掌握汉语言文学的系统基础知识,也要掌握最新的前沿性的语言文学知识及其学术态势,更要具有敏锐地发现人文问题的感受能力与解决人文研究课题的阐释能力。如果读者能够仔细体会《全程指导》这方面的良苦用心,那会收益多多的。

导引性。由本书编写指导思想所决定,它非常重视独立学习汉语言文学专业的方法论研究,几乎每章都有结合课程内容的学习方法探讨与介绍。这既是《全程指导》的重要特色又是它的主要功能,若是不精心研究学习方法那本书就失去"学习指导"的大半意义。固然要学好汉语言文学的所有价值课程仅掌握了某些学习方法是不够的,重在刻苦钻研,重在勇于实践;但是切实可行的学习方法对于学员或读者进入汉语言文学的知识海洋或文化意蕴迷宫,的确能起到导引作用,甚至在获取知识或开阔视界上可以收到事半功倍的效果。中外的先哲们极其重视方法论的研究和运用。笛卡尔曾说,"要认识真理,必须运用正确的方法”；方法如同走路，即使“那些只是极慢地前进的人，如果总是遵循着正确的道路，可以比那些奔跑着然而离开正确道路的人走在前面很多”。[①] 这说明选择正确方法进行汉语言文学学习，就可以少走弯路或者不走弯路直抵知识堂奥，以获取真知灼见。新文化先驱胡适出色地运用了实验主义科学方法，不仅开拓了多个人文科学领域也创建了白话新文学，使之成为一代现代文化巨人，这足以说明正确方法论的特殊功效。虽然不能笼统地说《全程指导》一书所阐明的各门课程的学习方法，都是正确的行之有效的学习方法或者是体现了学习规律的科学方法；但值得称道的是，这诸种学习方法并不是主观臆断的，大多是执笔者从学习经验中总结出来的或从教学实践中抽绎出来的或借鉴于前人已用过的，总之，它们指导学员们学习汉语言文学的所有课程是会起到“导引”作用的。如文艺学强调“在学习掌握文学理论教材的基础上，进一步攻读古今中外的文艺学名著”的方法，中国古代文学强调“理清线索，把握重点，多读作品”的方法，中国现代文学指出三个“相结合”的方法，中国当代文学提出的“多阅读，多思考”和“把当代文学学习放进20世纪新文学发展历程去考察”的方法，比较文学与世界文学指出的“批判吸收”、“理清线索”、“多读作品”以及“掌握比较文学理论”与“熟悉本国文学和外国文学”的方法，古代汉语所强调的坚持两个原则的学习方法，等等，都有可能成为学习汉语言文学专业课程的卓有成效的方法，关键在于能否在坚持中活用、在活用中坚持。

实用性。本书的实用价值不只体现于学习方法的具体功能的强调与阐述中，而是每章每节都贯彻了主编的实用意图；尤其这类学习指导书突出其功能实用性是其特有的品格也是其主要的价值所在。如果不从每个部位显现出它的实用价值，那它如何能够切实引导学员或读者去学好汉语言文学专业的人文社会科学知识、去获得应有的文化素养与综合技能呢？所以本书始终坚持“学以致用”或“学用结合”的原则，引导学员在获取汉语言文学知识的同时立即与毕业论文撰写、考研方略以及研究生培养的实践环节紧密结合起来。它不仅具体指导学员运用所学的基础理论知识与基本专业知识以及培养的思维方式与表述能力，去发现研究课题、形成“问题意识”，且遵照一定的逻辑程序与学术规范来完成毕业论文的写作，从写作实践过程中检验并提升所学的汉语言文学知识的利用率和成功率，或在实践中把所学的专业知识转化为一种发现具体问题

---

① ［法］笛卡尔:《谈方法》,《西方哲学原著选读》(上册),第363～364页,上海:商务印书馆,1982年版。

解决实际问题的思想能力、把握能力、感悟能力与阐释能力，在知识理论与实践操作的紧密结合中进一步充实丰富知识库藏；而且适时地将学员们从汉语言文学专业基础知识的获得上引入更上一层楼的研究生的分门别类专业考试及其行之有效的研究培养方案的设计与实施中，使学员通过学习、实践、再学习、再实践的螺旋式循环，获得更精深的知识与更娴熟的技能，把自己培养成一个具有真才实学的专业人才，这就可能使编写的实用性功利目的有望在喜读本书的学员身上得以实现。

《全程指导》虽然是一本以多人的治学经验与聪慧才智著成的既有人文意义又有实用价值的好书，但也有些环节写得并不充盈，有待于强化。其中主要有二：一是汉语言文学各门课程所蕴含的人文内涵需要深入开掘，特别对于中外古今文学艺术的经典文本的人文精神应指导学员精心的解读与用心的体察，因为人文内涵既是汉语言文学专业之灵魂又是其精华所在；一是汉语言文学专业作为一级学科，它是个既有趋同性又有差异性的知识体系与话语系统，而本书对一级学科所开设的10多门课程之间的错综复杂深微的联系却梳理得不够清晰，论述得不够深刻，很难给学员以严密的整体感与系统感。

本书之所以能充分体现编写意图且呈示明显的功能特色与价值意义，最重要的是得力于主编韩品玉副研究员的苦心策划、细心组织、用心修改和精心通稿。虽然品玉长期从事大学的行政管理工作，但他却是位有相当文化修养、专业知识和独立思考能力的管理者，既具有在语言文学研究所和文学院致力于管理工作所积累的丰富经验与所掌握的学生实际学习情况；又具备结合大学语文教学需求而独立进行研究与编著的才能，如他曾多次主编《大学语文》、《毕业论文撰写与答辩》等（均有高教出版社出版）；而且勤于学习，善于钻研，总是在汉语言文学专业上孜孜以求，取得了指导硕士研究生的导师资格。由于品玉具备了上述的优势与才能，不只出色地完成了本书的编写任务，也使本书深深地烙上他的学术追求与主编构想的印记。我由衷地祝贺品玉能为高等院校汉语言文学的基础教学不断作出新贡献，为学员们学好语言文学课提供指导性的参考书；我也期望在大学从事行政管理的干部成为业务上的内行，能在教学与科学上有所作为有所成就。是为序。

（草于2007年7月21日）

为深化中国现代文学研究而积极发掘新资源

——序《〈益世报〉:现代文学研究尚未全面开垦的沃土》

我常把学术研究比喻成探矿和采矿,以鞭策自己和激励他人。试想,若在物质世界勘察出一座大油田或一座大煤矿或一座大金矿,那就能加速民族国家的现代化,并尽快提升人民的富裕程度;若在精神世界的学术探究中能发现一个或多个原始文化思想资料库,那就能“成就”一个或几个学者,营造一部或几部开创性的学术著作。虽然这个比喻有点不当(物质性矿藏有掘尽之时而精神性库藏是难以取尽的),但并非毫无道理。就拿现代文学研究来谈,原始资料的采集、发掘和探察几乎无孔不入,如果不下大力气那是不易从报刊上寻找到“未开垦的处女地”,搜求到大量原创资料的,这不能不制约现代文学的开拓性与创新性研究。正是在这种知识学术背景下,我第一个以欣悦的心情审读了杨爱芹洋洋洒洒二十余万字的博士学位论文初稿,惊喜地发现她对《益世报》及其形形色色副刊的梳理与探究,正源于尚未真正开采的极为宝贵的现代文学原始资料矿藏;至少在我的阅读视野中还没有见到对《益世报》的系统挖掘和深入研究,到底这个矿藏蕴含着何等巨大的文化信息量、多么深邃的思想内涵与审美意识更是难以估量。然而杨爱芹对《益世报》及其文艺副刊的勘探与研究却开了全面发掘《益世报》资料并系统予以探析的先河,可以毫不夸张地说她是自觉到《益世报》“探宝”的先行者之一,也是收获最丰、发现最多、为现代文学研究增值堪观的学者之一。《益世报》作为深化现代文学研究的矿藏,对它的开采仅仅开始,如果能引起学界的高度重视,集结更多的学者持之以恒地挖掘下去,探究下去,在不久的将来定会发现出很多很多原创的东西,不仅能产生不少有开创意义的学术著作,发表一批令人耳目一新的论文,也能涌现出一些新学者,更能为现代中国文学史的重构提供不少新资源。

摆在我面前的新著正是杨爱芹在其博士学位论文基础上修改而成的,资料信息更丰赡了,学术含量更充实了;并昭示出这部专著的最重要的价值在于,它从《益世报》这座未开发的矿藏中发现了丰富的资源，并从这诸多原始资源中发现了新文化、新思想、新诗学、新美感，并将其梳理、剖析和综合，物化为一个个独立成章的颇有新意的学术话语系统，然后把它们置于一定的结构框架，形成一部具有开创意义的史识和史料、感性与理性相结合的学术论著，为这座少有人涉足的现代文学矿藏平添出一支学术之花。精察细辨，你会发现这部新著不只是宏观上"新"，即新资料新理路新论断所形成的新知识冲击波，给人以强烈的理性启示和知性满足，如同走进一片鲜活的学术森林；而且在微观上也"新"，即新信息新感悟新见识，给人以丰盈充实的阅读感，如同进入一个五彩缤纷的知识世界。由于《益世报》具有明显的自由主义倾向，以此为媒介和载体发表文章或作品的学者或作家，可以超越阶级思维或党派思维而较为自由地释怀抒情，把自己的独立思考、感受、体验和认知诉诸笔端，转化为理论文章或审美文本，这就在学理上出现了各述己见、百家争鸣的局面，在文学上出现了百花争妍、异彩纷呈的格局。杨爱芹具体感受到、捕捉到和理解到《益世报》这一自由特征所蕴含的丰富多元的文化内容和诗性意识，于是把它置于现代中国文学的开放格局中，从多维度多层面探析《益世报》为现代文学总体建构作出了那些独特贡献并提供了哪些新内涵；其中对"有作为而作"的谐文、杂说、小品文和"北派通俗小说"、"宗教文学"的剖析以及"在回忆体验中塑造鲁迅"的论述，更会领略到从新资料中抽绎出的新见解新史识，令人诚服。

现代文学研究的展开与深化，每个步骤和环节无不闪烁着思维的火花，显示着思维的魅力，因而有意识地探讨文学研究与主体思维的关系并从中揭示某些行之有效的思维规律，对于推进现代文学研究不断上层次是大有益处的。杨爱芹的专著之所以具有创新趋优的特点，与其出色地运用了收敛型思维密切相关。所谓收敛思维又称辐集思维，它的主要功能特性是从若干不同或相同的信息源或资料源中获取一种共识或引出一种结论；打个比喻，若把思维对象喻为车毂，那收敛思维的思维趋向是从圆周沿辐条向车毂集聚。这种收敛思维在对《益世报》及其各种副刊的探究过程中所发挥的功效主要体现于：一是搜索、汇集、梳理、归整、融会登载于报刊上的原始资料，小到广告语发刊词大到小说文本连载，统统收敛起来，通过审阅、感受与认识将其梳理归类，把片片断断的史料或篇篇散文诗歌小说等文本纳入研究视域，这是一套先导性的扎实功夫，也是进入学术堂奥的硬功夫。章学诚在《文史通义》中说："高明者，多独断之学。沉潜者，向考索之功。天下之学术，不能不具此二途。"不论"独断之学"或者

“考索之功”都不是深化现代文学研究的最佳思维方式，只有把两者有机地结合方能使主体思维在现代文学研究中发挥最大功效。杨爱芹的新著既有“独断之学”又有“考索之功”，在这两种思维方式的互动中她更长于运用后者，即确信唯有坚持收敛型思维才能有“考索之功”，唯有史料的“考索之功”才能有“独断之学”；这样就使她的著作中的一些独断的创新之见，无不源于扎实的“考索之功”，没有空发的高论，只有求实的卓见。二是选择式的收敛思维在探讨《益世报》及其副刊的进程中施展了特殊功能。虽然收敛思维的最根本特征是它的收敛性或集中性，但是它并非毫无中心或目的的地把所有的思维火花或所有资料都收敛起来，而是环绕某个中心或焦点有选择地加以集中；这种选择式的收敛思维最重要的功能是从散发出来的诸多思维火花选准一个最佳的聚焦点，随后把辐集思维捕捉到的火花聚集起来。杨爱芹进入《益世报》及其副刊的文化时空，充分运用选择式收敛思维的特有功能，驱使那些迸发于原始资料的无序的、模糊的、浮面的、分散的、游移的思维火花朝着有序的、清晰的、沉潜的、凝聚的、固定的思维趋向滚动，最后汇集到一个中心点或聚焦点，即自由主义文学观；它似一条隐形思想线索把各章各节内在地贯穿起来，组合一个“形散神凝”的逻辑结构。这种选择式收敛思维的功能还体现在每章每节或行文当中所出现的理论创新点或不俗的史识上，使它们所发出的思想亮光更加显豁耀目。

杨爱芹考取博士生旋即进入有序的研究状态，并主动选择《益世报》副刊作为深化现代文学全方位探究的突进口，这不仅因为她来自天津对创办于此地的《益世报》有所了解；更因为她取得硕士学位后曾在大学中文系从研执教近十年，积累了较丰富的科研与教学经验，既有学术论文专著发表问世又曾获得天津市优秀教师称号。正是科研与教学的需求，她查阅了不少现代文学已有的研究成果，并接触了一些现代文学尚待开发的原始资料。凭着这些治学经验和学术积累，她开始攻读博士学位就表现得极为自觉主动，似乎应该确立何种研究目标和主攻方向、从什么地方进入研究堂奥、坚持怎样的研究方法都能做到“心中有数”。老天不负有心人，通过三年博士学位的勤奋而刻苦的攻读，在原有良好的专业基础上，杨爱芹的学术眼界更开阔了，知识结构更丰实了，发现问题并形成“问题意识”的能力提高了，而且创新性的理论建构能力也增强了，总之她已具备了独立设计完成重要人文社会科学研究课题的优良素质：一是学术心态稳健，面对名权利的诱惑决不动摇其致力于人文科学研究的恒心与坚持不懈的决心，不管客观环境优与劣或者外在压力大与小，她总是以韧性毅力和一丝不苟的精神跑图书馆进资料室，在尘封已久的报刊里从广览博读中去发现新资料；并以生命情感激活凝冻的原创资料，通过反复感受与体验总能从中发现新文化意蕴与新人性内涵，既能化入由感性经验和形上玄思构成的文本世界又能不露痕迹地化出来，不失时机将其感悟升华到理性高度进行有深度的阐释，这是一种务实求真、真中见新的学术功力。二是从不满意已有的研究成绩，敢于面对差距，勇于承认弱项，在学术质量上孜孜以求，不论发现新课题或者写成新著述总是能从中找出不足，问师访友以弥补之修改之。比如这本新著已体现出杨爱芹的探幽发微的艺术感受能力和理论思维能力或逻辑阐释能力以及总体把握能力与宏观概括能力，均有明显提高；然而她仍感到理论思维的创新能力急待提高，故而自觉阅读中外新出版的哲学美学理论著作，以强化理论思维，增强理论兴趣。三是杨爱芹具有较强的语言操作能力与话语表现能力，且形成了自己的学术语言风格。作为一个出色的学者，首先在语言表述能力上要过关，否则再深刻、再有创意的思维成果也是传达不出来的。这部著作语言简洁、明晰、朴实、准确、平易、晓畅，是学术话语所显示的主要特点，文意通畅、笔力老到，足见其在话语表述上下了一番功夫。

作为杨爱芹的导师，对这部新著感到欣慰之余，更感到她的学术人生刚刚起步，以后的学术征程还很长很很长，而且要攻克一个又一个科研难关，这既是对其生命创造潜能的考验又是对其生命意志耐力的考验；我相信，杨爱芹是会充满自信地去迎接考验和挑战的，并能冲入学术前沿阵地施展自己的智慧和才华。是为序。

（草于2007年12月3日）

“官魂”与“学魂”在他身上得到统一

——序《20 世纪中国文学叙事伦理精神》

也许是在反智主义政治思潮猖獗的时候，社会文化心理受其毒化，人们形成一种不良的看法，即进入官场的人大多没有“真学问”或者“无须做学问”，只要上面怎样说你就怎样说便可以，当个称职的“传声筒”就是个好官。虽然随着改革开放的深入和“知识爆炸”时代的冲击以及“学习型”社会风气的形成，人们的认识发生了深刻变化，那种“知识无用”或“学问无用”论调的市场越来越少，进入官场人员的知识结构和学历层次非昔日所比，重视学问或热衷学问的官员也愈发多起来；但是对此的估计不宜过于乐观，评价也不应太高，轻视“学问”的或“不做学问”的或不学无术的官员还是大有人在，不然为什么“大话”、“套话”、“空话”或“八股腔”仍在社会话语系统中畅通无阻的流行？正是在这种语境与心境下，我审读了杨庆东博士的专著《20 世纪中国文学叙事伦理精神》（以下简称《伦理精神》），由于它使我在学术思想、学问知识和文风语感上受到一些启迪，便引起我对庆东其人其文有了些新感知和新认识。

记得 10 年前（1998）杨庆东怀着“做学问”的梦，考取了山东师大现当代文学专业的研究生；本来他的本科专业是学历史后来却爱上了文学，立志要在现代中国文学领域拼搏一生。他深知自己没有在汉语言文学上受过系统的训练和教育，对现代中国文学的专业知识和基础理论的掌握也不够扎实，故而在攻读硕士学位三年则以超常的毅力和坚韧的意志在“知识海洋”里钻入钻出，拓展了知识视野，充实了知识结构，既培养了浓厚的学习理论的兴趣又养成了系统阅读现代文学作品的思维习惯。尽管他的理论思维能力与文学知识水平有了明显提高，我看在眼里喜在心里，也不时地表扬几句；然而庆东从不满足，总是在专业学习上埋头苦干，在学问上孜孜以求，不张扬不露声色，对待成绩或不足都表现得相当理智，遇到挫折或困厄也敢于承担。记得他读硕时写的第一篇论文是解读《莎菲女士的日记》，文理通畅而缺乏新意，但经指点后他很快就改好，以精神分析法对莎菲的心理世界作了多层次的剖析,达到了相当的深度。从此文我发现庆东已具有独立进行研究的较为敏锐的艺术感受能力和理论思维能力以及朴实的语言表述能力,后来他获得硕士学位的毕业论文已充分证实其颇有可以继续深造、致力学问、从事科研这方面的优势和才华。于是读完硕士学位,他紧接着便以优秀成绩考取了博士生。虽然读博三年庆东背上了不少家庭包袱,经济上也相当拮据,但这些并没有影响他在科研上或学问上朝着高层次追求的坚定信心与拼搏精神。老天不负苦心人,读博期间,庆东至少在三个方面获得的科研成果或知识学问是喜人的:既参与完成了一个国家社科基金课题,独立撰写了七万多字;又自主从事研究书写论文,在国内学术刊物上发表20多篇;并出色地完成了十几万字的博士论文,顺利地获得了博士学位。就其专业素质和研究能力来说,我认为庆东取得文学博士学位后不管能否找到理想的大学都应该选择高等院校的文科去从事教学和科研工作,这既可以发挥其专业特长,学有专攻也该有专用,又可以继续搞科研而使自己成为一个真才实学的学者;然而最终他却应聘到枣庄市府担任教育局副局长,走上了仕途。固然这种选择待遇优厚,能解决其眼下的经济之困;可我却有点遗憾,误认为"丢了个学者多了个官员",并预感到庆东六年之久研究生所积累的"学问"很快就被天天吃吃喝喝的酒水冲走了。事实证明,我这种认识是偏激的,我的担心也是多余的。庆东选择从政既没有荒废所学专业知识又没有切断热爱学问的牢固情结,不仅密切联系自己分管教育工作的实践检验并充实了已掌握的人文知识与研究才能;而且为了进一步深造他又跨入苏州大学文学院博士后流动站,边从事行政管理边致力学术研究,使"官魂"和"学魂"在他身上得到统一,力图做一个既能做学问又能搞行政的现代官员。这本专著就是庆东在博士学位论文的基础上,利用教育局副局长的行政工作之余修改扩写而成的。

20世纪中国文学叙事应涵括所有叙事性体式的文本,内容与外延极为广泛,虽然现有学术成果是从多层面多维度多视角进行研究而获得的,但从现代伦理道德视野给予深入系统探析洞察的学术专著并不多见;从这个意义上说,杨庆东博士的论著《伦理精神》对文学叙事的研究是具有开拓性价值的,所显示出的书写特点也是有新意的。

通过对伦理道德范畴的理论阐释,为研究中国文学叙事确立现代伦理道德视角、理路和分析依据,这是本专著考察研究对象能发现新意并能作出新概括的先决条件。论者既运用知识考古之法从语源上梳理了伦理道德概念的生成与演变又运用比较之法辨识了中西伦理道德观念的异同,在对中外古今伦理道德理念作了有深度有分寸的诠释基础上,使其获得了这样的理论见解:即“在道德理性的范畴中,新传统主义道德理念、现代性道德理念、后现代道德理念是交织在一起的”;而在现实人的伦理道德意识中却难以条分缕析地去厘清何为现代伦理道德何为传统伦理道德何为后现代伦理道德。因此这多种伦理道德意识如同暗流潜伏于国人灵魂的深处,一旦被触动就立即卷入殊死搏斗而使个体生命遭受痛苦的煎熬;特别在20世纪中国婚恋文学叙事中,“作家主体意识中越是渗透着这种理性精神,越是深深地领悟着生命本身的真谛,这种灵魂中的自我厮杀就越是惨烈,而原始生命力就越是在被毁灭中得到无尽的张扬”。这就导致在作家的伦理道德精神结构中,“其主体意识本身往往辗转于现代与传统、个人与群体、情与理、灵与肉等矛盾冲突之中”;尽管矛盾冲突如此错综复杂,却总有一种伦理道德理念处于主体地位。基于对现代中国伦理道德范畴的这种理解与认识,庆东以此为理论视野对20世纪中国文学叙事特别是婚恋叙事作了总体考察与宏观把握,从文学作品中抽绎出四种主要的道德伦理观,即“第一种为‘尊礼’的道德观”、“第二种为‘尊己’的道德理念”、“第三种是以‘群体’为本位的‘尊群’的道德理念”、“第四种是以人性为本位的道德理念”,此外还有“尊情”、“尊灵”、“尊女”等不同价值取向的道德理念。你可以对上述的诠释或概括提出这样或那样的不同看法,但你不能不承认这些见解与论述既有创新性又有启示性。

与四种道德伦理观紧密相联的是,《伦理精神》从20世纪中国文学特别是婚恋叙事中提炼归纳出四大主题,以揭示文学叙事蕴含的伦理精神的复杂性和深邃性。这四大主题,既有“以人为本位的现代性道德理念对封建传统的婚恋理念的讨伐”,又有“个性意识与群体意识在婚恋中的融合与背离”,既有“传统道德理念同红色婚恋理念的交融及其同个性主义婚恋理念的冲突”,又有“‘审美快感化’的道德理念对宏伟叙事中的婚姻爱情价值理念的消解”。可取的是,本书并未停留于对20世纪中国文学婚恋叙事的抽象概括,而是以现代道德伦理为利刃切入了文学文本,将理性透析与作品感悟有机结合起来,进行务实求真出新的阐述,相当深切地剖解了婚恋文学叙事所蕴含的伦理精神。特别是对那些婚恋文学中搏斗于情与理冲突中的男性与女性两种形象谱系的剖析,既深入细微又新见迭出,充分展示了男女主人公在情与理冲突中的生命挣扎、灵魂搏斗及其或喜或悲的命运。不论对“懦弱的男性在传统道德理性和现代道德理性之间的挣扎和搏斗”如高觉新、曾文清等形象的分析，或者对那些在“多重追求、奋斗搏击中男性形象”如沈之菲、杜大心、罗群、刘钊等的剖解；不论对在“‘父母之命，媒妁之言’的封建婚姻樊笼中窒息的女性形象”如梅、雪梅、梨娘等的分析，或者“对传统道德理念的坚决冲击者和彻底背叛者，她们都有着雷雨的性格和对生命与爱情的执著信念”的女性形象的剖解，都达到了丝丝入扣的严密度与深刻度，有力地揭示了这两性形象谱系所蕴含的缠绕纠葛的伦理道德精神。尤其从20世纪中国文学的婚恋叙事中，发现了“道德理性精神与道德美学建构在审美结构中的融合与实现”这一叙事范式，并联系诸多文学作品深入探析了这一叙事范式与“20世纪中国婚恋文学结下了不解之缘”；同时，以道德伦理范畴为准绳又将20世纪中国文学的道德叙事归纳为“个性主义婚恋叙事、革命道德主义婚恋叙事和传统道德理想主义婚恋叙事三种形态”（以上引文皆出自本书），其中对后者“传统理想主义婚恋叙事”形态的论述简明深刻且不乏新意。

《伦理精神》以现代性道德伦理观念为理路，不仅从上述的宏观与微观的结合上多维面地探析了20世纪中国文学特别是婚恋叙事的伦理精神，而且从大量的文学作品中选取有代表性的文本作了深切入微的个案剖析，将对中国文学叙事伦理精神的研讨引向具体化深微化。如对《白涡》的探幽发微的解读，可以看出论者以生命化入文本世界去感受去体验然后生命又化出来，提升到伦理道德范畴进行理性分析与概括，使其隐伏的伦理精神得以彰显。

综合以观，《伦理精神》所探究的是个宏深的论题，虽然读后有一种粗疏之感，甚至有些见解尚待精心推敲，但这不影响它是一部具有一定开拓性与创新性的学术专著；尤其值得称道的是，庆东为官三年在繁忙的工作之余，仍不放弃“做学问”这种坚守学术园地的勤勉耕耘的精神。在博士后流动站深造的庆东即将出站，如果不再有新的选择依然在官场上从政，我热切期待他继续深化人文科学研究，这不仅可以强化其以人为本的观念在“执政为民”的事业中创造更多的政绩，而且也能拿出无愧于这个大好时代的优秀学术成果，以展示当今具有博士学养的公务员的智慧丰采和思想风貌。是为序。

（草于2008年元月5日）

多维度地探析小说的艺术王国

——序《王安忆小说创作研究》

现代中国文学史上的杰出文学家,无不以其卓越的艺术智慧与勤奋的创造潜能,为艺术的精益求精而坚持不懈地探索,遵循美的规律营构独树一帜的艺术王国。王安忆是女作家群中的佼佼者,也是现代中国作家总体队伍中的耀目明星,随着国内外文学评论的关注和学术研究的介入,对她的星散评论已纳入系统研究轨道,也由中国文苑逐步走向世界文坛。对于这样一位可以经典化的作家及其作品,检视国内外研究现状则可发现,随机评论较多,某个文本或某一特点探讨较多,而对其小说创作进行整体性与全程性的系统而深入的研究却相当薄弱。这种状况不迅速扭转,既不利于现代中国文学研究的深化及文学史的重构,更不利于将我国的著名作家作品不失时机地推上世界舞台而进行全球化的学术交流。李淑霞博士的专著《王安忆小说创作研究》(以下简称《小说研究》)选取了特定的学术视野、形成了独特的逻辑理路,完全从对小说文本的阅读感受与心灵体验出发,多维度多层面地探析了王安忆小说艺术王国的文化意蕴、人性内涵、审美特质以及创作规律,构成了既富创新性又具科学性的系统学术话语,从整体性与全程性的纵横捭阖研究上将王安忆小说创作的探索推进到一个新的学术层次,这不仅填补了王安忆小说研究的薄弱环节,也为强化现代中国文学研究增进了新的价值内涵和拓展了新的学术论域。

王安忆营造的小说艺术王国,瑰丽多姿,丰实精深,以此作为专著的研究对象,对于论者主体来说是有相当难度的。不只因为王氏小说创作多产和多变难以把握,而且其艺术时空所蕴含的文化信息与美学因素也为见仁见智提供了多种判断的可能性,特别王氏小说文本的解读与评论向来纷纭无定;所以这就给《小说研究》的突破与创新并形成一家之言设下了必攻之关,只有凭借研究者的灵气与才智攻下一道道关,方能有所发现有所收获,进而开拓学术新境界。

现代不少的小说家缺乏理论兴趣,主要借助人生经验或生活感受或艺术冲动进行小说创作，直至成名成家也不晓得小说在理论上如何界定；也有些小说家是理论先行而创作在后，即非常重视对小说理论的研究及其导向作用，按图索骥，有什么小说观就创作什么小说文本。然而王安忆的小说创作既没有流入经验主义又没有盲从小说教程，乃是通过创作实践来体悟小说奥妙又以既成小说观念规约创作实践，并以创作实践丰富更新小说观念，从而形成了独有的小说美学。可取的是《小说研究》精辟地论述了王氏小说的创作实践与其小说观念相辅相成的互动关系以及小说美学的独特内涵，既发现了王安忆对小说创作与自我经验关系的理解即不仅看到前者之于后者的依赖与超越也看到了以自我经验进行自我表现，既发现了王安忆对小说创作真实性与虚构性之间关系的辩证理解，又发现了王氏对小说艺术的内容与形式之关系的一元论的独特理解，这就形成了王安忆别具理论色彩的带有中庸主义哲学意味的小说美学，使之成为小说创作本体不可或缺的有机组成部分。它不仅没有游离于专著的整体逻辑结构，而且小说美学的深度阐释又为小说创作文本的具体论述提供了理论依据与互文参照。

小说创作是否具有深刻的思想意义与永恒的理性启迪，关键取决于小说主题意蕴的原创性与深广度；王安忆的小说创作虽然具有多变性，但是万变不离其“生存意义追问”、“人生困境突围”和“女性生命体认”三大母题，而这三大母题也正是其小说的重要思想价值和普适文化意义所在。《小说研究》对这三大主题意蕴的洞察是慧眼独具的，并未停留于泛泛的人所共知的思想意义的考析上，而是从特定的角度切入，透过经验层面尽力去发现其形上层次的哲意或深潜的生命意识以及那些带有原创性的独特见识。从对小说文本的解读中，不只发现了创作主体及人物“不懈的生存意义追问”而陷入迷茫甚至虚无之境，更发现了其奋力反抗与拯救的种种方式，特别是蕴含于日常生活中的带有存在主义哲学意味的平民精神给予人们的自救以坚韧的生存意志与旺盛的生命力量；不只发现了现代人与现实之间存有的悖论关系隐喻着一种深刻的人类生存困境，更发现了王安忆在小说中是以平静、从容和温婉的态度对人生困境进行揭示、质疑和批判；尤其发现了王安忆凭依自己作为女性叙事者所拥有的丰盈生命体验来探究女性作为生命主体的价值和意义，表现出既不同于男作家又别于女权主义作家的女性意识和性别观念，建立了一种新的以女性为主体、突出女性价值的两性关系模式，这就为中国女性喻示出一条既非中国的男女平等思想又非西方女权主义思想的第三条道路，这同样是作者立足于女性主义立场的一种女性文化想象。论者对从王氏小说主题意蕴中的有所发现而给出的理性概括，是以生命化入文本世界去感受随后又将生命化出文本世界且立足于生存哲学或女权主义的认知高度去体悟的，致使那些具有逻辑威力的理性分析始终与文本的感性具体紧紧地联系在一起，使深邃丰实的主题内涵得到纲举目张的彰显，可以收到情感动人、理性启人的双赢效果。

王安忆富有诗性哲意的小说文本世界是由艺术语言建筑起来的，正是《小说研究》所概述的那样，“凭助于语言写作活动，她把那些个人化的、瞬间性的，可以感觉但不可重复的经验凝固在纸上的文字中，烛照了生命和世界的深幽之处，使自身的生命得到灿烂的盛开和丰富的展示，使自身的存在成为展开的存在。”既然小说创作是王氏依凭语言作为特殊生存方式来抒写自己的生命春秋，那么不论评论界或学术界对王安忆小说的研究都不能忽略或淡化其语言特点的探赜发微的探索，理解了小说语言特点就是理解小说文本的独特世界，把握了小说语言特点就是把握了王安忆生存的诗意方式。本论著对王安忆小说语言特点的探讨下了既深且细的功夫，这是对王安忆小说整体性研究而在重要维度上的突进与深化，从小说文本的细读中论者不仅发现了王氏二十多年的小说艺术语言随着自身生命存在的展开形成“一条显存的变化轨迹”，而且也发现了三个阶段的变化轨迹所呈现出的各自差异互见的语言特点，这反映出论者对小说语言感悟的敏锐和对生命存在体察的深切。从上世纪末至80年代末王安忆小说的描述性的具体化语言中，论者发现了王氏小说语言基本上是传统的描述性的具体性语言，表现出简洁明快、纯净清新、富有诗情画意的特点，而这种语言特点正与王氏这一时期自身生命的存在状态相契合。从20世纪80年代末到90年代中期《长恨歌》的创作，论者发现王安忆潜心于以独特的小说语言创造一个属于自己的独特的心灵世界，由天真单纯的语言阶段发展到语言意识的充分自觉阶段，并形成了独特的语言风格，即一种叙述性的抽象化语言，这种语言则表现出繁复缠绕、细致绵密、曲折深幽的特点，而这三大特点主要体现于对人物对话所作的叙述性的转化与处理上、大量地运用比喻句式上和频繁地穿插主观议论上。结合小说文本的典型例证所作的丝丝入扣、准确深微的分析，提出不少颇有新意的见解，升华了王安忆小说语言的独创性的研究。从上世纪90年代中期至今形成了王安忆小说语言变化的第三阶段，在论者的动态研究视野中又发现了王氏小说语言的新特点，即叙述性的具体化语言，呈示出一种平白如话、自然朴素、语淡意远的风格，这标志着王安忆的小说语言已达到炉火纯青、出神入化的艺术境界。这种语言风格的形成与王安忆人到中年对生命有了更深的体验、思考和感悟密切相关,“她的成功不在于她是一个成功的作家,而在于她接受了自己”,而小说语言的语淡意远的风格正是王氏接受自己生命情感和存在方式之后心境的映射。可取的是,《小说研究》不仅发现了王安忆小说语言的新特点,重要的是透过语言特点发现了王安忆生命个体的演化而带来的艺术个性的成熟,故在洞察王安忆小说语言流变轨迹的同时更深切地体验并描述出王氏生命的律动,把研究小说语言与探察个体生命有机结合既是本书的独特视角又是其深刻性所在。

缺乏美感的小说在文学史上是无法立足的,而小说的美感并不仅仅源于其形式美,它主要来自以审美价值为中心的多元价值的复合系统;因此本著作在探察了王安忆小说的主题价值内涵及与其密切相关的语言风格之后,顺理成章地便以动态视角考析了其小说美学特征的嬗变轨迹,几近小说语言特点的流变也显示出三个相互联系又有明显区分度的逻辑阶段,即初期的美学特征是以“清纯明丽”为格调的近距离的性情抒写,中期是以“深沉凝重”为格调的有限距离的理性求索,近期是以“平和温婉”为格调的远距离的审美观照。也许这样概述王安忆小说的总体美学特征有粗疏之感,然而这又是宏观把握难以避免的;可贵的是论著紧扣文本的精细分析,从切实的审美感受中抽绎美学特征,又将美学特征的抽象概括与文本体验相黏合,既避免了泛泛而论又避免了琐碎考证;并且把小说美学特征的形成及其变化与创作主体思想意识、美学追求和价值取向的演变联系起来考察与探析,这更增强了对小说美学特征论述的深度。

《小说研究》遵循既定的逻辑理路从小说美学观念、小说主题意蕴、小说语言艺术、小说美学特征等四大维度,对王安忆其人其文作了整体性地过程性地深入探察与阐释,比起已有的研究著述来显得更加系统化完整化,并在学术观点上有新的发现新的概括和新的诠释;然而本著作的独特价值不仅在于此,也体现于它对王安忆小说创作取得重大成功的内在规律和新鲜经验的总结上。在论者看来,“王安忆小说创作的成功,更主要的原因在于她真诚的献身精神和中庸的创作的哲学”,并且“以其真诚的情感和中庸的哲学,塑造出完美的自我形象,展示给读者,以达到和读者的交流,并为广大读者所接受。”而王安忆自我形象所体现出的这种中庸主义的道德哲学正合乎杜维明对中庸哲学的现代性诠释,即:“诚”是实现中庸之道的最基本的原则和规范,它既意味着内心情感的真实性与本真性又意味着以自我心性为核心展现生命的多样性和丰富性,这样的“诚”必然要求作家做一个真正的人，必须有意识地竭尽诚心去默察内心所发出的真声音，借以体认自身内在的独特性以及人类群体的共有性；王安忆以这种“诚”的中庸精神塑造自我人格来努力营造既是个性化的又具人类性的小说文本，“她牺牲了生命中许多世俗的欢乐，成就了自己在小说创作层面的成功和辉煌”。由于王安忆在小说文本中塑造的完美统一的自我形象源于其中庸主义的创作哲学，所以她的小说创作不论表现出的人生观、世界观、社会现实或者文学传统、文学潮流、意识形态等问题，都流露出不偏不倚、调和折中的哲学取向。基于这种理解与把握，论者为全书的逻辑结构预设了“中庸创作哲学”这条中心思想线索，不论对小说观念所作的诠释或对小说主题、语言与美学特征所展开的论述，都要归结到“中庸哲学”，即中庸哲学既是王安忆自我形象之魂又是其小说创作之魂，这是她创作取得成功的最重要的秘诀所在又是其小说创作获得的最新鲜经验。《小说研究》为了论证这一重要见解的正确性，除了对王安忆其人其文从中庸哲学的角度进行了细微的探索与竭力的阐释外，且多次引用杜维明对中庸哲学的现代性诠释以证之，求得能够自圆其说。杜氏认为，“中庸之道”是一个动态的、含有扩张性的哲学范畴，具有独立性、开放性和包含性、统一性和整体性、创造性和超越性的特性；它意味着一种绝对不受外界干扰的心灵状态，坚持自己的正确认识，不苟同任何一方的片面性，以达到对人生真理的完满认识和把握；它不做非此即彼的简单选择，而是具有求同存异、兼容并包的气魄，努力将一些看似不相容的因素协调在一个相互关联的有机体系之内，以实现不同存在方式之间的多元共生性；它的目的是要在一个复杂的社会、一个复杂的时空网络中，取得最好的最合情合理的选择；它要在一个变幻无常、非常不容易掌握的情势下，在一个最复杂的时空交汇点上，照察各种不同层面的矛盾，协同各种不同性质的因素，找到一条最好的解决问题的途径；它要在某一特定时空内根据具体情况做出最和谐、最融通、最完善的安排；中庸哲学所具有的这些功能价值与现代意义无不体现于王安忆的思想灵魂及其小说创作中。如果说本专著对王安忆小说的整体性研究有诸多新发现和创新点，那么对“中庸创作哲学”的发现则是其中最重要的发现，对其所作的理论阐释也是最重要的创新点；若是你认同这一重要发现与创新点，无疑你会认为这是本书最重要的学术价值所在；要是你不同意这一重要发现或对其创新点有所质疑，那你也会敬佩论者的锐意探索勇气与敢于创新精神，或者从中获得一些深化王安忆其人其文研究的理性启示和“问题意识”。

淑霞博士的专著《小说研究》对王安忆小说创作所作出的整体性过程性的勘探,之所以有所发现有所深化有所出新,固然原因多多,但是在我看来,一是得力于她能在小说文本的解读上下深功夫与细功夫,充分相信自己的阅读感受与心灵体验,以女学者独有的期待视野去洞察女性作家对存在、生命乃至外宇宙的独特感悟,能够在想象的艺术世界里进行灵犀相通的交流与对话,既可以穿越人生的时空隧道去破译生命密码又能透过内心世界去解释人性密码;二是得力于论者的哲学理论兴趣,自觉地汲取中外古今人文哲学理论中的有用合理因素,密切结合自己对研究对象的体认与把握整合出具有相应阐释功能与概括功能的理论思维模式或判断分析力极强的方法论,能够得心应手地从哲学的美学的高度对王安忆其人其文作出合乎逻辑的甚至带有个性色彩的解读;三是得力于较娴熟地驾驭文字的功力,能够运用朴实无华的准确精炼的语言来表现自己对王安忆小说创作的理解和认知,既没有故弄玄虚的装腔作势之态又没有华而不实的过度夸张之气,即使有些奇特之见也能老老实实明明确确地表述出来,显现出文风的质朴扎实。

从本专著所映显出的研究能量与写作优势来蠡测,淑霞的学术生涯有了个良好的开端,只要持之以恒地在文学园地辛勤耕耘下去,一定会结出更多更好的学术之果。是为序。

（草于2008年农历正月初五）

为现代中国文学研究开拓“新殖民地”

——序《现代性伦理与世纪之交大陆长篇商界小说》

现代中国文学研究的论文和著作，数量之多不胜枚举；特别是改革开放以来的30年，由于解放思想实事求是路线的指引，研究主体获得了探索的自由，创造潜能得到了释放，不仅突破了现代文学领域座座围城，而且给现代文学研究开拓出一块块新“殖民地”；因此无论是作家作品的重新解读或者是思潮流派的重新评析或者是文学史的重新建构，都生产出一批创新趋优的学术成果。李海燕博士的专著《现代性伦理与世纪之交大陆长篇商界小说》（以下简答《商界小说》），应属于创新趋优之作，既显示其发现新课题完成新课题的独立研究能力又展示其能够进行创新研究的优良素质。对于这样的著作我阅读起来倍感兴奋，并由衷祝愿海燕以此为良好开端，勤奋稳健地一步一个脚印地向人文科学高峰攀登。

在我的阅读与评论视野中，之所以认定《商界小说》是部创新型的学术专著，当然可以罗列诸多理由，不过重要的根据却是这样几条：选取世纪之交大陆的长篇小说作为考察和研究对象，这是新颖而独特的发现。如果商界小说的单篇有所评述，那么把它纳入学术范畴对其进行系统综合的研究却是本书的开创。世纪之交中国大陆市场经济的大繁荣带来了商界小说的大繁荣，花样翻新，名目别致，形成一种眼花缭乱的文学景观。虽然有些评论者曾投以关注的眼光，但是真正把商界小说作为一种有思想价值和审美意义的重要文学现象纳入学术规范与文学史轨道，进行系统且有深广度探究的，《商界小说》应该说是首创。它不仅为现代中国文学研究发现一块新天地，而且也是从未深耕细耘过的拓荒性的研究，其勘察探索的难度之大是可以想象的。就以何谓“商界小说”的概念界定来说，并没有现成的定义作为借鉴，而只能从广泛阅读长篇小说的感受与体悟中进行辨识比较，归纳出商界小说的基本特征及其所涵括的几种类型；然后再回到大量商界小说文本之中，既要进一步印证商界小说概念界定是否准确又要以此概念的内涵与外延为准绳来选择规范研究对象。商界小说的范围选定准了,方可形成严谨的研究课题。这仅仅是拓荒研究的第一步,从这第一步中既可以看出论者的良苦用心又可以窥测概念界定与课题规范这本身就是学术的创新之举。正是这种拓荒之作,为现代中国文学研究开辟了新领地,填补了现代文学研究的空白地带,也为商界小说的进一步拓展与深化研究奠定了基石;除非今后的学者不再涉足这一新拓领域,只要涉足商业金融小说的研究就不能轻率地绕过或无视《商界小说》这部开创之作。此其一。

选取"现代性伦理"作为透析商界小说的理论视野与阐释模式,这是方法论或思维范式上的创新性探索和追求。对于商界小说的创造大多数作家感到有难度,不只是现代市场的商品经济奥秘复杂,玄机难测,尤其农业经济向商业经济转型给社会文化心理与人性内涵带来了巨大变化,令作家们面对如此变幻的现实和陌生的存在尚且缺乏深切的体验与明晰的感知而创作不出地道的商界小说;那么对于试图探察这类鱼龙混杂的商界小说的研究主体来说,恐怕更是难以进入这奥妙的文学世界,即使你读懂了商界小说或者拥抱了商界小说也有所悟或者发现了新意蕴,究竟升华到何种理论范畴或运用何种阐释模式方能作出科学的概括和创新的判断,这是研究者能否在理论上有所出新必须解决的难题。海燕选取商界小说研究对她来说也非熟门熟路,她是迎难而上的;特别是当她阅读了世纪之交发表或出版的大量商界小说有了较深的体验和较多的感知的时候,心中最大的困惑莫过于选择何种理论模式才能适合对商界小说的研究。她通过对多种理论范畴或阐释模式的比较最终选择了"现代性伦理",并认为以此作为理论视野和阐释模式才能对商界小说进行创新性的研究。于是她便在攻读中外伦理著述上下足了功夫,只要在图书馆能借到的或者书店能购到的经济伦理学或世俗伦理学或现代伦理学,几乎都进入其阅读范围,哪怕犯了严重的眼疾也要坚持读下去;本来海燕的理论兴趣并不高,理论思维亦不强,但为了给商界小说以强有力的理论范式,她不仅积极提高自己学习理论的自觉性,也竭力深化自己的理论思维,更多地熟悉并掌握现代经济伦理。通过对多种现代伦理学的消化整合,形成了她的有利于探讨商界小说的现代伦理思维、伦理视野和阐释模式;特别是以现代性伦理构成的认知结构对商界小说所作的探析,给人以新颖强烈的理论冲击力。此其二。

现代性伦理范式的选取与构成取决于研究对象的实际需要,因此只有始终坚持并恪守以现代性伦理模式所形成的观察视角与逻辑理路对商界小说进行多方面的透析与发掘，并将透析和发掘出的思想文化信息、审美艺术创造以及错综复杂的人学内涵等与现代性伦理融通糅合，这样才有可能提炼出更多的新见解新史识新理念。《商界小说》是这样做的而且也是颇有成效的。论著严格遵循现代性伦理所构成的视野与理路，从主题意蕴、叙事策略、生产机制等三个相互联系又有区别的层面对商界小说进行探幽发微的洞察和分析，不论“经济伦理的透析”、“世俗伦理的探索”、“个性伦理的诉求”或者“回归故事的传奇叙事”、“体验真实的纪实叙事”、“虚拟时空的影视叙事”的考辨与梳理或者对商界小说生产机制的探察与论析，都有一些知识增长点与理论创新点令人眼前一亮和耳目一新；特别是对代表性小说文本的剖析总是以现代性伦理哲学来烛照与透视，并将烛照和透视出的思想意识、生命意识、存在意识以及审美意识或叙事艺术及时地升华到相应伦理范畴给予有新意的概括和阐释，力求做到理论演绎与感性实证、思维超越与作品支撑的有机融合，这就从文本的精细解读上确保了著作的应有理论高度与感性深度。由于现代性伦理范式的贯穿始终，专著构成的三大维面并未出现“各自为政”的疏离，而是紧紧环绕“现代性伦理”这个无形的思想轴心把不同样态的商界小说组合成一个严密的逻辑结构；如果说第一、二章是对世纪之交商界小说的本体论研究，那么第三章对商界小说生产机制的探讨则是属于“外部研究”，借以揭示商界小说之所以繁荣昌盛的原由或规律所在。此其三。

本专著能够具有创新趋优的学术品格，也是与论者细心耐心地一丝不苟地做好“磨合”工作分不开的。从博士学位论文通过答辩到今天已成专著公开出版，海燕博士以严谨的治学态度对书稿进行“磨合”，至少从这几个方面体现出“磨合”的效果：一是在原稿的基础上，“磨合”好理论框架与各章各节之间的内在逻辑关系，全书的章节层次如同一颗颗大小不等的圆珠不是散乱的存在着而是以“现代性伦理”这条主线将其有序地连缀起来，形成一个珠珠相串的严密的整体；二是“磨合”好理论思辨与文本剖析之间的深层关系，理论思辨既不是凭空而发又不是从外加入的，而是从文本的独特意蕴的剖析出发，由具体到抽象再从抽象到具体，使有深度的文本剖析能够充实更新现用的伦理哲学，又能使伦理哲学通过思辨将文本的意蕴透析并提升起来；三是“磨合”好现代性伦理与商界小说的互动关系，专著引入现代性伦理学既吻合了商界小说生成的独特文化语境又适应了创作主体文化心理结构，也是商界小说文本营造的精神资源，更是研究主体对商界小说探索而特意选定的理论范式和逻辑思路，故而对现代性伦理与商界小说之间多重互动关系的“磨合”颇费论者的功夫，也能见出其学术功力；四是“磨合”好现代性、理性伦理、经济伦理、世俗伦理、个性伦理、审美伦理等概念、范畴、原理之间的异同关系，而要从理论上“磨合”好它们之间关系以形成与研究对象相契合的现代性伦理视野与逻辑思维，作者必须以坚毅的意志力闯过道道理论关，使其所形成的理论思维特别是经济理性思维不只是在本课题完成过程中发挥特殊功效，也能在当今经济理性主导的时代为其提供发现问题、解决问题或分析问题的思想武器。此其四。

学术专著必须立足于创新，没有创新就没有价值可言。虽然创新是著书立说的灵魂所在，但是既不能无根无据的创新又不能过分的标新立异也不能靠拔高或过量阐释来创新，而只能遵循实事求是的科学精神来创新。《商界小说》是创新之作，较出色地运用现代性伦理思维范式研究了一个新课题，它没有抬高商界小说的思想与艺术价值，也没有从新视角探掘其存在甚少或根本不存在的意蕴，更没有对发现出的新东西作过量的阐释，特别是没有对其绝对肯定；而是以实事求是的态度对商界小说进行颇有分寸感的分析，毫不掩饰地指出其存在的缺陷：一是“批判精神的缺失”，即“缺少对人性深度的勘探和历史性意义的挖掘，最致命的弱点也是在于作家的主体意识中缺少批判现实主义的魂魄：悲剧精神！”二是“审美感的消失”，即“这些商界小说都是在以牺牲文学的想象力，销蚀美学距离，降低小说的美学品格为代价，换取了一个个好听的经商故事”。三是“专业知识的不足”，即大多数商界小说作家虽有经商的经历但专业知识却严重不足，其中不少的描述“完全是门外汉的话”（以上引文见《结语》），这不能不影响商界小说艺术质量。指出这些缺陷既体现一种科学求实精神也是一种别样意义的“创新”，这就使专著的创新性与科学性一定程度上得到结合。此其五。

《商界小说》是拓荒之作与创新之论，却并非是完美无缺的。正因为拓荒尚有进一步对商界小说深化扩展研究的余地，除了长篇小说外中短篇小说也要纳入研究视野；理论的阐释除了借助现代性伦理范式还可以再增加一些考析维度；它毕竟是海燕博士的处女作，不论在价值判断上或理论思辨上或话语表达上，都有可以精心打磨推敲之处。但是瑕不掩瑜，它的创新带有整体性，为现代中国文学开辟一块新天地，提供一条新理路，这的确是本专著的独特价值所在。

从这本专著可以看出海燕经过硕士到博士达6年的苦学深钻已在学术水平与科研能力上，有了一个质的飞跃，完全有实力独立设计或完成重要的研究课题。海燕生长于一个生活条件较优裕的颇有文化教养的家庭，她身上丝毫见不到干部子女那种优越感和骄娇二气，心地是单纯而善良的，作风是朴实而勤勉的，思想是奋进而敏锐的，自尊自强意识尤为突出。正是凭借这种人格力量，将父母对其无微不至的关爱转化为内在动力，在专业学习上攻下一个个人文知识堡垒，在科学研究上克服一个个难关，使自己掌握了学习和研究的主动权也主宰了自己的生存命运，在完成自己的学业与著述的同时也把自己培养成有学养的现代知识女性。海燕的学术生涯刚刚开始，今后的科研之路还很长很长，也许前面铺满了鲜花也许遍地是荆棘，所以必须做好充分的思想准备和知识储备，思想是力量知识也是力量，如果在前行的道路上能始终把这两种力量有机地结合起来，那是无攻不克、战无不胜的。特别是海燕赶上了一个大好的时代，为其成长与发展提供了难得的机遇和平台，你要善于抓住机遇，善于利用平台，孜孜以求地获取知识，专心致志地执教从研，使自己成为具有真才实学的“真学者”（梁启超语）和过得硬的大学教师。当下，关于世纪之交“商界小说”的研究不要放弃，要继续扩大成果，因为科研最忌“打一枪换一个地方”，应该以商界小说研究为契机和地盘，稳扎稳打地拓展研究范围，由点到面、由深到广地持之以恒地钻研探究下去，定会有意想不到的收获。是为序。

（草于2008年“五一”前夕）

好读书而求深解，好思考而求新见

——序《知识与道德的纠葛》

时间在改变人亦在塑造人，使人与人之关系于不知不觉中发生变化。十年前，符杰祥考取我的研究生，他读我写的书；十年后，符杰祥获得博士学位成为特聘教授，我读他写的书。如果说我写的书多是“急就章”，那么杰祥写的书则是“十年磨一剑”，思想之锐利，史料之扎实，思辨之缜密，文笔之老到，令我惊喜与钦佩，充分印证了“青出于蓝而胜于蓝”这条古训。我并非在两者比照中有意抬高杰祥，此乃肺腑之言，这也是一代超越一代的进化规律使然；若是连这点自知自明也没有，我还有什么资格为人之师呢？若是连这种铁的事实也认不清，那怎样激励后起之秀去创造优于古人的现代学术文化？

杰祥的研究课题《知识与道德的纠葛：鲁迅与现代中国文学者的选择及命运》（以下简称《知识与道德的纠葛》），虽然并不陌生，曾被不少学者从不同的视角探索过，也见到一些不俗的学术成果；但是由于本课题的复杂错综而深邃幽渺的内涵却为研究者提供了见仁见智的发掘与阐释空间。因而，对它下的学术功力越大，洞察思考越深，越能发现出一些他人未发现的新意，越能概括出一些新见，以形成新的学理系统与学术话语，本书在很大程度上就具有这种创新趋优的特点。与已见到的探讨百年中国启蒙文学与现代知识分子关系的著述所不同的是，从切入视角上就显示出它的新颖性与独特性，即从知识和道德的纠葛缠绕的互动悖反关系中来反思现代中国文艺运动与知识分子的命运问题；虽然知识与道德既是现代知识分子所关注的焦点又是现代启蒙思想的一体两面，但是过去的同类研究往往只从知识与道德的或一方面来探究知识分子问题，而缺乏一种整体观照的学术视野。本书的可贵之处，不只是以整体思维突出地考察了知识分子的知识理性与人文道德在现代中国的缠绕纠葛和矛盾冲突问题，并从而探寻现代知识分子悲剧命运的深层文化根源；而且还将知识与道德关系视为一种方法论，既强调“道德高于知识”的学术原则又强调“纯粹求知”的科学精神，并把历史书写视为一个永无休止的求知过程而非一劳永逸的道德形象工程作为全书的写作理念。正是得力于这种独特视角的选择与方法论的相互为用，方使全书形成了这样的逻辑框架：以鲁迅与五四启蒙精神为聚焦点和连缀线，以知识理性与道德实践的纠葛缠绕为贯穿线索和考察重点，遵照历史时序选择不同区间的带有典型性的思潮运动与文学现象，点面结合，史论结合，既通过探察现代中国文学运动或文学现象来反思现代知识分子的道路选择与历史命运问题，又通过洞悉鲁迅在中国当代的境遇来反思我们所处时代的思想状态与知识界的精神演变。不论宏观上的总体把握和系统考析或者微观上的精细洞察和具体分析，都从富有辩证思想威力的笔锋中透露出强烈的历史感与现实感；并从切实的感悟中，独特的发现中，深度的阐释中和理性的概括中，闪显出一些理论创新点与知识增长点，使我在阅读中于获得新知的同时也深受理性启示。尽管对其创新点我并不完全认同或者我还有不同的思考，但是我绝对不是以我的见解作为衡量他人观点的标准，我拟从他人的新见中汲取所长补我所短，即使他人之新见有所欠缺也是探索中的常见现象。

正是基于这种学术态度，我从杰祥的专著中感悟到一些创新点：一是在论述鲁迅现代思想与其文学态度发生的一章中，反驳了目前学界比较流行的看法，即认为鲁迅提出立人思想是为了“超越”富强学说；本书从理论与史料的有机结合上有力地论证了，鲁迅提出“立人”的主旨与其说是与富国强兵之说划清界限，不如说是为富国强兵说建立合乎现代需要的精神根基，即鲁迅现代性思想的真正价值不是要“超越”富强民主的现代化主题，而是要“回归”立人为本的现代精神，不是要创造一种新的观念学说而是要建构一种新的精神坐标。这种对“立人”思想与富国强兵学说内在联系的有深度的阐述，是颇有新意的。二是在周作人一章中对有些著述从思想问题上一味探寻“思想罪”的研究模式或思维习惯提出了质疑：如果作为一个思想者在思想上有种种超出常人或不同常人的想法那也成了历史问题，试问如何方可称作一个独立的思想者？如果作为一个思想者的行为出了问题都可以从思想中找到根据，那这样的思想者还能够成为活生生的思想主体，岂不是地地道道地受制于思想理念的机械工具？“沦陷时期的周作人尽管有种种道德丑行，但其富有启蒙意义与科学价值的道德学说未必就是其道德丑行的思想依据。恰恰相反，周作人的问题不在于他的道德思想，而在于他未能履行自己的道德思想”。这是杰祥从反思“道德高于知识”的学术原则出发对周作人的气节观念与气节问题以求知的态度所进行的检讨与认知，故其认为“周作人的‘失节’不可否认，但并不意味着其气节观念的价值可以完全否认。在救亡的时代，周作人的气节观念显示了自己独特的理论思考与问题指向。如果说，同时代人是在以鼓吹气节的方式来抵抗日本的侵略，周作人则是以批判气节的方式揭露日本的危害。其态度是批判的，也是建设的；目的是为了救亡，也是为了启蒙。”对周作人附逆失节的研究及其所作的分析判断，虽然我不完全赞同，但是从其看似自相矛盾的论辩中却能发现杰祥没有把复杂的历史问题简单化，力求寻找一种独特的角度与思路作出更切近历史本真的阐释；我不只是对这种敢于探索的理论勇气表示赞赏，而且也从那些颇有创见的理论观点上寻觅深化现代中国文学研究的突破路径与思维范式。三是从左翼浪漫主义文学思潮的青春文化品格与文本世界的内存矛盾切入，而对左翼浪漫文人悲剧命运所进行的反思，既有新意的发现又有深度的开掘，从颇具说服力的论证中作出的“以个性主义、自由主义为内核的浪漫精神是左翼浪漫文人走上政治的起点，也是他们陷入两难境地的基因，并由此导致了启蒙与革命的错位，个性与信仰的对立，诗学与政治的悖谬”的结论性概括，精到而深刻，中肯而新颖。四是对九叶诗派的诗学理想与悲剧命运的洞察与透析，也不乏深刻睿智之见。如指出袁可嘉的“新诗现代化”的理论原则与“新诗戏剧化”的美学策略对应着诗本位、人本位两种现代性的文化命题，袁可嘉对现代文化探求的先锋意义因为历史的超前性，必然伴随着对当时文化状况的痛苦省察与沉重反思；再如对诗人穆旦以自我不断撕裂的受难者的写作方式，从一种内在的精神困境出发，窥破了现代文化的种种虚伪与神话，最终成为一个被苦难的血水所激醒的现代主义者的总体把握与深切剖解，这都是从诗论、诗意、诗情和诗美的深刻感悟与独特体验中所获取的新见灼识。五是从第八章到第十一章是在当下的文化语境下对鲁迅其人其文的再体识再解读再评价，或是从鲁迅的“病”与“死”来反思知识分子的命运问题，或是从鲁迅的“记念”文字来反思当下时代的“纪念”精神，或是以《祝福》的生存伦理为中心来反思知识分子的阅读心态，或是从鲁迅被卷入的“剽窃”流言来反观我们时代的学术道德，这都是以强烈的当代问题意识来反观历史，以鲁迅精神来烛照并透视现实，从而深入地思考当下时代的精神状态和知识分子所遭遇的种种问题，于是就把对鲁迅其人其文的研究提升到时代的认识高度。特别是对鲁迅杂文中“记念”用意的阐释与当下时代“纪念”精神的解读，给人以别开生面之感，这纯属杰祥的独特发现与独特思考；关于祥林嫂悲剧的追根溯源的探究又发现了一个“小问题”的生存伦理维度，这反映了作者对《祝福》的解读慧眼独具，发掘出新的思想价值；比较鲁迅的《中国小说史略》与盐谷温的《中国文学概论讲话》，从风格、性质、史料、论断等方面寻找出两者的根本差异，指出所谓“剽窃”之说完全是捕风捉影无稽之谈，这种扎实的比较研究既有说服力又映射出精细的治学态度。至于“余论”中提出的知识的“知识化”倾向与鲁迅式的“有机知识分子”在当代是否出现退场的严峻问题，提出的道德形而上学方法论能否解决现代中国新文学道德与启蒙关系的问题，更是发人深思、促人苦想，这也反映出杰祥对这些问题的思考之深和忧虑之重以及一个现代知识分子所应有的独思与反思的时代品格。

再优秀的学术著作也是瑕瑜互见的，何况出自年轻学者之手的论著可挑剔之处就更多了。我不想对《知识与道德的纠葛》一书的学术观点作什么商榷和质疑，应鼓励见仁见智的不同想法的交锋，允许发出各唱各的调的不同声响，真正形成一个“百家争鸣”的局面，这样我们的学术研究才有望出现繁荣创新的景象；我想说的是，杰祥在研究中追求一种片面深刻这固然能生发出一些新见，若是在整体思维的运作过程中能够多增进辩证之思，其新见岂不更稳健扎实、更有说服力！论述问题或解读文本多下一些探幽发微的细功夫诚然重要，缜密的反复的思辨也很重要，但是“发微”或“思辨”都能恰到好处，掌握一个“度”，那就更好了，否则就会出现冗赘或重复。即使这也可算作文风问题，然而它却丝毫会掩盖本书的思想锋芒、学术亮点、创新力度与思辨威力。

从阅读这部专著不由我联想到符杰祥其人，虽然目前他算不上知名学者，但他却具有成为名学者的潜质，也富有梁启超所说的“真学者”的特征，这主要体现于：其一，他把老老实实地做学问、孜孜不倦地求知识作为终生追求的价值目标。10多年前，他与爱人辞去了足以维持温饱的工作，毅然决然地走上了考研求学之路，读完硕士考取博士，获得博士学位分到大学执教从研，当下又在南大博士后流动站专心做学问。这10多年社会处在激变中，随着文化转型人们的观念中钱与权占了突出地位，“学而优则仕”或“学而优则钱”成了多少年轻知识者追逐的目标；虽然杰祥夫妇的物质生活没有多大改善，但其渴求知识探询学问的痴心未改，见钱不眼红，视权不动心，总是在求学从研的学术道路上埋头苦钻，从没有过多的不切实的妄想。每次给我的信或打来的电话他都不谈“名权利”的问题，大多是学术的交流或日常生活的问候或对“腐败之风”的斥责，总是围绕学术问题越谈越兴奋越谈越开心，似乎读书其乐无穷、做学问其乐无穷已成了我们的同感。其二，好读书而求深解，好思考而求新见，好质疑而求共识，好批判而不走极端，这是杰祥在治学上表现出的务实求真、怀疑追新的理性气质和科学态度。他并非出身书香门第而受过良好的家教，在大学本科阶段也不是专攻中国现当代文学的；因此考取研究生后便发愤忘我的读书，既系统地扎实地阅读文学名著以提高自己审美感悟能力和文本解读能力，又认真地有选择地阅读中外哲学美学等经典论著以培养自己理论兴趣和提升理论思维水平，也浏览了大量前人研究中国现当代文学的学术文本，从中汲取有益营养且发现不少问题。随后他把读书之所得所悟所疑整合起来，进行反复思考而形成一个个课题，本书的所有章节几乎都出自其有独特价值的学术论文，而每篇论文都是其读书之得、思考之悟、质疑之识、批判之果。其三，杰祥胸中有个化不开的启蒙情结，这既源于对鲁迅启蒙思想与人格气质的崇敬与学习，又源于其性格中固有的自由意识与独立思想，这样便形成了他力图做一个现代知识分子应具的自觉主体意识和怀疑批判精神。从外表看符杰祥有点沉默寡言，忠厚老实，既不张张扬扬又不咄咄逼人，甚至还有点懦弱可欺的样子；实质上他精明得很，心中有数，底气很足，凡事都有独立之见，并不人云亦云随声附和，敢于坚持所是改正所非，骨头是硬的，忧国忧民，忧己忧生，指点江山，激扬文字，哪怕碰到艰难挫折也不肯轻易服输，有时为坚持己见甚至有点固执之态。这种性格作用于事业上或治学上，表现出一个现代知识分子敢于独立思考、敢于怀疑求索、勇于坚持真理、勇于捍卫真理的胆识和气魄，本书的不少章节则在一定程度上彰显了作者关注启蒙热衷启蒙的思想丰采与智慧风貌。其四，持有说真话、说实话、重证据、重思辨的学风。虽然当下在市场经济的负面影响下，学风有些虚浮之气，但这对专心致志苦读书勤思考的符杰祥来说并没有受到“污染”，从10年前他的论文中可以感受到不说大话空话的而总是有根有据地表述自己真知实话的严谨学风；10年后读他的著作同样可以体验到其学风越发严谨了。《知识与道德的纠葛》特别注重文献资料考证，严格遵循学术规范，把历史考证的严谨性与思想的敏锐性、资料根据的实证性与思维论辩的超越性结合起来，既不让丰盈的资料淹没思想又不让思想游离资料，不仅表现出“有一分材料说一分话”的实证精神，而且也表现出“在历史材料上说自己话”的求真思想。

符杰祥已在学术园地耕耘了10多年，且有了可喜的收获，这仅仅是他实现远大学术目标所迈出的第一步，来日方长，治学征程亦长，我相信他定能运用自己的综合优势去创造更优胜的学术业绩，决不会辜负老一辈学者的殷切期待。是为序。

（草于2008年国庆）

有深度的审美感悟和思想见识

——序《新怨恨理论视界下的中国现代小说研究》

荀况曰："相形不如论心,论心不如择术。"王明科2003年从大西北兰州不远万里奔向齐鲁泉城来考博士,录取后随我读了三年,获取博士学位便赴江西就职,听说现已晋升高级职称并遴选为研究生导师,我除了祝贺更期望他尽职尽责,当个合格的导师,切莫放松严格要求。明科读博期间,对其"形"和"心"即外貌与心灵,我不想说什么也不便说什么;这里,我主要择其"术"即实际的科研能力、研究思路和学术实力,略述之。

放在我面前的《新怨恨理论视界下的中国现代小说研究》(以下简称《小说研究》),是王明科经过打磨后的博士学位论文,重读有所喜亦有所思。记得原稿近30万字,责他压到25万字,尽管还嫌长,不过答辩时仍被评为优秀博士论文,主要理由是选题角度新颖学术含量丰实。开始他选"怨恨"作为博士论题,虽然我认为从这个视角切入现代小说系统研究颇为新鲜,尚未见到相关的学术成果,但是我也担心其缺乏"怨恨"理论与小说文本的支撑,难以建构一部具有开拓意义的学术内涵充盈的博士论文。使我始未料到的是,明科攻读硕士学位时,既喜欢诗歌又爱读小说,特别对鲁迅情有独钟,坚信鲁迅小说以怨恨为魂且开创了现代文学怨恨母题之先河;在此感受与认知基础上,读博一开始他就广泛而系统地阅读中国现代小说,并选取三十位小说家的全集或文集乃至一些原版的小说进行重新阅读重新感受重新认知。没有阅读前人的研究著述造成先入为主的印象,以影响自己独立的审美判断,充分相信自己的心灵体验和艺术悟性;只有这样才从熟悉的或陌生的小说文本世界中发现出前人未发现的新意蕴新诗意,以形成独到的审美感悟和思想见识。经过苦读深思,明科越发感到中国现代小说的"怨恨"情感、思绪、心理甚至潜意识既深且广,虽然不是所有的小说文本都含有怨恨,但是大部分小说世界特别是那些经典小说皆蕴藏着或隐或显的怨恨主题。于是他通过对诸位作家小说文本的文化反思,既悬搁了其他的感受认知又排除自我怨恨心理渗入，而集中所有的怨恨体验进行理性思考与逻辑论证，将怨恨尽可能地纳入现代性的学术视界，以从整体上把握现代文学的情感倾向与诗意风貌。正如王明科自己所概述的："当这三十位作家作为中国现代文学的重要部分（指怨恨主题）呈现在意识中时，那些被遮蔽的部分在某种程度上也能够映射并'共现'出来，因为感知者的意识具有一种'权能性'，即能够通过'共现'而感到那些没有直观到的部分，'共现'属于'统觉'，'统觉'为意识创造了权能性的视界。"例如，"鲁迅虽然只是鲁迅，但他也是中国现代知识分子，他的怨恨对中国现代知识分子来说具有很大的代表性与典型性，而其他作家的怨恨虽然各有不同，但仍然是属于中国现代知识分子的怨恨。"（见《导言》）由于他系统解读了小说的怨恨主题，由"点"的怨恨感受认知了"面"的怨恨主题，由局部的怨恨主题把握了总体的怨恨母题，致使这种对中国现代小说系统的新发现所形成的创新论点则成了突破已有研究成果的新增值新收获，这是难能可贵的。因此，不仅消除了我对论文选题的担心，而且支持并鼓励其将论文写好；经过两年的刻苦攻关，研究实践足以证明，从选题到成稿王明科的科研能力与创新智慧得到了较出色的施展。

研究中国现代小说的怨恨母题，既是对文本的怨恨情感或怨恨思绪或怨恨意识的发掘，又是对作家怨恨心理及其思想根源的探察，不论文本或人本的怨恨不只有显层面的也有隐层次的，或消极的怨恨或积极的怨恨、或差异互见的怨恨，都与其他的情感思绪交织纠缠在一起；故而将其有效地发现开掘出来并把它的文化根源洞察出来，就必须选取得当有力的批评方法。王明科选用了体验批评，作为一种认知方式虽然它古已有之，并非方法论的创新，但是后现代却倡导体验批评；在我看来不在于体验批评是否是新方法，重要意义在于明科运用体验批评卓有成效地从中国现代小说系统中发现了较为完整鲜活的怨恨母题，为深化现代小说研究拓展了新思路新空间新论域。文学作品是创作主体的经验产物又是体验的结晶，经验是体验的基础，体验是经验的升华，体验亦是发现了意义和价值的经验。既然体验如此重要，所以选用体验批评不仅因为有小说文本就有体验存在，有读者阅读就有体验存在；而且也因为自觉而娴熟地运用体验批评既能发现其他批评方法尚未发现的价值和意义又能找到新视角新路径，作出新判断获得新认知，可见运用体验批评对中国现代小说重新解读是颇有益处的。难怪王明科深有体会地说："文学的世界是体验视界的世界"！"我首先是通读了多位作家的全集或者选集之后，在所有作家自己及其创作文本的体验当中发现了一种最普遍、最基础、最强烈、最共鸣、最心领神会的体验(怨恨)之后,才开始写出我视界中的中国现代文学的体验。”(见《导言》)这种体验批评方法的出色运作,显示出论者的一种研究的机智与敏锐,对读者也会产生一定的启示作用。

通过体验批评方法,王明科虽然从中国现代小说世界中发掘出怨恨母题,但是要以此为主轴建构一部逻辑结构完整严密的博士论文,最难的不是批评方法而是与之相应的怨恨理论。怨恨体验是丰富驳杂的,不可能有现成的怨恨理论模式供给所用,必须针对研究对象的实际需求,广纳博采中外古今怨恨观点的合理而适用的因素,进行梳理整合而建构“新怨恨”理论。虽然舍勒在西方现代性语境下曾断定怨恨体验对于人的价值判断的整个体系都具有创造力,是现代市民道德的主要推动力之一,将怨恨提升到现代性的认识高度,使其成了怨恨研究的集大成者;但是在王明科的理论视野中,舍勒并不是怨恨理论的发明者和创造者,他的研究仅是中外怨恨研究的相对深刻而完整的理论之一,因此并不能满足王明科对中国现代小说怨恨体验的理论需求。他试图结合研究对象蕴含的复杂怨恨情感在对舍勒的怨恨理论择取吸纳的基础上,从两大维度对怨恨理论或情感进行探源:一是对源远流长的中国古今文学史和思想史上的怨恨情感或理论作了考析,一是对域外古今文论史上的怨恨理论作了窥察,并把中外古今的怨恨情思予以阐释与汲取,从而构成了自圆其说的切实可用的“新怨恨”理论及其研究现代小说的新视角。且不说这套“新怨恨”理论是否具有科学的严密的逻辑体系,仅就这种在理论上勇于探索与创新的精神,就应得到赞许与肯定;不过更值得称道的是,王明科对现代文学怨恨母题的研究不是走的习见的“先理论预设后作品证明”的路径,而是选择了从“具体到抽象再到具体”的研究模式,这是明智的选择,其博士论文所具有的创新趋优品格已作了证明。近十年我审读了不少博士论文,其中有些论文热衷于从西方文论中寻找新概念、新范畴或新理论新范式,不能说这种“寻找”没有理论价值或借鉴意义,问题在于对“寻找”来的新东西食而不化就胡乱套用,即先为论文设定个新理论框架后生硬地套在研究对象身上,往往是大框套小或小框套大,总是不合体不入辙,即使成型的论文也给人“两张皮”或言不中的之感;而《小说研究》所运用的研究思路,虽然有些博士论文也用得较出色,但王明科却下了更大苦功夫与深功夫,对从具体到抽象再到具体这种研究模式的运用有所充实有所创新:首先从现代小说文本出发,他阅读并感受了30多个作家的全集或文集,获得了丰富的怨恨体验，并把如此繁多的怨恨情思与现代性的文化反思结合起来；其次又将充盈扎实的怨恨体验升华到“新怨恨”理论思维，联系现代小说家其人其文的怨恨情感或文化心理进行有广度也有一定深度的逻辑思辩。这不仅使研究主体的通过探幽发微的阅读所获取的怨恨体验更加条理化深刻化，而且也给恪守的研究模式增进了新维度扩充了新容量，尤其进一步丰富了新怨恨理论的思想内涵且显示其独具的论证威力。

《小说研究》正是得力于新怨恨理论形成的学术视野与探究角度，才获取了对中国现代小说家其人其文的现代性怨恨体验的较完整认识和总体性把握，才追根渊源地洞察出中国现代文学曾被遮蔽的怨恨体验生成的内在原因和基本动力；并围绕怨恨体验这一情感线索或逻辑中心谋划全书的布局结构，既不是以历时性的纵向顺序来安排章节又不是以小说家创作成就的高低来设计次序，而是以现代小说怨恨体验的内向度与外向度为依据将其分为相互联结又各有差异的四大体验模式，这正是王明科所归纳与概说的：“向内怨恨主要是中国现代作家质疑自身历史文化局限与自我性格行为弊端的反省甚至忏悔式怨恨，其代表作家如钱钟书、赵树理等；外向怨恨则是中国现代作家面对传统文化与现代文化激烈冲撞中的反应式怨恨，其样式主要有三大基本模式：反抗中面对毁灭与淘汰的怨恨，以鲁迅、巴金、张爱玲等为代表；建构中力求再生与创造的怨恨，以茅盾、无名氏、端木蕻良等为代表；回瞥中回眸甚至回归传统的怨恨，以沈从文、老舍等为代表。”而这四大怨恨体验模式彼此之间的关系并非相互孤立而是互相纠缠的，即“不同模式的怨恨体验往往同时存在于同一篇小说里，相同模式的怨恨体验往往同时存在于不同的小说里；不同作家不同作品中的不同人物会同时与不同时地具有相同怨恨模式，而一位作家一部作品中的一个人物也会同时与不同时地具有不同的怨恨模式。比如鲁迅，他对传统文化弊端的诅咒与怨恨可谓登峰造极，并且他的‘立人’也可谓现代文化开天辟地与划时代的建构根基，同时在他内心深处仍然有着自觉与不自觉的对于传统的回瞥。”（见《导言》）你可以根据自己的看法对中国现代小说的怨恨体验模式作出不同的概述，然而却不能不承认王明科的概括是有新意的也是辩证的，尤其所体现出的归类标准已突破惯用的“同场同域的对象生硬地按照一个标准”进行机械的划分，而是“借用佛教文化中关于五法五蕴六境六根六识十二处十八界的分类思维”，从怨恨视角对繁杂深邃的研究对象作出了灵活而又合理的归类，足现研究主体独运的学术匠心。以四大怨恨体验模式作为逻辑结构的基本骨架，如同四个大支柱将整个框体撑顶起来,给人以宏阔坚实严密新颖之感,在相当的程度上显示了研究者不凡的思维创新与建构能力。如果说别具新格的布局结构多是视而可见的外部形态,那么透过显在结构所洞悉的怨恨体验所升华出的思想观点见解史识才是本著的有价值有创新的学术内涵所在。虽然不能过高地整体地肯定其创新性,但是其在理论探求上和文本解读上所体现出的创新力度与开挖深度却是易见的,仅就对鲁迅、茅盾、赵树理的小说文本所蕴怨恨体验的发现与阐明来说,则有不少的创新亮点乃是以前研究著述见不到的;特别是第九章《中国现代文学怨恨体验的独特性》,通过与中国古代文学、印度文学、古今西方文学的怨恨体验的比较研究,既把中国现代小说怨恨母题纳入人类文学研究的范畴,显现了宏远的世界化的学术眼光,又从不同国度民族文学比较中丰富了怨恨体验的内涵,获得一些新的识见。正是诸多的创新之点与开拓之绩,从根本上确证了《小说研究》是一部颇有价值的学术专著,为深化中国现代文学研究提供了一种值得重视和参考的新视角新理路新范式。

诚然应该承认从怨恨视角对中国现代小说进行重新解读重新感悟重新认知,论者所作出的艰苦努力是得到了满意的收获;然而它毕竟是探索性的开拓之作,可以指认的不足或挑剔之处仍然存在,如"新怨恨"理论的建构、现代性怨恨体验的理解,以及各类怨恨体验模式的构成与不同作家文本的怨恨情感差异的评价等,都有待于进一步地精心推敲、细心琢磨和深微阐释。明科在学术研究上孜孜以求,从不懈怠,从不满足,不论科研能力、理论修养或坚定毅力、探索勇气都足能驱动其对人文科学的研究取得更多的丰盈坚实的成果;但是在现实上人毕竟是社会关系的总和,研究学问避不开对所谓"斯密悖论"的解决,而为人也脱不了"斯密悖论"的困扰,特别是在市场经济条件下任何人都要竭诚解决好义与利的矛盾。汉儒董仲舒曾提出义利"两养"的主张:"天之生人也,使之生义与利。利以养其体,义以养其心;心不得义不能乐,体不得利不能安。义者,心之养也;利者,体之养也。"若认同此主张,让我们共勉之。此为序。

（草于2009年元旦）

一部有特色的大学适用教材

——序《大学语文》

中国现代教育体制的课程设计，只有中小学始终将“语文”作为基础课，尽管教材的选编随着建国后政治形势的变化在不断调整或更换，但语文课的重要地位并未发生动摇；而高等院校的课程设置则有所不同，在较长时间内除了文科以其他课程取代“语文”课而理工科根本就没有“语文”课，《大学语文》作为高等院校正式课程开设则是改革开放以来深化教学改革的重要成果。虽然这门课程在大学的开设与其他课程相比，时间较短，经验积累不多，但由于教育主管部门的重视、执教老师的竭诚钻研和大学生的热切期待，致使《大学语文》的教学研究和教材建设取得可观的成就，它不仅成为深受大学生喜爱的课程，更成为理工农医科大学生的必修课程，牢固地占有了各类大专院校教学的一席之地。

“大学语文”并非是高等院校的一个专业学科，仅仅是一门课程，然而就其内涵与功能来说它却是覆盖于所有学科之上的，不论其蕴含的人文精神或科学精神皆是渗透于各学科之魂。可以毫无夸饰地说，语文课集工具性、知识性、学理性、人文性于一身，极丰盈又全能。它虽然不是百科全书，但其内涵与功能至少应从多维面来考析：从知识维面来说，语文既有自然科学知识又有社会科学知识，特别是文学知识更为厚实，它能拓展大学生的知识视野也能充实其知识结构，使学生真正体悟出“知识就是力量”的真理；从语言维面来说，语文是个丰富多彩的话语系统，既有叙事性话语又有抒情性的话语，既有象征性话语又有议论性话语，各种修辞和语法甚至标点符号通过语言的运作而体现出独特功效，尤其思维与语言的巧妙结合产生了神奇的话语威力，这对于培养大学生的语言表达能力、思维运作能力和话语交流能力极为有利；从技艺层面来说，语文包含着各种写作技巧和表现手法，叙事技艺、抒情技艺、论说技艺乃至构思技巧、布局技艺都在不同的语文文本中得到运用，特别是哪些经典性的文学艺术文本的精心营造更能体现出写作技艺的综合效应，这对于提高大学生的写作能力大有裨益；从深层次维面来说，语文是座精神宝库，尽管它所蕴藏的精神是博大深邃而又是多色多彩的，但主导精神却是以人为本的人文精神。

《大学语文》承载着中华民族的文化知识，也承载着人类的文化知识，因此它既涵纳着中国古代的人文传统又蕴含着20世纪以来中外的现代人文精神。所谓现代人文精神就是以人为本的人道主义精神或人文主义精神，它的核心理念则是人的主体性；而人的主体性就是个性，“个性水平的个人或群体是不可重复的”，故而它“使人文文化的意义的个性成为人类历史个性的美丽长廊中无与伦比的珍品”，“个性不可重复的独一无二性象征着个性最高价值自由”，这是主体所达到的最高的主体性，因为“人文主体核心的特征即作为自由个性生存”①。《共产党宣言》在驳斥关于社会主义将剥夺个性与自由的私有制偏见时宣布，无产阶级革命所争取的“将是这样一个联合体，在那里，每个人的自由发展是一切人的自由发展的条件”。②《资本论》亦强调指出，共产主义是以“每个人的全面而自由的发展为基本原则的社会形式”③。既然个性是独一无二的，那主体的个性意识就是独立意识，就是自主意识；既然个性自由是最高主体性，又是社会主义一切人自由发展不可或缺的条件，那么个性意识的最高境界则是对自由个性的追求与向往，可见自由个性决非资产阶级意识形态，而是代表着现代性思想中一个闪亮的文化基点。然而从目前《大学语文》的教学状况来看，有些教师对个性、自由等认识尚存在误区，或把个性等同于个人主义或把自由等同于自由主义；这种误区或误解的造成既有历史的原因更有认识上的根源，从后者来说主要因为我们长期把“个性”、“自由”这些寄寓人类聪明智慧的美好愿望的概念范畴当成资产阶级意识的“私货”，没有认真解读马克思主义的个性观或自由观。早在我国五四新文化运动时期先驱们在深受西方人文主义思潮影响下就对个性意识已作了辩证理解，或将个体主体的个性意识喻为一株树而把集体主体的个性意识喻为一片森林，森林盛而各树皆盛，各树盛而森林当然也盛，形象生动地说明个体主体与集体主体相互依存的密切关系；就连杜威博

① 尤西林：《人文科学导论》第60~61页，高等教育出版社2002年版。
② 《马克思恩格斯选集》第1卷，第273页，人民出版社1972年版。
③ 《马克思恩格斯选集》第23卷，第649页，人民出版社1972年版。

士1920年在天津青年会讲演也坚决反对“只顾自己的利益，不管群众的利益”的自私自利的“假的个人主义”，而积极提倡“真的个性主义”，因为后者有两大特性：“一是独立思想，不肯把别人的耳朵当耳朵，不肯把别人的眼睛当眼睛，不肯把别人的脑力当自己的脑力；二是个人对于自己思想信仰的结果要负完全责任，不怕权威，不怕监禁杀身，只认得真理，不认得个人的利害。”①与之相比马克思主义对个性自由发展的论述已提升到能否实现社会主义制度和共产主义理想的原则高度，足见马克思对人的个性自由或自由存在的重视。不论从教学现状着眼或者从培养接班人的终极目标来看，强化并提升教师和学生的主体意识都具有现实意义和战略意义。如果具有主体性的教师的人格内涵增进了自觉的独立意识、个性意识和自由意识，那不只是教师本身的现代性越发得到增强，以潜移默化的言传身教的方式去感染学生，使学生个性意识得到自由而健全的发展；而且教师也能以独立意识去理解并传授《大学语文》的人文内容，借以培养学生的独立思考能力和卓越不凡的创新能力，特别以自由开放的思维引导学生展开举一反三、触类旁通的想象力，使其创造潜能得到进一步发挥，创新趋胜意识得到进一步增强。质言之，唯有主体意识在《大学语文》教育过程中获得最大程度弘扬的现代教师，方能真正完成改革开放向纵深发展的新历史条件下所赋予《大学语文》的“教书育人”的使命。

在教学相长的《大学语文》的教学实践活动中，语文本身所蕴含的以人为本的人文主义思想情感，不仅能强化师生的主体地位，提高其自觉的个性意识、独立意识和自由意识；而且也能深化师生主体的人文情怀和大爱意识，这是人文教育的应有之义，更因为文艺“创作总根于爱”。鲁迅曾说：“中国的社会，虽说‘道德好’，实际却太缺乏相爱相助的心思”；并强调说“我现在的心以为然的便只是爱”，“独有爱是真的”，于是他号召“所有觉醒的人，此后应将这天性的爱，更加扩张，更加醇化，用无我的爱，自己牺牲于后起新人”。这里，鲁迅提出两点现代道德规范值得人文教育参考之，一是“觉醒”二是“爱人”。所谓“觉醒”就是在人文精神的启示下从蒙骗或桎梏中救出自己珍爱自己，尊重自我发展自我，解放自我获得尊严，发现自我取得价值，这是个人主体意识觉醒的标志；故“无论何国何人，大都承认‘爱己’是一件应当的事，这便是保存生命的要义，也

① 《胡适全集》第1卷，第708页，安徽教育出版社2003年版。

就是继续生命的根基"。所谓"爱人"就是"觉醒"后获得自爱意识与主体姿态的目的所在，即以"无我之爱"去拯救别人、施爱他人，特别要用爱去关怀保护那些后起的新人①，这就把个性主义之爱与人道主义之爱的内涵辩证地统一于现代文化人格之中。马克思主义从来就没有否定人类之爱，不仅视共产主义为博爱的人道主义，而且还明确指出："我们现在假定人就是人，而人同世界的关系是一种人的关系，那么你就只能用爱来交换爱，只能用信任来交换信任。"②虽然爱人之心人皆有之，但是对于教师来说既要有鲁迅所说的"天性的爱"更要有自觉的爱，这是因为教师的职责则是"教书育人"的。如果仅仅有源于血缘关系的亲情之爱或源于两性关系的夫妻之爱或源于社会关系的朋友之爱、同志之爱或阶级之爱，还是不够的；那必须建立一种源于师生这种特殊关系之上的崇高的纯洁的无私的大我之爱。假设说亲生父母给了学生以强壮的身体，那么教师则要赋予学生健康的灵魂、丰赡的知识、优美的人性、灵活的思想和创造的技能，使其成为热爱社会主义祖国并能自觉地以满腔热情为现代化事业献身的建设者和接班人。所以，唯有教师的人格内涵中充满了无私的大爱意识，才有可能通过《大学语文》教学的实践过程以履行"教书育人"的崇高使命。有了大爱之心，教师就能消除一切偏见以平等亲切的眼光看待所有的学生，像爱护亲人一样来爱护学生，尊重学生的个性，珍惜学生的尊严，维护学生的生命，关心学生的命运；有了大爱之心，教师就能以高度的责任感去关心学生的灵魂塑造，开诚布公地与学生的心灵进行对话，师生感情打成一片，以真理之光去烛照学生之心，以正确思想去引导学生之思，使学生能在健全的思想轨道上进行独立思考；有了大爱之心，教师就能以孜孜不倦的精神钻研业务，精益求精地把《大学语文》的书本知识变成活的知识传授给学生，助学生打下一个系统扎实的专业基础，使学生的知识结构得到不断的充实与更新，并引导学生运用所学的知识去解决问题去破解疑难，把知识转化为力量或能力；有了大爱之心，教师就能毫不保留地把治学之道或科研之径教授给学生，或实心实意地指导学生去发现研究课题，或以身作则地带领学生去完成科研任务，通过科研实践培养学生的科研兴趣和创新能力；有了大爱之心，教师在生死攸关的时刻，就能挺身而出去拯救学生的生命，毫不犹豫地以自己的生命去保护学生的生命。总之，从某种意义

① 鲁迅：《坟·我们现代怎样做父亲》，《鲁迅全集》第1卷，人民文学出版社1981年版。
② 马克思：《1844年经济哲学手册》，见《马克思恩格斯全集》第42卷。

上说《大学语文》的人文思想内涵中的大爱意识，既是做一个合格教师履行“教书育人”职责的内在思想动力，又是借以优化大学生人性、塑造其人格、坚定其意志、美化其心灵、丰富其美感、强化其理想的珍贵思想资源。

也许正是基于对《大学语文》精神层面的人文精神的深刻理解及其在教学实践中的切身体验，故使宋彦、鲍焰主编的《大学语文》教材在“编写设想”里便作了这样明确地表述：“将致力于编写、制作出优秀的、针对高等院校大学生进行人文素质教育的《文学修养》教材及教学多媒体课件”，旨在“加强大学生人文素质，培养健全人格”，“既能提高学习兴趣，又能培养大学生文学才能，全面提高大学生综合素质”。依据此目的与宗旨，本教材的编写与已有的《大学语文》相比，有所突破有所创新，它不仅填补或充实了目前全国理工科院校尚无优秀的适用的《大学语文》教材的薄弱点，而且本教材也具有一些有利于强化理工科大学生人文教育并深化其人文修养的新特点：一是以大文学观放眼世界古今文学作品来选择优秀之作，除《大学语文》常见的小说、诗歌、散文诸文体外，又增加了影视、戏剧文体，并附有写作指导，这不仅扩大了语文选篇的范围，而且也增添了人文信息量，为大学生知识面的拓展、人文修养的强化搭构了大语文平台。二是语文选篇主要限定于文学艺术范畴，注重文体的文学性或审美性，使那种真善美和谐统一的古今中外文艺作品受到格外青睐，因为这些文本的思想意蕴或人文精神是通过完美的艺术形式或强烈的审美感受体现出来，学生在阅读过程中对人文精神的接受不是说教式的纯理念而是饱含着情感或美感的人文思绪或理性启迪，文本的思想魅力透过艺术魅力而作用于学生的审美心理，这就有可能最大限度地满足理工科大学生的审美期待。三是在编写体例上不是只把篇目原文按照小说、诗歌等体裁以时序作了排列，而是独具匠心地将每种体裁的宏观概述与每篇选文的个案分析有机结合起来，宏观概述既有对文体概念、分类、特点的界说又有发展轨迹的简略勾勒，从总体上给学生对某种文体以论与史相融合的认识；文本的个案分析，既有知其文先知其人的作家创作生平的简介又有扫除阅读障碍的较详细注释，既有重点难点的阅读提示又有富有启示性的思考与练习，更设有发挥创造性思想的笔记区，这一切都是为了引领学生进入文本的审美世界，使学生在化入与化出的阅读过程中去体验文学艺术的魅力与精妙，去感受人文精神的温馨与亲和，在感情受到打动的同时理性也得到启迪，并从而养成学生的自学能力和独立思考能力。四是由于选篇着眼于古今中外的大文学时空，这就把文本中的人文知识、审美知识乃至科学知识融会在一起，既有古代的更有现代的，既有外国的更有中国的，这熔于一炉的知识足以改变或更新或调整理工学科大学生原有的知识装置，使他们的知识结构有可能趋于全面而合理，这有助于学生的全面发展与健全人格的形成。

上述的新特点已表明《大学语文》是一部有一定创意的具有实用价值的宜于理工院校通用的大学教材，当然也可以作为文学爱好者学习和鉴赏中外古今文学名著的有益参考书。是为序。

（草于2009年春节）

力求创构一套新的学术话语

——序《新都市小说研究》

杨新刚的博士论文经过打磨即将出版，让我为之作序，实在没有“新话”可说，难免“陈词”或“老调”；但作为导师说几句话却又是义不容辞的，只能就当初审读的印象拼凑几句了，若是有些“新话”那也是引自本书的。

学术的生命和价值在于创新，这句话说起来容易，几乎成了学人的口头禅；然而真正做到却是难上加难，既要挖掘自己的创造潜能又要付出艰辛努力。由于新刚切切实实地这样做了，所以他的著述创新力度较大，给我的突出印象之一是：选取经济理性主义作为研究视角及其理论范式，对20世纪90年代的新都市小说进行了重新界定、重新感悟、重新理解和重新阐释，力求创构一套新的话语系统，把新都市小说的研究提升到了一个深入勘探、整体把握、科学阐释的新的学术境界。这种学理性的探索和学术追求是可贵的，所付出的心血、精力和辛勤是值得尊重的。

“纯粹经济理性主义和启蒙理性主义一样，是人类社会由传统向现代转型的重要思想资源。它威力至巨，无远而弗届。”经济理性主义是德国社会学家马克斯·韦伯在其《新教伦理与资本主义精神》中提出的重要思想。经济理性主义及其扩展既是都市小说产生的动因，又是都市小说重要的表现内容，它不仅决定着都市小说的生产机制，甚至从根本上影响着都市小说的创作主题、审美特征。对于经济理性主义与都市小说创作关系之研究，国外比较有代表性的研究专著有[美]伊恩·P·瓦特的《小说的兴起——笛福、理查逊、菲尔丁研究》，国内有祁述裕的《市场经济下的文化研究》等。他们的研究都是从广义的经济理性主义及其外在表现形式——市场经济的角度切入，既缺乏经济理性主义的明确界定，又未能就经济理性主义对都市小说的内在生产机制的深刻影响展开深入考察。

新时期之前，由于特殊的政治环境和特定的意识形态，经济理性主义对个体主体的效应被遮蔽和阻断。进入新时期，随着思想的解放和对经济活动认识的不断深入，经济理性主义又开始复苏并逐渐扩展。20 世纪 90 年代的经济理性主义勃发的第一推动力是政党意志和国家意志，因此它与意识形态关系密切。具体表现为：一、由于国家意志、政党意志与个人意志空前一致，厚利主义和消费主义勃兴；二、个人主义与经济理性主义携手，经济个人主义形成并发挥作用。这使建立在经济基础之上的个人自由度逐渐增大，促进了个体主体的解放，特别是对女性解放意义深远；三、经济理性主义的扩展促进中国社会的分层，中产阶级的产生；四、更重要的是，经济理性主义的扩展还带来了价值的移位并为新的价值体系形成奠定了基础。经济理性主义及其扩展对中国都市的影响更为深刻，按照布罗代尔的观点，都市与经济理性主义是“合二为一”的。中国新都市化几乎与经济理性主义勃发同时启动，经济理性主义和都市化引发的变革，不仅带来了都市工商业的繁荣，同时出现舍勒所谓的“市民精神改塑了社会秩序”的现象。因此，经济理性主义视角的引入是当代新都市小说研究的一大创新与突破，关键在于，经济理性主义的引入为解读阐释新都市小说叙事主题提供了思想支撑和理论范畴。过去，人们对新都市小说叙事主题的阐释存在着较大的困难，因为，新都市小说的主题不同于基于启蒙理性的宏大叙事和基于革命理性的红色叙事，原本适于阐释宏大叙事与红色叙事主题的话语体系，在面对新都市小说时却显得语无伦次，言不及义。究其因，源于批评者对经济理性主义的鲜知。经济理性主义客观存在，它统摄、制导、影响着人类社会和人类生活，渗透到社会生活的每个角落。中国 20 世纪 90 年代以来的新都市小说的整体发展（叙事主题与审美表现、生产机制与消费机制等）当然会深受其影响，其中正反两方面均有，积极作用与消极影响并存。著者认为，“正像启蒙理性主义之于启蒙文学、革命理性主义之于革命文学，中国 20 世纪 90 年代新都市小说无疑亦是经济理性主义启动及其扩展的必然结果，它的发展和繁荣都拜经济理性主义之所赐。但长期以来，中国当代文学研究界对经济理性主义或采取虚无主义，漠视其存在；或采取自大主义，以为可以无师自通。结果导致批评的尴尬和错位，出现所谓的‘失语’。这既败坏了当代文学批评的声誉，又影响了文学批评的健康发展。”经济理性主义视角的引入，不仅具有较强的现实合理性，而且为中国新都市小说研究提供了新思路和新话语。例如：本书考察了经济理性主义对新都市小说生产机制和创作机制的双重影响，尤其是对经济理性主义统摄下新都市小说表意文化样态的六种文化内涵与四个审美特征的考察，概括准确,分析条理,具有较强的学理性和科学性。“国家主义与法理精神的呐喊”章节中,将反腐倡廉的“主旋律”小说纳入新都市小说的研究领域,探析了经济理性主义与法理精神之间的复杂关系;尤其是对基于货币金钱的“权力寻租”现象的分析,突破以往叙事主题与人物形象性格分析的某些困境。“厚利主义和经济个人主义的赞歌”章节,用“经济个人主义”来指称新都市小说中的具有英雄气质的“经济人”形象,对人物形象特质的命名非常恰切。在此前的他人的新都市小说研究中,以此来命名富有进取与攫取双重精神且工于算计注重收益的人物形象还不多见。

至于“消费主义的铺排与后殖民主义的展示”和“基于经济理性主义的女权主义”诸章节,更是将理性主义与消费主义、后殖民主义和女权主义三种后现代社会比较流行的思想学说相联系,肯定了新都市小说消费主义、后殖民主义和女权主义等叙事主题出现的现实合理性。作者援引桑巴特和凯恩斯的思想,说明了消费主义主题的出现合乎都市文学发展的必然,新都市小说的市民文学将其作为叙事主题,理所当然。这与完全无视消费主义叙事主题合理性而进行大加挞伐的道德主义视角是截然不同的,但著者亦非无视消费主义带来的弊端。新都市小说中后殖民主义主题的出现,作者作出了自己的判断,分别以老中青三代作家刘心武的长篇小说《栖凤楼》中的卢仙娣、王安忆的《我爱比尔》中的阿三和卫慧的长篇小说《上海宝贝》中的倪可可为例,分析了经济理性主义统摄下的所谓“有文化”中国市民阶层对后殖民主义近似献媚的态度,并进一步指出老中青三代作家对后殖民主义的态度是迥异其趣的。著者在“基于经济理性主义的女权主义”部分中提出了不同于时俊的观点,“20 世纪 90 年代经济理性在中国社会的扩展,极大地促进了女性的解放。经济理性带给相当多女性,特别是敢于冲破旧观念束缚的现代女性诸多福音。在市场经济的大浪大潮中她们失去的是锁链,得到的将是自由。现代女性被迫或自觉走出家庭、逃离原有的生活环境,用自己的智慧通过经济活动努力赢得自尊和独立。漫长的中国封建社会中,广大女性始终生活在男权阴影下。特别是广大已婚女性,即使爱情婚姻不幸,一般亦不敢轻言离婚;而是苦苦维持无爱的死亡婚姻,为围城所困动弹不得。20 世纪轰轰烈烈的新文化运动之初,陈独秀就曾对中国女性的悲苦命运作出过深刻的探讨,鲁迅亦对此著文发表过真知灼见。两位文化先驱论点的交集在于呼唤中国女性致力于经济权的获致。中国 20 世纪 90 年代经济理性的呼唤和展开为女性冲破传统的藩篱奠定了坚实的物质基础。”以此为思想底蕴,新都市小说中对女权主义阐释的意义在于,首先对基于经济理性主义的女权主义的启蒙,出现的代表作是梦溺的《敬你一杯苦酒》、池莉的《小姐你早》和张欣的《爱又如何》。其次,塑造了许多栩栩如生的成功的"女经济人"形象,勤谨能干、极富独立意识、富有经营才能,跻身上流社会,取得与男性相同的社会地位。如何顿的《就这么回事》中的侯清清、刘丽,毋碧芳的《试婚》中的黎洋、王琼、晶晶,俞天白的《大都会》(《大上海人》系列之三)中的褚婉敏、张欣的《掘金时代》中的穗珠、《伴你到黎明》中的安妮、《致使的邂逅》中的徐寒池、《泪珠儿》中的严沁婷,燕子的《吾心吾爱》(又名《太阳雨》)中的楚翘等。其次,塑造了追求情爱和爱欲的新女性。如刘阳春的《商业原则》中的谷豆,《丢掉自己的女人》中的邓瑛、方为,毕飞宇的《那个夏季 那个秋天》中的罗绮,唐颖的《丽人公寓》中的宝宝等。新都市小说中对经济理性主义与女权主义或女性解放的思想的书写,并非是完全自觉意义上的,尽管存在着诸多问题,如对交换逻辑和收益最大化原则不能够辩证地分析与表现,忽视其对人性异化的巨大负面影响。但新都市小说在形象化阐释经济理性主义对女权和女性解放的意义是不可抹杀的,虽然小说中的女性已非传统的淑女,而是底气十足令男性赧颜和不安的女"经济人"。上述见解深刻且有说服力。

突出印象之二是:本书在对新都市小说审美特征的分析方面最大的贡献是提出了"经济人"形象的命名,为现代中国小说人物谱系研究增添了新类型。

所谓"经济人",是英国经济学家亚当·斯密在其经济学论著中提出的一个著名假设,是指工于算计,奔走获利之人。具体是指在经济理性主义的制导下,信奉交换逻辑和货币哲学,在经济活动或类经济活动中,谋求收益最大化的个体主体。新都市小说中的"经济人"形象,大都认同交换逻辑,毫不避讳对货币金钱和基于货币金钱的物质财富的由衷喜爱,而且千方百计使二者的数量和质量永远呈现无限增长的逐级提升的态势。新都市小说中的"经济人"形象,既具有《红与黑》中于连·索黑尔式的投机与雄心,又具有当下中国都市社会枭雄式人物的坚韧与进取精神。何立伟《你在哪里》中的跨国公司老总韦宾、毋碧芳,《试婚》中的李无言与王琼、钟道新《股票市场的迷走神经》中的常锐、《公司衍生物》中的浦耳、俞天白《大都会》中的褚婉敏、邱华栋《手上的星光》中的杨哭、毕飞宇《那个夏季 那个秋天》中的李建国、罗绮等等,都是典型的"经济人"形象。尤为令人注目的是何顿笔下的一系列出身都市社会底层即所谓草根阶层的市民"经济人"形象,如,《我不想事》中的柚子、《弟弟你好》中的华宝、《我们像葵花》中的冯建军、刘建国与李跃进、《就这么回事》中的侯清清和《太阳很好》中的宁洁丽等。

新都市小说中如此多的"经济人"形象，是转型期新都市小说作家对中国都市社会脉动准确感知和对社会肌理深刻洞察的结果。从现实层面看，自20世纪90年代以来，中国都市社会特别是东部沿海经济高度发达的都市，都市化进程加速提升，基于个体利益的"法理社会"逐渐取代基于共同体利益的"礼俗社会"，斯宾格勒所谓的以货币金钱和心智为核心的都市社会特征逐渐显露，都市社会分层加快，中产阶层产生；具有现代乃至后现代特征的新都市生活场景和都市文化景观日渐丰富繁荣；同时"先富起来的"一部分人——"经济人"，逐渐成为包括都市在内的社会价值系统中新的"卡理斯玛"(Charisma)。新的"卡理斯玛"的出现，引发了中国当代都市社会的道德伦理观和价值观的整体移位，出现了马克斯·舍勒所谓的"价值的颠覆"。从创作主体角度而言，新都市小说作家不仅感奋于现实的变化，而且甘愿做历史的"书记员"，希望用手中的笔描绘和刻画"经济人"的生存状态和生命样态。这就给新都市小说的"经济人"形象带来新的特征：

一是自觉服膺经济理性主义。新都市小说中的"经济人"，大多自觉或本能地服膺经济理性主义，并且将经济理性主义当作安身立命的价值准则和获胜法宝，他们或压根并不知晓或有意识回避启蒙思想的精英主义，认同交换法则、重视货币金钱对个体主体自我实现和世俗幸福的重要性，而且甘愿为之辛苦奔走。二是鲜明的经济个人主义特征。大多数"经济人"形象均为典型的经济个人主义者，他们出身都市社会的底层，备尝生活的艰辛与人生的屈辱，没有任何的政治资源或社会资源，唯有在政策允许下发家致富，甚至铤而走险。卑微的社会地位，卑陋的生存环境，卑贱的文化人格迫使他们近乎自发地服膺经济理性主义，投入到火热的商海之中，实现自我的财富梦想，创造都市的人生传奇。三是冒险进取的英雄主义气质。新都市小说中的经济个人主义者，大多具有轻不言败，绝不服输的英雄风范或枭雄气度。善于抓住时机，敢于冒险，锐意进取，在跌宕起伏波涛汹涌的商海中劈波斩浪快意人生。他们审时度势瞻前顾后但绝不畏首畏尾，考虑周全工于算计但绝不踌躇犹豫，善于在冒险中求得人生的成功。四是具有浓郁的世俗情怀和强烈的物质主义。新都市小说与20世纪90年代以前的都市小说相比，人物形象的形而上特征渐趋弱化甚至淡薄于无，与之相对应的是世俗化特征和物化精神明显增强。经济理性主义与启蒙理性主义功用最大的不同之一，就是前者加速了都市社会的世俗化进程，在它的深刻影响下，个体主体更加关注自我的现实利益和世俗幸福。因此，新都市小说大都侧重“经济人”形象个体幸福和现实利益的展示。新都市小说中的“经济人”形象，由衷热爱世俗生活，与先前各类小说中致力于思索社会问题与探寻人生价值的知识精英形象不同，他们尽量回避形而上的思想，而将非常实际的衣食住行和奢侈享受与时尚休闲作为除了商海市场打拼之外的全部。著者不仅以经济理性主义概述了“经济人”的新特征，而且揭示了新都市小说中“经济人”形象的塑造所具有的久远而深刻的意义。其现实意义，它反映了中国当代都市社会的实际面貌和价值颠覆与重构的现状。小说叙事主题的更新与都市社会的嬗变和谐共振，既增强了新都市小说的时代感，又强化了都市小说的感召力。其文学意义，它赓续了中国现代小说中“经济人”形象创作的文学传统，丰富和扩展了都市小说人物形象谱系。“经济人”形象在20世纪中国小说中并不匮乏，如社会剖析小说中的商人形象，最为典型的是茅盾的《子夜》。但建国后，由于种种事实原因，“经济人”形象逐渐淡出了中国都市小说的人物形象序列，如果有亦是以反面的形象出现，如《上海的早晨》。90年代以来，中国新都市小说作家开始正视都市社会的巨变，尤其是看到成功的“经济人”正在成为都市社会价值系统中新的“卡理斯玛”。因此，他们聚焦“经济人”，生动刻画出他们的喜怒哀乐爱恨情仇。总之，新都市小说将“经济人”形象作为塑造的重点，既为20世纪90年代以来中国都市社会的变迁留下了一幅幅生动而鲜活的写真，又使得中国新都市小说的生存获得了合法性，因为“经济人”形象的出现，标志着新都市小说开始真诚地书写充满生命质感的都市社会和火热腾跃的现实人生。上述的逻辑思路与表达话语给人耳目一新之感。

突出印象之三是：秉持冷静客观认真严格的理性气质和科学精神，本书对经济理性主义浸染的新都市小说创作所存在的诸多问题进行了实事求是的评判，给人以深刻的辩证认知，这主要体现在：

第一，著者认为新都市小说对经济理性主义所派生的厚利主义和消费主义多采取了美化的做法，缺少应有的客观辩证态度。对厚利主义和消费主义采取绝对认同的态度给新都市小说的表现内容带来了诸多负影响。从厚利主义角度来说，新都市小说对经济理性主义扩展所带来的交换逻辑、“市场型定向”人格以及极端经济个人主义缺乏必要的批判。小说肯定了货币金钱对改善个体主体的存条件和生活质量以及个体主体解放的重大意义，而小说却忽视了货币哲学的两面性。一定数额的货币金钱可以对个体主体的生存和生活有重大裨益，但是货币金钱同样有着令人惊恐的力量，不仅仅是我们平素所讲的金钱对人性的腐蚀。它除了具有完成对价值理性的僭越和颠覆以及促进个人主义的形成和发展之外，还拥有两个突出而巨大的功能：货币终极目的化导致了生活风格的无特性和导致人类生存的深度悲剧感。新都市小说对货币哲学的深度悲剧感的漠视带来的后果，就是新都市小说文本中出现了桑巴特所谓的“头足倒置的人”。所谓头足倒置是指“前资本主义时代的人，双足是牢牢站在大地上，把世界看作生活的家园，显得较为纯洁，因而保持了现有自造物主之手时的本然形态”。但资本主义时代的人却发生了严重变异。他头足倒立，把世界看作是被榨取的对象，所有的精力都用于获取财物，其投机钻营、谋划设计，就像用手在奔跑。这便是所谓贪婪的攫取。俞天白《大都会》中的赖晓澄、周梅森的《天下财富》中的安子良等就是典型的“头足倒置的人”。

其二，绝大多数的新都市小说作家视点下移，自觉的认同或采取了“大众文化哲学”的视角。新都市小说作家大众文化哲学观点来自经济理性主义思想的直接影响，在大众文化盛行的时代中，形而上的追索探寻、痛苦沉重的思想辩难，根本没有存身之地，在都市市民阶层看来，消遣、享乐、时尚、休闲、趣味、猎奇、情色化的叙事，才是都市大众文化的应有之义，不要艰深，拒绝崇高、嘲讽一本正经，远离严肃认真。丹尼尔·贝尔在谈及美国都市社会文化现状时说：“过去三十年里，资本主义的双重矛盾已经帮助竖立起流行时尚的庸俗统治；文化大众的人数倍增，中产阶级的享乐主义盛行，民众对色情的追求十分普遍。时尚本身的这种性质，已使文化日趋粗鄙无聊”。著者认为，中国20世纪90年代以来的都市文化亦出现了与此相似的情形，而绝大多数新都市小说作家认同理解变化了的现实，或迫不得已或欣喜若狂地成为一个现实主义者。热衷于大众文化时尚和情趣及情调的描摹书写，其中，平面化的都市文化场景的展示、娱乐道德的宣扬和放纵的肉欲化的身体叙事是三个典型的症候。

其三，著者认为，新都市小说对消费主义理念的宣扬、对时尚哲学的全面追捧，导致了小说中人物形象主体性的萎顿，主体人格异化。特别是年轻的作家似乎热衷于表现消费符号统治下的人，如邱华栋、卫慧等人的作品充分反映了这一点。以对物的占有消费确证自我的存在，即“我买，故我在”。新都市小说中的人物耿耿于怀的是对物质占有数量的多少和档次的高低，这成了生活的主要目的，即手段僭越了目的。仿佛都市化生存就是对消费符号的无限占有。新都市小说中很少有作品去评判消费主义时代人的消费符号化生存带来的一系列问题,表示应有警惕,而是津津乐道于消费符号的罗列,以及对占有消费符号带来的愉悦的热衷描写。新都市小说陷入物质主义和欲望叙事的泥淖,其现实超越性荡然无存,其审美超越更是艰难的。因为对现实生活的过度贴近导致的即是距离的销蚀(eclipse of distance),读者在阅读时,能够获得即刻反应、冲撞效果、同步感和煽动性。审美距离一旦销蚀,思考回味也没了余地。如此一来,小说所承载的审美功能和对现实的批判功能不断萎缩乃至淡化于无。小说作为文学所具有的诗意世界的追寻也因之踪影难觅。但新都市小说并不仅仅是感官主义的展示平台,同时它亦负载着为都市民众寻觅精神家园的重任。因为都市人说到底是孤独的漫游者和忧郁的栖居者。他们需要精神的救赎和灵魂的安慰。而新都市小说对于物质主义和肉欲沉迷的书写,不仅未能减轻都市人的紧张、压抑、焦灼反而加重了他们走向"非压抑性升华"的负荷。只有这种务实求真的分析评判才能出新意创新见。

综合上述三点印象,致使本专著不仅具有创新性与科学性的学术品格,而且也为中国新都市小说探讨建构并实验了经济理性主义研究范式,这是值得称道的;也许这种新理路新思维的运作仅仅停留于尝试探索阶段,尚待进一步完善,但是此种敢于突破勇于实践的理论胆识和求索精神却是应该肯定的。试想,西方经济理性主义思潮极为复杂深奥,将它汲取、借用、改制而整合为一种适宜研究新都市小说的理论模式,对于一个青年学者来说需要从头学习,一个文本一个文本地阅读钻研探究,真正理解、弄懂、打通后方可梳理出一套经济理性话语;虽然经济界、哲学界有些研究成果可以鉴用,但对一种新理论体系的掌握总是要有自己的独特运思方式与表意方式。新刚通过对经济理性主义的钻研,耗去了不少精力与时间,从已获得的思维成果来看是值得的,仿佛他的理论思维与学术视野升华到一种新境界。有了这种新的研究范式或理论储备,不仅可以用来研究新都市小说,也可以用来阐释其他相关形态的文学、文化主题。虽然建构经济理性主义研究范式有难度,但是欲将这种范式运用于新都市小说的探究更要下一番既深且细的功力,似乎难度更大一些。这不仅要求研究者吃透两头,即一头是经济理性,一头是都市文学,而且必须从"吃透"中形成问题意识,找准两者的对应点或交合点,然后以经济理性对应文本感悟而作出新颖独到的阐释。这种研究既是经济理性主义与中国 20 世纪 90 年代新都市小说的交叉互文研究即跨学科研究,又是以经济理性主义为视野对新都市小说所作出的新阐释。本书的可取之处在于,理论范式与透析对象两者的联结点、契合点选得较好,而且艺术感悟与理性分析基本能达到有机融合,尚未出现生拉硬套的不合辙的脱节现象。这表明著者运用经济理性主义思维范式对新都市小说研究已初见成效,亦预示着新刚的学术研究将永远行走在创新趋优的征程上。这也算序吧。

(草于2009年春节)

独立之见来自思维的超越

——读《文学史的沉思》

论文集往往是一个学者的研究精品，比一般的专著更能显示其整体的学术水平和独立见解。杨洪承同志是位在学术领域辛勤开拓的青年学者，继专著《王统照评传》问世后又出版《文学史的沉思》，读后颇感欣感也深受启迪，不仅为他学术水平的迅速提高而高兴，更为他思想见解的独特而赞叹。虽然它是本论文集，但却具有体系性，即"文学史哲学"作为全书的中心线索，从宏观到微观对中国现代文学史所做的既是研究之研究又是再评价再探索，展示了作者的智慧风貌和思维特点。

"一堆知识的聚集，并不能构成科学"，一个明敏的学者必须善于从史料中看出以"理性为基础的现象的连续"，并从而"揭示出这内容，才能表明它是一个理性的历史"①。文学研究也应该这样，必须从感性和知性的资料引向理性的判断。中国学界往往有资料派和理论派之分，"高明者，多独断之学。沉潜者，向考察之功。"②学术研究这二途若能同归，便可达到资料与理论的辩证统一，从考辨精审资料中有所发现，并形成自己的独立见解，进入思维的超越状态，使文学研究成为真正的科学研究。《文学史的沉思》（以下简称《沉思》）是具有科学意义的研究，著者并不沉迷于资料的搜求和铺陈，也不热衷于繁琐的考证和辨伪，而重视对感性资料形态的超越，即"打破感官事物的锁链而进到超越感官界的飞跃"，③从资料的复杂矛盾关系中获得真知灼见或带有规律性的思想认识。正如爱因斯坦所说："科学力求理解感性知识材料之间的关系，也就是用概念来建立一种逻辑结构，使这些关系作为逻辑结果而纳入这样的逻辑结构。"④思维达

① 黑格尔：《哲学史讲演录》第1卷，商务印书馆1981年版，第35页，第45页。

② 章学诚：《文史通义·说林》。

③ 黑格尔：《小逻辑》中译本，商务印书馆1981年版，第125页，第339页。

④ 《爱因斯坦文集》第2卷，三联书店1980年版，第235页。

到什么程度，资料的发现就达到什么程度，文学研究的深度、广度、高度也达到什么程度。由于杨洪承同志在研究中发挥了思维的超越性，重视对文学史研究的"沉思"，追求一种新的学术视野和理论构建，使其著述具有强烈的理论感和开放感。

文学史研究的研究实际上是文学史或文学史哲学的研究，这是个攻坚的研究课题也是个新拓的研究领域。《沉思》对中国现代文学史研究和编著的历史与现状的分析、对文学史观念的更新、对编写体例和思维方法的突破等诸多问题的研究和探索，既具有学术理论价值也具有操作意义，虽然尚未形成一个严密而完整的"文学史哲学体系"，但"新文学史学"已具雏形，这是难能可贵的。

《沉思》认为，文学史理论本身蕴含着历史哲学的主要精神，文学史理论的建设不仅是一种历史意识，更重要的是哲学层次的历史认识，因而理论基点的寻求必须跳出历史主义的直线型思维模式，在历史的梳理中自觉的思辨、分析和批判一切外来的和传统的理论形态，并在文学理论、文学批评和文学史三者之间进行综合性超越，而这样的"文学史理论实际是文学理论、文学批评、文学史选择原则的结晶"。这种新文学史哲学建构的思路是明晰的也是相当深刻的。从时空观点来看越是新近的哲学越丰富越深刻，正如黑格尔所说："最晚出的、最年轻的、最新近的哲学就是最发展、最丰富、最深刻的哲学。"这是因为它的历史联系最多，关系最多，"在这里，凡是初看起来好像是已经过去了的东西，被保存着，被包括着——它必须是整个历史的一面镜子"；也就是说，"时间较晚的进一步发挥出来的哲学乃是思维精神的先行工作所获得的主要成果，它为较早的观点驱迫着前进，并不是孤立地自己生长起来"。[①] 所以文学史哲学理论的思考与建构必须立足于现代文学的多元化复杂化及其开放性特殊性的基础上，"彻底摆脱历史主义的单一化、直线式思维模式，建立起历史哲学的批判、思辨、主体的全新观念。中国文学史理论的突破，必定是社会观念和文学观念辩证把握的超越，自然也是历史哲学的深化"。正是站在历史哲学的高度，《沉思》对中外文学史编写的历史与现状进行了反思，提出了突破中国现代文学史编写模式化的富有建设意义的独到之见：一是文学史的研究应是对文学研究的超越，文学史的方法实际是对文学研究多样化方法的超越，而这种超越则是文学史编写

① 黑格尔：《哲学史讲演录》第1卷第35页，商务印书馆1981年版，第45页。

突破的关键一步；二是现代文学史编写的突破，既要以新的视角探讨文学自身的规律，又要重视纵向与横向交错的研究；三是编写主体应打破以往平面的单向的思维定势，代之以立体、双向、多维的文学研究机制；四是以世界眼光和比较意识，把现代文学放在世界文学的总体格局加以观照和把握；五是文学史观念的突破是文学史编写的根本性突破，既要确立多元性、流动性、立体性、整体性、开放性的文学史观又要从中外文学比较中确立符合现代文学本体特征的价值尺度；更为重要的是提出了"现代文学与多学科的纵横交错，文学史的描述和诠释必须框架立体化、方法多向性"。理论框架的重构对于中国现代文学史研究的突破至关重要，"立体化"的框架正符合错综复杂的中国现代文学史原本形态和内部结构。文学史研究所运用的主要是理性思维的方法，从最高层次来驾驭全局，而这种驾驭的自主性就表为理论框架的建构。康德认为，理论框架的建构犹如建筑术，需要有个图型，这图型必须与理念相合，既不是一种繁复的构成分子的类似性的凑合也不是以一种纯技术的形态来营造理论结构，而是以一种最高的内部目的为准则来进行理论框架的建构。就文学史框架建构来说，最高的内部目的在于全方位揭示"文学发展的规律"和内在机制。基于此，《沉思》明确认定现代文学是个多层次多结构的整体，研究这个整体，勾划这个整体发展过程，只有通过主体的多学科、多方法、多角度的观照；特别是从文学史深层寻找一个坚强支柱建构起现代文学史研究的立体框架，更有利于揭示文学史的内在规律，这是因为文学史本身的多元性、多向性、多层次、多结构和内在联系性与这种以最高内部目的为准则的立体框架相契合。著者对"新文学史学"所阐明的深刻见解，具有一种逻辑威力和理论价值，尤其对于"重写文学史"的指导意义和实践价值就更明显了。

比较文学与文学思潮的研究同样显示了《沉思》的思维超越性，体现了著者宏阔的学术视野和敏锐的理论思维。比较文学在中国虽然并非新兴学科，但它的真正繁荣却在新时期，特别关于比较文学理论的研究更是近十年的热门话题。杨洪承具有较浓的理论兴趣，对"文学史"的研究热衷于文学史理论的建构，对比较文学的研究也是重视理论的探讨：一是他跟踪快起步早，对于中国比较文学理论的借鉴、探寻、建构较早地作出系统而又独特的思考；二是以文学史的角度来研究并建构中国比较文学理论，认为"中国比较文学理论的建构，应是传统的文化鉴赏型、直感型、封闭型和当代文化的科学型、逻辑型、多元型的综合”，应该把“中国比较文学作为一个整体来理解，并且注意到它的主体性非平面性，动态性非静止性，综合性、整一性而非单一性的特征，才能够深化对文学规律的认识”。这些见解具有高度的理论概括性也具有抽象的深刻性和普适性，都体现出研究主体思维的超越性和形而上的思辨性。对20世纪中国文学思潮的研究，著者并未堆砌资料或大段大段的引证，而是重在文学思潮流变规律、内在机制和总体特征的探讨，同样显示出思维超越性的优势。《沉思》并未“把视线对准现实主义、浪漫主义、现代主义传统思潮类型研究的焦点，而注重这些思潮类型与总体思潮形态的联系和区别，旨在把握20世纪以来中国文学思潮总体主潮演进的某些规律与特征，分析其对具体思潮类型的制约和影响之原因所在”。这种整体性的研究思路和指归，带来一些别开生面的综合把握和宏观判断。著者认为，“20世纪中国文学思潮的突出特征，在世界文学思潮影响和强大社会思潮统摄下，恰恰不是以其同步发展中所表现的不同步内容而体现。它的独立的特性是在共时性运动中以鲜明的历史使命感、责任感为己任予以弘扬的。”而在思潮表现形态上最明显的是二股同时运行的路线：一是20世纪以来中国文学思潮的突起和推进，都是以一种论争的方式或在论争中进行和完成的；一是20世纪以来中国文学创作产生轰动效应的作品，都与当前政治社会内容、群体意向相联系。所形成的“20世纪中国文学思潮的基本特征就是：文学思潮与社会思潮同步发展；文学思潮审美形态多元互补，立体交叉；文学思潮处在中西文化的交汇点上。”这些带有规律性的发人深思的理论概括或理性判断，正是主体思维超越性和创造性的体现。文学研究的整体性把握和规律性揭示需要判断者主体意识的介入，虽然文学研究的判断或归结离不开审美感知的渗透，但它始终伴随着理性思维进行——是理论思维从感性的具体到知性的抽象再到理性具体的更高层次的回复过程。这并非说研究主体的判断或概括可以主观随意地运用思维的超越机制，而必须抓住研究对象的本质规定性，使对象的内在逻辑由朦胧、模糊的混沌中明晰地显现出来。黑格尔曾说：“当我们进行判断或评判一个对象时，那并不是根据我们的主观活动去加给对象以这个谓词或那个谓词。而是我们在观察对象的概念自身所发挥出来的规定性。”①可见，观赏体察由对象自身所发挥出来的规定性，既是概括判断的出发点也是概

① 黑格尔：《小逻辑》中译本第125页，商务印书馆1981年版，第339页。

括判断的归结点。《沉思》在比较文学或文学思潮研究中所作出的富有理性启示的概括性判断,表明主体意识真正突入研究客体,发现了客体的内在逻辑或本质规定性,驱动主体的超越性思维选择较为准确的语言表述出来。“思想的规定性愈丰富,它的关系也就愈繁复,也愈是难以用语言表现。”[①]特别文学研究者当获得一些审美感悟和本质认识时,选取恰切的概念或语言形式加以表述,其难度更大。这正研究者的识力、功力之所在。

研究视点的选择也是主体思维超越性的体现,更是一种排除盲点的“理性重建”,它既可以给学术研究带来新的拓展也能为研究主体的探索增加创见。《沉思》非常重视研究视点的选择,灵活多变,从《跨文化语境中的郭沫若前期小说》、《一个时代歌者的情感世界》、《民族品格的重造与审美品格的追求》、《来自高门巨族里觉醒女性的呼唤》、《执着探索新诗民族化道路》等标题,便可以窥见视点的变换给文学研究不断增加新值;著者尤其长于宏观视角、比较视角、交叉视角的运用,为他对文学史研究的思考、比较文学和文学思潮的研究开辟了多种途径,在整体把握上出现了新的高度,在理论透视上显现出新的深度。这里要着重指出的是,著者选择的新视角颇有特色,是值得称道的。所谓新角度亦即选取对象的最佳的显现方式,正如格式塔视觉艺术心理学所示明的,选择物体的一个或几方面的投影,然后再运用这些投影去再现这个物体的完整的视觉概念,是一种最佳的转换方式;在文学研究方面的新角度,就是意味着寻找客体的新的结构特征,而文学研究客体的结构特征在本质意义上总是多元的多层面的,因此文学研究新角度的选择主要在于主体思维空间的扩展和思维超越功能的发挥,使主体思维空间与客体结构特征的全方位展示达到契合的对应。这就要求选择新视点的研究者既对研究对象进行全盘检索和全面了解又要有新的理论支柱和新的参照系,这样才能获得自由的最佳选择。《沉思》中“关于中国现代文学史研究的断想”、“关于中国现代文学史研究和编写的思考”、“关于中国比较文学研究理论基点的思考”、“20 世纪中国文学思潮总体形态管窥”等文的视点选择,既有纵向视角又有横向视角也有纵横交叉的视点,在宏观视角中套有新颖的微视视角;找到了对应的新视角就意味着找到了新的逻辑起点,找到了解开客体结构的一个契机,有力地推动研究过程的展开和深化,从而获

① 维特根斯坦:《逻辑哲学论》中译本,商务印书馆 1985 年版,第 28 页。

得新认识新结论。

总之,《沉思》是一本具有强烈理论感和探索锋芒的学术著作,但不是一部不可挑剔的无懈可击的论著。不仅有些观点值得商榷,而且有些论证也欠严密,某些语言表述也欠准确;然而这并不能影响它的理论学术价值和实践操作意义;特别是著者思维的创造性、开拓性和超越性,将会使他的学术研究更加辉煌!

(1993 年 11 月 5 日)

警钟长鸣 利己利业

——读《失误丛书》有感

“不以成败论英雄”的古训含有深刻的辩证思想，但在人们的口头上或笔头上却往往是“以成败论英雄”，并逐步形成思维定势，影响着对中外古今人物作出合情合理的评述；特别是不少作家热衷于为胜利者或成功者树碑立传，这固然是正当之举，但是对那些失败者或失误者惮于或耻于为其著书评说，这也并非正确的态度。我敬佩王世农、孔繁轲、张鲁诸位同志的胆识和魄力，毅然决然地主编了《商战失误录》、《大人物失误录》、《著名战役失误录》、《人生失误录》这套《失误丛书》，由山东人民出版社以精心的设计、优质的印刷出版。它具有鲜明而强烈的警世、醒世和训世的社会效应，定会受到各个层次各个行业各条战线的广大读者的欢迎和喜爱。在我看来，这套丛书有几个突出特点，格外引人注目：

典型性。人生于世，既要发展自我更要干番事业，既要改造客观世界也要改造主观世界，一生顺顺利利、步步登高；然而在实际的生活中和具体的行动过程中，往往是胜利与失败、成功与失误、喜剧与悲剧、欢悦与悔恨相伴而行，只要一个人图生存求发展不可能一帆风顺，即使那些身经百战的英雄或叱咤风云的领袖也并非“常胜将军”。正是从这个意义上说，失误是人类中最普遍的一种现象，只有失误大小、危害程度、影响深广的不同，从不失误的人是难以寻觅的。既然失误是人类的普泛现象，那就必须选取最具典型性的人物事例，加以笔录剖析，使某种失误得到最强烈最集中的表现，甚至达到极致，并从而深挖失误的根源、总结失误的教训。《失误丛书》已达到这样的典型高度，不论从人生失误、商战失误中选取的事例或者从大人物失误、战役失误中选择的事例，都具有相当高的典型性；越是典型越蕴含着普遍的教育意义，越容易收到举一儆百的社会效果。但愿广大读者能从这些典型中受到灵魂的震动，提高理性自觉，尽量减少或避免失误。

真实性。如果把这种“录”那种“录”作为文体形式来看待，那么《失误丛书》这种“录”则不同于一般的文学体裁允许虚构，它完全是真人真事的实录。来不得半点虚假，要求符合客观真相的绝对真实，其典型性必须以客观真实性为基础，否则典型性就失去了存在的价值和意义。因此，真实性不仅是《失误丛书》的生命力的根基，而且也是它富有震撼力和冲击力的源泉。当然，我所强调的《失误丛书》的真实性并非说它的每篇文章都是不分巨细、轻重地照实地记录了人与事的原初状态，这种自然主义的实录也不是“录”这种文体的应有品格；而是说每篇“录”在真人真事的基础上经过了作者的严格选择和提炼，使其更符合典型事例的发展轨迹和本来面目，因而具有更高的客观真实性和可信度。只有这样，《失误丛书》才能真正发挥其反面教员的作用，收到难以预料的社会效果。你打开“丛书”任选一篇失误录，读着读着便会被它的忠于事实的合情合理的实实在在的描述所征服所打动，这是真实性的威力。正如该书的《前言》所道：“精心选取古今中外一些实实在在的典型，在忠于事实的前提下，站在客观的角度，展示一幅幅色彩斑斓的失误画面，使人们从对失误浓墨重彩地叙述记事中，像品茗茶道那样，耐心咀嚼回味其中的深刻意蕴。”这是作者的美学追求也是“丛书”的总体风格，其核心则是客观真实性。但不要误解，“丛书”突出真实性，并未流入纯客观主义，作者的是非观或价值判断正蕴含于客观真实性中或从客观真实地描述中流露出来。

生动性。“丛书”的真实性足以令读者深信不疑，增强其儆告的说服力；然而如果作者仅仅以训诫的口吻或抽象的议论或生硬的叙述来记录政界、商界、军界和人生的某些失误，那也不会产生强烈的吸引力和感染力，激发起读者浓厚的阅读兴趣。本套丛书之所以具有引人入胜的诱惑力，主要在于它的生动性。不过我这里所说的生动性并非指那种建立在虚构和想象基础上的一般文学作品的生动性，而是指确立于客观真实基础上的每个真人真事的失误录的生动性，它主要体现在：每篇失误录几乎都是一个曲折生动的真实故事，它们不是作者随意编造的故事，而是客观存在的，不是应该发生的故事，而是已经发生的，虽然读着这些撼人心魄的故事有多种情感交织，甚至对有些失误感到遗憾惋惜或抱怨其不该这样，然而铁的事实是无情的，谁也改变不了每个失误故事演变的客观过程，所以将这一个个的实实在在、曲曲折折的真实故事记录下来，这本身就够生动了；况且作者在实录这些故事的过程中又经过了精心地选择，突出了那些关键的情节或典型的细节，不仅对事件发展脉络和状貌的描述真切生动，而且对失误者的心理活动、思想变化也通过其行为举止、言谈话语的描写，予以活生生地展示，使读者既看到失误者所作所为的严重后果又窥见其与之失误行为相一致的主观动机或思想导向。“丛书”的生动性与其新奇性联系在一起，这种新奇性既体现于所选取的中外古今的失误事例的本体就含有新颖奇特的因素，甚至有些案例带有意想不到的偶发性或传奇色彩，又体现于作者在提炼和描述这些失误故事时对那些表面看来似乎是偶然性造成的心理悬念加以渲染烘托，使读者越发感到新奇独特，这就把失误故事的生动性与新奇性有机地结合起来；“失误”的故事再生动再新奇也要依靠作者的艺术表现力，否则这些失误事例仍停留在自然状态，不可能成为兴趣盎然、可读性强的《失误丛书》。作者生动的艺术表现力，不只是体现于在尊重失误事例客观真实的前提下新颖精巧的布局构思，力避雷同化的平铺直叙的叙事模式；更重要的则体现在语言的表达上，即不论是叙述、描绘或是议论都能运用比较真切、准确、朴实、生动的语言，特别是对景色的描写、气氛的渲染、场面的勾画大都做到了生动形象、真实感人。

启示性。这正是编著《失误丛书》的作者意图：“我们怀着一颗虔诚的心，将本丛书奉献出来，愿望只有一个，那就是：但愿更多的有志之士，在人生的漫长旅途中，以前人的失误为训戒，时时处处把握好自己，立足于现实，脚踏实地地迈向人生、事业的辉煌。”这种良苦的用心在“丛书”中得到充分的贯彻与体现，每位读者都会从形形色色的失误故事中感受和体认出来，于强烈的感染与震动中获取深刻的理性启示。从政者读了《大人物失误录》，只要你政治良心未泯、社会责任感尚存、事业进取心还在，就能从不同的失误事件或案例中汲取教训，提高免疫力和警觉性，永葆政治青春，否则一失误将造成终生的遗恨或变成历史的罪人；特别应把“金钱诱惑”下而失足的中外案例作为警钟以过好“市场经济”这一关，这对于当前大大小小的官员来说都是至关重要的。经商者读了《商战失误录》，联系自身在商战中的实际体会定能受到更深刻的启示，即使你是个事业有成的企业家也应该善于从别人的失误中借鉴教训。从特定的意义上来说，借鉴失败的经验比借鉴成功的经验更重要，这不仅因为失误的教训更令人沉痛或震惊，也因为它更能显示出一个企业家或从商者的魄力和胆识，真正能使失误或失败的经验转化为成功的智慧。尤其在我国市场经济发展尚不完善的情势下，那些缺乏经营谋略急于“下海”的人，更应该抽空读读《商战失误录》，从他人的失误中多学点为商之经、多懂点经商之道、多记点前人之训，尽量减少失误，莫蹈他人失败的覆辙，使自己赶快在“商海”里学会游泳。《人生失误录》人人读后都可以从沉痛的失误中受到启示，使自己的灵魂经受一次冲击或颤动而变得聪明起来，面对着多灾多难、危机四伏、谬误百出、荒诞不经的人生，力争多一点喜剧、少一点悲剧，多一些成功的喜悦、少一些失误的悔恨或失败的悲哀。如《新中国第一案》、《弑父杀母的“天之骄子”》等案例，多么发人深思，多么促人猛醒！如果为官的为父的为母的为子的，都能从不同的角度不同的心理去认真地记取教训，提高一下做人的现代道德水平，那就会减少或避免人们的堕落、犯罪，使人间少一些不该发生的惨剧或悲剧；《周璇轻信于人自酿人生苦酒》、《从拳王到阶下囚的泰森》等文，对那些歌星、影星、体育明星更富有深刻的启示意义，她（他）们的苦酒主要是自己酿成的，葬送了自己也葬送了事业。作者为了发挥“丛书”警世醒世功能，突现各种失误的启示性，除了事例本身的真实而生动的描述流露出鲜明的思想倾向外，还有两点特别引人注目：一是每个典型事例的题目具有画龙点睛的启示性，甚至有的标题把应该记取的教训或失误的思想根源以理性语言明确表述出来，给读者以深刻的启悟，如《著名战役失误录》的所有题目都把失误或失败的主客观原因以及经验教训标示出来：《怒而用兵 楚军一败涂地》、《选将不慎 赵军惨败长平》、《戒备懈怠 珍珠港罹难》、《骄狂自信日军屡败瓜岛》等等，无不具有认识上的启示作用。二是每个失误故事结尾似乎都是作者或隐或显的议论，是从事例中引申出来的正面或反面的经验教训，或揭示出的一些带有规律性的结论，颇有启发性、警示性和训诫性。如《从农民企业家沦为阶下囚的禹作敏》一文的结尾，作者总结说：“禹作敏事件再一次说明：金钱不等于一切，荣誉不等于一切，而国法大于一切。人民共和国的土地上绝不允许存在任何特殊公民！”这既是从反面教员身上总结出的人生教训也是展示出的人生哲理，具有何等深沉的启示性。《由刑警到死囚的堕落》一文的结语是作者由失误故事中提升出的理性认识，多么发人深思：“假若在他冒出杀人念头时能够良心发现，何至于堕落到如此地步。瞬间的一念之差，导致人生的根本转变。孙德坤匆匆结束的一生，既令人惊心又发人深省：人生的善恶两极其实并不遥远，关键在于自己如何把握。”这种理性认识是带着强烈的情感色彩，既能在认识上启示读者又能在感情上打动读者。还有些失误录不是作者直接出面发议论，而是由失误者自己来反省来总结，如《孙中山让位袁世凯》一文的结尾就是孙中山本人对辛亥革命失败教训的沉痛反思：“我的辞职是一个巨大的政治错误，它的政治后果，正像俄国如果让高尔察克、尤登尼奇或弗兰格尔跑到莫斯科去代替列宁就会发生的一样。"这更富有深刻的启示性,令读者的思想认识升华到一个新的层次。

总之,这是一套熔典型性、真实性、生动性、启示性于一体的《失误丛书》,经常翻阅它会起到"警钟长鸣,利己利业"的作用。

(1995 年 5 月 25 日)

新格局　新开拓

——读《文化伟人与文化冲突》

商品大潮的冲击往往使那些意志薄弱的人文科学的研究者彷徨犹豫、六神无主，由怀疑自己当初的选择而重攀新枝，甚至有的青年学者义无反顾地放弃自己的人文追求而一头钻进商海，一度导致中国新文学研究阵地由热闹走向冷寂，由巅峰而落于低谷；尤其现代文学巨匠鲁迅的研究越来越不景气，不能不令人担忧。然而事物的发展总是遵循其固有的规律运行，“柳暗花明又一村”则是富有诗意的形象概括。正在鲁迅研究处于危机之际，青年学者高旭东教授毅然决然地坚守学术阵地，顶住金钱的诱惑而孜孜不倦地研究鲁迅其人其文，奉献出一批批新的研究成果，《文化伟人与文化冲突》（简称《伟人》）一书以比较文学研究的宏阔视野对鲁迅进行深微的探讨，将鲁迅研究推上一个新层次。它的问世其重要意义不只是具有学科建设的学术价值和理论价值；而且也充分表明富有现代性的鲁迅研究乃至人文科学研究，是改革开放时代的需求，也是文化转型期的热切呼唤。从这个意义上，对高旭东的辛勤耕耘的成果应该予以肯定与赞扬，从他身上也可以看到鲁迅研究走向新的辉煌而是指日可待。

文学研究最没有出息的是人云亦云或老调重弹，最可贵的学术品格则是锐意求新、不断增值，特别在鲁迅研究上欲达此目的谈何容易。《伟人》的求新突破首先体现在研究格局上。它一改对鲁迅自身纵向研究或横向研究的惯用模式，而是把对鲁迅的横向研究与纵向研究融为一体，从研究背景上将中外文化沟通、将古今文化打通，构成中外文化横向联络与古今文化纵向发展的错综交叉的坐标系，将鲁迅置于其中，进行宏观审视与微观剖析相结合的深入研究。这种以古今中外文化相冲突相交汇为背景的研究格局，不仅使鲁迅研究达到空前的广度，既从多层面开掘出鲁迅现代伟大人格塑造的文化渊源，又从多方面定准了鲁迅为中国现代文化建设所创立的丰功伟绩的历史位置；同时透过对鲁迅文化伟人的研究，实际上是从比较文学研究的角度更深入更形象地揭示出鲁迅身上所凝聚的中外文化交流史和古今文化的承传史，并且有深度地探讨了在古今中外文化冲突交汇的运动过程中如何塑造现代中华民族人格和文化思想灵魂的规律、经验和教训，使研究成果具有纵深的历史感、强烈的时代感和现实感。研究格局的突破是整体性的突破，这在本书的框架构成上明显地表露出来：第一、二章着重从近代中国的古今中外文化冲突中考察鲁迅的中西文化比较观的形成；第三章是全书重心，于中西文化的分层次比较中，主要从文化心理学的角度探讨鲁迅思想性格、文化心态、审美观念的铸造，颇有深度；第四章旨在索解鲁迅文化选择所显示出的三个逻辑层次及其“博纳众采”的开放策略和有益经验，这是对第三章内涵的拓展与深化。可以说这个框架的宏阔性与严密性是得力于研究客体的历史逻辑与研究主体的思想逻辑的辩证统一。

《伟人》的求新突破还体现在发现逻辑机制的出色运作上，即从中外人类文化比较的视野出发，对研究对象重新观照、体认和感悟，并从而作出新的理性分析和判断，使本书的整个逻辑推演论证过程闪烁着睿智的思维火花，以独特的发现与见识矫正并改变一些传统的思维定势和凝固看法，给人耳目一新之感，这也正是专著的重要学术理论价值所在。第一章探索鲁迅与戊戌变法的关系，作出这样的分析：“鲁迅的任个性而张灵明，比起康有为、严复等主张的个性解放和自由，并没有提供新的东西。但是，康有为和严复是从社会整体的大框架立论的，只主张放松对人的控制和约束；而鲁迅则是从个人的角度立论的，主张个人与社会整体的分离，乃至向庸众宣战。康有为和严复看取的是十九世纪以前的西方文化；而鲁迅看取的，则是刚刚兴起的反十九世纪的文化，是在二十世纪的西方才汇为大潮的现代主义文学和人学思想。”再如考察鲁迅与义和团的关系，作者认为“从文化选择一面看，义和团作为戊戌变法的反动，即作为文化上融合西学的反动，显示出一种彻底的以固有文化排外的态度。”因此“鲁迅与义和团代表着近代中国两条不同的救国路线：前者代表着‘师夷以制夷’的路线，后者则代表着‘固守传统以制夷’的路线。”“义和团对鲁迅的影响是‘反影响’，即是使鲁迅更迅速地走上了反传统的西化道路，并反过来致力于国民性。”再如探讨鲁迅与辛亥革命的关系，作者以充分的理由重评并肯定章太炎和《阿Q正传》中的“假洋鬼子”。此后各章都有新的发现新的见解，不再摘引，这足以表明作者对鲁迅与中外文化关系的研究出色地运用了发现逻辑机制，显现出一种创造性的研究意识。不论自然科学或社会科学的研究，大致有整理前人成果和突破前人成果这样两条道路可供选择，《伟人》一书显然选择了后者；而欲突破前人研究成果，对于研究主体来说就需要自觉地借助于发现逻辑机制，在前人研究的基础上对研究对象重新开掘，有所发现有所突破。库恩曾高度估价发现机制在科研中的重要性，他认为凡是有深刻和广泛影响的科学发现，它将带动整个结构的调整，从而表现为一种革命的进步。这种科学发现的规律无疑也适用文学研究，高旭东的中外文学比较研究已显示出发现机制的逻辑威力。

“古今中外文化比较研究”是个上下数千年纵横五大洲的宏论题目，从事学术研究和著述很容易流入空泛而弘廓的“大而无当”；然而《伟人》一书却避免了这种通病，读后既感到学术视野开阔，具有一种人类文化眼光，又感到具体深切，文风严谨扎实，宏观与微观达到了有机结合。这种学术境界的形成，在我看来作者于研究过程中较好地处理了“大题”与“小作”、“博通”与“专精”的关系。“文化伟人与文化冲突”不能不说是“大题”，它涉及的研究范围既深且广，但作者在运思中不是面面俱到地对古今中外文化进行全方位的比较研究，一是选取狭义的文化概念作为理论视角，这就缩小了透视、概括的范围，主要集中在思想文化上；一是把“古今中外文化”有选择地作为鲁迅文化人格的背景材料，是环绕鲁迅这个中心来研究中外文化，详略的布局是以突出鲁迅这个文化伟人为原则的。这样的处理，就将“古今中外文化比较”这个“大题”完全集聚在“鲁迅”这个“小题”上，通过鲁迅这个焦点来闪现“古今中外文化”相碰撞相融合而发出的光芒。所谓“博通”是指研究者博古通今、学贯中西，对中国文化史和外国文化史具有“通观”的学术眼光，能够从宏观上比较古今中外文化的异同，观全局识大体，看来《伟人》作者具有“博通”的才学；所谓“专精”是指研究者对某一个或几个专题探究得既深且透，从占有的丰富厚实的资料中提炼出独到的“史识”，《伟人》作者对鲁迅的研究可以说达到了“专精”的程度。正由于研究主体具有“博通”的学术眼光和“专精”的研究功力，故使《伟人》显现出中外文化思潮的“通观”与鲁迅文化人格的精深洞悉相统一的学术特点。在学术研究中锐意求新并非都是哪些追求片面深刻的带有先锋派色彩的青年学者；以我之见，《伟人》作者虽然年轻有才，勇于开拓与探索，但他在比较文学研究上却倾向“学院派”的学术风格。重视资料的丰富性与实证性，思维的超越性总是与扎实的论据联结在一起，追求深厚的历史感、知识的体系化、学术视野的开阔性和持论的公正通达，探讨问题力求避开政治斗争视角而从文化思想角度切入，保持相对的学术独立和思想自由，这无疑增强了专著的学术品格。也许因为过分注重资料的引证，在给著作带来厚实感的同时也给人以重复沉闷感，虽然这并非表现于所有的篇章。如果要给这本著作“定位”的话，那它是近几年从中外古今文化比较的视角深入研究鲁迅的难得之作。

（1995年9月1日）

新的发现与新的阐释

——读《周恩来文艺思想新论》

实践是检验真理的唯一标准,一种文艺思想是否具有真理性只有经过实践的反复验证方可发出夺目的光辉。但是这种思想光辉并非所有的研究者都能敏锐地感受到、体认到,这需要高度的理性自觉和强烈的政治激情。王凤胜同志无疑具有这方面的主观优长,基于对周总理的由衷崇敬和深切爱戴,所以他比一般的研究者更早地关注周恩来文艺思想的研究,层层深入,步步拓展,终于对处于零散状态的周恩来文艺思想有了全方位的认识与整体性的把握,熔铸成巨著《周恩来文艺思想新论》(以下简称《新论》),为弘扬周恩来文艺思想作出了实际性的独特贡献。读着这部思维敏捷、逻辑严密、分析精到、文笔朴实的专著,我敬佩凤胜同志的文格和人格,敬佩这位年轻有为的领导型学者。从文格来看,凤胜治学态度是那么谦虚谨慎而又锐意求新,使著作具有一种只有实事求是之意而无哗众取宠之心的真切踏实的风格;文如其人,就凤胜人格来说,当官不像官,没有官气没有架子,平平常常,朴朴实实,除了勤勤恳恳的工作就是认认真真的学习,他是结合所从事的文艺领导工作、针对文艺现状来学习研究周恩来文艺思想的,并以研究的思想成果更好地指导文艺工作。把研究与工作有机地结合起来,这不只体现出凤胜同志从事学术研究的特点,也表现出他的理论联系实际的主动而扎实的工作作风,并使他从反复实践的体验中更深刻地理解了周恩来文艺思想。

发现,是一切科学研究追求的真谛,是研究主体必具的逻辑机制。从这个意义上讲,学习、研究,就是发现,就是阐释。凤胜同志深晓此理,并在学习、研究周恩来文艺思想过程中自觉地运用发现逻辑机制,从占有的翔实资料里发现新问题、新思想、新思维,然后提升到思辨的高度进行理论阐释,作出合乎逻辑的闪烁真理火花的推理判断、分析综合。任何发现都是以经验材料为依据的,都是从以前的理论空隙开始的,但是"经验的东西,在它的综合里被把握时,就是思辨的概念"，"从'空间'抽出了那些经验的规定，这就变成为高度思辨的"。[1]《新论》就是发现的产物、阐释的产物和思辨的成果，它在发现与阐释这两方面所取得的思想成就是巨大的，对我启示最深的有这样三点：

一是风胜在深入系统的考察与研究中，发现了周恩来文艺思想有一个内在逻辑严密的体系。这个体系的核心则是"文艺为人民服务"，由这一核心辐射出去，周恩来对文艺时代精神、文艺典型观、文艺民族化、文艺中外交流、文艺界统一战线、文艺批评理论与实践、党对文艺的领导、文艺家自我改造等重大问题，从理论与实践的结合上作了精辟而辩证的阐释；但周恩来文艺思想作为一个体系并非无源之水无本之木，它既有历史渊源又有理论渊源。依据周恩来文艺思想的这样一个逻辑体系，风胜便为《新论》设计一个相应的框架结构，将发现的"文艺思想体系"纳入其中，力求把纵向探求与横向考察、宏观审视与微观剖析、总体把握与具体阐释有机结合起来，使专著呈现出历史的纵深感、理论的整体感、逻辑的严密感和阐释的深度感、表述的准确感。

二是风胜发现并首次提出了周恩来文艺思想是毛泽东文艺思想和邓小平文艺思想之间的重要"桥梁和纽带"的新见解。这个新提法是建立在历史逻辑的辩证统一上，深刻地揭示出这样一个重大问题，即在马克思主义文艺思想中国化的历史进程中矗立着三座里程碑：第一座里程碑是毛泽东文艺思想，第二座里程碑是周恩来文艺思想，第三座里程碑是邓小平文艺思想。如此给周恩来文艺思想定位既有充分的历史根据又有深刻的思想根基，无疑具有重大的理论意义和实践意义。我认为这个思路和判断是令人信服的，也会经受住时间和历史检验的。应该承认，周恩来文艺思想对毛泽东文艺思想并没有仅仅停留在宣传或实践上，确实有开拓有发展有补足有充实，特别在一些重大的文艺理论问题上发展了毛泽东文艺思想，也补正了毛泽东文艺思想的一些弱点；尤其是50年代后期至"文革"，"左"倾思潮泛滥的时候，总理有很多讲话，阐明了许多文艺规律，反映了文艺界同志们的心声和愿望。风胜写这部专著，是建立在把周恩来文艺思想当作一个里程碑、一座桥梁的基点上来思考来运作的，所以不仅深刻地揭示出周恩来文艺思想对毛泽东文艺思想的承续与发展，而且也清晰地阐明了周恩来文艺思想对邓小平文艺思想的开启与影响，这就使近百年马克思主义文艺思想中国化的历史链条上出现的三座思想高峰明晰可见。这便把我

① 黑格尔：《哲学史讲演录》第2卷，商务印书馆1981年版，第308页。

多年形成的一种朦胧的感觉提升到一个理性层次，从而豁然开朗，认清了“庐山真面目”。

三是风胜在阐释周恩来文艺思想的运思过程中，显示出深厚的理论功底和深刻的理论思维，对研究客体的阐释力避实证主义的纯客观证明和历史主义的相对理解，而是渗入主体的经验和感悟，使有些阐释相当精彩、相当深切，可窥见阐释者明慧的理智、深邃的思辨和独特的见识。具体来说，我比较欣赏对“周恩来文艺思想的历史地位”、“周恩来文艺思想的总体特征”、“周恩来的文艺民族化观点”、“周恩来论中外文化交流”等的阐释，不仅真切地展示出周恩来文艺思想的历史风貌及其所达到的时代高度，而且深刻地揭示出周恩来文艺思想的巨大辩证威力、实践功能及其思维的现代性；尤其对文艺民族化与大众化、民族化与国际化、民族化与民族主义、民族化与文艺规律诸关系的阐释，既有理论上的新颖感又有实践上的现代感。“阐释学之父”狄尔泰非常重视阐者的个性与兴趣的能动性，他认为在研究过程中阐释者个性和兴趣对研究对象的投射会发现新的透视角度，在这一透视角度中，会加强和突出自身的某种精神过程，使内心的体验和感悟成为可能①。风胜由于对周总理怀有深厚的感情，他对周恩来文艺思想的研究和阐释具有浓厚的兴趣和强烈的个性意识，致使其阐释不断发现新视角、发现新问题、发现新思想，作出新的开掘、新的分析、新的概括。特别他对总理文艺思想的研究，在材料的收集、整理、归纳上下过苦功和深功，故使他在阐释周恩来文艺思想的过程中所作的每一个判断、每一个结论，都是建立在丰富的资料的基础上，并力求做到资料的实证性、可靠性和思维的超越性、辩证性统一起来。

此外，《新论》具有方法论意义。它把周恩来文艺思想置于一个宏阔的历史背景下进行审视研究，而这个宏阔历史背景既有层次感又有错综感，形成一个纵横交叉的坐标系，周恩来文艺思想的生成、发展及其价值、意义始终与这个历史背景和坐标系有着或明或暗的联系。正如作者自己所说：“认识、评判、肯定周恩来文艺思想在中国现、当代文艺发展史上的历史地位，必须首先确立这样一个指导思想：将周恩来文艺思想放到整个马克思主义文艺理论、毛泽东文艺思想发展的历史长河中，放到中国现、当代革命史、思想史、文艺史的洪流中，去考察其深度和广度；从动态的、比较的、全方位的角度，去探索周恩来文艺思想

① 参见陈鸣树著《文艺学方法概论》第272页，上海文艺出版社1991年版。

的独特贡献和历史意义。只有这样,才能对周恩来文艺思想的历史地位作出符合历史事实,并且能经得起实践检验的科学评价。”①对自己研究的方法论概述得何等好。

总之,在我看来,这部专著具有开拓性,它不仅具有很高的学术价值、理论价值、史学价值和文献价值,而且对当前我国文艺创作和社会主义新时期文学发展具有重要的指导意义。作为一个官员学者,就应该像凤胜同志这样把研究理论问题与实践问题紧密结合起来。

(1995年9月5日根据《新论》研讨会即席发言整理)

① 《周恩来文艺思想新论》第29~30页。

史学品格与评论品格兼备

——读《中国当代小说流派史》

文学史研究很少出现“暴发户”，若不采取“大协作”的方式治史而是个人化的“单干”，那至少应下“面壁十年”的苦功，方可写出一部有学术深度的文学史。摆在我面前的《中国当代小说流派史》（以下简称《流派史》）是年轻学者张学军勤耕十多年营造的力作。中国现代文学三十年，从流派的角度为现代小说写一部系统的史著，已有早经学界评说的严家炎先生的《中国现代小说流史史》；而当代文学四十年的小说园地虽有过荒凉的岁月但更有其繁花似锦的年代，从流派的视角对其观照与探索的文章不少，全面系统地对其进行透视与论析的学术专著却罕见。也许张学军的小说流派史是开风气之先的第一部，这就是它在当代文学研究领域已摆好了的不可取代的首创地位。当然一部新著作的价值与意义，不仅仅视其在总体学术研究格局中是否充实了薄弱点或填补了空白点，而且更要考察其在理论内涵、资料选用或论证思辩、框架结构等方面有什么突破和创新，也就是为文学研究增加哪些新值。限于篇幅，这里只想谈两点。

对当代小说进行系统综合的研究而选取了流派的角度，这比从流派视角探讨现代小说的难度要大。这不只是因为现代小说流派以凝冻稳定的形态或隐或显地潜存于文学历史河流里，有相当的文学流派有鲜明的标志，即使哪些藏匿得较深的小说流派也已被发现出来，并在学术界取得了认可或共识，而当代小说流派的存在状态和发现程度远远不及现代小说流派；同时更因为判定、归划现代小说流派的价值标准已从文学流变过程中抽绎出来，对其所作的概念性阐释被大多数研究者承认并在文学流派研究实践中得到成功的运用，但这些流派理论或价值观念并不完全适用于当代小说流派的界定、划分和阐释，尚须在流派理论上加以整合或进行突破。《流派史》在梳理总结历来划分文学流派所持的各种价值标准的基础上，作出了这样的结论：“从文学史上对流派的划分来看，并没有一个亘古不变的统一标准，但也可以看出形成流派的一个最重要的条件，就是思想倾向、审美趣味、艺术风格上的大体相似或接近。”这无疑是正确的。如果把文学流派作为一个群体的审美结构来看，小说流派那也应具有表层结构与深层结构；表层结构的流派特征是易见的，深层结构的流派特质是无形的，但它却是流派的质的规定性所在，也是联结诸作家组成流派的内在纽带。因此“思想倾向、审美趣味、艺术风格的大体相似或接近”，正是所有文学流派深层结构的共同本质。无论文学流派在表层结构有没有明显的标记，只要它具有流派的本质特征都可以称为文学流派，这是有相当活力的弹性价值标准，划定任何时代的任何文学流派都适用。《流派史》认定并选取这个公认的价值尺度，但它的独特发现并不在此，而在于它作出了“流派是文学作品的集合体，是以作品而类聚，并非以作家而群分”的判断，故认为“文学流派是在文学自身演变过程中自然形成的、由大量的文学作品来显示出共同特征的一种客观存在。”对文学流派作出这样的理论界说有自己的发现与创意，虽然并不适于对所有文学流派作出全面正确的阐释，但对当代小说流派研究却是一种最佳的理论界定。既适用于对当代小说从流派角度作出较正确的规范，又可以发掘出不少的新小说流派；特别把文学流派当成“体现出审美心理趋同倾向的大量的文学作品集合体”，这就突出地强调了文学作品对文学流派建构的重要作用，它既能充分显示文学流派的创作实绩、地位价值又能有力表明文学流派独特的思想意蕴和艺术魅力，并能正确引导作者、读者、研究者对文学流派在作品创建上的格外重视，有利于推动当代小说流派的健康发展及其文学作品创构的繁荣。正由于坚持了“把小说流派确认为在一定数量的作品中体现出一种审美心理的趋同倾向”的价值尺度，通过对大量小说的系统而有条理的阅读，从中归纳出十个小说流派，这也是对其小说流派理论或价值标准的有力印证。这十个小说流派如社会剖析派、市井风俗派、散文化小说派在某种程度上可以说是新的发现新的概括，即使一些习见的小说流派如“山药蛋”派、“荷花淀”派，现代派、文化寻根派等，不论在内涵上或外延上也有新的开拓新的阐释；社会剖析派虽然是借用的命名，但所囊括的内容、理论的阐发、审美的把握等，都有新的逻辑思路和新的表述话语。这表明本书对文学流派的理论界说或对当代小说流派的规范阐释，并未停留在对前人研究成果的承续或整理上，而是重在发现重在开拓重在建构，形成了自己的当代小说流派研究的学术话语和学术思路。

当前中国学界已有不少这种“史”或那种“史”，尤其新文学史的编著花样翻新名目别致，在其“前言”或“后记”中几乎都有“重写文学史”的学术追求，或坚持“新观念、新思维、新方法”的自我标榜。这固然反映了治史者的良好愿望和创新意识，但认真地读几本所谓“新编”的文学史总有一种不解渴不满足之感，骨子里面依然观念陈旧、知识老化，冲不破已定型的文学史模式。所以在我看来，学界所缺的并不是教科书心态制导下编写的文学史而是学术心态主宰下写成的研究型文学史。《流派史》尽管也是在“讲稿的基础上动手写作”的，但作者却突破了“教科书心态”和已有的文学史模式，选准流派的角度对当代小说重新解读、重新研究、重新评估、重新组合，以建构当代小说流派史的新模态，呈现出一种史学品格与评论品格相统一的新特点。所谓史学品格，不仅指它的自觉的文学史意识、浓郁的历史氛围和强烈的历史感，重要的是本书较真实地展示出当代小说流派演变过程的错综性、交叉性、承传性和互渗性以及来龙去脉的清晰性；因为当代小说流派最活跃的时段应是八十年代，错综复杂，异彩纷呈，有些小说流派形成于中外古今文化思潮立体交叉的坐标上，所以要把“史”的线索梳理清楚、把“史”的真实面貌勾勒出来必须下一番苦功夫，否则就很难铸成史学品格。所谓评论品格，主要体现在这两方面：一是对小说流派的演进及其文学作品映射出的基本特征，并未作过多的印象式的描述或史实材料的铺陈，而是充分施展理论思维的威力进行有深度有力度的论析与阐发，或从史实中引出独到的“史识”，或从作品中发现新的艺术规律和美学特征，或从文学经验世界升华到超然的形而上境界进行富有深刻启示性的逻辑思辩；一是自觉地坚持历史的美学的评价标准，对每个小说流派的历史定位、思想倾向、审美追求、艺术风格，都能作出比较公正的实事求是的评价，力避个人的好恶、兴趣、情绪参与判断，保持文学评论者应有的理性和公正的姿态。如对现代派小说的论述与评价，最足以体现出史学品格与评论品格所达到的有机统一和完美结合；特别有关“历史功过的评价”文字不多，言简意赅地点明了现代派小说在中国当代小说发展过程中的积极作用和局限性，论之有度，评之得当。对研究主体来说，《流派史》能具有史与论的双重品格，自身至少应具有这样的优良素质：既有稳定深沉的学术心态，深厚真切的历史感，体系化的知识结构，条理化的阅读倾向，开阔宽容的学术视野以及公平通达的评判态度；又有敏捷的艺术感悟，深刻的理论思维，活跃的学术思想，尖锐的批评眼光和睿智的文学鉴赏能力。文学史研究收效慢、用力大，很难异军突起、一鸣惊人，在目前各种有钱或有权职业的诱惑下，如果治史者缺乏淡泊的情怀、淳朴的气质和坚定的学术信念，那就可能离开坐冷板凳的苦寂生活而选择有利可图之路，有了这种危机浮躁心理即使研究文学的主体素质再好也写不出这样的持重厚实的开创新格局的《流派史》。

中国当代小说就地域来说应包括大陆与港台，就格调来说应有高雅小说与通俗小说之分。《流派史》对当代小说流派的划定已延及台湾而未涉及香港，从雅俗文学并存互补格局来看只有雅小说流派而没有俗小说流派，作为一部“从流派的角度对当代小说进行全面系统的综合研究”的文学史著，应该把通俗小说和香港小说流派包容进来。我相信作者早已认识到这种缺失，修改再版时是会加以补充的。

好的文学史著作应是学养与才情、精深与广博、稳健与创新、资料与史识的辩证统一，它蕴含着学人十年、数十年甚至终生的文学思考和学术追求。祈作者沿着这条治史的道路走下去，拿出更多的传世的高品位的研究型文学史著作来！

（1997年6月25日）

抒时代之情，践历史之约

——评长诗《’97 诗韵》

九十年代以来，我们已经听惯了诗坛上阵阵萎靡消沉、自怨自艾或是自娱自乐式的浅吟低唱。诗人的创作有时无异于搞文字游戏，读者常常在诗人布下的语言迷宫里东碰西撞，终至厌倦而又无所得。于是诗人哀叹找不到知音，陷入一种所谓为自己写作、为小圈子写作的怪圈。值得欣慰的是，仍然有一部分诗人不愿意只是“无病呻吟”地宣泄朦胧的迷梦，不愿意“笔恋春花秋月”而成为一个“渺小的歌者”。纪宇就是他们当中的一位坚定者和佼佼者。他的新作《’97 诗韵》以豪迈奔放的爱国激情和凝重冷峻的历史沉思，给喑哑凄清的诗坛带来一阵冲击波。那朗朗上口而又铿锵有力的诗句，那凝炼齐整而又不失变化的诗行，以一种排山倒海的气势直逼人我们的心灵，让我们情不自禁地扼腕拊掌。

纪宇将他的宁馨儿《’97 诗韵》定位为政治抒情诗，这本身便是一种胆识。许多读者对政治抒情诗曾经走过的“假、大、空”的弯路记忆犹新，一些评论家甚至主张取消这种诗歌命名。但我们不能因噎废食，从艾青、田间到郭小川、贺敬之，中国新诗史上的政治抒情诗传统源远流长。他们的“太阳”和“土地”，他们的“青纱帐”和“甘蔗林”，以如此鲜活的情调和光亮滋润着、沐浴着几代人的心田。而近年来诗歌远离政治，远离社会，远离现实，成为一座做工考究却冰冷、清凉的象牙塔。在这种艺术氛围里，像纪宇这样一位颇负盛名的诗人写这种所谓“急功近利”式的诗篇是不是显得有些冒险呢？聆听诗人对着巍巍神州，对着古老民族，对着历史和未来发出的热烈而真诚的呼号，感受他如烈火灼烧的爱国挚情，有谁能怀疑和轻视他诗篇的史诗般的崇高品格呢？有谁能嘲笑讥讽这不过是应景应时之作呢？一位真正的诗人踏着诗韵向我们豪迈地走来，来践历史之约，来抒时代之情，抒民族之志，扬祖国之威，与全人类对话！

如果把这首长诗看作是一座宏大雄伟的纸上建筑，那么本文试图从它的三个建筑支点来把握和探究其成败得失。这就是诗歌的抒情性、思想性和形式上的创新性。

情感美:大我与小我之情的统一

作为一首政治抒情长诗,《'97 诗韵》的一个重要艺术特色就是它恢复并强化了诗歌的抒情性,开拓了当代诗歌的抒情天地。无论从诗歌的发生学还是从它的发展来看,诗是缘情而发并因情而丰的,诗则成为情感的凝聚,心灵的回响,写诗就要书写真情,追求崇高,创造永恒。十九世纪后期,西方现代主义诗坛被主智型诗歌占据,诗人们过分偏重了诗歌的哲学意味和文化厚度,而把情感看作是浅层的东西。二十世纪八十年代以来中国当代诗歌界受此影响,在塑造了诗歌的理性品格的同时,又引发了许多弊病。一种空泛迷乱的思考,则用玄而又玄的语言来完成;众多关于文化、哲学和历史的词语拼凑到一起成为硬块似的意象,便凹凸不平地挤塞于诗行里。不能否定,诗歌确实应蕴涵人类的普遍性经验,具备形而上的深邃品质;但也要避免为赋新诗强说"智"的诗风,否则会造成让读者猜谜的后果。

从某种意义上来说,没有情感就没有诗歌。别林斯基曾经精辟地论述:"抒情诗是一切诗的生命和灵魂","抒情诗像元素一样进入一切其他种类的诗中,使之活跃起来,有如普罗米修斯的火焰鼓舞了宙斯的造物"。情绪和情感的变化便如同潮汐的涨落一样,贯穿于《'97 诗韵》这首长诗中。随着诗篇的展开,诗人的感情豪放激烈,或忧郁愤懑,或欣喜若狂,或坚定沉稳……它们通过间不容发、连续喊出的呼号传递出来,通过深情的倾诉、壮丽的描绘体现出来。汹涌澎湃,激越跌宕,巨波微澜,大起大落,不加掩饰和约束。就像郭沫若在五四时代找到诗歌这个"喷火口"一样;处于一九九七年世纪之交的诗人,也用"诗"来承载他的火山爆发似的激情。所不同的是,郭沫若抒发个人的郁积、民族的郁积,而纪宇更多地抒写了诗人之幸、时代之幸。

诗中的感情不仅像潮汐一样波动,而且具有多层次的立体感、丰富感。它由抒情主人公的个人之情、爱国之情和爱人类之情构成了一个情感的多维空间。诗人自我的情绪体验总是紧紧地同国家、民族乃至全人类的命运联系在一起。"我是中国诗人,/我要为中国抒写,/生逢盛世,/赶上了辉煌的收获时节!"诗人选择了时代,时代也成就了这位诗人。他吟唱的并非一己之恩怨,一时之哀乐,而是努力使之成为民族和人类灵魂的回音壁及时代的最强音。他追古抚今,为中国一百五十年来走过的艰辛之旅慨叹长嗟,为民族所受的欺压凌辱怒发冲冠,为泱泱诗国的悠久文化自豪欣慰,更为香港回归而激动难寐。诗人说他不是“渺小的歌者”,是“几代人心愿的晶体”;的确如此,整部长诗矗立起一位高大的抒情主人公形象。他是一个“大我”,思接千载,视通万里,胸怀世界,心感宇宙。一切自我(即“小我”)的感情都融会进时代的节奏和爱国主义的旋律中。正因为此,我们在他的心灵里认识到自己的心灵,在他的喜怒哀乐中体察到自己的喜怒哀乐;同时也感受到时代的脉搏和人类的心声。他情感之真、之烈、之纯,赋予了诗歌一种情感美,而这种美又充满了一位铮铮男儿的阳刚之气。将身心紧偎着凝聚历史荣辱又永远寄托着梦想的神州大地,心灵必然就有了坚实的质感,情感也找到了厚重深沉的依托。诗人或直抒胸臆,或寄情于物,他如醉如痴地吟唱“生我养我的家园”、“我爱我恋的土地”。那如染如画的紫荆花,可歌可泣的仁人志士,默默矗立的圆明园遗址,以及那无数绚丽灿烂的古典诗篇……都被他情感的烈火点燃。艾青曾说:“诗与伪善是绝缘的。诗人一接触到伪善,他的诗就失败了。”所以,诗的情感,必须是真的情感;诗的声音,必须是真的声音。特别是对政治抒情诗来说,如果感情虚假造作,空泛伪饰,定然使诗成为传声筒或标语口号式的东西。《’97 诗韵》之所以具有情感魅力,主要就在于它是真情的袒露,是诗人一颗诗心的火热奉献。

既然这部长诗是情感爆发的结晶,那么它的抒情,会不会因毫无节制而成为滥情、泛情呢?回答是否定的。如果我们把情感比作河水的话,那么理性就是河床。诗人的情感激流顺沿着理性的河床一张一弛、时缓时急地流动。诗歌中强烈明确的理性一边规范引导着诗人的情感,一边又使之自由地起伏。所以长诗能够掀起许多处情感高潮又不至于泛滥无序。诗人的理性具体包括什么样的内容、蕴含怎样的品质呢?这便是下面所要阐述的。

理趣美:穿透历史片断的现代理性

具体地看,诗人的理性表现为对真理、正义和和平的追寻。这种追寻是在反思历史、正视现实的基础上进行的。全诗的核心内容是香港回归这一举世瞩目的历史性事件,但诗人没有孤立地看待它,而是视野宏阔地站在二十世纪九十年代的文化制高点上,思考了百年中国之沧桑变迁,思考了当下人类该如何更好地生存的问题。所以如前面所说的，诗中的抒情主人公既是一个“大我”，又是一个“小我”，因为他在抒情的过程中，不断丰富和完善着自己的思想，保持了诗人的独立思考和自由想象。尽管有的观念算不上深刻，但我们应该钦佩他的敏锐和胆识。

诗歌第二韵中，诗人便提出发人深思的问题：“你（中国）从什么时候起，/开始由强变弱？”他用历史的笔圈点到明朝后期。统治者的昏庸、农民起义者的短识引来了清兵奇祸。虽然前清曾有康乾盛世，但根深蒂固的自给自足经济、日益腐朽的封建文化却使我们的民族没有起色。紧接着，诗人笔锋一转，以辛辣讽刺的语调描绘了西方资本主义如暴发户似的兴起。他们的无耻侵略是造成中国衰败的直接原因。这一韵篇幅较长，在结构上是全诗的一个总起，历史的聚焦很快对准了中国的百年沧桑；同时显示出诗人思考的广度和深度，他的目光投向明朝后期，因为这个时期对封建中国的政治经济和文化的发展具有举足轻重的意义。接下来，他对一系列历史事件和历史人物作了重新审视和评说，并以现代意识反思了其中的是非得失。具代表性的就是关于虎门销烟。诗人热情讴歌了林则徐为民族除害、使民族扬眉吐气的英雄气概；他又换了一种角度，发现销烟尽管大快人心，却招来了一场“猝不及防的侵略”。这是林则徐始料未及的。诗人洞悉到了历史的疏漏，同时以现代人的眼光重新评价这已有定论的历史事件。如果不销烟而采取“外交途径”，是不是会让人民远离战争之祸呢？哪怕是让那血腥的灾难来得晚一点呢！“林则徐拉开大幕，/中国人上演的，/是接连不断的悲剧”。这是多么大胆又富见地的判语。正是执着于对真理的追寻，他才敢于反思，敢于畅所欲言。他用战争的残酷教训，向今天的人铸钟示警。从十九世纪末到二十世纪是个暴力的时代，科技进步一面创造了物质财富，一面被用来屠杀人类自己。诗人从人道主义出发，表达了所有热爱和平的人们的心愿：通过外交途径和平解决国与国之间的争端。

诗人往往能在不经意的描写中，还历史和历史人物以真面目。诗中对林则徐的评价是颇有独到之处的。由于历史的局限，林则徐对西方资本主义国家膨胀的野心和力量缺乏正确的估计，导致一些举措的失误，给国家带来一定的损失。诗人努力使林则徐成为一个立体的、有七情六欲的人。有这样一个细节：“（他）在读书谈话之余，/不时地往口中，/放一瓣柑橘。”这种生活化的叙述，把这位历史英雄牵引到我们面前，如此亲切而平凡。另外，诗人写年轻的英国女王，不是以狭隘的民族主义来丑化这位曾给中国人民带来灾祸的英帝国首领，而是以仁爱宽厚的胸怀述说她有二十来岁的姑娘的纯真，她的心性率直幼稚使她不曾想到要为所作所为负历史之责。及至撒切尔夫人欲再次实现强权之梦时，诗人对她讥讽诙谐的态度也有别于对待像义律那样卑劣残忍的历史罪人。至于那些在不平等条约上签字的卖国贼，诗人“无情地痛斥他们”，但又发现一个被人忽略的事实：由于国家的落后，最高统治者的软弱，他们不得不昧着良心签约。并非是为他们开脱罪责，而是更全面透辟地审视历史的每一足迹。

诗人一面开掘历史，一面形成了许多关于历史的观念，虽不具备系统性、逻辑性，但闪烁着思想的火花。他坚信“历史，无欺无讹”，孰是孰非在公理之桌上自有评说。“篡改历史的阴谋，/总要被历史戳破！”历史的天平是公正的，无论平衡还是失衡，都不屈从别人的意志，它会使真理昭彰。诗人意识到历史过程中有“曲折坎坷”，有“灰土尘埃”，它的必然性里又隐含着许多偶然性因素。比如林则徐写给英国女王的信被义律扣下，从此改变了中英外交的道路。“历史，就这样不慎，/被一个小小的手指，/偷偷倒拨了指针。”诗人凭理性把握住了历史涌动的潮汐。他的理性，是现代理性，因为他具有人道主义情怀和历史辩证法的观念。他以现代意识考察和总结一个半世纪中国的历史，并希冀打开另一扇历史的窗口，从中透视被忽略、遗忘甚至扭曲了的点点滴滴。诗人还时时将思索的触角指向现实的政治、文化生活。最典型的、也是最具以古喻今意义的是第九韵《昨日的腐败》。他用林则徐的刚正不阿、大义凛然反衬出一群发鸦片之财的贪官污吏的龌龊可憎。这一韵写得触目惊心，写得义愤填膺。“林则徐查得了鸦片，查不了腐败”，这是昨日的遗憾和无奈。显然，诗人写昨日的腐败，是为了借古鉴今，唤起今天人们的警醒。

《’97诗韵》无论是抒写现实，还是反观历史，都充溢着一位沉思者的苦苦探询。他对真理、正义和良心的执着追求，使诗歌具有理趣美，更获得了崇高和理想主义的品质。整首诗闪动着精神之光和灵魂之光。这恰恰是当代大多诗歌所缺乏的。理性、价值、意义，是一些把诗歌当做西方反理性、反文化理论的实验场的先锋诗人唯恐避之不及的。他们的诗在某时某刻或许能引起因新奇带来的喧嚣，然而因没有坚实的品格支撑，不能满足时代和人民的阅读期待，很快就被新的喧哗淹没了。纪宇的这部政治抒情长诗，虽以明确的理性为指引，但可贵的是，它不概念化、不说教、不是某项政策的演绎。时代的变迁裹挟着许多历史片断和人物汹涌而来，荡涤着我们的情感之湖，牵动着我们的思索之绳。

形式美:规则中寻找自由

一首诗无论它的思想怎样深刻,情感怎样热烈,如果没有较好的形式来承载,也不能给我们带来强烈的审美愉悦。在这方面,诗人纪宇作了一番有益的探索和尝试。前面已提到,中国新诗史上的政治抒情诗源远流长,抒情诗人们在表现形式方面各有所长。艾青钟爱自由体,田间的鼓点式节奏脍炙人口,郭小川的诗倾向于散文化,贺敬之曾借鉴马雅可夫斯基的阶梯诗来创作……那么,当今政治抒情诗,因为诗意、诗情、诗美发生了变化,应该寻找什么样的格律形式呢?纪宇用《'97诗韵》作了回答。

这部长诗鲜明的抒情性特征,决定了它必然要具备的音乐性。有人说:"情感的流泻,要想用日常谈话式的、漫无边际的、零乱的语言是无法实现的。伴随着情感的流泻的应当是铿锵有致的、带有歌唱性的和谐的语言。"也正如英国诗论家赫士列特所言:"(诗)是与心灵中的音乐相呼应的语言组成的音乐,仿佛揭开'和音的神秘的灵魂'。"《'97诗韵》的朗朗上口的诗句,从听觉上也就是生理方面首先给了我们一种快感和愉悦。这应该归功于诗人在韵律和节奏上的匠心独运。因为这两者是构成诗歌音乐美的重要因素。诗人在《自序》中明确表明:"以诗韵的十八个韵部界定长诗的章目,以诗韵传统中形成的韵目排列顺序作为长诗章节的目次,每个韵写一章,是这部长诗艺术上最显著的特点。"他注意到当前诗歌界不是讲求诗韵,而是视合辙押韵为陈旧迂腐。所以,他自觉地用韵来操作诗歌,在回归诗歌传统的同时,又是对诗坛不良之风的一个反拨。

按韵写诗,是在规则和限制中寻求自由。韵律用得好,可以使诗歌产生一种回环往复的音韵美,造成一种行云流水的气势。这首诗便充分地体现出这样的乐感特征。可以说,纪宇对韵律的运用算得上得心应手。他不是为了押韵而押韵,十八个韵部和诗人的情感相合相契地糅合在一起。每章押一个韵部,即诗歌的各章都一韵到底。这种押韵的方法比较适合于表现诗人不可遏止的、飞泻直下的激情。而且每一韵部里,几乎都是每两三行押一韵,显得密集急促,感情就这样毫不停歇地发散开来。也正因为每章押一韵,才使得情绪流不枝不蔓,不溢不漾。诗人说他"将激情和思绪都纳入每一韵规定的抒情渠道中,严格地押韵"。实际上,情感与韵律要想较好地协调一致并非易事。我们知道,每个韵部发音时口腔和鼻腔的共鸣情况不同,发出的声音响亮强弱的程度也就不一样。而声音的高亢、柔和或嘹亮、低沉是与同情感的变化相联系的。人们根据发音响亮度的强弱和洪细，又把韵律分成“洪声韵”、“柔和韵”和“细声韵”三类。表达昂扬、欢快的情绪时，诗人常选用开放而洪亮的“麻”、“寒”、“唐”、“庚”、“东”等韵部。如第一韵《紫荆花》；第十六韵《一个老人与归航》；第十七韵《从黄昏起程》；第十八韵《今夜心潮涌动》。这几韵的情感以高昂激越、欢快飞腾为主。而在如《哀歌》和《何处是神州》几韵里，则用柔和韵来传达哀婉深沉、如泣如诉的爱国之情。细声韵是比较短促微细的声韵，能够细腻地表现感情。第七韵《家国之祭》使用了细声韵中的“广韵，使诗歌流动着低回深情的旋律。当然，全诗的主要基调是昂扬豪放的，但也有着连绵的感情漩涡。这样诗歌才能纵横捭阖、开合有致，在每一韵中尺水兴波，使情感一次次达到高潮。

另外，诗人注意了句中与句末的同韵字的交错运用。以《序曲》的第一节为例：“山挽南来北往的清风，/海压奔近复远的浪涌。/久盼的时辰将临，/天地一片沉静。/全世界良心的目光，/同时聚焦向东。/看这辉煌瞬间，/如何将历史启动！”句尾的“涌”、“东”、“动”是同韵字，“风”、“静”押相近的韵。夹在句中的如“山”、“挽”、“南”、“远”、“盼”、“片”等同韵字对这节诗的韵律起了配合和协调作用。这些相同或相近的声音有规律地嵌入一连串声音组合中，使我们不断获得陶醉，并在声音的提示下从思考压力里突围出来。

谢冕说：“一切强化音乐特点的措施，最终都要落到节奏上来。”节奏是构成诗音乐美的另一重要因素。好的节奏，一方面起着凝聚和统帅诗歌语言的作用，另一方面可以给欣赏者感官上的愉悦和满足。纪宇曾以朗诵诗轰动八十年代的诗坛，他在节奏方面颇有造诣。这首诗亦不例外。它的节奏首先表现为一种外在形式，即按音步（音顿）加以把握。第三韵《哀歌》的最后一节，充分地体现出节奏之美：

风|萧萧，茅屋|破，(1+2+2+1)

△△

雨|瑟瑟，残舟|泊。(1+2+2+1)

△△

轩辕|蒙尘，(2+2)

△△

九州|寒彻。(2+2)

枯藤|老树|昏鸦|噪，(2+2+2+1)

白头|芦苇|泪|滂沱;(2+2+1+2)
星|闪闪,月盈|缩,(1+2+2+1)
　△△
路|迢迢|,暮云|合。(1+2+2+1)
　△△
长夜|漫漫,(2+2)
△△
苦苦|求索。(2+2)
△△
远村|不闻|鸡鸣,(2+2+2)
江河|呜咽|悲歌……(2+2+2)

从上面的音步划分可以看出,诗行的节奏上下对应,又两两相对,加之韵脚粘连、双声叠韵(诗中画"△"处)的使用,以及上下行间词义词性的对称,如风——雨,茅屋——残舟,缩——合……使诗歌读起来铿锵有致,韵味悠扬。词语在节奏的连接下,沿抒情的轨迹运行,大大推动和强化了情感的表现和抒写。

纵观全诗,可以发现诗人擅长用短句式造成急促密集的节奏,它们排列整饬,如同各部分协调匀称的建筑物,外形上能给人以美感。长句诗的使用不多,往往同排比、反复等表现手段结合在一起,使情感层层推进,它使我们为之心潮澎湃却又感到难以复述。这就是诗之为诗的一大特点吧。除了外在的节奏,还应该提及"情绪的自然消涨","诉诸心而不诉诸耳"(郭沫若语)的内在的节奏。诗人注意使内、外两种节奏相谐相契,当他深情而痛苦地追询何处是神州时,他用较舒缓沉稳的节奏来体现;当他满怀喜悦地吟赞香港之花时,就用了欢快跳跃的节奏。这样情调和音调才能同美。

诗人注重韵律和节奏,并非仅仅是形式上的,因为诗的音乐美里蕴含了绵长的诗意美和厚重的文化美。他回归了诗歌传统,同时又具超越之功。用韵来写政治抒情诗,在韵的桎梏里找寻自由的表达方式,这便赋予了诗歌新的美学意蕴。诚然,诗歌尚有一些瑕疵,比如《尾声》的处理显得过于拘泥形式;比喻过多过繁冲淡了诗味;有的章节押韵太密集,读之有无法透气之感。但终归是瑕不掩瑜的。诗人纪宇为我们构建起了一个流动着情感美、理趣美和形式美的诗歌世界。他痴情于做真正的诗人,来践历史之约,抒时代之情。我们用心灵和他唱和,和时代唱和。

(1997.12,与顾广梅合写)

鲁迅研究的大视野新成果

——读《近代理性·现代孤独·科学理性》

只要遵循“学术本位,思想自由”的原则,选准一个研究对象孜孜不倦地情有独钟地进行探索,就一定能获得令人敬佩的研究成果。解洪祥教授致力于鲁迅研究数十年,党政工作再忙,学界情势再变,总是痴情于鲁迅研究,虽然已发表或出版不少的鲁研著述,但从未转移目标,始终站在鲁迅研究的前沿。似乎他对鲁迅的研究从来没有终点,不断追求不断探索,有所发现有所前进,永葆鲁迅研究的青春活力。说实在的,鲁迅研究从“五四”开始至今约 80 年,成果之丰,研究之深,拓展之宽,是任何现代文学作家都无法比拟的,难怪有人说“鲁迅研究几近饱和程度,谁想突破比登天还难”。虽有点夸张却也反映了一些实情。解教授专著的问世,弥足珍贵,它不仅是著者本人鲁迅研究的集大成,也把鲁迅的精神历程、精神结构、基本特征和启蒙主义的探讨提升到一个新层次,为鲁迅研究史谱写了新篇章。

考察一部专著的学术价值与理论意义的高低大小,重要的是窥测具有创新意识的研究主体是否有所发现有所拓展;而且这些发现或拓展并非主观臆断、故弄玄虚的惊人之论,乃是既符合历史逻辑又合乎思维逻辑的言之成理论之有据的真知灼见。《近代理性·现代孤独·科学理性》(以下简称《近代理性》)就是这样一部在前人研究基础上发现了难点、疑点、缺点而经过自己深思精研有所开拓有所发现的学术理论力作,显示了著者宏阔深邃的学术视野和严谨辩证的理论思维。

发现与拓展之一,对鲁迅精神历程的探询已超越固有的权威的“从进化论到阶级论”的研究模式,也有别于近年来探究鲁迅思想演进的惯用思路;《近代理性》则是以世界文化的近代化与现代化的大视野,将“鲁迅精神历程”置于中外近现代文化思潮流变史的深广而宏阔的纵横交错的坐标系上进行由外而内由内而外的探索与剖析,以深刻的逻辑思辩与可靠的史实根据有说服力地回答了鲁迅的精神发展与近代理性主义、现代非理性主义、现代科学理性主义即马克思主义三大文化系统的历史联系。不仅指明了“救国的需要和实践”是鲁迅接受和运用三大文化系统的前提和基础，即这是“本体性的、决定性的、第一位的”，突出了鲁迅精神活动的实践性特征；而且着重论证了“历时性”是鲁迅在救国实践中选择、接受和运用三大文化系统的基本历史特点，即鲁迅的精神发展经历了从近代理性到非理性再到科学理性的冲击和洗礼，使他走进虚无又走出虚无——由自由个体到孤独个体又到文化战士。对鲁迅这一复杂深邃的精神历程的考察与探析，使真实的历史逻辑与严密的思想逻辑达到辩证统一，既有历史感又有深度感；尤其对鲁迅思想发展显现出的阶段性层次性的递进机制、转换特征的分析颇有见地。认定“鲁迅已把现代非理性主义文化思想近代化了”，“鲁迅显然选择了（克尔凯郭尔）带有强烈的反传统、反束缚的绝对自由个体的思想，并与近代积极进取的个人主义相融合，形成了鲁迅或积极进取的战斗的近代个人主义思想”的判断性结论，是令人诚服的。至于对鲁迅的精神历程与中西近现代思想史的历史性对应关系的概括认识，即鲁迅是“以个体精神史的方式，深刻反映了西方近现代思想史，由近代理性主义进到现代非理性主义的客观历史进程；同时也深刻反映了中国近现代思想史，由近代理性主义进到马克思主义的客观历史进程”，这不仅显示了著者以中西近现代思想史的空间差与时间差所形成的同质同构与异质相对的复杂背景所构建的研究框架的独特性，也反映了著者对鲁迅精神历程的特有的把握方式与认识高度。

发现与拓展之二，如果说对鲁迅精神历程的探询已有所突破有所深化，初步见出著者对鲁迅研究的独特思路与见识；那么对鲁迅精神结构的研讨更显示出著者敏锐的求异思维与创造思维的威力：不仅指出“中国现代史由伦理主义进到历史主义的历史进程，这是鲁迅精神历程、精神发展、运动的外部社会历史原因”，而且认为“鲁迅的精神结构，这是鲁迅精神历程、精神发展、运动的内部原因”，正是内外这两个原因通过实践推动着鲁迅精神的历史发展。可见坚持实践第一的观点是著者研究鲁迅的突出特点；更为重要的是著者既认同了近几年学界提出的鲁迅的精神结构是“一种悖论式的存在”、是“一种宛如蛛网的境界”、是“现代思潮与理性启蒙主义的复杂组合”等最新观点，又不完全同意这种说法，认为鲁迅精神结构“不是共时性存在，而是历时性因果”。著者与上述说法的代表者汪晖和解志熙的分歧根源在于：如何认识理性及其与非理性的关系？鲁迅精神中的非理性因素产生的原因何在？对这两点，著者以发展的辩证的观点，从理论与史实的结合上作了具体而有力的分析，明确指出对鲁迅精神及其历史发展影响最大的并非人类精神史上早期出现的理性而是“近代理性、近代理性主义文化观念和现代科学理性、马克思主义文化观念”，更不能把“培根、笛卡尔、达尔文、启蒙哲学、马克思主义不加分析地放在一起，作为一条理性主义线索，以和施蒂纳、叔本华、尼采、基尔凯廓尔、安德列耶夫、迦尔洵、陀斯妥耶夫斯基、厨川白村为理论文化背景的非理性主义思维线索相对立”，这样会混淆它们之间本质的区别，使复杂的鲁迅精神结构变得更复杂；只有把鲁迅精神结构置于历史过程与逻辑过程之中进行动态的具体的考察与辨析才能梳理得清晰一些，《近代理性》一书的突破正是在这里。一是鲁迅早年所形成的是近代理性的四维双重的精神结构，这应似著者的发现与概括。所谓四维双重的精神结构的“四维”是，关于个人、少数的思想为一维，关于精神、文化的思想为二维，关于多数、庶民的思想为三维，关于群体抗争、社会革命的思想为四维。至于“双重”则有两层含义：一层是说，在这精神结构的四维中，有两维即个体的少数和文化精神的启蒙性是显在层、着力层，居意识活动的中心，但它仅是手段、途径；另两维即群体的多数和群体抗争、社会革命运动则是潜在层、着眼层、居意识活动的深处，都是目的、目标。而“双重”的第二层含义是说，四维结构中的显在层的基本方面是近代理性主义，即使诸多非理性主义学说也已被近代化；正由于显在层包括着非理性主义的成分和因素，故使作为逻辑起点精神结构具有“根、原、元的性质”、“某种先验的性质和色彩”、“某种抽象的性质”以及“浓重的浪漫性”。二是鲁迅这种四维双重的精神结构演变中经“五四”到“五卅”则呈现出“过渡性的双水分流的精神结构”。著者认为，鲁迅在五四时期的文化启蒙活动，标志着鲁迅精神结构由形成进入真正实践的开始，早期精神结构的先验性、抽象性和浪漫性经过实践化为经验性、具体性和现实性，而这种实践远非社会政治实践而是“精神性文化实践”；随着中国现代史由“五四”的伦理主义时代向历史主义时代演进，鲁迅的精神结构衍化到“五卅”前后发生了急剧转变，原有的“以近代理性主义为其根本的四维双重的精神结构，便发生了明显的变形和变质”，这主要表现在“现代孤独由潜在因素、潜在层面跃为显在因素，跃至显在层面，活跃在鲁迅精神领域的中心”，近代理性转化新理性也同样活跃于鲁迅精神世界的显在层，而其他精神因素正处在转化中，这就使鲁迅的精神结构由“五卅”前的“近代理性的四维双重变形和变质为‘五卅’时的具有超越性的现代孤独和具有抽象性的新理性的双水分流的精神结构”。三是鲁迅的精神结构衍化到后期乃是“现代科学理性的四维辩证的精神结构”，虽然结构形式上和早期精神结构相似，即一维是个人、二维是文化启蒙、三维是群体、四维是社会斗争；然而精神结构的实质内容却发生了变化，个人、文化已不是近代理性的而是马克思主义的科学理性的，群体也不是一般意义上的多数国民，而是特定意义上的工农大众，社会斗争已不是一般意义上的群体抗争而是中国共产党领导的新民主主义的社会革命运动。以上之所以不厌其烦地引述，主要因为这是《近代理性》最精辟最有开拓性最富深度感也是突破最大、洞察最细的部分，对鲁迅精神结构的形成发展及其内在与外在衍化机制的探索如此深微的论著在当前学术界并不多见，著者的辩证思维与创造思维得到了充分的发挥与施展。

发现与拓展之三，新时期以来学界对鲁迅与启蒙主义文学的研究已达到相当高的水准，但从社会学和文化学的角度着力探讨鲁迅的启蒙主义和社会历史的联系和社会思潮的联系，从而揭示鲁迅启蒙主义的社会指归和历史命运，却是薄弱点，这正是《近代理性》不可少视的价值与贡献所在。以三大文化系统在中西近现代史上的不同历史命运的纵横交叉的大背景大视野来考察鲁迅启蒙主义的社会指归与历史命运，其学术思路既有广度又有深度，所获得的理论概念与推理判断有厚实的思想根基与史实根据，既对“鲁迅的启蒙主义是指向社会、国家、民族，指向国民、群体，指向复兴民族、救国救民的社会革命运动”的论断，进行了有说服力的、有独到之见的论证；又对“鲁迅启蒙主义的历史命运”紧密联系三大文化系统在中西近现代史上的不同历史命运，从纵向作了系统考析并从横向作了比较分辨，最后作出了这样的结论：鲁迅一生进行了性质不同的两种启蒙活动，前期进行的是近代理性主义的启蒙活动，是侧重于文化的思想的启蒙，而后期所进行的乃是现代科学理性的马克思主义的启蒙活动，是偏重于政治的实践的启蒙。且不说把鲁迅后期也视为启蒙家是否准确，但认为鲁迅毕其一生都在从事着广义的两种不同性质的启蒙活动的这种定位性的判断，确实给人以启示性的新鲜感，尤其把马克思主义作为一种现代科学理性的启蒙文化来理解来阐释，不仅改变了鲁迅启蒙主义的规定性也泛化了中国现代思想史的启蒙性质，如果这种见解能够成立那将对鲁迅其人其文及中国近现代思想史的研究带来新的学术视野和新的理论突破。

发现与拓展之四，由于发现了鲁迅与中国近现代史所存在的超乎寻常的内在联系是规定鲁迅本质特征的内驱力和制约力，所以这就超越了人本文化学和个体心理学对鲁迅本质特征研究所获得的结论，既认定“鲁迅的救国救民本位论、民族复兴本位论，正是中国近现代社会不断殖民地半殖民地化的民族危亡的客观历史形势的救亡救国、复兴民族的客观时代潮流、时代主题的人格化，是鲁迅同中国近现代史存在深刻关系的人格显现，是一种具有深厚社会历史根基的人生现象、人格现象”；又指出在鲁迅本身的诸多矛盾中有一种带根本性、基元性且起决定性作用的矛盾，则是对于中国现代革命态度的主观上热烈渴望与呼唤而客观上却隔离与隔膜。正是发掘并摸准了鲁迅与现代史的深刻联系及其自身的矛盾性，并通过对“历史驱动力和历史制约力”的具体考察与分析，顺理成章地对鲁迅的本质特征作出了这样的充满辩证思想的理性概括：“鲁迅的救国救民本位论、民族复兴本位论，是鲁迅的本质，是稳定的、恒一的，是贯穿始终的；而鲁迅对中国革命的既渴望和呼唤、又隔离和隔膜的基本矛盾，基本特征，则是变动的、阶段性的。”这就把静态的本质透视和动态的发展考察有机统一起来，对鲁迅的本质特征获得一个整体性的认识和把握。此外，本书对鲁迅后期精神上有无悲凉孤独成分的阐释和《附论》5 篇文章的一些见解，都闪烁着著者独特的思想火花，促人深思，令人诚服。

《近代理性》之所以对鲁迅研究有所发现有所拓展，取得了令人瞩目的学术成就；在我看来主要在于：一是以俯瞰中外近现代文化思潮的大视野所建构的理论框架具有独特的优势，它不仅体现出与环绕研究对象鲁迅的各种关系的总和与各种规定的整合，达到有机联系的整体统一，而且也体现出研究主体阅读感受理解领悟的材料一旦按照理论框架排列组合，它便超越材料本身的价值而激发思想的增值，使著者获得一系列真知灼见；它不仅反映了与客观的结构图式基本上相对应，如对鲁迅精神构成的研究可以从不同角度确立理论构架，而只有理论框架与客体研究对象的结构大致相吻合方能取得相对科学的见解，本书的理论框架与客体结构应该说是对应的，而且也反映了它是一种具有纵向与横向双轴的大的时空结构，既有纵横交错的各种联系又有主从结构之间的承传关系。这种理论框架将“鲁迅研究”置于多维的关系网络，从思辩的本性出发，发现客体对象的内在机制和生长功能，有助于发掘“鲁迅精神结构”的本质性、变异性、转换性和衔接性以及错综性、交叉性、复杂性和整合性，使历史逻辑与思想逻辑、精神演进与物质发展、资料实证与思维超越达到基本统一。二是始终坚持历史唯物主义与辩证唯物主义的方法论，处处闪烁着马克思主义思想光辉。并不像有些研究者认为，以马克思主义观点研究鲁迅已经过时了，不灵了；而解教授则是个坚定的又是个明智的马克思主义学者，他在灵活运用辩证唯物史观研究鲁迅精神结构、本质特征等问题的过程中，力拒庸俗社会学和机械论，尽量以开放的马克思主义理论视野吸取各种带有先锋色彩的理论模式和方法论的合理因素，借以阐明鲁迅研究的复杂问题、难点问题。比如，如何全面准确地把握与剖析鲁迅的思想演变和精神结构，一向是鲁迅研究的难点和焦点，由于解教授总是坚持马克思主义的实践观、矛盾观、发展观，既重视对鲁迅本体系统的内在剖析又注意对鲁迅与外在的层层大系统联系的考析，所以就把鲁迅研究提高到马克思主义认识的新高度。也许每个学者的研究都带着鲜明的学术偏向和个性特征，由于解教授是长期致力鲁迅研究的学者又是久经锻炼的政治工作者，故使他对鲁迅研究显示了强烈的马克思主义自觉意识，特别突出了鲁迅作为一个伟大革命家、思想家的价值和地位，相形之下鲁迅作为一个伟大文学家的艺术风貌就显得暗淡了；即使对中西近现代文化思潮的反复论述也显得冗长，这不能不影响对文学思潮的必要勾勒；不过一些表述方式和词语搭配，却带有研究主体的苦思而又幽默的个性色彩。

我有理由相信，这部带有开拓性、创新性的精品力作，能对鲁迅研究乃至整个中国现代文学研究带来新的启迪和新的气象。

（1999.2.12）

新视野新境界新高度

——读《林语堂的文化情怀》

近几年从未有过的阅读喜悦和感悟是来自于王兆胜的学术专著《林语堂的文化情怀》,如同赏析一部经典名著一样它把我诱进研究主体以宏阔深邃的学术视野开拓出的新颖独到的学术境界,使我从崭新的学术高度去全方位地走近、认知、理解林语堂这个熟悉而又陌生的研究对象。读完掩卷深思,我不能不作出这样的判断:这是重写文学史的成功尝试,这是重读重解重评现代作家作品的出色范例。

在中国现代学术研究史上,林语堂长期处于边缘地位,甚至在某个历史阶段被扫进垃圾堆,直到新时期他才被逐步从尘封里挖掘出来,在现代文学研究中有了一席之地,其人其文的本来面目也有所显露;但他始终没有进入现代文学大师或现代文学大家的行列,总是带着这样的帽子或那样的局限不能走进现代文学研究的中心地带,因而在现代文学史上难以获得公正合理的定位。兆胜的聪明之处在于,在对林语堂研究的历史与现状作了详尽的考察和深刻分析的基础上,极其准确地抓住了困扰着或阻碍着林语堂其人其文获得科学而深入探究的主要症结:一是以鲁迅对林语堂的评价为绝对正确的权威标准,二是冲不破以所谓"阶级分析论"、"政治意识形态论"为林语堂定性的思维定势;并对这两个症结作了历史的具体的论析,从而确定了超越以往开拓新域将林语堂研究扎扎实实地提升到一个新的学术层次的新思路新理论新方去,这就为林语堂研究的整体性突破、为多方位恢复其在现代文化史、文学史的应有地位提供了方法论的保证。

兆胜的林语堂研究既为现代文学研究寻找到新的增值点又为现代文学史的学科建设开拓了新格局,既为中西文化的交汇融合总结出新鲜经验又为当今新文化新文学的建构提供了理论资源和智力支持。这部扎实厚重的学术专著之所以具有如此深广的价值和意义,主要因为研究主体在以新的视野新的方法解读并剖析林语堂这个充满矛盾的错综复杂的“文本”过程中，比起前人的研究有了新的发现、新的感悟、新的判断和新的阐释，而且这些发现或阐释既是新颖独到的又能自圆其说，给人以新鲜感和诚服感。其一，发现林语堂是个学贯中西、博古通今且能自觉将其整合并把自己塑造成现代型知识分子和有中国特色的世界知名文化人，而他的文学作品正是这种现代型知识分子文化人格的载体，于是便从林语堂其人其文中发掘出中国文化文学的变革演化遵循着一条现代化与民族化并行不悖的根本规律：如果只强调现代化那中国文化文学就会误入“全盘西化”，若是只强调民族化那中国文化文学就会重蹈复古主义旧辙，只有现代化民族化并举方能将中国文化文学导入健全运行的正确轨道。林语堂对此所作出的独特贡献被兆胜发掘出来：就其为人来说，“与国粹派不同，林语堂不仅看中了西方的物质文明，也赞美其精神的平等、自由、民主、博爱等现代特征；与欧化派不同，林语堂对中国传统文化的美好是肯定而保留的”（《序论》14 页），并能以现代理性为选择标准，在是否有利于现代人生存与发展的契合点上把中西文化加以融通以铸造自我文化人格；就其为文来说，林语堂既“主张中国文化必须注入‘现代性’，而西洋文化必须注入‘审美性’”，特别提倡文化文学多元形态的互相取长补短、相互磨合包融，以创造适应现代中国人生存发展需要和多向审美需求的新文化新文学，林语堂的“两脚踏东西文化，一心评宇宙文章”就是他躬身实践的座右铭，为中国新文化新文学的建设开拓了一条相辅相成并行发展的切实有效的路径。其二，发现林语堂的宇宙观是“冥冥天地一主宰”即“至高无上的神”主宰着，然而这个“神”在林语堂心目中并非具有基督徒心目中“上帝”的绝对“神圣”地位，而带有浓重的“人性”色彩：重要的不是兆胜发现了林语堂宇宙观的特殊性，而是在对其“上帝”宇宙观形成缘由的全面考察中，除了发现基督教、道教、儒教、印度文化都有“上帝观念”且对林氏发生或深或浅的影响外，特别发现了“高山在林语堂心目中并非只是一种自然景观，更重要的是一种宗教信仰。它作为一种象征，一个符号，一种宗教符码内化在林语堂的心灵深处”，成为他“上帝观念”的原初意象。这种阐释具有创新性和启迪性，对林语堂的宗教意识取得了新认识。兆胜认为林语堂在东西文化融合上形成了多元整合的思维方式和看取世界的一体化眼光，这都得力于宇宙万物冥冥“主宰”的确立；同时深入勘探了林氏将东西文化整合起来凝成独特文化哲学观的内在规律及其建造“一个新的世界”的巨大意义，也真切地揭示出在“上帝”宇宙观制导下林氏形成的和谐美学思想的特质、功能及局限性。这些认识和阐释已突破以往的片面的否定性的评说而进入一个新的研究层次，即实事求是、开拓求新的学术境界。其三，发现林语堂人生哲学的独到特点、审视世界或人生的独特方式及其不容低估的价值意义，匡正并反拨了对林氏人生观人生态度的诸多误读和荒谬无稽之谈，尽力开掘其人生哲学的积极意义，甚至从所谓的“消极因素”中发现了积极因素，将对林氏人生哲学的研究由表层引向深层、由谬误引向正确、由片面引向全面、由笼统引向深入、由臆测引向科学、由魔界引向人界，真正复活了林语堂作为一个现代文化大师和现代知识分子的人生态度和人生哲学。可以毫不夸张地说，兆胜对林氏人生哲学的研究最有深度感、力度感和新颖感，其他的且不说，他能从林氏追求快乐、幸福的人生观中发现生命的悲剧底色就显示其别具慧眼，并明确认定林氏的悲剧生命体验主要表现为“死亡情结”、人生戏剧化和感伤的抒情基调，且以雄辩的根据对“悲剧底色”作了令人诚服的分析；至于对林氏的“反抗绝望善处人生”的人生哲学的剖解更是鞭辟入里、深刻细微，一反不少研究者的诋毁和贬斥，使其人生哲学的合情合理的积极因素得到肯定和弘扬。其四，发现林语堂的妇女观所蕴含的现代女权意识已超越西方女权主义规范，突破了女权主义的局限和误区，从而显现出林氏的女权意识更辩证更合理；也就是说；林氏的女权意识既与西方女权主义获得同步性又克服了西方女权主义某些局限，既肯定女性的自主性和主体性地位又肯定女性作为性别角色的特殊意义；林氏这种具有辩证色彩的女性观，不仅能促进妇女的更健全解放，而且也能防止妇女在解放过程中的女性异化，这对于中国现代妇女解放、现代文学女性形象塑造乃至世界女权主义运动都具有独特价值。这一发现和阐释令人耳目一新，把林氏的女性观提升到新的学术理论高度，也给中国现代女性文化、女性文学研究开辟了新思路。此外，有关林语堂“田园式”都市文化理想、文体模式的探索力避老调重弹、人云亦云，而是在前人研究的基础上进行深入开掘，突破已有的成见，发现新思想，挖出新意蕴，予以新概括，形成自己富有个性色彩的学术话语，尤其对林氏“闲谈体”价值意义的论析更是令人叹服。其五，由独特的“文化现象”背后发现了林语堂独特的“精神文化结构”，不只是对其“精神结构”的复杂内涵特质有了较透彻的理解和把握，从整体上发现了以前研究者尚未发现或者误读误解的有意义有价值的文化意识和人生真理；而且对其“精神结构”的构成因素如宇宙观、哲学观、美学观、人生观、宗教观、道德观、妇女观、文化观、文学观、文体观等，都以追根溯源的思维方式进行细致入微的多维度的考察，探讨每种思想观念形成的复杂原因及其整合机制，并对于每种观念的价值意义及局限性也作了新的阐释，发现了很多新意，概括出不少新见，提出诸多独到看法，开辟不少新思路，这就从总体上显示出《林语堂的文化情怀》是一部在深度上、广度上和高度上达到有机结合的精品力作。

兆胜这部学术专著对林语堂的研究比以前见到的著述之所以能在总体上有所发现、有所突破、有所超越，将林氏的探索导向一个新的学术境界，在我看来，主要得力于：一是认真地搜集、广泛地审读林语堂其人其文的资料和研究他的资料，这是突破前人研究的先导。林氏是中外驰名的文化人，又是文学创作的多面手，既用汉语写作又以英语为文，旅居美国30年，所以对其系统全面研究而搜求占有资料则是个难度较大的硬任务；特别是他学贯古今中外，知识结构既深且广，这也要求研究者去涉足他触及的知识领域。兆胜不仅在资料的搜集占有上下过深功夫，而且对已掌握的大量资料用一颗不带任何偏见的公正理智的学术良心去重新阅读、重新感受、重新体验、重新认知，从资料的整体联系中走近林语堂，走进林语堂的心灵结构，从而获得了不同于前人的对林语堂的完整理解和总体把握。二是充分发挥研究主体思维的发现机制、超越机制和创造潜能，这是兆胜能够突破前人研究模式、评价标准将林氏研究推向新阶段的关键所在。林语堂是个有重大争议的矛盾体，对他的重新解读不仅思想要解放，要有学术勇气和胆识，更重要的是应尽力激活并调动研究主体思维的发现机制、超越机制和创造潜力，把研究的过程真正作为发现的过程、超越的过程和创造的过程，这样才能从重新阅读资料所获得的体验感悟中发现新东西、超越已有的识见、创造独到的新见解。兆胜正是遵循这样的思维规律开拓了林语堂研究的新格局。三是选取文化人类学的大视角，突破"阶级论"、"政治论"等传统思路，建构新的现代文化眼光，将林语堂研究真正纳入文化学视野，这也是兆胜超越前人研究的重要举措。林语堂是丰富复杂的文化载体，他所蕴含的信息量是五光十色的，从不同的视角切入会作出不同的评价，也难免失之偏颇；唯有以文化人类学形成兼容性整合性的大视角才能作出比较科学的阐释和公允的评价，特别是以"一切为了人"、"一切为了人性的健全"、"一切为了人的快乐幸福"作为价值标准，来评估林语堂的文化意识，从而发掘出前人未发掘出的具有重要意义的文化思想。四是以古今中外多元文化的错综交叉形成的纵横坐标系，建构起林语堂研究的新框架，这既吻合研究对象文化精神结构组成的内在逻辑，又符合研究对象能够成为一个独特文化人格的外在历史逻辑。兆胜正是把林语堂这个复杂个体置于新的研究框架,纵横捭阖地对其精神文化结构的根与源进行挥洒自如的深微探索,充分地揭示出林氏的所有现代型文化意识和文学观念都不是无水之源和无本之木,而是对中西古今文化进行现代化转换和整合的结果,这就把林氏升华到人类文化史的高度展示其为人类进步作出的独特贡献。五是善于运用比较的方法来辨识和突现林语堂文化思想和文学意识的独特性和创造性。兆胜不仅重视林氏与外国、古代文人的比较分析,更注重林氏与同时代文学大家的比较探索;既注意与文化选择、美学追求相通的作家来比较,又注意与文化选择、美学追求相异的作家来比较,从不同角度的反复比较中不只是强化了林语堂文化意识和文学创作的独创性,而且突出了林氏在中国现代文化史、文学史上能与文化大师、文学巨匠比肩的地位。特别值得提及的是,兆胜为了把自己对林语堂研究的新发现、新感悟、新理解表述得更准确、更深刻、更生动、更朴实,建构了一套富有个性色彩的学术话语,增强了严肃学术著作的可读性和赏悦性。

我并不认为兆胜的所有发现所有阐释都是无懈可击的真理,对他有些独到之见我也并不完全赞同;但从总体来看我却深信,《林语堂的文化情怀》是一部资料的丰富性、实证性与思维的超越性、辩证性达到有机统一的创新之作,应似林语堂研究史上树起的新里程碑!

(1999.9.5)

理想与激情

——评诗集《捧一束鲜花》

诺贝尔文学奖得主威廉·福克纳说过:“作家的天职在于使人的心灵变得高尚,使他的勇气、荣誉感、希望、自尊心、同情心、怜悯心和自我牺牲精神——这些情操正是昔日人类的光荣——复活起来,帮助他挺立起来。”[①]宫志峰同志的《捧一束鲜花》(山东文艺出版社 2000 年 10 月第一版)就是这样一部激励人们“复活”情操与精神的诗集。接过这“一束鲜花”,你会发现,一种久违了的理想主义激情扑面而来,一种沉睡已久的阅读期待悄然激发,一种战胜平庸超越自我的生命冲动油然而生。假如我们想到这种作者与读者的心灵感应、理想与激情的强力碰撞,是发生在世纪末的诗坛上,也许会有更多的感慨。

中华民族是一个诗歌的国度,从古代的《诗经》、《离骚》到李白、杜甫,从现代的郭沫若、何其芳到艾青、舒婷,我们总是有自己民族的“代言人”,时代的歌者。他们用诗作抨击着社会与人性的假恶丑,弘扬着历史与人类的进步,寻求着真善美的崇高境界。直到现在,它们仍是鼓荡着人们生命上升的精神源泉。我们不能不骄傲于这个伟大的传统。然而,进入 90 年代以来,这个滋润民族心灵几千年的诗性花朵却猝然枯萎、衰败了。衰败的表征不是写诗的人少了,而是读诗的人少了,不是诗歌太少了,而是成功的诗太少了,或者说没有诗可读。对此有目共睹的诗坛病态现象,谢冕曾作过反思,他认为,当艺术表达与接受者间的障碍逐渐消除之后,诗歌自然地加入了社会,并成为社会生活的有机组成。其实,社会对诗歌的热情,恰恰是因为诗歌发挥和展示了社会“代言者”的职能,是社会给予诗歌的一个回报。80 年代后期因为强调诗人的个体意识而不加分析地排斥并反对“代言”,带来了消极的后果——即所谓 90 年代诗歌“丰富而贫乏”[②]的现象。还有人指出,90 年代的诗歌已经江河日下,混乱远远超出了探索

① 引自雷业洪:《诗歌应用的层次与佳境》,《中外诗歌研究》1999 年第 2 期。

② 谢冕:《丰富而贫乏的时代》,《现代汉诗:反思与求索》,作家出版社会 1998 年版,第 364 页。

的收获。究其根源,对于诗人的自我生命缺乏责任感,对于诗本身缺乏责任感,对于时代缺乏使命感——这三者可悲地让诗退化为一种"灵魂的化妆",一种"塑料诗歌"。① 的确,一个诗人试图从社会中剥离出来,企求以"小我"囊括和取代"大我",必然会切断审美主体与客体的内在关联,从而造成后者对前者的漠视与冷落。但这种反思仍是不够深刻全面的。我们认为,90 年代诗歌从辉煌跌入低谷,并不仅仅是责任感的失落造成的,更导源于个体意志与内在生命强力趋于泯灭。一个诗人既可以追逐时代的重大主题,也可以关注一己之我的情绪波澜,既可以表达与生命同在的英雄主义的乐观情怀,也可以宣泄因物质文化环境之压抑而带来的忧伤和悲怆,但在他灵魂的深处不能不葆有激情的力量与理想的信念,更不能丧失生命的尊严与价值的崇高。从这个意义上说,一个不热爱诗的人就不是一个热爱生命的人,一个不热爱诗的民族就不是一个蓬勃向上的民族,而一个诗歌荒芜的时代必将是一个精神贫乏的时代。就此而言,我们这个时代太需要诗了,我们的读者也太需要好诗了。十几年来,诗人们面对价值迷乱、信仰危机的文化现状,不是以诗来抵抗世俗寻求意义充实自我,而是退归平庸自怨自恋躲避崇高,诗性建构的艺术大厦在被抽空赖以支撑的精神底蕴便轰然坍塌了。正是感慨于诗坛的混乱与诗歌艺术的堕落,《捧一束鲜花》告诫人们:"莫要用/轻佻的笔/描绘/梦的闲逸/莫要用/苦涩的话/玷污/诗的名誉"。诗到底是什么?在诗人的心目中,她本来就是"愤怒的魂灵"、"爱神的身躯"、"刺向奸佞的匕首"和"欢庆胜利的喜雨"(《诗在哪里》)。他坚信,"一个诗人的价值,历史和社会自有评价",只要"诗人心中/有扑不灭的火焰/他的诗句/就会激情勃发/映红天涯"(《有一位诗人》)。

基于这样的信念,诗集一扫那种脆弱贫瘠、阴霾晦涩的诗风,而追求单纯硬朗激情贯注的艺术境界。当年,马克思读了《德国——一个冬天的童话》之后曾意味深长的地对海涅说:夜莺和百灵鸟的歌声是很美的,但今天,德国更需要有"时代的诗"。作为一名知识分子和校园诗人,作者始终对社会与时代、历史与现实保持着敏锐的感悟力与心灵的"共振点"。从粉碎"四人帮"、关于真理标准问题的讨论、改革开放、港澳回归等历史的重大转折,到鸦片战争、"五四"运动、党的诞生、抗日战争等的纪念日,诗人都遏止不住内心的澎湃激情,记录下自己绵绵不尽的诗情思绪。尤为可贵的是,诗人无意于对时代作简单的摹写或

① 孙绍振:《后新潮诗的反思》,引自南帆:《诗与国家神话》,《南方文坛》1999 年第 4 期。

者人云亦云的讴歌，而着力把握个人心灵在时代潮流的激荡下迸发的情思火花，力求使审美主体的艺术触角伸进社会进程的潜隐层次，纳入历史主体的宏大结构之中，从而显现出超越时间与空间的深厚意蕴，诗人由“五四”联想到了“青年是民族的花季/民族是青年的根基”，每个人都曾年轻，但“只有未来/永远年轻/青春的岁月/是人生的火炬”（《捧一束鲜花》）。进一步的追问更显示出思索者那种特有的凝重而深沉的忧患感：“假如那是/我们的一九一九/我们能否拥有/燃烧的青春/假如那是/我们的历史使命/我们能否拥有/犀利的剑唇”？在历史的激情与现实的挑战面前，诗人这样回答“世纪的追寻”：“你的一九一九/就是/我们追寻的/生命之魂”（《高飞的云》）。

诗集雄健豪迈的特色不仅体现在与历史风云际会息息相关的大题材大主题之中，而且贯串于“学海心曲”、“故园短笛”这类或托物寄情或灵光偶感的篇章。诗人既是知识的渴求者，又是岁月的有心人，既是甘于为明天而拼搏、敢于为理想而献身的战士，又是善于从日常生活与工作、读书与学习中捕捉生命意志与力量源泉的诗情诗意诗美的缔造者。这里有对深刻人生哲理的思索：“世间的珍宝无数/人生年华最可贵/抓住今天的机遇/胜过减去十岁”（《消息在飞》）；有对人生真谛的感悟：“忘记过去/就失去了未来/忘记常识/就失去了自己”（《生日》）；有对神秘生命的憧憬：“投入一片幽静/展开大自然的质朴/偶尔说句悄悄话/问一问/山的去处/水的来路”（《马踏湖断想》）；也有对天人合一的新的理解与阐释；“如果看惯了枯萎/就会忘却/人世间生命的蓬勃/如果看惯了黑夜就会忘却/人世间有光明和欢乐”，因此我们应该懂得：“一时的消沉/不是大地的性格/一时的枯萎/不是江河的本色”（《江河》）——这既是自然的辩证法，又是历史的辩证法，更是人生的辩证法则。在诗人心灵的深处，放眼望去，“一切都将成为过去/只有真理永存”（《千年伟人有感》），生命和意义即在于追问、探求、用生命的足迹解答“什么是真理/什么是斗争/什么是人生的价值/什么是旗帜的永恒”（《我带回一首诗》）。因此，无论是对历史的反思，对现实的追索，还是对未来的畅想，也无论是抒写友谊乡情，描绘沧海绿洲，还是吟咏人生感怀，诗人都用激情斟满灵魂的酒杯，唱响充沛激昂的理想主义的旋律，展现出一幅富有人文主义精神和理性内涵的心灵画面。

由此我们联想到90年代以来，在知识界不断发出的人文精神失落、知识分子“失语”等惊呼声中，有的人将其归结为社会环境的限制、商品经济的冲击，或价值失衡或信仰危机，等等，仿佛所谓“人文精神”是可以呼唤出来的；其实世纪末人文精神是在哪里失落的呢？——它首先就溃决于知识分子与诗人自身内在的精神防线。诗人应该既是人文精神的载体又是人文精神的创造者，人文精神即存在于作为人类现世关怀与终极关怀者的知识分子的心灵结构之中，包括人格的与思想的、情感的与理性的等种种追求及其统一。可以说，当知识分子与诗人们在普遍抱怨人文精神的失落时，那已经不是时代的悲哀，而是知识者自身的悲哀，因为他在某种程度上业已置身于人文精神之外，他在慨叹人文精神失落的同时也失去创造人文精神的力量。所以说，人文主义精神的复兴、理想主义的重建应首先从诗人自身做起，从诗本身做起。——这也许正是《捧一束鲜花》给予我们的最大的启示。

理想与激情的诗意熔铸不但使诗集具有了宏阔超越的艺术风格，而且表现出匠心独具的美学特色。诗人一直在追求着诗情与诗意、意象美与形式美的相互交融，综观全书，我们会发现，初期诗作或刻意整饬与精致或力求自由与飘逸，但有时尚不能将二者完美地结合起来。而到后期，在结构形式上则达到了寓整齐于变化，在变化中见整齐的自由洒脱的艺术境界。比如《瞩目倒计时》写道：

世界上有无数串奇妙的数字
变幻无数串美妙的遐想
却没有任何一串数字
能使我如此动情
动情得泪花飞扬

世界上有无数个精英的时钟
呼唤无数个梦中的曙光
却没有任何一个时钟
能使我如此向往
向往得挂肚牵肠……

诗中别具匠心地选取“数字”、“时钟”和“标牌”三个主意象，将满腹情怀寓于其中，在遣词造句上则通过回环往复、首尾相接及平仄韵律的交替配合，渲染出一种复杂深微、血脉激荡的情思旋律，一气呵成而又意蕴悠长。这首诗共四节，前三节结构一致，但每一节的诗行又随着内在韵律的消长起伏而自由流动；

第四节则一改反复吟咏的诗情定势，荡出激情迸发的河流，既在视觉与听觉上给阅读者的心理造成强烈的刺激，又将全诗的思想情感推到高潮——并最终使诗情定格于那一声“刻骨铭心的钟响”。诗人对这种“有意味的形式”的追求还表现为不断创新超越自我的努力。如《是谁》一诗全由短句组成，恰似声声叩问，具有独特的艺术感染力。再如《瀚海微波》一诗将“红色 绿色 灰色”、“山路 水路 云路”等词语与“难寻暮年白色”、“叹尽路遥坎坷”等动宾语相间排列，初看似乎是不经意的点染，细细品味却极富艺术的匠心。短短的两节诗，在动与静、光与声、短促与舒缓、暗示与直白的相互交织中，融入了诗人对色彩的变幻与人生的征途、搏击的欢乐与生活的坎坷的重重思与感悟。这也是一首融意象美、建筑美与音乐美于一体的不可多得的佳作。

正如作者所说：“有流不尽的清泉/就有唱不完的新意”，有了对理想与理性、真理与真情的坚定信念与不懈追求，也就有了绵绵不断的诗性诗美的源泉。我们期待着诗人沿着这条宽广的河流越行越远，为读者奉献出更多更美的鲜花。

（与张光芒合写于2000.11.20）

大学生成才的良师益友

——评《扬帆导航》

管理学是门现代科学,大学生管理是其分支,也应视为科学;可在人们的观念中并没有把它作为一门具有理论品格和实践品格的人文科学来对待,这是认识上的偏颇。只要你认真读过《扬帆导航》一书,也许会端正你对管理工作的看法,真正把“大学生管理”看为一种科学。谭晓防同志大学毕业后从事山东高等教育管理工作近30年,积累了较丰富的管理实践经验,具备了较强的政治理论思维能力、较高的政策水平和文字表达能力,通过在实践中研究、在研究中实践,获得了一系列令人称赞的管理科学研究成果:主编参编著作10多部,专著有《走向二十一世纪的山东高等教育》,主持完成的“九五”软科学重点课题《山东省高等教育发展战略研究》和独自承担的省教育厅重点课题《高校创新人才培养研究》先后荣获省社会科学优秀成果一、三等奖。它既显示出作者的研究型的管理工作者与实践型的管理工作者集于一身的思想风貌与智慧风貌,又显示出作者在管理学研究上创新趋优的孜孜以求的追询精神和立足高校贴近时代探索新路育人成才的战略眼光。现任山东师范大学党委副书记的谭晓防同志从未放松其对现代管理科学的探讨,总是与时俱进地紧密联系大学生管理工作实践,发现新问题解决新问题,研究新情况总结新规律,适时地把新体认新经验升华到理论层次,形成管理科学的新成果——《扬帆导航》。虽然本书由20多位作者集体完成,“凝聚着作者们的实践总结和工作探索,体现着作者们的团队精神和奉献精神”(《后记》);但作为主编的谭晓防却是全书的“整体策划、组织编写并定稿”,其功不可没,值得祝贺也值得称道。

现代管理科学研究既要重视其学术价值更要重视其实用价值,正如本书《前言》开宗明义指出的:“《扬帆导航》是献给大学生的丰厚礼物,是提高大学生综合素质的精神园地,是解答大学生疑惑和热点问题的有效形式,是帮助大学生成才的可读书籍。”我相信这本书会受到大学生的喜爱,成为大学生成才的良师益友。这不仅因为本书有其独到的写作特点和思想价值，主要因为它切合最近中共中央国务院发出的《关于进一步加强和改进大学生思想政治教育的意见》(以下简称《意见》)的精神实质，有助于《意见》在大学生思想政治教育中的切实可行的贯彻与落实。《意见》强调指出，“大学生是十分宝贵的人才资源，是民族的希望，是祖国的未来。加强和改进大学生思想政治教育，提高他们的思想政治素质，把他们培养成中国特色社会主义事业的建设者和接班人，对于全面实施科教兴国和人才强国战略，确保我国在激烈的国际竞争中始终立于不败之地，确保实现全面建设小康社会、加快推进社会主义现代化的宏伟目标，确保中国特色社会主义事业兴旺发达、后继有人，具有重大而深远的战略意义。”《扬帆导航》以问答的对话形式，生动活泼而又深入浅出地阐释了《意见》的基本思想内涵，并选取“理想篇”、“素质篇”、“校园篇”、“成才篇”四大层面，从多维度回答、引导并规范了当代大学生怎样才能“成为有理想、有道德、有文化、有纪律的社会主义新人”，因而本书既可视为具体贯彻《意见》的辅助读物又可看成帮助大学生成才的可行指南。

《扬帆导航》之所以具有如此强烈的实践价值与现实意义，与其突出的思想特点紧密相关。政论与学理相结合是其特点之一。引导大学生找准成才的时代坐标，坚定社会主义政治方向与共产主义信念，必须与其言说国内外政治、经济形势和共产主义理想；但要使大学生心悦诚服地接受这些政论性的“大道理”以树立正确的世界观、人生观和价值观并不容易，一定要从理论与实践的结合上把学理讲深讲透，以真理的光辉去照亮学生的心灵，以逻辑的威力去征服学生的心智。本书的“理想篇”或“素质篇”都有些政论性很强的问答，容易流入泛泛的政治空论或政治口号，但作者力避这种大话空话套话的文风，尽量联系实际从学理上言简意赅地把思想政治问题说清言明，便于学生在认同学理的过程中坚定政治信念、强化道德修养、确立人生观念。求实与创新相结合是本书的特点之二。求实就是从实际出发提出问题研究问题，全书的200个问题遵循着内在的逻辑顺序排列起来，都是“本着求真务实、注重实效、贴近学生、解疑释惑的原则”编选而成，体现出明显的实事求是的科学精神；而这些问题的提出不只是来之大学校园的实际、大学生思想的实际，也来之改革开放时代的实际，全球经济一体化的实际以及在国内外大环境下大学生全面成才的实际，这就使200个问题贴近了大时代、贴近了大学生，具有强烈的现实针对性。能够自觉地从广泛而繁复的现实中发现问题提出问题，一方面表明作者们既吃透了各级领导机关对培养大学生成长要求的精神实质又吃透了大学生在想什么做什么，另一方面也表明作者们具有研究并指导大学生成才的急切而强烈的“问题意识”。只有热爱关心大学生管理工作的人，才能积极开动脑筋从现实生活中、从国内外形势变化中敏锐地发现新情况新问题。有了“问题意识”就能驱使作者们进入研究状态，以发展了的马克思主义、邓小平理论和“三个代表”重要思想以及党的方针政策来阐释每个问题来回答每个问题；正是在阐释问题回答问题的思维实践中丰富、发展乃至创新了已有的理论原则，使求实与创新达到有机结合。经验与智慧相结合是本书的特点之三。参与本书写作的是一批活跃在高等学校学生工作岗位上的管理者：“他们与大学生朝夕相处，熟悉大学生，了解大学生，他们既担负着指导教育大学生成长成才的繁重任务，又在新形势下不断进行着加强改进教育管理模式的实践与探索”；“在紧张的工作之余，他们挑灯熬夜，认真撰写，集多年高校思想工作和青年工作的丰富经验，蘸热爱学生、关心学生、了解学生之笔墨，融创造良好育人气氛之责任，把大学校园里同学们日常遇到了思想、工作、生活方面的问题汇集起来，梳理分类，逐一回答。”（《前言》）这是一批多么值得尊重和敬佩的大学生成才的管理者和大学管理工作的研究者！毫不夸张地说，本书的字里行间灌注着他们的汗水与心血，闪烁着他们智慧的火花。实践出真知，实践出经验；然而经验的积累却构不成管理科学，只有把丰富的实践经验通过研究者的理性智慧才能升华为科学。爱因斯坦曾说：“知识不能单从经验中得出，而只能从理智的发明同观察到的事实两者的比较中得出。”他又说：“科学力求理解感性知识材料之间的关系，也就是用概念来建立一种逻辑结构，使这些关系作为逻辑结果而纳入这样的逻辑结构。”（见《爱因斯基文集》第2卷278、235页）《扬帆导航》的作者们虽然有丰富的大学生管理工作的感性经验，但他们的探索与研讨并未在经验面前止步，而是充分运用发现逻辑机制和理性智慧，从感性知识材料和经验感受中发掘规律性的认识或者获取真知卓识，使每个问题的答疑都带有科学理性色彩。启示与关爱相结合是本书的特点之四。由于本书旨在引导大学生成才，既不是以强硬的政治话语霸权来威逼又不是以僵化的八股教条来桎梏，而是以平等对话的姿态循循善诱地开诚布公地讲道理求真理，竭诚启迪并提升大学生的政治意识、思想觉悟、道德情操与人格品质，把他们导引上中共中央国务院《意见》所要求的也是其自身所期望的德智体美全面发展的成才之路，并为其插上朝着正确方向远航的坚定的思想政治风帆和扎实的智慧才干风帆；但是这些理性启示与导航都体现出浓烈的人文主义关爱精神，这是人民、是祖国、是民族、是党对当代大学生成长成才的殷切期待和无限关怀，总是充满激情地“坚持以人为本，贴近实际、贴近生活、贴近学生，努力提高思想教育的针对性、实效性和吸引力、感染力，培养德智体美全面发展的社会主义合格建设者和可靠接班人”，切实做到6个相结合（见《意见》）。正是从人文关爱出发，为了塑造大学生的完美人格，《扬帆导航》在“与大学生谈身心健康”一节，作者如同一位充满人道主义爱心的心理医生，含情脉脉地而又严肃认真地为大学生剖析各种影响心理健康的不良情绪或劣根弱点，并开出疗救心理疾病从而保持健全心理的“良方”，真正把学理性的透析与人文性的关爱有机统一起来。开导与规范相结合是本书的特点之五。作者不以导师的严厉面孔出现也不以教训的口吻在书中与大学生对话，解惑答疑，而是以政治性的热情、学理性的思维、探讨性的态度、亲切性的对答来开导大学生、感悟大学生，尽量走进他们的心灵，摸清他们思想运演的脉络，有的放矢地进行“导航”；但是对于大学生的健全成长、全面成才，教育的开导作用并不是万能的，理性有时难以驾驭感情，非理性冲动更带盲目性冒险性，往往把大学生诱上歧途、迷失方向、步入险境，因此强化大学生的法制意识、规则意识与纪律观念，对其思想与行为予以合情合法的理性规范，这对于大学生遵循“德智体美全面发展的社会主义合格建设者和可靠接班人”的培养目标成长是十分必要的。《扬帆导航》以相当篇幅阐述的社会法律、公共道德和校规校纪乃至大学生的考试规则与学分制度等，具有切实可行的规范性和操作性，这是大学生健全成长迅速成才的强有力的辅助手段，它与思想政治的教育开导相结合在大学生管理实践中定会产生积极效用。

《扬帆导航》是一部“寓教于答，寓答于教”的具有时代感、创新性、可读性与学理性的好书。如果大学生能够认真阅读、深入体会、仔细思索；那一定会满足其“期待视野”，以净化其思想灵魂，强化其人格建构，规范其行为模式，端正其前进方向，使此书作者的编写意图和美好愿望得以实现，即：“愿丰富多彩的大学校园为大学生成长创建成功平台！愿憧憬未来的莘莘学子在知识的海洋里展翅飞翔！愿羽毛丰满的高素质人才在现代化建设的航道上扬帆远航！”（见《前言》）

（2004.10.20草）

重构教材型文学史的成功尝试

——评《中国现当代文学简明教程》

在创新教学的观念更新、教材更新和教法更新的相互联动的逻辑环节中，教材更新则是最核心的一环。如果没有创新型的教材，那观念更新就如同空中楼阁，既无坚强的支柱又无物化的文本，即使教法更新也是无用武之地；所以创新教学重在抓教材建设、重在更新教材。济宁师专的中国现当代文学课程系山东省普通高等学校教学改革试点课程，通过五年的重点建设已成为全省同类学校的领先的优秀课程，足以显示这优秀课程实绩的乃是以课题组的集本智慧构建了一套中国现当代文学史教材。

宗元、靳明立主编的《中国现当代文学简明教程》（以下简称《教程》，内蒙古人民出版社 2005 年 11 月版），既不是学术型的文学史又不是一般教材型的文学史，即使近 20 年重写的教材型文学史也与学术型文学史没有明显差异，尤其那种打上全国通用教材印记的文学史不顾教学对象而一味追求学术上的创新；而《教程》则是一部从实际出发的体现教学大纲精神的又适度反映出当下学术研究前沿水平的真正具有重构意义的教材型文学史，它至少有这样三个鲜明特点：

遵循新文学流变的自然轨迹打通了中国现当代文学人为分割的界限，将新文学作为有机的整体来把握，力求复原中国新文字的本真面貌。“虽然已问世的二十世纪中国文学史、百年中国文学史等，在格局上也突破了近代、现代、当代的分界，将 20 世纪中国文学完全打通，但它的历时性的跨度比《教程》要长，共时性的维度比《教程》要多，这不仅造成内容的复杂、线索的繁多，不利于专科学生的教与学，而且其近代、现代和当代的界限并未完成打破，文本的表述层与意义层仍留有明显的生硬拼凑起来的痕迹。而《教程》将现代与当代文学打通，则形成了一门完整课程的教材，是自然地整合，重新地归位，既舍弃了近代文学又简化了现当代文学，完全从师专的教学要求与学生接受程度和阅读期待出发，按照新文学的内在流脉选取经典性或代表性的文学流派或作家作品组合成一个张弛有度疏密相间的框架结构；并且在写作体例上改变了传统文学史的编纂模式，创出一套适合专科教学和学生学习的书写范式。依据“化繁为简，以分析作品为主”的编写思想，遵循中国新文学演变逻辑所划分的时期，全书分为五大编三十章，每编是以四大文体为单元，完全消解了意识形态的羁绊，或以文学流派或以主题意向或以创作倾向组成章的结构；章下所设的节主要承担两个具体任务，一是梳理文学史的流变线索，为文学作品解读提供文化语境和时代背景，一是重点解读代表性或经典性的各体文本，以“史”彰显文本，以文本印证“史”，“史”如同瓜蔓，文本如同蔓上的“瓜”，蔓连着瓜，瓜连着蔓，全书形成线索清晰、重心显豁的有机整体。它既能为师专老师教学提供一部简明而实用的好教材，又能为师专学生学习中国现当代文学提供一个理想的范本。

如果说中国现当代文学的总体结构是由文学运动形态、文学理论形态和文学创作形态三大板块组成，那么文学创作形态则是文学史构成的最重要、最核心的部件。因此缺少文学运动或文学理论对文学史的建构并不会产生决定性作用，而缺乏文学创作那文学史就成了空架子甚至算不上文学史了，难怪有人说“文学史实质上就是文学创作史或文学作品史”。《教程》的重构以文学作品为主体部分，既是其特色又是其优长，它的可取之处不仅体现出从师专的教学实际与学生的学习实际出发，“强化学生对文本的接受，有计划地培养和提高学生对文学作品的鉴赏分析能力，应该是现当代文学教学中的最关键环节”（p.5）；而且也抓住了重构中国现当代文学史的最基本维度；只要文学作品的分析能出新意、阐释能有新见，那就能从根本上保证文学史的重构富有创新品格。为了突现文学作品在文学史重构中的主体地位，《教程》至少在三个层面上表现出匠心独运：一是压缩或删减文学运动形态，却并未抹掉史的线索，既在《前言》中对现当代文学流变轨迹作了宏观勾勒又在文本分析中联系历史背景进行了前后照应，这就补救了因文学运动或文学论争的减缩而导致的历史感薄弱；二是淡化文学理论形态，即把文学思潮和文学批评压缩到最底限度，然而它却在以文学流派或主题意向为单元的分章中或经典作家作品的剖析中得到了一定的补救，使文学思潮在全书的行文中或隐或显地存在着；三是在淡化或削减的文学运动和文学理论所构成的文化语境与知识背景上，从代表性的作家作品的分析中又突出了经典文本的重点解读。这正体现了主编的意图：“尽量淡化历史线索的叙述，淡化文学史中的思想斗争与文学运动的论述，突出了对经典作品的赏析与阐释。"(p.5)既然要重构一部以文学作品为主体的中国现当代文学史,那么文学作品的选取与阐释无疑是对编写者的鉴赏眼力和学术功力的最严峻检验,文本选择得好和分析到位就能确保《教程》的学术质量,否则教材的含金量就要受到不同程度的影响。在我看来,《教程》对文学作品的选择基本上"坚持'历史'的和'美学'的双重标准,一方面要看作品是否具有丰富的社会文化内涵,在文学流派乃至文学史上是否产生过较大影响,是否具有'史'的意义和价值,另一方面要达到一定的美学高度,在经历时空的考验后至今依然具有较强的艺术魅力"(p.5);对经典文本的阐释基本上符合师专文学史教学用书的简明扼要、详略得当、观点稳健、资料扎实的要求,虽然有些文本的解读既乏深度又无新意,但是大部分作品的分析是有所发现有所创新的,反映出当前现当代文学研究的新学术水准。这就从选篇与释义的两个维度上增强了《教程》的学术含量。

即使以文学作品为主体框架建构的中国现当代文学简明教材,各体文学样态也是异彩纷呈的,特别是表意方式或修辞手段或叙事模式更是花样翻新;因此欲将这错综复杂的内涵与形态整合为有机的文学史文本,必须选取最佳的视角、理路作为贯穿线索,《教程》是以"文学的现代化作为线索"的。我们不能不说以"现代化"作为编写中国现当代文学史的视角和理路是最佳的选择,这不仅因为中国现当代文学的演变同中国社会结构向现代化转型几乎是同步的,也因为新文学同新文化的生成与发展的艰难曲折的,现代化过程是同质同构的,更因为现代化既是中国新文学演变的客观要求和终极目标又是新文学缔造者的主观追求和审美趋向。现在的问题是如何理解文学的现代化,即文学现代化既然是价值目标那它的具体价值标准怎样把握?虽然对这个命题的讨论众说纷纭,见仁见智各持己见;但《教程》却认同了这种说法:所谓'现代文学'即是用现代文学语言与文学形式,表达现代中国的思想、感情、心理的文学。"若以此为衡量文学现代化的价值标准未免有点笼统,那"文革"中产生的非人文学不是也用"现代文学语言与文学形式,表达现代中国人的思想、感情、心理"吗?不过主编写的《前言》对中国现当代文学演变过程的宏观考察和描述,却坚持的是五四文学现代化的"人的自觉与文的自觉"的价值坐标;唯有运用"人的自觉与文的自觉"的价值尺度通过由此及彼、由表及里地探察,才有可能对中国新文学现代化的过程和状貌作出这样高度的概括:"纵观八十年的文学史,文学的现代化是一种必然的历史走向,但是,在现代经济、政治与文化多种制约中,却经历了一个由发展、弱化到复归的曲折过程，与各种文化思潮或错位、或互补、或制约，形成了丰富多样的文学景观。”(P.2)何以见得中国文学的现代化“经历了一个由发展、弱化到复归的曲折过程”？作出这样的较为精确的判断不可能来自本书选取的“现代化”价值标准而是源于“人的自觉与文的自觉”价值坐标。文学现代化之所以能够发展是“人的自觉与文的自觉”所致，文学现代化在新时期能够得以复归也是“人的自觉与文的自觉”使然，文学现代化之所以在“十七年”特别是“文革”十年出现弱化，主要因为极左思潮导致人性异化、作家丧失主体性、文学成了专制的工具和政治意识形态的传声筒；并非说这个弱化时期没有运用“现代文学语言与文学形式，表达现代中国人的思想、感情、心理”，也不能说现代样板戏的文学剧本不是以现代文学语言来表达特定时代的现代人的思想感情？然而“样板戏”能说是文学“现代化”的样板吗？只有以“人的自觉与文的自觉”予以衡估才能作出是否是“现代化”的价值判断。正因为编著者在实际操作过程中真正运用了“人的自觉与文的自觉”的现代化价值尺度，所以《教程》的逻辑理路与贯穿线索，既有一定的深度又有一定的广度，也有一定的精准度，鲜明而严密地将“教程”结构成一个完整的实用的文本，为师范专科学校的中国现当代文学教材建设提供了一种创新的范本。

祝愿这部大胆尝试的创新型教材，能在教学改革的实践中不断完善，并取得卓有成效的教学硕果。

（草于2006.3.29）

创新型的儿童文学史书写

——评《中国现代儿童文学史论》

重写文学史，就是追求突破与创新，否则算不上对文学史的“重写”。值得称赞的是，杜传坤所著的《中国现代儿童文学史论》（以下简称杜本《文学史》），同已见到的儿童文学史相比，确实是一部创新趋优的史著；毫不夸张地说，它标志着现代儿童文学史的重写，达到一个新的学术层次。

现代儿童文学是整个中国现代文学的有机组成部分，却又是个颇具特色的独立文学系统；因而中国现代文学史的书写模式对它影响与规约很大，把现代文学史纳入政治框架书写，儿童文学史书写亦趋向政治化，将现代文学纳入所谓“纯文学”书写模式，儿童文学史书写则出现形式主义倾向。杜本《文学史》既对那种“非儿童性”、“非文学性”的政治化书写规范作了深刻的反思，又对那种所谓“纯文学性”的形式主义书写模式作了辩证的分析；并从而认同了这样的见解：童年或儿童是一种文化上的假设，体现着成人与儿童之间的权力关系，蕴含着丰富的文化意味，而童年观或儿童观对儿童文学具有决定性的影响；从某种意义上说，一部儿童文学发展史，就是成年人“儿童观”的演变史，有什么样的“儿童观”就有什么样的儿童命运、地位、权利，也就有什么样的儿童文学艺术精神与审美品格。基于这样的儿童观和儿童文学观，便演绎出独特而新颖的儿童文学史观，即儿童文学史就是以契合儿童艺术审美的形式表述与人文精神的内在贯通，既表征着儿童观又受制于儿童观也建构着儿童观，所书写的是在过程与联系中运行的儿童文学的历史。如是的儿童文学史观，无疑地超越了非文学的政治框架和纯文学的本质论的狭小视界，将文学史的书写纳入了宏大的文化诗学视野，所建构的儿童文学史文本既不是一部儿童文学的编年史，不存在儿童文学的线性演化和由低级升华至高级的绝对价值趋向，又不是黑格尔主义所谓的螺旋式进化的“理性”文学史；旨在透过儿童文学的解读从史的维度来反思成人与儿童之间的交往方式及其相互对话的内涵密码，进而反思那个特定时代的时代精神与理想期待，展示出历史与未来总在“儿童”这里获得一种微妙结合的图景。这就使儿童文学史的书写史印证了伽达默尔“效果史”的“视域整合”的巨大功能，即修史者将自身置于历史逻辑中，并非一个个性移入另一个个性，乃是意味着向一个更高的普遍性的提升，而这种普遍性“不仅克服了我们自身的个别性，而且也克服了他人的个别性”，从而一切历史都成了现代史和自我审视的历史，儿童文学在这里才获得了真正的科学意义和历史意义。虽然杜本《文学史》完全冲决了政治化和本质化书写模式的束缚与遮蔽，但在文学史建构过程中并没有随心所欲，明确地意识到儿童或儿童文学在本质直观、生物学意义和哲学意义三个层面上的限度；意识到限度就是对规律的自觉尊重，坦然承认对儿童或儿童文学的认识始终“在路上”或儿童及其文学的真实“本质”仍在建构之中。鉴于这种清醒认识，杜本书写主体对儿童文学的文化内涵与诗学意蕴的开掘是非常有分寸的，对其历史意义和美学价值的阐释也没有过度之感。

文学史观的独特性是反映了治史者对儿童文学史有了独特的观照视角与深切史识，虽然这种文学史观带有一定的价值内涵，但它并不能完全取代价值评估尺度；只有选取了与文学观相契合的价值标准，方可成功地建构创新型的现代儿童文学史。从某种意义上说，一部出色的儿童文学史就是一部儿童文学价值的判断史。杜本《文学史》所坚持的是“历史标准”与“美学标准”有机统一的价值观；可取的是，它不仅从理论上对历史的美学的价值标准给出了有新意有深度的阐释，而且在书写实践中对“典型文学现象”和各体儿童文学作出了具体切实的价值评述。著者在文学史建构中特别重视文学文本的经典意义，因为作为经典的儿童文学文本具有一种“常保鲜活”的能力，在不同体制不同意识形态下都有一种被重新阐释的能力，从而获得自身文学价值的不断增值，使文学史常写常新；然而“经典”的形成又离不开将文本置于特定的历史背景和文化语境的深度阐释，也就说儿童文学能否保存下来取决一个文本和不断变化着历史评价之间的奇妙结合。美学标准的出色运作把儿童文学史书写从政治标准中真正解放出来，使儿童文学理直气壮地成了现代中国文学总系统中颇具特色的独立系统，这就确保了杜本《文学史》既有历史的真实感又有审美的情趣感，尽力将文学史本体探索与特定文化生态考察糅合起来；特别是以历史的和审美的相结合价值尺度对《稻草人》、《奇怪的地方》等儿童文学的评述，确有新的发现，新的概括，然而对于新发现新概括并没有离开特定历史背景进行过度的美学阐释和任意发挥。辩证地运用历史的美学的价值标准书写儿童文学史，不仅体现在对文学作品的评述上，也体现在对各个时期儿童文学典型特征的剖析和社会文化语境的探究上，如全书的第二章至第五章的起始与结束都是把儿童文学典型特征与社会文化语境紧密结合起来分析与评价，既有“史”的真切感又有“论”的深度感，既是对典型特征的有新意的剖解又是对文学规律的索求。

如果把儿童文学史的书写比喻为在历史长河里复活一个生命体，那么文学史观就是它的灵魂，理论框架就是它的骨架，价值标准就是它的支柱，而文学作品则是它的血肉。从特定意义上说，一部儿童文学史就是文学作品的连缀史或演变史，缺乏文学作品作为基石文学史的构架是不牢固的，没有文学作品参与从根本说就建构不起文学史；所以文学作品是文学史书写的最关键维度，能否对文学作品重新解读更是决定文学史重写的创新程度。杜本《文学史》之所以能成为创新型儿童文学史，除上述所论，最为重要的是对于那些进入文学史框架结构的儿童文学文本，几乎都从新的角度进行细读，并以新的标准进行评述，又以严密的思维穿透力将每篇作品贯通起来，联结在文学史这张网上，使文学史文本显得既有丰盈史料的实证性又有创新思维的超越性，尤其对经典文本的精读细读所感悟出的有深度有密度的理论阐释更增强了文学史的亮度。

这部创新型的儿童文学史问世，不仅为中国现代儿童文学史书写提供了一种叙述范式，而且也为深化中国现代文学史研究开拓了新视野与新思路，值得儿童文学爱好者和研究者认真一读。

（草于2010年2月6日）

创新趋优的文艺评论丰碑

——评《山东文艺评论丛书》

王凤胜承担总主编的10卷本的《山东文艺评论丛书》(以下简称《丛书》),在中共山东省委宣传部、山东省文联的直接关注与竭诚支持下,由山东文艺出版社、明天出版社于2010年5月郑重推出,并作为重点图书分别在国内外发行。这是山东文艺界、出版界、社科界、教育界,值得欢欣鼓舞的一件好事和盛事,值得自豪庆祝的一件美事和喜事。不仅因为这套丛书工程浩繁,调集了全省各艺术门类的专家参与汇编精选,严格遵循编选原则和标准,优中选优,编成了山东近百年规模最大的文艺评论集成丛书;而且因为这套丛书所收录的文学或艺术评论大多是山东近10多年的精品力作,思想质量优,学术品位高,山东特色明,学风文风实,堪称一座创新趋优的文艺评论丰碑。它既是对新世纪以来山东文艺评论积极探索的导引总结又是对其丰硕成果的集中展示,既是对山东文艺创作从理论上的进一步肯定又是对文艺评论主体聪明智慧的光大弘扬,既是对党的“双百方针”在山东文艺界落实生辉的鲜明呈现又是对山东评论界为繁荣社会主义文化作出的独特贡献的充分嘉奖,所以这座文艺评论丰碑不只屹立于齐鲁文化史也将彪炳于中华文艺史册。

综观这套丛书,具有鲜明的特色,这也是其重要价值所在。一是导向性。不仅体现在本书的编选方针,是“以邓小平理论和‘三个代表’重要思想为指导,认真贯彻落实科学发展观,尊重艺术规律,突出山东特色和精品意识,力求体现导向性、权威性和代表性。”(见本书《后记》)每位专家据此从浩瀚的文艺评论文章中进行精心择取,所选的文章既符合新世纪以来党的大政方针的要求又尊重了文艺规律和学术法则;特别是体现于评论主体所撰写的文论中,不论文艺理论卷、小说评论卷、诗歌评论卷、散文评论卷等文学作品的评述,或者影视评论卷、美术评论卷、戏剧评论卷等艺术文本的评说,都具有明确的政治理性意识,从不同的评论对象出发,把主体的自由感悟与主流话语联通起来,把个人的独特之见与时代的共识吻合起来，使文论的导向性透过个性化的评述流露出来，正体现了在山东的“文艺评论工作中高扬解放思想、与时俱进、实事求是的大旗”和认真扎实地贯彻“双百”方针（见全书《总序》）的自觉导向。二是创新性。它既是中华民族的灵魂更是文艺评论的灵魂，丛书所选的绝大多数文论具有创新趋优的品格，这从根本上保证了本书的学术价值既能得到读者的认可又能经住历史的检验。新时期特别是新世纪以来，文艺主管部门“大力倡导文艺评论自由、学术自由，鼓励创新，注重探索，遵循规律，尊重差异，包容多样”（见本书《总序》）；这为文艺界提供了宽松自由的评论环境和施展才华的言说平台，并进一步解放了评论主体的学术思想，焕发了评论者的创新激情和创造潜能，使其面对文艺评论的异彩纷呈的对象，或不断翻新的文艺文本或纷纭复杂的文艺现象，都敢于纳入评论视野进行独立地感受、体验和思考，发出自己声音，亮出自己的见解，毫无忌讳地追求学术个性，营造独特的评论话语系统。况且，进入评论者视域的文学艺术对象，都是作家艺术家精心创作的精品佳构，蕴含着丰盈的原创的思想意识、文化意识和审美意识以及精湛的艺术造诣，一旦评论者将它们从不同的文本中发现出来、体悟出来，就能形成原创的理论见解或开创性的学术思想。仅从上述主客两个维度来考察，足见创新趋优乃是丛书的本质特征，这不同程度地体现于每篇选文之中。三是学术性。从一般意义上讲，学术性与创新性是联系在一起的，选文越富有创新性其学术性越高；但也不尽然，创新性并不等于学术性，因为有些标新立异的评论既缺乏真理性又没有多少学问，所以笔者这里强调的学术性主要指丛书的真理性和学问性。浏览本书的大部文学评论或艺术评论，特别是那些总结文艺经验、探索文艺规律的文章，其主要观点和逻辑判断乃至思辩理路都含有真理性，如美术评论对各种绘画艺术的探究或对美术史的评点，既展示了丰富的学问又揭示了多种艺术法则。有人说文艺评论算不上学术研究，仅仅是一种文艺表象的描述，评论主体既不需多深的学养又不需多丰的知识结构，只要艺术感受敏锐有点先锋理论就可以写好文艺评论；其实这是一种学术偏见，根本不理解文艺评论的奥妙，如果你能耐着性子将10卷本《丛书》从头至尾认真读一遍，就会真正体会到写好优秀的文艺评论不能仅凭敏锐的艺术感悟，更需要深刻的理论思维、灵敏的发现机制和丰赡的专业知识、宏阔的学术视野，搞文艺评论也是做学问求真理，而且是做鲜活的学问求新颖的真理，如网络文学评论就是追求一种新的学问和真理。四是科学性。本丛书不只具有鲜明的创新性的学术品格也具有严谨的科学品格，而科学品格则主要体现在：大多数文论的创新之见或出自文本的丰富内涵或源于扎实的文艺史料，很少那种主观臆断的空话、大话，也罕见那种陈词滥调的套话、废话，大多是贴近时代、贴近现实、贴近评论对象的实话、真话和新话；主体思维的运作也能够自觉地遵循求真务实的认识路线，在评论过程中注意把史料的扎实性与思维的超越性、感悟的真实性与逻辑的辩证性有机结合起来；学风的严谨，文风的踏实，几乎在每篇选文中都得到彰显。当下的文艺评论有一种浮躁之气，不读原作只凭主观想象写评论者不乏其人，东抄西摘拼盘写评论者也有其人，甚至有的评论完全是改头换面抄袭他人的。与这种不良的恶劣的风气相比，《丛书》所体现的科学品格对于开展健康的文艺评论弥足珍贵。

洋洋300多万字的10卷《丛书》的问世，其意义怎样估价都不会太过分，它至少有助于推动山东文艺评论向纵深掘进，有助于促进省与省甚至与海外开展文艺评论的对话和交流，有助于强化有中国特色社会主义文艺评论模式与理论的建设，有助于驱动山东文化强省乃至全国文化现代化目标的早日实现。虽然受到某些主客观条件所限，《丛书》的选文质量有明显的差异，甚至有些优秀文论并未入选，但是这并不影响它是一座创新趋优的文艺评论丰碑。

（草于2010年6月10日）

“偷天妙手绣文章”

——序《现代新儒学文化视野中的梁实秋》

记得汤显祖在《牡丹亭》中写过这样一句:“能凿壁,会悬梁,偷天妙手绣文章。”我曾将它作为激励自己的箴言印在脑际,然而经过半个世纪的艰苦磨练我也没有获得这样神奇的创作本领,长篇短篇文章写得不算少,能称得上“偷天妙手绣文章”的却几乎没有,这并非谦虚而确是实情。我常说,我们这一代正赶上穷折腾的灾难岁月,“读书无用”论、“写文章有罪”论消解了我们的青春活力,熄灭了我们胸中奋发向上的心火,导致我们这一代在学养和知识上的“先天不足”;尽管到了新时期千方百计地努力“补课”,但是岁月催人老、心有余而力不足了,总是在文学研究中获取不了“偷天妙手绣文章”的硕果。值得我庆幸欣慰是,沐浴着改革开放的春风和思想解放的阳光成长起来的青年学子,尤其那些有理想、肯吃苦、有抱负、肯磨练的博士们,他(她)们经过精心深思撰写出的学位论文,其中不少称得上“偷天妙手绣文章”的成果。也许对“偷天妙手”的高超才能及“绣文章”的衡估标准见仁见智,不过在我的眼中那种获取省级以上优秀博士论文奖的应算是“偷天妙手绣文章”的硕果。固然汤显祖所指“绣文章”的神奇本领应似文艺家创造的审美文本,若是广而用之那也该包括治学所写成的学术论著。摆在我面前的专著《现代新儒学文化视野中的梁实秋》就是曾获得山东省优秀博士论文奖的同题经过著者刘聪博士细心打磨而成的,与同代的女学者的博士论文相比它应列入“偷天妙手绣文章”的荣誉榜。诚然任何论著或文章都不是至善至美的,不过即使挑剔出一些瑕疵也不会影响本著作的开拓性与创新性的优秀品格。

在现代中国学术史上,像梁实秋这样的性格内涵复杂而又特立独行的文人,因置于政治意识形态框架给以上纲上线的任意定性定位,难免被妖魔化的厄运,其人其文的本真历史面目长期被扭曲被遮蔽;新时期以来对梁氏的研究虽然纳入拨乱反正的学术轨道,但由于选择的考察视野、探讨思路和评价尺度与研究对象本身的错综性深邃性并不完全吻合，甚至有较大的差异和隔膜，故而尚未达到正本清源的学术要求。本论著选取现代新儒学文化视野来探究梁实秋，既摆脱了政治意识形态的强固纠缠又突破了现有的不太适宜的研究路径，而纳入了一个与梁氏其人其文的杂多内涵相契合的具有创新色彩的理论范式。这样的理论范式构成，既借鉴了融文学、史学、哲学为一体的现代新儒学文化思潮，又来源于著者通过对梁实秋其人其文的重新解读重新发掘所获得的深刻体验和总体把握。即不只是从白璧德新人文主义进入中国特殊文化场域中，发现了梁实秋的人格和文格正是新儒学文化思潮与五四启蒙文化思潮相激相荡所形塑的，而且发现了白璧德人文主义与中国现代文学的真正结缘和对话而起决定作用或桥梁作用的不是学衡派而是梁实秋。这种新发现与现代新儒学相融合所形成的学术视野与理论框架，对于梁氏本体既能洞察其文艺理论文本与文学创作文本之奥秘之深微，又能梳理其文化活动及文学行为的是非曲直，从微观与宏观的结合上对梁氏的复杂性给出切合历史真实和逻辑真实的阐释。用现代新儒学文化视野来研究梁实秋，它的意义不限于将梁氏的个案研究提升到新的学术层次，它更具有深化20世纪中国文化文学与域外文化和传统文化关系研究的普适价值：一是提供了新视阈、新思路和新方法；二是打通了古今中外文化的互通关系；三是确立了现代新儒学文化在20世纪总文化系统中的合法合理地位；四是为建设有中国特色的现代型文学与文化提供了有益的美学资源和思想资源；五是创造了赓续儒家血脉的诗学文论和文化文论，以救活20世纪中国“文论失语症”。特别是现代新儒学作为肯定性的价值评估标准的出色运用，不仅为研究现代中国文化文学增添了新的价值坐标，也为现代中国学术宝库充实丰富了新的价值内涵。选取现代新儒学文化视野研究梁实秋其人其文的意义，在很大程度上决定本专著的价值，也折射出研究主体敏锐的学术智慧。

梁实秋作为一个复杂且有争议的研究客体，进入研究主体的现代新儒学文化视野，对其所进行的勘探、剖析、概括和判断而生发出的新见解新结论，令人感受到创新的力度。著者认为在五四新文化场梁实秋与白璧德人文主义并非影响和被影响的关系，而是前者对后者的必然选择，这是因为“梁实秋发现白璧德的话语与儒家思想暗合，于是在现代性→白璧德人文主义→孔子（或儒教）这样一种思维链条上，以儒家伦理学说为体，以白璧德人文主义的文论——古典主义文论为用，开始建构中体西用的中国特色的文学话语。”这种概括颇有新意,揭示传统儒学通过梁实秋巧妙地与白璧德人文主义嫁接而发生了现代性转换,为中国多元的新文化文学系统增进了新的一元,这就使梁实秋所持的文化立场与学衡派有所区别,即"他承认五四新文化和新文学的基本价值,即质疑传统、学习西方,以及提倡白话文",显示出梁氏在现代与传统、激进与保守相互对峙制衡的文化格局中的独特地位。由于梁实秋对白璧德的选择基于现代化立场,故而他从白璧德人文主义中寻找到重新阐释和发扬儒家学说的解码,而这个解码就是白璧德所称道的现代性核心理念"人的法则",它与儒家所提倡的"仁者,爱人""泛爱众"的人文主义和五四新文化运动提出的"人的发现"的命题有意脉相通之点;梁氏选择了白璧德的"现代性"人文主义实质上也就贯通了儒家人文主义,对儒家学说进行了创造性的现代性阐释,早在五四时期郭沫若站在新文化立场上也发现了孔子思想中可以与现代意识对接的个性主义和人道主义。这种新的阐释不仅洗去了梁实秋身上被贴的"古典主义"、"保守主义"、"白璧德教授的门徒"等暗含着落后与守旧的标签,也还他一个"真正现代知识分子"的思想风貌。文学批评是梁实秋致力于新文学活动的强项,也是争议最大的焦点,将其纳入现代新儒学文化视野予以考察与评述,给出了一种新的理性概括:梁实秋的文学批评话语是一种典型的义理式的文学批评,而这种文学批评的理论基础是人性论,主要强调人性的善恶二元论,强调以理制情的道德意义,强调人性的普遍性和永久性,强调人生三境界说,这些都是中国儒学尤其是宋明理学的题中之义。对梁氏文学批评话语所作出这样的现代新儒学的阐释,既破除了机械阶级说的误读又抹去了政治意识形态的痕迹,完全立足于超越阶级、超越党派的跨文化立场对二、三十年代梁实秋参与的文学论争及其理论主张进行学理性的探究,彻底摘掉了梁氏头上多个沉重的带有辱骂性的政治帽子,不论对梁氏其人其文或参与论争的评判都是以学术文化话语取代了政治霸权话语。例如30年代人性论与阶级论的争论,著者一反资产阶级人性论与无产阶级阶级论不可调和斗争的论断,而是作了这样的论述:"以人本主义的人性论批判马克思主义的唯物论,在抽象与一般、本质与现象的范畴内与左翼论战,表现出价值理性与工具理性的对峙,以及文学贵族(高雅)性和大众化的对立。"也就是说,梁实秋所信奉的不是资产阶级人性论而是现代新儒学文化体系中的以人为本的人性论,它既源于传统的儒家学说又联通了白璧德的新人文主义人性论,因此它与左翼文学的论战是不同层次的现代文学理论内部的论战,都是为了推动中国现代文学建设,实践证明以人本主义的人性论来规范中国新文学也许更合乎现代文学发展规律。关于“抗战无关论”的重新认识也涉及到对梁实秋的总体评价，尽管近几十年对此次论争有了新说法，然而把它置于现代新儒学视野来考析却是罕见的。抗战时期发生的“抗战无关论”之争，之所以不能作为一个纯粹学理性的学案来对待，其深层的政治背景少有人揭破，却原来因为梁实秋参加的国家社会党是个具有浓厚新儒家文化色彩的党派，他与张君劢代表该党出席国民参政会曾与共产党参政员发生激烈冲突，在共产党眼里他被误认是“拥汪主和”派，故而论战中对手对梁氏的批判根本就不是站在学理的立场上，实际上成了政上的抗战派与主和派的大是大非之争；处于这种四面楚歌的境遇，梁实秋选择了沉默中坚守的方式，放弃了文学批评开始了雅舍系列的散文创作。这种解释既切合历史真实又符合其在“兴无灭资”框架中长期被误解的政治命运。从20世纪30年代至70年代，梁实秋其人其文进入左翼阶级论视界始终被误认为“资产阶级及其意识形态”的符码，如果说以前的身份确认把梁氏同胡适绑在一起视其为资产阶级自由主义西化派的核心成员是一种误解，那么本著作能够在中国现代文化思潮涌现出的“自由主义西化派”、“现代新儒学派”和“马克思主义派”的三大派别的比较中将梁实秋的准确身份定性为“现代新儒学文化派”，这是学术研究的新发现，也是对梁实秋其人其文的正本清源。不过，对梁实秋的整体研究无论采取何种框架与思路都难以绕过他与鲁迅之间冲突所形成的典型学案，虽然对此案的研究始终是学术界的热点，也提出不少有见地的看法，但是能作出这样的思索与概述：“马克思主义唯物论的中国取代儒家人性论思想的中国，是20世纪文化观念中触及世人灵魂的最深最广的革命，鲁迅和梁实秋的论争是在文化体认差异中开始的”（以上所有引文，皆出自本书），却是极为可取的，这无疑能给人以深刻的启迪。就是说，梁实秋与鲁迅的论争本来源于对两种思想文化体系的选择、坚守和体认的差异，应该属于文化认识范畴或学术研究范畴的问题，但由于马克思主义在中国取得胜利而其意识形态则获得了绝对话语权，鲁迅作为其文化文学界的典型代表的地位却越来越高，直到被推上“神坛”：而作为现代儒家文化在文学上的核心人物梁实秋随着马克思主义阶级论被泛化和乱用则成了“资产阶级反动文人”或资产阶级的“鬼魅”。尽管这两种文化思想的典型一个被捧上天一个被踏在地，然而其命运却都是过度膨胀的政治意识形态所造成的悲剧；只有从现代儒家文化视野来重新辨认，梁实秋才能从诸多政治谬论中显现其真实的文化面目以及鲁梁论争的错位和实质。

总之,这是一部有开拓性、有理论深度、有创新意识的学术专著,破解了梁实秋研究上不少的老、大、难问题,作出一些令人诚服促人深思的理论解释,凝成了不少的创新点和增殖点,以一种有力度的学术话语取代了意识形态的套话空论,将梁实秋其人其文的研究向文化纵深推进一步。著者之所以能取得“绣文章”的硕果,也许经验体会很多,但是在我看来主要有这样两点值得提及:其一,敢于向“权威”话语和习惯势力挑战,这是对研究主体理论勇气和学术胆识的严峻考验。虽然改革开放以来,在“解放思想,实事求是”思想路线的激荡下,学术研究的外在环境越来越自由宽松,但是人文科学的禁忌还有不少,尤其梁实秋的研究触及到一些已经形成的思维定势和习惯势力。如对梁实秋人性论的论断早有政治权威的“资产阶级人性论”的定性,而且这种阶级定性不只是写进了经典著作、各种文学史和文艺理论文本,也深深地烙进了众多知识分子和政治官员的脑际,因此要冲破这种思维定见所形成的社会习惯势力是需要很大理论勇气和学术魄力的;也只有冲决了这重重的思想网络和思维习惯的禁锢,研究主体才有可能进行大胆的探索,从各种人性论的相互比较中认定梁实秋所秉持的不是“资产阶级人性论”而是现代新儒学的人性论。这一新发现和新判断,既否定了政治权威的论断又匡正了习惯势力的成见,这是一种可贵的学术探险精神。可能有的人不同意把梁氏的人性论说成是儒家人性论,但是它作为一种新见却是言之成理、论之有据的。人文科学领域的理论创新太重要了,如果总是维护坚守那些已被实践证明失去了“真理”威力或者根本就是谬论的僵硬教条和理论思维,不敢挑战它们,惧怕冲破它们,那我们中国在全球人文理论的发展与创建工程中仍然是无所作为的,“文论失语症”何时能根治?其二,拓展学术视阈,强化理论思维,广泛搜求资料,充实知识结构,本书的著者在这方面所下的工夫是值得尊重的。尽管受到客观条件的限制,梁氏在台湾的资料不易搜全,然而大陆图书馆的所藏却尽力索取占有,不仅获得了大量原始资料也广泛地查阅了对梁氏研究的资料,特别是对马克思主义、自由主义和现代新儒学文化的原典文本和研究论著进行了较系统的阅览,对新儒家的钻研既深汲取又多。要是著者只满足于资料的搜集和阅读,那只能说为本书的撰写作了较扎实的先导工作;而更为可贵的是著者非常重视对各种资料的消化吸收和分析整合:一是通过对有关梁氏本身的史实和文本的解读体验,发现并通晓了梁实秋与白璧德人文主义和传统儒家文化的深层关联,仿佛他俩的灵魂与文心是与其息息相通的,即白氏与儒家文化的碰撞对接所形成的另类“现代性”人文主义既塑造梁氏的人格又铸成了他的文格。而这种新认识和新感知却是以充盈的实证的史料作为支撑的，它既内化为主体的知识结构又形成主体的现代新儒学文化视野；尤其有选择地汲取的新儒学研究成果不仅强化了此种文化学术视野也深化了主体的理论思维范式。二是占有的资料再丰富若不进行深入分析、梳理辨识和归纳整合，那是绝对不能建构一部逻辑严密自成系统的学术专著。虽然我不敢说本著作的结构框架是无懈可击的，但它的篇章布局却显示出论者的匠心独运。不管对白璧德与梁实秋关系、人性论与唯物论冲突、“与抗战无关”之争的论述，或者鲁梁学案、雅舍小品、贵族诗学的剖解，都不是以资料的堆砌取胜，而是有清醒的辨识和深度的分析，然后把它们归纳整合到以“现代新儒学”为中心贯穿线索的既严密又有弹性的逻辑架构里，使全书的所有章节都环绕于“现代新儒学”这个逻辑主轴，可见分析整合能力是学术研究主体所必须具备的。

刘聪博士出色地运用现代新儒学文化视野研究梁实秋其人其文所取得的趋优成就是值得祝贺的，然而这仅仅漫长的学术征程上所跨出的第一步，不只对于梁实秋应遵循既定的学术思路进行更系统更完整的研究，而且也要以现代新儒家视野去探察现代中国文学总体系统及哪些与梁寒秋有相似文化和美学倾向的作家，为现代文学研究进一步开拓新路径和新天地，使自己的学术研究真正达到“偷天妙手绣文章”的理想境界。是为序。

（草于2009年“五一”前夕）

选取新视角形成新理路进行有新意的探讨

——序《人生悲苦命运的象征》

“积学以储宝,酌理以富才。”(刘勰《文心雕龙·神思》)每逢审读新著,如同步入新的知识领域,不仅验证了刘勰这句名言颇具真理性,而且自身也切实感受到从新著中所获取的新知充实了知识装置、所获取的理性启迪丰富了才智结构。这次拜读厉向君先生的新著《人生悲苦命运的象征》,同样有这样的体验和收益。虽然我与向君先生并不相识,年龄差异已属两代人,但是新著所传递的学术信息却拉近了彼此的思想距离,没有难以相通的“代沟”而确有“心有灵犀一点通”之感。这不仅因为我们都酷爱现代中国文学,也因为改革开放、思想解放的阳光照醒了我们“学术自由”的主体意识。基于这样的情感思想基础,我才有资格为这本新著谈点所思所感。

本书并非通常所理解的那种严格的有完整的逻辑结构和缜密思想体系的学术专著,即或对现代中国文学进行系统书写或对文学思潮流派进行专题研究或把作家作品纳入特定理论框架进行全面考察等。固然这样的学术专著值得重视,尤其那种创新趋优的著述应该高看;但是也必须严肃指出,眼下有不少所谓学术专著,或者人云亦云,老调重弹,套话连篇,缺乏创新之意,或者变着花样去抄袭,以堆砌资料取胜,用华而不实来卖弄,这非是真货色而是地道的“水货”,更有甚者凭借权钱的威势,诱逼他人提笔书写以署己名,且重金买书号出版,试问这样的所谓“学术专著”有何价值可言?除了为学术库藏填几种赝品外,只能败坏了越来越糟的学术风气。相形之下,那种优秀的论文集更具有学术价值,是货真价实的学术著作,向君的新作就是这样一部学术专著。这不仅因为它每篇论文都是探索现代中国文学系统的作家作品,也因为它所研究的作家作品既是整个现代中国文学研究的薄弱环节又是选取新视角新理路进行有新意的探讨,并且以新的价值视野和评估标准给予观照与评定,形成一套自成系统的学术话语;故而它的真正学术价值并非那种平庸的所谓“学术专著”能够相比。有人说,一篇优秀的学术论文其价值不亚于那种“水货”的一部著作。从特定意义上说此话并不夸张,的确如此,一部优秀论文集的总体水平和学术价值应该高于一般化的学术专著。

从微观上解读本书,著者的创新意识和求真精神体现于每篇论文的探索、运思与表述中,若能精心体察便可以领悟到也能够感知到。鲁迅研究已达到饱和程度,欲突破现有的研究模式与定论,并不容易;而本书为恢复鲁迅在现代文学史上的本真面目,并没有预设一个特定理论框架将鲁迅置于其中进行评述,只是从鲁迅研究史上选取一些有代表性的他人评述即所谓画像与鲁迅自画像进行互映对照,著者不作主观的价值评判,而是启示读者从相互比照中去认识鲁迅的真面目,这种写法新颖别致颇有启示性。沈从文的小说《边城》,虽然从爱与美的角度予以剖析不乏其文,但是“爱”论得多“美”谈得少,而本书则抓住这个薄弱点,对小说“美”的意蕴从多维度作了发掘,这算是对《边城》文化内涵探询的一种补充。叶灵凤小说的性爱描写一向争议较大,“文革”前几乎将其否定,列入“黄色小说”不堪一提,新时期以来对性爱叙事的研究成了关注焦点,但评说也有明显差异;本书借用弗洛伊德的精神分析学说从新视角作了解释,不只是对性爱描写进行合情合理的重新评述,且对性道德的内涵作了有新意的概括,明确指出叶氏小说“并没有忽视人的道德,只是表现了人欲的不可遏止和天然合理性,表现了一种新的人道主义的性道德”,“它触及了性道德问题的老根,从根本上动摇了‘从一而终’、‘忠贞不渝’的‘永恒爱情’的神话。”特别是又对叶灵凤的所谓“汉奸”问题作了有根有据的辨识,这应似对其人其文都给以进一步的“正本清源”,如此的研究既有文本意义又有人本价值。新时期以来随着夏志清《中国现代小说史》把张爱玲哄抬出来,掀起了研究“南玲北梅”之热潮,然而对梅娘的研究“热度”并不高,几乎被张爱玲“热”覆盖了;本书对梅娘其人其文的系统研究,进一步强化了梅娘在现代中国文学史上的价位,充实了中国现代小说研究的薄弱点,既对其代表作《蚌》《鱼》《蟹》三部小说主题作了新解,又为梅娘的生平增加了新信息,但愿本书的问世能引起更多的研究者对梅娘进行更系统全面的深入勘探。由于某种政治原因仍在潜隐地起作用,至今对无名氏其人其文的研究并未置于现代中国文学史平台上给出求真务实的平等相待的评价;本书则立足于学理的公正立场,用五篇论文从不同角度对无名氏进行探讨:或是把《无名书初稿》视为20世纪中国“潜在写作”的典型代表予以个案剖析,既考察了无名氏的生平与创作业绩,又充分肯定了《无名书初稿》对于现代中国文学的独特贡献:“这是一部集艺术、哲学、宗教为一体的‘大书’,是一部具有思想深邃、艺术创新的巨著”,在艺术上“大胆创新,打破了旧有小说模式,在现代文学发展中显示出一种全新的审美意向”,这种高度评价反映了作者对这部巨著的总体把握也包含着当下学界对它重新感知,无疑恢复了《无名书初稿》在现代中国文学史上的应有地位;或是对无名氏文学创作所受西方文化的多方影响作了较细微的考析,将其置于世界文化大系统探察其创作之源,寻求其文学主题扎根之深;或者考辨现代中国学术界对无名氏其人其文研究的历史与现状,勾勒出无名氏研究史,为深化无名氏的全方位研究提供了系统的资料索引和尚待突破与求新的薄弱点或矛盾点。在这部作家作品论中,无名氏的研究确实是重点戏,可见作者对无名氏其人其文的格外重视与青睐。对于现代新诗的研究也是本书的重要对象,不论对周作人的白话诗《小河》的解读、对徐志摩诗歌音乐美的感悟及其康桥诗文的赏析,或者对李金发《弃妇》象征意蕴的探索、对戴望舒和现代派诗的阐释,都能在诗意、诗情、诗美上有所发现有所深化,给出一些有新意的审美判断。从对黄修已先生所著《中国现代文学史》的评价与其商榷的话语中,可以看出作者系统扎实地掌握了中国现代文学史,形成了自己独立的文学史观与价值观,并表现出作者敏于独立思考、严谨治学的务实求真态度。使我更为看重的是《张爱玲资料中错误知多少》一文,作者以一丝不苟的治学精神认认真真仔仔细细地阅读了研究张爱玲的五种《张爱玲传》,竟发现53处的错别字;关于张爱玲的出生年月,作者查阅了25种史著、论著、传记,大致有1920年、1921年、1917年三种出生说法;至于传记、论著、全集中的常识性错误,作者也指出很多,这足以表明浮躁粗疏的学术之风不只表现在研究者的治学态度上也反映在出版社的编辑身上,若是学术界、出版界都能像本书作者如此严肃地对待治学,何愁学术浮躁或腐败之风不能根治?就连谈曹聚仁读书经验一文也不乏强烈的现实启迪意义,作者借用《孟子·离娄下》“尽信书,则不如无书”一句来概括曹氏的“贵在会读”的经验,既有利于开导当下不爱读书者又有利于劝诫哪些好读书而不辨“开卷”“有益”与“有害”的人。总之,这部学术著作的价值不可低估,只要能潜心阅读、细心体察,定会有意想不到的发现和收获。

统观本书的理论价值、学术意义和史料价值,与其呈现出的三个特点联系在一起:其一,彻底突破了以阶级论为主轴的意识形态框架与政治标准第一的价值评估体系,它将现代作家作品的研究纳入以人性论或人道主义为柱石的人学理论范畴，对其重新解读重新评价，力求恢复其在现代中国文学史上的应有价位和美学风貌。本书所研究的大多数作家作品之所以长期在现代文学史上被遮蔽被贬抑甚至被除名，不是因为这些作家作品缺乏文化内涵和审美品格，而是因为它们与意识形态的政治诉求相悖，即不合乎阶级斗争需要或者说它们正是“兴无灭资”所批判的对象。不仅沈从文、张爱玲这样的大家名著长期被淹没，就连鲁迅这样的现代文学巨将为适应政治意识形态的需要也被抬进了“神坛”，“文革”中充当了极左政治的“打手”，对鲁迅来说这不是什么所谓“无上荣光”而是遭到的不幸厄运；特别是对这些作家作品进行的所谓阶级分析，都戴上这样或那样的令人心惊的政治帽子。值得庆幸的是，改革开放以来的“解放思想，实事求是”思想路线解放了他们，也解放了我们这些现代文学的研究者；如果本书作者不能从阶级斗争的意识形态框架和政治标准第一的价值观里走出来，彻底与已形成的僵化思维定势和既定研究模式进行决裂，那就不可能自觉地认同“文学是人学”的理念，而把这些作家作品纳入人性论或人道主义研究范式进行重新解读和评述，他们本来的历史面目和美学价值也得不到彰显。就拿叶灵凤来说，“文革”前的现代文学史大都见不到他的名字，有的文学史偶尔涉及，在政治上定他是“汉奸”文人，在文学上说他是“黄色小说”的代表作家；只有到了新时期论者才敢于以人性论或人道主义来审视其人其文，并给出“拨乱反正”的事实求是的评述。无名氏这样一个在思想上有深度在艺术上有创意的重量级的作家，就因为政治缘由长时期被压在阴山下，若是研究者不是处在宽松自由的文化生态，若是主体意识不获得探索的自由，那是不可能重新把他挖掘出来更不可能改写其人其文的历史命运与文学史的独特地位。文学研究如同其他人文科学研究一样，唯有解放思想务实求真，才能在学术探索中有所发现有所创新。其二，由于外在的宽松和内在的自由，故本书的研究重点并不是现代文学史上以阶级划定的习见的代表性的作家作品，除了鲁迅以外几乎都是哪些所谓的自由主义作家作品，而实践恰好证明这些作家作品的文学品级较高、艺术生命较强，越来越受到研究者或大多读者的喜爱，但是对他们的研究在现代学术史的某些阶段却显得极为薄弱；可取的是，作者独具慧眼地选择了这些作家作品，没有按照习惯的高、中、低三级作家为他们排座次，也没有受既定经典结论所限来框定他们，完全是平等对待一视同仁，将其置于同样的平台上，选取特定的角度从原始资料或原创文本出发，重新感悟，重新体验，重新领悟，不轻易给出主观武断的判定，让史实说话，从感受体悟中立论，或者引述学界研究成果来印证己见。这样的带有创新性的研究,避免了高谈宏论、抽象思辨的空泛学风,且给著作带来了真切感与扎实感,仿佛回到了历史的原初状态去触摸作家去感受作品,这有助于恢复这些作家作品在现代中国文学史上的本真面影。其三,此种求真出新的研究必须以搜索丰盈扎实的资料为先导,若缺乏真实可信的资料或原创文本即使研究主体的艺术感受力再敏锐、理性洞察力再深刻、审美想象力再活跃,那也不可能对研究对象作出活生生的描述或真实可靠的判断。本书作者在资料的搜求与积累上下过细功夫与苦功夫,这不仅体现于对作家生平经历和创作文本的搜集和梳理,也体现于对创作背景与特定语境史料的积累和体察,更体现于对研究历史与现状资料的博览和辨识;正是以资料占有与整理为先行,作者不论对作品的解读或对作家的系统研究,大都能做到资料的丰富性、实证性与思维的辩证性、超越性较好结合,几乎所有的思维闪光之点都发自于原创文本或客观资料,尤其对无名氏的研究主要以资料见长,对鲁迅画像的剖析也是靠资料说话,这种严谨扎实的学风正反映了一个人的求真务实的思想作风,值得称道。

如果这部著作对某些作品或流派的研究,能够强化必要的理论透析与思辨,那会进一步增强论述的深度和阐释的力度;若能对某个作家选择特定角度集中探究,那也可能避免不必要的重复,如无名氏。尽管如此,但这并不影响本书的整体学术质量和新知识含量。作者向君年富力强,风华正茂,恰是从研执教的黄金时期,其本身既有博览群书的知识积累又有多科教学的实践经验,既有从事研究的坚实基础又有不盲从敢辨疑的逆向思维;我作为一个同行的老学者,热切期待向君在现代中国文学研究的征程上发挥综合优势,向更深更广的领域开拓,拿出更优胜的研究成果,以回报改革开放的大好时代。这也算序吧。

（草于2009年“五一”节）

为现代电影文化研究提供新框架与新视角

——序《穿行于现代与后现代之间》

俗话说:“不怕不识货,就怕货比货”。笔者对新时期电影文化的研究并没有深入地触及,老实说也没有功力探索电影文化领域;只是因为爱看电影、喜欢电影、欣赏电影,故而对一些影评或影论多有浏览。但从影评影论的相互比照中,深感宋彦博士对新时期电影文化研究颇有独到之处,更有创新之点。这足以证明她的这部学术专著的问世可为新时期电影文化的深入研究提供新视角、新理路、新知识、新见解,使其具有的学术创新价值与理论批评威力将会在电影研究和电影创作上彰显出来。

从新时期的电影文化与各种文化思潮的关系考之,对电影文化产生深刻影响的文化思潮,是多元的,因之文化思潮对电影文化的影响是综合性而非单一性的。而具体到电影文本难能判定出它究竟是受某一种文化思潮的渗染,往往带有多种文化思潮作用而产生的综合审美效应。就其主要文化思潮来说至少有新启蒙主义、存在主义文化思潮、现实主义和浪漫主义文化思潮,还有以精神支撑主旋律电影的红色文化思潮,以及汹涌腾跃的现代主义和后现代主义文化思潮;而这诸多文化思潮拥抱了渗染了新时期的电影文化,不易区分先后次序,常常是共时态地错综交织于电影文本,凝聚了电影文化的丰赡内涵。因此欲进行文化思潮与电影文化互动关系的研究,最难的也是首要的选择何种思潮与电影文化形成对应的互文关系;并通过这种关系的研究既能理清新时期电影文化嬗变的脉络,又能对电影文化的丰富复杂的内涵作出有深度的理论阐释。《穿行于现代与后现代之间》(以下简称《穿行》)比较高明地选取了现代主义和后现代主义文化思潮与新时期电影文化关系作为重点突击与探索的研究对象,并采取以论驭史,以史证论,史论结合,相得益彰的框架结构,这既是本书的独特之点又是它的创新之点。虽然现代主义和后现代主义思潮不能代替所有文化思潮,往往局限于现代与后现代文化思潮与新时期电影文化关系的探究,颇有以偏概全之嫌;但是必须承认,现代主义与后现代主义文化思潮在新时期电影文本创构过程中,是一种先锋文化思潮,对于推动电影文化冲破僵化的传统模式、解放艺术生产力,创新电影艺术、营造现代电影美学发挥了决定性作用。况且现代与后现代文化思潮既可涵纳新时期多种文化思潮又能与全球化的文化思潮接轨;特别是以现代与后现代文化思潮来对应新时期电影文化不仅可以发现出创新的文化意蕴和美学特征,也可以展示出新时期的电影文本则是现代主义与后现代主义文化思潮的重要载体。这就把文化思潮与电影文化的研究融为一体,前者影响了后者,后者印证了前者,前者渗染了后者,后者又彰显了前者。所以选择现代主义与后现代义文化思潮与新时期电影文化互动关系的研究是独具慧眼,也是很有开拓意义的课题。既然根据题旨的要求,对新时期电影文化的研究或者对现代与后现代文化思潮的研究甚至两者关系的研究,都必须凭借系统的理论与原创电影文本来支撑,那么采取史与论相结合框架和写法也是颇具匠心的,这完全切合论题的外在形态与内在逻辑的诉求。所谓"史"主要指新时期电影文化文本的流变过程,具体来说就是电影文化在现代主义和后现代主义文化思潮的推动、影响和规约下所形成的一系列的审美文本与理论文本;而这一串串斑斓璀璨的文本连缀起来,就勾勒出新时期电影文化的演变史。如果《穿行》仅仅停留于电影史的勾勒上,虽然也有一定的学术价值,但是它的创新力度与开拓深度却主要在"论"上:即凭借著者已获取的现代主义与后现代主义的理论思维,既对电影文化与现代和后现代文化思潮互动关系以及这两股文化思潮交叉作用于电影文本创作所形成的复杂性,进行理论透视与深度阐释;又对在这两股先锋思潮作用和影响下建构的形态各异的电影文本的文化意蕴与审美特征以及重要症候,进行理性穿越与理论概括,形成有创见的学术的话语。但是理论思维的纵横穿行和辩证阐释,都不是空来空去地抽象议论,而是紧扣"史"线上的一串串电影文本,也就是把理论透视与文本剖析有机结合起来,切切实实地产生出以论驭史、以史证论、史论结合、相得益彰的学术效果。

《穿行》旨在深入系统地探讨现代主义与后现代主义文化思潮与新时期电影文化的互动关系及其导致的电影文本的整体审美特征,故著者不是采取"现代性"或"后现代性"各自独行的研究视角,而是从研究对象的错综性交叉性的特点出发,把"现代性""后现代性"作为一个整体理论视角来运用,并以此切入新时期电影文化的复杂系统,这不仅符合电影文本的客体结构即现代性与后现代性难舍难分地交织为一体,而且充分运用现代性和后现代性在理论范畴上相互关联的功能。因之选择和运用“现代性”和“后现代性”整体理论视角切入新时期电影文化的探究，也是本书的特点和创新点之一。在笔者的阅读视野中，所看到的对新时期电影文化的评论和研究文章与论著，大都把“现代性”和“后现代性”作为两个没有内在联系的理论视角来运用，往往出现界限混乱缺乏清晰度的理论分析和价值判断。若以“现代性”视角切入电影文本，除揭出其现代性审美意蕴与文化内涵外，那同时也把“后现代性”的美学、文化特征展现出来；若以“后现代性”为理论视角切入电影文本，那同样地把“现代性”的文化内涵与美学特征也视为“后现代性”文化审美的内容，便混为一团地挖掘出来。如果把现代性与后现代性作为整体理论视野来观照并透析新时期电影文化，那就比较容易理清“现代性”与“后现代性”的复杂联系，即把电影文本中哪些能够辨识清楚的现代性意蕴交给现代性去规范去阐释，把哪些能够梳理清的后现代文化意蕴交给后现代理论思维去分辨去分析，而余下的哪些难以区分清楚的文化意蕴和审美特征也许正是现代性与后现代性的必然联系所致，也就是现代性与后现代性的趋同性关联性为电影文本所呈现。基于这种辩证地解理和认识，《穿行》在叙述新时期电影由传统向现代性转型的曲折过程和精神内涵时，并没有忘记考察其向现代性转型历程中已萌发的后现代性的审美文化因素及其所呈露的发展趋向；在描述新时期电影由现代性向后现代性转型的过程与文化特征时，同样没有忘记洞察其向后现代性转型并未与现代性电影发生断裂，仍与现代性电影形态与内涵保持着或疏或密的联系。如果说这是以“现代性”和“后现代性”整体理论思维对新时期电影所作的动态考察，理清了电影形态的两次转换的承传与创新的内在逻辑机制，也勾画出电影审美形态上的驳杂互融、交叉互补的复杂面貌；那么以这种整体理论视角对新时期电影的诸多现代性特征的洞察或者对新时期电影的诸多后现代性特征的辨识，都是以现代性和后现代性相互纠缠联结的统一理论思维所给出的理性概括和深入剖析。也就是说，著者以整体理论视野观照和梳理新时期电影的现代性文化特征时，同时也将其后现代性文化特征收入视野中，并没有因为彰显现代性文化特征而遮蔽或取代了后现代性文化因素；以整体思维透视电影文本的后现代文化特征时，现代性文化特征并没有因为突显后现代性文化特征而遭到贬抑，而是着力揭示出后现代性文化特征与现代性文化特征的必然联系。特别是《穿行》的第四章集中笔力探索现代性与后现代性在新时期电影文化系统中这种错综纠结所造成的深刻原因：一是从理论维度上阐释了现代性、后现代性两个范畴乃至所形成的现代主义与后现代主义两大思潮之间关系的错综复杂性，若把这两大思潮引入电影文化领域就必然导致新时期电影文化的驳杂和纠葛；一是从新时期中国文化生态的复合性维度深入探讨了电影文化的多元纠结的根源，即现代主义和后现代主义是共时态地涌入中国，使与原有的传统文化及其他形态的现代性文化发生了冲撞与交汇、对接与融合，必然会导致新时期电影文化的多元复杂，以及现代性与后现代性紧紧地缠绕在一起。这种有深度有说服力的文化阐释，主要得力于研究者对现代性与后现代性整体理论视角与理路的卓有成效的出色运用。

以论驭史的逻辑框架和现代性与后现代性合一整体视角，之所以在《穿行》中能获得创新性的学术效果，重在著者对歧义多多的现代性、后现代性等概念、范畴，投入深功给以清理、辨认与阐释，形成自己对现代性、后现代性等概念所理解所把握的认知模式和理论思维，这也是本书的独特之点与创新之点。现代性，后现代性、现代主义、后现代主义等概念、思潮，显然源于西方现代哲学美学，并非中国本土的发明和创造；但是作为中国学者根据课题研究的需要，能够对这些外来的概念、思潮，消化理解、阐述清楚直至化为切实可用的理论思维。不过这并非一件轻而易举的事情，可以说，“洋为中用”的转化，是对中国学者的耐力与思力的严峻考验。本书作者宋彦博士力避重蹈“生搬硬套”“人云亦云”的旧辙，既从本源上对现代性、后现代性等概念作了追溯又对它们在流传中的不同见解作了梳理，既对中国学者的不同解说作了辨识又对当下新的说法做了必要吸纳，并尊重自己对这些概念的理解和对新时期新潮电影的感悟；然后加以整合，对现代性、后现代性等概念给出了简明而清晰的阐述，把这些众说纷纭、歧义丛生的概念范畴辨析得清清楚楚，明明确确，若是对现代理论没有浓厚的兴趣，对哲学美学理论缺乏必要修养，那是难能做到的。《穿行》不只是对现代性概念与后现代性概念的定义与内涵作了系统的梳理与明确的阐释，同时也对“家族相似”的概念，如现代与现代主义、现代性与现代化、后现代与后现代主义、后现代化与后现代性，进行条分缕析地认真探究，既揭示了各个概念的规定性内涵更理清这诸多概念的区分度，使读者不仅能领悟到这些“家族相似”概念与核心概念“现代性”与“后现代性”的联系性互通性，又能分辨出它们之间的明显差异性甚至深微的区别性；特别是对“现代性”、“后现代性”与新时期电影文化关系研究现状的分析，以图表示之，既可窥见著者对此所下的细功夫，又可看到著者通过对概念范畴的探析所形成的现代性的理论思维能对研究对象进行穿行自如地研究。正是由于宋彦博士对现代性、后现代性及其“家族相似”概念的研究投入了深与细的功夫，并确立于研究对象相契合的认知结构和思维模式，所以不只是在全书框架结构的设计上和现代性整体视角的选用上都体现出一定的独特性与创新性；而且运用它对新时期电影形态进行梳理与分析也能达到预期目的，即“透过种种绮丽诡异、变动不居的影视文化现象，深入剖析丰富驳杂的影视现象背后的内在动力和意识形态含义，勾勒呈现出这些文化现象背后的多元历史合力，辨析挖掘出隐蔽于现象背后的个人主体或群体主体的文化心态，从而对新时期中国电影作出恰当而又深刻的理性批判。”（见本书《绪论》）

本书之所以能够成为开拓性的创新之作，还在于始终坚持现代性与后代性的整体理论视角切入新时期电影文本，通过细读与精读从中发现出与理论框架与观照视角相吻合的新文化意蕴与新美学特征，这也是《穿行》的特点与创新点所在。不过，著作所细读精读的电影文本主要不是纸媒的文字符号所组合的艺术画面，而是电媒通过银幕或荧屏展示出的直观影像，是形形色色的镜头借助蒙太奇手法由编导巧妙地结构而成；虽然细读精读电影文本不需要透过语言媒介去感受和领悟其内在文化内涵与美学意蕴，可以直观地形象地直接去感受和体验它，但由于电影的幻象瞬间即逝，不给读者深思熟虑、反复品味的时间，故而就要求观赏者或研究者不厌其烦地放映、观看、体察和回味、琢磨，特别是如何透过影像画面把潜隐的文化意蕴与审美意识开掘出来，这比阅读纸媒要困难得多。可取的是，本书对电影文本细读精读不是按图索骥，即遵循既定的理论框架去寻求证据；而是以现代性与后现代性的整体理念作为解读电影文本的切入视角，一旦进入电影文本的艺术世界不论是框架或视角仅仅是引导研究者进行更深入地细读精读，并未阻遏研究者的自由感受与自由想象，这样的细读精读所获取的心得体会既能顺应框架与视角的诉求又能对现代性与后现代性理念给以充实。数年来，宋彦博士以坚毅的韧性精神与意志力去阅读新时期的电影文本，即使忍受病痛也要把该看的电影文本看完，孜孜以求地投进电影艺海，层层深入地去探索电影文本中所蕴含的与现代主义和后现代主义思潮相吻合的文化内涵美学意蕴；其中的优秀影片反复放映反复解读，哪怕一些细微的场景与描写人物的典型细节都不放过，真正做到了通过细读精读而从文本深层发现或开掘出一些新的文化意蕴和美学因素，并给出有新意的价值判断与理论概括。《穿行》对现代理性或后现代性电影的文化特征、精神内涵、美学风格分析得如此明晰、透彻、深刻且有新意，主要得力于著者对电影文本的细读精读所体现出的敏锐的艺术感悟能力和深微的理论思维能力;并从而使对现代主义与后现代主义思潮的研究更有力地服务于或支撑起新时期电影文本的探讨,所获得的研究成果既有理性的高度又有悟性的深度,也有感性的细度。

以现代性与后现代性整合的理论视野,对新时期中国电影文化进行的全面系统的考察、探索和阐释,虽然尚有不足之处,但是从整体看它却是对电影文化研究的开拓与深化,为中国电影文化研究提供了新框架与新视角,也为现代电影文化乃至整个文化建设增进了新内涵新意蕴。宋彦博士既然喜爱电影并取得可喜的学术成果,那今后研究的主攻方向就应瞄准新时期电影文化,持之以恒地在电影领域里耕耘与勘探,不断地有所发现有所收获,使自己成为名副其实的电影评论者或电影文化研究者;并建议把新时期的电影文化与电视文化捆绑为一体予以考察与探究,影视文化的无限深广的求索空间定会吸引你充分发挥艺术才华与思维能力,透过深入地探索与阐释而凝成更多更优的学术成果。是为序。

(草于2010年春节)

现代中国文化是一个悖论性结构

——序《中国文化与文学的现代化》

现代中国文学是现代中国文化的重要一翼，又是现代文化的良性载体，现代文学本身也是一种丰盈的审美文化；况且现代文学作为现代文化的载体与其他载体相比，更富有深邃性、丰赡性、形象性、诗意性和异彩性。因此它对于21世纪中国文化的建设来说，应是最便捷的取之不尽的优质资源。近几年从文化视野来洞察和探索现代文学的学术成果越来越多，充分显示出学者们积极参与现代中国文化工程建设的自觉性。王明科博士的专著《中国文化与文学的现代化》(以下简称《中国文化》)，就是对这方面深入研究的颇具理论特色的一部力作。

本书选取现代中国具有代表性的作家与学者，就他们在现代文化建设方面作出的最具有独特性与深广性的探索，进行了整体的结构主义的研究。所运用的“文化”的视角虽然比不上明科几年前提出的“怨恨”视角与“新怨恨理论”更具创意；但是即使以文化视角切入进行探察所发现的新意，所形成的创见，所给出的判断，也颇有开拓性的学术价值和学理性的启示意义。《中国文化》不像有些研究者仅仅从一个角度去看待中国现代作家的文化追求，它将中国现代作家的文化探求看成一个整体结构，这个结构是一个互相形成动力的悖论性结构，任何一方都只能在对其他各方的矛盾对立中才能实现对中国现代文化建构的理想，任何一方都无法自己独立建构中国现代文化。著者认为：传统与现代的悖论构成了中国文化的根本矛盾，传统与现代的各自内部本身也是个悖论性结构，在双重内在驱动力的多元文化冲突下，现代作家于互相矛盾的三大向度上试图去建设中国现代文化：反抗，建构，回瞥。反抗的目的是为了建构，传统的强大造成了回瞥，回瞥是反抗中的回瞥，反抗是建构中的反抗，建构是在反抗与回瞥的过程中逐渐完成。基于这一逻辑理路，著者在行文中着重强调了三点：一是论述反抗向度时并不像学术界一般是指对于传统的反抗，而是指向传统痼疾与现代弊端两个方面,既没有全部反对传统也没有全盘肯定现代。二是论述建构向度时并不像学术界一般是指吸取古今中外的优秀文化传统,而是提出了中国文化的现代化建设要独立形成一个体系。但是这个体系并非完全认同优秀文化传统,也是肯定有着其某种弊端的,只要在相当长的一段时间里能够为中国文化现代化追求提供强大的理论支持甚至信仰支持就是可行的;至于这个体系在以后终将暴露出来的缺陷那也是可以料想的,那是以后需要重新建设时候再考虑的而不是现在的事情。因为综合中外古今文化的精华而独创一种完美的没有任何弊端的文化体系,在著者看来是不可能的空想。三是论述回瞥向度时也不像学术界一般是指回瞥传统文化以发扬光大整理继承传统文化,而是强调回瞥传统文化首先要批判文化传统,这里有个与众不同的本质就是:回瞥传统文化是要转化文化传统而不是整理与继承文化传统,同时也不是否定与断绝文化传统。转化是反抗与建构过程中的创造,决不继承或拒绝。

由于《中国文化》在用这种属于自己的全新思考去重新审视中国现代文化的建设时,故而发现了中国文化现代化与现代性之建设论域中的十景病情:一,以文化实用主义为目的,缺乏中国现代知识分子的文化立场;二,以化约对待民族化与世界化复杂关系,缺乏全面辨析;三,以机械粗暴态度理解反传统,缺乏对反传统的深刻挖掘;四,以解释主体性遮蔽文化客观性,缺乏对文化运动复杂性的认识;五,以乌托邦来建构中国现代文化,缺乏对文化必然局限性的自觉;六,"现代主义""现代化""现代性"等概念到处套用,缺乏语义场理解;七,以西方现代性硬套中国现代性,缺乏中国现代性之民族性考察;八,以社会现代性理解审美现代性,缺乏审美现代性之特殊性体悟;九,以西方后现代填充中国现代性,缺乏中国现代性之具体性追究;十,以主流时髦冷淡了边缘存在,缺乏多重难堪中怨恨体验之探索。著者的这些发现成文发表后曾经在2005年(当时他是博士二年级)前后的中国人文学术界引起了不少反响,接连被国内四家刊物或部分或全文进行了转载,接着省内外一些社会科学杂志相继发表了王明科研究中国文化与文学现代化的有关论文,表现出一个青年学者对中国文化现代化的高度关注和勇于探索的学术睿智。

就专著的具体章节而言,首先是对无名氏的文化建构研究,指出其文化建构仅仅是一种理想,明科将之命名为"文化再造理想"而不是文化建设实践。本书在重新界定了无名氏的流派定位以及论述了无名氏小说的反思品格后,经过详细考察无名氏文化构建学说后,从实践的意义上严肃指出这种"再造理想"至少具有八个方面的实践难堪,也就是在实践方面根本不可能实现。然而本书并没有否定无名氏，指出其不可替代的文化史与文学史意义：无名氏的建构努力至少让中国文化学术界以后很清醒地具有自知之明，不再去追求十全十美，而是要学会割舍选择。这就体现出一种求真务实的科学治学精神。

其次是对鲁迅反抗传统的研究，仔细区别了“传统文化”与“文化传统”的不同，将很模糊很容易被人误解的“反”明确化为准确术语“反抗”，避免了与“反对”、“反叛”、“反面”、“否定”、“抛弃”等词语的混淆。提出鲁迅研究界“两论”（肯定论、否定论）、“三说”（断裂说、继承说、反抗说）、“四派”（亵渎派、传统派、悖论派、反传统派，在王明科已发表的论文之中又概括为：亵渎派、学理派、心理派、理性派）的研究框架，并就这个框架作出了比较剖析，同时将鲁迅与无名氏的文化反思进行了比较。其研究与众不同的是，在看到鲁迅反抗传统所面临的很大悖论时，并没有因此而贬抑鲁迅反抗传统所具有的极大价值，这是一个至关紧要、关系到中国现代文化根基的具有原则性与基础性的重大的学术立场。这种勇气与立场对于推动21世纪中国文化建设是弥足珍贵的。

再次是对沈从文的回瞥研究，并不像学术界一般认为沈从文对于传统是一种继承，而明确指出：沈从文不但批判现代的陷阱，同时也批判了传统的弊端。沈从文的文化视野是一种城乡互动的双向文化批判：即以城市文明来反观与批判乡村愚昧，同时以乡村淳朴来鞭挞城市堕落。著者通过批评20世纪90年代以前与之后的四种误读，纠正了20世纪80年代以来随着“沈从文热”而产生的对于沈从文的多种误解，论述了沈从文文化反思的独特性，比较了沈从文与徐訏等其他现代作家文化建构的不同，力图还原沈从文的本来面目。即沈从文既不是赞扬与继承传统，也不是否定与拒绝现代，而是像鲁迅一样，既有对于传统的批判也有对于现代的质疑，只不过他们的不同在于：鲁迅更关注的是对于传统弊端的暴露，而沈从文更关注的是对于现代陷阱的警惕。这些见解颇有发人深思的辩证威力。

最后是对现代学者杨义的研究，这是一个大胆的尝试。指出杨义文化会通论与大文化观在中国现代文化建设历史上的实践意义与现实价值。对于目前健在但已经对中国文化现代化建设作出突出贡献的学者作这方面的研究，学术界还很薄弱，研究资料也非常匮乏，这只能是一种主动探索。王明科博士近年来一直坚持研究中国当下的学者，特别是目前尚健在的各学术领域的领军学者，设想在一个合适的时机出版《中国现当代文学学者论》一书，唯其任重而道远，方显学术之韧性品格。

据我所知，明科对于中国现代文化建构的研究并不仅仅局限于无名氏、鲁迅、沈从文、杨义等几位大家身上，至少他对茅盾、老舍、巴金、张爱玲、钱钟书、赵树理、莫言、余华等，都已发表了关于他们文化建设与文化反思方面的论文。由于出版经费绝大部分要自费，只有忍痛割爱，对于一个有志于在学术领域孜孜以求的青年学者来说，这是难以言表的无奈。

没有调查研究就没有发言权；对于已毕业的博士缺乏联系与交流，作为导师也没有评头品足、指手画脚的权力。不过现在王明科博士的专著已摆在我面前，使我欣喜令我沉思，又使我为难，引出我不少回忆，故而不得不从回忆的碎片中发出几声由衷之言。尽管有些回忆难以辨识是非，但是他的勤奋好学与坚强毅力却给我留下深刻的印象。也许这就是他毕业后在学术研究上有了长足进步的内驱力所在。他作为农村的孩子，30 岁了才考上公费博士生。虽然 8 年过去了，听说他已是研究生导师与副教授，独立主持并完成了 6 项课题，发表了 80 多篇学术论文，多次修改并整理好了 3 部学术专著；但是，这与他攻读博士学位时的坚韧努力与勤思苦研分不开的，使我难以忘记的是：三年读博从不回家，春节特别是除夕之夜与大年初一到初三，一个人关起房门搁了电话，集中精力读书写论文，饿了就吃方便面，累了就去打印复印资料。每年春节时候他的电话老是拔了线，打好几天电话才能找到他。到第三年春节，我有点急事通知他，知道他又搁电话，独自爬楼梯到他宿舍去敲门，他不开，我叫了几声，他一听是我，赶紧开门，我一看有点吃惊，满墙满桌满地是打印复印的资料与手稿或者论文，电脑前面是几包方便面，没有洗脸，乱着头发，披着衣服，憔悴不堪，说是失眠了，感冒了……面对此情此景，我的气也消了，火也灭了，我还能再说什么，即使想责问几句的勇气也没有了，真没料到王明科仅靠着国家每月发给的 260 元来生活读书！人无完人，特别是对青年学者不能求全责备；应相信有个性的青年学者在深入研究中国现代文学，建构现代文化的过程中，在取得学术成就的同时，其文化人格也会不断完善，其性格品行也能不断优化。王明科博士以他的言行在证明着，他是个智高志远、刻苦奋进、勤于思考、勇于创新、敢于承担、追求完美的年轻学者，只要能做到"言必行，行必果"，又能得到学术界教育界的宽容、善待、提携、扶持、资助，为其提供施展其才其能的平台，其理想一定会实现，也必定能为现代学术的繁荣、创新人才的培养与现代中国文化的建构作出应有的贡献。是为序。

（急草于 2010 年 3 月 22 日）

这是一部有新意的史论结合的力作

——序《千古侠魂的现代回声》

虽然阅读域外小说或者观看外国电影,偶尔亦能感受一种侠义精神或者发现几个侠客形象;但是与中国的侠文化及其载体侠义文学相比,不论量或质都相差悬殊,并非在一个等次上,难以对比。可以毫无夸饰地说,侠是中国精神文化的独特产物,是中国对人类文化建设的独特贡献;而由侠文化精神孕育出的经久不衰的中国侠义文学,则构成了世界文学系统中独放异彩的风景线。尽管由于历史的局限,侠文化与侠文学在中国文化、文学史上曾受到贬抑,没有获得应有的尊重和公平的对待;然而那一页不正常的历史已经翻过去了,逮及20世纪80年代便出现了文艺春天和学术春天,改革开放的大好时代,思想解放的阵阵劲风,唤醒了侠文化精神,催动了武侠文学创作,更使侠文化研究与武侠文学史的书写进入了实事求是的科学思想轨道。因而古今侠义文学的出版充斥着文化图书市场,扩大了民众的阅读视野,满足了民众日益增长的消费文化需求;研究并勘探侠文化和侠文学的学术成果层出不穷,尤其是古今侠义文学史的书写与理论的探讨问世了不少令人耳目一新的著述,既有"史"的纵深感,又有"论"的创新感,标志着侠文化和侠文学的研究已达到新的学术层次。陈夫龙博士的专论《千古侠魂的现代回声——现代中国文学与侠文化专题研究》(以下简称《回声》)就是这样一部有创意有深度的史论结合的力作。

任何一部能达到公开出版的学术著作,都有相当程度的创新力度与学术增长点。《回声》就是论者在对侠文化和侠文学学习、研究长达八年之久的基础上努力思考的结晶,该著作的创新点比较稳妥、逻辑理路相当严密、话语表述非常准确。只要对侠文化或侠文学感兴趣的或有所研究的读者或学人,都会对《回声》这样的著述给以关注,或对某些见解表示认同或对某些创新表示赞赏,或对某些看法提出质疑,或对某些观点表示反对。总之,它能激发读者或学人的深入思考和积极追询。笔者在小学阶段曾避开老师、家长的督视,偷读过《七侠五义》、《小五义》、《小八义》等武侠小说，直到古稀之年仍然喜欢观赏武侠电影、电视和戏剧，特别是浏览新旧武侠小说的兴趣并未消减，对于那些研究武侠文学的史论著作也不时地翻检。虽然从观赏和阅览的感受中产生过不少的所谓“问题意识”，但始终没有在深入探讨的基础上写过文章，只能是给选取此类题目的研究生论文提点参考建议或作为与故交新朋聊天的谈资。正是基于这样一种认知结构与阅览心态，我从《回声》中受到了一些有关侠文化或侠文学研究的理性启示，也获得了不少真知灼识。

何谓“侠”，这个众说纷纭的概念，困惑了不知多少学者，几乎没有一种界说能形成共识；笔者亦接触过一些文献和不同说法，都不能令人诚服。《回声》对侠的起源作了探赜发微的考辨，对学界关于侠的七种起源说逐一进行有理有据的辨识与合乎逻辑的阐释，然后以综合考察的方法对侠的起源作了有见地的精辟概括，并从整个的溯源考古的思辨过程中不时地闪现出论者的思想火花；特别是对侠文化精神资源构成的勘探，既理清了侠与墨家思想、侠与儒家思想、侠与道家思想等的内在关系，也从侠文化精神结构中抽绎出六点实质内涵，即“以自由、平等、正义和公道为终极追求的理想精神、以侠义精神为核心的价值理念、以尚武精神为行侠手段的行为特征、以叛逆精神和复仇精神为基点的反抗意志、以诚信守诺和谦逊不骄为特色的人格精神、以民族大义为高蹈的脊梁精神”。侠文化精神内涵这六大思想特征，几乎囊括了中华民族文化的优秀传统，这不仅说明侠文化精神在动态的演变过程中不断得到扩充与增值，而且也说明论者对侠文化精神的发现与拓展既深且广。在我的阅读视域中，本书对侠的起源说考辨与侠文化精神实质的理论阐释，应是最详尽最有深度的；尤其从文学与侠文化结缘的文学、文化史的梳理中，论者发现并揭示了侠的文学形象的出现“造成了侠这一历史文化本体作为行为存在、精神存在和观念存在的乖离现象，逐渐形成了侠的行为文化(诸子百家与史书传记之游侠)、精神文化(文学作品之武侠)和观念文化(人们思想意识中的侠)的区分，从而侠文化也就呈现为三种价值形态，即历史实存侠、文学形象侠、思想观念侠”，并对这三种价值形态的侠给出了简明的阐述：“所谓历史实存侠，是诸子百家和史书传记中所记载的现实生活中实际存在的侠；文学形象侠，是文人根据历史实存侠的具体存在，结合传统文化观念和时代精神需要，通过想象和虚构所塑造出来的充满正义力量与侠义精神的人物形象；思想观念侠，是历史实存侠和文学形象侠的正面形象与积极意义的有机集合体，是侠文化长期积淀的产物，是内化为人们意识深处的一种理想人格精神、思想观念和行为规范，并作为一种文化精神载体进入民族文化的价值体系，从而成为公道、正义和良知的象征。”论者对侠文化作出如此新颖独到的理解和阐释，使人在诚服地接受中受到有益的启示。凡是关注侠和侠文化内涵的读者，也许读了《回声》的考辨与判断后，与笔者会有同感吧？

由于研究主体对侠文化的精神资源及其实质蕴涵给出了批判性的分析和学理性的阐释，并从而形成独特的多维度的侠文化观念，这不仅为探究现代中国文学与侠文化的关系提供了穿透力极强的价值视野，也为本书逻辑结构埋伏下潜隐的理论思路。从表层看，全书由民国旧武侠小说、侠文化精神浸染的新文学作家作品、金庸新武侠小说这三大板块来组织布局；而这三大板块似乎“各自为政”，它们之间没有什么必然的联系，但实质上这三大板块正标志着现代中国文学与文化语境下侠文化、侠文学发展的既有内在联系又有明显区别的逻辑阶段，不论旧武侠、新文学或者新武侠都以不同的形态体现出侠文化精神，而这种侠文化精神又作为潜在的思想线索将三大板块联结起来，如同一部缩写的现代中国侠文化史呈示在读者面前。然而这三大板块在全书的结构上又保持着相当大的独立性，况且蕴含于旧武侠小说、新文学作家作品和金庸新武侠小说中的侠文化精神往往其差异性大于趋同性，这就要求对不同文学样态内蕴的侠文化精神的独有特征与价值内涵，从理论上给出有逻辑深度的分析。本书正是在这方面进行了深入的探索与强化的论述，这就使《回声》既具史的品格又具论的品格，虽然尚未达到史与论相得益彰的完美程度，但是对于史与论逻辑结构的独特运思与苦心追求却是值得称道的。特别是纳入史论结构框架中进行重点探究的“三大板块”，或选取新颖独到的研究视角和理路，或从研究对象中感悟到发掘出的新意蕴所形成的新史识新见解，对于笔者来说既有新鲜感又有启示意义。民国旧武侠小说的研究成果众多，达到了相当高的学术水准，突破创新的难度较大；而《回声》对旧武侠的总体观照或文本剖析却将其提升到现代性的高度，尽力揭示民国武侠小说的现代性特征，这不只是拉近了武侠小说与新文学之间人为造成的距离感，使现代中国雅俗两大文学样态在现代性上找到了契合点，并从而提高了民国武侠小说在文学史上应有的地位。以侠文化视野审视新文学作家作品，也就是探讨新文学与侠文化的关系，论者对这方面的研究现状作了系统的梳理与认真的辨识，从中选取研究的薄弱点或矛盾点，进行了拓展性的探讨，这不仅表现在作者提出了一个侠性心态概念，从创作主体入手对新文学作家侠性心态的基本特征进行了有深度的分析，将人本研究与文本研究有机结合起来；而且在侠文化视野下对鲁迅、郭沫若、老舍、沈从文、蒋光慈、萧军等新文学作家及其文本既作了整体观照又作了具体解读，旨在探索他们对侠文化进行现代转换的创新思路及其建设新文化的方案，这就把新文学与侠文化关系的研究提高到如何将传统文化转化成现代性文化的内在规律与生成机制的探讨上。这种研究是对新文学与侠文化关系探讨的深化和提升，从中获得的规律性认识与新的理论见解也增强了本书的创新力度。至于对新文学作家茅盾、郑振铎、瞿秋白等对武侠小说和侠文化所持的批判态度，论者重返当历史语境所作出的实事求是的分析与深刻的反思，更富有认识上的启示意义与现实的思想价值，从中也透露出《回声》宽容的历史态度与开放的现代文化观念。对于新文学与侠文化关系的重新勘探与解读，它的开拓性的意义不只是表现在学术价值和史学意义上，也表现在方法论上，即它为深化新文学与传统文化关系研究所提供的新视角开辟的新思路拓展的新视野更值得重视。“金庸小说研究”是近30年大陆读者和学人议论的热点，虽然在评价上存在见仁见智的不同声音，但是大都认为金庸是武侠小说的集大成者，他营造了一种新武侠小说；《回声》对金庸小说的探究避开了一些常见的角度，而是选取了一些有深度的维度从微观与宏观的结合上对金庸的武侠小说作了解读与阐释，即不仅从文化生态视野中阐发了金庸小说“义”与“情”两个互动层面的精神内涵和美学价值，也从崇高的维度深入探讨金庸崇高的主体精神及其文本中蕴含的崇高精神价值与外在形态流露出的美学风范；不仅对金庸小说“义”的精神资源和“义”的价值形态进行了深入探察，也从娱乐功能与人文关怀两个层面探讨了读者对金庸小说的接受心理；尤其对《雪山飞狐》的个案剖析，更显示出论者具有敏锐的艺术感悟能力和发现艺术创新的逻辑机制。

《回声》作为深入探究现代中国文学与侠文化关系的专论，难免有不系统不完整的欠缺之处；但是它能截取现代中国文学三个相互贯通的横断面所进行的求真务实的有创新力度的探讨，有新的发现、新的思索和新的概括，足以表明论者在学术的创新趋优的追求上获得了令人关注的成就。陈博士对侠文化及其与现代中国文学关系的研究有如此喜人的造诣，首先得力于他八年前为了“另觅安身立命之所、追寻灵魂高蹈之地，而负笈巴蜀，刻苦自励，选择现代中国文学与侠文化作为学之方向，以侠之人格精神作为人之高标、处世之规范，自由心灵，神性生存，实乃人生快事。峨嵋拜佛，青城访道，嘉陵江畔行吟，望江楼下苦思，砥砺修行六载，结识各路才俊，钟爱侠之豪气干云，专研侠文化于近代以来中国社会之深远影响和价值意义，以此储备安身立命之能量，凭其构建诗意栖居之家园，岂不快哉?!”(见本书《后记》)。试想一个青年学者把研究侠文化及其与现代中国文学的关系视为生命价值的根基，而且达到了如此“其乐无穷”的狂欢程度，他有什么样的人文科学堡垒攻不下来？其次得力于陈夫龙攻读硕士和博士学位六年，亲身受到有专长有学养有个性有创意的诸多名师的指导与点拨，各位导师不仅引导而且尊重他的学术选择，更以自由洒脱、宽容豪爽的气度和敢于冲决罗网的精神界战士的人生姿态，感染并激励着他，使其进一步坚定了致力于现代中国文学与侠文化关系研究的信念。欣闻陈博士独立申报的课题“中国新文学作家与侠文化研究”荣获2010年度国家社会科学基金青年项目立项资助，我为之高兴。我充分相信，凭着夫龙的坚定信念、丰厚储备、学术激情、孜孜追求、豪迈气魄和韧性精神，定能出色地完成这个国家项目，将侠文化及其与现代中国文学关系的研究提升到新的学术层级。

是为序。

(2010年6月25日)

难得的美文佳构

——序《黑黄恋》

散文，不论是以抒情为主的，或者是以叙事为主的，甚至是偏重于议论的，都可以称之为美文；读的散文越多越会感到，周作人把散文定义为美文是科学的，突现了散文的特质。摆在我面前的是蒋新的散文集《黑黄恋》，天气虽热，汗水迷住了眼睛；但是我的阅读兴趣却愈发浓烈起来，如同闯进一片美文森林，恨不得瞬间将其尽收眼底，欣赏个够，以满足审美期待。尽管不能说《黑黄恋》篇篇都是优质美文，达到了真、善、美和谐圆融的审美境界；然而它们却无不具有美文的素质，甚至有不少篇什是美文的上品之作，值得肯定和赏析的。作为一个读者，使我对美文感受最强烈的有四点：

情之真

散文以情为本，感情是散文的生命也是它的根本，古今中外的散文莫不看中一个"情"字，既强调情之真意之切又强调情感的浓淡相宜。不过古今散文所抒创作主体或是对象主体之情并非都能达到情真的审美要求，有不少散文抒发的感情往往给读者以矫情甚至伪情之感；尽管这样的散文以华丽的词藻作了包装，然而其空虚的内核明眼人一下就能看穿。《黑黄恋》所抒写的感情，不论从创作主体生命中流淌出来的或者从对象主体生命中迸发出来的，只要能切实地感受与体味一下，便会发现这是一种真实的感情、真诚的感情和真挚的感情；唯有这种真的感情方能展示人性之美与人情之美，物化为文本才能真正感动人，甚至激发起对位共鸣的审美效应。试看，作者如同一位抒情诗人，笔端饱蘸着感情，游遍祖国大大小小的湖泊，既抒发了敬畏崇拜的感情又抒发了担心湖泊被污染的忧郁之情(《湖的味道》)；面对着"鱼山"的不平凡历史，便为曹植的不幸遭遇，抒发了忧愤的怀古之情；听着"高山流水"的琴音，不只抒写"知音难觅”之情,也发出了与朋友交“赤诚度、真诚度,坦诚度有多少”的责己之情;《旧风景:与你一起看过》所辑之美文,从不同角度来写家乡的人、家乡的山、家乡的水、家乡的煤、家乡的习俗、家乡的风景,所抒发的感情是那样的朴实、那样的淳厚,那样的真挚,使人感受到作者家乡的山美、水美、景美、人更美,流露出一个作家对家乡的爱是无私的也是无边的;尤其是那些抒写亲情的散文,充溢着作者对父母、兄弟姐妹、妻子儿子的真挚炽烈的感情,若是一个对家庭亲人缺乏挚爱深情的作家,那不可能写出爱家乡、爱祖国、爱人民、爱自然的那么多的优美散文,虽然作者没有专文写与妻子的感情,但是从其不少散文的无意涉笔中却流露出对妻子的恩爱恋情,尤其撼人心灵催人泪下的《与在天国的父亲聊天》这篇散文,看似笔调轻松幽默,实则是如泣如诉如悲如悼地倾吐出一个儿子对父亲的想念之极、感恩之极、痛思之极的孝子之情和骨肉之情,从而也烘托出一个慈父生前为把五个孩子培养成人所付出的心血以及爱子痛子盼子的深如海的感情。在作者饱含深情的笔触下,几乎宇宙间的一切人、景、物、事都被赋予了或浓或淡的感情色彩,哪怕一只小麻雀也非无情物,极尽赞美之情(《隐士鸟》)。然而作者并非无度地无节制地挥洒喜怒哀乐的感情,而是严格根据对抒写对象的不同感受不同体验而有选择有分寸地来抒发不同的情感,该喜则喜,该悲则悲,该怒则怒,该赞则赞,该叹则叹,在情感的挥洒上给人一种“浓妆淡抹总相宜”的适度感;这就避免了散文创作中那种不该抒情则抒写过激之情而杀死了美、该抒写浓烈之情则淡而写之却抑制了美的弊病。尤为可取的是,作者较好地处理了抒写个体之情与群体之情、个人之情与时代之情的辩证关系,并没有把两者对立起来,而是凭借艺术匠心为两者关系架起了互通的桥梁,使我们读着散文由朦胧而清晰地感受到:创作主体所抒发的感情虽然源于个人生命体,是属于自已的,带有鲜明的个性或人性的烙印,但是这种有差异的个性化的感情又与群体的时代的感情有着千丝万缕的联系;即个人情感寄寓着群体的或时代的情感,而群体的或时代的情感又支撑着个人的情感,个人之情与群体的或时代的感情在不少散文中达到浑然一体的境界。并不像有的散文家只满足于抒写个人的所谓“私秘”感情,仿佛越抒写这种唯我之情或私秘之情而散文越能达到“个性化”。在理论上把“私秘”感情与群体感情绝端对立起来是认识上的误区,而在实践上则是根本做不到的。道理很简单,包括作者在内的人不仅是社会关系的总和也是一切关系的总和,从来就不存在完全出离群体或时代感情的个人感情,也从来不存在完全脱离个人感情的群体的或时代的感情;实际上在我们感受着散文的个人抒情时也感受着群体或时代的抒情，反之也是这样，这种互动互通关系在《黑黄恋》散文集中得到了清晰的彰显。

思之深

优秀的散文不能满足于抒情，必须有思想；而思想总是伴随着抒情，规范着抒情，使抒发之情有一定的理性向度。况且思想对于整个散文来说，既是精神支柱，又是不朽的灵魂，尤其是古今中外的经典美文不只有情之真更有思之深，情真决定着美文的审美魅力，思之深则决定着美文的启示力。所谓散文的思之深，不是指那种泛泛的思想，或常识性的道理，更不是书本上抄录下来的概念范畴和原则原理，而主要指两层意思：一是指散文所抒写的人、景、物、事，进入作者的审美视野后，不论对其所感或者所思都能由表及里地发现其本质规定或带有规律性东西，获得一种入木三分的真理性认识，或者未有听说的真知灼识；一是指散文所蕴含的或表现的思想深刻，达到了相当的认知深度，而这些思想不一定都是作者的新发现新感悟，也可能是现成的思想意识与人生哲理赋予新的抒写对象而对其认识有所深化或有所充实。从眼下来考之，并非阅读的所有散文都有思想，特别缺少新颖独到的思想，即使有些散文表现了所谓思想，不是司空见惯的政治教条就是耳熟能详的理念口号；甚至有的散文为叙事而叙事，为写景而写景，为写人而写人，为写物而写物，不只所抒之情是零度的，所表现的思想也是空泛的，甚至根本不知所云，连思想脉络也寻觅不到。然而阅读了《黑黄恋》的感受却恰好相反，在受到抒情的强烈感染同时也深受其理性的启示，这就是每篇散文蕴含的思想性所致。似乎所有的人、景、物、事进入作者的视觉、听觉、嗅觉、味觉乃至触觉，都能引起或深或浅的思索，有些思索达到相当的深度。比如，在十一层楼上眺望，城市景观尽收眼底，触景生情，由情而思；眼望卧室新换的窗帘，唱起咏叹调，引发了"对生命的思考和启迪"；目视树林，想到看林人一家的命运的变迁，投以人文关爱之思；听着音乐，想到莫扎特、蔡文姬，思考着精神的二律悖反与人生之谜；面对着黑的炭与黄的土，悟出了"永远传世的'黑黄恋'，的道理；由放风筝，既想到三大爷"文革"遭迫害的厄命，又思索到放风筝的奥秘"学问"；《渐行渐远的铁锨时代》，从铁锨这件极普通的工具上，竟悟出了"锨是曾经和继续进行着的文明和辉煌，文明不仅仅从它身上驶过，而且驻留了很久很久，从锨那里可以聆听民族的情感宣泄，在铁锨的结构里可以观感到力的支点和美的基因，在铿锵有力的劳动号子声中静听锨演奏的平平仄仄的诗经旋律”的这样新颖精到的思想；由“剑”与“酒”的追忆，作者思索出这样一种惊拔玄奇的史识：“一部浩浩荡荡的中国文学史，透亮的雪与剑与酒压缩成一块方方正正的秦砖和规规矩矩的汉瓦，起垒着一层层的历史大厦，遮挡着挫折风雨。”等等，不一而足。正是这形形色色的思想，或体现出科学理性精神或洋溢着人文主义精神，铸就了《黑黄恋》诗意的灵魂与思想柱石。思之深之所以铸成美文能给人强烈的审美感受，就《黑黄恋》散文集来说，有三点极为重要：文中所表现出的思想不仅给人以新颖感，而且富有真理的威力，甚至与人类的普适价值相联通，如人性真善美的追求与审美理想是一致的；更为可取的是，有些思想达到了哲学高度，富有深刻的哲理性，新思固能启迪人哲思更能启迪人，此其一。散文中所表现出的思想既不是干巴巴的抽象概念又不是赤裸裸的逻辑演绎，而是融理于情，以情显理，情与理达到有机化合；就是说没有游离于情感的思想，也没有无思想烛照的情感，情感受益于思想而彰显亮色，思想得力于情感渗透而增强感染力，因而把散文中的思想名之为“情思”更为妥帖，此其二。有些优秀散文颇有诗意，或者可以称之为散文诗，主要因为情感与哲思得到圆融结合，情感中能显示出思想的深度，思想中浸泡的情感带有浓度，两者的相融相合既能产生审美张力更能生发诱人的诗意，虽然不能说《黑黄恋》篇篇散文诗意盎然，但是洋溢诗意的佳作却是不少的，此其三。

象之丰

所谓象之丰，既指意象又指具象也指形象的丰盈多姿。若是没有与情感、思想相契合的这种意象或那种具象或某些形象，那不可能形成完美的或不尽完美的散文文本，其真实、真诚、真挚的感情和新颖深刻的思想或哲理也得不到诗化的表现。因此，象之丰正是以丰富多彩的完美或不甚完美的形态与之相适宜的情思化合为一体，给读者以强烈审美感受。其实，散文的形态构成就在一个“散”字上，表面审之颇有“形散”之感，不像诗歌有形式上的严格规范，也不像小说有完整的结构；散文在形体上则自由得多，可以不顾及形式的规格要求，根据创作主体的审美感受或情思体验乃至审美取向，而自由选择形体进行挥洒。《黑黄恋》的散文体式或形态，可以说异彩纷呈，是以不同的意象或具象或形象构成，而其情之真、思之深都蕴含于意象或意境或具象或形象之中；它们内含的情与思则成了不同形态散文结构之“神”，于是便形成散文的“形散神凝”的结构特征。虽然这种审美特征并不是在每篇散文形态上都表现得十分显豁，但是通过细心地阅读与体会也能发现，正是大多数散文的“象之丰”且具有了“形散神凝”的布局特征，方满足了作为散文文本对读者的特殊审美期待，使之与诗歌、小说的审美文本有了明显的区分度。在现实的海洋里和历史的长河中，存在着形形色色的或原生态或被打造的具象或形象，只有通过作家的亲身感受与审美选择并与自己的情感思想有契合方能转化为散文中的审美意象或具象或形象；从而也说明进入《黑黄恋》散文的意象、具象或形象已经完全审美化了，创作主体的审美意识与审美理想已化入了意象、具象或形象的肌体。值得特别提及的是，“象之丰”中有三个突出的审美特点：一是作者善于从现实或历史中捕捉发现一切与之审美趣味或审美理想相投合的具象、形象或现成的意象，或借以抒发情感或借以表述幽思或借以传达玄想，不论山、水、海、河、煤炭、黄土或者历史人物、神话传说，都能赋予现代人的思想情感，或把前者转化为新的审美意象，或将后者人物的灵魂激活而塑成新鲜感人的形象。二是把海、剑、酒、锨等具象通过主体审美转化为文本的核心意象，与其不同历史时空的相同或相似的意象贯通起来，或隐或显地展现出一条历史规律或对某种历史系统的规律性洞识。三是以一种平民为本的人道主义眼光从所熟悉的人群中，去发现普通人特别是那些社会底层人物，作为散文描述的审美形象，既揭示出这些平民人物的善美特质又给以他们亲切的人文关怀。只有将丰富多彩的意象或形象与情感之真、思想之深完美地融合起来，才能铸成令人感动、发人思索的散文文本。

主体之优

所谓主体之优，主是指创造美文的作家主体具有相当多的优长，正是这些优长形成的合力把情之真、思之深、象之丰熔铸成富有审美魅力的散文文本。透过《黑黄恋》所显示出的创作主体的优长，至少有三点值得称道：一是文化（包括文学）修养较深，不只阅读了大量传统文化的经典，如儒佛道、民间传说等；并且系统地学习了中国古代文学史，对历代诗词歌赋的名篇佳作达到了熟则能诵的程度，更为可取的是对外国文学的经典名篇也有所涉猎。这既开拓了艺术视野，丰富了知识结构，又提高了文化素养，深化了文学涵养。正因具有文化文学的优长，所以在散文创作中不时地引用古典诗词或历史故事或政治人物或文化名人或文学大家，这不仅充实了散文的文化内涵，增强了散文的文化品位，而且丰富了散文的思想含量，提高了散文的审美层次；尤其古典诗词的穿插运用，既把原来意境蕴含的情思激活又赋予其新的内涵，使古典美与现代美相得益彰。二是经多见广，阅历丰盈，游览锦绣河山，饱赏名胜古迹，为其散文创作提供了用之不尽的素材。有这样阅历的人不胜枚举，但并非都能成为散文家，或者都可以铸成美文。蒋新的优长在于，不论其“读万卷书”或者“行万里路”，都是个有心人，即善于思考、善于观察、善于体验、善于感悟、善于积累。正是这种主体优势，方使蒋新走到哪里观察到哪里，只要进入他视野的人、景、物、事，只要有价值有意义且能激起兴趣的，他都以审美的眼光洞察过、体悟过和选择过；哪怕日常生活的琐事也不肯轻易放过，小到一只麻雀皆可成为描述的对象。做普通人应该有心，当作家更应该是个自觉的有心人。三是举一反三、触类旁通的想象力与联想力，这一优长在《黑黄恋》中得到充分展示，若想象力与联想力得不到自由发挥那些审美内涵丰厚、意境深邃的美文不可能生成。所谓想象力，它在散文艺术构思中的主要功能是把以意象或形象储存于作家脑中的情感、思想、感受、体验、信息等转化为能被读者感知的审美文本，不论再现想象、比拟想象或者虚构想象、创造想象都以人文理性为导向，借以营构散文的真善美的理想境界；所谓联想力，它在散文艺术构思中的主要功能则是由此物想到彼物，举一反三，触类旁通，为想象插上翅膀，能够浮想联翩，以营构散文宏阔幽远的审美境界。不论想象力或联想力，在《黑黄恋》散文创作中都得到出色地运用。

我相信，如果读者能耐心地阅读《黑黄恋》散文集，也许会对海德格尔的“人，诗意地安居”的名言的奥妙之义，有新的领悟。是为序。

（草于2010年“八一”前夕）

孜孜以求　终有所成

——序《王蒙文艺思想论稿》

十几年前，奉桥读研究生时就对王蒙研究感兴趣，他的硕士学位论文关于王蒙文艺思想研究，提出了一些不俗的见解，形成了独特的研究思路；后来攻读博士学位，转向了通俗文学大师张恨水的研究，出版了《现代性视野中的张恨水小说》和《张恨水新论》两部学术著作，并发表了一系列充满学术新意的张恨水研究的论文，在学界渐为人知，崭露头角，得到学界的关注。博士毕业后，奉桥来到了青岛中国海洋大学王蒙文学研究所工作，又重新回到王蒙研究中来，以新的学术视野与知识结构拥抱并透析已熟悉的研究对象，必然会有新的感悟新的认知和新的把握。虽然从张恨水到王蒙，这个研究对象的转换不可谓不大，但奉桥研究角色的调整却相当成功。从此，我接连在《文学评论》、《当代作家评论》、《文史哲》等刊物上，读到了奉桥一系列研究王蒙的论文；同时，也陆续接到了奉桥寄来的由他主编的《多维视野中的王蒙》、《王蒙文艺思想研究》、《理论与实践——(王蒙自传)研究》等学术研究著作。由于奉桥的勤奋努力和不断积累，于2009年入选了“教育部新世纪优秀人才”，其研究题目仍是王蒙。摆在我眼前的这部30多万字的《王蒙文艺思想论稿》(以下简称《论稿》)，是奉桥这些年来殚精竭虑孜孜以求研究王蒙的心血之作；作为导师，我由衷地为他所取得的成绩感到高兴。读罢《论稿》，给我的突出印象是：

首先，《论稿》体现了年轻学者可贵的学术勇气。王蒙是当代文学的代表性作家，同时也是一个极为复杂的“球形发展”的作家，他不但是当代杰出的小说家，又是一个具有锐意创新精神的马克思主义文艺理论家，而且还是一个学者和文化官员，正如《论稿》开篇所言“王蒙是中国当代文学的一个传奇，一个变数。”(以下引文皆出自《论稿》一书，不一一注出)王蒙已经成为当代文学一个缩影和符号，具有一定的“镜像”功能，是当代中国的一种独特文学现象和文化现象。因此，对王蒙的研究在一定意义上已深化为对中国当代文学发展衍变及其内在规律性的认识和研究，从王蒙身上即可以看到中国当代文学60多年的衍变的足迹和艰难，又可以窥到中国当代文学所处文化生态的复杂和严峻。既然研究王蒙有如此重要的文学史意义和学术价值，那么选取王蒙作为研究对象，正体现出作者的一种可贵的学术眼光。但是，也必须注意到这样一个事实，即王蒙的独特身份，为研究者带来了不小的难度和挑战：如何对“王蒙现象”特别是对他丰富驳杂又充满变异的文艺思想进行深入细致地梳理和研究，成为当代文学研究界不可回避的一个课题，也是一个难题。在这个意义上，王蒙之于研究者而言，既是挑战，也是一种诱惑，甚至冒险——由于王蒙太复杂，有可能把研究者淹没——对此，我想奉桥不会没有察觉，但他还是没有回避这一切，而是迎难而上，这需要一种学术勇气；因为奉桥懂得，学术有时就是冒险，没有一定的探险精神，就不可能有真正的学术创新。

长期以来特别是自上个世纪八十年代以来，王蒙研究一直是当代文学研究的一个热点，许多学者都涉猎过，并出现了数量不菲的研究成果；因此，如何不走王蒙研究的老路，另辟蹊径，开辟王蒙研究的新视域，就在一定程度上决定了这部学术著作的价值和意义。在这一点上，《论稿》没有停留在以往的对具体作品解析研读的层面，而是向王蒙文学世界的纵深和内部掘进，发现前人所未发现的新问题，得出了许多令人耳目一新的结论，体现出了强烈的创新意识。研究一个当代作家的“文艺思想”，这本身就容易招致误解，甚至生发出一些险情；而王蒙则是一个极具争议的作家，这就形成了双重冒险。惟其冒险，所以也会有别样的发现和收获，《论稿》的学术价值在一定程度上源于这种冒险精神。《论稿》不仅体现出王蒙研究正在走向深化和拓展，还体现了严肃客观的学术态度。对于像王蒙这样一个具有多方面重要影响的作家，如何准确地评价他对中国当代文学的贡献，做到既不有意拔高，也不因言废人，并非易事。这一点，《论稿》做得较好，求真务实的逻辑分析判断，是令人诚服的。

其次，《论稿》体现了一种开放的学术视野。对于王蒙这样一个复杂的研究对象，必须采取相应的研究方法和研究路径，这样才能避免复杂问题简单化。那么，如何对王蒙进行合理准确地“定位”，就成为这部著作必须面对和作出回答的问题，对此《论稿》给了我们很多启示。一是开放的学术视野在《论稿》中表现为多维的研究视角。之前的研究大多是对作为小说家王蒙的研究，然而王蒙并非单纯的小说家，所以对王蒙的研究必须顾及其他维面，进行多维的研究。《论稿》没有拘囿于单纯的文学家王蒙，而是从文学史、思想史、文化史、学术史等方面,对王蒙进行了多维立体研究,特别是对王蒙在思想史、文化史、学术史上的贡献和意义的研究是前人所忽略的,而本书则填补并充实了这几个薄弱点。例如,《论稿》对于“王蒙与20世纪中国激进主义”、“王蒙于20世纪中国理想主义”关系的梳理,认为王蒙是“20世纪中国文学理想主义最大的质疑者、审视者和反省者”,“王蒙是一个清醒的痛苦的理想主义者”,这些说法,颇具新意。再如,把王蒙置于20世纪中国文化史视野中考查其文化思想,认为王蒙的文化思想是革命文化的当代“变奏”,“王蒙的文化‘多元化’的思想,则主要表现为对世俗、低端、非意识形态的平民化文化的认同和肯定,这实际上是对革命政治文化一统天下的反拨。”这都显示了论者的某种思想的闪光点。王元化曾提出“有思想的学问和有学问的思想”,如果一个学者能够自觉地把“思想”和“学问”相贯通相融合,哪怕这种贯通和融合并不严密,而这种学问也是真的学问,不是掉书袋式的死学问。二是表现为一种“史”的学术眼光。列宁曾说,评价一个历史人物的贡献,不是根据历史活动家没有提供现代所要求的东西,而是根据他们比其前辈提供了新的东西。所谓“根据他们比其前辈提供了新的东西”,即是要求研究者应有一种“史”的视野和评价坐标。王蒙作为一个当代作家,虽属于“现在进行时”,但是对他的评价仍需这种“史”的视野。例如,《论稿》对王蒙文学史地位的评判,并没有笼统地认为王蒙多么重要,而是从20世纪中国文学现代性的视角,把王蒙与鲁迅、赵树理并列加以研究,从而得出了“王蒙是20世纪中国文学发展中的具有转折意义的代表性作家”这一结论。《论稿》认为“王蒙以一种更富有时代感和现代性的文学规范,取代了原有的文学规范,开创了新时期文学的多元整合的文学规范的新时代,王蒙的许多独具新意的文学作品在一定意义上标志着中国当代文学尚未完全被湮没的某种自由精神、创造精神。”这是一种关于20世纪中国文学史的全新的理解和描述,论者认为正在这个文学史构架中王蒙找到了自己的位置。

再次,《论稿》体现了一种主体建构意识。王蒙是一个极具主体意识的作家,正如奉桥在书中所言,王蒙通过他的创作“基本建立起了自己的主体话语,建立了一个独立而庞大的具有个性的文学世界、语言世界”;而在当代作家中,能够建立起属于自己的独具个性的“文学世界”和“主体话语”的作家并不多。面对这样一个大作家,研究者没有一种主体建构意识,是无法完成这一挑战性工作的。

《论稿》详细梳理了王蒙文艺思想发展流变的过程,并对王蒙如何从一个北方农村的“土孩子”，经过革命的历练和洗礼，成为“革命时代”的理想主义者，再到“后革命时代”的经验主义者的转变，进行了清晰的描述；特别是对王蒙文艺思想“实践性”、“嬗变性”以及“开放性”特征的概括，客观准确，具有科学性。特别值得一提的是，奉桥对王蒙文艺思想的研究注重系统性和整体性，而不是像有的学者那样截取一个片断或干巴巴地抽出几点，乃是多维度地有机地进行考察和归纳。例如《论稿》对王蒙既有辉煌也有失落，既有成功者的欢欣也有不为人知的痛苦的一面，甚至那种左右为难的尴尬及其革命者心态和某种“主流”身份感的论述，不仅具有综合把握的整体感；尤其可取的是体现出论者对王蒙的某种理解心态，不是把王蒙看作一个冰冷的“他者”，一个单纯的研究对象，而是一个有深刻理性、丰富情感、睿智才气、充满活力的生命体。这对于一个年轻学者而言，是不容易的。从整体看，《论稿》基本做到了“知人论世”，从人本与文本的结合上来洞悉王蒙，这也是著作的一个亮点。

研究王蒙的文艺思想无法回避其浓厚的革命、政治色彩，论著对王蒙文艺思想中革命与政治主题的研究，颇见深度，不时闪耀着思想的火花。例如《论稿》对王蒙政治心态即“执政心态”的发现：“王蒙的政治经历，形成了他某种‘执政心态’，也可以说是执政者价值立场”；再如王蒙与政治的复杂关系，“政治是把双刃剑，既成就了他（王蒙），也可能在一定程度上‘摧毁’着他。”这些论述都体现了研究者的发现思维机制的敏锐。论著对王蒙人道主义思想以及表现形态的探析，这是一个相对被忽视的研究领域。在当代，“人道主义”并不像其字面含义这样美好，我们曾一度把“人道主义”看作是西方资产阶级的特权和徽章，将其进行不间断的“大批判”，形成了难以逾越的“政治禁区”。奉桥冲破了这种“政治禁区”和思想拘囿，结合王蒙不同历史阶段的小说创作，从“启蒙”、“反思”、“世俗”三个维度探析了王蒙的人道主义思想的独特内涵和表现形态，认为王蒙的人道主义思想超越了一般层面，经过了一个“普泛化到高度个性化”的发展过程，具有了更深和更具时代感的内涵；并明确指认人道主义是王蒙文艺思想的“本质和灵魂”，“人道主义是贯穿王蒙整个创作过程的最核心的东西，也是最具生命力的东西。”这是对王蒙文艺思想的新概括、新认识，也是富有新意的理论判断。

《论稿》是一部充满探索精神的创新之作，是王蒙研究的新收获，不论其开放的研究思维、大胆的理论勇气或者创新的学术见解，都会对王蒙研究乃至当代作家研究，起到积极的启示和推动作用。作家研究既要“入乎其内”又要“出乎其外”，而《论稿》在“出乎其外”这一点上却略嫌不足；特别是对王蒙文艺思想的局限性，未能充分展开，给读者留下了遗憾。不过，奉桥在现代中国文学研究界仍是一个有创造潜能的青年学者，尽管学术探索已有所发现有所创新有所成就，然而也有些值得深刻反思的不足和认真总结的经验；只有时刻保持着清醒的理性头脑，朝着既定的高远的研究方向孜孜不倦地探索下去，依凭奉桥的才气、勇气、灵气、骨气及其永不言败的人格力量，定会在来日方长的研究征途上，攻下一个个难关，达到理想的彼岸，出色完成终生为之奋斗的学术目标，成为一个名副其实的21世纪的“真学者”！是为序。

（草于2010年8月24日）

创新是本书的生命所在

——序《中国现代成长小说研究》

顾广梅博士的新作《中国现代成长小说研究》是一部有创新力度和深度的学术专著,它不仅填补了中国现代小说研究的薄弱环节,并且也为成长小说研究提供了新视角、新理路、新方法和新范式,其学术价值和方法论意义应给予充分肯定和估量。记得她在读硕士阶段就对中外文学的"成长小说"怀有浓厚的阅读兴趣,获取硕士学位留校当老师后也未放弃对"成长小说"的系统阅读和深切感悟,当广梅考取博士生攻读博士学位时,便把"中国现代成长小说"作为博士论文选题来集中研究和书写了。从阅读感悟到研究建构,经过反复斟酌和打磨,终于结晶为一部学术专著。

在我看来,《中国现代成长小说研究》的创新不只是体现于某个角度、某种思路或者某些观点、某些话语的局部创新,而是体现在多方位乃至整体上的创新;因此可以说创新是本书的生命所在,是其价值根基所在。

在研究方法的选取上,本书运用跨学科的综合研究视角对中国现代长小说进行理论透视和文本细读,这是由于论题本身的性质使然,必定会涉及哲学、心理学、文化学、社会学等方面的内容,而研究的体例和框架则决定了本书还会涉及发生学、叙事学、主题学、文化研究等学科,这就更需要利用各学科所长而避其所短的综合研究视角才能有效地驾驭论题,以获取突破性的创新成果。只是具体到论文的某一章节,所采用的理论视角会有所偏重。例如:第一章主要采取探源和发生研究相结合的方法,既探讨现代性语境下成长问题的提出,又以此为切入点探讨中国现代成长小说的发生之源。主要从"五四"个人主义的价值原点、"新人"公共形塑和作家的主体意图等三个方面论述了中国现代成长小说产生的历史原因和个人动机。其中对"新人"的公共形塑采用了文化研究的方法,选取各时代的重要报纸杂志考察论证了"五四"新人、革命新人、民族新人和翻身新人的理论塑形。第二章主要以史学和叙事学相结合、宏观与微观相结合的综合理论视角梳理分析了中国现代成长小说30年来的嬗变轨迹和叙事类型。从“五四”到解放，中国现代成长小说经历了开端—爆发—收获三个阶段的发展，各个阶段呈现出不同的叙事特征和主题内涵。根据成长主人公是否完成成长仪式，本书将现代成长小说划分为三种叙事类型，并由此对应产生出三种类型的成长主人公形象。在对叙事类型的分析过程中，论者着重对三种成长主人公形象进行还原式分析，以期得到对成长人物面貌和作家创作心态的完整把握，避免把作家作品打散后只能作为零星例证出现的缺陷。第三章、第四章和第五章在整体上依据弗兰克尔的人本主义心理学，对中国现代成长小说进行三个维度的哲学和文化学透视。弗兰克尔认为人是身体、心理和精神三个维度组成的统一体，那么，人的“成长”就是包括了身体、心理和精神三个维度的成长。具体地看，第三章从身体成长的诗学维度考察了身体的时间神话、身体的空间实践和身体欲望的话语转移，并分别运用了巴赫金的时间理论、列斐伏尔的空间批评理论、弗洛伊德的欲望压抑—转移理论以及福柯的身体规训理论进行阐述。第四章运用拉康后现代精神分析学的主体生成理论，从心理成长的诗学维度考察了主体生成的三个心理阶段。第五章从精神成长的诗学维度考察了新知识与新教育的领受、意义和信仰的找寻，其中主要运用弗兰克尔的意义学说发现了精神成长的重要质素：意义意志和意志自由。总的看来，寻求多学科的理论援助，运用综合思维方式，才能最终找到一双适应论题的“鞋子”。不过，需要指出的是，注重方法论和理论思维并不意味着简单地进行“观念移植”，或是用文学现象和作品来印证某一哲学观点或某种心理学、社会学理论，而是把相关学科的理论资源作为批评研究的武器，最终的落脚点依然是文学本身，使方法论真正切合研究对象的内涵，以发掘出新意蕴、新特征并给出准确而又新颖的理论阐释。

如果要寻找本书的创新性观点，那么富有学术冲击力的大致有：

首先，揭示“新人”的公共形塑是中国现代成长小说的生成原因之一。中国式的成长问题不仅要关联生存论意义上成长个体如何从幼稚走向成熟，还要关涉社会文化意义上成长个体如何以“新我”代替“旧我”。在中国现代性起源语境中，成长问题首先是以“国民性的改造”为思想理路展开的，梁启超的“新民”、鲁迅的“人之子”都指向了对封建传统人格模型的批判和颠覆，随后从“五四”到解放30年时间里，这种弃旧迎新式的现代理想人格的理论形塑直接开启了对“新人”成长的理论叙述和文学想象。不可否认，“五四”时期的自由新人、左翼革命时期的革命新人、抗战时期的民族新人和延安时期的翻身新人，这四种新人通过各个时期的文化精英和政治精英们，借助大众传媒的平台优势进行公共形塑，获得了社会意义和历史意义，由此才促发了现代小说家们对“新人”成长的想象。成长个体如何成为新人、新人怎样长成的小说叙事，与中国式的成长问题直接呼应关联。这就意味着，对新人的公共形塑和对新人成长的文学想象之间关系的揭示，正是中国现代社会文化与中国现代文学发生内在实质性关联的有效视角。以社会文化为制约的新人公共形塑，影响并规约着现代成长小说的叙事目的和方向。

其次，探究中国现代成长小说的叙事类型。发现了在路上的成长迷梦、被放逐的成长幻灭和到达“远方”的成长神话这三种叙事类型，与之相应的迷梦型、幻灭型和神话型三种成长主人公形象分别产生；并将三种叙事类型和三种类型成长主人公的考察相结合，揭示其中的成长规律、精神内涵和人物性格。

尤为可取的是，对中国现代成长小说三个诗学维度的发现，且认为身体成长、心理成长和精神成长三个维度的思想艺术原则共同构成中国现代成长小说的诗学内涵。从哲学和文化学角度看，这三个维度的成长都有自身的重要性和独特性，缺一不可，三者之间并不存在孰轻孰重的关系。只有揭示出三个维度的成长过程和基本内容，才能最终把握完整人性和完整人生的奥秘。本书对中国现代成长小说中所展示的身体成长、心理成长和精神成长一一进行了哲学和文化学阐释，颇有理论深度和创新力度。

一是身体成长的诗学维度探究。现代成长小说中身体成长主要有三个面向：身体的时间神话、身体的空间实践和欲望的话语转移。首先，身体的时间神话一方面表现为个人成长时间和历史时间的双重性融合，由此身体—精神—心理三个成长维度的基本因素、阶段与步骤，不是以个人的封闭序列出现，而是交织在整个社会生活的整体当中，个人的成长表征着整个世界的成长；另一方面表现为进化论时间观和历史观视界下指向未来、永远向前的隐喻时间，这种指向未来的先行性时间在遮蔽了一次性的个体生命时间以及有限性的个人成长时间后，使主人公的成长具有了乐观主义和理想主义的色彩。其次，身体的空间实践表现为身体成长的空间行为模式——“逃离与闯入”、身体成长的空间逻辑——开放自由的空间位移和空间拓展，以及身体成长的典型化表征空间——监狱、军队、会议和街道（广场）。身体的空间实践不仅是身体成长的面向之一，还与身份认同、弃旧迎新的精神成长紧密关联。最后，按照中国现代成长小说嬗变轨迹，历时性地分析了身体欲望的话语转移。开端期身体欲望与社会理性的初步调适，爆发期身体欲望与革命指令的矛盾冲突和收获期身体成长面相的多元化,都构成现代成长小说独特的身体欲望话语形态。

二是心理成长的诗学维度考察。和身体成长一样,成长个体的心理成长不仅要在生物意义上进行,更要在文化和社会意义上完成。中国现代成长小说中的心理成长由三个阶段组成:一是镜像阶段对母亲镜像的辨识与想象性认同,二是后镜像阶段对父亲镜像的拆解和审视,三是后镜像阶段"象征之父"的想象性介入和象征性认同。前两个阶段中母亲和父亲作为"小他者"介入心理成长的想象性秩序,后一个阶段"象征之父"作为"大他者"介入心理成长的象征性秩序。其中对第三阶段的考察,本书分析了四种不同类型的启蒙者面相介入以及不同历史时期启蒙者所提供的"先行掌握"作为成长主人公的话语导引,这种"先行掌握"的话语导引主要包括:个性主义话语、革命意识形态话语和民族主义话语等。而成长主人公经历了理解意义—开口说话—学会说话的三个步骤,最终被语言询唤为说话主体,并确立起自己在社会的位置,归向父亲法则。

三是精神成长的诗学维度考察。现代成长小说中精神成长以"加法式"的动态过程和审美样态显示出精神主体成长之美。新知识和新教育的领受、意义和信仰的找寻这两个主要"加数"直接引导制约着精神成长。其中,公共领域里的知识建构、知识焦虑与精神成长的关系、意义世界里的信仰找寻和确立都得以阐释,并特别提出"痛苦体验"之于精神成长的意义。

总之,本书就是这样试图运用跨学科的综合研究方法,从发生源流、嬗变轨迹、叙事类型和诗学维度等多个侧面切入,对中国现代成长小说进行整体考察和初步阐释,获得了值得称道的开拓性的学术成果。

广梅博士作为一名新锐的年轻学者,既出版过有特色的学术专著,又参与多部著作的编撰,本书也取得喜人的创新实绩,这充分显示了她自身的学术实力与聪慧睿智;但是这一切对于一个志向高远且有创造潜能的女博士来说,仅仅是科研征程上的良好开端,不能有丝毫的满足感和懈怠感,只有锐意进取孜孜以求,方能抓住机遇,从一个个学术高原最终到达学术顶峰。广梅本身是具备攀登科研高峰的条件的,如坚实的专业知识结构、敏锐的艺术感悟、创新的理论思维、先锋的探索意识和韧性的钻研毅力等;若是这些良好素质能够形成综合性的科研优势,并且持之以恒地在科研实践中得到发挥,那高标的学术理想一定能实现。我热切地期待着为她的下一部专著写序。

(草于2011年9月20日)

没有发现就没有学术研究的创新

——序《边缘的自由》

没有发现就没有学术研究的创新，缺乏发现逻辑机制的研究者亦生不出创新的学术成果，这似乎是众所周知的常识性的研究规律；但是并非所有的发现都可以生发创新的成果，也不是所有的发现逻辑机制都能给研究者洞开一片新天地。只有对具体研究者的发现逻辑机制及其具体学术成果，给出了中肯切实的分析，方能获得较为正确的科学判断。

刘香博士的专著《边缘的自由》，是以1930年至1937年的国立青岛/山东大学的“教授作家”为研究对象，这是学术界从未问津的创新性研究。虽然其中有些教授作家的人品或文品在已问世的著述有所提及，但是将一批教授型或学者型的作家，集中在一所大学的新发现的特殊时空与文化生态进行互文互动的研究，并形成一个别开生面的话语阐释系统，既填补了中国现代文学研究空白地带，开辟了文学生成的新“殖民地”，又为现代文学研究的学术宝库找到新的增长点，这是本专著的不可替代的重要学术价值所在，可以称得上是真正的创新的发现，亦充分证明刘香博士在研究过程中所运用的发现逻辑机制获得了成功。

作者以敏锐的发现力，之所以能窥探出国立青岛/山东大学是学术界尚未开垦的新文学发祥地，这如同在新文学研究海洋发现新大陆一样：一是得力于刘香系统查阅了现代文学已研究的著述，从中发现北京大学是新文学的策源地和发祥地且有不少研究成果，20、30年代的清华园是继北大后成为新文学发祥地和文学大师的摇篮且有研究著述面世，抗战时期的西南联大造就了大批新文学家且有文学史给予书写，北京女子师范高等学校是现代女性文学的发祥地且有研究成果问世，相比较之下30年代的国立青岛/山东大学为新文学发展所作出的独特贡献却至今尚未纳入研究视域。二是得力于作者“曾经步履匆忙的奔波于北京、青岛、济南的图书馆和档案馆，看着那些字迹模糊的、掉碎纸屑的原始材料，读着那些陈得泛黄的、几乎从未被人碰过的缩微胶卷，经常会遇到这样的状况：眼前一片昏黑，胸中一阵阵恶心。”（见《后记》）由于作者下了苦功夫与深功夫来查阅材料、搜求材料、甄别材料，不仅为研究做了充分的先导工作，打下坚实的史料基础；而且从中发现了前人未发现的原创作品、原创杂志和原生史料，足以证实这样未开垦的新文学发祥地不是贫瘠的而是丰饶的，因此也是颇有开发的价值和研究的意义。

刘香博士发现了国立青岛/山东大学是从未经开发的新文学发祥地，这只是为开拓性的研究提供了总体范围；至于如何进行有效的独辟蹊径的深入研究，尚须从探赜发微的洞察中有新的发现，而这些新的发现大多能形成新史识或创新点。比如，在探讨现代大学的文学创作主体与文学创构的关系时，发现北京大学、西南联大的文学创作主体由教授与学生两者构成，共同推动新文学发展并创造了新文学的辉煌；而国立青岛/山东大学的学生创作主体除臧克家外，几乎都是“教授作家”担当了整个校园文学的创作主体，撑起了这所大学文学创作的天空，这种有新意的发现便使研究对象集中在“教授作家”身上。并进而发现集聚在国立青岛/山东大学“教授作家”的四个共有特点：既不是一个文学创作群体又不是一个社团流派；他们先后来到这所大学，彼此之间各自独立存在；他们看好青岛的边缘位置与自然生态，追求自由自在的生存环境；热衷于学术研究和文学创作，这段经历对各自人生旅途无不具有重要意义。对于这些特点的发现与概括，实际上为其个案研究举纲。如果说上述是对“教授作家”本体的“内部发现”，那么从青岛这个海滨城市以及国立青岛/山东大学的文化生态来探究其相互联系的精神纽带，这应是“外部发现”；而这种“外部发现”的内涵是新颖的又是丰盈的，作者则是从共同的文化精神的高度来概括，名之为“边缘的自由”。所谓“边缘的自由”这个独到精辟的新见，既不是主观臆断的又不是生搬硬套的，而是通过对30年代青岛这座边缘城市的自然景观与人文景的具体考察而获得的认知，不只是外部形态的青岛给人的感受是边缘的自由的，并且骨子里的精神实质给人的体验也是边缘的自由的；况且经过精心设计而建于青岛自由港湾的国立青岛/山东大学，不论从其办学的目标、校长的治校理念、尊重“学术独立”与“理想自由”的学术研究，或者“教授作家”的自由主义文学的创作倾向等方面来洞悉，都能强烈地感受并发现国立青岛/山东大学的主导精神是远离政治漩涡的边缘的自由精神，既是对北大、清华所代表的现代教育的科学与民主精神的承传又是对自由主义“新月派”的人文精神的坚守。正

效应作为研究经验或思维方法给以总结，这是大有裨益的。

刘香是位性格开朗、思维活跃、乐观向上、积极进取的年轻女博士，现在又是在大学里从研执教；因此不论事业的需要或者个人的追求都将化为内在动力，催促她在学术征途上孜孜以求，时刻不能满足已取得的学术成果，这仅仅是学术生命的良好开始，更高的学术之峰正急盼刘香去登顶。是为序。

（草于2012年7月18日）

拓展中国现代小说研究的新领地

——序《被压抑的个人现代性》

人皆知“创新”是学术研究的生命和灵魂，然而学术创新谈何容易！尤其中国现代小说研究始终是近30多年研究的热点，几乎吸引了老中青三代的知名学者，在现代小说领域进行纵横的开掘与探求，生产出一批批骄人的学术成果；与构成现代文学形态格局的诗歌、散文、戏剧诸领域的研究相比照，现代小说的学术成就异常辉煌。因此，这对于进一步地拓展研究以打开现代小说探讨的新局面则带来更大的难度，若在这种学术背景下能产生出创新的学术成果那显得格外可贵。

周丽娜博士对中国现代小说的货币叙事研究，所凝成的《被压抑的个人现代性》的学术专著，则具有重要的开拓性与整体的创新性。众所周知，能够算得上学术专著的研究成果，都具有程度不同的开拓性和创新性；否则这部专著就是没有独特的学术价值，它的存在也没有多大意义了。所以考量学术专著的价值大小或意义轻重，必须在与已有研究成果比较中，窥测其开拓与创新的程度，即推断其在多大程度上作了开拓与创新。笔者之所以说本专著具有重要开拓与整体创新，是基于这些理由：其一，以现代性视野洞察经济与现代小说的错综复杂的关系，从文本内涵的构成中发现“货币叙事”尚是块没有完全开垦的和系统整理的“处女地”；虽然它不是现代小说研究的“新大陆”，但却是研究主体涉足较少的，即使涉足之处也仅限于个案作家的个别作品，几乎没有完整地深入地开掘它或勘探它。于是著者便以“货币叙事”作为新的研究对象来透析来感悟来把握，形成新的逻辑理路与结构框架；并选取与研究对象相吻合的新范畴或新概念进行理论阐释和体悟表述，建构了一套新颖独到的话语系统。既对现代小说中“货币叙事”与现代性复杂关系给出明确的界说，又对现代小说货币叙事的特定语境与叙事主体的独特体验作出有见地的分析；既对传统小说的罪财意识与现代小说货币叙事的承传关系作了深度探索，又对现代小说货币叙事如何超越传统进行多维论述；既对现代小说货币叙事中的知识者形象作了深入剖析，又对现代小说货币叙事中的女性形象给出有新意的解读；特别是六位个案作家的小说货币叙事的精读细研，达到了重新感悟重新发现重新评述的认知高度；而以西方小说货币叙事作为参照系进行比较研究，不仅拓展了研究广度，并且能在世界文学格局中揭示中国现代小说货币叙事的总体特征。这种由总论到分论的由中到外的层层深入的步步推进的研究思路，都是环绕着现代小说"货币叙事"这个轴心展开的，宏观与微观相结合地为中国现代小说深化研究从整体上而不是从局部上开辟一个新天地，这既是对现代小说探讨在总体上的突破又是从总体上所进行的尝试性的创新。

其二，在以"货币叙事"为现代小说研究新拓对象所构成的纵横交错的纲举目张的逻辑网络里，丽娜博士善于从中发现出"纲"与"目"、"目"与"目"之间的悖论关系或交叉关系，充分发挥辩证思维的阐释功能，给出新的判断获取新的见解，将逻辑框架的创新与论证过程的大纲小目的出新有机地结合起来，这样就把创新思维落至实处而创新观点则彰显于文本。如论述中国现代小说创作主体货币观念的矛盾性或悖论性，将其置于中西价值共同作用的背景上，指出其货币观既从现代经济理性的角度反思并重估了中国传统的道德主义金钱观，又兼具"金钱万恶"的"罪财意识"及"精神优于物质"的道德主义取向，总是力图在物质与精神之间寻找一个平衡点，这种辩证论述能够显现出理论的深度。再如阐述现代小说货币叙事的重要特征"罪财意识"，更显示了辩证思维的威力，即："罪财意识"使小说创作主体能始终坚持对货币负面影响的清醒认识和批判立场，从而使中国现代小说货币书写达到一定程度的批判与反思的深广度；但与此同时也在一定程度上忽略了对货币正面影响和积极作用的描述，这就不能全面地揭示货币的现代性内涵，无疑遮蔽了对人的物质存在的全面书写与深入探索。这种有新意的辩证论述还体现于从现代经济理性角度肯定货币对人类生存和发展的正面作用与积极效益，即：在现代经济理性的影响下，书写主体不仅在物质生存层面肯定了人的物质欲望和货币欲望的合理性，而且也在精神层面肯定了这种欲望的价值和意义，塑造了富有生命活力与质感的货币欲望人的形象。这说明现代经济理性为中国现代小说的货币书写主体提供了新的具有现代意义的思考维度与表达方式，在一定程度上弥补了中国现代意识之于物质生存问题探索的理性不足。上述辩证分析表明，理论思维新而给出的理性判断亦新，这是对现代小说另辟路径研究的新发现新概括。至于本书对于在传统道德理性与现代经济理性双重影响下,中国现代小说在穷人与货币、知识者与货币、女性与货币诸关系的描写中,所体现出的现代悖论的辩证分析,新见迭出,入木三分,闪烁出真理光亮,给人以理性启迪。以上举例,大都是本书有关"目"的辩证论述,所折射出的思想之光集拢起来,无不将锋芒聚焦于"货币叙事"这个总纲上,而每个"目"的出新正是强化了"纲"的创新,突显了"纲"的新意,使全书这张独具匠心构建的逻辑网络放出了异彩。

此外,本书的理论框架的颇有创新的建构或者对于"纲"与"目"内在意蕴的有深度的辩证分析,都离不开以经济视野对中国现代小说系统的新资料或新文本的发掘与搜求;这是文学研究必能创新的基础工作和先导工作,没有新资料的发现或者缺乏对已有文本的新解读,那就是空谈本书的学术创新。因此判断本书的重要开拓与整体创新,也是以著者下了大力气围绕现代小说的"货币叙事"所搜集新资料、重读小说文本和重研现代经济理论作为重要根据的,这也是不可或缺的理由之一。且不说本书对大量被忽视或遗漏的现代小说文本进行重新发掘和重新评价,如予且的小说创作,更重要的是对鲁迅、茅盾、郁达夫、老舍、张爱玲等创作的经典小说,以现代经济理性思维从货币维度给予重新感悟和重新阐释发现了用其他视角解读经典小说文本所未发现出的新意蕴新思想,这大大增强了本书的创新力度。

细究本书的价值,不只体现在从货币维度研究中国现代小说所带来的学术上的整体创新,而且给如何拓展现代小说研究乃至重构中国现代文学史以深刻启示。不论现代小说研究、现代文学评论或者现代文学史书写,都不是超越时代脱离现实的纯个人化的学术行为,即使强调坚守个人化的学术立场也不能完全摆脱时代主潮和社会现实对文学研究或文学史书写的规约。这不仅因为研究主体或书写主体在现实性上是社会关系的总和,也因为作为研究、评论、书写的对象即中国现代文学,都是现代作家主体遵循美的规律有感于时代、有感于现实、有感于社会、有感于人生、有感于自我而创造出来的,其本身就具有强烈的时代性与现实性。正是从这个意义说,现代文学研究或现代文学史书写之于现代社会现实应是一种紧密的对话关系。既然是对话关系,那么作为研究主体或书写主体则必须敏锐地察觉到时代主潮或社会现实的客观需求,主动地调整研究或书写方向与策略,自觉地更新文学史观或价值观,从中国现代文学的丰赡客体中发现或选择与时代或现实需求相契合的对应点,作为现代文学研究或现代文学史书写的焦点和重点,这样的对话方是深层的对话,也是有时代意义与现实意义的对话。回望现代文学研究或现代文学史书写与中国现代社会现实的对话历程,经过了漫长的“政治化”阶段,即根据政治主潮或社会现实的政治需求,完全从政治视角来研究现代文学或书写现代文学史,特别是极左政治的威逼和干预把现代文学研究及其文学史书写驱赶进死胡同;后来现代文学研究及其文学史书写在思想解放大潮的推动下,尽力从思想启蒙角度去发掘它评述它,使研究的文学成果和书写的文学史充溢着启蒙主义、人本主义、个性主义、人道主义等现代理性文化意识。虽然政治文化或启蒙文化这两大视角对现代文学研究及其文学史书写,都是不可或缺的重要维度,而且这种研究或书写所取得的史论成果也适应了时代或现实的需求;但是历史推进至上世纪90年代及其以后,经济文化大潮或消费文化大潮汹涌而至,整个社会心理和现实人生乃至现代文学研究及其文学史书写受到异乎寻常的冲击,如果按照既定政治思路或启蒙思路研究现代文学或书写现代文学史,那会游离出时代主潮和社会现实的轨道,越来越被边缘化,而研究或书写的学术成果的时代价值和现实意义也将逐渐消失。因而这就给现代文学研究及其文学史书写提出了新的课题:面对现代经济文化大潮对社会现实的渗透与影响,现代文学研究与现代文学史书写能否与现时代社会形成紧密的对话关系?如何拉近它们之间的对话关系?

就其实质来说,现代文学研究及其文学史书写与当下时代或社会现实的对话,乃是研究主体或书写主体与现代中国人的对话。这不仅因为时代主潮或现实社会的需求是通过现代中国人的强烈诉求而体现出来的,况且现代人的诉求则是深受时代大潮的洗礼和社会现实的激发方能产生;更因为现代中国人有意无意地将时代的现实的诉求,内化为阅读或赏析现代文学的审美期待和价值取向。所以现代文学研究主体或现代文学史书写主体,只有在相当的程度上满足现代中国人的阅读期望及其价值欲求,才能从根本上适应了时代或现实对现代文学研究及其文学史书写的需要。丽娜博士深晓此理,在对中国现代文学特别是现代小说已有的从政治视野或启蒙视角切入而形成的研究著述的深入考析的基础上,根据时代与现实的客观要求与现代中国人的阅读期待,慧眼独具地以现代经济理性为视力透穿了中国现代小说系统,发现了目前学术界尚未完全而系统探究的“货币叙事”,这就为中国现代文学史学科开拓出一个“经济文化研究”领域。如果说中国现代文学也可视为百科全书,那么在这部百科全书中“政治文化”、“思想(启蒙)文化”与“经济文化”是三部同等重要的大书。前两部大书现代中国人是不厌其烦地反复阅读,而现代文学研究者及其文学史书写者也层出不穷地研讨与解释，唯独“经济文化”即“货币叙事”的解读与研究相当薄弱；但是在当下时代，后者却成了现代文学研究及其文学史书写与社会现实对话的“热门话题”，亦是现代中国人最关注的热切问题。所以本书选取经济视角对现代小说的“货币叙事”进行系统研究，不仅为中国现代文学研究及其文学史书写增进一个重要维度，强化了人文科学研究的时代感和现实感；而且探究现代中国小说的“货币叙事”，对于促进中国人的全面现代化也大有裨益。对于现代人来说，货币是“世俗之神”，货币是现代人富起来而获得经济上翻身解放的重要标志；若现代中国人的“钱包鼓不起来”仍在饥饿线上挣扎，那怎能说中国人真正站起来，怎能说中国人已实行现代化？所以货币是现代中国人的生活理想也是一种信仰追求更是一种奋斗目标。虽然“一发向钱前看”是极端的偏至的，但是鄙视钱、仇恨钱，甚至视钱为罪恶之源也不是现代人的货币观。况且，货币既是一个经济符号又是一个文化符号，经济不仅与每个中国人的生存命运攸关也是个人现代化的物质基础；如果没有或缺乏以货币为标志的经济基础，那现代中国人的思想解放或个性解放的理想便会建立在沙滩上，是不能实现的。因为存在决定意识主要指经济即物质存在决定人们的思想意识，故而只有树立了正确的现代货币观即金钱意识，才有助于现代中国人实现物质的和精神的现代化。中国现代小说的“货币叙事”蕴含着丰富复杂的货币意识或金钱观，本书以现代经济理性思维进行探讨与阐释，无疑为现代中国人端正或确立正确的货币观或金钱意识提供了参照与借鉴。

丽娜博士能够写出这样一部有学术创新价值和重构文学史意义的专著，固然缘由很多，但在我看来，重要的是因为她具有积极进取的勇于探索的学术性格。没有探索就没有创新，不能积极进取就没有持之以恒探索的韧性，自然科学研究需要这样的学术性格，人文科学研究也需要这样的学术性格。丽娜这种学术性格在攻读博士学位期间就有所显现，后来当了大学教师在完成其承担《现代中国文学通鉴》写作任务过程中越发得到彰显。学术研究敢于孜孜以求地探索，并不断突破获取佳绩，首先必须做到心中有数，敏于形成问题意识。丽娜的学术探索就是稳打稳扎，肯下苦功与细功，潜心阅读已有的研究成果，精读原创文本或原始资料，从而摸清中国现代小说研究达到的深广度及其尚存的薄弱点或矛盾点；并与自己阅读原创小说所发现的问题获得的感悟相对照，从中找出既有研究价值又有时代现实意义的问题，以形成与现社会能够紧密对话的问题意识。这就是心中有数，且具备了深入探索的目标和底气。其次必须具备独特阐释功能的理论思维。丽娜所确立的现代经济理性思维也是探索的结果,依据破解现代小说"货币叙事"问题意识及其"货币"作为经济、文化乃至审美符码的需求,她阅读并钻研了不少中外的经济理论学说和人文理论著作,通过消化选择整合而形成自己的卓有阐释成效的理论思维。若是没有主体理论思维的更新,那不可能破解"问题意识"而取得创新成果。再次还必须具有无畏的学术勇气与研究胆识,这是敢于持之不懈探索的骨气与魄力。形成不俗的别具见地的"问题意识"、更新研究的理论思维需要勇气,而在探究或阐释过程中突破种种理论禁区或现代文学的政治敏感问题以及既成的"权威结论"或思维定势与研究模式更需要胆识。丽娜在学术探索中以不凡的勇气与胆识成就了本专著,目前她已进入中国传媒大学博士后流动站致力影视文学研究,因而更应该弘扬积极探索的学术勇气与理论胆识,在纸媒文学与电媒文学互补互文的研究中取得更多的学术佳绩。是为序。

(草于 2013 年 3 月 13 日)

后记[①]

本书名之为“序评集”，因它由“序言”与“书评”两部分组成。实际上，它皆是我10多年来对既成的学术文本或诗性文本所发的议论，不管议得准不准、论得深不深都是我从心底发出的真声音。虽然有的声音高一些有的声音低一些，有的声音强一些有的声音弱一些，有的声音正一些有的声音杂一些，但却源于我的肺腑。我不止一次地说过，作“序”也好写“评”也好，非我所长亦非我所愿，缘于盛情难却或责任使然便写了一篇又一篇，杂陈于书橱之中，横七竖八地积成一小堆。一些好心又好奇的博士生见到后，说这堆“序”和“评”有些见解挺新的，有些发现蛮深的，从一个侧面反映出我的学术思想和人文情怀，建议我辑成论文集出版；催我最勤的助我最多的是李宗刚博士，帮助我校对的是赵启鹏博士（在读），在其催帮之下终于编成这本“序评集”。

当下的文学市场，像“序评集”这类书没有什么经济效应，出版社是要赔钱的。明知如此，山东电子音像出版社总编王少元先生却把本书纳入今年出版计划，并在泰山印务中心苏富宽经理的友好支持下和朱多锦先生的热心协助下，使本书得以顺利出版面世。对于催此书、助此书出版者，这里，我深表敬意和感谢！

朱德发

2006.6.28

① 本文为山东电子音像出版社2006年6月出版“序评集”而写。

朱德发文集

第九卷

现代文学史书写的理论探索

朱德发 著

山东人民出版社
国家一级出版社 全国百佳图书出版单位

图书在版编目(CIP)数据

朱德发文集:全10册／朱德发著.—济南:山东人民出版社,2014.1
ISBN 978-7-209-07570-1

Ⅰ.①朱… Ⅱ.①朱… Ⅲ.①朱德发—文集 Ⅳ.①I-53

中国版本图书馆CIP数据核字(2013)第304326号

责任编辑:李怀德

朱德发文集(第九卷)

朱德发 著

山东出版传媒股份有限公司
山东人民出版社出版发行
社 址:济南市经九路胜利大街39号 邮 编:250001
网 址:http://www.sd-book.com.cn
发行部:(0531)82098027 82098028
新华书店经销
山东临沂新华印刷物流集团印装

规 格 16开(169mm×239mm)
印 张 21.25
字 数 340千字
版 次 2014年1月第1版
印 次 2014年1月第1次
ISBN 978-7-209-07570-1
定 价 498.00元(共十卷)

如有质量问题,请与印刷单位调换。(0539)2925888

目　录

现代文学史书写的理论探索

思维篇

评述篇

补遗篇

现代文学史书写的理论探索

朱德发 著

山东人民出版社

绪言　总体逻辑思路与理论创新点①

新中国成立后的1950年,教育部便将中国现代文学史作为汉语言文学系的二级学科而正式设立,并制订了中国现代文学史教学大纲,随后出现了个体书写中国现代文学史的热潮,先后问世了多种版本的中国现代文学史,其中代表性的版本有《中国新文学史稿》(王瑶著)、《中国现代文学史略》(丁易著)、《中国新文学史初稿》(刘绶松著)。这些现代文学史大都以《新民主主义论》为书写框架,逐步纳入"兴无灭资"的政治意识形态进行运作,使中国现代文学史的书写越来越政治化,及至"文革"十年,除了鲁迅几乎所有现代作家作品及文学思潮流派都贴上"封、资、修"的政治标签,统统地进行横扫,这就没有文学史可写了。新时期以来,经过"拨乱反正"的思想解放运动,大学文科教学与人文科学研究恢复了正常秩序,中国现代文学史的研究与书写掀起了新的热潮,集体书写的不同形态与版本的现代文学史的问世,持续不断;在突破、探索与创新的过程中,致使中国现代文学史的书写由政治型向人本型发生了转换,并且冲决32年时空的中国文学史学科,提出了收编近代文学、现代文学、当代文学为分割的三个学科的"20世纪中国文学"史的整体学科范畴,以及百年中国文学史学科,60年中国现代文学史学科等,将中国现代文学史的研究与书写推进到一个新的历史阶段。

立于21世纪的时代高度,回望60多年中国现代文学史研究与书写的丰富实践,既有可贵的经验需要总结,又有沉痛的教训值得记取,也有深刻的规律等待开掘,更有新的领域召唤发现。从研究现状来看,对中国现代文学史文本的研究,即现代文学史研究的研究,已引起一些学者的关注;特别是对"编纂史"的梳理,发表或出版了不少值得重视的开拓性的著述;然而它们大都侧重于文学史文本的评述,编写史的梳理和经验教训的总结。而本书在汲取了前人的一些研究成果的基础上,则重在突破,重在发现,重在创新,这也是它的学术价值与理论价值所在。

---

① 本文为山东人民出版社2010年10月第1次出版而作,未涉及"补遗篇"的内容。

所谓“突破”主要是指突破新民主主义理论及机械阶级论对研究主体思维的禁锢，自觉地坚持“文学是人学”的人本思维对60多年中国现代文学史书写实践重新洞察与考析。“回望篇”的三章，既从纵向上梳理了中国现代文学史书写的由政治型向人本型转换的艰难探索过程，又从横向上阐述了政治型与人本型中国现代文学史文本的不同特征，不只是对政治型文学史的得与失、经验与教训作了实事求是的评述，并且也对人本型文学史的特征与优长从理论上给出新的解释。

所谓“发现”主要指发现已设的中国现代文学史学科和新提的“20世纪中国文学”史学科、百年中国文学史学科、60年中国文学史学科等，各有其长处更有其本身不可克服的局限，唯有建构新学科方可形成21世纪现代文学史研究与书写的大格局。建立于新民主主义理论基础上的中国现代文学史学科，时空界限仅仅32年，书写对象由革命文学扩大到新文学，或附加点通俗文学；对于这个学科的严重局限不难发现，而新时期文学史的研究与书写却早已“破门而出”，从纵横两个维度不断向外扩展。“20世纪中国文学”史学科或百年中国文学史学科，虽然把百年的所谓近、现、当代的文学史打通，作为一个整体来把握，并以“改造民族灵魂”的启蒙文学观取代了新民主主义文学观，解决了32年中国现代文学史学科的局限问题；但是却发现“20世纪中国文学”史学科或百年中国文学史学科至少有两大局限自身不能解决：一是它将“改造民族灵魂”作为文学母题只是彰显了启蒙文学系统，而其他文学系统得不到公正公平的对待；二是20世纪的历史时空只能涵括百年中国文学，而21世纪正在延展的中国文学就容纳不下了。至于60年中国文学史学科，虽然它以“五四”人的文学生成到“文革”人的文学毁灭作为一个完整周期来构成中国文学史框架，易于展示现代文学的运行轨迹与内在规律，但是笔者发现它同32年中国现代文学史学科、20世纪中国文学史或百年中国文学史学科一样，存在一个严重局限，即研究和书写的对象都是新文学或现代型文学，建构的文本只能是中国新文学史或现代性文学史，而不是现代中国的所有文学形态的综合的整体的文学史。也就是说，它不能反映中国56个民族是一家的文学发展的全景观与总面貌。这既不符合现代中国多元共生文学的互动发展诉求，又不合乎我国作为一个多民族的现代大国强国对文学史研究与书写的要求。而要解决和克服这个严重局限，首要的任务在于重建新的学科范畴、新的文学史识、新的价值体系、新的主体思维等。

所谓“创新”主要是从理论上探索如何重新书写现代中国文学史文本，力求突破已有的学科意识、文学史观、价值标准、思维定势，建构起创新型的文学史理论体系，这是本书的重心所在。“学科篇”三章，提出了建构“现代中国文学史”学科的设想，它与“中国现代文学史”学科相比较，“现代中国”和“中国现代”不仅仅是语序的调换，而是两个内涵与外涵不同的学科范畴。现代中国文学史研究和书写的是现代中国的文学史，即，现代中国这个多民族大家庭里所有样态的文学都是平等关注的书写对象；而中国现代文学史研究和书写的对象主要是中国的新文学或现代文学，其他的非新的非现代性的文学形态就不宜于纳入中国现代文学史学科范畴了。20世纪中国文学史学科或60年中国文学史学科也同样包容不了现代中国的所有文学样态。虽然“现代中国文学史”的命名早在上世纪30年代钱基博就使用过，但是作为一个完整的文学史学科的理论范畴却是笔者于2002年公开提出来的，既从理论上阐述了重建现代中国文学史学科的充分根据及其功能特征，又探讨了建构现代中国文学史学科在地域上的三大版块和在本体上的三大版块。“史识篇”三章，论述了以“文学是人学”的人本文学史观作为统摄现代中国文学史的核心理念与中心线索，把各个系统或各种形态的文学内在地联缀起来，形成一个有机的现代中国文学的静态与动态相结合的共同体。“价值篇”三章，对已用过的价值标准特别是新与旧、“左”与“右”二元对立的认知结构，运用于现代文学史的研究与书写所产生的利弊进行了深刻反思，认为它们都不能对现代中国大家族的各态文学作出平等相待、公正合理的价值评判；只有重建重释以人道主义为最高原则、真善美为三个亮点的价值评估体系，才有可能对现代中国文学的各态各色文学作出公正公平的评价，真正消除新与旧、雅与俗、现代与传统、“左”与“右”等价值标准对现代中国文学评述所形成的偏见。“思维篇”三章，着重探讨主体思维在书写现代中国文学史过程中应发挥的功能效用，尤其对发散型主体思维对新史识、新见解的发现功能，收敛型主体思维对史料的搜求、辨识所发挥的独特作用，作了有深度有力度的论析。至于“评述篇”三章，只是择取三部有创意的文学史书写文本，运用人学文学史视野从特定的角度切入进行评述，所获得的新见解新史识以充实或补助现代中国文学史理论。

本书约30万字，从不同维度或层面对现代中国文学史的重构和书写在理论上所作的探索，有见解上的创新性，有逻辑上的系统性，有操作上的适用性。因此它的出版不论对重构现代中国文学史学科、重写现代中国文学史以及推动现代中国文学既深且广的研究与活跃现代学术文化，都将会给予理论上的启示和智力上的支持。

既然是理论探索，那就难免错漏，恳请方家读者批评匡正。

朱德发

草于2010年2月10日

回望篇

政治型中国现代文学史的书写特征

建国后30年主要是"十七年",作为国家体制内的中国现代文学史书写,所遵循的是新民主主义政治理论框架,它呈现出的恪守政治化书写规范、彰显无产阶级思想领导、强调所谓阶级分析、坚持绝端对立政治思维等,构成了政治型文学史的基本特征,对它给现代文学史书写带来的得与失以及经验教训,本文作了沉重反思。

诚然中国现代文学于晚清至"五四"历史区间生成,从此便有了史迹的存在;但是以历史的视野和特定的史识对其观照与书写却始于20世纪20年代盛于30年代,而赵家璧主编的《中国新文学大系》及其各卷由新文学创建者执笔的导言,则可视为第一次全面系统地书写中国现代文学史。尽管是这样,不过1949年前的中国现代文学史书写,大都是自发的民间的,多是个体的自由的书写行为,所有的文学史文本都不是"中国现代文学"的完整态,或是10年间、20年间的断代史,或是古代文学史附加上的"尾巴";只有到了1949年新中国成立,有了新政权,中国现代文学史书写纳入体制内运作,此后才成为国家文化建设、教育建设和学术建设、文学发展的一种自觉行为。虽然新中国成立前夕召开的第一次文代会已确立新文学、新文化、新学术的大政方针、路线纲领,但是中国现代文学史的书写尚未真正启动,1950年5月,中华人民共和国教育部颁发的《高等学校文法两学院各系课程草案》明确规定开设中国新文学史课程,对课程内容提出了原则要求,划出了特定范围,并责成学者作家共同拟订《〈中国新文学史〉教学大纲(初稿)》(以下简称"大纲"),公布于世①,新文学史书写方真正开始。当时的学术空气相对来说比较宽松,对"大纲"可以自由讨论;不过"大纲"所规范的内容却呈现出"中国新文学史"书写的政治框架轮廓,从四章的设计上看并未突出中国新文学自身的规律与特征,每章重在强调新文学与政

① 发表于1951年7月《新建设》杂志第4卷第4期的"学术讨论"专栏。

治的关系，而学习新文学史的目的是为着“了解新文学运动与新民主主义革命的关系”，学习方法则是“辩证唯物论和历史唯物论，马列主义的文艺理论和毛泽东的文艺思想”；新文学的特征“不是‘白话文学’、‘国语文学’、‘人的文学’、‘平民的文学’等等”，而是“新民主主义的文学”，新文学发展的特点就是“无产阶级思想领导的发展”、“新文学运动的统一战线的发展”、“大众化（为工农兵）方向的发展”、“新现实主义精神的发展”，对于新文学发展阶段的划分亦是依据《新民主主义论》的政治历史划分。显然，这个“大纲”脱胎于《新民主主义论》，旨在从新文学史的角度来印证、论述和阐释新民主主义革命的正确性和必要性，由此中国新文学史的书写就与政治捆绑在一起，而新文学史本身的独立系统并没有得到应有的尊重。

如果严格地遵照这个“大纲”，真正坚持辩证唯物主义和历史唯物主义方法论，从中国新文学演变的客观实际出发，那么所编写的中国新文学史即使是政治型的也是一种有意义的开创性的尝试，也是书写中国新文学史的一种范式。王瑶的《中国新文学史稿》（上册 1951 年版，下册 1953 年版，简称王本）、丁易的《中国现代文学史略》（1955 年版，简称丁本）、刘绶松的《中国新文学史初稿》（1956 年版，简称刘本），可视为依据《新民主主义论》政治理论框架书写的有代表性的中国现代文学史的文本。不过激进政治思潮的一次次冲击和政治斗争的逐步扩大化，不仅不断地改变着原订教学大纲的政治规范，也不断强化着书写主体的政治意识与思维方式，致使新文学史书写者的紧跟政治风潮的盲从意识越来越强，而独立思考的智从思维则越来越弱；因此所书写的中国新文学史虽然均属政治型的，但政治化的程度却是有区分度的。如王本文学史虽未出离政治型的新文学史大纲，而它本身所具有的学术性、创新性和科学性却并未因其遵循政治理论模式而影响其重要的史学价值与开拓意义。建国至“文革”30 年实际上“十七年”，根据政治理论框架书写的中国现代文学史数量不少，而且这诸多文学史文本并非像有些人所认为的都是雷同化、模式化，是你抄我、我抄你的因袭之作，它们之间还是有差异的，不同程度上反映了书写者的良苦用心与学术追求；尽管如此，然而从实质上看这些新文学史文本毕竟是政治型的，对其相似的或趋同的政治特征应该给出实事求是的评述，绝对地肯定或绝对否定都不是科学的态度。现下不少从事中国现代文学史研究的青年学者或者硕博研究生对政治型的中国现代文学史文本读的很少，甚至有的学人连王瑶本文学史也不晓得，更有甚者把政治型文学史视为“垃圾”。这种否定一切的学术倾向不能完全怪责青年学者们,与现代中国文学研究界对政治型文学史缺乏严肃的科学研究和认真的理性反思也有关系,不能总是把对它的认识定格在批判极左思潮上,现在应该冷静思考与论析政治型现代文学史文本的政治特征及其经验教训。

一

从理论设想与写作实践的结合上,对于所谓政治型文学史可以作出这样的概括,即:将中国新文学(或现代文学)史的书写纳入新民主主义政治理论规范,不论文本构成的逻辑结构、观照新文学的文学史观、评述新文学的价值标准或者书写主体的运思方式、话语表述,都不能出离既定的政治框架或政治思维。这种文学史的政治化书写虽然与新文学同政治结下不解之缘有密切关系,但是两者是有区别的,绝对不能混成一团。固然,新文学与政治的胶结为中国现代文学史书写提供了客观基础与翔实史料,否则政治化的书写就不可能从中国新文学客体中提炼抽绎出中国现代革命文学史的文本,故而绝不能抹杀或忽略它们之间在政治内涵上的这种联系,新文学的“新”中或现代文学的“现代性”里都有或多或少的政治含量;但是新文学与政治这种纠葛关系与中国现代文学史的政治化书写又有显著的区别,政治化书写是把所有新文学,即新文学运动、新文学思潮流派或新文学作家作品都统统纳入政治规范,完全按照新民主主义政治理论思维进行取舍、评价和叙述,使那些与政治不搭界的或与政治无关的或根本摆脱政治羁绊的新文学,遭到淘汰、贬抑或批判,而使那些与新民主主义政治有关的新文学得到过度的推崇、拔高和阐释,形成独尊新民主主义文学而排斥疏离其他新文学的现代文学史书写偏向,这样的文学史文本成了地道的新民主主义政治理论甚至是社会主义政治理论的阐释史,而不是新民主主义革命时期的全景观的新文学史。倘若现代文学史书写,能以求真务实的史笔既揭示出政治因素的介入充实了文学的审美内涵,政治之于文学不是外加的因素而是其不可或缺的有机组成部分,又能展示出文学与政治结缘是新文学现代化的必然维度,不是损害了新文学的美学品格而是为其增添了异彩,那这样的书写不是政治化而是学术化、科学化;如果现代文学史书写唯恐陷入政治化模式而有意识忽略或避开文学与政治的已然关系,无论选取何种理论框架或文学史观来书写现代文学史,那这样的文学史文本也是不完整的不科学的,史学价值或美学意义都会打了折扣，所以历史地真实地写出现代文学与政治的关系不能看成是政治化书写。

以新民主主义理论作为构建中国现代文学史的政治框架，这是政治型文学史的基本特征。新民主主义理论是一种政治意识形态而非审美意识形态，尽管它以新政治新经济与新文化之间的决定与被决定的逻辑关系雄辩地论述了新民主主义文化的性质与特征，并因新文学是新文化的有机组成部分故而也间接指明了新文学的新民主主义性质；然而就新文学纵横交错的总体结构系统来说，新民主主义理论作为建构中国现代文学史的政治框架主要强调了线性的时间维度，而且是外在的不是内在的，它只能容纳新文学客体总系统的一个子系统而不是全覆盖，尤其遮蔽了新文学运行的特殊规律与审美特质，着重凸现了新文学的“彻底地不妥协地反帝反封建”的政治思想实质。但是并非所有子系统的新文学内涵都能揭示出这种政治性质，不少的新文学思潮、流派和作品缺乏鲜明的反帝反封建政治倾向，特别是反帝主题在五四新文学中相当匮乏，这样就使不少新文学形态被遗漏或被贬斥。而在现代文学史写作实践中，治史者为了揭示中国现代文学的彻底地不妥协地反帝反封建政治性质，并把这种政治思想性质作为贯穿文学史的主导线索，则不得不采取这样的所谓策略：或从文学作品及其他史料中寻找个别证据，发挥其以一当十的实证效用，来证明现代文学史的反帝反封建的政治性质，其实这种孤证或虚证并不具有以少胜多的逻辑功效，只能给读者一种大帽子戴在小人头上的极不相称的阅读反感；或从文学作品中发现微言大义，对其进行过度阐释，尽力上纲上线，去迎合那个宏大的政治判断，这种并非实事求是的科学分析给文学史书写带来的是一种虚假现象，从而亦说明宏观的政治结论难能从微观上找到足够的根据给出强有力的逻辑证明，导致这种政治化的文学史文本失去了扎实严谨的品格。当然也有的文学史书写如王本，只是在“绪论”和有关章节中引用不少宏大政治理论，从表面看似乎把中国新文学史置于政治理论框架，实际上并没有紧密联系新思潮、新流派、新创作进行丝丝入扣的分析，好像仅仅给新文学史身上披了一件又宽又大的政治外衣，其本体依然是或大致是中国新文学史的丰实形态，这正是王本文学史至今仍有不朽价值之所在。正如有的研究者所说：“王瑶的《史稿》实际上有两张皮，他已经就当时所能领会到的教育部意图，给自己的著作披上了一层政治的皮，在‘绪论’和文艺斗争等有关章节引用了很多《新民主主义论》、《在延安文艺座谈上的讲话》的观点”；“但他毕竟还有另一张皮，准确地说不仅是皮,更可说是一幅骨架子,那就是从朱自清那里继承来的,掌握尽可能全面的史实(不管是哪个派别的),按照文学自身的特征(分小说、诗歌、戏剧、散文诸门类)为历史搭架子,对它们的成就作客观的评论"。① 这种两张皮现象的形成,既不能说明书写者对政治理论框架理解不透,又不能说明其对中国新文学的史实不熟,也不能说明他的学术功力不深,只能说明书写者是位"真学者",不想昧着学术良知说大话说谎话;并从此也看出教育部为新文学史书写预设的政治框架是相当空泛宏大的,与新文学的充盈史实有吻合之点更有不合辙之处,硬性地强迫治史者就范那是写不出货真价实的新文学史的。特别是"大纲"以非此即彼的二元对立思维,为充分肯定新文学的新民主主义政治性质,竟断然否定了"白话文学"、"国语文学"、"人的文学"、"平民的文学"的新文学现代属性;难怪有些政治型的新文学史文本或者根本不写胡适提倡的"白话文学"和"国语文学"以及周作人倡导的"人的文学"和"平民的文学",采取回避或抹杀态度,或者把它们作为资产阶级文学的批判对象,以此为对立面来衬托新民主主义文学。读了这样的新文学史令人啼笑皆非,如果"五四"以来的新文学不写或批判"白话文学"等四种类型的主张与文本,那新文学岂不成了空中楼阁,五四文学革命创建的新文学还有什么可言?连新文学的理论主张与创作实绩也扫荡了,那以何为史实来透析新文学的新民主主义政治性质?由此可以想象依据这种政治理论框架来书写新文学史有多么难,即使挖空心思地写出的新文学史文本也难能经住实践的检验与历史的考验。

二

彰显无产阶级思想对新文学的领导作用,这是政治型中国新文学史的根本特征,也是判定新民主主义文学政治性质的关键之维。所谓新民主主义文学就是无产阶级思想领导的彻底地不妥协地反帝反封建文学,而这一判断则昭示这样的逻辑关系:若没有或缺乏无产阶级思想领导那新文学就不可能表现出彻底地不妥协地反帝反封建的政治主题,若没有或缺乏新文学的彻底地不妥协地反帝反封建主题那就难以体现出无产阶级思想对新文学的领导;正是领导思想与文学性质的互为因果相互印证,决定了开掘和凸现无产阶级思想对新文学的领

① 黄修己:《中国新文学史编纂史》(第二版),北京大学出版社2007年10月版,第96页。

导既是政治型文学史的本质诉求，又是治史者的政治责任，因此在书写中国现代文学史的过程中无不绞尽脑汁地寻找“史实”或探察“根据”来证明中国现代文学从生成到发展都是遵循无产阶级思想轨迹运行的。如果证明左翼文学、苏区文学或工农兵文学是无产阶级思想领导的，那是较为容易地从理论与作品的结合上得到验证的，而其他新文学形态就相当困难了；即使再困难也不能怀疑已有的政治“定论”，这就迫使治史者在凸现无产阶级思想对中国现代文学领导这一政治命题上，从理论到实践都难免走进了一些误区。而这些误区是治史者当时的认识达不到的或者就是有所认识也要闯进去，哪怕出现误认误判总比承担政治责任的风险少。虽然我们对这种处境和心态不必苛求，应该给予谅解，但是为了总结书写文学史的历史经验教训，使重构文学史文本不再重蹈旧辙，就不能不对这些误区作点探讨。

从理论上看，怎样才算无产阶级思想对中国现代文学实现了真正领导，也就是既获得了话语权又在创作上显现出效果？对此并非所有的治史者都有清醒的理性认识，大多是以“无限崇拜”的情感心理取代了冷静的理智思考，不是去进行学术探索而是追踪“大势所趋”，往往由智从陷入盲从，连起码的政治常识也不闻了。依据政治常识，无产阶级思想对新文学的领导是一种自觉行为而不是自发的盲动，既要有思想纲领、路线方针、政策策略又要有一定的组织保证；这是因为无产阶级思想源于马克思主义理论体系，只有结合中国新文学具体实践制订相应的路线政策，通过组织的运作，才有可能把巨大的思想力量转化为推动并引导新文学诞生与发展的物质力量。如果以此为理论根据和价值标准考察并判断无产阶级思想对中国现代文学的领导，那首先应该从史实出发，让史实说话，然后从史实与学理的结合上作出合乎逻辑的令人诚服的科学结论。

综观“十七年”书写的中国现代文学史，几乎都引用了现成的“政治结论”来说明五四文学革命是无产阶级思想领导的，缺乏有充分证据的具体分析，即使具有经典价值的王本文学史也是如此作，至于丁本、蔡本、刘本现代文学史更是牵强附会生搬硬套，越发失去了信史的价值。也就是说，对五四文学革命由无产阶级思想领导的认定，既缺乏充分的史实根据又在理论上讲不通，更背离了唯物史观的实事求是精神，这是理论认识上的误区之一。况且，作为马克思主义理论体系的无产阶级思想在中国的传播与接受过程中，曾出现过极为复杂的情况，这不仅表现在马克思主义在五四时期的传播，各种牌号的社会主义思潮如无政府社会主义、基尔特社会主义、日本“新村”社会主义、科学社会主义等，都杂陈于新文化先驱们面前，究竟接受何种“社会主义”完全由先驱自行选择，就连早期共产主义者李大钊也把马克思主义与平民主义混合在一起予以接受与传播；而且也体现在马克思主义在传播与接受中，曾出现过右倾思潮还出现过多次“左”倾思潮，不论右倾或“左”倾政治思潮特别是后者对中国新文化或新文学都产生过或深或浅的影响。

这里不免就提出这样一个问题：即“左”、右倾错误政治思潮对现代中国文学的影响与规范是否也算无产阶级思想的领导？显然“十七年”书写的中国现代文学史文本，大多把错误的政治思潮也当成无产阶级思想对新文学的领导，这在理论上贻误青年而在认识上也是误区之一。即使无产阶级思想领导的新民主主义文学，它毕竟在本质上依然是民主主义的而不是社会主义的，并没有因为一个“新”字更换了民主主义文学的思想内涵，只是其中增加了无产阶级思想因素，而无产阶级思想意识融入新文学也没有与民主主义意识处于对立状态，乃是形成一种思想同盟关系，共同承担着反帝反封建的政治使命；既然如此，这就内在地表明了民主主义的人性、人道、人权、平等、自由、博爱等思想内涵得到了无产阶级思想的认可，它不应该是批判的对象而是联盟的伙伴。

如果不从理论上作如是解，无原则地否认了新文学的民主主义意识的合理合法价值，那不是把无产阶级思想对新文学的领导架空了吗？王本新文学史的可取之点在于，它没有轻率地或武断地给一些民主主义或自由主义作家作品，冠上受无产阶级思想影响或领导的政治帽子，也没有对它们进行政治批判，而给出了肯定性的评述；然而当时有些知名学者或批评家对此却大为不满，认为王瑶本文学史“对于作家的作品的批评上，几乎看不出有什么无产阶级思想的领导来”，“把进步的与落后的、革命的与反革命的作家等量参观”，这种“纯客观的立场”而“忽视党的领导，不管他是有意无意的，他就是轻视无产阶级，这种轻视也正是资产阶级的立场的表现”①。要是在理论上认清了新民主主义文学主题思想的构成，无产阶级意识与民主主义意识不是完全对立的，那么就不会对王瑶本文学史作出这样的毫无学理性的政治批判。由此可见，中国现代文学史一开始书写，便被纳入了带有极左政治色彩的“兴无灭资”的意识形态框架，这也是认知上的误区之一。

---

① 《〈中国新文学史稿（上册）〉座谈会记录》，《文艺报》1952年第20号。

与此紧密相连的是中国现代文学史的书写实践，至少陷于这样两大误区：一是把多元结构形态的新文学史裁削成"无产阶级思想领导的新民主主义革命文学"，只择取文学与革命关系这一角度来凸现无产阶级思想对现代文学的领导，即独尊革命文学、左翼文学、解放区文学，而对那些与政治革命关系相疏离相抵牾的或者不沾边的即使再优美的新文学也要被砍掉。仅从丁易本文学史为文艺运动所设计的章目就足以看出这种政治化倾向："五四运动与新民主主义革命"、"中国共产党的成立及其所领导的革命运动的高涨在文学运动上的反映"、"第一次国内革命战争和革命营垒分化"、"土地革命运动的胜利和日本帝国主义发动'九一八'事变"、"抗日民族统一战线的形成"、"在国民党反动政府消极抗战反共反人民的高潮下抗战文学所受的压迫及其斗争和偏向"、"在共产党领导下的积极抗战发扬民主的陕甘宁边区和广大敌后抗日根据地的抗战文学的蓬勃发展"①；且不说这本1955年7月由作家出版社出版的《中国现代文学史略》有关文艺运动章标题的政治修辞不像在写新文学史，就其所呈示的内容来说这实际上在写中国现代政治文学史，完全把中国现代文学史当成新民主主义的政治革命的有机组成部分。这就掏空了新文学的民主主义思想内涵，只剩下与无产阶级思想同质的革命文学，那无产阶级思想去领导谁呢，这不是将无产阶级思想对新文学的领导悬空了吗？二是治史者只关注"无产阶级思想领导的新民主主义文学"这个从总体把握上所作出的宏观判断的概括性和正确性，然而却没有联系新文学的实际具体思索一下宏观判断不可能涵括一切微观细节；特别是宏观的政治判断对于新文学作家作品来说并不完全具有直线的因果关系或直截了当的逻辑穿透力，往往它们之间需要一些过渡性的中介和桥梁。因此对于无产阶级思想如何领导新文学、以何方式途径领导新文学、宏观的政治判断是否从微观上能找到足够的文学史料根据等问题，必须进行深入细致的研究，否则就会作出这种无限拔高或大而无当的结论："从五四时期起，中国工人阶级就是中国政治革命和文化革命的领导阶级，而工人阶级的科学历史观和革命论，则一直是中国政治革命和文化革命的领导思想，是政治的和文化的革命实践中唯一正确的指导方针，而这，也就决定了从五四时期起的中国新文学，在创作方法上，不能不具有社会主义现实主义的因素，而且是沿着社会主义现实主义的方向向前发展的。"②治史者力图以"社会主义现实主义创作方法"作

① 丁易：《中国现代文学史略》，作家出版社1995年7月版。

② 刘绶松：《中国新文学史初稿》上卷，作家出版社1956年4月版，第219页。

为贯穿中国新文学史的主线借以凸现无产阶级思想的领导，这种写法固然比那种贴标签的方式更走近了新文学本体，然而它的最大误区是缺乏足够的史实根据支撑这个宏大的“结论”。因为“社会主义现实主义创作方法”是建立在无产阶级宇宙观和世界观的基础之上，是产生于前苏联社会主义历史时期，将它搬进来硬套于生成新民主主义革命时期的中国现代文学史，故而套不牢也套不稳，就不得不拔高一些民主主义作家作品，这不能不使这种政治化的新文学史书写失去其真实价值。

三

坚持阶级分析为现代作家作品定质定性，或划分新文学的阶级阵线，或戴上阶级色彩分明的政治帽子，这是中国现代文学史政治化书写的重要特征。阶级论及其分析方法是无产阶级思想领导的理论根据，谁是依靠对象、谁是团结对象、谁是打击对象也就是分清敌我友，是无产阶级领导政治革命的首要问题；将这套政治逻辑运用于中国现代文学史的书写，无疑必须坚持阶级分析方法，唯有通过阶级分析分清敌我友方能弄清无产阶级思想对新文学的领导。阶级论及其分析方法是马克思主义思想体系的应有内涵，这是公认的政治常识；然而将阶级分析方法如何运用于现代文学史书写并能建构起富有真实性科学性品格的文学史文本，却是个值得认真研究的理论问题和用心实践的操作问题。固然在阶级社会里每个作家及其创作的文学作品，都烙上或深或浅的阶级烙印，而中国现代文学正是生成于阶级矛盾民族矛盾及其各种斗争相当激烈的新民主主义历史时期，如果现代文学史书写恰如其分地运用了阶级分析，那也不失为一种重要的视角和科学的方法，特别是构建中国现代革命文学史必须坚持阶级分析，而且“十七年”书写的现代文学史有的文本运用阶级分析所取得的学术效果还是相当可观的。但是当我们从总体上细观默察，的确有些问题应该深长思之：

其一，在社会领域里对各阶级进行定性分析主要采取经济标准，有时也使用政治尺度，那么在现代文学领域对作家的阶级分析硬套经济标准是否合适，究竟应坚持何种定性标准才是科学的呢？20 世纪 40 年代初大批革命知识青年和不少向往革命的作家冒着生命危险投奔革命圣地延安，从他们的思想与行动表现来说应该算是革命作家或无产阶级作家，然而在延安文艺整风中他们大多数被定性为小资产阶级作家或资产阶级作家，因为他们头脑里有个“资产阶级王国”能导致亡党亡国的后果，而这种令作家心惊胆战的政治定性，显然是依据臆测的思想标准。以这种所谓思想政治标准为现代作家判定阶级性质，中经“十七年”一直沿用到“文革”，其随意性、主观性、独断性越来越难以控制，政治帽子拿在手里根据所谓意识形态谁胜谁负的政治斗争需要想给哪些作家戴就给哪些作家戴，说戴什么政治帽子就有什么政治帽子。批判胡适资产阶级反动思想，就给相关现代作家戴上资产阶级帽子或买办资产阶级、帝国主义走狗的帽子；批判胡风反革命集团，就给一批革命作家戴上反革命分子或间谍特务的帽子并关进监狱；反右派运动便给一大批作家戴上资产阶级右派分子帽子，历次所谓政治运动有不少的作为无产阶级先锋队的中共党员作家也被划入了敌对阶级阵营。像这种要人命的定性式的所谓阶级分析，不仅制造了大量的冤假错案，而且也深深地影响了“十七年”的中国现代文学史的书写。由于王瑶本文学史对一些作家没能进行所谓阶级定性的上纲上线的政治分析，因此成为一个严重问题受到严厉批评，钟敬文指责王瑶对“反动作家”如王独清、张资平、顾一樵、李辉英等“反人民、反民族的丑恶行为”进行“包涵”，对于“代表资产阶级和小资产阶级思想的作家没有严正的批评”；蔡仪斥责王本文学史“对于政治上显然是反革命的如胡适、周作人、林语堂等等也不少颂扬之词”①。到了刘绶松本的文学史对现代作家的阶级分析就上升到政治大批判的高度，尽管铁的史实已证明胡适是五四新文化运动的先驱者和文学革命的首倡者，但刘本不仅不承认胡适参加文学革命，并且给他定性为“披着‘学者’外衣的臭名昭著的反革命分子”。这样的阶级分析显然不是坚持无产阶级的科学价值标准，连历史事实也不顾就扣上政治帽子，谁会相信这样的新文学史是真实的？

其二，众所周知，自五四新文化运动肇始建构的中国现代文学是在开放的全球文化语境下，那些留学欧美或日本的知识分子由于受到现代文化意识与审美意识的启迪并顺应中国文学进化的趋向而进行建设的，他们所建构的各种样态的新文学既是民族的又是世界的，属于大写的人本文学，并不属于某个党派或某个阶级的文学。这不仅因为这批先锋知识分子作家创作新文学所依凭的文学观是接受并整合了多元文艺思潮而形成的，即使文学观中含有的社会主义因素也难以理清是来自哪种牌号的社会主义思想系统；而且根据各自文学观与

① 《〈中国新文学史稿（上册）〉座谈会记录》，《文艺报》1952年第20号。

审美独特感受所物化成的文学本文，其思想意蕴既深邃又复杂，其中流露出的主要是个性主义和人道主义意识。面对五四新文学的整体形态，治史者怎样进行阶级分析，以何种政治标准来判定文学作品的阶级性质？由于在理论上难以准确地界定何为无产阶级思想、何为资产阶级思想和小资产阶级思想，特别是何为农民阶级意识（有贫农、中农又有富农、地主这四个层次的不同意识）以及这诸多阶级意识的相互关系；即使政治权威话语对诸多阶级思想的判定也是随时势变化不断转换说法，况且治史者本身是不允许对各阶级的思想意识作出独立解释的，只能遵从游移不定的政治教条所形成的阶级意识观来分析评判文学作品。所以，这就导致阶级分析或者是宁“左”勿右或者是生搬硬套或者是胡乱上纲或者是闪烁其词，即使那些革命文学作品或工农兵文学本文也不易于作出明晰的阶级判断；特别是有的作品所表现的阶级意识或受“左”的思潮影响或受右的思潮渗透，却把它们作为无产阶级意识作了肯定性的评述，岂不误人子弟吗？上述旨在说明现代文学史书写对文学作品进行阶级分析是必要的，但完全坚持中国化的阶级分析来书写文学史不宜于对文学作品的思想内涵及其意义作出科学的阐述与评判。这不仅因为创构新文学作品的现代知识分子作家并没有固定的阶级意识，他们随着时代精神与中外思潮的变化，以及独特的社会与人生感受和生存体验，去独立地选择一种或几种思想意识予以整合，而形成自己的思想与美学取向。他们通过文学创造向社会表达一种良知和诉求，或发出一种公平正义的呼唤，而这种良知和诉求或公平正义呼唤不一定只代表某个阶级，也许是面向全社会的公众。对于这种思想倾向的文学作品若进行机械阶级论的分析，其意义不是受到曲解就是丧失殆尽。而且更因为现代知识作家创构的文学作品，不论反映社会的、表现人生的或者抒发自我情思的，大都营造的是些非理性的感觉感悟的情感世界。而文学的情感世界又是极为深微复杂的，各个阶级或阶层的情感都纠葛在一起，甚至还潜藏着集体无意识。但这些与创作主体的情感意识、创作动机并不完全一致，即文本蕴藏的内涵与人自身的灵魂既有趋同性也有差异性，就是从文本中流露出明显的政治倾向也不一定能从人本中找到内在根据。所以，对文学作品进行阶级分析并作出准确而科学的定性定质的阶级判断是极为困难的，其结果只能给作品乱扣政治帽子。正如“十七年”文学史书写常见到的“小资产阶级文学”、“资产阶级文学”、“反革命文学”、“法西斯主义文学”、“反动文学”、“封资修文学”等等名目。

其三，坚持阶级分析方法书写现代文学史，完全把新文学形态表现的集体主体意识与个体主体意识、阶级性与人性绝端对立起来，即凡是张扬集体主体意识、承认阶级性的文学都是无产阶级文学，凡是宣示个体主体意识、表现人性人道的文学都是资产阶级文学或是反动文学。这种机械的简单的甚至荒谬的阶级定性分析除了王瑶本文学史外，几乎充斥着“十七年”所有的现代文学史文本。如张毕来的《新文学史纲》（作家出版社 1955 年版）把冰心小说《超人》表现的母爱视为宣扬资产阶级虚伪“人类之爱”的范本、《寂寞》竟表现了“帝国主义思想”，即使鲁迅小说表现的个性解放、改造国民性主题和人道主义也统统归之于资产阶级思想体系；胡适的剧作《终身大事》原本是表现女性争取个性解放的，而刘绶松本文学史却从中“看出作为帝国主义忠实走狗的胡适在当时为中国的安娜所安排下的‘出路’”，而胡适的“险毒的用意是想把日益觉醒起来的中国女性引向妥协投降的道路上去”，其“为帝国主义和中国统治阶级服务的反动企图，是非常显而易见的”①。这种的阶级分析和政治结论出现于国家文科通用教材上，今天看起来荒唐可笑，但认真体会一下也见出那一代治史者难以摆脱的悲哀。前辈们在文学史书写中之所以作出这样荒谬误人的阶级分析与政治判断不仅有难以抗拒的政治原因，而且也有认知上的缘由。因为马克思主义在中国传播过程中，有些人总是对其进行绝对化的形而上的解读，认为只有集体主体意识、阶级意识才属于无产阶级思想体系，而个体主体意识、人性论人道观则属于资产阶级思想范畴，似乎只有资产阶级才讲个性、讲人性、讲人道，而无产阶级眼中只有集体性、阶级性；这种认识，在暴力话语威压下久而久之就于知识者的头脑里形成一种思维定势与认知模式，将之运用于新文学史书写既容易混过“政治关”又能获得“阶级立场坚定、政治观点鲜明”的好评。王瑶本文学史对作家作品没有给出这样机械论的阶级分析，故而就受到“没有站稳无产阶级立场”的批评，说什么对于那些代表小资产阶级和资产阶级思想的作家作品没有给出应有的批判“这是这部文学史著作的致命伤”。可见，新文学中表现的个性意识、人性人情与人道意识完全是资产阶级的意识形态了，必须以阶级分析为武器进行批判与讨伐，从 20 世纪 30 年代左翼文学、40 年代工农兵文学到“十七年”文学与“文革”文学，始终对个性、人性、人道等主题保持高压态势，越到后来越要对其“赶尽杀绝”。这究竟是为什么，难道无产阶级思想的辞典里就容纳不了“个性”、“人性”、“人道”这些字眼吗？为什么一定要把“集体主体

① 刘绶松：《中国新文学史初稿》上卷，作家出版社 1956 年版，第 80 页。

意识与个体主体意识”、“人性论与阶级论”绝端对立起来才算是泾渭分明的阶级分析呢？且不说马克思主义从来就承认个性、人性，并承认人道主义的原则高于革命的原则①，就从认知与体察上来看，新文学中蕴含的集体主体意识与个体主体意识（即个性意识）是辩证地统一在一起，集体主体意识是通过个体主体意识来显现的，就是塑造的个体人物形象其思想意识也不能只有集体意识而没有个性意识，否则这个人物就不是活生生的形象而仅仅是集体思想的传声筒；而个体主体意识则寓于集体主体意识之中，或融化于集体意识里，因为人在现实性上是社会关系的总和，作为人的个性意识若游离出这个“总和”还能孤单单地存活吗？正如戈德曼所指出的：“我们没有遇到过外在于个体意识的集体意识，也不存在任何与个体意识割裂开来的意识。”②至于阶级性与人性之间的关系也不是极端对立的关系，从常识上说有了人就有人性，若是人没有人性只剩下兽性那还称得上人吗？故人性是人之所以为人的本质规定，不管人性是先天固有的还是后天塑造的都是与人的特质胶结在一起；而阶级性只是进入阶级社会才打上的烙印，随着阶级的消灭也许人就没有阶级性了。即使在阶级社会人具有了阶级性也不能以之取代人性或掩盖人性，人性既是人的规定性又是极为复杂的，人性在特定的历史阶段可以包含一定的阶级性，也可以说它只是人性多维结构中的一维，而不是永恒的人性，它会跟着时势的变化而消逝，至于与人的喜怒哀乐情感和各种情亲关系相联系的人性却往往是永恒的，也是人与人之间易于相通的人性。既然人性是人的本质规定内涵又是极为复杂深切的，那么现代中国文学的各种样态无不从这个维度那个层面或者全方位地来表现人性，即使无产阶级文学所表现的阶级性也是一种人性；况且它所表现的并不可能是纯粹的阶级性，也黏合着其他人性或与这种人性相通的人性；当然谁也不能否认人性有真假、善恶、美丑之分，不过这种区分在文学作品中却没有一清二楚的明晰度，常常混杂在人物性格或情感意识中。因此，以机械论的阶级分析所书写的文学史把丰实复杂的个性意识、人性内涵和人道情感作为“腐朽的资产阶级思想情感”清除了，这就阉割了新文学的灵魂，使文学史变得空空洞洞，只剩下一个预设的政治框架，从阅读中已感受不到文学是人学的丰富内涵与深邃意蕴，记忆中所留下的只是难以理解与接受的阶级定性和政治帽子。

---

① 许苏民：《人文精神论》，湖北人民出版社2000年5月版，第576页。

② ［法］吕西安·戈德曼著，段毅、牛宏宝译：《文学社会学方法论》，工人出版社1989年3月版，第109页。

如果说“文革”前书写新文学史对作家作品评述所坚持的阶级论及其分析方法，已暴露出“政治标准第一”的价值内涵的混乱性、随意性、武断性和非科性的弊端，根据不足或无中生有或随意上纲地就给一些所谓小资产阶级、资产阶级乃至左翼无产阶级作家戴上“反动作家”、“反革命分子”、“法西斯主义者”、“帝国主义走狗”、“反党反社会主义右派分子”等政治帽子，或把他们作为现代文学史的反面教材进行无情批判，或将他们清除出文学史剥夺其作为一个现代作家的资格，这样扫来扫去致使文学史所存有的正面作家或革命作家已经不多了；那么到了“文革”时期阶级分析方法运用到文学领域则成了完全没有什么科学规定性的政治标准，人妖颠倒，是非混淆，指鹿为马，帽子乱飞，横扫一切，肆意打倒，特别是炮制出的《林彪同志委托江青同志召开的部队文艺座谈会纪要》既提出一条“30 年代文艺黑线”又说什么建国后这条“反党反社会主义的黑线”长期专了无产阶级的政。这不仅彻底否定了五四文学革命中经 30 年代左翼文学、40 年代延安文学直至“十七年”工农兵文学等所有文学形态，而且也彻底否了“十七年”遵循新民主主义理论框架书写的所有政治型中国现代文学史，不只否定了中国新文学也打倒了现代作家，不只否定了新文学史文本也扫荡了治史者。虽然在新文学这片白茫茫的大地上还剩下一个鲁迅，但鲁迅已被妖魔化了，完全失去本来面目，成了一个既无将又无兵的“光棍司令”，致使鲁迅在文学史上的真实价值被剥夺殆尽。连新文学也扫光了，“文革”当然就成了无史可写的空白地带。或许这是中国新文学史书写政治化的必然结果，这也是一个不可或缺的特点和症候。

四

“十七年”中国新文学史被纳入政治化框架进行编写是体制内的国家行为，并非治史者本人所能左右的；尽管如此，但是作为治史者绝对不能把文学史政治化书写过程中所出现的症候或弊端完全推在国家体制上，而自己毫无责任可担，这不利于从自身总结经验教训以提高修史整体水平，也不利于推动中国现代文学史的建设与重构。因此，从文学史书写主体来检查与省思是个必不可缺的重要维度，也是前辈书写者与后学治史者的内在学术要求。新中国成立就把中国新文学史作为大学文科教育的新学科来设定，并制订新文学史教学大纲和重构中国新文学史教材，这对于从事大学文科教学与科研的教师或者致力新文学创作的作家、热衷于新文学批评的文艺理论工作者来说，都会感到兴奋与自豪，既能激发一种责任感又能焕发一种学术激情，若能亲自参与新文学史教学大纲的制订或新文学史的书写那是任何一个愿为刚刚建立的新中国作贡献的教师、学者和作家求之不得的，一旦被选中或被任命会感到无上荣耀，认为自身的知识学养、学术地位和智能价值在国家眼里得到肯定和学界文坛得到显示。抱着这样的心理与情态去制订教学大纲和书写新文学史，既会顺畅地领会国家的意图，又会自觉地体现国家的意志，因而他们以新民主主义理论作为政纲与框架来建构新学科的现代文学史文本定会欣然接受，并努力在书写实践中贯彻之；特别是以政治框架尝试书写新文学史的学者或专家都是工作在知名大学和科研机构，或是中共党员或是进步知识分子，不仅熟悉钟爱左翼革命文学也有相当的马列主义理论修养和敏锐的政治觉悟，对新文学史书写所遵循的政治理论模式不是认同不认同的问题，而是能不能把自己早已奉为权威的中国化的马克思主义思想在新文学史书写中贯彻好落实好的问题。况且，《新民主主义论》对中国新文学史政治化书写所提供的新视野、新理路、新论断、新话语和新方法，是创造性的又是极为新颖的，具有强大的理论冲击力和逻辑征服力，用之于新文学史书写是当时任何政治理论设计难以取代的；特别是新中国的成立和革命的胜利又雄辩地证明了领袖的无比崇高伟大及其政治理论思想又是不可战胜的放之四海而皆准的真理，在这种政治气氛的熏染下与强大舆论的导向下，那些新文学史的撰写者唯恐不能严格恪守政治理论模式，最怕的不是文学史是否具有学术含量而是在政治上有无出格，这种疑虑是一种政治上的虔诚而不是学术上的忧思。这种书写倾向及治史者的心理取向，从国家新闻出版总署于1952 年 8 月 30 日在北京文化宫举行的王瑶著《中国新文学史稿(上册)》(以下简称《史稿》)座谈会的吴组缃、李广田、杨晦、钟敬文、蔡仪等的发言中，明显地流露出来，虽然有的发言也触及《史稿》的技术问题，但主要指责其没有完全贯彻政治纲领体现政治框架所出现的严重政治问题，这种政治批评不是出自个别人之口，而是一种共同声音，是严肃认真的批评而不是随声附和的应付，可见这些全国知名学者或教授对新文学史的政治化书写是极为情愿自觉的，没有一个为王瑶本文学史的所谓“政治问题”进行辩解与开脱。在我看来，王瑶本文学史是开创之作又是今人认定的经典之作，它的真正价值不在于尝试套用新民主主义政治框架没有套严实而出现了“两张皮”，而在于王瑶巧妙地采用了这样的写作策略，即宏观上以大段大段的政治论断引文来掩护自己对作家作品所给出的独特评述,发出自己的学术声音,表达自己的真切感悟;如果说这是《史稿》政治“致使伤”,那今天视之恰是它的学术价值所在,正是治史者当时没有丧失独立思考的葆有学术个性的表现。这是我的分析,究竟王瑶如何想我不得而知。若说建国初期书写新文学史大多学者或专家对政治理论模式的遵循是一种带有盲目乐观的心态和自愿自觉的行为,那么随着批胡适、反胡风、反右派的政治运动的高压逼迫与暴力淫威以及一批批新文学作家成了专政对象,治史者的心态无疑增加了无形的政治恐怖感,于是到了20世纪50年代中后期出版的新文学史的政治化色彩越发浓烈起来,宁“左”勿右的政治批判充满了火药味,王瑶本文学史中尚有的求真务实精神以及治史者的独立思考已荡然无存,书写者对政治框架的虔诚式智从则变成恐惧下的奴从了。虽然在“反右”前夕曾出现“早春天气”又提出“双百方针”,有的评论者和治史者也在媒体上发出文学是人学以及人性人情人道的声音,但是意识形态领域的极左思潮已形成不可抗拒的强大势能,那种微弱的言语杂音或异端想法无不淹没于政治思想大一统的汪洋,它们对新文学政治化书写并没有产生积极影响,即使1957年高教出版社出版的《中国文学史教学大纲》所体现出的那点求实的史学精神也没有更新治史者原有的政治史学观,也没有煞住新文学史越来越政治化的趋向。由书写主体心态的演化中则给出了这样的理性启示:作为一个真正的治史者无论在什么情势下都不能丧失独立思考能力和个人的话语权,即使压力再大也不能说谎话必须坚持说真话,对既定权威理论可以智从而不能盲从奴从,治史者的良知、真知以及真品格比什么光环和荣耀都珍贵;就是遵循政治理论框架来修史也要写一部货真价实的政治型新文学史,在文学史书写中任何的谎言诳语都是一种欺骗性的学术犯罪,唯有时刻保持冷静、科学、理性、独思的心态方能在治史的征程上越走越远,留下的文学史文本才能成为一代又一代学人必读的经典。

政治型新文学史在“十七年”的编写,不少知名学者、教授或作家是苦苦地探索和孜孜地追求,从知识分子对学术事业和教育事业的身心投入上,强烈的责任感与使命感乃至个人的荣誉感上来说,谁不想书写一部流传百世的中国新文学史,即使他们认同并选择政治理论模式并大胆地尝试与实践也是心有所向又是大势所趋的,可以说这在建国初的政治背景与文化语境下也许是唯一的选择。因此在我们对“十七年”新文学史书写出现的政治化倾向进行深刻反思时,除了对其弊端、谬误、症候以及书写主体自身的弱点予以针砭与指正以外,还应该做到该肯定的必须肯定、该承传的必须承传。在我看来,政治型的现代文学史至少有这样一些可取价值:一是为中国新文学史书写提供一种政治型叙述模式。新文学史书写可以纳入不同的理论框架,采取不同的叙述方式,尽管以新民主主义理论框架来规范现代文学史与多元的新文学客体并不完全契合,但是如果书写成功那就可以证明它是一种有特色有价值的书写模式,即使王瑶本文学史对这种政治框架的运用有些可挑剔之处也不失其范本价值。二是为中国现代文学史的研究与书写发掘并积累了资料。史实或资料的搜集整理既是文学史书写的先导又是建构文学史的基石;虽然新文学史政治化书写限制或削弱了史料的挖掘和使用,但是新文学运动形态、思潮流派和作家作品资料的钩沉与积累还是相当可观的,王瑶本文学史的原始资料是相当丰实的,连那些对其进行严厉斥责的学者也不能不承认王本的资料价值。三是新文学史的政治化书写总是强调坚持唯物史观,这使有些文学史文本体现出一种求实精神。尽管有的书写者在政治强势的威压下或出于认知上的误导也作出一些有悖于唯物史观的政治判断和出格离谱的阶级分析;但毕竟大多数学者还是尊重史实重视实证的,对于那些拿不准难上纲的作家作品仍然坚持用史实说话或者用曲笔表述已见,这可以在唯物史观的庇护下逃过政治的严密审查,体现一种可贵的求真务实精神,王瑶本文学史做得较好。况且,新文学史的客观存在本来就与政治有一种撕扯不开的纠葛关系,若是书写者从史实出发能把这种关系真实地揭示出来,这不仅增强了新文学史的史学价值,而且也是一种求实精神的体现。特别是以政治理论来规范新文学史的书写,从宏观上搭建的逻辑架构多引用现成的政治话语予以装饰,这易于显示出政治化的特征;然而欲把政治规范具体落实到文学运动、文艺思潮、社团流派和一个个作家作品身上也使其政治化,这是极其困难的甚至是根本达不到的。这不仅因为新文学思潮流派、作家作品极其复杂错综,即使无产阶级作家作品也不都是赤裸裸地表现政治的,故而很难达到政治标准的高度;而且也因为不少书写者忠于自己对文学史料的阅读感受与体验把握,不可能每种感受和体验都提升到政治纲领上,游离出政治规范而表述自己的体悟与见解这在已存的文学史文本中是屡见不鲜的,这也体现出一种求实精神。四是“十七年”书写的新文学史大多是教材型的,有的还被定为全国高校文科的通用教材,尽管这种政治型的新文学史存在这样的缺陷那样的谬误,曾给文科教学带来负面效应,然而它毕竟适应了教学需要,支撑起中国新文学史学科,给一代代文科大学生传授了并不完美健全的文学史知识,既开阔了其学术视野又以现代文学思潮冲洗了灵魂,也从极左政治思潮对新文学史书写与教学的干扰甚至破坏中汲取了历史教训增长了政治智慧，一言以蔽之，它为中国新文学史教学与重写奠定了基础。

现下学术界流行着一种当代中国社会主义现代性实质上是“反资本主义现代化的现代性”的观点，而这种观点被不少的著述与论文所引用，当然也影响到对建国前30年文学批评和文学史书写的深刻反思。如果从总体上来概括当代中国社会主义现代性认定它在实质上是“反资本主义现代化的现代性”，那也不无一定道理，作为学术观点提出来也是允许的；且不说这个观点在经济领域是否经得住实践检验，而在包括文学创作和文学史书写在内的意识形态领域则成了令人费解或难解的大问题。从批判《武训传》、清算胡适、反胡风、反右派、反右倾直至“文革”等一系政治运动，都打着批判资产阶级防止资本主义复辟的旗号而制造了大量冤假错案；由于从理论到实践证明了这些冤假错案都是错误的，皆给予平反，特别是“文革”对封资修实行全面无产阶级专政已在“历史决议”中定性为封建法西斯主义专政，因此难道说这些所谓的批判资产阶级意识形态而反对资本主义复辟的政治运动也是“反资本主义现代化的现代性”吗？“封建法西斯主义专政”也是“现代性”吗？这究竟是什么性质的“现代性”？在我看来，真正的“社会主义现代化的现代性”应蕴含在一系列的冤假错案里以及支持为冤假错案平反昭雪的主流意识形态话语。若是不作这样的理解而承认了那种错误地“反资本主义”也是“社会主义现代化的现代性”的观点是正确的，那将意味着什么，其后果又会严重到什么程度，只要是明白人一想就清楚了。如果把这种“现代性”观点引入新文学史研究与书写中，不只是造成极大的思想混乱，也会把建国前30年新文学史政治化书写所有的弊病和谬误都说成是“反资本主义”的“社会主义现代化的现代性”给予合理合法的护佑，这就无须反思也不要“重写”了。这正好顺应了学界那种得了阿Q健忘症人的口味，“十七年”是历史了，“文革”也是历史了，一切该过去的都过去了，就不要重提那些不愉快的往事，何必那么较真，多累多烦啊，为什么不在“太平盛世”尽情享受消费文化所带来的乐趣呢？学术研究就是要较真，尤其对“十七年”新文学史书写的反思来不得半点虚假，沉痛的历史教训时刻不能忘记，否则书写者的思路就会滑进已被实践证明的错误轨道，重蹈覆辙也许不是骇人之谈了。

人本型中国现代文学史的书写特征

新中国成立后的前30年,中国现代文学史书写,始终是在教育部制订的教学大纲规范与框定下运作的,大都为高等院校文科教学而编写,即使50年代王瑶本、丁易本、蔡义本、张毕来本、刘绶松本等现代文学史的书写出自个人之手,也是为了适应教学之需,可见高等院校文科的中国现代文学史教学是推进文学史研究和书写的内在动力。虽然"文革"10年正式出版的中国现代文学史实为罕见,然而"复课闹革命"的1971年后,却为给文科工农兵大学生授课不得不思考文学史的书写,哪怕写出的讲稿不能公开出版也要尝试写些东西,如鲁迅、样板戏、《在延安文艺座谈会上的讲话》(以下简称《讲话》)、文艺思想斗争等专题讲义,无不运用"文革"思维来写来讲。当然偶尔也运用钻网战术插进教师的独立思考,而工农兵大学生则喜欢听到一些异质声音,这一方面说明即使"文革"这个学术有罪的特殊时期,一旦"复课"就会驱动教学主体去思索文学史的书写;另一方面也说明历史的曲折,正在酝酿和迎接新机遇到来时的中国现代文学史书写的大变革。

一

中国现代文学史书写的变革,意味着突破已有政治理论框架和既定的政治化书写规范,将现代文学史书写纳入"文学是人学"的理论范式,真正摆脱"以阶级斗争为纲"的政治意识对文学史书写的禁锢,重构人本型的中国现代文学史,使书写主体、对象主体和接受主体即谁来写、写什么、写给谁在现代文学史建构过程中得到真正的尊重,以实现政治型文学史向人本型文学史的转换。不过,中国现代文学史书写的转型是极为艰难的,而且也需要个探索过程。

所谓"极为艰难",这要从两个维度来考察:其一,中国现代文学是极左思潮泛滥的重灾区,包括曾被神化的鲁迅在内的几乎所有的作家作品、文学思潮流派、文学运动等，都被歪曲过或扫荡过，并定过罪戴过帽子，正式宣判的冤假错案比其他人文领域多得多，从“五四”到“十七年”的文学都是封资修文艺黑线的产物，连《讲话》引导下创建的工农兵文学也没有得到幸免；因此新时期伊始批判极左思潮、拨乱反正、平反冤假错案的任务极其繁重而艰巨。如果这些文艺界的冤假错案都是“文革”制造的，那随着彻底否定“文革”也就平反了；而真正难办的是，1942年延安文艺整风运动就出现了对王实味的错判，1948年东北局错批萧军和香港《大众文艺丛刊》错批沈从文、朱光潜、萧乾等，以及“十七年”批《武训传》、批胡适、反胡风、反“右派”、反右倾等所制造的冤假错案；因为此等冤假错案既与“文革”的极左思潮有关又是产生于红色政权运行的正常时期，清算“文革”的错误不能不涉及它却又要捍卫其“本”与“源”，也就是说不能由于“正本清源”而把正确的思想路线及其理论根源都否定了，足见平反冤假错案在材料的甄别上、界限的掌握上、政策的落实上、判断的分寸上有多难，阻力有多大，真是难以想象。尽管如此，但毕竟一个个的冤假错案都平了反，翻了案，使颠倒的历史恢复了本相，为中国现代文学史的重写和转型奠定了基础，铺平了道路。况且，平反冤假错案既要清理其背后的错误思潮及错误做法，又要牵扯到冤假错案的亲手制造者和积极参与者，或者写过大批判文章与发言声讨的人；虽然并未采取“人人过关”的以“左”对“左”的办法来处理，但是却有形无形地触动了一些人的既得利益或思想灵魂，故而平反冤假错案过程中必然会遇到不少阻力，设置了各种障碍，甚至形成一股极左势力来抵制“拨乱反正”和“正本清源”。记得20世纪80年代初电影《天云山传奇》在有些地区放映受到阻遏，理由是“不能为右派翻案”，1983年刮起了“清污”的阴风有人则认为“反右的时机来了”，这说明文学艺术界的批判极左思潮和平反冤假错案阻力重重；有些作家评论家尽管组织上已经给予平反，然而在有的人心目中并未平反，总认为他是“右派”或“反革命”或至少有政治问题，组织上不能委以重任，文学史也不能给出科学评价，也许这种阴影至今在某些治史者头脑中驱之不散。尤其冲出政治型中国现代文学史书写所恪守的新民主主义理论框架，更是难上加难；尽管主流意识形态在政治上提出了反对“两个凡是”的口号，颇有感召力，顺乎民心，合乎民意，但是真正落实于现代文学史的研究与实践上却是要冒政治风险的，甚至会碰得头破血流，招来莫名其妙的“声讨”和“围攻”。记得80年代初笔者与南京大学许志英先生曾撰文，对五四文学革命是由无产阶级思想领导的判断提出质疑，并以充分的史实例证与理论根据说明五四文学革命是由人道主义与其相联系的民主主义来指导。这本来属于学术研究范围内的不同见解，然而许先生的文章却被某个大人物视为“离经叛道”的政治问题，并顺藤摸瓜把笔者早在1982年出版的《五四文学初探》中的类似观点的文章也抓出来，作为“清污”的靶子，组织文学史研究界和现代文学评论界的知名学者写了一批大批判文章，好像“文革”的灾难又要降临到我们头上。幸亏这种倒行逆施被及时制止，否则又要出现新的“冤假错”案，实践证明这种“无限上纲”或“无中生有”的大批判仍是“文革”的政治思维的流毒遗风，而笔者与许先生的观点在新锐学者眼中早已成了不言而喻的“老调”了。然而新锐们却不知道就是这种“老调”在拨乱反正之初则成了“大逆不道”，可见现代文学史书写走出政治模式转向人本范式在政治上必须冒险，这也是必须破除的冰封，否则现代文学史书写难能出轨转型。

其二，中国现代文学史研究与书写主体的“自我更新”并不轻松，蜕变也是极其艰难的；若不下大力气不花大功夫更新文学观念、思维方式和知识结构，那是不可能推动现代文学史书写实现转型的。就当时的老一代学者来说，几乎都吃尽极左思潮的苦头，王瑶为新文学史书写多次受过批判，刘绶松为编写现代文学史付出生命，虽然进入新时期老一代学者获得解放或得到平反，在思想解放、实事求是的思想路线激荡下，不论文学史观或思维模式都受到一定的触动，对极左思潮的反击也表现出相当的勇气，发表的反思性文章亦有相当深度；但是他们毕竟遵循政治理论框架和政治化写作规范建构起第一批中国现代文学史文本，并长期用它进行教学，培养了一代代大学毕业生，因此即使受过批判遭到斥责也并不认为自己所坚守的政治化书写新文学史的模式有什么不可或失误，也许就认定中国现代文学史按照新民主主义理论框架书写是最佳选择，至于文学史书写中出现这样那样的缺陷或错误不是政治框架的局限所致而是自己没有理解好运用好它。正是这种坚守、自责以及对自己书写文学史文本的珍惜，使其不可能冲出既定的思维定势、文学史识和叙述模式；加之在极左思潮的政治恐怖下造成的心有余悸，更难以使其去探求现代文学史新的书写框架。尽管如此，然而老一代学者毕竟治学经验丰富，知识积累厚实，学养精湛充盈，于现代文学研究与教学上确立了不可取代的威望，勤勤恳恳的敬业精神和孜孜以求的进取精神以及以德养人、提携后代的谦和品格更是令人敬佩；因此凭借这种独特文品和人品优势，老一代学者理所当然地也是众望所归地担任了中国现代文学研究会的会长或副会长，有的担任主编组织力量重构现代文学史。总之,他们作为名副其实的学术领军人物,带领中青年学者在“文革”十年荒芜的现代文学领地上进行了披荆斩棘的艰难耕耘和播种。此时的中年学者,多是五六十年代的文科大学毕业生,或在高等院校中文系执教从研,或在研究机构从事中国现代文学研究,新时期开始他们正值年富力强、生命健旺之际,本应当仁不让地成为中国现代文学史研究和书写的中坚力量;然而“文革”十年不仅浪费了他们认真读书精心钻研的宝贵时间和精力,而且极左思潮的毒化使其心灵受到创伤。因此对于中年学者来说,如何抓住改革开放、思想解放的千载难逢的大好机遇,尽快地治愈创伤、肃清流毒、更新观念、调整思维、充实知识、提高专业、深化学养、抓紧研究、增强实力,以适应繁重的中国现代文学史的教学与书写任务,既是“只争朝夕”的当务之急又是必须承担的极其艰难的使命。虽然攻克思想关、专业关、补好十年荒废的功课,对于中年学者是个严峻的历史考验,也是个更新观念更新知识以深入现代文学史堂奥的过程,这是相当艰难的;然而他们并没有一丝一毫的气馁和懈怠,学习鲁迅的韧性战斗精神,重新理顺思路、重新钻研业务、重新进入科研、重新充实知识、重新开阔视野、重新调整方向,终于闯过了一道道难关,使他们跟上了时代的步伐,跟上了学术发展的速度,甚至站在学术的前沿阵地,真正成为中国现代文学史教学和研究以及推动文学史书写转型的中坚力量,既顺应了改革开放的时代要求又没有辜负老一代学者的期待。至于中国现代文学教学与研究领域的年轻一代,在新时期伊始由于“文革”所致几乎断了代,幸亏恢复高考后老一代学者如王瑶、唐弢、李何林、贾植芳、田仲济、陈瘦竹、孙昌熙等先生,旋即招收了硕士或博士研究生,为中国现代文学史教学与研究及时地培养出新一代学者,解决了学术研究的断代问题,真是功不可没。虽然这批研究生经受了“文革”的磨难、考研的攻关、获取学位的拼搏,而且有些人的年龄已进入中年;但是他们都是沐浴着思想解放的阳光成才的,是在老一代学者言传身教的亲自指导与关爱下,经过自己艰苦奋斗接受严格答辩考试而获得文学硕士或博士学位的。不论其思想观念、知识结构或者思维方法、科研能力,都升华到一个新的层次。现代文学研究和教学实践雄辩地证明,这批硕士或博士研究生成了推动中国现代文学史书写不断创新与转型的生力军。上述,着重从两个维度考察了中国现代文学史书写的转型并非一帆风顺的,而是做了极其艰难的准备工作。

所谓“探索过程”,主要是指从研究实践来考之,中国现代文学史书写的转型与艰难性联系在一起,有一个探索过程;也就是说,政治型文学史书写转换成人本型文学史书写,不是一蹴而就的,人本型文学史的书写模式并不是所有的治史者都能够认同和选择的。即使认同并选择了人本型文学史书写模式也不是一举就能成功地运用了它;总要有个在探索中尝试,在尝试中探索的过程。这不仅因为人本型文学史书写模式需要从长期所遭受的政治批判与否定的重压下解放出来,重新认识,重新激活;也因为对它的选择和运用并不像政治型文学史书写模式那样或是被逼迫的,而选用它则完全是自愿自觉的。所以只能说,在现代文学史书写模式允许多样化的时代,而人本型文学史书写模式的选用仅是其中的一种重要模型,绝对不是唯一的。既然是这样,那笔者在考察中只辨识人本型文学史书写模式与其他书写模式相比,有哪些突出特征,并不评判它们之间的优劣高低。不过在同政治型文学史书写模式的比较中,却要突出人本型文学史书写模式的优长,因为这是本文考析的重点所在。以我之见,以人本型中国现代文学史书写取代政治型中国现代文学史书写的探索过程,呈现出相互联系又有明显区别的三个历史逻辑阶段:20 世纪 70 年代末到 80 年代中期,是过渡阶段;80 年代中期到 90 年代中期,是尝试阶段;90 年代中期到 21 世纪初,是拓展阶段。

过渡阶段始于 1976 年“文革”结束,全国各高校的文科扬眉吐气了,师生可以放开胆子教与学了,拨乱反正的思想解放运动席卷神州大地,极左思潮筑起的一个堡垒被炸掉了,各抒己见、畅所欲言的学术局面有望形成了。在这种学术春天即将来临的情势下,虽然不时地有阴风吹起,但是难以阻遏改革开放、解放思想的时代狂飙。基于高等院校文科教与学的急切需要,源于刚刚获得灵与肉双重解放的教师或学者从内心迸发出的学术激情,20 世纪 70 年代末到 80 年代初的几年之内掀起一股比 50 年代初不知高出多少倍的编写中国现代文学史的热潮,有北大、南大等“九院校本”,有田仲济、孙昌熙主编的“山东本”,有中南地区“七院校本”,有七省“十七院校本”等等,不一而足;这些举集体之力编写的中国现代文学史,无不坚持“实事求是,解放思想”的思想路线和唯物史观的方法论,力求肃清极左思潮在现代文学史编写中的流毒,写出一部带有创新价值的中国现代文学史。然而由于多方面的局限,总是不能从政治型文学史书写模式中蜕变出来,新迹旧痕交织在一起;或者说都没出离唐弢主编的三卷本《中国现代文学史》(简称唐本)①,体现出中国现代文学史书写由政治型向人本

① 唐弢主编:《中国现代文学史》(1~3),人民文学出版社 1979 年 6 月版。

型转换的过渡性特征。唐本文学史集结了当时全国最具权威性的学者和青年才俊，虽然初稿写成于1961年“三年困难”的调整期，极左思潮的干扰不甚严重，“文革”结束在新的历史条件下做了一定修改匡正，第三卷又是重写的，这为文学史书写突破前30年恪守的政治框架所存在的缺陷提供了可能；但是阅完之后给人的感受却是，唐本文学史仍然遵循新民主主义论设计的政治框架，对新文学领导思想与政治性质仍沿用既定的政治结论，对新文阵线、作家队伍和文学作品的分析仍坚持阶级分析和政治标准第一，尤其是文艺思想斗争的分析仍运用二元绝端对立的政治思维等，这也许是唐本作为过渡性文学史代表作的难免的旧痕。不过，与“十七年”那些政治化的中国现代文学史文本相比，唐本确有不少新突破新特点，主要体现在：一是搜集和掌握的原始资料相当丰富扎实，不论文学运动的描述或者文艺斗争的勾勒尽力贴近历史原貌，让史实资料说话，力避空泛的议论和理性判断，为日后中国现代文学史纳入人学范畴的书写提供可用可查的史料和治史者应效法的严谨学风；二是从史实资料出发结合相应的理论根据，比较缜密细致地论述新文学的新民主主义性质及其领导思想，既没有采取“两张皮”的策略也没有运用大政治帽子戴在小人头上的写法，尽力从史实与理论的结合上拉近新文学与新政治的关系；三是虽然限于当时的主客观条件没有恢复被历次政治运动错批错打错反错划了的现代作家在文学史上的地位，但也给陈独秀、张恨水等以肯定性的评述，这是难能可贵的。总之，唐本在一定范围内在某种程度上所体现出的务实求真的品格对于中国现代文学史书写的转型架起了精神桥梁。不过，与唐本相比，同年出版的田仲济、孙昌熙主编的《中国现代文学史》（简称“山东本”），其突破与创新力度要大得多，主编在《写在后面》中明确指出，再不能像建国后陆续出版的几种不同版本的现代文学史那样：“本来是新民主主义时期的文学史渐渐写为社会主义文学史了，这主要表现在排斥了许多非革命作家于文学史之外，如徐志摩、沈从文、庐隐、凌叔华、绿绮、李金发等；其次是将萌芽的东西写为主体的东西，例如‘五四’时期，所有文学家，可说还是新民主主义者，无论从《呐喊》、《彷徨》或是《女神》中是无法找到马克思主义思想的”。[1] 这也是“山东本”现代文学史编写的指导思想，从章节安排到文字表述尽量贯彻主编的意图，以实事求是的科学态度写出一部“新民主主义革命时期的文学史”而不是“新民主主义的革命文学史”；虽

① 田仲济、孙昌熙主编：《中国现代文学史》，山东人民出版社1979年8月版，第541页。

然“山东本”文学史没有完全摆脱既定的政治框架,但是在当时出版的现代文学史中却算得上最大胆地进行“突围”的版本了。

尝试阶段始于80年代中期。不仅过渡阶段书写的多种版本的现代文学史,为向人本型文学史转换作了一定的史实与史料以及运思方式的准备;而且70年代末人道主义思潮的重新崛起,对现代文学史书写模式的转换起了重要的推动作用,并从理论上提供了强大支撑。朱光潜于1979年撰文,较有深度地论述了人性和人道主义,他说“人性”就是“人类的自然本性”,“马克思《经济学——哲学手稿》整部书的论述,都是从人性出发,他证明人的本身力量应该尽量发挥,他强调的‘人的肉体和精神两方面的本质力量’便是人性。马克思正是从人性论出发来论证无产阶级革命的必要性和必然性,论证要使人的本质力量得到充分的自由发展,就必须消灭私有制。”而人道主义的“总的核心思想,就是尊重人的尊严,把人放在高于一切的地位”,所以“马克思主义不但没有否定过人道主义,而且把人道主义与自然主义的统一看作真正共产主义的体现”①。王若水认为,马克思肯定人的地位、人的价值、人的尊严、人的幸福的人道主义是有积极意义的,它既反对了“神道主义”也反对了“兽道主义”,而全面否定人道主义就可能异化到“神道主义”和“兽道主义”中去,“文革”十年的遭遇便是明证②。并且在80年代初《文学评论》、《文艺报》、《文艺研究》等杂志邀请众多评论家,就怎样认识人性和人道主义、怎样认识文学和人性以及怎样看待文学对人性、人道、人情的表现问题,展开了争鸣,从而引发了关于人道主义和“异化”问题的大讨论③。周扬发表的《关于马克思主义的几个理论问题讨论》,充分肯定了人道主义的历史作用,认为必须提倡马克思主义的人道主义,并指出社会主义历史阶段存在“异化”问题④;而胡乔木则反对“马克思主义人道主义”的提法,并认为社会主义时期不存在“异化”问题⑤。周与胡的不同之见,谁正确谁谬误明眼人自有判断。到了1985年刘再复连续撰文论述“文学的主体性”问题。其实,文学的主体性是在对“文学是人学”反思的基础上所提出的以人为本的创作原则,正如刘文所说:“所谓文学上的主体性原则,就是要求在文学活动中不能仅仅把人(包括作家、描写对象和读者)看做客体,而更要尊重人的主体

① 朱光潜:《关于人性、人道主义、人情美和共同美的问题》,《文艺研究》1979年第3期。

② 王若水:《文艺与人的异化问题》,《文汇报》1980年9月25日。

③ 白烨编:《人性和人道主义学术讨论情况综述》,《中国社会科学》1981年第1期。

④ 周扬:《关于马克思主义的几个理论问题》,《人民日报》1983年3月16日。

⑤ 胡乔木:《关于人道主义和异化问题》,《人民日报》1984年1月27日。

价值,发挥人的主体力量,在文学活动的各个环节中,恢复人的主体地位,以人为中心、为目的。具体说来就是:作家的创作应当充分地发挥自己的主体力量,实现主体价值,而不是从某种外加的概念出发,这就是创造主体的概念内涵;文学作品要以人为中心,赋予人物以主体形象,而不是把人当成玩物与偶像,这是对象主体的概念;文学创作要尊重读者的审美个性和创造性,把人(读者)还原为充分的人,而不是简单地把人降低为消极受训的被动物,这是接受主体的概念内涵"。①

这种以人为本的文学创作观,不仅影响了新时期的文学艺术创作,也影响了中国现代文学的学术研究及其文学史重构。人性论、人道主义和文学主体性文艺思潮对中国现代文学史书写的渗透和影响主要体现在两个方面。

从理论上说,1985 年上海复旦大学和华东师范大学的青年学者们提出"重写文学史"的口号,北京大学的青年学者们提出"20 世纪中国文学"史观念。前者口号的意义不在于文学史是否重写,因为每次文学史都是重写,否则就是抄袭或复制,既然如此还提什么口号,它作为口号提出其重要意义在于,对以前坚持的政治框架书写现代文学史的解构与否定,要求书写主体彻底解放思想发挥内在潜能,创造或选择新的理论范式去取而代之,书写出更符合现代文学本体真实的创新型文学史;后者"20 世纪中国文学"史观从整体上突破了新民主主义理论框架,不仅收编了习见的近代文学、现代文学和当代文学的三段论的机械划分,把新旧民主主义时期与社会主义时期的文学作为统一的完整体来把握,而且以"改造民族的灵魂"的启蒙文学的"总主题"②取代了革命政治主题,完全打破了现代文学史书写的政治化模式。强调 20 世纪中国文学是"改造民族的灵魂"的文学,实质上承认了 20 世纪中国文学是"人的文学",是改造中国人思想灵魂的文学,且不说这种观点是否有片面性,至少它昭示出 20 世纪中国文学研究及其文学史的书写应摆脱既定的政治框架而纳入以人为本的"文学是人学"的理论范畴。

从实践上说,1985 年前后书写并出版的中国现代文学史,已走出政治化叙述规范而对人本型文学史书写模式,作出了积极探索。1984 年山东教育出版社出版的《中国现代文学史教程》(上下册)在体例上分为"文学运动与创作概述"与"作家作品"上下两编,突破了以往现代文学史重文学运动与文艺斗争而轻作

---

① 刘再复:《论文学的主体性》,《文学评论》1985 年第 6 期。

② 黄子平、陈平原、钱理群:《论"20 世纪中国文学"》,《文学评论》1985 年第 5 期。

家作品的结构，淡化了强加进现代文学史的政治因素与政治色彩；特别是对作家作品的分析力避阶级化政治化，彰显其人性内涵与审美特点，而对无产阶级思想对新文学的领导更是作了实事求是的叙写。如对五四文学革命的时代精神价值及其主导思想意义并未套用众所周知的政治判断，而是引用1920年初陈独秀在武汉文华大学讲演大纲里的“德谟克拉西”作了概括，这也是李大钊当时所宣扬的“平民主义”的风靡世界的“绝大潮流”，历史的真相就是如此；并且对五四文学革命中胡适、陈独秀、周作人的文学主张作了充分肯定，完全否定了教育部“十七年”拟订的不承认“白话文学”、“国语文学”、“人的文学”、“平民文学”是新文学的现代文学史的政治性教学大纲。1987年上海文艺出版社出版的《中国现代文学三十年》可以说是对“20世纪中国文学”史观的书写实践，虽然它研究的仅是习惯上说的32年的中国现代文学，但是仍然坚持以20世纪中国文学是“改造民族的灵魂”为总主题的史实来统摄32年中国现代文学，也就是以“改造民族的灵魂”文学为重构现代文学史的总纲，来替代新民主主义论的政治框架。这就把现代文学史的书写纳入“文学是人学”的轨道，尽管把整个32年的现代文学总体视为“改造民族的灵魂”的文学不够科学严谨；但是它在现代文学史书写上，不仅具有突破已有政治格局的重大意义，也是以人本型模式书写中国现代文学史的积极尝试。特别是对“为人生”派和“为艺术”派文学作品，所进行的人性论、人道主义分析，颇有创意。例如剖解郁达夫小说中病态性欲描写便与众不同，它是选择了新角度，指出作家“在试用一种新的态度，用民主与科学的眼光，去剖析和表现人的生命中所包孕的情欲问题。郁达夫受西方人道主义特别是卢梭‘返归自然’思想的影响，主张个性解放，主张人的一切合理欲求的自然发展，他认为‘情欲’作为人的自然天性是应该在艺术中得以正视和表现的”。故而他“在作品中直接写‘情欲’特别是病态性心理”①。

但是真正以明确的人本文学史观与理论表述来重构中国现代文学史的，则是与《中国现代文学三十年》几乎同时问世的《中国现代文学史新编》，它表现出将现代文学史书写由政治范式纳入人本范式的理性自觉；尽管这也是尝试性的积极探索，不过它应是中国现代文学史书写由政治型向人本型转换的重要标志。主编在《前言》中开宗明义地指出：“这部《中国现代文学史新编》，我们试图以马克思主义的文艺理论作为总的指导思想，以高尔基的‘文学是人学’的文

① 钱理群、吴福辉、温儒敏、王超冰：《中国现代文学三十年》，上海文艺出版社1987年8月版，第95页，第221页。

学观作为具体纲领,着重从文学与人的关系来考察和研究中国现代文学史,从而展示它的本质面貌"。具体规定本文学史的书写:"坚持历史唯物主义的人学思想和"文学是人学"的观念,着重从文学与人(包括个体的人和群体的人、小我与大我等)这个视角来审视和探讨中国现代文学;所编著的文学史应是人性解放的形象史,人生奋斗的形象史,民族解放的形象史,阶级斗争的形象史,现代国人灵魂的衍化史。"并以人本文学史观为主导,全书分为开篇《中国现代文学的演变历程》,由"东方之子的觉醒与人的文学的诞生"、"阶级、民族意识的高扬与人的文学的多向发展"、"阶级、民族意识的强化与人的文学的变革"三个相互关联的标题构成;正篇《中国现代文学的多元系统结构》,下设"小说系列"、"诗歌系列"、"戏剧系列"、"散文系列"四编,每编都有"宏观审视"的"文学发展概貌"的扫描和"微观考察"的"文学抽样评述",且要求"每章的文学抽样评述,都要以'人的文学'观念为总的价值判断标准,可以从多角度或选取某一角度,运用不同的批评模式进行评析,特别应该多用美学和心理学的批评模式"。即使末篇《历史的积淀与当代的选择》也要求"从历史唯物主义人学思想和'人的文学'观出发,对中国现代文学进行反思,总结经验教训,揭示艺术创作规律,又要在'人的文学'观念烛照下来考察当代文学的认同和超越"。[①] 可以说本书的编写体例完全突破了中国现代文学史书写的政治框架,自觉地把现代文学史研究与书写纳入了人学的轨道;《中国现代文学史新编》作为大胆的尝试之作也许不足之处尚多,然而它却真正开创了现代文学史书写的人本模式。

1989 年由华东地区省(市)属师范大学协编教材《新编中国现代文学史》应视为《中国现代文学史新编》的姊妹篇,虽然前者比后者的例体设计有所不同,更加突出了文学流派和作家作品在文学史上的地位,史论结合得更丰实一些;但是以人为本的书写模式却是相同的,并且明确地论述了"各种形态的人道主义铸就新文学的灵魂":"三十年来中国现代文学与个性解放、民族解放、阶级解放结下了不解之缘,不论任何性质的解放归根到底是为了中国人的全面解放,从这个意义上我们确认现代文学史实质上是中国人(或个性或群体)争取全方位解放的形象史。既然一切都为了'人'的解放;那么现代文学作为一个母系统,其中以任何文学形式从任何角度表现或再现中国人的解放的主题思想,都

---

① 孙昌熙、朱德发主编:《中国现代文学史新编》,宁夏人民出版社 1987 年 9 月版,第 1 ~ 6 页。

应该是以人道主义为灵魂”。[1] 该文学史既然以人道主义作为贯穿主线和灵魂，通过对不同形态的文学流派和文学本文的剖解，那就获得了这样的规律性认识：“唯有在文学领域里高举人道主义旗帜，才能使新文学具有丰富的内涵和强大的艺术生命力，才能使新文学真正成为‘人学’，并使其沿着现代化的轨道正常健康的发展，屹立于世界文学之林”。[2] 虽然在20世纪80年代中期到90年代中期，有些现代文学史的书写仍存有不少旧痕，但是相当多的现代文学史写作已摆脱政治框架的羁绊，不约而同地进入“文学是人学”的理论范畴而去探索不同的书写形式。

拓展阶段约始于20世纪90年代中期到21世纪初期，中国现代文学史书写通过探索终于走出了政治规范的束缚，进入了还原文学史本体的人本型书写模式；而且到了本阶段人本型文学史书写，所呈示出的明显特点，则较前是有所“拓展”的。所谓“拓展”主要指中国现代文学史纳入人本型范式进行研究和书写，已突破32年的时空界限，而选取人性论、人道主义和文学主体性等人学视野，对现代文学的解读与阐述显得愈发自觉和精微。这不仅因为随着改革开放、思想解放的深入，文化生态越发宽松自由和谐，为人文科学的探讨与交流提供了良好机遇；也因为全球化语境下各种文艺思潮如传统的、现代的、后现代的相互交汇与碰撞，越发激活了文学史研究与书写主体的思维与潜能，对于以人本范式书写中国现代文学史既增强了胆识又充实了底气，故使现代文学史的书写有所“拓展”。

这里可以列举几部文学史文本作为实证。

一是1996年问世的《中国新文学六十年》，自觉运用以人为本文学史观建构的理论框架进行考察与书写，突破中国现代文学32年的时限，将现代文学从1917年始“人的文学”的诞生直到“文革”结束的1976年“人的文学”消亡作为一个完整过程来把握，这正是中国现代文学史走完一个循环怪圈：五四文学革命否定了封建专政下生成的非人文学，建构起以“人的文学”为核心的现代文学；但历史推进到“文革”十年，“人的文学”遭到无情摧残而“非人的文学”又猖獗起来，五四以来新文学的优秀传统被彻底否定，新时期以来在新的历史条件下复兴并发展了五四开创的“人的文学”传统。在这个完整的过程中，现代文学

---

① 朱德发、蒋心焕、陈振国主编：《新编中国现代文学史》，明天出版社1989年5月版，第748～749页。

② 同上，第754页。

大致环绕着三大文化思潮变奏和演化，即人文型文化思潮、政治型文化思潮和民间型文化思潮；而这三大文化思潮投射在创作样态上则形成这样一些文学母题："人文型文化思潮投射下所形成的文学母题，主要关注人的个人发现、人的觉醒、人的生存、人的死亡、人的命运等，总是把对个体人的思考引向对人类问题的思考，似乎在人——人类之间的家庭、民族、国家等则构成了人的全面解放的障碍。这种主题意向在五四文学中得到充分表现，从20世纪20年代到40年代只是在部分文学中得到表现。在政治型文化思潮烛照下铸就的文学母题，它所关注的主要不是个体人的生存，而是把视线集中于群体的命运、国家民族的命运甚至阶级的利益，使个体消融于群体之中"；"这种主题意向在五四及20世纪20年代文学中并不明显，到了30年代中经40年代直到60年代初越来越突出，甚至出现了完全政治化的主题意向。民间型文化对现代文学主题的渗透，在五四文学中虽然受到启蒙主义思想的排拒，但表现民间社会生活面貌和下层农民市民情绪的作品依然存在；20世纪30年代一次次文艺大众化讨论，抗战爆发后的民族形式问题论争，从某种意义上是对民间文艺的呼唤，特别是40年代解放区工农兵文艺运动的勃兴，不仅民间文化的原始自在形态得以升华，而且民间文化精神在文学主题中也得到弘扬，其中代表作家赵树理既尝试着将民间文化越过人文型文化传统直接与政治型文化结合，又立足于民间立场通过小说创作为农民代言以忠实表述民间意识；但是到了50年代末以后贯穿'左'倾政治思潮的意识形态，不只是借助政权力量摧毁了人文型的文化传统也摧毁了来自民间的文化传统，文学主题蕴含的民间文化意识完全被'左'的政治文化意识所取代。总之，'文革'前夕，现代文学主题意向被三大文化思潮所主宰的局面不复存在了，这是新文学走进死胡同的重要信号"。[①] 基于上述以人学视野考察文化思潮与文学主题互动关系的认识，所建构起的人本型结构模式，颇有创意地对中国现代文学六十年的历史进行了书写，这既是对现代文学史书写转换为人本型的一种拓展，又是突破了中国现代文学史32年学科模式的创新性尝试。

二是2001年出版的《中国现代文学主潮》(上下册)，深沉厚重，锐意开拓，把以人本模式书写中国现代文学史推上一个新的层次。该书"试图以文学现代化为中心内容建构一种新的价值评判系统"[②]，即五四时期"人的文学"思潮就是现代化的文学思潮，其以个人为本位的文学创作就是现代化的文本，故五四

---

① 朱德发、邢富钧主编：《中国新文学六十年》，春风文艺出版社1996年7月版，第8~9页。

② 许志英、邹恬主编：《中国现代文学主潮》(《序》)，福建教育出版社2001年4月版，第2页。

文学既是中国文学的现代化开端又是衡量中国文学现代化实现程度的价值坐标;并依照人本文学作为价值尺度将中国现代文学的时空格局作了重新界定,既不同意将"近代文学"与"现代文学"一体化,又不同意把"近代文学"、"现代文学"、"当代文学"贯通起来统称为"现代文学",而是主张将原先的"现代"与"当代"打通,即把1917年至1976年这一历史区间的文学称之为现代文学,也就是认同了前述的"中国现代文学60年"的新格局。以五四时期"人的文学"作为现代化的界碑,不只形成了"中国现代文学60年"的新学科,而且根据中国文学现代化演变的曲折历程将其划分为两大区段:第一区段从1917年到1927年,以"人的文学"作为创作主潮;第二区段从1928年至1976年,出现了文学与政治错综纠葛的复杂创作潮流,以"人的文学"为现代化价值坐标的中国新文学在人学与非人学的文化思潮纷争的历史夹缝中苦苦挣扎而曲折前行。这种划界与分期,既提示出中国文学现代化艰难曲折的演变轨迹,又展示出中国文学现代化的总体风貌和基本特征。该书的独到之处在于,它始终以五四"人的文学"作为价值根基,从各体文本内在联系或主体精神结构入手,深层次地开掘出中国现代文学流变的内在机制和根本规律;尤其对1942年延安文学作为启蒙者知识分子与作为被启蒙者工农大众两个群体发生根本性位置转换的阐释,以及"十七年"文学创作主潮沦为"侍臣文学"的探讨,颇具发人沉思的深度。人本型文学史书写的"拓展"不仅体现于中国现代文学史的重构,也体现在中国当代文学史的书写上,2005年问世的《中国当代文学史新稿》,其《绪论》明确表述:"为了使历史'链条'中各个环节合乎逻辑地衔接起来,必须有一个基本的价值判断的标准,这就是人、社会和文学的现代化。人的现代化,主要指人的个性解放与思想解放,也就是人的自觉的现代意识的树立;社会的现代化,主要指现代公民社会即民主社会的建立,实现一系列与人的现代化要求相联系的社会制约;文学的现代化则是指脱离'文以载道'的'工具论'的束缚,实现文的自觉,创造以人性与人道主义为本的'人的文学'。"①文学价值观之于文学史的书写至关重要,从特定意义上说有什么文学价值观就能书写什么性质的文学史,因而它给《中国当代文学史新稿》带来新的学术风貌。

三是2008年出版的《中国现代文学发展史》(第三版)(以下简称《发展史》),是现代文学史"重写"以来影响较大的一部,公开印刷过30次,即使这样

① 董健、丁帆、王彬彬主编:《中国当代文学史新稿》,人民文学出版社2005年8月版,第10页。

的经过教学实践反复检验和接受主体反复阅读的文学史也纳入人本型叙述模式进行重新修改。正如著者所坦言的："几年前，我在'以人为本'思想的启发下，提出中国现代文学'全人类性'的命题，希望从人的觉醒和解放的角度来审视、阐释中国现代文学，使我们的现代文学能为世上更多的人所理解、所享用，更能够适应'全球化'时代的要求。而且从这样的角度来看中国现代文学发生、发展的历史，其轨迹也是很清晰的，还便于发现、发掘一些具体作品的价值，作比较符合实际的褒贬，这部新版《发展史》正是这样的尝试，哪怕只是一小步，我以为还是值得跨出去的。"①可见著者是经过长期探索最终选择了人本型文学史书写范式，虽然"第三版"仅仅是尝试但却是成功的尝试，使新版《发展史》呈现出不少创新的亮点，尤其贯穿全书的思想线索闪烁出人性的光辉。上述选取几种不同形态的现代文学史，旨在说明人本型范式在相当大的程度上取代了政治型范式，不仅标志着现代文学史书写模式发生了根本转型，而且人本型的书写模式的运用在广度和深度上都有了新的拓展，显示出独有的书写功能与特征。

二

如果从对人本型现代文学史书写的探求过程的纵向梳理中，它的功能特征已初步揭示出来；那么从横向的共时态的考察中，仍有必要对人本型现代文学史书写的突出特征集中论述之。这既有利于书写主体进一步探讨与实践人本型叙述模式的理性自觉的提高，又有利于充实、完善人本型书写范式的理论与方法内涵，使其在21世纪现代中国文学史的重构中发挥其独特的功能与优势。在我看来，与政治型文学史书写模式相比，人本型文学史书写模式的重要特征，若联系中国现代文学史的编撰实践，可以这样把握和理解：

以"文学是人学"的理论视野洞察中国现代文学史，并把现代文学史的研究与书写自觉地纳入人本主义思想轨道，此为特征之一。尽管"文学是人学"对文学创作的作家和文学研究的学者来说，已是常识性的学理，又是不言而喻的天经地义的真理；然而在现代中国文坛上它的合法地位的获得和理性威力的显示，却是在改革开放的新时期。曾因"文学是人学"的理论命题在极左思潮猖獗时受到无情批判的钱谷融，又于1980年重新撰文论述"人的文学"，他认为："文

① 黄修己：《中国现代文学发展史》（第三版），中国青年出版社2008年10月版，第2页，第175～179页。

学既然是以人为对象（即使写的是动物，是自然界，也必是人化了的动物，人化了的自然界），当然非以人性为基础不可，离开了人性，不但很难引起人的兴趣，而且也是人所无法理解的。不同时代，不同民族，不同阶级所产生的伟大作品之所以能为全人类所爱好，其原因就是由于有普遍人性作为共同的基础”。所以“文学既然以人为对象，即以影响人、教育人为目的，就应该发扬人性、提高人性，就应该以合乎人道主义的精神为原则。”[①]特别是作家们在思想解放潮流的激荡下，勇敢地冲破了文学创作不能表现自我、表现人性、表现人情、表现人道的禁区，不仅通过各种文学形式彰显人学母题；而且深有感触地呼唤人的再次觉醒，仿佛五四文学的人学精神又充盈着艺术天空。正如戴厚英在其长篇小说《人啊，人！》“后记”中所喊出的：“原来，我是一个有血有肉、有爱有憎、有七情六欲的思维能力的人。我应该有自己的人的价值，而不应该被贬抑为或自甘堕落为‘驯服的工具’。一个大写的文字迅速地推移到我的眼前：‘人’，一支久已被唾弃、被遗忘的歌曲冲出了我的喉咙：人性、人情、人道主义！”

不仅文学理论研究、文学创作实践可以公开坚持“文学是人学”的原则，而且在现代文学史研究和文学作品评论中也能从人学角度进行透析与解说；早在1982年有的学者就提出五四文学革命的指导思想不是马克思主义而是与民主主义相联系的人道主义思想，并且具体剖析了显示五四文学革命实绩的《狂人日记》并没有受到马克思主义阶级论的影响而是进化论和人道主义思想的投射[②]。重构文学通史的《中国现代文学史新编》于1987年就以人本文学史观系统考析了中国现代文学的发生、发展的演化过程，形成了一个严密的逻辑结构系统，这是颇富开拓意义的积极探索；眼下看来也许有些见解欠妥或尚可商榷，然而所表现的理论勇气与重构胆识却是可贵的。

该书《开篇：中国现代文学的演变历程》，首先便指出“从李贽到顾炎武，中国文学在呼唤强化‘个性’和‘社会性’的交响中，逐步出现了一种与‘文以载道’的封建正统文学观截然相反的二元对立统一的新文学自觉意识的萌芽”；“文学改良的倡导者们还是从西方引进了‘人’和‘人的文学’的新观念”，不论梁启超认为小说的作用在于“支配人道”还是夏曾佑从人性论出发提出小说务要描写男女的“公性情”和黄遵宪要求“诗之中有人”；不论梁启超、黄遵宪、秋瑾、柳亚子、蒋智由、周实等写的诗还是李伯元、吴趼人、曾朴等写的谴责小说，

① 钱谷融：《论“文学是人学”一文的自我批判提纲》，《文艺研究》1980年第3期。

② 参见朱德发：《五四文学初探》，山东人民出版社1982年7月版，第4页，第280页。

都将“人”放到文学创作的中心，标志着“‘人’的意识觉醒推动了文学自觉意识的出现”。谈及五四文学革命与20世纪20年代东方人之子觉醒与“人的文学”诞生，则是从文论与创作的互动关系中予以考察，一方面说明“作为新文化运动思想成果的‘人’的发现，用于文学领域，就必然形成相应的‘人的文学’的新文学观念”，另一方面说明“人的文学”观念投射到各体文学创作上则营造出一代以人为本的文学；特别此时“既能歌颂个性解放又能超越个性解放，最能全面体现新文学精神意向的是鲁迅和郭沫若”，而鲁迅“笔下的‘人’兼具着鲜明的个性和深广的社会性，预示着‘五四’时期‘人的文学’的发展趋向”。

其次，从理论与史实的结合上论述了20世纪30年代是“阶级、民族意识的高扬与人的文学的多向发展”，虽然1928年“革命文学论争”所暴露出的“左”的思想倾向“在一定程度上割断了‘五四’新文学的传统，离开作为文学创作主体、对象主体和接受主体的中国‘人’的特殊性和复杂性，背离了文学自身的特殊发展规律”，“在一定程度上影响了文学的多元发展”；但是以鲁迅为代表的中坚作家却“在政治层次上消减了左联的宗派主义、关门主义的错误；在哲学层次上，强调了文艺与‘人’的生活的关系；在文学层次上顾及了文学自身的特殊规律与特征，在新文学面临重大转折的历史关头为三十年代以至整个新文学的发展拨正了方向”，从而使“这一时期的作家在自觉或不自觉地增强社会责任感的同时，也显示出空前自觉的文学意识。闻一多、徐志摩、戴望舒、艾青、田间等都曾为中国新诗的建设和个人诗风的独创作过自觉而又艰辛的研究和实践；曹禺的戏剧创造则每剧必有新的突破；茅盾、巴金、老舍等在中、长篇小说的建设上，内承外采，取精用宏，作出了各自富有个性特色的贡献；鲁迅的杂感体散文写到了难于超越的水平，其余种类的散文亦在众多作家的精益求精的探索中异彩纷呈。‘五四’的两大发现——‘人’和‘文学’以及由‘人’的自觉和‘文学’的自觉而产生的人的文学，到了这一时期随着‘人’的多向分化和‘文学’的多向选择，终于形成了多元发展的总体格局”。

最后，以人本文学史观对20世纪40年代国统区、沦陷区和解放区文学的审视与阐述是颇费思力的，总体的认识是：到了这一时期“阶级、民族观念的强化与人的文学变革”，“无论从时代的要求看，抑或从新文学自身的革命的进步的性质与传统看，还是从作家的需求看，40年代初的新文学的确是从30年代多元发展的自信陷于急欲表现时代而又难以适应时代的新的困惑——创造主体与对象主体、接受主体的矛盾亟须有效的调节。”而解放区文学通过延安文艺整风将文学主体与对象主体、接受主体三者的关系作了根本性调整,使"'人的文学'从来也没有像这样地与亿万普通'人'发生着如此密切的关系。作者们同样也从来没有像这样与亿万普通'人'打成一片,全新的生活实践造就了'人的文学'的一个新层次,工农兵文艺的单向突进造就了孕育'五四'、倡导和开创于二三十年代的无产阶级文学的成熟"。至于20世纪40年代国统区、沦陷区的文学仍在"多元探索中努力实践着向'人'和'文学'自身的深化,这就使它既超越了30年代左翼文学的某些幼稚,又并未走入脱离时代的'象牙之塔'。革命作家不懈于'人'和'文学'的探求,逐渐形成自己的风格和艺术个性;进步作家则大多自觉增强'当代意识'和历史使命感,并在内承外采、取精用宏、融涵吐纳、吸收全新的过程中,对于多种人物的灵魂,作了更深层次的艺术解剖,对于多种创作方法和艺术手法作出了更高层次的综合运用的新尝试"。①

笔者之所以不厌其烦地引文来复述上面的见解,不只是要说明将现代文学史书写纳入人学理论框架既能揭示新文学的本质面貌又能开拓创新,而且也要说明以人本型范式书写现代文学史有其可能性,它比政治型范式开放,科学得多,更合乎文学史的内在规律与运行机制的诉求;尽管该书以人本主义文学观对三四十年代左翼文学的人学特征的阐释,有待进一步解放思想作出更有胆识和学理的探讨,然而它能以"人的文学"为理论支点把32年的现代文学置于新的逻辑框架,不能不说是颇有意义的求索。

以人道主义作为现代文学史书写的最高原则,并把它作为贯穿文学史文本始终的主线和灵魂,这一特征与"文学是人学"的文学史观紧密相关。人道主义之所以能够作为现代文学史书写的最高原则和贯穿主线,不仅因为"用这人道主义为本,对于人生诸问题,加以记录研究的文字,便谓之人的文学"②;即人的文学就是人道主义文学,不论以个体人为本或以群体人为本的文学,实质上都是人道主义文学,若是文学抽掉了人学的内涵那这种文学就不属于人的文学了,文学的这种特质规定就要求书写其文学史必须以人道主义为最高原则和贯通主线。而且也因为在人类生存的诸多原则的比较中,唯有人道主义才能承担最高原则;作为新文学是以各种审美形式与艺术手段来反映或表现中国人在生存与发展中所自觉不自觉地恪守着的诸多原则的,而这诸多原则中即使在最重要的革命原则之上也有个人道主义最高原则,这一认识源于恩格斯对法国著名

---

① 孙昌熙、朱德发主编:《中国现代文学史新编》(《开篇》),宁夏人民出版社1987年9月版。
② 周作人:《人的文学》,《新青年》第5卷第6号1918年12月15日。

作家雨果长篇小说《93年》所表现的“在绝对正确的革命之上，还有一个绝对正确的人道主义”的主题思想给出的充分肯定和赞扬①。所以彰显人道主义是人本型现代文学史的重要特征。从阅到的人本型现代文学史来看，对于从什么角度以何种思路来凸现人道主义这一最高原则的贯穿主线，或者怎样来揭示评述认知现代文学思潮、流派和作品所蕴藏的人道主义内涵，而各种现代文学史文本是有差异的，或深浅不一，或隐显有别；甚至有的书写者为避开“人道主义”的敏感和麻烦，以人文主义或人本主义用语而代之，或前面加上“革命的”、“马克思主义的”、“社会主义的”以修饰限定人道主义，这既说明人道主义的歧义也说明人道主义在有些人心目中并未从禁区中真正解放出来。

笔者在《新编中国现代文学史》的《结语》中，对于作为文学史书写最高原则和贯穿主线的人道主义是依据这样的思路和角度来考察与阐述的：以马克思说的“任何一种解放都是把人的世界和人的关系还给人自己”为理论根据，从洞察中国现代文学的史实中发现了“三十年来中国现代文学与个性解放、民族解放、阶级解放结下了不解之缘，不论何种性质的解放归根结底是为了中国人的全面解放，从这个意义上我们确认现代文学史实质上是中国人（或个体或群体）争取全方位解放的形象史。既然一切都是为了‘人’的解放，那么现代文学作为一个母系统，其中以任何文学样式从任何角度表现或再现中国人的解放的主题思想，都应该是人道主义的灵魂”；当然这也是创作主体坚持人道主义最高原则，在观察、体验各种各样的个体或群体的生活中，形成的独特哲思与审美感受而物化为文本应蕴含的人学内涵，因之现代文学史书写者择取人道主义为规范原则和贯通主线既是理所当然的又是最佳的史识。

然后笔者分别从三大文学母题出发解读人道主义在现代文学总体系统中的体现与渗透。“从个性解放母题来审视，它集中体现了以个人为本位的人道主义。结合文学作品来剖析，便可以发现它具有各种表现形态，特别五四文学表现个性解放的主题千姿百态。”“不过20年代中期以后，由于阶级矛盾和民族矛盾交替上升，且日益尖锐化，对于人的价值和意义的关注和强调则被现实斗争所冲淡，个性意识被各种各样的群体意识所掩盖，因此二三十年代的文学创作尽管不乏个性解放的主题，但同五四文学相比却大大削弱了。”“与个性解放母题紧密相连的则是人生问题。从‘五四’起，人生问题既是哲学的热点又是文

① 许苏民：《人文精神论》，湖北人民出版社2000年5月版，第577页。

学的热点，虽然对人生的看法五花八门，表现人生的文学主题也是千差万别，但其思想灵魂却是人道主义。”而“描写人生问题的文学与表现个性解放主题的显著区别在于，创作主体所本的不只是以个人主义为本位的人道主义，大多是以平民为本位的人道主义，因而最关注的是平民知识者和劳动者的人生价值、人生命运和人生道路，它比个性解放的要求更深厚更博大一些”。“从民族解放母题来考察，以人道主义为灵魂”的文学出现了异样的表现形态，或“通过‘立人’以救国，把个性解放导向民族解放，使人道主义思潮最终服务于反帝救国的政治目的”，如路翎的《财主的儿女们》；或通过描写民族解放斗争，“表现出一种大无畏的牺牲精神和无比英勇的英雄主义精神，而这种精神的弘扬正是为了消灭侵略者发动的不人道、非正义的法西斯战争，并从而争取民族解放，以实现一切爱好和平的人们的美好愿望，可以说这是一种崇高的人道主义”。或“站在新的时代高度把文化意识和现代意识、民族意识和社会意识加以综合表现，以人道为武器既批判封建主义毒害下的奴隶心理，唤起人的觉醒；又揭露帝国主义文化毒害下的洋奴思想，戳穿认贼作父的汉奸嘴脸，并对日本法西斯的惨无人道、灭绝人性的罪行予以无情声讨”，《四世同堂》就体现出了这种人道主义意识。“从阶级解放母题来审视，人道主义更应该成为无产阶级文学的灵魂，不过这种人道主义比一般的人道主义更崇高更博大，更富有实践性和彻底性。这是因为：从奋斗目标来看，无产阶级只有解放全人类然后才能解放无产阶级自己，这是一种崇高博大没有阶级偏见的人道主义；从最高理想来看，共产主义是彻底的人道主义，在那消灭了三大差别的境界里‘人’才有可能得到全面自由的发展；从道德宗旨来看，无产阶级要求全心全意为人民服务，当个人利益和人民大众利益发生矛盾时，毫无条件地去牺牲个人利益而服从人民的利益，这是一种高尚的人道主义道德观和价值观；从审美意识来看，现实意识只有通过无产阶级（或社会主义）人道主义的沟通，才能达到最高的审美理想，即全面自由的意识。虽然中国无产阶级文学运动兴起以后讳言人道主义，甚至把各种形态的人道主义都当成资产阶级人道主义统统加以批判（即使资产阶级人道主义也有合理内核，它同无产阶级人道主义并不是完全绝缘的），致使相当一部分描写阶级解放的作品缺乏人情味或人道精神；但是我们绝不能以此来否定整个革命文学的人道主义灵魂。它在作品中的具体表现形态主要有：或通过无产阶级及人民大众同敌对阶级激烈斗争的描写，无情揭露敌对阶级及其反动政权对大多数群众人性的摧残和一切生存权的剥夺，充分肯定无产阶级及人民大众所进行的革命斗争的正义性，歌颂那种为解放被压迫被剥削人民以实现崇高理想而英勇献身的精神，这是一种高尚的人道主义理性原则又是一种价值观念；或描写在严酷的阶级斗争面前，不同阶级出身的人可以相亲相爱，并建立起真挚的爱情关系，不仅表现了人性的复杂，也表现了人与人的关系并不是简单的阶级关系，特别表现爱情意识可以冲破阶级意识的局限，如《到莫斯科去》对施洵白与素裳关系的描写就是这样；或在处理阶级斗争题材的过程中，描写阶级解放和个性解放的有机结合，既体现出革命人道主义精神又流露出以个人为本位的人道主义意识，如《星》、《王贵与李香香》则带有这种思想倾向。”①

遵循上述理路和角度来开掘现代文学的人道主义内涵，固然是一种拓展与创新，但是它只能反映当时所能达到的理解与认知水平，今天看来其局限性还是相当明显的：一是现代文学的丰盈复杂的思想意蕴仅仅从个性解放、民族解放和阶级解放三大母题来挖掘其人道主义，仍是涵括不了的；二是三大文学母题所蕴含的人道主义既有趋同性又有差异性，它们之间的深微错综关系有待进一步阐述；三是现代文学的人道主义并不是赤裸裸地呈露在外面，而是与种种样态的作品交融在一起，特别是有些人道主义情感是溶解于人物形象的生命意识或潜意识中，所以必须从文学作品入手剖析人道主义而不是把人道主义理念外加在某些作品上，这种丝丝入扣地由表及里地深细分析尚待强化。只有真正地解决了这些问题，人本型文学史书写方有可能坚持了人道主义最高原则或将其作为主线贯穿文本始终。

以人性分析或淡化了或取代了阶级分析，将现代文学的复杂人性内涵从不同维度或层面揭示出来，这是人本型现代文学史书写的又一特征。人本型文学史书写模式不同于政治型书写模式的根本点在于，它是建立于以人道主义或人本主义为核心的人学基础之上，故而以人性分析作为剖析文学内涵或创作主体心理的方法论是其必然的选择，也是人学的应有之义，这本来是致力现代文学教学或研究的学者都通晓的道理；然而由于 20 世纪 30 年代左翼文学兴起直至“文革”结束，掌握思想界话语权的人们始终把人性与阶级性对立起来或以阶级性取代人性甚至欲灭绝人性，致使“人性”成了谈虎色变的带来恐怖或灾难的字眼，明明文学作品或理论文本隐含的或明示的是人性内涵，也采取不承认态度或误说它是阶级性或批判讨罪它。只有到了改革开放、思想解放的新时期，人

① 朱德发、蒋心焕、陈振国主编：《新编中国现代文学史》，明天出版社 1989 年 5 月版，第 748 ~ 754 页。

性、人情、人性论才同人道主义一起作为中性词或褒义词进入了文学评论话语。其表现在现代文学史书写中，对20世纪30年代发生的人性论与阶级论的争论，不再提升到“反文化围剿”或势不两立“阶级斗争”的吓人高度进行大批判了，而能够以实事求是的唯物史观来具体评述这场论争，并从中对梁实秋所坚持的人性论给出了肯定性的评价。

北大四人本的《三十年中国现代文学》认为新月派与无产阶级文学“争论的焦点，不在于肯定或否定‘人性’的存在，问题在于梁实秋把‘人性’仅仅理解为人的自然属性，以人的生物的本能的要求与欲望作为文学的基本内容、美感基础，这就从根本上歪曲文学的本质。鲁迅正是这样一针见血地指出问题的实质：‘倘以表现最普遍的人性的文学为至高，则表现最普遍的动物性——营养、呼吸、运动、生殖——的文学，或者除去‘运动’，表现生物性的文学，必当更在其上。’鲁迅同时批评了把文学阶级功利性绝对化为文学唯一特征的‘左’的倾向，指出阶级社会里的文学，‘都带’着阶级性，而非‘只有’；用阶级性代替、抹杀文学的‘个性’及其特征，是对‘唯物史观’的‘糟糕透顶’的歪曲”①。

对于鲁迅在与新月派的论战中所坚持的既反“左”又反右的态度大致符合史实，对鲁迅的肯定笔者基本认同；但把梁实秋的“人性”观仅仅理解为“自然属性”或“生物性”恐怕是明显的误读。“梁实秋的‘人性论’并不等于一般所说的‘资产阶级人性论’，或者说，不是正宗的人道主义人性论，而是比较特殊的新人文主义‘二元人性论’。”而这种源于白璧德的新人文主义“二元人性论”恰恰不赞成“生物性”的自然人性论，人性绝不如卢梭所说的那么单纯善良；从本质上说人性是善恶并存的，即放纵人的欲念就会产生恶，只有以人的理智控制引导欲念方能导向善。因此梁实秋极为赞赏白璧德提出的人生三境界说，即人生境界可依次分为自然的、宗教的和人性的三种层次：自然的生活不可或缺，但不应过分扩展；宗教的生活固然高尚，却不能勉强企求；只有人性的生活才是应当时常保持的。故而他强调包括文学在内的文化领域里必须“以理制欲”，而这个“理”则成了理想的人性。由此看来，梁氏的“人性论”不是强调人的自然属性而是要求控制或反对人的“生物性”。②

既然鲁迅误读了梁氏的人性说，那他的批判不是成了无的放矢？即使鲁迅

① 钱理群、吴福辉、温儒敏、王超冰：《中国现代文学三十年》，上海文艺出版社1987年8月版，第95页，第221页。

② 温儒敏：《中国现代文学批评史》，北京大学出版社1993年10月版，第69～75页。

视人性为“生物性”也不是反对文学表现它，只是说不要把表现“生物性”即自然属性的文学看成“至高”，这说明鲁迅默认了文学可以“表现最普通的人性”。

相比较而言，黄修己的《中国现代文学发展史》则以辩证的态度分析了20世纪30年代文学界这场人性论与阶级论之争，既有学理上的深度又有判断的分寸，其见解较为中肯，表现出一种求真务实的治史精神。“文学上的人性论和阶级论，是文学理论中带有根本性的问题，它们的是非和相互关系本应该用学术争鸣的方式进行探讨，力求有个科学的共识。这样才有利于文学的健康发展。但五四以后的文学界似乎未曾形成好的学风，缺少相互讨论争鸣、切磋琢磨、取长补短的习惯，常见的是带着敌对的、宗派的情绪的相互攻击、讽刺，以自己为必是而不容争辩。”这“根本的原因是论争的双方缺少容纳、容忍不同思想的习惯。从无产阶级文学这一边来说，他们开展运动的目的明确地是要用无产阶级文学来统一文学的天下”。

在这种背景下，梁氏的文论是针对正在兴起的无产阶级文学而发的。他的“人性文学”观认为，“伟大的文学乃是基于固定的普遍的人性”，“人性是测量文学唯一的标准”。“文学既然是人学，就有必要从人的角度，从人性的角度给予阐明，给予分析。在梁之前和之后，现代文学创作中的许多重要成果，都在人性的挖掘上达到不同的深度。而在理论上的研究，还是做得很不够的，成果并不多。梁实秋所阐述的，还不能说有多么充分；但仍应视为对现代文学理论的重要贡献”。当然，“梁实秋在主张文学的人性论，不承认文学有阶级性”这也是错误的片面的，“因为自人类进入阶级社会，分裂为阶级后，人的思想感情便带有阶级性。文学自然也会带上阶级性”。可见当时论争的“双方都只承认自己所坚持的一种，否认所反对的另一种。在当时这也是难以互容的”。不过，“左翼作家从文学理论上对梁实秋观点的辩驳不是很有力的，在坚持阶级观点，批驳人性论中，以鲁迅的几篇杂文最有代表性”。

总之，“人性论的文学观是需要细致探讨的理论问题，在20世纪30年代条件下还不可能作为单纯的学术问题来讨论，这一场论争也不可能对文学人性论问题做比较深入、准确的理论分析。但应看到，现代文学从人的文学发展到阶级的文学，必然地会有一场关于人性论和阶级论的辩论，以弄清两者的关系。而这两种理论各有自己的合理性，并非势不两立反而应该互补。持人性论者应该看到进入阶级社会后，人除了有一般人性外，还有阶级性；阶级论者也应该承认不同阶级的人事实上还有着共同人性。这样的认识，对于文学创作，对描写人,有重要的、积极的意义。当然梁实秋主张人性论,但他不必否定、嘲讽阶级的文学;左联作家坚持阶级的文学论,也不必否定,拒斥人性论。否定人性论是左联当时在文学理论上的一种错误,给文学创作造成了消极的影响”①。

由于黄本《发展史》敢于对人性论作出肯定性评述,所以对文学史上出现的作家作品就能进行探幽发微的人性分析;特别对人物形象的复杂人性内涵阐释得既精到又有深度。且不说文学巨匠鲁迅的作品、为人生派文学、为艺术派文学以及20世纪20年代各社团流派文学的解读,深入细微地发掘其人性内涵,尤其对郭沫若《女神》个性或人性的彰显,对冰心等文学作品的人性爱的发现,给人以新鲜的理性与情感交融的冲击力;就以左翼文学来说,将其纳入“人的文学”范畴进行人性分析是有相当难度的,这是因为左翼作家抗拒人性论而其文学作品又如何表现人性呢?看似悖论,其实左翼文学也是描述人性的,只是它把所有人性都说成阶级性,阶级性仅仅是在阶级社会打上的烙印,它也是一种人性,而是包含在丰富复杂的人性结构中的一种人性,所以黄本淡化了左翼文学的阶级分析而强化了人性分析。如对《子夜》主人翁吴荪甫性格的分析并没有贴上进步的或反动的阶级标签,而是对其充满矛盾冲突的复杂人性作了有深度的剖析,作为民族资本家的典型代表的阶级属性只是其复杂的人性内涵中的一维。至于对20世纪40年代国统区、沦陷区和解放区各体文学的人性分析,是选取不同的角度切入,尽力挖掘其人性内涵及不同文本所表现人性的深广度。

不过,综观以人本主义框架构建的现代文学史文本,并不是都能卓有成效地运用人性分析方法,或对五四及20世纪20年代文学敢于坚持人性分析而遇到左翼革命文学则束手无策了,或对文学作品试用人性分析而不能由表及里达到应有的深度,或以人性分析从文学作品中发掘出的人性内涵给不出明确清晰的理性判断,等等。虽然这是在现代文学史书写中尝试以人性分析取代阶级分析难以避免的问题,但是对于其产生的主因必须予以探讨,以便解决这些问题,把人本型文学史书写得更完美一些。

在我看来,究其主因有二:其一,人性论与阶级论之间的关系以及人性的复杂深邃内涵,尚未从学理上真正研讨透彻;特别是人性论之于现代文学的建构究竟起了哪些决定性作用,应从哪些角度来认识,以及《在延安文艺座谈会上的

① 黄修己:《中国现代文学发展史》(第三版),中国青年出版社2008年10月版,第175~179页。

讲话》中的“人性即阶级性”等观点如何评述，都是值得深入细致研究的。但是我们所做的却远远不够，对这问题理论上弄不清楚又缺乏共识，思想上解放力度不够，无疑会制约对人性分析方法的大胆而有效的运用。其二，以前习惯于从阶级分析的角度来理解和阐释文学作品，形成了既定的逻辑理路或认知结构，如今欲从人性的视角洞悉文学作品以发现其人性内涵，这就要求研究者或书写者对已读过的文学作品重新解读、未读过的文学作品读后重新评价；没有在对文学作品重新解读重新评价上，下过深功夫的书写者，就不可能成功地运用人性分析，即使运用了人性分析也难能从文本中发掘出深层次的人性。但是从现有的人本型文学史文本来看，以人性分析来深入解读文学作品，的确是个相当薄弱的环节；如果这个薄弱环节不能及时弥补，就会影响人本型文学史书写的深度、细度和精度。

人的文学是人的自觉与文的自觉互动的产物，因此将现代文学纳入人学理论框架研究并书写其流变史，在深入洞察和剖析其人性、人情、人道的思想意蕴的同时必然要考察和叙写其“文的自觉”的种种表现，即在艺术上或审美上所取得的独创成就，这也是人本型文学史书写所体现的明显特征。如果从广义上理解“人的自觉”，不能仅仅局于个人的觉醒、个人的发现而获得了独立的价值、个性、尊严、自由的自觉意识，这固然是“人的自觉”的核心；但是在严酷的阶级冲突中人若没有阶级的觉醒，那个人的觉醒也不可能导向真正获得人的自觉解放和维护个人尊严的道路上，若在残酷的民族矛盾面前没有觉醒的民族反抗意识去捍卫民族尊严，那个人的自觉也不可能超越民族危机去获取个人的解放，因此“人的自觉”从获取人的全面解放的意义上来说，它应包括个人自觉、阶级自觉和民族自觉三层意思，而现代文学的生成则基于这样的“人的自觉”又承载了这样的“人的自觉”。所谓广义上的“文的自觉”是由“人的自觉”唤醒并驱动的，即人的自觉所迸发出的创造潜能与激情能冲破一切文论或文体的桎梏，去营构与“人的自觉”诉求相适应的审美形式或选择最佳的艺术手段，催促文学艺术的变革与转型。固然应尊重文学的“为艺术而艺术”的独立自觉意识的确立，但“文的自觉”又不能仅仅如此理解，凡是能自觉地遵循艺术规律或美学法则进行文学创作，使文学创作不受或少受“工具论”或“武器论”的制约，能够成为一个独立自足的文学系统；创作主体较为自由地从对自我、人生、社会等的独特感受与独特体认出发，创造出相对完美的艺术形式，结构成异彩纷呈的审美文本，这都是“文的自觉”的体现。正是基于“人的自觉”与“文的自觉”的互动关系，人本型现代文学史的书写，既重视考察传统文学的体式形态经过晚清至“五四”的文学变革发生了怎样的转型，五四时期生成的以人道主义为灵魂的“人的文学”通过“革命文学”论争如何转化为以左翼文学形态为主导的多元形态互补并存的“人的文学”，到了抗战时期为何出现了崭新形态的工农兵文学与其他形态的“人的文学”的先分后综的发展趋向；又重视对文学流派不同审美风格的洞悉、作家主体艺术个性的把握以及各体文学作品独创艺术性的分析。特别是对文学作品艺术性的强化分析，这是治史者“文的自觉”意识提高的表现又是人本型文学史本体性的诉求；故而各种版本的现代文学史对代表性文学作品的艺术性的剖析相当重视，或者采取思想内容与审美形式两分开的分析，或者把内容与形式合为一体的综合分析，既可以看出各文学史文本在艺术性探求上的趋同性又能见出其差异性，当然也能观察出各文学史对作品艺术性的感悟、理解和表述是有深浅之分和粗细之别的，甚至有的文学史的艺术分析缺乏开拓性而是因袭或转抄其他文学史的，没有把创作主体“文的自觉”在艺术上的创新和造诣写出来，使文学史的作品艺术分析没有新意缺乏特色。

这里，特别值得称道的是1991年出版的《中国新文学发展史》，全书分上中下三编二十章，以一章的文字从综合的视角来考析“文学体式：现代文体的基本构架与主要特征”，下分“文体现代化概观”、“新诗体及其主要亚类型”、“现代小说文体及其历史演化”、“现代散文文体及其主要亚类型”、“现代戏剧文体及其历史演化”等五节，进行具体阐述。现代文体的建构是中国文学向现代转型的重要标志，又是创作主体“文的自觉”的重要体现，也表现出治史者“回到文学本体”书写新文学史的积极探索与追求。本书把新文学文体的涵义界定为：“由语言体式、结构模式和叙述抒情方式等因素所构成的作品的形式审美规范，有时也指由这种规范所形成的作品类型。”从这一文体观出发，该书揭示出现代文体演变的总体趋向，“是新文学作家不断寻找新的形式，以表达他们对现代社会和现代人的审美感悟和审美理解；各类文体也同一切生命体一样，有一个从简单到复杂、从幼稚到成熟的演进过程”，而这一演进的动态过程却有多条规律相互交织，即“起伏消长的规律”、“分化与融合的规律”、“发展不平衡的规律”；又阐述了“具有民族特色的现代文体”的三个特征，一是“求实性”二是“自由性”三是“人本性”。后者的人本性是“文体的出发点和归宿都是活生生的人”，恰如钱玄同在《尝试集·序》中所指出的，现代人以白话体文学为正宗，“正是要用质朴的文章，去铲除阶级制度里的野蛮（即非人道、非人性）款式”，“直写自己脑筋里的思想,或直叙外面的事物”。这就是说,“现代文体以白话为语体基础;现代小说和戏剧以性格中心、情感中心、心理中心建构结构模式;诗歌和散文建立起自由不拘的文体规范,这一切都使现代文体具有了鲜明的人本性特征。它与以人为中心的文学内容相适应,使新文学开始成为真正意义上的‘人学’”。[①]这是以“人学”为视野考析现代各种文体建构,旨在说明“人的自觉”启动了“文的自觉”,由“文的自觉”所创构的现代文体适应了“人的自觉”诉求,这就把现代文学史的书写顺理成章地纳入了以人为本的理论框架。“人的自觉”对于作家来说就意味着他获得了自由的主体意识,对于现代人、现代人生、现代社会可以不受禁锢不受规约地去洞察、体验、感受和认识,对于历史的人与事可以不受传统成规成见的束缚而自由反思,也就是能够获取独特的审美意识、审美选择和审美追求;因而它就化为内在的动力驱使“文的自觉”激活艺术想象、艺术潜能和艺术创造力,生发出与“人的自觉”所焕发出的各种自由审美意识相契合的艺术构思、审美形式、审美语言和审美风格。正是“人的自觉”与“文的自觉”互动关系所产生的巨大创构力与张力,在短短的几十年内就使中国文学在整体上发生了向现代转型,创造了一代屹立于世界文学之林的具有中国特色的现代形态文学。所以人本型现代文学史书写务必将“文的自觉”开的艺术之花结出的艺术之果给予足够重视。

新时期以来,将中国现代文学史纳入人本模式书写,取得了令人瞩目的开拓性的学术成果,呈现出诸多新特征也显露出不少不足,为日后文学史的书写积累了经验也指明努力方向。但是,不管在 30 年的现代文学学科范畴或者在 60 年、20 世纪的现代文学学科框架来书写人本型的文学史,都是把新文学作为研究和书写对象,实质上所建构的是中国新文学史,而不是现代中国的所有文学形态构成的全景观的文学史,即不是现代中华民族的整体文学史,仅仅局限于对现代中国的新文学史的重写;虽然有些文学史已将茅盾说的“现代旧小说”即鸳蝴派通俗小说也写进了新文学史,但既不理直气壮又不能平等相待,至于其他的传统体式的文学如格律体诗、各少数的民间文学等都难以进入既定的现代文学学科。现在已跨进 21 世纪第 10 个年头,我国越来越以现代大国强国的姿态出现在全球化的国际舞台上,作为可以与世界其他民族国家进行人文学术对话和交流的中国现代文学应该走出原有的学科规范,重建现代中国文学学科

① 冯光廉、刘增人主编:《中国新文学发展史》,人民文学出版社 1991 年版,第 544 ~ 550 页。

框架①，使现代中国文学史所研究和书写的不再仅仅局限于中国的新文学或现代性文学而是现代中国的所有形态的文学，所建构的不再是中国现代文学史而是全景观的现代中国文学史；而建构现代中国文学史，笔者仍主张以"文学是人学"作为统摄文学史的核心理念，坚持以人道主义为最高原则、以真善美为三个亮点的价值评估体系②，将现代中国文学史的书写推进到新的学术层级。

① 朱德发：《重构"现代中国文学史"学科意识》，《福建论坛》2002 年第 2 期。
② 朱德发：《现代中国文学史重构的价值评估体系》，《中国社会科学》2008 年第 6 期。

“中国现代文学史”学科的反思与突围

“中国现代文学史”的学科命名是建国之初特定政治语境与审美语境的产物，经过半个多世纪的编纂和教学实践的检验，它的合理性与合法性到了新时期遭到质疑和挑战，重构学科意识与重写文学史已进行了突围性实验和积极探索。

一

“中国现代文学史”作为学科命名，并由此生发出的学科文学史意识、理念、规范等，大都是新中国成立之初的特定政治历史语境和审美历史语境的产物。

之所以命名“中国现代文学史”，且形成主宰半个多世纪“中国现代文学史”教学与研究的已经体制化了的学科意识，究其原因可以进行多维度的探察，除了沿用在学科创立之前曾有的“现代文学”称谓外，主要在于：其一，1949 年新中国成立标志着我国社会性质发生了深刻变化，开始了政治、经济、文化历史的新阶段，这样便以新中国成立为界碑将中国 20 世纪文学切割为两大区段，从“五四”到建国前则名之为“中国现代文学”，建国后就是“中国当代文学”（至于这种划定是否合乎文学演变规律，后文将论及）；显然“中国现代文学史”的定名，重要的是基于政治需要的考虑，这已是众所周知的。“现代文学”作为上层建筑的特殊意识形态随着建国后经济结构、政治结构、文化结构的变化势所必然地要进行相应的调整，既要从理论导向上为新政治、新经济和新文化提供舆论支持，又要通过“中国现代文学史”的教学和研究培养新经济、新政治、新文化建设与发展所需要的合格人才。其二，就文学自身格局的形成来说，五四文学传统其内涵的丰富性、冲突性和深邃性、多向性，为中国新文学演变提供了多种可能性，中经 20 世纪 30 年代发展到 40 年代已出现了各种形态文学的多元并存的局面；但这多元文学的发展态势却有强弱之分、主次之别，尤其它们之间的内在关系并不是协调统一的，而是相当紧张。其中生成于20世纪30年代的左翼文学和苏区的革命文艺直接引生40年代延安文学及各抗日根据地的文艺，到了建国之初则成了强势文学，其他各种形态文学即使代表了五四文学的主导传统也因不合时宜而成为弱势，多元并存的文学格局就变成了独尊工农兵文学的一体化局面，这是文学的选择也是时势的选择。况且"中国现代文学史"作为一门学科，它的指导思想、阶级性质、文化范畴、历史地位乃至价值标准、方针路线等，早已在《新民主主义论》、《在延安文艺座谈会上的讲话》等文献中有了明确的论述，"五四"以来的现代文学便被权力话语纳入中国新民主主义革命文化范畴，成为新民主主义革命史不可分割的有机组成部分；而新中国成立则标志着新民主主义革命的胜利，同时也意味着中国现代文学史的终结，研究并书写中国现代文学史就意味着在研究和书写中国新民主主义革命史，于是《新民主主义论》成了研究中国现代文学史的理论经典，现代文学史的书写就是对这一理论经典的印证和阐释，这也是将新中国成立作为"中国现代文学史"底线的唯一的理论根据。其三，历史是不能忘记的，在建国之初把"中国现代文学史"作为新学科，不论参与中国现代文学建设的不遗余力推动其发展的绝大多数作家，或者致力于中国现代文学史新学科建构的绝大多数学者，都欣然接受并认同"中国现代文学史"这个学科命名。在新中国成立前夕的1949年7月召开的第一次文代会上，茅盾做了题为《在反动派的压迫下斗争和发展的革命文艺》的报告，周扬做了题为《新的人民的文艺》的报告，这两个报告分别对抗战以来国统区和解放区文艺发展的情态作了总结，为中国现代文学史学科的确立提供了重要的史论和史料根据；特别郭沫若做的题为《为建设新中国的人民文艺而奋斗》的报告中对新民主主义文化革命性质的论述，确认"五四运动以后的新文艺已经不是过时的旧民主主义的文艺，而是无产阶级领导的人民大众反帝反封建的新民主主义的文艺"。并认为"这样的特点中，无产阶级领导又是最根本的特点"；又对30年来文艺界的"代表软弱的自由资产阶级的所谓为艺术而艺术的路线"与"代表无产阶级和其他革命人民的为人民而艺术的路线"相互斗争的历史也做了总结。这个报告既为"中国现代文学史"的界定预设了有力根据又为此后的中国现代文学史研究提出了指导性的权力话语。

上述三个报告不仅体现了新政权对新民主主义文学的认定和今后人民文学发展的导向，也反映了大多数作家对中国现代文学的总体看法和对未来文学的期待。及至1950年似乎已水到渠成地建立起"中国现代文学史"这一新学科,自“五四”以来的现代作家作品评论、文学思潮流派研究和文学史书写都为新学科的形成作了学术理论和文学资料的准备,而是年5月中央政府教育部正式颁布的《高等学校文法两学院各系课程草案》中则对中国现代文学史课程提出了明确的要求:“运用新观点,新方法,讲述自五四时代到现在的中国新文学的发展,着重在各阶段的文艺思想斗争和其发展状况,以及散文、诗歌、戏剧、小说等著名作家和作品的评述”。随后便由老舍、蔡仪、王瑶、李何林草拟出中国现代文学史的课程大纲,并在《新建设》杂志(1951年第4期)的“学术专栏”里发表出来,不久王瑶的《中国新文学史稿》作为建国后第一部完整的史著便问世了。这就从教学大纲和写作实践的结合上奠定了中国现代文学史的学科基础,既反映出大多数学者认同这个新学科并勇于承担建设新学科的使命,也体现出学者们接受了以政治理论框架建构中国现代文学史的学科意识。

上述不厌其烦地从多角度考察“中国现代文学史”这一学科概念及其相关文学史意识形成的粗略原因,虽然没作深入的开掘和有深度的论析,然而从这些确凿的史实与通晓的道理中,我们不难发现,“中国现代文学史”学科自身的正名,既有特定政治历史语境和文化历史语境下的必然性与必要性,又有它自身的合理性与合法性,也是彼时作家们和学者们的自觉要求与理性期待,一言以蔽之,是大势所趋,众望所归。因而当我们立足于21世纪之初的认识制高点上,回望和反思建国之初的“中国现代文学史”的学科命名及其建设实践时,既要尊重历史真实又要尊重历史唯物主义,即使要解构“中国现代文学史”学科意识也要熟悉该学科是何种结构形态,它的学科史又是怎样建成的。我们主张对“中国现代文学史”学科是可以进行更名的,也是同意对其学科理念、规范、框架等予以调整和革新的;但我们却不能接受或认同在言谈对话或论著文章中出现的这些论点:

一是说学科的建立只尊重社会规律不重视文学规律,意思是把建国前的新文学流变定名为“中国现代文学史”是完全依据中国社会由新民主主义向社会主义转型所决定的,根本就背离了中国新文学演变的自身规律。这种见解并不是没有根据也不是没有道理的。的确是这样,任何社会结构的变动和历史的转型,总是带来文学结构甚至文学性质、文学形态的深刻变化,由于中国新文学从诞生之日起就与社会政治结下不解之缘,所以作为政治风雨表的主流文学随着新中国成立的社会历史转型而转型,这是势所必然的,似乎把建国前的新文学演进加以终结且定名为“中国现代文学史”既合乎历史逻辑又合乎思想逻辑。

但就其实质来说，这种认识在很大程度上停留于逻辑推理上，并没有完全反映社会的根本规律和历史的本质真实。新中国成立标志着人民在政治上得到了政权，却不能证明中国新民主主义社会性质已发生根本变化，中国历史已发生根本转型。当时有些革命政治家就敏锐地察觉到新中国成立之初仍处在新民主主义阶段，经过历史的曲折和沉痛的教训人们更深刻地认识到至今我们社会仍处在社会主义初级阶段，实际上这个初级阶段与新民主主义阶段在诸多方面有着同质同构性，当前所完成的很多任务具有历史补课性质。历史虽然不能假设，但是可以反思和追问，如果当时能尊重一些政治家和学者对中国社会性质和历史态势的清醒理性认识，不仅不能武断地判定以建国为界碑是两种性质不同的文学，将多样化的文学发展态势窒息于一体化的文学格局中，使那些有才华有个性有创造有追求的文学艺术家同化于普遍的公共的文学叙事和文学话语中，甚至熄灭了个体艺术生命之火；而且中国社会历史向现代化转型也不会走这么大的弯路，付出如此大的代价。这就深刻地启示我们，从社会学角度阐释"中国现代文学史"正名的必然性和重要意义时，既要尊重一般的认识逻辑更要尊重辩证逻辑，既要考虑权力话语的真理性更要相信自己的独立思考。至于以建国为界断代"中国现代文学史"是否背离了新文学自身演变规律，也应作具体分析。如果说中国新文学流变遵循一条他律性与自律性辩证统一的规律，那么以 1949 年断代就是压抑了文学的自律性而扩张了文学的他律性，使新文学的运演出现严重的倾斜；如果说新文学的发展始终以现代化与民族化的互动规律作为制导，那么以建国为分界就意味着对现代化民族化并行不悖规律的偏离或切断。因为中国新文学沿着"两化"互动规律艰难前进是个漫长的历史过程，而这个过程并不能因为新中国成立而被人为地中断；如果说五四文学革命奠立的以个人为本位的"人的文学"传统是一条带有规律性的内在思想线索，那么以建国为界来终结中国现代文学史的确是在很大程度上对它的背离或否定。总之，中国新文学演进是个充满各种矛盾悖论的错综复杂的过程，蕴含着多种多样的潜隐的或显在的客观规律和内在机制，因此以建国为界石来归结中国现代文学史只能说背离了某些文学规律而不是所有的规律；况且，中国新文学发展到 1949 年虽然只是进行态而不是完成态，但是为了适应新学科建设的需要和新政权建设的要求，不能不把进行态的新文学作为完成态的新文学予以终结，这是一种可以理解的历史选择却也是一种无奈的文学选择。

二是说学科建立是被动的被驱逼的，就是说当时的作家和学者几乎一边倒地认同了“中国现代文学史”的学科界定，并非是自愿自觉的或经过学术民主商定的，完全是在政治权力话语的威逼下或上级指令的硬性规定下而被动接受的，你理解也得这样做不理解也得这样做，书写中国现代文学史如同过去的钦定修史，学者或作家完全失去治史的主体性。这种说法缺乏实事求是之意，难以使人诚服。建国之初中央教育部决定在大学开设中国现代文学史这门课程并把它作为新学科来建设，的确有明显的政治意图和教书育人的目的，然而这种政治意图和育人的目的并没有与广大学者和作家的主体意识发生尖锐冲突，基本上还是顺民心合民意的，并没有权力机构通过文化专制手段威逼作家或学者去接受或屈从“中国现代文学史”学科建设规定和以《新民主主义论》为指导纲领的学科建设构想；而是组织老舍、王瑶等著名作家和学者集思广益地草拟《〈中国新文学史〉教学大纲》（以下简称《大纲》），且发扬学术民主，将《大纲》公开发表，在《新建设》、《新中华》等刊物上展开热烈讨论，提出不少商榷的意见，但在新学科建设中要突出无产阶级思想对新文学的领导作用却没有受到质疑，不约而同地把认识统一到《大纲》的指导思想上，这就是建国之初学界的历史真实。至于日后中国现代文学史学科领域成为意识形态阶级斗争的重灾区则另当别论了。

建国之初大多数学者和作者在思想上能够认同“中国现代文学史”学科建设大纲并积极付诸实践，我想也许有更深层次的心理在起作用。当时置身于中国现代文学史学科领域的文人学者或文人作家大致有三种心理取向：来自于延安的知识分子和作家，经过文艺整风运动在工农兵结合的实践中，早已消解了“唯有读书高”的优越感和自命不凡的心理，在新的权威和新的偶像面前不得不熄灭追求精神独立和批评自由的梦想，不得不亲自折断五四新文化运动所获取的启蒙理性的翅膀，不得不放弃曾经拥有的那种独立创造、独立探索、独立评判、独立思考的品格和权益，把自己的形上理想和终极追求完全寄托在新偶像新权威身上，以一个普通工作者或革命战士的身份投入夺取和巩固政权的各种斗争；新中国成立他们是当然的胜利者甚至不愧革命功臣的称号，其中大部分文人学者和文人作家在新的政权机构中获得双重角色即领导者与学者（或作家）的头衔集于一身，既满足了文人们压在心底的“学而优则仕”的潜在欲望又实现了他们投奔延安的时代追求，所以他们的政治生命、艺术生命和学术生命与新政权紧紧联系在一起，他们的文化人格和思想灵魂也同主流意识形态并无差异，这种角色意识和思想倾向就决定着他们主动地自觉地遵照“马列主义的文艺理论和毛泽东的文艺思想"去建构《中国现代文学史》这一新学科，或者以教育界、文艺界、学术界领导者的身份满怀豪情地组织发动文人学者作家们参与中国现代文学史书写和教学。此其一。来自国统区的文人学者和文人作家，大都抱有爱国情怀和民主理想，他们建国前的文学创作或学术研究均具进步倾向，并渴望自己的爱国理想和启蒙思想通过革命政治家作为中介得以转换，能变成辉煌的现实。所以新中国的建立给他们带来了光明和喜悦，从内心感到是共产党领导的人民革命实现了他们的理想和追求，欣然接受党的领导和马列主义毛泽东思想的指导；虽然在文学创作和学术研究的实践中诚心实意地来贯彻毛泽东文艺思想，但他们有别于延安过来的文人学者之处乃是心中总是保持一种独立意识和自由品性。正因为如此，所以他们当时编纂的中国现代文学史至今读起来也不尽是普通公共话语，个性色彩还是相当鲜明的。此其二。那些来自国统区的自由主义文人学者和文人作家，其政治信仰虽然随着新政权的建立并没有得到完全实现，但他们的爱国情怀却有了新的寄托；作为作家和学者的自由主义者在政治集团的激烈斗争中往往采取超然的中立态度，他们所关心的是国家的命运和民族的存亡，故面对蒋家王朝崩溃、人民政权建立其思想感情是复杂的，大多数文人学者留在大陆足以说明他们是拥护新政权、愿意为新中国效力的。特别这些自由主义文人学者在学术界文学界有独特的地位和优势，如果新政权能够正确对待他们，以胜利者的宽大胸怀去谅解他们过去的失误，去缓解他们在新中国成立后的愧疚感和恐惧感，去尊重他们已有的创作实绩、学术成就和独立个性，那么他们在文学创作、学术研究上定会尽情地发挥创造潜能和艺术才华。然而新中国成立前夕以《斥反动文艺》所掀动的那股思潮却对沈从文等一批自由主义文人学者予以抨击，若说新中国成立之初有政治权力话语对文人学者的威逼，那么这也许是重要一例。不过这次"横扫"的效果，并没有把沈从文这位著名的文学家和大学教授"逼"上新文学创作的道路和建构《中国现代文学史》新学科的轨道，而是迫于无奈沈氏自己埋葬了自己的文学生命和学术生命，另择他途了。此其三。

从主导倾向来看，建国之初为《中国现代文学史》正名并依据《新民主主义论》编纂《中国现代文学史》，是时代的选择也是文学的选择，既适应了彼时新政权的需要又适应了高等教育的需要，既适应了新文学发展的需要又适应了学术研究开拓的需要，既反映了文学家的愿望又体现了学者们的追求，致使这门新学科在当时相对宽松民主的特定政治文化语境和学术文化语境下经过第一代学者和许多作家的共同努力而创立起来,新文学史观、理论框架、学术规范、操作规则等也初步形成,并出版了《中国新文学史稿》等一批学科奠基之作,显示了新学科建构的实在成绩也显示出新学科的巨大生命力。但从反思的角度来审视,“中国现代文学史”作为新学科初创的指导思想与历史语境已隐含着非学术化非科学化的因素,这主要表现于:一是过分强调自“五四”以来(当然也包括“五四”)无产阶级思想对中国新文学的领导,硬从作家思想意识和文学作品里挖掘无产阶级思想因素,把一些非无产阶级意识也说成是无产阶级思想,不是阶级论也说成是阶级观念,这不仅混淆了新文学的思想性、现代性的本来面貌,而且片面地抬高了革命文学不应有的地位和价值,这为中国现代文学史的研究和书写越来越政治化、意识形态化埋下了伏线。二是从延安整风对王实味等人的批判到新中国成立前夕对沈从文、萧军、胡风等人的批判,显露出学术问题政治化、内部问题敌我化的错误倾向,并在文学界、思想界、学术界造成冤假错案,这种无限上纲、混淆是非、乱定敌我、欲加之罪何患无辞的做法,并没有在建国之初创立《中国现代文学史》新学科时得到纠正,这不仅使新文学史的编纂留下不应有的空白或诸多错误的判断和结论,更为《中国现代文学史》学科的发展留下了巨大的隐患和遗憾。三是以所谓阶级论或阶级分析方法,把新文学史上的文学思想论争或不同文学见解的分歧几乎都上升到阶级斗争的高度,把新文学作家从政治上分成左中右,文学作品也进行了阶级定性分析,即不是无产阶级文学就是封建阶级文学,不是资产阶级文学就是小资产阶级文学,所有的文学理论形态、运动形态、创作形态乃至自然山水田园诗都贴上了阶级标签。这种对审美意识形态的文学艺术作如此机械化扩大化的阶级分析和阶级定性,在初期的《中国现代文学史》学科建设中已明显的存在,这为日后学科的发展完全被纳入阶级斗争或路线斗争为纲的理论框架作了有力的铺垫。上述的非学术化非科学化的危机因素随着时代的移迁和政治文化语境的转换,虽然在研究和书写中国现代文学史的过程中遭到一些坚守学术独立、追求历史本来面目的文人学者的抑制,但历史上的反潮流者往往以失败而告终,当着一种错误的潮流打着各种旗号风行并蒙蔽众人耳目时,少数有良知的先觉者是难以扭转潮头的。所以到了极左思潮泛滥的岁月除了个别的中国现代文学史编纂尚坚持初创的学科意识、学术规范外,大都落入非学术化非科学化的政治陷阱,中国现代文学史失去学术价值而变成那种主观臆造的莫须有的阶级斗争工具或路线斗争工具。

二

中国新文学史的命运不同于其他学科的命运的独特之处在于,新文学的生成与政治结下亲缘,中国新文学史学科的创立也是与政治息息相关的,是人民政权呼唤并支撑《中国现代文学史》学科的出台,并把它捧到不切实的高度,又是独断政治将《中国现代文学史》推下学术舞台,把它变成一种文化专制的工具,后来又是新时期的民主政治挽救了《中国现代文学史》学科的垂危命运,使它走上学术复兴之路,出现了《中国现代文学史》编纂的第二个辉煌期。"解放思想,实事求是"的思想路线在学科的恢复与重建中发挥了巨大威力,引导文人学者们冲出一道道禁区,突破一个个重围,摆脱了政治的苦苦纠缠,增强了学科的独立意识和主体意识,真正跨进了学术研究的轨道。

《中国现代文学史》学科渡过了危机时期,进入20世纪80年代喜逢大发展的良机,思想解放运动和科学创新潮流聚成的巨大冲击波和穿透力,打开了文人学者和诗人作家的心理障壁和思维定势,潜在能量和创新激情得到空前的高扬。落实到中国现代文学史研究和书写上,除了继续坚持本学科创建期形成的学科范式、理念,发扬那些经过实践检验是正确的学术传统,使中国现代文学史学科建设更加科学化、规范化,得到了前所未见的丰硕喜人的研究成果之外;与此同时,研究者和编纂者以积极开拓、锐意创新、勇于探索的精神对中国现代文学史领域作了多方位的勘察,对学科的发展和建设作了深入的思考,而这些勘察与思考集中到一点就是要突破既成的《中国现代文学史》学科规范和学科意识,重构一个更开放更科学更完整更深广的学科观念和学科格局。当然要突破已有的学科理念和规范,既不是对它的终结又不是对它的否定,因为《中国现代文学史》学科至今尚有它存在的合理性和合法性,不论大学教育或学术研究仍在延续着强化着它的生命,即使将来新的学科取代了它,它取得的学科成就、形成的科学理念和学术规则也会在新学科的建设中发挥不可替代的作用。也就是说建构新学科是在认同已有学科的基础上对它的超越、对它的扩充、对它的革新。在我看来,这样做是改革开放时代大潮的推动,如同建国之初《中国现代文学史》学科创立是时代的选择一样,这次重建新学科也是时代的选择。那些在政治文化压倒一切的时代语境下形成的学科意识、史学观念、价值标准和审美取向已不适应以经济建设为中心的人本文化和审美文化相交织的时代语境下文人学者、知识分子和工农大众的求知心理和审美心理的需要，过去时代在《中国现代文学史》编写中被贬抑被否定甚至被掩埋的作家正是公众急切想了解并认清其本来面目的作家，以往史家笔下歪曲误解乃至批判的文学作品正是当下读者颇为欣赏的作品，以前文学史上居正宗地位的所谓代表性的作家作品公众则以新的眼光重新审视，所以重构学科意识、调整文学史观念是大势所趋、人心所向。再从中国现代文学史学科的历史演变来看，建国之初断代的那段新文学正在发展，至今又是60年，远远超过了前32年，与其断代并生的文学史意识和学科观念随着《中国现代文学史》编纂史的演进和新文学创作实践的流变也在不断地调整和变化；也就是说中国现代文学史学科概念的内涵与外延并没有停止在最初的定义和界说上，而在不同的时代条件和文化语境下则有不同的探索和不同的阐释，推动了中国现代文学史不断积累。可以毫不夸张地说，20世纪最后20年是重写《中国现代文学史》和重构“现代文学史”学科意识最活跃的时期，从理论探索与重写实践的结合上向既成的《中国现代文学史》学科及其文学史观念发起了全面挑战。其中影响较大并见效果的至少有三种重构的学科观念和重建的文学史意识。

第一种是“20世纪中国文学”。它既是重构的学科观念，又是更新的文学史观。从学科重构来看，它冲破了新民主主义革命的时限，将资产阶级改良主义、旧民主主义和新民主主义这三个政治历史时期的障壁打通，使习称的近代文学、现代文学与当代文学联成一个整体，这基本上切合中国新文学的演变轨迹和发展规律，体现出研究者突破和创新的愿望以及学科自身发展的一种趋向；从文学史观念更新来说，它突破了《新民主主义论》的理论规范，并对新文学史观的基本内涵作了这样的阐述：20世纪中国文学是“走向‘世界文学’的中国文学；以‘改造民族的灵魂’为总主题的文学；以‘悲凉’为基本核心的现代美感特征；由文学语言结构表现出来的艺术思维的现代化进程；最后，由这一概念涉及的文学史研究的方法论问题”。[①] 这五点中带有理论性概括的只有三点，它们从主题、风格和思维诸角度来揭示20世纪中国文学的现代性特征，着重突出了以“改造民族的灵魂”为总主题的启蒙文学。这种学科意识和文学史观，有助于完整地把握中国现代文学的基本态势和总体特征，有助于探讨20世纪中国文学现代化的曲折过程，有助于从世界文学格局中考察20世纪中国文学与全球

① 黄子平等：《论“20世纪中国文学”》，《文学评论》1985年第5期。

其他各民族文学的联系，有助于从思维现代化的深层次勘探20世纪中国文学的艺术规律。然而这一学科构想的局限性和不成熟性也是显而易见的：中国文学的现代化是个艰难曲折的漫长过程，决不会因世纪的完结而终止它的发展，故以“20世纪中国文学”来概括并不能科学地揭示中国新文学的整体艺术风貌和完整发展规律以及持续延伸的流变轨道；况且“20世纪中国文学”是个限定性的时空观念，在这个历史空间里中国文学的形态是异彩纷呈的，以“改造民族的灵魂”为总主题的启蒙文学从纵向上不能贯穿20世纪中国文学全过程，从横向上也不能涵盖20世纪中国所有形态的文学；特别从理论上对20世纪中国文学现代性特征如启蒙性、悲剧性的概括，不只是把20世纪中国传统型的大众型的民族型的文学排斥在外，港台文学也不在视野之中，延安文学、“十七年”文学更是拒之门外。这些局限性并没有遮蔽“20世纪中国文学”学科意识与文学史观的先进性、开拓性和创新性、实践性的光辉品格，所以赢得学术界不少学者的认同，并将其付诸文学史研究与书写的实践，问世了一批“20世纪中国文学史”、“20世纪中国文学思潮史”、“20世纪中国文学流派史”、“20世纪中国小说史”等研究成果，尽管它们的总体学术水平不能估价过高，但毕竟同以前的《中国现代文学史》相比有所突破、有所前进。

第二种是“百年中国文学”。作为一个学科概念，“百年中国文学”实质上是“20世纪中国文学”的另一种命名和说法，没有根本性的区别。有所不同的则是它比“20世纪中国文学”概念的外延显得模糊不清，当然通晓中国文学历史与现状的学人不用思考就能判明中国文学的时限，而一般的读者或不甚了解中国文学实况的学者却很难弄清百年中国文学的起讫时间。不过“百年中国文学”的学科意识和文学史观，同样富有对《中国现代文学史》范式与理念的突围和超越意义，具有“20世纪中国文学”学科观念的优长和不足，这里不再赘述。值得注意的是在研讨和编纂“百年中国文学”史的实践中，不同版本的“百年中国文学”史或论对其文学史观或方法论皆有不同的表述和追求，显现出它们不同于“20世纪中国文学”学科构想和史学观的独特之点。《百年中国文学总体系》(以下简称《总系》)在《总序》中这样表述其文学史意识：“中国百年文学是中国百年社会最亲密的儿子，文学就诞生在社会的深重苦难之中”，因此“忧患是它永久的主题，悲凉是它基本的情调”。并对《总系》的构想和写法作了这样的设计：“丛书主要是受《万历十五年》、《十九世纪文学主潮》的启发，通过一个人物、一个事件、一个时段的透视，来把握一个时代的整体精神，从而区别于传统的历史著作。根据这一启发他提出了丛书编写的三个原则:一、'拼盘式':即通过一个典型年代里的若干个'散点'来把握一个时期的文学精神和基本特征。比如一个作家、一部作品、一个作家群、一种思潮、一个现象、一个刊物等等。这说明丛书不是传统的编年史式的文学史著作。二、'手风琴式':写一个'点'。并不意味着就事论事、就人论人,而是'伸缩自如'。'点'的来源及对后来的影响都可以涉及,强调重点年代,又不能忽视与之相关的前后时期,从而使每部著作涉及的年代能互相照应、联系。三、'大文学'的概念:即主要以文学作为叙述对象,但同时鼓励广泛涉猎其他艺术形式,如歌曲、广告、演出等等。"[①]《百年中国文学总系》是一套丛书,虽然多人执笔,每卷的学术水平与行文风格也有差异,但是它们并非"各自为政",而是在统一的文学史识与写作方法的规约与制导下所编纂的独具特色的百年中国文学史;视"忧患"为百年中国文学的永久主题,这就把文学史的书写引向创作主体及文本世界的深层,力图将百年中国文学写成一部忧患心灵史,所采取的以点带面、由表及里、纵横捭阖、伸缩自如的写法也彻底冲破了编年史式的现代文学史惯用的写作例体,创构一种足以发挥研究者史才的放得开收得拢的有深广度的文学史叙述模式。这种"百年中国文学"的史学观念与写作实践,其影响力虽逊于"20 世纪中国文学"学科意识,然而学界的认同者和实践者也是大有人在,如《中国近百年文学体式流变史》[②]就是一部带有开拓性的大书,也是冲破既有学科规范重写文学史的积极探索。

第三种是"中国新文学六十年"。这种学科意识"突破了中国现代文学三十年的按照革命历史分期和社会发展阶段分期的传统界定,而把现代文学史的演变过程作为一个整体来考察,上限从 1917 年文学革命启动始,下限止于 1977 年'文革'的结束,这不仅仅是文学史的分期问题,而是现代文学史观念的变化,蕴含着一种新的文学史意识"。"将中国现代文学史的变迁进行这样的把握和规范,既符合历史逻辑也符合思想逻辑,是对文学发展自身规律的尊重更是对历史唯物主义的坚持。"这是因为"从 1917 年到 1977 年中国现代文学由诞生、发展至末途恰好走完一个循环圈:五四文学革命否定了封建专制下生成的非人文学,建构起以'人的文学'为核心的现代文学;但历史推进到'文革'十年,'人的文学'遭到无情摧残而'非人的文学'又猖獗起来,五四以来新文学的优秀传

① 谢冕:《百年中国文学总系·总序一》,山东教育出版社 1998 年版,第 1~15 页。
② 冯光廉:《中国近百年文学体式流变史》,人民文学出版社 1999 年版。

统被彻底否定。这是个历史怪圈,也是现代文学演变的一个完整过程”。[①] 许志英、邹恬主编的《中国现代文学主潮》认同并成功实践了“中国新文学六十年”的学科模式,进一步阐发了这一学科概念的内涵:“以文学的划时代变革、文学的总体风貌、特征与性质为划分标准”,“主张将原先的‘现代’、‘当代’打通,即将‘五四’以来的文学统称为现代文学。因为我们认为最能说明问题的其实是最简单的事实:从‘五四’时代开始的现代文学史实质上是中国文学现代化的曲折历史;现代化也是现代文学的总体风貌、特征和性质”。并选取“一个创作思潮的概念”形成“一部文学史主要是作品的历史,而一个时代的思潮也是更生动更丰富地体现在作家的创作中”的独特文学史观,在书写过程中力图使文学史显示这样一些特色:“一、以对中国文学现代化(一些主要方面)演进过程的宏观把握为中心线索,将历史研究与当代思考结合起来,既具体描述出六十年间文学主潮演进的大体过程与风貌,又对其阶段性主要特征、得失影响作出较为科学的概括论述”;“二、从六十年间的大量创作现象入手进行综合梳理,主要就题材与主题的演进探讨文学与社会生活、政治潮流、人文环境、文学承续联系等方面的关系,并试图总结一些经验与教训,为文学的现实发展提供某些借鉴”;“三、坚持从历史实际出发的原则,试图在对大量的第一手材料的掌握、研究中得出富有研究者个性的结论”。[②] 在这种学科观念与文学史意识的指导下所取得的研究成果,的确是一部锐意开拓、重在突破、新释原典、深沉厚重的重写中国现代文学史,它充分表明现代文学史的研究与书写已摆脱了政治的纠缠,真正步入了科学研究的学术轨道,既建立了自身的学科理念又重构了自身的逻辑系统,进而奠定了中国现代文学史的主体地位。尽管“中国新文学六十年”作为重写现代文学史的学科框架和史学观念具有优越的理论品格和实践品格,但是它毕竟把研究对象框定在“中国新文学六十年”,又着力凸现现代化历程与现代性特征,这不仅使“五四”以前的晚清文学进入不了中国文学现代化的考察领域,难以回答“舍弃晚清文学枉谈五四文学现代化”这个文学史的连续性与转换性的问题,而且也把“文革”以后的正在繁荣发展的中国新文学甩在新学科范围之外,使文学史的叙述定格化凝固化难以展示当下文学发展的无限前景和生命活力;尤其这一学科范式只能涵盖现代型的新文学,其他形态的文学容纳不进去,即使把非现代化的文学样态归纳进来也不可能公平对待,或作为突出现代

① 朱德发、邢富君:《中国新文学六十年·前言》,春风文艺出版社 1996 年版,第 7 页。

② 许志英、邹恬:《中国现代文学主潮(上)》,福建教育出版社 2001 年版,第 2 页。

型文学的对照背景或作为贬斥批评的对象，这就很难真实地反映出现代中国文学的丰富性、多样性、错综性的艺术风貌和审美形态。

虽然对上述三种突破《中国现代文学史》学科模式困扰而重建的文学史意识，我深表赞同且付诸写作实践；但经过反复探索与思考，我认为欲弘扬三种重建新学科在理念与实践上的优长并克服其局限性，必须重建“现代中国文学史”学科意识，它比其他学科构想在当下更具有合理性、合法性、开放性、科学性和前瞻性。

学科篇

重建“现代中国文学史”学科意识

（存目，详见第7卷）

“现代中国文学史”学科的四个基本特征

“现代中国文学史学科”①不同于“中国现代文学史学科”和“20 世纪中国文学史学科”，它是以现代民族国家观念为思想基础的；其起讫时间上限为晚清变法维新下限则随国家现代化延伸，这是个“上可封顶下不封底”的学科架构。其主要的功能特点是：整体性，即展示现代中国文学的总体面貌；贯通性，它既能打通近代、现代和当代的文学又能联通古今中外的文学；兼容性，即它将现代中国生成的所有文学兼容并包之；异同性，它能理出各种形态文学的差异性又能从差异互见中摸清其联系性和趋同性，使书写的现代中国文学史呈现出多元性与严整性相统一的格局。

中国文学从晚清至“五四”初步完成了向现代的转型，跨入了新世纪则逐步与世界其他各民族文学发生了或疏或密的广泛联系，它虽然同发达国家的先锋文学相比存在着“时空差”，并没有完全在文学思潮与美学理想上取得同质同步性；但是近百年的现代中国文学却以千姿百态参与了“世界文学”大厦的建设，显示了中华民族文学的新变与特质。所谓现代中国文学史就是对新世纪以来中国文学流变过程依据不同的文学史理念所进行的认知与书写；历史就是个过程，没有过程就没有历史，文学史也是个过程。由于文学史这个过程是以人为主体的合力来驱动或完成的，因而变得异常复杂而深邃、错综而缠绕，并非单一文学史观所形成的视角能够洞察透彻或一代两代学人能探索清晰，见仁见智、各取各用在所难免。正是从这个意义上说由何种文学史学科理念来指导就能书写出什么样态或什么性质的文学史，即持何种文学史理念就会从庞杂复繁、交叉曲折的原生态文学的跌宕起伏的流变过程中进行取舍选择而形成什么样的文学史文本。所以文学史学科理念的调整或重构是文学研究或书写有所突破有所创新的关键之维。

---

① 朱德发：《重建“现代中国文学史”学科意识》，《福建论坛》（人文社会科学版）2002 年第 2 期。

一

中国新文学自诞生之日起，就受到评论者或文人学者的关注，在跟踪文学评论的同时就生发出一种书写新文学史的学术激情。20世纪20年代至30年代写出几部断代性或附骥式的新文学史，然而此时并没有自觉的法定的或纲领性的学科意识；到了50年代方建构起“中国新文学史”学科（即中国现代文学史）理念，并把新文学史的书写纳入以阶级斗争为纲的政治意识形态框架，逐渐地将中国现代文学史的研究与写作逼上一条非学术化非文学性的道路。80年代随着社会结构的调整与文化意识的转型，“重写文学史”思潮冲决了50年代以来建构起的机械僵硬的中国现代文学史学科意识的围城，相继提出了“20世纪中国文学史”、“百年中国文学史”、“60年中国新文学史”等学科理念。尽管这些文学史学科理念从根本上颠覆了以阶级斗争为纲的政治化的中国现代文学史学科模式，但它们作为文学史学科范畴来看无不存在着自身难以克服的局限性，并不能完全契合或适应现代中国文学已走过的或正在走着的历史过程。也许基于21世纪之始的一个学人的文学史研究的内在激情与学术追求，在对上述文学史学科意识作了一定研究的基础上，笔者于2002年正式提出建构“现代中国文学史”学科理念的设想，最初将它以《重建“现代中国文学史”学科意识》为题发表在《福建论坛》（人文社会科学版）2002年第2期。此前，“现代中国文学”作为一词语或概念曾有人提出过，钱基博1933年写过一本《现代中国文学史》，也有的学者以“现代中国文学”来表述对中国新文学的理解和把握；但是以“现代中国文学史”作为一个完整的学科意识并置换“中国现代文学史”（或新文学史）学科规范却是笔者的设计和构想。在我看来，以“现代中国文学史”作为学科意识比其他已运用过的“20世纪中国文学史”或“百年中国文学史”等新学科理念，在当下或未来则更具有其合理性、合法性、科学性与前瞻性。

建立于现代性民族国家观念之上的“现代中国文学史”学科意识，它不同于古代中国文学史以改朝换代的皇权意识变换为轴心，即一朝有一朝的文学，代代相传而永不变的则是皇权主义与宗法思想，即使非正宗的民间文学或少数民族文学介入也改变不了以皇权主义为支柱的正统文学。所以古代中国文学史不可能演变为在国家现代化观念指导下的平等相待的多民族文学共存共荣的联合体。

到了19世纪末至20世纪初，即现代中国肇始之时，才有以梁启超为代表的维新之士和革命先驱孙中山把“民族国家”现代化观念由西方引入中国，并与维新实践和革命实践相结合，逐步兴起一股现代民族主义政治思潮。基于“恢复中华，创立合众政府”以实现国家现代化的急切需要，孙中山充分认识到唤醒民族意识的极端重要性，他说：“没有民族的精神，所以虽有四万万人结合成一个中国，实在是一片散沙，弄到今日，是世界上最贫弱的国家，处国际中最低下的地位。人为刀俎，我为鱼肉，我们的地位在此最为危险。如果不再留心提倡民族主义，结合四万万人成一个坚固的民族，中国便有亡国灭种之忧。我们要挽救这种危机，便要提倡民族主义，用民族精神来救国。”①可见现代性民族国家观念的生成标志着中国人民族意识的新觉醒，而这种现代性民族国家意识的觉醒既缘于国破家亡、救亡图存的严酷现实的一次次强烈刺激，又缘于迫切期待建立一个不同于封建王朝的民主自由独立平等的现代性民族国家的美好憧憬。从这一历史逻辑程序来看，中国人的现代民族意识觉醒先于个性意识的觉醒，没有现代民族意识觉醒就不可能使中国人从封建皇权意识中觉悟起来，就不可能从传统伦理道德桎梏中清醒起来，在定义自我的同时也认同了现代性民族国家观念，这是历史辩证法将民族国家现代化意识与个性解放现代化意识交织在一起，仿佛不是个性意识主宰国家意识，而是国家意识统驭着个性意识，“人人为国，国为人人”则是它们之间彼此逻辑关系的最精炼表述。也许在先驱们看来，只有现代民族意识觉醒，推翻封建帝制，建立起各民族平等的民主独立的共和国，中国人的个性解放才有根本保证，否则即使个人解放了也要沦为亡国奴。

与这种复杂交错的现代觉醒意识相联系的，晚清提出了“新民”概念，辛亥革命标榜“国民”概念，“五四”高举“立人”思想，左翼提出“劳苦民众”观念，抗战标举“民族主义”观念，新中国成立后提出“人民”观念，新时期流行“全民”之说，等等。这一连串的概念或观念似乎都有个“民”字，说明它们皆源于现代性民族国家集体意识，并没有强调从群体性理念中突出个人主义、自我主义或个体主义，哪怕“五四”提出的“立人”思想，其最终目的仍是为了“立国”。即使进入21世纪，文化思想中的个性意识如此高扬，个人利益受到法律保护，而在主流意识形态中也仍是民族国家利益高于一切，现代民族主义热潮依然一浪高过一浪。

---

① 孙中山：《民族主义第一讲》，《孙中山全集》第9卷，中华书局1986年版，第188～189页。

纵观20世纪中国文化思想的流变，或处于世界列强瓜分的危机之时，或处于日寇入侵的救亡之际，或处于新中国建设时期，或处于改革开放以复兴中华时期，现代性民族国家观念始终是社会文化思潮的主导意识，救亡图存问题的解决离不开现代民族国家想象，中华民族的伟大复兴也离不开现代民族国家想象。近百年来前仆后继的仁人志士、文化先驱、革命先贤、英雄壮士和知识精英，为了祖国的救亡与复兴，殚精竭虑地谋划着实践着种种国家现代化的策略与方案，从科学救国、教育救国、文化救国、思想救国到政治革命、武器批判、社会变革、阶级斗争再到改革开放、经济先导、科学发展等，无不体现出近忧而远虑的现代性民族国家想象的深邃复杂内涵，无不充溢着想我中华、爱我中华、兴我中华、强我中华的爱国主义的民族激情。虽然现代性民族国家观念作为一种政治文化思潮经过了晚清的民族主义与民主主义的相冲突又相结合、五四的民族主义与自由主义的相冲突又相结合、此后的民族主义与共产主义国际主义的相冲突又相结合的三个逻辑阶段，而且它们所产生的社会功能效用也有正负大小之别，但是在拯救民族于危亡、振兴民族于贫弱、建设富强国家、实现国家现代化这个总目标上它们却有一定程度的同质性或一致性。正是在这样一个宏伟而艰巨的充满悖论的救亡与建国的民族国家想象现代化的多种具体方案的制订与实施过程中，同时也制定并实施了现代中国文学的现代化与民族化并举的方案，有意无意地把现代中国文学纳入现代民族国家的总体想象与设计之中，使现代中国文学成为民族国家想象的有机组成部分。

由于现代性民族国家观念的开放性、灵活性和多元性，由于我国进入20世纪后依据不同的现代化方略先后建立起社会性质有别的“中华民国”和中华人民共和国，由于我国是个在经济、文化、思想、习惯演化中极不平衡的多民族国家，所以适应不同民族现代化意识需求、适应各民族各阶层人群审美取向，以及承续不同文化传统而兴建的现代中国文学，无疑是形态各别、异彩纷呈的。尽管如此，现代中国文学却以不同的审美形式或深或浅或浓或淡地体现了现代民族国家想象，民族主义意识或爱国主义情思应是现代中国文学的主魂，正是从这个意义上说，现代中国文学实质上是现代中国的民族主义文学。

以现代民族国家观念为思想基石所建立的现代中国文学史学科，不仅可以全景式地揭示现代中国文学流变与我国跨入21世纪实现国家现代化的错综性和同步性，透过现代中国文学这面巨大而多棱的镜像能够折射出中华民族推进现代化的艰难曲折的总体风貌；而且可以为我们重构现代中国文学史提供新的观照视角、新的框架结构、新的考察对象、新的价值观念、新的研究格局等。以之与现有的“中国现代文学史”、“中国当代文学史”、“20世纪中国文学史”等学科相比，“现代中国文学史学科”具有一些新的功能特点。

二

整体性。以国家观念为视角审察现代中国文学发展史可以获得整体性的把握，它能够把现代民族国家内的各个地区各个角落的文学都收入眼底，只要这种文学形态或文学作品生于中国长于中国甚至老于中国，无不烙上现代中国的印记，都属于现代中国文学整体性的构成因素，皆可以纳入现代中国文学史学科范畴。“中国现代文学史学科”是建立于新与旧、现代与传统二元对立的认知模式上，凡是新的、现代的都属于中国现代文学史研究范围，而所谓旧的、传统的文学皆属于否定对象，只能作为现代文学史的批判前提；况且中国现代文学史的时限仅仅是32年（1917～1949），这就将现代中国之内的不少作家作品、文学思潮等拒之国家大门之外。中国当代文学史学科从1949年算起至今半个多世纪，它是建立于以阶级论为基石的社会主义文学观之上，不仅将它与中国现代文学史生硬地切为两段这本身就背离了现代中国文学演变规律，而且又在较长时期内以极左意识形态制控文学的蜕变，虽然通过拨乱反正当代文学史进入新的发展时期，但是这个学科的严重局限性并未得到真正解决。至于“20世纪中国文学史学科”意识，其优长是整合了近代、现代、当代三个分立的文学史学科，越过了“新民主主义论”为支撑的中国现代文学史学科模式；但也有不容忽视的局限性，一是把塑造民族灵魂的启蒙主义作为贯穿20世纪中国文学的母题这难免遮蔽了或抹杀了现代中国诸多非启蒙性的文学主题，二是20世纪是个时间概念仅仅能概括百年中国文学，那21世纪的中国文学就涵纳不进了。

而以现代性国家观念建构的“现代中国文学史学科”理念其内涵外延既深且广，不仅彻底解决了“中国现代文学史”、“中国当代文学史”、“20世纪中国文学史”诸多学科自身不可克服的局限，不留痕迹地收编了近代、现代、当代三个机械分期的文学史学科，干净利索地拔掉了人为树起的各个文学史学科的界碑，从表层形态到深层意蕴将现代中国文学史贯通起来，使现代中国文学史的整体性从历史地表下浮现出来。这是因为以现代性国家观念为理论基础构建的文学史学科，它具有强大而无形的散发与收敛相结合的思想功能，从纵向来说不论是改良型的民族主义国家生成的文学、革命型的民主主义国家生成的文学或者是理想型的社会主义国家生成的文学乃至台港澳资本主义型社会所生成的文学，都经受了或深或浅的现代民族国家政治文化思潮的洗礼，无疑是近百年来中国社会、国家、民族现代化的形象文本，尽管中华民族在不同历史区间或时段所经历的现代化性质、程度、色彩有所不同，也决定了它们的文学镜像千差万别，但这并不妨碍以现代性国家观念作为思想框架把它们收敛起来，形成一个跨越"中华民国"与中华人民共和国的完整性的文学系统。从横向来说现代中国文学生成于不同的民族、不同的地域、不同的省区，现代性民族国家观念作为一股澎湃腾涌的社会思潮曾辐射到各个民族和各个地区，即使抗战时期的沦陷区、殖民统治的港台地区也没有切断其热爱祖国、怀恋祖国、复兴中华、强盛中华的民族主义情结，新中国成立后以"56 个民族是一家"为表征的现代民族国家意识在各民族之间尤其在少数民族身上体现得越来越强烈；而这种既深且广的现代性民族国家观念内化为各民族各地区作家的主体意识，将其物化为不同形式的审美文本，则凝成了一条条五彩缤纷的文学风景线，汇聚为现代中国文学的共同体。由上述可见，将纵横两大维面的文学形态以现代民族国家观念作为思想线索连缀起来，就能把现代中国文学史的整体性呈现出来，既拓展了现代中国文学的深广度又映显出现代中国文学的基本全貌。

三

贯通性。从历时性考察，文学史是个漫长而久远的流变过程，古代文学史以朝代更迭为序分为多个时期，尽管这个演变过程绵延数千年，但却通称之为古代中国文学；这是现代学人以国家观念把不同朝代的不同样态或体式的文学贯通起来，建构起古代中国文学史学科。与之相对应的现代中国文学史肇始于晚清甲午海战维新变法时期，跟随着民族国家现代化的起步在前行中曲折、在曲折中前行而进入了 21 世纪；到了新世纪，国家现代化在继续文学现代化亦在继续，国家现代化未终结文学现代化也不会终结。我曾把这个以现代国家观念所规范的"现代中国文学史学科"描述为"上可封顶下不封底"的仍在进行的动态过程，这不仅符合现代中国文学循着国家现代化而流变的客观轨迹，也从根本上解决了"中国现代文学史"、"20 世纪中国文学史"等学科忽略了现代中国文学仍在行进的无奈与局限，充分表明以现代国家观念既能将近百年中国文学贯通起来也能为现代中国文学发展预示出广阔深远的前景。

我所说的现代中国文学史学科的“上可封顶”并不是与古代中国文学史形成新与旧、现代与传统的对立关系，似乎现代中国文学与古代中国文学之间出现大断层大裂变，或者认为现代中国文学的生成完全是摆脱了古代文学传统的横空出世的“宁馨儿”；恰好相反，我强调的“上可封顶”只是说古代文学发展到19世纪与20世纪之交已进入现代中国社会结构变动的大系统，它没有与古代文学发生断裂，现代中国文学总体系统仍与古代中国文学存有千丝万缕的联系，即古代文学既是现代中国文学孕育的母体结构又是其茁壮成长的源头活水，故而现代中国文学史学科的“上可封顶”旨在指出古今文学的有机对接或多维联系，揭示它们在继承中发展、在发展中继承的辩证规律。实际上，现代中国文学与古代中国文学相互对接的上下两端发生了诸多贯通性的联结。比如古代文学史承载的人文传统与现代文学史蕴含的人文精神有所契合，古代文学中流贯的忧国忧民忧生的忧患意识在现代中国文学中得到承传，古代文学中表现男女两性相悦相亲相爱的坚贞不渝的情爱意识在现代中国文学史有所呼应，古代文学中充溢的侠义英雄主义精神在现代中国文学中得到弘扬，即使古代文学中不为五斗米折腰的骨气和蔑视帝王权贵的个性意识也与现代中国文学的个性主义精神有所联通，至于古代文学史的抒情传统、意境营造、白话语言以及各种叙事、文体、象征等艺术技巧均在现代中国文学中得到了创造性的运用，小说章回体、诗词格律成为现代中国文学不可或缺的体式。现代中国文学史学科意识的“上可封顶”重在指出书写文学史务必从多维度开掘并理清古今文学的有机联系，这是本学科的“贯通性”功能的体现；不仅如此，它的贯通性功能更体现于“下不封底”的对本学科的蠡测中。由于本学科建立于现代民族国家观念之上，而现代国家观念的宗旨就是要推进并实现中华民族的现代化，国家现代化的进程驱动着现代中国文学前行，国家现代化正方兴未艾而现代中国文学亦正欣欣向荣；不过中国文学的现代化如同民族国家的现代化一样是不会割断20世纪中国现代化的历史，它是承载着20世纪中国文学的优秀传统与历史教训而进入21世纪的，在与中华民族现代化的同质同步中而探索前行，丰富着充实着更新着完善着现代中国文学史学科，可见“下不封底”正贯通着现代中国文学的未来。上述仅仅从纵向上考察了现代中国文学史学科的贯通性功能特点，至于它在学科内部各子系统的贯通性就不在这里赘述了。

四

兼容性。如果对现代中国文学史学科的贯通性的功能特点,着重从古代中国文学与现代中国文学的纵向关系及现代中国文学史未来发展前景上作了粗略的考察与勾勒;那么对现代中国文学史学科的兼容性功能特点则主要从横向上予以勘探和分析。以现代国家观念为思想框架所构成的文学史学科,它的涵盖力和包容性要大于“中国现代文学史”、“20世纪中国文学史”等学科,道理很简单,因为现代中国文学史学科既不以新与旧对立认知模式来规范中国文学又不以启蒙现代性来选择文学史书写对象,而是以现代国家观念的宏阔视野来收编中国文学。即凡是属于现代中国籍的作家、诗人、学者以及广大民众所创造的文学,不管用的是白话或文言、是古代体式或现代文体、是专业作者所为或民间所传,只要生成于传播于现代中国的版图,都应该是现代中国文学史学科所关注的对象;哪怕有些文学作品或社团流派生成于异国他乡,但只要是现代中国人而不是外籍华人所为也是现代中国文学史的研究范畴,这是现代国家民主观念与民族尊严意识在重建文学史学科上的体现,也是现代中国文学史学科必有的容纳功能。

既然现代中国文学史学科具有如此大的容纳力,能把现代中国所有的文学都网住据为己有,那么面对斑斓驳杂千姿百态的文学世界,对于研究或书写现代中国文学史的学人来说至少要共时性地处理好三种关系:

一是多民族文学之间的关系。虽然在现代中国文学的总体系统中,汉民族文学是重镇是主干,它决定着中国文学基本性质、面貌和走向,也决定着中国文学的价值、生命和命运,并且对各少数民族文学产生了深远而广泛的影响;但是绝不能以汉族文学独尊的态度来对待少数民族文学,不仅要明晓一枝独秀不是春、万紫千红才是春的道理,而且更要以平等的眼光去熟悉去研究去掌握各少数民族文学演变的历史及其与汉民族文学的深远关系,也要多阅读感悟少数民族文学的代表性作品,从比较中体验少数民族文学特有的文化意义与审美价值;特别要以超越民族界限的治史心态去兼容各民族文学,使各民族文学在现代中国文学史的大架构中都能寻找到应有的位置,再也不能以汉民族文学来掩盖或取代少数民族文学了,真正恢复现代中国文学史是多民族文学共存共荣的发展史的本来面目。

二是新文学与其他形态文学之间的关系。新文学在现代中国文学史的大家族中，占据着绝对优势的地位，它与民族国家现代化具有相当程度上的同质同构同步性，是从文学中观察中国社会现代化历程变化的晴雨表，也是现代中国精神文化与审美价值的主要载体，所以“中国现代文学史学科”、“20 世纪中国文学史学科”都以“中国新文学”为研究和书写对象不是没有根据与道理的；即使书写全景式的“现代中国文学史”也要以“中国新文学”为主体。但是“主体”的新文学绝对不能取代现代中国的其他样态的文学，如通俗文学、旧体文学、民间文学甚至翻译文学等，皆是独立系统的不同形态的文学，它们不能归于“新文学”范畴，却是地道的生成于现代中国沃土上的文学类型，是现代中国文学总系统中不可或缺的子系统。如果说“中国现代文学史学科”或“20 世纪中国文学史学科”不能平等地收留它们或将其拒之学科之外，那么“现代中国文学史学科”则要以公平的态度来兼容它们；因为它们不只是现代中国文学史建构的有机组成部分，也是深受现代中国民众欢迎与喜爱的审美怡悦对象或文化消费对象，至于如何处理好它们与新文学之间的关系这取决于治史者或研究者的认知水平与科学态度了。

三是新文学系统中不同性质文学之间的关系。新文学在现代中国文学总系统中是个举足轻重的子系统，而在新文学中又是包含着不同样态或性质文学的母体结构，启蒙文学、左翼文学、抗战文学、工农兵文学、“文革”文学、新时期文学、革命文学、非革命文学、资产阶级文学、小资产阶级文学、无产阶级文学、自由主义文学、女性主义文学等等，从不同角度依不同的标准能划分出花样翻新名目别致的难以枚举的新文学样态，但它们都囊括于“新文学”的母体中。将这诸多的新文学样态纳入现代中国文学史学科进行研究与书写，如何才能做到兼容并包、一视同仁呢？重要的在于我们要超越一定的阶级界限、党派的某些对立与不当的政治偏见，真正站在现代民族国家的民主平等的立场上，首先肯定它们都是现代民族国家想象的审美文本和精神财富，然后以公正的历史与审美相结合的尺度来判定其价值的高低。

五

异同性。纳入现代中国文学史学科框架的各种样态或性质有别的文学思潮流派、作家作品以及不同文学现象，虽然以开阔的视野宽广的胸怀将它们兼容并包在一起，但这并不意味着要抹掉或否定它们之间已有的区分度与原生的差异性。差异是绝对的，没有差异就没有文学，就没有文学的个性化和独创性，而缺乏或失去差异性、个性化与独创性的文学就等于丧失了生命力，无疑也就不可能建构有特色有创意有活力的文学史文本。以民族国家想象观念建立的现代中国文学史学科既充分地肯定文学的差异性又充分地承认文学的趋同性，故而异同性也是本学科的重要功能特点。这不只是因为现代中国所生成的各式各样的文学本身就存有客观实在的差异性和趋同性，更重要的是现代民族国家观念充满了民主、自由、平等、独立等丰富想象内涵，而这些现代性意识所形成的文化生态、社会心理与时代氛围有利于激发起作家们在创造文学过程中的现代民族国家想象，将其物化为文学文本则显示出明显的差异性和趋同性；况且仁人志士为振兴中华所设计的民族国家的现代化方案是同中有异异中有同的，这也会导致现代中国文学的差异性与趋同性。

作为一个学史者或治史者，首先应深切地感悟和牢固地把捉住现代中国文学的差异性，只有真正抓住了它方能认识到现代中国文学史不同于古代中国文学史及其他域外文学史的特质、特色与独创价值。从宏观上说，既要分辨清汉民族文学与各少数民族文学的差异性也要区分出少数民族文学之间的差异性，既要分辨出新文学与通俗文学、民间文学、旧体文学等的差异性也要区分清通俗文学与民间文学、旧体文学之间的差异性，既要分辨清新文学中启蒙文学与左翼文学、抗战文学、“文革”文学的差异性也要区分出为人生文学、为艺术文学、乡土文学、城市文学、军旅文学、女性文学等之间的差异性，以及现代中国文学与域外相关民族文学的差异性；从中观上说，既要分辨清异彩纷呈的文学社团流派之间的差异性又要区分出各种文学思潮如现实主义、浪漫主义、现代主义等之间的差异性，以及不同历史区间涌现出的文学运动之间的差异性；从微观上说，既要分辨清经典作家与经典作家之间的差异性也要区分出经典作家与一般作家之间以及一般作家与一般作家之间的差异性，既要分辨清经典性文学作品与经典性文学作品之间的差异性也要区分出经典作品与一般作品之间以及一般作品与一般作品之间的差异性。不论从宏观或中观或微观对现代中国文学差异性的感悟与探察，大都应从审美内涵、审美形式、审美风格、审美品位等多维度多层次入手，务必做到由表及里、由此及彼、由浅入深、由显抵隐，以发现出最本质最深层的差异性。只有抓住了差异性，我们书写的现代中国文学史才能真正准确地为各个民族文学、各种形态文学、各种文学思潮流派以及各个作家作品定好位排好座，以显示其独特的文学价值和艺术风貌，才能真正使现代中国文学史具有多元、多样、多彩的美学格局，即使屹立于世界文学史之林也能独放异彩。

其次作为研究者或治史者，在感悟与把捉到现代中国文学的差异性的同时，也要在差异互见的认知中感受到掌握到现代中国文学的趋同性，没有趋同性文学就没有统一性，只能是“各自为政”而失去共同家园，没有了文学的趋同性它就如同一堆散沙难以凝成文学共同体，即使将这样散乱无序的文学纳入文学史结构也不能形成有机的整体。实际上，文学的差异性并不排斥文学的趋同性，文学的趋同性亦不拒斥文学的差异性，它们之间好似特殊性与普遍性的关系，我们在说文学的差异性也是在说文学趋同性中的差异性，在说趋同性也是在说差异性中的趋同性，差异性是由趋同性烘托出来的，趋同性是由差异性显现出来的。所谓趋同性就是现代中国各种文学之间关系中的相关性或联系性，联系是普遍的，无论什么文学之间都有或隐或显或紧或松的联系。只要用心去解读文学就能感受到其联系性，从联系性中就能体认出文学的趋同性。从宏观上体察，各民族文学之间的差异性十分明显，但从这差异互见中却可以发现其趋同性，如爱祖国与爱民族相统一的感情是一致的，求生存谋发展而艰苦奋斗的韧性精神是相通的，追求真善美相和谐的审美理想是趋同的，等等；新文学系统中的个性解放母题、民族解放母题和阶级解放母题、改革开放母题、婚恋爱情母题等都程度不同地体现出一种以人为本的现代人学精神，或者是启蒙文学、救亡文学、兴国文学、人生文学等都充溢着忧国忧民忧生的忧患意识；即使以旧体形式创作的诗词歌赋、散文小说也流露出爱国情民族恨。至于从微观上剖析那些经典性或代表性的不同体式的文学作品，它们在题材选择、主题提炼、表现方式、创作方法、艺术风格、语言运用上，其趋同性就更多了。重视并探究文学的趋同性，既是现代中国文学史学科的功能使然，理清文学各种关系的趋同性可以从细部到全局把现代中国文学史结构成一个严密的逻辑整体；又可以从文学错综复杂关系的探索与梳理中发现更多的内在联系，从诸多联系形成的趋同性中揭示出可资借鉴的有益的文学规律。实质上，各种形态文学外显的或潜隐的趋同性，与现代中国文学史学科思想基础的民族国家想象共同体密切相关，虽然现代民族国家想象共同体带有乌托邦性质，但作为一种社会思潮渗透于现代中国文学创作实践却凝成了一些趋同性特征，这是构建现代中国文学史不可或缺的思想线索。

以上仅从四个维度粗略考析了"现代中国文学史学科"的功能特点，即使再科学再合理再超前的文学史学科理论设计也是有缺陷的，热切希冀方家批评匡正，也迫切期待有志者在现代中国文学史研究与书写的实践中予以更正与完善。

现代中国文学史重构的“三大板块”

现代中国文学的生成与发展，从纵向考察是由古代文学演变而来，虽然到了晚清至五四古今文学在形态与内涵上发生了转换，但是它们之间的千丝万缕的联系并没有断裂，古代中国文学总是现代中国文学生成的渊源。如果从横向上洞察，那现代中国文学的流变须臾离不开域外文学提供的丰富多彩的文化资源。既然现代中国文学是古今中外文学杂交的产物，那么它生成于现代中国近百年的发祥地和衍化场则是其外在的文化生态环境；而生态环境聚集起的古今中外文化，通过交汇冲撞、对接转化，却为现代中国文学的生成与演变储备了取之不尽的营养汁，育化滋养了现代中国形态各异的文学。正因为文化生态对现代中国文学的衍化至关重要，所以重构现代中国文学史务必多方位地深层次地探究文学与生态的纵横关系。不过现代中国文学生成与演变的文化生态，若是从地域上来划分，至少有大陆、台湾、港澳三个块板，而近百年每个板块在经济、政治、文化上又发生多次变化，有的变化有利于文学的发展，有的变化则是摧残文学甚至毁灭文学的，这就导致文学与生态关系的曲折性与复杂性。特别是大陆板块在抗战时期出现诸多文化差异的小板块，至于少数民族文学生成的文化板块就更多了；尽管如此，但是不论大板块或小板块之间关系并不是只有差异而没有联通、只有相对而没有统一。

其实从文化的角度窥探，板块与板块之间的关系，联通性或统一性完全大于多于其差异性或相对性，这正是联结现代中国各种形态文学的外部纽带。况且，现代中国文学生态形成的大大小小的板块并非凝固不变的，它们随着社会的转型与时代的变化也在变动或调整，而这种变动不仅仅体现在形态上更重要的是体现在内涵上；特别是这种板块的变动不居直接或间接地驱动着现代中国文学的嬗变。因此，重构现代中国文学史既要注重从静态上考察文学与生态板块的关系，更要从动态上探索它们之间的联系。如果说现代中国文学史书写不仅应重视文学与生态板块的外部研究，也要重视文学本体的内部研究；那么本文的主要任务不是探讨现代中国文学与地域三大板块的复杂关系，而是研究现代中国文学本体的三大板块（即三大部分）之间的错综关系，对于重构现代中国文学史，我认为这三大板块更为重要，必须下大力气把这三大板块之间的关系及其各自的内涵理解好和处理好。

现代中国文学史构成如同其他文学史构成一样，就其本体来说，大致包含文学运动形态、文学理论形态、文学作品形态三大板块，它们在文学史总体结构中既是共时性的又是历时性的。如果把现代中国文学史定型在某个历史区段进行静态化研究，着重探察这三大板块之间的横向联系及其各自的应有价位，那么它们就是处于一种共时态；如果将现代中国文学史置于演变过程中而进行动态考察，摸清这三大板块的承传或超越的纵向联系及其各自变化的态势，那么它们就是处于一种历时态。不过，无论共时态也好还是历时态也好，它们仅仅是相对的，实际上构成文学史的三大板块永远都是处在一种时空交错的状态，即置身于特定的物质文化与精神文化的网状结构之中。

这里先要说明的是，我们所说的文学既不是广义文学又不是狭义文学也不是折中义文学，因为广义文学包括一切口头或书面语言行为和作品，它与政治、哲学、历史、宗教等统称一般文化形态，也就是韦勒克和沃伦所说的"只要研究的内容是印刷或手抄的材料，是大部历史主要依据的材料，那么，这种研究就是文学研究"；狭义文学包含情感、虚构和想象等综合因素的语言艺术行为和作品，如诗歌、小说、散文等，它与音乐、戏剧、绘画、影视等被称为"美的艺术"；折中义文学是对合乎于广义文学与狭义文学之间的难以确切归类的口头或书面语言行为和作品的概括，如现代杂文、纪实文学或某些风格化的政论文等。我们主张把狭义文学和折中义文学综合起来，即在狭义文学概念中注入折中义文学概念的大部分内涵，这样的文学概念符合现代中国文学客体的实际，也吻合我们研究现代中国文学史的价值取向。既然我们对文学概念是这样定义的，那么下面有必要对构成现代中国文学史的三大文学形态的内涵及其它们之间的相互关系和各自在文学史中的位置，表明我们的理解，作出我们的阐释。

一

所谓文学运动，主要指涉那些在文学发展过程中有组织有纲领有规模有倡导有指向的带有群体性的有一定效果和影响的文学活动。在古代中国文学史上这样的文学运动屈指可数，如韩愈等发起的古文运动、李贽等倡导的文学启蒙运动等，即使这些运动对中国文学演变的解构力或建构力也是极为有限的，似乎古代中国文学的演变是顺其自然的进化，而且主要体现在形式上的变异，在内涵上很难超越《乐记·乐本篇》所说“凡音者，生人心者也。情动于中，故形于声；声成文谓之音。是故治世之言安以乐，其政和；乱世之音怨以怒，其政乖；亡国之音哀以思，其民顺。声音之道，与政通矣”的情思范围。胡适在《谈新诗》中曾以历史进化眼光考察古代中国诗歌的变迁，“没有一回不是跟着诗体的进化”而来的：第一次诗体解放是《诗经》的“风谣体”演化为楚辞的“骚赋体”，第二次解放是“骚赋体”演变为“五七言新体”，第三次解放是“词体”取代了“格律体诗”，第四次解放是“词变为曲”，而这“四次的诗体大解放”则是“自然趋势逐步实现，不用有意的鼓吹去促进他，那便是自然进化”。[①] 不仅古代诗歌的演变是由诗体解放而自然进化，就是其他文学类型的变化也很少通过有意识的文学变革运动而加以推动。

但是步入现代中国以来，文学的发展却不同于古代文学的“自然进化”，而是跨进了一个有意识的自觉的文学变革时代，不但冲破了文体演变带动文学演化的惯例，而且推动文学全方位变革并向现代化文学转型，即使那些“旧瓶装新酒”的传统体式文学或者发展不平衡而滞后的少数民族文学也在新文学运动一次次冲击下向着新的方向变化。可以毫不夸张地说，没有自觉的新文学运动就没有现代中国新文学，也没有其他形态文学的相应的进步和变化。从晚清文学改良、民初通俗文学兴起、“五四”文学革命、30 年代革命文学到 40 年代抗战文学和延安文学崛起以及新时期的文学变革，哪一次不是有组织、有领导、有纲领、有影响的自觉文学运动，从形态上来审视它们是相当完整的，都具一定的声势和规模，对现代中国文学的发展与演变几乎在每个关口都起了重要作用。可以这样说，中国百年文学是文学运动最活跃的时期，也是文学运动嬗变最迅速的时期，它们对于中国文学的现代化转型既带来积极效应也有不可小视的负面影响。

文学运动之所以在现代中国频繁出现、连续不断，组成一条历史生命链，其原因有内潜的也有外显的，它们表里一致或内外统一而形成一种历史合力，方有可能掀起一场又一场文学运动。

---

① 赵家璧主编：《中国新文学大系·建设理论集》，上海良友图书印刷公司 1935 年版，第 298 ~ 299 页。

从显在的层面看,现代中国始终处于社会结构转型的历史时期,或以政治结构转型带动经济结构转型或以经济结构转型推动政治结构转型,不论政治结构转型或经济结构转型都会形成一次次社会变革运动和新旧文化对抗的冲击波。而对社会变革感受最灵敏的、遭遇文化信息冲击最深刻的乃是思想文化或精神文明层面,于是伴随着社会结构的历史转型就崛起一场场思想文化运动或精神变革运动。文学运动既是思想文化或精神变革运动的重要一翼又是它们的前哨阵地和风雨表,也是它们的利器与载体。由于现代中国社会结构的历史转型带有过渡性质与暴力革命两大特点,故而呈现出缓冲转型和激变转型相互交替的两种态势,而有声有势的文学运动往往兴起于历史激变转型期,有些规模较小的文学运动常常发生在历史转型的缓冲期。文学运动,实质上是文学结构的大调整或大转换,也是新的文学结构取代旧的文学结构。在一般的历史境遇下,文学结构可以靠自身的调节功能与组织功能来解决内在矛盾以保持其平衡;若是碰到社会结构的大变动大转型,受到外在新的信息量和冲击波的猛烈撞击,文学结构的价值取向和适应功能以及自身调节能力已经过时了、失效了,就会造成文学结构自身及其与外在系统的极大不平衡,这时只有借助历史合力所掀起的革故更新的文学运动,来形成新的文学结构以取得相对稳定和暂时的内外平衡。

从内潜层面勘探,文学运动的频频兴起是与整个社会文化心理与作家个体文化心理剧烈变动的价值选择与审美追求联系在一起的。普列汉诺夫认为:"要了解某一国家的科学思想史或文艺史,只知道它的经济是不够的,必须知道如何从经济进而研究社会心理;对于社会心理若没有精细的研究与了解,思想体系的历史唯物主义解释根本就不可能";并明确指出,"历史科学不能把自己局限成一个社会经济解剖学;它所注意的是直接或间接为社会经济所决定的全部现象的总和,它包括思想作品在内。没有一件历史事实的起源不能用社会经济说明,不过说没有一件历史事件不为一定的意识状况所引导、所伴同、所追随,也同样是正确的。因此,社会心理学异常重要。甚至在法律和政治制度的历史中都必须估计到它,而在文学、艺术、哲学等等科学的历史中,如果没有它,就一步也动不得"。[1] 这是何等辩证深刻的论述,它启示我们由表及里、由显到隐地去探索新文学运动发生的深层原因。

① 《普列汉诺夫哲学著作选集》第2卷,人民出版社1983年版,第273页。

现代中国每次社会经济结构或政治结构的大小变动如同级数不同的地震一样，都会使我们不同层次人们的心理受到程度不同的震荡和波动，因为社会结构的变动总是同每个人的生命财产、权利分配和各种生存需求息息相关，所以社会结构的变化不仅决定着人们心理取向的变化也会引起人们行为方式的变化；尤其伴随社会经济、政治结构变动所引起的文化结构的变化，它可以通过各种传媒渠道把变革的文化信息传递到人们心里，使人们的心理结构发生相应的或逆反的变化。只有那种与社会结构和文化变革相适应的求新趋优的社会心理，才能聚集巨大的精神力量，通过实践而转化为变革社会的物质力量，也能成为文学运动的坚强精神支柱与广泛心理基础；特别对社会心理感受最深最快的文学艺术家所创造的文学艺术文本具有双重功能，既作为一种媒体及时而敏捷地把社会结构变动的文化信息传播给社会心理，又作为一种载体形象而生动地把社会心理的变化深度强度和趋向以审美形式凝固起来，以满足人们变动不居的文化心理或审美心理的需求，在感受社会人生、体验自我命运的同时也关注着文学的发展，这就是现代中国文学运动不断兴起的内驱力。

正由于文学运动对现代中国文学的总体演变至关重要，同时又展示出现代中国文学发展的基本规律和独具特点，所以现代文学史研究与书写大都把文学运动置于显赫的地位。为了在“现代中国文学史”重构中摆好“文学运动”的位置，既不能像以前现代文学史编著中过分突出它而写成文学运动史，也不能像近20年有些文学史书写削减或抹去文学运动而写成单纯的作品史或文体史，必须首先探讨一下“文学运动形态”的主要内涵、外延及功能。作为一个新文学运动，它应是一个变革的动态过程，有大致起止的时限，发起的原因，倡导何种文学，解构什么文学，建构什么文学，有无理论纲领、中心口号与文本模式设计，有没有文学变革首领，是哪些文学社群或作家起而响应，经过理论提倡、文学论争、文本建构的实践过程究竟完成了哪些文学历史使命，取得了哪些具有标志性的理论文本与文学本文，涌现出哪些文学巨匠或文学大家，文学结构在整体上是否发生深刻变化，为现代中国文学发展提供什么传统、经验与教训以及创造性的文学体式和独特的话语系统，等等。这应该是一个完整的文学运动在现代中国文学史上必须回答和解决的问题，也是它作为一个特定文学历史范畴应具有的内涵与功能；此外，与这种新“文学运动”相对峙的“文学运动”，过去的文学史研究只把它作为对立面来否定并借以反衬前者的“伟大”、“正确”，或者把后者排斥在现代中国“文学运动”之外，根本不予理睬，但从建构现代中国大文学史的视野来看，应该把所有的“文学运动”都加以考察。既然它们在现代中国文学历史长河中存在过，就都有其一定的合理性。比如“五四”时期不管革新型的“文学运动”或者保守型的“文学运动”或者折中型的“文学运动”，都是现代中国发生过的审美文化运动。后两者在现代中国文学史上的建构价值和创新意义虽然无法与新文学运动相比，但它们却与新文学运动形成一个对立互补的制衡格局，既在一定程度上抑制了新文学运动的偏激倾向，又维护了古代中国文化或文学应该保留下来的传统和遗产，这对全面考察“五四”文学运动至关重要。至于左翼文学运动、延安文学运动等作为对立面的“文学运动”，也应该如是观，不要以机械阶级论或党派意识从政治上将其彻底否定，最好以超越性的审美文化视野或文学现代化民族化的眼力对各种类型的“文学运动”作出比较公正的科学的评述。

既然“文学运动”形态在现代中国文学史上具有纵横交错的时空维度，且蕴含着丰富复杂的文化内容与审美意味，那么它与文学理论形态、文学创作形态的关系则是同质同构、重合包容的关系，却又是各个相对独立而存在，并且自成系统的。

从同质同构关系来说，作为一个完整的“文学运动”总是有相应的理论主张作为导向和旗帜，它是文学实践活动的行动纲领，是文本创造的指南，也是文学论争或文学批评的依据；而文学创作正是文学运动的实绩与效果，也是文学理论观念的实践产物与艺术结晶；但是文学理论的贯彻落实与文学本文的创作营造，并开辟出文学理论的新领域和文学创作的新天地，却又必须依仗“文学运动”的组织力量、群体智慧和规模效应，所以它们三者应似一个同质同构的文学系统。

就其重合包容的关系来说，文学运动具有宏观统摄力和涵盖力，它可以包容文学理论形态与文学创作形态，文学理论在文学运动中虽起先导作用但却靠文学运动得以充实、完成与发展，形成文学理论系统（包括文学批评观、文体观、创作观等），即没有文学运动的发起就不会有文学理论的参与和支持，没有文学理论的指引和导航文学运动也会是盲动的，故它们之间又是互为因果的；而文学创作正是文学运动的必然结果，它同文学运动是包容被包容的关系，且与文学理论在文学运动过程中相辅相成互渗互促的平行发展，只是文学创作是一个感性形态，而文学理论则是一个理性形态；虽然文学理论与文学创作这两个形态被文学运动形态所包容所统辖，但是它们又是相互依存、相互重合的，假若一个文学运动缺少理论与创作的支撑或者一个文学运动既不产生理论文本又不生产文学作品,那么这个文学运动就是徒有其名或不算什么运动了。

从相对独立性来说,这不是着眼于整个现代中国文学史而是就一个文学运动而言,它们三者之间的关系虽是同质同构、重合包容的,但又是各个独自成系统的。文学运动是个有发动有组织有参与有目标有行为的,合目的合群体的动态过程,它是不以研究者主观意志为转移的客体存在,至于如何评价它、言说它、构成何种文本这是另一回事。文学理论形态生于文学运动成于文学运动,一旦形成一个或多个自足性的文学理论体系,它可以不受文学运动的牵扯和制约而独立存在,也可以不须文学创作的印证而自成系统,也就是说文学理论形态能够摆脱文学史纠缠有相对的独立性,有别于文学史的自身价值。文学创作形态尽管是文学运动与文学理论的实践产物,但由于它是感性的审美的意识形态,因而它完全可以不顾及文学运动和文学理论的制约,成为一个自足自律的文学本文系统,以显示自身的独立价值和意义,即人们可以忘记"五四"文学运动却忘不了《阿Q正传》,人们可以忘记左翼文学运动却忘不了《子夜》。

根据它们三者之间的相互联系又各自独立的关系,如果不是重写现代中国文学运动史或现代中国文学思潮史而是重构现代中国文学通史,那我们认为在书写某个完整的文学运动时,应该把重点放在文学创作形态上即从文学史角度重解重评文学作品,而把文学运动作为文学文本生成的特定历史背景与文化语境,把文学理论作为文学文本产生的知识资源和思想资源,后两者可以大大压缩笔墨,以理清历史与逻辑线索以及它们与文学作品的关系为宜,努力避免那种"三分天下各居其一"的搭配方案。其实突出了文学创作形态就等于突出了文学运动的意义和文学理论的威力,以强化文学史本体与主体特色。这是仅就在一个文学运动的时空间如何处理三者的关系谈点己见,但从整个现代中国文学通史所包含的文学形态来看,其中新文学(即现代文学)的生成与发展确实得益于也受损于"文学运动"的连续不断或日趋政治化,其他文学形态的衍化很少有"文学运动"相伴,即使新文学在发展过程中也不是所有的文学创作都与"文学运动"有关,不少经典文本是远离"文学运动"或抗拒"文学运动"而创作的,尤其有些少数民族文学和民间文学的文本是根据口头流传或文字记录整理出来,更不是"文学运动"的直接产物。所以我们有理由说,重构现代中国文学史可以大大淡化"文学运动",凸现文学作品的主体地位。

二

现代中国文学作为一个特定的开放的历史范畴,文学理论形态则是个多元复杂的系统。它不仅参与了某些“文学运动”也参与了某些文学思想论争和文学批评,并充当了某些文学流派的理论旗帜和某些文本创作的指南与方法,因而诸多文学家从理论与实践的结合上提出了众多文学主张、理论见解,甚至发表一些原创性理论话语,形成了带有体系性的各具特色的理论系统。不过对现代中国文学理论建构作出贡献的不单单是专业文学家,大致有这样三种人:一是作家兼理论家。他们主要的时间和精力投入文学创作,显示出独特的艺术才华,积累了丰富的创作经验,但也有较高的理论修养和较浓的理论兴趣,他们针对文学发展情势与自我创作体验,随时著文表述理论主张或审美见解,若把这些主张或见解汇集起来便会显现出体系性,带有个人的经验色彩和一定的原创性。二是职业文艺理论家或文学批评家。他们并不热衷也不擅长文学创作,专心致志地跟踪现代中国文学变迁开展文学理论探讨或从事文学批评,以文学理论的建树和文学批评的威力推动现代中国文学的发展,并在文学史上赢得一席之地,与那些主要致力于文学创作的作家们的文学理论相比,他们更重视文学理论的学理性、逻辑性、系统性、科学性和创新性。三是政治家兼文艺理论家。由于现代中国文学主潮始终与政治文化、社会变革实践结下不解之缘,不少政治家在关注社会变革的同时也在关注新文学发展,即一方面参与社会变革实践的指导,一方面对文学发表言论——甚至成了现代文学主潮的权威话语或理论纲领,这就使他们的文学理论具有强烈的政治功利性、实践性、指令性和权力性。

由于多方人士关注文学理论的翻译、介绍、探究和建设,显得理论思维在现代中国文学进程中相当活跃,他们从不同的角度采取不同的思维方式,在借鉴域外文学理论新潮与承续我国古代文论传统的纵横交叉的坐标系上,建构适应现代中国文学发展的文学理论系统和文学批评模式;尽管其中具有开创性、新颖性、独特性的文学理论体系并不多,甚至带有明显的移植倾向或西化色彩,但是紧密联系现代中国文学实践进行发现、整合而升华出来的具有创新性的文学思想或理论卓识也不少。“文革”前的现代文学史研究完全把它们纳入政治意识形态框架,对任何文学理论或文学主张、口号甚至文学论争、文艺批评都贴上机械论的阶级标签，除了那些政治化的文艺理论得到尊崇以外，其他几乎皆是封、资、修的文学理论，或是文学史的批判对象、排斥对象，并把大大小小的文学论争、不同见解、相互争鸣都上纲为阶级斗争或路线斗争，实际上现代文学史成了阶级斗争史或路线斗争史。

新时期以来的近30年中国现代文学史研究和编写，文学理论形态成为关注的重点和热点，逐步淡化了文学理论的阶级性、党派性的意识形态色彩，将其纳入学术研究的轨道而进行学理性的探讨，即使对马克思主义文艺思想的研究也纳入学术范围予以科学的阐释。如果说20世纪80年代中国现代文学史框架中的文学理论研究主要从创作方法、美学原则、文学精神诸角度进行梳理和辨识，大多把文学理论形态概括为现实主义、浪漫主义、现代主义三大文学思潮或者归纳为多种文学主张或者概括为几次文学论争，作为现代文学史建构的重要组成部分之一；那么90年代以来的现代文学史结构中的文学理论形态多从文化、审美、诗学等角度进行观照和探析，那些启蒙主义文学思潮、人道主义文学思潮、现代主义甚至后现代主义文学思潮受到格外重视，而政治性文学思潮、阶级性文学论争等则遭到质疑和冷落，甚至在一些文学史著述中大大削弱了文学理论形态的分量和地位，见不到那些谁胜谁负的所谓意识形态的文学论争，尽力使文学理论回到现代文学史本体、回到文学理论本体，恢复其自足性、自律性和主体性。由于改革开放带来的一次次思想解放，在很大程度上冲开了现代中国文学史上的暗闸禁区，文学史研究主体的理论思维异常活跃，对文学理论形态作了由表及里、既深且广的发掘与阐释，除了还原文学史结构中文学理论的本来面貌，强化其学理性、本体性以外，还把发掘新理论资料、阐述新成果新思想编著成现代文学理论思潮史、文学批评史以及文学理论专著等，这既是对中国现代文学史编纂的扩张和补充，又为具有中国特色的文学理论体系或审美文化学、文化诗学的建构提供了丰富的思想资源。

但也必须清醒地意识到，作为现代中国文学史有机组成部分的理论形态不论在资料的发掘上或理论的阐释上还要在“深”与“细”上花大力气。

就资料的发掘来说，现代中国新文学的理论资料发掘不少，但并不全，尚须深入开掘。例如，从晚清到“五四”是新旧文学思想极为活跃时期，各种杂志报纸上发表了大量文化文艺论文，并没有完全把它们搜集汇编起来；中国百年新文学理论思潮的对立面不仅有反对思潮也有折中思潮，后者被搜集和汇编的原始资料几乎见不到；现代中国文学长期处在战乱或动乱时期，文学论争、文学批评、文论写作如同文学创作一样,从来没有停止过,或发表在杂志报纸上或成册出版,而这大量的文学理论资料并没有真正"抢救出来"。不论研究抗战文学、解放战争文学或"文革"文学都感到理论资料的发掘不足。记得1980年初,我们教研室四位老师花了两年多的时间跑遍全国能查到"第三次国内革命战争时期解放区和国统区文学运动资料"的图书馆,复印、手抄出近200万字的原始资料(大多是文学理论),汇编成书经中国社会科学院文学所组织专家鉴定后交山西某出版社,至今没有问世,而这批珍贵的资料现在重新搜集却就难了,至于现代中国通俗文学、传统体式文学、少数民族文学等理论形态资料的搜集和开掘,更要下苦功夫。

就理论的阐释来说,我们认为纳入文学史结构的文学理论不能仅仅满足于原文引用,似乎引文越多越忠于历史,越能反映历史的本来样子,其实这是长期以来所造成的文学史书写的误区。道理极为简单,因为文学史不是原材料堆积起来的,而是研究者写出来的,"原文"仅仅是主体按照特定文学史观建构文学史文本的一个客观依据,既不是文学史的内在本质又不是文学史之魂,因此一旦各种客体材料具备,文学史的建构最关键的在于主体对史料的阐释。从目前看到的20世纪中国文学史或重写中国现代文学史至少对文学理论形态在阐释上有两点应该强化:

其一,现代中国文学理论形态可谓花样翻新、命名别致,成体系者有,不成系统者也有,现代型的有,古典型的有,功利型的有,审美型的有,甚至后现代型的也有,对于这千姿百态的文学理论,近百年的现代文学史研究已作出不同的阐释和价值定位。但是深感不足的是,对如此丰富的文学理论话语在阐释过程中只注意其体系的梳理和源渊的追溯,唯独缺乏对其原创文学思想的发现,尽管有的学者也承认现代文学理论带有元话语性质,可是在阐释时并没有以独特新颖的理论概念、思维范式和修辞方式进行概括、演绎和表述,仍然沿用西方的理论话语或传统文论的一些概念。既然是元话语就一定蕴含着原创文学理论,是现代中国作家、文学理论家和文艺批评家的创造性智慧和超越性思维的结晶,那我们作为一个文学史研究者就应该以新的相应的理性思维和理论话语予以阐释和表述,否则就显得研究者的思维与话语的贫乏而不是现代中国文学史的理论贫乏;文学理论中有原创思想发现不了、阐释不清、表述不新是研究者的学术功力达不到,如果文学理论思潮中没有原创性的东西也没有新学理,研究者硬给它戴上新帽子恐怕也是一种肤浅的炒作或哗众取宠的表现,如新写实主义充其量是自然主义的翻版,非加上个"新"字不可,就没有多大意思了。

其二,现代中国文学的不同理论形态虽然与各种样态的文学作品联系着,但是最耀眼的仍是新文学理论(即现代型的文学理论),它与新文学的发展甚至其他文学样态的转变直接或间接相关,这里就有一个如何把新文学理论形态纳入"现代性"的学术视野进行阐释的问题。"现代性"进入学术研究视域并不是一个层次分明、维度清晰的概念,它既可以视为价值终点又可以作为价值起点也可以作为一种思维方法或考察眼光。因此运用这样一个充满内在张力、透明度难测的理性范畴来阐释新文学理论形态,不仅要确信现代性能作为一种进化史观的时间意识对中国百年不断翻新的文学理论进行合法性的价值阐释,而且也要相信现代性隐含着百年中国社会体制复杂权力关系而导致对文学理论价值选择的偏执,即新文学理论一旦被现代社会权力纳入历史叙事,就可以在实践过程中展开,既能参与现代文化建设方案的设计又能作为文学想象的中介参与现代中国文学本文的建构。可见检验新文学理论的价值效应重在窥测现代文化建设与文学本文建构的实绩成果所达到的创新趋优程度。

不过作为一种具有现代性的文学理论形态,无论它在时间意识里或在空间意识中,总应该有一些从不同的文学理论层面或文论结构因素显示出或抽象出的现代性的具体特征,也就是说现代性作为价值起点也好或作为价值终点也好,它总是应该在各种新文学理论形态中有个"落脚点",若不能如此那以这种说不清道不明的"现代性"对新文学理论所作的阐释还有什么意义呢?如果说现代中国文学进程中伴随文学运动、文学创作涌现出的所有文学理论都具有现代性,那么我们对它们就没有必要以现代性价值范畴进行阐释了;如果说我们承认现代中国文学进程中出现的文学理论有现代性与非现代性之分,就是那些冠以"新"字号的文学理论也不完全是现代性文学理论,这样问题就复杂了。况且"现代性"或"现代化"不论在理论层面或实践层面并非都是以积极姿态出现,有时还产生消极效应,这越发为我们以现代性视野对新文学理论作出科学阐释带来困惑。举两个简单的例子:左翼文学理论是不是现代性的文学理论,还是其中只有一部分是现代性的另一部分是非现代性的?京派沈从文坚持的古典主义美学原则,究竟是发生了现代性转化的古典主义还是非现代性的古典主义?与此同时梁实秋提倡的新古典主义是否就算现代性文学理论呢?诸如此类的问题很多,若要以现代性为价值范畴作出阐释是相当困难的,这里牵涉到一个现代性的评价标准问题,也就是对现代中国文学理论的现代性评判是否应该有个操作性强的价值尺度。文学作品是否具有现代性品格，往往把以人为本的"人的文学"理念作为总标准，那么若是判断新文学理论是否属于现代性思想范畴，可不可也以此为价值尺度？这都是值得深入研究的课题。

文学理论形态到底在文学史构成的三位一体框架中怎样具体定位、占多大的比重为宜、应突出哪些重点，则是个研究者各持己见、见仁见智的问题，也是个不同类型文学史要求不同的问题，不应该强求一致更不需要什么指令性规定，必须为编写者或研究者提供自由追求、创新争优的学术空间。既然可以各抒己见，这里不妨谈谈我们对这些问题的思考。文学史著作一般分为教材型、普及型、学术型三种，这是依据读者对象的不同需求而定的。

我们认为普及型的现代中国文学史主要面向喜爱新文学或想了解点文学知识的广大读者，旨在扩大知识面，加强文学修养和提高文化素质，因此普及型文学史的文学理论形态应减缩到最低限度，不宜占的比重太大、铺叙过多，只要能把与文学运动关系密切的文学主张、与文学流派形成有关的理论口号、对文学创作影响深广的文学见解写清楚就可以了，不必追求文学理论思潮的系统性和完整性，更不必做过多的引证和阐发，简言之以不影响突出文学作品的绝对优势地位为宜，因为广大读者最感兴趣、最想知晓的是文学作品并非文学理论主张。

不同于普及型文学史的则是学术型的现代中国文学史，它是面对有较深学术造诣的学者、大学教师、研究生等，重在提高学术水平、开拓学术视野、吸取学术新见、了解学术前沿、强化理论思维、开展学术对话。这就要求学术型的文学史不仅在文学史意识、理论框架应有所创新有所突破，而且对文学理论形态既要加大比重，凸显其系统性、翔实性、多元性和丰富性，更要对不同形态的文学理论体系、主张和观点作出新的阐释，从中发现原创性文学思想并以新颖话语进行表述；同时从多层面开掘与论析文学理论形态同文学运动形态和文学创作形态之间充满内在张力的关系，发现前人未发现的新规律新史识，获得前人未获得的思想意识、美学意识和人文意识。

教材型的现代中国文学史，它所面对的主要是各类大专院校文科专业的大学生，既要考虑到他们的接受能力和阅读期待又要考虑现代中国文学史在"教书育人"过程中所具备的独特优势以及它在大学教学课程设置中所占有的地位、对强化素质教育所起到的作用，因而这种文学史固然应重视其学术性、创新性，但更重要的应突出其系统性、科学性和实用性。文学理论形态在整个现代中国文学史结构中要占适度的比例，以能使大学生较系统地掌握文学理论知识、初步了解文学理论及其方法论与文学运动、文学流派、文学创作的关系为宜，不要像眼下通用的中国现代文学史教材那样写得太多，虽然对一些重要的文学主张、理论见解、创作原则需要阐发，但不宜发挥太多，点到为好，应紧密联系文学现象或文学创作，切忌从抽象到抽象的空洞论析，绝不能抢占文学作品的主体地位，也不要以文学理论的优势遮蔽文学创作的光辉，影响文学作品主体地位的凸现。

尤其值得注意的是，现下相当多的中国新文学史里的文学理论思潮与文学创作实践处于游离状态或者说是“两张皮”，对它们之间的深微复杂的关系缺乏深入开掘，更缺少联系创作主体和文学文本进行有深度的分析；因为文学史上提倡什么文学，反对什么文学，肯定什么创作，否定什么创作，弘扬什么传统，抵制什么倾向所形成的理论话语，总是具有强烈实践性和现实针对性。它通过作用于内化于创作主体心理或文化人格转化为创作激情、美学理想、艺术追求、叙述模式和语言风格而在形形色色的文本中体现出来，或成就一个文学大家及一群作家，或成就一个或几个文学流派，或成就一批文学精品。也许有时候正相反，文学理论通过作家中介在文学实践中不是产生了“建构”作用而是起了“解构”作用。只有把创作实践与文学理论之间的张力关系探索清楚，才能真正展示文学理论在文学史上的价位，才有助于从两者的结合上总结经验教训、发现文学规律。要是重构现代中国文学史，在处理“三大板块”之间关系的过程中，务必深挖文学理论形态与文学创作形态之间的历史联系与逻辑联系，否则文学理论单独的详写或略写对一部整体性文学史来说都是没有多大意义了。

三

文学创作形态，是现代中国文学史重构的基础或躯体，这是毋庸置疑的。不管强调文学史的客观性高于一切的客体论者，或者主张文学史的主体性重于一切的主观论者，或者坚持文学史应是主客观统一的结合论者，都不能不以文学作品作为建构文学史的基础；因而无论持何种文学史观的学者如果不承认文学作品是文学史研究或写作的基础，或者轻视文学作品在文学史中的独特地位和价值，那就意味着除消了文学史及自身书写文学史的资格，说得重一点就是不承认文学还有“史”。为强调文学创作形态在编写文学史过程中或者说它在文学演变进程中的重要价位,不少学人提出现代中国文学史实际上就是文学作品史或曰主要是文学作品史,并把这一主张付诸研究和写作实践,我们已见到多部这样的文学史著作。虽然将文学作品作为编纂文学史的基础几乎成了人所共知的常识和写作行为,但真正在文学史研创过程中处理好文学作品、理论思潮、文学运动三位一体的辩证关系并突出文学作品基础地位却并不容易,特别从重新解读经典文本人手以改观现代中国文学史的整体面貌、提高其总体学术水平就更不容易了。

从对现代中国文学史建构"三大板块"相互关系的探究中,已谈及文学创作形态是文学史构成基础或躯体的必要性和重要性,不过我们认为,还有些思维角度和张力空间须进一步考察与追寻:

其一,文学家创造出的各种文本可以说是异彩纷呈、光辉夺目,在现代中国文学演变的画廊里形成一条条交相辉映的风景线。它们既是一场文学变革运动结下的累累果实,又是各种理论主张、美学原则和创作方法在艺术实践园地绽放出的百姿千态的鲜花,由此可想见现代中国文学史实际上就是文学作品层出不尽、争奇斗妍的历史,也是研究主体遵循文学史理念排列组合样态各异文学作品的展览史。如果说文学运动形态是现代中国文学史建构的"史线"、文学理论形态是"史魂",那么文学作品形态则是现代中国文学史的"骨肉",试看哪个历史区间的文学创作成就高、文本丰富,哪个区段的文学史就灿烂辉煌,哪个历史区间的文学创作品位低、文本贫乏,哪个区段的文学史就没有光彩。所以缺乏文学作品作为"骨肉"的文学史如同空中楼阁,也好像一幅空架子,唯有作品充盈、文本精良的文学史才是骨骼健壮血肉丰满的文学史。有时读到一些文学史,文学运动或理论思潮的铺陈过多过详,而文学作品的叙述过于简略或者老调重弹,颇感沉闷乏味,不忍卒读。

其二,治史者的最高追求是把文学史写成灵魂史,勃兰兑斯提倡过也实验过,却很难断言他的《十九世纪文学主流》就是多卷本的"灵魂史",中国学者在书写现代文学史的漫长过程中大都努力探索过尝试过,而成功者却少见。这表明将文学史写成灵魂史难度太大,不过却能启发我们作这样的思考:有各式各样的历史,为什么不说所有的历史都是灵魂史而只强调文学史是"灵魂史"? 也许这正是文学史的独特之点。就我们的理解来说,文学史之所以能成为"灵魂史",除了研究者的史学意识、生命体验、阅读感受、价值取向可以整合为主体意识,贯注于文学史写作而化为"灵魂"外,最重要的是作为研究对象的文学作品属于审美意识形态范畴，即“文学是显现在话语蕴藉中的审美意识形态，这种审美意识形态是一般意识形态的特殊形式，而一般意识形态又属于社会结构中的上层建筑”①。阿多尔诺也有这样的见解，“艺术的本质是双重的：一方面，它摆脱经验现实和效果网络即社会；另一方面，它又属于现实，属于这个社会网络。于是直接显示出特殊的美学现象：它始终自然地是审美的，同时又是社会现象的”②。这说明文学具有审美与意识形态的双重性质，作为文学文本总是通过话语系统的蕴藉来承载或存活审美意识形态；既然文学是审美意识形态，那么形形色色的文学作品则是情感与认知、理性与非理性、意识与潜意识交织的感性世界和灵魂世界。仅就现代中国文学作品系列来说，它们既是百年来中华民族忧患、觉醒、抗争、奋进、复兴的灵魂载体；又是各族人民的思想情感、审美精神逐步向现代化艰难曲折转变的痛苦与快乐交融的灵魂载体，既是中国知识分子由梦醒、追求到幻灭、异化再到觉醒、反思的梦想史、奋斗史、血泪史的审美文本，又是中国女性从人的解放、个性解放到女权解放的灵魂写照。总之，现代中国文学作品是百年中国社会心理和各族人民心态的大写实大写真，因而重构现代中国文学灵魂史首要的任务在于系统地解读和深入地剖析各种样态的文学作品。

其三，建构现代中国文学史重在突破重在创新，而要突破与创新关键在于能否获得新文学史观、发现新史识、开掘新意蕴，以形成新的文学史意识、审美意识的逻辑系统和新的知识结构；虽然这些“新”思维成果可以从文学运动形态和文学理论形态获取一些，但更多的更新的更具原创性的东西却是蕴藏在文学作品系列中。因为文学作品尤其是经典文本带有话语蕴藉性质，不仅创作主体的显在意图或潜隐意图完全蕴含于话语系统之中，且要通过话语系统予以显现，而且文学批评者或文学史研究者对文学性质、意义和规律的理解和认识也必须依据这种话语蕴藉——也就是说文学活动作为处在特定意识形态语境中的“说话人”和“受话人”通过“文本”而展开的“沟通”过程，其五要素（说话人、受话人、文本、语境和沟通）无不存在于话语系统中，由话语系统蕴藉而成。从微观层次上说，文本是有待阅读的具体对象，是由语词、句式、意象、风格等复合体的话语系统的蕴藉构成的，而叙事主体、抒情主体、人物形象、情节意境等都蕴藉于文本之中。因此作为话语蕴藉的文本具有无限丰富的意义阐释空间，特

① 童庆炳主编：《文学理论教程》，高等教育出版社2000年版，第75页。

② 同上，第71页。

别是那种经典型的文学作品其意义并非是确定的和完结的而是含蓄的和含混的，甚至是模糊、朦胧和神秘的；但丁所说的文学作品具有字面意义、譬喻意义、道德意义和奥秘意义这“四意”的层层组合、递进与涵摄，正相当于文本的话语蕴藉，它可以满足读者或研究者取之不尽言之不完的阐释兴趣[①]。现代中国文学生成的经典化文本同样具有话语蕴藉的特点并带有元叙事性质，其意义的丰富性，深邃性和原创性是文学运动形态和文学理论形态所无法比拟的；所以只有对文学作品的话语蕴藉深入开掘、敏锐发现才是突破已有现代文学史之关键、重建现代中国文学史的创新之源。

其四，文学作品贵在独创，文学史也贵在独创，千篇一律的模式化、雷同化是文学创作的大忌也是文学史书写的大忌，然而文学史的独创却是源于文学作品的独创，如果研究者不能把文学作品的独创性发掘出来就不可能凝成文学史的独创性。在现代中国文学生成发展的过程中，那些有出息有才华的作家极为重视文学营造的独创性和个性化，非常鄙视厌弃那些缺乏创造性的平庸之作、缺乏个性的模仿之作以及文学创作上的公式化教条化倾向。如果没有前者的突进、开拓和创造，保留下大量文学精品力作，那么现代中国文学史就会建立在杂草丛生的荒原上而不是百花盛开的沃土上，所以文学作品的独创性对现代中国文学史的重写极为重要。其实在文学史上独占风情，倾倒群芳的是那些具有独创性、个性化的文学大家和经典文本，随着时间的推移和社会的变迁现代中国文学史上能留下来的作家作品会越来越少，也只有那些独创性突出、个性鲜明、具有蕴藉特点的文本能世代流传。早在“五四”新文学初创期茅盾就特别重视文学作品的“独创”性，一方面他指出“新文学革了旧文学的命，自当脱胎换骨，一新面目，才算是有出息”，然而新文学总免不了因袭模仿的旧病，“除掉那流行的滥调和做作出来的别人的风格”外，“纯是模仿，而不去独立创造”，“缺少活气和个性”，许多人物只是“一个模型里的出产品”，根本见不到栩栩如生的人物个性；一方面他充分肯定那些具有独创性的作家及其作品，他敬佩并推崇鲁迅的高超而非凡的创造才能，认为“在中国新文坛上，鲁迅君常常是创造‘新形式’的先锋：《呐喊》里十多篇小说几乎一篇有一篇的新形式，而这些新形式又莫不给青年作者以极大影响，必然有很多人跟上去试验。丹麦的大批评家布兰兑斯曾说：‘有天才的人，应该也有勇气。他必须敢于自信他的灵感，他必须自

① 童庆炳主编：《文学理论教程》，高等教育出版社2000年版，第73~74页。

信,凡在他脑膜上闪过的幻想都是健全的,而那些自然而然来到的形式,即使是新形式,都有要求承认的权利'"。① 百年现代中国文学史真正具有独创性的文学作品并不算少,文体是独创的,话语有蕴藉,内涵有深度,形式有意味;然而文学史的研究和书写对这诸多文本独创性的发现却是远远不够的。且不说鲁、郭、茅、老、巴、曹这六位文学大师的经典文本的独创性仍沿袭以前的看法并没有新的概括,就是近30年炒得过热的一些作家的成功之作也没有对其独创性进行多方位的开发,更没有把文本的独创性置于文学史总体格局进行有深度的比照分析;况且重构现代中国文学史学科又发现并开拓出不少样态的文学作品系列,对其独创性的勘探尤为紧迫和重要,否则就无法在深广的文学作品基础上建立具有独创性的现代中国文学史。

其五,不论学术型的文学史、普及型的文学史或者教材型的文学史,都是为了写给不同层次人群阅读的或参考的或研究的,因而我们不能不充分考虑不同层次文学读者的期待视野,尽量满足其参阅需求与读书兴趣。经常听到有人议论,现行的文学史著作总是"板着个面孔",过于严肃过于生硬,仿佛是政治思想教材用来"教训人";或者有些文学史写得像八股,陈词老调,枯燥无味毫无生气和新意。这并非说所有的中国现代文学史著述都是这样的,但作为一种书写模式或写作倾向却影响了不少文学史的编纂。考其原因可以列出数条,其中重要的一条乃是没有把文学作品真正作为现代文学史构成的基础或躯体,而在文学运动或理论思潮的阐述上则用力太多,即使那种以文学作品为基础的文学史由于在作家作品的"论"字上大做文章也把情感世界抽空了,文学史上的作品评价只剩下干巴巴的几条筋。文学史之所以是文学史就在于它的主要研究和书写对象是具有情感性形象性特征的文学作品,是文学作品的演变史而不是思想逻辑的抽象史。这绝非说文学史仅仅是文学作品的感性描述而排斥理性思辨,而是说文学史应重视文学作品的感性与悟性有机结合的叙述,把理性史识作为一条条思想线索贯穿于文学作品的连续性、生动性、丰富性的叙述过程中,应该纲举目张,而这个"纲"与"目"则必须与对文学作品的生命体验和审美感悟相粘联,过分热衷于理性思辨,过多强调思维超越容易把文学史写成思想史。这不仅失去了文学史的特点,而且也背离了广大读者阅读文学史由感性到知性再到理性的思维规律,尤其知识青年对现代文学史的理解和把握总是从阅读文学作

---

① 朱德发等:《茅盾前期文学思想散论》,山东人民出版社1983年版,第287~291页。

品开始的。因此,重构现代中国文学史务必把文学作品解读好、感悟好、叙写好。

由于创作形态(即文学作品)在重构现代中国文学史中具有如此重要的价位,所以文学作品以什么姿态、面貌进入文学史架构则是值得深入探究的。仅从现代文学领域来看,各种体式的文学作品枚不胜数,穷尽半生的精力与时间也搜集不全,更读不完;同时作为有特定框架结构的现代中国文学史也不可能包罗万象,把所有的文学作品都涵纳进去,如果真这样那就不称为文学史而是地道的资料汇编或目录索引了,故而文学史对作品必须有选择有取舍,否则就不是文学史。而文学史选择作品的依据就是文学史观及其与之相联系的价值标准,即有什么样的文学史观及其价值标准就选择什么样的文学作品,被选中的文学作品就是文学史观的实证根据和感性表征,其中那些最具代表性的经典文本的话语蕴藉则是文学史观最深层原创意义的渊源,也是最能显示文学史独特深度的象征喻体。从这个意义上说,以昂扬姿态进入文学史架构的首先是那些足以显示文学史观创新品格和科学品格的经典文本。

文学作品一旦被选入现代中国文学史的网络结构就必须根据主体要求与自身特点定好位,以成为文学史这张大网上的一个化不开的"结";而这张大网实际上是由文学史客体逻辑与主体逻辑编织成的,选定好文学作品是这张大网上的"结",既要看文本话语蕴藉的情感逻辑或内在肌理是否与网"结"相连通,又要看研究主体是否根据文学史结构需要从文学作品中把相适应的情感或理性逻辑发掘出来。因为文学作品的话语蕴藉极为丰富也具有多向度,研究主体的发现机制只有循着文学史观的指向从文本中所开发出来的意义逻辑,才能把文学作品凝固在网结上,使之成为现代中国文学史整体结构的闪光点。由于文学史架构至少是由文学运动、文学理论和文学作品三大板块组成,所以文学作品进入文学史结构不仅要从宏观上发掘它本身与这张网络的纵横联系,也要从微观的透视中发现文本与相应的文学运动和文学理论之间深微的张力关系,既以文学创作实绩印证文学运动的得失和文学理论的优劣又要以文学作品充实丰富文学运动和文学理论,使文学运动的价值和文学理论的意义真正由文本的话语蕴藉来体现,以把"三大板块"变为现代中国文学史架构中的相辅相成的三位一体。

文学作品形态进入现代中国文学史架构,是否能改变已有中国现代文学史叙述模式,是否能开创现代中国文学史研究新局面,是否能写出创新性与科学性品格兼优的现代中国文学史著作,最重要的不在于把文学作品特别是那些经典文本作为文学史建构的基础或躯体,加大文学作品的比重,压缩文学运动和文学理论的分量,而在于重新解读文学文本、重新发现创意、重新开掘史识、重新评估其意义和价值,这是重写文学史的根本也是文学史创新之关键。这并不是说把解读文本所发现的一切新意卓识都可以写进文学史,而是说它至少为不同体例不同模式的现代中国文学史建构提供了可资选择的新颖独到的文本阐释话语。书写实践证明,作品有创意写成的文学史就有创意,文本话语蕴藉开挖深邃文学史书写就有深度,作品优劣评价准确文学史就有科学品格。

既然重新解读文学作品成了提高重构现代中国文学史学术质量关键之关键,这里就有个操作性极强的方法论问题,即如何解读文本尤其经典文本,怎样能解出新意,怎样能读出新味?回答这个问题相当困难,并没有令所有人认可的答案,也许“见仁见智”才是解读文本的一般规律。在我看来,“经典文本解读”正如杨义所主张的就是对现代中国文学经典文本进行“还原释读”,它既可以拨正过去文本解读中产生的种种误解或制造的不少谎言,又能够纠正多年来只热衷宏观考析而忽视微观探索所造成的中国文学研究的粗疏空泛;既可以为21世纪现代中国文学研究系统工程的启动和文学现代化研究新格局的开创打下坚实基础,又能够为建构中国式的独具系统的现代审美文化原则和中国造的原创理论体系从经典文本中来挖掘来发现资源,特别是可以为重建现代文学史学科提供取之不竭的新成果新意识新思维新信息。由于经典文本是一个内涵无限丰富的阐释空间,所以“还原释读”务必要突出两点:一是发现作家的显动机与潜动因、文本的显结构与隐结构、人物的显意识与潜意识之间存在的悖论和张力,以及文本与读者的无意识联系,从而引发出诸多困惑和立论探索的勇气;二是充分运用艺术感悟力和发现逻辑机制,把解读的过程作为解读者以生命去体验去阐释去深化去提升感性文本世界的过程,使个人生命小宇宙与文化界生命大宇宙在精神哲学上达到某种契合。由于从不同的维度化入文本又化出文本,因而发出了不同的学术声音,这既是对文本深层密码的破译又是对人学深层密码的原释。

史识篇

现代中国文学史书写的核心理念

一

建构现代中国文学史的理念即文学史观，由于研究和书写的对象是个庞杂多维的共同体，有可能抽象出多种文学史理念，例如：民族文学观、大众文学观、民间文学观、启蒙文学观、政治文学观、现代文学观、新文学观、世界文学观、人类文学观等，它们都可以作为现代中国文学史理念，然而它们均不可能成为文学史的核心理念。道理很简单，因为它们各自不是缺乏宏阔的涵括力就是缺乏锐利的穿透力，不是缺乏高屋建瓴的统摄力就是缺乏辐射四方的发散力；尽管其中的现代文学理念或新文学理念不同程度上含有这些思想功能，不过二者作为文学史理念比较模糊，不够透明，只有经过阐释方可明确起来，况且它们又不能一语破的，点明本质。既然如此费力，那就不如直截了当地选取"人的文学"作为现代中国文学史的核心理念更为合适更为贴切，因为它明确地标示出现代中国文学的本质规定，又可以作为现代中国文学的象征符号。"人的文学"是个偏正词组形成的现代理念，各种形态"人的文学"既可以用它指称现代文学史的学科对象，又可以通过这一核心理念赋予学科对象以抽象理念，致使"人的文学"成为现代中国学者和文学史编纂者想象人间社会、文学文本时借以整合和表述多种现代性原则的表意对象。因为"现代学者将不同的现代性原则（如民族主义、民主主义和个人主义）投射于民间文学表象，于是就形成了多种民间文学理念之间相互竞争以及在民间文学表象整合功能的作用下的不同方式相互组合的深层关系"。这里所说的民间文学是指以下层平民为本位的现代中国"人的文学"，它之所以"能够生成为具有现代意蕴的学科表象当然是现代学者主体阐释、操作的结果"[①]。如果说文学史书写是一种阐释活动,那么"人的文学"可以作为核心理念投射到现代中国不同样态文学的表层和深层,成为研究主体阐释的重要依据和理性力量;如果说文学史是一种过程的描述,那么"人的文学"这一核心理念,能够像一束强烈之光穿越并照亮现代中国文学流变的历史隧道,指引描述者勾勒出现代中国文学史的原本面貌。从这个意义上说,辩证地理解和阐发学科的核心理念,就是科学地把握了现代中国文学史建构的灵魂。

何以见得"人的文学"是建构现代文学史的核心理念,也就是说以此作为核心理念具有多大程度的合理性与合法性,是纯粹想象中的预设还是史实中的思维超越?对此可以从不同角度作出不同言说和辨析,但我们认为最雄辩最有力的回答莫过于对现代中国不同形态的文学文本和理论文本进行实事求是的分析,从中寻找"人的文学"理念的佐证与根据。

"人的文学"理念,虽然"文学"是个中心词,是个泛化的概念,是个虚构的审美实体,是个感性与知性合一的情感世界;但是它属于什么性质或什么人的文学,则使"人"这个修饰性的词成了关键性概念,因此不对"人"这一概念的内涵与外延作出多维的考察与阐释,就不能真正弄清"人的文学"这个核心理念的实质。目前有一种流行的说法,认为只有周作人提倡的以个人主义为人间本位的"人的文学"才是地道的"人的文学"观,凡是在这一理念下创作的文学才是真正"人的文学"文本,否则就是"非人的文学"。据此有人便推出这样一个结论:20 世纪中国文学除"五四"时期、80 年代启蒙文学是"人的文学",其他样态的文学大都是"非人的文学",故百年中国文学史的内容是人的文学与非人文学的斗争。应该承认这种见解是有一定根据的,且能在一定程度上自圆其说。"人的文学"作为现代性的完整理念,的确是周作人首先提出来的,启蒙文学的创作实践也的确产生出一些"人的文学"的经典文本,这是无须争辩的已被公认的事实;然而问题的实质与焦点在于,是否只有以个人为本位的"人的文学"才是"人的文学"而其他形态的文学都不算"人的文学"?若是以这个理念作为现代中国文学史的核心理念,那么除了"五四"时期和 20 世纪 80 年代的部分"人的文学"可以纳入书写范围,其他形态的文学岂不都是被排斥的"非人文学"吗?这里暂且不对周作人的"人的文学"理念作具体分析,仅结合现代中国各个子系

---

① 吕微:《现代性论争中的民间文学》,《文学评论》2000 年第 2 期。

统文学的样态与内涵以及“人”的概念不同界说的实际略加分析，就可以断言以上有关“人的文学”的说法与推论是比较褊狭的，不完全符合历史事实和思想逻辑。

在现代中国话语里，关于“人”的概念有这样一些界定，如新民，国民，平民，人民，灵肉一致的人，神性、人性、兽性合一的人，社会关系总和的人，种族的人，国家的人，民族的人，阶级的人，个体的人，群体的人，党的人，革命的人，等等，不一而足。谁能说这些对“人”的界说不是用的现代语汇，又谁能说这些对“人”的概括不是指涉“现代人”？美国阿历克斯·英格尔斯通过各种研究手段对“现代人的特征”从12个方面作了这样的概括：一、现代人准备和乐于接受他未经历过的新的生活经验、新的思想观念、新的行为方式；二、准备接受社会的改革和变化，特别“在发展中国家里，一个趋向现代的人，能够欣然接受他周围发生的社会改革和变化过程”；三、思路广阔，头脑开放，尊重并愿意考虑各方面不同意见、看法；四、注重现在与未来，守时惜时，即“现代的人比传统的人更尊重和理解历史和传统，能更好地利用前人的思想成果、物质财富去建设当代和创造人类的未来”；五、强烈的个人效应感，对人和社会的能力充满信心，办事讲求效率；六、计划，即“计划是与时间的效能密切相关的现代人的特质”；七、知识，即“现代人不大固执己见，较尊重事实和验证，注重科学实验，愿意吸收新的知识，不轻信臆想和妄说”；八、可依赖性和信任感，即现代人“更依赖人类的理性力量和由理性支配下的社会”；九、重视专门技术，“有愿意根据技术水平高低来领取不同报酬的心理基础”；十、乐于让自己和他的后代选择离开传统所尊敬的职业，对教育的内容和传统智慧敢于挑战；十一、相互了解、尊重和自尊，尤其“现代人对弱者和地位较低的人的自尊和权利，能给予更多的保护”；十二、了解生产及过程，即现代人与传统人相比较，“表现出个人期望能在认识生产的过程中发挥出自己的才能与创造力的兴趣”。①

我之所以比较翔实地引证现代人诸多特征有关论述，旨在说明在现代中国话语里关于“人”的界定，虽然并未对现代中国人的品格与特征进行具体分析和归结，但是以上述“现代人的特征”作参照可以断定，不论从哪个角度界定的现代中国人都不同程度地或多或少地具有了“现代人的特征”。如果以这些“人”的概念给“人的文学”作修饰性、限定性的命名，那就会出现“新民文学”、“国民

① 殷陆君编译：《人的现代化：心理·思想·态度·行为》，四川人民出版社1985年版，第22～34页。

文学”、“平民文学”、“人性文学”、“民族文学”、“阶级文学”、“政党文学”、“工农兵文学”、“革命文学”、“人民文学”等称号。而这些表征符号不同的文学样态在现代中国文学长河中无不具有名正言顺的合法地位。就其实质内涵来说，这诸多形态各异的文学是否都具备现代“人的文学”的某些或基本特征，这是个值得深入探讨的课题。因为它关系到“人的文学”意识能否成为现代中国文学史学科建构的核心理念，也关系到能否对现代中国文学史的本质特征与总体面貌作出科学的理性概括。

在我看来，对“人的文学”理念若从创作主体、对象主体和读者主体三维度进行阐释，对象主体固然重要——缺少它文本就不存在了，不过创作主体更为重要；这不仅因为文本是创作主体营构的，是其创造性思维的艺术结晶，更因为创作主体的文化立场、思想意识、审美取向决定着“人的文学”的本质意义和价值构成。既然创作主体对“人的文学”营构至关重要，那就应该首先考察作家们是否具有现代人的特征，具有现代文化人格和现代美学意识，能否以现代人的观察能力和感悟能力去体验人生、去体验社会、去关注人群，能否以现代人的价值眼光去评判所感受的一切人、物、景、情、意；也就是说，不管表现或描写的对象主体是谁是什么，只要创作主体以现代人的姿态和现代人的意识去观照去处理去营造，那都应该属于现代“人的文学”范畴。所以对“人的文学”理念探索与概括不能不涉及现代性这个众说不一的命题，特洛尔奇也说“现代性原则含混”[①]，而这种“含混”正为阐释“现代性”提供了多种可能性。就“人的文学”理念的现代性来说，它是与创作主体的现代性息息相关的，没有创作主体的现代性便没有“人的文学”文本的现代性，也难以印证“人的文学”理念的现代性；尽管人的现代化有那么多具体特征，然而一言以蔽之，现代性的实质就在于人的本质是由人自我定义而不是由神（或官方）来定义的。作为学者或作家来说，就是以主体意识、自主意识、独立意识、自由意识去言说“人的文学”或创造“人的文学”，这样便能强化“人的文学”理念的现代性。下面从现代中国众多形态文学中选取四种加以考辨，看其是否属于“人的文学”范畴，其中究竟是不是含有“人的文学”理念。

① 转引自刘小枫：《现代性与现代中国》，上海三联书店1998年版，第191页。

二

“新民文学”，这是晚清梁启超在现代中国起步阶段提出的文学观念。这里的“新民”，区别于古代社会的“臣民”概念，却没有与传统民本思想划清界限。这个“新民”观，一方面受到域外民主、民权意识示范效应的影响，一方面与现代中国肇始的否定前提直接有关。因为古代中国“连续存在的价值结构与官、民二分的社会结构之一体化、同构化导致了社会结构（政）与价值结构（教）合二为一，于是在‘天帝君亲师’的价值图式中，君亲师作为天、人之间价值知识（祖训而非圣言）传达者的角色几乎包揽了价值中介的全部功能，君‘为民父母’，民亦‘以吏为师’，皇帝是天子，清官是青天，天即代表了价值本体”[①]。在维新变法过程中，这种价值结构一体化同构化的传统模式遭到严重挑战甚至受到颠覆性的冲击，使在君主立宪制中与“君”对应的“民”的价位已发生深刻变化，即作为“民”的个体或群体虽然没有完全摆脱“君”的制约，但这时的“民”却取得由自我来定义的相当权力；况且“新民”概念的提出，启蒙先驱梁启超以西方民主、民权思想赋予“民”以新的内涵，对“新民”中的个体和群体作了现代性的设计。《新民说》的宗旨就是塑造现代中国的理想人格，而这种理想人格能适应变革的需要，有强烈的上进心，善于求强致富，体魄心志强健，遵守法纪，以自由民主为思想灵魂，这种“新民”与《人的现代化》一书中所概述的现代人的诸多性格特征何其相似。在梁启超看来。数千年封建专制社会结构，只有君主一人是自由的，其他人毫无自由可言，只有君主一人大权在握，人民毫无权力可言。这势必造成国民性的扭曲，即因失掉自由、民权而使人们养成奴隶性，依附心理，人人但求自保，对国运民瘼毫不关心，“故今日欲求精神之中国，舍自由美德，其道无由”。自由之所以能救精神界之中国，能医治国民的奴性心理，他认为“自由者，权利之表征也。凡人所以为人者有二大要件：一曰生命，二曰权利，二者缺一，时乃非人，故自由者亦精神界之生命也”[②]，足见“自由”是现代性人格之魂。

所谓“新民文学”就是与梁启超《新民说》对人的理想人格的预设联系在一起，故“新民文学”就是以“新民”为人间本位的新文学，也是现代人（或民）为主体的“人的文学”。从“新民文学”理念的主体意识、价值指向、作家使命和表现

---

① 转引自吕微：《现代性论争中的民间文学》，《文学评论》2000年第2期。

② 转引自朱德发主编：《跨进新世纪的历程》，明天出版社2000年版，第42～43页。

对象来看,它与传统的"臣民文学"观或"民本文学"观划清了界限。如果说"臣民文学"或"民本文学"观总是与古代中国的价值结构与社会结构的一体化同构化扭结在一起,变成了"政统"与"道统"的奴仆,那么"新民文学"观则背离了传统的价值本体而自觉地承担起"鼓民力"、"开民智"、"新民德"、"启人性"、"醒个性"的启蒙使命。在这种"新民文学"理念制导下掀起的"小说界革命",不论其理论建构或"新小说"文本创造,都突出了"新民"主题;特别"新小说"的生成,标志着叙事艺术(小说)的发达,这本身就是一个"现代性事件",而创作主体在文本中体现出的文化立场和审美意识以及所刻画的"新民"形象和所谴责的人与事则流露出"现代人的特征"。可以这样理解,"新民文学"观中的"新民"和"新民文学"文本中的"新民",不管"民"是个体的还是群体的,"民"中的"人"都是"新人",即在对传统结构里"人"的依附性与奴隶性的反抗与拒斥过程中而获得了相当程度自足自律本质的"人",表现了文化先驱和新文学作者对本土传统中的"民"在社会激烈转型期能够蜕变为现代性力量的期待与自信。所以有理由说明,"新民文学"在很大程度上是以"人的文学"理念作为柱石的,它作为现代中国文学史的书写对象也是可以用"人的文学"理念统摄与阐释的。

"人的文学",它从理论上被系统阐发和真正确立是周作人所写的《人的文学》,这是众所周知的史实;而它作为一种强势文化思潮在"五四"时期则带有普遍性。如果说把"新民文学"视为"人的文学"尚需一番婉转的理性阐述,那么周作人概括出的"人的文学"却是明晰剔透、地道确切的以个人主义为世间本位的"人的文学"理念。这里的"人"既不像传统社会结构里与"君"相对而存在的"民",又不像晚清梁启超提出的"新民"仍未摆脱国家对个人具有优先权的羁绊,不过"五四"强调的"个人"却与梁氏《新民说》所设计的中国人的理想人格相通。伧夫在其主编的《东方杂志》上发表了《个人与国家之界说》等文,既反对个人屈从于国家与民族的权力话语又试图在个人与国家之间寻找一个平衡点;李大钊在个人与人类相对应的思维框架中从人的解放意义上来言说个人主义,故主张只有破除家庭、民族乃至国家的障碍,个人才能获得自由解放;周作人则从人与非人相对立的思维模式里来论析个人主义及其以个人为本位的"人的文学"。这就使个人解放具有了人类学意义,"人的文学"的确立则具有了与"非人文学"决绝的反传统倾向。阿伦·布洛克在《西方人文主义传统》一书中说过:"康德的焦点,像卢梭一样,集中于人,不是超然的或自然的世界,而是人的经验、人的思考和人的想象的创造性力量。"康德将人视为目的而非手段,把人从神(或官方)和自然的规定中解放出来,使人的本质真正由自我来定义。然而这一"个人主义"启蒙话语进入中国"五四"时期的特定文化语境与历史语境,由于人们的经验不同、学养不同、心境不同、知识背景不同以及解放要求不同,导致对"个人主义"理念的理解出现了差异明显的说法;加之列强入侵、国内动乱所造成的内忧外患的民族危机感与救亡图存的紧迫感,总是在个人解放意识中糅进民族解放意识,在自我觉醒观念里塞进拯救祖国的国家观念。比如在鲁迅的人学思想中把"立人"与"立国"结合起来,在李大钊眼里社会主义经济变动必须以人道主义相伴随,胡适在提倡易卜生个人主义时并没有忘记鼓吹"好人政府",周作人在论述以个人主义为人间本位的"人的文学"理念时把乌托邦新村主义作为"人的文学"所表现的"理想生活"。特别值得注意的是,"五四"文学先驱们在提倡并缔造"人的文学"时并没有把"个人"本位观念同群体概念对立起来,他们视野与话语里的"人的文学"、"平民文学"、"国民文学","人生文学"、"生命文学"、"社会文学"等,尽管透视角度和表述方式不同却都是以人为本的新文学。这表明个人主义启蒙话语及其以个人为本位的"人的文学"观念具有相当复杂模糊的语义。

当前学界对"五四"文学研究,有一种神化、纯化或抬高以个人为本位的启蒙文学的倾向,这是一种可以理解的心态却不是一种科学态度;其实个人主义在"五四"启蒙运动中扮演了一个泛化的、神化的"解放者"的角色,不能过高地估计它的能量和威力。说实话它的力量是有限度的,即使在知识精英圈子里也没有让个人完全从其所置身的宗族、家庭及传统关系中"解放"出来,以获得由自我定义自我的毫无中介的所有权,充其量是个历史链条上的"中间物",使个人摆脱了传统家庭、宗族及其伦理的束缚有了个性意识,便为参与民族解放或阶级革命集聚了力量。周作人所发现的"人"是灵肉一致的人、利己又利他的人,"人的文学"就应该表现这样"完全的人",并通过文学宣扬人道主义;然而在"五四"文学文本中所描写的所谓"个性解放者",不论在社会改造中或者在家庭宗族的变革中,几乎见不到高唱胜利凯歌的个人主义英雄形象和灵肉完全一致的人物,大都纠缠在现代与传统、理性与情感、个体与群体、灵与肉等的相搏相激的冲突漩涡之中,往往以悲剧角色出现在文学世界里。就是鲁迅笔下的"精神界之战士"狂人在戳穿了家族制度及其伦理道德的"吃人"本质之后也不得不发出"救救孩子"的空洞的人道主义的悲叹;至于那位高喊"我是我自己的,他们谁也没有干涉我的权利"的个性主义解放者宣言的子君,到头来仍被她否定的家庭和传统所埋葬,这也许是鲁迅对个人主义启蒙思潮所作的深刻反思,难道我们不能从中悟出点个人本位主义及其“人的文学”在现代中国的悲剧命运吗?

个人主义话语及其“人的文学”在中国之所以没有得到像西方那么崇高的价位和健全正常的发展,其中重要的原因:一是个人主义启蒙思想的乌托邦性质与社会实践层面存在着深刻矛盾,凭借它唤醒沉睡在铁屋子里中国人的个性意识仅仅是知识精英们的一厢情愿;二是当时大多数中国人挣扎在生命的死亡线上,最关心的是在内忧外患的恶劣社会环境里能否活下来的生存权而不单单是个人的解放,况且救人救己救国只靠提高伦理觉悟,企盼从思想文化上解决根本问题也是行不通的,不彻底解构专制主义政治体制,个人解放是难以实现的。即使个性意识觉醒了,如果不及时地引上社会解放和民族解放的道路,在当时的中国也仅仅是一场美梦,这就是无情的历史。站在当下文化制高点上,对“五四”时期个人主义思潮及其“人的文学”进行反思,我们必须尊重历史,不能因为过分强调“历史的当代性”而随意把它理想化。这样来体认“五四”时期以个人主义话语及其以个人为本位的“人的文学”,绝对不是贬低它,正是为了以科学态度来发现它的历史价值,以及它在文化思想与文学理念的建构上的真正意义。

由此出发,我非常赞同这样的见解:以个人为本位的“人的文学”既是中国文学现代化的根本标志,又是衡估中国文学现代性的最高价值尺度,也是建构现代中国文学史学科的最核心的理念,这是符合现代中国文学的客观实际与本质特征的。然而由于现代中国个人主义话语的复杂性,“人的文学”理念与文本的变异性和多形态性,所以对以个人为本的“人的文学”的体悟与阐释务必从现代中国文学的实际出发而不能仅仅限于概念的规定性,以充实、丰富并扩大“人的文学”内涵与外延,并作出辩证的科学的论析和判断。

三

“革命文学”(或曰“左翼文学”)。不论以“革命”为文学命名或者以“左翼”为文学命名,都是着眼于文学与政治的关系而不是考虑文学与人的关系。这种强烈的政治意识形态性往往遮蔽了文学的人文本质,也常常造成对“革命文学”是否属于“人的文学”理念范畴的质疑和误解。于是在文学史著述中经常见到这样的见解：革命文学是政治文学、阶级文学，完全以阶级意识取代了人性意识、以集体主义取代了个性主义，彻底背离了“五四”时期“人的文学”传统，言外之意“革命文学或左翼文学”成了“非人文学”。这种理解并不奇怪，也不能说它无根据妄加论断。令人不解的是，为什么直到时下有些学人仍在维护着坚守着1928年“革命文学论争”中“左”派的一些偏激观点，不能从当时特定的文化语境下的文学实际出发作出自己的思考和判断？

那时蒋光慈曾说过：“革命文学应当是反个人主义的文学，它的主人翁应是群众，而不是个人；它的倾向应当是集体主义，而不是个人主义。”①

从逻辑思维层面上看，以非此即彼的二元对立思维把文学的个体与群体、个人主义与集体主义绝对对立起来，形成毫无依存性、相关性的两极，无疑造成了认识的误区和偏颇；以辩证思维论之，它们二者应该是互渗互补相辅相依的，没有个体哪有群体，没有个人主义也不会有集体主义，它们都是相伴而生、相依而存的，它们之间是对立统一的辩证关系，绝不能只强调其对立性而不强调其统一性，况且统一性更为重要，这不仅符合思想逻辑也符合历史逻辑。

从历史逻辑层面考察，“五四”时期提倡的以个人为本位的“人的文学”并没有与以平民为本位的“人的文学”对立起来。前者是以个人主义为本位的人道主义为思想基础，后者是以平民为本位的人道主义（或曰德谟克拉西或曰平民主义）为思想根基，即使强调个人主义也不是那种极端利己主义而是利己与利他（个体与群体）相统一的个人主义。“五四”文学“人”的概念并非抽象的“个人”，既是生气勃勃的“灵肉一致”的活人，又是感性“自我”的化身，更是倾注了人道主义同情与关爱的下层平民百姓，即具体化的个人与具体化的群体在人道主义烛照下转化为诸多平民形象。可以这样说，几乎所有“五四”个人主义者都是关注民众命运、变革社会的平民主义者，他们自觉不自觉地把重塑“自我”与改造国民性、把个体人的发现与群体人的发现、把个性发展与社会发展联系起来，使“人的解放”思潮与社会解放思潮形成互动而混杂的关系，所以“五四”没有纯粹的“个人主义文学”也没有抽象的“个人”。对于文化思潮这种复杂性、含混性，瞿秋白的分析是可信的：“虽然过了十年前的一次革命（即辛亥革命），成立了一个括弧内的‘民国’，而德漠克拉西一个字到十年后（即‘五四’时期）再发现。西欧已成重新估定价值的问题，中国却还很新鲜，人人乐道，津津

① 蒋光慈：《关于革命文学》，《太阳月刊》1928年2月号。

有味。这是一方面,另一方面呢,根据中国历史上的无政府状态的统治之意义,与现存的非集权的暴政之反动,又激起一种思想,迎受‘社会主义’的学说,其实带着无政府主义的色彩——如托尔斯泰派之宣传等。或者更进一步,简直声言无政府主义。于是‘德漠克拉西’和‘社会主义’有时相攻击,有时相调和。实际上这两个字的意义,在现在中国学术界里自有他们特别的解释,并没有与现代术语——欧美思想界之所谓德漠克拉西,所谓社会主义——相同之点。

由科学的术语上看来,中国社会思想虽确有进步,还没有免掉模糊影响的弊病"[①]。如果说"德漠克拉西"是一种重个人主义的意识形态,社会主义是一种重集体主义的意识形态,那么这两种文化思潮在"五四"常常以"相调和"的模糊性投射到"人的文学"理念与文本中,这就是历史逻辑,并不像有人认为的"革命文学完全背离了'五四'人的文学传统",也不像蒋光慈所言"革命文学"完全以集体主义取代了个性主义。

从文学创作层面来分析,文本中的形象塑造若像蒋光慈所说"主人翁应当是群众,而不是个人",这根本就违背了文学创作规律,更脱离了文学创作实践,连他自己也做不到,他小说中的主人公哪一个不是"个人"而是"群众"?作品中的以"个人"作为主人公虽然并不都是个性化的形象,却不乏有灵有肉的个体人物,他们身上所蕴含的既有个性意识又有集体意识,似乎没有那种毫无个性意识完全成了"集体主义"传声筒的人物。

诚然,从政治视野来审视,"革命文学"或"左翼文学"是"政治文学、阶级文学",这是它的阶级属性又是它的特有功能,似乎学术界已习惯于用这种带有机械论色彩的阶级思维来评判"左翼文学"了;但是如果我们换一种视角与思路即以人文主义来考察"革命文学或左翼文学",它仍然是一种"人的文学",以个性主义或人道主义为灵魂的"人的文学"核心理念依然适用于研究并书写"革命文学或左翼文学"的历史。且不说"革命文学"实际上并未同"五四"时期"人的文学"传统切断联系,而是有所发展有所变异,试看下面主要从三个维度来探讨"革命文学"也是"人的文学"的实质与特征。

个性解放、个性觉醒、个性自由的现代人文主义意识并非资产阶级的专利,个性主义、人道主义也不是资产阶级的"私货",这些人类共同创造的思想资源与理想话语不仅包含在马克思主义思想体系中且有所发展。马克思、恩格斯在

① 《瞿秋白文集》第1册,人民文学出版社1953年版,第25页。

《共产党宣言》中指出，“每个人的自由发展是一切人的自由发展的条件”；毛泽东结合中国的具体情况在《论联合政府》中作了这样的阐发：“民族压迫和封建压迫残酷地束缚着中国人民的个性发展”，“我们主张的新民主主义制度的任务，则正是解除这些束缚和停止这种破坏，保障广大人民能够自由发展其在共同生活中的个性”，而无产阶级所要求的个性发展与个性解放则是“几万万人民的个性的解放和个性的发展”，这就是无产阶级追求的终极目标即无产阶级唯有解放全人类然后才能解放自己，而这种人的解放既不靠神仙皇帝、也没有救世主，乃是全靠自己。如果说“五四”时期个性论者所提倡的个性解放是以先解放自己后解放他人作为行动逻辑，那么“左翼文学”的个性论者则强调先解放全人类后解放自己，这是两种个性论者的不同点，也反映两种不同的人道主义胸怀；但在争取个性解放、个性自由上两者都是相通的，这就要求“左翼文学”所表现的阶级解放主题中包含着个性解放主题，在描写工农劳苦大众的悲境、生存、斗争、理想的过程中蕴含着人道主义情怀。这种“革命文学”既坚持又发展了“五四”时期“人的文学”理念与传统。

“左翼文学”是作家主体选择并创造的，并不是政权力量和霸权话语迫使作家就范，把他们硬逼上文学与革命、文学与政治联姻这条充满了诱惑和悖论的道路；即使政党力量的参与对那些一般作家来说也仅仅停留在思想的引导上，是否认同革命文学全由作家主体意志来决定，是个人的自由选择。不论在国内从事新文学的作家或者从国外回来投身新文学创建的作家，他们在 20 世纪 20 年代中期以后大都转向“革命文学”的道路，这完全出于自愿自觉。在文学与启蒙的对话中，虽然他们呼应启蒙并创造启蒙文本，但他们却深切感受到，只凭借思想力量或知识分子启蒙既不能从根本上解决中国内忧外患又不能实现自己崇信的启蒙理想；而在文学与革命的对话中他们感到“革命”是政治暴力，比“启蒙”更有威力也更有魅力。苏联的示范进一步坚定了他们的信心，文学只有与革命结缘方能显现文学在参与“人的解放”与“社会解放”实践过程中的巨大能量，作家自身价值及其理想才能借助“革命”得以实现，这种心理逻辑与中国历史演变是相吻合的。所以左翼作家选择了“革命文学”并没有以革命意识、政治意识取代了个性意识，也没有以集体主义泯灭了自我存在。只是从不同层面强化了作家的主体意识，丰富了作家的性格内涵。且不说鲁迅、茅盾等“五四”文学革命先驱自觉地承续以人为本位的“人的文学”传统，在“革命文学”创作中把“人的解放”、“阶级解放”、“民族解放”三大主题统一起来；就是那些以彻底否定“五四”时期“人的文学”理念与文本为前提而倡导“革命文学”的后期创造社、太阳社诸君,其灵魂深处仍然是个人主义王国,其创作文本充溢着强烈个性色彩的革命激情,特别是他们那种自封为“无产阶级作家”的唯我独革、唯我独“左”的面孔背后隐藏着一种极端个人主义心理,实际上把个人主义推向极致便背离了真正的个性主义,很容易与“左”倾思潮合流。

对“左翼作家”研究似乎有个认识误区,以为他们接受了阶级观点就消解了人性意识、认同了集体意识就消解了个性意识、确立了政治革命意识就消解了自我意识。这种两极思维模式原来是“革命文学论争”中“左”派惯用的,至今仍沿用这种思维方式来分析左翼作家便背离了实事求是的认识路线。其实左翼作家的主体意识结构是多元的统一或多维交叉,他们当时所接触的无产阶级意识形态只是作为一种政治文化思潮而存在,既没有政治体制化也没有政治偶像化。任何作家的吸取都是一种主体的自由选择,并没有因为获得了革命意识、政治意识、集体意识而取消了人道意识、个性意识和自我意识,它们往往混杂地集聚在一个作家的意识结构里,既矛盾又统一,并非绝对排斥,常常出现你中有我、我中有你的心理状态。不论在左翼文学的老一代作家或年青一代作家中,似乎没有哪一位因获得集体意识、革命意识和阶级就真正抛弃了自己的个性、人性和人情,这从他们日常的生活话语和文学创作话语里是很容易找到根据的,就是那些“左”得可爱的作家也不乏主体意识和个性意识。这是因为文化思想价值观与历史进化观并非同一性质的概念,也可以说文化思想价值观是个常数而历史进化观是个变数。在现代中国的历史变动进程中,以人为本的现代性的“人的文学”思想一经成为适应人们生存发展的精神审美需求的里程碑式的文化价值观,而且已转化为创作主体的思想灵魂并形成思维模式,就会在中国文学整个现代化进程中时隐时显地起作用,即使现代化历史遭到曲折而“人的文学”观念也仍在潜行,一旦现代化历史恢复正常运转,这种有价值的文化思想和文学理念仍然光芒闪烁。

左翼作家以一种不同层次的错位主体意识营造“革命文学”文本,如果说“五四”文学中个性解放主题与社会改造主题、为人生人道主题与为艺术自我表现主题并存并行,那么在20世纪30年代的“革命文学”中则出现了变型与倾斜,即个性主题成为弱势或隐型、社会改造主题成为阶级解放或民族解放的强势或显型主题,为人生主题成为工农人生或革命知识者人生的强势人道主题,而为艺术自我表现主题则成为潜在的弱势主题;但这些主题的变型或倾斜都是从现代中国不同社会层面特别是社会底层来表现人的苦难、挣扎、奋斗和解放，仍然属于“人的解放”母题，即不论阶级解放、民族解放或个性解放、自我解放归根结底都是中国人的解放，阶级意识、民族意识和政治意识的强化就是为了突出阶级解放、民族解放的主题，将个性解放与自我解放置于阶级解放、民族解放之中，而不是取代个性解放和自我解放，乃使个性解放与自我解放更具有历史合理性和现实可能性，并使个性潜能与自我价值在中国历史现代化进程中得到更充分的发挥与展示。从蕴含着不同向度解放主题的人物形象系列来看，现代工人、现代农民、现代女性、现代革命者、现代知识者以及现代企业家等的形象显得格外耀眼，他(她)们都程度不同地具有“现代人的特征”。马克思说：“思想的闪电一旦真正射入这块没有触动过的人民园地，德国人就会解放成为人。”①现代中国开始建构以来，那些充满科学精神与人文精神的现代思想意识就逐步射入并渗透进中国“这块没有触动过的人民园地”，为中国人从不同层次经过不同阶段“解放成为人”提供了思想资源和精神武器；及至20世纪30年代现代思想意识又以强烈的光束照射进不同阶层人群的精神园地，为他们成为具有现代人的性格特征提供了最大可能。

在左翼作家主体意识投射下所描写的对象主体，且不论工人、农民形象有了鲜明的现代人的苦斗意识、抗争意识、英雄意识和解放意识、变革意识，就说左翼文学巨匠茅盾笔下的“现代女性”(或曰时代女性)如慧女士、静女士、孙舞阳、章秋柳等，她们的觉醒已超越了“父之子”到“人之子”的历史阶段而进入到“时代之子”的逻辑阶段，都在新的政治文化语境里与波澜起伏的人生漩涡中经历了或长或短的精神悲剧历程，并以现代女性的姿态在矛盾、裂变、迷失和沉落的自我意识中寻求新的平衡与弥合，或经过理性的疏导与自我调节从精神分裂走向新的整合，从内心的狂躁走向暂时的安宁，或始终找不准人生的支点和精神支柱而陷于困惑迷茫的两难境地，只感到“人生如痴人说梦，充满了喧哗与骚动”；但是从这些现代女性的矛盾心灵所展示的悲剧性冲突中可以体味到：“在颓废的情绪中潜藏着坚韧的自尊，在‘性爱’背后蕴含着对孤独意识的呼唤，在苦涩灵魂里隐闪着人生真谛的生命本质”，而“真正的悲剧精神不是消极的绝望的苦难，更不使人堕落颓废，它让人从悲苦的深渊中跃出新的生命，从饮尽精神悲愁后尝到生命的甘甜，从身心受到痛苦的折磨中走向精神的慰藉，这既是悲

---

① 《马克思恩格斯选集》第1卷，人民出版社1972年版，第15页。

剧的超越，也是自我的超越”。[1] 这就是茅盾刻画的现代女性形象灵魂里所体现出的现代悲剧艺术的辩证法，显见出左翼文学对象主体的精神结构比起“五四”文学对象主体的精神境界更富有人性深度。至于茅盾所塑造的现代企业家形象，更表明“人的文学”对象主体已跨越了“五四”个性解放阶段而把自我的创造潜能与价值追求投放到现代化大企业的创办与建设中。将现代精神力量转化为现代物质力量，比起“五四”一代知识分子觉醒后无路可走的困惑迷茫来，他们都以现代企业家的身份涌进工商业现代化的时代巨流，充分施展其个性与才华，哪怕是在激情勃发的创业和追求中失败了也是值得的，至少以自己的实践与实绩确证自己曾经是一个富有现代人个性特征的现代企业家。就拿《子夜》中众多企业家的核心人物吴荪甫来看，“固然他身上有鲜明的阶级烙印，但观其全人并非是那种只有‘反动性与爱国进步性’的扁平式形象，而是一个血肉丰满、性格复杂的立体化的现代民族企业家的典型，这是在中国工业现代化进程中第一代企业家的代表，也是中国现代文学史里出现最早塑造得最成功的现代企业家形象。尽管他在处理家庭关系中曾流露出传统伦理道德的残余，但在其他所有错综复杂关系中所呈现出的思想意识、胸襟气魄、性格气质、智谋策略、经营手段、管理经验、运筹思路乃至思维方式、性欲情感等，都足以表明他是一个地道的现代工业的大企业家，无不带有现代企业家的个性色彩；即使他内心的甜酸苦辣、感情上的喜怒哀乐、事业上的成败得失，也是一个现代企业家的真实生存感受和实在生命体验。在那样一个时代，他出色地实践了一个现代民族企业家的历史使命，也充分展示了一个具有现代意识的企业家的巨大能量和惊人的才干，他的悲剧是中国现代企业家生不逢时的悲剧，也带有存在悲剧和命运悲剧的色彩”[2]。

总观“左翼文学”的对象主体的精神世界与心理结构，同创作主体一样都有其复杂性或错位性，即使他们灵魂中内化的阶级意识或政治意识也属于现代性范畴。如果创作主体不尊重对象主体的性格逻辑硬塞或强加给人物而把他们变成机械阶级论“左”倾政治学的传声筒那应该另当别论，但绝不能以这种所谓“政治化文学”来掩盖或否定左翼文学的人文本质，视它们为“非人文学”。只要是个历史唯物论者都应承认这一点：不论左翼文学中被肯定的人物或者被否定的人物或者被嘲讽的人物，若能拨开那层机械阶级论的政治面纱，便可以发

① 朱德发：《主体思维与文学史观》，山东教育出版社 1997 年版，第 379 页。

② 中国茅盾研究会编：《茅盾与二十世纪》，华夏出版社 1997 年版，第 103～104 页。

现创作主体所肯定的是中国人的现代性本质，所否定的是中国人的非现代性本质，所嘲讽的也是中国人与现代文化语境和人文环境格格不入或若即若离的性格因素。所以从创作主体与对象主体两个相关的视角考察"革命文学或左翼文学"，总体来说应是现代型"人的文学"，比起"五四"时期以人为本位的"人的文学"在内涵与外延上已发展到一个独具特点的新层次，它坚持并发展了"人的文学"的传统而不是背离它，所以现代人学思想形成的"人的文学"理念仍可作为考察与研究"革命文学或左翼文学"的核心文学史观；由此逻辑基点出发，对那些的确堕落为政治教条主义传声筒的所谓"革命文学"，也不能不作分析地硬把它们放进"人的文学"系列。

四

"人民文学"，这是延安时期以工农兵为主体的人民文学传统发展到建国后"十七年"才被正式确认下来的文学形态。正如有的研究者所认为的："50 年代以后，中国现代民间文学学科对'民间'的释义进入阶级论一统天下的时代，中国现代民间文学家们用'人民'和'劳动人民'来释义'民间'，而劳动人民又被进一步限定为从事体力劳动的生产者。这些概念已包含了现代工人阶级，而传统市民及'资产阶级知识分子'都被排斥在用'体力劳动'、'劳动生产'限定的'人民'之外了。民间社会于是被以'劳动人民'的名义象征性地转换为本土现代社会、现代国家的建构原理和建构力量，而民间文学也就成为以'现代人'为主题、以'阶级论'为语式的本土化现代性方案在象征层面的知识表达。"这里所说的"民间文学"主要指以工农兵为主体的民族化、大众化为特征的"人民文学"。从"五四"学人的"平民"话语到延安革命者的"人民"话语，正是一个蕴含着民主、民族观念的现代性话语的生成过程，在以阶级论对"人民"释义后，"人民文学"则成了中华民族文化同一化的象征符号，"人民"作为一个具有内在深度的政治民族主义文化概念得到各民族文学传统的有力支援，导致在现代中国"人民文学"作为多民族国家的文化建构力量，最终成为政治——文化民族主义的意识形态的权力话语①。不过"人民文学"的演化有一个过程，至少应从延安

① 吕微：《现代性论争中的民间文学》，《文学评论》2000 年第 2 期。

工农兵文学谈起。

毛泽东《在延安文艺座谈会上的讲话》强调指出:“为什么人的问题,是一个根本的问题,原则的问题。”①如果说“五四”时期“人的文学”为个人、为平民百姓,是与传统贵族文学为帝王将相、达官贵人相区别的,“左翼文学”为劳苦工农大众及其知识分子,比“五四”“人的文学”有了明显的阶级分殊,那么到了延安工农兵文学,则以阶级论为“人民大众”在文学格局里作了先后有序、主次分明的角色定位:

> 我们的文艺,第一是为工人的,这是领导革命阶级。第二是为农民的,他们是革命中最广大最坚决的同盟者。第三是为武装起来了的工人农民即八路军、新四军和其他人民武装队伍的,这是革命战争的主力。第四是为城市小资产阶级劳动群众和知识分子的,他们也是革命的同盟者。他们是能够长期地和我们合作的。这四种,就是中华民族的最大部分,就是最广大的人民大众。

这就是以工农兵为主体的“人民文学”的阶级角色构成与排位,实质上这是以工农兵为本位的“人的文学”。这种角色的移位体现在文学的创作主体、对象主体和读者主体的三维关系中已发生了深刻的内在变化,不仅仅是知识分子在“人的文学”中的主体地位被工农兵所取代,已走向边缘,而且作为创作主体的知识分子的现代社会意识、思想意识、审美意识已被逐步置换或否定。因为先假定知识分子灵魂深处有个小资产阶级王国,与工农兵在思想感情上格格不入;而要创作工农兵文学则必须同工农兵在感情上打成一片,把立足点真正转移到工农兵方面来,故必须通过革命实践和学习马列来一个脱胎换骨的变化。这个重新铸造知识分子和作家灵魂的理论模式,不只是主观先验的预设而且是政治体制式的硬性规定,凡是投奔延安根据地的知识分子和作家,不管情愿不情愿理解不理解都要进入这个洗刷脑筋重做新人的铸造模型,既要拜马克思主义为师又要拜工农兵为师。这样一来,现代型“人的文学”的三维框架里作家主体与对象主体从角色价位到思想取向来了个“大换班”,即工农兵成为文学的绝

① 《毛泽东选集》第3卷,人民出版社1991年版,第857页。

对主角而知识分子则越来越靠边站，工农兵的思想感情是最纯洁、最先进的而知识分子的灵魂是最肮脏、最腐朽的；如果这种颠倒与转换合乎现代中国思想史和文学史的内在逻辑规律尚能促进现代中国文学更健全的发展，如果这里面包含着政治权力话语的专断性、主观性，那会给文学演变带来不可设想的后果。

从创作主体来考察，“五四”时期的作家感受着民主与科学的现代文化气氛和大时代主潮，坚信自己是抱着“启蒙主义”来创造“担当唤醒民众而给他们力量”①的“人的文学”。左翼作家被冠以“预言者”与“人类导师”的称号，并宣告他们是“站在历史的前线，为人类的进化，清除愚昧顽固的保守势力，负起解放斗争的使命”②。这表明知识作家在创造“革命文学”过程中对普通工农大众并没有放弃启蒙角色的职责。但是随着抗战时期民族救亡主题与政治革命主题的强化，到了1942年后由延安逐步推向全国，知识分子与工农大众的价位发生根本性变化，特别是在文艺大众化的过程中，把知识分子作家的思想感情和工农大众的思想感情机械地对立起来，似乎越强调文艺大众化，知识分子作家的思想意识和审美意识越落后。这就给人造成了这样的糊涂观念：“五四”文学革命时期是知识分子的先进意识同工农大众的愚昧落后形成巨大反差，而到了抗战时期，则成了工农大众的先进意识与知识分子落后思想构成尖锐矛盾。正是基于这种带有主观武断色彩的估量和分析，所以在解决文艺大众化的根本问题时，只强调知识分子作家去认同工农大众的思想感情，只强调知识分子作家在与工农大众的无条件的结合中改造世界观。我并不否认知识分子作家的思想感情或世界观在文艺大众化的过程中要净化、要改造的必要性和重要性，我所不同意的是在这个问题上所表现出的“左”倾机械论和形而上学。

如果将工农大众、知识分子作家放在抗战时期这个特定的历史范畴，从思想意识角度加以考察，便会发现，他们的思想意识虽然并不完全处在同一层面，但并非在思想的整体性上处于两极对立。特别经过“五四”思想革命洗礼、中经左翼文化运动磨炼、直至抗战大众化运动陶冶的知识分子作家，其思想意识、抗战热情、爱国愿望及革命自觉性不差于工农大众，特别是文化心理，并不像工农

---

① 茅盾：《“大转变时期”何时来呢》，《文学周报》1923年12月第103期。

② 《中国左翼作家联盟的成立》（报道），《拓荒者》1930年3月第1卷第3期。

大众残留着那么多固有文明的沉淀物。他们拥有的现代文化,已在扫荡封建文化糟粕的斗争中逐步使自己成为具有现代色彩的精神主体。知识分子作家的主要弱点不在政治意识或文化意识落后于工农大众,实际上恰恰相反,他们所获得的现代思想意识或审美意识,正是工农大众文化心理所缺乏的;知识分子作家的主要弱点在于自恃“文化高”形成的优越感,自命不凡,过高估计自己,看不清或不愿承认工农大众才是中华民族命运的主宰者,才真正具备争取民族解放的雄厚的物质力量。

知识分子作家与工农大众相结合,着重应克服这些潜在的思想弱点,并不是彻头彻尾都要进行“脱胎换骨”。“相结合”应是双向的,不能只是单方面的,彼此都要改造那些不适应文艺大众化需要的思想情感和审美意识。知识分子作家不同工农大众相结合,创造不出真正的大众化文艺,工农大众离开知识分子作家,也创造不出真正的大众文艺。因此,也可以这样推论,如果只强调知识分子作家在同工农大众相结合中“脱胎换骨”,从思想到感情都降到工农大众的水准线上,那不但不能保证大众化文艺的质量,而且要把“五四”文学已否定的传统文化意识当成先进的东西被肯定在大众文学中。只有知识分子作家在同工农大众的结合中处于平等地位,不是你改造我,也不是我改造你,而是在“互相影响与提高之下”,知识分子作家丢掉那些妨碍同工农大众打成一片的思想弱点,保留和发扬那些现代文化思想特质,并自觉地承担起对工农大众进行思想启蒙的民主教育任务,工农大众则从知识分子身上发现并获得自己所缺乏的现代文化意识,丢掉那些带有封建性的落后的东西,这样的“结合”才是实现文艺大众化的正确途径。

冯雪峰曾深刻指出:“艺术大众化”绝不是“迁就大众”,抗战的宣传也不是“迁就大众”;无论创造新形式或改造旧形式,既不能脱离工农大众,“也不能向落后现象投降”,我们是一面去提高和改造大众的政治文化思想艺术的观念,一面去从大众中获得无限的力量和艺术的来源。这是因为中国的先进革命艺术运动,在中国是崭新的运动,而且大半接受了西欧和苏联的革命思想与艺术之可贵的影响,虽然外来的东西都能够辩证地成为自己的东西,但多少还缺乏在广泛大众中之艺术的生根,同时大众中生长的现实的高贵而丰富的要素,并未被我们先进革命艺术全部地获得。遗憾的是,冯雪峰这些辩证而深刻的见解,并没有成为文艺大众化运动的实际指导思想，而"左"倾机械论的影响却使一些人一味地片面强调革命知识者作家的思想改造、情感转变，只是单方面地去"迁就大众"，结果带来大众文艺在思想艺术上的某种程度的庸俗化、低级化，甚至复古化，即不少作品把传统文化思想作为抗击日寇侵犯的民族精神支柱，把民族解放战争涌现出的英雄思想和行为记在古文化和古道德的陈账上。①

作为启蒙主体的知识作家和作为被启蒙主体的工农大众的错位倒置，是经过长期的反复的权威偶像设计的"兴无灭资"的所谓意识形态斗争和知识分子与工农兵相结合的改造实践才最终完成的，尤其建国后这些"斗争"与"实践"对知识作家来说是极为残酷的，到了"文革"达到惨无人道、灭绝人性的程度，不仅现代知识分子为这种极端专制的历史付出了血的代价，就是工农兵群众也付出了沉重的代价。在这种境遇下，知识分子和作家作为人的本质已不可能由自我来定义而主要是政权体制或现代偶像来定义，既要忠于阶级释义的"人民"又要忠于政治偶像，主流话语取代了个人话语，政治意识遮蔽了主体意识、独立意识，甚至个性意识异化为奴性意识；只有这样的知识分子和作家创作的所谓"人民文学"，才可能会有"非人文学"的因素，也可能在特定的政治语境下成为"三忠于四无限"的"御用"文本。

然而，必须看到，知识分子和作家并不是铁板一块的，而且他们的"脱胎换骨"、重塑灵魂随着延安时期的工农兵为主体的"人民文学"的创构演变为"文革"时期那种"非人文学"形态是旷日持久的，并非每个历史区段他们的主体灵魂都被异化或被奴化，因而也不是所创作的一切东西都会有"非人文学"因素；况且知识分子和作家所接受的主流话语、认同的权力政治并非都是非人性的、非人道的、非民主性的、非现代性的霸权话语和专制政治，在有些时候、某种程度上接受的主流话语，认同的权力与作家由自我定义的本质及其需求是相吻合的或者是趋同的。

所以，对以工农兵为本位的"人民文学"的现代人学内涵与非人学因素务必进行实事求是的具体分析，绝不能轻率地随意地断定这些知识分子和作家只具有"人"的符号而不具备"人"的自足自律的充分本质，那些以工农兵为本位的

① 朱德发：《主体思维与文学史观》，山东教育出版社1997年版，第360～370页。

"人民文学"所表现的不是"人"的主题而是"非人"的主题；因为在世界范围内文化秩序从"神"的主题到"人"的主题的现代转换过程中，被重新阐释过的民族与社会成为"人"的现代主题的异式，而这些表达异式都借助了特定的文学语式。特别在20世纪后半期的新中国，现代国家的建构着重借助了"人民文学"语式以期共时性地表达民主社会原则兼民族国家原则，这就给我们研究"人民文学"语式的文化内涵与人学本质带来了难度。

就创作主体来说，至少可以把从事工农兵为本位的"人民文学"创构的作家分为三种心理状态：

一种是"脱胎换骨"的知识分子和作家，彻底放弃了"五四"以来的启蒙责任和个人为本位的"人的文学"传统，"新的偶像和权威的力量粉碎了这一代文人关于精神独立和批评自由的梦想，并致使他们不得不自己亲手折断启蒙思想的翅膀，彻底放弃了知识分子作为群体在社会生活中的应有位置"①。于是这种知识分子和作家自觉逃避文人的权利与自我感情，从生活到思想与工农兵融为一体，不是从生活出发而是从政策出发，不是从生命体验出发而是从政治教条出发，在"人民文学"的文本中塑造一批工农兵的正面形象或英雄形象，往往忽略了工农兵的历史局限而对其精神面貌予以粉饰和美化；甚至有些工农兵形象作为人的本质不是由自我定义而是由"现代迷信"来主宰来定义。

二种是并不拒斥与工农兵相结合道路却始终保持独立意识、自我情感的知识分子和作家，学习工农兵身上应该学习的优长，指出工农兵思想中不符合现代意识的精神缺陷，对新偶像新权威不盲从不迷信，以科学态度汲取他们的现代先进思想而质疑或排斥那些非科学非现代的话语；虽然这些具有个性意识、独立思考和批判精神的知识作家从肉体到精神遭到一次次无情的挞伐甚至成了"专政对象"，但他们的自我意识并没有完全被异化，在"人民文学"的创作过程中不论是塑造工农兵形象或抒发自我情感，都流露出强烈的主体意识，体现出一种现代人学精神，承续了现代中国"人的文学"的真正传统，他们无愧于现代文学的"脊梁"人物。

三种是工农兵出身的作家，他们有先天的优越感，不必经过"脱胎换骨"就

---

① 许志英、邹恬主编:《中国现代文学主潮》(下)，福建教育出版社2001年版，第77页。

与工农兵在思想感情上打成一片。这种无差别的创作主体意识所创作的“人民文学”，一方面可以把工农兵生活的原生态描述出来，把工农兵的本来面貌勾勒出来，一方面往往混淆了现代意识与传统意识、个体意识与群体意识、人类意识与民族意识的关系，往往以后者掩盖了前者，导致“人民文学”的现代性淡化、民族性强化。随着历史的推移，工农兵出身的作家出现了分化，即一部分作家由感恩走向盲目崇拜，在臣服新权威、拥抱新偶像的同时，所创造的工农兵文学完全被纳入大一统的政治框架，从为工农兵服务变成为新偶像歌功颂德的工具，丧失了“人民文学”的科学真实品格和现代人学本质；另一部分工农兵出身的作家仍保持务实求真的本色，进入“十七年”的特殊政治文化历史语境仍在文学创作中描述工农兵的原态生活与本真性格，并没有根据政治的需要有意拔高和美化他们，从生活逻辑与性格逻辑的互动关系中刻画工农兵的真实形象，这应该属于以人民为本位的“人的文学”范畴。

“人民文学”创作主体心态的复杂性多维性必然带来对象主体的复杂性多维性，上述已触及，这里拟从对象主体的角度进一步探讨以工农兵为主体的“人民文学”的现代人学内涵。虽然在人的文学格局里对象主体蕴含的文化信息、思想情感要比创作主体意识复杂得多，深邃得多，甚至并不完全同构，悖反错位极为多见，但是深入勘探文本，往往会发现在对象主体的显意识层面与创作主体的价值观、审美观上统一性则大于差异性、两者的肯定意识与否定意识也是一致的，而在潜意识层面常常是差异性大于统一性，所以要剖析工农兵对象主体的现代人学内涵这两个层面都应涉及。

有时在言谈中或文章中会听到或见到这样的议论，即工农兵形象究竟有多大的真实性，他们大多是为政治主题服务并从概念出发塑造出来的“高大全”典型。应该承认这样的“高大全”典型在“样板戏”中出现过，在某些作品中也见过；但是不能以偏概全，大部分文本中刻画的工农兵形象还是源于生活高于生活的，达到了生活真实与艺术真实的统一。在“人民文学”形态里呈现的工农兵形象系列不同于“五四”时期“人的文学”形态中的工农兵形象，如果说后者的工农兵仅仅作为被污辱被损害被剥削被压迫的下层平民角色，是改造国民性的被启蒙对象，主要揭露其生存苦难和精神创伤，力图将他们引上争取人身解放之路，那么到了“人民文学”中这些生活于社会最底层的平民百姓则通过阶级解放、民族解放的社会大变革获得政治上、经济上的翻身解放，工农兵以主角的社会地位、崭新的精神面貌进入文学世界，由奴隶变成主人，恢复了“人”的资格和本来面目。大多数作家是从生活逻辑出发和性格逻辑出发，遵循自己对工农兵的感受和理解来虚构他们，尽力刻画工农兵作为“新人”的真实形象。当然不可否认，有些作家受到权力意志的干扰与政治图式的影响，对工农兵的塑造有所“纯化”、“美化”，对其人格的复杂性、心理深度缺乏开掘，甚至把政治教条塞进工农兵的头脑与口中，不是由自己来定义自己的本质，而是由权力话语来规范工农兵的言行，否定工农兵也具有“人”的个性、人情，若见不到工农兵形象中这种“非人”因素那也是不求实的。不过那些横遭“批判”的文学作品如《我们夫妇之间》、《洼地上的战役》、《关连长》、《让生活变得更美好吧》、《我们的力量是无敌的》等，倒是冲破某些“限定”和“规范”的文本，承续了“五四”那种创作自由的“人的文学”传统，写出了工农兵身上的复杂性、个人性，有一定的人性深度，这应该是以工农兵为主体的“人民文学”的范本。作为体现“人民文学”方向的赵树理，忠诚地为农民写作，他笔下的所谓“中间人物”大都是变革时代的血肉丰满的农民形象，虽然他们也同政治主题黏附在一起或通过他们表现某些政治主题，但却不能因为他们与政治有关就轻率地说这些农民形象是政治奴仆而不具有农民的个性。道理很简单，社会大变革解放了广大受苦农民，使他们获得了做人的权利和资格，作家们通过政治变革所谓宏大叙事来刻画翻身农民的新人形象，这怎么能摆脱农民形象与政治变革主题的关系？赵树理的高明之处在于，他没有把解放了的农民写得完美无缺，也发现农民在经济上、政治上获得了解放而在精神上仍残留着被奴役的创伤。

工农兵形象在“人民文学”里具有绝对优势地位，其性格的现代人学内涵却是极为复杂的，值得下苦功夫进行深微的探究。最可悲的是知识分子形象，本来在“人的文学”中唱主角，到了“人民文学”里连配角也唱不好，那种像模像样、理直气壮、神采奕奕、个性飞扬的知识分子形象几乎到了缺席的地步，其原因既有专制的威逼也有自身的软骨病。现代知识精英从启蒙者的角色权利被剥夺后便沦为被启蒙被改造的对象，如果说一开始尚有敢怒不敢言的反抗抵制情绪，那么到了“兴无灭资”的一次次政治运动中就产生了一种降服心理，驯顺地认定自己是“灭资”的对象，即使有个别不服者也难以忍受专政的铁拳，这就在知识分子群体里造成大量冤假错案，把“活人”变成“冤鬼”，把“人”变成“奴才”。如果谁在文学作品中把冤假错案里的“冤魂”当成真的“魔鬼”予以残酷的批判，把“奴才”当成“人”来肯定，那才是地道的“非人文学”。经过历史的曲折，“人民文学”发展到20世纪八九十年代乃至世纪之交，不仅复活了“五四”以来“人的文学”的优秀传统，出现了人的文学多元化发展的新景观；而且它的现代人学内涵更加开放、更加丰富、更加复杂、更加深邃、更加独特了。

由上述可见，“人民文学”基本上也是一种以“人民”为本位的“人的文学”，“人民”一词可以说是一把多刃剑，既可接纳个体的人又可接纳群体的人，既可接纳现代社会性又可整合多元民族性，因此由“人民”为本位建构的“人的文学”同样可以用以人为本位的“人的文学”核心理念进行观照和阐释。至于传统体式文学、通俗市民文学以及少数民族文学，都是现代中国文学共同体的有机组成部分，既是现代中国作家创作的又是描写现代中国人的情、景、事、意的，也是供现代中国不同人群赏阅的，因此它们都属于人的文学范畴，这里不赘述了。

五

通过对“新民文学”、“人的文学”、“革命文学”、“人民文学”等四种形态的历史考察和理论透析，重在说明以人为本的“人的文学”核心理念源于现代中国各种形态的文学客体。以它作为核心理念建构现代中国文学通史，具有宏阔的统摄力和巨大的阐释功能，不仅能够把作为中华民族文化同一性象征符号的现代中国文学共同体所蕴含的现代性与民族性抽象地概括出来，而且可以将现代中国多种形态文学的复杂而深邃的人学内涵发掘出来，也能把掺杂在现代中国各种形态文学中的“非人文学”因素剔除去，更能以“人的文学”理念作为逻辑纽带将各种形态文学联结为一部整体性的文学史。

实践经验反复证明，建构一部传世的文学史必须有一个“灵魂”，而这个“灵魂”就是“文学史理念”即“中心史识”；“理念”或“史识”鲜活与否、圆融与否、准确与否、深刻与否、科学与否，往往决定着一部文学史的生命和品级。

“灵魂”在西方话语里具有多义性：一曰“文化的王国在根本上是灵魂的王国”，而“文化仅仅是精神的表现和精神的意志”，“也是‘心灵’的表现和意志”；

一曰“灵魂的任一属性都是以精神为出发点去理解的。灵魂是在精神中展开的，因为精神本身揭示出它是灵魂的真实内容，灵魂的根本特性就在于‘它尚未成为精神’”；一曰“灵魂具有一种整体性质，它可以统摄万物，它可以按自己的方式筑造其他的性情和心理力量，甚至使那种最冷漠的行为变得丰富多彩”。①

“灵魂”这些特征与统摄能力同“文学史理念”或“史识”具有相似性，故把“理念”或“史识”喻为建构现代中国文学史的“灵魂”更宜于象征而深刻地展示其意义，并且它可以验证“无灵魂”的文化领域不属于以人为本位的审美文化，唯有“灵魂”存在的文化领域才是以人为本位的审美文化领域。文学史自身的深层结构也在昭示“灵魂”的本质意义，勃兰兑斯曾指出，文学史，就其最深刻的意义来说，是研究人的灵魂，是灵魂的历史。他是从研究对象的角度强调了文学史作为“灵魂史”的本质特性。这意味着文学史家所面对的现代中国文学“史料”不是一堆物质性的凝冻物，而是主客体化合的结晶，是一种灵魂的存在形式，是一种能激活的生命体。它虽然作为历史的遗留态客观地存在着，但作为人的主体创作却表现出生命的活跃性和流动感，也就是说，其中凝结着历史主客体的合规律性与合目的性的双重内涵。这就决定了现代中国文学史写作，实质上是史家主体与对象主体的对话，是当代学者的学术灵魂与历史上的审美灵魂的沟通。

事实证明，无论是像医生诊断病情那样单纯采取理性分析的手段，还是像演员投入角色那样一味地追逐情感体验，都不能发现或写出具有独特“文学史理念”或“史识”的文学史。翻阅时下有些文学史著，名为追求主体与对象的交融或主观与客观的统一，实则仍然囿于僵滞的二元对立思维模式，并未能以一个完整的灵魂去叩问另一个完整的灵魂，从根本上说就是未取得与对象和谐对话的史家资格。从特定意义上说，史家灵魂要获得一种圆融独到的“文学史理念”或“史识”，必须借助于主体思维的超越性和创造性、适应性与整合性，因为它不是从先验的理念出发将研究对象“削足适履”，也不是以二元对立思维将研究对象拆得支离破碎，而是以完整体悟与通达理解的姿态去感受、发现对象灵魂，使研究主体的灵魂与对象主体的灵魂相对应、相契合。以人为本位的“人的

① 《马尔库赛文集》，上海三联书店1989年版，第131～144页。

文学”理念或“史识”就是这样发现和抽象出来的。

可见,我们说的文学史灵魂并不是主体灵魂或对象灵魂,而是二者经过相激相荡相交相融之后而形成的圆融鲜活的“史魂”。但要取得“史魂”且达到这种境界,则必须经过一番艰苦的研讨工作。研究对象作为灵魂的存在方式必然表现为一个复杂的多维空间,其中不同的灵魂之间乃至同一个灵魂之间莫不存在着现代与传统、理性与情感、审美理想与审美实践的重重矛盾,这就要求研究主体灵魂始终要有一种全面介入并占有对象的强烈欲望,拥抱对象,感知对象,发现对象的原生态,从而还原对象世界的复杂性、多元性与丰富性、统一性;不过仅仅有现象学层次上的还原,对文学史“史魂”的发掘及文学史的建构,还是远远不够的。尽管我们不承认历史会按照黑格尔的绝对理念而有秩序地发展,但是历史无疑是一个由时间与空间构成的整体,无论它充满了多少悖论与冲突,在本质上它们都是作为张力因素以“历史的合力”的辩证方式推动历史前进的,文学史也不例外。恩格斯曾这样描述马克思的政治经济学研究:“历史从哪里开始,思想进程也应从哪里开始,而思想进程的进一步发展不过是历史过程在抽象的理论上前后一贯的形式上的反映。”其实“思想”就是“史识”,这不仅指出了历史是思想逻辑与历史逻辑的辩证统一,而且强调了历史研究在本质上是对“前后一贯”的思想逻辑与历史逻辑的发现。对文学史即灵魂史而言,这种历史的、思想的逻辑统一性就体现为文学生命的整体感和有机感。因此,史家主体对于对象世界一方面要“入乎其内”,同时更要“出乎其外”,力求在灵魂的多重矛盾中整合出审美历史的本质与规律,也就是新颖独到、潜在深刻的“史识”,以作为现代中国文学史建构的“史魂”。

不过在现代中国文学的多维客体结构中也许存在许多“史识”或“史魂”,它们与凝冻形态的史料或文本胶合在一起,若是文学史研究主体不去触动、激活它们,那它们绝不会自动地跳出来,转化为灵动的“史识”或“史魂”。由于现代中国文学史的研究对象主要是作家情有独钟创造的文学作品,而众多枚不胜数的文本又大都是深不可测的感情世界、灵魂世界,想要从一系列“现象的连续”发现“一个理性的历史”①,即发现一个核心的文学史理念或“史识”并不容

① [德]黑格尔著,贺麟、王太庆译:《哲学演讲录》第1卷,商务印书馆1981年版,第35页。

易；加之研究者所处于的文化历史语境，所具有的期待视野、审美心理、文化修养、知识结构、感悟能力、逻辑思维、发现机制等差异，对“史识”或“史魂”的发现与归结可能呈现出见仁见智的分歧。至于在诸多“史识”或“史魂”中认定哪个是核心“史识”或“史魂”也许莫衷一是，从学术自由的角度来看这是极为正常的，符合学术发展规律。在我看来，“人的文学”史观可以作为建构现代中国文学通史的核心理念或“主魂”，这仅仅是一说。“一个伟大的精神创造出伟大的经验，能够在纷然杂陈的现象中洞见到有决定意义的东西。”[①]“人的文学”理念应似现代中国复杂多样的文学形态中最具有“决定意义”的“史识”或“史魂”，而且这一核心文学史意识也是主客观的统一体。“思维，如果它不做蠢事的话，只能把这样一种意识的要素综合为一个统一体，在这种意识的要素或它们的现实原型中，这个统一体以前就已经存在了。”[②]至于其他的文学史理念作为建构现代中国文学通史的核心“史识”或“史魂”，那书写出的文学史将是别样的形态，将造成现代中国文学史重构的异彩纷呈的局面，这应是众学者孜孜以求的学术景观。笔者热切期待着！

---

① ［德］黑格尔著，贺麟译：《小逻辑》，商务印书馆1980年版，第87页。

② 《马克思恩格斯选集》第3卷，人民出版社1972年版，第81页。

进化文学史观与文学史研究实践

文学史观之于文学史研究至关重要，而进化文学史观则是研究中国现代文学史不可或缺的；它承续了我国古文论中之进化思想因素，又自觉借鉴了西方现代进化论文学史观，在五四文学革命时期形成了有中国特色的进化文学史观，以胡适、茅盾为代表的新文学先驱从理论与实践的结合上尝试运用进化文学史观研究并书写了外国或中国文学史，显示出进化文学史观的主要功能特点与突出缺欠；进化文学史观用于中国现代文学史研究，与阶级论文学史观相比异大于同得少于失，同现代性文学史观相比同大于异失大于得，唯有现代国家文学史观取其所长避其所短方可视为科学的文学史观。

文学史观，顾名思义就是人们对文学史的体认与看法，即把文学纳入“史”的视野对其所作的梳理和评判。文学史研究或书写须臾离不开文学史观的指导，不管你意识到或没意识到只要是对文学进行“史”的考察都有文学史观在引领，也许你遵循的文学史观是来自某种理论范式，也许你坚持的文学史观是从研究对象抽绎出来的。中国古代文学著述没有“史”的研究，即使有也仅是文学资料和选集，没有在特定文学史观指导下的自觉的文学史研究；逮及五四新文学运动前后，形成了进化论的文学史观，方有了文学史研究和书写的实践，文学史作为一种新文体才出现在我国的文论和著述之中。郑振铎在其所著的《插图本中国文学史·自序》中说：“我写作的这部中国文学史，并没有多大的野心，也不是什么‘一家之言’。老实说，那些式样的著作，如今还谈不上。因为如今还不曾有过一部比较完备的中国文学史，足以指示读者们以中国文学的整个发展的过程和整个真实的面目的。中国文学自来无史，有之当自最近二三十年始。”既然进化文学史观与中国文学史研究实践的关系如此密切和重要，那就应该立足于反思立场，对进化文学史观的形成及其功能以至它与文学史研究实践的关系，予以探讨。

一

进化文学史观形成于五四文学革命，它源于西方进化论，这是众所周知的常识；人们总认为我国古代文论中没有进化文学观，有的只是"天不变道亦不变"的恒定史学观或循环史学观。其实，这是一种误解性的成见，虽然古代文论中缺乏建立于进化论思想基础上的文学史观，但却有以"变"为核心词的文学史观；也许这"变"字文学史观与进化论文学史观有诸多不同点，不过承认文学的"变化"或"嬗变"也就是承认了文学不全是静态的恒定的而是动态的可变的，这与进化文学史观便有了联通点和契合点。因此考察五四时期进化文学史观形成的思想渊源，不能只专注于西方进化文学史观，也要追溯我国古文论中的与进化文学史观相关的"变化"文学观；从中既可以看出"五四"形成的进化文学史观是如何承传并超越了古代文论的"变化"文学思想，又可以看出中西方关于文学发展变化的看法是能够沟通的，也是有共同语言的。

早在汉儒的《诗大序》中对先秦文学的概述中便提出了"变风"、"变雅"的概念，就是说作为诗经的"风"体或"雅"体都可以"变"，"变"则带有变化或进化的意味，这可视为"进化文学观"的萌发；它虽然对"变风"，"变雅"的向度、轨迹、效果以及原由没有示明，但却清楚地意识到文学是会变化的，不论体变或文变或质变而文学都是在"变"。到了文学自觉时代的魏晋南北朝，变化的文学史观不仅认识到文学的发展如同其他事物的变化一样，其形体越变越华美，其本质也发生了剧烈的变化；而且还揭示出文学从形到质的变化皆是时代使然，唯有这样的变化方使文学一代胜于一代。正如萧统在《文选·序》中所言："踵其事而增华，变其本而加厉；物既有之，文亦宜然；随时变改，难以详悉。"①并强调指出："若无新变，不能代雄。"②明代的文论中则以变化的文学史观考察诗歌的发展规律，给人一种有序的历史感的勾勒和描述："四言变而《离骚》，《离骚》变而五言，五言变而七言，七言变而律诗，律诗变而绝句，诗之体以代变也。《三百

① 萧统：《文选·序》，中华书局1977年版。
② 萧子显：《南齐书卷52·文学传论》，中华书局1972年版。

篇》降而《骚》,《骚》降而汉,汉降而魏,魏降而六朝,六朝降而三唐,诗之格以代降也。上下千年,虽气运推移,文质迭尚,而异曲同工,咸臻厥美”①。这不只是从体式、风格、文质等多层面揭示了诗歌随“时代而变”的规律性,而且从审美的角度示明各代的诗歌都能达到“异曲同工,咸臻厥美”,即每代的诗歌均有独特的审美价值,这是不可取代的,其见解较为辩证,避免了一代诗歌胜于一代的偏颇。

对诗歌的发展作“史”的梳理既要强调其时代性更应提到特定的历史范畴予以评述,切不可脱离时代背景而求全责备,务必尊重各代文学的独创性和艺术个性,这是一种难能可贵的变化文学史观:“诗之变随世递迁,天地有劫,沧桑有改,而况诗乎!善论诗者,政不必区区以古绳今,各求其至可矣!论汉魏者,当就汉魏求其至处,不必责其不如《三百篇》;论六朝者,当就六朝求其至处,不必责其不如汉魏;论唐人者,当就唐人求其至处,不必责其不如六朝”②。这虽然没有强调代与代诗歌之间的承传与超越关系,但是能指斥“以古绳今”的复古主义而尊重每代诗歌的创造性却是极为难得之见了。“夫古有古之时,今有今之时,袭古人语言之迹而冒以为古,是处严冬而袭夏之葛者也。《骚》之不袭《雅》也,《雅》之体穷于怨,不《骚》不足以寄也。”③诗歌的内容和风格是随着时代的变化而变化,盲目地因袭与模仿而不立志创造,是难以推动文学从内容到形式的发展,旧瓶子装新酒总是不够妥帖,究竟有多少创新价值就更不好说。明清之际的文论中蕴含着较丰富的变化(或进化)的文学史见解,清代赵翼的诗篇“满眼生机转化钧,天工人巧日争新,预支五百年新意,到了千年又觉陈。李杜诗篇万口传,至今已觉不新鲜。江山代有人才出,各领风骚数百年”④。这形象地表述了一种进化文学史观,突出地强调了文学的时代性与创新性。而焦循则从内在律上考析了中国诗歌的进化轨迹,获得了“一代有一代之所胜”的文学史识。这种“史识”与五四时期进化论文学史观有着明显的贯通关系,即五四文学革命形成的进化文学史观继承了古代文论特别是明清诗论的朴素的进化文学

① 胡应麟:《诗薮·内编卷一》,上海古籍出版社 1979 年版,第 1 页。

② 郭绍虞编:《中国历代文论选》第三册《鸿苞》(屠隆文),上海古籍出版社 1980 年版。

③ 袁宏道:《袁中郎全集卷十·雪涛阁集序》,上海古籍出版社 1981 年版。

④ 赵翼:《瓯北集·论诗》卷二十八,上海古籍出版社 2007 年版。

思想。

晚清的文化先驱严复最早把赫胥黎的《天演论》翻译到中国，其进化论思想深深地影响了几代学人，尤其对现代学者进化文学史观的形成起了决定性作用。虽然朴素的进化文学史思想古已有之，但它缺乏理论体系性的范畴、概念与原理，只有传统的进化文学观念作为基因认同了现代进化论或者契合了现代进化论，才能使进化论的文学史观具有中国的思想特色。古已有之的变化文学史思想之所以能与西方进化论相互认同与契合，主要因为中国传统文学史观的诸多进化思想因素与西方进化论不谋而合，这是一种自然性的对接，并非人工强迫而为。如古之变化文学史观的核心理念的“变”字，就含有进化之意，说明文学有个从兴盛到式微的历时性的演变过程；而且这种“变”不仅与时代的外部条件密切联系在一起即“文以代变”，同时这种“变”又着重呈现于文学的表层结构如语言文体或艺术风格上，况且这种“变”蕴藏着一种新陈代谢的自然规律，等等。像这些富有进化之意的文学史思想与西方进化论大致是相通的，并没有多少差异性，只是思维运作模式与语言表达方式烙着鲜明的民族性印记。

不过，在古之变化文学史观与西方进化论交汇对接而形成现代进化文学史观的过程中，关键在于现代中国文人作家采取何种接受、吸纳的取舍态度。从一般情况来说，现代文人作家面对中外思想的交流和对话往往表现出三种同中有异的选择态度，所谓“同”即从中外思想交汇中都想选其所爱的和所需要的概念原理而建立现代进化文学史观，所谓“异”则主要体现于：具有尊古态度或文化心理的文人作家确立自己的进化文学史观，有可能更多地承续古已有之的进化文学史思想，适量地汲取西方进化论文学史观的概念范畴，以补充古代进化文学思想之不足，使其进化文学史观带着浓重的传统色彩；具有崇外心态或文化态度的文人作家所建构的进化文学史观，着重吸纳或借鉴的是西方进化论文学史观，而对传统的变化文学史思想也有所继承，不过其理论范式却是域外的；具有既尊古又重外心态或文化态度的文人作家所形成的进化文学史观，既不迷古又不崇洋，而是根据文学史研究对象的需要，冷静而审慎地承传古之进化文学观念和吸纳域外进化论文学史思想，使其进化文学史观在研究实践中发挥了精确而科学的效用。不过这三种差异在现代进化文学史观的形成中，不是泾渭分明的也不是固定不变的，具体到每个文人作家的思想观念或研究实践里常常出现重叠,交叉或转换,变异的现象,所以对这些复杂情况应重视个案的微观剖析,这样才有望辨别清楚。

在晚清文学变革时期,严复根据《进化论与伦理学》而改作的《天演论》翻译发表后,其中所揭示出的生存竞争、自然选择、适者生存、优胜劣汰、新陈代谢等进化论原理,在中国思想界起到了震聋发聩的作用,影响极其深广。鲁迅曾回忆当年在南京水师学堂学习时,"一有闲空,就照例地"看《天演论》①。尽管将进化论原理用于文学史研究的不乏其文,但是形成的理论模式或方法论却不多见。正如上述所讲的第一类文人的心态那样,他们并不想完全以西方进化论文学史观来考察或书写文学史,而是在承用古代"变"的文学史观中适当地汲取了进化论的因素或正式运用"进化"概念,如果说古文论对文学的评述罕见"进化"一词,而晚清的文论中它的出现就不鲜见了。胡蕴玉在《中国文学史序》中开宗明义指出:"一代之兴,即有一代之治;一代之治,即有一代之文学;一代之文学,即有一代之书。"②这是依据一代又一代文学的进化史观勾勒出中国文学遵循朝代兴衰而演变的轮廓,不过他所认为的"文学"是包括政论史著在内的文章学,并非今天所理解的以审美为特征的文学,而其运用的"文以代变"的文学史观却不完全是出自进化论文学观,更多的是源于古之文论之见也。刘师培明确地把"进化"概念引入其文学史观,但他对中国诗歌流变的考察却仍沿用古文论之理路。他说:"诗有四言而有五言,由五言而有七言,由七言而有长短句,皆文字进化之公理也。"③不过从刘师培对白话或俗语的申辩来看,其进化文学史观则是更贴近天演论的原理了。他说:"天演之例,莫不由简趋繁,何独于文学而不然?故世之讨论古今文学者,以为有浅深文质之殊,岂知正进化之公理哉?就文字之进化之公理言之,则中国自近代以来,必经俗语入文之一级。"④梁启超是把现代进化论思想不露痕迹地融进其"变"的文学史观,对中国文学史的解释显示了特有的思想威力。《变法通议》一文集中体现了梁氏"变"的思想,他认为"凡在天地之间,莫不变"。人类也不例外,"变"是"古今之公理"。故中国非

① 《鲁迅全集》第2卷,人民文学出版社1981年版,第296页。
② 舒芜等选编:《中国近代文论选》(下),人民文学出版社1981年版,第469页。
③ 刘师培:《论白话报与中国前途之关系》,《警钟日报》1904年4月25日。
④ 刘师培:《中古文学史》,人民文学出版社1984年版,第109页。

“变”不可，“变亦变，不变亦变”，“变而变者，变之权操诸已”，“不变而变者，变之权让诸人”。这种必变非变的思想与进化论是一脉相通的，而其据此形成的进化文学史观颇有成效地见之于对中国文学史的探讨。他认为：

> 文学之进化有大关键，即由古语之文学变为俗语之文学是也。各国文学史之开展，靡不循此轨道。中国先秦之文，殆皆用俗语……故先秦文界之光明，数千年称最焉。寻常论者，多谓宋、元以降，为中国文学退化时代。余曰：不然。夫六朝之文，靡靡不足道矣。即如唐代韩、柳诸贤，自谓起百代之衰，要其方能在文学史有价值者几何？昌黎谓非三代、两代之书不敢观，余以为此即其受病之源也。自宋以后，实为祖国文学之大进化。何以故？俗文学大发达故。宋后俗文学有两大派，其一则儒家、禅家之语录，其二则小说也。小说者，决非以古语之文体而能工者也。……苟欲思想之普及，则此体非徒小说家当采用而已，凡百文章，莫不有然。①

梁氏进化文学史观的运作有其显著的功能特点，既能揭示出中国文学的变化印迹，又能以“俗语”为价值坐标评述每代文学的优劣，从特定的层面上展现出中国文学演变的规律及其发展前景，将传统的以“变”为核心理念的发展文学史观推上新的思想层次。

二

如果说晚清及其以前文论中所表述和显示出的进化文学史观还带有原生的朴素性，即使受到进化论的一定影响也没有改变其传统的构成形态；那么到了五四新文化运动则使西方进化论得到广泛深入的传播与运用，在人文社科领域里施展了巨大的除旧布新的思想威力；尤其对文学革命的展开，进化论不仅是重要的驱动力也是构成多种新文学观念的思想基础。像文学革命先驱胡适、陈独秀、鲁迅、周作人、茅盾等，哪一位不视进化论为思想法宝？他们以进化论的原理在建构了进化文学观这一核心理念的同时，也建立起进化文学史观的架构，使已有的朴素进化文学史观具有了现代理论形态。这标志着能够对中外文

① 梁启超：《小说丛话》，《新小说》第一、二卷原载1903～1904年。

学史进行自觉研究的现代进化文学史观已经形成,也标志着中国学术界对文学史研究而书写的文本已具有了现代性的思想与美学特征。

那些具有格外重视西学文化心态的文人作家,并不有意去承传古文论中的进化文学思想因素,而是自由开放地敞开心理机制去承受西方进化论思潮的洗礼,汲取有益有用的新潮思想与其固有的主体无意识相衔接而凝成现代进化文学史观。表面上看,它完全是进化论原则原理在文学史研究上的移用,实质上这种文学史观的功能中也不自觉地承续了传统进化思想的因素。道理很简单,即使再崇洋媚外的文人学者由于其骨子里通过潜移默化方式而深受传统文化教育的熏陶与渗染,也不可能完全把西方进化论生搬到中国文学史研究之中;特别是文学史观的形成总是在汲取进化论范畴原理时要顺应自我的理解程度,接受心理和期待需求。不过,从进化文学史观在实践中的运作情况来看,这种格外重视汲取西方进化论而形成的文学史观,不论对中国文学史或外国文学史研究所产生的话语威力,大都源于现代进化论思想。陈独秀深受法国"生物进化论"影响而形成的进化文学史观,用于对"新文学运动"的历史考察,他写了篇《现代欧洲文艺史谭》,得到胡适的好评,说该文"把法国文学艺术的变化分成几个时期:(一)从古典主义到理想主义(即浪漫主义);(二)从浪漫主义到写实主义;(三)从写实主义到自然主义,把法国文学上各种主义详细地介绍到中国,陈先生算是最早的一个,以后引起大家对各种主义的许多讨论"①。陈独秀是以现代进化文学史观,从文艺思潮的角度考析了法国文学的流变,而这种流变是绝对地进化向前,一种文学思潮承续并超越一种文学思潮,这就是文学嬗变的规律。陈文虽然其主旨不是为欧洲新文学运动书写历史,是为中国五四文学革命提供参照系,但是这种进化文学史观的运用却为中国文学史研究提示了参照的思路和范本。

以现代进化文学史观对域外文学史进行卓有成效的研究和书写,文学研究会的理论旗手沈雁冰是有其代表性的。早在1920年茅盾(当时署名沈雁冰)就发表了以进化文学史观"鸟瞰"并写成长文《文学上的古典主义浪漫主义和写实主义》,如同陈独秀所选取的文学思潮角度一样,它对欧洲文艺复兴以来的新文

---

① 胡适:《陈独秀与文学革命》,《世界日报》1932年10月30~31日。

学演变作了宏观的考察和梳理，概述了欧洲“文艺进化之大路线”，从而显示出其进化文学史观的主要功能特点：一是以进化论作为理论框架，以文学思潮的递进为考察对象，将欧洲文学进化分为三大逻辑层次即古典主义、浪漫主义和写实主义，一环扣一环地展示出文学进化是个相互联系又有抵牾的发展过程；二是文学思潮的进化并非一帆风顺，在其过程中充满了悖论，而正是悖论所形成的张力推动着文学思潮的前进；三是从理论与创作的结合上来分析古典主义、浪漫主义和写实主义的优点和缺陷，对于重要文学作品的解读也是从内容与形式相互依存的两个维度作为某种文艺思潮的实证而给以分析，正是优点的发扬与彰显方使某一文学思潮得以存在和发展，正是其缺陷难以克服和弥补才使某一文学思潮出现式微而有新思潮以代之；四是对欧洲文学思潮进化路向之因的探索没有仅仅局限于文学自身而是紧密联系社会思潮，即把文学潮流的嬗变与特定的社会背景与文化语境结合起来，如探讨浪漫主义文学的兴起便与法国政治革命的不彻底性相联系，考察写实主义文学思潮的勃兴就和19世纪末的“科学昌明”、“劳动运动萌发”和“德漠克拉西威权很盛”结合起来，这就从外在律上揭示了文学思潮的动因；五是以进化文学史观对欧洲文学进化路线的描述没停留于历时性的进程梳理上，既以独特的价值眼光对三大形态文学的思想深度、审美特征和缺点不足作了简明而准确的概述，又对各种形态文学乃至同样形态文学在不同作家之间的差异性与矛盾性进行了条分缕析的辨识，从而展示了文学思潮发展的错综性和复杂性；六是尤为可取的，在对欧洲文学演化路线分为三大层次作了史的考察与勾勒后，“进化文学史”的轮廓已清晰在目，但作者又加了一节“余论”，这不是画蛇添足，而是对全文的总结和深化，又是对欧洲文学发展的展望。“余论”中茅盾对欧洲文学思潮作了这样的概括：“古典主义浪漫主义写实主义新浪漫主义这四种东西，是依着顺序下来，造成文学进化的”；“无论古典主义有怎样的缺点，他的本身是有价值的，他的风流，多少有点功效在文学进化史中”；“反抗古典文学而起的浪漫文学，便是极力提倡思想自由，极力发挥作者的创造才能的文学”，而“浪漫文学所有的思想自由，勇于创造的精神，到万世之后，尚是有价值，永为文学进化之原素”；“写实文学中所包有的批评精神和平民化的精神，我也敢决言永为文学中添出新气象的”；至于“新浪漫主义”即现代主义虽然本文没详述，但茅盾却认为它“不尽能包括现在以及将来的趋势”，因为文学“本质非既是纯粹艺术品，当然不便弃却人生的一面”，“况且文学是描写人生，犹不能无理想做个骨子了”①。这种画龙点睛式的“余论”在结构上使这篇以进化文学史观考察欧洲现代文学思潮史所书写的文本显得更完整，逻辑上愈加严密，对各种文学形态所作的肯定性判断已成为至今尚闪烁思想光辉的“史识”；可以毫不夸饰地说，茅盾以现代进化文学史观对欧洲现代文学思潮史的创新研究与成功书写，为中国文学特别是现代文学史研究提供了范例和参照，至今我们对百年中国文学思潮史的研究并没有突破茅盾所开创的进化论思路的逻辑格局，甚至对各种文学思潮特点的评述仍在延续或拓展着茅盾当年的一些远见卓识。

更值得谈及的是，1921 年沈雁冰与刘贞晦著的《中国文学变迁史》一书，茅盾撰写了《近代（即现代）文学体系的研究》，旨在以进化文学史观通过对“西洋文学”史的研究为“改造中国的文学”提供参照系。从体例上看，本书对文学史的研究与写作已具有现行文学史的模式：第一章总论，既以进化文学史观考察了文学的起源与古代文学的流变及其思想特征，又对西方现代文学的特质作了概括，即现代文学不同于“供奉时代”的古代文学，它“是人道是正义文学”，“是平民的文学”，“是大多数平民生活的反映”，“是向前的猛求真理的文学”，“不是空想的虚无的文学，而是科学的真实的”文学；既从浪漫主义文学与写实主义文学的比较中认定以易卜生为代表的写实文学为现代文学肇始的标志，又从哲学与文学关系的考察中指出唯物主义是写实主义的思想渊源，而“写实文学不过是文学进化历程中的一段路程，决不是文学的极则，写实文学在 19 世纪末所以能够如此盛行，一是由于哲学上的唯物论正在极盛，二是由于对于烂熳主义的反动”。“总论”对文学的演变轨迹，现代文学特质、起始和渊源作了论述，给人以“史”的总体认识；第二章“近代文学主要的几类”，便以文体为单位将欧洲现代文学分为“小说”、“诗”、“剧本”三节逐一论述：“小说”的叙述有这样的特点，不仅指出长短篇小说“脱离了史实的范围，从事描写人生，这是文学史中一大进化”，而且把“客观的描写”真实反映人生、“心理解析的精微真确”、“思想的自由，个性的表现”作为现代小说的共通特色加以概述，既将文学思潮演变与

① 沈雁冰：《文学上的古典主义浪漫主义和写实主义》，《学生杂志》1920 年第 7 卷第 9 期。

现代小说特质结合起来考析,又把小说的思想性与艺术性联系起来解释。"诗"一节的陈述也是把诗的进化及其特色与文学思潮的嬗变捆绑在一起,揭示了两者之间的互动关系,特别肯定了"散文诗无韵诗的特点,便含有独一无二的平民主义的色彩";"剧本"一节是把剧本的进化沿革分为三段,"一是古式的剧本即古典主义派的剧本,二是浪漫主义时代的剧本,三是易卜生以后剧本",对各自剧本的特点以及它们之间的递进关系进行了史的梳理。第二章的分述既是对第一章"总论"的具体化又是对它的呼应,这种先总后分的结构为文学史的书写提供了范式;特别"结论"对"西洋文学所以能成为世界的文学是靠着总是关切着人生而富于创造精神"①的经验总结,提升了文学史写作的思想层次,并为中国创造为人生文学提供理性启示。

如果说以茅盾为代表的文人作者是怀着尊外的文化心理汲取进化论思想而构建起独具特色的进化文学史观,为文学史研究与书写提供了范式和样本;那么还有一些文人学者既重外又尊古,以冷静的科学态度承传了古文论中的进化文学思想因素,又大胆地拿来域外的进化论哲学加以严密的包装,形成了思想功能强劲的进化文学史观,对此最具有代表资格的应是新文化先驱胡适了。胡适于1917年5月就发表了《历史的文学观念论》,这可视为他自觉地也是较早地把进化论引进文学史研究领域,并从而从理论上建构进化文学史观的经典文本。

胡适明确提出"一时代有一时代之文学"这一构成进化文学史观的重要见解,尽管这是对先贤进化思想的承传,但是他却发现了"此时代与彼时代之间"在文学中"皆有承前启后之关系"②,这又是对传统进化文学史思想的发展;特别是胡适能从"人类生活"、"时代变迁"与"文学进化"这三层递进的因果逻辑中引出"一时代有一时代的文学"观,这更是对古文论进化思想的超越。诚然,文学与时代的关系极为复杂,并不像有人在进化链条上所推论的那么简单;但是胡适所理解的时代却是更宏观更寥廓一些,既没有触及到族界国界又没有触及到时代精神的具体内涵,只是着眼于考察"人类生活"的变化,即"文学乃是人

① 沈雁冰、刘贞晦:《中国文学变迁史》,上海新文化书店1921年版,第38页。
② 胡适:《历史的文学观念论》,《新青年》1917年5月第3卷第3号。

类生活状态的一种记载”，而人类生活则是随着时代的变迁而变迁，这就决定了文学的时代性的必然变动，绝对不会在某一时代就停止了步伐。在这种进化文学史观的审视下，胡适便认定“周秦有周秦的文学，汉魏有汉魏的文学，唐有唐的文学，宋有宋的文学，元有元的文学。《三百篇》的诗人做不出《元曲选》、《元曲选》的杂剧家也做不出《三百篇》。左丘明做不出《水浒传》，施耐庵也做不出《春秋左传》”①，这就是文学史演变的时代性使然。不过胡适对文学所处时代的划分并不是遵循古代的改朝换代，而是着眼于时代文化精神以及这种主导文化精神对文学进化层次或文学形态的影响，若不如此来划定而是依“朝代”来分，那上述的文学时代序列就遗漏了好几个，这显然不是常识性的疏忽乃是有意为之的。此乃胡适进化文学史观的特点之一。

以进化文学史观来考察中国文学史，胡适发掘出文学革命的两种相辅相成的方式，也是文学进化的轨迹。他说：“革命潮流，即天演进化之迹。自其异者言之，谓之革命；自其循序渐进之踪言之，即谓之进化可也。”②这指明文学演化的两种方或两种途径，一是“自然进化”一是“人工促进”，胡适皆称之为文学革命也。所谓“自然进化”就是文学自然演化，完全处于一种自发状态，体现出一种“自然进化的趋向”，如中国古代诗歌体式的演进就是这样，这一点先贤们对古代诗歌的变化也持这种见解，不过他们没有像胡适这样以“革命”话语来表述。他在《〈尝试集〉自序》中指出，“三百篇变而骚，一大革命也。又变为五言七言，二大革命也。赋变而无韵之骈文，古诗变而为律诗，三大革命也。诗之变而为词，四大革命也。词之变而为曲，为剧本，五大革命也”。在胡适的修辞里“革命”、“进化”是同义的，重要意义不在此而在于他根本不是从政治阶级意识和两极绝端思维去理解“文学革命”，这就更有助于解读和叙述文学史的演变。所谓“人工促进”是与“自然进化”相联系的革命方式，对此胡适作了这样的表述：“一种是完全自然的演化；一种是顺着自己的趋势，加上人力的督促。前者可叫做演进，后者可叫做革命。演进是无意识的，很迟缓的，是不经济的，难保不退化的。有时候，自然地演化到了一个时期，有少数人出来，认清了这个自然

① 胡适：《文学进化观念与戏剧改良》，《新青年》1918 年第 5 卷第 4 号。

② 胡适：《〈尝试集〉自序》，载于《胡适全集》第 1 卷，安徽教育出版社 2003 年版，第 85 页。

的趋势，再加上一种有意的鼓吹，加上人工的促进，使这个自然进化的趋势赶快实现；时间可缩短十年百年，成效可以增加十倍百倍。因为时间忽然缩短了，因为成效忽然增加了，故表面上看去很像一个革命。其实革命不过是人力在那自然演进的缓步徐行的历程上，有意的加上一鞭”。[①] 胡适以进化文学史观对中国文学史研究所发掘出的两种互促互动的革命方式，是一种规律性的史识，符合文学自身演进的客观实际，这有助于展示中国文学史发展的本来面目。此乃胡适进化文学史观的特点之二。

以进化文学史观来审视并梳理中国文学史，获得了新颖独特的文学“史识”，一是他发现了汉至宋的文学进化过程存有庙堂文学或贵族文学与平民文学或民间文学并行发展的两条线索，即“庙堂的文学可以取功名富贵，但达不出小百姓的悲观哀怨”，而“二千年的文学史上，所以能有一点生气，所以能有一点人味，全靠有那无数小百姓和那无数小百姓的代表平民文学在那里打一点底子”。[②] 并以这种双线的文学史识为框架于1921年编写了《国语文学史》，这既是建构中国文学史文本的新尝试又为五四文学革命提倡平民文学寻找历史根据。二是他又从中国文学的演化中发现了文言“死文学”与白话“活文学”两条并行发展的历史线索，并认为“白话文学史就是中国文学史的中心部分，中国文学史若去掉了白话文学的进化史，就不成中国文学史了，只可叫做‘古文传统史’罢了”。[③] 胡适曾自信地说：“这一个由民间兴起的生动的活文学，和一个僵化了的死文学，双线并行发展，这一在文学史上有其革命性的理论实是我首先倡导的；也是我个人[对研究中国文学史]的新贡献。”[④]他于1928年以“活文学”与“死文学”的双线并行史识结构成《白话文学史》（上卷）的框架，这是对书写中国文学史的一种开创性的实验，也为五四文学革命以白话取代文言的“正宗地位”的主张与实践提供了有力的佐证；尽管你可以对胡适的双线并行的文学史识及其所建构的白话文学史文本提出异议，然而却不能不承认他以进化文学史观研究并书写中国文学史的创新之功。此乃胡适进化文学史观的特点

① 《胡适全集》第11卷，安徽教育出版社2003年版，第201页。
② 《胡适全集》第11卷，安徽教育出版社2003年版，第31页，第216页。
③ 同上。
④ 胡适：《四十年自述》，载于《胡适全集》第18卷，安徽教育出版社2003年版，第433页。

之三。

胡适以进化文学史观考察中国古代文学发现的双线并行的“史识”建构了《国语文学史》和《白话文学史》文本，继之又书写了《五十年来中国新文学》[1]。该文将从桐城派古文的中兴到文学革命兴起以前视为“中国古文学”的终结，它既勾勒出这50年古文学从中兴到式微的史踪，可看成是胡适对中国文学史书写的续篇，又揭示出中国文学变革逐渐萌发的进程，这可看成胡适对文学革命必然到来前奏的叙述。这50年新文学史的书写最可取的是第十章对五四文学革命运动史的谱写，尽管所写的时间仅五六年，但却以进化文学史的眼光与魄力描述出现代文学史的最初面影与原生风貌，不仅沟通了五四文学革命运动与传统白话文学和平民文学的联系，又点明了五四文学革命的白话文学或平民文学与传统白话文学或平民文学的差异，并从文学主张与创作尝试两个维度互动的进化进程中展示出新文学在反对派的声浪中所取得的胜利。这是中国现代文学史书写的雏形也是有意义的尝试。此乃胡适进化文学史观的特点之四。

三

论的逻辑性与史的实证性足以证明现代进化文学史观在五四新文学运动中已经建成，并在文学史研究实践与新文学创作实践中发挥了应有的作用；尽管站在今天的认识高度反观进化文学史观存有难免的局限性，然而作为一个忠于特定历史范畴的研究者是不能漠视或少看进化文学史观曾有过的历史功效与思想优长的。

首先进化文学史观认定文学有个进化过程，如同生物的进化一样新陈代谢、优胜劣汰，新的不断地战胜旧的，优质的不断地淘汰劣质的，驱动着文学勇往前行，永远不能停止在一个水平上，总是在进化的链条上有所发现有所创新有所进步。研究主体以此进化文学史观面对纷纭复杂的文学现象，总是要从中抓住优质的新文学和长于创新的作家作为闪光点，穿越眼花缭乱的时空去梳理出一条进化路线来，考察出新文学的进化能分为哪些层级，即新文学是怎样发

[1] 《胡适全集》第2卷，安徽教育出版社2003年版，第259页。

生的又是以哪些新作家新作品或新社团新流派或新运动新思潮作为重要标志；新文学诞生后是如何遵循进化路线向前发展的，它又是体现在新文学哪些子系统中，具有什么新的美学特征，增加了哪些新人新作或新流派新潮流而又淘汰了哪些作家社团等；新文学发展高潮有哪些突出特征，具有里程碑式的大家力作是什么；新文学在进化中遭遇了什么才发生了转型或走向了衰微，有哪些明显的征兆，等等。遵循进化文学史观对新文学史作宏观考察至少应如此这般，至于以进化文学史观对文学思潮、文学运动、文学流派以及作家作品进行中观或微观的考察与梳理，也不能出离进化逻辑的思维程序。以创造社为例，作为新文学流派的创造社也有个从诞生到发展到分化直至式微的进化过程，如果说五四新文学运动高潮是其异军突起的诞生期，1925 年大革命高潮是其发展的高潮期；那么 1928 年革命文学论争则是其分化期，创造社的宿将如郁达夫等离去，从日本留学归来的青年学人又加入进来，到 1930 年“左联”成立，创造社则失去了存在的价值，这似可看成以进化文学史观从微观上勾画出的创造社的进化史。

其次，进化文学史观公然承认文学的时代性，即“一时代有一时代的文学”或曰一个时代的文学取代一个时代文学，或曰一个时代的文学胜于一个时代的文学，不论西方文学思潮的进化或者中国古代文学的演进都证明了“一时代有一时代文学”的规律性。承认文学的时代性就是承认了文学的进化性，不仅承认了文学的自然自在的循着不以人的意志为转移的客观规律在进化，而且也承认文学的进化是与时代进化密切相关的，是时代进化推动了文学的进化或者说是时代创造了文学，而文学的进化又丰富了时代的文化内涵或者说充实了时代的内驱力。若是以进化文学史观的时代性为视野来考量中国新文学史，除了关注文学的进化轨迹外还要关注其时代性，即新文学处于何种时代背景或时代氛围以及文化语境，而这个时代环境与文化语境通过什么“中介”影响与感染了文学，给文学整体打上何种时代印记和形成了什么时代特色，出现了哪些足以代表该时代的作家作品与思潮流派；还要洞察该时代的文化主潮或主导精神与新文学的关系，而新文学的时代特征往往由时代文化主潮或主导时代精神决定的；并且还要考察此时代与彼时代在文化思潮与文学创作上的顺向和逆向关系，从而揭示此时代文学对彼时代文学有哪些舍弃、有哪些认同、有哪些超越，甚至有哪些退化。时代与文学的互动关系并非完全是因果链条，是极为复杂错综的,但是进化文学史观却只承认一个时代的文学能胜于一个时代的文学,新文学必定取代旧文学,本时代文学优于前一时代的文学。因此以之审视文学史必然会作出这样的判断:五四时期的新文学优于晚清时期的文学,左翼时期的革命文学胜过五四时期的新文学,延安时期的工农兵文学标志着中国文学发展到一个新阶段。虽然以今天的文学史观检验这样的结论,可以指出不少谬误,但在中国文学史研究中它却是较长时间占主导地位的主体文学史观,即使置于当下新文学史研究视域也不能完全否定上述的"判断"。

再次,进化文学史观建立于进化论的新陈代谢或破旧立新的原理之上,因此这就决定了它对新文学是积极的建构、竭力的培植和热情的奖掖、充分的肯定的,而对旧文学则是尽力的解构、大力的排斥和无情的贬抑、不停的批判的;久而久之它便在文学史研究实践中逐步形成一个新与旧对立的认知模式①,即不论对中国现代文学史的梳理和书写或者对作家作品思潮流派的评述,都纳入新与旧对立的认知框架。新与旧虽然不是两个价值范畴,但是在运用和操作的具体实践中往往研究主体就不知不觉地赋予了新与旧一定的价值因素,这就造成了一种"唯新是好,唯旧则糟"的无意识。若是以新旧对立认知模式来考析中国现代文学史,就能于文学形态或表层结构上梳理一个与旧体文学有别的历时性的新文学系统,作为中国现代文学史的研究与书写的对象。1930年中期赵家璧主编的十卷本的《中国新文学大系》,分开来看是新文学第一个十年的专题史或体别史,合而视之则是新文学第一个十年的综合通史,它既不同于"五四"以前的中国古代文学史又不同于同时代的通俗文学史或旧体文学史,这就是源于进化文学史观的新与旧认知模式所获得的认识结果或知识系统。考察中国现代文学总体面貌,新与旧认知模式给研究主体这样的"唯新是好"的思维效果,如果以新旧对立认知模式来观照各种文体,那就能从小说文本中梳理出一个新小说史的系统,从诗歌中梳理出一个新诗史系统,从散文中梳理出一个新散文史系统,从戏剧中梳理出一个新戏剧史系统,而这些个体史正是在新旧认知框架中与所谓旧体文学的比照而辨识出来的。即使用新旧认知模式来梳理中国现代文学思潮史、中国现代流派文学史也能将"新思潮"、"新流派"的进化路线

① 朱德发:《探询现代文学研究的新与旧认知模式》,《河北学刊》2007年第1期。

清理出来，以构成中国新文学思潮史文本或新文学流派史文本，这就是进化论新旧认知结构运作于文学史研究实践所能产生的功效。

最后，进化文学史观的功能特点还体现在文学史研究实践上，虽然它顾及到文学的一定的内容与性质，但它却主要关注的是文学的进化方式、时代性和新旧之别，凡是能纳入进化视野的处于同一时代的新文学都能同等看待，一视同仁，既没有国别的偏见又没有民族的偏见更没有党派的偏见，远离政治意识形态的审判台，能在进化的链条上就新文学来评述新文学，使新文学作为一个独立自足的系统而进行自我评价、自我定位，这也是进化文学史观的优长。

任何文学史观都有其局限性，这主要因为文学史的客体结构系统极其复杂，即使中国新文学史的客观存在也不是那么容易看清其“庐山真面目”；况且原生态的文学史实早已成了踪影难觅的陈迹，仅凭一些遗留下来的作品、杂志、日记、回忆等材料，用何种文学史观去考察、梳理、辨识乃至激活，也只能生产出有什么文学史观就有什么样的文学史文本了。正是从这个意义上说，不论从理论上或实践上来探究，进化文学史观的局限性也是明显存在的：

其一，文学是进化的，尤其是新文学的进化又采取了“人工促进”的革命方式，但是文学的进化并非完全是因果线性的新文学必定战胜或取代旧文学；实际上文学的进化路向极为复杂，是多向的而非单向的，是多发的而非循规蹈矩的，甚至有不少偶然因素和不确定因素在左右着文学的进化。而进化的结果也不一定是“新陈代谢”，即新的取代旧的或者新的战胜旧的，更不可能完全如同生物进化那样有个自生自灭的过程；文学发展的道路充满了悖论，常常出现二律悖反现象，或者呈示出循环往复的历史怪圈，或者显现出新旧文学相反相成的并行发展，旧文学并没有因为新文学生成而销声匿迹，新文学也没有因为旧文学存在而停止前行。所以面对着现代文学史这样一个是线性又非线性、是必然又偶然、是有序又无序、是一元又多元、是向前又迂回、是发展又螺旋的错综复杂的过程，仅以进化文学史观来考辨来阐释，既有先假定一个进化线性模式硬套研究对象的先验之嫌，又有削足适履把复杂问题简单化的弊端。

其二，“一时代有一时代文学”的进化史识，固然看重了文学的时代性，承认文学的进化不是在一个封闭的自足系统之中，而是与时代紧紧联系在一起；但是文学的时代性并不是以否定其历史性、承传性为前提的，任何时代的文学都与前一个时代或前几个时代文学有联系,看不到文学的历史联系就意味着否定了文学的承传性和文学的恒定性。如果文学的时代性割断了与以前时代文学的深层联系,那这种文学的时代性就成了无源之水,所以"一时代有一时代文学"的史见有其正确的一面也有其不辩证性。要是在研究中国现代文学史的实践中不是灵活地运用这一史识而是作为正确无误的真理来坚持,那研究的结果只是凸现了文学的时代性而忽视了文学的承传性与历史联系性。况且,文学与时代的关系并非仅仅是线性的,而是极其错综混杂的,尤其中国现代文学所处的时代是个"动乱"的时代,致使时代精神的主旋律在不断地变化,时代政治背景与文化语境也在不断变化;而这种"动乱"的时代和不确定、不统一的时代精神以及纷杂的文化语境并不是直接对文学产生决定性的影响,有什么时代就规定什么文学,而这之间必须有作家主体作为"中介"或曰"导体",方可使时代精神或文化氛围物化为文学文本,并从而体现出文学所具有的某种时代性。所以探讨文学与时代的关系必须抓住"作家"这个环节,不对作家的文化心理或时代感受进行深入研究就不能真正弄清文学与时代的关系,也理解不透"一时代有一时代文学"这个论断,而进化文学史观恰恰缺乏这种阐释功能。

其三,由进化文学史观衍化出的新与旧二元对立认知模式,在现代文学史研究实践中诚然能分辨整理出一个与旧文学相对的独立的新文学史系统,为现代文学史研究提供一个规范化的标尺;但是新与旧认知模式的主要缺欠:一是不该只强调新与旧文学的对立或相异的一面,甚至把这种对立视为非此即彼、不破不立的对抗关系,这就从根本上漠视或取消了新旧文学之间的互补性、制衡性与转换性。二是把新与旧文学的对立强调到过分程度,往往面对古今文学关系研究时会误认它们之间没有联通性或承传性,而只有断裂性甚至异质对抗性,造成古今文学之间关系的过度紧张。三是现代文学史格局并不是仅有新与旧二元文学,而常常呈现出多元的文学局面,若以新与旧二元对立认知模式进行考察,所认识并充分肯定的只是新文学,这不仅贬抑或否定了旧文学,而且也遮蔽了其他形态的文学,展现不出中国现代文学多元互补的丰富形态。四是文学的新与旧两个形容词并不是价值范畴,由于进化文学史观过分看重新文学,认为新文学是新陈代谢的进化结果,所以运用新旧认识模式来研究现代文学史,往往会赋予"新"与"旧"以价值内涵,这就导致新文学皆优于旧文学或新文学价值高旧文学无价值的认识误区，甚至这种误认变成了人们的集体无意识，至今评述文学作品或书写文学史这种误解仍在起作用。

尽管进化文学史观有这种缺欠那种局限，但是它本身的突出优长与积极功能，我们既要充分肯定又要合理弘扬。阶级论文学史观即《新民主主义论》文学史观，主宰中国现代文学史的研究与书写，时间长影响大，这里不想对其进行专题评述，只是就进化文学史观与阶级论文学史观之间的异同关系作点粗略的考察。阶级论文学史观承认进化文学史观把中国现代文学分成新文学与旧文学两条色彩不同的艺术风景线，认同从“五四”起所形成的新文学系统，并在20世纪50年代初建立学科时将其命名为“中国新文学史”；而且也承认一个时代有一个时代文学的史识，也强调此时代文学胜于或优于彼时代的文学，这些可视为两种文学史观的相通点，也是阶级论文学史观对进化文学史观的承传与弘扬。但是从总体上看，阶级论文学史观对进化论文学史观肯定得少否定得多，虽然前者也承认文学是进化的，但它却否定这种进化是渐进的改良的，而是强调文学的进化如同政治革命一样是无产阶级文学推翻封建文学或贵族文学的暴烈行动，甚至是“兴无灭资”的意识形态的谁胜谁负的不可调和的斗争；前者虽然也承认文学的时代性，但是新文学所处的时代只是无产阶级领导的革命时代，其时代精神是由无产阶级思想来制导的；前者虽然承认新文学史的命名及其起点是五四新文化运动，但是新文学史的领导权与性质却发生了根本变化，并不完全顾及历史事实地主观武断地认定五四文学革命是在无产阶级思想领导下的彻底地不妥协地反帝反封建的文学运动，以此文学史观书写的新文学史则成了革命的文学史。况且，阶级论文学史观又以所谓阶级分析方法对新文学阵线、现代作家作品作了政治定性的机械分析，除了把旧文学定性为封建主义文学外，新文学又分为无产阶级文学、小资产阶级文学、资产阶级文学乃至反动阶级文学，作家身份也分别贴上随意性的阶级标签；固然文学在阶级社会里会烙上这样那样的所谓阶级印记，但是这些印记并不能改变新文学的人本或人学性质。如果以阶级论文学史观来考量或书写文学史，那不只是把中国新文学史变成政治史、阶级史、或是《新民主主义论》的阐释史，而且人为地把新文学史分成九级十等，唯无产阶级文学才是最上等的最优秀的，并给新文学的领导权和性质冠上一些难以令人理解的政治修辞。由此可以想见，究竟进化论文学史观适宜于中国新文学史的研究还是阶级论文学史观呢？其论断是不言而喻的。

20世纪80年代中期以后对中国现代文学史的重写，越来越重视现代性（或现代化）文学史观的坚持与运用。诚然现代性文学史观全面挑战了阶级论文学史观，彻底否定了现代文学史研究的极左政治模式和机械阶级论评述文学所造成的阶级或党派的政治偏见，将中国新文学史研究纳入现代性视野；但是现代性文学史观却没有对抗进化文学史观，反而它合理地接纳并在某种程度上弘扬了进化文学史观，即现代性文学史观把新文学的“新”字、文学的进化与发展、文学的时代性等都认定为文学现代性或现代化的体现，以现代性来规范文学史的书写对象如同以“新”字来规范文学史研究系统有其相似性。如果说以现代性文学史观来考察中国新文学史仍延续了进化文学史观所规范的研究对象，那么两者相比较而言现代性文学史观对新文学史的规范就更宽泛更灵活了：例如鸳蝴派为代表的通俗市民文学，在进化文学史观的视野中只是“现代旧文学”而不算地道的新文学，但在现代性文学史观的考察中却成了现代性的新文学。虽然“现代性”这个概念说法多争议大，但以此构成现代性文学史观来研究中国新文学史却发挥了巨大功效，带来新文学史书写的历史性突破。现代性文学史观如同进化文学史观一样，所洞察的对象集中于新文学史，而其他文学样态不是被舍弃就是得不到公平对待；但是以现代国家文学史观及其所建构的现代中国文学史学科，①既避其上述文学史观之短又取其上述文学史观之长，以现代民族国家观念为思想柱石而建立现代中国文学史学科，将现代中国自晚清肇始直至21世纪当下的所有形态的文学，不分新与旧，不分阶级阶层，也不分现代性和非现代性，更不分民族和时代，只要是生成于现代中国版图上的所有文学，均以统一的价值尺度进行衡量和评述，从多维度多层面来考察认识和恢复现代中国文学史的整体面貌，因此我相信现代国家文学史观用之于研究实践定会获得比其他文学史观更好的学术效果。

文学史观之于文学史的研究和书写至关重要，因此只有在对以往文学史观进行认真反思的基础上建立起更科学的文学史观，才能使21世纪现代中国文学史的研究与书写有所突破有所创新。

---

① 朱德发：《重构“现代中国文学史”学科意识》，《福建论坛》2002年第1期。

现代文学史观的探索及其意义

文学史观的探索是现代中国文学史研究或书写的必然趋向和内在追求。"五四"以来虽然形成多种文学史观,但我所看重与倡导的却是人学文学史观和现代国家文学史观,这主要因为它们或揭示现代中国文学史的特质或涵括现代中国文学史全貌;在探索文学史观的过程中,不仅能深化研究或书写主体的学养,而且能为现代中国文学探究和学科建设不断开拓新局面,当然也显露出一些深层次问题亟待解决。

所谓文学史观并不是个玄妙的命题,简言之就是学者们对文学史的体认和看法,把文学纳入"史"的视野进行梳理与评述;中国现代文学史观就是人们对中国现代文学史的体认与看法,以及研究者或书写者对它的整合与评判。郑振铎在其所著的《插图本中国文学史·自序》中说,"中国文学自来无史,有之当自最近二三十年始"。如果这种说法可以成立,那文学史观的出现应在五四新文学运动前后,有了写"史"的需求才呼唤文学史观的出台,有了文学史观才能规引文学史的研究与书写,文学史研究的深化又会发现新的文学史观或者呼唤新的文学史观,以驱动文学史观的不断更新。可见文学史观对于文学史的研究和书写极其重要,有人说文学史观是文学史的灵魂,也有人说文学史观是文学史的柱石,这都在说明文学史观之于文学史建构所起的关键作用。

一

自五四文学革命以来,对中国现代文学史研究或书写发生深刻影响的文学史观大致有:一是进化论文学史观。它源于生物进化论,晚清严复把赫胥黎的《天演论》翻译到中国,其进化论思想对后来现代学者的进化文学史观的形成起了决定作用；五四文学革命先驱胡适、陈独秀、沈雁冰等均在进化原理上建起进化文学史观的构架，使进化文学史观具有了现代理论形态。陈独秀以进化文学史观考察了法国文学思潮的进化轨迹，写出了《现代欧洲文艺史谭》，它虽然书写的是欧洲新文学运动史，但却为中国文学史研究提供了参照思路与文本；沈雁冰与刘贞晦于1921年著的《中国文学变迁史》，旨在以进化文学史观为统摄，以“西洋文学”史为参照来梳理中国文学流变过程及其特点；胡适于1917年发表的《历史文学观念论》，是自觉地也是最早地把进化论引进文学史领域并从理论上建构起进化文学史观的文本，且以进化文学史观考察了中国古代文学的演变，先后书写了《国语文学史》和《白话文学史》，还写了《五十年来中国新文学》，后者可视之为以进化文学史观书写中国新文学史的尝试。进化文学史观虽建成于五四文学运动，但在随后的文学史研究与书写中仍自觉不自觉地发挥着作用。二是阶级论文学史观。它的最经典的表述是“新民主主义论”文学史观，主宰了中国现代文学史的研究与书写，既有时间的长度又有影响的广度。这种阶级论文学史观把中国现代文学定性为“新民主主义文化”，也就是“无产阶级领导的人民大众的反帝反封建的文化”，特别强调了“无产阶级领导”；不仅如此，并以所谓阶级分析方法对新文学阵线、文学思想论争、现代作家作品以及文学现象进行了政治定性的机械分析，除了以一个“主将”、三个“伟大”、五个“最”字把鲁迅定格在中国现代文学史的“神坛”上，其他的新文学作家作品不是无产阶级的、小资产阶级的，就是资产阶级的甚至反动阶级的。固然在阶级社会里文学难免烙上或深或浅的阶级印记，但是产生于现代中国极其错综复杂文化语境的和出自于作家主体直觉形象思维的表现自我或再现世界的文学，若如此这般的大而化之的主观武断的阶级定性，那究竟有多大的可信度和科学性？以这种阶级论文学史观来考量和书写新文学史，那只能把中国现代文学史变成政治史、阶级史、革命史或是《新民主主义论》的阐释史，20世纪五六十年代书写的中国新文学史几乎都具有这种政治史的特征；“文革”极左思潮泛滥，对阶级论文学史观进行了极端化的实用主义的运作，现代文学史上只剩下鲁迅，其他作家作品都冠上“封资修”的政治帽子。从对上述两个文学史观的简析中，可以获得这样的共识：文学史观能决定文学史的性质、价值取向、考察范围和研究方向，从特定意义上说有什么样的文学史观就有什么样的文学史。

既然文学史观对于文学史的研究和书写至关重要，那我对现代文学史观的探讨就不能不多用点脑筋了。不过阶级论文学史观对我的影响较深，像我们这一代学人只要在专业上致力于中国现代文学的教学和研究谁也难于挣脱“以阶级斗争为纲”的捆绑，也许由于较长时期坚持阶级论文学史观对中国现代文学客体的观照与研究才发现了诸多问题产生了不少困惑，并对阶级论文学史观提出了质疑，力图探求一种更符合中国现代文学史客观实际的且与自我对之感受体认更吻合的文学史观，这正是我探讨新文学史观的突口和起点。在探讨的过程中，我虽然提出一些文学史观，这不是我的创造，仅仅是发现而已；但这些文学史观不管从理论上还是从实践上，我最看重的则是这样两种文学史观：

其一，“文学是人学”的文学史观，即人学文学史观。早在1987年孙昌熙先生与我主编的《中国现代文学史新编》前言中，我是这样陈述的：“这部《中国现代文学史新编》，我们试图以马克思主义的文学理论作为总的指导思想，以高尔基的‘文学是人学’的文学史观作为具体纲领，着重从文学与人的关系来考察和研究中国现代文学史，从而展示它的本质面貌”。这就把中国现代文学史的研究从“以阶级斗争为纲”的理论范畴引上“文学是人学”的轨道；“文学是人学”不仅是所有文学的普泛本质更是中国现代文学的特殊本质，中国文学向现代转型的五四时期，先驱们都认同了新文学的人学本质，周作人从理论上首提“人的文学”观念，继之茅盾又提出“人的文学”命题。“不管是五四时期提出的以个人为本位的文学、以平民为主体的文学，或者是三四十年代倡导的以劳苦大众为主体的文学、以人民大众为主体的文学，乃至以工农兵为主体的文学，就其本质来讲都是不同形态和内涵的‘人的文学’。由于中国现代文学从形成到发展的三十多年，作为社会主体和文学主体的中国人经受了尖锐复杂的思想革命、阶级斗争、民族斗争、政治革命等火与血的洗礼，所以始终把争取自身解放、民众解放、阶级解放、民族解放作为崇高的历史使命，这就给不同内容的人的文学带来独特的色彩。”正如马克思所说：“任何一次解放都是把人的世界和人的关系还给人自己。”若能坚持这种人学的文学史观，“所编著的文学史应是人性解放的形象史，人生奋斗的形象史，民族解放的形象史，阶级斗争的形象史，现代国人灵魂的衍化史”。① 中国现代文学是个庞杂多维的审美文化共同体，研究者可能从中抽象出多种文学史理念，诸如进化文学史观、民族文学史观、启蒙文学史观、人民大众文学史观、民间文学史观、政治文学史观、通俗文学史观、女性文学史观等等，然而它们都不能作为中国现代文学史的核心观念。这是因为它们各自不是缺乏宏观的涵括力就是缺乏锐利的穿透力，不是缺乏高屋建瓴的统摄力就是缺乏辐射四方的发散力；只有选择人学文学史观作为中国现代文学史研究和书写的核心文学史观才是更为合理的也更为贴切的。不仅人的文学能够明确标示出中国现代文学的本质规定，它可成为中国现代文学的象征符号，同时能够投射到中国现代文学的差异互见的各种形态的表层与深层，成为研究主体进行发现和阐释的重要依据和理性坐标。所以，人学文学史观作为研究和书写中国现代文学通史的核心理念，可以充分发挥其宏阔的统摄力量与巨大的阐释功能，既能够把中国现代文学所蕴含的现代性与民族性抽绎出来，又能够将中国现代多种形态文学的复杂而深邃的人学内涵发掘出来，也能把掺杂在中国现代文学结构中的“非人文学”因素剔出来，更能以人学文学史观作为逻辑纽带将各种形态文学联结为一部整体性的中国现代文学史文本。

其二，现代国家文学史观。不论是进化文学史观、阶级论文学史观所关注的研究对象，还是人学文学史观、20 世纪中国文学史观所聚焦的书写客体，都限于中国新文学或现代文学，而不是现代中国版图上所生成的所有文学样态；不只是文言创作的文本或传统体式的诗文排斥于中国现代文学大门之外，就是那些鸳蝴体的通俗文学或地道的民间文学，乃至不合现代性标准的少数民族文学也没有在中国现代文学史上取得正宗的合法地位。质言之，上述文学史观所注视和容纳的不是现代国家生产的所有文学，而仅仅是新文学或现代型文学，以此所构成的中国新文学史或中国现代文学史不是完整意义上的全民族的现代国家文学史。这样的文学史研究和书写也许在特定的历史阶段是合理合法的；而在中华民族正在走向全面复兴、整个国家现代化步入快车道的今天，越来越感到文学史的研究和书写既不能适应“五十六个民族是一家”的学术诉求又不能折射出整个现代国家的多元审美取向。即使 20 世纪中国文学史观它从根本

① 孙昌熙、朱德发主编：《中国现代文学史新编》，宁夏人民出版社 1987 年 9 月版，第 1 ~ 5 页。

上摆脱了新民主主义文学和社会主义文学的政治框架，打通了文学的近代、现代、当代这三段论的人为切割，把百年中国文学作为一个整体来体认，也难以克服其自身局限性：从时间上它只能规范百年中国文学，而21世纪的文学就容纳不了；从性质上只限于改造国民性塑造国民灵魂的启蒙文学，其他形态文学如何处置，不得而知。为了适应21世纪文学史学科建设、深化学术研究以及重写文学史的需要，从现代民族国家的整个文学实际状况出发，借用“五四”以来出现的“现代中国”的提法，2002年我撰成《重构“现代中国文学史”学科意识》[①]一文，提出了现代国家文学史观，主张以此为理念重构现代中国文学史学科。现代国家文学史观，主要指明在现代民族国家发生的所有文学现象、生成的所有文学形态、出现的所有文学运动和文学思潮流派都是属于国家的民族的，而不是某个阶级、某个社团和某个党派的。这一现代国家文学史观是建立于现代民族国家观念之上的。虽然现代民族国家理论源于西方，但晚清维新变法出于救国或建国之需，梁启超以《国家思想变迁异同论》为题撰文，从比较中把现代民族国家观念介绍到中国，不知有多少仁人志士汲取现代国家学说来设计中国实现现代化的方案，不管是主张科技救国、文化救国、教育救国，或者是提倡政治救国、改良救国、革命救国，都是为了把祖国从列强侵凌下拯救出来以建设现代化的富强国家。晚清维新变法尽管未获成功，然而中国却开始步入现代化的轨道，中经旧民主主义和新民主主义社会，最终跨入社会主义社会。虽然社会制度有所不同而追求国家现代化的目标却有一致性，这在性质上他们都属于现代性的民族国家。不只是新文学或现代文学随着民族国家现代化的进程所生所成所变，其他形态文学的生存、变异也没有出离现代民族国家所提供的文化生态，所有的文学现象、文学形态、文学思潮和文学运动以及创造所有文学的作家文人都属于现代中国的；从特定意义上说现代中国文学就是现代中华民族文学，它不分新与旧、左与右、雅与俗、多与少，只要是隶属于现代中国的文学，都应纳入国家文化宝库。所以，现代国家文学史观至少有两个功能特点：它把从晚清（国家现代化开始）到今天的所有文学都引进研究主体视野，上与古代中国文学对接，下随国家现代化的步伐延伸，即“上可封顶下不封底”，可以系统地完

① 朱德发：《重构“现代中国文学史”学科意识》，《福建论坛》2000年第2期。

整地动态地考察和梳理现代中国文学史的流变，这就避开了上述文学史观在时空上的局限，此其一；从横向说它对现代国家所拥有的一切文学都一视同仁，平等相待，尽管在统一的价值坐标上不同形态文学的思想意义和审美价值有高低之分，而作为现代国家的一种文学形态与其他形态文学之间的关系却是平等的，价值标准和评判态度也是公正公平的，这就消解了民族的、阶级的、党派的观念在文学评价上所残留的偏见，此其二。因此在我看来，现代国家文学史观较之上述文学史观更具有合理性、合法性、开放性、科学性和前瞻性。说它更具合理性，因为现代国家文学史观是建立在现代民族国家思想意识之上，它可以既不厚此又不薄彼地把生成于现代中国的一切文学文本、思潮流派及文学现象，都涵括进自己的视阈，认定它们存在的合理性；说它更具合法性，因为现代国家共同体所孕育出的所有文学，都要受到国家法律的保护，即使有的文学触犯法律也要遵照法律来解决，个体的或党派的意志不能横加干预；说它更具开放性，因为现代国家文学史观已突破了民族、阶级甚至党派的界限，把所有形态文学作为现代中华民族的完整体系直接或间接地与世界其他民族或国家的文学，进行交流和对话，使我们在世界文学之林中所见到的中国文学史不再是某个民族、某个阶级的文学史，而是现代中国文学史的整体面貌；说它更具科学性，因为现代国家文学史观是以公正平等的价值眼光来对待所有民族所有阶级所有党派的文学，并以实事求是的科学态度遵循统一的价值尺度来评估一切文学在文学史上应具有的地位，力求避免“唯新是好”或“唯汉独尊”的评估倾向；说它更具前瞻性，因为现代国家文学史观既关注已逝的现代中国文学史的流变又追踪现代中国文学的当下发展，也预测现代国家文学的运行前景。总之，现代国家文学史观与现代中国文学史的多元复杂的客体结构相吻合，并能在很大程度上呼应现代国家科学发展、和谐发展的强烈诉求。

二

探究文学史观颇有意义，这可从两个方面来体验与认知：就研究主体来说，不仅仅为了更好地教授中国现代文学史课，书写教材型的中国现代文学史文本，以完成本身所担任的专业职责，在不断更新教学内容不断正确传授知识的同时不断深化和强化“育人”任务；而且是为了更切实地拓展、提高、充实、丰富研究主体自身，使之成为名副其实地从事文学史研究的现代学者。

所谓“拓展”，主要指拓展主体的文学史视野，因为有什么文学史观就有什么文学史视野，理论上的文学史观能够拓展主体的文学视野，主体的文学史视野也能调整或更新文学史观。探讨进化文学史观能够拓展主体的直线向前的新陈代谢的文学史视野，总是把眼光聚焦于新文学新作家，而对那些非新文学非新作家或置若罔闻或不舍一顾；探讨阶级论文学史观，满脑子装着阶级定性的界限，文学史视野主要关注无产阶级文学、独尊无产阶级文学，其他文学不是否定对象就是蔑视对象，随着阶级论越来越教条化偏激化而主体的文学史视野也越来越狭窄，最后视野里只剩下一个被神化的“鲁迅”；探讨人学文学史观，既拓展了主体的外观学术视野又深化了主体内观的穿透力，外观上视所有的新文学都是不同形态的“人的文学”，内观上穿透了人的文学的层层本质，使主体文学史视野消解了进化文学史观的线性局限并解构了阶级论文学史观的政治偏见，主体文学史视野在人学上得到升华与扩展；探讨现代国家文学史观，既从长度上又从宽度深度上拓展了研究主体的文学史视野，突破了一切应该突破的界限，不仅可以无阻遏地穿越现代中国所有样态的文学，而且也能以世界眼光来洞察现代中国文学与世界各民族文学的关系。

所谓“提高”，主要指提高主体的文学史认知能力，真正从体验文学的感性或理性的世界中获取新颖独到的“史识”，以形成文学史观；也就是说，文学史观既不是天上掉下来的又不是研究主体头脑中固有的，它或源于文学史客体或出自既有理论模式，不管来自何处都离不开主体的认知能力，而研究主体是否具有睿智深刻的认知能力却往往决定着文学史观提炼选取的创新性与科学性。中外文学史理论著述并不丰赡，大多与文学理论体系交织在一起或成为文学理论的组成部分，独立完整的文学史理论系统所见较少；即使如此也要从其匮乏的理论知性与理性世界中选择合适的概念范畴，或借鉴有新意的理论范式，形成与文学史书写对象相契合的文学史观，因此由理论形态选择或借鉴并形成文学史观的过程就是研究主体于思维实践中提高自身认知能力的过程。例如，人学文学史观的形成，研究主体凭借已有的认知能力，既要穿越西方文艺复兴与思想启蒙的人学思想又要穿越费尔巴哈和马克思主义的人学思想，也要钻研五四文学革命以来的现代人学思想，然后联系中国现代文学客观实际，以抽绎凝成人学文学史观，并从而深化提高了研究主体的认知能力。特别是从中国现代文学史客体中发现出“史识”而形成文学史观，就更能提高研究主体的文学史认知能力；因为“史识”的发现必须潜入文学的感性或情感的形象世界或深入纷纭驳杂的文学史实之中，依靠主体的感受认知能力从中洞见那些时隐时显、似断非断的游丝般的联系或关联，也许是它们把诸多文学文本或文学现象从本质上串联起来，而这些就是要发掘的“史识”，即对文学史的合规律的看法，故而正是这种探幽发微的思维过程驱动着研究主体认知能力的提高。况且，源于文学感性世界的文学史观大多形成于一些二元相对的认知模式，这更有利主体认知能力的提高，如：与进化文学史观相联系的新与旧相对的认知模式，把文学史研究对象置于这个模式，从比照互衬中既能认准新文学的流变脉络及审美特征又能辨明旧文学形态的特点，也能看清新旧文学之间的互通性与差异性，从而便获得了与进化文学史观相吻合的“新文学必将取代旧文学”的结论；此外，还有“左”与右、雅与俗、今与古、中与外等两两相对的认识结构，都能提高文学史研究主体的不同的认知能力。

所谓“充实”，主要指充实研究主体的知识结构，从对多种文学史观的探讨中触及的知识面广、接受的知识量大、体察的知识信息多，这就极大地充实了主体知识储藏。文学史研究不同于作家论、作品论和思潮论，它本来就需要主体的丰盈的知识积累，孤陋寡闻、一知半解或似是而非、亦虚亦实的知识量是不能应付文学史研究之需的；而文学史研究的关键就是文学史观的选择与确立，这就要求研究主体至少从三个维度上汲取接纳知识：一是中外文学史理论知识，这是文学史观赖以确立的文学理论资源。二是大量的杂多的现代中国文学史知识。对研究主体来说，不只是去浏览去梳理而是通过融会贯通去发现去寻找那些能够验证不同文学史观的作家作品、思潮流派、文学运动等相关知识，发掘得越深越好，发现得越多越好，即使相应的文学史观有了足够的史实根据又使研究主体的知识结构得到进一步充实。三是对文学史观探讨得越多，主体知识结构充实得越多，而且知识结构能得到不断调整、转换和更新；尤其改革开放以来面临一个“知识爆炸”时代，这对于文学史观研究的冲击颇多，文学理论和文学史的新知识层出不穷，因之探讨文学史观的过程就是接受新知识确立新文学史观的过程。比如阶级论文学史观赖以成立的理论知识和文学史知识，与人学文学史观和现代国家文学史观所依凭的理论知识和文学史知识相比，它僵化板滞，荒谬虚假，丧失了知识本身应有的科学性特质；而后两者凭借文学理论和文学史的新知识系统，却极大地充实了更新了研究主体的知识结构。

所谓"丰富"，主要指研究主体掌握的文学史资料越来越丰富。文学史观是研究或书写文学史的灵魂，而文学史料是文学史研究或书写的血肉，故而"史魂"与"史料"有机结合方可构成文学史。探讨文学史观不能仅止于理论形态层面，即使借鉴中外既成的文学史观也不是概念或范畴的拼凑，必须密切与史料或史实相联系，或从史料中抽绎出文学史观或以史实来验证文学史观，所以文学资料的求索与掌握是文学史观构成的先导与关键。这就要求研究主体围绕文学史观的探索与形成，尽量多地占有文学资料，既要通过原始报纸杂志的阅读与感受去占有第一手资料又要通过原版文学作品的解读与体验去占有异彩纷呈的文学形态，既要想方设法去搜集作家生平、日记、书信与手札等又要去调研访谈那些健在作家所拥有的活资料，总之，占有的文学资料越丰盈越是原生态的，那文学史观的形成越有充分扎实的依据，文学史的书写越能得到史实的源源不绝的支持，从而使文学史文本丰满厚实而逼近文学的本来面貌。这说明文学史观的探讨过程也是文学史料丰富研究主体自身的过程，如果说进化文学史观主要限于搜集中国新文学的相关资料、阶级论文学史观主要限于掌握革命文学或左翼文学的史料；那么人学文学史观比之前两者在文学资料的搜求与占有上要广得多深得多，而现代国家文学史观所要占有的文学史料不论在广度上或深度上则是空前的，它冲破了一切界限以面对现代中国文学的所有史料或史实，因此它对研究主体在文学史料的掌握上则提出更高的要求与期待。以上从四个相关联的视角考察和体认了文学史观探讨之于研究主体自身的意义，这算是第一个方面吧。

第二个方面，文学史观的探讨有利于学科建设，有利于教学内容更新，有利于学术研究创新。中国现代文学史学科建设与文学史观密切相关，在很大程度可以这样说，即有什么文学史观就能建立什么文学史学科，这不仅因为文学史观是文学史学科的核心理念与思想支柱，也因为文学史观是规范文学史学科的理论依据与精神准绳。建国之初适应政体的需求而建立的中国现代文学史学科,就是以阶级论为基石的新民主主义文学史观作为其思想根基,这个学科的长处或短处都与阶级论文学史观联系在一起,因此今天探讨中国现代文学史学科首先要反思阶级论文学史观的优长与局限,特别应从文学史学科的教学实践和科研实践的历史教训中认清阶级论文学史观难以克服的缺陷,并思索建构新的文学史观取而代之,以便重构中国现代文学史学科,这无疑推动了学科建设。20 世纪 80 年代中期,在反思阶级论文学史观的认识基础上,大多数学者认同了带有启蒙理性色彩的人学文学史观,并以此为据试图建立 20 世纪中国文学史或百年中国文学史学科以及中国新文学 60 年文学史学科,即使那种仍在沿用中国现代文学 30 年时间框架的文学史学科也换成了现代性或现代化文学史观念。及至现代国家文学史观提出,随之便建构起现代中国文学史学科范式。这足以说明文学史观的探讨有利于推动中国现代文学史学科的更新换代的建设。

教材型的文学史深受教育体制的规约,文学史观的更新受到限制,文学史内容的更新滞后于学术研究。即使这样,通用教材型的中国现代文学史也逐步突破了阶级论文学史观,逸出了那个已成思维定势的政治理论框架;并以新的文学史观重写中国现代文学史,使其文学史所包含的文学运动、文学思潮、作家作品等内容获得了相当程度的更新,尤其研究主体以新思维新方法新理路对现代文学的总体评述与微观分析,所作出的思想概括和审美判断已摆脱了阶级论文学史观的束缚,而是与新文学史观相契合。有了这种从“史识”到“史料”得以更新的中国现代文学史教材,从根本上确保了现代文学史教学内容的更新,这是不言而喻的通理。

文学史观的探讨也有利于学术研究的创新,其道理更容易通晓。文学史观的探讨旨在建构新的文学史观,这本身就是文学史理论的创新;况且建构起的新文学史观,若用之学科建设而构成的现代文学史新学科,具有更大的涵括力和更强的包容性,它能把过去被遮蔽的文学现象、被淹没的作家作品甚至被歪曲的思潮流派重新恢复其原来的样态,这就为深化现代文学的学术研究提供了新的对象或新课题,足以支持理论上的创新;若以新文学史观重写中国现代文学史,那不仅设计的文学史理论框架会有新意,而且为文学史提供的理路、角度也是新颖的,特别是能影响到价值尺度的创新取向。文学史研究和书写须臾离不开价值判断,从特定意义上说文学史研究与书写的过程也就是价值判断的过程；而文学史观则含有价值因素，它能直接或间接地规范对文学史研究与书写对象的价值评估，如坚持人学文学史观来研究中国现代文学史就要把人道主义作为评估体系的最高价值原则，不论从宏观上或者从微观来评述现代文学的作家作品、思潮流派和文学现象，都要作出符合人学文学史观及其人道主义原则诉求的价值判断，而这样的判断就是学术研究的创新也是现代文学研究的增殖。因此，文学史观的探讨确实有利于学术研究的创新。

文学史观的探讨虽然有不少问题需要解决，但由于对文学史观的探讨有兴趣者、费心力者和有建树者大有人在，却对存在问题的认识不尽相同，有些学者感到是问题的而另一些学者则迎刃而解了，故而这里只能择取两个我认为是问题的而略谈之：

其一，固然文学史观对文学史研究及其文本书写至关重要，与评价标准也有联系，但它毕竟不能取代或顶替价值体系。如人学文学史观内蕴的价值因素就多一些，而现代国家文学史观的价值含量就模糊得多；况且依据文学史观研究或书写文学史则必须坚持一定的价值评估标准，否则文学史的研究和书写便失去意义。然而目前的文学史研究与书写，解构了“政治标准第一，艺术标准第二”之后，则缺乏一个取而代之的大家认可的价值尺度，每位研究者各有自己信奉的价值标准；所以对现代文学史上的作家作品、文学思潮、社团流派等的评价出现了“各吹各的号各唱各的调”的热闹场面，甚至对经典作家作品的评价也是各持己见，难以找到“共识”点，如果将其限于学术研究范围可视为“百家争鸣”之景况，那么作为教材型文学史的书写就应坚持大致统一的价值标准了。究竟中国现代文学史的研究和书写，应该确立一个什么样的价值标准，它既与文学史观相适应又能为多数学者所接受？现代性或现代化这两个概念引入中国现代文学史研究和书写，它们本身的内涵比较复杂，而且界说也不一致，不少学者却以现代性或现代化作为中国现代文学史的评价体系，这是否科学？特别笔者提出的现代国家文学史观，它所指涉的对象是现代中国这个大家庭里孕育产生的所有文学形态，真正是异彩纷呈，关系错综，线索复杂，雅俗交织；欲把它遵循现代国家文学史观整合成一部现代中国文学通史，究竟应坚持何种价值评估体系为宜，使各种各样形态的文学都能得到公正公平的评价？所以，不管主张以何种文学史观来研究和书写现代中国文学史，建立一个大家认可的价值标准或评价体系，乃是急待解决的问题。

其二，探讨文学史观的宗旨是为了在深化文学史研究的基础上重构中国现代文学史，比如认定了人学文学史观旨在重写一部以人道主义为灵魂的中国现代文学史，认定了现代国家文学史观旨在重建一部以民族主义精神为支柱的现代中国文学史；但是要实现这一目标：一是应在新文学史观引导下重新梳理重新评价文学运动，其中有些文学运动如晚清、五四文学变革任你怎样评价不会受到强势干预，而有些文学运动如延安文艺运动、“十七年”文学运动就有些无形的或有形的“禁区”难以畅通无阻地进入，更谈不上重新评价了。二是应在新文学史观引导下重新规范和评判各种文学理论思潮，其中多种文学理论思潮的重新评述可以给研究者以更大的自由度，而有的文学理论思潮如《讲话》等就不能随意触动，若是坚持“实践是检验真理唯一标准”的原则，重新考察从延安文艺整风到十年“文革”的文学实践，恐怕对《讲话》所代表的文艺理论思潮应该怎样评价，那会出现见仁见智的看法吧？三是在新文学史观引导下应对所有能纳入重写文学史框架的重要文学作品重读重评，这是落实新文学史观的关键所在。对于研究主体来说，过去解读的文学作品是适应当时所坚持的文学史观的建构需求，有些感悟、理解和评价已成“明日黄花”，也许与新文学史观格格不入，所以必须重解重评；这既需要下苦功夫与深功夫又需要从文本中发现被遮蔽的新东西或对被歪曲的意思重评，使文学文本解读与新文学史观相契合。如果对重构文学史的文学运动形态、文学理论形态和文学创作形态不花大力气重解重评，那依据新文学史观重写文学史就要落空；然而对文学“三大形态”进行重解重评谈何容易，这都是探讨文学史观必须解决的实际性问题。

价值篇

现代中国文学史重构的价值评估体系

虽然当下处于一个价值多元化的时代,但是作为教材型的现代中国文学史重构亟待确立一个公正平等的价值评估体系。在我看来,建立于进化论文学史观和阶级论文学史观以及启蒙文学史观之上和现代化或现代性范畴上的价值标准皆不适宜;而应确立一个以人道主义为最高原则、以真善美为三个亮点的价值评估体系,简称之"一个原则三个亮点"的评估体系。这个价值体系具有普适性、超越性、公正性、人本性等功能特点。

为了适应21世纪中国文学的发展和文学史研究或书写的需要,我于2002年提出一个与"中国现代文学史"学科相关又相异的"现代中国文学史"学科理念[①],它不同于"中国现代文学史"学科只有32年,又不同"20世纪中国现代文学史"学科仅有100年,而是建立于现代民族国家观念之上的且与中华民族的现代化历程同步并行的新学科范畴。

既然这个新学科涵盖包容了现代中国在民主主义和社会主义两大历史区段的所有形态的文学及其创作主体;那么若将其纳入读者的阅读视野或学者的研究视野或师者的教学视野,是否需要确立一个大家能够认可的或者基本可以认同的价值评估体系,以便对异彩纷呈的复繁杂多的文学样态在阅读或研究中取得某些共识,以便书写或重构现代中国文学史呢?也许有的学者认为,当下是个多元化的价值时代,而且文学研究本来就是见仁见智的学术事业,何必建立一个统一的价值体系来约束呢,还是众声喧哗为宜?后者的见解不无道理,学术研究就应该各抒己见、百家争鸣,这是学术繁荣的景象。但是我们应该清醒地意识到,学术研究特别是现代中国文学研究仍有不少的警戒线或敏感区,

① 朱德发:《重构"现代中国文学史"学科意识》,《福建论坛》2002年第2期。

并没有获得学术研究上的真正自由;尤其现代中国文学史的研究或书写不能摆脱主流意识形态的制控,这不仅因为现代中国文学史不少的子系统与主流意识形态胶合在一起,而且也因为文学史的书写又和现行教育体制紧紧相连,教学型的文学史编写难能越出根据主流话语拟订的教学大纲,仅从这个意义上说现代中国文学史研究或书写应该选择和确立一个人们大致认可的评价体系,这既有可能性又有必要性,并不悖于多元价值时代的诉求。究竟建立何种价值评估体系为宜则是本文着力探讨的课题,也是极富学术理论价值和强烈实践意义的急待解决的问题。

价值体系之于现代中国文学史建构至关重要

"现代中国文学史"研究或书写的客体对象,其内涵或外延已远远突破了"中国现代文学史"的仅仅32年的时空范畴,在长度上它超过百年甚至会绵延不绝,在宽度上它囊括了现代中国生成或传播的所有文学样态,在高度上它以平视的眼光鸟瞰所有的文学形态,抹平了汉族文学与各少数民族文学、贵族文学与平民文学、雅文学与俗文学的界限;这是个具有立体感的长宽高相交织的错综复杂的文学总体系统,它以散乱的遗存的状态或隐或显地潜伏于现代中国的文学河床里,虽然大量的文学原生态已发掘出来并依照某种价值坐标构成文学史文本,但仍有不少文学的原生态尚未被挖掘,即使有些被发掘出来的文学样态也没有纳入"现代中国文学史"价值体系得到公平待遇,或遭到歪曲贬抑或被舍弃抛掉。例如:《大上海的毁灭》[①]这部小说虽然写的是"一·二八"事变十九路军与日寇浴血奋战,但由于党派"左"的标准影响,至今没有在中国现代文学史得到公正评价。作为现代中国文学史的研究者或书写者面对着这样庞大杂陈的文学客体,或去阅读体认它,或去理解把握它,都亟待需求一个公正的价值体系对其进行多层面多维度的评估;没有评估就不可能发现它的价值所在,也分不清各种文学形态的价值差异所在,也就是说没有真正的科学的价值发掘和评估,就不可能建构公正的现代中国文学史文本。

① 黄震遐:《大上海的毁灭》,大晚报馆1932年版。

正是着眼于这种意义，我们认为现代中国文学史的研究与书写，就是主体对客体文学的各种类型或不同样态的审美品格及其文化意蕴人性内涵，依据特定的价值标准进行重新感悟、认知、理解、把握、评说和定位。这是因为文学研究的过程就是主体对客体判断的过程，没有判断就没有文学史文本，没有深刻的判断就没有深度的文学史，没有公正的判断就没有公正的文学史，而主体的深刻或公正的判断须臾离不开深刻而公正的价值尺度。试想当我们在指责某些中国现代文学史过分抬高了左翼作家或当代文学史过分突出了工农兵作家作品时，实际上是在批评其所持的价值标准的偏颇性与党派性；当我们在批评一些中国现代文学史过分褒扬了沈从文、张爱玲及其作品时，实际上也在指责其所运用价值尺度出现了偏差。

由此可见，研究或书写主体持何种价值体系或者何种价值眼光，对于纳入学术视域的文学作家作品、文学思潮流派、文学运动现象及其内在机制规律，就会做出与其相吻合的价值取舍、价值判断和价值评估，作家作品或思潮流派在文学史上地位的高低或分量的轻重或品级的上下无不是价值判断的结果，甚至文学史的性质与风貌也与价值评估相关。因之可以说，有什么样的价值体系就能研究或书写出什么性质、形态和意义的文学史，它不只决定着文学史建构的总体设计结构安排，也决定着文学史的真正的价值意义所在，而现代中国文学史的研究或书写其价值体系的确立，则是相当重要的也是相当有难度的。

作为客体存在的现代中国文学的原形态，有无价值或价值大小主要取决于创作主体在写什么和怎样写或写得怎样的过程中，对人的生存与发展的所思所感所行所动所见所闻和各种人之为人的本能需求与精神需求及其所处的生态环境，所给予的人道主义关怀或人文诉求，使社会上不同层次的读者都能从中获得各自所需的阅读期待和审美怡悦；作为现代中国文学史的研究者或书写者并不仅仅是一个一般的读者，只要能从阅读中得到生存发展的某种启示或某些怡悦就满足了，而是要选取公正的价值体系对现代中国文学的各个子系统及其总系统进行整体性的评估，是要跳出个人阅读的小圈子而立于历史的高度来审视现代中国文学的全貌。这就要求文学史的研究者或书写者对价值体系的选择或掌握，就不能完全从自我的阅读期待是否得到满足出发来确定。诚然自我的阅读感受和审美期待在价值判断中是重要的，连自我都不喜欢的作家作品也难以打动他人;但是必须认识到自我的阅读感受或审美期待带有相当多的主观偏爱,不一定能升华为公正的价值判断。因为文学史的研究或书写并非完全个人化的学术行为,它既要认真做学问追求真理又要写给社会上的人阅读,特别是作为教材传授给学生;所以选取的价值体系既要融入自我的阅读感受与研究追求,更要符合现代中国文学本体结构的内在需求和社会人群的阅读期待,“我想用什么价值尺度就用什么尺度,谁也无权干涉”的纯主观的随意想法是行不通的。考察一下文学史研究或书写实践,并不存在纯个人化的价值体系,也许你在坚持某种价值标准自我感觉是出自个人所想而与他人毫无关系时,实际上你是处于社会关系总和中的个体研究者,无论你对现代中国文学有何独特的感受与认知,都打上社会群体或所处时代的印记,如同个体人本身一样,无论怎样独立特行也离不开社群的约制;文学价值体系的选取或确立也是这样,既是自己确认的又是社群认可的,这就要求现代中国文学史研究或书写的价值体系,必须考虑时代社会的核心价值和公众的价值取向,乃至学界公认的价值标准和人类共有的审美诉求。只有建立一个既是个人的又是公众认可的价值体系作用于现代中国文学史的研究或书写,而凝成的学术成果或文学史文本才有可能既体现出研究者或书写者的学术个性,又可能为大多数读者甚至学者们所接受和认同,否则研究出的学术著作或写出的文学史只能自我认可和自我欣赏,那就失去了学术研究或文学史书写的应有价值与社会意义。可见,确立一个科学的价值体系之于现代中国文学史的研究或书写是何等的重要。

并非所有的文学研究和文学史书写的评估体系都能称得上坚持了科学的价值标准,也许有些价值观念用于古代文学或中国现代文学的研究及其文学史的书写具有科学性,或者基本上具有科学性;但是将它运用于现代中国文学史的研究和书写就不一定具有科学性,可能它对某些或某个子系统文学的价值评估是适用的,而对其他子系统文学的价值判断则是不公平的甚至是荒谬的,也可能在评价中过分抬高了某个子系统的文学,而贬抑甚至遮蔽了某些子系统的文学,导致整个现代中国文学大家庭各个成员在价值地位上的极不公平极不平等。因此唯有选取和确立科学的价值体系,方能带来现代中国文学史研究和书写的学术科学品格和真实的学术内涵。

究竟什么是科学的价值体系即适用现代中国文学史研究和书写的价值评

估体系，对此的理解也许各执己见，谁能公开承认自己对文学的评价不是坚持科学的价值标准而是其他，大概不会有这样糊涂学者。不过在我看来，研究或书写现代中国文学史所坚持的科学价值体系，至少应有这样两个功能要素：一是价值体系的吞纳力，能与现代中国文学史研究或书写的客体结构的错综复杂的思想文化内涵和审美意识内涵以及审美形式意味，大体相契合或完全相契合，既不会过分彰显某些文学系统，又不会有意掩盖或压抑某些文学形态，把所有的文学样态都纳入统一尺度的价值平台。二是它能把现代中国文学史研究或书写的客体结构中的各个层次的最有价值最有意味的文化内涵与审美形态，不只是发现出来，开掘出来，而且也能以实事求是的科学态度坚持统一判断标准，对其作出公正公平或较为公正公平的评价，既消除了民族的偏见、阶级的偏见甚至党派的偏见，又不见雅俗文学或新旧文学前高后低的价值差异，不论何种形态或体别的文学只要是有价值有意义的都应得到充分的肯定，即使对哪些价值不丰意义不大的文学也能给出有分寸感的评述，绝对地肯定或绝对地否定都不是科学的评价。特别要警惕误入过去曾用惯了的机械阶级论价值体系，来对现代中国文学史研究客体结构的复杂深邃的内容进行简单武断的阶级分析，人为地歪曲遮蔽甚至颠倒黑白混淆是非，生吞活剥现代文学史的丰盈真实面貌而去迎合特定的政治意识形态需要，这是反科学的。

如果我们真正选取和确立了科学的价值体系，并能认真严肃地运用它去发掘、体认和评估现代中国文学史框架里的作家作品、社团流派、文学现象和思潮运动等，那么从宏观到微观或者从微观到宏观都能使重构的文学史文本在总体和细部上获得一种本真的风貌，就能感到现代中国文学史这片大陆又出现了真景实象，从而使文学史的书写达到一种逼近历史真实的高度。试问谁能说价值体系对于现代中国文学史的研究或书写不重要？

研究或书写现代中国文学史的价值体系，不仅要富有科学性的特质与功能，同时也要具有创新性的特质和功能。这主要因为现代中国文学史构成的诸多因素及其在归纳整合过程中，已注入或发掘出不少新的内涵；若是沿袭传统价值尺度难以梳理衡估，只有创新性的价值标准方可适其所用。所谓文学史研究和书写的价值体系的创新性与其科学性并不矛盾，它们都源于“解放思想，实事求是”的思想路线与认识路线，面对着文学史研究的对象主体或客体敢于冲破种种禁忌和误区以及积习成规，由表及里、由此及彼、由显及隐、由浅入深地去探索去发现，既能揭示存在的本质的真实又能展示原创的新意；而这种“真实”乃是富有“新意”的真实，而“新意”则是具有“真实”的新意，致使科学性的“真”与创新性的“新”得以有机联结。仅就价值体系的创新性而言，一是用来作为评估现代中国文学史的价值准则便增进了新因素或新内涵，调整或更新了切入与认知角度，形成了新的逻辑思路，对意义的有无大小高低的判断有了新的规范尺度；二是作为文学史研究的价值标准在运用过程中，要求书写主体敏于洞察细于辨别和精于分析善于综合，真正能将具有思想价值和美学意义的新东西发掘出来而给予合情合理的价值判断，凝成新史识与新见解。从恒定性与可变性的互动关系考之，虽然作为研究或书写文学史的价值体系的核心内涵具有恒定性，即文学的人学本质规定是相当稳固的；但是它的嬗变因素也是极为活跃的，外在的社会变动或时代演化能推进其“变”，内在研究主体的学养增强、知识丰赡、兴趣加浓、激情勃发和认识提高也能驱动其“变”，使价值体系在变化中得到创新或更新。正是在变与不变的相互关系中显现价值标准的创新性，特别是烙上了鲜明的时代印记，难怪有人说“文学史研究或书写一个时代有一个时代的价值尺度”，例如在以阶级斗争为纲的时代所编写的中国现代文学史无不坚持“政治标准第一，艺术标准第二”的价值体系，而在启蒙主义思潮高扬的时代对文学史的研究或书写则把“现代性”或“改造国民性”作为价值系统的核心。

由于时代变迁所赋予文学史研究的价值体系的新内涵往往是外在的，或者特定时代的需要、某些阶级的需要，或者某个政党的诉求、某些社团的诉求，都是带有明确的功利目的加上去或塞进去，致使这些所谓的新内涵并没有化入价值体系的核心，且与文学史客体的固有价值内涵格格不入，而这称不上价值标准的真正创新；随着时代变化而真正导致文学史书写价值体系有所创新的，乃是指从文学史客体中发现出从未发现的或者原创性的新东西，这些新东西与价值体系的核心相吻合，是对其固有的内在价值因素的充实和丰富，使创新的价值体系不只更加符合于文学史本体的发掘需求，也适应于文学史真实价值的评述与本来面貌的重现。只有文学史研究的价值体系注入了与其核心有机结合的创新内涵，方有可能形成现代中国文学史书写主体的新的价值视野或选取新角度的评估思路，对研究对象的复繁客体进行探幽发微，提炼新史识，作出新判断，构成新框架，使重构的现代中国文学史文本既具历史真实的科学品格又富学术发现的创新品格。

检视已用中国现代文学史研究与书写的价值标准

既然价值评估体系之于现代中国文学史的研究与书写如此重要，那么过去或眼下所用来研究和书写中国现代文学史的价值体系是否还适用呢？当然不能完全适用，这不仅因为现代中国文学史研究和书写的客体对象是现代民族国家里所生成的一切文学形态，也因为过去或眼下研究和书写中国现代文学史的价值体系缺少或不具备现代中国文学史研究与书写诉求的科学与创新的价值内涵。但这并不意味着对过去或眼下运用于中国现代文学史研究和书写的价值观念采取绝对否定的态度，而是要对其具体标准进行具体检视和分析，汲取其合理且适用之因素为构建现代中国文学史研究与书写的价值体系所用。这里择取过去或现在常用于中国现代文学史研究与书写的价值标准简析之。

以“新”字为价值核心的评估体系，源于进化论文学史观所形成的新与旧认知模式。晚清和五四文化先驱们把进化论的新陈代谢规律及新的必定战胜旧的原理引进文学领域，掀起了两场文学变革，并在文学变革中产生了新小说与旧小说、新文学与旧文学、新思潮与旧思潮以及新派作家与旧派作家等二元对立的文学范畴。反映在作家、批评者和研究工作者的头脑里，则逐步形成了新与旧二元对立的思维范式，而在评论者或研究者运思于现代文学的感悟或探讨过程中，也凝成了新与旧认知模式和价值坐标。由于新文学与旧文学两个概念，是作为“晚清”与“五四”两次规模和声势较大的文学变革运动的主导性话语出现的，带有非此即彼、取而代之的霸权语势，尤其是“新文学”这一范畴的暴力性伴随着文学变革运动的节节胜利越发强化了它的战无不胜的权威，仿佛晚清文学变革的成绩或五四文学革命的成功共同铸就了新文学的辉煌。这就造成了新与旧二元认知模式的极度倾斜，即新的一元处于绝对优势，旧的一元则处于绝对劣势。若是把这种新与旧认知结构运用于文学评论或研究工作中，那么，评论或研究主体的思维导向与价值立场就会出现一边倒：即倒向新文学，或肯定新文学，或褒扬新文学，甚至抬高新文学；而对旧文学则采取打压、否定、贬抑甚至推翻的态度。①

其实，构成新与旧认知结构的文学上的“新”和“旧”，并非两个价值范畴，文学的审美价值和文学成就的高低是不能以新与旧来判定的。也就是说，中国新文学的价值未必就高，中国旧文学的价值未必就低。既然如此，由文学上的新与旧构成的认知模式就缺乏了科学的价值判断功能；而我们长期以来却把没有价值判断功能的新旧认知模式当成具有价值功能的认知结构来运用，不论对作家作品的评述或者对中国现代文学史的书写，都过分地突出了新作家新作品新流派新思潮的价值，而贬低或遮蔽了那些所谓的旧派文学、通俗文学乃至少数民族文学，这就造成认识与操作上的一个误区。

我们之所以说文学上的“新”与“旧”不是价值范畴，主要因为新或旧这对相反的概念是与时间、时代等范畴联系在一起，即新或旧皆打上时间或时代的印记，而不是价值优劣、好坏、高低的标志。茅盾在五四文学革命的“新旧文学”两派论争中说得好：“所谓新旧在性质，不在形式”。中国旧诗如“辛勤得茧不盈筐，灯下缫丝恨更长，着处不知来时苦，但贪身上绣衣裳。”又如，“江上来往人，尽爱鲈鱼美。君看一叶舟，出没风波里”。虽然在形式上这两首诗都旧体的，但从其体现出的平民意识与人道精神、写实品格来看，茅盾认为“都可以称是新文学”②，这是从性质或价值上来判定文学的新旧。“人的文学”应算是五四时期最新的、最时髦的文学观念了，但周作人并不认为它是新的，“却不知世上生了人，便同时生了人道。无奈世人无知，偏不体人类的意志，走这正路，却迷入兽道鬼道里去，彷徨了多年，才得出来”。在周作人看来，人道主义早已客观存在，只是把它真正发现出来并形成“人的文学”观则迟了些时日，这不算“新发明的新”，充其量不过是“新发现的新”；因为“新旧这名称，本来很不妥当，其实‘太阳底下，何尝有新的东西？’思想道理，只有是非，并无新旧”。③ 周作人比茅盾论得更透彻，连“人的文学”也不算新发明的文学观念，那么，五四新文学的名号应给谁？是否该是白话文学？但胡适根本不承认白话文学是他们一班人所发

① 朱德发：《探询现代文学研究的新与旧认知模式》，《河北学刊》2007年第1期。
② 茅盾：《新旧文学平议之评议》，《小说月报》第11卷第1期1920年1月25日。
③ 周作人：《人的文学》，《新青年》第5卷第6号1918年12月15日。

明的,更不是他们"几个人凭空捏造出来的",白话文学乃是一千几百年历史进化的产物,并且"白话文学史就是中国文学史的核心部分,中国文学史若去掉了白话文学的进化史,就不成中国文学史了";而五四文学革命先驱提倡白话文学只是"一种有意的主张,是一种人力的促进",[①]加速白话文学的传承和实现。不仅白话文学古已有之,并非全新之物,而且"平民文学"这个重要理念也不是五四文学的新发明,乃是由"汉朝平民文学"和魏晋南北朝以来的"平民文学"承继下来的[②]。

然而,并非所有的文学革命倡导者和中国现代文学的研究者都认为文学上的新与旧不是价值范畴,或者它们之间构不成认知结构;恰恰相反,有不少的新文学倡导者、创造者和批评研究者不只是惯于运用新旧认知模式,而且不断地给新与旧两个范畴增加价值内涵,甚至予以过量的、超限的意义阐释。或者赋予中国新文学先进的意义,给旧文学以没落的贬斥;或者赋予中国新文学健康的价值,给旧文学以腐朽的谥号;或者赋予中国新文学革命的意义,给旧文学以反动的帽子;或者赋予中国新文学样板的价值,给旧文学以封资修名称,如此等等,不一而足。所有赋予中国新旧文学范畴的肯定的或否定的价值内涵,虽然不是文学上新旧认知结构固有的而是主体依据与时俱进的情势需要任意增加的,或者生硬地塞进新旧两个范畴,无限扩张了新旧认识结构的功能;但是,由于人们心理长期受制于机械进化论的主宰而形成了强固的思维定势,不只是从来不怀疑文学上新旧认知结构的超载价值内涵和过量的评判功能,并在自觉不自觉的精神状态中维护、强化和运用新旧认知模式。

既然新与旧并非两个价值范畴,以"新"字为标志的评估体系就缺乏应有价值内涵,在中国现代文学史的研究和书写中暴露出难以弥补的缺陷;那么以它作为现代中国文学史研究与书写的价值体系,则更不中用了。

以"左"字为标志的"以政治标准放在第一位,以艺术标准放在第二位"[③]的价值尺度,源于机械阶级论的文学史观及其所形成的"左"与"右"认知模式,它主宰中国现代文学史研究与书写达数十年,越到20世纪六七十年代越显露出

---

① 《胡适全集》第11卷,安徽教育出版社2003年版,第215~219页。

② 同上,第44~53页。

③ 《毛泽东选集》一卷本,人民出版社1968年版,第826页。

它的独断性、霸权性甚至荒谬性。以此价值标准来研究和书写中国现代文学史只是利于突出左翼无产阶级文学的“唯我独尊”地位,其他形态的文学难免被贬斥被否定,甚至无产阶级文学本身也会遭到不公平的待遇。且不论“政治标准第一,艺术标准第二”的提法背离了辩证唯物主义,以“政治标准”消解并置换了文学艺术的质的规定,使文学艺术变成了政治的传声筒;这里着重考析一下“政治标准第一”的“政治”,通过机械阶级论对它的分析后,所形成的“左”与“右”的认知模式,运用于中国现代文学史研究与评述中在功能上发生了什么变异。如果说20世纪30年代是中国现代文学史上“左”与“右”二元对立认知模式及其价值尺度的形成期,那么1942年《在延安文艺座谈会上的讲话》的发表则标志着对它法定化。《讲话》可以说是中国左翼文学的法典,它对中国现代文学上的“左”和“右”两个范畴的内涵与外延用所谓阶级论作了明确的阐释,再不像30年代左翼作家对“左”和“右”的理解可以各抒己见;《讲话》也是革命文化的法典,必须严格遵守,不允许提出异议,更不准唱反调,否则就是离经叛道,或给予纪律处分或给予法律制裁。假如20世纪30年代对中国现代文学的“左”或“右”的评论或研究仍是学术范围内的认知问题或思想问题,那么40年代解放区对现代文学的评述或论说一开始就不只是认识或思想问题而被纳入政治斗争的范畴。文艺整风中对王实味的批判、1948年对萧军的批判以及是年香港《大众文艺丛刊》开展的胡风批判、斥反动文艺等,都是在意识形态领域以所谓无产阶级思想体系全面清算所谓资产阶级思想体系而进行政治大批判的预演。

新政权建立后,文学上的“左”与“右”的认知模式及其价值尺度完全被纳入社会大批判的“兴无灭资”政治框架,而文艺上的所谓“左”与“右”的斗争总是意识形态领域“兴无灭资”政治大批判的主战场与前哨阵地。这不仅使文学上的“左”与“右”两个范畴及其价值尺度越来越充斥进极左政治,而且到了极左政治思潮猖獗的20世纪六七十年代,文学上左与右认知模式及其价值尺度完全变成了它本身难以承担的对所谓资产阶级及其意识形态实行全面专政的极端政治化工具,完全丧失了它作为评论或研究现代文学而获取学术真理、文化智慧的认知模式的功能价值。特别是对于构成文学上认知模式及其价值尺度的“左”和“右”的政治内涵与外延的解释和规范并非都是以无产阶级原创思想为理论依据的,也不一定都源于真正的马克思主义,不论指认这是资产阶级文学那是无产阶级文学,这是右翼作家那是左翼作家,或者认定这是右派文学那是左派文学,这是资产阶级文艺思潮那是封资修文艺思潮,或者指定这是文艺黑线那是文艺红线,这是革命文学阵营那是裴多菲俱乐部,似乎都是出自“一种思想”或发自“一种声音”,而这种思想或这种声音就是所谓的“无产阶级思想”。所以在对中国现代文学的文艺思潮、作家作品进行“左”与“右”的分析和评论时,必须坚定不移地把这种思想或这种声音所说的“左”和“右”当成的绝对的真理标准;作为文学评论者或研究者,对这种标准理解的要恪守不理解的也要坚持,如果对这种标准稍有怀疑和偏离,即把“左”的文学说成右的或把“右”的文学说成左的,那所招来的灾难不亚于“右派”作家创作的“右派文学”。到了极左政治思潮泛滥和反智主义政治思潮达到登峰造极之际,“左”的文学越来越少,除了样板戏、鲁迅、浩然外只剩下一片白茫茫大地,而贴着“右”的标签的文学都成了封资修货色,连20世纪30年代左翼文学、“十七年”革命文学也成了又黑又粗的文艺黑线;这时文艺上左和右的认知框架及其价值标准完全由“一种思想”来控制,“左”的文学也成了“一种声音”的传声筒。这种中国现代文学研究上被颠倒的认知史和价值标准终于到1970年末被颠倒过来,“文革”彻底被否定,王实味、胡风、“反右”等历次所谓政治运动造成的冤假错案被平反,这就充分证明了法定时期的文学上的左与右认知结构及其价值标准所产生的功能效果大多是错误的荒谬的,被批判的所谓“右”的文学则是真正值得肯定评价的文学,被称颂的所谓“左”的文学应是值得重新评判的文学。然而至今文学评论界或学术研究界对左与右认知模式中的政治内涵及其功能效果却没有从学理上认真深入的探讨过。我曾在一篇文章对此作了这样粗浅的反思:“左”和“右”既然是政治范畴的代码,尽管它们在政治或阶级斗争中以此来标明个体或群体的政治立场、政治态度或政治身份未尝不可;但是把“左”和“右”用来给某种文学形态命名就不够适宜了。这不仅因为文学毕竟是属于审美范畴,它不能等同于政治运动或阶级斗争,即使它以审美形式对政治运动或阶级斗争作了再现或表现或象征,然而文学的根本属性仍是审美意识形态①而不是政治意识形态,绝对不能因为这两种意识形态之间有一定联系而遮蔽了文学的审美本

① 童庆炳主编:《文学理论教程》(修订版),高等教育出版社2000年版,第65页。

质；也因为“左”与“右”所代表的政治范畴的内涵或外延的阐释都带有极大的臆测性与随机性，缺乏稳固的质的规定性与科学界说。特别是在最高权力话语里的“左”和“右”如同两顶大帽子，根据其所谓的政治需要与主观判断，想给谁戴就给谁戴，想给哪些人戴就给哪些人戴，中国现代文学领域不知有多少作家作品被戴上“右派”帽子而专政了几十年；况且对“左”与“右”的划分有时也太细，界限更不清楚，什么“极左”、“左”、“中左”，什么“极右”、“右”、“中右”，若用这种划定来考析作家作品又如何标示，不仅造成文学上政治定性的混乱而且会捏制出不少冤案。更因为“左”和“右”两个政治概念代码包涵着机械的阶级论分析内容，究竟“左”指代的是无产阶级还是什么，那么“极左”或“中左”又指代什么阶级，工农兵又是什么阶级又是靠哪个“左”来指代；“右”也是这样的不确定，若“右”指代的是资产阶级，那“极右”和“中右”又指代资产阶级哪部分人。尤其文学作品是个感性世界，它所蕴含的情感既深微又复杂，还有些潜意识或无意识存于内中，这如何使用“极左”、“左”、“中左”或“极右”、“右”、“中右”这样的混乱的政治尺度来衡量评估它们，怎样从文学情感世界里抽绎出它们各自阶级意识为其定性分析？因此以左与右构成的认知模式及其价值尺度不论对作家所作的分析或者对作品所作的解读或者对思潮所作的评论，大都是主观随意的或混乱无序的或无中生有的或夸大其词的或听命上纲上线的，甚至有的则是人妖颠倒，是非混淆，欲加之罪何患无辞！这样的认知成果有多大的科学性又有多少可信度？难怪以这种“左”和“右”为政治范畴和价值尺度为代码而对现代文学所研究和写成的著述越到后来的“法定期”越是失去了它应有的价值。试想一下“十七年”后期到“文革”十年所发表的论文或著作还有多少人去翻阅，也许只有反面教材的价值。① 显而易见，这种以“左”字为标志的价值尺度是绝对不适宜对现代中国文学史的研究与书写。

将现代化或现代性概念引入中国现代文学史研究领域，作为价值评估标准（姑且把它们视为价值尺度）广而用之。进入20世纪80年代以来，随着中国社会向现代化转型步伐的加快，中国现代文学史的研究与书写越来越把现代化或

① 朱德发：《反思现代文学研究的“左”与“右”认知模式》，《文学评论丛刊》第10卷第1期2008年1月。

现代性作为价值范畴来运用，而对现代化或现代性所作的理论阐释又大多是启蒙理性话语。比较有代表性的见解有：

“20世纪中国文学以‘改造民族的灵魂’为自己的总主题”①，这是典型的启蒙理性话语的表述，把改造民族灵魂作为近百年中国文学的总主题，就是以现代性为价值尺度给出的评估，尽管这种衡估是以偏概全的，然而却突显了启蒙文学的价位，此其一。“近些年来，现代文学研究界正殚精竭虑试图以文学现代化为中心建构一种新的价值评判系统。”②而“文学的现代化最内在的内容是文学观念的现代性，实际上是现代意识在文学观念上的反映”。五四文学革命提出的各种新文学观念，“都从不同方面体现了现代意识，体现了现代民主、自由、进步的文学要求”。故“‘五四’文学革命是我国文学真正走上现代化道路的标志”。③ 其实，这里所说的现代化或现代性内涵也是现代启蒙理性意识，以此作为价值尺度无疑有利于提升启蒙文学的地位，而其他形态的现代中国文学就得不到公平评价，此其二。为了使中国当代文学的历史链条的各个环节合乎逻辑地衔接起来，“必须有一个基本的价值判断的标准，这就是人、社会和文学的现代化。人的现代化，主要指人的个性解放与思想解放，也就是人的自觉的现代意识的树立；社会的现代化，主要指现代公民社会即民主社会的建立，实现一系列与人的现代化要求相联系的社会制约；文学的现代化则是指脱离‘文以载道’的‘工具论’的束缚，实现文学的自觉，创造出以人性与人道主义为本的‘人的文学’”。④ 它对现代化或现代性的价值标准内涵的阐释虽然较前具体了，也大有可取之点；但是这种阐释仍是坚持现代启蒙理性想象，主要适宜于现代中国启蒙文学的评价，而对其他形态文学的评述就很难达到公平公正了，此其三。影响较大的且拓宽了现代化或现代性内涵的则是这种见解：“现代文学”不仅是个时间概念，“同时还是一个揭示这一时期文学的‘现代’性质的概念。所谓‘现代文学’，即是用现代文学语言与文学形式，表达现代中国人的思想、感情、心理的文学”。⑤ 以时间维度来阐释现代性就使现代文学学科的长度可以扩大，以性

---

① 黄子平等：《论“20世纪中国文学”》，《文学评论》1985年第5期。
② 许志英、邹恬主编：《中国现代文学主潮》（上），福建教育出版社2001年版，第2页，第8～9页。
③ 同上。
④ 董健等主编：《中国当代文学史新稿》，人民文学出版社2005年版，第10页。
⑤ 钱理群等：《中国现代文学三十年》（修订本），北京大学出版社2000年版，第1页。

质的维度来理解现代性就使它的价值内涵具有更大的包容性，难怪以此现代性作为价值理念所修订的《中国现代文学三十年》也给予通俗文学以突出地位，此其四。

由于现代化或现代性是个内涵繁复的概念，它们本身充斥着矛盾和悖论[①]，尽管有些学者从启蒙哲学角度对其进行解释，提出一系列见解有助于价值评估体系的建立；但是也有的学者提出社会主义现代性实质上是“反资本主义现代化的现代性”[②]的观点，甚至认为中国左翼文学传统作为一种新的审美形态比资本主义更具“现代性”；于是“十七年文学”和“‘文革’文学”也就成了“急进的现代性”文学，使20世纪80年代被“新启蒙主义”颠倒的历史再一次颠倒过来，“20世纪60年代兴起、在‘文革’中达到辉煌顶点的‘革命样板戏’，本是特定历史时期文学艺术反现代、非人化、贫困化和一元化变异的标志”，而30多年后的今天“它又被冠以‘红色经典’的美称”[③]，这是多么有意味的反讽。从有些学者把现代性区分为世俗现代性与审美现代性的视角察之，越是那些突破线性进化论、启蒙哲学意识和现代主义等现代性叙事，而明显呈示出“反现代”倾向的作家作品如沈从文、废名等，越发得到格外青睐并受到高度评价。从语源来说，现代化或现代性皆来自西方话语，如果说“现代化”是一种以西方为中心的线性发展模式，即“工业文明的缩略语”[④]；那“现代性”则作为一种启蒙理性，它的基本特性主要是：作为一种时间观念它是一种直线性的不可重复的历史时间意识，带有明显的进步色彩，作为一种思想文化模式它尊崇理性，注重人的主体性，作为一种社会运行模式即是“现代化”的理想工程。将其引入中国现代文学史研究领域而作为价值范畴来使用，对“现代化”或“现代性”内涵与外延的解释可以讲是众说纷纭，莫衷一是，其不确定性、含混性使其不宜于充当现代中国文学史研究和书写的价值体系；即使只把“现代性”理解为启蒙话语也主要有益于现代中国的启蒙文学研究，而其他形态的文学则会遇到不公平的对待，况且作为文学的现代性也并非都具有积极的思想价值和审美效应。

---

① 程光炜等：《中国现代文学史》，中国人民大学出版社2007年版，第4页。

② 汪晖：《当代中国的思想状况与现代性问题》，《天涯》1977年第5期。

③ 董健等主编：《中国当代文学史新稿》，人民文学出版社2005年版，第5页。

④ ［英］安东尼·吉登斯、克里斯多弗·皮尔森著，尹宏毅译：《现代性——吉登斯访谈录》，新华出版社2001年版，第69页。

不过作为马克思主义美学观的“历史的审美的价值标准”倒是值得重视和坚持的，它具有普适性与超越性的功能特点。恩格斯在1859年5月18日致斐·拉萨尔的信中说：“我是从美学观点和历史观点，以非常高的、即最高的标准来衡量你的作品的。”①虽然“美学观点和历史观点”作为价值标准的内涵与外延被不少的学者或评论家所诠释过或运用过，而且在学术研究或文学评论的实践中一再证明它具有科学的公正的评价功能。但是在我看来，恩格斯提出的“美学观点和历史观点”相结合的价值标准，还可以作这样的理解：

所谓“美学观点”至少包含三层意思：一是视一切文学现象都是审美文化现象，一切文学形态都是审美形态，一切文学史都是审美历史，一切文学作品都是审美文本，这是文学之所以为文学的特质规定；二是文学作品是创作主体“按照美的规律造型”的，是合乎审美创造规律的，不论审美内容、审美形式和审美风格都是艺术生产者遵循特殊的艺术法则生产出的产品；三是作为接受或评论主体首先要体察文学是否具有美的特质、美的形态、美的韵味、美的格调、美的内涵以及美的魅力，小到文学作品、中到文学流派、大到文学思潮运动直至文学史，都要以美学观点予以审视和评说，文学是否具有价值及其价值的大小、高低、优劣首先由“美”来决定或者以“美学观点”作出价值判断。

所谓“历史观点”亦包含三层意思：一是视一切文学现象、文学作品、文学思潮流派直至文学史都是特定时代背景和文化语境下的历史的产物，因此必须把文学置于特定的历史范畴来认识来评价，即使文学作为“美的规律造型”具有一定的超越性也不能忽视其特定的历史根源；二是文学作品的思想深度、文化内涵，都是特定历史条件下社会关系、社会思潮和社会心理、社会情绪，通过作家艺术思维的体验、感受、发现、创造等机制而运作的结果，这说明不仅文学作品而且一切文学现象、文学思潮流派和文学运动史，都与特定的历史背景和文化生态联结在一起，因之文学是历史的产物也是历史的构成部分；三是作为接受或研究主体对文学文本的解读、对文学思潮的阐释乃至对文学史的梳理，既不能跳出历史的圈子进行精神漫游又要在历史范畴中追询其价值意义及其历史局限。

① 《马克思恩格斯选集》第4卷，人民出版社1972年版，第347页。

但是决不容许把“美学观点和历史观点”在评价文学过程中拆开来分而用之，必须将两者辩证地统一起来作为完整的价值体系来对待和运用，不论评估文学作品、思潮流派或者文学运动、文学史都要从美学的和历史的分而合一的两大互动的维度来衡估和评说，恩格斯关于文学应“具有较大的思想深度和意识到的历史内容，同莎士比亚剧作的情节的生动性和丰富性的完美融合”①的评论为我们运用美学的和历史的价值标准指明了方向，树立了典范。马克思主义美学的价值观其普适性与超越性的功能特点，决定它可以作为研究和书写现代中国文学史的最高的最宏观的价值体系；但在它的引导与启示下，我们应该为现代中国文学史的研究和书写探究并确立更为切实可用的求真出新的价值评估体系，只有当一个价值范畴既适应研究客体所需又合乎时代精神，才能具有强大的评估功能和话语威力。

确立“一个原则三个亮点”的价值评估体系

现代中国文学史作为一个全景观的学科架构，它所容纳和透析的研究对象要大大多于中国新文学史或中国现代文学史的学科模式的含量，而且也非20世纪中国文学史学科框架所能涵纳，因此仅从研究和书写对象出发也需确立一个覆盖面广、涵括力大、穿透力强的，且能公正公平对待所有文学形态的价值评估体系。虽然已运用过的多种价值准则曾在文学史的研究和书写中展施其独特功能，但是它们自身的局限性或偏颇性就决定其不能承担起现代中国文学史研究与书写的任务，相比而言，“一个原则三个亮点”的价值评估体系较为合适也较为科学。

所谓“一个原则”是指人道主义为评价现代中国文学的最高原则，这是由文学的人学本质所决定的，既然文学属于人文学范畴那就要讲人意遵人道，不仅视人道主义为文学创作的最高原则也当然应把人道主义作为评价体系的最高

① 《马克思恩格斯选集》第4卷，人民出版社1972年版，第343页。

原则[①]；之所以必须把人道主义作为最高原则在于人的文学是将“人”作为终极关怀对象的，正是从这个意义上认定文学的根本问题就是人学的问题，虽然有些文学作品曾把上帝佛祖鬼神等作为人的终极关怀对象的人格神，但这皆是人为了寄托自己的心愿理想而心造出来的，仍以人为终极关怀的。所谓“三个亮点”是指真善美为评估现代中国文学的价值尺度，大凡优秀的精妙的以人为本的文学无不具有真善美和谐统一的闪光点，而真善美这三个亮点在文本中会常常发出耀目的价值光辉；这是因为人的生存和发展的最高境界则是真善美的和谐统一，它既是人类心灵相互联结的纽带又是人类共同追求的价值目标，而文学作为人的心灵世界或内外宇宙的生动丰富变幻无穷的镜像，则或深或浅或隐或显地映射出人对真善美的体验、感悟和憧憬，这就使文学成为人类追求、探询和创造真善美的艺术载体，现代中国的各体文学只要能够进入人学范畴的无疑也具有这种诗性特质。虽然真善美评判标准具有历史相对性，但它更具有绝对性，而真善美价值标准的绝对性就在于它那高于一切的人道主义原则，在于它把作为真善美的主体人当人来对待，到底是真善美还是假恶丑都必须在人道主义审判台上来接受检验。所以对现代中国文学必须以人道主义最高原则为前提来重新评估其一切价值，确定其以追求真善美为核心的人的文学的基本内涵。正如有的研究者所概述的：“在‘真’的追求方面，它提倡尊重实践，尊重劳动，尊重经验认知，尊重自然的和社会的公理，尊重知性逻辑，尊重每一个人自由地运用其理性的权利。教人以不受人惑的方法，培养既勇于坚持真理而又尊重各自见解、乐闻相反之论的多元文化心态；在追求‘善’的方面，它提倡尊重人类普遍价值的公理，崇尚自由、平等、社会公正和正义，尊重每一个人在不同的道德价值面前作自由选择的权利和个性的自由发展，同时又坚决反对道德相对主义和‘犬儒主义’的人生态度，崇尚道德良知，强调每一个人对于社会所负有的不可推诿的道德责任。在追求‘美’的方面，它既尊重每一个建立在教养有素

---

① 马克思说：“所谓彻底，就是抓住事物的根本。但人的根本就是人自身。”正是从“人是人的最本质”出发，马克思引出的革命结论则同人道主义联系起来。“在一八四四年的《手稿》里，马克思曾经说自己的共产主义思想是‘实践的人道主义’、‘积极的人道主义’、‘完成了的人道主义’；直到《神圣家族》里，马克思仍然自称‘真正的人道主义。’”引文见王若水：《为人道主义辩护》，三联书店1986年版，第231页。既然马克思将人道义与共产主义等同起来，那人道主义当然是一切原则中的最高原则，无疑也包括文学在内。

的基础上、既把自己当人看、也把他(她)人当人看的前提下的情感的自由发展，尊重每一个人选择的不同的情感方式，尊重人们的多样化的审美情趣和风格，同时，它又努力提倡一种‘高尚的、健全的理想主义’，崇尚‘观念的和生活哲学的真正崇高’，——如诺贝尔文学奖的评选标准所昭示的那样，——‘让人性能比从前更好、更高尚’。只有实行人道主义与真善美之统一的人文教育，才能使人类扬弃宗教异化、伦理异化和对于权力与金钱的崇拜，消灭一切非人道的现象，超越人世间低级趣味的鄙陋和世道的庸俗，走向崇高，走向人生的辉煌！”①这是人文教育的基本价值内涵，也是人的文学应具备的价值内容，可见以人道主义为根本原则的真善美相统一的价值体系是个具有人类性的文学评估体系，普适性、公正性和科学性、人文性是其固有的功能特征，它无疑符合研究和书写现代中国文学史的价值诉求与评估。

在现代中国文学史的研究或书写过程中，如何坚持“一个原则三个亮点”的价值评估体系？这是个认识上的问题更是个实践上的问题，这里只能从认识上给予探讨以引起争鸣。在我看来，对于现代中国文学史的研究和构建，不论主体的审美体验或理性思辨都要首先以人道主义为最高原则衡估之，主要应从两个方面切入：

一是考辨纳入研究视野的现代中国文学，不管它是哪个民族、阶层、党派的文学也不管它是什么体式、形态的文学，都要判定其是否属于以人为本的现代中国生成的人的文学。所谓人的文学并不仅仅指周作人所说的以个人主义为人间本位的文学，②也包含大写的人的一切文学。比如“新民文学”、“国民文学”、“民族文学”、“人民文学”、回族文学、维族文学、藏族文学、蒙族文学、“无产阶级文学”、“资产阶级文学”、“工农兵文学”或“封资修文学”、“‘文革’文学”等等，若剥去其现代民族国家观念或阶级斗争意识的政治修辞，那所显现出的应是以人为本的各种样态的人的文学；而对人的文学面目的识别至少要从“文学是何人创作的、文学的主角是什么人、文学又是写给谁看的”三个相关维度来探询，不论创作主体、对象主体或读者主体也许都是以健全的(被肯定者)

① 许苏民:《人文精神论》，湖北人民出版社2000年版，第574页。
② 周作人:《人的文学》，《新青年》第5卷第6号1918年12月15日。

人或异化的（被否定者）人来构成，只有对文学这三位一体的人作了深透的考察方有可能把握人的文学的本质面貌。然而仅就现代中国文学的创作主体和对象主体来说，庞大的作家诗人队伍，繁杂的描写或表现对象，究竟由哪些人构成、其人性如何？这不只是要探究现代中国文学历史时空的“人”，也牵涉到对个体或群体的人的内外宇宙的考察与体认。虽然人类有了理智活动以来不断在认识自我、追问自我，但人究竟为何物这个千古之谜是否真正揭开却难以作出准确的回答，只能说启蒙哲学注重人的理性、政治哲学注重人的社会性、生理学注重人的自然性、医生注重人的病态性、心理学注重人的精灵性，而文艺美学则关注人性的复杂性；由于各种学说对人研究的角度与旨归不同，故形成了“人”的多种界说，如“灵肉一致说”①、“社会关系总和说”②、“阶级性即人性说”③等等，这诸多人学都有一定的合理性和科学性，也有其局限性与片面性。在我看来，人是一个复杂的结构系统，是表层结构与深层结构的结合体，就表层结构来说人联系着包括自然界在内的各种关系，况且人本身也是自然的产物，故其人性打上各种关系的印记；就其深层结构来说人的内宇宙则由弗洛伊德所说的本我、自我和超我相互联结的三层次构成，虽然其生理机制是固有的，但深层结构中的情感意识、潜在意识或深微的人性内涵却不是天生的，而是由表层结构维系着的自然的社会的各种关系所综合作用的结果。马克思在《神圣家族》中说：“既然人是从感性世界和感性世界的经验中汲取自己的一切知识、感觉等等，那就必须这样安排周围的世界，使人在其中能认识和领会真正合乎人性的东西，使他能认识到自己是人。”④特别是人的结构系统并非凝固不变的，虽然内有永恒不变的人性，但其表层结构或深层结构的功能和人性也有可变性，随着时代环境和文化生态的调整而调整、变化而变化，如现代中国人与古代中

---

① 周作人在《人的文学》一文中说，“人并无与灵魂分离的身体”，“力是唯一的生命”，“力是永久的悦乐”，“所谓从动物进化的人，也便是指这灵肉一致的人”。此文发表于1918年12月15日《新青年》第5卷第6号。

② 马克思1845年在《关于费尔巴哈的提纲》中说：“人的本质并不是单个人所固有的抽象物。在其现实性上，它是一切社会关系的总和”。引文见王若水：《为人道主义辩护》，三联书店1986年版，第226页。

③ 《在延安文艺座谈上的讲话》说：“只有具体的人性，没有抽象的人性。在阶级社会里就是只有带着阶级性的人性，没有抽象的人性。”见《毛泽东选集》（一卷本）第827页。

④ 《马克思恩格斯全集》第2卷，人民出版社1972年版，第166页。

国人相比在人性结构中既存有不变的因素亦不断增进现代性，内在地驱动着人性向现代转型。既然人是个复杂的动态的结构系统，那么由人根据求生存谋发展的精神需求与审美需求所创造的以人为主角且给人看的现代中国文学，则是个复杂多元的人的文学实体，它是各类作家凭借艺术心理机制自觉遵循美的规律而把“人”物化的结果，故对现代中国文学的价值评估首先当判定其是否属于人的文学，即使现代中国文学中出现的以鬼神佛祖为对象主体的文学也要以是否把人作为终级关怀来审定。

二是体察进入探究领域的现代中国文学是否以人道主义作为最高创作规范，或者是否以人道主义为文本的灵魂，或者是否体现出人文主义关怀。虽然作为以人为本的现代中国文学理所应该的是以人道主义为最高创作原则，这是不容置疑的常识性问题，然而恰恰这种常识性问题在现代中国的某些特殊时期却成了谈虎色变的老大难问题，明明是作家诗人们在文本中寄寓着人道主义或者颂扬着人性的真善美也要想方设法予以遮蔽和掩饰，明明是各种文学中蕴含着人文主义精神也要贴上政治修辞的标签；虽然当今文坛上这种极度反常的阴霾气候已被明媚的艺术春天所取代，但是从历史的积垢尘封中将各种形态的人的文学所蕴藏的人道主义精神、或人文主义关怀发掘出来却需要研究主体从多维度来探索来体察。从创作主体之维考之，现代中国文学的营造过程由各色各样作家形成个杂多群体，就社会身份说既有知识分子作家又有工农兵作家，就政治身份说既有党派作家又有非党派作家，就思想倾向说既有保守型作家又有先锋型作家，就其阶级身份说既有无产阶作家又有资产阶级作家或者既有平民作家又有贵族作家，就其民族身份说既有汉族作家又有满回藏苗等少数民族作家，从性别身份说既有男性作家又有女性作家，等等；虽然他（她）们的身份各异，差异互见，但是他们都是现代中国人，大多属于精英阶层而富有社会良知，都有一颗爱心，对人倾注人文关怀。因为“创作总根于爱”[①]，否则他们就不能成为作家或诗人，即使有些作家的人性一度被异化被扭曲也会由人道之光重新照亮而复原。特别应透过作家的表层身份去洞察其深层意识结构，从深微复杂的人性内涵和隐显变幻的情绪意识中，去发现其所持有的形态不同的人道主义

① 《鲁迅全集》第4卷，人民文学出版社1981年版，第532页。

或人文主义；进而再探察各种作家将社会意识、文化意识和审美意识物化为各种形态的文本，都体现出何种人道主义精神或人文主义情怀，是从肯定性的形象或意境中体现出来的，还是从否定性的形象或意境中流露出来的，还是从肯定与否定交错的形象或意境中显现出来的。这样就可以超越作家的身份界限直逼人性主体或内在灵魂，透析其所倾注于文学创作的人道主义情怀。从文学对象主体之维考之，现代中国文学凡叙事文本多以刻画人物见长，或剖析人物灵魂或描绘人物形象，并构成了琳琅满目的人物画廊，而这众多人物既有正面的又有反面的也有中不溜的、既有单面的又有多面的也有立体的，既有外形极其鲜明的人物形象又有内涵颇为深邃丰富的人物形象；至于那些抒情文本重视意境的营造，或朦胧含蓄或明朗剔透，或塑造抒情主人公。不论叙事文本或抒情文本的对象主体都是人性的审美实体，对于其是否含有人道主义精神或人文主义情怀的考察，一方面要体会对象主体本身所具有的人道人情内涵或个性意识生命激情；一方面既要感受创作主体对人物形象或诗性意境原有人道人性人情采取何种态度，是褒扬还是贬斥，是肯定还是否定，又要分析创作主体是否立于人本主义立场，赋予人物形象或意境意象以人道主义内涵，而对其固有非人性非人道的思想行为给予批判和针砭。通过多方面的考察与评估，我们就能明确地意识到，凡纳入现代中国文学史研究和书写的人本与文本，富有人道主义精神的或人文主义情怀的，都有价值皆有意义，不分新旧、不分党派也不分阶级、不分族别，都是创作主体依凭人道主义最高原则创造的现代中国的人的文学。

人的真善美的终极关怀是源于人道主义最高原则，而人的一切真善美的追求则是为了彻底落实人道主义原则；故对现代中国各种样态人的文学以人道主义标准作了价值评估后必须以“真善美三个亮点”为价值尺度进行具体考评。这不仅因为人性的真善美与人道主义息息相关，更因为审美是与人道主义紧密相通的。“审美既然创造了全面发展的个性和自由的理想，是一种超越现实意识的全面、自由意识的活动，它就必然与人道主义发生联系”；文学艺术之所以感动人，就在于它体现了彻底的人道主义精神，“当人透过现实意识、现实关系的迷雾，用审美意识的人道之光来照耀这一切时，我们便步入自由的领域，体会人的价值和共产主义社会才会有的人类之爱”，即使“如果说我们同情国王，那是因为我们把他作为人看待,而不是因为他们是国王的关系”[1]。可见没有爱就没有美,美是与人道主义相通的。究竟怎样在人道主义最高原则的指导下以真善美为价值尺度来对现代中国文学进行评估,欲从理论上回答这个问题本来应把真善美和谐统一作为完整标准来探究,但为了论析的便利又不得不分而述之,实质上在谈论“真”时也是在谈论“善美”,在论及“善美”时也是在论及“真”,它们互为一体是难解难分的。

对于文学来说,所谓“真”乃是其“生命”之所在[2]。现代中国文学各种样态的构造,不论来自哪个民族哪个阶层哪个党派哪个社团的作家,或者处于现代哪个历史区段哪种文化生态的作家,都是在通过自身的感受体验来把握自身认识世界乃至各种各样人生的;并且运用独特的审美形式,将其对内外宇宙的深切感受与独特体悟物化为审美文本,借助异彩纷呈的人生镜像来认识自己和通晓世界。既然现代中国文学是众多作家从不同角度不同层面认识自我、认识人间宇宙的镜像与审美文本,那首先追求的并从中映显的乃是在人道之光烛照下的物象之真、事理之真、科学之真或情感之真、伦理之真、道德之真、思绪之真或潜意识之真;唯有物象之真事理之真方能使不同人群从瞒与骗的大泽中走出来而感到真实可信的人间世界,唯有科学之真方能使不同民族不同信仰的中国人从痛苦或黑暗中见到光明而奔向幸福,唯有情感之真、伦理之真、道德之真方能使现代中国男女从虚伪的迷雾中清醒起来而做一个真诚的人,唯有潜意识之真方能使现代中国人从纯欲望之谷的沉醉中挺立起来而成为一个健全的人。这诸多的认识的教育的审美的功能,都源于文学的客观之真或艺术之真或想象之真,故而“真”是各种形态文学的生命,也是文学的价值根基所在;若是文学缺乏真或失去真,那它就没有什么价值可言,试想一下那些生编乱造的虚假文学或荒谬绝伦的瞒骗文学有何价值,不是早就成了历史上的垃圾?这就要求我们对现代中国文学的研究和评估,必须格外重视其“真”的价值与“真”的美学品格。然而,现代中国文学各种样态的“真”的价值并不容易发现和判断,必须通过对审美文本的探幽发微,从错综复杂的交织、纠缠和悖反中去辨识真伪,例如客观

① 杨春时:《系统美学》,中国文联出版公司 1987 年版,第 161 页。

② 鲁迅说:“‘讽刺’的生命是真实;不必是曾有的实事,但必须是会有的实情。”《鲁迅全集》第 6 卷,人民文学出版社 1981 年版,第 328 页。

之真与主观之真是如何缠绕的，实在之真与虚拟之真是怎样纠葛的，表层之真与深层之真是如何联系的，现实之真与理想之真是怎样联结的，原生之真与想象之真是如何胶合的，内心之真与行为之真是否统一，理性之真与感性之真是否矛盾，感情之真与潜意识之真是否冲突，等等，不一而足。这些矛盾纠葛中所蕴含的"真"，应是现代中国的人的文学中富有价值的美学内涵，既要反复体验又要细心辨识。

对于文学来说，"善"应是其灵魂。不管你承认或不承认，意识到或未意识到，现代中国文学的各种样态和品类都或多或少、或隐或显地寄寓着善的动机、善的旨趣、善的意蕴以及善的道德、善的伦理、善的行为。而人道主义或人文情怀就是"善"的最高原则，它贯注于创作主体或文本对象主体的崇高人生理想和伦理道德规范，所以文本主题的开掘、人物性格的塑造或行为模式的探询，都能体现出一种既利人又利己、既爱人又爱己、既尊人又尊己、既爱民又爱国、既尊族群又尊真理的"善"的价值取向。尤其那些具有"善"的功利倾向的文学作品，对于人物形象的塑造或心灵世界的刻画，都程度不同的地流露出这样的审美意向，即："一切文明民族，无不主张尊老爱幼，重视友谊，讲究礼义兼耻，注重个人道德修养，强调人生的义务和责任，提倡个人对社会群体的责任感和使命感，讴歌志士仁人的高风亮节，赞美为追求真理和为群众利益而英勇献身的英雄人物"①。这种符合人道主义原则或人文精神的思想意识、道德情感、伦理规范、英雄气魄和高尚气节凝成文学作品的向善的价值内涵，铸就现代中国文学之魂。这种"善"既是人类心灵中永恒的价值，又是现代中国文学中的永恒价值。而这种人类憧憬之善与文学追求之善，既是人生俱来的又是文学由来的，既是有意识为之又是无意识为之，即使哪些超功利无目的为艺术而艺术的唯美主义或趣味主义作家所创造的文学作品，也不可能完全摆脱"善"的美学范畴；如果文学作品连点善的动机和善的趣味也没有，哪还算人的文学吗？因为善是人的本性，向善是人的追求，也是人性区别于兽性的根本之点；不过，"善"的人性内涵潜隐于文学作品中是极其复杂的，作为文学史的研究者或书写者至少应从三个方面去体验去辨识：一是，真善还是假善，诚善还是伪善？由于真善或伪

① 许苏民：《人文精神论》，湖北人民出版社2000年版，第65页。

善贯注于文本的伦理情感、道德情感或作风理想中并不是泾渭分明的，常常是善中有伪、伪中有善，善伪混杂，难以辨认；二是，对于文本中出现的阳奉阴违、真假善变、表里不一、言行悖反的人物形象，如同变色龙一样，我们不能武断地认为这样人物统统是彻头彻尾的大恶人或伪善者，而其人性中连点“善”的因素也没有？特别是那些中不溜的中间人物更不能轻率地作出善或非善的价值判断；三是，蕴含于文学作品中的“善”的意识情感、道德观念、伦理思想、理想追求等观念形态的因素，都不是以逻辑演绎或概念诠释的方式存在的，它们越是深潜于人物形象、艺术境界或艺术构思、艺术细节之中，越是具有无穷的审美价值，越是具有永恒的艺术魅力，越是能在以情动人的同时给人以深刻的理性启示，越是能以文学之魂撼动人心之魂。

对于文学来说，“美”乃是其特质。爱美之心人皆有之，这道出人类的一种普遍人性与共有的审美取向；而文学则是人类在生存发展过程中必不可少的审美活动与审美途径，因此这就要求作家们必须按照美的规律和法则创造不同样态的文学，以满足人们不同层次的审美期待与生命需求。高尔基说：“渴望通过美的形式来反映自己的感觉、感情和思想，是人的固有的天性。这种渴望应当在无产阶级的心灵中更集中地得到发展。”①作为人的文学，不仅以人生美与艺术美的镜像而成为认识自我审视世界的特殊方式；同时也是人借以优化心灵、激发生命潜能，而遵循人道主义最高原则和美的基本规律去参与改造世界、探求美妙人生的重要通道。现代中国文学既然是广义的人的文学，那它就是不同民族不同阶层不同身份的创作主体从独特的生活感受与生命体验出发，而根据不同的审美选择和艺术法则所创造的诗性文本，即以审美的情感把人性之真之善凝聚汇融为审美作品；所以没有人性美就没有文学的特质，没有美的形式把人性的真善美物化为文本就没有真正人的文学，同样也没有区别于其他认识自我掌握世界的独特方式的现代中国文学。作为现代中国文学特质的“美”，不仅指它的形式美，更指它的内涵美或灵魂美，也指它由整体显现出的风格美；因此只有通过形式美的把握，而去感受窥测其灵魂美，进而体验到表里相宜的风格美，这样才算体悟出现代中国文学所达到的美的层级，才算把握住现代中国文

① ［苏］高尔基著，王庚虎译：《高尔基论新闻和科学》，新华出版社1981年版，第151页。

学美的特质。虽然不同形态的现代中国文学在审美品级上有高低之分、雅俗之别和新旧之差,但它们却都是从不同的角度以不同的体式来探索并映现人性美,即使那些以审丑为主调的文本也能转化为审美意识,总之在文学的审美特质上各体文本皆趋之和共有之。“艺术的精神就是力求用词句、色彩、声音把您心中所有美好的东西,把人身上所有最珍贵的东西——高尚的、自豪的、优美的东西,都体现出来。”①

对于经典性的优秀文学作品来说,应是真善美和谐统一。就是说,作为人的文学其完美品格必须是真善美的有机结合,它如同完美的人性一样是缺不一成的;虽然真善美三大要素在文学构成中好像在人性结构里有时会失衡、有时会冲突、有时会悖反,即出现不和谐不统一不均衡,难免造成文本的良莠不齐或文质参差,但是作为文学创作主体的作家们是有能力有才气按照美的尺度和文艺规律把人性的真善美三者的互动关系处理好、搭配好和协调好的,尽量缩小它们之间的差异,使其在不同样态的文学中达到真善美和谐统一的审美境界。马克思在为《新亚美利加百科全书》撰的“美学”条目中写道:

> 最可靠的心理学家们都承认,人类的天性可分作认识、情感,或是理智、意志和感受三种功能,与这三种功能相对应的是真、善、美观念。美学这门科学和感受的关系正如逻辑学和理智、伦理学和意志的关系一样。逻辑学确定思想的法则;伦理学确定意志的法则;美学则确定感受的法则。真是思想的最终目的;善是行为的最终目的;美是感受的最终目的。②

可见,文学作家们以内在的真善美人性观念对主客体真善美对象化活动的感受、触摸和书写,也就是作家们在文学艺术的审美领域里挥发了“理智、意志和感受三种功能”。“理智”对于作家们来说,则表现为一种微妙深细的知性思维、敏锐聪颖的感悟能力和充盈丰富的想象力,它能够左右逢源地运用形象或具象展开思维活动,对于人、事、物的突出特征和真善美的内质产生一触即发的独特领会和一击即兴的高峰体验,并且能以“真”为生命线把善与美联结起来,形成一个完整和谐的审美文本。而“意志”既是作家们进入忘我状态发奋营造

① [苏]高尔基著,曹葆华、渠建明译:《高尔基文学书简》,人民文学出版社1979年版,第133页。

② 转引自许苏民:《人文精神论》,湖北人民出版社2000年版,第62页。

艺术宫殿的创作行为的动力，又是作家们用之不尽的人格力量，这是因为文学生产是一种极为艰辛的创造性的脑力劳动，欲打造真善美和谐统一的精品力作缺乏作家们的坚强意志与韧性人格是不成的。正如丹纳所言："我们都佩服那种顽强的决心，不屈不挠，坚持到底，不怕肉体的剧烈的痛楚，不怕长期纠缠的精神磨难，不怕突如其来的震动，不怕诱惑，不怕软骗硬吓，扰乱精神或疲劳身体的任何考验。"①鲁迅正是凭借顽强的意志力与坚韧的硬骨头精神，创造了彪炳于现代中国文学史的充溢着真善美特质的经典名著。至于"情感"对于作家们来说更为重要，没有感情就没有文学也没有审美，即使真与善在文学作品中再重要，假若缺乏感情的滋润培育也凝不成审美文本。因为在文本中作为生命的"真"和作为灵魂的"善"不是以逻辑演绎的形式呈现的而是蕴含于情感世界之中，只有反复地感受和体验才能理解并把握文本里的"真"与"善"的奥妙。"创作总根于爱"，缺乏爱的情感的作家就不可能从事创作，即使硬着头皮去写也写不出好的作品；唯有人道主义的爱与情方是文学作品中真善美的协调剂与黏合剂，也唯有通过人性之爱人道之情方能产生强烈的审美效应。丹纳深有体会地说："一种超乎一切之上的动力，就是爱。我们看到爱的面目就感动。不论爱采取什么形式，是慷慨，还是慈悲，还是和善，还是温柔，还是天生的善良；我们的同情心遇到它就起共鸣，不管它的对象是什么，或者是构成男女之间的爱情，一个人委身给一个异性两个生命融合为一；或者是构成家庭之间的各种感情，父母子女的爱，兄弟姊妹的爱；或者是巩固的友谊；两个毫无血缘关系的人互相信任，彼此忠诚。——爱的对象越广大，我们越觉得崇高。"②而且"一切情感都是正确的，因为情感同自身以外的任何东西都无关；一切情感又永远是真实的，只要人意识到它"。③ 这足以说明文学艺术可以成为博大精深的正确真实的爱的情感海洋的载体，激越充沛的爱的情感能够铸造真善美和谐统一的文学艺术；而真善美则是优秀文学的最耀目的三个闪光点，真善美和谐统一是文学的最高审美境界，当然也是文学的最高价值体现。

值得指出的是，在现代中国文学中的真善美和谐统一的审美价值目标，是

---

① [法]丹纳著，傅雷译：《艺术哲学》，人民文学出版社1963年版，第376页，第377页。

② 同上，第376～377页。

③ [德]E·卡西勒著，顾伟铭等译：《启蒙哲学》，山东人民出版社1996年版，第301页。

那些具有"理智、意志和感受三种功能"的作家们所孜孜以求的;但是要真正使文学创作达到这种崇高的审美境界却并不容易,这不仅因为作家们的创造能力与艺术才华所限,更因为纯真无假、纯善无恶、纯美无丑的世间人生或社会心理似乎并不存在,至于人性也没有至真至善至美的,也许这是出于一种乌托邦想象,恩格斯在《反杜林论》中说道,"人来源于动物界这一事实已经决定人永远不能完全摆脱兽性"①。所以说,在各种样态的文学中往往是真善美与假恶丑相比较而存在,或者真中有假、假中有真,或者善中有恶、恶中有善,或者美中有丑、丑中有美,而且它们之间的关系在一定的条件下是可以转化的,唯此才是真实复杂的人生世界,唯此才是真实可信的人性结构。这就要求现代中国文学史的研究者或书写者在评估其意义价值时,既要考察各体文本中所蕴含的真善美的人性内涵达到何种深广度和可信度,又要挖掘那些非人性的假恶丑的兽性根源;特别是应审视作家们对人物形象存留的非人性所持的态度,是斥责贬抑还是肯定默许,例如懒惰、狡诈、残忍、嫉妒、侵犯、淫乱或被马克思斥之为"人类动物学"的专制等非人性的东西,在不少文学作品中有所描写或表现,这正是检验作家创作态度以判定文学价值的重要依据。尤其应该注意的是那些自然主义或新写实主义的文学作品,常常以不明朗的审美态度与暧昧的文化立场来描写人物,真善美的人性与假恶丑的非人性混杂在一起,既模糊了文学的审美品格又干扰了读者或研究者的审美判断,对于这样的文学作品进行价值判断更要慎之又慎、细之又细。不过也要充分肯定那些洋溢人情关怀的作家,他们或从理智上或从情感上都在自己营造的艺术王国里设置一个臻于真善美极致的理想境界,以作为对人物形象终极关怀的目标,即使对象主体通过艰苦奋斗暂时达不到彼岸,也能在很大程度上满足读者或研究者的审美期待和人生向往;对于这样的文学作品所弘扬的真善美的人性及其审美形式所产生的艺术魅力,必须给出高度评价。

对于现代中国文学史的研究和书写,确立这样一个具有人本性、超越性、普适性、公正性等功能特点的"一个原则三个亮点"的价值评估体系,诚然重要;但是作为研究或书写主体,如何运用这个价值体系获得富有创新性和科学性的学

① 《马克思恩格斯选集》第3卷,人民出版社1972年版,第140页。

术成果，更为重要。以我之见，研究者或书写者能否运用这个评估体系进入现代中国文学这个庞杂的多元系统，关键取决于能否以全部学术激情去拥抱研究对象，能否以全部生命化入各种审美文本世界去感受去体验，能否以全部发现逻辑机制去掘发现代中国文学中的人道主义精神及其真善美的价值内涵，以及能否以富有力度和深度的修辞去建构一套别开生面的学术话语系统。

探询现代文学研究的新与旧认知模式

近百年现代中国文学研究形成了新与旧二元对立认知模式。从晚清到五四文学上的新旧并没有完全赋予其价值内涵，但随着现代文学演变以及评论或研究的开展，文学上的新与旧则成了构建认知模式的两个价值范畴，使新与旧认知模式在研究实践中越来越把新与旧视为衡估文学的价值标志，这是认知上或判断上的误区。虽然新与旧不是文学的价值范畴，但它可以从时间、时代和形式上把文学的新旧区分开来，以对古今文学或新旧文学进行"打通关系"的研究，开拓现代中国研究的新格局。

一

中国现代文学从20世纪初期诞生，文学评论或研究几乎就同步开始。不管是文学评论或研究都是为了给现代文学优劣得失作出价值判断，它既要构建现代文学的认识系统又要组成现代文学的知识话语，并使现代文学评论或研究逐步形成自身的学术史与学术传统。由于现代文学的评论或研究从来就不是为文学而文学的或者为学术而学术的，总是把外在律的研究看重于或抬高于内在律的探讨，不是为启蒙就是为政治、不是为现代化就是为消费、不是为民族就是为全球；也就是说现代文学的评论或研究从未摆脱工具理性的命运。因而这就导致对现代文学评论或研究的认知模式多种多样，价值坐标亦变动不居，套用一句政治隐喻来说就是"东风来了有东风的认知模式和价值标准，西风来了有西风的认知模式和价值标准，南风来了有南风的认知模式和价值标准，北风来了有北风的认知模式和价值标准"。

这些极其活跃动荡、缺乏稳定性的认知模式和价值标准作用于或运作于现代文学的评论或研究,所生发或形成的认识成果与知识系统,虽然也有一定的趋同性但是差异性却是巨大的。以启蒙理性为制导构成的人与非人的认知模式和价值坐标对现代文学进行评论或研究所生成的无疑是以个性解放为关键词的认识或知识话语,以政治理性为制导构成的左与右的认知模式和价值坐标对现代文学进行评论或研究所生成的当然是以阶级解放为关键词的认识或知识话语,以现代化为制导构成的现代与传统的认知模式和价值坐标对现代文学进行评论或研究所生成的乃是以现代性为关键词来主宰一切的认知话语,以文学本体为制导构成的文学与非文学的认知模式和价值坐标对现代文学进行评论或研究所生成的应是以审美为关键词的认识或知识话语;也就是说近百年的现代文学评论或研究所运用的不同认知模式和价值坐标而生成的千差万别的见仁见智的认识系统和知识体系,既不断地充实或更新着中国现代文学研究的学术库藏,又不断改变或转移着整个社会心理对现代文学的关注程度、选择取向和审美需求,更不断地丰富或调整着人文知识分子和大学人文学科的知识结构、认识体系与课程内容、图书馆藏等。

既然认知模式和价值坐标对现代中国文学通过评论或研究转化为学术理论成果如此重要,即不仅关系到现代文学作为审美意识形态能否转换为科学的人文学术话语,而且也关系到整个社会成员的不同层次接受者所获得的对现代文学的认知是正确的还是错误的、是真知灼见还是谬论百出;那么这就迫切要求我们对现代文学评论或研究运用过的或正运用的认知模式和价值坐标给以重新探询、质疑和反思,以便有利于现代中国文学的评论或研究进入更科学更有效的认知结构和价值系统。因为评论或研究现代文学的认知模式和价值坐标又多又乱,故这里拟选择“新与旧认知模式”论析之。

晚清和五四文化先驱们把进化论的新陈代谢规律和新的必定战胜旧的原理引进文学领域,便掀起两场文学变革;并在文学变革中产生了新小说与旧小说、新文学与旧文学、新思潮与旧思潮以及新派作家与旧派作家等两两对立的文学范畴,反映在作家、批评者和研究工作者的头脑里逐步形成了新与旧二元对立的思维范式,而在评论者或研究者运思于现代文学的感悟或探讨过程中也就凝成了新与旧认知模式和价值坐标。由于新文学与旧文学两个概念是作为“晚清”与“五四”两次规模和声势较大的文学变革运动的主导性话语出现的,带有非此即彼、取而代之的霸权语势；尤其“新文学”这一范畴的暴力性伴随着文学变革运动的节节胜利越发强化了它的战无不胜的权威，仿佛晚清文学变革的成绩或五四文学革命的成功共同铸就了新文学的辉煌。这就造成了新与旧二元认知模式的极度倾斜，即新的一元处于绝对优势而旧的一元则处于绝对劣势。若是把这种新与旧认知结构运用于文学评论或研究工作中，那评论或研究主体的思维导向与价值立场就会出现一边倒：即倒向新文学，或肯定新文学，或褒扬新文学，甚至抬高新文学，而对旧文学则采取打压、否定、贬抑甚至推翻的态度。这就不能不在价值判断上造成“唯新是好，唯旧必糟”这样的认识误区或知识错觉，也使评论者研究者在对新旧文学的认知上没有拉开距离，完全与新文学的倡导者或创造者处在同质的价值结构中；也就是说新文学倡导者和创作者认为新文学优于旧文学而评论者或研究者也认定新文学胜于旧文学，新文学倡导者认定旧文学是毫无价值的死文学而评论者或研究者也认为旧文学的推倒是合情合理的。因此使新文学建设者和研究者在特定的文化语境与思维氛围中都落于新与旧二元对立认知模式的陷阱而不自觉也不能自拔，总觉得以新旧认知结构评论或研究现代文学的有效性和科学性是毋庸置疑的；直至现在我们所获得的或传播的对现代文学的基本认识和大量知识都是来自新旧认知模式及其价值判断的。

其实，新与旧认知模式并不是建立在科学价值论基础之上的。因为这个认知模式中所取得的对现代文学的感知、认识与把握只是以新与旧作为价值坐标的，即凡是新的皆是好的，凡是旧的都是坏的，凡是新的都是先进的，凡是旧的都是落后的，凡是新的都是充满审美活力的，凡是旧的都是丧失艺术生命力的，凡是新的都是代表前进方向的，凡是旧的都是开倒车的。这些绝对的单值的片面的肤浅的价值判断在评论者或研究者的头脑中已形成难以觉察的惯性思维，并认为从这种思维里生发出的对现代文学的所有认知成果都是准确无误的，因而也从不怀疑文学的“新”与“旧”是否真的是价值范畴；同时，以近百年的现代文学评论或研究的实践经验来印证、卫护和坚持新与旧二元对立认知模式的所谓权威性，使其在实际操作与话语表述中始终没有质疑或解构“新”与“旧”两个范畴的价值内涵。早在五四文学革命时期，茅盾、周作人、胡适等文化先驱就意识到文学的新与旧并不是性质的区分也不是价值判断，但是他们的见解并没有引起人们的足够重视，更没有形成主导性的话语力量。因此随着新文学运动的发展和进化论思潮的运演乃至阶级论思潮的腾涌，新与旧认知结构之于现代文学的评论或研究，不仅没有得到应有的置疑反而得到了强化和泛化。今天对现代文学评论或研究的新旧认知模式的探询和反思，目的不是彻底解构它或完全否定它，而是重新追询它，力图对文学上的新旧认知模式给出一个较为科学的解释，以备恰如其分地运用它来评论或研究现代中国文学。

诚然，新与旧认知模式生成于并运用于现代中国文学变革运动中，对于推动新文学的发展、扫荡旧文学的威风起到的一定作用，对于建构新文学文本、与旧文学争夺地盘也掀动过舆论声势；特别是造成了现代文学评论或研究的几度活跃，所形成的对现代文学的认识体系和知识成果既丰富了人文科学研究的宝库又充实了社会各层人群的认知结构，这是值得称道的也是应该予以肯定的。但是必须看到新旧认知模式对现代文学评价或研究所作出的价值判断、学理推演、发现创新与知识成果，大多是偏颇的、表层的甚至是非科学的。这不能不迫使我们从新旧认知模式本身的构成及其功能去探寻它的原因。

其一，构成新与旧认知结构的文学上的“新”与“旧”，并非两个价值范畴，文学的审美价值和文学成就的高低是不能以新与旧来判定的。也就是说新文学的价值未必就高，旧文学的价值未必就低，新文学的价值未必就不高，旧文学的价值未必就不低。既然如此，那么由文学上的新与旧构成的认知模式就缺乏科学的价值判断功能；然而我们长期以来却把没有价值判断功能的新旧认知模式当成具有价值功能的认知结构来运用，这就是我们在认识上与操作上的一个不小误区。之所以说文学上的“新”与“旧”不是价值范畴，主要因为新或旧这对相反的概念是与时间、时代等范畴联系在一起，即新或旧都带有明显的时间或时代色彩，它们皆打着时间或时代的印记而不是价值优劣好坏高低的标志。当我们说这是新文学而不是旧文学时这是从时间上或时代感上进行区分的而不是价值的判断；若是超越了时间或时代的界限那文学形态就没有新旧之别了。故而我们称古代文学是旧文学则因为它是过去时间或以往时代的文学，我们称20世纪在历次变革中产生的中国文学是新文学乃因为它是现时间或现时代的文学；人们把晚清小说界革命创作的小说称为新小说是为了将其区别于过去时间或时代生产的旧小说，将五四文学革命诞生的文学称为新文学也是为了将其区别于过往时代产生的旧文学。就时间来说，今天生产的文学可称为新文学，昨天或前天生产的文学较之今天生产的文学就不是那么新鲜了；本月生产的文学可称为新文学，上月或再上月生产的文学较之本月生产的文学就不那么新颖了；当然文学的新旧很少以日月为计算单位的，往往以大的时代来区分的，即一个时代有一个时代的文学，而本时代的文学较之上个时代就是新文学，若再过一时代就不一定还称它为新文学，如晚清的新小说和五四的新文学在20世纪仍称新文学，再过两个世纪还能再称新文学吗？虽然难以蠡测，不过眼下不少的论著都把“文革”以前的文学称为传统文学或旧文学了，这都表明文学上的新与旧主要是时间或时代的印记而不是作为价值标志的。

如果把文学上的新与旧视为价值范畴，那么我们在研究或评述现代中国文学过程中就会作出不少荒唐的判断，或认为现代文学取得的成就已超过古代文学，或认为现代新诗的成就已高于唐代诗歌，或认为现代长篇小说的艺术水准已越高《三国演义》、《水浒传》、《西游记》、《红楼梦》等经典名著，或认为现代文学的著名作家已压过古代文学的一切大家巨擘了。事实上，我们在评论或研究现代中国文学进程中，曾做过不少新文学高于旧文学、新流派优于旧流派、新作家强于旧作家这样的宏观价值判断；特别是在对新旧文学、新旧作家进行比较研究时往往所有的价值结论都是新文学在批判继承旧文学的基础上创造性地超越了旧文学，而且新文学所有的缺陷都源于旧文学的糟粕，新文学的一切优长乃是其创独性与开拓性，似乎新文学的方方面面都超过了旧文学。试问，这种价值判断都能经得住历史检验吗？

况且，文学上的新与旧除了是时间或时代的标记外，它们对于文学的具体运动形态、理论形态和创作形态来说，还是个能够看得见、感得到的表层结构的色彩景观，不论文学运动的态势、规模和形式或者文学理论的范畴、原理和逻辑构成或者各种体式文学作品的话语组合形态与风采，都是以前未见或罕见的，给人以有别于以往文学运动、文学理论和文学创作的新鲜感或陌生感，这就是所谓的“新文学”的表层的静态呈现；但是这种“新”的表层结构和新颖感绝不是永恒不变的，它是随着时间、地点、条件为转移的，表层的新是暂时的，也是过眼云烟，并不是文学的真正价值所在，而且表层结构也不可能完全透射出文学的实质性意义。试想，现代中国近百年的文学流程中，出现过大大小小多少次所谓新文学变革运动，涌现出不少的花样翻新的文学理论观念，制作了大量的贴着名目别致“新”标签的文学作品，我们评论或研究这诸多形态的现代文学能够仅仅因为其挂上各种各样“新”牌号而把它们的价位抬得过高吗？就因为过去古代文学的表层结构的“旧”把它们贬得很低吗？每个明智的评论者或研究者都不会这样做的，绝不会被文学表层结构的新与旧迷住视线而不进行具体性的实质分析就作出错误的价值评判。

这里必须指出的是，文学表层结构的“新”与“旧”虽然不能作为评判文学真正意义与实质价值的主要根据，但文学的表层结构与其深层结构并不是完全错位的，如果表层结构与深层结构能达到完满的契合状态，那透过表层结构便能窥测出文学的本质意义，而且表层结构也能显示出文学的真正价值；只有这时文学的表层结构似乎也成了黏附上意义的形式，即从文学内容与形式的完美融合上生发出的有意味形式，而这种有意味的形式只有与文学内容紧紧拥抱在一起时才是有意味的，一旦疏离了文学内容或文学深层结构，有意味的形式也会变味或没味了。因此只能从这样的意义上说，文学表层结构或形式的“新”或“旧”黏附着价值因素，即使如此文学的本质规定或实质价值仍然是由文学的深层结构或内容决定的。所以对现代文学的评论或研究必须透过表层结构或形式深入到深层结构或内涵，主要把文学的表层结构或形式作为进入文学内部世界的探幽发微的通道，切莫被五光十色的文学表层或形式遮住了探索其奥秘的金睛火眼。20世纪中国诗歌创作产生了大量古体诗词，也许就是因为形式的“旧”而没有把它们与自由体诗置于平等的价值平台上予以公正的评价，即使有些古体诗词写得再好（毛泽东诗词除外）也没有在现代文学史上占有一席之地；如此推论到现代章回体小说即使再优秀，对其评价也难能超过自由体小说。之所以不能得到公正对待，说到底是因为古体诗、章回体都是“旧形式”；这些与新文学产生于同一时代区间的“旧瓶装新酒”的文学就因为形式的新与旧而得不到平等待遇，但是那些产生于古代的旧文学与20世纪生成的新文学相比因为形式新旧的差异就更得不到同一价值尺度的评述了。这说明在实际评论或研究的操作过程中，文学表层或形式上的“新”与“旧”已有意无意的成了两个“价值”范畴，这怎能不影响以公正公平的态度对现代中国各种形态文学的研究以及新文学与传统旧文学的探讨呢？在新与旧不是价值范畴却实际上成了价值范畴的误导下所取得的评论或研究成果具有多少科学品格？过去因错把新旧认知模式当成价值体系而将现代文学与传统文学、新形式文学与旧形式文学人为割裂开的局面何时方能缝合起来？

其二，文学的新旧认知模式在形式上原本就没有多少价值因素，而在对现代文学评论或研究的实践中却不断赋予其价值内涵，这难怪评论者或研究者误把“新”与“旧”的形式也作为价值范畴了。茅盾在五四文学革命的“新旧文学”两派论争中说得好：“所谓新旧在性质，不在形式”。中国旧诗如“辛勤得茧不盈筐，灯下缫丝恨更长，着处不知来时苦，但贪身上绣衣裳”。又如“江上来往人，尽爱鲈鱼美；君看一叶舟，出没风涛里”。虽然在形式上这两首诗都是旧体的，但从其体现出的平民意识与人道精神、写实品格来看，茅盾认为“都可以称是新文学”[①]，这是从性质或价值上来判定文学的新旧。“人的文学”应算是五四时期最新的最时髦的文学观念了，但是周作人并不认为它是新的，“却不知世上生了人，便同时生了人道。无奈世人无知，偏不体人类的意志，走这正路，却迷入兽道鬼道里去，彷徨了多年，才得出来”。在周作人看来，人道主义早已客观存在，只是把它真正发现出来并形成“人的文学”观则迟了些时日，这不算“新发明的新”，充其量不过是“新发现的新”；因为“新旧这名称，本来很不妥当，其实‘太阳底下，何尝有新的东西？’思想道理，只有是非，并无新旧。”[②]周作人比茅盾论得更透彻，连“人的文学”也不算新发明的文学观念，那五四新文学的名号应给谁？是否该是白话文学？但胡适根本不承认白话文学是他们一班人发明的，更不是他们“几个人凭空捏造出来的”，白话文学乃是一千几百年历史进化的产物，并且“白话文学史就是中国文学史的核心部分，中国文学史若去掉了白话文学的进化史，就不成中国文学史了”；而五四文学革命先驱提倡白话文学只是“一种有意的主张，是一种人力的促进”，[③]加速白话文学的传承和实现。不仅白话文学古已有之，并非全新之物，而且“平民文学”这个重要理念也不是五四文学的新发明，仍是由“汉朝的平民文学”和魏晋南北朝以来的“平民文学”

① 茅盾：《新旧文学平议之评议》，《小说月报》第11卷1920年1月25日。
② 周作人：《人的文学》，《新青年》第5卷第6号1918年12月15日。
③ 《胡适全集》第11卷，安徽教育出版社2003年版，第215～219页。

承继下来的。[①]

上述三位文学革命先驱从不同角度论述了不能笼统地从价值层面上把文学分为新与旧,实质上从古至今的文学在诸多维度或层面上其意义和价值是相通的,甚至有些文学形态、叙事模式、原型结构古今也是一脉相承的。然而并非所有的文学革命倡导者和现代文学的研究者都认为文学上的新与旧不是价值范畴或者它们之间构不成认知结构;恰恰相反,有不少的新文学倡导者、创造者和批评研究者不只是惯于运用新旧认知模式而且不断地给新与旧两个范畴增加价值内涵,甚至予以过量的超限的意义阐释。或者赋予新文学先进的意义,给旧文学以没落的贬斥;或者赋予新文学以健康的价值,给旧文学以腐朽的谥号;或者赋予新文学革命的意义,给旧文学以反动的帽子;或者赋予新文学样板的价值,给旧文学以封资修名称,等等,不一而足。所有赋予新旧文学范畴的肯定的或否定的价值内涵,虽然不是文学上新旧认知结构固有的而是主体依据与时俱进的情势需要任意增加的,或者生硬地塞进新旧两个范畴,无限扩张了新旧认识结构的功能;但是由于人们心理长期受制于机械进化论阶级论的主宰而形成了强固的思维定势,不只是从来不怀疑文学上新旧认知结构的超载价值内涵和过量的评判功能,并在自觉不自觉的精神状态中维护、强化和运用新旧认知模式,即使在现代文学评论或研究中作出一些错误的价值判断或发表一些荒谬的言论也觉察不出来,反倒认为自己的评论或研究所获得的学术成果闪烁着真理的光辉,这种主体认知上的盲点发生的还少吗?

二

文学的新与旧两个范畴是否具有价值内涵以及它们是否能够组成认知结构,这已经不是争议的焦点了,因为在近百年的文学创作实践和研究实践中它们于不同的理解话语里已形成具有相当评判功能的文学新旧认知模式;所以现在重要的是通过对这一文学认知模式的探询和反思,看看它对今天更有效地更科学地开展对现代文学的评论或研究有何理性启示和操作意义?我认为至少

① 《胡适全集》第11卷,第44~53页。

有两点：

一是新与旧虽然不是透视辨析文学价值的认知尺度，它们也不是区别文学有无意义的标志；但是它们却是识别文学时间、时代或形态特征的鲜明印记，也是发现文学内涵的价值意蕴和人性深度的必由渠道。即不经过文学表层或形式上的新与旧的透析是难以对其深层结构的最有价值的意蕴进行探赜发微的开掘，更不可能透过新旧文学不同外在形态的剖析由表及里由此及彼地发现古今文学的联通点；况且文学的新旧形式一旦与其内容相胶合则会变成有意味的形式，其审美价值是不言而喻的。因此文学的新旧认知模式若是不过分地赋予其价值内涵对于现代文学的评论或研究还是具有不可否认的功能价值的；另外，从系统论的整体观来看，新旧文学既不是同质同构的又不是异质异构的，新文学结构系统与旧文学结构系统尚有不少子系统是相互贯通的，甚至有些新旧文学的子系统你中有我我中有你，彼此可以转化的，这就消解了新旧认知模式的二元对立性而深化了两者之间的关联性，并从而增强了文学新旧认知模式的关系研究功能。

二是以此为理性制导，运用新旧认知模式来强化现代中国文学“打通关系”的研究。既然纳入新旧认知模式的现代文学与古代文学在新旧上已不可能形成主观上的价值对立，那就应该尊重古今文学的客体结构，从多维度多层面打通古今文学固有的连贯性，以发掘古今文学相通的本原机制、内在规律和文本形态。胡适打破了古今新旧文学的认知隔阂，把中国文学作为整体来把握，通过详尽史料的梳理和辨析，他不仅发现白话文学是古今贯通的，平民文学或民间文学古今也是联通的；周作人虽然发现了太阳底下的“人的文学”的思想基石人道主义古已有之，但他倒认为“人道”是西方最早发现的，也最早在文学上讲人意的，却没有看到中国先秦时期就发现了“人”，而且兴起一场人文主义运动。有的研究者已发现先秦文化是从人出发且以人为本的，“儒家尚‘仁’成‘圣’，就是通过对于‘仁’的理想精神境界的追求以升华人性，使之能趋近于‘圣’即趋近于‘完人’。道家得‘道’、成‘真人’、‘至人’，就是通过与‘道’一体相通，克服人性异化，使人返璞归真，来达到‘真人’、‘至人’这样的‘完人’”[①]。这就

① 王树人、喻柏林：《传统智慧再发现》（下卷），作家出版社1996年版，第22页。

是发生于先秦时期那场早熟的东方“文艺复兴”所坚持的人道主义，并不像周作人所说的“五四”前中国文学上从未“辟人荒”也没有发现人性；而且这种以人为本的人道主义已形成中国文学的优秀传统，从先秦散文、两汉乐府民歌、魏晋南北朝平民文学、唐宋优秀诗词、元曲杂剧直至明清小说都可以寻找到传统人学思想的流变踪迹。近几年打通中国现代新文学与古代旧文学的研究论文和专著越来越多了，新与旧已不再是影响古今文学在同等价值平台上进行评说的障碍了，逐步消除了文学评价上的“唯新是好，唯旧是糟”的极端化偏向。所谓“打通关系”的研究，不仅要在纵向上打通古今新旧文学的关系，把古今文学作为一个多维系统的整体来理解和认知，而且在现代中国文学这近百年的历史区间也存在一个多元文学格局，其中新体文学与旧体文学之间必须从横向打通关系，既要将它们作为现代中国文学总系统中的子系统来对待，又要彻底消除所谓新旧价值观的阻碍以平等的价值尺度来探究新体文学与旧体文学的关系，真正把产生于现代中国的旧体诗词、章回体小说以及文言散文、旧戏曲等与新自由体文学置于同等价值坐标上予以评说。不论旧体的或新体的文学都是现代中国文学母体里孕育出来的，它们的真正思想价值和审美意义主要不是在形式上而是在性质上或者体现在内容与形式的完美结合上或者内蕴于真善美人性的发现上和假恶丑兽性的鞭挞上。现代中国文学的多元形态较为复杂，既有在视觉上一眼就能看清的新旧文学样态又有难以辨清的亦新亦旧的文学样态，从形体上看后者既遗留着旧文学的痕迹又烙上新文学的鲜明印记；如果不是单纯地从新旧形式着眼而是从性质上或内涵上来评述它们，那么也会发现这类半新不旧文学与新文学之间的新关系或新意蕴。

总之，只要认真仔细地消解人为造成的新旧文学认知上的误区，才能从横向上打通现代中国文学各种形态之间的关系，并给予公正公平的评说。当然，这种重新理解的文学新旧认知模式不论对古今文学打通关系的研究或者是对现代中国文学新旧样态打通关系的探讨都不只是仅仅寻求新旧文学关系的相通性或趋同性的价值意义，也要关注新旧文学中潜隐的差异性，没有差异就没有艺术个性，没有差异就没有文学的独创性，没有艺术个性或独创性就等于文学美学价值的丧失。所以，“打通关系”的研究，不是削减了文学新旧认知模式的功能而是加深加重了它的职责；由文学形式新旧对立的表层探索转向文学深层的整体关系研究，从发现其相通或趋同的价值意义中深入发现其差异里的个性价值和独创意义，这才是“打通关系”研究所务必追求的。

文学评论或研究所坚持的新与旧二元对立的认知模式，不只是广为流传，使社会各层各界喜好文学的人群都认可了，并习以为常了，已体察不到它的不科学不合理的因素；至于从事文学创作、研究和教学的专职人员更形成一种总认为新旧认知模式优越的强迫观念，通过长期实践又潜移默化地铸成了强固的主体思维方式，并和自身的研究成果或教学业绩紧紧地联结在一起，所以要对文学新旧认知模式进行清醒而深刻的反思或调整，并非一朝一夕就能奏效的，认知模式即思维习惯的改变是需要时间的。

反思现代文学研究的“左”与“右”认知结构

现代文学研究所运用的“左”与“右”认知模式，经历了20世纪30年代的形成期、40年代至70年代的法定期和80年代的解构期；虽然它在不同时期显示出不同的功能特点与思维成果，但是最终被纳入“兴无灭资”的政治大批判框架，给现代文学所造成的最大负效应则是既灭绝文学的人性内涵又阉割其人道主义灵魂，把人的文学变成非人的文学和文化专制的利器。

一

对于现代中国文学的评论或研究，我们所获得的认识和知识虽然是多种认知模式综合作用的结果，但是文学的新旧认知模式和文学的左与右认知结构却发挥了极为重要的功能。尽管文学的新与旧认知模式和左与右认知模式在结构功能上有相通之处，特别是把文学范畴的“新”注入革命的政治的内涵也会使新旧认知模式具有了左右认知模式的某种功能特点；然而文学的左与右认知模式的“左”和“右”毕竟是政治文化范畴的代码，这使它从根本上区别于人本文化范畴的新旧认知模式。如果说新旧认知模式透过文学形式更关注于其文化价值内涵和审美意义的研究，那么左右认知模式则更重视对文学总体的政治价值和革命功利的探索；如果说新旧认知模式更关注于普通人性的发掘，那么左右认知模式更强调以阶级性或集体性取代普通的人性或独异的个性。所以通过左与右认知模式对现代文学的评论或研究所建立的认识系统和知识结构大多是政治意识形态话语，无不打上了偏激臆测的阶级烙印，使学术文化变成了政治文化。

现代文学评论或研究的左与右二元对立模式的确立是与20世纪30年代

左翼政治思潮的崛起和革命文学的生成联系在一起的。左或右不是人本文化或审美文化的两个概念而是地道的政治文化或革命理论范畴,往往以"左"为符码代表革命政治或革命力量或革命社团或革命人群,而以"右"为符码来标志反革命政治或反动势力或反革命社团或反动人群,两者之间的关系是对抗性的你死我活的非此即彼的不可调和的关系。由于政治文化为现代中国文学所构成的知识背景和话语系统是错综复杂的,即不仅有民主主义政治、无政府主义政治,也有三民主义政治、民族主义政治,而且更有各种牌号的社会主义政治,也有传统社会遗留下的根深蒂固的封建主义政治,等等;因而当20世纪30年代中国左翼文学或革命文学运动勃兴时,这多种形态的政治通过选择、鉴别、改制之后或被无产阶级政治文化所整合或被资产阶级政治文化所收编,这就造成了具有中国特色的无产阶级政治文化与资产阶级政治文化。不论生存于二三十年代的无产阶级或资产阶级都不是发育成熟的阶级形态,而它们又要超负荷地承载着各自阶级的带有虚拟色彩的政治文化;尤其中国无产阶级的构成因产业工人尚未发展起来就不得不把大量贫苦农民、手工业者、下层市民甚至流氓无产者以及受过社会主义思潮影响的知识分子聚拢起来,而赋予这个无产阶级的文化意识则是带有乌托邦色彩的政治文化。不仅如此,革命文学的倡导者与创建者所接受的政治文化并不是原创的无产阶级意识形态而是来自苏联、日本的无产阶级"左"倾政治文化;在国内又正值三次"左"倾政治路线兴风作浪之际,无产阶级领导的政治革命遭到严重挫折。在这种驳杂政治文化语境与恶劣现实情势下生成的革命文学,虽然它是左翼无产阶级文学,但是这个"左"的内涵与外延就很难界定了,即究竟从哪些角度来探析革命文学的"左"方可把握得准呢?

就其作者主体意识来说,他是以乌托邦无产阶级意识还是以"左"倾无产阶级意识还是以正宗无产阶级意识来观察体验和把握无产阶级的生态、心态以及斗争人生和革命活动的?由于主体意识的差异性在某种程度上决定了文学作品主题提炼、人物塑造、情节构成、意境创造甚至创作方法选择的差异性,所以也许从创作主体与文学文本的结合上才有可能分析判断出谁是真正的无产阶级作家谁是戴着"左"冠的无产阶级作家。但是在"左"倾政治思潮施威的情境下往往后者是真正革命作家而前者成了右倾革命作家,如20世纪30年代的蒋光慈，当他写出带有“左”倾色彩文学作品时则成了无产阶级文学的中坚，当他写出真正的革命文学作品时却被开除党籍。由此可见，即使构成左与右二元对立认知框架之初的“左”的确定内涵也是游移不定的，况且随着无产阶级革命的深入与革命文学的发展其“左”的内容又在不断地变化，就越发难以给出科学界说了；至于与文学的“左”相对的“右”，它的政治内涵与外延，不只是难以界定而且随机性很大。所谓文学上的“右”，与“左”一样同样是个政治范畴的符码，它也是以政治文化视野来观照文学和定性文学的。“右”在20世纪30年代的多元文化格局中主要指那些以自由主义写作姿态创造的以开掘人性内涵、表现生命意识、弘扬启蒙理性精神与人道主义关怀为主旨的文学样态，如新月派、京派就是典型的右翼文学。因为在“左”派看来，不论是自由、平等、博爱或者人权、人性、人道这些人类普遍认同的思想都是属于资产阶级意识形态，与无产阶级意识形态是格格不入的，故而只要文学期刊或文学流派乃至作家诗人以此为旨趣的文学无不是资产阶级文学或右翼文学；至于那些以鼓吹民族主义为中心意识的民族主义文学和以宣扬三民主义为主题的三民主义文学则是法西斯主义文学或极右文学。“左”不仅指涉左翼文学阵营外部的一些文学社团、作家作品，而且也触及到革命文学内部的作家作品，即革命文学本身也有左右之分。在“左”与“右”两大政治标志极为鲜明的文学阵营之间，还有些同路人或中间派作家，政治色彩不够浓重，阶级立场不够明确，既不向“左”又不向“右”；但是他们却是左翼文学和右翼文学争夺的对象，其结果则是大多数作家倒向了“左”，如巴金、老舍、曹禺皆是。

值得讨论的是，在文学上左与右认知结构形成的20世纪30年代，中国革命的主要任务是反帝反封建，无产阶级并不是排斥资产阶级而是将其当成革命同盟军，那么为什么作为资产阶级文学的思想意识就要受到左翼文学的抨击，难道资产阶级思想意识已失去反帝反封建的战斗意义而与其阶级基础背道而驰了吗？从30年代的社会矛盾来看，反对日寇侵犯的民族矛盾从九一八事变开始已上升为主要矛盾，这正是民族主义意识高涨之时，为什么民族主义文学以民族意识为宗旨倒成了法西斯主义文学？革命文学生成的政治语境与三次“左”倾政治路线直接相关，但在清算“左”倾政治路线错误时并没有清算左翼文学所受到的“左”的影响，反而把左翼文学阵营视为反“文化围剿”的中坚力量,这里就提出一个问题:左翼文学是以真正的无产阶级思想为武器还是以“左”倾政治文化思潮为工具去反围剿?如果以后者为思想武器去反对资产阶级思想的围剿其结果会怎样?若是以未清算的“左”倾政治文化思想去制导革命文学创作或对左翼文学进行评判其结果又会怎样?这些问题的回答既要解放思想又要等待时间,不过它们给30年代文学的左与右认知模式的构成带来诸多老大难问题,是不易弄清阐明的。

二

由异质相对的“左”与“右”两个政治范畴构成的认知模式,它们之间的关系不论从学理上或实践上看都应该是既对立又互补的,但因主观上已把“左”和“右”定性为代表两大阶级意识和利益以及政治取向的政治概念,所以构成的认知模式也是绝端对抗的;不过在具体的现代文学评论或研究操作中却是灵活掌握的,即在不违背主观规定下也可以任人而宜或因时而宜。左与右认知模式形成于左翼文学运动又作用于左翼文学运动,通过左翼文学创作实践和评研实践的检验和需求以及政治革命运动的牵引和制控,文学左与右认知模式的价值内涵、结构功能甚至操作程序也在变异,大致经历了三个历史时期或逻辑阶段:

其一,文学上的“左”与“右”二元对立认知模式的形成期,大约在1927年至1942年前。并非革命文学刚诞生就有了左与右的认知模式,它的形成是出于评论者或研究者对革命文学或左翼文学认知的迫切需要;虽然20世纪20年代末30年代初左翼文学与右翼文学对峙的格局已出现,但若缺乏研究者评价或评论者解读左翼文学的积极探索那是不可能发现或组成左与右认知架构,并从两种不同文学形态的尖锐对照中来评论或研究左翼文学的特质与表征的,也不可能通过及时有效的评论或研究为革命文学的立足与发展造舆论壮声势以及总结教训和对抗其他异质文学形态的挤压。也许正是通过左与右认知模式对革命文学的解读和评论使其思想风貌、艺术特征和美学格调的特异性在读者的心目中才逐渐清晰起来,或使它在社会舆论界或学术界才有了一席之地,并与30年代其他文学样态构成一个相互制衡的格局且逐步成为众声喧哗多声部文学中的主旋律。但是形成期的左与右认知模式在理论建构和操作功能上却显示出三个特点:一是作为文学认知框架中的“左”与“右”的内涵从理论上没有界定清楚。正如上面所述不论是政治上的“左”或“右”,它们既有程度上的不同又有界限上的差别,特别是左翼文学家、评论者或研究者都是站在各自的政治立场、以自己的政治见识对“左”或“右”作出阐释,既没有统一标准又没有一致口径,故而对文学上“左”和“右”的判断或对文本的感受有着明显差异,而对何为左翼作家或何为右翼作家所作的定性分析则更是大相径庭。如鲁迅在郭沫若眼里是“二重反革命”,而在毛泽东心目中则是革命伟人民族英雄,这都是以“左”的视野来评价鲁迅,为什么差异如此之大?可见每个革命作家、评论家或政治家对“左”和“右”的理解是不同的。正因为对文学“左”与“右”的标准认识不统一,所以运用左与右认知模式对30年代文学进行评论或研究出现乱扣政治帽子、枉作政治判断的现象就在所难免了。二是30年代选择左与右认知模式对各类文学、流派和作家进行评论或研究则是自由的。既不是党派使然又不是阶级使然,不论是革命文学作家或文学批评者与研究者都有独立意志和选择自由,大都是根据自己对无产阶级政治文化及其革命文学的理解、思考和体验,认同且掌握了左与右认知模式,并内化为自己体验、感知左翼文学和其他文学的思维方式。或者太阳社和后期创造社的作家与评论者,或者左翼作家联盟的诸作家和评论者,或者茅盾、冯雪峰、周扬、胡风等左翼文学理论家,他们对文学上左与右的认知和评价几乎都是出于自己对真理的忠诚和独立思考。因为30年代的政治形势极为复杂,民族矛盾、阶级矛盾与党派斗争交织在一起,各种政治主张、政治见解和政治纲领也杂陈于作家面前。虽然当时的统治阶级思想是社会的统治思想,但是这种统治思想并未征服广大作家或评论家的心,而是见仁见智的左翼无产阶级政治文化及其革命文学却把众多知识分子吸引住了。这表明左翼政治文化具有巨大思想威力且含有真理光辉,它既可照亮知识分子追求光明的道路又能解决中华民族独立解放的救亡图存,也能拯救千百万劳苦工农大众于水火之中;所以具有社会良知和责任感的知识分子在选择了革命文学的同时也认同了左翼政治文化或者在选择了左翼政治文化的同时也认同了革命文学。正是基于这种自由的认同和选择,众多的左翼作家、评论者和研究者才主动地建构文学上的左与右认知模式并自觉运用这个认知架构去创作、评论或研究30年代各体文学。尽管根据各自对“左”和“右”的理解在使用这个认知模式对不同形态的文学作品与诸多作家进行评论或研究时作出一些武断的甚至荒谬的评论，除个别人别有用心外，然而大多数人却是从内心中发出了自己的声音，即使说错了也是自己选择了错误的“左”倾政治观点或者自己错误理解了左翼政治文化。这毕竟是现代知识分子的独立政治选择与文学认同，并没有什么外力硬性地驱使。三是文学上的左与右认知模式对待文学的评论或研究并不是一视同仁，而具有明确的政治倾向甚至是阶级偏见。按理左翼政治文化是属于无产阶级思想体系，解放全人类然后解放自己则是无产阶级思想的最高原则，反映到以左与右认知模式对不同样态文学给予评论或研究时理应体现出博大宏远的胸怀和眼界；但是 30 年代的左翼文学评论者或研究者却表现出一种“唯我独革”“唯我独左”的姿态，对革命文学倍加推崇和肯定，即使对待那些带着明显“左”的政治倾向的“红色鼓动诗”也抬得很高，即使对待“左而不作”的现象也是极力辩护和掩饰，似乎体现不出无产阶级评论者的实事求是的科学态度和坦荡无私的襟怀。固然对新生的革命文学尽力捍卫，并为劳苦工农大众在文学上争权夺位是无可厚非的；但是对于其他形态的文学文本或社团派流不管其有无积极价值和美学意义却一律批判扫荡甚至骂倒，或将其扣上右翼文学的帽子，这又显示出左与右认知模式评判文学的暴力性和霸道性，它到了 20 世纪六七十年代则达到登峰造极。

其二，文学上的左与右认知模式的法定期，约在 1942 年至 1976 年。尽管 20 世纪 40 年代中国文学的多元格局没有发生根本性变化，国统区、解放区或沦陷区的文学各沿着自身的路径和规范运演，生产出色调不同的文学形态、文学流派；但是解放区的文学态势却发生了异军突起的变化。如果说 40 年代前的革命文学于白色环境里或历史夹缝中挣扎着反抗着成长，各个左翼文学社群或革命作家尚可在分散状态中进行独立的追求与创作；那么 40 年代的解放区却建立起红色根据地，革命作家们或各自文学社团都能够公开地自觉地遵循革命文艺路线和明确文学规范来创建以工农兵为主体的革命文学。特别是随着全国的解放和新政权建立，无产阶级思想体系作为新社会的统治思想取代了国民党在大陆的思想统治，自五四文学革命以来形成的多元文学格局也被以工农兵为主体的革命文学所统一，出现了一体化的文学局面，革命文学成了主宰一切统辖一切的强势，而其他非革命文学不仅成了弱势且被戴上姓“资”的帽子扫尽历史垃圾堆；与此同时，文学评论者或学术研究者对现代文学批评或探讨所运用的左与右二元对立认知模式也作了调整甚至发生了变异，较之形成期的左与右认知架构出现了新的功能特点：

一是文学评论或研究的左与右二元对立认知模式被法定化。1942 年《在延安文艺座谈会上的讲话》则是中国左翼文学的法典，它对文学上的“左”和“右”两个范畴的内涵与外延用所谓阶级论作了明确的阐释，再不像 30 年代左翼作家对左和右的理解可以各抒己见；《讲话》就是革命文化的法典，必须严格遵守，不允许提出异议，更不准唱反调，否则就是离经叛道，或给予纪律处分或给予法律制裁。如果说 30 年代对现代文学的“左”或“右”的评论或研究仍是学术范围内的认知问题或思想问题，那么 40 年代解放区对现代文学的评述或论说一开始就不只是认识或思想问题而被纳入政治斗争的范畴，文艺整风中对王实味的批判、1948 年对萧军的批判以及是年香港《大众文艺丛刊》开展的胡风批判、斥反动文艺等，都是在意识形态领域以所谓无产阶级思想体系全面清算所谓资产阶级思想体系而进行政治大批判的预演。新政权建立后，文学上的“左”与“右”的认知模式完全被纳入社会大批判的“兴无灭资”政治框架，而文艺上的所谓“左”与“右”的斗争总是意识形态领域“兴无灭资”政治大批判的主战场与前哨阵地。这不仅使文学上的“左”与“右”两个范畴越来越充斥极左政治，而且到了极左政治思潮猖獗的六七十年代，文学上左与右认知模式完全变成了它本身难以承担的对所谓资产阶级及其意识形态实行全面专政的极端政治化工具，完全丧失了它作为评论或研究现代文学而获取学术真理、文化智慧的认知模式的功能价值。

二是对于构成文学上认知模式的“左”和“右”的政治内涵与外延的解释和规范并非都是以无产阶级原创思想体系为理论根据，也不一定都源于真正的马克思主义，不论指认这是资产阶级文学那是无产阶级文学、这是右翼作家那是左翼作家，或者认定这是右派文学那是左派文学、这是资产阶级文艺思潮那是封资修文艺思潮，或者指定这是文艺黑线那是文艺红线、这是革命文学阵营那是裴多菲俱乐部，似乎都是出自“一种思想”或发自“一种声音”，而这种思想或这种声音就是“放之四海而皆准”的真理，就是所谓的无产阶级思想。所以在对现代文学的文艺思潮、作家作品进行“左”与“右”的分析和评论时，必须坚定不移地把这种思想或这种声音所说的“左”和“右”当成绝对的真理标准；作为文学评论者或研究者对这种标准理解的要恪守不理解的也要坚持，如果对这种标准稍有怀疑和偏离，即把“左”的文学说成右的或把“右”的文学说成左的，那所招来的灾难不亚于“右派”作家创作的“右派文学”。到了极左政治思潮泛滥和反智主义政治思潮达到登峰造极之际，“左”的文学越来越少，除了样板戏、鲁迅、浩然外只剩下一片白茫茫大地，而贴着“右”的标签的文学都成了封资修货色，连30年代左翼文学、十七年革命文学也成了又黑又粗的文艺黑线；这时文艺上左和右的认知框架完全由“一种思想”来控制，“左”的文学也成了“一种声音”的传声筒。这种现代文学研究上被颠倒的认知史终于到了70年末被颠倒过来，“文革”彻底被否定以及王实味、胡风、“反右”等历次所谓政治运动造成的冤假错案被平反，这就充分证明了法定时期的文学左与右认知结构所产生的功能效果大多是错误的荒谬的，被批判的所谓“右”的文学则是真正值得肯定评价的文学，被称颂的所谓“左”的文学应是值得重新评判的文学，但是至今文学评论界或学术研究界对左与右认知模式中的“左”的政治内涵及其功能效果却没有从学理上认真深入的探讨过。

三是本时期运用“左”与“右”认知模式对现代中国文学进行评研的知识分子或学者，并非都是自愿自觉的，主动积极的，大多是被迫的被逼的或被驱使的，因此这便在文学评论或研究群体中形成了奴从者与智从者两类知识者。所谓奴从者即是“一种思想”或“一种声音”或“一种话语”对文学上“左”和“右”所作出的解说与表述，不管这种说法是真马列还是假马列、是主观臆测还是实事求是、是凭空想象还是客观存在、是真理还是谬误，都认为是绝对真理而一律服从；并且说哪批哪，指哪打哪，说谁是右派作家就把他当右派批，说谁是左派作家就把他当左派保，说这是右派的毒草作品就把它作毒草铲，说这是左派的香花作品就把它当香花捧，说这是封、资、修黑作品就把它作为垃圾横扫，说这是无产阶级革命文艺样板就把它吹上天，说《红楼梦》是表现阶级斗争主题的就把它阐释成阶级斗争教材，说《水浒传》只反贪官不反皇帝就把当成投降主义大毒草来批，等等。这种奴从心理的形成根源较为复杂，或者是传统的愚忠教育所造成的文化心态与极左思潮猖狂时所造成的“三忠于四无限”的舆论声势一拍即合，由崇拜偶像而迷信偶像的一切话语；或者是严格的铁的纪律所促成的驯服工具思想，只要最高权力者的话就要言听计从，理解或不理解的都要坚决执行，从不怀疑自己奴从的是真理还是谬论；或者出于一种私心杂念，为功名为地位就要不折不扣地紧跟，跟上去就是洪福齐天而跟不上则要美梦落空，一切特权便瞬间将失；或者出于一种感恩戴德观念或拯救意识，只要谁有恩于我或拯救过我，我就为其献忠心甚至为其拼命，说批谁就批谁，说打谁就打谁，毫不犹豫，只要能报恩就是赴汤蹈火也在所不辞。奴从心理的造成也许是其中一个因素也许是几个因素也许是综合因素，正因为文学界或理论界有如此多的奴从者，所以文艺战线发起的一次次错误政治运动才能使左与右二元对立模式发挥了超常的威慑功能，不仅使那些所谓右翼或右派作家及其文艺作品蒙冤受屈，乃至灵魂肉体也受到难以想象的损害，而且奴从者的内心也不能不在所谓的红色恐怖中遭到谴责与触动，即在参与整打“右派”作家的非理性疯狂举动中也为自己被整打埋下了悲剧种子，周扬就是典型个案。所谓智从者是指能用自己的独立思考和政治智慧去对待最高权力话语，既不奴从或盲从又不对抗或不从，而是有选择地服从，该听从的就听从，不该听从的就不听从，体现出知识分子在极左狂潮中应有的理性冷静与智慧风貌。因为最高权力话语是统治阶级统治思想的集中体现，即使处在极左政治思潮施威时期也不能说哪“一种思想”或“一种声音”所发出的话语或对文学上“左”和“右”的阐释都是错误的，其中所蕴含的真理也许能与智从者的思考取得一致或者与智从者的想法相沟通，那是有利于制导革命文学健康或健全发展的。所以对这种富有真理思想威力的话语，智从者在评论或研究现代中国文学中是要坚持的；对那些极左话语或与自己独立思考相悖反的话语，智从者是不会认同的，甚至有些文学评论者或研究者顶着被打成“右派”或“反革命”的政治恐怖与人身安危也敢于发表或坚持自己的文学观；当然也有不少智从者采取沉默不语或潜在写作的态度或方式来抗拒着“政治高压线”的威慑。虽然文学界或理论界这样的智从者并不多，但是“野火烧不尽”的。

其三，文学上左与右认知模式的解构期，大约是 1976 年以后。若是大的政治文化生态环境不发生根本性的变化，那么作为生成并演变于政治文化语境的文学评论或研究的左与右认知模式是不会受到猛烈冲击与解构的。随着“思想解放，实事求是”的思想路线和认识路线的强有力的推行与贯彻，极左政治思潮和极左文艺理论得到了清算，现代文学评论或研究领域的“禁区”被冲破，一个个冤假错案被平反；文学评论者或研究者的思想解放也获得了越来越多的内在自由和外在自由，曾经被“左毒”异化的人性和戕害的灵魂也得到了医治和恢复，知识者应有的独立思考能力与创造潜力亦有了活力。因此只有这个时候，文学上左与右认知模式不只是遭到质疑，且在痛定思痛中意识到这一认知模式已失效了失灵了。尽管极左文艺思潮阴魂不散并在80年代搞了几次反扑，如“清除精神污染”、“批判自由化”等，但都没有翻起大浪来，即使有些“左论”发表或“左著”出版只因大政治环境有了巨变也没有引起强烈反响；尤其是主流权力话语连阶级、阶级斗争、左和右都不讲了，这不就意味着宣告文学上左与右认知模式也该终结了吗？当然，左与右认知模式在现代文学评论或研究上已运用了40多年，又在运作中得到不断的调整与强化，这使它在学术界或文学界产生了深广影响，也在研究或评论主体心里扎下了根，因之没有批判性的自我反思是难以除根的，更不可能彻底解构它；不过，对左与右认知模式在现代文学评论或研究上曾经发生的积极效用或取得的有价值的认知成果，也不能一概否定，应将其置于特定的历史范畴作出具体分析。

三

“左”与“右”二元对立认知模式伴随着现代中国文学变迁运作了数十年，最终它所遭到的解构命运是历史的必然，“物极必反”也许就是定律；但是作为文学评论或研究的一种认知模式，当我们要解构它时就不能简单地归之于“历史的必然”，还需要深入考察一下这种左与右认知模式对现代文学评论或研究产生了哪些负面的或者有害的认知效果，并以此验证这种认知模式解构的必要性，从而使我们从中得到深切教训和提高认知层次。虽然细究起来，负面效果很多，但是它对现代文学的研究来说，主要有：“左”和“右”既然是政治范畴的代码，尽管它们在政治运动或阶级斗争中以此来标明个体或群体的政治立场、政治态度或政治身份未尝不可；但是把“左”和“右”用来给某种文学形态命名就不够适宜了。这不仅因为文学毕竟是属于审美范畴，它不能等同于政治运动或阶级斗争，即使它以审美形式对政治运动或阶级斗争作了再现或表现或象征，然而文学的根本属性仍是审美意识形态而不是政治意识形态，绝对不能因为这两种意识形态之间有一定联系而遮蔽了文学的审美本质。也因为“左”与“右”所代表的政治范畴的内涵或外延的阐释都带有极大的臆测性与随机性，缺乏稳固的质的规定性与科学界说，特别是在最高权力话语里的“左”和“右”如同两顶大帽子，根据其所谓的政治需要与主观判断，想给谁戴就给谁戴，想给哪些人戴就给哪些人戴，现代文学领域不知有多少作家作品被戴上“右派”帽子而专政了几十年；况且对“左”与“右”的划分有时也太细，界限更不清楚，什么“极左”、“左”、“中左”，什么“极右”、“右”、“中右”，若用这种划定来考析作家作品又如何标示，不仅造成文学上政治定性的混乱而且会捏制出不少冤假错案。更因为“左”和“右”两个政治概念代码包涵着机械的阶级论分析内容，究竟“左”指代的是无产阶级还是什么，那么“极左”或“中左”又指代什么阶级，工农兵又是什么阶级又是靠哪个“左”来指代；“右”也是这样的不确定，若“右”指代的是资产阶级，那“极右”和“中右”又指代资产阶级哪部分人。尤其文学作品是个感性世界，它所蕴含的情感既深微又复杂，还有些潜意识或无意识存于内中，这如何使用“极左”、“左”、“中左”或“极右”、“右”、“中右”这样的混乱的政治尺度来衡量评估它们，怎样从文学情感世界里抽绎出它们各自阶级意识为其定性分析？因此以左与右构成的认知模式不论对作家所作的分析或者对作品所作的解读或者对思潮所作的评论，大都是主观随意的或混乱无序的或无中生有的或夸大其词的或听命上纲上线的，甚至有的则是人妖颠倒，是非混淆，欲加之罪何患无辞！这样的认知成果有多大的科学性又有多少可信度？难怪以这种“左”和“右”为政治范畴和价值尺度为代码而对现代文学所研究和写成的著述越到后来的“法定期”越是失去了它应有的价值。试想一下“十七年”后期到“文革”十年所发表的论文或著作还有多少人去翻阅，也许只有反面教材的价值。这再一次证明文学艺术及其评论或研究它的认知模式，不宜于使用“左”和“右”为政治范畴代码来命名或来构成。此其一。

以“左”和“右”为认知构架来评论或研究现代文学，往往要以“左”所涵纳的阶级性来对抗“右”所容纳的人性，故批判或否定现代文学的人性是其重要的功能之一。似乎左翼文学或革命文学只能表现阶级性，唯有资产阶级文学才能表现人性，这样就把文学中的阶级性与人性决然对立起来，而左与右认知模式的阶级倾向性就表现在以无产阶级阶级性彻底拒斥资产阶级人性上。所以从20世纪30年代到70年代现代文学的评论或研究始终在批判人性论,而且批判的火力越来越猛,千方百计地掏空现代文学的人性内涵。文学之所以称为人学或人的文学就在于它表现或蕴含的最本质的内容就是人性。不论你持何种人性观和什么人性论都不能否认人性是人区别于其他动物的根本属性,当然它也是人的文学的本质规定性;否则就不是人学也不是人的文学而成了兽学及兽的文学,这已是众所周知的常识。既然是常识,为什么左翼文学或革命文学要排拒人性,难道它能清除掉吗?又为什么说右翼文学鼓吹的人性只是资产阶级的人性论,而且又是反动的呢?这里问题的关键所在是错误地把阶级性和人性两个概念视为异质相对的,是代表两大阶级意识的对抗范畴。无论从理论上或实际上看,作为人的人性与阶级性都不是异质相对的,它们之间是一体化的包容关系,即是人性中包含着阶级性而不是阶级性包含着人性,若是把人性看成一个母系统而阶级性仅仅是个子系统,如果一个人连人性都没有了那这个人只剩下肉体还谈什么阶级性。诚然在阶级社会里,人作为社会关系的总和也会在阶级关系中被烙上阶级的印痕,但是这种阶级烙印是极不牢固的,随着社会关系的变化和个人在某种阶级关系中的角色变化这种阶级烙印或变异或消失;况且人类阶级社会是动荡不居的,或者演变为无阶级社会,中国今天的社会不是已宣布没有阶级没有阶级斗争了,难道在无阶级的社会关系里人的身上还能打着阶级烙印吗?可见人的阶级性不能说没有,但这种阶级性是短暂的也是会变异的,而且它是不是阶级性又是何种阶级性皆是人定的;只有人性才是永恒的,即使人处在复杂的所谓阶级关系中带上了阶级烙印也仅仅是复杂人性中的一维,决不能以这一维的人性取代或遮蔽所有的人性。阶级论的认识误区就在于它把一维的阶级性放大为多维人性以取代所有的人性,或者以一维的阶级性来掩盖所有的人性,或者以无限膨胀的阶级性言说把不是阶级性的因素也包含在阶级性中,可见“左”的文艺批评在批判文学的阶级性时也把自己给否定了。从实际上说,作为无产阶级主体的工农兵及其干部、知识分子的每个具体的人,都是有血有肉的活生生的人。哪一个人没有七情六欲,哪一个人没有马斯洛所说的人的五种欲求,哪一个人所生活的关系网仅有阶级关系而不包括大自然在内的所有关系?既然如此,人从出生到终老,其人性既复杂深微又在不断充实着塑造着,这怎么能说阶级性可以取代人性而否定多维度多层面的人性存在呢?就是那些以这种阶级论来批判或否定现代文学人性内涵的评论者或学者也不会相信自己这一套,所造成的结果只能是“满纸荒唐言,全篇违心话”。这种以左与右相对立认知模式对现代文学解读或批评所造成的负面效应太严重了,既挖空了现代文学丰盈的人性内涵又扭曲了阶级社会文学所具有的真正阶级性,使不少文学变成假大空的非人文学,甚至现如今有些非人的文学仍以瞒和骗的方式在毒害着人们。此其二。

既然“左”与“右”对峙的认知模式在评论或研究现代文学的逻辑进程中逐步以“左”的政治代码中所含有的无产阶级阶级论除掉了所谓右翼文学中的人性内涵,并以机械的阶级论取代了丰富的人性;那么它就势所必然地要阉割现代文学的人道主义灵魂。从20世纪30年代到70年代在文艺界发起的多次批判人性论的政治运动中,从来没有放过人道主义;道理极为简单,因为承认人性就要承认人道,讲人性就要讲人道,若对人不讲人道就会“迷入兽道鬼道里去”①。本来人道、人性、人情、人意、人味或者自由、民主、平等、博爱、公平、正义、公正等与人道主义有关的字眼或概念,都是人类在生存与发展的过程发现并创造出来,寄寓着人类对至真至善至美理想生活的向往和追求,这应是人类的共同精神财富和思想资源,并不独独为哪一个阶级或哪一个政治家思想家所专有,资产阶级曾用过这些概念并赋予其所理解的内涵,难道以解放全人类为己任的无产阶级就不能运用这些美好范畴而赋予其特有内涵吗?马克思主义是汲取以前的思想家、哲学家和经济学家们的思维成果而创建的,列宁强调无产阶级要用人类创造的一切精神财富武装自己,因此马列主义包括人道主义内涵是应有之义。“承认人道主义原则高于革命的原则,正是马克思主义的精髓,是马克思主义区别于历史上形形色色的剥削思想的最根本的标志。”②恩格斯之所以高度赞扬法国著名作家雨果的长篇小说《九三年》,主要因为作者塑造的革命军司令郭文既是革命原则的肯定者又是至高无上的人道主义原则的肯定者并且把两者结合起来,赞扬这部作品的根本精神实质上就是对以人道主义为绝

① 周作人:《人的文学》,《新青年》第5卷第6号1918年12月15日。

② 许苏民:《人文精神论》第1期,湖北人民出版社2000年5月版,第576页。

对正确原则的肯定。其实,中国革命文学中的优秀作品,不论描写劳苦工农大众反剥削反压迫以争取阶级解放的主题,或者反抗法西斯独裁主义以争取民主自由的主题,或者表现抗击一切侵略者争取民族解放与尊严的主题,或者表现推倒土豪劣绅的残酷政权以争取广大穷苦农民翻身求解放的主题,或表现一切被压抑被奴役的妇女从封建主义或男权主义桎梏下解放出来的主题,甚至描写对那些参与灭绝人性战争的被俘人员或投降人员给予其出路或者放下屠刀立地成佛的主题,都程度不同地洋溢着一种人道主义精神。即使有些文学作品表现出的全心全意为人民服务的精神也是一种高尚的人道主义。况且无产阶级以解放全人类为己任,这目标就昭示出一种理想的最崇高的人道主义精神。既然革命文学里充溢着人道主义精神,那为什么在"左"与"右"的认知框架中而"左"的政治范畴不承认它且要批判之呢?这只有一种解释,"左"派们把一切人道主义都视为资产阶级人道主义,凡是人道主义都有损于革命有害于无产阶级专政;但是又怕完全不承认人道主义会导致自相矛盾,于是便在人道主义前面加上"革命的"、"马克思主义的"、"社会主义的"等修饰限定语,以示与其他人道主义区别开来。这真是欲盖弥彰,实质上无论在人道主义头上如何装修都遮不住它的人道主义本质,无论以什么牌号出现的人道主义都是以人为本的,把人道主义视为一切原则的最高原则,即使所谓资产阶级人道主义和无产阶级人道主义在这一点上也是完全相通的。如"五四"时期鲁迅创构的"人的文学"与左翼时期创作的革命文学所流贯的人道主义精神还有本质区别吗?战争文学《红日》所流露出的人情味和《百合花》所体现出的人情味还有原则的不同吗?如果人道主义不是以人为本而对人讲人道讲人情讲人意讲人味,那还叫什么人道主义?至于何谓人道主义已是老话题了。本文不想在概念上兜圈子,重在强调文学批评或研究以左与右为对立认知模式来批判人道主义,特别是到了20世纪60年代至70年代残暴无理地声讨人道主义,这已不是"左"派文艺批评所为而是"极左"派政治批判所为了。它们所阉割的不只是现代文学的人道主义灵魂,而是在文学艺术领域实行文化专制主义、独断主义,企图把"人的文学"变成非人的文学。对于这一沉痛的历史教训在当下消费主义的享乐中还有谁记得?此其三。

也许,有些热衷于后现代主义或新历史主义的先锋学者认为我写这篇文章是在翻老账或杞人忧天。其实,从左翼文学兴起直到70年代它走向末路,这40多年的文学是研究20世纪中国文学史无论怎么绕也绕不过去的,是无论如何简化也化不掉的。尽管已有不少学者从不同角度来重读重解重评这段文学史,也取得了相当可观的研究成果。但是我总觉得这些研究意未尽言不坦,尚有些敏感的深层的问题不敢触及。我只是选择“左”与“右”认知模式这样一个视角,对这40多年来的现代文学作点反思,以引发新的学术激情或惊醒麻木的学术灵魂,希望有更多的有为学者能对这段文学史作出更有力度更有深度的学理性的反思。

思维篇

现代文学史研究的主体思维的沉思

（存目，详见第5卷）

现代文学史书写的发散型思维

（存目，详见第5卷）

现代文学史料索辨的收敛型思维

（存目，详见第5卷）

评述篇

坚持“以人为本”文学观修史的成功尝试

——评《中国现代文学发展史》(第三版)

致力于中国现代文学史教学与编修的学者，一代复一代，其中有成就者或有建树者大有人在；然而能像黄修己先生这样半个多世纪始终热爱中国现代文学史本科教学，不论逆境或顺境都痴心不改地讲文学史、编文学史、研究文学史、重写文学史，且取得蜚声中外骄人成绩的学者，并不多见。特别是与那些只主编或参编了一部文学史，连中国现代文学史也未曾通讲一遍的却自称“文学史家”的学人相比，黄先生方显出名副其实的众所公认的文学史家的本色。他1960年北大毕业留校“立即上讲台，从头讲到尾”，讲了一个年级又一个年级，“反正在北大讲授现代文学史基础课一直是我的主要教学任务”，即使在20世纪90年代他离开北大南上中大也没有缓解“讲基础课”的情结，仍然在“一遍遍的编写教材，案前独坐，写着敲着，都好像还站在讲台上对着那一张张年轻的脸庞，讲述着自己的见解，不时地听到他们的笑声”。由于黄先生对“基础课”如此地投入，如此地倾情，达到一种“其乐无穷”的境界，所以他不仅感悟到“办好本科”是高等学校最重要的任务，而且心甘情愿地为“基础课教学”奉献才干和智慧，一遍遍地讲课，一遍遍地积累，其文学史知识如同滚雪球越滚越大越滚越厚实；而其所编教材则是他一遍遍课堂讲稿的结集，“从1984年的《中国现代文学简史》，到1988年的《中国现代文学发展史》，其后有《文学史》的修改版，再到现在这《发展史》的新版，都集聚着我长时间教学和科研的成果”①。这充分表明黄著的文学史既不是东拼西凑而成的水货，更不是抄录因袭前人的既定文本，也不是堆砌史料的急就章，完全是建立在反复教学反复探索反复实践基础

---

① 黄修己:《中国现代文学发展史》(第三版)，中国青年出版社2008年版，第1页。

上的独创之作；也就是从教学需要出发对文学史的原始资料进行潜心阅读深入研究，以发现史识形成自己对文学史的独特理解与把握，将客观史料的丰富性、实证性与主体思维的超越性、辩证性有机结合起来，对现代文学史所作的一次次地重写，每写一次就有所发现有所创新，不仅使自己成为新时期以来个体化书写文学史的先行者，而且其所修治的文学简史或文学发展史在“基础课”教学中应用之广、影响之大也足以证明它是个难得的范本。《中国现代文学发展史》（以下简称《发展史》）已修改出版过三次，史料不断得到充实，史识不断得到更新。但是它本身所凝成的基本特色却依然闪亮，或是以史显论论从史出的求真写法，或是紧贴史貌的纵横开阖的书写体例，或是含锋芒于史实叙述的简约运笔，或是寓真相于历史轨迹的清晰梳理，或是将规律发现与错综文学现象真切剖析的深度融合，或是把真知灼见与各体文本形象化解读的有机结合，或是亲切、平实、晓畅、准确、简明且带文采情思的笔调文风，等等，共同形成的文学史话语突显出黄著学术个性化的鲜明特征。

新版《发展史》除保留原作的特色与优长外，我认为最显著的创新点乃是以人本文学观（即“人的文学”理念）来重新考察、审视、贯通和阐释中国现代文学史，将中国现代文学史的书写自觉地由意识形态范畴纳入“文学是人学”的文化学术轨道来研究。这是有意义的尝试也是成功的尝试。正如著者所说：“我在‘以人为本’思想的启发下，提出中国现代文学‘全人类性’的命题，希望从‘人的觉醒和解放’的角度来审视、阐释中国现代文学，使我们的现代文学能为世上更多的人所理解、所享用，更能够适应‘全球化’时代的要求。而且从这样的角度来看中国现代文学发生、发展的历史，其轨迹也是很清晰的，还便于发现、发掘一些具体作品的价值，作比较符合实际的褒贬。这部新版《发展史》正是这样的尝试，哪怕只是一小步，我认为还是值得跨出的。”①在黄先生看来，“人的文学”观就是以人为本的文学思想，即五四文学革命周作人首先提出的以个人主义为世间本位的人道主义的“人的文学”理念。周作人从“世上生了人，便同时生了人道”的人类学视野来探究“人的文学”的由来，从人与非人相对立的思维范式来论析个人主义及其以人为本位的“人的文学”内涵，致使个性解放具有了

① 黄修己：《中国现代文学发展史》（第三版），中国青年出版社 2008 年版，第 2 页。

人类学意义又使“人的文学”与全球现代性接轨，也使“五四”兴起的“人的文学”的本质特征与中国传统文学有了明确的区分度；因而这种具有人类性与现代性的“人的文学”理念便得到文学革命先驱的普通认可，即使早期共产主义者李大钊也以个人与人类相对应的思维框架从人的解放意义上来言说个人主义，故主张破除家庭、民族乃至国家的障碍而直面全人类，唯此个人才能获得真正的自由解放。不过，作为“人的文学”的理论支柱的“个人主义”启蒙话语，流播于五四时期的特定文化语境与历史背景，并非都像周作人、李大钊等从人类学视野中去洞悉它。不少文化先驱迫于内忧外患的民族危机感与救亡图存的紧迫感所导致的时代焦虑和内心焦虑，总是在个性解放意识中糅进了民族解放意识，在自我觉醒意识里塞进了拯救祖国的现代方案，在鲁迅的人学思想中把“立人”与“立国”结合。胡适提倡易卜生个人主义并没有忘记建立“好人政府”，即使周作人所提倡的“人的文学”也把乌托邦的无政府新村主义作为“人的文学”所表现的“理想生活”。特别是文学革命在提倡并缔造“人的文学”时并没有把“个人”本位观念同群体观念对立起来，而是较为辩证地理解了“己”与“群”的关系。周作人以“树木”与“森林”为喻形象地透析了“个体”与“群体”的相互依存的关系，故使他们视阈和话语中出现“平民文学”、“国民文学”、“社会文学”、“生命文学”、“人生文学”等，尽管透视角度与修辞方式不同却都是以人为本的“人的文学”。著者由这种“人的文学”理念形成的文学史观，既可以作为宏观研究视野来考察中国现代文学与全球范围内其他民族文学的关系，洞悉现代文学发生与发展的演变轨迹，展示现代文学的特殊本质，揭示现代文学的内在规律，预测现代文学的发展前景；又可以作为微观探析的价值尺度，对不同理论形态的文本和创作形态的文本以及复杂文学现象作出合乎人性、人道、人情美学原则的具体分析和价值评判，使那些真正富有“人的文学”思想深度与审美品格的各体作品得到彰显，或者据此重新发现重新阐释具体文学作品的应有价值。黄先生卓有成效地以人本文学史观为制导来修改《中国现代文学发展史》，给人以创新趋优的“重写”之感，不论对文学发展机制与规律的探索或者对文学作品的烛幽发微的分析，都显示了“人的文学”史观的独特功能与阐释效果。

个人主义思潮推动“人的发现”和中国文学的现代转型，这已成为人们的共识；不过在不少的著述中却可以发现个人主义在五四启蒙文学里所扮演的角色已被神化了,仿佛个人主义无所不能,甚至对其发挥的能量作了过度阐释。

黄著的突出优长是尽力贴近历史本貌走进历史深处,以实事求是的科学眼光,从纷纭复杂的五四文化思潮中发现了个人主义的独特威力,看到了"一个'人的文学'的崭新时代","五四文学革命所创建的新文学,就新在它是'人的文学'之上"。[①] 究其实个人主义思想的力量是有限度的,不论是对"人的发现或解放"或者对"人的文学"建设所发挥的能量都不能作过高的估价。即使个人主义在五四知识精英圈子里也没有让每个人完全从其所置身的宗族、家庭和传统关系中"解放"出来,以获得由自我定义自我的毫无中介的所有权。其充其量是个历史链条上的"中间物",使个人摆脱了传统家庭、宗族及其伦理的束缚有了个性意识,并没有沿着个性解放的道路勇往直前,主要是为参与民族解放或阶级革命集聚了力量。在个性解放思潮激荡下,周作人在"人的文学"观念中所理解的"人"是灵肉一致的人、利己又利他的人。而"人的文学"就应该表现这样"完全的人",并通过文学来讲人意讲人道,这种将个性主义与人道主义辩证统一起来的"人的文学"思想已成为"五四"及20世纪20年代的普遍追索的主题。黄著对现代文学巨人鲁迅的解读,对为人生派文学和为艺术派文学的分析,以及对20年代新文学多方面发展的探讨,都能透过各体文本的精读和发微来揭示人本主义差异互见的文化意蕴与审美特征;尤其对郭沫若《女神》个性或人性的发掘与彰显、对冰心等的爱与美主题的发现与肯定,给人以新鲜的学术冲击力。

不过从著者对"五四"及20年代叙事文学的丝丝入扣地阐述中,并没有抬高那些"个性解放者"形象。不论在家庭宗教的变革中或者在社会改造中,作品中几乎见不到高唱胜利凯歌的个人主义英雄形象或灵肉完全一致的人物,大都纠缠在现代与传统、理性与情感、个体与群体、灵与肉的相激相搏的矛盾冲突中,往往以悲剧角色沉潜于文学世界里。即使鲁迅笔下的"精神界之战士"狂人在戳穿了家族制度及其伦理道德的"吃人"本质之后也不得不发出"救救孩子"的空洞的人道主义悲叹;至于那位高喊"我是我自己的,他们谁也没有干涉我的权利"的个性主义解放者宣言的子君,到头来仍被她否定的家庭和传统所埋葬。

① 黄修己:《中国现代文学发展史》(第三版),中国青年出版社2008年版,第6页。

尽管个人主义及其“人的文学”在中国没有得到像西方那样的健全正常的发展，文学作品中没有塑造出一个充满个性意识和人文理想的顶天立地的人文主义典型或者洋溢着时代感的现代型巨人形象；然而对个人主义及其“人的文学”在中国文学史上出现的意义，著者却以全球化视点作了充分肯定：“文学革命中建立的新文学，通过文学反映了广大中国人民追求‘人的觉醒’、‘人的解放’的历史过程。这种追求也是全人类的共同愿望和目标。因此新文学具有全人类性，它是人类文明、进步的产物，它的成果属于全人类”①。一部优秀的文学史，既要尊重历史的原生态，对其文学思潮、社团流派、作家作品以及文学现象，依据文学史观的指向进行恰切的选择和有分寸的阐述；又要以超越性的主体思维，将那些从丰富原态的史实中感受体悟出的合乎理性的认知升华到历史哲学层面，抽绎出新史识新见解，并从中国乃至人类文学史的高度发掘和阐释其价值意义。黄著在这两方面做得较好，并没有过分强调“历史的当代性”而随意把以个人主义为本位的“人的文学”理想化夸大化，更没有坚持政治意识形态文学史观来贬低和否定它，而是以求真务实的科学态度来评述个人主义及“五四”与20年代的“人的文学”。他不仅肯定了以个人为本位的“人的文学”是中国文学现代化的根本标志，是衡估中国文学现代性的最高价值尺度，而且也肯定了中国以人为本的新文学的全人类意义；特别看到了现代中国个人主义话语的复杂性，以及“人的文学”理论与审美文本的变异性和多种形态，对其进行史的梳理与论的阐释并没有仅仅限于“人的文学”概念的规定性，而是从“五四”及20年代文学实际出发对其作出了辩证的具体的分析和评判，并使“人的文学”理念在文学史研究实践中得到充实和丰富。

如果说以人本文学史观从整体上来鸟瞰和从微观上来阐述“五四”及20年代新文学，已见出著者的敏锐洞察力和求真的史学意识；那么从如何把30年代多种文学形态尤其左翼阶级文学纳入“人的文学”范畴进行梳理和阐释中，更能见出著者的思维穿透力与创新追求。黄著力求摆脱政治意识形态史学模式，以人本文学史观来重新审视和阐释30年代的多元样态的文学；其中难度最大的莫过于对于左翼文学的叙说，而“去阶级化”或淡化意识形态便可以揭开左翼文

① 黄修己：《中国现代文学发展史》（第三版），中国青年出版社2008年版，第8页。

学的人学实质，绝不再坚持1928年“革命文学论争”中的“左派”的偏激思维与情绪来研究左翼文学。当年蒋光慈曾说：“革命文学应当是反个人主义的文学，它的主人翁应是群众，而不是个人；它的倾向应当是集体主义，而不是个人主义。”[①]这是以二元对立思维把新文学的个体与群体、个人主义与集体主义绝端对立起来，形成毫无依存性和相关性的两极，无疑导致对革命文学认识上的误区和偏颇；若以辩证思维观之，它们二者之间应是互渗互补相辅相成的，没有个体哪有群体，没有个人主义也不会有集体主义，主体的个性意识与集体意识总是相伴而生、相依而存的，它们之间是辩证的逻辑关系。从历史逻辑层面考察，五四时期提倡的以个人为本位的“人的文学”并没有与以平民为本位的“人的文学”对立起来。前者是以个人主义的人道主义为思想基础，后者是以平民主义的人道主义（或曰德谟克拉西）为思想基础。即使所提倡的个人主义也不是那种极端利己主义而是利己与利他（个体与群体）相统一的个人主义。而“五四”倡导并建构“人的文学”的“人”的概念也不是抽象的“个人”，乃是生气勃勃的灵肉一致的活人，既是感性“自我”的化身又是倾注了人道主义同情和关爱的下层平民百姓，即具体化的个人与具体化的群体在人道主义烛照下转化为诸多平民形象。特别是五四新文学运动中的个人主义者大都是关注民众命运、热衷社会变革的平民主义者。他们自觉不自觉地把重塑“自我”与改造国民性、把个体人的发现与群体人的发现、把个性发展与社会发展联系起来，使“人的解放”思潮与社会解放思潮形成互动而混杂的关系，所以五四时期难有纯粹的“个人主义文学”也难有抽象的“个人”形象。对于新文化思潮给“人的文学”建构所带来的复杂性与含混性，瞿秋白的理论见解是可信的，他认为在五四时期“‘德谟克拉西’和‘社会主义’有时相攻击，有时相调和。实际上这两个字的意义，在现在中国学术界里自有他们特别的解释，并没有与现代术语——欧美思想界之所谓德谟克拉西，所谓社会主义——相同之点。由科学的术语上看来，中国社会思想虽确有进步，还没有免掉模糊影响的弊病”[②]。若说“德谟克拉西”是一种重个人主义的意识形态，社会主义是一种重集体主义的意识形态，那么这两种

① 蒋光慈：《关于革命文学》，《太阳月刊》1928年2月号。

② 《瞿秋白文集》，人民文学出版社1953年版，第25页。

文化思潮在“五四”及20世纪20年代常常以“相调和”的模糊性投射进“人的文学”理念及其审美文本之中。这就是历史逻辑，既不像有人说“革命文学完全背离了‘五四’人的文学传统”，也不像蒋光慈所言“革命文学”完全以集体主义取代了个人主义。况且，“左翼文学坚持文学的阶级性，认为自己代表无产阶级的利益，同时也代表了全人类，而且无产阶级不解放全人类也就不能最后解放自己，因此其终极的目标也就是‘人的解放’”。①

我赞同黄先生的见解。个性主义、人道主义并不是资产阶级的“私货”，个性解放、个性自由也不是资产阶级的专利，这些人类共同创造的思想资源和理想话语，不仅包含在马克思主义思想体系之中并且有所发展。马克思恩格斯在《共产党宣言》中指出，“每个人的自由发展是一切人的自由发展的条件”；毛泽东结合中国的具体情况在《论联合政府》中作了这样的阐发：“民族压迫和封建压迫残酷地束缚着中国人民的个性发展”，“我们主张的新民主主义制度的任务，则正是解除这些束缚和停止这种破坏，保障广大人民能够自由发展其在共同生活中的个性”，而无产阶级所要求的个性发展与个性解放则是“几万万人的个性解放和个性发展”，这是毛泽东对无产阶级唯有解放全人类然后方能解放自己的终目标所作的中国化阐释，然而这种个性解放与个性发展既不能靠神仙皇帝又不能靠救世主乃是全靠自己。如果说五四时期个性论者所提倡的个性解放是以先解放自己后解放他人作为行动逻辑，那么左翼文学个性论者则强调先解放全人类后解放自己，这是两种个性论的不同点，也反映了两种不同的人道主义胸怀；但是在争取个性解放、个性自由上两者却是相通的。因此这就要求左翼文学所表现的阶级解放主题中包含着个性解放主题，在描写工农劳苦大众的悲境、生存、斗争、理想的过程中蕴含着人道主义情怀，这样的左翼文学既坚持又发展了“五四”及20年代“人的文学”理念与传统。②

也许基于这种辩证的理性认识，黄著从纵横交叉的两大维度既深且广地探讨了20世纪30年代“人的文学”思想内涵与审美意蕴，以及与“五四”和20年代文学相比所发生的变异与超越。

---

① 黄修己：《中国现代文学发展史》（第三版），中国青年出版社2008年版，第8页。

② 朱德发：《“人的文学”：现代中国文学史核心理念重构》，《烟台大学学报》2002年第2期。

从纵向维度上《发展史》着重理清了30年代文学与“五四”以来“人的文学”的必然联系与历史流脉：一是将“两种文学观论战”有意识地纳入学术范畴进行辨识与讨论，遵循以人为本的文学观对其进行评述，既肯定了梁实秋的“人性的文学”论和“文学是属于全人类的”见解，认为“文学既是人学，就有必要从人的角度给予阐明，给予分析”，“在梁之前和之后，现代文学创作中的许多重要成果，都在人性的挖掘上达到不同的深度”；又指出梁实秋“文学一概都是以人性为本，绝无阶级区别”观点的片面性，因为人类进入阶级社会其思想感情带有阶级性而“人的文学”当然也带有阶级性，阶级性也包括在人性的复杂内涵里。《发展史》不仅明确指出“否定人性论是左联当时在文学理论上的一种错误，给文学创作造成了消极影响”，而且也指出左翼的阶级论批评方法的武断性、主观性和简单化；即使对左翼作家与胡秋原、苏汶自由主义文学观的辩论也是以人本文学思想为准绳作了具体分析。从对文学观念论战的辨考中，能够看出“五四”以来“人的文学”在观念形态上的流变，也能看出著者对以人为本的文学理念作了有分寸的肯定，并对那些偏激的“左”的文学观与方法论进行了有限度的反思。二是左翼文学创作形态并未因阶级论的介入而与“人的文学”异质相对，黄著颇具匠心地对“五四”人的文学与左翼的阶级文学作了相互贯通的透析，即不只是对蒋光慈的文学创作从“五四”到20世纪30年代的演变轨迹作了系统梳理和完整把握，展示了“人的文学”的恒定性与可变性；并且将丁玲、殷夫、柔石等人的文学创作纳入“从个性解放到阶级解放”的逻辑理路进行分析，以揭示“人的文学”的承传和变异；对鲁迅后期作品的分析，既展现了前后所创作的“人的文学”在思想启蒙改造国民性塑造民族灵魂上的趋同性，又呈示出作为左翼文学旗手使他的作品增强了政治批判色彩，不论表现个性解放、阶级解放或者表现民族解放都是为了人的解放，故鲁迅的文学创作是属于典范性的“人的文学”；至于对张天翼等左翼新秀的小说文本和夏衍等左翼戏剧作家的剧本，乃是有选择地重点剖析了那些人学内涵丰盈复杂的代表性作品。

以上就是《发展史》从纵向上探析了“人的文学”思想内涵的丰富性、艺术样态的多样性以及流迁轨迹的可变性与不变性，并从中展示出这样一些重要“史识”：“左翼文学”是作家主体自愿选择而创造的，并不是政权力量和霸权话语迫使作家就范，把他们硬逼上文学与革命、文学与政治联姻这条充满诱惑和悖论的道路。即使政党力量的参与对那些一般作家来说也仅仅停留在思想引导上，是否认同革命文学或接受左翼文学全由作家主体意志来决定，是个人的自由选择。不仅在国内从事新文学的作家或者从国外回来投身新文学建设的作家，他们在20世纪20年代中后期大都转向革命文学的道路完全出于自愿自觉。在“五四”到30年代的创建不同形态“人的文学”过程中，虽然在文学与启蒙的对话里作家们呼应启蒙并创造启蒙文本，但他们却深切地感受到只凭借思想力量或知识分子的居高临下启蒙，既不能从根本上解决中国的内忧外患又不能实现自己憧憬的启蒙理想；而在文学与革命的对话中他们感到革命是“政治暴力”，比启蒙更有威力也更有魔力，苏联的示范进一步坚定了他们的信心，并使其认识到文学只有与革命结缘方能显现文学在参与“人的解放”和“社会解放”的实践中的巨大能量，作家自身价值及其理想才能借“革命”得以实现，这种心理逻辑与中国现代历史逻辑是相吻合的。所以左翼作家选择了革命文学或阶级文学并没有完全以革命意识或政治意识取代了个性意识，也没有以集体主义泯灭了自我存在，只是从不同层面强化了作家的主体意识，丰富了作家的性格内涵。[①] 由于作家自由选择了革命文学，又以自由心态创造左翼文学，致使20世纪30年代的左翼文学承续了“五四”以来的“人的文学”传统也充实了“人的文学”传统。

从横向维变上《发展史》选取了20世纪30年代不同形态的文学作品置于“人的文学”范畴进行重新解读重新评述，发现了一些新的人学内涵，作出一些新的理论判断。著者对左翼文学虽然从人学角度阐释了不少文本，但是在我看来对茅盾《子夜》的剖析颇见学术功力，既不是把《子夜》视为“高级社会文件”又没有说它“图解理念模式”，而是将其作为典范的“社会剖析小说”来阐述，以还原其在现代小说史的真实美学价值。诚然“《子夜》里的大小人物都很容易辨认出是哪一个阶级的人。但是，茅盾也非常重视人物的个性描写，这使他的人物与初期左翼文学那些概念化的形象有所不同。他笔下的吴荪甫是《子夜》的第一号人物，作家要把他塑造成中国民族资本家的典型形象，但又是非常明确，吴荪甫应该是也只能是中国民族资本家中的‘这一个’，他应该有不同于别个资

① 朱德发：《“人的文学”：现代中国文学史核心理念重构》，《烟台大学学报》2002年第2期。

本家的个人性格特征。"于是撇开以机械阶级方法来分析吴荪甫的性格内涵,给他贴上或进步或反动的阶级标签,而是坚持"典型环境中的典型人物"的美学原则,既把吴的复杂矛盾的人性作了有深度有条理的剖析,使吴这个活生生的形象跃然于纸上,又通过典型环境的考察来揭示吴复杂性格及其悲剧命运造成的社会根源,并对茅盾如何运用综合艺术手段来塑造成功典型作了深入的探讨。难怪著者给出了这样的评判:"五四以后,马克思主义对新文学的发展取向有重大的影响,但在小说创作中真正表现出马克思主义指导作用的,茅盾是第一人。"①老舍的《骆驼祥子》、巴金的《家》、曹禺的《雷雨》和《日出》、李劼人的《死水微澜》等长篇巨制,都是属于为人生的文学,它们不仅弘扬了"五四"以来"人的文学"传统,而且深化拓展了人文主义文学内涵,"基本上还是立足于个性主义、人道主义来批判封建和愚弱的国民性",黄著对每部长篇小说和多幕剧里的主要人物的复杂人性都作了探赜发微的分析,显示出为人生的"人的文学"到了20世纪30年代已有了长足发展,达到了相当的人学深度和美学高度,就连张恨水的通俗长篇小说在"五四"以来新文学的影响下也有了"人的文学"的美学特征与人学品性。至于30年代出现的"各放异彩的各类创作",如沈从文的小说、现代派的小说以及戴望舒、卞之琳、臧克家等人的诗和何其芳、李广田、林语堂、丰子恺等人的散文,都属于不同样态的"人的文学",不只是个性主义、人道主义铸成其人学内涵,而且一些现代派的小说、诗歌、散文着重表现人的潜在生命意识和无意识,达到了为人生文学难以企及的深度。黄著对它们从人学的角度给出了详略得当的阐述,不乏创新之见。

通过横向维度对不同形态文本的人学分析,展示了30年代"人的文学"的异彩纷呈的美学风貌与文化意蕴,并启示我们对30年代文学有了新的史学认识:只要允许作家坚持主体意识能够自由的追求自由的想象,那就会发挥出巨大的创作潜能,遵循"五四"开创的以人为本的"人的文学"传统,创造出更加丰盈更加灿烂的"人的文学"景观;如果硬要把作家桎梏于机械阶级论或政治意识形态框架去创作"遵命文学",那会大大限制"人的文学"的健全发展,当然若是作家能自觉认同马克思主义美学并融入主体意识,也可以像茅盾这样创作出别

① 黄修己:《中国现代文学发展史》(第三版),中国青年出版社2008年版,第219页。

开生面的“人的文学”。

“五四”及20世纪20年代建构起的“人的文学”形态中经30年代多种文学思潮的洗礼到了抗战时期至建国前夕又有新的发展和变异。研究者如果把30年代各体文学纳入以人为本文学视野给予观照与评述是有相当难度的，那么对于抗战后40年代文学如何以人本文学史观进行梳理与阐述更需要下一番深功夫和细功夫。我同意著者的见解，“五四建立的‘人的文学’并不是现代文学的唯一的观念和目标。中国现代文学逐渐成长的过程，也正是中国社会的转型期，社会的转型比起文学的转型要复杂、困难得多”①。这无疑决定了“人的文学”形态及其性质的多样性和复杂性，抗战以来的文学景观确实给人眼花缭乱之感。然而无论“人的文学”多么变样或变异，其人学本质和现代性品格总是不会变的，否则它就不是中国的现代文学了。黄著颇费匠心地把抗战时期三大地区的各类文学形态和文艺思潮以及抗战后的不同形态的文学纳入人本文学理论框架进行考察和评述，从多角度发掘其人学内涵，凝成了诸多思想闪光点。例如：一是认定整个抗战时期的报告文学“凸显中国人民伟大的人道主义胸怀”，“抗战文学也是灵魂拯救的文学”；二是认为《野玫瑰》“把个人的爱情与国家、民族需要的矛盾推向极端，极力地歌颂为了国家自愿忍受极大痛苦、牺牲爱情的女子”，这是“对人性的歪曲”；三是认定《北京人》的“重点在于写人”，《风雪夜归人》是“一部以追求人格独立为主题的多幕剧”；四是认为《高干大》揭露了“左”倾路线对“人”的伤害，“说明农民虽然掌握了政权，想要大家脱贫致富，过上好日子，仍然要解决人的问题”，即“离不开改造国民性的主题，还待长久艰难的思想启蒙”；五是指出“作为对人、对个性生命的思考，穆旦较早的一些诗还比较有亮色，肯定个体生命的意义，对生命怀有希望”；六是对于《讲话》前根据地“提倡自由思想、自由研究、自由辩论的生动、活泼的民主作风”及其所带来的文艺繁荣景象进行了肯定，而对《讲话》的内容及文艺整风运动作了客观的叙述又引证胡乔木的报告以示反思，等等，不一而足。从这些有新意的阐述中，可以见出以人为本的文学史观能够把中国现代文学史贯通起来，既为深化现代文学研究开辟新思路提供新视角，又给现代文学史的书写提供新线索增添新姿色。

① 黄修己：《中国现代文学发展史》（第三版），中国青年出版社2008年，第517页。

诚然,《发展史》对人本文学史观为指导来修史作出了成功的尝试,但是即使"成功"的尝试也毕竟是尝试,难免有些不足有待于进一步尝试来弥补。我感到的不足主要有:一是对左翼文学将阶级论与人性论绝端对立起来对人性论进行取而代之的批判和否定,缺乏有深度有力度的反思。这不仅因为"人的文学"观是人性论为思想基础的,况且阶级性也是复杂人性结构里不可或缺的因素;更因为人性是各种形态的"人的文学"所表现的内容和潜在灵魂,即使是左翼文学、工农兵文学也富有人性内涵,只是"左派"在理论上不承认罢了。所以对现代文学史上一次次批判人性论及其人道主义的深刻反思,不仅是为了从学理上拨乱反正,更是为了重写现代文学史并引导当代文学健全发展。二是对《讲话》固然作了一些反思,但仅仅停留在胡乔木的报告上还是远远不够的,应该结合文艺实践从学理上对其进行深入的探讨和研究。既然"为什么人的问题"是文学的"一个根本性的问题,原则的问题",那么五四时期及20世纪20年代的"人的文学"就是为个人、为平民百姓,是与传统贵族文学为帝王将相、达官贵人相区别的,"左翼文学"是为劳苦工农大众及其知识分子,比五四"人的文学"有了明显的阶级分殊,而到了延安工农兵文学则是以阶级论为"人民大众"在文学格局里作了"一、二、三、四"的主次有序的角色定位。这不仅人为地消解了"人民大众"之间各色人群的平等民主关系,而且有意识地扩大他们的隔膜和尊卑地位;特别是对知识分子的思想意识作了错误的阶级估量,在"人的文学"结构里主观武断地颠倒了知识分子与工农兵的关系。不只知识分子在"人的文学"中的主体地位被工农兵所取代,并且把知识分子视为必须进行"脱胎换骨"改造的对象,使"人的文学"创造主体的文化意识审美意识完全置换成工农兵的思想情感。这种颠倒和置换给中国现代文学所带来的恶果已在半个多世纪的文艺实践中得到充分现显。之所以在以工农兵为主体的"人民文学"的结构里能够完成角色的颠倒和意识的置换,除了依靠政治力量外,中国化的"阶级论"起了决定性的作用;因此对现代文学领域的"阶级斗争学说"及其阶级分析方法的彻底反思也许目前尚不具备充分的条件,但它却是以人为本文学史观统摄现代文学史研究和书写必须超越的思想理论障碍。可贵是《发展史》已摆脱了那种先验的机械的阶级分析,人本文学观的成功尝试显示出著者修史的睿智胆识和求真出新的探索勇气,这是值得尊重和敬佩的。

创造性书写　登上一层楼

——评《中国现代文学主潮》

现代中国文学具有元话语性质，它的阐释空间巨大而深邃，因此不论文学史书写或文本解读均可以见仁见智地一代代地探究下去。由于切入视角、感悟能力与理论思维的差异，近十几年问世的几部所谓重写现代文学史（含当代），虽然与1990年以前的著述相比有所增值增色，但是真正适应现代性诉求、复活中国文学艰难曲折现代化进程本来面目、具有科学性创新品格的史著却难以寻到。最近笔者读了许志英、邹恬两位先生主编的洋洋百万字的《中国现代文学主潮》（以下简称《主潮》），颇感这是一部深沉厚重、锐意开拓，重新阐释、力求突破的重写现代中国文学史。这种创造性的书写，不仅标志着现代中国文学的研究与原释攀上一个新层次，登上一层楼；并且也表明现代文学研究摆脱了政治的附庸地位，纳入了真正科学研究的学术轨道，成就了一门独立的学问，既建立了自身的学科观念又重构了自身的逻辑系统，进而奠定了现代中国文学史的主体性。

"一部文学史主要是作品的历史，而一个时代的思潮也是更生动更丰富地体现在作家的创作中。"（见本书《跋》）这是主编重构本书的文学史观，它是一种源于现代中国文学史的客体结构又是对它的超越而升华出的文学史意识。虽然不少学者也意识到甚至言说过一部文学史就是作品发生史、主题流变史、文本形态史，但是将其落实到研究过程真正从题材与主题角度切入、以文学作品为主架来建构一部既有广度又有深度的带有本体论性质的现代中国文学史，我认为《中国现代文学主潮》应是成功的范例。这一文学史观不只是具有重要的重构文学史的实践意义，也富有不可低估的史学理念的建设意义。由于它与文学思潮相融合而提出一个与理论思潮相对应的"创作思潮"的新概念，并把

“创作思潮”与“创作文本”有机结合起来,思潮是文本的灵魂而文本则是思潮的载体,探索思潮紧扣文本便带来研究的深度,阐释文本联系思潮就带来研究的高度;所以这种思潮统摄文本、文本体现思潮且把两者扭结为一体的构想,既显示出这一独特“创作思潮”观的巨大理论价值又可以构成全书闪烁着新见卓识的思想线索,以此将不同样态的文学作品串联起来,从深层揭示出现代中国文学流变的内在轨迹和客观规律。这种文学史观带来的功能效应,必定是现代中国文学史研究深化和开创性的突破。

文学史观的更新固然是重构现代文学史的灵魂,而文学现代化(或现代性)价值坐标的确立却是重写文学史的关键。这不仅因为文学史重写实质上就是文学史的重估,也是因为对构成文学史主体部件的文学作品的重解重评,即使那些重视客观描述力避主观介入的文学史书写也摆脱不了研究主体价值观的规约。《主潮》的高明之处在于,它选取的文学现代化(或现代性)的学术视野或价值标准,并非研究者的主观臆测或随意拟定,而是来自现代中国文学的客观过程,正体现了现代文学的本质规定性和基本特征,更适应了当下现代性文化思潮的诉求。因而以此为价值尺度重写现代中国文学史既富有真实的历史感又具有强烈的当代感,足以印证克罗齐的“一切历史都是当代史”论断的正确性。虽然现代化或现代性是个争议颇多并不透明的概念,但《主潮》却联系中国文学现代化的实践赋予现代化或现代性以明确的涵义或界说。即五四时期“人的文学”思潮就是现代性的文学思潮,以个人为本位的人的文学创作就是现代型的文本,故五四文学既是中国文学现代化的光辉开端又是衡估中国文学现代化实现程度的价值坐标。这应是睿智的洞见和根据确凿的论断。

既然认定现代中国文学史是现代化的历史,五四文学革命又是我国文学走上现代化道路的根本标志,那么这就需要对现代文学的起止和格局重新界定。《主潮》既不同意将“近代文学”与“现代文学”一体化,也不同意将“近代科学”、“现代文学”、“当代文学”贯通起来统称“现代文学”,而是主张把原先的“现代”与“当代”打通即将1917年至1976年这一历史区间的文学统称为现代文学,这就开拓出“中国现代文学六十年”的新格局。这种界定符合中国文学现代化艰难曲折的演变规律,也能体现出中国文学现代化的总体风貌和基本特征。我非常认同和赞赏这种文学史眼光和见识。虽然有些学者把中国文学现代化追溯到晚清文学改良,但真正导致传统文学观念与文学格局的彻底解构,并以全新的现代性的文学观念及其文学样态予以置换,开创一个能与全球现代化文学对话的新时代,乃是五四文学革命的巨大成功。本书明确指出:"文学的现代化最内在的内容是文学观念的现代性,实际上是现代意识在文学观念上的反映。'五四'文学革命的最大成果也正是在这方面。"(见《绪论》)以五四文学现代化为界碑,不只是形成了"中国现代文学六十年"的新格局,而且依据中国文学现代化演变的曲折历程将其划分为两大区段:第一区段从1917年至1927年,是"人的文学"作为创作主潮;第二区段从1928年至1976年,出现文学与政治错综纠葛的复杂创作潮流,以"人的文学"为现代化价值坐标的中国新文学在人学与非人学的文化思潮纷争的历史夹缝中苦苦挣扎而曲折前行。《主潮》将中国文学的现代化演变作了这样的整体把握和理性规范,既符合历史逻辑也符合思想逻辑,是对现代文学发展自身规律的尊重更是对历史唯物主义的坚持。当下通用的中国现代文学史总是坚持以1949年作为"现代"与"当代"的分水岭,实际上这是背离了现代文学的内在规律。因为1949年只能标明新中国成立后现代文学的发展由多元并存的局面进入一元化的天地,文学由为思想启蒙张目或为夺取政权的战争服务而变成为巩固政权的阶级斗争服务。但是现代文学的总体形态和基本性质并没有因为新政权的建立而发生根本性转换,反倒文学的社会化、政治化倾向越演越烈,非人学倾向越来越强,最终将中国文学现代化引向死胡同。历史逻辑与思想逻辑清楚表明,"从1917年到1977年中国现代文学由诞生、发展至末途恰好走完一个循环圈。五四文学革命否定了封建专制下生成的非人文学,建构起以'人的文学'为核心的现代文学;但历史推进到'文革'十年,'人的文学'遭到无情摧残而'非人的文学'又猖獗起来,五四以来新文学的优秀传统被彻底否定,仿佛中国文学重回到比封建专制下更加黑暗残暴的时代。这是个历史怪圈,也是现代文学演变的一个否定之否定的完整过程"①。

从文学史观的更新、文学价值标准的确立到文学史格局的规范,足见《主潮》力图从整体建构上对以前中国现代文学史进行突破和超越,并为现代中国

① 朱德发:《主体思维与文学史观》,山东教育出版社1997年版,第396页。

文学史的创造性书写建立一个既严谨又灵活的新颖独到的逻辑框架。《主潮》颇具史学匠心地设了六编五十三章，使研究集体主体与个体主体形成一种合力和优势，其创新潜能、思维能力、审美感悟、学术才华和话语操作的独特性得到充分的发挥和展示。这从根本上确保了主编重构现代文学史设想与创意的贯彻落实，确保了全书科学性、创新性、系统性、深邃性的高层次的学术品位，并从而显示出一系列的学术创新点、思想闪光点、知识增长点和书写特色。

现代中国文学60年不论从历史逻辑或者思想逻辑来探察，都会发现这是一个充满矛盾悖论的错综复杂的完整过程，而文学现代化的演进由于面对各种文化思潮的激荡、冲撞和挑战，致使创作主潮或文学作品的思想风貌和审美形态则变得扑朔迷离难解难辨；如果说从“五四”到20年代末尚可辨清“人的文学”是创作主潮，那么此后50年的文学主潮则出现了移位或变形，色调不同的创作潮流粉墨登场，文学现代化的流向、特征、机制和规律便淹没在非人文学的思潮漩涡里。《主潮》的独到之处在于，它始终以五四“人的文学”作为价值根基，理清种种思潮的冲突纠葛，拨开文本上重重迷雾，围绕着中国文学现代化进程这条主线，不仅清晰地勾勒出现代文学创作主潮的演变轨迹和基本面貌及其每个历史阶段创作思潮的承传关系和不同特征；更为可贵的是从文本内在的联系或主体精神结构入手，深层次地开掘出中国文学流变的根本规律，并探讨了这些规律在何种文化语境下能够驱动文学现代化健全发展又在何种历史条件下受到阻遏而使现代文学陷于困境。如第一编、第二编、第四编、第五编对现代文学主潮演进的深入探索所获得的规律性认识，是以往中国现代文学史书写未曾发现的；最能使人受到启迪的，是研究者站在当下现代性文化的制高点上，对中国文学现代化过程中积累的成功经验和失误教训以及造成历史曲折的深刻原因，所作出的合情合理的精辟独到的理论阐释，已达到了当代思维的高度和深度，并进而强化了本书史论结合的学术品格。此其一。

重写中国现代文学史只停留在重评一些作家作品或开掘一些“出土文物”上是远远不够的，最重要的是莫过于面对现代文学主潮的“老大难”问题，敢以现代学人的理论勇气和胆识，从原始资料出发，作出实事求是的合乎文学史“存在的真实”的阐释，还历史以本来的样子，《主潮》对此作出了难能可贵的努力。它既忠诚于文学史的存在真实又忠诚于历史唯物主义，坚持史料的翔实性、实证性与思维的超越性、辩证性有机统一的思维路线，对新文学现代化过程中难以避开的又极为敏感的老大难问题，进行了既合乎历史逻辑又合乎思想逻辑的探析和论辩，显示出辩证思维与实证思维相融合的思想威力和锐意创新的学理锋芒，这在第四编、第五编中表现得尤为突出。如：1942 年后，知识分子接受工农思想改造的规范理论正式确立，作为启蒙者的知识分子与作为被启蒙者的工农大众两大群体，终于开始了根本性的位置转换，对这种启蒙者与被启蒙者错位现象作出科学的阐释是个难度极大的课题，也是个极为敏感的政治话题；《主潮》不仅对这种错位现象从历史由来上作了深入考察，不仅结合当时特定的战争环境和延安文化语境作了辩证的分析，更重要的是从知识分子（或作家）的精神结构和心灵深处进行了细致入微的剖析，鞭辟入里，击中要害，发人深思，促人猛省。再如：十七年的文学创作主潮为什么由现代化文学而变成侍臣文学？一般的文学史书写对这个风险极大的难题连“侍臣文学”也不敢说，只谈文学的政治化倾向，而探讨造成文学政治化的原因也仅仅归罪于极左思潮；《主潮》却别开生面，“深入到当时作家、理论家的灵魂深处去探究人格面具后面的历史真实”，也就是从创作主体的精神灵魂或人格结构去开掘“侍臣文学”形成的内在机制和深层原因，“还文学史以‘存在的真实’和‘我的真实’”①。这种创造性的深度模式的书写，给《中国现代文学主潮》带来了新的思想风貌和智慧风貌。此其二。

视文学史为作品史并把创作形态看成文学主潮载体的文学史观，必然决定本书在文本的解读上要下深功夫，即对那些能够体现中国文学现代化进程和特征的、且能反映文学主潮丰富性、复杂性的经典文本和重要作品进行多维度的开掘和创造性的阐发，并以现代化为价值尺度予以重新辨识与评价，然后升华到题材学或主题学的相应美学范畴加以概括，形成一个个各具思想特色而又相互关联的题材群落或主题群落，借以显示《主潮》架构的特色和创新的风采。这就意味着，哪一编哪一章对文学经典阐释出的原创意蕴多、发掘出的思想内涵深、体悟出的审美意识丰，哪一编哪一章的重写就能在新学术层次上达到了应有的深度、高度和厚度；固然《主潮》全书有一种沉甸甸的厚重感和别具一格的

① 许志英、邹恬：《中国现代文学主潮》下，福建教育出版社 2001 年版，第 287 ~ 288 页。

新颖感，而在文本阐释上有创意有卓见的第一、二、四、五编的某些章节却显得精彩异常、独压群芳，越发强化了本书的个性特色。此其三。

一部创新型的现代文学史，重在文学史观念的更新，重在理论框架的更新，重在研究思路角度的更新，这是不言而喻的；然而仅仅具有这些新质还是不够的，研究者务必要在对原始资料的发掘和掌握上尽可能地详尽和丰富，尤其那些原创性的文学作品占有越多越好。这不仅是因为丰厚的文学资料是构成一部文学史大厦的坚实基础，史识与框架的更新也是源于文学资料的重新发现和重新提升；而且也因为"精神的内涵越丰，则它外延愈广愈能发挥其自身于外"，文学如同哲学一样，"最晚出的、最年轻的、最新近的哲学就是最发展、最丰富、最深刻的哲学"[①]，60 年的现代中国文学史就其丰富性、复杂性、深刻性来说，应是一部说不完解不尽的文化哲学史。也许《主潮》主编是这样理解的，所以特别重视原始资料的搜求、占有和整理，使资料的搜集和追询呈现两个突出特点：一是资料的搜求注意围绕创作主潮，既扩大历时性的空间层次又扩大共时性的空间层次，将对中国文学现代化进程的考察与探析置于一个由原创作品形成的网状结构中；二是善于从丰赡的资料中发现出以"理性为其基础的现象的连续"，"并揭示出这内容，才能表明它是一个理性的历史"。[②] 这不只增强了《主潮》的新鲜而浓重的理性色彩，而且也梳理归纳出一些以前的现代文学史少见或未见的章节，如"反帝主题的初步形成"、"反帝抗日文学的兴起"、"启蒙与被启蒙"、1942 年以前的延安文学等。这些是中国现代文学研究新拓的领域，增加并充实了现代文学创作主潮的新内涵。此其四。

综合以观，《中国现代文学主潮》由于多人执笔难免在学术质量上有点不平衡感，甚至有些论述可以更辩证些；然而这并不影响是一部具有反思意义、探索意义和开创价值的大书好书，毫不夸张地说它将现代中国文学史研究推上了一个新的学术层次。

---

① [德]黑格尔著，贺麟、王太庆译：《哲学史讲演录》第 1 卷，商务印书馆 1981 年版，第 44 ~ 45 页。

② 同上，第 35 页。

建构地域文学史学及其范本

——评《山东文学通史》

乔力、李少群主编的《山东文学通史》上下卷洋洋130万字，既是系统全面地构建山东文学史的创举，使纵贯数千年的山东文学终于以独特的艺术风貌与历史形态屹立于中华民族地域文学史之林；又是独具匠心地构建地域文学史学的尝试，力图使地域文学史这门年轻的实践学科向理论学科升华。这样《山东文学通史》便具有文学史的史学品格与文学史学的理论品格；地域文学史学是《山东文学通史》赖以建构的理论框架或理论体系，而《山东文学通史》则是地域文学史学的有效性价值性的具体实践，二者共同呈现出研究主体在构建《山东文学通史》的攻坚过程中已具备史料学、思维学、文学史哲学的深厚功力，故能精心雕塑出《山东文学通史》（以下简称《通史》）这座价值恒久、创意彰显的学术丰碑。

就地域文学史学来说，简言之则是地域性文学史实践的总结、探索与建构。地域性文学史作为学科建设，历史并不长，文本也不丰，但《通史》著者却对能搜求到的各种地域文学史文本作了细致考析与研究。他们总结其文学史理念、写作范式、结构形态、思维规律、操作程序等，并在此基础上构建更为科学系统的地域文学史理论，将《通史》的撰写提升到理性自觉的高度。首先著者对地域文学史的"地域范围"的选择、界定从三个层面作了有深度的理论阐释：一是地域范围的确立乃地域文学史的立足之根，既可以从空间维度或地理自然维度来划定地域范围，又可以从趋同的文化价值观念或文学与地域之关系来界定范围，但以这些维度来划定地域范围都有局限性，"不便严谨界定"；因此他们采取"一种既能获取历史认同,又相对稳定、大小适度的范围概念,如行政区划的‘省’”①。山东省一直是两三千年前齐、鲁两国的代称,足以涵括数千年齐鲁文化、文学,故“省”作为地域文学研究的范围较为科学。二是地域文学涵纳内容的界定,《通史》著者对此颇有见解,既把那些客居山东时间较长且有作品问世的异乡作家纳入地域文学史研究范围,又“不将那些除籍贯的纯先天关系之外、与其祖籍没有任何文学因素的作家作品置列入自己的关注视野与论析范围之内,是比较恰当、明智的做法”②,并且以文学作品所表现或再现的内涵作为地域文学史的入选取舍标准。三是研究方法和撰写形式的比较选择,《通史》著者则认为既然地域文学史属于中华文学史的大范围之内,那它的建构范式、编纂方法向来是丰富多样、不拘一格的,但其基本的决定因素在于撰写者对文学本质特征的理解、在于他坚持的文学观念和文学史观念。尤其文学史观自近百年文学进入“史”的范畴以来,其文学观念始终处于动态的嬗变之中,而文学史观念的变或不变往往是文学史构筑何种形态、模式乃至特质的关键之关键。从特定意义上说有什么样的文学史观念就能建构什么样的文学史,文学史观念越正确建构的文学史越富有真实性与科学性,文学史观念越新颖独到建构的文学史越能呈示出别开生面的风貌。正因为文学史观念对于建筑一部文学史至关重要,所以文学史观则成了文学史学或文学史理论体系的核心理念。《通史》著者通过对百年来中国文学史范型出现三次较大变化的考察,则获得这样的结论:“而它转变的主要动因都是由于西方文学理论的输入与日渐强化的影响、推动作用,‘文学史家的观念由传统向现代、由泛杂向科学演变’”。这是一种颇有学术智慧的史家眼光。

其次著者在对地域文学史“地域范围”、文学史观进行了富有创意的理论探讨的同时,又对有关建构地域文学史必须处理好的多种关系作了卓有见地的理论阐释,这也是地域文学史学不可或缺的重要组成部分。一是著者探索并论析了整体中华文学史与局部地域文学史之间的辩证关系。以系统论考之,中华文学史是涵括多地域多民族文学流变的大系统,而地域文学史则是大系统中的子

① 乔力、李少群主编:《山东文学通史·导言》,山东教育出版社 2002 年版,第 5 页。

② 同上,第 7 页。

系统，大系统并非子系统相加之和，子系统亦非毫无自身独立功能价值；也就是说，作为地域文学史乃中华文学史的有机组成部分，而地域文学史则是个具有相对独立性的自足系统。正如《通史》著者所认识的："地域文学虽然也归纳于大的中国文学史概念里，需要遵循其由传统向现代、自泛杂向专门化演进的一般途径；然而，地域文学史却绝非中国文学史整体建构中的一个附属构件、或者是按照比例缩小的微型仿造品。因为，地域文学史拥载着它自己独立的结构模式、学术品格与特殊的关怀指向。"[①]这既指出了地域文学史所具有的不可低估的独立价值与意义，又肯定了地域文学史能够成立的内在根据与合理合法性。二是著者探索并论析了地域文学在中国总体文学格局中的流变和发展常常出现的平衡与不平衡关系。不平衡是绝对的，而平衡则是相对的，从不平衡走向平衡、由平衡趋向不平衡乃是文学螺旋式运演的规律。正是由这种规律所主宰，地域文学的发展并非总是处在文学名家层出、经典名著迭显的高峰状态，"它只能是间断性的彰显繁盛景观，不规则，跳跃式地产生极个别，或者少数批量的大家名家，而决非代代相接续，非此文体即彼文体的皆有优秀诗人、作家出现"[②]。基于对地域文学"不同历史阶段的发展不平衡现象"的规律性把握，《通史》编著者对全书提出了这样的构想："我们的任务首先是确认山东文学本身在中国文学的整体大格局中的位置，以及相互之间的作用关系。然后，以具载重要全局意义的优秀诗人、作家为主线，由之联系相应相近的创作流派或准流派，进一步清理出不同历史文化时段内的主流走向，以及其变化过程和不同影响，并提示那潜隐于诸文学现象深层的规律，给出恰当的审美价值判断"。[③] 这种合乎逻辑的、独具史识的理论框架设计，不仅适于制导山东文学通史的建构，也有利于其他地域文学史营造的借鉴。三是著者探索并论析地域文学与外在大系统（自然地理、政治经济、社会文化、人文风土等环境）的一般性和特殊性的关系。《通史》著者既揭示出地域文学的不可重复的地域性或地方特色形成的诸多原因，又开掘出地域文学发展不平衡的特殊缘由；也就是说，外在大环境与地域文学自身并非是完全对应的决定与被决定的直线关系，"有关政治、经济、文

① 乔力、李少群主编：《山东文学通史·总论》，山东教育出版社 2002 年版，第 15 页。
② 同上。
③ 乔力、李少群主编：《山东文学通史·总论》，山东教育出版社 2002 年版，第 16 页。

化的环境条件，对于地域文学的发展虽有一定影响力，但却并不具备直接对应式的线形关系；而其与文学自身的内部诸因素交织重叠，表现为双重不平衡的复杂现象”。由于《通史》著者深刻洞察出地域文学生成原因的错位性、复杂性和潜隐性，因此主张地域文学史的建构范型和撰写模式，一方面“要将地域文学置放于整体中国文学的时空大格局内进行宏观性比较、审观，并且研究不同地域间相互浸染、影响、促进的现象，由之进一步去探讨、发现地域自己的特殊发展道路与流变轨迹”[①]；一方面要坚持以作家及其作品为最基本的观照两翼和立论的文本，但却不能仅仅局限于作家其人其文本身的评述上，“更重要的工作，则是考察他们之中所涵纳、贯注、张扬出来的特定流派意义。我们将循沿时间顺序，阐释这种‘不断演进、变易、增益，由确立、否定而再肯定的发展精神，实践为继承传统、改造传统或创变求新、另建传统的流动过程，充分显示出历史的纵深感’。”从一定意义上说，“地域文学史重要的内容是地域文学流变研究”。[②]

上述的简论似可看成《通史》著者所建构的地域文学史学，这既是一种文学史理论的创造，又是编著《山东文学通史》的理论纲领或框架设计。而《通史》则是这种地域文学史学或理论纲领的实践结果，或者说是实践这种文学史学的较为成功的范本。这就使山东学术界真正具有了文化内涵丰赡、美学品位高尚、地方特色鲜明的齐鲁文学通史。

著者立足于当下文化制高点，反观三千年山东文学的流变过程，以现代文化意识与审美标准，梳理并评述山东文学始于先秦终于20世纪末的曲折而复杂的演变轨迹，全方位地叙说山东文学生成、昌盛、衰颓、再勃兴、再萎缩、再繁荣的合乎规律的流变进程，并深刻地揭示出导致山东文学这种流变态势的多种原因以及地域文学呈现间断性与不平衡性特点的必然趋向；且以“主流——流变”来统领全局的结构模式，有效地总结了山东文学创作的独特经验及其演进的特殊规律，这不仅使《通史》具有切近历史本来面目的纵深感与原生感，也使《通史》充满强烈的现代气息与当代感，且不说20世纪中国文学的作家面影及其塑造的人物形象给人以动态感，即使那些古代作家的灵魂及其笔下的人物也

---

① 同上，第11页。

② 同上，第14页。

活现在《通史》文本里。与这个总体特征相关联的,《通史》具有两个鲜明特色:

一是双线并举,表里交合。以人文精神为主线,内在地贯穿于古今山东文学不同形态的精神内涵;而人文精神既源于山东齐鲁文化又是山东历代文学的主魂,尽管3000年的山东文学内涵不断革故更新,但人文精神却是其万变不离之宗,先秦时代的山东文学闪烁着古代人文精神的光辉,明清时代的山东文学蕴含的人文精神已具有现代性的萌芽,五四时期与新时期的山东文学高扬着现代人文精神。《通史》突现出人文精神这条线,既展示了山东文学的内在特质,又弘扬了山东文学精神的精华。正如《通史》著者所意识到的,充溢在山东古代文学里的人文精神并非是一元化的自足结构而是一个二元互补的系统,以社会群体关怀为主流的人文精神是源于孔子及其儒家学说,只是间或取之于释、老,而对个体生命关注的人文精神"所倚靠的思想背景,便是由儒而援于老庄、佛禅、兼容三家"①;20世纪中国文学内蕴的人文精神除承传古代文化中的人文精神,主要来源于现代多元文化互补结构,其中以个体为本位的人文主义精神和以群体为本位的人文主义精神、理性人文主义与非理性人文主义始终处于互逆互补状态。《通史》以文体变革为副线,外在地串联起古今山东文学不同样态的审美特征。而山东文学的文体变革与中国文学的文体变革几乎取同一步调,经过一个由杂体文学到纯体文学、由抒情体文学到叙事体文学、由雅文学到俗文学、由古代体文学到现代体文学等的复杂演变过程;不过与其他地域性文学相比,对于文体变革,"山东文坛却表现出较开放的眼光,各具文体代兴的进化意识,善能敏锐感受到文学盛衰嬗变的消息,不以雅俗为域畛,拘滞尊卑之别"②。《通史》不仅强调了山东文学对中国文学在文体变革上所作出的突出贡献,而且以文体流变作为全书体例结构的重要依托,强化了《通史》的本体论色彩。将人文精神主线与文体变革副线交合在一起的"中介"乃是文学创作主体的人本意识与文本意识。虽然山东文学创作主体在不同历史区段或在不同作家身上所体现出的人本意识和文本意识的自觉程度与强烈程度是有差异的,但是在山东文学史上所出现的几次高潮是作家们以饱满的人本意识与文本意识去创造了

① 乔力、李少群主编:《山东文学通史·总论》,山东教育出版社2002年版,第5页。
② 乔力、李少群主编:《山东文学通史·总论》,山东教育出版社2002年版,第5页。

山东文学的思想与艺术完美统一的辉煌。

二是发现流派，挖掘规律。搜集史料是文学史研究的先导性工作，也是最花气力的硬功夫，《通史》洋洋大观，史料丰富而广博、坚实而精确，这表明著者不只在史料求索上用过苦功与深功，且在资料辨识上费过脑力和眼力。梁启超曾强调：“无论做哪门学问，总须以别伪求真为基本工作。因为所凭借的资料若属虚伪，则研究出来的结果当然也随而虚伪，研究工作便白费了。”①由于《通史》著者既重视资料翔实又注意其真实，故形成其求真务实、稳中出新、论从史显、史论兼具的学术风格。它的可贵的学术价值不仅表现在此，重要的是从占有的新史料中发现并概括出新文学流派或新作家群，充实并丰富已有文学流派或文学类型，这为山东文学通史增加新值也为中国文学史涂上新彩。因为文学流派既是“共有”艺术风格成熟的象征又是文学发展昌盛的表现，文学流派或作家群落或作品类型发现得越多，越能显现山东文学史的多姿多彩。如“建安文学中的山东作家群体”、“双峰对峙的山东词坛”、“历下诗派”、“明代山东的族群作家”以及20世纪山东海外台港文学与各种文体的作家作品论等，都带有开拓性和创新性，与前相比有所发现有所深化有所增值这类发现既丰富了《通史》的思想内容与审美风格的新含量新蕴藉，又提升了诸多文学流派、作家群落或文类文本的文学史价位。特别是《通史》能从特殊文化现象与山东文学的互动关系中，挖掘山东文学发展的特殊规律，进而突出山东文学鲜明的地域性。《通史》中写得最富创见最有深度的是明代的“‘驿路文化’与山东文学”这一节。著者通过对“驿路文化”的深刻剖析不仅揭示了山东文学在明代之所以繁荣的文化根源及文学地域特色的由来，并由这一特殊规律发现了全国文学昌盛的一般规律。这种研究，反映出《通史》著者所独具的“史识”与深度的洞见。此外，《通史》的创新价值还源于对3000年山东文学长河出现的经典文本或精品力作的重解重读重评上，不仅读出了新味、解出了新意、评出了新价，而且以经典文本或精品力作为重点阐释对象，以奠定《通史》整体架构的坚实基础与厚重品位。

《通史》既然是开创性的拓荒之作，又是鸿篇巨制，难免有疏漏之处。如地

① 梁启超：《梁启超论清学史二种》，复旦大学出版社1985年版，第387页。

域文学史理论设计与山东文学通史写作实践并不完全吻合、古代山东文学向现代山东文学转换的内在联系缺乏深入开掘、山东文学通史的上卷与下卷的体例安排不统一、20世纪山东解放区和“十七年”文学的评述未达到新水准、“‘文革’文学”被忽略等。作为一部完整的山东文学通史，对这些问题必须重视，予以深入的探讨。但这些并不会掩盖这部文学史巨著的从理论到实践的开拓性与创新性的学术光辉和作为范本的必具特色。

补遗篇

建构现代中国文学史学科的再探索

摘要 建构现代中国文学史学科，既能克服已有文学史学科的局限又能开拓重写文学史的新局面；这不仅因为新学科的时空长度与宽度符合现代中国文学多维共同体的研究或书写的客观要求，有助于揭示文学史的全景本貌，而且因为它能消解隔阂或偏见，使不同民族、阶级、党派或地区的不同文学形态得到相对公正公平的对待，也因为它更有利于展示现代中国文学所遵循的世界化与民族化相互变奏的创作机制和运演规律。

新中国成立之初，在教育部主持下由学者、教授和作家参与，建构了体制内的中国新文学（即现代文学）史学科，且以《新民主主义论》作为理论框架；虽然这个以32年为历史时空的学科仍在沿用着，但是它的理论支柱和时空维度或发生根本变化或作了适度的调整，现下并没有完全失去其存在的和应用的价值。上世纪80年代中期以后，中国新文学史学科受到民间学术力量的质疑和挑战，相继提出了“20世纪中国文学史”、“百年中国文学史”、“六十年中国文学史”等学科观念，并在书写实践上进行了积极尝试；其中“20世纪中国文学史”学科认同者多实验者也多，这不仅因为它从理论基础上和时空界限上完全突破了“中国新文学史”学科的局限，把近代、现代、当代文学的人为分割全部打通而作为一个整体学科来把握，而且因为它以改造民族灵魂的启蒙思想取代了新民主主义政治理论的主宰地位，彻底解放了中国新文学史被扼杀被压抑被遮蔽的现代性，亦解放了文学史研究者和书写者的主体思维。尽管这个学科目前尚未被主管部门公开认定作为体制内的文学史学科，然而教育部责成编写的全国通用文学史教材却默认了“20世纪中国文学史”学科存在与使用的合理性，表明民间的学术力量一旦形成声势足能改变文学史书写的成规戒律。不过“20世纪中国文学史"学科也存有自身难能克服的局限,它只是框定百年中国文学而且着重以新文学作为研究和书写的对象,那 21 世纪正在运行的中国文学就不能纳入 20 世纪文学史时空;特别是以启蒙思想作为 20 世纪中国文学史学科的理论支柱,既可能带来对"非启蒙文学"在对待上和评价上的不公平,也可能成为主宰文学史书写的新的霸权话语。究竟构建一个什么样的文学史学科才能克服或减少已有文学史学科的局限,它既能适应现代中国正以腾飞的姿态进入全球化语境对文学史书写的要求,又能适应 21 世纪人文科学研究和文学史书写的诉求,为文学史的研究或书写拓展新领地呢?本世纪初,结合学术研究实践和博士生授课需求,笔者开始从理论上思考并探索建构"现代中国文学史"学科。虽然早在上世纪 30 年代钱基博写出了《现代中国文学史》,提出"现代中国"这个用语,到了新时期也有些学者在著述中用过"现代中国"这一概念,仍用它来规范"新文学",但是把"现代中国"用来建构文学史学科并对"现代中国文学史"学科从理论上作了明确界定及对其功能特点作了系统阐释,却是笔者从 1992 年始在全国刊物上发表的一系列文章①。为了编著《现代中国文学通鉴》的急需,对于运用"现代中国文学史学科"来书写或重构文学史,在理论层面或操作层面都有些问题,必须再思考再探讨。

一

任何一个文学史研究或书写的新学科从提出到确立,在理论上受到质疑甚至斥责,而在实践上则要经过长期检验,只有这样新的学科才有可能立起来,被学界所认同所使用。"现代中国文学史学科"首先受到质疑的也许是:"中国现代文学史学科"既是体制内认可的又是经过几代学人运用的现已"经典化"了,何必建构"现代中国文学史学科",它们两者之间到底有什么区别?笔者并不否认"中国现代文学史学科"及其他存在的合理性与合法性;特别是这个学科的政治化倾向经过新时期的深刻反思,已用"现代性"作为核心理念置换了政治理念,重新焕发了学术生机,仍在学术界教育界乃至文学界被广泛运用,因此笔者

① 参见朱德发著《现代文学史书写的理论探索》"学科篇",济南:山东人民出版社 2010 年 10 月版。

并不想以“现代中国文学史学科”取代它而且也取代不了它。但是“中国现代文学史学科”的局限性众所周知,谁也否认不了:它研究的是中国的新文学或现代文学,而其他形态的文学即非新文学或非现代文学是容纳不进的;如果硬把后者塞进去那就不是“中国现代文学史学科”的规定范围了,即使有些学者把鸳蝴派的通俗文学解释成现代性文学装进了“中国现代文学史学科”框架,也有勉强之嫌。总之,这个学科无论如何扩张都不可能合乎规范地将现代中国的所有形态或类型的文学容纳进去;况且,“中国现代文学史学科”原本只限于 1917 年到 1949 年的 32 年时空,从长度上容纳不了中国的新文学,即使把它的时空维度上溯到晚清仍是研究的新文学,其他形态的文学也装不进。特别是 1949 年以后的文学,哪怕专写的“工农兵”文学形态仍属于新文学,若是把它装进“中国现代文学史学科”一是彻底打破了既定的界限二是所关注的对象还是新文学;因为它原本是以《新民主主义论》为理论基础所建立的为政治服务的“中国新文学史学科”,故而任你左冲右突也难以从根本上突破它的局限。即使“20 世纪中国文学史学科”或“百年中国文学史学科”的提出,也不想取代并且取代不了“中国现代文学史学科”,只要现行体制承认它并继续在教育界文学界运用它,那它作为中国新文学史研究或书写的模式或设计就可以存在下去,这不也是增加了文学史编撰的多种追求和多样景观吗?“20 世纪中国文学史学科”之于“中国现代文学史学科”来说,不只是增加了长度,由 32 年扩至 100 年,把习见的近代文学、现代文学、当代文学全部收编了,而且将政治化规范的文学史书写导入启蒙文化规范的文学史书写;然而在以新文学或现代文学作为主要研究或书写对象这一点上,两个学科却是相同的,总是瞄准现代性的文学,似乎其他形态的文学不必太关注。虽然在书写实践中,“20 世纪中国文学史学科”不再专注于新文学或现代文学,而逐步把其他样态的文学吸纳进来;但是能否以平等公正的价值尺度来衡估所有形态的文学,能否合理地安排一切文学形态而不是只突现新文学且把其他文学边缘化,却都是值得思考探究的问题。

但是“现代中国文学史学科”既能克服“中国现代文学史学科”的局限,又能在汲取“20 世纪中国文学史学科”优点的同时解决其局限,充分显示出“现代中国文学史学科”的特点与优长:学科的时空长度与宽度,符合现代中国文学多维共同体的研究或书写的客观要求,此其一。现代中国与古代中国既有联系又有区别,从联系上说两者都是中华民族经过代代先人的智慧与奋斗所建立起的位于东亚地区的“祖国”,无论怎样的改朝换代而作为中华民族生于斯长于斯的家园总是每个炎黄子孙的“根”;就其区别来看主要是社会制度的不同,古代中国从先秦始推行的是封建皇权主义,而现代中国力图通过反复实验而实行民主性的“现代民族国家想象”,即建立同世界其他各民族平等相待友好相处的“现代化”国家。“现代中国文学史学科”就是建立在这样的“现代民族国家观念”之上,它所研究或书写的文学对象不是古代中国文人或民间流传的文本而是现代中国的所有人创造的一切文学样态。因为这一切的文学样态既不属于哪一个民族也不属于哪一个阶级,既不属于哪一个党派也不属于哪一个社团,它既没有新旧文学之别也没有雅俗文学之分,既没有贵族文学与平民文学的划界也没有汉族文学与少数民族文学的高低之别,总之所有的文学都隶属于现代中国这个多民族大家庭的或者多地区大版图的文学。这就从文学史研究或书写对象的宽广度上与其他文学史学科有了区分度。因为“中国现代文学史学科”研究或书写的文学对象主要是中国的新文学或现代文学,也可以说是现代中国文学多维共同体中的“新文学”的一维。尽管这一维新文学或现代文学在“共同体”里,占的比例大,容量重,并与现代中国步入现代化轨道取同一步调,甚至成为映显国家现代化速度和程度的镜像;然而它毕竟只是一维,不应以此取代或掩盖或抹杀“共同体”的其他维度文学的客体存在和价值意义。所以“中国现代文学史学科”与“现代中国文学史学科”的“中国现代文学”与“现代中国文学”绝对不是“现代中国”和“中国现代”两个词语顺序上的颠倒,更不是玩什么概念游戏,而是两个有联系更有区分的文学史学科。前者的“中国现代”不是一个概念而是偏正关系的两个词,也就是“中国的现代文学”,现代与文学组成一个概念则是表示“现代文学”区别于“古代文学”,实际上“中国现代文学史学科”所研究或书写的是“中国的现代文学史或新文学史”;后者的“现代中国”是一个国家范畴,与“古代中国”相对应,以“现代中国”为范畴构成的“现代中国文学史学科”,实际上研究或书写的是“现代中国的文学史”,是整个现代中国的全景观文学史而不是现代中国的新文学史或汉民族文学史或某个少数民族文学史,也不是区域性的或大陆或台港澳的文学史。如果说“现代中国文学史学科”与“中国现代文学史学科”有一定的联系,那就是前者涵纳了后者研究或书写的所有文学对象,并且把新文学或现代文学作为“现代中国文学史学科”研究或书写的重点或主干对象。不仅如此,“现代中国文学史学科”还解决了“20世纪中国文学史学科”的只能涵纳“百年中国文学”而21世纪中国文学就顾及不到的问题。由于该学科不是以纪元为依据确定文学史学科,而是以“现代中国”作为国家观念来建立的文学史学科,尽管它的上端与古代中国的文学进行交接,可以封顶;但是它的下端却难以与什么对接,是封不住的。因为中国的现代化正在进行,究竟何时才能完成国家现代化的系统工程,只能作出预测,难以给出肯定性的结论;所以随着国家现代化的延展而“现代中国文学史学科”的下限就不能收住口。不过,建构“现代中国文学史”文本,它应该有个终止的下限,借以保持文学史构想与书写的相对完整性。或以年代或以作品或以事件作为下限的标志均可,而《通鉴》则是以2010年为下限。不论从宽度上或长度上考察,“现代中国文学史学科”提供的时空,都可以满足现代中国文学多元共同体研究或书写文学史的客观要求。

以“现代中国”作为整体观念来构建现代中国文学通史,能够消解不必要的隔阂或偏见,使不同民族、阶级、党派、地区的不同文学形态得到相对公正公平的对待,这是“中国现代文学史学科”或“20世纪中国文学史学科”都不可能做到的,此其二。从现存的《中国现代文学史》或《中国当代文学史》或《20世中国文学史》等大量文本里,所见到的以“新”字为标记的文学如新小说、新诗歌、新散文、新戏剧等,都是以进化论形成的新优于旧、新胜于旧的文学观,进行考察而命名的;其实新与旧并不是价值范畴,命名为新文学的其价值不一定高于旧文学,而命名为旧文学的其价值亦不一定低于新文学。不过,不论是新文学或者是旧文学,都是属于现代中国生成的文学样态,都是国家的精神财产,都是中国人可以享用或消费的或优或劣或高或低的审美文本和文化资源,这是谁也不能否定的。哪怕有些文学史以阶级论作为政治尺度,给一些作品戴上资产阶级、小资产阶级、农民阶级、工人阶级甚至革命、反革命或“封、资、修”的帽子,也不能说它们不是现代民族国家的文学?且不说这些政治帽子戴得准不准、该不该戴,就说现下完全给“封、资、修”“地富反坏右”作为冤假错案平了反,而戴上诸多政治帽子的文学作品也恢复了原来面貌;然而就是这些文学作品一旦从机械的主观的武断的直至无中生有的阶级定性和命名中挣脱和解放出来,便使我们清楚地看到:它们都是现代中国的文化文学产品,甚至有相当一部分是文学精品,特别是那些被所谓的"阶级分析"扫进历史垃圾堆里的文学正是体现现代中国文学较高艺术水平的佳作。如果不消除已被实践雄辩证明是错误的阶级偏见或党派偏见,那文学史的书写就不可能获得真正解放,各种形态文学的评价也不可能获得真正的公平公正。因为在阶级的社会里即使对阶级界限的划定是科学的正确的也不能说明文学完全属于某个阶级的,这不仅由于创作主体对生活的体验对人生的感受对生命的把握都是通过塑造个体形象或自我抒情来再现或表现或象征的;而且个体或自我是"社会关系的总和"却并非"阶级关系的总和",社会关系又是极为复杂的,不是仅有阶级关系,还有其他关系。因此,创作主体意识物化为审美文本所表现出的人性内涵,不只是阶级性更有与不同阶级相通的人性,而阶级性又是包含在人性中,随着阶级的消失阶级性就存在了;况且现代文学中的阶级分析或阶级划分不科学也不正确,因人而宜因时而宜,若以这样的阶级观念为指引创作的文学作品,那就更不能判定它的阶级属性了。文学创作是自由的,文学的阅读或研究范围是可以越界的,即使遵循某些阶级党派的创作规范写出的文学作品也不能只是为某些阶级党派所接受,它有可能成为各民族乃至全人类期待的作品。归根到底,不论以机械阶级分析给现代文学作了什么定性、戴上什么帽子,都是对文学作品的误读,都是对文学史的扭曲;但这样做,并不能改变不论何种性质何种形态的文学都是属于现代中国文学这个铁的事实,只要摘去那些不实的政治帽子、取消哪些错误的政治判断、抹掉哪些不必要不合理的界限,才可能恢复现代中国文学的多元共同体的真实面貌。此外,现存的不少文学史已把少数民族文学和台港澳地区文学纳入书写框架,这是新的突破和拓展;然而如何处理汉族文学与各少数民族文学以及大陆与台港澳文学的关系,不仅牵扯到各民族各地区文学在一部现代中国文学史的排位问题,也涉及它们各自能否得到公正评价的问题。

何以见得各民族、各阶级、各党派、各地区等不同形态的文学纳入现代中国文学文学史学科书写文学史可以得到相对公正公平的对待呢?这是个理论认识问题也是个操作实践问题,下面只能从理论上谈点认识。在我看来,对于"现代国家"范畴的理解不仅要从社会制度层面进行考察,而且也要从祖国母体来探索,这两者并非完全统一的。不像有的人所说的那么简单,有什么样的社会制度就有什么样的祖国母体，爱这种社会制度就等于爱祖国而爱祖国则等于爱这种社会制度，反抗这种社会制度就等于反抗祖国而反抗祖国则等于反抗这种社会制度；如果只是以这种同质同构的思维来理解社会制度和祖国母体的关系，那会得出一个“制度”与“祖国”完全互为一体的简单结论。其实，它们之间的关系极为错综复杂，值得从多维度进行深入思考。笔者也并不是说社会制度与祖国母体之间就没有统一性，它们之间的统一性可否这样理解：当一种社会制度既有利于推动祖国循着现代化的方向积极稳健的发展，使全国人民日益增长的物质要求与精神要求得到相对的满足，又利于创建一个独立、民主、自由、幸福、强大的国家生态环境，使祖国每个人可以感受到祖国立于世界之林的强烈尊严，也能体验到个人的独立自主的尊严，不仅祖国的神圣主权、人们的生命财产能够得到强有力的捍卫，而且个人的一切权力也能得到牢固的保障，只有这样的社会制度才有可能与祖国母体取得更多的统一性；但是这样完美的社会制度并不多，也许是个乌托邦。就社会制度层面来说，从戊戌变法前后古代中国社会制度全面解体而向现代中国社会制度发生结构性转换以来，在国际潮流的推动下朝着现代化方向运作乃是经过漫长而艰难的探索与实验，才使中国社会走上有中国特色社会主义发展道路；这中间既有改良主义社会制度的实验又有民主主义共和社会制度的试行，也有“苏式”社会主义社会制度的推行，现下面对全球化而实现的则是中国特色社会主义社会制度，即使台港澳地区所坚持的社会制度也没有超越民主主义，不是借鉴美式的就是沿袭英式的。不管那种社会制度对于祖国母体来说，考验其优劣的最重要的试金石乃是近百年中国的两大核心课题一是救国一是强国，这都是祖国母体本身对不同社会制度发出的最急切、最焦虑、最期待的召唤和指令；而实践充分证明并不是所有的社会制度都是优越的，不是所有的社会制度都能完满成功地解决这两个核心主题，对此历史已作出了明确答案。之所以不厌其烦地谈论社会制度，旨在说明现代中国文学从不同的侧面、不同的程度和不同的角度于社会制度层面触及到“救国”或“强国”的两大主题，也都会在对这两大主题的表现深度上、正确与否上和美感与否上得到相对公平的对待。从祖国母体（即祖国对于每个人来说都是生他孕他的母亲，从根本上察之都有一种解不开的血缘关系，故称祖国是母体）层面考察，管理或统治祖国的社会制度可以不断变革或更换，而祖国母体则是由她孕育生长起来的一代代祖先及其子孙在特定的地理生态环境依靠勤劳的双手和智慧的头脑建立起来，既是一个人生于斯长于斯的血缘圣地又是其承续祖辈业绩与传统的精神家园，她既是一个人的生命之根又是一个人起飞的摇篮。不管山山水水、花花草草、江海湖泊、森林草原、蓝天白云、长河落日，或者一望无际的平原、广袤无垠的良田、取之不尽的矿藏、无价之宝的名胜古迹、丰富无比的文化遗产，以及古老久远、千姿百态的村庄乡镇，等等，都是祖国神圣不可侵犯的家业。她不仅养育了汉族也养育了其他民族，形成了一个“56 个民族是一家”的大家庭，为每个民族每个人的生存与发展以及性格的熏陶、心灵的净化和个性的张扬、才情的勃发提供了良性的原生态。祖国对她的每个生民、每个种族都是大公无私、广施博爱的，而且每个人的生命、运气也与祖国命运息息相关，可见祖国不是抽象的而是具体的，不是变动不居的而是相对稳定的，即使她孕育的不少子女走向世界的其他国家求学创业也总是心怀“祖国母亲”；甚至那些被殖民化的地域如港台的子孙们内心总是有个解不开的“爱我中华”的情结。正因如此，所以现代中国不论那个民族、哪个阶级或哪个社团、哪个地区的作家，都是祖国母亲养育的作家，哪怕你拿到异国的绿卡，也是身上流着中华民族血液的祖国作家；而祖国大家庭里作家们所创造的文学作品，不管表现爱国主题、情爱主题、生命主题、人生主题、个性主题或者女性主题、革命主题、改革主题、反抗主题、团结主题、友谊主题、侠义主题、生态主题等等，只要在艺术上有所创新和体式上较为完美，都会得到公正的评价，都属于祖国的艺术瑰宝。

“现代国家”范畴，既然可以从社会制度与祖国母体两个相互联系的层面来理解，那么以“现代国家”观念为思想基石建构的“现代中国文学史学科”对于纳入文学史书写的各种形态文学的评述态度，要做到真正公正公平也应当承认其差异性，忽视不同形态文学的差异性就不是科学意义上的公正公平。这不仅因为“现代国家”构成的两大层面，其差异性在近百年中国历史演化中往往是大于和谐统一性；即社会制度对祖国母体的治理与护佑常常出现悖反的效果，或祖国母体沦入敌寇之手或者祖国母体被损害得千疮百孔。例如方志民烈士《可爱的中国》所描写的，他深深挚爱的是祖国母亲而愤怒批判的则是制度层面的中国的腐败，所憧憬的是美好理想中的祖国而要舍弃的则是丧权辱国的社会制度；冰心的小说《去国》所刻画的留美生英士深深地爱着自己的祖国，“学习土木工程七年”毅然回来报效祖国，然而回国后到处碰壁，连个施展“真才实学”的工作也找不到，于是决定暂时“去国”，这里的“去国”不是抛弃心中所钟爱的祖国而是从社会制度层面对北洋军阀统治的中国的不满与厌倦。不仅表现爱国主题的现代中国文学存有这种矛盾，而且描写其他题材表现其他主题的文学作品只要将其置于特定历史阶段的“现代中国”的背景和语境中进行考析，也会发现这种悖反的或错位的现象。当然，并不是说近百年所有的历史区间“现代中国”范畴的两个层面都是差异互见的，而有些历史区间社会制度层面与祖国母体层面的“现代中国”还是和谐统一的或者相辅相成的，对于这些历史时期生成的文学作品价值和审美意识的评析，也不能简单地认为“国家整体”现代化必然带来“文学整体”的现代化，对于具体形态的文学作品尚须具体分析，毕竟不同民族、阶级、社团和地区的个体作家营造的文学作品与“一体化国家”并不是一种决定被决定的因果直线关系；况且有鲜明个性意识的作家对“一体化国家”背景和语境下的人、事、物、景的感受与体悟也是有差异的。因此，纳入现代中国文学史框架书写的各种形态的文学作品，可以消去民族的、阶级的、党派的和地区的不必要的偏见，都视为现代国家的文学作品或文化载体给以公平公正对待，但是这不等于抹掉了各种各类文学作品在思想和艺术上的巨大差异和突出的审美个性。

二

“现代中国文学史学科”，笔者对其优长的理解尽管缺乏实践经验的证明，不过对于它的体认并不是从理论上演绎出来的和头脑中空想出来的。它的经验依据是从研究或书写中国现代文学史和20世纪中国文学史总结出来的，它的史实根据则是现代中国的各民族各阶级各社团乃至各地区的文学资料。既然本学科的设计有充分的根据又有明显的优长，那么与这个学科关系最大的“现代中国”即中国跨进现代化轨道究竟从何时算起，是戊戌变法还是辛亥革命还是五四爱国运动？国家开始步入现代化的标志又是什么？对于这些问题作出有雄辩力的回答，直接关系到古代中国何时终结而现代中国何时开端，亦关系到古代中国文史学科何时终结而现代中国文学史学科何时开端。虽然笔者在有关著述和上文已作了阐述,但是还有点根据不足分析不力之嫌,因此有进一步论证的必要。

在我看来,要确认中国现代化的开端首先应弄清两点:一是现代化有个过渡时期,即从开端到完成有个探索和实验的漫长而曲折的过程,并非一起步中国就全方位地实现了现代化或达到现代化相当高的程度。笔者认为中国现代化的肇始应在戊戌变法前后,这也是我国进入现代化"过渡时代"的开端。彼时梁启超立于世纪之交放眼全球,通过观察和分析而认定:"今世界最可以有为之国,而现时在过渡中者有二":"其一为俄罗斯",因为"俄国自大彼得及亚历山大第二以来,几度厉行改革,输入西欧文明,其国民脑中渐有所谓世界公理者,日浸月润,愈播愈广,不可遏抑,而其重心力实在于各学校之学生",故"谓俄罗斯将达于彼岸之时不远矣";"其二则为我中国",虽然"中国自数千年来,常立于一定不易之域,寸地不进,跬步不进,未尝知过渡之为何状也",但是"为五十洋惊涛骇浪之所冲击,为十九世纪狂飙飞沙之所驱突,于是穷古以来,祖宗遗传深顽厚固之根据地遂渐渐摧落失陷,而全国民族亦遂不得不经营惨淡跋涉苦辛相率而就于过渡之道。""故今日中国之现状,实如驾一扁舟,初离海岸线,而放于中流,即俗语所谓两头不到岸之时也。"根据"今日中国之现状"而在过渡时代要完成的现代化使命,梁氏认为从大的方面看即"语其大者,则:人民既愤独夫民贼愚民专制之政,而未能组织新政体以代之,是政治上之过渡时代也;士子既鄙考据辞章庸恶陋劣之学,而未能开辟新学界以代之,是学问上之过渡时代也;社会既厌三纲压抑虚文缛节之俗,而未能研究新道德以代之,是理想风俗上之过渡时代也。"虽然这只是从政治上、文化上、道德上提出了"过渡时代"的三个任务,但是每项任务都关系到中国实行现代化所必须完成的,不论组建民主化的"新政体"以取代独裁"愚民专制之政",或者创立"新道德"以取代三纲五常"虚文缛节之俗",都是极为艰难的,直至今天有些关注政治改革之士仍在发出忧虑的呼唤。梁启超不愧为政治革新、文化文学改良的思想先驱,不仅"过渡时代中国"的提法令人诚服,而且在中国现代化"过渡时代"必须完成的三大使命也使人得到启示;历史一再证明中国现代化以世界"各国过渡时代之经验"即"船头坎坎者,自由之鼓耶?船尾舒舒者,独立之旗耶?"为参照,"相衔相逐相提携,乘长风冲奴涛,以过渡于新世界",中国人民"必有大刀阔斧之力,乃能收筚路蓝缕之功；必有雷霆万钧之能，乃能造鸿鹄千里之势”，[1]否则中国的现代化就会出现反复和曲折甚至倒退。

二是中国虽然从“鸦片战争”打开国门睁开眼睛看世界就逐步有了向现代化目标运行的趋向，洋务运动不仅在科技方面主动地向发达国家学习而且也意识到在政治上也应该效法“西政”，但是这时并没有“现代民族国家想象”的理论自觉，只有把理论自觉与实践行为结合起来方可算是中国现代化的真正开端。及至世纪之交，维新变法的政治改良运动兴起便伴随着“现代民族国家”的理论构想正式提出，这主要系统地体现于发表在 1901 年《清议报》第 94、95 两期上的《国家思想变迁异同论》一文中。该文首先将西方的中世纪与近世的国家观念作了比较，大致的意思是，中世纪“国家者，其生命与权利受于上帝，国家之组织皆由天意，受天命”，“国家二字之理想，全自教门之学说而来，王者代上帝君临国家，王国之神国也”，“国家由教徒之团体而立，故以教徒之统一为最要”，而“凡异教、无教之徒，不许有政权，且虐待之”；但是近世“国家者，本于人性，成于人为”，“其所组织，乃共同生活之体，生民自构成之，生民自处理之”，“近世之国家，乃生民以宪法而构造之，其统治之权，以公法节制之”，“选举之权，达于人民全体”，“全体之人民各伸其共有之自由，又各服其集体之权力”，等等，一言以蔽之，中世纪之国家是以上帝为本，而近世的现代国家则是以人民为本。然后文章又把“中国旧思想”与“欧洲新思想”的国家观念作了比较，以突出现代国家思想的优越：中国旧思想的“国家及人民皆为君主而立者也，故君主为国家之主体”，“国家与人民全然分离”，“故人民之盛衰，与国家之盛衰无关”，“帝国非天之代理者，而天之所委任者，故帝王对于天而负责任”，“立法权在一人(君主)”，故“惟君主一人立于法律之外，其余皆受制于法律”，“国家对于人民有权利而无义务，人民对于国家有义务而无权利”等；而欧洲新思想则主张“国家为人民而立者也”，“故人民为国家之主体”，“全国民皆为治人者，亦皆为治于人者，一人之身，同时为治人者，亦同时即为治于人者”，“全国人皆治于法律，一切平等，虽君主亦不能违公定之国宪”，“政府为人民所自造，人民各尊

① 梁启超：《过渡时代论》，《辛亥革命前十年时论选集》第 1 卷上册，北京：三联书店 1960 年 4 月版。

其自由，又委托其公自由于政府，故政府统治权甚大，而人民得有限之自由”，等等。从中国传统国家观念与欧洲新国家观念的比照中，显见后者是以人民为主体的重法律尊自由讲平等的现代国家观念。对于“现今学界”的“平权派”和“强权派”的国家思想，论者尤其推崇卢梭为代表的“平权派”的国家观，这不仅因为“平权派”提倡“人权者出于天授者也，故人人皆有自主之权，人人皆平等；国家者，由人民之合意结契约而成立者也，故人民当有无限之权，而政府不顺从民意”；而且还因为“法国大革命，开前古以来未有之伟业，其‘人权宣言书’曰：‘凡以己意欲栖息于同一法律之下之国民，不得由外国人管辖之，又其国之全体乃至一部分，不可被分割于外国，盖国民者独立而不解者也。”正是这种现代民族国家主义“以万丈气焰，磅礴冲激于全世界人人之脑中，顺之者兴，逆之者亡”。文章所以将中西古今国家思想给以比较，旨在以现代民族国家观念使“吾国民”自省而“苟思想之普及，则吾国家之成立，殆将不远矣”。[①] 虽然这种社会制度层面的现代民族国家设想并未在维新变法中变成现实，但是它作为一种现代国家的启蒙思想却深入人心，其中具有普世价值的理念至今仍闪烁着不灭的思想光辉。上述之所以引证不少原文，一是说明早在百年前革新先驱者就提出了较为完整的现代民族国家制度的设计方案；一是进一步证明中国现代化的开端确定在戊戌维新前后是有充分理论根据的，是毋庸置疑的，而现代民族国家观念作现代中国文学史学科的思想支撑也是牢固的。

但是应该指出的是，把文学史研究或书写纳入现代中国文学史学科范畴，务必注意到现代民族国家框架内运演的主流文学即新文学或现代性文学，则受控于世界化与民族化相互变奏的机制或规律。这里所谓的世界化，主要指现代中国文学的营造，已不像古代中国文学创作处于相对的闭锁状态，它进入了“世界的文学”全球格局。因此作为创造主体在现代中国文学整个创作过程中，不论对审美取向的选择、创作题材的把握、艺术构思的运作、典范文本的借鉴、质量优劣的比照等，都要面向世界其他民族国家的文学；而世界其他各国的文学并不皆是现代化的文学，除了西方发达国家的文学自文艺复兴始已进入现代化

① 梁启超：《国家思想变迁异同论》，《辛亥革命前十年时论选集》第1卷上册，北京：三联书店1960年4月版。

轨道，而亚、非、拉美不少民族国家的文学并没有经受现代化洗礼，即使西方发达国家文艺复兴前的文学如希腊的戏剧史诗或新旧约书的传说故事等都有不朽的文学价值，而它们早已传到中国，故世界化的范畴远远大于现代化。如果按照吉登斯的说法现代化是“工业文明的缩略语”①，即文学现代化是工业社会的精神文明产物；那么世界各国文学能达到现代化标准的则是有限度的，所以作家面对的世界文学应似包括现代性文学在内的所有文学。故而所有的世界文学，对于一个有雄略胆识的作家来说，必须在“化”字上下工夫，既要化进又要化出，通过对世界文学的化进和化出，可以开阔知识视野、深化文学修养也能根据需要对域外文学进行选择取舍，使自己真正“化”出“洋为中用”的审美意识、审美形式和审美格调。所谓民族化，主要指中国作家进入全球化语境营造文学应该牢牢把根基扎进民族的或本土的文学土壤，不离不弃，咬住不放，唯有民族的才能成为独放异彩的世界文学。当然民族的或本土的文学不能只限于汉民族的而是中国多民族多地域的文学，也不只是限于古代中国的民族文学而眼下流传下来的各民族文学也包括在内。我国的民族或本土的文学遗产极为丰富驳杂，而对于创作主体来说见了民族文学要热爱它更要熟悉它，特别是要反复地“化进去”和“化出来”。通过消化吸收、鉴别选择而把民族的或本土的文学精华转化为主体的创作意识、审美追求和艺术养分，以备进入创作过程与世界其他民族的文学进行“以我为主”的交汇和对接。以上论及的现代中国文学营构的世界化与民族化的创作机制，并不是各显其能的而是辩证地统一在一起，这样方可发挥最大的能量；而这种能量的发挥必须建立在创作主体对现实或历史的各种各样题材的独特感受、独特体悟和独特发现的基础之上。也就是说，作家对于创作视野中的个体或群体的千姿百态的社会人生、心理世界乃至各种自然生态是如何体验和把握的，形成了何种独有的主题、何种富有个性的形象以及拟抒发何种特有的诗情诗意；正是在这诸多独特的结合部或契合点上，世界化与民族化的创造机制进行互动互促互接互补，才能使世界文学和民族文学“化”出来的可用的东西与作家对历史、现实乃至自身的独特感受和独特发现熔

① ［英］安东尼·吉登斯克里斯文多弗·皮尔森：《现代性——吉登斯访谈录》，北京：新华出版社2001年版，第69页。

铸起来，以营造出有民族特色的现代中国文学即中国的新文学或现代性文学。对于这种世界化与民族化互动的创作机制，有些作家如鲁迅、郭沫若、茅盾等早就有了理性自觉，在创作经验总结的文章中体现出来；而大多数作家只是在创作实践中有意或无意地坚持着，没有从理性的高度予以认识。若从历时的纵向上来看，世界化与民族化互动的创造机制已成为贯穿现代中国文学始终的规律，由于不同历史阶段的主客观条件的干扰或影响，这条相互变奏的规律不仅时隐时现，也曾出现过严重倾斜，使其辩证威力在现代中国文学创造中没有得到充分发挥，直接导致现代中国文学的不能健全顺畅的发展，如“十七年”尤其“‘文革’十年”文学世界化的机制萎缩而文学民族化的机制也被扭曲，至于两者相互变奏的能量则被窒息。文学创作实践和文学演变历史充分证明，哪个作家在创作中对于“两化互动”机制运用得好就能营构出优秀的现代文学作品，不然就出现相反的或不良的创作效果；对文学演变来说哪个历史阶段“两化互动”规律能够得到自由的坚持，而文学的发展就会健康和兴盛，否则就出现不景气或病态的效果。作为文学史研究者或书写者对世界化与民族化相互变奏机制或规律应该有深刻认识和一定程度的发掘与展示。但是现代中国文学史学科中的不是所有形态的文学创作或演化都受控于或得力于“两化互动”规律，笔者所强调的主要是新文学或现代文学，而哪些从历史上流传下来的民间型文学（或源于汉族或源于少数民族或来自台港澳地区的）以及传统体式的通俗文学、格律诗词乃至翻译文学等，只能说它们在不同程度上受到“两化互动”机制的影响，既没有遵循它也不受控它，可以坚守自身的相对独立的文学样态和运行轨道。

（草成于 2011 年 3 月 15 日，本文原载 2011 年《山东社会科学》第 11 期）

重构现代中国文学通史关键在于探索其联系性与互通性

摘要　重构现代中国文学通史是进入21世纪治史者的新探索和新实验，由于现代中国文学是个不同于中国现代文学的新学科，它所涵括的文学对象千姿百态，欲将其纳入新结构书写成逻辑严谨的通史文本，关键在于探察不同文学形态或系统的联系性和互通性；本文则认为，现代中国的形态各异或系统多元的文学之间的联系性与互通性，应该从“人的文学”与“创作总根于爱”两大视角切入而进行深度地探寻与察找。

进入21世纪，不少学人所焕发的学术激情化为重构“二十世纪中国文学史”或者“现代中国文学史”的内在动力；而笔者的兴奋点与关注点则凝聚在“现代中国文学史学科”的理论探索与书写实践上，虽然遇到或思考的问题很多，但本文只能就重构现代中国文学通史如何勘察各种形态或系统文学之间的联系性与互通性，谈点体会和认识。

“现代中国文学是个大文学史观念，是在对世纪之始的继往开来的欲望驱使下所进行的体系性建构的设计，从横向上它吞纳现代中国不同民族不同地域的多种系统多种样态的文学，在纵向肇始于晚清文学变革而下限却是无止境的。这样一个巨大的纵横交错的文学历史时空，并不是一个和谐共处的文学世界，不同文学系统不同样态文学之间充满了矛盾，文学系统和文学形态本身也充满了冲突，正是这诸多矛盾成为各种各样文学嬗变发展、融会整合、变异创新的内在动力，正是这诸多冲突才是各种文学系统不断革故鼎新的生命力所在”。然而欲在“现代中国文学史学科”书写“现代中国文学通鉴”这样全景观的文学史，最重要的任务之一就是通过研究或书写主体对于多形态多系统文学矛盾客体的“感受、体认、探寻，并从中把握其内在的和外在的统一性、联系性”，方有可能“书写成主客体相融合、多样性与和谐性相结合的现代中国文学通史”；不然的话，把多系统多形态的文学客体“散乱无序地非逻辑地堆放在一起或者排列在一起，那就成了一锅大杂烩或一部杂乱无章的资料汇编”。因此，“从不同文学系统之间的矛盾中寻找其统一性；从不同文学样态文本的内外冲突中窥探其契合点，从宏观上把握现代中国文学的相似点和趋同性，则成了能否成功地建构多样统一的现代中国文学通史的关键所在。”[①]这的确是个难点，能纳入“现代中国文学通鉴”进行考察和书写的究竟有哪些文学系统或文学形态，它们之间的联系性或相通性应该如何去洞察和探索，也就是说至少要寻找和把握哪些线索才能把各个系统各种形态的文学整合起来？对这个难题的破解可能有不同的角度和思路，但是在我看来最好是充分调动研究或书写主体的联系思维或关系思维功能，从不同的维度切入多元复杂的文学世界，感悟并发掘出它们之间的“普遍联系性”；而这种“普遍联系性”就能成为把现代中国不同形态不同系统文学联缀贯穿起来的线索，使“现代中国文学通鉴”的网状结构更严密更富有整体感。

对于现代中国文学的形态或系统的归纳和梳理，考察与洞悉的角度不同也许有不同的归纳和梳理，不过从已经习见的归纳和梳理来看大致有这样一些形态或系统：现代中国的新文学（或现代文学或当代文学）形态或系统，这是构成文学史的主干或重点；现代中国的通俗文学形态或系统，主要指市民型的通俗文学，也包括一定量的大众化通俗文学；现代中国的传统体式文学形态或系统，既包括“旧瓶装新酒”式的文学也含有从古代沿袭下来的传统文学；现代中国的各少数民族文学形态或系统，从质与量两个维面来看虽然能纳进文学史框架的并不多，但其形态或系统却是多姿多彩的；现代中国的民间文学形态或系统，除汉族外也包含少数民族的民间文学；现代中国的翻译文学形态或系统，主要指哪些由中国翻译家改写或重造的所谓翻译文学，它有理由成为现代中国文学的构成部件；现代中国的台港澳地区文学以及华人在异国创作的与“现代中国”密切相关的文学，而这种地域性的文学形态或系统较为复杂。虽然这诸多文学形

---

① 朱德发：《现代文学史书写的理论探索》，济南：山东人民出版社2010年10月版，第85－86页。

态或系统都是属于现代中国文学的多元共同体构成的有机组成部分，但是真正能纳入现代中国文学史学科按照特定的文学史观或价值规范进行研究或书写的，应该尊重文学史研究或书写主体的选择和构想。对于进入“现代中国文学通鉴”框架的各种文学形态或系统之间的“联系性”或“互通性”的发掘与把握，可以将宏观的审视与微观的透析有机地结合起来。

一

如果我们对“人的文学”理念的阐释不局限于周作人的以个人主义为世间本位的说法上，而是由此扩而大之，推而广之，把它视为对所有文学特质的规定；那么从宏观察之，现代中国的各种文学形态或系统都属于广义的“人的文学”范畴。文学之所以称得上是文学就在于它具有人学本质，要是缺少或缺乏人的文学特质就是“兽道”或“神道”文学，而“兽道”或“神道”文学就不是人本文学，严格来说它不是文学而是非文学了。因此，凡是获得文学称号取得文学资格的各种形态或系统的文学都是人本文学或曰人的文学；即使有些文学以描写自然界的动物或植物或生态为主等，也是拟人化或人格化的，哪怕有的文学写了鬼或神也是人格化的鬼或神，因为这都是作为主体的不同作家根据自己的生命体验、审美选择以及不同读者的审美期待而想象出来的和构成文本的。由此可见，“人的文学”属性就是各种形态或系统文学之间的“本质联系”。这种解释绝不是主观臆断地生硬套用人的文学理念，而源于各种形态或系统文学的内在特质。就拿现代中国的新文学(或现当代文学)形态或系统来说，它虽在现代中国文学母系统中是个子系统，但是这个子系统却又是多个小子系统构成的，它们不仅在相当程度上决定着现代中国文学的总体价值，体现着现代中国文学的艺术风貌，也左右着现代中国文学的运演方向。尽管新文学的形态多系统杂，然而在本质上它们都是“人的文学”，不论晚清生成的“新民文学”、“人性文学”或者五四至20年代生成的启蒙文学、人生文学、艺术文学或者30、40年代乃至80年代及其以后生成的自由主义文学或者新启蒙文学、女性主义文学，以及台港澳地区50年代后出现的自由主义文学等，大都是以个性主义或群己一体为本位的人的文学，这是与周作人倡导的“人的文学”观相契合的文学创作，并为大多数学者所认同的；而且从20年代开始出现的革命文学、30年代生成左翼文学和苏区文学、40年代到70年代兴起的工农兵文学直至新时期出现的主旋律文学等，这些具有强烈政治色彩的新文学或现代文学，是否都属于人的文学范畴，对此的见解并不一致。

但是在笔者的宏观视野里都应算作人的文学，其理由是：总的看来这些文学形态大都表现了政治人生、阶级解放、改革开放、国家振兴等主题，所叙之事是宏大叙事，所抒之情是大我之情，所写之人不是阶级之人就是革命之人或民族之人、国家之人、改革之人等，在现实上都是社会关系总和；虽然这些文学所关注的是国家的民族的阶级的政党的集体利益和群体命运，所表现的理想是宏远的政治理想，所表现的感情是共有的感情，所塑造的人物也大多是民族的国家的阶级的政党的仁人志士或英模人物，但是归根到底它们都与这个国家、民族、阶级、政党的或集体或个体的利益、命运、理想、情感联系在一起，并且通过一个个的人物描写和刻画而体现出来的，甚至有的文学作品把个体与集体、个性与群性糅合为一体而将个体寓于群之中，取得了良好的审美效果，难道能说它们不是人的文学吗？此其一。特别是这些与政治结缘的文学形态或系统具有独特的价值和地位，因为自古以来的主流文学史即庙堂文学或贵族文学从未自觉地有意识地为广大的下层民众营造他们是主人公和创作出给他们看的文学作品，在政治上经济上剥夺了他们的自主权也在文化文学上削弱了他们的话语权或阅读权，即使有的文学为下层民众塑像或立言也是不能登大雅之堂的如《水浒传》这样的通俗小说或民间文学；而现代中国产生的革命文学、左翼文学、工农兵文学等却是专为下层劳苦大众创作的以“人民”为本的文学，为他们写，写给他们看，甚至他们自己写自己，表现他们在政治上求解放、在经济上闹翻身的热切愿望和坚定意志，这在文化文学上反映他们的创作潜能和审美期待，使他们不仅成为文学世界的主人，有了话语权，而且也成为世间阅读鉴赏文学的主体，即使新时期90年后出现了大量为历代帝王将相“树碑立传”的新历史政治小说、电影电视也不敢再丑化下层民众或把他们赶下文学舞台。如果说现代中国的启蒙文学或自由主义文学是新文学或现当代文学形态或系统中以国民或平民知识分子与广大民众为主体的人的文学，那么政治色彩浓重的革命文学、左翼文学、工农兵文学、主旋律文学等则是新文学或现当代文学形态或系统中的地道的以下层民众为本的人的文学，前者没有明显的阶级分野而后者则有鲜明的阶级印记；尤其后者作为新生的文学形态或系统尽管并不完美甚至缺陷严重，然而它在古今中国文学史上却独放异彩，它存在的合法性合理性是毋庸置疑的。此其二。

尽管如此，但是这种革命的左翼的工农兵的所谓"红色文学"若是以人的文学衡之，的确存有难以弥补的严重缺陷，且不说它的政治概念化或理念化的说教传道倾向始终没有根本解决，就以如下五点论之：一是没有处理好下层劳苦大众的解放与其他中国人解放的关系。那些通过描写土地改革或阶级斗争来表现劳苦工农大众翻身解放和斗争精神的左翼文学，固然作为剥削阶级的代表人物对劳苦大众施行惨无人道的压榨是有罪的，在革命中应依照法规或原则受到必要的惩处，或重罚或轻罚都是为了伸张革命人道主义和捍卫人的起码权利的正义感；但是有些文学作品只关注下层劳苦大众的生存命运和翻身解放，而对剥削阶级的成员不加分析地统统作为被打倒的甚至从肉体上消灭的敌人来对待，哪怕有些敌对分子"放下屠刀"也不给他"立地成佛"的机会，仍要强化"专政"的铁拳，这样的所谓革命文学就是从根本上背离了"只有解放全人类然后无产阶级才能解放自己"的最高奋斗目标。试想有多少以土地革命或土地改革为题材的文学作品叙写了一些不该杀的或者不该专政的或者应该给"出路"而没给出路的所谓"阶级敌人"；实际上这些人当其依附的剥削阶级被推翻后，也是无产阶级应该给以宽大"解放"的对象，这样才能真正体现出无产阶级博大的人道主义胸怀。30年代普罗小说的代表作《田野的风》是写土地革命的，地主出身的革命者李杰作为土改的领导者，为了证明自己与剥削家庭划清了界限，竟答应了那些愤怒的劳苦农民焚烧李家老楼的非理性要求，将老楼里李杰病弱的母亲及妹妹活活烧死，想想这母女俩何罪之有？小说并把这种反人道的非人性的举动美化为"革命行动"，真是岂有此理！此种描写在革命文学或左翼文学中屡见不鲜，这不能不损伤人本文学的品质。二是没有处理好人性的单纯性和复杂性的关系。在"十七年"或"文革"问世的以抗日战争、国内革命战争和抗美援朝为题材的文学作品中塑造了大量动人的英雄形象，其中有些英雄形象达到了至善至美的人性境界，"毫无自私自利之心"，胸中装的完全是革命的民族的国家的集体利益，没有一丁点私心杂念，面对死亡毫无畏惧，轻伤不下火线，重伤不叫苦,敌人见了闻风丧胆,无论什么战争总能以无坚不摧攻无不克的大智大勇精神取得胜利,这种极端纯粹完美的人性固然感人,但是当人们看完了这样的战争文学所塑造的英雄人物不能不提出"人性就这么单纯"吗?若将英雄人物的复杂人性都揭示出来而这样的"人的文学"那不是更有深度更具有可信性吗?三是没有处理好人性与阶级性的关系。有些革命文学或左翼文学特别是工农兵文学所描写的人物只能见到阶级性,将阶级性与人性完全对立起来,误认为惟阶级性才是无产阶级文学所独有的而人性则是资产阶级文学,其实阶级性只是人处于阶级社会在人性上烙上的印痕,没有阶级的社会人性中的阶级性也消失了;况且阶级性是包涵于复杂的人性中的一维,阶级性既不能取代人性更不能包容人性,也许这是一般的人性常识吧。然而不少"红色文学"却把两者绝端对立于描述之中,明明是人身上的丰富人性硬以阶级论批之,明明阶级性是多维人性中之一维却说它不是人性,这不能不影响属于人学范畴的"红色文学"对于人性的深度性和复杂性的开掘。四是没有处理好人民与"救世主"的关系。《国际歌》反复地谆谆地告诫参加无产阶级革命争取解放的人民,世界上没有"救世主"也没有"神仙皇帝",要解放"全靠自己";但是在工农兵文学特别是"文革"文学中,不论叙事的或抒情的作品,总是要把人民的翻身解放或者革命战争胜利归功于"救世主"或"大救星",固然这在一定程度上反映了翻身解放的人民的朴素感恩之情,也表现了集体无意识的"救星情结"①;但是对于人民依靠自身的巨大力量来解放自己却没有充分地突出地彰显出来,似乎党、军队、国家都是"一个人缔造"的,这种"造神"文学已经逸出了人本文学的规范。五是没有处理好政治乌托邦与人学文本的关系。革命的左翼的或工农兵的"红色文学"诚然不能不表现政治理想,而这种以"每个人自由为前提"的共产主义理想正是"红色文学"的崇高博大的人道主义灵魂;但是政治乌托邦并不是政治理想,它是超越社会发展历史阶段无视实际国情民情而从主观臆断或想象中生发出的政治幻想,明明是无中生有却认定为世间实有,明明是浪漫幻想却说成革命规律。而这种政治乌托邦则依靠体制内的强大政权力量推而广之,曾一度把整个中国变成乌托邦的实验场。虽然亿万人民的实践反复证明政

① [瑞士]荣格著、李德荣编译:《荣格性格哲学》,北京:九州出版社2003年8月版,第11页。

治乌托邦在中国行不通,必然遭致失败和破灭的下场;但是在“十七年”或“文革”的文学中却有不少从正面肯定或赞颂政治乌托邦实验的文学。本来从“三大改造”到“三面红旗”已严重破坏了工农业生产力及其后者造成的“三年灾害”饿死几千万人,而有些工农兵文学则在粉饰或美化它;本来新中国成立后意识形态领域和社会各界并没有“急风暴雨”式的阶级斗争和尖锐复杂的路线斗争,或以扩大化或以无中生有或以混淆是非或以颠倒黑白等的方式,从批判电影《武训传》到“文革”10年所闹腾的所谓“阶级斗争、路线斗争或思想斗争”无处不在无孔不入,而不少工农兵文学从正面描写它们或肯定它们,把明明是实验或捍卫政治乌托邦的人描写成英雄或模范,将那些抵制或反抗政治乌托邦的人丑化为阶级敌人(或“牛鬼蛇神”或死不悔改的走资派)。以这种是非混淆人妖颠倒的叙写所构成的文本能称得上是以人为本的文学吗?然而可喜的是,这种政治型的新文学或现当代文学所存在的严重缺陷,经过“拨乱反正”、“正本清源”而到了新时期的主旋律文学中,大都纠正或补正了,使其步入较为健全的“人的文学”轨道,展示出新的美学风采。此外,上世纪50年代初台湾文坛伴随着“反共”政治思潮的掀动亦产生一些以反共反俄为主旨的政治型文学,虽然它也属于新文学范畴,但严重的党派偏见和敌对情绪却扭曲了人的文学创作,只有彻底消除国共两党的敌对情绪和仇视心理方有可能对这类政治型文学作出公正评价。

与新文学或现代文学形态或系统并立互补而又若即若离的通俗文学形态或系统,在现代中国文学总系统中是颇有声势的子系统。除了在有的研究者眼里认定像《铁道游击队》这样的“红色文学”也算通俗文学外,真正地道的通俗文学没有受到党派政治的干扰也没有强烈的政治功利目的,而是随着市民阶层的出现和文化消费市场的形成才产生的以市民为本位的偏重消遣娱乐功能的通俗文学。不论晚清民初崛起的以《礼拜六》杂志为主阵地的通俗文学直至出现通俗章回体小说大家张恨水,或者兴起于五六十年代的香港金庸和梁羽生的通俗武侠小说以及出现于台湾古龙的通俗武侠小说和琼瑶的通俗言情小说,或者大陆80年代后掀起的通俗文学热;若从创作主体、对象主体、阅读主体这互为影响的三维度考察,大都是自由职业作家所创作的以市民为本位的人的文学,即使它描绘的绿林世界和武侠英雄以及言情小说的青年男女与侦探小说的探长等,也是活跃于一个相对自由的天地展示其个性抒发其情感的,哪怕琼瑶言情小说所描述的古典浪漫爱情也充溢着浓郁的人文精神。通俗文学作为现代中国文学总系统中的一个子系统尽管与新文学或现代文学系统有明显差异,然而它们不仅都属于人的文学范畴,而且在“现代性”上是互通的。早在上世纪20年代茅盾曾撰长文批评民初鸳蝴派通俗小说,但他也承认通俗小说包括在“中国现代小说”中,只是现代的“旧派”[①]而已;近几年对通俗文学研究有重大突破,范伯群著的《中国现代通俗文学史》将戊戌变法前问世的《海上花列传》视为现代通俗小说的开山之作,不仅晚清的谴责小说(即社会小说)算作现代通俗小说,而且40年代的张爱玲、徐訏、无名氏的现代自由派小说也是通俗小说[②],可见通俗小说形态不只是与新文学形态构成两翼,简直成为一体了。

现代中国传统体式文学形态或系统,其中的“旧瓶装新酒”式的既相似于晚清的新派诗、章回体小说又是指那些章回体创作的革命战争小说如《吕梁英雄传》《新儿英雄传》、《烈火金铜》等政治型文学,和以格律体营造以抒发自我情思和政治情感的诗词如郁达夫、郭沫若的旧体诗和毛泽东的诗词等,实质上它们都是现代性的新文学,大多属于政治色彩浓烈的人的文学,除了体式上与新文学有所差异而在思想情感上则是相同的;至于从古代沿袭下来的传统文学只有从国粹派、学衡派或保守派等作家手下方可找到,虽然从表现的道德内涵、情感倾向上来看与现代人的文学特质差异较大,但是它都表现了传统人文情怀和古典美,也是能满足特定层次人群阅读赏鉴的“人的文学”。现代中国的各少数民族文学形态或系统比较复杂,除一部分属于民间文学系统外,能够进入新文学或现代文学系统的可以从两个层级来察之:第一层级从晚清到五四形成的启蒙文学传统在少数民族文学中得到弘扬与承传的主要作家,有满族的老舍和苗族的沈从文等;第二层级从新中国成立至今坚定不移地执行各民族平等相待的大团结政策,强调“56个民族是一家”的兄弟情,又在政治领导上实行一元化而在意识形态上强调一体化,因而导致各民族文学创作的同质同构性,特别是政治形态的新文学所表现的歌德或颂歌主题非常突出,到了新时期的文学创作趋

① 茅盾:《自然主义与中国现代小说》,《小说月报》1922年7月第13卷第7期。

② 范伯群:《中国现代通俗文学史·目录》,北京大学出版社2007年1月版,第5页。

向多元化而少数民族文学也大大放开了。不管哪个层级或哪个地区的少数民族文学，都是随着国家现代化的曲折步伐而创作的以人为本的或思想启蒙型或政治歌颂型的现代人的文学。现代中国的民间文学形态或系统，既含有了大陆的各民族流传或新生的民间文学又含有港台地区的民间文学，在古代的民间文学是与庙堂文学或贵族文学相对应的，大多是通过在民间的口头流传而后有文人整理出来，现代中国的民间文学除了从古代流传下来的传说、故事、小说、民歌、歌谣、长篇叙事诗外，还有在特殊历史区段由知识分子避开主流意识形态的干预而创造或整理或发掘出的民间文学，甚至有的民间文学通过主流话语的改写而变成启蒙型或政治型的新文学，所以那种纯粹的民间文学是比较少见的；尽管如此，民间文学总是相对自由的一种文学形态，即使思想内涵驳杂，也总寄寓着人们向往自由自在生存、美满幸福生活的良好愿望和向善向美的人性追求，它应似以普通老百姓为本位的“人的文学”。现代中国的翻译文学形态或系统，不管是大陆或台港澳的翻译文学只要是改写式的或再造式的翻译文学都是可以视为新文学或现代文学的极紧密的组成部分，就是哪些直译式的完全忠于原著的翻译文学也是中国新文学或现代文学营造的参照系，它们在以人为本的文学的现代性上具有同质性，所以把翻译文学纳入现代中国文学史书写框架它是与新文学或现代文学系统贴得最近的子系统。一言以蔽之，现代中国文学的各种形态或子系统，尽管差异互见，但都能够纳入“人的文学”范畴，以此特质上的“普遍联系性”足以在现代中国文学史的研究或书写中把它们整合起来。

二

从微观上考析，与宏观上以人的文学范畴作为各种文学形态或系统的“普遍联系性”进行整合而紧密相关的，则是“爱”的视角，这不仅因为“爱”是各种样态人的文学之魂，没有“爱”就没有人的文学（不过这种人类之爱并非动物的所谓“爱”）；而且因为“创作总根于爱”[①]，即“爱”既是一切文学艺术创作内心情感之源又是文学创作的命根子，鲁迅揭示出的这条创作规律是从各种样态的

① 《鲁迅全集》第4卷，北京：人民文学出版社1981年版，第532页。

文学中抽绎出来的，无疑具有普遍的价值和意义。鲁迅也说过，“我现在的心以为然的便只是爱”，“独有爱是真的”；所以“觉醒的人，此后应将这天性的爱，更加扩张，更加醇化，用无我的爱，自己牺牲于后起新人”[①]；也就是说爱是天性的，是人之所以为人的生而有之的，应该把这种人皆有之的爱心由“小我”之爱扩大到“大我”之爱，由天性之私爱扩展为“无我”的无边大爱。马克思主义从来没有否定人类之爱，不只是把崇高理想共产主义视为博爱的人道主义，同时也明确指出：“我们现在假定人就是人，而人同世界的关系，那么你就只能用爱来交换爱，只能用信任来交换信任”。[②] 现代中国的不同地区或不同民族的作家和人民一起几乎都自觉不自觉地接受了古今中外爱的哲学洗礼和熏陶，与自身天性的爱相融合，形成丰富而强烈的爱的意识和爱的感情。且不说儒学的“仁者爱人”、“泛爱众”的博爱哲学对中国人心灵塑造所起的深远的潜移默化的作用，就以基督教和佛教的爱的哲学来看，毫不夸张地说它们从传入中国以来并未因为“现代化”的开始便杜绝其传播渠道，恰恰相反随着现代人文精神的弘扬而日益深入人心，对文学创作的影响越来越深广。正如有的研究者所认识的：“近代以来，基督教的传播在中国迅速发展，并且引起了中国先进知识分子尤其是文化界的先进知识分子的关注。知识分子的关注无疑使基督教在中国的传播迈入了一个新阶段，因为先进知识分子所关注的不仅仅是基督教带来的科学技术，也不仅仅是赞赏基督教会在中国各地从事的慈善事业，而且更关注的乃是基督教的根本宗旨即泯灭一切阶级、种族区别的博爱精神”。[③] 基督的威力巨大的律令就是“全心全意地爱上帝，爱你的邻人，犹如爱你自己”，这样便将“爱上帝、爱邻人、爱自己”置于一个逻辑链条上，形成三位一体的普世的爱与超越一切的广博的爱。至于佛教的大慈大悲、普度众生、悲天悯人、博施众济、拯救人生脱离苦海的博爱的思想，以及教人“放下屠刀，立地成佛”的向善的爱的关怀，不只在知识分子特别是在广大的老百姓当中其影响之深之广是难以蠡测的。尤其是藏佛教、伊斯兰教的爱的意识对于少数民族的作家和民众的渗染简直深入骨髓，甚至成为其根深蒂固的人生信仰。因此，对于现代中国的所有作家的主体

① 鲁迅：《我们现在怎样做父亲》，《鲁迅全集》第1卷，北京：人民文学出版社1981年版。

② 马克思：《1844年经济哲学手册》，《马克思恩格斯全集》第42卷，北京：人民出版社1960年版。

③ 谭桂林：《百年文学与宗教》，长沙：湖南教育出版社2002年版，第31页。

文化心理来说，不是经受了现代人类爱的洗礼就是深受儒教、佛教、基督教爱的哲学启迪，不是接受了阶级的民族的国家的爱的观念就是汲取了所有爱的思想的综合因素；若说这诸多爱是中外爱的哲学资源赋予的，那么只有将现代中国作家“天性”的爱的基因如自怜自爱、父子之爱、母子之爱、兄弟姐妹之爱、异性之爱以及亲朋好友之爱和爱的勃发机制，真正激活并调动起来，方有可能使外赋之爱与内生之爱发生交融与契合而内化为创作主体心理的爱的意识和爱的情感。作家们具有了爱的心理和爱的自觉，就能以主动的有意的创作追求去发现整个社会的不同阶层不同族类不同人群的爱的心理，去体验包括自己在内的形形色色社会人生的爱与恨、爱与怨的冲突，以及在不同关系中乃至对政党、民族、国家、世界等发生的重大事件所表现的或爱或恨或怨的态度和情绪，通过艺术构思而物化为洋溢着不同爱的倾向的文学文本。诚然产生于现代中国的文学作品有些是表现纯粹爱的主题，如抒情短诗或抒情散文，但大部分文学作品特别是叙事文本所描画的审美世界无不将爱憎、爱恨、爱怒、爱怨的情感交织在一起，无爱无恨无怨的文本是存在的；即使五四时期有人提倡自然主义的“客观”小说或者 90 年代兴起的“零度感情”的新写实小说也是有“爱”之情或“爱”之意的。并非所有文学作品表现的爱的哲意或流露出的爱的情感都有肯定价值和积极意义，这还需要以真、美、美和谐统一的具体价值标准给出分析与评判，限于篇幅这里不展开论述了。从以上简略分析中可以发现，既能以“爱”为线索把现代中国一切作家的心态联系起来，也能将各种形态或系统的文学作品内在地整合起来；若能真正将宏观审视与微观透析所发现的“普遍联系性”的线索糅合在一起，那整合成的现代中国文学史的逻辑结构有可能是无懈可击的。

（草成于 2011 年 3 月 15 日，本文原载 2012 年《东岳论丛》第 1 期）

洞察四大文化思潮与现代中国文学的复杂关系

摘要 选取文化与文学互动关系的认知结构，对现代中国文学多元共生互补并进的演化轨迹进行考察，便会发现“政治文化”、“新潮文化”、“传统文化”、“消费文化”所形成的四大文化思潮对现代中国文学嬗变过程中所显示出的三大历史阶段，都发挥了不同的“渗染”或“制导”作用，与各种文学形态或系统凝结成复杂而深微的错综关系；只有精细地大胆地洞察与剖析这种关系，才有可能深化现代中国文学研究或重构现代中国文学信史。

相对于中国现代文学史学科，“现代中国文学史学科”是个新范畴，究竟选取何种认知结构或思维模式在这个新范畴中深化现代中国文学研究或重构现代中国文学史，是当下学界应该关注与重视的课题。

研究或书写现代中国文学史，对于各地区各民族各阶段生产出的不同形态的文学或形成的不同文学系统，可以选择不同的角度思路或框架结构进行归纳和梳理，整理出一个多元共生而又齐头并进的文学史轨迹，以便供治史者来发掘和书写。但是在笔者看来，以文化与文学互动关系构成的认知结构，来归并或梳理现代中国文学史的复杂系统应似最佳选择。其理由之一是文学与文化的关系极为亲近又极为纠结。文化是文学生成与发展的取之不尽的思想或美学资源，而文学不只是文化的载体和重要一翼，并且它本身就是一种审美文化；虽然不能说现代中国有多少种文化形态就能生成多少种文学形态，不过这种决定与被决定的直线因果关系，也导致一些文化形态与文学形态具有相当大的同质同构性，如政治文化与政治型文学的关系便可作如是解。理由之二是现代中国的新文学涌现往往是新文化思想出现在前或者并行出现。这种疑似规律的现象恰恰说明文化思潮是为新文学的生成扫清道路或者适应新文化的诉求而应运生成了新文学，由此可见选取文化与文学互动的认识框架不仅有利于梳理现代中国多种杂陈的文学形态或系统构成一部清晰有序各得其位的文学通史，也有利于揭示各种文学形态或系统的丰富多彩而又异同互见的文化意蕴以及不同文化通过创作主体转化为异彩纷呈的审美意识。

笔者认为，在现代中国进程中存有的文化形态五彩缤纷，然而对文学生成与发展影响和渗染较大较深的不外是“政治文化”、“新潮文化”、“传统文化”、“消费文化”，而对这四大文化形态可以从物质层面去理解也可以从精神层面去阐释，若考虑其与文学关系的密切程度则从精神层面去探讨即形成何种文化思想或文化意识，将其理解为一种观念形态更宜于与文学这种审美意识进行衔接和焊合。若共时性考察，现代中国涌现出的“政治文化”既有君主立宪政治文化、三民主义政治文化，又有新民主主义政治文化、“苏式”社会主义政治文化和中国特色社会主义政治文化。虽然诸种政治文化形态之间及其本身存在着明显的差异和冲突，但是它们的涌现大都以“救国、建国、强国”三大政治主题及把中国人从政治压迫、经济剥夺和社会贫穷中解放出来为旨归的，因此它们在现代民族国家观念、爱国主义意识以及独立、平等、民主、法制等思想上具有趋同性和互通性；而这些政治文化形态是通过“民族、国家、阶级或集团等政治实体所建构的政治规范和权力机构，是通过营造成某种流行的政治心理、政治态度、政治信仰和政治感情来影响于文学创作的。”①所谓“新潮文化”，主要指启蒙理性主义（个性主义、自由主义、个道主义等）文化、现代主义文化和后现代主义文化，所以冠以“新潮”是因为它们源于西方先锋文化思潮。实际上也应该把“政治文化”纳入“新潮文化”，因为它们也是从西方政治思潮中汲取的；不过这里所说的“新潮文化”着重从伦理道德或人本哲学的层面来理解。如启蒙理性主义不论其包含的自由精神、民主精神、科学精神或平等观念、博爱意识，都能在思想层面或情感层面启示或唤醒人们摆脱蒙昧神权主义、禁欲主义和专制主义，朝着解放自我关爱众生的人道之路迅跑，处理好人与人之间互尊互爱而不是互仇互怨的关系，使人真正消除奴性而变成一个理性自觉者。而现代主义文化和

① 朱晓进：《政治文化与中国二十世纪三十年代文学》，北京：人民出版社2006年11月版，第9页。

后现代主义文化始终没有在中国扎深扎牢根基，虽然两者都属于非理性主义文化，前者关注人的意志力或生命强力以及弗洛伊德所追求的所谓潜意识，使人冲破理性万能的桎梏获得像尼采、薩特等人所说的绝对自由，从更深更广的神秘无意识层次认识人自己；后现代主义文化并不完全否定现代理性，它所解构的是主体论或理性决定论或权力中心话语，承认人的意识的无序性、非逻辑性以及各种欲望的合理性，而在追求人的绝对平等绝对自由绝对解放上与现代主义文化又是相通的。即使社会主义伦理文化也强调解放全人类、强调“全心全意为人民服务”、强调“公仆意识”、强调自己解放自己，这都体现出一种高尚的人道主义精神。尽管“新潮文化”的不同形态之间有差别甚至有异质性，然而它们在关注人的命运、关注人的解放和关注人的生命上却有相通性，即体现出一种从人的不同层次予以关爱的人文主义情怀；它们与“政治文化”的不同形态也有相互联系相互依存相互支撑相互作用的关系，但就对现代中国文学的影响和渗染来看，“新潮文化”比“政治文化”更直接更深透，尤其对新文学或现代文学的创构所产生的功效更大。所谓“传统文化”，主要指仍活在现代中国的古代文化传统，既有儒佛道文化又有民间文化，既有少数民族所信奉的宗教文化（如藏佛文化、伊斯兰文化等）又有地域文化（如齐鲁文化、楚文化、吴越文化、中原文化等）；而“传统文化”的内涵驳杂，层次也多，异同关系极其深微，论述清晰并非易事，这里只能粗略述之：古代文化传统的儒佛道三位一体文化曾是正宗文化，其影响既深且广，虽然儒家文化在五四文化运动遭到重创，但它的幽魂已复活，现在有不少国外孔子学院供奉着；从政治伦理层面来看儒学的“君君、臣臣、父父、子子”的等级观念及其形成的皇权主义并没有被完全否定，现代的政治伦理中仍有它的影子，而从道德伦理层面所认知的“仁者爱人”“泛爱众”的博爱人道主义似乎具有了普世价值，可以与“新潮文化”的博爱观念和基督教文化的博爱意识相连通。道家文化的自由潇洒、逍遥浪漫的个性张扬精神以及佛教文化的普度众生的大慈大悲大爱精神，既与现代文化意识可以沟通又活在现在中国人的心中。至于“民间文化”自古就包涵着各民族的民间文化，特别是少数民族文化在古代几乎都是民间文化，尽管有的研究者认为它“藏污纳垢”，然而它还蕴含着自由自在的个性意识、行侠仗义的英雄精神、以平民为本位的人道意识、敢于把皇帝拉下马而主张“皇帝轮流做，明年到我家”的叛逆精神，以及对坚贞不渝爱情的美好向往等,这是民间文化的精华也是传统文化在现代中国值得光大弘扬的;藏佛文化、伊斯兰文化和各地域的文化,既与古代正宗传统文化有密切联系又有自身的精华,一直延续到21世纪仍有不朽的生命力,而这种不朽的生命力正是可以贯通各种形态传统文化的人文精神,今天对古代传统文化的再挖掘再发现就是要以其丰赡的人文精神来补救现代人文精神的匮乏。古代传统文化对现代中国各民族各地区的各种文学形态或系统的影响和渗染有的是有意识的而大多则是无意识的,如同春雨"随风潜入夜,润物细无声"一般。所谓"消费文化",主要指传统商业市民文化与现代都市的消费文化,但这种消费文化在现代中国的产生是伴随着清末民初上海、天津这两个现代化大都市的出现而兴起的,由于现代工商业的迅猛发展和庞大文化市场的崛起以及市民阶层的文化欲望膨胀,故而以商品化、娱乐化、享乐化为特征的消费文化就形成了,台港澳地区的消费文化也早日出现了;而大陆真正具有现代色彩的消费文化的喷涌则出现于20世纪90年代,虽然它与政治文化可以共谋又拒斥启蒙理性主义文化而属于非意识形态文化,但是它对社会文化心理的渗透及对现代中国各民族各地区文学的影响却是难以估量的,这主要因为现代消费文化具有的公民性、世俗性、受控性、普泛性、包容性、雅俗性六大功能特征所致①。

若从历时性考察,可以发现"政治文化"、"新潮文化"、"传统文化"、"消费文化"对现代中国各种形态或系统的文学渗染,在1900至1929、1930至1976、1977至2010这三大历史阶段所产生的功能特征是不同的。先说第一个历史阶段的"政治文化"、"新潮文化"、"传统文化"和"消费文化",随着历史的嬗变在互动互促中是如何影响和渗染现代中国文学的。所谓"政治文化"从广义上说,是指"在一定文化环境下形成的民族、国家、阶级和集团所建构的政治规范、政治制度和体系,以及人们关于政治现象的态度、感情、心理、习惯、价值信念和学说理念的复合体"②。笔者拟从政治权力和政治观念这两个维度来探析政治文化。现代中国文学开端的维新变法以前,马建忠、王韬、

① 参见朱德发著《世界化视野中的现代中国文学》,济南:山东教育出版社2003年3月版,第240-242页。

② 朱晓进:《政治文化与中国二十世纪三十年代文学》,北京:人民出版社2006年11月版,第7页。

陈炽、郑观应等人就公开提出效法西方“君民共主”的政治制度的设想，主张在中国设立议院[1]；而维新变法的政治改良纲领的最核心内容则是“开制度局而变法律”，即效法西方君主立宪制度，改革中国几千年的封建制度[2]。虽然这场政治变革流产了，维新派的“权力客体”地位并未取代清王朝的“权力主体”地位，而后者仍然掌握着政治权力控制中心，可以调动兵力把维新运动暂时镇压下来，但此时清王朝的权力主体地位却摇摇欲坠，政治权力控制中心已不可能再搞什么“文字狱”了。因此，维新派所鼓吹的西方民主政治思潮以及进化论、天赋人权说则成了社会舆论中心，营造着社会政治心理，改变着人们的政治态度和政治信仰，使人们认识到“要救国，只有维新，只有学外国”，而“那时的外国只有西方资本主义国家是进步的，它们成功地建设了资产阶级的现代国家。日本向西方学习有成效，中国人也想向日本学习”[3]。维新派尽管处于权力客体之位，然而却操控着宣传和学习西方发达国家民主政治学说的舆论权和话语权，因此所造成的政治文化生态和政治氛围，不仅有利于梁启超倡导的政治小说、时政散文的生成以及晚清的爱国政治诗篇的繁荣，而且更有利于新潮启蒙文化的弘扬及其“新民”启蒙文学的昌盛。虽然民主政治文化对“传统文化”有点抑制或抵触，但由于它的兼容性仍使各种传统文化得以存在，在它的渗染下古代正宗文学和各民族的民间文学都有所变化。特别是晚清的“消费文化”在“政治文化”思潮的激荡下，配合上海天津等现代城市的崛起，也欣欣向荣发展，直接导致通俗市民文学的兴起。在反思维新变法失败教训而掀动起来的辛亥革命，推翻清王朝权力主体而成立“中华民国”建立了新的权力主体，孙中山于 1905 年 10 月在《民报》发刊词中提出的“民族、民权、民生”的三民主义则是共和国的政治纲领，其中“民权主义”是“政治革命的根本”；此次国民革命与“前代殊”的，“虽纬经万端，要其一贯之精神则为自由、平等、博爱”[4]。这就进一步通过辛亥革命实践强化了民主主义政治文化观念的宣传，越发深入人心了。虽然辛亥革命获得了权力主体

---

① 葛洪泽：《近代化理想的探索》，济南：山东教育出版社 1999 年版，第 72－73 页。

② 葛洪泽：《近代化理想的探索》，济南：山东教育出版社 1999 年版，第 87 页。

③ 《毛泽东选集》第 4 卷，北京：人民出版社 1991 年版，第 1470 页。

④ 《孙中山全集》第 1 卷，北京：中华书店 1981 年版，第 296 页。

地位,但是民权主义没有真正实现,政治权力控制中心也没有牢固建立起来,而革命果实则被北洋军阀政府吃掉了。尽管如此,从民初到五四前的民主政治文化曾与孔学为代的传统政治文化激烈交锋;不过正是在这种文化背景下,以南社为代表的革命政治文学有了发展,古代文学也出现回光返照,消费文化渗染下的以礼拜六派为代表的通俗文学的生长势头很猛,而新潮文化影响下的启蒙文学大有被政治文学和通俗文学遮蔽之概。鉴于辛亥革命只有民国之名而乏民国之实的历史教训和第一次世界大战全球出现的新思潮以及救亡图存的急迫要求,继维新变法以"新民"为宗旨的思想启蒙运动之后而在五四及20年代便掀起一场更广泛的以"人"为本位的思想启蒙运动,"政治文化"和"新潮文化"捆绑在一起形成多层次多元化的巨大思潮汹涌而至;虽然以"科学"与"民主"为旗帜的科学主义和民主主义占据思潮的中心位置,但是各种牌号的社会主义思潮如俄式社会主义、基尔特社会主义、"新村"社会主义、无政府社会主义等也杂陈于思想界。从政治层面看,其中的民主主义政治文化和俄式社会主义政治文化为众多先进知识分子所认同;而从道德伦理层面来看,大多数新文学先驱者或青年作家则选择了这多元新潮中所蕴含的自由主义、个性主义、人道主义甚至现代主义(即新浪漫主义)等文化意识。前者政治文化思潮,与孙中山在1924年1月召开的中国国民党第一次国大会上通过的《中国国民党第一次全国代表大会宣言》所确立的"联俄、联共、扶助农工"三大政策的新三民主义,有相通点;也与1922年7月中国共产党举行的第二次代表大会通过的《中国共产党第二次全国代表大会宣言》所指出的,"加给中国人民(无论是资产阶级、工人或农人)最大的痛苦是资本帝国主义和军阀官僚的封建势力,因此反对那两种势力的民主主义革命运动是极有意义的:即因民主主义革命的成功,便可得到独立和比较的自由"①的民主主义政治纲领的精神相吻合。这应是国共两党第一次合作的政治基础,此时国民党作为政治权力主体在政治权力客体的有力协助下,便于1925年发动的北伐战争中取得节节胜利。正是在这种民主主义政治文化思潮的驱动和渗透下,五四文学革命与五四反帝爱国运动轰轰烈烈地掀动起来,文学创

① 《中国共产党历史》第1卷上册,北京:中共党史出版社2002年版,第100页。

作中出现了反帝反封建两大政治主题。后者新潮文化的渗染，在理论形态上提出了白话文学观、人的文学观、平民文学观、为人生文学观、生命文学观等；而在创作实践上则出现了启蒙文学、写实文学、浪漫文学、象征文学等，使新文学或现代文学真正在现代中国多元共生文学总系统中大放异彩。五四及20年代的“传统文化”虽然在新文化运动中遭到激进主义的猛烈批判，但它所批判的矛头主要指向封建专制主义及其“吃人”的伦理道德，并不是否定所有的传统文化，正宗传统文化中的民主性精华和具有超越价值的“泛爱”精神以及民间文化和少数民族文化则得了发掘和承传，即使批判过的传统文化在民主政治文化所营造的文化生态中仍可存活下来。所以在传统文化渗染下的古代文学样态、“旧瓶装新酒”式的文学、文言文学等仍可以营造，与新文学或现代文学形成并举互补的格局。至于“消费文化”渗染的通俗文学并未因为新青年派、为人生派的批评而消匿，相反它是在与新文学的竞争中而获得大发展，涌现出像张恨水这样的通俗文学巨匠。此时期的港台地区的文学受到新潮文化的影响，现实主义和现代主义文学皆有发展，与大陆新文学构成相互辉映的态势。

第二历史阶段（1930－1977）的“政治文化”、“新潮文化”、“传统文化”和“消费文化”，随着现代中国文学演变出现复杂的情势，它们相互关系的变奏更难以把握。就“政治文化”而论，由于国共两党政治上合作而取得北伐战争的胜利，并且所造成的民主自由的文化生态也助推了20年代新文学建设的欣欣向荣以及传统文学和通俗文学的有所成长；但是国民党蒋介石为了实行“一个党”“一个主义”的专制，经过“四、一二”政变便在南京建立国民党政权，从此国共两党由合作走向破裂。国民党作为权力主体“为了赢得权力客体”不只要“炮制、研讨、推广一种政治文化”，而这种“政治文化是权力结构中的非强制性部分”，它可以“由权力主体以宣传、教育等手段灌输给权力客体，让权力客体自觉地接受权力主体的权力意志”；同时权力主体本身也要建立一种政治文化，以便寻求“大量的、能增强自信心的精神刺激”①。而国民党建立的政治文化却是除掉“联俄、联共、扶助农工”三大政策的旧三民主义，借以推行一党专政；于是在

① 孙正甲：《政治文化》，北方文艺出版社1992年版，第20页。

文艺战线提倡"三民主义文艺",掀动"民族主义文艺运动",在军事战线上则对共产党发起一次次围剿及其特务活动。共产党虽处于权力客体地位,却义无反顾地针锋相对地进行反击,所推行的政治文化则是深受日本福本路线和苏俄"拉普"影响的左翼无产阶级文化,在文艺战线提倡无产阶级文学,发起以"左联"为核心的左翼文艺运动,其声势之大成绩之丰远远超过"三民主义文艺"运动,在军事战线进行"反围剿"及特工暗战,并在苏区建立苏维埃政权,举行两万五千里长征。直至1937年抗战全面爆发前,国共两党的权力之争其强势大于反帝的爱国战争,国共两党操控的政治文学虽然都发展了,但左翼政治文学却占了上风,而以抗帝为主题的爱国政治文学则生存于国共两党政治文学的夹缝中。若以现代民族国家视野审之,不论国民党坚持的由孙中山建立的三民主义政治及其"中华民国"体制,或者共产党所遵循的新民主主义政治及其所期待建立的联合政府,那都属于现代性政权,只是推行独裁专制主义者背离了现代政治文化;不过对于国共两党在救亡图存捍卫民族国家主权的政治文化及其文学作品所表现的爱国主题,应持一种肯定的态度,任何党派偏见都会失去公允。三十年代"新潮文化"除了自由主义受到国民党权力主体的抵制,其他的民主主义、人道主义、现代主义等并没有受到冲击。新月派所代表的自由主义文化之所以遭到国民党权力机构的严厉批判,不仅因为胡适早在1929年发表《人权与法约》一文抨击国民党政权查禁书报"侵害自由"的行径①;还因为罗隆基、梁实秋、沈从文等都发表了谴责文章,甚至指责国民党乱用权力摧残民族文化近似秦始皇的"焚书坑儒"②。自由主义政治对国民党文化专制的批判与左翼政治文化对国民党权力查禁书报暴行的揭批,形成一定的共同语言;然而共产党的反"文化围剿"中却把新月派倡导的自由主义、人性论以及"自由人"、"第三种人"的自由论等一些具有普世价值的理论观点,统统视为国民党鼓吹的资产阶级思想甚至"法西斯主义",认为是对左翼文化所施行的"文化围剿",而左翼文化则给予了全部的扫荡和批判,从而也暴露出左翼政治文化的"左"的面貌。不仅如此,左翼政治文化对"传统文化"的保守主义、古典主义乃至消费文化渗染

① 胡适:《人权与约法》,《新月》第2卷第2期,新月书店1929年版。

② 沈从文:《禁书问题》,《国闻周刊》1934年第11卷第9期。

的通俗文学,也进行了清算和批判。尽管左翼政治文化在反“文化围剿”中扫荡的文化思想如此之多,也不完全晓得被扫荡的文化是否真正起到“围剿”的效能;然而必须承认的是此刻的共产党权力仍处在客体地位,并且连续受到极左政治路线的伤害,这必然导致其反“文化围剿”取得的结果经受不住历史的检验。国民党权力主体所建立的政治权力控制中心,对左翼政治文化及其文学样态的批判是严厉的,却不是“赶尽杀绝”的;不然“左翼文学运动”怎么能在国民党权力的控制中心发生发展起来,并成了大气候。这一方面表明国民党权力的控制中心并不十分严密;一方面也透露出国民党不敢明目张胆地抛弃孙中山制定的三民主义的“民权主义”。这从其对新月派的自由主义政治文化的态度上则明显地可以看出来,虽然批判得很严厉,甚至对胡适作了一定处理;但是却没有像对待共产党人那样取缔之或消灭之,这固然与自由派反对军事暴力主张政治改良有关,也因为自由主义同三民主义有相通点。至于国民党权力对新潮文化的其他形态,对传统文化和消费文化,都采取宽容态度,特别是倡导“新生活运动”来鼓吹传统伦理文化;这样就使四大文化思潮渗染的各种形态或系统的文学在三十年代都得到了各自为政又相互牵连的发展,特别是现代中国的新文学呈现出比五四及20年代更繁荣的景观。

1937年全面抗战爆发,四大文化形态的内涵及对文学渗染的格局有了新的变化。所谓“政治文化”在政治权力层面国共两党为了抗战大局而重新合作,虽然抗战八年也有过冲突但基本上是合作的,并结成了广泛的抗日民族统一战线,致使救亡图存的民族主义的爱国政治与全世界反法西斯主义政治相结合而构成最高政治原则。尽管日寇入侵将中国分成国统区、解放区、沦陷区(包括台港地区),使沦陷区的权力主体落在日伪政权身上,根据地或解放区建立起民主政权而共产党成了政权主体;然而从当时整个中国来说国民党仍是权力主体。因此,作为权力主体无疑承担领导全民抗战的重责,而在全国范围内虽然共产党仍处于权力客体地位,但在抗战中却发挥了决定性作用。这样一种政治格局所规范的不同政治文化在权力层面和观念层面而对不同地区文学的影响,必然呈现出趋同性和差异性。在国民党三民主义的“民族主义”文化与抗日救亡和反法西斯主义战争的实践相结合的强力渗透下,产生大量与抗战紧密相关的政治型文学;这与抗日根据地或解放区出现的抗战文学或在东北、华北、台湾等沦陷区出现的反抗日伪政权的政治文学有互通性。由于“新潮文化”、“传统文化”和“消费文化”都可以在争取民族解放的抗战大旗下于思想意识结成同盟，所以不论哪个地区的新文学、传统体式文学、民间文学、通俗文学和翻译文学等，都能得到不同程度的发展，即使与抗战无关的文学也出现了沈从文、张爱玲这样的文学大家。值得注意的是，1942 年以前的抗日根据地的文学是容许不同形态文学哪怕表现人性复杂的文学也可以存在，共产党权力主体并不干预；但是 1942 年后发表了《在延安文艺座谈会上的讲话》、开展了文艺整风运动，却对与人性论、人道主义等相关的“新潮文化”和“消费文化”及其文学甚至作家进行了上纲上线的政治批判，直至 1948 年东北局发起的对萧军的全面大批判和香港“左”倾刊物《大众文艺丛刊》对胡风、朱光潜、沈从文等的政治批判，这应似从理论到方式以“一元思想”为核心建立一体化的政治文化、伦理文化、文学艺术所进行的预演。不过由于彼时共产党在全国权力结构的客体地位没有彻底改变，因此这种“预演”对全国其他各地文化和文学形态的建构影响不大。1945 年抗战取得彻底胜利，除港澳之外，所有地区都回到祖国的版图，理应国共两党联合起来推动解放了的中国向着现代化的大道阔步前行，建成新民主主义社会。毛泽东在《论联合政府》(1945.4.24)中明确指出：“中国急需把各党各派和无党无派代表的人物团结在一起”，“在广泛的民主基础之上，召开国民代表大会，成立包括更广大范围的各党各派和无党无派代表人物在内的同样是联合性质的民主的正式的政府，领导解放后的全国人民，将中国建设成为一个独立、自由、民主、统一和富强的新国家”。[①] 如果这个现代民族国家想象能变成现实多好啊！然而重庆谈判后国民党撕毁协定使国共两党又分裂了，经过第三次国内革命战争的腥风血雨，得道多助的共产党取得了胜利，而失道寡助的国民党蒋家王朝则败退到台湾。虽然解放战争三年国共两党忙于内战，但是其政治文化对文学的影响，共产党做得更自觉更有成效，而国民党则相对差一些。这就导致包括台湾在内的国统区的新潮文化渗染的自由主义文学、现代主义文学以及消费文化渗染的通俗文学有了显著发展；而解放区的文学则被纳入“革命机器”的政治轨道，那种“新潮文化”和“消费文化”渗染的文学几乎被扫光，即

---

① 《毛泽东选集》一卷本，北京：人民出版社 1964 年 4 月版，第 930 - 931 页。

使“传统文化”渗染的民间文学也装进了政治革命的内容。

1949 年 10 月 1 日中华人民共和国宣告成立，大陆上各个民族各个党派各个团体联合成一现代国家共同体，共产党理所当然地成为权力主体，而败走台湾的国民党蒋家政权则成了客体，形成的两岸对峙的政局至今尚未统一。作为新政权主体的共产党在政治制度层面建立了体现“人民共和国”体制的“人民代表大会”制、“政治协商”制和人民当家做主的“宪法”，较辩证地处理了执政党与参政党、领袖与人民、党权与法权、人治与法治、集中与民主等重大政治关系，这不仅有利于完成“将中国建设成为一个独立、自由、民主、统一和富强的新国家”的历史使命，而是也一度形成了有利于现代中国文学繁荣发展的政治生态。权力主体在政治意识层面则承续了延安文艺整风形成的一套观念和方式，建立起强力的政治舆论控制中心，围绕“一元思想”来整合政治文化，这似乎与“人民共和国”的政体存有不和谐之处。新中国一诞生所承载的历史使命早在《论联合政府》中已作了明确交代，也就是现在所说“社会主义初级阶段”的任务，但是不久却选择了“苏式社会主义”模式，本来“苏联的今天是中国的明天”则旋即把“苏联的今天也当成中国的今天”。这样作为制度层面的政治文化便制定了超越“初级阶段”的总路线总任务特别是举起具有政治乌托邦性质的“三面红旗”；而在政治意识层面的政治文化则纳入了“兴无灭资”的斗争框架，并通过权力控制中心的大抓所谓的“阶级斗争或路线斗争”和大搞政治运动的暴力方式来解决意识形态领域的“谁胜谁负”问题，试图借助这种“斗争”那种“运动”的“专制”威力来推行乌托邦，哪怕整死或饿死数千万人也在所不惜。于是就导致了体现“人民共和国”民主政体几大关系的政治文化从建国之初到“文革”的曲折历史进程中，或出现倾斜或出现偏至或出现压倒，直至执政党取代了参政党、领袖取代了人民、党权取代了法权、人治取代了法治、集中取代了民主；而在政治意识层面的所谓“亚文化”都宣判为“封、资、修”文化，只有“一元思想”成了权力主体的唯一的政治文化。虽然在这种一体化政治文化的大收编大整合的过程中，曾提出“百花齐放，百家争鸣”的方针，也使人文科学研究或文学艺术创作闪出亮点或发出不同声音，但很快这些亮点或杂音却成了“阶级斗争”新动向，它们在一场场是非混淆人妖颠倒的“政治风暴”中便销声匿迹了。试想这种制度层面和观念层面的政治文化所造成的政治氛围和政治生态，只能形成一种与解放区政治文学相通的政治化文学,而“新潮文化”、“传统文化”“消费文化”等渗染的文学形态几乎灭迹,即使包括各少数民族的民间文化渗染的文学也只有通过权力主体政治的改造才有存活的可能。但是必须看到,权力主体的政治文化与文学之间的关系也呈现出复杂性:一是权力主体政治文化渗染的政治化文学只限于大陆的各地区各民族,而同台港澳的文学却处于异质对抗状态;不过对大陆的政治化文学其思想艺术价值务要具体分析,如果权力主体的政治文化观念或意识形态是正确的富有真理性的,那么它渗染的政治文学,至少在思想价值上应有所肯定,若是创作方法选择得当艺术构思有创新,这样的政治化文学更应该重视。如描写抗日战争、解放战争和抗美援朝战争以及隐蔽战线谍战等题材的政治文学该肯定必须肯定,即使有缺点也要从肯定中指出;如果政治化文学深受权力主体政治文化的错误观念或乌托邦幻想的渗染,例如歌颂“三面红旗”、肯定“文革”、赞扬错误“阶级斗争或路线斗争或思想斗争”的文学等,那有什么思想价值可言,即使艺术上再完美也不能全称肯定。因此对政治化文学必须采取实事求是的科学分析,绝对的肯定或绝对的否定,在文学史上都是站不住脚的。二是权力主体的政治文化虽然对“新潮文化”采取反复打压的态度,政治控制中心从批判《武训传》直至“文革”始终没有放松对其清扫,其实这种无情无理的政治批判越厉害越能激起作家们的反其道而创造的激情,所以深受人道、人性、人情的现代人道主义或现代主义等新潮文化渗染的文学创作并没有间断,地上不许创作就转入地下进行潜在写作,为五四文学的人学传统保存了火种,即使非人文学风行的“文革”也有现代主义诗情在张扬;况且,并非所有的权力主体的政治文化都与“新潮文化”或“传统文化”针锋相对,有的权力主体的政治文化对其他文化形态仍采取宽容态度,哪怕给它扣上“修正主义”文化的帽子也没有遏制其在文学创作中所起到的潜在作用。与大陆权力主体政治文化相对的则是台湾国民党蒋家政权的政治文化,50 年代仍延续专制独裁的政治文化,对大陆坚持反共的政治策略,对台湾人民采取专政手段,致使台湾生成一些政治型文学,蒋经国执政推行民主改革,所造成的民主自由的政治气氛与政治生态导致台岛各种文化形态的文学都有了新的发展。港澳地区虽然尚未回归,仍然在殖民主义统治下走着英式资本主义道路,与之相适应的各种文化形态渗染的文学都有所振兴,特别是消费文化渗染的通俗文学获得大发展的机遇，出现了继大陆张恨水之后的又几个通俗文学大家。可以说台港澳地区的新潮文化和消费文化渗染下生成的新文学与通俗文学，弥补了大陆文学形态的缺失。

第三个历史阶段（1997－2010）的“政治文化”、“新潮文化”“传统文化”和“消费文化”，随着我国改革开放和思想解放的总趋势日益深化，以及“面向未来、面向世界、面向现代化”的战略视野的逐步展开，四大文化形态的内涵及其互动关系也发生了深刻变化。就政治文化来说，权力主体在制度层面的政治文化虽然仍坚持“人大”制、“政协”制和人民“宪法”，但通过70年代末80年代初的“拨乱反正”、“正本清源”又返回1949年所确立的政体，匡正了执政党与参政党、领袖与人民、党权与法权、人治与法治、集中与民主等重要政治关系；特别是通过新时期30多年的民主与法制建设，一部完整的法律体系已建成，使人民当家做主的权力越来越得到法律的保证，这为公民的话语自由权和作家文艺创作的自由权提供了有法可依的根据。权力主体在意识形态层面的政治文化中清除了“以阶级斗争为纲”的政治主张，公开宣布没有阶级斗争也没有“左”与右的路线斗争，更不搞阶级斗争和政治运动，与时俱进地吸纳具有普世价值的人类政治智慧，如以人为本的理念、科学发展的观念、天人合一的“和谐”哲学以及“和而不同”的传统思想等；特别是通过80年初“人道主义”问题论争，使马克思主义的人道主义和异化思想也得到弘扬，并且政治权力控制中心经过所谓“清污”、“风波”等多次抵制极左思潮的借机反扑而越来越开明越来越松动，不再以文化专制的手段压制不同政见，或者靠“政治引导”或依法说话，即使异质文化受到指斥也不会危及人身安全，而政治权力主要借助现代的各种媒体来传播其发展的创新的政治意识。虽然进入21世纪体制内的政治文化改革的力度和民主建设的速度尚不能完全适应全球的民主潮流和人民当家做主的政治欲求，但是它毕竟为各种文学形态的自由发展提供了越来越宽松的空间。总观新时期以来的在权力主体政治文化渗染下生成的主旋律文学形态，亦是越来越人性化人道化了。在这种政治文化生态里，“新潮文化”的新启蒙主义曾一度与政治文化联手批判了视人为草芥的扼杀人性禁锢人欲的极左政治文化；虽然在联手过程中新启蒙主义曾受到权力主体政治文化的抑制，但90年代以来却进一步松绑了，即使有人提倡“新启蒙运动”也没有引起权力主体的格外关注，这样就使

"新潮文化"渗染的新启蒙文学在发扬晚清至五四启蒙文学的基石上又有新拓展，以个人主义为世间本位的人道主义与马克思主义人道主义交融为一体的启蒙意识得到广泛的播扬。"新潮文化"形态中的以存在主义为哲学基础的现代主义文化，虽然在80年代初受到权力政治文化的抵制，但在80年代中期后却获得了大张旗鼓传扬的机遇，在其渗染下形成了规模庞杂的现代主义文学流派，比二、三十年代的现代主义文学有了更大发展，同时也影响到新启蒙文学，甚至像王朔这种新通俗文学也深受熏染。后现代主义文化90年代混杂于现代主义文化进入我国文坛，虽然尚未形成大气候，只对权力主体的政治文化和新启蒙理性有一定的解构作用，但也没有引起主旋律政治文化的抵制，特别是它与消费文化结缘则与权力主体的政治文化有了一定的共谋关系。即使笔者并不完全认同消费文化就是后现代文化这种等值见解，不过也觉得90年代以来涌现出的消费文化的综合性特征中的确有后现代文化因素；因此可以说，在消费文化渗染下所形成的样态各异的大量通俗文学也有后现代文化的功效使然。

所谓"消费文化"前文已涉及，这里有必要予以补叙：它兴起于80年代中期而达90年代便形成高潮，直至21世纪初叶其发展势头不减；这种消费文化本来产生于发达的工业社会和相当成熟的商品市场经济，且以现代城市公民为主要消费对象，通过各种大众媒体传播无深度的、模式化的、易复制的、遵循市场规律批量生产的文化产品或文学作品。而这种消费文化又何以在中国"初级阶段"的90年代及其以后能形成热潮呢？在笔者看来，主要因为"经济转轨后冲破计划经济的种种成规戒律，权力政治的强控制已失去其应有的规范力和约束力，使计划经济结构中被压抑窒息的生产力获得空前的解放，尤其构成生产力的最活跃的人的因素挣脱了人为的枷锁而遵循着经济规律向前迅跑，其创造性的潜能和智慧在工业、农业、技术的现代化中得以充分发挥，这就大大加速了中国工业化、科技化的步伐。特别是市场经济与文化工商按照'商业化'的机制运作与旋转，把文化领域的不少机构和从业人员逐步纳入现代市场之中，根据经济市场和文化市场的双向选择使那种能适应市场销售需要和大众精神文化消费要求的文化产品和文学作品获得了大发展的良机"，这就推动着现代消费文化或文学思潮一浪高过一浪①。再加之各种大众传媒的现代化步伐越来越快和大量现代知识分子进入文化市场竞争既能引导消费文化又能塑造消费文化，以及全国各族公众对消费文化的娱乐享乐功能的迫切需求，这也是导致90年代以来消费文化及其渗染下的通俗文学迅猛发展的原因。从消费文化自身的功能特点来考察，它不仅具有公民性，即消费文化所蕴含的文化信息、审美信息和思想信息能够跨越阶层、阶级、民族乃至国家的界限为全人类公民所接受，而且它具有代表全体公民的世俗欲望、意愿、情感、思想和审美的世俗性；它不仅具有接受文化市场规律制约和控制的受控性，而且也具有颇受公民赏心悦目的能达到家喻户晓妇孺皆知的普泛性；它不仅具有涵纳各种文化意识的包容性，而且也具有供不同层次人群阅读欣赏的雅俗性，这诸多功能致使消费文化可以对中外古今各种文化进行大汇融、大整合，在它的综合性的渗染下几乎所有的文学形态不约而同地进入市场运作的轨道，除了通俗文学外即使主旋律文学、人文启蒙文学、传统体式文学也带有通俗性的色彩。所谓"传统文化"在"弘扬民族文化"的号召下和发展企业文化的鼓励下，几乎所有的"传统文化"即不管哪个民族或哪个地域的或正宗的或民间或宗教的传统文化，都得到权力主体的倡导与引领而进行大规模地重新发掘重新认识，哪怕是在五四新文化运动中被批判的"吃人"文化、蒙昧迷信文化也要重新评述。它不仅是建设有中国特色社会主义文化的重要资源之一，也是与世界其他国家或民族进行广泛的文化对话与交流的最具中华民族特色的文化；因此在这种丰赡厚实、源远流长、博大深广而又泥沙混杂的"传统文化"渗染下的各民族、各区域和各形态，各系统的文学，无不富有民族文化意蕴或本土文化色彩。尤其哪些以传统历史或少数民族或地域人文景观为题材创作出的新历史小说、民族宗教文学或乡土文学，其传统文化内涵更丰盈，即使主旋律文学、新潮文学和通俗文学也深受传统文化影响，这就增强了现代中国文学的民族化或中华性特征。不过必须指出的是，由于"消费文化"格外关注金钱主义、享乐主义，在其渗染下的通俗文学难免无节制地激荡着人的钱或性的欲望，使这些媚俗的因素化入人们的心灵往往在行为上产生不可小视的负效应；由于对"传统文化"缺乏以时代的现代眼光进行审视，有可

① 朱德发：《世界化视野中的现代中国文学》，济南：山东教育出版社2003年3月版，第236页。

能把“腐朽当成神奇”、“糟粕视为精华”、“垃圾当成宝贝”，这就容易使“传统文化”渗染的文学“沉滓泛起”，造成对文学现代化的不堪想象的冲击或伤害。总之，四大文化形态在第三历史阶段，逐步形成了各自独立又相互联系，互相渗透又自行运演的多元并存的格局，在其渗染下的大陆各民族各地域的不同文学形态比起前一历史阶段的单一的政治化文学来更加异彩纷呈、千姿百态，特别是由纸媒的书报刊和电媒的影视网络发表或出版的文学作品得到了“疯长”，这预示着跨进21世纪的现代中国文学在全球化语境下将会与世界其他民族国家的文学一起为人类文学建设展开更丰富的想象和发挥更大的创作潜能。这不仅因为现代中国包括政治文化渗染的所有形态或系统的文学与政治权力主体的疏离而在边缘化找准了自己的应有位置，越来越自觉地遵循文学自由开放的规律而运行；也因为权力主体越来越尊重文艺本身的规律，越来越重视激发作家的艺术创作能量和自由想象机制，越来越注意为文艺创作营造优越的文化生态。致使本阶段的文学创造已发现出世界级的可以成为经典的作家和经典的作品，经过历史的大浪淘沙那些真金是越来越会大放光芒的。

台港澳文学在这个历史阶段虽然不像大陆由于“文革”的结束发生了结构性的重大转型，但是它们也出现了新的转折，即在继承四大文化形态渗染下的不同样态文学的优良传统的前提下又有了新的发展。港澳由于大陆改革开放的直接影响和相继回归祖国怀抱而实行一国两制，使其形成了多元文化的文学局面，“创作呈现出千姿百态”①；台湾地区因为历史的转折也发生了文学变革，1979年元旦美国与中华人民共和国建交遂之发生“美丽岛事件”，导致政治文化渗染的台湾政治文学出现了新变，即：“与五十年代政治性的文学的‘反共抗俄文学’不同的是，八十年代的政治文学，开始用象征、寓言、暗讽等文学手法来揭露国民党当局的恶政，也以讽刺手法描写从事‘台独’政治运动的投机政客。”②至于在“新潮文化”渗染下的现实主义、现代主义、后现代主义文学又有了新拓展，特别是在“传统文化”渗染下的台湾少数民族文学和“新潮文化”影响下的女性写作呈现出新的艺术景观。本历史阶段的华文文学和翻译文学在

① 王剑丛：《20世纪香港文学》，济南：山东教育出版社1996年3月版，第151页。

② 严家炎主编：《二十世纪中国文学史》下册，北京：高等教育出版社2010年9月版，第314页。

深广度上超越了前两个历史阶段，为现代中国文学多元结构形态增色添彩。随着两岸关系进入和平发展时期以及海外华人的爱国情结日益强烈，现代中国文学将以和谐统一的整体面貌雄踞于世界文学之林。

若是书写现代中国文学史，能够对“政治文化”、“新潮文化”、“传统文化”和“消费文化”与现代中国文学的复杂关系，从纵与横相互交错的两大维度梳理清楚，那就有可能建构一部逻辑结构严整的全景观的现代中国文学史文本。

（草成于2011年3月15日，载2011年《山东师范大学学报》第4期）

漫谈人本型现代文学史的书写问题

【作者简介】朱德发，山东师范大学资深教授、语言文学研究所所长，山东省中国现代文学学会会长，山东省茅盾研究会会长，中国现代文学研究会原副会长。本文根据朱德发先生2010年6月4日在吉林大学的学术演讲整理而成。

同学们好！来到吉大这样一个全国的名校感到很荣幸，能够有机会和在座的师生就现代文学问题进行对话，也是一大幸事。我这个人不善于讲话，因为我已经失去了激情的年代，像我这个年龄，到那儿开个会，坐一坐尚可；但是讲座好像涉及学术问题，同学们常常觉得你老腔老调，不愿意听。另外呢，我是山东省蓬莱市人，乡音未改，普通话说得不好，南腔北调、有些同学可能听得懂，有的同学可能听不懂，所以接受起来比较困难，这也是我不愿意讲话的一个原因。到了贵校，大家请我来讲，盛情难却，中树先生、福贵先生都是我的老朋友，友情深也比较熟，再就是桂妹先生，也在山东省学过，我们也比较熟。所以今天，跟各位在一起学习交流一下，确实比较荣幸。

我总是有这样的想法，就是几十年来觉得"学习"应是知识分子的命根子，做个真学者是终生为之奋斗的目标。所谓学习呢，对于知识分子来说，就是勤奋读书，善于动脑，研究学问，追求真理。现在这样一个浮躁的社会，哪儿有人认真读书做学问，商品可以搞假冒伪劣，难道做学问也能搞假冒伪劣吗？在我们年轻的时候，全国只听一个人的话，没有什么个人学问可做；那么现在呢，这个时代是一个多元性的文化时代，研究问题，没有成规戒律，没有权威干涉，各抒已见，自由畅谈，你一套，我一套，这是一个非常好的现象。但是大家对于什么是"真理"，什么是"学问"，认识是不一样的。比方说吧，对一个作家评价是众说纷纭，见仁见智。在我们那个时代，对鲁迅吧，大家有统一的看法，就是有一个人已经对鲁迅下了一个判断,他是什么伟人啊,是什么三大家啊,我们就按照那个结论来诠释鲁迅,来评价鲁迅,所以很容易取得共识。那么,现在对鲁迅的评价就不一样了!你有你的看法,我有我的看法,很难统一起来。做学问就得允许争论,没有争论就没有真学问。因此,我今天和同学们对话,只能作为我的一家之言,是我个人对这个问题的看法;哪怕我的看法比较老化,是旧话重提,我也要讲一讲。我想讲的题目,也是我这几年关注的问题,就是关于文学史书写的问题。原来我想讲人本型文学史的一些基本特征,但是我现在想换一个角度,重点讲人本型文学史书写是个探索与实验的问题。

这个课题,在位的同学可能没什么兴趣,因为书写文学史,是老师的事情,同学没有参加书写文学史,所以你讲这个课题,和我们似乎没有关系。但是你细想想,会觉得和你们的关系非常大。可能现在很多同学是读着我们书写的文学史,爱上了现当代文学,考上了现当代文学的研究生或博士生;那么将来你们毕业以后,尽管同学们的选择取向是多元的,可是有相当一部分同学还得搞现当代文学。你搞现当代文学,无论你是个研究者,或者你是个老师,就有这样一个使命,你必须书写文学史,要写出一本像样的文学史,才能完成你的教学使命,完成你的科研使命。像老一代吧,王瑶、刘绶松等先生,就是第一代文学史的创建者,他们一辈子的名望和他们的业绩都和文学史的建构联系在一起。一提到王瑶,就想到王瑶 1951 年出版的《中国新文学史稿》,他的名字是和这个史稿联系在一起的,而且新文学史稿在"文革"前或"文革"中受到了几次冲击和批判。所以,写文学史不容易,在那个时代是冒着风险的。刘绶松 1956 年出版了《中国新文学史初稿》。刘绶松先生是武汉大学的教授,就因为这本文学史,在"文革"期间,夫妇俩双双上吊死了,付出的是自己的生命。可见,写文学史在那个特殊时代,是要冒生命危险的。我们对老一代文学史的编写者是怀着由衷的敬佩之情的。刘绶松就写了一本文学史,在"文革"中被批斗死了。而且,他的名字和他的业绩也和文学史联系在一起。当然,我不是向各位推销丁玲的一本书主义,只是想说明写文学史的重要性。对于一个学者,一个教师来讲,你要教些什么,你必须有自己的文学史,你讲别人的文学史,就等于是贩卖别人的东西。不是你自己通过阅读大量的资料形成的一种文学史观所写的文学史文本,你要讲别人的,要学别人的,而不是自己的,总是心里不踏实,所以作一个称职的大学文科教师,在课堂上,最好是讲自己书写的文学史。这不仅体现出你的教学佳绩,而是考验你对现代文学的研究究竟达到了多深的程度,有多深的修养,它不只和你的名字连在一起。所以同学们,应该重视学写文学史。

我这半辈子,我现在不能说一辈子,应该是多半辈子,活到七十多岁了;可以说从一踩入大学门槛执教从研以后,我就开始参与文学史的写作,至少自己主编过七部现代文学史,参与过两三本文学史写作,我自己也写过文学史,《中国五四文学史》是1986年写的,是第一部断代史。1985年曾经为田仲济先生修改过《中国抗战文艺史》,原书稿大概能有十多万字,出版社要重新出版,要找一个人帮田老重写一下,让我帮他修改,我就帮他重写了。以后,我当了教授,自己可以独立了,写了一部又一部文学史;尽管它们的学术水平参差不齐,却是我的探索和实践。因此,我觉得作为一个大学教师,或者作为一个学者,应该通过文学史的写作来提高自己,不仅要写文学史,而且要研究文学史,应该建构现代文学史学。前几年我申报一个国家教育部的项目就是建构现代文学史学,我带着博士生写出来了,也出版了。建构现代文学史学,写得比较早的一部,虽然里面有很多东西还可以挑剔,还可以批评。从此以后呢,我对文学史研究的研究,又发了一些文章。今年山东人民出版社,让我把写的文章都集中起来,再出一本,名字叫做《现代文学史书写的理论探索》。所以,不仅要写文学史,而且要研究文学史,要形成文学史的理论。我就是通过研究文学史,书写文学史,教授文学史,才真正体会到,作为一个真正的现当代文学的学者,不仅要教好文学史,而且要写好文学史,研究好文学史,这是责任所在也是价值所在。你们应该对文学史既重视又感兴趣,尽管现在文学史写得五花八门,同学们读的文学史版本也不一样,但是你们认真地学习研读了已有的文学史,就会生发一种创新的学术激情,即怎么建构一本像样的文学史呢。我们现在都是递进型的学习,在大学里设有文学史课,现代文学史,有多种类型的文学史课程,你想做大学中文系的学生必须学习文学史,这是必修课,即使没有必修课也要开设选修课。不仅本科生开设现当代文学史,硕博研究生也有现当代文学的课程。作为大学中文系老师,必须重视这个学科。你们现在是现当代文学专业的博士了,学历越来越高,所以,无论从哪个角度来讲,希望同学们对这门课程都要重视,也要感兴趣。中国现代文学史,从1950年教育部把它纳入了大学的课程到现在六十年了，这六十年，老师们或者一代代的学者们，不断地在书写中国现代文学史。

这六十年可以分成两个大的时期，“文革”之前三十年，“文革”后又一个三十年。这两个三十年，如果从类型学角度考察一下书写的现代文学史，就是两种不同类型的文学史，也可以讲，是两种不同形态的文学史。前三十年，我们的文学史呢，主要是一种阶级型的文学史。什么叫阶级型的文学史呢？就是按照《新民主主义论》作为理论框架建构的文学史。而这样的文学史就是中国新民主主义革命文化史的一部分，它和阶级论贴得比较紧一些，完全按照新民主主义论设计一个框架来写文学史。它的一个重要特点，同学们都知道，要突出中国的新文学是无产阶级领导的。从五四开始，到1949年，这三十二年中国新文学是无产阶级领导的，文学史书写要突出中国的新文学必须是无产阶级领导的。如果这个问题你不格外重视而写不好的话，你就要受到批判甚至处理。当年王瑶第一本文学史在这个问题上大概没写好，文学史出现两张皮，在绪论里把《新民主主义论》有关无产阶级思想领导的一些话给引上去了，可是在具体地论述文学思潮，或者文学流派，或者作家作品的时候，却没有把无产阶级思想作为一个指导思想渗透下去，像是两张皮。对于文学史上那些作家作品的分析都是按照自己的想法来写，有自己的一些话语，但是结构框架则是引述《新民主主义论》那一套话，两者不合辙。所以1953年北京一些搞文艺理论的文学史的专家开座谈会批判王瑶的文学史，那时王瑶做了检查，又修改，怎么修改也不行，因为他很难把无产阶级领导思想渗透到对每一个作家作品的分析，对每一个流派的分析。这就是阶级型文学史的一大特点，必须突出无产阶级领导。

第二个特点呢，要用阶级分析的方法来分析新文学阵线。新文学阵线的构成是有无产阶级的作家，资产阶级的作家，小资产阶级的作家，是吧？就是有这样一个文学的阵线。从五四时期，这个文学阵线就形成了。而在五四时期，哪有无产阶级作家？找来找去没办法，就找了一些早期的无产阶级革命家，但是当时真正参与文学革命的无产阶级革命家也没有啊，真正创作出的文学作品也没有啊，即使早期共产党人创出的文学作品也不属于五四时期；当时的文学研究会，创造社啊，哪儿有无产阶级作家，没有。找着找着没有办法就找到李大钊，李大钊当时也不是个文学家，他当时的思想也比较复杂。但是你必须把这个阵线写出来，你必须用阶级分析。直到现在从科学的意义上，我搞不清楚究竟什么是阶级分析，什么是无产阶级作家，什么是小资产阶级作家；就是搞不清楚，但你必须要用阶级分析的方法，来定性作家，来划分阵线，梳理清谁领导谁，谁是被领导的，要划清界限，而且对每个作家作品要进行一种定性分析。哪个作家是无产阶级作家，哪个作家是小资产阶级作家；至于哪个作品是资产阶级作品、反动作品都要进行阶级批判。所以，分析来，分析去，一些真正在现代文学中有影响的作家，或者一些好的作品，都是资产阶级作家或小资产阶级作品。因为鲁迅在《新民主主义论》中评价那么高，所以鲁迅在五四时期怎么定性都比较困难，是无产阶级作家，还是资产阶级作家？当时说他是激进的民主主义作家，而这个激进的民主主义作家也是资产阶级作家，于是就从《呐喊》《彷徨》里面找无产阶级思想因素，把这个因素就当做无产阶级的意识，这样鲁迅在五四时期就升到无产阶级文学阵营了。这就是阶级型文学史的第二个特点。

第三个特点呢，就是政治标准第一。一个作家一个作品在文学史上有没有地位，不是看他的文学创作成就高低，而主要看他的创作是否表现了“兴无灭资”的政治意识，突出了所谓的无产阶级意识形态。这样的文学史呢，越写越写不下去了。于是写到五十年代末期，六十年代初期，几乎文学史上就没有多少作家可以写了。因为建国后搞过很多次文艺圈子里的所谓意识形态的阶级斗争，批判了一个胡适，凡是跟随胡适的一批作家被打下去了，一大批作家不能进文学史了；周作人抗战期间是个汉奸啊，连他五四时期的文学革命实绩也全被否定了。以后又批胡风，他本来是无产阶级作家，受到胡风的株连的七月派作家也没有了；所以最后，三批两批文学史不好写了。前三十年的文学史，完全笼罩在这种所谓的阶级斗争气氛下，所以文学史书写范围越来越小，等到了后来，中国的现代文学史，真是“白茫茫的大地真干净”，没人了！而且那个时候就是写鲁迅了，鲁迅也不是原来的鲁迅，已经把鲁迅神化了；如果鲁迅健在的话，他看到新中国成立后对他的评价，他自己也会感到可笑。

对这样的文学史，“文革”以后，通过对极左思潮的批判和反思，我们认识到这种阶级型文学史不能再写了。尽管这段时间我们对《新民主主义论》还没有进行触动，可是已意识到文学史不能以此为理论框架来写了，于是开始探索一种新的书写模式。那么这种书写模式呢，可能是多种多样的，究竟书写个什么样的文学史才能符合现代文学的本来面貌呢？才能反映中国现代文学精神的本质呢？都在考虑这个问题！所以经过反复的探索，大多学者选择了“现代性”这个范畴，将文学史建构起来，写一部现代性的文学史。“现代性”是一个非常复杂的概念，你有你的现代性，我有我的现代性，真是很难弄清什么是现代性。因为体制内文学史的写作，不能离开主流话语啊，这个主流话语直接批判了毛泽东的后期思想，但是新民主主义理论你就不能动，还得按照新民主主义理论来写，没有完全挑战这个框架。但是，有一些冒险的学者，或者是敢于探索的学者，就以“文学是人学”这样一个观念，形成了文学史观，即人本文学史观，取代了阶级论文学史观。认定从五四开始，新文学本质就是一种人学，随后 30 年创造的新文学则是不同形态的人学。就以这样一种文学史观来建构文学史，视之为人的文学史，也就是人本型文学史。这种人本型文学史的建构，确实经过相当艰难的探索阶段，也可以说是个实验阶段。胡适在五四时期曾说“自古成功在尝试”，这就开始尝试由人本文学观来写文学史，而尝试又是个漫长的过程。我认为，现在还没有一本文学史，真正是以人本文学史观为理论框架建构起来的。所以，人本型文学史的探索还有好多问题值得研究。现在，我想从这样一个角度，来讲一下这些问题。我这样讲，同学们是不是可以听懂？可以，是吧？我的土话可以讲得少一些，过去我在课堂上给同学们讲课时土话、方言比较多，现在我尽量说一些所谓的知识分子话语吧。

下面就讲由阶级型文学史转换为人本型文学史，是经过艰难的探索过程，非常艰难！因为我自己亲身参加过感受过！有人觉得我的学术思想比较激进，敢于冲破一些框框，敢于向那些所谓的权威话语挑战。文革前期停课闹革命，1971 年，便复课闹革命，这就面临着怎样给工农兵学员开讲现代文学课。这个时候老教师大都在牛棚里面，像我们这些年轻教师被赶到教学第一线，讲什么文学史，不太好讲啊，不是封建作家，就是资本主义作家或是修正主义作家，只讲一个鲁迅；再从《解放军文艺》中选上几篇文章，再就是毛泽东的《讲话》，把这些作为现代文学的主要内容，再没有什么可讲了。后来想来想去，这不是文学史，是专题吧？鲁迅专题，样板戏专题，或者从《解放军文艺》选几篇文章就是一个专题，或者《讲话》专题，怎么讲都是一个个专题，没有什么史可讲，这怎么能讲一个学期呢？有时一天讲七节课，上午四节，下午三节，我没什么可讲了。我们那个时候，集结了全国十来个学校吧，北京一些学校，山东些学校，当时东北好像还没有参加进来，有江苏一些学校，还有四川一所大学。我们就在一块儿协商，从1974年开始编写《现代文艺思想斗争史》。什么叫文艺思想？实际上讲文艺思想就得开展批判，你说现代文学从五四到1949年，究竟有多少文艺思想符合毛泽东思想？不符合就得批判。所以当时这本《现代文艺思想斗争史》也不好写，写了二、三年，大概有二十万字。那时人们的思想有所解放了，我在课堂上给同学讲文艺思想斗争比较大胆，一些领导去听课，就说你不要这样讲了，你讲得太危险了，被人抓住，又该批评你了。我当时讲了一些人本文艺思想，以后，就不敢讲了。

究竟我们写文学史讲文学史要冲破哪种阶级框架的文学史呢？所谓冲破阶级框架的文学史，也就是要冲破《新民主主义论》的束缚，按照文学史发展的本来面貌来构建文学史，这应该是1978年到1979的事情了。那个时候“文化大革命”已经结束，开始否定“文化大革命”，批判极左思潮，也批判“两个凡是”了。凡是毛泽东说的，凡是毛泽东讲的，不一定什么都是真理，可以以实践为标准来检验。所以这就壮了胆，有了突围的勇气，也敢于对新民主主义论的一些判断或结论进行怀疑。第一本文学史的写作，我是参加田仲济先生和孙昌熙先生主编的《中国现代文学史》撰稿。田仲济先生是山东师大的教授，孙昌熙先生是山东大学的教授，他俩主编了山东版的文学史，1979年出版的。我参加这本文学史的书写，写的是五四文学。当时能够查到的资料，或者能够查到的文学史，我都看了。看了以后，我觉得以前对五四文学指导思想的评价，对鲁迅的评价有些荒诞，缺乏坚实的根据，我当时就产生怀疑。因为我看了很多资料，《新青年》啊，《每周评论》等，能够搞到的第一手资料都看了，我觉得找不出充分的史料根据来，证明五四文学革命是无产阶级思想领导的。哪有什么无产阶级的思想？平民主义思潮对其影响比较大，平民主义思想在当时就是民主主义思想，德谟克拉西。当时，李大钊尽管参加了《新青年》的编辑工作，也介入到五四文学革命，可是，李大钊的思想很复杂。李大钊把平民主义思潮和马克思主义思想放在一起去理解；1923年他写了一本小册子，讲平民主义思潮，他把平民主义和马克思主义思想对接起来。在《我的马克思主义观》里，李大钊讲马克思主义是解决社会生产力、社会学问题，搞经济要靠社会主义；但是，马克思主义并没解决伦理道德问题，在伦理道德这个领域里面，还应该提倡人道主义。所以，我当时就怀疑《新民主主义论》对五四文学革命领导思想的论断了。有些老教师对我说,你别怀疑了,你这么年轻,就这么叛逆。我说,如果不叛逆,那么我们的文学史就很难写了,很难恢复五四文学革命的本来面目;五四文学革命的指导思想不解决,五四文学的性质就不能解决,五四文学那些作家,包括鲁迅在内就很难评价。我当时听取了老先生的意见,田仲济、孙昌熙老先生比较开明,他们就跟我讲《呐喊》《彷徨》里面哪有什么社会主义因素啊,哪有无产阶级思想因素啊?这么一讲,给我很大的启示与支持,因此在这本文学史里面,我没写五四文学革命是无产阶级思想领导的;我也没引《新民主主义论》的判断。自此后来,是1981年还是1982年,我就写了篇论文《关于五四文学革命无产阶级思想的领导问题》,大概有两万多字,我就靠史料、事实来证明五四时期新文学不是无产阶级思想领导的,我说,五四文学革命,作为指导思想的理论形态,是一个复杂的结构,这个结构里面各种思想因素都有,而起主导作用的因素应该是民主主义和人道主义。当时,思想比较解放,在1982年我写了一本书,叫做《五四文学初探》,头一篇文章就是论五四文学革命的指导思想,虽然这本书影响不大,人家不在乎;但是《文学评论》看到这篇文章却格外关注,当时一个编辑同志说你能不能把它修改一下,我在《文学评论》给你发发,我说可以,我就改了,只改了一个名字,名曰《五四文学革命指导思想商兑》,大概1983年,《文学评论丛刊》把这篇文章全文给发了。就在我发文章的同一年,南京大学的许志英先生,也写了篇文章,他的观点和我的观点不谋而合,也是1983年,发在《中国现代文学研究丛刊》上。发了以后,丛刊提供给中央负责意识形态的一个领导,他看了以后说这不得了,是大逆不道的,离经叛道的,怎么说五四文学革命不是无产阶级思想领导的,是资产阶级领导的,这不是直接挑战《新民主主义论》吗?当时成了个大问题!1983年,正赶上"清理精神污染",就把我们的一些观点作为精神污染进行批判。同学们可能看到好多文章,当时有一批从事现代文学研究的才俊迫于上面的压力,写文章批判我们"离经叛道",说五四文学革命绝对是无产阶级思想领导的。所以,当时想冲破一些禁区是非常艰难的。好在清理精神污染的第二年,说搞错了,不搞了,那我们也解放了。可见,我们现在读的文学史,能够有这个模样,冲破这个禁区是冒着巨大风险的。现在你们觉得无所谓一样,当然不是无产阶级思想领导,这已是常识,那谁还不知道?可是当时要冲破禁区,恢复五四文学革命的指导思想不是无产阶级思想领导而是民主主义思想和人道主义思想,这是非常艰难的突围。

当时,文学史的重写还涉及一批冤假错案的平反,不平反冤假错案,怎么重写文学史啊。写到鲁迅,你可以写,因为他没有受到什么批判,其他人却要一律平反。胡适要平反,一批作家要平反,但是周作人还是不能平反,民族问题不能平反;可是在五四时期,周作人不是汉奸,而是和鲁迅一起建构新文学的,不能因为以后当汉奸连前期也否定了。如果周作人不辩证对待,京派一些作家怎么写?这里还牵涉到一些右派作家,还牵涉到胡风、冯雪峰这些作家,都得重新评判。而平反却又是相当艰难的,就是有些作家到现在也没有彻底平反,至少在舆论界就没有彻底平反。你说王实味,1942 年延安整风时批他是托派,后来把他枪毙了,你能说王实味是彻底平反了吗?在结论上他们好像是平反了,但是在舆论上,在人们心里,总觉得是有问题,打成反革命难道一点根据没有吗?如果没有问题,怎么能被划成右派啊?所以彻底平反是需要一个过程的,是相当艰难的。我们现在读到的文学史能写成这个样子,真的是好不容易!是经过一个艰难地反复地抗争过程!现在不是出现了一些"新左派"嘛,若按照"新左派"的观点这些人是很难平反的!所以在我们中国这个国家里面,这种极左思想,要想真正地把它清除掉了,是很难的!粉碎"四人帮"以后,我们这一代搞文学史的,老一辈逐渐退下去,就成了主力。一些老教师上上课,带带研究生,而我们在教学第一线的,要去讲文学史去写文学史。但是我们还需要更新观念,充实新的理论。我那时候满脑子阶级斗争,路线斗争,这根弦绷得紧紧的;一提到哪个作家,我先给他扣个阶级帽子;对作品进行分析,不是资产阶级情调,就是小资产阶级思想。所以,我们得自我更新,自我蜕变,把我们这样一种阶级化的思维变成一种人性化的思维,这也是相当艰难的。而更新的思维则逐步认为新文学是人的文学,文学的本质就是人学。要承认这样一个观念,要形成这样一种文学史观,实际上经历了一个非常艰难的过程。除了外在的原因,还有内在的原因。有的老同志,我写的文章,拿给他看,他不提反对意见,却劝我"枪打出头鸟",慎之又慎方为上策。所以,文学史观的转型,由阶级型文学史观变成人本型的文学史观,实际上经历了一个艰难的转换过程。这是我讲的第一个问题!

第二个问题是，人本型文学史的写作是经历了一个探索性的过程，不是一下子就把人本型文学史观念变成写作文学史的主导观念。这个过程我觉得可以划分为三个逻辑阶段，第一个阶段，应从1977年到1985年。这个阶段是文学史写作的转型期，即由阶级型文学史向人本型文学史转变的一个时期。这个转变时期也是一个过渡时期。过渡时期有本文学史，同学们可以去看一看，这本文学史是影响比较大的，一直作为大学教材，是唐弢主编的《中国现代文学史》。这本文学史，我认为是一部过渡性的文学史。这本文学史是1961年开始编写的。那时是国家经济的调整时期，极左思想不是很厉害，当时聚集了中国现代文学研究的一流老专家，一些年轻的专家，在北京撰写，阵容是相当强大的，王瑶他们都参加了。写好了以后，因为发生了"文化大革命"，没有正式出版。1976年，粉碎"四人帮"以后，1978年他们又重新修改；唐弢因健康原因第三卷文学史由严家炎来主编。这三卷文学史到1979年出版了，是一些大学的通用教材，可能我们在座的同学读过这本教材。我觉得这本文学史还没有脱离《新民主主义论》规范的框架，仍坚持五四文学革命是无产阶级思想领导的，不过它引用的材料好像更充实一些，解决了王瑶本的两张皮的问题，大的框架还没变；而且仍是用的阶级分析方法，对作家作品分析，不是资产阶级的作品，就是无产阶级的作品，或是小资产阶级的作品。所以，这本文学史我看了以后，觉得它仍沿袭着一些《新民主主义论》的结论，还没有脱离政治型文学史的书写规范。但是这本文学史呢，也有这么几大优点，一个是它从原始资料出发，几乎都是原生态的资料，而且资料相当丰富，增加了很多新资料；它靠事实讲话，靠资料讲话。第二个优点它重视了文本的解读，很多文本的解读既细且深，不轻易地下阶级判断，下阶级定性的结论。但是有些作家仍没写，因为还没平反，像胡适，周作人，胡风，冯雪峰啊，都没写；不过增加了一些阶级色彩比较淡的作家。所以，这一本文学史充其量是一本过渡性的文学史，最可取的就是史料特别丰富。在七十年代末八十年代初，也就是85年之前，文学史写作掀起一股热潮，出现大量文学史。由于粉碎"四人帮"，大学恢复了正常秩序，而老师们也扬眉吐气了；老师们在良好气氛下开始系统地讲授文学史的课，急需文学史重新编写，老师们也很兴奋地组织在一起编写。当时文学史有好多版本，几乎都是一种集体的写作。这些文学史，我看了一下，大都没有脱离《新民主主义论》规范的框架，只是所引用的资料更丰富一些，分析作家作品力求实事求是一些，和唐弢本差不多。

第二个阶段呢，就是1985年到1995年，是人本型文学史写作的尝试阶段。在这个尝试阶段，有几个事件需要同学们注意一下。一个是从1978年开始，为人道主义，为人性论开始恢复名誉。特别是1979年，朱光潜写了一篇非常重要的文章，就马克思主义也是人道主义这个问题发表了篇文章，当时这篇文章影响比较大；等到了1981年、1982年，围绕人道人主义问题，曾经展开一场大的辩论，你们这些研究现当代文学的博士生都比较熟悉了。那一场辩论，人道主义恢复了名誉，人性论恢复了名誉，“文学是人学”也恢复了名誉。所以，这为文学史的人本主义写作，提供了强大的理论支持。尽管在当时也有人比如胡乔木不同意“马克思主义就是人道主义”这个提法，说马克思主义理论里面没有什么人道主义。现在看来，胡乔木的观点是站不住脚的。只要读过马克思主义经典的，谁能说马克思主义不讲人道主义？人道主义就是人本主义嘛，文学就是人学嘛，你讲人道主义，就要讲人性嘛。这种人学理论出来以后，就把我们这些讲授、书写和研究文学史的人解放出来了，从阶级分析中解放出来了，从阶级型写作模式中解放出来了，就可以用人学的观点来审视文学，尤其用人性论的观点来分析作家作品，用人道主义来判断文学价值的高低，因为有了理论的支撑。还有一件事，当时有一个口号——“重写文学史”，1985年由上海的年轻学者提出来。重写文学史的意义不在于文学史的重写，实际上文学史的写作都是重写，不重写不是抄袭别人的嘛。我觉得“重写文学史”口号提出的意义不在这儿，而在于向《新民主主义论》规范的文学史观挑战。过去文学史完全是按照新民主主义理论的框架写的，写的阶级文学史；我们要重写文学史就是按照新的文学史价值观重新来建构文学史。另外，1985年北京大学一些年轻教授提出二十世纪中国文学史的观念，指出二十世纪中国文学具有四大特点，其中最重要的特点就是二十世纪的中国文学是塑造国民性的文学，是塑造民族灵魂的文学。以塑造民族灵魂这种启蒙话语，颠覆了新民主主义文学是一个政治阶级范畴。一个“重写文学史”，一个“二十世纪中国文学”，这为把文学史的写作纳入人本模式起到了很大的作用。

在1985年到1995年间，有两本文学史，同学们可以去看一看。一本文学史就是1987年钱理群、温儒敏、吴福辉、王超冰在王瑶的指导下,写了《中国现代文学三十年》。他写的是三十年新文学,建国以后的当代文学没有写。这本文学史,实际上是以人本文学史观为指导,以启蒙思想为主线来写的。但是这本文学史也提出文学的现代性问题;什么是现代性文学,现代性文学就是用现代人的语言表现现代人的思想感情,这就是现代性文学。它提出了一个现代文学史的观念,把文学史的写作纳入了这样一个现代性范畴,也就是纳入了现代人学的书写模式。再一本是,1987年,我和孙昌熙先生主编的一本文学史,有南方的一些专家,也有北方的一些专家,这本书的名字叫做《中国现代文学史新编》。我在这本文学史的导言中很明确地提出来,这本文学史是借取文学是人学的观点撰写的文学史。我认为中国现代文学史是人的解放的文学史,是现代中国人灵魂的文学史,是现代人求生存谋发展的文学史,因此一定应该把人学作为文学史构建的主线。这本文学史,当时用文学是人学的观点来建构文学史,是自觉的,这是很明显的。这本文学史大概写了一年多,讨论过几次,在杭州讨论过一次,在山东讨论过一次,这才有现在所看到的这个样子。这本文学史是我们从理论上自觉地建构起人本型文学史的一次重要的历史尝试。这本书尽管没有引起全国的注意,但是它自觉地坚持以人本文学史观书写现代文学史的尝试之功不应抹杀。在这个时期,我觉得这两本文学史应该引起注意。

第三个阶段,那就是1995年到二十一世纪初了。在这个时期的文学史,是属于人本型文学史书写的一个拓展阶段,也就是按照人本文学史观念来书写文学史,更能自觉地进行实验。而这个拓展,一是现代文学史整个时空框架的拓展,一是按照人本观念对作家作品的评价更自觉一些。这里有几本文学史,同学们可以看一下,一本是2001年南京大学许志英、邹恬主编的《中国现代文学主潮》(上下册),我觉得它有重大突破,我写过一篇评论,从头到尾看了;但是这本文学史也没有引起学术界的高度重视。它以文学的现代化为主线,而文学现代化,它的具体体现就是五四文学。"五四文学的现代化"主要体现在周作人提出的"人的文学"的观念;作家作品的现代化则体现在鲁迅的作品上,体现在创造社、文学研究会的创作上。所谓文学的现代化就是创作主体和创作对象的现代化,就是人的现代化。因此这本文学史以五四人的文学为价值尺度考察了1942年的解放区的工农兵文学,它认为1942年及其以后的工农兵文学实际上是对五四人本文学的一种反动；另外，这本文学史突破了原来的现代文学史的时空框架，不再是32年，而是从1917年写到了1976年“文化大革命”结束，认为这一阶段都是现代文学，就是现代文学史的完整过程。它把现代文学与当代文学连接起来，这是从始到终的现代文学，这60年才是现代文学史。这60年的现代文学就是现代化的过程，也就是文学从人化到神化的整个过程。自五四到三十年代的左翼文学，这个过程的文学的人化是自觉的，但从左翼文学开始，一直到1976年“文革”结束，这段时间我们的文学是一种复杂的状态，就是人本文学和其他形态的文学完全纠结在一块儿，一种复杂的形态；到了“文革”时期，人的文学就走到了死胡同，其实“文革”文学否定了整个的人的文学，而变成神化的文学。这本文学史，有两个重要亮点，一个亮点是认为1942年的《讲话》以后，不是把中国文学推向了新的发展阶段，而是新文学改变了五四文学发展的方向，把中国文学引导到另一条道路上去了。1942年的《讲话》，让五四以来的现代知识分子头脑中的现代观念，完全进行改造，完全当做资产阶级思想进行脱胎换骨的改造。要换成什么思想呢？要换成和工农兵达成一致的思想感情，也就是农民的思想感情；而接受的新思想，就是中国化了的马克思主义嘛！这样就使一些启蒙者变成了被启蒙者，一些被启蒙者变成了启蒙者，文学观念完全颠倒了；而且这个观点，在不少文学史著作里被接受了。另外一个亮点认为“十七年”文学，其中有一部分文学是人的文学，承续五四文学传统创作的人的文学；还有一些文学是非人的文学，有一些作家成了御用文人，热衷于造神文学。所以这部文学史我觉得突破比较大，它把人本文学史观完全用到整个文学思想形态、创作形态，甚至用到作家作品的评价里面。另外还有一本文学史，张福贵先生也参与了，我与邢富君主编的《中国新文学六十年》，1996年出版的，也值得一读。现代文学实际上走了一个怪圈，这个怪圈是从五四否定非人文学，肯定人的文学，经过一个漫长的演变过程，到了“文革”又否定了人的文学，重新肯定了非人的文学。这样的一个怪圈，我是从文化的层面，新文学的层面，进行了一些分析，按照这样一个逻辑思路建构了中国现代文学史。这本文学史在时空框架上，和刚才讲到的许志英的文学史一致，是拓展了文学史的书写格局，也标志着按照人本文学史观去建构文学史达到一个自觉阶段。

这个时期，黄修己先生在20世纪90年代写了一本《中国现代文学发展史》，后来重新写了，第三版是2008年出版的；出版以后，他让我写篇评论，发在今年《文学评论》第一期上。这本文学史也要认真读读，它是自觉地按照文学是人学的思想建构的。黄先生他搞文学史时间比较长，他在北大讲文学史，起初写了一本文学史，基本上是按照阶级论的观点写的，后来觉得坚持不下去了，尤其一些文学现象是阶级论分析不了；所以他就认同了文学是人的文学，即人本文学，应该按这个框架来写。2008年他的《中国现代文学发展史》第三版就是按照这个来写的，但这个人本思想在文学史里面没贯穿到底，五四文学贯穿得比较好，三十年代文学还可以，而到四十年代文学，由于面对多种形态的文学了，写起来就比较难了；特别是1942年的《讲话》，怎么评价，好像是一座大山似的，怎么搬也搬不动，不太好评价，他自己也不敢写了。我在评论里写道，时代还没给我们提供充分条件和良好机遇来重新解读1942年的《讲话》，因此黄先生的文学史对四十年代解放区文学的分析就很难体现出以人为本的文学史观。

通过这样一个探索过程，经过这样一个实验阶段，我们书写的文学史的基本面貌变了，你可以看看现在的文学史，再看看王瑶的文学史、刘绶松的文学史、唐弢的文学史、丁易的文学史或者张毕来的文学史，还有蔡义的文学史，比较一下，现阶段书写的文学史的整个面貌发生变化。这个面貌变化就是它的形态发生了变化，用我们的话讲，书写模式变化了，原来是阶级模式，现在是人本模式，真变了。尽管这个人本模式的文学史建构还不够完美，但是文学史书写能够做到这一步，确实不容易，冲破了多少的压力，克服了多少的外在的和内在的阻力，才恢复到这个样子。那么这个样子，是不是算得上真正的人本型文学史？这恐怕还要下点深功夫去探究去打磨！

接下来我讲第三个问题，人本型文学史的几个特点。一个是把现代文学的研究纳入了人本主义思想的轨道，逐步舍弃了新民主主义论那个阶级型轨道，而是从那个阶级论轨道里面转换成人本主义思想轨道。这个现代文学史的构型，基本上有三个层次，一是文学运动层次，一是文学思潮层次，再一个就是作家作品层次。这三大层次，我把它视为三大板块。这三大版块，把它纳入人本主义思维模式进行考析，就是从人学的观点来评价文学运动，评价作家作品，评价文学思潮流派和文学现象。那么第二个特点呢，则是把人道主义作为最高的价值原则，评价现代文学作家作品有没有价值，价值内涵的多少，价值内涵的高低，就是以人本主义为衡量尺度。现在不叫人道主义，因为人道主义这个词，大家好像很忌讳似的，一提人道主义似乎有什么问题，其实人道主义就是人本主义。因为文学是人学，就应该符合人道，而不能符合神道。“文化大革命”的文学，越是符合神道，文学的价值越高，把毛泽东神化了，把鲁迅也当做神了，把他们捧得那么高，这叫神道主义，不叫人道主义。现在书写人本型文学史应该完全纳入这种人道主义的价值范畴，把人道主义作为最高价值范畴。这是不是背离马克思主义呢？其实是符合马克思主义的。法国浪漫主义小说家雨果，写了一本书叫《九三年》，这本小说是写当时法国革命的雅各宾派，派革命军司令官戈万去平定叛乱，革命军把那边的叛军赶走了；其中有一个叛军领袖郎特纳克侯爵听到一个亭子里面还有一些孩子的哭叫声；有三个孩子还是几个孩子，他自己不顾自己的安危回来了，回来抢救这些受伤的孩子，结果这三个孩子被解救出来。救出来以后，这个叛军领袖被抓了，按照雅各宾派的革命原则必须把他枪毙了。当时革命军司令官戈万就开始思考这个问题，他们革命的目的是什么，一个叛军领袖听到孩子的哭声就赶过来，不顾自己的生命把三个孩子救了，我们却把他抓了，杀了，这人道吗？这符合人道吗？到底革命是目的，还是人道是目的，最终的价值追求是人道主义还是革命呢，还是什么东西？他经过反复地思考后，最后得出的结论就是在革命原则之上，还有一个更高的原则，那就是人道主义。他基于这样一种想法，最后就把这个叛军领袖给放了，没有杀他！但是按照雅各宾派的革命纪律，你放了一个叛军领袖，你就要接受制裁，被枪毙；所以当时那个特派代表西穆尔丹在枪毙了戈万以后，他自己想想，也不对，我自己也违背了这个人道主义，他自己最后也自杀了，就是写这样一个悲剧。所以，《九三年》小说里表现了一个比革命更高的原则，那就是人道主义原则，恩格斯高度评价了这部小说所表现的人道主义主题。我觉得书写人本型文学史，要评价作家作品，它的最高的价值原则应该是人道主义。尽管上述文学史的书写没有运用得很好，但是它们能够自觉地坚持人道主义原则来书写文学史就值得称道。

第三个特点呢，就是人性论的分析，以人性的分析逐步取代了阶级分析。你看在现行的文学史里面，对作家作品的分析，对文学思潮的分析，很少见到阶级论的观点，一般用人性论来分析。这里面有一个重要的文学事件，那就是三十年代鲁迅和梁实秋围绕着人性论的论争。文学创作是依照阶级论还是人性论,争论得很火。鲁迅是捡起阶级论来批判梁实秋的人性论,并进行了人身攻击,把梁实秋说成什么资本家的乏走狗,双方争论得很激烈。现在我们回过头要写文学史了,文学史对这场争论怎么评价,若是按照阶级论,按照新民主主义论的表述,那是第一次反文化围剿,阶级论批倒了人性论,取得了第一次反围剿的胜利。你看现行文学史对这场论争的评价就比较冷静了,文学虽然也有一定阶级性,但是文学的阶级性并不能取代人性,文学的深层是人性,而且人性里面应该包含阶级性。现在我们不讲阶级了,也不讲阶级斗争了,现在分析人也好,分析人和人的关系也好,哪儿还讲阶级性?所以阶级性,对人,对文学,都是一个暂时的现象。在阶级社会,文学虽然有一定的阶级性,但我们的文学研究或文学史书写却无形中扩大了阶级性,阶级性似乎可以包含一切了。特别是《讲话》里讲阶级性就是人性,无产阶级意识中的人性就是阶级性,把人性和阶级性等同起来,而讲人性则是大逆不道的。现在关于写30年代这场文学思想争论,有些文学史回避了,不评价了,因为关涉到鲁迅;鲁迅在这场论争中的观点要是错了怎么办?那就算不上伟大了,是玷污鲁迅了。而有的文学史对30年代这场论争却做了公正性的评价。我觉得黄修己修改过的《中国现代文学发展史》对于这场文学论争的评价就比较公正,人性论他肯定了,文学有一定的阶级性他也肯定了。这是文学史要面临的两个重大的理论命题,这两个命题还需要认真地把他搞清楚,阶级论绝对不能代替人性论。所以,现在的新文学,我们对作家的评价也好,对作品的评价也好,既没有完全坚持人性论,也没有完全放弃阶级论。因为文学的人性论这是共性的,具有普遍价值,而用阶级论怎样评价,哪个是无产阶级,哪个是资产阶级很难判断。我举个很简单的例子。蒋光慈是个无产阶级作家,他的作品应该是体现无产阶级意识形态的作品,可是他的作品中人情、人性的东西很多。特别是三十年代他写了一本小说《丽莎的哀怨》,这部小说是用人道和人性的观点来写主人公丽莎形象。丽莎在苏俄革命时期,尽管出身于贵族家庭,是个贵族小姐,但实际上她是个年轻人,并没有在很大程度上受到家庭的影响,当时和沙皇的军人白根结婚了;后来因为十月革命胜利,把她和白根全部驱赶出来了,赶到中国来,原先是在哈尔滨,待不下去了,就跑到上海去。她的丈夫白根非常颓废,什么也不干,就靠他的老婆丽莎来养活。在上海这个大城市,一个女人要生存下去并不容易,到舞场跳舞,甚至出卖自己的肉体挣点钱,靠自己这点姿色来维持生计。对于丽莎这样一个命运,当时蒋光慈是采取一种同情态度的,是人道主义同情。那时丽莎向北望了望,一看苏联那么强大,像她这样一个人,流浪在外国,没有什么前途,自己丈夫也颓废了,她靠自己生活下去太难了,最后沦为一个妓女,特别厌倦,就投江自杀了。小说写了这样一个悲惨故事!当时批得很厉害,斥责蒋光慈丧失阶级立场,宣扬资产阶级人道主义,就因为这本小说蒋光慈被开除党籍了。我们现在的文学史应该为蒋光慈翻案,因为他在30年代就能拨开“左”的文艺思潮形成的迷雾写出这部人道主义内涵丰富的很有人情味的小说。其实我们中国革命作家对苏联十月革命被打败的军队应该采取什么政策,应该有个清醒的人道主义理性认识。按照无产阶级革命目标,是要解放全人类啊,一个军队虽然反动,但是它已经被打垮了,不存在了,这个军队的士兵已经放下武器,没有什么反抗力量了;这时,按照革命人道主义,应该给他们出路,让他们改正成好人。当时苏联十月革命胜利后,把他们包括其家人都赶出国门,这符合无产阶级革命的政策吗?《丽莎的哀怨》就敏锐提出一个值得深刻反思的重要问题。所以这部小说应该重新评价。文艺上的“左”,从三十年代就开始了。我现在看到的文学史对蒋光慈的这部小说的评价,还没有提高到应有的高度!没有把这部小说人道的内涵挖掘出来,我觉得这应该是蒋氏小说的代表作。不过蒋光慈写的《咆哮的土地》(又叫《田野的风》),里面写的一些东西就不近人情人性。他为了写知识分子李杰,积极参加革命,显示他在贫下中农面前是背叛了地主家庭忠于革命的,就允许贫下中农放火烧了自己家中的老楼,那个时候他母亲有病在家,他妹妹也在家,统统烧死了,他妹妹有什么罪啊?用这样一种错误的举动,用这样一种极左的举动来显示自己是革命者,已经和家人划清界限,我投身革命了。这在革命文学里面,这样的情节还少吗?这是反人道的。像这样的作品纳入了人本主义框架书写文学史,就该以人道主义为最高价值原则重新评价。

第四个特点呢,现行的文学史重视了艺术营造的分析。重视艺术营造的分析就是重视了文的自觉的分析。现代文学,不论哪种形态的文学在我眼里,都是一些元话语,元创作。尽管当代文学,近三十年覆盖了现代文学,好像现代文学的光辉完全被遮住了;但是我觉得现代文学在那样一个特殊的环境下,能创造出这么多的元文本,是很不容易的,它的光辉是什么东西也遮不住的。在创造这些元话语文本方面，就是要靠两个自觉，一个是人的自觉，一个是文的自觉；作家有了人的自觉才能推动文的自觉，其创造性真正发挥出来了，才有可能创作出一些新的文体，创作一些新的手法来表现人的自觉，表现自己对人生、对生活、对自我的深切感受和体验，所以现代文学的新文体层出不穷。正如茅盾对鲁迅《呐喊》的评价，每篇小说都有一种不同的格式，称赞鲁迅是创造新形式的能手，也就是创造新文体的高手。文学史的书写对于"文的自觉"在文学创作中的呈现，特别重视发掘。创新意识研究也好，文体形式研究也好，至少说明文学史书写者对于创作主体忠实于文的自觉给予了特别的关注。我记得1991年，青岛大学冯光廉刘增人先生主编的《中国新文学发展史》，它里面有个专章，集中叙述新文学"文的自觉"在艺术营造上所作出的独特贡献。这就是人本型文学史书写的一个新的变化，一个新的特点。尽管现在还不完美，里面还有很多的缺陷，但是这却是一个新的趋向。同学们都学习过文学史，钻研过文学史，自己看看，对照去看，一比较就清楚了。

根据我上述的想法，我写了几篇文章，同学们可以找来看一看，提点批评意见。有的已经发出来了，有的即将发出来，这也算我书写人本型文学史的探索和实验结果吧。下面再讲一个问题，就是人本型文学史在探索过程中，哪些问题还需要进一步研究。

一个问题是，现代文学按照我们传统的说法是三十二年，按照现在新的说法把现代文学的发生提前到晚清了，提前到什么1900年了，1892年了，现代文学到1949年快五十年。我们这里还按三十二年来论，这三十二年的现代文学史是公认的，也是体制内教材规定的。现在的现代文学史教材不承认晚清的部分，只是在研究时把它延伸了；体制内的版本还是把现代文史定为从1917年到1949年。这三十二年的文学史，如果纳入人本型文学轨道来书写，有个问题需要进一步研究一下，就是新文学的指导思想或主导意识是什么。近三十多年的文学，从五四到49年，过去是无产阶级思想领导，无产阶级思想作为主导意识，我们写的文学史是阶级型文学史。那么我们书写人本型的文学史，它的主导思想线索在哪？从五四文学到三十年代左翼文学，还是四十年代抗战文学、解放区工农兵文学，究竟用什么思想主线把它们贯穿起来呢？作为文学史书写没有主线怎么行，不能像一盘散沙，总要有一条主线，而这条主线恰恰是文学史的主导思想。就我现在的理解,从阶级层面来讲,这三十二年的文学,完全脱离阶级意识是不可能的;问题是什么阶级意识?是民主主义意识,而不是无产阶级意识。毛泽东讲新民主主义,就是民主主义加个“新”字,实质上还是民主主义。所谓这个“新”就是有无产阶级思想成分,不是主导思想。如果没有民主主义这样一个主导意识层面,完全是阶级阶级意识专政的文化生态环境,不可能产生这三十二年的多样化的现代文学。有人讲,当年上海我们搞左翼文学不是有“白色恐怖”嘛,但是那个时候的“白色恐怖”究竟恐怖到一个什么程度?五烈士事件就是白色恐怖造成的,五烈士里面有的是作家,并不是因为他们是作家而把他们抓起来枪毙了,是因为他们参加了共产党一个什么会儿,实际上是两党的政治斗争所致,并不完全是个文学的问题。当时文学创作方面,左翼作家在小说里面有几个是直接批评国民党的?柔石的小说,从《二月》到《为奴隶的母亲》,并没有抨击国民党反动政权。当时真要迫害和打压左翼文学,首当其冲的应该是鲁迅。但是我现在看到的一些资料,鲁迅当年并没有遭受到我们想象的那么多掉脑袋的事情。鲁迅当时的生活还是安全的,他经常看电影,看电影还都是包厢,并不像我们现在文学史写的,鲁迅当时每时每刻都有生命的危险。国民党的白色恐怖势力固然猖獗,但蒋介石又不敢毫无顾忌地采取赶尽杀绝;如果是赶尽杀绝,那么左翼文学能在国民党的眼皮底下发展起来吗?所以研究文学史应该从史料出发,你可以查查当年的那些报纸、那些史料,有些历史真相就清楚了。蒋介石虽然施行独裁专政,但他不敢丢掉三民主义;而共产党并不反对三民主义而是认同孙中山的三民主义。所以三十二年的中国文学的主导思想,从阶级层面讲是民主主义意识。从伦理层面来讲,是不同形态的人道主义。那左翼文学也是人道主义啊?同学们也许要问,左翼文学不是批人性论,批人道主义吗?左翼文学没有集中批人道主义,它主要批人性论。当时鲁迅批梁实秋的人性论,有点误读,他批的是自然人性论,而梁实秋主张的是理性的人性。梁实秋提出人生有三个境界,一个是人性境界,一个是神的境界,一个是兽的境界。他既反对神的境界,也反对兽的境界,提倡在人性境界里坚持理性,人得用理性来抑制人的兽性,用理性来清除一些神性,把理性和人性结合在一块;并不是主张无理性的人的自然属性的这个欲望、那个欲望,一些非理性的东西。而鲁迅批判的却是人的“生物性”,批错位了。无产阶级文学当然也充溢着人情、人道，如果无产阶级文学没有人情人道，那这种文学还有什么感染力啊。你们想想叶紫的《星》，那个革命者对梅春的爱情，不是充满了人情、人道主义吗？茅盾的《子夜》，还有早期的《蚀》三部曲，我更看好的是《虹》，这些小说淋漓尽致地写出了那个大时代中女性人性的复杂和深微。左翼文学里面，不是没有人道，没有人性，在伦理层面深入地体察和感悟就会把人道主义内涵挖掘出来。现在不好解释的是1942年的《讲话》，把阶级性和人性当成一个东西。在这种理论指导下，从事文艺创作，作品里有没有人性？理论和创作有联系，但是也有区别。你看赵树理的小说体现了毛泽东文艺思想，能说赵树理的小说没有人性，没有人道吗？《李有才板话》里面好像人性的西东更多一些。问题是我们把一些人性的东西完全纳入了阶级的范畴，看到的只是阶级性，而不是人性。所以我觉得如果将人本主义作为现代文学构建的一个框架，现代文学32年应该以什么思想作为贯穿线索，从阶级层面说是民主主义，从伦理层面说是人道主义，从审美层面讲是真善美。就是这几个层面，同学们可以思考思考。但是现在看到的中国现代文学史，这个线索不是很分明。黄修己在他的《中国现代文学发展史》中自觉用人的文学思想进行贯穿，但对于40年代文学的贯穿不清楚。其实，真正无产阶级思想的最高目标是解放全人类，然后解放无产阶级自己的；用马克思主义的话讲，解放别人或解放自己最后终要回归到人的解放上来，这不是一种最博大的人道主义嘛，然后才解放自己，试想无产阶级有多大胸怀啊！毛泽东曾经讲过，俘虏被抓了，他已经放下屠刀了，没有什么反抗能力了，给他出路，这不是人道主义吗？可是无产阶级人道主义要落实到文艺领域的一些具体问题上，恰恰落实不好。特别是1942年后，文艺界对哪些持不同观点的作家或学者的批判却是“残酷无情”的，并没讲什么人道主义，这是值得深刻的反思；至于“十七年文学”更需要反思，十七年文学很复杂，不论是政治文学，或者是工业题材、农业题材文学、一些女性文学，内容都很复杂，需要很好的研究，要精读文本，细读文本，从丰富深微的感性世界中发现人性的深度和人文情怀。

再就是，用人性论来分析作家作品，特别是革命文艺作家的一些作品怎么进行人性分析，这个问题也需要很好的探究。我看了几本文学史，对作家作品的分析，总能嗅到浓重的阶级论味道。像茅盾的《子夜》，是左翼文学的扛鼎之作，对《子夜》怎么进行人性分析，我现在还分析不好，无形中就落入阶级分析的老套了。其实，吴荪甫这个形象是非常复杂的，如果淡化了这个形象的一些阶级性特征，不把他作为复杂阶级关系中的一个典型代表，不是个资产阶级代表人物；那么把他作为社会关系总和的一个人，他就是一个企业家，就是在上海这个现代化的大城市里成长的第一代的大企业家。他的人性是非常复杂的，而且人性是体现在方方面面的。当时茅盾塑造这个形象，给他贴上了阶级标签；我们以后的研究，也用阶级分析的方法分析，所以给他定格为兼具进步性与反动性的民族资本家。实际他是个性格内涵丰富有人性深度的现代企业家，用现在的企业家为标准来分析，有些企业家就个人品质来讲，我觉得还不如吴荪甫呢。他身上的人性很复杂，他和父亲的关系处理的就比较理性，他和他妹妹的关系，家庭的关系，都显示他的人性是十分复杂的；特别是他处理工人的关系，当时作为一个资本家，工厂要搞不下去了，他要减少工人的工资，对工人有些严厉，但是他并没有弹压工人。如果我们现在的企业家也到工厂去，被工人包围起来，赶紧打电话给公安局，那公安局早过来了。这是个阶级关系，如果去了这层关系，你说吴荪甫的本质是完全反动吗？残酷吗？再说他和同行的企业家的关系，虽然大鱼吃小鱼，小鱼吃虾米，可是他当时的表现也不是那么残酷，毫无人性。作家在塑造这个人物时，把他放到各种关系当中，他的人性表现是非常充分也是非常复杂的。我觉得在中国现代文学里吴荪甫是第一代的企业家，这个企业家塑造得非常成功。如果当时条件再好一些，他再奋斗一下，那吴荪甫可能就成功了，也可能就失败，这个企业家就是这个样子。当下的企业家什么样子，破产的还少吗，都成功了吗？所以对这些左翼作家的作品我们怎么进行人性分析，这里面有很多的问题需要我们去探索，去研究。我觉得人性都是复杂的，不要把人性都看成是真善美，还有假恶丑呢，也可能有些人性丑中有假，假中有丑。像《雷雨》中的周朴园这个形象，有人觉得他对鲁妈很虚伪，我觉得他对鲁妈的感情很复杂。曹禺写得很真实，周朴园对待鲁妈，他喜欢她，爱过她，她给他生了两个孩子，不是他把她抛弃了，而是他妈妈逼迫他把她赶走了。在这种情况下，他能不怀念她吗？作为人，他怀念她，他念念不忘她，这是人情使然，因此这个怀念是真实的。当她出现在他面前时，他有很多的感想，有自己的尊严问题，也有私心杂念，也有爱恋之情的油然而起，这是一种复杂的人性，必须细致分析。

人本型文学史，现在用这种人性视角，来分析一些比较复杂的人物，以取代机械的阶级分析方法，有很多的文章可做；而且人本型文学史在这个方面做得也远远不够。

下面问题还很多，我就讲这些，请批评。谢谢大家！

（记录整理：苏建美）

（本文发表于2011年《华夏文化论坛》第6辑）

中国现代文学史研究的问题及其跨越

——朱德发教授访谈

颜水生（贵州民族学院文学院讲师。以下简称颜）：朱老师，您好，特别感谢您接受我的访谈。我访谈您的内容主要是从两个方面来考虑的。首先，我很想知道您的学术发展道路，您最早是怎么进入现代文学史研究领域的？我觉得您的成长历程和学术经验对我们这些80后的人具有重要启示和帮助。其次，近年来，文学史研究领域兴起了以“历史化”为主的思潮，而这种研究方法、思想观点与您大不相同；作为老一辈的学者，你们在1980年代建构的文学史观点和方法都遭遇了挑战，您是怎么看待这种现象的？

朱德发（山东师范大学文学院资深教授、博士生导师。以下简称朱）：你提的问题还是值得思考的。最初的时候，我对古代文学比较感兴趣，中国古代文学历史悠久，成就辉煌，有很多伟大作家，有很多优秀作品，我被它们吸引住了。我真正进入现代文学研究领域是在1970年代末至1980年代初，那时现代文学史是我承担的一种任务。刚开始的时候，我是在课堂里讲授现代文学史；后来，我参加了田仲济和孙昌熙两位先生主编的《中国现代文学史》的编写工作。这部文学史是“文化大革命”结束以后国内出版的第一部现代文学史著作，它出版于1979年，我们在1978年的时候就进行了编写工作。接到任务以后，我就得踏踏实实地去完成。我承担写作的是“五四”文学部分，当时已有的文学史著作都认为“五四”文学是无产阶级思想领导的、具有社会主义性质的文学，我在阅读一些作品和史料以后，逐渐对这种观点产生了怀疑。“五四”文学发生的时候，无产阶级还没有成立自己的政党，没有政党怎么领导文学的发展？既然领导了“五四”文学，那么就得落实到具体作家，是领导了鲁迅、周作人？创造社作家？还是文学研究会作家？在阅读过程中，我不断地思考这样的问题。我渐渐地觉得已有的文学史观点对于“五四”文学的阐释脱离了史实，那个时候的思想算是比较解放了，我开始想不以阶级论来阐释“五四”文学史。我把自己的看法与田仲济和孙昌熙俩先生进行了交流，他们两人胆子比较小，没有认同我这样的观点，只是同意我按自己的观点进行研究。不过田仲济先生在后记中特意提到了鲁迅的《呐喊》、《彷徨》不具有马克思主义因素。我那时认为自己从事现代文学史研究是从使命出发，不是出自于一时的兴趣；既然发现了问题，我就必须坚持到底探索历史的真相；这种使命感和责任感催促我不断地查阅一些材料，从小说到诗歌，从鲁迅到周作人，去寻找哪些作家、哪些作品具有社会主义因素，哪些具有资本主义因素，我发现阶级论文学史观对“五四”作家作品的解读和阐释大都不符合历史事实。我相继发表了一些文章，也出版了著作《五四文学初探》，就是专门探讨“五四”文学的，其中的主要问题包括文学革命的指导思想是民主主义还是马克思主义，“五四”新文学观的思想性质等。在研究过程中，我试图从原始材料出发，尽力从一些脱离史实的、僵化的观点中挣脱出来，尽量避免受到既定观念的影响和束缚。一直到今天，我仍然认为我在那时的观点是站得住脚的，是经受得了历史的考验的，就是因为我的观点是从史实出发的，而不是从观念出发的。在1980年代初“清除精神污染”运动中，许志英先生因为主张“五四”文学是资产阶级民主主义思想领导的而受到了批判。在批判运动中，我的一些观点也被揪了出来，被批判为许志英先生的同伙，甚至还限制我们进行现代文学研究。在这一段时间，我暂时停止了“五四”文学史研究，潜心研究了中国古代的山水诗，后来主编并出版了一本《中国山水诗论稿》，算是聊以自娱吧。虽然如此，我却一直没有放弃对“五四”文学史的研究；过了不长的限制期以后，在改革开放的时代潮流中，我又重新清醒过来，振作起来，我又开始研究“五四”文学的原始史料，并在1986年出版了《中国五四文学史》。我是以“五四”文学研究起步的，我在这个方面花费了十多年的时间，一直到1995年我还出版了《五四文学新论》。这十多年来，我之所以一直潜心于“五四”文学研究，那是因为我发现以往的“五四”文学研究的确存在问题，我觉得自己有义务有责任去探究“五四”文学运动的真实面目。在研究“五四”文学的过程中，我还主编了几部现代文学史，但无论是研究“五四”文学史，还是研究现代文学史，我都不会套用现成的公式，不会盲从流行的概念，我相信文学史的真相只存在于原始史料中，绝不存在于公式或者概念中。

颜：朱老师，您刚才提到的从事文学史研究不是从兴趣出发，而是从使命出发的，使我深受启发。您谈到的“五四”文学研究，据我所知，1980年代有一批人在研究“五四”文学，尤其是鲁迅研究在当时占有重要的位置，钱理群、王富仁、汪晖等人的研究各有特点，您的“五四”文学研究也是独具特征。刚才您提到以往的“五四”文学研究存在问题，也就是说您是从使命出发来解决问题的，对此，我想提出一个方法性的问题，您是如何发现问题的？

朱：在最初接触现代文学史的时候，我是认同阶级论对文学史的阐释的，觉得阶级论对文学现象和文学运动的解释是有指导意义的，我当时并没有觉得阶级论有什么问题。后来，我在看到关于鲁迅的评价的时候，我才慢慢发现阶级论对文学史的解释是有困难的，比如“三大家”啊，比如空前的民族英雄啊，这些评价明显拔高了鲁迅的历史地位，“文学家”和“思想家”的称号比较好理解，但是“革命家”的称号就难以理解了，既然是“革命家”，那么鲁迅是什么革命家呢？是思想革命家，还是政治革命家呢？以茅盾的话来说，鲁迅是政治革命家，既然是政治革命家，那么鲁迅就应该有革命的思想，有革命的行动啊，可鲁迅的行动在什么地方呢？这些东西啊，我当时都不好理解。我当时是做史料的，然而从史料中得到的观点与长期盛行的观点很难挂起钩来，我就感到不理解，正是这种不理解的心理促使我深入到文学史的研究中去。

颜：在文学史研究中，文学史观有着关键性作用，文学史观决定着文学史研究的创新和突破。记得您在2002年撰文提出了“现代国家文学史观”，近年来您又多次撰文对这种文学史观进行了体系化。我觉得这种文学史观在理论上具有创新性，为文学史研究打开了新的窗户。我想知道“现代国家文学史观”与您以前在文学史书写过程中秉承的文学史观是什么关系？

朱：对于现代文学史研究，我的文学史观的形成是经历了一个过程的。刚开始的时候，我是认同阶级论文学史观的，人是有阶级性的，文学也是有阶级性的，文学史也是阶级斗争史，这个观点恰恰是书写政治型文学史的核心思想。后来，我在参加了文学史的书写以后，特别是在1980年代初的时候，我又形成了“人的文学”史观，我的这个“人的文学”史观与周作人在“五四”时期提出的“人的文学”观既有联系又有区别，联系在于它们都重视个人主义，强调以个性为主,这些都是“五四”文学的个人本位主义的理论基础。然而,人除了个人主义和个性意识以外,还有群体主义和集体意识,只有把这两种意识结合起来的人才是完整的人。马克思说人是一切社会关系的总和,因此作为人来说,人毕竟是独立的,是有个性的,但这还不够,人必须把个体主体和集体主体结合起来,才是真正完整的人。我把以这种对人的理解为基础的文学称之为“人的文学”,在1980年代的时候又被广泛称之为人道主义文学。我对周作人在“五四”时期提出的“人的文学”观是有想法的,周作人提出“人的文学”观,倡导以个人为本位的文学创作,这对“五四”时期的人的解放潮流是有促进作用的。然而,周作人提出中国古代文学是“非人的文学”,我是不同意的,实际上中国古代文学也是“人的文学”,只是它没有明确提出或者强调个人和个性。你能说《西游记》是非人的文学吗?比如孙悟空,它是中国古代文学中的典型形象,它是一只猴子,但也表现了很多的人性,它是个性主义的化身,它的个性特别强,它的反叛精神也是如此。中国古代文学也是以人为本位的,只是人本与民本和群本思想结合在一起,在理论上没有提出个人主义和个性精神而已。“五四”文学之所以成为“人的文学”,是因为它自觉地创造了以人为本的文学,它在理论上提出了个人主义和个性精神,但是“五四”文学也并非完全是写个人的,它也有写个人与集体的结合。在“五四”文学中,有表现农民的‘,有表现工人的,有表现知识分子的,这些几乎都表现了个人主义和集体主义的结合。判断文学是不是“人的文学”,主要是看作家是否尊重个体意识,是否从个体意识出发,是否批判压抑个体意识的封建教条。人的自觉引发了文的自觉,白话体小说和自由体诗歌促进了文的解放,人的自觉和文的自觉的结合使“五四”文学成为“人的文学”。“人的文学”又是多种多样的,现代文学就是由各种各样的“人的文学”形成的,在1980年代初我就基本形成了这种看法;但是现代文学也存在非人的文学,比如法西斯文学,比如“文革”文学中也有一些非人的文学。我的人本文学史观与现代国家文学史观既有联系又有区别。我提出现代国家文学史观主要为了建构学科范畴,把现代中国文学都囊括进来。以前,现代文学主要指的是新文学,是与旧文学相对的,并不是指现代中国的全部文学;但是在现代中国,旧文学仍然存在,还有与新文学相对的传统文学、民间文学、少数民族文学,等等,这些都是现代中国文学,不能把它们排除在外,它们的存在本身就证明了它们的合法地位，任何忽略这些与新文学相对的文学形态的现代文学史著作，都是不完整的。我在编写文学史的过程中，就一直在想如何把它们都纳入到文学史的书写中，经过长期的思考以后，觉得只有建构现代中国文学史观才有可能把它们纳入进来，才有可能建构它们的文学史研究和文学史书写的合法性。现代国家文学史观是以现代民族国家观念作为思想基石的。自晚清以来，救国一直是中国人的核心追求，有科学救国啊，有文化救国啊，有武装斗争救国啊。救国啊，救什么国呢？它不是救旧中国。救国包括两个方面的内涵，一方面是破坏旧中国，但是单单是破坏旧中国，还是不行的啊，因此救国另一方面的涵义是建设现代民族国家。中国人对现代民族国家的追求从晚清就已经开始了，洋务派就提出了学习西方的政治体制，维新派又提倡君主立宪，君主立宪也是一种现代性政治，"五四"运动提倡民主，这是一种资产阶级民主政治。共产党成立以后，又提倡一种无产阶级专政，这是一种无产阶级民主政治；建国之初提出建设新民主主义社会，后来又主张学习苏联模式，而苏联模式是一种专制政体，因此，在意识形态领域出现了民主与专制的矛盾斗争，"文化大革命"就走上了全面的专制，"文化大革命"结束以后，又否定专制，社会主义进入新的历史阶段。在这种漫长的现代民族国家想象、实践、运作的过程中，产生了各种形态的文学，我觉得这些各种形态的文学都是现代国家的文学，现代国家文学不仅包括新文学、革命文学，也包括种种其他形态的文学。我提出现代国家文学史观的目的是建构一种大的学科范畴，在这种学科范畴里书写现代中国文学史。书写现代中国文学史要有一个核心的文学史理念，我仍然坚持这个核心的文学史观是"人的文学"。现代中国文学史的书写就应该体现现代国家文学史的本质特征，现代中国文学史的本质特征就是"人的文学"，"人的文学"是决定现代中国文学性质的重要因素，是决定现代中国文学审美特征的重要价值尺度。现代国家文学史并非具体的文学史观，而是宏观的，它是作为学科的支撑，作为学科的框架。建构现代民族国家是一个复杂漫长的历史过程，在这个过程中产生了各种各样的文学，既有现代性的文学，也有非现代性的文学，这些都属于现代国家文学史的范围内。现代国家文学也有法西斯文学，它是非人的文学，这是一种失去人的本质的文学，因此现代国家文学必须以"人的文学"作为核心价值评判标准。"二十世纪中国文学"史观强调启蒙文学，但是20世纪中国也有多种其它形态的文学,“二十世纪中国文学”史观忽略了其他形态的文学,因此它书写的是不完整的文学史;“二十世纪”是一个时间概念,它强调的是100年,那么100年前怎么看待,100年后怎么认识?现代国家文学史观是一个宏大的文学史视野,它旨在建构一个学科,在这个学科里,有各种各样的具体的文学史观,有核心的文学史观,这个核心的文学史观就是“人的文学”。现代国家文学史观上可封顶,下不封底,从现代民族国家观念的产生以降的文学都是现代国家文学。

颜:朱老师;您提到“现代国家文学史观”是以现代民族国家观念作为思想基石,对此我有一些疑惑。一方面,现代民族国家是一个想象的共同体,作为一种制度观念,无论是晚清,还是现在,人们对它的理解都不一致。可以肯定地说,在晚清时期,大多数人都不知道现代民族国家是什么,只有少数的精英在为此呼号(如梁启超),这也是维新变法失败的重要原因。辛亥革命所建立的“中华民国”,是不是完全意义上的现代民族国家?当然这是在制度上思考这个问题,但是在观念上思考,这也是有疑惑的,从晚清到民国,现代民族国家观念更多地只存在于精英知识分子的思想意识中,然而文学并非只是精英的。另一方面,现代民族国家观念容易让人联想到民族主义,在中国文学日益走向世界的今天,现代国家文学史观如何考虑文学发展的世界性因素?

朱:我不同意这个观点,现代民族国家是一个民主、理性、法制的国家观念,不是狭隘的民族主义和沙文主义。1901年,梁启超在《国家思想变迁异同论》中首先把现代民族国家观念引入到中国,你去看看这篇文章,他讲得很清楚。越是现代民族国家越没有沙文主义和民族主义,它强调人权、自由与理性,与传统国家观念具有重大区别。世界文学这个观念早就被提出来了,从歌德到马克思、恩格斯等人都提到了世界文学,但这以后,每个国家,每个民族是不是都在自觉地创作世界文学?恐怕各个国家的步骤是不一样的,也就是说世界各国的文学发展步伐是不一致的。记得有一次诺贝尔文学奖评选,有一部小说获奖了,授奖词对这部小说的评价是该小说已经超出了民族性,获得了人类性和世界性,追求人类的共同价值。中国在进入现代化以前的文学缺乏自觉性,但不缺乏人类性,比如《红楼梦》、《西游记》等小说中都表现了人类共同的东西,获得了世界各民族的认同。到了后来,你看看莫言的小说,他是自觉地追求人类性和世界性的。人类性和世界性是文学的普世价值观,它们不是矛盾的,人类性是复杂的,比如真中有假,善中有恶,等等;世界性是人类的同一性,是人类共同的艺术追求;在人的文学和世界文学的大格局中,人类性和世界性是统一的。鲁迅当年提出了文学的民族性与世界性的相互关系问题,但是人们长期把鲁迅的观点简化了,认为越是民族的越是世界的;实际上鲁迅的原话并不是这样的,你去查一下看看。越是民族的越是世界的,这个观点有一定道理,但也有片面性,越是民族的并不一定都是世界的,并不一定具有人类性,并不一定具有普适性。你回去后查查鲁迅的原话,这种简化后的观点失去了辩证性。

颜:好的,我回去后就去查查。朱老师,据我了解,价值评估体系在您的文学史理论中占有相当重要的位置,所谓“一个原则,三个亮点”无论是对文学史研究,还是对当下的文学发展,都具有指导意义;在处于后现代社会的今天,普适的、超越的价值观显得尤其重要。然而我发现在文学史研究中,有一部分学者借鉴韦伯的理论,主张在文学史研究中不作价值判断,这种趋向在文学史研究中已经相当普遍了。后现代主义者更是极为反对永恒的、普遍的价值标准,因此有学者借鉴后现代主义的理论与方法解构了文学史研究中的价值判断。您是否担心您的价值评估体系被解构?

朱:学术研究就应该各抒已见、百家争鸣。有人对我的观点提出批评是好的事情,我不担心自己的观点被解构。文学史研究就应该有价值判断,在现代中国文学漫长的形成过程中,产生了各种各样的文学,产生了难以计数的作家作品,这些作家作品艺术成就和审美价值有高低不同,它们在文学史上的意义和作用也有不同,文学史家应该对他们作出价值判断。有些文学史著作宣称不作价值判断,然而他选择的作家作品,他安排的篇幅的多少,等等,这些东西恰恰表现了文学史家的价值判断。他为什么选择这个作家,为什么选择这个作品,如何安排篇幅,如何斟酌语言,这些都隐含了文学史家所秉承的价值标准。没有价值判断就不可能发现文学的价值所在,也分不清各种文学形态的价值差异所在。比如莫言的作品哪部重要,哪部不重要,这种比较就肯定存在价值选择和价值判断的问题。纯客观的文学史书写是不存在的,无价值判断也是不存在的、骗人的。在现代中国文学领域,有很多作家作品在文学史书写中得到了叙述,但是也有不少作家作品尚未被发掘,甚至有的作家作品遭到歪曲,遭到贬抑,比如《大上海的毁灭》这部小说写的是“一·二八”事变中十九路军与日寇浴血奋战的故事,但这部小说在文学史中一直没有得到公正评价,这就是文学史家在书写过程中的价值评判标准影响的结果。因此我一直想建构一种人们大致认可的评价体系,尽量摆脱主流意识形态的影响,让各种各样的作家作品都能得到公正的评价。

颜:“现代中国文学史”在理论上具有很大的兼容性,比如旧体文学与新体文学,汉民族文学与少数民族文学,民间文学以及通俗文学等,在书写实践中对治史者无疑是一种挑战,它需要治史者具有更高的能力素质和知识积累。您觉得“现代中国文学史”在实践中如何具体操作?据我所知,您现在正组织编写《现代中国文学通鉴》,是否与此有关?

朱:我前不久为正在编写的《现代中国文学通鉴》写了一个导论,你回去后仔细看看。现代中国文学史对文学史书写者是一种考验和挑战,它要求书写者都应了解不同形态文学的特征,打通各种文学的关系,形成一个文学史整体。它要求书写者有一种文学史的通识,鲁迅说过创作总根于爱,也就是各种文学都充满爱,也就是说各种文学都是相互联系的。因此,文学史书写者应该找出现代中国各种文学之间的相互联系,并了解不同形态文学的差异性。文学作品中的爱憎感情是丰富多样的,有男女之爱,有亲子之爱,有手足之情,等等,这些感情都有相通的地方。中国现代文学形式之间也是相互联系的,章回体小说、张恨水的通俗小说与“五四”小说都有相通的地方,旧体诗词和自由体诗也有连通性。这些各种文学形式之间的连通性就是书写现代中国文学史的线索。现代中国文学史就似一张大网,各种文学形态分布在各个网点上,各网点之间又都是连通的,文学形态的分布形式就是网络结构。

颜:朱老师,您在《现代文学史书写的理论探索》中提出要建立“文学史学”,我对此深有同感。记得杨义先生曾在1980年代就提出了要创建文学史理论体系,但是据我狭窄、粗浅的阅读,虽然这方面的著作确实有了一定的进步,但还是难以令人满意,我觉得多数著作还不足以称之为“文学史理论”、“文学史学”或“文学史哲学”。我认为建构“文学史学”必须要有体系的支撑,要有理论的创新,而不能停留在文学史研究和文学史理论的研究。我想请您就建构“文学史学”,具体谈谈您的想法。

朱:这个问题提得很好,关键是你提出了自己的观点。文学史学是我长期以来思考的问题。我认为文学史学的知识和思维是文学史研究者或者书写者必备的素质,文学史学的修养是文学史书写的重要前提。文学史学是一种理论形态,它是建立在文学史研究和书写的基础之上的,它是文学史研究和书写的总结、提高和升华,反过来它又指导文学史研究和写作。文学史学的研究对象不是文学本体,而是已有的文学史的著作,也就是对文学史著作本身的研究,因此可以称为“研究的研究”或者“思维的思维”,它又可以称为“文学史哲学”。文学史的书写主体也是文学史学的研究对象,它包括文学史书写主体的思维规律,比如书写主体以什么方式来思考;文学史书写主体的叙述话语是形象话语还是理论话语,等等。文学史学其实就是一门关于文学史的写作学和建构学,即怎样写文学史,怎样写好文学史。文学史学必须建构在文学史一书写的实践基础上。从1949年以来的体制内文学史写作的60年历史,从“五四”以来的90年历史,各种文学史版本都是文学史学的理论和实践资源。文学史学的建构需要综合文学史研究和书写的规律、方法、逻辑框架和理论体系,更重要的是,文学史学的建构需要一种批判性的反思精神,它应该对已有的文学史研究、文学史著作和文学史理论的思维模式、理论框架和标准依据进行批判性反思。比如在现代文学史研究领域,文学史学就应该从理论上概括现代文学史书写的学科范畴、文学史观、价值标准,等等,评判已有文学史著作的意义与局限,文学史著作的优点和缺点都是文学史学反思和批判的对象。至今在国内很难找到一部完善的文学史学著作,文学史学的建构还在探索过程中。

颜:如果说“文学是什么”决定了文学史书写的内容,那么“文学史是什么”决定了文学史书写的形式,可以说“文学史是什么”在文学史书写中具有本体论意义。“文学史是什么”,对这个问题的显而易见的答案是“文学史就是文学的历史”,可这种解释很容易被解构。据我所知,人们对这个看似容易的问题的解答却是大不相同的,如有学者就把文学史看做是具有现代人主体意识的心灵史;还有学者说文学史的核心问题是“叙述”和“如何叙述”自己的“历史”。也许是因为我的阅读不够细致,没有注意到您对这个问题的解答。

朱:我的观点与他们有些不同。文学史书写的核心,从主体方面来说,就是书写者书写历史的积极性、主动性和创造性,尤其是书写者秉承的文学史观,书写者坚持什么样的文学史观决定了文学史著作的基本精神面貌，比如阶级论文学史观呈现的是政治型文学史写作，“人的文学”史观呈现的是人本型文学史写作。从客体方面来说，就是书写者占有史料的多少；文学作品、报纸杂志、作家回忆录、传略以及有关东西，都是书写者应该查阅的资料，书写者占有材料的多少影响对历史的书写。占有越多，了解越多，就越能方便梳理、整合文学史，就越能在历史的脉络中寻找出、归纳出规律性的东西。对文学史的认识都是在史料的基础上形成的。文学史书写必须把主体和客体结合起来，书写者与史料必须达成一种统一，往任何一个方面偏重的文学史书写都难以经受起历史的考验，比如过度偏向主体方面，认为文学史家具有无上的书写权力，想书写什么就书写什么，想怎么书写就怎么书写，这种主观化的文学史很容易遮蔽历史的真实面目。然而过度重视史料，把文学史书写当做史料的堆积，这种纯客观化的方法其实也不是文学史建构，罗列作家作品也不是文学史建构，资料汇编也不是文学史建构。因此，文学史书写包括两个层面的东西，一是书写者对文学演变过程的发现即对文学史本体的认识，这种发现和认识不可避免地受到书写者自身的身份、人格、个性等主体因素的影响，它使文学史书写具有主观色彩；一是文学史料所呈现的文学发展过程和规律，这种不以书写者的意志为转移的规律性的东西并不是活生生的，也不是历史发展的本来面目，而是物化在各种各样的历史材料中，它决定了文学史书写必须以客观史实为基础和依据，任何文学史观的形成都应该由史料生发出来的，而不是从概念中生发出来的。文学史书写是主观与客观的统一，单方面地强调任何一方都是片面的。

颜：我最近看过一篇文章《文学史：一种没有走出虚构的叙事文本》，其大意是说文学史著作是一种叙事文本，文学史作者是叙述者，文学史书写具有虚构性。我觉得这种观点很有意思，不仅文学史书写具有虚构性，任何历史叙述都具有虚构性，它们都是叙述者的主观产物，这种观点体现了文学史本体论研究是“文学史学”的建构方向。我看到您在著作中也分析了文学史研究的主观性与客观性问题，质疑了“还原历史本来面目”的机械客观论。您从主体思维角度讨论这个问题，体现了文学史理论建构的一种方向。

朱：我不同意你的这种观点。文学史具有虚构性这仅仅是一种观点，这种观点不具有说服力，也不具有普遍性。如果文学史也有虚构性，那么就成为小说了。文学史书写的最本质的特征是真实性，而不是虚构性。我在1980年代初就形成了一种历史观，就是写文学史一定要真实，一定要用史实说话。刚开始的时候，我对于文学史的真实性也产生过怀疑，是本质的真实还是人为的真实呢？后来我觉得，文学史的真实性应该包括本质的真实和主体的真实。本质的真实就是所谓的客观真实，主体的真实也就是所谓的主观真实。客观真实与主观真实有时是统一的，有时是矛盾的，它们的关系是复杂的。我有时就想，文学史书写的真实性应该是客观真实与主观真实的矛盾统一。有一次，我看到列宁的一篇文章，发现了解历史不能只抓住片断，而要从历史事实的各种联系中，从历史的全貌中来把握历史。因为历史事实很多，任何一个人都可以对某个历史事实作出判断，但是仅对单个历史事实作判断很可能是片面的。这样，我在进行文学史研究时，就得想办法尽可能多地查阅历史材料，从历史材料的各种联系中来把握历史。有了这种历史真实观，我对“五四”文学的研究克服了不少片面性。文学史书写的两大要素是求真与求实，要靠事实说话，历史是什么样子，不是虚构出来的，而是从史料中寻找出来的。实是真的基础，但实也不一定是真的，实也有表面的、虚假的。如鲁迅是“五四”文学巨匠，这个观点必须要有实在的材料的佐证，如鲁迅的小说、散文诗，这样才能得出巨匠的真理性；解读《狂人日记》，从文本分析可以得出感性的真实，这种认识还是来自于真实的材料的分析。再看看蒋光慈的小说《田野的风》和《丽莎的哀怨》，哪一部小说更真实？我觉得《丽莎的哀怨》更真实，主人公的悲惨命运，作者的人道主义同情，更合乎人情味；而《田野的风》是不真实的，主人公李杰竟同意贫下中农放火烧李家老楼，背叛家庭，背叛母亲，把卧病的母亲和无辜的妹妹统统烧死，既不合乎人情，也不符合革命伦理，因为革命的目的是解放全人类，其原则也是人道主义。“还原历史情境”这种想法是很好的，但这只是一个乌托邦，想法是可能的，但实践能做到吗？历史的原生态能还原吗？不可能的。纯客观的叙述可能吗？不可能。你能还原30年前的事情吗？比如今天我们在这里对话，两天以后，你能还原今天的对话吗？他们这种“还原历史情境”的想法是对政治型文学史的一种反拨，虽然目的很好，但实践很难。你看看我们现在有这么多的文学史，你说说有哪部文学史还原了中国现代文学的纷纭复杂的历史本来面貌？比如杂志要发什么文章，信息收集不可能完备，追求原生态但永远都追求不到，只有在不断追求中书写历史。历史就是求真，各种历史的真，但却难以追求成功，报告文学追求真实性但也有想象的成分，不过想象必须合理。

颜：在《文学史的衰落》中，韦勒克虽然承认文学具有历史的特征，但他又怀疑文学史能否解释文学作品的审美特点；他认为文学作品的价值不能通过历史分析来把握，只能通过审美判断来把握；他还认为文学史把作品降格为历史链条上的一个环节，而作品的本质在于它是一个引起审美判断的价值整体。作为英美新批评的代表人物之一，韦勒克提倡作品分析，质疑文学史书写，甚至预言文学史书写必然走向衰落。中国从1980年代中期开始兴起了“重写文学史”运动，1990年代后期出现了所谓的“文学史转向”，新世纪以来，文学史研究仍然是学术研究的热点。我有时想，国内的文学史研究非但没有衰落的迹象，反而越来越兴旺了；与此相反的是，当下的文学批评却遭到了广泛的质疑，这种现象令人费解。我们都知道文学批评与文学史研究之间的关系，如果文学批评都不那么“靠谱”了，那么文学史研究会出现什么状况？这是令人担忧的。您认为文学史研究会衰落吗？

朱：文学史研究的兴起自有它的理由。中国现代文学史研究虽然经历了几十年的历史，但是现代文学史书写仍然还不稳定，还在探索过程中。现在有两个原因决定了文学史研究不会衰落，其一，我们现行的大学教育体制，现代文学史早已成为本科必修科目，大学教育需要文学史教材，就需要研究和书写文学史。现在大学教育使用的文学史教材又没有达成统一，各校使用的教材又大都不一样，很多高校都使用本校教师编写的文学史教材，这种大学教育的需要决定了文学史研究总是方兴未艾。其二，文学史研究者的学术追求是不会停止的，即使评论者也应该有一个总括性的要求，就是一种内在追求，即不能孤立地评价作家作品，必须在文学史的联系中、在文学史的脉络中来看待、评价作家作品。如鲁迅是“五四”文学巨匠这个观点，是把鲁迅的作品与古代文学以及鲁迅以后的文学进行比较而得出来的观点。因此对文学的评价，不是在世界范围内，就是中国文学史范围内进行比较，有比较就有文学史研究。文学批评是文学史研究的基础，文学批评是文学史研究的参考，但不是唯一。文学史研究者也必须解读文学作品，但也不能完全抛弃文学批评家的观点，也不能跟风跑，跟着文学批评走，特别是在思想动荡期内。文学批评家切近当下，与当下的社会思想和审美趋向密切相关,以及与主流意识形态的需要密切相关,文学批评家甚至还深受商品经济的影响;而文学史家则需要冷静、稳定、平常的心态,超越特定的历史环境,在一定高度上看待文学现象。批评家不一定是文学史家,但文学史家却一定要是批评家,所以文学史家写出的评论要比批评家更厚重一些,更讲究学理一些。比如程光炜的"重返80年代"研究就不再是1980年的文学批评,而是一种更加理性的批评。

颜:刚才谈到的关于1990年代后期出现的"文学史转向"问题,可以从两个角度来理解,一方面,1990年代后期开始,很多从事文学研究的学者把兴趣转向了文学史研究;另一方面,在1990年代后期,尤其是进入新世纪以后,文学史研究转向"历史化",以至于"历史化"俨然成为当下的热门思潮,"历史化"思潮也确实给文学史研究带来了重要收获。所谓"历史化",简单地说,就是以社会学方法进行文学史研究;"历史化"理论与方法都与以往的"政治化"、"审美化"的文学史书写拉开了距离。相比较而言,"历史化"理论与方法同您的观点有不少区别。您是怎样看待文学史研究中的"历史化"问题?

朱:我对"历史化"理论与实践关注得很少。"历史化"大概就是把文学放在特定历史环境中进行社会化研究,是不是就这个意思?(颜:大致是这个意思)这不是新的方法,无论是对象的历史化,还是自我的历史化,都是一种客观化的历史主义,都是把研究对象放在特定历史环境中,与社会紧密联系起来,来研究文学的社会属性、社会情怀、社会心理,这种方法对社会审美建构具有重要作用,但是忽略了创作主体在创作过程中的决定作用。我一直认为创作是创作主体的思想和艺术结晶,如果没有知识分子,就没有艺术,特别是知识分子的成就主要是为社会创造审美文化,为社会提供精神食粮;文学史也是这样的,如果没有知识分子,没有作家,哪有文学史?真正的工农兵文学在文学史上也没有多少,赵树理虽然是个农民,但也是知识分子,知识分子具有创造性。文学史研究强调历史化,如果不考虑是哪些人创造的,就无法挖掘文学的价值,所以文学史要研究作家作品,要研究作家在社会环境中的创造性。人的文学本体就是作家本体,作家本体在社会环境中有独立性和创造性,这是不可忽略的。我国现在没有诺贝尔文学奖,就是因为我们的文学批评和文学史研究没有很好地研究作家,鲁迅、曹禺这些作家,为什么能够成功?而不是其他人成功地创作《狂人日记》，创作《雷雨》，文学史就应该要解答这个问题。《高玉宝》这样的作品能够流传下来吗？文学史上的代表性作品都是知识分子精英创造的，这些作品都凝聚了知识分子的主体性和创造性，这些东西是不可忽略的，也是难以历史化的。我一直反对纯粹客观化的、不作价值判断的文学史书写，它是骗人的。我的这种观点比较偏激，但事实就是这样，我不得不这样想。

颜：好。感谢您解答了这么多的问题。最后想请您谈谈对文学史研究的想法或者期待吧。

朱：现代文学史是在不断地书写，不断地实践，不断地建构，没有一部能让大家都认可的文学史，我也不希望有这样的文学史。文学史在历史的长河中，不断地被发现，不断地被发掘，不断地被重新解读，文学史研究是感性实践，具有广大的探索空间。《红楼梦》永远也阐释不完，各种阐释都不一样，可以从不同角度，可以进行个性化、个人化的多种尝试，百家争鸣、各抒己见。文学史研究者要有博大的胸怀、要兼收并蓄，文学史研究没有绝对的真理，只能占有部分真理，不可能占有全部的真理。文学史研究者要反对霸权文学史，文学史研究者要不断发现，不断探索。

颜：非常感谢朱老师，您的观点使我受益匪浅。

（本文发表于2012年《海南师范大学学报》第2期，由颜水生执笔整理）

创新性与本体性

——论严本《二十世纪中国文学史》的两大特色

上世纪80年代中期“二十世纪中国文学”作为学科范畴,被学界逐步认同后书写了多部《二十世纪中国文学史》,虽然都在“重写”上下足了功夫,力求有所突破有所创新;但是在整体学术风貌上或者作家作品评述上,给人耳目一新之感的却实在罕见。最近拜读了严家炎主编的《二十世纪中国文学史》①(以下简称严本),颇有一种眼前一亮的新颖感、厚重感、扎实感和深刻感;它不仅为文学史的重构提供了新鲜的经验和值得参照的书写范式,并且提出一些应该深入思考和探索的学术问题。严本是大部头的有开拓性的文学史,诚然显见的特色很多,不过最耀目的两大特色却是它的创新性与本体性。

一

创新性是任何一部文学史书写或重构的学术标杆和生命根基,所以凡达到“重写”标准的文学史都具有不同程度的创新性;严本无疑是“重写”的二十世纪中国文学史,与已见到的版本相比较严本的创新广度和力度更显豁,甚至那种原创性的学术气息令读者受到的思想冲击和理性启示更大一些。虽然不能说严本的创新是全方位的和整体性的,每章每节都具有鲜活灵动之气;但是至少在阅读过程中会感触到,严本所建构的文学史是一套别开生面的话语系统,不论文学思潮的论析或者文学流派的剖析或者作家诗人的定位或者各体文本的解读,都体现出编著者的匠心独运、创新追求和表述技巧。

综合以观,严本创新性的呈现方式大致是:以包容性的学术视野发掘新史

① 严家炎主编:《二十世纪中国文学史》上册、中册、下册,北京:高等教育出版社,2010年4月版。

料，此其一。经过几代学者的耕耘，20世纪中国文学领域很少剩下未开垦的“处女地”，甚至有些文学园林深翻细找过千百次，因此发掘新史料既是极其艰难的文学史重写的先导性的基础工作，又是极其有意义的开创性的研究准备，从某种意义上说新史料发掘是与文学史书写的创新性成正比的。严本编著者超越了党派、阶级、民族的界限，以毫无局限或偏见的包容性视野去搜求、洞察和发掘尚未被发现或者已发现并未写进文学史的新史料，通过去伪存真地选择和整理，将其纳入文学史书写的框架结构，这既充实丰富了二十世纪中国文学史的内涵又改变了以往对文学史格局所形成的一些习见。由于从新发掘的史料中钩沉出陈季同于1877年至1891年间出使欧洲以法文创作并发表的小说《黄衫客传奇》和剧本《英勇的爱》，并以此为佐证，将中国现代文学的开端由1917年推进到19世纪80年代末和90年代初①，向前追溯了27年之多，这就大大突破了中国现代文学史已有的学科格局。抗战及四十年代文学，重新发掘出的史料或早已发现并未引起治史者重视的史料相当多，丰富了文学史的信息，增进新的书写内涵，不只是为冯至设计了两节也为师陀的小说立了专节，特别是“南北呼应的新古典主义诗潮”更是新拓的内容；因为第十五章、十六章、十七章这三章发掘并运用了大量新史料，既使抗战文学的审美品位充盈浓郁又使抗战文学的艺术风貌发生变异。

从多维度探寻新史识并形成新见解，此其二。所谓“史识”是从史料中探究出的合乎规律的思想，由史料而升华出的逻辑结论；对于文学史书写来说“史识”就是灵魂，只有史料而无史识构不成文学史，没有新史识只有新史料也构不成创新型文学史，即使不增加新史料若能从已占有史料中发现新史识，也能构成创新性文学史。翻开严本文学史，新史识随处可见，有的是从新史料中洞见的新史识，有的则是从习见的史料中探寻的新史识；不论新史料或已有史料，只要进入严本书写主体的视野中总能从不同的维度或层面发现新思想，并给出新的判断或新的结论：或从原创文本中发现出新意蕴新思想，如《黄衫客传奇》这篇小说由三个维面切入，则透析出现代性特征及其美学意义；或从文学运动形态的勾勒中洞察出新史识，如通过对维新文学变革的叙述获得了它“构造了新

① 严家炎主编：《二十世纪中国文学史》上册，第7页。

文学殿堂"的结论①,新文学即现代化文学,这表明文学改良运动早于五四文学革命就初步实现中国文学的现代化;或从作家其人其文的联结中考察出新思想,黄遵宪专节颇有新意,主要体现于"转换"这个新见解上,即黄诗推动了传统诗歌向现代诗歌转换②;或从文学思潮的梳理中形成新史见,如对1949年文学思潮的宏观考察发现海峡两岸形成两个政治化的文学战线及其政治型的文学新范式③,这是以前文学史书写未曾见过的新概括;或从文学流派的归结中而纳进新作家或者给出新命名,以见新史识的睿智,如三十年代社会剖析派小说将叶紫也列为重要成员④,四十年代九叶诗派更名为"新生代"⑤,等等。

选取新角度对文学作品作出新阐释给出新评价,此其三。这是严本文学史最给力的创新点。且不说严本中哪些只给予点评式的文学作品显出多少卓识,这里只择取一些重点解读的文本略加考察,足见严本的创新性大多是从对文学作品的精读中彰显出来的。解读李伯元的谴责小说《官场现形记》,是这样突现其创新之处的:较之"以往士大夫暴露黑暗,揭出民瘼,是向皇帝大臣上书,以引起执政者的注意",而"《官场现形记》却是倒过来,向普通老百姓揭露官场的黑暗,体现了近代的'公众化',诉诸舆论。"⑥这是颇新意的比较性分析。鲁迅第一篇新体白话小说《狂人日记》千百次被解读,对表现的"吃人"主题引起不少争议,而严本对"满本都写着两个字是'吃人'!"则给出这样的阐释:"这里的'吃人',并非真指吃人肉,其意义远比揭露吃人肉要深广得多。肉体上被吃掉,这毕竟是少数人的遭遇,而且其行为的野蛮性容易被人们认识;凝聚在'三纲'中的家庭制度和封建礼教的思想毒害,则吞噬了千千万万人,而它的野蛮和危害反不易被察觉"⑦。这是符合文本应有内涵的阐释,既不过度发挥也不胡乱联系,而其所达到的思想深广度则贴切地开掘出来,给人以启示性的想象。解读茅盾《子夜》不再把吴荪甫纳入"民族资产阶级两面性"这个机械阶级论框架里

---

① 严家炎主编:《二十世纪中国文学史》上册,第28页。
② 严家炎主编:《二十世纪中国文学史》下册,第33页。
③ 严家炎主编:《二十世纪中国文学史》上册,第2页。
④ 严家炎主编:《二十世纪中国文学史》上册,第345页。
⑤ 严家炎主编:《二十世纪中国文学史》中册,第169页。
⑥ 严家炎主编:《二十世纪中国文学史》上册,第79页。
⑦ 严家炎主编:《二十世纪中国文学史》上册,第176页。

加以分析，而是从作品具体描写出发，分析出一个民族资本家的复杂人性，所引出的结论是："形象的描写往往会超越理性思考的范围，所以小说中的吴荪甫不仅是一个充满矛盾的性格，而且是一个悲剧英雄。"[①]这是从人性的高度肯定了吴荪甫的典型意义和美学价值，一反过去那种贬抑或否定性的评价，给《子夜》及其吴荪甫一个公正合理的定位。老舍的名篇《骆驼祥子》的重新解读，并不认为祥子的"堕落"与其性格展示是通过"三起三落"买车过程的描写，乃是通过祥子与虎妞之间的情感纠结关系呈现出来，不仅指出小说表现出"一种身体崇拜和力的崇拜的意识"，而且作出这样的评判："老舍作为市民文学的代表，对社会的认识有着他特殊的方式和途径，《骆驼祥子》中含有风月宝鉴的色戒的成分，就如同《红楼梦》里风月宝鉴不断演示美女与骷髅的交替一样，最终要揭示出'色便是空'的大结局。"[②]如此鲜活的比喻所形成的冲击力，不能不引发读者对《骆驼祥子》新的认知和新的追询。将四十年代冯至《十四行诗集》解释为"真实的存在者"的体验与诗[③]，把艾青抗战爆发前后的诗歌概括为"一个丰富博大的'诗歌世界"'而其美学特征则是"诗的'现代中国'总体形象的塑造"[④]，以及对张爱玲小说的"反传奇的传奇"的艺术营造的具体剖解，都是从深切的阅读感受和审美体验中而提炼出的真知灼见，分析之精细，思路之缜密，生发出一种逼人的逻辑力量。对五六十年代杨朔、余光中散文的"诗意"的解读既深刻又辩证；特别是是对80年代中期的"寻根文学"、"新生代诗"的解读而作出的结论既有新意也有说服力，即"不是回归笼统的文化传统，不是简单的'反文化'，而是通过召唤边缘的、最贴近骨肉和渗透到饮食起居、处世待人方式中的民间文化，摆脱当代文学的想象陈规和西方现代主义的美学时尚，让文学获得'真人生'的亲近感与想象的自由，这才是80年代中期以'寻根文学'、'新生代诗'为代表的文学思潮的要义"；虽然有些文学作品走上偏锋，"但它从叙事抒情观点和想象方式上改变了延续几十年的当代文学模式：把以改造社会为目标、作为社会动员力量的文学，转变成了一种从人的关怀与美学关怀出发想象世界的文

① 严家炎主编：《二十世纪中国文学史》上册，第335页。
② 严家炎主编：《二十世纪中国文学史》上册，第372页。
③ 严家炎主编：《二十世纪中国文学史》中册，第190页。
④ 严家炎主编：《二十世纪中国文学史》中册，第201页。

学”。[①] 等等，不一而足。正是从文学作品解读中闪烁出思想亮点，凝成一串串发光的明珠点缀于文学史话语系统之中，方使严本的创新度格外耀眼。

不管史料的新开掘、史识的新发现或者文本的新解读，其创新性都要受到学科时空框架的规范和制约，因而文学史书写时空结构的拓展或创新是宏观的全局性的，此其四。严本虽然是在20世纪中国文学时空框架中构成的，但它所书写的文学对象远远超越了以塑造民族灵魂为母题的启蒙文学形成的范围，不论时间长度上或者空间宽度上都进行了较大拓展，重新规划了现代文学史研究或书写的新天地。从纵向上的时间维度来看，严本突破了20世纪的百年界限，追溯到19世纪80年代末与90年代初作为中国现代文学的起点，几乎把习称的近代、现代、当代这“三代”的文学都收编进20世纪的时间跨度中，作为文学史的历时性的书写对象；从横向上的空间维度来看，严本不仅把大陆台港三地不同文化生态的现代性新文学结成一体，作为重构文学史的主要对象来考察和书写，而且也兼及对通俗文学、民间文学、翻译文学、古体文学、少数民族文学等不同形态文学的关注，这就使20世纪纵横交错的历史时空结构容纳了中国百年来所有的文学潮流和文学样态，构成了全景观的现代中国文学史，这应是文学史重写的带有整体性的突进与创新。当然，创新不一定都是富有说服力和可信度的真理，唯有把创新性与严谨的科学性、言之有理与论之有据紧密结合起来，方能使创新性具有令人诚服的真理性，严本达到了这样认知高度。

二

若说创新性是严本文学史的生命所在和重要特色，那么本体性也是严本文学的显豁特征；这两大特征相互辉映，方显严本在上世纪80年代中期以来重写的现当代文学史的一系列文本中的独有价值和史学意义。“回到文学本体研究文学或书写文学史”是新时期开始不久文学评论或研究界就叫响的口号，并且以自觉的理性认识来引导文学评论或文学史书写的具体实践，已发表或出版了

① 严家炎主编：《二十世纪中国文学史》下册，第203页。

不少本体色彩浓淡不一的现代文学评论或研究成果；不过相比较而言，严本文学史的本体性却显得异常突出，它为恢复20世纪中国文学史的本体面貌进行了积极的探索和有效的实验。所谓文学史的本体性，这里是指文学之所以为文学的质的规定性，不只承认文学的特质是其文学性或审美性，也承认文学的演变有自身的规律性，并形成了独立或特异的审美文学系统；虽然文学的生成和发展离不开外在的系统或背景或语境所提供的条件，但是这些客观条件能否转化为文学生成或演化的内在动力，关键取决于文学本身是不是吸纳它或接受它，所以文学自身的内在机制才是其发生或成长的决定性因素。由此可以说，“回到文学本身来评论文学或书写文学史”，就是由外部研究转向内部研究，这是对文学本体性和独立系统及其自身规律的尊重，也是对文学史本来面目的洞察。严本文学史既尊重文学的本体性又力图通过内部研究的深化来揭示20世纪中国文学史的特质、规律及其本真面貌，这就增强了文学史的本体性特色。其主要呈现方式有：

一是尽量淡化政治背景或弱化文化语境，努力探寻文学自身生成和演变的轨迹，以展示20世纪中国文学的独立系统和本体面影。众所周知，20世纪中国文学与政治自始至终结下不解之缘，而文学又是文化的重要一翼和载体，若是过多地强调叙写政治或文化对文学的决定作用或者把它们之间的关系说成是决定与被决定的关系，那就有可能将20世纪中国文学史写成政治型文学史或者文化型文学史，以前中国现代文学史的书写是有这方面教训的。严本文学史完全摆脱了政治化文学史书写的模式，也远离了文化型文学史书写的规范，多方探求并建构本体型文学史的书写范式。仅从全书上中下三册的34章165节的设计来看，不论章标题或节标题没有一个纯政治化的与纯文化的，即使个别题目上偶尔出现政治或文化这样字眼也是与文学潮流、文学作家、文学作品等联系在一起；这种“去政治化”或“去文化化”的追求并非否认政治或文化与文学的已然关系，而只是“淡化”或“弱化”了政治或文化的背景或语境，旨在凸现20世纪中国文学史的本体性。就文学史内涵来说，与政治或文化联系最紧密的应是晚清文学改良、五四文学革命、30年代左翼文学、40年代解放区文学、“十七年文学”、“文革”十年文学、80年代文学等；而严本既没有对这些历史区段文学的政治背景作详尽的描述更没有对其文化思潮进行具体铺陈，即使写到政治或文化也是从文学的角度切入而略写之。五四文学革命是伴随着汹涌澎湃的新文化思潮而兴起的，而严本则淡化了文化思潮的描写只是从原始资料入手理清了白话文学、人的文学、平民文学等的真实生成轨迹，并以其取得的实绩来说明五四文学革命“实现了中国文学从古典到现代的全面飞跃”[①]，从而揭示出五四文学的本体真相。书写80年代文学转型的第二节从“独白时代”向“复调时代”的过渡，既没有写思想解放运动崛起的政治文化思潮和理性启蒙思潮的强大推动作用，也没有写外引的非理性存在主义文化思潮对“过渡”的催化作用，而是从创作方法的角度来考察文学创作是怎样由现实主义的“独白时代”向多种创作方法并用的“复调时代”转变，以揭示文学本身的内在变化。这表明“去政治化”或“去文化化”，是为了更真切地彰显文学史被政治或文化潮流遮蔽的本体。

二是严本的章节设置、社团流派安排或作家作品定位，都是以文学成就高低或审美品质优劣为标准的，这体现出主编和参编者坚持文学本体论治史的良苦用心。在现行国家体制内书写20世纪中国文学史，既不考虑作家诗人曾有的政治地位有多高又不顾及其在文化上或学术上取得的巨大成就，而始终以文学成就来考量或安排作家作品的座次，这表现出治史者一种可贵的魄力与胆识。毛泽东是个了不起的政治领袖又是个不俗的诗人，而严本文学史并没有给他的诗词一定的地位；鲁、郭、茅、巴、老、曹是公认的现代文学创建的六大巨匠，只有鲁迅作为新文学的开路人独占一章，茅盾与左翼小说创作合起来占一章，巴金和老舍两个巨匠占一章，曹禺与三十年代的话剧创作合为一章，而郭沫若在章标题中并没有出现名字，只是在节标题中出现过两次面；在以往文学史书写中不被重视的或尚未出现的作家，严本依据创作成就或艺术个性不仅让其在文学史露面，而且给他以专节或较大篇幅的显赫地位。例如陈季同、韩庆邦、丘逢甲、李劼人等都设了专节；抗战时期以广州的《诗群众》和桂林的《诗》杂志为阵地的一支左翼诗人，以及标举“新古典主义”出现于南方的一支学院派诗人，过去在文学史上根本没有位置，严本则给他们较大篇幅予以具体评述；鹿桥的浪漫小说《未央歌》也作了重点解读，“十七年”的诗歌章节中对林庚的自由诗

① 严家炎主编:《二十世纪中国文学史》上册，第157页。

体作了详细分析。以上的安排和处理,从不同层面强化了严本文学史的本体性特色。尤其文学流派或文学社团,在20世纪中国文学长河中应该说是如灿烂繁星闪闪烁烁,然而能以文学流派或文学社团的艺术风姿进入严本文学史的却经过了严格的审美选择。黑幕派、鸳鸯蝴蝶派是作为批判对象出现的,唯有文学研究会、创造社、象征诗派、新月诗派、语絲社、未名社、沉钟社、社会剖析派小说、新感觉派小说、现代诗派、京派小说、“七月”诗派等作为肯定的文学群体,显示于节标题上;而哪些政治色彩或文化意味浓烈的文学流派都没有从艺术社团的角度来考析,如解放区文学的文学流派、80年代文学出现的众多流派并未以流派的面貌出现于严本文学史中,也许因为这诸多文学流派的艺术成就不高或者审美风格不鲜明难以显示出20世纪中国文学史的本体特色吧?

三是对于哪些足以展示20世纪中国文学实绩的经典文本或有代表性的作品,几乎都选择新的角度进行重新解读、重新感悟、重新认知和重新评述;特别是深化细化了艺术营造和审美价值的分析,这越发增强了严本文学史的本体论色彩。不只是公认的经典名作《阿Q正传》、《子夜》、《家》、《寒夜》、《骆驼祥子》、《四世同堂》、《边城》、《雷雨》、《北京人》、《围城》、《屈原》等,从深切的阅读感受中发现出不少新东西,而且通过对红色经典文本《太阳照在桑干河上》、《保卫延安》、《红日》、《林海雪原》等的重新解读也概括出一些新的艺术特征;即使在“文革”中红极一时的“革命样板戏”受到“左”倾政治思潮的严重浸染,也能从民间艺术的角度发掘出有价值的美学因素。更能呈现出严本文学史本体特色的至少有两点必须提及:其一是对鲁迅杂文的剖析,并没有着力发掘它的复杂而深刻的政治意识和文化思想,也没有强调它的巨大的战斗功利价值,而是以“它具有生动鲜活的文学形象”、“鲁迅杂文具有浓烈真挚的感情色彩”、“鲁迅杂文具有幽默风趣的深长韵味和高超出众的讽刺才能”为三个论点,具体结合杂文进行实证性的深入分析,以揭示鲁迅杂文的艺术特质和文学价值,正如论者所总结的:“生动鲜活的形象,浓烈真挚的感情,幽默风趣的反讽,三者是鲁迅在杂文方面尤为突出的创造,也是杂文具有文学性的重要标志。”[①]这种对鲁迅杂文本体特征的分析,其意义不只是强化了文学史的本体特色也是对海内

① 严家炎主编:《二十世纪中国文学史》上册,第201页。

外有些学者不承认鲁迅杂文是文学的有力反驳。其二,不论40年代的诗歌创作或者五六十年代乃至80年代的诗歌创作,文学史的书写者大都将思想情感的独特性与艺术营造的创新性糅合在一起进行解读和阐释,充分肯定了诗歌创作中的个人感受、想象方式、艺术趣味和审美选择,使那些被政治意识淹没了的诗作的诗美得到重新显现,竭力从政治与诗学的悖论中透析其文学特质,这也深化了严本文学史的本体性。

三

严本文学史之所以在艰苦的书写过程中能够使文本具有创新性与本体性两大特色,固然缘由很多,但最重要的缘由则是得力于组成一个强强联合的学术团队,以群体的优势和智慧在重构文学史的求真务实的探索与实验中进行突破,获得了"既是教科书,也是一部研究性的专著"[①]的令人满意的成果。研究实践反复证明,如果采取集体方式书写文学史,是否能达到创新趋优的学术目标,关键在于包括主编在内的编写群体所达到的优化程度,其整体学术实力和文学史建构能力是否处于本专业的前列。严本的主编是公认的是中国现代文学史研究和书写的总领军人物,是继王瑶先生之后首选的中国现代文学研究会会长,1961年就参与主编全国指定通用教材《中国现代文学史》(三卷本),并开创性地独著《中国现代小说流派史》,不仅积累了丰富的研究和建构文学史的经验,拓展与深化了文学史视野与知识结构,而且具有重写文学史的自觉性与锐意创新意识以及驾驭文学史编写的宏观设计统摄能力和具体组织协调能力;特别是严先生的一丝不苟的严谨扎实的治学态度和总不服老的孜孜以求的永葆学术青春的生命活力,颇为学界所敬佩。可以毫无夸饰地说,严先生所具有的专业学术水平、优秀素质、真才实学、治史经验、建构才能,是最佳的主编人选,这就从根本上确保了严本文学史必然具有创新性、本体性的特色。我们既要看到主编自身素质和潜在能量在重构文学史中所起的作用,又要看到学术团队的综合优势在文学史书写中所发挥的效能。严本文学史的参著者,几乎都是新时

① 严家炎主编:《二十世纪中国文学史》下册,第344页。

期以来在近代、现代、当代的三段论文学史格局中进行研究或评论而涌现出的中青年才俊或佼佼者，其中不少成了学科带头人或学术骨干或科研中坚，甚至有的学者主编过颇有广泛影响或特色鲜明的文学史，有些学者的研究成果传播到海内外学术界；他们不仅在某个文学研究领域有了独特的发言权也显示了鲜明的学术个性，严谨治学、锐意进取、求真出新、勇于开拓也许是其共有的学术人格素质。由他们组成的优势强劲的学术团队，在主编的协调和统领下形成的创造能量和研究合力，攻坚克难，探索求新，理所当然地应使严本文学史具有创新性与本体性的特点，这是顺理成章的或者极为自然的事，不必细究便可通晓。

一部探索性或开拓性的文学史，无论书写者的修史经验多么丰富，学养有多么深湛或者学风文风多么严谨，都不可能建构起完美无缺或众声称赞的文学史，存在这样或那样的缺陷或不足是极为正常的，见仁见智的评说更是不可避免，严本文学史也是这样的。在我看来，全书在创新程度上、学术水准上甚至思维模式、写作方法上都存在不平衡，这是采取集体方式书写文学史的通病，是谁也难以治好的，即使个人化的文学史也存在章节之间学术质量不宜“平衡”的差距；而严本文学史通过书写者的同心协力是可以弥补的缺陷却没有解决好，这就不能不指出来商讨，其主要表现在：一是全书缺乏严密的逻辑框架，既没有统一的思想线索把每章每节内在地贯通起来，也没有真正做到各章节的执笔者的有意识地相互照应而把全书视为一盘棋，致使全书的逻辑结构不是给人以严谨的整体感和环环相扣的缜密感，总觉得在布局上有些松散、重复、游离，甚至台港文学的插入同大陆文学主体部分没有合拢好；或者章节内容的安排头重腰粗脚轻，该详的没详，该略的没略。这一缺欠的出现，也许因为各执笔者没有严格遵循“现代性”的文学理念与价值标准，将其贯彻于每章每节的书写实践中。《引论》明确指出“现代性不仅构成这阶段文学的重要脉络，并且也是它区别于中国古代文学的根本标志”①；既然把现代性作为二十世纪中国文学的“重要脉络”和“根本标志”，那么各章各节若能自觉地以“现代性”作为思想线索和价值观念对书写的文学对象予以考量或评述，就有可能使严本的逻辑结构达到相当

① 严家炎主编：《二十世纪中国文学史》上册，第3页。

的严密程度。也许严本的书写者是强强联合,"八仙过海各显其能",这有利于增强文学史的创新性、本体性,确保文学史的学术含量;但是每个强手之间假若协调不当或者互不照应或者各持己见,也难免出现"各唱各的调"或突显自身优势的局面。正是各执笔者缺乏严格的整体观或大局观,对于一些经典文本或代表性作品的解读也难以坚持统一规格要求,有的只关注其思想内涵或文化意蕴而对其独特的艺术创新和美学价值论之甚少或只字不言;即使从一些细节来看也不恪守统一规范,比如注释有的详有的简或者不注,在用语上仍沿用近代文学、现代文学或当代文学等,显然与"现代性价值标准"不相吻合。这不是吹毛求疵,作为"国家级规划教材"应该这样要求。二是从《讲话》及延安文艺整风直至"文革"文学,缺乏反思的力度和深度。在我看来,对此既要以原始资料为据梳理清真实的可信的历史轨迹,也要以实践是检验真理唯一标准从文艺运动、文艺理论和文学创作互为关联的三个维度,深刻地反思并总结这段文学史的沉痛教训。这段文学史是不是"现代性"文学史,若是认定它是"现代性"的那么应以何种价值标准给出实事求是的科学评估,若是"非现代性"的又以什么为理论根据作出解释?"文革"文学已有了历史结论,但"文革"文学的生成并非偶然,有历史根源也有理论根源,那么作为 20 世纪中国文学史对它进行书写,应该不应该"追根溯源"?"十七年文学"有些文学思潮和文学作品从正面肯定或颂扬已被历史实践证明是错误的具有政治乌托邦性质的所谓"三大改造""三面红旗"运动,站在今天的时代高度重写文学史,究竟应该怎样评价?特别是从《武训传》开始在历次所谓政治运动中被欲加之罪何患无辞的莫须有罪名或者以混淆是非颠倒黑白的卑劣行径而制造的文艺界的大量冤假错案现已彻底平反,那么对哪些被错误批判的文艺思潮、文学作品或者蒙冤受屈的作家是否可以作为正确的或现代性的作家作品和理论思潮在文学史上被肯定被称道?而对哪些在文艺战线屡屡制造冤假错案或者参与所谓大批判的骨干作家及其所运用的理论武器和创作的文艺作品是否仍然可以得到肯定性的评价?一言以蔽之,被颠倒的文学史是否应该真正颠倒过来?严本对这些敏感的话题敢于有胆有识地直面,而有些问题则是回避了,还有些问题仍沿用了以往的习见。这是完全可以理解的,因为"国家级规划"文学史的编写是现行体制内的国家行为与国家举措,故而书写文学史的史识和史料不可能超越国家所允许的认识高度和档案的解密程度,现时代的自由开放程度并没有对这段文学史真相的全面恢复以及科学评价提供更加宽松的生态环境和更多的内部资料,严本能写成这样足可敬佩,笔者只是感到反思的力度和深度尚欠火候而已。

(草于2011年4月22日)

(本文修改后发表于2011年《中国现代文学研究丛刊》第9期)

后记

学然后知不足,教后更知不足;我学过文学史,教过文学史,也写过文学史,故而不足之感越来越强烈。这种不足,不只是来自文学史知识的匮乏,特别是对哪些在特殊历史时期被埋没被遮蔽的现代文学史知识,到了新时期被大量地发掘出来,新生的文学知识又扑面涌过来,颇感过去的文学史知识装置既老化又难容新知;而且这种不足,更来自文学史理论观念的贫乏,它与文学史知识匮乏具有同构性,这是因为在数十年的学、教、编中国现代文学史的过程中总是囿于固定的政治理论框架,久而久之,文学史知识装置老化了,文学史观念僵化了,治史者的视野如同井底之蛙只能望着有限的天空哀叹。虽然进入新时期文学史知识大爆炸,文学观念大解放,但是文学史理论的建设却在一定程度上滞后于现代文学史知识的腾涌和文学史书写的实践;尤其中国现代文学史书写老是冲不出32年的学科范畴,即使有些学者提出20世纪中国文学史学科也得不到体制内主管部门的认可,不仅坚持着把现代中国文学切割成近代文学、现代文学、当代文学三个学科,而且维护着已被实践证明过时的文学史理论观念在文学史书写中的主导地位。

跨入21世纪,基于学习、教授、书写现代中国文学史的内在需求与学术激情,尽管自知学养不深、根底不牢,然而为了突破既定的现代文学史学科、文学史理念、价值体系、主体思维等的束缚和桎梏,笔者近10年在理论上进行了孜孜以求地探索,随时将思考铸文发表,愿读者痛予别裁匡正。先后载文给以支持的期刊有:《中国社会科学》、《文学评论》、《中国现代文学研究丛刊》、《福建论坛》、《河北学刊》、《东岳论丛》、《文学评论丛刊》、《山东社会科学》、《河南大学学报》、《山东师范大学学报》、《烟台大学学报》、《东方论坛》等,这里一并感谢它们使我关于文学史书写理论的探索不仅产生了社会影响,并且形成一个逻辑系统,可以作为专著面世了。

然而本专著之所以能适时地与读者见面,进行学术对话,并非因为它所具有的理论价值与操作意义,关键在于得到了山东人民出版社领导的竭诚支持和责编的认真审校,请接受我的由衷敬意与谢忱!

最后借用梁启超的话以表我对读者的热切期待,“或纠其大端之谬,或绳其小节之疏,或著论箴驳,或通函诲责,俾得自知其失而改之,由稿本蜕变以成定本”①。

草于2010年3月30日

① 梁启超:《梁启超史学论著四种》,岳麓书社1998年版,第106页。

朱德发文集

第十卷

古今文学通论

朱德发 著

山东人民出版社
国家一级出版社 全国百佳图书出版单位

图书在版编目(CIP)数据

朱德发文集:全10册/朱德发著.—济南:山东人民出版社,2014.1
ISBN 978-7-209-07570-1

Ⅰ.①朱… Ⅱ.①朱… Ⅲ.①朱德发—文集 Ⅳ.①I-53

中国版本图书馆CIP数据核字(2013)第304326号

责任编辑:李怀德

朱德发文集(第十卷)
朱德发 著

山东出版传媒股份有限公司
山东人民出版社出版发行
社 址:济南市经九路胜利大街39号 邮 编:250001
网 址:http://www.sd-book.com.cn
发行部:(0531)82098027 82098028
新华书店经销
山东临沂新华印刷物流集团印装

规 格 16开(169mm×239mm)
印 张 24.5
字 数 390千字
版 次 2014年1月第1版
印 次 2014年1月第1次
ISBN 978-7-209-07570-1
定 价 498.00元(共十卷)

如有质量问题,请与印刷单位调换。(0539)2925888

目　录

古今文学通论

通识篇

评论篇

通识篇

深化传统文化与现代文学关系研究的沉思

关于传统文化与现代中国文学关系的研究一直是个热门话题，对此笔者虽有探索但始终有所困惑或深不下去。带着诸多问题，对于如何深化传统文化与现代文学关系的研究作了些思考：首先应弄清"传统文化"的内涵与外延，不能仅仅以儒佛道文化取代传统文化，而传统文化则是个多元复杂的系统结构，这是深化传统文化与现代文学关系研究的前提与基础；其次应选取新的视角切入传统文化与现代文学的深层关系，笔者认为古代文学既是传统文化通向现代文学的艺术桥梁也是播扬传统文化的良性媒介，故必须透过古代文学研究来理清传统文化与现代文学的关系；从精神层面考察传统文化与现代文学内涵的趋同性诚然重要，但是从主体思维方式的角度深入传统文化与现代文学关系的探究却是抓住了根本的根本。

传统文化与现代中国文学关系的研究，虽然并不是新话题，对它的关注一直贯穿于新文学现代化的全过程；但是越深入地勘探下去，却越感到这个话题的深不可测，玄奥难解，常释常新又言不中的。

上世纪80年代中期撰写《中国五四文学史》时，笔者就开始探讨传统文化与现代中国文学关系问题，到眼下为止着重从这样一些角度或层面对其进行了研究：从传统文学向现代文学转化过程中所呈现出的三个逻辑层次，即明季、晚清、五四三个历史阶段，史论结合地阐述了传统文学向现代文学演化的轨迹及其内在机制，旨在说明现代文学并非"西化"的产物，它与传统文化（文学）一脉相承，虽不是全盘承传却是有选择的继承[1]；从现代性与民族性相互变奏规律的角度，探讨传统文化（文学）与现代中国文学的互动关系，揭示出百年中国文学的生成与发展始终遵循着现代性与民族性相互变奏的规律，现代性与民族性变奏得均衡和谐新文学就兴旺昌盛，两者变奏得杂乱无章新文学就出现曲折[2]；从"人的自觉"与"文的自觉"的相互促进的视野，纵向性地观照古今文学的数千年演进历程，发现中国文学从古到今至少经历了五个"文的自觉"时代，即先秦诸子百家时代、魏晋南北朝时代、明代中后期、五四时代、新时期，这五个时代在文化上的突出特征则是“人的自觉”开启了“文的自觉”，推动了中国文学的转换和发展[3]；以辩证思维从多维度考察了五四时期中国文学向现代转型，既指明形态与内涵的转型直至审美风格的转型，都没割断与传统文化（文学）的联系，又指出文言文、传统文体仍在现代中国文学多元形态中占有一席之地[4]；以齐鲁文化为切入口探索传统文化与现代中国文学的关系，特别是儒家文化的“修身、齐家、治国、平天下”的思想政治模式或隐或显地穿越于现代中国文学的宏大叙事中，那些革命文学或战争文学甚至改革文学或官场文学等都有所体现[5]；通过重读原创文论，认真琢磨，细心推敲，重新认识到五四文学革命并没有“彻底反传统”，五四创建的现代文学对传统文化（文学）作了有选择地自觉地继承，既没有全面否定传统又没有与传统彻底决裂，那种“彻底反传统论”或曰“与传统断裂论”，是缺乏充分根据的，也许是一种断章取义或抓住一点无限上纲的误读[6]。笔者虽然对“传统文化与现代中国文学的关系”作了上述的探讨，并参阅了一些学者的研究成果，但是总感觉还有不少问题困惑着我，其中较为有难度的问题是：究竟如何理解传统文化，到底传统文化（文学）与现代中国文学从哪些部位或方面发生了转换性的对接，作为创作主体在传统文化与现代文学发生对接过程中是何种思维方式起了主导作用？

一

所谓中国传统文化，似乎有人不假思索地脱口而出“就是儒家文化，这有什么玄妙值得讨论的”。即使传统文化只限定于儒家文化也是个值得深究的课题，且不论古代对儒家文化的见仁见智，就说从五四新文化运动到今天的“弘扬民族文化”，这近百年对儒家文化的评说就翻了个大筋斗，即从所谓“绝对否定”到“绝对肯定”。在认识上反差如此之大，直接牵涉到对现代文学与儒家文化关系的价值评判，即五四时期应该否定的传统难道在当下的文化语境都应该肯定吗？像这样文化价值观的颠倒，关系到现代文学评价的大问题，不值得认真研究吗？况且中国传统文化并不能与儒家文化画等号，儒家文化只不过是传统文化总系统中的一个重要的子系统，它包含在传统文化之中，却不能与传统文化平起平坐，更不能代表或取代传统文化；因此仅仅将传统文化与现代文学关系研究定格于以孔子为创始人的儒家文化与现代文学的研究，这至少在认识上是个误区。其实，中国传统文化一般是指与五四新文化运动生成的现代文化相对应的整个古代文化而言，不光是封建时代的文化，远古以来的所有文化形态都应囊括在内。不过文化有精神文化与物质文化之分，若是从文化与文学的疏密程度来考察，那精神文化与文学关系更紧密，这不仅因为文学是文化的重要载体，而且文学本身就是极为耀目的审美文化，如同我们研究先秦文化就必须解读先秦文学一样，胡适就是因为研究中国哲学史和思想史才熟悉了古代文学并产生改良中国文学的动议；所以从深入探讨传统文化与现代文学关系这角度来考虑，要研究的主要不是物质层面的传统文化而重点乃是精神层次的传统文化。只有将传统精神文化及其载体古代文学研究透彻，才有可能真正梳理和阐述清楚传统文化精神及其物化审美形态与现代文学从内涵到形式，究竟发生了哪些深微的对接或转换。当然，这并非说物质层面的传统文化不应该了解，不过在笔者看来，首要是研究精神层面的传统文化，其次熟悉物质层面的传统文化，这不仅因为物质文化与精神文化是个紧密联结的整体，物质文化附丽着或蕴含着体现着精神文化，而且精神文化也能转化为物质力量，不断创造着丰富着更新着物质文化；文学作品的人化自然、人文环境的描绘、各种人物形象的塑造以及隐喻、象征手法的运用等等，构成的有质感的物化形态，无不体现或显示出这种文化精神或那种文化精神。正是从这个意义上说，不论传统文化的精神层面或物质层面甚至两者的关系都要认真探究深入体察，然而相比较而言精神层面的传统文化考析应置于首位，这是由传统文化与现代文学关系的疏与密、近与远的程度和距离决定的。比如若从精神层面研究道家文化与李白浪漫诗歌的关系，可以直接与现代文学郭沫若浪漫诗歌进行对应的贯通研究，足见从精神层面研究传统文化与现代文学关系比其物质层面的研究显得更为重要。

以系统论考之，中国传统文化是个多元复杂的结构系统。仅就思想精神层面的文化形态来说，以孔子为创始人的儒家文化是个源远流长的功能强大的子系统，作为“仁”学即人学的孔子核心思想，影响并规范了一代代中国各层次人的世界观、人生观、价值观、心理结构、思想境界甚至行为模式，或者说孔子的“仁”学的有意或无意地传播渗染已变为中华民族的集体无意识，它不仅在中国古代文学中存有丰富的意蕴也在现代文学中留下深微的印痕。但是必须看到“仁”作为思想概念并非孔子的独创发明，早在《论语》之前的诸多典籍如《诗经》、《国语》、《左传》中就出现了；孔子的创造性贡献在于继承了在以往“仁”的“相亲相爱”本意的基础上，不仅充实与深化了它作为一个道德概念的内涵，而且把“仁”升华到具有普适价值的最高指导意义的哲学范畴。这是一种“仁者爱人”、“泛爱众”(《学而》)即由尊己爱人直至爱广大人类的人道主义哲学,“它超越等级‘泛爱众’,超越民族‘虽之夷狄,不可弃也’(《子路》)”[7]。这种富有博爱精神的人道主义进入现代中国之后虽被多次扫荡,但是它的不朽思想活力,依然是古今文学贯通的潜隐灵魂。较长时间由于历史的原因和认识的局限,对孔子创建的以“仁”学为核心内容的儒家文化思想体系的人道主义思想研究不足,肯定不够,甚至将其与现代人道主义对立起来。这种偏差与失误如果不纠正克服,很难深化传统文化与现代文学关系的研究;因为原创儒学的人道主义或人本主义内涵,既吻合“文学是人学”的本质又能为现代文学创造提供思想资源,只有对儒家文化系统最富有永恒价值和超越意义的人学思想探索深研究透,才能进入传统文化与现代文学关系的堂奥。但是任何文化系统都不是完美无缺的,所蕴含的思想意识并非都是放之四海而皆准的真理,儒家文化系统也是这样。绝不像古今一些迷孔崇儒者所吹捧的那样玄乎其玄、神乎其神,甚至把它抬到吓人的高度;即使儒学创始人孔子的语录也不是句句皆真理,虽然五四文化先驱们的“批孔”有过激之处,但是有的批评还是切中要害之弊的。现下有的人试图完全否定五四“批孔”的意义而为“儒家文化”翻案,并积极鼓吹“尊孔读经”,某些学校让新生一入学就穿上清代的官服叩拜孔子,更有甚者教学生怀着盲目崇拜的心理如同“文革”早请示晚汇报那样在孔子像前诵读《论语》;试问,这种做法与中国人21世纪所处的现代化全球化的文化生态环境谐调吗?这能说是坚持实事求是的科学态度来对待以孔子为代表的儒家文化吗?在学术上欲深化儒家文化与现代文学关系的研究,不仅应对孔子的原创儒学进行重新解读或利弊透析,而且也要从流变中洞悉和把握儒家文化系统。儒学虽然在秦朝遭到“焚书坑儒”灾殃,但自汉武帝“独尊儒术”以来,儒家文化思想不仅为历代帝王所青睐,甚至将其作为统治思想的重要根据和资源,而且每朝每代的儒生们都将它奉为经典进行注释、解读和研究,宋明新儒学派就是在继承中发展并创建了理学,即使满清统治者也把儒学尊为“经典”。不论帝王将相或者儒者文人,都不可能原封不动地全盘承传孔孟创建的儒家文化思想,无不从现实的政治需要、思想需要、道德需要或文化需要、学术需求出发,有选择地有鉴别地有创造地有补充地来运用和发展儒家文化思想,始终使儒家文化系统处在动态过程中;正是在这个动态过程中,原创儒家文化的消极因素或许受到重用得到畸形发展,使原创的积极因素受到压抑得到消解,或许原创儒学的积极因素受到重视得到弘扬光大,使原创的消极因素受到抑制得到遮蔽。但是从历代帝王的统治实践来看,施仁政者少,大多以等级森严、惨无人道的专制主义取代了原创儒家文化思想的带有博爱性质的人道主义。而晚清至五四所创建的现代文学主旨正是批判封建专制主义弘扬人道主义;这从儒家文化与现代文学关系来看,现代文学所否定的是儒家文化变异的专制主义,所肯定的则是儒家文化固有的人道主义,正是后者与西方人道主义的对接与契合凝成了新文学的现代人道主义灵魂。

如果说儒家文化系统是中国传统文化总系统中的重要子系统,那么与它构成三位一体结构的还有佛家文化与道家文化两个子系统。儒佛道虽然三位一体,相互联系紧密,通常将它们作为中国传统文化总体来理解和把握;但是儒佛道毕竟各有各的文化内涵规定,各有各的系统质,因此儒家文化是传统文化总系统的子系统,佛家文化也是其子系统,道家文化当然是其子系统。究竟儒佛道三个子系统之间是何种错综复杂的关系,倒是值得认真探赜发微的;不过本文的宗旨并非研究儒佛道文化的详细内涵及其相互关系,这里只能略论之。要是把儒家文化归于理性主义范畴不算标新立异的话,那么将道家佛家文化划入非理性主义范畴也是说得通的;诚然儒道文化都是土生土长的,是地道的生于中土、长于中土、传于中土的本土文化,且有“儒道互补”之说,表明了它们都是中华民族在生存与发展过程中离不开的文化精神,同时儒道文化皆以人为本,具有同质的人文精神,但是儒家文化体现的却是执着于现实的入世的人文精神,而道家文化体现出的人文精神则是带有出世的超越性。老子认为“道大、天大、地大、人亦大”,欲要克服人的本质异化,就必须超越这足以异化人性的苦难现实而“返璞归真”,使人性复归便是道家救民救世的理想设计。试想道家文化这种满怀爱意之心的人道精神与儒家的“仁者爱人”的人道情怀所取得的一致性,同现代中国文学中流露出的人文精神是否可以遥相贯通?佛家文化是从印度传来的域外文化,在中国有既深且广的影响,它在传播过程中与儒道文化也形成相反相成互补互促的关系,虽然佛教文化系统较为复杂,精华与糟粕杂糅,但本质上也是一种人本文化。即佛家的“成佛”与儒家的“为仁”、道家的“得道”的出发点和归宿点有所不同,然而“实质上都是从人的运动变化出发体察人,又回到促成人朝着理想的目标运动变化”;“佛家,以对中国影响最大的禅宗来看,其‘成佛’同道家‘得道’相似,也是基于人可以从现实的蒙蔽和束缚中解脱出来的转变而提出趋同理想的转变。佛不在人的身外,而就在人心中。正是据此,禅宗提出'直指人心,见性成佛'。"[8]这说明佛家文化系统的禅宗经过儒化、道化的改造完全中国化了,佛已不在"彼岸"、"来世",而在人的自身,可以立地成佛,"不假外求"了,正如六祖慧能所说"佛法在世间,不离世间觉"。这就使佛教文化、道家文化和儒家文化凭借以人为本的人文精神联通起来,成为儒佛道三位一体的文化结构,从而也形成中国传统文化总系统中同中有异的三个显著的文化子系统。在我看来,只要把儒佛道文化系统蕴含的人文精神充分地发掘出来并给出务实求真的阐释,才能有足够证据破解五四新文化是"彻底反传统"的不实之词,也可以有力地回击新儒学派借五四"反传统"为口实来否定新文化新文学应该且必须反的"传统"的历史价值,更有助于探析传统文化与现代文学的深层关系。

我国在历史的演变中逐步形成一个多民族的国家,在这个共同体中虽然儒佛道文化对各民族文化都有或深或浅的影响,但它毕竟是汉族的主流文化,而很多少数民族于特定的自然和人文环境的生存与发展中也建立了各具特色的文化系统,它们应是中国传统文化总系统不可或缺的子系统,因此亦是深化传统文化与现代文学关系研究的颇为重要的维度。这不仅因为少数民族文化参与了现代中国文学的建设,即使儒佛道文化也是渗入了少数民族文化的因素,即少数民族文化汲取不少儒佛道文化的成分;更因为在较长时间的传统文化与现代文学关系研究中忽略了少数民族文化这个维度,甚至没有把少数民族文化作为传统文化的有机部分来对待,故而只有重视少数民族文化研究方能使传统文化与现代文学关系的探讨有新的充实与开拓。例如,伊斯兰文化约在唐高宗时期就从陆路和海路传入中国,虽然它不像佛教那样传播得快,受到统治者高度重视,但是它却以宗教文化固有本色散落在偏远的民间,至少我国少数民族中的回族、维吾尔维、哈萨克族、乌孜别克族、柯尔克孜族、塔吉克族、塔塔尔族、保安族、撒拉族、东乡族等信奉伊斯兰教;特别是伊斯兰文化之于回族,既是一种宗教文化更是一种民族文化,"若从中华民族文化史的角度来讲,回族既凭借着操汉语且'大分散'的先天优势,始终置身于各民族文化之林,沉浮在汉文化的汪洋大海中,以开放、主动的姿态汲取着除伊斯兰文化之外的其他文化的滋养。同时又因'小聚居'而执着、持久地葆有伊斯文化于生活的方方面面"。[9]伊斯兰文化如同佛教文化一样都来自异域,却在历史长河的传播中与其他文化系统相互冲撞与交融、相互制衡与补充,既丰富了自身又保持其文化个性,并对现代中国文学中"人性"母题的纵深开掘与文学体式探索创新产生了独特而深远的影响。如果忽略了作为中国传统文化的有机部分的伊斯兰文化的研究,那就很难从文化的视角对于深受伊斯兰教影响的现代中国少数民族作家作出合情合理的阐释。如沙陆墟、霍达、张承志等著名的回族作家,只有理解了伊斯兰文化才有可能理解其现代文学创作与传统文化的真实而深切的关系。再如,居住于我国东北北方地区的满、蒙古、鄂伦春、鄂温克、锡伯、达斡尔、朝鲜等各少数民族深受萨满教文化的影响,其萨满舞蹈以特定的艺术方式形象地记录了北方各少数民族童年的时代心灵与感情的发展轨迹,既反映了他们与自然斗争的意志力量又展示了他们的迷惘失误也表达了他们对理想的追求[10]。自南北朝以来,入主中原建北魏的鲜卑族,建辽的契丹族,建金的女真族,建元的蒙古族,建清的满族,都是源自东北地区的世居民族,这五个封建王朝统治中国约八百年;因此东北地区萨满文化作为中国传统文化系统的构成部分对整个中国所产生的影响可想而知,若是对萨满文化缺乏认知那传统文化与现代中国文学关系的深层底蕴、特别是那些生于东北长于东北创作于东北的作家作品的独特文化内涵与艺术魅力,是揭示不出来的。从“五十六个民族是一家”的现代国家视野来看,各少数民族的历史文化极其丰富复杂,理所当然地是中国传统文化总系统里的异彩纷呈的子系统,上述仅是少数民族崇尚的伊斯兰文化和萨满教文化,其他少数民族文化特别是充满深邃感神秘感的藏佛文化只能再叙了。由此可见,中国传统文化资源博大精深,如果只把儒佛道作为传统文化来把握,那不仅不能全面理解传统文化与现代中国文学的关系,而且无形中舍弃了不少宝贵的传统文化资源,既不利于对中华民族优秀传统文化的全方位传承又不利于有中国特色现代文化的建设与发展。

与少数民族文化系统有着千丝万缕联系的民间文化,同样是中国传统文化总系统中不可或缺的子系统。它同中国文学的关系更为密切,从形式到内容,民间文化与现代中国文学具有相当多的同质同构性。所谓民间文化是相对于官方文化即国家政权严密控制的主流文化而言的一种带有发散性、自由性、宽松性和驳杂性特征的文化。它并没有严密的体系性、强固的独立性和严格的规范性,只要是国家政权主导思想统治薄弱或统治不到的地区或群落都有可能产生民间文化;它与官方文化并不完全是异质相对的,官方文化在一定范围内一定程度上容许它的存在,但绝对不能使其异质因素与主流文化对抗,即合谋是可以的对抗是不行的。这就导致民间文化的内涵良莠并存瑕瑜互见,若沉淀于人类的文化心理既有优化人性利于人性健全发展的可能性又有异化人性不利于人性向善向美的可能性；然而毕竟民间文化是宽松自由的，对于现代中国人本文学的建构与人性母题的表现终究是利大于弊的。在中国传统文化总体结构中的民间文化系统可以从多维度给以审视：一是处于“天高皇帝远”的广大乡村（包括市井），由于统治思想波及不到或统治不严，易于民间文化包括风俗习惯的生成与流传。侠文化就是有一定的民间性，“儒家文化的正统性地位的日益顽固，一方面使得侠文化隐身于江湖市井之中，以反正统的形态在民间社会求得自我发展，虽然不再有大规模的侠客义士出现，但侠文化所内蕴的侠义精神作为一种文化心理积淀却获得了更广泛的存在领域；另一方面，由于侠文化其本身个性特征的灵活性和开放性或无定型性，因而既不像儒家文化那样矜持于正统满足于自我‘完善’，也不似佛、道文化那样类似于宗教文化那样清高自许，而是在持守‘义非侠不立，侠非义不成’（语出唐人李德裕的《豪侠论》）的终极信念和拯世济难的基本文化功能前提下任‘意’采纳，仗‘义’兼容，使侠文化越来越具有儒家式的伦理化倾向和道家、佛家般的理想化、神秘化色彩，这实际上正好符合侠文化的那种适性自恣狂放不羁的精神气质。”[11]这种侠文化精神不仅凝聚或散布于城乡民间文化群落，而且承载于古代游侠型诗文和演义传奇文本之中，也作为一种民间文化精神深刻地影响了现代中国通俗武侠小说和革命战争文学的创作。二是有些少数民族文化生成于或传播于边远的山区、森林、荒漠、高原，与国家政权的主流文化保持相当的距离性和独立性，自由的选择也自由的延展，而这样的少数民族文化形态也可以理解为民间文化。“伊斯兰文化就是一个典型的民间文化：它长期散落、沉淀在穆斯林聚居的偏远地区，时隐时现地渗透于汉文化之中，始终高擎心灵自由的人性大旗，以宗教文化的形态进入穆斯林的生活空间与精神空间，以强大的包容力和瑕瑜互见的野性美而为广大的底层民众信奉并恪守。”[12]不理解伊斯兰文化这种民间性就难以正确理解传统文化的渗透与影响给现代中国文学带来的复杂艺术风貌。三是有些地域文化从特定的意义上说也是一种民间文化，这不仅因为特定的地域远离官方文化的直接统辖与干预，而且特定的地理条件、自然环境、文化传统、风俗习性、方言土语等因素也能促使民间文化的形成。常说的中原文化、齐鲁文化、巴蜀文化、楚文化、晋文化、吴越文化等，虽是地域文化但也可以视为民间文化。例如吴越文化在战国时期或晋隋时期也许是一种官方文化，然而随着历史的演变它却成了地域性的民间文化，其主要特质是既有艰苦卓绝的顽强拼搏、不屈不挠的韧性战斗、为国捐躯的牺牲精神和卧薪尝胆不忘国耻的崇高民族气节，又有积极取进、勇于开拓的自由开放精神，也有莫不重乐、酷爱自然、崇尚婉约美与阳刚美的美学精神。这种埋藏于文化深层结构的吴越民间文化精神铸造了一代代吴越人的性格气质，也为现代中国文学的建构提供了取之不尽的文化资源，不只培育了鲁迅、茅盾这样的现代文学巨匠，也养育了郁达夫、叶圣陶、丰之恺、朱自清、艾青、徐志摩、戴望舒等现代文学大家，可见不探究民间文化也难以深化中国传统文化与现代中国文学关系的勘察。除了少数民族文化、民间文化是中国传统文化总系统中不可忽略的两个子系统外，还有人化的山水文化、草原文化、海洋文化以及酒文化、茶文化、烟文化、饮食文化、服装文化等，都与审美文学的营造密切相关，鲁迅曾以酒、药文化的角度颇有创意地探讨了魏晋文学，足见酒、药文化之于文学创构的重要性；这里要特别强调的是，研究传统文化绝对不能忽略对民族文化心理的探析，而民族文化心理的理性层次或非理性层次乃至集体无意识层次，无不是传统文化长期积淀和合力塑造的结果，不论是崇拜英雄心理、酷爱和平心理或者是忠于祖国心理、向往善美心理甚至那种盲目顺从的奴性心理，等等，都有深刻的文化思想根源。作为以塑造人类灵魂或民族灵魂或个人灵魂为己任的现代中国文学最容易接受吸纳由民族文化心理或民族性格或民族记忆递送来的传统文化各种信息；因此深入剖析传统文化塑造的各民族文化心理或民族性格或民族行为亦是全方位探讨传统文化与现代文学关系的不可舍弃的维度。

上述对中国传统文化以系统论视野进行了不厌其烦地考察，旨在阐明传统文化是个多层次多维度的复杂多元系统；唯有对其全面梳理、解读和掌握，方有可能论析清楚传统文化与现代中国文学的错综关系，才能使那种现代文学是建立在“彻底反传统”基点上的论调得以消解，及其以“彻底反传统”为借口完全否定五四文学革命批判儒学中非人思想因素的历史意义和文化价值的用心不能得逞。

二

作为精神层面的中国传统文化多以文学艺术为载体，丰赡充盈灿烂辉煌的古典文学艺术是储藏传统文化的宝库。传统文化铸造了文学艺术，文学艺术承载了传统文化，虽然文学艺术是传统文化的有机构成部分，但文学艺术却具有自身的独立性，即它是审美文化，而作为审美文化的古典文学艺术又是分门别类的，至少包涵文学、美术、音乐、书法、雕塑等；不过我这里只想略述文学，说明传统文化在语言艺术的古典文学中的蕴藏量既丰富又深邃，取之不尽，学之不竭，它是通晓或获取传统文化信息久读不厌、耐人寻味的经典文本。先秦诸子散文在中国文学史上具有独特的美学价值，但在思想文化史上却是儒家学说、道家学说、墨侠文化等的一座思想丰碑，一篇篇诸子散文中所蕴含的是儒家、道家、墨家等的原创思想或元文化形态；经过一代代学者文人的注解阐释和发掘梳理，不仅使诸子学说有了各具特色的文化系统或思想体系，而且也使先秦散文成了传统文化的源头活水。因此要想真正感受、体悟、认知传统文化的原汁原味，必须重读先秦散文，或选其经典名篇反复解读反复体味，或系统地阅读，将其散文一篇不漏地重读重解。历代学者文人的注释考证或研读心得固然需要参考与汲取，然而更重要的是应以现代知识分子的阅读期待、阅读眼光、阅读体验和阅读理解，去重新解读重新把握散文内涵。或许在重新解读过程中能发现一些尚未发现的新文化新思想新智慧因素，或许在重新解读中匡正一些从来认为是正确的误读甚至被歪曲被诋毁的思想文化，或许在重新解读中洞见了古今文化互通的永恒思想和超越性真理。例如重读《论语》就会感悟到“仁者，爱人”和“泛爱众”的人道主义思想与现代博爱人道主义思想是相通的；重读《孟子》就会感到儒学的民本思想与现代的人本思想也有联通点；重读《墨子》就会感悟到墨家的“兼爱”和“交相利”的“有力者疾以助人，有财者勉以分人，有道者劝以教人”（《尚贤下》）的仁义理想与现代提倡的平等观念和相互帮助思想亦有相通点。要真正感悟传统文化精神，不只是必须重读重解先秦诸子散文，更要重读重解历代的文学精品，这不仅因为传统文化思想经过创作主体审美处理后转化为文学作品的主导灵魂或诗性哲理，也因为被诗化了的传统文化精神既能从感情上打动人又能从理性上启迪人，这样能使重新解读文学作品所感悟到的传统文化精神较之先秦理性散文要深切得多丰盈得多。重读屈原《离骚》既能感受到楚文化那种驾着鸾凰凤鸟乘风上天寻帝倾诉和“上下求索”的浪漫精神与探索勇气，又能体验到儒家的忧国忧民的强烈深沉的忧患意识及其对君王愚忠的虚妄；重读陶渊明的田园诗既能感受到道家文化的隐逸思想对其影响之深又能体验到儒家文化“穷则独善其身”原则对其影响之切；重读李白诗歌，既能感受到老庄文化思想的滋养使其达到古典浪漫主义顶峰，又能体验到儒家的“安社稷”、“济苍生”的政治理想与道家愤世嫉俗的精神以及游侠文化中反抗强暴、救弱扶倾的精神完全糅合于诗意诗情之中；重读杜甫的诗篇，不论“三吏”、“三别”、《兵车行》、《春望》或者《赴奉先县五百字》、《征夫》、《登楼》等诗，既感受到儒家文化“仁者，爱人”的仁政爱民思想对其影响之深，忧国忧民的情怀充溢诗篇，又感受到儒家的忠君与其爱国爱民变为一个理念在其诗章中也得到充分体现，“葵藿倾太阳，物性固难移”见出其“愚忠”，“致君尧舜上，再使风俗淳”看出其对帝王的幻想，从“细推物理须行乐，何用浮名绊此身”诗句中也能体察出杜甫曾受到道家佛家思想的影响；重读苏轼的诗词文，既感受到佛、道文化思想对其影响之深又会体验到儒家文化对他渗染也不浅，正如他所提倡的蜀学把儒、佛、道融合在一起，“他饮慕屈原、诸葛亮、陆贽等经世济时的人物，认为‘丈夫重出处，不退要当前’（《和子由苦寒见寄》），想做一个风节凛然、敢作敢为的儒者；但又酷爱陶潜，追求老庄的隐逸生活；并热衷于道教养生之术，想‘用道书方士之言，厚自养练’，以立‘根本’（《答秦太虚书》）；他还精通禅学，跟和尚们亲密往来。”[13] 儒、佛、道三位一体的既矛盾又统一的文化思想通过苏轼的审美选择物化为诗、词、文，只有重新对其解读方可感受到传统文化在营造中国文学中所起到的特殊作用及其产生的审美效应与艺术精神。不仅古代文学的诗词文蕴含着丰厚的传统文化意识，值得重新解读获取；而且小说、戏剧等叙事文本更贮满了传统文化意蕴，它们以纸媒优势所传播的传统文化其深广度是难以蠡测的。以明代四大奇书之一的《三国演义》来说，不只以审美形式传播儒道文化思想、墨侠文化思想，也播扬了地域吴越文化思想；《水浒传》对侠义文化，《西游记》对佛教文化，可以说进行淋漓尽致地宣扬；清代小说《红楼梦》是集中国传统文化之大成的百科全书，其丰盈复杂的文化内涵取之不尽解之不完。对于古代叙事文学只有深入勘探不懈解读才能从中获取传统文化更多的精华舍弃无价值的糟粕。笔者之所以强调重新解读古代文学，不仅因为它是传统文化意识的载体与媒介，甚至文学本身就是一种审美文化，唯有通过解读重新感受和体悟才能获得更多更实更真更善的传统文化，为深化传统文化与现代文学关系研究备足深厚的学养；而且更为重要的是，现代中国文学的巨匠、大家、名家，几乎都是阅读或研究中国古代诗词歌赋、小说戏剧感受、认知并汲取了传统文化意蕴，陶冶性灵深化学养，充实知识塑造心理，甚至培植人生观、价值观和审美取向以及民族集体无意识，这就使其在创建现代中国文学过程中自觉地将传统文化意识与现代性思想意识连接起来。也就是说，通过阅读或研究古代文学使现代作家们所获取的传统文化已溶化其灵魂或血液中，成为其心理结构或艺术机制的组成部分，这就必然地会给文学创作带来浓郁的传统特色或民族性质感。鲁迅撰写《中国小说史略》、《汉文学史纲要》，胡适编著《白话文学史》(上)，王蒙著述《老子的帮助》，刘心武竟是研究《红楼梦》专家，等等，不一而足。这既可以说明现代中国文学不少著名作家都有深厚的古代文学修养且有较高的学术造诣，又可以看出他们是通过解读或研究古代文学文本感悟了中国传统文化；并从而表明"古代文学"的确为传统文化通向现代中国文学架起一座艺术桥梁，也可以说明"古代文学"是传统文化与现代文学进行对接与联系的重要媒介，若缺少这座艺术桥梁或重要媒介，那传统文化与现代文学的联通是不可思议的。因此，深化中国传统文化与现代中国文学关系研究，务必要在"古代文学"这座桥梁或这个媒介上下一番精细的研究功夫。

由于绝大多数学人或作家是从精神层面解读和接受中国传统文化的，或者是通过古代文学这座艺术桥梁与这个良性媒介感受认知了传统文化，所以于精神维度探讨传统文化与现代中国文学关系得到了不少学者的选择与认可，并获取颇多学术成果；不过这种视角的研究既带来探索的深度即揭示了本质性的联系，又带来众说不一的差异。所谓差异，即有的研究者认为传统文化在精神层面与现代文学是异质相对的或两者发生了"断裂"，也有的研究者则认为传统文化精神与现代文学内涵意蕴是完全相通的，古今文学在精神上根本没有出现"断裂"；笔者基本上认同后者的看法，但是必须指出的是，现代文学在思想意识层面与传统文化精神有相通点毋庸置疑，而现代文学蕴含的毕竟是现代文化意识，它与传统文化精神的差异点还是极为明显的。不过传统文化精神非以理性形态呈现于文学作品，而是隐匿于审美文本，或寄寓意象意境或渗透情节细节或蕴藏人物形象，故而只有通过精读细解和反复体验文本才有可能准确把握传统文化精神与现代文学意蕴的关联性和互通性。当然，中国传统文化精神之于现代中国文学思想内涵，两者相遇相汇既有被否定的又有被肯定的，且不论现代文学否定了哪些传统文化精神，而学者们感兴趣的则是聚焦发掘现代文学肯定了哪些传统文化精神，以此窥测传统文化与现代文学趋同的深层关系。儒家的"修身齐家治国平天下"理念被许多现代知识作家所接受并成了人生规范，面对现代中国社会的激烈动荡与转型，作家们关爱祖国命运与民族解放的道义情怀往往转化为强烈的忧国忧民的忧患意识从文学作品里喷射出来，不论五四时期鲁迅的小说集《呐喊》《彷徨》或者抗战时期路翎的《财主的儿女们》、沙汀的《困兽记》，或者"十七年"赵树理的《三里湾》、柳青的《创业史》，以及新时期刘心武的《班主任》、莫应丰的《将军吟》、蒋子龙的《乔厂长上任记》、张洁的《沉重的翅膀》、王蒙的《活动变人形》、莫言的《红高粱》等等,都洋溢着忧生忧国忧民的忧患意识。鲁迅说"创作总根于爱"。现代作家们之所以在文学作品里尽量释放忧患意识,从根本上说是基于对祖国对大众的深挚的爱,而这种博大的爱既是现代的又是传统的;后者正是承传了儒家的"仁者爱人"和"泛爱众"的人道主义博爱精神,现代的爱与传统的爱的无缝对接则铸成了现代文学爱的母题。阅读五四作家许地山、冰心、庐隐、闻一多、陆志韦、郁达夫、张资平、苏雪林、徐志摩等的作品,体察其所表现的爱的主题仅从基督教博爱观寻其根源固然重要,但这些作家诗人都有较深的传统文化和文学艺术修养,在其文化心理和审美意识中不可能没有儒家人道主义博爱思想的积淀,这也是探究传统文化与现代文学深层关系不可忽视的层面;新时期陈忠实的长篇小说《白鹿原》被称为"民族的秘史",它触摸到儒家文化精髓,即对白鹿村共同遵循的"耕读传家"的治家传统与"修身齐家"的人格理想的儒家文化作了正面描写,又对其家族伦理中所推崇的忠恕、仁义、慈爱等儒学人道主义博爱观作了肯定与弘扬;特别是儒家的修身养性、尊群贵和理念通过创作主体的审美体验化为一条精神线索贯穿于百年现代中国文学作品之中,发人深思。道家文化精神对于现代中国文学的影响与渗染既深且广。尤其在高扬"人的觉醒"意识的五四时代,几乎在作家诗人孤傲超世的性格中和文学作品的批判精神中,都能发现道家文化精神的渗透和影响。郭沫若公开申明:"我素来喜欢读庄子,但我只是玩赏他的文辞,却闲却他的意义,我也不能了解他的意义。到这时候,我看透他了,我知道是'道'是什么,'化'是什么了,我从此被导引到老子,导引到孔门哲学,导引到印度哲学,导引到近世初期欧洲大陆唯心派诸作家,尤其是斯宾诺莎,我就这样发现了一个八面玲珑的形而上的庄严世界。"[14]郭氏发现的"庄严世界"即"泛神论"是从喜读庄老开始的,道家文化思想不仅塑造了他的灵魂及其狂放不羁、孤傲脱俗的叛逆性格,也物化为《女神》中的顶天立地的高扬叛逆精神的自我艺术形象。郁达夫承传了道家文化精神的孤高自傲的"才子气"与"名士风",不论庄子的"任其生命之情"或者李白的"一生傲岸苦不谐"还是黄仲则的"野性束缚难为堪"的道家精神,都或隐或显地烙刻在郁达夫其人其文上;鲁迅笔下的狂人(《狂人记》)、疯子(《长明灯》)、N先生(《头发的故事》)等,无不具有道家文化非俗拒礼、桀骜不驯的叛逆精神;就连新时期阿城的小说《棋王》也蕴含着道家的孤傲超世的叛逆精神;张炜的小说《古船》塑造了深受道家文化影响的隋抱朴的形象,体现了老子"罪莫于可欲。祸莫大于不知足。咎莫憯于欲得。故知足之足，恒足矣”[15]的哲学思想；特别是在林语堂、废名、沈从文、汪曾祺等人的文学作品所表现的人性理想，皆蕴藏着道家的“法天贵真”、“见素抱朴”、“少私寡欲”、“绝学无忧”的人性内涵，其中林语堂的《京华烟云》从道教的“道生长万物，养育万物，使万物各得所需，各适其性，而丝毫不加以主宰”的宇宙观出发，表现了顺从天道、回归人的自然本性而不受伦理道德和物欲羁束的人性理想；汪曾祺的《受戒》把戒律森严的庙宇描绘成世外桃源，表现了一种既不受尘世功名利禄诱惑又不受清规戒律束缚的“任其性命之情”的人性理想；至于沈从文小说描绘的湘西世界，展示出更多的活生生的自由人性，足见道家文化精神渗透之深。佛教文化精神与现代中国文学的结合已达水乳交融的精神境界，在解读或一篇文学作品时很难分清这是现代文化精神那是佛教文化精神，从现代作家鲁迅的文学作品、俞平伯《燕知草》散文、丰子恺的《缘缘堂随笔》、废名的《桥》、许地山的《缀网劳蛛》乃至张爱玲的一些小说直到新时期史铁生的小说、马原的小说、余华的小说、汪曾祺的小说、贾平凹的散文、阿来的长篇《尘埃落定》等等，无不体现出或隐或显的佛教文化精神，并与现代文化精神融为一体。墨侠文化从汉武帝之后虽然已成了绝学，但是其替天行道、惩恶扬善、急公好义、快意恩仇、路见不平拔刀相助、劫富济贫是非分明的传统精神已转化为民间的侠义英雄精神，它进入现代中国文学精神世界自然而然地便与个性英雄主义、阶级英雄主义和民族英雄主义相融合转换为现代英雄主义精神，不仅体现于现代武侠小说更多的是流贯在革命文学、抗战文学、抗美援朝文学、反击战文学和改革文学中，尤其那些红色通俗传奇小说使侠义英雄精神在与革命英雄主义的融合中得到充分的弘扬。至于伊斯兰文化精神与现代文化精神融合得天衣无缝的应是张承志创作的《心灵史》、《北方的河》等小说。其实中国传统文化精神与现代文学意蕴的关联，很少是单一的或一维的，往往是综合的或多维的，也就是现代作家作品受传统文化精神的影响在一般情境下并非只有儒家文化或佛家文化或道家文化或墨家文化，常常是儒、佛、道、墨文化精神的综合互补影响，不管对作家文化心理的塑造或者文学作品思想意蕴的构成大都如此；只是在特定语境下人本或文本对传统文化精神的汲取或表现各有侧重而已。本文是为了叙述方便才把儒、佛、道、墨等传统文化精神与现代中国文学如胶似漆的关系分而略论之，这种勾勒式的粗线条的分叙达不到深化传统文化与现代文学关系之目的，现有的研究成果对这种关系的探讨已达到较高的学术水平；而笔者的宗旨在于阐明从精神层面研究传统文化与现代文学关系诚然重要，然而更重要的是当下从思维学的角度研究传统文化与现代文学关系，这是个颇有深度的角度却是研究得比较薄弱，也许从这里切入才是开拓性的研究。

作为久经历史与实践检验的中国传统文化，不管是儒家文化或道家文化或佛家文化或墨家文化或民间文化，都是人类特别是中国人遵循特定思维方式创造的精神产品，故而恩格斯把“思维着精神”即精神层面的文化称之为“地球上最美的花朵”。[16]但是人类独有的思维总是遵循一定的方式或模式进行的，而思维方式不仅是沟通思维主体（个体或群体的人）与思维客体（即思维对象）的桥梁，规定人的思维路线、思维程序和思维方法，而且思维方式一般具有普遍适用的哲学思维、一般适用的各学科共同思维、具体学科的特殊思维这样三个层次。既然精神文化是主体思维按照一定方式进行思维的结果，那么从思维方式切入中国传统文化与现代文学关系的研究就是抓住了根本的根本。概括地说，中国传统思维方式不同于西方以定义概念和概念分析为出发点而进行逻辑演绎的理性思维，虽然中国哲学也讲义理，但是这个义理是在取“象”基础上升华出的义理，而表述这种义理不完全靠逻辑也靠形象的比兴、隐喻、象征等方式，可见中国传统思维是以非理性思维为基础的；若是说西方传统思维方式的基本特征是逻辑中心主义，那么中国传统思维方式的基本特征则是形象中心主义。不论儒家所主张的“天人合一”的整体思维观，或者道家所坚持的“混沌无序”的整体思维观，还是佛禅所主张的“直指人心，见性成佛”的整体思维观，都是恪守直观、感觉、内省、体悟的非理性思维方式；而这种哲学层次的传统非理性思维方式最适宜于文学艺术创作应遵循的具体艺术思维方式，也就是说传统文化的非理性思维方式营造了灿烂瑰丽的古典文学，“中国传统诗歌，从《诗经》、《楚辞》到魏晋诗，到辉煌的唐诗，再到宋词，其抒情写意精神构成整个中国传统艺术的魂魄与风骨”[17]，这正是非理性思维方式在诗词创作上的卓有成效的运作。现代中国文学的不少作家诗人在通过解读古典文学获取文化文学涵养的过程中无疑体验并认同了传统非理性思维方式，也许这种认同并非处于完全自觉，不过充溢着艺术液汁的非理性思维却内化为创作主体思维结构的有机体；所以逮及现代文学的创构遭遇到西方尼采、叔本华、柏格森等的现代非理性主义以及后现代非理性主义思潮一次次冲击，现代作家诗人们不但没有拒斥反而自觉地汲取了西方现代非理性思维方式，并与主体思维中原有积淀的传统非理性思维方式发生了悄然对接，形成了具有中国特色的现代非理性思维方式。从五四新文学鲁迅的小说、散文诗，郭沫若的浪漫诗章，郁达夫的自我表现小说，徐志摩抒情诗；到戴望舒的现代诗，曹禺的《雷雨》和《原野》，无名氏的《无名书稿》，钱钟书的《围城》，张爱玲的"传奇"，九叶诗人的诗作；再到新时期王蒙、张洁等人的意识流小说，王安忆、铁凝、刘索拉、陈染、残雪、徐星、马原、扎西达瓦等人的新潮小说，以及朦胧诗歌、试验戏剧等，足见非理性思维方式给现代中国文学营构所带来的独特美学特征与强大艺术魅力。只有从非理性思维方式的角度对中国传统文化与现代文学关系进行宏观与微观相结合的深入探究，才有可能有所突破有所创新，获取带有开创性的学术成果。

上述，对于深化传统文化与现代中国文学关系研究的思考，既有传统文化是个多元复杂系统的阐述又有深化"关系"探讨的视角与方法论的思考，而这些思索并不是说笔者已付诸研究实践，乃是提出来与同行诸友共勉，以期将这个研究课题向深度与广度推进一步，攀上新的学术层级，如有不当之见请指正，切盼。

（写于2009年11月12日，载于2010年《东岳论丛》第1期）

参考文献

[1]拙文:《中国文学:由古典走向现代》,1997年《文学评论》第5期。

[2]拙著:《世界化视野中的现代中国文学》上编的第三、四、五章，山东教育出版社2003年版。

[3]拙文:《古今文学在审美现代性上的互通点》,2005年《新乡师范高等专科学校》第3期。

[4]拙文:《辩证地认识中国文学的现代转型》,2007年《新华文摘》23期。

[5]拙文:《齐鲁文化与现代中国文学关系的沉思》,2005年《文学评论》第1期。

[6]拙文:《重探60年五四文学革命研究的误区》,2009年《山西大学学报》第5期。

[7][8][17]王树人、俞柏林:《传统智慧再发现》下卷，作家出版社1996年版，第9、211、192页。

[9][12]马丽蓉:《20世纪中国文学与伊斯兰文化》,安徽教育出版社2000年版，第3、6页。

[10]王宏刚等著:《萨满教舞蹈及其象征》,辽宁人民出版社2002年版,第2页。

[11]罗成琰:《百年文学与传统文化》,湖南教育出版社2002年版,第259~260页。

[13]中国文学史编写组:《中国文学史》(二),人民文学出版社1962年版,第584页。

[14]郭沫若:《文艺论集·王阳明礼赞》,《沫若文集》第10卷,人民出版社1958年版。

[15][春秋]李耳:《老子》第四十六章,中国文史出版社2003年版,第101页。

[16]《马克思恩格斯选集》第3卷,人民出版社1972年版,第462页。

以科学态度对待中国文化或文学传统

摘要：弘扬中华民族的优秀文化文学传统，其深远历史意义与重大现实意义无论怎样估价都不会过分。然而，在当下“国学热”中却出现了一些令人忧思的症候：读经复古，诋毁或否定五四新文化、新文学运动的历史意义便是其中显著的两种。应该以科学态度对这两种症候进行深度剖析，对中国文化、特别是儒家文化传统以及五四新文化新文学的“反传统”给出实事求是的科学阐释。

所谓科学态度，简言之就是求真务实的态度，即坚持实事求是的思想路线和认识路线，以及辩证唯物史观，考察一切，感悟一切，认识一切，判断一切。这种科学态度或方法论，虽然受到极左思潮的歪曲篡改乱用，也受到所谓后现代思潮的冲击诋毁颠覆，但笔者至今仍认为这是观察现实、洞悉历史、认知事物、发现真理的最正确的态度，也是卓有成效的思想路线和认知方法。也许有人认为这种科学态度或方法论只尊重认识客体而忽略了认识主体，用时髦的表述方式就是不重视“我”而重视“他者”，即在“我”与“他”之关系中消解了“我”的主体性，流入纯客观主义。在我看来，这完全是对科学态度或方法论的误解，因为只有坚持科学态度及其方法论才能处理好认识链条上的主客体或我与他者的关系；认识主体与认识客体是相互激荡、相互促发、相互认证和相互对待的互动关系，而这种互动关系中认识主体始终处于主导的求索的进攻的获取的地位，认识客体总是处于被认识被探索被解释的地位。当然，认识客体对认识主体来说并非是完全被动的，即它不仅是认识主体求索认知的对象，而且也能制约着规范着甚至匡正着证实着认识主体的探索路向，既不让认识主体跑出认识客体规定范畴而想入非非随意猜测，又能实证认识主体所获取的认知是否合乎客观规律的存在实际。因此，越是见仁见智的复杂错综众说纷纭的认识客体，作为认识主体越是需要坚持科学的态度及其方法论。中国古代文化文学传统或现代文化文学传统，向来是个“公说公有理，婆说婆有理”的话语系统，如果这是学术研究所导致的“百家争鸣”局面，那是应该拍手称赞的；然而，这种“众声喧哗”实际上只酿成一种浮躁现象，究其原因，往往是颇为复杂的认知问题。其中的缘由既有历史的又有现实的，既有政治的又有文化的，既有客观的又有主观的，既有严肃的又有炒作的，总之欲探求并取得对古今文化或文学传统的真知灼见以及对“浮躁现象”之因予以深究，作为认识主体越发应该自觉地坚持并运用科学的态度及其方法论。

笔者所考察和研讨的客体对象，虽然是“中国文化或文学传统”，即中国古代文化或文学传统与中国现代文化或文学传统，但重点探究的却是如何以科学态度对待中国古代文化文学传统。目前文化界或学术界热衷于古代文化文学传统的炒作或研究，忽略或忘记中国现代文化文学的既成传统，甚至有一种借弘扬“传统文化”之名极力鼓吹古代文化传统而抑制、贬低甚至否定现代文化文学传统的倾向，攻击的矛头直指五四新文化新文学，把古代文化文学传统与现代文化文学传统对立起来。本文理应将中国文化传统与文学传统分开来探讨，之所以把文化与文学捆绑在一起当成一体来把握，因为从精神层面来理解，文学是文化的重要一翼，文学也是文化的重要载体，文学本身更是一种独特的审美文化，故而在论及文化传统时实际上论及的也是文学传统，在论及文学传统时实际上也涉及到文化传统。

一

中国古代社会向现代社会转型的20世纪，所处的国际环境已不是封建政治专制或宗教文化专制的中世纪，而是相当多的西方国家或民族早跨进或正在跨入现代社会，西方列强在以现代化的武装力量敲开古老中国闭锁的大门的同时也把现代物质文明和精神文明输入中国，尤其以科学、民主、自由、平等、博爱、理性等人类创造的美好修辞为标志的现代文化思潮进入中国，与中国古代文化文学传统发生了一次次交汇、冲撞、融合和转化，导致中国文化文学传统进入了在认同中超越、在超越中认同、在继承中转型、在转型中继承的螺旋式前行的循环之路，创造了与古代中国文化文学传统相联系又有显著区别的所谓中国特色的现代中国文化文学传统。但是，在中国文化文学向现代转型的艰难曲折过程中，不只是古代文化文学传统经受了严酷的批判，即使五四以来形成的不同样态的现代文化文学到了“文革”时期也遭到了毁灭性的打击。只有到了改革开放、思想解放的新历史时期，伴随着整个社会结构向现代化轨道转型的步伐加快，方推动了中华民族文化为适应全球化的需求而快速转型，并促进社会文化心理特别是审美心理向着多元开放的趋势转变，这就要求在全面恢复激活中国现代文化文学传统的同时，务必恢复弘扬中国古代文化文学传统；同时又把古今文化文学作为思想资源纳入新时期的与时俱进的马克思主义理论框架，创建既适应中国特色社会主义需要又合乎全球化时代精神诉求的现代型的文化或文学体系。也许因为在中国现代文化文学传统的建构中对古代文化文学传统的批判或否定有偏激过火之处，造成了对古代文化文学传统的再发现再弘扬再承传再复活过程中的强力反弹，难免出现了纠正现代传统对古代传统之偏而走向了“厚古薄今”或“抬古压今”、“褒古贬今”之偏，这主要体现于近些年掀起的“国学热”所呈示出的诸多症候上。

症候之一是：复兴和弘扬国学应该采取科学的态度，切莫在形式上玩花样，然而恰恰有些形式上的花样给人以不伦不类的滑稽之感。这不能不令人质疑，难道此花样不就是有名无实的“国学热”所致吗？记得2009年9月3日《腾讯评论》登载一则《小学生穿清朝官服诵经很滑稽》的评论，并配有小学生身着官服尊孔读经的七幅彩色照片，不由使我立即想起五四新文化运动前夕袁世凯当皇帝、张勋复辟所鼓吹“尊孔读经”的历史闹剧：如果这些照片反映的是以戏说方式把历代尊孔读经的史话搬上艺术舞台，借以娱乐观众，享受消费文化的乐趣，那应该另当别论；如果是借助这些小学生身穿清官服装来尊孔诵经旨在达到“文化搭台经济唱戏”之目的，那也另当别论；如果为了繁荣旅游事业的需要，投合外国人的口味，招引更多的洋人到中国来，让天真烂漫的孩子穿上官服来拜孔，那也另当别论；如果在孔府孔庙每年举行祭孔大典，让小学生着官服参加祭礼，那也另当别论；而真正令笔者惊疑与思考的是，这七幅照片有的是反映杭州某小学举行的古礼入学仪式，场面是那样的肃穆庄重，每个学生是那样毕恭毕敬，手持《论语》经卷，头戴清官的圆顶带尾帽，身着清官的马蹄袖服饰，面向慈祥伟岸的孔子像弯腰行礼，如同在电影电视上见到的清朝群臣跪拜皇帝的隆重场景。面对此情此景，我颇感困惑，百思不解：一是中国特色社会主义现代化进程已进入21世纪，教育改革的方向应该向何处去？从小学到大学应该按照什么标准和条件培养社会主义的建设者和接班人，是以先进的思想文化来育人还是以传统的儒家文化来育人？小学生入学是举行升国旗仪式为宜还是举行尊孔诵经仪式为好？全国各地小学生入学举行古礼尊孔仪式是教育主管部门的指示还是各校受“国学热”的影响而自发所为？即使采取“尊孔读经”作为小学生入学仪式也不一定让学生着清朝的官服。这内中的玄思是什么？一连串问号涌出来，即使想不通也得思之。我虽然不是研究教育的，但却从事教育数十年，就我的体验和感悟来说，社会主义教育体制所要求培养的人才首先是现代人，即具有现代思想意识、现代文化品格、现代科学知识、现代技能技巧的人，即使对孔孟儒学的学习与汲取也要以现代科学态度对待之，即使对先师孔子的崇拜也要引导学生“智从”而不是“盲从”。我不拒斥“尊孔读经”，但我也不主张在社会主义社会的学校里提倡“尊孔读经”，哪怕真的要把“尊孔读经”作为弘扬传统文化的口号提出来也必须作出新的规范和解释，不能重蹈封建历史的旧辙，因为我们建设的是现代化的社会主义文化教育体系，培养的是适应社会主义现代化需要的有用人才，而不是“穿清朝官服尊孔诵经”向后看的“复古”之人。固然，2500 年前孔子创立的文化教育思想是宝贵的遗产，既要珍惜又要继承也要弘扬，但是不能囫囵吞枣生搬硬套，只能把它作为古代文化教育传统给予科学的实事求是的分析鉴别，重新发现其中的精华以及那些超越性的文化教育智慧，并将其与现代先进文化教育思想进行对接，使其转化为现代文化教育思想结构的有机组成部分。这样才有可能使孔子的教育文化思想在培养社会主义现代化需要的人才过程中发挥应有的作用；如果仅仅在形式上让小学生穿官服表演尊孔诵经的滑稽剧，那不只是对孔圣人及其学说的不尊重，也是对真正“国学”的极其肤浅的理解。

笔者感兴趣的不止于此，还有那些小学教育的主管部门和老师们究竟是何种心态支配其如此这样的做？近百年来由于中国的政治运动接连不断、思想潮流层出不穷，致使知识分子不论执教从研者或者从政为官者都养成一种或轻或重的“赶时髦、追潮流、跟风转”的习惯心理，往往一种风潮席卷而来并未在理性上弄清楚便随风而去。“文革”中出现了很多“风派”人物，虽然吃尽苦头，却难汲取历史教训。进入改革开放的新时期，政治运动不搞了，思想潮流却未停歇，“国学热”所掀起的“复古”风潮便是其中之一。而那些身为知识分子的教育管理干部或小学教师们，之所以教学生穿官服尊孔诵经，是否残存的那种赶时髦随风转的习惯心理起着潜在作用？也就是说，参与策划这场颇具讽刺滑稽意味的“复古”闹剧的知识分子，并不真正理解“尊孔诵经”以活跃“国学”，或是从小学起对学生进行儒家文化传统教育的背景和意义，而是盲目地赶潮流随风转，一旦当他们冷静下来作点理性思考，也许自感有点滑稽。况且，参与这项活动的知识分子，作为官员追求的是政绩，作为教师追求的是教绩，而政绩或教绩又与各自的责任感、名利欲联系在一起。有这种心理支配，他们便很难以现代理性自觉来对待和处理这件事了，反倒觉得“穿清朝官服尊孔诵经”这是深入小学教育改革之举和强化小学生的国学修养呢？至于何以让小学生穿清朝官服而不穿其他封建王朝的官服去“尊孔诵经”，这些策划者的心理与用意更是耐人寻味。是否因1980年代以来，文学创作、戏剧舞台、电影电视掀起一股为满清帝王歌功颂德的浪潮，从努尔哈赤、皇太极、顺治、康熙、雍正、乾隆乃至多尔衮、孝庄文皇后的雄才大略、文治武功及其人格魅力和皇宫秘闻得到淋漓尽致的炫耀与宣扬，而深深地影响或折服了这些倾情于国学的知识分子，认为唯有清朝文武百官的“尊孔读经”才值得今人效法呢？倘若真是如此，这既说明文学艺术的潜移默化作用何等的巨大，又可以看出这些知识分子对清史的无知或对清戏的误读。其实，清王朝的“文字狱”关杀了不少儒臣儒生，尤其雍正皇帝宁用家奴不用名儒，对以道义自负的儒生颇感厌恶，冤处了一大批操守虽清但奴性不足的儒臣，影视《雍正王朝》中就对那些举着孔孟牌位上街游行的“天下读书人”极尽讽刺之意。现今杭州某校的教师竟教小学生仿效清朝儒臣儒生来“尊孔诵经”，是不是中了清代奴才戏的毒，这到底要给学生的幼小心灵里灌输些什么文化意识？

二是热衷于在中小学教育中倡导“尊孔诵经”的知识分子，不论身负管理之责的官员或者肩负教育之责的教师，是否都对孔子其人其学有所了解与通晓？已获得的儒学知识与思想是从日常生活中感受来的还是从道听途说中来？是从电视广播的演讲中听到的还是阅读《论语》《孟子》等经典文本中体悟的？总之不管对孔子及其学说由何种渠道获知的，都应该是“真孔子”和“真孔学”。笔者虽然对孔子及其学说尚未进行深透的研究，但是描写孔子的小说、表演孔子的话剧，再现孔子的影视以及研究孔子所创立的儒学、汇集孔子言论的《论语》等原创之作，却阅览了一些，尤其是《论语》越读越感到深不可测，越发感到要想恢复2500多年前孔子的本真面目及其学说的博大精深内涵只不过是美好愿望而已。尽管不能说有多少解读孔子其人其学的人的心目中，就有多少“孔子”和“孔学”，但至少在各个解读者的感悟中的“真孔子”和“真孔学”绝对不会是雷同的而是差异互见的。从接受主体来说，存在这种差异感是很正常的，也是必然的，若是解读者对孔子及其学说的认知毫无差异完全同感同受，那才是非正常的，甚至是荒诞的。既然对孔子其人其学的解读与把握如此困难，获取

"真孔子"和"真孔学"只是理想的追寻,那么,是否就放弃自己的读经典原著、查原始史料的不懈努力与孜孜探求,而一味地甚至盲从地听信新儒学派或尊孔者著述中或演说中所描绘的孔子和所研究的孔学呢?以我之见,首先应相信自己的感悟与认知,即对孔子其人其学的解读仍要坚持下去,深入勘探,力求获取真相真知;其次阅览新儒学派或其他学人的著述,取其所长补己之短,以充实和丰富自己对"真孔子"与"真孔学"的感知,尽力逼近原初的"孔子"和"孔学",而不是去把孔子及其学说提升到现代化的高度。

"尊孔"不是把孔子视为盲目崇拜的偶像,诵读《论语》也不是把它的每句话都当成放之四海而皆准的真理,因为孔子毕竟是2500前中国历史上的孔子,《论语》也是他2500年前说的话。所以,既要尊敬孔子为中国乃至人类的思想、文化、教育史所作出的独特贡献,又不能为贤者讳而遮蔽其难免的历史局限,既要汲取《论语》中那些对于中国人乃至全人类具有永恒价值和超越意义的思想智慧,又要抛弃那些已被历史实践反复证明是糟粕的东西,这应是现代人对待孔子其人其学的科学态度。其实这种科学态度,自由主义者胡适早在五四新文化运动中就提出"国故"中既有"国粹"又有"国渣",马克思主义者毛泽东在1940年代发表的《在延安文艺座谈会上的讲话》也提出文化遗产中既有"精华"又有"糟粕",虽然这种两分法出自二元相待思维,然而它却是研究和处理中国古代文化传统或文学遗产的辩证科学思维,对于今天研究历史上的孔子及其学说仍然是有用有效的科学方法论。科学态度或科学方法对于解读和研讨孔子创立的儒家学说固然重要,但是究竟以何种价值标准来辨别判断孔学的精华与糟粕,恐怕也是个见仁见智的难题,这也是历来对孔子及其学说评价不一的原因之一。既然孔子创立的儒家学说是个自成体系的思想话语系统,那么以现代科学眼光审视,到底坚持什么价值尺度取其精华为宜?在我看来,以人为本的价值标准最适宜。所谓以人为本的价值观,主要指判断孔子说学应视其对中国人乃至全人类的生存与发展是有利还是有害,是产生正面效应还是负面效应,或者说生成的效果是积极的还是消极的?合乎前者则是其学说的"精华",合乎后者则是其学说的"糟粕"。尽管中国人乃至整个人类的生存与发展处于动态之中,绝对不会停滞于一个水平或一个基点上,然而判定某种学说具有永恒价值,就要视其对变动中的人类的生存与发展总是产生着有利的长效的作用。如果这个价值标准具有科学性的话,那么现代知识分子研究孔子学说、弘扬儒学精神、光大儒家智慧,我认为最值得学习的、最应该弘扬的、最需要光大的是孔子的仁学结构中的“仁者爱人”、“泛爱众”的以“爱”字为主轴的人道主义思想与宏大情怀。这种人道主义不论在何时代何地域或何民族何国家，既有利于中国人的生存与发展又有利于全人类的生存与发展，更符合当下建设和谐中国与和谐世界的伟大构想的要求。这不仅因为孔子的以“爱”为主轴的人道主义能够与现代意识的博爱人道主义相互衔接，能够与马克思主义的唯有解放全人类然后才能解放自己的崇高人道主义相互契合，而且因为人人都渴求爱的关怀又需要以爱来关怀个体和群体人的生命，唯有充满爱意的人道主义转化的强大精神与物质力量才能创造出真正满足于人的生存与发展各种需求的优厚条件和人文环境。这正是孔学人道主义的永恒价值与超越意义所在，这也是原创儒学的真精华所在。但是当下有的学人把儒学的“君君、臣臣、父父、子子”的等级伦理思想作为精华加以宣扬，认为这种伦理主义有助于协调现代社会人与人之间的关系。对于这种见解，笔者不敢苟同，如果儒家的等级伦理主义对当前社会的矛盾尚能起到协调作用，那既可以说明我们急需推进社会主义现代化的民主改革以消除等级制的残存与人们的等级观念，使平等意识真正主宰人与人的关系，又可以窥见儒家的等级伦理主义也确实适应了某些特权阶层或贵族阶层维护既得权势的诉求，而广大的平民百姓或是知识分子或是劳动大众从内心发出的呼唤则是“平等、公平、公正”六个大字。因此我认为儒学的等级伦理主义不宜于作为“精华”予以弘扬，不利于那种不分贵贱、不分男女、不分级别、不分族别的人人平等的和谐相处的现代社会关系的形成，不利于人人求生存谋发展的内在诉求的实现，更不利于塑造公民特别是青少年的现代灵魂与现代人格。笔者之所以坦诚地表述所思所见，旨在希望那些热衷于在中小学倡导“尊孔诵经”的知识分子或老师官员们，首先自身就应采取科学态度或辩证思维去解读孔子及其学说，获取“真知”和“真经”，虽然不一定具备中央电台推出的“学术明星”那种口若悬河、挥洒自如地大谈孔孟之道的超级本能，但只要有一种不浮躁求真知的老实而稳健的心态，即使做不成“国学大师”，也能从孔孟儒学中汲取些“货真价实”的知识与哲思，少搞或不搞形式主义的东西。这不仅有利于国学在中小学教育中传播，更有助于为青少年增进文化学养、培育现代灵魂提供优质的营养源。

二

“国学热”的症候之二是，有些尊崇新儒学的学者，总是把批判的矛头指向五四新文化新文学运动的“反传统”,有意识地把古代文化文学传统与现代文化文学传统对立起来,仿佛不否定五四“反传统”的价值和意义就不能弘扬和光大儒家文化传统。我认为,这是对待中国文化或文学传统缺乏科学态度所致。

笔者既不同意五四新文化新文学是“彻底反传统”的说法,又不赞成五四新文化新文学运动并无反传统的见解,更反对借“彻底反传统”为口实否定五四新文化新文学运动的确“反传统”的历史意义。我之所以不认同五四新文化新文学运动“彻底反传统”的说法,是因为从总体上或事实总和上考察它不符合历史真相,这不是抓住一点不计其余地无限上纲就是对某些“反传统”观点作了过度阐释,甚至为了证明“彻底反传统”的论断的正确性而挖空心思望文生义地到史料或文本中去寻找“根据”。如果研究者遵循科学思维路线进入五四新文化新文学运动的历史时空,不论去审视原始的理论文本或者去阅读原创的审美文本,那都不会认同新文化运动或文学革命是“彻底反传统”的这种片面深刻的论断。我所以不赞同五四新文化新文学运动没有反传统的见解,不仅因为这种见解无视历史真实,明目张胆地说谎话,抹煞了五四新文化新文学反传统的历史意义和策略意义,更因为这是滑入了当时的复古派或守旧派的立场,无形中在证明他们的反对新文化新文学、固守旧文化旧文学才是正确的,难怪有人为保古派或国粹派大作翻案文章。我所以反对以“彻底反传统”为口实肆意否定五四新文化新文学“反传统”的历史意义,不只因为这悖离了求真务实的科学态度,既没有考虑五四新文化新文学运动发生的特定历史背景和文化语境,又不顾及历史事实的真相,也不看文化演变的现代化趋向,更因为他们根本没考虑否定五四新文化新文学的“反传统”将会带来哪些不堪设想的后果。

凡是持科学态度的学人无不承认五四新文化新文学运动的“反传统”,但却不认同“彻底反传统”或“全盘反传统”的偏颇之见。现在我感兴趣的问题不在于五四新文化新文学运动是否“反传统”,而是如何以科学态度来理解和阐释五四新文化新文学运动究竟反的什么“传统”,以及否定这种该反的传统将意味着什么,究竟会带来怎样的后果。

所谓“传统”是指中国古代文化或文学的传统,主要不是指古代的物质文化传统而是精神层面的文化传统,而精神层面的文化传统就其思想内涵来考量则是通常所说的儒释道三位一体的文化。然而细究起来,中国传统文化不能只认为是儒释道三位一体或者仅仅认为是孔子创立的儒学文化。诚然,儒学或儒释道合一的文化在古代文化或文学系统中居于主导地位,或者说它们决定着社会文化或审美心理取向和构成社会价值观的核心。不过,即使如此,也不能武断地说儒释道三位一体的文化,就代表了整个中国古代文化或文学传统。况且,儒释道文化三者各自成体,不论儒家文化、道家文化或者佛家文化都有自己的思想系统,虽然它们之间有互通点,但是差异性的规定内涵却是相当明显的。既然它们各自属于异质的思想文化系统,那么对儒释道的内涵与外延及其相互之间的关系就要进行探幽发微的研究。不仅要探究儒释道的静态结构,将它们本身的深邃复杂的思想文化内涵的积极因素和消极因素即精华与糟粕辨识清楚,而且也要洞察儒释道的动态系统,因为儒道释三种文化形态前两者是本土生成的而后者则是印度传来的,它们在漫长的历史进程中经过相互冲击、汲取、选择和融合方形成三位一体,而在这个相互交汇、渗透和影响过程中每种文化形态都发生了不同程度的变异,同其原生态文化系统相比,不论量或质甚至结构都发生了调整与新变。通过从静态与动态的结合上对儒释道三种形态文化作了深入透析与科学阐释后,我们才有可能辨清五四新文化或新文学“反传统”究竟反的是消极的腐朽的“文化文学传统”还是积极的具有生命力的“文化文学传统”。胡适在五四新文化新文学运动中率先认同“打孔家店”的口号,但这个口号并没有成为反封建文化的行动,就连“彻底地不妥协地反对封建主义文化”或“全盘地整体地反传统”这样的表述也不是出自新文化新文学先驱之口,乃是后来的研究者并非依据科学思维所作出的言过其实的判断。我们不妨仔细翻检一下史料,除了陈独秀在当时发表的文论中提到“封建制度之遗”[1]、“封建时代之道德、宗教、风俗、习惯”[2](P129)等话语里有“封建”字眼,胡适、鲁迅、周作人等人的文章里很难见到“反对封建主义”或“反对文化传统”这种提法。即使新文化先驱对儒家文化的批判,也不是反对孔孟创立的“仁者爱人”、“泛爱众”的原始人道主义思想体系,更不是反对宋明以来的所有的新儒学,而是把矛头主要对准皇权专制主义、等级森严的伦理主义、某些“吃人”的礼教信条以及“存天理灭人欲”的理学和迷信邪说等。如果说这就是五四新文化新文学运动的“反传统”,那不仅反得好反得对,而且时至今日的现代文化或文学建设更要驱除这些腐朽的思想幽灵。只有坚持科学态度方可辨清五四新文化新文学运动主要反的是儒家文化的什么“传统”,乃至新文化先驱是否都坚守“彻底反传统”的立场,并且也可以理清中国传统文化文学是个多元的复杂系统,儒释道居其中,少数民族文化文学、民间文化文学也是多姿多彩的,各自皆是中华民族文化文学共同体中不可或缺的子系统,更何况不论儒释道文化或者少数民族文化、民间文化各形成的传统,都有优与劣之分,并非所有的文化传统皆优,亦有劣质的文化传统存在。而五四新文化新文学运动既没有反对各种样态文化的优秀传统又没有反对少数民族文化,并对民间文化采取搜集、整理与发掘的举措,使其成为建设中国现代文化的有机组成部分。因此从中国传统文化构成的复杂形态来说,主观认定五四新文化新文学运动是"彻底反传统"的,这是缺乏雄辩根据的,也是违背科学思维的。

既然中国文化文学传统是多元杂陈、五彩缤纷的精神系统,对其进行深度开掘和重新发现是极其重要的,尤其发现传统智慧为我们所用更是必要的。这不仅有利于为建设有中国特色社会主义文化提供取之不尽的资源,也有利于社会主义核心价值体系的形成,更有利于现代化文化产业的繁荣以及同域外其他各民族文化展开广泛而深入的交流。从这个角度来认识"弘扬民族文化"的意义和价值我是深表赞成并愿付诸实践的。然而,我感到疑惑和不能接受的是,学界有些人打着"弘扬民族文化"或复活传统文化的旗号否定五四新文化新文学运动的"反传统",甚至把"五四"反传统与"文革"联系起来,误认为"文化大革命"被彻底否定了,那么与"文革"一脉相承的五四新文化新文学运动也应该彻底否定。后者的观点极为荒谬不值一驳,前者否定五四新文化新文学运动"反传统"的价值倒值得商榷一番。我不同意五四新文化新文学运动"彻底反传统"或"整体反传统"的论断,上文已略有表述,而我只承认五四新文化新文学阵线只是在一定程度上对与封建专制主义及其扼杀人性的封建礼教相联系的儒家某些传统文化思想进行了深刻批判与猛烈抨击,也就是说在特定的历史范畴确实存在"反传统"的倾向,甚至个别人的个别观点是相当激烈的,这有不容置疑的史实为证。但是,个别人的激进见解并不代表所有文化先驱的观点,并且也没有主宰五四新文化新文学运动的整个局面或造成独尊新文化新文学一元思想的格局。现在应弄清的要害问题是,"封建主义及其文化思想"是什么,它是否包含在中国文化传统体系中,对其应该不应该批判。如果说封建主义文化意识就存在于古代文化文学传统体系之中,那么对其进行有选择有重点的批判或曰"反传统",就具有天经地义的历史合理性和必要性。这是因为在封建主义文化意识的构成框架里,儒家的"君君、臣臣、父父、子子"的等级森严的伦理主义既缺少平等意识又缺乏民主意识,对此所形成的贵族的皇权的"文化传统"不反对不批判,以"科学"与"民主"为标志的现代型文化与现代型文学是绝对不会自然生成的,这已被雄辩的历史逻辑所证明。究其根由,这是古代文化文学传统的结构功能使然，尽管说古代文化文学传统是个多元复杂的系统，其本体也含有微量的民主因素和科学因素，然而一旦儒释道作为统治者的统治思想与皇权专制主义胶结在一起，将会凝固成牢不可破的扼杀民主因素和科学因素的等级严森的伦理主义硬壳，所以只靠传统文化固有的调节或更生功能根本不可能自发生成现代的民主科学文化体系。而且，伦理文化传统的世俗性血缘性的功能质长期地作用于渗透于社会文化心理，所形成的千百年的习惯势力具有巨大的惰性与保守性，任何新生事物或新生思想大多被其毁灭于萌芽状态，如果对这样的"文化传统"不猛烈地冲击一下，那现代文化是不可能在承续优秀传统的基础上建立起来的，现代文化生成史充分证明"不解构旧传统就建不成新传统"的真理。由于中国文化文学传统过于厚重过于成熟，其固有的结构系统再突破再创新再发展都极其艰难，到了明清之际文化上的复古主义或拟古主义十分盛行，文化或文学传统的演变似乎到了山穷水尽的绝境，只能重复昔日的"辉煌"，文化文学传统处于一种积重难返的僵硬老化状态，因此仅靠其自然运行已不可能使文化文学传统发生结构性的更新，此时文化先驱们采取些"矫枉过正"的策略以推动古代文化文学传统向现代转变是完全及时的和必要的。况且，文化文学传统的衍变如同其他事物一样，不外遵循渐变与突变两种方式，正如当时胡适所主张的文学文化的进化或者顺其自然运行或者靠人力催动这都是"革命"方式，说明先驱们理解的五四新文化运动和文学革命并非彻底打倒彻底颠覆传统文化文学的暴烈行动，只是在传统文化文学系统内部的新因素积累到相当数量而凭自身的能力根本冲不破坚固的结构而欲发生"突变"时，方依靠文化先驱们的"反传统"的威力在某种程度上推动"传统文化"的质变和向现代转换。由此可见，中国文化文学现代性原初形态之所以在五四运动生成就是因为在一定范围内一定程度上对"传统文化文学"进行了批判与解构，尽管某些言辞上或个别行为上有点激进，这种举动的历史合理性和必要性是应该给以肯定的。

试想，假若像有些尊崇新儒学的人借纠正或检讨"彻底反传统"的偏颇为口实，而对五四新文化新文学运动应该反也必须反的"传统文化"都给以"翻案"和复活，并从而否定五四"反传统"的历史意义，这将意味着什么？它会带来何种后果？其一，意味着复活了自孔孟以来两千多年封建社会的所有思想文化，导致文化界或思想界的泥沙俱下鱼龙混杂，无形之中就掩盖和模糊了五四以来的现代文化传统，使封建皇权主义、等级伦理主义文化以及迷信邪说与现代性的科学、民主、平等、自由的民主主义文化乃至社会主义文化搅和在一块，形成“一锅粥”，难以辨清什么是封建主义文化，什么是优秀的传统文化，什么是民主主义文化，什么是社会主义文化，甚至有的人放出了“马克思主义加孔子”就是有中国特色社会主义文化体系的谬论，难道说这就是市场经济条件下文化思潮形态的多元化吗？其二，意味着抽空了五四建构的现代文学的思想内涵，否定了新文学反封建主题，甚至引起人们对五四新文化运动和文学革命的历史合理性合法性和必然性的怀疑。如果生成于老化于封建社会的所有文化传统与文学传统都予以肯定、都进行再发现、都加以弘扬光大，那么五四新文化新文学运动的兴起不仅没有必要反而破坏了“传统文化”和“传统文学”，而那一代文化先驱们所创造的现代文化与启蒙文学的巨大价值不仅会遭到贬抑，即使那些现代文化巨人与现代文学大师的地位也受到质疑。众所周知，“五四运动”在中国历史上是件继往开来的大事件，它是中国文化文学向现代转型的标志，是现代中国文学主导精神的象征，是中国文化现代化的价值坐标，因此对五四新文化新文学运动应该反必须反的“传统”而进行否定，这不只是对“中国文化文学需不需要现代化”的严峻挑战，而且将会使中国现代文化史和文学史的价值评判发生倾斜或颠倒。其三，意味着对新民主主义文化思想体系的解构。新民主主义文化肇始于五四新文化运动成型于五四新文化运动，它的功能就是“彻底地不妥协地反对封建主义文化”，这不仅因为“在中国，只有半封建文化，这是反映半封建政治和半封建经济的东西，凡属主张尊孔读经、提倡旧礼教旧思想、反对新文化新思想的人们，都是这类文化的代表”，而且也因为新民主主义文化思想体系是在“不破不立，不塞不流，不止不行”的历史辩证法中建成的。如果说《新民主主义论》这些论述并不过时仍富有真理性和权威性，那么五四新文化新文学运动所反的“封建文化”及其形成的某些“传统”是完全必要的，否则新民主主义文化体系就不能建立。所以有些人借恢复“尊孔读经”的文化传统连五四新文化新文学运动必须反对的“封建文化”传统也否定了，这不仅造成了文化思想的混乱，也在不知不觉中解构了新民主主义文化思想体系。其四，意味着遮蔽和模糊了新民主主义革命三大政治任务之一是“打倒封建主义”。“封建主义”这座大山除了在政治层面、制度层面、阶级层面要推倒以外，思想文化层面也要推倒，而这思想文化层面的封建主义就是五四新文化新文学运动所必须反对的“文化传统”。如果封建主义文化推不倒，那新民主主义革命任务就完不成，中华人民共和国的建立就缺乏现代思想基础，更何谈进行社会主义革命与建设。因此,对五四新文化新文学运动的“反传统”予以反思是必要的,若是借反思纠偏之名而把“封建文化”传统也复活了,那在意识形态领域所引起的混乱是难以想象的。

我不是杞人忧天也不是危言耸听,上述的看法既可以用科学思维加以实证又可以进行逻辑推演。谁也不能否认五四新文化运动和文学革命反对过旧思想旧道德,如果说这就是“彻底反传统”我也不赞同这个判断,如果以此为口实来否定“五四”所必须反对的“传统”而复活“封建文化”我是坚决不认可的。要验证并判定五四新文化新文学运动是否“彻底地反传统”、“全盘地反传统”,在我看来至少应从这样一些维面进行务实求真的考察:一是重新解读文化先驱批判“传统文化文学”的文论与揭露封建伦理道德的文学作品,既不要抓住一句话或一个口号进行以偏概全的无限上纲,又不要对某个形象或主题思想进行过度阐释或不着边际的想象;对文论的思想观点和逻辑思路应作整体的辩证分析,领会其精神实质,把握其主导思想倾向,而对那些新文学作品则不只是精读细读也要把所有的文本综合起来审视,透析其对传统文化文学的总体感受和评述态度。若是对新文化新文学运动中的原创文本作了这样的解读后,便会感悟到“彻底反传统”的结论站不住立不稳,即使这些文本体现的“反传统”倾向也主要对准那些必须反对的“封建文化”的劣质传统,否则中国人的个性、思想和精神就不会解放。二是不仅读其文也要读其人,即除了重读新文化先驱所作之文外还要解读其本人,通过对文化先驱们的文化心理剖析更可以窥其并没有“彻底反传统”,其实他们都是“中间物”,传统文化和现代文化悖论式纠缠着先驱们的灵魂。有人说胡适“彻底反传统”,而他却是旧道德的楷模,他对待母亲和妻子的态度充分体现出胡适终生恪守着传统伦理道德。也有人说鲁迅是“彻底反传统”的代表,小说中的人物也从伦理道德中发现出“吃人”二字,然而深究鲁迅的文化心理却充盈着新旧道德的冲突,这也体现在他对亲人的态度上。况且,优秀的文化传统无时无刻不在潜移默化地塑造着人们的灵魂,在人们的文化心理中扎下的根深蒂固的无意识,它不是“反传统”的理性批判所能摇撼的,尤其现代知识分子的文化心理通过“反传统”的革故更新,使原有的优秀文化思想与现代文化思想予以对接而发生了转换,但其文化心理的根基依然是优秀的文化传统。因此,从这个角度来看,五四新文化先驱并非不分良莠的“全盘反传统”。三是实践是检验真理的唯一标准,同样也是检验某些判断或结论是否正确的重要标准。从五四新文化新文学运动实践效果来看,并未达到“彻底反传统”的广度和深度，在新民主主义革命进程中和现代文学演化过程中再也没有开展一次像五四运动那样对封建思想文化集中批判的运动，即使有些对封建思想文化的批判活动也体现不出“彻底反传统”。如果真正地对封建主义展开“彻底地不妥协地批判”，那就不可能出现“文革”十年的封建法西斯主义专政，新时期的官本位思想或等级观念也不会渗染得如此深广。实践充分证明，新文化新文学兴起后并没有“彻底反传统”；没有“彻底反传统”并不是说新文化新文学运动就未曾“反传统”，只能说是在特定的历史范围在一定程度上“反传统”，而所反的“传统”主要对准“封建专制主义及其扼杀人性的封建伦理道德”。当然，我也不认为反传统没有达到“彻底”的程度就是一种历史遗憾或失误，只是在认知层面上我不同意五四新文化新文学运动是“彻底反传统”的见解，更反对有些人在“国学热”的“复古”潮流中借“彻底反传统”为口实来否定五四新文化新文学运动应该和必须反的“传统”及其历史意义。

以科学思维发掘、研究并弘扬古代中国文化文学传统固然重要，但是如何以实事求是的态度对待晚清至五四以降的现代文化文学传统更为重要。这不只因为现代文化文学传统既继承了古代文化文学的精华又借鉴了域外的优秀文化文学并紧密联系中国国情而整合成的，理所当然地应该成为“国学”的有机组成部分，而且因为现代文化文学传统与近百年中国人的争取个性解放、阶级解放、民族解放的伟大实践紧密相联，同中华民族重新崛起重新复兴的现代化壮举紧连在一起。所以只有把古代文化文学与现代文化文学作为一个有机的整体系统来把握来探究，才能使有中国特色社会主义文化文学大厦既有鲜明的现代性又有强烈的民族性。

（本文载于2010年《齐鲁学刊》第4期）

参考文献

[1]陈独秀:《敬告青年》[J],《青年杂志》,第1卷第1号,1915-9-15.

[2]陈独秀、答程师葛《德、智、体》[A],《陈独秀论文选编》(上)[C]·北京:生活·读书·新知三联书店1984年版。

维新变法:中国文学转换的现代性特征及其规律

摘要:古代中国文学在维新变法前后向现代文学开始全面转换,其前提是"世界文学"的背景和"现代民族国家想象",所呈现出的现代性特征不只是单一的文学作品而是全方位的:创作主体的现代化是关键所在,文学观念更新先行或并行于创作实践,创作实绩乃文学现代性的复杂载体,四大文体组成现代中国文学的基本格局,翻译文学是中国现代转换的重要维度,而"中体西用"则是中国文学实现现代化的特殊规律。

1980 年代末 1990 年代初,学术界开始关注中国传统文学向现代文学转换的问题。虽然不少学者至今认为五四文学革命是传统文学向现代文学转换的开端,但也有研究者已把中国现代文学的肇始追溯到维新变法以前。既然维新变法运动兴起的世纪之交,导致中国古代文学开始全方位地向现代文学转换,那么其转换的基本特征应如何把握?有的学者认为中国现代文学的源头始于世纪之交的"戊戌变法";有的学者认为中国现代文学的发端标志应"从十九世纪八十年代末、九十年代初算起",主要根据一是黄遵宪 1887 年定稿的《日本国志》就提出了"言文合一"说,二是陈季同于 1890 年出版了"中国作家写的第一部现代意义"的长篇小说《黄衫客传奇》[1](P7~10);有的学者认为韩邦庆于 1892 年开始在上海《申报》附出的刊物《海上奇书》上连载《海上花列传》,是中国"现代通俗小说开山之作","它在文学创作上具有开创的意义"[2](P14)。笔者基本上赞成前者的观点,对于后两者提出的古代文学转换为现代文学的个案根据亦表同意。不过,对于古代中国文学转换成现代中国文学的标志或特征的认识应置于两个前提下:一是"世界的文学"背景。因为早在 1827 年歌德读了明代言情小说《风月好逑传》,并与他写的《赫尔曼与窦绿台》以及英国查理生写的小说,发现了"很多类似的地方",认识到"民族文学在现代算不了很大的一回事,世界文学的时代已快来临了"[3](P112)，也许这是歌德站在全人类的立场上首先发出的建构"世界文学"的呼唤；到了1840年代，马克思、恩格斯深刻洞察了全球各民族之间的关系在资本主义市场经济推动下所发生的巨变而带给世界文化和文学的新趋向，于是在《共产党宣言》中提出了"世界的文学"的命题。虽然中国文学在明代就与世界文学发生了关联，但真正进入"世界的文学"格局应随着西方列强的大炮轰开清王朝封闭的国门而逐步开放的，到了晚清中国文学的变革或转型越来越离不开世界其他民族文学作为资源与参照了。二是"现代民族国家"语境。清王朝建立的大一统的专制帝国在内忧外患聚集起的强力摧毁下，及至19世纪与20世纪之交已发生分崩离析的解构，而仁人志士提出的"现代民族国家想象"与维新运动倡导的君主立宪已把中国纳入现代化国家的轨道，虽然这只是"现代民族国家"的肇始，却为考察中国古代文学向现代文学转换提供了"现代中国"的生态环境。只有在"世界文学"格局和"现代中国"语境下洞察古今文学的现代转换，方可看清中国现代文学特征并非单纯而明晰，它往往以复杂而模糊的面貌显示出一种悖论式的文学形态，这实质上才是从"中体西用"模型里铸造的"现代性中国文学"。

一

考量晚清文学的现代性特征首先应考析文学转换的推动或创造主体的文化视野、知识结构、思维方式及其所掌控的现代媒体，这是决定中国古代文学向现代文学转换并使其所营构的文学殿堂是否属于现代型的关键所在。因为文学转换及其证实文学转型的文本皆是新文学先驱者之所为。而这些先驱者大都具有宏阔的世界文化视野、中外古今贯通的知识结构、或进化思维或人本思维或求变趋新思维，主办或依附于现代报刊来提倡或创造新文学，并且他们身兼多重身份，作家或诗人并非其专职，只是随着文学变革的深入方出现以稿酬为生的职业作家。有的研究者把古代文学作家群体在朝或在野的"士"与现代（或近代）作家队伍构成作了对比，认为1898年前后的作家群是由中国近代（或现代）第一批知识分子组成，"它包括三部分人：一是使外人员（包括在国外从事近代文化事业者及旅外文化精英）；二是新式学堂和教会学校的学生；三是留学生。19世纪末这三种人占当时主流作家的三分之一左右。著名者有王韬、郭嵩焘、黎庶昌、薛福成、马建忠、黄遵宪、曾广金、严复、陈季同、陈寿彭、辜鸿铭、康有为、梁启超、狄葆贤、蒋观云、陈荣衮、罗普、王国维、熊垓、周宏业、陈家麟等人"[4](P4)。下面以陈季同为例具体说明之。陈季同1852年生于开放的沿海地区福建,青少年时代既从传统教育中获得古代文化的学养,又从新式学堂通过法籍教师知晓了法国文学;后因赴英、法各国参观学习和出任外交使节,前后在国外生活近二十年,不仅通晓了西欧文学,并在中西古今文化的长期交流中,具有了学贯中西的知识结构、全球化的文化视野以及进化的人本的思维模式与自觉参与世界文学建构的雄心。这从与陈季同结为师生的曾朴的感受与认知中,可以深切地理解陈氏何以能作为中国现代文学先驱者和现代小说开创者所具备的优越条件:"陈季同将军在法国最久,他的夫人便是法国人。他的中国旧文学也是很好,但尤其精通法国文学"。"他指我文艺复兴的关系,古典和浪漫的区别,自然派,象征派,和近代各派自由进展的趋势;古典派中,他教我读拉勃来的《巨人传》,龙沙尔的诗,拉星和莫里哀的悲喜剧,白罗瓦的《诗法》,巴斯卡的《思想》,孟丹尼的小论;浪漫派中,他教我读服尔德的历史,卢梭的论文,嚣俄的小说,威尼的诗,大仲马的戏剧,米显雷的历史;自然派里,他教我读弗劳贝、佐拉、莫泊三的小说,李尔的诗,小仲马的戏剧,泰恩的批评;一直到近代的白伦内甸的《文学史》,和杜丹、蒲尔善、佛朗士、陆悌的作品;又指点我法译本的意、西、英、德各国的作家名著"。"他常和我说:我们在这个时代,不但科学,非奋力前进,不能竞存,就是文学,也不可妄自尊大,自命为独一无二的文学之邦;殊不知人家的进步,和别的学问一样的一日千里,论到文学的统系来,就没有拿我们算在数内,比日本都不如哩"。"我们现在要勉的,第一不要局于一国的文学,嚣然自足,该推广而参加世界的文学;既要参加世界的文学,入手方法,先要去隔膜,免误会。要去隔膜,非提倡大规模的翻译不可,不但他们的名作要多译进来,我们的重要作品,也要全译出去。要免误会,非把我们在文学上相传的习惯改革不可,不但成见要破除,连方式都要变换,以求一致。"[5](P806~809)从这种教与学的对话中足以见出这是地道的现代话语,至少可以映现出:不仅作为中国现代文化先贤的陈季同既具有西欧自文艺复兴以来的现代文学知识系统和现代文化观念,又具有现代进化思维和"参加世界的文学"构想以及变革中国文学旧习惯旧成见的主张,而且作为现代白话小说《孽海花》作者的曾朴也在老师的教导下,系统地阅读了西方文学,开拓了知识视野,更新了文学观念,深化了文学修养,并"发了文学狂",搞创作、搞翻译、办《小说林》社,尽力参与世界文学的现代化接轨。如果说陈季同用法文创作的《黄衫客传奇》,是"精心设计了新的结构和细节,是一部现代意义上的欧式小说"[4](P194),为中国古代文学向现代文学转型树起的第一个标杆,那么他从实践上采取双向互动的方式,既把西方文学翻译成中文输入进来又把中国文学翻译成外文送出去,是参与世界文学建构并作出独特贡献的第一人。

文学观念调整或更新的先行或与创作实践并行,是古代中国文学在世纪之交向现代中国文学转换所显现出的规律性,而新文学观念的形成也是文学现代化的重要表征之一。虽然不能说文学观念的现代化与文学创作的现代化完全是同质同构的,但文学观念的调整或更新却适应了文学创作的新诉求,并能引导文学创作的新趋向。由于文学先驱们在中西文化的交汇中获得了新视野、新知识和新思维,致使其对中国文学改良在理论层面进行探索和择取而形成了诸多纯粹新颖或新旧杂糅的文学观念,其中除了裘廷梁提出的"崇白话而废文言"白话文学观与此后胡适提出的白话文学主张互为相通外,最具有理论形态的也具有统领性的是"人性"文学观与"新民"文学观。它们是属于人学范畴的,虽与晚明李贽等的人学文学观有相通之点,但晚清的文学观主要源于西方的现代人文主义理论,因而也是更具有现代色彩的文学观。所谓"人性"文学观,就是把表现人性作为文学创作的旨归,这是尊重人的自由、强调人的主体意识的现代人学思想在文学观念上的体现。1898 年,严复和夏曾佑在天津《国闻报》上发表的《国闻报馆附印说部缘起》便指出,文学必须表现英雄、男女的"公性情"即普遍的人性。这不仅因为公性情"一曰英雄,一曰男女",而"此公性情者,原出于天,流为种智",所以"非有英雄之性不能竞争,非有男女之性不能传种也",如果文学不表现这"公性情"就不能"流传于后世"而文学本身也不能播扬。正因如此,文学应该倡人欲、讲人性,而不是"存天理,灭人欲";而且还因为英雄之性、男女之情"此其所以斯世之物之无不具其此性",对于这种普遍存在的人性,要求文学既要表现状元、宰相、才子佳人的"公性情"也要表现"小人"即普通老百姓的喜怒哀乐,不能有贵贱之分。这种"人性"文学观显然是受到西方"天赋人权"的人性博爱、人性皆善的启蒙人学思想的影响。强调文学表现和播扬人性,这无疑是人的文学观,与此后周作人在五四文学革命倡导的"人的文学"有一脉相承之妙,都与传统的"文以载道"文学观区别开来。但也必须指出,晚清文学先驱者的文学观如同其人学思想一样依然充满了矛盾。既然强调文学表现人性皆善、人人平等的思想主题,那就应该产生人性大解放、民主意识大张扬的社会效应,但为什么却说"儒、墨、佛、耶、回之教,凭此而出兴;君主、民主、君民并立之政由此而建立”[6](P58)？从这看似矛盾的文学观所产生的张力中，可以感悟到先驱者并没有完全把西方以平等、博爱、人权为核心内涵的现代人学思想同儒、佛、耶、回等宗教所蕴涵的人学思想对立起来，而是从中看到了它们之间有互通的人学意识，若以文学为载体鼓吹西方的性善说、博爱说、平等说、人权说可以点燃或充实诸宗教固有的人学内涵，那有可能使之昌兴起来；同时也看到了文学内含的现代人学意识有助于“君主、民主、君民并立之政”这种宪政制度的建立。然而，他们却没有认清西方现代人学思想与各宗教意识和君主立宪思想矛盾的一面。而这矛盾的一面就是把人性与压抑人性的宗教思想、把个性与摧残个性的君主撮合在一起，使建立在现代人学思想上的文学观与引导创作实践中出现人性意识和宗教观念并存、君权和民权杂糅的主题，或许这就是中国文学现代性的复杂面孔。

与“人性”文学观相联的是“新民”文学观，虽然它们都是现代性的启蒙文学观，但对文学创作的规范与要求却有所不同。前者强调表现人性是文学之所以为人学的特质所在，后者则强调文学的“新民”启蒙功能，即文学既要“鼓民力”、“开民智”、“新民德”以塑造国民的灵魂，又要发掘并弘扬善、美的人性；而这一点则与“人性”文学观相通，即使“民力”、“民智”、“民德”也含有人性的内容。所谓“新民”文学观与梁启超的《新民说》联系在一起，旨在借文学之言“以发起国民政治思想，激励其爱国精神”[7]。因为甲午战争、“戊戌变法”的失败使文化先驱们从国耻与血泊中沉痛总结教训并从而形成一种共识，即中国社会变革已进入“人心之营构”的新阶段，每一种文学观念的调整都要以“新民”为最高价值目标，都要以改造文化心理素质、塑造国民灵魂、启发国民觉悟、优化国民性格为己任。彼时在日本留学的鲁迅也为中国文学现代化的热潮所感染和推动，投入了“营构人心”的改造国民性的启蒙工程，并与梁启超等取得了相同的认识：“我们的第一要著，是在改造他们（指国民——引者）的精神，而善于改变精神的是，我那时以为当然要推文艺，于是想提倡文学运动了。”[8](P416)虽然在文学观念更新上，严复、夏曾佑、黄遵宪、徐念慈、王国维等都有自己的建树，但影响最大、建树最多的当属梁启超。梁启超提出的“新民”文学观就其对政治意识的关注来说，诚然不能不受到传统文学总是与政治结缘的影响，即不论《诗经》、《楚辞》或者唐诗、宋词，都隐含着古代文人的济民、匡国乃至平天下的政治抱负，到了元、明、清时的叙事文学作品如小说、戏剧越发增强了政治意识。但是，从价值指向、服务对象和作家使命感上来看，“新民”文学观却与传统的“臣民”文学观划清了界限，如果说“臣民”文学观使文学创作陷入封建“政统”与“道统”的奴仆境遇，那么“新民”文学观则是着重吸纳了欧美、日本的“国民”意识及文艺复兴以来人本主义文学理性精神所形成的以“民”为本位的现代文学意识。在此“新民”文学观导引下的诗文、小说和戏剧创作，不再是外于自我的神圣教条的信奉与颂赞，而是充满着只有自由主体思维下才有的“问题意识”以及针对现实问题所开的“药方”，洋溢着化为激情的理性和理性的激情，特别是小说、戏剧文本显示出写实主义美学取向。借助外来文化观念激发下所形成的晚清人学思想赋予“新民”文学观的，不只是重视启示人性解放和个性意识，而且从救亡图存出发尤其强调国民性的改造，把国民思想启蒙视为近代中国政治变革的中心环节，那国民思想启蒙最有效的工具当属文学。所以，“诗界革命”、“小说界革命”或“文界革命”、“戏剧界革命”，无不把文学当成“新民”的利器。特别是首倡“小说界革命”的梁启超一再强调小说对于“新民”有一种无可估量的神秘力量。不过，梁氏的“新民”文学观在将文学的社会功能提到吓人高度的同时，也注意到文学的艺术特点与美感作用，如提及小说有熏、浸、刺、提四种心理感染力，就触摸到了文学的艺术功能，这在一定程度上弥补了“新民”文学观在价值取向上的思想化、政治化的偏颇。即使晚清的王国维较早地接纳了叔本华的生命哲学而认识到文学是作家内心痛苦情感排遣或释放的载体，使其在“美术之慰藉中尤以文学为大，勿须将文学与政治纠结起来”，它只是自我情感的表现，却最终未能逃出政治的魔咒，不得不把文学的价值取向汇归入“启蒙”的“工具”的大流之中去[6](P71)。“概言之，不论是‘人性’文学观还是‘新民’文学观，都是以晚清人文精神或启蒙思想作为理论基石的，‘人性’文学观是着眼于文学的本体，‘新民’文学观则是文学的社会功能，一个向内一个向外，目的皆是为了建构一种以国民为本位、以自由为灵魂、以启蒙为功能的新型文学。”[9](P47)此种启蒙文学观及其所创作的启蒙文学文本，都是现代化的典型特征。

维新变法前后的中国文学创作形态最能显示文学改良的实绩，这也是考察古代中国文学转换为现代性文学的最复杂载体。然而，文学创作显示的复杂面貌又与启蒙文学观念的矛盾性相关联，更同创作主体的积极探索和多方实验密切相关。实质上，探索与实验的过程也就是对文学现代化的追求或现代性的表现。“诗界革命”、“文界革命”、“小说界革命”、“戏剧界革命”等，都是在救亡图存危机感和思想启蒙紧迫感的驱动下进行的，而对各种文体和语体的改良或实验则首先改变了中国文学的整体格局。这主要体现在：一是各文体有了现代的科学命名，使文学从杂文学或含混说中分离出来，每种文体有了与西方文体一致的具有规定内涵与明晰界限的命名，这是现代科学思维用于文体分析的结果。中国古代文学衍化到明末，文学体式有了明显的分殊，但对其命名仍不规范，如小说或曰话本或曰传奇或曰说部，而到了维新变法前后方有了诗歌、小说、散文、戏剧等现代名称。对此，不必考证这四大文体概念是由陈季同从法国引进的还是梁启超从日本译介过来的，但有一点必须肯定，文体的重新命名是中国文学现代化的重要表征。二是小说这种边缘文体到了晚清受到特别推崇，一种合力把小说抬进了文学的正宗地位，大有取代数千年来诗歌与散文独占文学大雅之堂宝座之势。之所以说这是一种合力推动的结果，不仅因为维新变法前康有为就发现了"泰西尤隆小说学"，并设想以小说来"教化"国民；不仅因为严复、夏曾佑于 1897 年发表的《本馆附印说部缘起》，强调小说是"人心所构之史"、"为正史之根"；而且更因为梁启超亡命日本为适应思想启蒙运动之需，于 1902 年发表了《论小说与群治之关系》这篇掀动"小说界革命"的纲领性论文，并集群之力把小说推上文学的顶峰，彻底改变了它在中国文学格局中的位置。三是戏剧在晚清的文体格局中占有了一席之地。在古代中国文学史上，戏剧从来不算文学，尽管元杂剧产生不少古典名剧，而它却如同杂要一样，只能在勾栏、酒馆、茶楼中演出，属于供人消遣娱乐的民间艺术，这完全不同于西方古希腊戏剧一开始就具有正宗文学之地位。这种巨大的差异，在晚清"戏剧革命"之初便发现了，即"我中国以演戏为贱业，不许与常人平等，泰西各国则反是，以优伶与众学士同等，盖以为演戏事，与一国之风俗教化极有关系"[10]；于是便对戏剧所处的独特地位形成了"风气之广开，教育之普及，非改良戏本不可"[11]的共识。1904 年，由陈佩忍、柳亚子等创办的戏剧杂志《二十世纪大舞台》，更强调戏剧"以改革亚俗，开通民智，提高民族主义，唤起国家思想为唯一目的"的思想启蒙功能。由此可见，戏剧文体在晚清文学格局的地位得到了肯定。这样，就自觉地在文学改良运动中确立了小说、诗歌、散文、戏剧这四大文体组成的中国现代文学格局，至今也没有发生结构性的变化。

诗歌、散文向来是中国古代文学难以撼动的正宗，其文体与语体经过历代文人的营造和打磨已相当健全及成熟，故而变革的难度亦相当大，既有阻力又有曲折，既有矛盾又有悖反，这正是其步入现代化规程的复杂呈现。就诗歌文体来说，"诗界革命"的口号是梁启超 1899 年 12 月在《夏威夷游记》中提出的，但真正体现“诗界革命”实绩的却是黄遵宪(1848～1905),其写的《人境庐诗草自序》应视为创造“新派诗”的宣言和标准。他说:“一曰复古人比兴之体;二曰以单行之神,去排偶之体;一曰取《离骚》乐府之神理而不袭其貌;一曰用古文家伸缩离合之法以入诗。”[12](P36)由此可见,黄氏主张的“新派诗”并不是以否定传统诗歌体式或诗美规范为前提,而是根据对中国古代诗歌优秀传统的感悟与体认予以创新性的继承和运用,达到“古为今用”之设想:他不仅要求“新派诗”能像传统“比兴之体”那样.具有寄托、含蓄、蕴藉的美学特征,也要求在消除“排偶之体”的禁锢中而不使诗歌失去整体之美;不仅要求“新派诗”承传《离骚》、乐府忧国忧民的浪漫精神或面对人生反映现实的平民精神,也要求把“伸缩离合”的散文之法运用于诗歌创作;更要求将“今日之官书、会典、方言、俗语”整合为雅俗并用的语言,以表达新诗情、新诗意。黄氏倡导的“新派诗”产生于“诗界革命”,又彰显了“诗界革命”的实绩,是中国诗歌现代化的积极尝试与实验,其现代性特征不容置疑。散文的“新文体”为梁启超首创,《少年中国说》应视为“新文体”的范文,语句之流畅、条理之清晰、感情之浓烈、气势之磅礴所构成的魅力,的确能启迪和感动人。虽然“新文体”仍是在古体散文内部所进行的重大变革,但这正说明任何文体的变革都不能彻底地与已有传统文体决裂,只有汲取古文体的尚有活力和再生机制的传统,并适度地借鉴域外散文的优长,才能创造一种有巨大“魔力”的新文体。梁氏的“新文体”作为散文创作的一种体式,既吸收了日本文体的句式,也吸收了中国文体的传统,行文纵横舒展,“摆脱了明清以来前后‘七子’、桐城古文、八股文的僵死文体的束缚,可以灵活地表达自己的思想”[6](P94)。“新文体”开了一代文学的风气,连陈独秀、胡适、鲁迅、郭沫若等文学变革大家和巨匠也都推崇梁启超,极力赞其“新文体”,说“梁先生的文章,明白晓畅之中,带有浓挚的感情,使读的人不能不跟着他走,不能不跟他想”;特别是他的《新民说》“抱着满腔的血诚,怀着无限的信心,用他那枝‘笔锋常带情感’的健笔,指挥那无数的历史证据,组织成那些驱使人鼓舞,使人掉泪,使人感激奋发的文章”[13](P58-61)。可以说,“新文体”是维新变法前后“文界革命”的辉煌成绩,也是中国古代散文向现代散文转换的重要探索及现代性不可少视的表征。

1902年,开始的“小说界革命”之前,文坛就产生了《黄衫客传奇》和《海上花列传》等现代色彩的小说,此后的“小说界革命”进行的多方面探索和实验,把小说文体的革新纳入了现代化轨道。那么,晚清“小说界革命”对于古代小说向现代化转换究竟有哪些独特表现？以笔者之见，一是晚清白话语体小说的大量生成是有意识地把理论指引与多方实验结合起来。梁启超在《小说丛话》中说："文学之进化有一大关键，即由古语之文学变为俗语之文学也。各国文学史之开展，靡不循此规道。"正是在这种进化文学观的导引下，晚清的文人有意识地掀起了大规模创作白话体小说的热潮，虽然大量的白话语体小说仍像古典白话小说的文白间杂，并不是纯白话体小说，但其实验性创作却体现了对中国文学俗语化或白话化方向的自觉追求。二是小说体式有了新的变化，不只梁启超以域外政治小说为鉴创制了中国化的政治型小说《新中国未来记》(1902 年)，为现代中国政治化小说开了先河，而且短简体白话小说和长篇体章回小说通过探索与尝试，在体式上力图师法西方和日本小说的叙事模式及技艺手法，争取中西方小说的体式融合。中国古代小说与西方小说在叙事模式上的区别，前者多是"他叙式"，而后者多是"自叙式"；吴趼人创作的长篇小说《二十年目睹之怪现状》(1903 年)尝试以第一人称为叙事视角，改变了中国传统的全知全觉的"他叙式"，这种尝试所产生的审美效果得到时人的好评。他的以批判国民劣性为主旨的短篇小说《大改革》是把"自叙式"与"他叙式"结合起来写成的，这是现代性的艺术探索。三是创作主体对小说的实验几乎都与创办现代期刊相结合，把编者身份与作家身份融为一体，这是中国古代小说创作所没有的现代性追求。"小说界革命"的旗手梁启超首创《新小说》(1902 年)杂志，又创作新小说。此后的新小说杂志纷纷登场，其中影响较大的是李伯元主编的《绣像小说》(1903 年)、吴趼人主编的《月月小说》(1906 年)、徐念慈和黄人主编的《小说林》(1907 年)等。尤其是李伯元和吴趼人在维新变法前后古今小说转换的关键时刻，以作家与编辑集于一身的姿态，充分发挥现代媒体的作用，为小说体式向现代转变作出了独特贡献。如运用刊物的特有功能"连载小说"，形成了一种新型小说文体，不论"雅"小说或"俗"小说或亦雅亦俗的小说在期刊或报纸上连载，都成了现代小说生成、播扬或市场化运作的方式，并制约和规范着小说文体的美学特征。四是小说体式的变革不仅仅是结构形态，也包括相应的新思想、新情感以及体现新主题的人物形象。从题材类型来说，晚清小说既有批判讽刺社会的所谓"谴责小说"，又有描写妓院生活的所谓"狎邪小说"，也有社会言情小说、公安侦探小说、江湖武侠小说等。这诸多丰实复杂题材必然要求作家们在体式上、技艺上从中外已有小说模式中吸纳和整合，采取新叙事方式或新技法来表现或再现丰富的生活场景与思想情感。如"谴责小说"借助批判现实主义手段彻底打破了中国古代官场小说常用的“忠”和“奸”相对应的叙述模式，而把封建官场系统作为一个整体来看待，不论“贪官”或“清官”乃至“好皇帝”统统都成了作者笔下被讽刺、谴责和批判的对象，全面地否定封建政治结构成为现代小说文体所表现的现代性思想主题，也是新小说所达到的时代思想高度。上述关于诗歌、散文、小说文体变革及其内容相应的转变的粗略考察，已见戊戌维新前后古代中国文学开始走上现代化道路并呈示出复杂的现代性特征，而这种现代性特征不只是体现于个案作品，实乃文学创作总体都带有这样的多维现代性面孔。

探讨古代中国文学向现代中国文学转换所呈示的现代性特征，以往常常忽略翻译文学这个维度，这主要是因为没有将翻译文学视为现代中国文学的有机组成部分，总认为它是域外文学。其实，翻译文学在维新变法前后出现了热潮，固然是思想启蒙运动所需，但它所产生的实际效应却大大推动了中国文学的改良，并为中国古代文学转向现代化提供了重要资源和参照，而那带有“创造性”的翻译文学本身就应视为现代中国文学的样本。因此说，没有翻译文学，也就没有中国文学的现代化，翻译文学本身就具有现代性的特征。仅就戊戌变法前后的翻译小说来说，有柯南道尔著、张坤德译的《歇洛克呵尔唔笔记》四篇（《时务报》，1896～1897），英国哈葛德著、曾广铨译的《长生术》（《时务报》，1898年），俄国屠格涅夫著、蓝文海译的《父与子》（启明书局1896年），日本柴四郎著、梁启超译的《佳人奇遇》（《清议报》1898年），梅侣女士译的《海国妙喻》（天津时报馆1898年），英国狄福（今译笛福）著、沈祖芬译《绝岛漂流记》（今译《鲁滨孙漂流记》）（1898年），法国小仲马著、林纾译的《巴黎茶花女遗事》（今译《茶花女》）（福州畏庐本1899年），法国儒勒·凡尔纳著、薛绍徽译的《八十日环游记》（今译《八十天环游地球》）（经世文社本1900年），法国嚣俄（今译雨果）著、苏曼殊译《惨世界》（今译《悲惨世界》）（上海《国民日报》1903年10月连载）等。其中有社会小说、政治小说、爱情小说，也有游记小说、科学小说。不管翻译小说最初的动机是为了启蒙宣传还是为了“爱国保种”，从其实际效果来看至少在三点上推动并显现了古代中国文学转换为现代中国文学所具有的现代性特征：一是通过翻译改变原著本意或本貌使其成为译者自己的创作。最为明显的是苏曼殊将嚣俄的鸿篇巨制《惨世界》改成数十回的故事，凭借人物之口咒骂孔夫子：“那支那国孔子的奴隶教训，只有那班支那贱种奉作金科玉律；难道我们法兰西贵重的国民，也得听他那些狗屁吗？”这分明是把译著变成作者自己反封建思想的传声筒。二是忠实原著的翻译文学虽然不多见，但给中国小说叙事模式向现代转换提供了范式。周桂笙曾为其译作《毒蛇圈》(《新小说》1903 年第 8 号)写了《译者叙言》，他认为："我国小说体裁，往往先将书中主人翁之姓氏来历叙述一番，然后详其事迹于后；或亦有用楔子、引子、词章、言论之属，以为之冠者，盖非如是则无下手处矣。陈陈相因，几于千篇一律，当为读者所共知。此篇为法国小说巨子鲍福所著，共起笔处即就父女问答之间，凭空落墨，恍如奇峰突兀，从天外飞来，又如燃放花炮，火星乱飞。然细察之，皆有条理，自非能手，不能出此。虽然，此亦欧西小说家之常态耳。爰照译之，以介绍于吾国小说界中，幸弗以不健全讥之。"从中西小说叙事模式的比较中，他觉得外国小说的倒叙写法引人入胜值得"爰照译之"，期望中国小说变革借鉴之。吴趼人随后写的白话小说《九命奇冤》(《新小说》1903 年第 12 号)受到《毒蛇圈》叙事结构的启发，采取小说开端叙写一帮强盗的对话然后追述原委的倒叙写法，这种大胆的借鉴和勇敢的实验正是为中国文学现代化所作的努力。可贵的是，当时借鉴西方的翻译原著并没有出现盲目崇洋的"西化"倾向，反倒在艺术形式上力图把域外小说变成中国故事，甚至有的翻译诗歌将原作纳入中国传统体式中，这也许是把域外文学体式与中国固有体式结合而创造一种新体式所进行的探索。三是翻译外国文学的过程实际上是译者主体思维、审美意识、价值取向以及思想结构、文化人格调整充实的过程，尽管个别译者如林纾想"同化"外国文学，但实际上大多数译者却被外国原作"同化"即认同了外国文学固有的现代人文主义或科学主义思想以及现代美学意识和艺术规则，与自己主体意识原有的现代文化意识和审美意识相对接而形成营造中国特色现代文学的小说家或诗人，晚清文学转型期涌现出不少既是翻译家又是"新文体"的作家或诗人，这些都得益于翻译文学之惠。

上述从创作主体、文学观念、文体变革、翻译文学四个角度对古代中国文学在"戊戌变法"前后开始向现代中国文学转换并呈示出多方面的现代性表征考析，足以证明中国文学现代化的起始几乎是与民族国家现代化同步的，而文学的现代性表征与此后现代中国的主导性文学是相通和相似的。

二

古代中国文学无论遵循无意的"自然衍化"路径还是按照有意的"人力促

进”的革命方式向现代中国文学转换，都能或隐或显地从转换过程中呈现出一些规律性或规律性现象来，这是文学史研究者应该格外关注的。仅从维新变法前后不足十年的历史区间，对古代文学向现代文学转换及现代性特征的粗略洞察和透析中，便可发现不少中国文学走向现代化的规律或疑似规律。例如，文学的现代化始于沿海地区或城市特别是东南沿海地区或城市，且不说上海、天津等大城市是中国文学现代化的策源地和发祥地，就以处于东南沿海的福建地区来说，在中国现代文学开创期出了几个第一：福建人严复是翻译西方哲学社会科学并提倡“人性”文学的第一人；福建人林纾是翻译西方文学取得重要成就的第一人；福建人黄嘉略是第一位向法国介绍中国文化的使者，第一个将明代言情小说《玉娇梨》译成法文（译了三回）；辜鸿铭是用西文第一个翻译《论语》、《中庸》、《大学》等儒家经典的人，还以中文翻译过英国诗歌；中国第一个女翻译家薛绍徽与其丈夫陈寿彭于 1900 年合译法国科幻小说《八十日环游记》，她也是福建人[4](P199)。文学改良主将梁启超、新派诗人黄遵宪和康有为，都是与福建毗邻的广东人。由此可以窥测出，中国文学现代化不是“农村包围城市”而是城市和沿海地区带动农村，这一规律现象在近百年中国文学现代化演变过程中时显时隐。再如，倡导或创作中国现代文学常常“由外而内”，至少从晚清到“五四”这两次文学的大变革显示出这一规律。如果把陈季同视为中国现代小说和现代话剧的开创者，那它们都是陈氏出使法国以法文写成的；黄遵宪的新派诗有不少也是写于国外；晚清文学改良运动是梁启超在日本发动的，他在域外出版新杂志、创作新小说、撰写“小说界革命”的指导纲领，然后发行于国内点燃文学革新之火；五四文学革命也有类似的情况，胡适在美留学期间便在同学中酝酿文学改良，1916 年以通信方式将文学改良的“八不主张”寄给国内的陈独秀，发表于《新青年》，翌年整理成《文学改良刍议》作为文学革命宣言刊载《新青年》，于是引起了一场文学革命的大讨论；郭沫若成立创造社及写出《女神》中的大部分诗歌，都是其在日本的文学活动，郁达夫、张资平等也是先在日本开始创作现代小说的。这表明，国外的文化生态环境有利于中国现代文学生成，可以避开不必要的阻力，选准时机向国内渗透和扩展。也就是说，只有由外而内地将中外生态环境连接起来，才能促进中国文学现代化的前行。在笔者看来，中国文学现代化不同于西方国家文学现代化的最重要规律是“中体西用”，这是洋务派曾国藩、张之洞“中学为体，西学为用”主张在中国文学现代化过程中的运用。所谓“中体西用”，与后来提出的“古为今用”、“洋为中用”的口号一样，都在“用”字上下工夫，不论继承古代文学优秀传统，还是汲取西方文学先进意识和现代技艺，都不能摆脱或游离“本体”，而这个“本体”是源于中国丰厚文化或文学资源所固有的生命力。对于创造现代性文学来说，务必要保持和光大中国古代文化或文学中仍有活力与生力的东西，并在此基础上大胆而审慎地吸收“洋”文化或文学；通过创作主体的消化或选择，使中西文化和文学在恰切的结合点上进行对接与融合，铸造出具有中国特色的现代文学。如果“中体西用”这条规律把握得准、运用得好，就能使中国文学现代化得到健全的发展，现代中国文学必定会出现新的高峰。

（本文载于2011年《河北学刊》第5期）

参考文献

[1]严家炎:《二十世纪中国文学史》(上册)[M],北京:高等教育出版社,2010.

[2]范伯群:《中国现代通俗文学史》[M],北京:北京大学出版社,2007.

[3]歌德谈话录[M],北京:人民文学出版社,1978.

[4]郭延礼:《中国前现代文学的转型》[M],济南:山东大学出版社,2005.

[5]胡适全集:第3卷[M],合肥:安徽教育出版社,2003.

[6]汤哲声:《中国文学现代化的转型》[M],南京:南京大学出版,1995.

[7]梁启超:《中国唯一之文学报刊小说》[J],新民丛报(第14号),1902-07-15.

[8]鲁迅全集:第1卷[M].北京:人民文学出版社,1981。

[9]朱德发:《世界化视野中的现代中国文学》[M],济南:山东教育出版社,2003.

[10]陈独秀(三爱):《论戏曲》[J],新小说,第2卷第2期(1905年).

[11]箸夫:《论开智普及之法首以改良戏本为先》[J],芝罘报,1905(7).

[12]黄遵宪:《人境庐诗草自序》[A]中国近代文论选(上)[C]北京:人民文学出版社,1959.

[13]胡适全集:第18卷[M],合肥:安徽教育出版社,2003.

原创齐鲁文化与现代中国文学关系的考析与蠡测

所谓原创型齐鲁文化主要指两千五百年前创建于齐鲁两地区的原生态文化,其中既有物质文化又有精神文化。对于这种区域性的文化,《史记·货殖列传》作了这样的界说:

> 泰山之阳则鲁,其阴则齐。齐带山海,膏壤千里,宜桑麻,人民多文采布帛渔盐。临淄亦海带之间一都会也。其俗宽缓阔达,而足智,好议论,地重,难动摇,怯于众斗,勇于持刺,故多劫人者,大国之风也。其中具五民。而邹鲁滨洙、泗,犹有周公遗风,俗好儒,备于礼,故其龊龊。颇有桑麻之业,无林泽之饶,地小人众,俭啬,畏罪远邪。

司马迁着重考察了齐与鲁两地的物质文化、民俗文化的差异,而对思想文化没有详述。我认为齐鲁文化影响深远的乃是思想文化,即孔子、孟子创建的儒家学说,它既有严密的思想体系又有独特的话语系统。通过孔子设杏坛办教育的传播、周游列国的宣扬以及齐国稷下学宫的争鸣等渠道,使儒家学说逐步成为齐鲁文化的思想精华,随着时间的推移和实践的检验儒学进入中华民族文化系统且成为最有生命力的组成部分;而齐鲁儒学的灵魂则是以人为本、以"仁"为核心的人学思想,即"爱人"与"泛爱众"的人道主义,这是齐鲁文化的原创性。

所谓现代中国文学主要指从晚清中经五四直至当下的中国社会现代化进程所产生的所有文学形态,这里要着重探讨的不是现代中国的一切文学现象和一切文学样式,而是通过"打倒孔家店"的革命方式所建构的与传统齐鲁文化异质相对的中国新文化新文学。众所周知,五四新文化运动与文学革命提出的"打倒孔家店"(原名"打孔家店")的口号,是彻底地不妥协地反对封建主义文化的革命精神的集中体现;也可说现代中国文化建构和现代中国文学营造是以"打倒孔家店"为基本前提的,故而中国新文化与新文学是与以"孔家店"为标志的齐鲁文化属于两种质的规定性完全不同的文化结构和文学系统。这是我们学习或研究现代中国文化史或文学史形成的一种根深蒂固的强迫观念和正统看法。然而随着学术研究的开放化、学理化、个性化，不少学者对“打倒孔家店”的口号以及五四新文化运动和文学革命同以儒学为代表的传统文化的对立关系提出了质疑，并发表或出版了一些颇有说服力的研究成果。如果从学理与实践相结合的角度对“打倒孔家店”与原型齐鲁文化之间的复杂关系予以进一步思考，那么有不少问题尚待深入探讨并作出令人诚服的阐释。

一、精神文化或文学艺术问题的解决不宜采取“打倒孔家店”这种革命方式

晚清以来提出的“小说界革命”“诗界革命”、“打倒孔家店”、“推翻旧文学”、“以白话文取代文言文”等口号完全出自于文化先驱们重建现代型中国文化和现代性中国文学的理性设计，并且付诸文化革命或文学革命的持续不断的实践活动。遵循实践是检验真理的唯一标准，学理研究所追求的也是真理的价值原则，从实践与学理两个维度来考察，我越来越感到不论文化变革或文学创新都不宜于采取破旧立新、非此即彼的革命颠覆方式，不论晚清的文学变革、五四文学革命、左翼革命文学乃至“文化大革命”等都力图以革命的彻底否定手段来处理思想文化问题、文学艺术问题，但是实践效果都没有达到预期的目标和理想。比如说，借助西方启蒙思潮催生的启蒙文学除鲁迅的两个短篇集，没有一部能够进入世界级启蒙文学的经典长篇文本，故以西方现代型文学为参照系创构的所谓个性主义文学在现代中国没得到健全发展，即使新潮的现代主义文学或后现代主义文学也没有在中国文苑扎下牢固的根；就创作主体而言，几乎没有出现一个登上世界诺贝尔文学领奖台的作家，就是我们公认的一批现代文学巨匠或文学大师究竟在20世纪世界文学史上是否具有举足轻重的地位也是心存疑虑；至于在20世纪中国文艺思潮腾涌迭起过程中产生的文学理论文本大多是舶来品，严重缺乏中华民族的理论资源。这不能不促使我们质疑以革命方式解决思想文化和文学艺术问题为什么破的多立的少、解构的多建构的少？为什么每次文化革命或文学革命过后就要出现思想危机、道德失范、思潮回归、文学反思，总是借助以齐鲁文化为主魂的传统民族文化或民族文学来拨乱反正、正清清源、再造辉煌？为什么新文坛上雄起的民族化、本土化、大众化、世俗化、通俗化等口号最后要压倒文学“革命”、“推翻”、“颠覆”的呼喊？我只能作

出这样的回答:现代中国文化文学建设须臾离不开源远流长的中华民族传统文化的深厚沃土,近百年中国的完整成熟的现代文化体系没有真正建成、世界大师级的文学大家和顶级经典名著出现得较少,不能不怪责于反来复去的文化革命或文学革命。这是因为对思想文化或文学艺术采取革命手段如果使用不当,那就不是发展艺术生产力而是破坏艺术生产力,不只不利于现代文化体系、现代文学系统建设而是切断了它们赖以生成发展的血脉之源和生命之根。有时我在想,五四时期的山东籍作家如杨振声、王统照、傅斯年等,大都文化高学养深,何以没有写出名震文坛的佳作,这与其决绝地斩断与齐鲁文化的联系有无关系?而"十七年"和新时期的山东创作队伍中却涌现出一批全国驰名的作家,也许因为他们自觉地承传齐鲁文化传统才创作出如此多的文化意蕴丰盛的经典名著?

精神文化或文学艺术问题的解决之所以不宜采取革命的方式而应运用渐进的变革手段,其主要理由是:从创作主体来考察,精神文化或文学艺术的营造与其文化人格、思维模式、审美心理、价值取向、语言习惯等紧密相关,对其进行更新或调整不利于采取"灵魂里闹革命"或"脱胎换骨"式思想改造方式,因为主体精神世界里所有构成因素都是潜隐的内在的无形无影的,理性与非理性、意识与潜意识交织在一起,怎能以革命手段把人的灵魂世界或精神结构来个"更新换代"?这是自欺欺人也是害己害人,除了给主体心灵留下斑斑创伤还能收到异想天开的"思想革命"效果吗?即使主体精神结构被革命暴力扭曲、挤扁甚而异化也难以消除其根深蒂固的情感意识或潜在情结,难怪有些人头可断血可流主体意志仍存留。试想,近百年中国的文化革命、思想革命、文学革命愈演愈烈,"文革"中时时刻刻"灵魂闹革命",白天黑夜"斗私批修",有多少文人作家的思想灵魂真正"脱"了"胎"、"换"了"骨"?文化艺术界在这种高压态势下,除多生出一些阳奉阴违、口是心非的文化骗子、思想骗子和文学骗子,只剩下了一片白茫茫大地;再看齐鲁文化熏陶培养濡化出的现代中国的文化人、作家学者,历经文化革命、文学革命的冲击洗礼乃至摧残迫害,他们内心里的齐鲁文化情结及其形成的人格风范、观念形态仍在新时期的文化建设和文学创作中闪烁着光辉,国学大师季羡林就是典型例子。我并非说齐鲁文化铸就的创作主体的精神结构和审美心理是永恒不变的,不过它的"变"是"渐变"而不是"突变",是改良式的变而不是革命式的变,不是刀架在脖子上逼迫变而是和风细雨的自觉自愿的变。从精神文化或文学艺术本身来考察,也不宜于采取革命方式促使其

"更新换代"。人类生存发展史上所创造的任何一种成熟的健全的自成系统的精神文化,其合理的内核聚焦着人类的根本精神,体现着人类生存发展的根本价值取向,它的生命活力是永远不会衰竭的。原创型的齐鲁文化就具有这种不朽的巨大功能,它不仅贯穿于中华民族整个社会文化心理,而且也内化为每个中国人的原型意识的情结;像这种扎根于血缘关系网络、深潜于个体与群体心理根基的标志着人类精神走向成熟的齐鲁文化,对其进行彻底地不妥协地革命能够达到颠覆铲除的结果吗?这只是一厢情愿、异想天开。进化论视"革命"为一种新陈代谢的法则,政治论视"革命"为一种政权取代另一种政权,阶级论视"革命"为一个阶级推翻一个阶级的暴烈行动;因此,也许在生物界、政治界或阶级间发生根本冲突以"革命"手段来解决能够生效,以革命论来阐释此类现象也许能获得规律性认识。然而,精神文化或文学艺术都是人类为了更好地生存和发展所进行的创造性活动的一种体现,它既可以作信息存留于人间遗留物,又可以作为一种氛围弥漫于生态环境,也可以作为一种审美文化文本代代相传,更可以作为一种符号或密码通过多种媒体到处传播;所以,妄图借助生物界、政治界、阶级间的革命方式从根本上解决精神文化或文学艺术的问题并非明智的选择,只能痛快一时而造成的贻害却是无穷的。对待齐鲁文化的创始人孔孟及其儒学不是打倒过批倒过多次吗?结果是越想打倒越打不倒,越想批臭越批不臭,现在孔孟已成为世界级的思想家,孔孟之道铸就的《论语》《孟子》既是誉满全球的儒学经典又是中国文学史上的散文经典,这不是历史开的玩笑而是革命论者自己所帮的倒忙。特别文学艺术的更新或发展更不宜采取革命的方式,这不仅因为文学艺术是精神文化的最生动最鲜活最完整最潜隐的表现形式和良性载体,而且也因为它们本身就是具有独特构造和特质功能的审美文化系统,不论古代中国或现代中国的优秀艺术作品或文学经典文本在其深层的生命意蕴中都潜含着齐鲁文化之魂;如果硬要对其运用革命手段或彻底批倒方式或查封销毁办法,那只能给中国文学艺术造成毁灭性的破坏或出现适得其反的效果,即越想革这些文学艺术的命、越想禁毁这些文学艺术文本,那它们的价位就会越来越高、影响越来越大、传播越来越广。仅从上述两个角度的考析,足以说明精神文化或文学艺术不宜采取革命方式,对齐鲁文化乃至民族传统文化也不能以革命手段处之。因此我们应该更富有理性自觉地深刻反思、重新认识、重新评说百年现代中国文化史、文学史上的屡次文化革命、文学革命,全面正确地公正公平地对待齐鲁文化。鲁迅说:"新的艺术,没有一种是无根无蒂、突然发生的，总是承受着先前的遗产。”[1]文化革命论者企图砍断新文学艺术与传统文化艺术或齐鲁文化精神的联系，虽然实际上是明明砍不断的，然而对这种“革命”的粗暴行为所造成的后患并非每个人都敢于承认且有清醒认识，甚至现行的大学教材仍在大谈特谈有些文化革命或文学革命的伟大意义，而对其产生的负面作用却谈之甚少，这不值得深长思之吗？

二、现代与传统、新与旧、中与西的二元对立框架不宜作为文化文学的价值坐标

以“打倒孔家店”为标帜的文化革命和文学革命所形成的现代与传统、新与旧、中与西的二元对立认识框架，不能正确地判断文化、文学的优劣价值或先进落后品级。在二元对立的革命思维作用下，使研究界久而久之形成这样一个价值坐标或价值观念，即凡是现代文化文学的价值都高于传统文化文学的价值，凡是新文化新文学都比旧文化旧文学质量好，凡是西方文化文学都比中国文化文学优秀，一言以蔽之，现代的、新的、西方的属于先进的文化文学，而传统的、旧的、中国的文化文学则属于落后的乃至腐朽的东西，作为齐鲁文化无疑是后者的最落后最腐朽的文化系统。这种价值坐标或价值观念绝对的机械武断，既不辩证又不合情合理，但它却制导规约着我们对文化文学的价值判断。其实早在五四时期沈雁冰就意识到这个问题，他说“评判文学作品，便知新旧云者，不带时代性质，美国惠特曼 Whitman 到现今有一百年了，然而他的文学仍是极新的，即如中国的诗如‘辛勤得茧不盈筐，灯下缫丝恨更长，着处不知来时苦，但贪身上绣衣裳’（蒋贻恭《蚕诗》《古今诗话引》），又如‘江上往来人，尽爱鲈鱼美，君看一叶舟，出没风波里’（范希文诗）都是何等有意思，也都可以称是新文学。”“所谓新旧在性质，不在形式”[2]。他又说：“最新的不就是最美的、最好的。凡是一个新，都是带着时代的色彩，适应于某时代的，在某时代便是新；唯独‘美’‘好’不然。‘美’‘好’是真实（Reality）。真实的价值不因时代而改变。旧文学也含有‘美’‘好’的，不可一概抹煞。所以我们对于旧文学并不歧视；我们相信现代创造中国新文艺时，西洋文学和中国的旧文学都有几分的帮助。”[3]沈

① 《致魏猛克》，《鲁迅全集》第12卷第381页，人民文学出版社1981年版。
② 沈雁冰：《新旧文学平议之评议》，1920年1月《小说月报》第11卷第1号。
③ 沈雁冰：《小说新潮栏宣言》，1920年1月《小说月报》第11卷第1号。

氏的这两段话至少对我们理解文化文学的价值意义有两点启示：其一，文学作品的新与旧不在形式而在性质，从他列举的惠特曼的诗歌、中国古代两首诗的性质来看都体现出一种人道主义精神或平民意识，而这种性质可以跨越时代也可以跨越国界，更不要问白话或文言、自由体或格律体，只要具有人文性质均可作为新文学。这种以文学所蕴含的精神实质来判断文学的新与旧而全然不顾文学形式，固然有点偏颇，但它却抓住了判断文学新旧本质特征的价值规范。其二，"最新的不就是最美的、最好的。"这指出文学的新与旧虽有价值判断的意味，新文学总比旧文学有所进步；但是最新的并不是最美的最好的，唯独美与好才是文学的真正的价值，也就是说"新"不是判断文学的价值范畴而"美"与"好"才是评判文学的价值标准。"美"与"好"之所以能够成为判断文学的价值范畴，乃是因为"美"与"好"是真实的，而"真实的价值不因时代而改变"，这就进一步指明美、好、真三个美学价值范畴中"真实"则是核心范畴。沈氏提出美、好、真三个相互融通的美学范畴类似于真、善、美三大美学范畴，而美、好、真三个价值范畴则具有普适性、模糊性、抽象性和超越性的功能特点。正如马尔库塞所说："在文化实践领域，一件作品和它的内容也凝结了普遍适用的'价值'。哲学判断的真、道德行为的善、艺术作品的美，就其本身来看，会与每一个人产生呼应和发生联系，会抓住任何人。"①因此美、好、真或真、善、美的价值观可以突破现代与传统、新与旧、洋与土、中与外、古与今等不同样态文学的界限，将它们置于一个共时态的评判台上，以美、好、真或真、善、美为价值标准进行评判，所作出的价值结论或美学判断才有可能少一些偏见多一些公正、少一些武断多一些公平。

现代中国的新与旧文学观念源于进化论，似乎古代中国文学不以新与旧来区分其价值大小。对于审美意识形态的文学来说，新与旧仅仅是时间的标志、样式的标志，根本不可能从新与旧上探察出文学的思想内涵或文化意蕴，更难以判定文学的审美价值的优劣和艺术生命力的长短。这虽然只是简单的文学常识，但是在我们解读或研究中国文学时总觉得新文学比旧文学好、新文学的思想价值审美品级比旧文学高，甚至认为新时代文学总比旧时代高出一筹，一代胜过一代，一朝优于一朝，对文学的感受是这样的，对文化的评述也是这样的。造成这样认知上的误区，原因很多，但主要是进化论形成的新的总比旧的

① 《现代文明与人的困境——马尔库塞文集》，三联书店上海分店1989年版，第118页。

好或新的一定胜过旧的思维定势使然。所以新与旧两个概念不能作为判断文学优劣的价值尺度，更不能作为判断精神文化高低的价值范畴，即旧文化不一定是劣质的而新文化也不一定是优质的。要对新旧文化、文学作出科学的分析和正确的判断，固然以美、好、真或真、善、美作价值范畴为宜，不过也应充分考虑到文学或文化都是人的本质力量的显现或创造性的体现。人之所以创造文化或文学目的在于适应人们生存发展的特殊需要，由于社会上的人所扮演不同角色是分层次的，故文化或文学的最深广的意义和最崇高的价值应是最合乎普通平民的生存发展的需求；这不仅因为普通平民是社会构成的大多数也是创造历史缔造文化的中坚力量，更因为普通平民决定着人类的前途和命运，并体现着文化的本质又规定着文学的生命，所以我们对新旧文化文学作出优劣的价值判断还要考察其是否满足了社会普通平民这个层次的精神需求和审美期待。其实，最崇高的精神文化、最优秀的文学艺术，应该适应全人类的生存发展的特殊需要，既属于某个民族的也属于全人类的，以孔学为标志的齐鲁文化即具有这种人类性的品格。

至于现代与传统、中与西是否能够成为对立的价值观念这里只作粗略的探究。现代与传统在概念上并不对称，现代指现代文学或现代文化，传统指传统文学或传统文化；实际上现代文学或现代文化都有自己的传统，古代文学或古代文化也有自己的传统，这两个传统不是异质对立关系而是相互承续的关系。在我们的研究过程中却习惯于把现代与传统对立起来，而将古代以传统来指代；正确地用法则是现代与古代相对，也就是说可以把现代文化文学与古代文化文学视为两个对立的概念。这就形成了现代与古代二元对立的思维范式或价值标准，即凡是现代文化文学都是先进的、现代性的或前卫的、先锋的，凡是古代文学则是封建的、落后的甚至是腐朽的，那么生成于两千多年前的齐鲁文化当然属于后者。这种机械的片面的绝端的价值评判，尽管给现代文化文学和古代文化文学研究带来难以估量的误读误解，甚至作出不少荒唐可笑的判断结论；但是可怕的习惯势力或定型思维总是自觉不自觉地控制着我们的研究视野与判断标尺，总是认为现代文化优于古代文化、现代文学高于古代文学，这已成为牢不可破的观念。它无疑严重妨碍了我们对现代文化文学和古代文化文学作出正确的科学的辩证的价值判断。中与西作为对称或对立的两个概念，既笼统又不准确，“中”指中国文化文学，究竟是指现代中国还是古代中国的文化文学，“西”指西方文化文学，究竟是指欧美还是泛指除中国之外的世界各民族的文化文学，不过就对现代中国文化文学的影响而言主要是指欧美的西方，当然东方的印、日、俄的影响也不可低估；而且西方文化文学在中国的传播并没有古今之分也没有现代非现代之别，几乎是全方位的，很难判断西方文化文学的真伪优劣。但是在我们的价值观上始终认为西方的文化文学优于中国文化文学，不管中西文化文学存在多大的时空差都一律视西方文化文学是先进的、优质的，代表人类文化文学的最高价值；而中国文化文学必须以西方文化文学为楷模为样板，否则就不能与人类文化文学同步，就不能进入世界文化文学之林。这种崇洋贬中的价值观念已转化为中华民族一部分人的集体无意识，潜在地影响我们对中西文化文学作出合情合理的、公正公平的价值判断。

由于近百年现代中国将“齐鲁文化”纳入新与旧、现代与传统、中与西的二元对立的思维框架，并把“新”、“现代”、“西”等文化作为价值坐标，所以“齐鲁文化”就成了被批判被否定的“旧文化”、“传统文化”以及“中国文化”的精神符号。若是五四新文化运动的“打倒孔家店”旨在发现人、解放人，使中国人由奴隶变成有主体性的现代人，那么“文革”的批孔孟之道不但不是解放人却把中国人变成封建法西斯暴政的奴隶、现代迷信的工具，彻底丧失了人的主体性。这种沉痛的历史教训并没有真正化为每个有觉悟的中国现代人的彻底解构新与旧、现代与传统、中与西的二元对立价值观念的思想动力和学术激情，这就不能不影响现代中国文学文化与齐鲁文化关系的深入研究。

三、对“打倒孔家店”口号的再认识和重评述

五四新文化运动提出“打倒孔家店”口号并不意味着对齐鲁文化的彻底否定，也不能笼统地说是对传统文化的整体否定；我认为“打倒孔家店”是个具有策略意义的口号。这是因为中国传统文化演进到中国现代化起步时它已发生变异，而这种变异的精神文化所形成的强固坚硬的惰性、保守性、封闭性乃至腐朽性已成为中国社会跨进现代化的巨大阻力和难以逾越的精神堡垒，特别遏制着禁锢着中国人的伦理觉悟的提高，所以文化先驱们就选择了“孔家店”作为批判封建意识形态这场攻坚战的“突破口”；尤为可取的是，当真正以科学与民主为旗帜的现代意识与封建思想发生短兵相接时，文化先驱们的主攻方向还是有分寸的有区别的。正如李大钊当时所指出的：“掊击孔子，非掊击孔子本身，乃掊击孔子为历代君主所雕塑之偶像权威也，非掊击孔子，乃掊击专制政治之灵

魂也。”[①]这种区分不只是把原生态孔子本人与历代皇权抬到吓人高度的偶像孔子区别开来，从而也把孔孟创构的原创性孔孟之道即齐鲁文化精华与变异变质了的效忠于封建政权的伪儒学即阉割灵魂的齐鲁文化区别开来；有了这种区别不仅捍卫了历史上的孔子的本来形象和其原汁原叶的孔学，而且也为五四新文化运动反对封建主义文化思想提供了合理合法的根据。

五四时期的郭沫若曾是“反对不以个性为根底”的封建文化“既成道法”[②]的新文化闯将，不过在他的“学术视野中存有两个孔子、两种儒学，即本来意义上的孔子和后人改造了的孔子、真正意义上的儒学和后人改制了的儒学”。[③] 正当以孔子为封建文化意识代码进行揭批步入高潮之际，郭沫若在致宗白华的信中把孔子与歌德相提并论，称赞他们都是“球形”的天才：“孔子，要说他是政治家，他有他的‘大同’主义；要说他是哲学家，他也有他泛神论的思想；要说他是教育家，也有他的‘有教无类’、‘因材施教’的动态（Kinetisch）教育原则；要说他是科学家，他本是博物学者，数理的通人；要说他是艺术家，他是精通音乐的；要说他是文学家，他也有他简切精透的文学。”这基本上概括出历史上孔子的本来面貌，像这类天才人物在人类发展史上并不多见，“球形的发展是将它所具有的一切的天才，同时向四方八面，立体地发展开去”。孔子在郭沫若心目中不仅是个“球形天才”，并且在伦理观上同歌德一样是位个性主义者和人道主义者，甚至在人格气质上他俩都相似：“歌德是个‘人’，孔子也不过是个‘人’。孔子对于南子是要见的，‘淫奔之诗’他是不删弃的，我恐怕他还是爱读的！我看他是主张自由恋爱（‘人情之所不能已者，圣人不禁’），实行自由离婚（‘孔氏三世出其妻’）的人！我看孔子同歌德他们真可算是‘人中的至人’了。他们的灵肉两方面都发展到了完满的地位。”[④]可以说，郭沫若五四时期所认知和描述的应似原生态的孔子、其孔学是原创的孔学，不论灵肉一致的活生生的孔子还是充溢个性主义和人道主义精神的孔学，与五四新文化运动和文学革命所提倡的主导精神、所塑造的理想人物都有惊人的相似之处。由此可见，五四运动提出的“打倒孔家店”应看成是个策略性口号，其实质并不想完全颠覆原创型齐鲁文化的精华孔孟之道，它既不是历史上的真孔子又不是真儒学，究竟借助“打倒孔家

---

① 《李大钊选集》，人民文学出版社 1959 年版，第 80 页。

② 郭沫若：《文艺论集续集》，人民文学出版社 1979 年版，第 2 ~ 3 页。

③ 朱德发：《五四文学新论》，山东文艺出版社 1995 年版，第 152 页。

④ 《论诗三札》，收入《郭沫若论创作》，黑龙江人民出版社 1982 年版。

店”的旗号要打倒谁、批判什么？郭沫若在《王阳明礼赞》中作了这样的回答：“自汉武以后，名虽尊儒，然以帝王之利便为本位以解释儒书，以官家解释为楷模而禁人自由思索。后人所研讨的儒家经典不是经典本身，只是经典的注疏。后人眼目中的儒家，眼目中的孔子，也只是不识太阳的盲人意识中的铜盘了。儒家的精神，孔子的精神，透过后代注疏的凸凹镜后是已经歪变了的。……于是崇信儒家、崇信孔子的人只是崇信的一个歪斜了的影像，反对儒家、反对孔子的人也只是反对的这个歪斜了的影像。”①五四新文化运动所批判的儒学、所反对的孔子也许正是“这个歪邪了的影像”。

当然，我们也应该尊重五四新文化运动和文学革命的历史实践，在“打倒孔家店”口号的鼓荡下并不是所有的文化先驱都能像李大钊、郭沫若这样以冷静的理性分析和明晰的区分度，把齐鲁文化的儒学创始者孔子及其原创思想与变异了的孔子及其伪儒学区别对待；的确有些激进主义者不分青红皂白地横扫一切，把原创的齐鲁文化及其孔孟学说与封建意识形态联为一体统统地进行彻底批判。因为扫荡越激烈批判越勇猛越是能体现出“刨祖坟”的彻底地不妥协地反封主义文化精神，而且这种激进主义态度在红色经典《新民主主义论》中得到充分的肯定。这就使中国现代史上的通过反孔来否定整个齐鲁文化乃至民族传统文化，逮及“文革”达到登峰造极，历史倒退文明被践踏，中国人尝尽了野蛮的苦果。诚然，1949 年以后中国大陆学术界曾明确规定对包括齐鲁文化在内的传统文化实行“批判继承”的方针，但并没有得到正确的理解和有力的贯彻。正如有的研究者所说的：“无论对批判，还是对继承，都没有得到正确的理解。所以这个方针，并没有使文化的研究从‘五四’运动开始的民族文化虚无主义阴影中走出来。所谓批判，主要不是从建设和发展的积极意义上理解，而是以给古代圣贤划阶级成分的简单方法，把他们归结为封建反动阶级的代言人，把他们的思想归结为反动思想，从而加以单纯的否定。即使有所肯定，也是极其抽象的，没有实际意义的。既然实行的是这样的批判，所谓‘继承’也就变成一句空话。”②我可以对此予以补正，所批判的主要是齐鲁文化儒学的仁政思想及其人道主义，所继承的则是法家的暴政思想及其秦始皇开创的专制主义和反智主义，从 1957 年“反右”到“文革”这种所谓的“批判继承”愈演愈烈，使中国人真正感受了、看清了“批儒评法”的用心所在。

---

① 《王阳明礼赞》，《郭沫若全集》历史编第 3 卷。

② 王树人喻柏林：《传统智慧再发现》（下卷），作家出版社 1996 年版，第 15 页。

我并不同意把“五四”时期“打倒孔家店”与“文革”时期的“反孔”生硬地拉扯在一起，因为这是性质、目的、手段完全不同的批孔；至于对“五四”新文化运动和文学革命中提出的“打倒孔家店”口号如何评说，除了上述我谈及的一种反封建策略外，1993 年写的一篇文章我作了这样的反思：“当时一代文化先驱和文学革命者对于如何创造新文学、建设新文化大致有两条思路：一条是理性地思索并探究中国新文化新文学的出路，一条是在痛苦的挣扎和困惑的迷惘中仍走着彻底反传统的道路。应该承认，从历史过程着眼‘五四’高潮中的‘打倒孔家店’是社会选择的必然结果，是历史的合理性产物，文化选择上采取激进型的态度是势所必然的；但是进入新文化新文学建设阶段则更需要冷静的理性思考和改良型的态度，不能不从全盘的反传统的激烈且浮躁的情绪中走出来，从而体认以孔子为代表的儒家学说也有可以继承的好东西，以之作为转换出现代化的思想基因。这是因为：‘传统内部是存在着两重构成，即它的表层与社会结构的国家制度紧密相关，而它的深层则是一个民族得以生存发展的依托，也是传统中最具有人类普遍性的那一部分，是具有宗教意味的信仰体系和价值坐标。’从这个意义说，它与一个民族走向现代化并不矛盾，倒可作为前提性的条件。”不只是在郭沫若看来，“中国传统文化体系中所能创造性地转化的价值传统、学术传统、人格传统，主要是由孔子开创的儒学传统，所以他是把孔子及其儒学从现代人类文化的高度上作了研究，不论其泛神论的哲学观、个性主义的人道观以及自强不息锐意向上的人格精神，都进行了现代型的转换”；而且“即使那些反传统的文化先驱如胡适、钱玄同、鲁迅、周作人等，在二十年代对新文化建设、传统文化现代转型也进行了创造性的活动”①。

四、原创齐鲁文化人学精神与现代中国文学人道主题是遥相互通的

原创性齐鲁文化的精华孔孟之道，尽管在百年现代中国社会演化过程中历经磨难，然而它的“精灵”并没有泯灭，总是缠绕在现行的制度文化、知识文化、审美文化等各种系统中，尤其潜隐于社会心理结构、审美心理结构里，或以原生的样态或以转型的样态呈现在文化领域和文本世界。追究其缘由，主要有这样

① 朱德发：《五四文学新论》，山东文艺出版社 1995 年版，第 157～158 页。

几点:其一,原态的儒家文化思想形成于一元化思维模式,属于一种“泛意识形态”,即它是一个熔自然、社会、伦理、政治、文艺、宗教于一炉的价值体系;五四新文化先驱本应以代表知识文化的赛先生和代表信仰文化的德先生作为批判武器将儒学的一元化思维范式剥离开,但其结果所力图建构的新文化系统仍袭用了“泛意识形态”思维模式,即知识系统与信仰系统相混、伦理系统与政治系统相合,如儒学的泛政治伦理化系统一样同源于一元化思维范式。这不仅因为现代中国知识分子在建构新文化系统中一开始就受到社会变革、政治斗争及各种政治思潮的主导,总是关注最迫切的社会政治问题的解决,这必然要突出文化建构的政治功能;而且也因为中国知识分子受儒学潜移默化影响而具有的强烈政治参与意识内化为一种潜在政治情结,正是这种参与政治的热情驱动其建构“泛政治意识形态”的文化价值观;加之新文化系统的建构采取“向外”的方式,着力反抗文化专制主义和蒙昧主义以争取个性解放,却相对忽视了卢梭式的“内向”忏悔和陀思妥耶夫斯基式的灵魂拷问,这使现代知识分子无力冲破儒学的“泛意识形态”思维硬壳,同时这也说明此种一元化思维模式在现代中国仍有存在的合理性,依然可以焕发出思维活力。

其二,原创儒学建立的“修齐治平”(修身、齐家、治国、平天下)的伦理框架,与其“泛意识形态”思维模式是契合的。这个伦理框架以个体人的修身养性作为逻辑起点通过齐家、治国两个逻辑环节达到“平天下”的逻辑终点,形成一个层层递进的有机的逻辑系统,把人的道德修养价值追求同齐家治国平天下为之躬身实践的公众事业巧妙地联系起来,即修身的宗旨在于齐家治国平天下,而齐家治国平天下作为历史平台既可检验修身的成效又可展示自身的价值,并与个人的切身利益贴在一起。这样的伦理价值框架具有逻辑上的合理性和情感上的诱惑性,不仅符合个体人的内在伦理追求与外在价值理想又合乎家、国、天下诸共同体对个体人的规范和引导,若把身、家、国、天下这四个环节之间的关系调整好、处理好了,既能使自身的存在发展处于正常态又能使家、国、天下处于平衡态。对于“修齐治平”这个切合情理又富有巨大实践功能的伦理价值框架,被治者易于接受而治人者更乐于坚持,经过古代中国社会二千多年的实践和运转,即使受到篡改扭曲也没有影响这个伦理框架对社会心理的规范和积淀,它已内化为中华民族的集体无意识。跨入现代中国社会,尽管历经多次变革、革命,但是“修齐治平”的伦理价值框架仍具有逻辑威力和思想活力,即使那些从域外运来批判或解构儒学伦理框架的启蒙主义、马克思主义所建立的新的价值伦理话语也没有摆脱“修齐治平”的逻辑框架，虽然概念、原理、提法变了，可逻辑思路依然如故。不论晚清文学改良运动梁启超提出的“新民”以“新国”的启蒙主张、五四文学革命中鲁迅坚持的“立人立国”启蒙思想、无产阶级革命发出的只有解放全人类无产阶级才能解放自己的号召、建国后提出的改造思想利党利民利国的说法或当下坚持的“立党为公”、“执政为民”的原则，都是在不知不觉中延续了儒学的“修齐治平”的政治伦理价值观的逻辑思路。可见，现代中国的思想启蒙或政治启蒙都没有把人的发现、人的价值尊严推到个人主义的至高地位，而对人的发现、人的价值尊严的考察总是与家、国、天下、阶级、政党等群体紧紧捆绑在一起。现代中国文学出现如此多的宏大叙事、那么多的集体主义英雄形象，皆可追溯到儒家“修齐治平”伦理框架的潜隐规约和影响。

其三，齐鲁文化儒学重构以人为本、以“爱人”“泛爱众”为内涵的人道主义理念，是个具有人类性、普适性和超越性的范畴，显示出不朽的永恒价值，这也是其“修齐治平”政治伦理框架之所以代代相传的内在根据。春秋战国发生的早熟的东方“文艺复兴”的基本内容，“主要表现为儒家创始人孔子在搜集整理古代经典诸如诗、书、礼、易、乐、春秋时，扬弃了‘礼乐文化’，剔除了其中的‘尊神’、‘尊命’的成分，发扬和升华了其中的尚‘仁’的人道主义内涵”；并且“从正面提出了‘爱人’、‘泛爱众’这种倡导博爱平等的人道主义”①。儒学的平等博爱的人道思想，“无论就其一般的普遍的意义，还是就其个别的、特殊的意义，都构成孔子‘仁学’最深广的内涵。”②孔子在看待人与动物的关系上最关心最爱护的则是人。例如“厩焚。子退朝，曰：‘伤人乎？’不问马。”（《乡党》）对待战争与和平，孔子是站在维和反战的立场上。例如，“子路曰：‘桓公杀公子纠，召忽死之，管仲不死。’曰：‘未仁乎？’子曰：‘桓公九合诸侯，不以兵车，管仲之力也。如其仁，如其仁。’”（《宽问》）由此可见，子路意在指责管仲不仁，而孔子却强调桓公在“九合诸侯”实现统一大业中，之所以避免战争赢得和平关键在于管仲推行了“仁”的策略，这也表明孔子对人民大众的关爱。孔子的“仁爱”不只体现于“孝弟”的血亲关系，更多地表现在超出血亲关系的人际关系和个人的修养自塑上。所谓“恭、宽、信、敏、惠”（《阳货》）；所谓“己所不欲，勿施于人”；所谓“己欲立而立人，己欲达而达人”（《雍也》）等，都是孔子处理人际关系的“仁爱”之道。即使处理君臣关系孔子也是坚持对等的人道原则，例如，定公问：“君使臣，

---

① 王树人喻柏林：《传统智慧再发现》（下卷），作家出版社 1996 年版，第 13 页。

② 王树人喻柏林：《传统智慧再发现》（下卷），作家出版社 1996 年版，第 23 页。

臣事君，如之何？”孔子对曰：“君使臣以礼，臣事君以忠。”（《八佾》）“忠”是有条件的，并不主张愚忠。总之，孔学的“爱人”与“泛爱众”的人道主义思想为古今人类所共识所神往，它具有的超时代超阶级超国度超民族的永恒的合理内核，它将成为人类的共同精神财富，必将使人类本身的生存与发展出现新的飞跃；特别应指出的是，孔学的人道主义不仅具有理性内涵也富有非理性内涵，因为它与血缘亲情关系胶合在一起，既能使人道主义关爱由理性层次达到非理性层次，又能使人性充实丰盈且有活力。孟子虽说过“乃所愿，则学孔子也”（《公孙丑·上》），但他所提倡的人性善说及其创立于此基石上的民本主义思想，却是对孔子人学的发展，丰富拓展了孔子的人道主义内涵。孟子在“民为贵，社稷次之，君为轻”（《尽心·下》）的民本思想主导下，对广大民众表现出超乎孔学的人道主义情怀。他说：“今之制民之产，仰不足以事父母，俯不足以畜妻子；乐岁终身苦，凶年不免于死亡。此惟救死而恐赡，奚暇治礼义哉？”（《梁惠王·下》）这既表现出对劳苦大众的人道主义关注，也表现出对暴政的一种愤怒之情。

齐鲁文化儒学的从人出发、以人为本的人道主义思想，在现代中国文学系统中虽然没有得到顺理成章地合法合辙地承传，但是它本身的永恒性和超越性却在“打倒”、“批判”的反孔声浪中悄然地非自觉地无意识地与西方传来的各种形态的人道主义发生对接，在个性解放文学母题、民族解放文学母题甚至阶级解放文学母题以及各种样态的人的文学世界中流贯着潜隐着，只要我们能对现代中国文学进行探赜发微的感悟和解读，就一定能发现两千五百年前的齐鲁文化中“爱人”与“泛爱众”的精神与现代人道主义精神相融合而在20世纪中国文化、文学中所铸造的“爱”的丰碑、所树起的“爱”的大纛。

春秋战国时期的齐鲁之邦是中华民族早熟的“东方文艺复兴”的策源地，诞生了世界级文化大师孔子及其标志人类文化高峰的儒家人学思想；逮及20世纪初叶的“五四”所发生的“文艺复兴”的人学运动，京沪江浙地区成了新文化的发祥地，齐鲁之邦的“孔家店”供奉的人学则成了被打倒的对象，这是历史的误会还是历史的必然？直到经过一个世纪的翻江倒海的折腾之后，我们蓦然回首才惊奇地发现两千多年前的“文艺复兴”与两千多年后的“文艺复兴”要解决的历史课题同是“人的发现”，如果说两千多年前以孔孟为首的先贤在齐鲁大地上筑起一座人类精神文化高峰，那么两千多年后的今天在文化创建上我们齐鲁儿女又为人类精神文化提供什么新东西？

（写于2004年8月，载于2005年《文学评论》第1期）

古今文学在审美现代性上的互通点

本文认为中国古今文学在审美现代性上能够互通，主要的理论根据是趋同的人道原则、创作主体自觉、文化的承传性和审美文本的永恒因素；而古今文学在审美现代性上的根本的、决定的互通点则是人本主义思潮铸就的作家主体的以人为本的艺术思维范式，它为中国文学史营造了先秦、魏晋、明季、五四、新时期等五个人的自觉与文的自觉相互并举的艺术时代；人本艺术思维范式之所以卓有成效地创构了具有审美现代性的文学作品，就在于它从创作选材、美学发现、艺术构思、形象塑造上所体现出的独特功能。

一

伊夫·瓦岱认为，“现代性”是个“集最相矛盾的词义于一体的十足的杂音异符混合体”，具有“概念性的含糊不明”[①]的特点。由于众说纷纭的有关“现代性”界说难以寻到一个统一的语义场或取得一个趋同的看法，所以有的研究者戏称“无限的现代性”。即它是无所不在无孔不入的，既构成当下人人言说的前提又构成人们无法逃遁的文化语境，不仅在西方社会“现代性”已成其话语系统的“关键词”，就是在现代中国的话语交流中也成了出现频率最高的词汇。这也许是“现代性”这个多义词本身，具有的无限阐释空间或巨大内在张力所导致的。

在西方话语中，“现代性”作为一个文化、历史的概念，对其一般意义的构成大致从两个维度来理解和表述：一是时间维度，把“现代性”释义为“现时”、“当下”。据尧斯考证“现代”一词大约最早出现于公元5世纪末的西方文化中，“现代性首先是与一种新的时间意识相对应的”[②]，即是一种不同于传统神话循环观的历史线性时间观念和直线向前的时间意识。故而法国哲学家热拉尔·楼莱则认为，“现代性”主要体现为一种“历史意识”，即源于犹太——基督教拯救史观的历史意识；而这种历史意识异于以前的周而复始的宗教时间循环论的一种新的历史意识。这表明“现代”是与“过去”相对立的当代时间意识，人们对时间的“不可重复性”的感受和体认便确立了新的时间意识和历史意识，而这种时间意识则构成了一种现代意识；并以此义为基点，“现代性”的时间职能就演化为历史上的某个“历史时期”，英国社会学家鲍曼就是把“现代性”视为一个历史时期，即它始于西欧 17 世纪一系列社会结构变革和思想转变，后来达到成熟。[③]卡林内斯库也从现代性是属于与世界演进史相关的概念出发，断定现代性是“作为西方文明史的一个阶段”[④]；美国社会文化学家弗雷得里克·杰姆逊更是把“现代性”作为一个历史时期概念，即 1880 年左右到 1930 年左右是西方“现代性”时期，1960 年之后则是“后现代性”历史时期。上述对“现代性”的理解都是从时间维度着眼的，突出了“现代性”的“时间职能”（阿拉贡语）。

二是价值维度，即现代性不仅具有“时间职能”，而且具有价值意义和功能性质。卡林内斯库认为现代性“被知觉为是一个从黑暗中挣扎出来的时代，一个觉醒与启蒙的时代，它展示了光辉灿烂的未来”[⑤]。这种“价值叙事”既突现了现代性的特定的时代意识（文艺复兴到思想启蒙），又揭示了现代性内蕴的觉醒、解放、追求、进步的价值与意义。汪晖在《韦伯与中国现代性问题》一文中对哈贝马斯的现代性论述作了这样的阐发，认为“现代性概念则表达了未来已经开始的信念：这是一个为未来而生存的时代，一个向未来‘新’敞开的时代”[⑥]。哈贝马斯对现代性的价值意义的理解与卡林内斯库的描述几乎取同调，只不过哈氏更明确地坚信现代性都永远是向未来敞开的，都永远是与现时、革命、进步、解放、发展相联系的，因而现代性则是与“传统”、“古代”等价值叙事相悖反。后来现代性的价值意义的生成，大都是从传统与现代、进步与落后、理性与愚昧、光明与黑暗、新的与旧的等二项对立思维框架中演绎出来的。有的研究者对现代性的精神内涵和价值意义作了这样的概说：“所谓现代性，就是促进社会进入现代发展阶段，使社会不断走向科学、进步的一种理性精神、启蒙精神，就是高度发展的科学精神和人文精神，就是一种现代意识精神，表现为科学、人道、民主、自由、平等、权利、法制的普遍原则”；而“从现代性的历史进程来看，现代性是一种被赋予历史具体性的现代意识精神，一种历史性的指向”[⑦]。

由于中国古代社会结构向现代社会模态转型以及传统文学的现代性演变，与西方发达国家相比较，在进化嬗变的轨程上既存在着时间差又存在着空间差，故而这种时空差在客观上必然造成中与西在现代性上的非同步性和差异性，不仅古代中国传统文学与西方文学不能从现代性的时间维度上进行同步同构、平起平坐的对话，就是现代中国文学借鉴西方现代性而生成也缺乏同质同构性，完全以西方现代性来硬套中国文学现代性也是不适宜的，何况中国古代文学乎？虽然从时间性或时代性维度上来考辨中国古代传统文学的现代性难以借用西方现代性话语，甚至会作出对传统文学绝对否定的判断，虽然以价值维度上形成的传统与现代、进步与落后、新的与旧的等二元对立的断裂思维模式，也能对中国传统文学与中国现代文学之间人为地划出一条不可逾越的鸿沟，借以否定传统文学的现代性；但是从现代性的价值内涵中却能够发现两者之间的趋同点，如人道主义原则等，并可以结合中国传统文学思潮、审美文本以及创作主体的独特性、差异性进行探幽发微的考察，以开掘出传统文学蕴藏的人文主义内涵。

中国古代传统文学源远流长、博大精深、多姿多态、异彩纷呈，对其审美现代性的勘探并非是个有无现代性的问题，而是以什么理论根据作为逻辑思路和价值坐标的问题，即这种理论依据与价值尺度既可以得到学术界的认可又能切合中国传统文学的结构系统。在我看来，验证并开掘中国传统文学现代性的理论根据和价值尺度主要有：一是上述的现代性价值内涵的人道原则乃是创造古今优秀文学所共同遵循的，作为人学的文学形态“之所以必须以人道主义为最高原则，就在于人文精神是以人作为终极关怀的对象的”，至于上帝、佛祖等即使作为人之终极关怀对象的人格神也是人根据自己的心愿造出来的，最终他既要以人为终极关怀又要靠人自己来体现，即“要创造人类的幸福，全靠我们自己！”⑧从2500年前孔子原创的“爱人”与“泛爱众”、尊己与重群的个性主义和人道主义及至20世纪中国文坛出现的各种形态的现代人道主义，应似贯穿数千年中国文学的内在之魂，它是审美现代性不可或缺的本质内涵。二是从特定意义上说，现代性就是人的主体自觉，即人的主体意识觉醒，因而人的主体性应是现代性的内核，对人的主体性的发现也就是对人的现代性的发现。耶鲁大学哲学教授路易·迪普雷认为，现代性实际上就是人类对宇宙、自然、人自身以及超然因素的第一次“理性”自觉而使人成了主体，故思想史上便把现代性认定为人的主体自觉，即“现代性是人类有史以来在社会经济制度、知识理论体系和个体——群体心理结构及其相应的文化制度方面发生的全方位转型”⑨。这里指出现代性的转型不只表现于社会历史文化制度层面也表现在个体——群体的精神结构层面，而后者则集中于人的主体意识的觉醒与自觉。舍勒认为，在现代性作为一场“总体转变”中,人的现代心性结构、精神气质的生成则是比社会制度的转型更具有典型意义的表征,即“现代现象中最为深刻的变化是人的实存本身的变化”,是人的欲念、心灵、精神等内在结构的转变,是人的内在生存标尺的转变,总之是本能冲动造反罗各斯[10]。这就进一步揭示了现代性与主体意识的潜隐的内在的甚至非理性的联系。虽然进入近代以来中国人的主体意识的觉醒及其总体转变晚于西方且又是借助于西方现代性文化思潮,但是在两千五百年以前的春秋战国时代中国却出现了比西方早熟的东方文化复兴[11]运动,那时先贤们就强调“三军可夺帅也,匹夫不可夺志也”(《论语·子罕》)的人的主体意识的极端重要性,并且孟子提出一个类似于笛卡尔“吾思故我在”的“万物皆备于我矣”(《尽心·上》)的主体性命题,此后历朝历代都有一些“不可夺志”的坚持主体意识的文人志士,这是中国传统知识分子异于西方知识分子的独特性,也是中国传统文学具有现代性的内在基因。三是现代性与古代传统存在的承传关系中蕴含着审美现代性。如果说在社会历史层面上现代与传统之间存在着一种对立否定式的紧张关系,那么作为人的内在感情层面的审美现代性却见不到这种“断裂”式的否定关系,而更多地则表现为二者之间的承传关系。哈贝马斯虽然把现代性界定为“一种新的时代意识”,但他并不否认这种“新的时代意识”与“过去”完全无关,恰恰相反,他不只是强调了“现代”与“古代”的关联,指明作为现代性的“新的时代意识”是“一种与古代性的过去息息相关的时代意识”,而且也说明这种“新的时代意识”是“通过更新其与古代的关系而形成自身的”[12]。现代性并不是凭空产生的,也不是以彻底否定传统为其生成前提的,它之所以与古代传统持有一种“秘而不宣、因而不露”的承传关系,无法离开传统,乃是因为“人类总是与他们所做事情的基础惯常地‘保持着联系’”,而传统则是“驾驶时间与空间的手段,他可以把任何一种特殊行为和经验嵌入过去、现在和将来的延续之中”[13]。既然现代性与古代传统有着潜隐的承传关系,“新的时代意识”并不是无源之水,它与传统文化意识在一定程度上或特定范围内相互沟通,那么作为审美意识形态的古今文学之间的承续性与联系性就会更深广一些;也就是说传统文学结构内存有审美现代性基因且能在一定条件下转化为当今文学的审美现代性,而当今文学的审美现代性正是传统文学审美现代性因素的转换与发展、承传与超越。四是文学艺术的恒定因素具有跨时代的超越性,而这种不变的永恒性既是文学现代性赖以承传的根基又是古今文学审美现代性互通的渊源。波德莱尔于 1860 年写的《现代生活的画家》,从审美视角对文学艺术的现代性作了这样的阐释："现代性，就是那种短暂的、易失的、偶然的东西，是艺术的一半，它的另一半内容是永恒的、不变的"[14]。在波特莱尔看来，审美现代性就是文学艺术系统中的"过渡，短暂，偶然"，就是某种"不确定性"[15]，它虽对文学艺术的永恒性构成一种反叛和颠覆，但却不能消解文学艺术的永恒审美价值；而这种恒定性既在传统文学与现代文学中延续又构成了古今文学审美现代性的质的规定。因为文学艺术系统中的恒定因素或永恒主题具有超越性，能够适应任何时代人们的文化期待和审美需求，它是审美文化的常青树，艺术的不朽生命力，不论传统文学中或当今文学中的这些恒定因素都能焕发着思想活力与艺术魅力。亨利·梅绍尼克在《现代性复现代性》中批评"断裂论"而强调新旧事物的同一性或混杂性，他认为"现代性并非新事物，所以谈不上断裂。但它消除了新事物与旧事物之间的对立"，而"就等于将两种不同性质的东西掺杂在一起"[16]。所以，审美现代性与社会历史现代性相比，更加内在化地本质化地体现了现代性的"历史意识"的内涵，因为审美现代性总是同主体意识即精神结构或心理情感、生命体验或生存感受交织在一起，理性或非理性甚至反理性并不容易梳理得清清楚楚，往往混杂为一体。以上从人道原则、主体自觉、文化承传、永恒因素等四个角度探寻了古今文学审美现代性能够相互贯通的理论依据以及可资借用的进行开掘与发现的逻辑思路。

二

遵循审美现代性足以构成的理论根据和逻辑思路，固然能够从多维度展开对古今文学审美现代性互通点的探寻与发微，但我这里只想选取最具本体性的维度进行勘察，即古今文学创作主体思维的互通性。不论古今文学有多少定义或界说，但谁也不会否认文学作品或审美文本都是创作主体思维的成果，若没有或缺乏古今作家主体的创造性思维绝对不会出现数千年中国文学史上的诗词歌赋、戏曲小说的灿烂辉煌。既然主体思维的创造潜能及其思维范式决定着中国古今文学的现代性审美品位，那么古今作家主体在人本主义思潮中形成的以人为本的艺术思维，应是带有决定性本体性的思维范型，这与文学是人学的本质内涵紧密相关，也是古今文学最根本最内在的互通点。

早在先秦时期，"儒道两家的出发点都是以人为本的人本主义。两家都把关注的重心，集中到人的地位和意义上面，只是角度和层面不同而已。儒家的侧重点在于，关注人在现实社会的伦理层面；道家的侧重点不同，其所关注的是人能超越现实社会伦理的精神层面。”通常所说的“儒道互补”正具有这样双重功能，即“对于一个民族来说，不能不把握住现实，或者说没有执著于现实的精神，就不能生存。但是，过分地执著于现实，到一定时期思想就会产生僵化、异化。这时，如果没有打破现实僵化、异化的超越精神，则这个民族就不可能继续发展”。[17]所以先秦儒家执著现实的人文精神或先秦道家超越现实的人文精神对于中华民族的生存与发展都是不可或缺的两大精神源泉，它们深深地沉淀于中国人的文化心理，而且也铸就了文人作家的以人为本的主体思维范式。中国历史发展到春秋战国时期，以百家争鸣为标志的学术繁荣从根本上改变了殷商的神本主义，使人本主义成为思想文化的主流；若说《周易》的人本主义倾向仍在巫术外衣的束缚中，那么老子《道德经》所创造的体系则以形而上学的“道”取代了人格化的至上神或天神，并在“道”中突出了人的地位：“故道大，天大，地大，人亦大。域中有四大，而人居其一焉”（《道德经·二十五章》）。儒家以人本主义思维取代神本主义与道家的侧重点有所不同，孔子虽说过“朝闻道，夕死可也”这样的视“道”之高的形上学话语，但儒家创始人却集中在对天神的怀疑与批判上，如“子不语怪力乱神”（《论语·述而》）；季路问事鬼神，子曰：“未能事人，焉能事鬼？”这说明天神或鬼神根本就不在孔子的视野中。而正是这种对鬼神不理睬的“敬而远之”的态度与老子一起解除了神本主义思维的蛊惑性。海涅评说康德在近代杀死了神权天国的守备队，所依恃的正是“敬而远之”这种最厉害的态度。春秋战国时期确立的人本主义思维方式发展到汉代虽然受到敬天崇神思想的冲击有所倒退，但是魏晋玄学的兴起却推动了人本主义思维的进一步发展，使人本思维方式显示出四个最突出特点：其一是，在群体的人本主义的总倾向中出现了个体人本主义的趋向，如《人物志》和《世说新语》；其二是，在个体性的显露之中，就包含着从客体转向主体的趋向，或者说出现了建立主体意识的趋向，见《人物志》关于才性的阐述；其三是，在思潮的性质上，从汉代的宇宙论转向本体论，以王弼的“贵无”论为主要代表；其四是，向秀与郭象的“崇有”论为中国传统哲学思想的多样性发展提供了理论基础[18]。玄学诸派的变革，拓展并深化了人本主义思维方式，无论其角度、层面或方法都开辟了一个新天地，它带来的思想解放与创新不仅表现在当时文学的繁荣上是巨大而明显的，而且给后世文学的演变以极其深远的影响。如果说春秋战国时期伴随着人本主义思维确立，出现了中国文学史上的人的自觉与文的自觉的第一个时期；

那么魏晋玄学的兴盛和变革所带来的人本主义思维的深化与解放，则出现了中国文学史上的人的自觉与文的自觉的第二个时期。

从明代嘉靖至崇祯即公元16世纪20年代至17世纪40年代应是我国人本主义思维极为活跃的时期，“是中国早期启蒙学术如万壑争流、千帆竞发、蔚为壮观的发展阶段。其中包括：以李贽为代表的重新估定一切价值、呼唤个性解放的人文主义思想，以何心隐和东林党人为代表的‘以友朋代群臣’、‘以众论定国是’的初步民主思想，以赵南星、冯应京、王徵为代表的‘工商皆本’的经济思想，以朱载堉、徐光启、陈第等一批晚明科学家、历史考据学家所代表的科学的知性精神的觉醒。”而“这一时期思想领域的中心一环，是‘人的重新发现’的近代人文主义思潮。尊重人的感性生活，尊重个人追求幸福的权利，成为这一时期思想界的主旋律。正德年间兴起的市民文学、吴中傲诞士风以及稍后归有光对复古文风的批判，为人文主义思想的诞生作了准备；王阳明学说中包含的‘只信自家良知’、‘不以孔子之是非为是非’、‘狂者胸次’、‘五经皆史’等因素，客观上充当了人文主义兴起的多少带有‘合法性’的嚆矢。以王学分化为契机，产生出‘非名教所能羁络’的泰州学派；进而有李贽出，颠倒千万世之是非，批判‘道统论’，呼唤复‘童心’、做‘真人’、‘各从所好，各聘所长’，张大启蒙旗帜；由此，袁宏道的‘性灵说’，汤显祖的‘至情说’，冯梦龙、周铨、闵景贤的情感本体论等等接踵而来，以人觉醒对抗伦理异化，崇真尚奇，蔚为风气，成为这一时期思想启蒙的主要特色。”[19]这既是人本主义思维运作的成果又是人本主义思维的深化与开拓，体现于审美艺术文本的创构上则中国文学史上出现了人的自觉和文的自觉的第三个时期。较之前两个人的自觉与文的自觉互动并举的文学昌盛时期，晚明的人本主义思维更带有西方话语中的“现代性”色彩，正如有的研究者所说：“陆王心学尤其是王阳明走得更远，是指其在一定程度上超前地走到了与近代、现代接头的地方。近代、现代在思想追求上的一个重要标志，就是追求自由与平等。而思想自由与平等的前提，就是使思想从依附的状态下解放出采，就是产生思想的自我能够独立。正是在这一方面，陆王心学作出了划时代的贡献。”[20]

历史推进到20世纪，全球各民族文学通过不同的渠道或方式先后以不同的样态步入世界文学总体格局；古代中国文学并未因为外敌入侵引起的内忧外患的时代焦虑感与民族危机感以及域外现代文化思潮腾跃突涌，而与传统人本主义思潮及其思维方式发生“断裂”，乃是在中西文化的撞击与交汇中不自觉地发生了中外人本主义思维的对接与合辙，使现代人本主义思维具有了新的功能特色，即内发式的现代性思维与外引式的现代性思维在审美文本营造中不谋而合，前者是有意识地借鉴后者则是无意识地承传。

从文化文学思想的发展理路来看，现代中国的文人作家早把明清之际的人文主义启蒙者作为直接先驱，并汲取其人文理性作为批判宋明理学的武器，谭嗣同著《仁学》引用王夫之的人学见解斥责宋明理学，刘师培撰《李卓吾先生学说》一文称他为"激进派第一人"，章太炎作《释戴》肯定戴震反理学的人学思想，"五四"时期的文人作家既接受了域外的人本主义思潮也承续了明清人本思想，即使鲁迅《狂人日记》中礼教"吃人"的命题也可以从戴震、冯梦龙、袁枚的著述中找到根据。虽然现代中国文人作家与明清文人作家在人本主义上有着"心有灵犀一点通"之感，但是现代文人作家汲取最多的、受影响最深的却是西方近现代人本主义思潮，最终确立了以人为本的艺术思维；而这些人本主义思潮所形成的强大而持久的精神力量或共时性或历时性地征服了现代中国文学作家的心，决定其主体思维的人本价值取向与人本美学追求。晚清文学变革主将梁启超的人本艺术思维主要由西方人本主义思潮孕育而成的，他接纳了西方人"不自由毋宁死"的自由理性来反对"吾民之以奴隶自居"的意识，他接纳了西方人"合群"思想来批判中国人"一盘散沙"的行为，他接纳了西方人的"权利思想"来揭露中国国民性的劣点；而这些思想的核心则是"自由"理性，"今日欲救精神界之中国，舍自由美德外，其道无由。"[21]正是从自由精神导引的人本艺术思维出发，梁启超力图建构"人性文学"或"新民文学"。邹容在《革命军》一书中，以西方自由、平等、权利、法治等人本理性为价值标准描绘出理想国民人格的四个特点："一曰，养成上天下地，惟我自尊，独立不羁之精神"；"一曰，养成冒险进取，赴汤蹈火，乐死不辞之气概"；"一曰，养成相亲相爱，爱群敬己，尽瘁义务之公德"；"一曰，养成个人自治，团体自治，以进人格之群。"邹容认为，只有具备这种品格的中国人才能"复我天赋之人权，以立于性天智日之下，与我同胞熙熙攘攘，游幸于平等自由城市之中。"五四文学革命先驱的人本艺术思维的形成主要汲取了个性主义、人道主义精神的滋养，从多角度多层面丰富了"人的文学"理念并建构了多样化的"人的文学"文本，出现了中国文学史上的第四个人的自觉与文的自觉的互动并举的时代。陈独秀首先从道德层面提出"伦理的觉悟，为吾人最后觉悟之最后觉悟"，必须"要抛弃私有制度之下的一个人、一个阶级、一个国家利己主义的道德，开发那公有、互助、富于同情心、利他心的新道德"[22]。李大钊也从道德的角度深刻揭示专制制度造成了国民保守落后的劣根性,"主张以人道主义改造人类精神,同时以社会主义改造经济组织。不改造经济组织,单求改造人类精神,必致没有效果。不改造人类精神,单靠改造经济组织,也怕不能成功。我们主张物心两面的改造,灵肉一致的改造"[23]。他作为一位早期马克思主义者对新的道德作了高瞻远瞩的预测:"我们今日所需要的道德,不是神的道德、宗教的道德、古典的道德、阶级的道德、私营的道德、占据的道德;乃是人的道德、美化的道德、实用的道德、大同的道德、互助的道德、创造的道德!"[24]既体现出马克思主义的博大人道主义精神又表现出对理想人格的崇高人文道德品性的要求。不论是陈独秀或是李大钊的人本主义精神都达到了一种新的思想境界,对现代文学作家人本艺术思维的确立发生了深刻影响。鲁迅的人本主义精神聚焦于"立人"思想,这是鲁迅独特的人学见解也是一个伟大的时代命题,具有普遍的深远的人学价值和意义。之所以要"立人",鲁迅从其吸纳域外的人道主义、个性主义思想与尼采、叔本华、柏格森、弗洛伊德等非理性人学思想出发,不仅发现了"中国人向来没有争到过'人'的资格,至多不过是奴隶",也发现中国历史上只有"想做奴隶而不得的时代"和"暂做稳了奴隶的时代",更发现中国宗法家族社会及其仁义道德的"吃人"本质;不仅发现了主奴两性完备的阿Q主义,也发现中国人的面子主义,更发现了中国人灵魂被异化而变成了"死相"。因此鲁迅立于时代人本主义思潮的制高点发出"立人"的誓言,义无反顾地砸碎铁屋子以唤醒每个人的自尊心与个性自觉,使中国人具有完善的现代人本主义精神和诚与爱兼而有之的现代文化人格。鲁迅博大精深的以"立人"为旨归的拯救人、唤醒人、解放人、发现人的人本主义思想与此后各种形态的人文精神汇成巨大的潜流,冲洗并浸润着一代代作家的心灵,深化着强化着他们的人本艺术思维,创造出样态各异的现代性的"人的文学"。当然鲁迅也清醒地看到,他的"立人"思想在现代中国文化建设与人的文学营构过程中必然会遭到狙击或受到扭曲。他说:"中国大约太老了,社会里事无大小,都恶劣不堪,像一只黑色的染缸,无论加进什么新东西去,都变成漆黑,可是除了再想法子来改革之外,也再没有别的路。"[25]尽管人学思想遇到这样的玷污那样的指责,尤其极左思潮对个性主义、人道主义等现代人本主义精神一次次围剿,但是社会改革的大潮势不可挡,终究鲁迅"立人"思想的巨大理性威力冲破了黑色染缸并在新的历史条件和文化语境下焕发出更加夺目的光辉,且在塑造"社会主义新人"的契合点上与马克思主义人道主义以及其他形态的人本主义精神整合为一体,承担起新的“立人”历史使命,致使现代作家的人本艺术思维经过历史的曲折变得更加充满活力,在现代性“人的文学”创作中发挥着巨大作用,创造了中国文学史上的人的自觉与文的自觉相互融合的第五个新时期。

总之,从先秦及当下,中国文坛始终流贯着一股人本主义文化思潮,它积淀于作用于古今文人作家的心理结构则形成了代代相传的人本艺术思维范式,不仅营造了难以估量的具有人学品格的各种样态的审美文本,而且在数千年中国文学史上创建了先秦、魏晋、明季、“五四”、“新时期”等五个人的自觉与文的自觉并举的光辉璀璨的艺术时代;如果审美现代性不受时间的限制而可以超越的话,那么创作主体的人本艺术思维范式及其营构的审美文本所充溢的个性意识、人道意识等人文主义精神,乃是古今文学在审美现代性上的最本质的最潜隐的互通点。

三

创作主体的人本主义艺术思维范式,之所以能为中国古今文学史营造具有审美现代性的各种形态的艺术文本,就在于人本艺术思维源于人学思潮而富有独特的功能,主要体现在如下几点:

其一,从人本艺术思维出发,创作主体进入文学创作的选材,就有一种潜隐的人文视野予以关注和择取。作为文学创作题材,是以精神现象的形式储存于作家的心中,从根本上说它们是源于客观的社会生活的。或有意识获取的或无意识获取的,或从实践中获取的或从书本上获取的,即无论采取什么方式获取题材,一是要把外在的刺激、信息转化为有意义的兴奋的符号吸入大脑,一是要对获取的材料进行淘汰选择;然而在对信息材料的吸纳与选择过程中伴随的作家直觉感受机制却是由潜在的人本意识来引导,使那些蕴含人文价值的信息材料通过艺术联想就成了文学创作题材,直接进入人学艺术作品的建构。例如:曹雪芹在《红楼梦》中所描写的贾黛爱情具有现代性爱的特征,充溢着强烈的个性主义意识,从选材的角度考察便可发现贾黛爱情的多层面取舍与描写无不由人本主义艺术思维生发出来的。从两个个体相爱的基础来看,所选题材不只是以互爱为前提,以情投意合为感情基石,并且以志同道合作为思想支柱;而这种志同道合又与贾黛的反封建叛逆精神联系在一起。他们所反的不仅是非人道的封建婚姻制度、封建伦理,也把矛头指向异化人性的整个封建主义,这是以前情爱文学尚未达到的思想高度。从相爱的方式来看,所选取的既不是婚后恋又不是梦中恋更不是一见钟情,而是经过较长时间的相互了解、共同体贴、交流感情、取得思想一致的情况下,水到渠成地发展为爱情;这种带有现代情爱特点的爱情虽以悲剧告终,却比那种缺乏历史必然性和生活内在逻辑的"大团圆"结局要深刻得多。从相爱的"媒介"来看,且不说焦仲卿与刘兰芝是典型的"媒妁之言",就是张生与莺莺的相爱也离不开"红娘"相助,柳梦梅与杜丽娘的爱情则是发生在"梦幻"中,从特定意义上讲不论"红娘"或者"梦幻"都可以看成"媒妁"的象征;但所描写的贾黛相爱却彻底摆脱了"媒妁之言"的羁绊,既不在梦幻中相爱也无任何人牵线,完全靠两颗水晶般的心来体验、感知、相印,而这种自愿自觉地相爱又并非发生在顺境中,乃是在"一年三百六十日,风刀霜剑严相逼"的逆境里形成。这是实实在在地产生于充满错综复杂矛盾和浓郁生活气息的人世间的个性化的爱情。从女性的觉醒程度来看,是先前一些情爱文学中出现的女性形象所不可企及的。林黛玉虽然多愁善感、弱不禁风,然而她的性格内在本质却是坚强刚毅的,骨子里蕴含着一种不达目的死不瞑目的个性勇力和韧劲。同她的争取爱情自由、人格独立、个性解放相对的不只是非人道的封建礼教、旧婚姻制度,而是整个异化人性的封建主义,尽管她的抗争和叛逆注定是悲剧的,但她并不畏惧,并不退缩,并不屈服。她的悲剧不只是个人爱情悲剧、性格悲剧,也是女性解放的悲剧;尽管她的民主意识还相当模糊,但同以前女性形象相比,却在漫长的中国妇女争取解放和爱情自由的道路上,树起一座新的里程碑。[26]这充分显示出人本主义艺术思维方式在选材或描写个性化情爱文学过程中的制导作用。

其二,从人本艺术思维出发,创作主体要对心中储存的信息材料或创作题材进行审美透视或艺术发现,而在透视和发现中必须依据自己认识与评价生活的人道主义原则和自由审美意识。虽然审美透视或艺术发现既是作家心灵的顿悟又是作家独特眼光的凝注也是作家内在体验与外在机缘的契合,但是作家的这一系列心理活动并非都是无意识的,而是有着人文理性的渗入,将审美透视出的或艺术发现出的非凡的意蕴、深刻的形象和新颖的形式纳入人道主义的自由美学境界。如果说信息材料的结果与选择是作家进入人学审美文本创构的起点,那么审美透视或艺术发现则是人本文学创造得以发生的根由。例如鲁迅之所以创造出《狂人日记》这篇现代"人学"的经典小说,就是因为鲁迅通过阅读中国历史和观察活生生现实,从个体生命感悟中发现了"中华民族是个食人的民族”;这是根据人道主义思想原则发现的并作出的判断,由此便衍生出《狂人日记》这篇惊世骇俗的小说。假若没有鲁迅独特艺术发现的理性启示,没有爆发出闪烁着一定真理光辉的思想火花,没有从历史材料或现实现象中发现中国人的生命被吃的惨状以及封建礼教“吃人”的本质,没有激起作家的人道主义关怀,并以此唤起作家的创作激情和心理能量,鲁迅就不一定能找到进入小说创造过程的别开生面的艺术大门。所以可以获得这样一条规律性认识:形象的又是理性的审美透视或艺术发现如同一盏明灯,能够照亮储存于脑海中有关的信息材料,并在瞬间环绕着此种独特发现将信息材料予以有序的排列组合,营造出独创特的人本文学作品,从而显示出人本主义艺术思维的独特威力,以增强文学审美现代性。不过,我不同意将鲁迅小说《狂人日记》的“吃人”主题无限扩大,任意发挥;所谓仁义道德“吃人”仅是小说文本中狂人在特定文化语境与个体心境下的独特生命体验,固然也蕴含着作家主体对家族制度及其伦理道德的一种认知,但“吃人”这个比喻的意义决不能无限制地放大为一个具有普适性的社会科学命题,否则就会导引出彻底否定中国文化体系中的人本主义传统或“爱人”与“泛爱众”的人道主义思想的结论,甚至连人本艺术思维的存在也失去了理论的历史的根据。

其三,从人本艺术思维出发,作家主体进入古今文学文本创造的构思阶段,人文精神的导向与规约显得极为重要。所谓“艺术构思就是作家在材料积累和艺术发现的基础上,在某种创作动机的指导下,以心理活动和艺术概括方式,创造出完整的呼之欲出的意象序列的思维过程。”[27]艺术构思是文学作品创造的最重要的环节,而作家主体不论对写实文本、浪漫文本或象征文本的构思都由创作动机来指导,但作家的创作动机大都是理性观念,以什么样的理性观念来指导往往决定构思的价值取向、美学追求乃至文本的性质。人本艺术思维则要求古今作家以人文精神作为总的创作动机来引导艺术构思,不论是叙事文本的主题提炼或是抒情内涵的规范乃至表达方式、节奏张弛、音韵谐调和基调悲喜等的处理,都受到人道主义或个性主义等人文理性的或隐或显的制导。虽然不同的文本创构或不同作家的艺术构思有不同的思路和特点,但在人文精神的烛照下总有些趋同性。无论创造何种样态的“人学”艺术作品,作家在艺术构思中都要面对从内外世界里涌出来的各种各样的刺激以及信息的分解与聚合、碰撞与融汇,而所有的审美发现或回忆沉思都要在这里受到检验与辨识、整合与升华,这至少应处理好这样几种关系:一是想象与联想。前者在艺术构思中的主要功能是把一切以形象形式储存于作家头脑中的信息、感受、体验转化为能够被读者感知的审美形象,不论是再现想象、比拟想象或者是虚构想象、创造想象都不能完全摆脱人本思维的导引,使构思出的活生生形象蕴含着人道之魂;后者联想是由此物想到彼物的心理过程,实际上也是一种想象,不论接近联想、类似联想或者对比联想都不是杂乱无序的胡思乱想,总是有意无意地遵循着人本思维规律,使联想可以举一反三、触类旁通也可以给想象插上翅膀、浮想联翩。想象也好联想也好,其宗旨是协助艺术构思营造以人为主体的各种形态的文学作品。二是理智与情感。前者指作家的理性思维和认识,后者是指其感情和情绪,两者在艺术构思中相互为用缺一不可。这不仅因为储存于作家脑海的信息材料既含有一定的情感能量又内蕴一定的理性因素,也因为理智可以引发情感的解放、肯定情感的价位、调整情感的强度、规引情感的向度,同时情感也可以激发主体新的理性追询、促动新的理性发现或将情感转化为理性;但是理智与情感又是一对矛盾体,如果以人文精神来统驭情感那情感的宣泄或勃发就会走向正常,有利于人性的健全展示,如果以非人本思维来制约情感,那有可能窒息情感或扭曲甚至扼杀情感。由于理智与情感是文学作品的重要内涵,所以人文精神对于控制文本构思中的情绪、感情的收与放至关重要。三是意识与无意识。前者是指作家的理性意识,它对储存于作家头脑的信息、材料通过分析与综合能结构成有意义的完整的文学作品;后者则是潜伏于作家理性意识之下的非理性意识,对信息、材料的组合也能起到一定的潜隐作用。这两种心理能力共同作用于作家创造文学作品的构思过程之中,它们之间的关系类似理智与情感的关系,即非理性无意识对信息、材料的组合只是发挥潜隐的功能,而在构思中所使用的信息、材料却是理性意识机制提供的,特别是非理性无意识机制的运作方向是由理性意识机制导引的,虽然在构思中有些深微的细节末梢是无意识机制承担的,但是它的运作程序却源于理性意识。这种关系好似人的本我、自我与超我三层次的意识结构,不过欲建构"人学"艺术作品,理性意识对无意识的引导却是人本主义精神来承担的,这主要表现于一切有关形象、情节、结构、语言等信息材料的分析与综合的理性思维的归纳、演绎之中。

其四,从人本思维出发,作家主体进入人学审美文本创造的物化阶段,着重以人文精神投射于文学形象,使各种高级形态的文学形象寄寓着人道主义的内在生气、情感、灵魂、风骨和精神。考察古今中国文学每篇或每部作品,可以看到它是一个由表及里的多层次的文本审美结构,它的话语层面既有内指性又有含蓄性也有陌生性，产生了无穷的艺术魅力；然而话语层面仅是文学作品的表层，只有文学形象层面才能构成文本的具体可感的动人的艺术世界。不论文学形象是属于意境意象或者典型人物，都是主观与客观的统一、虚拟与真实的统一、个别与一般的统一、模糊与确定的统一。它们之所以能形成统一的整体文学形象就在于创作主体的人本艺术思维的引导和规范，使感性文学形象达到“合情合理”的审美境界。所谓“合情”是指文学形象表现或反映的人生感受是真切的、生命体验是真诚的、内在情感是真挚的；所谓“合理”既指文学形象的客观规定性符合生活逻辑又指艺术形象合乎理想追询，总之合情也好合理也好都是粘带着感性与知性的人本思维起了主导作用。人本艺术思维渗透于投射进文学形象，不论意境的营造、意象的选用或者人物的塑造，都有程度不同的人文精神的注入与流贯，无不体现出色调不尽相同的人道主义精神与人性内涵的深广度。至于构成人学审美文本的纵深层即文学意蕴层面，不论现实内容、历史内容或者哲理内容、审美内容只要创作主体的人本艺术思维作用其中，那都能蕴含着丰富的人文精神和复杂的人道主义意识，这也许就是古今中国人学优秀经典艺术作品的审美现代性的本质内涵所在。

（写于2004年秋，载于2005年《新乡师范高等专科学校学报》第5期）

参考文献

①伊夫·瓦岱：《文学与现代性》，北京大学出版社2001年版。本文关于“现代性”引文大多由温奉桥博士查阅提供的，第13页。

②伊夫·瓦岱：《文学与现代性》，北京大学2001年版，第50页。

③ZygmuneBenan，ModenityandAmdivaience，Cambridge：Poliey，1991，p4。

④李欧梵：《现代性的追求》，三联出版社2000年版，第234页。

⑤陶东风：《从现代性的视角谈文艺的精神价值取向》，1999年10月19日《文艺报》。

⑥王晓明主编：《批评空间的开拓——二十世纪中国文学研究》，东方出版中心1998年版，第4页。

⑦钱中文：《文学理论：走向交往对话时代》，北京大学出版社1999年版，第

279、285页。

⑧许苏民:《人文精神论》,湖北人民出版社2000年版,第574页。

⑨刘小枫:《现代学的问题意识》,1994年《读书》第5期。

⑩马克思·舍勒:《资本主义的未来》中译本导言,刘小枫编,罗梯伦等译,牛津大学出版社1997年版。

⑪王树人、喻柏林:《传统智慧再发现》,作家出版社1996年版,下卷第2页。

⑫王岳川、尚水编:《后现代主义与文化美学》,北京大学出版社1992年版,第10页。

⑬安东尼·吉登斯:《现代性的后果》,译林出版社2000年版,第1页。

⑭转引自伊夫·瓦岱《文学与现代性》,北京大学2001年版,第70、22页。

⑮《波德莱尔美学论文选》,人民文学出版社1987年版,第485页。

⑯转引自伊夫·瓦岱《文学与现代性》,北京大学2001年版,第70、22页。

⑰王树人、喻柏林:《传统智慧再发现》,作家出版社1996年版,下卷第4~5页。

⑱关于玄学所变革的人本主义思维方式的突出特点,详见王树人、喻柏林著的《传统智慧再发现》下卷第246~250页。

⑲许苏民:《人文精神论》,湖北人民出版社2000年版,第242~243页。

⑳王树人、喻柏林:《传统智慧再发现》,作家出版社1996年版,下卷第272~273页。

㉑梁启超:《十种德性相反相成义》,《辛亥革命前十年间时论选集》,三联书店1960年版,第11页。

㉒《陈独秀文章选编》,三联书店1984年,第445页。

㉓《李大钊文集》(下),人民出版社1984年,第68页。

㉔《李大钊文集》(下),人民出版社1984年,第152页。

㉕《鲁迅致许广平书简》,河北人民出版社1979年,第7页。

㉖朱德发等著:《中国情爱文学史论》,天津教育出版社1991年版,第20页。

㉗童庆炳主编:《文学理论教程》,高等教育出版社2000年,第122页。

齐鲁文化的人学结构与“五四”周作人的人本思想

本文把孔孟人学结构与周作人人本思想作了跨代比较研究。孔孟的人学结构是以人为本，以“仁”为质的规定性，既“爱人”又“泛爱众”的人道主义思想体系。它既重“己”的主体性又重“众”的主体性，更重“君子型”理想人格的建构；并把以人为本的主体性或独立人格植根于深邃复杂的“仁”的范畴，“泛爱众”的博爱平等则是“仁”的最高境界，“礼”与“乐”内蕴自律性与他律性的因素。周作人的人本思想源于欧洲，“个人主义的人间本位主义”是其人学观念的核心；人道主义具有四个特点，即“人”是自然性与社会性的统一体、是灵与肉一致的有机体，人与人类是相依相成的、利己与利他是统一的、爱自我与爱人类是一致的，“人”的理想生活应是物质生活与道德生活相结合。人学结构或人本思想虽存在差异，但核心内涵却是相通的。

五四文学革命周作人在《人的文学》一文中曾说，中国关于人的问题“从来未经解决”，“生了四千余年，现在却还讲人的意义，从新要发见‘人’，去‘辟人荒’”；因此“我们希望从文学上起首，提倡一点人道主义思想”[1]。且不说周作人的论断并不完全符合数千年中华民族的思想发展史和文学流变史，仅从春秋战国时期生成的齐鲁文化来考察就会发现周氏的见解是极为偏激的，完全无视两千五百年前出现在齐鲁大地上的以发现人、讲人意、倡人道的那场早熟的东方“文艺复兴”运动[2]。也许有人会说，周作人所讲的“人道主义，并非世间所谓‘悲天悯人’或‘博施济众’的慈善主义，乃是一种个人主义的人间本位主义”[3]。的确是这样，周氏说的个人主义并不是自私自利的个人主义而是作为价值观的个人主义，也就是强调人的价值、人的尊严、人的地位的人道主义，它突出人的主体性，视人的权利、人的意志重于一切、高于一切；不过周作人对这种“个人主义的人间本位主义”的解释并未走上极端，而是把它说成既利己又利人的个性主义,即人道主义与个性主义相统一的人道主义。即使周氏说的这种以个人为本位的突现人的主体性的人道主义在原创的齐鲁文化人学结构里也可以找出其思想渊源,触摸到相互趋同的意脉或近似的逻辑。这说明人道主义并非只是西方所独有,好像中国传统文化思想中根本就没有个性意识或人道主义。也许,这是长期以来深受西方启蒙思想洗礼所造成的错觉或误解。

一

齐鲁文化的人学结构是以人为本,以"仁"为质的规定性,既"爱人"又"泛爱众"的人道主义思想体系。郭沫若称儒家人学开创者的孔子,既是个性主义者又是人道主义者,且是个灵肉完全一致的"至人"[4];这与周作人五四时期所提倡的人道主义及其灵肉一致的人学内涵具有惊人的相通性。究竟是郭氏拔高了孔子的思想价位,还是恢复了孔子历史上的本真面貌;还是齐鲁文化的人学思想与周氏的人学观点不谋而合?值得认真思考与探讨。

考察齐鲁文化人学结构的以人为本的"人",既有"己"又有"众",既是个体的人又是群体的人而更多的则是指个体的"己";但不论是"己"或者是"众"都应该具有人的主体意识,是有意义有价值的人,不仅可以有"食、色性也"(《告子·上》)的非理性的欲望要求,而且也应该有"朝闻道,夕死可矣"(《论语·里仁》)的理想追求。诚然,"在孔子那里,他的等级伦理主义框架,总的来说,是使人的个性在人身依附的关系中受到压抑,不能完全显露和突出人的个性。但是,在涉及理想人格时,孔子的思想又不能不突破他的等级伦理主义框架,而表现出对于独立个性的崇尚。这在孔子那里是矛盾的,但都是他的思想实际。"[5]表现这种独立个性、主体意识的是《论语·子罕》孔子所说的"三军可夺帅,匹夫不可夺志也"。在这里,孔子以一国的军队可以丧失主将与一个平常个人不能舍弃独立志向相比,说明个体人的主体意识或独立意志比一个国家的军队丢掉主帅还重要;也说明在群众主体与个体主体这对辩证关系中个体主体意志或独立意识是首要的主导的,若是个体意志丧失殆尽即使"三军"有了统帅也会变成一堆散沙、失去战斗力的。正因为孔子对人的主体性如此看重如此强调,所以他非常关注人格的塑造和个性的培养,并且把一个人的性格完善和意志磨炼当成一辈子的"发愤忘食,乐而忘忧,不知老之将至云尔"(《论语·述而》)的大事。他自己以身作则亲身实践成为活到老学到老的榜样,对自己"学而不厌"对他人“诲人不倦”已是其终生律己教人的座右铭,他最讨厌那种“饱食终日,无所用心”(《论语·阳货》)的“狂而不妄,侗而不愿”(《论语·泰伯》)的人;因为这种人缺乏主体性,既懒惰狂妄又无知不老实,故而他最担心忧虑的是“德之不修,学之不讲,闻义不能徙,不善不能改”(《论语·述而》)的无所作为的丧失意志力的人。在孔子眼里,一个人品行性格的优化和主体意识的增强总是同“好学”联系在一起的,甚至后者比前者更重要:“好仁不好学,其蔽也愚;好知不好学,其蔽也荡;好信不好学,其蔽也贼;好直不好学;其蔽也绞;好勇不好学,其蔽也乱;好刚不好学,其蔽也狂”(《论语·阳货》)“仁”、“知”、“信”、“直”、“勇”、“刚”,固然是一个人的优秀品格,如果不“好学”那么这些优秀品格不只会变质也会因缺乏理性引导而误入害人害己的危途;只有“好学”,方能使人的主体性格“不曰坚乎,磨而不磷;不曰白乎,涅而不缁”(《论语·阳货》),才能使个体的人达到“知者不惑,仁者不忧,勇者不惧”(《论语·子军》)的思想境界。相反,只有那种“不好学”的人,才会落得个“朽木不可雕也,粪土之墙不可圬也”(《论语·公治长》)的结局。孔子不仅强调“好学”对一个人的性格优化、意志坚毅的重要性,而且强调惟有掌握了“学而时习之不亦说乎”的规律,方能获得学而“乐在其中”的自由乐观的境界。尤为可取的是,孔子并不反对学生的意志自由,乃是尊重学生的个性意识,且以“相当的民主作风”[6]授予学生渊博知识、培养学生独立人格,提倡“当仁,不让于师”(《论语·卫灵公》)的精神。在《论语·先进》中描述孔子与诸弟子对话的情景,突现出孔子允许弟子“各言其志”的民主教态。当曾皙说他的志向与子路、冉有、公西华的见解不同时,孔子明确地回答:“何伤手,亦各言其志也。”既尊重弟子们的个人志向又允许弟子们的自由选择,并遵循“因教施教”、“有教无类”的教育原则培养“各有其志”的具有不同个性的人才,决不培养那种“巧言、令色、足恭”(《论语·公冶长》)、“长戚戚”(《论语·述而》)的伪善者和懦弱者。这从一个重要侧面,反映了孔子对人的主体性与自由意志的尊重和关注。

在人类历史上,独立人格或人的主体性内涵虽然不同时代有所差异,但建立人的独立人格或人的主体意识却是不同时代的杰出思想家所共同追求的。如果说孔子的“匹夫不可夺志”是对人的主体性的深刻确认,那么孟子在对其继承中又有所发展,这主要表现为孟子所提倡的“富贵不能淫,贫贱不能移,威武不能屈”的“大丈夫”(《滕文公·下》)精神。作为个体的人生存于社会之中,要保持自己的独立人格和主体意识,使人性健全发展不至于被损伤被异化,必须经受很多严峻的考验,抗拒诸多不良的诱惑,如何对待“富贵”、“贫贱”、“威武”应似对一个人的主体性、意志力的三大关键的考验,而孟子的“三个不能”的态度则是坚定不移的、斩钉截铁的;所谓的“淫”、“移”、“屈”就是人性的异化、性格的脆弱、意志的衰退,没有闯过“富贵”、“贫贱”、“威武”这三关。考其社会历史演变,便会发现不知有多少人在这三关面前丧其志、异其性,丢弃了大丈夫的主体意识和独立人格?可见,孟子提倡的“三个不能”的大丈夫精神就是“宁为玉碎,不为瓦全”的维护独立人格或主体性的精神。儒家崇尚的“修身”,虽带有道德修养的浓厚意味;但就其合理内涵来说,却含有建立独立的主体人格或主体性的持之以恒的努力追求精神。孟子对此的论述具体而深刻:“爱人不视,反其仁;治人不治,反其智;礼人不答,反其敬——得有不得者皆反求诸己,其身正而天下归之。”(《离娄·上》)很显然,儒家人学的“修身”的目的在于齐家治国平天下的伟大目标,这正说明他们所力求“建立的主体人格和主体性,并非洁身自好或单纯的自我完善,而是更积极地审时度势,以求为实现齐家治国平天下而献身。因此,这样的主体性,既包含有自身的全面教养,更包含有把这些教养在现实中实现的能动性”。[7]正如孟子所说:“天将降大任于斯人也。必先苦其心志,劳其筋骨,饿其体肤,空乏其身,行拂乱其所为,所以动心忍性,增益其所不能。”(《告子·下》)他总是把激扬主体的意志、坚强主体的性格、增强主体的能力同承担重大使命联系在一起,使其主体性的价值意义在完成“大任”中得到体现,并进而使主体性从担当“大任”的实践里得到充实和强化。人类文明的发展总是同人类自身的教养、主体性的优化成正比的,故孔孟人学特别强调人的主体性建立的必要性和重要性。若说以上孟子是从正面论证了人的主体人格的巨大功能,那么下面他是从负面揭示了主体性的决定作用:“夫人必自侮,然后人侮之;家必自毁”而后人毁之;固必自伐,而后人伐之。《太甲》曰‘天作孽,犹可违;自作孽,不可活。”(《离娄·上》)就个体的人而言,如同家、国的毁败一样,自己不自尊自强自立而丧失主体性,必定是自食其苦果甚至恶果,即“自作孽,不可活”。这是多么深刻的人生教训!不过,孟子关于人的主体性内涵的“修养”说,似乎与其人性善的观点有矛盾之处,既然人的主体内涵是善的,仁义礼智皆是人性固有的,为什么还强调人“必先苦其心志”而进行人格意志的磨炼呢?对于这种矛盾,孟子给出了并不能自圆其说的解释,他说:“人有鸡犬放,则求之,有放心而不求。学问之道无他,求其放心而已矣”。(《告子·上》)所谓“放心”即仁义礼智这人格内涵的“四德”是能够跑掉的,表明人性并非恒定不变的,即使人性变异也可“求其放心”,因为人性是可以回归的,即那些被扭曲、被压抑、被遮蔽、被异化的人性有复归的可能性。故而孟子总是坚持人的主体性或独立意志,“夫志,气之帅也;气,体之充也。夫志至焉,气次焉;故曰:持其志,无暴其气。”(《公孙丑·上》)告诫人们必须持有自己的主体意志,而不可滥用自己的情感;“人之有德慧术知者,恒存乎疢疾”(《尽心·上》),意思是人之所以有德行、智慧、本领和知识,是由于主体的人经常处于忧患之中。不仅如此,孟子格外重视人的主体意识,与他通晓人的心理机制不无关系。他说:“心之官则思,思则得之,不思则不得也。此天之所与我者。先立乎其大者,则其小者弗能夺也。”(《告子·上》)因为心是掌握主体思想意识的器官,故要自觉地运用心理机能,“我善养吾浩然之气”(《公孙丑·上》),就是善于以心理机制培养自我意识中的最高尚的正气和节操。

而孔孟所言说的以人为本的主体性或独立人格则是植根于最复杂最深邃的“仁”的范畴,因之对“仁”的理解和把握也就是对人的主体内涵或人的本质规定的理解和把握。在孔孟的人学结构中出现频率最高的是“仁”字,其内涵与外延既深且广,故而从古至今的学者对“仁”的解释也是众说纷纭、莫衷一是的;但由于“仁”是齐鲁文化人学的核心概念或重心内涵,这就使不同时代的学者总是要对“仁”作出不同的阐释。我认为,“仁”既有理性内涵又有非理性内涵,从二者相互交融的视角来考察,它至少包括如下三层意思:其一,作为孔孟人学最高范畴的“仁”,它规定着个体人的人生观、世界观、伦理观、主体人格、心理结构和思想境界。由文献学上考之,“仁”的概念早在《诗经》、《国语》、《左传》中均可见到,与人性内涵中的义、敬、忠、孝、礼、智、勇等相并列,它只是表示人与人之间相亲相爱的意思,即“爱亲之谓仁”、“爱人能仁”;而孔子建构的“仁”,不只是承读并确认了“仁者爱人”的内涵,并在此基础上重构了“仁”,即“把‘仁,作为个别、特殊的道德概念,上升为一般、普遍的道德本体,或者说把‘仁’从单纯的伦理概念上升为具有世界观和人生观意义的哲学概念”[8],孔子将“仁”无限尊崇至“朝闻道,夕死可矣”的“道”的高度。但孔子的作为理想之“道”的“仁”却既不同于老子的返璞归真的“道”,又不同于西方基督教所追求的超现实的“彼岸”,他视野中的“仁”所达到的神圣高度并未越出现实世界的峰巅;在孔子重构的“以最高理念‘仁’为宝塔尖而包括多层次的‘仁’的理念体系”[9]下的各种具体美德的“仁”,都隶属它,这为主体人格的建构提供了实践理性范式。因此,“仁”对个体人的本质规定既是建构性的又是理想性的,是人一生为之奋斗、为之追求、为之自塑的人格理想目标，甚至为“仁”而献出一切，正如孔子所说：“志士仁人，无求生以害仁，有杀身以成仁。”（《论语·卫灵公》）尽管作为最高理念“仁”的内涵博大精深，但一言以蔽之，却是“一种发自对广大人类之爱的人道主义”。[10]它超越等级而“泛爱众”（《论语·学而》），它超越民族而爱人类，即“虽之夷狄，不可弃也”（《论语·子路》）。这种根植于人类本性的人道主义则是人之为人的崇高理想，即使仰之弥高难以达到却也与人的现实生活密切相关。《论语·雍也》记录了孔子与子贡的一段对话：

> 子贡曰：“如有博施于民而能济众，何如？可谓仁乎？”
>
> 子曰：“何事于仁；心也圣乎！尧舜其犹病诸！夫仁者，己欲立而立人，己欲达而达人。”

在孔子看来，“博施于民而能济众”仅是低层的“仁爱”表现，只有能够对所有的人永远给予实际的关爱方是达到理想境界的“仁”，即使人们盛赞的古圣贤尧舜也没有达到这种境界；而这种“仁”的人格理想仍能引导具有主体性的人向善向爱，真正使人格内涵充满“爱人严”与“泛爱众”的博爱精神。这种崇高的“仁”的范畴具有普遍意义，是与孟子的人格善理念一脉相承，即孟子把“仁”的概念普适化、人性化。他说：“恻隐之心，人皆有之；羞恶之心，人皆有之；恭敬之心，人皆有之；是非之心，人皆有之。恻隐之心，仁也；羞恶之心，义也；恭敬之心，礼也；是非之心，智也。仁义礼智，非由外铄我也，我固有之也；弗思耳矣。故曰：‘求则得之，舍则失。’”（《告子·上》）我们虽然不能完全同意孟子的“万物皆备我”（《尽心·上》）的唯心之见，但他从心理学的角度来探求“仁”对人格建构的重要性却是有人性深度的。

其二，既然“仁”是孔孟人学的最高范畴和人格建构的理想境界，具有普适性和超越性，那么对社会上不同身份地位或扮演不同历史角色的主体人格的建构或“修身”都是适用的、有功效的。孔孟“仁”学根据不同社会地位的人物及其不同人际关系，以“仁爱”为最高伦理价值尺度提出不同要求，使不同个体的人或群体的人在修养或塑造主体人格过程中均有所遵循，即使有等差的人或群也不是单边的价值要求而是有双向互等的价值尺度，尽力贯彻并体现博爱平等的人道主义精神。在孔子人学视野中，即使一国之君也不是至高无上的具有绝对权力的，必须做到“敬事而信，节用而爱人”（《论语·学而》）、“政者，正也”（《论语·颜渊》）、“君子不以言举人，不以人废言”（《论语·卫灵公》）、“恭则不侮，宽则得众，信则人任焉，敏则有功，惠则足以使人”（《论语·阳货》）、“大道之行也，天下为公”（《礼记·礼运》）；特别是为政者应树立“爱人为大”的观念；“爱与敬，其政之本与！”（《礼记·哀公问》）君与民之关系如同“心”与“体”，“民以君为心，君以民为体”，“心好之，身体安之；君好之，民必欲之。心以体全，亦以体伤；君以民存，亦以民亡”（《礼记·缁衣》），所以为政者务必“爱人为大”，“不能爱人，不能有其身；不能有其身，不能安土；不能安土，不能乐天；不能乐天，不能成身”（《大戴札记·哀公问》），“兼而爱之，则民无怨心”（《大戴礼记·千乘》）。孟子对孔子的爱人、敬民、亲民的人道主义思想发展到以民为本的民本主义，在民与君的关系中不是君临一切而是以民为大，“民为贵，社稷次之，君为轻”（《尽心·下》）；而这种石破天惊的说法则从根本改变了民、神、君的逻辑次序和历史地位。为君者只有确立以民为本的人道主义胸怀，才能做到“乐民以乐者，民亦乐其乐；忧民之忧者，民亦忧其忧。乐以天下，忧以天下，然而不王者，末之有也”（《梁惠王·下》）；也只有坚持以民为本的人道立场，方可达到“得道者多助，失道者寡助。寡助之至，亲戚畔之；多助之至，天下顺之，以天下之所顺，攻亲戚之所畔，故君子有不战，战必胜矣。”（《公孙丑·下》）由于“爱人为大”即“爱人”既是最高的理性原则又具有极大的凝聚力，所以孟子认为“今王发政施仁，使天下仕者皆欲立王之朝，耕者皆欲耕于王之野，商贾皆欲藏于王之市，行旅皆欲出于王之涂，天下欲疾其君者皆欲赴愬于王。其若是，孰能御之？”（《梁惠王·上》）如果君王能行仁政、坚持“爱人”原则，不仅能把仕者、耕者、商贾、行旅以“爱”为纽带集结起来，而且也能产生巨大的感召力与渗透力，使“壮者以暇日修其孝悌忠信，入以事其父兄，出以事其长上”，就是运用木棒也可击退拥有“坚甲利兵”的秦楚之犯（《梁惠王·上》）。即使处理君王关系也不是要求臣对君盲目地绝对服从，强调愚忠，而是规定了对等的条件：“君使臣以礼，臣事君以忠”（《论语·八佾》），“君之视臣如手足，则臣视君如心腹；君之视臣如犬马，则臣视君如国人（即陌路人）；君之视臣如土芥，则臣视君如寇仇。”（《离娄·下》）不仅如此，如果“君有大过则谏；反复之而不听，则易位。君有过则谏；反复之而不听，则去”（《万章·下》）。可见，君与臣在强化修养各自的主体人格过程中，既要有一定的平等精神，也要有一定的民主意识，君可以选择臣，臣也可选择君，臣不仅可以批评君之过，而且可以“易位”改立别人，不管君或臣都要坚持“仁者，爱人”的最高原则，这是君之为君、臣之为臣的主体意识的最高境界。

诚然，孔子提出了“君君，臣臣，父父，子子”（《论语·颜渊》）的等差说，为君、臣、父、子规定了“明份”；但是仔细辨识便可发现，君与臣既是政治舞台上的定位又是社会分工的角色，一个处于平衡态的人类社会总是有管理者与被管理者或治者与被治者，问题的关键不在于谁是君谁是臣即谁的权大谁的权小而在于君与臣是否施仁政、是否坚持“仁者爱人”的根本原则、是否君臣间实行对等要求，由前述可见对此孔孟的人学思想是具有先进性和超前性的；父父、子子并非政治定位亦非社会分工，虽然家国一体，但这里孔子所说的父与子只是建立于血缘关系之上的在家庭中的位次，既具生命承续性又具人际伦理性，孔孟并不主张“愚孝”，而是坚持“父慈子孝”即父要“慈”子要“孝”，对父与子都提出了建于“仁者爱人”人道原则之上的伦理要求。孔子曰：“弟子，入则孝，出则悌，谨而信，泛爱众而亲仁，行有余力，则以学文。”（《论语·学而》）可以说，这是对年纪轻的人的主体意识的规范，虽然贯穿了“孝”、“悌”、“谨”、“信”的道德要求，但更重要的却是提出了“泛爱众”的博爱平等的“仁”学最高范畴，把对弟子们的引导由家庭伦理提升到人类伦理，与其“大同”理想沟通起来；不过作为弟子在对待与父母的矛盾甚至父母的错误上，必须注意分寸，不可越过“孝亲”的界限，即“事父母几谏，见志不从，又敬又违，劳而不怨。”（《论语·里仁》）又曰：“从命不愤，微谏不倦，劳而不怨，可谓孝矣。”（《礼记·坊记》）对“兄弟怡怡”，而对朋友既要热忱欢悦又要“切切偲偲”（《论语·子路》）即相互批评，这样才能做到“老者安之，朋友信之，少者怀之”（《论语·公冶长》）。孟子对“孝”的内涵，解说得较为具体，他说，“世俗所谓不孝者五：惰其四支，不顾父母之养，一不孝也；博奕好饮酒，不顾父母之养，二不孝也；好货财，私妻子，不顾父母之养，三不孝也；从耳目之欲，以为父母戮，四不孝也；好勇斗狠，以危父母，五不孝也。”（《离娄·下》）且撇开从子与父母关系来论孝的内容，只把这“五不孝”作为个体人的性格内涵来看，大多是劣质恶根，严重损伤人性的优化，难道作为人之子不该认真对待、痛加改之吗？即使对孟子说的“不孝有三，无后为大”（《离娄·上》）也要具体分析，不能一概否定。所谓不孝有三：一是阿意曲从，陷亲不义；二是家贫亲老，不为禄仕；不娶无子，绝先祖祀。前两者的不孝从反面对人之子的品格提出了仁义的最高要求，后者虽然对人子的要求有点强人所难，但从父母渴求传宗接代的心情或人类的生命延续的角度来看也含有一定的合情合理性，似乎这些孝的内涵中都流贯着“仁者爱人”的精神。

应该承认，孔孟的人学是“建立在血缘基础上，以‘人情味’（社会性）的亲子之爱为辐射核心，扩展为对外的人道主义和对内的理想人格，它确乎构成了一个具有实践性格而不待外求的心理模式”[11]；但是对“孝悌也者，其为仁之本舆”（《论语·学而》）却不能理解为孔子“仁学”的全部本质，“爱人”与“泛爱众”的人学思想主要不是源于“亲子之爱”而是远远超越了“孝悌”这种血缘亲族之爱，乃是源于广大人际关系并从而构成了塑造个体主体与群众主体性格的理想准绳，由“爱人”与“泛爱众”派生出来的所谓“恭、宽、信、敏、惠”（《论语·阳货》），所谓的“己所不欲，勿施于人”（《论语·颜渊》），所谓的“己欲立而立人，已欲达而达人”（《论语·雍也》）等信条，具有普适意义，不仅具有血缘关系的人可以用此优化主体性格，而且广大民众均可以就此作为处世之道和修身之本。孟子对“仁”的理解承传了孔子的思想而又拓展了孔子的人学，若说“老吾老，以及人之老；幼吾幼，以及人之幼”（《梁惠王·上》）的人道思想源于血缘心理基础，那么“仁也者，人也”（《尽心·下》）、“仁，人心也”（《告子·上》）、“恻隐之心，仁之端也”（《公孙丑·下》）、“仁者以其所爱，及其所不爱，不仁者以其所不爱，及其所爱”（《尽心·下》）、“仁者，爱人，有礼者敬人。爱人者，人恒爱之；敬人者，人恒敬之”（《离娄·下》）等话语里的“人”，并非由血缘关系中引发出来的“人”，而是社会上所有的人乃至全人类中的人，所说的“仁者爱人”的人道主义原则，也不光是适用血缘关属更是适用于所有人的性格塑造.不过在所有人的主体性格中，孔孟最推崇最关注的是“君子”型的理想性格，而这种“君子”型理想人格既是为中国人树起楷模又是为人类提供榜样。

其三，孔子从道德的角度把“君子”与“小人”并列对立地提出来，即“君子坦荡荡，小人长戚戚”（《论语·述而》）。且不说将人分为“君子”与“小人”两类是否合理，而认定君子的心地总是平坦宽阔的却是给人们树起一个理想人格风范，即一个主体人格的心胸之所以能够坦坦荡荡、光明磊落、既不患得患失又不忧悒忧愁，乃因“爱人”与“泛爱人”的“仁学”的最高人道主义理念化为并铸就他的灵魂，并形成一套稳定的从庙堂到草野、从君王到平民均可以遵循的日常伦理文化的理想人格价值标准，其中的“士”这一文化层次则是对理想文化人格价值内涵的忠诚遵守者又是其价值标准的坚定捍卫者。“也许中国历史上没有一位有血有肉的人物符合‘士’的理想典型，但是这一理想典型的存在终是无可否认的客观事实”[12]。探究起来，孔孟人学的“君子”型理想人格的价值追求是多维度多侧面的。如果说“仁者爱人”与“泛爱众”的人道主义是其向往的总目标，“为生民立命；为天地立心；为往圣继绝学；为万世开太平”是其追求的最高理想；那么在其总目标和最高理想的主导下，作为一个君子的主体人格至少应做到：坚定地相信“道”并努力学习它，誓死保卫它，即“笃信好学，守死善道”（《论语·泰伯》），“天下有道，以道殉身；天下无道，以身殉道”（《尽心·上》），此其一。君子既要“温柔敦厚”又要“疏通知远”、既要“广博易良”又要“洁静精微”、既要“恭俭庄敬”又要“属辞比事”（《礼记·经解》），既要“其行己也恭，其事上也敬，其着民也惠，其使民也义”（《论语·公冶长》）又要“食无求饱，居无求安，敏于事而慎于言”（《论语·学而》），此其二。“君子不可以不学，见人不可以不饰；不饰则无根，无根则失理；失理则不忠，不忠则失礼，失礼则不立”（《说苑·建本》）；“君子以忠为质，以仁为卫”（《说苑·贵德》）；“君子贵人而贱己，先人而后己”（《礼记·坊记》）；“君子有九思：视思明，听思聪，色思温，貌思恭，言思忠，事思敬，疑思问，忿思难，见得思义”（《论语·季氏》）；“君子成人之美，不成人之恶”（《论语·颜渊》）；“君子惠而不费，劳而无怨，欲而不贪，泰而不骄，威而不猛”（《论语·尧曰》）；“君子所以异于人者，以其存心也。君子以仁存心，以礼存心”（《离娄·下》）；此其三。等等，不一而足。

总之，“君子”型理想人格这套完整而稳定的价值内涵显示出这样一些功能特点：一是强调主体人格的内在超越性，发挥自我完善的心理机制，不太关注对外于己的精神动力源泉的开掘，力图通过自觉地主动地“好学”“三思”“求师”的逻辑理路以充实、丰富、端正、升华自我的思想境界。正如孔子所说：“学而不思则罔，思而不学则殆”（《论语·为政》）；“温故而知新，可以为师矣”（《论语·为政》）；“默而识之，学而不厌”（《论语·述而》）；“三人行，必有我师焉。择其善者而从之，其不善者而改之”（《论语·述而》）。尤其强调以苦修的方式或以苦为乐的态度去达到“君子”的理想人格，孔子不仅说过“仁者先难而后获，可谓仁矣”（《论语·雍也》），而且以颜渊为榜样加以肯定与称赞：“贤哉，回也！一箪粮，一瓢饮，在陋巷，人不堪其忧，回也不改其乐。贤哉，回也。”（《论语·雍也》）二是宽人严己，强化自律，既不文过饰非推卸责任又不怨天尤人嫉贤妒能，能够正确地对己见贤思齐并宽恕他人；只有尊重别人而贬抑自己，先别人居先而自己居后，才能使人民兴起谦让之风，即“君子贵人而贱己，先人而后己，则民作让”（《礼记·坊记》）；“君子贤而能容罢，知而能容愚，博而能容浅，粹而能容杂，夫是之谓兼术”（《非相》）；“君子能为可贵，不能使人必贵己；能为可信，不能使人必信己；能为可用，不能使人必用己”，所以君子不为虚假的荣誉所诱惑，不为诽谤所恐惧，“率道而行，端然正己，不为物倾侧”，这就是不虚伪而诚实的君子（《非十二子》）。三是“君子”应将“仁者爱人”的理念贯彻并实践于日常人伦层面,力求人伦融合有序而社会规整平和,关注己与众的世俗人文精神的培养,使每个人皆有温文尔雅、忠恕大观、自强自立、自尊自重、心怀天下、“泛爱众”的人文风范。“人皆可以为尧舜”(《告子·下》),也许这就是孔孟人学对所有人都可以成为“君子”型理想人格的憧憬和期待。四是从“仁者爱人”与“泛爱众”最高人道主义原则中所衍化出的政治文化机制,使其坚持“内圣外王”的方式来塑造“君子”型的社会文化人格;然而这种理想文化人格在相对平衡稳定的社会生态里会产生巨大的功能,一旦遇到动荡多变、灾难深重的社会现实它易于变成一种无道则隐、明哲保身的“中庸”处世态度即“穷则独善其身,达则兼善天下”(《居心·上》),这就内乏一种与世俗社会紧张关系相抗衡的政治激情并从而尚可改造这“无道”社会的智慧勇力。五是孔孟人学的“仁者爱人”的最高范畴的“人道”内涵是对“礼乐”文化的扬弃和升华,孔子所说的“人而仁,如礼何?人而不仁,如乐何?”(《论语·八佾》)既指明了“仁者爱人”是高于并统帅“礼乐”的范畴又揭示出“仁”的范畴中已含有扬弃“礼乐”的非人因素而存留下的“人道”内核,这不仅表明“礼乐”与“仁”有相通点也表明“君子”理想人格修养中包含“礼乐”因素;正是基于“仁”与“礼乐”的相通点,孔子方指出:“克己复礼为仁。一日克己复礼,天下归仁焉。为仁由己,而由,人乎哉?”(《论语·颜渊》)既然“礼”作为一种“人道”已积淀于“仁”中,那为什么不把“礼”称作“仁”或等同于“仁”,这标明“礼”与“仁”不只是有相通点也有差异点。正如有的研究者所说:“礼”是一种外在他律性的规范典章制度,人们对“礼”的遵守也是作为外在的典章制度去执行;而“仁”则是作为“君子”主体的本质性规定的“人道”,已成为人的本能一样的深层心理结构,是自律性的东西,积淀于“仁”中的“礼”扬弃了它的他律性也可以变成自律性的品格。至于“仁”与“乐”的关系,“乐”与“礼”都是他律性的东西,都是从外在约束的典章制度,“两者相辅相成,‘礼’使社会的人‘明份’,‘乐’则使不同身份和地位的人,能统一起来,和睦相处。因此,‘乐’也像‘礼’一样,其积淀在‘仁’,也经过扬弃与升华,即成为像人的本能一样自律性的东西。”[13]故孔子曰:“兴于诗,立于礼,成于乐。”(《论语·泰伯》)可理解为,这是“君子”型理想人格的自律性与他律性相互变奏的学习成长的动态过程。

孔孟原创的人学结构虽存有悖论但却丰富深邃博大,尤其是“仁者爱人”与“泛爱众”的平等博爱的人道主义思想创建于两千五百年前的中国百家争鸣的学术界,在人类思想史上应似前所未出、举世无双、独树一帜、光照寰宇。“爱人”与“泛爱众”的人道主义之所以具有超越性的永恒价值，不仅因为孔子在对人与动物的关系上看重的是人而非动物，即“厩焚。子退朝，曰：‘伤人乎？’不问马。”（《论语·乡党》）不仅因为“爱人”怀已大大超越血缘亲属而波及到广大人际关系，而且也因为人道主义可以作为最高原则把人视为终极关怀的对象，而且也因为人道主义能够把作为真善美追求的主体的人当人看。虽然孔孟在春秋战国时代对“爱人”与“泛爱众”人道主义的认识尚未达到这样的高度，但它却成了人学的最高范畴，构成了“仁”的最深广内涵。“即使到了现代，孔子忠恕之道，即倡导广大人际之间相亲相爱之道，仍有历史的借鉴意义。同时，孔子‘仁学’超越时代具有永恒价值的一面，不仅不会过时，而且随着人类文明的进步，将会越来越受到重视，成为人类共有的精神财富。可以相信，如果能广泛实行‘己所不欲，勿施于人’；‘己欲利而利人，己欲达而达人’等等信条，则必将把人们的私德和公德提到一个新的高度。而广大人际之相亲相爱的‘爱人’与‘泛爱众’，正是对人类个别、特殊爱的升华。这种从古至今为人类所共识、所神往的人道主义，必将实行，也必将使人类本身的发展出现新的飞跃。”[14]

二

逮及“五四”时期所发生的“新文化运动是人的运动”[15]，使人类本身的发展的确出现了新飞跃，尤其中国人对自身的认识在相当程度上达到了时代所允许的高度。在这场文化运动中提倡的人学思想并不是都以否定齐鲁文化人学思想为前提的，也不是都像周作人所说的生于四千年的中国人从未发现人也从未讲人意；新文化先驱郭沫若恰恰从齐鲁文化中发现并弘扬了2500年前孔子的人学思想，他不仅认为孔子是个“球形天才”，并说孔子和歌德一样皆是个性主义者与人道主义者，所创立的孔学充溢着个性主义和人道主义精神[16]。但这里必须指出的是，我并不认为在2500年前那场东方“文艺复兴”中孔孟所创立的人学结构与五四时期周作人的人本思想是完全同质同构的，它们之间的差异还是极为明显的，两者的区分度也是不容抹煞的。周作人的人本思想主要体现在《人的文学》[17]一文中，可以窥测其人本思想的基本特点。首先，周氏的人本思想完全源于欧洲文艺复兴以来的人道主义体系，从其观点的确立到材料的实证以及价值坐标的选取几乎都是欧洲的；并把数千年中国文化思想作为非人道的对立面予以批判，“从儒教道教出来”的中国文学都是非人道的“非人文学”。他就是以这种欧与中不可调和互融的对立思维模式，来探索人道主义的来龙去脉的。虽然认定“世上生了人，便同时生了人道”，但他却不承认“发现人道”真理的是中国先哲们，而把“发现权”交给欧洲人，即人道主义生成于欧洲而不是中国。他说：“欧洲关于这‘人’的真理的发现，第一次是在十五世纪，于是出了宗教改革与文艺复兴两个结果。第二次成了法国大革命，第三次大约便是欧战以后将来的未知事件了。”如果说欧洲15世纪以来才发现了人道主义，那么中国人对人道主义的发现比欧洲提前了一千多年。由于周氏在欧中对立思维中无视我国早熟的“文艺复兴”运动对“人”发现，误认为中国人数千年“迷入兽道鬼道里”，所以作出了“人的问题，从来未经解决”、“从新要发现‘人’”’的这种决绝否定中国传统文化的判断。虽然源于欧洲的人学思想对中国传统文化具有巨大的批判否定功能，但它却缺乏历史唯物主义的科学性，因为它所批判的非人文化或非人文学中正含有一些可以与欧洲人学思想相契合互通融的人道意识，即使周氏从理性层面否定了中国传统文化也不可能他在无意识层面割断与先秦齐鲁文化及中国传统文化中的人文精神的联系；不然的话，周氏为什么将明代公安派作为中国新文学的源流？这种悖论恰好证明他在以欧洲人学思想否定中国传统文化时又肯定了它的人学倾向，在批判传统非人文学时并不敢理直气壮地否定中国文学实存的人文传统。

其次，借鉴欧学所提倡的“个人主义的人间本位主义”，是周氏人本思想的核心理念，虽然它与齐鲁文化的人学结构有相通之处，都是对人的发现、对人价值的肯定、对人本体的关爱，但是它有独特的内涵与特点：一是对“人”的发现完全摆脱了神秘主义思维，而是以充满科学精神的进化论思维去重新发现人，将对“人”的发现与认识提升到科学范畴，即“我们所说的人，不是世间所谓‘天地之性最贵’，或‘圆颅方趾’的人。乃是说，‘从动物进化的人类’”。其中“有两个要点，（一）‘从动物’进化的，（二）从动物‘进化’的。”这就一扫在“人”的来源问题上的种种迷雾，揭示出“人”进化的科学轨迹及其深刻内涵，尽管并没有详细回答“人”是怎样进化来的，但至少说明了“人”与“动物”的深切关系，即“人”不是上帝造的也不是女娲抟泥而成，乃是从动物进化的。人是来源动物世界的，他本身是动物却又进化了，离开动物人就将失去本源，而没有进化也不能由动物变成人；人毕竟从动物进化来的，而进化对于人之所以成为人则具有决定意义，若否定了进化就等于否定人的独立价值，那人与动物就没有质的区分度。可见，把“人”的发现置于进化链条上予以考析，则对“人”的解释就具有了科学性。二是“人”是自然性与世间性(社会性)的统一体,这由人乃是“从动物进化的人类”而决定的。既然承认人是一种生物,那么“他的生活现象,与别的动物并无不同”,这就使人具有了自然属性,也许这种自然性并未脱离非理性状态,大都是人的生命欲求,故而必须“相信人的一切生活本能,都是美的善的,应得完全满足”;但人又是一种从动物进化的生物,“他的内面生活,比其他动物更为复杂高深,而且逐渐向上,有能改造生活的力量。所以我们相信人类以动物的生活为生存基础,而其内面生活,却渐与动物相远,终能达到高上和平的境地。”所谓人的“内面生活”应是人的内心世界的精神生活,如果说人的生活本能或生存欲望应归属于形而下,处于非理性的自然情态;那么人的内面生活的精神追求则属于形而上,处于一种理性的思想境界,这正是人有别于其他动物的独特性,也是人的世间性或社会性,而人性向上发展所达到的应是真善美和谐统一的自由精神世界,不过这种形而上的“内面生活”的追求和满足必须“以动物的生活为生存基础”。这种物质生活与精神生活的相辅相成的互动关系,就决定了人的自然性与社会性应是有机统一的。三是人乃灵与肉的统一体,前述的人的“动物生活”与“内面生活”就是“人的灵肉的二重生活”。周氏以人性的灵肉一致的一元论驳斥了中世纪文化思想中的灵肉分离的二元论。他指出:“古人的思想,以为人性有灵肉二元,同时并存,永相冲突。肉的一面,是兽性遗传。灵的一面,是神性的发端。人生的目的,便偏重在发展这神性。其手段,便在灭了体质以救灵魂。所以古来宗教,大都厉行禁欲主义,有种种苦行,抵制人类的本能。”他不仅剖析了宗教文化“灵肉冲突”二元论的荒谬性与残酷性,而且也批判了“不顾灵魂的快乐派”只追求肉体享快的消极性与颓废性;于是便借用西方近世人性论提出了“灵肉一致”的一元说,明确断定“兽性与神性,合起来便是人性”,并以18世纪英国诗人勃莱克(Blake)在《天国与地狱的结婚》的一段话作为佐证:“人并无与灵魂分离的身体。因这所谓身体者,原指是五官所能见的一部分的灵魂。”“力是唯一的生命,是从身体发生的”。这说出了“灵肉一致的要义”,所以“从动物进化的人,也便是指这灵肉一致的人”。周氏就是这样的从三个逻辑层面演绎了人的深刻内涵,反映了西方自15世纪以来对“人”的发现所达到的认识高度。

再次,若说2500年前齐鲁文化创立的人学结构终究没有出离“修齐治平”的政治伦理模式和“差序格局”;那么五四时期周作人倡导的人本思想则完全摆脱了或超越了“家、国、天下”界限或“差序格局”,而是以文化人类学的深广视野,在"人类"与"个人"直接对话的认知框架中来发现人、研究人。因此,他所说的"人道主义,并非世间所谓'悲天悯人'或'博施济众'的慈善主义,乃是一种个人主义的人间本位主义"。这里的"人间"并不是囿于"家"、"国"、"民族"中的"人间",而是所有人类中的"人间",即在这个"人间"既不分国家民族也不分男女老幼都能够平等地以人的独立姿态与人的本来面目进行对话,以展示人之所以为人的独特个性、尊严、地位和价值。这种个人主义的人间本位主义是将个性主义与人道主义辩证地统一起来,而其人学内涵至少显示出四个思想特点:一是个人与人类相互依存相互扶持,这之间的深切关系周作人以树木与森林作了喻指:"人在人类中,正如森林中的一株树木。森林成了,各树也都茂盛。但要森林盛,却仍非靠各树各自茂盛不可"。树木如同个体的人,在人类这片大森林中如同在群体的人海中,而个体的人要自我成材必须有主体性、有独立意识、有个性追求,而"个性是个人唯一的所有,而又与人类有根本上的共同点"[18];也就是说没有个体人的主体性也就没有群体人类的主体性;惟有人具备自觉的主体意识才能充分发挥自身的创造潜能,既能不断地优化自我的个性又有力量支撑人类这片茂盛森林。但是个人要成为一株不畏狂风暴雨的.独立自撑的大树,又不能不承认"秀木成于林"的真理,缺乏群体主体的扶持个人也难以"终成栋",故而在个体的人与群体人类的相依相成的关系中是以个性主义为本位的,尊己又尊人则尊己是首要的。二是"利己而又利他,利他即是利己"。故而周氏所说的"人道主义是从个人做起。要讲人道,爱人类,便须先使自己有人的资格,占得人的位置"。这样的个人才能有力量有根基有资格去做"利他"的事,这就把利己与利他有机结合,使人道主义具有救己救众的无穷力量。如果一个人在人世间不能把自己从危机困厄中救起甚至连救自己力量都没有,懦弱无能,奴性十足,既没有取得做人的资格又没有争得做人的权力,那这样的人怎样去做利人利世、济人济世的大事?要是个人具有了做人的资格和地位,也有了做人的权力与力量,而对他人或人类的苦难命运连管不管、连闻不闻,袖手旁观,隔岸观火,事不关己,高高挂起,那这并非利己又利他的人道主义乃是地地道道的极端个人主义,它完全出于自私自利的私有观念,与价值观上的个人主义是格格不入的。三是爱人类与爱自我相结合。因为"人爱人类,就只为人类中有了我,与我相关的缘故。墨子说'兼爱'的理由,因为'己亦在人中',便是最透彻的话"。"耶稣说,'爱邻如己'。如不先知自爱,怎能'如己'的爱别人呢?至于无我的爱,纯粹的利他,我以为是不可能的。人为了所爱的人,或所信的主义，能够有献身的行为。”关于爱己与爱人类的辩证关系，周氏论析得相当深切透辟，的确是这样的，不懂自爱或不会自爱或对己心灰意冷毫无激情的人，怎能去爱人类？而完全舍己只会爱别人的人实在罕见，即使有这样的人也是想象中虚构出的人，不是世间实有的人和诚信的人；如果只满足自恋自爱而根本就不爱他人乃至人类，那这样的人不只是地地道道的自私自利的唯我主义者，而且也得不到他人之爱或人类之爱。这就是以个人为本位的人道主义之爱。“因为人总是与人类相关”，“人类的命运同是一样的，所以我要顾虑我的命运，便同时须顾虑人类的共同的命运。”只有把一己的命运与人类的命运紧紧联系在一起的人，只有将爱己与爱人结合在一起的人，“眼里看见了世界的人类，养成人的道德”，才能真正“实现人的生活”。培根的“个人本位”论也认为，“自爱”是人的本性，它表现为三种基本欲望：一是保持和维持自身的欲望；二是发展和完善自身的欲望；三是繁衍和延续自身的生命。同时他还认为，人性中有一种隐秘而先天的爱他人的倾向，即同情心和仁爱之心。所以人在自爱时又必须关心他人的福利，为社会全体成员谋利益。[19]培根这种自爱与爱人相统一的人本心理学分析，进一步印证并深化了周作人的人道主义观。如果从哲学的角度来看，爱的最高境界就是哲学的最高境界，所以哲学领域也需要爱：“所谓爱是对有人格的对象的知识；即使对象是非人格的，也是把它当做有人格的来看时的知识”，“如果宇宙实在的本体是有人格的，那么爱就是把握实在本体的力量，就是对于物的最深的知识。通过分析推动的知识是物的表面的知识，并不能把握实体本身。我们只有通过爱才能得到最深的知识。爱是知识的极点。”[20]这说明“爱智”的人是通过其全身心爱着的对象而得到了最高度的自我实现。不仅哲学的最高境界是“爱”，而且一切艺术根于爱（鲁迅语）。四是“人”的理想生活应是物质生活与道德生活的和谐统一。周作人认为，灵肉一致的人应有“人”的理想生活，这是人道主义的终极关怀。因为“彼此都是人类，却又各是人类的一个”，所以须营造“一种利己又利他”的和谐生活；而这种“理想生活”，从物质生活来说，“应该各尽人力所及，取人事所需，换一句话，便是各人以心力的劳作，换得适当的衣食住与药医，能保持健康的生存”；就道德生活来说，“应该以爱智信勇四事为基本道德，革除一切人道以下或人道以上的因袭的礼法，使人人能享自由真实的幸福”。这种“人的”理想生活实行起来，“实于世上的人无一不利”，使每个人“成为完全的人”，“这真可说是二十世纪的新福音了”。周氏所倡导的人道主义“理想生活”，实质上与他当时所热衷的新村主义的“共产主义”乌托邦是一脉相承的，然而乌托邦想象也是身处水深火热之中的中国人须臾不可或缺的。

2500年前孔孟创立的人学结构与2500年后周作人建构的人本思想，尽管存在诸多差异，各反映出不同时代“发现人、认识人”所达到的深广度，然而这两种人本思想的话语系统却并非完全异质相对，至少在“爱人”与“泛爱众”的人道主义核心内涵上是遥相呼应与隔代相通的。古今中外的人类，为了自身的生存与发展，为了享有“人”的理想生活，哪怕外界的险象丛生、阻力再大也总是在不断地“认识自己、发现人、研究人”，创立了形态各异的人本哲学或人文学说，遗留下丰富的人文思想资源。因此，我们应该以持之以恒、探赜发微的治学精神去开掘精研人类创造的爱的哲学或人本思想，为当下我国坚持以人为本建设和谐社会的伟大战略目标提供智慧和理论支持。

（写于2005年元宵，载于2005年《山东师范大学学报》第3期）

参考文献

[1]周作人:《人的文学》,1918年12月《新青年》第5卷第6号。
[2]王树人、喻柏林:《传统智慧再发现》,作家出版社1996年版,下卷第12页。
[3]周作人:《人的文学》,1918年12月《新青年》第5卷第6号。
[4]郭沫若:《论诗三札》,《郭沫若论创作》,黑龙江人民出版社1982年版。
[5]王树人、喻柏林:《传统智慧再发现》下卷第34页。
[6]王树人、喻柏林:《传统智慧再发现》下卷第37页。
[7]王树人、喻柏林:《传统智慧再发现》下卷第48页。
[8]王树人、喻柏林:《传统智慧再发现》下卷第8页。
[9]王树人、喻柏林:《传统智慧再发现》下卷第11页。
[10]王树人、喻柏林:《传统智慧再发现》下卷第9页。
[11]李泽厚:《中国古代思想史论》第32页,人民出版社1985年版。
[12]余英时:《士与中国文化·自序》,上海人民出版社1987年版。
[13]王树人、喻柏林:《传统智慧再发现》下卷第"17~18页。
[14]王树人、喻柏林:《传统智慧再发现》下卷第26~27页。

[15]《陈独秀文章选编》第 517 页,北京三联书店 1984 年版。

[16]《论诗三札》,收入《郭沫若论创作》,黑龙江人民出版社 1982 年版。

[17]《人的文学》发表于 1918 年 12 月《新青年》第 5 卷第 6 号,凡引文出自此文的不再加注释。

[18]周作人:《个性的文学》,见《周作人早期散文选》,上海文艺出版社 1984 年版,第 268 页。

[19]转引自许苏民《人文精神论》,湖北人民出版社 2000 年版,第 222 页。

[20]西田几多郎:《善的研究》,商务印书馆 1983 年版,第 490 ~ 150 页。

中西非理性思维在现代文学中的交汇与对接

以取“象”为原点的中国传统非理性思维在现代文学创作过程中与西方以“意志”为基点的现代非理性思维发生交汇与对接,所形成的独具优势的创作主体的非理性思维方式,建构起现代中国文学的以诗性与哲思相融合为显豁特征的审美景观,隐喻或象征思维的成功运用,增强了现代文学的思想深度与诗意浓度。

恩格斯曾将“思维着的精神”作为“地球上最美的花朵”[1]予以称赞,而文学艺术则属于人类创造的精神产品,无疑也是“思维着的精神”的“地球上最美的花朵”。如果说“思维着的精神”成果有理性的和非理性的区分,那么文学艺术应是非理性的审美文化,虽然它出自于创作主体的“思维”模式,但却不是理性思维而主要凭借形象思维或灵感思维。尽管这已是众人所晓的美学常识了,然而从主体思维的角度来探究传统文化与现代中国文学的对接与转换,并未引起学界的足够重视。既然文学艺术是“思维着的精神”产品,没有创造性的思维根本就开不出最美的文学艺术之花,主体思维缺乏“常”与“变”的互动运转就不能驱动文学的转型;那么从主体思维入手考察传统文化与现代文学的关系,也许这是抓住了根本,应似最富有深度与奥妙的研究。

一

现代中国文学创作主体的思维方式是多姿多彩的,然而最基本的思维范式应是受过科学理性思潮洗礼的形象思维或灵感思维,它是非理性的却又离不开科学理性之光的照耀,这使它具有了现代性形象思维的特质。但是这种现代形象思维方式并不完全是“西化”的结果,从根源上予以追询,它也是中国传统思维方式在现代文化语境和思维环境中的转换。古代取“象”作为中国思维的根源可以从两个维面来考察:一是汉字的构造,不论象形、指事或者会意、形声皆以形表意或以象形性为根基的，也就是以形表意或者说是借造汉字来表达思想，实质上都根源于取“象”；二是《周易》开创的传统思维体系，不论是象数符号系统即以阴阳构成的64卦系统或者是以卦名、卦辞、爻辞构成的文字符号系统，都具有以取“象”为出发点的明显特征[2]。既然取“象”在传统思维方式形成过程中具有决定性意义，那么关键问题在于如何理解取“象”之“象”？有的研究者认为，在先贤视野里所取之“象”并非主客体二元对待之“象”，而是主客一体之“象”，以《周易》的占卦来说不外三个层次的“象”：龟纹与草杆显示之“象”；与龟纹草杆相联的卦“象”；与前两象相联的自然、社会的吉凶之“象”。这三个层次所表明的思维过程都在于取“象”和观“象”，无不以“象”为基础，而这种思维运动与现代理性思维以概念分析为基础的思维运动有所不同，它始终环绕着“象”来转换和流动，并诉诸于整体直观与感悟；虽然占卦取“象”对自然、社会尚可作出或吉或凶的理性判断，但是这仅仅是一种判断的思维印迹，而主要凭借的是一种非理性的感悟，它在本质上是排斥理性思维的。如果“从艺术的眼光，中国道家的眼光，禅宗的眼光，总之从超越现实与超越有限的眼光来看，也包括从现代物理的眼光来看，那么，这种以‘象’的转换与流动为特征的思维所具有的主客不分、以整体为出发点、模糊性等内涵，则不仅是极其深刻的，而且也是远远高出传统的科学思维理性的。”[3]就思维方式的本质而言，它就是为产生思想或诗意的思维提供思维的框架和方法，中国传统思维的框架与方法则是由“象”的特殊性所决定的；不论《周易》的象数或者汉字显示所取之“象”都不是孤立的静态之“象”，而是思维与整个宇宙相联系的动态之“象”，使取“象”之“象”蕴含着中国传统思维方式的全部特性与功能。由于独具特色的传统思维方式以“象”作为“基因”，故使传统思维富有艺术性。“艺术思维的基本特征，就是取‘象’并在‘象’的转换与流动中提炼或使‘象’得到升华，从而创造出‘这一个’的艺术形象。”不过传统思维之取“象”同艺术思维的取“象”是有区分的，前者所取之“象”比后者在内涵与外延上更深更广，传统思维在“象”的转换与流动中旨在发现思想升华思想；而艺术思维旨在提炼或升华形象，这两者的区别只是相对而言。所谓中国传统思维方式的艺术性，主要是指其产生思想的思维方式所具有的艺术性，这不仅体现于汉民族文明之初的思想产生靠的是汉字以象形性为基础、《周易》以阴阳爻组成卦象为基础，它们都源于艺术性并在发展中始终带有这种艺术性；而且也体现在借以表现思想的形式如重要典籍所呈示出的传统思维无不具有艺术性，就以经典诗歌为例：“中国传统诗歌，从

《诗经》、《楚辞》到魏晋诗,到辉煌的唐诗,再到宋词,其抒情写意精神构成了整个中国传统艺术的魂魄与风骨。这种抒情写意精神,在形式和内容上表现为比兴、暗喻、打破种种界限的变形、'羚羊挂角,无迹可求'的自然、'不着一字,尽得风流'的空灵等等。事实上,诗歌从感情出发到升华感情所创造的意境,已经具有超越感情而与思想沟通的意义。"[4] 以诗的形式表现哲理充分体现了中国传统思维方式的艺术性,这在古代经典诗文中是屡见不鲜的,且形成了一种优秀的美学传统。最为突出的典型应是道家的《道德经》和《庄子》,它们都是借用诗体或诗的手法来表现,如果说《道德经》是以诗体和诗的手法表现深刻哲理的典范著作,那么《庄子》则是通过寓言表现出的哲思已达到诗的最高境界,这表明哲思与诗意是相通的,并追求对现实的超越。即使崇尚现实与伦理的儒家学说也具有其思想与诗意相融合的内涵,《论语》所说的"诗三百,一言以蔽之,思无邪",明确指出诗蕴含着、表现着思,诗与思相交融,而《论语》所说的"兴于诗,立于礼,成于乐"则明显表述"思"是可以借助诗的形式来表现的。逮及新儒学派的宋明理学与心学的代表人物,不论是周敦颐、张载、程颢、程颐、王安石、朱熹或者是陆九渊、王阳明、李贽等,几乎在人格气质上都兼具哲人与诗人的二重性,所创作的诗文大都以诗歌形式或散文体裁来表现深刻的哲理。可见,中国传统文化的义理哲思,并非从概念分析出发而形成的逻辑系统,它的义理或哲思是在取"象"的基础上升华出的"理"与"思",因此表述这种"理"与"思"主要不是靠逻辑而是靠形象的比兴、隐喻、象征等。如果说西方的义理和哲思导源于理性思维范式,那么中国传统文化的义理和哲思则是导源于以非理性为基础的思维模式,这也是中国传统文化思想的表述所必然具有艺术性的理论根源,而这种艺术性的传统思维方式正是文学作品生成与昌盛的最佳的主体思维范式。

从认识论的角度来考察,中国传统文化的"天人合一"的整体观,其认识本质则表现为取"象"并在"象"的转换与流动中的直观或直觉、内省与体悟,也就是非理性的思维运动过程;如果说西方的整体观,其认识思路是在对象的二元对待中从具体到抽象或者从抽象上升到具体,那么"天人合一"整体观的认识对象与认识主体则是合为一体的,两者并非二元相待而是一元相融,对其认识所采取的思维方式是直观、直觉、内省、感悟的非理性路线。而中国传统思维"天人合一"这种整体观的直觉体悟的非理性认识方式,就在于它的主客不分或者说是主中有客、客中有主,这与理性思维那种在对象化分析中不断抽象又不断综合有别，而是在你中有我、我中有你的主客完全一体化中进行互动与沟通，可见直觉体悟这种非理性的认识方式之所以能超越从概念出发的理性认识思路，关键在于主客不分的“天人合一”整体观为其前提与基础。但传统文化哲学结构直觉的非理性整体观在古代却源于儒道两派：儒家孟子早在先秦就提出“天人合一”思想，“尽其心者，知其性也；知其性，则知天矣”[5]，从认知的角度把天人统一起来；到了宋明理学更是以“天人合一”作为立论的命题，这种“天人合一”的整体思维方式就是把对客体世界（天）和对主体世界（人）的探索视为相互不分又相依不离的一种思维方式。道家的“混沌无序”如同“天人合一”一样也是传统思维的整体观，老子曾将宇宙本体描绘为“混沌”：即“道之为物，唯望唯惚。惚啊！望啊！其中有象！望啊！惚啊！中有物啊！幽啊！冥啊！中有请啊！其请甚直，其中有信。”[6]既然“道”是“混沌”，而“混沌”又是“视之不见”、“听之不见”、“搏之不得”的恍恍惚惚之物，那么这便是一种没有分化亦不可分殊的浑然一体的实存整体。这种整体观的思维方式也只能与儒家整体观的直觉体悟的思维方式一样，都是非理性的。至于佛教由印度传到中国经过道教的洗礼已打破原旨教的僵化，用道教的“道法自然”的超越精神改造了佛教的繁琐教条，消除了或打通了或超越了此岸与彼岸的鸿沟，“直指人心，见性成佛”，这就符合了儒家提出的尽心知性而知天的“天人合一”的认识框架，使佛教禅宗的视人性为佛本质的整体观具有了非理性思维的特点。总之，“儒、道、佛突出人性的‘天人合一’的整体观，在认识上一脉相承的特点，都是采取直觉与体悟的方法，其认识的目的都主要是为了打通整体内部的关系，或者说是为了把握整体内部的关系。这种认识，是从整体观照局部，又从局部观照整体。其出发点与归宿点都是整体。”[7]这种非理性的整体观思维模式运用于文学制作，不仅成就了古代文学的辉煌，开出了一片片娇艳的审美之花，流传至今仍散发美的芳香；而且生成了诸多美学范畴，例如“情景合一”、“情景交融”、“物我两亡”、“有我之境”、“无我之境”、“意境”等，这都是在文学上追求“主客一体”的非理性思维范式达到的美学境界。

二

中国传统文化源自于造字和《周易》取“象”的非理性整体观及直觉与体悟的思维方式，虽然尚未完全具备现代人的科学系统性、动态创造性的思维特质，但是却可以通过能动扬弃、深层改造而转换为现代思维方式,或者说古代非理性思维与现代非理性思维可以进行交汇对接而使现代中国人的非理性思维更充实更富特色。中国传统文化中的非理性思维方式进入20世纪,虽然经过晚清到五四的新文化运动和文学变革,产生了新文化、新文学和新思维,但是曾经参与创造中国古代灿烂文化文学的传统非理性思维方式是否完全被科学理性思维所取代了呢?有的研究者说:“在中国以‘五四’运动为标志的革新的浪潮中,那种在欢呼与颂扬科学思维理性时把中国传统思维贬得一钱不值的倾向,是完全错误的。”[8]这是言过其实的批评。五四新文化运动对传统文化提出些偏激的看法,也反了那些应该反的所谓“传统”,如等级森严的伦理主义、虐杀妇女的贞操观念、惨无人道的专制主义以及骗人的迷信邪说等;但是绝对没有“彻底地全盘地反传统”,更没有从主体思维的角度深层次地批判和否定“天人合一”的整体观及其非理性的思维方式,所以既没有以科学理性思维取代非理性思维又没有把传统的非理性思维贬得一钱不值。因为科学理性思维与非理性思维是人类进入文明时代两种相反相成的思维方式,尤其是文学艺术须臾离不开非理性思维,只有文学创造而不是非文学创造才无可置疑地是遵循非理性思维所开出的花果,丧失或缺乏非理性思维是决不会创造出真正的文学作品的,特别是那些传世的经典文学都是凭借主体非理性思维所创造的,古典文学是这样,晚清至五四生成的现代文学也是如此。只是在现代文学的诞生期,大量地引进吸纳科学理性主义思潮,这是一种自觉行为,科学理性思维方式的通行更是无阻无碍的;不过并没有因为科学理性思潮的腾涌和科学理性思维的确立而影响对尼采为首的西方非理性主义思潮及其思维方式的引进,可以说科学理性思潮与非理性思潮是同时涌进“五四”前后的文坛,后者给创作主体形成的非理性思维方式对营造中国新文学起了决定性作用,不论显示新文学实绩的鲁迅小说还是郭沫若的自由体诗都是现代非理性思维模式运作的优秀成果。它与借助中国传统非理性思维创造的古典文学所不同的是,增进了科学理性因素,消除了古代文学尚存的封建理性和迷信因素,使现代文学所蕴含的情感意识更富有现代性。如果说从晚清至五四生成的现代文学所体现的非理性思维模式都源于西方的非理性主义思潮,从能见到的史料与著述几乎都是这样认为的;那么不免人们要问:中国传统的非理性思维方式进入现代文学创建过程中,是完全被遮蔽或销声匿迹了还是与现代非理性思潮发生了交汇与对接?传统非理性思维对于现代中国文学建立究竟起了什么作用?虽然对这个问题的探讨尚未见到深切有说服力的阐述，不过有不少论述已触及到这一问题。就我的认识有两点须指出：一是中国传统文化蕴涵着久远而丰富的非理性思维资源，既要深入地开发又要准确地表述。由于传统文化中没有“非理性”这个概念，故而只能借用西语来言说，虽然“非理性”来自西方但非理性思维却在中国传统文化中源远流长，而且形成了不同于西方的以概念逻辑为基础的形象中心主义的独特思维方式，这种思维方式已成了中华民族的集体无意识，凝聚储藏于中国优秀文学遗产里，也流贯渗透于中国一代又一代人的意识系统中，到了现代中国文学生成时它如同春雨般“随风潜入夜，润物细无声”地淌进新文学世界。二是营造现代中国文学的作家诗人，大都具有深厚的传统文化文学修养，在阅读古代典籍或优秀作品中潜移默化地接受和汲取了传统的非理性思维和文学创作的特殊艺术规律，虽然他们并不十分清楚这些从传统文化中吸纳的思维是非理性的，即对主体思维的“根源”缺乏自觉的追询意识，但是当其从西方主动地拿来现代非理性主义时就有可能或说必然地与原有的来自传统的非理性思维发生有机对接，使西方的非理性思维增进民族性因素，使传统的非理性思维增进现代性因素，从而铸成现代文学创作主体的具有中国特色的非理性思维范式。既然中国传统非理性思维方式以这样的非自觉非显形的轨迹与现代非理性主义发生了交汇与对接，那么它参与现代中国文学营造的积极功能与潜在效用也是不容怀疑的。

在西方话语系统里，与中国传统思维的表述不同，“非理性”总是与“理性”相对而言的。所谓理性主要指一种借助于清晰概念和逻辑推理来认识和把握事物本质的整体性思维过程；而非理性在认识论上主要指人的精神结构中的混沌无序的意识现象，其表现形式主要是欲望、动机、意志、情感、信念、灵感、直觉、无意识、顿悟等，是超逻辑的，具有非逻辑、非形式化、非条理化、非规范化、非程序性等特点。[9]中国传统非理性思维尽管没有运用如此多的语言来表述，然而它的实质思维内涵与西方的“非理性”却是完全相通的。西方的现代非理性主义人本哲学思潮自19世纪中叶兴起至今，不论是现代非理性论者柏格森、叔本华、尼采、弗洛伊德或者是后现代非理性论者利奥塔、拉康、福柯、德里达等，都是从解构理性优先论、理性决定论的基础上建构起与唯理论同样具有片面性的非理性学说，并没有辩证地认识到理性与非理性都源于人的精神本性，都是人的精神结构中的两种内在性质，共同构成了人的精神整体图式，也共同组成了完整的“人”。马克思说：“人以一种全面的方式，也就是说，作为一个完整的人,占有自己的全面的本质,人同世界的任何一种人的关系——视觉、听觉、嗅觉、味觉、触觉、思维、直觉、感觉、愿望、活动、爱,——总之,他的个体的一切器官,正像在形式上直接是社会的器官的那些器官一样,通过自己的对象性关系,即通过自己同对象的关系而占有对象”[10]。马克思的论述虽然没用理性与非理性两概念,但却明显地揭示出人的“全面的本质”应包括理性与非理性的有机统一。中国人的传统精神结构中虽然非理性思维极其原始极其玄妙、极其深邃也极为重要,但是并不乏理性思维尤其儒家的理性主义思想相当强劲丰实;值得称道是中国传统思维的理性与非理性并没有形成两极对立的态势,不论理性思维方式或者非理性思维方式总是和谐辩证地寄植于人的精神结构或内在心理中,常常是在文学艺术营造中非理性思维制导理性思维而孕育出诗情与哲意互融的审美佳作。

现代中国文学的生成过程,许多作家诗人并不是自觉地继承中国传统思维方式来创建新文学,只能说是无意识地潜隐地承传着;然而对域外现代思维的汲取和借鉴却是极为自觉的大张旗鼓的,正如鲁迅所说“新文学是在外国文学潮流的推动下发生的”[11]。推动五四文学革命的“外国文学潮流”不外有三:以实证主义为代表的现代科学思潮;以个性主义为特征的现代启蒙理性思潮;以叔本华、尼采、柏格森、弗洛伊德等人所标举的非理性的人文主义思潮。这些文学潮流涌进五四文坛,不仅带来的先锋理论更新了作家诗人的文学观念,而且送来的现代思维方式也对文学先驱们形成一阵阵强烈冲击波,调整、融合或改变了创作主体的思维方式。虽然实验主义科学理性、自由民主的启蒙理性对新文学创作主体思维模式的革新起了主导作用,但是当他们进入新文学创造过程时仍然是体验感悟式的非理性思维发挥了实际效用,科学理性思维充其量给新文学创造以烛照,否则文学作品就成了科学理性或人文理性的图样而不是真正的审美艺术品了。纵观现代中国文学的流变轨迹,“实际存在着以理性为特质的‘人本主义’文学和以非理性为特征的‘人本主义’文学两种类型,它们都是20世纪现代中国文学的内在性本源结构形态。”[12]前者的“人本主义”文学类型,其理性主要源于自由主义启蒙理性、民主主义人文理性、实验主义和马克思主义科学理性以及合乎现代人生存需求的儒学传统理性,而文学创作所遵循的艺术思维模式既有现代的非理性思维因素又有传统的非理性思维因素,它以与现代理性形成的相激相荡悖论所产生的巨大张力驱动着人本文学的曲折发展;后者的“人本主义”文学类型在现代中国文学演进中并不处于优势,往往被前者挤在边缘上，或遭到贬抑或受到批判，然而近一个世纪的创作实践和接受历史却雄辩地证明了这类文学具有强大的生命力和不朽的艺术魅力，主要因为其始终恪守着现代非理性文学思潮与传统非理性文学精神相对接相融合所凝成的艺术思维规律和美学规范。标志着现代非理性思潮及其思维方式正式在中国文化界传播的应是梁启超发表于1902年的《进化论革命者颉德之说》，较早地介绍了“尼至埃个人主义”，之后王国维率先汲取并运用叔本华的唯意志论及其非理性思维，并与中国传统非理性整体观和体悟方式相衔接对文学进行批评，意味着中外非理性思维与中国现代文学的初步结合。现代中国文学漫长的演化进程并不是每个历史区段非理性思潮及其思维方法，都能畅通无阻地与文学创作自然自觉地结合，并成为文学建构的主导思维模式。在我看来，五四文学革命时期与改革开放新时期，是中外非理性思潮及其思维方法与现代文学营造相结合较为自由开放的时期，也是在创作实践上卓有成效的时期。五四文学先驱们，不论胡适、鲁迅、周作人、沈雁冰还是郭沫若、郁达夫都具有渊博深湛的传统文化修养，对于来源于先秦典籍、儒佛道学说以及经典文学文本的非理性的整体观及其直觉感悟式的思维方式早已烂熟于心，成了其精神结构中艺术思维的基因，所以当他们遇到西方的现代非理性思潮及其思维方式时并没有什么陌生感、隔膜感，仿佛接受起来很顺茬，没有什么抵触排拒心理，敞开胸怀地把柏格森的生命哲学、叔本华的意志论哲学、尼采的超人哲学、弗洛伊德的精神分析学、克罗齐的直觉主义、霭理斯的性学说、詹姆斯的心理学等及其他们的思维方式，采取“拿来主义”态度，统统地拢过来为我选择为我所用，使中国传统非理性思维与现代非理性思维在无形无迹中发生了对接与转换，并在新文学创构上有了明显的呈示。其中对接得不露印痕的且创作出优秀作品的应数鲁迅、郭沫若、郁达夫。鲁迅不仅深受尼采、叔本华、弗洛伊德学说及其非理性思维的影响，也通过译介《苦闷的象征》接受了柏格森的非理性的生命哲学，它们与鲁迅精神结构中原有的传统非理性形成的无意识一拍即合，构成其独特深刻的艺术思维模式，它的成功运作所生成的小说《狂人日记》、《不周山》等具有地道的非理性文学特征，若说《不周山》是鲁迅对弗洛伊德非理性学说的有意尝试，那么《狂人日记》则是中西非理性思维的综合运用，其荒诞色彩、寓言深意与象征力量构成这篇小说永不衰枯的艺术魅力，并从而表明非理性思潮及其思维方式深刻地影响了作为个体作家鲁迅的精神构成，也说明非理性思潮及其思维方式是决定现代文学创作能否出精品的内在思维力量所在；尤其鲁迅创造的散文诗

《野草》,人们的研究只注意到其深受尼采非理性哲学的影响,如果追根溯源那《野草》玄奥神秘深邃的诗化意境及其体现出的主体非理性感情体验思维方式,与老子的《道德经》是否具有古今相通的联系?更为可取的是,鲁迅在无意识地承续中国传统非理性思维和有意识地借用西方现代非理性思维过程中,既没有拒绝科学理性思维也没有排斥启蒙理性思维,而是以现代理性思维对中外非理性思维进行洗礼,清除非理性思维的消极因素,使非理性思维模式为创造出健全完美的"人的文学"发挥更有效的威力,也许这是鲁迅创造出的文学精品能够成为无可争议的经典之作的深层原因所在。郭沫若对中国古代文字学、历史学、文学、哲学都有较深的造诣,其精神结构凝成的传统非理性的"天人合一"与"混沌无序"的整体观及其思维方式是根深蒂固的,所以五四时期他极为顺畅地几乎接受了西方所有的非理性思潮及其思维方式,使其成为具有球形特征的艺术天才,不论其小说创作或者诗歌创作都出色地运用非理性艺术思维范式,特别是新诗创造其自由体式、大胆想象、浩瀚诗意、澎湃诗情以及豪放风格无不体现出非理性思维的巨大潜能与独特优势,这是《女神》在现代中国诗歌史上取得不可替代地位的秘诀所在。郁达夫的古代文学修养之深连郭沫若也称赞不已,传统的非理性思维对其已深入骨髓,而他在五四时期广纳博采现代非理性思潮,尤其柏格森的生命哲学和弗洛伊德的精神分析学说与其原有的传统非理性思维发生对接而转换为独特的艺术思维方式,在其小说创构中得到了颇有成效地运用,对于潜在生命意识的揭示与性爱冲动心理的剖析发挥了特有的功效,使《沉沦》在现代小说史上大放异彩。

历史推进到改革开放的新时期,随着"思想解放,实事求是"思想路线和认识路线的深入贯彻,思想解放运动已深入人心,极左理性思潮在人文社科领域中设下的禁区大都被冲毁,域外的现代派或后现代派的非理性思潮及其思维方式蜂拥而至,文学家们如同久旱之年喜逢甘霖,尽情地汲取和消化,使那种僵化已久的主体思维获得空前解放,重构了合乎文学创作规律需要的非理性思维模式;特别是在弘扬民族文化口号的感召下,发掘中国传统优秀文化、获取传统丰富智慧掀起一阵阵热潮,从古代典籍或优秀文学的重新解读和赏析中,作家诗人不仅充实了文化知识结构,开阔了视野,强化了学养,而且感悟到传统文化蕴涵的非理性整体观及其思维方式甚至在文学实践中形成"情景交融"、"托物言志"、"意境合一"等美学范畴的优越性,无形之中使传统文化中的非理性思维方式与现代或后现代非理性思维方式进行交汇与对接,并且广而深地运用于新时期的文学创构中。与五四新文学作家相比,新时期一代作家虽然对此前现代非理性文学传统有所继承,如朦胧诗派之于30年代的现代诗派,但是他们对非理性思潮的理解与接受更广泛了,对非理性思维方式的操作与运用更自觉了,创作的非理性文学作品更丰富也更"纯粹"了。从文学流派角度来考察,"五四"以后深受非理性思潮影响并在文学创作中较出色地运用非理性思维方式的,主要有浪漫诗派、表现自我小说派、象征诗派、新月诗派、现代诗派、新感觉派、七月诗派、京派、新浪漫派、九叶诗派等;而新时期的各种样态的文学创作几乎都显现出非理性艺术思维发挥出的独特功效,使现代文学久治不愈的概念化或教条化的弊病在新时期文学创作中有了根本好转,这与创作主体非理性艺术思维所起的主导作用密切相关,特别是朦胧诗派、东方意识流小说派、现代先锋派小说,应该承认它们都是名副其实的非理性思潮的产物,非理性艺术思维方式在其文本建构中得到了成功地运用。如果说新时期文学创作一开始感应非理性思潮并运用其非理性思维方式,作家们所关注的重点主要是表现人物的非理性心理世界,旨在挖掘人物的直觉感受、情感体验、意识流动、生命冲动、无意识等,将非理性作为人物的一种被压抑被扼杀的潜在力量来表现,从而肯定和张扬人的合理欲望,争取人的全方位解放,这一点与五四时期的具有非理性特征的文学是互通的,着重体现了非理性思潮及其艺术思维的独特功能,王蒙、张贤亮、张洁、谌容、王安忆、铁凝、张承志、贾平凹等人的小说,无不体现出这种主体非理性思维方式匠心独运的功效;那么到了刘索拉、徐星、马原、残雪、洪峰、苏童、格非、余华等先锋作家创作的"新潮小说",已经超越了对非理性思潮及其思维方式的"功能性"理解和运用,他们从更加本体的意义来认知和实践非理性思潮及其思维方式,其文学创作不仅仅表现了人的"非理性"世界,而是将"表现非理性"同"非理性地表现"结合起来,从内在的文学意蕴到外在的审美形态,都呈现出一种与理性为制导的现代文学相异的美学风貌。这种有代表性的非理性文学作品,非理性不只是其表现的一个维度或一个层面,而是文学创作的从形式到内容、从表层到深层的全部,也就是说新时期先锋派作家对非理性思潮及其思维方式的理解、接受和运用已完成了对五四一代作家的整体性超越,并使非理性人文主义及其思维方式所创造的文学作品构成现代中国文学总体系统中的一条异彩纷呈的风景线。

三

中外非理性整体观及其思维方式交融对接于创作主体头脑中而转化出的艺术思维模式所创造的现代非理性文学,与现代中国以理性思维为制导创作出的文学相比,呈现了诸多独特的审美特征,这里择取一点论述之:诗与理相融合。这个审美特征是对中国传统非理性整体观及其思维方式在古典诗文创作中所形成的借景抒情或托物言志的抒情写意和诗意与哲思密切融合传统的继承和超越。《道德经》和《庄子》就是以诗体和诗的手法表现深刻玄妙哲理的经典之作,此后古代诗歌中出现了不少的“哲理诗”或“理趣诗”,而这诸多“哲理诗”并非每首都能处理好“理”与“诗”的辩证关,有些诗篇往往“理”大于“诗”,流入纯粹的“思辨”之中,显得空泛笼统缺乏诗味,这是“诗”与“理”相悖离没有交融好所致。不仅古代文学中存在“诗”与“理”尚未交融好的作品,而且现代文学中这种“诗”与“理”不合辙的诗文也是屡见不鲜的,唯有那些优秀的非理性文学作品方可达到“诗”与“理”完美融合的艺术境界。从“哲思”在审美文本中的隐显程度来看,往往产生“诗之思”与“思之诗”两种类型,前者的“诗之思”如同《道德经》以诗化体式表现哲学思索,就是以文学方式思考哲学问题,这是非理性体悟思维方式运作的结果,昆德拉的“思索小说”就是“诗之思”,它比建立于概念与逻辑上的哲学更适合思考哲学问题,因为“诗之思”的文学思考是天然性的非体系化的非逻辑化的,更易于容纳哲意的非确定性非必然性或模糊性朦胧性;后者的“思之诗”主要指文学体式成了表达哲学观念的理性形式或者指以形象思维来图解和阐释某些教条理念,域外的伏尔泰的“哲理小说”和萨特的“哲理小说”,以及我国古今的所谓“哲理文学”大多属于此种类型。我们所追求的是“诗”与“理”完美融合的文学,也就是“文学性”与“哲理性”深层次结合的文学;而这里所说的“哲理性”不是由外加入文学肌体的哲学教条,而是来自于文学本身的非自觉的无意识的自然呈现,文学的感性特质与哲学的知性品格完全融为一体。文学的哲理化绝对不是概念的堆积也不是理性教条的罗列,因为哲理并不是由概念或教条理性产生,它是非理性的形象思维的产物,是对人生乃至世界从最深沉的感情层次上和最高的理念水准上所作的整体性的关照和超越,而这种“哲理性”更多地产生于“理性达不到的地方”,只有依靠主体的非理性直觉感悟或深微体验才有可能达到。无名氏的小说《海艳》可以说是非理性的感悟体验的诗化品格与超然性的哲理思辨内涵融合的范本，作者极为重视"人的生活出发于感觉，最高享受也是感觉"这种非理性的直觉思维方式，借此来观赏和体验"大海"，完全把"大海"主观化、意象化、情境化了，使"大海"这一中心意象既是感觉性、情绪性、体验性的又是超然性、抽象性、哲理性的，体现出对生存意识与生命意识的深微而玄妙的哲学思考[13]。鲁迅的散文诗《野草》从诗意诗美中所表现的不是一般的哲理而是一种超越性的人类相通的非理性情感体验，不论是孤独、虚无、绝望情绪或者是浓重的悲剧意识，都是一种人类生命的本体性体验，表现了一种普遍性的人生况味；它既与人类的非理性的深层心理相联通又传达出人类的超时空、超民族、超阶级的"集体"情感，正是这诗意化的超越"情感"构成了散文诗的"哲理性"审美品格。钱钟书的小说《围城》诗意与哲思相结合的美学特征，仅从"围城"这个意象的考析中就会发现它蕴涵着一个深刻的生存哲学命题，既表现人的一种无法摆脱和超越的生存困境以及纠葛于内心的生存无奈，"城外的人想进去，城里的人想出来"这个"围城"意象充分体现出对人存在的哲学思考；又表现了存在主义的"他人就是地狱"的见解，在人生的"围城"里每个人"好象一只刺猬，只好保持彼此间的距离，不是你刺破我的肉，就是我刺破你的肉"（主人公方鸿渐如是说）。这就使美感诗意与深刻哲理融合起来。新时期的先锋小说，如余华的《在细雨中呐喊》、《死亡叙述》、《许三观卖血记》，格非的《褐色鸟群》、《陷阱》、《追忆乌攸先生》，残雪的《山上的小屋》、《苍老的浮云》等等，都是比较有代表性的非理性文学，既有强烈的艺术魅力又有丰赡的审美内涵，浓郁的诗性与玄奥的哲思得到了较好的结合。

以取"象"为原点形成的中国传统非理性思维和以反拨理性决定论为前提、以人的意志为基点形成的西方非理性思潮及其思维方式，在现代中国相互汇融对接而转化成作家们的现代非理性艺术思维，所营造出的非理性文学之所以具有浓郁诗美与深奥哲理有机融合的审美特征，与其成功地运用了隐喻或象征思维有密切关系。现代认知科学研究发现，隐喻或象征不仅仅是一种纯粹的语言现象，而且也是人类的一种有别于以概念为逻辑基础的理性思维的非理性隐喻性思维，它所具有的直觉性与形象性的特点，决定了隐喻性或象征思维更符合文学的特点，隐喻或象征在本质上是种语义的转移，而在功能上则是"提供通过某一经历来理解另一经历的某些方面的可能性"[14]。这样就使隐喻或象征成了人类世界的一种"对应"观念的反映，而文学也是与世界的一种“对应”，这意味着隐喻性或象征性思维在本质上即是文学性思维；因为隐喻或象征具有形象性的非理性特质，它们中融合了形象和思想即诗化的理性，也就是隐喻或象征在本质上表达隐含于形象“外壳”中的思想或者说是以感性形象表达理性内容。所以从特定意义说隐喻或象征是文学的内在规定性，任何文学形式在一定程度上都具有隐喻性或象征性，只是非理性艺术思维营造的非理性色彩浓重的文学，其隐喻或象征成为一种更加本体化的“文学性”存在，诗性与哲理相融合的审美特征显得更鲜明更突出。之所以说文学在本质上是一种隐喻或象征形式，主要在于隐喻或象征在功能上与文学是一致的，以非理性艺术思维所构造的文学世界是对现实作了一种“虚拟化”理解和处理，使文学世界也成了隐喻或象征化的世界；特别是非理性思维的直觉性形象性，与那种力求与现实保持直接同一性的“现实主义”思维相比更富有隐喻性或象征性，反映文学创作的审美形式更具有隐喻化或象征化的特色[15]。如果说从语言学上看有些文学作品只把隐喻或象征作为一种艺术技巧或表现手法来运用，如鲁迅小说《药》中夏瑜坟头上的“花环”；那么从思维学上观之，隐喻或象征则成了文学的本原性存在，特别是以非理性思维创造的诗性与哲理完美融合的文学作品，其隐喻或象征具有了整体性意义，就不单单是一种艺术手法，而构成了一个独立性的隐喻化或象征化的审美世界。钱钟书《围城》中的“围城”作为隐喻或象征就是具有整体意义的隐喻性或象征性意象；鲁迅《过客》中的“过客”作为隐喻或象征具有多维度的整体意义，既是鲁迅自身的隐喻又是当时文化先驱们的象征；孔捷生的《大林莽》中的“大林莽”也具有多层面的隐喻或象征的整体意义；王蒙《杂色》中的“老马”、莫言《红高粱》中的大片疯长的“红高粱”、张承志《北方的河》中的“北方的河”，都具有隐喻或象征的整体性美学特征；至于地道的先锋派残雪笔下的小说文本，几乎都是通过隐喻或象征的非理性艺术思维创造出的内涵极其朦胧深邃、哲理极其丰赡、诗意极其浓郁的寓言化文学。总之，隐喻或象征作为一种非理性思维范式的成功运用，大大增强了现代文学创作的诗意浓度、哲理深度以及两者融合的密度。

在现代中国文学的建构过程中，对于创作主体来说其精神结构既有理性思维又有非理性思维，两者相反相成互促互补地统一在一起，不过非理性思维更合乎具有审美特质的文学创作的需求；由于本文旨在探索中国传统非理性思维与现代非理性思维的对接和转换以及给新文学带来的独特审美特征，故而对非理性思维与现代理性思维的辩证关系以及以理性为制导的艺术思维在现代中国文学创建中所发挥的特殊功效，并没有展开深入的论述，只好从略或另文再论。

（写于2009年国庆，载于2010年《山东师范大学学报》第3期）

参考文献

[1]《马克思恩格斯选集》第3卷，人民出版社1972年版，第462页。

[2][3][4][7][8][14]王树人　俞柏林：《传统智慧再发现》（下卷），作家出版社1996年版，第184、188、192、204、205页。

[5]《孟子·尽心上》，胡建新、路广正、仝晰纲等选择：《诸子精语译释》，济南出版社1992年版，第167页。

[6]韩震：《重建理性主义信念》，北京出版社1998年版，第51页。

[10]《马克思恩格斯全集》，人民出版社1972年版，第42、123～124页。

[11]《鲁迅全集》第8卷，人民文学出版社1981年版，第399页。

[12][13][15]朱德发等著：《20世纪中国文学理性精神》，上海人民出版社2003年版，第608、614、623页。

[14]束定芳：《隐喻学研究》，上海外语教育出版社2000年版，第45页。

科学方法论与中国文学的现代转型

从多维度多层面探讨中国文学向现代转型曾是学界的热门话题,发表或出版了不少有创意的且令人诚服的论著,几乎公认五四文学革命是中国文学由古典向现代转型的激变期与完成期;但是大多著述在探索这个转型过程及其动力机制与功能效果时,却少视了或忽略了科学方法论的独特功用。若说本文有何开拓价值的话,就是想从科学方法论的角度透析中国文学向现代转型的必然性、合理性与启示性。

一

究竟中国文学由古典向现代转型有哪些根本性的或代表性的标志和特征,就是通过所谓的“转型”中国文学蜕变为何种形态,有哪些规定其是新型文学而有别于古典文学的新质与新形?对于这一问题的认识虽然并不一致,考察的角度不同作出的判断也不同,但是仔细辨识也可以见其异中之同,即取得的共识:从文学本文来说,白话文取代了文言文的正宗地位,自由体式代替了章回体或格律体的主导体裁;人道文学取代了载道文学或平民文学取代了贵族文学的价值内涵,求真写实的文学取代了瞒与骗的文学,用胡适的话来说则是活文学(即白话文学)代替了“死文学”(即文言文学)、人的文学代替了非人的文学;文本结构从形式到内容再到风格来了个大换血或大变型,这种概述尽管有二元对立思维的绝对化之嫌,然而这确实是“文学转型”的鲜明标志。从文学格局来说,五四文学已由开放的多元的文学格局取代了古代文学的僵化的封闭的局面;这里所谓的转型后开放的多元的文学格局,不仅指向域外各民族文学开放并吸纳海外各国先进文学为我所用,博采众长,而且也指涉新文学阵营并不主张一元主义而提倡文学流派、文学思潮、文学风格、审美取向的多元化,容许文学社团相互竞争、创作风格争奇斗妍,即使对保守派的、鸳蝴派的甚至传统体的文学也不是“赶尽杀绝”，而是在对抗、互补、制衡、共生的文学生态环境中生存着、演化着。

如果承认上述就是中国文学由古典向现代转型所显示出的标志性特征，那么科学方法论对于中国文学向现代转型到底有什么关系，究竟起了哪些重要作用或者说发挥了什么主要功效。只要稍微懂点科学方法论和了解点中国文学现代转型的历史，那就能斩钉截铁地说“没有科学方法论就没有中国文学的现代转型，就不能建成现代化的中国文学”。科学方法论之所以具有如此巨大的思想威力和功能效应，我们可以多方面来探察来认识，这里着重从两大维度的考析与阐述入笔，揭示其奥秘，探究其真谛。

科学方法论能够导引正确方向，开创现代文化或文学领域。顾准认为“方法论就是哲学”；《苏联大百科全书》对方法论作了这样的解说：“从实践上或理论中把握现实的，为解决具体课题而采用的手段或操作的总和”，而方法论则是“关于科学认识活动的体系、形式和方式的原理的学说”。[1]简言之，方法就是一种工具，方法论就是工具论；即方法论既有“方法”又有“论”，前者是方式方法后者就是依据的原则原理，方法论不是单纯的方法，而是与科学理论体系黏合在一起的。从历史上看，创立方法论的先哲们都十分重视方法论在获得真理、开拓领域、建构思想体系或科学学说中的导向或建构作用。培根将方法论的选用比成跑路，他说：“正如俗语所说，一个能保持正确道路的瘸子总会把跑错了路的善跑的人赶过去。不但如此，很显然，如果一个人跑错了路的话，那么，愈是活动，愈是跑得快，就愈会迷失得厉害”[2]。这就形象地指出方法论在科学研究中或在文化文学建设中如同跑路选择方向一样，方向选择正确了即使瘸子也能跑快，如果方向选错了即使腿脚好的人也会越跑越糟；致力于科学研究或文化建构也是如此，如果方法论正确那就能发现真理快、出成果快，若是方法论不对头那就适得其反。笛卡尔说得更明确：“要认识真理，必须运用正确的方法”；即使“那些只是极慢地前进的人，如果总是遵循着正确的道路，可以比那些奔跑着然而离开正确道路的人走在前面很多”[3]。这既强调了科学研究或文化建构自觉选择正确方法的重要性又说明了正确方法对于科学研究或文化建构的独特效能。卡西勒在研究 18 世纪西方启蒙哲学时曾用“理性”一词来表述时代文化精神的特征，在他看来，18 世纪的人们不再像 17 世纪把“理性”视为“永恒真理”王国，它不是一座精神宝库，“而是一种引导我们去发现真理、建立真理和确定真理的独创性的理智力量”；而“理性最重要功用，是它有结合和分解的能力”。[4]就是说它是一种既能分析又能综合、既能分解又能建构的科学方法论，即“只要理性学会把自己独特的分析解剖和综合重建法运用于某一新的、极端重要的知识领域，就能进入这一领域。”[5]卡西勒是从方法论的角度来阐释“理性”的，理性只有作为方法论来把握和运用才能在发现真理、开辟知识领域中发挥无坚不摧和无攻不克的巨大威力。这就启示我们认识到一种科学的方法论既有超常的解构功能更有不可估量的建构功能。但是恩格斯并不同意理性派把作为方法论的“理性”力量估计过高，他说：“在从笛卡尔到黑格尔和霍布士到费尔巴哈这一长时期内，推动哲学家前进的，决不像他们所想象的那样，只有纯粹的思想力量。恰恰相反，真正推动他们前进的，主要是自然科学和工业的强力而日益迅速的进步。”[6]尽管如此，然而恩格斯也承认马克思主义正是从十九世纪三大自然科学的发现中和黑格尔的辩证逻辑体系里充实并丰富自身的理论及方法论，他说：“随着自然科学领域中每一个划时代的发现，唯物主义也必然要改变自己的形式。”[7]以上的引证，旨在说明方法论对于发现真理、开拓领域、建构文化、探求思想、寻找规律的重要性。如果说先哲们着重是从普适性的意义上论述方法论的导向和建构作用，即没有科学方法论就认不清正确的路向，没有科学方法论就不能开辟新领地，没有科学方法就不能发现真理，没有科学方法就不能创构新文化新文学；那么“五四”文化先驱们在中国文学转型的激变期正是由于选择了科学理性及其方法论，方高举起“赛先生”和“德先生”两面大旗，将中国文学的转型导向现代化的正确方向，并为新文化新文学的建设开拓了广阔的领域。如果没有科学方法论的正确导向与特效功能，中国文学转型怎能在几年内就高奏凯歌，取得了与世界现代文学接轨的骄人成绩？如果没有科学方法论的独特功效哪能开辟出那么多的百花绽开的新文学园地？

中国文化或文学激烈转型的五四时期，科学方法论虽然是从域外借鉴而来，特别深受西方科学主义思潮的洗礼，但是作为科学方法论却是多元并举而非一元独尊的。这主要因为：一是每个真正的科学家各有其方法论与世界观，方法论则是各科学家通过科研实践探索出来的，而在这探索过程中势必要应用已知的方法，若已知方法不够用或不适用就要创出新方法；这种新创的方法既是已有方法的推陈出新又是新科学的发现，也是一种新方法论的创造，这表明科学方法不是凝固不变的、独一无二的，而是可变的有差异的。况且，“凡在科学上有创造发明的人，虽然他的创造发明，对揭示大自然的秘密来说，不过是‘人类知识宝库中的一粒砂子’（居里夫人语），然而他总会陶醉于他的成就，总会以偏概全。他既戴上了他自己制造的有色眼镜,他自然会有一种通过这副眼镜所见的世界——世界观。”为纠正或避免这种世界观上的“以偏概全”,就必须倡导多元化的科学方法论。“惟有多元主义而不是一元主义,才是符合于百花齐放百家争鸣要求的。”[8]试想,如果五四时期在哲学思潮中不出现多元主义的科学方法论,哪能形成20世纪中国第一个学术上百家争鸣、文学上斗奇争妍的艺术春天?二是推动中国文学转型的文化先驱们对科学方法论的选择或采纳呈现出同中有异的多元取向,即虽然他们选纳的方法论都属于科学方法论范畴,但并不完全源于一元的科学方法论,或者汲取多种科学方法根据研究对象或创造对象的需要予以整合,或者选取某种科学方法论为主导兼及其科学方法,或者在已有科学方法论基础上推陈出新,等等。总之五四一代文化先驱是具有自由理性自觉的一代,既不是唯理主义者又不是偶像崇拜者,他们无不从自由意识出发根据中国文学转型的现代化需求去选取科学方法论。就宏观方法论来说,自觉驱动中国文学转型的领袖人物陈独秀由选择生物进化方法论发展到选取辩证唯物史观方法论;为中国现代型文学奠基作出独特贡献的“周氏二兄弟”从赫胥黎《天演论》中汲取生物进化方法论,并在中国文学解构与建构的具体实践中创造性地加以运用;文学研究会的理论旗手沈雁冰兼容了进化论与唯物论的方法论,使其批判旧文学建设新文学所运用的方法论具有更多的辩证思维的特征;创造社的主帅郭沫若的科学方法论既有泛神论的基因又有进化论的因素也有辩证唯物论的因素,而且是个动态的多变的科学方法论结构;李大钊认同了马克思主义的辩证唯物史观方法论,但他并未过分强调阶级分析方法,而是极力寻绎马克思主义方法论与平民主义或人道主义的相通点;特别是竭诚推动中国文学转型的急先锋与设计师的胡适,活学活用杜威的实验主义的方法论,建立起终生不渝所恪守的科学人生观或宇宙观,引导其“为大中华造新文学”的前进方向,并为中国文学向现代转型开创多个“殖民地”,实现了他“自古成功在尝试”的学术追求。因此,这里我想重点剖析一下胡适建构的科学方法论即其所认定的“科学人生观”的深切内涵与功能特质,以窥测五四文学先驱们所选取的科学方法论的导向与开拓作用。

胡适在《介绍我自己的思想》一文中说:“我的思想受两个人的影响最大,一个是赫胥黎先生,一个是杜威先生。赫胥黎教我怎样怀疑,教我不信任一切没有充分证据的东西。杜威先生教我怎样思想,教我处处顾到当前的问题,教我把一切学说理想都看作待证的假设,教我处处顾到思想的结果。这两个人使我明白了科学方法的性质与功用。”[9]对胡适科学人生观或科学方法论的确立真正起决定作用的是杜威,他不仅从杜威哲学中汲取了构成其科学方法论的进化论与实验室态度,而且亲自感受到杜威的言传身教。由于胡适从不盲从或迷信偶像,总是带着一种怀疑眼光来看待一切思考一切,所以他对杜威实验主义科学方法的接纳与汲取进行了创造性的改制与独思的活用,这就使他的科学人生观及其方法论的内涵与功能既不是照搬又不是硬套,而是打上了胡适的思想印记。

胡适对于何谓科学的人生观或科学方法论,曾于1923年和1928年以同样的《科学的人生观》为题作了较系统的阐释,这说明了他对科学人生观及其方法论研究的深入和重视程度,也说明了他对科学人生观传播之切宣传之急,恨不得立即普及科学的人生观,将中国人民从迷信蒙昧、保守顽愚的迷雾中拯救出来,去迎接世界性的科学思潮的洗礼。他认为科学的人生观或方法论具有两大层次的意思,即“第一拿科学做人生观的基础;第二拿科学的态度、精神、方法,做我们生活的态度,生活的方法”来论述科学的人生观,使科学的人生观或方法论的内涵与功能越加明确清晰。所谓“拿科学做人生观的基础”这第一大层意思,就是以现代科学的原则原理或现代科学知识或现代科学理性作为科学人生观或方法论的理论基础,开拓我们对宇宙或人生进行探究和认识的理性视野;并且拿现代科学研究已有的成果为科学的人生观方法论规范了“新的十诫”:一、要知道空间的大,则拿天文、物理研究获得的新科学成果,便晓得宇宙之大,对宇宙天体的认识就能具有大的眼光,对人在宇宙空间的地位就能有个恰切的认识,不只是能认识到地球仅是宇宙间的沧海一粟,也能晓得人类在宇宙间更是小,真是不成东西的东西。二、时间是无穷的长,即从地质学、生物学的研究成果晓得时间是无穷的长的,既认识到太阳系的存在已有几万万年的历史又知道生物乃至人类的存在也有几千万年或几百万年的历史;“明白了时间之长,就可以看见各种进步的演变,不是上帝一刻可以造成的。”三、宇宙间自然的行动,即根据一切科学的原理可以知道宇宙及万物都有一定不变的自然行动,也就是各自遵循永恒的客观规律在运行,背后并没有什么主宰或指挥者或规范者;晓得此理就能打破月蚀被天狗所吞的种种迷信。四、物竞天择的原理,这是从现代生物学研究成果中所获取的,不仅生物界、动物界不能不受到物竞天择原理的安排,而且从动物界进化过来的人生界也不能完全逃脱这个原理的规约,不然人类“为什么不安排一个完善的世界呢”?五、人是什么东西,从社会学、生理学、心理学的研究成果中可以窥见人对自我的认识已升华到新的理性层次，有的认为“人是两手一个大脑的动物”，有的认为人是社会关系的总和，有的认为人是灵与肉完全一致的人。六、人类是演进的，这是从人种学研究的科学成果中获取的认识，“犹如宇宙中的一切事物——大到天体、小到原子的结构——都是在引力与斥力相抗衡的‘力的结构’中才能维持其生存一样，人要在自然中、在社会中维持自己的生存、维持自己的尊严，就不可能没有反抗”；[10]为了应付周围的环境就不可能不通过各种实践不断地改变自己，在演进中求生存，在生存中谋发展。七、心理受因果律的支配，这是从现代心理学、生物学的研究成果所获得的认识，通过反复的探讨与实验，科学家发现人的思想或做梦即理牲思维活动或无意识的非理性活动都受因果律的支配，都是心理、生物的现象，所以人的心理并非是超然的，可以游离出人体的飘忽不定的灵魂。八、道德、礼教的变迁，这是从生理学、社会学的研究成果中认识到人类的道德、礼教并不是永恒不变的，随着时间的推移和世情的演进也会变迁的，“所以道德、礼教的观念，正在改进。”九、各物都有反应，即各种各样的事物都是活的、动的，这是从现代物理学、化学的研究成果中所认识到的，既然物质都是活的动的，即使石头加了化学品也有反应，那么不论个体的人或群体的人都更是活的动的了，“像人打了一记，就有反动一样。”十、人的不朽，这是根据一切科学知识所获的辩证认识，固然人是要死的，这是谁也不能抗拒的自然规律，但是人却不同于物质的腐败以及猫死狗死，个人的不朽则是立德、立功、立言的遗留下的功德，故而“凡是功业、思想，都能传之无穷；匹夫匹妇，都有其不朽的存在。”由于上述胡适以现代科学思想、理性知识作为其科学人生观的理论基础，不仅开阔了认识视域，也增强其观察解释自然现象或社会现象或心理现象、人文现象的敏感度和科学性，使其对人类的外宇宙和内宇宙获得了这样的科学见识：“我们要看破人世间、时间之伟大，历史的无穷，人是最小的动物，处处都在演进，要去掉那小我的主张，但是那小小的人类，居然现在对于制度、政治各种都有进步。”这种将人类置于广袤无垠的宇宙间对其人生价值意义与所处地位的评估，使我想起了 17 世纪法国天才巨人帕斯卡尔在遗著《思想录》中相见略同的一段话：“人只不过是一根苇草，是自然界最脆弱的东西；但他是一根能思想的苇草。用不着整个宇宙拿起武器来才能毁灭了他；一口气，一滴水就足以致他死命了。然而，纵使宇宙毁灭了他，人却仍然要比致他于死命的更高贵得多；因为他知道自己要死亡，以及宇宙对他所具备的优势，而宇宙对此却是一无所知。因而，我们全部的尊严就在于思想。”这里的“思想”，我理解是科学的思想，是科学的宇宙观或人生观。这是胡适对科学的人生观或方法论的第一层意思的阐明。

若说“新的十诫”是胡适从科学的人生观方法论所拥有的现代科学原则或科学理性精神，回答并阐释了人类所面临的物质世界和精神世界的人生十个层面的问题，显示出科学人生观方法论的优势与特质；那么胡适接着便从四个相互联系的方面论述了科学的人生观的第二层意思，即“科学的态度、精神、方法”。科学的人生观是以科学研究成果或科学理性思想为基础的，它既是发现人生问题解决人生问题或阐释人生问题的理论依据或思想假设，又是科学态度或科学方法探索问题解决问题或判断问题的价值尺度；而科学的态度或科学的方法又是科学人生观的通则原理在探究人生诸多问题的外在显现或操作程序或实验手段，反过来科学态度或科学方法或实验手段的卓有成效的运作不仅能验证科学人生观或方法论的思想基础是否精确坚固，也能进一步充实和深化人生观或方法论的科学理性思想，从这个意义讲胡适所说的“科学的人生观”就是地道的“科学的方法论”。而这种科学的方法、精神、态度着重体现于四个方面：一是怀疑，在人生中若有了怀疑态度不论碰到什么问题、遇到什么思想主义、听到什么言谈话语，都要问几个为什么，既不轻信又不盲从，用自己智慧的眼光多看看，以自己灵敏的头脑多想想，从消极方面说减少或不上当受骗，就积极方面讲可以从怀疑中发现真理、获得灼识，没有怀疑精神就不可能在纷纭复杂的人生中锐意进取，也不可能在自然科学或人文科学研究中或文学艺术建构中不断求真创新。二是事实，就是要“实事求是”，不论对人生问题或其他事情都不能毫无事实根据的怀疑，即使从事什么活动也不能只务虚名乱喊口号、说大话说空话说套话，必须遵循实事求是的科学态度“做切实的工作，奋力去做”。三是证据，即怀疑之后决不能陷入绝对否定的虚无主义，“相信总要相信，但是相信的条件，就是拿证据来”；“拿出证据来”这是科学人生观的科学方法的精华所在、本质所在，若没有或缺乏“证据”就意味着解构了科学人生观的主要功能，也等于解除了科学方法的武装，所以胡适认为有了“拿证据来”这一句，“理论学诸书，都可以不读”。四是真理，这应是从怀疑态度、实事求是精神到拿出证据来的层层推进的科学方法所要获得的结果，或者说是科学方法的必然逻辑归宿即寻求人生真谛或探求科学真理。正如胡适所说，“科学家是为求真理”，“人生的意味，全靠你自己的工作；你要它圆就圆，方就方，是有意味；因为真理无穷，进步快活也无穷尽。”。[11] 特别是作为科学人生观或方法论的“科学的精神”就是

"实事求是"的精神,胡适至少在《科学的人生观》、《格致与科学》两篇文章中提到"实事求是"这个概念;而今"实事求是"则是成了辩证唯物史观的思想路线或认识路线的核心理念,可见"实事求是"所蕴含的科学精神影响之深广。它不仅沟通了科学的人生观与马克思主义唯物史观或人生观的联结点,而且在复兴中华民族的各种事业中和实现中国全方位现代化的过程中已经发挥和正在发挥着巨大的功效;尽管现在我们所运用的"实事求是"的概念已赋予了更多的新内涵,然而它原有的科学精神却是不可变更的内核。"实事求是"的科学精神,胡适除了从西方现代哲学、科学理性中作了大胆而有选择的汲取外,他还从中国古代思想的研究中进行承传。胡适认为《大学》说的"致知在格物",而"格就是到",格物就是到物上去穷究物的理,求至乎其极则是致知,这确是科学的目标;到了宋明理学虽也提出"即物穷理"却没有建立起中国的科学时代,其最大缘故"是因为中国的学者向来就没有动手动脚去玩弄自然界实物的遗风",那些"长袍大袖的士大夫,从不肯去亲近实物。他们至多能做一点表面的观察和思考,不肯用全部精神去研究自然界的实物。"直至 17 世纪以后的"朴学"(又叫"汉学"),方用精密的方法研究训诂音韵,去校勘古书。"他们做学问的方法是科学的,他们的实事求是的精神也是科学的。"所以"我们现在和将来的努力,要把这两项遗产(按一是程朱的"即物穷理"的科学目标,一是朴学家实行的"实事求是"的科学精神与方法)打成一片:要用那朴学家的'实事求是'的精神与方法来实行理学家'即物穷理'的理想。"[12]正因为"实事求是"概括了科学人生观的科学精神的内涵,所以胡适又以"拿证据来"四个字来概括"科学精神",在胡适的学术视野里,"实事求是"与"拿证据来"是意思相通而相同的,都具有科学精神,"事实"与"据"相对应,事实可以作为根据,而根据又源于事实;"求是"与"证"相对应,"证"就是逻辑论证,没有演绎的或归纳的或辩证的逻辑论证就不可能从"实事"中发现真理,也不可能以"据"来证明或推演真理,而"求是"就是从"实事"中去探寻真理抽绎真理,可见它们之间的相互逻辑关系充溢着科学精神。为了论证"拿证据来"饱含着科学精神,胡适首先从《中庸》找到证据,他认为"无徵则不信"这句话翻成白话就是"拿证据来",即给我证据我就相信,没有证据我就不相信,这表明传统学术研究重证据所形成的科学精神流脉是相当久远的。其次英国科学家赫胥黎也是非常重视"证据"的,他说:"必须要严格的不信任一切没有充分证据的东西";又说:"我年纪越大,越分明认得人生最神圣的举动,就是口里说出和心理觉得我相信这件事是真的。人生最大的报酬和最重的惩罚,都是跟着这句话来的。”倘说唯真是求已成了赫胥黎的人生信仰,那么这种“真”的信仰必须建立在充分的证据之上。有些人说“科学的精神就是寻求真理”,胡适则认为这与“拿证据来”在精神实质上是一致的,两者并不矛盾,只是以“拿证据来”来表达“科学精神”比前者显得更扼要。“所谓寻求真理,如果我们把范围缩小一点寻求真理这个问题,就成了我们应该相信什么?什么是我们应该相信的,什么是我们不应该相信的?”回答这个问题还是要靠证据,有充分证据则相信,无证据或缺乏证据就不相信,有证据就有真理,没有证据就是没有真理,所以务必“要拿来证据来,要跟着证据走”。这是“一种科学的理论,也是我们当今处世与求学的一种常识的态度”,[13]更是把中华民族从瞒与骗的大泽中真正拯救出来的良药。

总之,胡适对中国文学转型期所遵循的科学人生观或科学方法论的系统而全面的阐释,不仅揭示其蕴含的科学原理通则、科学精神、科学态度、科学方法相互联贯的丰富而深刻的内涵,而且触及到科学人生观或方法论构成的思想渊源及其巨大功能。虽然五四文学先驱们推动中国文学转型的世界观或方法论有这样或那样的差异性,但是他们的思想方法无不结缘于生物进化论,无不充溢着科学精神,即使李大钊、陈独秀等崇尚的辩证唯物史观及其方法论也是一种科学人生观或方法论,它与胡适所坚持的科学人生观或方法论并非异质相对。因为胡适的科学人生观或方法论具有唯物主义精神,况且他也承认唯物史观开拓了诸多研究法门;只是他在解释历史或社会现实人生诸问题时并未坚持经济决定上层建筑的一元论来从根本上探讨原因和解决问题,而是恪守多元论从经济、宗教、思想、政治、道德、文化、教育等平行的角度去探究社会人生及历史上诸多问题的原因。也许用它来解决文学艺术、思想教育等问题不失为有效之方,而用它从根本上解决经济体制、政治制度等问题可能有一定的局限性。正如陈独秀所指出的:“我们并不抹杀知识思想言论教育,但我们只把他当作经济的儿子,不像适之把他当作经济的兄弟。我们并不否认心的现象,但我们只承认他是物之一种表现,不承认这表现复与物有同样的作用。适之赞成所谓秃头的历史观,除经济组织外,似乎应该包括一切‘心的’的原因——即是知识,思想,言论,教育等事。‘心的’原因,这句话如何在适之口中说出来,离开了物质一元论,科学便濒于破产,适之尊重科学,如何对心与物平等看待!!”[14]自觉参与中国文学向现代转化历史行为的文化先驱们,不只是深受全球性科学思潮的冲击和影响,形成崇尚科学理性的文化心理与科学方法论,而且还将“科学”两个大字连同“民主”镌刻于五四新文化运动与文学革命的大旗上，陈独秀的“予愿拖四十二生的大炮，为之前驱”的文学革命军的旗帜上就飘扬着“赛先生”和“德先生”的耀目大字。可见“科学”和“民主”照亮了中国文学向现代转型的光辉前程，指引着中国文学现代化的前进方向；也正是在科学精神与民主精神的激荡下所集结的文学革命大军于不长的时间完成了中国文学由古典向现代的转型，开创了继往开来的中国文学的新纪元，充分显示了科学理性精神或科学方法论的无坚不摧、所向披靡的巨大能量。颇有意味的是，五四文化先驱们所坚持的科学方法论和推崇的科学理性精神，虽然也有来自人文社会科学的，但主要是源于自然科学领域的；即以自然科学的原则通理与方法手段结构成的科学方法论运用于中国文学转型的过程，所创造或发明的不是自然科学成果乃是人文科学成果即现代型新文学；而人文成果的文学应属于“民主”的人学精神范畴，它却是自然科学方法论制导下创造的，这表明“科学”与“民主”是相辅相成的，而且科学精神与民主精神是能够互动转化的。其实，早在“五四”以前在中国第一个将赫胥黎的《天演论》翻译过来并鼓吹“科学”与“民主”的严复，就把“科学”理性精神与“民主”人文精神结合在一起说道：“西人谓一切物性科学之教，皆思理之事，一切美术文章之教，皆感情之事。然而二者往往相入而不可强分。科学之中，大有感情；美术之功，半存思想。”[15] 及至五四新文化运动与文学革命愈加自觉把“科学”理性与“民主”理性相互辉映，照耀着中国古代文学向现代文学转换的路向。

二

科学方法论之所以能够催动中国文学向现代转型，关键在于它内化为文化先驱们的主体思维便可以产生功能效应，而这种功能效应正是科学方法论制导着文化先驱们在中国文学转型的变革实践中所预期达到的结果，历史已经证明科学方法论所内化的主体思维功能是卓有成效的。虽然科学方法论在中国文学转型的主体历史实践中显现出多种多样的思维功能，但是能够发挥主要效用的不外如下几种：一是穿越时空的功能。由于五四文化先驱们所汲取或形成的科学方法论着重建立于现代自然科学理论或科技成果之上，而自然科学理论或技术的获取既非天上所掉又非头脑自生，乃是源于科学家们面对宇宙万物万象潜心探秘、艰苦钻研而取得的成果；这诸多自然科学成果的取得并不受时空的限制，总是从探索大自然奥妙、破解宇宙密码出发，科学家们不懈地穿越时空，去发现真理，去把握规律，这就使自然科学成果与之相应的方法论具有了穿越时空的功能。当五四文化先驱们的主体意识结构注入了自然科学果汁并容纳其科技方法后，不仅学术视野开阔了，时空观念增强了，而且将其运作于中国文学转型的探察与解决，就可以放眼世界地穿越中外古今的文学时空去寻求足可借鉴的经验与规律。为推进中国文学快速转型，胡适充分发挥科学方法论的穿越时空的功能，通过穿越几千年中国文学的时空，他不仅发现了中国文学的流变形成白话文与文言文两条并存互进的主线，前者则是充满生机的“活文学”后者却是失掉生命的“死文学”，而中国文学的现代转型就是要承传白话“活文学”以取代文言“死文学”，这正是生物科学的“优胜劣汰”法则在文学领域的活用；而且他还发现数千年中国文学演变有“庙堂文学”即“贵族文学”与“平民文学”即“民间文学”两大并举的文学形态，且与文言“死文学”和白话“活文学”相呼相应地运行，中国文学的所谓“转型”就是要继承并弘扬平民文学传统而拒斥庙堂文学或贵族文学。不只是在穿越中国古今文学时空中揭示出“文学转型”的趋向以及应继承的优良文学传统，同时胡适还借助宏阔的学术视野跨越了中西文学的时空，发现了西方发达国家的文学向现代转型也是由古拉丁文学向白话文学转变。有了中西文学向现代化转型的规律性认识及其经验教训的接纳，不仅明确了中国文学由古典向现代转换的方向，而且坚定了胡适为“大中华造新文学”的信心。胡适如此，其他五四文学先驱为催动中国文学转型，无不具有广纳博采的开放胸怀，以其敏锐的主体思维穿越纵横交错的世界文学时空，尤其对西方发达民族国家的现代性文学颇为关注，似乎每位先驱的审美兴趣和价值取向并非盯在或聚在某个域外作家身上，往往将多个外国作家或文学流派收进创作视野，从中选择或整合出最理想的建构转型后中国新文学的参照系，不论是创构现代型文学的大师鲁迅或者是建构中国新文学的巨匠郭沫若、茅盾、郁达夫等，都在“文学转型”激变期充分发挥了科学思维的穿越功能。

二是革故更新功能。既然已有了域外现代性文学作为中国文学变革的参照系以及中国古代文学尚可继承的传统，那么中国文学向现代转型的过程就应是革故更新的过程；而文化先驱们之所以能确立的“革故更新”的文学观并在“文学转型”的实践中生发出颇有效果的功能，主要得力于科学方法论的“新陈代谢”的生物进化原理作用于先驱们的思想意识，形成了牢固的“革故更新”的文学革命观。可以毫不夸张地说，推动中国文学转型的文化先驱的文学革命观差不多都是源于科学方法论的生物进化通则，即主动地把科学进化论引入文学领域以解决其推陈出新或破旧立新问题。胡适说："以今世进化之眼光观之，则白话文学之为中国文学之正宗，又为将来文学必用之利器，可断言之。"[16]这是以进化论科学思维断定白话文学为中国文学之正宗，也是中国文学转型的价值目标；但要使白话文学成为正宗则必须以此取代文言文学，试想不进行"革故更新"的实践何以取代呢？足见其"革故更新"思维功能具有锐不可挡的威力。特别值得提及的是，胡适在科学进化论的基石上建起了文学进化观念，而文学进化观念在胡适看来具有四层意义：由于文学乃是人类生活状态的一种记载，而人类生活是随时代变迁的，"故文学也是随时代变迁，故一代有一代的文学"；既然一代有一代的文学，那么中国古代文学进入20世纪新纪元无疑要进行"革故更新"而转化为现代文学，这就是科学进化论运作于文学领域所揭示的革新规律，此其一。以进化论考之，每一类文学的生成不是三年两载就可以完备的，"须是从极低微的起源，慢慢的，渐渐的，进化到完全发达的地位"，这如同生物的进化规律一样由低级到高级，也是"各类文学进化变迁的大势"，都须遵循"新陈代谢"的生物进化法则。虽然站在今天的认识高度你可以批评这种进化文学观带有唯物机械论色彩，但在中国文学转型期它却具有革命意义，此其二。由于每种文学的进化总要经过一个时代，故而"往往带着前一时代留下的许多无用的纪念品"；而这种"无用的纪念品"如同人身上的"总可废去，总没废去"的"遗形物"，中国文学流变了多少代所保存的"遗形物"已成为文学进化的累赘，若这种"遗形物"不扫除干净那中国文学永远没有革新转型的希望，此其三。从世界文学史来看，"一种文学有时进化到一个地位，便停住不前进了；直到他与别种文学相接触，有了比较，无形之中受了影响，或是有意的吸收人的长处，方才再继续有前进。"中国文学跨入新世纪进到向现代转型的五四时期，必然要按照进化路线去主动地"采用西洋最近百年来继续发达的新观念，新方法，新形式"，[17]如此方可使中国文学的革新转型有希望，此其四。胡适正是以进化文学观念为支柱而假设出革故更新的具体实施方案，使他成为了中国文学向现代转型的急先锋。陈独秀以进化论考察了欧洲文学思潮的进化路向后，不仅提出了五四文学革命应建构写实主义文学，而且郑重地指出"欧语所谓革命者，为革故更新之义"，"文学艺术，亦莫不有革命，莫不因革命而新兴而进化"；就是说中国文学的转型只有采取"革故更新"的革命方式，才有可能建立起新型的"国民文学"、"写实文学"和"社会文学"。[18]即使文学变革激进者钱玄同的文字改革或文学革命观也是由科学进化方法论而获得，他认定："世界万事万物，都是进化的，断没有永久不变的；文字亦何独不然。象形文字不适用了，改为拼音文字；习惯文字有了不规则的发音，无谓的文法（如法德文中之阴阳性等）不适用了，改用人为的发音正确，文法简赅的文字：这都是到了当变之时，不得不变，其事至为寻常，"。[19]周作人提出的变革中国传统文学中的"非人文学"而营造"人的文学"观是建立在"从动物进化的人类"的自然人性论基础上，希冀以"一种个人主义的人间本位主义"的"人的文学"取代"非人的文学"，[20]而"人的文学"正是中国文学通过"革故更新"转型后所追求的最理想的美学形态。沈雁冰依据科学方法论探察了中外文学进化轨迹，从而确立了"新文学就是进化的文学"[21]的观念，论证了中国文学转型的必然性与合理性。"人间世的基调是进化的，革命则是进化受到壅塞时的溃决"。[22]中国文学由古典向现代转型因受到重重"壅塞"故采取"革故更新"的革命方式；而五四文化先驱们的革命文学观念大多是源于现代科学理性特别是生物进化论的思维方法，可见"革故更新"功能是科学方法论所生发的，这已为中国文学转型的历史行为充分证明了。

三是尝试实践功能。科学人生观或方法论资助五四文化先驱们树立了"革故更新"的革命文学观，将中国文学转型导入进化的历史链条，但要使革命文学观转化为推动中国文学转型的历史行为或物化为审美成果，则必须勇于尝试大胆实践，而科学方法论就是具有这种尝试实践功能。因为真正的科学家特别是自然科学家要获得科学发明或科学原理或科学方法，不知付出了多少心血、汗水与智慧，进行数百次乃至千万次的实验试尝，即使一次次失败也要爬起来、挺直腰进行反复的实践，直至取得成功方肯罢手，例如居里夫人为了发现铀炒了十吨以上的沥青矿，提炼出几克铀便费了七八年或更多的时间。所以每个科学家所创造的科技成果、所发现的科学原理、所运用的方法论，都充溢着艰苦卓绝的尝试实践精神，无疑它也具有一种大胆尝试或勇于实践的功能。推崇实验主义科学方法论的胡适，以"大胆的假设，小心的求证"十个字对其科学方法作了概括，认为科学方法源于科学研究实践又用于科学研究实践，并引用康纳脱著的《科学与常识》予以论证。康氏说："照我解释科学的发展史，十七世纪里忽然产生一种大活动，当时人叫做'新哲学'或'实验哲学'，只是思想上与行动上三个潮流汇合的结果。这个潮流是：（一）一些玄想的普通观念；（二）演绎的推理；（三）老老实实的实验。"胡适指出这三个潮流就是科学方法论的"大胆的假设，小心的求证"的两个关键的逻辑环节，而康纳脱所说的"玄想"就是假设，不管大胆的假设，小胆的假设，无胆的假设，对的假设，错的假设，都是玄想的理论；演绎的推理，和老老实实的实验，都是"小心的求证"。纵观17、18世纪西方的科学发展史，大致可以分为两大类科学："一类是历史科学，一类是实验科学。历史科学工作者同样也要求证，但它的证据是一去不复返的。实验科学是先要有假设，然后根据假设来推想，再在推想下产生结果。"无论是历史科学或者是实验科学，总之，都要通过试验或实践的结果来证明其假设正确与否，这就是科学方法论的"大胆的假设，小心的求证"。[23]如果说"大胆假设，小心求证"是胡适对科学方法的最精炼的概括，并突出实验的重要性，那么他在《科学概论》一文中对科学方法论的功能又作了进一步阐释，他指出"每一种科学的发达，全靠方法的进步。凡科学史上的划时代的进步，都是方法上的大进步。"虽然胡适对科学方法的功能作了过高估价，但是他也深切地看到了（一）科学"方法的进步又往往与机器的进步有密切的关系"，即与科技的进步相关，如远望镜的进步带动了天文学方法的进步，显微镜的进步又推动了生物学、生理学、细菌学方法的进步；（二）"科学的进步是逐渐继续增高的，所以须靠有持续性的学术机关，保存已知的知识方法、技术、工具，始能有继续改良与进步。"这就把科学方法的科学理性与工具理性结合起来。然而科学方法并不奥妙，从研究主体的角度来说，只要勤奋努力不懈实践既可以掌握科学方法又能操作科学方法，并取得预想的实验效果。正是在这个意义上胡适强调指出，"科学方法并无巧妙，只不过是已形成治学的良好习惯的人的方法而已"，即"科学方法只是不苟且、不躲懒、肯虚心的人做学问的习惯。"[24]在中国文学向现代转型的五四文学革命时期，胡适出色地运用科学方法论为中国文学变革制订了多种大胆假设的"转型"方案，既有文学改良的"八事"又有文学革命的"国语的文学，文学的国语"的十字根本方针，也有文学革命分为"文字体裁大解放"先行然后再革新文学思想或文学精神的两步走的总体设想。他所以把以白话作诗置于中国文学革新转型的首要地位，因为他从文学进化的路向发现白话文学早已出现在小说文本中，如《水浒》、《红楼梦》等足可作为白话文学的楷模，唯独以白话作诗阻力重重，尚未有可以借鉴的范本，只要通过反复实验把"白话作诗"这个桥头堡攻破，那么中国文学向白话平民文学或人的文学转变就畅通无阻了，于是他以实验主义的大胆尝试精神来实现其"作诗如作文"的假设。根据胡适的追忆，在美国绮色佳大学写的诗集《去国集》里的《耶稣圣诞节歌》和《久雪后大风作歌》都有以白话作诗的试验意味，后来的《自杀篇》完全用分段作诗，其实验的态度则更明显了；

1915年胡适进哥伦比亚大学，送梅觐庄到康桥进哈佛大学作首长诗，表达了“神州文学久枯馁，百年未有健者起”的焦虑，又给任叔永的和诗中提出了“诗国革命何自始？要须作诗如作文”的主张，并确立了“诗界革命当从三事入手”的设想；1916年春建立起“历史的文学进化观念”，而这一观念是胡适“文学革命论的基本理论”，并作《沁园春》词作为《誓诗》，表述了“为大中华，造新文学”敢于“搴旗作健儿”的英雄豪气。从此他以乐观进取的实验精神用白话作诗，且把“白话入诗”作为“吾辈实地试验”，表示“一次‘完全失败’何妨再来？若一次失败，便‘期期以为不可’，此岂科学的精神所许乎？这一段乃是我的‘文学的实验主义。”[25]通过1916年7月至1917年9月这一年多的以白话作诗的反复艰苦实验，终于在“诗体大解放”的革新道路上迈出可贵的一步，《尝试集》第二编中的诗虽不能说篇篇达到“真正白话诗”的理想审美境界，但大致都是朝着这个现代诗学目标去努力的。这本诗集不只开新诗的风气之先.，而且它所体现出的“自古成功在尝试”的“实验精神”影响深远。试想，若是五四文学革命的先驱们没有或缺乏这种大胆尝试、勇于实践的精神与魄力，中国文学向现代转型能取得如此快捷的卓有成效的文学创作实绩吗？难怪鲁迅大声疾呼：“没有冲破一切传统思想和手法的闯将，中国是不会有真正的新文艺的。”[26]而这样的“凶猛的闯将”正是在现代科学精神的烛照下与科学方法论的制导下来开辟“一片崭新的文场”以取代旧文苑的，完成了中国文学转型的历史使命。

四是务实求真的功能。这一功能既是从科学方法论的实事求是精神引申出来的又是科学理性精神所固有的。五四文化先驱们由于以科学理性及其务实求真的思维方法去考辨古代文学，方发现其中的“他闭着眼睛不肯看天下的悲剧惨剧，不肯老老实实写天下的颠倒惨酷，他只图说一个纸上的大快人心”的“说谎文学”，[27]还发现了不敢正视血淋淋人生而只求大团圆结局的“瞒与骗”的文学，也发现了那种专门只用晦涩僵硬的书面文言写给贵族阶层看的“庙堂文学”或“死文学”，故而他们下定决心要通过革命途径促使中国古代文学向现代转变，并从而建构一代洋溢着科学理性精神与人文主义精神的真善美和谐统一的现代性文学。然而要创造这种以“真”为主导品格的人的文学全赖文学先驱们经过科学理性精神洗礼以及科学方法论务实求真功能的作用所形成的求真艺术思维。所谓求真艺术思维主要指文学创作主体从观察、体认和把握与人相关的内外世界和借助文体表现、再现和象征与人相关的内外宇宙，都以崇真作为思维中心、以求真作为审美价值目标；而五四文学创作的作家、诗人们的求真艺术思维的形成则须臾离不开科学理性精神及其方法论务实求真功能的孕育与作用。沈雁冰于1922年在《文学与人生》一文中曾说:“近代西洋的文学是写实的,就因为近代的时代精神是科学的。科学的精神重在求真,故文艺亦以求真为唯一目的。”[28]既然文学艺术的求真源于科学理性精神的求真品格,那么五四文学作家们的求真艺术思维应似作为现代中国时代精神重要特质之一的科学理性及其方法论渗透内化而成的。从晚清到“五四”科学理性精神澎湃腾涌,而建立于近代科学理性基础上的欧美实证主义哲学思潮则是对中国文学转型激变期的五四新文化运动与文学革命影响最深的科学理性精神及其方法论。鲁、郭、茅等新文化伟人与文学巨匠无不尊重科学理性精神,尤其是鲁迅毕其一生提倡科学理性、弘扬科学精神,运用科学方法,把科学理性作为改造国民劣根性的利器和治疗老中国儿女思想上的“祖传老病”和“无名肿毒”的药方。五四文学创作主体的求真艺术思维不仅深受域外近代科学理性精神及其方法论的影响,也受到马克思主义科学理性精神的渗透,因为马克思主义的哲学基础是辩证唯物主义与历史唯物主义,最讲究调查研究的科学方法和实事求是的科学精神,最追求对人与物的由表及里、由浅入深、由显到隐的本质真实,把发现真理、坚持真理、丰富真理和捍卫真理视为生命,所以马克思主义科学理性精神(主要是社会科学)尽管五四时期仅是初步介绍但它对作家们求真艺术思维形成还是起过作用的。特别在对“真”的研讨中,心理学介入科学哲学,将科学理性及其方法用于人的发现与人的文化创造,使对人本真的认识深入到心理层次,弗洛伊德则是以理性的科学方法揭开了人的非理性的潜意识心理世界,它在五四文学界产生了广泛影响,尤其弗洛伊德的精神分析被不少作家所接受并形成深度的求真艺术思维,在人的文学创作中进行了有成效的实验与尝试。

充溢着科学理性精神的求真艺术思维,虽然具有不同个性的创作主体在建构现代文学不同体式文本的运作中呈示出明显的差异性,但在总体上却有些大致相同的特点与功能。这里以鲁迅与茅盾的求真艺术思想作为个案试析之。鲁迅的求真艺术思维深受各种科学理性精神及其方法论的熏陶或作用,形成了完善的求真思维模式,显示了突出的特点与功能:(一)从求真艺术思维出发,鲁迅把“真”视为美学的最高范畴和文学艺术的生命所在,使“真”在文学创作中达到前所未有的崇高地位。他说“‘讽刺’的生命是真实;不必是曾有的实事,但必须是会有的实情。所以他不是‘捏造’,也不是‘诬蔑’。”[29]鲁迅所讲的讽刺艺术不只是杂文也包括其他文学类型,把“真实”提到文学艺术生命线的高度,而且这种"真实"既可以是"曾有的实事"又可以是"会有的实情",道出了客观对象真实的既定性和必然性,前者是强调事实的叙事后者则是强调想象的叙事,但都必须达到"真实",这是文学文本的生命所在也是价值所在。(二)从求真艺术思维出发,鲁迅对文学文本"真"的要求至少有两层含义:一层是文学再现或表现社会人生必须具备客观实在性,即客体对象的本来样子或原生态;一层是作家主体的主观情感必须"真挚",即文本内容所倾注的应是作家的真情实感。总之,文学文本内容的"真"应是"真相"与"真情"的有机统一,即客观内容的实在性与主观情感的真挚性的奇妙结合,它既是五四所倡导的写实文学的灵魂又是优秀文学家或文学流派获得成功的生命线。(三)从求真艺术思维出发,鲁迅一方面以科学态度对待中国传统文学与世界文学,严谨求实地承继古代文学优秀传统,内之决不切断固有之血脉,对外国文学采取拿来主义,决不盲从绝不迷信,外之跟上世界文学之潮流,不论继内或借外都是为了创新趋优,建设有民族特色的现代型文学;另一方面坚持科学的美学理念,以敏锐的现代眼光与先进思维方法去观察、感悟现实社会人生,通过时间隧道去考辨、反思历史,追问存在的合理性,探询人生的哲意,能够在现实的或历史的惯性轨道上产生"离经叛道"和求新求变的创新意识与创作动机,从内外宇宙发现并捕捉现代文学再现或表现或象征的新主题、新故事、新人物以及与之相适应的新意境、新体式和新语言,致使鲁迅在中国文学转型过程中成为创造新文学形式的高手也使他成为现代文学各类经典文本的营构者,为中国文学在解构中重新建构作出了不朽的贡献。与鲁迅在新文场上并驾齐驱的茅盾也是一员闯将,他深受科学理性精神洗礼,确立了完备的求真艺术思维,显示出一些独到的功能特点:(一)从求真艺术思维出发,茅盾汲取了作为自然主义或批判现实主义以及泰纳艺术哲学思想基础的科学理性精神,来阐释文本建构如何把握文学与人生的对应关系。由于它们主要是以自然科学理念和实证论方法考察了文学与人生之关系,只认定"'文学是人生的反映',人们忘掉生活,文学就把那种种反映出来。譬如人生是个杯子,文学就是杯子在镜子里的影子。"[30]这虽然不符合辩证唯物主义的科学反映论,然而却含有朴素的唯物主义真实论的美学因素,特别茅盾作出了"文学的背景是社会"的论断,进一步说明了文学反映的人生是社会的人生,并非生物学观点所认为的那种纯自然属性的人生。(二)茅盾从求真艺术思维出发,汲取了左拉自然主义的科学理性精神,提出了文学艺术的最大目标是"真"。茅盾认为,科学理性精神重在求真,故文艺也应该以求真为唯一目的。左拉完全把科学家和文学家等同起来，完全把科学家的实验方法硬搬进文学创作领域，不免陷入机械唯物论；茅盾着重接受了自然主义的从真实的事实出发去“寻求真理”的精神，要求作家致力于新文学创作应该有严格的科学态度，像科学那样实事求是地去观察人生、研究人生、反映人生，心里怎样想，口里就怎样说，老老实实，不可欺人[31]。他不仅仅指出文学要表现全体人生的真的普遍性，而且也要表现各个人生的真的特殊性，只有文学达到普遍的真和特殊的真的高度结合，才会“美”方算“善”；而这种文学的普遍的真和特殊的真，正是宇宙万物没有绝对相同的客观物质世界的真实反映[32]。（三）从求真艺术思维出发，茅盾汲取了左拉自然主义的注重实地观察的崇实思想，这同自然主义的严格求真的科学理性精神紧紧联系在一起。茅盾认为“实地考察”是自然主义者的共同主张，是我们所应当引为的指南，是自然主义带来的两种法宝之一。因此要求文学创作所表现的主题、人物，描写的环境、事件，都必须源于被观察过的客观现实生活；不实地观察，作家就不能如实地描写客观世界的真实存在。（四）从求真艺术思维出发，茅盾汲取了自然主义的描写法，要求新文学创作必须注重客观描写。茅盾不止一次地说：“自然主义者带来了这两件法宝——客观描写与实地观察——在西方大都市里找求小说材料，所得的结果是受人诟病的定命论等不健全思想。但是如今我们利用了这两件工具在中国社会找小说材料，恐未必所得定与西方自然主义者找到的相同罢。”[33]这说明他当时提醒人们所学习的，“并不是人生观的自然主义”，而是“自然派技术上的长处”[34]科学描写法或客观描写，这同左拉倡导的科学实验方法一脉相承。总之，以鲁迅与茅盾为代表的五四文学家们的求真艺术思维对新文学崇真美学理想的孜孜不倦追求，不仅有精到的文学真实观的理性表述更贯彻于文学创作实践中，营造出相当数量的洋溢着科学理性精神的具有真实品格的经典文学文本或文学流派，使五四开创的现代文学与古代的瞒与骗的文学相比成为一代地道的真的文学，形成了求新求变求真求美的优秀文学传统。

科学理性精神及科学方法论体现于或运作于中国文学由古典向现代转型的全过程，也许可以寻出这样的缺欠或那样的局限；但是从总体上考察可以断言，若没有现代科学思潮的冲击和科学方法论的制导，中国文学就不可能完成向现代化转变的历史使命，也不可能营造出与现代世界文学接轨的新型文学，也不可能开拓出现代文学多元的异彩纷呈格局，更不可能生成鲁、郭、茅、巴、老、曹这样的文学大师及其誉满全球的文学经典，所以从科学方法论与中国文学转型关系的角度深入总结其经验教训,对于引导21世纪中国文学的演变是大有裨益的。

(写于2007年秋,载于2008年《烟台大学学报》第1期)

参考文献

[1]《苏联大百科全书》第5版第16册,1974年版。

[2]《十六——十八世纪西欧各国哲学》,商务印书馆1982年版,第22页。

[3][法]笛卡尔:《谈方法》,《西方哲学原著选读》(上册),商务印书馆1982年版,第363~364页。

[4][德]E·卡西勒:《启蒙哲学》,山东人民出版社1996年版,第11页。

[5][德]E·卡西勒:《启蒙哲学》,山东人民出版社1996年版,第14页。

[6]恩格斯:《路得维希·费尔巴哈与德国古典哲学的终结》,人民出版社1972年版。

[7]《马克思恩格斯全集》第4卷,人民出版社1981年版,第224页。

[8]《顾准文集》,贵州人民出版社1994年版,第419页。

[9]《胡适全集》第4卷,安徽教育出版社2003年版,第658页。

[10]许苏民:《人文精神论》,湖北人民出版社2000年版,第24页。

[11]胡适:《科学的人生观》,《胡适全集》第8卷,安徽教育出版社2003年版,第1~5页。

[12]胡适:《格致与科学》,《胡适全集》,第8卷,安徽教育出版社2003年版,第80~82页。

[13]胡适:《科学精神与科学方法》,《胡适全集》第8卷,第179~180页。

[14]陈独秀:《〈科学与人生观〉序》的"附录三"《答适之》,《胡适全集》第2卷,第230页。

[15]《严复集》第2册,北京三联书店1984年版,第279页。

[16]胡适:《文学改良刍议》,1917年1月1日《新青年》第2卷第5号。

[17][27]胡适:《文学进化观念与戏剧改良》,1918年10月15日《新青年》第5卷第4号。

[18]陈独秀:《文学革命论》,1917年2月1日《新青年》第2卷第6号。

[19]鲁迅:《渡河与引路》,1918 年 11 月 15 日《新青年》第 5 卷第 5 号。
[20]周作人:《人的文学》,1918 年 12 月 15 日《新青年》第 5 卷第 6 号。
[21]沈雁冰:《新旧文学平议之评议》,1920 年 1 月《小说月报》第 11 卷第 1 号。
[22]《顾准文集》第 364 页,贵州人民出版社 1994 年版。
[23]胡适:《科学精神与科学方法》,《胡适全集》第 8 卷,第 181 ~184 页。
[24]胡适:《科学概论》,《胡适全集》第 8 卷,第 83 ~90 页。
[25]胡适:《尝试集自序》,《胡适全集》第 1 卷,第 190 页。
[26]鲁迅:《论睁了眼看》,《鲁迅全集》第 1 卷,人民文学出版社 1981 年版,第 241 页。
[28]茅盾:《文学与人生》,松江暑期讲演会《学术演讲录》第 1 期,1923 年出版。
[29]《且介亭杂文二集·什么是"讽刺"?》,《鲁迅全集》第 6 卷,人民文学出版社 1981 年。
[30][31]茅盾:《文学与人生》,《茅盾文艺杂论集》(上),上海文艺出版社 1981 年,第 110 页。
[32][33]茅盾:《自然主义与中国现代小说》,1922 年《小说月报》第 13 卷第 7 号。
[34]茅盾:《自然主义的怀疑与解答》,1922 年《小说月报》第 13 卷第 6 号。

现代作家文化心理结构中的“诚”与“爱”

鲁迅曾言中华民族的人格中缺乏“诚”与“爱”，而现代作家的文化心理建构则在“诚”与“爱”这两个维度上进行努力探索，以充实文化心理的人性内涵；“诚”的文化心理衍化出求真的艺术思维，作用于文学创作则使文本生成真实的美学品格，鲁迅其人其文以及文研会的文学创作具有典型的代表性；“爱”的文化心理内涵源于基督教佛教的爱的精神，形成的博爱文学观作用于诗文创作则增强主题的爱的意蕴。正是在现代作家“诚与爱”文化心理与文学创作的互动中，营造出一代以人道主义爱为灵魂、以真诚为品格的“人的文学”。

所谓“文化心理”是指个体的“文化行为素养”，虽然这种“文化行为素养”似乎是文化心理的表层结构，既可以从行为上看得见又能触得到；但它却是文人作家们共生于特定文化语境下经过趋同文化刺激而形成的深层心理结构的外显反映。因为“每一个人都置身于一定的文化系统中”，皆是“文化化”的人，故“置身于其中的成员都持有成套的共同信条，鄙夷某些事物而喜好另一些事物，作出选择而且体验某些反映”[1]。现代中国作家的文化心理结构之所以在“五四”前后初步形成，主要因为中外古今文化的频繁交汇与激烈撞击而形成一个多元的文化生态环境，几乎所有致力于现代文学营造的作家诗人或文人学者，无不深受以科学与民主为旗帜的现代文化思潮反复而强烈的刺激，他们选择并坚持“成套的共同信条”即这种主义或那种思想，并对其所喜爱的新文化或新文学通过心理机制进行深切的体验与反应，使每个文人作家的“文化行为素养”即心理结构的表层与深层的多个维度，从人格理想、伦理道德、价值观念、情感取向乃至思维方式、审美选择等，都呈现出趋同性与差异性相交织缠绕的心理状态；不过，有别于传统文化心理的现代作家的文化心理建构，毕竟是以个性意识、人道意识、自由意识、民主意识和科学意识这些“成套的共同信条”铸成了现代文化心理结构柱石。尽管我们可以对初建的现代文化心理结构指出诸多不完善的缺陷，但是现代作家的文化心理不只能随着现代社会和文化的变迁得到健全甚至变异，而且会鲜明地标出中国传统文化心理向现代转型所跨出的里程碑式的步伐。

鲁迅从建构“人国”的理想出发与塑造国民灵魂的目标着想，深感“我们民族最缺乏的东西是诚与爱”。既然中华民族的人性中缺乏“诚与爱”，况且文化人格是否具有“诚与爱”又关系到现代化的“人国”能否实现和中华民族文化心理能否优化；那么置身于“五四”开创的多元文化系统的现代作家们，对于其文化心理建构就格外重视对于“诚与爱”人性内涵的发掘与汲取，借以充实和塑造现代文化心理结构。由于现代作家文化心理的建构总是同现代文化建设或现代文学创作联系在一起，加之文学研究界也很少从“诚与爱”这两个维度集中探讨现代作家的文化心理内涵及其与文学创作关系，故本文的研究重点就设定在此了。

一

所谓“诚”就是真心真情或实实在在之意，一切都讲究一个“真”字，要做“真人”，要讲“真话”，要办“真事”；尤其在官场和商场的所有方面都做到“真”和体现“真”就太容易了，不过从大局着眼和从长远着想即使比登天还难也是要在“诚”字上下足功夫的。对于现代作家的文化心理结构欲注进“诚”的人性内涵，不仅要塑造诚实的人格，切实做到文如其人，使人格成就文格；更重要的要以“诚”的精神铸造作家求真的艺术思维，并以此去体验真实的人生、感受人的真实灵魂和领悟事物的真谛，创造出具有至真至善至美品格的文学作品，如果现代作家的文化心理既乏诚心又乏真意也乏求真艺术思维，那永远也不能摆脱瞒与骗的不良文学传统。假设传统民族文化心理缺乏“诚”的内涵是因为科学精神贫困所致，那么20世纪的中国却是个科学精神高扬的时代，五四时期曾把“科学”连同“民主”写在新文化运动的大旗上。可见，现代作家的文化心理建构正处于科学文化强势介入的生态语境，在科学精神的反复洗礼和科学理性的猛烈冲击下，不只是诚实的文化人格得到强化，而且求真的艺术思维在文学营造中也发挥了特殊功效。对此我曾在《科学理性精神之于创作主体求真艺术思》一文作过论述，现引录如下以示我之见解：

不论西方近代科学理性精神或现代科学精神以及它们的方法论，都对准一个目标即通过求“真”达到服务于人生，而这些关于“真”的探讨的科学哲学思潮大都在"五四"前后涌进现代中国的思想文化领域与文学艺术园地,形成一种深厚的知识背景或强烈的时代精神或浓重的文化氛围,持续不断地潜移默化地作用于文人学者或作家诗人的心灵,逐步确立了求真的艺术思维。如果缺乏由科学理性思潮构成的思维环境,那现代中国文学作家们的求真艺术思维的形成将成为无水之源,正是从这个意义上说,"人在很大程度上是环境的产物,亦即是他所隶属的文化的产物";虽然思维环境是不以个人意志为转移的客观存在,但"客观成分的一条规律是:环境并不排斥自我,与此相反,所有人的生活都是从他们各自的自我环境关系中获得了意义。"[2]在同样的思维环境中,一个现代中国文学家能否获得创新趋优的求真艺术思维,关键取决"自我"能否充分发挥主动精神与聪明才智,使自己的艺术思维日趋完善,尽量实现自我生存的小思维环境与大思维环境在更高层次上的和谐统一。凡在现代中国文学史上取得了卓越成就的文学家,几乎都能借助或改造科学理性精神或科学知识构成的思维环境并从而形成各自较完善的求真艺术思维,既创造了具有崇真美学品格的经典文本又缔造了富有真实艺术风格的文学流派,也使各种样态的现实主义文学成为百年中国文学的主潮和最璀璨的艺术景观。

充溢着科学理性精神的求真艺术思维,虽然具有不同个性的创作主体在建构现代中国文学不同体式文本的运作中呈示出明显的差异性,但在总体上却有些大致相同的特点与功能。这里以鲁迅的求真艺术思维作为个案试析之,以此窥见现代文学创作主体思维。鲁迅的求真艺术思维深受各种科学理性精神的熏陶,形成了完善的求真思维模式,显示了突出的特点与巨大功能:其一,从求真艺术思维出发,鲁迅把"诚"或"真"视为美学的最高范畴和文学艺术的生命所在,使"真"在文学创作中达到前所未有的崇高价位。他说:"'讽刺'的生命是真实;不必是曾有的实事,但必须是会有的实情。所以他不是'捏造',也不是'诬蔑'。"[3]鲁迅所讲的讽刺艺术不只是杂文也包括其他文学类型,把"真实"提到文学艺术生命线的高度,而且这种"真实"既可以是"曾有的实事"又可以是"会有的实情",道出了客观对象真实的既定性和必然性,前者是强调事实的叙事后者则是强调想象的叙事,但都必须达到"真实",这是文学文本的生命所在也是价值所在。鲁迅这种出自求真思维的"真"的美学观从根本来说,是建立在以科学理性精神对文学与生活关系的唯物主义的解说上。他在致徐懋庸的信中说:"文学与社会之关系,先是它敏感的描写社会,倘有力,便又一转而影响社会,使有变革。这正如芝麻油原从芝麻打出,取以浸芝麻,就使它便油一样。”[4]文学与社会的这种辩证关系通过创作主体为中介转化成审美文本,之所以感动就在于离不开“真实”,否则就失去了艺术生命力,“只有真的声音,才能感动中国的人和世界的人。”[5]惟有真文学才有艺术之美,文学文本的真源于生命的真,若是没有创作主体的求真艺术思维,生活的真也难以转化为文学艺术之美。正是为了创造具有崇真品格的人的文学,鲁迅终其一生反对“瞒和骗”的文学。他说:“中国人向来因为不敢正视人生,只好瞒和骗。由此也生出瞒和骗的文艺来,由这文艺,更令中国人更深地陷入瞒和骗的大泽中,甚而至于已经自己不觉得。世界日日改变,我们的作家取下假面,真诚地,深入地,大胆地看取人生并且写出他的血和肉来的时候早到了;早就应该有一片崭新的文场,早就应该有几个凶猛的闯将!”[6]这是鲁迅对“真”的新文学发出的时代最强音,又是向一切瞒和骗的不诚实的文人及其文学发出的决战誓言。通过创作实践,鲁迅不愧为开辟新文场的闯将,以无坚不摧、永远进击的韧性战斗精神扫荡瞒和骗的文学,营造了一代至真至美的现代型文学经典。其二,从求真艺术思维出发,鲁迅对文学本文“真”的要求至少有两层含义;一层是文学再现或表现社会人生必须具备客观实在性,即客体对象的本来样子或原生态;一层是作家主体的主观情感必须“真挚”和“诚实”,即文本内容所倾注的应是作家的真情实感。总之,文学本文内容的“真”应是“真相”与“真情”的有机统一,即客观内容的实在性与主观情感的真诚性的奇妙结合,它既是现实主义文学的灵魂又是优秀文学家或文学流派获得成功的生命线。这种含有科学理性“真”的精神的叙事文本,不仅要从人生中开掘富有真理性的思想主题、从现实生活中提炼真实可信的艺术情节与艺术细节,而且要塑造发出“至诚之声”的“精神界之战士”、“说真理者”的艺术形象以及具有诚与爱品性的“真的人”;特别是悲剧文本既要真实地开掘悲剧主人公潜隐的被毁灭的真正“价值”和内心世界美之所在,又要真实细致地揭示悲剧主人公身心“价值”被毁灭的过程,也要真实地暴露悲剧主人公造成真正悲剧的根源,从而完全打破那种虚假的乐观主义与瞒和骗的大团圆主义,就其实质来说悲剧的艺术生命也在于“真实”。即使抒情文本鲁迅也是从求真艺术思维出发,要求新诗发出真的声音,呼吁人们“能够大叫,是黄莺便黄莺般叫;是鸱鸮便鸱鸮般叫”,[7]使诗人在诗中直抒胸臆,真实大胆地抒发自己的悲哀、痛苦、憎恨、忧愤与欢乐,“这是血的蒸气,醒过来的人的真声音”,不只要反对矫揉造作的虚情假意更要反对伪君子式的满口仁义道德而心中则是男盗女娼的恶情恶意,因为这种伪道德家的声音是人的文学的致命毒剂。其三,从求真艺术思维出发，鲁迅一方面以科学态度对待中国传统文学与世界文学，严谨求实地承继古代文学优秀传统，内之决不切断固有血脉，对外国文学采取拿来主义，决不盲从也不迷信，外之跟上世界文学之潮流，不论继内或借外都是为了创新趋优，建设有民族特色的现代型文学；另一方面坚持科学的美学理念，以敏锐的现代眼光与先进思维方法去观察、感悟现实社会人生，通过时间隧道去考辨、反思历史，追问存在的合理性，探询人生的哲意，能够在现实的或历史的惯性轨道上产生"离经叛道"和求新求变的创新意识与创作动机，从内外宇宙发现并把捉现代文学再现或表现或象征的新主题、新故事、新人物以及与之相适应的新意境、新体式和新语言，致使鲁迅成为创造新文学形式的高手也使他成为现代文学各类经典文本的营构者。特别值得称道的是，鲁迅对于那些可以作为文学创新对象的人、景、物的真实存在状态，或肯定或否定或批判或质疑，甚至对其中蕴含的理想因素或哲理意蕴的探询，既积极大胆又审慎求实，表现出一种严谨务实、求真求新的科学态度。真实是文学创新的根基，创新是对真实的超越，而所营造的文本又获得新的美感真实。鲁迅最厌恶那种"遮眼文学"，这种虚假的文学如同安徒生童话里的"皇帝新衣"，没有一点真的，而那个敢说真话的孩子却道破了骗人的幻象，文学家更应该勇敢地揭露"遮眼"一类的骗术，还人、事、景、物以本真的面目。鲁迅积极提倡与障眼法相对立的写实"白描"手法，因为这种手法的最大功能是"有真意，去粉饰，少做作，勿卖弄而已"[8]。在现代文学建构过程中，只有竭诚求真才有助于文本的创新，这也是现代作家文化心理"诚"的人性内涵的物化。[9]

从文学流派考之，文学研究会每个成员的文化心理的"诚"的人性内涵，所灌注的科学精神既深且广，他们是在共同的文化背景与文化系统的刺激下形成的文化群体，吸取融合了多种科学文化成分，逐步铸就并不断发展——包括感性、知性、理性、情感、思绪诸多内容的有机的心理结构，从而强化了文研会各成员在文学创作中求诚求真的审美心理取向。因此他们把文学的真实性作为文学的创作的最高品格，虽然这是在创作方法上以科学思想为基石的批判现实主义和自然主义的共同点，但它们也有不同点，这主要表现在对细节真实的理解及对生活真实和艺术真实、生活事实和生活真实之间关系的处理上。文研会主要成员的与其求真艺术思维相联系的真实观，就其理论渊源来看，主要来自批判现实主义和自然主义，也吸取了浪漫主义强调率真地表现内心情感的见解；不过他们各有侧重和偏好。茅盾更多地批判接受了自然主义和批判现实主义的真实论（当然有时他也分不清两者的界限），着重强调客观真实性；叶绍钧主要汲取了俄国批判现实主义大家陀思妥也夫斯基的既注重表面事实的真实更重视内面的真实；王统照既接受了批判现实主义真实论的影响又受到浪漫主义表现内心真实的影响；朱自清和冰心更多地接受了主情派的真实论，不过他们所强调的重点也有差异，朱自清认为描写自我的"自叙传"最真实，冰心注重表现自我内心感受的真实，只有写出自己的个性来才算真实。这样就形成了文研会独具色彩的求真艺术思维和文艺真实观。其一，主张外相的真与内在的真统一起来。当时文坛有的新文学作品"专写事情的外相，而不能表现内在的真际"，因此他们要求作家必须注意取材的精当，"表现一切的内在的真际"[10]；一个真正的现实主义作家"就不会把生活的平凡的照相表现给我们，而会把比现实本身更完全、更动人、更确切的图景表现给我们"[11]，即真正透过表相的真实描写来显示内在的真实。其二，主张客观的真实与感情的真挚相统一，而客观的真实是第一性的。如果说强调客观的真实是过去一切时代的现实主义（或自然主义）的基本特征，那么强调感情的真实却并非现实主义的重要特点，浪漫主义倒是"一种以抒情为主导的文学"[12]。前期创造社的郭沫若、郁达夫都曾多次强调过作品中所表现的感情一定要自然、率真、真挚；但是现实主义所要求的感情真挚不同于浪漫主义的是，它不只局限于作者主体感情的表现要真实，而且客体感情的表现也要真实。自然主义者左拉曾说"小说家最高的品格就是真实感"，而他认为的"真实感就是如实地感受自然，如实地表现自然"；[13]茅盾虽然曾提倡过自然主义，但他的认识并未停留在此。他不仅指出客观实在的真实是为人生文学的第一性"写真"，而且也强调作家反映在作品里的主观情感也要"真挚"，但这种真挚的感情"一定是属于民众，属于全人类的，而不是作者个人的"[14]，这又同浪漫主义只强调表现自我感情的真挚相区别；同时他也要求作品中所描写的客体对象的感情必须是真实的，唯有这样的文学才是"在事实底描写可以动人"，最好就平常生活中取材而"有至情至理发现出来"[15]，既要写出生活的客观真实也要写出主观感情的真实；叶绍钧要求文学作品所写的"合于事理的真际"或者"本于内心"的感情，要"求诚"。看来强调主客观真实的统一是文研会大部分会员的共见，只是所注视的侧重点不同。其三，主张文学家既要有真情实感也要有独特的个性，并把自己的个性与描绘的人与事的个性融在一起，实质上这已触及到文学的典型性。当时文坛上出现些新人新作，存有雷同化、模式化、公式化的毛病；鸳鸯蝴蝶派的小说从主导倾向看也有陈陈相因、千篇一律的弊病。针对这种现状，文研会有些会员特别强调文学的典型性和个性化。庐隐尖锐地指出："足称创作的作品，唯一不可缺的就是个性"，而作品的个性又与作家的个性气质联系在一起。"因个性的不同，所以甲乙二人同时观察一件事物，其所得的结果必各据一面，对于其所得的某点，发生了强烈的联想，和热情，逐渐形成一种文艺"[16]，这种文艺才是真实动人的创作。由于全世界没有两粒沙、两个苍蝇、两只手或两只鼻子是绝对相同的，所以文学创作"一定要我们用几句就把一个人或一件事表现得特点分明，并和同类的其他人，其他事有所不同。"唯有把人和事的普遍真和特殊真（即个性真）统一于文学作品中方能具有真实感和典型性。茅盾也强调过，文学"一方要表现全体人生的真的普遍性，一方也要表现各个人生的真的特殊性"[17]，如果在作品中能使普遍的真（共性）和特殊的真（个性）达到高度结合，那才"会美"才"算善"，这就把真善美和谐地统一起来。文研会这种带辩证唯物论色彩的求真艺术思维及其真实观，在现代中国文坛上实在是新颖独到。

欲创造具有真实感的独创性的文学，应该把实地观察和主观想象有机地联系起来，作为创作过程的两个相互关联的重要环节，这是文研会求真艺术思维与其创作方法的又一特征。王统照认为"丰富的想象，深锐的观察，与高超的思想"[18]是为人生文学的根本要素；茅盾指出"创作文学时不可缺的，是观察的能力与想象的能力，两者偏一不可"[19]。这都是在强调观察与想象在文学创作中的重要性和必要性。西欧自然主义者特别重视"实地观察"，并把它视为自然主义的两种法宝之一，但是他们很少提及"想象"在创作中的作用。茅盾汲取了左拉自然主义注重实地观察和崇尚实际的科学主义思想，反复说明"实地观察"不仅能医治中国旧文学历来相因的"面壁空想"的痼疾，而且也能克服新文学机械模仿或雷同化的毛病；但他并不赞成自然主义者用生物学的观点去观察一切社会现象，把人看成只有动物本能、消极地被环境和遗传决定着的动物，反对自然主义那种"一群活着的人绝对地服从物理的和化学的规律，这些规律对于活着的人一如对于没有生命的物体同样的是起作用"[20]的机械的定命论，指斥自然主义只观察现实人生的"惨景"而不能通过想象去揭示人生光明的缺陷。因此，他主张以"科学眼光去体察人生的各方面"，透过想象力去发现人生的"哲意"，并号召作家亲身"到民间去"[21]观察体验，然后方能创造出真正的具有真实美学品格的文学。俞平伯比茅盾提得更尖锐一些："谁愿意做平民的文学，谁先得去生活着平民的生活，不要在花园中尽看着他们冷笑"；"所谓到民间去，并不只是观察游说，是要去生活着，若不能把自己投进民间的生活去，而想为文学开一新疆土，终久只是一个好梦”[22]。可以说，这为现代作家深入农村生活、观察体验民间的真实疾苦展示了一条正确路径。[23]

以鲁迅与文学研究会为代表的现代中国文学家们的求诚的文化心理及其求真艺术思维，对新文学崇真美学理想的孜孜不倦追求，不仅有精到的文学真实观的理性表述更贯彻于文学创作实践中，营造出相当数量的洋溢着科学理性精神的具有真实品格的经典文学文本或文学流派，使现代中国文学与传统的瞒与骗的文学相比成为一代地道的诚挚真实的文学，形成了求新求变求真求美的优秀文学传统；但是也必须清醒地看到，鲁迅和文研会的诗人作家们建构的诚挚的文化心理及其求真艺术思维与求真求实的文学传统在运演过程中，遭遇所谓“本质真实论”的狙击与歪曲，一度使现代中国文学创作误入反科学理性精神和务实求真思维的歧路，在特定的历史条件与文化语境下出现一些瞒与骗的文学。固然文学是有本质真实的，而且我一直在探索各种文本的更符合科学理性精神的本质真实；但我这里指斥的文艺“本质真实论”是那种主观的先验的本质真实决定论；不是从科学理念出发而是从想当然的随意性出发，不是从客观实在出发而是从非科学的概念出发，先判定某些事件或某些人物的与生俱来的所谓阶级本质，以获得一种本质决定论的文学观念或认知模式，或者依据某些政治权力话语形成对某事某人的定性看法，或者为盲目歌颂政治偶像而主观设计一个人物图谱予以陪衬，然后通过作家们的被异化的头脑物化为审美文本，使其成为某种“本质真实”的艺术符号。这不仅悖离了现代中国作家已建构的尊诚务实的文化心理和文学创作的求真求实的优良传统，也是对科学理性精神的亵渎，并一度造成瞒和骗文学的泛滥。历史曲折的沉痛教训告诉我们：诚挚是作家文化心理的灵魂，真实是文学艺术的生命，不坚持充溢科学理性精神的求真艺术思维，新文场上定会“生出瞒和骗的文艺来”（鲁迅语）。

二

在鲁迅的人学思想中“诚与爱”是互为一体的，既然“诚”就是真人、真意、真情、真性、真爱等；那“爱”就离不开“诚”，没有“诚”的爱就是虚假或伪善的爱，唯有诚心与爱心的有机结合方能成为“真人”。“诚与爱”是健全人格不可或缺的两大支柱，也是现代文化心理的核心人性内涵，若缺乏诚与爱那中华民族就有可能沦为“食人的民族”，作为一个作家或诗人也营造不出真正的人的文学。鲁迅曾说：“中国的社会，虽说‘道德好’，实际却太缺乏相爱相助的心思”。并强调说“我现在的心以为然的便只是爱”，“独有爱是真的”。于是他号召：“所以觉醒的人，此后应将这天性的爱，更加扩张，更加醇化，用无我的爱，自己牺牲于后起新人。”[24]这里，鲁迅为理想文化心理的塑造提出相互联系的两点新的道德行为规范：一是“觉醒”，一是“爱人”。所谓“觉醒”就是打碎铁屋子救自己爱自己，尊重自我，发展自我，解放自我，获得个性，爱护尊严，这是个人觉醒的重要标志，故“无论何国何人，大都承认‘爱己’是一件应当的事，这便是保存生命的要义，也就是继续生命的根基”；[25]所谓“爱人”就是“觉醒”后获得自爱意识与做人资格的目的所在，即以“无我的爱”去拯救别人、施爱他人，特别要用爱去关怀保护那些后起的新人，这就把个性主义之爱与人道主义之爱的内涵辩证地统一于现代理想文化人格。马克思主义从来就没有否定人类之爱，不仅视共产主义为博爱的人道主义，而且明确指出：“我们现在假定人就是人，而人同世界的关系是一种人的关系，那么你就只能用爱来交换爱，只能用信任来交换信任。”[26]人的文化人格或文化心理的形成离不开人同世界或社会的各种关系，若说人是社会关系的总和，那人的文化心理结构也是各种社会关系作用的结果。

既然爱的人性内涵对于建构现代理想人格是不可或缺的，那么对于所谓人类灵魂工程师的现代作家文化心理的塑造则显得更为重要了，这不仅因为爱的哲学是重要的启蒙思想，也因为“创作总根于爱”[27]。如果说“真”是文学创作的生命，那么“爱”就是文学创作的灵魂；作为一个作家只有文化心理充满了爱意、爱思、爱情乃至爱的哲学，才能创作出人情味浓重、动人心魄的文学作品，文学不是靠理性感人而是以爱意动人。所以现代作家的文化心理建构除了激发人性中尚未麻木或窒息的天性的爱，把内心的爱火点燃外，并应自觉地利用基督教、佛教等思想资源，从中开掘爱的哲学并予以合理汲取，以建构现代爱的文化心理。陈独秀曾说：“中国社会麻木不仁，不说别的好现象，就是自杀的坏现象都不可多得，文化源泉里缺少情感至少总是一个重大的原因。现在需要补救这个缺点，似乎应当拿美与宗教来利导我们的情感。离不开情感的伦理道义，是形式的不是里面的；离开情感的知识是片面的不是贯穿的，是后天的不是先天的，是过客不是主人，是机器、柴炭，不是蒸气与火。美与宗教的情感，是纯洁而深入的，普遍潜存于我们生命泉源底里面。我主张把耶稣崇高的伟大人格，和热烈的、浑厚的情感，培养在我们的血里，就是因为这个理由。”陈氏认为耶稣这种崇高伟大的人格与热烈深厚的情感就是“崇高的牺牲精神”、“伟大的宽恕精神”和“平等的博爱精神”[28]。陈氏之言至少对建构现代作家文化心理有三点启示：一是中国传统文化源泉里缺少爱的情感，这与鲁迅相见略同；二是美或宗教的爱深入到生命泉源深层，也是现代文化心理建构的潜在基因；三是基督教的“牺牲精神”、“宽恕精神”和“博爱精神”是建设现代作家文化心理的三大思想支柱。基督有这样一个威力巨大的律令：“你应当全心全意地爱上帝，爱你的邻人，犹如爱你自己。”这律令表明基督教是一种爱的宗教，即基督教的宗旨“就是爱的宗旨”，而且把“爱上帝、爱邻人、爱自己”放在一个逻辑链条上，形成三位一体的普世的爱与超越一切的广博的爱。“近代以来，基督教的传播在中国迅速发展，并且引起了中国先进知识分子尤其是文化界的先进知识分子的关注。知识分子的关注无疑使基督教在中国的传播迈入了一个新阶段，因为先进知识分子所关注的不仅仅是基督教带来的科学技术，也不仅仅是赞赏基督教会在中国各地从事的慈善事业，而且更关注的乃是基督教的根本宗旨即泯灭一切阶级、种族区别的博爱精神”；因为“基督教底根本教义只是信与爱”[29]。也许由于基督教的根本教义充溢的“信与爱”，正适应了现代作家文化心理建构的需要及其文学创作格外关注的爱的思想主题，所以不少先进的现代知识作家都热衷于从基督文化中汲取爱的营养，以充实文化心理的爱的内容或形成博爱文学观来规范文学创作。

现代作家因为深受科学与民主文化思潮的洗礼，并非毫无选择地毫无理智地盲目地去接受基督教或佛教，他们对宗教迷信、神学理论和宗教组织权力是持排斥态度的，只是认同和汲取那些博爱的宗教感情和崇高的宗教义理的合理因素。尽管陈独秀推崇基督教的深厚而博爱的情感并借以将缺乏诚与爱的中国人“从堕落在冷酷、黑暗、污浊坑中救起”；然而他却认为“一切宗教所尊重的崇拜的神佛仙鬼，都是无用的骗人的偶像，都应该破坏！”[30]周作人对基督教就不像陈独秀如此辩证地对待，他认为“要一新中国的人心，基督教实在是很适宜的”[31]；并“觉得基督教的精神是很好的”，“在《旧约》里这（人道）的思想更加显著”，耶稣的“言行上的表现，便是爱的福音的基调”，“这是说明爱之所以最大的理由，基督教思想的精神大抵完成了”[32]。周作人认为《圣经》里所发掘出的这种博大的爱与人道思想能够救治“中国旧思想的弊病”，并可以成为塑造现代国人文化心理的“坚实的改造的势力”[33]；在这一认识层面上周作人对基督教的理解又与陈独秀取得了一致，这说明文化先驱们不仅肯定基督教的博爱精神，并且自觉地用它来构建现代作家文化心理。诗人闻一多受洗为基督徒时“相信宗教可以救我”，而且“那基督教的精神还在我的心里烧着”[34]，强烈的博爱精神注入其文化心理，致使他深深感到中国人既缺少博爱同情和追求真理的胸怀又缺少向上的意志力和民族凝聚力。众所周知，许地山作为一个宗教意识颇强的现代作家，他本人对佛教的感悟是极深的，然而基于宗教的实践性、科学性和伦理性的考虑他却首选基督教，即推崇基督的博爱精神又诚服耶稣的伟大人格，“这种皈依信仰却不偏信盲信的宗教态度，正体现了许地山教徒身份以外求真的学者立场和个人化的诗人作家的精神追求”。不论是陈独秀、闻一多或者是许地山、冰心等现代作家，他(她)们之所以都尊崇耶稣或佛陀，“主要在于他们以一种人格神的形象昭示了高超的道德情感，执著的意志信念，以及受难牺牲的责任感和救世的精神”，尤其那种无私无畏的博大精深的爱，都以世俗化的形态参与了现代作家心理的建构和“一代人的人格结构的塑造，它渗透在这一代人的生命感悟中，它也潜在而深刻地影响了这一代人的言说形态和方式，不只是宗教层面的，更有文学意义上”[35]。特别值得探究的是，现代作家文化心理结构中对宗教博爱精神的汲取与融纳，既有对宗教文化的理性思索更有对宗教文化的感性体验，即着重通过三个渠道的体验而把宗教爱的因素化入文化心理：一是在教会学校的宗教教育的潜移默化中去体验，使情感和信念深受宗教爱的感染。五四以来的现代作家如许地山、冰心、庐隐、闻一多、陆志韦、郁达夫、张资平、苏雪林、徐志摩等，其间有不少人曾皈依基督教，虽然有的作家对基督教的繁琐礼拜和祷告仪式颇为反感，但他们也承认体悟到基督教的“爱”的含义，致使小说文本中“所表现的自己的思想却完全是基督思想”[36]。二是通过阅读《圣经》来体会基督教爱的思想，使精神境界得到充实。若说周作人从《圣经》的内容与语言分析入手而获得了基督教的人道主义博爱信念，那么鲁迅研读《旧约》后则对其“以眼还眼，以牙还牙”的律令则感受得特别深；而郭沫若曾“每天只把庄子和王阳明与《新旧约全书》当作日课诵读”[37]，深切体验基督教的爱的宗旨；在教会大学就读的林语堂是把《圣经》当作文学作品来研读，他说：“旧约《圣经》应当作各式的文学读，如《约伯记》是犹太戏剧，《列王记》是犹太历史，《雅歌》是情歌，而《创世记》和《出埃及记》是很好的，很有趣的犹太神话和传记”[38]。林氏在体验审美情趣的同时又感受了基督教爱的魅力，使那些隐含于文学形式里的爱的宗教精神如细无声的春雨一样浸润在作家的文化心理结构之中。三是于家庭中接受宗教文化的熏染,心田沐浴爱意的滋润。许地山成长于一个信佛的家庭,从切身体验中与宗教结下不解之缘,虽然成年后受洗为基督徒,然而佛教的义理思想与其情感体验却是他终生的精神支柱。废名出生于禅宗圣地湖北黄梅,从六岁起外祖母、母亲和姐姐就带他去五祖寺进香,亲身感受了以慈悲为怀的人文精神;郭沫若从小就聆听母亲读弹词说佛偈,感悟到佛家大慈大悲的爱心。特别是浙江白马湖的现代作家群如夏丏尊、丰子恺、朱自清、叶绍钧、俞平伯、刘大白、朱光潜等的文化心理,几乎都受到佛光照耀,形成一种佛教情结,深受同乡弘一法师李叔同的宗教文化思想的影响。因为弘一法师出家后精修律宗,弘扬佛法的以普度众生为最高目的人道主义大爱精神,"他悲天悯人的情怀风范、超越世俗尘世的理想追求,对那个时代陷于苦闷无以解脱的一些文人作家,产生了一种具有典范意味的精神感召效应"[39]。总之,不论基督教的博爱精神或者佛教的普度众生的大爱胸怀,都通过不同的渠道为现代作家所感受所体验,如同春风化雨一样,点点滴滴地润泽作家们的文化心理。

由于宗教爱的观念与现代作家爱的人性相契合,使爱的意识扎根于作家们文化心理深层,并转化成以人道主义爱为思想根源的文学观念,最具有代表性的和影响力的就是周作人所提倡的"人的文学"主张。"人的文学"观念的生成与基督教的人道主义博爱思想紧密联系在一起。周作人在《圣书与中国文学》中认为,"现代文学上的人道主义思想,差不多也都从基督教精神出来",而"我们要想理解托尔斯泰,陀斯妥也夫斯奇等的爱的福音之文学,不得不从这源泉上来注意考察"。当然不仅仅是基督教的人道意识、宽恕思想、忏悔观念、牺牲精神和博爱胸怀,为现代作家的文化心理与文学理想提供了思想资源;而且佛教的救世情怀、悲悯意识与平等观念也为现代作家的文化人格与审美追求注入了人文内涵。不过周作人的"人的文学"观念却不是源于佛教,而地地道道地是从基督教中所发掘的人道主义博爱精神转化来的。他在《人的文学》中特别申明:"我说的人道主义,是从个人做起。要讲人道,爱人类,便须先使自己有人的资格,占得人的位置。耶稣说,'爱邻如己'。如不先知自爱,怎能'如己'的爱别人呢?"这清楚地表明周作人从《新约》中汲取了平等博爱思想,并以森林与树木为喻对爱己与爱人、尊己与尊人的辩证关系作了阐发,即"人在人类中,正如森林中的一株树木。森林盛了,各树木也都茂盛。但要森林盛,却仍非各树各自茂盛不可";而这个比喻所蕴含的人道主义精神更符合路德对宗教改革的本义,将人人都能实行"人"的理想生活作为"二十世纪新福音"。因之中国五四文化运动欲把人性从既成道德的桎梏中解救出来,就必须去"发见人"去"辟人荒","从文学上起首,提倡一点人道主义思想"[39]。"爱邻如己"即表明爱人类与爱己的思想在基督教博爱精神中是统一的,爱己是人的天性,是人得以存在的自然属性,而爱人类则是人尊群爱群意欲的体现,是人类得以发展的伦理前提;周作人认为爱己与爱人类联结起来是古希伯来人的"宽广的慈悲"与"伟大的希伯来特性"中的"最可宝贵者",且对这种"温暖的博爱的世界主义"持有热情。[40]他对陀思妥也夫斯基小说中表现基督教的博爱主题也是颇为赞赏的,在他看来陀氏对被侮辱被损害者抱有的无限的爱与深切同情,才是真正的"爱人如己"的人道主义思想。陈独秀也认为基督教是"爱的宗教",明确指出"基督教底根本教义只是信与爱,别的都是枝叶"。李大钊也有与博爱观念相似的理论表述:"精神改造的运动,就是本着人道主义的精神,宣传'互助''博爱'的道理,改造现代堕落的人心,使人人都把'人'的面目拿出来对他的同胞"。[41]甚至有人更加直接明确地认为五四新文化运动的内容就是"热烈的博爱精神"[42]。可见,基督教的人道主义博爱精神不仅积极参与了一代作家文化心理的构造,并转化为影响深远的"人的文学"观念的强大思想支柱;而且现代作家的博爱意识或爱的哲学也物化为不少文学作品的主题。

基督教博爱精神对现代女作家冰心其人其文的渗染极为深切,不只是基督教构成了她的"爱的哲学",正如其所说"因着基督教义的影响,潜隐的形成了我自己的'爱'的哲学"[43];而且耶稣的伟大形象也深深地感动了她,她说:"我从福音书里了解了耶稣基督这个'人'。我看到一个穷苦木匠家庭的私生子,竟然能有那么多信从他的人,而且因为宣传'爱人如己',而被残酷地钉在十字架上,这个形象是可敬的"[44]。冰心正是怀着对基督人格的崇敬之情和博爱精神的生命体验,致力于文学创作,不论其散文或小说文本都洋溢着神圣无边的爱,在其对母亲、童心和自然的深情讴歌中极力彰显爱的力量;特别是把母亲爱赋予了神的光彩,使其具有至高无上的感化力量,即使小说《超人》中的何彬深受尼采超人哲学影响变成"冷心肠的青年"也能在母爱的拯救下醒悟过来。"爱的哲学"在冰心视野中就是探索人生解救苦难的"真理",正是她直言不讳所说的"真理就是一个字:爱。耶稣基督是宇宙间爱的结晶,所以他自己便是爱,便是真理"[45];甚至她认为"主义救不了世界,学说救不了世界",只有"万能上帝"的博大精深的爱与"纯洁高尚的人格",方能"造成我们高尚独立的人格"[46],才能拯救痛苦的灵魂。小说《最后的安息》虽然惠姑的慈爱与关怀没有挽回童养媳翠儿的生命,但却拯救了她的灵魂,使其安眠于爱的世界里,充分显示了爱的魅力;《一个不重要的兵丁》里所塑造的主人公形象,生动地印证了基督教的爱的福音既包含“爱邻如己”的观念也包含了“爱你的仇敌”的意识。《马太福音》告诫世人:“要爱你们的仇敌,并为那些迫害你的人祈祷,这样做了,你们才会成为天父的儿女。”这种以爱报恨的宽恕精神正表明基督教博爱思想的独特而仁厚之点。冰心的小说《一个军官的笔记》同样表现了基督教的宽恕博爱精神,写一个受伤致残的军官在弥留之际既宽恕主战者又宽恕了战场上的对手,并祈求“上帝也要擦干他们的一切的眼泪;不再有死,也不再有悲哀,哭号,疼痛。”足见冰心对基督教宽恕博爱精神的独特理解,并巧妙地弥合了她文化心理结构里不同精神之间存在的裂痕,使其以“爱的哲学”面对社会人生,规范文学创作。与冰心同时代的女作家石评梅虽然不相信《圣经》可以救人救世而擦去人间的一切眼泪,但是她在《祷告》中却表现出对爱的深情向往和无限憧憬;王统照在《微笑》中写教会女医生既治愈了判终身监禁女犯人的重病又以爱的力量感化了女犯人被扭曲的人性,这进一步光大了“爱”的意义;庐隐在小说《余泪》里写一个“圣母般纯洁”的修女,试图用基督教的爱去感化战场上同是上帝儿女的士兵们,让他们去感悟宽恕博爱的真义,虽然这位修女牺牲了,但她却印证了“担当上帝的使命”的修女却是“最伟大的爱”的化身。小说《悟》是冰心的基督教“爱的哲学”思想的集大成,借主人公星如之口,极力宣扬“爱的哲学”的巨大魅力,整个作品虽然“充满‘真’的自己”,但是这个“自己”所崇尚的“爱”的理想却是“参与那造化的妙功”,借助于“万能的上帝”创造的爱则成为真理了;从审美上说,这是冰心的“只有这幻秘冷静的态度,可以常常促进他的艺术,可以永远维持他艺术的动人力量”[47]的美学追求的艺术体现。具有深刻宗教情结的许地山与前述作家相比对基督教爱的思想的感悟与理解有其独特性,这从他在《缀网劳蛛》中刻画的尚洁形象、《商人妇》中刻画的惜官形象里便生动地体现出来:尚洁就是一个背着人类羞辱的形象,体现出耶稣背负十字架以受难精神来拯救人类罪恶的神圣人格和大爱情怀;惜官是基督教宽恕理念的实践者,展示了非凡的“爱你的仇人”的人格境界。不过许地山的文化心理的爱的内涵并不像冰心、庐隐等作家只源于基督教,它既源于基督教又源于佛教,既来自道教又来自儒教,甚至也来源于印度教,这诸多宗教文化意识融聚于许地山的文化心理,投射在他的小说创作中则是宗教意蕴纷纭斑驳,不像小葱拌豆腐那样一清二楚。

比如尚洁救治摔伤的窃贼的人道行为，不仅体现出基督教的“爱人如己”的博爱精神，而且也标明这是佛教的“救苦救难”的菩萨行为；再如惜官虽然自己陷入困境却仍然坚持救助比自己处境更糟的寡妇，这种行为既体现出儒家的仁爱思想又体现了佛教的慈悲为怀也体现出基督教的博爱理念，可见这些有明显差异的宗教意识在许地山文化心理及其刻画的人物身上找到了相通点。巴金的文化心理深受基督教博爱精神的渗透与熏染，这明显体现于他创作的抗战三部曲《火》中，小说主人公田惠世是个虔诚的基督徒，充分相信基督教的根本精神就是爱，正如作者所描写的：“他抓住的只是一个清清楚楚的爱字。从此每天晚上他回到自己小小屋子，关上门，打开《新旧约全书》的时候，他觉得心里涌出了爱的泉源，他仿佛见到仁慈的主的面貌了”。于是田惠世便满怀对人类的爱心“更勤苦地从事工作，把他的全部时间都用来帮助人，爱人，尤其爱穷人。”在浴血奋战的抗战年代，田惠世希望“用爱来拯救世界，使慈悲与爱怜不致成为空话，信仰不致成为装饰”。虽然爱的力量不可能征服杀人如麻的日寇侵略，但是爱的希望终究会在人类的持久不断地抗争中得以实现的，人性爱终究要战胜人性恶的。

现代作家文化心理及其文学创作中的“爱之福音”的人道主义关怀，不仅仅来自基督教的博爱思想，与佛教的大慈大悲普度众生的观念不无关联。尽管周作人在《人的文学》中所提倡的是以个人主义为世间本位的人道主义，而不是所谓的“悲天悯人”或“博施济众”的慈善主义，但是他并不反对“利他”或爱人的人道主义，并相信“人为了所爱的人，或所信的主义，能够有献身的行为”[48]。也许佛教的大慈大悲并未被周作人纳入自己所认定的人道主义内涵，然而佛教的以平等观来爱人和拯救众生的意识与其所接受的基督教的博爱意识却是相通的。因此从创作文本来考察，不少感人的文学形象都烙上佛教文化的印记，或者许地山笔下尚洁、惜官、春桃等形象的仁慈心肠，或者郁达夫笔下陈二妹(《春风沉醉的晚上》)、老三(《过去》)、牧母(《马樱花开的时候》)、莲(《迟桂花》)等人物所表现出的善良、温柔、怜悯、无私、奉献的美好人性，都带有佛教象征的意味；丰子恺散文对孩子童真世界的描绘，无不表现出他对佛教禅宗“真如本性”、“本源真心”的感悟；柔石不露痕迹地将自己对佛教的慈悲为怀、普度众生的人道主义理解，体现于《二月》萧涧秋以菩萨似的胸怀来挽救文嫂母女的生命，佛教的“利地”、“无我”、“舍身度世”的人文精神在萧氏身上得到了生动的诠释。

以上对现代作家文化心理结构的"爱"的维度及其文学创作爱的主题，与基督教、佛教的关系，进行了粗疏的考察与探析，这绝不是以偏概全，只是从特定角度所进行的尝试性研讨。其实，现代作家文化心理结构中的爱的内涵及其现代文学爱的主题的思想来源是多维度的多层次的。仅就借助并汲取外部的思想资源来充实和丰富爱的心理和爱的主题来说，除了基督教文化外还有传统的儒释道文化，也有阶级论之爱、民族国家之爱乃至人类之爱。如果说这些爱的思想资源相对于现代作家文化心理的自我人性爱来说只是外在的，它们主要对作家主体心理进行爱的洗礼、爱的充实、爱的激励与爱的启迪；那么只有将现代作家心理天生的爱的因素如自怜自爱、父子之爱、母子之爱、兄弟姊妹之爱、异性之爱等，以及爱的机制，真正激活并调动起来，方有可能使外在之爱与自生之爱发生交融与契合而内化为创作主体心理的爱的内涵，将其赋予文学创作就能生成形态各异的爱的主题，以丰富现代文学的文化意蕴并增强其审美的艺术生命力。因此从爱的维度来探讨现代作家的文化心理结构及其文学创作有关爱的美学追求，是大有文章可作的，而本文仅仅是从宗教的层面抛出一块不成样的砖。

虽然包括文人作家在内的中华民族人格中缺乏"诚"与"爱"，但是经过"五四"新文化运动以来的现代作家的自觉追求与积极探索，至少在现代作家文化心理建构与文学创作中，不仅形成了求真艺术思维以确保了文学作品的诚实品格，以真与诚的文学取代了瞒与骗的文学；而且大胆审慎地汲取宗教的博爱精神形成了创作主体的"爱的哲学"，充实了文学作品的爱的文化意蕴，使现代文学系统扎扎实实地树起了"诚"与"爱"的大纛。然而现代文学的行进极为艰难曲折，不论"诚"或"真"的文化心理建构与文学创作的美学追求或者"爱"的文化心理建设与文学创作的审美设想，都遭到特定历史时期的"本质真实决定论"与批判"人性论"、"人类之爱"的人道主义的极左思潮的反反复复的狙击与毁灭，使瞒与骗的文学以及无爱欲无人情味的文学一度泛滥起来，连作家文化心理有点爱欲也要"狠斗私字一闪念"。及至20世纪80年代以来，反人道主义思潮或政治禁欲主义得到清算，现代作家文化心理结构中的"诚"与"爱"有所复活和增强，文学创作的真与爱的美学品格也获得彰显；到了世纪之交，消费主义文化主宰作家文化心理与文学创作，似乎诚实与博爱的文化意识发生了危机，权与利的欲望充斥着作家的主体意识，虚情假意力图侵蚀文学的爱的主题。然而今年这场突如其来的“汶川大地震”,既考验了全人类的爱心更检验了中华民族的爱心;尤其人民解放军、武警指战员以及青年志愿者在抗震救灾的火线上所表现出的大真大爱的英雄性格,更是令人万分敬佩,从他们身上再也见不到中华民族的人格缺少“诚”与“爱”了,而是洋溢着使世界人民为之倾心的至诚至爱或大诚大爱。如果现代作家们能够以主动的姿态亲临抗震救灾第一线(也许作家们早去了),设身处地地去感受体验那种无私无畏的大爱无疆的真正博爱精神,那不仅能以此来优化自己的文化心理,更能创作出无愧于这场抗震救灾的人类壮举的充溢着大诚大爱的文学名著。

(写于2004年改于2008年,载于2008年《城色学刊》第6期)

参考文献

[1][美]J·R·坎托:《文化心理学》,云南人民出版社,1991年版,第98~99页。

[2]考夫卡:《艺术心理学中的问题》,引自[美]M·本普曼编《当代美学》,光明日报出版社,1986年版,第415页。

[3]《且介亭杂文二集·什么是“讽刺”?》,《鲁迅全集》第6卷,人民文学出版社,1981年版。

[4]《鲁迅全集》第12卷,人民文学出版社,1981年版,第302页。

[5]《三闲集·无声的中国》,《鲁迅全集》第4卷,人民文学出版社,1981年版。

[6]《坟·论睁了眼看》,《鲁迅全集》第1卷,人民文学出版社,1981年版。

[7]《热风·随感录四十》,《鲁迅全集》第1卷,人民文学出版社,1981年版。

[8]《南腔北调集·作文秘诀》,《鲁迅全集》第4集,人民文学出版社,1981年版。

[9]朱德发:《鲁迅与茅盾:科学理性精神之于求真艺术思维》,2004年《鲁迅研究月刊》第1期。

[10]叶绍钧:《创作的要素》,1921年7月《小说月报》第12卷第7号。

[11]莫泊桑:《小说》,《欧美古典作家论现实主义和浪漫主义》(二)。

[12]朗松:《法国文学史》第六部分,第二卷第二章第一节。
[13]莫泊桑:《小说》,《欧美古典作家论现实主义和浪漫主义》(二)。
[14][16]茅盾:《自然主义与中国现代小说》,1922年7月《小说月报》第13卷第7号。
[15]王世英:《怎样去创作》,1921年7月《小说月报》第12卷第7号。
[17]庐隐:《创作的我见》,1921年7月《小说月报》第12卷第7号。
[18]王统照:《对于"创作"者的两种希望》,1923年12月1日《晨报副刊·文学旬刊》。
[19]茅盾:《新文学研究者的责任与努力》,1921年2月《小说月报》第12卷第2号。
[20]王道乾译:《左拉》,1955年平明出版社版,第59页。
[21]茅盾:《评四五六月的创作》,1921年8月《小说月报》第12卷第8号。
[22]俞平伯:《文艺杂论》,1923年4月《小说月报》第14卷第4号。
[23]以上引文参见拙文:《文学研究会"为人生"文学观的基本特征》,1984年《文学评论》第6期。
[24][25]鲁迅:《坟·我们现在怎样做父亲》,《鲁迅全集》第1卷,人民文学出版社,1981年版。
[26]马克思:《1844年经济哲学手册》,《马克思恩格斯全集》第42卷.
[27]《鲁迅全集》第4卷,人民文学出版社,1981年版,第532页。
[28]陈独秀:《基督教与中国人》,1920年《新青年》第7卷第3期。
[29]谭桂林:《百年文学与宗教》,湖南教育出版社,2002年版,第31页。
[30]陈独秀:《偶像破坏论》,1918年《新青年》第5卷,第2号。
[31]周作人:《山中杂信》,《雨天的书》第137页。
[32]周作人:《我对于基督教的感想》,《周作人集外文》(上)第397页,海南国际新闻出版中心,1993年版。
[33]周作人:《圣书与中国文学》,《艺术与生活》第45页,上海群益书社,1931年版。
[34]闻一多:《致梁实秋》,《闻一多全集》第12卷,第159页。
[35][39]倪婷婷:《"五四"作家的文化心理》,第209-210页,第217页,南京大学出版社,2005年版。
[36]史秉慧:《张资平评传》,上海现代书局,1932年版,第16页。

[37]《沫若文集》第10卷,人民文学出版社,1959年版,第143页。
[38]《林语堂自传》,《林语堂名著全集》第10卷,东北师范大学出版社,1994年版,第20页。
[39][48]周作人:《人的文学》,1918年12月《新青年》第5卷第6号。
[40]周作人:《永日集》,第62页,河北教育出版社,2002年版。
[41]李大钊:《"少年中国"的少年运动》,1919年《少年中国》第1卷第3期。
[42]包世杰:《基督教问题》,1920年《新青年》第7卷第5号。
[43]《〈冰心全集〉自序》,《世纪之忆》第160页。
[44]冰心:《我入了贝满中斋》,《世纪之忆》,第108页。
[45]冰心:《自由—真理—服务》,1921年6月《燕京大学季刊》第2卷第12号。
[46]冰心:《人格》,1921年6月28日《晨报》。
[47]冰心:《介绍一个艺术家》,1921年10月19日《晨报》。

革命文学群己对立英雄观新解

这里借用“群”、“己”两个概念，对革命文学英雄观予以概括和诠释。所谓“群”，是人类中的群体性概念，是相对于个人而存在的集体，即合群的人；所谓“己”，是人类中的个体性概念，所指的是个体的人，或为自我和个人，是群体构成的一分子。对于人类来说，不论群体或个体都具有人的类属性，只是存在的方式或形态不同而已；而对于个人来说，既然是人类中的一分子，那就不仅具有个体性，同时也具有向群性。但在左翼文学或革命文学的英雄理念中，却把以“群”为标志的集体英雄与以“己”为标志的个体英雄对立起来，人为地划分成英雄谱系中的两极，并主观地贴上阶级的标签，即集体英雄就是无产阶级英雄，个体英雄则是小资产阶级或资产阶级英雄。在今天看来，这种“群”“己”对立的英雄观已成为一种霸权话语，主宰着革命文学的英雄塑造。它对文学英雄叙事所造成的负面影响，至今尚未从理论根源上加以深究。

在人类视野中，集体英雄或个体英雄都属于人类英雄，即使革命文学塑造的集体英雄也没有与个体英雄完全对立起来，他们不仅同属于人类英雄范畴，而且他们之间是相互依存、同质同构的。就其同质而言，个体或群体的人皆具有英雄本质，人之独立存在能显示英雄本色，人之群体存在亦能显示英雄本性。个体的人是英雄，合群的人则是集体英雄，因为集体英雄是由个体英雄整合而成，若其中有一个人滥竽充数，那也构不成货真价实的英雄集体。《狼牙山五壮士》之所以能成为一个顶天立地的英雄群体，就因为每个革命战士都具有大无畏的英雄本质，分开来看，他们个个都是英雄；合起来看，则是屹立于中华民族乃至世界反法西斯英雄史上的一座集体英雄雕塑。当然，也应该看到，虽然在英雄叙事文本中个体的人或群体的人都被赋予英雄本质，但是同中有异，即同质中有所差异，不论英雄胆识、英雄谋略或英雄行为、英雄效果皆有程度上的不同与表现上的差异。然而，这些都不会影响“英雄”的同质性。就其同构而言，革命文学的英雄同构主要指革命团体或革命队伍中出现的英雄结构，在这样的结构里既有集体的英雄又有个体的英雄，他们以共同的革命理想、革命目标、革命话语、革命行为联结成一个整体，这无疑使群体或个体英雄具有了同构性；而这里所说的同构性是指个体或群体英雄置身或存在于同一结构中，并非说这些英雄毫无差别、毫无个性地混杂在一起，而是“英雄”本质这一规定性将其连在一起。其中的群体英雄是由每个个体英雄集合而成，个体英雄则是集体英雄中的独立存在者，也是其个性差异的突出显现。若失去了每个个体，英雄群体也不复存在；若丧失了群体，个体英雄的存在也就没了依托，其英雄言行的价值和意义则会大打折扣。所以在革命团体或革命队伍的结构里，群体英雄或个体英雄并非各自为政，分头行事，而是相互依存、相互护佑、相互为友、相互支撑的。革命事业固然是群众性的行为，需要集体英雄又能造就英雄集体，从这一意义上强调革命文学必须塑造集体英雄有其合理性。但是，也应当从理论上承认集体英雄是个体英雄的集合体，没有个体英雄就没有集体英雄；更应该从实践上认识到革命事业也需要个体英雄并能锻造个体英雄。试想在革命运动的有形或无形战线上涌现出多少孤胆英雄？因此，源于二元对立思维的革命文学群己分裂的英雄观，既经不住理论话语的诘问，也不符合革命文学英雄叙事的创作实践，尤其那些带有经典性的红色文本足以证明群己对立英雄观的悖理性和偏颇性。况且，群己对立英雄观曾导致革命文学英雄塑造的“群化”倾向，大大削弱了英雄典型的成功刻画及其美学意义。《保卫延安》这部英雄诗史，通过残酷的环境、惨烈的战争及生死的考验，出色地描绘了第一野战军的英雄集体。由于作者较好地处理了集体英雄与个体英雄的辩证关系，力避群己二元对立英雄观的偏执，故而在集体英雄中成功地塑造了周大勇、王老虎等个体英雄。《红日》着重刻画了从军长到士兵多层次的英雄群像，但作者并不满足于集体英雄的塑造，而是在每个层次的英雄群像中又突出了对个体英雄的刻画，使个体英雄的性格内涵较之《保卫延安》更丰盈深刻了。由此可见，群己对立英雄理念并不切合革命文学创作实情，同时在经典文本的建构中受到了抵制。

上述对革命文学群己二元对立英雄观的考析仅止于人类中个体与群体辩证关系的表层，尚未探察到集体英雄与个体英雄彼此对峙的精神意识层面，正是在这个层面上才能真正揭示出群己二元对立革命英雄理念的思想实质与阶级本质的谬误。在某些理论家或作家的视野中，集体英雄是以集体主义精神为灵魂的，应是无产阶级英雄主义；而个体英雄则是以个人主义为灵魂的，应是小资产阶级或资产阶级的英雄主义，这就从思想性质、阶级属性上把集体英雄与个体英雄定格在人类英雄的绝对两极上。这种荒谬的群己绝端对立英雄观对革命文学的理论系统与创作形态制导了四十多年,直到20世纪80年代才进行了一定的清算,但至今依然阴魂不散,“样板戏”的复活不就是在客观上复活了革命文学的群己对立英雄观吗?在理论层面上,十年“文化大革命”的沉痛历史教训使每个有良知的革命文学理论家和作家诗人们都进行过痛定思痛的忏悔式思考,即使周扬这位极力鼓吹和捍卫极左文艺思潮的“英雄”,也在20世纪80年代初揭起人道主义、个性主义大旗反对人性异化了;同时有更多的知识分子从实践与学理的结合上破除二元对立的僵化思维模式,以辩证系统思维规律来探讨和阐释个体英雄观与集体英雄观所蕴涵的个人主义与集体主义之间的深刻关系。其实,早在五四文学革命时期,文化先驱们所提倡的个人主义就是个性主义,而且这种个人主义并非那种传统意义上的利己主义,也不是后来所说的极端个人主义,乃是一种利己又利他、尊己又尊他的个人主义。这在胡适的《易卜生主义》、周作人的《人的文学》等文章中皆有明确论述,如周作人曾以树木和森林为喻阐明了个人与集体的辩证关系,早期共产主义者李大钊在《我的马克思主义观》中主张以“人道主义改造人类精神,同时以社会主义改造经济组织”[1](P251)。可是到了1928年“革命文学论争”却以无产阶级集体主义否定了个人主义(即个性主义或人道主义),完全把个人主义与集体主义对立起来。实质上,革命文学英雄观所反对的是个性或个性主义,而不是真正的个人主义。“所谓的个人主义,是资产阶级——资本主义社会所固有的,并与经济自由和无限的私有财产相关,但这样的个人主义与个性没有任何共同之处,并且仇视个性。资产阶级——资本主义的个人主义毁灭个性”[2](P281)。这里所说的个人主义,就是资产阶级的极端利己主义,革命文学英雄叙事以无产阶级意识作为思想武器所批判的应当是这种“个人主义”,而不该把等同于个性主义的个人主义也当成利己主义予以批判,这究竟是认识上造成的误区还是不分青红皂白地横扫一切的极左思想?值得深长思之。“反对资本主义,解放劳动和劳动者的斗争完全不应该变成个性彻底社会化的斗争,不应该对个性的全部生活进行社会化,因为这将是对个性和精神自由的否定。”“解放劳动是把个性从资产阶级——资本主义世界的压迫人的幻觉中,从社会的日常的压迫和统治中解放出来。”[2][P284]但是“孤立的个性没有能力同剥削和暴力斗争,为提高自己的生活质量斗争,只有在与其他个性结合,只有社会性地才能展开这个斗争,工人运动的合理就在这里。”[2][P290]上述从工人阶级反对资本主义以争取自身解放的斗争中论述了个性与集体性的辩证关系，斗争的社会化是为了解放个性而不是泯灭个性，只有“孤立的个性”与“其他个性结合”形成集体优势才能取得解放个性斗争的胜利，因此，个性主义与集体主义在共同的解放斗争中不是对立的，而是相辅相成的。联系中国无产阶级领导的争取民族和阶级解放的斗争，归根到底是为了以集体的力量争取个性解放，而在争取中国人个性解放的斗争中所产生的革命英雄既有个性意识又有集体意识，没有个性意识的英雄是盲动和愚昧的英雄，没有集体意识的英雄不可能在“同剥削和暴力斗争”中取得胜利而成为真正的革命英雄。所以，不论以个体存在的英雄或以群体出现的英雄，其思想性格中既有集体主义观念也有个性主义意识，虽然两者偶尔也会有冲突，但它们互为统一才构成了英雄的整体精神风貌。在创作层面上，尽管革命现实主义“新英雄”理念只承认集体主义英雄而否定个人主义英雄，但那些优秀革命文学英雄叙事文本所塑造的英雄都是个性意识与集体意识共同铸就的英雄。以《林海雪原》为例，曲波笔下的少剑波、杨子荣、刘勋苍、栾超家、孙大得、高波等革命英雄的灵魂中，既有独特的个性主义意识又有趋同的集体主义思想，二者把他们铸造成个性化与集体化有机统一的战斗英雄，如果硬要给这些英雄扣上单一的个人主义英雄或集体主义英雄的帽子，那至少是一种误读或曲解。

法国社会学家吕西安·戈德曼提出的个体主体与集体主体两个理论范畴，类似个人主义与集体主义，但他却强调了不论个体或集体都应具有主体性。在戈德曼看来，个人主义与集体主义并非异质对立的概念而是同质同构的辩证范畴。他说：“我们没有遇到过外在于个体意识的集体意识，也不存在任何与个体意识割裂开来的意识。只不过一些个体发现他们处在主体内在关系中，而不是在主体间性的关系中，并且正是这种关系构成了所有思想和文化行为的主体。”因此，“作为个体或超个体（集体）的主体概念并不是一个简单的术语，总是对所有人文科学的研究都具有决定性的问题。”[3](P109) 既然个人主义与集体主体之间是辩证的互动关系：集体由个体聚合而成，离开个体则集体就不复存在；个体的存在要依靠集体，离开集体的个体就失去了价值和意义。那么，对于个体英雄与集体英雄所具有的个人主义英雄意识与集体主义英雄意识可以作出如下理解，以补正革命文学群己对立英雄理念的偏颇：从思想意识的深层关系考析，个体英雄意识主要是个体主体意识，既包括理性层面的英雄观念、情感层面的英雄气魄又含有无意识层面的英雄情结或本能性英雄冲动，这也是习称之的个人主义或个性主义英雄意识；而这种多层面的个体主体英雄意识“既然创造历史，生成世界，以及使变化成为可能的，都不得是超个人精神主体”[3][P24]；“个体的建构只有在与个体的社会化，与组成他之衍生(becoming)的诸集体范畴相联系时，才能得到说明”，即“通过集体主体，历史才成为可能”。这是因为“最强的个体即是那些最与精神生活一致的个性，也就是说，在其积极性和创造性的各个方面，最能与社会意识的根本力量相一致的个性”[3][P16-17]。由此可以说，无产阶级或工农兵的集体英雄意识(不论理性层面的英雄观念或感性层面的英雄豪情、无意识层面的英雄情结)也应是超个体主体的英雄意识，即个体主体英雄意识的复数体或集合体意识；而个体主体英雄意识聚集成改造世界、创造世界的物质力量则必须通过与无产阶级集体英雄意识转化的巨大物质力量结合起来，才有可能取得改造世界、创造世界的伟大胜利，并创造出英雄业绩。正是从这个意义上讲，创造历史既是无产阶级的集体英雄壮举，也是参与其中的个体主体的英雄行为，倘若无产阶级是最能体现或代表社会集体意识的根本力量，那么，它就会在改造世界、创造世界的革命实践中与最强的主体个体在精神上所迸发出的创造性有机融合起来，而不是拒斥个体主体的最富个体化的英雄意识和英雄行为。

20世纪在中国这片神奇的土地上所演出的抗日战争、解放战争乃至隐蔽战线战争的威武雄壮的活剧，涌现出无数可歌可泣的英雄人物，不论是个体英雄或者是集体英雄从其意识层次来剖析可以发现，他们都是个体主体英雄意识与集体主体英雄意识的辩证统一体；尤其在激战中产生的个体英雄或群体英雄，在短暂的一瞬间容不得英雄们去做过多的理性思考或精神漫游，往往主体意识深潜的英雄情结或英雄生命冲动刹那间被激活就转化为过人的勇敢、超人的胆略或超常的智慧，而创造出感天动地的英雄奇迹，这既是个体主体英雄意识的显示，又是集体主体英雄意识的展现。然而，革命文学群己对立的英雄理念却硬要把个体主体英雄意识和集体主体英雄意识对立起来，只承认集体英雄主义而否定个体英雄主义，这在理论和实践上都是站不住脚的。

(写于2004年冬，载于2005年《河北学刊》第6期)

参考文献

[1]李大钊全集:第3卷[M].石家庄:河北教育出版社,1999.
[2]别尔嘉耶夫.论人的使命[M].上海:学林出版社,2001.
[3]吕西安·戈德曼.文学社会学方法论[M].北京:工人出版社,1989.

现代中国文学研究的突围与探索

近30年的现代文学研究形成一条在突围中探索、在探索中突围的逻辑链，既突破了机械阶级论筑成的围城而把文学研究纳入人学范畴，又突破了二元绝端对立思维模式而将文学研究纳入二元互动的关系思维；既突破了以《新民主主义论》为纲建立的中国现代文学史学科又力图重构“20世纪中国文学史”等新学科，既突破了“政治标准第一”的一元价值论又逐步确立起以马克思主义美学价值观为主导的多元价值评估体系；既突破了传统编选文学史料的成规又以汇纳百川的胸怀来完成现代文学史料工程，既突破了以前科研队伍建设的种种戒律又以高标准建起了年轻化博士化为主体的现代文学研究梯队，这就营造了现代文学创新趋优研究的新景象。

改革开放30年，随着社会结构的调整和传统文化的转型，现代中国文学研究与时俱进地同改革开放取一致步调，形成一条在突围中探索、在探索中突围的历史逻辑链，将现代文学研究从多方位推上一个新的学术层级，开创了文学研究越来越自觉的独立局面。尽管在现代文学研究与改革开放的互动关系中曾出现过不和谐的音符，也有过“乍暖还寒”的天气，但总的发展趋向却是改革开放的车轮滚滚向前，以不可阻挡之势冲破了种种阻力，扫除了文学研究时空上的阴霾和寒气，逐渐使学术自由的春光充满了人间，并照耀激励着文学研究者在学术领域中勇于突围锐意探索，在突围与探索中不断营造现代文学研究的创新趋优的学术业绩。

所谓突围首先是现代文学研究主体遵循“解放思想，实事求是”的思想路线突破了极左思潮泛滥时机械阶级论在文学研究上所筑起的一道道围城，冲决了现代文学一个个禁区，逐步将文学研究纳入人本论的思想轨道和“文学即人学”的美学范畴。诚然在阶级社会里文学带有一定的阶级性，但是这种阶级性是包含于丰富复杂的人性之中，它既不能代替人性更不能取代文学的人学内涵；而这样一个常识性的问题却成了现代文学评论或研究的极为敏感的政治问题，从

20世纪30年代起所谓的阶级论不遗余力地讨伐人性论及人道主义，逮至极左思潮猖獗时机械阶级论对人性论与人道主义的围剿达到斩尽杀绝的程度，不仅人性论和人道主义思想本身遭到彻底否定，而且持有人性论和人道主义文学观的学者也遭受灭顶之灾，这既形成了知识者见到人性论与人道主义"谈虎色变"的恐怖心理又强固其以机械阶级论给现代作家作品任意定性判"刑"、上纲上线的思维定势；特别是所谓的"路线斗争"观念的强势介入几乎给所有的现代中国文学都戴上封资修的政治帽子而成为在意识形态领域实行"全面专政"的对象。所谓的机械阶级论和路线斗争观念把现代文学领域都扫荡光了，成了"一片白茫茫大地"，遑论什么"学术研究"岂不是荒唐可笑。只有到了改革开放时期才结束了"以阶级斗争为纲"的特别是"文革"的非人时代，在思想解放运动的驱动下，经过"拨乱反正""正本清源"，中国人不仅从极左思潮中获得人性的解放，有了主体意识，而且以人为本的观念也在社会文化心理逐步扎下根。社会上勃起的人学思潮推动了现代文学研究由阶级霸权话语向人学话语占据上风的根本转变，这主要体现于：机械阶级论所划定的文学"禁区"被突破，解放了一大批戴着形形色色封资修阶级帽子的"敌对"作家作品，使其重新回到现代中国文学的正宗位置；特别是对文学流派社团或文学思潮的梳理研究淡化了阶级烙印或超越了阶级界限，消除了阶级偏见以平等的历史的美学价值观来对待现代作家作品、文学思潮流派及一切文学现象，使那些在阶级斗争或路线斗争围城中蒙受"冤假错"案的作家作品得到平反，此其一。逐步突破机械阶级论思维模式，研究主体确立人性论思维框架，以人学的理论视野重新审视文学运动、文学思潮、文学流派和作家作品的历史地位与美学内涵；特别是对作家作品分析评价格外关注人性的深度与广度，使那些人性复杂深邃、原始生命意识强烈的人物形象得到了高看和厚爱。正是从人性论思维范式着眼，使沈从文、张爱玲等一批作家作品获得意想不到的青睐，至于哪些长于欲望叙事的文本也受到研究者的热评，这就使上世纪30年被阶级论批判的梁实秋所持的人性论在新时期得到复活，并在现代文学研究的不断探索中显示出不朽的思想威力，此其二。既然文学是人学已成为人们的共识，那么文学的灵魂是人道主义的或者说人道主义是一切原则中的最原则也逐步被学界人们所认可。"文革"的结束和新时期的开始，突破机械阶级论的牢固围城而竭力弘扬人道主义则成了思想战线和学术界的攻坚战，从1979年到1980年《文艺报》、《文学评论》、《文艺研究》等报刊便围绕如何认识人性和人道主义、如何认识文学和人性以及如何看待文学对人性的描写展开了争鸣，并从而引发了关于人道主义和“异化”问题的大讨论[1]；通过这场大讨论，尽管分歧依在但却深化了人们对人道主义及“异化”问题的认识，尤其促使作家在作品中对人性的刻画、对人的价值和人的生命意识以及人的生存状态的分外关注，也使研究者以人性论的价值眼光来研究现代文学。随着思想解放运动的深入，阶级论的解构，人道主义深入人心，使学人们对人道主义的认识已达到这样的高度：“承认人道主义原则高于革命的原则，正是马克思主义的精髓，是马克思主义区别于历史上形形色色的剥削阶级思想的最根本标志。”恩格斯曾高度评价法国作家雨果的著名小说《九三年》，就因为它表现了“在绝对正确的革命之上，还有一个绝对正确的人道主义”的主题[2]。革命主题与人道主题相比尚且如此，那么人道主题与文学所表现或蕴含的经济主题、伦理主题或道德主题、生命主题或生存主题乃至宗教主题等相比更能显现出最高原则的制导性。其道理很简单，作为人学的现代文学必须以人道主义为最高原则，就在于它把人视为终极关怀的对象，也在于现代文学的创作主体、对象主体和读者主体的三位一体结构的组成都是以人为轴心的。此其三。仅以上述三个维度的简略考析，便可看出改革开放 30 年的现代中国文学研究基本上突破了机械阶级论的围城并多方位地步进入文学即人学的人本主义探索轨道，它既可以与五四新文化人学运动的现代学术精神相呼应又可以与世界文学研究的人文精神相契合。

在机械阶级论主宰现代文学研究时期，二元对立的思维模式趋于绝端的两极，使新与旧、雅与俗、左与右、古与今、中与外等文学研究的二元对立思维得到恶性发展。如果说战争文学的二元对立思维处于非此即彼的不可调和的两极尚有客观依据，那么到了“十七年”和“文革”文学中及其评论中出现的绝端两极思维则带有很大程度的主观臆断性和文化专制性，因此在突破现代文学研究机械论所形成的各种围城的同时实际上也在突破二元对立思维模式对现代中国文学研究的桎梏；只有突破二元对立思维模式方可使研究主体的思维得到进一步解放，在现代文学的各种互动张力关系中进行纵横捭阖的探索，以发现知识增长点和学术创新点。上述已对突破机械阶级论的围城作了探究，这里着重对现代文学研究中的新与旧、古与今、雅与俗所形成的二元对立的认知结构略加考析。不可否认，这些二元对立的认知结构与现代中国文学创作实践与批评实践的客观存在，大致相吻合，它们作为主体思维的认知模式不论在文学创作或文学评论中都发挥过积极功效，而改革开放以来现代文学研究对其突破则主要集中于两点：一是它们是否具有价值内涵即能否把它们作为价值范畴来运用；二是它们之间的关系是否完全对立的还是互动互补互依互转的。就以文学上的新与旧二元对立认识结构而论，是晚清和五四文学先驱们把进化论的新陈代谢规律和新的必定战胜旧的原理引入文学领域而形成的，反映到作家和批评者的头脑里则凝成新与旧二元对立思维范式；随着新文学取代旧文学的节节胜利越发导致新与旧认知模式中的二元的极度倾斜，即新的一元处于绝对优势，旧的一元则处于绝对劣势。如果把这种新旧认知结构运用于现代文学评论与研究中，那就造成了“唯新是好，唯旧必糟”的认识误区或认知错觉。其实，构成新与旧认知结构的“新”与“旧”的两元并非是两个价值范畴，文学价值大小高低不是以新与旧来判定的，新文学价值未必高，而旧文学的价值亦未必低。早在五四文学革命时期茅盾、周作人、胡适等既没有以新与旧来区分文学的性质又没有把新与旧作为价值范畴；只是随着科学进化论和政治阶级论对现代文学研究的强势介入与制导，不仅把新与旧二元对立模式推向极致，而且也赋予新与旧难以承担的价值内涵。新时期以来，现代文学研究者通过对新与旧认知模式的突围与反思，既消解了它在认知上造成的误区又认清了它并非是个价值评估范式，这样就从性质上破除了新旧文学的界限，有力地推动了现代中国文学总系统中新体文学与旧体文学在横向上进行“互动关系”的研究，消除了所谓新旧价值观的阻碍而以平等的价值尺度来探究新体文学与旧体文学的互通互补关系，真正把产生于现代中国的旧体诗词、章回小说以及文言散文、旧戏曲等与新自由体文学置于同等价值坐标上予以评说，这无疑拓展了现代中国文学研究的新格局[3]。况且现代中国生成的新旧文学并不是截然对立的，主要不是性质或内涵上处于对立而是在形体上有新旧之分，它们互以对方为存在的条件，即没有新文学的衬托就没有旧文学，没有旧文学的比照也没有新文学；并且新旧文学在整体现代文学布局中是相互补充的也是相互制衡的，同时在一定条件下是互相转化的，即新文学并非绝对的“新”、旧文学亦非绝对的“旧”，仅仅是相对而言。所以把新与旧二元认知结构绝端对立起来是错误的，只有冲决这种误导的认知模式才能使主体思维获得自由进入现代文学堂奥探索的活力。再以文学研究上的古与今二元对立认知范式而论，所谓“古”是指传统文学，而“今”是指现代文学，在长期的二元对立的哲学法则的渗透下古今文学关系的探讨也形成了现代与传统二元对立的认知模式；尤其在机械阶级论风行时把传统文学定性为封建主义文学而现代文学则定性为无产阶级思想领导的新民主主义文学,这不仅赋予了古今二元对立认知模式的阶级内容也强化了古今文学的对抗性与异质性,无疑导致了传统文学与现代文学关系的人为紧张及其"断裂"的结论,误认为现代文学的生成是以彻底否定传统文学为前提的,似乎古今文学之间并没有承传性而完全是异质相对的。现今已突破了这种古今文学二元对立的认知模式,真正认识到从表层结构到深层结构古今文学的互通性关联性,即现代文学是在承继传统文学的基础上发展起来的,虽然古今文学之间存在差异性,但现代文学却是对古代文学在认同中继承、在承传中超越的,它把中国文学的变迁推进到新的历史阶段,创造了现代型的中华民族文学。可见对文学研究古今二元对立认知模式的突围与探讨,不仅形成了打通古今文学关系研究的热门话题,发表或出版不少这方面有分量的专论和著述,而且获得了有创见的古今文学通识,深化了现代文学溯源追根探索的纵向视野,开拓了文学研究的新理路新格局。最后以文学上雅与俗二元对立认知模式而论,早在清末民初与五四时期新文学的诞生便与以鸳蝴派为代表的通俗文学形成雅与俗对峙的局面,在新文学先驱们的视域中新文学是雅文学即为人生的严肃文学而鸳蝴派的消遣游戏文学则属于通俗文学,用茅盾的话来说乃是现代旧派文学,故新文学阵营曾掀起一场围剿鸳蝴派通俗文学的批判运动;这投射到新文学评论者与研究者思维上则形成了雅与俗二元对立的认识结构,在"雅文学"的强势打压下"俗文学"始终没有翻过身来,而中国现代文学史的书写鸳蝴派通俗文学总是处于被批判的地位,甚至把通俗言情小说作为庸俗低级的黄色文学扫进垃圾堆。自改革开放以来,随着思想解放运动的深入和新的市民通俗文学被扫进垃圾堆。自改革开放以来,随着思想解放运动的深入和新的市民通俗文学的崛起,研究主体突破了雅俗文学二元对立认知模式的羁绊与局限,不仅消除雅与俗文学之间不可逾越的界限,而且以现代性的视野对以鸳蝴派为代表的通俗文学从宏观与微观的结合上重新解读重新评价,既为现代中国文学梳理一条雅俗并举互补的贯通线索又把张恨水、金庸等通俗文学纳入现代文学史大家的地位;特别是范伯群先生提出了"纯、俗双翼展翅的文学史"[4]观,并以此为主线开创性地书写了一部《中国近现代通俗文学史》,遂带动起一场通俗文学"研究热"。上述可见,新与旧、古与今、雅与俗等文学研究二元对立认知模式的突围与探索,改变了已有现代中国文学研究的格局,初步打通了中国文学的纵横关系,展示出现代文学的整体风貌与新的学术增长点。

在突破现代文学研究机械阶级论所构筑的重重围城及新与旧、古与今、雅与俗等多种二元对立的认知结构的严重桎梏的同时，研究主体以更大的勇气与魄力对1950年代初建立的中国现代文学史学科进行突围与探索。因为新学科的建立是以机械阶级为思想基础、以《新民主主义论》为理论纲领的，着重突出了无产阶级思想对新文学的领导权和革命文学的主导地位，这既贬低了其他新文学形态的价值又遮蔽甚至否定了一些有美学价值的文学。王瑶先生在新学科规范下所撰写的第一部《中国新文学史稿》“力图以毛泽东的《新民主主义论》、《在延安文艺座谈会上的讲话》为指导”，“《史稿》设《绪论》，下分‘开始’、‘性质’、‘领导思想’、‘分期’四小节，为全书之统领。这四个部分的论述，都是以毛泽东的《新民主主义论》中关于革命文化问题的论述，作为指导思想的。它肯定了中国的新文学是从‘五四’开始的，其基本性质是新民主主义的文学，其领导思想是无产阶级思想，亦即马克思列宁主义。”[5]《史稿》的出版为中国现代文学史学科奠定了基础并提供了范本，1950年代至1960年代所编写的中国新文学史或中国现代文学史几乎都没有出离王本文学史的规范与框架，形成了影响既深且广的中国现代文学史书写模式。及至改革开放的1980年初，以《新民主主义论》为纲建构的中国现代文学史学科关于五四文学革命的指导思想受到质疑与挑战，明确提出五四文学革命的指导思想不是马克思主义而是民主主义与之相关的人道主义[6]；这一出自实事求是思想路线的观点并被以后研究实践证明是正确的看法，却遭到一些坚持“两个凡是”的学人上纲上线的批判和围攻，虽然思想解放道路上这片乌云很快散去，但它所留下的“左”倾思潮反扑的历史教训至今未得到认真反思。如果说这是突破中国现代文学史学科的第一次挑战，那么第二次挑战则是1980年代中期提出的“重写文学史”口号和“20世纪中国文学”学科范式的设计[7]。后者最大的突破是，不仅彻底摆脱了《新民主主义论》和机械阶级论对现代中国文学的政治规范与框定，使现代文学研究回归本体而成为自足的独立系统，而且彻底打破了近代、现代、当代文学各自为政的分割局面，将二十世纪中国文学作为一个整体来把握，并以“改造民族的灵魂”为总主题贯穿于20世纪中国文学的全过程。对于这个新学科的设计得到不少学人的认同，并以此框架书写了多部《20世纪中国文学史》、《百年中国文学总系》、《中国近百年文学体式流变史》、《20世纪中国文学流派论纲》等，这就把“重写文学史”的口号落到实处，也是对重构中国文学史的积极探索与尝试。但是“二十世纪中国文学”作为重写文学史的学科范畴有其自身难以克服的局限，这不仅表现在时间跨度上只能涵括20世纪中国文学而21世纪的中国文学就不能纳入了，而且表现在空间上主要突显了与改造民族灵魂相关的启蒙文学而其他形态的文学则受到忽略。还有的学者根据“五四”人的文学诞生至“文革”人的文学被否定而出现非人文学正是现代文学走了个历史怪圈，便提出“中国新文学60年”这样一个学科范畴，但是作为重构文学史的学科设想其局限性也是显而易见的。相比较而言，在我看采“现代中国文学史”学科理念[8]更具有合理性、合法性、开放性、科学性和前瞻性。说它更具合理性，因为现代中国文学史学科是建立在现代民族国家观念上，它可以涵括从晚清至今凡在现代中国所生成的一切文学形态以及各种文学现象与思潮流派，既不厚此薄彼又不排斥异己；说它更具合法性，因为现代中国所有文学都生成于五十六个民族的国家共同体，理应受到法律的保护，即使有的文学触犯法律也要遵照法律来解决，但它仍然属于现代中国的文学，而不是某个民族或派别的文学；说它更具开放性，因为现代中国文学史科学已突破了民族界限、阶级界限、党派界限，将所有形态文学作为中华民族文学的完整系统直接或间接与世界其他民族或国家的文学进行对话与交流，在世界文学之林中所见到的中国文学不再是某个民族或某个阶级或某个党派的文学，而是现代中国文学的整体面貌；说它更具科学性，因为现代中国文学史学科是以公正平等的价值眼光来对待所有民族所有阶层所有党派的文学，并以实事求是的科学态度依据统一的价值标准来评估其文学史的地位及自身的思想价值和美学意义，力求克服“唯新是好”或“唯汉独尊”的评估倾向；说它更有具前瞻性，因为现代中国文学史学科上限与古代中国文学衔接而下限则是随着中国现代化的速度与步伐在不断延伸，致使这个学科的发展空间难以预测，它不同于“中国现代文学史”学科只有32年又不同“20世纪中国现代文学史”学科仅有100年，而是与中华民族的现代化历程同步并行的。

现代中国文学研究的过程是一个深切体验、感悟、发现其意义并进行价值判断的过程。改革开放以来现代文学研究在学术上之所以有重大创新和巨大增值，除了突破机械阶级论的围城、二元绝端对立思维模式的束缚以及传统中国现代文学史学科的桎梏外，重要的在于突破了“政治标准第一”的一元价值论，逐步形成以马克思主义美学价值观为主导的多元价值评估体系。而马克思主义文艺价值观即是恩格斯提出的“美学观点和历史观点”相结合的价值标准，所谓“美学观点”主要视一切文学现象都是审美文化现象，一切文学形态都是审美形态，一切文学作品都是审美文本，一切文学史都是审美历史，这是文学之所以为文学的特质规定，也是判断文学是否有价值或价值大小的首要标准；所谓

“历史观点”主要视一切文学现象、文学作品、文学思潮流派直至文学史都是特定时代背景和文化语境下的历史产物，因之必须把文学置于特定的历史范畴来研究评价。不过在评价文学的具体过程中决不容许把“美学观点和历史观点”拆开来分而用之，应该将两者辩证地统一起来作为完整的价值体系来运作，恩格斯关于文学要“具有较大的思想深度和意识到的历史内容”同莎士比亚的“情节的生动性和丰富性的完美融合”的评论为我们正确运用美学的历史的价值标准树立了典范。马克思主义美学价值体系是对“政治标准第一，艺术标准第二”价值观的反拨和颠覆，将现代中国文学研究引上正确的价值轨道。如果说马克思主义美学的价值观在深化现代文学研究中起着主导作用，那它也仅是多元价值评估体系中的重要一元，并不排斥其他价值标准的广而用之。现代性是个众说纷纭的概念，不论其内涵或外延都难以作出明确界定，也许正是这种模糊性不确定性才使它成了现代文学研究常用的准价值范畴，而且把现代性引入文学研究领域又往往与启蒙理性话语联系在一起。若说西方文学的前现代性、现代性和后现代性呈示出历史性的进化轨迹，那么现代中国文学所蕴含的这三种既有联系又有差异的现代性几乎共时性地杂陈成一团，这越发增强了文学研究判定是何种现代性的难度。因为不论从时间维度、价值维度或者审美维度上来判断现代性，都要考察现代中国文学异彩纷呈的运动形态、理论形态和创作形态，尤其要辨析作家们最先感受体验到现代性文化思想信息和审美意识信息而物化成的各种样态的审美文本，这是极其不容易做好的探赜发微的研究工作。要是以西方文学为参照系，那现代性主要体现于中国启蒙主义文学与现代主义文学中，而其他形态的文学则不是被舍弃就是被遮蔽，这无疑影响到作为准价值标准的现代性的普适性与公平性。目前现代中国文学研究已出现把现代性泛化的倾向，就连深受极左政治思潮影响的“‘文革’文学”也具有激进现代性特征。可见，当一个概念或范畴失去了特定的涵义或质的规定时，它的话语威力或表现力就不复存在了。现代中国文学研究进入一个多元的价值时代，尽管在价值判断上会出现这样的偏差或那样的误解，但毕竟在作家研究上、作品解读上、文学史书写上能够各抒己见且发出了自己的声音，这就初步形成了学术研究的“百家争鸣”的景象。

现代中国文学研究在改革开放的时代背景上的不断突围与探索，旨在学术的创新趋优和开拓研究的新局面；为达此目的，至少要具备两个不可或缺的重要条件：其一，系统而扎实的现代文学史料工作是新时期以来文学研究突围与探索的先导和根基。樊骏先生在《关于中国现代文学史料工作的总体考察》一文中作了这样的概括:“进入新时期以来,中国现代文学史料工作经过长期的延误之后,终于受到了重视:投入了很多人力物力,在收集、整理、编写、保管、出版、传播等环节,都做了不少工作,取得迅速进展和可喜成果,整个工作呈现前所未有的活跃繁荣的气象。”随后从四个方面进行较为具体的论述:一、一进入新时期,现代文学史料工作以夺人的声势大规模地铺开了。1979 年由中国社会科学院文学研究所现代文学研究室发起编纂“中国现代文学史资料汇编”,是这种转折的突出标志,此后一发而不可收,短短几年史料工作取得过去所难以想象的业绩,涌现出这么多的“汇编”、“丛书”、“大系”、“全集”。二、新时期的现代文学史料工作的最为明显的收获,无疑是收集到和发掘出大量新的史料,如收集大批长期散失的具有独特史料价值的佚文。三、与发掘、收集新的史料的同时,开始了史料的整理加工工作,如普遍地注意到文学作品的版本、校勘、注释和考证,使大量史料由零碎分散构成完整的系列,长期的错误得到纠正,极大地提高了原始素材的史料价值。四、新时期的史料工作建设值得专门提及的两件事:一是中国现代文学馆的创建一是中国现代文学史科学的提倡与建设。该文在对现代文学史料已经取得和正在取得的丰硕而辉煌的成果作了充分肯定后,又以史料建设的科学标准对其存在的问题作了切实而深刻的分析,并指出“对于今后的中国现代文学史料工作,更有信心,相信会有更大的发展和提高;又要有勇气和毅力,去克服各种困难和挫折;更要有紧迫感,懂得任何延误都意味着给后人留下更多的无法填补的历史空白。”[9] 改革开放以来现代文学史料工作获得如此巨大成就这也是现代文学研究持续突围的结果,它不仅为现代文学研究在探索中不断创新作了强有力的先导,也为重写文学史、重读作家作品、重评思潮流派和重估文学运动提供了充盈雄厚的资料基础。其二,合理而优化的学术梯队结构是新时期以来现代文学研究在突围中探索、在探索中创新的中坚力量和根本保证。近 30 年现代文学研究的学术梯队是在调整中充实在充实中调整、在建设中优化在优化中建设的,形成一支最能战斗的锐意进取的学术队伍。经过两次较大的更新换代,30 年代和 40 年代出生的学者基本上退出学术研究的第一线或者安度晚年,而 50、60、70 年代出生的学者组成中青结合的学术队伍则成了现代文学研究的绝对主力,他(她)们大都具有博士学位,实现了现代文学研究队伍的年轻化和博士化;同已退岗的老一代学者相比他(她)们的学术视野开阔,外文基础好,创新意识强,理论思维新,知识结构厚实,思想自由度高,敢于拼搏而力图闯出现代文学研究的新局面,近几年发表或出版的一些创新趋优的学术成果大多是由他们的博士学位论文修改而成的。这是现代文学研究在21世纪期待有大的突破、大的创新的希望所在,也是无可估量的巨大潜力所在;如果他(她)们能抗拒权钱的巨大诱惑,不浮躁,少功利,而专心致志埋头苦干地从事现代文学研究,那定能成为名副其实的"真学者"(梁启超语)。不过我也有点杞人忧天之想,现行的人事制度,到60岁就把从事人文科学研究的学者一刀切下去,这不仅使老中青相结合的学术梯队只剩下中青结合,也是人才的巨大浪费,因为致力人文科学研究的学者到了60岁正是知识积累丰富、学术思想成熟、创新意识稳健、文笔准确老到之年;若说从事理工科学研究的专家仍有院士制度提供其终身致力于创新研究的优厚条件,那么从事人文社会科学研究的学者即使你再有高远学术追求的理想也难能在退休离岗的心境下实现,试问如此这般的长久下去人文科学研究领域还会出现博古通今、学贯中西的大师级的学者吗?

近30年的研究实践充分证明,唯有坚定不移地实行改革开放,才能给人文科学研究创造宽松自由的文化生态环境,为中外文化学术对话提供更多的机遇和平台;唯有坚定不移地坚持"解放思想,实事求是"的思想路线,才能突破人文研究领域的有形或无形的"围城",让研究主体以自由心态进行卓有成效的探索与创新,使现代文学研究从辉煌走向更大的辉煌。

(写于2008年"五一"前夕,本文载于2008年《文学评论》第4期有所改动)

参考文献

[1]关于人性与人道主义论争的详情,可参见白烨编《人性和人道主义学术讨论情况综述》(载1981年《中国社会科学》第1期)、《两年来的人性论争》(载1981年《飞天》第9期)。

[2]许苏民:《人文精神论》,湖北人民出版社2000年,第576–578页。

[3]拙文《探询现代文学研究的新与旧认知模式》,2007年《河北学刊》第1期。

[4]范伯群主编:《中国近现代通俗文学史·绪论》(上下卷),江苏教育出版社1999年,第36页。

[5]黄修已:《中国新文学史编纂史》,北京大学出版社1995年,第133页。

[6]拙著《五四文学初探》1982年由山东人民出版社出版,首篇就是《试论五四文学革命的指导思想》,1983年又以《五四文学革命指导思想商兑》为题发表于《文学评论丛刊》;1983年许志英先生在《中国现代文学研究丛刊》发表一篇与我的观点相似的论文,也认为五四文学革命的指导思想不是无产阶级思想而是民主主义的,结果他的观点被人"抓住辫子"并以"文革"思维对"我们"展开"批判"。

[7]黄子平、陈平原、钱理群:《论"二十世纪中国文学"》,1985年《文学评论》第5期。

[8]拙文《重构"现代中国文学史"学科意识》,2002年《福建论坛》第2期。

[9]樊骏:《中国现代文学论集》(上),人民文学出版社2006年,第302至407页。

评论篇

穿越荒原　走向春天

——新时期情爱文学综述(1976－1985)

可以毫不夸张地说,情爱在社会主义新时期获得了前所未有的地位。因而,出现了中国文学史上情爱文学的黄金时代。

情爱并不单纯是情欲,也不是超然独立的社会现象。它总是同一定时代的政治、经济、道德观念、价值观念等直接或间接联系着;是作为社会关系总和的人的生活结构的有机组成部分,也是具体的人性和生命力的表现。在人类的既普遍又独特、既复杂又纯洁的感情世界里,情爱占有相当重要的位置。因此作为"人学"的文学,必须正确地表现或再现社会生活中无处不在无时不在的男女之间的情爱关系和情爱意识,多侧面多层次地揭示人物的丰富的精神世界,真实而深刻地反映种种社会关系的本质,从而更好地发挥社会主义文学的社会功能和审美功能,这本来是文学史和文艺学等范畴内的常识性问题。然而在"唯心主义盛行"、"形而上学猖獗"、"极左思潮泛滥"的十年浩劫时期,情爱竟变成了灾祸,变成了魔鬼的化身,也成了文学创作的禁区之一。当时风行的一些文学作品,那些"高大完美"的所谓英雄形象不是寡妇就是鳏夫,把现实生活中一些活生生的人物歪曲成毫无生命欲求的禁欲主义的苦行僧;而疯狂推行文化专制主义的"四人帮"之流,却以道貌岸然的正人君子的面孔来掩饰其骄奢淫逸、男盗女娼的丑恶灵魂。总起来看,在极左思潮横流的日子里,虽然有手抄本《第二次握手》这样的爱情文学作品在秘密流传,但它并不能填补中国文学史上的"无爱情文学"这十年的空白。物极必反,这是不可抗拒的历史辩证规律;"没有哪一次巨大的历史灾难不是以历史的进步为补偿的。"①粉碎"四人帮"后,随着"真理标准"问题的讨论,思想解放运动的开展,已停滞或倒退的历史车轮开始沿着正确的政治路线启动前进,十一届三中全会决定把全党的工作重点转移到

① 《马克思恩格斯全集》第39卷,第149页。

现代化建设上来，并确定了经济体制改革和国家政治体制改革的任务。这种整个民族现代化民主化的历史要求，必然牵动着亿万人民的切身利益和整个民族的传统习惯，必然引起整个民族文化心理构成的深刻的变化；随着对外开放政策的日益深入贯彻，以先进科学技术为主要标志的二十世纪的世界文化便纷纷涌入，这既使长期封闭的民族文化心理受到强烈的冲击，也使人们重新发现中华民族的悠久文化传统。因此改革与守旧、解放与禁锢、进步与落后便集结成这个时代的包括婚姻爱情生活在内的全部社会物质生活和精神生活的重要矛盾；特别在爱情婚姻这个古老而敏感的领域里，在新思潮的激荡下，千百年来传统文化积淀所形成的特有的关于爱情婚姻的情爱心理、道德观念、价值观念、审美理想等，无不发生程度不同的变化，致使对爱情婚姻问题在认识上、文化层次乃至心理素质上出现了较大的差异。正是在这样大好的时代条件和复杂的文化背景下，形成了新时期创作情爱文学的热潮。它们不仅以其旺盛的艺术生命力欣欣向荣发展，而且以多姿多彩的审美形态在文艺的百花园里争奇斗妍，把情爱文学推进到一个新的历史阶段。

这里我们着重考察的是新时期“严肃文学”中的情爱文学或文学作品中的情爱描写，并不包括通俗文学中的情爱文学或那些并不高雅甚至流入低级庸俗的性爱描写；即使严肃文学也不是所有文体的情爱文学，而重点放在对小说体裁的情爱文学的粗略的宏观研究上。从总体上看，新时期的情爱文学不论在审美内涵、审美形式或者审美风格上，比建国后十七年的情爱文学有了重大进展和突破。尽管十七年情爱文学的创作始终存在着种种有形的或无形的、公开的或隐蔽的禁忌，但新中国的成立毕竟为社会主义情爱文明的发展创造了有利条件，作为生活反映的文学就不能不冲破某些禁锢直接或间接地干预并再现人们的爱情婚姻生活，创作了一批情爱作品。如《结婚》（马烽）、《春种秋收》（康濯）、《在泉边》（方之）、《爱情》（李威仑）、《在悬崖上》（邓友梅）、《我能爱她吗?》（王慧敏）、《小巷深处》（陆文夫）、《东去列车》（峻青）、《红豆》（宗璞）、《蜜月》（浩然）等较好的短篇小说，以及《青春之歌》（杨沫）、《三家巷》（欧阳山）等长篇小说中的爱情描写等；还有闻捷等的爱情诗，在那个时代的确产生了良好的社会影响。这些爱情作品的审美内涵比较单纯，思想清新，感情健康，审美情趣明快乐观，艺术结构常把爱情同政治生活联系在一起，意欲透过情爱生活这个窗口窥测政治风云的变幻或社会关系的本质；它们的不足主要表现在对生活的复杂性和人性的复杂性以及深层情爱意识的忽略，使情爱文学呈现出某些雷同化的倾向和单一的色彩。新时期的情爱文学不仅在审美形式上花样翻新，名目别致，而且在审美内容、思想意蕴、人物性格、审美格调诸方面呈现出开放多样的艺术风范，致使情爱文学由十七年的单色调向新时期的多色调转换。

纵向描述：情爱文学演进的三个逻辑阶段

如同历史是一个过程一样，新时期情爱文学的形成与发展也有个逐步深化的过程。如果单从情爱文学的思想意蕴或叙述结构来看，随着1976年中国历史进程出现一个契机，社会生活由政治上的拨乱反正发展到三中全会后现代化建设的全面铺开，情爱文学主题思想便由单一的政治意识的外显层次逐步逼近到开放型的民族文化的内隐层次，基本冲突构成由政治与情爱的矛盾发展到多种社会文化因素与情爱的矛盾。不过这是个重叠、交叉、回环的进程，完全按照作品出现的时序来判定情爱文学演进的阶段性是比较困难的，也不十分科学；我们拟从历史发展顺序和主题内在联系的结合上将1976年到1985年的情爱文学演进分为三个逻辑阶段：政治的批判与爱情呼唤的阶段，全面的反思与情爱的多难阶段，积极的探索与理想爱情的追求阶段。

期待：呼唤迟到的春天

第一个逻辑阶段，情爱文学的总体特征是政治的批判与爱情的呼唤。从思想内容来看，以政治批判为主，呼唤已失去的情爱权利，唤醒人们的情爱意识；从叙述结构来看，基本冲突是极左政治的干扰或毒害与人们情爱生活或性爱意识的尖锐对立；从审美倾向来看，大多是悲剧的，以爱情的被毁灭或美好人性被摧残来激发人们对极左政治的愤恨和对爱情权利的向往；由于创作主体或对象主体仍是“以阶级斗争为纲”的政治化的思维模式，所以情爱文学本身的社会功能依然循着为政治服务的轨道行进。刘心武于1977年发表的《班主任》虽不算典型的描写性爱的文学作品，但也可以看出极左政治造成的蒙昧主义对青年一代性爱意识的歪曲：《牛虻》中所描写的爱情是深挚而高尚的，但是团支书谢惠敏看了这部著名小说中男女谈恋爱的插图却大声惊叫起来：“哎呀！真黄！明天得狠狠批这本黄书”。这说明“在谢惠敏的心目中，早已形成一种铁的逻辑，那就是凡不是书店出售的、图书馆外借的书，全是黄书、黑书”。其实，《牛虻》是本革命色彩很强的进步小说，一般的书店都出售过，更是青年学生到图书馆借阅的好书;然而它却在这个情窦初开少女的审美判断里成了“黄书”,这种变态的性爱心理完全是那种带有禁欲主义性质的社会思潮造成的。小说的深刻之处,正是透过青年一代的性爱意识和思想灵魂的被歪曲的精神悲剧,由对那种荒谬政治的批判而呼唤人性的觉醒和保护青少年性爱心理的正常发展,由青少年的教育问题艺术地概括出极左政治给整个民族精神刻下的内伤。刘心武这阶段发表的作品大都以政治为中心、以青年为对象组成叙事结构,反映社会普遍存在的问题,达到政治批判的目的。他写的《爱情的位置》是新时期出现较早的爱情小说,女主人公亚梅就是深受“四人帮”鼓吹的那种荒谬思潮的毒害,她只要结婚而不要爱情,把爱情与结婚完全对立起来,并且可悲地认为只要能将结婚与对象的地位、收入等同起来就是最美满的婚姻。实际上,亚梅所追求的是把自己卖给金钱地位,而她心目中根本不存在真正的爱情,可以说这是旧式买卖婚姻在青年人心中的复活。这就把政治批判引向对封建残余意识的批判。张抗抗的《爱的权利》刻画的女主人公舒贝,要把“爱情”两个字挂上铁锚,让它“永远沉入松花江底”,呈现出一种历史的悲哀;当我们阅读这篇小说,感受到舒贝姐弟俩对爱的权利的呼唤和渴求时,对那个灾难的时代能不义愤填膺、对新的时代能不由衷地热爱吗?李惠薪的《老处女》写的小妍与苏甫爱情悲剧,明明彼此心心相印地爱着,为什么小妍就不敢理直气壮地向苏甫倾吐心中的爱恋之情,而苏甫只能在辞世之前以书信形式表白爱心呢?因为无形的政治利剑正悬在他们头顶,他俩被恐怖政治划入“自然淘汰下的劣种”的圈子里,那能有爱的权利?越是这种心地善良、品德高尚、医学精到者的爱情悲剧对恐怖政治的批判越深刻。徐乃建的《因为我是三十岁的姑娘》,描写“我”在“文革”中丧失了青春,变成爱情生活中的“积压商品”,不可能自由的选择配偶,这是颇有代表性的爱情苦恼,说明十年浩劫整整耽误了一代人的爱情。陈建功的《萱草的眼泪》、陈国凯的《我应该怎么办》、茹志鹃的《着暖色的雪地》和《丢了舵的小船》等一批作品,各自从特有的角度如泣如诉地批判了阶级斗争扩大化和极左思潮对人的价值与尊严的摧残和对爱的自由权利的蹂躏,强烈地呼唤爱的权利和人的觉醒。这些作品描写了伤痕的爱情和表现了爱情的伤痕,带有浓重的政治批判色彩和悲剧色彩。历史常常出现一些二律背反现象:在“文革”中“四人帮”越是疯狂地推行恐怖政治和蒙昧主义,越是把爱情说成下流堕落的同义词;越是有些人勇敢地坚持马克思主义爱情婚姻观,越是强烈追求爱情的自由和婚姻的幸福。如果说上述作品所描写的爱情、婚姻以及性爱意识在与恐怖政治或荒谬政治的搏击或冲突中,大都以悲剧(或爱的权利被剥夺或性爱意识被扼杀)而告终;那么这阶段出现的《墓场与鲜花》(肖平)、《青春插曲》(张斌)、《眼镜》(刘富道)、《"不称心"的姐夫》(关庚寅)、《姻缘》(孔捷生)、《蓝蓝的木兰溪》(叶蔚林)等情爱文学,其中所描写的青年男女则敢于坚持自己的爱情理想,冲破"四人帮"强加给他们的极左的、封建的精神枷锁,大胆地去追求爱情的幸福,尽管他们也遇到重重阻力,但其爱情目的毕竟是达到了。使这些情爱作品透出亮色,不仅给人以鼓舞也给人以审美愉悦,可以转化为同摧残爱情、压抑人性的极左政治进行斗争的力量。《墓场与鲜花》中的朱少琳与陈坚是情投意合的恋人,但在那些动荡的岁月里却遭受极左政治的意想不到的折磨,陈坚说了几句真话成了"现行反革命",被发落到黄河边的荒滩进行改造;而戴着"黑帮子女"帽子的朱少琳在困顿与绝望中坚强起来,顶住一切压力义无反顾地来到陈坚身边,同甘苦共患难,结下了坚贞不渝、纯洁无瑕的爱情。这是动人心魄的爱情力量!《青春插曲》描写的蓓蓓与志刚的爱情也相当感人。在不正常的政治气候下,勤奋好学、刻苦向上的知识青年志刚被戴上"白专"帽子,并因为他翻译了一个外国生物学家的两篇文章被"游斗",冠上"崇洋媚外"的罪名;但是心地善良、性格温柔的蓓蓓姑娘偏偏爱上了他,而且爱得那么痴情又是那么深切。她不仅顶住了极左政治的威压,也抵制了父母之命和地位金钱的引诱,不附加任何条件地爱着穷青年志刚,她与志刚之间唯有共同的理想以及深厚、火热、忘我的爱。这既是对极左政治的反叛,又是与世俗观念的决裂。《"不称心"的姐夫》所描写的表层冲突是四平与小欣争取爱情自由同父母强硬干涉的矛盾,实质上却是与"四人帮"推行的极左路线的矛盾;在敌我矛盾与内部矛盾的交错中真实地展示四平与小欣爱情的曲折历程,尽管他们遇到种种阻力,但这对插队农村致力于农业科学研究的知识青年并不畏惧也不退缩,坚定不移地捍卫他们建立在共同理想和信念之上的爱情,并独立自主地创造新生活,随着"四人帮"的垮台,他们的爱情与事业获得双成功。这些情爱小说以爱情的胜利宣告了"四人帮"那套荒谬政治理论的破产;宣告了爱的权利是属于人民的,每人特别是青年都有爱的权利。但从审美的角度来看,似乎这些情爱文学的社会政治功能、教育功能和认识功能强于审美功能,特别对人物心灵的开掘、艺术技巧的探索并不令人满意,甚至有的作品尚未摆脱概念化、公式化的痼弊。这些不足,随着情爱文学创作的繁荣昌盛,是会逐步克服并使情爱文学走向成熟的。

反思:重温严冬的噩梦

第二个逻辑阶段,情爱文学的总体特征是全面的反思与爱情的多难。从思想内容来看,由于创作主体的文学观念有所变革,将自己的笔触深入到社会结构的各个方面,由从较深层次上批判极左政治思潮引起对社会历史的全面反思,并带动对爱情问题的深入思考;而意识形态领域的思想解放运动与文艺上百花齐放、百家争鸣方针的进一步贯彻又使这种思考向广度和深度掘进,于是足以体现“文学是人学”命题的情爱文学便全面而深入地探讨爱情婚姻问题与政治、经济、文化、改革等各方面的关系,社会主义人道主义得到弘扬,各种具体人性得到充分表现,使情爱意识呈现出比较复杂状态。从叙述结构来看,不论短篇体或中长篇体的小说,基本情节冲突的构成出现了两种主体形态:一是逆向性的,即爱情婚姻与政治、经济、文化、伦理、道德等形成尖锐的对立,往往以爱情婚姻的悲剧作结;一是顺向性的,即爱情婚姻与社会结构、意识形态及体制改革等形成相辅相成的关系,尽管爱情婚姻并不十分顺利,其结局常常是喜剧的,而这两种形态相比较则以前者为多。从审美倾向来看,悲喜剧相兼,但悲剧多于喜剧,即使是喜剧也很少中国古代叙事文学那种人为的“大团圆”,因违背生活本身逻辑而给人以虚假感;这里所说的喜剧,基本上是符合生活逻辑又合乎感情逻辑的必然结果,是着重从审美意义上讲的,它给人们以幸福感、欢快感和甜美感。而那些悲剧所产生的审美效应既深沉又强烈,不仅能激起人们对毁灭或损伤人类正常爱情生活或爱情理想的那些社会的、历史的、物质的、精神的等各种因素的无比愤慨或反抗之心,而且鼓励人们更勇敢地去争取爱的权利和爱情的幸福、婚姻的美满。由于创作主体功能观的变化,不再简单地理解文学为政治服务的含义,而是遵循新时期党提出的“文艺为人民服务,文艺为社会主义服务”的方针进行创作,所以情爱文学已具有多种社会的或审美的功能,而且在艺术上也出现了一些比较成熟的情爱文学作品。具体来说,其一,爱情与政治的关系仍是相当一部分作品所关注的重点,旨在揭露极左政治乃是造成爱情或婚姻悲剧的根源,通过爱情或婚姻的不幸对那种横行一时的政治思潮进行更深入的批判。张一弓的《张铁匠的罗曼史》以带有传奇色彩的笔调,描绘了张铁匠与腊月的爱情婚姻悲欢离合的历史,他们的爱情史是同新中国历史紧密相关:五十年代初期社会政治清明,民主气氛和谐，他俩相爱结婚；"大跃进"时期，政治气候不正常，张铁匠含冤入狱，妻离子散；"文革"时期，极左政治专制，张铁匠与腊月将要复婚却又被极左势力拆散；直到新时期出现了政治清明的局面，他俩方破镜重圆。张铁匠的爱情悲喜剧深刻地启示人们：爱情并不能与政治相悖离，只有在优良的政治环境里爱情幸福才能得到根本保证，如果在恶劣的政治条件下爱情婚姻的美满就要遭到破坏，只有彻底告别那些狂热的政治年代，人们的爱情权利、婚姻幸福才能有稳固的社会基础。虽然张铁匠是个硬汉子，有强烈的独立意识和反抗意识，对自己的爱情无比忠诚，腊月也是个颇有毅力和个性的农村妇女；但是他们所面对的是不可抗拒的政治逆流，无论怎样反抗或挣扎也逃不脱爱情悲剧的命运。所以从这个意义上讲，没有政治上的彻底解放，没有"新时期的政策好"，张铁匠与腊月的爱情悲剧是不可能变成喜剧的。虽然小说存在着概念化的旧症，但是所提出的问题很有思考的价值. 如果说《张铁匠的罗曼史》主要从社会政治对爱情婚姻的危害进行开掘，尚停留在表层次的话；那么还有些作品则是从极左政治对人们灵魂腐蚀的角度来探索导致爱情悲剧的根源，这是深层的揭露。《天云山传奇》描写的宋薇的爱情悲剧、《挣不断的红丝线》描写的傅玉洁的爱情悲剧，作者的笔都伸向人物心灵的深处，揭示出不正常的社会政治毁掉了人的美好人性，腐蚀了人的灵魂，扭曲了人的性格，使她们自觉不自觉地走向爱情悲剧的深渊。写得更为深刻的是乔雪竹的《寻麻雀》(问世时间稍晚)，它通过对几个灵魂的解剖，有力抨击了那个爱在堕落的时代。某建设兵团的"上士"和姑娘"大红桃"在生死中建立起纯洁的情爱关系，然而他们这种真挚的情爱却被当作资产阶级思想大加批判；而知青"副连长"为了取得入党和升学的机会，竟情愿让"连长"玩弄了五年之久，更为恬不知耻的是这个"副连长"达到目的且要离开兵团时，还以领导者的身分布置继续批判"上士"。作者就是这样以其粗犷泼辣的笔伸向生活深层，把那个荒谬的世界撕给人们看：一边是人性沦丧，将女人当作淫乐的牺牲品，一边是推行封建禁欲主义；特别对那位"副连长"灵魂的剖析，实在令人震颤。

"拨乱反正"后出现了建国以来政治最清明的时代，特别随着社会主义法制建设日益加强、社会民主化的程度日益提高，为爱情文明的发展提供了良好的政治条件。在这种政治文化背景下出现了一大批反映社会主义经济体制改革和政治体制改革的文学作品，而这些作品的一个重要特点是把改革与爱情作为相辅相成的关系来描写,即改革这种政治大业的成功往往与爱情的圆满解决是同步的,如果改革出现了曲折那也会影响爱情的顺利发展。像这些文学作品所描写的政治与爱情的关系大多不是尖锐对立的,而是具有顺向性和一致性。这就给人们以深刻启示:改革不仅开创了政治、经济的新局面,也为爱情、婚姻创造了优越的社会政治环境。《乔厂长上任记》、《花园街五号》、《折射的信息》、《故土》等作品的爱情描写基本体现出上述的特色;当然也有些作品真实地再现了改革这项艰难的政治工程给婚姻、爱情带来巨大的震动,使那些爱情基础或婚姻关系并不稳固的,往往经受不住考验而发生裂痕或破裂。如《沉重的翅膀》的爱情描写,不只限于一般的政治经济的思考,它包容了社会伦理、社会心理等多种因素。

其二,当作家在思考着政治与爱情、婚姻关系的同时,也注意到经济与爱情、婚姻关系的反思,有不少情爱文学揭示了经济落后、物质贫困是造成爱情、婚姻悲剧不可忽视的社会根源。《被爱情遗忘的角落》主要探讨的是爱情与社会经济的关系,揭示了“穷,落后,没有知识,蠢!再加上老封建”是这种婚姻爱情悲剧产生的社会根源,从而昭示了这样一种人生真谛:“吃不饱饭”的贫瘠土地上是生长不出自由平等的现代爱情之花的。牛正寰的《风雪茫茫》以三年经济困难时期为背景写了一个使人心碎的婚姻爱情悲剧:女主人公锁娃妈为救活全家性命,再嫁给金牛便成了根柱的妈,后来金牛发现根柱妈原来是别人的妻子,于是他面对着根柱妈与她前夫潸然泪下,既不责怪她淫乐不贞也不斥骂她放荡不义,表明悲剧的根本原因在一个“穷”字上。罗淑的《生人妻》曾描写一个山东卖妻的悲惨故事,而新社会竟出现以女人的肉体去换取全家人口粮这样深重的苦难。这两篇小说提出一个发人深思的命题:为什么“爱情的自由处在物质生产的彼岸”这样高雅的哲理,对于普通的中国劳动人民来说却是如此的陌生和遥远?“四人帮”横行时期,强权政治同经济危机恶性循环,埋葬了一代人的美好爱情理想。遇罗锦《一个冬天的童话》以坦诚的笔墨抒写一个天真活泼的少女“随便嫁给谁都可以”的悲剧:为了全家能够活下去,她自惭“不是人,而是个商品”,甚至产生了“有个妓院我也想去”的绝望念头。王安忆的《当长笛 SC－LO 的时候》写向明与桑桑因经济问题不能相爱的悲剧。虽然向明悠扬的笛声引发了桑桑的恋情,但向明却拒绝了她的爱,这并非向明不需要爱不尊重爱,而他只是个“临时工”,一切都没有保障。连生计都无法解决怎能接受女性的爱呢？这些作家真实而深切地写出经济贫困状态下的爱情婚姻悲剧，不仅为文明史上的倒退现象刻下了印记，也从唯物史观的角度揭示出物质生活对爱情婚姻制约的命题。

其三，爱情婚姻问题最普遍最经常的是同伦理道德联系在一起，所以新时期的情爱文学对于爱情婚姻与伦理道德的关系作了探入而广泛的开掘。同封建伦理道德观念进行斗争以争取爱情自由、婚姻自主是“五四”以来新文学的基本主题之一，在新时期的情爱文学中对此有所继承有所发展。以男性为中心的封建宗法伦理意识根深蒂固，所以女性的婚姻爱情悲剧大大超过男性。新时期作家着重从两方面作了深入的发掘，一是从民族文化心理结构来剖析妇女的婚姻爱情命运。向彬的《心祭》从“凡人都有精神需要”的角度抒写“母亲”为“爱情”的痛苦呐喊。她十五岁给人做妾，生了一群儿女，早年寡居，含辛茹苦抚育儿女成人，解放后母亲萌生了对爱情幸福的渴求，以偿还青春的宿愿；然而她这种合情合理的要求却遭到举家人的反对，于是她绝望了，1962 年悄然去世。这位普通妇女的悲剧促使我们深刻地反思：为什么辛苦一生的母亲解放后“赶上了好日月”仍然没有爱的权利？为什么反对母亲爱情愿望的竟是她抚养成人正在享受着爱情自由和婚姻幸福的共产党员儿女们？为什么有了性爱觉醒的母亲不敢大胆地奋起抗争？这些问题只有一个答案，即数千年的封建伦理道德观念在人们的文化心理有着厚厚的积淀层，它不仅盘踞在老一辈人的头脑里，也侵蚀到某些新一代革命者的血液中。所以，驱除封建思想幽灵仍是社会主义精神文明建设的一项重要任务。柳溪的《生涯》写的去悒兰的几次婚变，都发生在革命阵营里，使我们看到她的真诚被愚弄、纯洁爱情被玷污的丑恶现实。这种把中华民族数千年轻视妇女的文化心理通过革命内部的人际关系来体现的写法，愈加振聋发聩、促人猛省：人类早已进入现代社会，中国历史也发生了革命性变化，为什么某些共产党员竟如此不关心自己的阶级姐妹而轻率地愚弄或离弃她们呢？古华的《爬满青藤的木屋》写了一场发生在深山老林的“绿毛坑”的文明与愚昧、科学与迷信的斗争，揭露了封建的宗法观念、伦理道德和极左政治扭结在一起扼杀青春的生命和人与人真挚相恋的美好感情，使人们看清隐藏在生活深处和心灵深处的封建残余意识何等严重；小说并借盘青青的觉醒，发出了对社会主义精神文明建设和爱的权利的热切呼唤。二是从女性自身的性格冲突中来探索爱情婚姻的悲剧，似乎对封建传统观念的披露又深了一层。谌容的《杨月月与萨特之研究》将审美视点集中在杨月月的思想灵魂里，她被省委书记遗弃并没有什么怨言，自己承认文化水平低配不上“老徐”；航鹰的《前妻》也是把审美视角对准主人公自身性格，王春花被进城的干部抛弃，她不仅不抱怨，且恪守着“离婚不离家”的信条。虽然她们都有善良、宽厚的性格特征，但不可否认她们的独立自主的个性意识已被封建伦理观压抑住，只能逆来顺受，屈辱任命。杨月月自诩“我就是洗衣机”，作者曾为这位女战士发出“世界不幸的人，是那种不知道自己不幸的人”的令人心酸的感叹。这是丧失自我意识而导致了爱情悲剧。张弦《银杏树》写的孟莲莲所追求的没有爱情的婚姻的“大团圆”喜剧里，包含着更深沉的精神麻木的悲剧，说明孟莲莲内心世界积淀着封建主义的人身依附观念和“从一而终”的腐朽思想，这是造成她爱情悲剧的内在的性格原因。

总之，作家们在情爱文学里探讨婚姻爱情与政治、经济、伦理道德等关系时，并非单一地就政治、经济、伦理道德对婚姻爱情某方面的制约进行考察的，而是带有综合性的。即揭示政治、经济、伦理道德所形成的合力与婚姻爱情构成相反或相成的关系，当然其中也有侧重，上述的分析就是从侧重的方面入手的。不过在相当多的情爱作品里，是政治、经济、伦理道德等多种因素影响或制约着婚姻爱情的命运。如《被爱情遗忘的角落》所写的爱情悲剧虽然主要社会根源是经济落后，然而作者的笔却伸向社会政治、道德风俗、文化心理等多方面，比较全面地开掘为什么新社会能出现“被爱情忘记的角落”的种种原因。马烽的《结婚现场会》所剖析的婚姻悲剧虽然主要是经济上的一个“穷”字，但也涉及到封建买卖婚姻制的残余、社会上的不正常的政治风气和传统习惯。《爬满青藤的木屋》所描写的婚姻爱情悲剧，作者不仅从伦理道德也从极左政治、落后经济、迷信习俗等多侧面作了综合性深入开掘。婚姻爱情在人类社会生活中是一项普遍的重要内容，因此将爱情问题与社会政治、经济、文化等问题联系起来思考并予以形象表现，既可以透过爱情描写反映出建国后某些历史曲折给社会前进所带来的巨大艰难，也可以再现一个时期物质文明和精神文明建设的程度和状貌。虽然这些情爱文学对爱情问题与社会诸多问题的探讨没有提出更新鲜更深邃的思想和独特的人生发现，但它们却对爱情所受到的压抑、摧残、扭曲或毁灭进行了鞭辟入里的社会批判，对于建国后某些历史阶段为什么与爱情如此

"错位"、爱情的生存与发展条件为什么积弊尚如此严重等问题也在思考层次上作了进一步深化。

超越:渡向爱的新岸

第三个逻辑阶段,情爱文学的总体特征是多方位的探索与理想爱情的追求。从思想内容来看,比前阶段更为丰富也更为复杂。由于作家文学观念和情爱观念进一步解放,高尔基的"文学是人学"的思想和马克思主义的情爱思想越来越深入人心,因此对于社会主义婚姻爱情如何实现马克思主义提出的理想爱情道德则成为新文学关注的重点,也是相当多的作家的兴奋点。或从情爱在多大程度上以符合人性的方式来满足,即在多大程度上通过精神旨趣的一致性来达到,以判断整个社会人生的文明程度,也就是通过爱情描写来发掘现实生活中固有的精神文明的美,发掘人的精神世界中的人性美、人情美和道德美;或从爱情本体深入揭示理想爱情的生理的、心理的、审美的、伦理的、社会的、历史的诸多构成因素,以及实现这种以互爱为前提的理想爱情已具有的主客观条件或尚待进一步创造的条件。这就使爱情理想和理想爱情的探索与思考通过文学形式予以表现,呈现出多样化的态势。从叙述结构来看,长中短篇体小说的构思框架已呈现出多样化,矛盾冲突的组成并不那么线条分明,往往是错综复杂、时空交叉,尽管大多数的冲突最终可以有个令人兴奋或促人猛省或发人深思的结局,但也并非都是美满乐观的,悲剧还是屡见不鲜的。从审美倾向看,由于新时期为爱情理想的实现创造了比较优越的社会环境,共产主义道德能够帮助人类升华到更高的文明水准,所以描写社会主义新时期的爱情婚姻的文学大多是喜剧性的,往往能激发出一种积极向上、憧憬美好的精神力量;但由于现代化的步伐震动了民族固有的生活秩序与传统习惯,文明与愚昧的冲突在爱情问题上的表现也更为尖锐化,包括情爱意识在内的思想观念的更新与文化心理的深层积淀物的冲突也更加深刻,故使描写情爱的作品不可避免地带上悲凉、凄苦、烦恼、忧郁、困惑的色调。由于作家的文学观、审美观和功能观越来越在既坚持又发展马克思主义文艺思想体系上下工夫,越来越以社会主义人道主义作为情爱文学的灵魂,越来越在艺术技巧或审美形式上加以锤炼,因此情爱文学在思想与艺术上达到完美统一的成熟之作便越来越多。

如果结合具体作品从表现爱情的理想与理想的爱情这个角度来审视,

可以概括为三种不同的审美意向：一是从婚姻爱情关系入手，揭示男女双方的道德美和情操美，尽力将以感情为基础的爱情和以伦理观念为基础的婚姻之间的冲突予以圆满解决并达到和谐统一，借以对理想爱情的尽情讴歌。谭谈的《山道弯弯》通过金竹与二猛的爱情故事，层层深入地揭示出中华民族的传统道德美在党的思想照耀下于社会主义新时期放射出动人的光彩，致使他们的爱情与婚姻达到完美的结合。刘富道的《南湖月》以大开大合的结构和亦谐亦庄的叙述，讴歌了一对社会地位悬殊、家庭情况不配的青年男女勇于鄙弃门第、尊卑世俗观念而真挚平等相爱的优秀品质和高尚情操。陈建功的《丹凤眼》描写被人称为"煤黑子"的矿工的爱情，以喜剧的幽默风格，透过两个自尊而倔强的性格相撞击所迸射出的耀眼火花，赞美了当代青年的新的思想风貌。航鹰的《明姑娘》以如诗如画的意境，塑造一位用真挚的友谊和爱情安慰了别人而自己却理智地悄然引退的盲姑娘的形象，赞颂了一种至洁至纯的真挚感情和优美人性。特别是新时期的女作家长于描写古典式的爱情，极力赞美主人公的温情主义、自我牺牲、仁爱之心。如张洁的《祖母绿》、叶文玲的《小溪九道弯》等，颂扬道德的自我完善，把传统道德中的美质渲染到极致，给人以崇高感；而这些传统道德美在爱情描写中表现出来却与社会主义道德美融合为一体了。

二是从较为普遍存在的爱情与婚姻离异现象着眼，探索实现理想婚姻的途径，并对女性所表现出的自立自强精神或高尚的道德美予以由衷赞颂。党的三中全会以来，改革开放的形势开启了作家们的艺术思路，对于较长时间存在的爱情与婚姻分离现象重新进行探讨，思考的焦点是追求爱情与婚姻美满结合的最佳方式，并对女性在爱情与婚姻离异或结合中所表现出的情操品格作了肯定性的描写。早在1979年张洁发表的《爱，是不能忘记的》就敏锐地提出了爱情与婚姻的分离问题，即有爱情没有婚姻或有婚姻没有爱情是带有普遍性的社会问题，热切期望青年一代追求爱情与婚姻的结合，避免二者的分离所带来的痛苦，这富有深刻的教育意义。虽然女主人公钟雨那种爱情是柏拉图理想王国里的精神恋爱，但她在追求中所表现出的独立自主精神和坚韧不拔的毅力还是值得称颂的。随后她创作的《方舟》、《祖母绿》等，可以看成是这个主题的深化。不论《方舟》中的三个女性还是《祖母绿》的曾令儿，虽然都经受了爱情与婚姻离异的痛苦折磨，但她们无不具有自立自强的性格；特别曾令儿饱经二十多年世态炎凉而对她与左葳那段爱情浪漫史的心理反省，既可以看作是张洁对那种脱离社会现实的爱情幻想的极为冷静、理智的批评，又可以当成她对如何处理爱情与婚姻离弃的新的思考。依据马克思的观点，只有把爱情从“个别主体的私人情感”的狭隘意义上解放出来，积极投入改造世界的实践活动，才有可能获得真正崇高的感情，而当个人感情同献身社会实践的热情结合起来，就可以达到爱情的极致。只有达到这种境界的人，才能彻底摆脱爱情观上的自我中心主义，并把为他人、为社会服务视作实现自身幸福的必要前提。觉醒后的曾令儿深深感到：“除了他之外，世界上还有许多值得去爱的东西”，只要“她的爱情得到呼应，她已享受过最完美的爱”。恩格斯曾指出，谁“要从费尔巴哈的抽象的人转到现实的、活生生的人，就必须把这些人当作在历史中行动的人去研究”。[①] 如果说张洁小说所描写的理想爱情带有一种超时空的虚幻色彩的话，那么陈可雄、马鸣的《杜鹃啼归》所描写的爱情与婚姻离异的解决却是置于新时期社会大变革的背景上，所刻画的男女主人公都是“在历史中行动的人”，特别把男主人公爱情的复杂变化与四个现代化的社会潮流联系起来。小说在描写爱情与婚姻、理想与现实的矛盾时提出一个如何处理好理想爱情与现实道德关系问题，而这个问题的解决则是解决爱情与婚姻离异的关键所在。因此作品的结尾在描述男主人公要提出离婚时，既读到妻子用血泪凝成的信，唤起他的道德反省，又收到那位女大学生的信，劝他不要离开“受社会条件限制而本身毫无罪过的妻子”，不要去谋求“建立在有一个人痛苦万分基础上的幸福”。终于“他不再犹豫了”，怀着忏悔的心情回到妻子身边。小说不仅赞扬了那位女大学生的道德美、心灵美，而且也明确地告诉人们造成男青年爱情婚姻危机的主要原因不是感情而是山村经济、文化落后及社会发展不平衡。所以提倡社会主义精神文明和道德准则，从思想意识上来挽救这位青年的爱情危机，比选择离婚来解决矛盾要高明得多。刘心武的《写在不谢的花瓣上》也从处理理想爱情与现实道德关系入手来解决爱情与婚姻的离弃问题。小说写“我”因为成了一个名气很大的诗人，便同一位爱好文学的女性产生了朦胧的爱情；但这时的“我”回想起同妻子（普通工人）恋爱、结婚的共同生活历程，就用现实道德准则来规范自己，并将充满真情实爱的诗给妻子写在永不凋谢的花瓣上：

---

① 《路德维希，费尔巴哈和德国古典哲学的终结》。

"据说人类越接近高度文明,便越允许旧爱的消亡与新爱的勃发,允许自由离异与自由结合,那时的道德观念和婚姻制度都是今天庸人所难以理解的。我祈祷这样的理想终能实现。然而生活在现实的时空中,我仍笃信这样的观念:爱情应当是坚贞不二、生死不渝的。梁山伯与祝英台、罗密欧与朱丽叶,即使到了极度文明的社会,他们的爱情也将具有某种典型性质。真正的爱情,必是永恒的。"这首情爱诗既能启迪人们按照现实社会的道德准则处理好爱情与婚姻的分离问题,又能鞭策人们同那种沾染上资产阶级腐朽思想和深烙着封建伦理烙印的婚姻观决裂。陆星儿的《美的结构》写的也是发生在郑涛声、婷兰和林楠之间的有婚姻无爱情、有爱情无法结婚的爱情与婚姻分离故事,最终问题的解决还是靠社会主义的道德力量。如果说上述作品大多从精神道德层次探索爱情与婚姻离异问题解决的途径,以道德战胜爱情、道德解决感情危机和现代性爱中人类本性自由发展的矛盾;那么成一的《绿色的山岗》等作品则作了新的求索与思考。《绿色的山岗》的深刻之处在于揭示出要创造怎样的社会条件才能真正解决爱情与婚姻的离异并普遍实现爱情与婚姻的美满结合。金芳之所以离开她爱恋着的玉柱进城当协议工,是因为山村物质生活和精神生活的贫乏;后来她所以冲破金钱和权势的拦阻而决然回到绿色山岗,深深爱着玉柱,是由于党的三中全会后农村经济政策落实,农民富裕起来,金芳的腰板也硬了。作者从爱情这个角度,发掘了农村经济、政治的变化带来农村姑娘选择对象的心理变化,并窥见了"一件称心的也是现实的新路"。《远村》与《老井》在当代意识的观照下描写爱情与婚姻悖离的悲剧。前者以"拉边套"这种奇特的方式处理了杨万牛与杨叶叶的有爱情而没有婚姻的矛盾,而另一个男性也容忍以此种方式来维护他的只有婚姻没有爱情的家庭;这种奇特的方式交汇着太行地区偏远山村的现实与历史的愚昧和文明、灵与肉的深刻冲突,凝聚着劳动人民生活在艰辛和苦难下仍压抑不住、扼杀不了的坚韧顽强的生存力和自由强悍的生命力。后者描写的孙旺泉与巧英的有爱情没有婚姻和孙旺泉与段喜凤有婚姻没有爱情这双重悲剧,实在震撼人心。小说以越轨的笔致描述孙旺泉与巧英的如痴如狂的火炽爱情,而孙旺泉为了赚一笔钱给兄弟结婚又不能不在家长逼迫下怀着极痛苦极矛盾的心情入赘段家充当生育机器和半个长工,在事业与爱情不能两全的冲突中孙旺泉只能承受着心灵的重负而放弃爱情追求献身于家乡打井治穷的事业。这种处理方式,虽然孙旺泉的伟大人格和崇高理想得到弘扬，但他却永远失去了真正的爱情。可见，在边远农村贫困落后的现实中，要选择一种合情合理的方式解决爱情与婚姻的分离并不容易，这里涉及多方面的复杂问题，所以作者只能在两难中作出一些奇特的或困惑的抉择。同是从中国社会发展不平衡的实际出发，以远离政治风云旋涡中心的贫困落后的偏远山村为背景，写爱情与婚姻的悖离现象；然而贾平凹的《远山野情》和《天狗》描写的却是更多畸形奇特，大都是苦难妇女的婚外婚、婚外情甚至“招夫养夫”这种怪异的婚姻形态，当然作者也尽力从人物命运和感情的变化中来折射出时代前进的波光、历史发展的投影，使其畸形的性爱或婚姻也显出现代情爱文明的亮色。

三是从多角度多层面展示爱情的理想，并在爱的理想王国里探求人性理想与人生价值目标。虽然爱的现实权利有可能被剥夺，但作为主体心灵的一种理想它却永远存留人间，所以当代有些作家总是把人生理想与爱情维系为一体。新时期作家并不一定都通晓恩格斯关于现代性爱的经典性论述，但他们比起五四时期初步觉醒的作家更自觉地崇尚现代性爱意识。在他们的作品里尽力表现男女的爱情是一种天然的亲昵关系，它汇合着双方内在情感的激流，充溢着一种强烈的生命气势。女诗人村子的《给他》这首诗所表现的情爱感情充满了生命意识，其中有这样的诗句：“人的生命，只有一次。这一生中我和你也只有一次相遇；相遇了，两颗心就再不能分离。”“只要你要，我爱，我就全给，给你——神的灵魂、我的身体。常春藤般柔软的手臂，百合花般的嘴唇，都在等待着你”。宗璞的《三生石》和徐小斌的《河两岸是生命之树》所描写的都是医生与病人的跨越生死的爱情，他们由心灵的倾慕到心灵的碰撞，最后如胶似漆地结合在一起。可以说这两部中篇小说所谱写的是热烈而持久的现代性爱的奋斗曲，它始终闪烁着否定死亡、战胜黑夜的光芒，爱情作为整体生命的羽翼在震颤，它那强烈的现代性爱憧憬颇令人神往。特别有些年青作家在对爱情理想的追求中，往往着力刻画女性的价值目标，即突显她们把爱情视为主体自我实现的自由意识，较多描写女性对男性在道德上、精神上的优越感，赋予爱的理想以自由、平等和独立的品格。舒婷的爱情诗《致橡树》，着力追求独立人格美，它以木棉和橡树两个意象，表白新女性要求享有独立位置的爱情观。陆星儿的《青鸟》，以“青鸟”来象征家庭幸福的关键支撑点乃是女子的自强品格和男子的平等意识；王安忆的《金灿灿的落叶》试图说明没有平等不会有爱情，而这平等不能靠男性恩赐,必须全由女性去争取;楚良的《玛丽娜一世》所塑造的新女性是在自立自强中求平等,在自尊自重中求解放,她完全摆脱了以男子为中心的宗法社会所传下来的女性的依附思想,以自强不休的人生意识去创造美满幸福的新生活,真正实现了以互爱为前提的爱情理想;张抗抗的《北极光》所刻画的陆岑岑把爱情的选择作为人生的选择,充分显示出当代女性在择偶中的独立意识、心理体验、道德判断和价值观念。她之所以要离开傅云祥,是因为他信奉那散发着小市民气息的实用主义的生活态度;她之所以对费渊由崇拜而失望,是因为她看透了他在惊人的逻辑思辨能力掩盖下的只看重自己而否定一切的极端虚无主义和利己主义;她之所以把曾储作为真正的知音和爱侣,是因为他是一个有远大理想又能脚踏实地为实现理想而忘我奋斗的人。作者把岑岑对理想爱情的求索过程置于北极光这一富有象征性的生命之光的照耀下,使小说流贯着浓烈的现代气息。爱情确为人性的需要,它最富个性化的,能直接实现自我;然而爱情又处于庞杂的社会关系网络中,它具体地实现着承担着某些社会义务,况且人性里尚存有薄弱乃至丑恶的方面。到底如何观照并表现这个局部,以全面理解爱情的人性本质,是不少作家所关注的。谌容的《错错错》由人性的内部构成探讨惠莲的爱情悲剧,全部透视了这个女演员的人性结构虽然是纯情的,但其间却又注入了虚伪、自私的毒汁;是人性的贫乏和任性导致了她的爱情之花的凋落。马克思说过真正的爱情可以"使人成为真正意义上的人"的名言,这主要指人的灵魂和力量能够获得尽可能的实现,人的"身体及身体的器官"可以得到合理健康的处理。然而并不是描写性爱的作品都能这样表现的。如有的作者把人性的实现看作自然本能的释放;也有的把爱情自由写成无休止地更换恋人,把人性的力量扭曲为丧失自尊自重的放荡轻佻感情;更有的作者在作品中借实现"人性"为名宣扬享乐主义、实用主义和利己主义。固然从整体上考察爱情是社会的又是自然的,是心理的又是生理的,是理性的又是非理性的,但文学对它的审美观照,应该是既不陷入纵欲主义又不拘于禁欲主义,必须给予正确的理解和全面的表现。王旭峰的《从春天到秋天》,重视抒写人在爱情中的精神感受、心理体验和灵与肉的冲突,把项北方和魏舟之间的感情交流写得极为丰富复杂而又细致入微,颇有人性深度;张贤亮有些作品的情爱描写也具有这样的特点。人类的爱情本来就具有自然性与社会性、情欲性与观念性及其两者之间的相击相搏;如果文学艺术能够深入开掘爱的世界里的各种矛盾冲突并给予正确而全面的审美处理,那么人们的审美世界将会变得越加广阔而富丽。

总之,作家们在探索"理想的爱情与爱情的理想"的过程中,各自从不同角度进行审美观照,使情爱意识表现出并不一致的意向。这正是新时期变动着的现实社会关系、爱情婚姻结构在观念形态中的反映;也是旧的爱情婚姻观和价值观正在破碎及新的情爱观、婚姻观和价值观尚未建立起来的交替时代,人们为建设社会主义新时期的爱情婚姻观和价值观所进行的积极探索和严肃思考。尽管在探索中有些看法并不新鲜,甚至有的见解是片面或谬误的;但从总体来看,新时期情爱文学所表现的理想爱情与爱情理想已开始向马克思、恩格斯一百多年前关于现代性爱、理想爱情的科学预见逼近,标志着社会主义新时期爱情文明的程度正在日益提高。

横向审视:情爱文学的两个主要特征

纵向考察新时期的情爱文学,从三个逻辑阶段粗略地描述了它在审美内涵、审美形式、审美风格诸方面的演化过程,特别对情爱意识的流变作了重点的概括分析;若是我们从横向对新时期情爱文学作点共时性的探讨,那对它的基本的整体性的审美特征的认识和把握,就会更准确一些。这里不想进行多角度多层次的面面俱到的考察,拟就突出的独特的思想艺术特色作两点阐述。

寻根:民族文化心理的自觉透视

探寻爱情婚姻中的文化意蕴,透过爱情婚姻来透视民族文化心理,揭示民族文化心理在改革的推动下不断变迁的走向,这是致力于情爱文学创作者的自觉意识;也正因如此,才使那些流贯着鲜活的民族文化血液的爱情婚姻描写,才使那些积淀着丰富的民族文化内容并表现出民族文化心理演化的情爱文学,富有强烈而深沉的审美魅力。从性爱心理的角度来看,它有着相对稳固的世代相应的文化背景,形成一种传统的心理结构;而这种性爱文化心理在历代文学中获得了富有韧性的表现,尤其在新时期的情爱文学里性爱心理中的传统文化因素几乎表现在各个方面。陈国凯的《代价》中的女主人公余丽娜曾失身子"四人帮"横行时,为什么"四人帮"垮台后丈夫平反归来却又悄悄自杀呢?造成她悲剧的原因也许可以着重从政治上分析,但是潜在文化传统心理即"贞操观"与

“节烈观”却起了重要作用。这是从女性的悲剧命运来探索民族文化心理积淀的糟粕对妇女潜意识的毒害;而且这种艺术处理也透露出传统文化积淀自觉不自觉地影响了作家性爱心理的伦理情感意向。《远村》所描写的太行山区偏远山村的一种尚未摆脱原始群婚残余的所谓“拉边套”的畸形婚姻现象,这是作者从古老愚昧的传统文化遗产中开掘出来的奇特怪诞的婚姻形态和令人心颤的爱情悲剧;并借着历史文化积淀的畸形婚姻现象,对中国农民的生活形态和性爱文化心理作了相当生动而深刻的艺术透视,使作品表现出强烈的历史意味,弥漫着浓重的历史氛围。特别在小说整个叙事结构中穿插了大量民间流传的山歌,更进一步烘托出山民们的情爱心理。作者曾说:“我不能不崇拜民族。我们民族的传统,民族的生活,民族的感受、表达与审美方式,在我血肉深处激荡起神秘的回音。”①如果说《远村》对中国农民的性爱文化心理的透视,主要揭示历史文化遗产中的愚昧落后的畸形婚姻残酷地扭曲了人们纯真的爱情,谱写了一首凄凉悲苦的哀歌;那么《老井》则着重描写处在历史的新旧交替过程中的山村农民的既有浓厚的历史文化传统积淀的性爱心理又有带着鲜明时代特征的现代情爱意识的交锋,并艺术地暗示出农民的思想观念和情爱心理的曲折而微妙的变化是与变革时代的历史脚步基本合拍的,它预示着中国农民要向贫困的物质生活和愚昧的婚姻生活以及落后的性爱文化心理告别。贾平凹的《远山野情》等一些作品也是以贫困落后的偏远山村为背景,从爱情婚姻的角度来挖掘民族文化心理;不过他在用当代情爱意识去观照和评判婚姻上的陈规陋习略嫌不足,对于表现于情爱问题上的文明与愚昧冲突的揭示过于冷静和客观,这不能不影响审美内容的时代色彩。路遥的《人生》关于高加林与刘巧珍爱情关系和高加林与黄亚萍爱情关系的描写,都透露出情爱心理的多种文化因素的撞击,即他们对爱情的痛苦抉择把异质文化因素艺术地浓缩在情爱心理空间。巧珍对高加林的如此痴情,既有她对“有文化人”的过分偏爱又有传统婚姻道德在她情爱心理的积淀;高加林在巧珍与黄亚萍之间的选择,从本质上反映了高加林情爱心理的“农村文化”与“城市文化”的冲突。张承志的《黑骏马》所描写的白音室力格见到索米娅被辱没而感到羞耻并决定同黄毛希拉决斗,其动力正是来自他受的现代文化教育所唤醒的自尊感,又是现代教育使他的性爱心理摆脱了原始的蒙古文化的遗风,向现代文明的情爱意识升华,实质上小说揭示了汉、

① 《获奖作品集》第388页,1984年海峡文艺出版社版。

蒙两种文化在性爱心理上的冲突。邵振国的《麦客》所描写的“麦客”自寻主顾以求雇佣的生涯是历史文化的残留，在“掌柜”和“麦客”身上虽然看到的是传统道德文化的变异和封建道德遗产对人性的腐蚀；但在“麦客”孟顺昌与“掌柜”水香之间却感受到美好的人性对传统道德观念的某些冲击，吴从水香身上体验到爱，水香从吴身上发现了自己，感到“一股顽强的力，在她身上冲撞起来”。这两颗善良而又焦渴的心灵共振是美好人性对传统道德规范的挑战；然而由于“主”与“仆”之间深受古老传统道德的羁绊，最终又分手了。《心祭》也是一篇闪烁着时代色彩又蕴含着深厚历史文化内容的优秀小说，它透过一位母亲的婚姻爱情悲剧，对我国民族文化心理结构中的封建伦理道德意识作了深刻的发掘和有力批判。张弦创作的爱情小说为我们塑造的一系列的女性形象，她们的情爱心理几乎都有两种文化逆差所形成的尖锐冲突，像存妮、孟莲莲这类女性大都被封建文化意识所异化，即使那些具有独立自主意识的女性经过两种情爱文化心理的痛苦搏击后也回归传统文化了。张洁的《方舟》所刻画的受过现代高等教育的三个女性，清除了自身残存的旧式妇道观念，强化了现代性爱心理，为理想而奋力追求，难怪作者为她们呐喊：“妇女，要争取真正解放，决不仅止于政治地位和经济地位的解放，还要以充分的自信和自强不息的奋斗来实现自身的存在价值。”可见，张洁笔下的女性文化心态与张弦笔下的女性文化心理是有明显差异的。

由于创作主体心理对中国悠久的文化传统有了新的反思和认同，所以他们不论选择文学模式或开掘人物心灵，都尽力弘扬传统文化的美点或精华。中国传统叙事文学中的“才子淑女”模式，即落难才子（知识分子）被慧眼淑女（古典式女性）所救的定型格局，在张贤亮那些描写悲欢离合的情爱小说里是有所继承和发扬的。《土牢情话》中的乔安萍、《灵与肉》中的李秀芝、《绿化树》中的马缨花、《男人的一半是女人》中的黄香久，都是些贤惠、善良、温柔的“洛神”式的女性，而这些小说中的男主人公大都是些落难才子。这种文学模式不仅是传统审美心理的凝聚，也是传统性爱文化心理的积淀。所以透过这个文学模式，既可以看到作者的文化心理特别是性爱心理对传统文化和古典审美情趣的认同和追求，又可以窥见读者之赞赏这样的小说正是它唤起了自己内在的传统审美心理的对位共鸣。不仅张贤亮承继了这种的传统文学格局，即使在风行一时的“改革题材”文学里也是屡见不鲜的；只不过是把落难才子由受挫折的现代知识分子换成处在困境中的改革家，把淑女由现代的东方女性换成才貌兼备的女工程师或女记者罢了,但他与她所构成的情爱关系,仍是中国传统文学中的“英雄美女”艺术格局的继承和发展。这说明中华民族性爱心理的文化因素,不仅积淀于新时期情爱文学世界里的对象主体的文化心态里,并制约着广大读者的审美情趣和审美取向,即使创作主体也很难同这种具有古典审美魅力的传统文化意识决裂,只有在批判中继承、在继承中发展,方为良策。中国传统文学中的“痴情女负心汉”的叙事模式,蕴含着对负心汉的道德谴责和对痴情女的人道同情的文化意识;在当代文学的情爱描写中不乏这样范式,如《人生》中高加林与刘巧珍的爱情结构、《银杏树》中姚敏生与孟莲莲的婚姻搭配,明显地打上传统文学的“痴情女负心汉”的定型格式的烙印,特别是姚敏生这个形象保留着古典戏曲中陈世美的影子。透过这种文学模式,既可洞察出在现实的婚姻爱情结构中的确存在不少痴情女和负心汉这样的人物,他们的情爱心理的文化积淀同民族文化传统是一脉相承的;也可以看出作者通过审美选择要将现实里的痴情女负心汉组合起来升华为艺术典型,自觉不自觉地受限于传统审美意识而承继了古典文学的叙述模式。

不论是爱情结构或婚姻组合能否达到和谐完美的统一,主要取决于男女双方自身的内在和外在条件的优化程度。如果男女双方都是内心美与外貌美的有机结合体当然是最理想的一对,但在现实生活十全十美的人是罕见的,况且每个人选择配偶的审美标准和价值尺度并不完全一致。这就为审美化的爱情文学的对象主体的刻画带来差异性和个性化。不过一个民族在选择情侣上总是有着大致或相近的审美标准或价值取向,经过历史的长期积淀可以逐渐形成本民族的共同的性爱审美心理。新时期情爱文学中的爱情或婚姻结构的女方可以排成一个女性形象系列,在她们身上寄寓着创作主体的审美理想,而这一审美理想则含有中国古典式“美人”的审美标准和中华民族的传统美德。如金竹、妞妞、陆文婷、凌雪、冯晴岚、袁静雅、童贞等审美理想载体,从外貌体态到气质神韵何其相似,善良娴静、温柔深沉、淑雅贤惠的性格特征又何其相近,而这一切与古典文学中的情爱对象如崔莺莺、杜丽娘、林黛玉等女性有着一脉相承的传统联系。这也许是一种性爱心理的“返祖现象”,也是作家们传统的性爱心理因素和古典式“美人”标准决定了这样的同一审美选择;而由这些女性形象构成的爱情或婚姻关系大多是美满的牢固的,即使有的爱情婚姻出现裂痕其责任往往在男方也不在女方。

从新时期情爱文学中透视出的民族文化心理特别性爱心理结构有两个突

出特点：一是传统文化的积淀是个混杂结构，即精华和糟粕混杂交错，并不是了了分明，常常是精华中有糟粕、糟粕中有精华；二是性爱心理多是理性对应，绝少有维特式的情欲冲动或罗密欧与朱丽叶式的浪漫，这说明数千年封建理性负累所造成的民族成员的封闭、僵化的性爱心理不能不在当今作家的文化心理留下痕迹。随着时代的前进，中国人这种带有强烈理性色彩的情爱心理正在发生变化。

视焦：女性审美典型的精心塑造

叙事文学的审美意识主要通过审美典型的塑造来体现的。尤其在爱情关系中，对象的审美化作为爱情构成双方，其职能特别重要。若是陶醉于理想化中的情侣，那彼此都把对方看作审美的对象，两人都会在对方身上看出美的特征；而它又体现在对方的独一无二的个性中，具有一种征服力量。英克列尔曾说："我们往往根据某些特征来设想对象，我们总想夸大这些特征的意义，必要时还要回避理性的监督。我们需要这种夸大来为我们单纯的愿望辩解并赋予它崇高的意义，承认道德和思想上的种种完美以便使自己确信，自己所爱的人是唯一的，不可替代的。这一事实本身即是爱情的开始，它是某种程度的越出'我'的范围，某种过度的性兴奋，一种对实际力量的主观夸大。没有这种自愿的意识的幻觉和这种无意识的自我激励，就不是爱情，而只是一种性的欲求。"①中国俗语说的"情人眼里出西施"也是这个意思。正因为对象的审美化在爱情结构里具有如此重要的功能，所以古今中外的著名情爱文学无不调动一切艺术手段塑造审美典型，对女性形象的刻画尤其重视。新时期情爱文学的人物画廊，最惹人注目的是女性形象系列，她们婀娜多姿，栩栩如生，济济一堂，蔚为壮观。就其阵容规模和千姿百态来看，超过中国文学史上任何一个历史阶段的情爱文学，它标志着新时期文学在审美典型的塑造上取得了惊人的成就。

美按照自己的规律把身体和精神两个方面结合起来，使感受和意识的联想活动形成一个整体。新时期情爱文学中的女性形象大都是外貌美与心灵美的统一体，但各有各的个性，各有各的经历，各有各的出身，各有各的职业，各在婚姻或爱情天地里显示出不同的神态或扮演不尽相同的角色，各有各的审美价值或动人之处。有的深沉文静，有的泼辣开朗，有的娇丽优雅，有的清逸潇洒，有

① 转引《情爱论》第203页。

的聪慧秀美，有的朴实端庄，有的温柔娴淑，有的洒脱豪放，有的面带忧伤，有的神采飞扬，有的含蓄稳重，有的锋芒毕露，有的是勤苦农妇，有的是上山下乡知青，有的是普通女工，有的是革命女干部，有的是饱经忧患的知识女性，有的是城市姑娘，有的是当代女大学生，有的是妙龄少女，有的是中年女性，还有垂暮老妇。尽管她们的爱情经历或结局不尽相同，但她们都为自己的爱情奋斗过，并亲身感受到爱情的苦与甜，切实体验到“美的实际体现取决于恋爱双方相互关系的性质和品格”，爱情的成功曾使她们心情舒畅精神振奋，爱情的受挫曾使她们痛苦惆怅或坚韧抗争，爱情的失败曾使她们伤心悲愤或重新追求。然而她们大都不是爱情至上主义者，几乎都是生活的强者，她们热爱自己的事业，信守自己的政治信仰，能够处理好爱情和事业的关系，为民族的振兴、祖国的四化发光发热，即使在不正常的政治气候下，在强权的威逼下，她们忍受着爱情悲剧带来的痛苦而尽职尽责的工作，对生活总是充满了希望。这是她们性格闪烁出的新特色。

尤其知识女性典型的塑造在女性形象谱系中更为出色，同“五四”新文学和十七年社会主义文学中的知识女性形象相比均有新的突破。五四情爱文学出现的知识女性带有那个时代的争取个性解放和婚姻自由的特色，而她们的追求在很大程度上是个人的追求，是自我意识的觉醒，对自身价值尚缺乏真正的确认，往往是为了个性解放而去爱，并不懂得爱情的真正意义和理想爱情的科学解说，因此在爱情世界里情感的冲动多于理性的思考，悲剧的命运常常伴随着她们。建国后的五十年代初期是个庆祝胜利的人民情绪昂奋的时期，这期间文学的情爱描写中所出现的知识女性，往往把自己的爱情建立在伟大革命理想的基础之上，把自身融于集体之中，谈情说爱也要与献身革命或参加政治运动相结合，一般不抒写女性内心那种细微复杂的感情，显得感情单纯，思想乐观；五十年代后期曾出现一些刻画知识女性情爱心理复杂的作品。新时期情爱文学中刻画的知识女性形象最出色的有两类：一是中年女性，一是新女性。她们的审美内容和审美价值，远远地超过了五四文学与十七年文学中的知识女性。作家笔下的中年知识女性，大都各有一部生活奋斗史、人生命运史和爱情苦难史。她们成长在红旗下，与共和国一道走过了一段艰难曲折的历史进程，虽然历尽艰辛饱经忧患，但始终不渝地为信仰和理想而奋斗，迎来了社会主义新时期，她们又成了实现四个现代化的一支重要力量。她们的共同性格特征，比五四时期知识女性的性格更内向，情感更丰富，情怀更宽广，目标更坚定，意志更刚毅，命运更坎坷,负荷更沉重,然而追求更执着;比五、六十年代的青年知识女性更坚韧,更深沉,更成熟。虽然她们懂得爱情也理解爱情,曾追求过理想爱情,但是由于种种社会的、历史的或自身的原因,她们的爱情生活大都是不幸的,充满了苦难,其心灵烙印着斑斑伤痕。这些典型作为爱情的审美对象,能够引导人们"沿着美、感情激动、审美观照和喜悦的光辉途程行进"。即人的文化修养愈高,精神世界愈丰富,她的审美化程度也愈强;虽然她们的年龄已过了青春期,但她们在爱情追求或婚姻关系中所显示的审美魅力却异常的强烈而深沉。至于新知识女性,是指有些文学作品以四化建设和改革高潮为时代背景所塑造的新一代的知识女性,她们心灵并没有受到创伤,性格也没有被扭曲,而是在一种自由民主程度比较高的政治环境里成长起来,具有强烈的改革意识和开放思维,总是站在改革的前沿阵地,勇敢搏击,成为改革者或创业者的杰出代表。如玛丽娜这样的知识女性典型,她们在事业上是女强人,显示了超人的胆识和惊人的智慧,在爱情上也是具有独立自主意识的女性,完全按照自己的审美标准和价值尺度去选择配偶,没有一点奴性意识和依附观念,把自己放在与男性完全平等的地位上进行审美观照和感情交流,使自己的完整人格自然而坦荡地展现在对方面前,而且也要求男方不提任何附加条件地以心相见,以诚相见,只要她一旦选中了称心如意的情侣,就紧紧抓住不放,既可以在竞争中取胜也可以用高昂的代价来捍卫真正的爱情,爱情对她们来说既不是可有可无也不是至高无上,而是事业与生活的有机组成部分。她们既是事业的开拓者又是爱情的主宰者,她们既能享受爱情给生活带来的温柔和芳香又能忍受爱情带来的痛苦和折磨,她们的爱情不仅把被爱者的形象美化也把周围环境乃至整个宇宙都美化了,就像金色的光芒以神奇的魅力使今天的生活生辉也使未来的生活生辉。可见她们把事业的理想与爱情的理想交织在一起,以独立自觉的人格力量和崇高的心灵美来编成这张幸福甜美的生活之网。这样的新女性在新时期文学画卷里陆续出现,显示出非凡的审美魅力和生命力。不论中年知识女性或者新一代知识女性,她们之所以能够成为审美典型,不只是具有共同的性格特征,而且也有自己的独特个性,这是最富有审美魅力的聚光点,也是作为爱情的审美对象的最动人之处。如冯晴岚的深情与果断、吴珍的高洁与痴情、何玮的明敏与潇洒、陆文婷的忘我与自持、玛丽娜的聪慧与胆识等,都显示了她们独特的风貌和神韵。新时期的文学创作不仅着力刻画这些知识女性的鲜明个性和丰满的性格,也注重揭示她们内心的矛盾性和复杂性,特别在处理爱情、婚姻问题上更容易窥探她们内心世界的冲突和情感的纠葛。从而使这些审美典型具有亲切感、真实感和历史感，是一批源于又高于包括爱情婚姻在内的社会各种生活关系的交汇点上的活生生的女知识分子形象。

为了精心塑造这批性格复杂而各具神采的新时期的知识女性典型，特别能使她们成为爱情婚姻关系中的审美化的对象，作家们在艺术技巧上作了颇有成效的探索和创新：一是“心理结构”的出色运用。有的论者把“情节结构”说成是“封闭式结构”，“心理结构”说成是“开放式结构”，并把这两种结构模式绝对的对立起来。其实这并不符合艺术辩证法，也不符合艺术创作实践，现在很少发现完全取消情节的“心理结构”；常见到的则是“情节结构”与“心理结构”交互使用，成功地塑造了知识女性。《花园街五号》刻画吕莎与刘钊相爱的曲折历程和心灵的痛苦以及吕莎对刘钊坚贞不渝的追求与火炽的恋情，虽然运用了联想、回忆、梦幻、内心独白、哲理思考、意识流动等动态描写，但这并非“纯心理结构”，因为它并没有影响两条复合的情节主线及围绕两条主线派生出的许多情节副线的显示，也就是说吕莎这个新知识女性典型的塑造是运用了多种新的表现手法，是“心理结构”与“情节结构”的综合作用。二是加强叙事文学的抒情性、音乐气氛、形体的流动和色彩美并使之走向诗化，进而烘托知识女性的心灵美或理想美。张洁的《爱，是不能忘记的》、《祖母绿》等具有哲理诗情化的特点，不论对钟雨情爱心理的刻画或情爱理想的展示，不论对曾令儿爱情意识的揭示或者对悲苦爱情反思后的升华，都比较成功地运用了小说诗化的艺术规律。小说的诗化通过象征，使情爱小说的容量和艺术涵盖面更向深广发展，更向精神境界的深层突进，入乎情，合乎理。《祖母绿》最后对大海的描写就是成功地运用象征，来揭示曾令儿的深层的精神世界，即她从爱情的小天地升华到一个崇高博大的爱的境界，达到哲理诗情化的审美高度。三是向纵深方向开掘女性知识分子的灵魂，以多种心理描写手法展示当代知识女性的敏感纤细、丰富复杂的内心世界；特别女性的情爱意识往往埋藏得深、封闭得严，要揭开它的奥秘，一般的心理描写只停留在浅层次上，所以更多地借用意识流手法，如潜意识、梦幻、回忆、心内独白、自由联想，从深层来开拓知识女性的性爱心理。王蒙、李国文等笔下的知识女性心理刻画得比较深邃，主要得力于意识流手法灵活运用。新时期作家在艺术上的苦心探求，既是对“五四”以来新文学创作手法的继承，更是对它的发展。

通过对新时期情爱文学或情爱描写的纵横考察，虽然不是对所有文学形式和所有小说的全面探讨，但从这挂一漏万的抽样观照中便可以肯定地指出，新时期情爱文学所取得的成就和显示的审美特征在中国文学史上是罕见的。当然也存在一些明显的不足或失误：从思想内容来看，有些作品把情爱描写成一种超脱社会和人生的纯个人感情，内容苍白无力；有些作品将人性抽象化、绝对化，宣扬超阶级的资产阶级人性论；有些作品对情欲的描写太露骨，甚至对"性解放"、"性自由"津津乐道，这些现象的出现从本质讲是一种思想的失误和审美情趣的庸俗。从艺术形式来看，有些情爱文学有公式化、雷同化的倾向，有些艺术描写流入自然主义，有些情爱心理的开掘仅仅停留在理性层次，缺少那种可以同世界著名情爱文学比美的力作。不过，我们充分相信，新时期情爱文学随着社会主义物质文明和精神文明建设的加快，一定会出现一个更加繁荣的艺术局面，而且在质量上定能提高到一个新的水平。

新时期的情爱文学或情爱描写丰富多彩，千姿百态，如果从一个固定的角度或运用一种理论模式来进行概括，都是比较困难的。我们试图在马克思主义理论的总体指导下，从大量的情爱小说或小说的情爱描写中，从不同的视角选取一些具有代表性的作家或作品，进行归类分型的专题考察，既是对"综述"的补充或深化，又可以进一步显示新时期情爱文学的实绩和特色。

（写于1988年，收入1991年天津教育出版社出版的《爱河溯舟》）

蓦然回首　悲泪交流

——苦难型情爱文学的抽样考察

这里所说的苦难型的情爱文学,并非包括新时期文坛上出现的描写所有悲剧性或痛苦性爱情题材的文学,它有特定的涵义和范围。建国后的社会主义社会为爱情文明发展提供了前所未有的优越条件,五十年代曾产生了一批赞颂幸福爱情、美满婚姻的文学作品,使爱情本身成了善与美的结晶;然而社会主义在中国的发展道路多艰,荆棘丛生,曲曲弯弯,特别是五七年的政治风暴和“文革”的十年动乱,不仅造成了历史的曲折也埋葬了不少幸福的爱情,使不少人经受了爱情、婚姻的痛苦折磨和艰难历程,他们日常的感情、思想和行为构成了新时期文学创作的重要源泉。具有强烈社会责任感和人生忧患感的作家,通过各种文学形式和广义的艺术形象,审美化地概括了在历史曲折时期现实生活中出现的苦难爱情,不论是“伤痕文学”或者是“反思文学”等,都包含一批苦难型的爱情文学或文学中的对于苦难爱情的描写。这批苦难型的爱情文学的最突出特征,是它们所描写的爱情苦难既不是爱情本身的情感冲突造成的,也不是爱情的情感冲突和一般的社会冲突所致,而是极左思潮与男女爱情形成的尖锐冲突使爱情陷入苦难的深渊。因此爱情的苦难是同国家的灾难、民族的灾难、人民的苦难联系在一起,它带有极强烈的政治批判色彩,即借爱情苦难的艺术描写从人性的深度对极左思潮予以彻底否定。

类型之一:对历史悲剧的追怀

政治自由是社会精神文明高度发展的标志,也是真正爱情得以实现的必要条件;若是社会缺少民主,推行极左思潮,爱情的悲剧是不可避免的,爱情的苦难也是无穷无尽的。新时期创造的苦难型的爱情文学千姿百态,它们采取多种艺术手段从不同的视角来描写苦难爱情的种种形态,着重从政治上开掘造成爱情苦难的悲剧原因。描写苦难爱情的文学作品极为丰富，这里不想进行罗列式的分析，拟选取一些代表性的作品加以抽样阐释，由一斑而显全豹，并从中探寻一些共同性的审美特征和情爱规律。

苦难型的情爱文学的具体审美形态之一，是作者怀着深切的人道主义同情感抒写那些大苦大难的爱情悲剧，而在爱情上遭到极左思潮摧残的男女双方却常常勇敢地承受着落在他们头上的莫大痛苦，表现出惊人的毅力、高度的自尊感和稳定的心理状态。李惠薪的小说《老处女》(1980)，以饱蘸血与泪的笔触抒写了盛小妍与苏甫的大苦大难的爱情命运，如泣如诉，悲切感人。不论小妍还是苏甫，自身条件都是比较优越，医科大学毕业，外在美与内在美集于一身，他们应该于青春尚在时便体验到爱情的甜美；然而他们的爱情命运却是最不幸的，充满了大苦大难，是极左思潮埋葬了他们的青春，埋葬了他们的才华，也埋葬了他们的爱情，更埋葬了他们的生命。苏甫是久居海外的华侨，怀着为祖国献身的崇高理想毅然决然地抛弃海外的优裕生活回到祖国，由中学到大学是在党的培养下成长起来，但五七年的政治风暴既剥夺了他的政治生命又摧毁了他选择理想爱人的条件；盛小妍出身于知识分子家庭，从小受到良好教育，考入大学后专心致志读书，以医科大学的高材生留校任教，不久便爆发了"文化大革命"，她的家庭被毁掉，她的青春和爱情被摧毁。就在十年动乱的险恶政治环境里，"特嫌"的女儿小妍和"右派"苏甫于僻远的大西北农村的公社医院不期而遇；他们在患难与共的生活与工作中，互相支持，互相关心，互相体贴，爱情的种子在他们的心里也慢慢萌芽。从心理学的角度来看，坠入情网的人初始往往体验到一种深刻的快乐，他不愿意告诉任何人，而把全部注意力集中在他的感情对象上；然而初恋的体验并不都是甜蜜的，刚刚萌芽的爱情逐渐就会变成一种痛苦的情感体验，催促他竭力想表白自己的感情以求得对方的回报，在这个时刻只要对方说一个"行"字甚至是默许，就足以使他心花怒放，并能使他添上幸福的翅膀在云端翱翔。但是苏甫与小妍的初恋之情谁也没有当面吐露，深深地埋藏在心底，只是到苏甫的生命垂危之际才以书信的形式向小妍作了坦诚的表白，即使这时他得到了回报也不能体验爱情的幸福了；小妍虽然得到了求爱音信，燃起她对苏甫的爱火，然而爱火的燃起之时也是爱火熄灭之日，在她的心扉中只"留下了美好的、辛酸的、永远难忘的回忆"。极左思潮不仅过早地夺去了苏甫的爱情和生命，也夺去了小妍的爱情和生命，苏甫死后不久，她带着心灵上的伤疤又检查出绝症，预示着她将怀着大苦大悲告别多灾多难的人间。为什么像这样有赤诚的爱国之心、有强烈的事业感、全心全意为贫下中农解除疾病痛苦的大有作为的知识分子，他们在坎坷的人生旅途连倾吐爱情的自由也没有，连享受爱情的权利也被剥夺了呢？小说已作了回答："是的，两个互相倾心已久的人，从没有谈过一个'爱'字，更不要相互接触了，是封建旧礼教男女授受不亲的传统观念在阻碍着我们？不是！是由于羞涩抹不开吗？不是！是一种无形的政治桎梏紧紧地束缚着我们，是一种无形的精神枷锁在阻拦着我们……"这就深刻地揭示出，极左思潮不只是制造了一个无爱无情的人生环境，使整个社会笼罩着所谓不同阶级的人相爱或有政治问题的人相恋就是犯罪的恐怖气氛，而且严重地毒化了人们向善爱美的心灵，扭曲了青年男女的性格，使人性在很大程度遭到异化。苏甫尽管坚持"谁也无权剥夺我们爱的自由、生的自由"的信念，但他却把对小妍的爱隐藏在心底达三年之久，这主要是"政治桎梏"使他的性格变得"懦弱、胆小"；小妍错过倾吐心内爱情的机会，也是因为心灵深处有着"永远不可治愈的创伤"。可见他们的大苦大难的爱情悲剧是同"政治桎梏"造成的大苦大难的精神悲剧或性格悲剧紧紧联系在一起；而这双重悲剧都是人性悲剧，都是从不同的层次上对人性的摧残和扼杀。小说的深刻之处不止于此，它从宏阔的历史背景上展示出个人的爱情苦难是同整个民族的苦难、广大人民的苦难完全交织为一体，这是人类历史上罕见的大悲剧。《天云山传奇》所描写的宋薇的爱情和婚姻也是苦难型的，虽然她在爱情上所遭受的痛苦与小妍有所不同，但她们因爱情的折磨在心灵上烙印的伤痕却是同一根源。五十年代初期参加革命曾使宋薇与罗群产生了"最纯洁、最热烈"的没有获得婚姻的爱情；五七年的"反右"风暴摧折了她与罗群的真正爱情而使她在"组织"的包办下同吴遥结成了没有爱情的婚姻；二十年后当她在平反罗群的冤案过程中，看清了吴遥的灵魂、认清极左思潮的实质而获得大彻大悟并与吴遥决裂去追寻真正爱情时，她却"永远失去了"罗群。宋薇的爱情，婚姻充满了苦难，特别她作为家庭的玩偶达二十年的抑郁痛苦是难以想象的，除了她的性格、思想的原因，主要是极左思潮造成的。如果不是因为"反右"的扩大化及其日后"左"倾思潮的影响，那她与罗群可以在两颗纯洁热恋的心灵上结成情侣；正是由于"左"倾思潮形成的强大舆论压力和习惯势力，既扭曲了她的性格，窒息了她的真情挚爱，又埋葬了她与罗群的爱情，并从而造成了她与吴遥的无爱家庭。张贤亮的《土牢情话》以倒叙的结构，描写了乔安萍的爱情苦难，揭露了"文革"对人性的异化和对爱情的摧残。乔安萍对土牢里看押的"犯人"石在（"右派"）由关心、同情发展为爱情,“她那天赋的朴实与天真,使她在那混乱的年代里还保持着闪光的灵魂;她像一片未经污染的土地,上面仍然灿烂地开放着鲜花”。然而,“文化大革命”的灭绝人性的残酷风暴,摧折了乔安萍这颗美丽、纯洁、美良、温柔、大胆、果决的开在劳动人民之间的优秀之花,斩断了她与石在的在险恶环境里培育出的爱情之花。她的爱情悲剧以及由此产生的难以忍受的心灵痛苦,虽然与石在的人性异化而“坦白交代”了与她的关系直接有关,但其根源仍在于极左思潮的猖獗。古华的《芙蓉镇》通过“芙蓉姐”胡玉音苦难的前半生的被迫害被摧残的命运,从妇女的婚姻、爱情、家庭的角度,充分揭露了建国以后几次兴风作浪的“左”倾思潮给整个社会人生所带来的灾难,对勤劳、善良、温顺的中国女性和亲昵的两性情爱关系的摧残。韩蔼丽的《湮没》似乎比同类情爱题材的作品,艺术描写多了一点深度。也是二十多年前那场政治狂飚吹散了相爱相恋的一对青年,男主人公蔡源忍受着内心的极大痛苦,为使爱人不是因为自己的“右派”而受到牵连,便用说谎的方法推开了何兰,认为这样就可以使何兰寻找到新的幸福,然而从“永别”以后何兰并没有找到真正属于自己的幸福,蔡源的影子始终伴随着她。值得深思的是,他们的相爱是真诚的,并达到谁离开谁就能使对方陷入莫大悲哀的程度;即使在火车上诀别时不论是编造谎话者或者听任说谎者似乎也是“真诚”的,男方编谎话表现出不想让女方跟自己一起遭受“莫须有”痛苦的自我牺牲精神,这是忠于爱情的一种畸形方式,而女方对男方编出的“鬼话”虽信以为真却一直斩不断心中的恋情。从心理氛围来看,似乎他们的爱情悲剧以及由此生发的苦难,与那个悲剧时代并无多大关系,而主要是他们自身性格的原因,其实并非如此,既然小说描写的焦点集中在被湮没的爱情悲剧上,虽然悲剧的制造者也有当时人性格的原因,但是要对男方的“狠心”、女方的“轻信”作出有说服力的解释,那就必须从造成悲剧的时代去寻求答案。也就是说,透过男女主人公的既爱且恨、既痛且悔的心理气氛,可以触及到那个特定历史时代的本质的东西,归根结底是悲剧时代造成了性格悲剧、悲剧性格又制造了爱情悲剧。小说不是直接从时代与爱情之间的冲突进行开掘,而是从它们之间的中介——人物性格的变异切入,这就增强了爱情悲剧意蕴的深刻性。新时期文坛上涌现出大批反映大苦大难情爱生活的文学作品或作品中的情爱描写,从上面的抽样分析可以窥见这些爱情的组成者很少体验到爱情的甜美和幸福,苦难的影子总是笼罩着他们的爱情生活,特别由爱情而带来的精神痛苦总是在折磨着他们;而这些爱情悲剧以及由爱情带给相爱者的苦难,大多或者主要不是来自爱情自身的结构冲突，而是源于"左"倾思潮泛滥的悲剧时代。

类型之二：苦难中爱情力量的礼赞

苦难型的情爱文学的具体审美形态之二，是创作主体以明晰的理性目光投向那不正常历史时代在人与人的深层情爱关系上所留下的苦难阴影；而各种文学形式对爱情的描写虽然突出了它的悲剧性质和苦难状况，然而同那些大苦大悲的爱情描写相比显然增多了爱情的甜美或希望。男女双方在爱情关系的构成过程中或前或后地都可以体验到爱情的幸福，有的是甜尽苦来，有的是苦尽甜来，也有的是苦甜交织；但不论那一种情爱，苦难总是主要的。不过这些情爱关系所蒙受的苦难，大都不是因为相爱双方未得到彼此满意的回报而引起的，主要是不利的社会因素或险恶的政治环境割断或压制了崇高而亲昵的情爱关系。王蒙的《布礼》以时空交叉的心理结构模式，描述了一对青年在三十年的人生旅途上的经历以及他们的爱情心灵所遭受的折磨和摧残。男主人公钟亦成和女主人公凌雪在解放前夕一起迎接解放军进城，共同欢呼新中国的成立，并一起走进了革命阵营，由战友而发展到情侣，"他们的爱情建筑在互致布礼和互相提意见上"。正如钟亦成写的一首爱情诗所唱道的："给我提点意见吧，让我们更加完美和纯净，给我提点意见吧，让我们更加严肃和聪明。……为了国际歌，镰刀和斧头，为了一个共产党员的忠诚，为了我们任重道远的事业，提点意见吧，请批评！……在我的心里呀，亲爱的同志，你的意见就是爱情，爱情！"这是五十年代前期革命青年的无产阶级爱情观，他们的相爱是建立在共同的政治理想的基础上，既没有潜意识层次上的性欲冲动又没有情感层次上的甜甜蜜蜜，只有理性层次上的政治追求，可以说这是一种具有特定时代色彩的政治化和革命化的爱情。从爱情心理结构来分析，理想信念的高度一致是其重要心理因素，只有男女双方志同道合，在生活信念、理想、事业、价值观念上基本相同，才是真正爱情的思想基础。青年时代的马克思和燕妮的相爱虽然遭到家庭的激烈反对，但由于他们理想信念的高度一致，终于结成美满的伴侣。马卡连柯曾说过："爱情不能单纯地从动物性的吸引力培养出来。爱情的力量只能在人类的非性欲的爱情素养中存在。"[①]王蒙对钟亦成与凌雪爱情关系的透视主要着

① 《马卡连柯全集》第4卷，第282～283页，人民教育出版社1957年版。

眼于思想政治层次，充分肯定了两颗强烈的爱心相印在志同道合上，寻求的是事业上和生活上的同志和知音。因此，他们对人生道路上的任何困难都能克服，任何难关都会渡过，并从中体验到爱情的幸福和力量。他们坚信："我们是光明的一代，我们有光明的爱情。谁也夺不走我们心中的光，谁也夺不走我们心中的爱。"的确是这样。虽然共和国历尽曲折给他们政治生命和爱情命运以沉重打击，特别是五七年"反右"和十年"文革"几乎剥夺了他们的一切权利，就是生的权利和爱的权利也到了危机的边缘；但是他们靠着共同的信念和对党对爱情的赤胆忠心，顶着极左思潮的巨大压力和狂风恶浪的袭击，在人生征途上艰难地生存着、苦斗着，蒙受了极大的污辱、诬陷和冤枉。钟亦成这位忠诚的布尔什维克只因为写了《冬小麦自述》四句诗"受到了评论新星"的胡乱上纲的批判，被定为反党反社会主义分子，既剥夺了他的政治生命又威胁着他与凌雪的爱情；但深深爱着钟亦成的凌雪却坚信自己的恋人，忠于自己的爱情，她并没有像宋薇那样轻信和糊涂，而是敏锐地认识到："这简直是胡扣帽子！是赤裸裸的陷害和诽谤，是胡说八道！"并毅然决然地决定与钟亦成结婚。"你是党的，你是我的，我也是你的"，即使因为与心爱者结婚被开除党籍她也没有向极左思潮屈服。尽管他们的婚礼冷落得可怕，凄凉得寒人，但是这种由外部强大压力造成的爱情婚姻悲剧并没有使他们在莫大的苦难折磨中丧失共同的政治信念以及建立在此基础上的爱情理想；特别是钟亦成被送到深山筑路，到偏僻农村进行长期劳动改造，他戴着右派帽子经历了一次次从精神到肉体的重创，在十年"文革"的政治浩劫中仍被定为"没有改造好的资产阶级右派分子"，即使他在筑路工地上冒着生命救火身负重伤也没减轻政治上的"罪恶"。当他在人生路上每碰到险关、精神与肉体遭受到非人的摧残时，总是凌雪的爱产生一种奇妙的力量，使他"被泰山压顶一样的气势压扁了、冻硬了的心灵，在她的从容，她的信赖，她的像春天的阳光一样的爱里开始复苏，开始融解。'布礼，布礼，布礼！这欢呼，这合唱，这霞光和彩虹重又成为对他的被绞杀的灵魂的呼唤，成为对他的正在飘游下坠的心的支持。这世界上不会有痛苦，因为有凌雪。这世界上不会有背叛、冤屈、污辱，因为有凌雪。他把头埋在凌雪的胸前，忘记了一切，沉浸在这被威胁、被屈辱然而仍然是无玷的、饱满的爱情里。"正是这种确立在共同思想基石的爱情从内部推动钟亦成以各种力量去战胜困难，重新获得爱的权利和生的权利。这种由爱情激发的灵感有巨大的行动力，它是一股深厚的感情力量，仿佛能从本质上改造人的精神和身体。所以钟亦成的体魄和心灵尽管伤痕累累，但是爱情的力量终于支持着他在克服了一切磨难后，真正体认到战胜种种忧患和磨难的价值和喜悦，并使他们了夫妻获得了平反昭雪、恢复党籍的书面结论。像这种在审美范畴中重现的爱情悲剧，不仅能使在现实爱情悲剧中受尽的苦难得到心理的宣泄和升华，而且有利于在痛定思痛中认清这类爱情悲剧产生的社会根源，特别能激扬人的内在精神和生命力，真正体验爱情的崇高和可贵。

《布礼》写的是两个知识分子出身的革命干部的既苦且甜的爱情悲剧，李国文的《月食》写的则是知识分子与劳动妇女的又苦又甜的爱情悲剧；与《布礼》一致的是，《月食》所描写的爱情悲剧之源也不是爱情结构自身的障碍，同样是从五七年“反右”到十年“文革”这期间的“左”倾思潮造成的。虽然《月食》所表现的爱情意识并不是以崇高的共产主义理想作为支柱，但他们的爱情在经受狂风恶浪的冲击后同样是坚贞不渝、苦中有甜的。《月食》的爱情描写不同凡响，它没有卿卿我我的琐细描写，也没有饱和深情的大段大段的表白爱情的议论，而是以简洁深情的写实笔触和时序交错的叙述模式，通过勾勒多艰曲折的社会发展历史来描写一个悱恻感人的爱情故事。男主人公伊汝（记者）的一往情深的追求和女主人公妞妞（山村妇女）的坚贞不渝的期待构成小说情节的主要冲突，而这个爱情冲突的发展与解决又取决于社会的政治冲突，所以他们的爱情苦难是与社会历史大气候紧密相关的；其爱情的甜美却源于他们爱情关系本身。妞妞与伊汝是在出生入死的战争年代相知的，是在胜利后的和平岁月里相爱的，但是五十年中期那场政治风暴摧毁了他们初婚的幸福，加之十年“文革”的浩劫，使他们天各一方达二十二年之久，历尽了人生的磨难，受尽了相思之苦，直到二十二年后，夫妻、女儿才团聚在月食退去更加皎洁的月色中。虽然他们的爱情苦难大于幸福，但却以爱情喜剧开始又以喜剧告终；特别在那苦难深重的漫漫长夜里，彼此的爱情坚贞不移，两颗相爱的心不只经受住了政治风浪的考验，也拒斥了异性的肉欲诱惑，这就使他们的爱情虽苦犹甜。作者匠心独运地安排了“二十二双新鞋”的富有象征意义的细节，深沉含蓄地表达了妞妞对伊汝数十年如一日的绵绵不绝的情思。试想，这二十二双新鞋包容着妞妞多少相思情和凄苦泪，凝聚着她多少深沉的爱和浓重的情！小说的深刻寓意没有仅仅局限在爱情上，它把坚贞的爱情、党和人民的深情、军民与干群的鱼水情交融在一起，深化和扩大了爱的内涵。张洁的中篇《祖母绿》所写的曾令儿与左葳的爱情，虽然在大学阶段他们的相爱有一度的甜美，曾令儿对左葳来说既是救命的恩人又是志趣相投的情人；然而又是五十年代那场政治巨浪吞没他们的爱情，曾令儿为保护左葳竟然自己承担“右派”的罪名，后来随着“文革”中极左政治的加剧，曾令儿完全失去了爱情，陷入人生的苦海。张弦的《挣不断的红丝线》、《被爱情遗忘的角落》的爱情苦难描写，总是同建国后历史的曲折联系起来体察，其苦难根源的开掘无不深入到政治领域，爱情的苦和甜与政治风云的变幻相关连。因此这些情爱作品或情爱描写具有深刻的反思意味和强烈的政治批判色彩。

新时期一度繁荣的苦难型爱情文学和某些作品的苦难爱情描写，它们的认识价值远胜于其审美价值。爱情是自由的特殊领域，因此爱情容不得任何强制，任何外部的重大障碍都可能酿成爱情的悲剧或苦难的爱情；政治的民主程度是与爱情的自由程度成正比的，越是政治开明、社会和谐，爱情文明越能得到正常的发展，爱情的现代化程度越能随着政治民主化程度的强化逐日提高。“根据唯物主义观点，历史中的决定因素，归根结蒂是直接生活的生产和再生产。但是，生产又有两种。一方面是生活资料即食物、衣服、住房以及为此所需的工具的生产；另一方面是人类自身的生产，即种的蕃衍。一定历史时代和一定地区内的人们生活于其下的社会制度，受着两种生产的制约。”①既然性爱问题（“种的蕃衍”）在人类历史发展中具有决定性的地位，并制约一定历史时代的社会制度，那么人类在每个历史阶段通过各种审美形式或文学样式对自身生产的发展程度及其本来面貌加以生动的再现和深刻的表现，则可以窥见特定历史时期的社会制度是否适应人类的直接生产和再生产的需要；况且，承担着“种的蕃衍”任务的人的两性关系的发展又客观地反映了文明史的一个方面。因此，情爱文学或文学中的情爱描写，既可以启示人们对社会历史的深思又能加深人们对人类文明史的认识。人类自身的生产固然制约着社会制度的发展，但是社会制度的优越与否也直接关系到人类自身生产的发展，社会制度越优化越适宜人类情爱的发展，爱情文明的程度就越高。从人类社会发展历程来看，社会主义制度比以往任何社会制度都优越，它为人类自身生产——爱情文明的发展提供了良好的环境，这是首先应该肯定的；不过社会历史的发展并不是一帆风顺的，新时期文坛涌现出的苦难型爱情文学所反映的政治风云正是社会主义历史曲折的政治根源。正因为极左思潮严重地影响了社会主义优越性的发挥，

① 《马克思恩格斯选集》第4卷，第2页。

严重地损伤了社会主义社会结构的完善，所以导致爱情悲剧连续发生，爱情苦难绵绵不断。具有深刻反思意义的苦难型爱情文学的巨大认识价值在于：只有中国共产党才能领导全国人民清除政治上的“左”倾思潮，拨乱反正，进一步完善社会主义制度，为人类自身生产——情爱文明的发展提供无比优越的条件；反过来爱情文明程度的提高，对社会主义制度的完善又能起到促进作用。

综合评述：人物形象的文化底蕴与审美特征

由于新时期出现的苦难型的情爱文学，其基本情节是超常的政治压力与爱情的合理追求相冲突所构成的；因此从这种性质的矛盾冲突中所展示出的人物性格大致有两类，一是宋薇型的。由于爱情信念不坚定、性格的脆弱等内在原因，屈服于外在的强大压力，失去了真正的爱情，造成终生的遗恨，埋下毕生痛苦的种子（此类形象从略）。一是凌雪型的。这类形象的最突出的特征是坚强的意志力，不管外部的压力如何大，对人性的摧残如何重，也不管周围的环境如何险恶，对爱情的禁锢如何严酷，哪怕牺牲生命也要维护自己爱的权利，也要捍卫爱情的纯洁与神圣。从爱情心理学的角度来讲，意志作为人的属性，它表现在受具体历史条件制约的决断自由中，表现在有意识的要求中，表现在理性行动中；因此意志可以使爱情具有一定的内在行动性和主动性，它决定采取行动和克服障碍，引导主体去主动地实现爱情。在爱情的实现过程中，主体的主动性常常同克服内在的或外在的障碍联系着，如果障碍没有超过人的意志力的极限，那在通常的情况下只会加深和强固爱情；正是克服这些障碍所形成的大小阻力，能够测量出男女双方意志力的强度，能够测量出爱情的具体内容、信念的力量和坚定性、个人价值系统的现实价值和适应程度。[①] 王蒙笔下的钟亦成与凌雪在爱情实现的过程中所遇到的心理障碍特别是社会障碍可谓大矣，他们以坚韧不拔的意志力和主动精神随着外在环境的风云变幻，不断克服内外障碍，调整各自的爱情行为方式和爱情心理状态。其中凌雪性格的意志力强度得到充分而光辉的显现。五七年的政治风暴是凌雪爱情实现的最大障碍，不仅打破了她的心理平衡，使她在要爱情生命还是要政治生命这个极严峻的问题面前处于两难的困境，内心的冲突达到了激化的程度，迫使她作出非此即彼的选择；并

① 《情爱论》第163页。

且在这个人生关口,钟亦诚又深忧自己被划成右派而影响凌雪的政治前程和她的幸福,想作出一个并不甘心情愿的“断绝关系”的决定,这如同给凌雪如焚如焦的心理加上油。就在关键性的时刻,凌雪以惊人的意志力作出了明确的理性判断,不只是认为钟亦诚被诬陷错打成右派,更果断地提出立即“结婚”;虽然她被错误地开除了党籍,在特定的历史时期丧失了政治生命,但是她坚定不移地维护了建立在崇高政治理想和共同思想信念基础上的革命爱情。爱情中的坚韧不屈的意志力是会创造奇迹的,这种强固的稳定心理会使爱情坚如磐石。凌雪与钟亦诚结婚后,他们的爱情生活经历了二十余年的风风雨雨,由于意志的坚毅顽强和爱情心理的牢固,以主体的实践行动克服并战胜了重重障碍,使他们在重新获得政治生命的同时其爱情生活放出更加耀眼的光辉。爱情所特有的意志力并不总是表现为行动,并不总是表现为克服内外阻力的主动性和进攻性等积极心理因素;它在许多情境里表现为与岁月抗争的忍耐和旷日持久的等待,总是含情脉脉,心甘情愿地接受时间的考验,把盼望与爱人重逢的美好意愿深藏在心底。李国文笔下的妞妞就是这样的女性,她在艰难的岁月里独自抚育女儿,缝制一双双新鞋来寄托情思,默默地忍受着痛苦,期待着远走天涯的爱人总有一天能回到身边。这种二十二年的等待,对于人的意志是一种严厉而可怕的考验;更值得敬佩的是,妞妞这位在山村长大的姑娘,并没有接受多少现代文化的情爱意识,但为了忠于自己的爱情,她表现出非凡的刚强坚韧和无穷的忍耐力,年复一年地在苦难中期待着幸福的来临,盼望着与爱人伊汝再度重逢的佳期。这种坚毅的意志力和坚韧不拔的精神,不仅证明她对所爱的人怀有深厚的眷恋之情,证明着爱情对于每个钟情者来说都有其不可磨灭的独特形象,也表明她选择的对象在一定的价值系统中占有重要地位。凌雪、妞妞等在克服爱情障碍所表现出的坚强意志力和忠贞不渝的美德,都有其不同的文化思想渊源。忠贞是使爱情成功和永葆青春的重要心理因素,爱情的忠贞也是社会主义婚姻道德的一项重要内容;不过从个体心理学来看,爱情的忠贞是与意志相关联的,没有忠贞的爱情意识不可能具有坚强的爱情意志力,没有爱情的意志力很难有忠贞的爱情。以宏阔的历史眼光来考察,便可发现,爱情的忠贞是人类传统的性爱文化心理,它与爱情的排他性的性意向特点是相通的。人类性爱的排他性是随着私有制确立和一夫一妻制形成而衍生出的一种心理倾向,它的积极意义在于巩固一夫一妻制和保证爱情的相对稳定。恩格斯曾说过:“性爱按其本性来说就是排他的。”[①]因此每个人都具有排斥他人占有自己恋人并要求相爱对象对自己忠贞不贰的心理意向；为了维护、巩固和发展忠贞的爱情，相爱的双方都必须具有坚韧的爱情意志力，以拒抗或捍卫内外障碍对爱情的侵袭、干扰和破坏。这种人类共具的性爱传统文化心理不可能不影响到凌雪、妞妞的爱情意识的形成，这是无形的潜移默化的渗透；不过她们是生活在中国文化系统中的现代女性，即在革命战争年代或建国初期成长起来的妇女，因此其爱情意志和忠贞心理的形成有着更直接更复杂的文化思想因素。从中国传统性爱心理来看，有着稳固的、世代相应的文化背景，形成一种传统的心理结构，而这种恒定的文化心态在历代文学中必然要顽强地表现出来。在传统的性爱观里，“贞操”与“忠贞”之间并没有明确的质的界定，而是含混糊涂地划上了等号。妞妞、凌雪等的刚毅、忠贞的性爱心理很难说没有这种含糊的传统文化的积淀，特别是在老革命根据地的偏僻山村长大的妞妞，其性爱心理的传统文化思想的渗透也许更深一些。其实，现时代对女性在爱情关系中所要求的忠贞，与封建社会伦理道德对女性所要求的忠贞节烈、从一而终等是有本质区别的。前者的忠贞是建立在男女平等、互相尊重人权的基础上，男女双方对爱情都要忠贞，不能单方面地只要求女方对男方忠贞；后者则是在男尊女卑的社会里只要求女性绝对服从男性，服从没有爱情的性摧残，无条件地对男性“忠贞”。如果说现代的性爱忠贞观对传统性文化心理有所继承，那么所继承的并非封建性的贞操观，而主要是与人类共同性爱意识相通的“忠贞”的民族文化心理。妞妞生长在山村，虽然自觉不自觉地受到传统的民间文化意识的熏陶，但她却是老红军的后代，后来又在无产阶级文化思想教育、引导下长大，革命的伦理道德对她的忠贞的爱情观和坚毅的爱情意志的形成起了重要作用。凌雪是知识分子出身的干部，她不仅受到民主主义文化意识的影响，而且直接在共产主义思想教育下树立了坚定的无产阶级世界观和爱情观，并经过革命斗争实践的锻炼和考验。所以她对爱情的坚贞以及为捍卫革命爱情所表现出的刚强的意志力，是根植于共产主义文化思想所铸造的情爱心理，同妞妞的文化心态相比更富有现代的崇高的理性色彩。由于凌雪型的人物形象，具有爱情意志力和忠贞品格，因此她们的爱情尽管遇到巨大的社会障碍，但最终取得了爱情的胜利或获得了爱情的幸福；倘若真的不幸为爱情牺牲了，那这种爱情悲剧也充满了悲壮美，具有不可

① 《马克思恩格斯选集》第4卷，第78页。

低估的人生意义和美学价值。

苦难型的情爱文学，不仅在内涵上比以往的此类文学有新的开拓，在文化意蕴上有深的挖掘；而且在艺术上也有着相应的革新与突破，这主要体现在意识流手法的尝试运用，它无疑丰富了现实主义文学的表现领域和表现方法。这些苦难型的情爱文学与传统的现实主义文学并没有大不一样之别，却与典型的意识流作品在表现意识还是表现生活这个创作主旨上从本质上划清了界限：意识流作品的目的是为了表现意识，现实主义作品的宗旨是为了再现生活。因此，像《月食》、《布礼》等具有创新意义的情爱文学，从内容上很难审查出与传统现实主义文学有本质的区别，都是表现了自觉的意识和理性的逻辑，即使作者让人物的潜意识、非逻辑的盲目意识进入作品，也是在明确的意图的统摄下，在理性思维的控制下，有目的地来丰富人物性格，增强心理表现的层次性。所以说这些情爱文学的创新之点主要不在内容而在形式，即意识流手法的运用。概括起来说，由于苦难型的爱情文学在形式革新上大胆而审慎地选择了意识流手法，突破或融合了传统的现实主义表现技巧，使其与内容相统一的表现形式有了新的变化。即增强结构弹性，将单层平面展开的生活面，构造成多层主体交叉的生活团块，以有控制的相似联想、接近联想、对比联想打破因果联想的封闭性，以纵横交错、多方放射的时空组合打破单一时空的局限性，像张开的蛛网一样尽可能多地黏附生活内容，扩大人物活动的时空范围，强化不同生活面之间的联系、对照，力图多视点、多角度、多层次地展示人物的精神生活，又不失以一定的故事情节为作品的框架，对人物的动作、肖像、语言等外在活动也不放弃刻画的机会。[①]《布礼》表现为时空交叉的心理结构（并不排斥“情节结构”），主人公钟亦成与凌雪的前后三十年的人生史和情爱史可以运用传统的写法完成一部小说创作，只要按照时间顺序平铺直叙就行了；但作者并没有走“老路”，而是借用了意识流手法，依凭人物的心灵逻辑来安排，打破了客观时序，使时间前后不停地跳跃，小说在层次上划分的章节大都是在主人公人生中所经受的两次最大的冲击波（“1957 年 8 月”和“1966 年 6 月”）而激起的一系列意识流动中展开的。王蒙认为人物“印象的强弱、深浅，往往强的在前头，弱的在后头，浅的在前头，深的在后头”。[②] 如小说的第四节，之所以把男女主人公在“反右”时的感情变化置于首段，就是因为他们的爱情在刹那间经受了严酷的考验，彼此胸中的爱情之火不但没有被扑灭反而燃烧得更旺了，

① 金健人：《小说结构美学》，第 120 页，浙江文艺出版社 1987 年版。

② 《在探索的道路上》。

使相爱的情感达到了极为强烈的程度;之所以把1951到1957年两人相爱的历程放在后面,是因为他们的爱情发展比较平稳,没有激起大的波澜,相对来说则是弱的印象。《月食》也采用了时空交错的心理结构的方法,以男主人公伊汝的意识流动结构全篇,把过去、现在、幻想、现实、梦境,通过有控制的自由联想,交叉糅合为一体,形成了以爱情悲喜为主线的多线结构,表现了一个博大精深的“爱”的主题,其中妞妞与伊汝的忠贞不渝的爱情放射出强烈的光束。这种时空交叉的心理结构不拘成法,自立机杼,海阔天空,舒卷自如,它不仅长于表现人物情爱心理的细腻性与复杂性,也便于表达人物在恋爱过程中似梦非梦、浮想联翩、波澜起伏、大悲大喜的情感世界。不过,苦难型的情爱文学所运用的意识流手法,它是与传统的现实主义创作方法相融合的,拒斥西方意识流那种注重对病态的、变态的、神秘的、歇斯底里的心理描写,反对那种排斥现实真实性而单纯随意性地探求心理奥妙的主观猜测,主张借用意识流技巧“塑造一种更深沉、更美丽、更丰富也更文明的灵魂”,不论对钟亦成、伊汝的情爱意识的划画还是对凌雪、妞妞的性爱心理的描写,都是在塑造比一般的人更美好、更神圣、更纯洁、更高尚、更深邃,也更带有理想色彩的灵魂。这种“意识流”是一种“叫人们既面向客观世界也面向主观世界,既爱生活也爱人的心灵健康而又充实的自我意感觉”。[①] 这些苦难型的情爱文学为描写人物心灵活动的历程,虽然比较多地运用内心独白,淋漓尽致地写男女双方的“意识流”、“情感流”,但并没有将作家驱出作品而是让创作主体进入文学世界,以明确的理性加以导向;并注意把握内心独白与人物性格的内在联系,创作主体有意识地体验作品中相爱双方的真实心境,尽量力避以作者的情爱心理代替描写对象的情爱心理或者以作者的意识流代替作品人物的意识流。特别在运用感官印象手法时并没有停留在生理意义上,而是引向对社会本质的开掘,这就确保了爱情主题的严肃性和相爱者的崇高性。苦难型情爱文学借用意识流手法,使之中国化,这不仅是对文学艺术进行革新所作的可贵尝试,而且有力地深化了爱情主题的意蕴和强化了情爱心理的开掘。

(写于1988年,收入1991年天津教育出版社出版的《爱河溯舟》)

① 王蒙:《关于“意识流”的通信》。

历尽磨难　痴心不改

——奉献型情爱文学例析及文化意蕴剖视

如果换一个角度对新时期的情爱文学进行考察,你会发现与苦难型情爱文学的精神境界相通的是奉献型的情爱文学。所谓奉献型的情爱文学,主要指创作主体以崇高的审美理想和无产阶级的情爱意识为导向,对社会主义条件下爱情生活现实洋溢出的一种奉献精神所作出的艺术概括和形象再现,表露出作者的赞美之情和肯定性评判;而这种忠于爱情的奉献精神往往熔铸于男女主人公的思想灵魂,成为他们精神世界中的主导精神或重要精神因素。但就整个作品的思想意蕴来看,这种爱情奉献精神不一定占主导地位,常常是主题思想的构成因素或重要组成部分。因此,这里所说的奉献型情爱文学是着重从男女主人公的精神境界加以概括的,并不是指某些文学作品的全部思想内容。恩格斯早就期望着这种奉献型的爱情,他说:“男子一生中将永远不会用金钱或其他社会权力手段去买得妇女的献身;而妇女除了真正的爱情以外,也永远不会再出于其他某些考虑而委身于男子,或者由于担心经济后果而拒绝委身于她所爱的男子。”①这种爱情理想只有在社会主义历史条件下才能变成光辉的现实或者在共同的革命事业中才能实现。这是因为社会主义社会是生产资料公有制占主导地位的社会,男女双方都拥有对生产资料的所有权、占有权、支配权和使用权,妇女和男子在国家或家庭享有各种权力,特别是妇女摆脱了依附于男子的从属和支配地位,经济、政治地位的改变必然带来男女双方爱情心理和择偶动机的变化,他们以自主的心态寻觅志同道合、心心相印的终身伴侣,在共同的生活和事业中全心全意地爱着对方。怀着这种恋爱动机或爱情目的的男女双方,深深晓得爱情上不能一味地索取而必须给予,甚至为了自己的所爱要无条件地奉献,包括牺牲自己生命。不仅如此,那些真正以共同理想为基础的爱情往往表

① 《马克思恩格斯选集》第4卷,第79页。

现出更崇高的奉献精神,由自身的爱情升华到为共同事业献身的思想境界。虽然文学是社会生活的反映,作家从相同社会背景和相似的文化心态写出一批洋溢着奉献精神的情爱作品;但由于作家审美个性的“中介”,就使本来同中有异的社会爱情生活经作家心灵的折射之后呈现出复杂的状态,即奉献型的情爱文学具有并不完全相同的表现形态和审美特色。

形态之一:艰难的“柏拉图之恋”

专于情,忠于爱,为爱情奉献毕生的精力,忍受着社会上的巨大压力和内心的痛苦折磨,始终不改变对爱情的忠诚;而这种对爱情的奉献往往又停留在“精神恋人”身上。这是新时期奉献型情爱文学的具体表现形态之一。张洁的小说《爱,是不能忘记的》是这方面的杰出代表。小说以深刻的笔触刻画了钟雨与一个老干部的只有婚姻没有爱情和只有爱情没有婚姻的双重悲剧,特别透过钟雨对爱情苦苦追求的心灵深处的剖析,展示出她对爱情的忠贞不渝的奉献精神。女主人公钟雨年青时同一个花花公子结了婚,这是没有爱情的婚姻悲剧;但是她并没有因为结束了这桩不幸的婚姻后深深地爱上一个老干部而获得爱情的真正幸福,只能在“爱情和痛苦中煎熬”,她“只好把一个没有生命的笔记本当作他的替身,在这上面和他交谈”。“二十多年啦,那个人占有着她全部的感情,可是她却得不到他”,于是便把感情倾注进爱情的信物——一套契诃夫小说选集中,“她爱那套书爱得简直像得了魔症一般”。虽然她所钟爱的老干部是个有妇之夫,不可能实现自己的爱情理想,然而漫长的苦恋岁月和无望的追求并没有动摇她的爱心,即使老干部被迫害致死以后她仍然忠于那个“精神恋人”。这种对爱情的无条件的奉献精神作者是肯定的,虽然小说写到这种爱情“不是大悲剧,就是大笑话”,然而却又赞美钟雨“分明到死都是幸福的,因为她真正地爱过。她没有半点遗憾”。这种似乎矛盾的评判,显然会给读者造成一种审美心理感应,好像最高尚最圣洁的爱情只是这种“精神恋爱”或这种纯观念形态的东西。诚然心心相印、志同道合的“精神恋爱”也需要一种奉献,但是这种没有多大希望的总是停留在精神领域的爱情过分强调对它的忠诚或奉献,这不能不说反映了作者情爱意识的偏颇。恩格斯把爱情称为性爱,把性爱的最高形式“热恋”称为“性的冲动”,就是以人的自然属性作为爱情的起码条件或者说情欲应该是异性相恋的爱情基础。正是从这点出发,恩格斯在一百年前肯定德国无产阶级诗人维尔特在作品中“表现自然的、健康的肉感和肉欲”是其所长，并指斥假道学家的虚伪与卑鄙。他说：“一读弗莱里格拉特的诗，的确就会想到，人们是完全没有生殖器官的。但是再也没有谁像这位在诗中道貌岸然的弗莱里格拉特那样喜欢偷听猥亵的小故事了。最后终有一天，甚至德国工人们会习惯于从容地谈论他们自己白天或夜间所作的事情，谈论那些自然的必需的和非常惬意的事情，就像罗曼语民族那样，就像荷马和柏拉图、贺拉斯和玉外纳那样，就像旧约全书和《新莱茵报》那样。”[①]描写爱情的文学如果只把爱情说成是纯观念形态的东西，赞美所谓“柏拉图式”的爱情理想，这不能不说是一种片面性。其实回避绝对自然的东西就意味着对它的加强，而且是以最病态的形式加强对它的兴趣。当然，我们决不能把爱情的性欲基础绝对化，因为爱情中的性的吸引力和精神的吸引力之间的关系有它内在的辩证法，而精神的吸引力在其辩证过程中应该始终居于主导地位，这样的爱情文学才是精神和感情文明的艺术表征。恩格斯认为“只有在被压迫阶级中间，而在今天就是在无产阶级中间，性爱才可能成为夫妇关系的常规”。张洁对钟雨所追求的爱情描写恰恰忽视了这一点，把社会主义历史阶段的爱情只看成纯精神活动，这不仅削弱了爱情悲剧的深刻意义，而且也降低了女主人公为这种爱情而献身的精神境界和社会价值，所以对钟雨的奉献精神只能肯定一部分而不能作全称肯定。如果说钟雨的奉献精神确实体现在她所追求的那种爱情理想上，那么那位被钟雨深情爱着的老干部却把奉献精神赋予他与那位老工人女儿缔结的没有爱情的婚姻上，他这种奉献并不是为了爱情，而是“出于道义、责任、阶级情谊和对死者的感念”，致使“这不知道爱情的人，到了头发都白了的时候，才意识到心里也有那种称为爱情的东西存在”。然而他并没有为了这种意识到的爱情而牺牲一切，只是以强大的精神力量支撑着那个可望而不能及的“精神恋人”。从社会道义的角度来看，这位老干部的精神境界是崇高的；从爱情的角度来看，他的心灵深处是凄苦悲惨的。可见张洁笔下的钟雨和那位老干部在爱情或婚姻上所表现出的奉献精神，都是单方面的，悲剧性的，也是可以挑剔的。而李国文的《月食》通过妞妞和伊汝的爱情故事所表现的奉献精神却是相互的，完美的，是为了真正的爱情各自作出了牺牲。妞妞并没有因为伊汝被打成“右派”发送到大西北劳动改造而动摇了自己的爱情，而是坚韧地为爱情奉献了二十二年；伊汝并没有因为女记

① 《马克思恩格斯全集》第21卷，第6、9页。

者的诱惑而改变对妞妞的深情厚爱，把全身心献给了自己的爱情。这不仅因为他们的爱情有牢固的思想基础，也由于他们的心理是相容的，两心是相印的。黑格尔曾说过："在爱情里最高的原则是主体把自己抛舍给另一个性别不同的个性，把自己的独立意识和个别孤立的自为存在放弃掉，感到自己只有在对方的意识里才能获得对自己的认识"①。男女恋人有了这种心理的高度融合，无论在什么情况或条件下，都能为彼此建立起的爱情而献身。不过妞妞与伊汝为之奉献的爱情并不是钟雨那种缺乏人生实际意义的精神恋爱，而是具有性爱吸引力和精神吸引力的、充满了美感的高尚而真实的爱情。因此，为这种爱情而奉献是值得的，作者赞美这种爱情必定具有深刻社会意义。我国仍处在社会主义初级阶段，人们的文化水平、知识结构各有较大的差异，像妞妞（劳动妇女）和伊汝（知识分子）这样的爱情婚姻实在不少。我们不能说，凡是这种缺乏相同文化教养和知识水平的爱情婚姻大多是不牢固的或不幸福的；只要能够像妞妞与伊汝那样有共同的思想感情基础和高度的心里相容，彼此都能为爱情作出牺牲，那就会获得爱情的幸福。从这个意义上讲，妞妞与伊汝的爱情描写具有相当的典型性。

形态之二：无私的奉献型美德

既忠于爱情又忠于事业，把奉献爱情的心与献身事业的心统一起来；唯其有共同的革命理想才使自己为之献身的爱情价值更高，唯其有坚贞的爱情才使自己为之奉献的革命事业内蕴着强烈生命力。这是新时期奉献型爱情文学的具体表现形态之二。谌容在小说《永远是春天》里所描写的韩腊梅与李梦雨的爱情就属于这种奉献型的爱情。他们的爱情是以共同的政治理想为纽带、以共同的革命感情为基础，在正常的情况下这种爱情应该是牢不可破、美满幸福的。然而由于特殊的历史原因和生活遭遇，使他们的爱情涂染上悲剧色彩。不过，作者着重表现的并不是李梦雨对爱情的态度，而是以含蓄深沉的赞美笔调抒写韩腊梅对爱情对事业的无私奉献精神。这种崇高精神，既是对中华民族传统美德的弘扬，又是源于无产阶级的道德观念和共产主义革命理想。韩腊梅和李梦雨的爱情是在抗日战争进入相持阶段的艰苦环境里萌生发展起来，并经过革命

① 《美学》第2卷，第326页。

烈火的考验而得到进一步巩固的。虽然他们没有花前月下谈情说爱的条件，也没有倾吐缠绵柔情的闲心，但是共同的遭遇、共同的事业、共同的理想却把两颗火热的心联系在一起，爱情曾给了他们“巨大的幸福”。然而，为了革命的需要，他们婚后不久就经历了“无数次突然的离别和骤然的相逢”。当李梦雨参加大部队离别怀孕的腊梅时，腊梅无限深情地对梦雨说：“只要咱们心里想着，就算隔着千座山万条水，也没有分开。”并把一床军毯切成两半，各保存半条，以作为他们爱的信物和患难与共的象征，也是腊梅对爱情坚贞不渝的象征。的确是这样。全篇小说对于爱情的描写藏而不露，极为深沉含蓄，然而仔细体味又会感悟到腊梅对爱情的坚定不移的忠贞精神和无私奉献的高尚情操却无处不在，它高度凝聚在数十年与她时刻相随、昼夜相伴的半条军毯上。韩腊梅始终信守自己的诺言，忠于自己的爱情，虽然与李梦雨分袂后，她听到关于梦雨牺牲的传言、见到梦雨组成新家庭的严酷现实，但她并没有因此而苦闷而愤恨而消沉。她对于自己曾有过的爱情还是那么坚贞纯洁，既没有指责梦雨也没有抱怨，她理解他，仍然把他视为战友和知音，把爱情深深埋在心底，却把全部精力倾注在革命事业上。尽管她不能同梦雨生活在一起，可她的爱心时刻也没有离开所爱之人，她默默地关注他，她苦苦的思念他；她为他身上滋长了官气而忧虑，她为他“文革”遭诬陷而愤慨，她为他情绪消沉而焦躁。总之，她把关心战友的爱与忠于爱情的爱集于一身，这是一种净化了的爱情，是一种脱离了世俗功利的无私的奉献精神。李梦雨在腊梅房间发现半条军毯，曾有这样的心理活动：“这半条军毯，记载着我和他的悲欢离合，伴随她度过了几十年的风雨生涯。在那一个个夜晚，当她披盖上这半条军毯，感到的是温暖？还是寂寞？生活对她多么残忍。她付出了所有的一切，她得到的又是什么呢？”这种对爱情的执着和奉献是同她的宽广的无产阶级革命胸怀和心灵的博大深厚紧紧相连的，正是对革命事业的无限热爱和对爱情的无私奉献这两条彩带拧成了她的光辉灿烂的生命线。腊梅对爱情的奉献与钟雨对爱情的奉献似乎在“痴情”这一点上有共同性，但却有更多的不同：腊梅所奉献的爱情并不完全停留在精神层次上，她曾有过甜美的爱情与婚后的幸福，特别她与梦雨的爱情是在“战争的烽火”与“革命的浪潮”中结成的，是建立在深厚的阶级感情、革命友谊和共同的政治理想之上；况且他们的分离又不是个人的责任而是特殊的战争环境造成的。因此腊梅对爱情的奉献精神比之钟雨要高尚得多，其思想价值要大得多，其教育意义要深刻得多，其感人程度要高得多。鲁彦周的《天云山传奇》所描写的冯晴岚对罗群的坚贞之爱，充满了极为可贵的奉献精神。她虽然缺乏韩腊梅那种革命战争岁月的艰苦考验和火的锻炼，是五十年代的知识分子，但她也是把革命理想与爱情追求集于一身，并为革命理想与爱情理想的实现而奋斗终生，直至献出宝贵的生命。小说是把她与宋薇作为鲜明对照的形象来刻画的。作者以饱含赞美之情的笔触层层深入地展示了她的美丽、纯洁而高尚的灵魂，充分肯定了她为革命事业、为自己的爱情所作出的高贵的牺牲精神。五十年代中期那场政治风暴把敢于坚持真理、才华横溢的罗群推上政治祭坛，此时正在热恋着罗群的宋薇迫于政治压力和社会舆论则匆忙地埋葬了自己的爱情；而作为宋薇好友的冯晴岚却从罗群的所谓“罪行”中，以清醒的理智和敏锐的眼力认识到罗群的真正价值。她认为罗群“对党的信念坚定不移”，“纯真得像水晶”，“热烈得像火”。于是她在罗群被爱人抛弃、政治上成了右派的时候，以超人的智慧和胆识把自己最宝贵的爱奉献给罗群。这一惊人的举动，表明她把对情人的爱、真理的爱和事业的爱统一起来，以崇高的自我牺牲精神捍卫了爱情，捍卫了真理，保全一个建设社会主义的栋梁之才。特别她冲风冒雪用地板车拉着病中罗群的情节极为动人，仿佛她的心灵美一下子升华到最崇高的精神境界。从此以后，在漫长的人生道路上，她心甘情愿地为了崇高的理想和自选的配偶背起子沉重的十字架，承受着来自各方面的巨大压力，“把自己的一生绑在一个‘屡教不改’的被开除公职的右派分子和反革命身上”；可敬的是她从未后悔自己的选择，义无反顾地坚忍不拔地去实现自己的追求，经受了一次又一次的严酷考验。十年浩劫期间，她以自己的柔弱之躯顶住了极其残忍的侮辱和鞭打，勇敢地保存了罗群的著作手稿。虽然她的身体被摧垮，但她捍卫真理和爱情的意志却是异常坚强的。她深信，只要“有两颗互相温暖的心，有明确而崇高的目标，一切艰难险阻都是可以战胜的”。当寒流过去春天即将来临的时刻，她终因心血耗尽过早地离开了人间。虽然她把毕生的光和热、情与爱都献给了别人，但她丝毫不为自己的生命而伤感，内心充满了幸福感和自豪感。正如她给宋薇的信中所言的：“我对自己所选择的道路，从来没有后悔过，即使我今天离开人世，我也敢骄傲地宣告，我是真正幸福的，是对得起养育我的人民和这个世界的”。这种崇高的思想境界和无私的奉献精神，多么令人敬佩，多么发人深思！黑格尔曾指出：“爱情里确实有一种高尚的品质，因为它不只是停留在性欲上，而是显出一种本身丰富的高尚优美的心灵，要求以生动活泼、勇敢和牺牲的精神和另一个达到统一。”①冯晴岚在爱情上和事业上所显示出的圣洁而高尚的优美心灵，具有深刻的思想意义和美学价值。这样的爱情描写，确实富有动人心弦的艺术魔力，它能够唤起读者美妙而丰富的想象，所创造的爱情审美气氛足以鼓舞情侣的进取心和奉献精神。

“生命诚可贵，爱情价更高，若为自由故，两者皆可抛。”这首光辉诗篇虽然产生于西方资产阶级革命时代，但它所揭示的思想境界即使无产阶级革命者也可以从中受到启发和教益。这里蕴含着一种比个体生命和爱情更高的价值观和奉献精神，即为了崇高的革命事业和政治理想可以毫不犹豫地牺牲珍贵的生命和宝贵的爱情。如果说这首诗所赞美的仅仅是一种理想，那么在我国社会主义时期的文学世界却变成活生生的光辉形象。且不说李梦雨与韩腊梅、罗群与冯晴岚的爱情描写就表现了这种极其崇高的牺牲精神，更为典型的要算《刑场上的婚礼》、《死去的和活着的人们》等文学作品。前者描写的是革命者陈铁军和周文雍的惊心动魄的爱情悲剧，他们的爱情经过了火与血的洗礼，虽然彼此爱得那么深，情意那么切，但是为了无产阶级的革命事业他们不惜牺牲自己的生命和爱情，只能于殉难前在刑场上举行婚礼，这是多么慷慨悲壮的结婚仪式，只有确定了无产阶级爱情观和人生观的革命者才能显示出这种豪迈的英雄气概和无私无畏的牺牲精神；后者所刻画的男女主人公也是在革命战火中结成的爱侣，为了全国人民的解放，他们抛弃了婚后甜蜜的爱情生活，冒着生命危险潜入上海国民党的要害部门作地下工作，最后女方被捕，押在男方工作的上海监狱，虽然他们近在咫尺也不能流露各自内心的火热激情和思念之爱。女方在解放上海的胜利炮声中为革命壮烈牺牲，而她用鲜血浸染的红纱巾——既是爱情的象征又是革命纪念，却高高飘扬在解放了的大上海的上空。这种为了解放全人类而不惜牺牲生命和爱情的共产主义奉献精神，将永远激励着人们为实现祖国的现代化去献身！

爱情是把尺子，能量出一个人的品质和情操。如果在正常的顺境中为心爱之人作出牺牲，谁也会赞美这是可贵的品质，如果在同一水平线为一个体魄健全心灵完美的爱人奉献自己的一切，谁也会称颂这是难得的美德。不过，这种对爱情的奉献是容易做到的，不会受到多大心灵冲突的搏击和社会舆论与习惯势力的压力；最难做到的却是在逆境中深深爱上一个身心受到创伤而陷入困窘

① 《美学》第2卷，第332页。

的情人，或者情愿钟爱一个残疾人，并毅然地把自己的命运与他联系起来，无私地奉献出一切。这是更值得赞美和称颂的高尚品质和优美情操。新时期不少文学作品表现了这样的主题，这也是奉献型情爱文学的具体审美形态。革命者韩腊梅、冯晴岚的爱情史无不闪烁着这种光彩照人的特色；更感人的则是一些普通的农村姑娘对于爱情的选择、执着和追求，也体现出这种崇高的奉献精神。路遥笔下的成功典型——刘巧珍的形象（《人生》）就是个可敬可爱的农村姑娘。她虽然没有文化，但内心世界并不愚钝和单调，她有颗金子般的心，聪慧灵敏，美丽高洁，既不重金钱又不慕地位，"决心要一个有文化，而在精神方面很丰富的男人做自己的伴侣"，于是她爱上了虽然家境贫寒却勇于进取、多才多艺、潇洒俊逸的高加林。尽管高加林有文化，内心世界丰富；然而他的生存环境并不优越，人生道路并不平坦，他因"走后门"被解职回家不得不在农村务农，不得不提一篮白馍进城叫卖。正是在高加林处于逆境中，如同传统文学出现的落难公子一样，心身憔悴、垂头丧气的时候，巧珍把宝贵的爱献给了他，一面劝导、安慰高加林，一面主动替他卖馍馍。爱情使这位冰清玉洁的农村少女变得异常勇敢，她把现代文明的新风带进偏僻落后的西北山村。不管是世人的讥笑还是父亲的斥骂毒打，她都能坚定不移地承受着巨大压力，和自己选择的爱人肩并肩地站在一起，同旧道德旧习俗旧势力进行斗争，迎着新时代的春光向自我解放的道路上迅跑。她这种敢于冲破种种罗网而争取爱情自由权主宰权的无畏精神，已大大超越了五四时期子君式的新女性。爱情成了巧珍的强大精神支柱，致使她对高加林的爱充满了奉献精神，为了爱高加林即使付出一切牺牲也在所不惜。当高加林落难时，她深情地说："加林哥，你如果不嫌我，咱们两个一搭里过！你在家里盛着，我给咱上山劳动，不会叫你受苦的"。宁愿自己受苦受累而让自己的爱人幸福和愉快；后来高加林进城当通讯干事，她慷慨地给他送钱，并替他担起照顾双亲的义务。巧珍这位善良多情的农村少女，虽然不能像知识女性那样用文字来抒写自己对爱情的感受和理解，然而她的朴实无华的言行却透露出她对爱情的深刻体验，即爱情就是要无私的奉献，就是要同所爱者患难与共、生死相依。这使巧珍的形体美与心灵美达到高度融合，放射出夺目的光彩。但作者对巧珍心灵美的开掘并未止于此，而是让她经受了意想不到的爱情生活的大跌宕，使她心灵深处的美好东西得到进一步展示。一旦她发现高加林不爱她，心如刀绞，痛苦异常，但她决不乞求爱情，决然离去，表明她渴求爱却更懂得自尊自爱。她并没有对高加林的绝情采取报复和仇视的态度，而表现出深情的理解和体贴。当高加林再度由城市心灰意冷地回到农村时，巧珍仍然一往情深地体谅关怀他，并说服新婚的丈夫马栓为高加林推荐工作。顺德爷爷感动得双眼含泪对高加林说："巧珍，多好的娃娃！那心就像金子一样"。的确是这样。巧珍对一次次遭难的高加林，不论有爱情关系或无爱情关系她从不乘人之危幸灾乐祸或落井下石，总是给予深切同情和友好相助。这种高尚的情怀和金子般的心灵，既是对中国劳动人民的传统美德的发扬光大，又是社会主义的爱情观、道德观的光辉体现。巧珍生长在美丽的山村，根植于劳动生活的沃土，既受到老一代农民美好品质的熏陶和大地母亲的哺育，又受到社会主义时代新思想的教育；劳动人民的气质铸就她的性格，现代化的春风吹醒她的灵魂，使她的心灵得到净化和美化，内在美和外在美在她身上得到和谐的统一。她最大的遗憾是没有文化，为此她曾悲愤过、苦恼过、自卑过，所以她从"心里喜欢有文化的人"，在考虑自己的终身大事时决心选择一个"有文化"的爱侣。这是社会主义现代化建设的历史潮流唤醒了她对现代文化现代文明的渴求和向往，体现了农村广大妇女力图摆脱数千年的愚昧落后状态、迅速建设高度发达的科学文化的强烈愿望和共同要求，表现了农村妇女的新觉醒。因此她深深地爱着有文化的高加林，并义无反顾地无私无畏地把自己爱奉献给他；然而她却没有得到高加林同样的报答，酿成了爱情悲剧，这里有个不可忽视的原因就是文化差距太大。这就深刻地告诉人们，妇女要获得彻底解放和真正爱情，不仅在政治上、经济上要有与男子同等的地位和权利，而且在文化教育方面也要与男子享受同等权利，以掌握丰富的文化科学知识。这是从一般的意义上来讲的，并非说所有没有文化的妇女或文化悬殊的男女双方都得不到幸福美满的爱情，不过现代青年在考虑自己的爱情婚姻时是可以从巧珍的悲剧中汲取教训的。周克芹在《许茂和他的女儿们》中塑造的许秀云是一位含蓄深沉的农村妇女。她同巧珍一样在红旗下长大，曾有过妙龄少女的美好青春，不过她的生命史有一段漫长的苦难经历。她曾遭到花花公子郑百如的人身侮辱，不得不下嫁于他，于是掉进了苦海，埋葬了青春。然而她并没有绝望，她有一种不畏强暴的不屈不挠的反抗意识和对未来幸福的执着追求精神。在她摆脱了婚姻的不幸之后，她抗拒着重重压力，冲破层层罗网，大胆地去争取爱情的幸福，以炽烈如火的感情爱上了与她同命运的金东水，并把自己的一切奉献给与爱人"重建家园的艰辛而甜蜜的事业"。她所爱的金东水在十年浩劫中生活处境极其艰窘，心身遭受严重的创伤，秀云冒着"巨大风险"乘着残月无辉的夜晚去访金东水，含辛茹苦地帮他排忧解难，以她对未来生活的信心和勇气去影响那个“同是天涯沦落人”的大姐夫，“要他振作精神，鼓起勇气，朝前看，重建新生活”。小说通过生动的艺术描写，深刻地揭示出秀云的勇敢无畏的力量，是来自她对爱情幸福的执着追求和热烈向往，来自她对家乡生活和亲人们的无限热爱和殷切眷恋，使她的胸中充满了深沉的爱和丰厚的情。所以为了纯洁无私的爱和甜美温柔的爱，她不仅忍受着千辛万苦，即使赴汤蹈火、献出生命也在所不惜。是爱的力量激励着她同恶棍流氓郑百如进行了舍生忘死的拼斗，是爱的力量鼓舞着她在孤立无援、濒临死亡的绝境重新获得生的希望；也是爱的力量，当她误以为金东水同意别人的提亲而坠入绝望的深渊的时候，下决心一死来反抗郑百如的迫害，以生命来维护她对金东水的坚贞的爱情。虽然秀云为了追求爱情的幸福生活，艰苦奋斗，默默牺牲，积极拼搏，无私奉献，但她从不夸大自己的价值，从不停止对理想生活的思索与追求。小说结尾，她提出了一个发人深思的问题：“将来什么都实现了，不愁吃，不愁穿，住砖瓦房，装上电灯，那样就算是‘幸福生活’么？‘幸福’两个字的意思就只是吃喝穿戴么？”这表现出许秀云不只是在逆境中敢于为理想生活的追求和自己所选择的爱情而无私无畏的拼搏和奉献，而且当自己的追求一旦实现后还有着更深远更博大的理想和追求。她与巧珍相比有着同样的为爱情献身的精神，但是她的爱更博大一些，她的理想更高远一些，她的反抗性更坚毅一些，她的爱情追求更切实一些；所以她获得了为之献身的爱情，而巧珍却失去了它。《灵与肉》描写的动人的爱情故事，极力赞美了四川农村姑娘李秀芝的优秀品质和高尚情操。秀芝所爱的许灵均是个“右派”，是个牧马人，是个被华侨父亲遗弃的孤儿；但她从不挑剔从不嫌弃，无论在什么险恶的条件下，她充分相信灵均是大好人，是个值得爱的人，所以她把一切都奉献给许灵均，建立起牢不可破的以爱情为基础的婚姻。尽管她们患难与共的生活极其艰苦，然而爱的力量鼓励着他们以勤劳的双手创造了新生活。“唯其有痛苦，幸福才更显出它的价值。”这是许灵均的深刻体验。李秀芝对爱情的奉献精神，其思想境界也许不如许秀云那么高远，但她的感情更朴实更真挚更深沉，也更感人。《第九个售货亭》所描写的是知青的爱情，女主人公玉吉对爱情的奉献精神尤其值得赞美和敬佩。她所钟爱的是一个伤残人，但她从不变心，一心一意地爱着他；从不嫌弃他，真情实意地尊重他、关心他、体贴他，患难与共，相亲相爱，表现了女主人公的无私奉献的高尚品格。这是一首社会主义爱情文明的热情赞歌。

文化阐释:女性奉献精神的人道主义本质

从以上对新时期奉献型情爱文学的有选择的阐释中,可以发现在人物塑造上的一个极为鲜明的特色,即作者的审美理想和情感倾向主要体现在对女性形象的刻画上,而这些女性形象大都具有人格美、心灵美,大都带有理想色彩,集真善美于一身,健全的个性放射出社会主义人道主义光辉。钟雨之所以爱那位老干部,并不是因为他地位高、权势大、工资多,才把自己的爱奉献给他;而是因为他是一个"严谨的、一丝不苟、脱俗的、明澄得像水晶一样"的活生生的人,特别"他那成熟而坚定的政治头脑,他活跃的思维、工作的魄力,文学艺术上的素养",令她敬佩和崇拜,甚至他成了她精神上的偶像,于是她才把感情无私地奉献给他。这表明钟雨的爱情观是建立一种新的价值观上,虽然她迷恋着这个老干部,但她并没有损害或拆散老干部与那位老工人女儿的婚姻,而是自食爱情的痛苦之果,这又表现了她宽厚的人道主义精神。韩腊梅对李梦雨的钟爱和奉献体现出一种博大崇高的革命人道主义精神。她爱的是个南征北战、出生入死的革命战士,是个与她共患难的并肩战斗的同志,是个忠心耿耿为党的事业尽职尽责的干部,是个在十年浩劫中受尽诬陷、摧残的"走资派",总之是个有崇高价值的人,有感情的人,因此为这样的人奉献自己的爱情是死而无憾的。巧珍对爱情的奉献,不只是因为高加林是个才貌出众的值得爱的农村知识青年,而且也因为他是个值得关注的有文化的建设人才,越是在高加林不得志飞一筹莫展的艰窘尴尬境遇,她越是把爱情奉献给他,或者多方面体谅他,这种爱已升华到社会主义人道主义的情感高度。至于玉吉对伤残人的爱情,更是一种以社会主义人道主义为思想基础的高尚奉献精神的表现。她所爱的不是个体魄健全的人,而这样的残疾人同正常人相比已失去了可贵的生产能力和必要的生活能力,即使心灵再美好,但要与其结为终生的伴侣,这对于一个女性来说是要承受一辈子的生活压力和舆论压力;如果玉吉缺乏牺牲精神和人道主义情怀,那不可能同这样人结成情投意合的终生侣伴。孟伟哉的《旅人蕉》描写了母女俩的不同的爱情观。作者以批判的态度指责了那位母亲在爱情上的过分自私:第一个丈夫是位志愿军,她闻知他负了重伤便抛弃了他,去寻找新的爱情去了;第二个丈夫是个地质勘探工作者,长年工作在大西北,她受不了这种"活寡妇"的生活,便同他离了婚。这位母亲渴求爱情的幸福美满并非说没有一点合理性,但是爱情是相互的，如此自私自利的人，毫无人道主义的奉献精神是永远也得不到真正爱情的。与其母不同的爱情观体现在女儿身上，虽然这位女儿曾一度对自己的海军爱人流露过埋怨情绪，为大学毕业后“千里寻夫”没有得到丈夫的柔情蜜意而不高兴，然而她毕竟是革命者的后代，是在社会主义大学培养出来的新一代；特别是她在姑姑为其父奉献了一切的伟大精神感召下，她不满母亲对爱情的轻狂和自私，终于把自己的爱奉献给那位长年守卫祖国海疆的海军。这些女性在爱情上所表现出的社会主义人道主义精神，是她灵魂美的思想源泉，所以作者不遗余力加以开掘，使自己笔下的形象尽量放射出社会主义时代精神的光彩。

值得进一步思考和探讨的是：对爱情的奉献应该是男女双方都具有的精神境界和品格力量，然而在新时期的一些比较有影响的作品中却很少刻画男性的奉献精神而主要集中在女性身上，对照之下男性显得相当逊色。越是女性对爱情的奉献精神，越是表现得强烈感人。这里面的原因极为复杂，但我们只想从女性自身作些粗略的探索。从妇女心理学的角度来看，随着性的成熟，她们在爱情问题上有了较深刻体验，不仅摆脱了自己心理的封闭状态，公开了爱慕异性的内心秘密，热烈追求爱情的实现，而且一旦选准意中人，获得了爱情的成功，便会百倍地珍惜它、捍卫它、巩固它。因此，激情勃发的心理将趋于平衡和稳定，很少见异思迁，转移爱情的目标，经过一段隐秘而审慎的观察和验证后就会抓住爱人不放，信守“我是属于你的，你也是属于我的”盟约。特别女性的感情比男性更细腻更敏感更珍贵，自尊心自爱心更强，所以她们的爱情只要有了可靠的依托，其“向心力”要大大超过“离心力”。有了这样稳固的心理取向，就能使女性在自己筑建的爱情结构中奉献一切。有的研究者认为，女子在恋爱心理上对她所熟悉的人的认识比男子更富有“刻板印象”，即女青年的爱情一般较固执、深沉，对男子一往情深，可谓棒打不散鸳鸯，哪怕是父母的威逼拷打，社会的巨大压力，都不能动摇她们的决心，即使为爱情牺牲了或失败了也决不后悔。美国加利福尼亚大学的托马斯教授夫妇花了两年多的时间对于情话“我爱你”的心理作了精细的研究，概括了六种类型，其中的“高尚纯洁型”和“痴爱型”的心理特点，也许主要是指女性心理。所谓“痴爱型”的：“即使对方被关进监狱或进疯人院，另一方也情愿等待，衷心地为爱情献出自己的一切。”①新时期文学作

① 《爱之奥秘》第44～45页，1986年宁夏人民出版社出版。

品所刻画的女性的爱情心理和奉献精神,是有广泛的现实的妇女心理作根据的;不过,经过作家的审美处理和艺术表现后比现实的女性爱情心理更典型更真实更富有理想色彩了。从女性心理的文化积淀来看,是多种文化思想因素铸就了她们为爱情甘愿奉献的文化心态:一是中国传统文化中的"仁者,爱人"的思想、劳动人民"助人为乐""宽厚待人"的精神,当然也不排斥"女子无才便是德"、"贤妻良母"、"从一而终"等根深蒂固的封建伦理道德的影响;二是无产阶级的友谊观、爱情观、道德观、伦理观的长期灌输和潜移默化的渗透;三是以爱的哲学为基础的人道主义或社会主义人,道主义的感化、教育和积淀。这种种文化意识虽然并不同质,但在"爱人"、关心人、同情人、救助人上却有着一致性,它们与妇女心理的固有特质有着契合点或凝聚点;当它们有机地结合为一体时,便能形成自觉的理性意识,以引导或控制女性在热恋过程中产生的盲目的非理性意识转向发展爱情、巩固爱情、捍卫爱情、奉献爱情的轨道。新时期的奉献型情爱文学对女性爱情心理的文化意蕴虽然缺乏深广的开掘,但它们的艺术描写已或深或浅地粗略地触及到了。

从审美意义上看,新时期的奉献型的爱情文学在现代社会中具有重要的作用,在中国情爱文学史上有着不可忽视的地位。人的精神世界愈丰富,心灵愈美,其爱情的审美化程度越高。奉献型爱情文学所刻画的女主人公,在爱情关系中所表现出的崇高的精神美和心灵美,是同我们时代的社会主义精神文明的最高价值联系着,不论是冯晴岚、韩腊梅或是刘巧珍、李秀芝、玉吉等为爱情的献身精神,无不是时代精神的光辉体现,她们比起我国文学史上出现的为争取爱情幸福而献身的刘兰芝、杜十娘、林黛玉、白素贞等具有更高的思想境界,因而更有其特殊的审美价值。我国现代化的步伐随着改革开放的深化而日益加快,现代生活方式也已经来临,特别爱情生活出现了新的变化,人们越来越把男女之间的爱情关系看作是同人对自我意识的实现、对自由和真理的追求相联系的人的自然需要;但也必须看到另一面,随着商品经济的发展,人与人之间的关系也不可避免地出现了商品化的倾向,当然男女之间的爱情也受到了污染。因此不论从积极面来看还是从消极面来看,奉献型的爱情文学对加强审美教育、灌输审美意识,以防止资产阶级腐朽思想的侵蚀,使人与人的关系更加和谐,使人的精神境界更加高尚,使男女双方的爱情关系更加圣洁,将起着社会主义意识形态所不可替代的特殊作用。因为社会主义意识形态作为一种规范仍然具有一定的局限性和外在性,它必然同新时期的人们尤其是青年男女的个性全面发展的要求产生某些矛盾;而审美意识(以美育为手段,而奉献型情爱文学则是美育教育的好教材)便可以与社会主义意识形态沟通起来,把审美意识渗透于一切意识形态的宣传和政治思想工作中去,促使人们不是强制地而是充分自觉地发自内心地弃恶从善、净化灵魂,向着自我全面发展的更高目标而努力。这样,人们就会自觉地来寻求包括男女情爱关系在内的人与人关系的亲密无间和感情交流。但是要沟通审美意识与社会主义意识,关键在于发扬社会主义人道主义,充分揭示社会主义意识形态的人道主义本质,使其与审美意识相衔接;而奉献型爱情文学的重要思想特色则是充溢着社会主义人道主义精神,它可以把意识形态教育与审美教育有机地结合起来,使之成为人的全面发展的有效手段。如韩腊梅、冯晴岚等光辉形象是理想的审美对象,通过对她们的审美活动所受到的艺术感染和潜移默化的渗透,能起到一般的社会主义的道德观、爱情观教育所起不到的作用。黑格尔认为"审美带有令人解放的性质",它使人从片面的有限的现实情感意志中超脱出来,从片面的有限的意识形态规范中解脱出来,进入到审美的理想境界。试想一下,当我们在审美活动中,对韩腊梅、冯晴岚这些女性形象的优秀品质、美好心灵以及生死与共、患难相扶的爱情奉献精神有了深刻的审美感受和审美体验时,不知不觉地就使主体人格得到升华、灵魂得到净化,社会主义的精神文明程度便会得到意想不到的提高。因此,对于奉献性情爱文学的审美价值及其在文学史上的地位,应该给予足够的重视。

(写于 1988 年,收入 1991 年天津教育出版社出版的《爱河溯舟》)

双重追求　奋进搏击

——"改革加恋爱"文学模式评述

在中国情爱文学的衍化过程中，凝成不少文学模式，不承认它们的存在是非历史唯物主义态度，若把它们视为凝固不变的框架也是形而上学的观点。所谓情爱的文学模式，它是艺术技巧的一种物态化的凝定，不单单是某种特定的人物关系在错综复杂的矛盾冲突中展开过程的艺术概括，而是反复出现的相同或相似的历史内容的同一审美形式的积淀。如果从进化的角度来看，文学模式不论是主题思想、人物形象还是结构布局，随着历史内容的展开它们是由简单走向复杂、由肤面趋向深化。在新时期文坛上出现的曾繁盛一时的"改革加恋爱"的文学模式，可以说是对三十年代左翼文学中一度盛行的"革命加恋爱"程式的继承和发展，虽然它在新文学艺术的创新上没有作出多大的贡献，尚未提供较多的有艺术价值的新东西，但是作为一种文学现象，从文学史的角度来探讨还是有意义的。

中华民族"自立于世界民族之林"的实现现代化的历史要求到了党的三中全会以后，显示出最大的现实可能性，不论是经济体制改革或是政治体制改革都将带动整个中华民族在现代化、民主化的道路上加快步伐。改革是一场极其深刻复杂的革命，过去那种比较单一的生产方式、经营方式和生活方式向着多种生产方式、经营方式和生活方式转换，人们的观念形态、文化思想、伦理道德也相应地出现了多样交叉并存的状态。爱情生活是人们整个生活系统中不可缺少的组成部分，爱情文明建设是社会主义精神文明建设的任务之一。既然改革推动了社会主义物质文明和精神文明的建设，激发了整个社会生活和意识形态的变化，那么爱情生活和情爱意识的变异就会更显著一些。特别是亲身参与改革的人们，不仅其历史主动精神和生命创造力能得到最大限度的发挥，而且其个性解放的强烈愿望和追求爱情幸福的性爱意识也会成为整个文化心理的重要意向。改革者们既可以从爱情的悲与喜、苦与甜中获取战胜艰难险阻推进经济或政治改革的内驱力，又可以用自身的爱情幸福或爱情悲剧来感受社会大变革的信息。改革时代的爱情生活和情爱意识规定着改革文学的情爱主题意蕴，而作家对改革生活的独特体验与发现以及掌握生活的基本方法又关系到改革题材的情爱主题的开掘深度和审美表现形式的特征。

作品巡礼：特殊的时代使命与共同的现实意义

三十年代初“革命文学”运动中出现的“革命加恋爱”的小说，是一种带有开创性的文学模式，自有其不可抹煞的历史地位和艺术价值；随后模仿者一味地因袭，不思创造，便形成一种公式化的艺术倾向。1979 年蒋子龙反映工业体制急需改革的重大社会问题小说《乔厂长上任记》，脱颖而出，产生了轰动性的社会效应；其后出现了一系列改革题材的小说，比较著名的有《新星》、《花园街五号》、《男人的风格》、《故土》、《沉重的翅膀》、《折射的信息》等，可以说都是《乔厂长上任记》所表现主题的延续、扩大和深化。虽然这些小说在叙事模式上都或深或浅地带有“革命加恋爱”那个时代美学风尚的遗痕，但总体来看是有所超越有所发展的。作家根据新的时代内容和人物组合的艺术表现需要，都有不同程度的匠心创造。不论是随着“改革”与“恋爱”相辅相成的发展最终双双取得胜利的“大团圆”的叙述结构；还是“改革”同“恋爱”处在尖锐对立或时对立时统一的进程中，最后的结局是悲剧的或亦悲亦喜的叙事结构，都不能轻率地说这两类叙事结构纯属“艺术的末流”，毫无艺术价值和审美感染力。这些叙事文学作品的问世曾产生过强烈的社会效果，就是因为这种“改革加恋爱”的叙述结构，或者寄寓着一代人在变革时代的风云里寻求个人幸福的“社会期待”以及人性的解放与爱情理想的实现同改革的必然联系；或者包含着历史的变革要求个人所承担的牺牲和付出的代价，以及一代人对这种牺牲和代价的悲壮的承受性和无私的奉献性。

《乔厂长上任记》着重揭示了工业体制不适应现代化要求的主要矛盾，反映了国家政治经济体制改革的每项政策性调整都会激起维护旧体制的社会势力和习惯心理的抵制；但改革大业是历史的必然趋势，是众人所向，尽管改革的道路曲折艰难，最终毕竟会取得胜利。作者以敏锐的社会洞察力和习惯了的把握生活的方式，正确地展示了工业战线改革的合乎规律的历史逻辑，这是小说的主线；正是在这条主线上所展开的新与旧、改革与保守的强烈冲突中，塑造了具有铁手腕的改革家乔光朴的形象和才华出众的热心改革的女工程师童贞的形象。改革的大业、共同的信念把他们连在一起，乔光朴是工厂改革的柱石和总指挥，童贞则是他的得力助手和高参。改革不仅能极大地解放生产力，促进物质生产的高速发展，扫除社会主义经济繁荣的一切障碍，而且也能使人的个性意识、民主意识特别是情爱意识冲破"左"倾思潮或封建意识的禁锢日益增强。作为于改革中结成战友的乔光朴与童贞，在献身集体主义事业中有权利享受爱情的自由，有资格追求个人的幸福。他们在个人生活上都是单身独居，无论从生理上与心理上和工作的需要上来讲彼此都迫切要求选择个志同道合的伴侣，这本来是合理合法，顺乎人情的，也符合社会主义道德的；然而在他们的爱情发展过程中却碰到种种阻挠，并把对他们爱情的诽谤诋毁作为对抗改革的一种手段。所以，改革难而改革者的相爱更难；当然这个"难"不只是来自外部的阻力，也有自身的思想束缚。在小说的整个叙述结构中，由爱情引起的矛盾冲突总是围绕着工业体制改革的主要矛盾冲突展开的，它作为辅线服务于主线；也就是说，男女主人公的爱情命运取决于改革的命运，改革经历的艰难曲折往往与爱情经历的艰难曲折联系在一起，改革取得的胜利所激起的喜悦感和兴奋感往往同爱情的美满结局所引起的幸福感和甜蜜感交融在一起。这是"改革加恋爱"文学模式的重要特点。虽然这种恋爱方式或爱情结构在现实改革生活中并不典型，缺乏扎实的生活逻辑作为依据，但对改革与恋爱的结合在艺术处理上还是比较自然的，其蕴含的社会意义和审美意义还是有价值的。

面对着现实生活的激流，改革的大潮逐浪高，李国文以长篇小说体式表现改革题材的《花园街五号》，比起早期的《乔厂长上任记》等一批中短篇小说来，在运用"改革加恋爱"的文学模式上有了较大的突破。似乎它所描写的内容不仅是改革与恋爱，而是有了更深广的开掘，因之叙述结构也有了相应的变化。这部长篇的显著特点，是有着宏阔的生活背景，较长的时间跨度，众多的人物形象，错综的矛盾冲突，较充分地表现了中华民族情绪的历史和在特定环境里所形成的心理特征。具体来说，它在内容上摆脱了常见的改革题材的什么方案之争、路线之争的叙事模式，生动而真实地描写了身负改革重任的共产党员们在腐朽与新生相衔接、奋进与保守相搏击的历史转折时期的复杂的心灵世界，使整部作品成为历史与现实相映衬的生活画卷，成为悲怆与激越相交织的生活之歌，因之具有强烈的历史感和现实感。小说围绕选择接班人这个主要矛盾展开情节，现任市委书记韩潮置身于这一尖锐复杂矛盾的旋涡之中；改革的时代为韩潮重新认识自己提供了条件，使他有可能站在时代的高度俯视人生，按照新的标准来衡量人，最终他在选择接班人问题上找到了正确的答案。可以说，这是政治体制改革上的一个胜利，它曲折地反映了时代本质和历史趋势。而小说主人公刘钊则是选择接班人这一主要矛盾的焦点，改革与保守、开拓与求稳的相搏在他是否选为接班人的问题上面展开。选他为接班人不仅是政治改革、经济改革一大胜利，也是价值观念、道德伦理观念一大更新。作者始终把刘钊放在清与浊、善与恶、美与丑、改革与守旧的相撞击的尖锐斗争中来刻画，显示出他性格的复杂性：既有革命开拓者和生活进击者的气魄和胆识又有主观、傲气的不足，既有改革家敢于创新、勇往直前的精神又有在奋进中缺乏深思熟虑的缺点，既有深沉执着的爱的追求又有难以冲破的伦理道德的怯弱。不过，在他的双重组合的性格中，永远进击，不断开拓，强烈的事业心和高度的责任感是其主导方面。这决定着他不论在逆境或顺境，都能经受住考验，无限忠于党忠于人民，也忠于自己的爱情，永远以革命乐观主义精神迎接生活的挑战和改革的激流。小说不仅在主要矛盾冲突中展示他的性格史和情绪史，而且也在刘钊与莎莎的爱情关系这条副线上来揭示他的心灵历程。他与莎莎的爱情走过一条漫长而曲折的道路，同主要矛盾的展开、递进以及解决几乎是同步的，爱情冲突所构成的副线总是受制于或服从于主线，而主线总是左右着或主宰着他们的爱情命运。在这一点上，小说的叙事结构与《乔厂长上任记》颇有相似之处；不过刘钊与莎莎的爱情史比乔光朴与童贞的爱情史要艰难得多，曲折得多，复杂得多，也开放得多。莎莎是老市委书记吕况的爱女，性格开朗，大胆泼辣，敢爱敢恨，且有一颗温柔缠绵的心。在她情窦初开时就爱上了刘钊，当时刘钊政治上遭受挫折她也要同他生活在一起，形影不离，相依为命；但是刚毅善良的刘钊不能让莎莎和自己一起受难受罪，晓之以理、动之以情地劝说莎莎回到父亲身边，而刘钊却把对莎莎的钟爱埋在心底，一直没有把爱情转移给另外的女性，自己忍受着爱情的痛苦折磨。到了新的历史时期，当刘钊重新回到临江市卷入改革大潮时，莎莎已是新任市委书记韩潮的儿媳妇，同时又是一个有锐气有棱角的支持改革的报社记者；不过莎莎同韩潮的疯儿子的婚姻完全是一场大悲剧，她的心中仍然深深地爱着刘钊。但鉴于韩潮夫妇同她爸爸是老战友，并且对她恩重如山，况且韩潮的儿子又是极左路线的牺牲品；因这种复杂的人道主义感情的缠绕，使莎莎几次要提出离婚的决心都动摇了。在这种矛盾的心境下，她把深挚的爱恋化为从行动上支持刘钊改革、支持刘钊当接班人的动力。刘钊在哪里她就跟到哪里，不仅以舆论的力量为刘钊的奋进和改革扫除障碍，而且以爱情的力量来激励他为改革大业冲锋陷阵。刘钊深知在感情上、事业上离不开莎莎，但由于她与韩潮夫妇的深厚革命情谊和莎莎的现实处境，所以也不能大胆地向莎莎倾吐内心的感情。尽管如此，他们的心却牢固地贴在一起，他们自觉地把爱情同党的改革事业、同祖国的现代化紧紧地结合在一起。直到刘钊被选为接班人、韩潮的疯儿子死去，他俩的爱情才圆满解决。这种“改革加恋爱”的“大团圆”结局，在艺术处理上虽然并不高明，在一定程度上影响了总体构思的美学价值；但整个小说在题材上却有新的开拓，在思想上有新的掘进，在艺术表现上有新的角度和新的手法，为长篇小说表现改革题材提供了一些新经验。

《新星》是描写改革题材的有名的长篇小说，特别改编成电视剧后在全国产生了强烈的社会轰动效应。从小说的叙述结构来看，它尽管没有完全摆脱“改革加恋爱”的文学模式，不过至少尚有两点不同：一是恋爱关系的设置不是一对一，而是三角形；二是不论改革的结局或爱情的结局都不是“大团圆”，也不是双重悲剧，而是余波未尽。作者笔下这场惊心动魄的改革不是在大城市的工业线上展开的，而是在偏僻的县城农村，那里的官僚主义与守旧势力结合在一起构成了农村的经济、政治变革的巨大阻力，改革与反改革的主要矛盾集中在县委领导层的李向南与顾荣身上。且不论作者如何描写李向南在改革过程中以惊人的气魄和超人的胆识，冲破以顾荣为代表的官僚们所制造的重重阻力和各种关系网而推动改革沿着现代化的方向前进；这里着重研究一下围绕农村政治、经济改革这条主线所设置的爱情关系这条副线。当然它的作用不外乎上面所讲到是服务于主线并受主线所牵制，同时它也是李向南这个改革者生活的有机组成部分，它从爱情的角度透视了李向南性格的复杂性和人性的深度。以李向南为轴心所构成的恋爱关系是三角形的，其间的内蕴比较深邃也比较复杂。林虹与李向南早有一段旧情，后来她却与顾小莉的哥哥结了婚；顾小莉的叔叔是李向南在改革中的对手顾荣，她爸爸是顾荣与李向南的顶头上司。现在出现在李向南面前的林虹，同顾小莉的哥哥离婚后便在农村当一名普通的教师，虽然她从内心还爱着李向南，对她的改革积为关心和忧虑；但是她那段个人生活上的痛苦经历已使她的心田留下了深深的伤痕，对于人生对于爱情似乎她从消极方面接受了不少教训，再也没有少女那种火热的激情和美好的憧憬，她变得那么深沉又是那么严峻。李向南曾找她谈过心，她向李向南也谈过自己对农村现实和人生的一些看法，似乎他们的心还是相通的，交谈也能引起共鸣；不过李向南对她的一些把生活看得太透而近乎消极的见解是有所批评的。在她们的情爱关系中,李向南比较主动,总想把过去的爱情之火重新点燃;而林虹在对爱情上却显得过分谨慎。顾小莉的性格与林虹形成鲜明对照,她对李向南的爱是那么热烈又是那么大胆,好像一团火向她所爱的人扑去,李向南到哪里她骑着自行车追到哪里。她支持李向南的改革与她对他的爱是联系在一起的;而李向南对她并没有拒绝,虽然他从内心爱着林虹,却对顾小莉也有好感,曾多次接受她的爱的挑逗。这不仅因为顾小莉是个热情泼辣、有见识、富有正义感的值得爱的少女,也因为她是顶头上司的女儿,对她的态度如何关系到他的改革命运问题。所以李向南对顾小莉的好感并不完全出于爱也有功利的考虑。林虹与顾小莉本来是姑嫂关系,如今却同时爱着李向南,这在她们的关系上又涂上一层情敌的色彩,似乎林虹并不在意,而顾小莉的妒意却是显而易见的。这种三角恋爱关系并没有尖锐到"你死我活"的程度,也没有发展到三者必舍其一的非解决不可的地步;他们三者之间的既对立又统一的情感冲突如同改革中出现的矛盾一样,解决起来并不那么容易。如果说在处理改革大业的一些矛盾时,表现出李向南的果断、坚毅和有点主观武断;那么在处理感情上的纠葛时,他并不那么大刀阔斧,干净利落,倒有点"斩不断,理还乱"的味道。

《新星》的叙述结构所穿插安排的三角恋爱关系,总是环绕着农村政治、经济体制变革这个轴心来旋转,两个性格迥异的女性似乎都是为了改革家李向南而有意设置的;然而《故土》的叙述结构所安排的三角恋爱关系,却并不完全围绕着城市医院的改革问题而展开,它是联系着改革与爱国两大主题所构成的思想线索,而且展开的恋爱三角关系最终有个明确的结局,又悲又喜。在这方面,对"改革加恋爱"的模式大大突破了。《故土》既是谱写改革诗章又是抒写爱国颂辞,这两大主题辩证地统一在一起:作者旨在改革的时代热潮中充实爱国主义的具体内容,说明只有在爱国主义思想的沃土上开出的改革之花才会茁壮而鲜艳。如果缺乏深厚的爱国情感,不可能全心全意为祖国实现四个现代化所进行的改革大业而献身;如果缺乏改革的宏愿和魄力,也不可能为建设具有中国特色社会主义强国而奋进。小说的男主人公白天明不只有致力于改革事业的雄心壮志又有执着深沉的爱国热情,虽然这个人物形象的塑造没有取得突破性的进展,缺乏八十年代一个改革者与爱国者集于一身的应有的气魄和胆识,但他的性格内涵还是比较丰富的。他是在青年时代被政治风浪卷到了贵州山区,但他并没有在痛苦的折磨中消沉下去,而是以对祖国对医学的赤心与忠诚作为精神支柱,默默地在远离大城市的山村医院贡献自己的全部青春和医学知识;当他重返故土北京之后在医院中不自觉地卷入了真诚与虚伪、光明与阴暗、正义与奸诈的搏斗。虽然开始他在是与非的矛盾旋涡里显得有点胆怯和木讷,但是随着同阴险、虚伪、狡诈的安适之等人的斗争的深入,他在政治上更加成熟了;在思考医院改革方案的过程中愈加明确了自己的位置和医生的神圣职责,尽管由于安适之所制造的生活暗流的抵制,取消了他的副院长候选人的资格,然而这点曲折愈加激起他对祖国、对事业的深沉而执着的热爱和投身祖国现代化建设的革命热情,显得他的性格愈加坚定和刚毅。小说环绕着改革与爱国这两条并行不悖的思想线索和医院改革过程中出现的正义与邪恶相搏的主要矛盾,安排了以白天明为核心的多角恋爱关系,即叶倩如、袁静雅和吴珍都与白天明有着爱情纠葛。虽然这种多角恋爱关系的设置有落传统爱情小说旧套之嫌,也没有摆脱"改革加恋爱"的叙事模式;但由于作者的精心构思却没有显露出编织的痕迹,比较合乎生活发展逻辑。三个性格迥异的女性,她们是在选择人生道路的过程中认识了自己,在认识客观世界的同时认识了自己的人生价值。从她们与白天明相爱所展开的冲突中,既强化了改革主题也深化了爱国主题,并使自身和白天明的思想性格或心灵世界从爱情的角度得到进一步透视。叶倩如与白天明的爱情纠葛主要联系着改革主题这条线,当然也暗含着爱国主题。叶倩如是个八十年代的新女性,也是个事业型的女性,从她身上很难发现传统东方女性的一些痕迹,她以炽烈的感情和无所羁绊的姿态追求真实的爱情和真实的人性。虽然白天明的年龄比她大十多岁,道德观念、美学情趣、人生经历与她也有着较大差异,然而这一切并没有构成她钟爱白天明的障碍。如同她忠于社会主义音乐事业一样,一旦用她自己的眼睛发现了心爱的人,便坚定不移、毫不犹豫地以进攻的姿态去追求他。白天明是在一次偶然的机会被她发现,他那治病救人的美德和助人为乐的情操深深地打动了她,所以她从心底爱上了他,爱得那纯真、火热而执着,成了白天明身边"赶不走的客人",即使白天明是块铁也能被她熔化了。不过她也有痛苦,当她发现白天明心里还恋着袁静雅的时候,她感情上的起伏是可想而知的;但是她坦诚直率,以自己独特爱恋方式与袁静雅摊牌。她得知袁对白还分不清友情或是爱情时,便爽快地对袁说:"我可不像你们那时代的人,甘心情愿地牺牲自己应该得到的幸福。但是,我要公正,我把第一次机会让给您。假如您爱他,您就应该对他去说,一星期,或者一个月,你们相爱了,我退出,自个儿找个旮旯哭去。过了这个时间,大姐,我可就要进攻了,我就要为我的幸福搏斗了。那时候,我谁都不让,不让!”这种爱情上的竞争似乎有些生硬,虽然也尊重别人的感情,但总有过分为己之嫌。不过,当白天明宣布要与从海外归来的、身患绝症的从前的爱人结婚时,叶倩如却表示理解,越发敬佩白天明的品格。她不仅把自己准备结婚的物品奉献出来,而且忍受巨大的痛苦为白天明与吴珍结婚当“伴娘”,这表明她的爱情追求并不是自私的。但是她内心对白天明的爱还是执着而牢固的,当吴珍病故后白天明接受援藏任务而乘车奔驰在西北高原上时,叶倩如也同车而行。这说明她追求自己的爱情已同选择更宽广的生活道路统一起来,跨入人生的一个新高度。如果说叶倩如炽烈奔放的爱强化了白天明为祖国四化建设作贡献的事业心和爱国情,那么袁静雅深沉温雅的爱深化了白天明为医学事业的改革而尽力的责任感和坚定信念。袁静雅与叶倩如不同,她在那个特殊的年代曾一度受到灵魂丑恶的安适之的感情欺骗,心灵留下很深的创伤。虽然她对白天明一直抱有好感,爱情的种子在潜滋暗长,并在改革潮流中与白天明并肩奋斗;但是她在感情天地上似乎失去了自主自立意识和果断坚毅性,在痛苦中思索,在矛盾中犹疑,对白天明的屡屡求爱迟迟不敢作出明确回答,终于失去了幸福爱情的呼唤,她望着火车启动的巨影留在她心里的也许是终生的遗憾。吴珍同白天明的爱情关系漫长而曲折,是那个不正常的历史时代使他们青少年时期的爱情梦幻破灭在异国他乡,又是改革开放的大好时代使他们的爱情之梦化为光辉的现实。吴珍虽然远离祖国,独居大洋彼岸,但她始终怀念着养育她的故土,始终没有忘记她与白天明的爱情,即使她患了绝症也要扑向祖国的怀抱,同心爱的人完婚,含着甜蜜的微笑在爱人的臂弯里辞世;并把身躯葬在祖国的土地上。这是一位情爱意识美与爱国精神美集于一身的女性,虽然她身上带有浓厚的理想主义色彩,但是她的人格美和爱国心还是极其感人的。白天明在爱情命运的三岔口突然宣布与吴珍结婚,他的心灵在吴珍的炽烈的爱国之情、思乡之情、爱恋之情的感染下也得到了升华,显示出当代中年知识分子的精神境界和道德风貌。可见,吴珍与白天明的爱情关系强化小说的爱国主题。总之,《故土》的矛盾冲突的安排或人物关系的处理以及主题的开掘,已突破了“改革加恋爱”的文学模式,也有别于《新星》的“三角恋爱关系”,表现出苏叔阳对叙事文学在艺术上的新追求和新开拓。

在表现改革题材的叙事作品中,张健行的中篇小说《折射的信息》曾获过奖,虽然它也没有完全脱尽“改革加恋爱”的文学模式,但是它在题材的开拓、主题的表现、人物的塑造和结构的安排以及表现技巧等方面却有独到之处。它写的是一个工厂的改革,却没有直线地单纯地囿于改革题材自身,而是放开那支细腻深刻的现实主义笔触,透过一个工厂改革中关于人才问题的描写,如同借用一架分析光谱的三棱镜,把一些人物灵魂深处的或美或丑的东西折射成七颜六色的光环,使人们读后深受启发和震撼。作者集中描写了八十年代改革时代的三对青年男女,表现他们都有一颗为祖国四化建设作贡献的赤子之心,都希望在改革中大显身手;但由于其中的余克佳被选为厂长以后逐渐滋长了忌才妒能的阴暗心理,在电子计算机眼看就要腾飞的关键时刻,嫉恨像一个幽灵一样,诱惑他排挤了对转产起决定作用的季宗平,这不仅使改革事业面临着严重危机,也使他们之间的友谊和爱情关系受到严峻考验。小说围绕着改革过程中“发现人才后,怎样培养、爱护、发展人才”这个核心问题展开了主要矛盾冲突,它的深刻之处在于没有把矛盾的展开只停留在他们之间,而是深入到当代的改革者余克佳的灵魂深处,即在他的思想世界展开一场鞭挞妒忌和拯救灵魂的冲突;而这一主要矛盾的解决不仅关系到改革大业的成败和中华民族的工业能否腾飞,也关系到他们之间的爱情和友谊能否得到巩固和发展。正是从这一主要矛盾所蕴含的主题思想的不同凡响的意义出发,作者精心地设置了三对男女的爱情关系,在功能上服务于主要矛盾的展开和解决,但他们并不是什么“三角关系”,都是一对一的爱情冲突,无不联系着“发现人才、爱护人才”这个主要矛盾的焦点。其实这三对知识青年都是改革事业的有用人才,他们自身都存在着一个被发现被爱护与发现他人爱护他人的问题,而妨碍这个问题很好解决的最大心理障碍就是以利己主义为轴心的嫉妒。因此小说巧妙地把鞭挞嫉妒和拯救灵魂的斗争变成一架三棱镜,让三对青年男女的性格品质和爱情意识透过它折射出来。季宗平与何玮的爱情关系是随着与嫉才妒能的恶习展开斗争的主要冲突而发展深化的。何玮是位难得的改革人才,她既有组织管理才能又善于慧眼识英雄,余克佳是她鼓励并支持当厂长的,季宗平这个超群之才是她发现的并建议重用的。当季宗平被无端解聘她痛苦极了,不仅当面尖锐地批评了厂长的嫉贤妒能的阴暗心理,而且积极想办法爱护季宗平这个人才,与此同时她将自己最珍贵的爱情奉献给季宗平。这不是“美人爱才子”,而是“才女爱才男,改革者爱改革者”。季宗平的确值得她爱的。虽然他的外貌不出众,但才华横溢,自学成才虽然道路坎坷,生活贫寒,屡遭挫折,但他有骨气有志气,奋发拼搏,决心在厄运中创造奇迹;虽然心上人何玮劝他出国施展才能,但他“位卑未敢忘国忧”,决心留下来为振兴中华而贡献自己的聪明才智。季宗平的姐姐季宗英是个才女,她为了使弟弟成才甘为人梯;虽然她与记者杨培青的爱情曾有过曲折,但在爱护人才、保护人才、与嫉才妒能的恶习进行斗争这个原则问题上,却有一致性,特别杨培青为宗平的无故解聘写了报导而伸张正义的举动感动了她,使他们面临破裂的爱情关系有了新的转机。余克佳与端木秀玲的爱情关系所经历的考验似乎比前两对爱情关系更严峻更尖锐一些。余克佳也是一位有理想有抱负有追求的知识青年。当了工人后,不仅是技术革新的能手,还敢以大丈夫的气概,毛遂自荐地竞选厂长。当了厂长以后,他曾三顾茅庐请季宗平到电子计算厂掌握技术大权,这不能说他不重视人才。他的错误在于改革初见成效便飘飘然起来,由爱出风头发展到嫉贤妒能。爱他爱得炽烈而深沉的端木秀玲是个热衷于改革、爱护人才、富有正义感的知识女性,因而围绕着季宗平的辞聘与留用问题,使这对恋人之间的冲突达到了顶点,爱情在这场爱护人才与压抑人才的斗争中经受着冲击。余克佳误认为端木秀玲与何玮、季宗平串通一气,联合报社记者和市委书记向他施加压力,于是他暴跳如雷与秀玲闹翻;然而秀玲却以极大的忍耐力,用平和、中肯、严肃的态度做说服和挽回工作,表现出令人敬佩的宽容、公正和坚毅,加上她的灵活斡旋、上下疏通,既从悬崖上挽救了余克佳又保护了季宗平这个出类拔萃的人才,还使何玮取消了出国打算,使这场冲突以喜剧告终:在爱情上,三对相恋的青年人终成眷属;在改革征途上由原来的三驾马车变为同心协力的六驾马车;在叙述结构中,这种“大团圆”的结尾经作者巧妙的设计,却有了新的艺术特色和审美情趣。如最后一章,成功地运用了情节多变的手法,使人们弄不清是正剧、悲剧还是喜剧、闹剧;更为奇妙的是结尾安排了一桌酒席,聚会了三对青年男女和一位老人,经过余克佳的“负荆请罪”和杨记者的忏悔赎罪,三杯酒落肚后,那种剑拔弩张的气氛和悲愤忧怒的情绪尽在刹那间消失,仿佛雨过天晴、太阳高照,显示出他们的青春将在改革与爱情上焕发出无限的生命活力,他们各自的美好性格好像也在短时间得到集中而强烈的表现。

如果说以上所分析的改革题材小说的文学模式都是以“大团圆”作为结局,那么还有相当多的描写改革与爱情对立的叙事作品,其结局是以主人公即改革者的爱情悲剧或大不幸告结,如《沉重的翅膀》里的郑子云和《男人的风格》里的陈抱帖的爱情就是这样。似乎这种悲剧结局,对读者心灵的震撼更沉重一些,给人们的启示更深刻一些。

人物漫评:传统的理想内核与崭新的精神风貌

以改革与爱情作为艺术构思基本线索的叙事文学,它们着重从由改革引起的主要矛盾冲突并与之紧密相关联的爱情冲突中来塑造人物形象,展示其性格特征及灵魂世界,这在对以上具有代表性的作品进行审视与剖析中已触及到了。尚须进一步研究的是,这些作品的文学结构里组成了什么样的人物形象系列及它们之间的关系与各自的带有共同性的思想性格特征。我们认为,主要组成两大人物系统:一是以男性为主体的改革者的形象系列,如乔光朴、刘钊、李向南、白天明、余克佳、季宗平等;一是以女性为主体的支持或辅佐改革者的形象系列,如童贞、莎莎、顾小莉、袁静雅、何玮、端木秀玲等。他们之间的关系,在改革上是领导与被领导或者是主与副的关系,如同红花绿叶是陪衬与被陪衬的关系或是互相映衬的关系;在爱情上是平等的恋人关系,他们的相爱既是以感情为基础又是以改革大业为纽带。这种人物关系及其组合方式与三十年代革命文学中出现的"革命加恋爱"的模式颇有某些相似之处,但是它并没有形成凝固不变的公式化倾向,而是不断地变革出新,不仅组合方式在变,男女形象之间的关系及其功能也在变。

男性形象系列的共同性格特征是显而易见的。一般都具有强烈的改革意识和高度的社会责任感,思想解放,敢作敢为,既有变革的雄心也有变革的智慧,当领导则是铁腕干部,从事日常工作便是改革的闯将,不畏艰险,百折不挠,不怕跌跤不怕丢官,一心扑在社会主义改革大业上;但他们也是一个有血有肉、有苦有乐、有忧有喜的活生生的人,有缺点有错误,并非完美无缺;甚至对爱情有强烈的欲求,他们大多是光棍汉,独来独往,迫切需要一个志趣相投、情意相合的伴侣,所以他们处在恋爱过程中,饱尝着爱情的苦和甜,使这些当代的改革者的英雄气魄里增加了不少的人情味。

相比之下,女性形象系列比男性形象系列显得更有光彩,更富有审美魔力。虽然在改革事业中她们常常扮演着配角,很少跳到前台唱主角,但就其她们的理想、信念、智慧、胆识、毅力来看,并不亚于男性。至于为什么不把这些现代女强人推到改革的第一线,究竟是个社会偏见问题还是作家的审美倾向问题,非本文讨论的范围。不过,这些女改革者既富有内在美,又具有外在美,在事业上是那么认真负责,忠心耿耿,为改革献计献策;在爱情上是那么温柔多情,宽容体贴，落落大方，很少有依附性，自立自强，颇有个性，闪烁着现代女性的光彩。其中刻画得比较成功的是何玮这个女性形象，她是《折射的信息》中着力塑造的三个奇女子中最为传神最为动人的典型，也是描写改革题材作品里少见的知识女性形象，因此她在中国新文学和爱情文学的人物画卷中是应该有地位的。

作者着重通过尖锐复杂的情节冲突和多变的心理刻画技法，以火热的激情和赞美的笔调来塑造何玮这位"冷美人"。从总体上看，"何玮是个高傲的公主！她那冰冷的脸色，犹如高山冰峰上一棵冷艳的雪莲，让人感到可望而不可即。她的美是无与伦比的，她的才华也是超群的。"她具有高洁纯净的心灵美，骨子里蕴藏着大智大勇、强烈的爱国热情、丰富的性爱感情、刚强的意志和是非分明的正义感。可以说，外美与内美在她身上极为和谐地融为一体，难怪作者以侧写来赞美她："何玮，啊，这个漂亮得使多少小伙子神魂颠倒的高傲公主，有多少回她用热辣辣的眼光逼视他，使他惶惶地避开她的目光，低下头去。"然而这位"冷美人"的内心却揣着一团情火，她并非不渴望爱情，只是还没有理想的意中人。小说是按照叙述结构的顺序和情节冲突的展开来揭示何玮的性格和灵魂的。这位高傲的公主原来是一位马来西亚著名华侨的掌上明珠，少年时代深受方志敏的《可爱的中国》的影响，毅然回归祖国的怀抱；回国不久便赶上十年动乱，她在穷山沟"接受贫下中农再教育"的艰苦环境中使其本来倔强的性格锻炼得更刚毅，不管道路怎样坎坷崎岖，她始终不改变为祖国效力的初衷；回城后她在工厂里只是当个资料员，但她胸怀改革大志，放眼世界观察电子工业形势，并胸有成竹地论定改变工厂落后面貌的方略大计。她不仅鼓动余克佳竞选厂长，且为他献出锦囊妙计，促使工厂更名转产，张榜纳贤干一番改革大业，显示出她有当年诸葛亮的智慧风范，确实是一位不是厂长的厂长、不居权位的权威。特别她以锦心慧眼发现了自学成才的季宗平，她兴奋得手舞足蹈，笑得那样迷人又那样令人销魂；她代宗平写的简历表和推荐书如同一篇优美的抒情散文，既表现了她高超的文学才华又流露出她求贤若渴、爱才如命的心情。虽然有时她对一些无理取闹的青年工人俨然一位铁腕人物，然而在她爱恋的季宗平面前却表现得那么幽然多情。为了满足一种征服男子的欲望，她对从心眼里爱她又不敢正面看她的季宗平，设下一个小小的圈套，诡称厂长召见而把宗平请到办公室以饭菜款待之，面对面地目不转睛地盯着季宗平，使季宗平再也躲不开了，显出羞涩困窘的情态，她的心里却暗暗高兴。这充分刻画出她大胆泼辣、爱就爱到手的执着热烈的性格，这哪里像个"冷美人"，简直是一团火。最能显示她性格力量和灵魂光彩的，是在同余克佳妒才嫉能的斗争中。她作为厂部秘书，对余克佳和季宗平两个男子汉，都十分赏识并鼓舞他们登上改革舞台。所以当她看到一个改革者因嫉妒心作怪而把另一个改革者赶下台时，她的心情是极为沉重和痛苦的。这不仅因为被辞退者是自己的恋人，也想到宗平被辞退将给她母亲、姐姐带来极大痛苦，这与自己这个监护者有推卸不了的责任，而且更因为嫉妒扼杀了宗平这个人才也毒害了克佳这个人才，使他们的改革事业陷入崩溃困境，所以她心焦如焚，矛盾重重。她敏锐地察觉出她所敬重的改革者余克佳沾染上嫉才妒能的病毒，这是改革者的悲哀也是自己的悲哀。她深深晓得，如果把余克佳潜意识中的病毒解开，就意味着她与他、他与宗平的友情在顷刻间就要破裂；但是为了挽救人才、保护人才，为了社会主义改革事业，她终于当面尖锐地揭开了余克佳心灵上隐藏的疮疤。作者就是这样的透过这架三棱镜把何玮的美好灵魂折射出来，光彩照人，美妙动人。宗平被辞后，已染重病，她的"爱情，是一杯多么醇厚的美酒呀！他发病期间，何玮来过四次。给他揉太阳穴，往他嘴里挤雪柑汁，情不自禁地吻了他。在她的怀抱里，他被一种强大的幸福窒息了。"在作者的多彩的笔下，何玮既是一个具有雄才大略的女改革家，又是一个温情脉脉的爱人。这样的典型有着较高的教育意义和美学意义。通过何玮形象的剖析，可见女性形象系列在"改革加恋爱"的文学模式里，具有独特的地位和价值。

（写于1988年，收入1991年天津教育出版社出版的《爱河溯舟》）

强化主体　走向现代

——独立自强型情爱文学的文化阐释

恩格斯曾说过："没有哪一次巨大的历史灾难不是以历史的进步为补偿的。"①经过十年浩劫的历史性灾难之后，在欣欣向荣地发展着的新文学中，爱情找到了它应有的位置，在许多描写爱情题材的优秀作品中，对一种理想爱情道德进行了严肃的探索，为现代男女的独立人格、正当权利以及他们的"自爱、自尊、自强"的真正解放发出了深情的呼唤。为了研究的需要，我们姑且把这类作品名之为"独立自强"型的情爱文学。

关于理想的爱情道德问题，我们可以从马克思写给燕妮的信中受到深刻的理性启示："爱情，不是对费尔巴哈的'人'的爱，不是对摩莱肖特的'物质交换'的爱，不是对无产阶级的爱，而是对亲爱的即对你的爱，使一个人成为真正意义上的人。"马克思不仅否定了费尔巴哈把爱情等同于"原始冲动"、"自然本能"的庸俗唯物主义观点和摩莱肖特的金钱买卖的婚姻爱情观，而且也没有把爱情简单化地归结为纯属阶级的感情。在马克思看来，爱情的对象只是"这一个"，用恩格斯的话来说，"性爱按其本性来说是排他的"，也就是说爱情是最个人的最独立的也是最高尚的。因此，要求相爱的双方必须具有自爱、自尊、自强的独立意识和崇高人格，既不能丧失独立人格依附于或从属于他人，也不能见异思迁，爱不专一。而这种在处理爱情关系上的自尊自强的独立意识是从本质上区别于封建婚姻道德的"从一而终"、"嫁鸡随鸡，嫁狗随狗"的贞操观念或依附思想。这是因为马克思、恩格斯所倡导的以"互爱为前提"的爱情婚姻，完全建立在男女之间的实际上的独立平等的地位之上。在"奉献型"情爱文学一章中，我们对刘巧珍对高加林的奉献精神作了肯定，并把它视为一种传统美德加以称颂，这无疑是应该的；但是，如果我们站在马克思主义的理想爱情道德观的高

① 恩格斯：《致弗·丹尼尔逊》。

度，重新审视巧珍对爱情的奉献精神，那会发现其中杂有旧的伦理道德观，总觉得在她的精神世界里缺少一点自爱、自尊、自强的独立意识，或者说这种现代意识在她与高加林的爱情关系中尚未得到充分表现。正因为这样，她对自己的价值缺乏一种全面的正确的认识，她站在高加林这个文化人面前老是有一种深刻的自卑感，并把自己同高加林在文化上的差距视为不可逾越的鸿沟，致使她在爱情上缺乏一种自强自立的精神，始终把自己放在依附的地位上，似乎她在乞求爱情而不是在平等的独立地位上去争得爱情。假如《人生》对她与高加林的爱情的处理不是悲剧性的，而让他们结了婚，按照巧珍情感意识发展下去，她肯定是一位标准式的“贤妻良母”，把自己的全部价值异化到丈夫身上，即使为丈夫含辛茹苦、终日操劳也乐在其中，这说明她最终没有从根本上突破“依附观念”的羁绊，成为“真正意义上的人”。当然这样说，并不意味着对巧珍奉献精神的贬低，也不是说爱情不需要奉献精神，而是说只有建立在完全独立平等基础上的爱情奉献精神，才可以升华到共产主义的理想爱情道德境界。历史的发展是一个过程，而且在发展过程中常常出现不平衡。中国的爱情文明只有发展到社会主义新的历史时期才达到一个新的水平，也只有在社会主义历史条件下马克思主义的理想爱情道德才有实现的可能性。因此新时期出现了相当多地描写新的理想爱情道德的文学作品，不仅对作家们这种以现代爱情意识勇于探索社会主义爱情道德的精神应该肯定，而且对这种作品所取得的成就、显示的审美特色也应予以重视。

历史追溯：苦难年代的
痛苦岁月的坚贞

在爱情婚姻关系中，男女双方特别是女方积极争取独立平等的地位，要求由他人来体现自己的价值而不希望由他人来实现自己的价值的自我意识觉醒；对此真正以文学形式加以审美表现，应该从“五四”文学开始，随后在新民主主义时期和建国后十七年的文学作品中都有不同程度的反映。但是，要想永远在爱情婚姻生活中保持自立自强的清醒意识和独立平等的地位，就要同封建传统观念实行彻底决裂，就要防止资产阶级金钱至上主义等腐朽思想的侵蚀，就要清除“左”倾思潮的毒害，就要从小生产者的愚昧中解放出来。虽然在争取爱情自由、婚姻自主的道路上不少男女遇到巨大的阻力，精神上受到严重的创伤，但他们并没有向旧思想、旧传统、旧习惯屈服，丧失独立意识和自我价值，总是以独立自主、自尊自强精神来处理和对待爱情婚姻问题；特别在解放后的几次大的极左思潮（尤其是十年动乱）的冲击下，不少的爱情婚姻被摧毁，不少男女的心灵烙下深深的伤痕，然而他们却保持着独立自强的人格，严肃地面对现实，深沉地思考人生，或者重新安排自己的爱情生活，或者摆脱爱情婚姻小圈子的局限，以自立自强的精神更积极地去开拓生活，由为爱情献身升华到为社会主义现代化而拼搏。新时期不少的描写爱情的文学作品体现出这样的思想特色。韦君宜的小说《洗礼》所描写的王辉凡与刘丽文的爱情婚姻生活的悲欢离合，出色地刻画了刘丽文这位具有独立自强意识的女性。她性格坚毅，心地高洁，思想解放，善于独立思考，敢于冲破旧传统的束缚，勇于抵制错误潮流，既不迷恋金钱也不依附权势，虽然心身受到创伤，但她对真理对爱情对幸福进行了不倦地追求。王辉凡"文革"前是省级领导，掌握着重要权力，但由于他长期受"左"倾思想影响，他的思想日益僵化，甚至认为"凡是上级的意见都是真理，级别越高真理越高"；思想的僵化必然带来感情的枯萎，致使他逐渐失去新鲜活力的思想感情与刘丽文热情而有朝气的思想性格发生了撞击，使他们的爱情婚姻面临着危机，终于导致了感情的破裂。刘丽文在与当时的省计委主任王辉凡离婚后，并不迷恋什么地位、权势和金钱，也不管来自周围的打击诽谤；对王辉凡的恳求、谴责乃至粗暴的殴打，她不一屑一顾，独立自主地心甘情愿地同一名普通记者祁原缔结了"痛苦与甜蜜"交织在一起的幸福婚姻。但是，当刘丽文经历了失去爱人祁原的深沉痛苦之后，她对于在"文革"中被打倒并遭到非人折磨的王辉凡，非但没有乘人之危，落井下石，反而向他伸出热情的手，在政治上维护他，在思想上开导他，在生活上关怀他。终于使他在严酷的现实面前通过痛苦的反思，认识到自己的缺点和错误，从苦恼迷惘中走出来，开始了新的觉醒；并在新的思想情感基础上，他们的爱情关系得到破镜重圆。刘丽文就是这样一个具有独立个性、热爱真理、追求互尊互爱情投意合爱情的女性。虽然作者对她在婚姻爱情上的深层感情活动刻画得比较简略，没有把祁原死后她的痛苦、思念以及因王辉凡的重新闯入生活而产生的矛盾复杂的心理状态充分地揭示出来，但是小说能够对刘丽文的自尊、自强的独立意识和不畏压力坚持真理的精神加以弘扬，这是十分可取的，表现出一个女性老作家在文学创作上不断追求和勇于探索的精神。王蒙的《蝴蝶》刻画了两位心灵受到创伤的具有自尊自强的独立个性意识的女性，她们所寻求的是真正的爱情和在爱情关系中的自我价值，既不艳羡"市委书记夫人"的地位也不迷恋"部长夫人"的宝座。海云十六岁时就同张思远结了婚,她当时对他不无爱慕之心,然而这主要来自政治上的崇拜并非懂得什么是真正的爱情,所以结婚后她曾带有幻想性地认为"爱情和革命都在洒满阳光的大道上迅跑",直到生第一个孩子因未得到及时治疗而死,她才朦胧地意识到自己是否真正体验到爱情的温暖和幸福,自己是否具有独立存在的价值?后来她上了大学,自尊自强自立的意识得到进一步增强,现代爱情意识也得到进一步提高,于是她结识了一位情投意合的同学,不过她的爱情理想不可能在正常的情况下实现。1957年"反右"斗争,海云被错划成右派,这时作为市委书记的丈夫张思远竟连他的妻子海云的真正面目也认不清了,反而大为恼怒地诬她"堕落了,确实是堕落了"。小说这样写道:"他背着手,踱来踱去,立场坚定,铁面无私。'只有低头认罪,重做新人,革面洗心,脱胎换骨!'他的每个字都使海云瑟缩,就像一根一根的针扎在她身上,然后她抬起头,张思远打了个冷战,他看到她冰一样的目光。"这给海云心上造成多么深的创伤,她的心在流血啊!如果是个不了解她的人还有情可原,她万万没有想到她曾崇拜过的丈夫,这样的不信任她,不了解她,不仅彻底否定了她的政治价值,连做人的资格和权利也被剥夺了。作为一个具有自尊自强意识的知识女性怎能忍受自己丈夫这样的误解和打击,所以她坚决提出离婚,并不迷恋这位"市委书记"。离婚对她来说,不是苦恼也不是悲剧,而是在精神上、情感上获得一次真正的解放。后来她被放到下面劳动改造,同那位她爱过的大学同学结了婚。虽然他们在政治上背着沉重的十字架,物质生活也极为艰苦,但她却获得了真正的爱情,从所爱的人身上看到了自己的独立价值。"文革"期间,海云因为自己的"右派"问题和受到"走资派"张思远问题的株连,在残酷的非人摧残和折磨下而自杀。秋文是一位比海云更富有独立意识的知识女性,她的心灵也布满了伤痕;但她意志坚强,对生活充满了希望。"她分明是一株异地移植的树,既善于适应水土,又保留着自己的与这里的植物群全然不同的个性。她的随和后面是清高,饶舌后面是沉思,嬉笑乐天(带点傻气)后面是对十字架的背负。但那些又不仅仅是保护色,清高后面确有一种由衷的利他主义,沉思后面确有拿得起放得下的丈夫气,而背负着十字架的她仍然感受到生活的乐趣。"就是这样一个上海医科大学毕业的女医生,在"反右"时与丈夫离了婚,独立带着孩子在山村生活。"文革"中张思远放下了往日的官架子,来到山村同人民群众生活在一起,病中他得到秋文医生的无微不至的护理和关照,于是他真心实意地爱上了秋文;后来他复职当上部长后仍然思念秋文,并想接秋文进北京做部长夫人。但是,具有现代个性意识的秋文却不愿依附于男人生活,她声调严厉地对张思远说:"为什么我要去作你的参谋、顾问呢?为什么我要放弃我的工作,我的岗位,我的生活,我的邻居和乡亲,去跟着作部长夫人呢?""我已经野惯了。部长夫人的生活会使我窒息。在那样的环境里,我找不到自己的位置。""我就做个乡村医生吧,给山里人解除一点痛苦。"可见,秋文所追求的爱情是同她的事业、理想、信念紧紧联系在一起。她热爱自己的本职工作,她热爱山区人民,她真正找到了实现自我价值的岗位,也非常理智地选准了自己的位置。因此她的价值观和爱情观是纯洁而高尚的,她既不想做别人的附庸和陪衬,也不想享乐豪华做"部长夫人";她要做一个自尊、自爱、自强的具有独立人格的现代女性和人民爱戴的医生。她也需要并渴望爱情,但不是这种失去自我价值、靠别人可怜恩赐的爱情,而是建立在互爱基础之上的"你中有我;我中有你"的平等相待的爱情。

张洁是新时期文坛上热衷于以文学形式探索妇女解放道路和现代情爱道德的杰出作家。她的著名小说《爱,是不能忘记》我们已分析过,不过作者曾说"这不是爱情小说,而是一篇探索社会学问题的小说,是我学习了马克思、恩格斯的《共产主义原理》、《家庭、私有制和国家的起源》之后,试图用文学形式写的读书笔记"。这对于研读她的爱情描写是个极为有益的理性启发。她在文学作品中表现的婚姻与爱情离异的现象,虽然是社会上较普遍存在的问题,但是要正确地回答并解释这种现象,以普通的道德观念是不行的,则必须用理想的爱情道德意识。正似在小说中作者所抒写的慨叹那样:"我已经不能从普通的道德观念去谴责他们应该或是不应该相爱。我要谴责的却是:为什么他们不能互相等待着那个呼唤着自己的灵魂?如果我们都能够互相等待,而不是糊里糊涂地结婚,我们会免去多少这样的悲剧哟!"张洁在这里提出一个"历史的必然要求和事实上这种要求不可能实现的矛盾"问题,反映了社会生活本身的矛盾:旧道德观念是不合理的,注定要废止的,但是它赖以存在的社会条件并非一朝一夕能完全改变,从这个特定意义上说它的暂时存在还有一定的合理性;新的道德观念要求解除那些没有感情的婚姻,虽然这个要求是合理的,但是文明化程度并不高的社会结构却要求家庭保存相对的稳定。所以要解决爱情与婚姻的悖离问题,首先要加速社会主义物质文明和精神文明的建设,用马克思主义的爱情婚姻观来教育人民;其次每个相爱者必须具有独立的个性意识和现代的情爱观,积极创造条件去实现那种以互爱为前提的婚姻,真正在爱情中体现出自我意识和个人价值。但是谈何容易，有多少人能做到“互相等待”着呼唤“自己的灵魂”？往往悲剧多于喜剧，往往不由自主地放弃自我选择，而在无计奈何或糊里糊涂的结婚中丧失了独立意识。《方舟》刻画了荆华、柳泉、梁倩三个知识女性，虽然她们各有不同的生活经历和个性气质，但她们的爱情婚姻生活都是不幸的，其个性要求和独立意识都受到不同程度的摧残和压抑，纯真美好的心灵无不留下深深的创伤。荆华是学政治的大学生，善于思考，有独立见解，但“文革”这场不可抗拒的灾难，剥夺了她独立自主选择对象的权利。为了养活父亲和弟弟，她不得不嫁给一个伐木工人。这是一种无爱的婚姻，丈夫把她当成泄欲的工具和生孩子的机器，并没有把她当“人”看待，不是打就是骂，无情地摧残和折磨她。但是她没有屈服于丈夫的淫威，甘心做一个奴仆或工具，她要自立自强地争取过“人”的生活；粉碎“四人帮”后，她离了婚，重新回到北京，走上独立生活的道路。虽然她在事业上和爱情上遭到沉重打击，社会上一些带有传统偏见的人经常污辱她或投以蔑视的眼光，她的心灵蒙受着极大的辱没；然而她是个事业型的女性，具有坚韧不屈、忍辱负重、自强不息的毅力，所以她并未厌倦生活，仍在苦苦追求，期待新的幸福的到来。柳泉是学英语的大学生，她的爱情也是不幸的，同她的自私狭隘、冷酷无情的丈夫离婚后，回到北京和荆华住在一起。她虽然缺乏荆华那种独立自强的意识，但她也有追求理想爱情和幸福生活的强烈愿望。她善良正直却又软弱，生活对她太不公平，而她缺乏抗争的勇气，她多么想寻找个顶天立地的男子汉，然而她又是个离过婚的女人，在习俗偏见尚起作用的社会结构里，她很难选择个理想的爱人。梁倩是个强女人，也是个事业型的女性，她的独立自主、坚毅抗争的意识比荆华、柳泉还要强，但是她的婚姻也是不幸的。为了维护高干家庭的地位和体面，她牺牲了自己的爱情，同那个眠花宿柳的负心男人保持着不死不活的关系。她是学导演的，所以一心扑在电影事业上，但她在事业上也不顺利，受到种种阻拦和打击。不过她性格泼辣，敢说敢怒，对那些营私舞弊、以权谋私的不良现象尖锐地予以揭露和斥责。这三个女性是中学时代的同窗好友，大学毕业正赶上“文革”，回到北京后住在一间斗室里，成了同甘共苦的好友，虽然她们具有现代情爱意识和独立自强的个性，但在爱情婚姻问题上却都是个不幸者，这说明要实现马克思主义的爱情婚姻理想和争取妇女的全方位解放，需要一个相当长的艰难曲折的历史过程。如果说《爱，是不能忘记的》里的女主人公钟雨的独立自主意识仅仅表现在忧郁地囿于个人的小天地苦苦追寻理想的爱情，《方舟》里三个女主人公挣脱掉不幸婚姻的枷锁仍未摆脱“做一个女子真难”的阴影，依然以独立自强精神在痛苦悲愤中寻找着普渡的“方舟”的话；那么《祖母绿》里塑造的曾令儿这个女性，在爱情的旋涡里和人生的征途上，却是靠着自信自强的独立意识和不屈不息的奋斗精神，凭着对生活对事业“无穷恩爱”的理想和坚强意志力，迈向了人生的更高目标。这个形象既凝结了作者以往的艺术个性，又体现出她的新的艺术追求和审美理想。张洁曾说：“我又常感，我周围有那么多好人，生活还是美好的，有希望的。人类总是进步的。这是我的信念，不论我个人遇到什么磨难，我仍然热爱这个世界。”①作者以饱蘸深沉而又炽烈感情的彩笔着意刻画曾令儿这位可爱的渔家女，她是大海主人的女儿又是大海的女儿，她不乏大海那样的大智大慧，大毅大勇，广阔的胸怀，豪爽的性格，慷慨奉献的精神，独立自强的信念。大学阶段，她聪明过人，感情热烈而单纯，她同左葳深深相爱，爱得那么专一又那么执着。对左葳来说，曾令儿既是他的救命恩人又是恋人，她不仅从大海的旋涡把他救上岸，而且在五七年反右的风暴里为了保护左葳政治上的过关，她承担了一切而被错划为“右派”。就在曾令儿被放到某地进行劳动教养前夕，良心尚未泯灭的左葳开了登记结婚的介绍信，于是她在临别前与左葳温存一夜，权当结了婚，完成一生的宿愿。不幸这一夜的温存竟使她怀下儿子陶陶，为使左葳不致受到影响她始终没说出陶陶的爸爸是谁，然而左葳误认为她“堕落”了，从此就彻底斩断了与曾令儿的感情联系。这位有独立个性的渔家女是如此的忠于爱情，从未后悔自己的选择，然而左葳这个轻信的负心汉却把那个早想拆散他们爱情关系的阴险毒辣的笑面女人卢北河拥在怀抱里了。曾令儿戴着“右派分子”和“坏分子”的“双料帽子”在艰难地进行劳动改造，忍受着精神上和肉体上的非人折磨，好不容易把陶陶拉扯到十五岁，可是严霜偏打苦根草，陶陶又在一次游泳中淹死了。她仅存的一个爱情果实也失去了，这对她的心灵摧残和精神打击不亚于祥林嫂的儿子被狼吃了。但是曾令儿毕竟生在新时代长在红旗下，又是大海的女儿，曾受过高等教育，尽管历史的曲折给她的人生、爱情带来巨大的灾难，然而她依然坚信这不是祖国和人民这块“大地”的本性。所以她凭着不可撼动的政治信念和独立自强的意志力，埋葬了过去那种经不住风吹浪打的“爱情幻想”，向着一个更高的目标追求，即夜以继日地刻苦发奋地钻研她所热爱的数学专业，以备将来报效于祖国和人民。粉碎“四人帮”，

① 《获奖作品集》第604页，1985年海峡出版社出版。

“大地”回春了，三中全会以后曾令儿的冤案得到彻底平反，祖国经过拨乱反正又开始了实现“四个现代化”的新奋起，于是数学才华横溢的曾令儿把自己的全部热情和爱献给了社会主义现代化大业。这时身为某研究所党委副书记的卢北河又想起她当年的老同学曾令儿，老谋深算地要调曾令儿帮助她的丈夫左葳完成一项科研任务而“打响退休前的最后一炮”，这对曾令儿来说无疑是在旧伤口上又加上一刀。但是此时此刻的曾令儿所想的并不是薄情寡义的左葳，也不是机关算尽的卢北河，而是为了我们这个本质上那么美好的社会，去开辟一项有意义的科研事业，让自己的聪明才智和自我价值从所献身的科研上体现出来。这就使她的思想境界和感情追求，跃上一个新的高度。作者为了烘托曾令儿这个在爱情上和事业上具有独立自强意识和坚韧不拔精神的知识女性和渔家女儿，成功地运用了传统的比兴手法，在波澜起伏的情节演进过程中，反复地借助于大海的形象来抒发浓烈的激情，使主人公的高尚情操和宽阔胸怀得到淋漓尽致地展示。如果说作者对在爱情与事业中具有独立意识和自强精神的女性极尽赞美之情的话，那么对那些奴性色彩很强缺乏独立人格的知识女性是哀其不幸怒其不争的。《七巧板》描写的金乃文与谭光斗的爱情关系颇值得深思：谭光斗是知识分子的败类，品质极端恶劣，爱情上的骗子，事业上的蠢虫；金乃文这位女大夫被他骗到手，受尽他的摧残与凌辱，并把她当成神经病患者送进医院。如果谭光斗的流氓恶棍面目尚未暴露，她的受骗还情有可原，但她认清了谭的本质并身受其害，为什么仍不思反抗，改变自己的爱情命运呢？这不能不责怪她的性格弱点了。她活像个奴隶，任谭光斗的玷污、辱骂、殴打，默默地忍受着一切精神上和肉体上的非人折磨。造成她的爱情婚姻悲剧的直接责任者固然是忘情负义的谭光斗，但与她的奴性意识和愚昧思想紧密相关，对此小说作了深刻地披露：一是她头脑里装满了僵化的教条，既用它来规范自己的行为也用它来教导别人，她是五十年代中期以后在特殊政治环境里培养出的大学生；二是封建妇道观念对她的毒害太深，“贞操”思想、“从一而终”的信条如同绳索束缚着她，使她完全丧失了独立个性和自尊自爱意识。这是她爱情悲剧的深层思想根源。不过，她对医术精益求精，对病人极端负责。小说里关于电视剧《安娜·卡列尼娜》这个细节描写，特别对它的评价，这对金乃文这类女性来说具有深刻的启蒙意义。

车尔尼雪夫斯基曾说过：“任何东西，凡是我们在其中看见我们所理解和希望的与我们所喜欢的那种生活，便是美。”上述作品中所描写的爱情或婚姻生活，大多带有感伤色彩或悲剧意味，批判和揭露了一些陈旧、腐败甚至是丑恶的东西，反映了这些东西存在的不合理性，必然随着历史的前进而逐渐消亡；但是更多地却展示了在历史的曲折中人们与旧意识旧道德决裂的同时，于爱情婚姻里产生了更合理的道德伦理观念和爱情理想，而这些新东西正铸造着人的独立自强的人格和高尚纯洁的灵魂。虽然她们为争取现代爱情理想的实现付出了高昂的代价或在心灵上留下了不可愈合的创伤，但是她们的努力和奋斗毕竟把爱情文明朝着马克思，恩格斯所要求的目标推进一步。

时代跟踪：主体意识的强化与价值观念的更新

历史的发展后浪推前浪。到了社会主义新时期，随着思想解放的深入和改革开放的深化，不论城市或农村一代社会主义新人在成长。他们以新的思想风貌和道德风貌出现在社会生活各个领域，特别在对待爱情婚姻问题上没有前一代人那么多感伤，那么多苦恼，那么多枷锁，那么多艰难；而是那么洒脱又是那么严肃，那么自由又是那么谨慎，那么开放又是那么深思，那么炽烈又是那么冷静，那么执着又是那么大方，那么深情又是那么宽容。恩格斯在一百多年前提出的爱情理想经过几代人的奋斗，在他们身上开始变成光辉的现实，马克思倡导的爱情道德开始在他们灵魂里放出夺目的光彩。新时期不少作家以自己的彩笔描绘一代新人的爱情生活，以强烈的激情讴歌他们的现代情爱观、价值观以及独立自强的人格，似乎很少见到上一代人的心灵创伤，显示了新的创作特色。陆星儿的有名小说《美的结构》描写了善良美丽的姑娘林楠与中年建筑师郑涛声的爱情，他们是在共同为事业奋斗中由友谊发展成爱情。林楠从生活到事业上无微不至地痴情地帮助郑涛声，而郑也深深地爱着她，可以说是情投意合的一对；但是随着他们感情的发展，林楠了解到郑已有了家室，只是因为女方在事业上不关心丈夫而使他们的感情出现了裂痕。虽然这个信息的获得使林楠一度陷入感情上的矛盾，但是她毕竟是新一代女性。她以新的道德标准来处理这个问题，显示了她的新的思想风貌。她既没有抱怨郑涛声，一如既往地关心他，确认自己开始的选择只是为了纯洁的爱情决不想做“第三者”，她也不认为郑师傅在感情上欺骗了她。为了圆满地解决这个问题她毅然决然地以最大的勇气和无比的真诚，亲自出马去寻找郑的妻子，舆论不怕，偏见不怕，真心实意地劝说郑妻从事业上关心丈夫、体贴丈夫。当她得知郑与妻子的感情可以恢复,并非是一种没有爱情的婚姻后,她便悄然退出去。她不想做一个钟雨式的"精神恋人",也不想做那种损伤别人婚姻的插足者。因为她所追求的是理想的爱情和幸福的婚姻,既要以独立自主的情爱意识,选择能够体现自己价值和美学要求的对象,又要具有强烈的社会道德责任感,决不能把自己的爱情幸福建立在她人的痛苦上。正由于她的努力和感化,使爱情与友谊、情欲与理智同现实与理想组成一个和谐的"美的结构"。这说明爱情在考验着年轻的一代,他们没有重蹈前一代的爱情悲剧或精神悲剧的覆辙,也没有陷进"性解放"或"第三者"的泥坑,而是遵循社会主义的爱情观、道德观来处理自己的终身大事。

张承志的著名小说《北方的河》塑造了三个知识青年的形象,他们构成了三角恋爱关系,但是他们各有自己的爱情观、价值观和道德观。作者所着力刻画并极力肯定的是那位"男子汉和战士"的形象,因为他代表着思考的成熟的青年一代,在他身上闪烁着新的智慧风采、新的道德风貌和新的爱情观念。

> 我就要成熟了,他听见自己在用浪涛的语言说着,我就要成人了。我很快就要窥见那北方的秘密。他感到自己正随着一泻而下的滚滚洪流向前挺进,他心里充满了神圣的豪情。我感谢你,北方的河,他说道,你用你粗放的水土把我哺养成人,你在不知不觉之间把勇敢和深沉、粗野和温柔、传统和文明同时注入我的血液。你用你刚强的浪头剥着我昔日的躯壳,在你的世界里我一定会变成一个真正的男子汉和战友。

作者不断地变换叙述角度,以第三人称、第二人称和第一人称的交叉叙述,使其能够不断地站在对象的立场上进行自我反思,细腻入微地刻画心理活动,塑造一个"男子汉和战友"的形象。他的成熟是有个过程的,他的爱情观和道德观也是逐步升华的。在他年少的时候就经受了动乱的考验,到了青年便从插队落户中经受了磨炼,他在奋斗中思考,在思考中成长,虽然在他前进的道路上遇到重重障碍,但是"对于一个幅员辽阔又历史悠久的国家来说,前途最终是光明的。因为这个母体里会有一种血统,一种水土,一种创造的力量使活泼健壮的新生婴儿降生于世,病态软弱的声音将在他们的欢声叫喊中被淹没",使新生的婴儿逐步成长为年轻的一代。早在插队落户时他有过初恋,同漂亮的海涛姑娘相爱,农村的荒僻山径曾留下他们谈情说爱的足迹,形影不离地度过不知多少美好时光,是她含情脉脉的爱给他以温暖以热情以兴奋。正在热恋着,他没有丝毫思想准备地听到海涛要回内地当工人的消息,于是他暴跳狂怒甚至要用酒瓶狠狠揍海涛；但是他立刻犹豫了，经过内心自责，感到自己缺乏男子汉的气度，太容易感情冲动了，不能以理智的头脑处理爱情问题。因此他改变主意，决定借马车亲自送姑娘到长途汽车站，怀着矛盾的心情与初恋的姑娘告别。这表现出他身上已具有朴实、善良、淳厚、直率的美德，他没有以牙还牙而是以德报怨地来对待曾爱过他的姑娘，这不仅包含着一种骨气一种独立人格，也含有一种谅解一种宽容。初恋，如果说一些优秀的品质与高尚的情操和现代情爱意识仅仅在他身上露出一点端倪，那么经过许多年后第二次恋爱，则显得他的价值观、道德观和爱情观更富有时代感和现代感了。当他以未来的地理专业的研究生的身姿风尘仆地踏上黄河故道时，带着自己全部的生活阅历重新注视黄河，仿佛他的感受有了质的腾跃，对以自我为中心的青少年时期进行了深刻否定，认识到离开了历史、社会和人民，他的个人自信就等于零，对生活的自由选择只是一种空想。就在这时一位女记者出现了，虽然他在她的身世中感受到历史的痛苦，他对自己仿佛也是历史巨大痛苦的受难者感到可笑，但是他毕竟有一种清醒的现实感，终于摆脱了个人的狭隘感而抱着一种使命感沿着黄河去探索去追求。与此同时他与女摄影记者在人生道路的共同奋斗中两颗心逐步接近了，相爱了；她在“文革”中的多艰多难的童年给他以新的启示，她的热情、开朗、温柔的性格给他以新的激励，而他身上的男子汉的气概和敢于同黄河搏击的勇气，也鼓舞着她奋进，使她激动，使她充实。但是他们对历史、对生活的感受并不完全一致。当女记者走向湟水伤感地把彩陶罐子比作生活而低声喃喃着“可惜碎了”时，他却显得心不在焉，表现出异常的冷漠。他的追求显然带着一种强烈的个性色彩，他从古老的彩陶汇成的河里发现它蕴藏着我们民族的生生不息的全部奥秘，致使他的个性同我们民族传统的群的观念融合在一起，不仅精神境界为之升高，胸襟为之阔大，而且使他的根在努力挣扎中伸向大地的深处。虽然他们的感受认识不同，但通过对黄河的漫游和考察确实相爱的程度增强了，两颗心贴得更紧了；回到北京后彼此在生活和事业上关心着，爱情也有所发展。然而就在这时，他的同学和朋友徐华北插进来，以“强者”的姿态摆开竞争的架势，而这种恋爱的三角关系对他与她是个严峻的考验。徐华北不能说没有才气，不能说没有男子汉的魄力，不能说对女性没有诱惑力，然而他的心术不正，几乎在他的每首华丽的诗篇中都藏着赤裸裸的个人阴私和卑鄙动机。当然谁也不能侵犯每个人选择自己生活方式的权利，不过这种选择必须坦荡、正直和无私。实际上，他与徐华北之间潜伏着两种爱情观和两种道德观的冲突。徐华北见到他与她的亲昵关系就怀有一种“嫉妒”心理，挖空心思地寻找时机，这时正赶上她因到黄河采访拍摄的作品得不到发表而倍感烦恼和孤独，她迫切需要一种支撑力，而徐华北比他的鬼点子多，“门路”也多，并且善于在女人面前玩花招。于是徐华北便主动地帮助她找出路发表作品，还亲自动手为她写评论文章，这就赢得了姑娘的欢心。与此同时，徐华北恬不知耻地向他宣布“我爱上她了”，并以帮助他解决研究生报考问题作为等价交换条件；紧接着徐华北向她主动进攻，直面提出要同她结婚。虽然在姑娘眼里他与徐华北都是强者，都是支撑自己的“好人”，但她更爱的是他，所以她没有立刻答应徐华北的求婚。面对着这种复杂的爱情纠葛，他陷入深深地思考之中。他觉得这位女记者的确是个“真正的好姑娘”，他也担心再遇不到比她更好的女人了，他也相信自己能够抓住她把徐华北打败；然而又是“北方的河”给了他力量，给了他“沉静、含蓄、宽容”，更给了他新的顿悟：“这不是我渴望的爱情”，还是“让她自己去了解和认识一切，我应该离她远一点儿。她在奋斗中认识了华北，找到了自己的小船、帆篷和港口，而这一切和我之间最终是不一样的。”这便清楚地揭示出，他们之间在性格、理想、气质和对生活看法上的冲突，使这幕爱情悲剧在个人感情控制之外已上升到一种理性观念的对峙，他们的分手已是无法避免的必然了。由于她的性格和气质过于柔弱，虽然她也在孜孜不倦地追求，但她的追求始终没有摆脱传统习俗的羁绊，像他一样升华到一个新的思想高度，所以她的成功就意味着追求的终止。而这种成功对她的生活方式和文化心态并不能带来根本改变，她在漫漫的人生旅途上重蹈着传统的中国相当多的女人走过的老路，永远也摆脱不了依附性，她需要的不是建立在独立平等互爱基础上的爱情，而是需要一块可以依靠的岩石。但是他无法变成这样一块岩石，他是河流，他是流动的生命。当然这并非说他不需要爱情，也不是说爱情在他心中没有位置。小说曾这样描写他的心理活动：“别太为那个眼睛黑黑的年轻姑娘遗憾，她毕竟还不了解你的儿子，更不了解你。……我当然会结婚，会找到一个我中意的姑娘。……她会心甘情愿地跟着我从一条大河跑向另一条大河。她有本事从人群中一把抓出我来，火辣辣地盯住我不放。她一眼就能看清两块石头之间的不一样”，即他与徐华北两个人的本质差别。只有这样的姑娘才是他理想的爱情对象。他的美好品质和新的价值观、道德观、爱情观，不仅表现在他对爱情的选择与追求已进入一个新的思想境界，而且也表现在他对她的不忌恨不仇视和对徐华北的不嫉妒不愤恨，反倒处处为她着想，让她作出选择，并为她与徐华北的结合积极张罗婚事,真诚地祝她“幸福”。这是新的改革时代赋予他的新的思想特点和道德风尚。众所周知,人类传统的嫉妒心理是一种不可克服的带有普遍性的痼症,它在爱情问题上表现得尤为突出,特别当第三者介入时,往往嫉妒心能造成互相仇杀的惨剧。然而在新一代的“男子汉和战士”的身上,这种根植于自私、愚昧和无知之上的嫉妒心理不复存在了,这是对爱情真正能从理智上深刻理解的表现,是“思考的一代”已具备完善科学思维能力的表现。初恋时,他与海涛的车站分手,虽然也表现出一种宽容大度的姿态,但并不十分情愿,不然为什么不接受海涛赠送的照片呢?而这次与女记者的分手则显得极为自然,合情合理。这是通过深刻思考所作出的决定,这是走向成熟的表现。当然,我们说他是新一代走向成熟的典型,并不意味着每个青年都能成为新人,徐华北这类青年还是大有人在的。“爱情是生命的一扇窗子。”(罗丹语)透过当代许多情爱文学所描绘的这扇窗子,不是可以窥见当代青年的各式各样的灵魂吗?但是足以作为时代精神的体现者,还是“男子汉和战士”这样的典型。

新时代不仅呼唤着新的男性青年,也呼唤着新的女性青年。陆星儿笔下的林楠已放射出新女性的光彩,楚良着力刻画的玛丽娜(《玛丽娜一世》)的形象更是光彩夺目。她是一位地道的自立、自尊、自主、自强的具有强烈现代意识的新女性,她的心灵上没有五七年的政治风暴或十年动乱所刻下的伤痕,也没有因袭的重担或过多传统观念的束缚,浑身散发着改革时代的浓烈气息,她以卓然不群的新生活开拓者的英姿出现在当代文学的人物画廊里。且不论玛丽娜在实现农业现代化的奋斗之路上所表现出的社会主义新人的基本特征,这里着重从她对理想爱情的追求这个侧面来展示其光辉的思想情操。玛丽娜完全独立自主地选择情侣,对农村那些沿袭了几千年的旧风陋习进行坚决的抵制。她并不爱慕家有千元存款和全套现代化家具的小木匠,尽管他多方献殷勤,也有高超的木工手艺,然而她就是不动心,并且落落大方地向小木匠宣布自己的爱情追求:“世上的爱情也许不是以一方为满意才幸福的。爱也有各人的偏见,请你谅解我。”小木匠在物质上是比较富有的,对她是苦苦追求的,不能说不钟情,但他精神并不富有,情操也不见得高尚,所以她没有把爱情轻率地交给他。她经过认真地思考后,终于选择了虽然暂时没有什么财富但精神却比较丰富、有文化能创作的吕宁,他们志趣相投,有共同的语言,感情可以交流。只要她爱上了,就爱得那么深情,那么专一,几乎什么都为所爱的人想到了,表明她的一片痴心。她对吕宁说:“生活问题不用愁,十年不发表作品也行,有我们的鸡场,只要你写得出好书来，我供得起。写累了，出外旅游，一切经费有鸡场。”她在爱情上的大胆选择和婚后生活的豪迈畅想，充分地说明了：玛丽娜所追求和向往的正是恩格斯一百多年前所预言的排除一切经济考虑的“除相互爱慕之外，就再也不会有别的动机”的理想爱情婚姻。更为有意思的是，她竟向所爱的人宣布什么“第一部婚姻法案”，明确提出“禁止，贩卖大男子主义”，妻子的“产权不受任何人侵犯”，“丈夫不得以任何借口，请求妻子放弃她的事业”等等。这充分表达了新一代女性对真正独立自主、平等互爱、彼此尊重的美满婚姻的热切期待，也喊出了八十年代中国妇女要求彻底解放的心声。难怪作者对此作了高度评价：“这是一封奇异的情书，独创的情书，没有一句柔情的情书。满纸是尊严，没有一个‘爱’字。但它的力量超过一百个‘卿卿我我’‘喋喋不休’的庸俗的爱。”小说的深刻之处，不仅生动地展示了新女性的爱情观、道德观和价值观，为社会主义的爱情文明谱写了一曲赞歌，而且还揭示出新女性在爱情婚姻中的独立自主从根上说取决于经济上的独立自主。鲁迅早在五四时期创作的《伤逝》中就提出这个命题，只有到了社会主义历史条件下才能变成光辉的现实。玛丽娜在追求理想爱情的同时并没有把爱情与事业对立起来，而是将两者有机地结合起来。她所走过的人生道路并不是铺满了鲜花，她有过幼年丧母的痛苦和两次高考失利的挫折，她不甘心为哥嫂当“长工”，立志做主宰自己命运的主人，所以她理直气壮地要求自主地支配自己的劳动所得，在社会主义法律的保护和支持下她与哥嫂分家，争取一半财产的所有权，带着父亲自立门户，坚定不移地摆脱对任何人的依附而要独立自主地创造新生活。她以惊人的胆识和宏大的魄力承包了无人问津的月亮滩，并在荒地上建起养鸡场，开发自己理想的王国，显示了新一代有文化农民的才干和社会主义企业家的远见。正由于她在农业上闯出一条革新之路，用自己的智慧改变着她的“王国”的面貌，使她在经济上完全取得了独立自主的地位。所以她在选择情侣上既有雄厚的经济基础又有崇高的情操，彻底摆脱了斤斤计较金钱财礼的买卖婚姻的庸俗风尚。这说明，妇女要在爱情婚姻中争得完全的独立，首先要在政治和经济上争取完全独立，而要在经济上获得完全的独立，不能靠任何人的恩赐或依附于别人，必须靠自己不懈的努力去创造去开拓，要自尊自强自立自爱，自己解放自己，坚决与束缚自己精神的旧思想旧习俗旧传统决裂。玛丽娜的新爱情观、伦理观、价值观以及为争取妇女彻底解放的深刻理解和不断追求，成为八十年代妇女特别是广大农村妇女的光辉典范。这是作家对新时期情爱文学所作出的既有深刻教育意义又有巨大审美价值的贡献。

新时期出现的这些“独立自强型”的情爱作品，它们透过各具鲜明个性的艺术形象所表现的情爱意识，已初步表明马克思、恩格斯所预见的理想爱情和道德观在社会主义条件下已变成或将变成活生生的现实。当然理想爱情婚姻的普遍实现尚须有个漫长、艰难、复杂、曲折的历史过程。然而历史的曲折总是孕育着发展的种子，总是以历史的进步来补偿的。因此我们坚决地相信，马克思主义关于爱情婚姻的理想，在社会主义新时期经过亿万人民的努力一定能普遍实现，像玛丽娜这样的新人形象也会在当代文学作品中大量地涌现。

（写于 1989 年，收入 1991 年天津教育出版社出版的《爱情溯舟》）

寸草之心 芳满天涯

——张弦爱情小说的独特世界

法国作家蒙田曾在《经验论》中写道:“谁使爱情拒绝同诗歌的交往,拒绝它的帮助和服务,谁就使爱情失去了最强大的武器。”当代著名爱情小说家张弦深晓此理,他总是自觉地运用文学这个“最强大的武器”干预或关注现实社会的爱情问题,使他的文学创作与爱情生活结下不解之缘,在辛勤探索的历程上撒下一颗颗艺术珍珠。从《被爱情遗忘的角落》(1980)、《未亡人》(1981)到《挣不断的红丝线》(1981)、《银杏树》(1981)、《回黄转绿》(1982),几乎每一篇小说的问世都引起强烈的社会反响,令人深思而又喟叹不已,开拓了当代爱情小说的新天地。

严肃主题:社会化的爱情与爱情的社会化

张弦的爱情小说与一般的专写甜蜜蜜的恋爱或美滋滋的爱情不同,与那些专写想入非非、虚无缥缈、充满浪漫色彩的爱情更不同;而着意以冷峻严肃的现实主义笔触描写社会化的爱情和爱情的社会化,总是把爱情作为社会整体结构的有机组成部分,将爱情问题和社会问题紧紧地结合起来,很少从爱情本身进行多层面的深入开掘,着重从政治、经济、文化、社会心理等多种社会因素或多种社会角度,来透视爱情的幸与不幸。这是张弦爱情小说的思想意蕴的独特性。

《被爱情遗忘的角落》真实而深刻地描写了母女两代人的三种不同类型的爱情,从她们对爱情的渴望和追求中表现出不同的爱情意识,虽然作者并非有意地借人物思想意向或行为模式干巴巴地来宣扬某种爱情观,但透过作为审美实体的艺术形象是会感受到或领悟到的。存妮和小豹子性爱关系的最深层的冲突是灵与肉的冲突。他们的身体发育已到生机勃勃的青春期,性爱的欲火在胸中燃烧，虽然在一般的情况下这种强烈的性渴求可以被灵魂中的或一理性压抑住或者引导到正确的释放途径，但是在特殊的条件下理性的力量往往难以控制这种带有原始冲动的性欲力量。路德曾说："如果有人想抵抗自然的需要，因而不去做他想做和该做的事，那就犹如一个人希望自然界不再是自然界，希望火不会灼人，水不会打湿东西，希望人可以不吃饭，不喝水，不睡觉一样。"①作为人的所有的自然需要中继饮食的需要之后最强烈的就是性的需要，而这种需要深深地埋藏在每个发育正常的人身上，特别对于成年人来说满足这种需要是保证人的身体和精神健康的重要条件。因为性欲的实现能够最直接最深刻地促使人体的所有其他器官活跃起来，这种能力归根结底是整个具体的生物系统发挥职能的标志。从这种特定意义上讲，存妮与小豹子发生两性关系不应当受到过多的指责，它具有天然的合理性，如果在适合人性正常发展的社会环境里，他们可以在性欲的基础上形成牢固的爱情关系，使灵与肉达到和谐的统一。当然，在我们论证了存妮与小豹子的性欲需要得到满足而具有人道主义合理性的同时，决不能把爱情的性欲基础绝对化，更不能把他们的性关系神圣化。应当指出的是，爱情中性（肉）的吸引力和精神（灵）的吸引力之间的关系有它自己内在的辩证法，爱情不单是性欲；而是男女之间社会交往的一种形式，是完整的生物、心理、美感和道德的体验，也就是说爱情不是纯生物的本能的性欲联系，其内涵是极为丰富的深奥难测的，它是冲动与意识的仙境，是性欲和精神渴求的神奇融合。② 张弦对存妮与小豹子性爱关系的描写虽然并不深邃并不细腻，但可贵的是他的笔触粗略地勾勒出性的吸引力与精神吸引力的辩证关系，也就是灵与肉的对立统一；特别透过这种活生生的灵与肉的冲突肯定了性欲应是爱情基础的具有现代意义的爱情观，并以诗意的语言赞美性的需要是"生命意志"的最高表现："一种原始的本能，烈火般地燃烧着这一对物质贫乏、精神荒芜，而体魄却十分强健的青年男女的血液。传统的礼教、理性尊严、违法的危险以及少女的羞耻心，一切的一切，此刻全部烧成了灰烬……"真正的爱情仿佛应该在理性和非理性的迷离交错的小径上作富有浪漫色彩的漫游，但存妮与小豹子的爱情在非理性的萌发期即成了悲剧，尚来进入崇高的带有理性色彩的审美境界。作者的描述重心并不在性爱的本身，他着力思考和探讨的则是他们的异性相恋既是性的欲求又是两厢情愿，既无伤害他人又无触犯法律，却为什么在农

---

① 瓦西列夫：《情爱论》第18页。

② 《情爱论》第29页。

村这个“角落”得不到同情和保护,反而一个自尽一个入狱,付出如此高昂的代价?这就把爱情问题与社会问题紧密联系起来,置爱情悲剧于整个社会历史系统之中,使爱情自身的灵与肉的冲突转换为性爱理想实现与社会历史不容的冲突。小说从社会历史的角度开掘情爱悲剧的根源时,最发人深思的是:在中国文学史上不乏存妮与小豹子这种类型的性爱悲剧的描写,其悲剧的社会根源是封建家族制度所致,而他们的性爱悲剧却发生于社会主义制度下即七十年代的“文革”之中,悲剧的直接制造者是革命干部和广大群众,把存妮逼上绝路的仿佛不是一两个人,而是包括亲人在内的全村所有的人,如同鲁迅在小说《祝福》中描写鲁镇的人们一样于愚昧麻木中把祥林嫂驱上了绝路;也可以说是极左思潮的猖獗与封建意识的沉滓泛起所造成的社会精神悲剧又造成了他们的生命爱情悲剧,这是对“文化大革命”的极为深刻的批判与否定。特别“文革”造成的物质的极端贫乏和精神的极端荒芜,必定将存妮与小豹子这种建立在性欲基础上的爱情扼杀在摇篮里;况且当时的法律竟把小豹子定成“强奸致死人命犯”而逮捕,这种专政的性质更令人深省。小说对母亲菱花与父亲沈山旺当年爱情的描写打破了时空顺序结构,而是以追叙的手法在描述荒妹与荣树相爱过程中作了简略的交代。虽然对菱花与山旺互爱的情感着墨不多,不过也可以窥见他们的爱情是建立独立自主、情投意合的思想基础上;特别又把他们爱情理想的实现放在“那是反封建的烈火已经把‘父母之命,媒妁之言’连同地主的地契债据一起烧毁了的年代”的历史背景上,这是为了表现菱花争取婚姻自由冲破封建枷锁的勇气,使他们的爱情增强浓烈反封建的政治色彩。正是这个三十年前为争取有爱情的婚姻同父母之命的买卖婚姻作了勇敢斗争的菱花却在三十年后走上自己的对立面,她今天所做的恰恰是她当年所反对的。她的这种精神循环圈同新中国的历史所出现的循环圈有着深刻的内在联系。虽然菱花包办女儿荒妹的婚姻与当年其父母包办她的婚姻有所不同,即她含有自己在痛苦生活中感受到的物质贫穷难以培育爱情之花的切身体验,但是她的思想轨迹却回到老路上去,对荒妹争取爱情自由婚姻自主所形成的威压却具有一定的封建包办婚姻的性质。小说对荒妹与树荣爱情描写,虽然肯定了他们志同道合的爱情理想,但作者并不是为写爱情而写爱情,总是把他们的爱情发展同新时期的政治气候、经济变化联系在一起,使他们的爱情具有强烈的社会性和时代感。张弦通过三种不同爱情命运的描写,其要旨在于揭示社会主义时期爱情文明的现代化并不是一帆风顺的,它同政治、经济、文化等现代化一样,要经历艰难曲折的道路。正如他谈到电影《被爱情遗忘的角落》时所慨叹的:“眼前这块土地,曾被几千年封建的盐碱浸蚀,党的阳光滋养了它,社会主义的犁铧翻耕了它,但是极左的阴霾不是又使它板结起来,泛出灰濛濛碱霜了吗?爱情是需要物质文明和精神文明的营养才能生长的。她将这里遗忘了,不正是意味着这里被物质文明和精神文明遗忘了吗?”不论是被爱情遗忘的婚姻或者是被婚姻遗忘的爱情,都意味着现代爱情婚姻的退化,其根本原因在于极左思潮对物质文明和精神文明的摧残。由于物质的穷困和精神的贫乏导致社会主义爱情史在现代化的进程中出现了曲折,不过历史的曲折往往孕育着发展的种子,爱情文明的现代化终究会随着历史的前进而逐步得到实现的。小说由存妮、荒妹、菱花母女各自不同的爱情运命构成的与社会历史现实这个大系统紧密相关联的三条线索,深蕴着创作主体对社会主义爱情文明史在曲折中发展是与物质文明史和精神文明史同步的深思与体悟。

张弦深有感慨说:“呵,被爱情遗忘的角落!被爱情遗忘,又岂止是爱情角落,又岂止角落!”[1]这表明作者写爱情不局限于爱情,而向更深广的社会海洋开掘;也表明他写的是农村的一个“角落”,实际上是广阔农村的一个缩影。岂止农村被爱情遗忘?现代文明程度较高的城市也同样存在着被爱情遗忘的角落。《未亡人》是作者对现代城市爱情问题的探索。女主人公周良蕙与原市委书记的婚姻是被爱情遗忘的婚姻,“文革”夺去她丈夫后,她由“书记夫人”沦为平民,在凄苦的岁月中结识并爱上了温暖她的心的邮递员,才是真正的爱情追求。同样,张弦对周良蕙婚姻爱情命运的描写也不是为写爱情而写爱情,它是与整个社会势力和社会心态联系起来,从婚姻爱情问题切入,提出一些寓意深刻的问题。如果这些社会问题不解决,即使在城市的干部抑或知识阶层也会出现没有爱情的婚姻或者没有婚姻的爱情。似乎男女双方在婚姻爱情中应该扮演什么角色在作者眼里并不特别关注,而社会势力或社会心理对爱情婚姻的干预或影响倒是张弦格外重视的。小说围绕着爱情理想与社会现实所构成的主要矛盾冲突,深刻地揭示出长期形成的千百万人的传统文化心理和强大的习惯势力是现代爱情理想实现的巨大阻力,是旧的婚姻得以存在的强固的保护伞。这是多么发人深思、令人颤栗的鲜明对比:当周良蕙与市委书记长期过着那种建立在“夫贵妻荣”旧观念上的没有真正爱情的婚姻生活时,任何人(包括她本人在

① 《感受和探索》,1982年《电影艺术》第5期。

内)也没有指责他们的婚姻不美满,更没有觉察出他们的婚姻缺乏爱情的基础,而是人人赞美,众人羡慕;当周良蕙从守寡的凄凉生活中真正觉醒起来,要追求以互爱为前提以情欲为基础的现代爱情生活时,却遭到社会上上下下的诽谤或责难,甚至她的亲朋孩子也群起攻之。这种外部的强大压力几乎要把她胸中升起的爱情之火扑灭,仿佛要把她发自肺腑的"为什么共产党员不破除反而以恪守封建道德为荣?为什么要把我的幸福锁在令人尊敬的骨灰盒里"的人性觉醒的血泪呼喊扼杀。透过周良蕙婚姻爱情的前后对照,深刻地揭示出:从党的领导干部到一般的平民百姓,或对她与市委书记婚姻生活的赞许和维护,或对她与绿衣人真正爱情的非议与干涉,所运用的评判标准或价值尺度无不根源于封建伦理道德,大都是传统文化的糟粕在社会心理的积淀。这些非议与指责,集中到一点就是以传统观念的"从一而终"、"失节事大"、"贞节至上"等信条对人的尊严、幸福、个性、价值乃至情欲的粗暴摧残和压抑。如果说孩子们反对妈妈追求新的爱情幸福和未来婆婆对她婉言相拒,还可以用年幼无知或年老保守来解释开脱的话,那么党的组织或革命干部的劝说、阻挠及说长道短的干预,就很难谅解了。只能说在他们口头上向广大群众宣传中华人民共和国的婚姻法时,其文化心理仍有封建意识残余在主宰着。党的某些组织或领导干部在爱情婚姻上竟自觉不自觉地坚持封建传统观念,那整个社会心态所受到的封建伦理观、婚姻观的浸染就可想而知了。社会主义爱情文明所达到的现代化程度,现代爱情意识在整个社会心理所占的地位,周良蕙的婚姻爱情从伦理道德上对其原因作了深刻的暗示。从历史的联系上看,在五四时期尚未觉醒的祥林嫂因一寡再寡曾被"饿死事小,失节事大"的封建理学所形成的社会势力和强大舆论一步步逼上绝路;历史走进社会主义时期,周良蕙的命运虽然不同于祥林嫂,但她对爱情幸福的追求到处受阻,其文化思想根源依然是封建理学。这不仅说明中国妇女在政治上、经济上获得解放困难重重,道路多艰,而在婚姻爱情上获得真正解放比起政治上、经济上的解放更难,需要经过一个相当长的艰苦斗争的历程。与《未亡人》所描写的周良蕙的爱情命运结局形成逆向的,是张弦在《挣不断的红丝线》中所描写的傅玉洁的爱情道路——觉醒、追求、失望、回归。在傅玉洁孜孜不倦地为实现自己的爱情理想而坚韧奋斗的旅途上,始终有一条具有象征意义的"红丝线"在主宰着她的爱情命运。我们认为这条"红丝线"是多种思想情感因素织成的,其中最主要的是传统婚姻观念和极左思潮的混合。它同傅玉洁的爱情理想构成深刻的内在冲突,在她追求爱情的几个关键时刻,总是这根“红丝线”摧毁了她的爱情生活也毁掉了她的爱情理想，使她不得不回归到她曾拒走的道路上。如果说《被爱情遗忘的角落》着重从经济上、《未亡人》着重从伦理道德上来探索问题，那么《挣不断的红丝线》则主要从政治上来开掘真正爱情理想得不到实现的社会根源。所以，作者把傅玉洁的爱情命运同“左”倾思潮所造成的政治运动联系起来思考，而男主人公又是一个政治上保险系数较大的在政治运动中很少受到冲击的师级军官。这种深沉的构思，颇具匠心，耐人揣测。傅玉洁在解放初是以大学生身份投奔革命，具有强烈的个性意识和现代爱情意识，所以她要根据自己的“一见钟情、卿卿我我、生死不渝”的爱情理想独立自主地选择配偶，她毅然决然地拒绝了在他人眼里认为是最理想的对象齐副师长的求婚；后来她果然找到了情投意合的爱人苏骏，并缔结了美满婚姻，实现了自己的爱情理想。像这样的以爱情为基础的现代性的婚姻在社会主义条件下应该得到顺利的发展。但是好景不长，他们的幸福爱情生活连同爱情理想被“反右”和“文革”两次大的风暴彻底摧毁了，特别是傅玉洁的精神状态在残酷的现实面前变异了，现代爱情理想已被“夫贵妻荣”的旧婚姻观所取代，于是投进新近丧妻的曾被她拒绝过的老齐的怀抱。这也许是找到了最保险的安乐窝和保护伞，但是她的爱情生命却结束了，她的个性意识也退化了。可以说，傅玉洁的爱情道路浓缩了一部社会主义爱情文明的曲折发展史，它表明在极左思潮泛滥的政治气候下，具有现代色彩的爱情婚姻不可能获得健全的发展条件，往往以悲剧告终。

由上述可以看出，这三篇爱情小说所描写的是地道的社会化的爱情和爱情的社会化，作者着重从社会历史这个外部大系统揭示了不同类型的婚姻爱情的幸与不幸的政治的、经济的、文化的历史的、现实的根源，而《银杏树》、《回黄转绿》却侧重从女主人公自身来探索爱情的幸与不幸的原因。当然这些性格因素也是以社会历史的政治、经济、文化等作为根基，同样是社会化的爱情并非纯情感化的爱情，只是创作主体的观察点、切入点和侧重点有所不同。《银杏树》所描写的爱情虽然沿袭了“痴情女负心汉”的传统模式，但其双方矛盾处理的方式和最后的结局是不同的。女主人公孟莲莲与姚敏生的相恋是纯真的，相爱是热烈的，并在情感控制不住的情况下发生了性关系，这一切对双方来说都是情愿的，好像是恋情发展的必然结果，不应该过多地进行指责。但此种以情欲为基础的爱情并没有得到顺利发展，中途出现曲折；而作者对其“曲折”原因的揭示不是侧重于社会外部乃是鞭挞了男主人公当了国家干部后背信弃义、喜新厌旧的丑恶灵魂；有意味的是矛盾的解决是县委书记用权力“包办”了他们的婚姻，迫使姚敏生与痴情女孟莲莲相结合，而孟莲莲对于这种人为的没有爱情的婚姻竟感到“心满意足”。这种貌似喜剧式的结局比哭哭啼啼的悲剧更加震撼人心。“这种处理手法在张弦的作品里是一个突破，它打破了张弦的许多小说里驾轻就熟地写惯了的善良者失去了自己的青春和爱情的咏叹调，加深了对生活的认识，充实了对善良者挖掘剖析。”①特别包老爷式的县委书记、陈世美式的姚敏生和秦香莲式的孟莲莲具有强烈的现实感，他们的性格结构包藏着相当复杂的社会内容，表明作者对生活的透视是把历史与现实拉在一起而触及到更深的层次，“实际上提出了树立新的、真正体现高度的社会主义精神文明的价值观念这样一个激动人心却又是一时难以理出头绪来的重大问题”。②《回黄转绿》在生活的开掘上缺乏《银杏树》这样的深度的，而且“对生活的剪裁有较多的以意为之乃至强使生活就范的痕迹”；③不过它所描写的尹影的婚姻悲剧与爱情追求却具有探索意义。尹影是喜好文学的知识女性，她追求一种趣味相投、柔情蜜意、超尘脱俗、浪漫潇洒的爱情生活，于是就同原来那位工人出身埋头苦干并勤于操持家务的丈夫离了婚，狂热地爱上一位她认为是志同道合的文学编辑；但是这位编辑对“她的美貌、风度、才华，她的事业心和进取精神，她的成熟的女性魅力，以及由她的不幸给这魅力赋予的奇光异彩”并不倾心，他所需要的是“一个贤惠的，能帮我过好日子的妻子。人总要面向现实。无论多么崇高的理想之光，也是在现实的地平线上升起的”。且不论作者在这两个人物身上体现出的爱情意识正确与否，至少可以看到尹影的带有幻想色彩的爱情理想与现实的严峻生活状况发生了尖锐矛盾，最后尹影的爱情之“梦”破灭了，她陷入迷惘。显然作者对尹影的爱情理想是持否定态度的，但我们认为这正是创作主体意识的局限所在。应当承认尹影的爱情向往有一定的幻想成分，有不切合实际之处，然而她并没有想离开人间烟火去追求那种神仙般的爱情生活；况且她的爱情理想又具有鲜明的现代色彩，即她把爱情作为男女关系上的一种特殊的审美关系，认识到只有情趣相投、志同道合的爱情才能创造美，从而使人对美的领悟能力敏锐起来，促进对世界的艺术化认识。这种爱情理想在社会主义物质文明和精神文明日益增长的社会条件下不一定实现不了，作者怀着教化的目的有意识地否定尹影的合乎人性的爱情理想以肯定她原来的没有爱情的婚姻的合理性，

---

① 王蒙：《善良者的命运》，《挣不断的红丝线》第5页。

②③ 王蒙：《善良者的命运》。

并把“贤妻良母”式的女性作为爱人的标准，这不仅表现出爱情意识的退化，而且也缺乏普遍的典型意义。

张弦的爱情小说是地道的社会问题小说，它们所展示的主要不是主观的情感世界而是客观的社会世界，对于爱情婚姻的幸与不幸的冷静体察和深沉思考往往偏重于社会的已然的政治、经济、文化等方面，对爱情婚姻问题的体验很少直觉的感悟多是明确理性的指导，使小说体现出一种清醒的现实主义创作倾向。由于作家把爱情悲剧之源、幸福婚姻的现实内涵同整个社会的物质文明与精神文明建设一起来思考，所以他的爱情小说更具有社会认识价值和历史深度。当然这并不排斥他的小说世界对现代爱情意识的发掘，尽管他的爱情理想残存着一定量的传统婚姻观因素，但他肯定和弘扬的基本上是属于有价值的现代爱情理想，这给小说偏重于宏观的现实主义描写注入了一定的主观的理想主义因素。

诗化境界：审美化的爱情与爱情的审美化

如果脱离美的规律和艺术特性片面地追求思想意蕴的深邃性，那就必然会走上概念化、理念化的歧途；只有审美化或艺术化了的思想才是文学作品的思想。张弦爱情小说世界所蕴含的深刻思想和情爱意识是同他对女性形象的精心塑造和独特描写紧紧相联，独特的思想深度是与独特的女性系列结合在一起，即形象化的爱情与爱情的艺术化。这是他爱情小说的又一重要特色。综观张弦笔下的女性形象系列，主要由两类女性构成：一是回归型的女性。她们在追求爱情、争取自身解放的道路上，遇到外部系统和自我内部的种种阻力，便走了回头路，如同转了个圈又回到原路，如傅玉洁、菱花、孟莲莲、尹影等，都属于这种类型。一是进击型的女性。虽然她们在寻找自己的爱情或争取自己的独立的征途上，碰到障碍也动摇过、犹豫过、苦恼过，甚至付出生命，但是她们在痛苦中挣扎，在压力下追求，表现出一种不向旧传统、逆环境低头的进击精神，如周良蕙、荒妹、存妮等，则属于这种类型。这两种类型的女性形象在男女双方所构成的爱情关系中大都居于主导地位，她们的思想性格或行为方式往往左右着爱情取向或爱情命运。尽管她们所表现出的个性或价值追求有所不同，特别是爱情目标大相径庭，然而她们的形象总体却有明显的共同特征。

善美性。这两类女性在争取爱情自由、婚姻幸福的苦斗过程中，大都表现出善良的灵魂和美好的憧憬，流溢着一种人性美。作者深知审美化作为爱情的必要因素，其职能特别重要。因为陶醉于理想化中的情侣往往把对方看作审美的形象，彼此都会在对方身上看出美的特征，它体现在对方的独一无二的个性中，具有一种征服力量，特别女性身上的善美性是创作主体更为关注的。从生物的种属尺度来看，女性的美常常体现在肌肤圆润光泽，面孔鲜嫩丰满，隆起而富有弹性的乳房，身体灵活匀称，以及作为生命之母的形体的恰当和谐，等等。张弦着力描绘了存妮的外在美：她十六岁时就发育成一个健壮、丰满的大姑娘，脸庞格外的红润，“白皙的、丰美而富有弹性的乳房”，而这种审美的主要价值尺度往往在很大程度上同“生物效益”标准相联系，也正是这种外在美激起小豹子的直接性敏感和不可按捺的情欲之火。即使作者在展示存妮形体美的时候也没有忽略对她纯真善良灵魂的透视。这是因为美并不单纯就是作为具有各种生理特点的物质结构的女性身体，更重要的是它包含着社会因素和精神因素，人的审美化总是把身体和意识结合起来，把身体素质和精神品质结合起来，如果躯体没有善良纯洁的灵魂，人的生动的美就不是尽善尽美的。张弦虽然注意描写女性足以引起男性敏感的形体美，但他更重视剖析女性的善良灵魂的美，或者把外在美与内在美结合起来。菱花、荒妹母女俩在各自的爱情追求上，都有一颗善良纯真的灵魂；尤其是菱花在土改时冲破封建枷锁勇敢地爱上一个长工甘心情愿进山与心爱的人一起过苦日子，毅然决然地甩掉了金钱婚姻的引诱和父爱母爱构组的娘家，这充分表现出菱花的善良、深情、钟爱、坚毅。在菱花眼里的爱情，不仅把被爱者的形象美化了也把整个宇宙美化了，虽然后来因社会历史的曲折使她美好的爱情理想没有得到完全实现，但她无论在何种不利的逆境中始终专于爱，那颗忠诚善良的心并没有被异化。周良蕙、傅玉洁具备不同的个性，也有各自不同的爱情命运，但她们不仅形体美而且都有一颗善良的心，对真正的爱情具有一种美好的向往。周良蕙对于已故的丈夫怀着真挚的悼念之情，尽管他们的婚姻缺乏爱情基础，但这并未影响她对“市委书记”的尊敬与缅怀；儿女们虽然激烈地反对她的爱情追求，甚至刺伤了她做母亲的心，然而她对儿女依然爱得很深，这都表明她有颗善良、温柔的心，对待新爱的绿衣人，她并没有因为他是“贱民”而厌弃他，而是那么深情地爱着他，尽管唇枪舌剑的舆论压力和亲朋好友的阻挠向她一起袭来，但她对绿衣人的爱恋并未从根本上动摇，这种钟爱源于她的善美的人性。傅玉洁对于自己的爱情始终怀着善良的愿望和美好的期待，即使丈夫被“打成右派”也没有损伤她的忠于苏骏的爱情之心，并幻想着丈夫摘帽后能使他们的爱情更加深沉更加浓烈，虽然她丈夫被强大的政治压力摧垮，精神一蹶不振，但她与他离婚后心中的恋情并没有完全斩断，这表明她的灵魂尽管并不崇高然而却不失善良；因为爱情的美是相互创造的，不能片面地要求女方完全为男方作出牺牲，故女性的善良之心也是应该有限度的。当然我们并不完全认为作者让傅玉洁与苏骏双方方离婚而结束爱情的处理方式是符合情爱逻辑的，尤其傅玉洁来了个一百八十度的大转弯带有很大的人为痕迹。在张弦所有的女性形象中也许孟莲莲的人性是最善良的，而这种善良往往与愚昧联系在一起。从她与姚敏生相爱、中经曲折、最后强迫结婚的过程来看，她一直以善良的愿望和赤诚的爱心来对待这一切，始终不渝地爱着负心人。面对着这种没有爱情的畸形婚姻她竟“笑开了，笑得那样快活，那样得意”，这是何等令人颤栗的善良啊！善良本来是中国妇女的传统美德和高尚心性，如果这种善良不以现代情爱意识来烛照，即使有一颗善良之心也不一定获得真正的爱情。

脆弱性。具有善良之心的女性在中国这块土地上虽然不乏坚强者，即出现不少强女人，但更多的却生成些脆弱女性。善良与脆弱体现在一个女性身上，往往有着内在的联系，特别在男女双方热恋的爱情关系中，女方的脆弱性表现得尤为明显。瓦西列夫曾说：“爱情是人的心理生活的最精细、最脆弱的产品。对爱情来说，声色俱厉，威严专断的目光，庸俗的日常生活是最致命的打击。作为一种心理现象，爱情仿佛是用极其精密的意识‘工具’所创造的。在爱情的本性中可以感觉到钻石在闪烁光芒，瓷器的清澈晶莹。有时候，细微的不慎对它都会产生致命的影响。”①张弦笔下女性的脆弱，既有表现于男女双方的情爱关系中，以其女性特有的敏感从男方的言谈举止体察出细微的情感变化，以触动自身的最灵敏也是最脆弱的神经，唯恐失掉男方的爱，如孟莲莲从姚敏生的感情变异的过程中就表现出女性特有的脆弱性，即使尹影这个具有强烈个性意识、心比天高的女性也在那位编辑的婉言拒绝下显示出极度的颓丧和脆弱；但更多的脆弱性，则是从女性的情爱要求受到社会历史的强大阻力而面临着不可抗拒的悲命运的时候，常常得以充分显现。傅玉洁是一个比较坚强的女性，为了实现自己的爱情理想，她曾表现出惊人的勇气和坚韧的毅力，就是在苏骏被打成右派送到农村劳动改造的苦难岁月里也没有撼动她对幸福爱情的憧憬，她

① 《情爱论》第206页。

坚信“有了挫折，生活才能更加奋发，更加充实；经过波折，爱情才会更加浓郁，更加深沉；栽了跟斗，苏骏一定会更聪明、更坚强、更革命”。傅玉洁素有的浪漫主义情调就是这样同“坏事能变成好事”的哲学思想结合在一起，使她坚强而自豪；然而不正常的政治风暴不断地向她袭来，严酷的现实步步向她逼来，苦难的工作条件和险恶的生活环境使她难以应付和支撑，她屡屡受伤的心灵更无法医治愈合，于是她美好的爱情理想破灭了，走上了回头路，表现出她精神的极度疲惫和神经的极度脆弱。王蒙曾评说张弦的爱情小说“大多是一些女性，她们有秀美的外表和心灵，她们有过天真而美好的青春，但是，当有形的而在更多的情况下是无形的俗恶势力扑向她们的时候，她们是不设防的，也许可以干脆说这是一些善良的弱者。对于斗争，她们都那么缺乏准备、经验、艺术和勇气，她们是太娇嫩了，似乎不该生在这个荆棘丛生、战云密布、难逢人开口笑的世界上。”①

心理惰性。张弦塑造的女性系列，虽然着重从外部的社会历史系统探寻其爱情悲剧或喜剧的根源，对其性格的脆弱性的揭示也是侧重于外部原因的开掘；但决不能以此为由否认作者对女性心理惰性的揭示。只要深入地剖析一下活动在爱情世界里的每个女性的文化心理，就可以发现传统文化的积淀已形成了她们难以克服或驱除的心理惰性，这既是她们性格脆弱的内在根据也是其爱情悲剧的深层原因。固然爱情的悲剧是情感冲突和社会冲突的一种特殊形式，是一个人的高尚追求同反对这种追求的外部力量或某种重大的客观障碍之间深刻冲突的一种特殊形式；然而能够使爱情遭到社会否决的外部力量，必须通过爱情主体的内在因素才能起作用。存妮与小豹子的性爱关系被发现后，如果存妮有一种清醒的理性支柱，确认自己的所作所为并不是“奇耻大辱”，也不是“伤风败俗”，而是人性的内在要求和情欲发展的必然结果，并决然提出与所爱之人小豹子正式结婚，那么她就不一定走上绝路，以生命来殉情；正由于她自己也处在一种蒙昧的心理状态，旧道德旧观念旧风俗在她心中居于重要地位，而这种心理惰性致使她感到自己的行为是大逆不道，是犯了不可饶恕的罪行，是做了最见不得人的丑事。所以外部的封建残余势力和旧道德习俗的强大压力向她袭来便通过其心理堕性起作用，使她走向自杀道路。从这个意义上讲，存妮的性爱悲剧也是性格悲剧。菱花、傅玉洁在爱情上走了回头路，向旧传统屈

① 王蒙：《挣不断的红丝线·序》，《善良者的命运》。

服，归根结底还是她们的心理惰性在作怪，若是她们真正同封建传统观念彻底决裂，真正确立了自尊自强、独立自主的个性意识，即使外部压力再大也能顶住。我国的女性具有先天的弱质，虽然从近代以来掀起多次思想启蒙运动和妇女解放运动，她们的心理素质和思维定势有所改变，但并没有从根本上甩掉沉重的历史的因袭重担，特别是旧的伦理观、婚姻观在她们的文化心理上扎下难以拔掉的根须。孟莲莲之所以满足于那种没有爱情的婚姻，在负心丈夫面前表现得如此谦卑，重要的不是出于她的痴情而是她的愚昧麻木所致。在孟莲莲的心理上，女性的善良脆弱同封建的“从一而终”、“贞操节烈”、“嫁鸡随鸡，嫁狗随狗”等观念交织在一起，使自身做了自己精神的奴仆。这类形象具有深刻的文化批判意义。与孟莲莲的形象形成鲜明对照的是知识女性韦静怡形象的塑造，虽然在最困难的时刻丈夫遗弃了她，但她对生活并没有绝望，而把全部感情倾注到事业上，后来并断然拒绝已离婚的丈夫重修旧好的要求，她要做一个“有自尊，知自重，能自强”的独立于世的现代女性，在她身上很难发现旧文化所铸成的惰性。可见，中国女性要获得真正的爱情，最根本的要同旧文化旧传统决裂以获取自身精神、世界的彻底解放。

张弦所塑造出的个性迥异而具共同特征的女性形象系列，熔铸着创作主体的全部心血和情感，并体现出塑造这些女性形象的审美形式的选择。由于作者着力于外部系统探索女性爱情婚姻悲剧之因，所以他善于把人物的刻画同社会历史进程、同客观环境变化描写结合起来，在历史的发展或社会的变动中突现人物性格，从而揭示人物性格及其爱情命运的变化同历史变革和社会环境变化的关系。傅玉洁性格的变化及其爱情婚姻的演变同历史的曲折和社会环境的恶化紧扣在一起，致使她的性格悲剧和爱情悲剧带上鲜明的时代色彩，特别她的性格具有一定的历史深度。周良蕙的性格由蒙昧到觉醒由脆弱到刚强的转变过程，是同社会环境由顺境到逆境再到顺境的变化紧紧相联，特别她最后的觉醒是同新时期的时代潮流相吻合的。荒妹、菱花的性格变化及其爱情命运，无不同她们所置身于其中的社会历史环境的曲折变化过程相适应。作者对女性形象的刻画并没有仅仅止于此，他也重视人物内心由外部环境激发而引起的思想情感流程的抒写，把复杂微妙、不断变幻的女性心理惟妙惟肖地刻画出来。《未亡人》的内心独白的抒情方式，探幽烛微地揭示了周良蕙内心的新与旧、情与理、灵与肉等复杂深微的矛盾，使她的由蒙昧到觉醒、由脆弱到刚强、由犹豫到坚定的思想感情变化轨程相当清晰地展现出来。《被爱情遗忘的角落》对荒妹的爱情心理的刻画真实动人。作者以精细的笔触深切微妙地描述了荒妹对男性的"气他、恨他、不睬他、害怕他、又不由自主地想念他",最后坚定无畏地爱上他的心理变化。这样的心理描写,不仅勾通了人物的主观情感与客观环境的关系,也提供了人物行为方式的内在依据,使女性形象显得更加真实,更加丰满。

纵观张弦爱情小说的艺术世界,"没有繁复的线索,没有大慧、大智、大勇或者过于复杂深奥、令人捉摸不透的人物,没有那种爆破式的、倾泻式的或者旋风式的恃才大书特书,没有那么多大段抒情、哲理、政论以及那些令人羡慕眩晕的天南海北、古今中外的学识显示,没有那么多色彩浓重的、当当响的、有刺激性的语言……怨而不怒,哀而不伤、平而不淡,深而不艰,情而不滥,思而不玄,秀而不艳,朴而不陋,这就是张弦的风格,这就是张弦的节制,这也恰恰是张弦的局限性。"①

张弦的爱情小说虽然数量不多,却获得相当大的成功,在中国情爱文学史上自有它的独特价值和不可取代的地位。

(写于 1989 年,收入 1991 年天津教育出版社出版的《爱河溯舟》)

---

① 王蒙:《善良者的命运》。

生命骚动　心灵超越

——张贤亮小说情爱模型解构

神圣光环：母性爱的柔情蜜意

当代文坛上，张贤亮是一位引人注目的小说家。自《男人的一半是女人》问世之后，围绕着作品中的“性爱描绘”，文坛刹是热闹了一阵子。取社会政治批评角度的人们，有的责难作品以性无能来隐喻知识分子命运是不确切的，有的则赞其以性功能丧失为文眼，便深刻地切中了非常时期的社会环境对人的异化和迫害。从道德领域立论的人们，要么击节赞叹作品突入性心理这一荒漠，其反传统之威力，较之《沉沦》有过之而无不及；要么眦目怒其低级庸俗的自然主义描写，“玷辱了中国知识妇女历来的洁癖”。至于那些从审美层面上来观照作品的人们，则把注意力更多地倾注于性描绘的露与隐、象征与哲理、常态与失态之性心理等方面的探索。试问，到底是不同层次和角度的批评指向创造并丰富了作品内涵，还是作品固有的丰富的内涵导致了多层次多角度批评价值的取向？抑或两者互为因果？见仁见智，“百家争鸣”使然。总之，《男人的一半是女人》是一部具有所谓“轰动效应”的小说。

“轰动效应”的原因固然是多方面的，而以性爱为中心辐射出来的热量，导致了读者层次的“发热”，却是不争的事实。客观地说，张贤亮并非以性爱为基石来构建他的艺术世界；但由于饮食男女乃人之大性，故使任何一部表现出了人性深度的作品，都难以脱逃对食色的直面和正视。特别是在非常时期对这两者有着深刻体验的张贤亮，一旦拿起笔来创作，就抑制不住要将它们作为切入人生社会、探索人性奥秘突破口的激情，这也是顺乎自然、合情理的事情。自恢复文学创作活动之后，张贤亮的《初吻》、《灵与肉》、《土牢情话》、《绿化树》、《男人的一半是女人》等系列作品，都程度不同地浓淡不一地对作品主人公的情爱生活作了或粗疏的勾勒，或细腻的剖析。要透彻地解读张贤亮小说对人生、人性的深刻思考及其独特的审美内蕴，唯有对其所铸造的情爱模式作一番解剖，才有可能真正地折射出作家独具一格的艺术世界。

张贤亮小说的男女主人公所营构的情爱世界，既不像沈从文情爱小说那样以原始生命力作基石，在性与爱的心理行为、言谈举止上透放出主人公或荒蛮粗犷或率真朴直的生命活力，也没有郁达夫情爱小说中主人公们那种自哀自怜、凄凄切切的情调。从整体审美内蕴来看，张贤亮小说的情爱世界，隐喻着一个古老神秘且又呈现时代特质的模式：即用性爱的外在颜料涂抹“母爱”的内在文化基因，在性爱与母爱的交融和碰撞中，男女主人公透放出生命的活力来。在这样的模式中，男女主人公主观上体验的自以为是的性爱之情愫，骨子里仍未脱尽母爱的深刻痕迹。要持证这一点，我们先从小说主人公的心理气质特征入手，通过剖析他们的灵魂，来凸现其全部的人生观念和人性特质。

活跃在张贤亮笔下的女人，大多是一些传统式的中国女性。传统中国女性，意味着贤慧、温柔、文静，却少教养、少知性，在生儿育女、辅佐丈夫的所谓事业中来获取自身存在的价值；因为她们主内不主外，她们又有着重情不重理的人生价值倾向，较之男性她们的感情要丰富得多，细腻得多。她们把握世界与人生的方式，具有直悟的性质，很少作逻辑的理性推理，更多的是凭情感的突发来判断事物，规划自己的行为准则。在实现两性爱的融合途径上，中国女性也迥异于西方女性，他们不是以满溢着狂放情欲的外泄方式来获取两性身心交融的愉悦，更多的是借助于精神上的默契，日常生活中琐碎的情感交流，甚至是一种坚韧无私的奉献，以此来获取虚幻的精神慰藉。这种爱的内蕴，与其说是男女两性之爱，毋宁说是一种慈母之爱更确切一些。因为这种爱迥异于现代性爱的内涵。即性爱乃是男女双方处于一种既给予又获取并在给予与获取的途征上实现自身、肯定自身、持证自身价值的共享状态。只想获取而不愿奉予，或只有奉献而无获取，都不是真正意义上的现代性爱关系。鲁迅提过的中国妇女没有妻性，妻性只是母性和女儿性的混合，大概就是从这一方面立论的。

对传统中国女性的整体性质有所了解之后，再来审视张贤亮笔下的女性，就会发现她们身上母性的含量远远大于妻性。

首先，张贤亮刻画的女性几乎全是些没有文化、没受过多少正规教育的劳动妇女，这既与男主人公现世身份（或为劳改犯为劳改释放犯）和生活环境相吻合，同时也与男主人公渊博的学问形成巨大的反差。作者的原意或许想让这些女性作为男主人公腾飞的支撑点，成为一匹匹驿马驮着那些英雄骑士到达理想的彼岸；但作品提供的文本图像却与作者的本意大相径庭。这些少知少识的女性，都典型地具有弗洛姆所定义的“生产型性格严”——无私的给予，博大的胸怀，高尚的情操。无论是李秀芝式的贤慧，乔安萍式的痴情，还是马缨花式的泼辣，黄香久式的苦恋，她们那母性般熠熠生辉的性情；按之章永璘一类男主人公貌似伟岸实则猥琐，貌作超越自身、超越现实、超越人生状，实则是因自卑自贱而产生的虚幻英雄意向的一种心理补偿，就更能令人在情感层面上对前者引起共鸣。女主人公的少知男主人公的多知，女主人公的多情与男主人公的寡情，在作品中构成了一个强烈的文本反讽意向：汲尽了贫瘠地母仅有的肥力而长成的参天大树，在挺拔向上的同时没有忘记嘲笑那养育它的地母的荒瘠，恰如鸥鸦长大之后起飞之前的第一件事，就是把它们母亲的肉体瓜分吃掉一样；章永璘从猥琐的半个人变成了一个真正的男子汉之后，他行为的第一个牺牲品恰恰就是那个帮助他成为男子汉的黄香久。知识作为人类文明进化的象征符号，在这里已经失去了它那温情脉脉的一面，显露出了原始狠毒的另一面；而女人们的无知愚昧除了偶尔引起男主人公生一丝怜悯心之外，除了印证历史和社会强加给这些女性们悲凉的因素之外，无知愚昧实在还寄寓着无私、奉献、利他等人类优秀品质的深刻内蕴。这种品质从他人处较少感受到，只有当儿时的我们静静地躺在母亲温柔的怀抱之中时，下意识才会涌现出安全、宁静、幸运的情绪来。

其次，张贤亮小说的女性们，她们在性爱关系中的那种敏锐直感把握人性的方式，与在特定时期用扭曲了的理性意识来判别人性的方式，形成了鲜明的对比。她们虽然没有多少书本知识，但对人性本质的直觉分辨能力，却使她们能一眼透视出美丑、真假、善恶等人性的内涵。乔安萍敢于和一个自己押解的劳改犯偷偷摸摸相恋，马缨花、黄香久敢于和一个劳改释放犯眉来眼去乃至结合；想想那个特定的时代和环境，需要的就不仅仅是勇气。那时候，不要说与一个阶级敌人私自恋爱结合，就是和他的关系稍微密切一点，政治生命和肉体生命都有可能丧失，更不用说一个女人，有多少须眉男子汉在政治强权的迫压下敢对一个弱者——一个所谓“阶级敌人”流露出一丝一毫怜悯之心呢？更何况作品男主人公已自觉认同了自己所谓的罪行，这就难免有石在把女看守乔安萍对他纯贞的爱情作为告密的资本，以求得自己罪孽减轻这样荒唐的事情发生。《土牢情话》中石在的“有知”与自私，在乔安萍“无知”却无私的品性映衬下，那猥琐的人格、病态的心理、低劣的操行，显得何等的鲜明！

从政治上或道义上来看，可以毫不夸张地说，正是马缨花一类女性，在非常时期拯救了一代社会精英，“男人的一半是女人”这一命题的哲学内蕴也正在于此。这类具有中国传统美德的劳动妇女，她们的温情消融了彼时彼地身处异境的章永璘们心中的冰雪，使他们体验到了身虽孤独，尚有人爱，世固无情，还有情在；她们无畏的勇气，奠定了章永璘们向上腾飞的基石，使他们领悟到了活着虽艰难尚值得留恋，未来虽渺茫却还有希望，她们那只是给予不求索取的博大胸怀，包容了章永璘们孱弱的心灵，使他们感受到了苦海无边仍有甜蜜，人间冷酷还有温暖。

从心理层面上来看，乔安萍、马缨花、黄香久并非女中豪杰，或武艺超群的侠女，但也不属于那种自觉寻求刚强男子汉予以保护的女性。就一般女性心理而言，由于传统的、社会的、生理诸方面的因素，女性呈现在世人眼前的是孱弱、柔和与温顺的弱者形象。因而，她们的性爱心理取向，大多以寻找强壮、雄健体格或社会地位显赫的男子汉，作为力的象征，来平衡自身的弱小心态，借助于强健男性的力，编织成不可侵犯的保护伞以求得生活的保障与和谐。这种心理类型的女性，由于主体独立意识不强，故自我价值也难以获得真正的实现。另一心理类型的女性，虽然也有如水的柔情，孱弱的外表，低微的地位，但她们却有着刚烈的独立个性，有着强烈的自我实现的欲望。因此在性爱关系中，她们往往绕开那些傲慢自负的男性，尤其是当她们代表着政治强权的时候，而把感情的天平倾向于受迫害的男性一边。她们之所以不钟情于那类所谓的硬汉强人男性，其心理机制就在于她们感受到在强人面前，她们永远是弱者或依赖者，而感觉不到由自身柔情所建织成的温床存在的价值，难以唤起女儿般的柔情蜜意，难以舒展开深厚博大的母性胸怀。但在受迫害、无地位的孱弱男性那里，她们则可以找到实现自我的温床，感受到为他人需求的喜悦。把这种心理机制与中国传统女性中母爱的基因结合起来，这类女性对异性的爱，就像一双用心灵展开的能够给人以庇护、能够被人所偎依的柔软温暖的巨大羽翼，永远与保护、怜悯、给予连在一起。正如弗洛姆所指出的那样，对于生产型性格的人来说：“给予是潜能的最高表达。正是在给予的行为中，我体验到我的力量、我的财富、我的能力。这种提高生命力和潜能的体验使我充满了欢乐。因为我作为流溢、消耗、活着的我而体验着我自身，因此是快乐的。给予比接受更快乐，并不是因为它是一种被剥夺,而是因为在给予的行为中表示了我生命的存在。"[①]张贤亮小说中乔安萍之于石在、马缨花之于章永璘就是这种性爱关系的最好例证。她们没有从章永璘们那里获得过什么,即使她们潜意识中渴望获得的某种温情章永璘们也从没有给予她们。相反,从物质到精神,她们的给予却是那样的多,那样的实在。正是她们的奉献章永璘肉体的外壳才得以保存下来,他们的精神创伤才得以康复起来,他们的自信心和理想的追求才没有成为沙滩的楼阁。尽管有人不无善意地嘲笑张贤亮这种"才子落难,佳人相助"式的情爱模型在现实生活中是罕见的;但我们倒宁可信其有,不愿信其无,况且我们也没有权利去捣毁作者于荒漠中幻构出来的"洛神梦"。劳改犯们屡有佳人以身相许的事情虽不多见,但患难夫妻、危难中见真情的女性过去有,现在也有,将来还会存在的。因为源远流长的东方文化陶冶了这样的女性,中国艰难困苦的环境养育了这样的女性,我们目前的社会现状也还需要这样的女性。

如果说马缨花在与章永璘发生的性爱关系中,基本上是以母爱替代了妻爱的话;那么,黄香久在与章永璘发生的性爱关系中,母性与妻性已交相融合在一起。众所周知,在男女性爱关系中,性的相互需求乃是爱的生物性基础,爱情需要性行为保持其活力,没有生命之水的浇灌,它就会干涸的。夫妻之间倘若没有性的形式,爱的内容无疑会逐渐丧失殆尽的,当然更需要精神力量的支撑。黄香久与章永璘结婚后,作为女人,她已具有了现代意义上的性爱意识。她首先需要的是性的形式,唯有在这个基础上,她和"陌生人"章永璘的感情网络才有可能编织起来。因为性形式对于这类很少浪漫气氛的婚姻,可以用来作为表达爱情传递感情的极为重要的手段。黄香久不同于马缨花,马缨花在性的问题上过于随便又过于谨慎了。"美国饭店"的外号道出其中的一面,她拒绝章永璘性的要求一事又见出了另一面,以至于有人讥笑"这个婆娘不是人,九天仙女下凡尘。"[②]在某种意义上,黄香久超越了马缨花,她渴求性,希望借性的手段获得夫妻间情感的沟通,但章永璘却丧失了性的功能。这一状况不仅使章永璘陷入了绝望的深渊,也使黄香久心灵受到了极大的挫伤。对于黄香久在潜意识中那种追求快乐原则"本我"的强力律动下,她与党支部书记曹学义发生了性关系一事,就道德层面上看,我们当然可以指责她这种行为的非理性、非道德,甚至把章永璘最终出走归咎于她的背叛,也不无道理。但据此就判定黄香久是一个放

① 弗洛姆:《爱的艺术》,工人出版社 1986 年版,第 24 页。

② 张散、马明仁选编:《有争议的性爱描写》,延边大学出版社 1988 年版,第 161 页。

荡不羁、一味追求性享乐的“破烂货”，恐怕也是不公正的。她在和章永璘最初的共同生活中，夫妻间虽无性的形式，并且她对丈夫所要从事的“伟大事业”毫无了解，但共同的命运和遭遇却使她从心底里爱上章永璘并愿意把一切奉献给他，甚至愿意为他坐牢，为他去死。章永璘性功能的恢复，男子汉的自信心的恢复，都与黄香久的柔情、耐心密不可分。所以她绝对不是以“性的符号”出现的，她是一个有血有肉有丰富细腻感情的女人。章永璘与她始终没有达到肉体与精神的和谐一致，这一点黄香久并非不知道。作为一个文化素养不高的女人，除了用体贴的温情和性的形式来实现与所爱对象隔离的超越，打破彼此孤立的僵局，她还能想出什么更好的办法？由此可见，黄香久的给予，并非仅仅是为了肉体的满足，更重要的是希冀在两性结合的统一关系中，在一种新生的共存共享状态中，来实现两性身心的完美融合，这是黄香久妻性的重要表现形态。而在另一面，自从黄香久发现章永璘对自己荒唐行为有所觉察之后，她就背上了一个沉重的精神十字架，内心陷入了一种无可名状的负罪情态，此后她极力想补救这一过错，但都未获章永璘的原谅。这种犯罪心态不仅源于妻子对丈夫的背叛，而且还源于中华民族集体无意识中母亲对儿子的背叛。因为黄章的结合，原本就不是罗曼蒂克式的“英雄美人”恋情的结局，而是彻底现实主义化了的“生产合作社”式的组合。在这样一种情爱关系模型中，黄香久扮演的是十个内当家的母性角色，她给章永璘提供了一块宁静、舒适的乐土，让他在有限的自由空间里，从事无限的自由的精神创造。但她在给予章永璘精神慰藉、物质帮助的同时，却把自己的肉体给予了曹学义，这无论从妻性还是从母性上来说，在中国这样一个特定的社会里，无疑是一个十恶不赦的大罪。章永璘最后的出走，黄香久绝望而又无可奈何的那番话，虽含有对章永璘的哀怨和诅咒，但对自己背叛行为悔恨交加的情感也溢于言表，情极可怜。我们说黄香久是一个矛盾的复合体，主要就她本身的行为思想隐含着这样一个无法索解的悖论而言：本我对性的渴求与超我对性的拒斥之间的碰击，只想奉献不想索取的母性与既要给予又要获得的妻性之间的激烈冲撞。

离异回归：双向互逆的碰撞挣扎

如果说张贤亮笔下的女性形象系列，基本上未脱传统中国女性特征的痕迹，她们的性爱意识中搅和着浓郁的母爱液汁；那么张贤亮笔下与女性形象相对应的男性主人公,基本上也是些传统士大夫一类的角色。虽然时代已经跃入二十世纪六七十年代,但数千年封建文化却在章永璘一类现代知识分子心灵深处,打下了深深的印痕,使他们艰难挣脱传统文化的羁绊从而实现对现实的超越,很难对社会和人生实现真正哲学意义上的批判。

我们所指的中国传统士大夫,其根本特征就在于他们自觉或不自觉地对中国传统文化的整体认同意识。中国传统文化有一个显著的标志,就是重视社会、国家、民族远甚于对个体的重视,把社会的生存和发展视为每个个体生存和发展的决定性前提。由此而派生出来的"达则兼治天下,穷则独善其身"的人生信条,"由士而仕,由'修身其家'进而'治国平天下'"的职业意向,"感时忧国,以天下为己任"的救世精神,"我不下地狱谁下地狱"的历史使命意识……这些均为传统文化载体的士大夫身上闪闪发光的品性。在另一意识层面上,传统士大夫大都存在着重理轻情的趋向,他们往往把儿女之情、男女之性或视为"消蚀意志"的洪水猛兽,或贬作不入大雅之堂的下九流的肮脏玩意。英王爱德华八世"宁要美人不要江山"的事情,绝不可能在中国士大夫的身上发生,其缘由就在于中西文化背景和传统所形成的人生价值取向的悬殊位差。在重理轻情这一总体趋向支配下,士大夫中存在着对女性的歧视、污辱,则不足为奇了。什么"唯女子与小人难养"、"女子无才便是德"、"女人祸水"之类的奇谈怪论,无一不深深积淀在传统士大夫的无意识层面。

张贤亮笔下的男性形象虽然很多,但以小说主人公面貌出现的,基本上是一个被迫改造的知识分子形象。这里以章永璘灵魂的苦难历程作为例证,来烛示出这一类烙印着传统士大夫个性的现代知识分子的心灵世界。

无可置疑,章永璘是一个学识渊博的人。他谙熟历史,精通哲学,长于思辩。虽身陷囹圄,却能在精神领域的万里长空中自由翱翔。知识给了他把握世界、观照社会的力量和智慧,但同时也给他带来了无穷尽的精神痛苦,知识使他内心永远躁动着拓展自我、表现自我这样不安分的因子,并因此而身遭横祸,成了人民的"敌人"。但相对于代表着荒原、贫瘠的马缨花、海喜喜来说,知识使章永璘获得了某种独立的人格意识,摆脱了对命运、人生随意性的无为心态,具有了对现实合理存在怀疑的能力,而相对于一个时空更为广阔的历史文化背景,章永璘的知识又使他丧失了人格的独立意识。他没有通过自身的遭遇对现存的一切作深层文化动因的反思,只在表层意识上自觉认同了自我改造的必需性和残酷性。"我所属的那个阶级覆灭了,作为那个阶级思想载体的我,唯有用荒原的血清替换掉那血管中被毒化了的血液，才有可能为劳动人民所认可。”章永璘这种浅层次的思想意识，究其本质，仍是“天将降大任于斯人，必先劳其筋骨，饿其体肤，累其心志”这种救世意识的翻版。前面已论及的男女主人公的有知与无知在作品中构成了强烈的文本反讽意向，也应该包含着这一点：知识在特定的条件下，不仅不会造福于人，而且还会给人带来灾难，在扭曲知识分子心灵的同时也伤害了他人的心灵。《土牢情话》中石在真诚地认可自己的罪行，真诚地向组织反映乔安萍对自己所谓的“不可告人的爱情”，这足以印证知识的这种双重结构。知识渊博的章永璘对那种强加给他并经他内化了的虚假观念（原罪意识）的错误认同，这不仅仅是章永璘一个人的悲剧，几乎也是他们那一代人知识分子共有的心灵悲剧。

进一步探索这类知识分子的心灵悲剧，我们就会发现它构成的双重性。一方面，这些知识分子理性思维的触角神经格外发达，因而他们对一切事物都能作形而上的思辩解析、逻辑推理，使他们获得自以为是的必然结果。另一方面，理性思维神经的敏锐、发达，使他们的血液的温度远比一般人要低得多，因而他们不可能受热情的驱使，作“本能”的俘虏，致使他们获得较一般人大得多的自制能力。《男人的一半是女人》中的丧失了性功能的章永璘，偶然发现党支部书记曹学义溜进自己的家并与自己的妻子私通，在最初的几分钟里，他的胸中曾燃起过愤怒妒恨的熊熊烈火，也起过要操刀杀人的情感冲动，然而这冲动很快就在和先哲圣贤的精神交流中消失了。章永璘成功地克制了自己，虽然那颗心灵受到了严重的创伤，但他毕竟在精神领域的另一层面上获得了对自我的超越。当然我们不能据此就误认为章永璘对黄香久的宽容，表现了他心胸的博大。其实，这只是他情感机器化的一种表现，他以后对黄香久的报复同样体现了他的冷峻、理智、不为情感所动的“冷血”特质。还有章永璘在芦苇丛中偶遇黄香久裸浴的那一幕，更把章永璘意识的两个层面的搏斗烘衬得淋漓尽致。任何一个像章永璘那样的年青人，他潜意识内那具有一泄为快的本能需求，因长期的受压抑而会变得异常猛烈，很有可能表现为不顾一切的能量发泄冲动，成为一种随时随地都可能冲决理性的堤岸，“扑向任何一个异性”的野蛮力量。但章永璘毕竟是章永璘，面对一个美丽的赤裸裸的姑娘，他内心经历了一场惊心动魄的情欲与道德、理性与感性的灵肉搏击，其结果是，章永璘用坚强的意志，抑制住了“本能”蛮力对灵魂的强劲冲击，理性的灵气在摆脱了情欲的纠缠之后获得了升腾。

过分发达成熟的理性思维触角神经、超乎常人的坚强意志和毅力、渊博深厚的知识和智慧，这些仅仅是章永璘们悲剧个性的一个方面；与此相关联的，则是线型的、不成熟的情感思维触角神经。这一特征表现在性爱领域中，他们往往以年少孩童似的情感思维特征呈现在世人面前。所谓孩童似的情感思维，是指性爱关系中浪漫主义色彩极浓的爱情模型。荣格认为这种模型属于少年和儿童幻觉中的生活，“人们进入青春期之后，如果还保留着这种形式的爱情，会被认为是人性爱发展阶段中的不正常现象”。① 当然，张贤亮笔下的男主人公，除《初吻》中那个少年有过浪漫色彩极浓的爱情幻想之外，劳改犯石在、章永璘们有时虽臆造过彩虹般色彩的艳遇，虽然常作“搂着姑娘入睡”的白日梦，但他们和女性的关系基本上脱尽了幻构的色彩，没有多少浪漫的气息；相反，大多是赤裸裸的彻底现实主义化了的情爱关系，男主人公已失去了少年的狂热，他不会为了爱一个美丽的姑娘而献出自己的一切。不过，这并不排除男主人公性心理发育极不成熟这一基本事实。章永璘们性心理的不成熟并不是以编织罗曼蒂克的爱情梦为标志，而是以孩童对母亲的依恋形式表现出来的。

在男女情爱关系中，恋母情爱模型比较罕见，但又颇具特色。这种模型中的女性往往扮演着无私、奉献的母亲角色，男性各是一些性格懦弱、地位低微、情感波动幅度极大的生活弱者。他们寻找配偶，就好像一只在波浪翻滚的大海里颠簸的船只，极想寻找一个港口，来躲避生活风浪的袭击。这种人性生理的健全发展和性心理的萎缩所形成的悬殊位差，促使他们自觉或不自觉地扮演着被保护的子女角色。章永璘与马缨花的关系则是典型的恋母情爱模型。

《绿化树》的文本图像显示出，劳改释放犯章永璘自第一次去了马缨花家之后，他常常神使鬼差般地走到马缨花家门口。这一举止的心理机制，可以用饥饿心理学来解释。对于一个身材强健的年青男性，集体食堂那几两杂食无法满足他辘辘滴沽肠胃的需求，是求生的本能促使他到马缨花那里觅食以解饥肠之苦。还可用弗洛依德的性心理学来解释他的行为。章永璘受了潜意识本我的内驱，才到马缨花家以寻求情感的发泄。其实不然。与其说章永璘是受本能的驱遣以寻求情感的发泄，还不如说他到马缨花那里寻求情感的加固更为贴切。这种情既和欲相区别，也和一般意义上的男女之情相区别，实质上它是一种孩童对母亲怀抱的依恋之情。对孩童来说，母亲的怀抱意味着温暖、食物、满足和

① 《青春期心理》，河北人民出版社1984年版，第121页。

安全。而章永璘所要寻求的也正是这些。他去会马缨花,从没有起过一个年青人和情人相会那样一种心猿意马般的情感,因为发达的理性思维神经告诉他,他没有也不可能爱上马缨花。只是由于他从马缨花那里得到的太多了,良知告诉他必须在情感上有所表示。因此,章永璘曾违心地向马缨花求过婚,也曾起过要与马缨花性交的欲念,但这些绝非他感情冲动的结果,而是在某种"还债"意念引发下的结果。正因为这样,所以当马缨花拒绝了他的要求时,他非但没有起过一个男子汉遭到拒绝时理应燃起的怒火,相反,却产生了一种犯罪遇赦般的羞涩自愧而又无限感激的心理。我们尽可在道德的领域内去抨击章永璘的卑劣、渺小、自私,但在性心理学的层次上,对于章永璘孩童般的恋母情结应该予以理解。人格心理学的一般常识告诉我们,作为一个成人标志的性生理和性心理的发展应当是同步的,如果两者缺一就会形成病态。而后者滞留在少儿期,又必然使这个实质上残缺的成人怯懦、犹豫,缺乏应有的男子汉气质。章永璘在情感方面缺乏一股男子汉的气质,很大程度上是由于性生理与性心理未同步发展而造成的。

那么,究竟是什么原因导致了章永璘性心理发育的不健全、情感思维神经不成熟,从而产生出性爱关系中的恋母情结呢?

首先要充分意识到客观环境对章永璘们性心理发育的巨大影响。二十多年的劳教岁月,章永璘所生存的外在环境,对他来说已成了专政、摧残、改造、侮辱、暴力的符号。这种环境提供的仅仅是维持生存的最低限度生活资料,而作为一个正常人的其它欲望和要求理所当然地被剥夺了,不要说和异性的接触恋爱,即使与异性见面的机会也微乎其微。在这样一种生存时空里,人的心理发生种种的变态畸型也就不足为奇了。正如夹杂种植的植物远比单色品种的植物要发育良好得多,人类生态学的一般常识也告诉我们:不同性别、不同年龄、甚至不同个性的人杂居在一个群体之中,人们的生理心理才能得到正常发育。倘若人为地按年龄、性别强迫某一类人共居在一起,他们的正常发育势必受到抑制,他们的生活也会变得索然寡味,很多老人之所以不愿进孤老院,就在于他们需要和孩子们在一起生活。这或许是小孩的天真活泼能唤醒他们的童心,能缓解他们的孤独感。至于男性和女性的杂居,更是一个社会生活不可或缺的首要条件。对于这一点,美国心理学家罗洛·梅曾特别指出过,两性的共存能够彼此激发,使对方产生活力,并且具有加深强调异性特征的功能。他说:"当没有女人在场的时候,我们的男性倾向便不那么明显;相反,当没有男人在场的时候,女人的女性倾向也不那么明显。一旦我们为女性所包围,我们就变得富于男子气概,而女性则会变得更富于女人气"。[①] 理解了这一点,我们就能更好地把握外在环境对章永璘性心理萎缩的巨大影响。

其次,外在环境对个体心理的影响。还需要一个自我意识内在化的过程。前面我们已经提及,章永璘对现实的错误认同,导致了他对自我的否定。但需指出的是:这种否定始终是表层意识上的,而潜意识的欲望没有也不可能被否定掉;相反,"本我"因"超我"的过度压抑而变得更为猛烈,并以畸形的意念外泄出来。章永璘常作"搂着姑娘入睡"的白日梦,便是这种畸形意念发泄的最好例证。当然,畸形意念最常表现的形式是这类男性已丧失了爱的能力,他们不可能领悟到"爱的本质是主动的给予,而不是被动的接受"。[②] 也不可能正确理解真正的性爱关系中男女双方自身应具有的起码素质。这样,他们要么把女性作为欲望发泄的工具,要么把女性作为精神依恋的避风港,从未把女性作为平等的或真正意义上的情人对待。章永璘对女性最完备的了解,也许还停留在少儿时期对自己母亲的理解水平上。从这种少儿幻构出来的女性形象出发,来观照成人之间的性爱关系,势必陷入无穷尽的困惑忧烦之中。这种永恒的困惑既是主人公人格发育分裂态的结果,也是人格分裂更为严重的原因。

性生理的成熟与性心理的萎缩,过分发达的理性思维与贫乏荒漠式的情感思维,使得章永璘性爱行为形成了两极悖逆的走向。一方面,他需要一位心造的美丽温柔的女性来填补他的感情真空;但在另一面,当一位女性进入他的生活领域时,他又表现出既依恋又拒斥的双重心理意向。依恋的心理意向源于母亲和儿子的共生性融合。依据弗洛依德的理论,人生首次遭遇到的重大精神打击,乃是"出生",即婴孩脱离母胎的一刹那间。从"出生"开始,人便告别了温暖、和平的母体,独自来到充满危险、恐惧、饥饿与寒冷的大千世界上,踏上了生老病死的"苦难历程"。因此,人类在潜意识里,无时无刻不萌现出一种复归母体的强烈愿望。弗氏的"母体回归"理论虽不能阐释章永璘性爱行为的总和,但对于理解章永璘矛盾的性爱心理形成的深层动因,无疑是有一定帮助的。章永璘需要马缨花这样一个女性的爱抚,恰如一个孩子需要母亲怀抱的爱抚慰籍一样。他虽嫉妒海喜喜等人去"美国饭店"的行为,但这种嫉妒并非真正性爱关系中男子汉的嫉妒。因为他并不想真正占有马缨花的整个身心,所以他有时又进

---

① 罗洛·梅:《爱与意志》,国际文化出版公司1987年版,第118页。

② 弗洛姆《爱的艺术》第4页,工人出版社1986年版,

行自我谴责，认为自己是一个多余的角色，而海喜喜和马缨花倒是非常匹配的一对。拒斥的心理意向源于成人的理性思维神经。《男人的一半是女人》中的章永璘，在黄香久的帮助下恢复了男人的性功能，但自此后每次性的结合，他并不能体味到销魂的精神享受，相反他却更加心烦意乱，更想逃脱他主观意念中的所谓"性的陷阱"。究其原因，一是由于这种肉体的结合欲望并非由爱情所激起的，没有爱的性行为根本就不可能填补人与人之间的鸿沟。正如弗洛姆所指出的那样，"在一瞬间，性吸引创造出融合的幻觉，然而，没有爱，这种融合只能使两个陌生人还像以前那般疏远，有时还会使他们彼此感到羞耻，乃至互相仇视，因为当幻想消失后，他们感到比过去更加显著的陌生。"①二是由于章永璘心理还有拒斥母性而独立的一面。如果说章水璘身上潜有母体回归的意向，而外在环境却加固并强化了这一意向，使他表现出较一般人更为强烈的回归愿望；那么发达的理性思维神经，使他独立脱离母体的愿望又同样十分强烈。罗洛·梅认为：人在诞生之后必须摆脱对母亲的"生物性依恋"。只有这样，他才能形成自己的自我意识，形成其行动的自立性，才能真正地拥有和掌握其自身②。章永璘毅然决定和黄香久离异，去干一番"拯救国家"的大事业，去实现自己"参与国家航向的制订"的政治抱负，从社会政治层次上观照，这种追求并未超出传统士大夫职业意向的轨道，他那种在个人与国家非此即彼的选择时，将个体与整体对立起来的人生信条也未超出士大夫的人生价值取向轨道。如果从心理学的层面上观照，就可见出章永璘的行为正是他极想摆脱自己对母亲生物性依恋心态的外射，正是他英雄硬汉意识的心理补偿的外在形态。因为性心理的不成熟，一度丧失了的性生理功能，两者的双向渗透所引起的一面是极度的自卑自贱，另一面则是极度强烈的补偿心理意向的产生。而这种心理意向可以用性的形式来表现，譬如章永璘对黄香久含有虐待性的性行为。对此，弗洛姆有精辟的分析，他说："常常出现这样的情况，如果一个男子的男性特征由于他在情感上还只是个孩子而受到削弱，他就会试图通过只强调自己在性别上的男性角色来弥补这种不足。结果就是唐璜式的人，他需要在性上证明他的男性能力，因为他不敢确信自己在性格方面的男性特征。当男性无能更加严重时，施虐犯就成了主要的——也是变态的——男性特征的替代物。"③此外，补偿心理意向还

① 弗洛姆：《爱的艺术》第49页，工人出版社1986年版。

② 罗洛·梅：《爱与意志》第140页，国际文化出版公司1988年版。

③ 弗洛姆：《爱的艺术》第35页，工人出版社1986年版。

可表现为对性冲动的超脱，去追求苦行僧式的另一精神境界。章永璘离开黄香久去干一番大事业，就是这种心理的具象表现。

由此可见，依恋与拒斥的心理意向是章永璘一类知识分子特有的性爱心理机制。前者还可从牧马人许灵均身上得到印证。许灵均拒斥优裕的物质生活的享受，自觉回归自身滚摸扑打了几十年的乡村贫穷生活，拒斥父亲的漂亮洋气的女秘书的诱惑，自觉认同与自己相依为命的质朴土气的妻子李秀芝，拒斥父亲强烈直接的心灵呼唤，自觉感应妻子微弱间接的情感交流。这种感情天平的倾斜，从政治上可赞叹他的行为是伟大的爱国主义的高尚情操，从道德上可赞叹这是坚贞不渝爱情的崇高表现；从心理学上来说，他潜意识中母体复归亦即俄狄浦斯情结未尝没有发挥一点作用？其实，许灵均向李秀芝的回归，与章永璘对黄香久的离异，看似两种截然相反的行为走向，实质上却是同一类型人物的个性两面在不同阶段的不同表现而已。这两种行为并非对立的两极，而是同一物的两面，它们的互补构成了张贤亮小说人物的复杂多面的内心世界。正是在回归与摆脱、需求与拒斥、母爱与性爱的交相融汇碰撞中，张贤亮的作品展现出了人物灵魂的悲剧性旅程，凸现出特定环境中人的痛苦的生存方式。其中蕴含着丰富深厚的人性因素和社会内蕴，使作品具有了较高的美学价值。

如果把张贤亮的全部文学创作活动，都归源于作家潜意识中所谓“俄狄浦斯情结”在起作用，或许太牵强了，也太片面了。但从他作品流露出的强烈母性崇拜意识来看，张贤亮的母亲对其创作的影响是不可否认的。要是没有慈祥的母亲、没有那崇高的母爱，张贤亮的作品或许要黯然失色得多。

对于张贤亮小说所建构的这类“性爱与母爱交相融合碰击”的情爱文学模式，并不想作出是与非、好与坏、美与丑的价值定性判断，我们对这种情爱模型中男女主人公心理机制的剖析，其用意无非是帮助读者在阅读作品时，能够通过透视人物心理来观照社会乃至观照自身，因为“艺术是现代人容许自己观看自身真实、残忍、可怕的一面的唯一途征”。[①] 需要进一步指出的是，处于这种情爱模型中的女性们，她们在性爱关系中涂抹着浓郁的母爱色彩，这既寓含着东方女性贤慧、温柔、奉献的美德，也积淀着她们悲剧命运的原始基因。前已论及，现代意义上的性爱关系，是男女双方在共同投入中既给予又获取的共享关系。但这类传统女性却不能享受到性爱关系中精神与肉体的欢愉，因为她们所

① 罗洛·梅：《爱与意志》第133页，国际文化出版公司1988年版。

痴情的男性并没有痴情于己。马克思曾指出:“如果你在恋爱,但没有引起对方的反应,也就是说,如果你的爱作为爱没有引起对方的爱,如果你为恋爱者通过你的生命表现没有使你成为被爱的人,那么你的爱就是无力的,就是不幸”。[①]马克思所讲的爱的不幸,正是中国这类传统女性的不幸。这种不幸,既有传统文化基因的影响,也有现实环境的影响,而更主要的是:这类女性现代性爱意识并未真正觉醒,她们并未感受到性爱关系中的不幸,反而把它作为甜蜜的橄榄来咀嚼,这就是真正的大不幸了。乔安萍之于石在、马缨花之于章永璘就是这样;至于在某种意义上超越了前两人的黄香久,也并未从真正意义上超越传统和现实,因而她的某种程度的觉醒徒增了她几分精神苦痛。

对于章永璘一类男性来说,他们母体复归意向与摆脱生物性依恋的意向的双向同构心理运动,同样铸定了他们的悲剧性命运。“男女授受不亲”的传统文化基因,加上特定环境对男女交往的阻隔,强化了他们作为传统文化载体的心理思维定势,使他们的性爱心理处于永远长不大的孩童阶段,使他们回归母体的愿望远较一般人强烈得多。而“建功立业”、“治国平天下”的传统士大夫人生价值取向,再加上现实社会生活对人们行为的制约,对人们思维的规范,使章永璘们的忧患意识较一般人深沉得多;发达的理性思维也使他们欲摆脱生物性依恋,走向自主,为国分忧的愿望较一般人也要强烈得多。极想回归又极想摆脱,极想摆脱又无法摆脱,这一切都使他们分裂的人格主体永远辗转在极其痛楚的情绪体验之中;他们的人生之路,就是一条永恒延伸着的困惑、冲突,痛苦的长链。有一天,当他们意识到了自身的渺小、无能、有限和永恒的苦难命运,并不再以无往而不胜地肩负着拯救人类重任的英雄自居时,或许他们才可以称得上真正的觉醒者。

(写于1989年,收入1991年天津教育出版社出版的《爱河溯舟》)

---

① 《马克思恩格斯全集》第42卷第155页。

按照“美的规律”构建小说艺术王国

——读《郭澄清短篇小说选》有感

马克思在《1844 年经济学——哲学手稿》中提出的“按照美的规律塑造物体”的命题，具有丰富而深刻的涵义。对于文学创作来说，“按照美的规律”创造各种样态的艺术作品，既是时代赋予作家的崇高使命又是创作主体的审美追求，也是衡量作家在人类文化史或文学史上具有何等地位的价值尺度。所谓“美的规律”，以我的理解就是真善美和谐统一的规律，凡是有出息的文学家都“渴望通过美的形式来反映自己的感觉、感情和思想，是人的固有的天性”；①即使那些崇尚“审丑”的作家也要在物化的文本中将丑转化为美，否则它就失去了审美价值。

体察一个作家的文学创作是否按照美的规律建构的，可以通过各种渠道，或直接访问作家并与之倾心交谈，或查阅背景材料以了解其创作语境心境与潜在动机；然而最重要的渠道莫过于走进其文本世界，以自己的艺术灵感去触摸去发现作品里所蕴含的真善美及其以何种美的形式表现的，随后作出接受主体的或肯定或否定的审美判断。我是通过阅读郭澄清的短篇小说这条途径，走近了作家的心灵，进入他创造的艺术世界，并与小说中一个个鲜活人物进行近距离的对话；以我对农村生活的亲身体验去对照小说所反映出的农村生活经验，既产生了一定的审美对位效应又生发出一些陌生感。当我从小说艺术世界化出后，对郭澄清其人其文则形成这样一个总体认识：作家富有强烈的人道主义情怀和崇高的真善美理想以及深沉的乡土情结，并能按照美的规律将其人文情怀、理想和情结物化为小说审美文本；正是通过小说审美形式营构了作家想象的以农村为舞台的艺术王国，描绘出以农民为主体的具有真善美特点的人物谱系，所体现出的“艺术的精神就是力求用词句、色彩、声音把您心中所有的美好

① 高尔基：《论新闻和科学》，新华出版社 1981 年版，第 151 页。

东西，把人身上所有的最珍贵的东西—高尚的、自豪的、优美的东西”，都刻画出来。① 这应似郭澄清短篇小说取得的不朽美学价值所在。

一

郭澄清并非“风派”作家，东风来了跟着东风走，西风来了随着西风跑，而是有着坚定政治方向、独立思想意识、独特审美取向，故而面对极左思潮的浪起浪涌的猛烈冲击，依然遵循美的规律创造小说，没有使自己的文学变成所谓的阶级斗争、路线斗争的武器，成为播扬以阶级斗争为纲的时代精神的传声词，这是难能可贵的也是极不容易的。从历史背景察之，郭澄清的短篇小说几乎都创作于1962年到1965年之间，那时的主流意识形态话语是围绕1962年提出的“千万不要忘记阶级斗争”的政治命题形成的，既强调阶级斗争要“年年讲，月月讲，天天讲”又强调“阶级斗争，一抓就灵”，并在1965年出台的农村社会主义教育运动的“二十三条”中明确规定“运动的重点，是整党内那些走资本主义道路的当权派”，可见作为“文革”指导思想的“无产阶级专政下继续革命”的理论及运作方式基本形成。历史实践已雄辩证明，这套所谓的“继续革命”理论及其运动方式是极左思潮的产物，是完全错误的。它与真正的马克思主义背道而驰，既悖离了现代人文精神的最高人道主义原则又悖离了人类追求真善美的终极价值理想，把中国人引上一条非理性疯狂、兽性发着的反人性或非人性的道路。但是创作并发表于这种极左政治思潮为主导的文化语境下的郭澄清短篇小说，却呈现出另一番现实的又是审美的境界，似乎与主流意识形态话语构成了异质相对的农村叙事话语。在郭澄清营造的小说世界里，既嗅不到农村的两条道路、两条路线、两个阶级激烈搏斗的所谓“阶级斗争”气息，又见不到“地富反坏右”各号敌人疯狂捣乱的气焰，也觉不到“走资本主义道路当权派”的蠢蠢欲动，更察不出所谓的在意识形态领域资产阶级与无产阶级谁胜谁负的问题还没有解决；我们所感受到的小说再现的鲁北平原的广大农村，虽然不是“莺歌燕舞”、“万象更新”的繁荣局面，但至少被所谓“三面红旗”毁坏的生产力有所恢复、农业生产有所发展、农民生活有所改善、社员精神面貌有所改观，总之初显“安居乐业”的新气象，人与人之间的关系诚善而友好。如果承认郭澄清对农村形势

① 高尔基：《文学书简》第133页，见童庆炳主编《文学理论教程》第85页。

的认识与把握是正确的，他对农民人生的感受和体察是深切的，他的小说反映了农村的本质真实；那么就应该肯定郭澄清小说的农村叙事在客观上反拨了主流阶级话语对当时农村形势和阶级关系的错误估量和主观判断，是缺乏客观根据的妄说，弄得是非颠倒人妖混淆。这并非说郭澄清当时已具有明辨秋毫的政治敏锐和颇具远见的政治卓识，不过可以看出作家富有忠于现实、忠于生活、忠于艺术的良知，不仅敢于坚持对农村生态环境和农民人际关系的独特感知和乐观思考，并且勇于拒斥错误潮流的干扰而遵循“美的规律”去表现对家乡的深情感受和人文关怀，这也许就是作家不同寻常的政治智慧和高明的创作策略。

进入作家审美视野的鲁北农村经过调整后的“大跃进”刮起的“共产风”似乎已止息，“一大二公”的人民公社已变为以生产队为核算单位的集体所有制，自留地的存在表明已照顾到农民个人利益；体制的调整带来了生产关系的变化，也带来了农村人际关系的变化，除了描写历史记忆的土地改运动以争取阶级解放和民族记忆的抗日战争以争取民族解放的小说（如《三访某大娘》1965.8），尚可嗅到阶级斗争气息和见到刀光剑影以外，大部分小说的农村叙事则表现了人与人之间的和睦共处、友好相待的新型关系。而这种新型关系中则充满了乡情、亲情乃至爱情的人情味，透露出作家以人文情怀对农村人际关系的深切感受和以人道原则对人际关怀的新理解。小说《篱墙两边》（1963.7）、《马家店》（1963.2）、《公社书记》（1963.11）等就是这种人际关系的缩影。颇具象征意味的《篱墙两边》，描写槐树大院土改后分给三户贫农，北屋分给张大婶，东屋分给王嫂，西屋分给李三哥，刚入社时这所宽敞的大院被一道“丁”字篱笆分开，三户人家各走各的道，而这种分隔是各自想法所决定的，不同的想法有不同的心理选择取向；但是随着入社后人际关系和各自思想的变化，“就是高山大海，都截不断人们的情谊，何况这小小的篱笆墙呢！”作者通过农村生产关系的生动叙述，深入细致地揭示了“绝户”张大婶、“寡妇”王嫂、“光棍”李三哥的心灵演变及其相互关系的由疏而亲的变化，经过好心的张大婶的牵线，王嫂与李三哥的爱情由萌动走向成熟，“办喜事”那天“丁”字篱笆墙终于被拆除了。这不仅象征着王嫂与三哥的恋情已达到心心相印、情投意合的境界，三户人家已建立起相互信任、相互扶持、同心协力、共谋生产、友好相处的新型关系；而且也意味着农村人与人之间的关系洋溢着一种亲情、友情、恋情相混合的人文精神，而向往真善美的和谐统一则成为人们不自觉的内在欲求。《马家店》写一个“乡村小店”，南来北往的旅客会聚于此，这是窥视农村变化的绝佳窗口，既可以见到农民精神面貌向善向美的特征；又可以发现人与人之间的关系不只是功利的而更重要的是助人为乐、为他人解忧排难，使人人各司其职各得其安，莫算小账谋小利，急他人之急，忧他人之忧、一言以蔽之，“马家店”虽小，却寄寓着一种源于乡土儒家文化传统的“仁者，爱人”的朴素的人道主义精神。《公社书记》叙事所展示的不是“救世主”与教民的关系而是“公仆”与社员之间的服务与被服务的关系，透射出一种质朴浓厚的诚心诚意为人民服务并与人民心贴心、心连心的人文关爱；《黑掌柜》(1962.8)描绘的人生图画所显示的是一种互尊互信、爱人爱己的人际关系；《茶坊嫂》(1962.11)以茶坊为活动中心，在农民的相互交往的言谈行为中，揭示出友爱和谐的农村人际关系；《借兵》(1961.12)通过修水渠到邻村“借兵”所引起“误会”的叙说，表现出村帮村、队帮队的相互支持共谋发展的友好关系；《老邮差》(1963.6)通过老邮差与群众百姓广泛接触和深入联系的描写，从中可以感受到鲁北农村人与人之间充满了真挚淳朴的感情。总之，郭澄清以简洁精巧的彩笔所描绘的鲁北农村，是一个洋溢着诚与爱人文精神的富有和谐美的艺术王国。

这个艺术王国既是现实的又是想象的，是生活真实与艺术真实的完美统一。说它是现实的，是因为作家的确以写实的笔触忠诚地描绘出他对家乡农村现实的真实感受和独特认知，也许这就是他深入农村现场所获得的实感真知。正如他所说的：“当时，我正在农村工作，这数不尽的新人新事新气象，时刻感染着我，激励着我，使我精神振奋，心血沸腾，午不能休，夜不能眠，于是我便抓紧工作之余，提笔展纸，学写文章。”读其小说足可印证作家这种创作心态的表述是极其真诚的，而这种真诚的感受反过来又印证了小说艺术王国的构成是有客观真实作为根据的。正是从这个意义说，郭澄清小说具有强烈的现实感和严正的现实风格。说它是想象的，是因为作家在体验现实感受现实时揉进了自己的价值理想和审美追求，借助丰富的想象力对现实人生进行了审美选择，将那些吻合创作主体审美理想的生活形象或现实真相纳入艺术构思，这就使作家描绘的农村家园富有鲜明的理想色彩，没有这种贴近现实又超越现实的想象哪有郭澄清小说的艺术魅力。况且，“‘五四’以来写实文学的真精神就在它有一定的政治思想为基础，有一定的政治目标为指针。”因为“写实之中，包含有理想（不是空想，幻想，妄想）的成分”，这就是现代文学的写实主义文本不同于“五四”以前写实作品的“根源”所在。① 诚然，在人生现实里既有真善美也藏有假恶

① 茅盾：《浪漫的与写实的》，1938 年 5 月《文艺阵地》第 2 期。

丑，郭澄清所面对的合作化后的农村现实概莫能外；然而作家却有权利根据自己的审美价值取向既可选择生活的真善美又可以选择假恶丑进行描写，这是创作的起码自由。郭澄清却着重选择了前者而舍弃了后者，这是无可非议的；即使郭氏有的小说把两者合起来写也是“把优美的东西和庸俗的东西并列在一起，把高深的东西和卑下的东西并列在一起，把柔和的东西和粗野的东西并列在一起”，并通过两厢对照以前者“嘲笑”或“消灭”后者。[1] 这就是郭澄清短篇小说所富有的现实主义艺术精神。

二

在郭澄清以鲁北农村为活动平台所营构的艺术王国里，通过人与社会关系或生产关系或自然关系乃至自身的关系，来发掘人性美、人情美和心灵美，塑造了一个生动鲜活的人物形象谱系。而进入这个谱系的人物既没有浩然小说中那类“高大全”的英雄形象又没有赵树理笔下的“中间人物”，乃是一群扎根于鲁北大地的质朴而平实、诚信而善良的普通人，尽管他（她）们在公社或生产队这种体制里扮演着不同角色，但都处于没有贵贱高低之分的平等地位，都要通过诚实的劳动来获取物质的或精神的生存发展需求，既没有不劳而获的寄生者也没有贪污腐化的蛀虫，在新的生产关系或人际关系中所表现出的我为人人人人为我、我为集体集体为我则是其共有的精神特征。

作者笔下的公社书记或村支部书记，没有依据主流话语的制导将其写成“走资本主义道路当权派”（现实并不存在这种莫须有的人物），也没有把他们写成站在高坡上挥手指方向的小官僚，更没有把他们写成只会“突出政治”不能实干的“空头政治家”；所刻画出的基层干部都是些脚踏实地、真抓苦干的“人民公仆”形象，与广大社员在生产劳动中完全打成一片，急社员之所急，想社员之所想，没有丝毫的特权和官架子，真正是老百姓信得过的带头人。公社项书记就是这样的踏踏实实为百姓服务的公仆形象。小说以“我”的所见所闻所思所感，抓住一些生动细节，既从正面又从侧面，由外貌到内心由隐到显地刻画了项书记的感人形象：他忙得连衣服也没有时间洗，成天价与全社百姓吃住在一起，劳动在一起，向实践学习向百姓学习，在劳动中研究生产指导生产，深入工作第

① 高尔基:《文学书简》第133页，见童庆炳主编《文学理论教程》第85页。

一线深入基层从不闲着,“南去准扛猎枪,北去准背粪筐”,用猎枪顺手打兔子送给敬老院,拾满粪筐倒进生产队大田里。这不仅表现出他是个勤政廉洁、真抓实干的好干部;论本事老项“锄杆”、“枪杆”、“笔杆”全能行,既能言传身教地带领社员切切实实地搞生产,又能虚心拜老农为师遵循规律指导农业生产,他走到哪里就劳动到哪里,与百姓从作风到感情交融在一起,群众见他不论大人小孩都直呼“老项”而不称“项书记”。这虽然是个称呼却反映出“书记”与百姓心系心,均是平等的“人”。只有这样的铁肩担生产笑颜对百姓、勤俭奉公从不唱高调、务实叫真的好干部,才不愧为“人民公仆”的光荣称号。这样的优秀基层干部,现在的农村也许找不到了,只能说郭澄清的小说世界是在特定的环境中为我们塑造了一个感人的典型形象。《黑掌柜》(1962.8)以巧妙的构思即借用检举黑掌柜贪污而组织派“我”去查实所造成的悬念及我在调查中的感受,用丰富的细节塑造一个令人尊敬的经济困难时期工作在农村供销社的基层财贸干部。虽然他的职责范围与公社项书记不同,但性格内涵同样溢满了诚爱美的素质,业务熟练,勤勤恳恳,认真务实,一丝不苟,忠诚坦荡,爱民竞业,廉洁奉公,不计得失,虽与钱财打交道却一尘不染;而这些优秀品格完全溶解于典型细节的描写中,活灵活现,亲切感人。这是郭澄清为当代文学人物画廊奉献的至今仍有思想价值和美学意义的动人形象。

老一代农民在郭澄清的精心打造下,闪烁出新的性格光辉,焕发出诱人的人性美。从他们身上再也见不到阿Q式的国民劣根性和精神奴役创伤,也见不到《吕梁英雄传》和《新儿女英雄传》老一代农民面对凶残日寇亮剑出鞘的英雄壮举;所见到的是在和平时期的日常叙事中表现出的人性美和人性爱。不论有着火热心肠的马五爷(《马家店》)、凡事想琢磨的孟琢磨(《孟琢磨》1964.9)、“面冷腹热”的方方爷(《鳖拉气》1932.4)、“只认共产党这门亲”的石再仁(《石再仁》1963.9)、爱社如家的李二叔(《李二叔》1963.5)、“社迷”高大(《社迷》1963.2)等,都是生于这片土地长于这片土地,性格像土地一样的朴素厚实,既有乡土儒家传统文化积淀其心底又有现代文化渗透于灵魂而焕发出的新思想,即传统文化与现代文化的交融更新了老一代农民的性格风貌。给财主当过雇工的马五爷在农村路边开家小店,不分白天黑夜也不管刮风下雨都是自主经营,照当时的极左观点像马五爷这种人应是“冒资本主义小尖”的单干暴发户,必须批判之;然而他在作家视野里却是一个真心实意为旅客着想的店主。为了替旅客服好务,“木匠活、铁匠活、修车子、钉马掌、给牲口治病、摸胳臂拿腿”他都会;凡是出门爱闹的病,如“中暑啦、伤风啦、闹痢疾啦、冰伤啦、肚疼啦、腿上起了血泡啦”等,“他都用偏方给你治”,既不收小费又不额外索取,这是一位好心实意、仔细周到为旅客服务的老店主。开小店本属私人经营,店主没有谋利之心在当下人眼里是不可理解的,但马五爷却以爱人之心抵制或克服了私欲发作,并以爱人利人之心对待广大旅客,使思想境界升华了,心灵崇高了,这正体现了作家特有的审美取向,也让马五爷的形象闪烁出人文之光。方方爷是个“貌冷腹热,面黑心红,不声不响”只知埋头实干的“老保管”,虽然是“军属,有功之臣”却从不爱听“奉承”话,更不张张扬扬,总是少语寡言,兢兢业业、踏踏实实、认认真真地做好保管工作,勤俭节约则是他坚信不疑的保管原则。小说通过“我”的眼光以大量感人的细节表现了方方爷这些优秀品格,突现了他鲜明的个性。如同他做保管工作所表现出的貌冷腹热的性格特征一样,他对人也是如此,正如作家所描写的:“桌旁有个‘鳖拉气’,它把那旺盛的火焰包藏在腹内,在人不知不觉中,悄悄地散发着烤人的热力。”这正是方方爷的性格隐喻,贴切而蕴借。石再仁是个实在的人,作家抓住“实在”这一个性格特征刻画出栩栩如生的生产队饲养员的动人形象。虽然小说所运用的是当时习见的新旧社会对比的叙事模式,但重心却将石再仁这个人物置于“时代变了,世道变了,天地间一切的一切都变了”的现实语境下进行刻画,把他塑造为“人越老,觉悟越高,爱社、爱队、爱集体,成了全村人人尊敬的人物”,“唯独他那脾性,一如既往,还是个实在人”。他的“实在”不只表现在喂养牲口、使用牲口以及对待队里的一切事情的格外叫真,丝毫也马虎不得、迁就不得上;更表现在他的心眼太“实在”,只要见到谁“和集体三心二意,处处想占队的便宜”即使“姐夫”也是“六亲不认”上,原则归原则,亲情归亲情。这并非说石再仁这个人物没有“人情味”,而他表现出的人情不是那种去讨好或姑息损害集体利益人的“人情”,而是视集体利益如命的“人情”。这种人情要比那种不讲原则的人情要高尚得多,正展示出石再仁这个人物的精神境界已接近至善至美的高度。“社迷”高大是个“五十挂零”的老农民,用他老伴的话来说“是个地地道道的死庄稼汉子。”作家以社迷的“嘴”、“腿”、“耳”、“眼”、“手”作为章目从不同的角度来刻画“社迷”这个栩栩如生的人物,既展示他朴实厚道、幽然风趣的面貌又揭示出他一心扑在集体上、爱社如命的思想灵魂,艺术细节的成功运用把“社迷”的性格美与人性善以及鲜明个性烘托得淋漓尽致。

郭澄清小说的人物谱系中的女性形象也刻画得相当生动感人。《茶坊嫂》

(1962.11)以农村集场为背景把人物的所作所为举止言谈都聚焦于“茶坊”这一典型环境,使茶坊嫂的性格放射出了耀目的光彩。她在集场开茶坊并非以赢利为目的,今天的茶馆里或茶社里,哪里还有汗浇浃背地担水煮茶只为群众消暑解渴而自己什么回报也不要的人?茶坊嫂就是这样一位众口赞颂的“好心人”。这应似特定环境中的典型人物,不论她的外貌美或内心美都极为真切地打上那个地域那个年代的烙印;不过茶坊嫂那颗金子般的心及其所呈现出的勤劳、善良、热情、好客、开朗、豁达的性格特征,既是对我国农村劳动妇女传统优秀品格的弘扬又是超越时代、地域限制而散发出了人性美。也许在女权主义者眼里,她不是个值得称道的真正现代女性,因为她尚未从男人世界里走出来,没有获得女人的性别意识;但是在我看来,郭澄清笔下的茶坊嫂是个“军嫂”,在自由洒脱的劳动中充分显示出人的本质力量,也体现出一个农村妇女获得政治、经济解放后的自身价值和尊严,见不出“男权”对她的束缚更看不到对她的伤害。《嘟嘟奶奶》(1964.6)的“嘟嘟奶奶”是个可敬可爱的头发刚白的农村妇女,作家也是在彼时常见的新旧对比的叙事模式中刻画她的生动形象的。“她大事要嘟嘟,小事也要嘟嘟;该嘟嘟的嘟嘟,不该嘟嘟的也嘟嘟。”可见“嘟嘟”是她习惯性的性格表征,不过从其“嘟嘟史”中既揭示出她过去曾受过苦,“给财主扛活”而“落下了一身病”;又展现出她今天以主人翁的姿态关爱家人,关爱社员,关爱队里的人、物、事的高度责任感,即使上了年纪解除了喂猪“职务”像“嘟嘟奶奶这样的人,脚勤,手勤,嘴勤,也怎能安安生生的养老呢?”这表明翻身解放了的农村妇女从不衰退的勤劳本色和旺盛的生命力,难怪村里人们赞扬“嘟嘟奶奶!你人越老,心越美”。老一代女性的善美心灵得到作家饱含挚情笔触的勾画,那么青年一代的女性形象经过作家的润色也是生气勃勃、鲜美灵动的,她们从言语到行为都透露出一种锐意进取、积极向上的性格美。作家并没有像当时有些小说故意编造一种虚假的“阶级斗争大风大浪”,将农村女青年放在“风口浪尖”上来刻画其性格;而是通过实实在在的抗旱抗洪与大自然搏斗或农业上的技术革新来塑造女青年的动人形象。女青年燕子(《虎子》,1962.8)是生产队长,她性格中的真善美的素质是在抗旱、抗洪的实践中锻造的并表现的;女青年春儿(《春儿》1962.11)是生产队的技术员,她的虚心好学、苦钻技术、不断追求,积极进取的精神,是以“言传身教”的叙事方式在农业技术变革实践中刻画并展示出来的。虽然这些女青年形象并不是很丰满,但却是具有新思想风貌的女性形象,是那个年代罕见的只顾埋头苦干、学技术搞生产而不知“抬头看路”(所谓迷失路线斗争政治方向）的优秀女青年，作家没有无故地给她们身上涂抹“阶级斗争，一抓就灵”的政治色彩。

郭澄清遵循“美的规律”在小说文本中所塑造的人物谱系，表现了在历史的特定时期的特定区域的中国农民对真、善、美的向往和追求，从而反映了中华民族自强不息、勤劳勇敢的优秀传统和锐意进取、务实求新的现代精神，尤其以人性美、人情美为特征的新人文精神在小说中得到较充分的显现。小说通过刻画各种普通人的形象，所追求的真善美既是“人的一般本性”也是马克思所说的“人的本质”的深层次的人性，而“人的本质”则是人性的最集中的表现，是人的追求真善美的生命活动的本质特征。“以形上之爱”的自由精神去追求真善美，“是在人们满足了吃喝住穿的物质生活需求的前提下形成和发展起来的，但其根源却深深地在人的物质生活资料的生产劳动中”。[①] 马克思不仅说过“人的本质是劳动”，并且也指出“一个种的全部特性、种的类特性就在于生命活动的性质，而人的类特征恰恰就是自由自觉的活动”[②]，而“劳动是自由生命的表现”。[③] 这说明人对真善美追求的本质特征是体现在劳动中，不仅因为劳动既是感性的物质活动也内在地包含着对真善美的自觉自由追求的活动。人于劳动中通过与自然打交道可以越来越认识自然的本质和规律，获取真知卓识，故而这是一种追求“真”的活动；人在劳动中既能使自然界合乎人的目的和需求，创造日益增多的福利以实现“善”的价值目标，又可以通过劳动产生许多美德致使劳动成为追求“善”的广义活动；人在劳动中既是按照美的规律创造事物又是通过自己的创造物直观自己的本质力量，可见劳动也是一种追求“美”的活动。因而，“劳动创造的真善美，不仅体现在外在的自然，体现在他的创造物，而且更体现在人的心灵之中”。[④] 由于人的生物机能如吃喝、性行为等永远是个必然王国并且难以脱离这个必然王国，所以只有通过劳动的真善美追求才能限制这种必然发生的范围，用人的自由意志来处理好必然王国的一切。郭澄清短篇小说的最可贵的最有价值的就是：笔下的主要人物都是乡村农业战线、财贸战线、科技战线的普通劳动者，不论公社书记、生产队长、饲养员、保管员、技术员或者财贸干部、客店店主、男男女女、婶婶嫂嫂甚至少年儿童，无不热爱劳动忠诚劳动，他

① 许苏民：《人文精神论》，湖北人民出版社2000年版，第549页。
② 《马克思恩格斯全集》第42卷，人民出版社1982年版，第96页。
③ 《马克思恩格斯全集》第42卷，人民出版社1982年版，第38页。
④ 许苏民：《人文精神论》，湖北人民出版社2000年版，第550页。

（她）们身上蕴含的真善美品格及其深层的“本质力量”几乎都是通过诚实的生产劳动活动体现出来的，使“人的本质是劳动”、劳动创造了真善美的真理在人物形象谱系中得到生动有力的印证。尤其值得重视的是，郭澄清小说王国所有的社会关系网络都与生产劳动关系联系在一起，虽然个别小说写历史记忆或战争记忆只是触及到阶级的民族的敌对斗争，但绝大部分反映现实社会关系的小说则见不到主流话语所臆断的“千万不要忘记阶级斗争”的现实阶级关系，而所有的社会关系都是围绕“劳动生产”展开的，是在劳动中形成了干部与群众、人与生产、人与科技、人与人化自然、队长与社员、男人与女人、年长的与年轻的、进步的与落后的等错综交叉的关系；而这些社会关系既在劳动中发生冲突又通过生产劳动实践或科技劳动实践得到和谐解决，每个人物形象身上的真善美特点几乎都是在这种种关系中得以刻画与突现，所谓的现实上人是“社会关系的总和”也是“人的本质是劳动”这一真理判断的逻辑演绎，同样亦从劳动实践中呈示出来。正是从这个意义上说，郭澄清的短篇小说是现代“人学”的佳构。

任何富有典型审美意义的人物形象既有现实性又有超越性，所谓现实性是源于人物生存发展的现实生态环境，其性格特征或精神风貌甚至行为模式都深深烙上现实的印记或带上浓重的现场色彩；所谓超越性主要指人物性格内涵里蕴含的与人类本质特征相通的东西，如对形下或形上真善美的欲求和渴望。郭澄清小说中的形象可以说是现实性与超越性兼而具之的，上述已对其性格中的真善美的超越性有所涉及，这里着重探讨一下人物身上的现实性。因为小说中的主要人物都是公社里的人，他（她）们都与人民公社体制联系在一起，即均是公社体制内培养成长或生存活动的人物；所以肯定这些人物形象是否也是在肯定人民公社的优越性，赞美这些人物形象是否也是在赞美人民公社的历史呢？这是不可回避也难以说清楚的问题。我是这样理解的：其一，人民公社体制已成了历史，不少人也许从记忆中将其抹掉，其实人民公社作为社会主义特定阶段的一种农村经济变革的生产关系、生产方式和生存体制是有一定的历史合理性和一定社会发展的必然性的，把它作为一个遗留历史问题将进行长期研究；这里我所要强调的是郭澄清创作小说的20世纪60年代初的“人民公社”进行了不少调整，那股乌托邦的“共产风”已遭到强烈抵制，与“千万不要忘记阶级斗争”主流意识形态话语相伴随的另一种声音“农业本身的问题，现在看来，主要还得从生产关系上解决，这就是要调动农民的积极性"即"猫论"①(1962年提出的)在农村起了切实的指导作用，使调整后的人民公社制在一定程度上有利于生产力的发展，有利于农村人与人之间关系的改善，有利于人的"本质力量"的现显，有利于人对真善美理想的追求。也许这就是郭澄清所感受到的农村社会的新语境新景观，并把它作为人物形象刻画的特定的典型环境。其二，没有虚构想象就没有艺术真实，郭澄清进入创作状态过程在其艺术构思中所出现的公社、生产队及其生存于其中的百姓群众是经过审美选择和艺术化处理的，既不是现场已有的原生态又不是主观化的编造，应是公社生产队这个实有与虚拟的人文环境亦虚亦实的各种人物，是创作主体想象中来自原生态又超出原生态的艺术形象，使人物身上既富有强烈的现实真实感又具有浓烈的审美艺术感。所以作家笔下的人物形象，已突破乌托邦人民公社或调整后人民公社这一客体环境下的局限，而在营造的艺术王国里获得了更多的人性美、人情美的超越性，致使我们当下人与小说人物对话也能产生一种亲切的心灵感应。

三

郭澄清的短篇小说在现代中国小说史上，虽然缺乏鲁迅短篇小说的难以逾越的人性深度和高超艺术，也缺乏赵树理短篇小说的"政治问题意识"；但他的小说却在语言艺术上承传了鲁迅小说语言的精炼简洁风格以及赵树理小说语言的流畅明快，即使鲁迅《阿Q正传》、赵树理《小二黑结婚》所戏仿的章回小说体也在郭澄清小说体式上得到运用(如《小八将》、《铁头和骆驼的故事》、《社迷》等)。直接对郭澄清短篇小说的美学风格和艺术精神产生深刻影响的也许是孙犁。孙犁曾说作家"永远是现实生活的真善美的卫道士"，并在《文学与生活的路》中主张文学的政治倾向"溶化在艺术的感染力之中"；据此他在小说创作中竭力开掘生活之美与人性美，热心于美的形象和美的境界的创造，追求真实之景与虚拟之景的和谐统一。郭澄清的小说创作不仅弘扬了孙犁追求真善美的文学传统，而且也承续了孙犁小说所蕴含的中华民族艺术的乐感精神传统。民族传统文化心理结构中的乐感精神源于道家的"天人合一"哲学和儒家的中庸思想，主要表现为乐天知命、静虚达观、中庸温和，孔子的"乐而不淫，哀

① 《怎样恢复农业生产》(1962.7.7)，《邓小平文选》，人民出版社1989年版，第303页。

而不伤”的诗教、钟嵘的“滋味说”、司空图的“韵味说”、王士祯的“神韵说”以及王国维的“境界说”等，大都体现了乐感艺术精神。孙犁对传统文化乐感精神的继承是建立在批判其乐天知命、逃避现实等消极思想因素的基础上，着重汲取其积极因素与革命乐观主义精神相融合，以期达到对现实生活中真善美的发掘与播扬。郭澄清短篇小说所体现出的明朗乐观基调和浓郁乐感精神是与孙犁小说的乐感艺术精神一脉相承的。因此，当下的文学评论者或文学史家，在肯定孙犁小说的美学价值时切莫忘记山东文坛曾有位小说名家郭澄清，在确立郭澄清小说在现代中国文学史上的应有地位时切莫忘记回观河北文苑独具丰姿的文学家孙犁，两者比较更容易显示出他们独特的文学史价位与艺术风貌。上述是我初读《郭澄清短篇小说选》的感受与体悟，贻笑大方。

（草于2006年元月15日）

论王蒙文学研究的发现逻辑机制

摘要：王蒙文学研究颇有创新之意，与其出色地运用发现逻辑机制有关。一是从现实经验中去发现当下文学的重要症候，二是从中外古今文学的阅读感受中去发现文学真谛，三是借助辐射思维功能去发现文学规律；从而形成鲜活深切的文学逻辑理念与学术话语系统，虽然形而上学思辨功能未得到充分发挥，但这并不影响其文学研究的独到思想特点。

最近拜读了王蒙在2005年与2006年之间发表的文学演说，主要有《文学的期待》、《文学的挑战与和解》、《文学与生活》、《政治家的文学与文学家的政治》等[1]。这些演说既是王蒙对当下文学创作的思考与评论，又是他对全球化语境下中国文学态势的探讨与研究，思维活跃，纵横开阖，新见迭出，令人耳目一新，显示出作家、评论家和学者集于一身的智慧丰采和思想风貌。从这几篇演说中，可以感受到王蒙长于在古今中外文学中发现问题并形成“问题意识”，且能旁征博引地对发现的文艺问题作出自己的阐释，形成有个性色彩的学术话语，从而显示出发现逻辑机制的出色运作及其所取得的新颖独特的思维成果。

文学研究虽然有别于其他科学研究，但是发现的逻辑规律却是都要共同遵守的，没有发现就没有突破，没有突破也就谈不上创新；所以对于文学研究主体来说，是否具有敏锐地发现逻辑机制，直接关系到文学研究或者文学演说的学术质量。所谓发现逻辑机制人皆有之，只是开发的程度、运用的频率、收获的效果有所差异；凡是致力于文学评论或文学研究的人须臾离不开发现逻辑机制，唯有它才能使评论者或研究者从被掩盖、被遮蔽或者尚未触及的“视线”外的现象中去发现新的东西，或形成新问题或形成新的思路，达到探求创新之目的。王蒙文学研究所运用的发现逻辑规律有三个明显的功能特点：

其一，从现实经验中去发现当下文学的症候所在。由于王蒙扮演的社会角色及其特殊地位所决定,他不仅经多见广,积累了丰富的文艺经验,既有国内的又有国外的,而这些直接的或间接的经验对于其文学研究是一笔宝贵的财富;同时他对中国当代文学动态又极为关心极为敏感,作家和评论家的双重身份使他对当下文学创作现状又非常熟悉。因此他能及时地运用发现逻辑机制从其丰赡的现实经验中发现文学的新症候或者新苗头或者新经验,并提升到理论上予以思考和解说,这就使他的文学研究既有强烈的现实感又有鲜明的问题意识。王蒙对自己所经验的文学现象或所感受的文本世界的经验层面,都能以本身的特有经验和独到感知从不同角度去阐释经验世界,既能用政治的、文化的、道德的、宗教的经验又能用社会的、人生的、哲学的、美学的经验去引领、去阐释文学的经验世界,从而引发出种种不同的问题或者作出种种不同的结论,折射出形形色色的发现逻辑机制的思维火花。例如,一般人看电视剧都是为了消遣娱乐或获点新知识新信息,而王蒙却能从观赏电视剧的日常经验中发现"中国媒体的语文水准在急剧下降"这一个大症候,就连《汉武大帝》这样叫得响的电视连续剧也错用了"守株待兔"这个成语。不仅如此,电视小品近20年有了长足发展,创新繁荣,名演员辈出,深受观众欢迎,赵本山、宋丹丹、蔡明、黄宏等家喻户晓、人人皆知;正在人们陶醉于审美的怡悦与欢快的傻笑中,王蒙却凭其丰富的艺术经验发现了电视小品已经泛滥,导致其最基本特点就是揣着明白装糊涂,看戏的人也不傻,然而戏本身则是"白痴对白痴"。不过王蒙非常赞赏赵本山表演的《卖拐》,这是因为"它的心理暗示相当的深",所以他"期待我们的精神生活,我们的精神产品,我们的作品,多一点智慧的含量,多一点文化的含量"。王蒙对这一症候的发现带有普遍意义,文艺作品不只是电视小品也包括其他文学作品大多缺乏"智慧的含量"、"文化的含量"和"思想的深度",甚至有些作品靠瞒与骗的艺术手段把观众变成"白痴",这是消费主义时代文学艺术的重要症候。王蒙不只是在电视小品的泛滥中发现了因商业炒作和主创人浮躁致使文艺作品浅表化庸俗化,并且他从书上或影视上充斥的帝王将相武士侠客的小说或影片中发现了帝王意识的普遍性与根固性;又援引鲁迅的话来说明"中国几千年的帝制,很精细很精致的封建帝制,中国人讲究愚民之术,愚官之术,将欲取之必先愚之"。不过王蒙并不反对写帝王小说或演帝王戏,他所批评的是那些美化帝王而将其写成或演成勤政为民的先进性典型的文艺作品;至于武侠既可以写又可以演,他很欣赏金庸的武侠小说《笑傲江湖》,而对大量武侠小说所反映出的落后的东西、愚昧的东西以及与现代科学现代技术相疏离的东西则采取质疑的态度。尤其可取的是，王蒙从大量司空见惯的习以为常的文娱生活经验中发现一个美学理论命题即“精神生态”，提出怎样能达到“精神生态”的“平衡”这个令人深思的问题。他认为这种“精神生态”既可以有包括一切文艺作品在内的帝王戏、武侠戏，又可以有三角爱情戏、侦破犯罪戏等，应该与自然生态一样大致有个精神生态的平衡；而精神生态的平衡不仅有利于当代中国文艺的健全发展，而且也有利于满足整个社会各阶层的审美和娱乐需求。因此王蒙作了如此的设想：“我们的社会尤其是港台非常欢迎这样一种具有良好配方的伪作品，良好配方是什么意思，有一些文化但绝不坚实，有一些感伤但绝不是沮丧，有一些愤怒但绝不激烈，有一些知识但既不十分生僻也不十分流行，有一些爱心但是并不疯魔，既不是基督教式的爱也不是我佛的那种爱”[2]。这样的作品特别容易被现在一个时兴的词叫什么小资、白领、中产所接受，而这种现象就跟《泰坦尼克号》电影一样，能使不同层次的人都可以观赏，因为它们都贯穿着一种平民意识与平民精神。也许这样的文艺就是王蒙所期待的已达到“精神生态平衡”的作品了。王蒙具有常人所不具备的日常生活经验、文学创作经验和阅读审美经验，同时又特别关注现实文艺创作；因此他能敏捷地从既广且深的生活经验中发现文艺创作的重要症候和急待解决的问题，且上升到一定的理论高度予以评析或对症开出药方。黑格尔曾这样评说亚里士多德：“他的经验是全面的；就是说，他没有漏掉任何细节，他不是抓住一个规定，然后又抓住另一个规定，而是把它们同时把握在一起了——他不像普通理智思维那样，以同一性为规律，只能借它之助来思维，常常由于注意一个规定就忘掉和拒绝另外一个规定。如果我们从‘空间’抽出了那些经验的规定，这就变成为高度思辨的；经验的东西，在它的综合里面被把握时，就是思辨的概念。”[3]。作为一个著名的作家和文艺评论家王蒙的经验是丰赡的全面的，当他对自己的经验进行综合时，能够抓住每个细部经验的规定性并升华到思辨高度而获得一些真知灼见。也正如康德在《作为一种能够作为科学出现的未来形而上学导论》中所说的：“经验就是现象（知觉）在一个意识里的综合联结，仅就这种联结是必然的而言。因此一切知觉必然被包摄于纯粹理智概念之下，然后才用于经验判断。在经验判断里，知觉的综合统一性是被表现为必然性的，普遍有效的。”王蒙的知觉经验极为充实多面，而这些知觉经验在他的脑海里并非杂乱无章、混沌一片，乃是有序地有机地联结在一起，所以他能经常地从其经验判断里发出理性的思维光亮，形成鲜活独到的文学见识。

其二,从古今中外文学的阅读感悟中发现文学真谛。拜读王蒙关于文艺问题的演讲,给我的突出印象则是,他的知识结构极为深广,并能不断地以新信息来充实或更换其知识装置。这不仅表明他是个博览群书的著名作家,而且也是位锐意求新的现代学者。虽然在作家队伍里博览群书的作者大有人在,但是能够从大量阅读中外文学作品中去感受并发现文学"史识"或文学真谛的作家并不多;一般的作家阅读古今文学名著或停留于欣赏借鉴的层面或关注于仿效艺术技巧层面,不可能像王蒙这样:透过文学的可感知可体验的形象世界而进入其美学意蕴较深或带有神秘哲学意味的底层,凭借敏锐的发现逻辑机制去把捉一些理性联系或原创思绪,从而将其提升为一种"史识"或一种文学原理。通过浏览中外文学作品或文艺现象,王蒙发现了文学创作如同人类社会的演变一样是"从金字塔型向网络型过渡",越来越民主化,越来越大众化,任何人都挡不住,你哭天抢地你哭爹骂娘也无济于事。这既是一种文学"史识",又是一条文学原理。所谓文学创作的"金字塔型",就是创作要高度的典范化、精英化即贵族化,只写给少数人看;而写作的人也有"一种精神贵族的感觉,中国人过去写作的时候要求明窗净几,要焚香沐浴,红袖添香,跟下了大神一样,凌驾于万代之上人民之上,为圣人立言,字字千钧。"[4]这就是少数人统治多数人的"金字塔"社会里,具有精神贵族倾向的少数作家创作的为少数人服务的贵族文学。所谓"网络型"文学是为大多数人或全体民众创作的平民文学。越到了商业社会这种民主化、通俗化、大众化的文学越昌盛,这是文学演化的不可阻挡的大趋势。所以王蒙"一贯不主张排斥(文学)商业化",他从美国文学或香港文学的阅览中发现文学的商业化并不妨碍文学大师的出现,也不影响文学创作获得诺贝尔奖;美国是商业化最厉害的国家却涌现出那么多文学大师、二师、三师,获得七个诺贝尔文学奖,则是极为典型的例子。没有深广的文学阅读视野,不进入文学深层世界,王蒙怎能发现如此有雄辩力的文学发展真谛与文学创作民主化大众化的原理呢?可见,文学的真知是源于文学创作实践,而对诸多隐伏于文学创作实践里的卓见能否抽绎出来则取决于研究者于广博的文本阅读中能否出色地运用发现逻辑机制。不只如此,从古今文学的阅读感受中王蒙深切体悟到当下文学的挑战,即"文学是在各种门类当中,最讲创造的,而创造性本身对于随大流、对于安全系数、对于跟着走,就造成了挑战"。文学贵在创造,这是颠覆不了真理,但从对它的价值能有新的体会或新的充实中却可以见出王蒙的独特之处。他不仅于唱歌、民乐与小说的比较中发现文学的创造尤为重要,不仅从当代小说作者的经验中发现“创新就像一条疯狗一样追着我们，追着我们跑，跑啊，停不下来”；而且于中外文艺的观览中发现了“和创造性分不开的就是文学的个性和作家的个性，人类社会总是需要不止一方面特点，个性化的好处就是能够充分释放一个人的潜能，使他自己得到最完满的自我的释放，也使社会和集体能够做到所能做到的贡献”。这里触及到作家的个体性与团体性、集体性的关系问题；而在王蒙看来，文学家的个性化与社会所需要的团队性或集体性并不完全矛盾，文学的个性化对社会“所能做到的贡献”是它“变成了对一个时期的某一个群体的公认的一个价值观念或者是一种习惯的认定”。况且，“个性化可以达到非常细致的程度，个性化有时候也使作家有一种精英意识，有一种自我感觉良好的意识”；所以“精英意识越强的人，他的孤独感就越强，非常孤独，天才就是孤独”，“越伟大越孤独，越孤独就越伟大，进入这个孤独和伟大的怪圈里，尤其是外国的作家，很多自杀的。”[5]对文学的创造性、个性化、集体化与孤独性之间深微复杂的学理关系，王蒙能够如此生动深切地给以概括与表述；有赖于他对中外文学的广博阅读感受与深度理性洞见。基于这种丰盈的阅读感受与审美经验，王蒙又发现了文学理想化或浪漫化与审美化、批判化之间的必然性。这是因为文学总是要追求一种理想，作家总是有一种怀旧心理或做梦心理，而这种理想诉求或做梦心理与社会现实人生并非完全同质同构，其中的异质性或差距性还是相当大的；因此怀着理想追求和做梦心理的作家不能不对现实社会人生进行指斥和批判，然而这种指斥和批判并不是要丑化人生也不是要否定现实社会，更不影响他是位至真至善至美的作家。法国作家雨果的《悲惨世界》把社会描绘得暗无天日，“显然这里边有雨果的浪漫激情，和有现实的批判，这种批判带有激情，带有发泄，带有狂热，带有狂热的发泄，但是他是非常好的作家。”因为他“用一种浪漫的激情来衡量生活”，既看到与其理想相悖的一面，使他失望苦闷，又看到与其理想相吻合的一面，使其在审美中感到振奋；所以怀有浪漫理想的作家既要批判现实社会人生的假恶丑又要写出它的真善美。“文学有时候变成对作家自身的挑战，是作家思想和感情没法掌握没法控制，自己对文学的激情想象处于失控状态”，所以作家的个性化理想化甚至浪漫幻想不要太膨胀太出格，应该有一种理性自觉来调适；当然如果真的被浪漫幻想所毁掉也是成全了作家，“是凤凰涅槃，是一次辉煌的爆炸”。[6]若对中外作家作品的阅读缺乏如此深刻的感受与体验，那王蒙是难以抽绎出如此多的闪烁着辩证思维火花的文学卓见；要是发现逻辑机制匮乏或迟钝，即使具有广博的文学阅读感受也不能从中发现新的文学原理或文学真谛，只有将两者有机结合相互为用方能获得更多的颇具创意的“史识”或文学原创之见。

其三，借助辐射思维功能去发现文学规律。辐射思维也就是发散型思维，它的根本特点是从一个信息源中寻出不同理路的思维方式，如同一个轮轴有无数根辐条发射开去。这种思维运作于文艺研究则担负着开辟思路、拓展视野、自由发射、勇于创造的任务。因此文艺研究主体的发现逻辑机制可以借助发散型思维的独特功能，它如同插上翅翼一样更有力地在文学时空飞翔，发现更多更深的文学规律或文学原理或文学规范。王蒙的发散思维极为活跃，常常环绕一个中心论题展开自由联想的翅膀，在自己有着丰富艺术实践经验和深广文学阅读感受的时空发射开去，劈开条条新颖别致的思路，构成一个形散神凝的思维网络。《政治家的文学与文学家的政治》是个极有难度的论题，它既牵扯到政治家与文学的关系又涉及到文学家与政治的关系，既牵扯到政治家文学的功能特点又涉及到文学家政治的功能特点及其他们之间的异同关系，归根到底它是文学与政治关系的老话题也是新话题。而要研究这个跨学科的论题最绕不过的也是最敏感的是何谓政治又是什么性质的政治，但是王蒙却偏偏超越了它或绕开了它。首先从“政治家的文学”这个子论题发散开去，从中外文学史来搜寻，开拓了一条条渠道，既不管是什么政治又不顾是什么政治家，只要这个政治家确有文学天才或文本问世都可以纳入自由发射的学术视域。中国历史上的曹操、当代的毛泽东或者世界历史上的希特勒、丘吉尔、国际共运史上的季米特洛夫、当下的萨达姆，都是政治家的文学；而且文学成就之高也是难以企及的。王蒙特别推崇曹操和毛泽东：曹操“作为一个像山一样高，像海一样深，要做一个天下归心的大政治家”，从他的诗作中你会感受到“他才华横溢，雄筹大略，视野开阔，忧国忧民，又能指挥大战，这人简直是世上少有”；而“曹操以后，文才风流的领导人没有人能和毛泽东主席相比”；即使对希特勒、丘吉尔、萨达姆的艺术才华也做了适度的肯定。并从而探讨了政治家热衷于文学的多种缘由，以揭示政治家与文学的关系。王蒙从发散思维中发现了各式各样的政治家之所以结缘于文学，既因他们借用文学手段来传播其政治观念、主张、追求和愿望又因他们利用文学的文采来助已动员大众、说服犹豫者和彷徨者，既因文学手段及其功能对政治家的形象有所裨益又因文学对人的精神能力、智力、情感、人格以及想象力、创造力、创新力皆起促进作用，特别对政治家的精神能力的推动和促进更大。其次，从“文学家的政治”这个子论题，主体发散思维辐射于中外文学史，进行探寻与搜索。既发现中国古代文学家韩愈、诗人李白和李商隐，他们虽热衷政治却都是政场的失败者，又发现了现代左翼作家“左联五烈士”，他们都为政治献出了生命；既发现了南非革命作家戈彼漠，曼德拉曾将他作为支持黑人斗争的一面旗帜，但现下他又面对新问题心情欠佳，又发现苏俄高尔基积极参与政治，尽管被苏维埃称为模范作家，却与列宁发生过严重冲突。从这多维度的辐射与考察中，王蒙发现了文学家关注政治成功者少失意者多，虽然目前时兴的看法是“文学家的你就不要管政治就好了，你那样的话才是最好的作家。政治并不是你的特长，最后文学也没有搞好，政治也没有搞好。”但是他并不完全赞同这种看法，而主张具体情况具体分析。他认为“一个关心人民，关心祖国，关心人类，关心自己民族的这样一个作家他写作的东西比较大气，很有气魄，很有境界。”这是王蒙以发现逻辑机制对文学家与政治关系的具体透析。通上述两个题目的由个体例证到普遍抽象的辐射与发现，最后王蒙总括地发现了文学与政治的悖论关系，但最大的悖论则是文学家“他偏感情，他偏于想象的色彩”，而“政治太现实”，政治中有很多不和谐因素，与理想的差距很大。所以“无论是政治家的文学，还是文学家的政治，我们都可看出，政治社会不可能完全脱离开文学，文学的作用非常的大，但是反过来说呢，我们又会清楚地看到，文学不能和政治完全等同起来，它有自己的特点，运用得当，它会起很好的作用，运用不当，它会起负面作有”。[7]这就是王蒙借助辐射思维的发现逻辑机制对政治与文学的复杂关系所作的探索与理解，显示了辐射思维与发现机制合力所产生的创造能量与思维成果；而且这种合力所生的潜能还体现于王蒙的《文学与生活》一文的探索中。“文学与生活”之关系这本是文艺研究的老话题，但由于王蒙能借助活跃的辐射思维的能动发现逻辑机制从深切的生活积累与丰盈的创作经验中探寻到五个维面而展开对文学与生活关系的勘察，故而获得了一些不同凡响的理解和认知：即“文学是我们的一个记忆，是我们对生活的挽留”；“文学是我们的精神家园”；“文学是我们修建的一座精神桥梁”；“文学是我们智慧的实验场所、训练场所”；“文学是我们的精神的游戏”[8]。这五个判断是论者出色运用发现逻辑机制所获取的具有新意的思维成果，不只从新的维面上颇有深度地探询了文学与生活的关系，而且也赋予何为“文学”以新的思想内涵。

解读王蒙有关文学问题的思索与表述的演说，我的最深切感悟则是他的发现逻辑机制极为活跃，极具穿透力，极具整合力，也颇富创造性。然而他的发现逻辑机制在运作过程中所呈现的穿透力、发掘功能和创新潜力，既不是从抽象到抽象的逻辑推理又不是从概念到概念的逻辑演绎，完全是穿越于有实证性与可靠性的经验事实或中外古今文学的阅读感受中而进行的发现和透视，力求超越经验或感受层面而洞见带有规律性的文学思想或富有真理性的文学原理。黑格尔曾说："当我们说一本书或一篇演说包含甚多或内容丰富时，大都指这书或演说具有很多的思想和普遍的道理而言"；但是决不因为书中或演说中"堆集有许多个别的事实或情节等等，就说那本书（或演说）的内容丰富，由此可见，通常意识也明白承认，属于内容的必比感觉材料为多，而这多于感觉材料的内容就是思想。"[9]王蒙文学演说的思想性强或新见解多并非因为旁征博引的感觉材料丰盛，而是由于丰盛的感觉材料所包含的思想内容被机敏的发现逻辑机制透视出来，抽绎出种种不同的文学新见；可这诸多凝聚于思想逻辑链上的文学见解，乃是"打破感官事物的锁链而进到超感官界的飞跃"[10]。在我看来，文学研究主体王蒙的思维越超是离不开发现逻辑机制的，从感性的现实经验和阅读的审美感受中而抽绎出文学原理或文学规律，遂之升华到理性的哲学层次，不借助发现逻辑机制是难以奏效的；不过在由现实经验和审美感受中抽绎出合乎真理的文艺思想的过程中，王蒙的发现逻辑机制总是伴随着形而上学的思辨。尽管这种思辨不够深刻也不够严密，但它毕竟把发现逻辑机制透析出的知性片断或悟性判断升华为理性的文学"史识"或文艺法则；假如王蒙的形而上学思辨能力再强一些或发挥得再出色一些，那他的文艺研究演说的创新意义和思想威力就会更大一些，可见形而上学思辨对于发现逻辑机制能否从资料的感性经验世界或阅读的审美感受世界飞升到"史识"或"文论"的理性思想世界是至关重要的。值得说明的是，我引用的形而上学概念，既不是与辩证法相对立的世界观和方法论，也不是把它仅仅局限于古典形而上学的基本范畴，而是一切超经验的纯思辨，它面对的是一个抽象的无法触摸到的本质世界（包括人的本质、灵魂），它所苦苦思索的大多是属于人的本体性的基本问题。因此形而上学并不属于经验世界，它需要一种超常的想象力，形而上学作为一种想象乃是一种渗透了哲学精神的对人与事刨根究底的想象；而这种想象是经验所无法证实的，试问谁能用经验去回答《浮士德》关于人的终极意义的追询？王蒙《放谈〈红楼梦〉诸公案》的演说，罗列出近百年对《红楼梦》研究的见仁见智的诸多看法，众说不一，各持己见，而大多见解并未出离文本的感性经验世界；但这足以证明文学史上的优秀文学经典之作所蕴含的繁富信息量能激发我们的发现逻辑机制辐射出五颜六色的思维火花,而这其中有一个媒介将永远激发或活跃我们的发现逻辑机制,它就是形而上学的思辨。王蒙有关文艺问题的演说也许考虑到听众的需要,并没有过多地进行形而上学思辨,而是注重以现实经验或阅读感受来归纳来证明,往往把文艺问题的探索终止于文学现象或文学作品的经验世界;其实,文艺现象深层次或文学作品抽象世界的发现和开掘只有借助形而上学思辨的机制和触媒,才能在经验主义对文艺现象或文本世界解释终止的某一玄妙之处进行超经验的纯思辨,以研究主体的形而上学思辨功能来发掘或阐释文艺现象背后的神秘密码或文学创作主体用形而上学所建构的超经验的抽象世界,使文学研究获取更多的规律性认识和原创性文学真理。这就是我解读王蒙文学研究演说所受到的深刻思维启示。

(草于2006年9月4日,载于2007年
《中国海洋大学学报》第3期)

参考文献

[1]《王蒙研究》,2006年5月号《王蒙讲坛》,载王蒙七篇演讲稿,由温奉桥等整理。
[2]以上引文参见《文学的期待》,2006年5月号《王蒙研究》。
[3]黑格尔:《哲学史讲演录》第2卷,上海:商务印书馆1981年版,第308页。
[4]《文学的期待》,2006年5月号《王蒙研究》。
[5][6]《文学的挑战与和解》,2006年5月号《王蒙研究》。
[7]《政治家的文学与文学家的政治》,2006年5月号《王蒙研究》。
[8]《文学与生活》,2006年5月号《王蒙研究》。
[9][10]黑格尔:《小逻辑》,上海:商务印书馆1981年版,第125页。

“十七年”:郭沫若对现代诗学的建树

——读《郭沫若书信集》(下)[1]有所思

摘要:郭沫若在建国“十七年”逐步政治化的生态中,通过书信对于现代诗学在“抒情说”、“人格论”、“化合论”等方面所作出的理论建树,具有学理性、主体性、超越性、对话性的显著特点,从一个侧面映射出诗人的本色和学者的主体。

郭沫若建国“十七年”虽然身居要职而工作繁忙,但其本色仍是著名学者和现代诗人。由于他始终没有忘记五四时期立下的“我们是革命家,同时也是艺术家。我们要做自己艺术的殉教者,同时也正是人类社会的改造者”的宏愿,并通过自己的坚韧努力来践行和体现“一切真正的革命运动都是艺术运动,一切热情的实行家是纯真的艺术家,一切志在改革社会的热诚的艺术家也便是纯真的革命家”[2]的诺言;所以“十七年”的郭沫若总是自觉地将革命家承担的责任与艺术家承担的职责集于己身,以超常的政治智慧与过人的艺术学养来完成这兼而得之的两大重任,致使所从事的革命事业诗意化、所致力的诗歌创造革命化。对于郭沫若“十七年”所扮演的革命家与艺术家兼具的社会角色及其所创作的诗歌和发表的诗论,已有不少的研究成果;本文之所以选择郭沫若书信作为考察其现代诗学的实证资源:一是因为郭沫若自认为“我的信稿大概是赤裸裸的我,读了可以知个我的大概”;“我的生活相当复杂,我有时是干文艺,有时是搞研究,有时也在过问政治”,而我的书信“可以算得一部难得的生活的记录”[3]。笔者并不想借助书信来完全复活“十七年”郭沫若的本来面貌,只是拟通过其对诗歌的见解哪怕是片言只语来窥探郭沫若的现代诗学是否政治化,也就是说是否依然坚持其五四时期所建立起的现代诗学传统且有发展?只有“以真而重的”书信方可显现其对现代诗学的真见卓识。二是建国“十七年”是逐步被规范化、整体化、本质化的时代，尤其在思想文化界、文学艺术界逐步被纳入以阶级斗争为纲的政治意识形态化轨道，并通过反复的主观臆断的甚至是莫须有的所谓的“兴无灭资”的政治运动对文化艺术界的现代知识分子进行“脱胎换骨”的改造或专政，这不仅逐步扼杀了知识分子的个性意识和主体意识，使其异化为“驯服工具”或某种政治理念的传声筒，而且使不少知识分子怀着极大的恐怖参与时代的政治大合唱，多声部的中国也变成单声部的中国；在这个强制规范意识形态大一统的政治化的过程中，作为科学文化界、文学艺术界的总管或领军的郭沫若在公开会议或国家报刊发表了不少表态性的应景性的或号召或批判的诗文，有些是秘书代写的有些是自作的，不管这些诗文是被逼的或违心的或自愿的，都程度不同地反映了郭沫若“十七年”在政治的大是大非面前力图与主流意识形态保持一致，否则他本人也难逃胡风、冯雪峰等人的厄运。如果仅仅从这些应景的或应制的表态的诗文来判断郭沫若“十七年”文学中的地位，那很容易认同有的文学史上所说的郭沫若是制造“侍臣文学”的领头人；[4]果真是这样，郭沫若其人其文在“十七年”文学艺术界既无独立的人格和文格，又成了只能奴从地制作御用文学而不能以主体意识建构现代诗歌诗论的引导者。然而笔者并不相信这个结论，作为革命家与文艺家兼具的郭沫若所选择的是“球形的发展”道路，从“五四”到“十七年”一以贯之；所谓“球形的发展是将他所具有的一切天才，同时向四面八方，立体地发展了去”[5]，也就是在“十七年”中郭沫若的发展是多维度或多层面的，研究者要认识他的真实面目和真正价值亦必须采取这样的考析视野。本文所探讨的仅仅是“十七年”郭沫若球形发展的“现代诗学”这一维，因为书信研究者少，它本身又更富真实性，故而由此切入可以窥测其在森严逼人的政治化生态环境中对现代诗学所作出的独立思考和独特建树。

1. 众所周知，五四新文学运动中的郭沫若在创作《女神》的同时，对现代诗学通过其《三叶集》、《论诗三札》等文进行了系统探讨与理论表述，形成了自成体系的现代诗学；而“诗的本职专在抒情”[6]则是其现代诗学的核心理念，虽然小说、散文、戏剧也重抒情，但对诗歌来说抒情既是它的专职又是其本质。因为“我们的诗只要是我们心中的诗意诗境底纯真的表现，命泉中流出来的 strain（曲调），心琴上弹出来的 melody（旋律），生底颤动，灵底喊叫；那便是真诗，好诗，便是我们人类底欢乐的源泉，陶醉底美酿，慰安底天国。”[7]由此给诗设计出一个“诗=(直觉+情调+想象)+(适当的文字)”[8]的构成公式。从其所运用的心琴、生、灵、直觉、情调、想象等关键词来看,其现代诗学的构成完全源于创作主体的非理性思维,而情感或情绪则是诗的本质内涵。这不仅因为“诗是情绪的直写”,也因为“情绪的进行自有它的一种波状的形式,或者先抑而后扬,或者先扬而后抑,或者抑扬相间,这发现出来便成了诗的节奏。所以节奏之于诗是它的外形,也是它的生命,我们可以说没有诗是没有节奏的,没有节奏的便不是诗。”[9]可见郭沫若的现代诗学是环绕着“抒情”这一核心理念而构成,并通过其诗歌创作实践形成了现代诗学传统。中经左翼大众诗潮和抗战诗潮,尽管其现代诗学的内涵有所调整或有所充实,然而“诗的本职专在抒情”的核心观念并没变,直到建国“十七年”郭沫若在诗歌创作上依然坚持五四新诗运动奠定的抒情传统;并在新诗理论上有所充实与丰富,使其现代诗学与时俱进地增加一些新内涵。这不是其新诗抒情理念的矫正或改变而是在承传中对其发展,他1961年致XXX的信中表述得十分坚定而明确:

“关于诗歌创作,我是偏于抒情说的。当然,抒情不仅是抒写个人的感情,要抒写时代的感情。把个人和集体打成一片,把作者和人民打成一片,那就有把握抒写时代的感情。这样的个人,才能体会出时代精神,突出狭隘的个体范围。当然,我也并不否定叙事,但叙事要通过感情的熔炉。我们所需要的是抒情的叙事,或叙事的抒情。”[10]

这番理论概括具有丰富而深刻的现代诗学内涵,既是对五四文学革命确立的以抒情为核心理念的浪漫诗学的坚持,更是对它的发展,而其发展就是对现代诗学的新建树。其中至少有这样一些诗学见解,应该给出思辨性的理论阐释:一是“十七年”以严格的乃至残酷的政治规范来驱逼或控制文学艺术,不论文学创作或理论探讨都要坚持“政治挂帅”,如果这种挂帅的“政治”是民主性的那文学创作的多样化、理论探究的多向性无疑会得到保障,而挂帅的“政治”恰好相反,则是一种强化舆论一律的不容许任何异质思想存活的专制性政治;正是在这样的政治背景下,郭沫若仍坚持现代诗学的抒情说,既不谈诗歌必须抒写政治之情又不谈首先应抒写无产阶级之情,而是游离出或超脱出政治规范之外只言说诗歌的抒情特质,这不仅维护了诗之所以为诗的质的规定性以及诗的生命与灵魂,而且也捍卫了诗人之所以为诗人的主体意识和不受或少受政治控制与阶级限制的抒情权利,这是难能可贵的。特别是坚持现代诗学的抒情说,就意味着肯定并承认了诗人主体在创构诗歌过程中运用以情感或情绪为特征的非理性思维的合理性与合法性，这不只是对包括诗歌在内的文学艺术创作的特殊思维规律的尊重与坚守，也是对“政治挂帅”强迫诗歌创作与现代诗学就范而纳入一元化意识形态的拒斥与抵制。

二是“十七年”是集体主义压倒一切、收编一切、整合一切的时代，个人的存活乃至个人感情的存活是极其艰难的，不但得不到法律的维护与保障，稍不谨慎就会落入预设的政治陷阱；尤其现代知识分子及其所从事的文化艺术事业都不能公开强调个人的作用或个人的思想情感，总是面临着一个对头脑中“小资产阶级或资产阶级王国”进行彻底颠覆和改造的任务，而在包括诗歌在内的文学艺术创作中只能表现集体主义不能表现个人主义，只能颂扬集体感情不能肯定个人感情，否则就将成为“兴无灭资”、“铲除毒草”的批判对象。针对如此严峻的政治情势，郭沫若并没有随着政治风向转，只强调诗歌仅能抒集体之情或时代之情，而是并置地指出，诗歌“抒情不仅是抒写个人的感情，要抒写时代的感情”，这既是对“五四”以来的现代诗学抒情传统的弘扬又是对其作了辩证的补充。在诗歌中“抒写个人的感情”至少有两层意思，一是抒写创作主体的个人感情一是抒写诗境中个人主体的感情；而这个诗中的个人既可能是诗人本身，又可能是“他”人作了抒情主人公，但在更多的抒情诗中往往诗人本身就是个体主体或者诗人与他人合为个体主体，都可以视为“抒写个人的感情”。因此强调诗歌抒写“个人的感情”，就是强调诗人在创作中的主体地位与个人感情对诗作个性化的重要性；由于“个人的感情”本身有差异性、个人与个人之间的感情亦有差异性，故承认抒写“个人感情”就是承认了感情的差异性，有了差异性才有可能营造个性化的诗歌文本。这不仅可以引导诗歌创作向多样化的健全道路上发展，也可以抵制或延缓在大一统政治环境下诗歌创构滑进雷同化、公式化、理念化的泥潭。但是从辩证的观点来看，诗歌主体的抒情不可能是纯粹的个人感情，虽然这种“个人感情”是源于抒情主体的胸怀或个体的非理性思维，打上个人的独特的情感烙印；但是仔细地体察一下，就会发现在抒写的个人感情中有不少是与他人或人的集体所共有的感情，特别是与同处于一个时代的群体人的感情有惊人的相似。这不只是因为个体的人是社会关系的总和，致使个人的感情与其他人的感情有着千丝万缕的联系，也因为个人的感情不只是由本身生理机制迸发更是受周围的其他人、物、景、情的刺激而诱发的；所以郭沫若在强调诗歌抒发“个人的感情”的同时也强调要抒写“时代的感情”就是“集体的感情”。这不是有意地迎合那个时代的集体大合唱的政治需要，而是合乎逻辑地辩证地揭示了诗歌抒写“个人感情”必然会抒写“时代(即集体)感情”的联动关系。这种把抒写“个人感情”与“时代感情”并置的提法,绝对不是当时通行的以集体或时代感情消解或取代或扼杀个人感情的理解和做法,而是强调在诗歌创构中应该把“个人的感情”与“时代的感情”有机地化合起来,通过抒写“个人的感情”来抒发“时代的感情”;若是只抒发“时代的”或“集体的”感情那诗歌就成了空洞无物、大而无当的集体口号、时代标语的传声筒,只有诗人主体对时代或集体的感情进行独特的感受和体悟而融入“个人的感情”抒发出来,才能使时代的或集体的“感情”通过个性化的诗意处理大放异彩。这种理解是合乎艺术辩证思维的:“我们没有遇到过外于个体意识的集体意识,也不存在任何与个体意识割裂开来的意识。”[11]“因为不存在处于个体意识之外的集体意识。每一个体意识都是由力比多因素和意识因素组成的,其中,力比多因素的主体是个体,而意识因素是在文化创造层次上被释放出来的,其主体是超个体的”[12],即构成了集体主体意识。对于诗歌里创作主体所抒写的“个人感情”和时代或集体感情的关系是否也应作这样的理解?

三是诗歌创作所抒写的个人感情与时代感情毕竟在所有层面上并非是完全同质同构的,个人感情与时代或集体感情之间存着这样或那样的差异是绝对的,那如何拉近或消除这之间的差异而使诗境、诗意、诗情处于一个平衡、交融、和谐的美学状态,郭沫若提出两个“打成一片”的艺术谋略,即“把个人和集体打成一片,把作者和人民打成一片,那就有把握抒写时代的感情”(着重号笔者所加)。这里所说的“打成一片”无疑是双方的思想感情打成一片,而在“打成一片”的过程中不论“个人和集体”或者“作者和人民”都作为互动的平等的主体来相待,既没有把“个人”和“作者”视为小资产阶级或资产阶级必须“脱胎换骨”的改造对象而把立足点移到“集体”和“人民”这方面来,又没有强迫以集体感情取代个人感情,以人民灵魂置换作者灵魂,这就避开政治霸权话语对个人主体和人民主体之间关系的曲解和侵害。实际上,在郭老的心目中,诗人总是个施教者而人民仍是受教者,这是五四新文学的启蒙者与被启蒙者的思维模式在“十七年”的政治化环境中的颇有胆识地运用:“诗人应该教育自己,使自己成为胜任的时代歌手,并从而教育人民。施教者必须先受教育,要好好向人民学习,了解人民的思想希望,掌握人民的语言,吸收本民族的一切民主性的精华”。[13]这说明在诗歌创作中郭老虽然既尊重施教者诗人的主体地位又尊重受教者人民的主体地位,但更重视诗人的主体地位;之所以强调诗人要向人民学习先受教育，是因为诗人承担者教育人民启蒙人民的历史使命，这就把《讲话》所颠倒的知识分子作家与工农兵人民大众的关系又颠倒过来，重新赋予现代诗人作家以启蒙教育的权利。在诗歌抒情中追求“个人和集体”或“作者和人民”在思想感情上达成一片，并不是压抑或抹杀个人或者作者主体的个性意识或独特意识，而是以主体意识中的超个体的集体意识与人民主体的集体意识进行对接与融合，并通过作者主体的个性化抒情而彰显出来，这就能抒写出“时代的感情”，致使诗歌创作呈现出作者主体与人民主体相互教育、相互激励、相互学习、相互充实地共同感应着选择着时代感情或时代精神的平等互动关系。我不同意这样的观点，似乎一提诗歌要抒写时代之情或人民之情就是扼杀或消解了个人之情或主体之情，这至少在认知上把个体与人民与时代对立起来，对它们之间的关系缺乏辩证的理解，郭老的两个主体“打成一片”说有助于启迪我们对个体与集体的关系作出深入的思考。更值得称道是，郭老在论及诗歌抒写时代感情时竟然把“吸收本民族的一切民主性的精华”也作为“时代感情”的内涵之一，引领诗歌来弘扬民主精神这不只是作者主体与人民主体所共同崇尚和向往的，也是诗歌真正的现代精神，无意中是给政治一体化的专制独断以迎头痛击，这也是借助本民族的一切民主精华来消解封建意识的幽灵。提倡诗歌抒写民主之情正是五四新文化运动以民主与科学彻底反封建的人文精神在“十七年”文学政治化进程中的自觉承传，虽然它不能改变“十七年”逐步加码的政治危机，但是至少可以证明郭老并没有随波逐流，依然在艰难的处境中坚守者“五四”建立的现代诗学民主精神。

2. 如果“抒情说”是郭沫若现代诗学的核心思想，那么“人格论”则是其现代诗学的重要观念。早在五四新诗创建期，郭沫若就提出了“人格论”。通过对中外优秀诗歌的考察他认定：不仅诗“是人格的表现，人格比较圆满的人才能成为真正的诗人。真正的诗，真正诗人的诗，不怕便是吐诉他自己的哀情，抑郁，我们读了，都足以增进我们的人格。诗是人格创造的表现，是人格创造冲动的表现。这种冲动接触到我们，对于我们的人格不能不发生影响。人是追求个性的完全发展的。个性发展得比较完全的诗人，表示他的个性愈彻底，便愈能满足读者的要求。因而可以说：个性最彻底的文艺便是最有普遍性的文艺，民众的文艺。”[14]论者从诗人、诗作、读者三者的互动关系，辩证阐述了人格的重要性，虽然不能说诗人的人格决定诗格、诗格又决定读者人格，但是人格确实在诗人、诗作与读者的逻辑连动中所起的作用不可低估；尤其是抒情诗，不管是抒写个人之情或书写人民之情时代之情，抒情主体的人格所起的作用就更大。因为郭沫若所提倡的抒情诗是把主体的抒情视为诗的专职和生命，而诗人所抒之情则无不从其人格中迸发和流淌出来，喜怒哀乐都源于人格；所以诗人主体人格的优劣就决定着抒情诗的优劣，主体人格的真伪就决定着抒情诗的真伪，主体人格的美丑决定着抒情诗的美丑，主体人格有无创造冲动更决定着抒情诗有无创新性，主体人格有无强大的魅力也决定着抒情诗对读者人格有无艺术影响力与吸引力。正因为主体人格对于抒情诗如此重要，故而期待有更多的"个性发展得比较完全的诗人"；个性完全的诗人就是人格比较圆满的诗人，只有这样人格圆满的诗人才是真正的诗人，才能创造出真正的诗。这种人格圆满的诗人就是郭老所说的"球形发展"的人，虽然世间罕见，但他却从古今中外的天才中选取了我国的孔子和德国的歌德作为两个典范。且不说歌德，"孔子这位大天才要说他是政治家，他也有他的'大同'底主义；要说他是哲学家，他也有他 pantheism 底思想；要说他是教育家，他也有他的'有教无类'，'因材施教'底 kinetisch 的教育原则；要说他是科学家，他本是个博物学者，数理底通人；要说他是艺术家，他本人精通音乐的；要说他是文学家，他也有他简切精透的文学。"[15]正值"五四"批孔高潮之际，郭沫若却充分肯定孔子是个球形的天才，这也表现了他不赶潮流而敢于坚持已见的独立知识分子立场。像孔子、歌德这样人类中的立体发展的天才，不仅是郭老终生向往并为之奋斗的目标，也是他期待现代抒情诗人为之追求的理想人格。逮及建国"十七年"，不论客观环境或者自身地位都发生了巨变，然而郭老并没有放弃现代诗人的"人格论"，仍然强调人格对于创作诗歌的重要性甚至决定性，这既是对"五四"现代诗学精神的承传又是在新的历史条件对它的发展。

1963 年正是批判"封、资、修"的阶级斗争风暴愈演愈烈之际，郭老在一封信中依然坚持说："要写新诗，特别是要写出好的诗，那不仅是技巧问题，更重要的是人格和经历的锤炼。诗的基本技巧是可以由老师教的。因此相对来说是比较容易掌握的；但要做一个人，要做一个堂堂正正的中国人，全靠你自己今后去努力实践了。我相信，只要你在人生的道路上自强不息，你一定可以将你自己的感情和体验升华，写成真正的诗。"[16]这里面有三个观点发人深思：一是写出好的诗"更重要的是人格"。这不只是重提"人格"对于写好诗的重要性，而是在与技巧的比较中强调人格"更重要"；当然不是说郭老不重视写诗技巧，但是"技巧"可以从老师或前辈那里学到而"人格"却是学不到的，必须在人生的道路上通过自强不息的锤炼方可使“人格”完善和升华起来，而且要在“实践”中进行反复的磨练与锤打。这是对“五四”诗学“人格论”的发展，在“人格”修炼与提升中运用了实践观点。二是把“五四”诗学中提出的球形的理想人格具体化为“要做一个堂堂正正的中国的人”。在当时的历史背景下，做个“堂堂正正的中国人”颇为意味深长。诗人只有具备了“堂堂正正”的人格方可写出真正好诗，而“堂堂正正”的人格至少应富有尊严感、正义感、公平感、无私感、自豪感等人性内涵，若缺乏这样的“堂堂正正”的人格那诗人就遑论好诗真诗。三是强调“人格”对于抒情诗人的重要性，不仅意味着承认了诗人的主体性、独立意识，而且也意味着承认了诗人的个性意识、人性意识，这表明郭老的现代诗学始终没有悖离人学思想范畴。在20世纪60年代“文革”前夕仍坚持这种不讲阶级而淡化政治的现代诗学“人格”论，表明了郭老的处惊不乱稳定自如的过人胆识，也在一定程度上显示出郭老特立独行的学术品格。回忆一下建国“十七年”的政治大批判，已把“人性论”、“人格论”“人情论”“人道论”批得体无完肤，在文学艺术界一听到带“人”字的这个论那个论真是谈虎色变、心惊肉跳，谁若在文论中提到这几论轻则遭到无情无理的批判，重则就戴上政治帽子实行专政。生存在这种只准讲所谓“阶级性”不许谈人性、人格、人情、人道的非人化的政治环境里，包括诗人作家在内的现代知识分子哪有什么完美的人格可谈，哪有什么个性品格可论？经历一次次莫名其妙的所谓“政治运动”或“阶级斗争洗礼”不知多少有个性有主见的知识分子的人格遭到凌辱、摧残和伤害，弄得人不是人鬼不是鬼，甚至做人的起码权利也被剥夺殆尽；因此“要做一个人”就很难，而“要做一个堂堂正正的中国人”不是难上加难吗？在缺乏“堂堂正正”的人格、人性的“十七年”的文学艺术的荒原里，郭沫若的现代诗学“人格论”固然其理论价值不可低估，但更重要的意义却在于它的振聋发聩的警醒与启示作用以及针对非人化政治规范的冲击作用。

特别值得提及的是，与其所提倡的诗人要具有“堂堂正正”的中国人格的见解相联系的，郭沫若不喜欢堂·吉诃德那种人格，希望诗人“应该更天真，更直率，更合群一点”[17]，即使在那些“万马齐喑”的非人的政治化的暗夜也反对新诗充满“世纪末”的哀怨情调；他更痛斥诗人或文人没有骨气，这从1953年写的一封信中对楚国宋玉的评述便可看出来。郭沫若解放前“在重庆时，用宋玉来影射变节而投降到国民党的文人”，而建国“十七年”他仍然认为宋玉写的一些辞赋是“标准的帮闲文学”，宋玉作为楚王“小臣”这种官职，“在古时就是一种帮闲的职位”,“足见得他的骨气实在并不高”,从历史上遗留的材料来看,“他实在是没有骨气”。[18]虽然不能牵强地认为郭沫若在文艺界、学术界痛斥宋玉没有骨气也是以此来影射哪些忍受不住政治的威逼或摧残而驯化了的知识分子作家或文人,但是这种无意而产生的客观效果却触发有心读者不能不作出如是想:难道“有骨气”不正是“堂堂正正”的中国人格中的核心内涵与特殊本质吗？古代文人吟诗作赋需要有骨气的人格作为支撑,否则将成为“帮闲文学”;现代文人或作家在建国“十七年”的诗文创作中更应秉持有骨气的人格,不然也会重蹈古人制作“帮闲”文学的覆辙。可见,“骨气”对于知识分子人格的构建及其文学艺术创造是何等的紧要!

3. 郭老的“抒情说”或“人格说”都是其现代诗学中有关创作主体与诗歌内涵的重要理论建树,而他对于创作主体是如何理解和处理诗歌的内容与形式的关系以及新诗的大众化民族化也有不同凡响的独特见解,这也是郭老在文学艺术逐步走入政治化轨道而对于现代诗学作出的不可多得的贡献。在“五四”的现代诗学初创期,郭沫若提出的有名诗歌公式已触及到内容与形式的关系,但在概念表述与关系厘定上比较模糊,到了1962年在致萧殷的信中对新旧诗歌的内容与形式及其相互关系则给出独特的解说:一是不沿袭一般文学原理的内容决定形式、形式为内容服务的决定与被决定的观点,在郭老的审美视野中诗歌的内容与形式并非谁决定谁的因果关系,而是两者皆重要的有机“化合”关系。所谓“化合”既不是内容与形式的生硬拼凑又不是两者的机械结合,而是创作主体通过情感的黏合剂和高超的焊接技巧把内容与形式天衣无缝地“化合”在一起;只有达到“化合”的审美境界方可称为优秀诗歌。对内容形式关系这种“化合”的独到理解,颇为新颖到位,而且也没有丝毫的机械论色彩。正如郭老所说:“诗歌要怎样才算得优秀？必要的条件是:内容与形式起了有机的化合。内容要有正确的思想,纯真的感情,超越的意识。形式要使韵律、色彩、感触都配合得适当。”[19]对诗歌内容的要求并没有运用当时流行的所谓阶级观点来分析,将其提升到无产阶级思想高度,避免了极左思潮的侵入;只要我们联系其“抒情说”“人格论”来理解“正确的”、“纯真的”、“超越的”这三个修饰词便可悟到诗歌内容应包蕴的丰富性深邃性,至于诗歌形式则要求音乐美、建筑美的有机结合。二是对于古典诗歌和现诗歌一视同仁,既不厚古又不薄今,既不贬“旧”又不崇“新”,以统一的价值尺度来衡估古今诗歌的优与劣。而这个统一的价值标准并不是“政治标准第一艺术标准第二”,乃是“内容与形式起了有机的化合”。以此标准来考察,“并不是古典诗歌都好,而新诗就不行”,古典诗歌有优秀的,现代诗歌也有优秀的,但是相比较而言古典诗歌优秀者多,而新诗优秀者则少;这不是因为新诗的内容与形式没有结合好,其原因是古今诗歌的时间长短不一样。古典诗歌“经过几千年的淘淬是沙中存下的金屑”,而“新诗历史比较短,故觉沙多而金少,然而并非无金”。正是这样,“旧诗的形式,经过长期的琢磨,有它的优越处。它可以使你言简意赅,把思想意识概括得很精巧,使难以摩触的情绪化而为可见可闻、有声有色,或者是铿锵的珠玉,或是咆哮的风雷”。[20]在“十七年”文化思想界对“封、资、修”文艺进行批判扫荡的60年代,郭老竟敢以自己确立的价值标准给予古典诗歌如此的肯定与赞美,其学术胆识可嘉。三是新诗向古典诗歌学习以优化自身,这是常识性的见解;但郭老对于如何向古典诗歌的形式与内容学习却是有着独特的体验与看法。从旧诗的形式来说,不论是“四言、五言、七言、长短句,诗、词、歌、曲,还有韵文、弹词”等的“哪一种旧形式都很束缚人”,因而都“不能完会套用”,这也不是新见;其可取的精到之见在于明确指出:“束缚也有其妙处,束缚与自由得到辨证的统一,如火车之在轨道路上驱驰,就可以恰到好处。其实新诗也有束缚性。任何艺术形式,任何事物都有一定规律。规律就是束缚。有规律性的自由是其真解放,无规律性的自由是狂乱而已”。这既对诗歌形式的“束缚”作了精辟的阐释又对规律与自由的关系给出发人深思的解读,令人诚服。从旧诗的思想内容来看“并非全部过时,其中有民主性的精华,可供吸取”,这是套用《讲话》的观点,而郭老的经验体会则是:“这所谓吸收也不是蹈袭前人。吸收来的东西要成为自己的血肉而再现。如牛吃草而成奶,如蜂采花而酿蜜。”这就是说,吸收古典诗歌思想内容之民主精华应该坚持以我为主,吸取的过程不是因袭的过程而是自我选择、自我消化、自我融解、自我创造、自我更新的过程,这样创作出的新诗就能在原有的现代主体意识中不露痕迹的融进新因素。四是做好新诗必须广纳博采凝聚众长,“民歌固应学习,古典诗歌也要学习,其实外国的诗歌和各种姊艺术在可能范围内也都应该学习。可以利用旧形式盛纳新内容,也可以为新内容而铸造新形式”。虽“旧瓶装新酒”在40年代关于民族形式讨论中已有所倡导,并在创作实践中进行了广泛尝试,但郭老对此又给出新的阐释:“旧瓶固然可以盛新酒,但酒必须新!要有新生活、新感情、新思想、新事物、新辞汇,这样才能赋予旧瓶以新的生命”。最好是“新酒也应该盛在新瓶里”,重要的“问题是酒也要新,瓶则不仅新而且要好”。[21]这里以“瓶”与“酒”为喻生动而又辩证地论清了创造新诗的旧形式与新内容、新形式与新内容的关系，重点强调了盛新酒的瓶既要新更要好，必须在“好”字上下功夫，即创造完美的审美形式来表现相应的审美内容。这对于引导新诗的健全发展有着重要的启示意义。

诗歌的民族化、群众化问题，既关系到中国新诗的宏观发展趋向又关系到新诗内容与形式的微观变革调整，对此郭老既认同当时的主流看法又有自己的独立思考。在五四新文学革命时期，郭沫若就认定应该把“民众艺术底宣传”作为“新文化建设底运动”之一助，而“要宣传民众艺术，要建设新文化，不先以国民情调为基点，只图介绍些外人言论，或发表些小己的玄思，终竟是凿枘不相容的”。[22]虽然表述上不够明晰，却已触及到新文艺的民众化（或大众化）及其与接受外来文学而产生的冲突；逮及20世纪60年代，不管意识形态的阶级斗争风云变幻，郭老仍坚定地认为：“‘五四’以来的新体诗歌，企图诗歌的彻底解放，采取自由的形式，打破旧有的一切清规戒律”，“这是中国的诗歌革命，中国的文学革命。但担负这项革命运动的人是当时的一些知识分子，他们的创作方法无可否认是直接受了外国文学的影响。因此，‘五四’以来的新体诗和我国人民大众是有距离的。这一诗歌革命一直到现在都还没有彻底完成。要完成这项革命就必须使新体诗进一步民族化、群众化。”[23]这说明坚持新体诗民族化群众化的走向，既是郭沫若现代诗学的一贯思想又是其诗歌创作实践所追求的美学目标，同时也符合了当时主流话语对中国新诗的制导；而郭老新诗民族化群众化的理论贡献主要不在宏观的把握上，乃是在对新诗内容与形式的民族化群众化的“如何化法”的微观分析中。“如何化法？首先从诗人本身化起。”对此他认同了《讲话》的“深入生活，投入火热的斗争中，和劳动人民打成一片，不断的学习社会，学习马克思列宁主义和毛泽东思想，专心为工农兵服务”的看法；但他避而不谈知识分子头脑中有个“小资产阶级王国”必须进行“脱胎换骨”思想改造，把立足点移到工农兵方面来的霸权话语，以此来维护“诗人本身”的独立地位和自主意识。不管郭老意识到或未意识到，实际上这是对《讲话》的一种无声的“突围”；特别是诗人向工农兵劳动人民学习其目的不是降低其思想水平和价值地位，乃至以工农兵的灵魂来置换知识分子的灵魂，而是为了更好地承担并完成诗人的“灵魂工程师”的使命，这更是对《讲话》的有声的“突围”：“先做好劳动人民的学生，然后才有可能做好劳动人民的先生，做劳动人民的灵魂工程师。”只要“诗人能和劳动人民打成一片，所产生出的新体诗就可以有保障能做到进一步的群众化、民族化”。其次，新体诗要进一步民族化群众化，“应该向旧体诗词学习,向民间歌谣学习,总应该学到溶化的地步。”而要达到“溶化”的地步则必须有“舍得功夫拼,铁杵磨成绣花针”的“勤学苦练”的韧性;特别是对旧体诗词的形式应有选择地学习哪些“有长远的生命力的”,“如五绝七绝、五律七律和某些词曲,是经过多少年代陶冶出来的民族形式”,而“这些形式和民间歌谣比较接近,如果能做到‘既有浓郁的诗意,语言又生动易懂’,我看人民是喜闻乐见的”。这也是促使新体诗进一步民族化群众化的途径之一;但要达到“两化”的诗学目标,最重要的“就要做今天的诗,要今天的语言写今天的感情、今天的理想、今天的希望、今天的使命”。[24]这既要解放旧体诗词又要解放新体诗,选择或创造为人民大众喜闻乐见的完美形式与现代思想情感去“化合”。上述,或谈到诗歌的内容与形式关系或说到向旧体诗词学习或论到新诗民族化群众化,都运用“化合”、“熔化”、“化”等动词以强调“化”的重要功效,姑且把它称之为诗学“化合论”,这也是郭老对现代诗学的值得尊重的理论建树。

总之,本文所概括和阐述的现代诗学的主要资料根据是“十七年”公开或未公开发表的书信,这是极其有限度的。如果将研究视野放开而把其他的文论和诗作尽收眼底,那会发现郭老的现代诗学更丰富更驳杂的理论全貌,即使其书信涉及到的诗学如“现实主义与浪漫主义结合”、诗的功能、诗的语言等问题,也没有详论。尽管如此,然而从书信中已发掘出的现代诗学如“抒情说”、“人格论”、“化合论”等,不仅可以窥测到其诗学求真出新的理论品格,也可以感悟到其现代诗学的显著特点:一是学理性。不同于“十七年”的其他的诗论文论总是离不开政治规范的严格控制,脱不掉意识形态话语的无形羁绊,言必据马列话必引毛选;郭老的书信对此虽有所触及但总体却是讲述合乎诗歌本身特质和规律的原则原理,既有从中外古今诗学通过消化而汲取的又有自己诗创经验升华出来的,始终把现代诗学纳入学术范畴,而很少或没有涉足政治轨道,尽量保持现代诗学的本体性和纯正性。二是主体性。这主要体现在两个维面:作为现代诗学建构者和古今诗词评说者,郭老并没有违心地在信中说一些无原则无学理的“跟风”的空话、大话和套话,更见不到阿谀吹捧的颂扬之词,即使认同政治权威的某些观点也不是盲从或奴从而是理性的智从,总是坦诚地直率地表达独立之见,坚守自己的主体意识;对于新诗创作主体,不管“抒情说”、“人格论”或者“化合论”,都或明或暗强调诗人在创作过程中应有的独特情感、自主意识和主体地位,给以必要的尊重和关注。三是超越性。这里主要指现代诗学的探讨与论述没有落入机械阶级论的陷阱,更没有进入“兴无灭资”的政治框架,不论对诗歌抒情本质的阐述、诗人人格的论述或者对新诗内涵和民族化群众化的言说，都见不到“十七年”那个特殊年代的强烈的阶级印记，这就使现代诗学在很大程度上超越了阶级偏见，也超越了民族和时代的局限；特别是对古今诗歌优劣的评价标准完全超越了“政治标准第一艺术标准第二”的政治化规范，而使其具有了普适性的价值，致使他的诗学见解至今仍具有启迪与引导的意义。四是对话性。书信主体不管与政党领袖、理论权威、社会名人或者与青年学生、工农兵谈诗论学，都一视同仁，平等相待；如同和致信者民主商讨，是主体与主体之间的直接坦荡的对话，对领袖、权威、名人也不仰视，对学生、工农兵也不俯看，都以平视亲切的眼光与所有致信者对话，即使在信中对领袖诗词的修改或解释也是该指正就指正、该肯定就肯定、该商榷就商榷，哪怕同青年学生评诗论学也完全保持平等对话的姿态，丝毫见不到那种“诗学权威”、“文学大师”、“学界泰斗”、“文化高官”的影子。

至少从我阅读“十七年”的书信中，感受的和认识的郭老在政治上并不像有人所说的是“跟跟派”，其现代诗学也不可能引领文学界制作“侍臣文学”或“帮闲文学”；他的本真面目则始终是个本色诗人，是个有主体意识的球形学者。

（草于2010年7月23日，本文原载2010年《理论学刊》第10期，收入2011年《郭沫若研究年鉴》）

参考文献

[1]黄淳浩编：《郭沫若书信集》上下两册，上册所辑的是建国前的信件，下册所编的是建国后的信件，由中国社会科学出版社1992年12月出版；笔者所研究的是下册书信中有关郭沫若对现代诗学的见解。但由于郭沫若给陈明远的书信存在真伪的问题，曾发生过严重争论甚至对簿公堂；故而又参照王戌笙著的《郭沫若书信书法辨伪》（兰州大学出版社2005年4月版）一书，对致陈明远的69函作了去伪存真的查对，但愿所引用的书信皆是真的。

[2]《郭沫若全集》文学编第15卷，第192～193页，人民文学出版社1990年7月版。

[3]黄淳浩编：《郭沫若书信集》（下），第452，456页，中国社会科学出版社

1992 年 2 月版。
[4]许志英、邹恬主编:《中国现代文学主潮》下,第 290 ~ 291 页,福建教育出版社 2001 年 4 月版。
[5]《郭沫若全集》文学编第 15 卷,第 19 页,人民文学出版社 1990 年 7 月版。
[6][7][8][9]《郭沫若全集》文学编第 15 卷,第 47 页,第 13 页,第 16 页,第 365 页。
[11][12][法]吕西安・戈德曼:《文学社会学方法论》,第 109 页,第 113 页,工人出版社 1989 年 3 月版。
[10][13]黄淳浩编:《郭沫若书信集》(下),第 353 页。
[14]《郭沫若全集》文学编第 15 卷,第 338 页。
[15][22]《郭沫若全集》文学编第 15 卷,第 19 ~ 20 页。
[16]黄淳浩编:《郭沫若书信集》(下),第 141 页。
[17]黄淳浩编:《郭沫若书信集》(下),第 308 页。
[18]黄淳浩编:《郭沫若书信集》(下),第 164 ~ 165 页。
[19][20][21]黄淳浩编:《郭沫若书信集》(下),第 363 页,第 364 页,第 365 ~ 366 页。
[23][24]黄淳浩编:《郭沫若书信集》(下),第 391 ~ 393 页。

“里比多”释放的悲歌和欢歌

——细读莫言《丰乳肥臀》有所思

内容提要：莫言以叛逆思维与独特体验，在《丰乳肥臀》中构筑起一座供奉着“里比多”的艺术小庙。通过对上官鲁氏、上官来弟、鸟儿韩、上官金童等人物的两性关系描写，演奏出一曲曲“里比多”释放的悲歌和欢歌。它们不是从生理层面而是从精神、伦理、审美诸层面，深切揭示了人性的丰赡内涵与审美的充盈意蕴，将“里比多”的诗性书写升华到“心有灵犀一点通”的人类共享的审美高度和精神境界。

在现代启蒙思潮的激荡下，五四新文学曾出现有郁达夫小说创作大胆暴露，因“里比多”（即性欲）遭受压抑而发生的性苦闷和性变态的主题，丁玲的《莎菲女士的日记》又从女性视角深化了这一主题；遂后的左翼文学或工农兵文学的这一主题被遮蔽或被禁忌，周作人提出的塑造灵肉一致的完全人的美学理想也被批得体无完肤。即使郁达夫、丁玲笔下五四时期所描写的“里比多”释放的主题也是囿于人性与伦理道德不可调和的内在冲突中，往往人性释放难奏凯歌而大多只能以悲剧告终，这是时代的局限更是创作主体的局限。逮及20世纪90年代，莫言的巅峰之作《丰乳肥臀》问世，则以长篇小说审美形式把五四文学推出的“里比多”释放主题，升华到空前的美学境界。就是今天重读这篇巨著，仍有深切的感受和不易言明的体会；似乎感到知识装置里所储存的人学理论性爱观念或美学范畴，面对《丰乳肥臀》所蕴含的感性的人学内涵、体验性的里比多描写、陌生化的审美感受，显得那么的苍白无力，丧失了阐释功能。因而并非顾斌先生所认为的莫言小说“没有思想”，而是我们所持有的既成思想观念或思维范式对其小说世界潜隐的别开生面的含而不露的思想意识发现不了或言说不清；尤其是那种丰盈玄秘的“里比多”潜意识的非理性描写更是妙不可言、神不可掬。也许这正是莫言小说创作的独特思想深度和独特美学意蕴。

人类文明史上总是生有这种主义那种思想，或者制定这种伦理那种道德，来管控或压抑“里比多”，仿佛允许“里比多”自由释放就会导致祸殃而破坏了人类文明，实质上这是以倡盛文明为招牌对人性施行无情的扼杀。如果说五四文学表现人性释放的母题对“里比多”的描写挣脱不出文明或不文明的道德纠缠；那么莫言在《丰乳肥臀》中“里比多”的书写完全以“离经叛道”的颠覆精神和叛逆思维，既不忌惮那种禁欲主义的政治教条又不忌惮什么传统的道德文明，切断了罩在“里比多”上的各种清规戒律所编的网络，撕破了蒙在“里比多”上的形形色色的所谓的遮羞布，理直气壮地名正言顺地坦荡无惧地真率无遮地把“里比多”作为一个有魅力有神力有强度有深度的审美对象来描写来赞扬，这不仅改变了以往传统审美法则对“里比多”书写的规约且冲决了人们对“里比多”的审美习惯或心理堤坝，自由洒脱地谱写了一曲曲“里比多”释放的悲歌和欢歌。诚然，当人们欣赏着这些悲歌和欢歌时，见仁见智的体认是会有的，批评其有所“越轨”的声音也会出现；然而读者却不能不敬佩莫言超常的艺术胆识、无畏的创造精神及其竭力建构崭新审美规范和艺术王国的天才，人们也不能不承认在灵魂深处与其对“里比多”的审美情趣发生了某种程度的对位感应。

（一）

在小说世界里，作者着力塑造的上官鲁氏（乳名璇儿）这位现代中国文学史上罕见的母亲形象，她是位“丰乳肥臀”的平凡女性；而“丰乳肥臀”既喻指她有非凡的生育能力又象征她的“里比多”充沛饱满。然而璇儿却在姑母的一手包办下嫁给了缺乏生育能力的铁匠儿子上官寿喜；被逼进婚姻牢笼三年她没有生育，这本来不是丰乳肥臀的璇儿不能孕育而是丈夫的无能，反而却遭到婆母上官吕氏的臭骂和无情丈夫的毒打，这使璇儿的人格受到无端的辱没、肉体忍受非人的摧残，更使她的丰盛的“里比多”遭到压抑。无奈之下姑母的用计和姑父的施行，璇儿不情愿地借姑父之种生下了大女儿来弟和二女儿招弟。以传统观念视之，虽然这是一种不道德的乱伦行为和悖离婚姻的出轨行为；但是作者笔下的上官鲁氏既没怨恨其姑父又没有从良心上责备自己，也没有那种一般女性难以忍受的羞辱感，坦然自如地与其姑父一次又一次地生下两个女儿。对此，可以看成她是惧怕婆母的咒骂与丈夫的毒打不得不这样做，不过也可以认为这是丰乳肥臀的鲁氏的“里比多”寻找释放的内在需求，不然很难解释他从不情愿到无所顾忌地与姑父频繁交往的行为。虽鲁氏生下二女“总算开了腚”，但婆母却“求菩萨保佑，明年送我家个孙子吧”；这种重男轻女唯有男性才能“传宗接代”的根深蒂固观念，不仅婆母吕氏的头脑里牢不可破，而且也使生了两个女儿的上官鲁氏作了“母亲认识到一个残酷的真理：女人，不出嫁不行，出了嫁不生孩子不行，光生女孩也不行。更想在家庭中取得地位，必须生个儿子。”[①]这是她从血的经验中在中国传统家庭结构里所悟出来的男尊女卑的男权意识，虽吻合了唯男性方可传宗的古今未变的观念，却也是驱使她冲破传统“妇道”去寻找性侣的内在动力之一。凭着“丰乳肥臀”生不出男孩她能甘心吗？这固然内含她作为健全女性的自尊感与自信心，然而她却没有意识到这种“动力”不是源于现代思想。尽管能使她在追求性侣的过程中“里比多”得到一定的释放，却难能把她引导到女性真正获得人性解放的现代道路；即使其“里比多”得到释放能享受“快乐”也难能把这种“高峯体验”升华到现代审美理性。正如瓦西列夫所说：“人的性欲在这种情况下（即必须生儿子，笔者按）已经不再受直接快乐原则支配，而是受现实原则支配，这个原则从根本上讲也是以获得快乐为目的的，只不过它照顾到现实的要求。”[②]

上官鲁氏在必生男性的所谓“现实原则”支配下，“里比多”迸发出的力量是巨大的且带有一定的盲目性，催动她冲出了地狱般的家庭和牢笼式的婚姻而在围城之外的人生旷野里自由自在地无明确目标地寻觅性对象；只要能实现“生儿子”的现实原则，进入她视野里的男人没有什么民族、阶级、党派、贫富、贵贱、中外之分，不管她是土匪密探（上官领弟的生父）、不管他是江湖郎中（上官想弟的生父），也不管他是杀狗屠夫（上官盼弟的生父）、也不管他是天齐庙智通和尚，都可以作为暂时的性伙伴。若说她与姑父的性事开始有点不情愿有点被动，那么与江湖郎中、智通和尚发生的性事却情愿多了，主动多了；尤其对待杀狗屠夫高大膘子，她是主动“送上门”，而且不止一次，完全是心甘情愿的。虽然她的生儿子的“现实原则”没有落实，但是她的“里比多”的无拘无束地甚至淋漓尽致地释放却实现了“快乐原则”，即使第七个女儿上官求弟是败兵强暴所生，也没有使他产生强烈的反感。然而她最忍受不了的是婆母吕氏的暴怒狂骂与丈夫上官寿喜用烧红的铁块烙在她的两腿之间，几乎要了她的命。这样惨无人道的令人发指的摧残施暴，既没有动摇上官鲁氏寻性伴生儿子的坚定意志又没有摧毁其实现里比多"快乐原则"的梦想。如果说她与婚外的男人产下的七女并没有兑现里比多的"现实原则",使她的生育史所写下的多是悲歌;那么她同时所获得的性的"快乐"则证明其里比多的"快乐原则"得到一定实现,使她的性史上所谱写的多是欢歌。尤其上官鲁氏在教堂里遇见瑞典来的牧师马洛亚,可以说,一见钟情,灵犀相通。这次她寻到的不是性伴而是爱侣,"里比多"的现实原则与快乐原则都得到了实现,既生下男性金童又生下女性玉女;而且鲁氏与牧师在稠密的槐树林里心心相印地谱写了"里比多"尽情地自由地释放的狂欢之歌,作者极尽赞美之词作了动人的描写③。

(二)

丰乳肥臀的上官鲁氏是在极其残忍极其严酷的生态环境下生了一子八女,除了儿子金童患上了严重的"恋乳症"没有在灵与肉统一上得到健全发育成长外;八个女儿大多像其母一样"丰乳肥臀","里比多"丰盈勃发,性格刚毅倔强,原始生命力旺盛,只要自由自主地选择了性伴爱侣就要穷追不舍地追求下去,哪怕为之付出生命也在所不惜。幸运的是,她们并没有被迫走进包办婚姻的牢狱,像母亲那样在围城内吃尽非人之苦而到围城外去寻求"里比多"之乐;而是摆脱了一切政治的禁锢、一切道德的羁绊,可以不管选择意中人的政治身份是土匪、游击队、爆炸队、投降派、抗日军、国军、共军、左派、右派等,又可以不顾他们在道德上是善人、恶人、好人、歹人,完全由女儿们的主观意愿或感受体验来决定。就是偶尔作为母亲的上官鲁氏有所规劝甚至加以干预,她们可以当成耳旁风,如痴如狂地去钟爱所选择的性爱对象,即使与其"私奔"或同居也不在乎;因此她们的性爱生活在敌我友混战的动乱格局中仍然过得轰轰烈烈,"里比多"释放也是生气勃勃,孩子照样地生,快乐照样地享受,就是性侣因战乱而死也不为其守节,旋即追求新的性伴。

这在鲁氏的八女中表现得最突出的最耀眼的也最具代表性的是大姐上官来弟。且不说大姐与"恋爱受到障碍的抗日英雄"沙月亮如何"私奔"的,也不说沙月亮降日当了"皇协军旅长"如何疯狂地释放"里比多"而生下了沙枣花;这里只谈沙月亮战败自杀后来弟成了寡妇又怎样痴迷地爱上了"抗日别动大队"巴比特、司马库与传奇式民间英雄鸟儿韩的。来弟痴爱巴比特、司马库或者鸟儿韩没有落入"英雄美人"的传统情爱模式,也没有受到传统"贞节"妇道观的束缚；也就是说她的性爱观不是以政治、道德甚至情感为基础，而是“里比多”即性欲为基础的。也许来弟缺乏这种自觉地现代性爱意识，完全出于一种本能的性冲动；然而它却从人性的必然趋向上与内在需求上印证了现代情爱观的正确性。固然性欲是一股强大的力量，如果失去控制，它有可能殃成灾难；因此这就要求以性欲为基础的情爱获得精神与肉体、梦想与现实的有机结合，不能把“性欲基础绝对化”。但是也必须看到，“一旦心把情欲的大旗高举入云端并擂响疯狂的战鼓，那么理性卫士便无计可施，只能忍受奇耻大辱，对这位君主的武士们退避三舍，因为他们在疆场上是强悍的勇士”；况且，“疯狂的爱情的标枪所留下的创伤，用蘸着理性油膏的棉球是无法愈合的”，[④]唯有借助“里比多”的适度释放方可奏效。来弟是带着疯狂地与沙月亮相爱而后他又离她死去的深刻创伤，首先痴迷地所爱上的性侣是司马库的“福将”巴比特，而不是司马库本人。小说是这样描述大姐来弟火辣辣地迫不及待地盯着巴比特的痴态：“她的体态动作是那么焦灼，被尿逼着一样。她扭扭捏捏地走了几步，扔掉花球儿，扑到巴比特身上，搂着他的脖子身体紧贴到他身上，嘴里呢呢喃喃地，像高烧呓语‘……死了呀……熬死了……’”[⑤]“里比多”的熊熊之火快把来弟烧死了，她实在是熬不住了，若是抓不住释放“里比多”的性伙伴，她真的要害相思病，她真的要烧死；然而巴比特这个洋人却残酷地回绝了她，“我爱的不是你”而是你妹妹上官念弟，这如同一瓢冷水把她的欲火浇灭，使她的旧伤之上又添了新伤，从此她成了精神恍惚的“情痴”。对此情此景，情场老手司马库看在眼里动在心上，作者这样描写：“司马库脸上是盖不住的兴奋表情。他的眼睛盯着大姐裸露的脊背，呼哧呼哧喘着粗气。他的双手不停地搓着裤子，仿佛他的手上粘上了永远擦不掉的东西。”[⑥]这时的来弟并没有意识到司马库对她的动情已经达到难以自控的程度，因而也没有把他当成最能释放“里比多”的性侣；但是司马库的这种强烈的性冲动却转化为“色胆包天”的力量，既不管在家庭伦理上来弟是他妻子上官招弟的亲姐，又不顾在“教堂看电影”岳母鲁氏与其妻坐在身边的监视眼光，更没有察觉小舅子金童对他暗中的窥探，他便“悄悄溜走”与关在家中厢房的被里比多之火烧得“浪死了呀，熬死了呀”的大姐来弟发疯似的偷情约会。“来弟尖声叫喊，是疯狂的，冲破房顶的”；司马库欢快地说：“他大姨，你浪我是船，你旱我是雨，我是你的大救星。”[⑦]他俩的酣畅淋漓地狂欢腾跃地释放“里比多”，从传统观念上看是无法无天的，法律上是不承认这种“奸情”的，道德上是谴责这种乱伦的；但是非理性的性欲疯狂所形成的盲目的黑暗的巨大力量，并非一般的法律理性或道德理性所完全能够征服的，即使为此触犯传统法律犯了罪或者受到传统道德的斥责也不算什么。因而这无疑是从潜意识层次在呼吁，不论法律或道德都应该人性化或具有护维隐私的功能。司马库确实是来弟的“大救星”，不止治好了她的“相思病”，挽救了其生命，且使她在“里比多”释放过程中享受了莫大的“快乐”与“性福”；所以后来当她得知司马库的死讯时，真的把他视为丈夫，想以传统的“守节”方式以表“忠诚”。不管来弟怎样如痴如狂地爱上巴比特，也不管她与司马库的“里比多”释放多么狂欢；然而他们的性追求或性行为都没有达到现代情爱的高度，这不仅因为巴比特并不爱来弟、司马库也只是把她作为发泄的工具，也因为“爱情的根源在本能，在性欲，这种本能的欲望不仅把男女的肉体，而是把男女的心理推向一种特殊的、亲昵的、深刻的相互结合”。⑧

不过，来弟与鸟儿韩的相爱相恋却升华到至少接近了现代情爱境界。对于来弟这样一个“丰乳肥臀”的女性来说，在不同的时代“经历过沙月亮、司马库、孙不言三个截然不同的男人”，她与沙月亮的私奔虽在炮火硝烟的岁月，却享受了荣华富贵与性福快感，特别是深切感受了“司马库式的登峰造极的性狂欢”，这应似自由纵情地演奏出的一首“里比多”释放的欢歌；然而当来弟与哑巴孙不言的相结合，给她带来的却是“卑鄙透顶的性虐待”，所奏出的是惨无人道的令人窒息的悲歌。这是因为来弟根本不爱孙不言，尽管他是“老革命”、“抗美的英雄”、失去双腿的荣誉军人，这些政治上的光环却丝毫没有吸住来弟的眼球，也未打动她的芳心，更没有触发她的“里比多”的激情；所以她与哑巴孙不言的所谓婚姻完全是“政府包办”的，这并不是以性欲为基础的情爱。况且孙不言又在合法婚姻的保护下肆无忌惮地兽性大发地对她施行性虐待，把她摧残得遍体鳞伤，折磨得死去活来。正当来弟呼天天不应喊地地不灵的生命危急之际，“传奇英雄鸟儿韩”从天而降，闯进了上官鲁氏家中。原本鸟儿韩与上官领弟深深相爱，韩被日寇抓劳工逃出监狱而在日本深山密林与鸟兽混居在一起苦斗了十五年，这期间领弟嫁给爆炸大队战士哑巴孙不言因忍受不了性虐待，神经错乱而跳崖自尽；此次鸟儿韩九死一生地返乡深受区长与民政局长的关爱，说“他已经无家可归，对这样一个从地狱里逃出来的人，他的一切要求，都应该得到满足”。于是上官鲁氏便把鸟儿韩安排在鸟仙领弟住过的东厢房，为在苦海里遇到慈航的来弟同如饥似渴地来寻求性爱侣的鸟儿韩提供了难得的相爱良机。正是小说里所描写的：“大姐与鸟儿韩的奇异爱情，像沼泽地里的罂粟花，虽然有毒，但却开得疯狂而艳丽”。所谓“有毒”是因为大姐来弟被逼与“革命英雄”孙不言结成合法夫妻，而与鸟儿韩相爱必定犯法；不过这时被“里比多”烈火烧红眼睛的痴男痴女什么都不顾，在“里比多”凝成的非理性力量驱动下必然会碰撞出熊熊之火。对此上官鲁氏心知肚明：“上官家的女儿一旦萌发了对男人的感情，套上八匹马也难拉回转。”试看，来弟被“里比多”冲动得毫无羞涩之感，在鸟儿韩面前，“坦然的脱光了衣服，指点着身上被哑巴虐待过的累累伤痕，哭着抱怨：‘鸟儿韩，鸟儿韩，你看吧！他把我妹妹折腾死了，现在又来折腾我，我也完了，我被折腾得连一点劲儿也没有了。”这是对性暴力的控诉也是对生命的呼救，不仅燃起了鸟儿韩的同情之火与复仇之火，更燃起他“被苦难生活压抑了十五年的青春激情像野火一样慢慢地燃烧起来”，这就使他们干柴烈火般的“里比多”释放获得了具有理性意味的深切感悟：“鸟儿韩感恩戴德的抚摸使她得到父爱的满足，鸟儿韩对性的懵懂无知使她得到了居高临下的性爱导师的满足，鸟儿韩初尝禁果的贪婪和疯狂使她得到了性欲望的满足，也得到了对哑巴报复的满足。所以她与鸟儿韩的每次欢爱都始终热泪盈眶、泣不成声，没有丝毫的淫荡，充满了人生的庄严和悲怆。”可见两心相印相悦所奏响的“里比多”释放的欢歌是以悲怆为基调的，比起那种纯粹追求“快乐”的性爱欢歌更感人。尽管“母亲自觉地担当了来弟和鸟儿韩非法恋爱的保护人”，⑨然而好景不长，来弟与鸟儿韩的无所畏惧的贪婪疯狂终于被性虐待狂哑巴孙不言亲手抓住。在他们的欲火冲天的、你死我活的厮打中，来弟顺势抓起一根柞木门闩砸向哑巴头颅致其死；法律以杀人罪判了来弟死刑和鸟儿韩的无期徒刑（也死在赴刑路上）。从社会学来看，这种无视法律存在而肆意放纵“里比多”致人之死所遭到的严惩是罪有应得的；而从情爱学视之，他们确实是为建立在性欲基础上的轰轰烈烈悲悲壮壮的真正情爱而死，所以他们并没有后悔，勇于承担罪责去赴刑。这种社会性甚至政治性的情爱悲剧的造成，究其根源难道仅仅归罪于这对苦命的恋人吗？这使人们不能不向“政府包办婚姻”、令人致死的残酷性虐待的“革命功臣”孙不言、现代法律的量刑和判决是否公平提出质疑？

（三）

如果说上官鲁氏所育八女大都“丰乳肥臀”，以充沛的“里比多”释放而谱写出一曲曲或悲或欢的情歌；那么她与玛洛亚牧师所生的“杂种”儿子金童则是个“恋乳情结”牢不可解的永久长不大的性残缺的大男孩。尽管他见到女性的乳房爱不自禁美不自禁贪不自禁，然而由于“里比多”的匮乏使他只能做着幻美的情爱之梦，甚至梦寐求之不得而导致神经错乱；当然，也要看到，即使这种幻想性的“里比多”释放，在特定的情境下也能奏出了性爱的悲歌或欢歌。金童20岁正值“大跃进”的荒唐年代，他当了国营蛟龙河农场的农业职工，并与那些“小乔念过医学院，于正省城做主编，马鸣留学美利坚，章杰能编大辞典，就是右派王梅赞，那个头号大笨蛋，还是个健将运动员”等所谓“大右派”们，混在一起进行劳动改造；不料金童被鸡场的龙青萍厂长作为释放“里比多”的性伙伴紧紧抓住不放，在极其恐慌的心境下尝到了“禁果”，这不是性的欢歌而是导致他几十年厄运的悲歌。龙厂长是位失去一只臂膀的武工队神枪手和女英雄，近四十岁仍是个处女，革命重于一切的原则、军队的铁的纪律以及种种政治责任与道德规范，对于作为一个健全女人的龙厂长“里比多”的压抑和禁锢已经达到忍耐不住的程度，压抑得越严实，“里比多”积聚的能量越是要寻找突破口释放出来，这是一个女人之所以成为真实女人的合情合理的自然的本能要求。试看龙厂长实在是控制不住了，“突然，她把板壁砸开了一个大洞，一丝不挂的龙厂长钻了过来”；“她的双乳，仿佛两个铁秤砣，坚硬的挺着。她倾斜着身子，扑到上官金童的面前，跪倒了，用那只胳膊，揽着他的腿，满脸泪水，像一个可怜的老太婆一样嘟哝着，‘上官金童……上官金童……可怜可怜我……我是一个不幸的女人……’”。这种如饥似渴地如泣如诉地苦苦哀求，即使铁石心肠的男人也能动情；然而金童总是“软绵绵的瘫在地上”，越是这样龙氏的欲火越旺。于是“在那些阴雨连绵的日子，龙场长不分昼夜地、交替使用着软硬两种手段，试图把上官金童变成男人，但直到她把自己煎熬到吐血为止，也没有达到目的。在开始自杀前的几分钟里，她用胳膊抹掉下巴的血，悲凉地说：‘龙青萍啊龙青萍，你三十九岁了还是个处女，别人只知道你是女英雄，不知道你是个女人，你这一辈子，算是白活了呀’！”这是令人震撼发抖的出自内心的带血诉苦，也是对那种非人道的政治性的或道德化的禁欲主义的决绝控诉。“就在这最后的时刻，上官金童却看到了一个女人的充满诱惑的姿态”，“一团金黄的火焰在他面前猎猎作响着燃烧开来，冰一样寒冷的下腹，顿时被热血充盈了”。他面对着龙厂长枪响在太阳穴上炸开的洞眼，“上官金童怀着深深的内疚，紧紧地抱着她，在她的身体还没有丧失感觉之前，满足了她的愿望。”[10]这是多么悲壮、凄苦又多么遗憾、愧疚的“里比多”释放。作为一贯心地善良而又性无能的上官金童对于龙厂长的自杀并无罪责，然而在“文革”时期他却蒙冤受屈，以“奸尸罪”被判15年徒刑，为了这个苦命的可怜的曾与他仅有一次性关系的“老女人”，金童在劳改农场无怨无悔地服刑15年；刑满回家金童因思念龙氏过度而害上精神错乱的相思病：“上官金童看到，在光明的窗户那里，龙青萍赤裸着身体，铁乳房上长满了红锈。她放荡地叉开了双腿间，生着一簇圆溜溜的白蘑菇，细看时，才知道那不是蘑菇，而是一堆纠结在一起的小孩子，那些圆溜溜的东西，尽是小孩子的脑袋。……光辉聚焦在乳头上，形成两束寒冷的光，直刺他的心脏，他大叫一声，便昏了过去。”⑪为治好金童的相思病和性无能，其母上官鲁氏用心良苦，万不得已”地去乞求现已成了废品收购公司经理的独乳老金，这样金童便与独乳老金情投意合地演奏了“里比多”释放的狂欢之歌；虽然这首歌缺乏前首歌那样的深刻的政治的社会的道德的悲剧意义，也缺乏前首歌所蕴含的人性剖析的深度和力度，但是它却具有独特的生命意义。

三十年前金童充当“雪公子”替女人摸乳祈福时最后摸的就是“香油店掌柜老金的独乳”，三十年后的金童已42岁仍在病梦中想着老金的独乳：“渐渐地，从他心里漾出来的精神上的味道和老金乳房里涌出来的物质的味道，像两只渴望着交尾的粉蝶，一点点的接近着，终于碰撞在一起，并迅速的合二为一。”当他梦醒睁眼一看，老金果然站在炕前，“她毫不犹豫地撩起衬衫，让那只灌满了浆汁的、像金黄色的哈密瓜一样的乳房垂在了他的脸上。他的嘴在寻找乳头，乳头也在寻找他的嘴。当他颤栗地含住她，她颤栗着进入他的嘴巴时，两个人都像被开水烫了一样，发出了迷狂的呻吟。”实质上这也算“里比多”释放所感到的欢快，于是老金的独乳取代了龙青萍生锈的乳房，治好了金童且恢复了健康。独乳老金看到了上官鲁氏的“深深的自责和无限的感激”，则坚定地说，“是我终生渴望的，我跟他前生有缘”；既然如此，上官鲁氏更期待老金治好儿子的“性无能”而“跟他去睡觉”，并根治他不再吃奶的沉疴。老金慷慨情愿地说：“我老金的炕头上，永远都给他留着一个枕头。”但是金童却怯懦地认为“她是有丈夫的人”；而“母亲用挑战的、发狂的声调说：‘你给我有点出息吧，你要是我的儿子，就去找她，我已经不需要一个永远长不大的儿子，我要的是像司马库一样、像鸟儿韩一样能给我闯出祸来的儿子，我要一个真正站着撒尿的男人！”独乳老金下决心要把金童“炼成钢铁”，尽管她与不少男人“睡过觉”，然而使她真正动过一点真情的、“这辈子让我魂牵梦想的，就是你这个狗杂种”金童；“老金挑逗地撩开睡袍，里面竟然赤条条一丝不挂。白的雪白，黑的乌黑。上官金童汗流满面，软绵绵地坐在化纤地毯上。”为了激发起这个性无能的“窝囊废”的“里比多”，老金软硬兼施地费尽心血，终于见到成效，“上官金童就像老虎扑食一样把她按在炕前的地毯上”，从此“每天夜里，他都像一个不知疲倦的农夫，耕耘着老金肥沃的土地”，奏响了一曲曲令老金感到“特别新鲜刺激”的“里比多”释放的欢歌，并当众宣布金童担任废品收购公司的总经理。然而在老金与其性无能丈夫方金的搏斗中，最终暴露出“上官金童，你是摸不上墙的狗屎，扶不上树的死猫”⑫的难成真正男子汉的怯弱本相，辜负了母亲的苦心与独乳老金的努力。

(四)

总之，细读《丰乳肥臀》所感受到的是文化思想与审美意蕴的极为丰富、复杂而深邃，及其体悟、阐释空间的巨大而广博，既可以把它作为寓言小说、象征小说、写实小说、浪漫小说、现代小说来解读，又可以将其作为家族小说、历史小说、生命小说、存在小说来理解；而它无与伦比的独特美学创新则在于，广纳博取古今中外文学艺术精华，联系沟通自己对历史与人生的独特感受与体验，通过主体审美心理的整合熔铸而建构起的只属于莫言的艺术殿堂。其中最诱人最精彩的亦最具人情味人性美的篇章，乃是对艺术小庙里供奉的男女“里比多”释放的大胆无畏且有适度控制的诗性描写；它所富有的突破性超越性的思想意义和审美价值，既体现于小说将习见的“低俗色情”的东西作为最人性化的最具有生命力的审美对象来描写，这应似文学史或美学史的真正的“拨乱反正，正本清源”，更体现于作家是怎样冲破禁区来描写“里比多”及其所产生的审美的社会的效应。虽然上述仅选取小说的几个人物作了简单剖析，但是由此也能窥探其不可低估的审美效应与社会效果，乃至世界性的人类意义。

《丰乳肥臀》不同于那种仅从生理层面展览品赏男女性欲喷射的色情小说，也有别于那种只从肌体层面绘声绘色地描写性技巧的庸俗文学；它完全是从审美体验层面或精神感受层面或社会伦理层面来谱写“里比多”释放的悲歌和欢歌，以强大的感性美学力量印证着检验着马尔库塞所著《生命本能和文明》一书对“里比多”富有深度和创意的论述：人的原始本性获释放的时代将会到来，本能从压抑它的理性的暴虐解放出来之后，渴望实现自由而牢固的关系，本能产生着新的现实原则，这与千百年的“压抑性升华”的理性文明相对立的是本能不受压制的、生命本能自由地独立发展的文化；人的肉体将变成生理上最完善的享受快感的工具，里比多将具有实现自由的、道德和精神上不受压抑的自我升华的无限可能性，人在内在动机的驱使下将摆脱作为必要性和压制力而发号施令的理性，过渡到自发的享乐，这后者乃是人的内在本性最高度文明、最高度审美的实现。因此，在马尔库塞看来，"被压制的欲望领域中所产生的空想式思维和幻想在人类社会中逐步形成抗议的根源。这种空想式的思维和幻想导致作为不可压抑的内在力量的生活本能的胜利，导致个人自由。"[13]从解读上官鲁氏一次又一次地坚韧不屈地无所顾忌地冲破非人性的封建婚姻、家庭或社会伦理寻求性侣来释放"里比多"所演奏的或悲或欢的人生曲，特别是上官来弟与鸟儿韩如痴如狂地释放"里比多"所谱写的悲欢交织的性爱曲的深刻感悟中；我们便会认同马尔库塞的某些富有真理性的见解，也会敬佩莫言在小说中对"里比多"描写所达到的思想深度和高度，尤其赞叹作者对"里比多"释放的诗性描写已臻至诗化的审美境界：鸟儿韩"坐在来弟身旁，他身上蓬勃如毛的的野草味道和清凉如水的月光味道被来弟贪婪的吸食着，令她清醒令她迷醉，令她舒适令她猖狂。在等鸟儿上套的时间里，在这远离村庄的温暖棚里，女人的衣服是自己脱落的，男人的衣服是被女人脱落的。鸟儿韩与来弟的这一次欢爱是对高密东北乡广天阔地的献礼，是人类交欢的示范表演，水平之高高过钻天的鸟儿，花样之多多过地上的花朵。他们简直不要命了，眼睛昏花的月亮嘟哝着钻进了一团白云中休息去了。"[14]这不禁令我想起了瓦西列夫的精妙论述，"爱情总是男女关系的热烈而激动人心的审美化"，"她的奔腾激昂，它追求幸福的轻盈步伐，就是血液的流动节奏；它的语言就是高尚的诗篇，是美妙的音乐；而爱情的月光就是明媚的光辉"。[15]在莫言笔下，"里比多'可以作为相对独立的审美直观对象来颂扬，它不能冒渎人的思想又不能激发人的欲望，而给读者的审美心理以崇高的享受"；故而他如同薄伽丘一样将以性欲为基础的"爱情看得高于人的一切其他本性，他歌颂爱情的伟大力量、爱情的绚丽多彩、爱情的疯狂和离奇、爱情的神圣权利"，[16]这无疑是对古今中外的形形色色禁欲主义的挑战。如果说薄伽丘的《十日谈》在文艺复兴时代是一篇关于性爱自由的美学宣言，那么莫言的《丰乳肥臀》则是当代中国文艺启蒙时期试探"里比多"解放的动人诗篇。

况且，"里比多"是个体生命之根，是人类繁衍生命之源，莫言深晓此理并以小说这种审美形式的优长给以充分呈现，且以各类人物形象的塑造使读者深切地感悟到:“里比多”充沛并能得以畅快的释放,正是灵肉一致的人健全发育成长的重要标志,亦是人之所以成为人的内在的根本权利诉求,尊重生命敬畏生命首先应尊重和敬畏人的“里比多”,不要丑化它更不要压制它,也不要肆意的放纵它而应该适度的引导它,或有意识地调节它;虽然小说对后者的描述不充分却也没有作纵欲式的挥洒,对“里比多”的描述还是有分寸的重含蓄的,此其一。“里比多”的释放总是渴求着最大的自由,不论社会的政治、伦理、道德等意识形态都应对其“自由通道”提供有限度的支持;否则,若长期把“对性的诅咒和对再造生命的自然规律的禁欲主义的、市侩的假惺惺依然笼罩在人们头上”,或者长期节制所谓“下流”的性生活,那就“会使人智力停滞,精神受到创伤,如果再有其他因素,就会引起神经官能症及其他神经心理病症”。所以“越是受到压抑的东西就越是拐弯抹角的寻找出路”,[17]而这个“出路”乃是必须为“里比多”释放提供“自由的通道”。小说中龙青萍与金童交往所谱写的“里比多”悲歌,深刻地揭示了上述的真理,此其二。莫言所抒写的性爱伴侣及其“里比多”释放的悲歌与欢歌,都具有超越性,它彻底颠覆了以阶级论为基础或以政治革命为原则的情爱观,彻底突破了性爱选择或“里比多”释放的阶级的党派的民族的国家的界限,乃至贵贱、贫富、善恶、美丑的二元对立,也不顾及何种社会制度建立了何种政治原则、法律原则、伦理原则、道德原则与经济原则,似乎自觉或不自觉在遵循着一切原则之上还有个人道主义最高原则,这正吻合了恩格斯所肯定和赞赏的雨果《九三年》小说表现的在革命原则的上面悬着一个最高的人道主义原则。也正如有的研究者所深刻指出的,以性欲为基础的“爱情,这是对意识的屈从、对私有制、对阶级专利、对人剥削人、对社会压迫的否定。爱情自古以来就是人道主义的宣言书”[17]。此其三。

也许正是因为莫言在独创的小说世界里,通过对性爱及其“里比多”释放的坦荡而真实的描写,在人性的最深层次剖析了人类奥秘心理共同相通的东西,对人性的发掘或提升到了相当的广度、深度和高度,具有了人类相互共鸣相互认同的思想意义与审美价值;故而诺贝尔文学奖颁给莫言便顺理成章,并非“照顾”亦非“运气”,实乃必然。

(草于2013年元旦)

(本文载于2013年《中国现代文学研究丛刊》第4期)

参考文献

①莫言著:《丰乳肥臀》(增补修订版),北京:中国工人出版社 2003 年 9 月版,第 410 页。

②[保]基·瓦西列夫著,赵永穆、范国恩、陈行慧译:《情爱论》,北京:三联书店 1984 年 10 月版,第 123 页。

③莫言著:《丰乳肥臀》(增补修订版),第 422 页。

④[保]基·瓦西列夫著,赵永穆、范国恩、陈行慧译:《情爱论》,第 111 ~ 112 页。

⑤⑥⑦莫言著:《丰乳肥臀》(增补修订本),第 141 页,第 152 页,第 140 页。

⑧[保]基·瓦西列天著,赵永穆、范国恩、陈行慧译:《情爱论》,第 42 页。

⑨以上引文均见莫言著:《丰乳肥臀》(增补修订本),第 277、279 页。

⑩以上引文均见莫言著:《丰乳肥臀》(增补修订本),第 292、293 页。

⑪莫言著:《丰乳肥臀》(增补修订本),第 325、326 页。

⑫⑭以上引文均见莫言著:《丰乳肥臀》(增补修订本),第 329、339、436 页。

⑬⑮⑯⑰[保]基·瓦西列夫著,赵永穆、范国恩、陈行慧译:《情爱论》,第 126、127、283、247、8、12、392 页。

齐鲁儿女的英雄悲歌

——观《闯关东》有感

电视连续剧《闯关东》是一支荡气回肠的齐鲁儿女的英雄悲歌，是一首感天动地的平民英雄史诗。

这首悲歌和史诗与以往的红色经典影视文本相比，有其独特的文化内涵与美学价值。

首先，《闯关东》在特定的历史背景与特定的文化生态上，成功地塑造了朱开山这一性格鲜活、人性丰盈的平民化英雄典型。他不同于电影《红旗谱》中的朱老忠也有别于《亮剑》里的李云龙，虽然他俩是现代中国影视史上不可替代英雄形象，但他们同样不能取代朱开山作为英雄典型的美学意义。朱开山英雄形象具有耀目的亮点与特点：一是不管他有多大的惊天动地的英雄壮举，也不管他创造了多少“闯关东”的奇迹，他始终不改其平民化的本色，既可敬可畏更可亲可爱。虽然在闹义和团“杀洋鬼”的行动中以及在金矿上与“金霸”斗、黑土地上与天斗、在开饭店上与恶势力斗、在开煤矿上与森田等日寇斗的多次壮举中，充分显示出朱开山的有勇有谋、胆气过人、疾恶如仇、刚毅无畏、正气浩然、威力无敌的英雄性格；但是他却爱憎分明，不杀无辜，讲究策略，该铲除的必铲除、该打倒的定打倒、该争取的必争取，该结交的定结交，伸屈自如，忍让有度，该出手就出手，不该出手决不盲动。二是性格内敛，胸中有数，大事清楚小事明白，稳如泰山动似猛虎，不论处理国事或家事都显现出朱开山的不凡的人生智慧。三是浓重的人情味与博大的人道情怀，它超越了阶级、民族、国家界限把“爱”洒向世间那些该爱的人身上，虽然他面对着恶势力、日本强盗充满了仇恨，毫无心慈手软，但这正是他对善良的人类、苦难的国人、亲情的家人爱得至深的表现；他从不乱杀人，所杀的皆是那些灭绝人性的丧心病狂的大恶人，特别对待家人哪怕是日本籍的干儿子一郎、格格出身的大儿媳妇，朱开山皆施以无微不至的人情关爱。总之，朱开山既是个顶天立地的山东汉子、堂堂正正的平民英雄和大爱大恨的民族豪侠，又是一个平易近人的可亲可敬的丈夫、父亲、老板、董事长，但这些称呼都源自于他的平民化的善良仁义人性本质。

红花应有绿叶陪，朱开山在《闯关东》所展开的波澜壮阔的历史画卷中并不是一个独来独往的个人主义英雄，而是一个身为平民的一家之长和群雄之首，无论来自朱门的英豪或者来自社会、绿林的好汉，都与朱开山有着千丝万缕的联系。他的二儿子传武的英雄性格，三儿子传杰的英雄虎胆，大儿媳那文的侠义之气乃至其妻的刚强正义，既直接承受了朱开山英雄性格的熏染又是对其英雄形象的辉映；即使来自社会政坛的厅长、法官和来自二龙山的胡首身上的英侠之气也受到朱开山英雄性格的激发与强化，也是对其英雄形象的烘托。这就雕画出以朱开山为自然首领的平民英雄谱。正是这些平民化的英雄，创造了“闯关东”这部凄苦悲壮的英雄史诗。

其次，《闯关东》出色地运用电视连续剧的艺术手段来塑造开山辟地、除恶驱魔的齐鲁英雄好汉。编导大胆地突破了红色经典影视文本打造英雄的既定政治模式和阶级论视域，而是以开放的艺术想象力既忠于自身的审美体验又忠于自己对人物的把握，调动影视艺术手段来塑造英雄人物，彻底摆脱了英雄形象的概念化、理念化倾向，强化了英雄人物的真实感、立体感及其人性深度。如朱开山的塑造既没有写他是在什么思想引导下由自发走向自觉，又没有从阶级立场上写他的苦大仇深，反而使他的英雄性格更真实更感人，此其一。缺乏充满深微强烈冲突的影视舞台或艺术情境，就不可能塑造出栩栩如生的英雄人物。《闯关东》为塑造朱开山等英雄形象，营建了形形色色的舞台或场景，如急于救命的逃荒移民潮、波涛汹涌的大海、饥寒交迫的乡间荒野、虎狼出没的东北森林、茫茫无际的雪山黑土、相互杀掠的绿林山寨、冰雪覆盖的金矿血腥、哈尔滨商场的明争暗斗、煤矿风波的凶起喜落、抗击日寇的众志成城、家出奸人的痛心疾首，等等；正是在这些自然界、人世间的充满各种冲突的舞台上或场景上，朱开山为首的英雄儿女们演出了一场场动人心魂的活剧，其英雄性格也得到了鲜明彰显，此其二。赋予英雄性格优质的文化内涵，尤其朱开山作为平民英雄的文化心理结构既丰实又深沉，虽然其心理是以儒家文化的“修身齐家治国平天下”的传统政治理性框架来搭造，注入了以“仁者，爱人”为核心的忠、孝、节、义、礼、智、信、勇的伦理道德因素，构成其主要的价值观念；但是这些文化内容通过其实践得到了一定的转化，既融进了侠文化的除暴安良、兴利除弊的英雄侠义精神又增入了现代文化的个性、自由、平等、博爱、正义、尊严、人权、公平等思想因素,并整合了满文化的骁勇争胜和民间文化的平民意识,从而铸就了朱开山的民族化的、平民化的且带有现代色彩的英雄文化人格,此其三。为突出英雄人物的胆识与壮举,编导在典型场面的处理上独具艺术匠心,如电视剧第52集是大结局,朱开山率领全家冒着战火硝烟在院落迎对森田为首的日寇武装小分队,虽然森田气势汹汹不可一世,大有把朱开山全家及其矿产一口吞下的疯狂气焰,但是就在转瞬之间日寇全倒在朱门的枪口之下。这样的悲壮而胜利的结局的确大快人心,但在艺术处理上是否过于急促,是否合乎剧情的逻辑发展我曾疑惑过,但经深入思考,我认为大结局这样处理而将电视推向高潮乃是剧情发展的必然,前面已作了充分的铺垫,不论是鲜儿百发百中的神枪杀敌或者是朱开山的袖中暗器发射,或者全家同仇敌忾地抗日,都有足够的交代。正是在这个剑拔弩张的敌我对峙的场景中,电视把朱开山的英雄性格及其全家的英雄气魄推上了光辉之点,并预示着全民抗战的民族解放序幕即将拉开,朱开山及其一家将接受更严峻的历史考验,此其四。《闯关东》所选取的“移民”题材及其相关的历史背景和重大事件,都属于宏大叙事;所表现的不怕艰难险阻、不畏强暴、敢于牺牲的创业精神以及面对日寇勇于搏杀的英雄气概和自强不息的战天斗地的性格,都是在唱响主旋律。尽管如此,但是这部电视剧却为表现主旋律的电视剧创作如何适应消费时代受众的期待视野与审美需求提供了新的艺术经验,获得社会效应与经济效益的双赢。在我看来,应突出强调两点:电视剧表现重大题材,必须处理好宏大叙事与日常生活叙事的关系,最好像《闯关东》这样把宏大叙事与家庭叙事、私人叙事有机融合起来,以后者来贯通或体现前者,而塑造的英雄人物则是源于日常生活叙事但其英雄性格的锻造和放光却在完成宏大叙事之中;电视剧所表现的主题思想不仅要吻合主流意识形态的政治理性、伦理理性和道德理性层面的要求,而且要透过理性层面发掘非理性的潜在生命意识,也要穿过经验层面进行形而上探索,寻求具有人类意义的普适性主题,《闯关东》透过朱开山一家移民的艰苦创业历史经验层面是否能诱发你对人类的命运、生命诸问题作一些形而上的玄思呢?此其五。

总观52集的《闯关东》连续电视剧,尽管获得了成功,具有英雄史诗的美学价值;然而就我的观照期待来说至少有三点不满足:一是全剧的情节或场景安排,有首尾两头紧凑而中间松散之感,开头几集波澜起伏引人入胜,后面几集一浪高一浪造成强烈审美效应,而中间数十集的剧情发展过缓,精彩的场面也不多;二是电视剧的整体布局以朱开山及其全家的移民创业为主线而延伸出几条辅线，由于辅线上缺乏典型事件构成的剧情或场面，因此影响到像朱传武、鲜儿等英雄性格塑造，前者的性格单一不够丰满，后者的性格传奇色彩太重不够真实；三是朱传文在电视剧里是个贯穿始终的人物，重彩浓墨来塑造他，但这个人物塑造得有浅表化和脸谱化的倾向，特别是他思想性格的两次重大转变（对鲜儿情感转变、由饭店小老板投进日寇怀抱）都没有写好或表演好。

这些不足决不会遮蔽《闯关东》浓郁的史诗品格、深刻的文化内涵、强烈的艺术魅力和诱人的英雄基调。以上是我的主要观感。

（草于2008年元月29日）

开拓电视剧红色历史叙事的新天地

——观《南下》有感

山东省委宣传部于2009年以现代经营思维和超强艺术魄力，继宏大题材电视连续剧《沂蒙》之后又隆重推出气势雄浑的40集电视剧《南下》，这不仅充实活跃了全国的艺术文化市场，而且为受众提供了健美丰盈的精神食粮和寓教于乐的审美文本，值得祝贺更值得赞赏。

观赏了《南下》这部电视剧，给我最突出的审美感受是，编导以大手笔大气魄和独具艺术匠心，开拓了电视艺术的红色历史叙事的新领域，把“南下”这一关系中国运命和社会转型的重大历史壮举形象化地重现于荧屏，给人以强烈的视觉冲击和深刻的历史启示。就我的阅览视野来说，以电视艺术表现“南下”重大历史题材，这是山东电视制作的独创和开拓。其实，当年动员并组织南下工作队的，不限于山东省，北方的诸多省份都承担了这个光荣而艰巨的历史使命，但是60多年后不忘这段历史并敏锐发现这段历史的深远意义和巨大价值，且在建国60大庆之际将其适时地编导成电视连续剧，却是山东电视人抢了先占了先，这反映了艺术的敏感性、深切的历史关怀，又彰显了牢记革命历史传统和弘扬历史革命传统的自觉意识，这在市场经济条件下不少人已沉迷于消费娱乐文化的狂欢中而《南下》编导者则依然保持着历史理性的清醒，显得十分可贵。

《南下》选取的题材富有开拓性和创新性，《南下》表现的主题更具有独特性和深刻性。观众通过电视剧展开的波澜壮阔的历史画卷，穿越60多年的历史时空，所看到的不仅仅是南下英雄们闯过一道道险关，跟随解放军野战部队一起，发扬一不怕苦二不怕死的忘我牺牲精神和斗智斗勇的胆识与智慧，推翻旧政权建立新政权、捍卫新政权巩固新政权；也不仅仅是占领大上海后与敌特斗、与土匪斗、与不法资本家斗，以及重建政治经济新秩序的或惨烈或壮观的场景，这都生动地表现了夺取政权建设政权巩固政权并从而推动中国社会向新民主主义或社会主义转型的重大主题；而且所感悟到是南下英雄们在大上海这个特殊的环境里，他们的思想灵魂所经受的严峻考验和性格作风所经历的重塑过程，从中真切地体认出《南下》表现在改造上海的客观世界同时首先要改造自己的主观世界，在推动社会大转型的同时务必催促自我意识转变这一独具深度的思想主题。在南下工作队中，不论是唐书记、陈家善、孟思远或者是王三成、娄振、罗老头等，进入现代大城市都有个思想作风的转变问题，只有转变的快慢程度和自觉不自觉的差异，没有停止不变之别，而这个转变必须向着现代性正确方向，否则就要被时代所淘汰或成为历史罪人。例如娄振也在变，不过变到邪道上而丧失革命立场，跌进历史的罪恶深渊。作为共产党人能否经受住历史转折的考验，能否不间断地向着前进的正确方向转变思想观念，这关系到共产党领导全国人民由农村包围城市然后夺取城市的革命战争能否取得最终胜利，也关系到共产党领导全国人民能否及时地由农业国转向工业国的现代化道路等重大战略问题。

既然《南下》的独特而深刻的主题思想是通过南下共产党人的思想性格转变所体现出来的，那么在历史大转折、社会大转型的背景上所塑造的主要人物形象于思想观念中则充满了强烈的内在冲突与复杂的人性内涵。其中孟思远和陈家善两个人物的刻画颇为出彩，个性极其鲜明，灵魂解剖较有深度，人性较为复杂。特别是孟思远是位成长型的共产党人形象，出身于穷苦的农村，受过一定教育，追求进步，向往革命，灵魂里既有一定的现代意识又有浓重的以信义、感恩图报为支柱的传统观念；参加革命队伍后加入共产党，由一个自发革命青年变成一位有理想追求的共产党人，在其现代意识增强的同时传统的“哥们义气”和感恩图报思想亦在强化，但在传统文化观念与革命原则或现代理性尚未发生冲突时其后者还有一定的积极作用，而一旦两者发生尖锐矛盾则显露出乡土传统观念的严重局限性。思远带着现代与传统交织的思想意识进入现代化的大城市上海，其心中矛盾冲突越发激烈起来，这主要体现于两大情感思想维度：一是政治思想方面，对于处理工人阶级与资本家的矛盾、资本家与国家利益的矛盾、我军与特务土匪的敌对矛盾以及一般的干群关系，思远都能坚持革命的理性原则，表现了共产党人的较高的政策策略水平和有勇有谋的英雄胆识；但是在对战友加老乡娄振丧失革命立场犯了严重罪行的大是大非问题上，由于“哥们义气”、乡亲观念作祟，压倒了思想中的革命原则，致使其帮助娄振作伪证，为娄开脱罪责到处讲情，犯了严重错误，并受到组织处分。经过自我反省虽接受了教训，但因为性格固执倔强，碰到战友加老乡陈家善犯了政治错误又急着向唐书记报信求情，不过这次却没有强硬地坚持了；后来通过学习、开导与实践，他逐步认识到在“信义原则”之上还有个更高的革命理性原则，政治上成熟了，被推选为区政府的主要领导人。二是在婚姻恋爱上，现代情爱意识与传统报恩思想，从灵魂到行为在孟思远身上展开了激烈搏斗。明明他深深地爱着志同道合的周玉，他还把母亲家传玉镯作为信物赠给周玉，但是当思远下乡剿匪找到战友加恩人孙常山烈士的母亲与妹妹时，他头脑固有的“感恩图报”传统观念便主宰了一切，罗老头苦口婆心地劝说让他尊重周玉的真挚情爱，切莫背信弃义；然而他固执得像头犟牛，谁的话也听不进去，毅然决然地与其毫无恋情的常山之妹钱玉秀结了婚，他明明知道这是无爱的婚姻却绝不悔改地要这样做。实质上他不是为了选择个生活或革命伴侣，而是为了报常山的救命之恩和兑现对常山的一个承诺，这是“报恩”思想导致其在婚恋问题上铸成的自讨苦吃的大错。思远与玉秀这种没有爱情的婚姻，他千方百计地力图挽救，将其引上现代性的和睦家庭的轨道，但由于思远与玉秀的思想教养与价值取向差距太大，两个人根本是两条道上跑的车，思远再努力也说服不了不可理喻的玉秀；他吃尽了无爱婚姻的苦头后，经过痛苦的思想折磨终于离了婚，在现代情爱观的引导下最后还是与痴心不改的因伤致残的周玉结了婚。正是思远所反思的，“感恩”传统观念在婚恋问题上造成的错误，“害了自己，害了周玉，也害了玉秀”。电视剧对思远灵魂的拷问是相当严酷的，对其思想观念由传统向现代转型的展示也是合乎性格逻辑的，他作为党的建设现代化城市大上海的接班人，寄托着一代打天下的共产党人的热切期望。

至于陈家善这位年轻的共产党人形象，虽然也是带着浓厚乡土意识参与南下工作队，但他进入大上海出现在荧屏上的形象，给观众的印象是稳重老练，政治上较为成熟，担任组织部长，能够坚持革命理性原则处理各种问题，头脑里没有什么“哥们义气”，即使他与娄振有战友加老乡关系也没有在其犯罪上丧失清醒的政治理性；而在他的灵魂里进行激烈搏战的乃是现代爱情意识与传统知恩图报观念，这主要体现在他与孙老板之女孙凤的自由恋爱关系和老家的家庭包办婚姻对象“大姐”三者的关系上。前者陈与孙的相恋关系，虽然夹杂着孙老板的功利目的，但他俩却是以爱恋之情为基础结婚的，基本上属于现代式的自由婚姻，是陈进城后接触现代文明而在追求自由恋爱上的进一步觉醒的表现，这对于陈来说挣脱传统婚姻枷锁勇敢地跨出这一步太不容易，因为他不是一般的党员而是管理党员的组织部长，所以值得同情和理解，不要以传统道德进行过多过度的谴责。后者陈与“大姐”的关系，是传统的无爱婚姻关系，虽然以现代的眼光看，用恩格斯的话来说这种没有感情的婚姻是最不道德的婚姻，但是这种婚姻却造成了铁的事实，这就是：“大姐”从8岁起就把2岁的陈抱大，以后长大又生了一男一女，可见大姐对陈是恩重如山的。陈对此也是知恩图报，尽其所能对“大姐”和两个孩子作了妥善安排，而且“大姐”也表示了理解。就是这样一种“死婚”要解除它却招来传统道德的严厉谴责和传统习惯势力的猛烈抨击，“陈世美的罪名”无论如果陈也挣脱不掉。电视剧设计了诸多情节或场面调动起以姜天美为代表的党内外的维护传统婚姻的势力，向陈家善展开一次次围攻；虽然陈的内心受到良心的自责，感到极端痛苦和无奈，如同过街老鼠人人喊打，甚至为离婚又结婚牵进了孙老板的投机倒把问题而受到组织处分，并且承认了家里的“大姐”是真正的老婆而孙凤仅仅是家属，致使现代婚恋意识到了向传统报恩观念的习惯势力妥协投降地步，但是他并没有承认自由结婚是种错误，仍然维护着它完善着它，最终经过思想斗争保住它，并决定带孙凤继续南下。对于陈家善在婚恋问题上所表现出的现代自由观与传统感恩思想的痛苦绞杀，电视剧体现出的态度是谴责多同情少，基本认同陈是个“现代的陈世美”，这恐怕反映了编导思想的矛盾性。

红色叙事的电视剧最容易流入政治说教化或共产党人形象的概念化，而《南下》的编导为了艺术化形象化地再现重大历史题材和严肃政治主题以及塑造有血有肉的共产党人形象，力避落入旧套，却精心设计了很多人情味、人道关怀极为浓郁和人性冲突极为强烈的情节片断或激情场面，颇能唤起观众的人道主义的共鸣效应。如教导员姜天美以共产党人的赤城的阶级之爱和慈母般的深情关怀，同情、开导和教育每个被侮辱被损害的妓女，特别是为挽救12岁被卖进妓院的小丽的垂危生命并满足其离开人世前想见妈妈的唯一希望，姜教导员四处奔波到处寻找小丽母亲的下落，实在找不到而自己充当妈妈，让小丽最后在自己怀抱里闭上眼，这是多么感人肺腑的场面，每个有善良人性的观众都能为之落泪；再如为表现孟思远与周玉两个共产党人的历经磨难痴心不改的炽烈坚贞的爱情，荧屏上出现了周玉坐在轮椅上望眼欲穿地苦等急盼思远来接她去上海结婚，而思远却因汽车故障步行四十里的穿竹林爬山岭来迎接周玉的动人场景，镜头相互切换反复映照，虽然闪出的一个个画面听不到温情脉脉的私语对话，但是此时无声胜有声，这种如诗如画的场景却将两颗如饥似渴的相爱痴心表现得淋漓尽致，这是多么纯洁多么真挚的人性人情啊！这些场景的设计已突破了政治教条思维，完全把共产党员作为一个具有七情六欲的活生生的普通人来塑造。

任何一部有创新点、闪光点的电视剧总是要提出或暗示一些问题，令观众们思考，这正是优秀电视剧应具有的特质；如果一部电视剧观后引不起受众的思虑也许正是它的败笔之处。观毕《南下》静下心来的确有些问题引起我的思考，这主要是：其一，剧中扮演党的高级领导人是否应该尽力淡化抹去那些在话剧舞台上的表演成分，不论言语或动作都要摆脱程式化或者不要过分的夸张，作为中层领导的唐书记、项书记演得更为亲切化、朴实化、平民化、人性化一些；特别是开会或做思想工作的谈话能否使政治话语力求口语化，念文件读最高指示往往给人以电视艺术图解政策理念的感觉，这会增加电视剧的说教味而削弱其艺术感染力，至于有些生硬的教训性的政治对话更没有必要，应充分相信观众的鑑赏能力和感悟能力，编导的创作意图与电视文本的政治内涵是能够体认出来的。其二，《南下》既不是对红色历史的“戏说”又不是以新历史主义对其改写，而是坚持辩证唯物史观和现实主义美学观来复活“南下”那段扭转乾坤改天换地的红色历史，尽管以电视艺术复原它的本来历史面貌是难以做到的，然而电视剧对于展示历史的真实感纵深感所表现出的孜孜以求的探询精神却是可贵的；既然要追求艺术真实与历史真实的和谐统一，那么在一些人物性格的塑造上和矛盾关系的处理上务必要注意分寸感或者说把握好“度”。如钱玉秀性格的刻画既悖离其特定的生存环境成长道路又不合乎其性格逻辑，硬把一些传统的现代的女性性格中的劣质加在她身上，又给以过度夸张的表演，这难免失去真实感；再如1939年入党的老党员姜天美携带陈家善之子奔赴上海肆无忌惮地大闹陈与孙的新婚典礼，而且一次又一次地声色俱厉地大骂陈家善是“陈世美”，固然陈离婚新娶有“忘恩负义”之嫌，但是建国之初革命者回老家离婚却是打着反封建包办婚姻旗号的一种普遍现象，不能完全站在今天的认识高度和女权主义立场进行无情的指责与讨伐，况且大搅“婚礼”酿成的闹剧既损于姜天美这位老党员形象又没起不到应有的批判效应。三是《南下》重点叙写的是南下干部进军大上海去掌管政权，占领大上海、改造大上海、建设大上海，体现出一种“敢教日月换新天”的气魄与智慧；但是在我看来，经济战线上的戏写得多，演得亦突出，而政治战线的尖锐复杂斗争的戏写得却较弱。如1950年前后的全国性的轰轰烈烈镇压反革命运动，紧接着的肃反运动，这是建国之初保卫新政权、巩固新政权的重大举措，而《南下》并未触及到，不能不说这在一定程度上影响电视剧的历史真实。尽管如此，电视却重点叙写了娄振的堕落行为与迅速处决。这件事就是置于特定的历史范畴来看，娄振所犯的事也是罪不当死，他仅仅收贿4块银元与特务老婆睡了几夜觉，可他并没有利用手中之权为特务开脱罪责；况且他又是个屡建战功的英雄，即使回到当时的刚解放的上海应对共产党干部严要求也没有足够的罪证将其枪决。我认为，人命关天，处理起来应合理合法；如果草率地简单地处决了，不仅造成冤假错案也影响其家庭后代，而且也关系到共产党建立新政权是坚持以法治国还是仅凭"长官意志"，我党在这方面的历史教训还少吗？现在拍摄的电视剧对这样的历史问题应该如何表现？值得研讨。

总之，《南下》的独创性在于为电视艺术表现红色历史题材开拓了新天地，形象地阐述了一个多义性的思想主题，出色地塑造了一群颇具人性深度的共产党人的鲜活形象，并为电视艺术的红色革命叙事提供了可资借鉴的新鲜营造经验和引人深思的问题，这应似《南下》电视剧的重要价值所在。

（草于2010年元月13日）

赏析篇

《社戏》的情节构思

有的同志认为,《社戏》似散文,不像小说,缺乏曲折完整的故事情节,写得比较"平"。

是的,《社戏》确是一篇别具风格的近似以抒情散文笔调写成的小说。它没有什么惊心动魄的情节,也没有什么复杂的结构;但就其性质而言,它毕竟还是小说。它的情节构思,虽没有《药》那样巧妙,也比不上《祝福》那样深刻,更缺乏大波大澜,大起大伏的激烈矛盾;然而它却自始至终充满着小波小澜,起伏不平的矛盾冲突,具有"平"中见奇的特点。

《社戏》的情节不是用社会上剧烈的阶级矛盾所构成,而是以"我"看"社戏"的主观愿望和客观事实之间的统一和不统一来形成冲突。从人物的刻画和主题思想的表达来看,"看社戏"的描写是小说的情节本体,"看京戏"的描写则是为"看社戏"作铺垫。作者正是通过"我"在北京旧剧场的所见所闻所思所感,把看"京戏"和看"社戏"有机联系起来,形成一个完整的艺术体。

小说一开始,写"我"满怀着"见见世面"的好奇心情,兴致勃勃地跑到"什么园"去看戏,然而旧剧场的腐败现象立刻就同"我"的满心"希望"发生了矛盾,使这第一次看戏就"乘兴而去,败兴而归"。第二次,"我"又抱着看名角的希望到"新式构造"的"第一舞台"去看戏,然而结果更糟,使"我"扫兴到了极点,终于"扭转了身子",愤然离开了剧场。这第二次看京戏,使"我"进一步加深了对腐败不堪的旧剧场的反感,促使"我"同中国的旧剧场旧京戏"告了别"。这种感情上的变化,形成了小说中的波澜,表现了"我"同半殖民地半封建都市社会势不两立的态度。

这部分"我"的感情的起起伏伏,同后部分在感情色彩上形成鲜明的对照,为情节的展开作了有力的反衬。由前一部分过渡到后一部分,这中间就是一个大跌宕。

看社戏一部分是故事情节的本体。作者紧紧抓住了"我"和"小朋友"看社戏的主观愿望同客观事实之间的矛盾，通过重点描述“我”和小朋友的不断希望而又不断失望的心理变化过程，推动故事情节曲折有致地向前发展。在这里，作者并没有故意制造离奇的情节，或者有意卖关子，故作警拔之笔，而只是将生活本身的逻辑和孩子们的心理活动有机地结合在一起，予以真实而朴素的描述，把故事情节的开端、发展、高潮、结局一步步地展示在读者的面前，收到了“平”中见奇的艺术效果。

“我”急切盼望“到赵庄去看戏”，但因“叫不到船”，致使愿望几乎不能实现，这是情节的开端。

这部分一开始，作者并没有直接描写“看社戏”，而是先写了“我”在平桥村这块“乐土”上同小朋友们一起去“钓虾”、“放牛”的活动，表现了他们之间真挚深厚的友谊。这些活动写得是那样趣味横生，恬静融洽，足以反映“我”在“乐土”上的自由欢乐的心情。然而即使这样优美的环境，这样充满乐趣的生活，却并没有使“我”满足，而是“第一盼望”“到赵庄去看戏”。矛盾展开前越是这样写，越能烘托出“我”看社戏的强烈愿望，使矛盾冲突一展开就引人入胜。

紧接着具体写了“看社戏”的起伏不平的过程。“我”急切盼望看社戏，好不容易等到了日期，但矛盾接着就来了，首先是“叫不到船”，使“我”非常失望，竟至达到“要哭”的程度。正在这“山穷水尽”的节骨眼上，好像绝处逢生，聪明伶俐的双喜忽然提出：八叔的航船回来了，可以用，并且有许多热情好客的小朋友自告奋勇陪“我”再去一趟。这意外的“收获”，使“我”非常高兴。然而一波刚平，一波又起，外祖母和母亲不放心让孩子们陪“我”去，非常迟疑。这使“我”重又陷入了失望里。还是聪明的双喜看出“底细”来了，“写包票”帮“我”解了急难，终于得了许可，使“我的很重的心忽而轻松了，身体也舒展到说不出来的大”。情节一展开，就是这样波澜起伏，激动人心。

“我”和小朋友们披着月光，架着白篷船去赵庄的途中，由于看戏心情急切，几度产生错觉，这是情节的发展。

“我”和小朋友“飞一般径向赵庄前进”，但由于“我”看戏心急，尽管两岸夜景是那样优美怡人，尽管船飞如箭，连起伏的群山“都远远地向船尾跑去”，“我”却并不满足，总以为船慢，以致出现两个错误的判断：一是把渔火错当成戏台，二是把松柏林误认为赵庄。这些错觉正反映了“我”看戏的主观要求同客观上的船速、路程发生了矛盾。

船到赵庄，“我”和小朋友们看“好戏”的愿望似乎就要实现了，然而主、客观之间的矛盾进一步激化,“希望”不断变成“失望”,情节的发展推向了高潮。

“赵庄看戏”这高潮部分,写得十分委婉曲折,波澜起伏,情节的发展一浪高过一浪。

孩子们抱着极大的希望(主要渴望看翻筋斗和跳老虎)来看社戏,然而这些希望不断地同戏台上的演出发生矛盾,在孩子们的心理上引起了一系列的变化 “我”爱看“翻筋斗”的武打场面,又听说铁头先生“能翻八十四个筋斗”,可是今晚“铁头老生却又并不翻筋斗”,只是小旦在“咿咿呀呀的唱”。这使“我”多么扫兴啊!但是“我的意思却也并不在乎看翻筋斗”,而最愿意看“蛇精”和“跳老虎”。这是故扬实抑,为更大的失望造成悬念。等了许多时,也没见演“蛇精”和“跳老虎”的场面,“小旦虽然进去了,立刻又出来一个很老的小生”,“我”最大的希望又破灭了,因而感到“有些疲倦”。又把希望寄托在豆浆上,结果是“卖豆浆的聋子也回去了”,台下的希望也落了空。这时,“我”和小朋友们勉强“支撑着仍然看”,可是“年纪小的几个多打呵欠了”。正在这陷入绝望的关头,忽然有了转机,掀起了一个小浪头,戏台上出现了“花白胡子”鞭打“红衫小丑”的场面。这热闹动人的场面,使大家顿时振作了精神,发出了欢笑,以为好戏从此开始,最大的希望就要实现。可是好景不长,“我”和小朋友们最怕的“老旦终于出台”。

“老旦出台”的描写,是高潮中的高潮,是主、客观之间矛盾发展的顶点。作者用了细腻的笔触,写出了主观愿望和客观事实处处相矛盾的情景:“我”和小朋友最怕老旦出台,而“老旦终于出台”;最怕老旦坐唱,而老旦偏偏由“踱来踱去的唱”到坐到交椅上唱。但是孩子们由于一线希望的支持,仍然“忍耐的等着”。及至看到“那老旦将手一抬”,好像就要站起了,使孩子们希望的心几乎悬到了喉咙,可是那老旦却又慢慢将手放回原处,仍旧唱,这时孩子们最后的一线希望也化为泡影,终于在大家的气恼怨恨怒骂声中,决定返航。

“赵庄看戏”这部分写得细致入微,充分体现了作者构思情节的匠心。孩子们微小的心理变化所引起的情绪上的波动,都作了逼真的刻画;而这些情绪上的变化紧紧地同戏台上的变幻联系在一起,戏越热闹,孩子们的情绪越高,戏越沉闷,孩子们失望的情绪越重。故事情节就是随着孩子们的希望——失望——新希望——再失望以至完全绝望的心理变化,起伏有致地向前发展,读者的心情也随之激越降沉。这能说《社戏》的情节平淡无奇吗?

孩子们看好戏的良好愿望没有得到圆满实现,可是在归途中却享受到一次丰美的野餐，使“我”得到了意外的满足，这是小说的结局。

即使结局部分，也写得有声有色，起伏不平。“我”怀着对戏台恋恋不舍的心情，和大家一起返航。由于摇船“太用力”，使大家又饿又乏，于是有人提出“偷”罗汉豆吃。可这是“老六一”和阿发两家的，究竟“偷”谁家的呢？在这新的矛盾面前，大公无私的阿发果断决定：“偷”他家的。聪明正直的双喜考虑到“偷多了”，“倘给阿发的娘知道是要哭骂的”，于是又“偷”了“六一公公”的。大家兴高采烈地大吃一顿以后，又想到“用了八公公船上的盐和柴”，他知道了要骂怎么办？于是经过了一番议论之后，又作出了周到的安排。偷吃罗汉豆这个情节的安排，表面看来似乎与“戏”无关，然而它确是不可缺少之笔。因为“我”从戏台上没有圆满实现的愿望，在这里得到了进一步的实现；小说要歌颂的农村孩子的优秀品质，在这里得到了进一步的展示。同时，它使故事情节的发展别开生面，为下文六一公公的出现埋下了伏线。

第二天在河边“钓虾”遇到六一公公，这虽是情节发展的余波，但并非画蛇添足，而是锦上添花。这个“余波”对赞美劳动农民的优秀品质，深化小说的主题思想，起着不可忽视的作用。

故事情节是刻画人物性格的重要手段。《社戏》这篇小说就是通过上述独到的情节构思，在“我”到旧剧场看京戏所产生的厌恶之感的强烈反衬下，以饱蘸深挚激情的笔触，通过农家孩子陪“我”看社戏的曲折不平的过程，生动地描绘了双喜、阿发等农家孩子聪明质朴，勇敢热情、正直无私、天真活泼的性格以及淳朴厚道、善良爽直的农民六一公公的形象，从而热情赞颂了劳动人民的优秀品质和性格美，表达了作者对劳动人民寄予希望的诚挚心情。这篇别具风格的小说，无论从思想性和艺术性上，至今仍给予我们深刻的教育和启示。

1979.2

（本文最初发表于1979年《烟台教育》第4期）

清新俊逸的《绿》

作者朱自清(1898～1948),原名自华,号秋实,字佩弦。江苏东海县人,因父辈定居扬州,故自称扬州人。一九二〇年北京大学哲学系毕业后曾在江浙一带中学教书。在大学学习和任中学教师期间一直从事新文学创作,一九二四年出版了诗和散文合集《踪迹》。一九二五年任清华大学中文系教授,一九二八年出版散文集《背影》。一九三一年至一九三二年在英国伦敦学习,曾写过相当数量的游记散文。回国后仍在清华大学任教授兼中文系主任。抗战爆发后,任西南联大教授;抗战胜利后回北京继续在清华任教。一九四八年病逝前,嘱告家人不买国民党配售的美国面粉,表现了高尚的民族气节和爱国主义情操。一九五三年出版了《朱自清文集》四册。毛泽东提出应写"朱自清颂"。在我国现代文学史上,朱自清是一位独树一帜的散文作家。尤其他的写景抒情散文,清新俊逸,诗意浓郁,更负盛名。虽然,这些散文缺乏投枪匕首般的战斗气派,但却能陶冶性情,给人以美的享受。写于一九二四年的《绿》,就是这样的一篇精美的纪游散文。

《绿》,这篇以浙江仙岩梅雨潭为题材的写景纪游散文,读着它,你就仿佛被作者带进诗情画意的艺术境界;那里的名山胜水,能让你着迷,会叫你陶醉。这篇散文不仅能激起我们对美丽大自然的神往,还能唤起我们对生身祖国的爱恋之情。

《绿》具有如此强烈的艺术魅力,重要的原因是作者精心创造了充满着诗意的美的意境。

散文起笔点题:"我惊诧于梅雨潭的绿了。""绿"既是全文的标题,又是描绘的中心景色,"惊诧"是作者对"绿"的感触之情,是通贯全文的意脉。一插笔就把客观景物"绿"和主观感受"惊诧"交融在一起,既为全篇情景相融的意境奠定了基调,又给读者造成悬念,使你禁不住要问"梅雨潭的绿"为什么使作者感到"惊诧"呢?这样起笔,可谓开门见奇峰,一下子就抓住了读者的注意力。

然而作者并未顺势直下，立即刻画“绿”，而是撇开话题，另处着墨，先写梅雨潭。这样，不但增添了诗情的波澜，而且也为下文集中写“绿”作好铺垫。

“梅雨潭是一个瀑布潭。”这是以一句肯定的判断总括梅雨潭的特点，暗示出梅雨潭的“绿”与“瀑布”的密切相关，从而给读者开启了遐想的余地。的确，梅雨潭是个非常壮观的瀑布潭。作者先从听觉上写瀑布的声音，给读者以动感；接着，从视觉上写瀑布的色彩，给读者以静感。声音是“花花花花”的，色彩是“一带白而发亮的水”“镶在两条”“黑边儿里”。一动一静，一黑一白，声色交辉，异彩鲜明，给人以音乐美和色彩美。如果对梅雨瀑的描绘仅止于此，那给读者的印象也只能是粗线条的瀑布画的轮廓，作者没有满足于此，他循着观察角度的变化，移步换形，又由远及近，由粗到细，进行具体描画。作者先步来到梅雨亭，这不但因为“梅雨亭正对着那条瀑布”，是观赏体察梅雨潭的极好的观察点，而且因为作为梅雨潭胜景重要构成部分的梅雨亭本身，就是一大胜景。它踞在突出的一角的岩石上，上下都是空空儿的，仿佛一只苍鹰展着翼翅浮在天宇中一般”。这里描写的梅雨亭的飞动形象，正是对梅雨潭别具风采的点缀。从梅雨亭这个观察点放眼，作者继续写梅雨潭的外围景色：“三面都是山，像半个环儿拥着；人如在井底了。这是一个秋季的薄阴的天气。微微的云在我们头上流着；岩面与草丛都从润湿中透出几分油油的绿意。”这里写山势，写时令，写天气，写岩石，写草丛，目的也是为了烘托梅雨潭，暗示“绿”形成的外在条件。正由于梅雨潭周围的环境如此深邃幽静，所以“瀑布也似乎分外的响了”，与前面的“花花花花的声音”相照应。作者先写其声，后绘其形，接着具体描写梅雨瀑，顿时给读者展开一幅飞雪扬花的瀑布图：

> 那瀑布从上面冲下，仿佛已被扯成大小的几绺；不复是一幅整齐而平滑的布。岩上有许多棱角；瀑流经过时作急剧的撞击，便飞花碎玉般乱溅着了。那溅着的水花，晶莹而多芒；远望去，像一朵朵小小的白梅，微雨似的纷纷落着。据说，这就是梅雨潭之所以得名了。但我觉得像扬花，格外确切些。轻风起来时，点点随风飘散，那更是扬花了。

看，何等的美啊！它虽然没有“飞流直下三千尺，疑是银河落九天”那样磅礴的气势，但却有天女散花般的妩媚多姿的风采！开始，远眺瀑布是“一带白而发亮的水”，现在近望细观已“不复是一幅整齐而平滑的布”的形象了，它飞溅洒落，如同“白梅”，轻盈飘散，又像“扬花”。这里，作者不仅点出了潭名的来历，而且还以新颖、贴切的比喻写尽了梅雨瀑的婀娜美态。更妙的是，作者在描绘了梅雨潭的独特的形象之后，还抒发了内心的独特感受：“偶然有几点送入我们温暖的怀里，便倏地钻了进去，再也寻它不着。”这种感受，多么新鲜有趣，多么亲切诱人！它既从细微的感觉上刻画了梅雨瀑的特点，又深刻地表现出作者对祖国锦绣河山的真挚情感，从而把读者带进一个轻柔清丽的意境。

瀑美，潭美，但美不过潭中的水；而潭水之美又集中地表现在它那独具风采的“绿”上。完成了必要的铺垫之后，作者自然地把读者引到文章描写的中心景色“绿”上来：“梅雨潭闪闪的绿色招引着我们；我们开始追捉她那离合的神光了。”这句情景交融的总述，不仅使下文的描写与篇首的“惊诧”之感相照应，而且为描绘“绿”的奇异神光埋下伏线。作者正是循着“追捉”的踪迹，细致入微地刻画潭水的“绿”的。他“揪着草，攀着乱石，小心探身下去，又鞠躬过了一个石穹门，便到了汪汪一碧的潭边了”。这里通过一连串的动作描写，活现了作者为探求祖国大自然的美而穷“追”不息的身影。正因为如此，所以他对梅雨潭的水体察得如此之细，感受得如此之深，描绘得如此之美。请看作者描述的追到“潭边”以后的情景：“瀑布在襟袖之间；但我的心中已没有瀑布了。”“瀑布在襟袖之间”，说明物我是多么亲切贴近；“心中已没有瀑布”，表明作者被一泓碧绿的潭水陶醉了，已经到了忘我的境地，他的心完全和“绿”融为一体了。这暗示他已“捉”住“绿”的“离合的神光”了，因之他的“心随潭水的绿而摇荡”了。面对着如此“醉人的绿”，“奇异的绿”，作者情不自禁地“想张开两臂抱住她”。这一非非之念，说明作者对祖国美丽山水的爱恋已到了不能自持的程度了，把全文的诗情掀起一个大的波澜。然而作者在狂喜极兴之际又感到“这是怎样一个妄想呀”，流露出爱而不得的惋惜情绪，即刻使诗情来了个跌宕。感情的浪涛如是的彼起此伏，这就进一步烘托了潭水之“绿”是多么令人倾倒，多么令人神往。于是，作者以饱蘸激情的笔触，用绚丽多彩的字眼，对“绿”进行多侧面的刻画，痛快淋漓地抒发自己激越的情思，把读者带进一个更加美丽迷人、富有浪漫主义色彩的境界：

这平铺着，厚积着的绿，着实可爱。她松松的皱缬着，象少妇拖着的裙幅；她轻轻的摆弄着，像跳动的初恋的处女的心；她滑滑的明亮着，像涂了“明油”一般，有鸡蛋清那样软，那样嫩，令人想着所曾触过的最嫩的皮肤；她又不杂些儿尘滓，宛然一块温润的碧玉，只清清的一色——但你却看不透她！我曾见过北京什刹海拂地的绿杨，脱不了鹅黄的底子，似乎太淡了。我又曾见过杭州虎跑寺近旁高峻而深密的“绿壁”，丛迭着无穷的碧草与绿叶的，那又似乎太浓了。其余呢，西湖的波太明了，秦淮河的又太暗了。可爱的，我将什么来比拟你呢？我怎么比拟得出呢？大约潭是很深的，故能蕴蓄着这样奇异的绿；仿佛蔚蓝的天融了一块在里面似的，这才这般的鲜润呀。

在作者的生花妙笔之下，潭水之“绿”是那样神采飞跃、瑰丽多姿、风流潇洒。这里，作者成功地运用了博喻的艺术手法，以少妇的裙幅形容潭水的浪纹，以处女初恋的心形容潭水的波动，以鸡蛋清的嫩与软形容潭水的柔和，以碧玉形容潭水的清澈，以北京的绿杨、杭州的“绿壁”、西湖的波、秦淮的水和蔚蓝的天，形容潭水的色彩：这就从外形到内质写尽了潭水之绿之美，造成了浓淡相宜、浑厚清丽的意境。面对这一汪神光陆离、异彩飞动的潭水，作者怎能闸住感情潮水的奔腾呢？因之他要把“醉人的绿”裁成“带”赠给轻盈的舞女，他要挹“绿”为眼睛赠给善歌的盲女。这里，我们不仅看到了作者爱恋祖国山水的一颗赤心，而且感到了他热爱祖国人民的一往情深。愿将大自然的美为下层人们造福这一美好理想和深刻情思，使通篇描写的景物愈益生发出奇彩和光辉，变得更富诗意，更加动人，从而也把作者感情的激浪推上了高峰。他接着这样写道：

我用手拍着你，抚摸着你……我又掬你入口，便是吻着她了。我送你一个名字，我从此叫你“女儿绿”，好么？

多么亲切，何等情深！这里，梅雨潭的“绿”完全被人格化了，物我相亲相爱，融洽和谐，情意绵绵。前面，作者说他想张开两臂抱住“绿”是“怎样一个妄想呀”，然而这里他确实已把“绿”抱在怀中了，“绿”如同一个俊丽柔顺的“十二三岁小姑娘”一样在接受他的温存和抚爱。万里长江水，九曲黄河波。直到这里，作者才尽情抒发了一腔奔腾激荡的炽热感情；也直到这里，作者才回答了为什么梅雨潭的“绿”使他如此“惊诧”。文章写到这里，作者自然地对篇首作了回应：“我不禁惊诧于梅雨潭的绿了。”而读者的悬念至此也全然消释了。可是就在这时，作者勒住了无限情思，搁笔了。然而读者被激发起来的对祖国名胜山川的爱恋之情，却回荡不已，无法平息……这全篇的最末一句“我不禁惊诧于梅雨潭的绿了”，不仅使文章内容首尾呼应，有总括全文的作用，而且使文章结构紧凑，弥缝合隙，更臻完美。

总之，《绿》是一篇诗的散文，它用千把字的篇幅，写尽了梅雨潭的胜景，创造出诗意葱郁的意境，具有感人至深的艺术力量。读着这样精美的散文，欣赏之余，我们怎能不为祖国具有如此美妙的山水而骄傲，又怎能不为作者如此精湛的艺术造诣而惊叹呢！

（本文系1980年中央人民广播电台《阅读和欣赏》节目选稿）

诗情画意的《雪》

好的散文就是一首诗。《雪》是一首动人的咏雪诗，是一幅美妙多姿的雪景图，达到了诗中有画，画中有诗的艺术境界。它是鲁迅《野草》集里的佳作，也是现代文学史上的名篇。每当诵读它的时候，总觉得是一种强烈的美的享受。

这篇优美的散文，是鲁迅一九二五年元月创作的。作者以生花的彩笔，描绘了“江南”和“朔方”迥然不同的雪景，表现了对明媚春天的无限向往，对美好事物的缅怀，以及对冷酷现实奋勇抗争的精神。

当时，鲁迅战斗在帝国主义卵翼下的北洋军阀盘踞的北京。在南方热气腾腾的大好革命形势推动下，北方反帝反封建的烈火愈烧愈旺。尽管这时作者亲身经历了五四新文化统一战线的分化，有时不免产生“两间余一卒，荷戟独彷徨”的孤独之感，但是他的主导精神却是积极向上、奋勇前进的。正是在这种心境下，鲁迅写了这篇战斗的、优美的借景抒情的散文。

借助丰富的想象，作者首先描绘了一幅分外妖娆的“江南雪景图”。生动，美丽，洋溢着诗情画意，耐人寻味。文章是这样开头的：

> 暖国的雨，向来没有变过冰冷的坚硬的灿烂的雪花。博识的人们觉得他单调，他自己也以为不幸否耶？

起笔别开生面，不直接写“江南的雪”，而是由远及近，运用衬托的手法，从侧面描写“暖国的雨，向来没有变过冰冷的坚硬的灿烂的雪花”，为变幻多姿“江南的雪”作了有力的反衬，并为结尾写雨布下伏线。“博识的人们觉得他单调”，从人们的感觉上点明对“暖国的雨”的评价。这里，作者用“单调”一词对灿烂的雪花进行烘托，愈加显现出“雪花”的风采；忽儿又站在“暖国的雨”的一边，以拟人化的手法，含着同情的口吻发问：“他自己也以为不幸否耶？”从命运的“幸”与“不幸”，把“雨”和“雪”作了对比，给读者造成悬念，并为“江南的雪”进一步作了铺垫。

接着直接描绘“江南的雪”。先用“滋润美艳之至”一语，热情地加以赞美，从质与形上突现出"江南的雪"的特点；再以"那是还在隐约着的青春的消息，是极壮健的处子的皮肤"的生动新颖的比喻加以描绘，不仅给人一种妩媚可爱的印象，而且"青春的消息"还给人以深刻的理性启示，深切地显示出江南雪的美质。这是写景，但景中有情，表达了作者身处严寒冬天怀念和向往满含春意的江南故乡的深情，说明冷酷的黑暗现实遮不住作者对美好事物的憧憬和对革命的"青春"的展望。"江南的雪"在作者的笔下是如此的美丽，"雪野"呢？更是生气勃勃，春意盎然，读着它，仿佛眼前展开了令人心旷神怡的画面：

> 雪野中有血红的宝珠山茶，白中隐青的单瓣梅花，深黄的磬口的蜡梅花；雪下面还有冷绿的杂草。

若是没有体察入微的眼力和高超的艺术表现力，是描绘不出这样一幅美丽动人的雪野图的。请看，红、青、黄、绿四种颜色调配在一起，涂在以洁白的雪为背景的原野上，那是多么悦目，何等美观！这仅仅是静态的描写；更令人赞叹的是凭借想象所作的动态描写："我的眼前仿佛看见冬花开在雪野中，有许多蜜蜂们忙碌地飞着，也听得他们嗡嗡地闹着。"绘声绘色地描绘出一幅百花争妍、蝶舞蜂唱的"春意闹"图。总观"雪野"全图，有动有静，动静结合，有声有色，声色和谐。但鲁迅却不是为了写景而写景，如果仅仅把它作为"江南的雪景图"来欣赏，那只能给人一种大自然的美，而其中的深刻寓意就要被忽视了。鲁迅于回忆中描绘这幅妖艳的雪景图，是为了同他身居北方的反动军阀统治下的黑暗丑恶的现实进行鲜明对照，既表现作者对黑暗的憎恶和对光明的神往，又说明"春天"的理想和"青春的消息"在鼓舞他对反动派进行"韧战"。

鲁迅不仅热爱祖国大自然的美，对江南雪景作了浓妆淡抹的点染，而且更喜爱那些生长在江南"雪地里"的天真活泼的孩子们。早在五四运动前夕，鲁迅就发出"救救孩子"的呼声。因为孩子是祖国的未来和希望，所以，当他构思江南冬雪的美景时，自然就会联想到孩子们用积雪塑罗汉的有趣故事，并把它作为构图的重要组成部分。这样就使雪景图充满了生活气息，增加了富有诗意的画面，令人更加赏心悦目。这里，作者以白描的手法，朴素的语言，写出了儿童们特有的性格和雪罗汉栩栩如生的形象。孩子们天真烂漫和富于创造精神的性格，通过亲手塑造雪罗汉的活动，得到充分的表现；而雪罗汉的活灵活现的神态，在孩子们的精心塑造下，又得到逼真的展示。两者相互辉映，形象显得极其鲜明。你看，"孩子们呵着冻得通红，像紫芽姜一般的小手"，认真仔细地塑雪罗汉，"用龙眼核给他做眼珠，又从谁的母亲的脂粉奁中偷得胭脂来涂在嘴唇上"。

这是多么可亲可爱的孩子，何等的聪颖伶俐！这才是江南雪地里绽开的真正的“春花”啊！在孩子们的巧手打扮下，“罗汉就塑得比孩子们高得多”，“上小下大”，“很洁白，很明艳”，“整个地闪闪地生光”，“目光灼灼地嘴唇通红地坐在雪地里”。这美丽娇艳的雪罗汉，又是多么的惟妙惟肖啊！接着作者又描写孩子们同雪罗汉的亲密关系：“第二天还有几个孩子来访问他；对了他拍手，点头，嘻笑。”既刻画出孩子们的活泼天性，又烘托出了雪罗汉的亲切可爱。可惜好景不长，作者以惋惜之情，如实地写出了雪罗汉的变化，最后它“成为不知道算什么，而嘴上的胭脂也褪尽了”。这样描写，不仅使文章有了波澜，而且也表现了作者严格的现实主义创作态度，总是按照事物的发展规律，反映生活的真实面目。作者把故乡儿童塑雪罗汉的故事写得这样美，一方面为着寄寓自己的美好愿望，表达对自由生活的无限向往和热爱；另一方面意在同北方冷酷龌龊的现实相对比，对反动势力予以无情的鞭挞。

分析到这里，你不觉得在我们眼前展现出这样一幅美丽多彩的江南雪景图吗：碧蓝的天空中，红日高照，滋润美艳的白雪遍布的地面上，绽开各种颜色的花朵，孩子们天真地塑造着雪罗汉，又嘻又笑，又跑又跳。你怎能不赞美这是一幅“妙手天成”的雪景图啊？你能不感到这幅雪景图里充溢着作者的美好理想和希望吗？

革命的理想主义总是植根于现实主义的土壤中。当作者从回忆中入神地描绘着江南的雪景的时候，他并没有忘记他正在战斗的“朔方”。朔方的雪景，更能直接引起诗兴，在作者心里造成一种庄严雄伟的境界，于是就地取材，借景抒怀，表现自己的战斗激情。

文章用“但是”一转，推出一幅更引人注目的“朔方的雪景图”，使我们又深刻地领略了北国的风光。冬天的北方虽然寒冷，但它是雄浑、宏伟、壮丽的。作者先描绘了“朔方的雪花”的特征：“如粉，如沙，他们决不粘连”，是坚硬的冰冷的雪花，与“滋润美艳”的江南的雪有着明显的区别。鲁迅真是位“高等画家”，不论状物、绘景或写人，都能抓住特点，以简洁的几笔，就把形象的轮廓勾勒出来；尤其擅长于把无生命的死物写成有生命的活物，并赋予它浓重的感情色彩。请看这是多么绚烂、雄伟、生机勃勃的“朔方雪景图”：

> 在晴天之下，旋风忽来，便蓬勃地奋飞，在日光中灿灿地生光，如包藏火焰的大雾，旋转而且升腾，弥漫太空，使太空旋转而且升腾地闪烁。

如果说“江南的雪景图”给人一种柔美感，那么“朔方的雪景图”则给人一种壮美感。这虽不是“隐约着的青春的消息”的雪，却是为冲破严密的包围争取青春自由解放而奋力抗争的雪；江南雪重在表现作者内心的一种美好期待和愿望，朔方雪则重在表现他的一种战斗风貌。作者之所以能把千里冰封、万里雪飘的朔方的寒冬，写得如此红红火火，蓬蓬勃勃，这与他旺盛的战斗精神和炽烈的革命激情是联系在一起的。只要我们能认真地体味一下，就会感到朔方雪的形象是诗化的形象，交融着一种勇猛的抗争精神。这是鲁迅革命情操的写照，是鲁迅战斗风格的象征。仿佛我们面前出现一位抗严寒战风雪的战士，是他的革命激情在蓬勃地奋飞，在灿灿地生光；是他的战斗精神如万丈火焰，弥漫了整个太空；是他的光辉人格在太空“升腾地闪烁”！

与开头相照应，散文最后两节，于进一步赞美朔方的雪“在无边的旷野上，在凛冽的天宇下，闪闪地旋转升腾”的同时，点明雪是“雨的精魂”，揭示了雪和雨之间的亲密关系，从而说明自由活泼的“雨”，虽然在严寒的压迫下变成了雪，但是“精魂”仍在，仍然保存着雨的活泼自由的精神，并且又以雪的形态出现，顽强地战斗下去，把充满“严冬肃杀”的“旷野”和“天宇”闹它个地覆天翻，把“严寒”驱走，迎接江南的“春天”。然而，由于“雨的精魂”毕竟是处在冰雪覆盖的朔方，白茫茫一片，什么都不见，因而不免有“孤独”之感；但其主导精神，是“升腾”向上，奋勇前进，要冲决一切的。这正是作者不屈不挠的战斗精神在黑暗现实面前的曲折表现。到此，开头造成的所谓“幸”与“不幸”的悬念就易理解了。“暖国的雨”，也“幸”也“不幸”。“幸”，是说它不会变成雪，将永远保持自由活泼的天性，不致像朔方的雪那样“孤独”；“不幸”，是说它不能像江南的雪那样灿烂明艳，更不能像朔方的雪那样飞腾壮观。从作者的观点看，雨未变为雪是幸福的，南国的雨不会变为雪；即使雨变成南方的雪，也会很快溶化，“那是还在隐约着的青春的消息”；如果变成朔方的雪也不必悲观，它的“精魂”仍在同严寒决战，总有一天冬尽春来，“雪”会转化为自由活泼的“雨”，同“南国的雨”共享幸福的“春天”。

这篇散文，脍炙人口，感人肺腑，其主要原因是它充满着诗意。所谓诗意，主要指作品中深刻的思想和优美的感情，美丽的想象和新颖的意境，精练而富于美感的语言，三者有机地结合，形成了强烈的艺术感染力。

不论对江南的雪、雪野，还是对天真烂漫的孩子们，也不论对明艳剔透的雪罗汉，还是对朔方的如粉、如沙的雪花，作者都是以饱蘸感情的笔触，予以形象的描绘，借雪景来抒发自己内心的感情，托形象来寄寓自己深刻的思想。正因为《雪》不是一幅单纯的雪景画，而是以革命的思想感情作为灵魂，表现了作者崇高的精神世界，所以才有感人心魄的艺术力量。试问，当你读到朔方的雪花“蓬勃地奋飞”的动人描写时，你不觉得有一股强大的精神力量在鼓舞着你吗？好像我们也要冲风冒雪“升腾”起来，同作者一起战胜那“凛冽的天宇”，去倾听暖国的“青春的消息”。

《雪》中深刻的思想和真挚的感情，渗透在借助丰富的联想和想象所创造的意境之中。作者描绘江南和朔方两幅雪景图，不是平板地一览无余地摹拟生活，而是张开想象的翅膀，由“朔方的雪花”联想到“暖国的雨”，由“雨”联想到“江南的雪”，由“雪”联想到山茶、梅花盛开的“雪野”，由“雪野”联想到孩子们塑雪罗汉的动人情景；即使描写现实中的“朔方的雪”，想象也“飞腾”起来，浮想联翩，神游宇宙。正由于作者的联想力和想象力极其丰富，所以才创造了雄浑壮丽的意境，给读者留下广阔的联想和想象的空间。通过读者的联想和想象的再创造，既可以扩大和丰富《雪》这篇散文的内容，也可以使人更强烈地感到美的享受和艺术的满足。

《雪》的浓郁的诗意还有赖于优美的语言得以表现。鲁迅抒情散文的语言，总是精粹简洁，具有生活的鲜明色彩和动人的旋律。如作者写江南的雪景，语言华美，文采风流，柔美之中又不乏健美；写孩子们塑雪罗汉的语言，朴素形象，生活气息很浓，虽然没有特别华丽的词藻或夸张的笔墨，但孩子们的鲜明个性、雪罗汉的幽默神态却跃然纸上；写北方雪景的语言，热烈，瑰丽，抒发了作者面对冷酷现实的战斗豪情。

总之，这篇散文，借景抒情，情景相生，托物言志，寓意深刻，做到了形式和内容、文字的美和思想感情的美的高度统一，每读之，便觉得有一股浩然之气，荡人心胸，开人眼界，促人振奋。

（本文系 1980 年中央人民广播电台《阅读和欣赏》节目广播选稿，
1981 年收入北京出版社出版的《阅读和欣赏》一书）

《梁生宝买稻种》塑造人物的艺术特色

《梁生宝买稻种》选自柳青长篇小说《创业史》的第五章。

《创业史》是一部描写中国农村社会主义革命的优秀长篇小说，以陕西渭河平原的一个普通农村为背景，描写了从互助组到农业合作化高潮中我国农村的斗争生活，展示出农村土地改革以后尖锐复杂的阶级斗争的宏伟画卷。

小说在尖锐复杂的斗争中，成功地塑造了梁生宝这样一个农民的英雄形象。他既是一个叱咤风云，心中燃烧着“理想的热火”的英雄；又是一个朴实，淳厚，谨慎，老成持重的普通庄稼人。我们党正需要像梁生宝这样的胆大心细，雄心勃勃，兢兢业业，奋发图强，实事求是的人物，作为党的方针、路线和政策在农村的执行者和体现者，而我们的农村中，也正活跃着无数的这样的英雄人物。根据这个需要和存在，作者从各种不同的角度，用各种不同的表现手法，精心地塑造了梁生宝这个英雄形象。

《梁生宝买稻种》，在整部小说中，是刻画梁生宝英雄性格非常精彩的一章。小说的前四章，作者从各方面描写了蛤蟆滩上相互交错的社会矛盾、党内矛盾、家庭矛盾，指明摆在互助组组长梁生宝面前的迫切问题是：怎样在阶级敌人和资本主义势力的压力下，使互助组这一闪烁着社会主义光芒的新生事物，迅速成长起来。正是在这种情况下，为了增加互助组的生产，用事实说明社会主义道路的优越性，以反击资本主义势力的进攻，他才独自到渭河上游和郭县车站为互助组买稻种。作者赋予了这件事以不同寻常的意义，这就为在《梁生宝买稻种》一章中，集中刻画梁生宝的英雄性格，作了有力的铺垫。

梁生宝在这一章里一出现，就是一个具有无产阶级思想光彩的新型英雄了。他的性格美和精神力量，通过他历尽辛苦为互助组买稻种的动人描写，得到了初步的但又是全面的展示，深刻地表现了他对党的事业的无限忠诚、对走社会主义道路的无比坚定和捍卫社会主义不怕牺牲一切的思想品质。

这一章，虽然是节选，但比较集中地体现了柳青同志在塑造人物方面的艺术特色，即：细致的心理活动描写和富有个性化的行动描写相结合，真实的典型细节描写和革命理想主义的描写相结合，恰如其分的插叙和画龙点睛式的议论相结合。下面依据故事情节的发展，分为三个层次，谈谈作者是怎样运用上述的艺术表现手法，步步深入地刻画梁生宝的英雄形象的。

首先，描写梁生宝冒着"茫茫的春雨"来到郭县车站，决定不宿旅馆的思想活动，从而展示他艰苦奋斗、无限忠于党的事业的思想品质。

在梁生宝登场亮相以前，作品以较大的篇幅渲染气氛，为突出他的性格造成了一种特定的环境。梁生宝的确与众不同，全部旅客都住了旅馆，"只有他——一个年轻庄稼人，头上顶着一条麻袋，背上披着一条麻袋，一只胳膊抱着用麻袋包着的被窝卷儿，黑幢幢地站在街边靠墙搭的一个破席棚底下"。这是多么朴实的外貌描写，只抓住三条麻袋的细节和"顶、披、抱"三个动作，一下子就把梁生宝为社会主义事业独自来郭县买稻种的艰苦奋斗的精神，突现出来。

梁生宝"为什么不进旅馆去呢？"小说接着写他不宿旅馆的原因："小伙子问过几家旅馆，住一宿都要几角钱——有的要五角，有的要四角，睡大炕也要两角。他舍不得花这两角钱！"梁生宝为什么在花钱上分分计较？难道单纯是为了"节省"两角钱吗？

作者以插叙的方式，通过回忆动身前情景的心理活动描写，来揭示梁生宝对"节省"的深刻认识，从而展示他高尚的内心世界。

他想到，这些买稻种的钱来之不易。"钱对于那里的贫雇农，该是多么困难啊！庄稼人们恨不得把一分钱，掰成两半使唤。"别的互助组想买稻种，弄不到钱；他的互助组有两户还是他垫借的。这一心理描写，富有真情实感，生动地表现出梁生宝与贫雇农心连心的无产阶级感情，说明他的"节省"是为广大贫下中农谋福利。

他想到，他是为了发展生产来买"急稻"种。这种"急稻子，秋天割倒稻子来得及种麦，夏天割倒麦能赶上泡地插秧；只要有肥料，一年可以稻麦两熟"。所以，在要不要住店这个问题上，他首先想到资本主义自发思想严重的人对互助组的不信任，他知道"他带来了多少钱，要买多少稻种"，他要迅速把互助组的生产搞上去，痛击资本主义势力，发展社会主义。想到这里"他怎能贪图睡得舒服，多花一角钱呢？"这一心理活动，充分揭示出他的"节省"完全是为了社会主义事业，表现他一颗红心扑在集体上。

他想到，这些买稻种的钱寄托着阶级兄弟的深情希望。贫雇农任老四在他临行前，"感激地对他说，'宝娃子！你这回领着大伙试办成功了，可就把俺一亩地变成二亩罗！说句心里话，我和你四婶念你一辈子好！怎说呢？娃们有馍吃了嘛！'"说得多么恳切，多么质朴，多么感人！这一回忆，生动地说明了梁生宝买稻种是肩负着阶级的重托，表现了贫下中农对互助组改良稻种以改善生活的美好愿望，反映出普通贫农要求走社会主义道路的朴素阶级感情。这就使梁生宝深深懂得他手中每一分钱的分量啊！

他想到，这些买稻种的钱蕴含着党的无限信任和期望。临行前，区委王书记从更广的角度给梁生宝指出这次买稻种的重大意义。改良稻种的成功，不仅一个互助组能增产，而且"全黄堡区五千亩稻地，要增产一百万斤小麦哩"。梁生宝牢记党对他的"希望和信赖"，越发感到这"两角钱"，似乎系着的是整个互助组的命运，是社会主义道路的成败，是党的事业的成败。

通过这些深刻细致的心理描写，使我们看到，在梁生宝舍不得花两角钱住旅馆的背后，闪耀着的不仅是普通庄稼人的节俭精神，还有他那颗坚决带领贫下中农跟党走社会主义道路的赤胆忠心。

其次，描写梁生宝在饭铺吃饭和在票房过夜的动人情景，从而揭示他为党的事业艰苦奋斗、以苦为乐的共产主义品格。

吃饭，睡觉，是普通的庄稼人最平凡的事情。但是作者善于抓住这些生活琐事，提炼成富有深刻意义的典型细节，从平凡的小事中发掘出不平凡的意义，从而展示人物的性格美。

梁生宝为什么走进一家小饭铺里，只"要了五分钱的一碗汤面，喝了两碗面汤，吃了他妈给他烙的馍"呢？为什么他从饭铺跑到车站票房去睡觉呢？一般人都能回答：这不是老实的庄稼人省吃俭用的优良习惯吗？如果一个作家只是这样来认识、描写庄稼人的省吃俭用，不管他写吃饭、睡觉这种生活细节如何真实，如何生动，那么平凡的现象只能显示一般的意义。然而，柳青笔下梁生宝的这些活动却不平凡，不一般。作者把这些细节的描写和挖掘人物的思想美有机地结合起来，和揭示他这样做的阶级基础结合起来。梁生宝的红布小包里有钱，他是为大伙办事的，多花上几个，也可以报账；但是他却不是这样想，他是以共产主义世界观来认识这个问题：由于他少年、青年时代吃尽了旧社会的苦，所以对他来说，"不知道世界上有什么可以叫做'困难'"；特别是一九五二年他入党以后，"雄心勃勃地肩负起改造世界的重任"，"这个朴实庄稼人变得更兢兢业业了"，处处以党性来要求自己，所以"他觉得：照党的指示给群众办事，'受苦'就是享乐。只有那些时刻盼望领赏的人，才念念不忘自己为群众吃过苦。"这是多么淳朴而崇高的思想境界啊！这就是一个共产党人的苦乐观！梁生宝的这些看来似乎可笑的平凡的生活小事，都被这崇高的思想照亮了，发出了灿烂的光辉和强烈的感染力量。柳青同志正是从这样的思想高度出发，具体而细致地刻画了梁生宝富于个性化的动作和优美的内心世界。例如，作者这样描写梁生宝的兢兢业业、一丝不苟、老成持重的性格：

他打着饱嗝，取开棉袄口袋上的锁针用嘴唇夹住，掏出一个红布小包来。他在饭桌上很仔细地打开红布小包，又打开他妹子秀兰写过大字的一层纸，才取出那些七凑八凑起来的，用指头捅鸡屁股、锥鞋底子挣来的人民币来，拣出最破的一张五分票，付了汤面钱。这五分票再装下去，就要烂在他手里了。……

尽管饭铺的堂倌和管账先生一直嘲笑地盯他，他毫不局促地用不花钱的面汤，把风干的馍送进肚里去了。他更不因为人家笑他庄稼人带钱的方式，显得匆忙。相反，他在脑子里时刻警惕自己：出了门要拿稳，甭慌，免得差错和丢失东西。办不好事情，会失党的威信哩。

又如，作者还这样描写梁生宝的踏实而淳朴的生活作风和以苦为乐的革命乐观主义精神：

……生宝划着一根洋火，观察了票房的全部情况。他划第二根洋火，选定他睡觉的地方。划了第三根洋火，他才把麻袋在砖漫脚地上铺开来了。

他头枕着过行李的磅秤底盘，和衣睡下了，底盘上衬着麻袋和他的包头巾。他掏出他那杆一巴掌长的旱烟锅，点着一锅旱烟，睡下香喷喷地吸着，独自一个人笑眯眯地说：

“这好地场嘛！又雅静，又宽敞……”

这是何等细致入微的刻画，这是多么真实的细节描写！由于作者站在无产阶级世界观的高度，来深入观察现实生活，所以真正写出了生活中的真、善、美。这里没有一句干巴巴的空洞描写，都是些实实在在的朴朴素素的生活细节，然而却充分地展示出梁生宝的高尚而丰富的精神世界。我们从梁生宝“拣出最破的一张五分票”的细微动作中，感到他是贫雇农的最放心的红色管家人和带头人，对贫雇农怀有深厚的阶级情谊；我们从他划了“三根洋火”的动作和吸烟时的神态描写中，仿佛窥见一个革命战士为党的事业和人民的利益以苦为乐的精神风貌；我们从他的"办不好事情，会失党的威信哩"的内心独白中，认识到他是一个自觉的革命战士，能把自己的一举一动紧紧地同党的事业联系在一起，表现了高度的政治责任感。

最后，作者通过描写梁生宝为给互助组买稻种而冒着春雨奔波在渭河上游黄土高原上的英姿，进一步揭示这个年轻的农民迅速成长为一个共产主义新人的深刻原因。

柳青同志为了揭示人物心灵的全部奥妙，除作了较多的行动描写和心理描写外，还运用议论和插叙的表现手法，来丰富和加强人物形象。梁生宝过了渭河，冒雨前进在买稻种的泥路上，作者以饱蘸革命激情的议论笔调，揭示他为实现革命理想不惜牺牲一切的共产主义精神：

> 他心中燃烧着熊熊的热火——不是恋爱的热火，而是理想的热火。年轻的庄稼人啊，一旦燃起了这种内心的热火，他们就成为不顾一切的入迷人物。除了他们的理想，他们觉得人类其他的生活简直没有趣味。为了理想，他们忘记吃饭，没有瞌睡，对女性的温存淡漠，失掉吃苦的感觉，和娘老子闹翻，甚至生命本身，也不是那么值得吝惜的了。

当然，梁生宝之所以迅速成长为一个新型的农民英雄，除了主观的因素外，还有客观因素，作者又以插叙的笔法，加以揭示。这里，有老一代革命者抛头颅洒鲜血打江山的革命精神的教育和鞭策，有老劳动模范英雄事迹的鼓舞和推动。但是，在梁生宝迅速成长的客观因素里，最重要的，是党的指引。这是他在创社会主义大业的道路上迅速成长的具有决定意义的因素。"有党，咱怕啥！"这是梁生宝斩钉截铁的誓言，表达出党给他无限的力量和他对党的无限忠诚。是的，一个无产阶级英雄人物的成长，一时一刻也离不开党的阳光和雨露，一个革命者要带领群众奔社会主义大道，一时一刻也离不开党的指引和支持啊！梁生宝"这个身强力壮的小伙子"，就是这样一个在党的关怀下，在贫下中农的养育下，在英雄人物的感召下，踏着革命先辈的足迹，沿着毛主席所指引的农业合作化的道路，雄心勃勃，兢兢业业，踏踏实实，艰苦创业的年轻的农民英雄啊！

读完《梁生宝买稻种》这一章，我们情不自禁地要为一代新人的诞生和成长而欢呼，要为作者塑造人物形象的精湛艺术而赞佩！

（本文系1980年中央人民广播电台《阅读和欣赏》节目广播选稿，1981年收入北京出版社出版的《阅读和欣赏》一书）

《暴风骤雨》片段“分马”

周立波写于1948年的长篇小说《暴风骤雨》，以朴实、明丽、含蓄的笔调，从一个侧面描写了党在第三次国内革命战争时期，领导亿万农民进行狂风暴雨般的土改运动，彻底推翻几千年的封建统治的伟大斗争。小说的第二部第二十四节我们不妨取个篇名叫“分马”。

《分马》主要写东北元茂屯的翻身农民，怀着喜悦的心情分配胜利果实的故事。它虽然是长篇节选，却有着完整的故事情节和独立的艺术结构，在很大程度上体现了周立波的艺术风格。这一节，从全书来看，写的不是暴风骤雨般的阶级斗争场面，也没有大波大澜的曲折奇特的情节安排；刻画的不是叱咤风云的英雄人物，也没有错综复杂的人物关系描写，然而读起来却不给人一种单调、平庸、乏味的感觉；反而感到在简朴无华的文字里蕴含着一种深挚的情思；它诱导我们去熟悉那些带有浓郁的乡土气息的新的农民形象，去开掘那些深蕴在丰富生活细节中的思想倾向。

《分马》为什么具有如此深沉的艺术感染力呢？这同作者精巧的艺术手法和严密的情节布局有关。

小说在分马开始前，先写元茂屯火红欢快的农民“翻身乐”场景。翻身农民穿着新棉袍，披着新大氅，穿着“新的靰鞡在雪地上咔嚓咔嚓地响”；数九天的“太阳光照得黄闪闪的”，院里的“马欢蹦乱跳”，人们“看着牲口的牙齿、毛色和腿脚，议论着，品评着，逗着乐子”。这是对分马场景的“面”的描写，接着作者以幽默的笔调突出地写了老孙头和小猪倌的开玩笑，好像特写镜头一样，把老孙头那乐观爽朗而又喜欢夸耀自己的鲜明个性展现在读者面前。这种点面结合的生动描写，十分浓重地渲染了新农村的生活气息。

就在人们喜气洋洋急着分胜利果实的时候，农会主任郭全海出场了。这时候，小说有这么一段描写：

郭全海爬到桌子上，踩得桌子嘎拉拉地响。他高声叫道：

“别着忙，还得说两句。咱们分了衣裳，又分马，倒是谁整的呀？”

无数声音说：

“共产党领导的。”

郭全海添着说：

“牲口牵回去，见天拉车，拉磨，种地，打柴火，要想想牲口是哪里来的；分了东西就忘本，那可不行。”

许多声音回答道；

“那哪能呢？咱们可不是花炮。”

在分马开始以前，作者通过这样一个情节，以简练的笔墨，突出了作品严肃的主题，增强了小说表现的思想深度，并粗线条地勾勒了郭全海这个人物形象的一个侧面，表明他是一个具有远见卓识，善于做思想工作的党的优秀基层干部。

分马开始了。这是一个三百多户“分马”的场面。既不能家家户户都写到，也不能只写分马不写人，因为小说是以描写人物为中心的，场景的描写则是为刻画人物服务的。因此，作者除了用生动的笔墨来渲染整个分马场面的热烈欢腾以外，更是集中笔力写人。

小说首先围绕着赵大嫂子要不要马的问题，通过朴实的对话和细腻的心理描写，用对比的方法，集中刻画了赵大嫂子、老孙头、老初这几个人物形象。作品写道：

第一号是赵大嫂子。她站在人身后，摆手说不要。老初忙走过来问她：

“大嫂子，你咋不要？”

赵大嫂子右手拉着锁住，左手摇摇说：

“咱家没有男劳力，白搭牲口，省下给人力足的人家好。”

老初说：

“我说你真傻，要一个好呀，拉磨，打柴，不用求人了。”赵大嫂子说：

“小猪倌要另立灶火门，咱娘俩能烧多少柴，拉多少磨？还是不要好。”

老孙头站在旁边寻思着：要是赵家分了马，他插车插犋，不用找别家，别家嘎咕（难对付的意思），赵大嫂好说话。他怂恿她道：

“还是要一个好呀，你要没人喂，寄放我家，咱两家伙喂，你们烈属还不要，谁还配要？”

赵大嫂子说啥也不要。

这些对话是这样地简明朴实，心理活动是这样地真切坦率，不但十分准确地表现了赵大嫂子、老初、老孙头三个人的不同情态，而且恰如其分地展示出他们思想境界的细微差异。赵大嫂子说啥也不要马，那是因为她大公无私，老初倒是实心实意为赵大嫂子着想，老孙头则完全是为自己打算。可以说他们三人代表了翻身农民的三种不同类型，具有深刻的典型意义。

老孙头是个惹人注目的活跃人物，他劝说赵大嫂子牵马这件事，初步展示了他的思想特点，在分马当中作者又突出地写了老孙头选马和摔跤的事。这不单纯是为了给情节发展增点波澜，给文章的格调添点风采，主要的是为了抓住老孙头幽默诙谐的个性特征，揭示他内心的本质矛盾，开掘他灵魂深处的秘密。老孙头明明“早打定了主意，相中了拴在老榆树底下的右眼像玻璃似的栗色小马”，可是当老田头问他“你要哪个马”时，却故意装着“没有定弦”，就怕别人把自己看中的挑了去；当他一旦分到那匹“栗色小儿马”的时候，便“大步流星地迈过去”，“翻身骑在儿马的光背上”，夸说他的马是“玉石眼，是最好的马”，于是骑马狂奔起来，以至于从马上摔了下来，“手脚朝天”；这时候，他明明痛得很厉害，发誓“非揍它不解”，但当真把马交给他，他“棒子抡到半空，却扔在地上，他舍不得打”。老孙头就是这样一个又可爱又可笑的人物。可爱的是，他具有庄稼人的淳朴而且饶有风趣；可笑的是，他的不协调的表演，总露出一条自私的尾巴。作者是怀着真挚的善意来写老孙头的，殷切希望像老孙头一样的翻身农民甩掉精神枷锁，跟上党领导的新民主主义革命的步伐，逐步走上集体主义的道路。

在愉快热烈的分马场面里，作者精心刻画了这样一些代表性的人物，并没有对三百户作更多的描写，却收到了“以少胜多”、以点带面的艺术效果，不仅人物个性鲜明，栩栩如生，而且有深刻的思想含义，耐人寻味。作者对收场的安排也是颇具匠心的。小说是以李毛驴从胜利果实中牵回自己的毛驴作为“分马”的结束的。这一安排，寓意深刻，发人深思。翻身农民分到胜利果实，往往觉得自己所分的是地主的财产，其实，这不过是“物还原主”。地主杜善人抢走李毛驴的毛驴，现在毛驴又回到了主人的手里，这就形象地揭示了土改运动的实质。作品这样处理，新颖独到，即避免了空泛的概念化议论，又增强了作品的含蓄性，给读者留下了想象的余地。

分马结束，似乎小说的情节发展也到了结局，可是并不。“三百来户，都欢天喜地。只有老王太太不乐意。”这一句，富有强烈的转折意义，为情节的发展开拓了一个新的境界。为什么大家都“欢天喜地”唯独老王太太“不乐意”呢？这就尖锐地突出了矛盾，很自然地使故事情节由“分马”过渡到“换马”。作者如此安排，是不是故弄玄虚呢？不是的。试想，一个思想刚刚转变的老王太太分到了一匹瘦骨嶙峋的热毛子马她能乐意吗？作者在安排情节的时候，是严格遵循生活本身的规律和人物性格的发展逻辑的。

“换马”比“分马”，在翻身农民思想中所激起的思想矛盾，更为尖锐、微妙。如何把这些思想矛盾形象而鲜明地表现出来，并进而刻画人物的性格，处理好他们之间的关系呢？

周立波同志没有面面俱到、巨细不分地详写每个农民的思想活动，仍然抓住几个有代表性的人物，着力刻画他们的言语、行动和心理变化，准确而有分寸地写出他们的思想差异；而这些人物的思想活动又集中反映在“换谁的马”这个中心问题上。作为一个基层领导，郭全海是个关键人物，核心人物，他的一言一动都联系着矛盾的演变。作者始终在矛盾发展的重要关节上来刻画郭全海的形象。郭全海一发现“老王太太不乐意”，便敏锐地感到“分马”还遗留问题。为了使每个阶级兄弟都“欢天喜地”，不让老王太太背上思想包袱，他首先提出把自己分到的青骡马换给她；可老王太太相不中，依然不满意。于是，郭全海找积极分子商量，从“先进的要带动落后的”这个角度开导大家，为矛盾的妥善解决打好思想基础；在老王太太逐个选马对换的当口，郭全海总是注视着每个人细微的思想变化，当他发现老田太太把自己的“沙栗马”换给老王太太“总是心里不甘”的时候，他不但牵上自己的马登门去换“热毛子马”，而且答应青骒马开春下了崽，马驹子归老田太太。由于郭全海的身带言教，矛盾终于得到了妥善的解决。

围绕着“换马”，各类人物又经受一次新的思想考验，表现出各自的性格发展轨道。老初、白大嫂子、张景瑞继母和老田头，都表现了思想觉悟不同程度的提高。相比之下，唯有老孙头思想矛盾激烈，显得异常尴尬，窘相毕露：换马开始，迫于形势，故作进步姿态，“慷慨”地表示乐意换马，但老王太太当真要换他的“玉石眼”了，他却是另一番表演。小说是这样描写的：

> 老孙头的心呼呼地跳着，脸上却笑着说道：
>
> “老初的大黑牤子好，下晚不用喂草料，黑更半夜不用爬起来。黑骡子也好。就是马淘气，还费草料，一个马一天得五斤豆饼，五斤高粱，十五斤谷草，马喂不起呀，老王太太。”

老王太太看了看老初的牤牛，又掉转头来瞧了瞧白大嫂子的骡子，都摇一摇头，转身往老孙头的玉石眼儿马走来了，老孙头神色慌张，却又笑着：

“看上了我这破马？我这真是个破马，性子又烈。”

老初笑着又顶他道：

“他刚才还说：他这马‘是玉石眼，是最好的马，屯子里的头号货色’。这会子说是破马了。”

老王太太走近去，用手摸摸那油光闪闪的栗色的脊梁，老孙头在一旁嚷道：

“别摸它呀，这家伙不太老实，小心它踢你。我才挑上它，叫它摔一跤。样子也不好看，玻璃眼睛，乍一看去，像瞎了似的。”老孙头不说“玉石眼”，说是“玻璃眼”。跟着还说了这马好多的坏处，好处一句也不提。临了他还说：“这马到哪里都是个扔货，要不是不用掏钱，我才不要呢。”

不知道是听信了他的话呢，还是自己看不上，老王太太从玉石眼走开，老孙头翻身骑上他这“玻璃眼”，双手紧紧揪着它鬃毛，一面赶它跑，一面说道：“你不要吧，我骑了走。”说罢，头也不回地跑了。

作者如此刻画老孙头，并非取笑他，而是为了疗救他，以加强作品表现的深度和广度。在“分马”和“换马”的整个矛盾发展过程中，老孙头的思想性格前后是统一的，合乎逻辑的。他总是在公与私的两种思想的激烈交战中，带着沉重的精神镣铐，缓慢地前进着，这预示着他要真正同传统的私有观念决裂，还要有一个漫长的艰苦历程；这也说明党对农民的教育、引导将是一个长期而艰巨的战略任务。老孙头的形象是一个有血有肉的富有深刻意义的艺术典型。

小说只写了“分马”和“换马”这样紧密相联的两件事，但并不单调浅露，因为在这普通平凡的情节下面贯穿着公和私这两种思想的斗争，而党的领导正是把这种斗争引向无产阶级思想轨道的内在的决定力量，这样就揭示了一个深刻的主题：严重的问题在于教育农民。作为党的领导，既要看到翻身农民身上的进步性，看到他们的可变性，更要看到他们思想转变的艰巨性，只有这样才能自觉担负起教育农民的光荣使命，使他们永远走集体主义道路。

（本文系1981年中央人民广播电台《阅读和欣赏》节目广播选稿，1990年选入中国广播电视出版社出版的《中学语文赏析》一书）

太阳的光辉照进了沉睡的果树园

——析《果树园闹腾起来了》

丁玲,原名蒋伟,字冰之。1904 年 10 月 12 日生于湖南临澧县一个没落的封建世家。幼年丧父,母亲对她的教育和影响很大。在师范预科读书时,五四运动的新思潮唤醒了她。1921 年进上海陈独秀等人创办的平民女校,次年入上海大学中国文学系学习。1924 年在北京同胡也频相识并结婚。1927 年写成处女作《梦珂》,随后创作《莎菲女士的日记》,开始在文艺界崭露头角。1931 年加入中国左翼作家联盟,主编《北斗》等左联机关刊物,并致力于文学创作,先后写成《韦护》、《一九三〇年春上海》、《水》等小说。1932 年春加入中国共产党,1933 年任左联党团书记,同年被国民党逮捕。1936 年获释,即去陕北。抗战爆发后,她带领西北战地服务团辗转山西前线。1940 年任陕甘宁边区文协副主任,1941 年主编《解放日报》文艺副刊,并进行创作。1946 年赴河北农村参加土地改革。1948 年写成长篇小说《太阳照在桑干河上》。新中国成立后,曾任中宣部文艺处负责人,中国作协副主席等职,主编过《文艺报》、《人民文学》,出版了《丁玲选集》。1955 年蒙受冤屈,1979 年党的十一届三中全会以后,才得到平反昭雪,任中国作协副主席。1986 年 3 月 4 日在北京逝世。

《太阳照在桑干河上》(以下简称《桑干河上》)是中国现代文学史上反映土改运动的优秀长篇小说,也是丁玲文学创作的代表作。

《桑干河上》以 1946 年中共中央关于土改的“五四指示”的传达为历史背景,描绘了一幅华北地区暖水屯土改运动初期的历史画卷,它概括了一个旧时代的结束和一个新时代的开始的历史进程。作者采用多头的情节线索和多种的叙述角度,来表现她对土改运动的独特感受和认知。

土改运动过程充满了错综复杂的阶级斗争,农村人与人的关系也发生了深刻变化。作为一部反映土改历史过程的长篇小说,是否具有史诗价值,重要的是看其能否真实地写出土改斗争的复杂性和人与人之间关系的复杂性。作品以四条情节线索来表现暖水屯土改斗争的复杂性,不仅各条线索之间有其复杂性,每条线索本身也有其复杂性。这四条线索一是由顾涌这一人物及其活动构成的线索。他本是富裕中农,和富农兼商人的胡泰是儿女亲家,亲戚关系和阶级关系把他们的命运拴在一起。顾涌虽然不是土改的斗争对象,但处在边缘上,他心里总不踏实,觉得有一种危机感。由这种阶级地位和心理状态所决定,他对土改的风声特别敏感。顾涌从胡泰家里赶来胶轮大车、接来女儿,不只反映了他怕大车被没收、女儿受惊吓的心理,也透露出土改的风暴已在邻村卷起,暖水屯正处于"山雨欲来风满楼"之际。同时由顾涌这条线索又引出恶霸地主钱文贵,他们之间既是亲戚关系又是富裕中农和恶霸地主之间的关系。这几种关系交织在一起,就使矛盾更加复杂化。二是由钱文贵及其活动构成的线索,它几乎联系着全屯所有的人物。小学教师任国忠是地主的狗腿子,既效忠于恶霸钱文贵又卖力于地主李子俊,同时又联系着农民群众。黑妮是钱文贵的侄女,却又深深地爱着雇农程仁,而钱文贵正要利用他们的爱情关系,达到卑鄙的政治目的。地主江世荣同钱文贵相勾结,狼狈为奸;"破鞋"白娘娘虽不是地主分子,但她既联系着地主钱文贵,又联系着农民群众。由于钱文贵是暖水屯地主阶级的代表,是农民在土改中打击的主要目标,因此在由他所构成的这条线索上,不仅展开了农民阶级和地主阶级的主要冲突,而且也展开了地主与地主之间的冲突,以及地主家庭关系的冲突,使矛盾显得异常复杂。三是由张裕民、程仁等一群村干部的活动构成的线索。这是全书的主线。他们既是率领农民群众推翻以钱文贵为代表的地主政权的领导者,又是农村新时代的开拓者。由这条线索所展开的矛盾,不仅联系着钱文贵所代表的农村封建势力的消亡,而且也联系着农民阶级的内部矛盾以及自我思想意识的斗争。小说着重描写了张裕民、程仁等干部及农民群众如何在对敌斗争中逐步克服自身的思想弱点而成为具有自觉阶级意识的新生力量,同时也表现了那些带着农民的落后意识而被敌人拉下水、走上本阶级的反面的人的命运,从而真实地表现出农民阶级在错综复杂的土改运动中的本来面目及其成长为自觉的阶级力量所经历的艰苦曲折的过程。四是由土改工作组的活动构成的线索。这条线索不只牵连到工作组内部的两种思想作风的矛盾冲突,而且还通过文采与杨亮、胡立功的分歧,烘托出土改中农民群众的思想情绪和在对敌斗争中遇到的种种困难与阻力,表现了以章品为代表的党的组织对土改斗争的正确领导。总之,这四条情节线索高度地概括了土改运动本身的复杂性、艰巨性和曲折性,它们是从作者对暖水屯土改生活的综合感受和宏观观照中浓缩而成的。这四条线索既有主次之分又是相辅相成的，它们既对立又统一，错综地交织在一起，构成一个难解难分的网状系统，即同一阶级或同一营垒的人们之间存在着差异，不同阶级或不同营垒之间又表现为互相渗透；农民阶级与地主阶级在政治经济利益上是根本对立的，而在思想意识上，农民却深受封建思想的影响，甚至在敌我关系之间还穿插一些裙带关系。丁玲为了完整地再现土改运动的本来面貌，比较成功地运用了形象化的手法，生动地描述了中国40年代农村特定的经济结构所决定的社会关系，并从总体联系中把握各阶级、各种人的动态和心理，真实地勾勒出由种种联系及相互作用而交织成的错综复杂的现实生活画面，进而表现了具有强烈现实性和典型意义的重大主题：党领导农民推翻压在头上的地主封建势力、争取翻身解放，是经过了一个回环往复的曲折斗争过程的。

小说在错综复杂的矛盾冲突中所刻画的主要人物，虽然不能说都达到了典型环境中的典型性格的高度，但他们却是作者按照生活的本来面貌和自己的审美选择写出的个性鲜明、心理内涵丰富的形象。

以钱文贵为中心的地主阶级的群象，大都性格突出、真实，既没有脸谱化，也没有丑角化，而是让他们在与农民面对面的斗争及相互关系中展示出性格特征。钱文贵是个狡诈多端、阴险善变的地主恶霸的形象。小说的描写重点没有放在写他的穷凶极恶、张牙舞爪上面，而是着重刻画他“深谋远虑”，早有应变准备，是个诨名“诸葛”的地主。他表面上装得很“开明”，让儿子参军，自己捞个“抗属”的美名；利用分家把经济地位降下去。实际上他满腹坏点子，千方百计在暗中破坏土改，妄图维护地主阶级在农村的长久“威势”。地主侯殿奎被斗后没有真正垮台，因为他看到钱文贵这根“旗杆”尚未倒掉。只要钱文贵这根旗杆一倒，暖水屯整个地主阶级的威风也就扫地了。通过侯殿奎与钱文贵这种相依为命的关系的描写，不仅反映了暖水屯地主阶级垮台的真实过程，而且揭示出钱文贵的性格中地主阶级的摇摇欲倒的“威势”，表现出整个地主阶级死亡前的心理活动和精神状态。钱文贵形象的刻画，表明地主阶级并非一戳即破的纸老虎，他们的反动淫威渗透到各种人物和各种关系之中，从而展示了农村阶级斗争的复杂性和农民翻身的艰苦性。

小说对农民形象的刻画，从总体上来看不如地主形象刻画得那么出色；不过有些人物刻画得还是相当真实的，没有任意拔高、粉饰，而是在复杂的社会关系中着力写出他们性格的复杂性。丁玲曾说，她不愿把张裕民写成一无缺点的英雄，也不愿把程仁写成了不起的农会主任，他们虽然都可以成为了不起的人物，却不可能一眨眼就成为英雄。从丰富的现实生活来看，在斗争初期走在最前面的常常不是完美无缺的人，但是他们可以在斗争中前进，逐步成为崇高、完美的人。正是在这种创作思想和审美意识的指导下，作者笔下的农民形象，大都是按照生活本身的逻辑和作者的审美要求，塑造出来的"活人"。且不说支部书记张裕民，就以农会主任程仁而论，他是个有缺点的农民英雄，是在两个阶级、两种思想、两种心理的决战中逐步成长起来的。土改斗争一开始，他陷于深刻的矛盾中，因为他既是钱文贵的佃户、雇工，又是钱的远方亲戚，特别又和钱的侄女黑妮相爱。这就决定了他在斗争钱文贵问题上的犹豫不定。在理智上，他认为钱文贵是"八大尖"的头一尖，必须斗倒他；但在感情上，他又害怕斗了钱文贵连累自己心爱的黑妮。"他常常想要勇敢些，却总有个东西拉着他下垂。"直到章品出场后召开的党员大会上，才暗示出他思想的转变，终于使他抛弃了"私情"和小生产者的动摇性，站到斗争钱文贵的前列；在同地主恶霸"算总账"的同时，也对自身的弱点进行了严肃剖析。这就揭示出他的矛盾心理，展示了他性格的复杂性。当然，程仁、张裕民等先进分子形象的刻画也是有不足之处的。相形之下，老一代农民侯忠全形象的塑造更成功一些。小说真实而深刻地写出了他从一个伶俐的小伙子渐渐变成一个宿命论的穷老头，又从一个"死也不肯翻身的人"，到逐步认识到"这世道真的翻了"的觉醒农民的心理演变轨迹，生动地说明了党领导的土改斗争既是横扫地主封建势力的暴风雨，又是改造农民旧意识的大熔炉，从而展示出中国共产党领导农民阶级翻身解放的伟大历史变革。

如同作者不把土改中农村的阶级关系写得简单化、直线化，不把人物性格写得单一化、表面化一样，刻画人物的方法也不是那么简单的。作品采用了多样化的艺术手法，尤其是成功地运用了心理剖析的方法，表现出作者善于捕捉人物微妙的心理特征的能力和精确、细致地刻画人物心态、思绪的艺术功力。丁玲认为，要写出人来，就是要钻到人的心里面去，你要不写出那个人的心理状态，不写出那个人灵魂里的东西，光有点故事是没有兴味的。作者在作品中刻画得比较有个性的、心理内涵复杂的正反两个方面的艺术形象，无不得力于心理描写手法的娴熟运用，如程仁、李子俊女人等形象的心理刻画是相当出色的。当然作品在艺术表现上如同人物创造一样，存在着明显的不足，正面形象的刻画逊于反面形象的刻画，叙述性的语言多于描写性的语言，结构前紧后松等。但从整体上来看，瑕不掩瑜，不仅小说一问世即轰动文坛，而且随后还赢得了国际声誉，于1951年荣获斯大林文学奖金二等奖。

《果树园闹腾起来了》节选自《桑干河上》的第三十七章《果树园闹腾起来了》(以下简称《果树园》)，是全书写得最精彩的部分。这一章着重写暖水屯的土改刚开始，狡猾的地主妄图趁土地尚未平分之机，先把果树园的果子卖掉，破坏土改；农民则希望先收果子，以免造成损失。于是农会根据农民的意见决定把十一家地主的果树园统制起来，并发动农民去收果子。节选的部分主要描写了翻身农民在李子俊的果树园里摘果子的情景。

由于丁玲亲自参加过土改运动，同她笔下的正面人物同命运共呼吸，有着同样的喜怒哀乐，曾一起带着苦痛和愤懑度过了漫长的灾难岁月；现在又和他们一道以战斗的姿态和兴奋的心情来感受眼前这个沸腾的崭新世界，因此，作品一开始便以饱蘸真挚情感的笔墨，描绘了果树园的景色美，刻画了翻身农民的精神美，赞颂了他们的心灵美，从而表现出作者的独特审美感受和对农民的由衷热爱。

在作者的色彩绚丽的画笔下，首先展现在读者面前的是一幅生机盎然的晨景图："当大地刚从薄明的晨曦中苏醒过来的时候，在肃穆的、清凉的果树园子里，便飘起了清朗的笑声。"这既是写景又是写人。在土改的暴风雨中，农村的大地苏醒了，生活在这块大地上的农民也觉醒了，发出了朗朗的笑声。这是从视觉和听觉结合的角度来写农村的面貌在变，人的精神面貌也在变，为作品定了基调，埋下伏线。随后，展开对果树园景色的描写：小甲虫不安地四方乱闯，鸟雀的喧噪已经退让，这正反衬出农民的欢快笑声充溢和独占了果树园；"浓密的树叶"隐藏不住累累的果实，树丛里"有偶尔闪光的露珠"，红色果皮显得柔软而湿润，这正标明今年是难得的丰收年；重重绿叶"透过点点金色彩霞"，林中回映出缕缕紫黄色的薄光，这正显示出果树园晨色的美丽。多么富有诗情画意的描写，仿佛把我们带进了硕果累累、欢声笑语的果树园，同农民共享翻身的喜悦。

写景是为人物出场提供活动环境，是为了烘托翻身农民的欢乐心情和已觉醒的精神面貌。果树园的景色美，翻身农民的精神风貌更美。作者在这丰饶美丽的果树园的背景上，展开了对农民喜摘果子的欢腾场面的描写。不论是刻画农民的群象还是勾勒主要人物李宝堂的形象，重点都放在对翻身农民精神面貌和心理世界的透视上，着重表现农民经过土改斗争的洗礼，随着大地的苏醒，果树园的易主，其思想意识也一同觉醒了，从而说明土改的胜利不仅表现在政治上、经济上，也表现在思想上。笑声发自人们的心灵深处，通过对笑声的描写，易于揭示人物的心理意蕴和感情性质。作品着重通过一系列“笑声”的描写,来表现翻身农民摘果子的欢乐心情:时而是“清朗的笑声”,时而是“大笑起来”、时而是“一阵哄笑”,时而是“无邪的笑”,时而是“开玩笑”的笑,伴随着“扔”与“接”、“说”与“喊”等动作和声音的描写,展示了翻身农民欢欣鼓舞、开朗豪爽的精神风貌,以及充满了兴奋感、幸福感和主人翁感的内心世界。

正是在翻身农民的欢快情绪的烘托下,小说细腻地刻画了李宝堂的形象。作者主要采取对照的手法和心理描写的方法突出李宝堂思想性格的变化和当家作主的精神面貌。李宝堂是个深受地主阶级压迫、剥削的老雇农。他“替别人下果子已经二十年了”,是个跟“果树精成了亲”的老光棍。他不仅在经济上被榨得精光,在精神上也受到严重摧残,性格被扭曲,心灵被窒息。“他总是不爱说话,沉默的、象无所动于衷似的不断工作。像不知道果子是又香又甜似地,像拿着的是土块,是砖石那末一点也没有喜悦的感觉。”但是在翻天覆地的土改斗争中,他由果树园的奴隶变成了果树园的指挥者,他的思想由麻木而觉醒了,他的性格由沉默而开朗了,他的心情也由孤苦而变得乐观了。小说以生动而深刻的比喻来刻画他的性格变化和心理动态:

> 他的嗅觉像和大地一同苏醒了过来,像第一次才发现这葱郁的、茂盛的、富厚的环境,如同一个乞丐忽然发现许多金元一样,果子都发亮了,都在对他眨着眼呢。

土改的春风吹醒了几千年沉睡的农村大地,也吹醒了农民被封建传统观念压迫得麻木了的心灵,使农民获得了新的价值观念,并以此重新估价自己辛勤创造的一切,真正从自己的阶级利益上发现了果子如同金元一样的价值。李宝堂以指挥者的身份叙说了果树园的历史,虽然这块果树园始终被地主阶级所占有,但今天却真正回到了贫苦农民手里。这不仅展示了土改的胜利,也烘托出李宝堂成了果树园主人的自豪感。接着,小说通过对话描写,进一步刻画了李宝堂翻身后的心理变化,揭示了他朴素的理想、要求,即“分给咱二亩地”,“再分给一个老婆”。这个理想并不过分。虽然“分给一个老婆”的想法是可笑的,但是翻身农民要求娶个老婆,结束光棍生活的想法却是合情合理的。尽管李宝堂的思想变化尚未达到较高的境界,然而对他来讲,能有这些新观念、新理想也是可喜的。这正表明有着沉重精神负担的老一代农民,在改造农村封建政治、经济关系的同时,自己的思想观念也在变化、更新。这个形象的意义在于使读者深切地感受到亿万翻身农民在土改运动中,不仅获得了经济上、政治上的解放,而且同时也开始获得精神上的解放，提高了阶级觉悟，在推动历史前进中发挥了积极作用。

农民的翻身解放意味着地主阶级“天堂”的倾倒，农民欢庆翻身、胜利必然使一些顽固的地主分子的复仇心理强化起来。作者正是遵循生活的内在逻辑来结构作品的。如果说作者在《果树园》的前一部分中，以真挚的赞美之情，在如诗如画的果树园背景上，刻画了以李宝堂为代表的翻身农民的精神面貌和思想性格的美，那么接下来则以憎恶的感情和嘲讽的笔调，深刻地剖析了失去果树园“天堂”的地主李子俊女人的阴险的复仇心理，成功地塑造了一个不甘心失败的地主阶级的女性典型。

李子俊女人是个善于伪装的笑面虎。作者抓住她的善变性和两面性，以深刻的心理解剖，揭露了她内心的仇恨，这与翻身农民的欢乐心情形成鲜明的对照。她一来到农民欢腾雀跃地摘果子的果树园，就装出温顺可怜的样子，昔日的“威风”似乎在她的外表上见不到了。她见到翻身群众便“满脸堆上笑，怯生生的，向什么人都赔小心”，“瑟瑟缩缩”地走到人前，还要“笑着”说话。这些动作、神态的描写，入木三分地刻画出这个地主女人阴险复杂的心理。翻身农民并不受她的骗，回答她的是傲慢和嘲讽；连在她家扛了20年活的李宝堂也给她以“古板”的面孔。在觉醒了的农民面前，她的把戏不灵了，只好掩饰住内心的痛苦和恼怒，把对共产党、对翻身农民的刻骨仇恨埋藏在心底。但是对地主权势的留恋和占有土地的欲望依然支配着她。恢复昔日“天堂”的希望之火仍在她胸中燃烧，使她情不自禁地“怀恋”起过去来。作品对她的阴暗心理作了真切的解剖：

> 这个女人便走到远一点的地方坐下来。她望着树，望着那缀在绿树上的红色的珍宝。她想：这是她们的东西。以前，谁要走树下过，她只要望人一眼，别人就会赔着笑脸来奉承来解释。怎么如今这些人都不认识她了，她的园子里都站满了这末多人，这些人任意上她的树，践踏她的土地，而她呢，倒好像一个不相干的讨饭婆子，谁也不会施舍她一个果子。她忍着被污辱了的心情，一个一个地打量着那些人的欢愉和对她的傲慢。她不免感慨地想道：“好，连李宝堂这老家伙也反对咱了，这多年的饭都喂了狗啦！真是事变知人心啦！”

她是按照地主阶级的反动逻辑来思考问题和对待问题的。她的疯狂的复仇心理和强烈的复辟欲望，是同地主阶级的根本利益联系在一起的。她恶毒咒骂李宝堂、恶毒诋毁翻身农民是“劫掠者”，正是出自其反动的剥削阶级的立场。在她的思想观念里，不相信地主阶级的大厦将会永远倾倒，也不相信世界将会永远这样下去。她妄图以狡诈的两面手法逃过这场土改斗争的暴风骤雨，以伪装的可怜姿态来博得人们的同情。“可是事实上还是不能逃过这灾准，她就只得挺身而出，在这风雨中躲躲闪闪地熬着”，从不在众人面前显露她同翻身农民的“不可调解的怨恨”。这就深刻地揭示了这个地主女人的阴险、狡诈、虚伪的性格特征，反映出农民阶级和地主阶级之间的不可调和的矛盾。为了进一步刻画李子俊女人的变天复仇心理，作品中插叙了两个情节片断：一是她看到顾涌（被错划为富农的中农）的果园也被统制，感到十分高兴，盼望“要卖果子就谁的也卖，要分地就分个乱七八糟”，表现了她唯恐天下不乱的心理和妄图借土改中执行政策的失误以实现其变天的梦想；二是通过她与恶霸地主钱文贵的矛盾，以及她看见黑妮后的悄悄咒骂，揭露了她对共产党、对土改运动、对翻身农民的刻骨仇恨。此外，这两个插叙，也反映出土改运动初期执行政策上因缺乏经验而带来的某些失误，如在划分成份时顾涌被错划、钱文贵被漏划，为地主分子的反攻倒算造成可乘之机，表现了斗争的复杂性，预示着将有一场更激烈的阶级搏斗。虽然李子俊女人的阶级复仇情绪达到了发疯的程度，但由于整个地主阶级的威风已经扫地，翻身农民已经扬眉吐气，因此“她只是像一个挨了打的狗，夹着尾巴，收敛着恐惧与复仇的眼光，落荒而逃”。作品以辛辣的讽刺笔墨，生动地画出了这个地主婆子的狼狈相。作者能在有限的篇幅里，惟妙惟肖地塑造出一个阴狠、狡诈、虚伪的具有疯狂复仇心理的地主女性的典型，主要得力于多种心理描写手法的成功运用。作者在塑造这个人物形象的过程中，或直接描绘，或借思想活动显示，或以自言自语来表现，或透过行为、神态来剖析，深刻地开掘出李子俊女人的本质特征。

《果树园》以欢腾热烈地收获果实的生动场面为背景，通过对以李宝堂为代表的翻身农民的欢乐心情的由衷赞美和对李子俊女人的阴暗心理的辛辣嘲讽，形成强烈的对比，从而歌颂了土改给农村阶级关系、人们的精神面貌带来的巨变，同时也反映了土改运动中阶级斗争的尖锐性和复杂性。

1985.8.1

（最初编入1988年高等教育出版社出版的《中国现代文学作品选析》上册）

“寻求诗的意境”

——《秋风萧瑟》赏析

杨朔同志有一个纯洁的诗一般的灵魂，他每时每刻都在新时代的沃土上探寻诗苗，发掘诗意，为人民的新生活谱下一篇篇诗味浓郁的散文。这些散文的可贵之处，不仅具有画面的美，情态的美，而且还富有心灵的美，内在的美，这正是作者苦心“寻求诗的意境”所产生的强烈美感效果。且不论早就众口传诵的《雪浪花》、《荔枝蜜》、《茶花赋》、《海市》、《泰山极顶》、《蓬莱仙境》等名篇，就以《秋风萧瑟》来品赏一下，亦备感诗意盎然，情味无穷，领略到作者“寻求诗的意境”所独运的匠心。

这篇散文落笔不凡，别开新境，仿佛一股强烈的新的生活气息扑面而来，不觉便把你带进艺术的氛围中：

> 夜来枕上隐隐听见渤海湾的潮声，清晨一开门，一阵风从西吹来，吹得人通体新鲜干爽。楼下有人说：“啊，立秋了。”怪不得西风透着新凉，不声不响闯到人间来了。

作者触景生情，融情入景。“吹得人通体新鲜干爽”，表现了独特的感受和内心的欢悦；“西风透着新凉，一声不响闯到人间来了”，一静一动，动静结合，尤其那传声传神的“闯”字一点染，简直把秋风写活了。历代的文学家总是借萧瑟的秋风倾吐人世的悲凉，铸成“万里悲秋常作客”、“秋风秋雨愁煞人”等诗句；然而杨朔笔下的秋景却融进新的情思，透露出时代的气息和诗人的由衷喜悦。这富有诗意的开头，既为全文奠定基调，又为文思的发展铺下线索。

诗人将自己的赞美深情和深刻思念交融于秋风秋景，这仅仅是意境的初显，尚须进一步地深化和开拓它。散文没有顺势直下，直接抒写“今天”的秋意，而是欲扬先抑，用彩笔先勾勒出“昨儿”夏末的海滨燥热景色，绘声绘形，生动如画，以此来烘托“新秋好景”，抒写自己的深切情怀：“秋风一起，瞧啊：天上有云，云是透明的，山上海上明明罩着层雾，那雾也显得干燥而清爽。”两幅不同景色图相照映，形成一个生气勃勃的明朗清丽的境界，诗人的感情亦随着意境的展开而掀起微波细澜。面对"新秋好景"，作者张开了想象的翅膀，由今忆古，借古颂今。

散文巧妙地引出曹孟德的"秋风萧瑟，洪波涌起"的悲壮诗句，这便很自然地把人们带进历史的画卷；但作者并非为着"发思古之幽情"，他匠心独运地写道："去领略一番那壮观的山海，搜寻搜寻古人遗失的诗句"这一笔，不仅使文章转折得自然新巧，饶有风趣，而且把历史同现实紧密地联系起来，从古今的对照中，开拓出一个深邃的意境，启迪人们想到：曹操的《观沧海》诗虽然抒发了悲壮的情怀，但由于历史的阶级的局限，他的诗篇的意境尚未写完，真正有资格有气魄谱写中国史诗的是站起来的献身于共产主义事业的中国人民。

以追昔落笔，诗人辟出一条幽美的曲径，引导你跟随他的笔踪，去游览万里长城，在追寻"古人遗失的诗句"的移步换形中，一层层把诗的意境推向峰巅，使你从赏景探胜里博取无穷的诗情画意。

长城东头的重镇山海关，何等的雄壮，值得大书特书，然而作者没有具体地描绘它，只是根据构思的需要画龙点睛地写道：山海关上"迎面矗起一座两层高的箭楼，恶森森地压在古长城上，那块写着'天下第一关'著名的横匾就挂在箭楼高头，每个字都比笸箩还大，把这座关塞烘托得越发雄壮"。极简明地活画出山海关的威武险峻，仿佛透过山海关的飞动形象幻映出把关镇守、抗击敌犯的古代英雄的战斗姿影。

站在雄关上，万里长城的壮貌扑入作家的眼帘，这必然会激起胸中诗魂的飞扬，此时该有多少诗情想挥洒，但作者却把它们浓缩起来，只从"想象里一时幻出一道绵亘万里的长城"作为抒情寄托，并以陈琳的"饮马长城窟，水寒伤马骨"的凄凉诗句，烘托出浓重的历史气氛，使诗情的发展来了个跌宕。这里，作者把自己鲜明的爱憎之情赋予长城的客观形象，使它人化为一位抒情诗人，吟诵出一首首咱惊心动魄的史诗：一是"长城在唱歌，唱的是古往今来的英雄好汉"；二是长城在"发怒"，"骂的是吴三桂那类卖身投靠的奴才，当年把清兵引进山海关，双手把江山捧起别人"；三是长城也"会哭"，哭的是"万里长城筑怨"，孟姜女"万里寻夫"哭范郎就是最悲惨的一幕。赞英雄，骂奸贼，哀民妇，组成了这首雄壮凄婉史诗的三个强音符，激越的爱国主义感情是流贯史诗的主旋律。倾听着这首史诗，你不觉得雄威的长城就是伟大祖国的缩影吗？你不觉得长城的评说历史正体现了作者的唯物史观和爱国情怀吗？

更富有诗意的是，在追溯历史的往事中，作者描绘了一个二十六七岁年纪，“生得骨骼结实，面貌敦厚，眉目间透出股英飒的俊气”的青年军人，并通过这位社会主义时代的中国人民解放军形象的口，来叙说长城的亦喜亦怒亦悲的故事，这不仅为万里长城增加了传奇色彩，而且使历史故事更具有深刻的诗意。从诗化的青年军人形象和人化的长城形象的映照中，诱发人们联想到：万里长城是我国漫长的封建社会用来守卫祖国领土、抗御外族侵犯的巨大国防工程，它身上既有保国英雄洒下的鲜血，也有卖国奸贼留下的耻辱，因腐朽的封建制度决定它不可能完成保卫祖国、统一祖国大业的历史使命；然而中国共产党领导的人民解放军却光荣地完成了这一历史重任，他们不仅推倒了三座大山，创立了空前统一繁荣的新中国，而且已由解放军筑起一道捍卫无产阶级专政的社会主义祖国的新长城。这是多么具有诗意深蕴的艺术境界！

追昔是为了颂今。作者由山海关移步“登上长城”，深刻的情思由怀古回到了咏今，于是推出一个清新壮丽的意境，尽情抒发对长城的赞美之情，一洗曹孟德、陈琳的悲壮凄凉的诗调，唱出了时代的最强音：长城，“多么雄伟壮丽的奇迹啊。这是我们祖先用智慧、勇敢、毅力，积年累代修起来的。这不仅是捍卫过我们民族的古垒，也是人类历史上绝世的创造之一。我们为自己祖先所付出的生命血汗感到无上光荣。”众所周知，散文的诗意首先是思想的发光，如果缺乏崇高的思想灵魂，就很难产生灿烂光辉的诗意。这里，作者借长城抒怀寄志，虽然多是理念的直接吐露，但却不给人以干巴巴的说教之感，其原因就在于作者能将诗情和哲理完美地统一起来，寓理于情，理情结合。

旧时代的长城阅尽了人间的炎凉凄苦，新时代的长城却饱赏了社会主义的无限春色。这里，作者巧妙地运用象征手法，刻画一个“红领巾像片火云似的飘拂着”的女孩子的形象，她生气勃勃，“欢蹦乱跳”，拥进了“我”和年青军人的游览队伍。女孩子脖子上的“红领巾像火云似的飘拂着”，这一形象鲜明的比喻，不仅仅烘托出她的天真烂漫的性格，而且具有深刻的象征意义。她如同出现在苍茫长城上空的一轮红日，照亮了长城的古貌，她如同绽开在社会主义大地上的鲜艳花朵，照亮了祖国的锦绣前程，她如同一支时代的火炬，点燃在雄伟的长城上，照亮着万里长征接力赛的跑道。特别通过“我”、“军人”和“红领巾”三人的具有代表性的对话描写，显现出各自有声有色的形象，点缀了古老的长城，流露出清新的时代气息，进一步开拓了意境，深化了诗意。请听：

她欢蹦乱跳问：“你们谈什么？这样有趣。”

我说:“谈长城。你看了长城有什么感想?”

女孩子……想了想笑道:“我也不知道,反正有意思。不过我想,现在咱们再不必修什么长城了,没有半点用处。”

我说:“修这样长城,是没用处。不过还是得修。应该用我们的思想信仰修一道另一种长城。这道长城不修在山海关,不修在嘉峪关,修在你的肩上,我的肩上,特别是在他的肩膀上。”说着我指了指那眉目英飒的青年。

那青年望着我笑问道:“为什么特别在我肩上呢?”

我说:“因为我知道你是什么人。”

“你说我是什么人?”

“你讲话很有浪漫主义的诗意,像个诗人,可是你的举动神志告诉我你是个军人——对不对?”说得那青年含蓄而亲热地笑了。

三个人饶有诗趣的对话,都是围绕着长城,看来“长城”是他们思想的聚光点;但由于他们的阅历、年龄、身份、识力不同,故所闪烁的思想光度也不一样:“现在咱们再不必修什么长城了”,表现出女孩子的思想单纯,缺乏生活阅历和斗争经验,尚未把“长城”同“时刻准备着,保卫社会主义祖国”的思想联系起来。“应该用我们的思想信仰修一道另一种长城。”这番富有哲理性的形象谈话,满含着诗意,表现了“我”的高度思想觉悟和敏锐的洞察力。“修在你的肩上,我的肩上”和“他的肩膀上”,说明捍卫祖国的江山、坚持社会主义,必须同心同德,人人有责;“特别是在他的肩膀上”,指明解放军的责任更艰巨更重大。散文中哲理的最深处往往是感情的最强音和诗意的饱和点。你读着“我”的充满哲理意味的谈话,不觉得诗意丰蕴、感情深沉吗?“为什么特别在我的肩上呢?”这是青年军人的故意而问,并不是他悟不出“我”谈话的道理,更不是他缺乏保卫祖国的思想警惕,而是因为他的军人身份尚未暴露,怀疑“我”怎么能识破?他的提问进一步丰富了诗的趣味,表现了“我”的认识敏锐,观察细致。对话中虽然显现出他们三人的思想有所差异,但是他们保卫并建设社会主义新中国的坚强信念却是一致的,这正是新的时代所赋予中国人民的新的性格特征。

散文的意境经过层层开拓,到了这里似乎已达峰巅,但是善于寻求诗意、开拓意境的作者并不满足于此,杨朔在全文的结尾处又这样写道:

一阵风斜着从关外吹来,凉爽的紧。我不觉吟咏着毛主席的词:“萧瑟秋风今又是……”

那青年军人和女孩子一齐应声念道:“换了人间。”

最后用领诵齐吟毛泽东同志的词句作结，新的意境脱颖而出，顿时把诗情推上高峰，突现出散文的主题，回应了全篇的诗情画意，那“古人遗失的诗句”真正“寻找”到了。“萧瑟秋风今又是，换了人间”一句，囊括了极其丰富而深刻的历史和现实内容。抚今追昔，它使人们想起古今“秋风萧瑟”的景色依旧相似，但人类社会却发生了翻天覆地的变化，“白骨露于野，千里无鸡鸣”的曹操时代已一去不复返了，绵亘万里的长城已“旧貌变新颜”，“换了人间”的社会主义大道上迸发着灿烂的时代火花，勤劳勇敢的中国人民真正主宰了自己的命运。前文对长城过去的悲壮凄苦历史的描述，为“换了人间”的点题铺下厚实的基础；而“换了人间”正是通篇意境层层开拓的必然，它是诗意的总爆破点，一下子照亮全篇，不仅显得艺术结构浑然一体，而且洋溢着炽烈的自豪感和时代感，给读者留下了丰富的想象余地。

从全篇来看，运用今昔对比的艺术手法，抒写秋天登长城的观感，赞美火红的社会主义新时代。它的意境推进过程，如同一支构思别致的三部曲：在秋意绵绵的氛围中，乐曲以曹孟德的“秋风萧瑟，洪波涌起”的诗句“起调”，显得乐声悲壮，诗意深沉；中间穿插了王昌龄的“蝉鸣空桑林，八月萧关道”、陈琳的“饮马长城窟，水寒伤马骨”、文天祥的“万里长城筑怨”等诗句，显得情调凄凉，诗意哀婉；最后以毛主席的“萧瑟秋风今又是，换了人间”的词句作结，显得乐调昂扬，诗意豪迈。这样，由悲壮、凄凉、豪迈三种感情，便形成了三种境界，产生了三种诗味；它们相互映衬，相得益彰。这种先抑后扬、欲扬故抑的结构艺术，有效地服务于散文的意境创造，有力地突现了全篇的主旨。

在当代文学中，写秋意的散文虽屡见不鲜，但并不是都具有诗意；而《秋风萧瑟》写的秋色中的长城景象，却贮满了诗意。这些诗意的获得，最重要的是因为作者在火热的现实生活中“常常在寻求诗的意境”。他深有体会地说：“你在斗争中，劳动中，生活中，时常会有些东西触动你的心，使你激昂，使你欢乐，使你忧愁，使你深思，这不是诗又是什么，凡是遇到这样动情的事，我就要反复思索，到后来往往形成我文章里的思想意境。”（《〈东风第一枝〉小跋》）《秋风萧瑟》抒写出作者独特的生活感受和深切情思，仿佛字里行间跳动着生活的脉搏，如那个红领巾、英俊的军人的身上，无不流荡着一股时代的热流，体现着一种新的时代精神，你不觉得这是作者从生活中捕捉到的富有诗意的形象吗？

优秀作家都重视散文诗意的追求，然而表现在不同作家的身上却有不同的诗意：刘白羽的诗意更多表现为豪情奔放，给人以壮美；秦牧的诗意更多表现为深沉博大,给人以丰富感;杨朔的诗意则更多表现为明丽清新,给人以优美。他善于从日常熟悉的风物中寻求被人所忽略的胜景,善于将富有诗意的景象和深刻的哲理糅合在一起,使其创造的意境具有“新”和“深”的特点。以长城为题材的游记散文,容易写得一般化,很难辟新径立新意;但是杨朔笔下的长城却成了人化、诗化的形象,从而把诗意的形象和明睿的哲理统一起来,造成一种新颖、深邃的意境。总之,杨朔散文的诗意具有鲜明的特色,放射着夺目的思想光彩。

1980.11.20 稿

(本文最初发表于1981年《柳泉》第1期)

《风筝》的主题与诗意

《历代诗话》说得好："凡诗恶浅露而贵含蓄，浅露则陋，含蓄则令人再三吟嚼而有余味。"

每当我翻阅鲁迅散文诗集《野草》的时候，总感到内涵丰厚，充满诗意，具有强烈的艺术感染力，反复品赏，诗味无穷。它们不是那种思想理念表现得非常浅露的标语口号式的散文诗，也不是那种干巴巴的冷冰冰的缺乏人情味的"无情文学"。《野草》既没有绮丽花哨的词藻堆砌，也没有空空洞洞的抽象议论，它们是以朴实无华、真切动人的形象，把人们诱入艺术境界，经过你的深思、感受和回味，能从中获得数倍乃至数十倍于字面意义的东西。可以说，这些散文诗，仿佛是一座通向高尚精神美的天堂的桥，是一把开启贮满诗意的仓库的钥匙，显现出它们的朴实而又含蓄的艺术风格。由于朴实，使得它们真实亲切，生动感人；由于含蓄，使得它们意境幽邃，感情深沉。其中的《风筝》，就是这样一首令人爱不释手的散文诗。

文学作品的艰涩难懂或追求文字游戏或制作谜语，都不是真正的含蓄；《风筝》的含蓄则表现在，以简朴篇幅凝聚丰富的生活内容，蓄存厚实的思想感受。而这些思想内容的表达，既不是以概念化的说教"故弄玄虚"，也不是以离奇的文字"哗众取宠"，乃是作者抓住了具有表现力和特征性的形象，创造了富有诗意的醇朴的艺术境界。

散文落笔带着强烈的感情色彩，描绘出一幅北京的冬末春发的景色图，一下子便把读者引进艺术的天地，去领略大自然的春意，去体味"我"的独特感受：

> 北京的冬季，地上还有积雪，灰黑色的秃树枝丫叉于明朗的天空中，而远远有一二风筝浮动，在我是一种惊异和悲哀。

《风筝》写作的一九二五年元月，鲁迅生活在"四面都还是严冬的肃杀"的北京，尽管他仍然处在深刻的探索和追求中，但他胸中已"隐约着青春的消息"（《雪》）。这"消息"不仅鼓舞着他坚韧地同黑暗势力进行顽强的战斗，而且也激励着他勇敢地解剖自己,以迎接“春天”的到来,真正实现“救救孩子”的美好愿望。在这种心境下,鲁迅屹立在北京的积雪地上,心中不知涌起了多少景象和往事,冲激着诗人灵感的闸门;但是这些景象和往事,并不是都能体现他此时此地的独特感受,并不是都能形成《风筝》的诗意,于是作者提炼出最能表现他当时内心情思的形象。请看,“积雪”,能使人想到严冬的大雪虽然尚未消融,但已透露出初春的气息;“灰黑色的秃树枝”,尽管色彩暗淡,但它在“晴朗的天空”为背景的映衬下,并不令人沉闷压抑;“远处有一二风筝浮动”,更是神姿飞腾,好似传送着“春”的消息。通过这些色彩不谐调的形象组成的有动有静的艺术画面,正适应表达“我”的“惊异和悲哀”的复杂感情。这样就使得自然景色牵动了“我”的心情变化,激起了胸中感情的波澜,遂形成一个情随景动,景情相生的意境。人们不禁要问:“我”此刻为什么不随着春意的萌发而欢欣若狂,却偏偏感到“惊异和悲哀”呢?这正是散文一开头就产生的引人入胜的魔力。

在作者传神之笔的引导下,人们仿佛看见抒情主人公的“我”,带着“惊异和悲哀”的神色,翘首南望,深情地进入了“久经诀别的故乡的久经逝去的春天”的回忆,刹那间展现出一片春意荡漾、风和日丽的江南春景。这不纯是一般的大自然的春天,而是经过作者对典型形象的提炼所创造的艺术化的春天。这幅江南春色图同北京的严冬相比,色彩艳丽,情调明朗,蕴含着蓊郁的诗意,达到了画中有诗、诗中有画的艺术境地:这是一个多么好的放风筝的时节,春光明媚,风和日暖,“杨柳已经吐芽,早的山桃也多吐蕾”,孩子们欢蹦乱跳,争放各式各样的风筝,有“沙沙的风轮声作响”的“淡墨色的蟹风筝或嫩蓝色的蜈蚣风筝”,有“憔悴可怜”的“寂寞的瓦片风筝”。作者绘声绘色地勾画出一幅生机勃勃、欣欣向荣的春意图,艺术地显示出作者的美学理想。他之所以选取淡墨、嫩蓝、灰瓦、绿柳、桃红诸种色彩来描绘江南的春天,不单是为了点染大自然的美,着重为了烘托孩子们的天性的美,它启示读者联想到:孩子是春天的使者,是祖国的花朵,是人类的希望,他们的前程像春天一样美好,他们的心情如春花一样怒放,他们只有生活在明媚的春天里,天性才能得到自由自在的发展。作为孩子们的长辈应该勇敢地冲破旧中国的“严冬的肃杀”,彻底同封建传统观念决裂,“从觉醒的人开手,各自解放了自己的孩子。自己背着因袭的重担,肩住黑暗的闸门,放他们到宽阔光明的地方去,此后幸福的度日,合理的做人”(《我们现在怎样做父亲》)。正是基于这种把孩子的合理成长同祖国未来的前景联系在一起的伟大胸怀,正是基于只有彻底摧毁封建宗法制度和思想才能真正解放孩子的深刻认识，作者才尽情地歌颂春天的美和孩子天性的美，并从而暗示出“我”为什么见到放风筝就在灵魂深处激起强烈的震动，为什么能产生“惊异和悲哀”的感情？

《风筝》含蓄深蕴的思想主要是通过刻画具有个性化的艺术形象，生动感人地体现出来。作者并不满足于开头的写景抒情、托物寄志，为进一步开拓意境，概括丰富的生活内容，表现深切的情思，他以简朴传神的白描手法和细致曲折的心理描写，紧紧围绕“风筝”这一中心事件，刻画了“小兄弟”和“我”两个富有诗意的人物形象。

“小兄弟”生长在黑暗如漆、冷酷如铁的封建社会，由于生活的困迫，精神的虐杀，“十岁内外”便身患多病，“瘦得不堪”。尽管这样，但他纯洁的心灵和活泼的天性，并没有完全被扼杀和窒息，每逢大地回春的风筝时节，他好像闯进了理想的天国，尽情地狂欢，任性地发展。作品生动地写道：

> （他）最喜欢风筝，自己买不起，我又不许放，他只得张着小嘴，呆看着空中出神，有时至于小半日。远处的蟹风筝突然落下来了，他惊呼，两个瓦片风筝的缠绕解开了，他高兴的跳跃。

这是一个多么天真活泼的孩子！作者以点睛的笔力，几笔就勾勒出“小兄弟”的栩栩如生的性格。一个“呆看”，一个“惊呼”，一个“跳跃”，三个动词蝉联出现，写出了“小兄弟”在三种不同情景下的三个典型动作，充分表现出他酷爱风筝已达到入迷入神的程度。孩子们这种乐趣应该得到满足，他们喜欢游戏的天性应该得到合理发展。虽然家里穷得买不起，但孩子聪明伶俐，富有创造性，自己动手“在后园拾枯竹”，悄悄地在“一间堆积杂物的小屋”里偷着做，你看他“向着大方凳，坐在小凳”上，多么聚精会神！经过自己的艰苦努力，“大方凳旁靠着一个蝴蝶风筝的竹骨，还没有糊上纸，凳上是一对做眼睛用的小风轮，正用红纸条装着，将要完工了”。如此朴实的文笔，真切地写出孩子的辛勤劳作已换来了可喜的成果。但是好景不长，“小兄弟”的秘密活动终于被“兄长”发见，遭到无情的摧残，蝴蝶的翅骨被折断，风轮被踏扁；在封建淫威的重压面前，“小兄弟”无力抵抗，“惊惶地站了起来，失了色瑟缩着”，最后“绝望地站在小屋里”，怯生生地望着“胜利者”扬长而去。由于“小兄弟”的幼小心灵受到封建伦理道德的毒害，纯真的天性也受到蹂躏，所以造成他的精神麻木，以至健忘，当长大后“兄长”叙及这件“儿时的旧事”，他“惊异”地笑着说“有过这样的事么？”“就像旁听着别人的故事一样”。作者抓住“小兄弟”的“惊惶”“瑟缩”“绝望”等急遽变化的神态,活画出他的怯懦、麻木的性格特征,表现出他脆弱的心理活动。这就生动形象地说明了,“小兄弟”儿时天真聪颖的天性横遭压抑,性格得不到自由发展,形成“少年悲剧”;长大后竟把这场惨剧忘得净光,他的精神仍处在悲剧状态。不论他的少年性格悲剧还是成年的精神悲剧,所造成的原因是一致的,都是封建意识毒害的结果。这些含蓄的思想完全蕴藏在“小兄弟”这个有血有肉的形象之中。但应该指出,散文诗中的人物形象如“小兄弟”,并不像小说那样精雕细刻,多侧面地进行描绘,它是凭借作者灵敏的艺术触角,从自己感受最深的童年生活场景里,捕捉一些具有典型意义的细节,以朴朴实实的文笔粗线条地勾勒这个富有诗意的形象,它不仅概括了丰富的生活内容,而且包孕了作者的深刻情思,使艺术个性闪烁着内在的思想光辉和艺术生命力。

与“小兄弟”相对照,作者精心刻画了“我”的艺术形象。“我”既是散文的抒情主人公,又是同“小兄弟”一度处在对立面的深受封建思想毒害而后在新思潮冲击下觉醒了的“大哥”。这个“大哥”不完全是“鲁迅”,主要是“想象的假设”(周作人:《鲁迅的青年时代》)。作者所以采取这种第一人称“我”的写法,目的在于加强散文诗的真实性和亲切感。“我”是怀着十分内疚的沉重心情出现在作品的艺术境界里。作者不仅以白描手法逼真地勾画了“我”的动作和神态,而且还用心理描写细致地刻画了“我”的思想变化,使“我”外在的动作描写和内在的心理刻画和谐地统一起来,即以思想的变动牵动行动神态的变化,以行动神态的变化体现心理的变化,这样便成功地塑造了“我”这个坦率诚实、严于解剖自己的活生生的形象。

《风筝》是一篇叙事兼抒情的散文。不过它的抒情不同那飞流直下的瀑布,不像涓涓的流泉,不同那奔腾的江河怒涛,而是更像那在地壳下翻滚回荡的熔岩。本文从开始到终结,作者深沉的感情潜流一直在朴素的叙事和写景下奔腾激荡,并没有全部地洋溢在人、事、景所构成的形象表面上,而深深地渗透在形象的躯体之中。作者以深挚的抒情笔调在四面是严冬的肃杀而又春意盎然的背景上,描绘了“我”和“小兄弟”两个相互映照的鲜明艺术形象,同情、赞美、内疚、悔恨、沉郁等复杂感情熔铸于他们身上,显示着深刻的思想内涵,即不仅体现了鲁迅严于解剖自己的伟大情怀,表现了解放青少年的民主思想,而且更重要的是通过这两个鲜明形象的对照描写,艺术地展示了:青少年一代是人类的希望,必须创造“春天”那样的社会环境方可得以合理地健康地成长,否则就要走上自我麻醉的道路;欲创造美好的社会条件,一要肃清自己灵魂的封建意识,二要推翻四周如严冬般阴冷黑暗的旧社会,从而显现出彻底反封建同渴望“春”的到来相统一的思想倾向。这就是散文诗人情味浓郁的艺术形象所蕴含的深刻诗意所在。

从赏析中可以看出,《风筝》艺术境界的开拓过程,就是具体形象和切身感受相互交融的过程,而巧妙的结构艺术把它们完美地结合成含蓄的意境。散文诗不是采取平铺直叙的写法,它是先勾勒一幅北京冬末放风筝的风景图,很自然地激起“我”的“惊异和悲哀”的独特感受,造成强烈的悬念,引出“我”对“久经诀别的故乡的久经失去的春天”的回忆,接着又描绘一幅“故乡风筝时节”的富有诗情画意的春意图。两图对照,越发激起“我”感情的波动;但究竟“我”为什么“惊异和悲哀”呢?作者运用层层剥笋、由幽入明的写法来解开这个悬念。从“我”的回忆中徐徐展开两幅人物画:一幅是“小兄弟”欢天喜地观风筝,做风筝,“我”却厌恶风筝,砸毁风筝,两种对待“风筝”的态度表现了两种思想;一幅是“我”自疚地请“小兄弟”宽宥捣风筝的罪责,“小兄弟”却麻木的出神呆笑,两幅面孔相映衬,显出一种压抑的悲剧色彩,暗示出“我”所以“惊异和悲哀”的内在原因。这两幅人物画连环在一起,浮雕式地塑造出两个性格前后有显著变化的艺术形象,他们身上交织着作者的思想倾向、美学理想、性格气质、兴趣爱好和对生活的独特感受。最后与篇首相照应,接续画出北京的风景图,“我”带着“无可把握的悲哀”拥进“严冬”,曲终奏哀,诗意深沉。这一幅幅风景图和人物画,并不是散乱无章,而是有机地结构成一个艺术整体,其中贯穿着两条线索:一条是外在的有形的线索,即“风筝”,它是风景画和人物画的中心,不论点染风景或勾勒人物都要围绕着它;一条是内在的无形线索,即解放青少年和自我解剖的思想红线,它把风景画和人物画的精神实质紧紧连在一起。这内外两条线相辅相成地并行发展,把景物、人物、人事、情理等材料有机地组织起来,形成一个体现完整情思的艺术画面。

《风筝》的含蓄同作者的强有力的艺术概括联系在一起。鲁迅曾说过,宁可将小说的材料缩成速写,决不将速写的材料拉成小说。散文诗更需要把丰厚的内容浓缩在短小的篇幅里,这样才能有含蓄的味道。不过要想使散文诗高度凝炼,就需要抓住有表现力的形象进行艺术概括。《风筝》写“我”的“惊异和悲哀”,为什么不直接从理念上说明自己的理解和认识,为什么不抄袭生活中的琐细现象,为什么不多描写风景和人物,为什么不空洞地罗列一些奇特的联想,为什么不去追求词藻的华丽呢?作者为什么偏偏以朴实的文笔大写故乡风筝时节的大好春光和“小兄弟”酷爱风筝的无限情趣以及“我”的粗暴行为与悔恨心理呢？这不能不说是作者的高明之处。正因为写了故乡放风筝的大好春色和孩子的天真活泼，才越发烘托出“我”悲哀的深重；正因为写了“小兄弟”对风筝的爱好和制作，才越发反衬出“我”犯的罪孽难以饶恕；正因为写了“我”的蛮横无理，才越发衬托出封建礼教是虐杀儿童天性的毒刀；正因为写了“我”的深刻内疚，才越发显示出彻底摧毁封建意识、解放青少年一代的重要性和迫切性。这些以形象来烘托、映衬、显示的艺术手法，能够有力地表现作者的深刻感受和明睿认识。可见，抓住富有特征的形象，就会有高度的概括力和表现力，形成散文诗的凝炼含蓄的艺术风格。

1981.10

（本文最初发表于1982年《函授通讯》第1期）

《祝福》的审美价值

现代名作欣赏，实际上就是对其审美价值的重新认识。真正的优秀作品并不仅仅是由事与事或人与人的外在关系构成，重要的是它提供了想象的自由，在有限的艺术天地里开拓了无限的想象空间。用桑塔耶纳的话来说，文学作品的审美价值至少有两项，即“在一切表现中，我们可以区别出两项：第一项是实际呈现出的事物，一个字，一个形象，或一件富于表现力的东西；第二项是所暗示的事物，更深远的思想、感情，或被唤起的形象、被表现的东西”。

鲁迅的小说大都具有两项审美价值，即提供了一个审美的价值系统。我们在欣赏活动中，常常习惯于把注意力放在审美价值的第一项，满足于对鲁迅小说作政治的或伦理的评判，并竭力把形象的价值落实到某一具体社会问题上；至于越过作家对生活表象的关注，进而探求其对人类命运的哲学思考即第二项审美价值，往往就被忽略了。鲁迅写于一九二四年的小说《祝福》，蕴含着丰富的审美价值，值得我们认真地探求和赏析。

《祝福》在人物塑造、环境描写、主题开掘诸方面都具有丰富的审美价值。人物形象的塑造富有立体感。不论是主要人物祥林嫂或者是一些次要人物，都不是按照一个单纯的阶级概念或道德标准刻画的。作者力图把人物放在各种社会关系的交叉点上，多侧面地展示人物性格的复杂性，使每个人物形象都具有较丰富的审美价值。鲁迅笔下的祥林嫂就是个立体型的形象，她身上透射出社会物质和精神生活的各方面的光照，反映出多方面社会现实的影响和封建观念毒害的印记。作品透过她跟周围世界的种种直接或间接的联系，去挖掘“人的个性的真正本质”；而祥林嫂的个性本质就是强烈地争取做一个独立自主的“人”的求生意识。但这种求生欲望与她的又穷又寡的社会地位是矛盾的，在当时的历史条件下和传统文化心理结构中是被认为大逆不道的，任凭她的求生欲望再强烈，最终也逃脱不了悲剧命运，因而通过祥林嫂的复杂性格可以映射出现实生活的更多的本质方面。为了做一个独立的人而活着，她冲开严厉婆婆的监视,逃到鲁四家做佣工;为了做个独立的人而活着,她拼命地挣扎,不顾被卖到山里再嫁人;为了做个独立的人,贺老六死后她把一切希望寄托在儿子阿毛身上;为了做个独立的人而活着,她忍辱负重地忙送福礼,不惜一切地到土地庙去捐门槛;为了做个独立的人而活着,到死时她对神权发生了怀疑。这些侧面都表现出祥林嫂性格的复杂性,即她是那样的勤劳、质朴、善良,又是那样的愚昧、麻木;是那样的坚毅、挣扎、求生,又是那样的孤独、感伤、无望;她虽然想做个独立自主的人,但她又缺乏明确的现代意识。无论从当时的客观环境、社会意识或是主观条件来看,祥林嫂的求生欲望都是不可能实现的,她想做个独立的人而活着更是没有希望的。小说透过生活的复杂矛盾深刻地开掘了祥林嫂性格的悲剧性,具有撼动读者心灵的感染力。一是她的"现世"和"来世"的"希望"的本身就带有浓厚的悲剧色彩。祥林嫂在鲁四老爷家一出现,虽然她是为着做个独立的人而跑来的,但她政治上毫无权利,经济上一无所有,精神上备受折磨,意识上没有一点阶级觉醒;她对生活的仅有的希望是以自己的"力气"换取起码的能够自食的独立生活条件,只要能平安地活着即使豁上全部力气也在所不惜。如果祥林嫂这个"希望"是过分的或根本脱离自身能力的,那她的"希望"的破灭是不可能形成悲剧的;然而她的求生"希望"是对生活的最低要求,凭她的浑身力气和诚实的劳动态度是应当实现的,但残酷的现实却把她的"希望"击得粉碎,这是何等深刻的悲剧。为了求生,她是那么安分守己地在鲁四老爷家当佣工,忠实地尽着佣人的职份,她从不计较劳动的繁重和食物的好坏,"比勤快的男人还勤快";这种牛马般的生活反倒使她感到满足,"口角边渐渐有了笑影,脸上也白胖了"。假如这种出着牛马力吃着猪狗食的生活不受到破坏,那么祥林嫂也会老老实实地守寡,无憾地度过自己的一生;但当时的罪恶社会连这种奴隶们的所谓"独立生活"也不让一个年轻寡妇"享受"下去,她被婆婆家以暴力抢回,硬按着卖进深山……为什么在中国封建社会像祥林嫂这样勤劳善良、安分守节的青年寡妇,越是希望以自己的双手来维持起码的所谓"独立生活",越要遭到更大的不幸呢?这真是:寡妇不守节要受到旧社会的吞噬,寡妇要守节而且是靠自己的劳动来守节也要被吃掉,这是多么残酷、黑暗、不公平的社会。祥林嫂虽然抱着自己的"希望"坚韧地挣扎了一生,但她要作一个为封建贞操观念殉葬的所谓独立生活的"人的价格"却始终没有得到,连那不到"人的价格"的生活条件也完全被剥夺了。这种"希望"的追求和破灭的本身,无疑是对旧社会的血泪控诉。至于对"来世",祥林嫂只"希望"不被阎罗王锯开分给两个死去的男人,能够保持一个完整的身躯。这本来是中了迷信思想的毒,上了神权的当,花钱求神保佑结果反被神权所害,最终怀着极大的恐怖感和疑惑感走向死亡,这就使她的“来世”的“希望”带上更深的悲剧色彩。二是祥林嫂的挣扎反抗也带有深刻的悲剧性。她为实现自己所谓独立自主生活的“理想”,以她特有的方式进行过不断的抗争;但是她的抗争完全是自发的,既缺乏个性解放的民主意识也缺乏自觉的阶级意识,而是盲目地遵奉着封建礼教的“饿死事极小,失节事极大”的理学信条和封建神权思想去挣扎反抗,因而她的挣扎反抗本身就带有深刻的悲剧性。为逃脱婆婆的虐待她跑到鲁四老爷家做佣工,虽然这是合理的求生欲望,但她并不晓得虽已离开婆家的“苦海”,却又陷入地主老爷家的吃人“深渊”,而自己所追求的“理想”生活只不过是安分守节而已;她被婆家抢回去卖给贺老六,虽然表现出“出格”的挣扎,但她却认识不到支配她反抗的主要思想力量是“从一而终”的封建贞操观念;封建势力假柳妈之口加在她“灵魂”上的迷信枷锁,虽然她千方百计地寻找解脱,但她却是以迷信思想作指导,采取拜神捐门槛的方式,来求赎神权所致之罪;鲁四老爷给她种种污辱和打击,虽然使她没有完全倒下去,坚毅地生活着,但她到死没有意识到鲁四老爷是她悲剧人生的主要制造者,封建理学是麻醉她精神的鸦片;她在临死前虽然对灵魂和地狱产生了怀疑,但她仍然怀着对阴间的恐惧走向死亡,死亡对她来说不是悲惨命运的结束,而是更加痛苦可怕的地狱生活的开始。因此,她每每挣扎和反抗,不汉没有摆脱痛苦,过上“人”的生活,反而总是自投罗网,陷入更深的痛苦之中,过着更悲惨的“非人的生活”。祥林嫂反抗挣扎的悲剧性,启示读者认识一个真理,即要把劳苦人民的自发抗争引导到自觉的反抗道路上,真正实现独立自主生活的愿望,必须以先进的思想对其进行反封建的思想启蒙教育。祥林嫂性格的悲剧性有着深刻的思想根源和社会根源,对此小说作了透彻的揭示。鲁迅不只是写出了祥林嫂肉体上的痛苦,更重要的是写出了她精神上的痛苦;不仅写出她肉体和精神上的痛苦,更重要的是揭示出造成这些致命痛苦的思想和社会根源。“政权、族权、神权、夫权,代表全部封建宗法思想和制度,是束缚中国人民特别是农民的四条极大的绳索。”这四条绳索,既是封建宗法制社会的反动暴力,又是束缚人们精神的锁链,它结成一张罗网罩在祥林嫂头上,她无论怎样挣扎反抗也是摆脱不掉的,所以她的悲剧命运是无可挽回的——是鲁四老爷手中操的封建“政权”把祥林嫂一生的血汗榨干,“族权”支持她婆婆和堂伯明目张胆地迫害祥林嫂,是“夫权”的“从一而终”从灵魂上毒害她，是“神权”从精神上宰割她。就是这“四权”从肉体到灵魂活活地把祥林嫂吃掉，这就是造成祥林嫂悲剧的深刻思想和社会根源。祥林嫂是鲁迅观察了半封建半殖民地社会里千万个不幸人们的命运加以典型化了的一个完整的悲剧性格，她的悲剧不仅仅是个人的悲剧，而是整个旧社会苦难人生的悲剧，因此她的形象具有深广的典型意义和丰富的审美价值。

《祝福》中的次要人物也写出了性格的复杂性或多样性。鲁四老爷并不是那种在有些作品里常见的脸谱化、漫画化的反面人物形象，他是个“宽宏大量”、“心气和平”、寡言斯文而又极端保守、自私、虚伪的带有绅士派头的地主典型，他不是那种穷凶极恶、杀气腾腾、赤膊上阵的恶霸地主，而是信守封建“理学”的具有文化教养的伪善地主。整个小说对鲁四老爷的刻画虽着墨不多，写得极为含蓄深沉，但是他的个性是鲜明的，内涵是丰富的。柳妈的性格也不是单一的平面化的，她也是个复杂人物。本来她和祥林嫂一样，都是同命运的穷苦劳动妇女，但她深受迷信邪说和封建理学的毒害，讲阴司故事给祥林嫂听，其主观愿望想从灵魂上拯救祥林嫂，在客观上却从精神上扼杀了祥林嫂，把她推到了死亡的边缘。卫老婆子是农村三姑六婆的形象，她虽然在祥林嫂求生道路上多次帮忙，对祥林嫂的命运表示同情，但她却沾染了浓厚的小市民习气，充当了一个来往于地主阶级和劳动人民之间的有利可图的“中人”角色。可见，《祝福》中的人物形象大都是从社会关系的总和里提炼和概括出来的，具有一定的立体感。鲁迅对于那种单一化的人物形象是不满意的。他曾批评《三国演义》描写过实，写好的人简直一点坏处都没有，写不好的人又是一点好处都没有；其实这在事实上是不对的，因为一个人不能事事全好，也不能事事全坏。

人物的活动总是离不开特定的环境，人物性格的形成或展示也是同相应的环境联系在一起。鲁迅非常重视社会环境对人物性格形成和发展所起的作用，在《祝福》中他别具匠心地把祥林嫂性格上的几次重大变化，都集中在年终“祝福”节这个特定的典型环境里，以充分地展示她的性格。鲁镇年关的景象，鲁四家庭的陈设，求神拜鬼的社会风气，周围人对祥林嫂的阴冷、奚落，笼罩鲁镇的保守、落后、愚昧的气氛，“四权”的肆意横行等，这一切概括出辛亥革命前后旧中国农村的典型社会环境；祥林嫂作为一个寡妇，在这种社会环境里她的求生欲望是不可能实现的。尤其“祝福”是鲁镇的大事，更是鲁四老爷家的大事，它是封建社会最富有愚昧色彩的封建迷信活动，也是人们传统文化心理上确认的最神圣的节日；其实“祝福”时封建理学、宗法势力表现得最猖獗，贫富悬殊的阶级对立表现得最充分，以祥林嫂为代表的劳苦大众同鲁四老爷为代表的地主老财之间的矛盾表现得最尖锐。鲁四老爷就是在“祝福”这个特定的环境里，凭着“四权”和封建“理学”的淫威，一步步把祥林嫂从精神上摧垮，最后逼上死亡的道路，三次“祝福”的特写镜头印下祥林嫂悲剧一生的足迹。作者精心地为祥林嫂设置了这样一个富有象征意义的典型环境，集中地揭示了祥林嫂悲剧性格形成的客观必然性，增强了悲剧的真实感和批判力量。

《祝福》这篇作品，不只是通过祥林嫂的悲剧命运，打击了“四权”的罪恶，透过《祝福》的整个艺术画面，我们还可以发掘出一些带有人生哲理意味的东西，可以窥测到作者对那个悲惨世界的观察方法和角度以及独特的思考。鲁迅在概括和描写《祝福》的具体人生画面时，是从对整个社会人生的宏观把握和总体认识出发的，是透过社会人生的表层潜入社会意识的深层中发现了带有普遍意义的东西，因而使小说的人生图画具有丰富深刻的思想内涵。既写出了祥林嫂的人生悲剧，也写出了整个农村妇女的人生悲剧；既写出了祥林嫂的精神悲剧，也画出整国国民的灵魂悲剧；既向“疗救者”提出了改变祥林嫂这样不幸妇女悲苦命运的历史使命，也向“疗救者”提出改良整个社会人生的历史重任。鲁四老爷代表的“四权”固然是造成祥林嫂等劳动人民的人生悲剧的罪恶根源，而鲁四老爷所信奉的封建“理学”对整个社会心理的污染和对人们灵魂的毒害更为可怕。这是《祝福》主题思想的独到的深刻性和丰富性所在。

可以毫无夸张地说，《祝福》这篇优秀小说在一定程度上超越了自身的价值标准，即作者在作品中所提供的不是某一价值标准，而是一个审美的价值系统。因此我们必须从不同角度对它进行探讨、分析和欣赏，以开掘《祝福》蕴藏的丰富的审美内涵。

1987.12

（本文最初发表于1988年《妇女学苑》第2期）

附件一：朱德发小传

朱德发(1934－　),男,山东省蓬莱人,汉族,中共党员。1951年至1960年在蓬莱县从事教育工作。1960年被保送到曲阜师范大学汉语言文学系学习深造。1964年大学本科毕业后,分配到山东师范大学中文系从事中国现当代文学教学与研究至今。先后担任过山东师范大学语言文学研究所所长兼中文系副主任、山东师范大学学位委员会副主任、山东师范大学学报编委会副主任,山东省及国家级重点学科(中国现当代文学)学术带头人和负责人,现被聘为山东师范大学文学院资深教授、博士生导师;社会兼职主要有中国现代文学研究会原副会长、山东省中国现代文学学会会长、山东省茅盾研究会会长、山东省比较文学研究会副会长、中国作协会员、山东省作家协会主席团委员等。

从1978年参与撰写的《中国现代文学史》问世后至今,先后正式出版的独著、参编、合著、主编著作40多部,其中在国内外产生重要影响的有《五四文学初探》(1982)、《茅盾前期文学思想散论》(1983)、《中国现代文学史教程》(1984)、《中国五四文学史》(1986)、《新编中国现代文学》(1989)、《中国现代纪游文学史》(1990)、《中国情爱文学史论》(1991)、《20世纪中国文学流派论纲》(1992)、《中国山水诗论稿》(1994)、《主体思维与文学史观》(1997)、《跨进新世纪的历程》(2000)、《评判与建构:现代中国文学史学》(2003)、《世界化视野中的现代中国文学》(2004)、《20世纪中国文学理性精神》(2004)、《穿越现代文学多维时空》(2004)、《现代中国文学英雄叙事论稿》(2006)、《思维的飞翔》(2009)、《现代文学史书写的理论探索》(2010)、《现代中国文学通鉴》(2012)、《诺贝尔文学奖得主全传》(1997),曾担任省委宣传部向国庆献礼项目《山东新文学大系》现代部分主编;并在《中国社会科学》、《文学评论》等国内重要期刊发表学术论文数百篇,还有三部参与主编文学史翻译到韩国。这些学术成果,先后获省部人文社会科学优秀成果奖与文艺评论奖达28项次。曾7次获得山东师范大学优秀教师奖、教书育人先进个人奖、教学优秀成果奖,3次获得山东省教学优秀成果一、二等奖，一次获得国家级教学优秀成果奖二等奖，并于1993年获得国家教委曾宪梓教育基金高等师范教师奖二等奖，2003年被评为国家级教学名师奖获得者，2007年荣获山东省社会科学突出贡献奖；1998年和2001年两次被省高工委评为全省高校优秀共产党员，1988年和1994年两次被评为山东省专业技术拔尖人才，1992年被批准享受国家特殊津贴。

附件二:朱德发公开出版著作编目

独　著(10)

《五四文学初探》,山东人民出版社1982年7月版。

《中国五四文学史》,山东文艺出版社1986年11月版。

《20世纪中国文学流派论纲》,山东教育出版社1992年12月版。

《五四文学新论》,山东文艺出版社1995年9月版。

《主体思维与文学史观》,山东教育出版社1997年6月版。

《世界化视野中的现代中国文学》,山东教育出版社2003年3月版。

《穿越现代文学多维时空》,山东文艺出版社2004年12月版。

《朱德发序评集》,山东电子音像出版社2006年6月版。

《思维的飞翔》,山东友谊出版社2009年4月版。

《现代文学史书写的理论探索》,山东人民出版社2010年10月版。

合　著(9)

《茅盾前期文学思想散论》,山东人民出版社1983年8月版。

《中国现代纪游文学英华》,山东人民出版社1986年12月。

《鲁迅选注·杂文卷》,山东文艺出版社1990年6月。

《爱河溯舟:中国情爱文学史论》,天津教育出版社1991年3月版。

《中国山水诗论稿》,山东友谊出版社1994年12月版。

《评判与建构:现代中国文学史学》,山东大学出版社2002年4月版。

《跨进新世纪的历程:中国文学由古典向现代转换》,明天出版社2000年12月版。

《20世纪中国文学理性精神》,上海人民出版社2003年7月版。

《现代中国文学英雄叙事论稿》,山东教育出版社2006年7月版。

参　编(11)

《鲁迅作品教学初探》(2),天津人民出版社1979年4月版。

《鲁迅作品讲解》(上下册),山东人民出版社 1979 年 8 月版。

《中国现代文学史》,山东人民出版社 1979 年 8 月版。

《中国抗战文艺史》(重写本),山东文艺出版社 1984 年 3 月版。

《中国现代文学史》(修订本,通稿),山东文艺出版社 1985 年 5 月版。

《青少年学文学》,山东人民出版社 1986 年 6 月版。

《中国现代文学简明词典》,山东教育出版社 1987 年 4 月版。

《在东西古今文学的碰撞中》,中国城市经济社会出版社 1989 年 4 月版。

《中学语文赏析》(3),中国广播电视出版社 1990 年 6 月版。

《多维视野中的鲁迅》,山东教育出版社 2002 年 1 月版。

《中国新文学家与现代文化建设》(上中下三册),山东教育出版社 2009 年 10 月版。

主 编(16)

《中国现代文学史教程》(上下册),山东教育出版社 1984 年 5 月版。

《中国现代当代文学二百题》,山东文艺出版社 1984 年 8 月版。

《中国现代文学史题解》,山东教育出版社 1984 年 9 月版。

《中国现代文学史新编》,宁夏人民出版社 1987 年 9 月版。

《中国新文学作品选评》(上中下三册),辽宁教育出版社 1988 年 8 月版。

《新编中国现代文学史》,明天出版社 1989 年 5 月版。

《中国现代文学简史》,山东文艺出版社 1989 年 8 月版。

《中国现代纪游文学史》,山东友谊出版社 1990 年 9 月版。

《世界大失败者传》,明天出版社 1995 年 10 月版。

《中国新文学六十年》,春风文艺出版社 1996 年 7 月版。

《诺贝尔文学奖得主全传》,明天出版社 1997 年 5 月版。

《中国现代文学史实用教程》,齐鲁书社 1999 年 8 月版。

《山东新文学大系·现代部分 6 卷》,山东文艺出版社 1999 年 8 月版。

《中国现当代文学 500 题解》,山东教育出版社 2007 年 11 月版。

《现代中国文学通鉴》3 卷,人民出版社 2011 年 12 月版。

《现代中国文学史精编》,山东教育出版社 2013 年 1 月版。

汇编于 2012 年 8 月 8 日

附件三:朱德发其人其作被评述文章编目

孙昌熙、魏建:《现代文学研究的新收获——评朱德发同志的〈五四文学初探〉》,《山东师范大学学报》1983 年第 3 期。

侯书良:《第一部〈中国五四文学史〉》,《山东新书目》1986 年第 32 期。

张学军:《茅盾研究的新收获——读〈茅盾前期文学思想散论〉》,《齐鲁学刊》1986 年第 3 期。

关山:《新概念 · 新体例 · 新方法——简评〈中国现代文学史新编〉》,《镇江师专学报》1987 年第 4 期。

徐萍:《一本具有开拓精神的现代文学史书——评孙昌熙、朱德发主编的〈中国现代文学史新编〉》,《绍兴师专学报》1988 年第 1 期。

韩日新:《五四文学研究新成果——评〈中国五四文学史〉》,《山东师范大学学报》1988 年第 2 期。

杰昌:《成如容易却艰辛——记省拔尖人才朱德发教授》,《山东师范大学学报》1988 年 12 月 10 日。

宋益乔:《简评〈新编中国现代文学史〉》,《山东社会科学》1990 年第 1 期。

谷辅林、胡协和:《向自身的创新与突破——评〈新编中国现代文学史〉》,《山东师范大学学报》1990 年第 3 期。

尹世凯:《辛勤耕耘硕果丰——访著名学者朱德发教授》,《济南日报》1991 年 3 月 31 日。

齐飞:《严肃的探索有益的开拓——评第一部系统研究中国爱情文学的专著〈爱河溯舟——中国情爱文学史论〉》,《天津书讯》1991 年 8 月 25 日。

齐子:《爱情文学研究的新突破——〈爱河溯舟——中国情爱文学史论〉评介》,《作家报》1991 年 9 月 7 日。

朱晓云:《纪游文学的拓荒之作——读〈中国现代纪游文学史〉》,《山东师范大学学报》1991 年第 4 期。

周源:《简评〈爱河溯舟〉》,《山东社联通讯》1991年第4期。

祝鲁:《爱与美的探索——朱德发等著〈爱河溯舟〉扎记》,《文艺报》1991年11月23日。

张清华:《朱德发传略》,《山东现代著名社会科学家传》,山东教育出版社1992年版。

房赋闲:《疏通三千年爱河的成功尝试——评〈爱河溯舟〉》,《东岳论丛》1992年第2期。

张光芒:《理论开拓与现象研究的深度契合——简评〈二十世纪中国文学流派论纲〉》,《山东师范大学报》1993年5月3日。

张清华:《新文学流派研究的新视野新拓展——评〈二十世纪中国文学流派论纲〉》,《中国现代文学研究丛刊》1993年第3期。

张旭:《广度、深度、力度的有机统一——评〈二十世纪中国文学流派论纲〉》,《聊城师院学报》1993年第3期。

韩日新:《新文学流派研究的新开拓——评〈二十世纪中国文学流派论纲〉》,《泰安师专学报》1993年第4期。

孙鸿雁:《逻辑思维的新高度:文学流派研究的形而上思考——评〈二十世纪中国文学流派论纲〉》,《新闻出版导报》1993年第6期。

李春林:《锐意创新结硕果——评〈二十世纪中国文学流派论纲〉》,《辽宁教育学院学报》1993年第6期。

谷永威摄影、王少元撰文:《朱德发和他的中国现代文学研究》,《山东画报》1995年第2期。

温奉桥:《为有源头活水来——读朱德发〈五四文学新论〉》,《齐鲁晚报》1995年11月29日。

刘蕾:《学术灵魂的又一次探险——读朱德发教授的〈五四文学新论〉》,《博览群书》1996年4月27日。

孙书文:《学者与难题——朱德发教授速写》,《济南日报》1998年3月15日。

谭桂林:《新文学史学建构中的主体思维研究——〈主体思维与文学史观〉》,《中国社会科学》1998年第5期。

温奉桥:《"文学史学"的拓荒之作——〈评判与建构——现代中国文学史学〉》,《东方论坛》2002年第6期。

张光芒:《读〈评判与建构——现代中国文学史学〉》,《文学评论》2003 年第1 期。

阎奇男:《建构“现代中国文学”的大学科新体系——论朱德发的创新力作〈世界化视野中的现代中国文学〉》,《苏东学刊》2003 年第 2 期。

刘明银:《我拿什么祝贺,亲爱的老师》,《齐鲁晚报》2003 年 9 月 10 日。

李宗刚、刘秀波:《站在现代文化建构的基点上——追索朱德发教授“国家级教学名师”的足迹》,《联合日报》2003 年 9 月 23 日。

杨庆东:《朱德发先生二三事》,《齐鲁晚报》2003 年 9 月 25 日。

贾振勇:《键笔凌云意纵横——记著名文学评论家、国家级教学名师朱德发教授》,《山东作家》2003 年第 3 期。

李钧:《建构“文学史学”三维评判坐标——读〈世界化视野中的现代中国文学〉》,《东方论坛》2003 年第 5 期。

谭桂林、周海波、张光芒、杨洪承:《朱德发教授与中国现当代文学研究(笔谈)》,《山东师范大学学报》2003 年第 6 期。

江红英:《大家风范——著名学者朱德发两三事》,《山东文学》2003 年第 12 期。

李杨:《学术重镇中华名师——记曲阜师大校友、“国家级教学名师”朱德发》,《曲阜师大报》2003 年 12 月 17 日。

李宗刚:《永远的绿色——“国家级教学名师”朱德发教授侧记》,《现代教育》2004 年第 1 期。

李宗刚:《杏坛育桃李,学海著华章——记国家级教学名师朱德发教授》,《齐鲁名人》2004 年第 1 期。

姬长兵:《朱德发印象》,《聊城报道》2004 年第 2 期。

赵亚辉:《无怨无悔亦无憾——著名学者朱德发自述》,《聊城报道》2004 年第 2 期。

李钧:《道德文章老更成——“国家级教学名师”朱德发访谈》,《联合日报》2005 年 6 月 23 日。

李钧:《重绘“现代中国文学”学科版图——朱德发先生访谈录》,《中国教育报》2005 年 6 月 23 日。

李钧:《重建“现代中国文学”学科意识——朱德发访谈》,《山东作家》2006 年第 1 期。

中华人民共和国教育部高等教育司主编:《朱德发小传》,《名师风采》,地质出版社2006年版。

张宪席:《立序求新,重在抒怀——读〈朱德发序评集〉》,《山东师范大学报》2006年10月25日。

于莲:《老树着花无丑枝——朱德发先生新著引入瞩目》,《联合日报》2006年11月20日。

孙景浩、王洪禹:《一代名师桃李芬芳学界英豪著作等身——记首届名师奖获得者、山东师范大学教授朱德发》,《名师颂》,教育科学出版社2007年版。

杨新刚:《〈朱德发序评集〉解读》,《曲阜师范大学学报》2007年3月14日。

李宗刚:《对文学史另一种书写路径的成功探索——评〈中国现当代文学500题解〉》,《山东师范大学报》2007年11月21日。

吴楠:现代文学史书写理论的新收获——评朱德发新著〈现代文学史书写的理论探索〉》,《山东师范大学报》2010年11月17日。

王兆胜:《天高地厚筑我庐——恩师朱德发教授侧记》,《黄河文学》2011年第5期。

颜水生:《中国现代文学史研究的问题及其跨越——朱德发教授访谈》,《海南师范大学学报》2012年第2期。

浩凡:《"我热爱教育,我愿意当一辈子人民教师"——记首届国家级教学名师、山东师范大学教授朱德发》,《山东高等教育》2012年4月。

(辑录于2012年8月10日)